Vista

三民實用
英漢辭典

San Min's Vista
English-Chinese
Dictionary

主編　莫建清
編譯　王永全
　　　洪栖川
　　　徐靜波
　　　許昌福

三民書局

THE VISTA ENGLISH-JAPANESE DICTIONARY
edited by Shunsuke Wakabayashi
Copyright © 1997 by Sanseido Co., Ltd.
Chinese translation copyright © 2003 by San Min Book Co., Ltd.
Original Japanese edition published by Sanseido Co., Ltd.
Chinese translation rights arranged with Sanseido Co., Ltd.
through Japan Foreign-Rights Centre

漢譯版序

一般人查閱辭典只想知道單字的讀音、意義及用法，卻常忽略如何去記憶單字．事實上，辭典本身並不提供單字的記憶術，可是英語字彙浩如煙海，常使讀者今日記、明日忘，望字興嘆，徒喚奈何．有鑑於此，《三民實用英漢辭典》係根據日本《Vista 英和辭典》漢譯而成．在編譯過程中，除做適當的修正外，並添增語音與語義對應的象徵觀念 (sound symbolism)，希冀對國內的英漢辭典有「拾遺補缺」之作用，使原本枯燥乏味的單字記誦，變成一種觸類旁通、趣味盎然的「推理活動」，幫助記憶成串的單字，使英語閱讀充滿了樂趣，更能配合中學生與社會人士學習英語之需求．

除了提供字音、字形、字義之外，《三民實用英漢辭典》彷彿是一本小型的百科全書，書中的「充電小站」提供各式各樣的實用知識，為本辭典的特色之一． 例如，在語音方面介紹了「音素易位」(metathesis)、「首音韻置」(spoonerism)、「音節劃分」(syllabication) 等規則；在構詞方面，介紹字尾 -able 及 -ible 的區別；在字源方面，介紹迷信 (superstition) 的由來、英語的外來語等；在日常生活方面，介紹各種汽車的名稱、各種結婚週年紀念日的名稱、攝氏與華氏二者的差異等．內容琳瑯滿目，美不勝收．

本辭典具有下列五項特色：

- 收錄約31,000字，每個單字與片語均以加大字體印刷，有些常用單字以方框隔出或附有生動的插圖，版面清晰且容易閱讀．
- 用 K.K. 音標的標音方式，有助於學習者掌握正確發音．
- 詳細而明確的例句解說，有助於學習者充分瞭解單字的用法與意義．
- 書中的「充電小站」，提供學習者各式各樣的實用知識．
- 提供「語音與語義對應的象徵觀念」，讓學習者輕鬆記誦單字．

《三民實用英漢辭典》是 SARS 在臺灣肆虐下出版，匯集無數的心血而成，想藉此機會好好感謝三民書局辭典編輯小組的同仁們，沒有他們長期地參與翻譯、編輯、校訂等繁重的工作，這本辭典是不可能見到天日的．若有疏漏欠妥之處，尚祈先進時賢不吝賜教為幸，俾於再版時改正．

莫建清 謹誌

2003年5月

我確切地記得受三省堂之託「希望您能為我們製作一本能幫助初、中級的英文學習者學習英文的『新英和辭典』」是在1983年歲末之時. 歲月匆匆, 這之後又過了十多年. 好不容易, 今天終於能在這裡迎接這一本《Vista 英和辭典》的誕生. 對我來說, 到目前為止我的人生裡有許許多多值得高興的事, 而這本《Vista 英和辭典》的誕生, 則是令我最為高興的事情之一.

我之所以會一腳踏進「英語教育」及「英語教授」的領域中, 似乎是跟1960年出刊、由我執筆寫作的中學英語教科書 *New Approach to English*（大修館書店）有相當大的關係. 在這之後, 1964年又承蒙厚愛得以協助中學英語教科書 *The Junior Crown English Course*（三省堂）的編撰工作. 1975年起, 我成為中學英語教科書 *The Junior Crown English Series*（三省堂）的代表作者之一. 這些對於實現我的理想來說都是非常幸運的事.

參與這些編輯計畫, 使得我在現實生活中每天與在各中學任教的老師之間直接接觸的機會變得非常地多, 從北海道到沖繩, 各種形態的研討會、研修會、或者是講習, 都能以不同的資格親身參與（就連示範如何授課的經歷也有數百次）. 在會場上, 對於中學英語教育上的各種問題及困擾, 也能直接聽取任教老師的意見.

在這之後, 我又因為擔任高中英語教科書 *The New Century English Course*（三省堂）的執筆與編輯工作, 得以接觸到高中英語教育上所面臨的問題.

這樣的經歷讓我體悟到一件事, 那就是「語彙」在指導上有多麼地困難. 在語言學習的諸多要項中, 不論是「發音」、「文法」、「文字」、「符號」等方面, 其學習方法雖稱不上至臻完美, 但各個指導方法在某種程度上已經確立了（或說已經開始確立了）. 但是「語彙」（也包含片語）的指導方法真實的情況卻可以說是連一點頭緒也沒有, 每天都可以從許多學習者處聽到「單字該怎麼背才好?」等煩惱的聲音.

我想英和辭典是造成這種困擾的原因之一. 為了指導學生「語彙」, 教師會查閱英和辭典, 學習者為了知道「語彙」的語意, 也會查閱英和辭典. 但是自古以來, 幾乎大部分的英和辭典都將「語義」或是「詞性」過分繁雜地區分, 而且, 為了說明語法或用法, 使用了過多複雜的記號, 這些都造成了學習者學習上的「負擔」, 同時也容易誤導教師的指導方法. 這一本《Vista 英和辭典》即是掛心於此而盡了最大的努力, 希望能幫助以查閱字典學習英文的學習者, 盡量將「查字典」的負擔減到最低, 並希望這樣的做法能對開發教室中「語彙」的指導方法有所助益.

這一本《Vista 英和辭典》的完成, 承蒙了許多人士的協助. 除了參與編輯委員會的各位非常辛苦之外, 還有對協助執筆、協助編輯的各位, 及編寫例句、校對例句的各位也應在此致上謝意.

另外, 對於本辭典的完成還有一群必須感謝的人們. 他們是在東京都文京區區立第六中學、群馬工業高等專門學校、東京工業高等專門學校、東京學藝大學、東京外國語大學、都留文科大學、拓殖大學選修我開的課程的學生、研究生們. 藉由上課, 身為教師的我也增長了不少知識.

此外還有我現在所屬的「財團法人語學教育研究所」, 我與匯集在此的教師們之間無數次的共同研究, 更令我獲益良多. 還有也得感謝參加 COFS（這是在我家召開的一年12次的讀書會, 即將迎接第200次的到來）的各位.

這一本辭典以至完成, 竟花了十數年意想不到的歲月. 究其原因, 全都是因為我的怠慢以及一次又一次地嘗試錯誤所致, 因此, 我在這裡, 須鄭重地向長年來忍受我個人的怠慢以及一次又一次嘗試錯誤的三省堂表達衷心的感謝. 這一本《Vista 英和辭典》的完成, 最應該感謝的就是三省堂英語辭書編輯部的各位同仁, 若要特別感謝的話, 則是松原邦夫、山口英則、西垣浩二等諸位先生, 特別是松原邦夫先生, 在我的工作陷入一團混亂的時候及時伸出援手, 還有山口英則先生也時常提供已經暈頭轉向的我寶貴的意見, 謹在此深表謝意.

最後必須衷心感謝的是, 在我成為英語教師的路上, 經常給與我時而嚴謹時而和藹的指導的恩師——已故的小川芳男老師（於1990年7月31日逝世）. 在您生前未能親眼見到這一本辭典付梓, 請您一定要原諒我的怠慢.

我與日本的英語教育的關聯並未至此結束, 甚至可說, 從今而後才要開始呢. 就把這一本《Vista 英和辭典》的內容當作為英語學習者獻上的一份心力, 也讓這份「關聯」更綿延下去.

1997年10月1日

若 林 俊 輔

以製作出易於使用的英漢辭典為目標
我們在這本辭典中的特殊設計

▶ 充電小站 專欄的設計

這本《實用英漢辭典》的最特殊設計之一就是「充電小站」專欄. 很久以前有這麼一句話:「字典不是用來查的, 而是用來讀的.」至於要如何實現這句話, 正是這本辭典的一大課題, 而「充電小站」正是我們為此特別費心設計的. 希望透過閱讀這樣的專欄, 讀者能夠對英文產生興趣, 更能體會到辭典本身所想要傳達的意念.

▶ 拼字與發音的關係

英語當中有許多拼字, 只要符合某種語音規則, 便可依其拼字發出正確的讀音. 我們將會在 p.p. vi-viii 介紹「英語拼字與發音的關係」, 請讀者詳細閱讀.

▶ 利用表格標示重要單字的字義, 分為原義和釋義兩部分

原義是用來表示「中心意義 (core meaning)」之意. 對於一個英文初學者而言, 光是一個單字就要記那麼多不同的釋義, 實在不是一件容易的事. 為了減輕讀者記憶的負擔, 我們開始做這樣的嘗試, 就是盡量以淺顯易懂的文字來說明一個單字如何從原義衍生出各個不同的釋義.

▶「片語」的例句請參見本文 範例

例如 no better than 是 better 的一個片語, 譯作「與～一樣, 簡直是」, 並附有 (⇨ 範例 ①) 的指示, 若翻到 範例 ① 便能看見 That man is no better than a liar. (那個人簡直是騙子.) 其實, 英語中片語的數量並沒有那麼龐大, 只要仔細想一想每個字的釋義, 幾乎99%都可以自然地瞭解. 不論是口語或是書面用語都普遍存在著「片語」的概念, 因此我們盡量將片語安排在範例中, 同時也在片語中獨立出來.

▶ 不區分「及物動詞」與「不及物動詞」

例如: You have six sisters, I understand. 和 I understand that you're going to Canada this summer. 這兩個例句當中的 understand, 前面的是不及物動詞, 後面的是及物動詞. 在大部分的英漢辭典中會將「及物動詞」與「不及物動詞」分成兩個項目, 但多數的讀者在查字典時並不管它是「及物動詞」或是「不及物動詞」, 只要知道 understand 是「瞭解, 理解」就足夠了. 因此本辭典中不區分「及物動詞」與「不及物動詞」.

▶ 以形容詞、副詞等表示詞性

詞條下若同時標示形容詞、副詞等詞性, 表示該字可作形容詞、副詞等使用. 例如 high 這個字, 若作形容詞是「高高的」, 若作副詞是「高高地」, 只要掌握住 high 是「高」這個概念就可以了, 即使不會分辨「形容詞」或「副詞」也無礙於英文的理解.

▶ 不區分「可數名詞」與「不可數名詞」

「可數名詞 (countable noun, 略作〔C〕)」與「不可數名詞 (uncountable noun, 略作〔U〕)」的說法起源自 Otto Jespersen, 而將它實踐於教育的是 Harold E. Palmer. 至於編輯辭典上初次採用此學說的是在財團法人語言教育研究所 Palmer 先生指導下所編輯的 *Idiomatic and Syntactic English Dictionary* 的編輯群 A. S. Hornby 等. 這種〔C〕與〔U〕的區分方式, 在說明英語名詞的性質時非常有用. 但在現實生活中, 大多數的英語學習者通常無法理解〔C〕與〔U〕有何差別. 舉個例子來說, She is in bed with a cold. 與 Look out that you don't catch cold. 句中的兩個 cold, 他們通常不會特地說明哪一個是「可數名詞」, 哪一個是「不可數名詞」, 而只會說「通常就是這樣說」. 因此在《實用英漢辭典》中, 若有複數形的名詞 (即所謂的可數名詞), 會以 複數 的符號表示, 請各位讀者透過實際的範例加以理解.

《實用英漢辭典》的體例

†**who** [(強) `hu; (弱) hu] *pron.*

原義	用法	釋義	範例
誰	詢問是誰	誰	①
	說明是誰	他（們），她（們）	②

➡ 充電小站 (p. 1485), (p. 1487), (p. 1039), (p. 1041)

‡**rest** [rɛst] *n.* ① 休息. ②（樂譜的）休止符. ③ 臺，架. ④〔the ~〕剩餘.
——*v.* ⑤（使）休息. ⑥ 仍處於~的狀態，仍保持~的狀態. ⑦ 放置，擱置.

♦ **rést ròom** 公廁，洗手間.

複數 ① ② ③ **rests**

活用 *v.* rests, rested, rested, resting

Sun./Sun 《縮略》＝Sunday (星期日).

‡**vase** [ves] *n.* 花瓶，（裝飾用的）瓶：We saw some roses in the **vase**. 我們看到幾朵玫瑰花插在花瓶裡.

‡**better** [ˋbɛtɚ] *adj., adv.* ① 比 ~ 好的〔地〕，比~多的〔地〕.
——*n.* ② 較好的人〔事，物〕. ③〔~s〕尊長，長官.
——*v.* ④ 改進，改善.
範例 ① FM sound quality is **better** than AM. FM 的音質比 AM 好.
　　⋮
That man is no **better** than a liar. 那個人簡直是騙子.
　　⋮
④ George studied because he wanted to **better** himself. 喬治想要充實自我，所以他努力學習.
片語 **better off**（與以前相比）境況更好，生活更寬裕：They are much **better off** than before. 他們的生活比以前寬裕多了.
better ~self 改善自己，提高自己的地位. (⇨ 範例 ④)

had better ~ 應該~，最好~《~為原形動詞》. (⇨ 範例 ①)

no better than 與~一樣，簡直是. (⇨ 範例 ①)

so much the better 那就更好了：If you can bring your own car, **so much the better**. 你要是把車開來那就更好了.

詞條（依 **ABC** 排序）
重要詞條加註有†或*的記號.
最重要的基本用語(700個字)特別以較大的字型標示.
†功能詞 {最重要的基本用語　約150個／重要的基本用語　約70個}
*實義詞 {最重要的基本用語　約550個／重要的基本用語　約1,950個}
*實義詞　次要的基本用語　約3,050個

音標符號　基本上採用美式 KK 音標.

中心意義 (**core meaning**)

請參見 (p. 1485), (p. 1487), (p. 1039), (p. 1041)，那裡有生動活潑的 充電小站，是《三民實用英漢辭典》的重要特色.

詞性

複合字　所有的複合字均附有重音標示，依 ABC 排序.

名詞的複數形

活用　動詞：第三人稱單數現在式，過去式，過去分詞，現在分詞
形容詞、副詞：比較級，最高級

詞條可為「Sun. 或 Sun」之意.《縮略》不標示發音，其讀音以未省略之前的字為準，但會標示是由哪一個字變化而來.

詞條釋義　緊緊扣住該詞條最基本的意義. 每一個中文釋義都經過嚴格挑選，既貼切又好記.

片語　沒有詞性的區別，依 ABC 排序.

範例 ① ④ 中有該片語實際使用的英文例句. 由此可知，該片語的語義是由詞條的哪一個釋義衍生而來.

iv

《實用英漢辭典》的使用方法

- 詞性
  - *n.* 名詞
  - *v.* 動詞
  - *adj.* 形容詞
  - *adv.* 副詞
  - *prep.* 介系詞
  - *conj.* 連接詞
  - *pron.* 代名詞
  - *art.* 冠詞
  - *aux.* 助動詞
  - *interj.* 感嘆詞
  - *pref.* 字首
  - *suff.* 字尾

- 英語表現方式
  - 範例
  - 片語
  - ~ing 表示現在分詞或動名詞
  - ~'s 表示所有格的形態. my, his, her, its, our, your, their 等均包含在內.
  - ~self 表 示 myself, yourself, himself, herself, itself, ourselves, yourselves, themselves 等.
  - ◆ 複合字《附有重音標示》

- 變化情形
  - 複數 名詞的複數形
  - 活用 動詞: 第三人稱單數現在式, 過去式, 過去分詞, 現在分詞

- 解說項目
  - 參考 注意 發音 字源 充電小站 插圖

- 其他符號
  - / 「或」的意思
  - ⇨ 請參見同一個詞條的其他項目
  - ➡ 請參見 充電小站
  - ☞ 請參見相關事項
  - → 「變成」的意思
  - ↔ 反義字
  - ＋ 加號
  - ＝ 等號
  - ～ 表示某些字, 請參見「●英語表現方式」.
  - : 例示
  - [ ] 用以標示發音, 但《縮略》的詞條不標示發音, 其讀音以未省略之前的字為準.
  - ( ) 對於前面的詞條、範例等所做的說明.
  - 〖美〗 美式用法
  - 〖英〗 英式用法
  - 〔作單數〕 視為單數形使用
  - 〔作複數〕 視為複數形使用
  - 《縮略》 詞條的縮略
  - 《口語》 表示口頭用語
  - 《正式》 表示書面用語
  - 《古語》 表示古老用語
  - 《諺語》 表示諺語用法

☆這本辭典從 A 到 Z 每一個字母開始的地方都收錄了字母從大寫到小寫的變化過程. 原本英語剛開始的時候只有大寫, 大約在西元 1 世紀羅馬就已經全數完成, 所以此時的字體也稱作羅馬字. 經過很長一段時間之後, 小寫字母才在法蘭克王國 Charlemagne (742-814) 的時代略具雛形.

促成小寫字母產生的主要因素是希望縮小每一個字的空間及加快書寫的速度, 以節省時間. 當時並沒有像現在品質這麼好的「紙」, 只能鞣製羊皮, 將文字寫在無法大量生產的「羊皮紙」上, 為了能在小小的一張「羊皮紙」上書寫更多的文字, 小寫字母於是應運而生, 它不僅字體小, 書寫起來又快速, 真是一舉兩得.

英語拼字與發音的關係

1.元音的短音

a, e, i, o, u(有時包含 y)的字母稱作元音,
這些元音有兩種不同的讀音, 其中一種作短音.
(而另一種則為長音, 將會在 4.當中說明)

a [æ]	ad	[æd]
e [ɛ]	Ed	[ɛd]
i [ɪ]	in	[ɪn]
o [ɔ]	on	[ɔn]
u [ʌ]	up	[ʌp]
y [ɪ]	gym	[dʒɪm]

2.單輔音

(1)a, e, i, o, u 以外的字母稱作輔音, 單輔音的
發音如下:

b [b]	job	[dʒɑb]
	bed	[bɛd]
d [d]	bad	[bæd]
	dot	[dɑt]
f [f]	if	[ɪf]
	fin	[fɪn]
h [h]	hot	[hɑt]
j [dʒ]	jet	[dʒɛt]
k [k]	desk	[dɛsk]
	kid	[kɪd]
l [l]	lip	[lɪp]
	sail	[sel]
m [m]	ham	[hæm]
	man	[mæn]
n [n]	ten	[tɛn]
	net	[nɛt]
p [p]	map	[mæp]
	pen	[pɛn]
r [r]	red	[rɛd]
	mar	[mɑr]
t [t]	pet	[pɛt]
	tea	[ti]
v [v]	save	[sev]
	van	[væn]
w [w]	wet	[wɛt]
	wine	[waɪn]
y [j]	yes	[jɛs]
	yard	[jɑrd]
z [z]	zip	[zɪp]
	zoo	[zu]

(2)兩個相同的輔音連續出現時, 只要發單一輔
音, 而另一輔音省略:

bb	ebb	[ɛb]
dd	add	[æd] (與 ad 發音相同)
ff	stuff	[stʌf]
ll	well	[wɛl]
mm	summer	[`sʌmɚ]
nn	inn	[ɪn] (與 in 發音相同)
pp	supper	[`sʌpɚ]
ss	kiss	[kɪs]
tt	putt	[pʌt]
zz	jazz	[dʒæz]

(3)c, g, s, x 等4個字母, 各有兩種讀音:

c① [s] 在 e, i, y 的前面時 (與 s 發音相同)

cent	[sɛnt]
race	[res]

c② [k] 在其餘任何位置時 (與 k 發音相同)

cake	[kek]
cop	[kɑp]
cut	[kʌt]
fact	[fækt]

g① [dʒ] 在 e, i, y 的前面時 (與 j 發音相同)

gin	[dʒɪn]
gym	[dʒɪm]
page	[pedʒ]

g② [g] 在其餘任何位置時

gas	[gæs]
golf	[golf]
gun	[gʌn]
big	[bɪg]

s① [s]

bus	[bʌs]
sun	[sʌn]

s② [z]

his	[hɪz]
has	[hæz]

x① [ks]

box	[bɑks]
mix	[mɪks]

x② [gz]

exact	[ɪg`zækt]
exam	[ɪg`zæm]

3.輔音的組合

(1)以兩個或三個輔音組合而成:

ch, tch [tʃ]

rich	[rɪtʃ]
chin	[tʃɪn]
match	[mætʃ]

dge [dʒ] (與 j 發音相同)

badge	[bedʒ]

sh [ʃ]

ship	[ʃɪp]
fresh	[frɛʃ]

ng [ŋ]

wing	[wɪŋ]
spring	[sprɪŋ]

ck [k] (與 k 發音相同)

check	[tʃɛk]
shock	[ʃɑk]

qu [kw]

quiz	[kwɪz]
quick	[kwɪk]

(2)以下的輔音字母組合有兩種不同的發音:

th① [θ]

thing	[θɪŋ]
thatch	[θætʃ]

th② [ð]

this	[ðɪs]
bathe	[beð]

4.元音的長音

a, e, i, o, u (有時包含 y) 的字母稱作元音，這些元音的第二種讀音為「長音」, 而這些長元音的拼字情形則如下所示:

⑴當元音字母位於字尾或音節末時:

a [e]　famous [`feməs]
　　　　(famous 是由 fa 和 mous 兩個音節構成的，而 fa 的 a 位於第一音節末，因此發長音. 至於 ous 的讀音請參見說明 8.)
e [i]　me [mi]
i [aɪ]　hi [haɪ]
o [o]　so [so]
u [ju]　mu [mju]
y [aɪ]　by [baɪ]

⑵其順序為〈元音字母＋e〉時:

ae [i]　vitae [`vaɪti]
ee [i]　bee [bi]
ie ① [aɪ]　pie [paɪ] (ie ② 的說明請參見 5. 之 ⑵)
oe [o]　toe [to]
ue [ju]　due [dju]
ye [aɪ]　dye [daɪ]

⑶其順序為〈元音字母＋單輔音＋e〉時: ({ } 表示單輔音)

a{ }e [e]　name [nem]
e{ }e [i]　eve [iv]
i{ }e [aɪ]　time [taɪm]
o{ }e [o]　home [hom]
u{ }e [ju]　tube [tjub]
y{ }e [aɪ]　type [taɪp]

5. 元音的組合

⑴以兩個元音字母 a, e, i, o, u, y (有時包含 w) 組合而成:

oi, oy [ɔɪ]
　coin [kɔɪn]
　boy [bɔɪ]
ei, ey; ai, ay [e] (與 a 的長音發音相同)
　veil [vel]
　prey [pre]
　rain [ren]
　day [de]
au, aw [ɔ]
　Paul [pɔl]
　saw [sɔ]
eu, ew [ju] (與 u 的長音發音相同)
　deuce [djus]
　few [fju]
oa [o] (與 o 的長音發音相同)
　road [rod]
　throat [θrot]
ou [au]
　loud [laud]
　shout [ʃaut]

⑵以下的元音字母組合有兩種不同的發音:

ow ① [au] (與 ou 發音相同)
　cow [kau]
　town [taun]

ow ② [o] (與 o 的長音發音相同)
　low [lo]
　snow [sno]
ea ① [i] (與 e 的長音發音相同)
　eat [it]
　teach [titʃ]
ea ② [ɛ] (與 e 的短音發音相同)
　head [hɛd]
　death [dɛθ]
oo ① [u]
　moon [mun]
　food [fud]
oo ② [ʊ]
　book [buk]
　foot [fut]
ie [i] (與 e 的長音發音相同, ie ① 的說明請參見 4. 之 ⑵)
　field [fild]
　chief [tʃif]

oi, ei, ai, au, eu, ou 等拼字不出現在字尾，但 you 例外.

6. 〈元音字母＋r〉的讀音

er [ɝ]
　germ [dʒɝm]
　verb [vɝb]
ar [ɑr]
　hard [hɑrd]
　march [mɑrtʃ]
or [ɔr]
　corn [kɔrn]
　north [nɔrθ]
ir, ur [ɝ] (與 er 發音相同)
　bird [bɝd]
　turn [tɝn]

7. 〈複合元音＋r〉的讀音

ire, yre [aɪr]
　fire [faɪr]
　lyre [laɪr]
our, ower [aur]
　sour [saur]
　power [paur]
ore, oar [ɔr]
　store [stɔr]
　board [bɔrd]
are, air [ɛr]
　care [kɛr]
　hair [hɛr]
ere, eer, ear [ɪr]
　here [hɪr]
　deer [dɪr]
　year [jɪr]
ure [jur]
　cure [kjur]
　pure [pjur]
oor [ur]
　poor [pur]
　moor [mur]

8. 又輕、又短、又快速的讀音

通常位於輕音節，其拼字與發音的關係如下：

a [ə]
　ago　[əˋgo]
　salad　[ˋsæləd]
age [ɪdʒ]
　image　[ˋɪmɪdʒ]
　village　[ˋvɪlɪdʒ]
ain [n̩]
　Britain　[ˋbrɪtn̩]
　mountain [ˋmaʊntn̩]
i　[ɪ]
　basic　[ˋbesɪk]
　habit　[ˋhæbɪt]
e　[ɪ]
　illness　[ˋɪlnɪs]
　report　[rɪˋport]
o　[ə]
　lemon　[ˋlɛmən]
　lion　[ˋlaɪən]
u　[ə]
　careful　[ˋkɛrfəl]
　August　[ˋɔgəst]
y, ey, ie [ɪ]
　baby　[ˋbebɪ]
　turkey　[ˋtɝkɪ]
　Charlie　[ˋtʃɑrlɪ]
ous [əs]
　famous　[ˋfeməs]
　nervous [ˋnɝvəs]
er, ar, or, yr, ur [ɚ]
　winter　[ˋwɪntɚ]
　dollar　[ˋdɑlɚ]
　sailor　[ˋselɚ]
　martyr　[ˋmɑrtɚ]
　surprise　[sɚˋpraɪz]

tual [tʃʊəl]
　actual　[ˋæktʃʊəl]
　punctual [ˋpʌŋktʃʊəl]
ture [tʃɚ]
　future　[ˋfjutʃɚ]
　picture [ˋpɪktʃɚ]
du [dʒʊ]
　gradual　[ˋgrædʒʊəl]
　educate [ˋɛdʒʊˌket]
dure [dʒɚ]
　verdure　[ˋvɝdʒɚ]
　procedure [prəˋsidʒɚ]
sual [ʒʊəl]
　visual　[ˋvɪʒʊəl]
　usual　[ˋjuʒʊəl]
sure [ʒɚ]
　treasure　[ˋtrɛʒɚ]
　measure [ˋmɛʒɚ]
sue [sju]
　issue　[ˋɪʃju]
　tissue　[ˋtɪʃju]
tion, sion [ʃən]
　nation　[ˋneʃən]
　mansion [ˋmænʃən]
cian [ʃən]
　magician [məˋdʒɪʃən]
　musician [mjuˋzɪʃən]
tious, cious [ʃəs]
　cautious　[ˋkɔʃəs]
　spacious [ˋspeʃəs]
gion, geon [dʒən]
　region　[ˋridʒən]
　pigeon　[ˋpɪdʒən]
gious, geous [dʒəs]
　religious [rɪˋlɪdʒəs]
　gorgeous [ˋgɔrdʒəs]

A, a

A A a a a

簡介字母 A 語音與語義之對應性

/ɑ/ 在發音語音學上列為低元音。發音時，下顎下降至最低點，舌位亦最低，然而軟顎上升，阻絕口腔與鼻腔之通道，此時嘴張得很大，口腔前部的空間比後部大，形成咽腔空間小，聲壓大，因而具有「低」和「大」之本義。

(1) 表示「低級的動作、狀態或低沉的事物」：
laugh　v. 嘲笑
damn　v. 貶低，詛咒
cadge　v. 乞討（金錢、食物等）
bastard　n. 私生子
pan　n. （有把手的）平底鍋
base　n. 底部；adj. 低劣的，卑鄙的
bass　n. 男低音，低沉的聲音
bad　n. （品質等）拙劣的
bashful　adj. 害羞的

(2) 表示「具有大的觀念、動作、形體、特徵」：
father　n. 父親《古人有重男輕女的觀念》
bachelor　n. 單身漢
masculine　adj. 陽性
man　n. 男人
maximum　n. 極大（值）
largess　n. 慷慨大方
mammoth　n. 巨大之物

crash　v. （發出巨大的聲音而）破碎
dash　v. 猛衝
magnify　v. （鏡片、透片等）放大
hack　v. （以斧頭等）劈，砍
quaff　v. 大口喝（酒），痛飲
crackdown　v. 嚴厲取締
bang　n. （突然的）巨響
clang　n. 金屬相擊之鏗鏘聲
glare　adj. 刺眼的強光
dazzle　adj. 耀眼的
vast　adj. 廣大的，巨大的
large　adj. 大的
grand　adj. 雄偉的，崇高的
major　adj. （數量、程度、價值等）較大的
ample　adj. 廣大的，寬闊的
fat　adj. 肥胖的
grave　adj. 重大的
macrocosm　n. 大宇宙
rapturous　adj. 狂喜的
rant　v. 大聲喊叫
massacre　n. 大屠殺
gallant　adj. 英勇的，膽大的

A [e] *n.* ① C 大調的第6音。《縮略》＝② answer（回答）。③ ampere, amperes（安培）。
♦ **Á-bòmb** 原子彈。
複數 **A's/As**

†**a** [（弱）ə；（強）e] *art.* 一個，某一個的；〔用於專有名詞前〕叫做～的人或～的作品《後面接以輔音開始的字》。
範例 I'll finish the work in **a** week. 我會在一星期內完成這項工作。
Not **a** cloud could be seen. 萬里無雲。
We have English only three times **a** week. 我們一星期只有3次英文課。
Mr. Lee is **a** close friend of mine. 李先生是我的知心好友。
It's too difficult **a** book for me. 那本書對我來說太難。
How many sides does **a** square have? 一個正方形有幾個邊？
A Mr. Brown has come to see you. 一位叫布朗的先生來找你。
What wonderful news: the painting on my wall is **a** Dali. 真是好消息，我家牆上的畫是達利的作品。
➡ 充電小站 (p. 3)

aback [ə`bæk] *adv.* 〔只用於下列片語〕向後面。
片語 ***take ～ aback*** 使大吃一驚：We were **taken aback** by their rude behavior. 他們無禮的行為讓我們大吃一驚。

abacus [`æbəkəs] *n.* 算盤。
複數 **abacuses**

*****abandon** [ə`bændən] *v.* 拋棄，放棄。
範例 Joe **abandoned** his family and went off to the West Coast. 喬拋棄了家庭，去了西海岸。
She **abandoned** her plan. 她放棄了她的計畫。
活用 *v.* **abandons, abandoned, abandoned, abandoning**

abandonment [ə`bændənmənt] *n.* 拋棄，放棄：She objected to the **abandonment** of the plan. 她反對放棄那項計畫。

abashed [ə`bæʃt] *adj.* 難為情的，窘迫的：I was **abashed** to find the house was not mine. 我發覺那不是我的家而感到不好意思。
活用 *adj.* **more abashed, most abashed**

abate [ə`bet] *v.* 使變弱，（風、雨、暴風雨等）減弱：The ship waited at the wharf until the storm **abated**. 船停在碼頭等待暴風雨減弱。

A

活用 v. abates, abated, abated, abating
abatement [ə`betmənt] n. 減弱，減少：
There is no **abatement** of the storm. 暴風雨
絲毫沒有減弱的跡象。

abbess [`æbɪs] n. 女修道院院長《☞abbot (修
道院院長)》.
複數 **abbesses**

abbey [`æbɪ] n. ① 修道院《男修道院
(monastery) 或女修道院 (convent)》. ② 〔the
A~〕(英國倫敦的) 西敏寺.
複數 **abbeys**

abbot [`æbət] n. 修道院院長《☞ abbess (女修
道院院長)》.
複數 **abbots**

＊＊abbreviate [ə`brivɪˌet] v. 省略，縮寫，縮短：
We **abbreviate** Los Angeles to L.A. Los
Angeles 縮寫為 L.A.
活用 v. abbreviates, abbreviated,
abbreviated, abbreviating

abbreviation [əˌbrivɪ`eʃən] n. 縮寫，省略：
P. E. is an **abbreviation** of "physical
education." P. E. 是 physical education 的縮
寫。
➡ 充電小站 (p. 5), (p. 865)
複數 **abbreviations**

ABC [`e`bi`si] n. 英文字母；初步，入門。
複數 **ABC's/ABCs**

abdicate [`æbdəˌket] v. 放棄 (權利，義務
等)；(國王，女王) 退位。
活用 v. abdicates, abdicated, abdicated,
abdicating

abdication [ˌæbdə`keʃən] n. (權利，義務等
的) 放棄；(國王、女王的) 退位。
複數 **abdications**

abdomen [`æbdəmən] n. 腹部《日常用
stomach 或較不正式的 belly)》.
複數 **abdomens**

abdominal [æb`dɑmənl] adj. 腹部的。

abduct [æb`dʌkt] v. 誘拐，拐騙，綁架。
活用 v. abducts, abducted, abducted,
abducting

abduction [æb`dʌkʃən] n. 誘拐，拐騙，綁
架。

abet [ə`bɛt] v. 唆使，教唆，慫恿：The queen
aided and **abetted** him in murdering the king.
皇后慫恿並幫助他謀殺國王。
片語 **aid and abet** (法律上) 夥同~作案. (⇨
範例)
活用 v. abets, abetted, abetted, abetting

abhor [əb`hɔr] v. 嫌惡，憎惡：We **abhor**
violence. 我們憎惡暴力。
活用 v. abhors, abhorred, abhorred,
abhorring

abhorrence [əb`hɔrəns] n. 憎惡，討厭；厭
惡的事物：My sister has an **abhorrence** of
mathematics. 我妹妹非常討厭數學。
片語 **has an abhorrence of** 對~厭惡. (⇨
範例)

abhorrent [əb`hɔrənt] adj. (事物) 令人厭惡

的：Dishonesty is **abhorrent** to us. 我們厭惡
不誠實。
片語 **be abhorrent of** 討厭：Mr. Anderson is
abhorrent of Kafka. 安德森先生非常討厭卡
夫卡。
活用 adj. more abhorrent, most abhorrent

＊abide [ə`baɪd] v. ① 容忍，忍耐《常與 can,
could 連用於否定句》. ② 遵守，服從 (by).
範例 ① I cannot **abide** this kind of grammatical
error. 我不能容忍這樣的文法錯誤。
② Baseball players must **abide** by the umpire's
decision. 棒球選手必須服從裁判判決。
活用 v. abides, abided, abided,
abiding/abides, abode, abode,
abiding

＊ability [ə`bɪlətɪ] n. ① 能力。② 才能，才幹。
範例 ① Owls have the **ability** to see at night. 貓
頭鷹夜裡也能看得很清楚。
② Chaplin is a man of great **abilities**. 卓別林
是個有才華橫溢的人。
片語 **to the best of ~'s ability** 盡其所能：
Bob did the job **to the best of his ability**. 鮑
伯竭盡全力做那件工作。
複數 **abilities**

abject [`æbdʒɛkt] adj. 〔只用於名詞前〕悲慘
的，卑鄙的：Many people still live in **abject**
poverty. 許多人還過著十分貧窮的生活。
♦ **abject poverty** 赤貧. (⇨ 範例)
活用 adj. more abject, most abject

abjectly [`æbdʒɛktlɪ] adv. 悲慘地，卑鄙地。
活用 adv. more abjectly, most abjectly

ablaze [ə`blez] adj. 〔不用於名詞前〕① 燃燒
的。② 閃爍的，發光的《常與 with 連用》.
範例 ① One little cigarette butt set the forest
ablaze. 一個小小的菸蒂引發了一場森林大
火。
② He looked **ablaze** with the passion of youth.
他散發著年輕的神采。
字源 a (古英語中為介系詞 "on" 的意思)＋
blaze (火焰).

＊＊able [`ebl] adj.

原義	用法	釋義	範例
有能力	able ＋ to ＋ 原形動詞	能〔可以〕	①
	用於名詞前	能幹的	②

範例 ① I'm **able** to visit Granny quite often. 我可
以經常去看奶奶。
I am not **able** to read this code. 我看不懂這
個暗號。
Will you be **able** to come to the party? 你能來
參加晚會嗎?
They stood in line for hours, but they weren't
able to buy the new videogames. 他們排了好
幾個小時的隊，還是沒能買到新上市的電玩
遊戲。
② She is a very **able** nurse. 她是一個很能幹的

a，an 的用法

【Q】請說明 a 與 an 的用法.

【A】a，an 用於可數的名詞之前表示「一個」之意.

例如，僅 dog 表示「(抽象的) 狗這種動物或狗肉」之意，而 a dog 則表示「(具體的) 一隻狗」.

a，an 原來與 one 是同一個字. 按理說 an 應該像 one 一樣帶有 n 字母的，確過去曾只用 an 這個字，但用在以輔音開始不好發音的字之前時 n 省略而剩下 a.

▶ a 與 an 用法上的區別

an 用於以 a, e, i, o, u 等元音為起首的單字前，其他字母為首則用 a.

<u>an</u> apple (蘋果)
<u>an</u> engineer (工程師)
<u>an</u> idea (理想)

<u>an</u> opera (歌劇)
<u>an</u> umbrella (傘)

但是有兩個例外.

① 當 u 讀作 [ju] 時用 a.
a uniform (制服)

② 雖以 h 為首，但在 h 不發音的字之前用 an.
an hour (一個小時)

▶「混濁的」n

英語的 n 音具有「混濁」的特性. 這種特性在 n 位於 a, e, i, o, u 之間時十分明顯.

例如，an apple 讀作 [əˋnæpl]，an idea 讀作 [əˋnaɪdɪə].

newt (蠑螈) 原為 ewt，但在多次反覆發此音時，an ewt 自然變成 a newt.

相反地，a napron 則變為 an apron (圍裙).

護士.

☞ ① ↔ unable，*n.* ability，*v.* enable

活用 *adj.* **abler**，**ablest/more able**，**most able**

-able *suff.* 能~的《形容詞字尾》：eat**able** 能吃的；believ**able** 可信的.

参考 隱含被動的意味，含「可以被~ (can be~)」的意思. These strawberries are eatable. 是「這些草莓是可以吃的 (These strawberries can be eaten.)」→「食物還沒有腐爛，所以可以吃.」

➡ 充電小站 (p. 7)

ably [ˋeblɪ] *adv.* 熟練地，能幹地，巧妙地：The policeman controlled the traffic very **ably**. 那個警察熟練地指揮著交通.

活用 *adv.* **more ably**，**most ably**

*__**abnormal**__ [æbˋnɔrml] *adj.* 反常的，變態的：His **abnormal** behavior led to a visit by the counselor. 他的反常行為招致輔導員的探訪.

☞ ↔ normal

活用 *adj.* **more abnormal**，**most abnormal**

abnormality [͵æbnɔrˋmælətɪ] *n.* 反常，反常的事物.

複數 **abnormalities**

abnormally [æbˋnɔrmlɪ] *adv.* 反常地：It is **abnormally** cold for this time of year. 今年這個時候異常地冷.

活用 *adv.* **more abnormally**，**most abnormally**

*__**aboard**__ [əˋbord] *adv.*，*prep.* 在 (飛機、火車、船等) 上；上船；登機；上車.

範例 They went **aboard** the ship. 他們上船了.
Mary is now **aboard** the ship. 瑪麗現在在船上.
All **aboard**! 請各位登機 [上火車、上船].
Welcome **aboard**! 歡迎搭乘!《機長和空服人員，火車和船上的服務人員對乘客用語》

字源 a (~的上面) + board (船的甲板).

*__**abode**__ [əˋbod] *n.* ① 住所，住宅.
——*v.* ② abide 的過去式、過去分詞.

*__**abolish**__ [əˋbɑlɪʃ] *v.* 廢除，廢止.

範例 We must **abolish** this evil custom. 我們必須廢除這種惡習.
Slavery was **abolished** in the United States of America in 1863. 美國於1863年廢除奴隸制度.

活用 *v.* **abolishes**，**abolished**，**abolished**，**abolishing**

abolition [͵æbəˋlɪʃən] *n.* 廢止，廢除：We must pursue the **abolition** of nuclear testing. 我們必須實行廢除核試驗.

abominable [əˋbɑmɪnəbl] *adj.* 令人憎惡的，討厭的；《口語》(天氣、食物等) 惡劣的.

範例 The woman told an **abominable** lie. 那個女人撒了一個惡劣的謊言.
Health care is **abominable** in most third world countries. 醫療保健在許多第三世界國家中情況惡劣.
abominable weather 惡劣的天氣.

♦ **Abòminable Snówman** 雪人《據說生活在喜瑪拉雅山上的一種類似人的動物》.

活用 *adj.* **more abominable**，most **abominable**

abominably [əˋbɑmɪnəblɪ] *adv.* 令人討厭地；惡劣地.

活用 *adv.* **more abominably**，**most abominably**

abominate [əˋbɑmə͵net] *v.* 憎惡，厭惡，極度討厭：People **abominate** war. 人們憎惡戰爭.

活用 *v.* **abominates**，**abominated**，**abominated**，**abominating**

abomination [ə͵bɑməˋneʃən] *n.* 憎惡，厭惡，極為可憎的事物 [行為]：Any normal person would hold murder in **abomination**. 正常的人都極度憎惡殺人.

A

[片語] *hold ~ in abomination* 厭 惡. (⇨
[範例])

[複數] **abominations**

aboriginal [ˌæbəˈrɪdʒən!] *adj.* ① 土生土長
的，原住民的，原始的: **aboriginal** races 原
住民民族.

——*n.* ② 原本存在該地的人〔動物、植物〕.

[參考] 有時特指「澳洲的原住民(的)」，表示此意
時通常寫作 Aboriginal.

[複數] **aboriginals**

aborigine [ˌæbəˈrɪdʒənɪ] *n.* 原住民，土著.

[參考] 有時特指「澳洲的原住民」，表示此意時通
常寫作 Aborigine.

[字源] 拉丁語的 ab (從)＋origine (最初，開始).

[複數] **aborigines**

abort [əˈbɔrt] *v.* 中止 (計畫等)，墮胎.

[活用] *v.* **aborts, aborted, aborted, aborting**

abortion [əˈbɔrʃən] *n.* 中輟的計畫；流產；墮
胎.

[複數] **abortions**

*abound [əˈbaund] *v.* 有很多，富於 (in, with).

[範例] Wild birds **abound** in this area. 這地區有
很多野鳥.

The kitchen **abounded** with cockroaches. 廚
房裡有很多蟑螂.

That country **abounds** in valuable minerals.
那個國家蘊藏豐富的貴重礦物.

☞ *adj.* **abundant**, *n.* **abundance**

[活用] *v.* **abounds, abounded, abounded,**
abounding

†**about** [əˈbaut] *prep.*, *adv.*

原義	層面	釋義	範例
～ 一 帶 、 左 右	場所	*prep.* ～的周圍，～的附近	①
		adv. 到處，各處，周圍，圍繞	②
	時間、數量	*prep.*, *adv.* 將近，左右，大約	③
	事物	*prep.* 有關，關於	④

[範例] ① The children sat **about** the musician. 孩
子們圍坐在音樂家身旁.

There is something noble **about** him. 他身上
有一種高雅的氣度.

There were sheets of paper and books lying
about the room. 文件和書籍散放在房間各
處.

② He looked **about**. 他環視了四周.

She must be somewhere **about**. 她一定是在
附近的甚麼地方.

There was a lot of food poisoning **about** that
summer. 那年夏天食物中毒大流行.

He turned **about** and found a stranger had

followed him. 他轉身時發現有一個陌生人在
跟蹤自己.

About face! 〖美〗向後轉!

About turn! 〖英〗向後轉!

③ I usually go to bed at **about** ten. 我通常在10
點左右睡覺.

This tree is **about** as tall as that one. 這棵樹
和那棵樹差不多一樣高.

The bus is **about** to start. 公車就要發車了.

I am not **about** to say she is wrong. 我不打算
說她不對.

④ He talked **about** his future plans. 他說了一
下自己將來的計畫.

This is a book **about** the universe. 這是一本
有關宇宙的書.

What **about** Richard? Maybe he can help us.
理查怎麼樣呢? 也許他能幫我們.

How **about** joining us? 要不要一起來?

[片語] *is about to ~/am about to ~/are*
about to ~ 正要，即將，正準備. (⇨ [範例]
③)

How about ~? ～怎麼樣? (⇨ [範例] ④)

What about ~? ～怎麼樣? 你認為～如何?
(⇨ [範例] ④)

up and about 痊癒; 到戶外走動: He was
up and about after a long stay in the hospital.
住院很久後，他終於能夠下床活動了.

†**above** [əˈbʌv] *prep.*, *adv.* ① (位置) 在～
之上，在～上游，高於; (程度、地
位、能力等) 超過，在上面.

——*n.*, *adj.* ② 上述 (的).

[範例] Mt. Everest is 8,848 meters **above** sea
level. 聖母峰高達海拔8,848公尺.

We live in a village a few miles **above** this
bridge. 我們住在離這座橋上游數哩的村子
裡.

The food supplies are **above** the bed; the
dishes are below. 儲備的糧食在床的上方，
餐具在床的下方.

The baby weighs **above** 3,500 grams. 那個
嬰兒的體重超過3,500公克.

Is my work **above** the average? 我的作品在
水準之上嗎?

His brother is **above** him in everything. 他哥
哥在各方面都比他強.

He is a yes-man to those **above** him. 他對上
司絕對服從.

She is **above** saying bad things about others.
她不是那種會說別人壞話的人.

No one here is **above** suspicion. Everyone
will be interrogated. 這裡所有人都有嫌疑，每
個人都要接受調查.

The sound you're talking about is coming from
the helicopter **above**. 你所說的聲音是來自
頭頂上的那架直升機.

See the example **above**. 請見上例.

He's always hoping for the position **above**. 他
成天想著如何升級.

② Read the **above** again if it's not clear yet. 如

充電小站

縮寫字 (abbreviation)

【Q】Mr. 是只取 Mister 的第一個字母和最後一個字母的縮寫, 請問 Mrs. 是哪個字的縮寫呢?

【A】Mrs. 是 Mistress 的縮寫.

下面再舉幾個單字縮寫的例子.

(1) 只取第一個字母和最後一個字母
Dr. (Doctor)　Jr. (Junior)
Mt. (Mount)　vs. (versus)
hr (hour)　wk (week)

(2) 只取前面的幾個字母
Sept. (September)　Tues. (Tuesday)
Prof. (Professor)　Univ. (University)
Ave. (Avenue)　tel. (telephone)

(3) 取部分字母
P.S. (postscript)　K.O. (knockout)
kg (kilogramme)　Ltd. (Limited)

(4) 只取第一個字母
p (page)　m (meter)　l (line, liter)
由兩個以上的字之字首所構成的縮寫字, 依據其讀法可分類如下:

(a) 每個字母單獨發音
UK (United Kingdom)
USA (United States of America)
CIS (Commonwealth of Independent States)
PR (public relations)
NG (no good)
DJ (disk jockey)

WC (water closet)
SF (science fiction)
EU (European Union)
MVP (most valuable player)
GNP (gross national product)
PTA (parent-teacher association)
PKO (peace-keeping operations)

(b) 讀作一個字
AIDS (acquired immune deficiency syndrome)
UNESCO (United Nations Educational, Scientific and Cultural Organization)
AMEDAS (Automated Meteorological Data Acquisition System)
ASEAN (Association of Southeast Asian Nations)
NIES (Newly Industrializing Economies)
屬於(b), 但不視為縮寫字而作普通名詞.
radar (radio detecting and ranging)
scuba (self-contained underwater breathing apparatus)
另外也有取(a)和(b)兩種讀法, 例如 UFO (unidentified flying object) 讀作 [ˏjuɛˋo] 和 [ˋjufo], VIP (very important person) 讀作 [ˋviˋaɪˋpi] 和 [vɪp].
Christmas 有時寫成 Xmas, 其中的 X 表示基督, 而 X'mas 的寫法是錯誤的.

果你還不明白的話, 請再看一遍上面所寫的內容. The **above** examples will help you understand better. 上述的例子將有助於你更加瞭解.

片語 ***above all/above all things*** 尤其, 特別, 最重要的是: He is strong, brave and, **above all**, honest. 他強壯、勇敢, 最重要的是他誠實.

～and above 在～之上, 高於, 超過.

get above ～self 自以為是, 自命不凡: She's been **getting above herself** ever since she started going to finishing school. 她自從進入禮儀學校 (訓練青年女子進入社交界所需教養的私立學校) 後更加驕傲自大了.

☞ ↔ below

Abraham [ˋebrəˏhæm] n. ① 男子名《暱稱為 Abe》. ② 亞伯拉罕《猶太人的祖先》.

abrasive [əˋbresɪv] adj. ① 有研磨作用的. ② 惱人的, 刺耳的.

活用 adj. **more abrasive**, **most abrasive**

abreast [əˋbrɛst] adv. 並肩地, 並列地.

範例 They walked six **abreast**, taking up the whole sidewalk. 他們6個人並肩走, 占據了整個人行道.

Good surgeons keep **abreast** of the latest operating techniques. 好的外科醫生採用最新的手術技術.

片語 ***keep abreast of*** 與～並進, 不落伍. (⇨

字源 a (可能是古英語用為介系詞 "of" 的意思) ＋breast (胸)→「胸並胸」.

abridge [əˋbrɪdʒ] v. 刪減, 縮短: *Tales from Shakespeare* is **abridged** from the original. 《莎士比亞的故事》是由原作節略而成.《莎士比亞的故事》是查爾斯・藍姆 (Charles Lamb) 根據莎士比亞的戲劇, 與其妹瑪麗合著而成的通俗易懂的故事集, 於1807年出版》

活用 v. **abridges**, **abridged**, **abridged**, **abridging**

abridgment/abridgement
[əˋbrɪdʒmənt] n. 節略, 縮短;(書、故事的) 節本, 節錄: This play is an **abridgment** for radio. 這齣戲劇是供廣播節目用的摘要版.

複數 **abridgments/abridgements**

***abroad** [əˋbrɔd] adv. ① 去國外, 在國外. ② 流傳地, 遍布地. ③《古語》在戶外.

範例 ① Jim studied **abroad**. 吉姆到國外留學了.
Would you like to go **abroad**? 你想出國嗎?
② The news quickly spread **abroad**. 那個消息很快地傳開來.

片語 ***from abroad*** 從國外: a letter **from abroad** 國外的來信.

字源 a (中古英語用為介系詞 "on" 的意思) ＋broad (廣泛四散).

****abrupt** [əˋbrʌpt] adj. ① 突然的. ②（舉止、言

A

談等）粗魯的，無禮的．

[範例] ① Route 292 is full of **abrupt** turns. 292號公路上急轉彎很多．

The train came to an **abrupt** stop. 那列火車突然煞車．

② You should never be **abrupt** to customers. 你不應該對顧客無禮．

[活用] adj. **more abrupt, most abrupt**

abruptly [ə`brʌptlɪ] adv. ① 突然地. ② 粗魯地，無禮地．

[活用] adv. **more abruptly, most abruptly**

abruptness [ə`brʌptnɪs] n. ① 突然. ② 粗魯，無禮．

abscess [`æb͵sɛs] n. 膿瘍，膿腫．

[複數] **abscesses**

abscond [æb`skɑnd] v. 潛逃，逃亡．

[活用] v. **absconds, absconded, absconded, absconding**

*__absence__ [`æbsn̩s] n. 不在，缺席；缺乏《常與of 連用》.

[範例] Please look after the canary during my **absence**. 我不在家時請幫我照顧那隻金絲雀．

Do you know the reason for his **absence** from school? 你知道他缺課的原因嗎？

A complete **absence** of snow means financial ruin for a ski resort. 完全沒下雪就等於是斷了滑雪勝地的財源．

☞ ↔ presence

[複數] **absences**

absent [adj. `æbsn̩t; v. æb`sɛnt] adj. ① 不在場的，缺席的；缺乏的. ②〔只用於名詞前〕茫然的，心不在焉的.

—— v. ③ 使缺席，使不在《常用 ~ oneself from 形式》.

[範例] ① Three students are **absent** today. 今天有3個學生缺席．

Snow is **absent** around here. 這一帶不下雪．

② Ann answered in an **absent** way. 安心不在焉地回答．

③ Yesterday I **absented** myself from the meeting. 我沒出席昨天的會議．

☞ adj. ↔ present

[活用] v. **absents, absented, absented, absenting**

absentee [͵æbsn̩`ti] n. 缺席者，缺勤者：

There were many **absentees** from school with colds. 由於感冒，缺課的人很多．

[複數] **absentees**

absently [`æbsn̩tlɪ] adv. 茫然地，心不在焉地：George nodded **absently**. 喬治心不在焉地點了頭．

[活用] adv. **more absently, most absently**

absent-minded [`æbsn̩t`maɪndɪd] adj. 茫然的，心不在焉的.

[字源] absent（不存在的）＋mind（思考能力）＋-ed（狀態）.

[活用] adj. **more absent-minded, most absent-minded**

*__absolute__ [`æbsə͵lut] adj. ① 絕對的；全然的，完全的. ② 無條件的；專制的．

[範例] ① the **absolute** truth 絕對的真理．

absolute freedom 完全的自由，充分的自由．

an **absolute** fool 十足的傻瓜．

② an **absolute** promise 無條件的承諾．

an **absolute** ruler 獨裁者．

♦ **àbsolute álcohol** 純酒精《純度99%以上》.

àbsolute pítch 絕對音高；絕對音感.

àbsolute témperature 絕對溫度《以絕對零度（-273.15℃）為基準所表示出的溫度》.

àbsolute válue 絕對值《一個實數在不計其正負號時的值》.

*__absolutely__ [`æbsə͵lutlɪ] adv. ① 完全地，絕對地. ② 無條件地；斷然地．

[範例] ① I agree with you **absolutely**. 我完全同意你的意見．

This is **absolutely** beautiful! 這實在太美了！

"Is she crazy or what?" "**Absolutely**!"「她是瘋了還是怎麼了？」「的確瘋了！」

"Can I play with Jimmy, Mom?" "**Absolutely** not. You're still too sick."「媽，我可以跟吉米一起玩嗎？」「絕對不可以．你的病還沒好呢！」

② He refused **absolutely**. 他斷然拒絕了．

absolve [əb`sɑlv] v. 免除（~的責任、義務等），赦免~的罪行《常用 be ~d from 形式》：He was **absolved** from his responsibilities. 他被解除了職務．

[活用] v. **absolves, absolved, absolved, absolving**

*__absorb__ [əb`sɔrb] v. 吸取（液體、光線、知識等），合併（公司）等《常用 be ~ed into 形式》；使全神貫注，使專心．

[範例] I used the cloth to **absorb** water. 我用那塊布吸水．

All of my students **absorb** new information quickly. 我的所有學生都能迅速吸取新知．

John didn't hear the bell because he was **absorbed** in reading. 約翰看書看得很入迷，所以沒聽見鈴聲．

The small shops were **absorbed** into the big department store. 那些小商店都被大百貨公司合併了．

[片語] **be absorbed in** 專心於. (⇨ [範例])

[活用] v. **absorbs, absorbed, absorbed, absorbing**

absorbent [əb`sɔrbənt] adj. 有吸收力的，能吸收的.

[範例] Dry the glass with an **absorbent** cloth. 用能吸水的布擦乾那個杯子．

absorbent cotton 〖美〗脫脂棉（〖英〗cotton wool）.

[活用] adj. **more absorbent, most absorbent**

absorbing [əb`sɔrbɪŋ] adj. 極為有趣的，極吸引人的，令人著迷的: I lost track of time when I read this book because it was so **absorbing**. 我看書看到都忘了時間，因為這本書實在是太有趣了．

-able

某位政治家因為說了一句「日本 governablility 很強」而引起一場軒然大波. governability 是從 governable 衍生而來, 可分解為 govern 和 able, 其中 govern 是「統治」之意, able 是「能夠」之意. 因此, 那位政治家想說的是「有統治的能力」, 即「有自治能力」的意思, 但是 governability 的意思並非如此.

實際上, govern 是個及物動詞, 所衍生出來的形容詞 governable "liable to be governed" 帶有被動的含義. 也就是說 governable 是「可被統治」的意思. 如果說成「日本 governability 很強」, 就成了「日本可以很容易地被(其他國家)統治」, 因此遭到人們的批判.

▶ 各種帶有 -able 的字

根據美國語言學家 Aronoff 的說法, 各種帶 -able 的字可分為兩大類: 一類是由名詞性詞基 (base) 構成的 N-able, 如 fashionable, sizeable (sizable); 另一類是由動詞性詞基 (base) 構成的 V-able, 如 acceptable, movable. 就句法語義而言, N-able 含義為 "characterized by N", V-able 含義為 capable of being V-ed. 前者構成名詞時詞尾通常只能加 -ness, 而不能加 -ity, 如 fashionableness, sizeableness, 而後者無此限制, 如 acceptableness, acceptability, movableness, movability. 由動詞性詞基所構成的 V-able, 若詞基是及物動詞, 帶有被動的含義, 如 questionable "liable to be questioned"; 若詞基是不及物動詞, 帶有主動的含義, 如 perishable "liable to perish"; 若詞基可用作及

物, 也可用作不及物, 則主動與被動的含義兩者都有, 如 changeable "liable to change" 或 "liable to be changed". 試舉例說明之.

This car is very old, but still usable. 這句話的意思是「這輛車雖然很舊, 但還可以使用」, 「使用者」是人, 就車而言, 則說成「可以被人使用」, 因為 use 是及物動詞.

The party was enjoyable. 這句話的意思是「那是個令人愉快的晚會.」過得愉快的是參加晚會的人, 但就晚會而言, 則是晚會令人「過得很愉快」.

reasonable 這個單字與 usable, enjoyable 這一類〈動詞＋able〉的單字不同. reason (理由) 這一名詞後接 able, 似乎與上述說明不符, 其實無非如此, 這整場合的 reason 意為「列舉理由加以說明」的動詞, 所以 reasonable 的意思是「可以說明理由」. 如果說 reasonable price 意指「合理的價格」, 即這個價格是可以清楚說明理由的價格.

另外, eatable 這個字也需要特別注意. eatable 意為「可吃的」, 但「可吃的」一字另有 edible, 這兩個字意思不一樣. eatable 意為「因為新鮮或已經烹調而可食用」, 而 edible 則是「為了吃而生產的」之意, 即「可供食用的」.

This flower is edible, but not eatable now. 這種花可供食用, 但現在不能吃了. 這大概是因為花買來以後經過了很長的時間, 所以枯萎了, 或是因為別的原因導致現在不能吃了.

活用 adj. **more absorbing**, **most absorbing**
*__absorption__ [əb`sɔrpʃən] n. 吸收; 專心; 神貫注.
範例 **absorption** of water 吸收水分.
My **absorption** in poetry was growing. 我對詩愈來愈著迷.

*__abstain__ [əb`sten] v. 節制; 戒除; 棄權 (from).
範例 You had better **abstain** from smoking. 你最好戒菸.
My father usually **abstains** from voting. 我父親通常都不去投票.
活用 v. abstains, abstained, abstained, abstaining

__abstention__ [æb`stɛnʃən] n. 節制; 戒除; 放棄, 棄權: 50 votes for, 36 against, and 14 **abstentions**. 50票贊成, 36票反對, 14票棄權.
複數 abstentions

__abstinence__ [`æbstənəns] n. 戒除; 節制; 抑制; 禁慾: total **abstinence** from alcohol 完全禁酒, 滴酒不沾.

*__abstract__ [v. əb`strækt; n., adj. `æbstrækt] v.
① 抽取, 提取; 偷竊. ② 摘錄; 概括.
——n. ③ 摘要, 摘錄. ④ 抽象派藝術作品.
——adj. ⑤ 抽象的, 非具體的, 難以理解的. ⑥ (美術) 抽象派的.

範例 ① These diamonds were **abstracted** from that mountain. 這些鑽石是從那座山挖掘出來的.
② **Abstract** the most important points from the report. 摘錄該報告的幾項重點.
③ Could I have an **abstract** of your article? 能把你的論文摘要給我嗎?
④ The painter drew a lot of **abstracts**. 那位畫家畫了許多抽象畫.
⑤ an **abstract** idea 抽象的想法.
I think this will be too **abstract** for the children to understand. 我覺得這過於抽象, 小孩子不容易理解.
⑥ an **abstract** painter 抽象派畫家.
參考 所謂「抽象」是「無形無狀的概念」, 與具體相對.
☞ adj. ⑤ ↔ concrete
活用 v. abstracts, abstracted, abstracted, abstracting
複數 abstracts
活用 adj. **more abstract**, **most abstract**
__abstraction__ [æb`strækʃən] n. ① 抽取; 提煉.
② 出 神, 心 不 在 焉: In a moment of **abstraction**, I left my bag on the train. 一時心不在焉, 我把皮包忘在火車上了. ③ 抽象的概念, 抽象作品.

A

複數 **abstractions**

＊＊absurd [əb`sɝd] adj. 荒謬的，滑稽可笑的，愚蠢的.

範例 Travel to the moon was once thought **absurd**. 到月球旅行曾被認為是荒誕的想法.

Don't be **absurd**! You can't become a doctor without going to medical school! 別傻了! 不讀醫學院怎麼能當醫生呢!

活用 adj. **more absurd, most absurd**

absurdity [əb`sɝdətɪ] n. 荒謬; 愚蠢的行為.

範例 I was disgusted by the **absurdity** of this story. 我對這個荒謬的故事感到厭惡.

What the man did at the party was an **absurdity**. 那個人在晚會上的舉止是一種愚蠢的行為.

複數 **absurdities**

absurdly [əb`sɝdlɪ] adv. 愚蠢地，荒謬地，可笑地.

活用 adv. **more absurdly, most absurdly**

＊abundance [ə`bʌndəns] n. 豐富，充裕，大量.

範例 There are dictionaries in **abundance** at the professor's house. 那位教授家裡有許多辭典.

There was an **abundance** of corn last year. 去年玉蜀黍大豐收.

片語 *in abundance* 豐富地，充裕地. (⇨ 範例)

an abundance of 大量的，多的. (⇨ 範例)

＊abundant [ə`bʌndənt] adj. 豐富的，充裕的，大量的.

範例 There is an **abundant** supply of food. 有充裕的糧食.

a land **abundant** in minerals 一塊蘊藏豐富礦物的土地.

活用 adj. **more abundant, most abundant**

abundantly [ə`bʌndəntlɪ] adv. 豐富地，足夠地，充裕地.

活用 adv. **more abundantly, most abundantly**

＊abuse [v. ə`bjuz; n. ə`bjus] v. ① 濫用，妄用. ② 辱罵，詆毀.

——n. ③ 濫用，妄用. ④ 辱罵.

範例 ① Some people **abuse** their authority. 有些人濫用自己的權力.

② She is always **abusing** her ex-husband. 她總是詆毀她的前夫.

③ The **abuse** of drugs is a social problem. 毒品濫用是一個社會問題.

④ The officer gave much **abuse** to his men. 那個軍官痛罵他的部下.

字源 ab (離開/反常的)＋use (使/使用).

活用 v. **abuses, abused, abused, abusing**

複數 **abuses**

abusive [ə`bjusɪv] adj. ① 濫用的，妄用的. ② 辱罵的，謾罵的.

範例 ① Today's newspaper reports his **abusive**

exercise of power. 今天的報紙報導了他濫用權力的事.

② It is funny that an **abusive** person says, "Don't use **abusive** language." 罵人者說:「別口出惡言.」真是可笑.

活用 adj. **more abusive, most abusive**

abysmal [ə`bɪzml̩] adj. ① 無底的; 深不可測的. ② 極糟糕的.

範例 ① **abysmal** ignorance 極度的無知.

② Your report card is **abysmal**. 你的成績單實在是太糟糕了.

活用 adj. **more abysmal, most abysmal**

abyss [ə`bɪs] n. 深淵，地獄: an **abyss** of despair 絕望的深淵.

複數 **abysses**

AC/ac [`e`si] (縮略) ＝alternating current (交流) (☞ ↔ DC/dc).

academic [ˌækə`dɛmɪk] adj. ① 學院的，大學的，高等教育的: **academic** degree 學位. ② 學術的; 理論的，不切實際的. ③ 人文學科的，基礎學科的.

＊academy [ə`kædəmɪ] n. ① 學校，學院，專科學院 (教授美術、音樂、軍事等特殊技術和技能的專門教育機關). ② (學術、美術等的) 學會，協會，學院.

範例 ① a music **academy** 音樂學校.

a police **academy** 警察學校.

the Military **Academy** 陸軍軍官學校.

♦ **Acàdemy Awàrd** 奧斯卡金像獎 (美國電影藝術學院 (the Academy of Motion Picture Arts and Sciences) 於每年3月頒發最佳電影與製片人等獎項).

字源 源於希臘哲學家柏拉圖講學地點，在雅典附近的一處林園.

複數 **academies**

accelerate [æk`sɛlə͵ret] v. 加速，加快.

範例 Don't **accelerate** your car before turning it. 不要在轉彎前加速.

The disease **accelerated** his death. 那場病加速了他的死亡.

活用 v. **accelerates, accelerated, accelerated, accelerating**

acceleration [æk͵sɛlə`reʃən] n. ① 加速，(物理的) 加速度. ② (優秀學生的) 跳級.

範例 ① the **acceleration** of economic growth 經濟成長的加速.

acceleration of gravity 重力加速度 (物體從空中自由落下時的加速度).

複數 **accelerations**

accelerator [æk`sɛlə͵retɚ] n. 加速器，(汽車等的) 油門: He stepped on the **accelerator** to pass the bus. 為了超越公車，他踩下油門.

複數 **accelerators**

＊accent [`æksɛnt] n. ① 重音; 強調. ② 腔調，口音，語調. ③ 重音符號.

——v. ④ 強調; 以重音讀出. ⑤ 標重音符號.

範例 ① Changing the **accent** can change the part of speech of a word, as in súspect, the noun and suspéct, the verb. 改變重音可以改

變一個字的詞性，例如 súspect 是名詞，
suspéct 則是動詞.

The policy of the premier puts the **accent** on
defense. 首相的政策重點置於國防上.

② in tender **accents** of love 以溫柔關愛的語
調.

the **accent** of a wise man 賢者的語氣.

The schoolmaster speaks with a German
accent. 那位校長說話帶有德國腔.

③ In this dictionary two **accents**, (ˊ) and (ˋ), are
used in showing the pronunciation of a word.
這本辭典用 (ˊ) 與 (ˋ) 兩種重音符號來表示字
的發音.

④ an **accented** syllable 重音節.

〔複數〕**accents**

〔活用〕v. **accents**, **accented**, **accented**,
accenting

accentuate [æk`sɛntʃʊ,et] v. 強調，使更加
明顯: Make-up is for **accentuating** your
good features and hiding your bad ones. 化妝
是為了突顯漂亮的五官，並掩飾醜陋的部分.

〔活用〕v. **accentuates**, **accentuated**,
accentuated, **accentuating**

accentuation [æk,sɛntʃʊ`eʃən] n. 強調，重
讀; 加重音.

〔複數〕**accentuations**

*＊**accept** [ək`sɛpt] v. ① 〔認為正確而加以〕接受，
領受. ② 承認，相信，認為《常與 that 子句連
用》.

〔範例〕① She **accepted** his marriage proposal.
她接受了他的求婚.

I cannot **accept** this; it would be improper. 這
個我不能接受，因為這樣做不妥.

② No one **accepted** my explanation; they must
think I'm a liar. 沒有人相信我的解釋，他們一
定都認為我是騙子.

I can't **accept** the fact that she rejected me.
我不相信她竟然拒絕我.

I **accept** that that is true. 我認為那是真的.

〔活用〕v. **accepts**, **accepted**, **accepted**,
accepting

acceptable [ək`sɛptəbl] adj. 可接受的，令人
滿意的: If my idea is **acceptable** to the
president, I might get a raise. 我的意見如果
董事長接受的話，說不定我會加薪呢.

〔活用〕adj. **more acceptable**, **most
acceptable**

acceptance [ək`sɛptəns] n. 接受; 贊同: I
got a letter of **acceptance** from the college.
我接到了那所大學的錄取通知.

〔複數〕**acceptances**

*＊**access** [`æksɛs] n. 〔向場所等的〕接近, 〔與人〕
會面, 使用〔進入〕的權利《常與 to 連用》.

〔範例〕Because the shop has poor **access**, they
see little business. 那家商店因所處位置不好
而生意不佳.

The only **access** to the president is through
the chief of the general affairs section. 想要見
校長必須經過總務主任.

Students have **access** to the school library. 學
生們可以利用學校圖書館.

〔複數〕**accesses**

accessible [æk`sɛsəbl] adj. (場所)容易靠近
〔接近、到達〕的; 易受影響的; 易於理解的.

〔範例〕That island is **accessible** only by boat. 要
到那個島只能坐船去.

The most **accessible** symphony to me is *The
Unfinished Symphony* by Schubert. 對我而
言，最容易理解的交響曲是舒伯特的《未完
成交響曲》.

〔活用〕adj. **more accessible**, **most
accessible**

accession [æk`sɛʃən] n. ① 即位, 登基. ② 增
加物; (圖書館裡所增加的) 書籍.

〔範例〕① Elizabeth II's **accession** to the throne
was in 1952. 英國女王伊莉莎白二世是在
1952年即位的.

② There are many new **accessions** to our
library every month. 我們圖書館每個月都增
添許多新書.

〔複數〕**accessions**

*＊**accessory** [æk`sɛsərɪ] n. ① 〔作複數〕附屬品,
附件. ② 從犯, 幫兇《雖不在犯罪現場但在犯
罪之前或之後協助主犯 (principal) 者》.

〔範例〕② an **accessory** before the fact 事前從犯.
an **accessory** after the fact 事後從犯.

〔參考〕① 目的在於裝飾、提供安全及方便的附
屬品. 如服飾方面的項鍊、帽子、手套等, 自
行車的車鈴、車燈等, 汽車的雨刷、冷氣等.

➡ 〔充電小站〕(p. 11)

〔複數〕**accessories**

*＊**accident** [`æksədənt] n. 事故, 災難, 意外事
件.

〔範例〕Her son was killed in a traffic **accident**. 她
的兒子死於車禍.

We got back without **accident**. 我們平安無
事地回來了.

I met Margaret on the street by **accident**. 我
偶然地在街上碰見瑪格麗特.

〔片語〕*by accident* 偶然地. (⇨〔範例〕)

without accident 平安無事地. (⇨〔範例〕)

〔複數〕**accidents**

*＊**accidental** [,æksə`dɛntl] adj. 意外的，偶然
的.

〔範例〕an **accidental** death 意外死亡.

an **accidental** fire 意外失火.

I made an **accidental** mention of the secret.
我無意中洩露了秘密.

〔活用〕adj. **more accidental**, **most
accidental**

accidentally [,æksə`dɛntlɪ] adv. 意外地, 偶
然地, 無意地: I **accidentally** fell down the
stairs. 我不慎從樓梯上摔了下去.

〔活用〕adv. **more accidentally**, **most
accidentally**

acclaim [ə`klem] v. ① 極力稱讚, 歡呼, 喝采;
(以歡呼聲) 擁戴, 推選.

——n. ② 歡呼, 喝采.

A

範例 ① The people **acclaimed** the princess. 人民熱烈歡迎公主.
The boys **acclaimed** him as the winner. 那些男孩們歡呼擁戴他為勝利者.
活用 v. **acclaims**, **acclaimed**, **acclaiming**

acclamation [ˌæklə`meʃən] n. 歡呼, 喝采; 〔~s〕歡呼聲, 喝采聲.
複數 **acclamations**

acclimatise [ə`klaɪmə.taɪz] =v. 〔美〕 **acclimatize**

acclimatize [ə`klaɪmə.taɪz] v. 習慣於, 使適應 (新的環境或氣候).
字源 ac (對)＋climate (氣候)＋ize (成為).
活用 v. **acclimatizes**, **acclimatized**, **acclimatized**, **acclimatizing**

accolade [ˌækə`led] n. 讚賞; 榮譽.
複數 **accolades**

‡**accommodate** [ə`kɑmə.det] v. (交通工具) 能搭載 (乘客); 給~方便, 通融 (常與 with 連用); 使適應, 使配合 《常用 ~ oneself/something to 形式》.
範例 This bus **accommodates** 60 people. 這輛公車可乘坐60人.
He **accommodated** me with money. 他借錢給我.
She **accommodated** herself to the new circumstances. 她已經適應了新環境.
Mary **accommodated** her plans to John. 瑪麗調整自己的計畫以配合約翰.
活用 v. **accommodates**, **accommodated**, **accommodated**, **accommodating**

accommodating [ə`kɑmə.detɪŋ] adj. 樂於助人的, 親切的; 肯通融的.
活用 adj. more **accommodating**, most **accommodating**

‡**accommodation** [ə.kɑmə`deʃən] n. 〔~s〕住宿設施, 住處: This hotel has **accommodations** for 300. 這家旅館可住300人.
複數 **accommodations**

accompaniment [ə`kʌmpənɪmənt] n. ① 陪伴物, 伴隨物. ② 伴奏.
範例 ① Coughs and sneezes are usually **accompaniments** of a cold. 咳嗽和噴嚏通常伴隨感冒而來.
② Kathleen sang a waltz to the **accompaniment** of the orchestra. 凱瑟琳在管弦樂的伴奏下唱了一首華爾茲曲子.
複數 **accompaniments**

accompanist [ə`kʌmpənɪst] n. 伴奏者: She is a good **accompanist**. 她是一位很棒的伴奏者.
複數 **accompanists**

‡**accompany** [ə`kʌmpənɪ] v. ① 同行, 陪伴. ② 使伴隨, (附帶著) 補充 《常用 ~ something with 形式》. ③ (某人) 伴奏.
範例 ① Ms. Nelson **accompanied** her mother to the airport. 納爾森小姐陪同她的母親去機

場.
② The professor **accompanied** his explanation with gestures. 那位教授說明時附帶做著手勢.
③ Will you **accompany** me on the piano? 你能用鋼琴為我伴奏嗎?
活用 v. **accompanies**, **accompanied**, **accompanied**, **accompanying**

accomplice [ə`kɑmplɪs] n. 同謀, 幫兇, 共犯.
複數 **accomplices**

‡**accomplish** [ə`kɑmplɪʃ] v. 達成 (目的), 完成 (任務), 實現 (計畫等): The pilot **accomplished** more than a thousand flights in safety. 那位飛行員平安地完成了1,000次以上的飛行.
活用 v. **accomplishes**, **accomplished**, **accomplished**, **accomplishing**

accomplished [ə`kɑmplɪʃt] adj. 完成的; 熟練的; 有教養的.
範例 an **accomplished** task 完成的工作.
an **accomplished** driver 開車技術純熟的司機.
an **accomplished** person 有教養的人.
片語 **accomplished fact** 既成的事實.
活用 adj. more **accomplished**, most **accomplished**

*‡**accomplishment** [ə`kɑmplɪʃmənt] n. ① 完成, 達成, 實現. ② 業績, 成就.
複數 **accomplishments**

*‡**accord** [ə`kɔrd] v. ① (使) 一致, (使) 和諧 (with).
——n. ② 一致.
範例 ① What you have just said does not **accord** with what you told us earlier. 你剛才說的與你以前告訴我們的不一樣.
② My view is in **accord** with yours. 我與你看法一致.
片語 **in accord with** 與~一致. (⇨ 範例 ②)
of ~'s own accord 自發地, 主動地: I did it **of my own accord**. 我自願做那件事.
with one accord 一齊地: **With one accord** the pupils rose and bowed. 學生們一齊起立敬禮.
活用 v. **accords**, **accorded**, **accorded**, **according**

*‡**accordance** [ə`kɔrdn̩s] n. 〔常用於下列片語〕一致.
片語 **in accordance with** 按照, 根據: I sold the house, **in accordance** with your orders. 我按照你的指示賣掉那棟房子.

†‡**according** [ə`kɔrdɪŋ] adv. 〔只用於下列片語〕按照, 根據.
片語 **according to** 按照, 根據.
According to the Bible, the first man was Adam. 根據《聖經》, 第一個人類是亞當.
Charts are generally drawn **according to** the Mercator projection. 航海圖一般是按照麥卡托投影法繪製的.

配件 (accessories)

【Q】聽說 accessories 還包括領帶和手提包，這是真的嗎？

【A】的確。因為 accessories 是指「雖非特別必要，但為襯托某物而附於其周圍的物品」，故皮帶和鞋也屬於 accessories。

服裝以外也可以使用 accessories。例如，安裝在汽車上的汽車音響和空調等。因為沒有這些裝置汽車仍可以行駛，所以被稱為 car accessories。

下面分別用圖表示女性、男性的主要accessories。

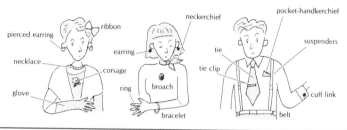

*__accordingly__ [ə`kɔrdɪŋlɪ] *adv.* ① 照著，相應地。② 因此，所以。

範例 ① Please inform us if you are not satisfied with the car, and we will act **accordingly**. 如果你對這部車不滿意，請與我們聯絡。我們會按照你的要求去做。

② It is very difficult to master a foreign language; **accordingly** you must study as hard as you can. 要精通外語是非常困難的，因此你必須盡你所能努力學習。

__accordion__ [ə`kɔrdɪən] *n.* 手風琴。

複數 **accordions**

__accost__ [ə`kɔst] *v.* (特指對陌生人)搭訕，向前攀談，(乞丐、妓女等)叫住人，勾引: A beggar **accosted** me suddenly and begged for money. 有一個乞丐突然叫住我向我乞討。

活用 *v.* **accosts, accosted, accosted, accosting**

*__account__ [ə`kaunt] *n.*

原義	層面	釋義	範例
一記入	將錢記入收支	帳；帳戶	①
	記錄事項	說明，報告	②
	記在心裡	考慮，重要性	③

──*v.* ④ 說明。

範例 ① I have five hundred thousand dollars in my savings **account**. 我的帳戶裡有50萬美元。

I would like to open an **account** with you. 我想在你這裡開戶。

I've neglected to keep my **accounts** in good order. 我忘了記帳。

Could you put these tapes on my **account**? 這些錄音帶的錢可以先賒帳嗎？

② Jane gave the police a full **account** of what happened. 珍向警察詳細說明事情經過。

I heard an **account** of it from some of my friends. 我從一些朋友那裡聽說這件事了。

By all **accounts**, they are somewhere in New York. 據說他們很可能是在紐約的某處。

③ Don't listen to what he says when he's drunk; it's of no **account**. 別聽他喝醉時說的話，那一點也不重要。

It's of little **account** to me what you do. 你的所作所為跟我沒甚麼關係。

On **account** of financial problems, they aren't going to have a vacation this summer. 因為財務問題，所以今年夏天他們不能休假。

Please don't cancel your plans on my **account**. 請不要因為我而取消你的計畫。

She wouldn't listen to me on any **account**. 她說甚麼也不肯聽我的話。

I hope my son will turn his nimble fingers to good **account** and become a surgeon. 希望我兒子能充分利用他靈巧的雙手做一位外科醫生。

He always takes **account** of his wife's opinion before he makes a major purchase. 他在買重要物品時總是先徵求他太太的意見。

I'll take your suggestions into **account**. 我會考慮你的建議。

Take no **account** of my friend here—he doesn't know what he's talking about. 你不用考慮我的朋友，他不知道自己在說甚麼。

④ The secretary couldn't **account** for her mistake. 那個祕書無法解釋自己的失誤。

He was called to **account** for losing the important papers. 他被要求為遺失那份重要

文件提出說明.
There is no **accounting** for tastes. 人的好惡是無法解釋的.
Your years spent abroad **account** for your worldliness. 你在國外待過, 一定熟知人情世故.

[片語] *account for* ~ 說明 (~的理由). (⇨ [範例] ④)

by all accounts/from all accounts 大家都這樣說, 據說. (⇨ [範例] ②)

call ~ *to account for.../bring* ~ *to account for...* 要求~說明…. (⇨ [範例] ④)

give a good account of ~*self* (體育等比賽中) 表現出色, 盡責: Williams **gave a good account of himself** during the match. 威廉斯在比賽中表現出色.

not on any account/on no account 說甚麼也不.

of much 〔*some, no*〕 *account* 重要的〔有點重要的, 不重要的〕. (⇨ [範例] ③)

on account ① 作為訂金〔預付款〕: I paid 100 dollars **on account**. 我付了100美元作為訂金. ② 用賒帳的方式. (⇨ [範例] ①)

on account of 因為. (⇨ [範例] ③)

on ~*'s own account* 為~的利益: He acts **on his own account** without thinking of his wife. 他只想到他自己, 而不顧及他太太.

put ~ *to good account/turn* ~ *to good account* 充分利用. (⇨ [範例] ③)

take account of ~*/take* ~ *into account* 考慮. (⇨ [範例] ③)

take no account of 忽略, 忽視. (⇨ [範例] ③)

♦ **accóunt bòok** 帳簿.

[複數] **accounts**

[活用] v. accounts, accounted, accounted, accounting

accountability [ə,kaʊntə`bɪlətɪ] n. 負有責任; 應作說明.

accountable [ə`kaʊntəbl] adj. 〔不用於名詞前〕可說明的, 應負責的.

[範例] Their behavior isn't easily **accountable**. 他們的行為是不容易解釋的.

I'm not **accountable** to you or anyone for what's happened here. 我對你或任何人都沒有義務解釋這裡發生的事.

[活用] adj. more accountable, most accountable

accountancy [ə`kaʊntənsɪ] n. 會計職務, 會計工作.

accountant [ə`kaʊntənt] n. 會計員, 會計師.

[複數] **accountants**

***accumulate** [ə`kjumjə,let] v. (逐漸地) 增多, 累積.

[範例] He has **accumulated** a large fortune. 他積累了一大筆財富.

When I got back home from a long trip, dust had **accumulated** in my room. 長途旅行歸來, 我的房間裡積滿了灰塵.

[活用] v. accumulates, accumulated, accumulated, accumulating

accumulation [ə,kjumjə`leʃən] n. 積聚物, 堆積物, 累積.

[範例] All he thinks about is the **accumulation** of money. 他只想著攢錢.

an **accumulation** of dust 塵土堆.

[複數] **accumulations**

***accuracy** [`ækjərəsɪ] n. 正確性, 準確性:

Accuracy is important in arithmetic. 做算術正確性很重要.

The clerk always counts money with **accuracy**. 那個店員總是能準確地計算出金額.

[片語] *with accuracy* 正確地, 準確地. (⇨ [範例])

***accurate** [`ækjərɪt] adj. 準確的, 正確的, 無誤的.

[範例] Give me an **accurate** report of what happened. 請詳細地告訴我發生了甚麼事.

Is the station clock **accurate**? 那個車站的鐘準確嗎?

To be **accurate**, it's 28.4°C in this room. 準確地說, 這個房間的溫度是攝氏28.4度.

[片語] *to be accurate* 準確地說. (⇨ [範例])

☞ ↔ inaccurate

[活用] adj. more accurate, most accurate

accurately [`ækjərɪtlɪ] adv. 準確地: I don't know today's exchange rate for one dollar **accurately**. 我不知道今天1美元的準確匯率.

[活用] adv. more accurately, most accurately

accusation [,ækjə`zeʃən] n. 控訴, 控告:

The **accusation** was that he had murdered a man. 他被指控謀殺一名男子.

***accuse** [ə`kjuz] v. 控告; 譴責.

[範例] The police **accused** him of murder. 警方控告他殺人.

The judge asked the **accused** man to stand. 那位法官要求被告起立. 《accused 作形容詞性》

The angry man gave her an **accusing** look. 那個憤怒的男子狠狠地瞪了她一眼. 《accusing 作形容詞性》

[活用] v. accuses, accused, accused, accusing

accuser [ə`kjuzɚ] n. 原告, 控告人, 譴責者.

[複數] **accusers**

***accustom** [ə`kʌstəm] v. 使習慣, 使適應.

[範例] He tried to **accustom** his eyes to the dark. 他試一試自己的眼睛是否能適應黑暗.

The boy was **accustomed** to hard work. 那個男孩已經習慣了繁重的工作.

John was not **accustomed** to humid weather. 約翰不習慣潮溼的天氣.

The woman was not **accustomed** to taking pictures. 那個女子還不習慣照相.

[片語] **be accustomed to** 習慣於. (⇨ [範例])
[活用] v. **accustoms**, **accustomed**,
accustomed, **accustoming**

*‌**accustomed** [əˋkʌstəmd] *adj.* 習慣的;〔只
用於名詞前〕通常的: The teacher put her
watch in her **accustomed** place. 那個老師把
手錶放在她平時放的地方.

ace [es] *n.* ① (骰子的) 么點; (紙牌的) A. ② 第
一流人才, 高手, 王牌. ③ (網球、排球等的)
發球得分.
——*adj.* ④ 第一流的, 傑出的.
[範例] ① I have an **ace** up my sleeve. 我有絕招.
the **ace** of hearts (紙牌的) 紅心 A.
② My brother is an **ace** at football. 我哥哥是足
球高手.
④ His wife is an **ace** skater. 他太太是溜冰高
手.
[片語] **have an ace up one`s sleeve** 手中握
有王牌. (⇨ [範例] ①)
[複數] **aces**

*‌**ache** [ek] *v.* ① 疼痛, 持續性地疼痛; 哀憐, 同
情 (for); 渴望 (for).
——*n.* ② 疼痛, 持續的疼痛.
[範例] ① My tooth **ached** all night. 我的牙齒疼了
一整個晚上.
Her heart **ached** for the injured people. 她對
傷者從心裡表示憐憫.
He is **aching** to go to Moscow. 他渴望去莫
斯科.
I **ache** to see him again. 我很想再見他一面.
He was **aching** for his homeland. 他渴望儘快
回到祖國.
② I have an **ache** in my back. 我背痛.
[活用] v. **aches**, **ached**, **ached**, **aching**
[複數] **aches**

achievable [əˋtʃivəbl] *adj.* 可達到的, 可實
現的, 可取得的.
[活用] *adj.* **more achievable**, **most**
achievable

‌‌**achieve** [əˋtʃiv] *v.* 達到, 實現, 完成, 獲
得.
[範例] We've **achieved** large sales at the food
fair. 我們在食品展售會上獲得很高的銷售
額.
He will never **achieve** anything if he does not
try. 如果他不嘗試的話, 他將一事無成.
The pianist **achieved** fame at the recital. 那位
鋼琴家因那場獨奏而成名.
[活用] v. **achieves**, **achieved**, **achieved**,
achieving

*‌**achievement** [əˋtʃivmənt] *n.* ① 達成, 完
成, 實現. ② 成績, 成就.
[範例] ① The United Nations was established to
bring about the **achievement** of world peace.
聯合國是為實現世界和平而創立的.
Every student will take an **achievement** test at
the end of the term. 每位學生在期末要參加
學力測驗.
② He left many literary **achievements** as a

writer. 身為一位作家, 他留下了許多文學成
就.
♦ **achíevement tèst** 學力測驗.
[複數] **achievements**

Achilles [əˋkɪliz] *n.* 阿奇里斯 《希臘神話中的
英雄》.
♦ **Achilles` héel/Achilles héel** 阿奇里斯的
腳後跟; 唯一缺點, 弱點 《源於阿奇里斯因被
射中他唯一的弱點腳後跟而喪命的故事》.
Achilles` téndon/Achilles téndon (解剖
上的) 阿奇里斯腱, 跟腱.

*‌**acid** [ˋæsɪd] *adj.* ① 酸的, 酸性的. ② 語言〔表
情〕刻薄的.
——*n.* ③ (化學的) 酸, 酸的東西.
[範例] ① Lemons are **acid**. 檸檬是酸的.
an **acid** reaction 酸性反應.
② an **acid** comment 尖酸的批評.
acid looks 刻薄的表情.
③ carbonic **acid** 碳酸.
sulfuric **acid** 硫酸.
♦ **àcid dróp** 〔英〕 酸味水果糖.
àcid ráin 酸雨.
[複數] **acids**

*‌**acknowledge** [əkˋnɑlɪdʒ] *v.* ① 認可, 承認.
② 感謝, 答謝. ③ 告知已收到 (某物). ④ 致
意, 打招呼.
[範例] ① The leader of the party **acknowledged**
their defeat in the election. 那個政黨黨主席
承認他在選舉中挫敗.
Being **acknowledged** as the best at
something is most rewarding. 在某方面被認
為是一流的就是最大的獎勵.
② I'd like to **acknowledge** his help in some
way. 對他的援助我想以某種形式表達謝意.
③ We **acknowledged** your letter. 來函敬悉.
④ They refused to **acknowledge** me and
walked away. 他們連打招呼都沒有就從我身
邊走過去.
[活用] v. **acknowledges**, **acknowledged**,
acknowledged, **acknowledging**

acknowledgement/acknowledg-
ment [əkˋnɑlɪdʒmənt] *n.* ① 承認. ② 謝
意, 答謝: He is going to get a larger than nor-
mal bonus in **acknowledgement** of his work.
他會得到一筆很大的獎金作為對他工作表現
的答謝. ③ (告知已收到某物的) 收條, 回執.
[複數] **acknowledgements**

acne [ˋækni] *n.* 粉刺, 面皰.

acorn [ˋekɚn] *n.* 橡樹果實.
[複數] **acorns**

acoustic [əˋkustɪk] *adj.* ① 音響的, 有關音響
的; 聽覺的. ② (特指樂器) 非電子的, 原音
的.

acoustics [əˋkustɪks] *n.* ① 〔作單數〕音響學,
聲學. ② 〔作複數〕(劇場、講堂等的) 音響效
果.

*‌**acquaint** [əˋkwent] *v.* 通知, 告知; 使熟悉 《常
用 ~ oneself with 形式》.
[範例] Please **acquaint** him with the accident

immediately. 請馬上通知他那件意外事故.
I must **acquaint** myself with the policy of the new company. 我必須熟悉新公司的方針.

片語 **be acquainted with** 知道，瞭解: Are you **acquainted with** the geography of that town? 你瞭解那個城鎮的地理情況嗎?

become acquainted with/get acquainted with 與 (人) 相識: I **became acquainted with** Karen at the party last summer. 我與凱琳是在去年夏天的那場晚會上相識的.

get ~ acquainted with.../make ~ get acquainted with... 介紹: I **made** her **get acquainted with** my family. 我將她介紹給家人認識.

活用 *v.* acquaints, acquainted, acquainted, acquainting

***acquaintance** [əˋkwentəns] *n.* ① 相識的人. ② 膚淺的知識，皮毛.

範例 ① She has many **acquaintances** but sometimes feels lonely. 她認識的人很多，但有時還是感到寂寞.

② He has some **acquaintance** with Latin. 他對拉丁語略知一二.

John has a nodding **acquaintance** with the President. 約翰與總統是點頭之交.

片語 ***make the acquaintance of*** 相識: I **made the acquaintance of** an Italian during the journey. 我在旅行途中認識一位義大利人.

複數 acquaintances

acquiesce [͵ækwɪˋɛs] *v.* 勉強同意，默許 (in): I'm sure Congress will **acquiesce** in the President's plan. 我相信國會將會勉強同意總統的計畫.

活用 *v.* acquiesces, acquiesced, acquiesced, acquiescing

acquiescence [͵ækwɪˋɛsn̩s] *n.* 勉強同意，默認.

****acquire** [əˋkwaɪr] *v.* 獲取，獲得；習得；養成 (習慣).

範例 I've **acquired** a taste for stinky tofu recently. 我最近嘗到了臭豆腐的味道.

You've **acquired** quite a collection of CDs. 你收集了好多CD.

They **acquired** the habit of skipping school. 他們養成了逃學的習慣.

The company **acquired** the land. 那家公司得到了那塊地.

活用 *v.* acquires, acquired, acquired, acquiring

acquisition [͵ækwəˋzɪʃən] *n.* 習得，獲得；獲得之物.

範例 Mr. White studies children's **acquisition** of language. 懷特先生研究小孩子如何學習語言.

These CDs are his latest **acquisitions**. 這些CD是他最近取得的.

複數 acquisitions

acquisitive [əˋkwɪzətɪv] *adj.* 渴望得到的: She is **acquisitive** of fur coats. 她渴望得到一件毛皮大衣.

活用 *adj.* more acquisitive, most acquisitive

acquit [əˋkwɪt] *v.* ① 宣告無罪《常用 be ~ted of 形式》. ② 達成，表現.

範例 ① He was **acquitted** of all charges. 他所有的罪狀都不成立.

② I **acquit** myself just fine without your help. 沒有你的幫忙我也能表現得很好.

片語 ***acquit ~self well*** 表現良好.

活用 *v.* acquits, acquitted, acquitted, acquitting

acquittal [əˋkwɪtl̩] *n.* 無罪釋放.

複數 acquittals

acre [ˋekɚ] *n.* ① 英畝《面積單位，為4,046.86 平方公尺，略作 a.》. ② 〔~s〕土地，地產.

參考 原為13世紀英國的面積單位，以兩頭牛1天可耕作的面積為1英畝，原為耕地 (field) 之意.

➡ 充電小站 (p. 783)

複數 acres

acreage [ˋekərɪdʒ] *n.* 英畝數；(以英畝計算的) 面積.

複數 acreages

acrid [ˋækrɪd] *adj.* ① (氣味、味道等) 辛辣的，刺激的. ② 嚴厲的，刻薄的.

範例 ① the **acrid** smell of burning tires 燃燒輪胎產生的刺鼻氣味.

② an **acrid** rebuttal 嚴厲的反駁.

活用 *adj.* acrider, acridest/more acrid, most acrid

acrimonious [͵ækrəˋmonɪəs] *adj.* 惡毒的，刻薄的.

活用 *adj.* more acrimonious, most acrimonious

acrimony [ˋækrə͵monɪ] *n.* (言語、態度等的) 惡毒，刻薄.

acrobat [ˋækrə͵bæt] *n.* 雜技演員《如表演走鋼索、高空盪鞦韆等》.

複數 acrobats

acrobatic [͵ækrəˋbætɪk] *adj.* 賣藝者的；特技的.

活用 *adj.* more acrobatic, most acrobatic

acrobatics [͵ækrəˋbætɪks] *n.* ①〔作複數〕特技. ②〔作單數〕特技表演.

acronym [ˋækrə͵nɪm] *n.* 頭字語《由每個單字的第一個字母組成的字；如 EU (歐盟 European Union)，UNESCO (聯合國教科文組織 United Nations Educational, Scientific and Cultural Organization)》.

複數 acronyms

acrophobia [͵ækrəˋfobɪə] *n.* 懼高症.

acropolis [əˋkrɑpəlɪs] *n.* (古希臘的) 衛城.

字源 希臘語的 acro (在高處) + polis (市).

†**across** [əˋkrɔs] *prep.*, *adv.* ① 橫越；交叉；成十字形. ② 到對面；在對面. ③ 寬《從一邊到另一邊》.

範例 ① He walked **across** the street. 他走過那條馬路.

Can you swim **across** to the other side of the river? 你能游到河的對岸嗎?

Put the two sticks **across** each other. 把兩根棍棒交叉放置.

I came **across** Ted at a coffee shop this morning. 今天早上我在咖啡館巧遇泰德.

② There is a supermarket **across** the park. 公園的對面有一個超級市場.

He'll soon be **across**. 再過一會兒他就到對面了.

③ The stream is six meters **across**. 河流寬6公尺.

片語 **across from** 在～對面: The church was just **across from** the prison. 那家教堂就在監獄的正對面.

acrylic [əˋkrɪlɪk] *adj.* ① 壓克力的, 丙烯酸類的.

——*n.* ② 壓克力, 丙烯樹脂.

複數 **acrylics**

****act** [ækt] *n.*, *v.*

原義	層面	釋義	範例
動作	人	*n.* 行為, 行動	①
	議會	*n.* 法律, 條文	②
	戲劇	*n.* 幕	③

原義	層面	釋義	範例
做 ～ 動 作	人	*v.* 行動, 舉止	④
	演員	*v.* 演出, 扮演	⑤
	物	*v.* 起作用	⑥

範例 ① His **act** of making a contribution doesn't make up for what he did. 他的捐款行為並不能彌補他所做過的事.

② Congress passed the **Act**, but the President vetoed it. 議會通過了那項法案, 但被總統否決了.

③ *Romeo and Juliet* is a play in five **acts**.《羅密歐與茱麗葉》是一齣5幕劇.

④ If we **act** in unison, we can succeed. 只要大家齊心協力去做就一定能成功.

She **acted** on our suggestion. 她照我們的建議去做.

⑤ Oliver is **acting** Hamlet tonight. 奧利佛今晚扮演哈姆雷特一角.

⑥ The machine did not **act** well. 那部機器無法正常運轉.

The medicine **acts** quickly. 那服藥立刻見效.

♦ **àct of Gód** 不可抗拒的力量, 天災.

複數 **acts**

活用 *v.* **acts, acted, acted, acting**

acting [ˋæktɪŋ] *adj.* ① 代理的, 臨時的.

——*n.* ② 演出; 演技.

範例 ① Our principal is in hospital, but the **acting** principal will help you. 我們校長正在住院, 代理校長會幫你.

② **Acting** is really difficult. 演技確實很難掌握.

****action** [ˋækʃən] *n.*

原義	層面	釋義	範例
行動	人	行動, 行為	①
	物	作用	②
	小說、戲劇	情節	③
	戰爭	戰鬥	④
	法律	訴訟	⑤

範例 ① We must take **action** before it is too late. 我們必須馬上行動, 免得太遲了.

Now is the time for **action**. 現在是採取行動的時候了.

Did you see his awkward **actions** at my house? 你在我家有沒有看到他不雅的舉止呢?

Actions speak louder than words.《諺語》事實勝於雄辯.

② The **action** of the elements has taken its toll on this road. 這條路由於暴風雨而遭到嚴重的破壞.《the elements 是「大自然的力量」, 但一般多指「暴風雨」》

Look at this piece of glass. Over many years the **action** of surf and sand has made it very smooth. 你看這塊玻璃, 經過波浪和沙子多年的沖刷才變得這麼光滑.

③ The **action** took place in the car. 這段(小說、戲劇的)情節發生在車上.

④ The families of those missing in **action** can never have peace of mind. 在交戰中失蹤者的家屬不曾有過心靈的平靜.

⑤ If he doesn't pay us soon, we will have to take **action** against him. 如果他不馬上付款, 我們只有控告他了.

複數 **actions**

activate [ˋæktəˌvet] *v.* ① 使活潑, 使活動: Heat from the flames **activated** the sprinkler system. 烈焰的高溫啟動了自動滅火系統. ② 使具放射性.

活用 *v.* **activates, activated, activated, activating**

****active** [ˋæktɪv] *adj.* ① 活動的, 活躍的, 積極的. ② 活動中的, 活性的.

範例 ① Tom is young and very **active**. 湯姆年輕, 而且十分活躍.

He played an **active** part in the festival. 他在那次慶典中扮演積極的角色.

② Vesuvius is an **active** volcano. 維蘇威火山是一座活火山.

♦ **the àctive vóice** 主動語態 《☞ ↔ passive voice》

☞ ① ↔ passive/inactive

活用 *adj.* **more active，most active**
actively [`æktɪvlɪ] *adv.* 活躍地，積極地.
activist [`æktɪvɪst] *n.* (特指政治活動中的) 行動主義者，活躍分子.
複數 **activists**
‖activity [æk`tɪvətɪ] *n.* 活躍；〔~ies〕(各種的) 活動.
範例 Tom is a man of **activity**. 湯姆是一個很活躍的人.
Mary is always busy with school **activities**. 瑪麗總是忙於校內活動.
複數 **activities**
actor [`æktɚ] *n.* 演員：a TV **actor** 電視演員.
參考 可用於男性或女性，但要明確表示是女性時用 actress.
字源 act (演出)＋-or (者).
複數 **actors**
actress [`æktrɪs] *n.* 女演員：a film **actress** 電影女演員.
字源 actor (演出)＋-ess (女).
複數 **actresses**
*actual [`æktʃʊəl] *adj.* 實際的，真實的，現實的：The **actual** profit of his business was less than he had expected. 這個生意的實際利潤比他想像的還要少.
片語 **in actual fact** 實際上：In actual fact I have only 10 dollars. 實際上，我只有10美元.
‖actually [`æktʃʊəlɪ] *adv.* 實際上，實在地；目前.
範例 The person who **actually** has power in the family is Mother. 家裡真正有權力的是母親.
Mr. Wang **actually** has had trouble because of your selfishness. 目前王先生正因你的自私而身陷困境.
Actually, I did not witness the traffic accident. 實際上，我並沒有目睹那起交通事故.
actuate [`æktʃʊ,et] *v.* 促使 (人) 行動；發動 (機器等)：This button **actuates** the burglar alarm system. 防盜裝置由這個按鈕啟動.
活用 *v.* **actuates，actuated，actuated，actuating**
acumen [ə`kjumɪn] *n.* 洞察力，敏銳，聰明才智.
acupuncture [`ækju,pʌntʃɚ] *n.* 針灸，針灸療法.
*acute [ə`kjut] *adj.* ①(觀察、感覺等) 敏銳的. ②(疼痛等) 劇烈的，嚴重的，強烈的. ③(疾病) 急性的. ④尖銳的，銳角的.
範例 ① an **acute** sense of smell 敏銳的嗅覺.
The critic made an **acute** observation. 那位評論家觀察敏銳.
② A bad tooth can cause **acute** pain. 蛀牙可能引起劇烈的疼痛.
My anxiety became more **acute**. 我的不安更加強烈.
an **acute** lack of water 嚴重缺水.
an **acute** wish to be a singer 想成為歌手的強烈願望.
③ **acute** pneumonia 急性肺炎.

④ an **acute** triangle 銳角三角形.
an **acute** angle 銳角.
☞ ③ ↔ chronic，④ ↔ obtuse
活用 *adj.* **acuter，acutest/more acute，most acute**
acutely [ə`kjutlɪ] *adv.* 敏銳地；劇烈地；尖銳地.
活用 *adv.* **more acutely，most acutely**
acuteness [ə`kjutnɪs] *n.* 敏銳；劇烈，嚴重；急性.
*A.D. [`e`di] 《縮略》＝ (拉丁語) Anno Domini (西元，紀元).
範例 Augustus was born in 63 B.C. and died in **A.D.** 14. 奧古斯都生於西元前63年，死於西元14年.
London was founded by the Romans in 43 **A.D.** 倫敦是羅馬人於西元43年創建的.
The Gospel According To St. John was completed in the first century **A.D.** 《約翰福音》於西元一世紀完成.
參考 A.D. 如範例之 A.D. 14原則上置於年份之前，但也可置於年份之後如範例43 A.D.，亦可置於「~世紀」之後如 the first century A.D.
☞ ↔ B.C.
字源 拉丁語 anno (＝in the year)＋domini (＝of our Lord)，our Lord 指耶穌紀元.
ad [æd] *n.* 廣告 《advertisement 的縮略》.
範例 a want **ad** 徵才廣告.
a classified **ad** 分類廣告.
☞ ad hoc (特別的〔地〕)，ad-lib (即興地)
複數 **ads**
Adam [`ædəm] *n.* ① 男子名. ② 亞當《舊約聖經》中所稱的人類始祖).
片語 **do not know ~ from Adam** 與 (某人) 完全不認識.
♦ **Àdam's àpple** 喉結.
參考《聖經》中出現的亞當據說是上帝最早創造出來的男性. 亞當與夏娃 (Eve) 一起住在伊甸園 (the Garden of Eden). 亞當與夏娃受撒旦 (Satan) 誘惑，偷食了禁果 (the forbidden fruit). 夏娃先吃了禁果，正當亞當要吃的時候，上帝出現了. 亞當匆忙吞下禁果，不料一塊果肉卡在喉嚨，因而成年男子有了喉結.
adamant [`ædə,mənt] *adj.* 〔不用於名詞前〕無比堅硬的；(人、態度等) 堅定的，毫不動搖的.
範例 He's **adamant** about enforcing the no-smoking rules. 他嚴格執行禁菸規定.
They are **adamant** that they should always be punctual for everything. 他們堅持做任何事都要守時.
字源 源於希臘語 adāmās，與 diamond (鑽石) 字源相同. adāmās 是最堅硬的金屬 (hardest metal).
*adapt [ə`dæpt] *v.* 使適合，使適應；改編.
範例 He **adapted** easily to the new environment. 他很快就適應了新環境.
She **adapted** the novel for broadcasting. 她把那篇小說改編以便適合廣播用.

This film has been **adapted** for younger audiences. 這部電影迎合年輕觀眾.
[活用] v. **adapts**, **adapted**, **adapted**, **adapting**

adaptable [ə`dæptəbl] adj. (人) 能夠適應的 (物) 可改造的，可改編的: He is a person **adaptable** to new ideas. 他是個能夠接受新觀念的人.

adaptation [͵ædəp`teʃən] n. 適合，適應; 改編.
[範例] He studies animals' **adaptation** to the new environment. 他研究動物如何適應新環境. They discussed an **adaptation** of the novel for the movies. 他們討論如何將該小說改編成電影.
[複數] **adaptations**

adapter [ə`dæptɚ] n. 改編者; (電器等的) 轉換器.
[複數] **adapters**

add [æd] v. 增加，添加.
[範例] **Add** a little cream to the stew. 在燉菜上加點奶油.
If you **add** my savings to yours, we'll have enough. 我的存款再加上你的存款，款數就足夠了.
Please **add** up these figures. 請把這些數字加起來.
He told us about the accident and **added** that he felt sorry. 他向我們講述那起事故，之後接著說他感到很遺憾.
Have you **added** him in? 你把他算在內了嗎?
To **add** to her illness, Jill got injured. 吉兒不但生病還受了傷.
[片語] **add to** 增加: The rise in prices **adds to** our difficulty. 物價的上漲使我們的生活更加艱難.
add up ① 合計，總計. (⇨ [範例]) ② 合乎情理: These figures just don't **add up**. 這些數字不合理.
[活用] v. **adds**, **added**, **added**, **adding**

adder [`ædɚ] n. ① (產於歐洲的) 蝰蛇. ② (產於北美的) 無毒小蛇.
[字源] 原為 nadder, a nadder 被誤解為 an adder, 於是成了 adder.
[複數] **adders**

addict [v. ə`dɪkt; n. `ædɪkt] v. ① 使沉溺於，使上癮《常用 be ~ed to 形式》.
——n. ② 吸毒者; 上癮者, 沉溺者, 入迷的人.
[範例] ① She **addicted** herself to drinking. 她沉溺於喝酒.
A lot of children are **addicted** to computer games. 有許多孩子沉溺於電腦遊戲.
He is **addicted** to reading. 他沉迷於讀書.
② He is a golf **addict**. 他是個高爾夫球迷.
[活用] v. **addicts**, **addicted**, **addicted**, **addicting**
[複數] **addicts**

addiction [ə`dɪkʃən] n. 中毒，上癮: He did

some research on drug **addiction** in Taiwan. 他對臺灣的毒癮現象進行了一些研究.
[複數] **addictions**

addictive [ə`dɪktɪv] adj. (藥物等使人) 上癮的: Nicotine is **addictive**. 尼古丁能使人上癮.
[活用] adj. **more addictive**, **most addictive**

addition [ə`dɪʃən] n. 附加; 加法; 增加的人〔物〕, (建築物等) 擴建部分.
[範例] Are you good at **addition**? 你擅長加法嗎? Recently Tom has had an **addition** to his family. (因小孩的誕生) 最近湯姆家多了一個人.
[片語] **in addition to** 除了~之外: We paid 10 dollars **in addition to** the charge. 除了費用之外，我們又付了10美元.
➡ (充電小站) (p. 65), (p. 421)
[複數] **additions**

additional [ə`dɪʃənl] adj. 追加的，添加的: an **additional** charge 追加的費用.

additive [`ædətɪv] n. 添加劑，添加物: food **additives** 食品添加物.
[複數] **additives**

address [ə`drɛs] n., v.

原義	層面	釋義	範例
向著~之事、物	話	n. 演說，致詞	①
	郵件寄往之處	n. 住處，地址	②

原義	層面	釋義	範例
向著	話	v. 向~說話; 稱呼	③
	郵件	v. 寫上收件人姓名、地址	④
	心情	v. 著手做	⑤

[範例] ① We heard an **address** from Dr. Thomas. 我們聽了湯瑪士博士的演說.
His welcoming **address** was very impressive. 他的歡迎詞實在令人印象深刻.
② This is my home **address**. 這是我家的地址.
I can't read the **address** on this letter. 我看不懂這封信上的地址.
③ The President will **address** the nation on TV. 總統會在電視上對全體國民演說.
It's best to **address** the President of the United States as "Mr. President." 最好稱呼美國總統為 "Mr. President."
④ This letter is **addressed** to my father. 這封信是寄給父親的.
Please **address** the book to Rose. 請把那本書寄給羅絲.

⑤I must **address** myself to this problem immediately. 我必須馬上著手解決這個問題. 發音 n. 亦作 [`ædrɛs].

複數 **addresses**

活用 v. **addresses, addressed, addressed, addressing**

adept [ə`dɛpt] adj. 熟練的，精通的，擅長的〔常與 at 連用〕.

範例 an **adept** debater 擅長辯論者. He is **adept** at driving. 他擅於開車.

活用 adj. **more adept, most adept**

adequacy [`ædəkwəsɪ] n. 足夠，適當；勝任.

*****adequate** [`ædəkwɪt] adj. 足夠的，適當的；勝任的.

範例 This is a room of **adequate** size. 這個房間大小適中.

Your explanation is **adequate**; you don't have to show me. 你的說明足夠了，不需要證明給我看.

☞ ↔ inadequate

活用 adj. **more adequate, most adequate**

adequately [`ædəkwɪtlɪ] adv. 適當地，足夠地.

活用 adv. **more adequately, most adequately**

*****adhere** [əd`hɪr] v. 黏著，附著；堅持 (to).

範例 This tape **adheres** to the board very well. 這種膠帶很容易黏在木板上.

We always **adhere** to the rules. 我們總是遵守規則.

活用 v. **adheres, adhered, adhered, adhering**

adherence [əd`hɪrəns] n. 黏著；固執，堅持.

His **adherence** to his decision made them angry. 他的堅持自己的決定讓他們很生氣.

adherent [əd`hɪrənt] n. 支持者，擁護者: This teaching method has only a few **adherents**. 這種教學法的支持者很少.

複數 **adherents**

adhesion [əd`hiʒən] n. 黏著，附著.

adhesive [əd`hisɪv] adj. 有黏性的，黏合的.

範例 an **adhesive** substance 有黏性的物質.

an **adhesive** wall hook 帶黏著劑的壁用掛鉤.

活用 adj. **more adhesive, most adhesive**

ad hoc [`æd`hɑk] adj., adv. 特別的〔地〕，為了某一目的的〔地〕: an **ad hoc** committee 臨時組成的特別委員會.

adieu [ə`dju] interj. ① 再會，再見.

——n. ② 辭行，告別: say **adieu** to 向～告別〔辭行〕.

參考 原為法語，用於表示長時間的離別或永別，但英語中也用於一般的離別.

字源 á(於)＋dieu(上帝)，表示「(我將你)委託於上帝」.

複數 **adieus/adieux**

*****adjacent** [ə`dʒesnt] adj. 鄰接的，毗連的，接近的: a castle **adjacent** to the ocean 與海毗連的城堡.

adjectival [,ædʒɪk`taɪvl] adj. ① 形容詞的，形

容詞性質的.

——n. ② 形容詞片語.

複數 **adjectivals**

adjective [`ædʒɪktɪv] n. 形容詞 (☞ 充電小站 (p. 19)).

複數 **adjectives**

adjoin [ə`dʒɔɪn] v. 鄰接，毗連.

範例 The twins have **adjoining** rooms. 那對雙胞胎的房間相連著. 《adjoining 當形容詞用》

The United States **adjoins** Canada and Mexico. 美國與加拿大和墨西哥毗鄰.

活用 v. **adjoins, adjoined, adjoined, adjoining**

adjourn [ə`dʒɝn] v. 延會；休會〔庭〕.

範例 Court is **adjourned** until tomorrow at 10 a.m. 法院休庭至明天上午10點.

The committee **adjourned** for two hours. 委員會休會2小時.

活用 v. **adjourns, adjourned, adjourned, adjourning**

adjournment [ə`dʒɝnmənt] n. 延期；休會: The meeting will be held again after an **adjournment** of a week. 會議休會一週後再舉行.

複數 **adjournments**

adjudicate [ə`dʒudɪ,ket] v. 判決，裁決.

活用 v. **adjudicates, adjudicated, adjudicated, adjudicating**

adjunct [`ædʒʌŋkt] n. 附屬物，附加物.

複數 **adjuncts**

*****adjust** [ə`dʒʌst] v. ① 調整，調節，校正. ② (使) 適應 (to).

範例 ① He **adjusted** his tie in a mirror before his speech. 演說前他對著鏡子整一整領帶.

You can **adjust** the air conditioner with this remote control. 你可以使用這個遙控器調節冷氣.

You have to **adjust** your schedule. 你有必要修正你的計畫.

You can't see well through a telescope unless it is **adjusted** correctly to your sight. 如果不調整視線，你就無法透過望遠鏡看清楚.

② The diplomat **adjusted** very quickly to the cold of the country. 那位外交官很快就能適應該國的嚴寒.

字源 ad(向～方向)＋just(正確的) → 使正確.

活用 v. **adjusts, adjusted, adjusted, adjusting**

adjustable [ə`dʒʌstəbl] adj. 可調整的，可調節的: The seats of this car are **adjustable**. 這輛車的座位可以調整.

*****adjustment** [ə`dʒʌstmənt] n. 調整，調節；適應.

複數 **adjustments**

ad-lib [æd`lɪb] adv. ① 臨時插入地，即興地.

——n. ② 即興表演〔演奏〕.

參考 亦作 ad lib.

字源 拉丁語的 ad (按照)＋libitum (樂事) → 按某人之意，隨某人之便.

充電小站

形容詞 (adjective)

【Q】請就英語的形容詞加以說明.

【A】adjective 的字源是「加 (於名詞) 之物」,具有對名詞加以說明的功能.

①形式上可附加-er、-est、或前加 more、most 形成比較級和最高級,例如:
red, redder, reddest
beautiful, more beautiful, most beautiful

②形容詞有兩個用法.
(1)限定用法 (attributive use): 用在名詞前 that red flower
(2)敘述用法 (predicative use): 用在動詞後 That flower is red.

I like that red flower. 是哪種用法呢? 即 red 在 flower (名詞) 之前,因此它是用法(1).

③當名詞前有兩個形容詞時,一般書寫順序是固定的.
a clean new blue jacket
(評價) (新舊) (顏色)
a famous old medical school
(評價) (新舊) (名詞性形容詞)
those three beautiful red flowers
(數字) (評價) (顏色)

④現在分詞和過去分詞實際上也屬形容詞.

複數 **ad-libs**

*__administer__ [əd`mɪnəstɚ] v. ① 管理; 統治. ② 施行, 執行 (法律等).

範例 ① The country was **administered** by an efficient civil service. 那個國家由有效率的行政部門管理.
The chairman **administered** the summit meeting well. 那位主席主持高峰會議表現良好.

活用 v. **administers, administered, administered, administering**

*__administration__ [əd,mɪnə`streʃən] n. ① 管理, 經營. ② 政府機關; 行政機關.

範例 ① the **administration** of a library 圖書館的管理.
fiscal **administration** 財政管理.
② the Bush **administration** 布希政府.

複數 **administrations**

*__administrative__ [əd`mɪnə,stretɪv] adj. 管理的, 行政的.

範例 You'll do well in an **administrative** position. 你可以勝任管理工作.
The government must get around to **administrative** reforms. 政府必須著手進行行政改革.

__administrator__ [əd`mɪnə,stretɚ] n. 管理者; 行政官員.

複數 **administrators**

*__admirable__ [`ædmərəbl] adj. 出色的; 值得讚賞的: The boy wrote an **admirable** essay. 男孩寫了一篇極為出色的文章.

活用 adj. **more admirable, most admirable**

__admirably__ [`ædmərəblɪ] adv. 出色地, 令人讚賞地.

活用 adv. **more admirably, most admirably**

__admiral__ [`ædmərəl] n. 海軍上將 [將官]《略作 Adm.》.

➡ 充電小站 (p. 797)

複數 **admirals**

__admiralty__ [`ædmərəltɪ] n. ① [the A~]【英】海軍部. ② 海事法; 海事法庭. ③ 海軍上將之地位 [職務], 海軍將官的地位 [職務].

◆ **the First Lórd of the Ádmiralty**【英】海軍大臣.

*__admiration__ [,ædmə`reʃən] n. ① 欽佩, 讚賞. ② [the ~] 讚美的對象.

範例 ① The girls listened to the lecture in **admiration**. 女孩們以讚嘆的神情聽講.
Mary looked at the new ship with **admiration**. 瑪麗讚賞地看著那艘新船.
He fulfilled his duties to **admiration**. 他完美地達成了任務.
② Miss Brown is the **admiration** of the whole school. 布朗小姐是全校欽佩的對象.

片語 **to admiration** 完美地,令人欽佩地. (⇨ 範例①)

*__admire__ [əd`maɪr] v. 欽佩, 讚賞; 驚嘆地看著.

範例 They **admired** him for his courage. 他們欽佩他的勇氣.
The football team's captain was **admired** by all its members. 那個足球隊的隊長受到全體隊員的敬仰.
I stopped what I was doing to **admire** the sunset. 我放下手上的工作欣賞日落.

活用 v. **admires, admired, admired, admiring**

__admirer__ [əd`maɪrɚ] n. 崇拜者, 讚美者, (對女性的) 愛慕者: He was a great **admirer** of the queen. 他是女王狂熱的崇拜者.

複數 **admirers**

*__admission__ [əd`nɪʃən] n. ① 准許進入 [入場、入學、入會]. ② 入場 [入學、入會] 費用. ③ (犯罪等的) 承認, 坦白.

範例 ① **Admission** was restricted to officers. 入場者僅限於軍官.
There's no **admission** to this hall on Wednesdays. 本館每週三休館.
② **Admission** free 免費入場.
③ **admission** of sin 認罪.
By his own **admission**, he is a bad driver. 他自己承認, 他的開車技術糟透了.

片語 **by one's own admission** 根據某人自己承認. (⇨ 範例③)

複數 **admissions**

A ***admit** [əd`mɪt] v.

原義	層面	釋義	範例
承認，准許	事實	承認（事實、過失等）	①
	人、物	允許進入；容納	②

範例 ① He **admitted** his mistakes. 他承認自己的錯誤。

He **admitted** having stolen the book./He **admitted** stealing the book. 他承認偷了那本書。

We all **admitted** him to have been careless. 我們都認為他粗心大意。

I **admit** that I made a mistake. 我承認我做錯了。

You should **admit** it when you've done something wrong. 如果你做錯了，你就應該承認。

They **admitted** to conspiracy to overthrow the government. 他們承認他們策劃顛覆政府的陰謀。

② This ticket **admits** two persons. 這張票可供2人入場。

She was so fortunate to be **admitted** to that university. 她很幸運獲准進入那所大學。

This hall **admits** 1,000 people. 這個大廳可以容納1,000人。

活用 v. **admits**, **admitted**, **admitted**, **admitting**

admittance [əd`mɪtns] n. 准許入場《並沒有「入學」、「入會」的意義》: There was no **admittance** to the theater for one week due to repairs. 那家劇院因為維修，一週內禁止入內。

admittedly [əd`mɪtɪdlɪ] adv. 公認地，不可否認地: **Admittedly**, it was a foolish thing to do. 那樣做實在是很愚蠢。

admonish [əd`mɑnɪʃ] v. (溫和地) 輕責；勸告，警告。

範例 My parents frequently **admonished** me against lying. 我的父母經常規勸我不能說謊。

I **admonished** her of her responsibility to the company. 我溫和地告誡她對公司應有的責任。

活用 v. **admonishes**, **admonished**, **admonished**, **admonishing**

admonition [ædmə`nɪʃən] n. 告誡，警告。

複數 **admonitions**

ado [ə`du] n. (造成延遲的) 騷動，紛擾: He paid all the money without more **ado**. 他不囉唆，付了全額。

片語 ***without more ado*** 乾脆，不再囉唆。 (→ 範例)

adobe [ə`dobɪ] n. ① 風乾土坯《用泥土和玉米稈等混合後曬乾而成》。② 土磚房。

adolescence [ˌædl`ɛsns] n. 青春期。

參考 介於 childhood (幼年期) 與 adulthood (成年期) 之間精神、肉體及社會等方面發育成熟的階段，其初期為 puberty (思春期)。就年齡而言，則有13-16歲，12-18歲，12、13-20，21歲，或男14-25歲，女12-21歲等多種說法。

[adobe]

adolescent [ˌædl`ɛsnt] adj. ① 青春期的。② 青少年般的。
——n. ③ 青春期的男〔女〕孩。④ 宛如少男〔少女〕的成人。

複數 **adolescents**

***adopt** [ə`dɑpt] v. ① 收養為養子〔養女〕。② 採用，採納 (方法、措施等)。

範例 ① There are so many orphans in the world; let's **adopt** one. 世界上有許多孤兒，我們收養一個吧。

② Few teachers **adopted** the new method of teaching English. 很少老師採用新的英語教學法。

A new standard of accounting has been **adopted**. 我們採用了新的會計標準。

活用 v. **adopts**, **adopted**, **adopted**, **adopting**

adoption [ə`dɑpʃən] n. ① 收養。② 採用，採納。

範例 ① The **adoption** of a child is a complex, time-consuming process. 收養孩子的過程既複雜又耗時。

② The opposition's **adoption** of that policy will surely lead to their defeat again. 在野黨採取的政策將導致他們再次失敗。

his country of **adoption** (以歸化等形式的) 第二故鄉。

複數 **adoptions**

adoptive [ə`dɑptɪv] adj. 〔只用於名詞前〕有收養關係的: an **adoptive** mother 養母。

adorable [ə`dorəbl] adj. 可愛的，值得崇拜的: The little girl was wearing an **adorable** hat. 那個女孩戴了一頂可愛的帽子。

活用 adj. **more adorable**, **most adorable**

adoration [ˌædə`reʃən] n. 愛慕，敬仰，崇拜: the **adoration** for the President 對總統的崇拜。

***adore** [ə`dor] v. 崇敬，愛慕；極喜歡。

範例 You are all I long for and **adore**. 你是我仰慕已久的人。

They **adore** their grandfather. 他們敬愛他們的爺爺。

活用 v. **adores**, **adored**, **adored**, **adoring**

adorn [ə`dɔrn] v. 裝飾: Mary **adorned** her Christmas tree with traditional ornaments. 瑪麗用傳統的裝飾品裝飾她的聖誕樹。

活用 v. **adorns**, **adorned**, **adorned**, **adorning**

adornment [ə`dɔrnmənt] *n.* 裝飾，裝飾品：
Adornment is not very important. 裝飾並不是非常重要。
She's so beautiful that she doesn't need to wear any **adornments**. 她長得非常漂亮，所以不需要戴任何裝飾品。
範例 **adornments**

adrenalin [æd`rɛnlın] *n.* 腎上腺素。

adrift [ə`drıft] *adj.*, *adv.* (特指船隻) 漂流的〔地〕，漂泊的〔地〕。

adult [ə`dʌlt] *adj.* ① 成熟的，成年的。② 適合成人的。
——*n.* ③ 成人，大人。④ 發育成熟的動物。
範例 ② Two **adult** tickets, please. 請給我2張全票。
③ **Adults** Only. 未成年者不宜觀賞。《電影院等的告示》
☞ ③ ↔ child
♦ **adult education** 成人教育。
複數 **adults**

adulterer [ə`dʌltərə] *n.* 通姦者，姦夫。
複數 **adulterers**

adulteress [ə`dʌltərıs] *n.* 姦婦，淫婦。
複數 **adulteresses**

adulterous [ə`dʌltərəs] *adj.* 通姦的。
活用 *adj.* **more adulterous**, **most adulterous**

adultery [ə`dʌltərı] *n.* 通姦，私通：*The Bible* says, "You shall not commit **adultery**." 《聖經》上說：「不許姦淫。」
複數 **adulteries**

adulthood [ə`dʌlt,hud] *n.* 成年期。

advance [əd`væns] *v.* ① 前進，推進；促進；提前。② 提出 (意見、計畫等)。
——*n.* ③ 前進；進步。④ 預付；事前，事先。
範例 ① The army **advanced** against their enemy. 軍隊朝著敵人推進。
Can you **advance** the date of the ceremony? 你能將典禮日期提前嗎？
They did not **advance** me a month's wages. 他們沒有預付我一個月的薪水。
② The group will **advance** a new plan in a few days. 那個團體過幾天將提出一個新計畫。
③ Human beings have made great **advances** in science these 30 years. 這30年中人類在科學上有長足的進步。
④ an **advance** ticket 預售票。《當形容詞用》
I had sent my skis in **advance** before I left home. 我離家前先把滑雪屐拿去寄了。
片語 **in advance** 事先。(⇨ 範例 ④)
in advance of 在～之前，超越，超過：His thought was **in advance of** his times. 他的思想走在時代的前端。
☞ ① ↔ retreat
活用 *v.* **advances**, **advanced**, **advanced**, **advancing**
複數 **advances**

advanced [əd`vænst] *adj.* 先進的，進步的；(課程等) 高級的；高齡的。

範例 I think America is one of the **advanced** countries. 我認為美國是先進國家之一。
My brother is taking an **advanced** course of English conversation. 我哥哥正在修高級英語會話課程。
A new law was made for people **advanced** in years. 有一條新法律是為高齡者制定的。
活用 *adj.* **more advanced**, **most advanced**

advancement [əd`vænsmənt] *n.* 前進，促進；晉升，升級。
範例 **advancement** in life 出人頭地，發達。
He contributed to the **advancement** of peace. 他對促進和平有所貢獻。

advantage [əd`væntıdʒ] *n.* ① 優點；益處，有利條件。② 領先《網球等比賽打成平局 (deuce) 後任何一方所得的第一分》。
範例 ① A great **advantage** of a hovercraft is its versatility; it can go over water, ice, mud, marsh, and many other surfaces that are inaccessible to traditional vehicles. 氣墊船最大的優點就是它用途廣泛，可以在水面、冰面、泥沼、沼澤等其他傳統交通工具不易接近的各種地方行駛。
One **advantage** of microwaves over ordinary radio waves is that microwaves can carry more information. 比起普通的無線電波，微波的優點之一就是它能傳遞更多的訊息。
By finding and taking **advantage** of updrafts, a glider pilot can stay in the air for a very long time. 滑翔機的駕駛員如果能發現並利用上升氣流就可以在空中停留很長的時間。
It will be to your **advantage** to study Portuguese before you visit Brazil. 去巴西之前學習葡萄牙語對你會有好處。
② The first team to score 25 points wins the game, but when the score is tied at 24, a team must gain a 2-point **advantage** to win. 先得25分者獲勝，但當兩隊24比24平手時，想獲勝的隊伍必須先得兩分。《排球比賽規則》
Advantage Smith. 史密斯先得分。《網球、桌球比賽中打成平局後，史密斯先得分時裁判說的話；這是指單打，若為雙打則應說出兩個人的名字》
片語 *take advantage of* 利用。(⇨ 範例 ①)
to ～'s advantage 對～有利。(⇨ 範例 ①)
☞ ↔ disadvantage
複數 **advantages**

advantageous [,ædvən`tedʒəs] *adj.* 有利的，有益的：The scandal of the ruling party was **advantageous** to the opposition. 執政黨的醜聞對在野黨有利。
活用 *adj.* **more advantageous**, **most advantageous**

advent [`ædvɛnt] *n.* ① 出現，到來：We can get information easier since the **advent** of television. 電視問世後我們可以很容易地獲得消息。② 耶穌降臨節《聖誕節前四週之期間》。

A

♦ **the Ádvent** 耶穌降臨.
複數 **advents**

***adventure** [əd`vɛntʃɚ] *n.* 冒險;〔~s〕奇異的經歷; 危險的活動.
範例 Some people enjoy the **adventure** of living in a foreign country. 有些人喜歡過異國居住的冒險生活.
To walk alone in New York seemed of itself an **adventure**. 一個人走在紐約就像是一場冒險.
She wrote a book about her **adventures** in the Kalahari Desert. 她將自己在喀拉哈里沙漠的冒險經歷寫成了書.
A flight in a plane used to be quite an **adventure**. 飛行在過去曾是非常危險的事.
複數 **adventures**

adventurer [əd`vɛntʃərɚ] *n.* 冒險家; 投機者.
複數 **adventurers**

adventurous [əd`vɛntʃərəs] *adj.* 喜歡冒險的; 充滿危險和刺激的.
範例 an **adventurous** explorer 喜歡冒險的探險家.
an **adventurous** voyage 充滿危險和刺激的航行.
活用 *adj.* **more adventurous, most adventurous**

adverb [`ædvɝb] *n.*, *adv.* 副詞《☞ 充電小站 (p. 23)》.
複數 **adverbs**

adverbial [əd`vɝbɪəl] *adj.* ① 副詞的, 作副詞用的.
——*n.* ② 副詞片語.
複數 **adverbials**

adversary [`ædvɚ,sɛrɪ] *n.* 對手, 敵人.
複數 **adversaries**

adverse [əd`vɝs] *adj.* ① 相反的, 反對的. ② 不利的.
範例 ① Jenny was **adverse** to the idea of picnicking this weekend. 珍妮反對這個週末去郊遊的計畫.
② These weather conditions are **adverse** for playing tennis. 這樣的天氣狀況不利於打網球.
活用 *adj.* **more adverse, most adverse**

adversely [əd`vɝslɪ] *adv.* ① 相反地. ② 不利地.
活用 *adv.* **more adversely, most adversely**

adversity [əd`vɝsətɪ] *n.* 逆境; 災難; 厄運.
範例 Prosperity makes friends, **adversity** tries them.《諺語》順境多友, 逆境試友; 有錢多朋友, 患難見真情.
They overcame many **adversities**. 他們克服了許多逆境.
複數 **adversities**

***advertise** [`ædvɚ,taɪz] *v.* 登廣告, 打廣告, 做宣傳.
範例 He **advertised** his French-made bicycle for sale. 他登廣告賣他法國製的腳踏車.
If you need to **advertise**, do it in this newspaper. 如需登廣告, 登在這份報紙上.
We should **advertise** if we want our sales to increase. 若想擴大銷路, 我們必須做宣傳.
活用 *v.* **advertises, advertised, advertised, advertising**

***advertisement** [,ædvɚ`taɪzmənt] *n.* 廣告, 宣傳; 公告《亦作 ad》.
範例 The company has put an **advertisement** of a new product in *Time Magazine*. 那家公司已把新產品的廣告登在《時代雜誌》上.
This big one-page **advertisement** will be expensive. 這麼大一頁的廣告一定很貴.
複數 **advertisements**

advertiser [`ædvɚ,taɪzɚ] *n.* 刊登廣告者; 廣告商.
複數 **advertisers**

advertising [`ædvɚ,taɪzɪŋ] *n.* 廣告《集合名詞》; 廣告業: an **advertising** agency 廣告公司.

****advice** [əd`vaɪs] *n.* ① 忠告, 勸告. ②〔~s〕(外交、政治上的) 報告, 情報; (有關貨物接運、業務接洽等) 報告, 通知.
範例 ① I don't need **advice** from a person like that. 我不需要那種人的忠告.
② We need the latest **advices** from our London branch. 我們需要最新來自倫敦分店的報告.
複數 ② **advices**

advisable [əd`vaɪzəbl] *adj.*〔不用於名詞前〕適當的, 可行的, 明智的: It is **advisable** to wear a safty belt when you are driving. 開車時繫上安全帶是明智的.

****advise** [əd`vaɪz] *v.*

原義	層面	釋義	範例
使注意力轉向	該做的事	忠告, 勸告, 建議	①
	事實	通知, 告知 (某人)	②

範例 ① I'll do as you **advise**. 我會依你的建議去做.
I **advise** all of my subordinates. 我勸告全體部屬.
I **advised** her not to go there, but she wouldn't listen. 我勸她不要到那裡去, 但她根本不聽.
I've been **advised** not to eat fatty food. 別人勸我不要吃油膩的食物.
We **advised** them that they should start early. 我們勸他們早點出發.
Advise me what to do. 請告訴我該怎麼做.
My doctor **advised** me against drinking too much. 我的醫生勸我不要飲酒過量.
② The company **advised** the workers of the

副詞 (adverb) 〔充電小站〕

【Q】請就英語的副詞加以說明.

【A】adverb 的字源是「添加字」，主要用來說明動詞.

①有些副詞與形容詞同形，如 early, fast, high. John is a fast runner. (形容詞) He runs fast. (副詞) 另外，形容詞加 -ly 即變成副詞.
clear → clearly
easy → easily

②副詞之後可加 -er, -est, 之前加 more, most. fast, faster, fastest carefully, more carefully, most carefully

③副詞的定義並非僅限於「說明動詞、形容詞及其他副詞」.
實際上，凡是不屬於「名詞」、「代名詞」、「形容詞」、「動詞」、「介系詞」、「連接詞」、「感嘆詞」的詞都是副詞.
例如，Yes, I do. No, he does not. 中的 Yes 和 No 是甚麼詞? 它們是副詞.
It rained yesterday. 中的 yesterday 是甚麼詞呢? 它當然也是副詞.
My father is out. 中的 out 是甚麼詞? 有人說它是用於動詞後的「形容詞」，但也有人說它是說明動詞的「副詞」.

---

coming plant closure. 那家公司通知員工說，工廠不久就要關閉了.
The letter advised her that she won the prize. 那封信通知她她中獎了.

活用 v. advises, advised, advised, advising

adviser/advisor [ədˋvaɪzɚ] n. 指導教授，顧問，勸告者.

複數 advisers/advisors

advisory [ədˋvaɪzərɪ] adj. 勸告的，顧問的，諮詢的: the advisory committee for the radio program 那個廣播節目的諮詢委員會.

****advocate** [n. ˋædvəkɪt; v. ˋædvə͵ket] n. ① 提倡者，擁護者; 律師.
——v. ② 提倡，主張，支持，擁護.

範例 ① Mr. White is a strong advocate of free trade. 懷特先生是自由貿易的強烈擁護者.
② The opposition party advocated an immediate reduction in military costs. 在野黨主張立即削減軍事費用.

複數 advocates

活用 v. advocates, advocated, advocated, advocating

aerial [eˋɪrɪəl] adj. ①〔只用於名詞前〕空氣的; 空中的; 航空的.
——n. ②〖英〗天線(〖美〗antenna).

範例 ① an aerial current 氣流.
aerial transportation 空運.
aerial bombardment (空中) 轟炸.
an aerial photograph 空照圖.

複數 aerials

aerobics [͵eəˋrobɪks] n. 有氧運動: do aerobics 做有氧運動.

參考 以運動來促進氧氣消耗量的全身運動.

aerodynamics [͵ɛrodaɪˋnæmɪks] n. 空氣動力學《研究空氣的運動及物體相對於空氣運動的學科》.

aeroplane [ˋɛrə͵plen] n. 〖英〗飛機 (〖美〗airplane).

複數 aeroplanes

aerosol [ˋɛrə͵sɑl] n. ① 噴霧劑《噴霧式殺蟲劑或噴漆等》. ② 噴霧器.

Aesop [ˋisəp] n. 伊索《古希臘約西元前6世紀寓言作家》.

參考 《伊索寓言》(Aesop's Fables) 據說是伊索寫的故事集，其中藉動植物的對話和行為來說明人生哲理的部分最為有名，有「龜兔賽跑」、「螞蟻與蟋蟀」、「狐狸與葡萄」、「北風與太陽」等，被翻譯成各國語言.

****aesthetic** [ɛsˋθɛtɪk] adj. 美的; 美學的; 審美的 (亦作 esthetic): This house has no aesthetic value, but at least it's functional. 這個房子沒有半點美感，但至少很適合人居住.

活用 adj. more aesthetic, most aesthetic

afar [əˋfɑr] adv. 在遠處，遙遠地.

範例 I saw Kueishan Island afar off. 我看見遠處的龜山島.
When it's clear, Mt. Ali is visible from afar. 天氣好時從遠處也能看見阿里山.

片語 from afar 從遠處. (⇨ 範例)

affable [ˋæfəbl] adj. 友善的，和藹可親的: We like Mr. White because he is affable to us. 我們都喜歡懷特先生，因為他對我們很友善.

活用 adj. more affable, most affable

affably [ˋæfəblɪ] adv. 友善地，和藹可親地: The girl smiles affably but I cannot believe her. 那個女孩笑起來很親切，但我無法信任她.

活用 adv. more affably, most affably

****affair** [əˋfɛr] n. 事情; 事務，業務; (男女間的) 韻事;《婚姻關係外的》戀情.

範例 Mr. Hill told us about a tragic affair in this town. 希爾先生告訴我們這鎮上的一件悲劇.
Her anger is a very small affair. 她生氣並不是甚麼大不了的事.
There are many annual affairs in this school. 這所學校每年有許多例行活動.
We discussed current affairs in the class. 我們上課時談論時事.
The drama was about an affair between an old woman and a young man. 這齣戲描寫的是一個年長婦女與一個年輕男子之間的戀情.
He went to London on business affairs. 他因公事去了倫敦.《公家的事務常用複數》

A

〔複數〕 **affairs**

*__affect__ [ə`fɛkt] v. ① 影響. ② 裝作，佯裝.

〔範例〕Your attitude **affects** your chances of success. 你的態度會影響你成功的機會.

Mr. Hanks was deeply **affected** by the news of his son's death. 漢克斯先生聽到兒子死亡的消息受到了很大打擊.

② Ken **affected** illness so that he need not go to school. 肯為了能不上學而裝病.

〔活用〕 v. **affects**, **affected**, **affected**, **affecting**

affectation [͵æfɛk`teʃən] n. 假裝的行為，矯飾，做作，裝模作樣.

〔範例〕I hate her **affectation** of kindness. 我討厭她那虛情假意的親切.

The **affectations** in the way he speaks made them angry. 他矯揉做作的說話方式把他們惹火了.

〔複數〕 **affectations**

affected [ə`fɛktɪd] adj. ① 受感動的；受影響的；受(疾病)感染的. ② 不自然的，假裝的，做作的，矯飾的.

〔範例〕① The President visited the **affected** area. 總統視察了疫區.

② I hate her **affected** manners. 我討厭她做作的態度.

〔活用〕adj. **more affected**, **most affected**

*__affection__ [ə`fɛkʃən] n. 愛情，慈愛，親愛.

〔範例〕Every mother has (an) **affection** for her children. 每位母親都愛自己的孩子.

She was the object of his **affections** in those days. 當時她是他所愛的人.

〔片語〕**the object of ~'s affections** ~的意中人. (⇨〔範例〕)

〔複數〕 **affections**

*__affectionate__ [ə`fɛkʃənɪt] adj 滿懷摯愛的，摯愛的，深情的，溫柔親切的.

〔範例〕She's very **affectionate**, even in public. 她是個深情的人，即使在眾人面前也能無所顧忌地表露她的愛.

Mr. Newton has an **affectionate** wife. 牛頓先生有一位很溫柔的妻子.

The teacher is **affectionate** to her pupils. 那位老師很關愛她的學生.

〔活用〕adj. **more affectionate**, **most affectionate**

affectionately [ə`fɛkʃənɪtlɪ] adv. 滿懷摯愛地；溫柔親切地: She treats her children very **affectionately**. 她滿懷摯愛地照顧自己的孩子.

〔片語〕*__Affectionately yours/Yours affectionately/Affectionately__* 你親愛的某某敬上〔寫信給親友時的結束語，下面簽上自己的名字〕.

affiliate [ə`fɪlɪ͵et] v. 加入，參加；使合併，使有關聯《常用 be ~ed with/~ oneself to 形式》.

〔範例〕Our company is **affiliated** with the union. 我們公司加入了工會.

Ken **affiliated** himself to the fan club. 肯參加了那個影〔歌〕迷俱樂部.

〔活用〕v. **affiliates**, **affiliated**, **affiliated**, **affiliating**

affiliation [ə͵fɪlɪ`eʃən] n. 加入，入會，聯合: Taipei has a sister city **affiliation** with Sydney. 臺北與雪梨結為姊妹市.

〔複數〕 **affiliations**

affinity [ə`fɪnətɪ] n. ① 類似性〔點〕；密切關係. ②(對~的)愛好，親近感；吸引力. ③ 姻親關係.

〔範例〕① English has many **affinities** with German. 英語與德語有許多類似之處.

② It's natural for me to have an **affinity** with the underdog. 我對弱者懷有親近感是理所當然的.

I feel a strong **affinity** for dogs. 我非常喜歡狗.

〔複數〕 **affinities**

*__affirm__ [ə`fɝm] v. 斷言，肯定，確認.

〔範例〕The man **affirmed** his innocence. 那個男子確認自己清白.

He **affirmed** that he was innocent. 他斷言自己是清白的.

Yoko **affirmed** her love for Lennon. 小野洋子肯定地說出她對約翰藍儂的愛.

〔活用〕v. **affirms**, **affirmed**, **affirmed**, **affirming**

affirmation [͵æfɚ`meʃən] n. 斷言，確認，肯定.

〔複數〕 **affirmations**

affirmative [ə`fɝmətɪv] adj. ① 肯定的.
——n. ② 肯定.

〔範例〕① The student got an **affirmative** answer from the company. 那個學生得到那家公司肯定的答覆.

② Had you answered in the **affirmative**, you would have received a perfect score. 如果當時你的回答是肯定的，你就能得滿分.

〔複數〕 **affirmatives**

affix [`æfɪks] n. 詞綴《如字首 (prefix)，字尾 (suffix)》.

〔參考〕下面底線部分就是詞綴: dishonest (不老實的) /refill (再次注滿) /endless (無止盡的) /hostess (女主人).

〔複數〕 **affixes**

*__afflict__ [ə`flɪkt] v. 使身心痛苦《常用 be ~ed with 形式》.

〔範例〕She was **afflicted** with headaches. 她深受頭痛之苦.

My uncle seems to be **afflicted** by debts. 我叔叔似乎為債務所苦.

〔活用〕v. **afflicts**, **afflicted**, **afflicted**, **afflicting**

affliction [ə`flɪkʃən] n. 痛苦，苦惱，煩惱；痛苦的事〔事由〕.

〔範例〕Have you ever helped a person in **affliction**? 你幫助過陷於苦惱的人嗎?

Her toothache is a great **affliction** to her. 牙

疼成為她的一大煩惱.

[複數] **afflictions**

affluence [`æfluəns] *n.* 富裕，富足：The singer used to live in **affluence**. 那位歌手以前過著富裕的生活.

affluent [`æfluənt] *adj.* 豐富的，富裕的：a land **affluent** in natural resources 自然資源豐富之地.

**afford [ə`ford] *v.* ①《金錢，時間上》足以《常與 can, could, be able to 連用》. ②《正式》給與，供給.

[範例] ① A typical middle class family can't **afford** a luxury car. 典型的中產階級家庭買不起豪華轎車.

We can **afford** a little vacation time this year. 我們今年可以騰出一些時間去度假.

We will be able to **afford** a new car next month. 我們下個月就能買輛新車了.

We couldn't **afford** to lose a minute. 我們沒有時間可以浪費了.

We can't **afford** not to buy health insurance. 我們不得不加入健康保險.

We cannot **afford** to lose such an important member of the staff. 我們絕不能失去那麼重要的工作人員.

② Music **affords** us a lot of pleasure. 音樂帶給我們許多樂趣.

[活用] *v.* **affords**，**afforded**，**afforded**，**affording**

affront [ə`frʌnt] *v.* ①《公然，故意地》侮辱.
——*n.* ② 侮辱.

[範例] ① The boy felt **affronted** when the woman ignored him. 該名女子根本不把那個男孩放在眼裡時，那個男孩感到自己被侮辱了.

② The teacher told him to speak English，but it was an **affront** to him. 老師要他說英語，但這對他來說是一種侮辱.

[活用] *v.* **affronts**，**affronted**，**affronted**，**affronting**

[複數] **affronts**

afield [ə`fild] *adv.* 離開（家、祖國）.

[片語] *far afield* 遠離，到遠方：Don't go too **far afield**. 別走遠了.

afloat [ə`flot] *adj.*，*adv.*〔不用於名詞前〕漂浮的〔地〕，浮著的〔地〕.

[範例] life **afloat** 海上生活；水手生涯.

He was **afloat** in a life boat for a week before he was rescued. 他乘坐救生艇漂浮了一星期才獲救.

The rickety，old boat managed to stay **afloat** for the 1,000 mile journey. 那艘搖搖晃晃的舊船漂浮了1,000哩.

[字源] a（以～狀態）＋float（浮）.

afoot [ə`fut] *adj.*，*adv.* 徒步的〔地〕；〔不用於名詞前〕（計畫等）在進行中的〔地〕，在籌備中的〔地〕：There is a plan **afoot** to build a new school. 目前正在籌劃蓋一所新學校.

[字源] a (on)＋foot → 在腳上的 → 步行中的.

**afraid [ə`fred] *adj.*〔不用於名詞前〕① 害怕的，畏懼的. ② 擔心的，擔憂的；

恐怕的《對於某件已發生或可能發生的事表示歉意》.

[範例] ① I was terribly **afraid** of being scolded by my father. 我很怕被父親責罵.

She was very **afraid** to go into the cave. 她不敢走進那個山洞.

Don't be **afraid** of speaking out. 不要害怕大聲說出來.

② He is **afraid** that his dishonesty will be discovered. 他擔心他的詐欺行為可能被發現.

I'm **afraid** it's going to rain tomorrow. 我想明天恐怕會下雨.

I'm **afraid** I must be going now. 很遺憾，我該告辭了.《對於不得不走表示歉意》

"Can you come to the party?" "No，I'm **afraid** not."「你能來參加晚會嗎?」「我恐怕無法參加.」

[活用] *adj.* **more afraid**，**most afraid**

afresh [ə`frɛʃ] *adv.* 重新地，再度 We'll just have to start the whole thing **afresh**. 一切都得重新開始.

Africa [`æfrɪkə] *n.* 非洲.

African [`æfrɪkən] *adj.* ① 非洲的，非洲人的.
——*n.* ② 非洲人.

[複數] **Africans**

Afro [`æfro] *adj.* ① 非洲血統的，黑人的：**Afro**-Americans 非裔美國黑人.
——*n.* ② 非洲式髮型《捲而蓬鬆的髮型》.

[複數] **Afros**

aft [æft] *adj.*，*adv.* 船〔機〕尾的，在船〔機〕尾，向船〔機〕尾.

†after [`æftɚ] *prep.*，*adv.*，*adj.*，*conj.*

原義	層面	釋義	範例
後	時間	*prep.* 在～之後	①
		adv. 在後面，之後	②
		adj. 後來的	③
		conj. 在～後	④
	順序	*prep.* 在 - 之後，跟在～後，隨後	⑤
	位置	*adv.* 在後面，從後面	⑥
		adj. 後面的	⑦

[範例] ① We'll leave **after** lunch. 我們將在午餐後出發.

It is ten **after** six. 現在是6點10分.

I will call on Mr. Stevenson the day **after** tomorrow. 後天我會去拜訪史蒂文森先生.

Just **after** the expiration of warranty，the machine broke down. 保固期剛過機器就故障了.

A

② They arrived soon **after**. 他們隨後就到了。

③ Michael became world-famous in **after** years. 邁可在後來幾年名聲傳遍世界。

④ Let's go for a walk **after** we finish eating. 飯後我們去散散步吧。

⑤ He entered the room **after** his father. 他隨著父親走進了房間。

Close the door **after** you. 請隨手關門。

Read **after** me all together. 請大家跟著我讀。

I must find someone to look **after** my dogs while I'm away. 我不在家這段時間得找個人來照顧我的狗。

Everybody seeks **after** happiness. 每個人都在追求幸福。

Milton is the greatest poet **after** Shakespeare. 密爾頓是繼莎士比亞之後的一位大詩人。

He was named John **after** his uncle. 根據他叔叔的名字,他被命名為約翰。

⑥ There's a spy plane flying **after**. 有一架偵察機跟上來了。

⑦ The executives are having a meeting in an **after** chamber. 主管們正在後面的房間開會。

[片語] ***after all*** ① 終究,畢竟,到底: It didn't rain **after all**. 終究還是沒有下雨。 ② 儘管: **After all** our investigation, we still don't know anything new about the case. 儘管進行了多方調查,我們仍無法得到對這件案子的新線索。 ***After you.*** 您先請。《在建築物或車輛等的出入口讓人先行的客套話》

one after another/one after the other 接二連三地,陸續地: The runners reached the goal line **one after another**. 跑者陸續地抵達終線。

aftereffect [ˈæftərəˌfɛkt] *n.* (事情等的) 餘波,影響;(藥物的) 副作用《由某事件直接引起,並在一定期間內持續影響,例如吸毒後產生的幻覺等》。

[複數] **aftereffects**

afterlife [ˈæftərˌlaɪf] *n.* ① 來世。② 餘生,後半世。

[複數] **afterlives**

aftermath [ˈæftəˌmæθ] *n.* 餘波,影響;(常指不幸的) 後果《由事故、災害、戰爭等引起,例如大地震後糧食、水的缺乏或疫病的流行等》。

[複數] **aftermaths**

afternoon [ˌæftəˈnun] *n.* 午後,下午。

[範例] Please come and visit me this **afternoon**. 請你今天下午來找我吧。

My father usually goes fishing in the **afternoon**. 我父親通常下午去釣魚。

I'll have a party on Sunday **afternoon**. 我將在星期日下午開派對。

May came back from the U.S. on the **afternoon** of November 7. 梅在11月7日下午從美國回來了。

For his health, Ken has to take an **afternoon** nap. 為了健康,肯每天都要午睡。

➡ (充電小站) (p. 27)

[複數] **afternoons**

afterthought [ˈæftəˌθɔt] *n.* 回想;事後的想法;補充說明。

[複數] **afterthoughts**

†**afterward** [ˈæftəwəd] *adv.* 以後,之後: Let's play first, then study **afterward**. 我們先玩一下,然後再念書。

afterwards [ˈæftəwədz] = *adv.* 〖英〗 afterward.

†**again** [əˈgɛn] *adv.* 再一次,又。

[範例] See you **again**. 再見。

You can try **again** next year. 你明年可以再試試。

I want you to come here **again**. 希望你再到這裡來。

I'll never gamble **again**. 我再也不賭了。

He ran over his memos **again** and **again**. 他把他的備忘錄看了一遍又一遍。

I want to go out drinking, but then **again** I don't want to spend the money. 我很想去喝一杯,可是又不想花錢。

once **again** 再一次。

†**against** [əˈgɛnst] *prep.* 與～對抗,抵抗,反對,違背;對照《給人兩者相對立的印象》;緊貼著,倚靠在。

[範例] We must fight **against** the enemy. 我們必須與敵人作戰。

Britain fought with France **against** Germany. 英國與法國聯合對抗德國。

Are you for the war or **against** it? 你是贊成戰爭還是反對?

There is no evidence **against** him. 沒有對他不利的證據。

I had to act **against** my will. 我不得不違背我的意志去做。

They struggled **against** poverty. 他們與貧困搏鬥。

This oil is a good protector **against** ultraviolet rays. 這種油對抗紫外線很有效。

We must save money **against** a rainy day. 我們必須存錢以備不時之需。《a rainy day 特指因沒有錢而處於困境的時候》

Mountainous waves pounded **against** the shore. 巨浪猛力拍擊海岸。

You must not lean **against** the wall. 你不可以倚靠著牆壁。

Please push the desk **against** the wall. 請把桌子推到緊貼著牆壁。

Mt. Fuji made a beautiful silhouette **against** the setting sun. 富士山襯著夕陽形成了一幅美麗的剪影。

It is very hard to see the spilled sugar **against** the white carpet. 在白色地毯上很難看得清灑在上面的白糖。

[片語] ***against ～'s will*** 違背～的意志。(⇨)

[範例] ***as against*** 與～相比,相對於: We'll make over $1,000,000 this year **as against** only

充電小站

afternoon 不是「下午」嗎?

【Q】nine o'clock in the afternoon 字面上的意思為「午後9點」,但正確的說法應該是 nine o'clock in the evening,難道 afternoon 不是「午後」嗎?

【A】中文的「午後」與英語的afternoon不完全一致.「午後」的「午」為「正午」,即「中午12點」,因此「午後」即「中午12點以後到半夜12點」.

而英語的 afternoon 是 after(~之後)+noon(正午),所以可能被認為與中文的「午後」意思完全相同,其實意義並不完全一樣.

英語的 afternoon 有兩個意義:
① 正午12點到日落之間.
② 正午12點到當天的工作結束之間.

而英語中接在 afternoon 後的是 evening. evening 有以下的意義:
③ 日落到就寢之間.
④ 當天工作結束到就寢之間.

接在 evening 後的則是 night. night 意為:
⑤ 就寢後到起床.
⑥ 太陽尚未升起時.

因此「午後9點」包括在 evening 之中,所以應說 nine o'clock in the evening.

從以上說明,可見中文的「午後」是包括了 afternoon, evening及night(包含 midnight, 即到半夜的12時)在內的時間.

再看看 morning 一字. morning 指:
⑦ 日出到吃午飯之間.
⑧ 半夜12點到中午12點.
因此 ⑧ 的 morning 相當於中文的「午前」.

最後再看看 day. day 指:
⑨ 一天24小時.
⑩ 日出到日落之間的時間.

那麼, 英語中就沒有相當於中文的「午前~點」、「午後~點」的說法嗎? 這種說法是有的, 就是 am [`e`ɛm] 與 pm [`pi`ɛm], 放在表示時刻的數字之後使用. 用 AM, a.m., A.M. 或 PM, p.m., P.M. 來表示也可以. 例如,「午前9點30分」可寫成9:30 am《讀作 nine thirty am》.

am 是由拉丁語的 ante meridiem 的第一個字母構成的. ante(=before), meri(=mid), diem(=day), 即 before midday, before noon. am 與 ⑧ 的 morning 意思一樣.

pm 是由拉丁語 post meridiem 的第一個字母構成的. post(=after), meri(=mid), diem(=day), 即 after midday, after noon. 但是這個 pm 與 afternoon 意思不一樣.

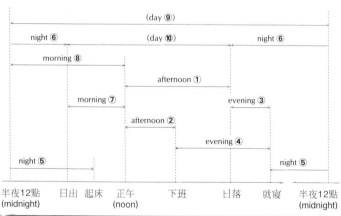

\$500,000 last year. 相對於去年的50萬美元,今年的利潤可望達到100萬美元以上.

agate [`ægɪt] *n.* 瑪瑙《礦石名》.
複數 **agates**

＊age [edʒ] *n.*

原義	層面	釋義	範例
期間	從生物或物開始存在時起	年齡,年紀	①
	相當長度	長時間,長期	②
	(歷史上的)時期	時代,時期	③

——*v.* ④(使)變老,(使)衰老.

範例 ① He moved to New York at the **age** of 14. 他14歲時搬到紐約.

The railway company decided to rebuild the station due to its **age**. 由於那個車站年久失修,那家鐵路公司決定重建.

A

My grandmother looks young for her **age**. 我的祖母看起來比她的實際年齡年輕.

He has come of **age**. 他已經成年了.

That woman has no respect for **age**. 那名女子不尊敬老人.

A man of middle **age** asked us the way to the station. 一個中年男子向我們詢問去車站的路.

② I haven't seen you for **ages**. 真是久違了.

③ We live in a very busy **age**. 我們生活在一個繁忙的時代.

Let's study the Middle **Ages**. 讓我們來研究中世紀吧.

④ You've **aged** well living here on this island. 住在這個島上以來, 你老多了.

片語 **act ~'s age** 行為舉止符合年齡.

come of age 成年. (⇨ 範例 ①)

for ~'s age 就年齡而言. (⇨ 範例 ①)

複數 **ages**

活用 v. **ages**, **aged**, **aged**, **aging/ages**, **aged**, **aged**, **ageing**

***aged** [① edʒd; ② `edʒɪd] adj. ①〔用於數量詞之前〕~歲的. ② 上了年紀的.

範例 ① Children **aged** 9 and under may not ride on the rollercoaster. 9歲以下的孩童不許乘坐雲霄飛車.

② An **aged** man is walking slowly. 老人正慢慢地走著.

活用 adj. ② **more aged**, **most aged**

ageless [`edʒlɪs] adj. 永遠年輕的, 不老的; 永恆的: Some of the Beatles' songs seem **ageless**. 披頭四合唱團的一些曲子將永遠為人所傳唱.

***agency** [`edʒənsɪ] n. ① 代理 (店), 經銷商. ② (政府的) 機構, 部門. ③ 力量, 作用.

範例 ① Does your company have an **agency** in London? 你的公司在倫敦有代理店嗎?

② The CIA is a government **agency**. 中央情報局是政府機構.

③ Disease can be warded off by the **agency** of this new medicine. 疾病藉助這種新藥的作用可以預防.

複數 **agencies**

agenda [ə`dʒɛndə] n.〔作單數〕議事單, 議程: The first item on the **agenda** is the air pollution problem in this district. 議程中的第一項是這個地區的空氣污染問題.

複數 **agendas**

***agent** [`edʒənt] n. ① 代理人, 代理商. ② 特派員, 情報員. ③ 原因, 媒介物.

範例 ① I hired an **agent** to take care of my affairs so I could go on vacation. 我雇了一位代理人處理我的工作, 我才得以休假.

I was unable to go, so an **agent** went in my stead. 因為我去不了, 所以讓我的代理人代替我去.

② a secret **agent** 間諜.

③ New technology is the **agent** of this company's success. 新技術是這家公司成功

的因素.

複數 **agents**

aggravate [`ægrə,vet] v. ① 使惡化, 加重 (病情, 局勢等): Your stupid comments **aggravated** an already tense situation. 你那愚蠢的評論使得原本已緊張的局勢更加惡化. ② 激怒, 使惱怒.

活用 v. **aggravates**, **aggravated**, **aggravated**, **aggravating**

aggravation [ˌægrə`veʃən] n. ① 加重, 惡化. ② 使激怒之事物; 惱怒.

複數 **aggravations**

aggregate [n., adj. `ægrɪgɪt; v. `ægrɪ,get] ① 集合體; 總數. ② 混合材料〔製造混凝土時混合於水泥中的沙和碎石〕.

——adj. ③〔只用於名詞前〕集合的; 總計的.

——v. ④ 聚集, 集合; 總計.

片語 **in the aggregate** 整體而言; 總計.

活用 v. **aggregates**, **aggregated**, **aggregated**, **aggregating**

aggregation [ˌægrɪ`geʃən] n. 集合, 聚集; 總合; 集合體, 集團.

複數 **aggregations**

aggression [ə`grɛʃən] n. 侵略, 進攻, 攻擊: a war of **aggression** 侵略戰爭.

複數 **aggressions**

aggressive [ə`grɛsɪv] adj. ① 攻擊性的, 挑釁的, 好鬥的. ② 進取的, 積極的.

範例 ① Your son is so **aggressive** that he sometimes fights with his classmates. 你的兒子很好鬥, 有時候會跟同學打架.

② It takes an **aggressive** personality to succeed in this competitive business. 要在這個競爭激烈的行業中獲得成功需要有積極進取的個性.

活用 adj. **more aggressive**, **most aggressive**

aggressively [ə`grɛsɪvlɪ] adv. ① 好攻擊地, 好挑釁地. ② 積極地, 進取地.

活用 adv. **more aggressively**, **most aggressively**

aggressiveness [ə`grɛsɪvnɪs] n. ① 攻擊性. ② 積極性, 進取性.

aggressor [ə`grɛsə] n. 侵略者, 挑釁者.

複數 **aggressors**

aggrieved [ə`grivd] adj. 憤憤不平的; 遭受委曲的: He felt **aggrieved** at the decision. 他因那個決定而感到委曲.

活用 adj. **more aggrieved**, **most aggrieved**

aghast [ə`gæst] adj.〔不用於名詞前〕嚇呆的, 驚駭的: I was **aghast** to see my country's flag spat upon and burned. 我看到有人往我國國旗上吐口水並將其燒毀, 真是被嚇呆了.

活用 adj. **more aghast**, **most aghast**

agile [`ædʒəl] adj. 敏捷的, 靈巧的: He is as **agile** as a hare. 他像野兔般靈巧敏捷.

活用 adj. **more agile**, **most agile**

agility [ə`dʒɪlətɪ] n. 敏捷, 靈巧: She jumped aside with catlike **agility**. 她像貓一樣靈巧地

跳開了.

aging/ageing [`edʒɪŋ] *n.* 變老，老化；(酒等)熟化.

***agitate** [`ædʒə͵tet] *v.* ① 動搖，攪動. ② 使不安，使焦慮. ③ 煽動.

〔範例〕① The wind **agitated** the sea. 風激起海浪翻滾.
② Getting a B instead of an A from my favorite teacher really **agitated** me. 我最喜歡的老師給我的成績不是 A 而是 B，這使我深感憂慮.
③ The young office worker **agitated** for a strike. 那個年輕的職員煽動罷工.

〔活用〕*v.* **agitates**, **agitated**, **agitated**, **agitating**

agitation [͵ædʒə`teʃən] *n.* ① 攪動，搖動. ② (內心的)不安，煩亂，焦慮. ③ 煽動，鼓動.

〔複數〕**agitations**

agitator [`ædʒə͵tetə] *n.* (政治上的)鼓動者，煽動者.

〔複數〕**agitators**

aglow [ə`glo] *adj.* 〔不用於名詞前〕興致勃勃的；通紅的；發亮的: The sky was **aglow** with the setting sun. 天空因夕陽的光輝而顯得通紅.

〔活用〕*adj.* **more aglow**, **most aglow**

agnostic [æg`nɑstɪk] *n.* ① 不可知論者《認為人無法瞭解、也沒有證據來證明神的存在與否》.
——*adj.* ② 不可知論的.

〔複數〕**agnostics**

〔活用〕*adj.* **more agnostic**, **most agnostic**

***ago** [ə`go] *adv.* (從現在起)~之前.

〔範例〕a week **ago** 一週前.
How long **ago** did that happen? 那件事是多久之前發生的?
He died twenty years **ago**. 他在20年前去世.
This is a story of a long time **ago**. 這是很久以前的事了.
a short time **ago** 不久以前.

〔片語〕*long ago* 很久以前.

agog [ə`gɑg] *adj.* 〔不用於名詞前〕非常興奮的.

agonize [`ægə͵naɪz] *v.* 痛苦，苦悶；掙扎: The chairman **agonized** over every decision. 那位主席為每一項痛苦的決定感到掙扎.

〔活用〕*v.* **agonizes**, **agonized**, **agonized**, **agonizing**

agonized [`ægə͵naɪzd] *adj.* 極度痛苦的: The girl had an **agonized** look. 那個女孩臉上露出極為痛苦的神情.

〔活用〕*adj.* **more agonized**, **most agonized**

agonizing [`ægə͵naɪzɪŋ] *adj.* 引起痛苦的，折磨人的: My father suffered an **agonizing** wound in the war. 我的父親在戰爭中受了重傷.

〔活用〕*adj.* **more agonizing**, **most agonizing**

***agony** [`ægənɪ] *n.* 苦悶，極大的痛苦.

〔範例〕The patient screamed in **agony** then. 當時那位病人因痛苦而尖聲喊叫.

The politician was in **agonies** of doubt. 那位政客感到極度困惑.

〔複數〕**agonies**

agrarian [ə`grɛrɪən] *adj.* 土地的；農田的；土地所有權的.

***agree** [ə`gri] *v.* 贊成，同意；(與~)意見一致(with)；(食物、天氣)適宜(某人的體質)《通常用否定句》.

〔範例〕I thought it was a good idea, but she didn't **agree**. 我認為那是個不錯的想法，但是她不同意.
I **agree** with Mr. White on this. 在這一點上我贊成懷特先生的意見.
He reluctantly **agreed** to the proposal. 他勉強同意了提案.
They **agreed** that it couldn't be done. 他們一致認為那是不可行的.
We all **agree** in hating iniquities. 我們一致憎惡不正之風.
We **agreed** to start early. 我們一致同意早一點出發.
Your account of the same event doesn't **agree** with hers. 雖然是同一件事，但你的說法跟她的說法不一致.
Very spicy food doesn't **agree** with me. 太辣的食物不適宜我的體質.

〔片語〕*agree to differ/agree to disagree* 同意各自保留意見《意見不一致時友好地結束論爭時的話》: Let's **agree to disagree** and part friends. 讓我們包容彼此的歧見，平和地分手吧.

☞ ↔ disagree

〔活用〕*v.* **agrees**, **agreed**, **agreed**, **agreeing**

***agreeable** [ə`griəbl] *adj.* ① 欣然同意的，贊成的. ② 令人愉快的，宜人的；和藹可親的.

〔範例〕① Is your father **agreeable** to your proposal? 你父親贊成你的提案嗎?
② Hawaii has such an **agreeable** climate. 夏威夷的氣候如此宜人.
The melody was **agreeable** to the ear. 那個旋律悅耳動聽.
The girl could make herself **agreeable** to anyone. 那個女孩跟誰都能合得來.

〔活用〕*adj.* **more agreeable**, **most agreeable**

agreeably [ə`griəblɪ] *adv.* 愉快地，欣然地: They **agreeably** went with us. 他欣然與我們同行.

〔活用〕*adv.* **more agreeably**, **most agreeably**

***agreement** [ə`grimənt] *n.* 同意，意見一致；契約，協議，協約.

〔範例〕The committee discussed the problem, but there was no **agreement** on it. 委員會就該問題進行了討論，但未達成一致的意見.
Your view is not in **agreement** with mine. 你的意見跟我不一樣.
The two men came to an **agreement**. 那兩個男子意見一致.
Mr. Smith made an **agreement** with the company. 史密斯先生與那個公司簽訂了契

A

約.

[片語] *in agreement with* 同意，與～一致.
(⇨[範例])

☞ ↔ disagreement

[複數] agreements

***agricultural** [ˌægrɪˋkʌltʃərəl] *adj.* 農業的，農藝的；農學的: New Zealand is an agricultural country. 紐西蘭是一個農業國.

♦ **àgricùltural chémicals** 農藥.
àgricùltural próducts 農產品.
àgricùltural schóol 農業學校.

***agriculture** [ˋægrɪˌkʌltʃɚ] *n.* 農業，農藝；農學.

[字源] 拉丁語的 agricultūra, ager (田地) + cultūra (耕作) → 「耕地」.

aground [əˋgraund] *adj.* 〔不用於名詞前〕(船) 擱淺的，觸礁的.

ah [ɑ] *interj.* 啊，唉，哦《表示驚訝、喜悅、痛苦、厭惡、憐憫等感覺》.

aha [ɑˋhɑ] *interj.* 啊哈《表示驚訝、滿足、喜悅等》.

***ahead** [əˋhɛd] *adv.* (空間性的) 在前面，在前方，往前；(時間性的) 在前，事先；在將來，為將來.

[範例] I saw a boat right **ahead**. 正前方出現了一艘小船.

I couldn`t go; I had engagements for weeks **ahead**. 我不能去，因為未來幾週內我已經有約了.

John was a class **ahead**. 約翰比我高一年級.

[片語] *ahead of* 在～之前；先於，優於，勝過: They ran far **ahead of** me. 他們遠遠地跑在我的前面.

She called her husband **ahead of** the coming flood. 她在洪水來襲之前給丈夫打了電話.

He moved aside for me to pass **ahead of** him 他靠到一邊好讓她先過去.

ahead of time 在預定時間之前；提早.

He is **ahead of** us in math. 他數學比我們強.

get ahead 進步；成功，出人頭地: He wanted to **get ahead** in life. 他希望在人生中出人頭地.

get ahead of 越過，勝過.

go ahead 往前走；領先；進步；繼續: **Go ahead** with your work. 繼續你的工作吧.

Once the foundation was ready, the work went **ahead** rapidly. 一旦基礎打好了，工作就能進展迅速.

Go ahead! /Go right ahead! ① 前進. ② 請吧! 說下去吧!《催促對方繼續說下去》

look ahead/see ahead 向前看.

ahem [əˋhɛm] *interj.* 嗯哼《表示懷疑、說不出話或清嗓子時所發出的聲音》.

ahoy [əˋhɔɪ] *interj.* 喂《用於大聲呼喚時》.

***aid** [ed] *v.* ① 援助，幫助.
——*n.* ① 幫助；幫助之物，補助器材.

[範例] ① Rich countries should **aid** poorer ones. 富國應援助窮國.

My father **aided** me in my career. 我的父親在

我的事業上有幫助我.

My teacher **aided** me in choosing a college. 老師幫我選了一所大學.

She **aided** me with my work. 她在工作上幫助我.

② This money is in **aid** of war orphans. 這筆錢是用來援助戰爭孤兒的.

I need the **aid** of your expertise. 我需要你專業知識的協助.

The ambulance went to the **aid** of the injured man. 那輛救護車去搶救傷者了.

A computer is an important **aid** in studying languages. 電腦對於學習語言是項重要的補助器材.

All school teachers should know how to administer first **aid**. 所有學校的教師都應該知道如何施予急救.

♦ **first áid** 急救. (⇨[範例] ②)
first áid kit 急救箱.

[活用] *v.* **aids**, **aided**, **aided**, **aiding**
[複數] **aids**

aide [ed] *n.* ① 助手: a presidential **aide** 總統的幕僚. ② 副官《亦作 aide-de-camp》.

[複數] **aides**

AIDS/Aids [edz] 《縮略》 = Acquired Immune Deficiency Syndrome (後天免疫缺乏症候群，愛滋病).

ail [el] *v.* (疾病) 使痛苦；生病.

[範例] My asthma really **ails** me when it gets very smoggy. 煙霧一大，我的氣喘就會讓我十分痛苦.

He`s been **ailing** since his wife left him. 自從他的妻子離開他之後，他就生病了.

[活用] *v.* **ails**, **ailed**, **ailed**, **ailing**

ailment [ˋelmənt] *n.* (輕微的) 疾病，不適: This back **ailment** has plagued him all his life. 腰酸背痛這個症狀折騰了他一輩子.

[複數] **ailments**

***aim** [em] *v.* ① 瞄準 (at)；針對，以～為目標.
——*n.* ② 瞄準；目的，目標.

[範例] ① I **aimed** my gun at the lion. 我用槍瞄準那頭獅子.

What are you **aiming** at? 你正在瞄準甚麼?

He **aims** to be a great world leader some day. 他立志有朝一日要成為一位傑出的世界領袖.

Don`t **aim** too high; your goals should be realistic. 不要好高騖遠，你們的目標應該實際一點.

② What is your **aim** in life? 你的人生目標是甚麼?

[活用] *v.* **aims**, **aimed**, **aimed**, **aiming**
[複數] **aims**

aimless [ˋemlɪs] *adj.* 無目的的: **aimless** arguments 漫無目的的爭論.

aimlessly [ˋemlɪslɪ] *adv.* 漫無目的地: I wandered **aimlessly** through town after I got laid off. 被解雇後，我漫無目的地走在城裡.

ain`t [ent] 《縮略》 = am not, is not, are not, has

not，have not.

*air [εr] *n.*

原義	層面	釋義	範例
圍繞著地球等的東西	地球	大氣，空氣	①
	地面	天空，空中	②
	物	空間，氣氛	③
	人	神態，樣子	④

——*v.* ⑤ 晾，晾乾；使(房間)通風換氣.

範例 ① The **air** here is so clean! 這裡的空氣真清爽!

"It's warm in this room. Will you let in some fresh **air**?"「這個房間真熱，要不要讓一些新鮮空氣進來?」

Our offices are fully **air**-conditioned. 我們公司所有辦公室都有空調.

② I wish I could fly in the **air** like Superman. 但願我能像超人一樣在空中飛翔.

③ Music fills the **air** of Paris every summer during the music festival. 每年夏天的音樂節期間，整個巴黎到處都聽得見樂聲.

I shot the arrow straight through the **air** and hit the bull's eye. 我筆直地射出箭，正好射中了靶心.

④ He has the **air** of a wise old man. 他具有老賢者的風範.

⑤ Many people **air** out their clothes on the roof. 許多人在屋頂晾衣服.

After the party, we'll have to **air** out the house. 晚會結束後，我們必須讓房子通風一下.

片語 *give ~self airs* 擺架子，裝腔作勢: Who is that man? He is **giving himself airs**, isn't he? As if he is the most important person for this meeting! 那個男子是誰? 大搖大擺的，好像他是這個會議上最重要的人一樣!

off the air 停止播送: This TV station goes **off the air** at 4 a.m. 這家電視臺上午4點鐘收播.

on the air 播放中: This musical comedy will be **on the air** tomorrow evening. 這個音樂劇節目將於明晚播放.

put on airs 擺架子，裝腔作勢: She always **puts on airs**; she thinks herself a VIP! 她總是裝腔作勢的，以為自己是甚麼大人物!

♦ **áir bag** (汽車的) 安全氣囊.

áir bàse 空軍基地.

áir-conditioned 裝有空調(設備)的.

áir conditioner 空氣調節器，冷(暖)氣機.

áir conditioning 空調(進行室內空氣的淨化，溫度，溼度的調節)，冷暖氣設備.

áir fòrce 空軍.

áir pòcket 垂直氣流《使飛機失速而急遽下降的一種氣流狀態》.

áir prèssure 氣壓.

áir ràid 空襲.

áir rifle 氣槍.

áir tèrminal 機場航站大廈《機場內供旅客出入境用的建築物或處於市中心透過專用公車直通機場的地方》.

áir ticket 機票.

áir tràvel 空中旅行.

複數 **airs**

活用 *v.* **airs，aired，aired，airing**

airborne [ˋεrˌborn] *adj.* ① 飛行中的；起飛的. ② (花粉等) 透過空氣傳播的. ③ 空運的；空降的.

範例 ① We have lift-off. The space shuttle is now **airborne**. 升空完畢. 太空梭正在升空中.

③ **airborne** troops 空降部隊.

airbus [ˋεrˌbʌs] *n.* 空中巴士《用於近距離運輸的大型噴射客機》.

複數 **airbuses**

aircraft [ˋεrˌkræft] *n.* 航空器，飛行器《飛機，飛船，滑翔機，直升機等在空中飛行的機器之統稱》.

範例 I saw five fighter **aircraft** flying in formation. 我看見5架戰鬥機正在做編隊飛行.

That is a new supersonic **aircraft**. 那是一架新的超音速飛機.

♦ **áircraft càrrier** 航空母艦.

複數 **aircraft**

airfare [ˋεrˌfεr] *n.* 航空運費.

複數 **airfares**

airfield [ˋεrˌfild] *n.* (小型的) 機場.

複數 **airfields**

airfreight [ˋεrˌfret] *n.* 空中貨物；空中貨運.

airily [ˋεrəlɪ] *adv.* 輕快地，輕鬆地，輕鬆地: They are talking **airily** about the idea of building a fresh water pipeline from Alaska to California. 他們說甚麼要挖一條從阿拉斯加到加州的水渠，簡直是在說夢話.

活用 *adv.* **more airily，most airily**

airing [ˋεrɪŋ] *n.* ① 晾乾，晾. ② (意見的) 發表，公開討論.

複數 **airings**

airless [ˋεrlɪs] *adj.* 無風的，通風不良的: The small room was hot and **airless**. 那個小房間又熱又悶.

活用 *adj.* **more airless，most airless**

airlift [ˋεrˌlɪft] *n.* ① 空運.

——*v.* ② 空運: The air force will **airlift** supplies to the fireman team once a week as they ski across Antarctica. 空軍每週給滑雪橫越南極的消防隊運送一次物資.

複數 **airlifts**

活用 *v.* **airlifts，airlifted，airlifted，airlifting**

airline [ˋεrˌlaɪn] *n.* (定期空運旅客或貨物的) 航線；航空公司.

➡ 充電小站 (p. 33)

複數 **airlines**

airliner [ˋεrˌlaɪnɚ] *n.* 大型客機.

複數 **airliners**

airlock [ˋεrˌlɑk] *n.* ① 氣塞《阻礙導管內液體流動的氣泡》. ② 過渡氣閘《太空船或水中工程使用的密室，其內氣壓可以調節，以便進出

A

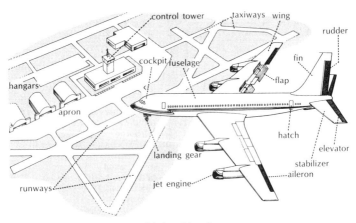

control tower | taxiways | wing

rudder

cockpit | fuselage

fin

flap

hangars

apron

hatch

elevator

landing gear

stabilizer

aileron

jet engine

runways

[airplane/airport]

氣壓不同的地方〕.

複數 **airlocks**

airmail [ˋɛrˌmel] *n.* ① 航空信；航空郵件: All foreign-bound letters from Taiwan go by **airmail**, don't they? 臺灣寄往國外的信件都是用航空郵遞嗎?
——*v.* ② 以航空郵件寄.

複數 **airmails**

airman [ˋɛrmən] *n.* 飛行員 (☞ airwoman (女飛行員)).

複數 **airmen**

airmiss [ˋɛrˌmɪs] *n.* (飛機的) 異常接近, 幾乎相撞.

複數 **airmisses**

****airplane** [ˋɛrˌplen] *n.* 〖美〗 飛機 (〖英〗 aeroplane): The **airplane** crash killed about two hundred people. 那次飛機墜毀造成大約200人死亡.

複數 **airplanes**

****airport** [ˋɛrˌport] *n.* 機場: We have to go to Chiang Kai-shek International **Airport** to see our father off at 5 p.m. 下午5點我們得去中正國際機場送我們父親.

複數 **airports**

airship [ˋɛrˌʃɪp] *n.* 飛船, 飛艇.

複數 **airships**

airsick [ˋɛrˌsɪk] *adj.* 暈機的.

airstrip [ˋɛrˌstrɪp] *n.* (臨時的) 飛機跑道.

複數 **airstrips**

airtight [ˋɛrˌtaɪt] *adj.* ① 不透氣的, 密封的: an **airtight** container 密封的容器. ② (議論等) 無懈可擊的.

airway [ˋɛrˌwe] *n.* ① 航線. ② 航空公司: British **Airways** 英國航空公司. ③ (礦業) 通風道.

複數 **airways**

airwoman [ˋɛrˌwumən] *n.* 女飛行員 (☞ airman (飛行員)).

複數 **airwomen**

airy [ˋɛrɪ] *adj.* ① 通風的. ② 輕浮的, 不切實際的.

範例 ① I don't like this **airy** room in winter, but I love it in summer. 冬天我不喜歡這個通風良好的房間, 但在夏天我很喜歡.
② I was full of **airy** ideals when I was young. 我年輕時滿腦子盡是一些不切實際的理想.

活用 *adj.* **airier**, **airiest**

****aisle** [aɪl] *n.* ① 走道 (客機、列車、劇場、教室、商店等內部的通道): My seat was on the **aisle**. 我的座位在走道旁邊. ② 側廊 (教室內兩側的通道, 與中央座席通常有一排廊柱隔開).

複數 **aisles**

ajar [əˋdʒɑr] *adj.* 〔不用於名詞前〕 未完全關上的, 半開的.

範例 Jack left the door **ajar**. 傑克沒有把門完全關上.
This door is a little more **ajar** than that door. 這扇門比那扇門稍微開一點點.

活用 *adj.* **more ajar**, **most ajar**

akin [əˋkɪn] *adj.* 〔不用於名詞前〕 有血緣關係的, 同類的, 類似的.

範例 I found out that my family and the one across the street are **akin**. 我發覺街道對面的那一家人與我們有血緣關係.
The lion is **akin** to the tiger. 獅子與老虎是同類.
Pity is **akin** to love. 《諺語》憐憫近乎愛.

字源 a (~的) ＋kin (親屬).

活用 *adj.* **more akin**, **most akin**

-al *suff.* ① 關於~的, 有~性質的, ~的 (接於形容詞或名詞之後, 構成形容詞): economic**al** 節約的, 經濟的; form**al** 拘泥於形式的. ② ~名詞字尾 (接於動詞之後, 構成表示動作的抽象名詞): arriv**al** 到達; tri**al** 嘗試.

alabaster [ˋæləˌbæstɚ] *n.* 雪花石膏 (白色半

充電小站

世界主要的航空公司

世界各國的航空公司都有其供識別的符號，如 AA、AAL 等．這是由1945年創立的國際航空運輸協會 IATA (International Air Transport Association) 所決定的，因此航空公司被用縮略符號 (airline code) 來稱呼，而這種縮略符號通常是由二個字母或三個字母所構成的． 如 AA128表示美國航空公司的128航班．

縮略		中文	英文	國籍，根據地
AA	AAL	美國航空公司	American Airlines	美國
AF	AFR	法國國營航空公司	Air France	法國
AI	AIC	印度國營航空公司	Air-India	印度
AY	FIN	芬蘭半國營航空公司	Finnair	芬蘭
AZ	AZA	義大利航空公司	Alitalia	義大利
BA	BAW	英國國營航空公司	British Airways	英國
CA	CCA	中國國際航空公司	Air China	中國
CI	CAL	中華航空公司	China Airlines	中華民國
CO	COA	大陸航空公司	Continental Airlines	美國
CP	CDN	加拿大航空公司	Canadian Airlines	加拿大
CX	CPX	國泰航空公司	Cathay Pacific Airways	香港
DL	DAL	旦達航空公司	Delta Airlines	美國
EG	JAA	日本亞細亞航空公司	Japan Asia Airways	日本
GA	GIA	印尼國營航空公司	Garuda Indonesian Airways	印度尼西亞
HA	HAL	夏威夷航空公司	Hawaiian Airlines	美國
IB	IBE	西班牙國營航空公司	Iberia Airlines of Spain	西班牙
JL	JAL	日本官民航空公司	Japan Airlines	日本
KA	HDA	港龍航空公司	Dragonair	香港
KE	KAL	大韓航空公司	Korean Air Lines	大韓民國
KL	KLM	荷蘭國營航空公司	KLM Royal Dutch Airlines	荷蘭
LH	DLH	德國航空公司	Lufthansa German Airlines	德國
MH	MAS	馬來西亞國營航空公司	Malaysian Airline System	馬來西亞
MS	MSR	埃及國營航空公司	Egypt Air	埃及
MU	CES	中國東方航空公司	China Eastern Airlines	中國
NH	ANA	全日本航空公司	All Nippon Airways	日本
NW	NWA	西北航空公司	Northwest Airlines	美國
NZ	ANZ	紐西蘭國營航空公司	Air New Zealand	紐西蘭
OA	OAL	希臘國營航空公司	Olympic Airways	希臘
OS	AUA	奧地利國營航空公司	Austrian Airlines	奧地利
PK	PIA	巴基斯坦國際航空公司	Pakistan International Airlines	巴基斯坦
PR	PAL	菲律賓國營航空公司	Philippine Airlines	菲律賓
QF	QFA	澳洲國營航空公司	Qantas Airways	澳大利亞
RG	VRG	巴西民營航空公司	VARIG Brazillian Airlines	巴西
SK	SAS	北歐航空公司	Scandinavian Airlines System	瑞典
SN	SAB	比利時國營航空公司	SABENA Belgian World Airlines	比利時
SQ	SIA	新加坡航空公司	Singapore Airlines	新加坡
SR	SWR	瑞士半國營航空公司	Swiss Air Transport	瑞士
SU	AFL	俄羅斯國營航空公司	AEROFLOT Russian International Airlines	俄羅斯
TG	THA	泰國國際航空公司	Thai Airways International	泰國
UA	UAL	聯合航空公司	United Airlines	美國

透明質地緻密的石膏，用於製作裝飾品等的材料）．

Aladdin [ə`lædɪn] *n.* 阿拉丁《天方夜譚》(*The Arabian Nights` Entertainments*) 中的主角）．
 ♦ **Alàddin`s lámp** 阿拉丁神燈（可以滿足神燈主人任何願望的魔燈）．

**alarm [ə`lɑrm] *n.* ① 驚恐，不安． ② 警報，警報器．

——*v.* ③ 使害怕，使焦慮不安．

範例 ① He felt **alarm** in the meeting． 他在那個聚會上提心吊膽．
② He raised the **alarm** because he thought there was a fire． 他以為失火，於是就發出了警報．
The bank clerk sounded an **alarm** quickly． 那個銀行職員迅速地按了警報器．

③ She was **alarmed** at the sight of the huge dog. 她一看見那麼大狗就心生恐懼.

I was **alarmed** to hear that Taipei has no satisfactory emergency evacuation plan. 聽說臺北沒有完善的緊急疏散措施, 對此我感到很驚呀.

♦ **alárm clòck** 鬧鐘.

複數 **alarms**

活用 v. **alarms, alarmed, alarmed, alarming**

alarming [əˋlɑrmɪŋ] adj. 令人擔心的, 令人憂慮的: an **alarming** increase in racial conflicts 令人憂慮的種族爭端的增加.

活用 adj. **more alarming, most alarming**

alas [əˋlæs] interj. 《古語》啊《表示悲嘆、痛心、驚恐等》.

albatross [ˋælbə͵trɔs] n. 信天翁.

複數 **albatrosses/albatross**

albeit [ɔlˋbiɪt] conj. 《正式》儘管, 雖然: It was an important, **albeit** small, mistake. 那雖然只是個小錯誤, 卻很嚴重.

albino [ælˋbaɪno] n. 白化病者《由於缺乏色素導致皮膚和頭髮呈現白色的人或動物》.

複數 **albinos**

*__album__ [ˋælbəm] n. ① 收集或保存照片、郵票、簽名等之簿冊. ② 收錄有多首樂曲、歌曲的 LP 唱片、錄音帶、CD 等.

範例 ① a photograph **album** 相簿.
a stamp **album** 集郵冊.
an autograph **album** 簽名簿.
② The singer's latest **album** is selling very well. 那個歌手新發行的專輯賣得很好.

複數 **albums**

alcohol [ˋælkə͵hɔl] n. 酒精; 酒, 含酒精的飲料: Mormons do not drink **alcohol**. 摩門教徒不喝酒.

alcoholic [͵ælkəˋhɔlɪk] adj. ① 酒精的, 酒精中毒的.
──n. ② 酗酒者, 酒精中毒者.
範例 ① **alcoholic** drinks 含酒精的飲料.
an **alcoholic** 女酒鬼.
② Mr. White is an **alcoholic**. 懷特先生是一個酒鬼.

活用 adj. **more alcoholic, most alcoholic**

複數 **alcoholics**

alcoholism [ˋælkəhɔl͵ɪzəm] n. 酗酒, 酒精中毒: My sister got over **alcoholism**. 我姊姊克服了酒癮.

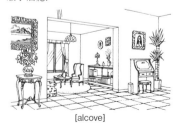

[alcove]

alcove [ˋælkov] n. 凹室《大房間外側部分凹入的小房間, 作為擺放床鋪、桌椅及書架等用》.

複數 **alcoves**

alder [ˋɔldə] n. 赤楊《屬於樺樹科的落葉樹, 生長在沼澤地, 其樹幹可作建材, 果實可作染料》.

複數 **alders**

alderman [ˋɔldə·mən] n. 《美》市議會議員.

複數 **aldermen**

ale [el] n. 淡色啤酒《攝氏20度左右發酵, 顏色較淡的英國傳統啤酒. 味苦而濃醇, 酒精含量約6%左右. 有時泛指英國啤酒 (beer)》, 淡色啤酒風味的飲料: When **ale** is in, wit is out. 《諺語》酒入則智慧出.

複數 **ales**

*__alert__ [əˋlɝt] adj. ① 警覺的, 毫不鬆懈的, 機警的, 敏捷的.
──n. ② 警戒, 警報.
──v. ③ 警告, 提醒.
範例 ① Be **alert** in this neighborhood after dark. 在這一帶日落後要提高警覺.
Bob is an **alert** boy. 鮑伯是一個機警的男孩.
We should be **alert** to and ready for investment opportunities. 如果要投資的話, 就必須毫不鬆懈地窺視機會, 以便採取行動.
② An air **alert** surprised them. 空襲警報使他們大為震驚.
Due to terrorism, we should be on the **alert** for unattended bags in public places. 由於恐怖活動頻頻發生, 我們應該隨時留意放置在公共場所的包包.
③ The doctor **alerted** me to the danger of smoking. 醫生警告我吸菸的危險性.

片語 **on the alert for** 留意, 警戒, 提防. (⇨ 範例 ②)

活用 adj. **alerter, alertest**

複數 **alerts**

活用 v. **alerts, alerted, alerted, alerting**

Alexander [͵ælɪgˋzændə] n. 男子名.

alfalfa [ælˋfælfə] n. 三葉紫苜蓿《供牲畜食用的豆科牧草》.

algae [ˋældʒi] n. 海藻, 藻類.

參考 **alga** 的複數形.

algebra [ˋældʒəbrə] n. 代數, 代數學.

字源 阿拉伯語的 aljabr (接骨) → 將分散物集中在一起 → 組成方程式.

algorithm [ˋælgə͵rɪðəm] n. ① 按照特定程序的演算法. ② 運算法則.

複數 **algorithms**

alias [ˋelɪəs] adv. 化名, 別名《特別用於罪犯》: Jack Jones, **alias** John Williams, was caught by the police yesterday. 傑克·瓊斯, 別名約翰·威廉斯, 昨天被警方逮捕了.

alibi [ˋælə͵baɪ] n. 不在場證明《不在案發現場的證明》; 託辭, 藉口.

範例 The old man didn't have an **alibi** for the night of the murder. 那個老人沒有那起謀殺案件當天晚上的不在場證明.

I need an **alibi** to tell my wife. 我想找一個藉

A

(充電小站)

不能用於名詞之前的 alive

【Q】alive, living 和 live 之中哪個字可以用在下面的 (A) 與 (B) 兩個句子中呢?
　The fish is (A). (那魚是 (A))
　The (B) fish is from China. (那 (B) 魚產自中國)
【A】alive [ə`laɪv], living [`lɪvɪŋ], live [lɪv] 都是表「活著的」, 但是 alive 只能用於 (A), live 只能用於 (B), living 可用於 (A)、(B)。
(a)The fish is alive.
(b)The fish is living.
(c)The living fish is from China.
(d)The live fish is from China.

形容詞有從後面說明名詞如 (a) (b) 和形容詞用於名詞之前如 (c)(d) 兩種情況. 即 alive 只用於被說明的名詞之後, 如例句 (a), 而 live 只用於名詞之前, 如例句 (d), living 則可用於上述兩種情況下, 如例句 (b)(c)。
將形容詞用於名詞或動詞之後的用法稱之為「敘述用法」, 而將用於名詞之前的用法稱之為「限定用法」。
像 alive 一樣不能用於名詞前的形容詞有 afraid, alone, ashamed, asleep, awake, aware, worth 等大部分以 a- 為首。

口跟我太太說.
複數 alibis

****alien** [`eljən] *n.* ① 居留外僑《沒取得居留國國籍和市民權的人, 法律上不被承認為該國市民》. ② 局外人；外地人. ③ 外星人.
——*adj.* ④〔只用於名詞前〕他國的, 外國的, 異族的. ⑤〔不用於名詞前〕不被接受的, 性質不同的《常與 to 連用》.
範例 ② The poor boy felt like an **alien** at his sister's Girl Scout meeting. 那個可憐的男孩在他姊姊的女童子軍集會上感覺就像個局外人.
④ **alien** customs 異族的習俗.
⑤ Your way of doing business is **alien** to me. 你的工作方式跟我的並不相同.
複數 aliens
活用 *adj.* **more alien, most alien**
alienate [`eljə͵net] *v.* 使(人)疏離, 疏遠.
範例 Her outspoken political opinions **alienated** her from her classmates. 她直言不諱的政治見解, 使得班上的同學們都與她疏遠了.
I felt **alienated** in my own home after I announced I would convert to another religion. 在我明確地表明我要改變自己的宗教信仰之後, 我感覺與家裡疏遠了.
活用 *v.* **alienates, alienated, alienated, alienating**
alienation [͵eljən`eʃən] *n.* 疏遠, 疏離感.
***alight** [ə`laɪt] *v.* ①(從馬、車等)下來. ②《正式》(鳥等)降落(在), 飛落(在).
——*adj.* ③〔不用於名詞前〕燃燒著的, 閃閃發光的, 亮著的.
範例 ① The President **alighted** from a helicopter in front of the White House. 總統在白宮前下了直升機.
② The fly **alighted** on the table. 蒼蠅飛落在桌子上.
The girl's kite **alighted** on the roof. 那個女孩的風箏落在屋頂上.
③ George came downstairs, his eyes **alight**. 喬治從樓上走了下來, 眼睛泛著光.
活用 *v.* **alights, alighted, alighted, alighting**

align [ə`laɪn] *v.* ① 排成一列, 排成直線. ② 合作, 聯合, 使結盟《常用 ～ oneself with 形式》:
They **aligned** themselves with the number-one opposition party. 他們與在野第一大黨結盟.
活用 *v.* **aligns, aligned, aligned, aligning**
alignment [ə`laɪnmənt] *n.* ① 排列成直線. ② 合作, 聯合, 結盟.
****alike** [ə`laɪk] *adj.* ①〔不用於名詞前〕相似的, 相同的.
——*adv.* ② 同樣地, 同等地.
範例 ① I heard the two sisters were very much **alike**, but they are more **alike** than I thought. 我聽說她們姊妹倆長得很像, 實際一看才發覺她們比我想要的還要像.
All fish are **alike** to me; they all taste bad. 對我來講所有的魚都一樣, 牠們的味道糟透了.
② His second wife treated all the children **alike**. 他的繼母對所有的孩子一視同仁.
This plan will benefit city folk and country folk **alike**. 這項計畫將會造福城裡人和鄉下人.
活用 *adj.* **more alike, most alike**
alimentary [͵ælə`mɛntərɪ] *adj.* 有營養的, 能提供營養的；消化的.
◆ **àlimèntary canál** 消化道.
alimony [`ælə͵monɪ] *n.* 贍養費《分居或離婚後丈夫或妻子定期支付給原配偶的費用》.
****alive** [ə`laɪv] *adj.*〔不用於名詞前〕① 活的, 現存的. ② 活躍的, 充滿(會動的東西)的. ③ 敏感的, 完全知曉的, 注意到的.
範例 ① The hunters caught the tiger **alive**. 那些獵人活捉了那隻老虎.
He is one of the greatest novelists **alive**. 他是現今還存活在世上最偉大的小說家之一.
② Mr. Jones is old, but he is still **alive**. 瓊斯先生雖然上了年紀, 卻很有活力.
This tree is **alive** with insects. 這棵樹上爬滿了昆蟲.
③ Our boss is **alive** to his own interest. 我們老闆對於他個人的利益相當在乎.
➡ 充電小站 (p. 35)
活用 *adj.* ②③ **more alive, most alive**
alkali [`ælkə͵laɪ] *n.* 鹼.
複數 alkalis/alkalies

A

alkaline [ˋælkə͵laɪn] *adj.* 鹼的，鹼性的.

†**all** [ɔl] *n., adj.* ① 全部 (的)，所有 (的)，整個 (的).

——*adv.* ② 全部地，完全地，都.

範例 ① "Did Sally eat **all** her cake?" "Yes, she ate it **all**." 「莎莉把她的點心全都吃完了嗎?」「是的，她全都吃完了.」

This money is **all** yours. 這些錢全都是你的.

Kate remained single **all** her life. 凱特一生獨守空閨.

Not **all** water is suitable for drinking. 並非所有的水都適合飲用.

I've invited **all** the people in the office. 我邀請了辦公室裡的所有人.

All my children can swim. 我的孩子們都會游泳.

There are six bedrooms on the second floor. Please clean **all** of them by five. 二樓有6間寢室，請在5點鐘之前全部打掃一下.

He didn't want to hear about school, but when I mentioned my girlfriend he was **all** ears. 他對學校的事一點興趣也沒有，可是一說到我的女朋友他馬上凝神傾聽.

all-time low prices 空前的低物價.

All of the four bridges were destroyed by the flood. 那4座橋全部被洪水沖毀了.

All rose when the judge entered the courtroom. 那位法官一走進法庭，所有的人都站了起來.

All is well that ends well.《諺語》善終者為善; 吉人天相.

All you have to do is tell us what happened. 你只要告訴我們發生了甚麼事.

I've finished **all** but the last page. 除了最後一頁之外，我全部都完成了.

All in all, we had a good time. 總而言之，我們度過了一段愉快的時光.

The bear ate the whole fish: bones, tail and **all**. 那隻熊把整條魚吞了下去，包括骨頭、尾巴及所有其他部分.

② News of the resignation of the prime minister was **all** over the world within minutes. 那位首相辭職的消息幾分鐘內就傳遍了全世界.

My brother loved the movie, but to me it was just **all** right. 我哥哥很喜歡那部電影，但是依我看來還好嘛.

Don't worry about me; I'm **all** right. 請不要為我掛心，我健康良好.

Is it **all** right if I stay up late tonight, Mom? 媽媽，今天晚上我可以晚一點睡嗎?

All right, we'll do it in the morning. 好的，上午我會把它完成.

"Let's do it now." "**All** right." 「我們現在就把它做完，好嗎?」「好!」

"What big hands you have!" "**All** the better to play baseball with." 「你的手真大!」「打棒球最合適了.」

The sight of a politician getting arrested is **all** too familiar. 政客被逮捕的場面已經司空見慣

了.

片語 **all along** 一直，自始至終.

all but ~ 除~之外，① (⇨ 範例 ①) ② 幾乎: The party was **all but** over when we arrived. 我們到達時舞會幾乎已經快結束了.

all in all 大致來說，總而言之. (⇨ 範例 ①)

all over ① 到處，遍及. (⇨ 範例 ②) ② 結束，完成: If we don't get the money by tomorrow, it's **all** over. 如果明天之前弄不到這筆錢，那就完了.

all right ① 極好的，可以的，合適的. (⇨ 範例 ②) ② 安然無恙的，健康的. (⇨ 範例 ②) ③ 好的. (⇨ 範例 ②) ④ 確實地: He got fired, **all right**. 是的，他被解雇了.

all the better 愈來愈好，更好. (⇨ 範例 ②)

all too 過於，太. (⇨ 範例 ②)

and all 以及其他一切，等等. (⇨ 範例 ①)

at all 完全，絲毫，根本: Will the machine work **at all**? 那臺機器究竟會不會動?

for all/with all 儘管: For all his efforts, Tom didn't succeed. 儘管努力了，湯姆還是沒有成功.

in all 總計，總共: The travel expenses came to NT$52,000 **in all**. 旅費總計是新臺幣52,000元.

That's all there is to it. 到此為止，就這麼完了，完了.《亦作 That's all.》

♦ **All Fools' Day** 愚人節《亦作 April Fools' Day 4月1日》.

all-star 眾星雲集的.

all-time 空前的，前所未有的.

Allah [ˋælə] *n.* 阿拉《伊斯蘭教的真主》.

allay [əˋle] *v.* 使 (憤怒、疑慮等) 緩和.

活用 *v.* allays, allayed, allayed, allaying

allegation [͵æləˋgeʃən] *n.* (沒有證據的) 指控，主張，陳述: You have made serious **allegations**, but you are required to provide proof of them. 你提出了嚴重的指控，但這需要證據.

複數 **allegations**

***allege** [əˋlɛdʒ] *v.* (沒有證據地) 指控，宣稱，斷言.

範例 The detective **alleged** that the man had been murdered without any proof. 偵探沒有證據就斷言那個男子是被謀殺的.

The parents **alleged** that their child was innocent. 父母宣稱他們的孩子是清白的.

It is **alleged** that it was a murder by contract. 據說那是一起教唆殺人事件.

片語 **It is alleged that ~** 據說. (⇨ 範例)

活用 *v.* alleges, alleged, alleged, alleging

alleged [əˋlɛdʒd] *adj.* 聲稱的，宣稱的; 有嫌疑; 未經證實的: an **alleged** fact 一項提出而尚未證實的事實.

allegedly [əˋlɛdʒɪdlɪ] *adv.* 據傳聞地，據說地: He **allegedly** committed the crime. 據說是他犯下了那樁罪行.

***allegiance** [əˋlidʒəns] *n.* (對君主、國家等的) 忠誠: The man pledged **allegiance** to the king. 那名男子發誓要效忠國王.

[複數] **allegiances**

allegory [ˋælə͵gorɪ] *n.* 寓言；寓意畫《含有隱藏之象徵性意義的故事和畫》.

[複數] **allegories**

allergic [əˋlɝdʒɪk] *adj.* 過敏的；非常厭惡的: She is **allergic** to mathematics. 她非常討厭數學.

[活用] *adj.* **more allergic，most allergic**

allergy [ˋælədʒɪ] *n.* ① 過敏症. ② 反感，厭惡.

[參考] 過敏症是指接觸觸某特定物質、接受注射、或食用某種食品後，所引起的過敏性症狀.

[複數] **allergies**

alleviate [əˋlivɪ͵et] *v.* 緩和，減輕 (痛苦等).

[活用] *v.* **alleviates，alleviated，alleviated，alleviating**

alleviation [ə͵livɪˋeʃən] *n.* 減輕，緩和.

***alley** [ˋælɪ] *n.* ① (兩側有建築物的) 小巷，(庭園內的) 小徑，窄道. ② (保齡球的) 球道.

[範例] ① a blind **alley** 死巷.

The **alleys** in the garden are planted with fruit-trees. 沿著庭園小徑栽種果樹.

There is an **alley** that runs parallel to the main street. 有一條與大街平行的小巷.

[複數] **alleys**

alliance [əˋlaɪəns] *n.* 同盟，聯盟，合作.

[範例] Our small country needs an **alliance** with a strong one for security. 為了安全，我們這樣的小國必須與大國結盟.

An **alliance** between those two companies would prove formidable. 那兩個公司如果合作的話將成為可怕的對手.

The institute, in **alliance** with those university professors, is planning to develop a new method of English teaching. 那間研究所正計畫與那些大學教授合作發展新的英語教學法.

[片語] ***enter into an alliance with*** 與～結為同盟國.

in alliance with 與～聯合. (⇨ [範例])

[複數] **alliances**

allied [əˋlaɪd] *adj.* 同盟的，聯合的，結盟的；有關聯的，同源的.

[範例] biology and **allied** sciences 生物學及相關學科.

English is **allied** to Dutch and German. 英語與荷蘭語及德語是同源的 (同屬口耳曼語系).

♦ **the Àllied Fórces** 聯合盟軍《此時的 Allied 因用在名詞之前，重音在第一音節，讀作 [ˋælaɪd]. 第一、第二次世界大戰中同盟國 (the Allies) 方面的軍隊》.

alligator [ˋælə͵getə] *n.* ① 短吻鱷《一種產於美國和中國的鱷魚，比產於非洲、亞洲的鱷魚 (crocodile) 口寬而短》. ② 鱷魚皮.

[字源] 西班牙語的 el (定冠詞) ＋lagarto (大蜥蜴).

[複數] **alligators**

allocate [ˋælə͵ket] *v.* 分配，配給: The largest

room was **allocated** to them. 那間最大的房間分配給他們了.

[活用] *v.* **allocates，allocated，allocated，allocating**

allocation [͵æləˋkeʃən] *n.* 分配，配給；分配量，分配額.

[複數] **allocations**

*__allot__ [əˋlɑt] *v.* 分配，配給；(指定用途地) 撥給.

[範例] He **allots** two days of the week for leisure. 他週休2日.

The money was **allotted** for a new gymnasium. 那筆錢已撥給新設體育館了.

[活用] *v.* **allots，allotted，allotted，allotting**

allotment [əˋlɑtmənt] *n.* 分配，配給.

[複數] **allotments**

*__allow__ [əˋlaʊ] *v.* ① 允許. ② 承認. ③ 給與. ④ 酌酬，考慮.

[範例] ① Smoking is not **allowed** here. 此地禁止吸菸.

Mom doesn't **allow** food out of the kitchen. 母親不准把食物拿出廚房.

Allow me to introduce Mr. Scott to you. 容我向你介紹史考特先生.

His parents **allow** him to have long hair. 他父母允許他留長髮.

I can **allow** myself only one hour of leisure time per day. 我每天只容許自己有1個小時的休閒時間.

The rule **allows** of no exception. 此項規則沒有例外.

② Mary's older sister finally **allowed** that Mary was her intellectual equal. 瑪麗的姊姊終於承認瑪麗和自己一樣聰明.

The Supreme Court didn't **allow** our appeal. 最高法院駁回我們的上訴.

③ My father **allows** me money for books. 父親給我買書的錢.

④ We should **allow** enough time for rush hour traffic. 我們必須考慮尖峰時刻的交通狀況，使時間儘可能充裕些.

They can't **allow** for my heart condition, so I can't go hiking with them. 他們根本沒有考慮我心臟的狀況，所以我不能和他們去健行.

[片語] ***allow for*** 加以考慮. (⇨ [範例] ④)

allow of 容許. (⇨ [範例] ①)

[活用] *v.* **allows，allowed，allowed，allowing**

allowable [əˋlaʊəbl] *adj.* 可允許的；正當的，合法的: It is **allowable** to deduct charitable contributions from your taxes. 你對慈善事業的捐款可減稅.

*__allowance__ [əˋlaʊəns] *n.* ① 津貼，補助；零用錢. ② 折扣，扣除. ③ 考慮，原諒.

[範例] ① a housing **allowance** 住宅津貼.

Father gives me a monthly **allowance**. 父親每月給我零用錢.

② They make an **allowance** of 10% for cash payment. 付現可以打9折.

③ My boss made **allowance** for my youth. 我的上司因我還年輕而原諒我.

A

We have to make **allowances** for traffic delays. 我們必須考慮到交通的延誤.
[複數] **allowances**

alloy [*n.* `ælɔɪ; *v.* ə`lɔɪ] *n.* ① 合金; 混合物.
　——*v.* ② 使成合金. ③ 減低 (希望, 喜悅等).
[範例] ① Bronze is an **alloy** of copper and tin. 青銅是銅與錫的合金.
② They **alloy** gold with copper. 他們將金與銅製成合金.
③ News of lower taxes was **alloyed** by new reports of continual high inflation. 持續的高度通貨膨脹新報導減低了減稅消息所帶來的喜悅.
[複數] **alloys**
[活用] *v.* **alloys, alloyed, alloyed, alloying**

__allude__ [ə`lud] *v.* 提及, 暗示: I want to avoid a libel suit, so let's just **allude** to the senator's misconduct without mentioning his name. 我不想被控誹謗罪, 所以拐彎抹角地提及那位參議院議員的行為不檢, 不要提及他的姓名.
[活用] *v.* **alludes, alluded, alluded, alluding**

allure [ə`lur] *v.* ① 引誘, 誘惑: The company **allured** her with a high salary. 那家公司用高薪吸引她.
　——*n.* ② 魅力, 吸引力.
[活用] *v.* **allures, allured, allured, alluring**

allurement [ə`lurmənt] *n.* 誘惑 (物): the **allurement** of a tropical island 熱帶島嶼的誘惑.
[複數] **allurements**

alluring [ə`lurɪŋ] *adj.* 誘人的, 迷人的: an **alluring** advertisement 誘人的廣告.
[活用] *adj.* **more alluring, most alluring**

__allusion__ [ə`luʒən] *n.* 間接提及, 暗指; 影射.
[範例] The letter was in **allusion** to something wrong. 那封信暗示著將會有不好的事情. Mr. Smith often makes **allusion** to his fortune. 史密斯先生常常提及他的財富.
[片語] *in allusion to* 暗示, 暗指. (⇨ [範例])
make allusion to 間接提到. (⇨ [範例])
[複數] **allusions**

alluvial [ə`luvɪəl] *adj.* 沖積的.
◆ **allùvial époch** 沖積期.
allùvial góld 沙金.

__ally__ [ə`laɪ] *v.* ① 結盟, 合作, (使) 聯合: Japan was **allied** with Britain during World War I. 日本在第一次世界大戰中與英國結成聯盟.
　——*n.* ② 同盟者, 同盟國, 同夥.
[發音] *n.* 亦作 [`ælaɪ].
◆ **the Állies** ① 《第一次世界大戰時的》協約國《指與德國, 奧匈帝國等聯盟的國家》. ② 《第二次世界大戰時的》同盟國《指與中國, 美國, 英國, 法國, 俄國等聯盟的國家》.
[活用] *v.* **allies, allied, allied, allying**
[複數] **allies**

almanac [`ɔlmə,næk] *n.* ① 曆書《記載有關氣候, 潮汐、重要節日等訊息》. ② 年鑑.
[複數] **almanacs**

almighty [ɔl`maɪtɪ] *adj.* ① 全能的, 萬能的. ②

〔只用於名詞前〕極度的, 非常的.
　——*n.* ③ [the A~] 全能者, 上帝.
[範例] ① **Almighty** God 全能的上帝《亦作 God Almighty》.
② an **almighty** nuisance 非常討厭的東西.

almond [`amənd] *n.* 杏樹, 杏仁.
[複數] **almonds**

†__almost__ [`ɔl`most] *adv.* 幾乎, 差不多; 差一點, 險些.
[範例] It's **almost** ten o'clock. 快要10點了.
I've **almost** finished the work. 我快要做完工作了.
That's a slip his wife **almost** always makes. 那是他太太幾乎每次都會犯的錯誤.
It's **almost** too good to believe, isn't it? 真是好到難以置信, 不是嗎?
He was beginning to regard her **almost** as a daughter. 他幾乎把她當成了自己的女兒.
Almost no one spoke to him. 幾乎沒有人跟他說話.
There is **almost** nothing worth seeing in the collection. 那些收藏品當中幾乎沒有一樣值得看的.
Almost all my friends hate that teacher. 幾乎我所有的朋友都討厭那位老師.
Jim **almost** missed the train. 吉姆差一點就錯過那班火車了.

alms [amz] *n.* 〔作複數〕布施, 施捨 (物).

aloft [ə`lɔft] *adv.* 在高處, 往高處.

aloha [ə`loə, ɑ`lohɑ] *interj.* 歡迎; 再見《見面或分手時的客套話, 源於夏威夷語的「愛」之意》.
◆ **alóha shirt** 夏威夷式的花襯衫.

‡__alone__ [ə`lon] *adj.* ①〔不用於名詞前〕單獨的, 獨自的.
　——*adv.* ② 單獨地, 獨自地; 僅僅, 只.
[範例] ② I was **alone** in the room for more than an hour. 我獨自一個人待在那個房間裡1個多鐘頭.
I found him **alone**. 我發現他獨自一個人.
Leave me **alone**. 別管我.
Don't leave him **alone** in the dark; he's only three years old. 不要讓他獨自一個人待在暗處, 他才3歲.
② Can Ed do this work **alone**? 艾德可以一個人做這份工作嗎?
The two young boys went to the seashore **alone** to enjoy surfing. 那兩個年輕男孩獨自到海邊去衝浪.
The house stands **alone** on a hill. 那間房子孤零零地坐落於一座山丘上.
She lived all **alone**. 她獨居.
He **alone** knows the combination to the safe. 只有他一個人知道保險箱的號碼.
[片語] *all alone* 獨自的. (⇨ [範例] ②)
leave ~ alone 讓~獨處, 不予干涉. (⇨ [範例] ①)
let alone 不用提, 更不用說: I have no time to visit my parents, **let alone** my friends. 我連

去看父母的時間都沒有，更不用說去看朋友了.

let ~ alone 讓~獨處，不予干涉：**Let** her **alone** so she can study. 不要去打擾她，她才能念書.

字源 all（完全）＋one（一個）.

活用 *adj.* **more alone，most alone**

†**along** [əˋlɔŋ] *prep.* ① 沿著（河川、海岸、道路等），循著；依照；在~途中.
——*adv.* ② 往前，繼續不斷地；沿著；一起.

範例 ① I walked **along** the street. 我沿著大街一直走下去.

The ship sailed **along** the coast. 船沿著海岸航行.

There's a mailbox somewhere **along** the street. 沿著這條街的某處有個郵筒.

② Come **along**. 到這邊來.

I'll be **along** in a minute. 我馬上就過去.

When we went to Paris, I took my sister **along** with me. 去巴黎時，我帶著妹妹一起去.

片語 ***along with*** 與~一起. (⇨ 範例 ②)

alongside [əˋlɔŋˋsaɪd] *adv.* ① 並排地；靠近地.
——*prep.* ② 在旁邊，並排；橫靠.

範例 ① John brought his boat **alongside**. 約翰把他的小船靠邊.

② Put your desk **alongside** the wall. 把你的桌子靠牆壁.

字源 along（沿著）＋side（側面）.

***aloof** [əˋluf] *adv.* ① 離開地，遠離地.
——*adj.* ② 冷漠的，疏遠的.

範例 ① The mountains loomed up **aloof**. 山在遠方隱約出現.

② He's **aloof** to all of his neighbors. 他對鄰居漠不關心.

活用 *adj.* **more aloof，most aloof**

*ᐳ**aloud** [əˋlaʊd] *adv.* 出聲地；大聲地，高聲地.

範例 The teacher asked him to read the textbook **aloud**. 那位老師要他朗讀課文.

The injured called **aloud** for help. 傷者大聲呼救.

***alphabet** [ˋælfəˌbɛt] *n.* ① 全套字母，字母表
《圖 充電小站 (p. 41)》. ② 〔the ~〕初步，入門.

範例 ① The English **alphabet** has 26 letters. 英文全套字母有26個字母.

② the **alphabet** of economics 經濟學入門.

參考 alphabet 為「某種語言的所有字母按一定順序排列的一覽表」. 英語字母表是 A 到 Z（a 到 z）計26個字母，按 A、B、C... 或 a、b、c... 順序排列的表.

alphabetical [ˌælfəˋbɛtɪk!] *adj.* 依字母順序的：Put these words in **alphabetical** order. 把這些字按字母順序排列.

alphabetically [ˌælfəˋbɛtɪklɪ] *adv.* 依字母順序地：Our names in the yearbook are listed **alphabetically**. 我們的名字在畢業紀念冊上是按字母順序排列.

alpine [ˋælpaɪn] *adj.* ① 〔A~〕阿爾卑斯山脈的. ② 高山的，高山性的.

範例 ① an **Alpine** hat 阿爾卑斯帽.

② an **alpine** plant 高山植物.

Alps [ælps] *n.* 〔the ~，作複數〕阿爾卑斯山脈《歐洲南部橫跨法國、義大利、奧地利三國的山脈，最高峰為白朗峰（Mont Blanc，4,807公尺）》.

†**already** [ɔlˋrɛdɪ] *adv.* 已經，早已.

範例 I've **already** seen the movie. 我已經看過那部電影了.

It is late **already**. 已經晚了.

Is he gone **already**? 他居然已經走了嗎?

參考 在否定句和疑問句中 already 表示驚訝.

alright [ɔlˋraɪt] ＝*adv.*，*adj.* all right.

†**also** [ˋɔlso] *adv.* 也，並且.

範例 I **also** have heard that. 我也聽說過那件事.

I **also** saw him and his sister. 我也見到了他和他的妹妹.

If you go, I will go **also**. 如果你去，那我也去.

altar [ˋɔltɚ] *n.* 祭壇，神壇：The bread and wine for the Communion were set on the **altar**. 聖餐儀式用的麵包和酒都放在祭壇上.

複數 **altars**

*****alter** [ˋɔltɚ] *v.* （部分的）改變，變更；修改.

範例 My hometown has **altered** a lot over the past ten years. 我的故鄉在這10年裡改變很大.

Will you **alter** this skirt? It's too long. 這條裙子太長了，你能幫我修改一下嗎?

活用 *v.* **alters，altered，altered，altering**

alteration [ˌɔltəˋreʃən] *n.* 變更，改變；修改《常與 to 連用》.

範例 The **alterations** to this skirt will take five days. 修改這條裙子需要5天的時間.

I have to make **alterations** to the living room. 我得把客廳改建一下.

複數 **alterations**

*****alternate** [*v.* ˋɔltɚˌnet; *adj.* ˋɔltɚnɪt] *v.* ① 交替，輪流，交替出現.
——*adj.* ② 交替的，輪流的；交錯的，間隔的.

範例 ① Sam and I usually **alternate** in driving. 山姆和我通常輪流開車.

My father **alternated** violets with tulips along the path. 我父親沿著小路間隔地栽種紫羅蘭和鬱金香.

People **alternate** between joy and sorrow. 人的一生悲喜交集.

② **Alternate** stripes of red and green are a good design for Christmas gift wrap. 紅綠相間的條紋花樣適合用來做聖誕禮物的包裝.

I go shopping on **alternate** days. 我每隔一天去購物一次.

♦ **alternating current** 交流電《縮略為 AC，ac；☞ ↔ direct current》.

活用 *v.* **alternates，alternated，alternated，alternating**

alternately [ˋɔltɚnɪtlɪ] *adv.* 交替地，輪流地：Cold days and warm days come **alternately** in early spring. 早春季節，寒冷的日子和溫暖的

A

alternation [ˌɔltə`neʃən] *n.* 交替，輪流；間隔。日子交替出現。

範例 the **alternation** of crops 輪作。《在一塊田地上依次輪流栽種某幾種作物》.

alternation of generations 世代交替.

複數 **alternations**

*__alternative__ [ɔl`tɝnətɪv] *adj.* 〔只用於名詞前〕① (兩者之中) 任選其一的. ② 替代的，其他的.

——*n.* ③ [~s] 兩者任選其一. ④ 可用來代替的事物. ⑤ 可供選擇的事物.

範例 ① We discussed the **alternative** plans of going to a mountain or to a beach. 我們討論了那個二選一的計畫，是去山上還是去海邊.

② We have no **alternative** road to get back home. 我們沒有其他路可以回去了.

③ They had the **alternatives** of liberty or death. 自由或是死，他們只有一個選擇.

④ The **alternative** to life is death. 「生」的反面即是「死」.

⑤ There are several **alternatives** to choose from. 有幾個備案可供選擇.

複數 **alternatives**

alternatively [ɔl`tɝnətɪvlɪ] *adv.* 二者擇一地，或者: You can leave the city at night，or **alternatively**，you can stay there overnight. 你可以晚上離開這個城市，或者在那裡過夜也行.

*__although__ [ɔl`ðo] *conj.* 儘管，雖然: **Although** they were tired，the family walked on in the rain. 那戶人家雖然很累，但還是冒著兩繼續走下去.

*__altitude__ [`æltəˌtjud] *n.* ① 高度，海拔. ② [~s] 高處.

範例 ① Mt. Jade has an **altitude** of 3,952 meters. 玉山的高度是3,952公尺.

② At higher **altitudes** we need more protection from the sun. 在較高處的地方，我們愈需要保護自己免於被太陽曬傷.

♦ **áltitude sickness** 高山症.

複數 **altitudes**

alto [`ælto] *n.* (用假音唱的) 男高音；女低音.

參考 中音樂器《如薩克斯風等》.

複數 **altos**

*__altogether__ [ˌɔltə`gɛðɚ] *adv.* ① 總之，總而言之；總共. ② 完全地，徹底地.

範例 ① **Altogether** there were fifteen people present. 總共有15人出席.

You owe me $3,000 **altogether**. 你總共欠我3,000美元.

The weather was bad and trains were crowded —**altogether**，it wasn't a very satisfactory excursion. 天氣不好，火車上又很擁擠；總而言之，這次團體旅行未能盡如人意.

② That TV program was **altogether** tasteless. 那個電視節目一點意思也沒有.

I don't **altogether** agree with him. 我並非完全同意他的意見.

altruism [`æltruˌɪzəm] *n.* 利他主義《優先考慮他人的一種想法》.

altruistic [ˌæltru`ɪstɪk] *adj.* 利他的，利他主義的.

活用 *adj.* **more altruistic，most altruistic**

aluminium [ˌæljə`mɪnɪəm] ＝*n.* 〖美〗 aluminum.

aluminum [ə`lumɪnəm] *n.*〖美〗鋁《金屬元素，符號 Al》: **aluminum** foil 鋁箔.

alumni [ə`lʌmnaɪ] *n.* alumnus 的複數形.

alumnus [ə`lʌmnəs] *n.*〖美〗男畢業生；男校友 (↔ alumna (女畢業生；女校友)).

複數 **alumni**

*__always__ [`ɔlwez] *adv.* 總是，經常，永遠.

範例 He **always** comes here. 他經常來這裡.

She will **always** be single. 她大概要一輩子獨身吧.

He is **always** complaining. 他總是在發牢騷.

Life，as **always**，is being reborn and revived. 生命，總是那樣，轉世一次就獲得一次新生.

You are not **always** right. 你並不一定總是對的.

片語 **as always** 總是，經常那樣. (⇨ 範例)

not always 不一定永遠，未必. (⇨ 範例)

AM [`e`ɛm]《縮略》＝amplitude modulation (調幅廣播).

*__am__ [(弱) əm; (強) æm] *aux.*

原義	層面	承接	形式	範例
存在	原樣的	名詞、形容詞等	be 的第一人稱單數、直述語氣、現在式	①
	繼續的	現在分詞		②
	繼續某種行為的	過去分詞		③
	今後將發生的	to＋原形動詞		④

範例 ① I **am** a teacher. I **am** not a student. 我是老師，不是學生.

I **am** not sick; I **am** just sleepy. 我不是生病，只是想睡覺.

"May，where are you?" "I`m in the kitchen." 「梅，妳在哪兒?」「我在廚房.」

I **am** in the right，am I not? 還是我對吧?

"Are you Mary?" "Yes，I **am**." 「妳是瑪麗嗎?」「是的，我是.」

"Aren't you hungry?" "No，I **am** not. 「你不餓嗎?」「是的，我不餓.」

② "Hello，Ken. What are you doing?" "I`m talking to you on the phone." 「喂，肯，你現在正在做甚麼?」「我正和你在講電話.」

I **am** not falling in love with that lady. I **am** just very fond of her. 我並非愛上那名女子，我只

歐洲的字母 (letter)

用於歐洲的代表性文字有「羅馬文」、「希臘文」和「俄文」3種，這3種文字的大寫字母分別如下：

羅馬文

(1)	(2)	(3)	(4)	(5)	(6)	(7)
A	B	C	D	E	F	G

(8)	(9)	(10)	(11)	(12)	(13)	(14)	(15)	(16)
H	I	J	K	L	M	N	O	P

(17)	(18)	(19)	(20)	(21)	(22)
Q	R	S	T	U	V

(23)	(24)	(25)	(26)
W	X	Y	Z

希臘文

(1)	(2)	(3)	(4)	(5)	(6)	(7)	(8)
Α	Β	Γ	Δ	E	Z	H	Θ

(9)	(10)	(11)	(12)	(13)	(14)	(15)	(16)
I	K	Λ	M	N	Ξ	O	Π

(17)	(18)	(19)	(20)	(21)	(22)	(23)	(24)
P	Σ	T	Υ	Φ	X	Ψ	Ω

俄文

(1)	(2)	(3)	(4)	(5)	(6)	(7)	(8)	(9)
А	Б	В	Γ	Д	E	Ё	Ж	З

(10)	(11)	(12)	(13)	(14)	(15)	(16)	(17)
И	Й	K	Л	M	H	O	Π

(18)	(19)	(20)	(21)	(22)	(23)	(24)	(25)	(26)
P	C	T	У	Φ	X	Ц	Ч	Ш

(27)	(28)	(29)	(30)	(31)	(32)	(33)
Щ	Ъ	Ы	Ь	Э	Ю	Я

仔細地看一下，我們就會發現這3種文字中有些字母十分相像。

實際上，羅馬文源自希臘文，希臘文在羅馬經過更改就變成了羅馬文。現在西歐幾乎所有地區都使用這種羅馬文。俄文亦來自希臘文，雖然也有與希臘文沒有關係的字母，但相當多的字母與希臘文相似。

與希臘文有關的字母列舉如下。箭頭 (←) 左邊為羅馬文，箭頭 (→) 右邊為俄文，正中間為希臘文。

(1)　(1)　(1)
A←A→A　都使用同樣的字母。

(2)　(2)　(3)
B←B→Б　B　俄文用Б表示 [b]，用 B 表示 [v]。

(3)　(3)　(4)
C←Γ→Γ　羅馬文的 C 由希臘文的 Γ 變形而成。希臘文、俄文的Γ表示 [g]，但羅馬文的 C 在英語中表示 [k] 和 [s]。

(4)　(4)　(5)
D←Δ→Д　D 和 Д 是希臘文三角形字母的變形，發音都是 [d]。

(5)　(5)　(6)
E←E→E　雖然形狀相同，但所表示的音在希臘文和羅馬文中主要表 [e] 音，在俄文中則是表 [je] 音。

(8)　(7)
H←H→?　在俄文中此 H 已不用了，在希臘文中表示 [e] 音，但羅馬文的 H 在英文中則是 [h] 音。

(9)　(9)
I←I→?　俄文中沒有這個字母，但表示 [i] 音的字母有 (10) 的 И。

(11)　(10)　(12)
K←K→K　字形幾乎相同，皆表示 [k] 音。

(12)　(11)　(13)
L←Λ→Л　L 與 Л 都是 Λ 的變形，皆表示 [l] 音。

(13)　(12)　(14)
M←M→M　表示的音是 [m]。

(14)　(13)　(15)
N←N→H　皆表示 [n] 音。俄文中的 H 是將希臘文 N 的斜線變為水平而成，和希臘文的 (7) 與羅馬文的 (8) 形狀相同。

(15)　(15)　(15)
O←O→O　字形沒有變化，皆表示近似於 [o] 的聲音。

(16)　(16)　(17)
P←Π→Π　俄文與希臘文同形，表示的音為 [p]。羅馬文中 Π 上邊的橫線與右邊的豎線一起變成了半圓形。

(18)　(17)　(18)
R←P→P　俄文原樣不變地使用了希臘文，表示的音為 [r]。羅馬文中為了與 P 區別，而在字母右下方長出腳來。

(19)　(18)　(19)
S←Σ→C　羅馬文中將 Σ 下面的橫線省略使整個筆畫變圓。俄文中將 Σ 的背部筆畫伸展並使整個筆畫變圓。

(20)　(19)　(20)
T←T→T　表示的音為 [t]，字形也相同。

(22)　(20)　(21)
V←Υ→У　字形有所變化，所表示的音也不同。羅馬文的 V 讀作 [v]，俄文讀作 [u]，希臘文讀作圓唇的 [i] 音。

(21)　(22)
?←Φ→Φ　羅馬文中本字母已消失。希臘文中發 [pʰ] 音，俄文中發 [f] 音。

(24)　(23)　(23)
X←X→X　字形沒有變化。在希臘文和俄文中發音為 [kʰ]，羅馬文的 X 英文中發音為 [ks]、[gz] 或 [z]。

是喜歡她而已。

Am I not walking straight, Officer? 警官，我不是一直在走嗎？

③ I **am** liked by younger girls. I don't know why.

年輕的女孩子都喜歡我，我也不知道為甚麼。

Am I looked down on by my children? 難道孩子們都瞧不起我嗎？

④ I **am** to see the president of this company at

A

three. 我3點鐘要去見這家公司的董事長.

〔參考〕I am not 的縮略是 I'm not. 因此, 不像 You are in the right, aren't you?（你是對的, 不是嗎?）只能用 I am in the right, am I not? 不過在較口語的用法中, am 與 not 的「縮略形」可用 aren't. 因此, 上文可以說成 I am in the right, aren't I? 另外, 此處的 aren't 在〖美〗r 音不清晰, 甚至通常被省略.
➡ 〔充電小站〕(p. 43)

a.m./A.M. [`e`m]《縮略》＝（拉丁語）ante meridiem（＝before noon, 上午）.
〔參考〕應放在表示時刻的數字之後.
➡ 〔充電小站〕(p. 27), (p. 865)

amalgamate [ə`mælgə,met] v. 混合; 聯合, 合併（公司等）: Those two companies **amalgamated** to stay alive in these competitive times. 為了在這個競爭激烈的時代能夠生存下去, 那兩家公司合併了.
〔活用〕v. **amalgamates**, **amalgamated**, **amalgamated**, **amalgamating**

amalgamation [ə,mælgə`meʃən] n. 混合; 聯合, 合併: an **amalgamation** of three businesses 3家企業的合併.
〔複數〕**amalgamations**

amaryllis [,æmə`rɪlɪs] n. 朱頂紅, 孤挺花《原產於南美的石蒜科植物》.

amass [ə`mæs] v. 積聚, 積蓄: They have **amassed** enough money to travel around the world. 他們積蓄了足夠的錢可以去環遊世界.
〔活用〕v. **amasses**, **amassed**, **amassed**, **amassing**

***amateur** [`æmə,tʃʊr] n. ① 業餘從事者, 外行. ② 愛好者. ③（技藝等）不熟練者.
——adj. ④ 業餘的. ⑤ 不熟練的, 外行的, 非專家的.
〔範例〕① My brother wants to remain an **amateur** so he can compete in the Olympics. 為了能參加奧運, 我哥哥想要維持業餘選手的身分.
② Mr. Smith is a great **amateur** of opera. 史密斯先生是一個狂熱的歌劇愛好者.
④ Bill is an **amateur** photographer. 比爾是一個業餘的攝影師.
⑤ He made such an **amateur** attempt to reach the summit. 他以玩票的方式嘗試攻頂.
☞ ↔ professional
〔字源〕拉丁語的 amātor（喜歡的人）.
〔複數〕**amateurs**
〔活用〕adj. ⑤ **more amateur**, **most amateur**

amateurish [,æmə`tɝɪʃ] adj. 業餘的; 外行的, 不熟練的.
〔活用〕adj. **more amateurish**, **most amateurish**

***amaze** [ə`mez] v. 使大吃一驚, 使驚愕.
〔範例〕Her ignorance **amazed** me. 她的無知令我吃驚.
Don't be so **amazed**; that kind of thing is common around here. 你用不著吃驚, 那種事在這一帶很常見.

〔範例〕I heard the news with **amazement**. 我很驚訝地聽到那個消息.
To his **amazement**, all the students had done their homework. 令他驚訝的是學生們都把作業做完了.
〔片語〕**to ~'s amazement** 令～吃驚〔詫異〕的是. (⇨〔範例〕)

***amazement** [ə`mezmənt] n. 驚訝, 詫異.

amazing [ə`mezɪŋ] adj. 令人驚奇的: What an **amazing** film this is! 這是一部多麼精彩的電影啊!
〔活用〕adj. **more amazing**, **most amazing**

Amazon [`æmə,zan] n. ①〔the ~〕亞馬遜河《位於南美北部的大河, 全長約為6,300公里》. ② 亞馬遜族女戰士《希臘神話中傳說住在黑海附近尚武善戰的女人族》. ③〔a~〕女強人, 女中豪傑.
〔參考〕據記載, 亞馬遜河是由16世紀西班牙探險家 Francisco de Orellana 所命名的, 因為他聲稱在亞馬遜河流域遇到驍勇善戰的女人族.
〔複數〕**amazons**

ambassador [æm`bæsədɚ] n. ① 大使. ② 特使, 代表, 使節.
〔範例〕① the British **ambassador** to France 英國駐法大使.
an **ambassador** extraordinary 特命大使.
② the German **ambassador** to NATO 北大西洋公約組織的德國特使.
an **ambassador** of peace 和平使節.
an **ambassador** of goodwill 親善使節.
〔複數〕**ambassadors**

amber [`æmbɚ] n. ① 琥珀《遠古的樹脂經過化石作用而成的礦物, 黃褐色, 半透明, 被用作電的礦物》. ② 琥珀色.

ambidextrous [,æmbɪ`dɛkstrəs] adj. 雙手都能靈巧運用的, 非常靈巧的.

ambiguity [,æmbɪ`gjuətɪ] n. 意義含糊, 模稜兩可: The politician's statement was full of **ambiguity**. 那個政客的聲明, 盡是些模稜兩可的話.
〔複數〕**ambiguities**

***ambiguous** [æm`bɪgjuəs] adj. 模稜兩可的, 含糊其詞的, 曖昧的: "She made her son some sandwiches" is an **ambiguous** sentence. "She made her son some sandwiches" 是一個語義含糊的句子.《可解釋為:（1)她給孩子做了一些三明治.（2)她把孩子夾在中間.》
〔活用〕adj. **more ambiguous**, **most ambiguous**

***ambition** [æm`bɪʃən] n. 野心, 雄心, 志向.
〔範例〕That politician is full of **ambition**. 那個政客野心勃勃.
Her **ambition** is to become a great actress. 她的志向是成為一名傑出的演員.
〔複數〕**ambitions**

充電小站

A

縮寫

am, is, are, was, were 的縮寫
(-) 表示沒有相對應的縮寫.

原形	縮寫	原形	縮寫
I am	I'm	am not	–
he is	he's		
she is	she's		
it is	it's		
what is	what's		
who is	who's		
which is	–		
where is	where's	is not	isn't
when is	when's		
how is	how's		
why is	why's		
Tom is	Tom's		
the dog is	the dog's		
you are	you're		
we are	we're		
they are	they're		
who are	who're	are not	aren't
why are	why're		
Tom and May are	–		
the dogs are	–		
was, were 沒有縮寫.		was not	wasn't
		were not	weren't

do, does, did 的縮寫
(-) 表示沒有相對應的縮寫

原形	縮寫	原形	縮寫
do 沒有縮寫.		do not	don't
he does	–		
she does	–		
it does	–		
what does	what's	does not	doesn't
Tom does	–		
the dog does	–		
I did	–		
you did	–		
he did	–		
she did	–		
it did	–		
we did	–		
they did	–		
Tom did	–	did not	didn't
Tom and May did	–		
the dog did	–		
the dogs did	–		
what did	what'd		
who did	–		
which did	–		
where did	where'd		

when did	–
how did	–
why did	–

have, has, had 的縮寫
(-) 表示沒有相對應的縮寫.

原形	縮寫	原形	縮寫
I have	I've		
you have	you've		
we have	we've		
they have	they've		
what have	what've	have not	haven't
who have	who've		
why have	why've		
Tom and May have	–		
the dogs have	–		
he has	he's		
she has	she's		
it has	it's		
Tom has	Tom's		
what has	what's	has not	hasn't
who has	who's		
which has	–		
where has	where's		
when has	when's		
the dog has	the dog's		
I had	I'd		
you had	you'd		
he had	he'd		
she had	she'd		
it had	it'd		
we had	we'd	had not	hadn't
they had	they'd		
Tom had	Tom'd		
Tom and May had	–		
the dogs had	–		

can, could, may, might, must, ought, need, dare, used 的縮寫
( ) 表示沒有相對應的縮寫.

	原形	縮寫
can, could, may, might, ought, need, dare, used 沒有縮寫.	can not	can't
	cannot	
	could not	couldn't
	may not	mayn't
	might not	mightn't
	must not	mustn't
	ought not	oughtn't
	need not	needn't
	dare not	daren't
	used not	usedn't

A

*__ambitious__ [æm`bɪʃəs] adj. ① 胸懷大志的，有
雄心的；渴望的. ②（工作、計畫等）龐大的，
大規模的.
[範例] ① He is an **ambitious** young man. 他是一
個胸懷大志的年輕人.
The politician is **ambitious** of fame. 那個政客
一心想要出名.
② **Ambitious** research to find a cure for cancer
will someday pay off. 找出癌症治療方法這樣
大規模的研究，總有一天會成功的.
[活用] adj. **more ambitious，most ambitious**

ambivalence [æm`bɪvələns] n.（對同一人、
事物同時感到愛與恨的）矛盾心理.

ambivalent [æm`bɪvələnt] adj.（對同一人、
事物）有矛盾心理的：I have an **ambivalent**
feelings about her. 我既愛她又恨她.

amble [`æmbl] n. ① 溜蹄（馬同時舉起同側的
前後兩足緩緩前行的走法）. ② 漫步，散步.
——v. ③（馬）以同側兩足緩行. ④ 緩步行走，
漫步，散步.
➡ (充電小站) (p. 611)
[活用] v. **ambles，ambled，ambled，ambling**

*__ambulance__ [`æmbjələns] n. 救護車：Call an
ambulance. 快叫救護車!
[字源] 取自法語 hôpital ambulant（流動醫院，野
戰醫院）.
[複數] **ambulances**

ambush [`æmbuʃ] n. ① 埋伏，伏擊. ② 埋伏
〔伏擊〕之處.
——v. ③ 埋伏，伏擊.
[範例] ① This coach travels with armed guards in
case of **ambush**. 這輛公車上有武裝警衛以
防埋伏.
The soldiers lay in **ambush** for their enemies.
士兵們埋伏等待敵人.
③ They **ambushed** the retreating enemy. 他們
伏擊撤退的敵人.
[字源] 古法語的 en（在～中）+busche（灌木叢）.
[複數] **ambushes**
[活用] v. **ambushes，ambushed，
ambushed，ambushing**

ameba [ə`mibə] =n. amoeba.

amebae [ə`mibi] ameba 的複數形.

amen [`e`mɛn] interj.，n. 阿門，誠心所願《基
督教祈禱或頌詩的結尾語》.
[字源] 希伯來語的 āmēn（真正地）.

amenable [ə`minəbl] adj. 願意服從的，順從
的：He is **amenable** to reason. 他很講理.
[活用] adj. **more amenable，most amenable**

*__amend__ [ə`mɛnd] v. ① 修改（法律等），改正
（行為等），修正（議案等）.
——n. ②〔~s〕賠償，補償：賠罪.
[範例] ① The political party agreed to **amend** the
law. 那個政黨同意修改法律.
Laws can't be **amended** quickly enough to
keep up with new technology. 修改法律的速
度無法跟上新科技的發展.
② I'd like to make **amends** for my offensive
remarks last night. 我願意為昨天晚上說了失

禮的話賠罪.
[片語] **make amends for** 為～賠償. (⇨ [範例]
②)
[活用] v. **amends，amended，amended，
amending**
[複數] **amends**

*__amendment__ [ə`mɛndmənt] n. 修正，改正；
修正案.
[範例] In the United States, an **amendment** to
the Constitution must be approved by
three-fourths of the states. 在美國，憲法修正
案必須得到四分之三的州的同意.
Two political parties do not agree to the
amendment of the law. 有兩個政黨不同意
那項法律的修正案.
◆ **the Fifth Améndment** 美國憲法第5修正
案《被告不得被迫作出不利於己的供詞》.
[複數] **amendments**

amenity [ə`mɛnətɪ] n. ①（環境、生活、氣候等
的）適意，舒適. ② 便利的設施.
[複數] **amenities**

*__America__ [ə`mɛrɪkə] n. ①〔the ~s〕美洲大陸.
② 美利堅合眾國，美國《正式名稱為 the
United States of America》. ☞ 附錄「世界各
國」及「美國州名」.
[字源] 源於1499年到1502年在南美海岸進行探
險的義大利人 Amerigo Vespucci，將其拉丁
語名 Americus 改為 America 而成.

*__American__ [ə`mɛrəkən] n. ① 美國人；美洲人.
——adj. ② 美國的，美國人的；美洲的.
[範例] ① an **American** 一個美國人.
the **Americans** 全體美國人.
Latin **Americans** 拉丁美洲人.
I am **American**. 我是美國人.
② **American** literature 美國文學.
the **American** continents 美洲大陸.
The **American** way of thinking is very different
from ours. 美國人的思考模式跟我們大不相
同.
◆ **the Amèrican dréam**《美》美國夢《只要你
握住機會任何人都能成功》.
the Amèrican éagle 白頭鷹《美國的國徽，
亦作 bald eagle》.
Amèrican fóotball 美式足球《與美國職業
棒球大聯盟同樣受歡迎的體育活動，亦作
football；☞ (充電小站) (p. 45)》.
Amèrican Índian 美洲印第安人《此說法現
在被認為帶有種族歧視，所以改用 Native
American（美國原住民）》.
the Amèrican Léague 美國聯盟《相對於
國家聯盟 (the National League)，為美國兩大
職業棒球聯盟之一》.
the Amèrican Revolútion 美國獨立戰爭
《亦作 the Revolutionary War；〔英〕the War of
American Independence. 1775至1783年英
國與美洲殖民地進行戰爭. 1776年7月4日
東部13州發表了獨立宣言 (Declaration of
Independence)，宣言中表明了自由、平等、
人民主權等思想. 這個宣言受到了約翰‧洛

美式足球 (American football)

【Q】美式足球是一種甚麼樣的體育運動?
【A】「美式足球」在美國稱作 football. 在其他國家橄欖球 (rugby) 和足球 (soccer) 皆被稱作 football, 為了避免產生混淆, 故美式足球稱作 American football.

美式足球是由從歐洲到美洲新大陸的開拓者在足球與橄欖球的基礎上創造而成的, 1880年制定了現在的比賽規則.

攻擊方 (offensive) 與防守方 (defensive) 兩隊各由11名隊員組成. 攻擊方將球帶入對方端區 (end zone) 得6分. 可傳球也可持球奔跑, 持球隊員可連續進行4次進攻, 每次從開始到被對方隊員扳倒為止. 4次進攻結束時如能前進10碼, 則可再進行4次進攻, 如不能達到10碼, 則換由對方進攻.

正式比賽分為4節 (quarter), 每節15分鐘, 共計1個小時. 上半場的30分鐘稱為first half, 下半場的30分鐘稱為 second half. 上下半場間有15分鐘的休息時間 (half time), 其間由銅管樂隊進行演奏或由行進樂隊進行表演.

【Q】聽說美式足球中有「玫瑰盃」和「棉花盃」, 這是甚麼意思?
【A】在長達1年的美式足球比賽結束後, 會由選拔出來的隊伍在年底或跨年初舉行「~盃 (bowl)」比賽. 這裡所說的「盃」與用來投或踢的球 (ball) 意義不同. bowl 為「盆」、「碗」之意, 因為與舉行比賽的圓形球場形狀相似, 所以成了表示球場的字, 而在球場上進行的比賽也被稱為 bowl.

在為數眾多的比賽中, 以在帕沙第納 (Pasadena) 的玫瑰盃 (Rose Bowl)、在達拉斯 (Dallas) 的棉花盃 (Cotton Bowl)、在新奧爾良 (New Orleans) 的蔗糖盃 (Sugar Bowl)、在邁阿密 (Miami) 的橘子盃 (Orange Bowl) 等進行的美式足球大學對抗賽最為有名.

另外, 美國的全國足球聯盟 (National Football League) 與職棒大聯盟一樣也分成 AFC (American Football Conference) 與 NFC (National Football Conference) 兩個聯盟, 其每年的冠軍隊伍可參加超級盃 (Super Bowl).

克 (John Locke) 和盧梭 (Jean Jacques Rousseau) 的影響, 對於後來法國大革命的「人權宣言」有很大的影響).

複數 **Americans**

Americanism [ə`mɛrəkən͵zəm] *n.* 美式語法《美國特有的字、語句、文法, 本辭典中用『美』表示).

參考 『英』Briticism.

複數 **Americanisms**

amethyst [`æməθɪst] *n.* ① 紫水晶《水晶中最貴重者, 為2月的誕生石》. ② 紫色.
➡ 充電小站 (p. 125)

複數 **amethysts**

*amiable [`emɪəbl] *adj.* 和藹可親的, 友善的, 友好的, 親切的.
範例 an **amiable** news conference 友好的記者會.
She is **amiable** to everyone. 她對任何人都很友善.
活用 *adj.* **more amiable**, **most amiable**

amiably [`emɪəblɪ] *adv.* 和藹可親地, 友好地, 親切地.
活用 *adv.* **more amiably**, **most amiably**

amicable [`æmɪkəbl] *adj.* 友好的, 友善的, 和平的: We reached an **amicable** settlement. 我們達成了和解 (和平的解決).
活用 *adj.* **more amicable**, **most amicable**

amicably [`emɪkəblɪ] *adv.* 友好地, 友善地, 和平地: The argument was settled **amicably**. 那項爭議和平地解決了.
活用 *adv.* **more amicably**, **most amicably**

*amid [ə`mɪd] *prep.* 在~的正中間, 在~之中: Our train was held up for hours **amid** the violent storm. 我們搭乘的火車在猛烈的暴風

兩中停滯了好幾個鐘頭.

amidst [ə`mɪdst] *prep.* 在~的正中間, 在~之中《亦作 amid》.

amiss [ə`mɪs] *adv.*, *adj.* 不適宜地, 不恰當地, 有毛病地:〔不用於名詞前〕不適宜的, 不恰當的, 有毛病的.
範例 She took **amiss** what I said about my feelings for her. 我說出對她的感覺, 她對此很不滿.
There is nothing **amiss** with her. 她那麼做沒甚麼不恰當的.
片語 **take amiss** 對~不滿, 對~介意. (⇒ 範例)
活用 *adj.* **more amiss**, **most amiss**

amity [`æmətɪ] *n.* 和睦, 友好, 友善.

ammonia [ə`monjə] *n.* ① 氨. ② 氨水《亦作 ammonia water》.

ammunition [͵æmjə`nɪʃən] *n.* 彈藥, 軍火.

amnesia [æm`niʒɪə] *n.* 喪失記憶, 健忘症.

amnesty [`æm͵nɛstɪ] *n.* (對政治犯等的) 大赦, 特赦: A total and unconditional **amnesty** was granted to all Vietnam draft dodgers by the President. 總統發出特赦令, 無條件赦免所有在越戰中逃避兵役的人.
♦ **Amnesty Internátional** 國際特赦組織《主張釋放思想犯、政治犯及廢止死刑的國際性民間團體, 1961年創立於倫敦》.

amoeba [ə`mibə] *n.* 阿米巴, 變形蟲《亦作 ameba》.
發音 複數形 amoebae [ə`mibi].
複數 **amoebas/amoebae**

among [ə`mʌŋ] *prep.* 在~之間〔之中〕, 為~所環繞.
範例 I live **among** the mountains. 我住在群山之

A

中.

Don't quarrel **among** yourselves. 你們不要起內訌.

She is **among** the greatest artists in the world. 她是世界上最偉大的藝術家之一.

Mrs. Taylor was shocked to find out her son was **among** those who had rioted after the football game. 泰勒太太發現自己的孩子有和那些在美式足球賽後到處鬧事的傢伙在一起時大吃一驚.

片語 **among others** 其中；尤其；除此之外：
"What sports does he like?" "Cricket, **among others**." 「他喜歡哪種運動？」「尤其是喜歡板球.」

among ourselves 在我們之中；共同地：
We must settle the matter **among ourselves**. 我們必須共同地解決這個問題.

from among 從~之中：Choose the right answer **from among** the three choices. 在這3個之中選擇一個正確的答案.

參考 among 與 between 的區別：3個以上之中用 among；兩個之中用 between；雖為3個以上但強調兩兩之間的關係時用 between：a treaty between the three nations (3國之間的條約).

amongst [ə`mʌŋst] *prep.* 在~之間〔之中〕.

amorous [`æmərəs] *adj.* 好色的，多情的.
活用 *adj.* **more amorous, most amorous**

*****amount** [ə`maunt] *n.* ① 合計，總數；數量；金額.
—— *v.* ② 總計；等於.
範例 ① An **amount** of more than NT$100,000 was stolen from her. 她被偷走了10萬多元臺幣.

Jim got a large **amount** of money from his uncle. 吉姆從他叔叔那裡得到了不少錢.

That **amount** of stress is too much for anyone. 壓力那麼大，任誰都受不了.

② The bill for dinner **amounted** to $120. 晚餐費用共計120美元.

A 100-year jail term for a sixty-year-old man **amounts** to life in prison. 判一個60歲的人坐100年的牢，等於是判他無期徒刑.

複數 **amounts**
活用 *v.* **amounts, amounted, amounted, amounting**

amp [æmp] *n.* ① 安培 (ampere 的縮略). ② 放大器，擴音器 (amplifier 的縮略).
複數 **amps**

ampere [`æmpɪr] *n.* 安培 (電流的單位，亦作 amp).
複數 **amperes**

ampersand [`æmpɚ͵sænd] *n.* 符號& (表示 and 的符號；參 充電小站 (p. 47)).
複數 **ampersands**

amphibian [æm`fɪbɪən] *n.* ① 兩棲類 (動物).
② 水陸兩用車，水陸兩用飛機.
複數 **amphibians**

amphibious [æm`fɪbɪəs] *adj.* ① 水陸兩棲的.

② 水陸兩用的.

amphitheater [`æmfə͵θɪətɚ] *n.* ① 圓形劇場，圓形競技場 (中間為舞臺或競技場，周圍是呈階梯狀、沒有屋頂的看臺，多見於古希臘和古羅馬). ② 階梯劇場 (教室) (呈半圓形).
參考 (英) amphitheatre.
複數 **amphitheaters**

*****ample** [`æmpl] *adj.* ① 充足的，富足的，足夠的. ② 廣闊的，寬敞的.
範例 ① We had **ample** money for the journey. 那次旅行我們帶了足夠的錢.
② This new car has **ample** trunk space. 這輛新車有寬敞的行李箱.
活用 *adj.* **ampler, amplest/more ample, most ample**

amplification [͵æmpləfə`keʃən] *n.* 擴大，放大；詳述.
複數 **amplifications**

amplifier [`æmplə͵faɪɚ] *n.* 放大器，擴音器 (亦作 amp).
複數 **amplifiers**

amplify [`æmplə͵faɪ] *v.* 擴大，放大；詳細陳述：The commentator **amplified** his remarks with drawings and figures. 評論家利用圖示和數據詳述自己的見解.
活用 *v.* **amplifies, amplified, amplified, amplifying**

amplitude [`æmplə͵tjud] *n.* (物理的) 振幅，波幅，幅度.

amply [`æmplɪ] *adv.* 足夠地，充足地；詳細地；寬闊地：I feel **amply** rewarded just by your coming here. 你光臨此地使我深感榮幸.

amputation [͵æmpjə`teʃən] *n.* 截肢 (手術).
複數 **amputations**

*****amuse** [ə`mjuz] *v.* 使快樂，使愉快.
範例 His story **amused** everyone. 他的故事逗得大家十分開心.
I was much **amused** by the film. 我覺得那部電影很有趣.
The children were **amusing** themselves with dolls. 孩子們玩著洋娃娃玩得很快樂.
活用 *v.* **amuses, amused, amused, amusing**

*****amusement** [ə`mjuzmənt] *n.* 有趣；樂趣，娛樂.
範例 To everyone's **amusement**, a strange man came on the train and started dancing. 有一個奇怪的男子上了火車便跳起舞來，大家感到很有趣.
There are many new **amusements** in this town. 這個城鎮有許多新的娛樂.
片語 **to ~'s amusement** 令~感到有趣. (⇨ 範例)
♦ amúsement pàrk 遊樂場.
複數 **amusements**

*****amusing** [ə`mjuzɪŋ] *adj.* 有趣的：He told me an **amusing** story. 他告訴我一個有趣的故事.

&, etc.

【Q】etc. 表示「～等，此外」之意，並且可寫成 etc., 亦可寫成&c., 且這個 & 讀作 and. 但 etc., &c., & 三者之間的關係為何呢?

【A】首先，etc. 是 et cetera 的縮寫，讀作 [ɛt`sɛtərə]. et cetera 原為拉丁語，et 是「並且」的意思，相當於英語的 and. cetera 為「其他東西」之意，相當於英語的 the other things. 也就是說，etc. 意為「並且還有其他的東西」，相當於英語的 and the other things.

etc. 亦作 &c. & 是由 et 的大寫ET變形而成的.

ET → ƐƬ → ℰ → ℰ → &

ET 的意思是 and，所以 & 也讀作 and.

順帶一提，& 甚至經過以下變形而成了數學上使用的＋號.

& → & → ✗ → ✗ → ＋

▶ & 字母的名字
A 是 [e] 這個名字的字，B 是 [bi] 這個名字的字. 那麼 & 的名字是甚麼呢? 是 ampersand [`æmpə,sænd]. 之所以成為這樣的名字有下面的說法.

過去，英國的兒童在記字母表時一般都會像下面這樣念:
A per se A,
B per se B,
...（C 到 Y 亦同）
Z per se Z,
& per se &,
A 讀作 [e]，B 讀作 [bi] 是按現在的讀法讀，而 per se 讀作 [`pɜ`si]，原為拉丁語，是「其本身」的意思. A per se A 則為「A 本身就是 A」之意.

還有，當時字母表的26個字母之後必有字母 &，讀作and. 並且，& per se &（and 就是 and）的發音有了如下變化:
[`ændpə,sænd]
↓
[`æmpə,sænd]
最後 [`æmpə,sænd] 被寫成 ampersand，成了 & 這樣一個名字.

活用 *adj.* **more amusing, most amusing**

†**an** [ən] *art.* 一個，某一個;〔用於專有名詞前〕叫做～的人或～的作品《後面接以元音開始的字》.
範例 My mother needs **an** ounce of butter. 母親需要1盎斯奶油.
John earns seven dollars **an** hour. 約翰1個鐘頭賺7美元.
Her father is **an** ICRT broadcaster. 她的父親是臺北國際社區廣播電臺的節目主持人.
I've never heard such **an** interesting story. 我從未聽過那麼有趣的故事.
An oak has acorns. 橡樹上結了橡子.
He thinks he's **an** Edison. 他自以為是個像愛迪生一樣的發明家.

-an *suff.* 與～有關的，屬於～的，與～有關的人，屬於～的人《接於名詞的字尾，構成形容詞或表示人的名詞》: Americ**an** 美國的，與美國有關的，美國人; Christi**an** 基督教的，基督徒; histori**an** 歷史學家

anachronism [ə`nækrə,nɪzəm] *n.* 時代錯誤《弄錯某一事件或某個人所處的年代》.
複數 **anachronisms**

anaconda [,ænə`kɑndə] *n.* 水蟒，森蚺《產於南美的大蟒蛇，不具毒性》.
複數 **anacondas**

anaemia [ə`nimɪə] =*n.* anemia.
anaemic [ə`nimɪk] =*adj.* anemic.
anaesthesia [,ænəs`θiʒə] =*n.* anesthesia.
anaesthetic [,ænəs`θɛtɪk] =*adj.*, *n.* anesthetic.
anaesthetist [ə`nɛsθətɪst] =*n.* anesthetist.
anagram [`ænə,græm] *n.* 字謎遊戲.

參考 改變語句或文字排列使之構成另外的語句或句子的遊戲. 例如改變 listen 的6個字母順序使成 silent 等; 又如改動英國有名的護士南丁格爾（Florence Nightingale）的字母排列順序，則成 Flit on, cheering angel!（飛吧，快活的天使!）.
複數 **anagrams**

anal [`enl] *adj.* 肛門的，有關肛門的，近肛門的.

analogous [ə`næləgəs] *adj.*〔不用於名詞前〕類似的: The human heart is **analogous** to a pump. 人的心臟就像幫浦一樣.

analogy [ə`nælədʒɪ] *n.* ① 類似. ② 類推.
範例 ① The biology teacher drew an **analogy** between the gills of a fish and the lungs of an animal. 那位生物老師舉出魚的鰓與動物的肺的類似之處.
② By **analogy** with the spread of the disease elsewhere, we know how fast it will spread here. 依這種疾病在各地擴散的情況類推，我們可以知道它很快就會在本地蔓延開來.
片語 *by analogy with ～/on the analogy of* 依～類推.（⇨ 範例 ②）
複數 **analogies**

analyse [`ænl,aɪz] =*v.* analyze.
analyses [ə`nælə,siz] *n.* analysis的複數形.
*****analysis** [ə`næləsɪs] *n.* 分析.
範例 The policeman's **analysis** of the causes of the accident was correct. 那位警察對於該事故發生原因的分析是正確的.
In the final **analysis** he was innocent. 歸根究底，他是無罪的.
片語 *in the final analysis* 總而言之，歸根究

底.

[複數] **analyses**

analyst [ˋænlɪst] *n.* ① 分析者. ② 精神分析醫師 (亦作 psychoanalyst).

[複數] **analysts**

analytic/analytical [ˌænlˋɪtɪk(l)] *adj.* 分析性 的: This student studies **analytic** chemistry. 這個學生攻讀分析化學.

[活用] *adj.* **more analytic**, **most analytic/more analytical**, **most analytical**

***analyze** [ˋænlˏaɪz] *v.* 分析: The scientist **analyzed** the food and found some poison. 那位科學家分析了該食物並且發現有毒.

[參考]『英』**analyse**.

[活用] *v.* **analyzes**, **analyzed**, **analyzed**, **analyzing**

anarchist [ˋænɚkɪst] *n.* 無政府主義者.

[複數] **anarchists**

anarchy [ˋænɚkɪ] *n.* 無政府狀態, 混亂, 無秩序: a period of economic **anarchy** 經濟的混亂期.

anatomical [ˌænəˋtɑmɪkl] *adj.* 解剖的, 解剖學的.

anatomy [əˋnætəmɪ] *n.* 解剖, 解剖學.

-ance *suff.* ① 接於字尾是 -ant 的形容詞, 構成名詞: brilli**ance** 閃光; dist**ance** 距離. ② 加在動詞後構成表示「行動、狀態、性質等」之意的名詞: utter**ance** 說的話語.

***ancestor** [ˋænsɛstɚ] *n.* 祖先, 祖宗: Their distant **ancestors** come from Scandinavia. 他們的遠祖來自斯堪的那維亞.

[複數] **ancestors**

ancestral [ænˋsɛstrəl] *adj.* 〔只用於名詞前〕祖先的, 世世代代的: The **ancestral** home of the Pilgrim Fathers was England. 建立普里茅斯殖民地的英國清教徒之故鄉在英格蘭.

ancestry [ˋænsɛstrɪ] *n.* ① 先人, 祖先〈集合名詞〉. ② 家世, 門第; 名門望族.

[範例] ① He is in England now, trying to trace his **ancestry**. 他現在人正在英格蘭尋根. ② Mary is of noble **ancestry**. 瑪麗出自名門.

[複數] **ancestries**

***anchor** [ˋæŋkɚ] *n.* ① 錨. ② (拔河中) 排在隊伍最後面的人, (接力賽中) 最後一棒的選手. ——*v.* ③ 拋錨, 停泊. ④ 固定, 穩定.

[範例] ① We cast our **anchor** to bring the ship to rest. 我們拋錨以便使船停下來. ③ The ship was **anchored** in the bay. 那艘船停泊在港灣裡. ④ We **anchored** the tent to the ground. 我們把帳篷固定在地面上.

[參考] ② 拔河比賽中最後面的人把繩子纏在自己身上或是把腳蹬在地面凹陷處以便使身體穩住, 故被喻作 anchor.

[複數] **anchors**

[活用] *v.* **anchors**, **anchored**, **anchored**, **anchoring**

anchorage [ˋæŋkərɪdʒ] *n.* ① 停泊: Is there room for **anchorage** in the bay? 海灣裡有供停泊的地方嗎? ② 停泊地.

[複數] **anchorages**

anchorman [ˋæŋkɚˏmæn] *n.* ① 新聞節目男主播. ② (拔河比賽或接力賽中) 最後一名的男性運動員.

[複數] **anchormen**

anchorperson [ˋæŋkɚˏpɝsn] *n.* ① 新聞節目主播. ② (拔河比賽或接力賽中) 最後一名運動員.

[複數] **anchorpersons**

anchorwoman [ˋæŋkɚˏwumən] *n.* ① 新聞節目女主播. ② (拔河比賽或接力賽中) 最後一名的女性運動員.

[複數] **anchorwomen**

anchovy [ˋænˏtʃovɪ] *n.* 鯷魚〈沙丁魚科小魚, 可製成魚醬等〉.

[複數] **anchovies**

***ancient** [ˋenʃənt] *adj.* ① 古代的; 古老的, 舊的. ——*n.* ② 〔the ~s〕古人.

[範例] ① **ancient** civilization 古代文明. an **ancient** custom 古老的習俗. This reel-to-reel tape recorder is **ancient**! 這臺錄音機可真夠古老的! "Do you know the actress has divorced?" "Of course, that`s **ancient** history!" 「你知道那個女演員離婚了嗎?」「當然, 那是陳年舊聞了!」

♦ **àncient hístory** ① 古代史〈指至476年西羅馬帝國滅亡為止的西洋史〉. ② (人所共知的) 陳年老話, 老生常談. (⇨ [範例] ①)

[活用] *adj.* **more ancient**, **most ancient**

[複數] **ancients**

ancillary [ˋænsəˏlɛrɪ] *adj.* 輔助的, 附屬的.

*†***and** [ənd] *conj.* 與, 和, 且, 還.

[範例] She bought a desk **and** a chair. 她買了一張桌子和一張椅子. Tom **and** George are brothers. 湯姆和喬治是兄弟. She does not like fish **and** chips. 她不喜歡魚和炸薯條. Seven **and** three makes ten. 7加3等於10. He ate a hamburger, an apple pie, **and** a cream puff. 他吃了漢堡、蘋果派, 還有奶油泡芙. His bag was big **and** heavy. 他的袋子又大又沉重. He walked slowly **and** carefully. 他緩慢且小心地走著. She knocked on the door again **and** again. 她一次又一次地敲門. It was getting warmer **and** warmer. 天氣漸漸變暖和了. She opened the door **and** came in. 她打開門走了進來. He lives in New York **and** she in London. 他住在紐約, 而她住在倫敦.

充電小站

角 (angle)

【Q】數學中「直角」被寫作∠R，為甚麼要用R呢? 直角與英語有甚麼關係嗎?
【A】「直角」原來由英語 right angle 翻譯而來. right 意為「正的，直的」，angle 指「角」，而 R 是 right 的縮寫.

數學中有各式各樣的「角」. 這些角的名稱都與英語有很深的關係. 下面舉幾個例子來加以說明:

直角	right angle
補角	supplementary angle（兩角之和為180度時）
餘角	complementary angle（兩角之和為90度時）
對頂角	vertical angle

中心角	central angle
銳角	acute angle（小於90度的角）
鈍角	obtuse angle（大於90度、小於180度的角）
角度	the degree of the angle（「該角的度數」之意）

acute angle   right angle   obtuse angle

角的單位是「度」，表示「度」的符號是°，讀作 degree 或 degrees. 例如 32.5度寫作32.5°，讀作 thirty-two point five degrees.

Mary speaks French **and** Susan Dutch. 瑪麗說法語，蘇珊說荷蘭語.
Use this dictionary, **and** you will be a good speaker of English. 使用這本辭典你就能說流利的英語.
➡ 充電小站 (p. 892)

and/or [ˋændˋɔr] *conj.* 兩者或者其中之一: The maximum penalty is 5 years in prison **and/or** a $10,000 fine. 最高刑罰為5年徒刑加上1萬美元的罰鍰或其中之一.

android [ˋændrɔɪd] *n.* 機器人.
複數 **androids**

anecdote [ˋænɪkˌdot] *n.* 軼事，趣聞.
複數 **anecdotes**

anemia [əˋnimɪə] *n.* 貧血症《亦作 anaemia》.

anemic [əˋnimɪk] *adj.* 貧血症的，臉色蒼白的；無生氣的《亦作 anaemic》.
活用 *adj.* **more anemic**, **most anemic**

anemone [əˋnɛməˌni] *n.* 銀蓮花《毛茛科白頭翁屬植物，花朵呈紅色、白色或藍色》.
複數 **anemones**

anesthesia [ˌænəsˋθiʒə] *n.* 麻木狀態，麻醉《亦作 anaesthesia》.

anesthetic [ˌænəsˋθɛtɪk] *adj.* ① 麻醉的，麻木的.
——*n.* ② 麻醉劑.
參考 亦作 anaesthetic.
複數 **anesthetics**

anesthetist [əˋnɛsθətɪst] *n.* 麻醉醫師，麻醉科醫生《亦作 anaesthetist》.
複數 **anesthetists**

anew [əˋnju] *adv.* 再度地，重新地: Let's put old animosities behind us and start **anew**. 讓我們忘掉過去的對立，重新開始吧.

angel [ˋendʒəl] *n.* ① 天使《上帝的使者，通常有翅膀》. ② 天使般的人，安琪兒，可愛的人《特指女性》. ③ 守護神《亦作 guardian angel》.
範例 ② an **angel** of a bride 天使般的新娘.
③ my good **angel** 我的守護神.
複數 **angels**

angelic [ænˋdʒɛlɪk] *adj.* 天使的，天使般的，可愛的: **angelic** voices 天使般的聲音.

*****anger** [ˋæŋgɚ] *n.* ① 怒火，生氣.
——*v.* ② 觸怒，激怒，使生氣.
範例 ① I punched him in **anger**. 我一氣之下揍了他.
② The girl's conduct **angered** her father. 那個女孩的行為激怒了她的父親.
活用 *v.* **angers**, **angered**, **angered**, **angering**

*****angle** [ˋæŋgl] *n.* ① 角，角度《☞ 充電小站 (p. 49)》. ② 隅，角落. ③（看事物的）角度，觀點.
——*v.* ④ 轉變角度；突然朝某方面轉去. ⑤ 改變（敘述的）角度，歪曲（事實、報導等）. ⑥ 釣魚，垂釣. ⑦（以各種手段）謀取.
範例 ① The sum of the interior **angles** of a triangle is 180 degrees. 三角形的內角和為180度.
A triangle with one right **angle** is called a right triangle. 有一個直角的三角形稱為直角三角形.
These two straight lines make an **angle** of 60 degrees. 這兩條直線相交成60度角.
② I took a picture of the southwest **angle** of the museum. 我拍了一張博物館東南隅的照片.
③ They looked at the problem from different **angles**. 他們從不同的角度研究那個問題.
④ He **angled** a look behind him. 他回過頭來.
⑤ They **angled** the news, so all the town got worked up about it. 他們歪曲了那則消息，使得全城一片混亂.
⑥ Jane's father loves to go **angling** on a fine day. 珍的父親喜歡在好天氣時去釣魚.
⑦ He is **angling** for the post. 他正設法謀取那個職位.
複數 **angles**
活用 *v.* **angles**, **angled**, **angled**, **angling**

angler [ˋæŋglɚ] *n.* ① 垂釣者. ② 琵琶魚《屬於鮟鱇目的魚類》.

A

複數 **anglers**

Anglican [ˋæŋglɪkən] *n.* 英國國教徒.
——*adj.* 英國國教的.
♦ the **Ánglican Chúrch** 英國國教.

Anglicize [ˋæŋglə͵saɪz] *v.* 使英國化; 使(詞彙等)英語化; The **Anglicized** pronunciation of stop is [stɑp]. stop 的英式發音是 [stɑp].
活用 *v.* **Anglicizes, Anglicized, Anglicized, Anglicizing**

Anglo-Saxon [ˋæŋgloˋsæksn] *n.* ① 盎格魯撒克遜族. ② 英國人, 具有英國血統的人. ③ 盎格魯撒克遜語, 古英語《通常用 Old English, OE》.
參考 5世紀前後從現在的德國北部移居英格蘭南部肯特 (Kent) 的盎格魯族 (Angles) 與撒克遜族 (Saxons) 同化後的種族, 被認為是現在英國人的祖先.
➡ 充電小站 (p. 51)
複數 **Anglo-Saxons**

angora [æŋˋgorə] *n.* ① 安哥拉兔. ② 安哥拉羊. ③ 安哥拉毛織品.
複數 **angoras**

angrily [ˋæŋgrəlɪ] *adv.* 憤怒地, 怒氣沖沖地.
活用 *adv.* **more angrily, most angrily**

angry [ˋæŋgrɪ] *adj.* ① 憤怒的, 生氣的. ② (天氣等)陰暗的, (風、雨等)兇猛的.
範例 ① The teacher looked **angry**. 老師看起來好像生氣了.
Why are you so **angry**? 你為何那麼生氣?
Dad is going to be **angry** with you when he finds out. 父親發現的時候, 他會對你生氣.
We're **angry** about the increase in the consumption tax. 我們為增加消費稅而感到憤怒.
② The explorers looked up at an **angry** sky. 那些探險家們抬頭看了看風雨交加的天空.
活用 *adj.* **angrier, angriest**

*__anguish__ [ˋæŋgwɪʃ] *n.* (精神上的)痛苦, 苦悶;
He was in **anguish** over his mother's sudden death. 母親的突然去世令他深感痛苦.

anguished [ˋæŋgwɪʃt] *adj.* 痛苦的, 苦悶的;
We could hear **anguished** cries for help coming from the wreckage. 我們可以聽到從廢墟中傳來的痛苦求救聲.
活用 *adj.* **more anguished, most anguished**

angular [ˋæŋgjələ˞] *adj.* 以角度測量的, 有角(度)的, 形成角(度)的; 笨拙的, 不知變通的; Right now the **angular** distance from the moon to the horizon is about 50°. 月球與地平線現在正好是50度左右.《角距是指觀察者與兩個被觀察體之間的連線所形成的角度》

the moon

the horizon 50°

観測者

[angular]

*__animal__ [ˋænəml] *n.* ① 動物; (特指)四足獸類,

哺乳類. ② 殘暴且無理性的人.
範例 ① Men, lions, birds, fish, and insects are all **animals**. 人、獅子、鳥、魚、昆蟲都是動物.
A whale looks like a fish but is an **animal**. 鯨看起來像魚, 其實是哺乳類動物.
A circus wouldn't be a circus without **animals**. 沒有動物的馬戲表演不能叫馬戲表演.
② We are disappointed to hear that Jane's husband is an **animal**. 我們很失望聽到珍的丈夫是個殘暴沒人性的傢伙.
複數 **animals**

*__animate__ [*v.* ˋænə͵met; *adj.* ˋænəmɪt] *v.* ① 充滿生氣, 使活躍.
——*adj.* ② 活的, 有生命的; 生氣蓬勃的.
範例 ① Laughter **animated** her face. 笑容使她的臉上充滿了生氣.
An **animated** and amusing question-and-answer session followed the lecture. 演講之後進行了生動活潑又有趣的問答活動.
② Dogs, cats, horses, and humans are examples of things that are **animate**. 狗、貓、馬和人都是有生命的個體.
活用 *v.* **animates, animated, animated, animating**

animation [͵ænəˋmeʃən] *n.* ① 朝氣, 活躍, 興奮. ② (卡通)動畫, 動畫(製作)《亦作 animated cartoon》.
範例 ① She told the story with **animation**. 她生動地講述那則故事.
② She does not like the **animation**. 她不喜歡那部動畫片.

animosity [͵ænəˋmɑsətɪ] *n.* 憎惡, 仇恨.
複數 **animosities**

*__ankle__ [ˋæŋkl] *n.* 腳踝; I have sprained my left **ankle**. 我左腳腳踝扭傷了.
複數 **ankles**

anklet [ˋæŋklɪt] *n.* 踝飾.
複數 **anklets**

Ann [æn] *n.* 女子名《亦作 Anne, 暱稱 Annie, Nancy 等》.

annals [ˋænlz] *n.* 〔作複數〕紀年表, 年鑑, 年報, 歷史記載; in the **annals** of history 在編年史上.

annex [*v.* əˋnɛks; *n.* ˋænɛks] *v.* ① 併吞, 合併(領土等). ② 附加《常用 be ~ed to 形式》.
——*n.* 附屬建築物, 別館, 分館.
範例 ① The United States **annexed** Hawaii in 1898. 美國在1898年把夏威夷併入了國土.
② Good notes are **annexed** to this book. 這本書附有極佳的注釋.
③ This building is the **annex** to the hotel. 這棟建築是那家旅館的別館(增建部分).
參考 *n.* 〖英〗annexe.
活用 *v.* **annexes, annexed, annexed, annexing**

annexation [͵ænɛksˋeʃən] *n.* ① 併吞, 合併; 被併吞的地方; the **annexation** of Austria by Germany 奧地利被德國併吞. ② 附加, 附加

英語中的外來語

除了原有的字彙之外，英語借用了許多拉丁語、法語等外來語的字彙。下面列舉了一些例子，右欄為外來語，左欄為英語原有的字彙，其中外來語的詞語很典雅，通常用於較正式或官方的場合。

回答	answer	respond
問	ask	inquire
要求	ask	demand
開始	begin	commence
建造	build	construct
買	buy	purchase
深的	deep	profound
得到	get	acquire
給與	give	present
幫助	help	aid
隱藏	hide	conceal
妨礙	hinder	prevent
內部的	inner	interior
許可	leave	permission
上升	rise	ascend
圓的	round	circular
思考	think	consider
希望	wish	desire

物.

[複數] **annexations**

annexe [`ænɛks] n. [美] annex.

annihilate [ə`naɪəˌlet] v. 殲滅，摧毀；取消，廢止(法律等)：All the big cities in Afghanistan were **annihilated** by bombs. 阿富汗所有的大城市都被炸彈摧毀了.

[活用] v. **annihilates**, **annihilated**, **annihilated**, **annihilating**

annihilation [əˌnaɪə`leʃən] n. 殲滅，摧毀；取消，廢止.

*__anniversary__ [ˌænə`vɜsərɪ] n. 紀念日，週年紀念：We celebrated our parents' 20th wedding **anniversary** last year. 我們去年慶祝父母結婚20週年.

[複數] **anniversaries**

annotate [`ænoˌtet] v. (為書等)加注釋.

[活用] v. **annotates**, **annotated**, **annotated**, **annotating**

annotation [ˌæno`teʃən] n. 注解，注釋.

[複數] **annotations**

*__announce__ [ə`naʊns] v. ① 宣布，發表，公布. ② 宣告，通知(客人到達、宴會的準備情況等).

[範例] ① The card **announced** the day of Mary's wedding. 請柬上宣布了瑪麗的結婚日期.
He **announces** a news program a week. 他每週播報一次新聞.
The government **announced** that the foreign minister would visit Korea this autumn. 政府宣布今年秋天外交部長將出訪韓國.
② The servant **announced** Mr. and Mrs. Robinson. 那個僕人通報羅賓森夫婦駕臨.

[活用] v. **announces**, **announced**, **announced**, **announcing**

*__announcement__ [ə`naʊnsmənt] n. 宣告，通告；發表，宣布：They made an **announcement** of their engagement in today's newspaper. 他們在今天的報紙上宣布他們訂婚的消息.

[片語] **make an announcement** 宣布. (⇨ [範例])

[複數] **announcements**

announcer [ə`naʊnsɚ] n. (電視、廣播的)播報員，播音員：The **announcer** said that there had been a big traffic accident on the metropolitan highway. 那位播報員廣播說，首都高速公路上發生了一起重大交通事故.

[複數] **announcers**

*__annoy__ [ə`nɔɪ] v. 使煩惱；使煩躁，使氣惱.

[範例] I get **annoyed** easily when I'm tired. 我疲倦的時候容易煩躁.
His bad attitude really **annoys** me. 他惡劣的態度實在令我生氣.

[活用] v. **annoys**, **annoyed**, **annoyed**, **annoying**

*__annoyance__ [ə`nɔɪəns] n. 煩躁，氣惱；令人煩躁的人或事.

[範例] "Get out!" he said, with a look of **annoyance**. 他一臉煩躁地說：「滾出去!」
She lost her key again, to my **annoyance**. 令我氣惱的是，她又把鑰匙弄丟了.
The noise of the factory is a great **annoyance** to her. 工廠的噪音實在使她煩躁.
These are the **annoyances** of living in a big city. 這就是住在大城市令人氣惱的事.
He speaks very slowly. He is an **annoyance** to me. 他說得非常慢，害我很不耐煩.

[複數] **annoyances**

annoying [ə`nɔɪɪŋ] adj. 討厭的，令人厭煩的：How **annoying** these mosquitoes are! 這些蚊子真討厭!

[活用] adj. **more annoying**, **most annoying**

*__annual__ [`ænjʊəl] adj. ① 每年的. ② 一年一次的. ③ (植物)一年生的.
——n. ④ 年刊，年鑑，年報. ⑤ 一年生植物.

[範例] ① an **annual** event 每年大事.
② What is his **annual** salary? 他的年薪是多少?
an **annual** ring 年輪.

[參考] 一年生植物，即當年春天發芽，夏、秋開花、結果，冬天枯萎的植物，如水稻、牽牛花等.

[複數] **annuals**

annually [`ænjʊəlɪ] adv. 每年地，一年一度

地：We go to New York **annually** to take in some Broadway shows and do some shopping. 我們每年去一次紐約，去看百老匯的戲劇和購物.

annuity [ə`nuətɪ] *n.* 年金，養老金.

複數 **annuities**

annul [ə`nʌl] *v.* 宣告無效；廢除，取消：The lawyer **annulled** the written contract. 那位律師宣告該合約無效.

活用 *v.* **annuls, annulled, annulled, annulling**

annulment [ə`nʌlmənt] *n.* 作廢，取消，廢除.

複數 **annulments**

anode [`ænod] *n.* (電池的) 陽極.

複數 **anodes**

anoint [ə`nɔɪnt] *v.* 塗油於《特指洗禮或任命神職人員時進行的基督教儀式，通常用橄欖油》.

anointment [ə`nɔɪntmənt] *n.* 塗油儀式.

複數 **anointments**

anomaly [ə`nɑməlɪ] *n.* 異常，異常的事物，異例.

複數 **anomalies**

anonymity [ˌænə`nɪmətɪ] *n.* 匿名；佚名，作者不詳.

anonymous [ə`nɑnəməs] *adj.* 匿名的；佚名的，作者不詳的.

anorak [`ɑnəˌrɑk] *n.* (可防風雨的) 連風帽厚夾克.

複數 **anoraks**

†**another** [ə`nʌðɚ] *adj., pron.*

原義	釋義	範例
與前面同類的東西之一	*adj.* 再一個的	①
	adj. 另外的	②
	pron. 再一個，另一個	③
	pron. 其他的事物	④

範例 ① I'd like **another** cup of tea. 我還想再來一杯茶.

I need **another** tape; one isn't enough. 我需要另一卷錄音帶，一卷不夠用.

Wait **another** five minutes. 請再等5分鐘.

She gave me **another** one of her lame excuses for being late. 她為了她的遲到又找了一個彆腳的藉口.

② Come **another** day. 請改日再來.

There's **another** way of doing this, you know. 你知道，還有另外一種辦法.

I saw him the other day. To my surprise, he was quite **another** man. 前幾天我看見他了，令我驚訝的是，他簡直變成另外一個人.

Politeness is **another** name for sensitivity to other people's feelings. 所謂有禮貌就是對別人心情的一種體諒.

③ Oh, I like this beer. Give me **another**. 這啤酒還真不錯，再給我一杯.

They are all lazy students. And you are **another**! 他們都是懶學生，你也是其中之一.

At the door, one carried a gun, and **another** a knife. 在門口，有一個人拿著一枝槍，另一個人帶著一把刀.

One bad thing happened and was followed by **another**. 壞事接二連三地發生.

④ This towel will not do. Give me **another**. 這條毛巾不行，再拿一條給我.

To know is one thing and to teach is **another**. 知是一回事，教又是另一回事.

They hit one **another**. 他們彼此互相毆打.

I'll do it one way or **another**. 我總會有方法處理這件事情.

片語 ***one after another*** 一個接一個地：The snake swallowed **one** prey **after another**. 那條蛇把獵物一一吞了下去.

one another 互相地. (⇨ 範例 ④)

one way or another 想盡辦法. (⇨ 範例 ④)

*answer [`ænsɚ] *n.* ① 回答，答覆；答案，辯解.

——*v.* ② 回答，答覆；(對於電話、希望、要求等) 應答，有反應，答辯；負責，成功 (令人滿意).

範例 ① Find the correct **answer** to the question. 找出那個問題的正確答案.

I never get a straight **answer** out of him. 我從來沒有得到他明確的答覆.

In **answer** to your question, there will be a test on Monday. 那就是給你的答覆，下週一有測驗.

② You didn't **answer** his question. 你沒有回答他的問題.

I think he was too afraid to **answer** back. 我覺得他怕得不敢頂嘴.

He **answered** that he would not set a date for resuming talks with us. 他答覆說他不打算找一天與我們繼續談判.

Please **answer** the telephone. 請接一下電話.

She **answered** his proposal with a "yes." 她答應了他的求婚.

My prayers have been **answered**. 我的禱告蒙神應允.

Nobody **answering** to this name is here. 這裡沒有你要找的人.

I can't **answer** for her safety. 我不能對她的安全負責.

片語 ***answer back*** 抗辯，頂嘴. (⇨ 範例 ②)

answer for 負責. (⇨ 範例 ②)

in answer to 作為對···的回答. (⇨ 範例 ①)

♦ **ánswering machine** 電話答錄機.

複數 answers
活用 v. answers, answered, answered, answering

answerable [ˋænsərəbl] *adj.* ① 可答覆的，可回答的. ②(對人)有責任的 (to), (對事)應負責任的 (for).
範例 ① What is the chemical formula for water? Your question is easily **answerable**. It is H_2O. 水的化學式是甚麼? 你的問題太容易回答了，是H_2O.
② I am the owner of this company; I'm **answerable** to no one. 我是這家公司的老闆，我不必對任何人負責.

answerphone [ˋænsəˏfon] *n.*『英』電話答錄機《亦作 answering machine》: He left his message on the **answerphone**. 他在電話答錄機裡留言.
複數 answerphones

*ant [ænt] *n.* 螞蟻: He works like an **ant**. 他像螞蟻般辛勤地工作.
♦ **ánt bèar** 大食蟻獸.
quèen ánt 蟻后.
複數 ants

antagonise [ænˋtægəˏnaɪz] = v. 『美』antagonize.

antagonism [ænˋtægəˏnɪzəm] *n.* 對抗，敵對，對立: There's too much **antagonism** between them for them to get back together. 他們之間的對抗關係相當緊張，恐怕難以重歸於好.
複數 antagonisms

antagonist [ænˋtægəˏnɪst] *n.* 對立者，對抗者，對手: Mr. Moore and his **antagonist** had a hot dispute in Congress. 摩爾先生與他的對手在國會上進行了激烈的爭論.
複數 antagonists

antagonistic [ænˏtægəˋnɪstɪk] *adj.* 對立的，敵對的: The two men have **antagonistic** views about religion. 那兩個男子對於宗教持相反的意見.
活用 *adj.* **more antagonistic, most antagonistic**

antagonize [ænˋtægəˏnaɪz] *v.* 引起對抗，與～敵對，使反感: He **antagonizes** his friends by being rude to them. 他因對朋友無禮，而招致他們的反感.
參考『英』antagonise.
活用 *v.* **antagonizes, antagonized, antagonized, antagonizing**

Antarctic [æntˋɑrktɪk] *n.* [the ～] 南極.
♦ **the Antàrctic Círcle** 南極圈《南緯66°32′以南地區》.
the Antàrctic Cóntinent 南極大陸.
the Antàrctic Ócean 南極海.
the Antàrctic Póle 南極《亦作 the South Pole》.
the Antàrctic Zóne 南極帶.

Antarctica [æntˋɑrktɪkə] *n.* 南極大陸《亦作 the Antarctic Continent》.

antecedent [ˏæntəˋsidnt] *n.* ① 前例，前事; 祖先;〔～s〕經歷，來歷. ② 先行詞《That is the prison where he died. 中 (the) prison 就是 where 的先行詞》.
——*adj.* ③ 之前的，先前的.
範例 ① These were the **antecedents** leading up to the nuclear mishap. 這些就是導致這次核災之前發生的事件.
a man of unknown **antecedents** 一個來歷不明的男子.
③ That assassination was an incident **antecedent** to the war. 那次暗殺事件成了戰爭的序幕.
複數 antecedents

antedate [ˋæntɪˏdet] *v.* 先於，在～之前發生.
活用 *v.* **antedates, antedated, antedated, antedating**

antelope [ˋæntəˏlop] *n.* 羚羊《產於亞洲、非洲，類似鹿的動物》.
複數 antelope/antelopes

antenatal [ˏæntɪˋnetl] *adj.* 〔只用於名詞前〕『英』產前的《『美』prenatal》.

antenna [ænˋtɛnə] *n.* ① 『美』天線《『英』aerial》. ② 觸角，觸鬚.
複數 ① antennas/② antennae

antennae [ænˋtɛni] *n.* antenna ② 的複數形.

anterior [ænˋtɪrɪə] *adj.* (時間或事件) 在～之前的，較早的: the era **anterior** to the introduction of Buddhism into Japan 佛教傳入日本之前的時代.

*anthem [ˋænθəm] *n.* 讚美詩; 聖歌: a national **anthem** 國歌.
參考 英國國歌是 God Save the Queen, 美國國歌是 Star-Spangled Banner.
複數 anthems

anther [ˋænθə] *n.* 花藥《雄蕊頂端製造花粉的囊狀物》.
複數 anthers

anthill [ˋæntˏhɪl] *n.* 蟻塚，蟻丘.
複數 anthills

anthology [ænˋθɑlədʒɪ] *n.* 選集，文選《匯集許多作家的作品》.
複數 anthologies

[anther]

anthracite [ˋænθrəˏsaɪt] *n.* 無煙煤《炭化程度最高的煤，雖有不易點燃的缺點，但燃燒時幾乎沒有煙《亦作 hard coal》.

anthropoid [ˋænθrəˏpɔɪd] *n.* 類人猿《如黑猩猩、大猩猩等》.
複數 anthropoids

anthropologist [ˏænθrəˋpɑlədʒɪst] *n.* 人類學家.
複數 anthropologists

anthropology [ˏænθrəˋpɑlədʒɪ] *n.* 人類學.

anti- *pref.* 表示「反對、排斥等」之意《在母音及

A

h 之前有時作 ant-)：**anti**-American 反美的；
anti-imperialist 反帝國主義者；**anti**climax 反
高潮；**ant**arctic 南極的；**anti**-aircraft 防空的.

antibiotic [ˌæntɪbaɪˈɑtɪk] *n.* 抗生素《抑制、破
壞細菌發育的物質，如盤尼西林等》.

〔複數〕**antibiotics**

antibody [ˈæntɪˌbɑdɪ] *n.* 抗體《具有抵抗進入
體內的病菌、給與人體免疫力以防止生病的
物質》.

〔複數〕**antibodies**

*anticipate [ænˈtɪsəˌpet] *v.* ① 搶先，預先. ②
預期，預料，期待.

〔範例〕① We **anticipated** our enemy's attack. 我
們搶先在敵人攻擊之前制服他們；先發制敵.

② I **anticipate** a snowstorm tomorrow. 我預料
明天會有暴風雪.

We **anticipate** seeing you next month. 我期
盼下個月與你見面.

〔活用〕 *v.* **anticipates**, **anticipated**,
anticipated, **anticipating**

anticipation [ænˌtɪsəˈpeʃən] *n.* 預期，期待，
盼望： Sue waited at the restaurant in
anticipation of your arrival. 蘇在餐廳等候，
期待你的光臨.

〔片語〕*in anticipation of* 期待. (⇨ 〔範例〕)

anticipatory [ænˈtɪsəpəˌtorɪ] *adj.* 預先的，
預期的：**Anticipatory** steps should be taken
whenever a hurricane is forcast to hit the area.
一有預報說颶風將襲擊該地區時他們應該先
做好預防措施.

anticlimax [ˌæntɪˈklaɪmæks] *n.* 反高潮，高
潮突降；掃興，《與前面相比》突然失去價值
〔興趣〕的事物〔人〕.

〔範例〕The fireworks at the end of the day were an
anticlimax compared to the wedding
proposal she got earlier. 與稍早她被求婚相
比，晚上的煙火也就沒那麼重要了.

My speech, coming as it did after Professor
Jones', was somewhat of an **anticlimax**. 與
稍早瓊斯教授的演說相比，我的演說就顯得
有些無趣.

〔複數〕**anticlimaxes**

anticlockwise [ˌæntɪˈklɑkwaɪz] *adj.*, *adv.*
〖英〗 逆 時 針 方 向 的 〔地〕《〖美〗
counterclockwise》.

antics [ˈæntɪks] *n.* 〔作複數〕滑稽的動作.

anticyclone [ˈæntɪˈsaɪklon] *n.* 反氣旋，高氣
壓《從高氣壓中心颳出的風，會帶來平穩的好
天氣》：The motion of an **anticyclone** is
clockwise in the Northern Hemisphere and
counterclockwise in the Southern
Hemisphere. 反氣旋在北半球是按順時針方
向運行，在南半球則按逆時針方向運行.

〔複數〕**anticyclones**

antidote [ˈæntɪˌdot] *n.* ① 解毒劑，解毒藥. ②
矯正法，對策.

〔複數〕**antidotes**

antifreeze [ˈæntɪˈfriz] *n.* 防凍劑《放入汽車引
擎冷卻器裡的防凍液》.

antimony [ˈæntəˌmonɪ] *n.* 銻《金屬元素，符
號 Sb》.

*antipathy [ænˈtɪpəθɪ] *n.* 反感，憎惡： I have
an **antipathy** to the Joneses because of what
they did to my family. 瓊斯一家人對我家所做的
一切導致我對他們心生反感.

〔複數〕**antipathies**

antiquated [ˈæntəˌkwetɪd] *adj.* 陳舊過時的，
落伍的.

*antique [ænˈtik] *adj.* ① 古董的，舊式的. ②
古代的，年代久遠的.

——*n.* ③ 古董. ④ 《特指古希臘、古羅馬時代
的》古代藝術；古代風格.

〔範例〕③ an **antique** shop 古董店，古玩店.

④ a lover of the **antique** 古代藝術的愛好者.

〔複數〕**antiques**

*antiquity [ænˈtɪkwətɪ] *n.* ① 古老. ② 古代《中
世紀以前，特指古希臘、古羅馬時代》. ③
〔~ies〕古代的遺物.

〔範例〕① a drawing of great **antiquity** 很古老的繪
畫.

② the gods and heroes of **antiquity** 古代的眾
神和英雄們.

③ Greek and Roman **antiquities** 古希臘、羅馬
的遺物.

〔複數〕**antiquities**

antiseptic [ˌæntəˈsɛptɪk] *n.* ① 消毒劑，防腐
劑.

——*adj.* ② 消毒過的，防腐的.

〔複數〕**antiseptics**

antisocial [ˌæntɪˈsoʃəl] *adj.* ① 反社會的. ②
不擅於社交的，討厭社交的.

〔範例〕① Some societies consider drinking an
antisocial act. 有些社會團體認為飲酒是一
種反社會的行為.

② He's so **antisocial**; he never accepts any of
our invitations. 他很不喜歡社交，他從未接受
我們的邀請.

antitheses [ænˈtɪθəsiz] *n.* antithesis 的複數
形.

antithesis [ænˈtɪθəsɪs] *n.* 正相反，對比，對
照.

〔複數〕**antitheses**

antler [ˈæntlə] *n.* 《雄鹿的》枝角，分叉的鹿角.

〔複數〕**antlers**

antonym [ˈæntəˌnɪm] *n.* 反義字《具有相反意
義的字，如 hot《熱的》的反義字為 cold《冷
的》；☞ ↔ synonym》.

〔複數〕**antonyms**

anus [ˈenəs] *n.* 肛門.

〔複數〕**anuses**

anvil [ˈænvɪl] *n.* 鐵砧.

〔複數〕**anvils**

*anxiety [ænˈzaɪətɪ] *n.* ① 焦慮，不安. ② 渴望.

〔範例〕① The student had a lot of **anxieties** about
his future. 那個學生對自己的未來憂心忡忡.

He's suffering from keen **anxiety** about what's
happening on Wall Street. 他對華爾街發生的
事深感焦慮不安.

② He always had a great **anxiety** to please his mother. 他一心想取悅母親.

[複數] **anxieties**

anxious [ˈæŋkʃəs] adj. ① 憂慮的, 不安的, 擔心的. ② 渴望的.

[範例] ① My mom gets **anxious** when my little brother doesn't come home on time. 只要弟弟沒有準時回家, 母親就會擔心.

② The boy was **anxious** for a bicycle. 那個男孩渴望有一臺腳踏車.

He was **anxious** to please the guests at the party. 在那個晚會上他急於取悅客人.

[活用] adj. **more anxious, most anxious**

anxiously [ˈæŋkʃəslɪ] adv. ① 擔心地, 憂慮地, 不安地: "I am afraid it will rain tomorrow," he said **anxiously**. 他擔心地說:「明天恐怕會下雨.」② 渴望地.

[活用] adv. **more anxiously, most anxiously**

†**any** [ˈɛnɪ] adj., pron., adv.

原義	層面	釋義	範例
不管哪個都	任何種類都	adj., pron. 哪個都, 任何 (甚麼樣的) ~ 都, 無論	①
	任何數量都	adj., pron. 任何數量都, 任何數量的 ~ 都	②
	任何程度都	adv. 有多少, 些微	③

[範例] ① Which of these dolls would you like? You can take **any** of them. 這些洋娃娃你喜歡哪個? 你可以走任何一個.

Any motel will do so long as it's not expensive. 只要不貴, 甚麼樣的汽車旅館都可以.

She expected him at **any** moment. 她無時無刻都在等著他的到來.

Well, maybe those weren't her exact words, but in **any** case she ruined the party. 是的, 也許那些不是她真正想說的話, 可是不管怎麼說, 是她把晚會搞砸的.

② Can you sing **any** English songs? 你會唱英文歌嗎?

I'm collecting dolls; do you have **any**? 我正在搜集洋娃娃, 你有嗎?

There are very few trees, it **any**. 即使有樹, 也不多.

There aren't **any** cockroaches in this apartment. 這間公寓裡一隻蟑螂也沒有.

If you need **any** stamps, use these here. 如果你需要任何郵票, 這裡有.

I'm getting out of here at **any** cost. 無論如何我要離開這裡.

③ I can't stay **any** longer. 我不能再久待了.

Don't cry **any** more. 不要再哭了.

Has the temperature gone up **any**? 氣溫稍微

回升了嗎?

[片語] **if any** 即使有 ~ 也. (⇨ [範例] ②)

in any case/at any cost 無論如何, 不管怎樣. (⇨ [範例] ① 和 ②)

not ~ any longer/not ~ any more 不再. (⇨ [範例] ③)

†**anybody** [ˈɛnɪˌbɑdɪ] pron. 任何人, 誰都.

[範例] **Anybody** can answer that question. 任何人都能回答那個問題.

You can talk to **anybody** you like. 你可以和任何你喜歡的人交談.

I don't know **anybody** in this picture. 這張照片中沒有我認識的人.

Has **anybody** ever seen a UFO? 有人見過幽浮嗎?

***anyhow** [ˈɛnɪˌhaʊ] adv. ① 無論如何, 不管怎樣, 總之. ② 草率地, 馬虎地.

[範例] ① **Anyhow**, the rent is too high. 無論如何房租太貴了.

I think I can do it **anyhow**. 不管怎樣, 我想我能做.

② She was in a hurry and did the job just **anyhow**. 她匆忙地把工作草草做完.

anymore [ˈɛnɪˌmɔr] adv. (不) 再, 再也 (不) 《亦作 any more, 用於否定句、疑問句》: We can't hold our meetings there **anymore**. 我們再也不能在那裡聚會了.

†**anyone** [ˈɛnɪˌwʌn] pron. 任何人.

[範例] Can **anyone** answer this question? 有人能夠回答這個問題嗎?

I didn't see **anyone** in the park. 我在公園裡沒看到任何人.

If you happen to meet **anyone** there, bring him along to me. 如果你在那裡碰巧見到任何人, 把他帶來我這裡.

Anyone can cook—it's easy. 任何人都會做菜, 那很簡單.

†**anything** [ˈɛnɪˌθɪŋ] pron. 不論何事, 任何事〔物〕.

[範例] Children love **anything** moving. 小孩子喜歡任何會動的東西.

Help yourself to **anything** you like. 你喜歡甚麼就自己拿.

anything to eat 任何可以吃的東西.

Anything more I can do for you? 還有甚麼事我可以為你效勞的嗎?

If you are not doing **anything** tomorrow, how about going to the movies with me? 你明天如果沒甚麼事, 要不要跟我一起去看電影?

I don't see **anything** of him. 我根本沒見到他的任何蹤影.

This is worse than **anything**. 這比甚麼都糟.

You look very attractive in **anything**. 你不管穿甚麼都很有魅力.

[片語] **anything but** 除了 ~ 之外甚麼都: We were too tired to care for **anything but** bed. 我們太累了, 以致於甚麼都不想做, 只想睡覺.

anything like 類似 ~ 之物; 全然; 絲毫《通

常用於否定句): He couldn't appreciate
anything like music. 他絲毫不懂音樂之類
的東西.
He has not **anything like** finished the work.
他根本還沒完成那件工作.
if anything ① 要說有甚麼區別的話. ② 真
正說起來的話: He is a pessimist **if anything**.
真正說起來他是個悲觀主義者.
***like anything/as ～ as anything/as
anything***(口語)極其, 非常: The snow drifts
like anything. 雪積得非常多.
It's easy **as anything**. 那非常簡單.
～ or anything 或是其他之類, 或其他甚麼
的.

＊anyway [ˋɛnɪˌwe] *adv.* 無論如何 (anyhow); 然
而.
[範例] It didn't work, but thanks **anyway**. 雖然沒
有成功, 但無論如何還是要謝謝你.
It's supposed to rain but we're going to the
beach **anyway**. 可能會下雨, 然而我們還是
要去海邊.

†anywhere [ˋɛnɪˌhwɛr] *adv.* 任何地方.
[範例] You can go **anywhere** you like. 你可以到
任何你想去的地方.
I looked for the book, but I couldn't find it
anywhere. 我找遍了所有地方都找不到那
本書.
Did you go **anywhere** last Sunday? 上星期日
你去哪裡?
[片語] ***anywhere from ～ to.../anywhere
between ～ and...*** 從～到…之間: A first
class ticket costs **anywhere from** $3,000 **to**
$3,500. 頭等艙的機票要3,000至3,500美
元.
get anywhere/go anywhere 有所進展,
成功《通常用於否定句》: The doctor didn't
get anywhere in finding the cause of the
symptoms. 醫生沒能成功地找到這些症狀的
原因.
get ～ anywhere 使有所進展: Talking back
to your supervisor like that won't **get** you
anywhere. 你那樣頂撞上司對你沒有任何好
處.
if anywhere 如果有甚麼地方的話.

apace [əˋpes] *adv.* 急速地, 迅速地: Ill news
runs **apace**. 惡事傳千里.

＊apart [əˋpɑrt] *adv.* 分離地, 遠離地; 分開地;
各別地.
[範例] We are very far **apart** in our thinking. 我們
的想法有很大的差異.
She took **apart** the room looking for her
diamond ring. 她為了找鑽戒翻遍了整個房
間.
He lives **apart** from his parents. 他與父母分
居.
No one can tell those brothers **apart**. 沒有人
能分辨出那兩兄弟.
Don't worry, they'll put some food **apart** for
you to eat. 別擔心, 他們會留一些食物給你.

＊apartment [əˋpɑrtmənt] *n.* 〖美〗① (公寓大樓
內的) 一戶人家的住屋《通常有起居室、寢室、
廚房、餐廳、浴室等;〖英〗flat): This apartment
house has 24 **apartments** in it. 這棟公寓大
樓裡有24戶. ② 房間.
♦ **apártment hòuse** 〖美〗公寓大樓《內有若
干 apartment 的建築物;〖英〗block of flats).
(⇨ [範例])
[複數] **apartments**

apathetic [ˌæpəˋθɛtɪk] *adj.* 漠然的, 冷漠的,
無動於衷的, 漠不關心的.
[活用] *adj.* **more apathetic**, **most apathetic**

apathy [ˋæpəθɪ] *n.* 冷漠, 冷淡, 無動於衷: The
student was sunk in **apathy** after the exam. 考
試後那個學生就陷入冷漠之中.

ape [ep] *n.* ① 無尾猿; 類人猿《黑猩猩、大猩猩
等; ☞ monkey (有尾猿)).
——*v.* ② 模 仿: She is good at **aping** the
teacher's way of talking. 她善於模仿老師說
話的方式.
——*adj.* ③ 瘋狂的, 狂熱的.
[片語] ***go ape*** 迷戀, 狂熱.
play the ape 模仿, 惡作劇.
[複數] **apes**
[活用] *v.* **apes**, **aped**, **aped**, **aping**

aperitif [əˌpɛrɪˋtif] *n.* 開胃酒, 飯前酒《為了增
加食慾, 在飯前所喝的少量酒).
[複數] **aperitifs**

aperture [ˋæpətʃə] *n.* 孔, 間隙, 開口;(鏡頭
的) 孔徑, 口徑.
[複數] **apertures**

apex [ˋepɛks] *n.* 頂點; 最高點.
[範例] the **apex** of a triangle 三角形的頂點.
at the **apex** of ～'s happiness 處於快樂的巔
峰.
[複數] **apexes**

aphasia [əˋfeʒə] *n.* 失語症《因腦部受損而失
去語言能力).

apiece [əˋpis] *adv.* 每人, 每個, 各個: The
apples cost 1 dollar **apiece**. 蘋果每個1美元.
[字源] a (每) ＋ piece (一個).

apocalypse [əˋpɑkəˌlɪps] *n.* ① 〔the A～〕
《聖經》的) 啟示錄《預言了世界末日). ② 預
示 世 界 末 日, 大 災 難: A giant meteorite
crashing into the Earth would certainly be an
apocalypse. 如果有巨大的隕石猛烈撞擊地
球的話, 那就是世界末
日了.
[複數] **apocalypses**

Apollo [əˋpɑlo] *n.* ① 阿波
羅《希臘神話中主管音
樂、預言、醫學, 為宙斯
與萊特之子. 被視為太
陽神, 代表勇氣、美貌與
年輕). ② 美男子《亦作
apollo).
[複數] **Apollos**

apologetic
[əˌpɑləˋdʒɛtɪk] *adj.* 認

[Apollo]

錯 的, 道歉 的, 賠 罪 的: She sent an **apologetic** letter. 她寄了一封道歉函.

[活用] adj. **more apologetic**, **most apologetic**

apologetically [ə,pɑlə`dʒɛtɪklɪ] adv. 賠罪地.

[活用] adv. **more apologetically**, **most apologetically**

*__apologise__ [ə`pɑlə,dʒaɪz] = v.〖英〗apologize.

*__apologize__ [ə`pɑlə,dʒaɪz] v. 道歉, 賠罪: I have to **apologize** for what I said. 我必須對我說過的話道歉.

[參考]〖英〗apologise.

[活用] v. **apologizes**, **apologized**, **apologized**, **apologizing**

*__apology__ [ə`pɑlədʒɪ] n. 道歉, 賠罪.

[範例] He`s demanding an **apology** before any further business be conducted. 他要求在進行任何工作之前必須向他道歉.

He should make an **apology** to her for breaking a promise. 他應該為自己的失約跟她道歉.

Please accept my **apology**. 請接受我的道歉.

[複數] apologies

apostle [ə`pɑsl] n. ①〔the A~〕(基督教的) 12 使徒之一. ②(主義、改革等的) 倡導者, 提倡者.

[範例] ② an **apostle** of nonviolence 非暴力主義的倡導者.

an **apostle** of peace 和平的倡導者.

[參考] 12使徒有 the Apostles, 為了將基督的教義傳向全世界, 由基督選出12個弟子, 這12個弟子分別為彼德 (Peter)、安德魯 (Andrew)、大雅各 (James)、約翰 (John)、腓力 (Philip)、巴多羅買 (Bartholomew)、湯馬斯 (Thomas)、馬太 (Matthew)、小雅各 (James)、裘德 (Jude)、西門 (Simon)、猶大 (Judas).

[複數] apostles

apostrophe [ə`pɑstrəfɪ] n. 省略符號 (') 〔☞ [充電小站] (p. 59)〕.

[複數] apostrophes

appal [ə`pɔl] = v. appall.

appall [ə`pɔl] v. 使驚駭, 使喪膽《常用 be ~ed by 形式》: We were **appalled** by the killing. 那起殺人案件使我們感到毛骨悚然.

[活用] v. **appalls**, **appalled**, **appalled**, **appalling**

appalling [ə`pɔlɪŋ] adj. ① 駭人的, 可怕的. ② 極差勁的, 太不像話的.

[範例] ① an **appalling** sight 可怕的情景.

② Your drunken behavior is **appalling**. 你酒醉的行為簡直太差勁了.

[活用] adj. **more appalling**, **most appalling**

*__apparatus__ [,æpə`retəs] n. 器具, 裝置; 器官.

[範例] a drying **apparatus** 乾燥裝置.

a digestive **apparatus** 消化器官.

[複數] apparatus/apparatuses

*__apparent__ [ə`pærənt] adj. ① 明顯的, 明白的.

② 〔只用於名詞前〕外表的, 表面的.

[範例] ① There`s no **apparent** reason for him to do that. 沒有明顯的理由讓他那麼做.

His anger was **apparent** to us. 我們很清楚他生氣了.

It is **apparent** to me that he hasn`t succeeded. 我看得出來他沒有成功.

② the **apparent** visual magnitude of Sirius 天狼星表面的視覺亮度.

[☞] v. appear

[活用] adj. ① **more apparent**, **most apparent**

*__apparently__ [ə`pærəntlɪ] adv. 外表地; 似乎, 顯然.

[範例] **Apparently**, she`s come here without an escort. 她似乎沒帶隨從, 自己來這裡.

Sally likes George, **apparently**. 莎莉顯然很喜歡喬治.

apparition [,æpə`rɪʃən] n. 幽靈, 鬼: She saw the **apparition** of her dead sister. 她看到她死去姊姊的幽魂.

[複數] apparitions

*__appeal__ [ə`pil] v. ① 呼籲, 懇求, 哀求, 求助 (to). ② 吸引, 引起興趣 (to). ③ 上訴, (運動比賽中) 訴諸裁判.

—— n. ④ 懇求, 哀求, 呼籲. ⑤ 魅力, 吸引力. ⑥ 上訴, (運動比賽中的) 訴諸裁判.

[範例] ① The volunteers **appealed** to the public for help. 那些志願者呼籲社會大眾幫忙.

The refugees are **appealing** for protection to our government. 那些難民懇求我國政府的保護.

② Traveling abroad **appeals** to the young. 海外旅行對年輕人極具吸引力.

③ The player **appealed** the umpire`s decision. 那名選手對裁判的判決提出申訴.

④ The developing countries made an **appeal** for cooperation. 那些發展中國家懇求合作.

⑤ The singer had a strong **appeal** to me. 那位歌手深深地吸引了我.

⑥ The defendant carried an **appeal** to the higher court. 那位被告向高等法院提出上訴.

[活用] v. **appeals**, **appealed**, **appealed**, **appealing**

[複數] appeals

appealing [ə`pilɪŋ] adj. ① 打動人心的. ② 有吸引力的, 有魅力的, 令人感興趣的.

[活用] adj. **more appealing**, **most appealing**

*__appear__ [ə`pɪr] v.

原義	層面	釋義	範例
出現	作為具體之物	出現	①
	印象	看起來像	②

[範例] ① Nothing **appears** on this TV screen. It must be broken. 這臺電視甚麼也看不見, 一定是壞了.

If he hasn`t **appeared** by now, I don`t think he`ll come at all. 他到現在還沒出現, 我想他

A

不會來了.

This ad often **appears** in all the major newspapers. 這個廣告經常在所有大報上出現.

Our new dictionary will be **appearing** next spring. 我們的新辭典將在明年春天出版.

You'll be in big trouble if you don't **appear** in court as scheduled. 如果你不在預定時間出庭的話,會有大麻煩的.

② That bridge is three hundred meters long, but it **appears** shorter. 那座橋有300公尺長,但看起來似乎沒那麼長.

This picture **appears** to be a forgery. 這幅畫看起來像是贗品.

The comedian may **appear** a fool but actually he's quite clever. 那個喜劇演員看起來傻乎乎的,其實他很聰明.

This trail **appears** to go right up into the mountains. 這條小徑看來像是直通到山裡.

It **appears** to me that you are wrong. 在我看來是你錯了.

You **appear** to have made a mistake. 看來像是你弄錯了.

It **appears** that you have made a mistake. 看來像是你弄錯了.

"Has our flight been canceled?" "It **appears** so." 「我們的班機是不是取消了?」「好像是.」

片語 *It appears that* 像是,似乎是. (⇨ 範例 ②)

活用 v. **appears**, **appeared**, **appeared**, **appearing**

*appearance [ə`pɪrəns] n. ① 出現,浮現,露面. ② 表面,外觀,外表.

範例 ① My first **appearance** on the stage was in 1931. 我初次登臺演出是在1931年.

We were late, making our **appearance** two hours after the party began. 我們遲到了,在晚會開始2個小時後才出現.

② It is best to have a neat **appearance** at press conferences. 出席記者招待會時最好穿妥戴整齊.

We don't get along at home, but in public we keep up **appearances** and act affectionate. 我們在家關係緊張,但在大眾面前卻裝出鶼鰈情深的樣子.

To all **appearances**, the newly-married couple seem happy. 從表面看來,那對新婚夫婦似乎很快樂的樣子.

片語 *keep up appearances* 維持門面,充場面. (⇨ 範例 ②)

make an appearance/put in an appearance 露面;稍作露面. (⇨ 範例 ①)

to all appearances/by all appearances/from all appearances 表面上,從表面看來. (⇨ 範例 ②)

複數 **appearances**

appease [ə`piz] v. 安撫;滿足 (好奇心等).

範例 I know him. He can't be **appeased** with a mere apology. 我認識他,他可不是僅僅一個

道歉就能安撫得了的.

活用 v. **appeases**, **appeased**, **appeased**, **appeasing**

append [ə`pɛnd] v. 添加,附加.

活用 v. **appends**, **appended**, **appended**, **appending**

appendage [ə`pɛndɪdʒ] n. 附加物,附屬物;附屬器官 《如動物的尾巴和植物的枝幹等》.

複數 **appendages**

appendices [ə`pɛndə,siz] n. appendix 的複數形.

appendicitis [ə,pɛndə`saɪtɪs] n. 盲腸炎.

appendix [ə`pɛndɪks] n. ① 附錄. ② 盲腸.

範例 ① I am satisfied with the **appendixes** at the end of this dictionary. 我對這本辭典卷末的附錄感到很滿意.

② I had my **appendix** removed two years ago. 我在兩年前切除了盲腸.

複數 **appendices**/**appendixes**

*appetite [`æpə,taɪt] n. ① 食慾,胃口. ② 欲望,欲念.

範例 ① She has a good **appetite**. 她的胃口很好.

② She has a strong **appetite** for knowledge. 她有強烈的求知慾.

複數 **appetites**

appetizer [`æpə,taɪzɚ] n. 開胃菜,開胃酒.

複數 **appetizers**

appetizing [`æpə,taɪzɪŋ] adj. 促進食慾的,開胃的.

活用 adj. **more appetizing**, **most appetizing**

*applaud [ə`plɔd] v. 稱讚;鼓掌.

範例 We **applauded** his courage. 我們讚賞他的勇氣.

The audience **applauded** for two minutes. 觀眾鼓掌了兩分鐘.

活用 v. **applauds**, **applauded**, **applauded**, **applauding**

*applause [ə`plɔz] n. 稱讚,讚賞;鼓掌: I had fallen asleep during the performance, but the **applause** woke me up at the end. 我在看表演時睡著了,但結束的掌聲喚醒了我.

The man received warm **applause**. 那個男子博得了熱烈的掌聲.

*apple [`æpl] n. 蘋果 《薔薇科落葉灌木的果實》,蘋果樹 《亦作 apple tree》.

範例 The doctor said, "Eat an **apple** a day." 那位醫生說:「一天吃一顆蘋果.」

The children like **apple** pies very much. 孩子們非常喜歡蘋果派.

片語 *the apple of ～'s eye* 掌上明珠;珍寶: The baby is the **apple of her father's eye**. 那個嬰兒是他父親的掌上明珠.

複數 **apples**

appliance [ə`plaɪəns] n. 器具,裝置,設備.

範例 household **appliances** 家庭用具 《吸塵器 (vacuum cleaner),炊具 (cooker)》.

medical **appliances** 醫療設備.

充電小站

省略符號 (apostrophe) 的用法

(1)表示子音或母音的省略，發音時被省略的音不發音。

(例) **doesn't**: does not 縮寫時，not 的 o 被省略。

shouldn't've: should not have 縮寫時，not 的 o 與 have 的 ha 被省略。

o'clock: 原為 of clock (鐘錶的)，縮寫時 f 被省略。

(2)表示年號的一部分數字被省略，讀的時候被省略的數字不發音。

(例) '**94**: 是「1994年」，但也可能是「1294年」，如果是1994年，其正式寫法應為 nineteen ninety-four. 但是，已經知道是90年代時寫成 '94，只說 ninety-four 也可以。同樣已知是20年代，'94則表示1294年。

(3)有時只用在大寫字母特殊動詞的活用、縮寫 (名詞) 和字的複數形. 此時「'」不表示字母的省略.

(例) **OK'd**: OK 作為表示「可以」之意的動詞，其過去式、過去分詞為 OK'd. OK 的現在分詞為 OK'ing，第三人稱單數現在式為 OK's.

Ph.D.'s: Ph.D. 為「博士」.「他得到了兩個博士.」為 He has two Ph.D.'s.，「's」表示複數.

M.P.'s: M.P. 為英國的下議院議員 (Member of Parliament 的縮略)，其複數為 M.P.'s.

s's: 為 s 的複數形，讀作 [`ɛsɪz]. 例如「Mississippi 這個字中有4個 s，4個 i」讀作 There are four s's and four i's in the word Mississippi.

4's: 4的複數形. 例如「1.41421356中有3個1，兩個4」為 There are three 1's and two 4's in 1.41421356.，4's 讀作 [forz]，1.41421356讀作 one point four one four

two one three five six，是「2的平方根 (the square root of two) 的值 (value)」.

(4)有些含有「'」的字，被認為是正式的字.

(例) **rock'n'roll**:「搖滾樂」. 原為 rock and roll，意為「前後搖擺，左右搖擺」之意，and 的 a 與 d 被省略.

fo'c's'le:「水手艙」，實際上亦作 forecastle，但 fo'c's'le 也是正式寫法，讀作 [`foksl].

(5)「's」加在名詞之後，表示「~的」. 這個「'」不表示字母的省略 (原為表示「~的」es 的 e 省略，但現在沒有這種意思). 另外，複數形的名詞以 s 結尾時，不加「's」，只加「'」.

(例) **today's**:「今天的」之意. today's newspaper (今天的報紙).

John's:「約翰的」之意. This is John's desk. (這是約翰的桌子)，或者 This desk is John's. (這桌子是約翰的).

the students':「那些學生的」之意. students 上不加「's」，只加「'」. the students' teacher (那些學生的老師).

the children's:「那些孩子的」之意. children 是 child 的複數形，但因不是以 s 結尾，所以表示「~的」時加「's」. the children's parents (那些孩子的父母).

Jones's:「瓊斯的」之意. Jones 是人名，像這樣以 [s] 和 [z] 音結尾的人名，在表示「~的」的時候，有時加「's」，有時只加「'」寫成 Jones'. 到底寫甚麼由寫名字者的習慣決定.「約翰的兒子們」為 Jones's sons 或者 Jones' sons. Jones's 讀作 [`dʒonzɪz]，Jones' 讀作 [dʒonz]. 另外，《聖經》中出現的人名「耶穌 (Jesus)」與「摩西 (Moses)」是只加「'」成 Jesus' (耶穌的) 和 Moses' (摩西的).

[複數] **appliances**

applicable [`æplɪkəbl] adj. 適用的，適宜的: This rule is not **applicable** to foreigners. 這個規則不適用於外國人.

[活用] adj. **more applicable**, **most applicable**

*__applicant__ [`æpləkənt] n. 申請者，請求者，應徵者.

[範例] The **applicant** for admission to college filled in the application form. 那位大學入學申請者填寫了申請書.

The **applicant** for a job sent his personal history to the company. 那位應徵者將履歷表寄到公司.

[複數] **applicants**

*__application__ [ˌæplə`keʃən] n. ① 應用. ② 申請. ③ 申請書. ④ 專心. ⑤ 塗抹. ⑥ 敷用藥.

[範例] ① The **application** of a new method of

teaching English made it easier for the students to understand. 新的英語教學法的應用使學生更容易瞭解.

② She made an **application** for admission to a private school. 她申請進入私立學校就讀. You improperly filled in the **application** form. Please do it again. 你申請表的填法錯誤，請重新填寫.

③ Please fill out this **application**. 請填寫這張申請書.

④ He studied with great **application**. 他專心地進行研究.

♦ **application form** 申請表. (⇨ [範例] ②)《亦作 application blank》

[複數] **applications**

applied [ə`plaɪd] adj. 應用的.

[範例] **applied** linguistics 應用語言學. **applied** mathematics 應用數學.

A

apply [ə`plaɪ] v. ① 應用，適用 (to). ② 敷，塗，
包紮. ③ 請求，申請 (to). ④ 使專心《常用 ～
oneself to V-ing 形式》.
〔範例〕① He **applied** the rule to another game. 他
把那項規則應用到別的遊戲中.
This rule **applies** to the other game. 這項規則
適用於另一個遊戲中.
② He **applied** a bandage to the hurt on his left
leg. 他用繃帶包紮左腳上的傷.
③ She **applied** to the college for a scholarship.
她向那所大學申請獎學金.
④ Jane **applied** herself to practicing the violin.
珍專心地練習小提琴.
〔活用〕v. **applies，applied，applied，
applying**

****appoint** [ə`pɔɪnt] v. ① 指定，決定，約定. ②
指名，任命，派.
〔範例〕① George **appointed** next Sunday to meet
Mary. 喬治約定下星期日與瑪麗見面.
② We **appointed** him captain of our tennis
club. 我們任命他為網球俱樂部會長.
〔活用〕v. **appoints，appointed，appointed，
appointing**

****appointment** [ə`pɔɪntmənt] n. ① 約定，約
會，預約. ② 地位，職務，任命.
〔範例〕① I made an **appointment** to see the
dentist at three. 我預約3點鐘去看牙醫.
② Her **appointment** as auditor has to be
confirmed by the board of directors. 她被任命
為審計員一事須得到董事會的確認.
〔複數〕**appointments**

appraisal [ə`prezl] n. 鑑定，評價.
〔複數〕**appraisals**

appraise [ə`prez] v. 鑑定，評價: The expert
appraised the diamond ring at $100,000. 那
位專家鑑定這只鑽戒值10萬美元.
〔活用〕v. **appraises，appraised，appraised，
appraising**

appreciable [ə`priʃɪəbl] adj. 可感覺到的:
There's no **appreciable** difference between
these two styles of painting. 這兩種畫風沒甚
麼不同.
〔活用〕adj. **more appreciable，most
appreciable**

appreciably [ə`priʃɪəblɪ] adv. 相當地，可以
感覺到地.

****appreciate** [ə`priʃɪ,et] v. ① 欣賞，鑑賞；辨
別；感激. ②（價格）上漲.
〔範例〕① Having studied art in college, I can not
appreciate Van Gogh's work. 我在大學是學
美術的，可是還無法欣賞梵谷的作品.
He does not **appreciate** good brandy. 他不
懂得品嚐上等白蘭地.
Sometimes we don't **appreciate** things until
we no longer have them. 有時我們不知欣
賞某些事物，直到失去才知道.
I **appreciate** your support. 感謝你的支持.
② Land prices have **appreciated** here. 這裡的
地價上漲了.

〔活用〕v. **appreciates，appreciated，
appreciated，appreciating**

****appreciation** [ə,priʃɪ`eʃən] n. ① 品味，鑑賞
能力. ② 感謝. ③ 上漲.
〔範例〕① He has little **appreciation** of modern
art. 他對現代美術沒甚麼鑑賞能力.
② Tess sent flowers in **appreciation** of your
help. 黛絲送花來感謝你的幫忙.
③ the **appreciation** of land prices 地價的上漲.
〔片語〕**in appreciation of** 感謝. (⇨〔範例〕②)

appreciative [ə`priʃɪ,etɪv] adj. ① 有鑑賞力
的；瞭解的. ② 感謝的.
〔範例〕① She is very **appreciative** of good wine.
她有品嚐好酒的能力.
② Grandma and Grandpa are **appreciative** of
all the letters they get from you. 爺爺和奶奶看
到你的來信都很高興.
〔活用〕adj. **more appreciative，most
appreciative**

****apprehend** [,æprɪ`hɛnd] v. 逮捕: The police
apprehended the boy in the act of stealing a
bike. 警方在那個男孩正在偷腳踏車時將他
逮捕.
〔活用〕v. **apprehends，apprehended，
apprehended，apprehending**

****apprehension** [,æprɪ`hɛnʃən] n. ① 擔心，
焦慮，恐懼. ② 逮捕.
〔範例〕① I have no **apprehension** about my
future. 我不擔心我的將來.
② the **apprehension** of the thief 逮捕小偷.
〔複數〕**apprehensions**

****apprehensive** [,æprɪ`hɛnsɪv] adj. 擔心的，
憂慮的，恐懼的: She is **apprehensive** about
the result of her entrance exams. 她對於入學
考試的結果很擔心.
〔活用〕adj. **more apprehensive，most
apprehensive**

apprentice [ə`prɛntɪs] n. ① 學徒，見習生.
——v. ② 使成為學徒《見習生》: The boy was
apprenticed to a printer. 那個男孩被收為印
刷工的學徒.
〔複數〕**apprentices**
〔活用〕v. **apprentices，apprenticed，
apprenticed，apprenticing**

apprenticeship [ə`prɛntɪs,ʃɪp] n. 學徒的身
分；學徒年限.
〔複數〕**apprenticeships**

****approach** [ə`protʃ] v. ① 走近，接近，靠近；
著手解決.
——n. ② 接近，靠近；處理方法；入門. ③ 捷
徑；通道，入口.
〔範例〕① The boat was **approaching** the harbor.
那艘船接近了港口.
My grandmother is **approaching** ninety. 我的
祖母快90歲了.
Few composers can **approach** Bach. 幾乎沒
有一位作曲家能比得上巴哈.
Let's discuss how we should **approach** this
problem. 我們來商量一下應該如何解決這

個問題.
My son often **approaches** me for money. 我的兒子經常向我要錢.
② the **approach** of spring 春天已近.
He is good at making **approaches** to girls. 他善於討好女孩子歡心.
③ the **approach** to the town 進城的通道.
活用 v. **approaches**, **approached**, **approached**, **approaching**
複數 **approaches**

approachable [ə`protʃəbl] adj. 可接近的, 易親近的, 平易近人的.
範例 The island is **approachable** by canoe. 那個島嶼可以划獨木舟靠近.
Mr. Johnson is young and **approachable**. 強森先生既年輕又平易近人.
活用 adj. **more approachable**, **most approachable**

approbation [ˌæprə`beʃən] n. 贊成; 認可, 批准: The plan did not win the chairman's **approbation**. 那個計畫未能得到主席的贊成.

appropriate [adj. ə`propriɪt; v. ə`propriˌet] adj. ① 正確的, 適當的, 合適的.
——v. ② 據為己有, 私吞.
範例 ① Your dress is **appropriate** for a formal party. 你的衣服適合正式的晚會.
② He **appropriated** the public money to himself. 他把那筆公款私吞了.
☞ ① ↔ inappropriate
活用 adj. **more appropriate**, **most appropriate**
活用 v. **appropriates**, **appropriated**, **appropriated**, **appropriating**

appropriately [ə`propriɪtlɪ] adv. ① 適當地. ② 確切地.
活用 adv. **more appropriately**, **most appropriately**

appropriation [əˌpropri`eʃən] n. ① 占有, 據為己有; 盜用. ② 撥作某種用途. ③ 撥款.
範例 ② make an **appropriation** of one million dollars for debts 撥100萬美元還債務.
③ increase advertising **appropriations** 增加廣告費撥款.
複數 **appropriations**

approval [ə`pruvl] n. 贊成, 同意, 批准, 認可: She was looking for your **approval** but you didn't say anything. 她在等著你同意, 可是你卻甚麼也沒說.
☞ ↔ disapproval

approve [ə`pruv] v. 贊成, 認可, 核准, 批准.
範例 First these plans have to be **approved** by the department head. 這些計畫首先要得到部長核准.
What will you do if your parents don't **approve** of your marriage? 如果你的父母反對你的婚姻, 你打算怎麼辦?
☞ ↔ disapprove
活用 v. **approves**, **approved**, **approved**,

approving
approximate [adj. ə`prɑksəmɪt; v. ə`prɑksəˌmet] adj. ① 大約的, 大概的, 接近的.
——v. ② 接近於, 近似於.
範例 ① The **approximate** value of the ratio of the circumference of a circle to its diameter is 3.1416. 圓周率的近似值是3.1416.
This is an **approximate** description of the man seen fleeing the crime scene. 從犯罪現場逃走的男子, 其描述大概就是這樣.
② The crowd **approximated** 20,000 people. 群眾人數接近2萬人.
His description **approximated** to the truth but there were a few inaccuracies. 他的描述接近事實, 但有一些錯誤.
活用 adj. **more approximate**, **most approximate**
活用 v. **approximates**, **approximated**, **approximated**, **approximating**

approximately [ə`prɑksəmɪtlɪ] adv. 大約, 大概.
範例 One mile is **approximately** 1.6 kilometers. 一哩大約是1.6公里.
The area of Taiwan is **approximately** 36,000km². 臺灣的面積大約是3萬6千平方公里. 《平方公里 (km²) 讀作 square kilometers》
St. James's Park is **approximately** a long triangle. 聖詹姆斯公園近似長三角形.

approximation [əˌprɑksə`meʃən] n. ① 概略, 概算. ② 近似值.
複數 **approximations**

Apr./Apr 《縮略》 =April (4月).

apricot [`eprɪˌkɑt] n. 杏, 杏樹.
複數 **apricots**

April [`eprəl] n. 4月 《縮寫為 Apr.》.
範例 I was born on **April** 6, 1987. 我生於1987年4月6日.
March winds and **April** showers always bring May flowers. 3月風4月雨帶來了5月花.
♦ **Àpril fóol** 4月傻瓜 《在4月1日愚人節 (April Fools' Day) 時受愚弄者》.
Àpril Fóols' Dày 愚人節.
參考 1564年, 法國國王夏魯爾九世採用了新曆, 決定1月1日為一年的開始. 但由於以4月1日為一年之始, 所以仍有一些人跟過去一樣把4月1日作為新年之始舉行慶祝活動. 實行新曆的人們便愚弄禮物或舉行假招待會捉弄這些以4月1日為新年開始的人們, 這就是 April Fools' Day 的由來.
➡ 充電小站 (p. 817)

apron [`eprən] n. ① 圍裙: Tom is tied to his wife's **apron** strings. 湯姆對太太言聽計從. ② 前舞臺 《舞臺上超出布幕的部分, 亦作 apron stage》.
片語 **be tied to ～'s wife's apron strings** ～對妻子的話言聽計從. (⇨ 範例 ①)
字源 源自古法語的 naperon (小桌布). nape 是

布的意思，也是 napkin（餐巾）一字的字源。
引入英語後，a napron被誤作 an apron，於是
產生了 apron 這個字。

[複數] **aprons**

***apt** [æpt] *adj.* ① 易於，有～傾向的。② 恰當的，
適當的，適宜的。
[範例] ① Cliff is **apt** to be late. 克里夫常會遲到。
② Judy made an **apt** reply then. 那時茱蒂做了
恰當的回答。
[片語] ***be apt to ～*** 易於，很可能，常會。(⇨
[範例] ①)
[活用] *adj.* **apter, aptest/more apt, most apt**

aptitude [`æptə,tjud] *n.* 適應性，才能，天資，
能力，傾向。
[範例] **aptitude** test 性向測驗。
Lucy has an **aptitude** for painting. 露西有繪
畫的才能。
[片語] ***have an aptitude for*** 有～的才能。(⇨
[範例])
[複數] **aptitudes**

aptly [`æptlɪ] *adv.* 恰當地，適當地: He **aptly**
described the nature of the problem and its
causes. 他適當地描述了那個問題的本質和
原因。
[活用] *adv.* **more aptly, most aptly**

aptness [`æptnɪs] *n.* 才能，傾向，貼切，恰當。

aqualung [`ækwə,lʌŋ] *n.* 水肺《潛水者攜帶
的氧氣筒》。
[參考] 由拉丁語表示「水」之意的 aqua 與英語的
lung（肺）組成的字，源於商標名 Aqua Lung.
[複數] **aqualungs**

aquamarine [,ækwəmə`rin] *n.* ① 水藍寶石，
藍晶《一種寶石》。② 藍綠色。
[複數] **aquamarines**

aquaria [ə`kwɛrɪə] *n.* aquarium 的複數形。

aquarium [ə`kwɛrɪəm] *n.* ①（養魚用的）水
槽，魚缸。② 水族館。
[複數] **aquaria/aquariums**

aquatic [ə`kwætɪk] *adj.* 水生的，水中的，水上
的: **aquatic** sports 水上運動。

aqueduct [`ækwɪ,dʌkt] *n.* 高架渠道《為了越
過山谷或窪地送水而架設的水渠》。
[字源] 拉丁語的 aqua（水）+ duct（管）。
[複數] **aqueducts**

-ar *suff.* ① ～的，具有～性質的《構成形容詞》。②
～人，～物《構成名詞》。
[範例] ① spectacular 壯觀的; familiar 親密的;
polar 極地的。
② beggar 乞丐; liar 說謊者; pillar 支柱。

Arab [`ærəb] *adj.* ① 阿拉伯的; 與阿拉伯有關
的。
——*n.* ② 阿拉伯人。
[複數] **Arabs**

Arabia [ə`rebɪə] *n.* 阿拉伯半島《位於紅海 (the
Red Sea) 與波斯灣 (the Persian Gulf) 之間的
大半島》。

Arabian [ə`rebɪən] *n.* ① 阿拉伯人。
——*adj.* ② 阿拉伯人的。
♦ **Arábian camél** 單峰駱駝。

the **Arábian Níghts**《天方夜譚》《10世紀
前後的阿拉伯、伊朗、印度等國的故事集，亦
作 The Arabian Nights' Entertainments 或
The Thousand and One Nights《一千零一
夜》》。
[複數] **Arabians**

Arabic [`ærəbɪk] *n.* ① 阿拉伯語。
——*adj.* ② 阿拉伯人的，阿拉伯語的。
♦ **Àrabic númerals** 阿拉伯數字《0, 1, 2, 3,
4, 5, 6, 7, 8, 9; 亦作 Arabic figures》。

arable [`ærəbl] *adj.* 適於耕作的，可耕作的。

arbitrary [`ɑrbə,trɛrɪ] *adj.* 任意的，獨斷的，
武斷的: A good judge does not make
arbitrary decisions. 一位好法官不做武斷的
決定。
[活用] *adj.* **more arbitrary, most arbitrary**

arbitrate [`ɑrbə,tret] *v.* 仲裁，裁定，公斷。
[活用] *v.* **arbitrates, arbitrated, arbitrated,
arbitrating**

arbitration [,ɑrbə`treʃən] *n.* 仲裁，裁定，調
停: The strike was settled by **arbitration**. 那
次罷工經由仲裁解決了。

arbitrator [`ɑrbə,tretə] *n.* 仲裁者，裁斷者。
[複數] **arbitrators**

arbor [`ɑrbə] *n.* 涼亭，拱形棚架《在公園或庭
園中，使攀緣植物爬滿格狀頂架以形成綠
蔭的棚架》。
♦ **Àrbor Dày** 植樹節《美國的植樹節大約在4
月下旬到5月上旬，各州日期不一》。
[參考]《英》arbour.
[複數] **arbors**

***arc** [ɑrk] *n.* 弧，圓弧。
[範例] The car moved in an **arc**. 那輛汽車做弧形
行駛。
Any segment of the circumference of a circle is
called an **arc** or a circular **arc**. 圓周上任意兩
點間的部分稱為弧或圓弧。
[複數] **arcs**

arcade [ɑr`ked] *n.* 騎樓，拱廊，有拱廊的走道
《在一側或兩側有商店》，娛樂中心。
[複數] **arcades**

Arcadia [ɑr`kedɪə] *n.* ① 阿卡狄亞《傳說中古
希臘高原地區風光明媚、民風淳樸之地》。②
民風淳樸的地方，世外桃源。

***arch** [ɑrtʃ] *n.* ① 拱，拱門，拱狀物。② 足弓。
——*v.* ③ 使形成拱形。
[範例] ① a memorial **arch** 紀念拱門。
③ The cat **arched** its back. 那隻貓弓起牠的
背。
[複數] **arches**
[活用] *v.* **arches, arched, arched, arching**

[arch]

（充電小站）

有關地球的詞語

axis　地軸
north pole　北極
south pole　南極
arctic circle　北極圈
antarctic circle　南極圈
the Northern Hemisphere　北半球
the Southern Hemisphere　南半球
the Eastern Hemisphere　東半球
the Western Hemisphere　西半球
equator　赤道
ecliptic　黃道
the tropic of Cancer　北迴歸線
the tropic of Capricorn　南迴歸線
longitude　經度
　longitude 20 degrees 15 minutes east
　東經20度15分
latitude　緯度

latitude 35 degrees north　北緯35度
frigid zone　寒帶
temperate zone　溫帶
tropical zone　熱帶
subtropical zone　亞熱帶
revolution　公轉
rotation　自轉
the vernal equinox/the spring equinox　春分
the autumnal equinox　秋分
crust/shell　地殼
mantle　地幔
outer core　外核
inner core　內核
troposphere　對流層（8-16公里）
stratosphere　平流層（15-50公里）
mesosphere　中氣層（50-80公里）
thermosphere　增溫層（80公里以上）

---

archaeological [ˌɑrkɪəˈlɑdʒɪkl̩] *adj.* 考古學的.

archaeologist [ˌɑrkɪˈɑlədʒɪst] *n.* 考古學家.
　複數 **archaeologists**

archaeology [ˌɑrkɪˈɑlədʒɪ] *n.* 考古學《亦作 archeology》.

archaic [arˈke·ɪk] *adj.* 古代的, 古老的; 陳舊的, 過時的.
　活用 *adj.* **more archaic, most archaic**

archbishop [ˈɑrtʃˈbɪʃəp] *n.* 大主教《英國國教、新教》, 總主教《天主教》; 大僧正《佛教》.
　參考 英國國教中有兩大主教 the Archbishop of Canterbury（坎特伯里大主教）和 the Archbishop of York（約克大主教）. 前者為地位最高的神職人員, 負責管轄英格蘭南半部教會, 後者為地位僅次於前者的神職人員, 負責管轄英格蘭北半部的教會.
　複數 **archbishops**

arched [ɑrtʃt] *adj.* 拱狀的, 弓形的: an **arched** bridge 拱橋.

archeology [ˌɑrkɪˈɑlədʒɪ] ＝*n.* archaeology.

archer [ˈɑrtʃə] *n.* ①（弓箭的）射手, 弓箭手. ②〔the A~〕射手座, 射手座的人《☞ （充電小站）(p. 1523)》.
　複數 **archers**

archery [ˈɑrtʃərɪ] *n.* 箭術, 射藝.

archipelago [ˌɑrkəˈpɛləˌgo] *n.* 群島: Captain Cook named the **archipelago** the Sandwich Islands. 庫克船長將那個群島命名為三明治群島《三明治群島即現在的夏威夷群島》.
　複數 **archipelagoes/archipelagos**

***architect** [ˈɑrkəˌtɛkt] *n.* 建築師, 設計師.
　複數 **architects**

architectural [ˌɑrkəˈtɛktʃərəl] *adj.* 建築上的, 建築學的.

***architecture** [ˈɑrkəˌtɛktʃə] *n.* 建築, 建築學, 建築形式〔風格〕, 建築物.
　範例 the department of **architecture** 建築系. naval **architecture** 造船學.

archives [ˈɑrkaɪvz] *n.*〔作複數〕① 檔案保管處. ② 檔案.

archway [ˈɑrtʃˌwe] *n.* 拱道, 拱門.
　複數 **archways**

Arctic [ˈɑrktɪk] *n.* ①〔the ~〕北極（地區）.
　——*adj.* ②〔a~〕酷寒的, 極寒冷的. ③〔A~〕北極的.
　◆ **the Ârctic Círcle** 北極圈《北緯 66°32′ 以北地區》.
　the Ârctic Ócean 北極海, 北冰洋.
　the Ârctic Póle 北極《亦作 the North Pole》.
　the Ârctic Zóne 北極帶.
　➡ （充電小站）(p. 63)
　活用 *adj.* ② **more arctic, most arctic**

[Arctic]

***ardent** [ˈɑrdn̩t] *adj.* 熱心的, 熱情的: an **ardent** supporter of the team 那個隊伍的熱情支持者.
　活用 *adj.* **more ardent, most ardent**

ardently [ˈɑrdn̩tlɪ] *adv.* 熱心地, 熱情地.
　活用 *adv.* **more ardently, most ardently**

ardor [ˈɑrdə] *n.* 熱心, 熱情: The teacher talked to his students with **ardor**. 那位教師滿懷熱情地跟學生講話.
　參考《英》ardour.

A

arduous [`ɑrdʒuəs] *adj.* (工作等) 費力的，艱難的：an **arduous** job 困難的工作.
[活用] *adj.* **more arduous，most arduous**

arduously [`ɑrdʒuəslɪ] *adv.* 費力地，艱難地.
[活用] *adv.* **more arduously，most arduously**

†**are** [aux. `ɑr; ε.ɾ] *aux.*

原義	層面	用法	範例
存在	原樣的	名詞、形容詞等《當補語用》	①
	存續著的	現在分詞《進行式》	②
	接受某種行為的	過去分詞《被動》	③
	即將發生的	to＋原形動詞	④

——*n.* ⑤ 公畝《面積單位，相當於100平方公尺》.

[範例] ① Tom and Jim **are** brothers. 湯姆與吉姆是兄弟.
All the students in this room **are** sleepy. 這個教室裡的學生都昏昏欲睡.
My parents **are** in the living room now. 我的父母現在在客廳.
You **are** my sunshine. 你是我的陽光.
② The birds **are** singing merrily. 鳥兒快樂地唱著.
The babies **are** not sleeping now. 那些嬰兒現在還沒睡.
③ The mountains **are** covered with snow. 那些山被雪覆蓋著.
You and I **are** not liked by the girl. 那個女孩既不喜歡你，也不喜歡我.
④ We **are** to leave here tomorrow. 我們明天即將要離開這裡.
[複數] **ares**

area [`ε.ɾɪə] *n.* ① 地區，區域；領域. ② 面積.
[範例] ① a commercial **area** 商業區.
an expert in the **area** of city planning 都市計畫這個領域的專家.
② This garden is twelve square meters in **area**. 這個庭院的面積是12平方公尺.
If the **area** of a square of side x is 5, what is the **area** of a square of side $3x$? 當邊長x的正方形面積是5時，邊長為$3x$的正方形面積是多少？
♦ **área còde**（電話的）區域號碼.
[複數] **areas**

arena [ə`rinə] *n.* 比賽場地，(古羅馬的圓形劇場)中央的) 競技場.
(amphitheater) 中央的) 競技場.
[複數] **arenas**

†**aren't** [ɑrnt]（縮略）①＝are not. ②＝am not《只用於疑問句》.
[範例] ① Elephants **aren't** small. 大象並不小.
They are coming, **aren't** they? 他們會來吧?
② I'm your friend, **aren't** I? 我是你的朋友，不

是嗎?

arguable [`ɑrgjuəbl] *adj.* ① 有疑義的，有待商榷的：It is **arguable** that the plan was the best one. 說那個計畫是最好的有待商榷. ② 可論證的.
[活用] *adj.* **more arguable，most arguable**

arguably [`ɑrgjuəblɪ] *adv.* 恐怕，大概：**Arguably**, their decision is the best one. 恐怕他們的決定是最好的.

argue [`ɑrgju] *v.* ① 辯論，爭論，爭吵. ② 主張，認為，顯示，證明.
[範例] ① Don't **argue** with her on that subject; she's an expert. 別與她爭辯那個問題，因為她是專家.
The couple is always **arguing** about money. 那對夫妻總是為金錢爭吵.
② The financial adviser **argues** that the market will go back up soon. 那位財務顧問認為不久市場的景氣就會恢復.
His speech **argues** his ignorance. 他的言論證明了他的無知.
[片語] **argue ~ into...** 說服〔勸〕~做…：The teacher **argued** him **into** continuing at school for another year. 那位老師勸他繼續讀一年.
argue ~ out of... 說服〔勸〕~不做…：The parents **argued** their daughter **out of** traveling abroad alone. 父母勸女兒不要單獨出國旅行.
[活用] *v.* **argues，argued，argued，arguing**

argument [`ɑrgjəmənt] *n.* ① 議論，辯論，爭論. ② 論據，理由；主張.
[範例] ① There are many **arguments** against nuclear weapons. 有許多反對核武的議論.
② This is a good **argument** to prove his guilt. 這是證明他有罪的充分理由.
[片語] **without argument** 無異議地：You have to pay your debts **without argument**. 你必須毫無異議地償還債務.

argumentative [ˌɑrgjə`mɛntətɪv] *adj.* 好辯論的：There were quite a few **argumentative** students around Professor Smith. 史密斯教授的身邊有不少好辯論的學生.
[活用] *adj.* **more argumentative，most argumentative**

aria [`ɑrɪə] *n.* 獨唱曲，詠嘆調《歌劇、清唱劇中的獨唱曲》.
[複數] **arias**

arid [`ærɪd] *adj.* (土地等) 乾燥的，不毛的；(言等) 乏味的，枯燥的.

arise [ə`raɪz] *v.* 發生，出現，呈現：A strong wind **arose** and their boat got capsized. 颳起了強風，接著他們的船翻了.
[活用] *v.* **arises，arose，arisen，arising**

arisen [ə`rɪzn] *v.* arise 的過去分詞.

aristocracy [ˌærə`stɑkrəsɪ] *n.* ① 貴族（階級）：a member of the French **aristocracy** 法國貴族階級的一員. ② 貴族政治.
[複數] **aristocracies**

aristocrat [ə`rɪstəˌkræt] *n.* 貴族，有貴族氣派

算術 (arithmetic)

▶ 數字
在句中加入數字時，一般數字在12以下要用字母拼寫。100以上的數字在沒有尾數時也用字母拼寫。要注意，數字在句首時要用字母拼寫。

▶ 各式各樣的數
基數	cardinal number
序數	ordinal number
偶數	even number
奇數	odd number
最小公倍數	the lowest common multiple
	縮寫 L.C.M./l.c.m.
最大公約數	the greatest common divisor
	縮寫 G.C.D./g.c.d.
正數	positive number
負數	negative number

▶ 算式的讀法
加法 addition, 加上 add, 和 sum
$2+3=5$ Two and three is five.
　　　Two plus three equals five.
　　　Two plus three is equal to five.
減法 subtraction, 減去 subtract, 差 difference
$3-2=1$ Two from three is one.
　　　Two from three leaves one.
　　　Three taken away two is one.

Three minus two equals one.
Three minus two is equal to one.
乘法 multiplication, 乘 multiply, (乘) 積 product
$4×5=20$ Four fives are twenty.
　　　Four five is twenty.
　　　Four times five is (＝makes) twenty.
　　　Four multiplied by five equals twenty.
除法 division, 除以 divide, 商 quotient
$6÷2=3$ Six divided by two equals three.
　　　Two into six gives three.
整數 integer
小數 decimal
0.14 zero point one four
有時整數部分為0時，省略 zero.
分數 fraction《源於拉丁語「弄壞」之意》
分子 numerator
分母 denominator
讀分數時，首先用基數讀分子，然後用序數讀分母。分子為2以上時，分母為複數。
2/3 two thirds
1/2 a half
1/4 a quarter

的人。
複數 **aristocrats**
aristocratic [əˌrɪstə`krætɪk] *adj.* 貴族的，貴族式的，似貴族的；貴族政治的。
活用 *adj.* **more aristocratic, most aristocratic**
Aristotle [`ærəˌstɑtl] *n.* 亞里斯多德《古希臘哲學家，384–322 B.C.》。
arithmetic [*n.* ə`rɪθmə͵tɪk; *adj.* ͵ærɪθ`mɛtɪk] *n.* ① 算術：The two fundamental operations of **arithmetic** are addition and multiplication. 算術中的兩種基本演算方式是加法和乘法。
——*adj.* ② 算術的，計算的。
♦ **àrithmetic méan** 算術平均值，等差中項。**àrithmetic progréssion** 等差級數，算術級數。
→ 充電小站 (p. 65)
ark [ɑrk] *n.* ①〔the A~〕諾亞方舟《亦作 Noah's Ark》。② 聖約櫃《亦作 the Ark of the Covenant，收藏刻有摩西 (Moses) 十誡石板的櫃子》。
參考 ① 據《舊約聖經》，為人類的墮落感到憤怒的耶和華 (Jehovah) 用大洪水毀滅世界時，只有諾亞 (Noah) 奉耶和華之命建造了方舟，讓家族及各種動物的雌雄各一乘此方舟逃過劫難。
**arm [ɑrm] *n.* ① 手臂。② 臂狀物。③〔~s〕武器，武力。
——*v.* ④ 武裝，裝備。

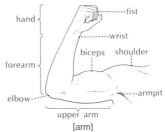
[arm]

hand, fist, wrist, biceps, shoulder, forearm, armpit, elbow, upper arm

範例 ① Sue was carrying her baby in her **arms**. 蘇用雙臂抱著她的嬰兒。
The policeman took me by the **arm**. 那個警察抓住了我的手臂。
We linked our **arms** together to form a human chain. 我們拉起了手臂，組成一道人牆。
He was walking **arm** in **arm** with Meg. 他和梅格手挽著手散步。
② The octopus has eight **arms**. 章魚有八條腕足。
The **arm** on the left side of the machine is bent. 那臺機器左側的曲柄彎曲著。
③ a man of **arms** 軍人。
expenditure on **arms** 軍費。
They decided to take up **arms** against the enemy. 他們決定拿起武器與敵人作戰。
④ The crowd **armed** themselves with swords.

那些群眾用劍做武器.

♦ **árms contròl** 軍備管制《軍事強國對自身或其他國家進行軍備限制》.

árms ràce（國家間的）軍備競賽.

複數 **arms**

活用 v. **arms, armed, armed, arming**

armada [ɑrˋmɑdə] n. ① 艦隊《由多艘軍艦組成的海軍部隊》；大編制部隊《由飛機、坦克等組成》. ② 〔the A~〕（西班牙的）無敵艦隊《亦作 the Invincible Armada，1588年被英國海軍殲滅》.

複數 **armadas**

armadillo [ˌɑrməˋdɪlo] n. 犰狳《全身覆有骨質堅甲的穴居夜行動物，遇敵則縮成球狀》.

複數 **armadillos**

armament [ˋɑrməmənt] n. 〔~s〕軍事裝備，軍事力量，武器: The country spent more on **armaments** than on education. 那個國家用於軍事裝備的經費比教育經費多.

☞ ↔ disarmament

複數 **armaments**

armchair [ˋɑrmˌtʃɛr] n. ① 扶手椅.
——adj. ② 不切實際的.

範例 ① My grandmother was sitting in the **armchair**. 我奶奶坐在扶手椅上.
② an **armchair** traveler 幻想旅行者.

複數 **armchairs**

armed [ɑrmd] adj. 帶著武器的，武裝的，準備好的（必需物品）.

範例 All the villagers were **armed** with rifles. 所有村民都以步槍作武裝.
Lawyers came **armed** with legal documents to support their case. 律師們準備好可做為佐證的法律文件.
armed forces（陸、海、空）三軍.

armful [ˋɑrmˌfʊl] n. 一抱的量《用一隻手臂或兩隻手臂抱得的量》: She brought in an **armful** of fresh flowers from the garden. 她滿抱著鮮花從花園裡回來.

複數 **armfuls**

armistice [ˋɑrməstɪs] n. 停戰，休戰.

複數 **armistices**

armor [ˋɑrmɚ] n. ① 盔甲: a knight in **armor** 身著盔甲的騎士. ② 防護鋼板，裝甲《用於軍艦及坦克》;（動、植物的）防禦器官.

參考 〖英〗armour.

複數 **armors**

armored [ˋɑrmɚd] adj. 裝甲的，武裝的: an **armored** car 裝甲車.

參考 〖英〗armoured.

armory [ˋɑrmərɪ] n. 軍械庫，兵工廠.

參考 〖英〗armoury.

複數 **armories**

armour [ˋɑrmɚ] =n.〖美〗armor.

armoured [ˋɑrmɚd] =adj.〖美〗armored.

armoury [ˋɑrmərɪ] =n.〖美〗armory.

armpit [ˋɑrmˌpɪt] n. 腋下，腋窩.

字源 arm（臂）+pit（窪處）.

複數 **armpits**

***army** [ˋɑrmɪ] n. ①〔the ~〕陸軍. ② 軍隊. ③ 集團，團體，大群.

範例 ① join the **army** 入伍，參軍.
retire from the **army** 退役，退伍.
Many students were drafted into the **army**. 許多學生被徵召加入了陸軍.
② Caesar led his **army** into the enemy's land. 凱撒率軍進入敵區.
③ an **army** of ants 螞蟻群.
an **army** of the unemployed 失業群.

參考 整個陸軍稱作 the Army，整個海軍稱作 the Navy，整個空軍稱作 the Air Force.

複數 **armies**

aroma [əˋromə] n. 芳香，香氣: The aroma of fresh grape juice filled the room. 新鮮葡萄汁的香氣充滿了整個房間.

複數 **aromas**

aromatic [ˌærəˋmætɪk] adj. 芳香的，芬芳的: Aromatic plants such as cinnamon, clove and rosemary are used in cooking. 肉桂、丁香、迷迭香等氣味芬芳的植物可用於烹調.

arose [əˋroz] v. arise 的過去式.

†**around** [əˋraʊnd] prep., adv.

原義	層面	釋義	範例
在周圍	場所	prep. 在~的周圍，在~的四處	①
		adv. 周圍，各處，轉身地	②
	時間，數量	adv. ~差不多，大概	③

範例 ① We're going to plant flowers **around** the house. 我們將在房子的周圍種花.
He traveled **around** Europe. 他去歐洲各地旅遊.
Before you start work, I'll show you **around** the office. 開始工作前，我帶你參觀一下辦公室.
② Look **around**. 環顧四周.
I turned the picture **around** so I could see it. 我把畫轉了一下角度，這樣我才能看到它.
The tree is three meters **around** 那棵樹的樹圍有3公尺.
③ The pen will cost **around** 500 dollars. 那枝筆售價約500美元.
What were you doing at **around** 5 o'clock? 你5點鐘左右正在做甚麼?

片語 **all around** 四處，到處: He has friends **all around**. 他到處都有朋友.

have been around 見多識廣，經驗豐富；四處旅行: Pete **hasn't been around** much lately because he's budgeting his money. 彼特最近很少出外旅行，因為他正在考慮怎樣用他的錢.

***arouse** [əˋraʊz] v. 喚醒（人）; 喚起（興趣、感情等）.

[範例] Don't **arouse** her. 不要叫醒她.
The book **aroused** his interest in science. 這本書喚起他對科學的興趣.
[活用] v. **arouses**, **aroused**, **aroused**, **arousing**

arraign [ə`ren] v. 傳訊（被告），提審：He'll be **arraigned** tomorrow on kidnapping charges. 他明天將因綁架罪名被傳訊.
[活用] v. **arraigns**, **arraigned**, **arraigned**, **arraigning**

**arrange [ə`rendʒ] v. ① 整理，布置：安排，準備. ② 改編〔改寫〕樂曲.
[範例] ① I **arranged** the room so it could hold as many people as possible. 我整理了房間以便盡可能容納更多的人.
She wants me to **arrange** the party for her. 她希望我能為她舉辦一個派對.
② This piece was **arranged** for an orchestra by Ravel. 這首曲子是拉威爾為管弦樂團改編的.
[活用] v. **arranges**, **arranged**, **arranged**, **arranging**

*arrangement [ə`rendʒmənt] n. ① 整理，布置：安排，準備. ② （樂曲的）改寫.
[範例] ① Do you like the **arrangement** of furniture in this room? 你喜歡這個房間內家具的布置嗎?
She gives me lessons in flower **arrangement**. 她是我的插花老師.
We made an **arrangement** to meet at ten. 我們決定10點鐘會面.
[複數] **arrangements**

arrant [`ærənt] adj.〔只用於名詞前〕惡名昭彰；十足的，徹底的：Jack was an **arrant** coward. 傑克是個十足的膽小鬼.
[活用] adj. **more arrant**, **most arrant**

*array [ə`re] n. ① 列陣《整齊排列的人或物》. ② （結婚等特殊場合所穿的）服裝.
——v. ③ 排列，部署. ④ 使盛裝《常用被動》.
[範例] ① There is an **array** of comic books on my desk. 我的桌上整齊地排著一列漫畫書.
② a girl in bridal **array** 身披婚紗的女子.
③ We must **array** our radars for as much coverage as possible. 我們必須在盡可能的範圍內配置雷達.
④ The women were all **arrayed** in the finest dress. 所有女子都盛裝打扮.
[複數] **arrays**
[活用] v. **arrays**, **arrayed**, **arrayed**, **arraying**

**arrest [ə`rest] v. ① 逮捕. ② 使停止，阻止，阻礙. ③ 吸引（注意或目光）.
——n. ④ 逮捕.
[範例] ① My boss was **arrested** for embezzling from the company. 我的上司因為侵占公款而被逮捕.
② We must **arrest** this problem before it gets out of hand. 我們必須在這個問題失去控制前阻止住.
③ The explosion **arrested** our attention. 那起爆炸引起我們的注意.
④ The young police officer made three **arrests** on his first day of work. 那個年輕的警察在工作第一天就逮捕了3個人.
You are under **arrest**! 你被逮捕了!《警察用語》
[活用] v. **arrests**, **arrested**, **arrested**, **arresting**
[複數] **arrests**

**arrival [ə`raɪvl] n. ① 抵達，到達. ② 到達的人〔物〕：新生兒.
[範例] ① The tour operator is waiting for the **arrival** of a group of 60 tourists. 那家旅遊公司正等著60名旅客的旅遊團到來.
The **arrival** of spring brings with it thoughts of romance. 春天帶來浪漫的思想.
② This video store's new **arrivals** always come on Mondays. 這家錄影帶店每星期一都有新片到來.
The young couple celebrated their new **arrival**. 那對年輕夫婦慶祝家裡的新生兒.
[複數] **arrivals**

**arrive [ə`raɪv] v. ① 抵達，到達；達成（協議）. ② （嬰兒）出生.
[範例] ① This train is to **arrive** in San Francisco tomorrow morning. 這列火車預定明天早上抵達舊金山.
The committee **arrived** at an agreement. 委員會的委員們已達成協議.
② Their baby **arrived** yesterday. 他們的小孩昨天出生.
[活用] v. **arrives**, **arrived**, **arrived**, **arriving**

arrogance [`ærəgəns] n. 傲慢，自大：Her **arrogance** made her unpopular. 她的傲慢使她不受歡迎.

*arrogant [`ærəgənt] adj. 傲慢的，自大的：an **arrogant** little man 自以為是的小老百姓.
[活用] adj. **more arrogant**, **most arrogant**

arrogantly [`ærəgəntlɪ] adv. 傲慢地，自大地.
[活用] adv. **more arrogantly**, **most arrogantly**

*arrow [`æro] n. ① 箭. ② 箭號.
[範例] ① Making a bull's eye with a bow and **arrow** takes great skill. 要使弓箭射中靶心是需要精湛的技巧.
② Follow the **arrows**, and you won't get lost. 按照箭頭的指示前進，你就不會迷路.
[複數] **arrows**

arsenal [`ɑrsnəl] n. 軍械庫，兵工廠.
[複數] **arsenals**

arsenic [`ɑrsnɪk] n. 砷《非金屬元素，符號As》.

arson [`ɑrsn] n. 縱火.

*art [ɑrt] n. ① 藝術，美術：藝術品，美術作品. ② 技術，技巧. ③〔the ~s〕人文科學.
[範例] ① I have little interest in **art**. 我對藝術沒甚麼興趣.
Art was my favorite subject in high school. 美術是我高中時最喜歡的科目.

That store sells Japanese **art**. 那家店出售日本的美術作品.

② Not many bachelors know the **art** of cooking. 許多單身男子不懂得作飯的技巧.

Art is long, life is short. 《諺語》人生苦短, 學海無涯.

③ I studied journalism at my university's college of **arts** and sciences. 我在大學的文理學院修了新聞學.

[活用] **arts**

artefact [`ɑrtɪˌfækt] = n. artifact.

arterial [ɑr`tɪrɪəl] adj. 動脈的; 幹線的.

[範例] **Arterial** blood flow is blood that goes away from the heart. 動脈血流指的是從心臟流出的血液.

This road is one of the **arterial** roads leading to Taipei. 這條路是通往臺北的幹道之一.

artery [`ɑrtərɪ] n. 動脈; (道路、鐵路等的) 幹線 (↔ vein).

[複數] **arteries**

artful [`ɑrtfəl] adj. 狡猾的; 巧妙的: The **artful** thief was always one step ahead of the police. 那個狡猾的小偷總是比警察搶先一步.

[活用] adj. **more artful, most artful**

artfully [`ɑrtfəlɪ] adv. 狡猾地; 巧妙地.

[活用] adv. **more artfully, most artfully**

arthritic [ɑr`θrɪtɪk] adj. 關節炎的.

arthritis [ɑr`raɪtɪs] n. 關節炎.

Arthur [`ɑrθə] n. 男子名.

♦ **King Árthur** 亞瑟王《傳說中西元6世紀時的英國國王》.

artichoke [`ɑrtɪˌtʃok] n. ① 洋薊《菊科植物, 花托和花萼可食用》. ② 菊芋《菊科植物, 其塊莖可食用》.

[複數] **artichokes**

****article** [`ɑrtɪkl] n. ① 物品, 物件. ② (報紙、雜誌的) 文章, 論文. ③ (法律) 條款. ④ 冠詞《置於名詞前的 a, an, the》.

[範例] ① Duty-free **articles** are sold at those stores. 免稅商品在那些店裡出售.

There were only a few **articles** of furniture in his room. 他的房間裡只有幾件家具.

② I read an **article** in favor of your new book in this morning's newspaper. 我在今天早報上讀到一則有關你新書的正面報導.

I wrote an **article** about English teaching in Taiwan for that magazine. 我為那本雜誌寫了一篇有關臺灣英語教學的文章.

③ The Constitution of R.O.C. consists of 175 **articles**. 中華民國憲法由175條構成.

Article 9 of the Japanese Constitution states renunciation of war. 日本憲法第9條聲明放棄戰爭.《第9條亦作 the ninth article》

♦ **dèfinite árticle** 定冠詞.

indèfinite árticle 不定冠詞.

[複數] **articles**

articulate [v. ɑr`tɪkjəˌlet; adj. ɑr`tɪkjəlɪt] v. ① 清楚表達 (想法); 清晰地發音.
——adj. ② 明確表達的, 發音清晰的.

[範例] ① The reporter **articulated** each word carefully. 那位記者能清晰地念出每個字.

② They are **articulate** about their cause. 他們明確表達他們的主張.

Articulate speech is essential for a teacher. 教師說話必須要清楚.

♦ **articulated lórry**《英》連結式貨車.

[活用] v. **articulates, articulated, articulating**

[活用] adj. **more articulate, most articulate**

articulately [ɑr`tɪkjəlɪtlɪ] adv. 清晰地.

[活用] adv. **more articulately, most articulately**

articulation [ɑrˌtɪkjə`leʃən] n. ① 清晰的發音; 發音. ② (想法、情感等) 明確的表達: The speaker's ideas were good but his **articulation** was poor. 演講者的想法很好, 但表達得很糟.

artifact [`ɑrtɪˌfækt] n. 手工藝品, 工藝品《亦作 artefact》.

[複數] **artifacts**

artifice [`ɑrtəfɪs] n. 詭計; 技巧.

****artificial** [ˌɑrtə`fɪʃəl] adj. ① 人造的, 人工的. ② 矯揉做作的, 不自然的.

[範例] ① Lake Mead is an **artificial** lake. 米德湖是一座人工湖.

an **artificial** flower 人造花.

② an **artificial** smile 虛假的微笑.

♦ **àrtificial respirátion** 人工呼吸.

[活用] adj. **more artificial, most artificial**

artificially [ˌɑrtə`fɪʃəlɪ] adv. ① 人工地. ② 不自然地.

[活用] adv. **more artificially, most artificially**

artillery [ɑr`tɪlərɪ] n. ① 大砲: **Artillery** fire caused heavy losses. 砲火造成了巨大損失. ② 砲兵部隊.

artisan [`ɑrtəzn] n. 工匠, 技工.

[複數] **artisans**

artist [`ɑrtɪst] n. ① 藝術家, 畫家. ② 大師, 高手. ③ 表演藝人《歌手、演員、舞蹈家等》.

[範例] ① He is one of the greatest **artists** in the world. 他是世界上偉大的藝術家之一.

② She is no ordinary teacher; she is an **artist**. 她不是一般的教師, 她是教育界的大師.

[複數] **artists**

artiste [ɑr`tist] n. 藝人《職業歌手、演員、舞蹈家等》: He's an **artiste** dedicated to the stage. 她是獻身於舞臺的表演藝人.

[複數] **artistes**

artistic [ɑr`tɪstɪk] adj. ① 藝術的, 美術的; 藝術性的; 精巧雅致的. ② 愛好藝術的; 具有藝術鑑賞力的.

[範例] ① He has natural **artistic** abilities, especially in painting. 他具有藝術的才能, 特別是在繪畫方面.

② My mother is far from **artistic**. 我母親對於藝術一竅不通.

[活用] adj. **more artistic, most artistic**

artistically [ɑr`tɪstɪklɪ] adv. 富有藝術性地.

A

活用 *adv.* **more artistically**, **most artistically**

artistry [`ɑrtɪstrɪ] *n.* 藝術的技巧〔才能〕.

artless [`ɑrtlɪs] *adj.* 樸素的；自然的，天真的：
an **artless** question 天真的問題.

活用 *adj.* **more artless**, **most artless**

arty [`ɑrtɪ] *adj.* 裝作藝術家的；冒充藝術家的.

活用 *adj.* **artier**, **artiest**

†**as** [əz] *adv.* ① 同樣地，和～一樣地.

——*conj.* ② 如同～一樣，依照. ③ 雖然. ④ 在～的同時，一邊～一邊. ⑤ 因為.

——*prep.* ⑥ 作為，擔任. ⑦ 例如.

——*pron.* ⑧ 像～的；如同《作關係代名詞》.

範例 ① Tom is **as** tall as Jim. 湯姆和吉姆一樣高.

Jerry seemed to be quite **as** happy as I was. 傑瑞似乎和我一樣非常開心.

You don't have half **as** hard a time as I do. 你根本沒有我這麼忙.

Take **as** much as you like. 你喜歡甚麼就拿甚麼.

My line is three times **as** long as yours. 我的線是你的3倍長.

My friend has **as** much interest as I do. 我的朋友和我一樣有興趣.

My house isn't **as** large as his. 我的房子沒有他的房子大.

She is not **as** old as I; she is much younger. 她沒有我那麼老；她年輕多了.

He can do that just **as** easily. 他可以輕輕鬆鬆地做那件事.

about five inches long and **as** many inches thick 長度約5吋，厚度也是5吋.

My mother loves my father **as** deeply as I. 母親和我一樣深愛著父親.

Mother loves Father **as** deeply as me. 母親愛父親和愛我一樣地深.

② It has turned out **as** you told me. 結果正如你對我說的那樣.

He is not such a bad fellow **as** you think. 他並非你想的那麼壞.

Do in Rome **as** the Romans do. 《諺語》入境隨俗.

Copy each line **as** written. 按原文那樣抄下每一行.

Do **as** you like. 照你喜歡的方式去做.

The artist does not copy nature **as** it is. 那位畫家並沒有如實地描繪大自然.

He takes things **as** they are. 他面對事實接受現狀.

Leaves are to the plant **as** lungs are to the animal. 葉子對於植物的關係就如同肺對於動物的關係.

Try **as** you will, you cannot make up for lost time. 無論你再怎麼嘗試都無法挽回失去的時光.

③ Bad **as** it was, it could have been worse. 雖然很糟，但有可能更糟.

④ **As** I was leaving, he appeared. 我正要離開時，他出現了.

He is reading **as** he walks. 他邊走邊看書.

⑤ **As** I was in haste, I missed the scenery. 我因為匆忙，所以沒欣賞到風景.

As I was tired, I went to bed at once. 因為疲倦，所以我立刻就寢.

⑥ She is famous **as** a musician. 她以音樂家的身分聞名.

We looked upon him **as** our leader. 我們視他為我們的領袖.

I regarded it **as** of no importance. 我認為那不重要.

He appeared on the stage **as** me. 他在舞臺上扮演我.

As a boy he lived with his uncle. 還是個小男孩時，他和叔叔住在一起.

⑦ Some birds, **as** the owl, can see in the dark. 有些鳥，如貓頭鷹，能在黑暗中看到東西.

⑧ This is the same book **as** I lost. 這本書和我弄丟的那本一模一樣.

Judgments should be such **as** could be discussed in public. 判決應該是可以公開討論的.

The island, **as** is well known, was formerly inhabited by our ancestors. 如眾人所知，從前我們的祖先曾居住在那個島上.

He was a foreigner, **as** I knew from his accent. 我從他的腔調得知他是個外國人.

片語 ***A is to B as C is to D*** A 比 B 的關係如同 C 比 D 的關係. (⇨ 範例 ②)

as above 如上所述.

as against 相對於～ (的)《有對比之意》.

as a rule 通常，一般.

as ～ as ever ① 依舊，像以前一樣：He is **as** young **as ever**. 他依舊年輕. ② 不曾有的，無與倫比的：It was **as** monstrous an animal **as ever** trod the earth. 那是地球上不曾有過的兇猛動物.

as ～ as possible/as ～ as...can 盡可能：I will put the facts before you **as** shortly and yet **as** clearly **as possible**. 我盡可能簡要而清楚地向你陳述事實.

as below 如下所述.

as concerns 關於.

as far as/so far as ～ ① 遠至：He went **as** far as Paris. 他遠行至巴黎. ② 在 ～範圍內：**As far as** I know, he is diligent. 據我所知，他很勤奮.

as follows 如下.

as for 關於，至於：**As for** the expense, we must decide later. 關於費用問題，我們必須稍後再做決定.

As for me, I have nothing to complain of. 至於我，我沒甚麼好抱怨的.

as from/as of 從～開始：**as from** March 1st 從3月1日起.

as if ～ /as though 宛如～一樣，彷彿〔☞ 充電小站 (p. 71)〕：He stood up and made

as if to walk off. 他站起來，好像要走掉似的.
It looks **as if** it were made of pure glass. 那看起來好像是純玻璃製的.

as is often the case 常有那種情況.

as long as/so long as ① 在～期間. ② 只要，只要是: Any book will do **so long as** it is on the subject. 只要是與那個題目有關，甚麼書都行.

as regards/as to 關於: We are informed by travelers **as regards** the wonders of the snow-world. 我們從旅行者那裡得知關於雪世界的奇觀.

as ～, so... 如同～一般，…也: As bees love honey, **so** Frenchmen love their wine. 法國人喜歡葡萄酒，正如蜜蜂喜歡蜂蜜一樣.

as such 依其身分〔資格〕: Would you treat me **as such**? 你能就我的身分好好地對待我嗎?

as though ～/as if ～ 宛如～一樣，彷彿: The child talked **as though** he were a man. 那個孩子說話簡直像大人一樣.

as to/as regards 關於: We are in agreement **as to** the essential points. 關於那些基本要點，我們意見一致.

as we call it/as it is called/as they say 所謂的.

as yet 到目前為止.

so much as 甚至～，都: He cannot **so much as** write his own name. 他連自己的名字都不會寫.

〔參考〕① (1) Tom is as tall as Jim. 中的第一個as 是副詞，第二個 as 是連接詞. (2) My friend has as much interest as I do. 中的 as I do 亦可作 as I. 此外，在通俗的說法中亦作 as me，但有時必須清楚地使用 I 和 me (⇨ 〔範例〕① 的最後兩例). (3) as ～ as 的否定形式亦有 not so ～ as: My house isn't **so** large as his.

asbestos [æs`bɛstəs] n. 石棉(可隔熱，用於耐火材料).

*****ascend** [ə`sɛnd] v. 攀登，上升.
〔範例〕Jesus Christ **ascended** to heaven. 耶穌基督升天了.
Salmon **ascend** this river. 鮭魚沿著這條河溯河而上.
☞ ↔ descend
〔活用〕v. **ascends**, **ascended**, **ascended**, **ascending**

ascendancy/ascendency [ə`sɛndənsɪ] n. 優勢; 權勢.

ascendant/ascendent [ə`sɛndənt] adj. ① 上升的; 佔優勢的.
——n. ② 優勢，權位: It seems that that branch of Freudian psychoanalysis is in the **ascendant**. 佛洛伊德精神分析學那個支派的勢力似乎正在壯大之中.
〔片語〕**in the ascendant** 在優越地位上. (⇨ 〔範例〕②)
〔參考〕占星術中，位於正東的星位代表命宮(house of life)，此星位只要處於地平線上

則運勢呈 **ascendant**(上升)的狀態. 因此，當形勢良好，預計事物能順利發展時說 His star is in the ascendant. (他福星高照.)

ascending [ə`sɛndɪŋ] adj. 上升的: These automobiles are arranged in **ascending** order of quality. 這些汽車依品質由壞到好的順序排列.

ascent [ə`sɛnt] n. 攀登; 上升; 上坡路.
〔範例〕Hillary made the first successful **ascent** to the top of Mt. Everest in 1953. 1953年，希拉里首次成功登上聖母峰.
This road has an **ascent** of three degrees. 這條路有3度的斜度.
〔複數〕**ascents**

ascertain [ˌæsɚ`ten] v. 查明，確認.
〔範例〕The police tried to **ascertain** the facts about the fire. 警方試著查明火災的真相.
The doctor **ascertained** that he was dead. 那位醫生確認他已經死亡.
〔活用〕v. **ascertains**, **ascertained**, **ascertained**, **ascertaining**

ascribe [ə`skraɪb] v. 把～歸因於《常用 ～ something to 形式》: I **ascribe** my success to 50% hard work and 50% luck. 我把成功一半歸因於努力，一半歸因於幸運.
〔活用〕v. **ascribes**, **ascribed**, **ascribed**, **ascribing**

ash [æʃ] n. ① 灰. ② 〔～es〕遺骸; 骨灰.
〔範例〕① Don't drop cigarette **ash** on the floor! 不要把菸灰彈在地上.
The church was burnt to **ashes**. 那間教堂燒成灰燼了.
② Their **ashes** are kept in those urns. 他們的骨灰被保存在那些骨灰罈裡.
♦ **Ash Wédnesday** 聖灰星期三《四旬齋(Lent)的第一天，該日信徒在額頭上抹灰，象徵懺悔》.
〔複數〕**ashes**

*****ashamed** [ə`ʃemd] adj. 〔不用於名詞前〕感到慚愧的，羞愧的，因難為情而不願～的.
〔範例〕Aren't you **ashamed** of yourself? 你自己不覺得慚愧嗎?
Don't be **ashamed** of coming in last—you did your best. 不要因為你是最後一個到達終點而感到羞愧，你已經盡力了.
This pupil, who came from New England a few days ago, felt **ashamed** of his different accent. 幾天前從新英格蘭轉來的那名學生因腔調不同而感到羞愧.
The student was not **ashamed** to ask his teacher a question. 那個學生並不羞於向老師問問題.
〔活用〕adj. **more ashamed**, **most ashamed**

ashamedly [ə`ʃemɪdlɪ] adv. 羞愧地，害羞地.
〔活用〕adv. **more ashamedly**, **most ashamedly**

ashen [`æʃən] adj. 灰色的，(臉色)蒼白的:
The man's face turned **ashen**. 那個男子臉色

as if 和 as though 的本質

【Q】as if ~ 表示「就像~似的」之意. 例如 Tom is silent as if he were frozen. 即「湯姆就像凍僵了似的不發一語」.

但 as 為「好像~一樣」之意, 因此好像與「就像~似的」相當. 然而 if 原義為「如果~的話」, 兩者之間究竟有甚麼關係?

【A】問題中所舉的範例如下:
(1) (a)Tom is silent as (b)he would be silent (c)if he were frozen.

因 (c) 為「如果他凍僵了的話」, (b) 為「他就會不發一語」, 所以, 整體來說就成了「假如他凍僵了的話, 就會不發一語」.

下面談 as, 其意為「正如同(b)+(c)的狀態」, 即「正如同假設凍僵了的話, 就會不發一語的狀態」.

在此再加上 (a), 則成為「湯姆不發一語的狀態, 正如同假設凍僵了的話, 就會不發一語的狀態一樣」; 換句話說, 則成為「湯姆雖然沒有凍僵, 但正如想像如果凍僵了的話, 就會出現的那種不發一語的狀態」.

句子 (1) 是為說明而寫的, 實際上英語中並沒有這種說法. 省略 (b) 的部分而成為 Tom is silent as if he were frozen, 表達非現實情況的假設法.

在口語中此句的 were 逐漸演變成 was, 因而通常說成 Tom is silent as if he was frozen.

▶ **Tom is silent as if he is frozen.**

再說 as if he was/were frozen, 其意為「實際上並非 frozen, 但像 frozen 這種狀態似的」. 那麼如果將 was 變成 is 會如何呢? 即用下面 (2) 的句子表達現實情況.

(2) Tom is silent as if he is frozen.

此句中用 he is frozen, 意為「他凍僵了」. 結果意思變為「湯姆不發一語, 原來他是凍僵了」.

▶ **as though**

與 as if 表達相同意義的說法還有 as though, 但比較正式.

(3) Tom is silent as though he were frozen.

假設 as if 和 as though 意義相同的話, 則 if 和 though 意義應該相同, 然而 if 和 though 的意義並不一樣. 那麼 as if 和 as though 為甚麼意義會相同呢?

假設句子 (3) 是以句子 (4) 為基礎.

(4) (a)Tom is silent as (b)he would be silent (c)if he were frozen (d)though he is not (frozen).

(a) 為「湯姆不發一語」, (c) 為「假若凍僵了的話」, (as+(b)) 為「似乎肯定會那樣不發一語」, (d) 為「雖然實際上他並沒有凍僵」.

經過這樣整理則成為「湯姆實際上並沒有凍僵, 但好像是凍僵了似的不發一語」.

為甚麼會成為 as though 呢?

下面的問題是 (c) 和 (d) 的關係.
(c) if he were frozen
(d) though he is not (frozen)

(c) 之意為「假若他處於frozen這一狀態的話(而實際上並非如此)」.

(d) 的意思是「雖然他沒處於 frozen 這樣的狀態」.

即 (c) 和 (d) 說的是同一意思.

看下面從 (4) 中去掉 (b) 的句子.

(4‧1) (a)Tom is silent as (c)if he were frozen (d)though he is not (frozen).

如上面所說的那樣, (c) 和 (d) 指的是同一回事, 於是在此處出現了混亂的現象, 即 as 的後面用 (c) 的 if, 還是用 (d) 的 though. 其中, as if 的 if 的位置換成 though, 就出現了 as though 的說法.

變蒼白了.

活用 *adj.* more ashen, most ashen

*ashore [ə`ʃɔr] *adv.* 在〔向〕岸上: We couldn't go **ashore** because of the quarantine. 因為檢疫, 所以我們不能上岸.

字源 a (以~的狀態)+shore (岸).

ashtray [`æʃ͵tre] *n.* 菸灰缸.

字源 ash (灰)+tray (淺盤).

複數 ashtrays

*Asia [`eʒə] *n.* 亞洲.

♦ **Àsia Mínor** 小亞細亞《位於黑海 (the Black Sea) 與地中海 (the Mediterranean Sea) 之間, 大部分屬於土耳其 (Turkey)》.

Asian [`eʒən] *n.* ① 亞洲人.
——*adj.* ② 亞洲的.

複數 Asians

aside [ə`saɪd] *adv.* 在旁邊, 在〔向〕~邊.

範例 Mary stepped **aside** to let me pass. 瑪麗為了好讓我過去而閃到一旁.

I put **aside** a little money each week for my vacation. 為了度假, 我每星期都存一點錢.

Aside from a little rain, our four-day holiday was perfect. 除了下了點小雨之外, 我們這4天的假期堪稱完美.

片語 *aside from* 除了~之外. (⇨ 範例)

*ask [æsk] *v.* ① 詢問. ② 請求, 要求. ③ 邀請.

範例 ① A foreigner **asked** me the way to the post office. 有一個外國人向我詢問郵局怎麼走.

May I **ask** you a question? 我可以問你一個問題嗎?

The landlady **asked** him about his business. 那位女房東問起他的工作.

"What time do you have?" he **asked**. 他問道:「現在幾點了?」

I **asked** Meg what she wanted. 我問梅格她想要甚麼.

Please **ask** your mother if you can come over for lunch. 問一問你母親你是否可以來這裡吃午飯.

② **Ask** the children to be quiet. 要求孩子們安靜點.

I **asked** him to leave. 我要求他離開.

I **asked** earnestly that my request be granted. 我誠摯地懇請你同意我的要求.

I would like to **ask** a favor of you./I would like to **ask** you a favor. 我有事請你幫忙.

He **asked** my opinion. 他徵求我的意見.

John **asked** not to be transferred to Thailand. 約翰請求不要被派調去泰國.

They **ask** too much. 他們要求太多.

The girl **asked** for a glass of water. 那個女孩請求給她一杯水.

How much are you **asking** for it? 那個東西你要賣多少錢?

Why don't you **ask** him for advice? 為何不請他給你一些忠告?

③ I will **ask** some friends to dinner. 我將邀請一些朋友來吃晚飯.

片語 ***ask after*** 探問（健康狀況）, 問候: I **asked after** a friend yesterday. 我昨天問候了一個朋友.

He **asked after** her father's health. 他詢問了她父親的身體狀況.

ask for ① 要求. (⇨ 範例 ②) ② 來找（人）: When you come this way, please **ask for** me. 你來這裡時, 請來找我.

ask...of ~ 向～詢問…, 向～求…. (⇨ 範例 ②)

活用 v. asks, asked, asked, asking

askance [ə`skæns] adv. 〔只用於下列片語〕斜視地; 懷疑地.

片語 ***look askance at*** 斜眼而視; 以懷疑的眼光看: Mr. Jones **looked askance at** his daughter's very short mini-skirt. 瓊斯先生斜眼看著女兒的超短迷你裙.

askew [ə`skju] adv. 歪斜地, 傾斜地.

asleep [ə`slip] adj. 〔不用於名詞前〕睡著的; (手腳) 麻木的.

範例 She was fast **asleep**. 她睡得很熟.

My left leg was **asleep**. 我的左腿麻了.

It is so easy to fall **asleep** on the subway. 在地鐵上很容易睡著.

asparagus [ə`spærəgəs] n. 蘆筍《百合科多年生植物, 嫩莖可食用, 葉可用於觀賞》.

♦ **gréen aspáragus** 綠蘆筍《莖呈綠色, 堅硬》.

white aspáragus 白蘆筍《在苗床覆蓋土壤, 避免接觸外面空氣, 使其莖部變軟發白, 用於製作罐頭》.

aspect [`æspɛkt] n. 層面, 方面; (建築物的) 方向.

範例 Every **aspect** of this project is environmentally friendly. 這個計畫從各方面看來對環境都很好.

Most houses in New Zealand are built with a northern **aspect**. 紐西蘭大部分的住宅都是坐南朝北.

複數 aspects

aspersion [ə`spɝʒən] n. 中傷, 誹謗.

複數 aspersions

asphalt [`æsfɔlt] n. ① 瀝青, 柏油《用於鋪路等》.

—— v. ② 用瀝青鋪路.

♦ **àsphalt júngle** 〖美〗都市叢林《生存競爭激烈的大都市》.

活用 v. asphalts, asphalted, asphalted, asphalting

asphyxiate [æs`fɪksɪ͵et] v. 使窒息.

活用 v. asphyxiates, asphyxiated, asphyxiated, asphyxiating

asphyxiation [æs͵fɪksɪ`eʃən] n. 窒息.

aspirant [ə`spaɪrənt] n. 有抱負的人, 追求（地位、名利、成就等）者: Mr. Jones is one of the **aspirants** to the presidency of the company. 瓊斯先生是熱中總裁職位者之一.

複數 aspirants

aspiration [͵æspə`reʃən] n. 渴望; 野心: The boy has no **aspiration** for fame. 那個男孩對於名聲沒有熱望; 那個男孩不好名.

複數 aspirations

*aspire [ə`spaɪr] v. 渴望, 渴求.

範例 We should all **aspire** to live together in peace. 我們應該一起追求和平共存.

She **aspires** to be a successful playwright someday. 她渴望有一天能夠成為一個成功的劇作家.

活用 v. aspires, aspired, aspired, aspiring

aspirin [`æspərɪn] n. 阿斯匹靈《鎮痛、解熱劑》.

複數 aspirins

ass [æs] n. ① 驢. ② 傻瓜: Don't be an **ass**! 別笨啦! ③ (口語) 屁股.

複數 asses

assail [ə`sel] v. 攻擊, 襲擊; 困擾: The winner was **assailed** with questions. 那個獲勝者受到連珠砲似的質問.

活用 v. assails, assailed, assailed, assailing

assailant [ə`selənt] n. 《正式》攻擊者, 襲擊者: The **assailant** escaped through the park. 那個襲擊者穿過公園逃跑了.

複數 assailants

assassin [ə`sæsɪn] n. 暗殺者, 殺手, 刺客: One of his guards was an **assassin**. 他的保鏢中有一個曾經是殺手.

字源 阿拉伯語 hashshashin (hashshash 的複數形). hashish 指(用印度大麻的樹脂凝固製成的麻醉劑), 出自暗殺者進行暗殺活動前, 食用此物以振作精神.

複數 assassins

assassinate [ə`sæsn͵et] v. 暗殺: Martin Luther King Jr. was **assassinated** in Tennessee on April 4, 1968. 馬丁路德‧金恩二世於1968年4月4日在田納西州被暗殺.

假用 v. assassinates, assassinated, assassinated, assassinating

assassination [əˌsæsnˋeʃən] n. 暗殺: assassination attempt 暗殺未遂.

複數 assassinations

*__assault__ [əˋsɔlt] n. ① 襲擊; 暴行.

——v. ② 襲擊, 施以暴行.

範例 ① The army made an **assault** on the castle. 陸軍襲擊了那座城堡.
The man was sent to prison for **assault**. 那個男子以暴行脅迫罪被送進監獄.
② Someone **assaulted** our night watchman and stole the jewels. 有人襲擊我們的夜間管理員, 並偷了寶石.

♦ **assàult and báttery** 暴力毆打行為《對他人施加暴力毆打的法律用語》.

片語 *make an assault on* 攻擊, 襲擊. (⇨ **範例**①)

複數 assaults

假用 v. assaults, assaulted, assaulted, assaulting

assay [əˋse] n. ① (礦石的) 分析, 檢驗.

——v. ② 分析, 檢驗.

範例 ① Quite a lot of **assays** were made of the moon rocks. 對於月球上的石頭已經進行了相當多的檢驗.
② We **assayed** this ore sample to see if the area is worth mining. 為了確認那個地區是否值得開採, 我們對這個礦石樣本進行分析.

複數 assays

假用 v. assays, assayed, assayed, assaying

assemblage [əˋsɛmblɪdʒ] n. ① 集結, 集合, 收集; 集團: I have an **assemblage** of precious stones worth over $1 million. 我收集的寶石價值超過1百萬美元. ② (機械等的) 裝配; 裝置.

複數 assemblages

****assemble** [əˋsɛmbl] v. ① 集合, 聚集. ② 裝配 (機械等).

範例 ① The players **assembled** on the ground. 選手們在運動場集合了.
He **assembled** a lot of data for his report. 他收集了許多寫報告用的資料.
② I **assembled** this model-toy kit by myself. 我獨自組裝這個模型玩具組.

假用 v. assembles, assembled, assembled, assembling

****assembly** [əˋsɛmblɪ] n. ① 集會, 會議. ② 組裝.

範例 ① The **assembly** will begin at three. 那個會議將在3點鐘開始.
② the **assembly** of a car 汽車組裝

♦ **assémbly line** (生產線上的) 裝配線.
the Assémbly (美國的) 州議會的下院.

複數 assemblies

*__assent__ [əˋsɛnt] v. ① 同意 (to).

——n. ② 同意.

範例 ① The Queen **assented** to their demands.

女王同意他們的要求.
② Nothing can happen until we get his **assent**. 在得到他的同意之前不能有任何狀況.

☞ ↔ dissent

假用 v. assents, assented, assented, assenting

*__assert__ [əˋsɝt] v. ① 斷言. ② 主張.

範例 ① The lawyer **asserted** him to be innocent. 那個律師堅稱他無罪.
② She **asserted** women's rights. 她主張女權.

片語 *assert ~self* 堅持己見; 好出風頭: You ought to **assert yourself** when you think you're right. 如果你認為自己對就應該堅持己見.

假用 v. asserts, asserted, asserted, asserting

assertion [əˋsɝʃən] n. 斷言, 主張.

範例 He repeated his **assertion** that he was not there at that time. 他一直堅持說他當時不在場.
The lawyer made an **assertion** that he was not guilty. 那個律師堅稱他無罪.

片語 *make an assertion* 斷言, 主張. (⇨ **範例**)

複數 assertions

assertive [əˋsɝtɪv] adj. 堅持己見的, 明確主張的: He got the raise he asked for because he was **assertive**. 由於他堅持己見, 所以他獲得他所要的加薪.

假用 adj. more assertive, most assertive

assess [əˋsɛs] v. 評估; 核定 (稅金, 罰款等).

假用 v. assesses, assessed, assessed, assessing

assessment [əˋsɛsmənt] n. 評估; 核定.

複數 assessments

asset [ˋæsɛt] n. ① [~s] (公司或個人的) 資產, 財產. ② 長處, 優點.

範例 ① That company has **assets** worth more than $4 billion. 那家公司的資產超過40億美元.
② Your sense of humor is your chief **asset**. 你的幽默感是你最大的長處.

複數 assets

*__assign__ [əˋsaɪn] v. ① 指定 (日期, 地點等), 決定. ② 任命 (某人做某工作).

範例 ① The chairperson **assigned** a day for the next meeting. 主席決定了下次會議的日期.
② The owner **assigned** John a supervisor. 雇主任命約翰為管理者.

假用 v. assigns, assigned, assigned, assigning

assignment [əˋsaɪnmənt] n. ① (被分配的) 工作, 任務. ② 作業.

範例 ① He was given an **assignment** to carry out the new project. 他被指派實行這項新計畫.
His **assignment** as a journalist is to report the news rightly. 身為新聞記者, 他的任務是準確報導新聞.

② Our English teacher gives us a lot of **assignments** every week. 我們的英文老師每星期都出很多作業.
〔複數〕 **assignments**

***assimilate** [ə`sɪml͵et] v. ① 同化. ② 吸收, 消化 (食物). ③ 吸收, 理解 (知識).
〔範例〕 Some countries **assimilate** immigrants more readily than others. 有些國家比其他國家更容易同化移民.
It's sometimes difficult for foreigners to **assimilate** into Japanese society because it's so homogeneous. 日本是一個單一種族的社會, 所以外國人有時候很難融入日本社會.
② The body's cells **assimilate** sugar rapidly. 身體細胞可以迅速吸收糖類.
③ The younger generation is quick to **assimilate** new ideas. 年輕一代能夠很迅速接受新思想.
〔活用〕 v. **assimilates**, **assimilated**, **assimilated**, **assimilating**

assimilation [ə͵sɪml`eʃən] n. 同化, 同化作用; 吸收.

*＊**assist** [ə`sɪst] v. 援助, 幫助.
〔範例〕 The police officer **assisted** the old man to cross the street. 那位警官幫助老人過馬路.
My brother will surely **assist** me in doing my homework. 我哥哥一定會幫我做作業.
The nurses spent two hours **assisting** the doctor with the operation. 那些護士花了兩個小時協助醫生施行手術.
〔活用〕 v. **assists**, **assisted**, **assisted**, **assisting**

***assistance** [ə`sɪstəns] n. 援助, 幫助.
〔範例〕 Taiwan should give more **assistance** to other countries. 臺灣應該給與其他國家更多的援助.
I couldn't have finished the project without your **assistance**. 沒有你的幫助, 我是無法完成那項計畫的.

***assistant** [ə`sɪstənt] n. ① 助手, 助理. ②〖英〗店員〔亦作 shop assistant;〖美〗clerk〕.
〔範例〕 ① The statesman has a very able **assistant**. 那位政治家有一個非常能幹的助手.
② The **assistants** in this department store are very kind. 這家百貨公司的店員非常親切.
♦ **assistant diréctor** 助理導演.
assistant mánager 襄理.
assistant proféssor 助理教授.
〔複數〕 **assistants**

***associate** [v. ə`soʃɪ͵et; n. ə`soʃɪɪt] v. ① 聯想《常用 ～ something with 形式》. ② 使聯合, 使合夥《常用 ～ somebody with 形式》. ③ 交往, 來往 (with).
——n. ④ 夥伴, 同事.
〔範例〕 ① What do you **associate** with summer vacation? 說到暑假, 你會聯想到甚麼?
② My father **associates** himself with his brothers in business. 我父親和他的兄弟們合夥做生意.
③ I won't **associate** with a person like that. 我不會和那種人來往.
④ I've got a new job and new **associates**. 我有新的工作和新的同事.
♦ **assòciate proféssor** 〖美〗助理教授.
〔活用〕 v. **associates**, **associated**, **associated**, **associating**
〔複數〕 **associates**

*＊**association** [ə͵sosɪ`eʃən] n. ① 協會, 社團. ② 聯合; 聯想; 交往.
〔範例〕 ① the Young Men's Christian **Association** 基督教青年會.
Parent-Teacher **Association** (P.T.A.) 家長教師聯誼會.
② This program was made in **association** with the film company. 這個節目是與那家電影公司聯合製作的.
He has little **association** with girls. 他和女孩子幾乎沒有任何來往.
♦ **assòciation fóotball** 〖英〗足球《☞ 〔充電小站〕(p. 1219)》.
〔複數〕 **associations**

assorted [ə`sɔrtɪd] adj. 〔只用於名詞前〕各式各樣的.
〔範例〕 These magnets come in **assorted** shapes and sizes. 這些磁鐵有各式各樣的形狀和大小.
My wife always gives me **assorted** chocolates on Valentine's Day. 我的妻子總是在情人節那天送給我各式各樣的巧克力糖.

assortment [ə`sɔrtmənt] n. 各式各樣的 (同類) 物品.
〔範例〕 He has an **assortment** of antique swords. 他搜集了各式各樣的古董刀劍.
This store has the largest **assortment** of records, tapes, and CDs in the city. 在這個城市中, 這家商店的唱片, 錄音帶和 CD 種類最多.
〔複數〕 **assortments**

*＊**assume** [ə`sjum] v. ① 假定為, 認為. ② 擔任; 承擔. ③ 裝出 ~ 的樣子.
〔範例〕 ① The scientists **assumed** a principle. 那些科學家假設了一項原理.
How foolish I was to **assume** that you would be on time. 我好傻, 居然以為你會準時到.
Assuming that the rumor is true, we must think about his successor. 假設那傳聞是真的, 我們得考慮他的接班人了.
② The man **assumed** the leadership of the group. 那個男子擔任該團體的領袖.
③ He **assumed** innocence when confronted with the accusation. 他面對譴責時裝出一副無辜的樣子.
〔片語〕 **assuming that** 假設. (⇒ 〔範例〕①)
〔活用〕 v. **assumes**, **assumed**, **assumed**, **assuming**

assumption [ə`sʌmpʃən] n. ① 假設, 臆測.

② 擔任. ③ 假裝.

範例 ① Your **assumption** proved to be correct. 你的假設結果是正確的.

② His **assumption** of the chairmanship surprised them. 他們對於他擔任主席感到吃驚.

③ She put on an **assumption** of indifference. 她裝出一副漠不關心的樣子.

複數 **assumptions**

assurance [ə`ʃʊrəns] n. 保證；自信.

範例 Without official **assurance** that it is safe, I won't go. 如果沒有正式保證安全的話，我不去.

He spoke with **assurance**. 他充滿自信地說.

複數 **assurances**

**assure [ə`ʃʊr] v. 保證.

範例 I **assure** you that she is honest./I **assure** you of her honesty. 我向你保證她是誠實的. This **assures** your success. 這保證你成功.

活用 v. **assures, assured, assuring**

assured [ə`ʃʊrd] adj. ① 得到保證的，確定的： He wants an **assured** income. 他希望有固定的收入. ② 有自信的.

活用 adj. **more assured, most assured**

assuredly [ə`ʃʊrɪdlɪ] adv. 毫無疑問地；有自信地： **Assuredly**, he will retire. 他確實要退休.

aster [`æstə] n. 紫苑《菊科多年生草本植物》；星狀體.

複數 **asters**

asterisk [`æstə,rɪsk] n. 星號《符號 (*)》.

複數 **asterisks**

asteroid [`æstə,rɔɪd] n. 小行星《多分布於火星和木星的軌道之間》.

複數 **asteroids**

asthma [`æzmə] n. 氣喘.

asthmatic [æz`mætɪk] adj. ① 氣喘的，患有氣喘的.

——n. ② 氣喘病患者.

複數 **asthmatics**

**astonish [ə`stɑnɪʃ] v. 使震驚, 使 (人) 吃驚.

範例 I was **astonished** at the sight of the fight. 我看到打架的景象感到很吃驚.

We were **astonished** to hear the news that the fire had destroyed the town. 聽到火災摧毀那個城市的新聞，我們感到十分震驚.

活用 v. **astonishes, astonished, astonishing**

astonishing [ə`stɑnɪʃɪŋ] adj. 令人吃驚的.

範例 The party won an **astonishing** victory in the election. 那個政黨在選舉中贏得驚人的勝利.

The claims made by the commissioner were **astonishing**. 那位委員的要求真令人吃驚.

活用 adj. **more astonishing, most astonishing**

*astonishment [ə`stɑnɪʃmənt] n. 驚愕, 吃驚： To my **astonishment**, the kid answered the math problem. 令我吃驚的是, 那個孩子解答出那道數學題.

片語 **to ~'s astonishment** 令~驚訝的是. (⇒ 範例)

*astound [ə`staʊnd] v. 使 (人) 震驚《通常用被動》: I was **astounded** when I heard he had passed the exam. 聽到他通過考試，我感到十分驚訝.

活用 v. **astounds, astounded, astounded, astounding**

astray [ə`stre] adj., adv. 迷路的〔地〕，偏離正道的〔地〕；墮落的〔地〕.

範例 My cat has gone **astray** and I can't find her. 我的貓走失了，我找不到她.

The charms of the beautiful woman led him **astray**. 那個漂亮女子的美貌使他誤入歧途.

片語 **go astray** ① 迷路. ② (動物) 走失. (⇒ 範例)

astride [ə`straɪd] prep. ① 跨在~上.

——adv. ② 跨騎地.

範例 ① John sat **astride** the horse. 約翰跨上那匹馬.

② He rode **astride**. 他跨騎在馬背上.

astrologer [ə`strɑlədʒə] n. 占星家《使用占星術預卜個人、社會和國家的未來或命運的人》.

複數 **astrologers**

astrology [ə`strɑlədʒɪ] n. 占星術《認為人的命運是受出生時太陽、月亮和行星位置所支配的一種預言命運的方術》.

字源 希臘語的 astro (星) ＋logy (學問).

astronaut [`æstrə,nɔt] n. 太空人.

複數 **astronauts**

astronautics [,æstrə`nɔtɪks] n. 太空飛行學.

astronomer [ə`strɑnəmə] n. 天文學家.

複數 **astronomers**

astronomical [,æstrə`nɑmɪkl] adj. 天文的，天文學的；天文數字的.

範例 They are building a new **astronomical** observatory. 他們正在興建新的天文觀測站.

The projected cost of the space station is **astronomical**. 那個太空站的預算是個天文數字.

astronomy [ə`strɑnəmɪ] n. 天文學.

字源 希臘語的 astro (星) ＋nomy (規律, 法則).

astute [ə`stjut] adj. 機敏的，精明的.

活用 adj. **more astute, most astute**

asunder [ə`sʌndə] adv. 四分五裂地；分散地，隔開地.

範例 Money problems tore my marriage **asunder**. 金錢上的問題把我的婚姻弄得四分五裂.

Differing political opinions drove their partnership **asunder**. 政治上的歧見使他們的合作關係瓦解了.

片語 **tear ~ asunder** 把~撕裂. (⇒ 範例)

asylum [ə`saɪləm] n. ① 收容所, 庇護所. ② (外國使館給與政治犯、流亡者的) 庇護: The current administration grants **asylum** for

A

political, not economic reasons. 現在的政府給與庇護是基於政治而非經濟理由.

[複數] asylums

†**at** [(強) `æt; (弱) ət] prep.

原義	層面	釋義	範例
在〜一點	場所	在	①
	時間	在	②
	數量	以，在	③
	狀態	在〜方面；在〜狀態	④
	目標	以〜為目標，朝〜目標	⑤

[範例] ① I bought this camera **at** that convenience store. 我在那家便利商店買了這臺照相機.
They arrived **at** Taipei Railway Station. 他們抵達臺北火車站.
He was standing **at** the door. 他站在門口.
② The lecture begins **at** ten o'clock. 那場演講10點鐘開始.
He passed the test **at** the age of fifteen. 他15歲時通過考試.
I am going to hand you these **at** the end of this class. 下課時我會把這些交給你.
③ The object is flying **at** the speed of Mach 1. 那個物體以1馬赫的速度飛行.《1馬赫與音速相等》
The book was sold **at** a low price. 那本書廉價售出了.
At any rate, I will never give up. 無論如何，我都不會放棄.
At any cost, we will make a good dictionary. 無論如何，我們要編出一本好的辭典.
④ She is very good **at** cooking. 她擅長烹飪.
Flowers are **at** their best now. 花正盛開著.
We were surprised **at** his failure. 我們對他的失敗感到驚訝.
He began consulting dictionaries **at** random. 他開始胡亂查閱辭典.
⑤ Look **at** the blackboard, everyone. 請大家看黑板.
Don't throw stones **at** me. 別向我丟石頭.
Can you guess **at** the meaning of that sign? 你能猜出那個信號的意思嗎?
A drowning man will catch **at** a straw. 《諺語》溺水者連稻草都抓；做最後的掙扎.

***ate** [et] v. eat 的過去式.
-**ate** suff. ① 充滿〜的《構成形容詞》: fortun**ate** 幸運的；passion**ate** 熱情的. ② 使成為《構成動詞》: activ**ate** 使活動起來. ③〜人、〜動作者《構成名詞》: elector**ate** 選民；doctor**ate** 博士學位. ④〜酸鹽《構成化學物質的名詞》: sulf**ate** 硫酸鹽.
atheism [`eθɪ‚ɪzəm] n. 無神論.
atheist [`eθɪɪst] n. 無神論者.

[複數] atheists
atheistic/atheistical [‚eθɪ`ɪstɪk(l)] adj. 無神論的，無神論者的.
athlete [`æθlit] n. 體育選手，運動員.
[參考] 英語中的 sportsman 意為「喜歡在野外進行如狩獵、釣魚等體育活動的人」，而 athlete 是指「正式的體育運動員」.
♦ **àthlete's fóot** 香港腳.
[複數] athletes
***athletic** [æθ`letɪk] adj. ① 運動員的；強壯的. ② 體育比賽的，運動用的.
[範例] ① an **athletic**-looking young man 看起來像運動員的年輕人.
② They are going to hold the **athletic** meet next Sunday. 下星期天他們將舉行運動會.
athletics [æθ`letɪks] n. ①〖美〗〔作複數〕體育比賽. ②〖英〗〔作單數〕田徑比賽. ③〔作單數〕(學校的) 體育課.
[範例] ① **Athletics** develop the muscles. 體育競賽使肌肉變得發達.
② **Athletics** doesn't interest me. 我對田徑比賽不感興趣.
③ **Athletics** is one of my favorite subjects. 體育是我最喜歡的科目之一.
-**ation** suff. 〜事，〜結果，〜狀態，被〜的狀態《構成名詞》: educ**ation** 教育；cre**ation** 創造/創造物.
***Atlantic** [ət`læntɪk] n. 〔the ~〕大西洋《亦作 the Atlantic Ocean》.
——adj. 大西洋的，大西洋沿岸的: an **Atlantic** liner 大西洋航線的定期客輪.
the **Atlantic** States 美國大西洋沿岸各州.
[參考] 在希臘語中意為「與亞特拉斯 (Atlas) 有關聯的 (Atlantikos)」. Atlas 是希臘神話中與宙斯 (Zeus) 所率領的奧林匹斯諸神作戰失敗的泰坦族 (Titan) 之一，因戰敗被命令在天地相接的西方永世支撐著天. 在地理上，位於利比亞的亞特拉斯山 (Mt. Atlas) 之名即來自 Atlas，與此山相連一直延伸至西非海岸的一個巨大的山脈也取名為 Atlas Mountains. 此山脈盡頭處的海亦被稱作 the Atlantic Ocean. 最初所指的範圍很窄，只是西非沿岸的海域，不久，直達美洲新大陸的廣闊海洋亦被稱作 the Atlantic Ocean.
♦ **the Atlàntic Ócean** 大西洋.
atlas [`ætləs] n. 地圖冊《出自 16 世紀荷蘭地理學家麥卡托 (Mercator) 所繪的地圖冊的封面，上面畫有肩負地球的亞特拉斯 (Atlas) 形象圖；☞ Atlantic [參考].

[Atlas]

[複數] atlases
ATM [`e‚ti`ɛm] [縮略] ＝ automated teller machine (自動提款機).
[複數] ATM's/ATMs
atmosphere [`ætməs‚fɪr] n. (特定場所的) 空氣；大氣，大氣層；氣氛.

範例 The **atmosphere** of our planet is very polluted. 地球的空氣受到嚴重的污染.
The rocket went out of the **atmosphere**. 火箭飛出了大氣層之外.
The **atmosphere** of the meeting was not good. 那個會議的氣氛不妙了.
複數 **atmospheres**

atmospheric/atmospherical

[ˌætməsˋfɛrɪk(l)] *adj.* ① 大氣的. ② 有氣氛的.
範例 ① an **atmospheric** current 氣流.
An instrument measuring **atmospheric** pressure is called a barometer. 測量氣壓的器具叫作氣壓計.
② That lighting is very **atmospheric**. 那種燈光很有情調.
♦ **àtmosphéric préssure** 氣壓. (⇨ 範例 ①)
活用 *adj.* **more atmospheric, most atmospheric**

atoll [ˋætɑl] *n.* 環礁.
複數 **atolls**

*atom** [ˋætəm] *n.* ① 原子. ② 微粒. ③ 微量: There's not an **atom** of truth in that! 那裡面沒有絲毫的真實性!
♦ **átom bòmb** 原子彈《亦作 atomic bomb, 略作 A-bomb》.
複數 **atoms**

*atomic** [əˋtɑmɪk] *adj.* ① 原子的, 有關原子的. ② 原子能的, (使用) 原子武器的.
♦ **atòmic bómb** 原子彈《亦作 atom bomb, 略作 A-bomb》.
atòmic énergy 原子能.
atòmic númber 原子序.
atòmic pówer 原子動力.
atòmic pówer plànt 原子能發電廠.
atòmic wéapon 原子武器.
atòmic wéight 原子量.

atone [əˋton] *v.* 贖 (罪): You must **atone** for your sins. 你必須為自己的罪行贖罪.
活用 *v.* **atones, atoned, atoned, atoning**

atonement [əˋtonmənt] *n.* 贖罪: They want to make **atonement** for their sins. 他們想為他們的罪行贖罪.

atrocious [əˋtroʃəs] *adj.* ① 殘暴的. ② 非常糟糕的, 十分惡劣的.
範例 ① **atrocious** behavior 殘暴的行為.
② an **atrocious** habit 十分惡劣的習慣.
活用 *adj.* **more atrocious, most atrocious**

atrociously [əˋtroʃəslɪ] *adv.* ① 殘暴地. ② 極糟地.
活用 *adv.* **more atrociously, most atrociously**

atrocity [əˋtrasətɪ] *n.* ① 殘暴, 暴行. ② 極糟的事: Health care in this country is an **atrocity**. 這個國家的健康管理極為糟糕.
複數 **atrocities**

*attach** [əˋtætʃ] *v.* ① 安裝. ② 使附屬. ③ 使喜愛 《常用 be ~ed to/~ oneself to 形式》.
範例 ① I **attached** a new printer to my personal

computer. 我給電腦裝了一臺新的印表機.
The fan is **attached** to the wall. 那個電風扇被安裝在牆上.
② This high school is **attached** to the university. 這所中學附屬於大學.
③ She is **attached** to her school./She **attaches** herself to her school. 她喜歡自己的學校.
活用 *v.* **attaches, attached, attached, attaching**

attaché [ˌætəˋʃe] *n.* 大使館隨員.
♦ **attaché càse** 公文包.
複數 **attachés**

attachment [əˋtætʃmənt] *n.* ① 安裝. ② 附屬物. ③ 喜愛.
範例 ② There are a lot of **attachments** to this camera. 這臺照相機附件很多.
③ She has an **attachment** to her school. 她喜愛自己的學校.
複數 **attachments**

*attack** [əˋtæk] *v.* ① 攻擊, 襲擊; 著手 (工作等); (疾病等) 侵襲 (人).
——*n.* ② 攻擊. ③ (疾病的) 發作.
範例 ① The enemy will **attack** us tonight. 今晚敵人將會對我們進行攻擊.
The Prime Minister's speech was **attacked** in the newspapers. 首相的演說遭到各報的抨擊.
He was **attacked** by a fever. 他發燒了.
The committee began to **attack** the new plan. 那個委員會著手制定新計畫.
② They were surprised by a sudden **attack**. 他們對於遭到突襲感到驚訝.
③ He died of a heart **attack**. 他因心臟病發作而過世.
活用 *v.* **attacks, attacked, attacked, attacking**
複數 **attacks**

attacker [əˋtækɚ] *n.* 攻擊者; (比賽等的) 攻擊手: Our team has two good **attackers**. 我們隊裡有兩名出色的攻擊手.
複數 **attackers**

*attain** [əˋten] *v.* 到達; 達到, 完成 (目標等).
範例 The alpinist will **attain** the top of the mountain soon. 那名登山家就快到達山頂了.
Mr. Smith **attained** the position of President. 史密斯先生坐上了總裁的職位.
活用 *v.* **attains, attained, attained, attaining**

attainment [əˋtenmənt] *n.* ① 達成. ② 〔~s〕學識, 才藝.
範例 ① the **attainment** of ~'s goal 達成目標.
② He is a scholar of great **attainments**. 他是一位學識淵博的學者.
複數 **attainments**

*attempt** [əˋtɛmpt] *v.* ① 試圖, 企圖.
——*n.* ② 試圖, 企圖.
範例 ① She **attempted** to leave her home but

was stopped. 她試圖離開家，但被制止了.

He **attempted** leaving for London. 他試圖前往倫敦.

② He made no **attempt** to get a good grade in English. 他根本沒有想要在英語方面取得好成績.

She made an **attempt** on her husband's life for the life insurance money. 為了取得保險金，她企圖害死她丈夫.

片語 *make an attempt on ~'s life* 企圖謀害~的性命. (⇨ 範例 ②)

活用 v. **attempts**, **attempted**, **attempted**, **attempting**

複數 **attempts**

****attend** [əˋtɛnd] v. ① 注意. ② 照料. ③ 伴隨. ④ 出席，參加.

範例 ① **Attend** to what I say. 注意聽我講話.

② The young prince had some good doctors **attending** on him. 那位年輕的王子有好幾個優秀的醫生在照顧他.

Are you being **attended** to, sir? 先生，有人招呼你嗎?《當顧客正在尋找某商品時店員說的話》

③ Danger **attends** what he does. 他的行動有危險.

④ I went to Taipei to **attend** the meeting. 我去臺北參加那次會議.

The funeral was poorly **attended**. 那場葬禮參加的人很少.

活用 v. **attends**, **attended**, **attended**, **attending**

***attendance** [əˋtɛndəns] n. ① 陪同；照料. ② 出席，參加. ③ 出席人數；參加者.

範例 ① In this hospital part-time nurses are in **attendance** on patients. 這家醫院是由兼職護士照顧病人.

② Regular **attendance** is needed in my class. 我的課需要按時出席.

As soon as the bell rings, my homeroom teacher starts taking **attendance**. 鐘一響我的班導師就會開始點名.

③ There was a large **attendance** at the concert. 那場演奏會來了很多人.

♦ **atténdance bòok** 點名簿，出勤簿.

複數 **attendances**

***attendant** [əˋtɛndənt] n. ① 隨從. ② 接待人員，工作人員，店員. ③ 出席者，參加者.
——adj. ④ 隨從的；伴隨的.

範例 ① He is one of the king's medical **attendants**. 他是國王的隨行醫生之一.

② The car-park **attendants** here are very kind. 這個停車場的工作人員十分親切.

a cabin **attendant** 客艙服務員.

a flight **attendant** 空服員.

The **attendants** at this gas station work fast. 這家加油站的工作人員工作迅速.

My sister works at the museum as an **attendant**. 我姊姊在博物館當解說員.

③ We are regular **attendants** at this club's

social affairs. 我們定期出席這個俱樂部的聯誼會.

④ The fire and its **attendant** smoke caused a lot of damage. 那場火災和隨之而起的煙造成了極大的損害.

複數 **attendants**

***attention** [əˋtɛnʃən] n. ① 注意，注目. ② 照料. ③ 立正《口令》.

範例 ① She tried to draw my **attention**. 她想吸引我的注意.

Pay **attention** to my advice. 注意我的忠告.

Attention, please! 請注意!《廣播之類的開場白》

② The baby-sitter refused the job because the baby needed too much **attention**. 那個保姆因為照顧嬰兒太麻煩而拒絕了那項工作.

③ The officer shouted, "**Attention**!" 軍官大聲喊了一聲:「立正!」

複數 **attentions**

***attentive** [əˋtɛntɪv] adj. ① 非常注意的；專注的. ② 關心的；有禮貌的.

範例 ① Mr. Lee is always **attentive** to his dress. 李先生總是非常注意他的穿著.

The audience was **attentive** to the speaker. 聽眾們專注地聽著演講者說的話.

② The children are **attentive** to their old parents. 孩子們對年老的父母很關心.

活用 adj. **more attentive**, **most attentive**

attentively [əˋtɛntɪvlɪ] adv. ① 專注地: The students were listening **attentively** to their teacher. 學生們專注地聽著老師講話. ② 關心地；有禮貌地.

活用 adv. **more attentively**, **most attentively**

attest [əˋtɛst] v. 證明，證實: That demonstration should **attest** well to my abilities. 那次示範表演應該會充分證明我的能力.

活用 v. **attests**, **attested**, **attested**, **attesting**

attic [ˋætɪk] n. 頂樓，閣樓.

複數 **attics**

***attire** [əˋtaɪr] v. ① 使盛裝，使打扮.
——n. ② 服裝，服飾.

範例 ① She was gorgeously **attired**. 她盛裝打扮.

The old man **attired** himself in brown. 那個老人一身棕色打扮.

② a girl in formal **attire** 穿著正式服裝的女孩.

活用 v. **attires**, **attired**, **attired**, **attiring**

****attitude** [ˋætə͵tjud] n. 態度；心態.

範例 You have a bad **attitude**! 你的態度太惡劣了!

She has a friendly **attitude** towards us. 她對我們態度很友好.

複數 **attitudes**

***attorney** [əˋtɜnɪ] n. ① 《美》律師《亦作 attorney-at-law；《英》solicitor》. ② 法定代理人.

♦ **lètter of attórney/wàrrant of attórney**

委任狀．

pówer of attórney 委託書，委託權．

attórney géneral『美』司法部長；(州的)首席檢察官；『英』檢察總長《複數為 attorneys general 或 attorney generals》．

➡ 〔充電小站〕(p. 715)

〔複數〕**attorneys**

****attract** [əˋtrækt] *v.* 吸引，引誘．

〔範例〕The orchestra **attracted** a large audience. 那個管弦樂團吸引了很多聽眾．

Good teachers are able to **attract** their student's attention. 好的老師會吸引學生的注意．

Sugar **attracts** ants. 糖招引螞蟻．

〔活用〕*v.* **attracts**, **attracted**, **attracted**, **attracting**

****attraction** [əˋtrækʃən] *n.* 魅力，吸引力；有吸引力的事物．

〔範例〕This novel has a great **attraction** for me. 這本小說對我有很大的吸引力．

This package tour has too many **attractions** to ignore. 這次套裝旅遊行程中有很多吸引人的事物不容錯過．

〔複數〕**attractions**

****attractive** [əˋtræktɪv] *adj.* 有吸引力的，有魅力的．

〔範例〕The old lady is always wearing **attractive** clothes. 那位老婦人總是穿著引人注目的服裝．

Her smile is **attractive**. 她的笑容嫵媚動人．

〔活用〕*adj.* **more attractive**, **most attractive**

****attribute** [*v.* əˋtrɪbjut; `ætrə͵bjut] *v.* ① 歸因於；認為~具有…特質．② 認為是~的作品《常用 be ~ed to 形式》．

——*n.* ③ 特性，屬性．

〔範例〕① He **attributed** the low turnout to poor publicity. 他把出席人數少的原因歸因於宣傳不力．

The teacher **attributed** his failure to the students. 那位老師把他的失敗歸咎於學生．

People **attribute** courage to the lion. 人們認為獅子是勇氣的象徵．

② This song is **attributed** to Foster. 這首歌被認為是佛斯特的作品．

③ Sincerity is an **attribute** of the Prime Minister. 誠信是首相所應具備的特性．

〔活用〕*v.* **attributes**, **attributed**, **attributed**, **attributing**

〔複數〕**attributes**

attribution [͵ætrəˋbjuʃən] *n.* 歸因；歸屬；屬性．

attributive [əˋtrɪbjətɪv] *adj.* 限定性的《指形容詞用於名詞前直接修飾名詞》．

aubergine [ˋobɚ͵ʒin] *n.* 『英』茄子《『美』eggplant》．

〔複數〕**aubergines**

auburn [ˋɔbɚn] *adj.* ① (毛髮等) 赤褐色的．

——*n.* ② 赤褐色．

〔活用〕*adj.* **more auburn**, **most auburn**

auction [ˋɔkʃən] *n.* ① 拍賣．

——*v.* ② 拍賣．

〔範例〕① They had to sell the antiques at **auction** to pay the tax. 為了支付稅金，他們必須在拍賣中拍賣古董．

② They **auctioned** all of their antiques to pay the inheritance tax. 為了支付遺產稅，他們把古董全部拍賣掉了．

〔複數〕**auctions**

〔活用〕*v.* **auctions**, **auctioned**, **auctioned**, **auctioning**

auctioneer [͵ɔkʃəˋnɪr] *n.* 拍賣商《舉辦、主持拍賣會的人》．

〔複數〕**auctioneers**

audacious [ɔˋdeʃəs] *adj.* 大膽的，魯莽的．

〔活用〕*adj.* **more audacious**, **most audacious**

audaciously [ɔˋdeʃəstɪ] *adv.* 大膽地，魯莽地．

〔活用〕*adv.* **more audaciously**, **most audaciously**

audacity [ɔˋdæsətɪ] *n.* 大膽，魯莽：He had the **audacity** to go to the party without being invited. 他沒被邀請而出席晚會，真是魯莽．

****audible** [ˋɔdəbl] *adj.* 聽得到的，聽得見的：His voice was scarcely **audible**. 他的聲音幾乎聽不見．

☞ ↔ inaudible

〔活用〕*adj.* **more audible**, **most audible**

audibly [ˋɔdəblɪ] *adv.* 聽得到地，聽得見地．

〔活用〕*adv.* **more audibly**, **most audibly**

****audience** [ˋɔdɪəns] *n.* ① 聽眾；觀眾；讀者．② 正式會見，謁見．③ 陳述意見的機會．

〔範例〕① This TV show has a very large **audience**. 這個電視節目的觀眾非常多．

They were a very good and lively **audience**. 他們是一群朝氣蓬勃的聽眾．

② I want to be granted an **audience** with the King. 我想要有一個覲見國王的機會．

③ I want to have an **audience** with the commission about a waste recycling proposal. 我想向委員會陳述關於廢棄物再利用的提案．

〔參考〕認為是一個整體時用單數；認為聽取的對象是多人時，特別是『英』使用複數．

〔複數〕**audiences**

audio [ˋɔdɪ͵o] *adj.* 音響的；聲音的；音頻的．

audit [ˋɔdɪt] *n.* ① 審計；查帳．

—— *v.* ② 審計；查帳．③『美』旁聽 (大學課程)．

〔複數〕**audits**

〔活用〕*v.* **audits**, **audited**, **audited**, **auditing**

audition [ɔˋdɪʃən] *n.* ① 聽覺，聽力；(招收演員等的) 試鏡，試聽．

——*v.* ② 面試，試鏡．

〔複數〕**auditions**

〔活用〕*v.* **auditions**, **auditioned**, **auditioned**, **auditioning**

auditor [ˋɔdɪtɚ] *n.* ① 審計員，查帳員．②『美』

A

旁聽生.

複數 **auditors**

auditorium [ˌɔdə`torɪəm] *n.* ① 聽眾席, 觀眾席. ② 禮堂, 會堂.

複數 **auditoriums**

Aug./Aug (縮略) ＝August (8月).

***augment** [ɔg`mɛnt] *v.* 《正式》使增加: Do you have any ideas to **augment** our income? 對於增加我們的收入你有甚麼想法嗎?

活用 *v.* **augments, augmented, augmented, augmenting**

augur [`ɔgɚ] *n.* ① 預言者; (古羅馬的) 占卜官. ——*v.* ② 占卜, 預言.

複數 **augurs**

活用 *v.* **augurs, augured, augured, auguring**

****August** [*n.* `ɔgəst; *adj.* ɔ`gʌst] *n.* ① 8月 《略作 Aug.》. ——*adj.* ② 〔a~〕 有威嚴的, 莊嚴的.

範例 ① **August** is the hottest month of the year in the northern hemisphere. 8月是北半球一年中最熱的月份.
Ken was born on **August** 8. 肯生於8月8日. 《August 8 讀作 August eighth 或 August the eighth》

➡ 充電小站 (p. 817)

活用 *adj.* **more august, most august**

***aunt** [ænt] *n.* ① 姑媽, 姨媽, 伯母, 嬸嬸, 舅媽, ② 阿姨.

範例 ① I have two **aunts** and three uncles on my father's side. 我有兩個嬸嬸和三個叔叔.
② **Aunt** Mary lives in Canada. 瑪麗阿姨住在加拿大.

參考 ② 是小孩子對親戚之外的女性長輩的稱呼, 用於其名字之前.

☞ uncle (叔叔, 大叔)

複數 **aunts**

auntie/aunty [`æntɪ] *n.* 《口語》阿姨.

複數 **aunties**

au pair [o`pɛr] *n.* 交換工讀學生 《居住在不同國家的青年學子, 為了學習他國語言, 風俗民情等而互相交換居住於對方家中幫助做些家事, 以換取膳宿的一種制度》.

複數 **au pairs**

aura [`ɔrə] *n.* (人, 物所發出的) 氣氛; 靈氣; 氣味.

複數 **auras**

aural [`ɔrəl] *adj.* 聽覺的; 耳朵的.

aurora [ɔ`rorə] *n.* ① 曙光. ② 極光 《靠近地磁極的高層大氣 (100公里) 中瀰漫在夜晚可見之有顏色的光. 極光最常見於極光區, 即離地磁極大約22°的範圍內》. ③ 〔A~〕 奧羅拉 《羅馬神話中的曙光女神》.

參考 ③ 曙光女神相當於希臘神話中的黎明女神伊奧絲 (Eos), 被認為是居住在東方的宮殿裡, 每天早晨乘坐金色戰車在天空中行走, 宣告太陽的升起.

♦ **auròra austrális** 南極光.
auròra boreális 北極光.

複數 **auroras**

***auspices** [`ɔspɪsɪz] *n.* 〔只用於下列片語〕 贊助, 支持.

片語 **under the auspices of** 在~的贊助之下: This concert is held **under the auspices of** our company. 這次音樂會是在我們公司贊助下舉辦的.

auspicious [ɔ`spɪʃəs] *adj.* 幸運的, 吉利的: This year our company made an **auspicious** beginning. 今年我們公司有一個好的開始.

活用 *adj.* **more auspicious, most auspicious**

auspiciously [ɔ`spɪʃəslɪ] *adv.* 幸運地, 吉利地: This year began **auspiciously** with good business. 生意興隆讓今年有一個好的開始.

活用 *adv.* **more auspiciously, most auspiciously**

austere [ɔ`stɪr] *adj.* ① (生活等) 簡樸的. ② (人, 態度等) 嚴格的.

範例 ① Monks of this order lead an **austere** life. 這個階層的僧侶過著簡樸的生活.
② My grandfather was an **austere** person. 我的爺爺是一個嚴厲的人.

活用 *adj.* **austerer, austerest/more austere, most austere**

austerely [ɔ`stɪrlɪ] *adv.* ① 簡樸地. ② 嚴格地.

活用 *adv.* **more austerely, most austerely**

austerity [ɔ`stɛrətɪ] *n.* ① 嚴格; 樸素; 禁欲. ② 艱苦生活: **Austerity** cannot be helped in wartime. 戰時過著艱困的生活是難免的.

複數 **austerities**

Australia [ɔ`streljə] *n.* 澳大利亞, 澳洲 《☞ 附錄「世界各國」》.

Australian [ɔ`streljən] *adj.* 澳大利亞的; 澳大利亞人的.

複數 **Australians**

Austria [`ɔstrɪə] *n.* 奧地利 《☞ 附錄「世界各國」》.

authentic [ɔ`θɛntɪk] *adj.* 真實的; 可信的, 可靠的.

範例 They served us with **authentic** Mexican tequila. 他們端給我們道地的墨西哥龍舌蘭酒.
This news comes from an **authentic** source. 這則新聞有可靠的消息來源.

活用 *adj.* **more authentic, most authentic**

authentically [ɔ`θɛntɪklɪ] *adv.* 真正地, 確實地.

活用 *adv.* **more authentically, most authentically**

authenticate [ɔ`θɛntɪˌket] *v.* 證實, 證明~的真實 (性): This has been **authenticated** as a genuine Picasso. 這幅畫被證明是畢卡索的真品.

活用 *v.* **authenticates, authenticated, authenticated, authenticating**

authenticity [ˌɔθɛn`tɪsətɪ] *n.* 真實性: I questioned the **authenticity** of the signature because it didn't look like his handwriting. 我

懷疑那簽名的真實性，因為看起來不像是他的筆跡。

*__author__ [ˋɔθɚ] n. ① 作者，執筆者，作家. ② 創始人，發起人；肇事者.

範例 ① Frantz Kafka is my favorite __author__. 卡夫卡是我最喜歡的作家.

② The __author__ of the revolution became the country's new leader. 那位革命領袖成了國家的新領導人.

複數 __authors__

__authorisation__ [ˌɔθərəˋzeʃən] ＝n. 〖美〗authorization.

__authorise__ [ˋɔθəˌraɪz] ＝v. 〖美〗authorize.

__authoritative__ [əˋθɔrəˌtetɪv] adj. ① 有權威的，可信的. ② 命令的.

範例 ① This is a very __authoritative__ report. 這是一份非常具有權威性的報告.

② The police officer spoke in an __authoritative__ voice. 那個警察以命令的語氣說話.

活用 adj. __more authoritative__, __most authoritative__

__authoritatively__ [əˋθɔrəˌtetɪvlɪ] adv. 權威地，命令地.

活用 adv. __more authoritatively__, __most authoritatively__

*__authority__ [əˋθɔrətɪ] n. ① 權威，權力，職權. ② 權威人士，(～界的)泰斗. ③〔～ies〕當局，官方.

範例 ① You have no __authority__ here—you can't tell us what to do! 在這裡你沒有任何權力，不要告訴我們要做甚麼!

By the __authority__ of the President I present you with this medal of honor. 我代表總統授予你這枚榮譽勳章.

We have __authority__ to hold you here. 我們有在此拘捕你的職權.

② Dr. Jones is an __authority__ on phonetics. 瓊斯博士是一位語音學權威.

③ Smoking is strictly prohibited by the school __authorities__. 學校當局嚴格禁止吸菸.

片語 __by the authority of__ 得到～的許可下，以～權力. (⇨ 範例 ①)

複數 __authorities__

__authorization__ [ˌɔθərəˋzeʃən] n. 授權；批准；認可: __Authorization__ was denied and the project was cancelled. 那項計畫未獲批准而取消.

參考 〖英〗authorisation.

複數 __authorizations__

__authorize__ [ˋɔθəˌraɪz] v. ① 授權，委託. ② 批准，認可.

範例 ① The principal __authorized__ me to do an official survey of the children. 校長授權給我對兒童們進行正式的調查.

② The committee must __authorize__ this plan before we can proceed. 委員會必須批准這一項計畫，我們才可得以進行.

參考 〖英〗authorise.

活用 v. __authorizes__, __authorized__,

__authorized__, __authorizing__

__authorship__ [ˋɔθɚˌʃɪp] n. 作者(的身分)；著作業. He claimed the __authorship__ of that song. 他聲稱自己是那首歌的作者.

__auto__ [ˋɔto] n. 汽車《automobile 的縮略》.

複數 __autos__

__autobiographic/autobiographical__ [ˌɔtəˌbaɪəˋgræfɪk(l)] adj. 自傳的: __autobiographical__ books 自傳.

__autobiography__ [ˌɔtəbaɪˋɑgrəfɪ] n. 自傳: __Autobiography__ of Benjamin Franklin was published after his death. 《富蘭克林自傳》在他死後出版了.

字源 希臘語的 auto (自己) ＋ bio (人生) ＋ graphy (寫) →自傳.

複數 __autobiographies__

__autocrat__ [ˋɔtəˌkræt] n. 專制君主，獨裁者.

複數 __autocrats__

__autocratic__ [ˌɔtəˋkrætɪk] adj. 獨裁的，專制的；獨裁者的.

活用 adj. __more autocratic__, __most autocratic__

__autograph__ [ˋɔtəˌgræf] n. ① 親筆簽名，署名. ──v. ②(名人等) 署名，簽名.

範例 ① Would you send me your __autograph__? 能否請你幫我簽個名?

② The star of the play __autographed__ my program. 那齣戲劇中的明星在我的節目單上簽了名.

複數 __autographs__

活用 v. __autographs__, __autographed__, __autographed__, __autographing__

__automate__ [ˋɔtəˌmet] v. 使 (工廠等) 自動化: This factory has __automated__ the production of car parts. 這家工廠以自動化技術生產汽車零件.

活用 v. __automates__, __automated__, __automated__, __automating__

*__automatic__ [ˌɔtəˋmætɪk] adj. ① 自動的；無意識的，反射性的. ──n. ② 自動步槍〔手槍〕. ③ 自動排檔汽車.

範例 ① an __automatic__ door 自動門.

The beating of the heart is __automatic__. 心跳是自動性的.

♦ __àutomatic machine__ 自動機器.

複數 __automatics__

__automatically__ [ˌɔtəˋmætɪklɪ] adv. 自動地: The door opened __automatically__ when I stood in front of it. 我站在那扇門前時，它就自動打開了.

*__automation__ [ˌɔtəˋmeʃən] n. 自動化，自動操作: He used to say that __automation__ would deprive laborers of their jobs. 他曾說過自動化剝奪了工人的工作.

複數 __automations__

*__automobile__ [ˋɔtəməˌbil] n. 〖美〗汽車.

字源 希臘語的 auto (自己)＋mobile (可動的).

複數 __automobiles__

__automotive__ [ˌɔtəˋmotɪv] adj. 汽車的，有關汽車的.

A

autonomous [ɔ`tɑnəməs] *adj.* 自治的，有自治權的，自主的.
[活用] *adj.* **more autonomous, most autonomous**
autonomy [ɔ`tɑnəmɪ] *n.* 自治，自治權，自主性.
[複數] **autonomies**
autopsy [`ɔtɑpsɪ] *n.* 驗屍，驗屍解剖.
[複數] **autopsies**
*autumn [`ɔtəm] *n.* 秋天《[美]fall》.
[範例] Maple leaves turn red in **autumn**. 楓葉在秋天變紅.
in the **autumn** of 1992/in **autumn** 1992 於1992年秋天.
[複數] **autumns**
autumnal [ɔ`tʌmnḷ] *adj.* 秋天的，似秋天的；秋天開花的.
auxiliary [ɔg`zɪljərɪ] *adj.* ① 輔助的.
——*n.* ② 助動詞《置於動詞前，亦作 auxiliary verb》.
➡ (充電小站) (p. 173)
[複數] **auxiliaries**
*avail [ə`vel] *v.* ① (使)有效用.
——*n.* ② 利益，效用.
[範例] ① Their arguments **availed** little against her determination. 他們的議論幾乎動搖不了她的決心.
Going to cram school **availed** him nothing; he failed the test. 上補習班對他沒甚麼效用，他還是沒有通過考試.
Avail yourself of every opportunity. 你要利用每一次的機會.
② It's of no **avail** using an umbrella in a typhoon. 颱風天即使撐傘也沒有用.
I warned John, but to no **avail**. 我警告過約翰，但徒勞無功.
[片語] *avail ~ of* 利用 (機會等). (⇨ [範例] ①)
of no avail 全然無益的. (⇨ [範例] ②)
to no avail (結果)起不了作用地，徒勞無功地. (⇨ [範例] ②)
[活用] *v.* **avails, availed, availed, availing**
availability [ə,velə`bɪlətɪ] *n.* 可用性，可獲得；可用的人或物：The **availability** of alcohol and tobacco in vending machines is corrupting young people. 由於酒和香菸可透過自動販賣機取得，使得年輕人漸漸墮落.
*available [ə`veləbḷ] *adj.* 可利用的；可獲得的.
[範例] There aren't any seats **available** for tonight's performance. 今晚的演出沒有任何的座位了.
This model won't be **available** until next year. 這個型號的物品到明年才會有.
☞ ↔ unavailable
avalanche [`ævḷæntʃ] *n.* 雪崩；(電話、信件、問題等的)一湧而至.
[範例] The **avalanche** buried the mountaineers alive. 這場雪崩活埋了那些登山者.
The operator was overwhelmed by an **avalanche** of phone calls. 接線生被不斷打來的電話給淹沒了.
[複數] **avalanches**
avarice [`ævərɪs] *n.* 貪婪，貪欲.
avaricious [,ævə`rɪʃəs] *adj.* 貪得無厭的，貪婪的.
[活用] *adj.* **more avaricious, most avaricious**
Ave./Ave 《縮略》＝Avenue (~街).
*avenge [ə`vɛndʒ] *v.* 復仇，報復：Hamlet decided to **avenge** his father's death. 哈姆雷特決定為他父親的死報仇.
[活用] *v.* **avenges, avenged, avenged, avenging**
*avenue [`ævə,nju] *n.* ① 大道，~街《略作 Ave.》. ②[英](通往大宅院的)林蔭道. ③(到達目的的)手段，方法，途徑.
[範例] ① Fifth **Avenue** (紐約的)第五大道.
Michigan **Avenue** 密西根街.
② an **avenue** of locust trees 洋槐樹林蔭道.
③ an **avenue** to success 通往成功之路.
There was no **avenue** of escape for him. 他沒有逃路了.
[參考] ① 的 avenue 兩側有樹，或特指寬闊的 street. 在美國，十字路口表示為 X Street and Y Avenue. 在紐約的曼哈頓區，有200條以上的 street 為東西走向，有10條以上的 avenue 與之垂直，為南北走向. Fifth Avenue 因時裝而聞名.
[複數] **avenues**
*average [`ævrɪdʒ] *n.* ① 平均，平均數，一般.
——*adj.* ② 平均的，一般的.
——*v.* ③ 使平均，求平均數.
[範例] ① The **average** of 61, 67, 85 is 71. 61, 67和85的平均數為71.
Tom's work at school is above **average**, Harry's is below **average** and Jim's is about up to **average**. 湯姆的學校成績在平均分數之上，哈利在平均分數之下，吉姆大致與平均分數同分.
Tom is weak at math, but on **average** his marks are not bad. 湯姆不擅長數學，但一般說來他的成績還算可以.
② What is the **average** temperature in this town in August? 這個市鎮8月份的平均氣溫是多少度?
a dull, **average** man 一個無趣的普通人.
③ **Average** 5, 7, and 15, and you'll get 9. 若將5, 7和15平均的話，你會得到9.
I **average** ten hours' work a day. 我每天工作平均10小時.
The volleyball players **averaged** 192cm in height. 那些排球選手平均身高為192公分.
[片語] *above the average/above average* 在平均分數之上. (⇨ [範例] ①)
below the average/below average 在平均分數之下. (⇨ [範例] ①)
on the average/on average 平均地，平均而言. (⇨ [範例] ①)
[複數] **averages**

averse [ə`vɝs] adj.〔不用於名詞前〕厭惡的，反對的：I am not **averse** to having an occasional glass of wine. 我不反對偶爾來杯葡萄酒.

活用 adj. **more averse, most averse**

aversion [ə`vɝʒən] n. 厭惡，反感：The girl did not go to the party because she has an **aversion** to smoking. 那個女孩沒有出席晚會，因為她厭惡菸味.

片語 **have an aversion to** 對～厭惡.(⇨ 範例)

複數 **aversions**

***avert** [ə`vɝt] v. 避免，躲避；轉移.

範例 The spread of this disease could have been **averted** with a simple vaccination. 只要進行普通的預防接種，這種疾病就不會蔓延開來.
He **averted** his eyes from the dead animal. 他把目光避開那具動物的死屍.

活用 v. **averts, averted, averted, averting**

aviary [`evɪˌɛrɪ] n.（動物園中大型的）鳥籠.

複數 **aviaries**

***aviation** [ˌevɪ`eʃən] n. 航空，飛行術；飛機製造業.

aviator [`evɪˌetɚ] n. 飛行員.

複數 **aviators**

avid [`ævɪd] adj. 熱中的.

活用 adj. **more avid, most avid**

avidly [`ævɪdlɪ] adv. 熱中地.

活用 adv. **more avidly, most avidly**

avocado [ˌavə`kɑdo] n. 酪梨《熱帶水果，果實可作沙拉；亦作 avocado pear》.

複數 **avocados**

***avoid** [ə`vɔɪd] v. 避免，避開.

範例 I **avoided** a quarrel. 我避開了一場爭論.
Avoid taking a train at rush hour. 避免在交通尖峰時刻搭火車.

活用 v. **avoids, avoided, avoided, avoiding**

avoidable [ə`vɔɪdebl] adj. 可避免的：The accident would have been **avoidable** with more care. 只要再小心一點兒，那件意外事故就可以避免了.

avoidance [ə`vɔɪdns] n. 避免，避開：**avoidance** of danger 避開危險.

avow [ə`vau] v. 公開表示，坦白承認：She **avowed** that she would never return. 她公開表示不再回來了.

活用 v. **avows, avowed, avowed, avowing**

***await** [ə`wet] v. 等候.

範例 I am **awaiting** your reply. 我在等你的答覆.
A warm welcome **awaited** me. 我受到熱烈的歡迎.

活用 v. **awaits, awaited, awaited, awaiting**

****awake** [ə`wek] v. ①（人）醒來，吵醒；覺醒，意識到.
——adj. ② 醒著的；察覺的.

範例 ① They **awoke** to find their house on fire. 他們醒過來才發現房子已經著火了.
He **awoke** to the fact that he was no longer a popular man. 他意識到自己已經不再受歡迎了.
An earthquake **awoke** them. 他們因為地震而驚醒.
The alarm clock **awoke** us. 那個鬧鐘把我們吵醒了.
② Unfortunately I was **awake** during the entire horrible performance. 很不幸地，我沒在那場糟透的演出中睡著.
She was **awake** to the difficulties of the work. 她察覺到這件工作的困難.

活用 v. **awakes, awoke, awoken, awaking/awakes, awaked, awaked, awaking**

***awaken** [ə`wekən] v. 使覺醒，使察覺：The incident **awakened** me to the fact that racism does indeed exist everywhere. 那次事件讓我發現到處都存在著種族歧視.

活用 v. **awakens, awakened, awakened, awakening**

awakening [ə`wekənɪŋ] n. 覺醒：What a rude **awakening** to find out your boyfriend is a married man! 發現你的男朋友已經結婚了，真是令人吃驚！

片語 **rude awakening** 猛然覺悟到（某件事情）.(⇨ 範例)

複數 **awakenings**

***award** [ə`wɔrd] v. ① 授予，頒發.
——n. ② 獎，獎品.

範例 ① He was **awarded** a gold medal. 他獲頒一面金牌.
The Nobel prize for peace will be **awarded** to him. 諾貝爾和平獎將頒給他.
② The **award** for the best singer went to her. 她得到最佳歌手獎.

活用 v. **awards, awarded, awarded, awarding**

複數 **awards**

****aware** [ə`wɛr] adj. 注意到的，意識到的，知道的，通曉的.

範例 She was **aware** of the danger. 她意識到有危險.
The boy was not **aware** who she was. 那個男孩不知道她是誰.
I was **aware** that he was absent. 我發覺他缺席了.
She is a politically **aware** student. 她是一位政治意識很強的學生.

☞ ↔ unaware

awareness [ə`wɛrnɪs] n. 察覺，意識.

†**away** [ə`we] adv. ① 離開；遠遠地《用於其他副詞如 below, up, behind 等之前，表示加強其意》. ② 在別處. ③ 不存在，不在. ④ 繼續不斷地.
——adj. ⑤（運動）在客場的，在對方場地上比賽的《相對於 home（在主場的）》.

A

範例 ① **away** from here 離開這裡.
ten miles **away** 距離10哩.
How far **away** is your house? 你家離這兒有多遠?
The temperature was **away** below the freezing point. 氣溫一下子降到零度以下.
Apples are **away** up in price. 蘋果的價格持續上漲.
You're **away** behind with your rent. 你欠了很多房租.
He is **away** at school. 他去學校了.
He is **away** from school. 他離開學校了.
He is **away** on a trip. 他去旅行了.
My father was **away** for the weekend. 我父親上個週末不在.
walk **away** 走開.
keep **away** 不接近.
hold **away** 使不靠近.
② look **away** from 把視線從~移開.
turn **away** from 從~離開.
stay **away** 遠離.
clear **away** 清除.
frighten **away** 嚇走.
put **away** 整理, 放在一邊.
③ fade **away** 消退.
die **away** 逐漸消失.
melt **away** 融化.
waste **away** 日漸消瘦.
wash **away** 洗掉.
④ dance **away** 盡情跳舞.
talk **away** 喋喋不休.
work **away** 一直工作.
⑤ an **away** match 一場客場比賽.

***awe** [ɔ] n. ① 敬畏, 畏懼.
—— v. ② 使敬畏, 使產生敬畏之心.
範例 ① John is in **awe** of his father. 約翰對他的父親相當敬畏.
The soldiers were filled with **awe** when they saw the King. 士兵們見到國王時充滿了敬畏之情.
② The three travelers were **awed** by the sight of Ayers Rock. 那3名旅行者為艾爾斯岩的氣勢所震懾. 《Ayers Rock 是位於澳洲艾爾絲泉 (Alice Springs) 的紅色岩石山, 為原住民的聖地, 高335公尺, 方圓約9公里, 為世界上最大的單一岩石》
片語 **be in awe of** 敬畏 (人). (⇨ 範例 ①)
活用 v. **awes**, **awed**, **awed**, **awing/awes**, **awed**, **awed**, **aweing**
awesome [ˋɔsəm] adj. 令人敬畏的, 可怕的, 駭人的: The boy got into the room and was shocked at the **awesome** sight. 那個男孩進屋裡, 看到可怕的景象而受到驚嚇.
活用 adj. **more awesome**, **most awesome**
****awful** [ˋɔfl] adj. 可怕的; 極糟的, 厲害的.
範例 An **awful** earthquake struck Taiwan. 一場可怕的地震襲擊了臺灣.
I have an **awful** headache. 我頭痛得很厲害.
I feel **awful**. 我覺得糟透了.

活用 adj. **more awful**, **most awful**
***awfully** [ˋɔflɪ] adv. 極度地, 非常地, 很.
範例 It is **awfully** cold today. 今天天氣很冷.
Our biology teacher is an **awfully** nice person. 我們的生物老師是一個非常好的人.
活用 adv. **more awfully**, **most awfully**
awhile [əˋhwaɪl] adv. 片刻, 一會兒: Let's wait here **awhile** and watch the sunset. 我們在這稍等一會兒, 看看日落的景色吧.
字源 a (一個) + while (一段時間).
***awkward** [ˋɔkwəd] adj. 笨拙的; 不方便的; 尷尬的.
範例 Bill isn't **awkward** with chopsticks any more. 比爾已經能靈活運用筷子了.
At first, Bill thought chopsticks were **awkward** eating utensils. 起先, 比爾認為筷子是很難使用的餐具.
There was a long **awkward** silence after their quarrel. 在他們爭吵之後出現了一段長時間而且令人尷尬的沉默.
活用 adj. **more awkward**, **most awkward**
awkwardly [ˋɔkwədlɪ] adv. 笨拙地; 尷尬地; 不便地.
活用 adv. **more awkwardly**, **most awkwardly**
awkwardness [ˋɔkwədnɪs] n. 笨拙; 尷尬; 不便.
awning [ˋɔnɪŋ] n. 遮陽篷, 雨篷 《以塑膠或帆布等製成的篷狀物, 安裝在窗上、出入口、船的甲板等處》

複數 **awnings**
***awoke** [əˋwok] v. awake 的過去式.
***awoken** [əˋwokən] v. awake 的過去分詞.

[awning]

ax/axe [æks] n. ① 斧頭.
—— v. ② 解雇 (人員); 削減 (經費).
範例 ① Woodcutters chopped down trees with **axes**. 樵夫們用斧頭砍倒樹木.
Jack has an **ax** to grind. 傑克別有企圖.
② More than 100 people were **axed** by the company. 有100多人被那家公司解雇了.
片語 **have an ax to grind** 心懷不軌, 別有企圖. (⇨ 範例 ①)
複數 **axes**
活用 v. **axes**, **axed**, **axed**, **axing**
axiom [ˋæksɪəm] n. 公理, 自明之理.
複數 **axioms**
axiomatic [͵æksɪəˋmætɪk] adj. 不證自明的, 公理的.
axis [ˋæksɪs] n. ① 軸, 轉軸. ② 軸線, 中心線. ③ (政治上的) 軸心.
範例 ① the earth's **axis** 地軸.
② The **axis** of a circle is its diameter. 圓的中心線是它的直徑.
③ the **Axis** 軸心國 《指第二次世界大戰時的日本、德國、義大利三國》.

♦ x́ àxis x 軸.
  ý àxis y 軸.
[複數] axes
axle [ˋæksl] *n.* 輪軸, 車軸.
[複數] axles
ay/aye [aɪ] *adv.* ① 是, 好, 贊成.
——*n.* ② 贊成, 贊成者.
[範例] ① Aye, aye, sir; I'll do that at once. 是
的, 長官. 那件事我馬上去辦.

② The **ayes** have it. 贊成者佔多數.《宣布表決
結果》
☞ ↔ *adv.*, *n.* nay/naye
[複數] ayes
azalea [əˋzeljə] *n.* 杜鵑花.
[複數] azaleas
azure [ˋæʒɚ] *n.* ① 蔚藍色.
——*adj.* ② 蔚藍的: an **azure** sky 蔚藍的天空.
[活用] *adj.* more azure, most azure

簡介字母 B 語音與語義之對應性

/b/ 在發音語音學上列為雙唇濁塞音 (bilabial voiced stop). 發音時, 先緊閉雙唇, 氣流完全阻塞, 提升軟顎, 封閉鼻腔, 然後突放雙唇, 壓縮在口腔內的氣流突然逸出, 而產生一種振動聲帶的爆破音.

(1) 發音時, 雙唇緊閉, 氣流完全阻塞, 因此 /b/ 的本義是「阻塞、阻撓」(hindering or barring):
baffle　v. 阻撓《計畫、進攻等》
balk　v. 妨礙, 阻礙
bar　v. 阻止, 阻塞
ban　v. 禁止
prohibit　v. 禁止
bat　n. 球棒《阻撓球之行進》
bung　n. 桶口的木塞《塞住桶內物體》
barricade　n. 路障《封鎖交通》
barrier　n. 柵欄《阻礙行進》
bulwark　n. 防禦物, 防波堤

(2) 某物遭遇到阻礙、阻撓, 意味著此物受到「束縛」(fastening or binding), 因而 /b/ 可引申含有「束縛、綁住、約束」之意:
band　v. 用帶子綑綁
bandage　n. 繃帶
bind　v. 束縛
binding　n. 綑綁; 束縛
belt　n. 皮帶
bondage　n. 束縛
bolt　n. 門栓
buckle　n. 扣環
button　n. 鈕扣

(3) 發音時, 雙唇閉塞, 氣流完全阻塞於口腔內; 換言之, 將氣流包在口腔內, 發音者之雙頰因而鼓起, 因此 /b/ 具有「包圍」(enclosing)、「鼓脹」之本義:
甲.bag　n. (紙、布、皮等所製的) 袋子, 手提袋〔包〕
bark　n. 樹皮《包樹》
barn　n. 穀倉《包穀物》
barracks　n. 兵營《包士兵》
bed/berth　n. 床《包睡覺的人》
body　n. 身體《包靈魂》
bonnet (of a car)　n. 引擎蓋《包引擎》
boot　n. 靴子《包腳》
bud　n. 花蕾《包花》
byre　n. 牛棚《包牛》
乙.balloon　v. 鼓起, 鼓脹; n. 氣球《脹大之物》
bilge　v. 膨脹
bulge　v. 鼓脹, 凸出

emboss　v.使 (花紋、圖案、文字等) 凸出
belly　v. 鼓起; n. 腹部
bulb　n. 球莖《脹大之物》
bold　adj. 大膽的《脹大膽子的》

(4) 把某物包起來以便於攜帶、抬運、傳送, 因而 /b/ 又引申為「攜帶、抬運、傳送」(bearing or carrying) 之意:
bear　v. 攜帶, 抬運, 傳送
baggage　n. (旅行用的) 行李《包旅行用品以便於攜帶、抬運、傳送》
barge　n. 駁船, 大平底船
basket　n. 籃子, 框子
bucket　n. 水桶, 提桶
boat　n. 小船, 小舟
barrow　n. (水果商等用以運貨的) 手推雙輪車, (前後兩人搬運的) 擔架
bier　n. (放棺木、屍體的) 棺架; 屍架
embargo　n. 禁止船舶出入港口, 禁運

(5) 發音時, 先緊閉雙唇, 然後突放雙唇並振動帶聲, 彷彿雙唇糾纏在一起, 聲嘶力竭, 相互扭打, 因此又引申為「拍打、猛擊」(beating or bumping) 之意:
bash　v. 猛擊
bat　v. 用球棒打 (球)
batter　v. 連續猛擊
combat　v. 格鬥, 戰鬥
beat　v. (用棍棒等) 敲打
bang　v. 猛擊, 重擊作響
bump　v. 碰, 撞, 猛擊
billy/baton　n. 警棍

(6) 發音時, 突放雙唇, 壓縮在口腔內的氣流突然迸發而出, 因此 /b/ 具有「迸發」(bursting) 之本義:
bust　v. 使爆裂; 使破產
burst　v. 爆裂, 脹裂
bubble　v. 起泡, 沸騰
boil　v. 燒開, 沸騰
bomb　v. 投彈《爆炸》
ebullient　adj. 沸騰的, 熱情奔放的
burgeon　v. 萌芽《破土而出》

(7) 嬰兒學習語言從咿咿呀呀呀的牙牙學語 (babbling) 開始, 其發音部位就是在雙唇, 因此 /b/ 具有「說話口齒不清、胡言亂語」之本義:
baby　n. 嬰兒《ba 是嬰兒最早出現的音之一》
babble　v. (嬰兒) 牙牙學語
barbarian　n. 野蠻人《希臘人覺得非希臘語

都是 bar-bar 叫的野蠻之語，令
人費解》
The Tower of **B**abel　*n.* 巴貝耳塔《Babel 本義
是混亂 "Confusion"》

baloney　*n.* 胡扯
balderdash　*n.* 胡言亂語
bunkum　*n.* 胡說
jabber　*v.* 急促含糊地說

B [bi] *n.* C 大調的第7音.
[複數] **B`s/Bs**
B.A./BA [`bi`e]《縮略》＝Bachelor of Arts（文學
士）.
[複數] **B.A.`s/BA`s/BAs**
baa [bæ:] *v.* ① (羊) 咩咩叫.
——*n.* ② 咩《羊的叫聲》.
[活用] *v.* **baas, baaed, baaed, baaing**
[複數] **baas**
****babble** [`bæbl] *n.* ① 模糊不清的話. ② 潺潺流
水聲.
——*v.* ③ (成人) 說話口齒不清；(嬰兒) 牙牙學
語. ④ 發出潺潺流水聲.
[範例] ① The linguist recorded the **babble** of the
infant boy. 這位語言學家錄下了幼小男嬰含
糊不清的話語.
② She enjoyed the **babble** of the stream. 她喜
歡聽著小河潺潺的流水聲.
③ The little girl began to **babble**. 那個小女孩
開始牙牙學語.
④ Did you hear the **babbling** of a mountain
stream? 你聽到山溪之潺潺流水聲嗎?
[複數] **babbles**
[活用] *v.* **babbles, babbled, babbled,
babbling**
babe [beb] *n.* ① 嬰兒. ②《口語》《美》小女孩,
寶貝.
[複數] **babes**
Babel [`bebl] *n.* ① 巴貝耳《古代的巴比倫城
(Babylon)》. ② 巴貝耳塔《亦作 the Tower of
Babel》. ③〔a b~〕嘈雜的說話聲；混亂嘈雜
之處.
[參考] ② 據《聖經》記載，人類為了登天而建造
巴貝耳塔，因此觸怒了神而遭毀壞．其後，神
為了使傲慢的人類無法彼此合作而給與不同
的語言，使人間發生混亂．Babel 之本義就是
"confusion"（混亂）.
[複數] **babels**
****babies** [`bebɪz] *n.* baby 的複數形.
baboon [bæ`bun] *n.* 狒狒《長尾猿科，體長
50~90公分，生活在非洲山林或熱帶草原，
性情暴躁》.
[複數] **baboons**
****baby** [`bebɪ] *n.* ① 嬰兒. ② 幼獸, 幼畜. ③ 老
么, (團體中)最年幼者. ④ 孩子氣的人. ⑤ 女
孩, 愛人.
[範例] ① What a cute **baby** she is! 她是多麼可愛
的小寶貝呀!
The **baby** opened his eyes. 嬰兒睜開了眼睛.
Lucy has a **baby** face. 露西擁有娃娃臉.
③ Tom is the **baby** of his class. 湯姆在班上年
紀最小.
♦ **báby bùggy**《美》嬰兒推車《《英》pram,
perambulator》.

báby càr 小型汽車.
báby càrriage《美》嬰兒推車《亦作 baby
buggy》.
báby tàlk 兒語.
[字源] 源自嬰兒發出的 ba ba 聲.
[複數] **babies**
babyish [`bebɪɪʃ] *adj.* ① 像嬰兒似的: It's
babyish to follow your mother around all day.
你像個嬰兒似地整天跟在母親身旁. ② 幼稚
的.
baby-minder [`bebɪ,maɪndɚ] *n.*《英》替人照
顧嬰兒的人.
[複數] **baby-minders**
babysat [`bebɪ,sæt] *v.* babysit 的過去式、過去
分詞《但過去式也可用 did babysitting 來代
替，參閱下面範例》.
babysit [`bebɪ,sɪt] *v.* (孩子父母不在時) 當臨
時保姆.
[範例] Nancy **babysits** with Mrs. Smith's child on
Saturday night. 南西星期六晚上替史密斯太
太照顧小孩.
Jane did **babysitting** for Mrs. Baker
yesterday. 珍昨天替貝克太太照顧小孩.
[參考] 在英國和美國，代替外出的父母一邊看家
一邊照顧小孩的保姆 (babysitter) 通常是學
生；《英》baby-minder.
[活用] *v.* **babysits, babysat, babysat,
babysitting**
babysitter [`bebɪ,sɪtɚ] *n.* 臨時保姆《孩子父
母外出時，代理照顧孩子的人，亦作 sitter》.
[字源] baby (嬰兒)＋sitter (使坐下的人).
[複數] **babysitters**
Bach [bɑk] *n.* 巴哈《Johann Sebastian Bach,
1685-1750，德國作曲家，被稱作「音樂之
父」》.
****bachelor** [`bætʃələˏ] *n.* ① 單身男子，未婚男
子. ② 學士《修完大學課程的人》.
[範例] ② a **Bachelor** of Arts 文學士《授予文科學
系的畢業生，略作 B.A.》.
a **Bachelor** of Law 法學士《略作 B.L.》.
a **Bachelor** of Science 理學士《授予理科學
系的畢業生，略作 B.S., B.Sc., S.B.》.
♦ **báchelor's dègrèe** 學士學位.
[複數] **bachelors**
bacilli [bə`sɪlaɪ] *n.* bacillus 的複數形.
bacillus [bə`sɪləs] *n.* 桿菌.
[參考] 呈棒狀細長形的細菌 (bacteria) 之總稱，包
括大腸菌、霍亂菌、傷寒菌等.
[複數] **bacilli**
†**back** [bæk] *n.* ① 後背, 背, (椅子、書本等
的) 背部. ② 後面, 背面, 後部. ③ (球
類運動的) 後衛.
——*adv.* ④ 向後地, 向裡面. ⑤ 回到原來的場
所〔狀態〕.

——*adj.* ⑥ 後面的，裡面的，背面的；反面的.
⑦ 過期的；積欠的.
——*v.* ⑧ 支援，支持. ⑨（車等）倒退，向後退.
[範例] ① I lay on my **back** and watched the night sky. 我躺著看夜空.
I know he is acting behind my **back**. 我知道他在我背後暗中活動.
He sat with an arm on the **back** of the sofa. 他坐著把手臂放在沙發背上.
There is a tear at the **back** of your jacket. 你夾克背後有個裂縫.
The title on the **back** of the book says *War and Peace*. 那本書的書背上寫著書名《戰爭與和平》.
He wrote only his initials on the **back** of the envelope. 他在那個信封的背後只寫著姓名的起首字母.
② Four children sat in the **back** of the car. 4個孩子坐在汽車的後座.
My room is at the **back** of the house. 我的房間在那棟房子的後面.
She always writes important memos on the **back** of her left hand. 她總是把重要的記錄寫在左手背上.
He is wearing his sweater **back** to front. 他把毛衣前後穿反了.
Look in the index in the **back** of the book. 看書末的索引.
There used to be a pond in **back** of the house./There used to be a pond at the **back** of the house. 從前那棟房子後面有個池塘.
④ I looked **back** and found Bob behind me. 我回頭一看，發現鮑伯在我後面.
Sit well **back** in the chair. 在椅子上靠背坐好.
Stand **back**. The dog bites. 往後站，這隻狗會咬人.
Please move **back** in the bus. 請往公車裡邊走.
⑤ Tom came **back** to his hometown ten years later. 湯姆10年後回到他的故鄉.
I'll be **back** in a minute. 我馬上就回來.
Back in Taiwan, I understood the values of Taiwanese culture. 回到臺灣，我才瞭解臺灣文化的價值.
Put the CD **back** where it was. 把 CD 放回原來的地方.
The father was determined to get his son **back** from the group by any means. 父親決定不顧一切把他兒子從那個團體中帶回來.
I'll call you **back** later. 我稍後打電話給你.
⑥ a **back** door 後門.
a **back** street 後街.
The daughter gave a **back** answer to her father. 女兒頂撞她的父親.
⑦ He has all the **back** numbers of the magazine. 那本雜誌之前的每一期都有的.
The landlord asked him for the **back** rent. 房東催他繳納積欠的房租.

⑧ We all **backed** his opinion. 我們全都支持他的意見.
⑨ The truck **backed** up to the platform. 那輛卡車向後退到平臺.
The dog **backed** away when the man raised his whip. 那個男子一舉起鞭子，那隻狗就往後退去.
[片語] **at ～'s back** ① 在～後面：Were you aware that I was **at your back**? 你有沒有發現我在你的後面？ ② 支持：The prince had the people **at his back**. 那位王子得到民眾的支持.
back and forth 往返地；來回地.
back seat 後座；《口語》不引人注目的地位.
back to back with 與～背貼背地：Stand **back to back with** him. 與他背靠背地站好.
behind ～'s back 在～背後. (⇨ [範例] ①)
break ～'s back 壓垮《工作繁重而不能勝任》.
break the back of 解決《工作等的》艱難部分.
far back ① 很早以前. ② 積欠很久：He is **far back** on his rent. 他的房租已經積欠很久了.
get ～'s back up/put ～'s back up/set ～'s back up 使生氣. 彆嘴. (⇨ [範例] ⑥)
give a back answer 頂嘴. (⇨ [範例] ⑥)
have ～'s back to the wall 陷入困境.
in back of 在～後面. (⇨ [範例] ②)
on ～'s back ① 仰臥. (⇨ [範例] ①) ②《口語》臥病在床.
put ～'s back into 盡全力做.
the back of beyond 偏僻的地方.
turn ～'s back on/give ～'s back on 背棄；棄而不顧.
with ～'s back to the wall 處於困境.
◆ **báck-formàtion** 逆向構詞《☞ [充電小站] (p. 89)》.
[複數] **backs**
[活用] *v.* **backs**, **backed**, **backed**, **backing**
backache [ˈbækˌek] *n.* 背痛.
[複數] **backaches**
***backbone** [ˈbækˈbon] *n.* ① 背脊骨. ②〔the ～〕中堅. ③ 毅力，骨氣.
[範例] ① Tom got a shot in his **backbone** before the operation. 湯姆在手術之前進行了脊椎注射.
② The ABC Co., its factory, and its hardworking workers are the **backbone** of this community. ABC公司、它的工廠以及辛苦工作的員工都是這個社區的中堅.
③ He doesn't have the **backbone** to carry it through. 他沒有貫徹到底的毅力.
[複數] **backbones**
backbreaking [ˈbækˌbrekɪŋ] *adj.* 極費力的：a **backbreaking** job 極費力的工作.
[參考] 亦作 back-breaking.
[活用] *adj.* **more backbreaking**, **most backbreaking**

B

back-formation（逆向構詞）

【Q】英語的名詞是否就如同 play → player 那樣由動詞構成的?

【A】的確在很多情況下，只要在動詞之後加上 -er（或 -or），就可變為「做～的人」或「做～的物」之意. 但有時候情況正好相反，如動詞 edit（編輯）就是由 editor（編輯者）名詞去掉 -or 變成的字，這種現象稱作 back-formation.

⑴由名詞逆向構成的動詞:

beg ← beggar
baby-sit ← baby-sitter
house-keep ← housekeeper
air-condition（裝空氣調節設備）← air conditioner
burgle ← burglar
chain-smoke（一支接一支地抽菸）←

chain-smoker
lase（發出雷射光）← laser
peddle ← peddler
automate ← automation
televise ← television

⑵由形容詞逆向構成的動詞:

laze ← lazy

⑶由形容詞逆向構成的名詞:

diplomat ← diplomatic
greed ← greedy

此外，名詞的複數形後通常加 -s，導致原本以 -s 結尾的字與複數形易混淆，故有些字出現了新的單數形. 如 pea（豌豆），cherry（櫻桃），sherry（雪利酒），asset（資產）等都是從 pease, cherise, sherris, assets 轉變而成的.

---

backdate [`bæk,det] v. 使有效日期往前追溯; 在（合約、文件等）上填寫過去的日期: They illegally **backdated** some documents to avoid paying taxes. 他們為了逃稅非法把一些文件填上過去的日期.

活用 v. **backdates**, **backdated**, **backdating**

backer [`bækɚ] n. 贊助者, 支持者: The deal fell through when one of the financial **backers** pulled out. 由於一個贊助廠商退出, 那個交易因而失敗.

複數 **backers**

backfire [`bæk,faɪr] n. ①（內燃機的）回火, 逆燃. ②（林火來前）預先放火.
——v. ③ 引起回火. ④ 招致相反的結果: This scheme is going to **backfire** in your face and ruin your reputation. 這個詭計會在你面前招來相反的結果, 並毀了你的名聲.

參考 ① 由於內燃機不規則爆發為原因, 機器發出巨大聲響後點火, 但引擎卻沒有發動. ② 為了防止森林大火的火勢蔓延, 預先燒掉順風處的草木.

複數 **backfires**

活用 v. **backfires**, **backfired**, **backfired**, **backfiring**

backgammon [`bæk,gæmən] n. 西洋雙陸棋（雙方各執黑或白15個棋子, 以擲骰子決定行棋格數）.

*__background__ [`bæk,graʊnd] n. 背景; 經歷; 隱藏的地方.

範例 There are some mountains in the **background** of the picture. 那幅畫有幾座山當背景.
He has a good, solid **background** in economics too. 他在經濟學方面也具有豐富而紮實的經歷.
He's still a wanted man, so he stays in the **background**. 他現在仍被通緝, 所以他躲在隱密處.

♦ **báckground mùsic**（電影、戲劇等的）背景音樂, 配樂.

複數 **backgrounds**

backhand [`bæk`hænd] n.（網球、桌球等的）反手擊球; 反手拍: John always serves to my **backhand**. 約翰總是把球發到我的反手拍.

☞ ↔ forehand

複數 **backhands**

backhanded [`bæk,hændɪd] adj. ①（網球、桌球等比賽中）反手拍的. ② 間接的; 挖苦的: a **backhanded** compliment 挖苦的恭維話.

活用 adj. ② **more backhanded**, **most backhanded**

backing [`bækɪŋ] n. ① 後盾, 支持. ②（書籍、衣服等的）襯背; 襯裡; 伴奏.

範例 ① We're going to need some financial **backing** at the beginning. 我們剛開始時將需要經濟支援.
② the **backing** of the book 書籍裝訂的襯背.
a **backing** group 伴奏組.

複數 **backings**

backlash [`bæk,læʃ] n. 強烈反應, 強烈反對《對於社會或政治方面的傾向》: a **backlash** against the government 對政府的強烈反對.

複數 **backlashes**

backlog [`bæk,lɔg] n. ① 大木頭《為了耐久燒而在壁爐內加入的粗大木柴》. ② 積壓的工作: There's going to be a **backlog** of work after the holidays. 假期結束之後, 肯定會有堆積如山的工作.

複數 **backlogs**

backpack [`bæk,pæk] n. ① 背包.
——v. ② 背著背包徒步旅行; 把～裝進背包.

複數 **backpacks**

活用 v. **backpacks**, **backpacked**, **backpacked**, **backpacking**

backpacker [`bæk,pækɚ] n. 背著背包徒步旅行者.

〔複數〕**backpackers**

backside [ˋbækˌsaɪd] *n.* ① 後方，後部，後面. ②《口語》〔~s〕屁股.

〔複數〕**backsides**

backstage [*adv.* ˋbækˋstedʒ; *adj.* ˋbækˌstedʒ] *adv.*, *adj.* ① (在戲場等的) 後臺地〔的〕. ② 私下地〔的〕. 〔範例〕① He took me **backstage** to meet the actor. 他帶我到後臺見那個演員. ② **backstage** negotiations 私下協商.

backstroke [ˋbækˌstrok] *n.* 仰泳: I have never been able to do the **backstroke**. 我不會仰泳.

backup [ˋbækˌʌp] *n.* ① 支持，後援. ② 支持者；伴奏者. ③ 備用物品 (元件)，(電腦) 備份. 〔範例〕① military **backup** 軍隊的支援. ③ a **backup** disc 輔助唱片《backup 作形容詞性，為「輔助的、補充的」之意》. 〔複數〕**backups**

backward [ˋbækwəd] *adv.*, *adj.*

原義	層面	釋義	範例
向後，後方的	方向	*adv.* 向後，朝後	①
	順序	*adv.* 倒，逆，朝反方向	②
	動作的方向	*adj.* 〔只用於名詞前〕向後的	③
	發展	*adj.* 落後的	④

〔範例〕① The barking dog walked **backward**. 那隻狂叫的狗向後退去. Tom put his cap on **backward**. 湯姆把帽子前後戴反了. ② Please count the number **backward**. 請倒過來數數. My girlfriend likes to eat her meals **backward**, from dessert to hors d'oeuvre. 我的女朋友喜歡倒過來吃，後吃開胃菜. ③ Nancy gave me a **backward** glance when she left the room. 南西離開房間時，回頭看了我一眼. ④ It's such a **backward** place—there's no real legal system and people have no human rights. 這是個落後的地方，沒有真正的法律體系，也沒有人權.

backwards [ˋbækwədz] *adv.* ① 向後，朝後. ② 追溯過去. 〔參考〕亦作 backward.

backwoods [ˋbækˋwudz] *n.* 偏遠地區.

backyard [ˋbækˋjard] *n.* ① 後院. ② 附近地區；熟悉的領域. 〔複數〕**backyards**

bacon [ˋbekən] *n.* 醃燻肉《用豬的脊背或肋骨肉醃漬後燻製成》: a slice of **bacon** 一片醃燻豬肉. 〔片語〕**bring home the bacon** ① 養家糊口.

② 獲得成功.

♦ **bàcon and éggs** 醃燻肉加蛋.

*****bacteria** [bækˋtɪrɪə] *n.* 細菌《bacterium 的複數形，很少用單數形》.

****bad** [bæd] *adj.* ① 壞的，不好的，惡劣的.

——*n.* ② 壞事.

〔範例〕① Are you going out in this **bad** weather? 這麼惡劣的天氣你還要外出嗎? Smoking is very **bad** for your health. 吸菸對你的健康非常不好. You're a **bad** boy to sit up so late. 你這麼熬夜真是個壞小孩. My father is in a **bad** mood today. 我父親今天心情不好. Terrorism here has had a **bad** effect on tourism. 這裡的恐怖活動給旅遊業帶來不好的影響. Friday the 13th is a **bad** day for a wedding. 13號星期五不是舉行婚禮的好日子.《因為13號星期五是基督受難日，所以認為美基督教國家認為這一天不適於舉行喜慶活動》 Ken is **bad** at driving./Ken is a **bad** driver. 肯開車開得不好. Living conditions here are so **bad** even cockroaches can't survive. 這裡的生活條件相當惡劣，連蟑螂都活不下去. Eat this before it goes **bad**. 趁這個東西還沒壞之前把它吃掉. I had a very **bad** headache this morning. 今天早上我頭痛得很厲害. Sandy has a **bad** heart. 山迪心臟不好. "How is he?" "He's pretty **bad**." 「他情況如何?」「相當不好.」 I felt **bad** after having lunch. 吃完午飯後，我變得不舒服. Your remarks made her feel **bad**. 你說的話使她心情不好. I feel **bad** about leaving you behind. 丟下你而離開，我感到很抱歉. "I have to go to work next Sunday." "That's too **bad**." 「我下個星期天還得去工作.」「真是可憐.」 It's too **bad** you didn't have enough money. 真遺憾你沒有足夠的錢. "How was the party?" "Not **bad**." 「晚會結果怎麼樣?」「還不錯.」 ② You should take the **bad** with the good. 無論是好事還是壞事，你都得承受.

〔片語〕**feel bad** ① 身體不好. (⇨〔範例〕①) ② 感到歉疚. (⇨〔範例〕①)

go bad (食物) 腐敗. (⇨〔範例〕①)

go from bad to worse 每況愈下: The company **went from bad to worse** when one incompetent manager was replaced with another even more so. 那家公司本想換一個好一點的經理，誰知換了一個更無能的經理後，經營狀況愈來愈壞.

take bad《口語》使得病: The girl was **taken**

bad suddenly. 那個女孩突然病了.

too bad 可憐. (⇨ 範例 ①)

♦ **bàd-témpered** 脾氣壞的，脾氣暴躁的.

活用 *adj.* **worse**，**worst**

bade [bæd] *v.* bid 的過去式.

badge [bædʒ] *n.* 徽章： The students wear their school **badges** on their uniforms. 那些學生們在制服上別著學校的校徽.

複數 **badges**

badger [`bædʒɚ] *n.* ① 獾《鼬科. 體長50-100公分，生活在亞洲、歐洲、美洲的森林裡，夜間活動，在地下掘洞，白天睡在洞裡》.

—— *v.* ② 逗弄；糾纏，使困擾： The boy **badgered** his mother to buy the toy. 那個男孩纏著媽媽給他買玩具.

複數 **badgers**

活用 *v.* **badgers**，**badgered**，**badgered**，**badgering**

***badly** [`bædlɪ] *adv.* ① 壞地，差地. ② 非常地，極厲害地.

範例 ① His daughter behaved **badly**. 他的女兒行為不良.

The meat was **badly** cooked. 肉煮得很難吃.

The students spoke **badly** of their teacher. 那些學生們說他們老師的壞話.

② My left leg is hurting **badly**. 我的左腿很痛.

Our team was **badly** beaten at the game. 我們隊伍在那場比賽中遭到慘敗.

I'm **badly** in need of some advice. 我極需要一些建議.

片語 ***badly off*** 生活窮苦的，貧困的；匱乏的：We're so **badly off** that we can't afford to go to the movies. 我們生活窮苦，連電影都看不起.

That hospital is **badly off** for medical supplies. 那家醫院藥品儲備不足.

活用 *adv.* **worse**，**worst**

badminton [`bædmɪntən] *n.* 羽毛球.

badness [`bædnɪs] *n.* 壞事；不好；不良；不吉.

***baffle** [`bæfl] *v.* 使困惑： The question **baffled** me completely. 那個問題把我完全困惑住了.

活用 *v.* **baffles**，**baffled**，**baffled**，**baffling**

***bag** [bæg] *n.* ① 袋子；手提包. ②《棒球的》壘包《亦作 base》. ③ 獵物.

—— *v.* ④ 裝進袋中. ⑤ 捕獲；捕殺.

範例 ① a shoulder **bag** 背包.

a shopping **bag** 購物袋.

How much does a **bag** of rice cost? 一袋米多少錢？

③ Have you made a good **bag**? 你捕到很多獵物嗎？

④ We **bagged** up our things for a journey. 我們把旅行需要的東西裝進袋子裡.

⑤ My uncle **bagged** a fox. 我的叔叔捕殺了一隻狐狸.

片語 ***bag and baggage*** 所有的家當.

bags of 很多： I have **bags of** money. 我有很多錢.

get the bag 被解雇.

give ~ the bag 解雇；拒絕.

have bags under ~'s eyes 看起來疲憊不堪.

in the bag 十拿九穩，穩操勝券： The game is **in the bag**. 那場比賽一定會贏.

活用 *v.* **bags**，**bagged**，**bagged**，**bagging**

***baggage** [`bægɪdʒ] *n.* 隨身行李： The traveler has much **baggage**. 那個旅客攜帶很多行李.

♦ **bággage chèck** 行李寄存單《〖英〗luggage check》.

bággage ròom《〖美〗行李寄放處《〖英〗left-luggage office》.

baggy [`bægɪ] *adj.* 袋狀的，鬆弛的.

活用 *adj.* **baggier**，**baggiest/more baggy**，**most baggy**

bagpipes [`bæg,paɪps] *n.*〔作複數〕風笛《蘇格蘭樂器》.

bail [bel] *n.* ① 保釋；保釋金；保釋人.

—— *v.* ② 使保釋出獄. ③ 用降落傘逃脫. ④ 舀出船底的水.

[bagpipes]

範例 ① His lawyer went **bail** for the man accused of stealing. 那個被控竊盜罪的男子由他的律師作他的保釋人.

② I had to pay £10,000 to **bail** him out. 我必須付1萬英鎊保釋他.

片語 ***bail out*** ① 保釋出獄. (⇨ 範例 ②) ② (= bale out) 使脫離困境；（財務上）紓困，緊急融資.

go bail for/stand bail for 做~的保釋人. (⇨ 範例 ①)

活用 *v.* **bails**，**bailed**，**bailed**，**bailing**

bailiff [`belɪf] *n.* 〖英〗郡執行官《郡長 (sheriff) 的副手》. ②〖英〗地主的代理人《代為管理財產者》.

複數 **bailiffs**

***bait** [bet] *n.* ①（捕魚、狩獵等使用的）餌： Earthworms make good **bait**. 蚯蚓是很好的餌. ② 陷阱，誘惑.

—— *v.* ③ 放置誘餌. ④ 戲弄.

複數 **baits**

活用 *v.* **baits**，**baited**，**baited**，**baiting**

***bake** [bek] *v.* (用窯、烤箱等) 烤，燒，烘焙；☞ 充電小站 (p. 273)》.

範例 I like **baking** cakes. 我喜歡烘焙蛋糕.

I'm **baking** in the hot sun! 我快要被熾熱的太陽烤焦了！

They **bake** pottery in this furnace. 他們在這爐子內燒製陶器.

活用 *v.* **bakes**，**baked**，**baked**，**baking**

baker [`bekɚ] *n.* 麵包師傅： My father is a **baker** and he bakes a lot of bread and cakes

B

every day. 我的父親是一個麵包師傅，每天烘烤很多麵包和糕餅.

【參考】出售麵包和糕餅的店稱 baker's.

【複數】 bakers

bakery [ˋbekərɪ] *n.* 麵包廠，麵包店.

【複數】 bakeries

baking [ˋbekɪŋ] *n.* 烘焙.

♦ **báking pòwder** 醱粉，發酵粉《可使燒烤的糕餅、甜點等變得鬆軟可口》.

báking sòda 小蘇打.

****balance** [ˋbæləns] *n.* ① 平衡；平靜. ② 剩餘；餘額；差額. ③ 天平，秤. ④〔the B~〕天平座，天平座的人《☞ 充電小站 (p. 1523)》.

[balance]

——*v.* ⑤ 使平衡，保持平衡. ⑥ 衡量，權衡，比較.

【範例】① I lost my **balance** and fell down the steps. 我失去平衡而從樓梯上跌了下來.

The **balance** of power has changed in the post-cold war world. 後冷戰世界列強間的均勢發生了變化.

The ecological **balance** of the region was destroyed when the trappers killed all the wolves. 獵人們設陷阱捕殺所有的狼，因而破壞了那個地區的生態平衡.

The noise disturbed the **balance** of his mind. 那個聲音打亂他心頭的平靜.

② the **balance** of a meal 剩菜剩飯.

I have a **balance** of about NT$100,000 in my bank account. 我銀行的戶頭裡有新臺幣10萬元左右的存款結餘.

I used the **balance** to buy a new ballpoint pen. 我用剩下的餘額買了一枝新的原子筆.

③ The **balance** tipped in our favor when the scandal hit the press. 那件醜聞登在報紙上對我們有利.

⑤ I can't **balance** myself on a stationary bicycle. 我在靜止的腳踏車上無法保持平衡.

Professor Johnson **balances** theory with practical techniques in his classes. 強森教授在課堂上將理論與實用技術做了很好的結合.

⑥ He **balanced** his need to save money with his desire to live near downtown. 他衡量了儲蓄的必要性和想居住在市中心的欲望.

【片語】*hold the balance* 握有決定權，舉足輕重.

in the balance 處於不穩定的狀態: Because we have greatly damaged the environment, the survival of our species hangs **in the balance**. 由於我們嚴重破壞了環境，所以我們人類今後的生存與否仍是個未知數.

keep ~'s balance 保持平衡；保持鎮靜: Don't get excited; **keep your balance**. 不要激動，要沉著.

lose ~'s balance 失去平衡；失去平靜.

(⇨ 【範例】①)

off balance 失去平衡地；慌亂地: The crossexamination threw him **off balance**. 那次盤問使他沉不住氣.

on balance 總之，從整體看來: **On balance** our vacation in Thailand was far better than the one in Saipan. 總之，我們在泰國的假期比起在塞班島要好玩得多.

strike a balance ① 結算帳目. ② 採取公平的解決辦法，找到折衷辦法.

♦ **bálance bèam** (體操用的)平衡木.

bàlanced díet 均衡的飲食.

bàlance of mínd 正常的心智.

bàlance of páyments 國際收支.

bàlance of tráde 貿易差額.

bálance shèet 資產負債表《略作 B/S，b.s.》.

【複數】 balances

【活用】*v.* balances, balanced, balanced, balancing

***balcony** [ˋbælkənɪ] *n.* ① 陽臺: She appeared on the **balcony** and looked down at me. 她出現在陽臺上並往下看我. ②(劇院的)二樓座席，包廂.

【複數】 balconies

***bald** [bɔld] *adj.* ① 光禿的；禿頭的. ② 赤裸裸的，露骨的，不加掩飾的.

【範例】① He's going **bald** at an early age. 他從年輕的時候就開始禿頭了.

a **bald** mountain 光禿禿的山，童山.

② a **bald** accusation 露骨的譴責.

a **bald** lie 赤裸裸的謊言.

a **bald** style 單調的文體.

a **bald** statement of the facts 原原本本的〔毫無掩飾的〕事實陳述.

♦ **bàld éagle** 白頭鷹.

[bald eagle]

【參考】產於北美，1782年被定為美國國鳥而成為美國的象徵. 其圖案為美國的國徽 (the Seal of the United States)，用於公務文件中. 鷹胸前抱著的盾表示「自治」，兩隻腳抓著的橄欖枝和箭分別表示「和平」和「戰爭」，象徵議會被委以自治、和平與戰爭的權力.

baldly [ˋbɔldlɪ] *adv.* 赤裸裸地，露骨地，不加掩飾地: to put it **baldly** 直言不諱地說或寫.

【活用】*adv.* more baldly, most baldly

baldness [ˋbɔldnɪs] *n.* ① 光禿. ② 露骨，無掩飾；(文體的)單調枯燥.

bale [bel] *n.* ①(用繩索捆紮以便於運送的)捆，包.

——*v.* ② 打包，把~紮成一大捆.

【複數】 bales

【活用】*v.* bales, baled, baled, baling

***balk** [bɔk] *n.* ① 妨礙，阻礙.

——*v.* ② 阻礙，使(機會)溜過，錯過(機會等). ③ 猶豫 (at).

［範例］② They were **balked** of the chance to go to the movie. 他們失去了看那場電影的機會.
③ My boy **balked** at the price of the car. 我兒子對於那部車的價錢猶豫不決.
［參考］亦作 baulk.
［複數］**balks**
［活用］v. **balks, balked, balked, balking**
***ball** [bɔl] n. ① 球. ② 球狀物. ③『美』棒球. ④（棒球的）壞球. ⑤ 盛大的舞會；愉快的時光.
［範例］① A **ball** is usually round, but a Rugby **ball** has a point at each end. 球通常是圓的，但橄欖球的兩端是尖的.
② He likes rolling up gum wrappers into **balls**. 他喜歡把口香糖的包裝紙揉成一團.
③ The children played **ball** for two hours. 那些孩子們打了兩個小時的棒球.
④ Tom had three **balls** and two strikes on him. 湯姆的球數是3個壞球，2個好球.
［片語］***keep the ball rolling*** 使談話繼續不中斷.
on the ball 機警的.
play ball ①（球賽的）開始比賽. ② 合作.
♦ **bàll béaring**（機械的）滾珠軸承.
báll pàrk 棒球場.
［複數］**balls**
ballad [ˋbæləd] n. 民歌，民謠；情歌《以傳說或民間故事為題材傳承下來的民謠、民歌或質樸的情歌》.
［複數］**ballads**
ballast [ˋbæləst] n. 壓艙物《為了使船舶平穩而置於船底部的石塊或水》；〔鋪於路基和鐵道間的〕碎石；（心理的）穩定: mental **ballast** 使精神穩定之物.
ballerina [ˏbæləˋrinə] n. 芭蕾舞中的女主角.
［複數］**ballerinas**
ballet [ˋbæle] n. ① 芭蕾舞，芭蕾舞劇，芭蕾舞曲: I dance modern **ballet**. 我跳的是現代芭蕾舞. ② 芭蕾舞團.
［複數］**ballets**
ballistics [bæˋlɪstɪks] n.〔作單數〕彈道學.
***balloon** [bəˋlun] n. ① 氣球；熱氣球. ② 氣球狀對話框《漫畫中人物的對白部分》.
—— v. ③（像氣球般）膨脹.
［範例］① Do you want to ride in a **balloon**? 你想乘坐熱氣球嗎？
③ My stomach **ballooned** from eating all those apples. 我因為吃了那些蘋果而肚子脹得圓滾滾的.
［字源］ball（球）＋oon（大的）.
［複數］**balloons**
［活用］v. **balloons, ballooned, ballooned, ballooning**
***ballot** [ˋbælət] n. ①（無記名）投票用紙，選票. ② 無記名投票. ③ 投票總數.
—— v. ④（無記名）投票.
［範例］① We don't really count **ballots**; we look at the readout on the voting machine. 我們實際上不數選票，而是看投票機讀出的訊息.《在美國投票使用投票機自動進行票數統計》

② The **ballot** is stronger than the bullet. 選票比子彈更具威力.《美國第16任總統林肯（Lincoln）的名言》
③ Voter apathy was the cause of the small **ballot** this year. 選舉人的漠不關心導致今年的投票率很低.
④ We **balloted** for the resolution. 我們投票通過那項決議案.
［字源］義大利語的 ballotta（＝small ball）. 在古希臘如表示贊成時將白球投入箱內，反對時則投入黑球，由此逐漸變為「投票」之意.
［複數］**ballots**
［活用］v. **ballots, balloted, balloted, balloting**
ballpoint [ˋbɔlˏpɔɪnt] n. 原子筆《亦作 ballpoint pen, ball pen》.
［複數］**ballpoints**
ballroom [ˋbɔlˏrum] n. 舞廳.
［複數］**ballrooms**
***balm** [bɑm] n. 香油，鎮痛膏《用有香味的樹脂（balsam）製成的軟膏》；慰藉物: Her words were like a **balm** that soothed my spirit. 她的話就像鎮靜劑一樣安撫了我的情緒.
［複數］**balms**
balmy [ˋbɑmɪ] adj.（風或天氣）清爽的，溫和的: There was a **balmy** breeze. 清爽的微風吹來.
［活用］adj. **balmier, balmiest**
balsa [ˋbɔlsə] n. ① 輕木《產於熱帶美洲》. ② 質輕而堅實的木材.
［複數］**balsas**
balsam [ˋbɔlsəm] n. ① 鳳仙花《亦作 garden balsam》. ② 香脂《具有香味的樹脂，用於香料或黏合劑》.
［複數］**balsams**
balustrade [ˏbæləˋstred] n. 欄杆，扶手.
［複數］**balustrades**
***bamboo** [bæmˋbu] n. 竹子，竹材.
［範例］**bamboo** shoots 竹筍.
a **bamboo** leaf 竹葉.
［複數］**bamboos**
***ban** [bæn] n. ① 禁止；禁令.
—— v. ② 禁止《常用 be ~ed from 或 ~ somebody from 形式》.
［範例］① a **ban** on nuclear weapons 核武禁令.
② He was **banned** from drinking by the doctor. 醫生禁止他喝酒.
The umpire **banned** the pitcher from the ballpark for unsportsman-like conduct. 裁判認為那名投手的行為有違運動精神而將他逐出場外.
［複數］**bans**
［活用］v. **bans, banned, banned, banning**
banal [ˋbenl] adj. 平庸的，陳腐的.
［活用］adj. **more banal, most banal**
banana [bəˋnænə] n. 香蕉，香蕉樹: a bunch of **bananas** 一串香蕉.
［複數］**bananas**
***band** [bænd] n. ① 繩，帶. ②（顏色的）條紋.

③（人的）一隊，一夥. ④ 樂團，樂隊.
——v. ⑤ 用繩帶綁紮；團結 (together).

範例 ① a rubber **band** 橡皮筋.

② If you see a black furry animal with a white **band** on its back, run—it's a skunk! 如果遇見背上有白色條紋的黑毛動物就趕快跑，那傢伙是臭鼬.

③ a **band** of robbers 一群強盜.

④ a brass **band** 管樂團.

⑤ We all **banded** together to fight the enemy. 我們團結起來共同對抗敵人.

複數 **bands**

活用 v. **bands, banded, banded, banding**

***bandage** [`bændɪdʒ] n. ① 繃帶.
——v. ② 用繃帶包紮：The nurse **bandaged** my wounded arm. 那位護士用繃帶包紮我受傷的手臂.

複數 **bandages**

活用 v. **bandages, bandaged, bandaged, bandaging**

bandana/bandanna [bæn`dænə] n. （印度的）印花絲巾《花色豔麗的大絲巾，多用作頭巾或圍巾》.

複數 **bandanas/bandannas**

bandit [`bændɪt] n. 強盜，土匪，盜賊.

複數 **bandits**

bandstand [`bænd͵stænd] n. （戶外演奏用的）露天音樂臺《通常有屋頂》.

複數 **bandstands**

bandwagon [`bænd͵wægən] n. （在遊行隊伍前方的）樂隊車.

複數 **bandwagons**

bandy [`bændɪ] v. ① 議論；爭吵；胡亂散布（傳言等）.
——adj. ②（腿）向外彎曲的.

活用 v. **bandies, bandied, bandied, bandying**

活用 adj. **bandier, bandiest**

bane [ben] n. 〔the ~〕禍害，禍根，痛苦：Unpaid overtime is the **bane** of all salaried workers. 超時工作而不給報酬對領薪階級來說真是痛苦.

複數 **banes**

bang [bæŋ] v. ① 發出巨響，砰然作響；猛擊.
——n. ② 巨響. ③〔~s〕〔美〕瀏海髮型.

範例 ① The boy **banged** the drum. 那男孩把鼓敲得咚咚響.
I want to **bang** my head against the wall in frustration. 我沮喪得想撞牆.

② Our neighbor always closes the door with a **bang**. 我們的鄰居總是砰砰地關上門.

片語 **go over with a bang/go off with a bang** 非常成功.

with a bang 砰砰地，咚咚地.（⇨ 範例 ②）

參考 表示射擊、用拳頭敲打或鎚東西時發出的聲響.

活用 v. **bangs, banged, banged, banging**

複數 **bangs**

bangle [`bæŋgl] n. 手鐲；腳鐲.

複數 **bangles**

***banish** [`bænɪʃ] v. ① 驅逐出境，放逐. ② 驅除（困惱、恐懼等），忘卻.

範例 ① The murderer was **banished** to an island. 那個殺人犯被放逐到島上.

② The patient tried to **banish** his fear of death. 那個病人設法驅除對死亡的恐懼.

活用 v. **banishes, banished, banished, banishing**

banishment [`bænɪʃmənt] n. 放逐，流放.

banister [`bænɪstə] n. （樓梯的）扶手，欄杆.

複數 **banisters**

banjo [`bændʒo] n. 班卓琴：A banjo has four or more strings. 班卓琴有4根或4根以上的琴弦.

參考 源於非洲的弦樂器，用手指撥彈演奏. 與黑奴一起傳入美國，現在常用於鄉村音樂和即興爵士樂中. 高音

[banjo]

班卓琴 (tenor banjo) 有4根弦，藍草班卓琴 (bluegrass banjo) 有5根弦，吉他班卓琴 (guitar banjo) 有6根弦.

複數 **banjoes/banjos**

***bank** [bæŋk] n. ① 堤，河岸. ②（如堤岸形的）堆積. ③（海岸的）淺灘. ④ 銀行.
——v. ⑤（汽車或飛機在轉彎時）傾斜. ⑥（把錢）存入銀行，（與銀行）交易 (at, with).

範例 ① Bonn lies on the west **bank** of the Rhine. 波昂位於萊茵河西岸.
The river overflowed its **banks** and flooded the neighborhood. 河水溢出河岸，淹沒附近地區.

② We found the missing rake in a **bank** of leaves. 我們在樹葉堆中找到遺失的耙子.

③ Banks in this area can be dangerous for ships. 這個地區的淺灘對船隻有危險.

④ The **bank** is in shaky financial condition. 那家銀行的財務狀況不穩定.

blood **bank** 血庫.

eye **bank** 眼庫《為了角膜移植而設置》.

data **bank** 資料庫.

⑤ The pilot **banked** to the left just after takeoff. 飛機起飛後，飛行員立刻將機體向左傾斜.

⑥ Most people **bank** their money on payday. 大多數的人都在發薪日那天將錢存入銀行.
He doesn't **bank** with anyone; he keeps it under his mattress. 他不和任何銀行打交道，而把錢放在床墊下.

片語 **bank on** 指望，依靠：You can't **bank on** anything that scoundrel says. 你不能相信那個惡棍說的話.

字源 ④ 出自義大利語 banca（長椅，桌子）. 銀行的前身為錢幣兌換所，在工作臺上放置 bench 或 table.

♦ **bànk hóliday** 《英》（星期六和星期日以外的）銀行公休日，法定假日.

bánk nòte 紙幣，鈔票.

充電小站

銀行 (bank)

▶ 有關銀行的用語
儲蓄帳戶　savings account
定期存款　fixed deposit
支票存款帳戶　checking account
即期存款　deposit at notice
零存整付存款　installment deposit
共同帳戶/(夫妻) 聯合帳戶　joint account
利息　interest
籌措資金/貸款　financing/loan
信用評級　credit rating
房屋貸款　a home loan
　　　　　a housing loan
循環信用證　revolving credit
外匯兌率　foreign exchange rate
受款人　payee
付款人　payer
拒付支票　bounced check
　　　　　rejected check
存摺　passbook/bankbook
旅行支票　traveler's check (T/C)
結餘　balance
金融卡　〖美〗 banker's card/bank card/〖英〗
　　　cash card
密碼　personal identification number (略作PIN)
自動提款機　automated teller machine (略作
　　ATM) /cash dispenser (略作 CD)
簽名　signature
貨幣　currency

紙幣　bill/note/paper money/bank note
硬幣　coin
▶ 有關銀行的用法
開戶　open an account: I would like to **open an
　　account** with your bank. 我想在你們這家銀
　　行開戶.
結清帳戶　close an account: He **closed** all his
　　accounts with that bank. 他結清了在那家銀
　　行的帳戶.
存款　deposit: He **deposited** 1,000 dollars in
　　the bank. 他在銀行存了1,000美元.
提款　draw/withdraw: He **drew** 1,000 dollars
　　from the bank. 他從銀行提取了1,000美元.
兌換旅行支票　cash a traveler's check: **Cash
　　this traveler's check**, please. 請將這張旅
　　行支票兌換成現金.
兌換　change/exchange: I **changed** some
　　New Taiwan dollars to U.S. ones at the airport.
　　我在機場把一些新臺幣換成美元.
存入現金　pay cash into a bank account/
　　deposit cash into a bank account
兌現支票　draw a check
開出支票　write a check: I **write a check** for
　　100,000 dollar. 我開了一張10萬美元的支
　　票.
背書支票　endorse a check: I **endorsed a
　　check** for 100,000 dollar. 我在一張10萬美
　　元的支票上背書.

➡ 充電小站) (p. 95)
〖複數〗**banks**
〖活用〗*v.* **banks, banked, banked, banking**
banker [`bæŋkɚ] *n.* ①銀行家, 銀行業者:
　Who are your **bankers**? 你往來的銀行是哪
　幾家? ②(賭博時的) 莊家.
〖複數〗**bankers**
banking [`bæŋkɪŋ] *n.* 銀行業, 銀行業務:
　banking hours 銀行營業時間.
__banKrʌpt__[`bæŋkrʌpt] *n.* ①破產者.
　——*adj.* ② 破產的; 缺乏的《常與 of 連用》.
　——*v.* ③ 使破產.
〖範例〗② Ours was the only business on the block
　that didn't go **bankrupt** during the
　depression. 我們是不景氣時這一帶唯一一沒
　倒閉的企業.
　They are **bankrupt** of any morals. 他們一點
　道德都沒有.
〖片語〗*go bankrupt* 宣告破產. (⇨〖範例〗②)
〖複數〗**bankrupts**
〖活用〗*v.* **bankrupts, bankrupted,
　bankrupted, bankrupting**
bankruptcy [`bæŋkrʌptsɪ] *n.* ①破產: He
　escaped his creditors by declaring
　bankruptcy. 他宣告破產以躲避債主. ②(地
　位、名譽等的) 喪失.

〖片語〗*go into bankruptcy* 宣告破產.
〖複數〗**bankruptcies**
banner [`bænɚ] *n.* ① 旗幟《遊行時所舉的寫
　有口號或標語等的長布條》. ② 旗《國旗、軍
　旗、校旗等》.
〖範例〗① The workers marched through the streets
　with **banners**. 那些工人們手舉著旗幟標語
　在街上遊行.
　② the Star-Spangled **Banner** 星條旗《美國國
　旗》.
〖片語〗*under the banner of* 打著~的旗號,
　以 ~ 的 名 義: They occupied an official
　residence **under the banner of** the
　revolution. 他們打著革命的旗號占領了一幢
　官邸.
　◆ **bànner héadline** (報紙上) 橫貫全頁的大
　標題.
〖複數〗**banners**
banns [bænz] *n.* 〔作複數〕結婚預告《舉行婚禮
　前連續3個星期天在教堂宣布, 以此詢問是
　否對此婚姻有異議》.
__banquet__[`bæŋkwɪt] *n.* 正式宴會《邀請許多賓
　客參加, 進行演講或敬酒的正式宴會》: We
　went to the wedding **banquet**. 我們參加了那
　場婚宴.
〖複數〗**banquets**

bantam [`bæntəm] *n.* 矮腳雞《一種矮小的鬥雞》.

[複數] **bantams**

banter [`bæntɚ] *n.* ① (非惡意的) 取笑，玩笑.
——*v.* ② 取笑，開玩笑.

[範例] ① He often exchanges **banter** with his old friend. 他和老朋友經常互相開玩笑.
② Father and son **bantered** with each other. 父親和兒子互相取笑.

[活用] *v.* **banters, bantered, bantered, bantering**

baptism [`bæptɪzəm] *n.* ① 洗禮；洗禮儀式；(船舶等的) 命名儀式. ② 初次體驗；首次考驗.

[範例] ① A person becomes a member of the Christian Church in the ceremony of **baptism**. 一個人經過洗禮儀式後就成為基督教徒.
② the **baptism** of fire 砲火的洗禮.
the **baptism** of blood 殉教《血的洗禮》.

[參考] 洗禮是指基督教中成為一名教徒的儀式. 從 I believe in God the Father Almighty. (我相信萬能的天父…) 信仰宣布開始. 除了將全身浸入水中的浸禮 (immersion) 之外，還有向頭上灑水和僅用指尖向身上點水的儀式. 天主教 (Catholic) 和英國國教會中，皆在嬰兒出生不久後舉行洗禮，同時為嬰兒命名 (Christian name).

[複數] **baptisms**

Baptist [`bæptɪst] *n.* ① 浸信會教友《基督教一新教派的教徒，反對嬰兒洗禮，主張應等到長大後明白洗禮的意義時再進行洗禮》. ② 〔the ～〕施洗者約翰《亦作 St. John the Baptist》.

[複數] **Baptists**

****baptize** [bæp`taɪz] *v.* ① 為～施洗禮；洗淨. ② 施洗並授教名等；施洗禮使成為教徒.

[範例] ① **baptize** a child 為孩子施洗.
② She was **baptized** Beverley, after her grandmother. 她受洗並依祖母名被取名為弗莉.
He was **baptized** a Catholic. 他受洗成為天主教徒.

[活用] *v.* **baptizes, baptized, baptized, baptizing**

‡**bar** [bɑr] *n.*

原義	層面	釋義	範例
向一方伸長的物	物的形狀	棒，棒狀物，條，帶	①
	障礙	橫木，門，障礙物	②
	隔開的空間	法庭，審判；(樂譜的) 小節，小節線	③
	間隔	櫃檯，(有櫃檯的) 酒館，小飲食店	④

——*v.* ⑤ 上閂. ⑥ 阻止，阻塞，禁止.

[範例] ① a **bar** of gold 金條.
a **bar** of chocolate 一條巧克力.
parallel **bars** 雙槓.
② In this dangerous neighborhood, first floor apartments need **bars** on the windows. 在這個危險地區，公寓的一樓窗戶需要加上橫木. This embargo is a **bar** to the island's development. 這項貿易禁令成了這個島發展的障礙.
③ I can't remember the first **bar** of the song; how does it go? 我記不起來那首歌的第一小節，要怎麼唱?
④ If I'm alone I prefer eating at the **bar** to eating at a table. 如果我單獨一人，我喜歡在吧檯勝於在餐桌用餐.
I'm sorry sir. The **bar** is closed. 先生，非常抱歉，酒吧已經打烊了.
a coffee **bar** 咖啡店.

[複數] **bars**

[活用] *v.* **bars, barred, barred, barring**

****barbarian** [bɑr`bɛrɪən] *n.* ① 野蠻人，蠻族. ② 沒教養的人.
——*adj.* ③ 野蠻的，未開化的. ④ 沒教養的.

[字源] 出自希臘語的 bárbaros (外國的；無知的) + ian (人).

[複數] **barbarians**

barbaric [bɑr`bærɪk] *adj.* ① 野蠻的，粗野的，未開化的. ② 殘酷的: a **barbaric** punishment 酷刑.

barbarity [bɑr`bærətɪ] *n.* ① 野蠻；殘酷. ② 殘忍的行為: The history of that city is a story of **barbarity** and corruption. 那座城市的歷史是一個殘暴和墮落的故事.

[複數] **barbarities**

****barbarous** [`bɑrbərəs] *adj.* ① 野蠻的，未開化的. ② 殘忍的；粗野的.

barbecue [`bɑrbɪˏkju] *n.* ① 烤肉架. ② 烤肉. ③ (有烤肉的) 野外饗會.
——*v.* ④ 用火燒烤.

[參考] 亦作 barbeque，廣告中亦寫成 Bar-B-Q.

[複數] **barbecues**

[活用] *v.* **barbecues, barbecued, barbecued, barbecuing**

barbed [bɑrbd] *adj.* ① (魚鉤等) 有倒鉤的. ② (說話等) 帶諷刺的.

[範例] ① a **barbed** fishhook 有倒鉤的魚鉤.
② Tom made a **barbed** comment. 湯姆的意見帶有諷刺意味.

♦ **bàrbed wíre** 有刺鐵絲.

[活用] *adj.* ② **more barbed, most barbed**

barbeque [`bɑrbɪˏkju] =*n.*, *v.* barbecue.

barber [`bɑrbɚ] *n.* 理髮師: A barber's is the shop where a **barber** works. 理髮店是理髮師工作的地方.

[字源] 源自拉丁語的 barba (鬍鬚).

[複數] **barbers**

barbershop [`bɑrbɚˏʃɑp] *n.* 理髮店《英 barber's, barber's shop》.

[複數] **barbershops**

barbiturate [ˌbɑrbɪˋtjʊret] *n.* 巴比妥酸鹽
《用於安眠藥、鎮靜劑等》.
〔複數〕**barbiturates**

****bare** [bɛr] *adj.* ① 不加掩飾的, 赤裸裸的. ② 磨
破的. ③〔只用於名詞前〕勉強的, 最低限度
的. ④ 空蕩蕩的; 缺乏的《常與 of 連用》.
——*v.* ⑤ 裸露, 揭開.
〔範例〕① The trees were **bare** in the park. 公園的
樹光禿禿的.
They were all **bare** from the waist up. 他們赤
裸著上半身.
a **bare** floor 沒鋪地毯的地板.
Don't walk in **bare** feet around here; there's
some broken glass on the floor. 別在這兒赤
腳走, 地板上有碎玻璃.
There was one **bare** light bulb in the room. 房
間裡只有一個電燈泡.
② This old carpet is really getting **bare**. 這塊舊
地毯實在已經不能用了.
③ the **bare** necessities of life 僅能維持生活的
必需品.
A score of 50% is the **bare** minimum needed
to get into this school. 進這所學校的最低限
制是得到一半的分數.
④ a **bare** room 空蕩蕩的房間.
a field **bare** of grass 不毛之地.
⑤ The prime minister **bared** the truth at the
press conference. 首相在記者招待會上揭露
了真相.
〔活用〕*adj.* ① ② ④ **barer, barest**
〔活用〕*v.* **bares, bared, bared, baring**

barefaced [ˋbɛrˌfest] *adj.* 厚顏無恥的, 厚臉
皮的.
〔活用〕*adj.* **more barefaced, most barefaced**

barefoot [ˋbɛrˌfʊt] *adj.*, *adv.* 光著腳的〔地〕:
It's too dangerous to go **barefoot** on that
beach. 在那海灘上光著腳走路太危險了.

bareheaded [ˋbɛrˋhɛdɪd] *adj.*, *adv.* 不戴帽
子的〔地〕.

barely [ˋbɛrlɪ] *adv.* 僅僅; 總算, 勉強地; 幾乎
不.
〔範例〕We **barely** escaped getting caught. 我們
總算沒被捉住.
You can **barely** make out a southern accent in
her speech. 你幾乎很難聽出她說話有南方
口音.
The baby is **barely** a month old. 那個嬰兒僅
僅一個月大.
In this restaurant you **barely** finish eating and
they clear the table. 在這家餐廳, 當你快要吃
完時, 他們就開始收拾餐桌了.

bareness [ˋbɛrnɪs] *n.* 赤裸, 暴露; (房間內)
無裝飾附設.

****bargain** [ˋbɑrgɪn] *n.* ①（買賣、勞資等雙方談
判後達成的）協議, 協定. ② 廉價商品, 便宜
貨.
——*v.* ③ 交涉, 談判. ④ 提出條件要求《常與
that 子句連用》.
〔範例〕① We made a **bargain** to help each other

in times of need. 我們達成協議, 一旦有需要
彼此就會互相幫忙.
② With a good exchange rate, a regular good
buy becomes a **bargain**. 當匯率有利時, 買
得已經便宜的東西會變得更便宜.《如在美元
升值, 臺幣貶值時, 持有美元的外國人將其
兌換成臺幣來臺灣買東西就會佔到便宜》
③ You should not **bargain** with him when he is
in a bad mood. 你不該在他心情不好的時候
和他談判.
④ The trade union **bargained** that its members
should have another week's holiday. 那個工
會提出再給會員一週休假的要求.
〔複數〕**bargains**
〔活用〕*v.* **bargains, bargained, bargained,
bargaining**

barge [bɑrdʒ] *n.* ① 駁
船《在港口、運河中裝
載貨物, 由其他船拖
行的平底船》.
——*v.* ②（粗暴地）闖
入, 猛撞 (into); ③（如船
般般地）緩慢移動.

[barge]

〔範例〕② It's not civil of you to **barge** into our
conversation. 你在我們談話時插嘴, 太沒禮
貌了.
The man **barged** his way through the crowd.
那個男子橫衝直撞地擠過人群.
〔複數〕**barges**
〔活用〕*v.* **barges, barged, barged, barging**

baritone [ˋbærəˌton] *n.* 男中音《男高音為
tenor, 男低音為 bass》.
〔複數〕**baritones**

****bark** [bɑrk] *v.* ①（狗、狐等）吠叫; 吼叫. ② 剝
樹皮.
——*n.* ③ 吠聲; 厲聲說的話. ④ 樹皮. ⑤ 三桅
帆船《三根桅杆的帆船, 前兩桅撐橫帆, 後桅
撐縱帆》.
〔範例〕① Three dogs **barked** at him. 3隻狗朝他
吠叫.
You're **barking** up the wrong tree asking Mr.
Smith for a raise. 你要求史密斯先生加薪, 你
是弄錯對象了.
③ I knew that **bark** was my dog's. 我知道那聲
音是我的狗的叫聲.
His **bark** is worse than his bite. 他說話嚴苛,
但並無惡意.《嘴硬心軟》
④ The outer **bark** of a tree consists mostly of
dead cells. 樹皮的外側大部分是由死掉的細
胞組成的.
〔慣用〕**bark up the wrong tree** 獵犬向無獵
物的樹亂吠; 弄錯〔看錯〕對象《通常用進行
式》. (⇨〔範例〕①)
➡ 〔充電小站〕(p. 99)
〔活用〕*v.* **barks, barked, barked, barking**
〔複數〕**barks**

****barley** [ˋbɑrlɪ] *n.* 大麥: Beer and whiskey are
made from **barley**. 啤酒和威士忌是用大麥釀
造的.

〖參考〗麥類中除 barley 外，還有 wheat（小麥），rye（黑麥），oat（燕麥）等.

barmaid [`bɑr͵med] *n.* 酒吧女侍《☞ barman（酒保）》.

〖複數〗**barmaids**

barman [`bɑrmən] *n.* 酒保《亦作 bartender》.

〖複數〗**barmen**

*****barn** [bɑrn] *n.* ① 穀倉《放置穀物或乾草》. ② 牲口棚.

〖複數〗**barns**

barnacle [`bɑrnəkl] *n.* 藤壺《附著於岩石或船底的動物》.

〖複數〗**barnacles**

barnyard [`bɑrn͵jɑrd] *n.* 穀倉旁邊的空地.

〖複數〗**barnyards**

*****barometer** [bə`rɑmətɚ] *n.* ① 氣壓計，晴雨計. ② 反映指標: The way he speaks is a **barometer** of his true feelings. 他說話方式反映出他的真正心情.

〖複數〗**barometers**

baron [`bærən] *n.* ① 男爵《最低等級的貴族》. ② 鉅子，大企業家.

➡ 〖充電小站〗（p. 385）

〖複數〗**barons**

baroness [`bærənɪs] *n.* 男爵夫人；獲男爵爵位之貴婦人.

➡ 〖充電小站〗（p. 385）

〖複數〗**baronesses**

baronet [`bærənɪt] *n.* 從男爵《級別低於男爵，可世襲的爵位，但不列為貴族》.

〖複數〗**baronets**

barracks [`bærəks] *n.* 營房；簡陋的大房舍: I won't live in a **barracks** like this. 我不想住在這樣簡陋的房子裡.

〖複數〗**barracks**

barrage [① `bærɑʒ; ② bə`rɑʒ] *n.* ① 堰壩. ② 彈幕《為掩護友軍之集中砲火射擊》.

〖複數〗**barrages**

barre [bɑr] *n.* 練習芭蕾舞時的扶手.

〖複數〗**barres**

*****barrel** [`bærəl] *n.* ① 大木桶. ② 一桶，一桶的量《略作 bbl, bl》. ③ 槍管，砲管.

〖範例〗① a beer **barrel** 啤酒桶.

② Oil production is usually measured in tons or **barrels**, not in gallons or liters. 測定石油產量通常用噸或桶，而不用加侖或升.

〖片語〗***over a barrel*** 處於任人擺布的困境: I have no choice but to do as they say; they've got me **over a barrel**. 我沒有別的選擇，只有照他們所說的去做，因為我已受制於他們.

〖參考〗a barrel of 具有「大量的，許多的」之含意，例如 It's a barrel of fun.（非常有趣），We ate a barrel of cookies.（我們吃了很多餅乾）.

〖複數〗**barrels**

*****barren** [`bærən] *adj.* （植物）不結果實的；（動物）不能生育的；（土地）不毛的；缺乏的.

〖範例〗This persimmon tree is too old; it's **barren**. 這棵柿子樹太老了，所以沒有果實.

This town is culturally **barren**. 這個城鎮缺乏

文化氣息.

〖活用〗*adj.* **barrener**, **barrenest/more barren**, **most barren**

*****barricade** [͵bærə`ked] *n.* ① 路障，阻擋通路的障礙物.

——*v.* ② 設路障，設障防守.

〖範例〗① The university students made a **barricade** across the road. 那些大學生們在路上設置了路障.

② The anti-government group **barricaded** the road with barbed wire. 那個反政府的集團在路上用鐵絲網設置路障.

The kidnappers **barricaded** themselves in. 綁匪們躲在自己設置的障礙物裡面.

〖複數〗**barricades**

〖活用〗*v.* **barricades**, **barricaded**, **barricaded**, **barricading**

*****barrier** [`bæriɚ] *n.* 障礙《常與 to 連用》，柵欄，屏障.

〖範例〗There was a language **barrier** to my success in the USA. 語言曾是我在美國邁向成功的障礙.

We put up a **barrier** so the kid can't fall down the stairs. 我們裝上圍欄以防止小孩從樓梯上掉下去.

〖複數〗**barriers**

barring [`bɑrɪŋ] *prep.* 除了～以外，如果沒有: I'll be there by noon **barring** any unforeseen difficulties. 如果沒有意外的話，我中午之前會到那裡.

barrister [`bærɪstɚ] *n.* 〖英〗出庭律師《有資格在法院做辯護》；〖美〗counselor》.

〖字源〗法官席與被告席中間的隔牆 (bar)，延伸表示法庭或律師.

➡ 〖充電小站〗（p. 715）

〖複數〗**barristers**

barrow [`bæro] *n.* （手推的）獨輪車，（小販的）手推兩輪車.

〖複數〗**barrows**

bartender [`bɑr͵tɛndɚ] *n.* 酒保《亦作 barman》.

〖複數〗**bartenders**

barter [`bɑrtɚ] *v.* ① 以物易物 (for)，交換.

——*n.* ② 以物易物；交換品.

〖範例〗① She **bartered** an oil painting for an air conditioner. 她用一幅油畫換了一臺冷氣機.

Don't **barter** away your future for some good times now. 不要為了眼前的享樂而出賣你的未來.

〖片語〗***barter away*** 把～便宜賣掉.（⇨ 〖範例〗①）

〖活用〗*v.* **barters**, **bartered**, **bartered**, **bartering**

〖複數〗**barters**

*****base** [bes] *n.* ① 底部，基部，基礎；（數學的）底邊，底面. ② 根據地，基地. ③（棒球的）壘. ④ 基數《十進位法的10或二進位法的2等》. ⑤（化學的）鹽基；鹼.

——*v.* ⑥ 以～為基礎，根據.

——*adj.* ⑦ 卑鄙的，卑賤的. ⑧ 劣質的，偽造

B

動物的叫聲 〔充電小站〕

【Q】英語中公雞的叫聲是 "Cock-a-doodle-doo"，臺灣的公雞與美國的公雞叫法不同嗎？

Cock-a-doodle-doo!
喔喔喔!

【A】不，其叫法是一樣的。

這種情況在同樣說中文的人之間也常有，例如巨大的爆炸聲有人聽成「轟」，有的人聽起來像「轟隆」。

雖然聽到同樣的聲音，但不同的人或不同的語言模仿的方式會不同。

下面舉一些英語中動物的叫聲，其中有貓的 meow，鴿子的 coo-coo 等與中文發音相似的，也有大不相同的:

狗	arf [ɑrf]
	bowwow [ˌbauˋwau]
	yap-yap [ˋjæpˋjæp]
	whine [hwaɪn]
貓	meow [mɪˋau]

	purr-purr [ˋpɝˋpɝ]
老鼠	squeek-squeek [ˋskwikˋskwik]
豬	oink-oink [ˋɔɪŋkˋɔɪŋk]
馬	neigh [ne]
牛	moo-moo [ˋmuˋmu]
羊	baa-baa [ˋbɑˋbɑ]
猴子	chatter-chat-chat [ˋtʃætɚˋtʃætˋtʃæt]
大象	taa-taah [ˋtɑˋtɑ]
公雞	cock-a-doodle-doo [ˋkɑkəˏdudlˏdu]
母雞	cackle-cackle [ˋkæklˋkækl]
	cluck-cluck [ˋklʌkˋklʌk]
小雞	peep-peep [ˋpipˋpip]
鴨子	quack-quack [ˋkwækˋkwæk]
小鳥	chirp-chirp [ˋtʃɝpˋtʃɝp]
鴿子	coo-coo [ˋkuˋku]
烏鴉	caw-caw [ˋkɔˋkɔ]
貓頭鷹	tu-whit tu-whoo [tuˋhwɪt tuˋhwu]
蛇	hiss [hɪs]
青蛙	croak-croak [ˋkrokˋkrok]
蜜蜂	buzz-buzz [ˋbʌzˋbʌz]
	hum [hʌm]
人	baw [bɔ]
	boo-hoo [ˏbuˋhu]
	wah [wɑ]

的.

範例 ① the **base** of the statue 雕像的基部.
base pay 基本工資.
a **base** of comparison 比較的基準.
the **base** of a triangle 三角形的底邊.
the **base** of a cone 圓錐形的底面.
at the **base** of a mountain 在山麓，山腳下.
Racial discrimination is surely the **base** of these troubles. 種族歧視是這些糾紛的根源.
② a naval **base** 海軍基地.
③ a **base** runner (棒球的) 跑壘員.
a **base** hit (棒球的) 一壘打.
⑥ This theory is **based** on his long experience. 這個理論是以他長期的經驗為依據.
A jury must **base** its conclusion upon facts. 陪審團必須根據事實做出結論.
⑦ a **base** coward 卑鄙的膽小鬼.
⑧ **base** coins 假的硬幣.
片語 **based on** 以～為依據. (⇨ 範例 ⑥)
get to first base (棒球的) 上一壘; 有了初步進展《通常用於否定句》.
♦ **báse mètals** 賤金屬《金、銀等以外的金屬》.
複數 **bases**
活用 v. **bases, based, based, basing**
活用 adj. **baser, basest**

*__baseball__ [ˋbesˏbɔl] n. ① 棒球 (運動): play **baseball** 打棒球. ② 棒球賽所用的球.
參考 棒球據說是以在英國流行的板球 (cricket) 為原型，在美國發展起來的運動項目，具有

代表性的棒球用語有 base on balls 或 walk (四壞球保送上壘)，grand slam (滿貫全壘打)，hit by a pitch (觸身球)，home run (全壘打)，night game (夜場比賽)，hit (安打)，three hundred hitter (打擊率三成的擊球員).
➡ 充電小站 (p. 101)

*__basement__ [ˋbesmənt] n. 地下室.
參考 basement 可以住人，而貯藏食品、燃料的地下室則叫 cellar.
複數 **basements**

bases [① ˋbesɪz; ② ˋbesiz] n. ① base 的複數形. ② basis 的複數形.

bash [bæʃ] v. ① 重擊，撞擊.
——n. ② 重擊.
活用 v. **bashes, bashed, bashed, bashing**
複數 **bashes**

*__bashful__ [ˋbæʃfəl] adj. 害羞的，羞怯的. He was **bashful** until his mother pushed him out on the stage. 直到被母親推上舞臺之前，他還很害羞.
活用 adj. **more bashful, most bashful**

bashfully [ˋbæʃfəlɪ] adv. 羞怯地.
活用 adv. **more bashfully, most bashfully**

bashing [ˋbæʃɪŋ] n. 重擊，猛打.

*__basic__ [ˋbesɪk] adj. ① 基本的，基礎的.
——n. ② 〔～s〕基礎，基本原理.
範例 ① My knowledge of computers is pretty **basic**. 我的電腦知識很基本.
basic salary 基本工資《亦作 base pay》.
Mathematics is **basic** to all sciences. 數學是

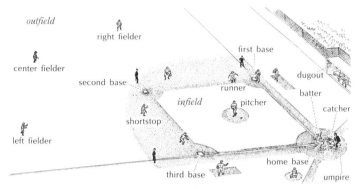

outfield

right fielder

center fielder

first base

second base

dugout

runner

batter

infield   pitcher

shortstop

catcher

left fielder

home base

third base

umpire

[baseball]

所有科學的基礎.

② the **basics** of physics 物理學的基礎.

♦ **Básic Énglish** 基 本 英 語《英 國 人 C. K. Ogden 與 I. A. Richards 於1929年發明，以 850個字為基本字彙的簡易英語，是一種國 際輔助性英語》.

[活用] adj. **more basic，most basic**

basically [`besɪklɪ] adv. 基 本 上，根 本 上：Basically the professor is a nice person, but he doesn't always show it. 基本上那位教授是 一個好人，但並不處處都表現出來.

*__basin__ [`besn] n. ① 盆，洗臉盆. ② 水池；(為陸 地所包圍的) 內灣. ③ 窪地，盆地. ④(河的) 流域.

[範例] ① a **basin** of water 一臉盆的水.

② a yacht **basin** 遊艇內港.

③ an ocean **basin** 海洋盆地.

④ the Indus **basin** 印度河流域.

[複數] **basins**

*__basis__ [`besɪs] n. ① 根據，基礎. ② 基準. ③ 主 要成分.

[範例] ① His notion of cultural superiority is the **basis** of all his writings. 對於文化優越感的見 解是他全部著作的根據.

His conclusion was formed on the **basis** of my data. 他的結論主要是根據我的資料而來.

② My mother works on a part-time **basis**. 我媽 媽的工作是按時計酬.

③ The **basis** of this pain killer is codeine. 這種 止痛藥的主要成分是可待因.

[片語] *__on the basis of__* 基於，以～為基礎. (⇨ [範例]①)

[複數] **bases**

*__bask__ [bæsk] v. ① 取暖，曬太陽. ② 享受 (愛情、 恩惠等).

[範例] ① The former president sat **basking** in the sunshine. 那位前總統坐在陽光下曬太陽.

② The girl wanted to **bask** in her mother's favor. 那個女孩想得到她媽媽的恩寵.

[片語] *__bask in ～'s favor__* 承受～的恩惠. (⇨ [範例]②)

[活用] v. **basks，basked，basked，basking**

basket [`bæskɪt] n. ① 籃子，筐子. ② 一籃的 量《亦作 basketful》. ③ (籃球的) 籃框；得分.

[範例] ① We need a larger shopping **basket**. 我 們需要一個更大的購物籃.

② I picked up five **baskets** of strawberries. 我 摘了5籃的草莓.

③ Vince Carter shot 32 **baskets**. 加拿大飛人 卡特得了32分.

[複數] **baskets**

basketball [`bæskɪt͵bɔl] n. ① 籃球 (運動)：a **basketball** player 籃球選手. ② (籃球賽用 的) 籃球.

[參考] 籃球是加拿大人詹姆斯・奈史密斯 (James Naismith) 在1891年於美國麻薩諸塞 州春田體育學校 (Springfield Training School) 任教時發明的一種體育運動.

[複數] **basketballs**

basketful [`bæskɪt͵fʊl] n. 一 籃 (的 量)：a **basketful** of oranges 一籃柳丁.

[複數] **basketfuls**

bass [bes] n. ①(男聲的) 最低音部. ② 低音樂 器；低音歌手.

[字源] 義大利語的 basso (低).

[複數] **basses**

bassoon [bæ`sun] n. 巴松管《低音的木管樂 器》.

[複數] **bassoons**

bastard [`bæstɚd] n. ① 私生子. ② 討厭的傢 伙.

[複數] **bastards**

baste [best] v. ①(正式縫製前用長針代) 粗縫. ②(為避免烤焦) 把油脂塗在烤肉上.

[活用] v. **bastes，basted，basted，basting**

*__bat__ [bæt] n. ①(棒球等的) 球棒；(羽球等的) 球 拍. ② 擊球員. ③ 蝙蝠.

[片語] *__have bats in the belfry__* 精神失常，行 為乖張.

__off ～'s own bat__ 《英》全憑自己的力量；主 動地：She began to help the refugees **off her own bat**. 她開始主動幫助難民.

—— 充電小站 ——

美國兩大棒球聯盟及其由來

National League (國家聯盟)

（東區）

Atlanta Braves (亞特蘭大勇士隊) — brave 為「勇士」之意，藉北美原住民的勇士而得名.

Florida Marlins (佛羅里達馬林魚隊) — marlin 為 marlinespike (海上作業時用來解開纜繩上的結時使用的鐵棒) 的縮寫，其大本營邁阿密是瀕臨大西洋之著名觀光地.

Montreal Expos (蒙特婁博覽會隊) — Expo 為 exposition (萬國博覽會) 的縮寫. 因曾在其大本營蒙特婁舉辦過萬國博覽會，故名.

New York Mets (紐約大都會隊) — Mets 為 metropolis (大都市) 的縮寫，表示紐約.

Philadelphia Phillies (費城費城人隊) — Phillie 為「住在費城的人」之意.

（中區）

Chicago Cubs (芝加哥小熊隊) — cub 為熊、狼、獅子等動物的幼獸，為強調該球隊的年輕而取此名.

Cincinnati Reds (辛辛那提紅人隊) — Reds 為該球隊前身的 Red Stockings 的縮寫，因 Red Stockings 的隊員穿紅色長筒襪，故取此名.

Houston Astros (休士頓太空人隊) — astro- 為表示星球與宇宙之意的字，因休士頓有人造衛星發射基地，故名.

Milwaukee Brewers (密爾瓦基釀酒人隊) — brewer 為「釀酒業者」之意，因密爾瓦基是啤酒的重要產地，故名.

Pittsburgh Pirates (匹茲堡海盜隊) — pirate 意為「海盜」，該球隊創立時，曾被對手球隊奚落為「海盜」，於是「海盜」就成了該球隊隊名.

St. Louis Cardinals (聖路易紅雀隊) — cardinal 為密蘇里州州鳥「北美紅雀」.

（西區）

Arizona Diamondbacks (亞歷桑那響尾蛇隊) — diamondback 為「具有菱形紋的動物」之意，如響尾蛇 (rattlesnake).

Colorado Rockies (科羅拉多落磯山隊) — Rocky 為 Rocky Mountains (落磯山脈) 之意，因落磯山脈在科羅拉多州西部，故名.

Los Angeles Dodgers (洛杉磯道奇隊) — dodger 為「動作靈敏者」之意.

San Diego Padres (聖地牙哥教士隊) — padre 為「神父」之意，為讚美開拓聖地牙哥的神父，故取此名.

San Francisco Giants (舊金山巨人隊) — giant 為「巨人」之意，藉《聖經》中被大衛殺死的巨人歌利亞 (Goliath) 的傳說而名.

American League (美國聯盟)

（東區）

Baltimore Orioles (巴爾的摩金鶯隊) — oriole 為馬里蘭州州鳥「金鶯」.

Boston Red Sox (波士頓紅襪隊) — sox 亦可拼作 socks,「襪子」之意，因該球隊隊服配紅襪子，故名.

New York Yankees (紐約洋基隊) — Yankee 為表示南北戰爭時的「北軍士兵」之意，因紐約是北軍根據地，故名.

Tampa Bay Devil Rays (坦帕灣魔鬼魚隊) — devil ray 為「鬼蝠魟」之意.

Toronto Blue Jays (多倫多藍鳥隊) — blue jay 為安大略省省鳥「藍樫鳥」.

（中區）

Chicago White Sox (芝加哥白襪隊) — sox 為襪子之意，因其球隊穿白色襪子，故名.

Cleveland Indians (克里夫蘭印第安人隊) — Indian 意為「北美原住民」，為稱讚其不屈不撓的精神，故名.

Detroit Tigers (底特律老虎隊) — tiger 為「老虎」之意，因其隊服長筒襪的斑紋圖案像老虎，故名.

Kansas City Royals (堪薩斯皇家隊) — royal 為「王室的」之意.

Minnesota Twins (明尼蘇達雙城隊) — twin 為「雙胞胎」之意，明尼蘇達州的明尼亞波利斯 (Minneapolis) 與聖保羅 (St. Paul) 被稱為孿生城市，故名.

（西區）

Anaheim Angels (安那罕天使隊) — angel 為「天使」之意.

Oakland Athletics (奧克蘭運動家隊) — athletics 為「體育 (活動)」之意.

Seattle Mariners (西雅圖水手隊) — mariner 為「水手」之意，西雅圖為海港城市，藉其象徵的水手而名.

Texas Rangers (德州遊騎兵隊) — ranger 為「騎兵巡邏隊員」之意，藉德州有名的騎兵巡邏隊員而名.

B

複數 **bats**

batch [bætʃ] *n.* (麵包等)一爐；一批，一組，一束。

範例 a **batch** of bread 一爐麵包。

several **batches** of letters 好幾批信件。

複數 **batches**

**bath [bæθ] *n.* ① 洗澡. ② 浴室. ③ 浴盆，浴缸.
④ 化學溶液《用於顯像、電鍍等》.
——*v.* ⑤ 洗澡.

範例 ① I take a **bath** every day. 我每天都洗澡.

② a public **bath** 公共浴室.

複數 **baths**

活用 *v.* **baths**, **bathed**, **bathed**, **bathing**

*bathe [beð] *v.* ①(用水、藥水等)浸洗(身體某部位). ② 洗澡. ③ 游泳. ④ (水、光線等)籠罩.
——*n.* ⑤〖英〗游泳，海水浴.

範例 ① I **bathe** my eyes after swimming. 我在游泳後沖洗眼睛.

② I **bathed** before breakfast. 我在早餐前洗澡.

③ I used to **bathe** in the river. 我以前常在那條河裡游泳.

④ Sunshine **bathed** the baby in the cradle. 陽光籠罩著搖籃中的嬰孩；搖籃中的嬰孩在曬太陽.

⑤ Let's have a **bathe**. 我們去游泳吧.

活用 *v.* **bathes**, **bathed**, **bathed**, **bathing**

bather [`beðə] *n.*〖英〗洗海水浴者;(在海、河、湖裡)游泳者；洗澡者;〖澳〗泳衣.

複數 **bathers**

bathing [`beðɪŋ] *n.* 游泳；洗澡.

♦ **báthing bèauty** 泳裝美女《泳裝選美比賽的參賽者》.

báthing càp 泳帽.

báthing còstume 泳裝《一般指女性所穿;亦作 bathing suit, swimming costume》.

báthing trùnks 男用泳褲.

bathrobe [`bæθ,rob] *n.* 浴袍(《美〗 dressing gown 或 robe, 指入浴前後所穿的長而寬鬆的衣服, 有時亦指從早晨起床到換上外出服之前的居家便服》.

複數 **bathrobes**

bathroom [`bæθ,rum] *n.* 浴室，廁所.

參考 一般家庭浴室裡通常配備有洗面臺及馬桶, 所以去廁所時也可以說 go to the bathroom.

複數 **bathrooms**

baths [`bæðz] *n.* ① bath 的複數形. ② 公共浴室(一棟建築物中有多個浴室及沐浴設施, 故常用複數形): There is a swimming pool in the public **baths**. 那個城市的公共浴室裡有游泳池. ③〖英〗室內游泳池.

bathtub [`bæθ,tʌb] *n.* 浴盆，浴缸《亦作 bath》: Tom plunged his feet into the **bathtub**. 湯姆把腳浸入浴盆.

複數 **bathtubs**

batman [`bætmən] *n.* ①〖英〗(陸軍軍官的)勤務兵. ②[B~]蝙蝠俠《美國著名的漫畫主角, 一有緊急事件發生, 他便披著黑斗篷、戴著

黑面罩出現, 懲治惡人》.

複數 **batmen**

baton [bæ`tɑn] *n.* 指揮棒；警棍；(接力賽用的)接力棒.

複數 **batons**

batsman [`bætsmən] *n.* (棒球等的)打擊者《亦作 batter》.

複數 **batsmen**

battalion [bə`tæljən] *n.* (陸軍的)營《由數個連 (company) 構成》.

➡ 充電小站 (p. 801)

複數 **battalions**

*batter [`bætə] *v.* ① 連續猛擊；砸壞, 砸爛.
——*n.* ②(棒球等的)打擊者.

範例 ① An old man was **battering** at the door of the inn. 有一個老人不停地敲著那家旅館的門.

They **battered** down the wall. 他們砸壞了牆壁.

② a right-handed **batter** 右打者.

the **batter**'s box 打擊者的位置.

活用 *v.* **batters**, **battered**, **battered**, **battering**

複數 **batters**

*battery [`bætərɪ] *n.* ① 電池 (組)《兩個以上電池 (cell) 的組合體》. ② 砲臺；砲組. ③(器具的)一套，一組. ④ 層架式雞籠. ⑤(棒球的)投捕搭檔.

範例 ① a dry **battery** 乾電池.

This **battery** is dead. 這個電池沒電了.

③ a **battery** of kitchen utensils 一套廚房用具.

複數 **batteries**

[bathroom] 插圖標示: cabinet, shower, towel, bathtub, plug,〖美〗faucet/〖英〗tap, shower curtain, sink, cistern, bath mat, toilet

***battle** [`bætl] n. ① (個別的) 戰鬥，交戰，戰役《國與國之間進行的總體戰爭叫 war，該 war 中進行的地區性戰鬥叫 battle).
——v. ② 戰鬥，交戰，爭鬥.
[範例] ① We lost that **battle**, but won the war. 雖然我們在那次戰役中失敗，但卻贏得了整場戰爭的勝利.
The first blow is half the **battle**. 先發制人的一擊就等於獲得了一半的勝利.
② He's sick of **battling** the red tape. 他對於與官僚形式主義的鬥爭已經厭煩了.
She **battled** against racism and sexism to get to where she is today. 她與種族歧視、性別歧視奮戰的結果是得到了現在的地位.
[複數] battles
[活用] v. battles, battled, battled, battling
battlefield [`bætl͵fild] n. 戰場: Dead bodies littered the **battlefield**. 戰場上屍橫遍野.
[複數] battlefields
battlements
[`bætlmənts] n. 〔作複數〕帶槍砲眼的城垛《防禦用的城牆》.
battleship [`bætl͵ʃɪp] n. 戰艦.
[複數] battleships
bauble [`bɔbl] n. 無價值的東西; 廉價珠寶.
[複數] baubles
baulk [bɔk] =v. balk.
bawl [bɔl] v. 大叫，大喊 (at): John **bawled** at Mary. 約翰對著瑪麗大叫.

[battlements]

[活用] v. bawls, bawled, bawled, bawling
***bay** [be] n. ① 海灣. ② 月桂樹. ③ (倉庫、大廳等建築物內的) 分隔間. ④ 紅棕色的馬.
——adj. ⑤ 紅棕色的.
——v. ⑥ 獵犬狩獵時的吠聲.
[範例] ① San Francisco **Bay** 舊金山灣《亦作 the Bay of San Francisco).
② a **bay** leaf 月桂樹葉《作香料》.
[片語] **at bay** 陷於困境，作困獸之鬥: The deer was at **bay**. 那隻鹿被追得走投無路.
bring ~ to bay 圍困 (獵物、敵人等)，使走投無路: The hunter **brought** a bear to **bay**. 那個獵人已把熊圍困住了.
hold ~ at bay/keep ~ at bay 阻擋 (敵人、追擊者等前進): The burglar **kept** the policeman **at bay** with a knife. 那個竊賊用刀迫使警察不得靠近.
♦ **bày window** 凸窗《☞ window [插圖]).
[複數] bays
[活用] v. bays, bayed, bayed, baying
bayonet [`beənɪt] n. ① 刺刀.
——v. ② (用刺刀) 刺.
[複數] bayonets
[活用] v. bayonets, bayoneted, bayoneted, bayoneting
bayou [`baɪu] n. (美國東南部) 似沼澤狀的水域.

[複數] **bayous**
bazaar/bazar [bə`zɑr] n. ① (中東或東方國家的) 商店街; 市場. ② 義賣會，義賣市場: hold a **bazaar** 舉行義賣會.
[複數] bazaars/bazars
***B.C.** [`bi`si] 《縮略》=before Christ (西元前).
†**be** [`bi] aux. 《用於 (1) can, could, may, might, must, will, would, shall, should 之後，(2) to 之後、及 (3) 祈使句等3種》.

原義	層面	用法	範例
存在	原樣的	接名詞、形容詞等	①
	持續的《進行式》	接現在分詞	②
	接受某種行為的《被動語態》	接過去分詞	③

[範例] ① He may **be** a star. 他也許是個明星.
The car can't **be** his. 那輛車不可能是他的.
To **be** right is to **be** strong. 正確的就是強大的.
Please **be** here at five this evening. 請你在今晚5點鐘時務必在這裡.
Will the point **be** how we do it? 重點是我們該怎麼辦?
I tell you, let him **be**! 你不要管他!
② He will **be** traveling in China next week. 他下星期將會在中國旅行.
When will you **be** having dinner? 你打算甚麼時候吃晚飯?
Be reading when I come in! 我進來時希望你是在讀書!
Don't **be** acting silly when the manager speaks. 經理講話時不要鬧.
③ The boys will **be** scolded by their father. 那些男孩一定會被他們父親罵.
When you buy a used car, you must be careful not to **be** cheated. 買二手車時你一定要注意，不要被騙了.
There are a lot of books to **be** read by young people. 有許多讓年輕人讀的書.
To **be** taken three times a day after meals. 一日三次，飯後服用.《藥品說明書》
➡ [充電小站] (p. 105), (p. 631)
***beach** [bitʃ] n. ① 海濱，河濱; 海灘.
——v. ② 把 (船) 拖上岸.
[範例] ① I hear you found a diamond on the **beach**. 聽說你在海灘上找到一顆鑽石.
② Please help me **beach** the boat. 請幫我把船拖上岸.
♦ **béach báll** 海灘球
[複數] beaches
[活用] v. beaches, beached, beached, beaching
***beacon** [`bikən] n. 信號燈，燈塔; 烽火; 指針; 具有引導或警告作用之人、物或動作.
[範例] The pilot missed the **beacon**. 飛行員沒注

意到那個信號燈.
A teacher should act as a **beacon** to her students. 教師的舉止應該成為學生的榜樣.

[複數] **beacons**

***bead** [bid] *n.* ① 珠子，念珠. ②〔~s〕念珠串. ③（血、汗、露水等）水珠，水滴.

[範例] ① My mother wore a string of **beads**. 我的母親戴著一串念珠.
③ **Beads** of sweat stood on John's forehead. 約翰的額頭上有汗珠.

[複數] **beads**

beady [`bidɪ] *adj.* (眼睛) 小而圓的；珠子般的：**beady** eyes 晶亮的小眼睛.

[活用] *adj.* **beadier**, **beadiest**

beagle [`bigḷ] *n.* 畢格爾獵犬《獵兔犬》.

[複數] **beagles**

***beak** [bik] *n.* 鳥嘴《猛禽類的彎曲硬嘴；☞ bill》.

[複數] **beaks**

beaker [`bikɚ] *n.* 燒杯，廣口杯.

[複數] **beakers**

***beam** [bim] *n.* ①（日、月、燈等的）光線，(X 射線等的) 光束. ② 微笑，(臉上的) 光采（希望等的）光. ③ 導航電波《將飛機引導向正確航線的信號電波》. ④（建築物的）樑，(天秤的) 秤桿.
—— *v.* ⑤ 發光，閃耀. ⑥ 微笑，開顏. ⑦ 用電波播送，廣播.

[範例] ① a **beam** of sunlight 太陽光線.
X-rays are powerful **beams**. X 光是一種很強的光線.
② In all the wedding photos there was a **beam** of happiness in the eyes of the bride and groom. 所有結婚照中，新郎和新娘的眼裡都閃耀著幸福快樂的光芒.
③ The plane flew off the **beam** for some twenty minutes and crashed on a hillside. 那架飛機在偏離導航電波20分鐘後墜毀在山腰上.
⑤ The sun **beamed** through the clouds. 陽光透過雲層閃耀著光芒.
⑥ She **beamed** on her friends who visited her in the hospital. 她對來醫院看她的朋友們綻放笑容.
Sam **beamed** his gratitude. 山姆用微笑表達他的感激之情.
⑦ The radio program was **beamed** to East Africa. 這個廣播節目播送到東非.

[片語] *a beam in ~'s eye* 自己眼中的樑木，自己未注意到的大缺點.
off the beam 偏離航線，迷路；錯誤地：Your reasoning is **off the beam**. 你的推理是錯誤的.
on the beam 在航線上，方向正確地.

[參考] 片語 a beam in ~'s eye 出自《新約聖經馬太福音》第7章第3節，其中documenthas beam 與 mote (塵土) 一起使用. 某人神氣十足地跟對方說：「你的眼睛中有 mote，你要注意.」可是，這個說話神氣十足的人眼中卻有比 mote 更大的 beam. 此片語意思是說，在對別人的言行進行忠告之前應先反求諸己. 另外，使用 beam 這個字的是1611年出版的英語《聖經》，1961年出版的新的英語《聖經》中此字變成了 plank (厚木板)，不用木屑而用厚木板，使意義更加明確.

[複數] **beams**

[活用] *v.* **beams**, **beamed**, **beamed**, **beaming**

beaming [`bimɪŋ] *adj.* 發光的；喜氣洋洋的，歡樂的，笑容滿面的：Surrounded by party members, the Prime Minister stood **beaming** in the city's town hall. 在黨員簇擁之下，首相笑容滿面地站在市政廳裡.

***bean** [bin] *n.* 豆《蠶豆 (broad bean) 和四季豆 (kidney bean) 等》；豆莢.

[片語] *full of beans* 精力充沛，精神飽滿：Bert looks **full of beans** after lunch. 午餐後，伯特看起來很有精神.
spill the beans 無意中洩露了祕密：Brad sometimes **spills the beans**. 布雷德有時候會說溜嘴.

[參考] bean 也用於類似豆的東西，例如咖啡的果實雖不是豆，但被稱作 coffee bean. 另外，棒球賽中擦過 (或擊中) 打擊者頭部的觸身球，因人的頭圓圓的似豆，故亦稱作 bean ball.

[複數] **beans**

beansprout [`bin͵spraʊt] *n.* 〔~s〕豆芽.

[複數] **beansprouts**

***bear** [bɛr] *v.* ① 帶有，攜帶，懷有 (情感等). ② 承受 (重量、痛苦等)，承擔 (責任). 忍受 (通常與 can, could 連用於否定句或疑問句中)》. ③ 生 (小孩)，結 (果)，生 (利息等).
—— *n.* ④ 熊.

[範例] ① This place **bears** no indication that they have been here. 這裡沒有任何他們曾經待過的跡象.
You cannot **bear** arms in the courtroom. 在法庭上你不能攜帶武器.
The result of this test **bears** no relation to her ability to speak the language. 這次測驗的結果與她是否會講這個語言沒有任何關係.
He **bore** a lot of hatred against his father. 他對父親懷恨在心.
② This chair will not **bear** that sumo wrestler's weight. 這張椅子無法承受那個相撲選手的體重.
He managed to **bear** the great pain. 他勉強承受那巨大的痛苦.
I couldn't **bear** to see him like that! 我不忍心看他那個樣子!
I cannot **bear** eating raw fish. 我不能忍受吃生魚肉.
③ I was **born** in Rome. 我出生於羅馬.
My mother **bore** five children. 我母親生了5個孩子.
These bonds don't **bear** enough interest to make a good investment. 這些債券產生的利息不多，不是好的投資.

B

be 的使用方法

【Q】在甚麼情況下可使用 be?
【A】be 是表示「存在」之意的動詞,為 is, am, are, was, were 的原形動詞,可用於以下4種情況:
① 用於祈使句,表達命令或禁止.
　Be quiet! /Don't be noisy!
② 用於助動詞之後.
　It may be true.
③ 用於 to 之後.
　Tom seems to be ill.
④ 用於表示要求、提議等的假設語氣動詞、形容詞之後.
　I suggested that we be here.
　It is necessary that everybody be back.
▶ is, am, are; was, were

be「存在」的現在式為 is, am, are, 過去式為 was, were.

主詞	現在式	過去式
單數	is	was
複數	are	were
you (單數)	are	were
I	am	was

與單數相對應的 is、was 以 -s 結尾,與複數相對應的 are、were 以 -re 結尾. 另外,過去式的 was、were 則以 w- 開頭.

This tree **bears** plenty of persimmons. 這棵樹結很多柿子.
④ a black **bear** 黑熊.
a brown **bear** 棕熊.
a teddy **bear** 泰迪熊.
[片語] **bear down** 打倒(敵人),戰勝(反對者): His efforts **bore down** all opposition. 他的努力擊敗了所有反對派.
bear down on/bear down upon 向~逼近,壓迫: They are **bearing down on** the escaped prisoner in a helicopter. 他們搭乘直升機向逃犯逼近.
bear on/bear upon 與~有關連,對~有影響;對~施加壓力: The government's decision will **bear** directly **on** our lives. 政府的決策將直接影響到我們的生活.
bear ~self 行為,舉止: They deserve credit for the way they **bear themselves**. 他們的行為值得信任.
bear up 忍受,支撐: George didn't **bear up** in the final interview. 喬治再也忍受不了最後的面試.
bear with 容忍,忍受(行為、脾氣等): He **bore with** her bad temper. 他容忍了她的壞脾氣.
bring ~ to bear on/bring ~ to bear upon 集中~於: The nation **brought** its fighting spirit **to bear on** winning the war. 全體國民集中鬥志以求戰勝.
[活用] v. bears, bore, born, bearing/bears, bore, borne, bearing
[複數] bears

bearable [ˋbɛrəbḷ] *adj.* 可忍受的,忍得住的: The pain was just **bearable**. 那種疼痛勉強可以忍受了.
[活用] *adj.* more bearable, most bearable

*__beard__ [bɪrd] *n.* 鬍鬚;(麥等的)芒: Why is he growing a **beard**? 他為甚麼留鬍鬚?
[複數] beards

beard　　　　　mustache

whiskers　　　　sideburns

[beard]

bearer [ˋbɛrɚ] *n.* 運送者,搬運工;送信人: a **bearer** of dispatches 送急件者.
[複數] bearers

bearing [ˋbɛrɪŋ] *n.* ① 態度,舉止. ② 關係,關聯. ③ [~s] 方向,方位. ④ 軸承《機器的零件》.
[範例] ① He is a man of noble **bearing**. 他是個舉止高貴的人.
② In this case the past has no **bearing** on the present. 在這種情況下,過去的事情與現在沒有關係.
③ The ship lost its **bearings**. 那艘船迷失了方向.
④ This machine needs new ball **bearings**. 這臺機器需要新的滾珠軸承.
[複數] bearings

*__beast__ [bist] *n.* ①(與人相對的)野獸;家畜. ② 畜生,令人討厭的人,殘忍的人.
♦ **bèast of búrden** 馱畜《如牛、馬、驢、駱駝等》.
[複數] beasts

beastly [ˋbistlɪ] *adj.* ① 野獸般的,兇殘的. ② 惡劣的,討厭的.
—— *adv.* ③ 非常.
[範例] ① a **beastly** person 禽獸般的人.

B

② **beastly** weather 惡劣的天氣.
③ It was **beastly** cold last night. 昨天晚上非常冷.
[活用] *adj.* **beastlier**, **beastliest**

***beat** [bit] *v.* ① 敲，打；攪拌(蛋白等). ② 打敗，擊敗.
——*n.* ③ 敲，打. ④ 拍子，節拍. ⑤(警察、哨兵的) 巡邏路線或區域.
——*adj.* ⑥《口語》〔不用於名詞前〕極度疲乏的.
[範例] ① His mother **beat** him. 他的母親打他.
Beat the cream. 請攪拌奶油.
The conductor **beat** time. 那位指揮打拍子.
② She let her daughter **beat** her at tennis. 她在打網球時有意讓女兒擊敗她自己.
③ one **beat** of the drum every two seconds 每兩秒鐘敲鼓一次.
④ Hey, this tune has a good **beat**. 嘿，這首曲子節奏真棒.
⑤ a policeman's **beat** 警察的轄區.
⑥ I'm dead **beat**. 我累極了.
[活用] *v.* **beats**, **beat**, **beaten**, **beating/beats**, **beat**, **beat**, **beating**
[複數] **beats**

***beaten** [`bitn] *v.* ① beat 的過去分詞.
——*adj.* ②〔只用於名詞前〕(金屬) 被錘薄的.
③〔只用於名詞前〕被踏平的；人們常去的.
[範例] ② **beaten** gold 金箔.
③ She took me to a place off the **beaten** track. 她把我帶到一個偏僻的地方.
[片語] ***off the beaten track*** 去的人不多的，僻靜的. (⇨ [範例] ③)

beater [`bitə] *n.* ① 攪拌器：an egg **beater** 打蛋器. ② 敲打者.
[複數] **beaters**

beating [`bitɪŋ] *n.* ① 責打，鞭打. ② 失敗，敗北.
[範例] ① His parents gave him a good **beating**. 他的父母狠狠地揍了他一頓.
② I played him at chess and I got a good **beating**. 我跟他下西洋棋，結果慘敗.
[片語] ***get a good beating*** 被打敗. (⇨ [範例] ②)
[複數] **beatings**

Beatles [`bitlz] *n.* 〔the ~，作複數〕披頭四合唱團《1960-1970年代使全世界的年輕人為之瘋狂的英國搖滾樂團；☞ (充電小站) (p. 107)》.

beautician [bju`tɪʃən] *n.* 美容師.
[複數] **beauticians**

****beautiful** [`bjutəfəl] *adj.* ① 美的，漂亮的. ② 好的，出色的.
[範例] ① Linda is a **beautiful** girl. 琳達是一個漂亮的女孩.
This is the most **beautiful** flower in the garden. 這是花園裡最美的花.
I think her earlier paintings are more **beautiful** than her recent ones. 我認為她早期的畫比她現在的畫更美.

② **Beautiful** day, isn't it? 天氣不錯，不是嗎？
Jim and Tom had a **beautiful** game. 吉姆與湯姆進行了一場精彩的比賽.
[參考] 表示美最常用的字，既可用於人，也可用於事物，但用於人時通常用於女性. beautiful 表示華麗優雅的美，而 pretty 則表示可愛的美，多用於少女、小孩等.
☞ *n.* beauty, *v.* beautify
♦ **Bèautiful Péople**《國際社交界的》上層社會的名人.

***beautifully** [`bjutəfəlɪ] *adv.* ① 漂亮地. ② 出色地.
[範例] ① The princess is **beautifully** dressed. 那位公主打扮得很漂亮.
② Bruce speaks English **beautifully**. 布魯斯說英語說得很精.
[活用] *adv.* **more beautifully**, **most beautifully**

beautify [`bjutə͵faɪ] *v.* 美化.
[活用] *v.* **beautifies**, **beautified**, **beautified**, **beautifying**

***beauty** [`bjutɪ] *n.* ① 美. ② 美人；美的事物. ③ 極好的事物. ④ 優點，長處.
[範例] ① The **beauty** of the Grand Canyon is breathtaking. 大峽谷之美令人嘆為觀止.
② She's a **beauty** alright, and I'm going to marry her! 她真是個美人，我打算跟她結婚.
What a **beauty** that rose is! 那朵玫瑰花太美了.
③ The melon on the table is a real **beauty**. 桌上的西瓜真甜.
④ The **beauty** of his plan is that it won't cost us anything. 他的計畫之優點就是用不著花費.
♦ **béauty pàrlor** 美容院《亦作 beauty salon, beauty shop》.
[複數] **beauties**

beaver [`bivə] *n.* ① 海狸《囓齒動物，身長80公分左右，生長於北美及北歐，能將樹啃倒，在河裡築巢、築堤》. ② 賣力工作的人《亦作 eager beaver》.

[beaver]

[片語] ***work like a beaver*** 勤快地工作.
[複數] **beavers**

***became** [bɪ`kem] *v.* become 的過去式.

†**because** [bɪ`kɔz] *conj.*

層面	用法	釋義
表示原因和理由	because + 子句 because of《用於表否定的主要子句之後》	因為

[範例] We laughed and laughed **because** his speech was so funny. 因為他的演講非常有

充電小站

搖滾樂的發展簡史

第二次世界大戰之後，受黑人節奏藍調音樂 (rhythm-and-blues) 的影響，搖滾樂由最初的簡單音樂風格，發展成為節奏強烈的曲風，風靡了美國及歐洲各地。

在美國搖滾樂壇最早的歌手當屬「貓王」艾維斯・普里斯萊 (Elvis Presley, 1935-1977)，他以一曲 "That's All Right, Mama" 首次登臺，其後更以 "Hound Dog", "Heartbreak Hotel" 等暢銷曲奠定了在美國搖滾樂壇的地位。

普里斯萊於1977年去世，但至今仍被認為是美國首屈一指的搖滾歌星。他確立了搖滾樂在美國歌壇的地位，但其後在美國也出現了搖滾樂的批評，認為其過於商業化，於是逐漸衰落。

當搖滾樂在美國衰落時，在英國有一個搖滾樂團卻大受歡迎，那就是發跡於利物浦 (Liverpool) 的披頭四合唱團 (The Beatles)。他們以新鮮而振奮人心的曲風與簡單動人的歌詞，使得「披頭浪潮」(Beatle mania) 很快地就席捲了全世界，而 "Twist and Shout", "Please Please Me", "She Loves You" 等受歡迎的歌曲也為世人所傳唱。同一時期在英國流行的樂團還有「滾石合唱團」(The Rolling Stones) 等。

其後，搖滾樂再捲土重來，並與各種流派的音樂相融合，不斷地改變，因而發展出硬式搖滾、藍調搖滾、民謠搖滾、鄉村搖滾、前衛搖滾、龐克搖滾等各式各樣不同形式的曲風。

「搖滾樂」拼寫為 rock'n'roll，原為 rock and roll，念快一點時 and 變短，只剩下 "n"，於是人們便依據實際發音拼成 rock'n'roll。

rock 與 roll 皆為「搖擺」之意，rock 為前後搖擺，roll 為左右搖擺，故稱之為搖滾樂。

趣，所以我們一直笑.

"Why didn't you do it yesterday?" "**Because** I was too busy." 「你昨天為甚麼沒有做？」「因為我太忙了.」

"Why?" "**Because**!" 「為甚麼？」「因為!」

John returned home not **because** it was rainy but **because** he was tired. 約翰不是因為下雨，而是因為累了才回家的.

Mr. Young was unable to come **because** of illness. 楊格先生因為生病不能來.

The mountain is not valuable **because** of its height. 山並非因為高才有價值.

Tom didn't marry Jane **because** she was rich. 湯姆並不是因為珍有錢才與她結婚.

[片語] **because of** 因為. (⇨ [範例])

[參考] Tom didn't marry Jane because she was rich. 一句可有 (1)「並不是因為珍有錢才與她結婚」與 (2)「因為珍有錢，所以沒跟她結婚」兩種解釋。即 (1) 著眼於 not because，而 (2) 著眼於 not marry，著眼點不同意思就不一樣。因此表示 (2) 之意時應像 Tom didn't marry Jane, because she was rich. 那樣加上「,」，讀時在 because 之前斷句.

***beckon** [ˋbɛkən] v. 招手；吸引；引誘: The sweet smell of cherry pie **beckoned** us into the kitchen. 櫻桃派的香味吸引著我們走進廚房.

[活用] v. **beckons, beckoned, beckoned, beckoning**

****become** [bɪˋkʌm] v. ① 變成，成為. ② 適合 (人)，適宜，合身.

[範例] ① He **became** a police officer. 他成為警察.

It **became** clear that he is to blame. 顯然他該受到譴責.

The fact **became** known to everyone. 事實大家都知道了.

② That dress doesn't **become** you. 那件衣服

不適合你.

[片語] **what becomes of ～/whatever becomes of ～** 怎麼樣?: What will **become of** him? 他將會怎麼樣呢? 他的遭遇會怎麼樣呢?

Whatever has **become of** your girlfriend? 你女朋友的情況怎麼樣了?

[活用] v. **becomes, became, become, becoming**

becoming [bɪˋkʌmɪŋ] adj. (行為等) 適宜的，(衣服、顏色等) 合適的，相稱的.

[範例] That color is **becoming** on you. 那種顏色很適合你.

That behavior is not **becoming** for a U.S. Senator. 身為一個美國參議員不應該有那種行為.

[活用] adj. **more becoming, most becoming**

****bed** [bɛd] n. ① 床，床鋪. ② 苗床，花壇，養殖場. ③ 海底；河床；基盤.

—— v. ④ 使入睡；睡. ⑤ 嵌入；固定.

[範例] ① You must go to **bed** now. 你現在該上床睡覺了.

make the **bed** 整理床鋪.

② a crocus **bed** 番紅花花壇.

an oyster **bed** 牡蠣養殖場.

③ the **bed** of the sea 海底.

④ He **bedded** down his horse. 他鋪乾草安頓馬入睡.

⑤ The stones are **bedded** in concrete. 那些石頭被嵌在混凝土中.

[參考] go to bed 與 go to the bed: 範例 ① 的「睡」說 go to bed, bed 之前不加 a、the、my、your 等。另外，睡在被窩裡時也說 go to bed, 而「去某一特定的床」、「去自己的床」時，要說 go to the bed, go to my bed.

♦ **bèd and bréakfast** 附早餐的住宿.

[複數] **beds**

[活用] v. **beds, bedded, bedded, bedding**

B

bedclothes [`bɛd͵kloðz] *n.* 〔作複數〕寢具《包括 pillow (枕頭)，sheets (床單)，blanket (毛毯) 等》．

bedcover [`bɛd͵kʌvɚ] *n.* 床罩．
[複數] **bedcovers**

bedding [`bɛdɪŋ] *n.* ① 一套寢具《包括 mattress (床墊)，pillow (枕頭)，sheets (床單)，blanket (毛毯) 等》．② 畜棚裡鋪的乾草．

bedevil [bɪ`dɛvl] *v.* 使著魔；折磨，使受苦；使困惑．
[活用] *v.* **bedevils**，**bedeviled**，**bedeviled**，**bedeviling**

bedlam [`bɛdləm] *n.* 喧鬧 (的場所)．
[複數] **bedlams**

bedraggled [bɪ`drægld] *adj.* 弄溼的；在泥水中拖髒的．
[活用] *adj.* **more bedraggled**，**most bedraggled**

bedroom [`bɛd͵rum] *n.* 臥室，寢室．
[參考] 歐美兩層建築的房子中，bedroom 通常在二樓，靠著浴室．另外，夫妻與孩子使用不同的臥室，孩子從小就自己睡．
[複數] **bedrooms**

bedside [`bɛd͵saɪd] *n.* 床邊：I was sitting at my sick mother's **bedside**. 我坐在生病的母親床邊．
♦ **bédside làmp** 床頭燈．

bedspread [`bɛd͵sprɛd] *n.* 床罩．
[複數] **bedspreads**

bedtime [`bɛd͵taɪm] *n.* 就寢時間：Our **bedtime** is 11 o'clock. 我們的就寢時間是11點．
♦ **bédtime stòry** 臨睡前給小朋友講的故事．

bee [bi] *n.* ① 蜂，蜜蜂《亦作 honeybee》．②〖美〗鄰人的聚會《以娛樂為目的》．
[片語] *as busy as a hee* 非常忙．
have a bee in ~'s bonnet 念念不忘．
[參考] 蜜蜂的世界是由1隻女王蜂 (queen) 為中心，加上10,000-40,000隻工蜂 (worker) 和1,000隻左右的雄蜂 (drone) 構成的．
[複數] **bees**

beech [bitʃ] *n.* 山毛櫸《山毛櫸科落葉喬木，木材可做家具、紙漿》．
[字源] 古英語 bōece (山毛櫸)《代表一種木製的寫字板，上面刻畫著一些古文．原來書最早是木頭做的，由此產生了 book》．
[複數] **beeches**

beef [bif] *n.* 牛肉《ox, bull, cow 的肉；☞[充電小站] (p. 109)》．

beefsteak [`bif͵stek] *n.* 牛排《亦作 steak》．

beefy [`bifɪ] *adj.* (牛) 多肉的，(指人) 結實的，強壯的．
[活用] *adj.* **beefier**，**beefiest**

beehive [`bi͵haɪv] *n.* 蜂巢．
[複數] **beehives**

†**been** [bɪn] *aux.*

原義	層面	用法	範例
存在	保持某種狀態不變	接名詞、形容詞等	①
	持續的	接現在分詞	②
	接受某種行為的	接過去分詞	③

[範例] ① I have **been** a teacher since this April. 我從今年4月起成為老師．
My father had **been** sick until last month. 我父親直到上個月一直在生病．
He will have **been** in the States for three years next August. 他到明年8月就在美國待了3年了．
At that time，the trouble had **been** that they had not had enough water. 當時，他們面臨的問題是沒有足夠的水．
I asked where the book had **been**. 我問他那本書在哪裡．
If you had **been** more studious，you would not have failed. 你若是再用功點，就不會失敗了．
It must have **been** a great surprise to her. 那件事情對她來說一定是個大驚喜．
② I have **been** learning English for four years. 我4年來一直在學英語．

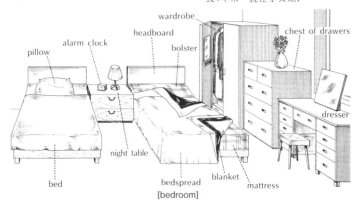

[bedroom]

wardrobe
headboard
chest of drawers
alarm clock
pillow
bolster
dresser
night table
bed
bedspread
blanket
mattress

牛肉 (beef)

【Q】吃牛排的時候，經常聽見有人說要腰肉牛排，這是指牛的哪個部分呢？

【A】指腰的部分，loin 即牛的腰肉，被認為是牛肉中最美味可口的部分，sirloin 是由法語 sur "above" 的變形加 loin 而成的字，表示 loin 中最上等的部分。

▶ 牛肉各部位名稱
① neck	頸肉
② chuck	肩肉
③ rib	肋骨肉
④ sirloin	上腰肉《沙鍋》
⑤ filet/〖英〗fillet	里脊肉
⑥ loin	腰肉
⑦ rump	臀肉
⑧ round	大腿肉

⑨ hind shank	後腿肉
⑩ flank	腰窩肉
⑪ plate	下胸肉
⑫ brisket	胸肉
⑬ shank	腿肉

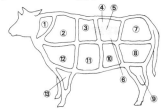

My mother had **been** knitting my gloves when I woke up. 我醒來時母親正在為我織手套.

It will have **been** snowing for two weeks if it does not stop tomorrow. 如果明天雪還不停的話，可能會持續再下兩個禮拜.

③ She has **been** loved by every student. 她一直受到學生的愛戴.

I knew why I had **been** chosen. 我知道我為甚麼被選中了.

By tomorrow morning the great fire will have **been** put out. 明早前那場大火就會被撲滅了.

beep [bip] *n.* ① 嗶的聲音.
——*v.* ② 發出嗶的聲音.
〖複數〗 **beeps**
〖活用〗 *v.* **beeps, beeped, beeped, beeping**

beeper [`bipɚ] *n.* 電話呼叫器；發出嗶嗶訊號的儀器.
〖複數〗 **beepers**

beer [bɪr] *n.* 啤酒.
〖範例〗 a bottle of **beer** 一瓶啤酒.
canned **beer** 罐裝啤酒.
Beer is made from barley. 啤酒是用大麥做的.
Two **beers**, please. 請給我兩份啤酒.
〖參考〗 啤酒按酒精濃度由低到高排列有 ale, lager, bitter, stout 等種類.
〖複數〗 **beers**

beery | bɪrɪ] *adj.* 帶有啤酒味的；(指人) 喝啤酒喝得醉醺醺的.
〖活用〗 *adj.* **beerier, beeriest/more beery, most beery**

beet [bit] *n.* 甜菜《藜科一年生草本植物，其根可食用》.
♦ **béet sùgar** 甜菜糖《從甜菜根中提煉的糖》.
réd bèet 紅甜菜.
súgar bèet 甜菜.
〖複數〗 **beets**

[beet]

beetle [`bitl] *n.* 甲蟲《獨角仙、金龜子之類的昆蟲，身體外部有硬殼》.
〖參考〗 福斯公司生產的狀似甲蟲的汽車被稱作金龜車 (beetle).
〖複數〗 **beetles**

beetroot [`bit,rut] *n.* 〖英〗甜菜，甜菜根《〖美〗beet》.
〖複數〗 **beetroots**

befall [bɪ`fɔl] *v.* (指不幸的事) 發生，降臨:
Something terrible must have **befallen** him. 一定有甚麼恐怖的事降臨在他身上.
〖活用〗 *v.* **befalls, befell, befallen, befalling**

befallen [bɪ`fɔlən] *v.* befall 的過去分詞.

befell [bɪ`fɛl] *v.* befall 的過去式.

befit [bɪ`fɪt] *v.* 適當，適宜，相稱《以 it 作主詞》:
It does not **befit** you to do such a thing. 你不適合做這樣的事.
〖活用〗 *v.* **befits, befitted, befitted, befitting**

†**before** [bɪ`for] *prep., adv., conj.*

原義	層面	釋義	範例
前	時間	*prep.* 在～之前	①
		adv. 以前，從前	②
		conj. 在～之前	③
	順序	*prep.* 在～之前	④
	位置	*adv.* 在前方，前面	⑤

〖範例〗 ① Come **before** lunch time. 在午餐之前來.
It`s five minutes **before** ten. 現在是9點55分.
Come home **before** dark. 天黑之前回家.
Let`s take a rest **before** climbing up to the next station. 在攀登到下一站之前，先休息一下吧.
② We lived in London **before**. 我們以前住在倫

B

敦.

I have never been there **before**. 我以前從來沒有去過那裡.

She said that she had met him five months **before**. 她說她5個月前曾見過他.

③ I wrote in my diary **before** I went to bed. 睡覺之前我寫了日記.

We must clean the room **before** our friends come. 朋友來之前我們必須打掃房間.

It was not long **before** we all fell asleep. 我們很快就睡著了.

Sam said he would flee to Canada **before** he would fight in Viet Nam. 山姆說, 如果他必須參加越戰的話他就逃到加拿大去.

④ He sat just **before** me. 他正好坐在我前面.

The matter **before** us today must be handled with great care. 必須慎重處理我們現在所面臨的問題.

⑤ Watch **before** and after. 請注意前後.

[片語] *before Christ* 西元前《☞ B.C.》.

before dark 天黑之前. (⇨ [範例] ①)

before everything/before all/before anything 當務之急, 首先: You have to study **before** everything. 首先你必須用功學習.

before God 在上帝面前, 向上帝發誓: Before God, I will never leave you. 我向上帝發誓, 我決不離開你.

before long 很快, 不久: He'll be back **before** long. 他很快就會回來.

before ~'s eyes 就在~眼前, 當著~的面: He scolded her **before** our eyes. 他當著我們的面責備她.

It was not long before 在~之前用不了多久時間, 很快就. (⇨ [範例] ③)

beforehand [bɪ`fɔr͵hænd] *adv.* 事先, 預先: If you had told me **beforehand**, I would have helped you. 你要是事先告訴我, 我就會幫你.

befriend [bɪ`frɛnd] *v.* 視為朋友; 幫助, 照顧: She's always **befriending** stray dogs and cats. 她經常照顧流浪狗和流浪貓.

[活用] *v.* **befriends**, **befriended**, **befriended**, **befriending**

***beg** [bɛg] *v.* ① 乞討, 懇求, 請求. ②(狗)用後腿直立.

[範例] ① He **begged** money from door to door. 他挨家挨戶地討錢.

She **begged** the judge for her life. 她懇求法官饒她不死.

I **beg** a favor of you. 我懇求你幫忙.

I **beg** to point out your mistakes. 請允許我指出你的錯誤.

[片語] *beg off* 請求免除, 懇求取消(約會、出席等): I had an appointment with Jane, but **begged** off. 我本來與珍有個約會, 但(因事)懇求取消.

beg to ~ 對不起, 請允許我. (⇨ [範例] ①)

go begging (東西)銷路不好; 行乞: The

man **went begging** here and there. 那個男子四處乞討.

I beg your pardon. 對不起, 請原諒.

I beg your pardon?/Beg your pardon? 對不起, 請再說一遍?《語調上升》

[活用] *v.* **begs**, **begged**, **begged**, **begging**

***began** [bɪ`gæn] *v.* begin 的過去式.

beggar [`bɛgɚ] *n.* ① 乞丐. ② 傢伙《表示親密時》.

—— *v.* ③ 使淪為乞丐, 使貧窮; 使不能, 使不足.

[範例] ① **Beggars** can't be choosers. 《諺語》飢不擇食.

② You lucky **beggar**! 你真是個幸運的傢伙!

③ He was **beggared** by spending so much on betting. 他沉溺於賭博, 因此成了窮光蛋.

The scenery **beggared** description. 那風景太美了, 非筆墨所能形容.

[片語] *beggar (all) description* 非筆墨所能形容. (⇨ [範例] ③)

die a beggar 窮困而死.

[複數] **beggars**

[活用] *v.* **beggars**, **beggared**, **beggared**, **beggaring**

beggarly [`bɛgɚlɪ] *adj.* ① 乞丐似的, 卑賤的. ② 匱乏的, 極少的, 微乎其微的.

[活用] *adj.* more **beggarly**, most **beggarly**

***begin** [bɪ`gɪn] *v.* 開始; 一點也(不), 根本(沒)《與否定句連用, 後接 to+V》.

[範例] The meeting **begins** at two o'clock. 那個會議兩點鐘開始.

Do you know where Europe **begins** and Asia ends? 你知道歐洲與亞洲在甚麼地方接壤嗎?

It **began** to rain. 開始下雨了.

Please **begin** reading. 請開始讀吧.

Begin at page ten. 從第10頁開始.

He **begins** school today. 他從今天開始上學.

She wants to **begin** her life again. 她想重新開始自己的人生.

I'm rather **beginning** to enjoy this. 我(逐漸)有點喜歡這個了.《與進行式連用, 後接 to+V, 表示「漸漸, 逐漸」之意》

He **began** by saying "Well." 他說了句「好」, 就開始了.《表示開始的動作方式用 by》

She **began** on a new detective story. 她開始寫一篇新的偵探故事.《begin on 為「著手進行」之意》

I cannot **begin** to thank you. 我真不知道該怎樣感謝你才好.

He didn't even **begin** to listen to what she said. 他根本就沒聽她講的話.

[片語] *begin with* 從~開始: Education **begins** with a man's birth. 教育從人出生時開始.

to begin with ① 首先: To begin with, you need yogurt, milk and sugar to make sherbet. 你要製作果子露時首先需要優酪乳、牛奶和糖. ② 開始時: To begin with, the child was afraid of the dog but later he became fond of it.

那個孩子剛開始怕那隻狗，後來卻喜歡上牠。

[活用] *v.* **begins**, **began**, **begun**, **beginning**

beginner [bɪ`gɪnɚ] *n.* 初學者，無經驗者：a **beginners'** class 初級班．

[複數] **beginners**

***beginning** [bɪ`gɪnɪŋ] *n.* 起初，開始，開端，起點．

[範例] We'll get together at the **beginning** of next month. 我們在下月初相聚．

My brother read the newspaper from **beginning** to end. 我哥哥把那份報紙從頭到尾看了一遍．

A misunderstanding was the **beginning** of their fight. 誤會是他們打架的起因．

[片語] *at the beginning of* 在～開始的時候．(⇨ [範例])

from beginning to end 從頭到尾，始終至終．(⇨ [範例])

from the beginning 從一開始，從最初．

in the beginning 起初，最初：In the beginning was the Word. 太初有道《聖經約翰福音》第1章第1節）．

[複數] **beginnings**

begrudge [bɪ`grʌdʒ] *v.* ① 嫉妒．② 吝惜，捨不得給，勉強給．③ 發牢騷，抱怨．

[範例] ① He **begrudges** you your good luck. 他忌妒你的好運氣．

② He **begrudged** the stranger a little food. 他勉強地給了那個陌生人一點點食物．

[活用] *v.* **begrudges**, **begrudged**, **begrudged**, **begrudging**

***beguile** [bɪ`gaɪl] *v.* ① 欺騙，誘騙．② 使高興，消遣：迷住．

[範例] ① They **beguiled** me out of my money. 他們騙走了我的錢．

We were **beguiled** into buying stock in a company that doesn't exist. 我們被騙而買了實際上不存在的公司之股票．

② Her face and voice could **beguile** any man. 她的容貌和聲音能迷住任何男子．

[活用] *v.* **beguiles**, **beguiled**, **beguiled**, **beguiling**

***begun** [bɪ`gʌn] *v.* begin 的過去分詞．

***behalf** [bɪ`hæf] *n.* 〔只用於下列片語〕為支持（某人）：為（某人）的利益．

[片語] *on ~'s behalf/on behalf of* 代表，為了《亦作 in ~'s behalf/in behalf of》: He made a speech **on behalf of** his party. 他代表黨發表演說．

***behave** [bɪ`hev] *v.* ① 行動，行為，舉止．② 舉止適當，守規矩．

[範例] ① You **behave** like a true patriot. 你的行為像個真正的愛國者．

② If you don't **behave**, I'll put you out in the car. 你要是不守規矩，我就把你關在車裡．

[片語] *behave ~self* 守規矩，有禮貌：She tried to **behave** herself especially before grown-ups. 她試著在大人面前表現得彬彬有禮．

[活用] *v.* **behaves**, **behaved**, **behaved**, **behaving**

***behavior** [bɪ`hevjɚ] *n.* 行為，舉止，態度：My little son promised to be on his best **behavior** at the wedding. 我的小兒子向我保證他在婚禮上會很守規矩．

[片語] *be on one's best behavior* 很守規矩．(⇨ [範例])

[參考] 〔英〕behaviour．

***behaviour** [bɪ`hevjɚ] ＝*n.* 〔美〕behavior．

behead [bɪ`hɛd] *v.* 斬首，砍頭．

[活用] *v.* **beheads**, **beheaded**, **beheaded**, **beheading**

beheld [bɪ`hɛld] *v.* behold 的過去式、過去分詞．

behind [bɪ`haɪnd] *prep.* ① （位置、狀態等）在～後面，（時間、進度等）落後於：支持．

——*adv.* ② 在後面，向後，（時間、進度等）落後．

——*n.* ③ 屁股．

[範例] ① He's standing over there **behind** the big oak tree. 他站在那邊的大橡樹後面．

This technology is **behind** the times. 這項科學技術已趕不上時代．

I am **behind** him in English. 我的英語不如他．

I'm **behind** you all the way. 我一直支持你．

Our team is two points **behind** theirs. 我們的隊伍以2分之差輸給他們．

② They stayed **behind**. 他們留在後面．

He is far **behind** in his work. 他的工作進度落後很多．

We left it **behind** because it was too heavy. 因為那個東西太重，所以我們把它留在那裡．

③ I have never smacked my child's **behind**. 我從未打過我孩子的屁股．

behindhand [bɪ`haɪnd͵hænd] *adv.*, *adj.* （房租等）拖欠地〔的〕，落後地〔的〕：Don't get **behindhand** in your studies. 不要耽誤你的學業．

behold [bɪ`hold] *v.* 看見，目睹：Behold, a king shall reign in righteousness and his rulers rule with justice. 看哪，必有一王憑公義行政，必有領袖藉公平掌權．《舊約聖經以撒亞書》第32章第1節）．

[活用] *v.* **beholds**, **beheld**, **beheld**, **beholding**

beholder [bɪ`holdɚ] *n.* 觀看者：Yonder they lie; the poor old man, their father, making such pitiful dole over them that all the **beholders** take his part with weeping. 他們倒在那裡；他們的父親，可憐的老人，痛苦之下，使得所有旁觀者也為之流淚了．《莎士比亞《如願》第1幕第2場）

[複數] **beholders**

beige [beʒ] *n.* ① 米色《羊毛的自然色》，淡棕色．

——*adj.* ② 米色的，淡棕色的．

***being** [`biɪŋ] *aux.*

原義	層面	用法	範例
存在	保持某狀態不變	接名詞、形容詞	①
	接受某種行為	接過去分詞	②

——*n.* ③ 存在，生存。④ 存在之物，生物，人。

範例 ① You're **being** patient. Right? 你現在正強忍著，是吧?

They tried to stop me from **being** a teacher. 他們試圖阻止我當老師。

Nobody likes **being** with them. 沒人喜歡和他們在一起。

All **being** well, they could come here soon. 一切順利的話，他們很快就能來到這裡。

② The bridge is **being** painted today. 那座橋今天剛塗上油漆。

Visiting people is nicer than **being** visited. 拜訪別人比被人拜訪愉快。

Jim didn't like **being** put in that position. 吉姆不喜歡被安排到那個職位。

Being left alone, I didn't know what to do. 只剩我一個人，我不知道該怎麼辦才好。(分詞構句)

③ How life came into **being** is an interesting question. 生命如何誕生是個很有意思的問題。

④ Human **beings** are said to be the highest form of life. 據說人類是最高等的生物。

片語 ***come into being*** 產生，誕生，出現。(⇨ 範例 ③)

for the time being 目前，暫且: This will have to do for the time being. 目前暫時先這樣。

複數 **beings**

belated [bɪˋletɪd] *adj.* 誤期的，遲到的: A **belated** gift is better than no gift at all. 遲來的禮物也比沒有禮物好。

belch [bɛltʃ] *v.* ① 打嗝。② 噴出(火、煙等)。
——*n.* ③ 打嗝。④ 噴出(火、煙等)。
活用 *v.* **belches, belched, belched, belching**

belfry [ˋbɛlfrɪ] *n.* 鐘樓。
複數 **belfries**

Belgian [ˋbɛldʒən] *n.* ① 比利時人。
——*adj.* ② 比利時(人)的。
複數 **Belgians**

Belgium [ˋbɛldʒɪəm] *n.* 比利時(☞ 附錄「世界各國」)。

belie [bɪˋlaɪ] *v.* 掩飾; 給人錯覺: His calm outward appearance **belies** the nervous wreck inside. 他鎮靜的外表掩飾了內心的緊張。
活用 *v.* **belies, belied, belied, belying**

[belfry]

※**belief** [bɪˋlif] *n.* 相信，信任，信賴; 信心，信念; 信仰。

範例 My **belief** is that you are right. 我相信你是對的。

After all the scandals, the people had no **belief** in their government. 這些醜聞發生後，人民不再信任政府。

Belief in a supreme being is common to most peoples of the world. 相信神的存在是世上大部分民族的普遍信念。

複數 **beliefs**

believable [bɪˋlivəbl] *adj.* 可信的，可信賴的: Are they **believable**? 他們可信嗎?
活用 *adj.* **more believable, most believable**

※**believe** [bɪˋliv] *v.* 相信，認為。

範例 I **believe** you. 我相信你。

We **believe** that the story is true. 我們相信那個故事是真的。

I could hardly **believe** my eyes. 我幾乎不敢相信自己的眼睛。

片語 ***believe in*** 相信～的存在，相信～的價值，認為～有價值，信任: Do you **believe in** God? 你相信上帝存在嗎?

Some people **believe in** coddling children. 有些人認為溺愛孩子沒甚麼不好。

believe it or not 信不信由你: **Believe it or not**, I saw a flying saucer. 信不信由你，我看見了飛碟。

make believe 假裝，假扮: My son likes to **make believe** he's Superman. 我兒子喜歡裝扮成超人。

活用 *v.* **believes, believed, believed, believing**

believer [bəˋlivɚ] *n.* 相信～的人; 信徒，信仰者。

範例 He is a great **believer** in being punctual for appointments. 他是極力主張準時赴約的人。

I'm not a **believer** in Christianity. 我不是基督教徒。

複數 **believers**

belittle [bɪˋlɪtl] *v.* ① 輕視，藐視，貶低。② 使顯得微小。
活用 *v.* **belittles, belittled, belittled, belittling**

bell [bɛl] *n.* ① 鐘，鈴，門鈴(☞ 充電小站 (p. 113))。
——*v.* ② 繫鈴於。

範例 ① Do they often ring the **bells** in that church? 那個教堂經常敲鐘嗎?

Ed, answer the **bell**. 艾德，去開門迎客。

② The problem is who will **bell** the cat. 問題是誰能挺身而出解決難題。(源於《伊索寓言》中老鼠要把鈴繫在貓脖子上之故事)

片語 ***as sound as a bell*** 非常健康，完好無損。

參考 天主教教會每天早晨、正午、日落時會敲響祈禱的鐘聲，禮拜天也會敲鐘召喚人們去

B

充電小站

bell 是「鈴」嗎?

如果把 bell 直接譯成「鈴」, 就會想到門鈴. 但是, 英語的 bell 意義要廣泛的多, 從教會的大鐘到套在貓脖子上的小鈴鐺等都用 bell.

bell 依其大小、形狀及響聲使用不同的動詞. 一般用 ring 和 sound, 作 "ring a bell"、 "sound a bell" (敲鐘).

「聖誕鈴聲」這首歌, 英語作 Jingle Bells. 一個小鈴鐺叮噹作響時用 "tinkle a bell".

鳴鐘報時用 chime, 相當於中文的「學校鐘聲」, 一般說 The school bell chimed noon. (校鐘正午報時).

不同音階的大型音樂鐘用 peal, 其樂曲聲能傳得很遠, 如 Big Ben pealed out. (英國的大鵬鐘響了).

用金屬鎚敲打大鐘外側或拉動鐵鍊敲打其內側使發出「噹、噹」的聲響時用 clang, 如 He clanged the bell. (他敲響了鐘).

規則地緩緩敲教堂的鐘時用 toll, 這是舉行葬禮時的喪鐘. 海明威的作品中有一部以西班牙內戰為背景的《戰地鐘聲》, 這部小說英文原名 For Whom the Bell Tolls, 因為那是為死者鳴響的喪鐘.

警鈴是 alarm, 按響警鈴時用 "sound the alarm" 或 "ring the alarm".

呼叫器是 beeper 或 pager, 如 "My pager has gone off." (「我的呼叫器響了」).

做禮拜.
〖複數〗 **bells**
〖活用〗 v. **bells, belled, belled, belling**

bellboy [ˋbɛlˏbɔɪ] n. 〖美〗 (旅館、俱樂部等的) 男侍者, 男服務生 《亦作 bellhop; 〖英〗 pageboy》.
〖複數〗 **bellboys**

bellhop [ˋbɛlˏhɑp] n. 〖美〗 (旅館、俱樂部等的) 男侍者, 服務員 《亦作 bellboy》.
〖複數〗 **bellhops**

belligerent [bəˋlɪdʒərənt] adj. 好戰的; 好鬥的, 交戰中的.
〖範例〗 **Belligerent** acts by nations often beget war. 國際間的好戰行為經常導致戰爭.
These two countries have been **belligerent** for more than ten years. 這兩個國家處於交戰狀態已經超過10年.
〖活用〗 adj. **more belligerent, most belligerent**

bellow [ˋbɛlo] v. ① (牛、象等大型動物) 大聲吼叫. ② 大聲咆哮, 吼叫; (風) 呼嘯.
── n. ③ (牛等的) 吼聲. ④ (人的) 咆哮聲, 吼叫聲. ⑤〔~s〕風箱《為了使火燒得更旺的送風裝置》. ⑥〔~s〕(風琴、手風琴等的) 風箱.
〖範例〗 ① A bull **bellowed** in the distance. 有一頭牛在遠處大聲吼叫.
② His boss **bellowed** at him for coming in late. 他的上司因為他遲到而大聲斥責他.
③ No one heard the **bellow** of the bull. 沒有人聽見那頭牛的叫聲.
④ The **bellows** of the Americans surprised us. 美國人的怒吼讓我們嚇了一跳.
⑤ a pair of **bellows** 一具風箱.
〖活用〗 v. **bellows, bellowed, bellowed, bellowing**

belly [ˋbɛlɪ] n. ①《口語》肚子. ②(任何物的) 突起部分, 腹狀物: the **belly** of a ship 船腹.
♦ **bélly bùtton**《口語》肚臍.
bélly làugh 捧腹大笑.
〖複數〗 **bellies**

bellyache [ˋbɛlɪˏek] n. ① 腹痛.
── v. ② 發牢騷, 抱怨 (about): You are always **bellyaching** about money. 你總是為了錢發牢騷.
〖複數〗 **bellyaches**
〖活用〗 v. **bellyaches, bellyached, bellyached, bellyaching**

bellyful [ˋbɛlɪˏful] n.〔a ~〕滿腹 (的量), 過量: We have had a **bellyful** of trouble. 我們已經遇到太多麻煩了.

belong [bəˋlɔŋ] v. ① 是~的一員, 屬於 (to). ② 適合.
〖範例〗 ① What club do you **belong** to? 你是哪個俱樂部的會員?
That diary **belongs** to me. 那本日記是我的.
② Your sentence is "It is rainy today, but it will be sunny tomorrow," but the word "tomorrow" **belongs** after "but." 你的句子是 "It is rainy today, but it will be sunny tomorrow". 但 tomorrow 一字放在 but 之後更適合.
〖活用〗 v. **belongs, belonged, belonged, belonging**

belongings [bəˋlɔŋɪŋz] n.〔作複數〕① 所有物, 隨身物品. ② 財物, 財產《金錢以外可攜帶的動產, 房屋及土地等不包括在內》.

beloved [bɪˋlʌvɪd] adj. ① 鍾愛的, 心愛的.
── n. ② 鍾愛的人《夫、妻、愛人的稱呼》.
〖範例〗 ① The policeman has a picture of his **beloved** daughter in his pocket. 那位警察的口袋裡有他愛女的照片.
② My **beloved** left me for another. 我心愛的人拋棄我投入他人的懷抱.
〖活用〗 adj. **more beloved, most beloved**

below [bəˋlo] prep., adv. 在~下面, 低於, 在下方.
〖範例〗 A fourth of the Netherlands is **below** sea level. 荷蘭有1/4的地方低於海平面.
What is there **below** the bridge? 那座橋的下方有甚麼東西?
The sun has just set **below** the horizon. 太陽剛剛落到地平線之下.

The temperature is three degrees **below** freezing point. 現在氣溫是零下3度.

Your age is **below** the average. 你還沒達到平均年齡.

A captain of the army is **below** a captain of the navy. 陸軍上尉的地位低於海軍上校.

See **below**. 往下看.

Is he above or **below**? 他在上面還是下面?

A voice came from **below**. 從下面傳來的說話聲.

The temperature is 10 **below** now. 現在的氣溫是零下10度.

***belt** [bɛlt] n. ① 腰帶, 皮帶, 帶子, 安全帶, 傳送帶. ② 地帶.

——v. ③ 繫上帶子; 用帶子束緊. ④ 用皮帶抽打; 用手毆打, 猛擊. ⑤ 高速奔跑, 駕車疾駛.

範例 ① He ate so much that he had to loosen his **belt** two holes. 他吃太多了, 不得不把腰帶鬆開二個皮帶孔.

Please fasten your seat **belt**. 請繫上安全帶.

a black **belt** (柔道、空手道、跆拳道等的) 黑帶.

② There is a green **belt** around the city center. 市中心的周圍是綠化帶.

the Cotton **Belt** 棉花帶《美國南部盛產棉花的地帶》.

③ He **belted** his mackintosh. 他繫上了雨衣的腰帶.

④ I'd like to **belt** him! 我想痛打那傢伙一頓.

He **belted** a home run in the bottom of the eighth inning. 他在第8局下半擊出1支全壘打.

⑤ They were **belting** down the freeway, ignoring the speed limit. 他們無視行車速限而在高速公路上駕車飛奔.

片語 **hit below the belt** 拳擊時打對方腰帶以下部位《表示犯規的動作》; 作不正當的攻擊, 耍卑鄙的手段: Your opponent's campaign will really **hit below the belt**. 你的對手在競選中一定會採取卑鄙的手段.

活用 v. **belts**, **belted**, **belted**, **belting**

bemoan [bɪˋmon] v. 悲嘆, 哀嘆.

活用 v. **bemoans**, **bemoaned**, **bemoaned**, **bemoaning**

***bench** [bɛntʃ] n. ① 長椅, 長凳《能坐兩人以上, 有些有靠背, 有些沒有》. ②（法庭的）法官席《棒球的》選手席. ③ 工作檯《木匠等使用的狹長檯子》.

範例 ① She sat on the **bench** by the fountain. 她坐在那座噴泉旁的長椅上.

② Judges sit on the **bench**. 法官們正在審理案子.

③ a carpenter's **bench** 木匠的工作檯.

片語 **sit on the bench** 審案中.（⇔ 範例 ②）

複數 **benches**

***bend** [bɛnd] v. ① 彎, 彎曲, 彎腰. ②使（人）屈從, 使屈服. ③ 專心於.

——n. ④ 彎曲. ⑤ 彎曲的部分,（道路、河流等的）轉彎處.

範例 ① Can you **bend** the wire? 你能把那根鐵絲弄彎嗎?

The branches of the apple trees **bent**. 那棵蘋果樹的樹枝彎曲曲.

The farmers **bent** down to pick strawberries. 那些農夫彎下身去摘草莓.

② You'll never **bend** them to your will. 你無法讓他們順從你的意志.

③ He **bent** his mind to his work. 他專心於他的工作.

④ a **bend** of the body 彎腰, 躬身.

⑤ a **bend** in the road 道路的轉彎處.

活用 v. **bends**, **bent**, **bent**, **bending**

複數 **bends**

†**beneath** [bɪˋniθ] prep. ①（位置、場所）在~之下;（地位、價值）低於.

——adv. ② 在下方.

範例 ① Let's sit **beneath** that tree. 我們就坐在那棵樹下吧.

Tom is just **beneath** Jim in the tennis club's ranking. 湯姆在網球俱樂部的排名在吉姆之後.

It is **beneath** you to behave like that. 做出那種舉止有失你的身分.

② I looked down the lake lying **beneath**. 我俯視下方的湖泊.

***benefactor** [ˋbɛnəˏfæktɚ] n. ① 恩人. ② 贊助者; 捐贈者.

複數 **benefactors**

***beneficent** [bəˋnɛfəsṇt] adj. 行善的, 仁慈的.

活用 adj. **more beneficent**, **most beneficent**

***beneficial** [ˏbɛnəˋfɪʃəl] adj. 有益的, 有利的《常與 to 連用》.

範例 Studying at that school will be **beneficial** to your career. 就讀那所學校將有益於你的工作.

The arranged marriage was **beneficial** to both families. 那個經由他人介紹的婚姻對雙方家庭都是有益的.

活用 adj. **more beneficial**, **most beneficial**

beneficiary [ˏbɛnəˋfɪʃərɪ] n. 受益者, 受惠者.

複數 **beneficiaries**

****benefit** [ˋbɛnəfɪt] n. ① 利益, 益處, 好處. ②（生病或失業時所領的）救濟金; 津貼.

——v. ③ 對~有利, 有益於. ④ 受益, 獲得好處 (from).

範例 ① The student got great **benefit** from his stay in America. 那個學生因待過美國而獲益匪淺.

She had the **benefit** of a good figure. 她的好身材是個有利條件.

Mr. and Mrs. Brown have moved to a new house for the **benefit** of their children. 布朗夫婦為了孩子們遷入了新居.

Your advice was of much **benefit** to the students. 你的忠告對那些學生很有幫助.
② health **benefit** 醫療補助.
③ Visiting various countries can **benefit** you in many ways. 能去各國遊覽在許多方面都對你有益.
④ Nobody will **benefit** from Sam's death. 沒有人能從山姆的死獲益.
〔片語〕 **be of benefit to** 對~有益處. (⇨ 〔範例〕①)
for the benefit of 為了~的利益. (⇨ 〔範例〕①)
〔複數〕 **benefits**
〔活用〕 v. **benefits, benefited, benefited, benefiting**

***benevolence** [bə`nɛvələns] n. 仁心，善心；善舉，善行.
〔複數〕 **benevolences**

***benevolent** [bə`nɛvələnt] adj. 慈善的，樂善好施的.
〔活用〕 adj. **more benevolent, most benevolent**

benign [bɪ`naɪn] adj. ① 和藹的，慈祥的；(氣候) 溫和的. ② (疾病) 良性的: a **benign** tumor 良性腫瘤.
〔活用〕 adj. **more benign, most benign**

***bent** [bɛnt] v. ① bend 的過去式、過去分詞.
——adj. ② 彎曲的，腐敗的. ④ 不正直的，腐敗的. ④ 決心的，專心的 (常與 on 連用).
——n. ⑤ 傾向；性向；愛好；天分 (常與 for 連用).
〔範例〕② My grandmother is **bent** with age. 我祖母因年邁而彎腰駝背.
③ a **bent** cop 受賄的警察.
④ She is **bent** on mastering Spanish. 她一心想要精通西班牙語.
He seems **bent** on becoming a teacher. 他似乎決心要當老師.
⑤ He has a natural **bent** for music. 他天生愛好音樂.
〔活用〕 adj. **more bent, most bent**
〔複數〕 **bents**

benumb [bɪ`nʌm] v. 使麻木，使失去感覺.
〔範例〕 His hands were **benumbed** with cold. 他的雙手凍僵了.
They were **benumbed** by the daily atrocities of war. 每天發生的戰爭殘暴行為使他們麻木了.
〔活用〕 v. **benumbs, benumbed, benumbed, benumbing**

benzine [`bɛnzin] n. 石油醚；石油精 (揮發性的油).

bequeath [bɪ`kwið] v. 遺贈: His uncle **bequeathed** him that fancy mansion. 他的叔叔遺贈給他那棟豪宅.
〔活用〕 v. **bequeaths, bequeathed, bequeathing**

bequest [bɪ`kwɛst] n. 遺物，遺產: He left **bequests** to all his family. 他把遺產留給他的

家人.
〔複數〕 **bequests**

bereave [bə`riv] v. (特指因死亡而) 奪走 (親人).
〔範例〕 The accident **bereaved** Andy of his mother. 意外事故使安迪痛失母親.
Susie was **bereaved** of her husband a year ago. 蘇西一年前失去了丈夫.
the **bereaved** (family) 遺族；喪家.
〔參考〕 bereave ～ of... 表示「從～奪走」之意.
〔活用〕 v. **bereaves, bereaved, bereaved, bereaving/bereaves, bereft, bereft, bereaving**

bereavement [bə`rivmənt] n. 喪親 (之痛). She has not yet got over her recent **bereavement**. 她尚未從最近的喪親之痛中恢復過來.
〔複數〕 **bereavements**

bereft [bə`rɛft] v. ① bereave 的過去式、過去分詞.
——adj. ② 喪失的，失去的.
〔範例〕② a person **bereft** of hope 喪失希望的人. The cheeks of the child were **bereft** of color. 那孩子的臉上沒有半點血色.

beret [bə`re] n. 貝雷帽 (一種布質柔軟的扁帽).
〔複數〕 **berets**

***berry** [`bɛrɪ] n. 漿果 (水分多且果肉柔軟的果實).
〔參考〕 berry 中有黑莓 (blackberry)，藍莓 (blueberry)，蔓越橘 (cranberry)，接骨木果實 (elderberry)，醋栗 (gooseberry)，覆盆子 (raspberry)，草莓 (strawberry) 等.
〔複數〕 **berries**

berserk [`bɝsɝk] adj. 〔不用於名詞前〕狂暴的，發狂的.
〔活用〕 adj. **more berserk, most berserk**

berth [bɝθ] n. ① (船上或火車上的) 臥鋪. ② (船的) 停泊處. ③ 職位，差事.
——v. ④ (使) 停泊.
〔範例〕③ He has a snug **berth**. 他有一份足以溫飽的差事.
〔片語〕 **give ～ a wide berth** 躲避，避開.
〔複數〕 **berths**
〔活用〕 v. **berths, berthed, berthed, berthing**

[berth]

beseech [bɪ`sitʃ] v. 請求，懇求: The journalist **besought** the President for an interview. 那位記者請求總統接受他的採訪.
I **beseech** a favor of you. 拜託你幫我個忙.
〔活用〕 v. **beseeches, beseeched, beseeching/beseeches, besought, besought, beseeching**

beset [bɪ`sɛt] v. 包圍；(指危險、困難、誘惑等) 困擾，使困惑.
〔範例〕 Young people are **beset** by various temptations. 年輕人身處於各種誘惑之中.

B

Your task is **beset** with dangers. 你的工作充滿了危險.

[活用] v. besets, beset, beset, besetting

† **beside** [bɪ`saɪd] prep.

原義	層面	釋義	範例
～的旁邊	場所	與～並排, 在～旁邊, 在～附近	①
	狀態	偏離 (目標)	②
	與別的事物比較	與～比較	③

[範例] ① Who is walking **beside** John? 與約翰並肩而行的是誰?

Ken sat **beside** me. 肯坐在我的旁邊.

There is a creek **beside** the restaurant. 那家餐廳旁有一條小河.

② What is written here is **beside** the point. 這裡寫的內容偏離主題.

The boys were **beside** themselves with happiness. 那些男孩欣喜若狂.

③ **Beside** Steve, they all look like amateurs. 與史蒂夫比起來, 他們看起來都像是業餘愛好者.

His faults are unimportant **beside** his merits. 與他的優點比起來, 他的缺點就顯得微不足道.

[片語] **be beside ～self with...** 忘我地, 入迷地, 發狂地. (⇨ [範例] ②)

beside the point 離題. (⇨ [範例] ②)

† **besides** [bɪ`saɪdz] prep., adv.

原義	層面	釋義	範例
置於旁邊	加於某事物	prep. 除了～之外	①
	加上	adv. 加之, 並且, 此外	②

[範例] ① **Besides** speaking Japanese, he speaks Spanish and Italian. 除了日語之外, 他還會講西班牙語和義大利語.

Besides Uncle Phil, three of my cousins got sick. 除了菲爾叔叔外, 我的3個堂弟也都生病了.

Mr. Brown has no income **besides** his pension. 布朗先生除了養老金之外沒有任何收入.《用於否定句 besides 應譯成「除了～之外, 不再有」》

② I don't want to go—**besides**, it's too expensive. 我不想去, 而且費用也太貴了.

This plan will work better. And **besides**, it'll take less time. 這項計畫一定能更順利實行, 並且花費的時間更短.

* **besiege** [bɪ`sidʒ] v. 包圍, 圍攻; 紛紛 (對人) 提出 (問題等)

[範例] The castle has been **besieged** by the army for four months. 那座城堡已經被敵軍圍攻4個月了.

The reporters **besieged** him with questions. 記者們纏著他問問題.

[活用] v. besieges, besieged, besieged, besieging

besought [bɪ`sɔt] v. beseech 的過去式、過去分詞.

** **best** [bɛst] adj., adv. ① 最好的〔地〕, 最佳的〔地〕.

── n. ② 最佳狀態; 全力; 最好的部分.

[範例] ① Alan is the **best** singer in our class. 亞倫是我們班上最會唱歌的.

He is the **best** pitcher in the National League. 他是國家聯盟最好的投手.

This is the **best** musical I've ever seen. 這是我所看過的歌舞劇最好的一部.

Tom is one of my **best** friends. 湯姆是我最好的朋友之一.

This is one of the five **best** restaurants in this town. 這家餐廳是本市5家最好的餐廳之一.

The **best** oranges are eaten. The others are pressed to make juice. 最好的橘子拿來食用, 其餘的榨成果汁.

Please give my **best** wishes to your family. 請代我向你家人致意.

I always feel **best** after taking a shower. 我洗澡後總是感到全身舒暢.

If you want to ask for money, it's **best** in the morning. 如果你想要錢, 最好是上午要.

It's **best** to use a rice paddle when you serve rice. 盛飯最好用飯匙.

This dish is **best** when served warm from the oven. 這道菜剛烤好時最好吃.

He does **best** when people aren't watching. 他在沒人注意時做得最好.

Instead of buying packages of apples, you can pick and choose the ones that look the **best**. 蘋果除了一包一包買之外, 你可以一個一個地挑選看起來最好的.

She will pick out the dress that suits her **best**, I'm sure. 我確定她能挑選到最適合她穿的衣服.

We had **best** leave now. 我們最好現在離開.

"Which subject do you like the **best**?" "I like physical education the **best**." 「你最喜歡甚麼科目?」「我最喜歡體育課.」

When I was young, I liked going to the zoo **best** of all. 我小時候最喜歡去動物園.

This new computer has various functions. **Best** of all, it's very easy to use. 這臺新電腦有許多功能, 最棒的是它操作方便.

He was trying as **best** he could to lift the box. 他竭盡全力地要抬起那個箱子.

My brother spent the **best** part of the day fishing. 我哥哥今天大部分的時間用來釣魚.

② Don't worry about it—they said they would do their **best**. 不用擔心, 他們說他們會全力以

赴．
I did my **best** and still failed—where did I go wrong? 我盡全力了，卻還是失敗，我到底哪裡做錯了？
John isn't at his **best** when he has marital problems． 約翰的婚姻出問題時就會情緒不佳．
Sandy was in his **best** at the party． 那個晚會上山迪穿著他最好的衣服．
To the **best** of my knowledge，he was only married once． 就我所知，他只結過一次婚．
They're going to send her back to the institution，and it's all for the **best**． 他們將她送回那個機構，問題將獲得圓滿解決．
I know it seems bad now，but I think it's all for the **best**． 我知道現在似乎不太好，但我想事情終究會圓滿結束的．
She still sings with the **best**． 她的歌還是唱得很不錯，不比任何人差．
Please give my **best** to your wife． 請代我問候你太太．
It'll be ready on Friday，or at **best**，late Thursday night． 星期五或者最樂觀的話星期四晚上即可完成．
This situation isn't ideal，but don't mope around about it—make the **best** of it． 情況雖然不甚理想，但不要灰心，一定要盡力而為．
片語 **all for the best/for the best** 出於好意；終究圓滿結束．(⇨ 範例 ②)
All the best! 萬事如意!《敬酒、道別或書信結尾時使用》．
as best one can 竭盡全力 (⇨ 範例 ①)
at best/at the best 至多，即使抱最樂觀的看法，充其量也不過．(⇨ 範例 ②)
at ～'s best 處於最佳狀態．(⇨ 範例 ②)
best of all 最好的是．(⇨ 範例 ①)
do ～'s best/try ～'s best 竭盡全力，盡最大的努力．(⇨ 範例 ②)
get the best of/have the best of (在辯論、競爭中) 擊敗，佔上風: Tom **got the best of** Jim in that argument． 湯姆在那場辯論中打敗了吉姆．
had best ～ 最好，應該《～為原形動詞》．(⇨ 範例 ①)
in ～'s best/in ～'s Sunday best 穿著最好的衣服．(⇨ 範例 ②)
make the best of ① 充分利用．② 盡力而為．(⇨ 範例 ②)
the best part of ～ 的大部分．(⇨ 範例 ①)
to the best of my knowledge 據我所知．(⇨ 範例 ①)
with the best/with the best of them 不比任何人差．(⇨ 範例 ②)
♦ **bèst-befóre dàte** 保存期限．
bèst bóy (拍攝電影時協助燈光師的) 主要燈光助手．
bèst-dréssed 儀容整齊的．
bèst-knówn 最有名的．
bèst-lóoking 最漂亮的．

bèst mán 男儐相．
bèst séller 暢銷書．
bestial [ˋbɛstʃəl] adj. 禽獸般的，殘忍的《☞ n. beast》．
活用 adj. **more bestial**，**most bestial**
bestiality [͵bɛstʃiˋælətɪ] n. 獸性；殘忍的行為．
*****bestow** [bɪˋsto] v.《正式》贈與，授予《常用 be ～ed on 形式》): The cup was **bestowed** on the champion． 優勝者被授予獎杯．
活用 v. **bestows**，**bestowed**，**bestowed**，**bestowing**
*****bet** [bɛt] v. ① 打賭 (on)，下賭注；敢說，確信．—— n. ② 賭金；打賭．
範例 ① Do you ever **bet**? 你和人打賭過嗎?
I wouldn't **bet** on that horse if I were you． 我若是你的話，就不賭那匹馬．
I'll **bet** against his coming． 我賭他不會來．
Phil **bet** $100 on the football game． 菲爾為那場足球賽下注100美元．
I'd like to **bet** you on who wins the race． 我想跟你打賭，看這場比賽誰贏．
I **bet** you a couple of oranges that it will be fine tomorrow． 我跟你賭2、3個橘子，明天一定是晴天．
I **bet** she won't come． 我敢說她一定不會來．
② Jim made a **bet** with Jane． 吉姆跟珍打賭．
a ten-dollar **bet** 10美元的賭金．
片語 **I bet ～** 我保證一定是．(⇨ 範例 ①)
活用 v. **bets**，**bet**，**bet**，**betting/bets**，**betted**，**betted**，**betting**
複數 **bets**
Bethlehem [ˋbɛθlɪhɛm] n. 伯利恆《巴勒斯坦 (Palestine) 耶路撒冷 (Jerusalem) 附近的城市，為耶穌誕生地，現在屬於約旦 (Jordan)》．
*****betray** [bɪˋtre] v. ① 背叛，出賣． ② 洩露．
範例 ① She would never **betray** me like that! 她絕不會那樣出賣我!
② She **betrayed** his identity to the authorities． 她向當局洩露他的身分．
Your hands **betray** your age． 你的手洩露了你的年齡．
活用 v. **betrays**，**betrayed**，**betrayed**，**betraying**
betrayal [bɪˋtreəl] n. 背叛，告密．
複數 **betrayals**
betrayer [bɪˋtreɚ] n. 背叛者，告密者．
複數 **betrayers**
betroth [bɪˋtrɔθ] v.《古語》答應娶～為妻，訂婚《常用於被動句): Margaret was **betrothed** to Mr. Wilson． 瑪格莉特和威爾森先生訂婚了．
活用 v. **betroths**，**betrothed**，**betrothed**，**betrothing**
*****better** [ˋbɛtɚ] adj.，adv. ① 比 ～ 好的 [地]，比～多的 [地]．
—— n. ② 較好的人 [事，物]．③ [～s] 尊長，長官．
—— v. ④ 改進，改善．
範例 ① FM sound quality is **better** than AM． FM 的音質比 AM 好．

B

Lisa is a **better** driver than Harold. 麗莎開車技術比哈洛德好.

That film was quite nice, but the book was much **better**. 那部電影相當不錯，但原著更棒.

He enjoys a **better** standard of living than he used to. 他的生活品質比起過去好多了.

She is much **better** at impromptu than reading from a prepared script. 比起讀準備好的稿子，她即席演講講得更好.

I'm sure you'll feel **better** tomorrow. 我確定你明天就會舒服一些.

She got **better** after two weeks in bed. 她臥床2個星期後，病情好轉了.

It's **better** left unsaid. 還是不要說的好.

It would be **better** to eat something. 最好還是吃點東西.

It'd be **better** if you didn't say anything. 如果你不說的話會比較好.

She had **better** eat something. 她最好吃點東西.

I'd **better** get back to my desk now. 我現在最好回到我的座位去.

That man is no **better** than a liar. 那個人簡直是騙子.

That's no **better** than half done. 那項工作只不過完成了一半.

The sooner, the **better**. 愈快〔早〕愈好.

Better late than never. 《諺語》亡羊補牢，猶未晚也.

Nick sings **better** than John. 尼克唱得比約翰好.

I know you can do **better**. 我知道你能夠做得更好.

Steve and Ben work **better** together than if they work separately. 史蒂夫和班一起工作比他們分開工作更好.

I like this watch **better** than that one. 比起那支錶，我比較喜歡這支.

Which do you like **better**, green tea or oolong tea? 你比較喜歡綠茶還是烏龍茶?

Her name is **better** known in Brazil than in Taiwan. 她在巴西比在臺灣有名.

He says he'll make her quit her job for health reasons, but we all know **better**. 他說是出於健康的理由要辭掉她，但我們可不相信.

Robert knows **better** than to argue with his boss. 羅伯特不至於笨到跟上司頂嘴.

You should know **better** than to walk alone in the dark. 你應該知道不可以一個人摸黑去.

They've been in Singapore for the **better** part of a year. 他一年中大半的時間都待在新加坡.

② Is this your new apartment? I had expected **better**. 這就是你的新公寓嗎? 我還以為有多好呢.

The weather has taken a turn for the **better**. 天氣逐漸好轉.

He always gets the **better** of me in an argument. 他在爭辯中總是勝過我.

③ Take seriously advice given you by your elders and **betters**. 對於前輩和長官的忠告，應洗耳恭聽.

④ George studied because he wanted to **better** himself. 喬治想要充實自我，所以他努力學習.

片語 **better off** (與以前相比) 境況更好，生活更寬裕: They are much **better off** than before. 他們的生活比以前寬裕多了.

better ~self 改善自己，提高自己的地位. (⇒ 範例 ④)

better than ~'s word 做得比實際承諾的還要好《是將 as good as ~'s word (遵守諾言) 的 good 改為比較級 better 的用法》.

for better or worse 不管好歹，不管怎樣: For better or worse, we accepted the offer. 不管結果如何，我們接受那個提議.

for the better 往好的發展. (⇒ 範例 ②)

get the better of 勝過. (⇒ 範例 ②)

had better ~ 應該~，最好《~為原形動詞》. (⇒ 範例 ①)

know better than (**to**+**V**) 知道 (做某事) 是錯的; 不會笨到去 (做某事); 不再相信. (⇒ 範例 ①)

no better than 與~一樣，簡直是. (⇒ 範例 ①)

so much the better 那就更好了: If you can bring your own car, **so much the better**. 你要是把車開來那就更好了.

the better part of 大半，多半 (⇒ 範例 ①)

複數 **betters**

活用 v. **betters**, **bettered**, **bettered**, **bettering**

betterment [`bɛtɚmənt] n. 改善，改進: This plan needs **betterment**. 這個計畫需要改進.

複數 **betterments**

† **between** [bə`twin] prep.

原義	層面	釋義	範例
在兩者之間	時間	在~之間，在~期間 (兩者之間)	①
	場所、地點		②
	數量		③
	動作、狀態		④
	人、物		⑤

——adv. ⑥ 介於兩者之間.

範例 ① Come **between** Monday and Friday. 請在星期一至星期五之間來.

There will be a fireworks display **between** eight and ten. 8點到10點之間有煙火表演.

② The Rhine runs **between** France and Germany. 萊茵河流經法國與德國之間.

③ We estimated that **between** 100,000 and 150,000 refugees were in that area. 我們估計那個地區有10萬到15萬難民.

④ He made a sound **between** a cough and a sob. 他發出像是咳嗽又像是啜泣的聲音。
Green is a color **between** yellow and blue. 綠色是介乎黃色與藍色之間的顏色。
Between ill-health and worries, he grew weaker. 由於疾病與憂慮，他的身體愈來愈虛弱了。

⑤ **Between** us we have $49. 我們共有49美元.《between 譯作「共有，共享」》
Don't tell anyone—this is just **between** you and me. 此事不能對任何人講，這是我們之間的祕密。
It was something **between** a chair and a sofa. 那東西既像椅子又像沙發.《兼椅子和沙發雙重用途的東西》
I couldn't see any difference **between** the two, so I bought the cheaper one. 我看不出來那兩者間有任何區別，所以就買了便宜的。
Choose **between** this and that. 請在這個與那個之間選擇一個。
Can you distinguish **between** right and wrong? 你能分辨是非嗎？

⑥ I had to attend two meetings yesterday, and there was no time to have lunch **between**. 昨天我必須出席兩個會議，其間連吃中飯的時間都沒有。

[片語] **between ourselves/between you and me** 你我之間的祕密，不能讓別人知道.（⇨ [範例] ⑤）
few and far between 稀少的，非常罕見的: Around here, liquor stores are **few and far between**. 這一帶很少有酒類販賣店。
in between ① 在兩者之間: He sat **in between**. 他擠進來坐下了. ② 在空閒時: She does her homework **in between**. 她利用其空暇做作業. ③ 打擾，妨礙. ④ 難以做出決定: We are **in between**. 我們進退維谷。

*beverage [`bɛvrɪdʒ] n.（水以外的）飲料.
[範例] cooling **beverages** 清涼飲料.
alcoholic **beverages** 含酒精的飲料.
[複數] **beverages**

*beware [bɪ`wɛr] v. 注意，當心.
[範例] **Beware** of pickpockets! 謹防扒手!
They told her to **beware**, but she didn't listen. 他們提醒她要注意，可是她根本不聽.
[參考] 沒有字形變化，只用於祈使句或〈to＋原形動詞〉的形式.

*bewilder [bɪ`wɪldɚ] v. 使（人）迷惑，使困惑，使不知所措: We were **bewildered** by the President's remarks. 我們對總統的話感到困惑不解.
[活用] v. **bewilders**, **bewildered**, **bewildered**, **bewildering**

bewilderment [bɪ`wɪldɚmənt] n. 困惑，迷惑，不知所措.

bewitch [bɪ`wɪtʃ] v. ① 對~施魔法. ② 使著迷，使神魂顛倒.
[範例] ① The witch **bewitched** the boy and turned him into a dog. 女巫對那個男孩施魔法使他變成一隻狗.
② Her beauty **bewitched** me. 她的美貌令我著迷.
[字源] be（受影響 'affected by'）＋witch（女巫）
[活用] v. **bewitches**, **bewitched**, **bewitched**, **bewitching**

†**beyond** [bɪ`jɑnd] prep. ①（場所）在~的那一邊；（程度、範圍等）越過，超出；除了~之外《用於否定句、疑問句》.
——adv. ② 除此以外.
[範例] ① His house is **beyond** the river. 他的家在河的那一邊.
The play was boring **beyond** description. 那齣戲實在是太乏味無趣了.
What they brought back was **beyond** the limit. 他們帶回來的東西超過限制.
This theory is totally **beyond** me—I don't understand it at all. 這個理論完全超出我的理解範圍，我完全不懂.
The chairperson had nothing to add **beyond** what had already been said. 那位主席除了剛剛所說的之外就沒再說甚麼.
② There is nothing worthwhile **beyond**. 除此以外沒甚麼有價值的了.

*bias [`baɪəs] n. ① 偏見；偏好. ② 斜線，斜裁.
——v. ③ 使懷有偏見.
[範例] ① The statesman has a **bias** against the plan. 那個政治家對那項計畫有偏見.
The girl student has a **bias** toward English literature. 那個女學生對英國文學有偏好.
② She cut cloth on the **bias**. 她把布料斜裁.
③ Her schooling in that method **biases** her against any other. 她受過那種教育方法，所以對其他教學方法持有偏見.
[片語] **on the bias** 偏斜地.（⇨ [範例] ②）
[複數] **biases**
[活用] v. **biases**, **biased**, **biased**, **biasing/biasses**, **biassed**, **biassed**, **biassing**

biathlon [baɪ`æθlən] n. 越野滑雪射擊運動《冬季奧運競賽項目之一，選手荷槍在規定行程中，分別以臥姿、立姿射擊，將滑雪時間與射擊成績合併計分》.

bib [bɪb] n. ①（嬰兒用的）圍兜. ②（圍裙、工作服等的）上部.
[複數] **bibs**

Bible [`baɪbl] n. ①〔the ~〕《聖經》《特指基督教、猶太教的聖經》. ②〔b~〕權威性著作，經典.
[範例] ① The parson read us the *Bible*. 牧師為我們讀《聖經》.
② This book is a **bible** for new mothers. 這本書是初為人母者的必備寶典.
[參考] 基督教的《聖經》由《舊約聖經》(the Old Testament) 與《新約聖經》(the New Testament) 構成，有時也稱《聖經》為 the Holy Bible；Bible 的字源是希臘語的 byblos（紙，草紙，書）.
➡ [充電小站] (p. 121)

B

saddle/〔美〕seat
saddlebag
brake
handlebars
〔美〕tire/
〔英〕tyre
hub
spoke
mudguard/
〔美〕fender
rim
pedal

[bicycle]

〔複數〕 **Bibles**

biblical [`bɪblɪkl] *adj.* 聖 經 的: a **biblical** expression《聖經》上的話.

bibliography [ˌbɪblɪˋɑgrəfɪ] *n.* ① 書目，文獻目錄. ② 書誌學《研究有關書的作者、出版日期、版次等).

〔複數〕 **bibliographies**

bicentenary [baɪˋsɛntəˌnɛrɪ] *n.*, *adj.* 〔英〕200週年紀念(的).

〔複數〕 **bicentenaries**

bicentennial [ˌbaɪsɛnˋtɛnɪəl] *n.*, *adj.* 〔美〕200週年紀念(的).

〔複數〕 **bicentennials**

biceps [`baɪsɛps] *n.* 二頭肌（☞ arm 〔插圖〕).

〔複數〕 **biceps/bicepses**

bicker [`bɪkɚ] *v.* (為了小事) 爭吵，口角.

〔活用〕 *v.* **bickers, bickered, bickered, bickering**

*****bicycle** [`baɪˌsɪkl] *n.* ① 腳踏車《亦作 bike，cycle).

——*v.* ② 騎腳踏車《亦作 cycle).

〔範例〕 ① I got on a **bicycle** at the station and got off it at the lake. 我從車站騎腳踏車去那個湖邊.
The boy has been riding a **bicycle** for three hours. 那個男孩已騎了3個小時的腳踏車.
In this area it is quicker to go by **bicycle** than by bus. 在這個地區騎腳踏車比搭公車快.

〔參考〕5段變速腳踏車為 five-speeder，協力車為 tandem，單輪車為 unicycle，三輪車為 tricycle.

〔字源〕bi (兩個)＋cycle (車輪).

〔複數〕 **bicycles**

〔活用〕 *v.* **bicycles, bicycled, bicycled, bicycling**

*****bid** [bɪd] *v.* ①(拍賣時) 出價，投標. ② 致意，打招呼，問候.

——*v.* ③ 出價，投標 (for).

〔範例〕① I **bid** ten dollars for the old vase at the auction. 我在那場拍賣會上出價10美元買那個舊花瓶.
② Mr. Smith **bade** farewell to his wife. 史密斯先生跟他太太道別.
③ **Bids** for the construction of a skyscraper

were invited from Asian countries. 亞洲各國受邀投標爭取摩天大樓的建造工程.

〔活用〕 *v.* **bids, bid, bid, bidding/bids, bade, bidden, bidding**

〔複數〕 **bids**

bidden [`bɪdn] *v.* bid 的過去分詞.

bidding [`bɪdɪŋ] *n.* ①(拍賣時的) 出價，投標. ② 命令，要求.

〔範例〕① **Bidding** for the construction of housing was brisk. 那項住宅建設的投標進行得很熱烈.
② I studied hard at my father's **bidding**. 我按照父親的要求用功讀書.

〔片語〕*at ~'s bidding* 應~的要求. (⇨〔範例〕②)

〔複數〕 **biddings**

bide [baɪd] *v.* 〔只用於下列片語〕等待.

〔片語〕*bide ~'s time* 等待良機: I didn't give up. I was **biding my time**. 我並沒有放棄，我在靜待良機.

〔活用〕 *v.* **bides, bided, bided, biding/bides, bode, bided, biding**

biennial [baɪˋɛnɪəl] *adj.* ① 兩年一次的. ②(植物) 兩年生的.

——*n.* ③ 兩年一次的活動. ④ 兩年生植物.

〔複數〕 **biennials**

bier [bɪr] *n.* 棺架，屍架.

〔複數〕 **biers**

bifocal [baɪˋfokl] *adj.* ① 雙焦點的.

——*n.* ② 雙焦透鏡. ③〔~s〕遠近兩用的眼鏡.

〔複數〕 **bifocals**

**big [bɪg] *adj.* ① 大的. ② (心胸) 寬廣的. ③ 充滿著 (with). ④ 洪亮的，大聲的. ⑤ 重大的，主要的. ⑥ 懷孕的 (with).

——*adv.* ⑦ 極大地; 自大地.

〔範例〕① My daughter is **big** for her age. 我的女兒就其年紀而言塊頭很大.
He is my **big** brother. 他是我大哥.
John is a **big** eater. 約翰食量很大.
He has a **big** belly from drinking all that beer. 把那些啤酒全都喝完之後，他的肚子變得圓滾滾的.
The small elephant is **bigger** than the **big** dog. 那隻小象比那隻大狗大.
② That's **big** of you. 你可真寬宏大量.

────────────── 充電小站 ──────────────

聖經 (Bible)

《聖經》(*the Bible*) 是指基督教 (Christianity) 記載上帝話語的書, 由《舊約聖經》(*the Old Testament*) 與《新約聖經》(*the New Testament*) 構成.

"testament" 意為「(上帝對人的) 承諾」.「舊約, 新約」的「約」為「約定、承諾」之意.

《舊約聖經》和《新約聖經》按類別可分為聖錄、律法書、先知書三類; 先知 (prophet) 將上帝的話轉達給某一特定的人叫作預言 (prophecy), 記載這些預言的書就是先知書.

《舊約聖經》是由記載耶穌·基督 (Jesus Christ) 出現之前有關上帝言行的書籍歸納而成的. 至於天主教正典吸收一些後來為猶太教和新教斷定為非正典的書籍, 稱為外典 (apocrypha).

《舊約聖經》中較著名的故事及人物如下:

創世記 (Genesis): 世界如何形成的故事.

亞當與夏娃 (Adam and Eve): 上帝所造最早之人類的故事 (☞ 充電小站 (p. 1193)).

該隱與亞伯 (Cain and Abel): 因上帝接受弟弟亞伯的禮物而沒有接受哥哥該隱的, 因而引發兄弟殺弟的故事. 此典故是用來說明兄弟不和或兄弟鬩牆.

諾亞方舟 (Noah's Ark): 上帝為懲罰人類的墮落而引發大洪水, 只有信仰虔誠的諾亞一家人造方舟得以生存的故事.

巴貝耳塔 (the Tower of Babel): 各種語言如何產生的故事.

亞伯拉罕 (Abraham):《新約聖經》中猶太人祖先的故事.

雅各 (Jacob): 以色列的祖先與天使格鬥, 得到以色列 (與上帝戰鬥並獲勝之意) 的故事.

摩西十誡 (the Ten Commandments): 人應該遵守的十條誡律.

大衛與所羅門 (David and Solomon): 以色列兩位偉大國王的故事.

參孫 (Samson): 大力士不敵誘惑而失去力量的故事.

約伯 (Job): 信仰虔誠的男子不管發生任何災難絕不怨恨上帝的故事.

以撒亞 (Isaiah)、耶利米 (Jeremiah)、以西結 (Ezekiel)、但以理 (Daniel): 4位著名先知的故事.

以利亞 (Elijah): 先知以利亞對上帝至為忠誠, 乘著旋風直接升入天堂的故事.

約拿 (Jonah): 先知約拿因不願遵上帝之命前往尼尼微城傳道而被大魚吞食3天後又獲救的故事.

基督現世後, 早期的信徒將記載其言行的書歸納而成為《新約聖經》.《新約聖經》中經常出現「使徒」一詞, 是被挑選有別於一般信徒的基督12門徒.

《新約聖經》共27卷, 歷史書由記載耶穌·基督一生與教誨的《四福音書》(*the Four Gospels*) 與記載使徒行止的《使徒行傳》(*the Acts of the Apostles*) 構成. 此外, 還包括使徒們在傳道時發給各地信徒的《使徒書信》(*the Epistles*).

《聖經》是「世界第一暢銷書」, 特別是在包括歐美在內的基督教社會, 瞭解《聖經》被認為是一種常識. 在日常生活, 或是在小說和電影中也經常採用《聖經》的話語和題材.

源於《聖經》的成語和名言如下:

▶ 源於《舊約聖經》

an eye for an eye, a tooth for a tooth 以眼還眼, 以牙還牙.

Spare the rod and spoil the child. 孩子不打不成器.

▶ 源於《新約聖經》

a good Samaritan 好心的撒馬利亞人, 見義勇為的人, 樂善好施者.

Cast not pearls before swine./Do not cast pearls before swine. 勿投珠予豬, 切勿對牛彈琴.

doubting Thomas 多疑的人或懷疑論者.《湯馬斯不輕信耶穌的復活》

Man cannot live by bread alone. 人不能只靠麵包而活.

put new wine into old bottles 舊瓶裝新酒.《舊的形式加入新內容》

Sufficient unto the day is the evil thereof. 今朝不管來日事, 明日愁來明日愁.《別為明天的事煩惱》

the salt of the earth 優秀公民, 社會中堅份子, 社會楷模.《在宗教儀式中, 鹽是純潔美好的象徵》

The scales fall from one's eyes. 恍然大悟, 看清事物的真相.《scales 意思是「障眼物」》

──────────────────────────────────

③ He looked into her eyes **big** with tears. 他看著她含著淚水的眼睛.

④ He speaks in a **big** voice. 他大聲說話.

⑤ Our boss is a **big** shot. 我們老闆是個大人物.

That was one of the **biggest** incidents in my life. 那是我一生中最重大的事件之一.

⑥ Our dog is **big** with young. 我們家的狗懷孕了.

⑦ He is always talking **big**. 他總是說大話.

片語 *get too big for ~'s boots*《口語》驕傲,

自大: The author has **got too big for his boots**. 那位作家開始變得妄自尊大.

♦ **Big Bén** 大鵬鐘《英國國會大廈鐘樓上的大鐘》.

big gáme ① 大獵物《如象、獅子等》, 垂釣的大魚《如金槍魚、旗魚等》. ② 大目標.

big náme/big shòt 大人物. (⇒ 範例 ①)

the big stick 政治〔軍事、經濟〕壓力.

the big tìme (運動、藝文界的) 第一流.

big tóe 腳的大拇趾.

big tóp 馬戲團的大帳篷;〔the ~〕馬戲團.

B

活用 adj. **bigger**，**biggest**
bigamist [`bɪɡəmɪst] n. 重婚者.

複數 **bigamists**
bigamous [`bɪɡəməs] adj. 重婚的.
bigamy [`bɪɡəmɪ] n. 重婚，重婚罪.
bigot [`bɪɡət] n. 頑固的人，固執己見的人.

複數 **bigots**
bike [baɪk] n. ① 腳踏車，摩托車.
——v. ② 騎腳踏車，騎摩托車.
➡ 充電小站 (p. 123)

複數 **bikes**
活用 v. **bikes**，**biked**，**biked**，**biking**
biker [`baɪkɚ] n. 騎腳踏車〔摩托車〕者.

複數 **bikers**
bikini [bɪ`kinɪ] n. 比基尼泳裝，三點式泳裝.

複數 **bikinis**
bilateral [baɪ`lætərəl] adj. ① 兩邊的. ② 雙邊的. ③ 互惠的.
bile [baɪl] n. ① 膽汁. ② 壞脾氣.
bilge [bɪldʒ] n. ① 積於船底的污水. ② 無聊的話，胡說.

複數 **bilges**
bilingual [baɪ`lɪŋgwəl] adj. 用兩種語言的，能說兩種語言的.
bilious [`bɪljəs] adj. ① 膽汁的，膽汁過多的. ② 壞脾氣的，易怒的.
Bill [bɪl] n. 男子名《William 的暱稱》.
*

bill [bɪl] n. ① 帳單. ② 票據，匯票，期票；證券，證書. ③『美』紙幣，鈔票. ④ 法案，議案. ⑤ 廣告，招貼；海報；傳單；節目表. ⑥ (扁平細長的) 鳥嘴.
——v. ⑦ 送帳單給. ⑧ 宣傳，廣告. ⑨ (鳥) 接嘴，親嘴.

範例 ① If you don't pay the electricity **bill**，our power will be cut off. 你如果不付電費，我們將會被停止供電.
Did you pay the **bill**? 你已經付帳了嗎?
② a **bill** of exchange 匯票.
③ Here's a five-dollar **bill** for you. 這是一張5美元的紙幣給你.
④ When a **bill** is passed，it becomes an act. 法案一經通過就成為法律.
⑤ Post No **Bills**. 禁止張貼《告示》.
⑦ We'll **bill** you later for the books. 稍後我們會送這些書本的帳單給你.
⑧ It is **billed** as the biggest archaeological find of the century. 據宣傳說這是本世紀最重大的考古學發現.

日慣 *fit the bill* 符合要求，令人滿意：This meal really **fits the bill**. 這頓飯真是令人滿意.
foot the bill 負擔全部費用：Don't worry. I'll **foot the bill**. 不必擔心，全部費用由我負擔.
split the bill 分攤費用：Let's **split the bill** this time. 這次我們一起分攤費用.
top the bill/head the bill (名字) 在節目單上居首位《擔任主角》：Great! My niece **tops the bill**! 太棒了! 我的姪女擔任主角.

參考 ⑥ bill 指扁平細長的嘴，而鷹和鷲等的鉤狀嘴作 beak.

複數 **bills**
活用 v. **bills**，**billed**，**billed**，**billing**
billboard [`bɪl͵bord] n.『美』廣告板，告示牌.

複數 **billboards**
billet [`bɪlɪt] n. ① (以民房充當) 士兵的營舍. ② 工作，職位.
——v. ③ 分配民舍給士兵住宿.

複數 **billets**
活用 v. **billets**，**billeted**，**billeted**，**billeting**
billfold [`bɪl͵fold] n. 裝鈔票的皮夾，錢包.

複數 **billfolds**
billiards [`bɪljədz] n.〔作單數〕撞球：Do you play **billiards**? 你打撞球嗎?
*

billion [`bɪljən] n. ①『美』10億. ②《古語》『英』1兆.

複數 **billion/billions**
billionaire [͵bɪljə`nɛr] n. 億萬富翁.

複數 **billionaires**
billow [`bɪlo] n. ① 巨浪，波濤；似巨浪般滾滾而來之物《如濃煙、火焰等》.
——v. ② 巨浪翻騰；波濤洶湧.

範例 ① **billows** of smoke 滾滾而來的濃煙.
② The flag is **billowing** in the wind. 旗子隨風飄揚.

複數 **billows**
活用 v. **billows**，**billowed**，**billowed**，**billowing**
billy [`bɪlɪ] n. ① 小棍棒，警棍. ② 公山羊《亦作 billy goat》.

複數 **billies**
bimonthly [baɪ`mʌnθlɪ] adj. ① 兩個月一次的：a **bimonthly** magazine 雙月刊雜誌. ② 一個月兩次的.
——n. ③ 雙月刊. ④ 半月刊.

複數 **bimonthlies**
bin [bɪn] n. 大箱子《裝煤炭或糧食的大型有蓋箱子》；『英』垃圾箱：She threw the letter into the **bin**. 她把那封信扔進了垃圾箱.

複數 **bins**
binary [`baɪnərɪ] adj. 由兩部分構成的；雙重的，二進位的.

♦ **binary digit** 二進制數字《以0與1兩個數字為基礎的數字》.
binary system 二進位法.
*

bind [baɪnd] v. ① 捆綁；包紮. ② 裝訂 (書籍). ③ (用水泥) 使黏合. ④ 約束，束縛.

範例 ① **Bind** the criminal with rope. 用繩子把那個犯人綁起來.
I saw a robber **bound** with ropes. 我看見了一個被繩索綑綁的強盜.
I **bound** (up) my wound with a bandage. 我用繃帶包紮我的傷口.
② This dictionary is **bound** in leather. 這部辭典是用皮革裝訂的.
Well-**bound** books are pretty expensive. 裝訂精美的書相當貴.
③ He **bound** the stones with cement. 他用水泥

B

---

i-e, a-e, e-e, o-e, u-e 的發音

【Q】在（充電小站）(p. 1447)「元音 (vowels) 與輔音 (consonants)」中有「bike 中 i-e 的發音」和「home 中 o-e 的發音」的說明，這到底是甚麼意思呢? i-e 和 o-e 到底是怎麼發音呢?

【A】英文單字中有一種常見的音節型式是 C_1VC_2e, 及元音輔音出現在一個輔音與另一個不發音 e 字母的前面，則該元音要唸成長音。不發音的 e 很像鐳射光透過 C_2 而影響前面的母音 V, 使它讀長音。而長音的讀法與 a, e, i, o, u 字母本身的讀法是相同的. 如字母 a 的長音是 /ɑ/, 字母 e 的長音是 /i/, 字母 i 的長音是 /aɪ/, 字母 o 的長音是 /o/, 字母 u 的長音是 /ju/. 語音學家常在元音上方加一橫槓來表示該元音字母要唸長音。

ā /e/: late, face, came, tape, gave, name
ē /i/: Pete, cede, compete, scene, precede, delete
ī /aɪ/: bike, pine, life, pipe, hide, bite
ō /o/: bone, hope, joke, note, stone, vote
ū /ju/: duke, tune, fume, use, refuse

在這個音節型式 C_1VC_2e 中, 即使 V 與不發音的 e 之間沒有輔音 C_2, 只有 C_1Ve, 這個 V 仍然要讀長音. 例如: mae, nae /e/; fee, bee /i/; pie, lie /aɪ/; hoe, foe /o/; due, hue /ju/.

把石塊黏起來.

④ I won't be **bound** by rules. 我不想受規則束縛.

I am **bound** to keep my promise. 我一定要遵守諾言.

[片語] *be bound to* ~ 一定, 負有~的義務. (⇨ [範例] ④)

[活用] v. **binds**, **bound**, **bound**, **binding**

binder [`baɪndɚ] *n.* ① 裝訂業者; 捆綁工具. ② 活頁封面; 黏接劑; 割捆機.

[複數] **binders**

binding [`baɪndɪŋ] *n.* ①（書籍的）裝訂; 書的封面. ②（衣服等的）滾邊.

——*adj.* ③（法律上）具有約束力的.

[範例] ① a solid leather **binding** 牢固的皮革裝訂.

This book's **binding** is coming apart. 這本書的裝訂快散了.

[複數] **bindings**

bingo [`bɪŋgo] *n.* 賓果遊戲.

binoculars [baɪ`nɑkjəlɚz] *n.* 〔作複數〕雙筒望遠鏡: a pair of **binoculars** 一臺雙筒望遠鏡.

biochemistry [ˌbaɪo`kɛmɪstrɪ] *n.* 生物化學.

bioengineering [ˌbaɪoˌɛndʒə`nɪrɪŋ] *n.* 生物工程學《以工程學方式研究及應用生物技術》.

biographer [baɪ`ɑgrəfɚ] *n.* 傳記作家.

[複數] **biographers**

biographical [ˌbaɪə`græfɪkl] *adj.* 傳記的.

♦ **biographical dictionary** 人名辭典.

biography [baɪ`ɑgrəfɪ] *n.* 傳記.

[範例] I read the **biography** of Dr. King last night. 我昨天晚上讀了金恩博士的傳記.

I like poetry better than **biography**. 比起傳記, 我更喜歡詩.

[複數] **biographies**

biological [ˌbaɪə`lɑdʒɪkl] *adj.* 生物學（上）的: **biological** warfare 生物戰, 細菌戰《以細菌或藥劑作為武器的戰爭》.

biologically [ˌbaɪə`lɑdʒɪklɪ] *adv.* 生物學地.

biologist [baɪ`ɑlədʒɪst] *n.* 生物學家.

[複數] **biologists**

biology [baɪ`ɑlədʒɪ] *n.* 生物學.

[字源] 希臘語的 bio (生命)＋logy (學問).

biplane [`baɪˌplen] *n.* 雙翼機《主翼分上下兩層的飛機》.

[biplane]

[複數] **biplanes**

birch [bɝtʃ] *n.* ① 樺樹《樺樹科白樺屬》: a white **birch** 白樺樹. ②〔the ~〕樺樹條《亦作 birch rod》.

——*v.* ③ 用樺樹條鞭打.

[參考] 在英國將樺樹條紮在一起作成體罰學生的鞭子 (birch rod).

[複數] **birches**

[活用] v. **birches**, **birched**, **birched**, **birching**

***bird** [bɝd] *n.* ① 鳥. ② 人; 少女.

[範例] ① Birds lay eggs. 鳥下蛋.

A **bird** in the hand is worth two in the bush. 《諺語》一鳥在手勝過雙鳥在林. 《比喻到手的東西才是可靠》

The early **bird** catches the worm. 《諺語》早起的鳥兒有蟲吃. 《早起三朝當一工》

I went to the art gallery, where a classic concert was being held. I killed two **birds** with one stone. 我去美術館時正好趕上一場一流的音樂會, 真是一舉兩得.

Young fellows flock together; they are **birds** of a feather. 年輕人總是聚在一起, 真是物以類聚.

② The English teacher who can sing and act well is a rare **bird**. 那位英文老師歌唱得好, 演技也好, 是個不多見的人.

♦ **bird's-eye view** 鳥瞰圖, 概觀.

[片語] *kill two birds with one stone* 一石二鳥, 一舉兩得. (⇨ [範例] ①)

[複數] **birds**

birdie [`bɝdɪ] *n.* ① 小鳥. ②（高爾夫球的）比標準桿少 1 桿入洞.

[複數] **birdies**

***birth** [bɝθ] *n.* 出生, 誕生.

範例 Do you know the date of your father's **birth**? 你知道你父親的生日嗎?

She gave **birth** to her fourth child this morning. 她今天早上生下了第4個孩子.

片語 **give birth to** 生孩子. (⇨範例)

♦ **birth contròl** 節育, 計畫生育.

複數 **births**

****birthday** [`bɜˌde] n. 生日.

範例 His **birthday** is May 3, 1970. 他的生日是1970年5月3日.

Today is my seventeenth **birthday**. 今天是我17歲生日.

片語 ~**'s birthday suit** 裸體.

複數 **birthdays**

birthmark [`bɜˌmɑrk] n. 胎記, 胎痣.

複數 **birthmarks**

birthplace [`bɜˌples] n. 故鄉, 出生地; 發源地.

範例 My **birthplace** is Taipei. 我的出生地是臺北.

The **birthplace** of judo is Japan. 柔道的發源地是日本.

複數 **birthplaces**

birthstone [`bɜˌston] n. 誕生石《象徵出生月份很吉祥的寶石; ☞ 充電小站 (p. 125)》.

複數 **birthstones**

biscuit [`bɪskɪt] n. ①《英》餅乾《美》cracker, cookie). ② 《美》膨鬆的小圓麵包《英》scone).

複數 **biscuits**

bisect [baɪ`sɛkt] v. 平分為二, 二等分.

活用 v. **bisects**, **bisected**, **bisected**, **bisecting**

bisexual [ˌbaɪ`sɛkʃʊəl] n. ① 雙性戀者.

——adj. ② 雙性戀的.

複數 **bisexuals**

bishop [`bɪʃəp] n. ①（天主教的）主教;（英國國教的）主教;（佛教的）僧正. ② 主教棋子《西洋棋中形狀似主教帽子的棋子》.

參考 bishop 在天主教等教派中地位高於 priest (祭司)、deacon (輔祭), 負責相當大的教區, bishop 之上有 archbishop.

複數 **bishops**

bishopric [`bɪʃəprɪk] n. 主教職權; 主教管轄區.

複數 **bishoprics**

bison [`baɪsn] n. 歐洲野牛, 美洲野牛.

[bison]

複數 **bison/bisons**

***bit** [bɪt] n.

原義	層面	釋義	範例
一口的量	一口的量之東西	小片, 小塊	①
	一口的量	一點點, 少量	②
	小額的硬幣	《英》零錢, 《美》12分半	③

	防止馬咬之物	馬銜, 馬嚼子	④
咬	刺	（刨子的）刃,（錐子的）鑽頭	⑤

⑥ 位元《電腦中記錄資料的最小單位》.

——v. ⑦ bite 的過去式.

範例 ① The police found **bits** of broken glass scattered all over the grass. 警方在草坪上發現到處散落著玻璃碎片.

② I am a **bit** tired. 我有一點累了.《a bit 作副詞用, 修飾 tired, 其意義為「稍微, 有一點兒 (a little)」》

There's a **bit** of mud on your shoes. 你的鞋子上沾有一點點泥.

③ I had only a twopenny **bit**. 我只有一個兩便士的錢幣.

A cup of tea costs four **bits**. 一杯茶要50分.《4個12分半為50分, 用於 bits 之前的數字只能是偶數》

片語 **a bit of a ~** 稍微, 頗有幾分: He's **a bit of a** gangster, isn't he? 他是有點像流氓, 不是嗎?

bit by bit 一點一點地, 逐漸地《亦作 little by little》: **Bit by bit** I'm getting accustomed to this cold weather. 我逐漸地適應了這樣寒冷的天氣.

do ~'s bit 做~應該做的事: The job will be finished in a few days if you **do your bit**. 如果你做你應該做的事, 這個工作用不了幾天就能做完.

give ~ a bit of ...'s mind 對~直言不諱, 斥責: At last he gave his wife **a bit of his mind**. 最後他狠狠地責罵了他的妻子.

複數 **bits**

bitch [bɪtʃ] n. ① 母狗, 雌獸. ② 壞女人.

——v. ③ 抱怨, 發牢騷.

複數 **bitches**

活用 v. **bitches**, **bitched**, **bitched**, **bitching**

***bite** [baɪt] v. ① 咬, 啃;（蚊子或跳蚤）叮;（魚）上鉤; 上當. ②（指雪, 霜, 寒冬等）把~凍傷, 刺痛（身體）; 使（人）煩惱.

——n. ③ 咬,（咬）一口, 少量食物; 上鉤. ④ 刺痛,（辣味等）刺激.

範例 ① How come you **bite** your nails so often? 你為甚麼老是咬你的指甲?

That dog **bit** him because he was teasing it. 那隻狗咬他, 因為他逗弄牠.

My brother **bit** into an apple. 我弟弟啃了一大口蘋果.《bite into 表示「咬進」之意》

If you use this spray, no mosquito will **bite** you. 如果你用這種噴霧劑, 蚊子就不會叮你.

The fish won't **bite** today. 今天魚都不上鉤.

The lecturer insulted me but I **bit** my lips and said nothing. 那位講師侮辱我, 而我壓抑怒氣甚麼也沒說.

I tried to sell Jane my old motorcycle, but she didn't **bite**. 我試圖把我的舊摩托車賣給珍,

B

充電小站

誕生石 (birthstone)

birthstone 是由 birth 與 stone 複合而成的字，意為「誕生石」。各國多少有所不同，歸納一下大致如下．曾經有過按月佩帶不同寶石的時代，但現在一般都認為佩帶誕生月的寶石能帶來好運．

1月	garnet	（石榴石）	5月	emerald	（翡翠）
2月	amethyst	（紫水晶）	6月	pearl	（珍珠）
3月	bloodstone	（血石）	7月	ruby	（紅寶石）
4月	diamond	（鑽石）	8月	sardonyx	（纏絲瑪瑙）
			9月	sapphire	（藍寶石）
			10月	opal	（貓眼石）
			11月	topaz	（黃玉）
			12月	turquoise	（綠松石）

可是她根本上不上當.

Mr. Wang is **biting** off more than he can chew; he takes more than twenty classes in a week. 王老師每週要上20堂以上的課，可真夠他受的.

② The frost has **bitten** the blossoms. 那些花被霜凍傷了.

The economic sanctions are beginning to **bite**. 經濟制裁開始見效了.

What's **biting** you? 你在煩惱甚麼?

③ He ate that hot dog in two **bites**! 他兩口就把那個熱狗吃掉了!

Do you know how to treat a snake **bite**? 你知道被蛇咬到時該怎麼辦嗎?

Let's grab a **bite** to eat. 我們吃點甚麼吧.

He caught three fish, but I haven't even had a **bite**. 他已經釣到3條魚，而我這裡根本沒有魚上鉤.

④ My sister likes a sauce with a bit of **bite** to it. 我姊姊喜歡帶有辣味的醬汁.

There's a **bite** in the air this morning. 今晨空氣冷得刺骨.

[片語] **bite off more than ~ can chew** 自不量力. (⇨ [範例] ①)

bite ~'s head off 嚴厲指責，怒斥: I was only five minutes late but she really **bit my head off**. 我只遲到了5分鐘，她就對我大發脾氣.

bite ~'s lips 咬嘴唇以壓抑怒氣. (⇨ [範例] ①)

bite the hand that feeds ~ 恩將仇報: Only a fool **bites the hand that feeds** him. 只有傻瓜才會恩將仇報.

[活用] v. **bites, bit, bitten, biting/bites, bit, bit, biting**

[複數] **bites**

biting [`baɪtɪŋ] adj. 刺骨的，辛辣的，嚴厲的，刻薄的.

[範例] a **biting** wind 刺骨的寒風.

It's **biting** cold. 天氣冷得刺骨.《biting 作副詞用》

a **biting** comment 嚴厲的批評.

[活用] adj. **more biting, most biting**

bitten [`bɪtn] v. bite 的過去分詞.

*__bitter__** [`bɪtɚ] adj.

原義	層面	釋義	範例
刺激的，刺痛的	舌頭	苦的	①
	心	傷心的，難過的，不快的，反感的，苛刻的，刻薄的	②
	身體	刺骨的	③

——adv. ④ 非常，嚴酷地，劇烈地.

——n. ⑤〖英〗苦味啤酒. ⑥〔~s〕苦味劑《調製雞尾酒用》.

[範例] ① This medicine tastes **bitter**. 這種藥嘗起來有苦味.

② Not being accepted at that university was a **bitter** disappointment. 沒能考上那所大學令人極度的失望.

I'm very **bitter** about our failure. 我為我們的失敗深感難過.

She's been **bitter** towards him since then. 自從那時候起她對他很刻薄.

They are all **bitter** about the new tax law. 他們對這條新稅法都很反感.

③ The race started in the **bitter** cold. 那場比賽在嚴寒中開始了.

④ It is **bitter** cold outside. 外面非常寒冷.

⑤ I prefer **bitter** to lager. 比起淡味啤酒，我更喜歡苦味啤酒.

⑥ She often drinks gin and **bitters**. 她常常喝苦味杜松子酒.

[片語] **take the bitter with the sweet** 備嘗人生的甘苦: We **took the bitter with the sweet**. 我們備嘗人生的甘苦.

to the bitter end 《奮鬥》到底，拼命: I will fight **to the bitter end**. 我會奮戰到底.

[活用] adj. **bitterer, bitterest/more bitter, most bitter**

[複數] **bitters**

*__bitterly__** [`bɪtɚlɪ] adv. 非常: The committee was **bitterly** disappointed in the premier's decision. 委員會對於首相的決定非常失望.

bitterness [`bɪtɚnɪs] n. ① 苦味. ② 強烈. ③ 悲痛. ④ 挖苦，諷刺.

bittersweet [`bɪtɚ͵swit] adj. 又苦又甜的，苦

樂參半的.

bitumen [bɪ`tjumən] *n.* 瀝青《含有焦油、石油等的碳氫化合物的總稱，可作鋪設公路及防水、防腐材料》.

bivouac [`bɪvu,æk] *n.* ① (軍隊、登山者的) 露營，野營《不用帳篷而住在岩洞或臨時挖成的雪洞中》.

——*v.* ② 露營，野營.

活用 *v.* **bivouacs**, **bivouacked**, **bivouacked**, **bivouacking**

biz [bɪz] 《縮略》=business.

bizarre [bɪ`zɑr] *adj.* 奇異的，古怪的.

活用 *adj.* **more bizarre**, **most bizarre**

blab [blæb] *v.* 喋喋不休；洩密.

活用 *v.* **blabs**, **blabbed**, **blabbed**, **blabbing**

‡black [blæk] *adj.* ① 黑色的，暗的. ② 黑皮膚的，黑人的. ③ 純的《不加牛奶或奶精的咖啡》. ④ 不樂觀的；暗淡的. ⑤ 邪惡的. ⑥ 憤怒的，不高興的.

——*n.* ⑦ 黑，黑色，黑色染料. ⑧ 黑人. ⑨ 喪服.

——*v.* ⑩ 弄黑，弄髒. ⑪ 用黑鞋油擦鞋.

範例 ① Please fill out the form in **black** ink. 請用黑墨水填寫表格.

② a **black** singer 黑人歌手.

③ Which do you prefer, **black** coffee or white? 你喜歡純咖啡，還是要牛奶咖啡?

④ **black** humor 黑色幽默《常嘲笑人類之愚行》.

⑤ a **black** lie 可惡的謊言.

⑥ She gave me a **black** look. 她對我怒目而視.

⑨ They were dressed in **black**. 他們都穿著喪服.

♦ blàck-and-blúe (因挨打而) 瘀青的.

blàck-and-white (圖片、電視等) 黑白的，無彩色的.

blàck bélt (柔道的) 黑帶.

blàck bóx (飛機的) 黑盒子.

blàck éye 黑眼圈《眼睛周圍被毆打所造成》.

blàck mágic 妖術，巫術.

blàck márket 黑市.

複數 **blacks**

活用 *v.* **blacks**, **blacked**, **blacked**, **blacking**

blackberry [`blæk,bɛrɪ] *n.* 黑莓《薔薇科懸鉤子屬植物，果實黑色，味酸》.

複數 **blackberries**

blackbird [`blæk,bɝd] *n.* 《美》山烏《擬椋鳥科的總稱》，《英》黑鶇《鶇科的鳴禽》.

複數 **blackbirds**

*blackboard [`blæk,bord] *n.* 黑板《亦作 board》: Clean

[blackbird]

off the **blackboard**. 把黑板擦乾淨.

參考 綠色的黑板作 greenboard，但通常作 blackboard，黑板正式作 chalkboard.

複數 **blackboards**

blackcurrant [,blæk`kɝənt] *n.* 黑醋栗《虎耳草科灌木，果實可食用》.

複數 **blackcurrants**

blacken [`blækən] *v.* ① (使) 變黑. ② (使) 變暗. ③ 抹黑，毀損 (某人名聲).

範例 ② The sky **blackened** before the rain. 下雨之前，天空變得陰暗.

③ That scandal has **blackened** his name forever. 那個醜聞不斷地破壞了他的名聲.

活用 *v.* **blackens**, **blackened**, **blackened**, **blackening**

blackhead [`blæk,hɛd] *n.* 黑頭粉刺.

複數 **blackheads**

blackleg [`blæk,lɛg] *n.* 《英》受雇頂替罷工者工作的人，罷工破壞者.

複數 **blacklegs**

blacklist [`blæk,lɪst] *n.* ① 黑名單.

——*v.* ② 列入黑名單.

複數 **blacklists**

活用 *v.* **blacklists**, **blacklisted**, **blacklisted**, **blacklisting**

blackmail [`blæk,mel] *n.* ① 敲詐，勒索，恐嚇，威脅.

——*v.* ② 敲詐，勒索，恐嚇，威脅.

範例 ① The boys were accused of **blackmail**. 那些男孩被控以恐嚇罪.

② He was **blackmailed** into quitting his job. 他遭到恐嚇而辭職了.

活用 *v.* **blackmails**, **blackmailed**, **blackmailed**, **blackmailing**

blackmailer [`blæk,melɚ] *n.* 敲詐者，勒索者，恐嚇者.

複數 **blackmailers**

blackness [`blæknɪs] *n.* ① 黑，黑暗. ② 憂傷，陰鬱. ③ 邪惡.

blackout [`blæk,aut] *n.* ① 停電. ② 燈火管制《空襲時禁止點燈》. ③ (舞臺的) 轉暗. ④ (暫時性) 失去知覺，喪失記憶.

複數 **blackouts**

blacksmith [`blæksmɪθ] *n.* 鐵匠，蹄鐵工.

複數 **blacksmiths**

bladder [`blædɚ] *n.* ① 膀胱. ② 魚鰾.

複數 **bladders**

*blade [bled] *n.* ① 刀刃. ② (特指扁平細長的) 葉片. ③ (螺旋槳的) 槳葉.

範例 ① the **blade** of a knife 刀刃.

② a single **blade** of grass 一片草葉.

複數 **blades**

**blame [blem] *v.* ① 歸咎於，譴責，責備.

——*n.* ② 責任，過失，非難，譴責.

範例 ① Don't **blame** her for the failure. 別把失敗歸咎於她.

Sue **blamed** the project's failure on his bad management. 蘇把那個計畫的失敗歸罪於他處理不當.

簡介輔音群 bl- 的語音與語義之對應性

bl- 是由雙唇濁塞音 (bilabial voiced stop) /b/ 與邊音 (lateral) /l/ 組合而成，其中 /l/ 只用於增強 /b/ 之語音表義功能，所以 bl- 的語音與語義之對應性與字母 b 類似．

⑴ 表示「阻礙、阻撓」：
block 堵塞《道路等》；阻擋《進展、計畫等》
blockade 封鎖《港口等》
blanket 以毛毯覆蓋；掩蓋《醜聞等》
blight （植物）枯萎；使（希望、努力等）挫折
bluff （為使行動受阻）嚇唬（人）
blunder 犯大錯
blind 盲目的；（拐彎處、小路等）走不通的
blusterous 咆哮的，恫嚇的

⑵ 表示「鼓起、膨脹、起泡」：
blow 吹脹《愈吹愈大》
bloat 使膨脹
blubber （眼、瞼等）腫大的
bladder 膀胱《儲存尿液而腫脹》
blouse （寬大的）工作服
blain 膿疱，水疱
bleb 疱疹
blister （皮膚上的）濃疱，水疱
blob 一小圓塊《如蠟等》；（墨汁等的）斑點
blotch （皮膚上的）紅斑，膿腫

⑶ 表示「迸發、爆破」《如光、電、聲、風雪、花等向外發散》：
blat 不加思索地說
blast 爆破
blare （擴音器等）發出響聲
blaze （燃燒般地）發光
blinker 閃光信號燈
blitz 閃電戰
bloom 開花《花蕾向外迸發》
blossom （果樹）開花
blurt （不加思索地）脫口而出
blue 揮霍，亂花錢
blizzard 暴風雪

⑷ 表示「說話口齒不清、胡言亂語」：
blab 胡扯
bluster 咆哮地說
blether/blather 胡言亂語
blatter 嘮叨
blither 胡扯
blah 胡說，瞎說
blasphemy 褻瀆神明的話
blur 模糊不清的嗡嗡聲
blurb （書籍封面、書套上的）誇大內容介紹詞

A bad workman always **blames** his tools. 《諺語》劣工常怪工具差；自己笨，怪刀鈍．
② The woman laid the **blame** on me. 那個女人把責任推給我．
I'm not going to take the **blame** for the decline in profits this time. 這回我不打算為利潤下降負責．
片語 **lay the blame on** 把責任推給，讓～負責. (⇨ 範例 ②)
take the blame 負責任. (⇨ 範例 ②)
活用 v. **blames, blamed, blamed, blaming**

blameless [`blemlɪs] adj. 無可責備的，無過失的，清白的：After that, the actor led a **blameless** life. 此後，那位演員便過著清清白白的生活．
活用 adj. **more blameless, most blameless**

blameworthy [`blem͵wɝðɪ] adj. 應受譴責的：Your conduct was most **blameworthy**. 你的行為最應該受到譴責．
活用 adj. **more blameworthy, most blameworthy**

blanch [blæntʃ] v. ① 用沸水燙（蔬菜、水果等）．②（使）變白，漂白：Her face **blanched** with shock at the bad news. 聽到那個壞消息，她嚇得臉都發白了．
活用 v. **blanches, blanched, blanched, blanching**

blancmange [blə`mɑnʒ] n. 牛奶凍《用玉米粉使牛奶凝固而成的點心》．
複數 **blancmanges**

bland [blænd] adj. ① 心平氣和的，溫和的. ②（食物、飲料等）無刺激性的，清淡的. ③ 枯燥乏味的；無動於衷的，不在乎的.
範例 ② She's on a diet of **bland** food for her high blood pressure. 因為高血壓，她每天只吃些清淡的食物.
③ This paper's news coverage of the election is pretty **bland**, isn't it? 報紙上有關選舉的報導實在是太乏味了，不是嗎？
I think the boss' **bland** reaction means he doesn't like your idea. 老闆的反應很冷淡，大概是不喜歡你的意見吧．
活用 adj. **blander, blandest**

blandly [`blændlɪ] adv. 心平氣和地，溫和地；索然無味地，乏味地．

blandness [`bændnɪs] n. 心平氣和，溫和；索然無味，乏味．

‡blank [blæŋk] adj. ① 尚未填寫的. ② 空著的，空白的. ③ 茫然的，毫無表情的；空虛的. ④ 全然的，完全的. ⑤ 某～《特別用來代表粗俗的字或不便直接提及之事》.
— n. ① 空白；空處. ⑦ 空白表格. ⑧ 空白籤；未中獎的彩券. ⑨ 某《表示不明確的省略符號（一）之讀法》.
範例 ① **blank** paper 空白的紙．
Please write your phone number in the **blank** space. 請在空格處寫上你的電話號碼．
② a **blank** tape 空白錄音帶．
My mind went **blank** when the policeman questioned me. 當那個警察詢問我時，我腦

B

中一片空白.

③ That **blank** look means he doesn't understand you. 他那茫然的神情代表他沒聽懂你的話.

④ a **blank** denial 完全否定.

⑤ the **blank** regiment 某軍團.

⑥ When Tom was doing his French translation, he left **blanks** for all the words he did not know. 當湯姆在翻譯法語時，他把看不懂的字都空著.

The death of their only child left a big **blank** in their life. 失去了獨生子使他們的生活留下一大片空虛.

⑦ an application **blank** 申請表.

⑨ Mr. — 某先生《讀作 Mr. Blank》.

in 192— 在192幾年《讀作 in nineteen twenty blank》.

[片語] **draw a blank** ① 抽到不中獎的彩券. ② 失敗，希望落空：When she asked me that question I just **drew a blank**! 她問我那個問題，可是我答不出來.

♦ **blànk cártridge** 空包彈《只裝火藥，但沒有彈頭》.

[複數] *adj.* blanker，blankest

[複數] blanks

*blanket [`blæŋkɪt] *n.* ① 毛毯. ②〔a ~ of〕(如毛毯一樣) 整片覆蓋物《例如雪、黑夜等》.

——*v.* ③ 覆蓋，掩蓋；使模糊.

——*adj.* ⑤〔只用於名詞前〕全面的，全體的.

[範例] ② a **blanket** of snow (覆蓋大地的) 一大片雪.

③ The ground is **blanketed** with leaves. 地面被樹葉所覆蓋.

⑤ a **blanket** ban of chemical warfare 全面性禁止化學戰爭.

[複數] blankets

[活用] *v.* blankets，blanketed，blanketed，blanketing

blankly [`blæŋklɪ] *adv.* ① 茫然地，呆若木雞地. ② 完全地，斷然地.

[活用] *adv.* more blankly，most blankly

blare [blɛr] *v.* ①(喇叭或電視等) 高聲鳴叫，發出刺耳的聲音.

——*n.* ② 響而刺耳的聲音，吵鬧聲.

[範例] ① I often hear the trumpets **blaring** in the ball park. 我經常聽見從球場傳來刺耳的喇叭聲.

② The **blare** of the TV made him angry. 電視上的喧鬧聲使他生氣.

[活用] *v.* blares，blared，blared，blaring

blaspheme [blæs`fim] *v.* 褻瀆 (上帝、神明)；辱罵.

[活用] *v.* blasphemes，blasphemed，blasphemed，blaspheming

blasphemous [`blæsfɪməs] *adj.* 褻瀆上帝〔神明〕的；謾罵的.

[活用] *adj.* more blasphemous，most blasphemous

blasphemy [`blæsfɪmɪ] *n.* 褻瀆上帝〔神明〕

咒罵，辱罵：The words "junk mail" are **blasphemy** to those in the direct mail marketing business.「垃圾郵件」這種說法就是對直接郵寄廣告業者的辱罵.

[複數] blasphemies

*blast [blæst] *n.* ①(一陣) 疾風，突來的強風. ② 爆炸，爆破；(風箱等的) 鼓風. ③ 突然的巨響.

——*v.* ④ 爆破，炸開. ⑤ 詛死《表示憤怒時的詛咒；通常用於命令句》.

[範例] ① We shivered with the icy **blast**. 刺骨的冷風使我們渾身發抖.

② Most of the trees were torn down by the **blast** from the explosion. 那次爆炸使得大多數的樹都倒了.

③ The **blast** from the radio woke me up. 收音機突然發出的巨響把我吵醒了.

④ The rock was **blasted** to build a new road. 為了開築新路而炸開那個岩石.

⑤ **Blast** it! 該死!

♦ **blást fùrnace** 鼓風爐.

[複數] blasts

[活用] *v.* blasts，blasted，blasted，blasting

blast-off [`blæst͵ɔf] *n.* (火箭、飛彈等的) 發射，升空.

blatant [`bletn̩t] *adj.* 恬不知恥的；公然的，極明顯的.

[活用] *adj.* more blatant，most blatant

blatantly [`bletn̩tlɪ] *adv.* 恬不知恥地；公然地，極明顯地.

[活用] *adv.* more blatantly，most blatantly

*blaze [blez] *n.* ① 烈焰，烈火，火災；強光，光輝. ② 鮮艷的色彩. ③〔a ~〕(感情等的) 激發，爆發. ④〔~s〕地獄. ⑤〔the ~s〕到底，究竟. ⑥(牛或馬臉上的) 白斑；(剝掉樹皮做成的) 記號.

——*v.* ⑦(火) 熊熊燃燒. ⑧ 照耀，閃耀. ⑨(感情等) 發怒，激怒. ⑩ 剝掉樹皮做記號《標識路徑》. ⑪ 使眾所周知，到處傳播. ⑫ 開拓 (道路等).

[範例] ① A small fire can quickly turn into a **blaze** in these very dry conditions. 在如此乾燥的天氣下，即使是一點小火也很快就會變成熊熊大火.

It took the firemen two hours to put the **blaze** out. 消防隊員花了兩個小時撲滅那場火災.

The sky became a **blaze** of fireworks. 天空被煙火映得一片通明.

② The red tulips made a **blaze** of color in the garden. 花園裡的鬱金香一片艷紅.

③ in a **blaze** of anger 勃然大怒.

④ Go to **blazes**! 該死! 去你的!

⑤ What the **blazes** do you think you're doing? 你到底在想甚麼?

⑦ They got out of the **blazing** factory just in time. 他們及時逃離那熊熊大火燃燒的工廠.

⑧ There's a camp fire **blazing** in front of every tent. 每個帳篷前都閃耀著營火.

The sun **blazed** down on us. 陽光照射在我

們身上.

⑨ a voice **blazing** with anger 怒氣沖沖的聲音.

⑪ The announcement was **blazed** on posters all over town. 那項宣布藉著海報傳遍全城.

[片語] ***blaze a trail*** ① 在樹上刻痕做標記. ② 作開路先鋒，領先: One day he's going to **blaze a trail** in finding a cure for cancer. 他總有一天會率先找到治療癌症的方法.

blaze away 連續射擊: They **blazed away** at the enemy. 他們向敵人連續掃射.

like blazes 猛烈地，激烈地; 拼命地: He was working **like blazes**. 他拼命地工作.

[複數] **blazes**

[活用] v. **blazes, blazed, blazed, blazing**

blazer [`blezɚ] n. (顏色鮮明的) 運動夾克; 休閒外套.

[參考] 其顏色或胸前的徽章代表某一特定團體.

[字源] blaze (燃燒) ＋er (物). 常用「燃燒般鮮豔的色徽」來代表學校或隊伍.

blazing [`blezɪŋ] adj. ① (火) 熊熊燃燒的. ② 灼熱的，熾熱的，炎熱的. ③ (顏色) 鮮明的. ④ 白熱化的，十分激烈的. ⑤ 明顯的.

[範例] ① the **blazing** building 熊熊大火燃燒的建築物.

② the **blazing** hot summer 炎熱的夏天.

③ a **blazing** red flower 紅豔似火的花朵.

④ a **blazing** row 激烈的爭論.

⑤ a **blazing** lie 明顯的謊言.

[參考] ②③④⑤ 只用於名詞前.

bleach [blitʃ] v. ① 漂白. ② (使) 褪色. ③ (使) 變白.

——n. ④ 漂白; 漂白劑.

[範例] ① She **bleached** a stain out of her shirt. 她漂白襯衫上的污漬.

② **bleached** jeans 漂白牛仔褲.

③ What a lot of bones **bleaching** on the battlefield! 戰場有著累累白骨!

[活用] v. **bleaches, bleached, bleached, bleaching**

[複數] **bleaches**

*****bleak** [blik] adj. ① (天氣) 陰冷的，寒冷的. ② (地方) 荒涼的. ③ 前景黯淡的，令人沮喪的，淒涼的，冷清的.

[範例] ① a **bleak** north wind 凜冽的北風.

② a **bleak** landscape devoid of any life 一片毫無生機的荒涼景致.

the **bleak** coastline 荒涼的海岸線.

③ He lived in a **bleak**, cold-water flat with no heating. 他住在一棟沒有熱水、也沒有暖氣的窮酸公寓.

Just before World War II the future looked very **bleak** indeed. 就在第二次世界大戰之前，(世界的) 未來實在是一片黯淡.

[活用] adj. **bleaker, bleakest**

bleakly [bliklı] adv. 寒冷地，陰冷地; 荒涼地，冷清地，淒涼地.

[活用] adv. **more bleakly, most bleakly**

bleary [`blırı] adj. (因疲勞、流淚等) 視線模糊的.

[活用] adj. **blearier, bleariest/more bleary, most bleary**

bleat [blit] v. ① (小羊、小牛) 鳴叫; 以微弱顫抖的聲音說.

——n. ② (小羊、小牛的) 鳴叫聲.

[參考] 羊的叫聲除了 bleat 之外，亦用 baa.

[活用] v. **bleats, bleated, bleated, bleating**

[複數] **bleats**

*****bled** [blɛd] v. bleed 的過去式、過去分詞.

*****bleed** [blid] v. 流血，出血.

[範例] He **bled** to death in a car accident. 他因為車禍失血過多而死.

That cut is really **bleeding**! 那個傷口流血了!

His nose is **bleeding**. 他在流鼻血.

Our hearts **bleed** for the innocent victims of war. 我們為戰爭中無辜的犧牲者感到心痛.

☞ n. blood

[活用] v. **bleeds, bled, bled, bleeding**

blemish [`blɛmɪʃ] n. ① 瑕疵; 污垢，污點.

——v. ② 損害.

[複數] **blemishes**

[活用] v. **blemishes, blemished, blemished, blemishing**

*****blend** [blɛnd] v. ① 混合，攙雜. ② 調和，融合; 相配 (with).

——n. ③ 混合物，混成品; 混合字《☞ 充電小站》(p. 131)》.

[範例] ① **Blend** the cream and sugar. 把奶油和糖混合.

② Her belt **blended** well with her dress. 她的腰帶與她的洋裝很相配.

③ Do you like this **blend** of coffee? 你喜歡這種混合咖啡嗎?

[活用] v. **blends, blended, blended, blending**

[複數] **blends**

blender [`blɛndɚ] n. (食物) 攪拌機.

[複數] **blenders**

*****bless** [blɛs] v. ① (上帝) 賜福於，祝福，祈福，保佑; (神) 賜予. ② 感謝，讚美，頌揚.

[範例] ① The priest **blessed** all the children present. 那位牧師為所有出席的孩子祈福.

God **bless** you! 願上帝保佑你! 長命百歲! 《對於打噴嚏的人說的話》

God **blessed** the couple with five children. 上帝賜給那對夫妻5個孩子.

She is **blessed** with a superior brain. 上帝賜予她優秀的頭腦.

② **Bless** the Lord. 讚美主吧!

[片語] ***be blessed with*** 被賜予. (⇨ [範例] ①)

Bless me! /Bless ~! 哎呀! 我的天哪! 《說話者為~感到驚愕或生氣，如 **Bless** you! **Bless** him! 等》

bless ~self (在胸前畫十字) 求神保佑; 感到幸運 《自我祝福或慶幸自己得到好運氣時》.

[活用] v. **blesses, blessed, blessed, blessing/blesses, blest, blest, blessing**

blessed [v. blɛst; adj. `blɛsɪd] v. ① bless 的過去式、過去分詞.
——adj. ② 神聖的, 聖潔的. ③ 受上帝恩寵的, 幸運的, 上天恩賜的.
〔範例〕② the **blessed** land 天國, 天堂.
the **blessed** ones 聖人們.
③ **blessed** ignorance 無知即是福.

***blessing** [`blɛsɪŋ] n. ① 祝福, 祈福. ②（上帝的）賜福, 恩賜; 幸運.
〔範例〕① Say a **blessing** before a meal. 吃飯之前要禱告.
② It was a **blessing** that all of us passed the exam. 我們都很幸運通過了考試.
〔片語〕*a blessing in disguise* 塞翁失馬, 因禍得福.
〔複數〕**blessings**

blest [blɛst] v. bless 的過去式、過去分詞.

***blew** [blu] v. blow 的過去式.

blight [blaɪt] n. ①（植物的）枯萎病, 蟲害. ② 挫折, 打擊; 妨礙.
——v. ③ 使枯萎. ④ 挫折, 打擊; 破壞（計畫、生命、希望等）: The accident **blighted** my hopes. 那起意外使我的希望化為泡影.
〔活用〕v. **blights**, **blighted**, **blighted**, **blighting**

blimp [blɪmp] n. 小型軟式飛船.
〔複數〕**blimps**

***blind** [blaɪnd] adj. ① 瞎眼的, 失明的. ② 缺乏眼光、判斷力或理解力的.
——v. ③ 使看不見, 使目眩.
——n. ④〔~s〕窗簾, 遮光物《活動百葉窗簾稱為 Venetian blinds》.
〔範例〕① Tom is **blind** in the right eye. 湯姆右眼失明了.
He has a **blind** spot about American history. 他對美國歷史一竅不通.
② They are **blind** to the beauties of Taiwan. 他們不懂得欣賞臺灣之美.
③ I was **blinded** by her beauty. 我被她的美貌所蒙蔽.
The bright summer sun **blinded** me. 夏日耀眼的陽光令人目眩.
④ He pulled down the **blinds**. 他拉下窗簾.
〔片語〕*as blind as bat* 完全看不見的, 完全瞎的.
blind alley 死巷, 絕路, 山窮水盡: The robber went in the **blind alley**! 小偷走進死巷了!
Nothing will improve the situation. We seem to be in a **blind alley**. 不管怎樣做也無法改善情況, 我們似乎已經山窮水盡了.
blind corner（視線的）死角.
blind spot 盲點《眼網膜上無光感部分》;（比喻上的）盲點, 弱點.（⇨〔範例〕①）
◆ **blínd dàte** 盲目的約會,（由第三者安排的）男女間初次約會.
blind man's búff 捉迷藏《一人蒙眼抓人遊戲》.
〔活用〕adj. ② **blinder**, **blindest**

〔活用〕v. **blinds**, **blinded**, **blinded**, **blinding**
〔複數〕**blinds**

blindfold [`blaɪnd,fold] v. ① 蒙住（某人的）眼睛.
——n. ② 蒙眼布, 眼罩.
〔範例〕① They **blindfolded** the girl. 他們蒙住那個女孩的眼睛.
② They put a **blindfold** over the boy's eyes. 他們用布蒙住那個男孩的眼睛.
〔活用〕v. **blindfolds**, **blindfolded**, **blindfolded**, **blindfolding**

blindly [`blaɪndlɪ] adv. 盲目地, 胡亂地.
〔活用〕adv. **more blindly**, **most blindly**

blindness [`blaɪndnɪs] n. 失明; 盲目; 無判斷力.

***blink** [blɪŋk] v. ①（使）眨眼. ②（使）閃爍.
——n. ③ 眨眼;（光的）閃爍.
〔範例〕① All that dust made him **blink**. 那灰塵讓他直眨眼.
② When this red light starts **blinking**, watch out! 當這個紅燈開始閃爍時, 你就要小心了!
〔活用〕v. **blinks**, **blinked**, **blinked**, **blinking**

blinkers [`blɪŋkɚz] n.〔作複數〕閃光信號燈;〔英〕馬眼罩《使馬的視覺集中於前方之物》.

***bliss** [blɪs] n. 極樂, 極為幸福: Ignorance is **bliss**.《諺語》無知便是福.

blissful [`blɪsfəl] adj. 非常幸福的.
〔活用〕adj. **more blissful**, **most blissful**

blissfully [`blɪsfəlɪ] adv. 非常幸福地.
〔活用〕adv. **more blissfully**, **most blissfully**

blister [`blɪstɚ] n. ①（皮膚上的）水疱, 膿疱.
——v. ② 起水疱.
〔範例〕① Walking all day put **blisters** on my feet. 走了一整天讓我雙腳上都磨出了水疱.
② Skin will **blister** from severe sunburn. 皮膚會因劇烈曬傷而起水疱.
〔複數〕**blisters**
〔活用〕v. **blisters**, **blistered**, **blistered**, **blistering**

blithe [blaɪð] adj. 快樂的, 無憂無慮的.
〔活用〕adj. **blither**, **blithest**

blithely [`blaɪðlɪ] adv. 快樂地, 無憂無慮地.
〔活用〕adv. **more blithely**, **most blithely**

blitz [blɪts] n.（特指空中的）閃電攻擊, 奇襲.
〔複數〕**blitzes**

blizzard [`blɪzɚd] n. 暴風雪.
〔複數〕**blizzards**

bloated [`blotɪd] adj.（臉、身體）腫腫的, 腫脹的.
〔活用〕adj. **more bloated**, **most bloated**

blob [blɑb] n.（顏色、墨水等的）斑點,（蠟等）一小團,（墨水等的）一滴.
〔複數〕**blobs**

bloc [blɑk] n.（因政治、經濟上的利益而結合的）集團, 聯盟.
〔複數〕**blocs**

****block** [blɑk] n. ①（大的）塊狀物. ② 一組, 一排, 一區;〔美〕街區. ③（道路、管子等的）障

B

充電小站

混合字 (blend)

【Q】我們將連接蘇澳與花蓮的公路稱為「蘇花公路」，將清華大學與交通大學合稱為「清交」，英語也有類似的說法嗎？

【A】英國有牛津 (Oxford) 和劍橋 (Cambridge) 兩所大學，有時合稱為 Ox-bridge，這正與「清交」的說法類似，這種字稱為混合字 (blend). 也就是將兩個字中的每一個字取一部分而組成另一新字.

其他混合字的例子如下：
aerobatics (特技飛行)
← aeroplane＋acrobatics
brunch (早午餐) ← breakfast＋lunch
cafetorium (餐廳兼禮堂的大廳)
← cafeteria＋auditorium

dumbfound (使呆若木雞)
← dumb＋confound
motel (汽車旅館) ← motor＋hotel
skyjack (在空中劫持) ← sky＋hijack
smog (煙霧) ← smoke＋fog
telecast (電視廣播)
← television＋broadcast
transceiver (無線電收發機)
← transmitter＋receiver
twirl (旋轉) ← twist＋whirl

英語的混合字多混合兩個以上的字. 例如，雄虎與雌獅所生的幼獸叫 tigon (虎獅)，這是 tiger＋lion 的混合字；而雄獅與雌虎所生的幼獸稱為 liger (獅虎)，為 lion＋tiger 的混合字.

礙物，阻礙，障礙.
——v. ④ 阻塞，封鎖 (道路等). ⑤ 阻止，阻礙，阻擋，妨礙.
[範例] ① concrete **blocks** 水泥塊.
a **block** of ice 冰塊.
② a **block** of seats 一排座位.
a **block** of flats 〖英〗一排公寓.
The station is three **blocks** away. 車站離這裡有3個街區.
Walk five **blocks** and turn left. 走5個街區後左轉.
③ a **block** in the pipe 導管的阻塞物.
④ The road was **blocked** by a big truck. 道路被一輛大卡車堵住了.
⑤ Who is **blocking** our plan? 是誰在妨礙我們的計畫?
[片語] **block in** 阻塞，堵住.
block out 畫草圖，草擬圖樣.
♦ **blòck létters** 正楷大寫字體.
[複數] **blocks**
[活用] v. **blocks**, **blocked**, **blocked**, **blocking**
*__blockade__ [blɑ`ked] n. ① 封鎖.
——v. ② 封鎖 (港口、道路等).
[範例] ① enforce a **blockade** 強行封鎖.
break a **blockade** 突破封鎖.
② The navy **blockaded** the port. 海軍封鎖了那個港口.
[複數] **blockades**
[活用] v. **blockades**, **blockaded**, **blockaded**, **blockading**
blockage [`blɑkɪdʒ] n. 封鎖，妨礙；障礙物.
[複數] **blockages**
blockhead [`blɑk,hɛd] n. 傻瓜，笨蛋.
[複數] **blockheads**
blockhouse [`blɑk,haʊs] n. ① 碉堡. ② 原木碉堡. ③ 發射管制建築物.
[參考] ① 一般為圓形，上層突出有射擊孔的防禦用建築物. ② 用原木建成，有砲口及射擊孔的作戰用建築物. ③ 發射火箭時用於保護工

作人員及電子控制裝置等的圓頂形建築物.
[複數] **blockhouses**
blond/blonde
[blɑnd] adj. ① 金髮碧眼的. ② 金髮的；(皮膚) 淺色的.
——n. ③ 金髮碧眼的人.

[blockhouse]

[範例] ① He was walking with a **blonde** girl. 他跟一個金髮女孩走在一起.
② Everyone envies her **blond** hair. 大家都羨慕她的一頭金髮.
[參考] 原則上男性用 blond，女性用 blonde，但女性有時也用 blond.
[活用] adj. **blonder**, **blondest**
[複數] **blonds/blondes**
*__blood__ [blʌd] n. ① 血，血液. ② 血統，血緣關係；家世，名門.
[範例] ① I donated some **blood** to him. 我捐血給他.
The scene made my **blood** boil. 那個情景使我勃然大怒.
② He is a man of noble **blood**. 他出身名門.
☞ v. bleed, adj. bloody
♦ **blóod bànk** 血庫.
blóod prèssure 血壓.
blóod tèst 驗血.
blóod týpe 血型《亦作 blood group》.
blóod vèssel 血管.
[片語] **make ~'s blood boil** 使 (人) 勃然大怒. (⇔ [範例] ①)
bloodbath [`blʌd,bæθ] n. 大屠殺.
bloodcurdling [`blʌd,kɝdlɪŋ] adj. 令人毛骨悚然的.
bloodhound [`blʌd,haʊnd] n. 偵察犬 (一種產於歐洲、嗅覺靈敏的大型犬，常被用作警犬).
[複數] **bloodhounds**
bloodless [`blʌdlɪs] adj. ① 蒼白的，沒有血

B

色的. ② 不流血的. ③ 冷酷無情的.

範例 ① She had **bloodless** cheeks. 她臉頰上沒有一點血色.

② a **bloodless** victory 不流血的勝利.

③ What a **bloodless** heart she has! 她是個多麼冷酷無情的人啊!

字源 blood (血液) ＋ less (沒有～的).

♦ **the Blòodless Revolútion** 不流血的革命《1688-1689年發生於英格蘭議會罷黜舊王、擁立新王的革命, 因沒有死傷者, 故稱不流血的革命, 亦稱作「光榮革命」(the Glorious Revolution)》.

bloodlessly [`blʌdlɪslɪ] adv. ① 無血色地; 不生氣地. ② 不流血地 ③ 無情地, 冷酷地.

範例 ① Accepting his fate he walked **bloodlessly** up to the gallows. 他接受命運, 面無血色地走上了斷頭臺.

② His army occupied the town **bloodlessly**. 他的軍隊沒流半滴血就占領了那個城市.

③ The prosecutor glared at the criminal **bloodlessly**. 原告冷酷地瞪著那個犯人.

bloodshed [`blʌd,ʃɛd] n. 流血; 屠殺.

bloodshot [`blʌd,ʃɑt] adj. (眼睛) 充血的, 布滿血絲的: Your eyes are **bloodshot**. 你的眼睛布滿血絲.

活用 adj. **more bloodshot, most bloodshot**

bloodstream [`blʌd,strim] n. 體內循環的血液.

bloodthirsty [`blʌd,θɝstɪ] adj. 嗜血的, 殘忍的.

字源 blood (血液) ＋ thirsty (渴望的).

活用 adj. **bloodthirstier, bloodthirstiest**

*__bloody__ [`blʌdɪ] adj. ① 血跡斑斑的. ② 血腥的, 殘酷的. ③〔只用於名詞前〕〖英〗該死的, 可惡的.

——adv. ④〖英〗很, 非常, 極度地.

範例 ① a **bloody** sword 沾滿鮮血的劍.

② a **bloody** battle 血腥的戰役.

♦ **blòody máry** 血腥瑪麗《伏特加酒加番茄汁調製而成的雞尾酒, 亦作 Bloody Mary》.

活用 adj. **bloodier, bloodiest**

bloody-minded [`blʌdɪ`maɪndɪd] adj. 故意刁難的; 殘忍的, 殘酷的: Jack is **bloody-minded** and takes pleasure in destruction. 傑克故意刁難, 以破壞為樂.

活用 adj. **more bloody-minded, most bloody-minded**

*__bloom__ [blum] n. ①(供觀賞的) 花. ②〔the ～〕最佳時期, 青春時期.

——v. ③ 開花, 處於最盛期.

範例 ① beautiful **blooms** 美麗的花.

② Barbara is in the **bloom** of youth. 芭芭拉正值荳蔻年華.

③ The roses are **blooming** early this year. 今年玫瑰花開得早.

片語 **in full bloom** 盛開: The lilies in our garden are **in full bloom**. 我家院子裡的百合花正盛開著.

複數 **blooms**

活用 v. **blooms, bloomed, bloomed, blooming**

bloomers [`bluməz] n.〔作複數〕燈籠褲: a pair of **bloomers** 一條燈籠褲.

➡ 充電小站 (p. 1017)

*__blossom__ [`blɑsəm] n. ① 果樹的花, 花叢; 全部花朵《指開在樹上的花》. ② 開花期.

——v. ③ 開花. ④ 發育成長 (into); 發展, 繁盛.

範例 ① apple **blossoms** 蘋果花.

The **blossom** of this cherry tree is splendid. 這棵櫻花開得太美了.

② The plum trees will come into **blossom** next week. 那些梅樹下星期就要進入開花期.

The peach trees are in **blossom**. 那些桃花正盛開著.

③ The apple trees began to **blossom**. 蘋果樹開始開花了.

④ What began as a simple friendship **blossomed** into a deep, loving relationship. 原來單純的友情發展成相愛的深情.

複數 **blossoms**

活用 v. **blossoms, blossomed, blossomed, blossoming**

*__blot__ [blɑt] n. ①(墨水等的) 污點, 污漬, 污痕; (人格、名譽等的) 瑕疵.

——v. ② 沾上污漬, (用墨水等) 弄髒; 玷污. ③ 用吸墨紙吸取墨水.

範例 ① Other than a small **blot** this document is in perfect condition. 除了一點小的污漬之外, 這份文件尚稱完美.

a **blot** on her character 她人格上的污點.

② This **blotted** copy won't do—make another one. 這份弄髒的影印本沒用了, 重新印一份.

Don't do anything to **blot** our family name. 不要做任何玷污我們家名聲的事.

片語 **blot out** 抹掉, 遮蔽: That night seems to be **blotted out** of his memory. 那個夜晚彷彿從他的記憶中被抹掉了.

The sandstorm **blotted out** the sun. 那場沙塵暴遮蔽了太陽.

♦ **blòtting pàper** 吸墨紙

複數 **blots**

活用 v. **blots, blotted, blotted, blotting**

blotch [blɑtʃ] n. (墨水等的) 大片的污漬; (皮膚上的) 紅斑點.

複數 **blotches**

blotter [`blɑtə] n. 吸墨紙, 吸墨器.

複數 **blotters**

blouse [blaus] n. ①(婦女、孩子穿的) 寬鬆短上衣. ② 工作服《歐洲農民、畫工等穿的長至膝蓋的寬鬆外衣》.

複數 **blouses**

*__blow__ [blo] v. ①(風) 吹; 對～吹氣 (on). ②(風) 吹動, 隨風飄動. ③ 吹奏 (笛子、喇叭等), 吹響; 擤 (鼻子). ④ 吹走; 炸裂.

——n. ⑤ 擤鼻涕. ⑥ 猛擊, 打擊.

範例 ① The wind is **blowing** hard. 現在風颳得很大.

It's **blowing** hard. 正颳著大風.

She **blew** on her soup to cool it off. 她把湯吹涼了.

② The gust **blew** her hat off. 一陣大風把她的帽子吹走了.

The flag **blew** in the wind. 那面旗子迎風飄揚.

③ He **blew** the trumpet. 他吹奏小喇叭.

I **blew** my nose with my handkerchief. 我用手帕把鼻涕擤掉.

The whistle **blew** loudly. 警笛發出很大的聲音.

④ Terrorists are threatening to **blow** up a building with dynamite. 恐怖分子威脅要用炸藥將大樓炸毀.

⑤ Give your nose a good **blow**. 好好擤一下鼻涕.

⑥ He took one **blow** too many and landed up in the hospital. 他捱了最後一擊後被抬進了醫院.《one blow too many 意為「比可承受的猛擊數只多了一次」》

It was a **blow** to his ego from which he never recovered. 那是對他自尊心的沉重打擊, 從那以後他再也沒有恢復過來.

|片語| **at one blow/at a blow** 一擊, 一舉; 一下子: The falling tree destroyed two houses **at one blow**. 那棵倒下的樹一下子砸毀了兩間房子.

blow ~ away 吹散, 吹走: The gust **blew** my hat **away**. 一陣大風把我的帽子吹走了.

blow down 吹倒: The typhoon **blew down** almost all the old trees around the temple. 那次颱風把那座寺院周圍幾乎所有的老樹都吹倒了.

blow in 突然出現, 突然來訪: We were really surprised when she **blew in**. 她突然來訪, 我們非常吃驚.

blow off 吹飛, 吹走.(⇨ |範例| ②)

blow out ① 吹滅: He **blew** the candle **out**. 他吹滅了蠟燭. ② 爆破: The tire **blew out** as I was driving to work. 我開車去上班途中輪胎爆胎了.

blow over (暴風雨) 停息: The storm will soon **blow over**. 這場暴風雨很快就會停息.

blow ~'s nose 擤鼻涕.(⇨ |範例| ③)

blow up ① 爆炸: The terrorists **blew up** the building. 恐怖分子們炸毀了那棟建築物. ② 打氣, 充氣: They **blew up** the rubber boat. 他們給橡皮艇充氣. ③ 放大 (照片). ④ 誇大.

come to blows 互毆起來: The children came to blows. 孩子們互毆了起來.

strike a blow for (against) 為支持 (反對) ~而奮鬥.

|活用| v. **blows**, **blew**, **blown**, **blowing**

blow-dry [`blo,draɪ] v. (用吹風機) 吹頭髮.

|活用| v. **blow-dries**, **blow-dried**, **blow-dried**, **blow-drying**

blowlamp [`blo,læmp] n. (焊接用的) 噴燈

(〖美〗 blowtorch).

|複數| **blowlamps**

* **blown** [blon] v. blow 的過去分詞.

blowout [`blo,aut] n. ① (輪胎) 爆裂; (保險絲) 燒斷. ② 盛大的宴會.

|範例| ① The **blowout** caused a terrible accident. 那次爆胎引起了一場可怕的意外事故.

② Let's have a **blowout** on your birthday. 你生日時我們來辦一次盛大的宴會吧.

|複數| **blowouts**

blowtorch [`blo,tɔrtʃ] n. 噴燈 《亦作 blowlamp).

|複數| **blowtorches**

blubber [`blʌbɚ] n. ① (鯨魚等的) 脂肪.

——v. ② 哭訴, 邊哭邊說.

|活用| v. **blubbers**, **blubbered**, **blubbered**, **blubbering**

* **blue** [blu] adj. ① 藍色的. ② 蒼白的, 青灰色的. ③ 憂鬱的, 憂傷的. ④ 猥褻的, 下流的.

——n. ⑤ 藍色, 藍色染料. ⑥ 藍色衣服. ⑦ 〔~s〕藍調《源於美國黑人音樂的憂鬱悲傷歌曲》.

|範例| ① the **blue** sky 藍天.

② They all became **blue** with fear. 他們都因為恐懼而臉色發青.

③ **blue** Monday 憂鬱的星期一.

⑥ The soldiers were wearing **blue**. 士兵們都穿著藍色衣服.

⑦ Her **blues** album was a big hit. 她的藍調唱片大受歡迎.

♦ **blùe-bláck** 深藍色的.

blùe-blóod 貴族血統.

blúe bòok ① 〖英〗藍皮書《國會或政府發表的藍色封面的報告書》. ② 名人錄.

blùe ríbbon 〖美〗(競賽、展覽會等的) 首獎.

|複數| **blues**

blueberry [`blu,bɛrɪ] n. 藍莓《杜鵑科越橘屬植物, 果實紫色, 味甘甜).

|複數| **blueberries**

bluebird [`blu,bɝd] n. 藍色知更鳥《生長於北美的斑鴝類鳴禽, 全長約17公分, 背部藍色).

|複數| **bluebirds**

bluebottle [`blu,batḷ] n. 青蠅.

[blueberry]

|複數| **bluebottles**

blue-collar [`blu`kɑlɚ] adj. 〔只用於名詞前〕體力勞動者的, 藍領階級的: **blue-collar** workers 藍領工人.

blueish [`bluɪʃ] =adj. bluish.

blueprint [`blu,prɪnt] n. 藍圖; 詳細的計畫.

|複數| **blueprints**

* **bluff** [blʌf] n. ① 峭壁, 懸崖. ② 虛張聲勢.

——adj. ③ 陡峭的, 崎嶇的. ④ 坦率的, 直爽的; 粗率的.

——v. ⑤ 矇騙, 欺騙; 虛張聲勢.

範例 ② Don't mind those threats—they are nothing but **bluff**. 不要把那些威脅放在心上，那不過是虛張聲勢罷了。

④ His manners are **bluff**, but he's really a nice guy. 雖然他的舉止粗率，但他真的是個好人。

⑤ You are **bluffing**. 你在唬人（虛張聲勢）。

片語 **bluff it out** 以虛張聲勢逃脫困境。

bluff ～'s way 施以巧計擺脫（困境）：She **bluffed her way** in by posing as a journalist. 她假裝成記者混了進去。

call ～'s bluff 看穿某人的虛張聲勢而加以挑戰《源於撲克牌遊戲中，視破對手的虛張聲勢而要求攤牌》。

複數 **bluffs**

活用 adj. **bluffer, bluffest**

活用 v. **bluffs, bluffed, bluffed, bluffing**

bluish [ˋbluɪʃ] adj. 淺藍色的《亦作 blueish》。

*__blunder__ [ˋblʌndɚ] v. ① 犯大錯。② 倉惶失措地走，跌跌蹌蹌地走 (into)。

——n. ③《因無知、愚蠢、輕率等造成的》大錯，失敗。

範例 ① I really **blundered** when I decided to trust him. 我決定信任他真是犯個大錯。

② He got drunk and **blundered** into the ladies' room. 他因為喝醉而誤闖女生廁所。

③ I committed a great **blunder** on the entrance examination. 我在入學考試上犯了大錯。

活用 v. **blunders, blundered, blundered, blundering**

複數 **blunders**

blunderbuss [ˋblʌndɚ͵bʌs] n. 老式大口徑的短距離散彈槍。

複數 **blunderbusses**

*__blunt__ [blʌnt] adj. ① 鈍的。②《人、言行》直率的，直言不諱的，不客氣的。

——v. ③《刀等》變鈍，《頭腦、思想等》遲鈍。

範例 ① a **blunt** knife 不鋒利的刀子。

② To be **blunt**, I think he is the most unattractive man I have ever met. 坦白地說，我覺得他是我見過最沒有魅力的男人。

Even I wouldn't ask a **blunt** question like that. 即使是我也不會提出那麼不客氣的問題。

a **blunt** answer 坦率的回答。

③ Cutting paper will **blunt** those sewing scissors. 裁紙會把那把裁縫用的剪刀弄鈍。

Your thinking has been **blunted** by drinking too much. 你喝得太多以致於你的思維變得遲鈍了。

活用 adj. **blunter, bluntest**

活用 v. **blunts, blunted, blunted, blunting**

bluntly [ˋblʌntlɪ] adv. 直率地；粗魯地。

bluntness [ˋblʌntnɪs] n. ① 遲鈍。② 直率；不客氣：That statesman's **bluntness** has made him popular with the people. 那位政治家的直率很受人民的好評。

blur [blɝ] v. ①《使》模糊。

——n. ②〔a～〕模糊不清《之物》；污點。

範例 ① Smashed insects on the windshield blur

the driver's view of the road. 在擋風玻璃上被砸碎的昆蟲模糊了駕駛人看路的視線。

This medication may **blur** your vision. 這種藥也許會使你的視力變得模糊。

The bathroom mirror has been **blurred** with soap and shaving cream. 浴室裡的鏡子因黏上了香皂和刮鬍膏而變得模糊。

a **blurred** photograph 模糊不清的相片。

The window pane **blurred** with rain. 窗玻璃被雨水打得模糊不清。

② Everything is a **blur** in this heavy rain. 雨下這麼大甚麼也看不清楚。

My memory of the war is only a **blur**. 我對戰爭的記憶就只是一片模糊。

活用 v. **blurs, blurred, blurred, blurring**

複數 **blurs**

blurt [blɝt] v. 無意中說出，不加思索地脫口說出《某事或祕密》：Tom **blurted** out her secret. 湯姆無意中說出了她的祕密。

活用 v. **blurts, blurted, blurted, blurting**

*__blush__ [blʌʃ] v. ①《因害羞而》臉紅。

——n. ② 臉紅，羞愧。

範例 ① She always **blushes** when he compliments her. 每逢他誇獎她，她總是臉紅。

She **blushed** at the thought of him. 一想到他，她就臉紅。

② You could have spared my **blushes** by not telling everyone! 不要使我臉紅就不要跟大家說。

片語 **spare ～'s blushes** 避免使《某人》臉紅。（⇨ 範例 ②）

活用 v. **blushes, blushed, blushed, blushing**

複數 **blushes**

bluster [ˋblʌstɚ] v. ①《風浪》狂吹，狂作，《人》咆哮，威嚇。

——n. ② 狂風或巨浪之怒吼聲；狂吹。③ 虛張聲勢，威脅。

範例 ① A big typhoon **blustered** over Taiwan. 有一個強烈颱風肆虐臺灣。

He only **blusters**. 他只是虛張聲勢而已。

② the **bluster** of the storm 暴風雨之怒吼。

③ Her **bluster** is only rhetoric. 她的恐嚇只是說說而已。

活用 v. **blusters, blustered, blustered, blustering**

複數 **blusters**

blustery [ˋblʌstərɪ] adj. 狂風呼嘯的：Today the weather is **blustery**. 今天狂風大作。

活用 adj. **more blustery, most blustery**

blvd.《縮略》=boulevard（大道）。

BO/b.o. [͵biˋo]《縮略》=body odor（體臭）。

boa [ˋboə] n. ① 大蟒蛇。②《女用》長圍巾。

複數 **boas**

boar [bor] n. ①《未經閹割的》公豬。② 野豬《亦作 wild boar》。

參考 boar 為未經閹割，作種豬用。經閹割後，飼養供食用的公豬叫 hog.

B

〔複數〕**boars**

*****board** [bord] *n.*

原義	層面	釋義	範例
木板，桌子	地板、牆板等的	(長、薄而扁平的)木板	①
	用於特殊用途的	黑板，棋盤，〔the ~s〕舞臺	②
	吃飯用的	餐桌，伙食	③
	開會的	委員會，(政府中的)部，會	④

——*v.* ⑤ 用木板覆蓋。⑥ 搭乘(船、飛機、火車等交通工具)。⑦ 寄宿，提供膳宿。

〔範例〕① We put **boards** on the windows to protect them from the advancing typhoon. 我們把窗戶都釘上了木板，以防止颱風遭到直撲而來的颱風給破壞。

② I can't see what's on the **board** without my glasses. 倘若沒戴眼鏡，黑板上寫甚麼我看不見。

We can use this **board** to play chess and checkers. 我們可以用這個棋盤玩西洋棋與西洋跳棋。

③ I pay 200 dollars a month for room and **board**. 我每月要付200美元的膳宿費。

④ Mr. White is on the **board** of education of this city. 懷特先生加入本市的教育委員會。

She has a seat on the **board** of directors of that company. 她是那家公司的董事之一。

⑤ Shopkeepers **boarded** up their shops in anticipation of violent demonstrations. 預期會有暴力示威遊行，店主們用木板把店舖封掉了。

⑥ Philippine Airlines flight 007 bound for San Francisco is now ready for **boarding**. 菲律賓航空公司飛往舊金山的007班機現在可以登機了。

I decided to **board** a train to Geneva. 我決定搭火車去日內瓦。

⑦ We can't **board** anyone here; we don't have enough room. 我們這裡無法提供任何人膳宿，因為我們沒有足夠的空間。

I am **boarding** at my uncle's. 我在我叔父家搭伙並住宿。

♦ **bóarding hòuse** (供膳的)寄宿處。
bóarding pàss 登機證。
bóarding schòol 寄宿學校。

〔複數〕**boards**
〔活用〕 *v.* **boards**, **boarded**, **boarded**, **boarding**

boarder [`bordɚ] *n.* 寄宿者，寄宿生。

〔複數〕**boarders**

boarding [`bordɪŋ] *n.* 木板，圍板《集合名詞》；用木板鋪成或製成的東西；供膳宿：
Boarding is the only shelter that homeless man has. 木板房是那個無家可歸的男子唯一的住處。

boardwalk [`bord‚wɔk] *n.* (沿著海岸)用木板鋪成的人行步道。

〔複數〕**boardwalks**

****boast** [bost] *v.* ① 自誇，誇耀，炫耀 (about, off)。

——*n.* ② 自誇，誇耀，炫耀。

〔範例〕① He's **boasting** about his victory. 他老是對自己的勝利自吹自擂。

New Yorkers **boast** that their city is the greatest on earth. 紐約市民誇稱紐約市是世界上最大的城市。

That university **boasts** a good engineering school. 那所大學以擁有不錯的工學院而自豪。

② The beautiful park is the **boast** of our town. 這美麗的公園是我們鎮上引以自豪的。

Her **boast** is that she is the best actress in the drama department. 她自誇是戲劇系最好的女演員。

〔活用〕 *v.* **boasts**, **boasted**, **boasted**, **boasting**

〔複數〕**boasts**

boastful [`bostfəl] *adj.* 自誇的，誇耀的，炫耀的：He's too **boastful** about winning the tournament. 他過於誇耀自己贏得那次錦標賽。

〔活用〕 *adj.* **more boastful**, **most boastful**

boastfully [`bostfəlɪ] *adv.* 自誇地；自吹自擂地。

〔活用〕 *adv.* **more boastfully**, **most boastfully**

*****boat** [bot] *n.* ① 小船，用槳划的船。② 船形碟子《裝肉汁和調味料用》。

——*v.* ③ 划船；乘船前往；用船運送。

〔範例〕① We rowed a **boat** on the lake. 我們在湖面上划船。

Bob is traveling by **boat**. 鮑伯正乘船旅行。

They took a **boat** for Keelung. 他們搭船前往基隆。

② a sauce **boat** 船形的醬碟。

③ Let's go **boating**. 我們去划船吧。

〔片語〕**be in the same boat** 處於同樣的困境；同舟共濟：We are all **in the same boat**. 我們的處境都一樣。

rock the boat 破壞現狀，(因意見不同而)搗亂：Let's not **rock the boat** at this delicate stage. 在這敏感的時期，我們就不要再搗亂了。

take to the boats (沉船時)搭乘救生艇逃生。

♦ **bóat pèople** 划船小船逃亡國外的難民。

bóat ràce 划船比賽《以每年春季在泰晤士河 (the Thames) 上舉行的牛津大學與劍橋大學之間的對抗賽 (the Boat Race) 最為有名》。

bóat tràin 配合船期而開的火車。

〔複數〕**boats**

〔活用〕 *v.* **boats**, **boated**, **boated**, **boating**

boathouse [`bot‚haʊs] *n.* 停船棚屋。

〔發音〕複數形 boathouses [`bot‚haʊzɪz]。

boatswain [`bot‚swen] *n.* (商船的)水手長；(軍艦的)掌帆長《負責管理帆及纜繩等並監

B

督指導甲板上水手的工作).

複數 **boatswains**

Bob [bab] *n.* 男子名《Robert 的暱稱》.

bob [bab] *v.* ① 快速擺動. ② (女子) 行屈膝鞠躬禮. ③ 剪短 (頭髮). ④ (遊戲時) 用口去咬上下浮動的東西 (如水果) (for).
—— *n.* ⑤ 快速擺動. ⑥ 屈膝鞠躬禮. ⑦ (女子的) 短髮.

範例 ④ The children were **bobbing** for apples in the water. 孩子們企圖咬住水中的蘋果.
⑥ The girls made a **bob** as they passed. 他們通過時女孩們行了屈膝禮.

活用 *v.* **bobs**, **bobbed**, **bobbed**, **bobbing**

複數 **bobs**

bobbin [`babɪn] *n.* 線軸.

複數 **bobbins**

bobby [`babɪ] *n.* 〖英〗警察.

字源 羅伯特·皮爾爵士 (Sir Robert Peel) 暱稱為 Bobby, 他在1828年改革了倫敦警察制度, 並且在愛爾蘭也制定了警察制度, 故當時愛爾蘭警察也稱為 peeler.

複數 **bobbies**

bobsled [`bab,slɛd] *n.* 連橇, 大雪橇《比賽用的雪橇, 亦作 bobsleigh》.

複數 **bobsleds**

bobsleigh [`bab,sle] *n.* 連橇, 大雪橇《比賽用的雪橇, 亦作 bobsled》.

[bobsled]

複數 **bobsleighs**

bode [bod] *v.* ① bide 的過去式. ② 是~的前兆: The black clouds **boded** a rainstorm. 烏雲是暴風雨的前兆.

活用 *v.* ② **bodes**, **boded**, **boded**, **boding**

bodice [`badɪs] *n.* ① 緊身胸衣《從胸部至腰部緊貼軀幹的婦女胸衣》. ② 女裝腰以上的部分, 軀幹部.

字源 bodies (body 的複數形) 的變形.

複數 **bodices**

***bodies** [`badɪz] *n.* body 的複數形.

bodily [`badlɪ] *adj.* ①〔只用於名詞前〕身體的, 肉體的.
—— *adv.* ② (特指動作) 完全地, 整個地. ③ 親地.

範例 ① **bodily** pain 肉體上的痛苦.
bodily punishment 體罰.
② They carried the house **bodily** to a new location. 他們把那棟房子整個地 (即未被拆下) 搬到新地方.

活用 *adj.* **bodilier**, **bodiliest**

※**body** [`badɪ] *n.*

原義	層面	釋義	範例
體	人、動物、物的	體, 身體, 物體	①
	人、動物、物的中心部分	軀體, 本體, 主體	②
	死掉的	屍體	③
	集合而成的	團體, 群體, 大量	④

範例 ① The **body** of an insect is divided into three parts—head, thorax, and abdomen. 昆蟲的身體由頭、胸、腹三部分構成.
Every **body** in the universe attracts any other **body** with a force directly proportional to the product of their masses and inversely proportional to the square of the distance between them. 宇宙中的任何兩物體以其質量乘積成正比及距離平方成反比的力量彼此吸引著.
② He broke his leg but sustained no injuries to his **body**. 他斷了一條腿, 但軀體毫髮無傷.
The **body** of the car is in good condition, but the engine needs work. 這輛汽車的車體還不錯, 但是引擎需要修理.
③ The **body** was lowered into the grave. 那具屍體被放到墳墓裡.
④ The students went in a **body** to the hall. 學生們一起聚集到禮堂.
a **body** of information 大量的訊息.

片語 *in a body* 一起地, 整體地.

♦ **bódy bùilder** 參加健美運動者.
bódy building 健美〔健身〕運動.
bódy lànguage 肢體語言《以身體或表情表達意思》.

複數 **bodies**

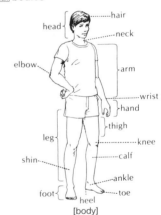

[body]

bodyguard [`badɪ,gard] *n.* 保鏢, 護衛.

複數 **bodyguards**

bodywork [`badɪ,wɝk] *n.* 車身.

複數 **bodyworks**

bog [bag] *n.* ① 泥沼, 沼澤《飽含水分和泥炭的溼地》.
—— *v.* ② 陷入泥沼, 落入沼澤.

☞ *adj.* boggy

複數 **bogs**

B

|活用| v. bogs, bogged, bogged, bogging

bogey [`bogɪ] n. ① 妖怪《亦作 bogy》. ②《高爾夫球的》比標準桿多1桿的桿數.
|複數| bogeys

boggle [`bagl] v. 驚嚇而退縮不前 (at), 猶豫, 驚恐: My mind boggled at the impossible job. 腦子裡一想到這個不可能的工作, 我就覺得害怕.
|活用| v. boggles, boggled, boggled, boggling

bogus [`bogəs] adj. 假的, 偽造的.

bogy [`bogɪ] n. 妖怪《亦作 bogey》.
|複數| bogies

bohemian [bo`himɪən] n. ① 放蕩不羈的人《特指作家、藝術家等》.
——adj. ② 放蕩不羈的, 不受傳統約束的.
|複數| bohemians
|活用| adj. more bohemian, most bohemian

**boil [bɔɪl] v. ① 燒開, (使)沸騰; (人)發怒.
② 煮, 烹煮, 煮沸.
——n. ③ 燒開, 烹煮, 沸點, 沸騰狀態. ④ 癤.
|範例| ① Helen boiled the kettle. 海倫燒了一壺水.
A watched pot never boils. 《諺語》苦候水不沸. 《歡時易過, 苦日難熬》.
boiling water 沸騰的水.
Water boils at 212°F. 水在華氏212度時沸騰.
I boiled with anger to hear the news. 聽到那個消息之後, 我氣炸了.
② He boiled two eggs soft. 他把兩個蛋煮到半熟.
Shall I boil you some eggs? 我幫你煮一些蛋好嗎?
boil the rice 煮飯.
③ Bring it to the boil, then let it simmer for ten minutes. 先燒開, 然後再用微火燉10分鐘.
Give it a good boil. 把它好好煮一煮.
The kettle is on the boil. 那壺水燒開了.
|片語| **boil away** 煮沸而蒸發掉, (激動情緒)消失.
boil down ① 煮濃, 熬濃. ② 簡化, 濃縮.
boil over 沸騰而溢出; (情緒)激動.
♦ **bóiling póint** ① 沸點. ②《忍耐等的》極限.
|活用| v. boils, boiled, boiled, boiling

boiler [`bɔɪlə] n. 鍋爐, 燒水器《鍋、釜、壺等》.
♦ **bóilersùit**《英》衣褲相連的工作服《《美》overalls》.
|複數| boilers

boisterous [`bɔɪstərəs] adj. 《天氣、風、浪》狂暴的, 《人或行為》喧鬧的; 狂歡的: a boisterous wind 狂風.
|活用| adj. more boisterous, most boisterous

**bold [bold] adj. ①《人、行為》大膽的, 勇敢的. ②《女性》厚顏無恥的. ③ 醒目的;《寫字》粗體的.
|範例| ① Robin Hood was bold. 羅賓漢很勇敢.
He made a bold speech at the meeting. 他在

那次集會上發表了大膽的演說.
② She is as bold as brass. 她真是厚顏無恥.
③ a dress of bold design 設計醒目的禮服.
bold handwriting 粗體筆跡.
|活用| adj. bolder, boldest

*boldly [`boldlɪ] adv. ① 大膽地. ② 厚顏無恥地. ③ 醒目地.
|範例| ① The child spoke boldly to the mayor. 那個孩子大膽地跟市長講話.
② The old woman boldly parked her car in the police chief's parking space. 那個老婦人厚顏無恥地把她的車停放在警察局長專用的停車位.
③ a boldly drawn line 醒目地描繪出來的輪廓.
|活用| adv. more boldly, most boldly

boldness [`boldnɪs] n. ① 勇敢. ② 唐突, 無禮. ③ 顯著.

boll [bol] n. 《棉、麻等的》圓莢.
|複數| bolls

Bologna [bə`lonjə] n. ① 波隆那《義大利北部的城市》. ②〔b~〕《美》《波隆那》大香腸《亦作 Bologna sausage》.
|複數| bolognas

bolster [`bolstə] n. ① 長枕《放在床頭, 罩上床單, 置於一般枕頭 (pillow) 之下》.
——v. ② 支撐, 支持 (人或事物) (up).
|複數| bolsters
|活用| v. bolsters, bolstered, bolstered, bolstering

*bolt [bolt] n. ① 螺栓《旋入螺母 (nut), 可將兩個或兩個以上的東西固定在一起》. ② 閂, 插銷《使門窗無法打開的鐵製橫桿》. ③ 閃電. ④ 箭《石弓 (crossbow) 用的箭》. ⑤ 一捲紙, 一匹布.
——v. ⑥ 用螺栓固定住. ⑦ 閂上. ⑧ 跑掉, 逃走. ⑨ 囫圇吞下, 匆匆吞嚥.
——adv. ⑩ 直立地.

[bolt]

|範例| ③ The second bolt is loose. Fasten it. 第二個螺栓鬆了, 把它拴緊.
④ The lawyer shot his bolt, but couldn't convince the jury. 律師雖然盡力而為, 但還是無法說服陪審團.
⑦ Don't forget to bolt the door. 不要忘記閂門.
⑧ I bolted as soon as I realized how dangerous it was. 我一發現那很危險就趕緊跑開.
⑨ He bolted down his food to make the train in time. 為了及時趕上火車, 他匆匆忙忙地把飯吃了.
|片語| **a bolt from the blue** 晴天霹靂, 非常意外.
bolt upright 直立地, 挺直地: Sit bolt upright when negotiating—it makes you look stronger. 交涉時要挺直坐著, 那樣會讓你看起來更強勢.
make a bolt for 向~急奔.
make a bolt for it《為避免危險等》迅速脫

逃.
shoot ~'s bolt 盡力而為，竭盡全力《暗示進展得不順利》. (⇨〖範例〗④)

〖複數〗**bolts**
〖活用〗*v.* **bolts, bolted, bolted, bolting**

*****bomb** [bɑm] *n.* ① 炸彈. ② 〔the ~〕核彈.
──*v.* ③ 投彈，轟炸，炸毀. ④〖美〗失敗.
〖範例〗① The plane dropped many **bombs** on the city. 飛機向那個城市投下很多炸彈.
They planted a **bomb** in the police station. 他們在那個警察局放置了炸彈.
② They say they don't have the **bomb**. 他們說他們沒有核彈.
③ Tokyo was heavily **bombed** during the Second World War. 東京在第二次世界大戰中遭受到猛烈的轟炸.
The terrorists declared that they are going to **bomb** several banks in a few days. 那些恐怖分子發表聲明說要在近日内炸毀幾家銀行.
♦ **atòmic bómb/Á-bòmb** 原子彈.
hÿdrogen bòmb/H-bòmb 氫彈.
tíme bòmb 定時炸彈.
〖複數〗**bombs**
〖活用〗*v.* **bombs, bombed, bombed, bombing**

bombard [bɑm`bɑrd] *v.* ① 砲擊，轟炸. ②（以問題等）不斷攻擊《常用 ~ somebody with 或 be ~ed with 形式》.
〖範例〗② They **bombarded** the speaker with questions. 他們向那位演說者連續提出問題.
He was **bombarded** with questions. 他受到一連串的質問.
〖活用〗*v.* **bombards, bombarded, bombarded, bombarding**

bombardment [bɑm`bɑrdmənt] *n.* ① 砲轟，轟炸. ② 一連串的質問.
〖複數〗**bombardments**

bomber [`bɑmɚ] *n.* ① 轟炸機；轟炸員. ② 安置炸彈的人，爆炸事件的主謀.
〖複數〗**bombers**

bombshell [`bɑm,ʃɛl] *n.* ① 炸彈，砲彈. ② 令人震驚的事或人: The President dropped a **bombshell** in his speech. 總統在演說中發表了令人震驚的談話.
〖複數〗**bombshells**

bonbon [`bɑn,bɑn] *n.* 夾心軟糖《巧克力糖衣的奶油軟糖》.
〖字源〗源於法語 bon (good, 美味) 一字的重疊.
〖複數〗**bonbons**

*****bond** [bɑnd] *n.* ①〔~s〕聯結，連繫. ②〔~s〕束縛（物），(捆綁用的）繩索. ③ 契約，票據，債券.
──*v.* ④ 黏合 (to).
〖範例〗① the **bonds** of friendship 友誼的連繫.
② He used a piece of jagged glass to cut his **bonds**. 他拿人鋸齒狀的玻璃碎片削斷綁在自己身上的繩索.
③ The **bond** we entered into with them is broken. 我們與他們訂立的契約被撕毀了.

④ The wood **bonded** to the plastic. 那塊木頭與塑膠黏在一起.
〖複數〗**bonds**
〖活用〗*v.* **bonds, bonded, bonded, bonding**

*****bondage** [`bɑndɪdʒ] *n.* 束縛；奴役身分.
〖複數〗**bondages**

*****bone** [bon] *n.* ① 骨，骨頭.
──*v.* ② 取出（雞、肉、魚等的）骨頭.
〖範例〗① Mr. Anderson broke one of the **bones** in his left leg. 安德森先生跌斷了一根左腿骨.
My daughter had a **bone** in her throat. 我女兒喉嚨裡有一根骨頭.
The dog was chilled to the **bone**. 那隻狗冷得刺骨.
In hard times budgets are cut to the **bone**. 困頓時期預算被削減到最低限度.
The Germans have thrift in their **bones**. 德國人本性好節儉.
The poor cat looked all skin and **bone**. 那隻可憐的貓骨瘦如柴.
The towel was as dry as a **bone**. 那條毛巾乾得硬綳綳的.
② Please **bone** this piece of fish for me. 請幫我把這塊魚的骨頭剔掉.
〖片語〗***a bone of contention*** 爭執的起因: Those four islands have been **a bone of contention** between Japan and Russia, since the end of World War II. 那4個島自第二次世界大戰結束以來，一直是日本和俄國發生爭端的主要原因.
all skin and bone 骨瘦如柴的. (⇨〖範例〗①)
as dry as a bone 非常乾燥的. (⇨〖範例〗①)
in ~'s bones 天生地，與生俱來地. (⇨〖範例〗①)
make no bones about ~ing 毫不猶豫地做: Steve **made no bones about** framing an innocent man. 史蒂夫毫無顧忌地誣陷一名無辜的人.
to the bone 徹底地，刺骨地. (⇨〖範例〗①)
♦ **bòne-drý** 非常乾燥的.
〖複數〗**bones**
〖活用〗*v.* **bones, boned, boned, boning**

bonfire [`bɑn,faɪr] *n.* (為了喜慶或焚毀垃圾等) 在戶外升起的火，營火.
〖範例〗The campers are building a **bonfire**. 那些露營者正在升營火.
The farmers are making a **bonfire** of the dry straw. 農夫們正在燒乾稻草.
〖片語〗***build a bonfire*** 升起營火. (⇨〖範例〗)
make a bonfire of 焚毀，燒掉（垃圾等）. (⇨〖範例〗)
〖字源〗bone (骨)＋fire (火). 源自古代節日時把骨頭放在火中燒燒的習俗.
〖複數〗**bonfires**

bonnet [`bɑnɪt] *n.* ① 繫帶的女帽、童帽. ②〖英〗汽車的引擎蓋《〖美〗hood》.
〖複數〗**bonnets**

bonny [ˋbɑnɪ] *adj.* 健康可愛的：a **bonny** child 健康可愛的小孩.

活用 *adj.* **bonnier**，**bonniest**

[bonnet]

bonus [ˋbonəs] *n.* ① 獎金，特殊津貼. ②（分給股東的）紅利；（分給參加保險者的）紅利，保險的餘利. ③ 額外給與的贈品，料想不到的高興事.

範例 ① I got a big **bonus** this year! 我今年拿到的獎金真多！

③ It's a real **bonus** that I got the part. 能爭取到那個角色，真是料想不到的事.

複數 **bonuses**

bony [ˋbonɪ] *adj.* 骨瘦如柴的；多骨［刺］的.

範例 The lady looked at her **bony** hands. 那個女子注視著自己瘦巴巴的雙手.

Mrs. Jackson does not like **bony** fish. 傑克森女士不喜歡多刺的魚.

活用 *adj.* **bonier**，**boniest**

boo [bu] *interj.* ① 噓!《表示厭惡、不滿之意》

——*n.* ② 噓聲.

——*v.* ③ 發出噓聲.

活用 *v.* **boos**，**booed**，**booed**，**booing**

booby [ˋbubɪ] *n.* 笨蛋.

♦ **bóoby prize** 最後一名的獎品《安慰獎》.

bóoby tràp ① 置物於半開的門頂，有人開門時則落在頭上的惡作劇. ② 詭雷.

複數 **boobies**

**book [buk] *n.*

原義	層面	釋義	範例
訂在一起的東西	閱讀	書,《聖經》,（書本的）卷	①
	填寫	筆記本，帳本，帳簿，名冊	②
	合在一起	合訂本	③

——*v.* ④ 預約，預定（戲票、座位等）. ⑤ 把（某人的違法行為）登載（在警方的記錄裡）.

範例 ① Mr. White is writing a **book** on his travels in Singapore. 懷特先生正在寫一本有關他的新加坡之旅的書.

Tom reads at least one chapter of the **Book** every night. 湯姆每天晚上至少要讀一章《聖經》.《聖經》通常作 the Bible，但因意為「書中之書」，故有時 the Book 亦指《聖經》

Paradise Lost，the finest work of John Milton, is a long poem in 12 **books**. 約翰·彌爾頓的優秀作品《失樂園》是由12卷構成的長詩.

② Write your name，address，and phone number in this **book** here. 請把你的姓名、住址和電話號碼寫在這本筆記簿上.

an exercise **book** 習作簿.

Nancy's name is no longer on the **books**. 南西的名字不在名冊內.

③ a **book** of matches（紙板上的）一小排火柴. a **book** of tickets 一小本車票.

④ Starting this year，you can **book** plane tickets online. 從今年開始，你可以在網路上訂飛機票.

⑤ That man was **booked** on charges of kidnapping infants. 那個男子因為綁架幼童而在警察局登記有案.

片語 ***fully booked/booked up***（房間）已預定一空.

book in ①〖英〗（在旅館）簽到，登記住宿. ② 預約.

keep books 記帳《帳冊常用複數形》.

on the books 已載入名冊，有案可查.（⇨範例 ②）

複數 **books**

活用 *v.* **books**，**booked**，**booked**，**booking**

bookcase [ˋbuk‚kes] *n.* 書櫥，書架.

複數 **bookcases**

bookend [ˋbuk‚ɛnd] *n.*〔~s〕書靠，書夾.

複數 **bookends**

bookkeeper [ˋbuk‚kipɚ] *n.* 記帳員，簿記員.

複數 **bookkeepers**

bookkeeping [ˋbuk‚kipɪŋ] *n.* 簿記.

booklet [ˋbuklɪt] *n.* 小冊子：This **booklet** explains everything about customs procedures. 這本小冊子詳細寫著在海關辦理手續的說明.

複數 **booklets**

bookmaker [ˋbuk‚mekɚ] *n.*（賽馬等）登記賭注的經紀人；（以賺錢為目的而濫作之）著作家；出版商.

複數 **bookmakers**

bookmark [ˋbuk‚mɑrk] *n.* 書籤.

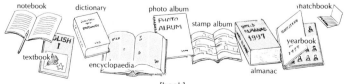

notebook dictionary photo album matchbook stamp album yearbook textbook encyclopaedia almanac

[book]

B

複數 **bookmarks**
bookshop [`buk,ʃɑp] *n.* 書店.
複數 **bookshops**
bookstall [`buk,stɔl] *n.* 『英』(戶外及車站等的)書報攤,(街頭的)書攤.
複數 **bookstalls**
bookstore [`buk,stor] *n.* 『美』書店.
複數 **bookstores**
bookworm [`buk,wɝm] *n.* 書蟲,書呆子,極愛讀書的人.
複數 **bookworms**
*****boom** [bum] *n.* ① (雷、大砲等的)隆隆聲. ② 興旺,暴漲,繁榮. ③ 帆之下桁《使帆的下方呈張開狀態的橫桿》. ④ 起重機的懸臂. ⑤ 水柵《為了防止浮木漂走或阻斷船隻航行而在河口設置的欄木》.
——*v.* ⑥ 隆隆作響. ⑦ 突趨繁榮；暴漲.
範例 ① Did you hear the **boom** of thunder in the distance? 你聽到遠處傳來隆隆的雷聲了嗎?
② a building **boom** 建築熱潮.
a **boom** and a slump of prices 物價的暴漲與暴跌.
a war **boom** (因戰爭而促成的)軍需激增.
The quiet town suddenly became a **boom** town because of the discovery of gold in the district. 那個原本平靜的小鎮因發現金礦而突然繁榮起來.
⑥ A loud voice **boomed** down from the heavens. 天空傳來巨大的聲響.
⑦ Business has been **booming** recently. 近來商業日趨繁榮.
♦ **bóom tòwn** 突然繁榮的新興城市.
複數 **booms**
活用 *v.* **booms**, **boomed**, **boomed**, **booming**
boomerang [`bumə,ræŋ] *n.* ① 迴飛鏢《原為澳洲原住民使用的狩獵工具, 擲出後若未擊中目標會飛回原處》. ② 自尋煩惱,自作自受的行為.
複數 **boomerangs**
*****boon** [bun] *n.* 恩惠: Finding abundant, clean energy will be a **boon** to mankind. 發現既乾淨且豐富的能源對人類將是一大恩惠.
複數 **boons**
boor [bur] *n.* 粗野的人,鄉巴佬.
複數 **boors**
boorish [`burɪʃ] *adj.* 粗暴的,粗野的.
活用 *adj.* **more boorish**, **most boorish**
boost [bust] *v.* ① 由後推,推上,提高. ② 支援.
——*n.* ③ (價格、薪資、生產、銷售、稅等的)提高,增加,上升. ④ 支援.
範例 ① The man **boosted** me into the bus. 那個人把我推上公車.
This store has **boosted** sales recently. 最近這家商店的銷售額提升了.
② We **boosted** the candidate. 我們聲援那位候選人.
③ We are against a tax **boost**. 我們反對增稅.

④ Let's give the candidate a **boost**. 我們一起支援那位候選人吧.
活用 *v.* **boosts**, **boosted**, **boosted**, **boosting**
複數 **boosts**
booster [`bustɚ] *n.* ① 增強物. ② 火箭推進器,(多節式火箭的)第一節火箭；增幅器；升壓器. ③ 第二次預防注射《亦作 booster injection》. ④ 『美』支持者,後援者.
複數 **boosters**
*****boot** [but] *n.* ① (一隻)靴子. ② 『英』汽車的行李箱《美』 trunk》. ③ 一踢. ④ 解雇,免職.
——*v.* ⑤ 用力踢. ⑥ 免職,解雇《常用 be ~ed out 形式》.
範例 ① a pair of boots 一雙靴子.
Nancy put on her **boots**. 南西穿上她的靴子.
The **boot** is on the other foot. 《諺語》錯怪他人；責任在他方；弄錯了.
④ Fred got the **boot** for coming late. 弗雷德因遲到而遭免職.
⑥ He was **booted** out for not being punctual. 他因不守時而被解雇.
♦ **bóot-trèe** 鞋模《為了使鞋子不變形而在鞋子中塞入的木頭、金屬、塑膠模等》.
➡ **充電小站** (p. 1177)
片語 ***get the boot*** 被解雇,被免職. (⇨ **範例** ④)
複數 **boots**
活用 *v.* **boots**, **booted**, **booted**, **booting**
*****booth** [buθ] *n.* ① 小隔間《隔開供單人使用的座席、房間、空間》. ② 攤位,售貨棚,小賣店.
♦ **télephone bòoth** 電話亭.
tícket bòoth 售票亭.
vóting bòoth 投票處.
複數 **booths**
bootleg [`but,lɛg] *v.* ① 非法出售；私釀；走私；盜版.
——*n.* ② 非法出售之物；私釀的酒；走私的酒；盜版.
——*adj.* ③ 非法出售的；私釀的；走私的.
字源 源自將違禁品藏在長筒靴 (boot leg) 內攜帶入境,特別是酒類.
活用 *v.* **bootlegs**, **bootlegged**, **bootlegged**, **bootlegging**
複數 **bootlegs**
booty [`butɪ] *n.* 戰利品,掠奪品: The victorious force came back with much **booty**. 獲勝的軍隊帶回了許多戰利品.
booze [buz] *v.* ① 狂飲.
——*n.* ② 狂飲；酒,含有酒精的飲料.
範例 ① The man **boozed** till daylight. 那個男子一直狂飲到天亮.
② The woman has a **booze** every night. 那個女子每天晚上都喝很多酒.
片語 ***have a booze*** 狂飲. (⇨ **範例** ②)
活用 *v.* **boozes**, **boozed**, **boozed**, **boozing**
boozer [`buzɚ] *n.* ① 狂飲者. ② 小酒店,酒館.

|複數| **boozers**

bo-peep [bo`pip] *n.* 躲貓貓: May and Jane were playing **bo-peep** around a hut. 梅和珍在小木屋周圍玩躲貓貓.

|參考| 上面例句中的 May 和 Jane 是小女孩. 這通常是保姆哄孩子的遊戲, 她們躲在孩子看不到的地方, 當孩子走近時, 突然伸出頭做出吃驚的表情, 然後把頭縮回去, 孩子見到後咯咯地笑. 有時如例句那樣, 孩子們之間也玩此遊戲. 孩子們一起玩遊戲時, 口中唱 "Bo-peep, Little Bo-peep, Now is the time for hide-and-seek." (Bo-peep, 可愛的 Bo-peep, 現在是玩捉迷藏的時候了.)

borax [`boræks] *n.* 硼砂《用於製造特殊玻璃或醫藥品》.

|複數| **boraxes/boraces**

Bordeaux [bɔr`do] *n.* ① 波爾多《法國西南部的港市, 葡萄酒產地》. ② 波爾多地區產的葡萄酒.

*****border** [`bɔrdɚ] *n.* ① 邊界. ② 邊緣.
——*v.* ③ 接壤 (on), 鄰接, 近似 (on). ④ 鑲邊 (with).

|範例| ① We crossed the **border** into Italy by train. 我們搭乘火車越過邊界進入義大利.
② There used to be a hut on the **border** of the lake. 那個湖邊曾經有一間小木屋.
③ The State of New York **borders** on Canada. 紐約州與加拿大相鄰.
Your conduct **borders** on insubordination. 你的行為幾乎就是在反抗.
④ My mother made a beautiful curtain **bordered** with lace. 我母親做了一幅漂亮的蕾絲鑲邊窗簾.

|複數| **borders**
|活用| *v.* borders, bordered, bordered, bordering

borderline [`bɔrdɚ͵laɪn] *n.* ① 邊界線, 國界線.
——*adj.* ② 〔只用於名詞前〕邊界上的; 含混不清的: The doctors are sure she will pull through, but her husband is a **borderline** case. 醫生們確定她會脫險, 但她丈夫的情況還不明確.

|複數| **borderlines**

*****bore** [bor] *v.* ① 挖 (洞、井等). ② 使 (人) 厭煩 (常用 be ~ed with 形式). ③ bear 的過去式.
——*n.* ④ 令人厭煩的人〔物〕.

|範例| ① They **bored** a lot of wells in Africa. 他們在非洲挖了很多井.
② This story **bores** me. 這個故事使我厭煩.
I am **bored** with this game. 我對這個遊戲感到厭煩.
④ What a **bore** he is! 他真是個無聊的人!

|活用| *v.* ①② bores, bored, bored, boring
|複數| **bores**

boredom [`bordəm] *n.* 厭煩, 無聊.

boring [`borɪŋ] *adj.* 無聊的, 令人厭煩的: a **boring** guy 一個令人厭煩的傢伙.

|活用| *adj.* **more boring, most boring**

*****born** [bɔrn] *v.* ① bear 的過去分詞.
——*adj.* ② 產生的; 出生的. ③ 天生的, 生來就有的.

|範例| ② The woman was **born** in Cleveland, U.S.A. 那個女子出生於美國的克利夫蘭.
The scientist was **born** of a noble family. 那個科學家出身貴族之家.
Everyone is **born** with certain inalienable rights. 每一個人生來就擁有不可被剝奪的權利.
Zimbabwe was **born** in 1980. 辛巴威於1980年建國.
③ My brother got angry because you called him a **born** fool. 因為你叫我弟弟是天生的笨蛋, 所以他生氣了.

|片語| *be born of* 出身於. (➪ |範例| ②)

*****borne** [bɔrn] *v.* bear 的過去分詞.

*****borough** [`bɝo] *n.* ①〖英〗倫敦的自治城市. ②〖美〗紐約市的行政區. ③〖美〗自治市鎮.

|參考| ① 組成大倫敦 (Greater London) 的32個自治城市. ② 曼哈頓區 (Manhattan), 布朗克斯區 (the Bronx), 布魯克林區 (Brooklyn), 皇后區 (Queens), 斯塔騰島 (Staten Island) 等5個區. ③ 存在於阿拉斯加等數州, 縮略為 bor.

|複數| **boroughs**

*****borrow** [`baro] *v.* 借, (向某人) 借用, 採用.

|範例| Can I **borrow** your pen for a moment? 我可以借用你的筆一會兒嗎?
I will need to **borrow** some money before payday. 發薪日之前, 我得去借一些錢.
English has **borrowed** words from many languages. 英語借用了許多語言的字詞.
All the ideas in his book are **borrowed** from other writers. 他書裡的想法全都採自於其他作家.

|活用| *v.* borrows, borrowed, borrowed, borrowing

borrower [`baroɚ] *n.* 借方, 借用者: Neither a **borrower** nor a lender be. 不要借別人的東西, 也不要借東西給別人.《出自莎士比亞的《哈姆雷特》》

|複數| **borrowers**

*****bosom** [`buzəm] *n.* ①（女性的）胸部: She held the baby to her **bosom**. 她把嬰兒緊抱在胸前. ②（衣服的）胸前部分. ③ 深處, 內部.

|片語| *a bosom friend* 密友, 心腹之交.

|複數| **bosoms**

*****boss** [bɔs] *n.* ① 上司, 老闆. ② 有決定權的人. ③ 政界有權勢的人士.
—— *v.* ④ 發號施令《常與 around 連用》.

|範例| ① Who is your immediate **boss** in the office? 在公司裡, 你的直屬上司是誰?
② You're the **boss**. 一切聽你吩咐.
④ Mr. Smith is **bossing** the group. 史密斯先生指揮著那一群人.
She loves to **boss** men around. 她喜歡對男人發號施令.

|複數| **bosses**

B

活用 v. **bosses**, **bossed**, **bossed**, **bossing**
bossy [`bɔsɪ] adj. 喜歡發號施令的；專橫的.
　活用 adj. **bossier**, **bossiest**
Boston [`bɔstn̩] n. 波士頓《美國麻薩諸塞州的首府》.
botanical [bo`tænɪkl] adj. 植物（學）的：a **botanical** garden 植物園.
botanist [`bɑtn̩ɪst] n. 植物學家.
　複數 **botanists**
* **botany** [`bɑtn̩ɪ] n. 植物學：My brother is majoring in **botany**. 我的哥哥主修植物學.
botch [bɑtʃ] v. ① 拙劣地修補.
　——n. ② 拙劣的工作.
　活用 v. **botches**, **botched**, **botched**, **botching**
† **both** [boθ] adj., pron., adv.

原義	釋義	範例
兩個之中哪個都不缺	adj., pron. 兩者的	①
	adv. 兩者都	②

範例 ① **Both** children won prizes. 兩個孩子都得獎.
I held it with **both** hands. 我雙手拿著它.
We are **both** well. 我們兩人情況都很好.
My friends **both** saw the movie. 我的兩個朋友都看過那部電影.
Both of them liked it. 他們倆都看中那一個.
I don't want **both** tickets. 我並非兩張票都想要.
Both his father and mother are dead. 他的父母都過世了.
We visited **both** New York and Ottawa. 我們造訪了紐約和渥太華.
② She **both** speaks and writes Swahili. 她既會說又會寫斯瓦西里語.
He's well liked **both** for his discretion and generosity. 他的深思熟慮與寬宏大量得到大家的喜愛.
This bag is **both** pretty and cheap. 這個袋子不僅漂亮而且便宜.
This article sells well **both** at home and abroad. 這件商品在國內外都非常暢銷.
You disappointed us **both** when you were late and when you got drunk. 無論你是遲到或是喝醉酒, 都令我們很失望.
You can't have it **both** ways. 你不可以腳踏兩條船.
片語 **have it both ways** 腳踏兩條船.（⇨ 範例②）
* **bother** [`bɑðɚ] v. ① 使麻煩, 使苦惱. ② 煩惱, 苦惱（with）.
　——n. ③ 麻煩. ④〔a ~〕麻煩的事或人.
範例 ① I'm sorry to **bother** you, but could you tell me the way to the church? 對不起, 打擾一下, 請你告訴我去教堂的路怎麼走好嗎?
② You don't have to **bother** with cleaning the floor now. 你現在不需要因掃地而苦惱了.

③ I don't mind cleaning it—It's no **bother**. 我來打掃沒關係, 不麻煩.
④ I don't want to be a **bother**, but could you make forty copies of this document? 我不想給你添麻煩, 但是可不可以請你複印40份這個文件?
活用 v. **bothers**, **bothered**, **bothered**, **bothering**
複數 **bothers**
* **bottle** [`bɑtl] n. ① 瓶, 瓶子. ② 一瓶（之量）《亦作 bottleful》. ③〔the ~〕酒. ④ 奶瓶；（奶瓶裡的）牛奶.
　——v. ⑤ 裝入瓶中.
範例 ① Why don't we open a **bottle** of wine and have fun? 我們何不開瓶酒嘗嘗呢?
② Morris drinks five **bottles** of beer every day. 莫里斯每天喝5瓶啤酒.
③ George is back on the **bottle** again. 喬治又開始喝酒了.
④ Nancy was brought up on the **bottle**. 南西是喝牛奶長大的.
⑤ Beer is **bottled** automatically in this factory. 在這家工廠, 啤酒是自動裝瓶的.
片語 **bottle up** 圍困; 抑制或隱藏（感情等）.
　bring up ~ on the bottle 用牛奶（而非以母奶）哺育.（⇨ 範例④）
　hit the bottle 飲酒過量; 酗酒：Tony **hit the bottle** when he quarreled with his wife. 東尼跟他妻子吵架之後喝了很多酒.
♦ **bòttle gréen** 深綠色.
　bóttle òpener 開瓶器.
複數 **bottles**
活用 v. **bottles**, **bottled**, **bottled**, **bottling**
bottleneck [`bɑtl͵nɛk] n. 狹隘的道路；（交通、生產等的）障礙, 瓶頸：An accident in the two right lanes has created a major **bottleneck**. 右側兩線道發生的意外事故導致嚴重的交通阻塞.
複數 **bottlenecks**
** **bottom** [`bɑtəm] n.

原義	層面	釋義	範例
最下部	物, 人	底, 底部, 基部; (棒球的)下半局	①
	事物	基礎, 原因	②

範例 ① The ship sank to the **bottom** of the sea. 那艘船沉到海底了.
There is some coffee left in the **bottom** of your cup. 你的杯底還有一些咖啡.
The water is too murky to see the **bottom**. 水混濁得見不到底.
That tune is down at the **bottom** of the charts now. 現在那首曲子在排行榜中吊車尾.
the **bottom** of a mountain 山腳下.
Footnotes are found at the **bottom** of the page or at the back of the book. 註腳位於每

一頁的下方或是書末.

Before the new year we cleaned our house from top to **bottom**. 新年之前，我們徹底打掃房子.

John hit a home run at the **bottom** of the ninth inning. 約翰在第9局下半打出全壘打.

② Who is at the **bottom** of all this trouble? 誰是這個麻煩的禍首?

片語 **at the bottom of** 位於~的底部(⇨ 範例 ①); 是~的真正原因. (⇨ 範例 ②)

Bottoms up! 乾杯!

from the bottom of the heart/from the bottom of ~'s heart 衷心地, 真心誠意地.

複數 **bottoms**

bottomless [`bɑtəmlɪs] adj. ① 無底的, 深不可測的, 非常深的. ② 下半身裸露的.

*__bough__ [baʊ] n. 粗大的樹枝: That **bough** seems strong enough for a swing to hang from. 那根粗樹枝似乎夠結實, 吊個鞦韆也沒問題.

參考 樹枝為 branch, 小樹枝為 twig.

複數 **boughs**

*__bought__ [bɔt] v. buy 的過去式、過去分詞.

*__bouillon__ [`buljɑn] n. 用肉類和蔬菜等熬成的清湯.

boulder [`boldə] n. 大圓石《因河水或風雨侵蝕所形成的圓石》.

複數 **boulders**

boulevard [`bulə,vɑrd] n. 林蔭大道《位於市區內, 通常兩側有林蔭, 常用作街道名, 略作 blvd.》: Sunset **Boulevard** 日落大道.

複數 **boulevards**

*__bounce__ [baʊns] v. ①(球等)彈起; (使)跳起. ②(支票)跳票.
——n. ② 反彈; 跳躍; 彈力, 彈性. ④ 活力.

範例 ① That soccer ball **bounced** over the fence. 那個足球彈起來越過柵欄.

She is **bouncing** her baby on her knees. 她把嬰兒放在膝蓋上上下晃動.

The man **bounced** up from the chair with anger. 那個男子憤怒得從椅子上跳起來.

③ It is difficult for me to catch a ball on the first **bounce**. 在球第一次反彈時就接住, 對我而言是有困難的.

This ball has lost its **bounce**. 這個球失去彈性了.

④ My brother has a lot of **bounce**. 我弟弟渾身是勁.

片語 **on the bounce** 在球彈起時. (⇨ 範例 ③)

活用 v. **bounces, bounced, bounced, bouncing**

複數 **bounces**

bouncing [`baʊnsɪŋ] adj. (嬰兒等)健壯的: a **bouncing** baby boy 健壯的男嬰.

*__bound__ [baʊnd] n. ①(~s)邊界, 界限, 範圍. ② 跳動, 彈跳.
——v. ③ 限制; 劃定界限, 與~接壤 (on). ④ 跳

躍, 彈跳. ⑤ bind 的過去式、過去分詞.
——adj. ⑥(火車、飛機等)前往~的, 駛往~的.

範例 ① That hut is in the **bounds** of my estate. 那間小木屋在我的土地範圍之內.

The problems are beyond the **bounds** of my ability. 那些問題超出我的能力範圍.

Her ambition knew no **bounds**. 她的野心毫無止境.

This territory is out of **bounds** to hunters. 這個區域禁止獵人進入.

The duke tried to keep the peace within the **bounds** of his realm. 公爵努力維持領地內的治安.

② The ball hit me in the face on the first **bound**. 那個球第一次反彈時就打到我的臉上.

③ Mexico is **bounded** on the north by the USA. 墨西哥北部與美國接壤.

④ The ball **bounded** away into the river. 那個球彈跳到河裡.

The children **bounded** towards me. 孩子們蹦蹦跳跳地向我跑來.

⑥ This train is **bound** for Taipei. 這班火車開往臺北.

Where is that plane **bound** for? 那架飛機飛往哪裡?

片語 **know no bounds** 無限. (⇨ 範例 ①)

on the bound 在彈跳時. (⇨ 範例 ②)

out of bounds 禁止入內. (⇨ 範例 ①)

複數 **bounds**

活用 v. ③ ④ **bounds, bounded, bounded, bounding**

*__boundary__ [`baʊndərɪ] n. ① 邊界, 界線. ② 領域, 範圍.

範例 ① This stream forms a **boundary** between your land and mine. 這條小河成為你我土地的分界線.

② beyond the **boundary** of human knowledge 超出人類知識的範圍.

複數 **boundaries**

*__boundless__ [`baʊndlɪs] adj. 無限的, 無邊際的.

範例 his **boundless** energy 他無限的精力.

the **boundless** ocean 無邊無際的海洋.

boundlessly [`baʊndlɪslɪ] adv. 無限地, 無邊無際地.

bounteous [`baʊntɪəs] adj. ① 慷慨的. ② 豐富的: a **bounteous** harvest 豐收.

bountiful [`baʊntəfəl] adj. ① 慷慨的. ② 豐富的, 充足的.

範例 ① a **bountiful** giver 慷慨的給與者.

② a **bountiful** crop of wheat 小麥豐收.

活用 adj. **more bountiful, most bountiful**

*__bounty__ [`baʊntɪ] n. ① 慷慨大方, 施捨. ②(政府的)補助金, 獎金.

複數 **bounties**

*__bouquet__ [bu`ke] n. ① 花束. ② 酒香. ③ 恭維.

範例 ① The bride carried a **bouquet** of roses. 那個新娘手中拿著一束玫瑰花.

B

② a rich **bouquet** 濃郁的酒香.

[複數] **bouquets**

bourbon [ˋburbən] *n.* 波旁威士忌.

bourgeois [burˋʒwɑ] *adj.* ① 中產〔資產〕階級的.

——*n.* ② 中產〔資產〕階級分子《特指工商業者》.

☞ ↔ proletarian

[複數] **bourgeois**

bourgeoisie [͵burʒwɑˋzi] *n.* 中產階級, 資產階級.

☞ ↔ proletariat

bout [baut] *n.* ①（運動、工作等活動的）一次, 一場, 一段;（疾病的）發作. ② 一場比賽《拳擊、摔角、擊劍等項目》.

[範例] ① a drinking **bout** 一場酒宴.

a **bout** of convulsions 痙攣的發作.

② a **bout** of twelve rounds 一場12回合的比賽《拳擊比賽一回合3分鐘》.

[複數] **bouts**

boutique [buˋtik] *n.* 小型精品服飾店.

[字源] 源自法語 boutique（小型商店）.

[複數] **boutiques**

****bow** [bo; ④ ⑤ ⑧ bau] *n.* ① 弓,（弦樂器的）弓弦. ② 眼鏡架. ③ 蝴蝶結. ④ 鞠躬, 點頭致意. ⑤〔~s〕船頭, 船首.

——*v.* ⑥ 彎成弓形. ⑦ 以弓拉（弦樂器）. ⑧（向人）鞠躬;（對意見等）順從, 屈服 (to).

[範例] ① Mary tied the ribbon in a **bow**. 瑪麗把那條緞帶打成蝴蝶結.

④ The guests exchanged **bows** with each other. 客人們互相點頭致意.

⑧ He **bowed** on the platform before his speech. 演說之前他先在講臺上鞠躬.

I don't agree but I **bow** to your greater experience. 雖然我不同意, 但還是遵從你豐富的經驗.

Branches **bowed** with snow. 樹枝被雪壓彎了.

[片語] *on the bow* 船頭的方向《前方左右45度範圍內》.

♦ **bów tie** 蝴蝶形領結.

bów window 弓形凸窗《☞ window [插圖]》.

☞ ⑤ ↔ stern

[複數] **bows**

[活用] *v.* **bows**, **bowed**, **bowed**, **bowing**

***bowel** [ˋbauəl] *n.* ① 腸. ②（大地等的）內部.

[範例] ① the large **bowel** 大腸.

the small **bowel** 小腸.

The doctor asked me when I last moved my **bowels**. 醫生問我上一次排便是在甚麼時候.

② the **bowels** of the earth 地球的內部.

[片語] *move ~'s bowels* 大便.（⇨ [範例] ①）

[複數] **bowels**

bower [ˋbauɚ] *n.* ① 樹蔭處. ② 涼亭《亦作 summerhouse》.

[複數] **bowers**

***bowl** [bol] *n.* ① 碗, 缽, 盆. ② 一碗（的容量）.

③（湯匙、菸斗等的）凹處. ④ 圓形運動場. ⑤〔~s〕木球遊戲《又稱草地保齡球》;（木球遊戲用的）木球.

——*v.* ⑥ 使（球）滾動. ⑦ 打保齡球, 玩木球遊戲.

[bowl]

[範例] ① Put the lettuce into the **bowl**. 把萵苣放到那個碗裡.

② I made a **bowl** of gravy yesterday. 我昨天熬了一碗肉汁.

⑤ We played **bowls** in the yard. 我們在院子裡玩草地木球遊戲.

[參考] 木球是英國的一種遊戲, 在草坪上進行. 將自己的球朝目於至少23公尺遠的球滾動, 看誰的球能停在離目標最近處.

[複數] **bowls**

[活用] *v.* **bowls**, **bowled**, **bowled**, **bowling**

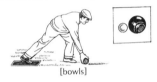

[bowls]

bow-legged [ˋboˋlɛgɪd] *adj.* 弓形腿的.

bowler [ˋbolɚ] *n.* ① 木球 (bowls) 的遊戲者. ② 保齡球比賽者. ③（板球的）投手. ④『英』圓頂禮帽《頂部呈圓形, 用毛氈製成, 開始由名為 Bowler 的帽店出售故用此名, 亦作 bowler hat》.

[複數] **bowlers**

bowling [ˋbolɪŋ] *n.* ① 保齡球. ② 木球《☞ bowl ⑤》.

[參考] 保齡球遊戲中瓶子的數目和形狀有好幾種, 用10支瓶子的稱作 tenpins, 用5支瓶子的稱作 fivepins, 9支瓶子的稱作 ninepins, 瓶子呈蠟燭形的稱作 candlepins.

[複數] **bowlings**

bowwow [ˋbauˋwau] *n.* ① 汪汪《狗叫聲》. ②（幼語）狗.

[複數] **bowwows**

****box** [bɑks] *n.* ① 箱子;〔the ~〕『英』電視機. ② 一箱〔盒〕（的容量）. ③（戲院等的）包廂,（棒球的）箱, 哨停. ④ 黃楊木.

——*v.* ⑤ 裝箱. ⑥ 打耳光; 拳擊.

[範例] ① a wooden **box** 木箱.

a match **box** 火柴盒.

② Mary has eaten a whole **box** of chocolates. 瑪麗把一盒巧克力全吃光了.

③ Is it very expensive to get a **box** at the theater? 在那個劇院訂包廂要花很多錢嗎?

the batter's **box** 擊球區.

a police **box** 派出所.

⑤ They've **boxed** all their things in preparation for moving. 他們準備搬家, 把東西全都裝箱了.

充電小站

拳擊 (boxing)

【Q】拳擊的重量級和雛量級是甚麼意思?
【A】同是拳擊選手,重量級選手體重很重,而雛量級選手比較輕. 拳擊比賽是根據選手的體重來劃分「級別」,同級別的選手進行比賽. 業餘拳擊選手的級別如下:

級別名稱		體重範圍	級別名稱的含意
light flyweight	輕蠅量級	45–48公斤	較蠅量級輕之意
flyweight	蠅量級	48–51公斤	fly 為「蒼蠅, 飛蟲」之意
bantamweight	雛量級	51–54公斤	bantam 為一種體型小的雞
featherweight	羽量級	54–57公斤	feather 為「羽毛」之意
lightweight	輕量級	57–60公斤	light 為「輕」之意
light welterweight	輕沉量級	60–63.5公斤	較沉量級輕之意
welterweight	沉量級	63.5–67公斤	welter 為「重擊」之意
light middleweight	輕中量級	67–71公斤	較中量級輕之意
middleweight	中量級	71–75公斤	middle 為「中等」之意
light heavyweight	重量級	75–81公斤	較最重量級輕之意
heavyweight	最重量級	81–91公斤	heavy 為「重」之意
super heavyweight	超重量級	91公斤以上	較最重量級重之意

職業拳擊與業餘拳擊的級別不同. 此外, 在摔角和舉重比賽中也有相同名稱的分級.

⑥ Dad'll **box** your ears if you say that. 如果你把那件事情說出去, 爸爸會打你耳光.
Dick could **box** pretty well in his younger days. 迪克年輕時拳擊打得相當棒. (⇨ 範例 ⑥)
[片語] **box ~'s ears** 打~的耳光. (⇨ 範例 ⑥)
♦ **bóx nùmber** 郵政信箱號碼《亦作 post office number》.
bóx òffice 售票處.
[活用] v. **boxes, boxed, boxed, boxing**

boxer [ˋbɑksɚ] n. ① 拳擊選手. ② 拳師狗《一種具有淺褐色短毛, 面孔扁平的狗》.
[複數] **boxers**

boxing [ˋbɑksɪŋ] n. 拳擊.
♦ **Bóxing Dày**《英》聖誕節贈物日《聖誕節隔天, 英國人通常會送聖誕禮盒 (Christmas box) 給郵差、僱傭等》.
➡ 充電小站 (p. 145)

*__**boy**__ [bɔɪ] n. ① 男孩. ② 兒子. ③ 男子, 年輕人.
——*interj.* ④ 哎喲!《表示輕微的驚訝》
[範例] ① How cute! Is your baby a **boy** or a girl? 好可愛呀! 你的小孩是男孩還是女孩?
You can't expect so much of him—he's only a **boy**. 你別對他期望太高, 他只是個孩子而已.
② We have two **boys** and one girl. 我們有兩個兒子和一個女兒.
③ My friend Dick is a nice **boy**. 我的朋友迪克是個好男人.
④ Oh, **boy**! Isn't it hot? 哎喲! 很熱, 不是嗎?
[複數] **boys**

boycott [ˋbɔɪ͵kɑt] v. ① 抵制, 杯葛.
——n. ② 抵制, 杯葛.
➡ 充電小站 (p. 1017)
[活用] v. **boycotts, boycotted, boycotted, boycotting**
[複數] **boycotts**

boyfriend [ˋbɔɪ͵frɛnd] n. 男朋友.
[複數] **boyfriends**

boyhood [ˋbɔɪ͵hud] n. 少年時期: I spent my **boyhood** in London. 我的少年時期是在倫敦度過的.

boyish [ˋbɔɪɪʃ] adj. 孩子般的, 似男孩的.
[範例] Tom still seems **boyish**. 湯姆看起來還像個孩子.
her **boyish** figure 她那男孩般的身材.
[活用] adj. **more boyish, most boyish**

bra [brɑ] n. 胸罩《brassiere 的縮略》.
[複數] **bras**

*__**brace**__ [bres] n. ① 扣鉤, 支柱, 支架. ② 矯正牙齒的鋼絲架. ③〔~s〕《英》(褲子的) 吊帶《《美》suspenders》. ④ 一對 (鳥類等). ⑤〔~s〕大括號 ({ }; ☞ parenthesis, bracket).
——v. ⑥ 支撐, 固定, 撐緊. ⑦ 使緊張〔振奮〕.
[範例] ③ Brian wears red **braces**. 布萊恩用紅色吊帶繫吊褲子.
④ There are two **brace** of ducks in the pond. 那個池塘裡有兩對鴨子.
⑦ **Brace** yourself for a challenge. 你得振奮精神準備接受挑戰.
[片語] **brace up** 振作起來, 打起精神.
♦ **bràce and bít** 曲柄鑽孔器《轉動曲柄鑽洞的鑽子》.
[複數] ① ② ③ ⑤ **braces**/④ **brace**
[活用] v. **braces, braced, braced, bracing**

bracelet [ˋbreslɪt] n. 手鐲, 臂鐲.
[複數] **bracelets**

bracing [ˋbresɪŋ] adj. 令人振奮的, 清爽的: a **bracing** sea breeze 清爽的海風.
[活用] adj. **more bracing, most bracing**

bracken [ˋbrækən] n. 羊齒植物, 蕨叢.
[複數] **brackens**

bracket [ˋbrækɪt] n. ①(支撐擱板的) 托架. ②

[brace and bit]

簡介輔音群 br- 的語音與語義之對應性

br- 是由雙唇濁塞音 /b/ 與齒齦捲舌音 (retroflex) /r/ 組合而成，但發 r 音，舌頭有點捲曲，其實費力的程度強過發 l 音，因而牽動的肌肉較多，所以發出之音，在語感上帶有「粗拙、粗硬、粗野、粗率」之意味。

(1) 本義表示「粗拙、粗硬、粗野、粗率」：

brave　v.《古語》吹噓；adj. 勇敢的
bravado　虛張聲勢
brag　吹噓，自誇
brawl　(喧鬧的) 爭吵
broil　爭吵
bristle　(豬等的) 粗鬃毛
bristly　有硬毛的
bray　發出驢叫似的刺耳聲音
brusque　(語言或態度) 粗率的，粗魯的
brutal　野獸般的，粗魯的
brash　粗率的，魯莽無禮的

(2) bl- 可表「鼓起、膨脹、起泡、迸發、爆破」(expanding, swelling, bursting-out) 之意 (請參閱 p. 127)，br- 也可以表示同樣的意思，但在發音動作上，發 r 音比發 l 音費力甚多 (much more vigor)，所用之力足以讓鼓起或膨脹之物彎曲甚至斷裂或分叉，因而 br- 引申含有「彎曲 (成弧形)、斷裂、碎裂、分叉」之意味。

甲. 憑藉熱力或發酵使某物「鼓起、膨脹、起泡」：

brew　(以煮沸、沖泡等方式) 調製 (飲料)；(大麥、麥芽等) 發酵釀成酒
bread　(用發酵粉製成的) 麵包
broth　(肉、魚的) 原汁清湯
breed　產 (仔)，孵 (卵)
brood　卵所孵的幼雛；卵生動物的一窩

乙.「彎曲 (成弧形)、斷裂、碎裂、分叉」：

bridge　橋樑《彎曲成弧形》

braids　髮辮，辮子
bra　奶罩
breast　乳房，(人的) 胸部
brace　大括弧
breve　短音符號 (˘)《彎曲成弧形》
brows　眉毛
brackets　括弧
brake　煞車《中斷行駛》
branch　分枝，分岔《分裂的結果》
break　破碎，折斷
bray　破碎
brittle　易碎的
brash　(木料) 易斷的
debris　(破裂物的) 碎片
breach　裂口
bruise　(人體摔斷、碰撞後引起的) 青腫，瘀青；(水果、植物等的) 碰傷
broach　n. 烤肉用的叉子；v. 鑽孔開啟 (瓶、桶、罐等)

(3) 再發音動作上，l 最不費力氣 (effortless)，因此其音質具有「輕鬆的、鬆鬆的、易滑動的」特性，但發 r 音時，其費力的程度 (the degree of vigor) 強過 l. 強者的舉動通常暗示「規律、穩重、沉著、不輕浮、不叫囂」，因而 br- 所表「鼓起、膨脹、迸發、爆破」之意比 bl- 所表達的較有規律，因而穩定性較高，並非突然大聲迸發或膨脹. 例如，breathe 其呼吸的動作像微微肺部的舒展 (expansion) 是靜悄悄的、有規律的. 再舉 brain (腦部)，brow (額頭)，breast (胸部) 為例，其擴展與鼓起也都是慢慢的、漸進的，且有規律的. 其他例子試比較：

blizzard　暴風雪；(比喻) 突如其來的大侵襲
blast　一陣突然的暴風
breeze　微風，和風

〔~s〕括號《☞ parenthesis，brace》. ③ 階層，類別.

——v. ④ 用括號括起來；歸為同類；相提並論.

範例 ② round **brackets** 圓括號 (( )).
square **brackets** 方括號 《[ ]》.
The product of $a+b$ and $c+d$ is expressed as $(a+b)(c+d)$, using **brackets**. $a+b$ 乘以 $c+d$ 用括號表示為 $(a+b)(c+d)$.

③ The tax increase will affect all tax **brackets**. 稅金增加對所有收入的階層會有影響.

④ When you express the product of a and $b-c$, you should **bracket** $b-c$ as $a(b-c)$. 在表示 a 乘以 $b-c$ 時，要將 $b-c$ 用括號括起來，如 $a(b-c)$.

Mr. Smith and Ms. Jones were **bracketed** together for the first prize. 史密斯先生和瓊斯女士並列頭獎.

複數 **brackets**
活用 v. **brackets, bracketed, bracketed, bracketing**

[bracket]

brackish [ˋbrækɪʃ] adj. (水) 略含鹽分的.
活用 adj. **more brackish, most brackish**

brag [bræg] v. 自誇 (of, about).
範例 It's nothing worth **bragging** about. 沒甚麼好誇耀的.
The actress **bragged** of being the richest woman in town./The actress **bragged** that she was the richest woman in town. 那個女演員吹噓自己是城裡最有錢的女人.

The child **bragged** that he had won first prize at the school sporting event. 那個孩子自誇說在學校運動會上得到第一名.

[活用] *v.* **brags**, **bragged**, **bragged**, **bragging**

braid [bred] *n.* ① 辮子 (《英》plait). ②（衣服上編結的）穗帶.
—— *v.* ③ 編結（辮子、穗帶等）(《英》plait).

[複數] **braids**

[活用] *v.* **braids**, **braided**, **braided**, **braiding**

braille [brel] *n.* 點字法.

[參考] 為盲人造的文字, 用手指觸讀, 由法國教育家路易斯•布萊爾 (Louis Braille, 1809-1852) 發明.

**brain [bren] *n.* ① 腦, 頭腦, 智力. ② 優秀人才, 智者.
—— *v.* ③ 打碎腦袋, 重擊頭部.

[範例] ② The scientists on the stage are the best **brains** in Taiwan. 臺上的那些科學家是臺灣最優秀的人才.
③ He **brained** his enemy with one blow. 他一舉把敵人的腦袋打碎.

[片語] ***have ~ on the brain*** 對~念念不忘.

♦ **bráin cèll** 腦細胞.
   bráin dèath 腦死.
   bráin dràin 人才流失.
   bráin wàve 腦波.

[複數] **brains**

[活用] *v.* **brains**, **brained**, **brained**, **braining**

brainchild [ˋbrenˏtʃaɪld] *n.* 新構想, 腦力創造物 (如思想、創作、概念、發明等): This **brainchild** of your daughter has saved us a lot of energy. 你女兒的好主意省下了我們很多精力.

[複數] **brainchilds/brainchildren**

brainless [ˋbrenlɪs] *adj.* 沒頭腦的, 愚笨的: Your mother told me that you were **brainless**. 你母親告訴我說你沒有腦筋.

[活用] *adj.* **more brainless**, **most brainless**

brainstorm [ˋbrenˏstɔrm] *n.* ① 靈感, 突發的奇想 (《英》brainwave). ②《英》突然的精神錯亂.
—— *v.* ③ 腦力激盪《各抒己見, 以激發最佳想法》.

[範例] ① This terrific idea came to me in a **brainstorm**. 突然之間我想到一個好主意.
② I don't know why I said such a thing: I must have had a **brainstorm**. 不知道我為甚麼會那麼說, 一定是突然間精神錯亂了.

[複數] **brainstorms**

[活用] *v.* **brainstorms**, **brainstormed**, **brainstormed**, **brainstorming**

brainstorming [ˋbrenˏstɔrmɪŋ] *n.* 腦力激盪.

brainwash [ˋbrenˏwɑʃ] *v.* 洗腦: The terrorists tried to **brainwash** their hostages. 那些恐怖分子試圖將人質洗腦.

[活用] *v.* **brainwashes**, **brainwashed**, **brainwashed**, **brainwashing**

brainwashing [ˋbrenˏwɑʃɪŋ] *n.* 洗腦.

brainwave [ˋbrenˏwev] *n.* 〔~s〕腦波,《英》靈感: I have just had a **brainwave**. 我想到一個好主意.

[複數] **brainwaves**

brainy [ˋbrenɪ] *adj.*《口語》聰明的: Your son is **brainy**. 你的兒子很聰明.

☞ *n.* brain

[活用] *adj.* **brainier**, **brainiest**

braise [brez] *v.* 燉《將肉或蔬菜等用油炒後加入少量水, 蓋上鍋蓋以文火慢煮》.

[活用] *v.* **braises**, **braised**, **braised**, **braising**

*brake [brek] *n.* ①〔~s〕煞車裝置, 制動器; 約束, 抑制作用.
—— *v.* ② 煞住 (車).

[範例] ① Put the **brake** on. 煞車!
High interest rates will surely act as a **brake** on the economy. 高利率對於經濟確實有抑制的作用.
② He **braked** suddenly. 他突然煞車.

[複數] **brakes**

[活用] *v.* **brakes**, **braked**, **braked**, **braking**

bramble [ˋbræmbl] *n.* 荊棘, 野薔薇《薔薇科懸鉤子屬植物》.

[複數] **brambles**

bran [bræn] *n.* 糠, 麥麩.

**branch [bræntʃ] *n.* ① 樹枝. ②（河流的）支流, （鐵路的）支線. ③（機構的）分店, 分部, （語系的）分支. ④（學術等的）部門, 分科.
—— *v.* ⑤ 分支, 分岔.

[範例] ① Someone has broken a **branch** of our cherry tree. 有人把我們的櫻桃樹樹枝折斷了.
② The Yellow River has a lot of **branches**. 黃河有很多支流.
③ The bank has a **branch** in every city in Taiwan. 那家銀行在臺灣各個城市都有分行.
④ Geometry is a **branch** of mathematics. 幾何學是數學的一個分科.
⑤ Follow this road until it **branches** and then turn to the left. 沿著這條路走, 在路的分岔口向左轉.
This company is **branching** out in new directions. 這家公司正朝許多新的方向擴充業務.

[片語] ***branch out*** 擴大營業, 拓展事業. (⇨ [範例] ⑤)

[複數] **branches**

[活用] *v.* **branches**, **branched**, **branched**, **branching**

*brand [brænd] *n.* ① 烙印《用烙鐵烙的印記》. ② 恥辱的標誌, 污名《出自用烙鐵將罪犯打上烙印》. ③ 商標, 品牌. ④《正式》燃燒的木頭.
—— *v.* ⑤ 打上烙印. ⑥（痛苦的經驗）銘記不忘.

[範例] ① Every cow on this farm is marked with a **brand**. 這個農場上所有的乳牛都有烙印為記.

B

② Must I bear the **brand** of a criminal for life? 我必須一輩子背負著罪犯的惡名嗎?

③ What is your favorite **brand** of perfume? 你最喜歡哪個牌子的香水?

⑤ He **branded** fifty head of cattle yesterday. 他昨天把50頭牛烙上記號.

⑥ That terrible experience has been **branded** on my memory. 那次可怕的經驗現在仍銘刻在我記憶中.

[複數] **brands**

[活用] *v.* **brands, branded, branded, branding**

brandish [`brændɪʃ] *v.* 揮舞(武器或拳頭等): Never **brandish** a sword at a person. 絕對不要對著人揮舞劍.

[活用] *v.* **brandishes, brandished, brandished, brandishing**

brand-new [`bræn`nju] *adj.* 全新的, 嶄新的: a **brand-new** machine 全新的機器.

brandy [`brændɪ] *n.* 白蘭地《以葡萄蒸餾的烈酒, 有時也以葡萄以外的水果作原料, 如 plum brandy, peach brandy 等; ☞ cognac》.

[複數] **brandies**

brash [bræʃ] *adj.* ① 自以為是的. ② 莽撞的.

[活用] *adj.* **brasher, brashest**

*__**brass** [bræs] *n.* ① 黃銅《銅鋅的合金》. ② 黃銅製品. ③ 黃銅器皿. ④ [the ~] 黃銅管樂器. ⑤ [the ~] 厚顏, 厚臉皮. ⑥ 〖英〗黃銅紀念碑《刻有亡者雕像或徽章等》.

[範例] ① This ring is not made of gold; it's made of **brass**. 這個戒指不是金的, 是黃銅製品.

④ He had the **brass** to ask for help. 他竟厚顏無恥地來請求協助.

♦ **bràss bánd** 銅管樂隊.

bràss knúckles 指節銅套《格鬥時套在手指的指節上》.

bràss tácks 銅製大頭釘; 事實的真相, 根本問題.

[複數] **brasses**

brassiere [brə`zɪr] *n.* 胸罩《亦作 bra》.

[複數] **brassieres**

brat [bræt] *n.* 頑童, 沒教養的孩子.

[複數] **brats**

bravado [brə`vɑdo] *n.* 逞強, 虛張聲勢.

*__**brave** [brev] *adj.* ① 勇敢的.

——*v.* ② 勇敢地面對(風雨、危險等).

[範例] ① The old gentleman was a **brave** soldier. 那位老紳士曾經是一個勇敢的士兵.

It was **brave** of him to speak so frankly to the boss like that. 他真有勇氣, 居然跟上司說話那麼直率.

② The teacher **braved** the storm to find his missing students. 那個老師勇敢地冒著暴風雨去尋找他失蹤的學生.

[片語] **brave it out** 勇敢面對, 對抗: The manager wanted to see me about the mistake I made. So I went and **braved it out**. 經理因為我犯的錯要見我, 於是我挺身面對.

[活用] *adj.* **braver, bravest**

[活用] *v.* **braves, braved, braved, braving**

bravely [`brevlɪ] *adv.* 勇敢地: Many people fought **bravely** to regain their freedom from foreign control. 許多人為了重獲自由而勇敢地戰鬥.

[活用] *adv.* **more bravely, most bravely**

*__**bravery** [`brevərɪ] *n.* 勇敢: He received a medal for **bravery**. 他因勇敢而獲頒獎牌.

bravo [`bravo] *interj.* ① 太好了! 太棒了!

——*n.* ② 喝采聲.

[複數] **bravos**

brawl [brɔl] *n.* ① 大聲爭吵, 打架.

——*v.* ② 爭吵, 打架.

[範例] ① We were thrown out of the pub for starting that **brawl**. 我們因為引起那場爭吵而被趕出酒吧.

② Those men came out and began **brawling** in the street. 那些人來到外面, 而在街上開始打了起來.

[複數] **brawls**

[活用] *v.* **brawls, brawled, brawled, brawling**

bray [bre] *n.* ① 驢叫聲, (號角、喇叭等)刺耳的聲音.

——*v.* ② 驢叫, 發出刺耳的聲音; 吵嚷.

[活用] *v.* **brays, brayed, brayed, braying**

brazen [`brezn] *adj.* (通常指女性)恬不知羞恥的;(似)黃銅的.

[活用] *adj.* **more brazen, most brazen**

brazier [`breʒɚ] *n.* (有腳架的)金屬炭盆或火盆.

[複數] **braziers**

Brazil [brə`zɪl] *n.* 巴西《☞ 附錄「世界各國」》.

Brazilian [brə`zɪljən] *n.* ① 巴西人.

——*adj.* ② 巴西(人)的.

[複數] **Brazilians**

breach [britʃ] *n.* ① (法律、道德、契約等的)違反, 不履行, 妨害. ② 絕交, 失和.

[範例] ① You are in **breach** of duty. 你不忠於職守.

He was arrested for a **breach** of the peace. 他因妨害治安而遭到逮捕.

② The border dispute caused a **breach** between the two countries. 那兩個國家因為邊界糾紛而失和.

[複數] **breaches**

*__**bread** [brɛd] *n.* ① 麵包. ② 食物.

[範例] ① a slice of **bread** 一片麵包.

a loaf of **bread** 一條麵包.

② Give us this day our daily **bread**. 今天請給我們平日吃的食物吧.《新約聖經馬太福音》第6章第11節》

[片語] ***bread and butter*** 塗有奶油的麵包; 必需的糧食; 謀生之道.

earn ~'s bread 謀生.

know which side ~'s bread is buttered 知道自己的利益所在.

*__**breadth** [brɛdθ] *n.* (布等)幅面, 一幅, 寬度;

（胸襟、見識等的）開闊。

範例 "What's the **breadth** of this board?" "It's two feet in **breadth**." 「這塊板子的寬度是多少?」「寬度2吋。」

breadth of vision 眼界的開闊。

☞ *adj.* broad

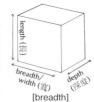

[breadth]

**break [brek] *v.*

原義	層面	釋義	範例
在用強力下使變零變散散，整	物	打破，弄壞，折斷，擊碎，撞破，衝破，越獄	①
	決定的事	破（紀錄），違背（諾言），違反（規則）	②
	完整的物或狀態	中斷，中止，弄亂；將（錢）換開	③
		突然發生	④
	祕密，消息	洩露，公開，告知	⑤
	動物、小孩	使順從，馴服	⑥
	銳氣、健康	挫折，挫傷	⑦

——*n.* ⑧ 破裂. ⑨ 中斷，暫停. ⑩ 斷絕關係. ⑪ 破曉. ⑫ 機會，機運.

範例 ① Somebody has **broken** the window. 有人打破那個窗戶.

The plates **broke** into pieces. 那些盤子破成碎片.

Tom **broke** his leg (while) skating. 湯姆溜冰時摔斷了腿.

Don't fall out of that tree, or you'll **break** your neck. 別從那棵樹上掉下來，要不然你會摔斷脖子.

The big branch with the swing **broke** off in the storm. 懸著鞦韆的那枝粗樹枝因暴風雨而折斷了.

The fan belt **broke**, so we can't use the car till we replace it. 風扇皮帶斷了，我們沒辦法在換新的皮帶之前開車.

The suspect wouldn't open the door, so the police **broke** it open. 那個嫌犯不肯開門，警方因此破門而入.

Her suitcase **broke** open because there was too much stuff inside. 她的手提箱裡塞了太多東西，結果裂開了.

They **broke** free from the prison and escaped. 他們越獄逃跑了.

The river is threatening to **break** its banks. 那條河就要沖破堤防.

② He never **breaks** his promise. 他從未違背諾言.

She **broke** the world record three times. 她3次打破世界記錄.

③ They decided to **break** their journey to Taipei at Taichung. 他們決定在臺中中止去臺北的旅程.

Now, let's **break** for lunch. 我們現在休息吃午飯吧.

I think the rainy season **broke** at last. 我想雨季總算結束了.

A cry **broke** the silence. 一聲喊叫聲劃破了寂靜.

Could you **break** this ten-dollar bill? 你能幫我換開這張10元鈔票好嗎?

④ The storm **broke**. 那場暴風雨突然來襲.

Day **broke** at last. 天終於亮了.

A fight **broke** out during the reception. 那場歡迎會上突然發生了爭執.

⑤ Who **broke** the news to him? 誰把那個消息告訴他的?

The scandal **broke** in almost all the major morning papers. 那件醜聞幾乎各家早報都報導了.

⑥ He is good at **breaking** horses. 他擅於馴馬.

⑦ He won't **break** under pressure—he's tough. 他不會屈服於壓力，因為他很堅強.

⑧ We were lucky to see the lunar eclipse through a **break** in the clouds. 我們很幸運從雲隙間看到那次月蝕.

⑨ Let's have a coffee **break**. 我們喝點咖啡，休息一下吧.

⑩ Don't make a **break** with Bob. 不要和鮑伯絕交.

⑪ The emperor ordered all his armies to assault the city at **break** of day. 皇帝對全軍發出了命令，在破曉時分向那個城市發動攻擊.

⑫ Could you give me a **break**? 你可以給我一個機會嗎?

片語 **break away** ① 破碎. ② 突然離去. ③ 脫離. ④ 逃脫. ⑤ 搶先起跑. ⑥ 擺脫（習慣等）(from).

break down ① （交涉、談判等）破裂. ② （機器）故障. ③ （資料）分類，被分類. ④ 崩潰.

break in ① 馴服. ② 強行闖入.

break into ① 碎成. (⇨ 範例 ①) ② 破門而入. **broke into** the shop and stole £100. 他闖入那家商店，偷了100英鎊. ③ 突然開始. ④ 進入（新領域）.

break off ① 折斷（樹枝等）. (⇨ 範例 ①) ② 突然中止.

break out ① （戰爭、地震等）突發. (⇨ 範例 ④) ② 突然開始.

break up ① 分開，打碎: Will you please **break up** these cookies? 請把這些餅乾剝開

B

好嗎? ② 使解散. ③ 驅散 (打架者). ④ 使大笑. ⑤ 絕交, 分手.

bréak with ① 與～絕交. ② 摒棄 (舊習慣、想法等).

[活用] v. breaks, broke, broken, breaking
[複數] breaks

breakaway [`brekə,we] n. ① 脫離, 脫離者.
——adj. ② 〔只用於名詞前〕脫黨的, 脫離的:
A **breakaway** group within the old political party formed a new one. 從那個舊政黨脫離出來的團體組成了一個新政黨.

[複數] breakaways

breakdown [`brek,daun] n. ① (機器等的)故障. ② (交涉、談判等的)破裂. ③ 分類; 分析.

[範例] ① This machine has never had a **breakdown**. 這臺機器從來沒有故障過.
a nervous **breakdown** 神經衰弱
② a **breakdown** in negotiations 談判破裂.
③ a **breakdown** of the statistics 統計分析.

[複數] breakdowns

breaker [`brekə] n. ① (撞擊岩石的) 碎浪, 浪花. ② 破壞者; 打破～的人 (物). ③ 電流的斷路器.

[複數] breakers

breakfast [`brɛkfəst] n. ① 早餐.
——v. ② 吃早餐.

[範例] ① What did you have for **breakfast**? 你早餐吃了甚麼?
I usually have a light **breakfast**. 我通常吃簡便的早餐.
Some people say that **breakfast** is the most important meal of the day. 有人說早餐是一天當中最重要的一餐.
We were at **breakfast** when the earthquake happened. 那次地震發生時我們正在吃早餐.

[片語] **be at breakfast** 正在吃早餐. (⇨ [範例] ①)

[字源] break (終止) ＋ fast (禁食).

[複數] breakfasts

[活用] v. breakfasts, breakfasted, breakfasting

break-in [`brek,ɪn] n. 闖入: There was another **break-in** at the corner shop. 街頭轉角處的那家商店又發生了闖空門事件.

[複數] break-ins

breakthrough [`brek,θru] n. ① (軍事) 突圍. ② (科技方面的) 突破性進展: The experiments led to a **breakthrough** in preventing polio. 那些實驗在預防小兒麻痺方面有突破性的進展.

[複數] breakthroughs

breakup [`brek,ʌp] n. ① (組織等的) 崩潰, 解體. ② (學期的) 結束. ③ 分手, 離婚.

[複數] breakups

breakwater [`brek,wɔtə] n. 防波堤.

[複數] breakwaters

breast [brɛst] n. ① (人、動物的) 胸; (衣服上身的前面) 胸部. ② 乳房: Her baby is still at her **breast**. 她的小孩還沒斷奶. ③ 心情, 胸懷.

♦ **bréast stròke** 蛙式游泳.

[複數] breasts

breast-fed [`brɛst,fɛd] v. breast-feed 的過去式、過去分詞.

breast-feed [`brɛst,fid] v. 用母乳哺育: Does she **breast-feed** or bottle-feed her child? 她是用母乳還是用奶粉哺育孩子的?

[活用] v. breast-feeds, breast-fed, breast-fed, breast-feeding

***breath** [brɛθ] n. ① 吸氣, 呼氣. ② 一口氣, 喘息時間. ③ 呼氣. ④ 〔a～〕微風.

[範例] ① She took a deep **breath**. 她深深地吸了一口氣.
I'm out of **breath** after running. 跑步後我喘不過氣來.
③ He has foul **breath**. 他有口臭.
His **breath** smells of liquor. 從他呼出的氣中聞到酒味.
I held my **breath**. 我閉氣一下.
④ There is not a **breath** of wind today. 今天一點風也沒有.

[片語] **hold ～'s breath** 閉氣一下, 屏息. (⇨ [範例] ③)

out of breath 喘不過氣來. (⇨ [範例] ①)

[複數] breaths

***breathe** [brið] v. ① 吸氣, 呼吸. ② 喘息, 休息. ③ 注入 (生命、生氣) (out).

[範例] ① She **breathed** deeply. 她深深地吸了一口氣.
③ This idea will **breathe** new life into our company. 這個點子將會為我們公司注入一股新生氣.

[活用] v. breathes, breathed, breathed, breathing

breather [`briðə] n. 小憩, 休息: I need a **breather**—I can't go on! 我需要休息一下, 我無法繼續下去了!

[複數] breathers

***breathless** [`brɛθlɪs] adj. ① 氣喘吁吁的. ② 屏息的.

[範例] ① I was **breathless** from the long run. 我跑了好長一段路, 氣喘吁吁的.
② The **breathless** silence continued. 屏息的沉默持續著.

breathlessly [`brɛθlɪslɪ] adv. ① 氣喘吁吁地. ② 屏息地.

***bred** [brɛd] v. breed 的過去式、過去分詞.

breeches [`britʃɪz] n. 〔作複數〕馬褲 (膝蓋以下束緊的騎馬裝束).

***breed** [brid] v. ① (魚類等) 產卵, 產仔, 繁殖. ② 養育; 飼養, 培育 (動植物).

[範例] ① Mosquitoes **breed** in standing water. 蚊子在死水中產卵.

[breeches]

② He **breeds** cattle and horses. 他飼養牛和馬.

She was born and **bred** in Texas. 她生於德州，長於德州.

[片語] **be born and bred** 生長. (⇨ [範例] ②)

[活用] v. **breeds, bred, bred, breeding**

breeder [`bridɚ] n. ① 飼養繁殖家，植物栽培者. ② 繁殖用的動植物，種畜《種馬、種牛等》. ③《核子的》增殖《反應》爐《亦作 breeder reactor》.

[複數] **breeders**

breeding [`bridɪŋ] n. 教養；繁殖，養殖: Mary is a woman of good **breeding**. 瑪麗是一位有良好教養的女士.

＊**breeze** [briz] n. ① 微風. ② 輕而易舉的事.

——v. ③ 輕快地行動，輕易地達成.

[範例] ① The curtain is waving in the **breeze**. 那幅窗簾在微風中飄動著.

② We won the game in a **breeze**. 我們輕而易舉地贏了那場比賽.

③ You can **breeze** through the book. 你可以輕鬆地讀完那本書.

[活用] v. **breezes, breezed, breezed, breezing**

breezy [`brizɪ] adj. ① 微風吹拂的，有微風的. ② 活潑的，快活的.

[範例] ① On the next **breezy** day we'll go sailing. 下次微風吹起時，我們就揚帆啟航.

② She is always bright and **breezy**. 她總是那麼開朗活潑.

[活用] adj. **breezier, breeziest**

brethren [`brɛðrɪn] n.〔作複數〕（同一教派的）教友們《brother 舊的複數形，用於教堂儀式中信徒的互相稱呼）.

＊**brevity** [`brɛvətɪ] n. 簡短，簡潔: **Brevity** is the soul of wit. 簡潔是智慧的精髓；言以簡潔為貴.《引自莎士比亞《哈姆雷特》》

☞ adj. **brief**

brew [bru] v. ① 釀造（啤酒等）. ② 泡，煮（茶或咖啡）. ③（事件等）即將發生，（風暴等）醞釀《常用進行式》.

——n. ④ 泡茶〔咖啡〕；（茶等的）沖泡法.

[範例] ① **brew** beer 釀造啤酒.

② Will you **brew** some tea for me? 泡一些茶給我好嗎?

③ A thunderstorm is **brewing**. 大雷雨正在形成中.

④ I like a strong **brew** of tea. 我喜歡上好的濃茶.

[活用] v. **brews, brewed, brewed, brewing**

brewer [`bruɚ] n. 釀酒業者.

[複數] **brewers**

brewery [`bruərɪ] n. 釀造廠，啤酒廠.

[複數] **breweries**

briar [`braɪɚ] = n. **brier**.

＊**bribe** [braɪb] n. ① 賄賂.

——v. ② 行賄，收買.

[範例] ① Some people offer **bribes** and some take them. 有人行賄，就有人收賄.

② He **bribed** the witness to tell a lie. 他收買證人說謊.

[複數] **bribes**

[活用] v. **bribes, bribed, bribed, bribing**

bribery [`braɪbərɪ] n. 賄賂，行賄，受賄: The former Prime Minister was arrested for **bribery**. 前任首相因受賄罪被捕.

＊**brick** [brɪk] n. ① 磚. ② 磚狀物.

——v. ③ 用磚砌或鋪.

[範例] ① Our house is made of red **brick**. 我們的房子是用紅磚砌成的.

It hit me like a ton of **bricks** that she was really in danger. 她置身險境使我極為震驚.

Don't beat your head against a **brick** wall. 不要做辦不到的事.

The woman tried to make **bricks** without straw. 那個女子嘗試做不可能的事.

② a **brick** of ice cream 一塊冰淇淋磚.

③ The people **bricked** the inside of the well over. 人們用磚鋪遍井壁.

[片語] **beat ~'s head against a brick wall** 從事不可能的事. (⇨ [範例] ①)

brick in/brick up 用磚圍起來，用磚堵住: The boys **bricked up** the window. 男孩們用磚塊堵住了那扇窗戶.

like a ton of bricks 非常地，重重地. (⇨ [範例] ①)

make bricks without straw 作無米之炊，做（某事）而缺乏所需的材料. (⇨ [範例] ①)

[複數] **bricks**

[活用] v. **bricks, bricked, bricked, bricking**

bricklayer [`brɪk,leɚ] n. 砌磚工人，泥水工.

[複數] **bricklayers**

bridal [`braɪdl] adj. 新娘的，婚禮的: a **bridal** veil 婚紗.

＊**bride** [braɪd] n. 新娘: The **bride** and groom posed for a lot of wedding photos. 新郎和新娘擺出各種姿態拍了許多婚紗照.

[複數] **brides**

＊**bridegroom** [`braɪd,grum] n. 新郎《亦作 groom》.

[複數] **bridegrooms**

bridesmaid [`braɪdz,med] n. 女儐相，伴娘.

[複數] **bridesmaids**

＊**bridge** [brɪdʒ] n. ① 橋. ② 艦橋《建於船的甲板上進行瞭望和指揮的場所》. ③ 眼鏡的鼻樑架；鼻樑；琴馬《墊在弦樂器琴體和弦之間，使弦不與琴體直接接觸》. ④ 橋牌《一種撲克牌遊戲》.

——v. ⑤ 架橋於，橫跨在～之上.

[範例] ① A **bridge** was built across the river. 有一座橋橫跨在河上.

Don't cross the **bridge** until you come to it.《諺語》船到橋頭自然直.

A lot of water has flowed under the **bridge** since then. 自從那以後很多事發生了.

⑤ A fallen tree **bridges** the brook. 有一棵倒下的樹橫跨在小溪之上.

covered bridge

truss bridge

bascule bridge

drawbridge

trestle bridge

pontoon bridge

[bridge]

They are going to **bridge** the river. 他們將在那條河上架橋.

[片語] ***burn ~'s bridges*** 背水一戰, 破釜沉舟. ***water under the bridge*** 潑出之水; 不可挽回的往事.

[複數] **bridges**

[活用] v. **bridges, bridged, bridged, bridging**

bridle [`braɪdl] n. ① 馬勒《指全部馬具, 包括馬籠頭、馬銜、韁繩等》.

——v. ② 套上馬勒. ③ 控制 (情緒等). ④ (昂首) 板起面孔《表示憤怒等》.

[範例] ③ **Bridle** your tongue. 你說話要慎重.

④ She **bridled** up at my remarks. 她聽了我的話後就板起面孔.

♦ **brídle pàth** 騎馬專用道.

[複數] **bridles**

[活用] v. **bridles, bridled, bridled, bridling**

*brief [brif] adj. ① 短時間的, 短暫的. ② 簡潔的, 簡明的.

——n. ③ 概要, 摘要. ④ 權限指示.

——v. ⑤ 作摘要; 給 (人) 必要的指示.

[範例] ① a **brief** visit 簡短的訪問.

a **brief** look at the newspaper 略讀報紙.

② a **brief** note 簡短的字條, 便條.

I don't have much time, so I'll be **brief**. 時間不多, 我長話短說.

④ This **brief** clearly explains what is expected of you. 這個指示清楚地說明你該怎麼做.

⑤ We were **briefed** by our manager before the interview. 在接受採訪之前, 我們已從經理那兒得到了必要的指示.

[片語] ***hold no brief for*** 不支持, 不為~辯護:

I **hold no brief for** the policies of this government. 我不支持政府的政策.

in brief/to be brief ① 簡言之: **In brief**, they said they wanted nothing to do with this project. 總之, 他們說不想參與這個計畫. ② 簡單地.

[☞] n. brevity

[活用] adj. **briefer, briefest**

[複數] **briefs**

[活用] v. **briefs, briefed, briefed, briefing**

briefcase [`brif͵kes] n. 公事包.

[複數] **briefcases**

briefing [`brifɪŋ] n. 簡報: a **briefing** on foreign affairs 外交事務的簡報.

[複數] **briefings**

briefly [`briflɪ] adv. ① 短暫地. ② 簡潔地. ③ 簡言之.

[範例] ① On our way to Keelung we stopped over **briefly** in Taipei. 去基隆的途中, 我們在臺北停留一會兒.

② to put it **briefly** 簡言之.

We'll **briefly** touch on four subject areas today. 今天我們就4個主題領域簡單地討論一下.

[活用] adv. **more briefly, most briefly**

briefs [`brifs] n. 〔作複數〕三角褲, 內褲: a pair of **briefs** 一條男用三角褲/一條女用內褲.

brier [`braɪɚ] n. ① 石南《產於地中海的杜鵑科石南屬灌木》; 荊棘. ② (石南根製的) 菸斗.

[參考] 亦作 briar.

[複數] **briers**

brigade [brɪ`ged] n. ① 旅《由兩個以上的營組成》. ② (執行特殊任務的) 隊, 團: a fire **brigade** 消防隊.

➡ [充電小站] (p. 801)

[複數] **brigades**

brigadier [͵brɪgə`dɪr] n. 准將, 旅長《介於上校 (colonel) 與少將 (major general) 之間, 享受少將待遇, 為旅 (brigade) 的指揮官; 【美】 brigadier general; [充電小站] (p. 801)》.

[複數] **brigadiers**

brigand [`brɪgənd] n. 山賊, 土匪.

[複數] **brigands**

**bright [braɪt] adj. ① 明亮的, 光輝的; 晴朗的; 開朗的. ② (顏色) 鮮豔的. ③

聰明的，機靈的．
——adv. ④ 光亮地．

[範例] ① It's so **bright** that I need my sunglasses.
太亮了，我需要我的太陽眼鏡．
a **bright** morning 晴朗的早晨．
Her eyes were **bright** with joy. 她的眼睛裡閃爍著喜悅．
② The leaves on the trees are **bright** green after it rains. 下雨後樹葉變成鮮綠色．
③ a **bright** girl 聰明的女孩．
He's pretty **bright** for a 5-year-old kid. 對於一個5歲的孩子來說，他相當地聰明．
④ The sun was shining **bright**. 陽光普照．

[片語] **look on the bright side of/look at the bright side of** 看～的光明面，對～抱持樂觀態度．

[活用] adj. **brighter**, **brightest**

brighten [`braɪtn] v. （使）明亮，（使）生輝；
（使）活躍，（使）開顏 (up).

[範例] The east was **brightened** by the dawn. 黎明時，東方的天空亮了起來．
These new curtains will **brighten** the room. 這些新窗簾會使房間生輝不少．
Your smile **brightens** me up. 你的笑容使我為之一振．
That his face **brightened** a little. 他面上微露喜色．

[活用] v. **brightens**, **brightened**, **brightened**, **brightening**

brightly [`braɪtlɪ] adv. 明亮地；閃爍地；鮮豔地；聰明地．

[範例] The stars are sparkling **brightly** tonight. 今天晚上群星閃爍著．
A **brightly**-colored dress isn't appropriate for a funeral. 鮮豔的衣服不適合參加葬禮．

[活用] adv. **more brightly**, **most brightly**

brightness [`braɪtnɪs] n. ① 明亮：The **brightness** has faded from my red shirt. 我的紅色襯衫褪色了． ② 鮮豔． ③ 聰明，伶俐．

brilliance [`brɪljəns] n. ① 光輝． ② 卓越的才華．

[範例] ① The **brilliance** of these diamonds is dazzling. 這些鑽石光輝耀眼．
② His **brilliance** in astrophysics is unsurpassed. 他在天體物理學方面的卓越才華無與倫比．

brilliancy [`brɪljənsɪ] n. ① 光輝． ② 卓越的才華．

brilliant [`brɪljənt] adj. ① 光輝的，（顏色）鮮豔的《比 bright 強烈》． ② 出色的，傑出的，才華橫溢的．

[範例] ① a **brilliant** diamond 閃閃發亮的鑽石．
We crossed **brilliant** snow-covered fields to get here. 我們越過大雪覆蓋、銀光閃爍的原野來到這裡．
② What a **brilliant** idea! 真是一個妙招啊！
a **brilliant** scientist 傑出的科學家．

[活用] adj. ① **more brilliant**, **most brilliant**

brilliantly [`brɪljəntlɪ] adv. ① 明亮地，閃耀地：The diamond was shining **brilliantly** in the display case. 那顆鑽石在展示盒中閃閃發亮．
② 出色地：鮮豔地．

[活用] adv. ① **more brilliantly**, **most brilliantly**

brim [brɪm] n. ① （容器等的）邊，緣． ② （帽）緣．
——v. ③ 充滿；滿溢．

[範例] ① The cup was full to the **brim**. 這個杯子滿滿的．
③ Her eyes **brimmed** with tears. 她淚水盈眶．
He was **brimming** with pride after passing the entrance examination. 他因為通過入學考試而自鳴得意．

[片語] **to the brim** 滿滿地．（⇨ [範例] ①）

[複數] **brims**

[活用] v. **brims**, **brimmed**, **brimmed**, **brimming**

brine [braɪn] n. ① （醃漬用的）鹽水． ② 〔the ～〕（詩語的）海水；海．

bring [brɪŋ] v. 拿來（物），帶來（人），引起，使得，提起（訴訟）．

[範例] Will you **bring** that box here? 你把那只箱子拿到這裡來好嗎？
He **brought** some of his friends to the party. 他帶了一些朋友來參加晚會．
She **brought** me a glass of water. 她為我拿來一杯水．
"What has **brought** you to Taiwan?" "Money." 「你為甚麼來臺灣？」「為了賺錢．」
A short walk **brought** me to the station. 我走一小段路就到了那個車站．
I couldn't **bring** myself to tell him the news. 我不打算把那個消息告訴他．
She **brought** a lawsuit against him in a law court. 她對他提起法律訴訟．
This insurance policy will **bring** you peace of mind. 有了這張保單，你就可以安心了．
The sight **brought** tears to our eyes. 這一幕情景使（得）我們眼淚盈眶．
Those royalties **bring** me plenty of money. 那些版稅為我帶來大筆收入．

[片語] **bring about** 導致，引起：Computers have **brought about** many changes in our lives. 電腦給我們的生活帶來很多變化．

bring around/bring round ① 說服（人），使改變意見：Nothing we said could **bring** him **around** to our point of view. 我們所說的並無法說服他而贊同我們的觀點． ② 帶（某人）來． ③ 使恢復知覺．

bring back ① 拿回，帶回，歸還：My father **brought back** a lot of souvenirs from his trip to London. 我父親從倫敦旅行歸來帶回好多紀念品． ② 使回憶起． ③ 使恢復（以前的狀態）．

bring down 使落下，使（物價）下降．

bring ～ down on... 給～帶來（麻煩、處罰等）．

B

bring forth 生（子）.

bring forward ① 提出（問題、證據、反對等）：He **brought forward** a strong objection to the plan. 他對那一個計畫提出強烈的反對. ② 使（日期）提前.

bring in ① 把～拿進來，納入：She **brought in** the washing. 她把洗好（在晾）的衣服收進來.
We should **bring** professional people **in** on this. 關於這件事情，我們應該納入專業人員. ② 帶來收入，賺取：She **brings in** £400 a week. 她每週賺400英鎊.

bring ～ into 使成為.

bring off 救助（遇難船員），（難事）圓滿達成.

bring on ① 引起：His headache was **brought on** by drinking too much. 他的頭痛是喝太多所引起的. ② 使進步.

bring out ① 出版，推出：They are **bringing out** a new dictionary next year. 他們明年要出版一本新辭典. ② 使顯露出：That crisis **brought out** the worst in them. 那個危機顯露出他們最醜惡的一面.

bring over 把～帶來.

bring ～self to do something （人）無法（做某事），不讓自己（做某事）《通常用於否定句》.（⇨ 範例）

bring ～ through 使脫離（困難）；救治，救活：The doctor **brought** him **through** stomach cancer. 那位醫生把他從胃癌中救活過來.

bring ～ to 使恢復知覺：We can **bring** her **to** with smelling salts. 我們可以藉由嗅鹽使她恢復知覺.

bring under 鎮壓，使服從.

bring up ① 養育：She **brought up** five children. 她養育了5個孩子. ② 提出（話題、問題、建議等）：He **brought up** that silly topic again. 他又提出了那個荒謬的話題. ③〖英〗嘔吐.

活用 *v.* **brings, brought, brought, bringing**

***brink** [brɪŋk] *n.* 邊緣，峭壁：His words brought him to the **brink** of ruin. 他所說的話把他帶到滅亡的邊緣.

複數 **brinks**

***brisk** [brɪsk] *adj.* ①（人、動作等）輕快活潑的；（生意）興隆的. ②（天氣、空氣等）清新的，涼爽的.

範例 ① She walked down at a **brisk** pace. 她邁著輕快的腳步走去.
Business has been **brisker** recently. 最近生意比較興隆了.
② You were born on a **brisk** October morning. 你出生在10月的一個涼爽早晨.

活用 *adj.* **brisker, briskest**

briskly [ˋbrɪsklɪ] *adv.* 活潑地，輕快地：The children were walking **briskly**. 孩子們朝氣蓬勃地走著.

活用 *adv.* **more briskly, most briskly**

bristle [ˋbrɪsl] *n.* ①（動物身上的）剛毛，豬鬃，（植物的）刺毛.
—— *v.* ① 毛髮直立；發怒. ③ 林立，布滿.

範例 ① I've never used a toothbrush with real **bristles**. 我從來沒用過真正的鬃毛牙刷.
② Tony was **bristling** with anger. 東尼大發雷霆.
③ The streets **bristled** with armed guards. 街上布滿了武裝警衛.

複數 **bristles**

活用 *v.* **bristles, bristled, bristled, bristling**

Britain [ˋbrɪtn] *n.* 大不列顛島，英國.

British [ˋbrɪtɪʃ] *adj.* 英國的，大不列顛島的.
—— *n.*〖the ～〗英國人《集合名詞》.

***brittle** [ˋbrɪtl] *adj.* ① 脆弱的，易碎的. ② 易怒的；冷淡的.

範例 ① Glass is **brittle**. 玻璃是易碎的.
a **brittle** friendship 脆弱的友誼
a **brittle** fame 靠不住的名聲.
② He has a **brittle** temper. 他脾氣暴躁.
Her **brittle** personality didn't win her any friends. 她的個性冷漠，所以一個朋友也沒有.

活用 *adj.* **brittler, brittlest/more brittle, most brittle**

broach [brotʃ] *v.* ① 鑽孔開啟（瓶、罐等）. ② 提起（話題），提及：At last he **broached** the subject of our marriage. 他終於提起我們的婚事.
—— *n.* ③〖美〗胸針《亦作 brooch》.

活用 *v.* **broaches, broached, broached, broaching**

複數 **broaches**

****broad** [brɔd] *adj.* ① 寬的，有寬度的. ② 遼闊的，廣闊的. ③ 概括性的. ④ 清楚的，明顯的；（語言）方音重的.

範例 ① This city is characterized by **broad** streets. 這個城市的特徵是每條街道都很寬.
a bridge 30 feet **broad** 一座寬為30呎的橋.
② a **broad** ocean 遼闊的海洋.
a man of **broad** views 見識廣博的人.
③ Ms. Johnson has given us a **broad** view; her assistant will fill in the details. 強森女士給了我們概括性的看法，現在她的助理會補充細節.
④ a **broad** distinction 明顯的區別.
His accent is very **broad**. 他的腔調很重.
President Kennedy was shot in **broad** daylight. 甘迺迪總統在光天化日之下被暗殺.

片語 ***in broad daylight*** 白晝，光天化日下.（⇨ 範例 ④）

***It`s as broad as it is long*** 橫豎都一樣，沒有區別："Should we go to dinner and then a movie or vice versa?" "It doesn't matter to me; **it`s as broad as it`s long**."「先吃晚飯再看電影，還是先看電影再吃飯呢?」「我無所謂，都可以.」

◆ **bròad béan** 蠶豆.

the **bróad jùmp** 〖美〗跳遠《〖英〗the long jump》.

活用 *adj.* broader, broadest

*__broadcast__ [`brɔd,kæst] *v.* ① (在廣播、電視等)播報，播放. ② 散布(謠言)，傳播.
——*n.* ③ 廣播，播放.

範例 ① The concert will be **broadcast** this evening. 今天晚上會播放那場音樂會.
② a live **broadcast** of the baseball game 一場現場轉播的棒球比賽.

字源 broad (廣)＋cast (投).

活用 *v.* broadcasts, broadcast, broadcast, broadcasting/broadcasts, broadcasted, broadcasted, broadcasting

複數 broadcasts

broaden [`brɔdn] *v.* 使寬闊，變寬.

範例 **Broaden** your horizons by going overseas. 出國擴展你的視野.
The river **broadens** at this point. 這條河在這裡變寬.

活用 *v.* broadens, broadened, broadened, broadening

broadly [`brɔdlɪ] *adv.* 廣泛地，大略地:
Broadly speaking, there are three kinds of electric power plants today. 概括地說，現在有3種發電廠.

片語 *broadly speaking* 概括地講. (⇨ 範例)

broad-minded [`brɔd`maɪndɪd] *adj.* 心胸開闊的，寬宏大量的.

活用 *adj.* more broad-minded, most broad-minded

broadside [`brɔd,saɪd] *n.* ① 舷側《指水面以上的整個船舷》. ② 舷側的砲火齊射. ③ (譴責或中傷)猛烈攻擊.
——*adv.* ④ 以一側朝向(某方向)地. ⑤ 一起發射地.

範例 ② fire a **broadside** 船舷砲火齊射.
③ level a **broadside** at prejudice 猛烈抨擊偏見.
④ The car hit another car **broadside**. 那輛車橫撞在另一輛車上.

複數 broadsides

Broadway [`brɔd,we] *n.* 百老匯《美國紐約 (New York) 市曼哈頓 (Manhattan) 區一條貫穿南北的大道，以此處的劇院、電影院命名》.

brocade [bro`ked] *n.* ① 錦緞，織錦《以金、銀線織成》.
——*v.* ② 在織物上織出凸花紋或圖案.

活用 *v.* brocades, brocaded, brocaded, brocading

broccoli [`brɑkəlɪ] *n.* 綠花椰菜.

複數 broccolis

brochure [bro`ʃjur] *n.* 小冊子《商業用的小冊子，而 pamphlet 為一般內容的小冊子》.

複數 brochures

broil [brɔɪl] *v.* 〖美〗燒，焙，烤《把肉或魚直接放在火上或放在網上烤》〖英〗grill》.

活用 *v.* broils, broiled, broiled, broiling

broiler [`brɔɪlɚ] *n.* ① 烤肉用具. ② 用於燒烤的嫩雞.

複數 broilers

*__broke__ [brok] *v.* break 的過去式.

*__broken__ [`brokən] *v.* ① break 的過去分詞.
——*adj.* ② 壞的，破裂的，破碎的，折斷的. ③ 不完整的；(地面)不平的.

範例 ② a **broken** glass 破裂的杯子.
That watch is **broken**. 那個錶壞了.
The driver died of a **broken** neck. 那個司機斷頸而死.
a **broken** promise 爽約，背棄的諾言.
③ **broken** sleep 斷斷續續的睡眠.
The path was **broken**. 那條路凹凸不平.
They speak **broken** English. 他們講的英語很蹩腳.
a **broken** line 虛線.

broken-hearted [`brokən`hɑrtɪd] *adj.* 心碎的，極傷心的，絕望的，失戀的.

broker [`brokɚ] *n.* 仲介人，掮客，中間人，股票經紀人《亦作 stockbroker》.

複數 brokers

brolly [`brɑlɪ] *n.* 《口語》〖英〗傘.

複數 brollies

bromide [`bromaɪd] *n.* 溴化物，鎮靜劑《由溴化鉀製成的安眠藥》.

複數 bromides

bronchitis [brɑŋ`kaɪtɪs] *n.* 支氣管炎.

Bronx [brɑŋks] *n.* 〔the ~〕布朗克斯區《美國紐約市最北部的一區》.

bronze [brɑnz] *n.* ① 青銅《銅錫合金》. ② 青銅製品. ③ 古銅色，紅褐色. ④ 銅牌《比賽中授予第3名的獎牌，亦作 bronze medal》.
——*v.* ⑤ 在~上鍍青銅. ⑥ 使皮膚曬成古銅色.

範例 ① a **bronze** statue 青銅像.
a **bronze** shield 青銅盾牌.
⑥ The sun has **bronzed** her skin. 她的皮膚曬成了古銅色.

♦ the **Brónze Àge** 青銅器時代《使用青銅製造武器和工具的時代. 西元前3500年－西元前750年左右，介於石器時代與鐵器時代之間，為人類歷史上開始使用金屬器具的重要時代》.

brònze médal 銅牌.

複數 bronzes

活用 *v.* bronzes, bronzed, bronzed, bronzing

brooch [brotʃ] *n.* 胸針《〖美〗broach》.

複數 brooches

*__brood__ [brud] *n.* ① 一次孵出的小雞.
——*v.* ② 孵蛋. ③ 沉思；憂慮 (about).

範例 ① a **brood** of chickens 一窩孵出的小雞.
② The hen is **brooding**. 那隻母雞正在孵蛋.
③ They were **brooding** about the victims of the earthquake. 他們憂慮著地震災民.

複數 broods

活用 *v.* broods, brooded, brooded, brooding

broody [`brudɪ] adj. ① (母雞) 要孵蛋的；(女性) 想要孩子的. ② 沉思的；憂慮的.

[活用] adj. **broodier**, **broodiest/more broody**, **most broody**

brook [bruk] n. ① 小河.
——v. ②《正式》忍受, 容忍《通常用於否定句或疑問句》.
[範例] ② The matter **brooks** no delay. 那件事刻不容緩.
I cannot **brook** his interference. 我無法容忍他的干涉.
[複數] **brooks**
[活用] v. **brooks**, **brooked**, **brooked**, **brooking**

Brooklyn [`bruklɪn] n. 布魯克林區《紐約市東南部的一區》.

broom [brum] n. ① 掃帚：A new **broom** sweeps clean.《諺語》新官上任三把火. ② 金雀花《豆科常綠植物, 生於荒野, 開黃色蝶狀花朵》.
[複數] **brooms**

broth [brɔθ] n. (魚、肉、蔬菜等熬成的) 清湯：Too many cooks spoil the **broth**.《諺語》人多反而誤事.

brothel [`brɔθəl] n. 妓院.
[複數] **brothels**

brother [`brʌðɚ] n. ① 兄弟, 兄, 弟. ②《男性》夥伴, 親友, 同事. ③ 同教會的教友；同行, 同業.
[範例] ① How many **brothers** do you have? 你有幾個兄弟?
Mike and Paul are **brothers**. 邁克和保羅是兄弟.
Mike is Paul's **brother**. 邁克是保羅的哥哥〔弟弟〕.
② **brothers** in arms 戰友, 袍澤.
a **brother** doctor 醫生同行.
[參考] 中文的「兄」和「弟」區別很清楚, 但在英語中兩者不加區別, 通常只用 brother. 特別要區分表達時,「哥哥」為 an older brother、an elder brother 或 a big brother,「弟弟」為 a younger brother 或 a little brother. 表示 ② 之意時可用於打招呼, 而表示 ① 之意時不用於打招呼.
☞ sister (姊妹)
[複數] **brothers/**☞ **brethren**

brotherhood [`brʌðɚˌhud] n. ① 手足情誼, 兄弟關係. ②《男性之間的》同志關係. ③ 宗教團體, 同業工會, 協會：the medical **brotherhood** 醫學界.
[複數] **brotherhoods**

brother-in-law [`brʌðɚɪnˌlɔ] n. 配偶的兄弟, 姊妹的丈夫.
➡ (充電小站) (p. 455)
[複數] **brothers-in-law**

brotherly [`brʌðɚlɪ] adj. 兄弟的, 兄弟般的, 友愛的：**brotherly** love 兄弟之愛.

brought [brɔt] v. bring 的過去式、過去分詞.

brow [brau] n. ① 眉《亦作 eyebrow》：He bent his **brows**. 他皺了皺眉頭. ② 額《亦作 forehead》. ③ 懸崖的邊緣, 坡頂.
[複數] **brows**

browbeat [`braʊˌbit] v. 恐嚇, 威逼 (into, out of)：We were **browbeaten** into accepting the proposal. 我們被威嚇接受那一項計畫.
[活用] v. **browbeats**, **browbeat**, **browbeaten**, **browbeating**

browbeaten [`braʊˌbitn] v. browbeat 的過去分詞.

brown [braun] adj. ① 褐色的, 曬黑的：She has dark **brown** eyes. 她的眼睛是深褐色的.
——n. ② 褐色.
——v. ③ 使成褐色, 變成褐色.
[參考] brown 為紅、黃、黑的混合色, 也是烤焦的土司麵包的顏色、枯葉的顏色、咖啡的顏色.
[活用] adj. **browner**, **brownest**
[活用] v. **browns**, **browned**, **browned**, **browning**

browse [brauz] n. ① 瀏覽.
——v. ② 瀏覽 (through). ③ (牲畜) 吃嫩葉〔草〕.
[範例] ① Mary had a **browse** through the books on the shelf. 瑪麗把書架上的書瀏覽了一下.
② Some boys came to **browse** through the books on the shelf. 有些男孩來翻閱書架上的書籍.
③ The cows were **browsing** in the fields. 牛在田野上吃著嫩草.
[複數] **browses**
[活用] v. **browses**, **browsed**, **browsed**, **browsing**

bruise [bruz] n. ① 青腫, 瘀傷；(水果等的) 傷痕.
——v. ② 受瘀傷,(水果等) 碰傷, 損傷.
[範例] ① The **bruise** on his leg turned black and blue. 他腳上的瘀傷青一塊紫一塊.
② She fell down and **bruised** her knees. 她跌倒後碰傷了膝蓋.
We use special packaging so the tomatoes won't **bruise**. 我們用特殊包裝所以不會碰傷番茄.
[複數] **bruises**
[活用] v. **bruises**, **bruised**, **bruised**, **bruising**

brunch [brʌntʃ] n. 早午餐.
[字源] **breakfast** (早餐) ＋ **lunch** (午餐).
[複數] **brunches**

brunet/brunette [bru`nɛt] adj. ① 有深褐〔淺黑〕色眼睛或皮膚的. ②《頭髮》深褐色的.
——n. ③《頭髮》深褐色的白種人；有深褐色皮膚的人.
[範例] ① My sister's skin is **brunette**. 我妹妹的皮膚是深褐色的.
② The man has **brunet** hair. 那個人的頭髮是深褐色的.
She dyed her hair **brunet**. 她把頭髮染成深褐色.

〔參考〕原則上指男性用 brunet，指女性用 brunette.

〔活用〕*adj.* **more brunet, most brunet/more brunette, most brunette**

〔複數〕**brunets/brunettes**

brunt [brʌnt] *n.* (攻擊的)主力：Those islands bore the full **brunt** of the typhoon. 颱風來襲，那些島嶼首當其衝.

〔片語〕*bear the full brunt of* 首當其衝. (⇨〔範例〕)

〔複數〕**brunts**

****brush** [brʌʃ] *n.* ① 刷子，毛刷，畫筆. ②(用刷子)刷. ③ 輕輕接觸，輕抹；小衝突.
——*v.* ④ 刷，擦. ⑤ 把～拂落，拂去. ⑥ 輕觸，掠過，拂過.

〔範例〕① Clean your coat with this **brush**. 用這枝刷子把你的外衣刷乾淨.
② Ann gave her hair a quick **brush**. 安把頭髮很快地刷一刷.
③ We had a **brush** with the enemy. 我們和敵人發生了小衝突.
④ I **brush** my teeth after every meal. 我每餐飯後刷牙.
I must **brush** up my Italian. 我必須重新溫習義大利語.
⑤ **Brush** the dirt off your clothes. 把你衣服上的灰塵拂去.
⑥ A breeze **brushed** my cheek. 一陣微風輕輕拂過我的臉頰.

〔片語〕*brush aside* 把～推在一邊，排除，漠視(建議、抗議、要求等).
brush off 刷去，拒絕(請求等).
brush up 溫習(即將忘記的課程). (⇨〔範例〕④)

〔複數〕**brushes**

〔活用〕*v.* **brushes, brushed, brushed, brushing**

brush-up [`brʌʃˏʌp] *n.* 溫習，複習；刷拭，打扮：You need a wash and **brush-up**. 你需要梳洗打扮一下.《整飾一番》

〔複數〕**brush-ups**

brusque [brʌsk] *adj.* (語言或態度)粗魯的，無禮的.

〔活用〕*adj.* **brusquer, brusquest**

brusquely [`brʌsklɪ] *adv.* 粗魯地，無禮地.

〔活用〕*adv.* **more brusquely, most brusquely**

brusqueness [`brʌsknɪs] *n.* 粗魯，無禮.

Brussels [`brʌslz] *n.* 布魯塞爾《比利時 (Belgium) 首都》.

♦ **Brùssels spróuts** 球芽甘藍《亦作 sprouts》.

****brutal** [`brutl] *adj.* 野蠻的，野獸般的，殘忍的，嚴厲的.

〔活用〕*adj.* **more brutal, most brutal**

brutality [bru`tælətɪ] *n.* ① 野蠻，殘忍. ② 殘忍的行為，獸行.

〔複數〕**brutalities**

****brute** [brut] *n.* ① 野獸，動物《與人作區別時》. ② 野獸般殘忍的人.

〔複數〕**brutes**

brutish [`brutɪʃ] *adj.* 野獸般的，野蠻的，殘酷的：I can't stand his **brutish** way of thinking. 我無法忍受他那殘酷的想法.

〔活用〕*adj.* **more brutish, most brutish**

Brutus [`brutəs] *n.* 布魯圖《Marcus Junius Brutus, 85-42 B.C., 羅馬的將軍、政治家，暗殺凱撒 (Caesar) 的主謀》.

B.Sc. [`bi`ɛs`si] (縮略) ＝Bachelor of Science (理學士)《亦作 B.S.》.

****bubble** [`bʌbl] *n.* ① 泡沫，氣泡.
——*v.* ② 冒泡，沸騰. ③ 沸騰聲，(感情等)激動，變得興致勃勃.

〔範例〕① Mary likes blowing (soap) **bubbles**. 瑪麗喜歡(用肥皂水)吹泡泡.
② The water in the kettle is **bubbling**. 那壺水開了.《沸騰著》
③ The three girls **bubbled** over with laughter. 那3個女孩咯咯地笑.

〔複數〕**bubbles**

〔活用〕*v.* **bubbles, bubbled, bubbled, bubbling**

bubbly [`bʌblɪ] *adj.* ① 多泡的，冒泡的. ② 歡樂的，活潑的，興致勃勃的.
——*n.* ③ 香檳酒.

〔範例〕① a **bubbly** shampoo 多泡沫的洗髮精.
② **bubbly** people at a party 晚會上興致勃勃的人們.
a **bubbly** personality 活潑的個性.

〔活用〕*adj.* **bubblier, bubbliest**

buck [bʌk] *n.* ① (鹿、兔、羊、羚羊等的)雄性《雌性作 doe》. ②《口語》《美》美元；〔the ～〕責任.
——*v.* ③ (馬匹等)猛然弓背躍起，使(騎士)摔下. ④《口語》反對.

〔範例〕① **Bucks** are usually larger than does. 雄性通常比雌性體型大.
④ The principal **bucked** the decision of the board of directors. 那位校長反對理事會的決定.

〔片語〕*buck up* 打起精神，振作；趕快，快點.
pass the buck to 推諉責任給.

〔活用〕*v.* **bucks, bucked, bucked, bucking**

bucket [`bʌkɪt] *n.* ① 水桶，提桶. ② 一桶的量《亦作 bucketful》.
——*v.* ③《英》下起傾盆大雨.

〔範例〕① a sand **bucket** 沙桶.
② Bring a **bucket** of water. 提一桶水來.
③ With this hurricane coming, it will be **bucketing** down. 這個颱風會帶來傾盆大雨.

〔片語〕*kick the bucket*《口語》翹辮子：Old man Patrick **kicked the bucket** yesterday. 派屈克老先生昨天翹辮子了.

〔參考〕kick the bucket 中的 bucket 原非「桶」之意，而是指屠場中懸掛死豬的橫木梁. 此時死豬的腳看起來好像踢在橫木梁上，由此衍生此說法.

♦ **búcket sèat** 凹背單人坐椅《汽車或飛機上

B

的折疊式單人坐椅》.
búcket shòp 〖英〗(名義上買賣股票或商品,實際上買空賣空之)空頭證券公司.
〖活用〗 v. **buckets, bucketed, bucketed, bucketing**
Buckingham Palace [`bʌkɪŋəm`pælɪs] n. 白金漢宮《英國皇室位於倫敦的皇宮, 1837年以來為皇室住所》.

[Buckingham Palace]

buckle [`bʌkl] n. ① 扣環, 帶扣.
——v. ② (用扣環) 扣住, 扣緊. ③ (加熱或壓力等) 彎曲.
〖範例〗① This belt has a heavy brass **buckle**. 這條皮帶上有一個沉重的銅扣環.
② The driver **buckled** himself into the seat. 司機把自己扣住在座位上.
③ Her knees **buckled** under her as she fainted from the heat. 因為天氣太熱, 她膝蓋一彎昏倒了.
〖片語〗 **buckle down to** 認真地開始從事.
buckle to 傾注全力於.
〖活用〗 **buckles**
〖活用〗 v. **buckles, buckled, buckled, buckling**
buckskin [`bʌk,skɪn] n. ① 鹿〔羊〕皮革. ② 〔~s〕鹿〔羊〕皮褲〔鞋〕.
〖複數〗 **buckskins**
buckwheat [`bʌk,hwit] n. 蕎麥, 蕎麥粉《家畜的飼料, 在美國亦用為糕餅的原料》: **buckwheat** noodles (日本的) 蕎麥麵條.
*bud [bʌd] n. ① 芽, 花蕾. ② 夥伴, 朋友. ③ 老兄, 老弟《對於男子的親切稱呼》.
——v. ④ 發芽, 萌芽, 含苞待放.
〖範例〗① The new **buds** have begun to appear on the tree. 那棵樹嫩芽初綻.
④ The cherry trees are **budding** and soon Yangmingshan will be full of people having a picnic. 櫻花正含苞待放, 不久陽明山就會擠滿野餐的人們.
〖複數〗 **buds**
〖活用〗 v. **buds, budded, budded, budding**
Buddha [`budə] n. ①〔the ~〕佛陀, 佛. ② 佛像.
〖參考〗 Buddha 是佛教中對達到大徹大悟境界者的尊稱, 特指佛教鼻祖釋迦牟尼. 釋迦牟尼於西元前6世紀生於王族之家, 後放棄王子地位開始苦行, 悟道後不問人的身分和性別,

一視同仁地傳教.
〖複數〗 **Buddhas**
Buddhism [`budɪzəm] n. 佛教.
Buddhist [`budɪst] n. 佛教徒: a **Buddhist** temple 佛寺.
〖複數〗 **Buddhists**
budding [`bʌdɪŋ] adj. 正在發芽的, 發育中的; 新進的: That slender man is a **budding** artist. 那個瘦瘦高高的男子是一位新進的藝術家.
buddy [`bʌdɪ] n. ① 夥伴, 同伴. ②《口語》老兄, 老弟《用於稱呼》.
〖範例〗① We're **buddies**. 我們是夥伴.
② Hey **buddy**, get out of my way. 喂, 老兄, 讓開!
〖複數〗 **buddies**
budge [bʌdʒ] v. 微微移動, 使稍微移動.
〖範例〗 I refuse to **budge** an inch until you tell me what happened. 你不告訴我發生了甚麼事, 我就不動.
This safe won't **budge** because it is too heavy. 這個保險櫃很難移動, 因為它太重了.
〖活用〗 v. **budges, budged, budged, budging**
budgerigar [`bʌdʒərɪ,gɑr] n. 虎皮鸚鵡.
〖複數〗 **budgerigars**
*budget [`bʌdʒɪt] n. ① 預算, 預算案.
——v. ② 編列預算 (for); 安排 (時間、費用等) (for).
〖範例〗① The health care **budget** will have to increase with our aging population. 在老年人口增加的同時, 健康保險的預算也必須增加. It's hard to stay within the **budget** with this spiraling inflation. 在這樣惡性循環的通貨膨脹下, 很難維持預算.
② We are going to have to **budget** for buying a new car. 我們要為買一輛新車編列預算.
They didn't **budget** enough money for road repairs last year. 他們去年編列的維修道路預算不夠.
〖字源〗 源自法語的 bougette (小皮囊), 一開始用來指皮囊或錢袋, 後來指裡面的錢, 之後發展到指錢袋中錢的數目.
〖活用〗 v. **budgets, budgeted, budgeted, budgeting**
buff [bʌf] n. ① 淡黃色, 黃褐色. ② 黃褐色皮革《去掉牛皮的表層, 用鞣皮製成》; 軟布《擦拭金屬或鏡頭的布》. ③ 愛好者, ~迷.
——v. ④ 用軟皮或軟布擦亮 (金屬、鞋子、地板等).
〖範例〗① a **buff** envelope 黃褐色信封.
③ a baseball **buff** 棒球迷.
④ The woman **buffed** her nails. 那個女子用軟布把地板擦亮了.
〖複數〗 **buffs**
〖活用〗 v. **buffs, buffed, buffed, buffing**
buffalo [`bʌflo] n. ①〖美〗

[buffalo]

美洲野牛. ② 水牛《產於亞洲、非洲、體長約
2公尺，亦作 water buffalo》.
[複數] **buffaloes/buffalos**

buffer [`bʌfɚ] *n.* 緩衝器
《減緩衝擊的裝置》.
[複數] **buffers**

buffet [*n.* bu`fe; *v.*
`bʌfɪt] *n.* ① (餐飲店供
應食物的) 櫃檯. ② 歐
式自助餐. ③ 餐具架；
餐具櫥.
—— *v.* ④ 手打，拳擊；掙扎，搏鬥.
[複數] **buffets**
[活用] *v.* **buffets, buffeted, buffeted,
buffeting**

[buffer]

bug [bʌg] *n.* ①《美》蟲，《英》臭蟲. ②病菌，細
菌. ③竊聽器. ④~迷，~熱. ⑤故障，毛
病；電腦病毒.
—— *v.* ⑥ 安裝竊聽器. ⑦使煩擾.
[範例] ① There are **bugs** all over the place—call
an exterminator. 這裡到處都是蟲子，去叫驅
蟲工人來.
② I'm cold. I think I must have picked up a **bug**
somewhere. 我好冷喔，我想一定是在哪兒感
染了病菌.
③ David searched the living room for **bugs**. 大
衛搜索客廳看是否有竊聽器.
④ a golf **bug** 高爾夫球迷.
⑤ She was shocked to find that her dorm room
was **bugged**. 她發現自己的宿舍被竊聽而感
到驚訝.
[複數] **bugs**
[活用] *v.* **bugs, bugged, bugged, bugging**

buggy [`bʌgɪ] *n.* ① (一
匹馬拉的) 輕便馬車
《《美》為四輪帶篷；《英》
為兩輪無篷》. ②《美》
嬰兒車《亦作 pram》.
[複數] **buggies**

bugle [`bjugl] *n.* 號角，
軍號：**bugle** call 集合
號.
[複數] **bugles**

[buggy]

bugler [`bjuglɚ] *n.* 號角手，軍號手.
[複數] **buglers**

build [bɪld] *v.* ① 建造，建築，蓋. ② 蓋房
子；形成，增長.
—— *n.* ③ 體格.
[範例] ① This is the house I've **built**. 這是我蓋的
房子.
build a house of stone 用石頭蓋房子.
The house is **built** of brick. 那棟房子是用磚
蓋成的.
build a fire 生火.
build a fortune 增加財產.
He is well **built**. 他體格健壯.
a theory **built** on facts 一個建立於事實之上
的理論.《基於事實的理論》
② The local government is planning to **build** on

this site. 當地政府計畫在這塊用地上建造房
子.
The bridge is being **built**. 這座橋正在造.
The show is **building** to a climax. 這齣戲不斷
向高潮發展.
③ a man of strong **build** 一個體格健壯的男子.
[片語] ***build on/build on to*** 增建：The new
wing was **built on to** the school. 那所學校擴
建了新校舍.
build up (使) 增加：The traffic began to
build up at around 5 o'clock. 交通流量從5點
左右開始增大.
[活用] *v.* **builds, built, built, building**
[複數] **builds**

builder [`bɪldɚ] *n.* 建造者；建築商.
[複數] **builders**

*[*]**building** [`bɪldɪŋ] *n.* ① 大樓，建築物. ② 建
築；建築業.
[範例] ① What is that tall **building**, the Taipei City
Hall? 那棟高樓是甚麼地方？ 是臺北市政府
嗎？
② **building** materials 建築材料.
[複數] **buildings**

*[*]**built** [bɪlt] *v.* build 的過去式、過去分詞.

bulb [bʌlb] *n.* ① 球根，球莖. ② 電燈泡.
[複數] **bulbs**

bulbous [`bʌlbəs] *adj.* 球根狀的，圓球狀的：
a **bulbous** nose 蒜頭鼻.
[活用] *adj.* **more bulbous, most bulbous**

Bulgaria [bʌl`gɛrɪə] *n.* 保加利亞《☞ 附錄「世
界各國」》.

Bulgarian [bʌl`gɛrɪən] *n.* ① 保 加 利 亞 人
〔語〕.
—— *adj.* ② 保加利亞人〔語〕的.
[複數] **Bulgarians**

bulge [bʌldʒ] *n.* ① 膨脹凸出部分，劇增.
—— *v.* ② 膨脹，鼓脹，凸出 (with).
[範例] ① The box made a **bulge** in my pocket. 口
袋中的盒子使我的口袋鼓了起來.
The population **bulge** after the war made more
schools necessary. 戰後人口突然增加，需要
更多的學校.
② Your pocket is **bulging** with your wallet. 你的
口袋因為裝了皮夾而脹得鼓鼓的.
[複數] **bulges**
[活用] *v.* **bulges, bulged, bulged, bulging**

*[*]**bulk** [bʌlk] *n.* ① (巨大物品的) 體積，容量；巨
大，龐大. ②〔the ~〕大部分，大半.
—— *v.* ③ 顯得重要或巨大《用於 bulk large》.
[範例] ① It's hard to carry because of its **bulk**, not
its weight. 不是因為重量，而是體積太大難以
搬運.
the **bulk** of King Kong 金剛的龐大身軀.
② The **bulk** of our time in January is spent in
training. 我們1月份的大部分時間都在訓練
中度過.
③ Unemployment **bulks** large as a social and
economic problem in some countries. 在某些
國家，失業現象被突顯為社會與經濟問題.

B

片語 **bulk large** 顯得重要. (⇨ 範例 ③)

in bulk 大量地: We buy things **in bulk** to save money. 我們大量地購物以省錢.

複數 **bulks**

活用 v. bulks, bulked, bulked, bulking

***bulky** [`bʌlkɪ] *adj.* 巨大的, 龐大的, 過大的.

範例 a **bulky** jacket 過大的夾克.

This is just too **bulky** to get through the door. 這個東西太大無法穿過那扇大門.

活用 *adj.* bulkier, bulkiest

bull [bʊl] *n.* ① (未閹割的) 公牛. ② (象或鯨魚的) 雄獸. ③ 彪形大漢. ④ 買進證券投機圖利者, 多頭 (股票市場中估計行情上漲而買入者). ⑤ 〔the B~〕金牛座, 金牛座的人 (☞ 充電小站 (p. 1523)).

範例 ① The two **bulls** are facing each other. 那兩頭公牛彼此相對.

② a **bull** elephant/an elephant **bull** 公象.

④ a **bull** market 多頭市場.

片語 **a bull in a china shop** 魯莽闖禍者.

take the bull by the horns 勇敢地面對困難.

參考 bull 是為了繁殖而不閹割的公牛; ox 是供食用或勞役用而閹割的公牛; bullock 是指4歲以下已閹割的公牛. cow 母牛; heifer 是尚未產子的小母牛.

♦ **búll`s èye** 靶心.

複數 **bulls**

bulldog [`bʊl,dɔg] *n.* 牛頭犬.

複數 **bulldogs**

bulldoze [`bʊl,doz] *v.* ① 用推土機鏟平. ② 威脅.

活用 v. bulldozes, bulldozed, bulldozed, bulldozing

bulldozer [`bʊl,dozɚ] *n.* 推土機.

複數 **bulldozers**

***bullet** [`bʊlɪt] *n.* 槍彈, 子彈 (指手槍或步槍中的子彈): A **bullet** went through his arm. 子彈穿透了他的手臂.

複數 **bullets**

***bulletin** [`bʊlətn] *n.* ① (政府機關的) 公報, 告示. ② (學會的) 會報, 會刊. ③ (電臺, 電視的) 新聞快報.

♦ **búlletin bóard** 布告欄, 告示板.

複數 **bulletins**

bullfight [`bʊl,faɪt] *n.* 鬥牛.

複數 **bullfights**

bullion [`bʊljən] *n.* 金〔銀〕塊, 純金〔銀〕: gold **bullion** 金條.

bullock [`bʊlək] *n.* 4歲以下閹割過的公牛.

複數 **bullocks**

bullpen [`bʊl,pɛn] *n.* ① 牛欄. ② (棒球的) 後援投手練投區.

複數 **bullpens**

***bully** [`bʊlɪ] *n.* ① 恃強凌弱者, 惡霸.

——*v.* ② 欺負, 脅迫, 脅迫 (into).

範例 ① He was a **bully** when he was in junior high. 他在中學時期是一個恃強凌弱的孩子王.

② Don't **bully** the weak. 不要欺負弱者.

They **bullied** him into cleaning their room. 他們脅迫他打掃他們的房間.

複數 **bullies**

活用 v. bullies, bullied, bullied, bullying

bulwark [`bʊlwɚk] *n.* ① 壁壘, 堡壘. ② 防護物, 防波堤.

複數 **bulwarks**

bum [bʌm] *n.* ①〖口語〗〖英〗屁股. ②〖美〗流浪漢. ③ 游手好閒者.

——*v.* ④ 乞討.

複數 **bums**

活用 v. bums, bummed, bummed, bumming

bumblebee [`bʌmbl̩,bi] *n.* 大黃蜂 (毛密的大型蜂, 種類很多, 分布在北半球的寒帶到溫帶, 是花粉的重要傳播者).

複數 **bumblebees**

bump [bʌmp] *v.* ① (使) 碰撞. ② (車等) 顛簸行進.

——*n.* ③ 撞擊, 碰撞聲. ④ 腫塊.

範例 ① He **bumped** his head against the wall and fainted. 他頭部撞到牆壁而昏了過去.

The two cars **bumped** together. 那兩輛汽車撞在一起.

③ We heard a **bump** in the next room. 我們聽到隔壁房間的碰撞聲.

④ I've got a **bump** on my head. 我頭上撞腫一塊.

活用 v. bumps, bumped, bumped, bumping

複數 **bumps**

bumper [`bʌmpɚ] *n.* 保險桿 (位於汽車的前後方, 可減輕相撞時的衝擊力),〖美〗(火車等的) 緩衝器 (〖英〗buffer).

複數 **bumpers**

bumpy [`bʌmpɪ] *adj.* ① (道路等) 高低不平的. ② (車、行程等) 顛簸不堪的.

範例 ① a **bumpy** road 崎嶇不平的道路.

② a **bumpy** flight 顛簸的飛行.

活用 *adj.* bumpier, bumpiest

bun [bʌn] *n.* ① 小圓麵包 (味道微甜, 有的中間夾入葡萄乾等). ② 圓髮髻 (挽在後腦勺呈圓形麵包狀).

参考 復活節 (Easter Day) 是紀念耶穌復活的節日; 假若3月21日若是月圓的話, 復活節便是之後的第一個星期日, 若不是, 復活節便是月圓之後的第一個星期日. 復活節的前一個星期五被稱作「耶穌受難日 (Good Friday)」, 人們思念耶穌被釘在十字架上的情景, 吃帶有十字架圖案的 bun, 並稱此稱作 cross bun 或 hot cross bun.

[bun]

複數 **buns**

***bunch** [bʌntʃ] *n.* ① (水果、鑰匙等的) 一串, (花的) 一束. ② 一群, 一夥.

——*v.* ③ 使 (縛) 成一串〔一群〕; 擠在一起

B

(up), 聚成一群; 使 (衣服、布) 打褶.

範例 ① a **bunch** of bananas 一串香蕉.
a **bunch** of keys 一串鑰匙.
two **bunches** of roses 兩束玫瑰花.
The little girl wears her hair in **bunches**. 那個小女孩把頭髮梳成了辮子.
② a **bunch** of hooligans 一群流氓.
③ The child likes to **bunch** up his clothes. 這孩子喜歡把他的衣服皺摺成一團.
The kids are **bunched** up by the window—they must be looking at something. 孩子們都聚在窗邊, 他們一定在看些甚麼吧!

複數 **bunches**
活用 v. **bunches**、**bunched**、**bunched**、**bunching**

*bundle [`bʌndl] n. ① 一束, 一包, 一捆. ② (神經、肌肉等的) 束.
——v. ③ 綁成一捆, 包成一包. ④ 胡亂塞入 (into). ⑤ 把人推進〔送往〕; 撣走. ⑥ 匆忙離去 (off).

範例 ① New Year cards were delivered in a **bundle**. 賀年卡成包地投遞.
a **bundle** of firewood 一捆薪柴.
② He's always a **bundle** of nerves at exam time. 一到考試他總是非常緊張.
③ Let's **bundle** up the newspapers and take them to the recycling center. 我們把報紙捆起來送到回收中心去吧.
Bundle up the children—it's cold out there. 給孩子們穿暖和, 外面很冷.
④ She **bundled** some clothes into a suitcase and left suddenly. 她把一些衣服塞進手提箱中, 隨即就突然離開了.
⑤ The kidnappers **bundled** him into a car and sped away. 綁匪們把他推入車內, 而加速離去.
The old woman was **bundled** off to the hospital. 那個老婦人匆匆地被送往醫院.
⑥ John **bundled** off in a huff. 約翰氣沖沖地離去.

參考 bundle 是指將大小不一的各種東西胡亂捆綁在一起, 而 bunch 指將同類物品整齊地捆綁在一起.

片語 **be a bundle of nerves** 非常緊張. (⇔ 範例 ②)
bundle ~ off to 把 (人) 匆匆地送往. (⇔ 範例 ⑤)
bundle up 包紮, 捆起; 使穿得暖和. (⇔ 範例 ③)

複數 **bundles**
活用 v. **bundles**、**bundled**、**bundled**、**bundling**

bung [bʌŋ] n. ① (桶口的) 塞子, 桶塞.
——v. ② 塞住 (up). ③ 投擲.

複數 **bungs**
活用 v. **bungs**、**bunged**、**bunged**、**bunging**

bungalow [`bʌŋgə‚lo] n. (木造) 平房, 平房式別墅.

複數 **bungalows**

[bungalow]

bungee [`bʌndʒɪ] n. 彈性繩索《亦作 bungee cord》.
♦ **búngee jùmping** 高空彈跳.

bungle [`bʌŋgl] v. ① (由於笨拙) 把 (工作) 搞砸.
——n. ② 笨拙的工作, 失誤.
活用 v. **bungles**、**bungled**、**bungled**、**bungling**
複數 **bungles**

bunion [`bʌnjən] n. 拇囊腫《發生在腳的拇趾骨節處》.
複數 **bunions**

bunk [bʌŋk] n. ① 架式床鋪《指船、火車、宿舍中的床鋪, 多為兩層或三層》. ②《口語》鬼話.
片語 **do a bunk** 逃跑.
♦ **búnk bèd** 兒童用的雙層床鋪.
複數 **bunks**

bunker [`bʌŋkə] n. ①(船的) 煤倉. ② 掩蔽壕《築於地下的水泥戰壕》. ③ 沙坑《高爾夫球場上的障礙物之一》.
複數 **bunkers**

bunny [`bʌnɪ] n. ① 兔子《rabbit 的兒語》. ② 兔女郎.
字源 bun (英國方言中為「兔子」之意)＋y.
複數 **bunnies**

bunt [bʌnt] n. (棒球的) 觸擊.
複數 **bunts**

buoy [bɔɪ] n. ① 浮標. ② 救生衣, 救生圈《亦作 life buoy》.
——v. ③ 使漂浮, 浮起. ④ 支持, 鼓勵 (up):
High returns on our investments really **buoyed** us up. 我們投資獲得高額的利潤, 著實令人振奮.
複數 **buoys**
活用 v. **buoys**、**buoyed**、**buoyed**、**buoying**

buoyancy [`bɔɪənsɪ] n. ① 浮力. ② 快活的心情.
複數 **buoyancies**

buoyant [`bɔɪənt] adj. ① 能浮起來的, 有浮力的: **buoyant** force 浮力. ② 心情快活的.
活用 adj. **more buoyant**、**most buoyant**

buoyantly [`bɔɪəntlɪ] adv. 心情愉快地.
活用 adv. **more buoyantly**、**most buoyantly**

*burden [`bɝdn] n. ① 重擔, 重任. ②(船的) 載重量.
——v. ③ 使負重擔. ④ 給與重擔.
範例 ① They climbed up the steep mountain with heavy **burdens** on their backs. 他們背上背負重物爬上陡峭的山.

B

Can he bear the **burden** of responsibility as mayor? 他擔負得了市長一職的重責大任嗎？
② a ship of 100 tons **burden** 載重量100噸的船.
③ The dictator **burdened** the people with heavy taxes. 那個獨裁者向百姓課以重稅.
④ I don't want to **burden** you with my problems. 我不想因為我的問題而增加你的負擔.
复数 **burdens**
活用 v. **burdens, burdened, burdened, burdening**

***bureau** [ˋbjʊro] n. ① 《美》(有鏡子與抽屜的) 梳妝臺《《英》chest of drawers》. ②《英》(附有抽屜的) 辦公桌，書桌. ③ 辦事處. ④ (政府機構的) 局，處，所.
范例 ③ an employment **bureau** 職業介紹所.
④ the **Bureau** of the Mint 造幣局.
复数 **bureaus/bureaux**

[bureau]

bureaucracy [bjuˋrɑkrəsɪ] n. ① 官僚制度，官僚作風. ② 官僚.
复数 **bureaucracies**
bureaucrat [ˋbjʊrəˏkræt] n. 有官僚作風的人.
复数 **bureaucrats**
bureaucratic [ˏbjʊrəˋkrætɪk] adj. 官僚的，墨守成規的.
活用 adj. **more bureaucratic, most bureaucratic**
bureaux [ˋbjʊroz] n. bureau 的複數形.
发音 亦作 [ˋbjʊro].
burger [ˋbɝgɚ] n. 漢堡《hamburger 的縮略》.
复数 **burgers**
burglar [ˋbɝglɚ] n. (闖入住家的) 夜賊: Some **burglars** broke into his house last night. 昨夜竊賊闖進他家行竊.
复数 **burglars**
burglary [ˋbɝglərɪ] n. (夜間) 行竊；竊盜罪: He has been accused of **burglary**. 他以竊盜罪被起訴.
复数 **burglaries**
burgle [ˋbɝgl] v. 進入行竊: That is the third house to be **burgled** on this street in two weeks. 那是兩週內這條街上遭竊的第3戶人家.
活用 v. **burgles, burgled, burgled, burgling**
Burgundy [ˋbɝgəndɪ] n. ① 勃干第《法國東南部的一個地區》. ②〔b~〕勃干第產的葡萄酒.
burial [ˋbɛrɪəl] n. 埋葬，葬禮: Everyone deserves a decent **burial**. 每個人都應有莊重

的葬禮.
☞ v. bury
复数 **burials**
burly [ˋbɝlɪ] adj. (人) 結實的，健壯的: That **burly** man looks like a pro wrestler. 那個健壯的男子看起來像一位職業摔角選手.
活用 adj. **burlier, burliest**

*
burn [bɝn] v. ① 點燃；(使) 燃燒；(使) 燒焦；燒〔燙〕傷；曬黑〔傷〕；發燒，發熱；渴望；充滿 (嫉妒、憤怒等) (with). ② 烙，燒成.
——n. ③ 燒傷，燒焦，曬傷.
范例 ① The fire was **burning** brightly. 火熊熊地燃燒著.
They **burned** a flag in protest against the government. 他們燒掉旗子向政府抗議.
I can smell something **burning**. 我聞到有東西燒焦.
Be careful not to **burn** the toast. 小心不要把土司烤焦了.
You'll **burn** unless you use some suntan lotion. 除非使用防曬油，否則你會被曬傷的.
I **burned** my hand on the iron. 我的手被熨斗燙傷了.
You left the candle **burning** all night long again. 你又點一整夜的蠟燭.
Her forehead **burned** with fever. 她的前額因發燒而很燙.
My ears are **burning**. 有人在談論或批評我《即我的耳朵在發熱》.
Most of the incense has **burnt** away. 大部分的香都燒完了.
Their house **burnt** down last night. 他們的房子昨晚燒毀了.
The farmers **burning** off the fields for cultivation. 農夫為了耕種把田裡的草木燒除.
This gas lamp **burnt** itself out. 這盞瓦斯燈的瓦斯燒光了.
This big car **burns** up a lot of gas. 這輛大型汽車很耗油.
I was **burning** to find out who had won. 我極想知道誰贏了.
She was **burning** with jealousy. 她充滿著嫉妒.
I've **burnt** all my bridges—I have no one to turn to. 我現在進退兩難，沒有一個人可以求助.
② That insult was **burned** into her memory. She'll never forget it. 那個侮辱深深地烙印在她的記憶中，她絕不會忘記的.
Some idiot **burnt** a hole in my coat at the party. 有個混蛋在晚會上把我的外套燒了一個洞.
③ The soldier died of the **burns** he received in the battle. 那個士兵在戰爭中因燒傷而死.
片语 **burn away** 燒完. (☞ 范例 ①)
burn ～'s boats/burn ～'s bridges 背水一戰，破釜沉舟. (☞ 范例 ①)
burn down (房子等) 全部焚毀，燒光. (☞

B

 範例①)
burn into 烙印於 (心中). (⇨ 範例②)
burn off 燒除，燒掉. (⇨ 範例①)
burn out 燒光，燒壞: The light bulb has/is
burned out. 電燈泡燒壞了.
burn ~self out (火) 燒盡. (⇨ 範例①)
burn up 燒光，燃盡. (⇨ 範例①)

活用 *v.* **burns, burned, burned,**
burning/burns, burnt, burnt, burning

burner [`bɜ˙nɚ] *n.* ① 火口；燃燒器. ② 燒製者.

複數 **burners**

burning [`bɜ˙nɪŋ] *adj.* 燃燒的；重大的，緊急
的: The national conflict is one of the **burning**
issues of our time. 國際間的衝突是我們這個
時代非常重要的問題之一.

片語 ***one of the burning issues of our***
time 當務之急. (⇨ 範例)

活用 *adj.* **more burning, most burning**

burnish [`bɜ˙nɪʃ] *v.* 擦亮 (金屬).

活用 *v.* **burnishes, burnished, burnished,**
burnishing

Burns [bɜ˙nz] *n.* 柏恩斯 (Robert Burns,
1759-1796, 蘇格蘭詩人).

***burnt** [bɜ˙nt] *v.* burn 的過去式、過去分詞.

burp [bɜ˙p] *n.* ① 《口語》打嗝.
——*v.* ② (使) 打嗝《餵奶後輕拍背部使嬰兒打
嗝；☞ belch》.

複數 **burps**

活用 *v.* **burps, burped, burped, burping**

burrow [`bɜ˙o] *n.* ① 洞，洞穴《兔子、狐狸等挖
掘的棲身處》；藏身處.
——*v.* ② 挖洞，挖洞前進. ③ (為了避寒、避難
等) 躲進；藏身. ④ 尋找，搜尋.

範例② Moles **burrow** under the ground. 鼴鼠
在地下掘洞.
③ Little John **burrowed** under his bed. 小約翰
鑽到床底下.

複數 **burrows**

活用 *v.* **burrows, burrowed, burrowed,**
burrowing

***burst** [bɜ˙st] *v.* ① 爆炸，(使) 破裂；突然發生.
——*n.* ② 破裂，爆炸；裂口；突發.

範例① The balloon **burst**. 氣球爆炸了.
The river will **burst** its banks in a few hours. 再
過兩三個小時，那條河就要潰堤了.
The couple is **bursting** with happiness. 那對
夫妻幸福洋溢.
The buds of the roses are **bursting**. 那些玫瑰
花蕾就要開了.
Some men **burst** open the door. 有幾個男子
突然闖進門來.
② a **burst** in the water pipes 水管的裂口.
There was a **burst** of laughter. 突然響起一陣
大笑聲.

片語 ***burst into*** 突然呈~狀態《如大笑、大哭
等》: The audience **burst into** laughter. 觀眾
突然笑了起來.

burst out ~ing 突然~起來: The girl **burst**
out crying. 那個女孩突然哭了起來.

活用 *v.* **bursts, burst, burst, bursting**

複數 **bursts**

***bury** [`bɛrɪ] *v.* ① 埋葬. ② 埋藏，掩蓋. ③ 埋頭，
專心《用 be ~ied in 或 ~ oneself in 形式》.

範例① He was **buried** in his native town. 他被
埋葬在出生地.
② The dog **buried** the meat. 那隻狗把那塊肉
藏起來.
She **buried** her face in her hands. 她以雙手
掩面.
③ She is **buried** in her business./She **buries**
herself in her business. 她埋首於工作.
☞ *n.* burial

活用 *v.* **buries, buried, buried, burying**

***bus** [bʌs] *n.* ① 公車.
——*v.* ② 乘公車.

範例① In this town, most high school students
go to school by **bus**. 這個城裡大部分的中學
生都搭公車上學.
Get on a **bus** here and get off at Kung Kuan.
請在車站搭公車，在公館下車.

片語 ***miss the bus*** 沒趕上公車；失去機會；
做某事失敗.

♦ **bús stòp** 公車站.

複數 **buses**

活用 *v.* **buses, bused, bused,**
busing/busses, bussed, bussed,
bussing

***bush** [bʊʃ] *n.* ① 矮樹，灌木；灌木叢. ② 〔the
~〕叢林地帶；未開墾地區《指澳洲或非洲等
地的偏僻地區》.

範例① Ssh! There is somebody behind the
bushes. 噓! 灌木叢後面有人.
a rose **bush** 玫瑰花叢.

複數 **bushes**

bushel [`bʊʃəl] *n.* 蒲式耳《〔美〕測量穀物、水
果等的容量單位，一蒲式耳約35升；〔英〕液
體容量單位，一蒲式耳約36升》: buy wheat
by the **bushel** 以蒲式耳為單位購買小麥.

複數 **bushels**

bushy [`bʊʃɪ] *adj.* (毛髮的) 濃密的，灌木茂密
的，灌木叢生的: Brian has a **bushy** beard.
布萊恩有著濃密的鬍子.

活用 *adj.* **bushier, bushiest**

busily [`bɪzlɪ] *adv.* 忙碌地: Everyone is working
busily. 每個人都忙於工作.

活用 *adv.* **more busily, most busily**

***business** [`bɪznɪs] *n.*

原義	層面	釋義	範例
使人忙碌的事情	工作	工作，本分，事情	①
	工作的內容	生意，買賣，交易	②
	工作的場所	商店，公司	③
	一般	事件，情況	④

範例 ① A teacher's **business** is teaching. 教師的本分是教書.
Business before pleasure. 先工作，後玩樂.《先苦後甘》
That's none of your **business**. 那不干你的事.
② My uncle is doing good **business**. 我叔叔的生意現在很賺錢.
How is **business**? 生意如何?
③ My father has a **business** in Taipei. 我父親在臺北開了一家店.
④ What a **business** it is! 這真是一件棘手的事!
I can't afford to get involved with any risky **business**. 我不做冒險的事.
片語 ***Business is business***. 公事公辦.
get the business 受到粗暴的對待.
go about ~'s business 做自己該做的事.
Good business! 做得好! 太棒了!
like nobody's business 非常地; 非比尋常地.
make a great business of it 難以處理.
複數 **businesses**

businesslike [`bɪznɪs,laɪk] *adj.* 有條不紊的，效率高的: We run a very **businesslike** operation here. 我們這裡的管理非常有效率.
活用 *adj.* **more businesslike**, **most businesslike**

businessman [`bɪznɪs,mæn] *n.* 企業家，生意人: He wants to be a **businessman**. 他想成為一名商人.
複數 **businessmen**

businesswoman [`bɪznɪs,wʊmən] *n.* 女企業家，女商人.
複數 **businesswomen**

***bust** [bʌst] *n.* ① 半身塑像《胸部以上的雕像》. ② 胸圍. ③ (女性的) 胸部.
複數 **busts**

***bustle** [`bʌsl̩] *v.* ① 匆忙，忙碌 (about): All the people seem to **bustle** about at the end of the year. 一到年底，大家似乎都忙得團團轉.
——*n.* ② 忙亂，熙熙攘攘.
活用 *v.* **bustles**, **bustled**, **bustled**, **bustling**

****busy** [`bɪzɪ] *adj.*

原義	層面	釋義	範例
堆積了很多事情	所有的事情	忙碌的	①
	活動 (場所)	熱鬧的，忙亂的	②
	電話	通話中的	③
	圖案	令人眼花撩亂的，太花的	④

——*v.* ⑤ 使 (人) 忙碌於，使從事.
範例 ① My mother is **busy** in the kitchen. 我母親正在廚房忙.
I'm **busy** now. 我現在很忙.
I was **busy** with my task. 我忙於工作.
John was **busy** preparing for his trip. 約翰忙著準備旅行.
② This is the **busiest** street in London. 這是倫敦最熱鬧的街道.
That travel agency always gets **busy** in summer. 那家旅行社一到夏天就很忙碌.
③ The line's **busy**. (電話) 講話中.《〖英〗The number's engaged.》
④ This plaid tie is too **busy** for that paisley shirt. 這條格子領帶和那件佰斯力旋渦紋襯衫搭配顯得太花了.
⑤ The teacher **busied** the students with tests. 那位老師讓學生忙於準備考試.
The girls **busied** themselves baking cookies this afternoon. 今天下午女孩子都忙著烤餅乾.
活用 *adj.* **busier**, **busiest**
活用 *v.* **busies**, **busied**, **busied**, **busying**

†**but** [(強) `bʌt; (弱) bət] *conj.*, *adv.* ① 然而，可是，但是; 只，僅僅. ② 非，若非，不是，不會. ③ 喔! 哇! 啊!《強調驚訝或感嘆的語氣，其義為 indeed》.
——*pron.* ④ 不，沒有《關係代名詞，含有否定的意思，用於否定句之後作限定用法》.
——*prep.* 除了~之外《與 all, no, nobody, nothing, anywhere, who 等連用》.
範例 ① My brother is strong, **but** I am weak. 我哥哥很強壯，而我卻很虛弱.
He had a small **but** thriving shop. 他有一間雖然小但生意興隆的商店.
It looked sweet **but** tasted very sour. 那個東西看起來好像很甜，可是實際上吃起來很酸.
It is not you **but** I to blame. 不是你，而是我該受譴責.
There is **but** one chance to try. 只有一次嘗試的機會.
I spoke **but** in jest. 我只是開玩笑而已.
It's **but** natural that girls want to wear fine clothes. 女孩們想穿好看的衣服是很自然的.
I cannot tell you that not because I don't know **but** because I am not supposed to tell you. 我不能告訴你不是因為我不知道，而是因為我不應該告訴你.
It never rains **but** it pours.《諺語》禍不單行.《never ~ but 每逢~必定》
He thinks of no one **but** himself. 他只想到他自己.
Excuse me, **but** your coat is dirty. 對不起，你的外套好髒.
② Who knows **but** it may happen? 誰知道那件事情不會發生呢?《用於動詞 know, believe, think 等否定句，譯成「不是，不會」》
You cannot look **but** you will see it. 你若想看就會看到.《but 用於否定句之後，相當於 (that) ~ not》
My grandfather is not so deaf **but** he can hear a cannon. 我爺爺雖然耳背，但可以聽得到砲聲.《not so ~ but 相當於 not so ~but...not》
Nobody is so old **but** he can learn./Nobody is

so old that he cannot learn.《諺語》活到老，學到老.

③ **But** of course! 喔，那是理所當然的!

But how fine! 啊，真是太好了!

④ There is no one **but** knows it./Everyone knows it. 沒人不知道那件事.

There is no rule **but** has some exceptions. 任何規則都會有例外.

⑤ I tell nothing **but** truth. 我只說真話.

They left their home with nothing **but** a little canned food. 他們只帶了一些罐頭食品就離開家了.

All students **but** me attended the meeting. 除了我之外，全體學生都出席了那場會議.

Who should enter the room **but** Mr. Pete? 除了彼特先生，還有誰能進去那個房間呢?

I'm available any day **but** Sunday. 除了星期日之外，我哪一天都可以.

Who **but** a fool would do such a thing? 除了笨蛋之外，誰會做這種事呢?

next door **but** one 隔一棟相鄰.《隔壁第2間》

last **but** two 倒數第3個.

[片語] **all but** 幾乎: I ran fast, yet I **all but** lost my train. 我跑得很快，差一點就趕不上火車了.

anything but 並不，絕不 (far from): He looked **anything but** sorry. 他絲毫沒有半點歉意.

but for 倘若沒有: **But for** his help, my family might have starved. 要不是他的幫忙，我們全家可能早餓死了.

But me no buts! 別老是說:「但是，但是!」

but that/but what ① 要 不 是: My life would be miserable, **but that** a special hope brightens it. 若不是希望使前途變得光明的話，我的生活將會非常悲慘. ② 之事《用於否定句，但很少使用》: I cannot deny **but that** it would be difficult. 我不否認那很困難.

but then 但另一方面，然而.

but too 很遺憾地: Time passed **but too** soon. 很遺憾，時間過得太快了.

but yet 然而.

can but 只能: I **can but** sleep. 我只能睡覺.

cannot but 不得不: I **cannot but** laugh. 我不得不笑.

cannot choose but 不得不: The father **cannot choose but** tell his son the truth. 那位父親不得不對孩子講真話.

not but that/not but what 雖然《亦作 though》: I refused, **not but that** I thought I could come. 我拒絕了，儘管我認為我可以來.

nothing but 只，僅僅. (⇔ [範例] ⑤)

butcher [`butʃɚ] n. ① 〔at the ～'s〕肉鋪. ② 肉商; 屠宰業者. ③《殘忍的》創子手.
——v. ④ 屠宰. ⑤ 殘殺. ⑥ 搞砸.

[範例] ① Mary bought this chicken at the new **butcher's**. 瑪麗在那家新肉鋪買到雞肉.

a **butcher's** knife 切肉刀.

[複數] **butchers**

[活用] v. **butchers**, **butchered**, **butchered**, **butchering**

butler [`bʌtlɚ] n.《男性》總管，管家《指管理酒窖或餐具室的人》.

[字源] 源自古法語 bouteillier (管理酒的人).

[複數] **butlers**

butt [bʌt] n. ① 槍托; 樹椿. ②《香菸的》菸蒂. ③《口語》《單側的》屁股. ④ 靶，《嘲弄等的》對象. ⑤ 頂撞.
——v. ⑥ 用頭或角頂撞.

[範例] ① the **butt** of a machine gun 機關槍的槍托.

Tom set the edge of the ax to the **butt** of the tree. 湯姆將斧刃砍進那枝樹椿.

④ I'm tired of being the **butt** of your jokes. 我對你拿我來開玩笑感到厭煩.

⑤ That goat almost gave you a **butt** from behind. 那隻山羊差一點就從後面頂你.

⑥ The bull **butted** against the fence. 那頭公牛一頭撞向柵欄.

[片語] **butt in** 插嘴，插手: Do not **butt in** on our conversation. 我們說話你別插嘴.

[複數] **butts**

[活用] v. **butts**, **butted**, **butted**, **butting**

*****butter** [`bʌtɚ] n. ① 奶油.
——v. ② 在~上塗奶油.

[範例] ① **Butter** is made from milk. 奶油是用牛奶製成的.

② **Butter** the bread, please. 請替我在麵包上塗奶油.

[片語] **butter up** 奉承.

♦ **butter knife** 奶油刀.

[活用] v. **butters**, **buttered**, **buttered**, **buttering**

buttercup [`bʌtɚ͵kʌp] n. 毛茛，金鳳花《春季開黃色圓花的多年生植物》.

[複數] **buttercups**

*****butterfly** [`bʌtɚ͵flaɪ] n. ① 蝴蝶: There are 240 kinds of **butterflies** in North America. 北美有240種蝴蝶. ②〔the ～〕蝶式《游泳的姿勢之一，亦作 the butterfly stroke》.

[片語] **have butterflies in ～'s stomach** 緊張，怯場: I **had butterflies in my stomach** on the stage. 我在舞臺上非常緊張.

[參考] 在英格蘭最常見的蝴蝶叫黃粉蝶 (brimstone)，因顏色呈蝗蟲般的黃色而命名為 butter (奶油色) + fly (飛蟲). 還有一種說法來自民間故事，據說魔女或妖精一到夜晚就會變成蝴蝶偷食奶油.

[複數] **butterflies**

butterscotch [`bʌtɚ͵skɑtʃ] n. 奶油糖《用奶油和紅糖做成的硬糖》.

buttery [`bʌtərɪ] adj. 塗有奶油的，奶油般的; 諂媚的.

[活用] adj. **more buttery**, **most buttery**

buttock [`bʌtək] n. 〔常 ～s〕《人的》臀部.

[複數] **buttocks**

B

*__button__ [`bʌtn] n. ① 鈕扣. ②（鈴等的）按鈕.
③〖美〗鈕扣狀圓形小徽章, 紀念章.
—— v. ④ 扣上鈕扣, 用鈕扣扣上 (up).
〖範例〗① Fasten the **buttons**. 把鈕扣扣上！
② Press the **button** when you want me. 有事找
我時請按鈕.
④ He **buttoned** up his coat. 他扣上大衣的鈕
扣.
〖複數〗 **buttons**
〖活用〗 v. **buttons**, **buttoned**, **buttoned**,
buttoning
buttonhole [`bʌtn͵hol] n. ① 鈕扣孔. ②〖英〗
（插在或別在衣領或鈕孔上的）花.
〖複數〗 **buttonholes**
buttress [`bʌtrɪs] n. ① 扶壁《加強建築物外壁
的牆》. ② 支柱.
—— v. ③ 以扶壁支撐. ④ 支持；加強.
〖複數〗 **buttresses**
〖活用〗 v. **buttresses**, **buttressed**,
buttressed, **buttressing**
buxom [`bʌksəm] adj.（女性）胸部豐滿的, 健
美的.
〖活用〗 adj. **more buxom**, **most buxom**

*__buy__ [baɪ] v.

原義	層面	釋義	範例
付出東西 而得到	錢	買；收買， 賄賂	①
	犧牲，勞 力	得到，獲得	②

—— n. ③ 購買；購買的物品, 便宜貨.
〖範例〗① I **bought** the book for three dollars. 我
花了3美元買了那本書.
Please **buy** me an icecream, Mother. 媽, 買
冰淇淋給我.
Tom is going to **buy** a car for his son. 湯姆打
算為兒子買一輛車.
I'm **buying**. 我請客.
The candidate tried to **buy** the electors. 那位
候選人想收買選民.
② This parcel of land was dearly **bought**—I paid
a lot of money and promised to marry the
owner's daughter! 這一小塊地是付出很高的
代價才得到的. 我花了一大筆錢, 還答應娶
地主的女兒.
③ That is a good **buy** at that price! 以那個價格
買那樣東西真是划算！
〖片語〗 **buy time** 爭取時間.
〖活用〗 v. **buys**, **bought**, **bought**, **buying**
buyer [`baɪɚ] n. 買主,（百貨公司等的）採購
員. ▷ She's a **buyer** for this department store.
她是這家百貨公司的採購員.
〖複數〗 **buyers**
*__buzz__ [bʌz] n. ①（蜜蜂、蒼蠅等昆蟲的）嗡嗡聲,
嘈雜聲,（電話的）鈴聲.
—— v. ② 嗡嗡叫, 使（蜂鳴器、電話）發出聲
音；嘰嘰喳喳地說.

〖範例〗① Can you hear the **buzz** of bees? 你聽到
蜜蜂嗡嗡叫的聲音嗎？
Later I'll give her a **buzz**. 待會兒我會打電話
給她.
② The patient **buzzed** for the nurse to come. 那
個病人按鈴呼叫護士.
They were all **buzzing** with excitement about
the President's impending visit. 他們都因總統
即將來訪而興奮不已.
〖片語〗 **buzz off** 離開；掛斷電話.
〖複數〗 **buzzes**
〖活用〗 v. **buzzes**, **buzzed**, **buzzed**, **buzzing**
buzzard [`bʌzɚd] n. 〖美〗禿鷹《亦作 condor,
vulture》,〖英〗鵟《一種鷹類》.
〖參考〗禿鷹為生活在美洲大陸的大型鳥類《翼長
80公分》, 食動物腐肉. 鵟為生活在亞洲、歐
洲的鷹科鳥類《翼長38公分》, 食老鼠、蛇等
小動物.
〖複數〗 **buzzards**
buzzer [`bʌzɚ] n. 蜂鳴器, 呼叫器.
〖複數〗 **buzzers**
buzzword [`bʌz͵wɝd] n. 專業術語《聽起來具
有權威性及專業素養, 實際上內容空洞沒甚
麼意義的詞語》.
〖複數〗 **buzzwords**

†__by__ [baɪ] prep., adv.

原義	層面	釋義	範例
在 ～ 旁 邊	地點、位置	prep., adv. 在～旁 邊, 經過	①
	時間	prep. 在～之前	②
	數量、程度	prep. 到～程度	③

原義	層面	釋義	範例
因 ～	地點、位置	prep. 在～處, 經由	④
	時間	prep. 在～期間	⑤
	數量、程度	prep. 以～為單位, 用～計算	⑥
	人、物	prep. 由, 用, 根據	⑦
	神	prep. 以～的名義, 對～發誓	⑧

〖範例〗① The girl was standing **by** the window. 那
個女孩站在窗戶旁邊.
I passed **by** her house the other day. 我前幾
天從她家路過.
The car drove **by**. 那輛車從旁邊奔馳而過.
She needs her friends to stand **by** her in her
hour of need. 她緊急的時候需要朋友幫助
她.
② The ship will arrive **by** five o'clock. 那艘船會
在5點之前到達.
Clean up your room **by** the time I come back.
在我回來之前把房間打掃乾淨.

by, until, till

【Q】by 和 until 在中文裡都表示「到～」，可是好像在用法上稍有不同，有何區別呢？ till 和 until 又有何不同呢？

【A】首先，請比較一下下列兩個句子：
① I worked hard until three o'clock. 我努力工作到3點.
② Please finish this work by noon. 請在中午之前完成這份工作.

在 ① 中，指到3點之前這段時間內不休息地持續工作. 而 ② 的意思為：工作在10點鐘結束沒關係，在11點59分結束也可以.

因此，較準確地說，by 為「到～中間的某一時刻」，而 until 為「繼續到～為止」之意.

until 和 till 兩者意義相同，但 till 多在會話中使用.

---

③ Little **by** little I'm beginning to understand. 我漸漸地開始明白了.
It is getting warmer day **by** day. 天氣一天一天地暖和起來了.
He is picking up the language **by** degrees. 他逐漸掌握了那個語言.
④ He caught me **by** the arm. 他抓住我的手臂.
He came in **by** the back gate. 他從後門進來.
⑤ Owls sleep **by** day and hunt **by** night. 貓頭鷹白天睡覺，夜間獵食.
⑥ They sell rice **by** the kilogram these days. 現在他們以公斤為單位賣米.
She is taller than I **by** two centimeters. 她比我高2公分.
8 divided **by** 2 is equal to 4. 8除以2等於4.
⑦ He is liked **by** everybody. 大家都喜歡他.
What do you mean **by** that? 你那麼說是甚麼意思?
I go to school **by** bus. 我搭公車去上學.
Don't judge **by** appearances. 不要以貌取人.
I know him only **by** name. 我只知其名.
He is an Englishman **by** birth. 他生為英格蘭人.
⑧ **By** God, I will never tell you a lie again. 我對上帝發誓，再也不對你說謊了.
[片語] **by and by** 不久，過一會兒： **By and by** they came along. 過了一會兒，他們來了.
by and large 大體上，總括來說： **By and large** it was a pretty successful business trip. 大體說來，這次出差還蠻成功的. (➡ 充電小站) (p. 167)

bye [baɪ] interj. 《口語》再見.
bye-bye [ˋbaɪˋbaɪ] interj. 《口語》再見，再會.
by-election [ˋbaɪɪˏlɛkʃən] n. 補選.
[複數] **by-elections**
bygone [ˋbaɪˏɡɔn] adj. ① 〔只用於名詞前〕過去的.
——n. ② 過去的事.
[範例] ① They used to be lovers in **bygone** days. 他們倆以前曾是戀人.
② Let **bygones** and start working together again. 過去的事就讓它過去，一起重新努力吧.
[片語] **Let bygones be bygones**. 《諺語》既

往不咎，過去的事就讓它過去.
[片語] **in bygone days** 昔日. (➡ [範例] ①)
[字源] gone by (時光流逝).
[複數] **bygones**
bypass [ˋbaɪˏpæs] n. ① 外環道路《避開市中心的道路》; (血管的) 分流. ② (瓦斯、自來水等的) 側管，輔助管.
——v. ③ 繞過，迂迴. ④ 避開，忽視.
[範例] ① If we take the **bypass**, we might get there sooner. 如果我們走外環道路，也許能早點到那裡.
③ This highway **bypasses** the city center. 這條高速公路繞過市中心.
④ The new express train **bypasses** local stops. 新的特快列車不停靠區間的小站.《並非每站皆停》
[複數] **bypasses**
[活用] v. **bypasses**, **bypassed**, **bypassed**, **bypassing**
*__by-product__ [ˋbaɪˏprɑdəkt] n. 副產品: When we process petroleum, we get many **by-products**. 提煉石油時可以製造出許多副產品.
[字源] by (次要的) + product (產品).
[複數] **by-products**
bystander [ˋbaɪˏstændɚ] n. 旁觀者，局外人: An innocent **bystander** was shot in the arm. 有一個無辜的旁觀者被射中了手臂.
[複數] **bystanders**
byte [baɪt] n. 位元組《電腦訊息的單位》.
[複數] **bytes**
byway [ˋbaɪˏwe] n. 小路，偏僻小徑: 〔the ~s〕冷門的學科〔領域〕.
[複數] **byways**
Byzantine [bɪˋzæntɪn] adj. ① 拜占庭帝國的，東羅馬帝國的. ② (建築、藝術等) 拜占庭風格的.
——n. ③ 拜占庭城的人.
[範例] ① the **Byzantine** Empire 拜占庭帝國《東羅馬帝國 (the Eastern Roman Empire) 的別稱》.
② **Byzantine** architecture 拜占庭式的建築.
[複數] **Byzantines**

C C c

簡介字母 C 語音與語義之對應性

/c/ 若發 [k] 音，在發音語音學上列為清聲軟顎塞音，又稱為「硬 c」(hard c)。發音的方式是舌後往上抬，向軟顎靠攏，讓氣流受阻塞，待阻絕除去後才突然釋出。

由於發音部位靠近喉嚨，其後接後元音字母 a, o 或 u，常與喉嚨發聲的動作有關，例如咳嗽 (清喉嚨) (coughing)，母雞生蛋後咯咯啼叫聲 (the cackling of hens)，烏鴉嘎嘎地叫 (the cawing of crows)，鴿子咕咕地叫 (the cooing of doves) 等.

(1) 本義為「喉嚨發聲的動作」:

cough v. 咳，咳嗽
cackle v. (母雞) 咯咯啼叫聲
caw v. (烏鴉) 嘎嘎地叫
coo v. (鴿子) 咕咕地叫
call v. 大聲叫喊，呼叫
cuckoo v. 布穀鳥叫咕咕聲

(2) [k] 音很像剪刀剪裁東西時的「喀喀聲」，因此可引申為「剪下、切下、分割」:

cut v. 剪下，切開
carve v. (在餐桌上) 將 (肉類等) 切開
coupon n. (廣告上的) 購物優待券《剪下來

才能使用》《源自法語動詞 couper 'to cut'》

coup n. 突然有效的一擊
comma n. 逗點《用法之一就是分割一系列的單字、片語或子句》《源自希臘語，原義為 piece cut off》

[註]: /c/ 之後若接前元音字母 e, i 或 y, 則 /c/ 發 [s] 音, 又稱為「軟 c」(soft c).

c+e: cell, center
c+i: city, circle
c+y: cycle, policy

「硬 c」的發音部位軟顎距離前元音太遠, 不易組合在一起, 若在一起, 就會受緊鄰前元音的影響, 此時 [k] 只能移向硬顎, 移前結果, 就會發生顎化 (palatalization) 現象. 這說明了古英文的 cild /kɪld/ 和 cin /kɪn/ 因為音變而成為現代英文的 child /tʃaɪld/ 和 chin /tʃɪn/, 即 c → ch/–[ᵉ]. 因此, 現代英語的字彙裡若發現字首的拼法仍舊是 ce- 或 ci-, 其字源應是外來語. 但有一個字例外, 即本土字 cinder (煤炭等的灰燼, 渣滓), 古英語的拼法是 sinder 而現代的拼法是受古法語 cender 'ash' 的影響.

C [si] n. ① C 大調的第1音. ② (羅馬數字的) 100.《縮略》= ③ Celsius, centigrade (攝氏的). ④ Church (教堂).
- ♦ **Ĉ of É** 英格蘭教堂《Church of England 的縮略》.
- 複數 **C's/Cs**

c.《縮略》= ① cent, cents《符號為 ¢》. ② (拉丁語) circa (大約)《亦作 ca.》.

‥cab [kæb] n. ① 計程車《亦作 taxi, taxicab》: I missed the last train, so I took a **cab** home. 我沒趕上末班火車, 只好坐計程車回家. ② (汽車、火車等的) 駕駛室. ③ (舊時的) 出租馬車.
- ♦ **cáb ránk** 『英』計程車招呼站《『美』taxi stand》.
- 複數 **cabs**

cabaret [ˌkæbəˈre] n. ① 有歌舞表演的餐館. ② (餐館、酒吧中的) 歌舞表演.
- 發音 亦作 [ˈkæbəˌrɛt].
- 複數 **cabarets**

cabbage [ˈkæbɪdʒ] n. 甘藍, 包心菜: I like boiled **cabbage**. 我喜歡水煮的包心菜.
- 參考 代表性蔬菜, 常與鄉下乏味的事聯想在一起; 在歐美有嬰兒出自包心菜的傳說.
- 複數 **cabbages**

‥cabin [ˈkæbɪn] ① 小 (木) 屋. ② (輪船的) 船艙, (飛機的) 座艙, 貨艙.
- ♦ **cábin bòy** 船上侍者《為乘客、船長和高級船員服務的侍者》.
- **cábin clàss** 二等艙《介於頭等艙 (first class) 與經濟艙 (tourist class) 之間》.
- **cábin crùiser** 大型遊艇.
- 複數 **cabins**

‥cabinet [ˈkæbənɪt] n. ① 陳列櫃, 櫥櫃. ② 內閣.
- ♦ **Cábinet mèmbers** 內閣閣員.
- 複數 **cabinets**

‥cable [ˈkebl] n. ① 鋼索, 纜繩. ② 地下電纜, 海底電纜. ③ 電報. ④ 有線電視 (☞ cable television).
- ——v. ⑤ 發電報: I **cabled** the news to Taipei. 我打電報將新聞傳送到臺北.
- ♦ **cáble càr** 纜車《在空中或陡坡用纜繩牽引的交通工具》.
- **cáble ràilway** 纜車鐵路.
- **càble télevision** 有線電視 (CATV)《用電纜傳送聲音和圖像的有線電視, 亦作 cable》.
- 複數 **cables**
- 活用 v. cables, cabled, cabled, cabling

[cable car]

cacao [kə`keo] *n.* 可可豆，可可樹《其種子是巧克力和可可粉的原料》.

複數 **cacaos**

cackle [`kækl] *v.* ①（母雞生蛋後）咯咯叫: The hen **cackled** in the yard. 那隻母雞在院子裡咯咯叫. ② 高聲談笑; 咯咯笑.
——*n.* ③（母雞）咯咯的叫聲. ④ 高聲談笑, 閒談.

活用 *v.* **cackles, cackled, cackled, cackling**

複數 **cackles**

cacti [`kæktaɪ] *n.* cactus 的複數形.

cactus [`kæktəs] *n.* 仙人掌.

複數 **cacti/cactuses**

caddie [`kædɪ] *n.* 桿弟《替打高爾夫球的人拿球具，亦作 caddy》.

複數 **caddies**

caddy [`kædɪ] *n.* ① 茶葉罐. ② 桿弟《亦作 caddie》.

複數 **caddies**

cadence [`kedns] *n.* ①（聲調的）抑揚頓挫;（詩、音樂等的）節奏, 韻律. ② 音調降低;（音樂的）終止式.

複數 **cadences**

cadet [kə`dɛt] *n.* ① 軍校〔警校〕學生. ② 實習生.
♦ **cadét còrps** 軍訓隊《在英國的學校中對學生進行軍事訓練的組織》.

複數 **cadets**

cadge [kædʒ] *v.* 乞求; 乞討.

活用 *v.* **cadges, cadged, cadged, cadging**

Caesar [`sizɚ] *n.* ① 凱撒《Gaius Julius Caesar, 100-44 B.C., 古羅馬的將軍, 政治家, 被其部下布魯圖 (Brutus) 暗殺》. ② 皇帝; 羅馬皇帝.

café/cafe [kə`fe] *n.* 咖啡館, 餐館《在美國這類小餐館出售酒類, 故包含酒吧、夜總會之意, 而在英國則不出售酒類》.

發音 亦作 [kæ`fe].

字源 法語 café《咖啡》.

複數 **cafés/cafes**

cafeteria [͵kæfə`tɪrɪə] *n.* 自助餐廳.

複數 **cafeterias**

caffeine [`kæfiɪn] *n.* 咖啡因.

＊**cage** [kedʒ] *n.* ① 籠子, 鳥籠. ② 戰俘營, 監獄. ③（礦坑中的）升降機.
——*v.* ④ 關入籠中.

複數 **cages**

活用 *v.* **cages, caged, caged, caging**

Cain [ken] *n.* 該隱《《舊約聖經》中的人物, 亞當與夏娃之子, 出於妒忌而殺死其弟亞伯 (Abel); 充電小站 (p. 121)》.

cajole [kə`dʒol] *v.* 以甜言蜜語哄騙（某人做某事 (into)，某人放棄做某事 (out of)）.

範例 He **cajoled** his daughter out of going to a private university. 他以甜言蜜語哄騙女兒放棄就讀私立大學的念頭.
He **cajoled** the student into joining the team. 他哄騙學生加入那個隊伍.

活用 *v.* **cajoles, cajoled, cajoled, cajoling**

＊**cake** [kek] *n.* ① 蛋糕. ② 扁的塊狀物,（固體物的）一塊.
——*v.* ③ 結塊.

範例 ① a piece of **cake** 一塊蛋糕; 輕而易舉之事.
His new book is selling like hot **cakes**. 他的新書十分暢銷.
You cannot eat your **cake** and have it.《諺語》你不能既吃餅又擁有餅, 魚與熊掌不可兼得.
② a **cake** of soap 一塊肥皂.

片語 **sell like hot cakes** 賣得很快, 暢銷.（⇒ 範例 ①）

複數 **cakes**

活用 *v.* **cakes, caked, caked, caking**

cal./cal《縮略》= calorie, calories.

＊**calamity** [kə`læmətɪ] *n.* 大災禍, 災難: The people living in the city suffered a great **calamity**. 居住在那個城裡的人民遭受到莫大的災難.

複數 **calamities**

calcite [`kælsaɪt] *n.* 方解石《碳酸鈣 $CaCO_3$ 的結晶》.

calcium [`kælsɪəm] *n.* 鈣《金屬元素, 符號 Ca》.

＊**calculate** [`kælkjə͵let] *v.* 計算; 預計; 認為《後接 that 子句》; 指望, 依賴 (on).

範例 They **calculated** the heating cost. 他們計算了暖氣費用.
I **calculated** that my chess opponent of mine would make a mistake near the beginning of the game. 我認為這次西洋棋比賽的對手會在首局失誤.
She shouldn't **calculate** on my coming back to help her. 她不應該指望我回去幫她.

活用 *v.* **calculates, calculated, calculated, calculating**

calculating [`kælkjə͵letɪŋ] *adj.* 精明的, 精刁細算的: I don't like your wife because she is so **calculating**. 我不喜歡你太太, 因為她太過於精打細算了.

活用 *adj.* **more calculating, most calculating**

calculation [͵kælkjə`leʃən] *n.* 計算; 預計, 預料.

範例 I have to make my own tax **calculations** every year. 我每年必須計算自己的稅金.

This is beyond my **calculation**. 這超出我的預估.《出乎我的預料》

[複數] **calculations**

calculator [`kælkjə,letə`] *n.* 計算機; 計算者.

[複數] **calculators**

calculus [`kælkjələs] *n.* 微積分(學).

♦ **differèntial cálculus** 微分(學).

integral cálculus 積分(學).

***calendar** [`kæləndə`] *n.* ① 日曆, 月曆, 曆法. ② 全年行事曆: According to the university **calendar**, your examinations will be in June. 根據大學的行事曆, 你們的考試將在6月份舉行.

♦ **càlendar mónth** 曆月《陽曆一個月, 相對於太陰月 (lunar month)》.

càlendar yéar 曆年《從1月1日到12月31日》.

the Gregòrian cálendar 格列高利曆《現行的陽曆, 1582年羅馬教皇格列高利13世命人製作》.

the Jùlian cálendar 儒略曆《西元前45年儒略·凱撒 (Julius Caesar) 制定的舊陽曆》.

the lùnar cálendar 陰曆.

perpètual cálendar 萬年曆《可查知任何年月日之星期的日曆》.

the sòlar cálendar 陽曆.

➡ (充電小站) (p. 171), (p. 817)

[複數] **calendars**

calf [kæf] *n.* ① 小牛. ②(象、鯨等的)幼獸. ③ 腓, 小腿.

[複數] **calves**

caliber [`kæləbə`] *n.* ①(子彈的)直徑,(槍砲的)口徑. ②(人的)才幹, 能力.

[參考]〖英〗calibre.

[複數] **calibers**

calico [`kælə,ko] *n.* ①〖英〗(無圖案的)白棉布. ②〖美〗印花布《印有彩色圖案的棉布》.

caliph [`kelɪf] *n.* 哈里發《舊時伊斯蘭教領袖的尊稱》.

[複數] **caliphs**

***call** [kɔl] *v.* ① 打電話. ② 叫,(大聲地)喊, 喚, 取名; 認為, 視為; 召集(會議). ③ 拜訪. ④ 宣布~開始. ⑤〖美〗(因天雨、場地等而)中止比賽.

——*n.* ⑥ 通話, 打電話. ⑦ 叫喊聲. ⑧ 拜訪. ⑨ 必要; 要求.

[範例] ① I'll **call** you tonight. 今晚我會打電話給你.

Call 12-3456. 請打 12-3456.

Who's **calling**, please? 對不起, 是哪一位?

② Somebody is **calling** my name. 有人在叫我的名字.

A man **called** Johnson was arrested. 一個名叫強森的男子被逮捕了.

Please **call** a taxi for me./Please **call** me a taxi. 請幫我叫一輛計程車.

Call me at six. 6點鐘叫我醒.

We **call** the dog Pochi. 我們叫那隻狗波奇.

He is what is **called** a walking dictionary. 他是

所謂的活字典.

Ken is what you **call** an honors student. 肯就是大家所說的優等生.

He **called** me a coward. 他認為我是個膽小鬼.

An expert was **called** in for advice. 為了尋求建議, 請來一位專家.

③ Let's **call** on Mike this afternoon. 今天下午去拜訪麥克吧.

Shall we **call** at her house? 我們要不要到她家去拜訪一下?

④ The union leaders **called** a strike. 工會領袖們下令發動罷工.

⑥ I got a **call** from my grandfather yesterday. 昨天我接到祖父的來電.

a long-distance **call** 長途電話.

a collect **call** 對方付費電話.

⑦ Did anyone hear a **call** for help? 有沒有任何人聽到呼救聲呢?

⑧ Steve made a **call** on his sister. 史蒂夫去拜訪他姊姊.

I'm afraid my husband is out on a **call**; you see, he's a plumber. 對不起, 我先生外出了, 你知道的, 他是一個鉛管工人.

⑨ There is no **call** to say that. 沒必要說那件事情.

[片語] **call at** 訪問(地點);(火車等)停靠.(⇨ [範例])

call away 喚喚; 把~叫到(別處)去《常用被動》: Mr. Jones was **called away** on urgent business. 瓊斯先生因為急事被叫走了.

call back ① 回電: I'll **call you back** later. 我待一會兒回電給你. ② 叫回來.

call by 順道訪問: I'll **call by** at the bank on my way home. 回家途中我會順道去一下銀行.

call down ① 責罵. ②(向神)祈求.

call for ① 叫喊: They **called for** help. 他們大聲求救. ② 需要: This project **calls for** a lot of money. 這項計畫需要巨資. ③ 要求.

call forth 喚起; 鼓動.

call in ① 回收: This model of air conditioner has been **called in** by the company because of a major defect. 這種型號的空調裝置因為有重大缺陷, 所以被製造公司回收. ② 延請(醫生等): You should **call in** a doctor. 你應該請醫生來.

call off ① 終止, 取消: The game was **called off**. 那場比賽取消了. ② 把~叫開.

call on/call upon ① 訪問.(⇨ [範例] ③) ② 要求, 請求: He **called on** me to give a full explanation of the accident. 他要求我詳細說明那件意外事故.

call out ① 大叫. ②(軍隊等)出動: The President **called out** the army to put down the rebellion. 總統出動軍隊來鎮壓暴動.

call over 點名.

call up ① 打電話: I'll **call** you **up** tomorrow morning. 我明天早上會打電話給你. ② 使回

充電小站

日曆，月曆 (calendar)

calendar 的字源來自於拉丁語的 kalendae，最初是「宣言」之意. 此意開始於古羅馬，當時司儀神父（或司儀神官）站在山頂等待著3日月的出現，月亮一探頭，便立即通知人們「月亮出來了」，以此「宣告」一個月的開始. 而這一天實際上並不是一個月的第1天，而是第3天（因為是3日月）. 於是後來把兩天前的新月 (the new moon)——看不見的新月——之日稱為 calends（一個月的第1天），後來就發展出 calendar 這個字.

另外，calendar 是由 cal（叫，告知）＋lend（借）＋ar（手段）組成，因為古羅馬人的利息付款到期日是每月初一. 後來選利息的日子，可在每月的任何一天，而演變成「日曆」、「月曆」、「行事曆」.

憶起: This flower **calls up** memories of my mother. 這種花使我想起了母親. ③ 徵召（某人）入伍.
make a call 打電話.
make a call at/pay a call at ~ 訪問（地點）.
make a call on/pay a call on ~ 訪問（人物）.（⇨ 範例 ⑧）
on call 隨時待命的: Mr. Huang is **on call** tonight. 今天晚上黃先生隨時待命.
what is called 所謂的.（⇨ 範例 ②）
what we call/what you call/what they call 所謂的.（⇨ 範例 ②）
活用 v. **calls**, **called**, **called**, **calling**
複數 **calls**

callbox [`kɔl,bɑks] n. 〖英〗公共電話亭; 〖美〗緊急專用電話《連絡警察與報火警》.
複數 **callboxes**
caller [`kɔlɚ] n. ① 通知者; 打電話者. ② 訪客.
複數 **callers**
calligraphy [kə`lɪgrəfɪ] n. 書法.
calling [`kɔlɪŋ] n. ① 職業; 天職，使命. ② 召集（議會）.
範例 ① I felt that it was my **calling** to become a doctor. 我覺得當醫生是我的使命.
② the **calling** of Congress 議會的召集.
複數 **callings**
callous [`kæləs] adj. ① (皮膚) 長繭的: He felt the **callous** skin on his heel. 他觸摸長繭的腳後跟. ② 無情的，冷酷的.
活用 adj. **more callous**, **most callous**
callow [`kælo] adj. 年輕無經驗的; (雛鳥) 羽毛尚未長全的.
活用 adj. **more callow/callower**, **most callow/callower**, **callowest**
callus [`kæləs] n. 皮膚硬結，繭子.
複數 **calluses**
***calm** [kɑm] adj. ① 平靜的; 風平浪靜的，(天氣) 平穩的; 鎮靜的.
——v. ② (使) 平靜，(使) 平息; (使) 鎮定.
——n. ③ 風平浪靜; 平靜.
範例 ① It was a **calm** morning at sea that day. 那天早晨海上風平浪靜.
My father remained **calm** even when he lost his job. 甚至我父親失業的時候，他仍保持鎮靜.

② **Calm** down. (人) 冷靜下來，使沉住氣.
I tried to **calm** down the angry and impatient customers. 我設法使火冒三丈的顧客息怒.
③ the **calm** before the storm 暴風雨前的寧靜.
活用 adj. **calmer**, **calmest**
活用 v. **calms**, **calmed**, **calmed**, **calming**
複數 **calms**
***calmly** [`kɑmlɪ] adv. 鎮定地，沉著地.
活用 adv. **more calmly**, **most calmly**
calmness [`kɑmnɪs] n. 平靜，冷靜.
calorie [`kælərɪ] n. 卡路里《略作 cal.》: A successful diet requires one to reduce one's **calorie** intake. 成功的節食需減少卡路里的攝取量.
參考 熱量單位，物理學上在一大氣壓下，將 1g 純水從 14.5°C 加熱至 15.5°C 所需的熱量，又稱作小卡; 在營養學方面，1kg 水增加1°C 所需的熱量稱作大卡.
複數 **calories**
calves [kævz] n. calf 的複數形.
calypso [kə`lɪpso] n. 卡利普索《起源於西印度群島的一種即興諷刺歌》.
複數 **calypsos**, **calypsoes**
cam [kæm] n. 凸輪《機械零件》.
複數 **cams**
camber [`kæmbɚ] n. (道路、甲板等的) 拱起，彎曲，翹曲.
複數 **cambers**
Cambodia [kæm`bodɪə] n. 柬埔寨《☞ 附錄「世界各國」》.
Cambridge [`kembrɪdʒ] n. 劍橋《英國城市，劍橋大學所在地》.
***came** [kem] v. come 的過去式.
camel [`kæml] n. 駱駝.
參考 由於皮膚厚，所以在沙漠可防止體溫上升. 背上的駝峰為 hump，有單峰駱駝 (dromedary, Arabian camel) 和雙峰駱駝 (Bactrian camel).
複數 **camels**
cameo [`kæmɪ,o] n. ① 刻有浮雕的寶石或貝殼. ② (文學、戲劇等的) 小品，短而生動的片段.
複數 **cameos**
***camera** [`kæmərə] n. 照相機; 攝影機: a single-lens reflex **camera** 單透鏡反射式相機，單眼相機.

[camp]

片語 **in camera** 非公開地，祕密地：The hearing was held **in camera**. 那場聽證會祕密舉行.

複數 **cameras**

cameraman [ˋkæmərə͵mæn] n.（電影、電視等的）攝影師《亦作 photographer》.

複數 **cameramen**

camisole [ˋkæmə͵sol] n. 無袖女襯衣《女性內衣，通常飾有蕾絲花邊》.

複數 **camisoles**

camomile [ˋkæmə͵maɪl] n. 甘菊《菊科，花葉可沖泡飲用，亦作 chamomile》.

複數 **camomiles**

camouflage [ˋkæmə͵flɑʒ] v. ①（軍事）偽裝，掩飾. ——n. ② 偽裝（物），（動物的）保護色.

活用 v. **camouflages**, **camouflaged**, **camouflaged**, **camouflaging**

複數 **camouflages**

***camp** [kæmp] n. ① 營地，軍營；露營. ② 陣營《擁護某一主義、學說、黨派的人》；夥伴《集合名詞》. ——v. ③ 露營，紮營.

範例 ① The cavalry attacked the enemy's **camp** at dawn. 騎兵隊在黎明時攻擊敵軍軍營.
The children in the **camp** are playing dodge ball now. 露營的孩子們現在正在玩躲避球.
② With the advent of the Cold War, the world divided into two armed **camps**. 由於冷戰的出現，世界分成2組武裝陣營.
③ We go **camping** every summer. 我們每年夏天都會去露營.

♦ **Cámp Dàvid** 大衛營《美國總統度假別墅，位於馬里蘭州》.

複數 **camps**

活用 v. **camps**, **camped**, **camped**, **camping**

***campaign** [kæmˋpen] n. ①（社會、政治的）活動，競選活動. ②戰役，（一連串的）軍事行動，（為達成某一目標）發起活動. ——v. ③ 從事競選活動，為～從事活動 (for).

範例 ① He joined the **campaign** against the presence of foreign air bases. 他參加了反對外國空軍基地存在的活動.
② The Gallipoli **campaign** ended in abject failure for the Allies. 加里波利之戰因同盟國

慘敗而告終.《Gallipoli 是第一次世界大戰之戰場，在土耳其西側的半島上》
③ He is **campaigning** for unilateral nuclear disarmament. 他正在發起片面裁減核武軍備的活動.

字源 拉丁語 campus（廣闊的原野）. 在古羅馬時代，「廣闊的原野」是大軍交戰的戰場，由此衍生出「軍事行動」之意，現在使用於形容「社會運動」、「競選活動」等.

複數 **campaigns**

活用 v. **campaigns**, **campaigned**, **campaigned**, **campaigning**

campaigner [kæmˋpenɚ] n. 從軍者；（為選舉、政治等）推行活動者.

複數 **campaigners**

camper [ˋkæmpɚ] n. ① 露營者. ② 露營車.

範例 ① I met three **campers** on the mountain. 我在山上遇到了3位露營者.
② John bought a **camper** yesterday. 約翰昨天買了一輛露營車.

複數 **campers**

camphor [ˋkæmfɚ] n. 樟腦《有特殊氣味的透明結晶，採自樟樹，可作防蟲劑》.

campsite [ˋkæmp͵saɪt] n. 露營場地.

複數 **campsites**

***campus** [ˋkæmpəs] n. ①（大學、學校的）校園，校區. ②《美》大學分校. ——adj. ③ 校園的；大學的.

範例 ① Why don't you use the library on the university **campus**? 你為何不利用校內的圖書館呢?
② Is Santa Barbara the biggest **campus** of the University of California? 聖芭芭拉是加州大學最大的分校嗎?《Santa Barbara 位於洛杉磯的北部》
③ Do you enjoy **campus** life? 你喜歡大學生活嗎?

字源 拉丁語 campus（平原）.

複數 **campuses**

†**can** [（強）ˋkæn;（弱）kən] aux. ①（表能力）會，能；（表許可）可以. ②（表可能性）可能，有時會《用於否定句表示「不可能」，用於問句表示「到底會，居然會，究竟會」；充電小站 (p. 173)》.
——n. ③ 罐頭，鐵罐《《英》tin》.
——v. ④ 裝進罐中，（把食品）製成罐頭.

助動詞 (can 等)

can 是比較特殊的助動詞，本身就是現在式，不管主詞是單數還是複數，都使用 can 的形式。
Can you swim? —Yes, I can./No, I can not.
We can not play football here.

與 can 同類的字還有 may，must，will，shall，以下就其各自的作用分別說明：

can	「能力」	I can speak English.
	「許可」	You can go home now.
	「可能性」	Can it be true?
may	「許可」	You may go now.
	「可能性」	He may come, or he may not.
must	「強制」	I must stop smoking.
	「推測」	You must be hungry.
shall	「命令」	You shall love your neighbor as yourself.
	「確實性」	We shall overcome.

will	「意志」	I will do my homework.
	「習性」	She will watch TV for hours.
	「預言」	The weather will be fine tomorrow.

上列舉的助動詞除了 must 外，均有過去式，對照如下：

can	→	could
may	→	might
must		
will	→	would
shall	→	should

can、may、must、will、shall 是現在式，但當表示請求、准許、提供服務及提出邀請時，則用 could、might、would、should 表示委婉與禮貌，此時的 could、might、would、should 並不是表示過去的時間概念。

[範例] ① She **can** swim. 她會游泳。
I **can** read Italian, but I **can't** speak it. 我看得懂義大利文，但不會說。(☞ cannot)
"**Can** you hear me?" "Yes, I **can**." 「你聽得見我說話嗎？」「是的，我聽得見。」
Do you think I **can** enter Taiwan University with these grades? 你覺得以我這個成績能夠考上臺灣大學嗎？
Well, **can** you tell me what she looks like? 那麼，你能告訴我她的模樣嗎？
You **can** go if you want. 如果你想去，你可以去。
"**Can** I borrow your pen, please?" "Yes, of course you **can**." 「我可以借用一下你的筆嗎？」「當然可以。」
You **can't** touch the pictures in the National Gallery. 在國家藝廊裡不可以用手觸摸畫作。
② "There's the doorbell." "Who **can** it be?" 「有門鈴聲。」「到底會是誰呢？」
It **can't** be true. She must be mistaken. 不可能是真的，她一定搞錯了。
What on earth **can** he be doing? 他究竟在做甚麼？
③ My father drank two **cans** of beer. 我父親喝了兩罐啤酒。
Do you have any oil-**cans**? 你那裡有油罐嗎？
④ This factory is where they **can** vegetables. 這家工廠生產蔬菜罐頭。
canned food 罐頭食品。
[片語] **carry the can** 〖英〗(代人) 承擔責任，代人受過：A civil servant was made to **carry the can** for the Prime Minister's foolish decision. 由一個公務員來承擔那位首相愚蠢決定的責任。
♦ **cán òpener** 開罐器 (〖英〗tin opener)。
☞ could
[複數] **cans**
[活用] v. **cans**, **canned**, **canned**, **canning**

Canaan [ˈkenən] n. 迦南《舊約聖經》中稱其為上帝賜給以色列人的「應許之地」(the Promised Land)，為今日巴勒斯坦 (Palestine) 西部地區)。
Canada [ˈkænədə] n. 加拿大《☞ 附錄「世界各國」)。
➡ 充電小站 (p. 963)
Canadian [kəˈnedɪən] n. ① 加拿大人。
——adj. ② 加拿大的，加拿大人的。
***canal** [kəˈnæl] n. ① 運河；水道。② 管《食道、氣管等》。
[複數] **canals**
canary [kəˈnɛrɪ] n. 金絲雀《有淡黃色、橘色、綠色等顏色，叫聲優美，在世界各國作為寵物飼養》。
♦ **the Canáry Ìslands** 加納利群島《位於非洲西北方海面，為金絲雀的原產地》。
[複數] **canaries**
***cancel** [ˈkænsl] v. ① 取消 (約會、訂購等)。② 銷帳；抵消。③ 劃掉，刪除。④ (在郵票上) 蓋郵戳。
[範例] ① I'm afraid that I'll have to **cancel** this afternoon's appointment. 我恐怕必須取消今天下午的約會。
② Her recent bad behavior has **cancelled** out most of my respect for her. 她最近的惡行抵消了我對她的尊敬。
④ a **canceled** stamp 蓋過郵戳的郵票。
[片語] **cancel out** 抵銷，銷帳。(⇨ [範例] ②)
[活用] 〖美〗 **cancels**, **canceled**, **canceled**, **canceling**/ 〖英〗 **cancels**, **cancelled**, **cancelled**, **cancelling**
cancellation [ˌkænslˈeʃən] n. ① 註銷，取消。② 註銷記號。
[複數] **cancellations**
***cancer** [ˈkænsɚ] n. ① 癌 (症)。② (社會的) 弊端。③ 〔C～〕巨蟹座，巨蟹座的人。

〔範例〕① He died of **cancer**. 他死於癌症.
③ the tropic of **Cancer** 北回歸線.
➡ (充電小站) (p. 175)
〔複數〕 **cancers**

cancerous [ˋkænsərəs] adj. 癌(症)的, 罹患
癌症的: The doctor told him the lump was
almost certainly **cancerous**. 醫生對他說這
個腫瘤幾乎可以確定是癌症.
　candid [ˋkændɪd] adj. 坦白的, 坦率的: I am
grateful for your **candid** comments on my
novel. 感謝你對我這本小說的坦率評語.
　〔活用〕 adj. **more candid, most candid**
candidacy [ˋkændədəsɪ] n. 〖美〗候選人的身
分, 候選資格.
*＊**candidate** [ˋkændəˌdet] n. 候選人: The
election was a formality because the dictator
was the only **candidate**. 選舉只是徒具形式
而已, 因為獨裁者是唯一的候選人.
　〔字源〕拉丁語 candidatus (身著白衣), 源於古羅
馬, 謀求官職的人為了獲取人們的信任, 身
著白衣在街上拉票. 白衣象徵穿著的品行潔
白無瑕, 參選動機純正高貴.
　〔複數〕 **candidates**
candidly [ˋkændɪdlɪ] adv. 坦率地, 直言無隱
地.
　〔活用〕 adv. **more candidly, most candidly**
*＊**candle** [ˋkændl] n. 蠟燭.
　〔範例〕 light a **candle** 點燃蠟燭.
You cannot burn the **candle** at both ends. 〖諺
語〗不要一根蠟燭兩頭燒, 不要過分消耗精
力.
Tom's translation cannot hold a **candle** to Mr.
Smith's. 湯姆的翻譯比不上史密斯老師的翻
譯.
　〔片語〕 **cannot hold a candle to** 無法與～相
比. (⇨ 〔範例〕)
　〔複數〕 **candles**
candlelight [ˋkændlˌlaɪt] n. 燭光.
candlestick [ˋkændlˌstɪk] n. 燭臺.
　〔複數〕 **candlesticks**
candor [ˋkændɚ] n. 率直, 公正.
　〔參考〕〖英〗 **candour**.
*＊**candy** [ˋkændɪ] n. ①〖美〗糖果〖以砂糖、果汁
為主要原料, 加入巧克力、牛奶、堅果等, 煮
沸後凝固而成;〖英〗sweets〗. ②〖英〗冰糖.
　——v. ③ 製成蜜餞〖糖果〗.
♦ **cándy àpple** 〖美〗糖漬蘋果.
　cándy stòre 〖美〗糖果店〖〖英〗sweet shop〗.
　cándy striper 〖美〗志願當護士助手的女孩
〖因穿條紋制服〗.
　〔複數〕 **candies**
　〔活用〕 v. **candies, candied, candied,
candying**
*＊**cane** [ken] n. ① 手杖. ②(體罰用的)鞭子, 答
杖. ③ 莖(竹、蘆、藤等細而硬的莖). ④ 藤
〖家具材料〗.
　——v. ⑤ 鞭打, 杖打.
　〔範例〕① He walks with a **cane**. 他拄著枴杖走.
② Frank got the **cane** from the headmaster for

smoking in the school lavatory. 法蘭克因為在
學校廁所裡抽菸而被校長鞭打.
　〔片語〕 **get the cane** 被鞭打. (⇨ 〔範例〕②)
　give the cane 鞭打.
♦ **cáne chàir** 藤椅.
　cáne sùgar 蔗糖(從甘蔗提煉出來的糖).
　〔複數〕 **canes**
　〔活用〕 v. **canes, caned, caned, caning**
canine [ˋkenaɪn] n. ① 犬, 犬科動物. ② 犬齒.
　——adj. ③ 犬的, 犬科的.
♦ **cánine tòoth** 犬齒.
　〔複數〕 **canines**
canister [ˋkænɪstɚ] n. 小罐, 小容器(放咖啡、
茶葉、香菸等的金屬製容器).
　〔複數〕 **canisters**
canker [ˋkæŋkɚ] n. ①(口腔的)潰瘍. ②(果
樹的)癌腫病. ③(社會上的)弊病, 腐敗的
根源.
　〔複數〕 **cankers**
cannabis [ˋkænəbɪs] n. 印度大麻, 大麻菸(由
印度大麻提煉出來的毒品).
cannery [ˋkænərɪ] n. 罐頭食品工廠.
　〔複數〕 **canneries**
cannibal [ˋkænəbl] n. 食人者, 同類相食的動
物.
　〔複數〕 **cannibals**
cannibalism [ˋkænəblˌɪzəm] n. 嗜食同類的
行為〖習俗〗; 殘忍, 野蠻.
cannon [ˋkænən] n. ① 大砲, 加農砲.
　——v. ② 衝撞 (into): The boy came running and
cannoned right into me. 那個男孩跑過來正
好撞到我.
　〔複數〕 **cannons/cannon**
　〔活用〕 v. **cannons, cannoned, cannoned,
cannoning**
†**cannot** [ˋkænɑt] aux. (can not 的縮略, 強調否
定時較常用 cannot, can not, 口語時多用
can't): "This **cannot** mean the bankruptcy of
our company," said the president. 董事長說:
「這並不代表我們公司破產了.」
　〔片語〕 **cannot but** 〖正式〗不得不: I **cannot but**
laugh at his joke. 他的笑話讓我不得不發笑.
*＊**canoe** [kəˋnu] n. ① 獨木舟, 輕舟〖用槳
(paddle) 划〗: Henry is paddling a **canoe** in the
river. 亨利正在河中划獨木舟.
　——v. ② 乘獨木舟, 划獨木舟去.
　〔複數〕 **canoes**
　〔活用〕 v. **canoes, canoed, canoed,
canoeing**
canoeist [kəˋnuɪst] n. 划獨木舟的人.
　〔複數〕 **canoeists**
canon [ˋkænən] n. ①(教會的)教規, 戒律;
(基督教的)聖經正典〖教會公認的《舊約聖
經》、《新約聖經》〗. ② 規範, 標準, (作家的)
原作: Freedom of speech, press and all other
forms of expression is a **canon** of democracy.
言論、出版以及其他表達形式的自由是民主
規範.
　〔複數〕 **canons**

充電小站

cancer 原義為「螃蟹」

【Q】為甚麼「癌症」、「巨蟹座」都用 cancer 這個字呢?

【A】英語的「癌症」為 cancer,醫學專用術語為 carcinoma,兩者原義均為「螃蟹」。由於解剖時可以發現癌細胞猶如螃蟹緊貼在物體上,因此得名.

canonical [kə`nɑnɪkl]] *adj.* ① 權威的, 公認的. ② 按照教規的. ③ 規範的, 標準的.

canonize [`kænən,aɪz] *v.* 加入聖徒之列, 封為聖徒.
〔參考〕〔英〕canonise.
〔活用〕*v.* **canonizes**, **canonized**, **canonized**, **canonizing**

canopy [`kænəpɪ] *n.* ① 天篷, 罩篷, 華蓋《掛在寶座或床鋪上的罩子》. ② (建築物入口處的) 遮陽篷,(駕駛座上的) 座艙蓋.
〔複數〕**canopies**

[canopy]

cant [kænt] *n.* ① 暗語, 行話《特定職業、團體內部通用的語言》. ② 偽善的話;假話.
〔範例〕① thieves' **cant** 小偷的暗語.
② I don't believe what he says because every word he says is **cant**. 我不相信他的話, 因為他說的都是言不由衷的話.

can't [kænt]《縮略》= cannot, can not.
〔範例〕I **can't** come with you. 我不能和你一起去.
She **can't** have gone out because the light's on. 他不可能外出, 因為電燈還亮著.

canteen [kæn`tin] *n.* ① 員工餐廳, 學生餐廳. ② (軍營裡的) 販賣部. ③《英》便於攜帶的餐具《內含刀、叉等》. ④ 水壺.
〔複數〕**canteens**

canter [`kæntə] *n.* ① (馬) 慢跑, 小跑步.
——*v.* ② 使 (馬) 慢跑, 騎著馬慢跑.
〔☞〕疾馳、飛奔為 gallop, 快步走為 trot.
〔字源〕Canterbury pace, 源於前往 Canterbury 的朝聖者以此速度行進.
〔複數〕**canters**
〔活用〕*v.* **canters**, **cantered**, **cantered**, **cantering**

Canterbury [`kæntə,bɛrɪ] *n.* 坎特伯甲《英格蘭東南部的城市, 英國國教派大教堂所在地》.

canto [`kænto] *n.* 長詩中的篇章《相當於小說的 chapter》: Book I, **Canto** 1 第1卷第1篇.
〔複數〕**cantos**

canton [`kæntən] *n.* (瑞士的) 州.
〔複數〕**cantons**

*****canvas** [`kænvəs] *n.* 帆布《用作帳篷、帆、畫布等的粗布》; 油畫.
〔範例〕**canvas** shoes 帆布鞋.
The artist showed me her **canvases**. 那位畫家給我看了她的油畫.
〔片語〕*under canvas* 在帳篷中;(船) 張帆:
The soldiers lived **under canvas**. 士兵們紮營了.
〔複數〕**canvases**

canvass [`kænvəs] *v.* ① 遊說;(向人) 拉票;推銷 (貨物). ② 徹底調查 (民意等).
——*n.* ③ 遊說. ④ 細究, 細查.
〔範例〕① The candidate and his party workers **canvassed** heavily in marginal areas. 那位候選人和他的黨工在邊緣選區到處拉票.
② Having lost his job, he was forced to **canvass** the "situations vacant" columns. 他失業了, 所以不得不仔細查看徵才廣告欄.
〔活用〕*v.* **canvasses**, **canvassed**, **canvassed**, **canvassing**
〔複數〕**canvasses**

*****canyon** [`kænjən] *n.* 峽谷《兩側陡峭, 通常谷底有溪澗流過的深谷》.
〔複數〕**canyons**

*****cap** [kæp] *n.* ①(無邊有遮簷的) 帽子《有邊的帽子稱為 hat》. ② 瓶蓋; 筆套, 筆蓋.
——*v.* ③ 戴帽子; 遮蓋, 覆蓋. ④ 勝過, 凌駕.
〔範例〕① In 19th century society, men would tip their **caps** or hats when passing ladies in the street. 在19世紀的社會, 男士於路上遇到女士時會輕觸帽子致意.
cap in hand 脫帽致意地; 謙遜地.
It is an English custom to wear a **cap** and gown at one's university graduation ceremony. 在大學畢業典禮上戴方帽、穿長袍是英國的習俗.
If the **cap** fits, wear it.《諺語》帽子合適就戴; 如果批評中肯切要, 你便當採納.
② Don't forget to put the **cap** back on the toothpaste after you've used it. 用完牙膏後, 不要忘記蓋好蓋子.
③ **Cap** the toothpaste. 蓋好牙膏蓋子.
Mt. Fuji, **capped** with snow, was a beautiful sight. 白雪皚皚的富士山真是一幅美景.
④ Bob always **caps** my joke with a funny one. 鮑伯說笑話總是略勝我一籌.
Today was terrible. My boss shouted at me, the train broke down for 30 minutes, and to **cap** it all, I lost my door key. 今天真是倒楣透頂. 老闆對我大吼大叫, 火車又故障了30分鐘, 更糟糕的是我竟掉了大門鑰匙.

[片語] **to cap it all** 更糟糕的是. (⇨ [範例] ④)
[字源] 拉丁語 caput (頭).
[複數] **caps**
[活用] v. **caps, capped, capped, capping**
capability [ˌkepə`bɪlətɪ] n. ① 才能，能力. ②
〔~s〕性能，潛力.
[範例] ① His **capability** as a manager is questionable. 身為一個經理，他所具備的能力讓人懷疑.
② The **capabilities** of this new synthesizer are unparalleled by any other. 這個新電子合成樂器的性能無與倫比.
[複數] **capabilities**
****capable** [`kepəbl] adj. 有能力的，有才華的，有 (做某事的) 能力的，有可能做出~的 (of).
[範例] Tom is a **capable** producer of films. 湯姆是個有才華的電影製片.
My son is **capable** of driving a tractor. 我兒子能駕駛曳引機.
Mary is **capable** of typing 50 words a minute. 瑪麗1分鐘能打50個字.
The boy is **capable** of stealing. 那個男孩有可能偷竊.
☞ ↔ incapable, n. capability
[活用] adj. **more capable, most capable**
capably [`kepəblɪ] adv. 能幹地.
[活用] adv. **more capably, most capably**
capacity [kə`pæsətɪ] n. ① 容量. ② 能力，力量. ③ 資格，身分.
[範例] ① The hotel was filled to **capacity**. 旅館客滿了.
② He has the **capacity** to play a number of musical instruments. 他有演奏多種樂器的才能.
Solving this problem is beyond my **capacity**. 這個問題我無法解決.
③ Mr. Robinson attended the meeting in his **capacity** as Minister of Finance. 羅賓森先生是以財政部長的身分出席會議.
[片語] **filled to capacity** 客滿的. (⇨ [範例] ①)
[複數] **capacities**
cape [kep] n. ① 海角，岬. ② 〔the C~〕好望角《亦作 the Cape of Good Hope》. ③ 披肩，斗篷《披在肩膀，寬鬆無袖的外套》.
♦ **Càpe Cód** 鱈魚角《美國麻薩諸塞州東南部的海角，1620年 Pilgrim Fathers（英國清教徒）從英國乘五月花號 (the Mayflower) 在此登陸》.
Cápe Tòwn 開普敦《南非共和國立法機關的所在地》.
[複數] **capes**

[cape]

caper [`kepɚ] v. ① 跳躍；嬉戲: Stop **capering** around and do some serious work! 不要玩耍了，快認真工作!

The clouds were **capering** madly across the sky. 那些雲快速地飄過天空.
——n. ② 跳躍；嬉戲.
[活用] v. **capers, capered, capered, capering**
[複數] **capers**
capillary [`kæplˌɛrɪ] n. 微血管；毛細管: A **capillary** is the smallest blood vessel, a little more than 1mm long and only 8 to 10 microns in diameter. 微血管是最小的血管，比1公釐長一點，直徑只有8-10公忽.
[複數] **capillaries**
****capital** [`kæpɪtl] n.

原義	層面	釋義	範例
開頭	物	首都，中心地	①
	文字	大寫字母	②
	金錢	資本，資金	③

——adj. ④ 可判處死刑的.
[範例] ① Where is the **capital** of Nigeria? 奈及利亞的首都在哪裡?
the **capital** city 首都.
Paris is the **capital** of the fashion world. 巴黎是世界時尚的中心.
② The word UNESCO is printed here in **capitals**. 這個詞 UNESCO 在這裡是以大寫字體排印的.
capital letters 大寫字母.
③ The food company has a **capital** of £100,000. 那家食品公司有10萬英鎊的資本.
capital investment 投入資本，資金總額.
④ **Capital** punishment was abolished in England. 英格蘭已廢除死刑.
[複數] **capitals**
capitalism [`kæpɪtlˌɪzəm] n. 資本主義.
capitalist [`kæpɪtlɪst] n. 資本家.
[複數] **capitalists**
capitalistic [ˌkæpɪtl`ɪstɪk] adj. 資本的，資本家的，資本主義的.
[活用] adj. **more capitalistic, most capitalistic**
Capitol [`kæpɪtl] n. ①〔the ~〕美國國會大廈《在華盛頓的小山丘上》. ② 朱比特神殿《位於古羅馬的卡比托奈山丘 (Capitoline Hill)》.
capitulate [kə`pɪtʃəˌlet] v. (有條件地) 投降，屈從: The residents never **capitulated** to the government's demands. 那些居民從未向政府的要求低頭.
[活用] v. **capitulates, capitulated, capitulated, capitulating**
capitulation [kəˌpɪtʃə`leʃən] n. ① (有條件的) 投降. ② 投降書.
[複數] **capitulations**
caprice [kə`pris] n. 反覆無常，善變: Jane's **caprice** was the main cause of our break-up. 珍的反覆無常是我們絕交的主要原因.

〖複數〗**caprices**

Capricorn [ˋkæprɪͺkɔrn] *n.* 摩羯座，摩羯座的人：the tropic of **Capricorn** 南回歸線.

〖複數〗**Capricorns**

capsize [kæpˋsaɪz] *v.* (特指船) 傾覆.

〖活用〗*v.* **capsizes, capsized, capsized, capsizing**

capsule [ˋkæpsl̩] *n.* ① 太空艙. ② 膠囊《內裝藥粉》：His mother took the **capsule** and went to bed. 他母親吃了膠囊之後就去睡了.

〖複數〗**capsules**

***captain** [ˋkæptɪn] *n.* ① 首領. ② 船長；(飛機的)機長；隊長. ③ (空軍、海軍)上校；(陸軍)上尉；〖美〗空軍上尉.
——*v.* ④ 指揮，統率.

〖範例〗① **captains** of industry 產業界的領袖.
② the **captain** of the ship 那艘船的船長.
the **captain** of our team 我們球隊隊長.

〖字源〗拉丁語 caput (頭).
➡ (充電小站) (p. 797), (p. 799), (p. 801)

〖複數〗**captains**

〖活用〗*v.* **captains, captained, captained, captaining**

caption [ˋkæpʃən] *n.* ① (報章或雜誌的)標題. ② 說明文字《附帶照片、插圖》. ③ (電影的)字幕.

〖複數〗**captions**

captivate [ˋkæptəͺvet] *v.* 迷住，迷惑：Her beautiful voice **captivated** him. 她美妙的聲音令他傾倒.

〖活用〗*v.* **captivates, captivated, captivated, captivating**

***captive** [ˋkæptɪv] *adj.* ① 被俘虜的；被迷住的.
——*n.* ② 俘虜；被迷住的人.

〖範例〗① The terrorists held the passengers **captive**. 恐怖分子劫持了乘客.
a **captive** bear 被捕捉住的熊.
captive audience (不聽也得聽的)受制聽眾. The professor lectured on and on and on to his **captive** audience. 那位教授向陶醉的聽眾繼續他的演講.
② I was a **captive** during the war for two years. 戰爭期間我作了兩年的俘虜.
I am a **captive** of her charms. 我成為她魅力的俘虜.

〖片語〗*hold ~ captive* 俘虜 (某人). (⇨ 〖範例〗①)

〖活用〗*adj.* **more captive, most captive**

〖複數〗**captives**

captivity [kæpˋtɪvətɪ] *n.* 囚禁，監禁：I spent my months in **captivity** trying to escape. 在我被監禁的那幾個月當中一直想逃亡.

captor [ˋkæptɚ] *n.* 捕獲(獵物)者，俘虜(他人)者：Our **captors** treated us quite fairly, unless we tried to escape. 只要我們不設法逃亡，逮捕我們的人會公平地對待我們.

〖複數〗**captors**

***capture** [ˋkæptʃɚ] *v.* ① 捕獲；奪取. ② 虜獲；捕捉住；攻占.

——*n.* ③ 俘虜；捕獲(物).

〖範例〗① The fugitive was soon **captured**. 那個逃亡者不久就被逮捕了.
② All forms of music can **capture** the emotions. 所有形式的音樂皆可虜獲人們的情感.
③ The first **capture** of the day was a shark for a Japanese aquarium. 那天首先捕獲的是日本水族館需要的鯊魚.

〖活用〗*v.* **captures, captured, captured, capturing**

〖複數〗**captures**

***car** [kɑr] *n.* ① 汽車《〖美〗automobile，〖英〗motorcar：〖充電小站〗(p. 179)》. ② 火車車廂《〖英〗carriage》. ③ 〖美〗有軌電車《亦作 streetcar》. ④ (電梯、飛船、熱氣球等)載人或載物的座艙.

〖範例〗① My new **car** is a Toyota. 我的新車是豐田牌.
② The restaurant **car** is full. 那輛餐車坐滿了.

♦ **cár pàrk** 〖英〗停車場《〖美〗parking lot》.
cár pòol 為節省汽油，車主之間輪流共用車輛的協議；車輛集用場.

〖複數〗**cars**

caramel [ˋkærəml̩] *n.* ① 焦糖《由砂糖燒製成，可用於食品調味》. ② 牛奶糖.

〖複數〗**caramels**

carat [ˋkærət] *n.* ① 克拉《寶石的重量單位》. ② 開《黃金的純度單位，表示此意時拼作 karat》.

〖參考〗① 表示寶石重量單位時：1 carat＝200毫克. ② 表示黃金純度時：1 carat 含金量的比重為1/24，純金為24 carats.

〖字源〗源自阿拉伯語 qirāt，意思是角豆樹(carob)，古時用角豆樹的夾實為砝碼秤黃金和寶石的重量.

caravan [ˋkærəͺvæn] *n.* ① 旅行商隊《遊客經過亞洲、北非沙漠時，為安全起見結隊同行的商人》：**caravans** of merchants and camels 商人和駱駝旅行商隊. ② 旅行車隊. ③ 〖英〗大篷馬車《〖美〗wagon》. ④ 〖英〗活動式房屋《可用車或牲口拖曳；〖美〗trailer》.

〖複數〗**caravans**

carbohydrate [ͺkɑrboˋhaɪdret] *n.* 碳水化合物《碳、氫、氧3種元素組成的化合物，分子式為 $C_n(H_2O)_m$. 藉由綠色植物的光合作用生成，是生物的構成要素及能量來源》.

〖複數〗**carbohydrates**

carbon [ˋkɑrbən] *n.* ① 碳《元素符號 C，常溫下不溶於空氣和水，高溫下與氧發生作用，大量存在於寶石、煤炭、石油中》. ② 複寫紙《亦作 carbon paper》：He is a **carbon** copy of his father. 他與他父親長得一模一樣.

♦ **càrbon cópy** 用複寫紙寫的副本《亦作 carbon》.
càrbon dióxide 二氧化碳《化學式 CO_2，空氣中含0.03%，透過碳燃燒產生，汽水、飲料的原料之一》.
càrbon monóxide 一氧化碳《化學式 CO,

C

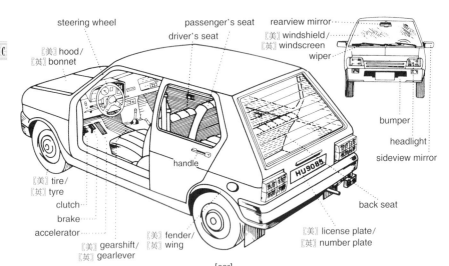

steering wheel
passenger's seat
driver's seat
rearview mirror
〖美〗windshield/
〖英〗windscreen
wiper
〖美〗hood/
〖英〗bonnet
bumper
headlight
sideview mirror
handle
back seat
〖美〗tire/
〖英〗tyre
clutch
brake
accelerator
〖美〗gearshift/
〖英〗gearlever
〖美〗fender/
〖英〗wing
〖美〗license plate/
〖英〗number plate

[car]

無味，無臭的毒性氣體，透過碳與其他化合物的不完全燃燒產生，與血液中的血紅蛋白結合後，會引發窒息死亡）.
cárbon pàper 複寫紙.
〖複數〗**carbons**
carbonate [ˋkɑrbəˏnet] v. 使碳化；用碳酸使（飲料）飽和：I try not to drink **carbonated** drinks. 我試著不喝碳酸飲料.《**carbonated** 作形容詞性》
〖活用〗v. **carbonates**, **carbonated**, **carbonated**, **carbonating**
carbonic [kɑrˋbɑnɪk] adj. 碳的，碳酸的：**carbonic** acid 碳酸.
carbuncle [ˋkɑrbˏʌŋkl] n. 疔；癰.
〖複數〗**carbuncles**
carburetor [ˋkɑrbəˏretə] n. 汽化器；化油器《把引擎燃料變為霧狀，使之易與空氣融合的裝置》.
〖參考〗〖英〗carburettor.
〖複數〗**carburetors**
carcass [ˋkɑrkəs] n. (動物的) 屍體.
〖複數〗**carcasses**
***card** [kɑrd] n. ① 卡片；明信片；賀卡. ② 紙牌《英語的紙牌為王牌 (trump) 之意》. ③ (娛樂或比賽的) 節目表.
〖範例〗① a birthday **card** 生日卡片.
a credit **card** 信用卡.
a greeting **card** 賀卡.
an identity **card** 身分證.
an invitation **card** 邀請卡.
a visiting **card** 名片.
② The British people like to play **cards**. 英國人喜歡玩紙牌.
a pack of **cards** 一副紙牌.
Who will shuffle the **cards**? 誰洗牌？

③ This concert will be the best **card** for the event. 這場演奏會是本次活動中最精彩的節目.
a drawing **card** 叫座的節目.
〖片語〗**~'s best card/the best card** ～的王牌，～中最精彩的節目. (⇨〖範例〗③)
have a card up ~'s sleeve 握有一張尚未亮出的王牌，錦囊妙計.
in the cards 可能發生的.
lay ~'s cards on the table 攤牌；開誠布公.
play ~'s last card 使出最後絕招.
throw up ~'s cards 認輸；放棄計畫.
➡ 〖充電小站〗 (p. 181), (p. 679)
〖複數〗**cards**
cardboard [ˋkɑrdˏbord] n. 厚紙板，紙板：a **cardboard** box 紙箱.
cardiac [ˋkɑrdɪˏæk] adj. 〔只用於名詞前〕心臟的，心臟病的.
cardigan [ˋkɑrdɪgən] n. 開襟羊毛衫《名字取自英國的卡迪根 (Cardigan) 伯爵七世》.
〖複數〗**cardigans**
cardinal [ˋkɑrdnəl] adj. ① 首要的，主要的，基本的，極其重要的. ② 深紅色的.
——n. ③ 樞機主教《作為羅馬教宗最高顧問的70位主教，由教宗任命，具有推選教宗的資格. 樞機主教身著深紅色法袍，頭戴紅帽子，故又稱紅衣主教）. ④ 北美紅雀《產於北美的雀科鳴禽，雄鳥羽毛為深紅色》. ⑤ 深紅色. ⑥ 基數《相對於表示順序的 first, second, third 等序數 (ordinal number), 如 one, two, three 等；亦作 cardinal number》.
♦ **càrdinal númber** 基數.
càrdinal póints 基本方位《指東、西、南、北 (east, west, south, north) 4個方位》.

充電小站

各種汽車的名稱

▶ 英國

ROVER [`rovə-] 路華《「流浪者」之意，1884 年首次用於三輪車的名稱》.

JAGUAR [`dʒægwɑr] 積架《取自貓科動物之名，英國製的高級跑車》.

DAIMLER [`demlə-] 戴姆勒《取自德國工程師 Gottlieb Daimler 之名，以其發明的引擎來製造該車》.

ROLLS-ROYCE [`rolz`rɔɪs] 勞斯萊斯《取自工程師 Frederick Henry Royce 和汽車商 Charles Stewart Rolls 之名》.

BENTLEY [`bɛntlɪ] 賓利《取自創始者賓利

(Bentley) 兄弟之名》.

LOTUS [`lotəs] 蓮花《取自植物「蓮花」，由創始者賽車設計師 Colin Chapman 命名》.

ASTON MARTIN [`æstən`mɑrtn] 奧斯頓・馬丁《賽車名，取自賽車手 Lionel Martin 之名，Aston Clinton 丘陵地帶即是 Lionel Martin 屢次獲勝的賽車場地》.

VAUXHALL [`vɑks`hɔl] 沃克斯霍爾《英國的汽車廠商，創業於倫敦泰晤士河南岸的 Vauxhall，故命名之》.

▶ 美國

CHEVROLET [ˌʃɛvrə`le] 雪佛蘭《取自創始者兼賽車手 Louis Chevrolet 之名》.

PONTIAC [`pɑntɪˌæk] 龐帝克《取自創始地美國密西根州都市 Pontiac，原為美國印第安渥太華族酋長之名》.

BUICK [`bjuɪk] 別克《取自汽車製造工程師 David D. Buick 之名》.

CADILLAC [`kædlˌæk] 凱迪拉克《取自對底特律的城市建設事業有所貢獻的法國人 Antoine de La Mothe Cadillac 之名》.

LINCOLN [`lɪŋkən] 林肯《高級豪華轎車》.

MERCURY [`mɝkjərɪ] 水星.

FORD [ford] 福特《取自創始者亨利・福特 (Henry Ford) 之名》.

CHRYSLER [`kraɪslə-] 克萊斯勒《取自創始者 Walter Percy Chrysler 之名》.

JEEP [dʒɪp] 吉普車《簡稱為 G. P.，即 General Purposes Vihicle (萬能車，多功能車)，由此得名。也有人說取自1937年出現在漫畫 Popeye 中的寵物 Eugene the Jeep 之名的說法》.

DODGE [dɑdʒ] 道奇.

▶ 德國

MERCEDES-BENZ [mə`sidiz`bɛnz] 賓士《戴姆勒公司與賓士公司合併後生產的車名. Mercedes 是戴姆勒公司製造的車名，是以原本由該公司生產的汽車參加賽車取得優勝的外交官兼企業家 Emil Jellinek 之女命名；Benz 是創始者 Karl Benz 的名字》.

BMW [`bi`ɛm`dʌblju] 寶馬《取自德國汽車製造商 Bayerische Motoren Werke 之名》.

AUDI [`ɔdɪ] 奧迪《創始者之名 August Horch

在德語中與「聽 (horchen)」之意相通，故借用拉丁語「聽」之意用於車名和公司名稱》.

VOLKSWAGEN [`folksˌvɑgən] 福斯《在德語中表示「大眾的車」之意》.

PORSCHE [pɔrʃ] 保時捷《取自創始者 Ferdinand Porsche 之名》.

OPEL [`opl] 歐寶《取自創始者 Adam Opel 之名》.

▶ 義大利

FIAT [`faɪət] 飛雅特《為義大利語 Fabbrica Italiana Automobili Torino 的頭字語》.

LANCIA [`lɑnsɪə] 蘭吉雅《取自賽車手 Vincenzo Lancia 之名，在義大利語中還有「槍」之意》.

ALFA ROMEO [`ælfə`romɪˌo] 愛快羅密歐《Alfa 來自其前身汽車公司 Società Anonima Lombardi Fabbrica Automobili 的頭字語；Romeo 是來自加盟該公司的技師 Niccolò

Romeo 之名》.

FERRARI [fə`rɑrɪ] 法拉利《取自1920年首次亮相的賽車手 Enzo Ferrari 之名》.

MASERATI [ˌmɑ`sɛrɑtɪ] 馬莎拉蒂《取自創始者之義大利6兄弟 Carlo，Bindo，Alfieri，Mario，Ettore，Ernesto 之姓》.

LAMBORGHINI [ˌlæm`borgɪnɪ] 藍寶堅尼《取自創始者 Ferruccio Lamborghini 之名》.

DE TOMASO [də`tomɑso] 德托馬索.

▶ 法國

RENAULT [`rɛno] 雷諾《取自創始者 Louis Renault 之名》.

PEUGEOT [pju`ʒo] 標緻《取自創業的

Peugeot 家族之名》.

CITROËN [`sɪtroˌɛn] 雪鐵龍《取自創始者 André-Gustave Citroën 之名》.

▶ 瑞典

VOLVO [`vɑlvo] 富豪《在拉丁語中為「旋轉」之意》.

SAAB [sɑb] 紳寶《瑞典語中「瑞典航機股份有

限公司」 Svenska Aeroplan Aktiebolaget 的縮寫》.

C

複數 **cardinals**
cardphone [`kɑrd,fon] n. 〖英〗卡式電話《使用電話卡 (phonecard) 的電話》.
複數 **cardphones**

*****care** [kɛr] n., v.

原義	釋義	範例
不 放 心 的 事情	n. 關照，保護	①
	n. 注意	②
	n. 擔心，掛念	③

原義	釋義	範例
掛 念	v. 關心，在乎；照顧	④
	v. 想要；喜歡	⑤

範例 ① Children should be under the **care** of their parents. 孩子們應該受到雙親的照顧.
He needs medical **care**. 他需要醫療照顧.
My brother takes **care** of our dog. 我哥哥會照顧我們的狗.
② Take **care**! 小心!
This box contains valuable jewelry; carry it with **care**. 這個箱子裡裝著珍貴的珠寶，要小心地搬運.
③ Few people are free from **care**. 很少人能無憂無慮.
Care has made him silent these days. 這些日子以來，擔心使他變得沉默.
④ Who **cares**? 誰在乎?
I don't **care**. 我不在乎.
Bill **cares** for his sick mother. 比爾照顧他生病的母親.
⑤ Would you **care** for some Japanese tea? 你想要來點日本茶嗎?
片語 **care for** ① 想要，喜歡. (⇨ 範例 ⑤) ② 照顧. (⇨ 範例 ④)
care of (由～) 轉交《略作 c/o》.
for all I care 我毫不在意.
take ~ into care 收養，照料.
複數 **cares**
活用 v. **cares**, **cared**, **cared**, **caring**

*****career** [kə`rɪr] n. ①〔終身工作的〕職業，工作；經歷，生涯.
——adj. ②〔只用於名詞前〕職業的；專業的.
——v. ③ 猛衝，飛奔.
範例 ① He planned to make music his **career**. 他計畫以音樂當作他終身的職業.
The **careers** of dictators are infamous for their cruelty. 那些獨裁者因他們殘酷的行為而聲名狼藉.
② The general has been a **career** soldier all his life. 那位將軍終其一生都是一位職業軍人.
③ The car **careered** uncontrollably down the hill. 那輛車失控地衝下山去.
複數 **careers**
活用 v. **careers**, **careered**, **careered**, **careering**

carefree [`kɛr,fri] adj. 無憂無慮的，輕鬆快活的: I feel so **carefree** now that finals are over. 期末考試已經結束了，我感覺好輕鬆.
字源 care (擔心) + free (解放).
活用 adj. **more carefree**, **most carefree**

*****careful** [`kɛrfəl] adj. ① 謹慎的，仔細的. ② 徹底的，周到的.
範例 ① Be **careful** not to make a mistake. 小心不要犯錯.
② The doctor made a **careful** examination. 醫生做了徹底的檢查.
☞ ↔ careless
活用 adj. **more careful**, **most careful**

*****carefully** [`kɛrfəlɪ] adv. ① 謹慎地. ② 仔細地.
範例 ① Drive **carefully**. 小心開車.
② We studied the map **carefully**. 我們仔細地研讀那張地圖.
活用 adv. **more carefully**, **most carefully**

*****careless** [`kɛrlɪs] adj. ① 粗心的. ② 毫不在意的.
範例 ① I made some **careless** mistakes. 我犯了一些粗心的錯誤.
② He is **careless** with his money. 他不在乎他的錢.
☞ ↔ careful
活用 adj. **more careless**, **most careless**

carelessly [`kɛrlɪslɪ] adv. 不注意地；粗心地，草率地.
範例 He often speaks **carelessly**. 他經常信口開河.
The new teacher often rattles on **carelessly** and ignores his students. 那位新教師經常喋喋不休，並且忽視他的學生.
活用 adv. **more carelessly**, **most carelessly**

carelessness [`kɛrlɪsnɪs] n. ① 粗心，草率: I regret my **carelessness**. 我對自己的粗心很後悔. ② 無所掛慮.

*****caress** [kə`rɛs] n. ① 愛撫《通常包括親吻》.
——v. ② 愛撫.
範例 ① He lovingly gave her a **caress** with his lips. 他充滿愛意地親吻了她.
② The soft wind **caressed** her hair. 微風吹拂她的秀髮.
複數 **caresses**
活用 v. **caresses**, **caressed**, **caressed**, **caressing**

caretaker [`kɛr,tekə]
n. (土地、房屋的) 管理員《〖美〗janitor》.
複數 **caretakers**

*****cargo** [`kɑrgo] n. (船、飛機、車輛所裝載的) 貨物: a **cargo** of wool 羊毛貨物.
複數 **cargoes/cargos**

caribou [`kɛrə,bu] n. 北美馴鹿《棲息於北美

[caribou]

紙牌 (cards) 上的人物

【Q】紙牌中分為「花牌」和「點牌」,「點牌」是透過 Ace (＝1) 至10的數字來瞭解其意思的, 然而, 花牌的 king, queen 等究竟是些何許人物? 僅僅是國王的形象呢? 還是歷史上的一些有名人物呢?

【A】在英語中「花牌」讀作 court card,「點牌」讀作 spot card, spot 具有「點」的意思, 所以「點牌」可以說是 spot card 的譯文。例如,「紅心 5」英語讀作 the five spots of Hearts (或 the five of Hearts)。此外, spot 原本表示紙牌中的 ♣♠♡◇圖案, 因此 spot card 又可譯成「圖案牌」。

「花牌」由於是畫有國王和王后之像, 再加上按照英語 court card 來翻譯的話, 應該是「宮廷牌」。據說原本還有 coat card 之意, 因為花牌中的人物確實無一例外都披著外套。

那麼, court card 裡的 king, queen 等究竟是何許人物呢? 其實, 他們都有各自己的姓名, 要瞭解他們的姓名, 就必須學習世界史、閱讀基督教的《聖經》或羅馬神話, 下面要介紹的便是其姓名:

梅花 K (the King of Clubs): 亞歷山大大帝 (Alexander the Great), 古馬其頓國王 (356-323 B.C.).

梅花 Q (the Queen of Clubs): 是一個架空的人物, 其姓名相當於拉丁語中的 regina (皇后、女王) 之意.

梅花 J (the Knave of Clubs): 蘭斯洛男爵 (Sir Lancelot) 是亞瑟王的圓桌武士 (the Knights of the Round Table) 中的第一勇士. 圓桌武士由 6世紀英國傳說中的國王亞瑟王 (King Arthur) 所組建.

黑桃 K (the King of Spades): 大衛 (David) 是古以色列王國的第二代國王, 有關大衛可參閱《舊約聖經撒母耳記》第1篇 (The First Book of Samuel) 的第17章.

黑桃 Q (the Queen of Spades): 希臘神話中的智慧女神雅典娜 (Athena), 在羅馬神話中稱為密娜瓦 (Minerva).

黑桃 J (the Knave of Spades): 賀吉爾 (Hogier), 為查理曼 (參閱 the King of Hearts) 的親戚.

紅心 K (the King of Hearts): 查理曼 (Charlemagne, 768-814) 是法蘭克國王, 第一次文藝復興時代的創始人.

紅心 Q (the Queen of Hearts): 朱蒂絲 (Judith), 為法蘭克國王查理曼的養女.

紅心 J (the Knave of Hearts): 拉海爾 (Lahire), 為法國查理七世 (Charles VII, 1422-1461) 在位時侍奉他的騎士.

方塊 K (the King of Diamonds): 凱撒 (Julius Caesar) 是古羅馬的英雄.

方塊 Q (the Queen of Diamonds): 拉結 (Rachel) 是《聖經創世記 (Genesis)》中出現的女性, 是 Joseph 和 Benjamin 的母親.

方塊 J (the Knave of Diamonds): 赫克特 (Hector), 為在希臘神話特洛伊戰爭 (the Trojan War) 中屢建功勳的特洛伊 (Troy) 第一勇士, 後被阿奇里斯 (Achilles) 殺害.

北部).

複數 **caribou/caribous**

*__caricature__ [ˋkærɪkətʃɚ] n. ① 諷刺畫; 漫畫; 滑稽畫《誇張人物特徵的畫或圖文》: His comic **caricatures** of other teachers always amuse me. 他經常畫其他老師的滑稽漫畫來逗我笑.
— v. ② 把…畫成漫畫; 諷刺, 使顯得滑稽.
複數 **caricatures**
活用 v. **caricatures**, **caricatured**, **caricatured**, **caricaturing**

__carnage__ [ˋkɑrnɪdʒ] n. 屠殺, 大屠殺.

__carnal__ [ˋkɑrnl] adj.〔只用於名詞前〕肉體的; 肉慾的.

__carnation__ [kɑrˋneʃən] n. 康乃馨; 粉紅色.
複數 **carnations**

__Carnegie__ [kɑrˋnegɪ] n. 卡內基《Andrew Carnegie, 1835-1919, 美國鋼鐵業的大富豪, 建有卡內基財團, 因出資建立公共圖書館等而聞名, 其中包括卡內基音樂廳 (Carnegie Hall)》.

__carnival__ [ˋkɑrnəvl] n. ① 嘉年華會, 狂歡節慶.
② 慶典, 娛樂活動.
參考 天主教在四旬齋 (Lent) 3天或7天前舉行的慶祝和祭祀活動. 四旬齋指的是復活節前40天, 在這段時間裡, 耶穌斷食苦行, 因此在此之前先吃肉狂歡, 這便是狂歡節慶的由來.
複數 **carnivals**

__carnivore__ [ˋkɑrnəˌvor] n. 肉食性動物.
複數 **carnivores**

__carnivorous__ [kɑrˋnɪvərəs] adj. 肉食性的.

__carol__ [ˋkærəl] n. ① 歡樂之歌, 聖誕節的頌歌.
— v. ② 唱歌讚美, 唱頌歌; go **caroling** (挨家挨戶地) 唱聖誕頌歌.
複數 **carols**
活用 v. carols, caroled, caroled, caroling/
英 carols, carolled, carolled, carolling

__carp__ [kɑrp] n. ① 鯉魚.
— v. ② 吹毛求疵, 挑剔 (at).
複數 **carp**
活用 v. carps, carped, carped, carping

__carpenter__ [ˋkɑrpəntɚ] n. 木工, 木匠.
複數 **carpenters**

__carpentry__ [ˋkɑrpəntrɪ] n. 木工業; 木器.

__carpet__ [ˋkɑrpɪt] n. ① 地毯. ② 地毯狀 (覆蓋) 物.
— v. ③ 鋪地毯.
範例 ① a Persian **carpet** 波斯地毯.
② a **carpet** of leaves 滿地落葉《一層厚厚的落

③ My room was not **carpeted**. 我的房間沒有鋪地毯.

複數 **carpets**

活用 v. **carpets**, **carpeted**, **carpeted**, **carpeting**

***carriage** [ˋkærɪdʒ] n. ①（四輪）馬車. ②〖英〗車廂（〖美〗car）. ③ 運費. ④（附有輪子的）砲架. ⑤（機器的）輸送帶,（打字機的）滑動架. ⑥ 姿勢, 舉止.

範例 ② first-class **carriages** 頭等車廂.

③ The price includes **carriage**. 價錢包括運費.

⑥ A fashion model must have a graceful **carriage**. 時裝模特兒的儀態必須十分優雅.

片語 **carriage and pair** 兩匹馬拉的馬車.

carriage forward 〖英〗運費由收貨人負擔: Will you send me the box of clothes **carriage forward**? 你可否寄給我那箱衣服, 運費貨到時再付?

carriage paid 〖英〗運費已付（〖美〗 carriage prepaid）.

複數 **carriages**

***carrier** [ˋkærɪɚ] n. ① 搬運人; 運輸工具; 運輸業者. ② 運輸車,（車子的）貨架. ③ 航空母艦（亦作 aircraft carrier）. ④ 帶菌者; 傳染病媒介《人或動物》.

範例 ① A cargo ship is a **carrier** of goods. 貨船是運輸貨物的運輸工具.

② My bicycle has a big **carrier**. 我的腳踏車上有一個大貨架.

③ The nuclear **carrier** had an accident in the bay. 那艘核子航空母艦在海灣內發生了意外.

④ Flies, mosquitoes, and cockroaches are **carriers** of diseases. 蒼蠅、蚊子和蟑螂都是傳染病的媒介.

♦ **cárrier bàg** 〖英〗購物袋（〖美〗 shopping bag）.

máil càrrier 〖美〗郵差（亦作 mailman, postman）.

複數 **carriers**

carrot [ˋkærət] n. 胡蘿蔔.

片語 **carrot and stick** 威脅利誘, 軟硬兼施.

複數 **carrots**

***carry** [ˋkærɪ] v.

原義	層面	釋義	範例
搬運	物, 人	搬運；攜帶；傳送	①
	聲音	傳播, 傳遞	②
	法案	通過《用被動》	③
	新聞	刊登, 報導	④
	商品	置放, 販賣	⑤
	重量	支撐	⑥

——n. ⑦ 射程.

範例 ① The hovercraft **carries** people from the mainland to the island. 氣墊船將乘客從本土載到那座島上.

Some diseases are **carried** by insects. 有些疾病是由昆蟲傳染來的.

You're allowed to have guns, but you're not allowed to **carry** them. 你可以擁有槍枝, 但不能攜帶.

The bridge was **carried** away by the flood. 那座橋被洪水沖走了.

The music **carried** me back to my childhood. 那個音樂使我憶起童年時期.

② You have a voice that **carries** well. 你有一副大嗓門.

③ The chairman threatened to resign if the motion was **carried**. 議長威脅說, 如果這項議案通過的話他將辭職.

④ Only a few newspapers **carried** articles about the old movie star's death. 只有少數幾家報紙刊登了那個老牌電影明星的去世.

⑤ Do you **carry** Newsweek? 你們店裡是否有賣《新聞週刊》?

⑥ That elevated beach house is **carried** by nine sturdy wooden poles. 那棟高高的海灘屋是由9根結實的木柱支撐著的.

片語 **carry all before ～/carry everything before ～** 全勝, 極為成功: She **carried all before** her in the election. 她在選舉中大獲全勝.

carry away ① 運走. (⇨ 範例 ①) ② 使入迷《通常用被動》: We were **carried away** by this music. 我們沉浸於這段音樂之中.

carry back 把～帶回; 使（人）回憶起. (⇨ 範例 ①)

carry forward 推進: We decided that we would **carry** the plan **forward**. 我們決定推進那項計畫.

carry off ① 贏得（獎品等）. ② 成功地完成.

carry on 繼續: **Carry on** your work, please. 請繼續工作下去.

carry out 實現, 實行: He **carried out** his promise. 他實現了他的承諾.

carry over 延續下去; 遺留.

carry the day 取得勝利.

carry through ① 貫徹, 堅持: Do you think he'll **carry through** his promise to resign? 你認為他會貫徹他辭職的諾言嗎? ② 擺脫.

carry too far 把～做得太過分.

活用 v. **carries**, **carried**, **carried**, **carrying**

carryall [ˋkærɪ͵ɔl] n. 大型手提袋.

複數 **carryalls**

carryout [ˋkærɪ͵aut] n. 〖美〗外帶的食物.

複數 **carryouts**

***cart** [kɑrt] n. ① 兩輪運貨馬車. ②（超市、機場內使用的）手推車.

——v. ③ 用車運送;（粗暴地）運送, 押送.

範例 ① The **cart** was loaded with vegetables. 那

輛運貨馬車上裝滿蔬菜．
③ He was **carted** off to jail by the police. 他被警方押送去監獄．

[片語] **put the cart before the horse** 本末倒置．

in the cart 陷於困境．

[複數] **carts**

[活用] v. **carts**, **carted**, **carted**, **carting**

carter [`kɑrtɚ] n. 運貨馬車夫．

[複數] **carters**

cartilage [`kɑrtḷɪdʒ] n. 軟骨．

[複數] **cartilages**

carton [`kɑrtn] n. ① 紙箱，厚紙板盒．② 一箱，一盒《[美] 規定裝入一定數量物品》，一條．

[範例] ② a **carton** of cigarettes 一條香菸《裝入10包，一包 (pack) 20支的菸》．
May drank a **carton** of milk. 梅喝了一盒牛奶．

[複數] **cartons**

cartoon [kɑr`tun] n. ① 漫畫，(報章雜誌上的) 連環漫畫《亦作 comic strip》．② 卡通影片，動畫影片《亦作 animated cartoon》．③ 草圖，底稿《作為繪畫準備的畫稿》．

[複數] **cartoons**

cartoonist [kɑr`tunɪst] n. 漫畫家．

[複數] **cartoonists**

cartridge [`kɑrtrɪdʒ] n. ① 彈藥筒，炸藥包．② 吸墨水的筆芯；(錄音機的) 唱頭；(錄音帶等的) 卡式盒．

[複數] **cartridges**

*__carve__ [kɑrv] v. ① 雕刻．② 切開 (肉類成塊) 分給．③ 開拓，創業 (out)．

[範例] ① John **carve** a lot of statues out of wood. 約翰用木頭雕刻了很多雕像．
What will you **carve** this stone into? 你想把這塊石頭雕刻成甚麼樣子?
② In my family Father usually **carves** meat for us at dinner. 我們家晚餐的時候，通常是由父親切肉分給我們．
We **carved** up our grandfather`s estate. 我們分了祖父的財產．
③ My father has **carved** out a successful career in business. 我父親在商界開拓了成功的事業．

[片語] **carve up** 分配 (遺產)．(⇨ [範例] ②)

[活用] v. **carves**, **carved**, **carved**, **carving**

carver [`kɑrvɚ] n. ① 雕刻師．② 切肉者．③ 切肉刀．④ [~s] 切肉用具．

[複數] **carvers**

carving [`kɑrvɪŋ] n. ① 雕刻，雕刻品．② 切肉 (成塊或片)．

[範例] ① Wood **carving** has always been popular in the world. 木雕 (作品) 在世界上一直都很受歡迎．
② a **carving** knife 切肉刀．

[複數] **carvings**

cascade [kæs`ked] n. ① 小瀑布；呈瀑布狀之物．
——v. ② 像瀑布般落下．

[範例] ① **Cascades** of vines decorated the front of the house. (如瀑布般) 下垂狀的藤蔓裝飾著家門口．
② Tears **cascaded** down her face in a flood. 她淚流滿面．

[複數] **cascades**

[活用] v. **cascades**, **cascaded**, **cascaded**, **cascading**

*__case__ [kes] n.

原義	層面	釋義	範例
某特定狀況	個別的	情形；事件，事例；真相	①
	犯罪；法庭	訴訟案件；判例	②
	疾病	症狀；患者；病例	③
	支持某種意見	立場，主張；論據	④

——n. ⑤ 箱，盒．

[範例] ① I will relate the strange **case** of one of my patients. 我將說明我的一個病人之奇特病例．
In my **case**, I can enter for free. 以我為例，我可以免費入場．
In any **case**, please continue working here. 無論如何，請在這裡繼續工作．
In **case** of fire, evacuate the building. 萬一失火的話，請撤出那棟大樓．
Bring a dictionary in **case** you don`t understand. 請把字典帶著，以防有不懂的地方．
My first wife died. In the **case** of my second, she divorced me. 我第一任妻子去世了，至於第二任妻子也和我離婚了．
Most families force their children to go to cram school. Such is the **case** in Smith`s family. 大多數家庭都強迫小孩子去上補習班，史密斯家也是如此．
As is often the **case** with pandas in captivity, that couple don`t mate. 如常見於被囚禁的熊貓情況一樣，那一對也不交配．
② The detective was pleased that it was an open and shut **case**. 那位偵探因為這是一件單純的案件而感到高興．
The court **case** came to its final day. 那樁訴訟案件到了最後審判的日子．
③ She had a bad **case** of the flu the week she met John. 與約翰見面的那個星期，她患了嚴重的流行性感冒．
Numerous **cases** of this disease have come to light in America recently. 很明顯地最近美國有很多患了這種病的病人．
④ The prosecution had a clear **case** against the defendant. 檢方掌握了被告明確的罪證．
⑤ a jewel **case** 珠寶盒．

a **case** of wine 一箱葡萄酒《通常有12瓶》.

片語 *as is often the case with* 如常見於～的情形. (⇨ 範例 ①)

in any case 無論如何，不管怎樣. (⇨ 範例 ①)

in case 假如；以防. (⇨ 範例 ①)

in case of 萬一《用於不好的情況》；倘若. (⇨ 範例 ①)

in the case of 至於，就～而言. (⇨ 範例 ①)

複數 **cases**

casement [`kesmənt] *n.* (左右對開的) 兩扇鬥式窗戶《亦作 casement window》.

參考 上下開關的窗戶作 sash (window).

複數 **casements**

casework [`kes͵wɝk] *n.* 社會工作《從事救濟有困難的個人和家庭之社會福利事業》.

caseworker [`kes͵wɝkɚ] *n.* 社工人員《從事救濟有困難的個人和家庭之社會工作者》.

複數 **caseworkers**

＊**cash** [kæʃ] *n.* ① 現金.
——*v.* ② 兌現 (支票、匯票等).

範例 ① a **cash** card 金融卡.

cash on delivery 貨到付款《略作 COD》.

Cash or charge? 付現，還是記帳?

He paid for the car in **cash**. 他用現金買了那輛車.

Could you lend me some **cash**? 你能借給我一點現金嗎?

There is a **cash** dispenser on that corner. 那個轉角處有自動提款機.

② Please **cash** this traveler's check. 請把這張旅行支票兌換成現金.

They didn't **cash** me the check because I didn't have my ID card. 因為我沒帶身分證，所以他們不讓我兌換支票.

片語 *cash in on* 獲利，靠～賺錢: She **cashed in on** her investments. 她靠投資賺了錢. ② 利用: Let's **cash in on** this fine weather and go out. 讓我們利用這個好天氣出去走走吧.

♦ **cash crop** 商品農作物，經濟作物《以換取現金為目的的農作物，相對於自家用不出售的農作物 (subsistence crop)》.

cásh règister 收銀機.

活用 *v.* **cashes, cashed, cashing**

cashew [kə`ʃu] *n.* ① 檟如樹《原產於熱帶美洲的漆樹科常綠樹》. ② 腰果《檟如樹的果實》.

複數 **cashews**

＊**cashier** [kæ`ʃɪr] *n.* ①(銀行、商店或公司的) 出納員.
——*v.* ② 撤職；(在軍隊中) 撤去～職務以示懲戒.

複數 **cashiers**

活用 *v.* **cashiers, cashiered, cashiered, cashiering**

cashless [`kæʃlɪs] *adj.* 不用現金的: a **cashless** society 不用現金的社會.

cashmere [`kæʃmɪr] *n.* 喀什米爾羊毛《印度

北部 Kashmir 地區出產的羊毛》; 開士米製品.

複數 **cashmeres**

casing [`kesɪŋ] *n.* ① 外殼包裝. ② 套，管《用於汽車外胎、香腸的腸衣、銅線外皮等》. ③ (門、窗等的) 框.

複數 **casings**

casino [kə`sino] *n.* 卡西諾賭場.

複數 **casinos**

cask [kæsk] *n.* (裝液體的) 桶，酒桶《比 barrel 略小》.

複數 **casks**

casket [`kæskɪt] *n.* ① 首飾盒. ②『美』(有華麗裝飾的) 棺材.

複數 **caskets**

cassava [kə`savə] *n.* ① 木薯《原產於巴西》. ② 木薯澱粉《從木薯根提取》.

複數 **cassavas**

casserole [`kæsə͵rol] *n.* ① 焙盤，砂鍋《玻璃或陶製品》. ② 用焙盤或砂鍋烹煮的菜肴.

複數 **casseroles**

cassette [kə`sɛt] *n.* ① (裝錄音帶、錄影帶等的) 卡匣. ② 膠卷盒，底片盒.

複數 **cassettes**

＊＊**cast** [kæst] *v.* ① 投，擲，抛; 投射 (光、影、視線等) 到; (蛇) 蛻 (皮); 投 (票); 加以 (懷疑). ② 鑄造 (銅線等). ③ 派人演某角色.
——*n.* ④ 投擲. ⑤ 角色分配. ⑥ 鑄造; 鑄物 (醫學的) 石膏. ⑦〔a～〕淡淡的色調; 氣質，性格.

範例 ① The old man **cast** his net into the river. 那位老人把網撒在河裡.

The die is **cast**. 《諺語》大局已定，木已成舟.

The snake **casts** off its skin every year. 蛇年年蛻皮.

The light of the full moon **cast** an eerie shadow at midnight. 午夜時分，望月之光投射出一個令人毛骨悚然的陰影.

They **cast** their votes for Mr. Clinton. 他們投票給柯林頓先生.

He **cast** a glance at the book. 他看了那本書一眼.

Her infidelity **cast** doubts over their relationship. 她的不貞使他們之間產生了不信任.

② His bust was **cast** in bronze and put on his grave. 他的銅質半身塑像安放在他的墓上.

③ The director **cast** him as Othello. 那位導演要他飾演奧賽羅.

④ a single **cast** of dice 投一次骰子

⑤ an all-star **cast** 大卡司，全明星陣容.

⑥ He wears a plaster **cast** on his left arm. 他的左臂打著石膏.

⑦ a liberal **cast** of mind 開明的性格.

grey with a reddish **cast** 帶淺紅色的灰色.

片語 *cast about/cast around* 尋找: He **cast about** for a job. 他到處找工作.

cast aside 棄而不顧.

cast away 拋棄；使遭船難《通常用被動》：
We were **cast away** on a desert island. 我們
遭船難而漂到荒島上.

cast down ① 扔下. ② 灰心，氣餒，沮喪
《通常用被動》.

cast off ① 丟棄. (⇨ 範例 ①) ② 解開（船
的）纜繩. ③（編織）收針.

cast on（編織）起針.

cast out 趕出，驅逐.

cast up ① 向西上. ② 合計（數字）: cast up
a column of figures 將整欄數字加起來.

♦ **càst íron** 鑄鐵，生鐵《在鐵中加入碳、錳等
原料融鑄而成的合金，比鋼鐵脆》.

活用 v. casts, cast, cast, casting

複數 casts

castanets [ˌkæstəˈnɛts] *n.* 〔作複數〕響板.
➡ 充電小站 (p. 1139)

castaway [ˈkæstəˌwe] *n.* 乘船遇難的人.
字源 cast（被拋棄的）+away（遙遠）.
複數 castaways

caste [kæst] *n.* ① 種姓《印度教教徒的世襲階
級制度》. ② 特殊階級的身分或社會地位. ③
嚴格的階級制度.
參考 印度的社會階級中有婆羅門（Brahman 僧
侶）、剎帝利（Kshatriya 武士，貴族）、平民
(Visya)、首陀羅（Sudra 奴隸）.
複數 castes

caster [ˈkæstə-] *n.* ①（鋼琴、椅子等的）腳輪.
②（蓋子上有小孔的）調味瓶.
參考 亦作 castor.
♦ **cáster sùgar** 〖英〗白砂糖.
複數 casters

castigate [ˈkæstəˌget] *v.* 嚴厲批評，嚴懲.
活用 v. castigates, castigated,
castigated, castigating

casting [ˈkæstɪŋ] *n.* ① 鑄造物《將熔化的金屬
倒入模型中鑄造的部分》. ② 分配角色，選角
《分配演員擔任戲劇或電影中的角色》.
複數 castings

cast-iron [ˈkæstˈaɪən] *adj.* 〔只用於名詞前〕①
鑄鐵的，生鐵製的. ② 堅固的，強壯的. ③
（證據）無懈可擊的.
範例 ① a **cast-iron** stove 生鐵製的爐子.

② I can handle this hot pepper—I have a
cast-iron stomach. 我一點都不怕辣椒，因為
我的胃很健康.
③ a **cast-iron** alibi 不在場的鐵證.

*****castle** [ˈkæsl] *n.* ① 城 堡: An Englishman's
home is his **castle**. 英國人的家就是他的城
堡.《英國習俗不容別人擅入私宅》②（西洋棋
的）城堡《相當於象棋的車》.
片語 **built a castle** 〔**castles**〕**in the
air/built a castle** 〔**castles**〕**in Spain** 做
白日夢，建築空中樓閣: Don't try to build
castles in the air. 不要做白日夢.
複數 castles

cast-off [ˈkæstˌɔf] *adj.* ① 拋棄的，丟棄的.
—— *n.* ②〔~s〕被拋棄的人或物；舊衣.
範例 ① **cast-off** shoes 丟掉的鞋.
a **cast-off** lover 被拋棄的愛人.
② I don't like to wear John's **cast-offs**. 我不喜
歡穿約翰穿過的舊衣服.
複數 cast-offs

castor [ˈkæstə-] =*n.* caster.

castrate [ˈkæstret] *v.* 去勢，閹割；刪除主要
部分.
活用 v. castrates, castrated, castrated,
castrating

castration [kæsˈtreʃən] *n.* 去勢，閹割.
複數 castrations

****casual** [ˈkæʒuəl] *adj.* ① 偶然的. ②〔只用於名
詞前〕臨時的，不定期的. ③〔只用於名詞前〕
無心的，漫不經心的，不小心的. ④ 疏忽的，
馬馬虎虎的，隨便的;（服裝）非正式的，隨便
的.
範例 ① We had a **casual** meeting on the street.
我們在街上不期而遇.
② **casual** income 臨時的收入.
a **casual** laborer 臨時工.
③ in a **casual** way 漫無計畫的方式.
a **casual** remark 隨口而出的談話.
She gave me a **casual** look across the bar. 她
在酒吧另一邊漫不經心地看了我一眼.
a **casual** acquaintance 點頭之交.
④ "Your commitment to our marriage is too
casual, John!" Adela screamed. 艾德拉大

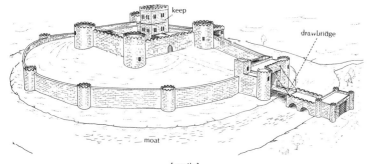

[castle]

喊:「約翰! 你對於我們的婚姻所做的承諾實在是太隨便了!」
That suit is too **casual** for a business situation. 這套西裝不適合上班穿.
casual manners 平易近人的態度.
casual wear/**casual** clothes 休閒服.
[活用] adj. **more casual, most casual**

casually [ˋkæʒʊəlɪ] adv. ① 偶然地. ② 臨時地. ③ 隨意地,漫不經心地: Nancy picked up the handbill **casually**. 南西隨手撿起那張廣告單. ④ 馬馬虎虎地,敷衍地,隨便地.
[活用] adv. **more casually, most casually**

casualty [ˋkæʒʊəltɪ] n. ① (事故等的) 傷亡者, (戰爭等的) 犧牲者. ② 意外事故,災難. ③ 〖英〗(醫院的) 急救部門《亦作 casualty department》.
[範例] ① No **casualties** were reported in the train crash. 這次火車碰撞事件中,無人傷亡.
The enemy suffered heavy **casualties**. 敵軍傷亡甚眾.
② **casualties** at sea during the storm 暴風雨造成的海難.
casualty insurance 意外保險.
♦ **cásualty depàrtment/cásualty wàrd** 〖英〗(醫院的) 急疹室.
[複數] **casualties**

****cat** [kæt] n. ① 貓,貓科動物《如虎、獅、豹等》. ② 狠毒的女人.
[範例] ① **Cats** purr. 貓發出呼嚕聲.
A **cat** has nine lives.《諺語》貓有9條命.《指生命力強》
When the **cat** is away, the mice will play.《諺語》貓一不在,老鼠就造反.
Henry looks like something the **cat** dragged in. 亨利看起來很邋遢.
[片語] **let the cat out of the bag** 不小心洩露祕密.
like a cat on a hot tin roof 〖美〗坐立不安地,心神不定地,提心吊膽地《〖英〗like a cat on hot bricks》.
look like something the cat brought in/look like something the cat dragged in 看起來很邋遢,看起來很骯髒.(⇨ [範例] ①)
rain cats and dogs 傾盆大雨.
[參考] (1)小貓作 kitten, kitty, 雄貓作 tomcat, 雌貓作 tabby. tabby 亦指「斑紋貓,虎斑貓」.
(2)雖然像狗一樣是受到人們喜愛的寵物,但發光的眼睛、不出聲音的行走方式等,給人一種奇異的感覺.
♦ **càt's crádle** 翻花繩遊戲.
cát's èye ① 夜間反射裝置《為了反射汽車的前照燈,鑲嵌在道路上的鏡片式之物》. ② 貓眼石《一種寶石》.
➡ 〖充電小站〗(p. 187)
[複數] **cats**

[cat's cradle]

catacomb [ˋkætə,kom] n. 〔~s〕地下墓穴.
[複數] **catacombs**

catalogue/catalog [ˋkætl,ɔg] n. ① 商品目錄,型錄: I got this dress from a mail order catalog. 我從郵購目錄上買到這件衣服.
② 〖美〗大學概況手冊,入學指南.
——v. ③ 編目錄,列入目錄.
[複數] **catalogues/catalogs**
[活用] v. **catalogues, catalogued, catalogued, cataloguing/catalogs, cataloged, cataloged, cataloging**

catalyst [ˋkætlɪst] n. 催化劑,觸媒.
[複數] **catalysts**

catapult [ˋkætə,pʌlt] n. ① 飛彈發射器《從軍艦甲板上發射飛機、導彈等的裝置》. ② 〖英〗彈弓《〖美〗slingshot》. ③ 石弩《發射石頭、箭的古代兵器》.
——v. ④ 發出,發射: Soldiers of Ancient Greece could **catapult** stones weighing more than two kilograms. 古希臘士兵們可以發射超過2公斤重的石頭.
[複數] **catapults**
[活用] v. **catapults, catapulted, catapulted, catapulting**

cataract [ˋkætə,rækt] n. ① 大瀑布;〔~s〕洪流;豪雨. ② 白內障《眼球內水晶體渾濁,造成視力衰退的疾病》.
[複數] **cataracts**

catarrh [kəˋtɑr] n. 黏膜炎《特指鼻〔咽喉〕的病症》.

catastrophe [kəˋtæstrəfɪ] n. 突發的大災難: If an earthquake of magnitude 7 or more should hit Tokyo, it would be a terrible **catastrophe** for the world economy. 萬一在東京發生7級以上的地震,世界經濟將會發生大混亂.
[複數] **catastrophes**

*****catch** [kætʃ] v. ① 捕捉,捉住,抓住;趕上 (交通工具);無意中發現 (某人正在做某事);感受,感染 (疾病);鉤住 (釘子等);引起 (注意等);碰上 (暴風雨等),(風、雨等) 襲擊;聽懂;著火;鎖住.
——n. ② 抓住,博得 (聲望、視線等);接球,捕獲物;扣環,圈套 (呼吸或說話聲) 哽塞.
[範例] ① The bear **caught** a salmon. 那隻熊抓到一條鮭魚.
The police failed to **catch** the thief. 警方未能逮捕到那個小偷.
The lion was **caught** alive. 那隻獅子被活捉.
He **caught** me by the arm. 他抓住我的手臂.
catch the first opportunity 抓住最好的機會.
I am glad we **caught** you in. 我很高興我正好在家.
catch a ball with the left hand 用左手接球.
I will **catch** up with you soon. 我馬上會追上你.
Production **catches** up with demand. 生產要趕上需求.
catch a taxi 攔一輛計程車.

充電小站

貓 (cat)

【Q】在英語世界中，貓給人甚麼印象呢？

【A】貓給人一種複雜、不可思議的神祕以及心術不良的印象。

比如，源自 cat 的形容詞有 catty, cattish, 不論哪一個字都含有「狡猾陰險，心術不正」之意。

以下列舉與貓有關的成語：

meek as a kitten 非常溫順的《kitten 為小貓》.

not enough room to swing a cat 空間狹窄.

like a cat on a hot tin roof 坐立不安的.

enough to make a cat laugh 極好笑《好得連貓都會笑》.

fight like cats and dogs 激烈地爭吵.

充電小站

cat and dog

【Q】在英語中如何描述關係的惡劣、彼此水火難容呢？

【A】英語中，形容關係惡劣、經常爭吵時用 cat-and-dog.

Jack and his wife, Betty, led a cat-and-dog life. 傑克和妻子貝蒂經常吵個不停.

還可用複數 cats and dogs 表示.

Tom and Jerry live like cats and dogs. 湯姆和傑瑞的關係就像貓狗般不和.

其次，形容暴風驟雨時，還可用 It is raining cats and dogs. 這是源於北歐神話，傳說奧丁 (Odin) 擁有一隻貓和一隻狗，其關係密切。貓負責下大雨，狗負責颳強風，於是 cat and dog 便被用來表示風雨交加，且又以複數形出現，可見天空被狂風暴雨所籠罩的情況。

I could not **catch** the last train. 我沒有趕上最後一班火車.

I was **caught** in a storm 我在回家的途中遇上暴風雨.

I have **caught** (a) cold. 我感冒了.

The nurse **caught** the disease from the patient. 那位護士感染了患者的疾病.

The spilt oil **caught** fire. 濺出來的油著火了.

His enthusiasm is **catching**. 他的熱情逐漸地感染了人群.

I tried to **catch** her attention in vain. 我試圖引起她的注意，但沒有成功.

I did not **catch** what you said. 我聽不懂你說的話.

A nail **caught** her dress. 釘子鉤到了她的衣服.

She was **caught** in the act of stealing. 她在行竊過程中當場被逮捕.

I was fairly **caught**. 我被逮個正著.

I **caught** him in a lie. 我發現他在說謊.

The wind **caught** the sails. 風吹飽帆篷.

The kite **caught** in a tree. 風箏被樹鉤住.

The lock won't **catch**. 這個鎖鎖不住.

② play **catch** 玩接球遊戲.

miss a **catch** 接球失誤，漏接球.

We had a good **catch** of fish 我們的漁獲甚豐.

That's no **catch**. 沒甚麼了不起.

He is rich, and so would be a good **catch** for any young woman. 他很有錢，對於年輕女性來說是個好對象.

The **catch** of my bag was broken. 我袋子上的扣環壞了.

There must be a **catch** in this question. 這個問題容易誘人答錯.

片語 **catch at** 試圖抓住：A drowning man will **catch at** a straw.《諺語》快溺死的人連一根稻草也要設法抓住.

catch hold of 抓住：Catch hold of the other end of the rope. 抓住那條繩索的另一端.

catch on/catch on to ① (時尚) 流行：The new style seems to have **caught on** with young people. 新款式好像很受年輕人的歡迎. ② 理解：She didn't **catch on to** any of the jokes we told. 她聽不懂我們說的笑話.

catch out 發現 (某人) 犯錯：You can't **catch** me out easily. 你沒那麼容易發現我的錯誤.

catch ~'s breath (因驚訝而) 屏息：She **caught her breath** in surprise. 她驚訝得屏住氣息.

catch sight of 看見，注意到.

catch the eye of 引人注目.

catch up ① 抓起：He **caught up** his hat and ran out. 他抓起自己的帽子跑出去. ② 趕上，追趕. (⇨ 範例 ①)

♦ **cátch phràse** 引人注意的詞句或標語.

活用 v. **catches, caught, caught, catching**

複數 **catches**

catcher [ˋkætʃɚ] n. (棒球的) 捕手.

複數 **catchers**

catching [ˋkætʃɪŋ] adj. ① 傳染的：Measles is **catching**. 痲疹具有傳染性的. ② 引人注目的，迷人的.

活用 adj. **more catching, most catching**

catchword [ˋkætʃˏwɝd] n. 標語，口號，口頭禪："Just say no to drugs" was an often heard **catchword** in the 1980's. 「向毒品說不」是

1980年代經常聽到的口號.

字源 catch (抓住) ＋ word (詞語) → 打動人心的詞語.

複數 **catchwords**

catchy [`kætʃɪ] adj. 吸引人的,（曲調等）動聽而好記的.

範例 a **catchy** song 容易記住的歌曲.
This slogan is **catchier** than that slogan. 這句口號比那句更能引起共鳴.

活用 adj. **catchier, catchiest**

categorical [ˌkætə`gɔrɪkl] adj. ① 無條件的, 斷然的, 絕對的, 明確的: a **categorical** refusal to help 斷然拒絕協助. ② 分門別類的, 屬於某一類的.

categorize [`kætəˌgəraɪz] v. 分類, 分門別類.

參考 〖英〗categorise.

活用 v. **categorizes, categorized, categorized, categorizing**

*__category__ [`kætəˌgɔrɪ] n. 部門, 種類, 範疇: In what **category** would you put this music? 你會把這首曲子歸為哪一類呢?
➡ 充電小站 (p. 189)

複數 **categories**

cater [`ketə] v. 包辦宴席,（指餐館以外的地方）提供飲食; 迎合, 滿足需求 (for, to).

範例 This hotel also **caters** for weddings. 這家飯店也有承辦婚宴.
The clothing store **caters** to students. 迎合學生的服裝店.

活用 v. **caters, catered, catered, catering**

caterer [`ketərə] n. 宴席承辦業者, 提供娛樂節目者.

複數 **caterers**

caterpillar

[`kætəˌpɪlə] n. ① 毛毛蟲《蛾和蝴蝶的幼蟲 (larva)》. ② 履帶; 履帶車, 履帶式牽引機《因為形狀似毛毛蟲, 亦作 caterpillar tractor, 取自商標名》.

[caterpillar]

複數 **caterpillars**

catfish [`kætˌfɪʃ] n. 鯰魚.

字源 cat (貓) ＋ fish (魚)《因為這種魚像貓一樣有鬍鬚》.

複數 **catfish**

*__cathedral__ [kə`θidrəl] n. 大教堂《駐有主教 (bishop) 的教堂》: Canterbury **Cathedral** 坎特伯里大教堂.

複數 **cathedrals**

cathode [`kæθod] n.（電池的）陰極.

複數 **cathodes**

Catholic [`kæθəlɪk] adj. ① 天主教的, 舊教的《相對於新教 (Protestant)》. ② 古代基督教的《指西元 1054 年基督教分裂為西方教會和東方教會之前的基督教教會》. ③〔c～〕普遍的,

[cathedral]

廣泛的.

── n. ④ 天主教徒, 舊教徒.

參考 基督教於 1054 年分裂為西方教會 (Catholic Church) 和東方教會 (Orthodox Church), 西方教會在16世紀又分裂為舊教和新教 (Protestant). Catholic 源自希臘語的 katholikos (普遍的、萬人的) 之意, 故舊教沿用此名, 其他宗教稱舊教為羅馬天主教 (Roman Catholic Church), 稱天主教會的最高掌權者為羅馬教宗 (the Pope).

複數 **Catholics**

Catholicism [kə`θɑləˌsɪzəm] n. 天主教教義, 天主教信仰.

*__cattle__ [`kætl] n.〔作複數〕（當作家畜的）牛《cow, ox, bull 的總稱》: There are 200 **cattle** on this ranch./There are 200 head of **cattle** on this ranch. 這座牧場飼養了200頭牛.
➡ 充電小站 (p. 287)

catty [`kætɪ] adj. 似貓的; 狡詐的, 惡毒的《特指女性》: Certain girls are **catty** and difficult to live with. 某些女孩子很狡猾, 難以相處.

活用 adj. **cattier, cattiest**

*__caught__ [kɔt] v. catch 的過去式、過去分詞.

cauliflower [`kɔləˌflauə] n. 花菜, 花椰菜.

參考 拳擊手的耳朵說成是 cauliflower ear 是因為多次受傷使耳朵變得畸形.

複數 **cauliflowers**

****cause** [kɔz] n.

原義	層面	釋義	範例
引發某件事情	事實	原因	①
	心理上	（正當的）理由	②
	邏輯上	（受支持的）目標, 理想, 運動	③

── v. ④ 成為～的原因, 引起, 給～帶來.

範例 ① Bad manners in the train was the **cause** of the quarrel. 火車上的不禮貌行為是爭吵的

範疇 (category)

【Q】category 從字典上的解釋來看，除了「類別，種類」之外，還有「範疇」之意．

【A】「範」是由「車」和「竻」組合而成．

「竻」有水字作偏旁，又有防止水溢出的竹字頂在頭頂．

「竻」與「車」組合時，「車」代替了水字偏旁，於是「範」的意思變成「防止車輪鬆動，產生固定作用的竹框」．

「疇」是田字旁，所以與田地有關，右旁的壽字原意為「長壽」．「疇」字中的「壽」並不表示長壽，而是參照「田地間的壟溝，彎彎曲曲」的形狀造出的字，因此疇的意思是「被壟溝環繞的田地」．

那麼，「範疇」又是何意呢?

「範」是可固定車輪的竹框，竹框中是可旋轉的車輪，其位置不能被其他東西隨意替換．

「疇」意為「被田壟環繞的田地」．在「被田壟環繞的一塊田地裡」，不可以隨意種植各種植物，一塊地裡只能種一種植物，例如水稻．

概括說來，「範」也好，「疇」也好，都是表示「一個統一的整體」．category 中雖然有「類別，種類」之意，仔細想來，某一個「種類」或「類別」中的成員之間都有其共同點，將有共同點的東西分別歸類，其種類或類別在英語中就是 category．

實際上，「範疇」是「洪範九疇」的省略．「洪」為大之意，「洪範」來自「天下之大法」第9條，故為「九疇」，「法」是為實現某種目的而制定，所以法的條文也帶有其種既定目的．「洪範九疇」為政治道德的基本法則，據說是中國古代聖王唐堯、虞舜至夏禹之思想集大成．

原因．

② You have no **cause** for worry. 你沒有擔心的理由．

Nobody can be absent without **cause**. 誰也不得無故缺席．

③ Democracy is the **cause** I like to work for. 民主是我想工作的目標．

④ What **caused** his illness? 他生病的原因是甚麼呢?

My dog has **caused** me a lot of trouble. 我的狗給我帶來不少麻煩．

片語 *without cause* 無緣無故地．(⇨ 範例②)

複數 **causes**

活用 v. **causes, caused, caused, causing**

causeway [ˋkɔz͵we] n. 堤道《穿過溼地、沼澤等》．

複數 **causeways**

caustic [ˋkɔstɪk] adj. ① 腐蝕性的《化學反應中，具有腐蝕其他物質的性質》．② 嚴厲的，譏諷的，尖酸刻薄的．

範例 ① **caustic** soda 苛性鈉《氫氧化鈉》．

caustic lime 生石灰《氧化鈣》．

caustic silver 硝酸銀．

② **caustic** comments about my work 對我工作的嚴厲批評．

He is always **caustic** about our success. 他總是對我們的成功說些尖酸刻薄的話．

活用 adj. ② **more caustic, most caustic**

***caution** [ˋkɔʃən] n. ① 小心，警告．

——v. ② 使小心，警告．

範例 ① Open the parcel with **caution**. 小心地打開那個包裹．

The referee gave a **caution** to the player. 裁判給那位球員一個警告．

② My boss **cautioned** me about my careless work. 我的上司對我的草率工作提出警告．

複數 **cautions**

活用 v. **cautions, cautioned, cautioned, cautioning**

cautionary [ˋkɔʃən͵ɛrɪ] adj. 告誡的，警告的: a **cautionary** tale 警世的故事．

活用 adj. **more cautionary, most cautionary**

***cautious** [ˋkɔʃəs] adj. 謹慎的，小心的．

範例 Be **cautious** when driving. 開車時要小心．

Mary is **cautious** with medicine. 瑪麗用藥很謹慎．

活用 adj. **more cautious, most cautious**

cautiously [ˋkɔʃəslɪ] adv. 小心地，慎重地: John opened the door **cautiously**. 約翰小心地打開門．

活用 adv. **more cautiously, most cautiously**

cavalcade [͵kævlˋked] n. 馬車〔汽車〕列隊行進;(一隊人馬) 遊行．

複數 **cavalcades**

cavalier [͵kævəˋlɪr] n. ① 騎士．② 向女人獻慇懃的紳士．

——adj. ③ 似騎士的，豪爽不羈的，隨便的．④ 傲慢的: I don't like your **cavalier** attitude. 我不喜歡你那傲慢的態度．

複數 **cavaliers**

活用 adj. **more cavalier, most cavalier**

cavalry [ˋkævlrɪ] n. 騎兵隊; 裝甲部隊《集合名詞》．

***cave** [kev] n. ① 洞穴，洞窟．

——v. ② 陷落，塌陷 (in)．

範例 ① The professor found some frescoes in the **cave**. 那位教授發現洞中有一些壁畫．

② The road suddenly **caved** in. 道路突然塌陷．

My daughter has **caved** your hat in. 我女兒把你的帽子弄凹下去了．

片語 *cave in* 使凹陷，(土地等) 塌陷．(⇨ 範例②)

複數 **caves**

C

[活用] v. **caves, caved, caved, caving**

caveman [`kev͵mæn] n. ① (史前時代的) 穴居人。② (對女人) 粗野的男人： My mother called your father a **caveman**. 我母親認為你父親是一個粗野的人。

[複數] **cavemen**

*__cavern__ [`kævɚn] n. 洞穴，巨穴： He lost his way in the **cavern**. 他在那個洞穴中迷路了。

[複數] **caverns**

caviar [͵kævɪ`ɑr] n. 魚子醬。

[參考] 醃製的鱘魚子，通常作為冷盤食物，亦作 caviare.

cavity [`kævətɪ] n. (固體物中的) 洞；腔： The dentist filled the **cavity** in the tooth 牙醫填補牙齒的蛀洞。

[複數] **cavities**

caw [kɔ] n. ① (烏鴉) 呱呱的叫聲。
——v. ② (烏鴉) 呱呱地叫： We heard crows **cawing**. 我們聽到烏鴉呱呱地叫。

[複數] **caws**

[活用] v. **caws, cawed, cawed, cawing**

CB [`si`bi] [縮略] ＝citizens' band (民用波段) 《開放給近距離無線電對講機使用者的波段，常為司機所使用》。

[複數] **CB's/CBs**

cc/cc. 《縮略》＝cubic centimeter, cubic centimeters (立方公分，亦作 cm³)。

CD [`si`di] [縮略] ＝compact disc (雷射唱片)。
♦ **CD-ROM** 唯讀光碟機《亦作 CD，其複數形為 CD-ROM's/CD-ROMs》。

[複數] **CD's/CDs**

*__cease__ [sis] v. ① 停止，終止，結束。
——v. ② 停止。

[範例] ① The Inca Empire **ceased** to exist in 1533. 印加帝國於1533年滅亡。
At last the boys **ceased** singing. 男孩們終於停止唱歌。
Cease fire! 停止射擊!
② The factory noise goes on for several hours without **cease**. 工廠的噪音不斷持續了好幾個小時。

[片語] **without cease** 不斷地。(⇨ [範例] ②)

[活用] v. **ceases, ceased, ceased, ceasing**

ceasefire [`sis͵faɪr] n. 停戰，停火《亦作 cease-fire》。

[複數] **ceasefires**

ceaseless [`sislɪs] adj. 不停的，不間斷的： The surface of this road damages easily because of the **ceaseless** traffic. 這條路因來往的車輛不斷，路面很容易損壞。

ceaselessly [`sislɪslɪ] adv. 不停地，不間斷地： The waterfall roars on **ceaselessly**. 這道瀑布不停地發出轟隆轟隆的聲響。

cedar [`sidɚ] n. 雪松《松科的常綠喬木，其高度可達30-60公尺》。

[複數] **cedars**

cede [sid] v. 《正式》轉讓，割讓 (領土，權利等)： Spain **ceded** the Philippines and other territories to the U.S. after the Spanish-

American War. 美西戰爭結束後，西班牙將菲律賓及其他領土割讓給美國。

[活用] v. **cedes, ceded, ceded, ceding**

*__ceiling__ [`silɪŋ] n. ① 天花板，頂棚： There are a lot of flies on the **ceiling**. 天花板上有很多蒼蠅。② 最高限度《薪水、費用、物價等由官方規定的最高限額》。③ (飛機等的) 最大飛行高度。④ 雲幕高度《從地面至最低雲層的視野高度》。

[片語] **hit the ceiling** 勃然大怒。
♦ **céiling príce** 最高價格。

[複數] **ceilings**

*__celebrate__ [`sɛlə͵bret] v. 慶祝 (節日等)；讚揚。

[範例] We **celebrated** Helen's birthday yesterday. 我們昨天慶祝海倫生日。
We **celebrated** her brave deed. 我們讚揚她的勇敢行為。

[活用] v. **celebrates, celebrated, celebrated, celebrating**

celebrated [`sɛlə͵bretɪd] adj. 著名的。

[範例] Tainan is **celebrated** for its historical buildings. 臺南因具有歷史性的建築物而聞名。
Joan Miró is a **celebrated** painter. 喬安·米羅是一位著名的畫家。

[活用] adj. **more celebrated, most celebrated**

*__celebration__ [͵sɛlə`breʃən] n. 慶典；慶祝： The government made gold coins in **celebration** of the 60th anniversary of the Queen's reign. 政府製作金幣為慶祝女王在位60週年。

[片語] **in celebration of** 為~慶祝. (⇨ [範例])

[複數] **celebrations**

celebrity [sə`lɛbrətɪ] n. ① 名人。② 名望，名聲： The man gained **celebrity**. 那個人博得名聲。

[複數] **celebrities**

celery [`sɛlərɪ] n. 芹菜。

*__celestial__ [sə`lɛstʃəl] adj. ① 天空的，天的。② 天國的；神聖的；無比的。

[範例] ① **celestial** blue 天藍色。
a **celestial** map 天體圖。
② **celestial** bliss 無比的幸福。

[活用] adj. ② **more celestial, most celestial**

celibate [`sɛləbɪt] n. ① 獨身者《特指由於宗教上的原因》。
——adj. ② 獨身的。

[複數] **celibates**

*__cell__ [sɛl] n. ① (監獄的) 單人牢房。② (修道院的) 獨居室。③ 電池。④ 細胞。⑤ (政黨等的) 基層組織，支部。⑥ (蜂巢中的) 小蜂窩。
♦ **drý céll** 乾電池。
sòlar céll 太陽能電池。

*__cellar__ [`sɛlɚ] n. ① 地下儲藏室，地窖《用於葡萄酒等的儲藏》。② 所儲藏的酒。

[範例] ① a wine **cellar** 酒窖。

② Tom keeps a good **cellar**. 湯姆藏有大量的好酒.
複數 **cellars**
cellist [`tʃɛlɪst] *n.* 大提琴手.
複數 **cellists**
cello [`tʃɛlo] *n.* 大提琴《亦作 violoncello》.
複數 **cellos**
cellular [`sɛljələ] *adj.* ① 細胞(狀)的. ② 多孔的. ③ (布料) 織結粗的.
♦ **cèllular phóne** 行動電話, 大哥大.
cellulose [`sɛljə,los] *n.* 纖維素《植物細胞膜的主要成分, 不溶於水、酒精、乙醚》.
Celsius [`sɛlsɪəs] *n.* 攝氏《略作 C. 或 C》: 30° **Celsius** 攝氏 30 度《讀作 thirty degrees Celsius》.
➡ (充電小站) (p. 193)
Celt [sɛlt] *n.* 塞爾特人〔族〕《不列顛群島的原住民; 現在居住於 Ireland, Wales, Scotland 等地》.
發音 亦作 [kɛlt].
Celtic [`sɛltɪk] *n.* 塞爾特語.
發音 亦作 [`kɛltɪk].
cement [sə`mɛnt] *n.* ① 水泥; 黏著劑.
——*v.* ② 用水泥〔黏著劑〕接合, 塗水泥. ③ 鞏固 (友誼等): Our friendship was **cemented** by time. 我們的友誼與日俱增.
♦ **cemént mixer** 水泥攪拌機.
活用 *v.* **cements**, **cemented**, **cemented**, **cementing**
***cemetery** [`sɛmə,tɛrɪ] *n.* (非毗鄰教堂的) 基地《教會的基地為 churchyard》.
複數 **cemeteries**
censor [`sɛnsə] *n.* ① (出版品、電影等的) 審查員.
——*v.* ② 檢查 (出版品、電影等); 檢查後刪改〔刪除〕: His remarks were **censored** because they were so obscene. 經審查後, 他的言論因為太淫穢而被刪除.
複數 **censors**
活用 *v.* **censors**, **censored**, **censored**, **censoring**
censorship [`sɛnsə,ʃɪp] *n.* 審查; 審查制度; 審查員的職務.
***censure** [`sɛnʃə] *v.* ① 責難, 指責, 嚴厲批評.
——*n.* ② 責難, 指責, 嚴厲批評.
範例 ① The lawyer **censured** the minister for having told lies. 律師指責那位牧師說謊.
The company president was **censured** for giving himself a pay raise while the company lost money. 公司總裁因為在公司虧損時為自己提高薪資而遭到非難.
② The governor won the election even though a vote of **censure** was passed on him. 儘管通過對州長的不信任投票, 他還是贏得了選戰.
活用 *v.* **censures**, **censured**, **censured**, **censuring**
複數 **censures**
census [`sɛnsəs] *n.* 人口普查: A **census** is carried out every ten years. 人口普查每10年舉行一次.
***cent** [sɛnt] *n.* ① 分《貨幣單位》. ② 1分錢銅幣.
參考 美國、澳洲、加拿大、新加坡、牙買加等國的分是元 (dollar) 的1/100, 略作 ¢, c., ct., 複數略作 cts.
字源 拉丁語 centum (100).
複數 **cents**
centaur [`sɛntɔr] *n.* 半人半馬的怪物《希臘神話中上半身為人, 下半身為馬的怪物》.
複數 **Centaurs**
centenary [`sɛntə,nɛrɪ] *n.* 〖英〗100週年慶典, 100週年紀念日.

[centaur]

複數 **centenaries**
centennial [sɛn`tɛnɪəl] *n.* 〖美〗100週年慶典, 100週年紀念日.
複數 **centennials**
****center** [`sɛntə] *n.* ① 中心, 中央. ② (籃球、棒球的) 中鋒, 中外野手. ③ (政治的) 中間派.
——*v.* ④ (使) 集中; 置於中心; 寄託於.
範例 ① the **center** of a circle 圓心.
the **center** of gravity 重心.
My son likes to be the **center** of attention. 我兒子喜歡成為關注的焦點.
The nurse is working for a medical **center**. 那位護士在醫療中心工作.
② Ken is a **center** fielder. 肯是中外野手.
③ The **center** parties are gaining ground as voters are fed up with extremist policies. 選民們已經厭煩了激進派的政策, 所以中間派獲得大眾的支持.
④ Mrs. Smith **centers** her hopes on her daughter. 史密斯太太把全部希望寄託在女兒身上.
參考 〖英〗centre.
♦ **dáy-care cènter** 日間托兒所.
ínfo. cènter 詢問處.
shópping cènter 購物中心.
tráde cènter 貿易中心.
複數 **centers**
活用 *v.* **centers**, **centered**, **centered**, **centering**
centigrade [`sɛntə,gred] *adj.* 攝氏的; 百分度的: The temperature in this room is still 25 degrees **centigrade**. 這房間的氣溫仍然是攝氏25度.
參考 centi- (100的) + grade (刻度) 之意, 指水的冰點為0度, 沸點為100度, 在0與100之間等分成100個刻度的溫度測量法.
➡ (充電小站) (p. 193)
centimeter [`sɛntə,mitə] *n.* 釐米, 公分《略作 cm》.
參考 〖英〗centimetre.
複數 **centimeters**
centipede [`sɛntə,pid] *n.* 蜈蚣.

C

〔複數〕**centipedes**

***central** [ˋsɛntrəl] *adj.* 中心的，中央的；主要的.

〔範例〕This is the **central** district of London. 這裡是倫敦的中心區.

The detective's **central** purpose was to find the killer. 那位警探的主要目標是找到殺人犯.

♦ **Cèntral América** 中美洲《包括墨西哥、貝里斯、瓜地馬拉、薩爾瓦多、宏都拉斯、尼加拉瓜、哥斯大黎加、巴拿馬等八國》.

cèntral héating 中央暖氣系統.

〔活用〕*adj.* **more central**，**most central**

centralisation [ˌsɛntrəlaɪˋzeʃən] =*n.* 〔美〕centralization.

centralise [ˋsɛntrəlˌaɪz] =*v.* 〔美〕centralize.

centralization [ˌsɛntrəlaɪˋzeʃən] *n.* 集中化；中央集權(化).

〔參考〕〔英〕centralisation.

centralize [ˋsɛntrəlˌaɪz] *v.* 使集於中心；中央集權化：The new constitution tried to **centralize** power in the Lower House. 新憲法設法把權力集中於下議院.

〔參考〕〔英〕centralise.

centre [ˋsɛntə] =*n.*，*v.* 〔美〕center.

***century** [ˋsɛntʃərɪ] *n.* ① 100年. ② 1世紀.

〔範例〕① in half a **century** 50年內.

during the past **century** 過去100年.

② in the twentieth **century** 在20世紀.

the turn of this **century** 本世紀初.

〔字源〕拉丁語 centum (100).

〔複數〕**centuries**

C.E.O./CEO [ˋsiˋiˋo] 〔縮略〕=chief executive officer (總裁，即大公司的最高行政主管).

〔複數〕**C.E.O.'s/C.E.O.s/CEO's/CEOs**

ceramic [səˋræmɪk] *adj.* 〔只用於名詞前〕陶器的，製陶術的.

ceramics [səˋræmɪks] *n.* ①〔作單數〕製陶術，陶藝. ②〔作複數〕陶(瓷)器類(製品).

***cereal** [ˋsɪrɪəl] *n.* ① 穀物，穀類. ② 穀類加工食品《將燕麥粉作成燕麥片、燕麥粥 (oatmeal)，將玉米粉作成玉米片 (cornflakes)等，可當作早餐》.

〔複數〕**cereals**

***ceremonial** [ˌsɛrəˋmonɪəl] *adj.* ① 儀式的；儀式用的；正式的：a **ceremonial** dress 禮服.

——*n.* ② 儀式，典禮.

〔複數〕**ceremonials**

ceremonially [ˌsɛrəˋmonɪəlɪ] *adv.* 儀式地；正式地：The Senator **ceremonially** announced his candidacy for the Presidency. 那位參議員正式宣布參選總統.

***ceremonious** [ˌsɛrəˋmonɪəs] *adj.* 講究儀式的，鄭重其事的：a **ceremonious** welcome 隆重的歡迎.

ceremoniously [ˌsɛrəˋmonɪəslɪ] *adv.* 隆重地：The Italian Government **ceremoniously** welcomed the Prime Minister of India. 義大利政府隆重地歡迎印度總理.

***ceremony** [ˋsɛrəˌmonɪ] *n.* ① 典禮，儀式. ② 客套；禮節，繁文縟節.

〔範例〕① The wedding **ceremony** was beautiful. 那場結婚典禮辦得很華麗.

② Let's cut out the **ceremony** between us. 我們之間不要拘泥於形式吧.

Please don't stand on **ceremony**. 請不要拘禮.

〔片語〕***stand on ceremony*** 講究禮節，拘於形式. (⇨ 〔範例〕②)

〔複數〕**ceremonies**

***certain** [ˋsɝtṇ] *adj.*

原義	層面	釋義	範例
確實	事實	確實的，確信的	①
	不明確地說	〔只用於名詞前〕某，某種的《雖知道，卻不願明白說出》	②

〔範例〕① I regard the news as pretty **certain**. 我認為那則新聞相當可信.

It is far from **certain** that the prime minister is ill in bed. 總理是否臥病在床並未確知.

He is **certain** to come./I am **certain** that he will come. (我確信)他一定會來.

She is **certain** (that) she will succeed. 她確信她會成功.

I feel **certain** that she will come back. 我確信她會回來.

② a **certain** scholar 某學者.

a **certain** Mr. Bell 有一位叫貝爾先生《某位貝爾先生》.

on a **certain** day 在某一天.

to a **certain** extent 到某種程度.

a man of a **certain** age 已有相當歲數的人.

〔片語〕***certain of*** 某些，有些部分：learn by heart **certain** of the poems 熟記那些詩的部分內容《**certain** of 中的 **certain** 是代名詞，而非形容詞》.

for certain 確切地，確實地：I could not say **for certain**. 我無法確切地說.

make certain 確保，弄清楚：Lucy must **make certain** when the guests leave. 露西必須弄清楚客人甚麼時候離開.

〔活用〕*adj.* ① **more certain**，**most certain**

***certainly** [ˋsɝtṇlɪ] *adv.* 確實地，無疑地，當然.

〔範例〕He'll **certainly** pass the exam. 他一定會通過考試.

"Will you come?" "**Certainly**."「你會來嗎?」「當然.」

"May I go out?" "**Certainly** not."「我可以出去嗎?」「當然不可以.」

"Will you help me?" "Yes, **certainly**."「你會

C

【充電小站】

攝氏 (Celsius) 與華氏 (Fahrenheit)

【Q】表示溫度的方法有「攝氏」和「華氏」，英語中分別是 Celsius 和 Fahrenheit，然而這兩者有甚麼關係呢？

【A】請看下面這兩個例子：首先，England 為甚麼會稱作「英國」呢？那是因為 England 在中文中寫成「英格蘭」，而且 England 的頭音讀作「英」，由此得名「英國」，「英語」也有相似之處，它是取自於「英國的語言」的簡略形式。把 America 稱為「美國」，也是採取同一方法。America 中文寫成「亞美利加」，取其第二個字「美」與國字組合而得名「美國」。

然而，就「攝氏」而言，殼水的冰點 (freezing point) 為0°C、沸點 (boiling point) 為100°C 來作為溫度的刻度，是由瑞典天文學家 Anders Celsius (1701-1744) 所發明，取自與 C 音相近的中文「攝」字而得名「攝氏」。

「華氏」也是如此，發明華氏的是德國物理學家 Gabriel D. Fahrenheit (1686-1736)，他把水的冰點設為32°F、沸點為212°F，並將人體的普通溫度設為100°F。而中文的「華」與 Fahrenheit 開頭的發音相近，故得名「華氏」。

▶ 氣溫、體溫等溫度 (temperature) 採取下述表達方式：
    23.4°C: twenty-three point four degrees Celsius
    58.3°F: fifty-eight point three degrees Fahrenheit
此外也有人用 Centigrade（百分度）來代替 Celsius，雖然攝氏原本就是百分度，但並不表示這樣就準確。而且，從字源來講，它也不正確。

「度」是譯自 degree，而且 degree 還用於表示「角度，緯度，經度」。
▶ 角度 (angle)
    32.5°: thirty-two point five degrees
▶ 緯度 (latitude)、經度 (longitude)
    40°N: forty degrees north（北緯40度）
    80°E: eighty degrees east（東經80度）
    25°10′W: twenty-five degrees ten minutes west（西經25度10分）
    35°25′S: thirty-five degrees twenty-five minutes south（南緯35度25分）

幫我忙嗎？」「當然.」
[活用] *adv.* **more certainly, most certainly**
certainty [`sɝtntɪ] *n.* ① 確實，無疑. ② 確實的事情.
[片語] **for a certainty/to a certainty** 確定地，一定地，必定地.
with certainty 確信無疑地，確實地.
[複數] **certainties**
certificate [sɚ`tɪfəkɪt] *n.* 證明書，證照，執照，(沒有學位的) 結業證書.
[範例] a birth **certificate** 出生證明書.
a gift **certificate** 禮品券.
a health **certificate** 健康證明書.
a marriage **certificate** 結婚證書.
a medical **certificate** 醫療診斷書.
a teacher's **certificate** 教師執照，教員檢定合格證書.
[複數] **certificates**
certify [`sɝtə,faɪ] *v.* ① 證明，保證. ② 頒發證書，發給許可證 [執照]. ③ (醫生) 證明 (某人) 為精神異常.
[範例] ① This is to **certify** that he won first prize in the 10th All Taiwan English Oratorical Contest. 茲證明他在第10屆全臺英語演講比賽中贏得首獎.
His report was **certified** (as) correct. 他的報告業經證明是正確的.
I can't **certify** that he was here. 我無法證明他之前來過這裡.
② Mr. Chang is a **certified** teacher. 張先生是一位合格的教師.《certified 作形容詞性》
③ At last he was **certified** insane. 最後他出具證書證明為精神異常.

[片語] **This is to certify that....** 茲證明⋯.《用於證明書中的第一句》(⇨ [範例] ①)
[活用] *v.* **certifies, certified, certified, certifying**
cessation [sɛ`seʃən] *n.*《正式》停止：The president called for a **cessation** of hostilities 總統呼籲停戰.
cesspit [`sɛs,pɪt] *n.* 污水坑；不乾淨的地方《亦作 cesspool》.
[複數] **cesspits**
cesspool [`sɛs,pul] *n.* 污水坑；不乾淨的地方《亦作 cesspit》.
[複數] **cesspools**
cf./cf [`si`ɛf, kən`fɝ]《縮略》=（拉丁語）confer（參照，比較）：**cf.** p. 10 請參照第10頁.
[參考] 相當於英語的 compare（比較）.
chafe [tʃef] *v.* ① 擦傷，擦痛，擦破. ② 因～發怒，(使) 煩躁 (at, under).
——*n.* ③ 擦傷.
[範例] ① A stiff collar may **chafe** your skin. 硬的衣領也許會擦破你的皮膚.
② The English teacher **chafes** at some grammatical mistakes committed by his students. 英語老師很受不了他的學生所犯的一些文法錯誤.
[活用] *v.* **chafes, chafed, chafed, chafing**
[複數] **chafes**
chaff [tʃæf] *n.* ① 米糠，穀物之殼. ② 乾草.
——*v.* ③ (善意地) 嘲弄，戲弄：We **chaffed** him for wearing white socks with summer sandals. 我們都嘲笑他穿白色短襪配涼鞋.
[活用] *v.* **chaffs, chaffed, chaffed, chaffing**
chagrin [ʃə`grɪn] *n.* ① 懊惱，悔恨.

C

——v. ② 使懊惱，使悔恨。

[範例] ① Much to my **chagrin**，I didn't get the job. 令我十分懊惱的是，我沒有得到那份工作。

② She is **chagrined** by my drinking every night. 她對我每晚喝酒這件事情十分惱火。

[活用] v. chagrins，chagrined，chagrined，chagrining

***chain** [tʃen] n. ① 鏈子，鏈條。② 一連串，連續，連鎖。③〔~s〕束縛，枷鎖。

——v. ④ 用鏈子繫住 (up)，束縛 (人或物)。

[範例] ① Keep your dog on a **chain**. 把狗拴在鏈子上。

Mary wore a platinum **chain** around her neck. 瑪麗的脖子上戴著一條白金項鍊。

a bicycle **chain** 自行車的鏈條。

② a **chain** of mountains 山脈。

a **chain** of pearls 珍珠項鍊。

a nuclear **chain** reaction 原子核的連鎖反應。

Mr. Young now owns a **chain** of 850 fast-food restaurants. 楊先生現在擁有850家速食連鎖店。

③ The **chains** of drug addiction constrain his life. 毒癮束縛他的一生。

④ This dog is very dangerous. It should be **chained** up. 這隻狗很危險，應該用鏈子把牠拴起來。

Many office workers feel **chained** to their dreary jobs. 很多上班族深受枯燥乏味的工作所束縛。

[片語] **on a chain** 被鏈子繫住〔拴住〕. (⇨ [範例] ①)

♦ **cháin màil** 鎖子甲《用鐵環串聯而製成的鎧甲》.

chàin reáction 連鎖反應，連鎖發生的事件。

cháin sàw 鏈鋸，電鋸。

cháin smòker 一根接一根抽菸的人，老菸槍。

cháin stòre 連鎖商店《在同一企業經營管理下的分店》.

[複數] chains

[活用] v. chains，chained，chained，chaining

***chair** [tʃɛr] n. ① 椅子。②〔~s〕主席，主席職位，主席職務。③ 大學教授的職位。

——v. ④ 擔任主席。

[範例] ① Won't you take a **chair**? 你請坐好嗎？

She is sitting in the **chair** reading a magazine. 她坐在椅子上看雜誌。

② He takes the **chair** of this committee meeting. 他擔任這個委員會的主席。

④ I **chaired** the conference. 我擔任那場會議的主席。

[片語] **take the chair**（擔任會議主席）開始開會。(⇨ [範例] ②)

[參考] 坐在椅子上時用 sit on a chair，而坐進有扶手的椅子時則用 sit in a chair.

[複數] chairs

[活用] v. chairs，chaired，chaired，chairing

***chairman** [ˋtʃɛrmən] n. ① 主席，主持人：She was elected **chairman**. 她被選為主席。

② 委員長，會長，董事長。

[參考] 一般稱呼時，男性為 Mr. Chairman，女性為 Madam Chairman. 近來由於提倡男女平權主義 (feminism)，漸漸以 chairperson 取代。

[複數] chairmen

chairmanship [ˋtʃɛrmən.ʃɪp] n. ① 主席職務，會長職務，董事長職務。② 主席的任期，會長的任期，董事長的任期。

chairperson [ˋtʃɛr.pɜsn] n. ① 主席，主持人。② 委員長，會長，董事長。

[複數] chairpersons

chairwoman [ˋtʃɛr.wumən] n. ①（女性的）主席，主持人。②（女性的）委員長，會長，董事長。

[複數] chairwomen

chalet [ʃæˋle] n. 瑞士農舍《瑞士境內阿爾卑斯山區的小屋》，山間農舍風格的房子。

[複數] chalets

[chalet]

chalice [ˋtʃælɪs] n. 聖餐杯《基督教儀式中用來裝葡萄酒的高腳杯》.

[複數] chalices

****chalk** [tʃɔk] n. ① 粉筆。② 白堊《灰白色軟質石灰岩》.

——v. ③ 以粉筆書寫或作記號。

[範例] ① There is only one piece of **chalk** in the box. 盒子裡面只剩下1支粉筆。

② **Chalk** is pure calcium carbonate. 白堊是純粹的碳酸鈣。

[片語] **as different as chalk and cheese/as like as chalk to cheese**（本質上）截然不同，《白堊和乳酪，外觀有點相似，本質卻完全不同》.

by a long chalk 一點也（不），完全（沒有）《用於否定句》：This argument isn't over **by a long chalk**. 此一爭論還是沒完了。

chalk out 概略地說明（計畫等）.

chalk up（比賽中）記錄得分；歸因於。

♦ **Frènch chálk**（裁縫用的）滑石《在布料上作記號的粉筆》.

[活用] v. chalks，chalked，chalked，chalking

chalkboard [ˋtʃɔk.bord] n.《美》黑板。

[複數] chalkboards

chalky [ˋtʃɔkɪ] adj. 粉筆的；白堊質的，跟白堊

一樣白的: **chalky** soil 白堊土.

活用 *adj.* **chalkier**, **chalkiest/more chalky**, **most chalky**

＊**challenge** [`tʃælɪndʒ] *v.* ① 挑戰(比賽等).
② 要求(某人)提出證據[事實]. ③ 質疑. ④ (哨兵)盤問.
—— *n.* ⑤ 挑戰. ⑥ 難題, 課題《當前急需解決的問題》. ⑦(哨兵的)盤問.

範例 ① I **challenge** you to a game of chess. 我向你挑戰下一盤西洋棋, 一較高下.
This task **challenges** me. 這項工作對我而言充滿挑戰性.
② The Congressman **challenged** the minister for evidence. 那位國會議員要求部長提出證據.
③ I don't **challenge** your statement. 我並沒有質疑你的陳述.
④ I was **challenged** by a soldier. 我被一個士兵盤問.
⑤ OK, I'll accept your **challenge**. 好, 我接受你的挑戰.
I want to get a job with **challenge**. 我想從事具有挑戰性的工作.
⑥ Environmental pollution is a serious **challenge** today. 環境污染是當前亟待解決的重大課題.
⑦ When we heard the guard give a **challenge**, we instinctively reached for our weapons. 一聽到哨兵發口令盤問, 我們本能性地伸手去拿武器.

活用 *v.* **challenges**, **challenged**, **challenged**, **challenging**
複數 **challenges**

challenger [`tʃælɪndʒɚ] *n.* 挑戰者, 質問者, 異議者: the **challenger** to the champion 冠軍的挑戰者.
☞ ↔ defender
複數 **challengers**

＊**chamber** [`tʃembɚ] *n.* ① 特殊用途的房間, 臥室. ② 議院, 會場. ③ 法官的辦公室. ④ 〖英〗律師事務所. ⑤(槍砲的)彈膛, 藥室. ⑥ (動, 植物體內的)腔; 洞穴.
範例 ② the upper **chamber** 上議院.
⑥ The human heart has four **chambers**. 人類的心臟有4個腔.《準確地說是2個心房和2個心室》
♦ **chámber mùsic** 室內樂《專門在私宅或小演奏廳演奏的音樂小品》.
chàmber of cómmerce 商會.
參考 表 ③ 之意時作 chambers, 法官在此審理不需要訴諸法庭的案件. 表 ④ 之意時作 chambers, 為英國法學院中律師就訴訟案件與委託人協商的場所.
複數 **chambers**

chambermaid [`tʃembɚ,med] *n.* (旅館等整理房間的)女服務員.
複數 **chambermaids**

chameleon [kə`miliən] *n.* ① 變色蜥蜴, 變色龍. ② 反覆無常的人, 善變的人.

字源 希臘語的 khamai(地上的)＋leon(獅子).
複數 **chameleons**

chamomile [`kæmə,maɪl]＝*n.* camomile.

champ [tʃæmp] *v.* ①(馬等)大聲咀嚼(草料).
② 迫不及待.
—— *n.* ③ 優勝者, 冠軍《champion 的縮略》.
範例 ① The horses are **champing** their hay. 那些馬叭嗒叭嗒地吃著乾草.
② The women were **champing** to start immediately. 那些女士們急著要馬上出發.
活用 *v.* **champs**, **champed**, **champed**, **champing**
複數 **champs**

champagne [ʃæm`pen] *n.* 香檳《發泡性的白葡萄酒》.
字源 取自法國東北部的地名 Champagne.

＊**champion** [`tʃæmpɪən] *n.* ① 優勝者, 冠軍. ② 擁護者, 支持者.
—— *v.* ③(為主義, 運動等)擁護, 支持; 保衛.
範例 ① a tennis **champion** 網球冠軍.
the **champion** horse 優勝馬.《champion 作形容詞性》
② He was a **champion** of capitalism. 他是資本主義的擁護者.
③ The professor has **championed** a progressive tax for many years. 那位教授多年來一直支持累進稅.
複數 **champions**
活用 *v.* **champions**, **championed**, **championed**, **championing**

＊**championship** [`tʃæmpɪən,ʃɪp] *n.* ① 冠軍(身分或稱號), 優勝者的地位. ② 錦標賽, 冠軍賽, 決賽. ③(為主義, 運動等的)擁護, 捍衛.
範例 ① I'm sure he'll hold onto the **championship** in his next fight. 我確定下一場比賽他還是會獲得冠軍.
② The world tennis **championship** for this year will be held this afternoon. 今年的世界網球錦標賽將在今天下午舉行.
③ Their **championship** of civil rights in this town is well known. 他們擁護民權在這個城鎮上非常有名.
複數 **championships**

＊**chance** [tʃæns] *n.*

原義	層面	釋義	範例
可能性	好運	機會, 好機會	①
	預測	可能性, 或然率, 機率	②
	隱含負面的影響	冒險, 碰運氣	③

—— *adj.* ④ 偶然的, 意外的.
—— *v.* ⑤ 偶然發生, 碰巧.
範例 ① John had a **chance** to meet the President last night. 昨天晚上約翰有幸見到

總統.
He didn't give me a **chance** to say a word. 他連說話的機會都不給我.

② I have no **chance** of being elected. 我不可能入選.

There is a good **chance** we can win. 我們獲勝的機率很大.

③ We're taking a big **chance** investing all our money in one company. 我們冒很大的風險把所有的錢投資在同一家公司.

④ a **chance** visit 意外的造訪.

⑤ I **chanced** to see her coming out of the pub. 我碰巧看到她從酒吧裡出來.

[片語] **by any chance** 萬一, 也許.

by chance 意外地, 偶然地.

even chance 勝負各半.

leave to chance 聽從命運的安排.

on the chance of 期望, 期待.

on the off chance of 對～抱著渺茫的希望.

take a chance 冒險一試, 碰運氣. (⇨ [範例] ③)

[複數] **chances**

[活用] v. chances, chanced, chanced, chancing

chancellor [`tʃænsələ˞] n. ① (德國、奧地利等的) 總理. ② 大臣, 長官 (《高級長官的職稱》). ③ 大學校長 (《美國、加拿大等部分大學分校的校長》).

[複數] **chancellors**

chandelier [ˌʃændl̩`ɪr] n. 枝形吊燈《裝飾用的大型照明器具》.

[複數] **chandeliers**

change [tʃendʒ] v. ① 改變, 變化, 轉變. ② 換乘 (車輛或交通工具). ③ 更衣, 換 (衣服). ④ 兌換 (錢), 換 (零錢). —— v. ⑤ 變化, 變更. ⑥ 換乘, 找零, 零錢.

[範例] ① The traffic lights **changed** from green to yellow. 交通號誌從綠燈變成黃燈.

He has **changed** a lot since he came back from college. 從大學回來後, 他改變很多.

I've **changed** my mind about going to college. 我改變了上大學的念頭.

The dancer **changed** partners. 那位舞者換了舞伴.

② **Change** trains at Pingtung for Taitung. 往臺東去要在屏東換火車.

③ She **changed** her clothes for dinner. 她換了衣服以便參加晚宴.

④ Can you **change** NT$10,000 into dollars for me? 你能幫我把1萬元新臺幣換成美元嗎?

⑤ Yesterday there was a sudden **change** in the weather. 昨天天氣驟變.

The government proposed major **changes** in the tax laws. 政府提出大幅度修改稅法的議案.

The doctor said my wife needed a **change** of climate. 那位醫生說我妻子需要易地療養.

The director made a **change** in the cast. 導演

換了演員陣容.

She took a **change** of clothes with her. 她帶了替換的衣服.

⑥ Don't forget your **change**. 不要忘了找零.

Can you give me **change** for a ten-dollar bill? 你能兌換這張10美元紙幣嗎?

[片語] **change a baby** 換尿布.

change ～'s bed 換床單.

change for the better 好轉.

change for the worse 惡化.

change over 轉換, 變換: Vietnam has **changed over** from French to English as its language of commerce. 越南把法語轉換成英語作為商業用語.

change places 換位置.

for a change 為了轉換心情, 換換口味: We ate at a restaurant **for a change**. 為了換個口味, 我們到餐館去用餐.

get no change out of 從～得不到消息.

ring the changes 以各種不同的次序鳴鐘; 以各種方法說或做同一件事.

♦ **a chànge of áir/a chànge of clímate** 換換環境, 易地療養.

a chànge of héart 變心; 改變主意.

a chànge of páce (為解悶而) 變換活動或習慣.

lòose chánge/smàll chánge 零錢.

the chànge of life (女性的) 更年期.

[活用] v. changes, changed, changed, changing

[複數] **changes**

*__changeable__ [`tʃendʒəbl̩] adj. 多變的, 善變的, 反覆無常的: **changeable** weather 多變的天氣.

[活用] adj. more changeable, most changeable

*__channel__ [`tʃænl̩] n. ① 航道, 水道 (河湖、港灣等為了提供船隻航行而挖掘之處). ② 海峽 《比 strait 寬闊》. ③ (報導、通訊等的) 途徑, 管道, 手段 (表此義時通常作 channels). ④ (電視、廣播的) 頻道. —— v. ⑤ 開鑿, 挖掘溝渠. ⑥ 水路輸送, 導引, 導向.

[範例] ① The **channel** is too shallow for big ships. 那條水道對大型船隻來說太淺了.

② We can cross the **channel** by boat in twenty minutes. 坐船20分鐘就可以橫渡這個海峽.

③ The information came through official **channels**. 消息透過官方管道傳送過來.

④ You can watch the movie on **Channel** 3. 你可以在第3頻道看到那部電影.

⑤ As of next year all new roads will be **channeled** for drainage. 從明年開始所有新道路都要挖排水溝.

[複數] **channels**

[活用] v. channels, channeled, channeled, channeling/channels, channelled, channelled, channelling

chant [tʃænt] n. ① 聖歌, 單調的曲子《用以套

上《聖經》中的話，供教會儀式時歌詠）. ② 單調的說詞，死板的聲音.
—— v. ③ 唱聖歌. ④ 反覆〔單調〕地唱歌、詠唱或說話.
複數 **chants**
活用 v. **chants**, **chanted**, **chanted**, **chanting**
chantey/chanty [ˋʃæntɪ] = n. shanty ②.
*__chaos__ [ˋkeɑs] n. ① 混亂，毫無秩序: The earthquake left the city in **chaos**. 地震使那個城市陷於一片混亂之中. ② 混沌《宇宙未形成之前的情形》.
chaotic [keˋɑtɪk] adj. 混亂的，毫無秩序的.
活用 adj. **more chaotic**, **most chaotic**
chaotically [keˋɑtɪklɪ] adv. 毫無秩序地，混亂地.
活用 adv. **more chaotically**, **most chaotically**
chap [tʃæp] n. 《口語》〖英〗傢伙，小夥子.
複數 **chaps**
*__chapel__ [ˋtʃæpl] n. ① 禮拜堂《專門用於做禮拜的房間. 除了教會以外，大學，醫院，監獄均設有禮拜堂》. ② 非英國國教派的教會《從英國國教派中分離出來的教會》.
複數 **chapels**
chaperon/chaperone [ˋʃæpəˏron] n. ① 監護人，伴護人《陪伴未婚少女參加社交場合的年長女性》.
—— v. ② 監護，伴護.
複數 **chaperons/chaperones**
活用 v. **chaperons**, **chaperoned**, **chaperones**, **chaperoned/chaperones**, **chaperoned**, **chaperoning**
chaplain [ˋtʃæplɪn] n. 非教區教堂之牧師，軍中隨營牧師.
複數 **chaplains**
*__chapter__ [ˋtʃæptɚ] n. ①《書本、論文等的》章. ②《人生或歷史上的》重要時期. ③〖美〗《協會或俱樂部的》分會.
範例 ① Please open your textbook at **chapter** 5. 請打開課本第五章.
With a photographic memory, he can cite anything **chapter** and verse. 他的記憶力真是驚人，竟然能夠甚麼事情都引經據典.
② Moving to San Francisco was a new **chapter** in their lives. 搬到舊金山以後，他們的生活展開了新的一頁.
片語 __chapter and verse__ (引文等) 引經據典，確切的出處. (⇨ 範例 ①)
複數 **chapters**
char [tʃɑr] v. ①(使)燒成炭，(使)燒焦. ②〖英〗(按日計酬)受僱打雜《特指做清潔工》.
—— n. ③ 木炭，燒焦的東西. ④〖英〗打雜女工.
範例 ① When the detective arrived at the house, there was nothing left but a few **charred** remains. 警探到達那棟房子時，只剩下一些燒焦的殘骸.
② Mrs. White **charred** in the office of the British

company. 懷特太太在英商公司裡打雜.
活用 v. **chars**, **charred**, **charred**, **charring**
複數 **chars**
*__character__ [ˋkærɪktɚ] n. ① 特徵，特性；性格；性質. ② 品性，個性. ③《小說、戲劇等的》人物，角色. ④ 文字，記號. ⑤《社會》地位，身分，資格. ⑥ 古怪的人，滑稽的人.
範例 ① This house really has a good **character**, doesn't it? 這棟房子很有特色，不是嗎?
② He has a good **character**—I think we can trust him. 他的品性很好，值得我們信賴.
My grandfather was a man of good and noble **character**. 我的祖父是個品德高尚的人.
③ Macbeth is among my favorite **characters** in Shakespeare's plays. 馬克白是莎士比亞的戲劇中我最喜歡的人物之一.
④ Please write in bigger **characters**. 請以大一點的字體書寫.
⑤ John was there in his **character** as a club leader. 約翰是以俱樂部領導人的身份到那兒去的.
⑥ He is a real **character**. He makes everyone laugh. 他真是個幽默風趣的人，常逗得大家哈哈大笑.
複數 **characters**
*__characteristic__ [ˏkærɪktəˋrɪstɪk] adj. ① 有特徵的，特有的，獨特的.
—— n. ② 特徵，特性.
範例 ① Onions have their own **characteristic** smell. 洋蔥有股特有的味道.
This weather is **characteristic** of early fall. 這是初秋特有的天氣.
② Leadership is a **characteristic** that presidents and prime ministers need to have. 領導才能是總統和首相必須具備的特性.
片語 __characteristic of__ 具有～特色的. (⇨ 範例 ①)
活用 adj. **more characteristic**, **most characteristic**
複數 **characteristics**
characteristically [ˏkærɪktəˋrɪstɪklɪ] adv. 作為特徵地，具有特色地: He **characteristically** ignored the problem until it reached crisis proportions. 他總是這樣，不到最後關頭不知道問題的嚴重性.
活用 adv. **more characteristically**, **most characteristically**
characterization [ˏkærɪktəˋzeʃən] n 特色〔特性〕的描述，(在劇本或故事中的) 性格描寫: The media's **characterization** of my company is biased and unfair. 媒體對我公司的描述過於偏頗，有失公正.
characterize [ˋkærɪktəˏraɪz] v. 使帶有特徵，使具有特色，刻畫性格，將～視為 (as).
範例 A rabbit is **characterized** by its long ears. 兔子的特徵是長耳朵.
She **characterizes** all men as sexists. 她刻畫的男人都是性別歧視主義者.
活用 v. **characterizes**, **characterized**,

characterized, characterizing
charade [ʃə`red] n. ① 〔~s，作單數〕比手劃腳的猜字遊戲。② 象徵性動作，一眼就被看穿的伎倆。
複數 **charades**
charcoal [`tʃɑr,kol] n. ① 木炭。② 木炭畫《亦作 charcoal drawing》.
♦ **chárcoal bùrner** 燒製木炭者，木炭爐.
chárcoal grày 炭灰色《接近黑色的灰色》.
複數 **charcoals**
****charge** [tʃɑrdʒ] v. ① 裝滿，填滿，充滿 (with)；將〔電池〕充電。② 交付（責任或義務），委託 (with)。③ 指控；告發；歸罪於。④ 索價，要價，課（稅）；命令。⑤ 衝向，突擊。
—— n. ⑥ 彈藥的裝填，一次裝填的量；充電；電荷。⑦ 監督；擔任；保護。⑧ 收取酬勞；費用；『美』信用卡的支付。⑨ 責難；告發。⑩ 命令，指示，說明。⑪ 突擊。
範例 ① **charge** a gun 給槍裝子彈.
charge a battery 給電池充電.
It is **charged** with electricity. 那個有電.
charged with moisture 充滿溼氣.
② I was **charged** with an important commission. 我被交付一項重要任務.
The principal **charged** me with the class until the new teacher arrived. 在新任教師到來之前，校長委託我負責那個班級.
Do you mean to **charge** the guilt on me? 你想歸罪於我嗎？
③ He **charged** the accident to my carelessness. 他把那件意外事故歸咎於我的疏忽.
He has been **charged** with making lots of mistakes. 他因頻頻出錯而遭到責難.
He was **charged** with treason. 他被控叛亂罪.
④ How much do you **charge** a month for room and breakfast? 你一個月的房租和早餐要多少錢？
A small fee is **charged** for the use of the bridge. 過橋費用只需要一點點.
We don't **charge** anything for that. 那不需要付任何費用.
Charge these to me. 這些由我來付錢.
charge a tax on liquor 給酒課稅.
I am **charged** to give you this message. 我奉命向你轉達這個口信.
⑤ A dog suddenly **charged** at the infant. 有一隻狗突然向那個嬰兒衝了過去.
⑦ I gave him **charge** of our children. 我委託他看管我們的小孩.
You should leave the management to his **charge**. 你應該委託他來經營管理.
a shop under my **charge** 我經營的店舖.
undertake the **charge** of the invalid 負責照顧傷殘病患.
⑧ rental **charges** 房租.
A **charge** of $20 was made for the meal. 那一頓飯花了20美元.

a 10 percent service **charge** 百分之十的服務費.
no **charge** for admission 免費入場.
a reasonable **charge** 合理的費用.
at an extra **charge** 以額外的費用.
The price covers all **charges**. 這個價格包括各種費用.
⑨ He denied the **charge** brought against him. 他否認被指控的罪名.
bring a **charge** against 告發，控告（某人）.
⑩ a judge's **charge** to the jury 法官向陪審團所做的說明.
片語 **at ~'s charge** 由~付費.
free of charge 免費的〔地〕.
give ~ in charge 將〔某物〕委託〔某人〕保管.
have charge of 負責管理〔照顧〕：She has charge of the first-year class. 她負責一年級的班級.
in charge 負責，管理，看管：He took his friend's children in charge. 他負責照顧朋友的小孩.
a director **in charge** 執行董事.
in charge of/in the charge of 由（某人）負責管理〔照料〕：We left the patient in charge of the nurse. 我們把那個病患交給護士照料.
The new branch was **in the charge of** Mr. Smith. 新分行由史密斯先生負責管理.
make a charge against 責難，控告.
on ~'s charge 由~負責，由~付費.
on the charge of/on a charge of 因~罪名，有~嫌疑：He was brought to trial **on a charge of** murder. 他因殺人而受審判.
take charge of/take into ~'s charge 負責，承擔責任：**take charge of** all arrangements 負責所有準備工作.
I **took** the orphan **into my charge**. 我領養了那個孤兒.
without charge 免費.
活用 v. **charges, charged, charged, charging**
複數 **charges**
charger [`tʃɑrdʒɚ] n. （槍砲彈藥的）裝填手；充電器：a battery **charger** 電池充電器.
複數 **chargers**
chariot [`tʃærɪət] n. （戰爭或比賽用的）古代雙輪馬車.
複數 **chariots**
charioteer [,tʃærɪəˋtɪr] n. （古代雙輪馬車的）駕駛員.
複數 **charioteers**
charitable [`tʃærətəbl] adj. 仁慈的.
範例 He was **charitable** to the poor and needy. 他對貧困者很仁慈.
She did a **charitable** act for the poor. 她行善幫助窮人.
活用 adj. **more charitable, most charitable**
***charity** [`tʃærətɪ] n. ① 憐憫，慈悲心，博愛。②

慈善，施與，救濟．③〔~ies〕慈善團體，慈善事業．
範例 ① She helped the old man out of **charity**. 出於憐憫，她幫助那位老人．
Charity begins at home. 《諺語》仁愛先從家裡做起（再擴及別人）．
② give **charity** to the poor 救濟窮人．
live on **charity** 靠救濟過活．
複數 **charities**

charlatan [ˋʃɑrlətn] n. 騙子，江湖郎中．
複數 **charlatans**

Charles [tʃɑrlz] n. 男子名《暱稱 Charley, Charlie》．

charleston [ˋtʃɑrlz͵tən] n. 查爾斯頓舞《以4/4拍的爵士樂伴奏的交際舞，盛行於1920年代》．
複數 **charlestons**

Charley/Charlie [ˋtʃɑrlɪ] n. 男子名《Charles 的暱稱》．

*__charm__ [tʃɑrm] n. ① 魅力，魔力．② 符咒．③ 護身符《小裝飾物包括為了驅魔避邪而附加在手鐲、項鍊等上面之物》．
—— v. ④ 使（人）陶醉，使入迷．⑤ 使著魔，施魔法．
範例 ① Your voice has a lot of **charm**. 你的聲音很有魅力．
③ This is my lucky **charm**. 這是我的幸運符．
④ The audience was **charmed** by the music. 聽眾們陶醉在音樂之中．
⑤ The good fairy **charmed** the prince out of his deep sleep. 那個善良的仙女對王子施以魔法，使他從沉睡中甦醒過來．
複數 **charms**
活用 v. **charms**, **charmed**, **charmed**, **charming**

*__charming__ [ˋtʃɑrmɪŋ] adj. 有魅力的，嫵媚的；喜悅的：Who is that **charming** lady? 那位迷人的女士是誰？
活用 adj. **more charming**, **most charming**

*__chart__ [tʃɑrt] n. ① 圖，圖表．② 航海圖．③〔the ~s〕每週流行歌曲的排行榜．
—— v. ④ 畫圖表，繪製航海圖．⑤ 訂計畫．
範例 ① a weather **chart** 氣象圖．
a bar **chart** 直線圖，條形圖．
a pie **chart** 圓形分析圖．
複數 **charts**
活用 v. **charts**, **charted**, **charted**, **charting**

*__charter__ [ˋtʃɑrtɚ] n. ① 憲章．② 特許，（政府所發給的）營業執照，許可證．③（交通工具的）租賃，包租：a **charter** flight 包機．
—— v. ④ 發給許可狀，特許．⑤ 租賃，包租（交通工具）．
複數 **charters**
活用 v. **charters**, **chartered**, **chartered**, **chartering**

charwoman [ˋtʃɑr͵wumən] n. 《英》雜役女傭《亦作 char》．
複數 **charwomen**

*__chase__ [tʃes] v. ① 追趕，追擊，追求（o'

趕出去 (out of).
—— n. ② 追蹤，追逐，追求．
範例 ① My cat used to **chase** mice. 我的貓以前很會追老鼠．
Jack is always **chasing** after girls. 傑克一直在追求女孩子．
He was **chasing** around looking for a phone booth. 他東奔西跑找公共電話亭．
Please **chase** that bee out of the room. 請把那隻蜜蜂趕出房外去．
② The detective caught the criminal after a long **chase**. 經過長期追蹤，那位警探終於抓住那個犯人．
活用 v. **chases**, **chased**, **chased**, **chasing**
複數 **chases**

chasm [ˋkæzəm] n.（地表、峽谷等的）裂縫，裂痕，空隙；（感情、興趣、意見等的）分歧．
範例 The captain found a **chasm** in the ice. 那位隊長發現冰層有裂縫．
There is a deep **chasm** between the president and the vice president of our company. 我們公司的董事長與副董事長之間歧見很深．
複數 **chasms**

chassis [ˋʃæsɪ] n. 底盤，起落架，外框，底座．
參考 指的是承載汽車車體的底盤，飛機的起落架，電視機的底板與收音機、電視零件的焊接底盤．
發音 單複數同形，複數讀作 [ˋʃæsɪz].

chaste [tʃest] adj. ① 純潔的，貞節的：She led a **chaste** life. 她貞節過一生．②《正式》簡樸的．
活用 adj. **chaster**, **chastest/more chaste**, **most chaste**

chasten [ˋtʃesn] v.（苦難等）磨鍊 鍛鍊（人）：Spending a few nights in jail really **chastened** him. 待在拘留所的那幾個晚上對他而言是個很好的磨鍊．
活用 v. **chastens**, **chastened**, **chastened**, **chastening**

chastise [tʃæsˋtaɪz] v. 懲戒 whip. 我父親以 **chastised** my brother with 鞭打懲戒哥哥．
活用 v. **chastises**, c'____sed, **chastised**, **chastising** ____aɪzmənt] n. 懲罰，處

chastisement ____ent fit for a murderer. 那罰：It's a cha____ 是殺人犯應____s

____ n. 純潔，貞節：Is **chastity**
chastity____important or not? 結婚前的貞
befo____ 開談，聊天．
____ 聊天．
*__cha____ couple sat on the bench and ____d about the movies. 那對夫妻坐在長____閒聊電影．____ had a pleasant **chat** over tea. 我們一邊____茶一邊高興地閒聊．**chat up** 與～攀談，與～搭訕：He

chatted up the charming young lady. 他與那位迷人的年輕女孩攀談.

[活用] v. chats, chatted, chatted, chatting

château [ʃæ`to] n. ①（法國封建時代的）城堡, 法國鄉間大宅院.

[參考] 引用法語的拼法.

[複數] châteaus/châteaux

châteaux [ʃæ`toz] n. château 的複數形.

[發音] 法語發音為 [ʃæ`to], 法語語尾的子音通常不發音.

*__chatter__ [`tʃætɚ] v. ① 喋喋不休,（牙齒、機件等）咔嗒咔嗒作響.

——n. ② 喋喋不休的聲音. ③（牙齒、機件等的）咔嗒咔嗒的聲音.

[範例] ① Their constant **chattering** is driving me crazy. 他們一直喋喋不休快把我逼瘋了.
My teeth **chattered** with fear. 我害怕得牙齒咔嗒咔嗒作響.
③ I heard the **chatter** of a typewriter last night. 昨天夜裡, 我聽到咔嗒咔嗒的打字聲.

[活用] v. chatters, chattered, chattered, chattering

chatterbox [`tʃætɚ͵bɑks] n. 喋喋不休的人.

[複數] chatterboxes

Chaucer [`tʃɔsɚ] n. 喬叟《Geoffrey Chaucer, 1340–1400, 英國詩人, 為《坎特伯里故事集》的作者》.

chauffeur [ʃo`fɝ] n. ① 私人司機.

——v. ② 擔任私人司機.

[複數] chauffeurs

[活用] v. chauffeurs, chauffeured, chauffeuring

chauvinism [`ʃovɪn͵ɪzəm] n. 沙文主義.

[參考] 盲目地認為自己所屬的比其他優秀. 例如: 狂熱的愛國主義、大男人主義等.

chauvinist [`ʃovɪnɪst] n. 沙文主義者, 盲目的愛國主義者.

[複數] chauvinists

chauvinistic [͵ʃovɪ`nɪstɪk] adj. 沙文主義的, 盲目的愛國主義的 (☞ chauvinism [參考]).

[活用] adj. more chauvinistic, most chauvinistic

cheap [tʃ] adj. ① 便宜的. ② 廉價的; 品質低劣的.

——adv. ③ 便宜地; 不費力地.

[範例] ① a **cheap** car 廉價地; 不費力地.
This dictionary is ch 車子.
賣20美元算是便宜. $20. 這本辭典只
We'd better find a che
最好找一家較便宜的餐 aurant. 我們
② a **cheap** and nasty bottle
葡酒.
the **cheap** labor of immigran 瓶劣質葡
動者的廉價勞力.
They hold privacy pretty **cheap** 民勞
生活抱持無所謂的態度.
"I feel so **cheap**," he said. 他說 私
常慚愧.

③ Fortunately I got the camera really **cheap**. 我能買到那麼便宜的照相機, 真是太幸運了.

[片語] **cheap and nasty**《英》品質低劣的.（⇨ [範例] ②）

feel cheap 感到可恥, 慚愧.（⇨ [範例] ②）

hold ~ cheap 蔑視, 輕視.（⇨ [範例] ②）

on the cheap 便宜地.

[參考] (1) cheap 像一樣有「價格便宜且品質又差」的意思, 若是表示「同一品質但價格便宜」的時候, 則使用 inexpensive.（2)「價格便宜」說成 The price is low, 不使用 cheap;「廉價」則用 a low price 表示.

[活用] adj., adv. cheaper, cheapest

cheapen [`tʃipən] v. ① 減價, 降價. ② 貶低（自己）, 貶值: You **cheapen** yourself by using their tactics. 你採用他們的策略只會貶低自己.

[活用] v. cheapens, cheapened, cheapened, cheapening

cheaply [`tʃiplɪ] adv. 便宜地; 廉價地.

[活用] adv. more cheaply, most cheaply

*__cheat__ [tʃit] v. ① 欺騙（人）. ② 作弊, 詐取.

——n. ③ 騙子. ④ 舞弊的行為, 欺騙的手段.

[範例] ① He **cheated** the poor old man. 他欺騙那個可憐的老人.
② Tom **cheated** on the examination. 湯姆在那次考試中作弊.

[活用] v. cheats, cheated, cheated, cheating

[複數] cheats

‡__check__ [tʃɛk] n. ① 檢測, 檢查, 調查, 核對. ②《美》檢查無誤的記號 (√)《亦作 check mark 或 tick》. ③ 阻止, 制止（物）, 抑制（物）. ④ 支票《英》cheque）. ⑤（餐館的）帳單, 發票《亦作 bill》. ⑥《美》保管牌, 寄物單. ⑦ 格子花紋《布料的圖案》. ⑧（西洋棋的）將軍.

——v. ⑨ 檢查（某物的狀況）, 核對, 打上檢查無誤的記號 (off), 與一一致〔符合〕(with). ⑩ 阻止, 抑制. ⑪ 突然停止, 緊急煞車. ⑫（暫時）寄存（手提行李、攜帶物品等）. ⑬ 將（對方王棋）一軍.

[範例] ① a **check** on the quality of goods 產品品質檢測.
an airport security **check** 機場安全檢查.
③ The government held inflation in **check**. 政府制止了通貨膨脹.
High tariffs act as a **check** on trade. 高關稅會妨礙貿易.
④ Are you paying by **check** or in cash? 你要用支票還是付現?
I'd like to cash these **checks**. 我想要把這些支票兌換成現金.
⑤ He signaled for his **check**. 他作手勢示意把他的帳單拿來.
⑥ a baggage **check** 行李單.
⑦ black and white **check** cloth 黑白格子花紋布.
⑨ He **checked** the motor oil and the tires of his car. 他檢查過車子的機油和輪胎.

Will you please **check** these figures? 請你核
對一下這些數字好嗎?
Check your answer with mine. 把你的答案和
我的核對一下.
These pieces of information **check** with our
data. 這些訊息和我們掌握的數據一致.
⑩ The river **checked** the enemy's advance. 那
條河阻擋敵人前進.
She managed to **check** her anger. 她總算控
制住憤怒.
⑪ She began to walk slowly, then **checked** and
turned around. 起初她慢慢地往前走, 然後突
然停住腳步, 轉過頭來.
⑫ Will you **check** your coat? 你要寄放外套嗎?
片語 **blank check** ① 空白支票《指開支票的
人簽過名後由收款人自行填寫款項數目的支
票》. ② 自由處理權: The government gave Dr.
White a **blank check** to continue his
research. 政府授予懷特博士繼續研究的無
限權限.
check in (在旅館、機場等)登記.
check off 核對無誤後打上查訖記號.
check out (在旅館) 結帳退房.
check up on 調查, 仔細檢查: The director
checked up on her and decided not to
employ her. 那位董事調查過她以後, 決定不
聘用她.
hold ～ in check 阻擋, 制止. (⇨ 範例 ③)
♦ **chécking accóunt** 〖美〗活期存款帳戶
《〖英〗 current account》.
chècks and bálances 制衡《政治上的三
權分立體制》.
cròssed chéck 〖英〗畫線支票《在支票上畫
有兩條平行線, 這種支票不可在櫃檯窗口兌
換現金, 需轉入銀行帳戶》.
òpen chéck 〖英〗普通支票《對於提領人沒
有特別限制, 可以在櫃檯窗口兌現》.
tráveler's chèck 旅行支票《用於國外旅
行. 其簽名欄有兩個, 一個是在銀行購買時
簽的, 另一個是在使用時當著店家的面簽的,
店家在確認兩個簽名相同時, 才予以受理》.
複數 **checks**
活用 v. **checks, checked, checked,
checking**
checker [`tʃɛkɚ] n. ① 格子花紋. ②〔～s, 作
單數〕〖美〗西洋棋《對戰雙方各持12個棋子在
西洋棋盤 (chessboard) 上進行比賽; 〖英〗
draughts》: play **checkers** 下西洋棋. ③ 西洋
棋的棋子. ④ 檢查員, (超級市場或自助餐廳
的) 出納員.
—— v. ⑤ 把～畫成格子圖案.
參考 ① ⑤ 時 〖英〗 chequer.
複數 **checkers**
活用 v. **checkers, checkered, checkered,
checkering**
check-in [`tʃɛk,ɪn] n. (在旅館、機場等的) 登
記.
複數 **check-ins**
checkmate [`tʃɛk,met] n. ① 將死《在西洋棋

中, 將軍被將而無處可逃的局面》. ②(事業
等的) 走投無路, 慘敗.
—— v. ③ 使將死. ④ 使走投無路, 使慘敗.
複數 **checkmates**
活用 v. **checkmates, checkmated,
checkmated, checkmating**
checkout [`tʃɛk,aut] n. ①(超市等的) 付款櫃
檯, 收銀檯. ② 結帳退房, 結帳退房時間.
範例 ① I was queueing at a **checkout** counter
when I heard the explosion. 聽到爆炸聲時,
我正在櫃檯前排隊辦理退房.
② "What time is **checkout**?" "It is at eleven
o'clock in this hotel." 「甚麼時候辦理退房?」
「本旅館規定是11點.」
複數 **checkouts**
cheek [tʃik] n. ① 臉頰. ② 傲慢, 厚顏無恥(的
言行舉止). ③《口語》半邊臀部.
—— v. ④ 厚顏無恥地說〔做〕.
範例 ① The little child had rosy **cheeks**. 這小孩
雙頰緋紅.
② He had the **cheek** to say such a thing. 他傲
慢地那樣說道.
複數 **cheeks**
活用 v. **cheeks, cheeked, cheeked,
cheeking**
cheeky [`tʃiki] adj. 傲慢的; 厚顏無恥的.
活用 adj. **cheekier, cheekiest**
***cheer** [tʃɪr] n. ① 喝彩, 鼓勵. ② 快活, 快樂.
—— v. ③ 大聲歡呼, 喝彩.
範例 ① There were lots of **cheers** when the
boss announced a big year-end bonus. 老闆
宣布要發年終獎金時, 大家興高采烈地歡呼.
The young man spoke words of **cheer** to the
sick people. 那個年輕人向病人們說了些鼓
勵的話.
② Her singing brings **cheer** to my heart. 一聽
她唱的歌, 我心中就充滿活力.
③ We **cheered** our returning victorious team.
我們為凱旋而歸的隊伍歡呼.
The workers were **cheered** by the 5% pay
raise they got. 那些工人為他們所得到的百分
之五的加薪報酬歡欣不已.
片語 **cheer up** 提起精神, 別灰心: **Cheer up!**
We are saved. 振作起來! 我們有救了.
words of cheer 鼓勵的話. (⇨ 範例 ①)
複數 **cheers**
活用 v. **cheers, cheered, cheered,
cheering**
****cheerful** [`tʃɪrfəl] adj. 活潑的, 快樂的,
令人愉快的.
範例 She is a **cheerful** girl. 她是一位活潑的女
孩.
This is a **cheerful** room. 這是一間舒適的房
間.
活用 adj. **more cheerful, most cheerful**
cheerfully [`tʃɪrfəlɪ] adv. 活潑地, 快樂地, 愉
快地.
活用 adv. **more cheerfully, most cheerfully**
cheerfulness [`tʃɪrfəlnɪs] n. 高興, 快活.

cheerily [`tʃɪrɪlɪ] adv. 快活地，興高采烈地.
[活用] adv. **more cheerily, most cheerily**

cheerio [`tʃɪrɪ,o] interj.《口語》『英』再見；乾杯.

C **cheerless** [`tʃɪrlɪs] adj. 不快活的，無精打采的: I have the **cheerless** task of firing someone. 我有一項得辭掉某人的苦差事.
[活用] adj. **more cheerless, most cheerless**

cheery [`tʃɪrɪ] adj. 喜氣洋洋的，愉快的.
[範例] She greeted us with a **cheery** smile. 她帶著愉快的微笑來迎接我們.
Our daughter is very **cheery** these days. Is she in love? 這幾天我們女兒的心情相當愉悅，她是不是戀愛了?
[活用] adj. **cheerier, cheeriest**

*__cheese__ [tʃiz] n. 乳酪.
[範例] a slice of **cheese** 一片乳酪.
blue **cheese** 藍乳酪《帶有藍紋的上等乳酪》.
grated **cheese** 乳酪粉.
cream **cheese** 奶油乳酪.
[片語] **Say cheese!** 笑一個!《拍照時所說的話，被拍者以說 "Cheese!" 回應》.
♦ **chéese càke** 乳酪蛋糕.
[複數] **cheeses**

cheetah [`tʃitə] n. 印度豹《產於南亞、非洲，外形似豹、跑得很快的貓科動物》.
[複數] **cheetahs**

chef [ʃɛf] n. 大廚，主廚.
[複數] **chefs**

*__chemical__ [`kɛmɪkl̩] adj. ① 化學的，化學性的，化學作用的.
——n. ②〔~s〕化學藥品，化學製品.
[範例] a **chemical** change 化學變化.
chemical combination 化合 (作用).
chemical compounds 化合物.
♦ **chèmical enginéering** 化學工業.
chèmical fértilizer 化學肥料.
chèmical wárfare 化學戰《使用毒氣等化學武器的戰爭》.
[複數] **chemicals**

chemically [`kɛmɪklɪ] adv. 化學上地.

chemise [ʃə`miz] n. ①（女用）無袖寬內衣. ② 無腰身寬鬆女服.
[複數] **chemises**

chemist [`kɛmɪst] n. ① 化學家. ②『英』藥劑師；藥商（《美》druggist）: a **chemist**'s/a **chemist**'s shop『英』藥局《《美》drugstore》.
[複數] **chemists**

chemistry [`kɛmɪstrɪ] n. ① 化學. ② 化學特性；化學作用.
[範例] ① applied **chemistry** 應用化學.
organic **chemistry** 有機化學.
inorganic **chemistry** 無機化學.
② The students studied the **chemistry** of carbon. 學生們在研究碳的化學特性.

cheque [tʃɛk] =n.《美》check.

chequer [`tʃɛkə] =n.《美》checker ① ⑤.

*__cherish__ [`tʃɛrɪʃ] v. 撫育 (小孩)，珍愛；懷有，抱有 (希望、感情、回憶等).

[範例] She **cherishes** that child. 她撫育那個小孩.
The old gentleman **cherishes** the memories of his younger days. 那位老先生懷念著他年輕的時候.
[活用] v. **cherishes, cherished, cherished, cherishing**

*__cherry__ [`tʃɛrɪ] n. ① 櫻桃. ② 櫻桃樹《亦作 cherry tree》；櫻桃木. ③ 櫻桃色.
[範例] ① These **cherries** aren't ripe yet. 這些櫻桃還沒有成熟.
③ **cherry** cheeks 櫻桃色的臉頰.
[參考] ② 中的 cherry, cherry tree 多指能結櫻桃的櫻桃樹，有結甜果的 sweet cherry（洋櫻桃）和結酸果的 sour cherry（歐洲酸櫻桃）兩種.
♦ **chérry blòssom** 櫻花.
chérry trèe 櫻花樹《亦作 cherry》.
[複數] **cherries**

cherub [`tʃɛrəb] n. ① 智慧天使《掌管知識的天使，被描繪成有翅膀的孩童》. ② 天真無邪的人《特指小孩》.
[複數] **cherubim/cherubs**

chess [tʃɛs] n. 西洋棋: Do you play **chess**? 你玩西洋棋嗎?
[參考] 縱橫各8行共 64 個格子的棋盤 (chessboard)，兩個人各有16個棋子比賽輸贏的一種遊戲，和象棋一樣起源於印度，且比賽規則也十分相似，以先吃掉對方的王棋為勝.

[chess]

*__chest__ [tʃɛst] n. ① 胸部. ② 箱子《指有蓋的堅固大箱子，用來置放衣物或貴重物品；一箱（的量）》. ③ 衣櫃《亦作 chest of drawers》.
[範例] ① He has a broad **chest**. 他有寬闊的胸部.
② a tool **chest** 工具箱.
♦ **chèst of dráwers** 衣櫃，五斗櫃.
[複數] **chests**

chestnut [`tʃɛsnət] n. ① 栗子. ② 栗樹，栗木. ③ 七葉樹《亦作 horse chestnut》. ④ 栗色，紅棕色. ⑤ 紅棕馬. ⑥ 陳腔濫調，陳腐的笑話.
[發音] 亦作 [`tʃɛs,nʌt].
♦ **chéstnut trèe** 七葉樹.
[複數] **chestnuts**

*__chew__ [tʃu] v. ① 咀嚼. ② 認真思考 (over).
——n. ③ 咀嚼.

[範例] ① You must **chew** your food well. 你必須細嚼食物.

② You have to **chew** these things over in your mind. 你得好好考慮這些事情.

♦ **chéwing gùm** 口香糖.

[活用] v. **chews, chewed, chewed, chewing**
[複數] **chews**

chic [ʃik] adj. ① (服裝、人) 漂亮的, 高雅的, 時髦的.

——n. ② 漂亮, 高雅, 時髦.

[活用] adj. **more chic, most chic/chicer, chicest**

Chicago [ʃə`kɑgo] n. 芝加哥 《位於美國伊利諾州, 為美國第3大城市》.

chick [tʃik] n. 小雞; 小鳥.

[複數] **chicks**

*__chicken__ [`tʃikin] n. ① 雞 《公雞 (cock, rooster)、母雞 (hen)、小雞 (chick) 的總稱》. ② 雞肉. ③ 膽小鬼.

——v. ④ 因膽怯而放棄 (out).

[範例] ① Which came first, the **chicken** or the egg? 先有雞還是先有蛋?

Don't count your **chickens** before they are hatched. 《諺語》蛋未孵出先數雞, 不要打如意算盤.

② We had fried **chicken** for supper. 我們晚餐吃了炸雞.

④ He was thinking of changing his job, but he **chickened** out when his wife found out about his changing job. 他想換工作, 不過當他太太發覺後, 他因膽怯而放棄這個想法.

♦ **chícken fèed** 雞飼料; 極少的錢.

chícken pòx 水痘.

[複數] **chickens**

[活用] v. **chickens, chickened, chickened, chickening**

chicory [`tʃikəri] n. 菊苣 《菊科植物, 其葉可作生菜沙拉, 其根磨成粉後可加入咖啡內或作為咖啡的代用品飲用》.

chid [tʃid] v. chide 的過去式、過去分詞.

chidden [`tʃidin] v. chide 的過去分詞.

chide [tʃaid] v. 責備, 責罵: The father **chided** his daughter for telling lies. 父親責備女兒說謊.

[活用] v. **chides, chided, chided, chiding/chides, chid, chid, chiding/chides, chid, chidden, chiding**

*__chief__ [tʃif] n. ① 首長; 領袖.

——adj. ② 〔只用於名詞前〕最高位的, 首領的, 首席的. ③ 〔只用於名詞前〕主要的.

[範例] ① the **chief** of state 國家元首.

the **chief** of police 警察局長.

the **chief** of the section 科長.

② the **chief** justice 首席法官.

③ the **chief** industry 主要工業.

the **chief** reasons 主要理由.

[片語] **in chief** 為首的, 首席的 《用於職位、名稱之後》: the editor **in chief** 總編輯 《亦作 the editor-in-chief》.

the commander **in chief** 總司令.

♦ **chìef exécutive** 最高行政長官 《總統、州長、市長等, 指總統時通常作 the Chief Executive》.

the Chìef Jústice 最高法院院長.

the chief of stáff 參謀長 《the Chief of Staff 為參謀總長, 複數為 the chiefs of staff》.

[複數] **chiefs**

chiefly [`tʃifli] adv. 主要地, 首先地.

chieftain [`tʃiftin] n. (盜賊等的) 首領, (部族的) 酋長.

[複數] **chieftains**

chiffon [ʃi`fɑn] n. 雪紡紗 《一種用於製作裙子和薄圍巾的絲綢或尼龍製的柔軟輕薄布料》.

*__child__ [tʃaild] n. ① 小孩, 兒童. ② 結果; 產物. ③ 子孫, 後裔.

[範例] ① As a **child**, I would often play catch here. 兒時, 我常在這裡玩接球遊戲.

I am an only **child**. 我是獨生子.

How many **children** do you have? 你有幾個孩子?

The **child** is father of the man. 《諺語》三歲看到老; 江山易改本性難移 《源自華茲華斯 (William Wordsworth) 的詩句》.

Swindling those locals was **child**'s play for him. 詐騙那些當地人對他而言易如反掌.

Peter is a **child** in business matters. 彼得在作生意上還嫌太嫩.

② This invention is the **child** of a brilliant young scientist. 這項發明是由一位傑出的年輕科學家所創造出來的產物.

③ a **child** of Abraham 猶太人.

[片語] **as a child** 兒時. (⇔ [範例] ①)

child's play 兒戲, 輕而易舉的事情.

[參考] child 大致而言有3種意義, 一是相對於父母親的「孩子」, 一是未成年人, 通常指自幼兒期 (infancy) 到青年期 (youth), 也包括胎兒和嬰兒, 還有一種是子孫的意思.

[複數] **children**

*__childhood__ [`tʃaild,hud] n. 兒童時期, 童年時代, 幼年時期.

[範例] Her **childhood** was the happiest time of her life. 她的童年是她一生中最幸福的日子.

I was weak in my **childhood**. 我小時候身體很虛弱.

in ~'s second **childhood** 第二童年, 老年期 《形容老年人的老邁》.

[複數] **childhoods**

*__childish__ [`tʃaildiʃ] adj. 孩子般的, 孩子氣的, 幼稚的.

[範例] It's normal for a five-year-old boy to play **childish** games. 一個5歲的男孩玩小孩子的遊戲是很正常的.

What a stupid, **childish** remark he made. 他竟然說出這樣愚蠢幼稚的話.

[活用] adj. **more childish, most childish**

childless [`tʃaildlis] adj. 無子女的: a **childless** couple 一對無子女的夫婦.

childlike [`tʃaild,laik] adj. 孩子似的, 天真無

邪的，純真的.

[範例] **childlike** innocence 童稚般的天真無邪.

a **childlike** smile 純真的微笑.

[參考] 對大人若用 childlike 的話，一般表褒意，意為像孩子一樣純真的、天真無邪的，而用 childish 的話，一般則多表貶意，意為像孩子般地幼稚、不懂事等.

[活用] adj. **more childlike**, **most childlike**

＊**children** [`tʃɪldrən] n. child 的複數形.

chili [`tʃɪlɪ] =n. chilli.

＊**chill** [tʃɪl] v. ① (使) 變冷. ② 使 (人) 寒顫. ③ 使 (人) 掃興，使沮喪.

——n. ④ 寒冷，寒氣. ⑤ 風寒，寒顫，著涼. ⑥ 沮喪；(態度) 冷淡.

[範例] ① It`s better to **chill** this sake. 這種日本清酒冰一下比較好喝.

He`s **chilled** to the bone from having been out in the cold for so long. 在寒冷之中待這麼久，他感到寒氣刺骨.

② I shouldn`t have watched that **chilling** murder mystery before bed. 我不該在睡覺前看那種令人毛骨悚然的謀殺懸疑片.

③ Their leader`s sudden death **chilled** their spirits. 領袖的猝死對他們的士氣大受打擊.

④ the **chill** before dawn 黎明前的寒氣.

Take the cheese out of the fridge to take the **chill** off it. 把乳酪從冰箱中拿出來退冰.

⑤ He caught a **chill** in the rain. 他在那場雨中著了涼.

⑥ The bad news cast a **chill** over them. 那個壞消息使他們感到沮喪.

There`s been a **chill** between them since the big argument. 大吵一架後，他們的關係變得冷淡.

take the chill off 熱一熱，燙一燙 (酒、水、乳酪等) 去寒.

[活用] v. **chills**, **chilled**, **chilled**, **chilling**

[複數] **chills**

chilli [`tʃɪlɪ] n. 紅辣椒《用作墨西哥菜的調味料；亦作 chili》.

[複數] **chillies**

＊**chilly** [`tʃɪlɪ] adj. ① 寒冷的，冷颼颼的. ② 冷淡的，冷漠的.

[範例] ① It`s rather **chilly** this morning. 今天早上相當冷.

② a **chilly** welcome 冷淡的歡迎.

[活用] adj. **chillier**, **chilliest**

＊**chime** [tʃaɪm] n. ① (音調諧和的) 一套鐘，音樂門鈴. ② (有音階的) 鐘聲.

——v. ③ (鐘聲) 鳴響. ④ 協調，一致.

[範例] ② The **chime** of the church bells woke me up. 教堂的鐘聲叫醒了我.

③ The bells **chimed** for the morning service. 早上禮拜的鐘聲響了.

④ The music and the story **chimed** well together. 那音樂與故事非常協調.

[片語] **chime in** 隨聲附和："That`s right," I **chimed in**. 我附和著說：「沒錯.」

He always **chimes in** to agree with the boss.

他總是隨聲附和上司的意見.

[參考] ① 將好幾個聲音高低各不相同的鐘協調組合成一套稱為 chime，除了安裝在教堂的塔頂之外，還可製作成一套樂器.

[複數] **chimes**

[活用] v. **chimes**, **chimed**, **chimed**, **chiming**

＊**chimney** [`tʃɪmnɪ] n. ① 煙囪. ② 燈罩《罩住油燈的玻璃罩子》. ③ 縱向裂縫《登山用語，岩面上可供人攀登時抓附的裂縫》.

♦ **chimney breast** 《英》壁爐腔《牆壁因煙囪而向室內突出的部分》.

chimney corner 壁爐角《位於大壁爐的兩邊，可置放椅子的空間》.

chimney pot 煙囪管帽《為了使煙順暢地排往外面而在煙囪頂部安裝土製或金屬的管帽》.

chimney stack 組合煙囪《將好幾根煙囪組合成一組安裝在屋頂上》.

chimney sweep/ chimney sweeper 煙囪清掃工人.

[chimney stack]

[複數] **chimneys**

chimpanzee [ˌtʃɪmpænˋzi] n. 黑猩猩《亦作 chimp》.

[複數] **chimpanzees**

chin [tʃɪn] n. 下巴《指下顎的前端部分；整個下顎稱為 jaw》：He rubbed his **chin**. 他摸摸下巴.

[片語] **keep ~`s chin up** 不氣餒.

[複數] **chins**

＊**China** [`tʃaɪnə] n. 中國《☞ 附錄「世界各國」》.

china [`tʃaɪnə] n. 瓷器，陶瓷器《質地細密而堅硬；亦作 porcelain》.

[字源] 源自發祥地 China (中國).

＊**Chinese** [tʃaɪˋniz] n. 中國人；中文.

[複數] **Chinese**

chink [tʃɪŋk] n. 裂縫，裂口.

[複數] **chinks**

chintz [tʃɪnts] n. 印花棉布《一種印花布，在白色或淺色的布上印著鮮豔花樣，用於做窗簾和家具套子等》.

＊**chip** [tʃɪp] n. ① (陶器、玻璃、石頭等的) 碎片. ② (陶瓷器或玻璃器破損後留下的) 缺口，瑕疵. ③ 《美》薯片《亦作 potato chip；《英》crisp》：小片，薄片. ④ 《英》炸薯條《《美》French fries》. ⑤ 籌碼《在撲克牌遊戲或賭博中用以代替現金的塑膠製的小圓盤》. ⑥ 微晶片《用於製造積體電路的半導體晶片；亦作 microchip》.

——v. ⑦ 產生〔出現〕缺口，破裂；鑿；削取，削除.

[範例] ① There are **chips** of glass on the floor. 地板上有玻璃碎片.

② She won`t accept this slab of marble with a **chip** on it. 她不會接受這塊有瑕疵的大理石石板.

③ two bags of **chips** 兩袋薯片.
④ fish and **chips** 魚和炸薯條《一種將炸魚和炸薯條搭配在一起的簡餐》.
⑦ This china vase **chips** easily. 這種瓷瓶容易破裂.
I've **chipped** a piece out of your glass, I'm afraid. 對不起, 我把你的玻璃杯弄破了一個小缺口.
[片語] *a chip off the old block* 《脾氣等》酷似父親的孩子.
chip away at 一點一點地削掉: He **chipped away** at the rock with a hammer. 他用鎚子將岩石一點一點地削掉.
chip in ① 插話: She **chipped in** that her daughter was going to law school at Yale. 她插話說她女兒準備進耶魯的法學院. ② 共同出錢: Let's all **chip in** and buy them something nice for their wedding anniversary. 我們共同出錢, 為他們的結婚紀念日買一件好的禮物吧.
have a chip on ~'s shoulder 盛氣凌人, 擺出尋釁的樣子: He's **had a chip on his shoulder** ever since he lost that argument. 自從輸了那場爭辯後, 他就擺出一副尋釁的樣子.
♦ **blue chip** 績優股.
[複數] **chips**
[活用] *v.* **chips, chipped, chipped, chipping**
chipmunk [ˋtʃɪpmʌŋk] *n.* 花栗鼠《一種體長約13公分, 尾長約11公分的松鼠, 背部有黑白條紋》.
[複數] **chipmunks**
chiropodist [kaɪˋrɑpədɪst] *n.* 治療腳病的專業醫師.
[複數] **chiropodists**
****chirp** [tʃɝp] *v.* ① 《小鳥或昆蟲》啾啾叫, 唧唧叫: Crickets are **chirping** in the meadow. 蟋蟀在草地上唧唧地叫.
——*n.* ② 《小鳥或昆蟲的》啁啾聲, 唧唧聲.
[活用] *v.* **chirps, chirped, chirped, chirping**
[複數] **chirps**
chirpy [ˋtʃɝpɪ] *adj.* 活潑的, 快活的, 有精神的: A glass of wine made Tom **chirpy**. 一杯葡萄酒使得湯姆神采飛揚.
[活用] *adj.* **chirpier, chirpiest**
chisel [ˋtʃɪzl̩] *n.* ①《木匠, 雕刻家等使用的》鑿子.
——*v.* ② 用鑿子雕刻. ③ 欺騙, 《考試時》作弊.
[範例] ② They **chiseled** a castle out of ice at the festival./They **chiseled** ice into a castle at the festival. 在那個節日, 他們把冰雕成一座城堡.
[複數] **chisels**
[活用] *v.* **chisels, chiseled, chiseled, chiseling/** 《英》 **chisels, chiselled, chiselled, chiselling**
chit [tʃɪt] *n.* ① 小孩; 女孩. ②《短》信;《餐飲店的》帳款單據.
[複數] **chits**

chivalrous [ˋʃɪvlrəs] *adj.* ① 有騎士風範的;《對女性》慇懃的, 體貼的: "It was **chivalrous** of you not to reveal my true age," she said to him. 她對他說:「你真好, 沒有透露出我的真實年齡.」② 騎士精神的, 騎士時代的.
[活用] *adj.* **more chivalrous, most chivalrous**
chivalry [ˋʃɪvlrɪ] *n.* ① 騎士精神. ②《中世紀的》騎士制度. ③《中世紀的》騎士團.
[參考] 中世紀歐洲的騎士 (knight) 精神, 以忠誠, 榮譽, 勇敢, 禮儀等為宗旨.
chlorine [ˋklorin] *n.* 氯《非金屬元素, 符號 Cl, 在常溫中具有刺激性氣味的黃綠色氣體, 其化合物常用作殺菌劑, 漂白劑等》.
chloroform [ˋklorə͵fɔrm] *n.* 三氯甲烷, 氯仿《一種麻醉劑》.
chlorophyl/chlorophyll [ˋklorə͵fɪl] *n.* 葉綠素《在光合作用中可將光能轉換成化學能》.
chock [tʃɑk] *n.* ① 楔子, 塞塊, 墊木《墊塞在車輪, 小艇, 門扉等下面, 有固定的作用》.
——*v.* ② 用塞塊塞住, 將《小船》置於塞塊上.
[複數] **chocks**
[活用] *v.* **chocks, chocked, chocked, chocking**
chocolate [ˋtʃɔkəlɪt] *n.* ① 巧克力. ② 巧克力糖. ③ 深褐色.
——*adj.* ④ 含巧克力的. ⑤ 深褐色的.

[chock]

[範例] ① a bar of **chocolate** 一條巧克力.
a box of **chocolates** 一盒巧克力糖.
② a cup of hot **chocolate** 一杯熱可可.
[複數] **chocolates**
****choice** [tʃɔɪs] *n.* ① 選擇; 選擇權; 供選擇的東西. ② 被選之人或物.
——*adj.* ③ 精選的, 上等的.
[範例] ① You must be careful in your **choice** of friends. 你選擇朋友要謹慎.
I have no **choice** but to pay the fine. 我沒有別的選擇, 只有付罰金.
② She was the people's **choice** for president. 她被民眾選為總統.
③ The **choicest** fruit has the highest price. 精選水果價格昂貴.
[複數] **choices**
[活用] *adj.* **choicer, choicest**
choir [kwaɪr] *n.* ①《教會的》唱詩班. ②〔the ~〕《教堂內的》唱詩班席位.
[複數] **choirs**
****choke** [tʃok] *v.* ① 使窒息, 使呼吸困難; 扼喉. ② 塞止, 阻塞.
——*n.* ③ 窒息. ④《汽車的》阻氣閥.
[範例] ① The criminal **choked** the only witness to death. 那個犯人將唯一的證人勒死了.
My brother often **chokes** on his food. 我弟弟吃東西常會嗆住幾乎使他窒息.
② This pipe **chokes**. 這根管子塞住了.

活用 v. chokes, choked, choked, choking
複數 chokes
cholera [ˋkɑlərə] n. 霍亂：Cholera swept the city. 霍亂蔓延了整個城市.

C

*__choose__ [tʃuz] v. ① 選擇. ② 決定. ③ 願意, 喜歡.
範例 ① She chose a tie for him. 她為他挑選了一條領帶.
    choose one thing from many 在眾多東西中挑選一樣.
    He was chosen chairman. 他被選為主席.
    Which hotel did you choose? 你選擇了哪家旅館?
② The President chose to attend the summit. 總統決定參加高峰會議.
③ You can have your own room if you choose. 如果你想要的話, 你可以有一間自己的房間.
活用 v. chooses, chose, chosen, choosing

*__chop__ [tʃɑp] v. ①(用斧頭、刀等)砍, 劈. ② 剁, 切細 (up). ③ 開闢 (道路).
——n. ④ 砍, 劈, 切. ⑤(空手道的)劈擊. ⑥ 肉排(通常帶有肋骨).
範例 ① It was very hard to chop down the tree. 要把那棵樹砍倒非常困難.
② I chopped up the onions very finely. 我把洋蔥切得很細.
③ The men chopped their way through the jungle. 男人們在叢林中開出一條路來.
④ I will cut down the tree with one chop of an ax. 我用斧頭一劈就可以把這棵樹砍倒.
⑥ pork chops 豬排.
片語 chop down (用斧頭等)砍倒. (➪ 範例 ①)
    get the chop 被解雇；(計畫等)被中止：Come to the office on time, or you'll get the chop. 準時到公司上班, 不然你會被解雇.
活用 v. chops, chopped, chopped, chopping
複數 chops

chopper [ˋtʃɑpɚ] n. ① 切肉刀, 砍劈的人. ②《口語》直升機.
複數 choppers

choppy [ˋtʃɑpɪ] adj. (海等)起波浪的；(風向等)經常改變的.
活用 adj. choppier, choppiest

chopstick [ˋtʃɑp͵stɪk] n. (一根)筷子：a pair of chopsticks 一雙筷子.
複數 chopsticks

choral [adj. ˋkɔrəl；n. koˋrɑl] adj. ① 合唱的, 唱詩班的：a choral service 合唱禮拜.
——n. ② =chorale.

chorale [koˋrɑl] n. (合唱的)聖歌, 讚美詩(歌)《亦作 choral》.
複數 chorales

chord [kɔrd] n. ① 和弦. ② 弦《數學上連接圓周上兩點的直線》. ③(樂器的)弦. ④心弦. ⑤(解剖學上的)腱, 帶.
範例 ① He played some chords on the piano.

他在鋼琴上彈奏了幾個和弦.
② A line segment whose two end points lie on the circle is called a chord. 一條兩端與圓周上的兩點相接的線段之為弦.
④ Your words touched the right chord. 你的話打動了我的心弦.
片語 touch the right chord 觸及(某人的)心弦. (➪ 範例 ④)
複數 chords

chore [tʃor] n. 〔~s〕雜務《特指家務等》；乏味的工作：I have to do the chores before I go out for dinner. 在外出吃晚餐之前, 我得做完這些雜務.
複數 chores

choreographer [͵kɔrɪˋɑgrəfɚ] n. 舞蹈動作的編排設計者.
複數 choreographers

choreography [͵kɔrɪˋɑgrəfɪ] n. 舞蹈動作(的編排設計).

*__chorus__ [ˋkorəs] n. ① 合唱；合唱曲；合唱部分. ② 合唱團. ③ 異口同聲.
——v. ④ 合唱. ⑤ 異口同聲地說.
範例 ① Beethoven's *Ninth Symphony* is played with a chorus. 貝多芬的《第九號交響曲》演奏時帶有合唱.
② I belong to an amateur chorus. 我是業餘合唱團的一員.
③ Please read the book in chorus. 請齊聲朗讀那本書.
片語 in chorus 齊聲地, 合唱地. (➪ 範例 ③)
複數 choruses
活用 v. choruses, chorused, chorused, chorusing

*__chose__ [tʃoz] v. choose 的過去式.

*__chosen__ [ˋtʃozn] v. choose 的過去分詞.

Christ [kraɪst] n. ① 基督.
——interj. ② 天啊!《在憤怒或驚訝時所說的話, 也說成 Jesus Christ 或 Jesus, 是一種粗俗的說法》.
參考 Christ 原本是救世主的意思, 以後專指基督教的創始者耶穌・基督 (Jesus Christ). 耶穌於西元前4年出生在拿撒勒, 西元28年接受約翰的洗禮, 不久在巴勒斯坦一帶開始傳教, 宣揚上帝之國已在這個世界逐漸實現. 耶穌與社會上受歧視的貧窮者廣泛交往, 嚴屬地抨擊制度化的猶太教. 西元30年前後以反叛羅馬政府的罪名被釘上十字架上, 耶穌死後, 相信遇見了復活的耶穌的弟子們將耶穌視為救世主, 創立了基督教.

christen [ˋkrɪsn] v. ① 為~施洗禮；為~施洗禮並命名：We christened our baby Edgar. 我們給嬰兒受洗取名為艾德嘉. ②《英》初次使用, 首次啟用(汽車、輪船等).
活用 v. christens, christened, christened, christening

Christendom [ˋkrɪsndəm] n. ① 全體基督教徒. ② 基督教國家, 信奉基督教的地區.

christening [ˋkrɪsnɪŋ] n. 洗禮, 命名.

Christian [ˋkrɪstʃən] n. ① 基督教徒.

充電小站

基督教 (Christianity) 的派別

【Q】天主教與新教，誰是真正的基督教?

【A】兩者都是基督教，且被稱為基督教的還不只是這兩派。在漫長歷史中，基督教產生過許多教派。

基督教在猶太世界興起後，傳播於當時統治歐洲的羅馬帝國各地。羅馬帝國東西分裂後，基督教亦分為東西兩派各自發展。一派是以君士坦丁堡為中心，屬於希臘語文化的東方教會 (the Eastern Church)，被稱為東正教 (Orthodox)，流傳於斯拉夫諸國及俄國；另一派是以羅馬為中心，屬於拉丁語文化的西方教會 (the Western Church)，被稱為天主教 (Catholic)，傳布於西歐各地、美洲大陸。

現在基督教大致分為下列3大教別:

① 天主教 (the Catholic Church)

② 東正教 (the Orthodox Eastern Church)

③ 新教 (Protestant Churches)

①「天主教」是以羅馬為根據地的「西方教會」中最古老的教會，亦被稱為羅馬公教 (the Roman Catholic Church).

②「東正教」是以君士坦丁堡為根據地的東方教會中最古老的教會，亦稱希臘正教 (the Greek Orthodox Church)，該教教義與天主教無本質差別，但在漫長的歷史中，不同的民族、環境使兩者有迥異的風俗習慣、典禮儀式。

③「新教」實際上又分為各種宗派，信仰內容亦各不相同，故無法以新教一詞概括全部。

新教各派是因16世紀初的宗教改革而產生的。首先是在德國，威丁堡大學的神學教授馬丁‧路德 (Martin Luther) 反對教會出售贖罪券，提倡信仰主義，強調《聖經》的權威，創立了路德教派。此派以德國為中心向全世界傳布，現在路德教派 (Lutheran Church) 已成為新教中最大的教派。

而在瑞士，先是茲文利 (Zwingli)、接著是喀爾文 (John Calvin) 發起了宗教改革運動，與路德不同，喀爾文反對政教分離，否定天主教的教階制。直接繼承喀爾文思想的是無聖俗之分的長老教會 (the Presbyterian Church). 另外，受喀爾文影響的教派還有公理會 (the Congregational Church)、浸信會 (the Baptist Church)、清教徒 (Puritans)、教友派教徒 (Quakers) 等。

另外，在英國亨利八世 (Henry VIII) 以自己的離婚問題為由，脫離天主教會，規定國王為教會的唯一最高首長，建立了英國國教 (the Church of England; 別名「聖公會」)，以坎特伯里大主教 (Archbishop of Canterbury) 為精神上的指導者，教義具備天主教與新教兩方面的要素。

以上各教雖說都稱為「基督教」，實際上存在著五花八門的教派，它們中間既有教義相似者，也有教義迥異者。

——adj. ② 基督教的。

範例 Behave like a **Christian**. 舉止要像基督徒。

the **Christian** Church 基督教教堂。

It isn't a true **Christian** act to treat the animals in that way. 以那樣的方式對待動物不是一個真正基督徒的行為。

♦ the **Christian èra** 西元, 耶穌紀元.

Christian nàme 教名《在信奉基督教的國家中出生的嬰兒在接受洗禮時所取的名字》.

→ 充電小站 (p. 207)

複數 **Christians**

Christianity [ˌkrɪstʃɪˈænətɪ] n. 基督教 (信仰, 精神).

*__Christmas__ [`krɪsməs] n. ① 聖誕節《12月25日》. ② 聖誕節期間《自聖誕前夕至1月6日》.

範例 ① We go to church on **Christmas** morning. 我們在聖誕節早晨去教堂。

We had a white **Christmas** last year. 去年我們過了一個銀色聖誕節。

② We go skiing at **Christmas** every year. 每年的聖誕節期間我們都會去滑雪。

♦ **Christmas bòx** 聖誕禮盒《在12月26日聖誕節贈物日 (Boxing Day) 時送給郵差、僱傭等的禮物》.

Christmas càke 聖誕蛋糕《為了聖誕節而烘焙的蛋糕, 在英國是一種上面撒了很多乾果的香濃蛋糕》.

Christmas càrd 聖誕卡.

Christmas cràcker 聖誕彩色爆竹.

Christmas Dáy 聖誕節.

Christmas Éve 聖誕節前夕《指12月24日當天的夜晚, 有時也指24日一整天》.

Christmas púdding 聖誕布丁《在聖誕節吃的一種撒了很多乾果的布丁》.

Christmas stócking 聖誕襪《用來裝聖誕禮物》.

Christmas trèe 聖誕樹《據說起源於德國, 1840年英國女王維多利亞的丈夫阿爾伯特公爵自祖國德國將此帶入英國, 以後廣泛傳開並成了一種習俗》.

字源 Christ (基督) +mas (彌撒).

→ 充電小站 (p. 209)

複數 **Christmases**

chrome [krom] n. ① 鉻. ② 鉻黃《亦作 chrome yellow》, 鉻黃色顏料.

chromium [`kromɪəm] n. 鉻《金屬元素, 符號 Cr》.

chromosome [`kroməˌsom] n. 染色體.

複數 **chromosomes**

chronic [`krɑnɪk] adj. ① (疾病) 慢性的. ② 〔只用於名詞前〕長期的, 積習的, 慣常性的.

範例 ① He has a **chronic** disease. 他有慢性病。

② My father is a **chronic** smoker. 我父親是一個老菸槍。

chronically [ˋkrɑnɪklɪ] *adv.* 慢性地；長期地：
The two families are **chronically** hostile to
each other. 這兩個家族長期互相敵視.
[活用] *adv.* **more chronically, most
chronically**

*****chronicle** [ˋkrɑnɪkl] *n.* ① 編年史，年代記《根
據時間順序記錄發生的事》.
—— *v.* ② 把~載入編年史.
[複數] **chronicles**
[活用] *v.* **chronicles, chronicled,
chronicled, chronicling**

chronicler [ˋkrɑnɪklɚ] *n.* 編年史作家，(事件
的)記錄者.
[複數] **chroniclers**

chronological [ˌkrɑnəˋlɑdʒɪkl] *adj.* 按年代
順序的，按時間先後的.

chronologically [ˌkrɑnəˋlɑdʒɪklɪ] *adv.* 按
年代順序地，按時間先後地.

chronology [krəˋnɑlədʒɪ] *n.* ① 年代學. ②
年表；(資料等)按年代次序的排列.
[複數] **chronologies**

chrysalis [ˋkrɪslɪs] *n.* 蛹.
[參考] 一般昆蟲的蛹稱為 pupa, 蝴蝶、蛾等的蛹
則稱為 chrysalis.
[複數] **chrysalises**

chrysanthemum [krɪsˋænθəməm] *n.* 菊；
菊花.
[複數] **chrysanthemums**

chubby [ˋtʃʌbɪ] *adj.* (人、臉等)豐滿的，圓胖
的: a baby's **chubby** face 嬰兒胖嘟嘟的臉.
[活用] *adj.* **chubbier, chubbiest**

chuck [tʃʌk] *v.* ① 隨手一拋；把~撞走；辭掉，
放棄. ② 輕捏(下巴)《用於 chuck a person
under the chin》.
—— *n.* ③ 牛頸部至肩部的肉.
[範例] ① The boys **chucked** some pieces of
paper out of the bus. 男孩們從公車裡隨手丟
出幾張紙片.
They **chucked** that drunken man out of the
pub. 他們把那醉漢從酒館攆了出去.

Don't **chuck** your job. 別辭去工作.
[活用] *v.* **chucks, chucked, chucked,
chucking**

*****chuckle** [ˋtʃʌkl] *n.* ① 竊笑；(母雞的)咯咯聲.
—— *v.* ② 竊笑(over, at)；(母雞)咯咯地叫.
[範例] ① She gave a quiet **chuckle**. 她暗自竊笑.
② He **chuckled** over a funny magazine. 他因雜
誌有趣而咯咯發笑.
[複數] **chuckles**
[活用] *v.* **chuckles, chuckled, chuckled,
chuckling**

chum [tʃʌm] *n.* ①(特指男孩之間的)好友，密
友.
—— *v.* ② 成為好友(up with)；同住一室(with).
[範例] ① I have an old school **chum** out there. 我
有個以前的同窗好友在那裡.
② He's already **chummed** up with some guys in
his dormitory. 他與宿舍裡的一些人已經成為
好友.
She'll be **chumming** with Liz this year
because the rent has gone up so high. 因為房
租漲得很高，所以她今年將與麗絲同住一室.
[複數] **chums**
[活用] *v.* **chums, chummed, chummed,
chumming**

chump [tʃʌmp] *n.* ① 傻瓜. ② 短而厚的木塊.
[複數] **chumps**

chunk [tʃʌŋk] *n.* ①(巧克力、乳酪、肉、木材
等的)厚片，一大塊. ② 大量(金額，部分).
[範例] ① a **chunk** of wood 一大塊木頭.
Melt a **chunk** of chocolate and pour it on the
cookies. 把一大塊巧克力融開，倒在餅乾上.
chunks of meat for the dog 給狗吃的肉塊.
[複數] **chunks**

chunky [ˋtʃʌŋkɪ] *adj.* ① 矮胖的，結實的，短
而厚的，厚實的. ② 大塊的.
[範例] ① Our boss is a **chunky** man. 我們的老闆
身體很結實.
Mary knitted a **chunky** sweater. 瑪麗打了一
件厚實的毛衣.

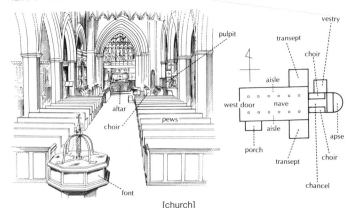

[church]

充電小站

聖誕節 (Christmas) 是甚麼節日？

【Q】一到聖誕節又是聚會，又可以得到禮物，一年中能這樣做的恐怕只有自己的生日了，那麼聖誕節到底是甚麼日子呢？

【A】聖誕節是基督教的節日之一，是紀念耶穌‧基督 (Jesus Christ) 誕生的節日，亦稱「基督誕生節」，教會的紀念儀式則是望彌撒。

望彌撒時，用麵包與葡萄酒表示基督的「身體」與「血」，透過食用喻示基督的「死與再生」，此食用儀式稱 Eucharist（天主教稱為「聖體拜領」，新教稱為「聖餐儀式」），進行Eucharist儀式就是望彌撒。Christmas 還表示 Christ's Mass

（基督的彌撒）之意，因此是特地慶祝基督誕生而進行望彌撒的日子。

除了以上宗教儀式外，還有民間風俗，例如聖誕卡、聖誕樹、聖誕菜肴等也是聖誕節不可少的內容。

Christmas 也可簡寫作 Xmas，Christ 曾用希臘語寫作 ΧΡΙΣΤΟΣ (＝Christos)，後來僅用該字的第一個字母 X 表示 Christ，所以「基督的彌撒」也寫成 Xmas，而 "X'mas" 的寫法，在 X 後面標省略符號 (') 是不正確的。

---

② I want **chunky** marmalade. 我要厚厚的一層橘子醬.

活用 adj. **more chunky**, **most chunky**

＊**church** [tʃɝtʃ] n. ① (基督教的) 教堂, [the ～] 牧師職位. ② 禮拜. ③ [C～] 教派, 教會.

範例 ① The **church** has a very old organ. 那座教堂裡有一架非常古老的風琴.

Jim entered the **church** in 1980. 吉姆在1980年擔任牧師.

② I go to **church** every Sunday. 我每個星期天上教堂禮拜.

③ the Catholic **Church** 天主教派 [會].

the **Church** of England 英國國教派《略作 C of E》.

片語 **as poor as a church mouse** 一貧如洗.

enter the church 做牧師. (⇨ 範例 ①)

♦ **chúrch sèrvice** 禮拜.

複數 **churches**

churchyard [`tʃɝtʃˌjɑrd] n. 教堂基地《不屬於教堂的墓地稱為 cemetery》.

複數 **churchyards**

churn [tʃɝn] n. ① (製造奶油用的) 攪乳器. ② 《英》大牛奶桶.

— v. ③ 用攪乳器攪拌, 用攪乳器製奶油. ④ 劇烈地攪動, 翻騰 (波浪).

範例 ③ My mother made butter by **churning** the cream. 我媽媽把牛奶加以攪拌以製奶油.

④ Whenever the big ships pass, the waves are **churned** to foam. 每當大船經過, 海水浪花翻滾.

My stomach **churned** with worry. 我心裡忐忑不安.

片語 **churn out** 粗製濫造: The writer **churns out** a novel every month. 那位作家每個月用出版. 本粗劣的小說.

複數 **churns**

活用 v. **churns**, **churned**, **churned**, **churning**

chute [ʃut] n. ① 滑道, 滑槽《使信件、垃圾等由高處往低處滑落的裝置》. ② 降落傘《亦作 parachute》.

複數 **chutes**

chutney [`tʃʌtnɪ] n. 印度甜辣醬.

CIA/C.I.A. [`siˌaɪˈe] 《縮略》 ＝Central Intelligence Agency (美國中央情報局).

cicada [sɪˈkedə] n. 蟬《通常生長於炎熱地區; 全世界約有1,500種, 美國有70種, 英國只有一種 (new forest cicada)》.

複數 **cicadas**

C.I.D./CID [`siˌaɪˈdi] 《縮略》 ＝Criminal Investigation Department (倫敦警察廳刑事偵查局).

cider [`saɪdɚ] n. ① 蘋果酒. ② 蘋果汁.

參考 英國所說的 cider 是指蘋果酒, 而在美國則包括蘋果酒與蘋果汁, 需特別區別時, 分別稱 hard cider (蘋果酒)、sweet cider (蘋果汁). 另外, 我們所說的「蘋果西打」, 實為經過調味的「蘇打水」, 即為汽水, 英語作 soda pop.

複數 **ciders**

cigar [sɪˈgɑr] n. 雪茄《由 tobacco 葉捲製成》.

複數 **cigars**

cigarette [ˌsɪgəˈrɛt] n. 香菸.

字源 cigar (雪茄) ＋-ette (小的).

複數 **cigarettes**

cinder [`sɪndɚ] n. ① (煤炭等的) 灰燼, 渣滓. ② [～s] 灰.

複數 **cinders**

Cinderella [ˌsɪndəˈrɛlə] n. 灰姑娘《童話故事《仙履奇緣》中的女主角》; 未得到正確評價的人 [物].

字源 cinders (灰) ＋ella (小的, 可愛的) → 蒙著灰的姑娘. 灰姑娘是儘管蒙著灰仍努力工作的代名詞.

複數 **Cinderellas**

＊**cinema** [`sɪnəmə] n. ① 《英》電影院《《美》movie theater》. ② 電影, 電影的製作.

範例 ① I met him in front of the **cinema** last Saturday. 我上週六在電影院前遇到他.

② Did you enjoy the **cinema**? 你喜歡那部電影嗎？

參考 表示 ② 之意時亦作 films, 《英》pictures, film; 《美》movies, motion picture, moving picture.

複數 **cinemas**

cinnamon [`sɪnəmən] *n.* ①肉桂《以肉桂皮為原料製成的香料》. ②肉桂《樟科常綠木，原產於印度、中國》. ③淺黃褐色.

複數 **cinnamons**

cipher [`saɪfə] *n.* ① 暗號，密碼：All messages were written in **cipher** in case they fell into enemy hands. 所有的訊息都以密碼傳送以防落入敵人手中. ② 零. ③阿拉伯數字《0、1、2、3、4、5、6、7、8、9各數字》.
——*v.* ④ 譯成密碼，用密碼寫.
參考 亦作 cypher.
☞ *v.* decipher《破解密碼、謎等》
複數 **ciphers**
活用 *v.* **ciphers**, **ciphered**, **ciphered**, **ciphering**

***circle** [`sɝkl] *n.* ① 圓，圓圈，圓形物. ②〔~s〕活動範圍，~ 圈. ③ 循環. ④《劇場2樓以上的》弧形梯級座位.
——*v.* ⑤ 盤轉，圍繞. ⑥ 圈起，包圍.

[circle]

範例 ① a **circle** with radius *r* 半徑為 *r* 的圓.
A chord that passes through the center of a **circle** is called a diameter. 通過圓心的弦稱為直徑.
The students sat in a **circle** around me. 學生們在我周圍圍成一個圈圈坐下.
Mr. Brown has got black **circles** under his eyes because he did not sleep last night. 布朗先生生有黑眼圈，因為他昨晚沒睡.
The argument came full **circle** after about an hour. 爭論了差不多一個小時還是回到原點.
② Mary has a large **circle** of friends. 瑪麗交遊廣闊.
John is not popular in political **circles**. 約翰在政界沒有人望.
③ a vicious **circle** 惡性循環.
④ I'd like to sit in the stalls, not in the **circle**. 我希望坐在正廳前排座位，而不要坐在樓上的弧形梯級座位.
⑤ The helicopter **circled** above. 那架直升機在上空盤旋.
Galileo discovered four moons **circling** Jupiter. 伽利略發現了圍繞木星的4個衛星.
⑥ He **circled** the important words in his textbook. 他圈出教科書上重要的詞語.
Circle the correct answer. 圈出正確答案.
片語 ***come full circle*** 繞一圈後返回起點. (⇨ 範例 ①)
have a large circle of friends 交遊廣闊. (⇨ 範例 ②)
in a circle 形成一圈. (⇨ 範例 ①)
➡ 充電小站 (p. 211)
複數 **circles**
活用 *v.* **circles**, **circled**, **circled**, **circling**

***circuit** [`sɝkɪt] *n.* ①《某一範圍的》周邊，繞行一周〔一圈〕. ②《法官、牧師、劇團等的》巡迴，巡迴地區. ③《賽跑用》跑道，《賽車的》環行賽道. ④電路，線路.
範例 ① The **circuit** of my estate is about two miles. 我家的地產方圓約2哩.
The sun appears to make a complete **circuit** around the ecliptic every year. 太陽每年繞黃道一周.
The mountains formed a long **circuit** about the valley. 群山環繞那個山谷.
② Doing the country music **circuit** was the end of his marriage. 鄉村音樂的巡迴演出導致他離婚.
④ The break in the **circuit** caused the TV to go out. 切斷電路導致電視機電源關閉.
片語 ***be on circuit*** 正在巡迴中《指法官、牧師、劇團等》.
♦ **circuit brèaker** 斷路器《切斷電源以確保安全的裝置》.
複數 **circuits**

circuitous [sə`kjuɪtəs] *adj.* 迂迴的，繞行的，間接的：a **circuitous** route 迂迴路線.
活用 *adj.* **more circuitous**, **most circuitous**

***circular** [`sɝkjələ] *adj.* ① 圓的，圓（環）形的. ② 循環的，巡迴的. ③《信件等》傳閱的.
——*n.* ④ 傳閱的文件，通報，通知.
範例 ① a **circular** arc 圓弧.
a **circular** railroad 環形鐵路.
a **circular** saw 圓鋸.
② a **circular** tour 環遊旅行.
a **circular** argument 循環論證.
③ a **circular** letter 傳閱的函件.
活用 *adj.* ②③ **more circular**, **most circular**
複數 **circulars**

***circulate** [`sɝkjə,let] *v.* ①《血液等》循環. ②《謠言、印刷品等》流傳，散播. ③《貨幣等》流通，使通用.
範例 ① Blood **circulates** through the body. 血液在體內循環.
② The rumor was widely **circulated** through the town. 謠言在整個鎮上傳開了.
♦ **círculating dècimal** 循環小數.
cìrculating lìbrary《會員可將書籍借出的》流通圖書館.
活用 *v.* **circulates**, **circulated**, **circulated**, **circulating**

***circulation** [,sɝkjə`leʃən] *n.* ①《血液等的》循環. ②《語言、消息、書籍、貨幣等的》流傳，流通. ③〔~s〕《書籍、雜誌等的》發行量，銷售量.
範例 ② The news had a speedy **circulation**. 那個消息迅速傳開了.
paper money in **circulation** 流通紙幣.
③ This book has a large **circulation**. 這本書籍銷量很大.
片語 ***be in circulation*** 正在流通的.
put ~ into circulation/put ~ in circulation 使流通.
withdraw from circulation 回收停止流通.

充電小站

圓 (circle)

以下介紹幾個與圓有關的用語，加以圖示說
明:
1 圓周　circumference
2 圓心　center
3 圓心角　central angle
4 扇形　sector
5 圓弧　arc
6 弦　chord
7 弓形　segment
8 直徑　diameter
9 半徑　radius

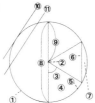

10 切線　tangent
11 割線　secant
　下面是英語對「圓」的定義:
A circle is the set of all points that lie in a given
plane, and whose distance from a fixed point O
in the plane is a given positive number r.
　上文中，set 是「集合」，plane 是「平面」，
distance 是「距離」，fixed point 是「定點」，
positive number r 是「正數 r」之意。上文是甚麼
意思呢? 想想看。

複數 **circulations**

circumcise [`sɝkəm͵saɪz] v. 行割禮《猶太教、
伊斯蘭教等的宗教儀式，割除男孩生殖器的
包皮，女孩的陰蒂》。

活用 v. **circumcises**, **circumcised**,
circumcising

circumcision [͵sɝkəm`sɪʒən] n. 割禮;〔the
C~〕割禮節。

複數 **circumcisions**

*__circumference__ [sə`kʌmfərəns] n. 圓周; 周
長，周圍。

範例 the ratio of the **circumference** of a circle
to the diameter 圓周率。
The tree has a **circumference** of 5 meters.
樹幹的周長有5公尺。
The lake is 5 miles in **circumference**. 這個湖
的周長有5哩。

*__circumstance__ [`sɝkəm͵stæns] n. ①〔~s〕
周圍的情況，事態，形勢。②(人的) 境遇，經
濟狀況。

範例 ① What were the **circumstances** of his
sudden death? 他為甚麼突然死去?
② She is in easy **circumstances**. 她生活安樂
〔經濟寬裕〕。

片語 **in bad** [**needy**, **reduced**]
tircumstances 生活窮困。
under the circumstances 按照現在的
情況: **Under the circumstances**, I should
work another two years. 按照現在的情況，我
還要工作2年。

複數 **circumstances**

circumstantial [͵sɝkəm`stænʃəl] adj. ① 根
據情況的。②(敘述等) 詳盡的。③ 附帶的。

範例 ① **circumstantial** evidence 間接證據。
② the **circumstantial** report 詳盡的報導。

circumvent [͵sɝkəm`vɛnt] v. 設法規避 (法
律、規則等)，用計防止; 避免; 繞行。

活用 v. **circumvents**, **circumvented**,
circumventing

circus [`sɝkəs] n. ① 馬戲或雜技表演。②(古羅
馬的) 圓形競技場; 馬戲場。③〖英〗圓形廣場
《幾條道路相交呈圓狀展開的交叉處》。

範例 ① They run a **circus** in that park. 他們在那

個公園有馬戲表演。
② This **circus** is used for athletic contests. 這個
圓形競技場被用來進行體育比賽。

參考 馬戲的字源是拉丁語的 circus (圓)，與
circle 同源。據傳在古羅馬圓形競技場
(amphitheater) 舉行的賽馬、格鬥競技是現在
馬戲表演的起源。

複數 **circuses**

C.I.S./CIS [`si͵aɪ`ɛs]《縮略》＝Commonwealth
of Independent States (獨立國協)《蘇聯解體
後成立》。

cistern [`sɪstɚn] n. 蓄水池，貯水槽;(抽水馬
桶的) 水箱。

複數 **cisterns**

citadel [`sɪtədḷ] n. 城堡，堡壘，要塞: The
citadel overlooked the city like a protecting
angel. 城堡監視這個城市彷彿是位守護神。

複數 **citadels**

citation [saɪ`teʃən] n. ① 引用，引證，(事實
的) 列舉。②(法律上) 傳票，傳喚。③ 褒揚
狀。

複數 **citations**

*__cite__ [saɪt] v. ① 引用，引證，舉 (例)。②(法律
上) 傳訊，傳喚 (出庭)。③ 表彰，表揚。

範例 ① The detective **cited** the knife as proof of
the crime. 那位警探以那把刀作為犯罪的證
據。
② Six of them were **cited** in a drug smuggling
operation. 他們其中有6人因從事毒品走私
而被傳訊。
③ He was **cited** for saving her life. 他因為救了
她一命而受到表揚。

活用 v. **cites**, **cited**, **cited**, **citing**

cities [`sɪtɪz] n. city 的複數形。

*__citizen__ [`sɪtəzṇ] n. ① 城市居民，市民《具有選
舉等權利而居住於此的人》。② 公民，國民
《具有公民權的人，包括取得該國國籍的移
民》。③〖美〗平民，老百姓《相對於軍人、警
察而言》。

範例 ① the **citizens** of Taipei 臺北市民。
② He became an American **citizen**. 他已成為
美國公民。

參考「美國公民」為 an American citizen;「英國

公民」為 a British citizen，亦作 a British subject. subject 相對於國王或女王而言，是「臣民」之意.

複數 **citizens**

citizenship [ˋsɪtəzn͵ʃɪp] n. ① 市民權，公民權. ② 市民的資格〔身分〕.

字源 citizen (市民)＋-ship (身分，狀態).

citron [ˋsɪtrən] n. ① 香櫞 (樹)《果實略大於檸檬》. ②（糖醃漬過的）香櫞皮.

複數 **citrons**

citrous [ˋsɪtrəs] ＝n. citrus.

citrus [ˋsɪtrəs] n. 柑橘類《亦作 citrous》.

複數 **citruses**

＊**city** [ˋsɪtɪ] n. ① 都市，城市，市. ②〔the C~〕倫敦城《為倫敦市內最古老的一區》.

範例 ① New York is one of the largest **cities** in the world. 紐約是世界上最大的城市之一.

city life 城市生活.

a **city** bank 城市銀行.

New York **City** 紐約市.

參考 ① 正式用法上，美國把人口多且得到州政府承認的 town 稱作 city；在英國指有主教 (bishop) 的大教堂 (cathedral) 所在的城市，或者根據國王的敕許狀 (charter) 稱作 city 的城市. ② the City 正式名稱為 the City of London，指市長 (Lord Mayor) 與市議會管轄的約1平方哩區域，實際上為大倫敦 (Greater London) 的一個區，是英國金融、商業中心.

◆ **city cóuncil** 市議會.

city fáther 市議會議員，城市裡有影響力的人士.

city háll ① 市政府，市政廳. ② 市政當局.

city mánager《美》市政管理官員《由市議會任命》.

city plánning 都市計畫.

複數 **cities**

civic [ˋsɪvɪk] adj. ① 城市的，都市的. ② 市民的，公民的.

◆ **civic cénter**《英》市政中心《市政機關集中地區》.

civics [ˋsɪvɪks] n.〔作單數〕公民科，市政學.

＊**civil** [ˋsɪvl] adj. ① 市民的，公民的. ② 民事的. ③（與軍人、僧侶相對的）普通人的. ④ 內政的. ⑤ 有禮貌的，文明的.

範例 ① a **civil** society 市民社會，文明社會.

civil duties 市民的義務.

② **civil** law 民法，羅馬法.

civil court 民事法庭.

③ return to **civil** life 恢復百姓生活《指退役》.

④ **civil** strife 內鬨.

⑤ She is **civil** even to strangers. 她對陌生人也彬彬有禮.

◆ **civil engineering** 土木工程學.

civil rights 公民權，人權.

civil sérvant 公務員，文官.

civil sérvice 文職機關，行政部門《與軍事機構相對》.

the Civil Wár 美國南北戰爭 (1861-1865)；英國清教徒革命《議會與王黨之間的內戰

(1642)》；西班牙內戰《人民陣線與軍隊之間的內戰 (1936-1939)》.

civilian [səˋvɪljən] n. ①（相對於軍人、警察的）平民，百姓. ② 文官，文職人員.

——adj. ③ 民間的，平民的.

範例 ③ **civilian** clothes 便裝，便衣.

civilian control 平民統治.

複數 **civilians**

civilisation [͵sɪvləˋzeʃən] ＝n. 《美》civilization.

civilise [ˋsɪvl͵aɪz] ＝v.《美》civilize.

civility [səˋvɪlətɪ] n. ① 禮貌，文明態度. ②〔~ies〕禮儀，謙和〔禮貌〕的言行: exchange **civilities** 相互致意.

複數 **civilities**

＊**civilization** [͵sɪvləˋzeʃən] n. ① 文明，文化. ② 文明國家〔社會〕. ③ 現代文明所提供的生活舒適.

範例 ① introduce European **civilization** 引進歐洲文明.

Greek and Roman **civilizations** 希臘、羅馬文化.

③ Because he lived in the jungle, he spent a life far from **civilization**. 他的生活過得並不舒適，因為他生活在叢林中.

參考 《英》civilisation.

複數 **civilizations**

＊**civilize** [ˋsɪvl͵aɪz] v. ① 使文明，使開化. ② 使高尚，使文雅: City life **civilized** him. 都市生活使他變得文雅.

參考 《英》civilise.

活用 v. **civilizes**，**civilized**，**civilized**，**civilizing**

civilized [ˋsɪvl͵aɪzd] adj. ① 文明的，開化的. ② 有禮貌的，有教養的.

範例 ① a **civilized** society 文明社會.

② He is a **civilized** man. 他是個有教養的人.

活用 adj. ② **more civilized**，**most civilized**

civilly [ˋsɪvlɪ] adv. 有禮貌地，恭敬地: He answered me **civilly**. 他有禮貌地回答我.

活用 adv. **more civilly**，**most civilly**

clack [klæk] v. ①（碰撞堅硬物）發出嘓叽聲.

——n. ②（堅硬物碰撞發出的）嘓叽聲.

活用 v. **clacks**，**clacked**，**clacked**，**clacking**

複數 **clacks**

clad [klæd] adj.《正式》穿~衣服的，被~覆蓋的: The countess was **clad** in blue. 伯爵夫人穿著藍色衣服.

＊**claim** [klem] v. ① 認領 (某物)；主張，聲稱；提出要求. ② 需要 (注意等)，值得 (重視、讚賞等). ③（事故）奪去 (生命).

——n. ③ 主張，聲稱；要求. ④（要求的）權利，資格.

範例 ① Does anyone **claim** this baggage? 有沒有人認領這件行李？

He **claimed** that he was honest. 他聲稱自己是誠實的.

② This question **claims** attention. 這個問題需要注意.

簡介輔音群 cl- 的語音與語義之對應性

cl- 是由軟顎清塞音 (velar voiceless stop) /k/ 與邊音 (lateral) /l/ 組合而成，唸起來像兩堅硬物體或金屬撞擊時所發出的「喀嗒喀喀」聲，因此本義為「兩物相撞擊所發出的聲音」.

(1) 表示「兩堅硬物體或金屬撞擊聲」:
- clack　（碰撞堅硬物）發出嗶叭聲
- clangor　（鐘、金屬等的）連續的叮噹聲
- clank　（鏈條等）鏗鏘作響
- clap　輕拍（使發出嗶啪聲）
- clapper　鐘或鈴之舌；拍板，響板
- clash　（刀、劍等金屬的）碰撞聲，撞擊聲
- clip-clop　（馬蹄的）咔嗒咔嗒聲
- click　（扣板機或門上鎖時的）喀嗒聲
- clock　時鐘《報時時發出叮噹聲》
- clink　（金屬片、玻璃等相碰撞所發出的）叮噹聲

(2) 兩堅硬物體相碰撞所發出的嗶啪、喀嗒、鏗鏘、叮噹聲，也可視為嘈雜、喧嚷、煩囂聲，因此可衍生出「嘈雜、喧嚷、煩囂」之引申義：
- clatter　（硬物相撞擊所發出的）嗶啪聲，但另一義則引申為嘈雜的笑鬧聲或喧嚷的閒聊
- clamor　吵鬧聲，(指群眾憤怒而有所要求的)叫囂，叫喊聲
- clamorous　吵鬧的，喧嚷的
- cloudburst　豪雨，驟雨《下大雨時夾帶嘈雜聲》
- clutter　嘈雜的聲音，大聲的喧嚷，吵鬧聲
- exclaim　（因喜悅、驚訝、憤怒、痛苦而等）高聲叫喊

(3) 由於硬 c 的發音發音方式是否後往上抬，向軟顎靠攏，現與 l 組合成 cl-，唸起來彷彿舌後去撞擊軟顎，感覺兩者之接觸更為緊密

(close-knit)，因此衍生出「緊緊結合」之引申義：
- clip　v.（用夾子）夾緊；n. 紙夾
- clasp　握緊，抱緊
- cleave　牢牢地黏住
- clench　咬緊（牙關），緊握（拳頭）
- cling　抓緊，黏著
- clinch　敲彎釘頭使釘牢，(情人)緊抱
- clad　穿～衣服的
- clothes　衣服《緊緊穿在穿者身上》
- clam　蛤，蚌《雙殼緊閉》
- clog　使（管道等）阻塞，受阻
- clutch　握緊，抓住，抱住
- cloy　（吃或玩得過多而）生膩
- climb　攀爬（懸崖、峭壁等）《手腳緊緊附著於表面》
- clamber　（艱難地）攀爬
- clay　（製磚瓦、陶瓷器等用的）黏土
- claw　（鳥獸、昆蟲等的）爪，(螃蟹等的)螯

(4) 任何人或物緊緊結合在一起，久而久之會凝結成「一團、一塊、一串、一叢、一群、一派、一族等」《引申義》：
- cloud　雲《水氣凝結而成》
- clod　（泥土、黏土等的）塊
- clot　（血等的）凝塊
- clump　樹叢
- cluster　（葡萄等的）串
- class　班級
- clutch　一窩雛雞
- club　社團
- clique　（為共同利害而結合的）派系，小集團
- clan　大家族，宗族
- cloister　修道院

The actress's performance **claims** our applause. 那位女演員的演技值得我們讚賞.
The typhoon **claimed** more than forty lives. 那個颱風奪走了40多條人命.
③ The judge refused Tom's **claim** for money. 那位法官不承認湯姆對金錢賠償的要求.
I don't believe their **claim** about seeing a UFO. 我不相信他們自稱看到了不明飛行物體.
④ John has no **claim** to scholarship. 約翰沒有資格〔不配〕稱做學者.
[片語] **lay claim to** 宣稱對~有所有權》 He laid claim to the leased land. 他宣稱那塊租地歸他所有.
***put in a claim for** 聲稱有權得到: She put in a claim for the inheritance. 她聲稱自己有權得到遺產.
[活用] v. **claims**, claimed, claimed, claiming
[複數] **claims**
clairvoyance [klɛrˋvɔɪəns] n. 透視力，過人

的洞察力；千里眼.
clairvoyant [klɛrˋvɔɪənt] adj. ① 有洞察力的，千里眼的.
——n. ② 具有洞察力的人，具有千里眼的人，明察秋毫的人.
[複數] **clairvoyants**
clam [klæm] n. 蛤，蛤蜊: She shut up like a clam. 她守口如瓶.
[複數] **clams**
clamber [ˋklæmbɚ] v. ① 攀登，攀爬: The little boy clambered over the table. 那個小男孩爬上了桌面.
——n. ② 攀登.
[活用] v. **clambers**, clambered, clambered, clambering
[複數] **clambers**
clammy [ˋklæmɪ] adj. 黏溼的，冷而溼的.
[活用] adj. **clammier**, clammiest
*__clamor__ [ˋklæmɚ] n. ①（抗議、要求等的）叫喊聲，喧嚷聲.
——v. ②（因抗議、提出要求而）喧嚷，叫喊.

C

範例 ① People made a **clamor** for lower taxes. 人們叫嚷著要求減稅.

② The performance was cancelled and the people are **clamoring** to get their money back. 那場表演取消後人們嚷著要求退錢.

The newspapers **clamored** against indirect taxation. 報紙嚷嚷著反對間接稅.

參考 〔英〕clamour.

複數 **clamors**

活用 v. **clamors**, **clamored**, **clamored**, **clamoring**

clamorous [`klæmərəs] adj. 喧嚷的, 叫囂的, 大聲抗議或要求的.

活用 adj. **more clamorous**, **most clamorous**

clamour [`klæmɚ] =n., v. 〔美〕clamor.

clamp [klæmp] n. ① 夾具, 夾子, 夾鉗.

——v. ② (用夾具) 夾緊, 固定.

範例 ② **Clamp** those two pieces of wood until we can properly screw them together. 先夾緊這兩塊木頭, 直到我們能把它們完全旋在一起.

[clamp]

The government is **clamping** down on drug-users. 政府正在嚴厲取締吸毒者.

片語 **clamp down on** 取締, 壓制, 嚴辦. (⇨ 範例 ②)

複數 **clamps**

活用 v. **clamps**, **clamped**, **clamped**, **clamping**

clampdown [`klæmp͵daun] n. 取締, 嚴格限制, 嚴禁.

複數 **clampdowns**

clan [klæn] n. ① 氏族, 宗族. ② 黨派, 派系.

複數 **clans**

clandestine [klæn`dɛstɪn] adj. 私下的, 祕密的.

clang [klæŋ] v. ① (使) 發出鏗鏘聲, (使) 叮噹響《金屬碰撞發出聲音》.

——n. ② 鏗鏘聲, 叮噹聲.

範例 ① The gate **clanged** shut. 門哐噹一聲關上了.

② The gate closed with a **clang**. 門哐噹一聲關上了.

活用 v. **clangs**, **clanged**, **clanged**, **clanging**

複數 **clangs**

clangor [`klæŋgɚ] n. 〔a ~〕(鐘、金屬等的) 連續的叮噹聲.

參考 〔英〕clangour.

複數 **clangors**

clangour [`klæŋgɚ] =n. 〔美〕clangor.

clank [klæŋk] v. ① (鐵鏈、刀劍等) 發出叮噹聲《金屬碰撞發出聲音; 不及 clang 響亮》.

——n. ② 〔a ~〕叮噹聲.

範例 ① a **clanking** noise 叮噹聲, 噹啷聲.

② a **clank** of swords 劍相碰撞的叮噹聲.

活用 v. **clanks**, **clanked**, **clanked**, **clanking**

複數 **clanks**

***clap** [klæp] v. ① 拍手, 鼓掌; 用手掌拍拍 (某人的背)《表示打招呼、稱讚等》.

——n. ② (雷等的) 轟隆聲; 拍擊聲, 鼓掌聲.

範例 ① All the people in the theater **clapped** their hands. 劇場中所有的人都鼓掌.

He **clapped** me on the back. 他在我的背上拍了一下.

② They heard a **clap** of thunder. 他們聽到了雷鳴聲.

活用 v. **claps**, **clapped**, **clapped**, **clapping**

複數 **claps**

clarification [͵klærəfə`keʃən] n. ① 澄清; 闡明. ② 淨化.

clarify [`klærə͵faɪ] v. ① 澄清 (問題、意義等); 闡明. ② 使 (液體等) 淨化.

活用 v. **clarifies**, **clarified**, **clarified**, **clarifying**

clarinet [͵klærə`nɛt] n. 單簧管《木管樂器》.

複數 **clarinets**

clarity [`klærətɪ] n. ① (思想、文體等) 明確, 清晰. ② (聲音、液體等) 清澈, 透明, 清澄.

***clash** [klæʃ] v. ① (金屬相撞擊) 發出刺耳的撞擊聲; 鏗鏘作響. ② (意見、利益、時間等的) 相衝突; 對立; (色調等) 不一致, 不協調.

——n. ③ 刺耳的撞擊聲, 鏗鏘聲. ④ 衝突.

範例 ① The swords **clashed**. 刀劍鏗鏘作響.

② The two armies **clashed** in the woods. 兩軍在森林中發生激戰.

The timing of these two meetings **clashes**. Which should I attend? 那兩個會議撞期, 我該參加哪一個呢?

The color of the shirt **clashes** with the color of the jacket. 襯衫顏色與夾克顏色不搭.

③ the **clash** of cymbals 銅鈸的鏗鏘聲.

④ The student demonstration ended in **clashes** with the police. 那場學生遊行在與警察的衝突之中落幕.

活用 v. **clashes**, **clashed**, **clashed**, **clashing**

複數 **clashes**

***clasp** [klæsp] n. ① 緊握, 緊抱. ② 扣子, 扣環.

——v. ③ 緊握, 緊抱. ④ 扣住, 扣緊.

範例 ① She gave his hand a warm **clasp**. 她熱情地緊握他的手.

② Show me the **clasp** on the belt. 讓我看一下皮帶的鉤環.

③ She **clasped** her baby in her arms. 她把嬰兒緊抱在雙臂之中.

④ The neck of her dress was **clasped** with a red broach. 她的禮服領口用紅色胸針扣著.

複數 **clasps**

活用 v. **clasps**, **clasped**, **clasped**, **clasping**

****class** [klæs] n.

原義	層面	釋義	範例
同類之物〔人〕在一起時	一般的	種類，部門；等級，～等（艙）；（分類學上的）綱	①
	社會的	階級，階層	②
	在社會上表現出的	優秀，上等	③
	上課時的	年級，班級；同期畢業生	④
	在學校進行的	（一節）課，上課，上課時間	⑤

——*v.* ⑥ 將～分類〔歸類〕；把～分等級．

範例 ① Animals, plants, and rocks are divided into **class**. 動物, 植物和礦物分成許多綱目. They belong to the same **class**. 他們屬於同一類.

We traveled first **class**. 我們搭乘頭等艙旅行.

② He entered a working-**class** pub. 他走進一家勞工階級酒吧.

She is a woman of good social **class**. 她是一位社會地位很高的女性.

③ Mary has **class**. 瑪莉很優秀.

④ There are 20 boys and 21 girls in my **class**. 我班上有男生20人, 女生21人.

Good morning, **class**. 同學們早.

The **class** of 2001 graduates in 2001. 2001 屆學生在2001年畢業.《2001讀作 twenty o one, 如例所示 《美》以 the class of ～（年）表示同屆學生》

⑤ We have four **classes** on Wednesday. 我們星期三有4節課.

He missed many **classes** because of his illness. 他因病缺了很多課.

⑥ Brazil is **classed** as an agricultural country. 巴西被歸類為農業國家.

♦ **cláss strúggle** 〔wàr〕階級鬥爭.

複數 classes

活用 *v.* classes, classed, classed, classing

****classic** [ˋklæsɪk] *adj.*, *n.*

原義	層面	釋義	範例
代表性的	以後留下的	*adj.* 代表性的，最高級的，第一流的	①
	以前就有的	*adj.* 傳統式樣的，古典的	②

原義	層面	釋義	範例
代表	文學，藝術	*n.* 古典，經典作品	③
	作家，藝術家	*n.* 一流作家，一流的藝術家	④
	以前就有的事物	*n.* 傳統的活動	⑤
	自古形成的學問	*n.* 〔～s, 作單數〕古典文學，古典文學研究	⑥

範例 ① Shakespeare is one of the **classic** writers of the 17th century. 莎士比亞是17世紀的一流作家之一.

② She wears a **classic** black dress. 她穿著一件傳統式樣的黑禮服.

We have two **classic** events this month. 這個月我們有兩個傳統活動.

③ *Genji Monogatari* is a Japanese **classic**.《源氏物語》是日本的經典作品.

I always try to read ancient and modern **classics**. 我總是努力閱讀古今名著.

④ Beethoven is a **classic**. 貝多芬是一流的藝術家.

複數 classics

classical [ˋklæsɪkl] *adj.* 古典的；古典派〔主義〕的；傳統的.

範例 For hundreds of years Latin and Greek were the **classical** languages that people studied in Europe and the Americas. 拉丁語和希臘語在數百年來歐洲人與美洲人學習的古典語言.

I like **classical** music. 我喜歡古典音樂.

classification [ˌklæsəfəˋkeʃən] *n.* 分類（法）.

範例 Family is one of the **classification** categories of botany or zoology. 科是植物學或動物學的分類法之一.

Aristotle started the **classification** of animals more than 2,000 years ago. 動物的分類法始於兩千多年前的亞里斯多德.

參考 植物學或生物學上的分類由大至小依次分之, 有界 (kingdom)、門 (phylum; 植物學上有時稱為 division)、綱 (class)、目 (order)、科 (family)、屬 (genus)、種 (species).

複數 classifications

classified [ˋklæsəˏfaɪd] *adj.* ① 被分類的；分成類的. ②（情報、文件等的）保密的, 機密的.

範例 ① A **classified** list of books in a library is very useful. 圖書館藏書的分類目錄非常有用

② This information was **classified**. 這項情報曾是機密.

♦ **clàssified áds** 分類廣告《招聘、求職、房屋買賣等的報刊小廣告》.

clàssified dócuments 保密文件.

****classify** [ˋklæsəˏfaɪ] *v.* 分類: I helped my uncle to **classify** his stamps. 我幫叔叔將郵票分類.

活用 *v.* classifies, classified, classified, classifying

****classmate** [ˋklæsˏmet] *n.* 同班同學: His

brother is my **classmate**. 他弟弟是我的同班同學.

複數 **classmates**

****classroom** [`klæs͵rum] n. 教室: Our **classroom** is not big enough for forty pupils. 我們的教室不夠大, 無法容納40個學生.

複數 **classrooms**

***clatter** [`klætɚ] n. ① (馬蹄的) 得得聲, (機器等運轉的) 咔噠聲, (刀、叉、盤、碟的) 嘩喇聲. ② 喧譁聲.

——v. ③ 發出得得聲〔咔噠聲, 嘩喇聲〕. ④ 嘰哩呱啦地說.

範例 ① I heard the **clatter** of typewriters. 我聽到打字機的咔噠聲.

We heard the **clatter** of a horse's hoofs on a hard road. 我們聽到馬蹄在硬路上的得得聲.

② the **clatter** of the city 都市的喧囂.

All the students stopped their **clatter** when the teacher entered the classroom. 老師一進教室, 學生們就停止喧嚷.

③ My sister **clattered** the plates and dishes in the sink. 我姊姊把洗槽裡的盤子和碟子弄得哐啷作響.

Don't **clatter** down the stairs. 別咔噠咔噠地走下樓梯.

The horse's hoofs **clattered** down the street. 馬在街上發出得得聲.

活用 v. **clatters**, **clattered**, **clattered**, **clattering**

clause [klɔz] n. 子句《具備主詞與動詞的詞組》.

參考 下列畫底線部分為子句, 每一句的前半部為主要子句而後半部為附屬子句, 而附屬子句又分為名詞子句、副詞子句與形容詞子句: I think that she is very kind. (我覺得她很親切.) /I was taking a bath when the telephone rang. (電話響的時候, 我正好在洗澡.) /A pilot is a person who controls an aircraft. (飛行員是駕駛飛機的人.)

➡ 充電小站 (p. 217)

複數 **clauses**

claustrophobia [͵klɔstrə`fobɪə] n. 幽閉恐懼症.

claw [klɔ] n. ① (鳥、獸等彎曲銳利的) 爪; (螃蟹、蠍子等的) 螯.

——v. ② 用爪抓, 用爪攫.

複數 **claws**

活用 v. **claws**, **clawed**, **clawed**, **clawing**

clay [kle] n. 黏土, 泥土.

範例 a lump of **clay** 一塊黏土.

potter's **clay** 陶土.

♦ **clay pigeon** (土製) 飛靶《練習射擊用的土製圓盤狀靶子》; 鴿形土靶.

****clean** [klin] adj. ① 清潔的, 愛乾淨的; (紙) 沒有用過的; (精神、品質等) 純潔的, (心地) 正直的, 不作弊的, (道德上) 清白的; (身材、四肢等) 匀稱的, 端正的; (棒球的安打) 完全的, 漂亮的.

——adv. ② 乾淨地; 完全地.

——v. ③ 把~弄乾淨; 變乾淨. ④ (因烹調) 去除 (雞、鴨、魚類等的) 內臟.

範例 ① The windows aren't very **clean**. 這些窗戶不太乾淨.

He tried to keep his hands **clean**. 他盡力保持雙手乾淨.

She is a **clean** person. 她是一位愛乾淨的人.

Richard is a **clean** fighter. 理查是一位有運動精神的〔正派的〕拳擊手.

Give me a **clean** piece of paper. 給我一張 (沒有寫字的) 白紙.

Lucy has a **clear** figure. 露西具有匀稱、苗條的身材.

That was a **clean** hit. 那是一支漂亮的安打.

② Lucy **clean** forgot it. 露西忘得一乾二淨.

The room must be **clean** swept. 房間必須掃得乾乾淨淨.

③ **Clean** the carpet with the vacuum cleaner. 用吸塵器把地毯清理乾淨.

This aluminum pan doesn't **clean** as easily as my teflon pan. 這個鋁鍋不像我的不沾鍋那樣容易清洗.

We **cleaned** up the yard this morning. 我們今天早上打掃了院子.

④ My mother **cleaned** the fish. 母親已把魚處理乾淨了.

片語 **clean up** ① 打掃〔清理〕乾淨. (⇨ 範例 ③.) ② 發財, 賺厚利: He **cleaned up** in the stock market today. 他今天在股票市場上賺了大錢.

come clean 吐露真情, 全盤托出: We won't help you unless you **come clean**. 你不說實話, 我們無法幫你.

活用 adj., adv. **cleaner**, **cleanest**

活用 v. **cleans**, **cleaned**, **cleaned**, **cleaning**

cleaner [`klinɚ] n. ① 清潔工; 洗衣業者. ② 吸塵器. ③ 清潔劑.

參考 ① 指「以清掃大樓或洗衣為職業的人」, 洗衣店則稱為 the cleaner's.

複數 **cleaners**

cleaning [`klinɪŋ] n. 洗濯, 打掃《大掃除稱作 general cleaning》.

cleanliness [`klɛnlɪnɪs] n. 清潔; 愛乾淨.

範例 **Cleanliness** is next to godliness. 《諺語》清潔 (的重要性) 僅次於虔誠.

She has a passion for **cleanliness**. 她有潔癖.

***cleanly** [adj. `klɛnlɪ; adv. `klinlɪ] adj. ① (習慣性) 愛乾淨的.

——adv. ② 乾淨地; 俐落地.

範例 ① Cats are **cleanly** animals. 貓是愛乾淨的動物.

② Gasohol burns more slowly and **cleanly** than gasoline. 酒精汽油比汽油燒得慢且完全. 《gasohol 是由90%的無鉛汽油與10%的酒精組成的混合燃料, 是 gasoline 與 alcohol 的混合字》

子句 (clause)

【Q】John and Carol sing and dance. 是一個子句，John sings and Carol dances. 是兩個子句. 究竟何謂子句呢?

【A】一般把句子中的「主詞＋述語動詞」稱作子句. 前一句的 John and Carol 是主詞，sing and dance 是述語動詞詞組，因此只有一個子句. 後一句的 John sings 與 Carol dances 則被視為兩個子句. 不過，沒有必要拘泥於子句這一用語，重要的是必須注意句中「主詞＋述語動詞」的關係，弄清楚從何處對句義進行切分. 試試看下列例句:

If it is fine,/we will go hiking. 天氣好的話，我們就去郊遊.
I have a friend/who lives in Taiwan. 我有個朋友，他住在臺灣.
You play the guitar/and I sing. 你彈吉他，我唱歌.
Who/do you think/will go? 你想誰會去?
I think/that Bob will go. 我想鮑伯會去.

She cut the cake **cleanly** into ten pieces. 她俐落地把蛋糕切成10塊.
活用 *adj.* **cleanlier, cleanliest**
活用 *adv.* **more cleanly, most cleanly**

cleanse [klɛnz] *v.* 使清潔；清洗〔消毒〕(傷口等)；淨化(心靈除去罪惡): The nurse **cleansed** the wound before stitching it. 在傷處縫上一針前護士先清洗傷口.
活用 *v.* **cleanses, cleansed, cleansed, cleansing**

cleanser [`klɛnzɚ] *n.* 清潔劑；做清潔工作的人.
複數 **cleansers**

cleanup [`klin,ʌp] *n.* ① 打掃. ② (貪污、罪惡等)掃蕩，清除. ③ 第4棒《棒球打擊順序》: Bill is batting **cleanup** today. 比爾今天打第4棒.
複數 **cleanups**

clear [klɪr] *adj.*, *adv.* ① (天氣等)晴朗的〔地〕，清楚的〔地〕；(人)確定的，確信的；問心無愧的；清除了(障礙、債務等)的《常用 be clear of 的形式》；明顯的《常用 It is clear that ~ 形式》. ② 完全的〔地〕. ③ 不接觸的〔地〕；不接近的〔地〕.
—— *v.* ④ 放晴；清理；使清整；開懇. ⑤ 消除(嫌疑)；無罪開釋. ⑥ 越過，穿越. ⑦ (議案等)通過(批准手續)；批准；得到認可.
範例 ① On a **clear** day we can see the Alps. 晴朗的日子，我們可以看到阿爾卑斯山脈.
She spoke in a **clear** voice. 她以清晰的聲音說話.
He always speaks loud and **clear**. 他經常說話又響又清楚.
That was a very **clear** photo. 那是一張非常清楚的照片.
Jane says her memory of her childhood isn't **clear**. 珍說她記不清楚她的童年時代.
Unlike some of you I have a **clear** conscience. 我問心無愧，不像你們之中的某些人.
The driveway is **clear** of all broken glass. 車道上的玻璃片都清除乾淨了.
It's **clear** now that he's not coming. 顯然的，他是不會來了.

I'm not **clear** where he's staying now. 我不很確定他現在身處何方.
② a **clear** profit 純收益.
a **clear** month 整整一個月.
That was a **clear** victory. 大獲全勝.
The prisoner got **clear** away. 那個犯人逃得無影無蹤.
③ Please stand **clear** of the door. 請別站得太靠近那扇門.
④ The sky **cleared** up just before our picnic began. 在我們野餐前，天空放晴了.
Abstinence from drugs will help **clear** your mind. 戒除毒品會幫你神智清楚.
She **cleared** the table. 她把餐桌收拾乾淨.
We **cleared** all the debts. 我們還清了所有債務.
The young man **cleared** the land. 那個年輕人開墾了那塊土地.
⑤ He has been **cleared** of bribing the prime minister with ten million dollars. 他那以1,000萬美元賄賂首相的罪嫌被洗清了.
⑥ That helicopter just barely **cleared** the mountaintop. 那架直升機勉強飛過了山頂.
⑦ His project was **cleared** by the President. 總統批准他從事該項計畫.
片語 **clear away** ① 收拾，清除. ② (雲、霧等)消散.
clear off 清償(債務)；(雲)消散. (⇨ 範例 ④)
clear out ① 突然離開. ② 清除. ③ 賣光，出清(存貨).
clear up ① 清理 ② 解決(問題等)；澄清(誤會). ③ (天氣)放晴. (⇨ 範例 ④)
get clear away 完全離開，逃掉. (⇨ 範例 ②)
in the clear ① 毫無危險的. ② 無嫌疑〔疑慮〕的，無罪的.
make ~self clear 讓別人明白自己所說的: Do I **make myself clear**? 你明白我的意思嗎?
◆ **clèar-héaded** 頭腦清楚的.
活用 *adj.* ① **clearer, clearest**
活用 *v.* **clears, cleared, cleared, clearing**

clearance [`klɪrəns] *n.* ①清除，整理: **clearance** sale 清倉大拍賣。②淨空(如車輛通過橋下或隧道時兩邊所留的空隙)。③(船的)出入港許可證;(飛機的)起降許可;(船隻出入港的)通關手續。
複數 **clearances**

clearing [`klɪrɪŋ] *n.* ①清掃，(障礙物的)清除: the **clearing** away of obstacles 障礙物之清除。②(森林中的)空地，開墾地。
複數 **clearings**

***clearly** [`klɪrlɪ] *adv.* ①清楚地。②明白地，顯然地。
範例 ① You need to speak **clearly** so that I can understand you. 你需要說得清楚，我才能瞭解你。
② **Clearly**, he's insane. 很顯然，他精神失常。
活用 *adv.* **more clearly**, **most clearly**

clearness [`klɪrnɪs] *n.* 明亮;清澈;清楚;明白。

cleavage [`klivɪdʒ] *n.* ①《正式》裂開，分裂;裂縫。②《口語》乳溝。
範例 ① There is a deep **cleavage** between the ruling party and the opposition. 執政黨與在野黨之間有很大的分歧。
② I couldn't help but stare at her **cleavage**. 我忍不住凝視著她的胸口。
複數 **cleavages**

***cleave** [kliv] *v.* ①(以斧頭等)劈開，砍開。②闢出(通路);(船)破浪前進。③《正式》堅持(to)。
範例 ① The boy **cleaved** the tree with his ax. 那個男孩用斧頭劈開那棵樹。
The dead man's head was **cloven** in two. 死者的頭被劈成兩半。
② The pioneers **cleft** a way through the dense forest. 那些開拓者在茂密的森林裡闢出一條路來。
③ My father always **cleaves** to his ideas. 我父親總是堅持己見。
活用 *v.* **cleaves**, **cleaved**, **cleaved**, **cleaving**/①② **cleaves**, **cleft**, **cleft**, **cleaving**/**cleaves**, **clove**, **cloven**, **cleaving**

clef [klɛf] *n.* 譜號《G 調 (G clef)、C 調 (C clef)、F 調 (F clef) 等》。
複數 **clefs**

cleft [klɛft] *v.* ① cleave 的過去式、過去分詞。
——*adj.* ②裂開的，劈開的。
——*n.* ③《正式》裂口，裂縫: The **cleft** in the rock was caused by yesterday's earthquake. 岩石上的裂縫是昨天地震造成的。
片語 *in a cleft stick* 進退兩難: They were still in the mountains when night fell. They couldn't decide whether to camp out or to hurry back to their base—they were really **in a cleft stick**. 黑夜來臨時他們仍還在山中，無法決定要在山中野營還是趕回基地，他們真是進退兩難。
複數 **clefts**

clemency [`klɛmənsɪ] *n.* ①仁慈，寬大《特指刑罰方面》。②(氣候、性格等的)溫和。

clench [klɛntʃ] *v.* 緊握(拳頭)，咬緊(牙關)。
範例 The man **clenched** his money in his hand. 那個男子手中緊握著錢。
She had a pain in her back and **clenched** her teeth. 她脊背痛得緊咬牙關。
活用 *v.* **clenches**, **clenched**, **clenched**, **clenching**

Cleopatra [ˌkliəˈpetrə] *n.* 克麗奧佩脫拉《古埃及托勒密王朝末代女王，以美貌著稱，69~30 B.C.》絕世美女。

clergy [`klɝdʒɪ] *n.* 〔the ~，作複數〕神職人員，牧師《集合名詞，若指一個人時應該用 clergyman》。

clergyman [`klɝdʒɪmən] *n.* 神職人員，牧師。
參考 clergyman 是神職人員的總稱，其中天主教的主教、英國國教會的主教、基督教新教各教派的監督都稱為 bishop。
複數 **clergymen**

clerical [`klɛrɪkl] *adj.* ①牧師的，神職人員的。②文書的，辦事(員)的: **clerical** skills 文書技能。

clerk [klɝk] *n.* ①辦事員，(銀行、公司等的)職員。②《美》店員《亦作 salesclerk;《英》shop assistant 或 assistant》;工作人員;《古語》牧師，教士。
範例 ① My brother is a bank **clerk**. 我哥哥是個銀行職員。
② My mother works as a **clerk** in the supermarket. 我母親在超市當店員。
a store **clerk** 商店的店員。
字源 古英語的 cleric (牧師)，其原義為「能讀會寫的人」。古英語中的 clerk 等於現代英語的 clergyman。
複數 **clerks**

****clever** [`klɛvɚ] *adj.* 聰明的，機靈的，伶俐的;(談話、觀念等)巧妙的。
範例 He is a very **clever** boy. 他是個非常聰明的男孩。
She is very **clever** with her fingers. 她的手指非常靈巧。《**clever** fingers 指巧手或妙手》
That's a **clever** idea. 那是個非常好的主意。
活用 *adj.* **cleverer**, **cleverest**

cleverly [`klɛvɚlɪ] *adv.* 聰明地，機靈地;巧妙地: The student answered his teacher's question very **cleverly**. 那個學生巧妙地回答老師的問題。
活用 *adv.* **more cleverly**, **most cleverly**

cleverness [`klɛvɚnɪs] *n.* 聰明，機靈;巧妙，靈巧。

cliché [kliˈʃe] *n.* 陳腔濫調，老生常談。
複數 **clichés**

click [klɪk] *n.* ①(開槍扣扳機或關門上鎖時)咔嗒一聲，咔嚓一聲。②咂舌聲。③(某些非洲語的)吸氣音。
——*v.* ④發出咔嗒〔咔嚓〕聲。⑤咂舌頭。
範例 ① The door shut with a **click**. 門咔嗒一聲關上了。

⑤ He **clicked** his tongue. 他咂了咂舌頭.
The door **clicked** shut. 門咔嗒一聲關上了.
[複數] **clicks**
[活用] v. **clicks, clicked, clicked, clicking**

*__client__ [ˋklaɪənt] n. (律師等的) 委託人，客戶；(醫生的) 病人.
[複數] **clients**

*__cliff__ [klɪf] n. 懸崖，絕壁.
[複數] **cliffs**

__climactic__ [klaɪˋmæktɪk] adj. 〔只用於名詞前〕頂點的；最高潮的.

*__climate__ [ˋklaɪmɪt] n. ① 氣候 (某一地區的長期天候). ② (有特定氣候的) 地方，地帶，風土. ③ (某一社會、時代普遍的) 風氣，潮流.
[範例] ① Japan has a mild **climate**. 日本氣候溫和.
② My doctor advised me to move to a place with better **climate**. 醫生勸我移居到氣候環境較好的地方.
③ The international **climate** favors peace. 愛好和平是國際潮流.
[複數] **climates**

__climatic__ [klaɪˋmætɪk] adj. 氣候的，風土的:
the **climatic** changes of the area 這個地區的氣候變化.

__climax__ [ˋklaɪmæks] n. ① 頂峰；最高潮；頂點.
—— v. ② (使) 達到最高潮: The evening **climaxed** with a 30-minute fireworks display. 半小時的煙火燃放把那個夜晚帶到高潮.
[複數] **climaxes**
[活用] v. **climaxes, climaxed, climaxed, climaxing**

*__climb__ [klaɪm] v. ① 攀登，攀爬，爬行；上升.
—— n. ② 攀登；爬；(職位的) 晉升.
[範例] ① **climb** over the wall 攀爬越過那面牆.
climb down the cliff 爬下那個懸崖.
climb into a taxi (像爬行似地) 爬進計程車.
The ivy **climbed** up the wall. 常春藤攀爬上那面牆.
The airplane **climbed** to 3,000 meters. 那架飛機爬升至3,000公尺高度.
② She made a rapid **climb** to stardom. 她迅速地登上明星寶座.
➡ (充電小站) (p. 223)
[活用] v. **climbs, climbed, climbed, climbing**
[複數] **climbs**

__climber__ [ˋklaɪmɚ] n. ① 攀爬者，登山者. ② 攀緣植物 (常春藤等). ③ (比喻) 野心家，力求晉升者.
[複數] **climbers**

__clinch__ [klɪntʃ] v. ① 敲彎釘頭 (為了使某物牢牢固定而彎曲釘子等的頭部並且釘入)，使牢固. ② 確定，達成 (交易). ③ 用臂鉗住對方 (拳擊比賽中彼此用雙臂抱牢對方).
—— n. ④ [a ～] (拳擊中的) 互相扭住對方；緊緊擁抱.
[範例] ① The two boards are fastened with

clinched nails. 那兩塊板子用敲彎釘頭的釘子固定著.
② We **clinched** the deal by offering the first year rent-free. 我們達成了一年免收租金的交易.
④ The boxers were in a **clinch**. 拳擊手們互相纏抱對方.
[活用] v. **clinches, clinched, clinched, clinching**
[複數] **clinches**

*__cling__ [klɪŋ] v. 緊緊抱住；堅守，堅持 (to): The child is **clinging** to its mother. 那個孩子緊緊抱著母親.
The old man always **clings** to his own views. 那個老人經常堅持己見.
[活用] v. **clings, clung, clung, clinging**

__clinic__ [ˋklɪnɪk] n. ① 門診部；診所. ② 診所的醫生. ③ 臨床教學.
[參考] ① 指附屬於大醫院的對外診所.
[複數] **clinics**

__clinical__ [ˋklɪnɪkl] adj. ① 診所的. ② 〔只用於名詞前〕臨床的. ③ (判斷等) 冷靜的，客觀的.
[範例] ② **clinical** medicine 臨床醫學.
clinical records 診療記錄.
♦ **clinical thermómeter** 體溫計.
[活用] adj. **more clinical, most clinical**

__clink__ [klɪŋk] n. ① 叮噹聲 (硬幣、鑰匙或玻璃杯相互撞擊所發出的清脆尖銳聲).
—— v. ② 撞擊發出叮噹聲.
[範例] ① He came in with the **clink** of coins in his pocket. 他進來時口袋裡的硬幣碰得叮噹響.
② We **clinked** glasses together for a toast. 我們互碰玻璃杯乾杯.
[複數] **clinks**
[活用] v. **clinks, clinked, clinked, clinking**

*__clip__ [klɪp] v. ① (用剪刀) 剪，剪下，剪輯 (報紙等). ② (口語) 猛擊. ③ 用夾子夾住.
—— n. ④ 剪；剪輯. ⑤ 猛擊. ⑥ 迴紋針，夾子.
[範例] ① I **clip** my son's nails. 我替兒子剪指甲.
My brother **clipped** the photo out of the magazine. 我哥哥從雜誌上剪下那張照片.
② The boxer **clipped** his opponent on the temple and knocked him out. 那位拳擊手猛擊對手太陽穴一拳，對手應聲倒地.
③ **Clip** these sheets of paper together. 把這些紙張用迴紋針別在一起.
④ This program shows us **clips** from the latest movies. 這個節目給我們看最新電影的剪輯.
⑤ Give him another **clip** on the head—he deserves it. 再給他頭上一拳，他罪有應得.
⑥ Fasten these sheets of paper with a big **clip**. 用大迴紋針夾住這些紙張.
[活用] v. **clips, clipped, clipped, clipping**
[複數] **clips**

__clippers__ [ˋklɪpɚz] n. 〔作複數〕剪刀 (可指修剪樹木的大剪刀、理髮刀、指甲刀等).

__clipping__ [ˋklɪpɪŋ] n. 剪 (的動作)；剪下之物；(報紙、雜誌等的) 剪輯.

[範例] Have you ever seen the **clipping** of a sheep? 你見過剪羊毛嗎？
My sister collects magazine **clippings**. 我姊姊收集雜誌剪報.

[複數] **clippings**

clique [klik] *n.* 派系，幫會.

[複數] **cliques**

cloak [klok] *n.* ① 外套，披風. ② 掩蓋物；藉口，幌子；偽裝.
——*v.* ③ 掩蓋，以外衣遮掩.

[範例] ② under the **cloak** of charity 以慈善為藉口.
③ The fact was **cloaked** in secrecy. 事實私下被掩蓋住了.

♦ **clòak-and-dágger** 陰謀的；間諜活動的《小說、戲劇、電影等》.

[複數] **cloaks**

[活用] *v.* **cloaks**, **cloaked**, **cloaked**, **cloaking**

cloakroom [`klok͵rum] *n.* ①（劇場、旅館等的）衣物寄放處，衣帽間. ②『英』《委婉》（特指公共建築物中的）廁所.

[複數] **cloakrooms**

****clock** [klɑk] *n.* ① 時鐘《手錶與懷錶稱 watch》.
——*v.* ② 測出（時間、速度等）.

[範例] ① This **clock** is two minutes slow. 這個鐘慢了兩分鐘.
This **clock** is two minutes fast. 這個鐘快了兩分鐘.
Does this **clock** gain or lose? 這個鐘是快了還是慢了呢？
② His fast ball was **clocked** at 150 kilometers an hour. 他的快速球經過測量為時速150公里.

[片語] **against the clock** 分秒必爭地：The doctors are working **against the clock** to save his life. 那些醫生分秒必爭地搶救他的生命.

around the clock 日夜不停地，24 小時不間斷地：The team is working **around the clock** to finish the project on time. 那個團隊為了按時完工不分晝夜地工作.

clock in/clock on 上班打卡.

clock off/clock out 下班打卡.

put the clock ahead/put the clock forward 把時鐘撥快（成為夏令時間）.

put the clock back/turn the clock back 把時鐘撥慢；（比喻）阻礙進步，開倒車.

♦ **clóck tòwer** 鐘塔.

[複數] **clocks**

[活用] *v.* **clocks**, **clocked**, **clocked**, **clocking**

clockwise [`klɑk͵waɪz] *adj.*, *adv.* 順時針方向的〔地〕，向右轉的〔地〕：In the Southern Hemisphere, hurricane

[clockwise]

winds blow around the eye in a **clockwise** direction. 在南半球，颶風繞著風眼呈順時針方向吹.

☞ ↔ 『美』counterclockwise/『英』anticlockwise

clockwork [`klɑk͵wɝk] *n.* 鐘錶的機械，發條裝置：A music box that plays a tune automatically is often run by **clockwork**. 音樂盒可自動演奏音樂，是用發條裝置來開動的.

[片語] **like clockwork** 有規律地，精確地；順利地：The demonstration of our new product went **like clockwork**. 我們的新產品展示（會）進行得很順利.

clod [klɑd] *n.* ① 泥塊，土塊：The university student threw a **clod** of dirt at a policeman and was arrested. 那個大學生因為向警察丟擲泥塊而遭到逮捕. ② 笨蛋，呆子.

[複數] **clods**

clog [klɑg] *n.* ①〔~s〕木屐.
——*v.* ②（使）（管子、道路、計畫等）阻塞，（使）堵塞，塞滿.

[範例] ② The highway was **clogged** with traffic. 那條高速公路塞車了.
Leaves **clogged** (up) the water pipe. 葉子把水管塞住了.

[複數] **clogs**

[活用] *v.* **clogs**, **clogged**, **clogged**, **clogging**

cloister [`klɔɪstɚ] *n.* ①（修道院等的）迴廊. ② 修道院；〔the ~〕修道院的生活.

[參考] ① 指環繞修道院院子建成之帶有屋頂的走廊，修士們利用此迴廊讀書、冥想、休息. 早期的大學曾模做修道院建築，故大學的迴廊也稱作 cloister.

[複數] **cloisters**

[cloister]

cloistered [`klɔɪstɚd] *adj.* 隱居於修道院的，與世隔絕的，有迴廊的：a **cloistered** life 隱居的生活.

[活用] *adj.* **more cloistered**, **most cloistered**

clone [klon] *n.* ① 無性繁殖系；複製品.
——*v.* ② 無性繁殖.

[複數] **clones**

[活用] *v.* **clones**, **cloned**, **cloned**, **cloning**

clop [klɑp] *n.*（馬蹄的）躂躂聲.

[複數] **clops**

****close** [*v.*, *n.* kloz; *adj.*, *adv.* klos] *v.* ① 關，閉；封閉（道路等），堵住. ② 終

止，結束（會議、辯論等）.
——*n.* ③ 結束.
——*adj.*

原義	層面	釋義	範例
幾乎無縫隙	空間、時間	*adj.* 近的，接近的	④
	人與人的關係	*adj.* 密切的，親密的	⑤
	密度	*adj.* 密集的，緊密的	⑥
	注意力	*adj.* 仔細的	⑦
	比賽、能力等	*adj.* 勢均力敵的，不分軒輊的	⑧
	房間等	*adj.* 不通風的，悶熱的	⑨
	心思等	*adj.* 祕密的，祕而不宣的	⑩

——*adv.* ⑪ 接近地.
範例 ① She **closed** her eyes. 她閉上了眼睛.
Our store **closes** at seven p.m. 我們的店晚上7點打烊.
The door **closed** by itself. 那扇門自己關上了.
Will you **close** the window? 你可以關一下窗戶嗎?
The landslide **closed** the road. 山崩阻斷了那條路.
This bridge is **closed** to trucks weighing over three tons. 這座橋禁止3噸以上的卡車通行.
The typhoon caused the airport to be **closed**. 那個機場因颱風而關閉.
② We'll **close** our conference with a silent prayer to those who were killed in the earthquake. 在會議結束之後，我們為此次地震的罹難者默哀.
Her letter **closes** with best wishes for the new year. 她的信以新年祝詞作為結尾.
③ The chairman brought the meeting to a **close**. 議長宣布那個會議結束.
④ His apartment is **close** to the office. 他的公寓離公司很近.
Halloween is getting **close**. 萬聖節前夕就要到了.
a **close**-fitting dress 緊身衣服.
⑤ Bob is one of my **closest** friends. 鮑伯是我的密友之一.
He has a **close** relative in Taipei. 他在臺北有一個近親.
⑥ **close** stitches 密集的針法.
a **close** texture 質地細密的布料.
⑦ Keep a **close** watch on the prisoners of war. 嚴密地看守戰俘.
Even after **close** scrutiny, we couldn't figure out what he was up to. 經過周詳的調查，我

⑧ This election is too **close** to call. 這次選舉勢均力敵，難以預料.
a **close** game 旗鼓相當的比賽.
⑨ It's so **close** in here I can't stand it—please open the window. 我無法忍受這裡密閉不通風，請打開窗戶.
It's **close** and humid today. 今天又悶又潮濕.
⑩ Greg is **close** about his personal matters. 葛瑞格很少談論自己的事情《絕口不談自己的事情》.
⑪ Don't come too **close** to me! 別靠我太近!
She stood **close** behind the door. 她靠近門後站著.
片語 ***bring to a close*** 結束. (⇨ 範例 ③)
close down 關閉: We'll have to **close down** if business doesn't pick up. 如果生意沒有好轉，我們就得歇業.
close in 圍住 (on), (敵人、黑暗等) 迫近: We grew more and more frightened as the night **closed in**. 隨著夜幕低垂，我們變得更加害怕.
Despair **closed in** on him. 他陷入絕望之中.
close out 清倉拍賣（商品）.
close the ranks/close ranks 使隊伍靠攏;（政黨等）加強團結.
close up ① 關閉: The old bridge has now been **closed up**. 舊橋現已關閉了. ②（傷口）癒合: No more swimming until your cut **closes up**! 傷口癒合前，你不准去游泳! ③（使）靠攏，塞住（～的）空隙: **Close up** tightly so I can get all of you in the picture. 靠攏一點，我才能把你們全部都拍下來.
come to a close/draw to a close 接近結束: As the party **came to a close**, the guests went home. 隨著晚會接近尾聲，客人都回家了.
close by 在旁邊: The bus stop is **close by**. 公車站牌就在旁邊.
close on/close upon 約，接近《用於數字前》: He is **close on** eighty and full of life. 他年近80歲，仍精神抖擻.
♦ **clòsed shóp** 僅雇用工會會員的工廠.
☞ *v.* ↔ open
活用 *v.* **closes, closed, closed, closing**
複數 **closes**
活用 *adj.*, *adv.* **closer, closest**

close-at-hand [`klosət`hænd] *adj* 近在手邊的，即將來臨的: The election is **close-at-hand**. 選舉即將到來.

closely [`klosli] *adv.* 無空隙地，(抽象性的) 接近地《相似地》，仔細地，嚴密地: The box is **closely** packed with books. 那個箱子裡裝滿了書.
He **closely** resembles his father. 他長得很像他父親.
You must read the textbook **closely**. 你必須仔細閱讀課本.
活用 *adv.* **more closely, most closely**

closeness [`klosnɪs] *n.* 接近，極相似，親密；精確.

closet [`klɑzɪt] *n.* ①『美』櫥，壁櫥《存放衣服、寢具、吸塵器等衣物或工具的櫥櫃. 小者門幅有70-80公分，大者有人可入內的 walk-in closet》. ② 私室，小房間《用於祈禱或讀書等》. ③ 廁所《亦作 water closet》.

—— *v.* ④ 把～關在小房間：The President is **closeted** with his advisers. 總統在與顧問們密談.

〖片語〗 ***be closeted with*** 與（某人）密談. (⇨ 〖範例〗)

closet ~self 關在小房間.

〖複數〗 **closets**

〖活用〗 *v.* **closets，closeted，closeted，closeting**

close-up [`klos.ʌp] *n.* (照相、電影、電視等的) 特寫，特寫鏡頭.

〖複數〗 **close-ups**

closure [`kloʒɚ] *n.* 關閉，歇業，結束：**Closure** of this factory will hit this town hard. 此一工廠的關閉將會對這個城鎮造成嚴重的衝擊.

〖複數〗 **closures**

clot [klɑt] *n.* ① (血等的) 凝塊. ②『英』笨蛋，傻瓜，呆子. ③ (使) 凝結成塊，(使) 凝固.

—— *v.* ④ (使) 凝結成塊，(使) 凝固.

〖範例〗① A stroke results when a blood **clot** blocks a brain artery. 血塊堵住腦動脈會引起中風.

② In order to produce serum, blood is allowed to **clot**, and then the clear, straw-colored liquid is extracted. 要產生血清，就得先使血液凝固，然後再抽出淡黃色的透明液體.

〖複數〗 **clots**

〖活用〗 *v.* **clots，clotted，clotted，clotting**

✱**cloth** [klɔθ] *n.* 布，衣料，(棉、絲、毛、麻等) 織物，(書籍封面的) 布，抹布，桌巾.

〖範例〗 a yard of **cloth** 一碼布.

a book bound in **cloth** 布面書.

Wipe the table with a **cloth**. 用抹布擦桌子.

lay the **cloth** 準備開飯，鋪上桌巾.

remove the **cloth** 收拾餐桌《源自餐後用黍布捲走桌上散落物並加以收拾》.

〖發音〗複數形為 cloths，「數種布料」之意的發音 [klɔθs] 與「數塊布料」之意的發音 [klɔðz] 不同.

♦ **flóor clòth** 擦地板用的布.

✱**clothe** [kloð] *v.* ① 使穿衣服. ② 提供衣服. ③ 覆蓋，包裹.

〖範例〗① She was **clothed** in white. 她穿著白衣.

② He worked hard to feed and **clothe** his large family. 他為了全家有飯吃，有衣穿而努力工作.

③ The houses are **clothed** with snow. 那些房子被白雪覆蓋著.

〖活用〗 *v.* **clothes，clothed，clothed，clothing**

✱**clothes** [kloz] *n.*〔作複數用〕服裝，衣服.

〖範例〗 a suit of **clothes** 一套衣服.

Nancy has many beautiful **clothes**. 南西有許多漂亮的衣服.

Fine **clothes** make the man.《諺語》佛要金裝，人要衣裝.

Clothes do not make the man.《諺語》衣著改變不了一個人《繡花枕頭滿包草；空心大老倌》.

〖參考〗 cloth, clothes, clothing 的區別：cloth 指「布，布塊」；clothes 指襯衫、上衣、褲子等各種衣服全部包括在內的「(某人的) 衣服」；clothing 為集合名詞，比 clothes 廣泛，可指帽子、手套、鞋子等.

〖發音〗 th [ð] 與 s [z] 相連，讀作 [ðz]. 由於極難發音，往往省去 th 的 [ð] 音，因此 clothes 與 close [kloz] 發音相同. 要注意的是與 clothe [kloð] 發音不同.

♦ **clóthes bàsket** 洗衣籃.

clóthes hòrse 曬衣架《亦作 clotheshorse》.

clóthes line 曬衣繩《亦作 clothesline》.

clóthes pìn 『美』衣夾 (『英』clothes peg).

clóthes pòle 曬衣繩的支撐桿《用來拉開曬衣繩的支杜》.

clóthes trèe 柱式衣帽架.

✱**clothing** [`kloðɪŋ] *n.* (衣服的) 服飾《集合名詞》，衣著《指所有衣著用品，包括帽子、鞋子等》.

〖範例〗 summer **clothing** 夏季服飾.

food, **clothing**, and shelter 食、衣、住.《注意字的排列順序》

✱**cloud** [klaud] *n.* ① 雲，(像雲般的) 一團. ② (昆蟲、鳥等的) 一大群. ③ (疑惑、焦慮、恐懼等的) 陰影，陰暗.

—— *v.* ④ (使) 模糊，使 (臉色、心情) 陰沉、焦慮.

〖範例〗① There is not a **cloud** in the sky. 萬里無雲.

clouds of smoke 一團一團的煙.

② A **cloud** of grasshoppers covered the sky. 一大群蝗蟲籠罩著天空.

③ a **cloud** of suspicion 疑團.

④ Drinking too much alcohol **clouds** your mind. 飲酒過量會使你精神恍惚.

His face was **clouded** with anxiety. 他滿臉愁雲.

〖片語〗 ***have ~'s head in the clouds*** 在做白日夢，陷入幻想中.

on cloud nine 非常高興，非常幸福.《源自直入第九層〔最上層〕雲霄》

under a cloud 不被信任，受到懷疑.

〖複數〗 **clouds**

〖活用〗 *v.* **clouds，clouded，clouded，clouding**

cloudless [`klaudlɪs] *adj.* 無雲的，晴朗的.

✱**cloudy** [`klaudɪ] *adj.* ① 多雲的. ② (言語、記憶等) 不清楚的，模糊的，(液體) 混濁的，不明確的.

〖範例〗① a **cloudy** sky 多雲的天空《陰天》.

② Her memory is always **cloudy**. 她的記憶一向不清楚.

(充電小站)

不發音的字母

【Q】climb 的讀音是 [klaɪm], c 表示 [k], l 表示 [l], i 表示 [aɪ], m 表示 [m], 那麼最後的字母 b 是否不發音呢?

【A】Wednesday 的讀音是 [ˋwɛnzde], W 表示 [w], e 表示 [ɛ], n 表示 [n], s 表示 [z], d 表示 [d], ay 表示 [e], 其結果是第3個字母 d 與第5個字母 e 不讀出, 這種字母叫「不發音字母 (silent letter)」.

再回到開始的問題上, 即「climb 的 b 是不發音字母嗎?」在回答此問題前, 先看看幾個拼法為 -mb 結尾的字:

> bomb, climb, comb, crumb, dumb, lamb, limb, numb, plumb, succumb, thumb, tomb, womb

把以上字分為兩類: (1) 無 b 發音不變的字; (2) 無 b 會使發音起變化的字.

(1) bomb, crumb, dumb, lamb, limb, numb, plumb, succumb, thumb
(2) climb, comb, tomb, womb

(1)的字即使漏寫(或漏讀)b, 則分別為 bom, crum, dum, lam, lim, num, plum, succum, thum, 發音不會受影響, 故 b 也許可以稱作不發音字母. 但是若 (2) 中的字漏寫(或漏讀)b, 則發音會產生變化.

> climb [klaɪm] → clim [klɪm]
> comb [kom] → com [kɑm]
> tomb [tum] → tom [tɑm]
> womb [wum] → wom [wʌm]

由此可見, (2)中的 b 是必須存在的. 以上說明可知, -mb 的 b 也許是不發音字母, 也許不是. 故還是不要把 b 視為不發音字母為妥. 但是, bomb 即使作 bom 也不會影響發音, 當然可視為不發音字母.

另一方面, 可以認為 -mb 的 b, 其功能是「自由」決定出現在自己前面的「元音」(☞ 充電小站 (p. 1447))所表示的發音, 所以還是視為「不是不發音字母」較妥.

▶ 有關 ough 拼法的字

ough 與前面的 -mb 具有同樣性質的拼法. 例如 bough 讀作 [baʊ], b 為 [b], ou 為 [aʊ], 合起來讀作 [baʊ], gh 似乎可以看作「不發音字母」. 但實際上並非如此簡單. 以下隨便抽取一些有 ough 拼法的字:

> bough, borough, bought, brought, clough, cough, dough, drought, enough, fought, hiccough, lough, nought, plough, rough, slough, sough, sought, through, thorough, though, thought, tough, trough, ought, wrought

以上 ough 有各種讀法, 幾乎無規律可循, 其讀音如下所示:

(1) [ɔ]: bought, brought, fought, nought, sought, thought, ought, wrought
(2) [ʌf]: enough, rough, slough*, sough*, tough
(3) [aʊ]: bough, drought, plough, sough*
(4) [u]: slough*, through
(5) [o]: dough, though, borough, thorough
(6) [ɔf]: cough, trough
(7) [ʌp]: hiccough
(8) [ɑk]: lough

右上角標有 (*) 號的 slough 與 sough 有兩種讀音. slough 的字義因讀音不同而異, 而 sough 即使讀音不同字義仍不變.

就 (1) 而論, 不能把 ough 的 gh 視為「不發音字母」, 因為 ou 表示 [aʊ] 這一讀音. 若無視 bought 中的 ou 就不會讀作 [bɔt], 而讀成 [baʊt]. 因此可以認為 ough 中的 gh 完全決定著 ou 表示的讀音.

(2)也與以上情況相同, 例如 tough 中的 ough 整體讀作 [ʌf], 可以認為 ou 表示 [ʌ], gh 表示 [f], 關於此問題在 (6) 再作說明.

(3) 的情況即使無視 bough 中的 gh, 仍然是 bou 讀作 [baʊ]. 這樣, 這裡的 gh 也許能看作「不發音字母」.

(4) 與 (5) 均不可以把 gh 視為「不發音字母」, 其情況與 (1) 相同. 因為如果把 through 作 throu, 則變成 [θaʊ], 而非 [θru], 把 dough 作 dou, 則變成 [daʊ], 而非 [do].

(6) 的 cough 讀音是 [kɔf], 可以認為 c 讀作 [k], ou 為 [ɔ], gh 為 [f]. 與記憶時把 gh 當作「不發音字母」, 視為 [f] 音等相比, 還是把 ough 全部看作 [ɔf] 來得簡單容易. 因為不管怎麼說畢竟只有這兩個字, 並且若 gh 的讀音為 [f], (7) 就會因 gh 表示 [p], (8)就會因 gh 表示 [k] 而使問題更加複雜化.

所謂「不發音字母」就是「不讀出的字母且與發音無關」. 最前面所舉的 Wednesday 讀作 [ˋwɛnzde] 時確實有「不發音字母」, 不過此種例子在英語中並不多見. 通常所有字母都必須認真讀出, 而讀法例外的只是極少數(據稱全部約為350個字). 前面所列舉的 -mb 與 ough 便是極少數的例外之一.

最後再說明一下為甚麼會產生這種例外, 英語是表音文字, 因而 -mb 與 ough 在以前是按字母讀出來的, 但是10年、20年、100年過去後發音發生了變化, 而字的拼法卻沿續至今, 這樣拼法與讀音之間就出現了脫節的現象.

---

　　a **cloudy** liquid 混濁的液體.

[活用] adj. **cloudier**, **cloudiest**

clove [klov] v. ① cleave 的過去式.

　　——n. ② 丁香花苞香料; 丁香樹《熱帶常綠喬木; ☞ spice》. ③小鱗莖《大蒜等的球根、球莖剝開後的一瓣》.

[複數] **cloves**

cloven [ˋklovən] v. cleave 的過去分詞.

clover [`klovɚ] n. 紅花草，苜蓿《一種豆科植物》：a four-leaf **clover** 四葉苜蓿.

片語 **in clover** 舒適地，富裕地.

參考 作家畜飼料，生長於土壤肥沃的土地，因此 clover 一般表示「豐收」之意.

複數 **clovers**

clown [klaʊn] n. ① (馬戲團等的) 小丑，丑角. ② 詼諧的人，粗魯笨拙的人.
—— v. ③ 扮小丑，開玩笑.

複數 **clowns**

活用 v. **clowns, clowned, clowned, clowning**

*__club__ [klʌb] n. ① (運動、社交、娛樂等的) 俱樂部，會，社團. ② 棍棒,(高爾夫球的) 球桿. ③ (紙牌的) 梅花 (☞ 充電小站) (p. 1231)).
—— v. ④ (用棍棒) 敲擊. ⑤ 分擔費用.

範例 ① I am a member of the soccer **club**. 我是足球俱樂部的成員.
There are several academic **clubs** in our school. 我們學校有個學會.
② The farmer killed the snake with this **club**. 那個農夫用這枝棍棒把蛇打死了.
I don't have any golf **clubs**. 我沒有高爾夫球桿.
③ This time **clubs** are trumps. 這次梅花是王牌.
④ The boys **clubbed** the bee nest with a long stick. 那些男孩用長棍子敲打蜂窩.
⑤ We **clubbed** together to buy Jack a present. 我們一起合買禮物給傑克.

複數 **clubs**

活用 v. **clubs, clubbed, clubbed, clubbing**

cluck [klʌk] n. ① (母雞的) 咯咯叫聲.
—— v. ② (母雞) 咯咯地叫.

複數 **clucks**

活用 v. **clucks, clucked, clucked, clucking**

*__clue__ [klu] n.(解開問題、謎題等的) 線索，頭緒.

範例 The detective went to the crime scene to find some **clues**. 為了找到線索，警探去了犯罪現場.
"Who's that guy standing over there?" "I haven't a **clue**." 「站在那裡的那個傢伙是誰?」「我不知道.」

片語 **do not have a clue/have not a clue** 毫無頭緒，一無所知. (⇨ 範例)

複數 **clues**

clump [klʌmp] n. ① 樹叢，草叢，灌木叢. ② (泥土等的) 堆，團，塊. ③ 緩慢而沉重的腳步聲.
—— v. ④ 使成群，使凝固，叢生. ⑤ 腳步沉重地走.

複數 **clumps**

活用 v. **clumps, clumped, clumped, clumping**

clumsily [`klʌmzəlɪ] adv. ① 笨拙地，笨手笨腳地. ② 難操作地，粗製濫造地.

活用 adv. **more clumsily, most clumsily**

clumsiness [`klʌmzɪnɪs] n. 笨拙，笨手笨腳.

*__clumsy__ [`klʌmzɪ] adj. ① 笨拙的，笨手笨腳的. ② 難操作的；粗製濫造的.

範例 ① He's too **clumsy** to join the football team. 他相當地笨拙，以致於無法加入 (美式) 足球隊.
② Father gave me a **clumsy** tool to repair his bicycle. 父親給我一個難操作的工具來修理他的腳踏車.
My sister didn't like such a **clumsy** doll. 我妹妹不喜歡製作如此粗陋的洋娃娃.

活用 adj. **clumsier, clumsiest**

clung [klʌŋ] v. cling 的過去式、過去分詞.

*__cluster__ [`klʌstɚ] n. ① (果實，花等的) 群，束，串，簇 (人或物的) 群；(天文的) 星群，星團.
—— v. ② 群集，成群，叢生.

範例 ① a **cluster** of grapes 一串葡萄.
a **cluster** of stars 星團.
a **cluster** of people 一群人.
a **cluster** of bees 一群蜜蜂.
Grapes grow in **clusters**. 葡萄長成一串一串的.
② The girls **clustered** around a magician. 那些女孩圍聚在魔術師的四周.

片語 **in clusters** 成串地，成群地. (⇨ 範例 ①)

複數 **clusters**

活用 v. **clusters, clustered, clustered, clustering**

*__clutch__ [klʌtʃ] v. ① 緊抓，緊握.
—— n. ② [~es] 掌握；支配. ③ 離合器《使汽車引擎與傳動裝置接合或分離的裝置》. ④ 母雞一次所孵的蛋；一窩小雞. ⑤ [美] 危機.

範例 ① The girl **clutched** the coins in her hand. 那個女孩手裡緊握著硬幣.
② Their king fell into the **clutches** of the enemy and they surrendered. 他們的國王落入敵人手中，所以他們投降了.
③ A **clutch** is part of the power train on a car with manual transmission. 離合器是手排車傳動裝置的一部分.
④ All waterfowls lay unspotted eggs, often 10 to 20 in a **clutch**. 所有水鳥產的蛋都是無斑蛋，通常一窩蛋的數量是10至20個.

片語 **come through in the clutch** 擺脫危機: He **came through in the clutch** by hitting a homerun in the bottom of the ninth inning to win the game. 他在9局下半擊出全壘打，擺脫對手的糾纏，贏得比賽.

fall into the clutches of 墜入~的掌握. (⇨ 範例 ②)

◆ **clútch bàg** (抓在手中的) 女用無手提帶〔背帶〕的手提包.

clútch hitter 關鍵時刻上場的代打者.

活用 v. **clutches, clutched, clutched, clutching**

複數 **clutches**

clutter [`klʌtɚ] n. ① 散亂物；雜亂，混亂.
—— v. ② 使凌亂，使雜亂.

範例 ① She says she can't work with all that **clutter** around her. 她說周圍環境雜亂，她無

法工作. This room is always in a **clutter**. 這個房間總是亂七八糟.

② The room was **cluttered** with clothes. 房間裡凌亂地放著衣服.

片語 *in a clutter* 凌亂不堪. (⇨ 範例 ①)

活用 *v.* **clutters**, **cluttered**, **cluttered**, **cluttering**

cm 《縮略》＝centimeter, centimeters (公分, 釐米).

Co./co. 《縮略》＝① company (公司, 同伴). ② county (美國的郡, 英國等的郡、縣).

發音 ① 通常讀作 [ko].

co- *pref.* 共同, 一起.

c/o/c.o. 《縮略》＝care of (由～轉交)《用於信函收件人姓名之後》: Miss Nancy Brown, **c/o** Mrs. Gray 由格雷太太轉交南西・布朗小姐.

*****coach** [kotʃ] *n.* ① 長途巴士. ② 領隊；教練. ③《美》(火車的) 普通車廂,《美》(飛機的) 經濟艙. ④ 大型四輪馬車.

——*v.* ⑤ 指導 (準備參加考試的學生), 訓練 (運動員參加比賽).

範例 ① We traveled by overnight **coach** to Taitung. 我們搭乘夜間長途巴士去臺東旅行.

② He is an excellent football **coach**. 他是一位優秀的足球教練.

④ **Coaches** are still used in official ceremonies in Britain. 馬車仍用於英國的官方典禮上.

⑤ He **coaches** me for an examination. 他指導我準備參加考試.

參考 ① coach 指長途巴士或團體包租的巴士, 而 bus 指市區內路線固定的公車.

複數 coaches

活用 *v.* **coaches**, **coached**, **coached**, **coaching**

coagulate [ko`ægjə,let] *v.* (使) 凝固, (使) 凝結.

活用 *v.* **coagulates**, **coagulated**, **coagulated**, **coagulating**

coagulation [ko,ægjə`leʃən] *n.* 凝固, 凝結.

*****coal** [kol] *n.* 煤.

範例 Put more **coal** in the fire. 在火中添加煤炭.

The **coal** mining industry is now in a state of depression. 煤礦業現在不景氣.

片語 *carry coals to Newcastle/take coals to Newcastle* 徒勞無功《Newcastle 是英格蘭東北部的一個城市, 曾以煤炭輸出港聞名於世. 全名為 Newcastle upon Tyne, 而 Tyne 為河流名稱. 此片語原意為往煤產地運煤, 實屬多此一舉》.

haul ~ over the coals 申斥, 譴責.

♦ **cóal gàs** 煤氣.

cóal mìne 煤礦.

cóal tàr 煤焦油.

複數 coals

coalesce [,koə`lɛs] *v.* (政黨、城市等) 聯合, 合併；(傷口等) 接合, 癒合.

活用 *v.* **coalesces**, **coalesced**, **coalesced**, coalescing

coalition [,koə`lɪʃən] *n.* (政黨、政府、內閣等的) 聯合, 合併: a **coalition** cabinet 聯合內閣.

複數 coalitions

*****coarse** [kors] *adj.* ① (砂、布料、皮膚等的) 粗的, 粗糙的. ② (食物等) 粗劣的. ③ (言行等) 粗魯的, 粗俗的.

範例 ① **coarse** sand 粗砂.

coarse cloth 粗布.

Her skin is **coarse**. 她皮膚粗糙.

② **coarse** food 粗劣的食物.

③ **coarse** behavior 粗魯的動作.

活用 *adj.* **coarser**, **coarsest**

coarseness [`korsnɪs] *n.* 粗；粗魯, 粗俗.

*****coast** [kost] *n.* ① 沿岸, 海岸, 海濱. ②《美》(腳踏車、雪橇等的) 向下滑行, 滑行斜坡.

——*v.* ③ 不靠外力而自然滑行, 依慣性前進. ④ 沿著海岸航行.

範例 ① Boston is a port city on the east **coast**. 波士頓是東海岸港灣城市.

③ They were enjoying **coasting** downhill on their bicycles. 他們喜愛騎腳踏車沿著斜坡向下滑行.

片語 *from coast to coast* 全國各地《從東岸到西岸》.

the coast is clear 危險已過, 時機正好《走私販用語, 指海岸巡邏隊已離開》: Come out now, **the coast is clear**. 現在出現, 時機正好.

♦ **cóast gùard** 海岸巡邏隊 (員).

複數 coasts

活用 *v.* **coasts**, **coasted**, **coasted**, coasting

coastal [`kostl] *adj.* 〔只用於名詞前〕海岸的, 沿岸的: a **coastal** patrol 海岸巡邏.

coaster [`kostɚ] *n.* ① 沿岸航行的小船；《美》雲霄飛車《亦作 roller coaster》；《美》滑行橇. ② 杯墊.

複數 coasters

coastguard [`kost,gɑrd] *n.* 海岸巡邏隊 (員)《亦作 coast guard》.

複數 coastguards

coastline [`kost,laɪn] *n.* (特指從海上看到的) 海岸線.

複數 coastlines

*****coat** [kot] *n.* ① (防寒用的) 大衣, 外套. ② (成套西裝的) 上衣. ③ (動物的) 毛皮, 毛. ④ (油漆、灰泥等的) 表層.

——*v.* ⑤ 覆蓋 (～的) 表面；塗；穿上外衣.

範例 ① cut ~'s **coat** according to ~'s cloth 量入為出, 量布裁衣.

③ The ermine's **coat** changes from brown to white as winter approaches. 隨著冬天的接近, 貂的毛皮就會由褐色轉為白色.

④ Put two **coats** of paint on this wall. 在這面牆上塗兩層漆.

⑤ The desk is **coated** with dust. 那桌上布滿灰塵.

He **coated** the chair with varnish. 他在椅子上塗上釉.

♦ **còat of árms**（盾狀）徽章《複數為 coats of arms》.

còat of máil 鎖片鎧甲《護身用內衣，上面縫滿小鎖片，複數為 coats of mail》.

[複數] **coats**

[活用] v. **coats, coated, coated, coating**

*coax [koks] v. ① 勸誘（某人做某事 (to V)，某人放棄做某事 (out of Ving)），哄騙. ② 用巧言誘哄取得.

[範例] ① I **coaxed** them to go to that poetry reading. 我花言巧語說服他們參加那場詩歌朗誦會.

We couldn't **coax** him out of moving to New York. 我們無法說服他不要搬去紐約.

② You can **coax** information out of him. 你可以從他那裡用巧言誘哄獲得情報.

[活用] v. **coaxes, coaxed, coaxed, coaxing**

cob [kab] n. ①（玉米的）穗軸《亦作 corn cob》. ② 雄天鵝. ③ 結實的矮腳馬.

[複數] **cobs**

cobalt [`kobɔlt] n. 鈷《泛白色的金屬元素，符號 Co》: **cobalt** blue 鈷藍《偏深藍色，為一種顏料》.

cobble [`kabl] n. ①（鋪路用的）圓石子.
—— v. ② 用圓石鋪（路）: This street was first **cobbled** in 1842. 這條路最初鋪設於1842年. ③ 修補鞋子. ④ 拼湊.

[複數] **cobbles**

[活用] v. **cobbles, cobbled, cobbled, cobbling**

cobbler [`kablɚ] n.《古語》補鞋匠《現在通常用 shoe repairer》.

[複數] **cobblers**

cobra [`kobrə] n. 眼鏡蛇《產於非洲、亞洲的毒蛇》.

[複數] **cobras**

cobweb [`kab͵wɛb] n. 蜘蛛網，蜘蛛絲；〔~s〕混亂.

[片語] **blow the cobwebs away** 使頭腦清醒，使精神煥然一新: I think a short vacation will help **blow the cobwebs away**. 我想休個短假能使精神煥然一新.

[複數] **cobwebs**

Coca-Cola [͵kokə`kolə] n. 可口可樂《商標名，亦作 Coke》.

[複數] **Coca-Colas**

cocaine [ko`ken] n. 古柯鹼《從古柯樹葉中提煉出來的一種麻醉藥，為極易上癮的毒品，亦作 coke》.

cock [kak] n. ① 公雞，雄禽《長大的雄禽，特指雞;《美》rooster》. ②（自來水、瓦斯的）龍頭，活栓《《美》faucet,《英》tap》. ③ 擊鐵《敲擊撞針，引發底火的部分》. ④（圓錐狀的）乾草堆. ⑤ 陰莖 (penis).
—— v. ⑥ 使（頭、眼等）朝上；豎起（耳朵等），翹起（帽緣）. ⑦ 扳起擊鐵.

[範例] ① The **cock** crowed at dawn. 公雞黎明即啼.

a turkey **cock** 雄火雞.

⑥ The boss **cocked** his head. 那個老闆把頭上.

The police officer **cocked** up his ears and listened carefully. 那位警官豎起耳朵凝神細聽.

[片語] **cock of the walk** 獨霸一方者《原指鬥雞飼養場 (walk) 中最厲害的公雞》.

cock up《英》弄精；使無法實行；豎起. (⇨ [範例] ⑥)

☞ chick（小雞），hen（母雞）

[複數] **cocks**

[活用] v. **cocks, cocked, cocked, cocking**

cock-a-doodle-doo [͵kakə͵dudl̩`du] n. 喔喔喔《公雞的啼叫聲》.

[複數] **cock-a-doodle-doos**

cockatoo [͵kakə`tu] n. 鳳頭鸚鵡，葵花鸚鵡《主要生長於大洋洲、東印度群島等熱帶地區》.

[複數] **cockatoos**

cockerel [`kakərəl] n.（不滿1歲的）小公雞.

[複數] **cockerels**

cockeyed [`kak͵aɪd] adj. ① 斜視的，鬥雞眼的；荒謬的. ② 傾斜的，歪一邊的.

cockle [`kakl] n. 烏蛤《可食用的雙葉貝類，殼的直徑達10公分，紋路呈放射狀》.

[片語] **warm the cockles of ~'s heart** 使高興，使深感溫暖.

[複數] **cockles**

Cockney [`kaknɪ] n. ① 倫敦佬. ② 倫敦方言.

[參考] ① 指生長於倫敦東區的勞工階級，特別是說倫敦方言的人. ② 指 [h]《送氣的無聲摩擦子音》的發音含糊. 例如把 house [haus] 讀作 [aus]，把 high [haɪ] 讀作 [aɪ] 等.《窈窕淑女》(My Fair Lady) 是一部描寫出身倫敦東區的女孩 Eliza 為了矯正自己的發音而努力不懈的電影.

[複數] **Cockneys**

cockpit [`kak͵pɪt] n. ①（飛機、太空船、賽車的）駕駛座艙. ② 鬥雞場. ③ 戰場.

[字源] cock（公雞）+ pit（坑）. 最初是 ② 鬥雞場之意，後來演變出 ③ 戰場之意. 再從戰場專指忙碌於狹窄之處而衍生出 ① 駕駛座艙之意.

[複數] **cockpits**

cockroach [`kak͵rotʃ] n. 蟑螂《亦作 roach》.

[複數] **cockroaches**

cocktail [`kak͵tel] n. ① 雞尾酒《以琴酒等為主混合而成的飲料》. ②（以不同材料混合而成的）合成物. ③ 開胃食品《主菜前的冷盤或不含酒精的飲料》.

[參考] 把調酒瓶 (shaker) 搖勻 (shake) 或用攪拌棒 (muddler) 拌勻 (stir).

♦ **cócktail drèss** 女性在正式場合穿的晚禮服.

cócktail lòunge 酒吧間《旅館等供應酒類的場所或大廳》.

cócktail pàrty 雞尾酒晚會《提供雞尾酒、點心等的非正式聚會》.

cócktail tàble 雞尾酒吧檯《放置雞尾酒等的長桌子或櫃檯》.

[複數] cocktails

coco [`koko] n. 椰子，椰子樹《棕櫚科常綠喬木，樹亦作 coconut palm，果實亦作 coconut》.

[複數] cocos

cocoa [`koko] n. 可可《可可 (cacao) 粉加糖、牛奶或開水調製而成的飲料》.

[參考] 亦作 hot chocolate.

[複數] cocoas

coconut [`kokənət] n. 椰子，椰子肉《亦作 coco》.

[參考] 直徑約為30公分，形狀似橄欖球. 嫩果的胚乳為液狀，即椰子汁 (coconut milk)，可作飲料. 凝固的胚乳乾燥後可作乾椰子仁 (copra).

♦ cóconut mìlk 椰子汁.

cóconut òil 椰子油.

cóconut pàlm 椰子樹《亦作 coco》.

[複數] coconuts

cocoon [kə`kun] n. ①（蠶等的）繭；(蜘蛛等的)卵囊.

——v. ② 結繭；用護套封蓋（汽車、飛機等）；緊緊裹住: The baby was cocooned in blankets. 嬰孩緊緊地裹在毯子裡.

[複數] cocoons

[活用] v. cocoons, cocooned, cocooned, cocooning

c.o.d./C.O.D. [`si`o`di]《縮略》＝〖美〗collect on delivery,〖英〗cash on delivery（貨到付款）.

cod [kɑd] n. 鱈魚《食用魚，體長1公尺左右，多產於北方海域，亦作 codfish》.

[複數] cod/cods

coddle [`kɑdl] v. ① 悉心照料，溺愛. ② 用溫火煮（蛋等）.

[範例] ① My parents have coddled me; therefore, I am a spoiled child. 我的父母親經常嬌縱我，所以我是一個被溺愛的孩子.

② coddle an egg 用溫火煮蛋.

[活用] v. coddles, coddled, coddled, coddling

*code [kod] n. ① 密碼；代號；代碼；(電話的)區域號碼. ② 準則，規範，慣例. ③ 法典，法則.

——v. ④ 把～編成密碼.

[範例] ① The messages was written in code. 這訊息是用密碼寫的.

Morse code 摩斯電碼.

area code 區域號碼.

② We have a strict code which must be followed. 我們有嚴格的準則必須遵守.

③ the Napoleonic code 拿破崙法典.

the code of the school 校規.

④ Companies now code their communications

because of industrial espionage. 因為產業界有間諜活動的關係，公司現在都把所有交換情報編成密碼.

[複數] codes

[活用] v. codes, coded, coded, coding

codfish [`kɑd,fɪʃ] n. 鱈魚《亦作 cod》.

[複數] codfish/codfishes

coed/co-ed [`ko`ɛd] n. ①〖美〗(男女合校的)女學生.

——adj. ② 男女合校的.

[複數] coeds/co-eds

coeducation [,koɛdʒə`keʃən] n. 男女合校.

coeducational [,koɛdʒə`keʃənl] adj. 男女合校的《亦作 coed》.

coefficient [,koə`fɪʃənt] n. (數學的) 係數.

[複數] coefficients

coerce [ko`ɝs] v. 強制，強迫: He coerced them into shoplifting. 他強迫他們在商店行竊.

[活用] v. coerces, coerced, coerced, coercing

coercion [ko`ɝʃən] n. 強制，強迫.

coercive [ko`ɝsɪv] adj. 強制的.

[活用] adj. more coercive, most coercive

coexist [,ko-ɪg`zɪst] v. 共存.

[活用] v. coexists, coexisted, coexisted, coexisting

*coffee [`kɔfɪ] n. ① 咖啡；咖啡豆. ② 咖啡色.

[範例] ① Would you like a cup of coffee? 來杯咖啡如何？

Two coffees, please. 兩杯咖啡，謝謝.

[參考] 美國的咖啡相當濃，濃咖啡稱 strong coffee，淡咖啡稱 weak coffee. 喝法有 black（不加奶精與糖）、white 或 with cream（加奶精）、with sugar（加糖）、with cream and sugar（加奶精與糖）.

♦ cóffee bàr〖英〗咖啡館.

cóffee bèan 咖啡豆《亦作 coffee》.

cóffee brèak 停下工作喝咖啡的休息時間.

cóffee mìll 咖啡豆研磨機.

cóffee shòp (旅館等的)咖啡廳，小餐館；(出售咖啡豆的)咖啡店.

cóffee tàble (可放咖啡排、擺雜誌等的)茶几.

[複數] coffees

coffer [`kɔfɚ] n. ① 金庫，保險箱. ②〔~s〕財源，資產.

[複數] coffers

coffin [`kɔfɪn] n. 棺材，靈柩.

[參考] (1)〖美〗casket. (2)歐洲有一種迷信，認為用手觸摸棺材中的遺體就會有好運，死者亦能安眠.

[複數] coffins

cog [kɑg] n. (齒輪的) 輪齒，鈍齒.

[複數] cogs

cognac [`konjæk] n. 干邑上等白蘭地《原產於法國 Cognac 地區》.

[複數] cognacs

cognate [`kɑgnet] adj. 同語源的《☞

C

（充電小站）(p. 229)》.

cogwheel [`kɑg͵hwil] *n.* 齒輪.

[複數] **cogwheels**

cohabit [ko`hæbɪt] *v.* (未婚男女) 同居.

[活用] *v.* **cohabits**, **cohabited**, **cohabited**, **cohabiting**

cohabitation [͵kohæbə`teʃən] *n.* 同居.

***cohere** [ko`hɪr] *v.* ①(思想、理論、議論等) 前後連貫: It's hard to argue with a line of reasoning that **coheres** so well. 與條理十分連貫的推論爭辯是很難的. ② 黏合, 凝結.

[活用] *v.* **coheres**, **cohered**, **cohered**, **cohering**

***coherent** [ko`hɪrənt] *adj.* (思想、理論、議論等) 連貫的, 有條理的; 緊密結合的: The winner of the debate presented a **coherent** and persuasive argument. 這場辯論的優勝者提出了前後連貫的論點.

☞ ↔ incoherent

[活用] *adj.* **more coherent**, **most coherent**

coherently [ko`hɪrəntlɪ] *adv.* 有條理地.

[活用] *adv.* **more coherently**, **most coherently**

cohesion [ko`hiʒən] *n.* 團結, 凝聚, 黏合: In order to preserve our **cohesion**, we must not let minor differences interfere with our major purposes. 為了保存我們的團結力, 別讓小歧見干擾我們的大宗旨.

cohesive [ko`hɪsɪv] *adj.* 團結的, 凝聚的, 有黏著力的: They're a **cohesive** little bunch, aren't they? I never see them apart. 他們是一個團結的小群體, 不是嗎? 我從未看過他們分開.

***coil** [kɔɪl] *v.* ①(蛇等) 盤繞, 捲 (繩子等) (up). ——*n.* ②(繩子等的) 一捲, (蛇的) 盤繞成一圈. ③(髮) 捲, (繩子或鐵絲的) 圈. ④(電學上的) 線圈. ⑤ 避孕圈.

[範例] ① Boa constrictors **coil** around their prey and squeeze them to death. 大蟒蛇盤繞住獵物, 把牠們纏死.《boa constrictor 是美洲大陸熱帶地區的大蛇》

Will you **coil** the rope up, please? 請把繩子捲起來好嗎?

② The boar was in the snake's **coils** and couldn't escape. 那隻野豬被蛇纏住, 無法逃脫.

a **coil** of thick rope 一捲粗繩.

③ a loose **coil** of hair 蓬鬆的鬈髮.

[活用] *v.* **coils**, **coiled**, **coiled**, **coiling**

[複數] **coils**

***coin** [kɔɪn] *n.* ① 硬幣, 錢幣.

——*adj.* ② 硬幣的; 投幣式的.

——*v.* ③ 鑄 (幣). ④ 創造 (新字等).

[範例] ① a gold **coin** 金幣.

Let's toss a **coin**! 擲硬幣決定吧!《打賭正面或反面》

Will you break this bill for some **coins**? 我用這張紙鈔和你換些硬幣好嗎?

② a **coin** purse 放錢幣的小錢包.

a **coin** locker 投幣式寄物櫃.

④ Who **coined** the word "3 K's"? 誰創造出 "3 K" 這個字?

[參考] 一般來說, 硬幣的「正面 (heads)」指有人物頭像的一面, 有數字的一面稱「背面 (tails)」. 決定體育比賽誰先進攻, 下決心做某事或賭博等時, 人們常會丟硬幣, 這時會問 "Heads or tails?" (正面還是背面?) 然後才丟硬幣.

[複數] **coins**

[活用] *v.* **coins**, **coined**, **coined**, **coining**

coinage [`kɔɪnɪdʒ] *n.* ① 鑄幣, 造幣. ② 貨幣制度. ③ 貨幣. ④ 新造詞語, 新字.

[範例] ② decimal **coinage** 10進位幣制.

④ She knows a lot of recent **coinages**. 她知道很多最近的新字.

[複數] **coinages**

***coincide** [͵ko·ɪn`saɪd] *v.* (事件等) 同時發生; (意見、想法、趣味等) 一致, 相符.

[範例] Luckily for him, his birthday **coincides** with his two-week vacation. 很幸運地, 他的生日與他兩週的假期一致.

Since the candidates' political opinions **coincide**, this election will be determined by personality. 因為候選人的政見一致, 這次選舉將會由候選人的人品決定了.

[活用] *v.* **coincides**, **coincided**, **coincided**, **coinciding**

coincidence [ko`ɪnsədəns] *n.* ①(事件的) 同時發生. ②(偶然的) 一致, 符合.

[範例] ① the **coincidence** of the two accidents 兩起事故碰巧同時發生.

② What an amazing **coincidence** that we bumped into each other on the other side of the world. 多麼驚人的巧合, 我們竟在地球的另一端相遇.

[複數] **coincidences**

coincident [ko`ɪnsədənt] *adj.* ① 同時發生的 (with). ② 一致的, 巧合的 (with).

[範例] ① If a typhoon is **coincident** with a tull moon, there will surely be coastal flooding. 假如颱風與滿月同時發生, 沿岸一帶就會因漲潮而被淹沒.

② His theories of English teaching were **coincident** with mine, so we teamed up to write a book. 他的英語教學理論與我的一致, 所以我們合作編寫一本書.

coincidental [ko͵ɪnsə`dɛntl] *adj.* ① 巧合的: John's being in her class is not **coincidental**. 約翰在她的班上並非巧合. ② 同時發生的.

coincidentally [ko͵ɪnsə`dɛntlɪ] *adv.* 巧合地, 同時發生地: **Coincidentally**, we have the same birthday. 碰巧我們的生日同一天.

coke [kok] *n.* ① 焦炭《煤炭經高溫分解所形成之含有大量炭的燃料》. ② 古柯鹼 (cocaine 的通俗說法). ③ [C~] 可口可樂《亦作 Coca-Cola》.

[複數] **cokes**

cola [`kolə] *n.* 可樂《亦作 Coca-Cola》.

充電小站

同源字 (cognate words)

【Q】flower (花) 與 flour (麵粉) 發音相同, 拼法也相近, 它們之間有甚麼關係呢?

【A】追根究源, 以上兩個字加以前同為一字. flower (花) 表示「最好的東西, 上等之物」之意, 用它來指穀物粉中最上等之物時, 逐漸就有了 flour (麵粉) 這一說法. 中古法語稱麵粉為 flower of meal, 意即「磨粉的精華」.

以下再舉一些同源字加以說明:

▶ short (短的) /shirt (襯衫) /skirt (裙子)

short 本義為「被剪下的」, 由此產生了衍生義「短的」. 剪掉衣服下半部而留下的短短的 (short) 部分便成了 shirt, 剪掉衣服上半部而留下的則成了 skirt.

▶ host (主人) /guest (客人)

原義都曾是「陌生人, 敵人」. 接納陌生人的一方是 host, 被接納的一方受到歡迎時便成了 guest. 即使是同一字源, hostility 仍保留有「敵意」這一指義, 而 hospitality 卻是「熱情招待, 歡迎」之意, 意義完全相反. 從「熱情招待之處」這一字義上看, hotel (旅館), hospital (醫院), hostel (旅舍) 等也是同源字.

▶ river (河) /rival (競爭者)

river 原義為「河岸」, rival 意為「住在河兩岸的人, 使用同一河流的人」, 再由爭奪河水使用權轉成了「競爭對手」之意.

▶ grammar (文法) /glamour (魅力, 魔力)

grammar 字源為希臘語 (art of letters), 意為「所寫之物」、「書寫技術」, 由此發展為「學問」、「做學問者的知識」, 最後形成了「文法」、「文法書」之意. 學問與文法在當時都是深不可測的, 因此也產生了「魔術, 魔法」之意. 當比喻某人好像施展魔法一樣使別人著迷時, 又產生了「魅力」之意, 不知不覺間拼法 r 變成 l, 出現了 glamour 這個字.

▶ direct (直接的, 筆直的) /dress (穿衣)

原義為「使筆直」, direct 的 -rect 有 right (正確地) 之意, dress 亦有「與其場合相稱地整理 (外觀)」之意.

▶ pupil (學生) /pupil (瞳孔)

不僅字源, 連拼法也相同, 原義是「孤兒」, 即「受人照顧的小孩」, 後由此義演變為「未長大成人, 受他人教育的學生」. 另外, 映在眼中的人影看起來很小, 好像孩子一般, 因此 pupil 也用來表示「瞳孔」. 意為木偶, 用手指弄的布袋戲偶 puppet 也是同源字. 有趣的是, 中文「目」與「童」合在一起也是「瞳」字, 在英語中, 相當於「目」的字也好, 相當於「瞳」的字也好, 都是 pupil.

複數 colas

colander [ˋkʌləndɚ] n. 濾器, 濾鍋《烹調時可濾掉蔬菜等中的水; 亦作 cullender》.

複數 colanders

****cold** [kold] adj.

原義	層面	釋義	範例
冷的	溫度, 顏色	冷的, 寒冷的	①
	態度, 反應	冷淡的, 冷漠的	②
	身體	死的, 失去知覺的	③
	事件	掃興的, 令人沮喪的	④

——n. ⑤ 感冒. ⑥ 冷, 寒冷.

範例 ① It's a **cold** day for September, isn't it? 就 9月而言, 今天天氣很冷, 不是嗎?
I'm **cold** today. 我今天覺得冷.
cold front 冷鋒.
Blue is a **cold** color. 藍色是冷色系.

② I kept my distance after seeing his **cold** stare. 看到他冷漠的眼神後, 我和他保持距離.

③ He's out **cold**—I can't wake him. 他失去了知覺, 我叫不醒他.

⑤ She is in bed with a **cold**. 她因感冒臥病在床.

Dress warmly and you will not catch (a) **cold**. 衣服穿得又厚又暖, 你就不會著涼.

⑥ If you go out into the **cold** dressed like that you'll catch a cold. 那麼寒冷的天氣穿那樣外出, 你會感冒的.

She goes down to Florida every winter because she can't stand the **cold**. 她每年冬天一定會去佛羅里達, 因為她忍受不了寒冷.

片語 **get cold feet** 感覺害怕.
get the cold shoulder to 以冷淡的態度對待 (某人).
out cold 失去知覺的. (⇨ 範例 ③)
out in the cold 被冷落, 被忽視: He was left **out in the cold** because he couldn't speak French. 因為他不會說法語, 所以遭到冷落.

♦ **còld físh** 態度冷淡的人.
còld wár 冷戰《指非武力之戰, 而是外交、經濟等方面相對立》.

活用 adj. **colder**, **coldest**
複數 **colds**

cold-blooded [ˋkoldˋblʌdɪd] adj. ① 冷血的《動物根據外面氣溫變化而大幅度地調整體溫; ☞ warm-blooded (溫血的)》. ② 冷酷的.
活用 adj. ② **more cold-blooded**, **most cold-blooded**

cold-hearted [ˋkoldˋhɑrtɪd] adj. 鐵石心腸的, 冷酷的.
活用 adj. **more cold-hearted**, **most cold-hearted**

coldly [ˋkoldlɪ] adv. 寒冷地; 冷漠地, 冷淡地.

C

coldness [`koldnɪs] *n.* 寒冷；冷淡.

collaborate [kə`læbə,ret] *v.* 合作，合著，協力；勾結：He **collaborated** with his wife on his first novel. 他與妻子合著完成他的第一本小說.

活用 *v.* **collaborates**, **collaborated**, **collaborating**

collaboration [kə,læbə`reʃən] *n.* 合作，協力；（與敵人的）勾結：He works in close **collaboration** with his colleague. 他與同事密切地合作.

片語 *in collaboration with* 與～合作. (⇨

範例

collaborator [kə`læbə,retə] *n.* 合作者；通敵者.

複數 **collaborators**

collage [kə`lɑʒ] *n.* 拼貼藝術《利用剪貼將片斷拼合的美術》.

複數 **collages**

****collapse** [kə`læps] *v.* ①（使）（建築等）倒塌；（使）崩潰；（健康、心智能力等）衰退. ②（椅子、器具等）摺疊.
——*n.* ③倒塌，崩潰. ④（計畫、事業、希望等）挫折，失敗.

範例 ① This bridge **collapsed** under the weight of this truck. 在這輛卡車的重壓下，這座橋倒塌了.
The earthquake **collapsed** the building. 地震震垮了那棟大樓.
I am afraid your father's health has **collapsed**. 很遺憾你父親的健康快速衰退.
② This chair **collapses**. 這椅子可摺疊.
After the festival we **collapsed** the tents. 慶典過後，我們把帳篷摺疊起來.
③ The tornado caused the **collapse** of houses. 那場龍捲風造成了許多房屋倒塌.
I heard Nicholas was suffering from a nervous **collapse**. 我聽說尼可拉斯患了神經衰弱症.
④ What is the cause of the **collapse** of our project? 我們的計畫失敗的原因是甚麼？

活用 *v.* **collapses**, **collapsed**, **collapsed**, **collapsing**

複數 **collapses**

collapsible [kə`læpsəbl] *adj.* 可摺疊的：Our school has 2,000 **collapsible** chairs. 我們學校有2,000張摺疊椅.

collar [`kɑlə] *n.* ① 衣領，領子. ② 頸圈《套於動物脖子上，由皮革、金屬製成).
——*v.* ③ 抓住（某人的）衣領；抓住（犯人等). ④ 給～套上頸圈.

範例 ① The man turned up the **collar** of his polo shirt. 那個男子翻起了馬球衫的領子.
② Put a **collar** on the horse so that it can pull the buggy. 為了讓馬拉車，請把項圈套在馬的脖子上.
③ They **collared** me during an attempted bank robbery. 他們在我試圖搶劫銀行時抓住我.
④ With these busy streets you had better **collar**

and tie up your dogs. 在這些交通繁忙的街道上，你最好給狗套上頸圈並繫緊.

♦ **cóllar bòne** 鎖骨《亦作 collarbone).

複數 **collars**

活用 *v.* **collars**, **collared**, **collared**, **collaring**

collarbone [`kɑlə,bon] *n.* 鎖骨《亦作 collar bone).

複數 **collarbones**

collateral [kə`lætərəl] *adj.* ① 並行的. ② 伴隨的，附帶的. ③ 旁系的.
——*n.* ④ 抵押品，擔保品.

範例 ① **collateral** mountain ranges 並行的山脈.
② There were a lot of **collateral** benefits to joining the health plan. 參加那個健康計畫會有許多附帶的好處.
③ **Collateral** lines of the family live in three separate countries. 那個家族的旁系血親分居在3個不同的國家.
④ I can't get a loan because I don't have enough **collateral**. 我因為沒有足夠的抵押品而得不到貸款.

****colleague** [`kɑlig] *n.* 同僚，同事：He used to be my **colleague**. 他是我以前的同事.

複數 **colleagues**

****collect** [kə`lɛkt] *v.* ①收集，蒐集；聚集；打起（精神），鼓起（勇氣).
——*adj.*, *adv.* ②由對方付費的〔地).

範例 ① Dr. Jones has been **collecting** books on opera. 瓊斯博士收集有關歌劇方面的書.
His job is **collecting** tickets at the station. 他的工作是在車站收票.
I **collected** my courage and fought against the enemy. 我鼓起勇氣與敵人搏鬥.
A lot of people **collected** in front of the building. 許多人聚集在那棟建築物前.
② a **collect** call 由對方付費的電話.
Can I call you **collect**? 我可以打對方付費的電話給你嗎？

片語 *collect ～self* 鎮定下來：John **collected** himself before making a speech. 約翰在演講前保持鎮定.

複數 **collects**

活用 *v.* **collects**, **collected**, **collected**, **collecting**

collected [kə`lɛktɪd] *adj.* 〔不用於名詞前〕鎮定：I'm surprised you managed to stay **collected** after the quarrel. 我很驚訝，你在爭吵後仍鎮定自若.

活用 *adj.* **more collected**, **most collected**

****collection** [kə`lɛkʃən] *n.* ①收集；收集品；展覽的時裝. ②募捐，募集的錢.

範例 ① My father has a large **collection** of matchboxes. 我父親收集不少火柴盒.
This museum is famous for its large **collection** of music boxes. 這個博物館因為收藏大量的音樂盒而聞名.
～'s spring **collection** ～的春季時裝展覽會.

充電小站

college 與 university

【Q】college 與 university 有何區別?
【A】一般來說,只有一個學院的大學稱 college,有數個學院的綜合大學稱 university,但實際情況因大學而異.

college 原先指英國牛津大學與劍橋大學內的「學院」,在學院內,專攻各專業的學生與教師生活上都有自己的宿舍,亦有禮拜堂 (chapel) 與餐廳 (hall/refectory),是一個自治的組織,但現在由於學生增加了,在外住宿者也增多了.

Oxford University 中著名的 college 有以大教堂聞名的基督教堂學院 (Christ Church College),以垂直式尖塔聞名的馬格達倫學院 (Magdalen College) 等. 牛津大學是許多這種 college 的集合體,劍橋大學與倫敦大學亦是如此.

現在所謂的「學院」可以指綜合性大學的「學院」或「大學」.

在美國,college 多指主要學習基礎課程的小規模大學、單科大學或綜合大學中的「學院」. 其中有些即使有若干個學院,甚至有研究所,但仍稱為 college,有些即使是單科大學卻稱為 university. 總之,用甚麼名稱是由各大學自行決定的.

② We're taking up a **collection** for the flood victims. 我們正為水災的受害者募捐.
片語 **have a collection of** 收集. (⇨ 範例 ①)
take up a collection for 為~募款. (⇨ 範例 ②)
複數 **collections**

collective [kə`lɛktɪv] adj. ①〔只用於名詞前〕集合的,集體的,共同的.
—n. ② 共同組織的團體. ③ 集合名詞.
範例 ① This is a **collective** decision. 這是大家的決定.
collective farm 集體農場.
collective ownership 共同所有權.
♦ **collèctive bárgaining**(勞資雙方的)集體談判.
collèctive secúrity(國家之間的)集體安全.
複數 **collectives**

collector [kə`lɛktə] n. 收集者,採集者;收款人,收稅員.
範例 Tom is a famous art **collector**. 湯姆是一位有名的藝術品收藏家.
a tax **collector** 收稅員.
複數 **collectors**

***college** [`kɑlɪdʒ] n. ① 大學. ②(綜合大學的)學院. ③(大學內自治組織的)校舍. ④ 專科學校. ⑤ 團體,協會,學會.
範例 ① a community **college** 社區大學.
a junior **college** 專科學校.
Mary is in **college** now. 瑪麗正在上大學.
a **college** entrance examination 入學考試.
② This university has eight **colleges**. 這所大學有8個學院.
③ Trinity **College**, Oxford 牛津大學三一學院.
④ a business **college** 商業專科學校.
⑤ The Royal **College** of Physicians 英國皇家內科醫師學會.
參考 ① 嚴格來說,原來是指未開設研究所課程的專門教育機關、課程,但現在未必如此,特別是在『美』綜合大學儘管設有碩士課程、博

士課程等的研究所,也往往稱 college. 包括研究所在內,指大學教育整個部分時稱 university. ③ 指學生與教員 (tutor) 生活的校舍,是獨立的自治組織,一所大學 (university) 中有若干個. ④『英』中學往往也稱為 college.
➡ 充電小站 (p. 231)
複數 **colleges**

collide [kə`laɪd] v. 碰撞,互撞;(意見、利害等)相抵觸,衝突.
範例 The two buses **collided** on the corner. 兩輛公車在轉角處互撞.
The opinions of the two political parties **collided**. 兩個政黨的意見衝突.
活用 v. **collides**, **collided**, **collided**, **colliding**

collie [`kɑlɪ] n. 柯利牧羊犬《原產於蘇格蘭的大型牧羊犬,特徵是臉部細長、毛長》.
複數 **collies**

colliery [`kɑljərɪ] n.『英』煤礦場《包括建築物與設備》.

[collie]

複數 **collieries**

***collision** [kə`lɪʒən] n. 相撞;(意見、利害等)的衝突.
範例 The **collision** between a truck and a bus caused a terrible traffic jam. 卡車與公車相撞引起嚴重的交通阻塞.
A **collision** between the two political parties seems unavoidable. 兩黨間的衝突似乎在所難免.
The two ships came into **collision**. 兩艘船雙發生了碰撞.
片語 **come into collision** 發生碰撞. (⇨ 範例)
複數 **collisions**

collocate [`kɑlo͵ket] v. 並列;配置;連用.
活用 v. **collocates**, **collocated**, **collocated**, **collocating**

collocation [͵kɑlo`keʃən] n. 連詞,字詞的

[複數] collocations

*__colloquial__ [kə`lokwɪəl] *adj.* 口語的.

[範例] colloquial English 口語英文.

colloquial style 會話體，口語體.

☞ ↔ literary

[活用] adj. more colloquial, most colloquial

colloquialism [kə`lokwɪəl͵ɪzəm] *n.* 會話體，口語體.

[複數] colloquialisms

colloquially [kə`lokwɪəlɪ] *adv.* 口語地，日常會話地.

[活用] adv. more colloquially, most colloquially

collusion [kə`luʒən] *n.* 共謀，互相勾結.

cologne [kə`lon] *n.* 古龍水《一種香水，亦作 eau de cologne》.

colon [`kolən] *n.* ① 結腸. ② 冒號《標點符號 (:)，說明或舉例時使用》.

➡ **(充電小站) (p. 1027)**

[複數] colons

colonel [`kɝnl] *n.* 上校.

➡ **(充電小站) (p. 799), (p. 801), (p. 803)**

[複數] colonels

colonial [kə`lonɪəl] *adj.* ①〔只用於名詞前〕殖民(地)的. ②〖美〗英國殖民地時代的.
—*n.* 殖民地居民.

[範例] ① It is hardly surprising that **colonial** rule resulted in a hostile uprising. 殖民統治會引起暴亂，一點也不令人意外.
② a beautiful **colonial** house 殖民地時期風格的漂亮房子.

[複數] colonials

colonialism [kə`lonɪəl͵ɪzəm] *n.* 殖民主義.

colonialist [kə`lonɪəl͵ɪst] *n.* 殖民主義者.

[複數] colonialists

colonist [`kɑlənɪst] *n.* 殖民地居民，殖民地開拓者.

[複數] colonists

colonization [͵kɑlənaɪ`zeʃən] *n.* 殖民，殖民地化.

colonize [`kɑlə͵naɪz] *v.* 使成為殖民地；移民於殖民地: The interior of the African Continent was not well explored or **colonized** until the 19th century. 19世紀以前，非洲大陸的內陸仍未受到充分的探索，也未被開拓為殖民地.

[活用] v. colonizes, colonized, colonized, colonizing

colonnade [͵kɑlə`ned] *n.* 柱廊《由連續排列的圓柱 (column) 支撐橫梁建成，為希臘、羅馬建築的特色之一》.

[複數] colonnades

*__colony__ [`kɑlənɪ] *n.* ① 殖民地，殖民團. ②〔同人種、同業等的〕聚居地. ③ 群體，群生，集群.

[範例] ① Jamestown was the first English **colony** in the New World. 詹姆斯鎮是英國在新大陸的第一個殖民地.《歐洲、亞洲、非洲為 the Old World (舊大陸)，the New World 指「美洲大陸」》

The Pilgrim **colony** came from England to America in 1620. 清教徒移民於1620年從英國移往美國.

② the Greek **colony** in Istanbul 聚居在伊斯坦堡的希臘移民.

a **colony** of artists 藝術家聚集區.

③ A whole **colony** of bees attacked them. 整窩蜜蜂襲擊他們.

[複數] colonies

*__color__ [`kʌlɚ] *n.* ① 色調，色系；顏色，色彩. ②〔~s〕顏色，血色. ④ 外觀；真實性. ⑤ 特色；本性. ⑥〔the ~s〕國旗，軍旗. ⑦〔~s〕(學校、團體的)象徵色的彩帶，徽章、制服等.
—*v.* ⑧ 著色，染色；使臉紅. ⑨ 歪曲.

[範例] ① What **color** did you paint the wall? 你把牆壁塗成甚麼顏色?

I did not have a **color** television at that time. 我那時沒有彩色電視機.

② The portrait was painted in oil **colors**. 那張肖像畫是用油畫顏料畫的.

water **colors** 水彩顏料.

③ You have a very high **color** today. 你今天的氣色很好.

My mother's **color** changed as I revealed the secret. 我透露那個祕密時，母親臉色大變.

④ His story has some **color** of truth. 他的陳述有幾分真實性.

⑤ Dvořák's dance music has Slavic **color**. 德弗札克的舞曲有斯拉夫民族的特色.《Dvořák 是捷克作曲家》

⑥ The ship had the British **colors**. 那艘船上有英國國旗.

⑦ We were dressed in school **colors**. 我們穿著學校制服.

⑧ My sister **colored** her hair. 我姊姊染了頭髮.

Sue's face **colored** with embarrassment. 蘇因難為情而臉紅.

⑨ I'm sure her account was **colored** by her fanciful imagination. 我認為她的敘述被她那毫無根據的想像力給扭曲了.

[參考]〖英〗colour.

[片語] give color to ~/lend color to ~ 使(某事)顯得真實可信.

with flying colors 出色地，成功地.

♦ **cólor bàr/cólor line** 種族隔閡《限制》《因膚色 (color) 不同而使社會生活受到限制的障礙 (bar)，指有色人種在白人社會的活動受到限制》.

cólor-blind 色盲的.

➡ **(充電小站) (p. 233)**

[複數] colors

[活用] v. colors, colored, colored, coloring

colored [`kʌlɚd] *adj.* ① 彩色的，著色的. ② 誇張的，歪曲事實的. ③ 有色人種的《歧視黑人的用法》.

[範例] ① The wall has orange-**colored** tiles on it.

C

充電小站

顏色 (colors)

　　我們周圍的顏色種類非常多，但有些顏色卻沒有確切的名稱。下面我們就來介紹英語中較　　常用的顏色名稱：

英 文	中 文	字 源	由顏色名稱聯想到的事物
black	黑色	「黑，黑水」之意	黑夜，黑暗
blue	藍色	「藍」之意	晴朗的天空，汪洋大海
brown	茶色、褐色	「暗色」之意	麵包，泥土，木材，咖啡
crimson	深紅色	源自乾燥、碾碎後可製成此色染料的昆蟲名	
green	綠色	「萌芽中的草色」之意	樹葉，草，綠寶石
mauve	淡紫色	法語的錦葵 (mauve)	錦葵
orange	橘色	橘子 (orange) 的名稱	橘子
purple	紫色	源自製作此色顏料所用的貝殼	帝位，王位，王權
red	紅色	拉丁語的 rufus	血，晚霞染紅的雲彩，燃燒的煤，狐狸的毛色，紅寶石，火
scarlet	緋紅色	源自用此色所染的布名	
violet	紫羅蘭色	紫羅蘭 (violet) 花的顏色	紫羅蘭
white	白色	「蛋白」之意	雪，牛奶，蛋白
yellow	黃色	與黃金 (gold) 同字源	黃金，奶油，蛋黃

牆上貴著橘色瓷磚。
② Do not rely on such a **colored** description. 不要相信那種誇大不實的敘述.
〔參考〕〖英〗coloured.

***colorful** [`kʌlɚfəl] adj. 色彩豐富的，鮮豔的，絢麗多彩的.
〔範例〕The bird has **colorful** wings. 那隻鳥有著色彩鮮豔的翅膀.
My aunt lived a **colorful** life. 我阿姨的一生絢麗多彩.
〔參考〕〖英〗colourful.
〔活用〕adj. **more colorful**, **most colorful**

coloring [`kʌlərɪŋ] n. ① 色素；顏料，染料. ② 著色 (法)，上色 (法). ③ 臉色，血色；外表，外貌.
〔範例〕① This ice cream contains artificial **coloring**. 這種冰淇淋含有人工色素.
② I don't like your **coloring** in this painting. 我不喜歡你這幅畫的色調.
③ You always have very attractive **coloring**. 你的氣色總是那麼迷人.
〔參考〕〖英〗colouring.
〔複數〕① **colorings**

colorless [`kʌlɚlɪs] adj. ① 無色的. ② 無特色的，平淡乏味的. ③ (臉色) 蒼白的，無生氣的.
〔範例〕① What is the **colorless** liquid? 那無色的液體是甚麼?
② I can't stand this **colorless** view. 我無法忍受這平淡無奇的景色.
③ Look at your **colorless** face in the mirror. 看看鏡中你蒼白的臉.
〔參考〕〖英〗colourless.
〔活用〕adj. ② ③ **more colorless**, **most colorless**

colossal [kə`lɑsl] adj. 巨大的.
〔活用〕adj. **more colossal**, **most colossal**

colossi [kə`lɑsaɪ] n. colossus 的複數形.
colossus [kə`lɑsəs] n. ① 巨像. ② 巨人，巨物.
〔複數〕**colossi/colossuses**

colour [`kʌlɚ] =n. 〖美〗color.
coloured [`kʌlɚd] =adj. 〖美〗colored.
colourful [`kʌlɚfəl] =adj. 〖美〗colorful.
colouring [`kʌlərɪŋ] =n. 〖美〗coloring.
colourless [`kʌlɚlɪs] =adj. 〖美〗colorless.

colt [kolt] n. ① (公的) 小馬 (通常指未滿 4 歲). ② 〔C~〕柯爾特左輪手槍 (商標名，科爾特發明的手槍).
☞ filly (小母馬)，horse (馬)
〔複數〕**colts**

Columbia [kə`lʌmbɪə] n. 哥倫比亞.
〔字源〕源自美洲大陸發現者 Christopher Columbus 之名.
♦ **the District of Colúmbia** 哥倫比亞特區 《美國聯邦政府直轄區，亦是首都所在地，略作 D.C.》.

Columbus
[kə`lʌmbəs] n. 哥倫布 《義大利原名為 Cristoforo Colombo，英文名為 Christopher Columbus (1451-1506)，生於義大利的航海家，1492年到達美洲大陸，但他卻以為是印度，由於此錯誤，所以美洲的原住民被稱為印第安人，美洲大陸附近的島嶼被稱為西印度群島》.

[column]

***column** [`kɑləm] n. ① 柱，支柱，圓柱. ②(雜

C

誌、報紙的）專欄，欄. ③ 縱列，(軍隊、船隊等的) 縱隊.

範例 ① The boy saw a **column** of smoke. 那個男孩看到煙柱.

② the sports **columns** 體育版.

③ They marched in **columns** of four. 他們以4列縱隊前進.

複數 **columns**

columnist [`kɑləmɪst] *n.* 專欄作家.

複數 **columnists**

coma [`komə] *n.* 昏迷的狀態，昏睡.

複數 **comas**

comb [kom] *n.* ① 梳子;〔a ~〕梳理. ② 雞冠.

③ 蜂巢《亦作 honeycomb》.

——*v.* ④ (用梳子) 梳，梳理. ⑤ 徹底搜尋.

範例 ② a rooster's **comb** 公雞的雞冠.

④ **Comb** your hair before going to the party. 去參加那個晚會前，你得先梳理頭髮.

⑤ Mary **combed** the floor for her contact lens. 瑪麗在地板上到處搜尋她的隱形眼鏡.

片語 ***comb out*** 用梳子梳理; 清除 (雜物、冗等); 搜尋.

複數 **combs**

活用 *v.* **combs, combed, combed, combing**

****combat** [`kɑmbæt] *v.* ①《正式》與~鬥爭，戰鬥，對抗.

——*n.* ②《正式》鬥爭，戰鬥.

範例 ① The government is all **combating** inflation. 政府正在對抗通貨膨脹.

② single **combat** 一對一的決鬥，單挑.

活用 *v.* **combats, combated, combated, combating/combats, combatted, combatted, combatting**

複數 **combats**

combatant [`kɑmbətənt] *n.* 戰鬥人員，戰士：A lot of **combatants** were killed in World War II. 許多戰士死於第二次世界大戰.

複數 **combatants**

****combination** [ˌkɑmbə`neʃən] *n.* ① 結合，聯合，組合. ②（以數字組合開鎖的）對號密碼. ③〔~s〕連衫褲《一種上下連成一體的貼身衣服》.

範例 ① What **combination** of furniture do you like? 你喜歡甚麼樣的家具組合?

The number of **combinations** of *n* objects taken *r* at a time is given by *n*! over *r*! $(n-r)!$ 從 *n* 個東西中取 *r* 個時的組合數是 *n*! 除以 $(n-r)!$ 與 *r*! 的乘積.《*n*! 讀作 factorial *n*, $(n-r)!$ 讀作 factorial *n* minus *r*》

The ruling party is afraid of a **combination** of the opposition parties working together. 執政黨害怕在野黨聯合起來.

The color orange is the **combination** of red and yellow. 橘色是紅黃兩色混合而成的.

② He opened the safe moving the knob of the **combination** lock. 他轉動密碼鎖打開了保險箱.

♦ **combinátion lòck** 密碼鎖. (⇨ 範例 ②)

複數 **combinations**

$$\frac{n!}{r!(n-r)!}$$

[combination]

****combine** [*v.* kəm`baɪn; *n.* `kɑmbaɪn] *v.* ① (使) 結合; (使) 組合; (使) 聯合.

——*n.* ② 聯合組織; 聯合企業. ③ 聯合收割打穀機《集收割、打穀於一體的農用機械》.

範例 ① It is difficult but important to **combine** theory with practice. 把理論與實際相結合非常困難，但很重要.

The factions **combined** to form a party. 那些派系聯合成立了一個黨.

② This manufacturing **combine** is very large. 這個製造業的企業聯合組織非常大.

③ The farmer cannot afford to buy a **combine**. 這個農夫買不起聯合收割穀機.

活用 *v.* **combines, combined, combined, combining**

複數 **combines**

combo [`kɑmbo] *n.* 小樂隊《演奏爵士樂等》.

複數 **combos**

combustible [kəm`bʌstəbl] *adj.* ①（物）易燃的;（人）易激動的.

——*n.* ②〔~s〕可燃物.

範例 ① Nowadays airships use helium because hydrogen is **combustible**. 現在的飛船使用氦，因為氫易燃.

His temperament is too **combustible** for him to be President. 他的性格太容易激動，不適合做總統.

② Class A fires involve ordinary **combustibles** such as paper, wood and cloth. A 級火災是指由紙、木材、布等普通可燃物引起的火災.

活用 *adj.* **more combustible, most combustible**

複數 **combustibles**

combustion [kəm`bʌstʃən] *n.* 燃燒: spontaneous **combustion** 自燃.

*‡***come** [kʌm] *v.*

原義	層面	釋義	範例
為馬上到達某處而移動	地方，位置，時候	來到，來，到達	①
	聽話者的方向	來《說話者往聽話者方向》	②
	那時的所在地	產生，發生，出現	③

範例 ① **Come** here, boys and girls. 來這裡，孩子們. (☞ 充電小站 (p. 235))

祈使句為何以「原形動詞」開始

【Q】有一種句子稱為「祈使句」，例如 Come here，意為「來這裡!」，這裡的 come 被認為是「原形動詞」，它不是「現在式」嗎？

教科書就「祈使句」是這樣說明的：
　　You come here. ……(1)
　　Come here. ……(2)

試看 (1) 與 (2)，(1) 句如果去掉句首的 You，當然就成了 (2) 句。(1) 句的 come 是現在式的話，(2) 的 Come 也是「現在式」吧，但是在英文文法中 (2) 的 Come 卻被視為「原形動詞」，這就是問題所在。

【A】(2) 句中的 Come 是「原形動詞」，不是「現在式」，與此相對應的 (1) 句中的 come 是「現在式」，因此，不能認為從 (1) 句中去掉 You 就成了「祈使句」。

(1) 句中的 come 實際上是原形動詞 come 與 do 一起使用的，因此 (2) 句是 (1) 句去掉 You 與

do 而成的。
　　You do come here. ……(1)
　　Come here. ……(2)

▶ 為甚麼「祈使句」使用「原形動詞」？
其原因是「原形動詞」與「名詞」有相同的作用。

這樣說可能不易理解，以下作些說明。比如說口乾想喝水，這時該說「我要水」，用英語說則是 "I want water"，更簡單地說聲 "Water!" 也可以，即只要說 "Water" 這一「名詞」就能得到「水」，所以說「祈使句」是由「名詞」開始的。並且像前面所說的那樣，「原形動詞」具有與「名詞」相同的性質，例如 "Come!" 的「原形動詞」意思是「來」，如果說 "Come here!" 便是「來這裡!」，換一種說法就是「請到這裡來!」。

▶ 充電小站 (p. 257)

Come in. 進來!《回應敲門等》
Come on in. 請進.
The sunset is beautiful—**come** and see! 夕陽好美，快來看!
Tom, Jack, and Jim **came** together. 湯姆、傑克與吉姆一起來了.
Who's **coming** to the party? 誰會來參加晚會?
She **came** to New York when she was eighteen. 她18歲時來到紐約.
When in need, you can **come** to me. 有需要時你可以到我這裡來.
She'll **come** back to Taiwan next year. 她明年會回臺灣.
Everybody **came** running back. 大家跑著回來.
Thanks for **coming** to meet me. 謝謝你來接我.
He has **come** from Australia for a vacation. 他是從澳洲來度假的.
Father's Day **comes** after Mother's Day, right? 父親節在母親節之後，是吧?
Who will **come** after Mr. Clinton? 柯林頓的繼任者是誰?
Rats will **come** out of the hole. 老鼠會從那個洞出來.
He **came** across to our table. 他偶然來到我們桌邊.
He'll **come** over later. 他待會兒會來.
The moonlight **came** through the clouds. 月光從雲隙間照射過來.
She **came** through the accident. 她從那起意外事故中死裡逃生.
I've **come** sixty kilometers. 我走了60公里才到.
Here **comes** the taxi. 計程車來了.
A good idea **came** to him. 他想到一個好主

意.
Whatever **comes**, stay cool. 不管發生了甚麼事，你都要保持冷靜.
Her sudden death **came** as a shock to the nation. 她突然去世對國人而言是個打擊.
They sailed for thirty days, but no land **came** into sight. 他們航行了30天，可是沒有看到陸地.
The radio telescope **came** into use in 1937. 開始使用電波望遠鏡是1937年的事.
Do you know when the computer **came** into being? 你知道電腦是何時出現的嗎?
Halloween is **coming**. 萬聖節前夕就要來了.
How about going for a drink this **coming** holiday? 這個假日去喝一杯怎麼樣?
What will become of the earth in the years to **come**? 地球以後會變得怎麼樣呢?
TV **comes** to this village by satellite. 電視節目藉由衛星傳送到這個村子.
Your bill **comes** to thirty dollars. 你的帳單是30美元.《商店櫃檯用語》
Her hair almost **comes** to her knees. 她的頭髮幾乎及膝.
Their marriage **came** to an end. 他們的婚姻走到了盡頭.
I did everything I could, but it all **came** to nothing. 我能做的都做了，結果卻是一無所獲.
When it **comes** to swimming, she is the best in our class. 說到游泳，她是我們班上最好的.
I **came** to like him. 我喜歡上他了.
How did you **come** to know him? 你怎麼認識他的?
This telescope **comes** to pieces very easily. 這臺望遠鏡很容易分解.
② **Come** to the beach with us. 與我們一起到

海灘.

"Will you **come** downstairs, John?"
"**Coming**." 「約翰，到樓下來好嗎？」「我就來
了。」

Sorry, I can't **come** to your place today. 對不
起，我今天不能去你那裡.

③ She **comes** from Paris. 她來自巴黎.

Japanese kanji **comes** from China. 日本的漢
字來自中國.

Does this shirt **come** in pink? 這件襯衫有粉
紅色的嗎？

His book will **come** out soon. 他的書馬上就
要出版了.

The moon **comes** up at 10:43 p.m. tonight.
月亮於今晚10點43分升起.

I mended the broken vase with glue, but it
came apart in a few hours. 我用膠水把破碎
的花瓶修好，但沒過幾個小時它又破掉了.

Who can help him **come** alive? 誰能幫助他振
作起來？

The chain on my bicycle has **come** loose. 我
的腳踏車鏈條鬆了.

This lipstick doesn't **come** off easily. 這支口
紅不容易掉色.

Your dreams will **come** true someday. 你們的
夢想總有一天會實現.

Your shoestrings have **come** untied. 你的鞋
帶鬆開了.

[片語] **come about** 發生：How did the war
come about? 那場戰爭是怎麼發生的？

come across 越過，橫越．(⇨ [範例] ①)
② 偶然遇見，偶然發現：I **came across** a
one-dollar coin in the washing machine. 我在
洗衣機中偶然發現了1元的硬幣. ③ 留下印
象：He **comes across** as a shy boy. 他讓人
覺得他是一個害羞的男孩.

come along ① 一起來：Can I **come along**
with you? 我可以跟你一起來嗎？② (偶然) 來
臨，出現：They were traveling through the
forest, and suddenly a big black bear **came
along** ahead of them. 他們旅行穿過森林時，
有一頭大黑熊突然出現在他們面前. ③ (工作
等) 進展；進步：How are you **coming along**
with your seminar paper? 你的研討會論文進
展得怎麼樣？

come around/come round ① 周而復
始：The equinox **comes around** twice a year.
晝夜平分的日子一年有兩次.《equinox 指白
天與黑夜時間長度相同的日子，3月的這一
天稱為「春分」，9月的這一天稱為「秋分」》②
繞圈子，信步走訪：Can I **come around** to
your house this afternoon? 我今天下午順便到
你家可以嗎？③ 回心轉意，(改變意見) 接受：
Mother never **comes around** to our way of
thinking. 母親總是不接受我們的想法. ④ 甦醒：
It took about three hours for her to **come
around** after the operation. 她手術後3個小
時才甦醒.

come at 攻擊：Suddenly the bull **came at**

the bullfighter. 那頭牛突然攻擊鬥牛士.

come back 返回．(⇨ [範例] ①)

come by ① 順道；經過. ② 得到：How did
you **come by** those coins? 你怎麼得到那些
硬幣的？

come down ① 下來；落下；下樓. ② 來《從
北向南，從城市到鄉村》. ③ 傳承. ④ (飛機)
降落. ⑤ 歸根究底是：This problem **comes
down** to sex discrimination. 這個問題歸根究
底是性別歧視. ⑥ 臥病在床，倒下：She
came down with a cold. 她因感冒而病倒了.

come down on 責備；襲擊：The burglars
came down on that bank last night. 竊賊們
昨晚襲擊那家銀行.

come for 來取，來接：Your mother will
come for you at four. 你母親4點鐘會來接
你.

come forward 挺身而出，主動爭取：No
one **came forward** as a witness to the
murder. 沒有人挺身而出做那宗殺案的目擊
證人.

come from 來自於，產生於. (⇨ [範例]
①) ② 出生 (於). (⇨ [範例] ③)

come in ① 進入；到達. (⇨ [範例] ①) ② 流
行：Long skirts are **coming in** again. 長裙又
開始流行了.

come in for 遭到 (指責)：The president
has **come in for** much criticism. 那位董事長
受到強烈的批評.

come into ① 進入 (某狀態). ② 導致. (⇨
[範例] ①)

come into ~'s own 自己的才能獲得應有
的發揮.

come of 由～產生；出生於：Skill **comes of**
practice. 技術是練習的結果.

He **comes of** a noble family. 他出身名門.

come of age 長大成人：They **came of
age** last January. 他們去年1月就成年了.

come off ① (從～) 脫落，落下，掉下. (⇨
[範例] ③) ② (計畫等) 實現，成功；(典禮等) 舉
行：When is the ceremony going to **come
off**? 那個典禮何時舉行？

All his plans didn't **come off**. 他的計畫都沒
有實現.

come on ① (夜晚、季節、暴風雨等) 逼近，
來臨；(感冒) 開始，發生；出場：Darkness
came on. 夜色來臨了.

I can feel a cold **coming on**. 我感覺我快要
感冒了.

All the audience in the hall stood up when the
singer **came on**. 當那位歌手出場時，禮堂內
的所有聽眾都站了起來.

② 《口語》好啦！得啦！來吧！算了吧！《用於
祈使句》：**Come on**, stop it! 好了，停止吧！
《催促對方，表懇求、勸說、制止、催促等》
Oh, **come on**. I can't do that. 算了吧！我
做不了的.

come out 出現，顯現；(花) 開；(雜誌、書
籍等) 出版：The cherry blossoms are **coming**

out. 櫻花已開放了.
come out for 〔**against**〕明確表明（贊成或反對的）態度: The two political parties **came out** against the bill. 那兩個政黨明確表明反對那項法案.
come over ① 來；順路拜訪. (⇨ 範例 ①)
②（向～）襲來: An unpleasant feeling **came over** me. 一股不愉快的感覺襲上我的心頭.
come through ① 穿越. (⇨ 範例 ①) ② 度過，擺脫. (⇨ 範例 ①)
come to ① 來到. (⇨ 範例 ①) ② 甦醒《從昏迷狀態中醒過來》: "I'm hungry," he said when he **came to**. 他甦醒後說:「我很餓.」
come to ～self 恢復自我，覺悟: After a while he **came to** himself, and said, "I must go." 過了一會兒，他覺悟地說:「我必須去.」
come to think of it/now that I come to think of it 突然想起來: **Come to think of it**, I don't know much about chess. 我突然想起來，我根本不太懂西洋棋.
come up 提到，言及；發生；臨近 (⇨ 範例 ③)): Her latest movie **came up** in the interview. 她最新的影片在記者招待會上成了話題.
He doesn't talk too much, but he always **comes up** with good ideas. 他的話雖然不多，但總是能提出好主意.
My driver's license **comes up** for renewal next month. 我的駕照下個月要更換.
活用 *v.* **comes, came, come, coming**

comeback [`kʌm͵bæk] *n.* ① 恢復，復原；復出；復活: There is a rumor that the once popular singer will make a **comeback**. 有傳言說那個曾經紅極一時的歌星將要復出. ② 機智的回答，反駁.
複數 **comebacks**

comedian [kə`midɪən] *n.* 喜劇演員，滑稽人物.
複數 **comedians**

comedown [`kʌm͵daʊn] *n.* 落魄，潦倒；失勢.
範例 He used to be an astronaut, and now he pushes a pencil! What a **comedown**! 他曾經是一個太空人，但現在在推銷鉛筆，真是落魄啊!
Coming back to Taipei after our honeymoon in Hawaii is a real **comedown**. 我們在夏威夷度完蜜月後回到臺北，真有一種失落感.
複數 **comedowns**

*****comedy** [`kɑmədɪ] *n.* ① 喜劇. ② 喜劇性事件.
範例 ① a musical **comedy** 音樂喜劇.
Which do you like better, a **comedy** or a tragedy? 你較喜歡喜劇或是悲劇?
② War is no **comedy**. 戰爭不是有趣的事.
 ① ↔ tragedy
複數 **comedies**

comeliness [`kʌmlɪnɪs] *n.* 標緻；清秀.
comely [`kʌmlɪ] *adj.* 標緻的，清秀的: a

comely young woman 一個標緻的年輕女子.
活用 *adj.* **comelier, comeliest**

comer [`kʌmɚ] *n.* 來者，新來者.
範例 the first **comer** 第一個來的人.
late **comers** 遲到的人.
This contest is open to all **comers**. 這次比賽開放給所有來參加者.
複數 **comers**

comet [`kɑmɪt] *n.* 彗星.
參考 有頭 (head 或 coma) 與尾 (tail)，以太陽為中心沿橢圓形軌道運動的星體. 1986年接近太陽的哈雷彗星 (Halley's comet) 週期是76年，故下次接近太陽是2062年.
複數 **comets**

*****comfort** [`kʌmfɚt] *n.* ① 舒適. ② 安慰. ③ 給與安慰的人〔物〕.
 —— *v.* ④ 安慰，慰問.
範例 ① He didn't make enough money for his family to live in **comfort**. 他賺不到足夠的錢使他的家人過得舒適.
② We don't need words of **comfort**; we need real help! 我們不需要安慰的話，我們需要真正的幫助!
③ My son is a great **comfort** to me. 我兒子是我最大的安慰.
"The old woman's rent-controlled apartment is a **comfort** to her." "And so are her dogs." 「那老婦人住的低租金公寓對她而言是個安慰.」「她的狗兒們對她來說也是一樣.」
④ I tried, but nothing I said could **comfort** them. 我試過了，但我說的話無法安慰他們.
♦ **cómfort stàtion** 公共廁所.
 ↔ *n.* **discomfort**
複數 **comforts**
活用 *v.* **comforts, comforted, comforted, comforting**

**comfortable [`kʌmfɚtəbl] *adj.* ① （東西）舒適的，舒服的. ②（人）舒適的，感覺心情愉快的.
範例 ① The old man lives in a **comfortable** house. 那個老人住在一間舒適的房子裡.
② Frank is **comfortable** and will pull through, according to the doctors. 據醫生們說，法蘭克的病情穩定，且即將恢復健康.
Please make yourself **comfortable**. 請別客氣.
 ↔ **uncomfortable**
活用 *adj.* **more comfortable, most comfortable**

comfortably [`kʌmfɚtəblɪ] *adv.* 舒適地，安逸地，小康地.
範例 He is **comfortably** off. 他過得安逸而舒適〔過小康生活〕.
My retired father lives **comfortably**. 我退休的父親生活得很安逸.
 ↔ **uncomfortably**
活用 *adv.* **more comfortably, most comfortably**

comic [`kɑmɪk] *adj.* ① 可笑的，滑稽的. ② 喜

劇的.

—— n. ③ 喜劇演員. ④ 漫畫書《亦作 comic book》.

[範例] ① We come in here as much for the cook's **comic** stories as we do for the food. 我們來這裡用餐，同樣也是要聽廚師講滑稽的故事.

② a **comic** actress 喜劇女演員.

③ She's wanted to be a stand-up **comic** since she was ten. 她從10歲起就想成為一位能獨自演出的喜劇演員.

♦ **cómic strip** 連環漫畫.

[活用] adj. **more comic**, **most comic**

[複數] **comics**

comical [`kɑmɪkl̩] adj. 滑稽可笑的: The company president really surprised the new employees with a **comical** anecdote at the welcoming ceremony. 公司總裁在歡迎儀式上講的滑稽軼事讓新職員們大吃一驚.

[活用] adj. **more comical**, **most comical**

coming [`kʌmɪŋ] n. ① 到來，臨近.

—— adj. 〔只用於名詞前〕② 即將到來的. ③ 前途有希望的.

[範例] ① the **coming** of the information age 資訊時代的來臨.

② this **coming** Friday 即將來臨的星期五.

I have decided not to vote in the **coming** election. 下次選舉時，我決定不要投票.

③ a **coming** writer 有前途的作家.

[片語] **comings and goings** 來來往往.

[複數] **comings**

comma [`kɑmə] n. 逗號《標點符號 (,)，一句話未說完時使用》.

♦ **invérted cómmas** 引號.

➡ (充電小站) (p. 1027)

[複數] **commas**

*命令**command** [kə`mænd] v. ① 命令，指示；指揮. ② 控制，支配. ③ 俯瞰 (景色等).

—— n. ④ 命令；指揮權. ⑤ 控制權. ⑥ 司令部；轄區. ⑦ 指令《對電腦的命令》. ⑧ 展望，俯瞰.

[範例] ① The teacher **commanded** silence. 老師命令大家肅靜.

He **commanded** his men to go at once. 他指示部下即刻出發.

He **commanded** that they come by noon. 他下令他們中午前要來.

② Those two **command** a fund of over one billion dollars. 那兩個人可以支配10億美元以上的資金.

③ The tower **commands** the town. 在那座高塔上可以俯瞰整個城鎮.

The fort **commands** the entrance to the bay. 這個要塞扼守著海灣的入口.

④ give a **command** 下命令.

obey a **command** 服從命令.

This ship is under the **command** of Captain Smith. 這艘船服從史密斯船長的指揮.

⑤ He is in **command** of himself. 他抑制住感情.

She has a good **command** of Spanish. 她的西班牙語運用自如.

They have few resources at their **command**. 他們能支配的財源很有限.

⑧ The tower has a fine **command** of the town. 在那座高塔上可以將整個城鎮一覽無遺.

[活用] v. **commands**, **commanded**, **commanded**, **commanding**

[複數] **commands**

commandant [ˌkɑmən`dænt] n. (軍事基地等的) 司令官，指揮官.

[複數] **commandants**

commandeer [ˌkɑmən`dɪr] v. 徵召，徵用；強占.

[活用] v. **commandeers**, **commandeered**, **commandeered**, **commandeering**

commander [ˌkə`mændə] n. ① 指揮官，司令官: **commander** in chief 最高司令官. ② 海軍中校.

➡ (充電小站) (p. 797)

[複數] **commanders**

commanding [kə`mændɪŋ] adj. ① 指揮的，有支配力量的. ② 威嚴的，有權威架勢的.

[範例] ① a **commanding** officer 指揮官.

② a **commanding** voice 威嚴的聲音.

[活用] adj. **more commanding**, **most commanding**

commandment [kə`mændmənt] n. 戒律.

♦ **the Tèn Commándments** 摩西十戒.

[複數] **commandments**

commando [kə`mændo] n. 突擊隊 (員).

[複數] **commandos/commandoes**

*紀念**commemorate** [kə`mɛmə͵ret] v. 紀念，慶祝: They **commemorate** their independence every year with parades and fireworks. 他們每年以遊行與放煙火慶祝獨立.

[活用] v. **commemorates**, **commemorated**, **commemorated**, **commemorating**

commemoration [kə͵mɛmə`reʃən] n. 紀念；紀念儀式: Today we erect this statue in **commemoration** of a great man who served his country with honor. 今天我們豎立這座雕像以紀念一位盡忠報國的偉人.

[片語] **in commemoration of** 紀念.

[複數] **commemorations**

commemorative [kə`mɛmə`retɪv] adj. 紀念的: a **commemorative** stamp 紀念郵票.

*著手**commence** [kə`mɛns] v.《正式》著手，開始.

[範例] They **commenced** digging the tunnel on July 1st./They **commenced** to dig the tunnel on July 1st. 他們7月1日開始挖那個隧道.

The meeting **commenced** at 8 o'clock. 那個會議8點開始.

[活用] v. **commences**, **commenced**, **commenced**, **commencing**

commencement [kə`mɛnsmənt] n. ① 開始. ② 學位授予典禮，畢業典禮《『英』劍橋大學等舉行的畢業典禮》.

*稱讚**commend** [kə`mɛnd] v. ① 稱讚，讚賞；推

薦. ② 託付，委託.

範例 ① The governor **commended** the high school students for bravery. 州長稱讚那些高中生的勇氣.

Mr. Green **commended** Mr. White to me. 格林先生向我推薦了懷特先生.

② The baseball player **commended** his son to his brother's care. 那位棒球選手把他的兒子託付給他哥哥.

活用 *v.* **commends**，**commended**，**commended**，**commending**

commendable [kə`mɛndəbl] *adj.* 值得稱讚的，值得推薦的：You have made **commendable** efforts. 你所做的努力值得稱讚.

活用 *adj.* **more commendable**，**most commendable**

commendation [ˌkɑmən`deʃən] *n.* (作戰表現傑出而授予的) 獎狀；稱讚；表彰；推薦：The linguist is worthy of **commendation**. 那位語言學家值得稱讚.

複數 **commendations**

**comment [`kɑmɛnt] *n.* ① 意見，評論；註解，解釋.

——*v.* ② 發表意見，評論.

範例 ① Do you have any **comments** on the matter? 你對於那件事情有甚麼意見嗎?

The movie is a **comment** on modern society. 那部電影是對現代社會的一種批評.

After we see a film in class, our professor always makes a **comment** about it. 每次在課堂上看完電影之後，教授都會為我們解說.

② The professor **commented** on the examination results. 那位教授對考試的結果發表了意見.

The writer **comments** on his own book in this booklet. 作者在這本小冊子裡評論了自己的書.

複數 **comments**

活用 *v.* **comments**，**commented**，**commented**，**commenting**

commentary [`kɑmənˌtɛrɪ] *n.* 評論；註解，注釋.

範例 a news **commentary** on TV 電視上的時事評論.

a **commentary** on the Bible《聖經》注釋.

複數 **commentaries**

commentate [`kɑmənˌtet] *v.* 評論，作實況解說 (on)：Bruce **commentated** on sumo matches for television. 布魯斯在電視上實況報導相撲比賽.

活用 *v.* **commentates**，**commentated**，**commentated**，**commentating**

commentator [`kɑmənˌtetɚ] *n.* 實況播報員；時事評論者：He is a sports **commentator** on the radio. 他是一位電臺體育節目直播報員.

複數 **commentators**

*commerce [`kɑmɚs] *n.* 商業；通商，貿易.

範例 foreign **commerce** 海外貿易.

the Department of **Commerce**〖美〗商業部.

Commerce between our countries has been steadily increasing. 我們兩國之間的貿易正穩健增長中.

*commercial [kə`mɝʃəl] *adj.* ① 商業的，通商的，貿易的. ② 營利的.

範例 ① He can't help you with that criminal case —he specializes in **commercial** law. 在這個刑事案件中他無法幫你，他的專長是商事法.

② This director only makes **commercial** films. 這個導演只製作商業電影.

活用 *adj.* ② **more commercial**，**most commercial**

commercialise [kə`mɝʃəlˌaɪz] =*v.*〖美〗commercialize.

commercialism [kə`mɝʃəlˌɪzəm] *n.* 商業主義，營利主義.

commercialize [kə`mɝʃəlˌaɪz] *v.* 使商業化，使營利化：Do you agree that the Olympic Games are too **commercialized** these days? 你是否覺得近來的奧運會已太過商業化了?

參考〖英〗commercialise.

活用 *v.* **commercializes**，**commercialized**，**commercialized**，**commercializing**

commercially [kə`mɝʃəlɪ] *adv.* 商業上地，營利性地.

活用 *adv.* **more commercially**，**most commercially**

commiseration [kəˌmɪzə`reʃən] *n.* ① 同情，憐憫. ② [~s] 同情的話語.

*commission [kə`mɪʃən] *n.* ① 委任，委託. ② 佣金，回扣. ③ 委員會. ④ 犯法.

——*v.* ⑤ 委託.

範例 ① We sell dairy products on **commission**. 我們代為銷售乳製品.

② The car salesman works on a five percent **commission**. 那位汽車推銷員可抽取百分之五的佣金.

③ The government established a **commission** of inquiry. 政府成立了一個調查委員會.

⑤ My father **commissioned** a designer to draw up a plan for his own office. 我父親委託一位設計師來設計他的辦公室.

片語 **in commission** 受委託的，(船隻) 隨時待命執行任務的；馬上可使用的：place a submarine **in commission** 使潛水艇處於待命狀態.

on commission 受委託；抽取佣金. (⇨ 範例 ①)

out of commission (船等) 不能使用的；故障的：The ship is **out of commission**. 那艘船壞了不能使用了.

◆ **commissioned ófficer** (持有委任狀的) 軍官.

複數 **commissions**

活用 *v.* **commissions**，**commissioned**，**commissioned**，**commissioning**

commissionaire [kə͵mɪʃən`ɛr] *n.* 〖英〗(劇場、電影院、旅館等的穿制服的)看門員或服務人員.

〔複數〕 **commissionaires**

commissioner [kə`mɪʃənɚ] *n.* ① (政府等任命的)委員，理事，長官. ② 管理兼仲裁者.

〔複數〕 **commissioners**

*__commit__ [kə`mɪt] *v.* ① 託付，交給. ② 犯，做.

〔範例〕 He was **committed** to prison for five years. 他被關了5年.

The government has **committed** itself to improving social welfare services. 政府答應改善社會福利事業.

② Ann tried to **commit** suicide twice, but she failed. 安試圖自殺兩次，但都沒有成功.

〔活用〕 *v.* **commits, committed, committed, committing**

commitment [kə`mɪtmənt] *n.* ① 託付，委任. ② 承諾，許諾；責任. ③ (犯人的)監禁，拘留. ④ 獻身，致力.

〔複數〕 **commitments**

*__committee__ [kə`mɪtɪ] *n.* 委員會；委員.

〔範例〕 The financial **committee** meets annually. 財政委員會每年召開會議.

Mr. Brown is on the education **committee**. 布朗先生是教育委員會委員.

〔複數〕 **committees**

commodious [kə`modɪəs] *adj.* 《正式》(房屋、房間等)寬敞的.

〔活用〕 *adj.* **more commodious, most commodious**

*__commodity__ [kə`modətɪ] *n.* 〔~ies〕商品；必需品，日用品；household **commodities** 家庭用品.

〔複數〕 **commodities**

commodore [`kamə͵dor] *n.* ① 准將《介於少將與上校之間》. ② 艦隊司令官；遊艇俱樂部的會長：**Commodore** Perry 培里司令.

➡ (充電小站) (p. 797)

〔複數〕 **commodores**

*__common__ [`kamən] *adj.*

原義	層面	釋義	範例
通用的	複數的人、物	共同的	①
	任何人	〔只用於名詞前〕共同的，公共的	②
	任何地方	常見的，極普通的，一般的	③
	在那一帶	粗俗的	④

——*n.* ⑤ 公用的空地. ⑥〔the c~s〕平民，百姓；〔the C~s〕(英國、加拿大等的)下議院議員.

〔範例〕 ① It's **common** knowledge around here that the boss drinks a lot. 那個老闆酗酒在這

一帶是眾所周知的.

6 is the greatest **common** divisor of 42 and 12. 6是42和12的最大公因數.《最大公因數亦作 the greatest common factor》

6 is the least **common** multiple of 2 and 3. 6是2和3的最小公倍數.

② It's **common** sense to say "Excuse me." when you bump into someone. 撞到人時，說「對不起」是常識.

for the **common** good 為了公益.

③ Rabbits are **common** in Britain. 兔子在英國很常見.

④ Your behavior is very **common**. 你的舉止非常粗魯.

⑤ They play football on the village **common**. 他們在村裡的公用空地上踢足球.

⑥ the House of **Commons** 下議院《用於英國、加拿大等國的議會》

〔片語〕 *__in common__ 共同的：We have nothing in **common**. 我們沒有任何共同點.

♦ **còmmon gróund** 共同的基礎.

còmmon knówledge 眾所周知的事，常識.

còmmon láw 習慣法，不成文法《依據習慣、慣例或法院判決的法律，有別於成文法 (statute law)》.

còmmon sénse 常識.

〔活用〕 *adj.* ③ ④ **commoner, commonest/ more common, most common**

〔複數〕 **commons**

commoner [`kamənɚ] *n.* 平民，老百姓.

〔複數〕 **commoners**

commonly [`kamənlɪ] *adv.* ① 一般地，通常地. ② 粗俗地.

〔範例〕 ① She **commonly** comes late to work. 她通常上班會遲到.

The **commonly** used five-line staff appeared in the 13th century. 通用的五線譜於13世紀問世.

② She was **commonly** dressed. 她穿著很粗俗.

〔活用〕 *adv.* **more commonly, most commonly**

*__commonplace__ [`kamən͵ples] *adj.* ① 普通的，平凡的.

——*n.* ② 常見的事物，老生常談.

〔範例〕 ① Earthquakes are **commonplace** rather than extraordinary events. 地震是常見的事而不是非比尋常的事.

② Cellular phones are now a **commonplace**. 行動電話現在很普遍.

〔活用〕 *adj.* **more commonplace, most commonplace**

〔複數〕 **commonplaces**

commonwealth [`kamən͵wɛlθ] *n.* ① 國家；國民. ② 聯邦，共和國. ③〔the C~〕大英國協. ④ 界：**commonwealth** of writers 文壇. ⑤〖美〗州《僅指肯塔基州、麻薩諸塞州、賓夕法尼亞州和維吉尼亞州》.

◆ the Còmmonwealth of Nátions 大英國協《亦作 the British Commonwealth》.
[複數] **commonwealths**

commotion [kə`moʃən] *n.* 騷動，騷亂：There was such a **commotion** outside my window (that) I couldn't concentrate. 窗外的騷動使我無法集中注意力.
[複數] **commotions**

communal [`kamjʊnl] *adj.* ① 公共的，共有的；自治體的：We had a **communal** television in our college which everyone could watch. 我們大學裡有一臺大家都可以看的公用電視機. ② 社區間的.

commune [*v.* kə`mjun; *n.* `kamjun] *v.* ① 親密交談，談心：The friends **communed** together until dawn. 朋友間親密談心到天明. ──*n.* ② 共同體；社區；(法國等的)最小行政區.
[活用] *v.* **communes, communed, communed, communing**
[複數] **communes**

*communicate [kə`mjunə‚ket] *v.* ① 聯絡，通訊；溝通，傳達(消息、意見等)；傳染(疾病). ② (房間等)相通.
[範例] ① I don't think he **communicated** my idea to them. 我不認為他已把我的想法轉達給他們.
The correspondent **communicated** with headquarters by telegram. 那位特派員用電報與總部聯絡.
The cockroach **communicated** the disease. 蟑螂傳播那種疾病.
② The dining room **communicates** with a living room. 餐廳和客廳相通.
[活用] *v.* **communicates, communicated, communicating**

*communication [kə‚mjunə`keʃən] *n.* ① 傳達；(思想)交流；通訊. ② 訊息，消息，書信. ③ 交通〔通訊〕設施，交通〔通訊〕方法.
[範例] ① an important means of **communication** 一種重要的通訊方法.
② I just received your **communication**. 我剛收到你的來信.
③ The White House has excellent **communications** with all parts of the world. 白宮在世界地都有精良的通訊設施.
[片語] **in communication with** 與~聯絡.
◆ communicátion(s) satéllite 通訊衛星.
màss communicátion 大眾傳播.
[複數] **communications**

communicative [kə`mjunə‚ketɪv] *adj.* 健談的，直言不諱的；通訊的.
[活用] *adj.* **more communicative, most communicative**

communion [kə`mjunjən] *n.* ① (心靈、思想上的)交流，談心. ② (宗教、信念相同的)團體，教派. ③〔C~〕聖餐儀式，(天主教的)聖餐禮《亦作 Holy Communion》.
[複數] **communions**

communiqué [kə‚mjunə`ke] *n.* 正式聲明，公報.
[複數] **communiqués**

communism [`kamjʊ‚nɪzəm] *n.* 共產主義.

communist [`kamjʊnɪst] *n.* 共產主義者：the **Communist** Party 共產黨.
[複數] **communists**

*community [kə`mjunətɪ] *n.* ① 共同體，(具有某種共同基礎的)~界；社區，社會；〔the ~〕公眾. ② (財產等的)共有；(思想、利益等的)共同性.
[範例] ① a village **community** 鄉村社會.
the Jewish **community** 猶太人社區.
the welfare of the **community** 社會福利.
② **community** of property 財產共有.
◆ commúnity cènter 《美》社區活動中心.
commúnity chèst 社區福利基金.
[複數] **communities**

commutation [‚kamjʊ`teʃən] *n.* ① (刑罰等的)減輕. ②《美》(購用月票)上下班通勤.
[複數] **commutations**

commute [kə`mjut] *v.* ① (特指購用月票)上下班通勤. ② (刑罰等)減輕；交換. ──*n.* ③ 上下班通勤.
[範例] ① I **commute** between Taoyuan and Taipei. 我通勤於桃園與臺北之間.
② Her lawyer pleaded with the judge for a **commuted** sentence. 她的律師請求法官減刑.
[活用] *v.* **commutes, commuted, commuted, commuting**
[複數] **commutes**

commuter [kə`mjutɚ] *n.* (特指市郊之間坐車往返兩地的)通勤者：**Commuters** who live in the suburbs need to take the train to work every morning. 住在郊區的通勤者每天早晨需要搭火車上班.
◆ commúter bèlt 通勤區《指使用公共交通工具上下班者所居住的郊區地帶》.
commúter tìme 通勤時間.
[複數] **commuters**

*compact [*adj., v.* kəm`pækt; *n.* `kampækt] *adj.* ① 緊密的；(汽車、房子等)小巧的；(文章等)簡潔的. ──*v.* ② 壓緊；使緊密結合；使堅實. ──*n.* ③ (附有鏡子隨身攜帶的)小粉盒. ④《美》小型轎車《亦作 compact car》. ⑤ 合同，協定.
[範例] ① **compact** cloth 編織緊密的布料.
a **compact** camera 袖珍照相機.
a **compact** style 簡潔的風格.
② Here, aluminum cans are **compacted** into blocks, then the blocks are sent out to be melted down. 鋁罐在這裡被壓成塊狀，然後才被運出去熔解.
⑤ They signed a **compact** to share the revenue from the oil fields. 他們訂立了分配油田收益的協定.
◆ còmpact dísc/còmpact dísk 雷射唱片

《略作 CD，透過雷射讀取聲音、資訊的小型光碟片》．

[活用] *adj.* **more compact, most compact**

[活用] *v.* **compacts, compacted, compacted, compacting**

[複數] **compacts**

compactly [kəm`pæktlɪ] *adv.* 緊密地；小巧地；簡潔地．

[活用] *adv.* **more compactly, most compactly**

compactness [kəm`pæktnɪs] *n.* 緊密；小巧；簡潔：We chose this video camera for its **compactness**. 我們挑選這臺攝影機是因為它小巧．

***companion** [kəm`pænjən] *n.* ① 朋友，夥伴，同伴．② 成對〈成套〉的物品之一．③ 看護工．

[範例] ① He needs a good **companion**—he's so lonely. 他需要一位好夥伴，因為他很寂寞．

② This chair is the **companion** to that table. 這把椅子和那張餐桌是一組的．

[字源] 拉丁語的 com (一起)＋panis (麵包) → 一起吃麵包的同伴．

[複數] **companions**

companionship [kəm`pænjən.ʃɪp] *n.* 同伴之誼；友誼；交往：The majority of people own a dog for **companionships**. 大多數人都有狗作伴．

***company** [`kʌmpənɪ] *n.*

原義	層面	釋義	範例
夥伴	狀態	交往，來往，同伴	①
	在一起	夥伴	②
	邀請	來訪者，客人	③
	經商	公司	④
	舉行活動	團，一行，團體	⑤
	軍隊，船	連〈隊〉，全體船員	⑥

[範例] ① I enjoyed your **company** very much. 我非常高興與你同行．

I was glad to have her **company**. 我很高興有她作伴．

② Two's **company**, (but) three's none [a crowd]. [諺語] 兩人結伴，三人不歡．《兩人易於結伴，三人不易相處》．

A man is known by the **company** he keeps. 《諺語》觀其友，而知其人．

③ We're having **company** this evening—please help me clean the house. 我們今晚有客人要來，請幫我打掃一下房子．

④ I work for a publishing **company**. 我在一家出版公司工作．

Johnson and **Company** 強森公司《亦作 Johnson & Co.》．

⑤ A **company** of travelers is expected to arrive soon. 預計有一個旅行團即將到來．

An opera **company** is coming to town. 有一個歌劇團要到鎮上來．

⑥ The **company** was ordered to make camp at sundown. 那個連隊接到命令要在日落時紮營．

Company, halt! 連隊停止前進!

The ship's **company** were mustered. 全體船員被召集起來．

[片語] *bear ~ company* 陪伴．

for company 作為同伴：She didn't really want to see that movie, but went with them **for company**. 她其實不是真的想看那部電影，但還是陪他們去了．

in company 在人前，在眾人間：I want you to be on your best behavior **in company**. 我希望你在人前要循規蹈矩．

in company with 與 ～ 一起：The chairperson, **in company with** many of the committee members, was opposed to the President's decision. 那位主席和很多委員一起反對總統的決定．

keep ~ company (與某人) 交往，陪伴．

keep company with 與～交往．

part company 分離，(與某人) 絕交．

[字源] 拉丁語中「一起吃麵包的同伴」．

[複數] **companies**

comparable [`kɑmpərəbl] *adj.* 可比較的，比得上的；相似的．

[範例] American football is a game **comparable** to rugby. 美式足球是一種與橄欖球相似的運動．

This food isn't **comparable** to my mom's homecooking. 這種食物比不上我母親做的家常菜．

comparative [kəm`pærətɪv] *adj.* ① 比較的，相較而言的．② 相當的．——*n.* ② (形容詞、副詞的) 比較級．

[範例] ① I am interested in the **comparative** study of Japanese and Chinese culture. 我對於日本與中國文化的比較研究感興趣．

Jane is a **comparative** stranger to me. 我不太瞭解珍的事．

[複數] **comparatives**

comparatively [kəm`pærətɪvlɪ] *adv.* 比較地；相當地：It is **comparatively** warm today. 今天比較暖和．

***compare** [kəm`pɛr] *v.* ① 對照，比較．② 把～比作．——*n.* ③ [只用於下列片語] 比較．

[範例] ① She **compared** his passport with mine. 她拿他的護照與我的作比較．

John **compared** the two personal computers carefully. 約翰仔細地比較那兩部個人電腦．

This car is quite cheap **compared** with other cars. 與其他車比較起來，這輛車便宜許多．

② Life is often **compared** to travel. 人生常被比作旅行．

③ Ann is beautiful beyond **compare**. 安的美貌無可比擬．

做（某事）.

[片語] **beyond compare** 無可比擬.（⇨ [範例] ③）

[活用] v. compares, compared, compared, comparing

*comparison [kəm`pærəsn̩] n. 比較；（形容詞、副詞的）比較級.

[範例] We made a **comparison** between Cambridge and Oxford. 我們把劍橋與牛津作比較.

in **comparison**/by **comparison** 比較起來.

[複數] comparisons

compartment [kəm`partmənt] n. ① 車廂隔間，臥鋪包廂《火車車廂內設有3-4人面對面的座位，或指美國火車附有廁所的臥鋪包廂》: We sat in the third **compartment** from the front of the train. 我們坐在車廂前面數來第3個臥鋪包廂. ② 隔間，區分. ③〔汽車前座的〕小置物箱.

[複數] compartments

compass [`kʌmpəs] n. ① 羅盤，指南針《利用磁力測定地球方位的裝置》. ②〔常作複數〕圓規，界限.

[範例] ① Don't forget to take a map and a **compass**. 別忘了帶地圖和指南針.

② Can you draw a circle without using a **compass**?/Can you draw a circle without a pair of **compasses**? 你可以不用圓規畫個圓嗎?

③ His idea is beyond the **compass** of the human mind. 他的想法超出人們想像的範圍.

[參考] 一副製圖用圓規作 a compass 或 a pair of compasses，參照 [範例] ②.

[複數] compasses

compassion [kəm`pæʃən] n. 同情，憐憫，同情心: The doctor showed great **compassion** for his patients. 那位醫生對他的病人深表同情.

compassionate [kəm`pæʃənɪt] adj. 同情的，憐憫的: The woman was very **compassionate** towards the orphans. 那位婦女非常同情那些孤兒.

[活用] adj. **more** compassionate, **most** compassionate

compatible [kəm`pætəbl̩] adj. 能和睦相處的；適合的；一致的: When the couple finally realized that they weren't **compatible**, they broke up. 那對夫妻終於瞭解他們無法和睦相處而分手.

☞ ↔ incompatible

[活用] adj. **more** compatible, **most** compatible

compatibly [kəm`pætəblɪ] adv. 和睦相處地；適合地；一致地.

[活用] adv. **more** compatibly, **most** compatibly

compatriot [kəm`petrɪət] n. 同國的人，同胞: He is my **compatriot**. 他和我是同胞.

[複數] compatriots

*compel [kəm`pɛl] v. 使不得不，強迫（某人）

[範例] Our boss **compelled** us to work overtime till eight. 老闆強迫我們加班到8點.

His illness **compelled** him to leave school. 他因病而退學.

[活用] v. compels, compelled, compelled, compelling

*compensate [`kampən͵set] v. 彌補，補償，賠償 (for).

[範例] Pat **compensated** his sister for breaking her tape recorder by paying her 100 dollars. 派特給他妹妹100美元補償被他弄壞的錄音機.

Your diligence **compensates** for your lack of skill. 你的勤奮彌補了技巧上的不足.

[活用] v. compensates, compensated, compensated, compensating

compensation [͵kampən`seʃən] n. 彌補，補償；賠償金《常與 for 連用》.

[範例] The policeman received $1,000 in **compensation** for his injury. 那位警察得到1,000美元以作為他受傷的補償.

The **compensation** amounted to only $50. 補償金只有50美元.

[片語] **in compensation for** 作為～的補償.（⇨ [範例]）

[複數] compensations

compensatory [kəm`pɛnsə͵torɪ] adj. 補償的，賠償的: The judge ordered the defendant to pay the plaintiff $150 for **compensatory** damages. 法官要求被告付給原告150美元作為賠償損失.

compere [`kampɛr] n. ①〖英〗〔電視、廣播的〕主持人.

—— v. ②〖英〗主持（節目等）.

[複數] comperes

[活用] v. comperes, compered, compered, compering

*compete [kəm`pit] v. ① 競爭，比賽. ② 比得上，匹敵《通常用於否定句》.

[範例] ① The students are always **competing** with each other to see who's the best in the class. 學生經常互相競爭看看誰是班上表現最傑出.

② No country can **compete** with China in population. 在人口方面，沒有一個國家比得上中國.

[活用] v. competes, competed, competed, competing

competence [`kampətəns] n. ① 能力；資格；勝任，稱職；（法律上的）權限. ② 財產，收入.

[範例] ① His **competence** as an actor has been well established. 他是一位稱職的演員，這是不容爭議的.

② Ken has a moderate **competence**. 肯有一小筆財產.

[片語] **have a competence** 有相當的財產，有相當的收入.（⇨ [範例] ②）

複數 competences

***competent** [ˋkɑmpətənt] *adj.* ① 能勝任的，有能力的。② 足夠的。

範例 ① John is a **competent** runner. 約翰是一位稱職的推銷員。

He is not **competent** for the new task. 他不能勝任這份新工作。

He is **competent** to complete this task. 他有能力完成這項任務。

② a **competent** income 足以過溫飽的收入。

a **competent** knowledge 充足的知識。

反義 ↔ incompetent

活用 *adj.* **more competent, most competent**

competently [ˋkɑmpətəntlɪ] *adv.* 有能力地；足夠地。

活用 *adv.* **more competently, most competently**

competition [͵kɑmpəˋtɪʃən] *n.* 競爭者；比賽對手《集合名詞》；競爭，比賽，競賽。

範例 There's a lot of **competition** for the job. 有許多人爭取這工作。

They're in **competition** with each other to see who can sell more insurance policies. 他們彼此競爭看誰成交的保單多。

a dancing **competition** 舞蹈比賽。

a chess **competition** 西洋棋比賽。

片語 **in competition with** 與～競爭。(⇨ 範例)

複數 **competitions**

competitive [kəmˋpɛtətɪv] *adj.* ① 競爭的，競爭性的。②(人)好競爭的，競爭心強的。

範例 ① **Competitive** educational games form an important part of our curriculum. 具競爭性的教學遊戲是我們課程中的重要部分。

② He has a **competitive** spirit. 他競爭心很強。

活用 *adj.* **more competitive, most competitive**

***competitor** [kəmˋpɛtətɚ] *n.* 競爭者，競爭對手。

複數 **competitors**

compilation [͵kɑmplˋeʃən] *n.* ①編輯，編纂，收集。②編輯物，編纂物。

範例 ① **Compilation** of the facts surrounding the case will be our first task. 收集這件案子的相關事實是我們的首要任務。

② This CD is a **compilation** of hits from the nineteen seventies and eighties. 這張CD是由1970年代和80年代的暢銷流行歌曲彙編而成的。

複數 **compilations**

***compile** [kəmˋpaɪl] *v.* ①編輯。②編譯(程式)《譯成電腦能直接執行程式的語言》。

範例 ① It took us more than ten years to **compile** this dictionary. 我們花了十多年編纂這本辭典。

compile data into a book 收集資料彙編成書。

活用 *v.* **compiles, compiled, compiled, compiling**

compiler [kəmˋpaɪlɚ] *n.* ① 編輯者。② 編譯程式《譯成電腦能直接執行程式的語言》。

複數 **compilers**

complacence [kəmˋplesns] *n.* 自滿，自鳴得意《亦作 complacency》。

complacent [kəmˋplesnt] *adj.* 自滿的，自鳴得意的：I know we won the latest battle, but we mustn't become **complacent**. 我們的確贏得上一場戰役，但我們不能自滿。

活用 *adj.* **more complacent, most complacent**

***complain** [kəmˋplen] *v.* 抱怨(about, of), 訴苦(病痛等)。

範例 I have nothing to **complain** about. 我沒有甚麼好抱怨。

An Asian friend **complained** that he couldn't find a job anywhere in his country. 一位亞洲朋友抱怨說，在他的國家裡任何地方都找不到工作。

Jack is absent. He **complained** of a stomachache yesterday. 傑克沒來，他昨天訴說肚子疼。

活用 *v.* **complains, complained, complained, complaining**

***complaint** [kəmˋplent] *n.* ① 抱怨，訴苦。② (身體的)病痛，疾病。③ 控訴，控告(against)。

範例 ② My father suffers from a heart **complaint**. 我父親患有心臟病。

③ The old man made a **complaint** against a noisy neighbor. 那個老人向喧鬧的鄰居提出控告。

複數 **complaints**

complement [*n.* ˋkɑmpləmənt; *v.* ˋkɑmplə͵mɛnt] *n.* 補足物，互補的事物。② 補語。

——*v.* 補充，補足：This tie would **complement** well your green shirt. 這條領帶和你那件綠色襯衫很相配。

參考 補語用於補充說明主詞或受詞，下列畫線部分就是補語：Betty is a student. (貝蒂是一個學生。)/You look pale. (你的臉色蒼白。)/Ken made Mary happy. (肯使瑪麗快樂。)

➡ **充電小站** (p. 245)

複數 **complements**

活用 *v.* **complements, complemented, complemented, complementing**

complementary [͵kɑmpləˋmɛntərɪ] *adj.* 互補的：I have those two salesmen working together because their sales approaches are so **complementary**. 我讓那兩位推銷員一起做事，因為他們的銷售方式可以相輔相成。

◆ a **còmplementary ángle** 餘角《合在一起為90°的兩個角》。

còmplementary cólors 互補色《作複數》；混合後會變成白色或灰色的兩種顏色》。

活用 *adj.* **more complementary, most complementary**

充電小站

補語 (complement)

【Q】Mary is a singer. 中的 a singer 在文法上被稱為補語,那麼補語究竟為何物?
【A】請看下列句子:
(1)John is clever. (約翰很聰明.)
(2)Mary is a singer. (瑪麗是一位歌手.)
(3)Paul is in good health. (保羅身體健康.)
(4)Lucy is swimming. (露西正在游泳.)
(5)George is interested in history. (喬治對歷史感興趣.)
(6)Jane is in the house. (珍在屋內.)

is 後面畫線部分的字、片語均對主詞加以說明,而所謂補語就是「用於補充說明之前的主詞或受詞,使句子語意完整」. 也就是說,畫線部分均可作補語.

---

*complete [kəm`plit] *adj.* ① 完的,十足的,完美的.
——*v.* ② 使完成,使完美,使齊全.
[範例] ① You may leave only when your work is **complete**. 工作全部完成,你才可以離開.
He would never do such a thing. He is a **complete** gentleman. 他絕對不會做出那種事,他是一位實實在在的紳士.
Happiness is never **complete**. 幸福沒有十全十美的.
② I **completed** my series of essays last year. 我去年完成了散文集.
She needs one more CD before her collection is **completed**. 再多一張 CD,她所收集的CD 就齊全了.
☞ ↔ incomplete
[活用] *adj.* **more complete**, **most complete**
[活用] *v.* **completes**, **completed**, **completing**

*completely [kəm`plitlɪ] *adv.* 完全地: They were **completely** lost. 他們完全迷路了.
[活用] *adv.* **more completely**, **most completely**

completeness [kəm`plitnɪs] *n.* 完全.

completion [kəm`pliʃən] *n.* 完成,完畢: **Completion** of HSR may delay. 高速鐵路可能無法如期完成.

*complex [`kɑmplɛks] *n.* ① 複合體,綜合體《綜合設施》. ② 情結《心理學上指潛意識裡受壓迫而產生的情結、感覺等》. ③ 過度的情緒反應《如厭惡、恐懼等》.
——*adj.* ④ 錯綜複雜的.
[範例] ① an industrial **complex** 工業中心.
the military-industrial **complex** 軍工聯合體《軍事部門和軍需品產業緊密聯合起來,對於整個產業具有很大影響力的一種體制》.
a housing **complex** 綜合住宅區.
② a guilt **complex** 罪惡感.
③ He has a **complex** about his freckles. 他非常在意自己的雀斑.
♦ Eléctra còmplex 戀父情結《女兒潛意識中對父親懷有愛慕之情,對母親則抱持厭惡感. 伊蕾特拉是希臘神話中的人物,當發現母親有情夫後,就慫恿其弟殺死母親及其情夫,為父親報仇》.
inferiórity còmplex 自卑感,自卑情結
Óedipus còmplex 戀母情結《兒子潛意識中對母親懷有愛慕之情,對父親則抱持厭惡感. 伊底帕斯是希臘神話中的人物,因不知情,竟殺死父親,娶母親為妻》.
sùperiórity còmplex 優越感,自大情結
[複數] **complexes**
[活用] *adj.* **more complex**, **most complex**

*complexion [kəm`plɛkʃən] *n.* ① 臉色,膚色. ② 情況,形勢.
[範例] ① He has a fair **complexion**. 他的皮膚白皙.
② This discovery puts a new **complexion** on the whole theory. 此一發現使得整個理論改觀《出現了新的情況》.
[複數] **complexions**

*complexity [kəm`plɛksətɪ] *n.* 複雜的事物,複雜性: the **complexities** of the tax laws 稅法的複雜性.
[複數] **complexities**

compliance [kəm`plaɪəns] *n.* (對規則、命令、要求等的)順從,遵從: They should drive their cars in **compliance** with the traffic rules. 他們開車應該遵守交通規則.
[片語] *in compliance with* 遵照,順從. (⇨ [範例])

compliant [kəm`plaɪənt] *adj.* 順從的: We don't respect him because he is too **compliant**. 因為他太順從了,所以我們瞧不起他.
[活用] *adj.* **more compliant**, **most compliant**

*complicate [`kɑmplə,ket] *v.* 使複雜化: He isn't going to **complicate** his life by getting involved with anyone. 他不再與任何人交往,以免使自己的生活受到影響.
[活用] *v.* **complicates**, **complicated**, **complicated**, **complicating**

complicated [`kɑmplə,ketɪd] *adj.* 複雜的,費解的.
[範例] a **complicated** machine 構造複雜的機器.
This computer game is too **complicated** for these young children. 這個電腦遊戲對年青的小孩子而言太難懂了.
[活用] *adj.* **more complicated**, **most complicated**

complication [,kɑmplə`keʃən] *n.* ① 難以處理的事,複雜. ② 併發症.
[範例] ① Althouge we had some **complications** at the ticket counter, we still got on the flight in

the end. 我們在辦理票務的櫃檯發生一些麻煩，但最後總算登機了．

② He went into the hospital for routine surgery, but died of **complications**. 他因一般的外科手術而住院，但卻死於併發症．

複數 **complications**

complicity [kəm`plɪsətɪ] n. 同謀，共犯．

***compliment** [n. `kɑmpləmənt; v. `kɑmplə͵mɛnt] n. ① 恭維，讚美，祝賀，問候．
——v. ② 讚美，祝賀．

範例 ① The student's parents paid the teacher many **compliments**. 學生的父母對那位老師讚譽有加．

I took his words as a **compliment**. 我把他的話當成一種讚美．

Give my **compliments** to your sister. 替我問候你妹妹．

② John **complimented** Jean on her new dress. 約翰讚美琴新買的衣服．

複數 **compliments**

活用 v. **compliments**, **complimented**, **complimented**, **complimenting**

complimentary [͵kɑmplə`mɛntərɪ] adj. ① 讚美的，祝賀的．② 贈送的，免費的．

範例 ① The mayor made a **complimentary** remark. 那位市長演說賀詞．

② His brother lost the **complimentary** ticket for the theater. 他的哥哥把電影招待券弄丟了．

活用 adj. **more complimentary**, **most complimentary**

***comply** [kəm`plaɪ] v. 服從，遵從 (with).

範例 He **complied** with his boss's order. 他服從上司的命令．

You must **comply** with traffic rules. 你必須遵守交通規則．

活用 v. **complies**, **complied**, **complied**, **complying**

component [kəm`ponənt] n. 組成部分，構成要素．

範例 **component** parts 零件．

The amplifier is a central **component** of any stereo system—without it all the other **components** are useless. 擴音器是立體音響系統的重要組件，沒有它整個系統就發生不了作用．

複數 **components**

*#**compose** [kəm`poz] v. ① 組成，構成．② 寫詩，作曲．③ 使(心神)鎮定．

範例 ① Six English teachers **compose** the committee. 那個委員會由6名英語教師組成．

Water is **composed** of hydrogen and oxygen. 水是由氫和氧組成的．

② Mozart **composed** his first symphony in 1764. 莫札特於1764年完成第一首交響曲．

③ Mary **composed** herself to read the book. 瑪麗靜下心來讀這本書．

Mary was sitting with a **composed** face. 瑪麗神情自若地坐著．《composed 作形容詞性》

片語 **be composed of** 由～構成．(⇨ 範例 ①)

活用 v. **composes**, **composed**, **composed**, **composing**

composer [kəm`pozɚ] n. 作曲家．

複數 **composers**

composite [kəm`pazɪt] adj. ① 合成的．
——n. ② 合成物．

範例 ① a **composite** photograph 合成照片．

② That house looks like a **composite** of French and Spanish architectural styles. 那棟房子似乎融合了法國和西班牙的建築風格．

複數 **composites**

***composition** [͵kɑmpə`zɪʃən] n. ① (音樂，美術等的)作品，作文，作曲．② 構成，結構，成分．③ 脾性，氣質．

範例 ① This is a **composition** for the piano. 這是一首鋼琴演奏曲．

The student wrote a **composition** about judo. 那個學生寫了一篇關於柔道的作文．

② The problem is the **composition** of the committee. 問題出在那個委員會的組成．

This picture shows the **composition** of the molecule. 這張圖呈現出分子的結構．

③ There is something strange in your **composition**. 你的脾性有點古怪．

複數 **compositions**

compost [`kɑmpost] n. 堆肥，(人造) 肥料．

***composure** [kəm`poʒɚ] n. 鎮靜：Don't lose your **composure**. 保持鎮靜．

***compound** [n. `kɑmpaʊnd; v. kɑm`paʊnd] n. ① 合成物，化合物；複合字．② 有圍牆的場地《如工廠、監獄等》．
——v. ③ 使混合，使合成，調和(藥品等)製成．④ 使加重(困難，錯誤，麻煩等)．

範例 ① a **compound** of carbon and oxygen 碳和氧的化合物．

"Classroom" is a **compound** consisting of "class" and "room". Classroom 是由 class 和 room 構成的複合字．

② a factory **compound** 工廠的場地．

③ He has a character **compounded** of good and evil. 他的個性有好有壞．

The druggist **compounded** the several drugs into a pill. 那個藥劑師將數種藥品調配成一種藥丸．

④ He **compounded** his mistake by telling a lie to the police. 向警察說謊使他錯上加錯．

➡ (充電小站) (p. 247)

複數 **compounds**

活用 v. **compounds**, **compounded**, **compounded**, **compounding**

***comprehend** [͵kɑmprɪ`hɛnd] v. 理解：I cannot **comprehend** what she is talking about. 我無法理解她在說甚麼．

活用 v. **comprehends**, **comprehended**, **comprehended**, **comprehending**

comprehensible [͵kɑmprɪ`hɛnsəbl] adj. 可理解的，易懂的．

充電小站

複合字 (compound)

【Q】倘若你把 living room 連在一起寫成 livingroom，老師一定會要你把它分開成兩個字，因為它跟 bathroom 不一樣，不可以合成一個字。

然而，有時候相同的字在不同的辭典中也未必有統一的書寫方式，就像 homemade 亦可寫成 home-made. 請問一下這類單字的書寫方式為何？

【A】我們把由兩個以上的字結合在一起構成的字稱作 compound (複合字)，其書寫方式可分成3種：

1. 分開書寫
   swimming pool (游泳池)
   gas station (加油站)
   high school (中學)
   tape recorder (錄音機)
2. 使用連字號 (-) 連起來書寫
   well-known (有名的)
   up-to-date (最新的)
   window-shop (不購買只是瀏覽商店櫥窗)
   forget-me-not (勿忘草)
3. 直接連在一起書寫
   blackboard (黑板)
   greenhouse (溫室)
   sunrise (日出)

typewriter (打字機)
怎麼書寫，其實沒有明確的規則可言，但是隨著人們對複合字這一概念的日漸淡薄，大多朝著 1 → 2 → 3的方向變化。例如：today 原本書寫為 to day，後來書寫為 to-day，最後演變成現在的 today，而 tonight, tomorrow 等字也有相同的情形。

此外，目前還存在著以下的情況：
例如：percent，per cent (百分比)
     girlfriend，girl friend (女朋友)
     babysitter，baby-sitter (臨時保姆)
     cooperate，co-operate (合作)
形容詞中使用連字號書寫的字比較多。
例如：good-looking (面貌姣好的)
     long-lived (長壽的)
     duty-free (免稅的)

有時不同的書寫方式也會使詞性或語意發生變化。例如：every day 為副詞片語 (I get up at seven every day. 我每天7點起床)；everyday 為形容詞 (Swimming is my everyday routine. 游泳是我每天的習慣)。
darkroom 是指沖洗相片的暗房，dark room 則是指光線較暗的房間；同樣，lighthouse 是指燈塔，而 light house 則是指燈光明亮的房子。

活用 adj. more comprehensible, most comprehensible

*comprehension [͵kɑmprɪˋhɛnʃən] n. 理解，理解力: His theory was beyond her comprehension. 她無法理解他的理論。
☞ ↔ incomprehension

comprehensive [͵kɑmprɪˋhɛnsɪv] adj. ① 有理解力的。 ② 廣泛的，綜合的: John is thinking of doing a comprehensive study of European geography. 約翰打算對歐洲地理作廣泛的研究。
♦ còmprehénsive schòol 《英》綜合中學 《11－18歲的學生所就讀的中等學校》。

comprehensively [͵kɑmprɪˋhɛnsɪvlɪ] adv. 廣泛地，綜合地: The sociologist did his survey comprehensively. 那位社會學家廣泛地進行調查。

*compress [v. kəmˋprɛs; n. ˋkɑmprɛs] v. ① 壓縮，壓緊。
——n. ② (止血、退燒用的) 敷布，溼敷，壓敷。
範例 ① He compressed the gas into the cylinder. 他把氣體壓縮到汽缸內。
She compressed her clothes into her suitcase. 她把衣服塞進手提箱。
He compressed his thoughts into ten lines. 他把自己的想法精簡寫成10行字。
② The doctor applied a cold compress to his wrist. 那位醫生在他的手腕上敷上冷敷布。
活用 v. compresses, compressed,

compressed, compressing

compression [kəmˋprɛʃən] n. 壓縮，壓緊: Diesel engines spray fuel into the cylinders, where it is ignited by the heat of compression. 柴油引擎將燃料注入汽缸內，再由汽缸內壓縮產生的熱點燃燃料。

*comprise [kəmˋpraɪz] v. ① 包括，包含。② 由~構成，由~所組成《用 be comprised of 形式》。
範例 ① The United States of America comprises fifty states. 美國包括五十個州。
This diet plan comprises six separate steps. 這項減肥計畫包含6個階段。
② The fountain was comprised of three stone basins. 那座噴泉是由3個石造的池子構成的。
活用 v. comprises, comprised, comprised, comprising

*compromise [ˋkɑmprə͵maɪz] n. ① 妥協，折衷方案。
——v. ② 妥協。③ 連累，危及 (信用、名譽等)。
範例 ① As part of the compromise I have to make dinner every third night. 我得每3天做一次晚餐，這是妥協的一部分。
② She persuaded the two hotheads to compromise instead of fighting about the problem. 她說服那兩個性急的人彼此讓步妥協，不要為那個問題爭吵。
③ She compromised herself by revealing the

secret information to her colleagues. 洩露祕密給同事讓她自己受到連累.

片語 **compromise ~self** 連累自己. (⇨ 範例 ③)

複數 **compromises**

活用 v. **compromises**, **compromised**, **compromised**, **compromising**

compulsion [kəm`pʌlʃən] n. ① 強制，強迫. ② (無法克制的) 衝動.

片語 **by compulsion** 強制地.
under compulsion 被迫地.

複數 **compulsions**

compulsive [kəm`pʌlsɪv] adj. 〔只用於名詞前〕強制的，強迫性的，難以抑制的: **Compulsive** gambling ruined his life. 嗜賭成性毀了他一生.

活用 adj. **more compulsive**, **most compulsive**

compulsorily [kəm`pʌlsərɪlɪ] adv. 強制地.

活用 adv. **more compulsorily**, **most compulsorily**

***compulsory** [kəm`pʌlsərɪ] adj. ① 強制的；義務的. ② (學科) 必修的.

範例 ① **compulsory** education 義務教育.
② **compulsory** subjects 必修科目.

☞ ↔ voluntary, v. compel

活用 adj. **more compulsory**, **most compulsory**

compunction [kəm`pʌŋkʃən] n. 內疚，悔恨.

compute [kəm`pjut] v. 計算，估算: If you know the distance traveled and the time taken you can **compute** the speed. 如果你知道行進的距離和所用的時間，你就可以算出它的速度.

活用 v. **computes**, **computed**, **computed**, **computing**

computer [kəm`pjutɚ] n. 電腦，電子計算機.

複數 **computers**

computerize [kəm`pjutɚ,raɪz] v. 用計算機處理，使電腦化: a fully **computerized** society 全面電腦化的社會.

參考 〔英〕computerise.

活用 v. **computerizes**, **computerized**, **computerized**, **computerizing**

***comrade** [`kɑmræd] n. (男性的) 同伴；同黨: They were **comrades** in arms during the war and are business partners now. 他們以前是戰友，現在則是工作夥伴.

片語 **comrades in arms** 戰友. (⇨ 範例)

複數 **comrades**

comradeship [`kɑmræd,ʃɪp] n. 夥伴關係，友好情誼: A strong **comradeship** was formed between them while they were held as hostages. 在當人質時，他們之間建立起濃厚的友情.

con [kɑn] v. ① 詐騙，誆騙.
——n. ② 反對，反對論 (者)；投反對票 (者)；

詐騙.

範例 ① The woman **conned** me out of my money. 那個女子騙走我的錢.
The saleswoman **conned** me into buying this necklace. 那個女推銷員誆騙我買了這條項鍊.

片語 **pro and con** 贊成與反對.
the pros and cons 正反兩面的論點或理由.

♦ **cón àrtist/cón màn** 騙子.

活用 v. **cons**, **conned**, **conned**, **conning**

複數 **cons**

concave [kɑn`kev] adj. 凹的，凹面的.

範例 a **concave** lens 凹透鏡.
a **concave** mirror 凹面鏡.
Those little **concave** marks were made by bullets. 那些小凹洞是子彈造成的.

☞ ↔ convex

活用 adj. **more concave**, **most concave**

[convex]

[concave]

***conceal** [kən`sil] v. 掩蓋，隱藏，隱匿.

範例 He **conceals** his emotions, so we don't know him well. 他掩飾自己的情感，所以我們不太瞭解他.
Don't **conceal** the truth. 別隱瞞事實.
He **concealed** himself under the bed. 他藏在床下.

活用 v. **conceals**, **concealed**, **concealed**, **concealing**

concealment [kən`silmənt] n. 隱藏，隱瞞.

範例 **concealment** of the facts 隱瞞事實.
The bar was a place of **concealment** for the gangsters. 那家酒吧是歹徒們的藏身之處.

複數 **concealments**

***concede** [kən`sid] v. ① (不情願地) 承認，承認 (競選、比賽等) 失敗. ② (無奈地) 讓與，授予 (權利等).

範例 ① He **conceded** defeat just moments after the polls closed. 投票結束後不久，他就承認敗選.
② **concede** many privileges to foreign residents 給與外國居民許多特權

活用 v. **concedes**, **conceded**, **conceded**, **conceding**

***conceit** [kən`sit] n. 自負，自大: The young man was full of **conceit**. 那個年輕人非常自負.

conceited [kən`sitɪd] adj. 自負的，自大的: She is so **conceited**! 她多自負!

活用 adj. **more conceited**, **most conceited**

conceivable [kən`sivəbḷ] adj. 可想像的.

範例 It is **conceivable** that she will fail. 她會失敗是可想而知的.
Try every **conceivable** way. 嘗試一切能想到的方法.

活用 adj. **more conceivable**, **most**

conceivable

conceivably [kən`sivəblɪ] *adv.* 可想像地，也許: **Conceivably**, the boy knows the truth. 也許那個男孩知道真相.

***conceive** [kən`siv] *v.* ① 想出，設想；理解 (of). ② 懷孕.

範例 ① We **conceived** a brilliant idea during a brainstorming session last night. 在昨晚的腦力激盪之下，我們想出了一個非常棒的主意. I cannot **conceive** of her lying. 我搞不懂她為甚麼要撒謊.

活用 *v.* **conceives**, **conceived**, **conceived**, **conceiving**

***concentrate** [`kɑnsn̩ˌtret] *v.* ① (使) 集中. ② (使) 濃縮.
——*n.* ③ 濃縮物.

範例 ① She was very shocked, and so could not **concentrate** her attention on her work. 她非常震驚以致於無法集中精神在工作上. Population **concentrates** in big cities such as Taipei and Kaohsiung. 人口集中在臺北、高雄這樣的大城市.
② **concentrated** grape juice 濃縮葡萄汁.
③ orange juice **concentrate** 濃縮柳橙汁.

活用 *v.* **concentrates**, **concentrated**, **concentrated**, **concentrating**
複數 **concentrates**

concentration [ˌkɑnsn̩`treʃən] *n.* ① 集中. ② 濃縮，濃度.

範例 ① The students listened to her lecture with great **concentration**. 學生們全神貫注地聽她講課. Her area of **concentration** was linguistics. 她的研究領域是語言學.

♦ **concentrátion cámp** 集中營.
複數 **concentrations**

concentric [kən`sɛntrɪk] *adj.* 同中心的 (兩個以上的圓具有一個中心的狀態).

concept [`kɑnsɛpt] *n.* 概念: I don't understand the **concept**. 我不瞭解那個概念.
複數 **concepts**

***conception** [kən`sɛpʃən] *n.* ① 概念，構想，想法: He still has no **conception** of how to solve the problem. 他對於該怎麼解決問題仍毫無概念. ② 懷孕.
複數 **conceptions**

***concern** [kən`sɝn] *v.* ① 與~有關. ② 影響到，關係到. ③ 使擔心 (用被動)；使關心.
——*n.* ④ 關心，掛念；關心的事. ⑤ 關係. ⑥ 公司.

範例 ① This doesn't **concern** you. Mind your own business. 這跟你毫無關係，別多管閒事.
② The health of the President **concerns** us all. 總統的健康關係到我們全體.
③ I'm **concerned** about his bad drinking habits. 我擔心他酗酒的壞習慣. The old man does not **concern** himself with

politics. 那個老人不關心政治.
④ What they do behind closed doors is none of your **concern**. 他們關著門做甚麼事與你無關.
He has no **concern** for other people's feelings. 他一點都不關心其他人的感覺.
⑤ She has no **concern** with this dispute. 她與這個爭吵毫無關係.
⑥ Our **concern** helps foreigners adapt to life in Taiwan. 我們公司幫助外國人適應臺灣的生活.

活用 *v.* **concerns**, **concerned**, **concerned**, **concerning**
複數 **concerns**

concerned [kən`sɝnd] *adj.* ① 有關的. ② 關心的. ③ 擔心的.

範例 ① the authorities **concerned** 有關當局.
② Young Taiwanese people are not **concerned** with politics. 臺灣的年輕人對政治不感興趣.
③ I was very much **concerned** about his illness. 我非常擔心他的病.

片語 **as far as ~ be concerned** 就~而言: As far as I'm **concerned**, I can leave school any time. 就我而言，我可以在任何時候退學.
where ~ is concerned 關於，就~而言: Where my health is **concerned**, I never take any chances. 關於我的健康，我會慎重.

活用 *adj.* **more concerned**, **most concerned**

***concerning** [kən`sɝnɪŋ] *prep.* 關於: I asked the landlord some questions **concerning** the new lease. 我問了房東一些有關新租約的問題.

***concert** [`kɑnsɝt] *n.* ① 音樂會，演奏會 (指兩人以上舉行的音樂會；獨奏會或獨唱會作 recital). ② 協力，協調.

範例 ① We will give a regular **concert** next month. 我們下個月將舉行定期演奏會.
② We work in **concert** with an American company. 我們與一家美國的公司合作.
複數 ① **concerts**

concerted [kən`sɝtɪd] *adj.* 〔只用於名詞前〕協定的，一致的: a **concerted** attempt to stop crime 同心協力企圖防止犯罪.

片語 **a concerted effort** 同心協力.

concertina [ˌkɑnsɚ`tinə] *n.* 六角形手風琴.
複數 **concertinas**

concerto [kən`tʃɛrto] *n.* 協奏曲.
複數 **concertos**

***concession** [kən`sɛʃən] *n.* ① 讓步. ② 特許.

範例 ① They're not going to strike since they got the **concessions** they wanted. 對方如果能讓步，所願讓步為，所以他們不打算罷工了.
② The country has oil **concessions** in the Middle East. 那個國家在中東擁有石油開採權.

☞ *v.* concede
複數 **concessions**

conciliate [kən`sɪlɪˌet] *v.* 安撫；調解，使和

好：Tom's so angry that I don't think anything you say will **conciliate** him. 湯姆非常生氣，我認為不管你說甚麼都無法平息他的怒氣。

活用 *v.* **conciliates, conciliated, conciliating**

conciliation [kən͵sɪlɪˋeʃən] *n.* 安撫；調停：What's needed is genuine **conciliation**, not some terse apology. 現在需要的是真誠的和解，而不是草率的道歉。

conciliatory [kənˋsɪlɪə͵torɪ] *adj.* 安撫的；和解的：a **conciliatory** attitude 和解的態度。

活用 *adj.* **more conciliatory, most conciliatory**

*__**concise** [kənˋsaɪs] *adj.* 簡潔的，簡要的：a **concise** report 簡潔的報告。

活用 *adj.* **more concise, most concise**

concisely [kənˋsaɪslɪ] *adv.* 簡潔地：Write clearly and **concisely**. 寫得簡潔明瞭些。

conciseness [kənˋsaɪsnɪs] *n.* 簡潔。

*__**conclude** [kənˋklud] *v.* ① 結束，終了，總結（談話等）. ② 作出結論. ③ 締結（條約、協定）.

範例 ① The peace conference **concluded** with a vote of thanks. 和平會談在感謝決議案中結束。
Dr. Smith **concluded** his speech with an appeal for peace. 史密斯博士以呼籲和平結束他的演說。
② The jury **concluded** that the accused was guilty. 陪審團裁定被告有罪。
③ Australia **concluded** a trade agreement with Canada. 澳洲與加拿大訂立一項貿易協定。

活用 *v.* **concludes, concluded, concluded, concluding**

*__**conclusion** [kənˋkluʒən] *n.* ① 結束，結局，結論. ②（條約等的）締結。

範例 ① I liked the **conclusion** of that drama. 我喜歡那齣戲的結局。
Don't jump to **conclusions**. 別草率地下結論。
② the **conclusion** of a peace treaty 和平條約的締結。

片語 **bring ~ to a conclusion** 使結束.
come to the conclusion that 達成～結論.
in conclusion 總之.
jump to conclusions 遽下結論.（⇨ 範例 ①）

複數 **conclusions**

conclusive [kənˋklusɪv] *adj.* 最後的，確定的，決定性的。

範例 a **conclusive** answer 確定的回答.
conclusive evidence 決定性的證據.

☞ ↔ inconclusive

活用 *adj.* **more conclusive, most conclusive**

conclusively [kənˋklusɪvlɪ] *adv.* 確實地，決定性地。

活用 *adv.* **more conclusively, most conclusively**

conclusively

concoct [kɑnˋkɑkt] *v.* ① 調製（湯、飲料等）. ② 編造（理由、謊言等）.

活用 *v.* **concocts, concocted, concocted, concocting**

concoction [kɑnˋkɑkʃən] *n.* ① 調製；調合物. ② 編造；捏造的事.

複數 **concoctions**

*__**concord** [ˋkɑnkɔrd] *n.* 和睦，協調：It is the desire of all decent people to live in **concord** with their neighbors. 與鄰居和睦相處是所有高雅人士的願望。

☞ ↔ discord

concordance [kɑnˋkɔrdns] *n.* 詞語索引（將書籍中所用的字排列而成）。

複數 **concordances**

concourse [ˋkɑnkors] *n.* ①（火車站、機場等的）大廳. ② 群集.

*__**concrete** [ˋkɑnkrit] *adj.* ①〔只用於名詞前〕具體的. ② 明確的. ③ 混凝土建造的.
——*n.* ④ 混凝土.
——*v.* ⑤ 用混凝土鋪於，凝固，凝結.

範例 ① a **concrete** example 具體的例子.
② Our plan is not yet **concrete**. 我們的計畫還不明確.
③ The bridge is **concrete**. 那座橋是以混凝土建造的.
⑤ **concrete** a pavement 用混凝土鋪人行道.

活用 *adj.* ① ② **more concrete, most concrete**

活用 *v.* **concretes, concreted, concreted, concreting**

concur [kənˋkɝ] *v.* ① 同時發生（with）. ② 意見一致，同意.

範例 ① When a full moon **concurs** with a hurricane, there's sure to be bad coastal flooding. 滿月的時候碰上颶風來臨的話，沿海地區一定會洪水氾濫.
② Their opinions **concur**. 他們的意見一致.

活用 *v.* **concurs, concurred, concurred, concurring**

concurrence [kənˋkɝəns] *n.* ① 同時發生. ②（意見等的）一致.

concurrent [kənˋkɝənt] *adj.* ① 同時發生的. ②（意見等）一致的.

concurrently [kənˋkɝəntlɪ] *adv.* 同時地.

concussion [kənˋkʌʃən] *n.* 衝擊，震動；腦震盪.

複數 **concussions**

*__**condemn** [kənˋdɛm] *v.* ① 譴責. ② 宣告有罪，判（刑）；使陷入（窘境）. ③ 宣告（物品）不適用. ④ 強迫.

範例 ① Violence is **condemned** by most people. 暴力受到大多數人的譴責.
② Thirty-two students were tried and **condemned**. 32名學生受審並被宣判有罪.
The journalist was **condemned** to death. 那名記者被判處死刑.

③ The church was **condemned** and closed. 那座教堂被宣告不適用而關閉了.

活用 *v.* **condemns**, **condemned**, **condemned**, **condemning**

condemnation [ˌkɑndɛmˈneʃən] *n.* ① 譴責: Your **condemnation** of his efforts in front of others was totally uncalled-for. 你在別人面前譴責他所做的努力真是不恰當. ② 定罪, 宣告(有罪). ③ 宣告不適用. ④(財產等的)徵收.

複數 **condemnations**

condensation [ˌkɑndɛnˈseʃən] *n.* ①(液體的)濃縮; 凝結. ② 濃縮物; 凝結物;(水蒸氣液化的)水珠: Oh, no! There's **condensation** on the inside of my camera lens. 啊呀, 不好了! 我的照相機鏡頭內側有水珠凝結. ③(書籍等的)摘要, 節錄.

*condense [kənˈdɛns] *v.* ①(使)濃縮, (使)凝結. ② 簡要敘述.

範例 ① **condensed** soup 濃湯, 高湯.
This gas **condenses** into a liquid below minus one hundred eighty-three degrees Celsius. 這種氣體在低於攝氏零下183度會凝結成液體.
② The professor asked me to **condense** my thirty-minute report into fifteen minutes. 那位教授要我把30分鐘的報告濃縮成15分鐘.

活用 *v.* **condenses**, **condensed**, **condensed**, **condensing**

condenser [kənˈdɛnsɚ] *n.* ① 冷凝器, 液化裝置; 電容器. ② 聚光鏡.

複數 **condensers**

condescend [ˌkɑndɪˈsɛnd] *v.* ① 屈就(身分低或下屬的人), 屈尊 (to). ② 帶有優越感地表示關心; 以恩賜態度相待.

範例 ① The prima donna never **condescends** to socialize with the opera's other cast members. 那位首席女高音從不屈就自己與其他歌劇演員往來.
② She thinks that people living in the rich neighborhood are all **condescending** snobs. 她認為住在有錢人地區的人都是一些屈就施惠惑示親切的勢利鬼.《condescending 作形容詞性》

活用 *v.* **condescends**, **condescended**, **condescended**, **condescending**

condiment [ˈkɑndəmənt] *n.* 調味料, 佐料《胡椒、香料、鹽等》.

複數 **condiments**

**condition [kənˈdɪʃən] *n.* ① 狀態, 健康情形. ② 條件. ③ 地位, 身分.
——*v.* ① 使處於適當的狀態; 調節. ⑤ 受~限制, 取決於. ⑤ 使適應.

範例 ① The car is in good **condition**. 這輛車的車況良好.
② I won't take any legal action on **condition** that he apologizes to me publicly. 假如他公開向我道歉, 我將不會採取法律行動.
③ He's used to living in the **condition** of a prince. 他過慣了王子般的生活.

④ It is important for boxers to **condition** themselves for fights. 對於拳擊手而言, 使自己調整到適合比賽的狀態是很重要的.
⑤ This novelist asserted that human beings were totally **conditioned** by hereditary and social factors. 這位小說家堅稱人類的存在完全取決於遺傳因素及社會因素.
⑥ Most people have been **conditioned** to accept what they see on TV. 大部分的人已習慣去接受電視上所看到的事物.

片語 *in good condition* 處於良好的狀態. (⇒ 範例 ①)
in no condition to ~ 不適合做《接原形動詞》: He is **in no condition to** work. 他的身體狀況不適合工作.
on condition that 在~條件下, 如果. (⇒ 範例 ②)
on no condition 絕不, 在任何條件下都不: I would **on no condition** work with him. 我絕不和他一起工作.
condition ~self for 為了~而調整體能狀況. (⇒ 範例 ④)

複數 **conditions**

活用 *v.* **conditions**, **conditioned**, **conditioned**, **conditioning**

conditional [kənˈdɪʃənl] *adj.* 附帶條件的, 表示條件的.

範例 a **conditional** contract 附有條件的契約. a **conditional** clause 條件子句.《以 if 等表示條件的連接詞所引導的子句, 例如下面例句中畫線的部分為條件子句: If it rains tomorrow, I won't go. 如果明天下雨, 我就不去.》

conditionally [kənˈdɪʃənlɪ] *adv.* 有條件地.

活用 *adv.* **more conditionally**, **most conditionally**

conditioner [kənˈdɪʃənɚ] *n.* 調節劑; 護髮劑《亦作 hair conditioner》;(空氣)調節器《亦作 air-conditioner》.

複數 **conditioners**

condo [ˈkɑndo] =*n.* condominium.

複數 **condos**

condolence [kənˈdoləns] *n.* 〔~s〕慰問, 哀悼, 弔辭.

複數 **condolences**

condom [ˈkɑndəm] *n.* 保險套.

複數 **condoms**

condominium [ˌkɑndəˈmɪnɪəm] *n.* 〖美〗各戶產權獨立可自由買賣之公寓《亦作 condo》; 康斗公寓.

複數 **condominiums**

condone [kənˈdon] *v.* 寬恕, 原諒(罪、過失等).

活用 *v.* **condones**, **condoned**, **condoned**, **condoning**

condor [ˈkɑndɚ] *n.* 禿鷹.

複數 **condors**

conducive [kənˈdjusɪv] *adj.* 有益的, 有助的: Adequate exercise is **conducive** to health. 適當的運動有益健康.

活用 *adj.* **more conducive, most conducive**

****conduct** [*n.* `kɑndʌkt; *v.* kən`dʌkt] *n.* ① (道德上的) 舉止，行為. ②引導，指導；經營.

——*v.* ③引導，指揮. ④表現，舉止，行為，持身《常用 ~ oneself 形式》.

範例 ① His bad **conduct** is the cause of my headache. 他的不良行為使我頭疼.

② Our business improved under the **conduct** of Mr. Jones. 在瓊斯先生的指導下，我們的工作有了起色.

③ The usher **conducted** her to her seat. 引座員帶她到她的座位.

④ The man **conducted** himself like a gentleman. 那位男子舉止有如紳士.

複數 **conducts**

活用 *v.* **conducts, conducted, conducted, conducting**

conductive [kən`dʌktɪv] *adj.* 有傳導力的，傳導性的.

活用 *adj.* **more conductive, most conductive**

conductivity [ˌkɑndʌk`tɪvətɪ] *n.* (熱、電流等的) 傳導性.

***conductor** [kən`dʌktɚ] *n.* ① (公車、火車等的) 車掌，列車長《〖英〗guard》; (團體旅行的) 領隊，嚮導. ② (樂團的) 指揮. ③ (熱、電等的) 導體.

範例 ① a bus **conductor** 公車車掌.

He worked as **conductor** of a sightseeing tour. 他當過觀光旅行的導遊.

③ Wood is a poor **conductor** of heat. 木頭是熱的不良導體.

♦ **lightning condùctor** 避雷針.

複數 **conductors**

conduit [`kɑndɪt] *n.* 導水管，導線管.

複數 **conduits**

cone [kon] *n.* ① 圓錐體〔形〕. ② 毬果《松、杉等的球形果實》. ③ 圓錐形捲筒《用於盛冰淇淋的圓錐形容器，亦作 icecream cone》.

複數 **cones**

confectionary [kən`fɛkʃənˌɛrɪ] = *n.* confectionery ②.

confectioner [kən`fɛkʃənɚ] *n.* 甜食製造或販賣商《賣糖果、冰淇淋、糕點等》.

複數 **confectioners**

confectionery [kən`fɛkʃənˌɛrɪ] *n.* ① 甜食類《糖果、糕餅、巧克力等的總稱》. ② 甜食店《亦作 confectionary》.

複數 **confectioneries**

confederacy [kən`fɛdərəsɪ] *n.* ① 同盟，聯盟. ② 同盟國《兩個以上的獨立國組成的聯合體》.

複數 **confederacies**

***confederate** [*adj.*, *n.* kən`fɛdərɪt; *v.* kən`fɛdəˌret] *adj.* ① 同盟的，聯合的. ② 〔C~〕(美國南北戰爭時的) 南部邦聯的.

——*n.* ③ 同盟國，盟邦；共謀者. ④〔C~〕南部邦聯的支持者.

——*v.* ⑤(使) 結盟，(使) 聯合.

範例 ① Many **confederate** states in Europe make up the Common Market. 許多歐洲國家結盟組成共同市場.

⑤ If we **confederate**, we can establish a country strong enough to be politically independent. 如果我們結盟，就能建立一個實力強大而足以在政治上獨立的國家.

複數 **confederates**

活用 *v.* **confederates, confederated, confederated, confederating**

confederation [kənˌfɛdə`reʃən] *n.* ① 同盟，聯盟. ② 同盟國；聯邦: Switzerland is a **confederation** consisting of 26 cantons. 瑞士聯邦是由26個州組成的.

複數 ② **confederations**

***confer** [kən`fɝ] *v.* ① 商談，協商 (with). ② 頒給，授予 (稱號、學位、權力、榮譽等)《常與 on 連用》.

範例 ① I'll have to **confer** with my lawyer before I answer that question. 在回答那個問題之前，我必須和我的律師商議一下.

② You have **conferred** great honor on yourself and our nation by acting so bravely. 你如此勇敢的表現為你本人以及我們國家帶來極大的榮譽.

活用 *v.* **confers, conferred, conferred, conferring**

***conference** [`kɑnfərəns] *n.* 會議，商談.

範例 The **conference** was held on August 21st. 那個會議在8月21日舉行了.

He's in **conference** with his client right now and can't be disturbed. 他現在正與客戶談話，不要打擾他.

複數 **conferences**

***confess** [kən`fɛs] *v.* ① 供認，招認，自白. ② (向教會或神父等) 懺悔，告解.

範例 ① She **confessed** that she had stolen the car. 她供認偷了那輛車.

The suspect **confessed** how he had opened the safe. 那名嫌犯供認他開保險箱的方法.

The child **confessed** to breaking the window. 那個孩子承認打破窗戶.

② Jean **confessed** her sins to God. 琴向上帝懺悔她的罪孽.

片語 **confess to** 承認 (犯罪或做錯事). (⇨ 範例 ①)

I confess/I must confess 坦白地說: I haven't finished it yet, **I confess**. 坦白地說，我尚未完成那項工作.

活用 *v.* **confesses, confessed, confessed, confessing**

***confession** [kən`fɛʃən] *n.* ① 供認，招認，自

白. ② 懺悔，告解.
[範例] ① The detective got a **confession** out of the suspect. 那位警探取得嫌犯的招供.
② a **confession** of faith 信仰聲明《羅馬天主教中，在教徒身分被承認之前，對教義的信仰和接受的正式聲明》.
[複數] **confessions**

confetti [kən`fɛtɪ] n. (婚禮等時拋撒的) 五彩碎紙.

confidant [`kɑnfə͵dænt] n. 密友.
[複數] **confidants**

confide [kən`faɪd] v. 信任 (in); (信賴而) 吐露 (祕密等).
[範例] Mary **confided** her troubles to me. 瑪麗向我吐露她的煩惱.
I **confide** in him. 我信任他.
[活用] v. **confides**, **confided**, **confided**, **confiding**

*__confidence__ [`kɑnfədəns] n. ① 信任；自信. ② 祕密話.
[範例] ① Don't put much **confidence** in her. 別太信任她.
They had every **confidence** of success. 他們非常有把握會成功.
② We exchanged **confidences**. 我們互訴祕密《交談知心話》.
[片語] *__take...into ~'s confidence__* 向~吐露祕密.
[複數] **confidences**

*__confident__ [`kɑnfədənt] adj. 確信的；有信心的.
[範例] I am **confident** of her success. 我確信她會成功.
She is **confident** that she will succeed. 她有信心她會成功.
He is **confident** of his own team. 他對自己的隊伍有信心.
[活用] adj. **more confident**, **most confident**

confidential [͵kɑnfə`dɛnʃəl] adj. 可靠的，心腹的；機密的.
[範例] Mary is a **confidential** secretary. 瑪麗是一位機要祕書.
This is completely **confidential**. 這是絕對機密.
[活用] adj. **more confidential**, **most confidential**

confidentially [͵kɑnfə`dɛnʃəlɪ] adv. 祕密地，機密地.
[活用] adv. **more confidentially**, **most confidentially**

confidently [`kɑnfədəntlɪ] adv. 確信地；有信心地.
[活用] adv. **more confidently**, **most confidently**

*__confine__ [kən`faɪn] v. ① 限制 (to)，限於範圍內. ② 監禁. ③ 臥病，分娩，坐月子《用被動》.
[範例] ① Let's **confine** our remarks to the facts that we know. 請就我們知道的事實發言.

② An animal in a pet shop is **confined** in a small cage. 寵物店裡的動物被關在小小的籠子裡.
③ How long have you been **confined** to bed with a cold? 你因為感冒而臥病在床多久了?
[活用] v. **confines**, **confined**, **confined**, **confining**

confinement [kən`faɪnmənt] n. ① 限制. ② 禁閉，監禁. ③ 生產，分娩.
[範例] ② The prisoner was placed in **confinement**. 那個囚犯被監禁起來了.
③ My aunt expects her **confinement** next month. 我嬸嬸預期下個月分娩.
[複數] **confinements**

confines [`kɑnfaɪnz] n. 〔常作複數〕邊界，界限.
[範例] This road goes to the eastern **confines** of France. 這條道路一直通到法國東部的邊境.
Those problems were beyond the **confines** of my knowledge. 那些問題超出我的知識範圍.

*__confirm__ [kən`fɝm] v. 證實，確認.
[範例] The information **confirmed** his opinion. 那則消息證實了他的看法.
She **confirmed** her flight reservations by telephone. 她用電話確認預訂的飛機班次.
You must **confirm** whether the rumor of his death is true or not. 你必須確認一下他去世的傳言是否屬實.
[活用] v. **confirms**, **confirmed**, **confirmed**, **confirming**

*__confirmation__ [͵kɑnfɚ`meʃən] n. 證實；The news needs **confirmation**. 這一則消息需要證實.
[複數] **confirmations**

confirmed [kən`fɝmd] adj. 〔只用於名詞前〕證實的，確信的；(習慣等) 根深蒂固的，習以為常的: Mr. Brown is a **confirmed** bachelor. 布朗先生是位抱持單身主義者.
[活用] adj. **more confirmed**, **most confirmed**

confiscate [`kɑnfɪs͵ket] v. 沒收，把~充公:
The authorities **confiscated** his house because he had refused to pay his taxes. 由於他拒絕繳稅，當局沒收了他的房子.
[活用] v. **confiscates**, **confiscated**, **confiscated**, **confiscating**

confiscation [͵kɑnfɪs`keʃən] n. 沒收，充公:
Because of the **confiscation** of his property, my grandfather lost most of his jewelry. 由於財產充公，我祖父失去了大部分的珠寶.

conflagration [͵kɑnflə`greʃən] n. 大火災.
[複數] **conflagrations**

*__conflict__ [n. `kɑnflɪkt; v. kən`flɪkt] n. ① (思想，意見，利益等的) 衝突，爭論，牴觸.
——v. ② 衝突，矛盾 (with)，爭執.
[範例] the **conflict** between religion and science 宗教與科學的衝突.
This political **conflict** will surely affect the election. 這個政治衝突必然會影響選舉.
② An eyewitness account **conflicts** with what you say. 目擊者的證詞和你的話相互矛盾.

I'm getting **conflicting** messages from you—I don't know what you want. 你寫的內容都相互矛盾，我不知道你想要甚麼.《conflicting 作形容詞性》

複數 **conflicts**
活用 v. **conflicts, conflicted, conflicted, conflicting**

confluence [`kɑnfluəns] n. 匯流（處）; 集合.
複數 **confluences**

*__conform__ [kən`fɔrm] v. 符合，遵照（規則、習俗等）(to).
範例 He said her uniform wasn't acceptable because it didn't **conform** to the school regulations. 他說她的制服不符合規定，所以不能穿.
If they don't **conform**, they can't become members. 如果他們不遵照規定，他們就無法成為會員.
活用 v. **conforms, conformed, conformed, conforming**

conformist [kən`fɔrmɪst] n. 順從體制的人，遵奉者.
複數 **conformists**

conformity [kən`fɔrmətɪ] n. （規則、習俗等的）符合，遵守: As **conformity** becomes less important, more and more lifestyles will flourish. 當遵守規定變得不那麼重要時，生活方式將會愈來愈多元化.

*__confound__ [kɑn`faund] v. 使困惑，使不知所措，混淆: The news of her father's death **confounded** her. 她父親去世的消息使得她不知所措.
活用 v. **confounds, confounded, confounded, confounding**

*__confront__ [kən`frʌnt] v. 使面臨，使面對（危險、困難等）.
範例 Two distinct problems **confronted** the scholars who were trying to decipher the inscription on the Rosetta stone. 試圖解讀羅塞德石碑碑文的學者們面臨著兩個不同的問題.
When you are **confronted** with difficulties, be sure to do your best. 當你面對困難時，你必須盡力而為.
活用 v. **confronts, confronted, confronted, confronting**

confrontation [,kɑnfrən`teʃən] n. 對抗，對立; 衝突: Sometimes there is a **confrontation** between employers and employees. 有時候雇主與員工之間會有衝突.
複數 **confrontations**

Confucian [kən`fjuʃən] n. 儒者.
——adj. 孔子的，儒家的.
複數 **Confucians**

Confucianism [kən`fjuʃən,ɪzəm] n. 儒家思想.

*__confuse__ [kən`fjuz] v. 使混亂，使混淆，使

（人）迷惑.
範例 The crowd got **confused** when the fire broke out. 那場火災發生時，群眾一片混亂.
Please don't **confuse** him with too much information at one time. 別一次給他那麼多訊息，以免把他弄糊塗了.
Are you sure you're not **confusing** the book I wrote with another one? 你確定沒把我寫的那本書與別的書搞混了嗎?
活用 v. **confuses, confused, confused, confusing**

*__confusion__ [kən`fjuʒən] n. 混亂; 混淆.
範例 His room was in great **confusion**. 他的房間亂七八糟.
He lost his keys in all the **confusion**. 在混亂中，他把鑰匙弄丟了.

congeal [kən`dʒil] v. （使）凝固; （使）凝結.
活用 v. **congeals, congealed, congealed, congealing**

*__congenial__ [kən`dʒinjəl] adj. 志趣相同的，意氣相投的; 適合的，合意的.
範例 a **congenial** friend 意氣相投的朋友.
congenial work 適合的工作.
活用 adj. **more congenial, most congenial**

congenially [kən`dʒinjəlɪ] adv. 意氣相投地; 合意地.
活用 adv. **more congenially, most congenially**

congenital [kən`dʒɛnətl] adj. （疾病）天生的，先天性的.

congested [kən`dʒɛstɪd] adj. ①（街道等）擁塞的，擁擠的. ② 充血的.
範例 ① The southern part of this city is a **congested** area. 這個城市的南部是個非常擁擠的地區.
I can hardly breathe because it's so **congested**. 擠得我幾乎無法呼吸.
② a **congested** brain 腦充血.
活用 adj. ① **more congested, most congested**

congestion [kən`dʒɛstʃən] n. ① 擁塞，擁擠. ② 充血.
範例 ① traffic **congestion** 交通擁塞.
② **congestion** of the brain 腦充血.

conglomerate [kən`glɑmərɪt] n. ① 球形聚合物，集合體. ② 聯合大企業. ③ 礫岩.
複數 **conglomerates**

conglomeration [kən,glɑmə`reʃən] n. 凝聚; 聚集物，集合體.

*__congratulate__ [kən`grætʃə,let] v. 祝賀，恭喜.
範例 Let me **congratulate** you on your marriage. 讓我祝賀你結婚大喜.
My sisters **congratulated** me on passing the examination. 我的姊妹們祝賀我通過考試.
The boy **congratulated** himself on finding a good job. 這個男孩為自己找到好工作而慶幸.
活用 v. **congratulates, congratulated,**

congratulated, congratulating

*__congratulation__ [kənˌgrætʃəˈleʃən] *n.* 祝賀，恭喜《直接向對方恭喜時使用 Congratulations》.

範例 a speech of __congratulation__ for the graduates 給畢業生的賀詞.
__Congratulations__ on your graduation! 恭喜你畢業.

複數 congratulations

__congregate__ [ˈkɑŋgrɪˌget] *v.* 聚集，集合: The excited people __congregated__ around the church. 興奮的人們聚集在那個教堂周圍.

活用 *v.* congregates, congregated, congregated, congregating

__congregation__ [ˌkɑŋgrɪˈgeʃən] *n.* 集會；教堂會眾: The priest talked quietly to his __congregation__. 那位祭司平靜地對會眾談話.

複數 congregation

*__congress__ [ˈkɑŋgrəs] *n.* ① 會議，(學術團體等的代表、委員等)代表大會: They will hold a medical __congress__ in London. 他們將在倫敦召開醫學會議. ②〔C~〕美國國會，議會.

片語 in Congress 國會會期中.

參考 ① 指代表參加的正式會議及國際會議等. ② 美國國會由參議院 (the Senate) 和眾議院 (the House of Representatives) 組成，議員作 a Member of Congress/a Congressman/a Congresswoman/a Congressperson. 另外，Congress 特指中南美洲共和制各國的議會，日本、丹麥、瑞典、匈牙利等國作 the Diet (國會)，英國、加拿大作 Parliament (議會).

複數 congresses

__congressional__ [kənˈgrɛʃənl] *adj.* ① 會議的. ②〖美〗國會的.

♦ __congressional district__ 國會議員選區.

__congressman__ [ˈkɑŋgrəsmən] *n.*〖美〗〔常用 C~〕國會議員〔特指眾議員〕.

複數 congressmen

__congressperson__ [ˈkɑŋgrəsˌpɝsn] *n.*〖美〗國會議員，眾議員.

複數 congresspersons

__congresswoman__ [ˈkɑŋgrəsˌwumən] *n.*〔常用 C~〕〖美〗女國會議員，女眾議員.

複數 congresswomen

__congruent__ [ˈkɑŋgruənt] *adj.* 一致的，適合的.

__conical__ [ˈkɑnɪkl] *adj.* 圓錐的，圓錐形的.

__conifer__ [ˈkɑnəfɚ] *n.* 毬果植物；針葉樹〔松、杉等〕.

複數 conifers

__coniferous__ [koˈnɪfərəs] *adj.* 結毬果的，毬果植物的；針葉樹的.

__conjecture__ [kənˈdʒɛktʃɚ] *n.* ① 推測.
—— *v.* ② 推測.

範例 ① She didn't agree with his __conjecture__ that there will be a big earthquake next year. 他推測明年會有大地震，但她不表贊同.
② The man __conjectured__ that the house was

empty. 那個男子猜測那棟房子裡沒有人.

複數 conjectures

活用 *v.* conjectures, conjectured, conjectured, conjecturing

__conjugal__ [ˈkɑndʒugl] *adj.*〔只用於名詞前〕夫妻之間的，婚姻的.

__conjugate__ [ˈkɑndʒəˌget] *v.* (動詞)變化.

活用 *v.* conjugates, conjugated, conjugated, conjugating

__conjugation__ [ˌkɑndʒəˈgeʃən] *n.* (動詞的)變化《☞ 充電小站 (p. 257)》.

複數 conjugations

__conjunction__ [kənˈdʒʌŋkʃən] *n.* ① 結合: We are working in __conjunction__ with the NGOs from other countries in protecting rare animals. 為了保護稀有動物，我們與其他國家的非官方組織一起工作.《NGOs 為 nongovernmental organizations 的縮寫》② 連接詞《☞ 充電小站 (p. 259)》.

片語 *in conjunction with* 與～共同；連同. (⇨ 範例)

參考 下列畫線部分的字為連接詞: You and I (我和你) /He tried hard but in vain. (他努力了，但沒成功.) /He fell asleep because he was very tired. (他因為太累，所以睡著了.)

複數 conjunctions

__conjure__ [ˈkʌndʒɚ] *v.* 變魔術；念咒召喚(神靈、魔鬼等).

範例 The magician __conjured__ a dove out of a hat. 那個魔術師從帽子裡變出一隻鴿子.
The old woman __conjured__ up the spirit of his mother. 那個老太婆用魔法召喚他亡母的靈魂.

片語 *conjure up* 念咒召喚(神靈、魔鬼等). (⇨ 範例)

活用 *v.* conjures, conjured, conjured, conjuring

__conjurer/conjuror__ [ˈkʌndʒərɚ] *n.* 施咒者，巫師；魔術師.

複數 conjurers/conjurors

*__connect__ [kəˈnɛkt] *v.* ① 連結，連接. ② (使)聯繫，(使)有關係.

範例 ① The vacuum cleaner stopped because it isn't __connected__. 因為電線沒有接好，那臺吸塵器停了.
I __connected__ the VCR to the TV. 我把錄放影機接到電視機上.
Hokkaido is __connected__ with Honshu by a tunnel. 北海道和本州有隧道相通.
"You're __connected__," said the operator. 那個接線生說:「你的電話已經接通了.」
This train __connects__ with another for Hualien in Taipei. 這列火車在臺北與開往花蓮的火車銜接.
② They __connect__ every medical problem with food. 他們把所有醫藥問題都與食物聯想在一起.
The Smiths are __connected__ with the Browns by marriage. 史密斯家與布朗家有親戚關係.

What you say doesn't **connect** with the present subject. 你所說的話與眼前的主題無關。

片語 **be connected with** 與~有關係；與~有親戚關係。(⇨ 範例 ②)

活用 v. **connects**, **connected**, **connected**, **connecting**

***connection** [kə`nɛkʃən] n. ① 連結，連接；聯繫；換乘的交通工具。② 關係。

範例 ① The **connection** of the pipes to the main water supply took two hours. 把導管接到自來水總管花了兩個小時。

There must be a loose **connection**. 一定是接頭鬆了。

She made a **connection** in Taipei for Hualien. 她在臺北換搭往花蓮的火車。

Telephone **connections** with the town were interrupted by some accident. 某個意外事故導致與那個城鎮的電話聯繫中斷。

② He has no **connection** with the mafia. 他與黑手黨沒有關係。

The detective visited him in **connection** with the incident. 那位警探為了那個事件拜訪他。

片語 **in connection with** 關於，與~相關連。(⇨ 範例 ②)

參考 〔英〕connexion.

複數 **connections**

connexion [kə`nɛkʃən]=n. 〔美〕connection.

connive [kə`naɪv] v. 默許，裝作不見；共謀；暗中勾結。

活用 v. **connives**, **connived**, **connived**, **conniving**

connoisseur [͵kɑnə`sɝ] n. (藝術品等的) 鑑賞家，鑑定家。

複數 **connoisseurs**

connotation [͵kɑnə`teʃən] n. 含意，言外之意，內涵：The word "yellow" can have negative **connotations** in English. yellow 這個字在英語中有負面的含意。

複數 **connotations**

***conquer** [`kɑŋkɚ] v. 征服，克服 (困難、情緒等)；革除 (壞習慣)；戰勝。

範例 The Inca Empire was **conquered** by Pizarro in 1532. 印加帝國在1532年被皮薩羅征服了。

Sir Edmund Hillary and Sherpa Tenzing were the first men to **conquer** Mt. Everest. 艾德蒙·希拉里爵士和夏爾巴族人登京格是最先征服聖母峰的人。

My father finally **conquered** the smoking habit. 我父親終於戒菸了。

The king said, "We must fight and **conquer**." 國王說: 「我們不僅要作戰，而且要戰勝。」

活用 v. **conquers**, **conquered**, **conquered**, **conquering**

***conqueror** [`kɑŋkərɚ] n. 征服者，勝利者：Cortes was a Spanish **conqueror** of Mexico. 寇蒂茲是征服墨西哥的西班牙人。

♦ the **Cónqueror** 威廉一世《1027–1087，諾

曼第公爵，主張王位繼承權，於1066年征服了英格蘭》。

複數 **conquerors**

***conquest** [`kɑŋkwɛst] n. ① 征服，克服。② 被征服的人；愛情的俘虜。

範例 ① the **conquest** of native Americans by the whites 白人征服美洲原住民。

The **conquest** of poverty made his will stronger. 戰勝貧困使他的意志更堅強。

② Jane told me about George, her new **conquest**. 珍告訴我有關她的新戀人喬治。

♦ the **Cónquest** 諾曼人征服英國 (the Norman Conquest)《指諾曼第公爵威廉主張王位繼承權，於1066年征服英格蘭之事，因而有大量的諾曼人所使用的法語單字出現在英語中: pork, fork, dress, nation 等》。

複數 **conquests**

***conscience** [`kɑnʃəns] n. 良心: Let the **conscience** be your guide. 以良心作為你行事的準則。

片語 **in all conscience** 憑良心。

複數 **consciences**

conscientious [͵kɑnʃɪ`ɛnʃəs] adj. 憑良心的，(工作等) 認真的: Mary is **conscientious** about her work. 瑪麗工作認真。

活用 adj. **more conscientious**, **most conscientious**

conscientiously [͵kɑnʃɪ`ɛnʃəslɪ] adv. 憑良心地: Mr. Abe works **conscientiously**. 亞伯先生憑良心做事。

活用 adv. **more conscientiously**, **most conscientiously**

conscientiousness [͵kɑnʃɪ`ɛnʃəsnɪs] n. 憑良心。

***conscious** [`kɑnʃəs] adj. ①〔不用於名詞前〕神志清醒的。②〔不用於名詞前〕意識到的，感覺到的。③〔只用於名詞前〕故意的，存心的。

範例 ① The driver is badly hurt, but he is still **conscious**. 那位駕駛受了重傷，但神志仍然清醒。

② The boy was not **conscious** of his bad manners. 那個男孩沒有意識到自己的無禮行為。

That student is always **conscious** that he is alone. 那個學生經常感覺到自己很孤單。

③ The girl made a **conscious** effort to smile. 那個女孩刻意地微笑。

☞ ① ↔ unconscious

活用 adj. **more conscious**, **most conscious**

consciousness [`kɑnʃəsnɪs] n. 知覺，察覺。

範例 The boy lost **consciousness** in the accident. 那個男孩在那起意外事故中失去知覺。

Mary had a **consciousness** that someone was watching her. 瑪麗察覺到有人在監視她。

conscript [n. `kɑnskrɪpt; v. kən`skrɪpt] n.

動詞的變化 (conjugation)

【Q】英語的動詞有原形，現在式，過去式，過去分詞，現在分詞這5種. 且現在式還有「第三人稱單數現在式」，所以正確地說應該有6種.

要記住動詞的6種形式，如 speak 這個字，就要記住 speak—spoke—spoken 這3種形式，spoke 為「過去式」，而 spoken 為「過去分詞」，但 speak 究竟是「原形」呢? 還是「(非第三人稱單數的)現在式」?

【A】speak—spoke—spoken 中，第1個字 speak 為「原形」，或許也可看作「現在式」，但看作「原形」便於說明. speak 的 conjugation 如下:

原形　　現在式　　過去式　　過去分詞　　現在分詞
speak　speak　　spoke　　spoken　　speaking
　　　speaks

▶ 現在式

現在式的 speaks 實際上是由 does 和原形的 speak 合併而成的，讓我們用卡片說明如下:

這張卡片上寫有 does，而且只看到 does 最後一個字母 s

speak ^s → speaks

我們將 does 和原形 speak 合併而成

那麼「現在式」的 speak 又是怎樣的呢? 這是 do 和原形的 speak 合併而成的.

這張卡片上寫有 do，而且看不到 do 這個字

speak → speak

我們將 do 和原形的 speak 合併而成

▶ 過去式

「過去式」spoke 是 did 和原形 speak 合併而成的.

這張卡片上寫有 did，而且看不到 did 這個字

speak → spoke

我們將 did 和原形的 speak 合併而成

有時亦可看見 did 這字的最後一個字母，如 like.

這張卡片上寫有 did，而且看見 did 的最後一個字母 d

like ^d → liked

我們將 did 和原形的 like 合併而成

亦有一些動詞不能完全按 like 這種方法作說明，例如 play 這個字，如果把 did 和原形的 play 合併的話，就成了 played.

這張卡片上寫有 did

play ^d → played

我們將 did 和原形的 play 合併而成

也許你們認為這樣太麻煩了，但實際上過去式的形式基本上只有以上3種.

▶ 過去分詞

spoken 是「過去分詞」，這和「原形」有著怎樣的關係呢? 回答是「沒有」，只要記住 speak 的「過去分詞」是 spoken.

▶ 現在分詞

現在分詞是動詞的原形加上 ing 的形式，speak，play 等動詞也只要加上 [ɪŋ] 的發音即可，怎樣書寫，請參照這本辭典的 活用 v.

① 被徵召入伍的士兵.
——v. ② 徵召(某人)服兵役.
☞ ↔ volunteer
複數 conscripts
活用 v. conscripts, conscripted, conscripting

conscription [kənˋskrɪpʃən] n. 徵兵(制度); 徵用(制度): **Conscription** was done away with after the last war. 徵兵制度在上一次戰爭後就被廢除了.

***consecrate** [ˋkɑnsɪˌkret] v. 宣告～為神聖，使神聖化; 奉獻.

範例 This church was **consecrated** by the Pope himself. 教宗親自宣告這座教堂是神聖的. He **consecrated** his life to that work. 他把他的一生奉獻給那份工作.
活用 v. consecrates, consecrated, consecrating

consecration [ˌkɑnsɪˋkreʃən] n. 神聖化; 奉獻(儀式).
複數 consecrations

consecutive [kənˋsɛkjətɪv] adj. 連續的，不間斷的.
範例 **consecutive** holidays 連休.

He won five **consecutive** Wimbledon championships. 他在溫布頓網球賽連續奪得5次冠軍.

consecutively [kən`sɛkjətɪvlɪ] *adv.* 連續地, 不間斷地.

consensus [kən`sɛnsəs] *n.* 一致, 一致的意見; 共識.

***consent** [kən`sɛnt] *v.* ① 同意, 准許 (to).
——*n.* ② 同意, 准許.

範例 ① My daughter did not **consent** to my plan. 我女兒不同意我的計畫.
Mr. Smith **consented** to go to Israel. 史密斯先生同意去以色列.
The mayor **consented** to closing the library in December. 市長准許在12月關閉那座圖書館.
② You need his **consent** to use this room. 你要使用這個房間需要得到他的同意.
Silence means **consent**. 沉默意味著同意.
The boxing match has, by common **consent**, been the best of this year. 那場拳擊比賽被一致認為是今年最精彩的一場.

片語 *by common consent* 全體一致地, 無異議地. (⇒ 範例 ②)
◆ **the àge of consént** 法定年齡《法律上可自由嫁娶的最低年齡》.
活用 *v.* consents, consented, consented, consenting
複數 consents

***consequence** [`kɑnsə͵kwɛns] *n.* ① 結果. ② 重要性.

範例 ① I got sick as a **consequence** of overwork. 我生病是因為過度工作的結果.
Stop behaving so foolishly, or you will have to take the **consequences**. 別做那樣的傻事, 否則你得承擔後果.
② This matter is of little **consequence**. 這個問題不大重要.

片語 *as a consequence of/in consequence of* 由於~的結果. (⇒ 範例 ①)
take the consequences 承擔後果, 自作自受. (⇒ 範例 ①)
複數 consequences

consequent [`kɑnsə͵kwɛnt] *adj.* 由~引起的: the confusion **consequent** on the flood 因洪水而引起的混亂.

***consequently** [`kɑnsə͵kwɛntlɪ] *adv.* 因此: It was stormy on that day, and **consequently** our excursion was put off. 因為那天有暴風雨, 所以我們的遠足延期了.

conservation [͵kɑnsə`veʃən] *n.* 保存, (天然資源的)保護; 節約; (物理的)守恆, 不滅.
範例 The **conservation** of natural resources is very important. 天然資源的保護非常重要.
energy **conservation** 節能資源.
◆ **the conservàtion of énergy** (物理的) 能量守恆, 能量不滅.
the conservàtion of máss (物理的) 質量

守恆, 質量不滅.
複數 conservations

conservatism [kən`sɝvə͵tɪzəm] *n.* ① 保守主義. ②〔C~〕(英國的)保守黨的政策.

***conservative** [kən`sɝvətɪv] *adj.* ① 保守的. ② 謹慎的.
——*n.* ③ 保守者. ④〔C~〕(英國的)保守黨黨員.

範例 ① This composer became more **conservative** as he grew older. 這位作曲家隨著年齡愈大變得愈保守.
② She talks in a **conservative** way. 她說話很謹慎.
③ My father is a real **conservative** in his choice of clothes. 我父親選擇衣服真是保守.
◆ **the Consérvative Pàrty** (英國的)保守黨.
活用 *adj.* **more conservative, most conservative**
複數 conservatives

conservatively [kən`sɝvətɪvlɪ] *adv.* 保守地.
活用 *adv.* **more conservatively, most conservatively**

conservatory [kən`sɝvə͵torɪ] *n.* ① 溫室《亦作 greenhouse》. ② 音樂學校, 藝術學校.
複數 conservatories

conserve [kən`sɝv] *v.* ① 保存. ② 用糖醃漬, 製成果醬.
——[`kɑnsɝv] *n.* ③〔~s〕果醬《亦作 jam》.

範例 ① Our city must **conserve** its historic spots. 我們的城市必須保存史蹟.
② Every year we **conserve** some of the oranges we grow. 我們每年都把自己種植的一部分柳橙製成果醬.
③ strawberry **conserves** 草莓醬.
活用 *v.* **conserves, conserved, conserved, conserving**
複數 conserves

***consider** [kən`sɪdə] *v.* 想, 考慮, 認為.
範例 He **considered** her advice. 他考慮了她的忠告.
The boy is **considering** going to Tibet. 那個男孩正在考慮去西藏.
The man **considered** how to open the box. 那個男子在想怎樣才能打開那個箱子.
The woman **considered** whether she should buy the English-Chinese dictionary. 那個女子考慮是否要買那本英漢辭典.
I **consider** that he is a good lawyer. 我認為他是一位優秀的律師.《consider 後接 that 子句》
They **considered** her a good chemist. 他們認為她是一位出色的化學家.
The girl **considered** herself to be lucky. 那個女孩認為自己很幸運.
Consider what I said before you start. 你要開始之前, 先考慮我所說的.
All things **considered**, it seems best to consult Mr. Green. 通盤考慮之後, 找格林先生商量似乎是最理想的.

充電小站

連接詞 (conjunction)

連接詞有連結字、片語及子句的作用，下列畫線部分的字就是連接詞：

Ann is cute and smart.
（安既可愛又聰明。）

Will you come in the morning or in the evening?
（你能否在早晨或晚上來？）

I did not go, but Bill did.
（我沒去，但比爾去了。）

I do it because I like it.
（因為我喜歡，所以我做了。）

If it is nice tomorrow, I will go fishing.

（如果明天是好天氣，我就去釣魚。）

Though my job is hard, I enjoy it.
（雖然我的工作辛苦，但我很喜歡。）

Bob was very naughty when he was a boy.
（鮑伯小的時候非常頑皮。）

as soon as、as if 等詞有時亦被稱作連接詞。
我們說到連接詞具有連結的功能，的確 tea and coffee 這詞有連在一起的感覺。那麼 tea or coffee 這詞怎麼樣？未感覺到連結在一起。總而言之，我們不必拘泥於「連接詞」這個用語，只要多一掌握 and，or 等字的用法就行了。

[片語] **all things considered** 綜觀一切，全盤考慮後。(⇨ [範例])

[活用] v. **considers**, **considered**, **considered**, **considering**

***considerable** [kənˋsɪdərəbl] adj. 值得考慮的；非常的，相當的。The boys had **considerable** trouble. 那些男孩有相當大的煩惱。

considerably [kənˋsɪdərəblɪ] adv. 非常地，相當地：Mr. White is **considerably** older than Mr. Bush. 懷特先生的年齡比布希先生大得多。

***considerate** [kənˋsɪdərɪt] adj. 體貼的《常與 of, to 連用》。

[範例] The boy was **considerate** to old people. 那個男孩對老人很體貼。

May is **considerate** of other people's feelings. 梅能體諒他人的心情。

It was **considerate** of you to help that old woman. 你幫助那位老婦人，真是體貼！

[活用] adj. **more considerate**, **most considerate**

considerately [kənˋsɪdərɪtlɪ] adv. 考慮周到地，體貼地：My sister **considerately** turned down her stereo so I could study. 我姊姊體貼地把音響關小聲，所以我才能讀書。

[活用] adv. **more considerately**, **most considerately**

***consideration** [kən͵sɪdəˋreʃən] n. 要考慮的事；考慮；體諒《常與 for 連用》。

[範例] After careful **consideration**, the man decided to leave the following Tuesday. 經慎重考慮後，那個男子決定下星期二出發。

His early parole is still under **consideration**. 是否讓他提早假釋尚在考慮中。

Mr. Clinton has no **consideration** for others. 柯林頓先生毫不體諒他人。

[片語] **under consideration** 正在考慮中。(⇨ [範例])

[複數] **considerations**

considering [kənˋsɪdərɪŋ] prep., conj. ① 照～看來，就～而言《當連接詞常與 that 連用》。——adv. ② 從各方面考慮，經通盤考慮《通常放在句尾》。

[範例] ① **Considering** John's limited education, he's pretty knowledgeable. 就約翰所接受的有限教育而言，他的知識算相當淵博了。

Considering that it was made forty years ago, this machine works well. 考慮到這部機器是40年前製的，它的效能算是不錯了。

② John has done very well, **considering**. 整體來說，約翰做得相當不錯。

consign [kənˋsaɪn] v. 託付，委託，交付《常與 to 連用》。

[範例] She **consigned** her daughter to her mother's care. 她把女兒託付給她母親照顧。

His body was **consigned** to the flames. 他的屍體付之火葬。

[活用] v. **consigns**, **consigned**, **consigned**, **consigning**

consignment [kənˋsaɪnmənt] n. ① 託售，寄賣《賣賣下來的貨物可退貨的一種交易方法》。② 託售品，寄賣品。

[範例] ① They usually take goods on **consignment**. 他們通常以託售方式進貨。

② Each **consignment** must be approved and signed by me. 每樣託售的貨物都必須有我的批准和簽名。

[片語] **on consignment** 以託售方式 (的). (⇨ [範例] ①)

[複數] **consignments**

***consist** [kənˋsɪst] v. ① 組成，構成 (of). ② 在於，存在於 (in). ③ 並存，一致 (with).

[範例] ① Congress **consists** of two Houses—the House of Representatives and the Senate. 美國國會由眾議院和參議院組成。

This story **consists** of five parts. 這個故事有5個部分。

② Her charm **consists** in her beauty and her tenderness. 她的魅力在於她的美貌和溫柔。

③ Health does not **consist** with drinking and smoking. 飲酒和抽菸是不能與健康並存的。

[活用] v. **consists**, **consisted**, **consisted**, **consisting**

consistency [kənˋsɪstənsɪ] n. ①（言行、文章的）連貫性；一致性。② 堅硬度；黏稠度。

範例 ① Your behavior lacks **consistency**; what you do is different from what you say. 你的行為是缺乏一致性，做的和說的並不一樣。
Her polite speech is in **consistency** with her gentle character. 她優雅的談吐與她溫和的性格相符合。
② the **consistency** of cream 奶油的黏稠度。
片語 *in consistency with* 與～相符，與～一致。 (⇨ 範例 ○)
複數 consistencies

consistent [kən`sɪstənt] *adj.* 始終不變的；一致的。
範例 You were **consistent** in your acts. 你的行為始終不變。
Jill has been a **consistent** friend to me. 吉兒對我來說是始終不渝的朋友。
Your parents' opinion is not **consistent** with yours. 你父母的意見與你的不一致。
活用 *adj.* **more consistent**, **most consistent**

consistently [kən`sɪstəntlɪ] *adv.* 一貫地，自始至終地： They **consistently** opposed an indirect tax. 他們自始至終反對間接稅。
活用 *adv.* **more consistently**, **most consistently**

consolation [͵kɑnsə`leʃən] *n.* ① 安慰： Bill's dog died and he needs some **consolation**. 比爾的狗死了，他需要安慰。 ② 有安慰作用的人〔物〕。
複數 consolations

console [*v.* kən`sol； *n.* `kɑnsol] *v.* ① 安慰： We tried to **console** her when her husband died. 她丈夫去世時，我們試圖安慰她。
——*n.* ②（電動機器的）操作臺。③（電腦的）控制臺。④（電視機、電腦等的）落地式座架。⑤（管風琴的）演奏臺。
活用 *v.* **consoles**, **consoled**, **consoled**, **consoling**
複數 consoles

consolidate [kən`sɑlə͵det] *v.* ① 加強，鞏固。② 統一，合併。
範例 ① He succeeded in **consolidating** his position in the government. 他成功地鞏固自己在政府內的地位。
② The two banks **consolidated** into a single large bank. 那兩家銀行合併成為一家大銀行。
活用 *v.* **consolidates**, **consolidated**, **consolidated**, **consolidating**

consolidation [kən͵sɑlə`deʃən] *n.* ① 加強，鞏固： The ten years between 1980 and 1990 saw the **consolidation** of Congressman Smith's power. 1980年至1990年的10年間是史密斯議員權力的鞏固期。② 統一，合併。
複數 consolidations

consommé [͵kɑnsə`me] *n.* 清燉肉湯。

consonant [`kɑnsənənt] *n.* 輔音，輔音字母 (☞ 充電小站 (p. 1447))。
參考 下列畫線部分為輔音： dog, cap, month,

tree, flow, hay.
複數 consonants

consort [*n.* `kɑnsɔrt； *v.* kən`sɔrt] *n.* ①（國王、女王的）配偶。
——*v.* ②（與壞人）交往 (with)。③ 協調，一致 (with)。
範例 ① The king and his **consort** will be going abroad next month. 國王和王后將於下個月出國訪問。
② She **consorts** even with her enemy. 她甚至與敵人交往。
③ Your actions do not **consort** with your principles. 你的行動與你的信念不一致。
片語 *consort with* 結交；協調。 (⇨ 範例 ② ③)
複數 consorts
活用 *v.* **consorts**, **consorted**, **consorted**, **consorting**

consortia [kən`sɔrʃɪə] *n.* consortium 的複數形。

consortium [kən`sɔrʃɪəm] *n.* （國際）財團；跨國資本聯合。
複數 consortiums/consortia

conspicuous [kən`spɪkjʊəs] *adj.* 大放異彩的，明顯的，引人注目的，顯眼的。
範例 a **conspicuous** sumo wrestler 一場精彩的相撲比賽。
Post these rules and regulations in a **conspicuous** place. 把這些規章制度貼到某個顯眼的地方。
The chairman was **conspicuous** by his absence today. 主席因今天缺席而引人注目。
That basketball player is **conspicuous** for being tall. 那位籃球選手因個子高大而引人注目。
片語 *be conspicuous by ～'s absence* 因某人缺席而引人注目。 (⇨ 範例)
活用 *adj.* **more conspicuous**, **most conspicuous**

conspicuously [kən`spɪkjʊəslɪ] *adv.* 惹人注目地，顯著地。
活用 *adv.* **more conspicuously**, **most conspicuously**

conspiracy [kən`spɪrəsɪ] *n.* 密謀，陰謀： The **conspiracy** to kill the king was discovered beforehand. 殺害國王的陰謀事前被發覺了。
複數 conspiracies

conspirator [kən`spɪrətɚ] *n.* 密謀者，共謀者： The **conspirators** secretly planned to overthrow the government. 那些密謀者祕密地計畫顛覆政府。
複數 conspirators

conspire [kən`spaɪr] *v.* ① 密謀，共謀。②（種種事情）湊在一起（而造成）；共同促成。
範例 ① The terrorists **conspired** against the Government. 恐怖分子圖謀推翻政府。
② Everything **conspired** to make him president. 所有事情湊在一起使他當上了總統。
活用 *v.* **conspires**, **conspired**, **conspired**,

conspiring

constable [ˋkɑnstəbl] n.〔英〕（基層的）警察：
a chief **constable**〔英〕警察局長.
〔複數〕**constables**

constabulary [kənˋstæbjə͵lɛrɪ] adj. ① 警察
的，警察部隊的，警方的.
——n. ②（某地區、國家等的）警察，警察部隊，
警方.
〔複數〕**constabularies**

constancy [ˋkɑnstənsɪ] n. ①（愛情、信念等）
始終如一. ② 忠實，忠貞：How can you
expect **constancy** from a playboy like him? 你
怎能期待像他那樣的花花公子對妳始終如一
呢？

＊**constant** [ˋkɑnstənt] adj. ① 永久不變的，始
終如一的. ② 不斷的；忠實的.
——n. ③ 恆量，常數.
〔範例〕① the **constant** value of gold 黃金的永恆
價值.
A good wine cellar keeps the temperature
constant. 一個好的酒窖能保持恆溫.
② She wants my **constant** attention. 她要我對
她的關注永久不變.
③ The ratio of the circumference of a circle to its
diameter is constant for all circles. This
constant is denoted by the Greek letter π. 所
有圓的圓周與直徑長度之比都是一定的，這
個常數用希臘字母 π 來表示.《英語中沒有像
中文的「圓周率」這樣的數學用語，而要稱作
the ratio of the circumference of a circle to its
diameter 或 π》
☞ ↔ variable
〔活用〕adj. **more constant，most constant**
〔複數〕**constants**

constantly [ˋkɑnstəntlɪ] adv. 不斷地，經常：
The key element of the air conditioner is a
refrigerant that flows **constantly** through the
conditioner's mechanisms. 空調最重要的基
本要素是冷媒，它在空調裝置內不停地流動
著.
〔活用〕adv. **more constantly，most
constantly**

constellation [͵kɑnstəˋleʃən] n. ① 星座（☞
〔充電小站〕(p. 263)）. ②（名人、藝術家等的）群
集，薈萃.
〔複數〕**constellations**

consternation [͵kɑnstɚˋneʃən] n. 驚恐：
To his **consternation**, he saw his car slide
back and drop off the cliff. 令他驚恐的是他看
到他的車子往後滑並從懸崖上翻落下去.

constipation [͵kɑnstəˋpeʃən] n. 便祕.

constituency [kənˋstɪtʃʊənsɪ] n. 選區；（選
區的）選民.
〔複數〕**constituencies**

＊**constituent** [kənˋstɪtʃʊənt] adj. ① 構成的，
組成的. ② 有憲法制定權的.
——n. ③ 構成要素，成分. ④（選區的）選民.
〔範例〕① Hydrogen and oxygen are **constituent**
elements of water. 氫和氧是水的組成成分.

② A **constituent** assembly was held last week.
憲法制定會議於上週召開.
③ Sodium is a **constituent** of salt. 鈉是鹽的構
成要素.
④ A member of Congress must take into
account his **constituents'** views. 國會議員必
須考慮到選民的意見.
〔複數〕**constituents**

＊**constitute** [ˋkɑnstə͵tjut] v. ① 構成. ② 設立，
制定. ③ 任命（某人）為，選派.
〔範例〕① In the United Kingdom, twelve people
constitute a jury. 在英國，陪審團是由12個
人組成.
The United States of America is **constituted**
of fifty states. 美國由50個州組成.
② Governments are not always **constituted** by
the will of the nation. 政府不一定都是依據國
民的意志而建立的.
③ We **constituted** him chairman of the
committee. 我們選派他為該委員會的主席.
〔片語〕**be constituted of** 由～構成.（⇨〔範例〕
①）
〔活用〕v. **constitutes，constituted，
constituted，constituting**

＊**constitution** [͵kɑnstəˋtjuʃən] n. ① 構成，構
造，組織. ② 體格，體質. ③ 憲法，章程.
〔範例〕① the physical **constitution** of the earth 地
球的物理構造.
② He has a strong **constitution**. 他身強力壯.
③ The **Constitution** of R.O.C. came into effect
on December 25, 1947. 中華民國於1947年
12月25日施行憲法.
〔參考〕在美國有成文憲法 (a written constitution)，
而英國是依據不成文憲法 (習慣法). adj.

constitutional [͵kɑnstəˋtjuʃən̩l] adj. ① 體
格的，體質上的. ② 憲法的，合乎憲法的.
〔範例〕① The problem is his **constitutional**
weakness. 問題是他的體質虛弱.
② a **constitutional** government 立憲政體.
a **constitutional** monarchy 君主立憲.

＊**constrain** [kənˋstren] v.《正式》強迫（某人）：
The salesman **constrained** her to sign a
contract. 那名推銷員強迫她在合約上簽名.
〔片語〕**feel constrained to** 不得不：I felt
constrained to do what he told me. 我不得
不按他所說的去做.
〔活用〕v. **constrains，constrained，
constrained，constraining**

constraint [kənˋstrent] n. ①《正式》拘束，侷
促不安. ② 約束，強制：We acted under
constraint. 我們被迫行事.
〔片語〕**by constraint** 強迫地，勉強地.
under constraint 被迫地.（⇨〔範例〕②）
〔複數〕**constraints**

constrict [kənˋstrɪkt] v. 收縮，壓縮，抑制.
〔活用〕v. **constricts，constricted，
constricted，constricting**

＊**construct** [kənˋstrʌkt] v. 構成；建造；對～進
行構思.

範例 How did Einstein **construct** the theory of relativity? 愛因斯坦是怎麼創立相對論的?

They intend to **construct** a new hotel around here. 他們打算在這裡建一家新飯店.

This novel is well **constructed**. 這本小說結構寫得很完整.

活用 *v.* **constructs**, **constructed**, **constructed**, **constructing**

***construction** [kən`strʌkʃən] *n.* ① 建設，建造，構築. ② 建築物，建造物. ③〈文章、行為等的〉解釋.

範例 ① The new library is under **construction**. 新的圖書館正在興建中.

He is a **construction** worker. 他是一個建築工人.

Her house is of solid **construction**. 她的房子蓋得很堅固.

② The museum is a very beautiful **construction**. 那座美術館是一棟非常漂亮的建築物.

③ Mary always puts the wrong **construction** on my behavior. 瑪麗總是曲解我的行為.

片語 *put the wrong construction on (～'s behavior)* 曲解〈某人的行為〉. (⇨ 範例 ③)

under construction 興建中，施工中. (⇨ 範例 ①)

複數 **constructions**

constructive [kən`strʌktɪv] *adj.* 建設性的: She made a **constructive** suggestion. 她提出一個有建設性的建議.

活用 *adj.* **more constructive**, **most constructive**

constructively [kən`strʌktɪvlɪ] *adv.* 建設性地，積極地: Use your time **constructively**. 要積極利用你的時間.

活用 *adv.* **more constructively**, **most constructively**

constructor [kən`strʌktɚ] *n.* 施工者，建築業者.

複數 **constructors**

construe [kən`stru] *v.* 解釋，解讀 (as); 推斷《後接 that 子句》.

範例 The boy **construed** your words as an insult. 那個男孩把你的話解讀為一種侮辱.

I **construe** from her conduct that she hates me. 從她的行為看來，我推斷她討厭我.

活用 *v.* **construes**, **construed**, **construed**, **construing**

consul [`kɑnsl] *n.* ① 領事. ②〈古羅馬時期的〉執政官.

複數 **consuls**

consular [`kɑnslɚ] *adj.* ① 領事的. ②〈古羅馬時期的〉執政官的.

consulate [`kɑnslɪt] *n.* ① 領事館. ② 領事職位，領事的任期.

複數 **consulates**

****consult** [kən`sʌlt] *v.* ① 商量 (with); (向專家) 請教，求診. ② 查閱 (工具書等).

範例 ① You should **consult** your doctor about your illness. 你應該找醫生看病.

Before leaving your firm, you had better **consult** with your friends. 在你辭職前應該找朋友商量.

I don't think you need **consult** a lawyer about that matter. 我認為你沒有必要為那件事請教律師.

② I **consulted** a map for the building. 我查閱地圖找那棟大樓的地點.

片語 *consult for* 擔任〈公司等的〉顧問: The lawyer **consults for** a trading firm. 那位律師擔任一家貿易公司的顧問.

活用 *v.* **consults**, **consulted**, **consulted**, **consulting**

consultant [kən`sʌltnt] *n.* ① 顧問，被諮詢的專家《根據專業知識提供他人建議者》. ②『英』顧問醫師《較專業且資深的醫師; 亦作 consulting physician》.

複數 **consultants**

***consultation** [,kɑnsl`teʃən] *n.* ① 請教; 磋商; 會診. ② 協商會議，審議會.

片語 *in consultation with* 與～磋商.

複數 **consultations**

****consume** [kən`sum] *v.* ① 吃完，喝光. ② 消耗，耗盡. ③ 燒毀; 心中充滿《用 be ～ed with 或 ～ oneself with 形式》.

範例 ① The two men **consumed** a dozen bottles of beer. 那兩個男子喝光了一打啤酒.

② Every day I **consume** at least one hour reading the newspaper. 我每天至少要花一個小時看報紙.

This car **consumes** more fuel than that. 這輛車比那輛車耗油.

③ The fire **consumed** more than 10 houses in an hour. 那場大火在一個小時內燒毀了十多間房屋.

When Bill won the first prize in the speech contest, some of his friends were **consumed** with jealousy. 當比爾在那次演講比賽中得到第一名時，他的幾個朋友心中充滿嫉妒.

活用 *v.* **consumes**, **consumed**, **consumed**, **consuming**

consumer [kən`sumɚ] *n.* 消費者.

範例 Our company carefully considers **consumers'** opinions. 我們公司仔細地考慮消費者的意見.

There is much difference between the cost to the producer and the price to the **consumers**. 生產者所支付的成本與消費者所支付的價格之間有著很大的差額.

複數 **consumers**

consummate [*adj.* kən`sʌmɪt; *v.* `kɑnsə,met] *adj.* ① 完美無缺的，技藝高超的.

——*v.* ② 完成; 使完美無缺; 完婚，圓房.

範例 ① She is a **consummate** pianist. 她是一位技藝高超的鋼琴家.

② His happiness was **consummated** when he got the prize. 當他得獎時，他快樂到了極點.

星座 (constellation)

constellation 的 con- 是表示「共同」的字首，stella 為 star 之意，由此變成「星星的群集」而延伸為「星座」之意。

星座源自美索不達米亞平原的牧羊人將星星聯繫到傳說和神話而創造出來。大約在 A.D.150年，埃及托勒密所作的48個星座可以說是現在星座的基礎。

目前，把南半球的星座亦算入，則共有88個星座。

星座的正式名稱用拉丁語，但亦用英語通稱。

拉丁語	中文	英語
Andromeda	仙女座	Andromeda
Antlia	唧筒座	the Air Pump
Apus	天燕座	the Bird of Paradise
Aquarius	寶瓶座	the Water Bearer
Aquila	天鷹座	the Eagle
Ara	天壇座	the Altar
Aries	白羊座	the Ram
Auriga	御夫座	the Charioteer
Boötes	牧夫座	the Herdsman
Caelum	雕具座	the Chisel
Camelopardus	鹿豹座	the Giraffe
Cancer	巨蟹座	the Crab
Canes Venatici	獵犬座	the Hunting Dogs
Canis Major	大犬座	the Great Dog
Canis Minor	小犬座	the Little Dog
Capricornus	山羊座	the Goat
Carina	船底座	the Keel
Cassiopeia	仙后座	Cassiopeia
Cepheus	仙王座	Cepheus
Cetus	鯨魚座	the Whale
Chamaeleon	蝘蜓座	the Chameleon
Circinus	圓規座	the Compasses
Columba	天鴿座	the Dove
Coma Berenices	后髮座	the Berenice's Hair
Corona Australis	南冕座	the Southern Crown
Corona Borealis	北冕座	the Northern Crown
Corvus	烏鴉座	the Crow
Crater	巨爵座	the Cup
Crux Australis	南十字座	the Southern Cross
Cygnus	天鵝座	the Swan
Delphinus	海豚座	the Dolphin
Dorado	劍魚座	the Swordfish
Draco	天龍座	the Dragon
Equuleus	小馬座	the Little Horse
Eridanus	波江座	the River
Fornax	天爐座	the Furnace
Gemini	雙子座	the Twins
Grus	天鶴座	the Crane
Hercules	武仙座	Hercules
Horologium	校鐘座	the Clock
Hydra	長蛇座	Hydra, the Sea Serpent
Hydrus	水蛇座	the Water Snake
Indus	印第安座	the Indian
Lacerta	蜥蜴座	the Lizard
Leo	獅子座	the Lion
Leo Minor	小獅座	the Little Lion
Lepus	天兔座	the Hare
Libra	天秤座	the Balance
Lupus	豺狼座	the Wolf
Lynx	天貓座	the Lynx
Lyra	天琴座	the Harp
Mensa	山案座	the Table
Microscopium	顯微鏡座	the Microscope
Monoceros	麒麟座	the Unicorn
Musca Australis	蒼蠅座	the Fly
Norma	矩尺座	the Rule
Octans	南極座	the Octant
Ophiuchus	蛇夫座	the Serpent Bearer
Orion	獵戶座	Orion, the Hunter
Pavo	孔雀座	the Peacock
Pegasus	飛馬座	the Winged Horse
Perseus	英仙座	Perseus
Phoenix	鳳凰座	the Phoenix
Pictor	繪架座	the Painter's Easel
Pisces	雙魚座	the Fishes
Piscis Austrinus	南魚座	the Southern Fish
Puppis	船尾座	the Stern
Pyxis	羅盤座	the Mariner's Compass
Reticulum	網罟座	the Net
Sagitta	天箭座	the Arrow
Sagittarius	射手座	the Archer
Scorpio	天蝎座	the Scorpion
Sculptor	玉夫座	the Sculptor
Scutum	盾牌座	the Shield
Serpens	巨蛇座	the Serpent
Sextans	六分儀座	the Sextant
Taurus	金牛座	the Bull
Telescopium	望遠鏡座	the Telescope
Triangulum	三角座	the Triangle
Triangulum Australe	南三角座	the Southern Triangle
Tucana	杜鵑座	the Toucan
Ursa Major	大熊座	the Great Bear
Ursa Minor	小熊座	the Little Bear
Vela	船帆座	the Sail
Virgo	處女座	the Virgin
Volans	飛魚座	the Flying Fish
Vulpecula	狐狸座	the Little Fox

另外，北斗七星為大熊座的一部分，英語作 the Big Dipper。

活用 *adj.* **more consummate**, **most consummate**

活用 *v.* **consummates**, **consummated**,

consummated, **consummating**

consummation [ˌkɑnsəˈmeʃən] *n.* 完成，達成；完婚；Winning first prize was the consummation of his ambition. 贏得第一名即是他理想的實現.

[複數] consummations

*consumption [kən`sʌmpʃən] n. 消費，消費額，消耗量.

[範例] consumption tax 消費稅.

There is a close relationship between income and consumption. 收入與消費之間有著密切的關係.

*contact [`kɑntækt] n. ① 接觸，聯繫；[電] 電路的接觸. ②[口語] (職業上、社交上的) 社會關係，[~s] 有影響力的熟人. ③[口語] 隱形眼鏡 (亦作 contact lens).

——v. ④ 與~接觸，與~取得聯繫.

[範例] ① I have been in contact with Susie since last year. 自去年以來，我與蘇西一直有聯絡.

We tried to make contact with the lost ship. 我們試圖與那艘失蹤的船隻取得聯繫.

By pushing this button the contact is broken and the light goes out. 一按這個鈕，電路會被切斷，電燈就不亮了.

② John has many contacts in France. 約翰在法國有很多熟人.

④ I will contact you later. 稍後我會與你聯絡.

[片語] in contact with 與~接觸，與~交往. (⇨ [範例] ①)

make contact with 與~聯絡. (⇨ [範例] ①)

[複數] contacts

[活用] v. contacts, contacted, contacted, contacting

contagion [kən`tedʒən] n. ① 接觸傳染，感染. ② (接觸) 傳染病.

[複數] contagions

contagious [kən`tedʒəs] adj. ① (疾病等) 接觸傳染的. ② 帶有接觸傳染原的，帶菌的.

[範例] ① This patient is suffering from a contagious disease. 這位病人患有接觸傳染病.

I think yawning is contagious. 我認為打呵欠是會傳染的.

[注意] 經由空氣或水的傳染稱為 infection.

[活用] adj. more contagious, most contagious

*contain [kən`ten] v. ① 包含. ②(可) 容納. ③ 抑制 (感情).

[範例] ① This package contains a dozen eggs. 這個包裹裝有一打雞蛋.

Coffee contains caffeine. 咖啡含有咖啡因.

② The hall will contain fifty people. 那個大廳可以容納50個人.

③ She could not contain herself when he hit her on the cheek. 當他打她耳光時，她就無法克制自己了.

[片語] contain ~self 自制. (⇨ [範例] ③)

[活用] v. contains, contained, contained, containing

container [kən`tenə] n. 容器；(運輸貨物用的) 貨櫃.

♦ contáiner càr 貨櫃車 [[英] lorry].

contáiner ship 貨櫃船.

[複數] containers

contaminate [kən`tæmə,net] v. 污染：This river is contaminated by the waste water from factories. 這條河流被工廠排放的廢水所污染.

[活用] v. contaminates, contaminated, contaminated, contaminating

contamination [kən,tæmə`neʃən] n. 污染，污染物：Nuclear contamination of the ocean from tests is terribly disturbing. 海洋核子試爆所產生的污染令人極為不安.

[複數] contaminations

contd. (縮略) = To be continued. (待續).

*contemplate [`kɑntəm,plet] v. ① 注視，凝視. ② 沉思，深思熟慮. ③ 打算，意圖.

[範例] ① The man stood contemplating his face in the mirror. 那個男子站著凝視鏡中自己的臉.

③ I am contemplating traveling to Spain. 我正打算去西班牙旅行.

[活用] v. contemplates, contemplated, contemplated, contemplating

*contemplation [,kɑntəm`pleʃən] n. ① 凝視，注視. ② 沉思，深思熟慮；意圖：The student was lost in contemplation. 那個學生陷入沉思.

contemplative [`kɑntəm,pletɪv] adj. 冥想的，沉思的：The old man led a contemplative life. 那個老人過著如僧侶般冥想的生活.

*contemporary [kən`tempə,rɛrɪ] adj. ① 現代的. ② 同時代的.

——n. ③ 同時代的人 [物]；同年齡的人.

[範例] ① contemporary furniture 現代風格的家具.

contemporary literature 現代文學.

② The Rolling Stones were contemporary with the Beatles. 滾石樂團與披頭四是同一時代的.

Plato's account is the nearest to a contemporary one we have of the history of Atlantis. 柏拉圖的敘述與我們得到有關亞特蘭提斯當代的歷史最接近.

③ The Rolling Stones and the Beatles were contemporaries. 滾石樂團和披頭四是同時代的人.

[字源] 拉丁語 con (共同) ＋ temporary (時期的).

[複數] contemporaries

*contempt [kən`tempt] n. 輕蔑，蔑視.

[範例] They went to jail for contempt of Congress. 他們因蔑視國會而入獄.

It should be strictly prohibited to treat social inferiors with contempt. 輕視社會上的弱者應當被嚴禁.

contemptible [kən`temptəbl] adj. 可鄙的，無恥的.

[範例] The man told a contemptible lie. 那個男

子撒了一個無恥的謊言.
How **contemptible** it was of them to say that
God did not exist. 他們多麼無恥啊，竟然說
神不存在.

[活用] *adj.* **more contemptible**，**most
contemptible**

contemptuous [kən`tɛmptʃʊəs] *adj.* 瞧不
起的，表示輕蔑的: She is **contemptuous** of
all smokers. 她瞧不起吸菸者.

[活用] *adj.* **more contemptuous**，**most**

*__contend__ [kən`tɛnd] *v.*《正式》① 爭鬥，競爭.
② 堅決主張，堅信《後接 that 子句》.

[範例] ① Eight swimmers will **contend** in the
second race. 在第2場比賽中，將有8名游泳
選手競爭.
② The lawyer **contended** that Steve was
innocent. 那位律師堅信史蒂夫是清白的.

[活用] *v.* **contends**，**contended**，**contended**，
contending

contender [kən`tɛndə] *n.* 競爭者，選手:
One of the fifty **contenders** must win the
championship. 50位選手中必定有一人會贏
得冠軍.

[複數] **contenders**

*__content__ [kən`tɛnt] *v.* ① 使滿意，使滿足.
——*adj.* ②〔不用於名詞前〕滿意的《與 with 連
用》，心甘情願的《與 to V 連用》.
——*n.* ③ 滿足.④〔常用 ~s〕(容器中的) 物品，
(書的) 目錄.⑤ 含量; 容量.⑥ 內容.

[範例] ① Nothing **contents** the president. 沒有任
何事能使董事長滿意.
She **contented** herself with winning the
bronze medal in the floor exercise. 她獲得地
板體操的銅牌已心滿意足了.
He is never **contented** until he gets what he
wants. 他沒有得到他想要的是不會滿足的.
② Are you **content** with the current curriculum
for English? 你對於目前的英語教學課程滿意
嗎?
When it rains，I`m **content** to stay home and
play the flute. 下雨時我心甘情願待在家裡吹
吹長笛.
③ She danced to her heart`s **content**. 她盡情
地跳舞.
④ Show me the **contents** of the bag. 讓我看看
包包裡的東西.
⑤ You need to drink something with a high
protein **content**. 你需要喝一些蛋白質含量
高的東西.
⑥ a speech with very little **content** 內容貧乏的
演講.

[片語] *to ~`s heart`s content* 盡情地，痛快
地. (⇨ [範例] ③)

[參考] content ① ② ③ 意義為「所期望的東西，即
使不能全部得到，也能安於現狀」.

[活用] *v.* **contents**，**contented**，**contented**，
contenting

[活用] *adj.* **more content**，**most content**

④ [複數] **contents**

contented [kən`tɛntɪd] *adj.* 滿足的，滿意的.

[範例] Jean seems **contented** just to sit and drink
beer. 琴似乎只要坐著喝啤酒就心滿意足了.
a **contented** smile 心滿意足的微笑.

[活用] *adj.* **more contented**，**most contented**

contentedly [kən`tɛntɪdlɪ] *adv.* 滿足地.

[活用] *adv.* **more contentedly**，**most
contentedly**

contention [kən`tɛnʃən] *n.* ① 爭辯，爭論.
② 主張，論點.

[範例] ① He has been involved in an accident; this
is no time for **contention**. 他和那場意外事故
有關，但現在並非爭論的時候.
② It is his **contention** that this plan should be
suspended. 他主張應該暫時中止這項計畫.

[片語] *a bone of contention* 爭端的起因.

[複數] **contentions**

contentious [kən`tɛnʃəs] *adj.* ① 愛爭論的.
② (問題等) 引起爭議的.

[活用] *adj.* **more contentious**，**most
contentious**

contentment [kən`tɛntmənt] *n.* 滿意，滿
足: Happiness lies in **contentment**.《諺語》
知足常樂.

*__contest__ [*n.* `kɑntɛst; *v.* kən`tɛst] *n.* ① 競賽，
競爭.
——*v.*《正式》② 爭取，競爭.③ 反駁，提出異
議.

[範例] ① Mr. Hanks took part in the English
oratorical **contest** and won the first prize. 漢
克斯先生參加了那次英語辯論大賽並且得到
第一名.
② The seat in Congress was **contested** by
seven candidates. 有7位候選人爭奪那個國
會議席.
③ No one **contested** the decision. 沒有人對那
項決定有異議.

[複數] **contests**

[活用] *v.* **contests**，**contested**，**contested**，
contesting

contestant [kən`tɛstənt] *n.* 競爭者，參加競
賽者; 質疑者: How many of French
contestants are there in this marathon race?
在這次馬拉松比賽中有幾名法國參賽者?

[複數] **contestants**

context [`kɑntɛkst] *n.* 文章的脈絡，上下文;
(事情的) 本末，來龍去脈.

[複數] **contexts**

contextual [kən`tɛkstʃʊəl] *adj.* 文章脈絡上
的，取決於上下文的.

continent [`kɑntənənt] *n.* ① 大陸《地球上有
亞洲 (Asia)、歐洲 (Europe)、非洲 (Africa)、北
美洲 (North America)、南美洲 (South
America)、澳洲 (Australia) 及南極洲
(Antarctica) 7個大陸》.②〔the C~〕歐洲大陸
《從英國的角度而言》.

♦ **the Nèw Cóntinent** 新大陸《南北美洲大
陸; 從歐洲人的角度而言》.

the Òld Cóntinent 舊大陸《歐洲、亞洲、非洲大陸；從歐洲人的角度而言》.
[複數] **continents**

continental [ˌkɑntə`nɛntl] *adj.* ① 大陸的，大陸性的：a **continental** climate 大陸性氣候. ②〔C～〕歐洲大陸的《不包含英國》. ③〔C～〕美國殖民地的《獨立戰爭時的美國》.
——*n.* ④ 歐洲大陸人. ⑤（參與美國獨立戰爭的）美國軍人.

♦ **còntinental bréakfast** 大陸式早餐《以麵包、果醬、奶油、咖啡為主的簡單早餐》.
còntinental drift 大陸漂移（說）.
còntinental shélf 大陸棚《大陸沿岸水深不到200公尺的海底》.
[活用] *adj.* **more continental, most continental**
[複數] **continentals**

contingency [kən`tɪndʒənsɪ] *n.* 偶發事件，偶然性，可能性.
[複數] **contingencies**

contingent [kən`tɪndʒənt] *adj.* ① 依條件而定的《常與 on 連用》. ② 可能發生的，意外的，偶然的.
——*n.* ③ 分遣隊《為支援、增強大部隊或大艦隊而特別編制的小分隊或小艦隊》. ④（參加會議等的）派遣團，代表團.

[範例] ① Our decision is **contingent** on the results of the test. 我們的決定取決於那項測試的結果.

② Areas prone to **contingent** drought cluster in latitudes between 15 degrees and 20 degrees North and South. 有可能發生旱災的地區集中在北緯15度到20度和南緯15度到20度之間.

③ The fortress was defended by a tiny **contingent** of foreign soldiers. 那個要塞由一小組外籍傭兵部隊駐守.

④ That **contingent** at the United Nations is demanding more say. 那個聯合國代表團要求有更多的發言機會.
[複數] **contingents**

*****continual** [kən`tɪnjʊəl] *adj.*〔只用於名詞前〕反覆發生的，不斷的.
[範例] There is **continual** trouble in this area. 這個地區不斷發生事端.
Learning a foreign language requires **continual** practice. 學習外語需要不斷的練習.

continually [kən`tɪnjʊəlɪ] *adv.* 頻頻地，反覆發生地：He is **continually** complaining about his salary. 他不斷抱怨他的薪水.

continuance [kən`tɪnjʊəns] *n.*《正式》繼續，持續，連續：**Continuance** of the war means the end of our country. 持續的戰事意味著我們國家即將滅亡.

continuation [kən,tɪnjʊ`eʃən] *n.* 繼續，連續；（故事等的）後續.
[範例] the **continuation** of the species 物種的延續.

The South China Sea is a **continuation** of the Pacific Ocean. 南中國海是太平洋的延續.
[複數] **continuations**

*****continue** [kən`tɪnju] *v.* 持續，繼續，留任（職位）(in, at).

[範例] The king's reign **continued** for fifteen years. 這國王在位長達15年.
The young man **continued** at the same job. 那位年輕人繼續從事同樣的工作.
Prices will **continue** to rise. 物價會持續上漲.
I **continued** watching TV as Mom told me to help her in the kitchen. 媽媽叫我到廚房幫忙，但我仍然繼續看電視.
"I have something nice to give you today," he said to me, opening his bag. "This is a baseball cap," he **continued**, "that I bought in Toronto." 他邊打開袋子邊說：「我今天有一樣很好的禮物要送給你」，他接著說：「這是一頂我在多倫多買的棒球帽.」
The Foreign Minister **continued** at his post. 那位外交部長留任了.

[片語] ***to be continued*** 未完待續《在故事、報導、節目等結尾時出現》.
[活用] *v.* **continues, continued, continued, continuing**

continuity [ˌkɑntə`nuətɪ] *n.* 連續，連續性：Thus the **continuity** of values between the generations was weakened. 因此世代之間價值觀的連續性就削弱了.

*****continuous** [kən`tɪnjʊəs] *adj.* 接連的，持續不停的，連續不斷的：We have had **continuous** rain since last Friday. 從上星期五以來就持續地下雨.

continuously [kən`tɪnjʊəslɪ] *adv.* 連續地，不間斷地，連續不斷地：It was snowing **continuously**. 雪不停地下著.

contort [kən`tɔrt] *v.* 扭曲（臉等），歪曲（事實、文意等）.
[活用] *v.* **contorts, contorted, contorted, contorting**

contortion [kən`tɔrʃən] *n.* 扭曲，歪曲.
[複數] **contortions**

contour [`kɑntʊr] *n.* ① 輪廓（線），外形. ② 等高線《亦作 contour line》.
——*v.* ③ 沿等高線修築. ④ 標出等高線.

♦ **cóntour líne** 等高線《亦作 contour》.
cóntour màp 等高線圖.
[複數] **contours**
[活用] *v.* **contours, contoured, contoured, contouring**

contraband [`kɑntrə,bænd] *n.* ① 違禁品，走私貨；走私.
——*adj.* ② 走私的.

contraception [ˌkɑntrə`sɛpʃən] *n.* 避孕（法）.

contraceptive [ˌkɑntrə`sɛptɪv] *adj.* ① 避孕（用）的.
——*n.* ② 避孕藥〔器〕.

匣複數 **contraceptives**

***contract** [*n.* `kɑntrækt；*v.* kən`trækt] *n.* ① 合約，契約書．
——*v.* ② 訂合約，訂契約；承包．③（使金屬、肌肉等）收縮．④ 感染（疾病）．

匣範例 ① He has a one-year **contract** with our team. 他與我們隊訂有一年的合約．
We entered into a **contract** with the dress designer. 我們與那位服裝設計師簽了合約．
The singer is under **contract** to our record company. 那名歌手與我們唱片公司訂有合約．
a marriage **contract** 婚約．
Yesterday he signed the **contract**. 他昨天簽了合約．
② They **contracted** to finish the construction by August 31. 他們簽訂契約承包要在8月31日之前完成那項工程．
They **contracted** for a new bridge. 他們簽訂了建造一座新橋的合約．
③ Metals expand when heated and **contract** when cooled. 金屬一加熱就會膨脹，一冷卻就會收縮．
Is not is **contracted** to *isn't*. Is not 被縮略成isn't．
④ The king **contracted** a serious illness. 那個國王得了重病．

匣片語 ***enter into a contract*** 訂合約．(⇨ 匣範例 ①)
under contract to 與~訂有契約約．(⇨ 匣範例 ①)

匣發音 ② 亦作 [`kɑntrækt]．

♦ **contrácted fòrm** 縮略《如 do not→don't, I am→I'm, you are→you're, you have→you've, he would→he'd 等經由縮略而成的形式，亦作 contraction》.

匣複數 **contracts**

匣活用 *v.* **contracts, contracted, contracted, contracting**

contraction [kən`trækʃən] *n.* ① 收縮：the **contraction** of muscles 肌肉的收縮．② 縮略《亦作 contracted form》．
➡ 匣充電小站 (p. 269)

匣複數 **contractions**

contractor [kən`træktɚ] *n.* ① 立約人；承包人；建築業者．
♦ **gèneral contráctor** 建築承包商．

匣複數 **contractors**

contractual [kən`træktʃʊəl] *adj.* 合約上的，按照合約的：**contractual** obligations 合約的義務．

***contradict** [,kɑntrə`dɪkt] *v.* ① 反駁，否認．② 與~抵觸，與~矛盾．

匣範例 ① She **contradicted** me again and again. 她一再地反駁我．
The school's staff **contradicted** the rumor. 學校當局否認了那個謠言．
These facts cannot be **contradicted**. 這些事實無可否認．

② His account **contradicts** itself. 他的辯解自相矛盾．
This theory **contradicts** with the evidence. 這個理論與證據相牴．

匣活用 *v.* **contradicts, contradicted, contradicted, contradicting**

contradiction [,kɑntrə`dɪkʃən] *n.* ① 矛盾，不一致．② 反駁．

匣範例 ① The sentence "My wife is unmarried" is a **contradiction**. 「我的妻子尚未結婚」這句子自相矛盾．
There are infinitely many prime numbers. If not, there is a greatest prime, say p; but $(p! + 1)$ is not divisible by any number less than or equal to p. So $(p! + 1)$ has a prime factor greater than p, which is a **contradiction**. 有無限多的質數，如果不是，那麼就會有 p 這個最大的質數．但是，$(p! + 1)$ 不能被 p 或比 p 小的數整除，因此，$(p! + 1)$ 就有比 p 大的質因數，這樣的說法是矛盾的．《$(p! + 1)$ 讀作 factorial p plus one》

匣複數 **contradictions**

contradictory [,kɑntrə`dɪkt(ə)rɪ] *adj.* 矛盾的，不一致的，對立的：a report **contradictory** to the facts 與事實矛盾的報告．

contralto [kən`trælto] *n.* ① 女低音《女聲的最低音域》．② 女低音歌手．

匣複數 **contraltos**

contraption [kən`træpʃən] *n.* 奇妙的機械裝置．

匣複數 **contraptions**

***contrary** [`kɑntrɛrɪ] *adj.* ① 反對的，相反的 (to)．② 固執的，倔強的．③（天氣、風向等）逆向的，不利的．
——*n.* ④ [the ~] 相反，反面．

匣範例 ① **contrary** opinions 反對意見．
That decision was **contrary** to his wishes. 那個決定與他的願望相反．
Contrary to popular misconceptions, gorillas are not aggressive, bloodthirsty monsters, but rather peaceful vegetarians. 與大多數人的誤解相反，大猩猩並不是具有攻擊性且殘忍的怪物，而是溫和的素食主義者．
② You are always **contrary** and so annoying. 你總是倔強又令人討厭．
③ a **contrary** wind 逆風．
contrary weather 惡劣的天氣．
④ Quite the **contrary**. 恰好相反．

匣片語 ***on the contrary*** 相反地："Your mother is very kind, isn't she?" "**On the contrary**, she's very cruel." 「你的母親非常仁慈，不是嗎？」「相反地，她非常殘忍．」
to the contrary 與此相反的〔地〕：It was the first defeat for Japan in the South Pacific, despite official pronouncements **to the contrary**. 儘管與官方的聲明相反，那是日本在南太平洋的第一次戰敗．
He looks kind, but is cruel—a case of

appearance **tc the contrary**, I'm afraid. 他看起來很仁慈，但恐怕與外表相反，他很殘忍。

活用 *adj.* **more contrary, most contrary**

複數 **contraries**

C ***contrast** [*n.* `kɑntræst; *v.* kən`træst] *n.* ① 對照，對比。② 形成對比的事物；明顯差異。

——*v.* ③ 對照，對比。④ 形成對比 (with)，對比之下顯出區別。

範例 ① Beth, in **contrast** to the other girls, was well behaved. 和其他的女孩相比，貝絲的行為很規矩。

② Chris is now an absolute **contrast** to his former self. 克里斯和他以前相比判若兩人。

③ Why don't you **contrast** his new CD with his previous one? 你何不比較一下他新發行的CD 和他的上一張 CD？

My thesis **contrasts** Hungarian and Polish governmental policy. 我的論文針對匈牙利政府和波蘭政府的政策作比較。

④ The red tie **contrasts** well with the dark green blazer. 紅領帶和深綠色運動衣形成明顯的對比。

片語 **in contrast to** 與～形成對比，與～相反。(⇨ 範例 ①)

複數 **contrasts**

活用 *v.* **contrasts, contrasted, contrasted, contrasting**

contravene [ˌkɑntrə`vin] *v.* 違反（習俗、法令等），牴觸（原則等）；反駁。

活用 *v.* **contravenes, contravened, contravened, contravening**

contravention [ˌkɑntrə`vɛnʃən] *n.* 違反，牴觸。

複數 **contraventions**

***contribute** [kən`trɪbjut] *v.* ① 捐獻（物）；投稿。② 貢獻，有助於；促成。

範例 ① I **contributed** ten million dollars to the charity. 我捐了一千萬美元給慈善機構。

The old lady **contributed** to the community chest. 那位老婦人捐款給社區福利基金。

He **contributed** an article to the magazine. 他向那家雜誌投稿。

② Some say Freud **contributed** greatly to understanding the human mind. 有人說佛洛伊德在理解人類心理上有極大的貢獻。《Freud 為精神分析學家》

Alcohol **contributes** to liver diseases. 酒會引起肝病。

活用 *v.* **contributes, contributed, contributed, contributing**

***contribution** [ˌkɑntrə`bjuʃən] *n.* ① 捐款；投稿。② 貢獻，幫助。

範例 ① No one made a **contribution** to our school. 沒人捐款給我們學校。

② His **contribution** to our project was great. 他對我們的計畫貢獻很大。

複數 **contributions**

contributor [kən`trɪbjətə] *n.* 捐獻者，貢獻者；投稿者。

複數 **contributors**

contributory [kən`trɪbjəˌtorɪ] *adj.* 助長的，促成原因的，貢獻的；投稿的。

範例 The food shortage was one of the **contributory** factors in the government's downfall. 食物短缺是促使政府垮臺的原因之一。

Three factors were **contributory** to the success in English teaching. They were good teachers, good teaching material, and good methods. 促使英語教學成效良好的3個要素是好老師、好教材以及好方法。

contrite [`kɑntraɪt] *adj.* 深深悔罪的，痛悔的：

contrite tears 悔恨的眼淚。

活用 *adj.* **more contrite, most contrite**

contrivance [kən`traɪvəns] *n.* ① 發明物。② 〔~s〕計謀，計倆。③ 設計，發明。

複數 **contrivances**

***contrive** [kən`traɪv] *v.* 設計，發明；策劃；設法做到。

範例 The man **contrived** a new way of swimming. 那個男子設計出一種新的游泳方式。

I **contrived** to meet her in the station, but she thought we met by chance. 我設法與她在車站相見，但她以為我們是巧遇。

活用 *v.* **contrives, contrived, contrived, contriving**

***control** [kən`trol] *n.* ① 支配能力；控制。② 〔~s〕管制辦法；操縱裝置。③ 抑制。④（棒球的）控球能力。

——*v.* ⑤ 支配，控制；管理。⑥ 抑制。

範例 ① That country was under the **control** of the military for more than ten years. 那個國家處於軍方控制已經長達10年以上。

② The government must have **controls** over prices. 政府必須有物價的管制措施。

The captain was at the **controls** of the airplane. 機長操縱著飛機。

③ She has no **control** of her feelings. 她抑制不住自己的情感。

④ Our team was defeated because our pitcher had bad **control**. 我們隊之所以會輸是因為我們的投手控球能力差。

⑤ He **controlled** the business when his father died. 他父親去世時由他管理事業。

⑥ I tried to **control** my feelings, but I couldn't. 我試圖抑制住自己的情感，但我做不到。

片語 **control ~self** 自制。

get out of control/go out of control 失去控制：The car **got out of control** and crashed. 那輛車子失控撞毀。

in the control of 受～控制著，受～支配著：Airplanes are **in the control of** the control tower. 飛機受塔臺的控管。

under the control of 受～控制。(⇨ 範例 ①)

without control 隨便地，任意地：He acted **without control**. 他恣意行動。

充電小站

縮略字 (contracted forms/contractions)

【Q】像 he's, isn't 這樣的縮略字是存在的, 是否可以把 he's 和 isn't 併在一起變成 he'sn't 呢? 例如, 是否可以把 He is not an honest man. 變成 He'sn't an honest man. 呢?

【A】不能. 原因如下:

在考慮這個問題之前, 先給「縮略字」下個定義. he's 是 he is 的縮略, is not 是 is not 的縮略, 而 's 是 is 的縮略, n't 是 not 的縮略.

當然, 在非正式的「書面語」中 (例如給關係親密的人的信) 會看到這樣的用法, 但在正式的書面語中不能使用.

　(1)He isn't an honest man.
　(2)He's not an honest man.

這兩個句子都是用縮略字 isn't 或 he's 寫成的, 因為它是把某個人說的話用文字照實寫下, 所以一看到這句子就知道是「某人這樣說的」.

因為這兩句話是口語, 所以表現了實際的發音, (1) 的 isn't 必須準確地讀作 [ˈɪznt]. (2) 的 He's 有時清晰地讀作 [hiz], 有時也微弱地讀作 [hɪz]. 慢慢說時讀作 [hiz], 說得快時就變成了 [hɪz].

明白了以上的道理, 就可以嘗試把 He's 和 isn't 合起來說, 例如以下兩種方案:

　(A)[hiz] + [ˈɪznt]
　(B)[hɪz] + [ˈɪznt]

因為 isn't [ˈɪznt] 的 [ɪz] 部分發音清楚, (A) 就變成 [hiˈɪznt], (B) 則變成 [hɪˈɪznt], 按照一般的拼法來寫, 只能寫成 he'sn't, 而 he'sn't 的發音並不存在, 所以就不能寫成 he'sn't.

is 有 [ɪz], [s], [z] 3種發音. he is 組合時發 [ɪz] 或 [z]. 讀作 [ɪz] 音時必須寫成 he is, 讀作 [z] 音時可以寫成 he is, 或 he's.

縮略字是照實寫下口語發音, 所以
　(3)Tom is coming here soon.
　(4)Mitch is coming here soon.

這兩句話用口語說時, (3) 的 Tom is 可以讀作 [tɑmz], 這樣就可以把句子寫成 Tom's coming here soon. 而 (4) 的 Mitch is, 無論如何也不能把 is 發成 [s] 或 [z], [mɪtʃs] 或 [mɪtʃz] 都非常難發音, 一定要讀作 [ˈmɪtʃɪz], 這樣就只能寫成 Mitch is, 所以和 Mitch is 相對應的 Mitch's 這樣的縮略字不存在.

但另一方面, 和 Mitch has 相對應的 Mitch's 是存在的.

　(5)Mitch has arrived.

has 的發音有 [hæz]、[həz]、[əz]、[z]、[s] 5種. 而 (5) 的 Mitch has 有時讀作 [ˈmɪtʃəz], 而 has 的縮略是 's (和 is 的縮略形式相同), 發 [əz, z, s] 時可以使用這個形式. 因此 (5) 這個句子的 Mitch has 讀作 [ˈmɪtʃəz] 時可以寫成 Mitch's arrived.

最後, 再看一遍最初所列舉的兩個例句:
　(1)He isn't an honest man.
　(2)He's not an honest man.

這兩句話意思一樣嗎? 或是不同? 答案是這樣的: (1) 的意思是「他不是老實人」. 只是否定「他是個老實人」這件事. (2) 表達的意思是「說他是個老實人, 根本談不上」. not 這個字直接否定了 an honest man.

但是 (6) 的 ~'s 是甚麼的縮略呢?
　(6)Johnson's arrived? (強森來了嗎?)
　Who's Johnson? (誰是強森?)
　John's son. (約翰的兒子.)
　What's he do? (他是做甚麼的?)
　He's a teacher. (他是個老師.)

Johnson's 是 Johnson has 的縮略, Who's 是 Who is 的縮略, John's 不是縮略字, 是「約翰的」之意, What's 在這裡是 What does 的縮略, He's 是 He is 的縮略.

♦ **contról ròom** 控制室.
　contról tòwer (機場) 塔臺.
〔複數〕 **controls**
〔活用〕 v. **controls, controlled, controlled, controlling**
controller [kənˈtrolɚ] n. ① 主計官, 稽查員. ② (電動機器等的) 控制器. ③ (航空) 管制員.
〔複數〕 **controllers**
controversial [ˌkɑntrəˈvɝʃəl] adj. 引起爭論的, 有爭議的.
〔活用〕 adj. **more controversial, most controversial**
***controversy** [ˈkɑntrəˌvɝsɪ] n. 爭論, 爭議.
〔範例〕 The book has caused much **controversy** about educational reform. 那本書已經引起許多教育改革方面的爭論.
The new law has aroused a **controversy** over freedom of speech. 那條新法律在言論自由上引起了爭議.

〔片語〕 **beyond controversy** 無可爭辯的 (地).
〔複數〕 **controversies**
convalesce [ˌkɑnvəˈlɛs] v. 康復, 漸癒.
〔活用〕 v. **convalesces, convalesced, convalescing**
convalescence [ˌkɑnvəˈlɛsn̩s] n. 康復期, 逐漸康復.
convalescent [ˌkɑnvəˈlɛsn̩t] adj. ① 康復中的.
——n. ② 康復中的病人.
〔複數〕 **convalescents**
convene [kənˈvin] v. 召集 (會議、人們等), (人) 集會: The President **convened** a press conference. 總統召開了一場記者招待會.
〔活用〕 v. **convenes, convened, convened, convening**
***convenience** [kənˈvinjəns] n. ① 方便, 便利. ② 方便的東西.

[範例] ① The main advantage of this city is the **convenience** of the subway system. 這個城市的主要優勢在於地下鐵系統很方便.

The meeting has been changed to Sunday for your **convenience**. 由於考慮到你的方便, 那個會議改到星期天舉行.

② The new city hall has all the modern **conveniences**. 新的市政廳具備所有現代化的便利設施.

It is a great **convenience** to live near a station. 住在車站附近是一大便利.

[片語] **at ~`s convenience** 在～方便的時候: Come and see me **at your convenience**. 在你方便的時候來看我.

at your earliest convenience 在你方便時儘早: Please answer **at your earliest convenience**. 在你方便時, 請儘早給我答覆. (⇨[範例]①)

for ~`s convenience 為求某人的方便. (⇨[範例]①)

♦ **convénience fòod** 便利食品.
convénience stòre 便利商店.
pùblic convénience 〖英〗公共廁所《亦作 convenience》.
[☞] ↔ inconvenience
[複數] **conveniences**

***convenient** [kən`vinjənt] *adj.* ① 方便的, 便利的. ② 又近又方便的.

[範例] ① I want a **convenient** tool for making plastic models. 我想要一個便利的工具來製造塑膠模型.

What time would be most **convenient** for us to meet? 我們幾點見面最方便呢?

② His house is very **convenient** to the station. 他家到車站又近又方便.

[☞] ↔ inconvenient
[活用] *adj.* **more convenient**, **most convenient**

conveniently [kən`vinjəntlɪ] *adv.* 方便地《修飾全句》: **Conveniently**, our school was near the station. 我們學校離車站很近, 非常方便.

[☞] ↔ inconveniently
[活用] *adv.* **more conveniently**, **most conveniently**

convent [`kɑnvɛnt] *n.* 女修道院《男修道院作 monastery》.
[複數] **convents**

***convention** [kən`vɛnʃən] *n.* ① 政黨大會, (政治、宗教等方面的) 代表大會或定期會議. ② (國際性的) 協定, 協約. ③ 常規, 慣例.

[範例] ① The Democrats and Republicans hold **conventions** every four years. 民主黨員和共和黨員每4年召開一次大會.

② Not all the nations agreed to that **convention** on arms control. 並非所有國家都贊成那項軍備管制協定.

③ Every society has its **conventions**. 每個社會都有它的常規.

[複數] **conventions**

conventional [kən`vɛnʃənl] *adj.* ① 守舊的, 慣例的; 固有的. ② (武器等) 傳統的, 非核子的.

[範例] ① **conventional** opinions 守舊的想法.
conventional clothes 傳統服裝.

② **conventional** weapons 傳統武器《非核子武器》.

[活用] *adj.* **more conventional**, **most conventional**

conventionally [kən`vɛnʃənlɪ] *adv.* 守舊地; 傳統地; 依照慣例地: He is too **conventionally**-minded to enjoy this kind of music. 他的思想太守舊, 以致於無法欣賞這類音樂.

converge [kən`vɝdʒ] *v.* (向某一點) 聚集, 集中 (on).

[範例] Dozens of fire engines **converged** on the burning hotel. 幾十輛消防車湧向失火的旅館.

Light rays **converged** on the focal point of the lens can produce a real image. 光線聚集到透鏡焦點上形成實像.

[☞] ↔ diverge
[活用] *v.* **converges**, **converged**, **converged**, **converging**

convergence [kən`vɝdʒəns] *n.* 匯集 (☞ ↔ divergence).
[複數] **convergences**

conversant [`kɑnvɚsnt] *adj.* 精通的, 熟悉的: Mr. White is **conversant** with physics. 懷特先生精通物理學.

[活用] *adj.* **more conversant**, **most conversant**

***conversation** [ˌkɑnvɚ`seʃən] *n.* 對話, 談話.

[範例] I am sorry to break off the **conversation**. 我很抱歉打斷你們的談話.

I exchanged a delightful **conversation** with Jean. 我和琴進行了一場愉快的交談.

He is in **conversation** with Jane by telephone. 他正透過電話與珍交談.

She had a **conversation** with her friend about the movie. 她與她的朋友談論那部電影.

During the teatime we made **conversation**. 我們在下午茶時間閒談.

[片語] **have a conversation with/hold a conversation with** 與～交談. (⇨[範例])
make conversation 閒談. (⇨[範例])

[複數] **conversations**

conversational [ˌkɑnvɚ`seʃənl] *adj.* 會話的, 談話式的; 喜好交談的.

[範例] a **conversational** style 會話體.
a **conversational** tone of voice 會話語調.

[活用] *adj.* **more conversational**, **most conversational**

***converse** [*v.*, *adj.* kən`vɝs; *n.* `kɑnvɝs] *v.* ① 談話; 交談 (with).
——*n.* ② 相反; 反義字.

——*adj.* ③ 相反的，逆的．

[範例] ① The teacher **conversed** with the parents about education. 那位老師和父母們談論教育問題．

② What is the **converse** of "light"? light 的反義字是甚麼？

③ I hold the **converse** opinion. 我持相反的意見．

[活用] *v.* converses, conversed, conversed, conversing

conversely [kən`vɝslɪ] *adv.* 逆地，相反地；反過來說．

conversion [kən`vɝʃən] *n.* ① 轉變，轉換．② (信仰的) 改變，皈依．③ 改造，(貨幣) 兌換．

[範例] ① The formula for **conversion** from the Fahrenheit scale to the Celsius scale is: C＝(F－32)×5/9. 把華氏溫度換算成攝氏溫度的公式是：C＝(F－32)×5/9.

② his **conversion** from Judaism to Christianity 他從猶太教皈依基督教．

③ Loft **conversions** (into an additional bedroom, for example) can be expensive. 閣樓的改建 (例如改建成一間臥室) 會很貴的．

[複數] **conversions**

*__convert__ [*v.* kən`vɝt; *n.* `kɑnvɝt] *v.* ① (使) 改變 (成他物、形狀)，(使) 轉換 (into). ② 改變信仰、黨派或意見等 (to).

——*n.* ③ 改變信仰者，皈依者；改變觀點者．

[範例] ① This chair **converts** into a table. 這張椅子可以變成桌子．

Is it about two miles from here to the station? How far is it if you **convert** it into kilometers? 從這裡到車站大約兩哩是嗎？ 如果換算成公里是多遠？

② Bob has **converted** to Buddhism. 鮑伯皈依佛教．

Living in Japan has **converted** me to folk craft. 日本的生活已經使我變得喜歡民間藝術．

③ a **convert** to Buddhism 皈依佛教者

[活用] *v.* converts, converted, converted, converting

[複數] **converts**

convertible [kən`vɝtəbl] *adj.* ① 可轉換〔變換〕的：This chair is **convertible** into a table. 這張椅子可以變成桌子．② (汽車) 有摺篷的．

——*n.* ③ 敞篷汽車．

[複數] **convertibles**

[convertible]

convex [kɑn`vɛks] *adj.* 凸面的．

[範例] a **convex** lens 凸透鏡．

a **convex** mirror 凸面鏡．

☞ ↔ concave

*__convey__ [kən`ve] *v.* ① 運送，傳送，傳達．② 轉讓 (土地、權利等)．

[範例] ① This tanker **conveys** oil from the Middle East to Taiwan. 這艘油輪將石油從中東運送到臺灣．

Short-wave broadcasting **conveys** information to those remote islands. 短波廣播把訊息傳送到那些遙遠的島上．

[活用] *v.* conveys, conveyed, conveyed, conveying

conveyance [kən`veəns] *n.* ① 運輸，輸送，傳達．② 運輸工具．③ 讓與，轉讓；產權轉讓證書．

[範例] ① a means of **conveyance** 運輸方法．

② a public **conveyance** 大眾運輸工具．

[複數] **conveyances**

conveyer [kən`veə] *n.* ① 運送者，運輸者．② 輸送帶〔亦作 conveyer belt〕．

◆ **convéyer bèlt** 輸送帶〔亦作 conveyer〕．

[參考] 亦作 conveyor.

[複數] **conveyers**

conveyor [kən`veə] ＝*n.* conveyer.

*__convict__ [*v.* kən`vɪkt; *n.* `kɑnvɪkt] *v.* ① 證明有罪〔常用 be ～ed of 形式〕．

——*n.* ② 囚犯，受刑人．

[範例] ① The criminal was **convicted** of murder and was sentenced to death. 那個嫌犯被判殺人罪並處以死刑．

② The jailer found him an escaped **convict**. 那位獄卒發現他是一個逃犯．

☞ ↔ acquit

➡ 〔充電小站〕 (p. 715)

[活用] *v.* convicts, convicted, convicted, convicting

[複數] **convicts**

*__conviction__ [kən`vɪkʃən] *n.* ① 確信，信念．② 說服力，服理．③ 定罪，宣告有罪．

[範例] ① You did that in the full **conviction** you would get away with it! 你深信能逃避刑責才敢如此以身試法！

② The journalist carries **conviction** to many readers. 那位記者對許多讀者具有說服力．

The girl was open to **conviction** from her parents. 那個女孩願意聽從父母．

[片語] *__carry conviction__ 有說服力．(⇨ [範例] ②)

*__open to conviction__ 願意聽從〔服理〕．(⇨ [範例] ②)

[複數] **convictions**

*__convince__ [kən`vɪns] *v.* 使確信；說服．

[範例] Her sincerity **convinced** me that she was innocent. 她的真誠使我確信她是無罪的．

He is **convinced** of your sincerity. 他確信你是真誠的．

I **convinced** him to go by boat rather than by train. 我說服他乘船而非坐火車．

[活用] *v.* convinces, convinced, convinced, convincing

convincing [kən`vɪnsɪŋ] *adj.* 令人信服的：a

C

convincing speech 具有說服力的演說.

[活用] adj. **more convincing**, **most convincing**

convincingly [kən`vɪnsɪŋlɪ] adv. 令人信服地.

[活用] adv. **more convincingly**, **most convincingly**

convoy [v. kən`vɔɪ; n. `kɑnvɔɪ] v. ① 護送.
——n. ② 護送, 護衛: an army **convoy** 軍隊的護衛. ③ 護航艦; 護衛隊; 被護送的船〔車〕隊.

[片語] **under convoy** 在護衛隊的護送下.
in convoy 組成船〔車〕隊.

[活用] v. **convoys**, **convoyed**, **convoyed**, **convoying**

convulse [kən`vʌls] v. ① 使猛烈震動. ② 使扭動; 使抽筋.

[範例] ① The country was **convulsed** by civil war. 內戰震撼了那個國家.
② She was **convulsed** with laughter. 她笑得前俯後仰.

[活用] v. **convulses**, **convulsed**, **convulsed**, **convulsing**

convulsion [kən`vʌlʃən] n. ① 震動, 動亂. ② 抽筋, 痙攣.

[範例] ① economic **convulsion** 經濟變動.
② The patient often has **convulsions**. 那個病人時常抽筋.
High fever sometimes throws a child into **convulsion**. 高燒有時會引起小孩子痙攣.

[複數] **convulsions**

convulsive [kən`vʌlsɪv] adj. 痙攣的; 急性發作的; 激動的: a **convulsive** fit 痙攣發作.

coo [ku] n. ①（鴿子的）咕咕聲.
——v. ②（鴿子）發出咕咕聲. ③ 溫柔細語.

[範例] ② A pigeon is **cooing** on the roof. 一隻鴿子在屋頂上咕咕叫.
③ The mother **cooed** at her baby. 那位母親對嬰兒溫柔地低語.

[複數] **coos**

[活用] v. **coos**, **cooed**, **cooed**, **cooing**

cook [kʊk] n. ① 廚師, 烹調者.
——v. ② 烹調. ③ 煮熟.

[範例] ① My wife is a good **cook**. 我妻子是一個好廚師.
② I'd like my vegetables **cooked**. 把我的蔬菜烹調一下.
③ The meat is cut very thin, so it **cooks** very quickly. 肉切得很薄, 因此很快就可以煮熟.
➡ 充電小站 (p. 273)

[複數] **cooks**

[活用] v. **cooks**, **cooked**, **cooked**, **cooking**

cookbook [`kʊk,bʊk] n. 〖美〗 食譜（〖英〗 cookery book）.

[複數] **cookbooks**

cooker [`kʊkɚ] n. ① 炊具. ② 烹調用的水果.

[複數] **cookers**

cookery [`kʊkərɪ] n. 烹飪技巧: **cookery**

lessons 烹飪課.

cookie/cooky [`kʊkɪ] n. ① 〖美〗 餅乾（把麵粉揉成麵糰燒烤成的甜點心; 〖美〗 不帶甜味的作 cracker, 〖英〗 帶不帶甜味都作 biscuit）.
②（口語）〖美〗 小子; 俏姑娘.

[片語] **That's the way the cookie crumbles**. 就是那麼一回事.

[複數] **cookies**

cool [kul] adj.

原義	層面	釋義	範例
不熱的	溫度	涼爽的, 給人涼快感的	①
	心	冷漠的, 冷淡的	②
	判斷力	冷靜的, 沉著的	③
	數字	不折不扣的, 整整的	④
	旨趣	令人滿意的, 絕妙的	⑤

——v. ⑥（使）冷卻, 變涼. ⑦（使）冷靜, 鎮定.
——n. ⑧ 涼爽, 涼, 涼快的地方〔時間〕. ⑨ 冷靜, 鎮定.

[範例] ① It was a **cool** day yesterday. 昨天是一個涼爽的日子.
a **cool** breeze 涼風.
That tea is too hot; wait until it gets **cool** before drinking it. 那杯茶太燙了, 等它涼了再喝.
② Sarah was a bit **cool** toward me. 莎拉對我有點冷淡.
③ He's got a **cool** head. 他有一顆冷靜的頭腦.
She was very **cool** about the news. 她知道那則消息後很鎮定.
Keep **cool**! /Stay **cool**! 保持鎮定!
④ My father is a **cool** six feet tall. 我父親身高整整6呎.
⑥ **Cool** the watermelon with running water. 用自來水把那個西瓜沖涼.
That tea is too hot. It would be better to wait until it **cools** down. 那杯茶太燙, 等它涼了再喝比較好.
⑦ Her anger surprised me, and **cooled** my ardor. 她的怒氣使我吃驚, 並且使我的熱情大減.
How could I **cool** down after that heated discussion? 經過那樣熱烈的討論之後, 我怎麼能平靜得下來?
⑧ We talked in the **cool** of the forest. 我們在森林裡的陰涼處談話.
⑨ Don't lose your **cool**! 別激動!

[片語] **play it cool**（故作鎮定）冷靜行事: It's a fool who **plays it cool**. 冷靜行事的是傻瓜.

[活用] adj. **cooler**, **coolest**

[活用] v. **cools**, **cooled**, **cooled**, **cooling**

cooler [`kulɚ] n. ① 冷卻器. ② 清涼飲料.

烹飪技巧 (cookery)

　我們來看看經常出現在食譜中的各種烹飪技巧.

▶ 切法

chop	剁	（蔬菜、肉等）
crush	搗碎	（胡椒等）
cube	切成小方塊	（乳酪等）
dice	切成小方塊	（蔬菜等）
grate	磨碎	（乳酪等）
hash	切碎	（肉等）
mash	壓碎	（馬鈴薯等）
mince	絞碎	（蔬菜、肉等）
pare	削皮	（蘋果等）
peel	剝皮	（蔬菜等）
shred	切碎	（空心菜等）
sieve	濾	（煮的蔬菜等）
slice	把～切成薄片	（麵包、乳酪等）

▶ 烤法

bake	在烤箱中烘烤，不直接接觸火	（蛋糕等）
boil	在沸水中煮	（蛋等）
braise	先用油炒過，加少量的水，再用文火燉或蒸	（蔬菜、肉等）
brown	烤成焦黃色	（肉等）
deep-fry	油炸	（炸天婦羅等）
grill（〖美〗broil）	用烤肉架烤	（肉等）
pan-fry	用平底鍋煎	（荷包蛋等）
roast	烤，炒	（肉等）
simmer	（用小火）燉	（湯等）
steam	蒸	（馬鈴薯等）
stew	（用文火）煮，燉	（燉品）
toast	用火烤	（麵包、乳酪等）

bake

boil

dice

grill (broil)

pare

roast

shred

slice

▶ 其他

chill	冷卻；冷藏
coat	覆蓋～的表面
defrost	解凍
dress	加調味汁
flavor	為～調味
freeze	冷凍
knead	揉捏

pickle　做成醃漬食品
stir　　攪拌
此外，常用的計量符號如下：
lb（pound 的縮略）1lb≒0.5kg
oz（ounce 的縮略）1oz≒28g
tbs（tablespoon 的縮略）1tbs＝一大匙（但最近有許多食譜也把幾公克一併記下，因此不必太擔心單位）

[複數] **coolers**

coolly [`kulɪ] adv. ① 冷靜地. ② 涼爽地；冷地；冷淡地.
[活用] adv. **more coolly, most coolly**

coolness [`kulnɪs] n. ① 涼；冷；冷淡. ② 冷靜. ③ 厚顏無恥.

coop [kup] n. ① （雞、兔子等的）籠子，欄舍.
——v. ② 關入籠子. ③ 拘禁（人）(up).
[範例] ① the chicken **coop** 雞籠.
② All day we were **cooped** up in the small house by the snow. 我們整天雪困於小屋內.《不外出》
[複數] **coops**
[活用] v. **coops, cooped, cooped, cooping**

co-op [ko`ɑp] n. 合作社，合作商店: A **co-op** means a cooperative store or a cooperative society. 合作社是指合作商店或產業合作社.

[複數] **co-ops**

cooper [`kupɚ] n. 桶匠.
[複數] **coopers**

*cooperate/co-operate [ko`ɑpəˏret] v. 合作，協力.
[範例] I will **cooperate** with you in planning for the next expedition. 我將會與你一起計畫下次的探險.
All of us have to **cooperate** to keep our town clean. 我們必須協力保持城市的整潔.
[字源] co（共同）＋operate（作用）.
[活用] v. **cooperates, cooperated, cooperating**

*cooperation/co-operation [ko ɑpə`reʃən] n. 合作，協力: I published the book about Germany in **cooperation** with the photographer. 我與那位攝影師合作出版

了那本有關德國的書.

cooperative/co-operative

[ko`apə‚retɪv] *adj.* ① 合作的，協力的.

——*n.* ② 合作社，合作商店.

範例 ① Thank you for your **cooperative** attitude. 謝謝你的樂意配合.

a **co-operative** society 合作社.

② A **cooperative** is a cooperative society or a **cooperative** store. 合作社是指產業合作社或合作商店.

活用 *adj.* **more cooperative**, **most cooperative**

複數 **cooperatives**

coordinate/co-ordinate

[ko`ɔrdn‚et] *v.* (使) 協調，(使) 調和.

範例 Limbs must be well **coordinated** in order to swim. 想要學會游泳，四肢必須協調好.

I use this computer, which **coordinates** all the other instruments. 我使用這臺電腦與其他儀器配合的電腦.

活用 *v.* **coordinates**, **coordinated**, **coordinated**, **coordinating**

coordination/co-ordination

[ko‚ɔrdn`eʃən] *n.* 協調，調和；同等級.

cop [kap] *n.* ①《口語》警察.

——*v.* ② 抓；逮捕；偷. ③ 逃，逃避責任 (out).

字源 來自古法文的 cap (抓)，源自「抓人的人」，因此 copper 就表示「警察」，縮短後單 cop 也可以表示「警察」.

複數 **cops**

活用 *v.* **cops**, **copped**, **copped**, **copping**

***cope** [kop] *v.* ① 妥善地處理 (with). ② 應付，對抗 (with).

——*n.* ③ 斗篷式長袍《神職人員在舉行莊嚴儀式時所穿的長斗篷》.

範例 ① I will try to **cope** with this problem. 我會試著處理這個問題.

② No one can **cope** with her in German. 她的德語所向無敵.

活用 *v.* **copes**, **coped**, **coped**, **coping**

複數 **copes**

copious [`kopɪəs] *adj.* 豐富的，大量的.

範例 a **copious** crop of potatoes 馬鈴薯的豐收.

a **copious** spring 水量充足的泉水.

活用 *adj.* **more copious**, **most copious**

copiously [`kopɪəslɪ] *adv.* 豐富地，大量地.

copper [`kapə] *n.* ① 銅《金屬元素，符號 Cu》. ②〔常 ~s〕《英》銅幣《penny (便士) 或 cent (分) 等銅製的小錢》. ③ 銅鍋《燒飯、洗衣用的大鍋》. ④ 紅蜆屬蝴蝶. ⑤ 銅色，紅褐色. ⑥ 警察.

——*v.* ⑦ 鍍銅.

♦ **còpper béech** 歐洲山毛櫸《葉子呈銅色》.

複數 **coppers**

活用 *v.* **coppers**, **coppered**, **coppered**, **coppering**

copse [kaps] *n.* 小樹叢.

複數 **copses**

copulate [`kapjə‚let] *v.* 交媾，交配.

活用 *v.* **copulates**, **copulated**, **copulated**, **copulating**

copulation [‚kapjə`leʃən] *n.* 交媾，交配.

‡**copy** [`kapɪ] *n.* ① 謄本，複製品，複印. ② ~本，~份. ③ 原稿. ④ 廣告手稿〔文案〕.

——*v.* ⑤ 抄寫，模仿.

範例 ① Please keep a **copy** of this paper. 請保留這份資料的副本.

She made five **copies** of his report. 她把他的報告複印了5份.

He bought a **copy** of a van Gogh. 他買了一幅梵谷的複製品.

② They printed 3,000 **copies** of the book. 他們把那本書印了3,000本.

③ The writer sent the **copy** to the printer. 作家把原稿送到印刷業者那裡.

⑤ The student **copied** the page in his notebook. 那個學生把那一頁抄在他的筆記本上.

He should **copy** your manners. 他應該學習你的彬彬有禮.

She **copied** her neighbor in the examination. 她在那次考試中抄襲鄰座.

➡ 充電小站 (p. 275)

複數 **copies**

活用 *v.* **copies**, **copied**, **copied**, **copying**

copybook [`kapɪ‚buk] *n.* (練習寫字用的) 字帖.

複數 **copybooks**

copycat [`kapɪ‚kæt] *n.* 模仿者.

複數 **copycats**

copyright [`kapɪ‚raɪt] *n.* 著作權，版權: This dictionary is our **copyright**. 我們擁有這本字典的版權.

參考 略作 ©.

複數 **copyrights**

copywriter [`kapɪ‚raɪtə] *n.* 撰稿人，廣告文字撰稿人.

複數 **copywriters**

coral [`kɔrəl] *n.* 珊瑚: **coral** lips 珊瑚色的雙唇.

♦ **còral réef** 珊瑚礁.

複數 **corals**

cord [kɔrd] *n.* ① 繩，索. ②（電器的）電線. ③ 腱，索，帶. ④ 燈芯絨《亦作 corduroy》. ⑤〔~s〕燈芯絨褲《亦作 corduroys》.

範例 ① She tied a **cord** around the parcel. 她在那個包裹上繫了一條繩子.

② an extension **cord** 延長線.

③ vocal **cords** 聲帶.

a spinal **cord** 脊髓.

④ a **cord** carpet 燈芯絨地毯.

a dress of brown **cord** 棕色的燈芯絨衣服.

⑤ a pair of **cords** 一條燈芯絨褲子.

複數 **cords**

cordial [`kɔrdʒəl] *adj.* ① 真心的: They gave him a **cordial** welcome. 他們由衷地歡迎他.

——*n.* ② 果汁. ③ 甜露酒.

充電小站

copy

【Q】老師說 "Copy this page by tomorrow."（明天之前要 copy 這一頁）．作業都完成了，但我家沒有影印機，怎麼辦呢？

【A】可以用手抄．英語中 copy 這個字的意義很廣，可以用影印機、手寫或用複寫紙寫，把草稿重新謄清也是 copy．臨摹畫、配相同的鈴響、模仿他人也是 copy．以不正當手段 copy 時，就變成了「盜用，抄襲」之意．

copy 的近義字有 duplicate，指製造一個原件的複製品，使它變成一式兩份．製造兩個複製品就成了 triplicate．

重錄、複製影片稱作 dub，這個字的意義更廣，它還有為電影、電視、廣播加上新的音響效果和錄製成其他語言之意．

活用 *adj.* **more cordial, most cordial**

複數 **cordials**

cordiality [kɔr`dʒæləti] *n.* ① 真心．② 真心的言行．

cordially [`kɔrdʒəli] *adv.* 真心地．

範例 You are **cordially** invited to this closing ceremony. 誠摯地邀請你參加此次閉幕式．

Yours **cordially/Cordially** yours 謹上《書信結尾語》．

活用 *adv.* **more cordially, most cordially**

cordon [`kɔrdṇ] *n.* 警戒線．

複數 **cordons**

corduroy [ˌkɔrdə`rɔɪ] *n.* ① 燈芯絨．②〔~s〕燈芯絨褲．

複數 **corduroys**

***core** [kor] *n.* ① 果核《蘋果、梨等的以種子為中心的堅硬部分》．② 核心，中心部分．

——*v.* ③ 挖去果核．

範例 ① an apple **core** 蘋果的果核．

That politician is rotten to the **core**. 那個政客壞透了．

② We must get to the **core** of the problem. 我們必須直接進入問題的核心．

複數 **cores**

活用 *v.* **cores, cored, cored, coring**

Corinth [`kɔrɪnθ] *n.* 科林斯《古希臘城市》．

Corinthian [kə`rɪnθɪən] *n.* ① 科林斯人．

——*adj.* ② 科林斯的．

cork [kɔrk] *n.* ① 軟木《軟木櫟樹的樹皮，軟而富有彈性》．②（軟木、橡膠、塑膠製成的）軟木塞．

——*v.* ③ 用軟木塞塞住．④ 抑制（感情）．

範例 ① a **cork** jacket 塞有軟木的救生衣．

② I can't draw this **cork**. 我拔不出這個軟木塞．

③ Will you **cork** the bottle? 你能塞住這個瓶子嗎？

♦ **córk òak** 軟木櫟樹．

複數 **corks**

活用 *v.* **corks, corked, corked, corking**

corkscrew [`kɔrkˌskru] *n.* ① 軟木塞鑽《用螺旋狀的金屬工具轉進軟木塞，把它向上拔出》．

——*adj.* ② 螺旋狀的．

複數 **corkscrews**

cormorant

[corkscrew]

[`kɔrmərənt] *n.* 鸕鶿《翅膀長約30公分的黑色水鳥，可潛入水中把整隻魚活吞》：eat like a **cormorant** 狼吞虎嚥．

複數 **cormorants**

***corn** [kɔrn] *n.* ①〖美〗玉米《〖英〗maize, Indian corn》．②〖英〗小麥《亦作 wheat》．③〖英〗穀物；穀粒．④ 感傷的歌曲．

——*v.* ⑤ 用鹽醃製．

範例 ① Will you help me husk the **corn**? 你能幫我剝玉米的苞葉嗎？

③ Up **corn**, down horn.《諺語》穀貴牛肉賤．

④ Don't tread on my **corns**. 不要傷害我的感情．

⑤ **corned** beef 醃牛肉．

片語 ***tread on ~'s corns*** 傷害~的感情，觸及~心中的痛處．(⇨ 範例 ④)

參考 本來的意思是當地的主要穀物，因此在美國、加拿大、澳大利亞是指玉米，在英格蘭是指小麥，在蘇格蘭、愛爾蘭指燕麥．但現在在英國也開始表示玉米之意了．

♦ **the Córn Bèlt** 玉米帶《美國中西部盛產玉米的地帶，地跨伊利諾、印第安那、愛荷華、明尼蘇達、內布拉斯加、俄亥俄、南達科他各州．世界玉米生產量約56%是在這個地帶生產的》．

córn brèad 玉米麵包．

córn flòur〖英〗玉米粉《〖美〗cornstarch》．

複數 **corns**

活用 *v.* **corns, corned, corned, corning**

***corner** [`kɔrnɚ] *n.* ① 角，角落．② 邊角；一隅．

——*v.* ③ 將~逼入困境．④ 壟斷．

範例 ① You can buy lottery tickets at the store on the **corner**. 你可以在街角的那家商店買到樂透彩券．

Tom put the chair in the **corner** of the living room. 湯姆把那張椅子放在客廳的角落．

We should cover these sharp-edged **corners** for the baby's sake. 為了嬰兒，我們應該把這些鋒利的尖角蓋住．

The government was driven into a **corner** by the scandal. 那個政府被醜聞逼入了困境．

The champion seems to be in a tight **corner**. 冠軍角逐似乎陷入膠著當中．

② There's around-the-clock coverage of sports from the four **corners** of the world. 24小時都聽得到來自世界各地的體育報導．

片語 ***just around the corner*** ① 在轉角處．② 即將來到的：Christmas is **just around the** corner. 聖誕節即將到來.

参考 田徑賽等的 "corner" 叫作 turn；商店等的 "corner" 叫作 counter 或 department.

複數 corners

活用 v. corners, cornered, cornered, cornering

cornerstone [`kɔrnɚ,ston] n. ① 牆角石. ② 地基；基礎；基本方針：Philosophy should be the **cornerstone** of the coming civilization. 哲學應該是未來文明的基礎.

複數 cornerstones

cornet [`kɔrnɪt] n. ① 短號《類似喇叭的管樂器，音域相同而音色圓潤》. ②〖英〗冰淇淋的圓錐形餅乾《亦作 cone》.

複數 cornets

cornfield [`kɔrn,fild] n. ①〖美〗玉米田. ②〖英〗麥田.

複數 cornfields

cornflakes [`kɔrn,fleks] n.〔作複數〕玉米片《早餐時加糖和牛奶食用》.

cornice [`kɔrnɪs] n. ① 飛簷《古代建築的柱子，屋簷下和牆壁的相交部分的裝飾》. ② 雪簷《凍結在懸崖邊緣的簷狀冰雪》.

複數 cornices

cornstarch [`kɔrn,stɑrtʃ] n.〖美〗玉米粉《從玉米提取；〖英〗corn flour》.

corona [kə`ronə] n. 日暈《日全蝕時，太陽周圍閃耀的光芒》.

複數 coronas/coronae

coronary [`kɔrə,nɛrɪ] adj. ①〔只用於名詞前〕冠狀動脈的.
——n. ② 冠狀動脈栓塞.

複數 coronaries

coronation [,kɔrə`neʃən] n. 加冕典禮：the **coronation** of Queen Elizabeth 伊莉莎白女王的加冕典禮.

複數 coronations

coroner [`kɔrənɚ] n. 驗屍官.
♦ **còroner's ínquest** 驗屍.

複數 coroners

coronet [`kɔrənɪt] n. ① 冠冕《比皇冠 (crown) 小》. ② 貴婦人戴的頭飾《用寶石、貴金屬等裝飾》.

複數 coronets

Corp./Corp (縮略)＝Corporation (公司).

corporal [`kɔrpərəl] n. ① 下士《士官中的最低階級；☞(充電小站) (p. 801), (p. 803)》.
——adj. ② 肉體的：He hates **corporal** punishment. 他痛恨鞭罰.

複數 corporals

corporate [`kɔrpərɪt] adj. ① 法人的，法人團體的. ② 共同的；團體的.
範例 ① a **corporate** town 自治城市《行政事務自主的城市》.
② **corporate** responsibility 共同責任.

***corporation** [,kɔrpə`reʃən] n. ① 法人，法人團體. ②（股份）有限公司. ③ 市自治體.
範例 ① the Housing **Corporation** 住宅委員會.
② a trading **corporation** 貿易公司.

参考 ①② 略稱為 corp. 或 Corp.

複數 corporations

***corps** [kor] n. 兵團；軍團；部隊：the diplomatic **corps** 外交使團.
發音 複數形 corps [korz].

***corpse** [kɔrps] n.（特指人的）屍體.

複數 corpses

corpuscle [`kɔrpəsl] n. 血球：red **corpuscles** 紅血球.

複數 corpuscles

corral [kə`ræl] n. ① 柵欄. ② 車陣《紮營時為了防禦而把貨車排成圓圈形狀》.
——v. ③ 把~關進柵欄. ④ 圍成車陣.

複數 corrals

活用 v. corrals, corralled, corralled, corralling

****correct** [kə`rɛkt] adj. ① 正確的.
——v. ② 改正，糾正.
範例 ① The **correct** answer for question nineteen is "B". 第19題的正確答案是 B.
It's not **correct** to court a lady in mourning. 向服喪期間的女性求婚是不對的.
② Don't **correct** him in front of his friends. 不要在他朋友面前糾正他.
I **corrected** more than thirty reports last night. 昨晚我改了30多篇報告.

活用 adj. more correct, most correct

活用 v. corrects, corrected, corrected, correcting

correction [kə`rɛkʃən] n. 訂正，修改：There aren't any **corrections** on her test—she got a perfect score. 她的測驗沒有任何地方需要修改，她得了滿分.

複數 corrections

corrective [kə`rɛktɪv] adj. ① 矯正的，修正的.
——n. ② 矯正方法.
範例 ① We must take **corrective** measures before this kind of bullying gets out of hand. 在這種流氓行徑尚未成形前，我們必須採取矯正措施.
② This report will act as a **corrective** to the popular misconception that girls are inferior to boys in science. 這份報告將矯正女孩在科學上次於男孩的普遍誤解.

複數 correctives

correctly [kə`rɛktlɪ] adv. 正確地：Hour angle dials show solar time **correctly** throughout the year；almost all garden dials are of this type. 時角日晷儀正確地顯示一整年的太陽時，而庭園日晷儀大多是這種類型的.

活用 adv. more correctly, most correctly

correctness [kə`rɛktnɪs] n. 正確.

correlate [`kɔrə,let] v. 相關；使相互關聯：They say smoking and lung cancer are closely **correlated**. 據說抽菸和肺癌密切相關.

活用 v. correlates, correlated, correlated, correlating

correlation [,kɔrə`leʃən] n. 相互關係；相關

性.
[複數] correlations

*correspond [ˌkɔrəˋspɑnd] v. ① 使一致；相符. ② 相當. ③ 通信.
[範例] ① High fidelity refers to the electronic reproduction of sound that corresponds closely to an original source or recording. 高傳真是指與原聲或錄音非常接近的聲音之重現.
② An admiral in the navy corresponds to a general in the army or air force. 海軍上將相當於陸軍或空軍的上將.
③ I've been corresponding with her for years. 我與她通信好幾年了.
[活用] v. corresponds, corresponded, corresponded, corresponding

*correspondence [ˌkɔrəˋspɑndəns] n. ① 信件. ② 通信. ③ 對應；一致.
[範例] ① Correspondence between these two will be used as evidence in court. 這兩個人之間的來往信件將被作為法庭上的證據.
② I was in correspondence with that girl. 我以前和那個女孩通信聯繫.
③ There is a correspondence between the Greek gods and the Roman gods; for example, Zeus and Jupiter, Hera and Juno, Poseidon and Neptune, etc. 希臘的眾神和羅馬的眾神有著對應關係，例如宙斯和朱彼特，赫拉和朱諾，波塞頓和奈普提等.
♦ correspóndence còurse 函授課程.
[複數] correspondences

*correspondent [ˌkɔrəˋspɑndənt] n. ① 通訊員，特派員. ② 通信者.
[範例] ① a war correspondent 戰地特派員.
② a good correspondent 勤於寫信的人.
a bad correspondent 懶得寫信的人.
[複數] correspondents

corresponding [ˌkɔrəˋspɑndɪŋ] adj. ① 相對應的，相當的：There will be a corresponding increase in skin cancer as the ozone layer continues to thin out. 如果臭氧層繼續變薄，皮膚癌將會相對地增加. ②〔只用於名詞前〕有關通信的.

correspondingly [ˌkɔrəˋspɑndɪŋlɪ] adv. 相應地，一致地：Because light waves are of much higher frequencies than radio waves, they have a correspondingly higher information-carrying capacity. 因為光波的頻率比電波高得多，所以它的訊息傳播量也就相對地高得多.

*corridor [ˋkɔrədɚ] n. ① 走廊《像學校、醫院一樣有著許多房間出入口的長廊；[美] hall 或 hallway). ② 走廊地帶《穿越他國以連結內陸國和海洋的通道).
♦ córridor tràin 〔英〕走廊式火車《全車一側設有走廊，另一側設有臥鋪包廂).
[複數] corridors

corroborate [kəˋrɑbəˌret] v. 證實，確認：There was nothing to corroborate his story. 沒有甚麼事物可以證實他的敘述.
[活用] v. corroborates, corroborated, corroborated, corroborating

corrode [kəˋrod] v. 腐蝕，侵蝕.
[活用] v. corrodes, corroded, corroded, corroding

corrosion [kəˋroʒən] n. 腐蝕，腐蝕作用.

corrosive [kəˋrosɪv] adj. ① 腐蝕性的.
——n. ② 腐蝕劑.
[複數] corrosives

*corrupt [kəˋrʌpt] v. ① 使墮落. ② 賄賂.
——adj. ③ 墮落的；受〔行〕賄的；訛誤的.
[範例] ① He was corrupted by city life. 都市生活使他墮落.
It is often said that a language is corrupted by introducing foreign words, but this is not true. 經常有人說引進外來語損害原來的語言，但這不是真的.
③ I led a corrupt life. 我過著墮落的生活.
There can never be a corrupt form of a language. 語言絕對不能有訛誤的形式.
[活用] v. corrupts, corrupted, corrupted, corrupting
[活用] adj. more corrupt, most corrupt

corruption [kəˋrʌpʃən] n. ① 墮落，腐化. ② 賄賂.
[範例] ① The incident shows the corruption of the government. 那個事件顯示政府的腐化.
② High officials in that country are prone to corruption. 那個國家的高級官員有貪污的習慣.
[複數] corruptions

corsage [kɔrˋsɑʒ] n. 裝飾花《綴在衣服上).
[複數] corsages

corset [ˋkɔrsɪt] n. 緊身褡.
[複數] corsets

cortege [kɔrˋteʒ] n.〔作複數〕(儀式的) 行列，送葬隊伍.
[複數] corteges

cosh [kɑʃ] n. ① 棍棒.
——v. ② 用棍棒打.
[複數] coshes
[活用] v. coshes, coshed, coshed, coshing

cosily [ˋkozɪlɪ] = adv. 〖美〗cozily.

cosiness [ˋkozɪnɪs] n. 〖美〗coziness.

cosmetic [kæzˋmɛtɪk] n. ①〔~s〕化妝品.
——adj. ② 化妝用的. ③ 裝飾門面的，表面上的：They made only cosmetic repairs on the house before they sold it. 他們在房子出售前只做了表面上的小修小補.
[複數] cosmetics

[cosmetics]

*cosmic [ˋkɑzmɪk] adj. 宇宙的：They are

studying the universe through observations of the radio waves emitted by **cosmic** objects. 他們透過觀察宇宙物體放射的無線電波來研究宇宙.

♦ **còsmic dúst** 宇宙塵.
còsmic ráy 宇宙線.

cosmonaut [`kɑzmə,nɔt] *n.* (特指前蘇聯的) 太空人.
複數 **cosmonauts**

cosmopolitan [,kɑzmə`pɑlətn] *adj.* ① 世界性的; 廣泛分布於世界的.
——*n.* ②(四海為家的) 世界主義者.
範例 ① London is a **cosmopolitan** city. 倫敦是一個國際性都市.
Music is one of the most **cosmopolitan** of the arts. 音樂是最無國界的藝術之一.
This is a **cosmopolitan** plant. 這是一種廣泛分布於世界的植物.
② Everyone admits that David is a **cosmopolitan**. 每個人都承認大衛是一個世界主義者.
活用 *adj.* **more cosmopolitan**, **most cosmopolitan**
複數 **cosmopolitans**

*__**cosmos**__ [`kɑzməs] *n.* 〔the ~〕宇宙《指體系井然有序; ☞ ↔ chaos》.

*__**cost**__ [kɔst] *n.* ① 費用, 花費; 成本. ② 犧牲, 損失. ③〔~s〕訴訟費用.
——*v.* ④ 花費(費用、勞力、時間等). ⑤ 使付出代價. ⑥ 估計費用.
範例 ① The **cost** of living in Tokyo is the highest in the world. 東京的生活費用是世界上最高的.
I will save my son's life at all **costs**! 我將不惜任何代價救我兒子的性命.
② He stayed home to take care of his sick mother at the **cost** of his job. 他犧牲工作待在家裡照顧生病的母親.
I know to my **cost** that a broken leg can be very painful. 我是吃了苦頭之後才知道斷了腿是很痛苦的.
④ How much did this **cost**? 這花了多少錢?
The watch **cost** me $10. 那只手錶花了我10美元.
Making a dictionary **costs** much time and effort. 編寫字典需要耗費許多時間與心力.
⑤ His cocaine habit **cost** him his family and career. 他的吸毒惡習使他失去了家庭與工作.
⑥ A make-over of my kitchen was **costed** at $3,000. 翻新廚房估計需3,000美元.
片語 ***at all costs/at any cost*** 無論如何. (⇨ 範例 ①)
at the cost of 以~為代價. (⇨ 範例 ②)
count the cost 估計費用; 事前考慮風險.
know to ~'s cost/discover to ~'s cost 親身經歷後才知道〔發現〕, 付了代價才知道〔發現〕. (⇨ 範例 ②)
複數 **costs**
活用 *v.* ④ ⑤ **costs, cost, cost, costing**/⑥

costs, costed, costed, costing

costliness [`kɔstlɪnɪs] *n.* 昂貴; 代價高.

costly [`kɔstlɪ] *adj.* ① 花費大的, 昂貴的. ② 犧牲很大的, 代價很高的.
範例 ① The queen had **costly** jewels. 女王擁有昂貴的珠寶.
Their son was accepted only at the **costliest** college he applied to. 在他們兒子所申請的大學當中, 只有最昂貴的那所學校錄取他.
② He made a **costly** error. 他犯了一個代價慘重的錯誤.
活用 *adj.* **costlier, costliest**

*__**costume**__ [`kɑstjum] *n.* ① 服裝《某時代、民族、國家、職業等特有的服裝、裝飾品、髮型等》: The doll wears an antique **costume** of the Elizabethan age. 洋娃娃穿著伊莉莎白女王時代的老式服裝. ②(化裝舞會等特定場合所穿的)服裝.
——*v.* ③ 給~穿上服裝.
♦ **cóstume bàll** 化裝舞會.
cóstume jèwelry 人造珠寶.
cóstume pìece/cóstume plày 古裝戲.
複數 **costumes**
活用 *v.* **costumes, costumed, costumed, costuming**

cosy [`kozɪ] =*adj.*, *n.*, *v.* 〖美〗cozy.

cot [kɑt] *n.* ①〖美〗摺疊床《camp bed》. ②〖英〗嬰兒床(四周有圍欄;〖美〗crib).
♦ **cót dèath** 〖英〗嬰兒猝死〖美〗crib death).
複數 **cots**

*__**cottage**__ [`kɑtɪdʒ] *n.* ① 村舍, 小屋. ② 別墅.
♦ **còttage hóspital** 〖英〗(鄉間的) 簡易診所《通常無住院醫生》.
còttage índustry 家庭工業.
còttage lóaf 〖英〗一大一小疊在一起的圓形麵包.
còttage píe 餡餅《用馬鈴薯泥包肉餡烘焙而成, 亦作 shepherd's pie》.
複數 **cottages**

*__**cotton**__ [`kɑtn] *n.* ① 棉, 棉花. ② 棉布, 棉線.
範例 ① raw **cotton** 棉花.
the **cotton** industry 棉花工業.
♦ **the Cótton Bèlt** 棉花帶《美國南部與西部的產棉區, 橫跨德克薩斯、加利福尼亞、密西西比、阿肯色、亞利桑那、田納西、喬治亞、路易斯安那、密蘇里諸州》.
còtton cándy 〖美〗棉花糖《〖英〗candy floss》.
còtton plànt 棉樹《亦作 cotton》.
còtton wáste 紗頭《用來清潔機械》.
còtton wóol 〖英〗脫脂棉《〖美〗absorbent cotton》.

cottonwood [`kɑtn,wud] *n.* 白楊木《柳科落葉喬木, 生長於北美, 種子上帶有棉花(cotton) 般的白毛》.
複數 **cottonwoods**

*__**couch**__ [kautʃ] *n.* 長沙發

[couch]

《有扶手與靠背的沙發》.

♦ **còuch potáto** 老是坐在電視機前看電視的人.

複數 **couches**

cougar [`kugɚ] *n.* 美洲獅.

[cougar]

複數 **cougar/cougars**

*__cough__ [kɔf] *v.* ① 咳嗽.
——*n.* ② 咳嗽.

範例 ① She began to **cough** very hard. 她開始咳得很厲害.
② Our teacher had a slight **cough**. 我們老師有輕微的咳嗽.

♦ **cóugh dròp** 止咳藥片.

活用 *v.* **coughs, coughed, coughed, coughing**

複數 **coughs**

†**could** [(強)`kʊd; (弱)kəd] *aux.* ① 能. ② 有可能. ③ 可以〔能〕做. ④ 可能《含有或許可能的心情》.

範例 ① The girl **could** read when she was four. 這個女孩4歲就能讀書.

I **could** not pass my driving test. 我未能考到駕照.

"**Could** you lift the cupboard?" "No, I **couldn't**. It's too heavy." 「你能舉起那個碗櫥嗎?」「不, 我無法舉起, 它太重了.」

The student said that he **could** finish it by Friday. 那位學生說星期五之前他可以完成.

I wrote down his telephone number so that I **could** remember it. 我寫下了他的電話號碼以便能記住.

You **could** have caught the train if you had hurried. 假如快一點的話, 你是可以趕上那班火車的.

I wish I **could** have seen that fish. 我希望我能看到魚.

When I was a child, I **could** watch TV whenever I wanted to. 當我還是小孩子時, 我甚麼時候想看電視就能看.

Why did you walk? You **could** have taken my car. 你為甚麼步行? 你可以用我的車〔開我的車〕.
② His wife said that it **couldn't** be true. 他的妻子說那不可能是真的.
③ Come when you like. I **could** see you at any time. 你喜歡甚麼時候來都可以, 我隨時可以見你.

Could you pass me the salt? 你能把鹽遞給我嗎?

You **could** get a better job if you spoke a foreign language. 如果你會外語的話, 你就能夠找到一份較好的工作.

If I **could** go to the moon, I would go right now. 我要是能到月球上去, 我現在就馬上去.

I wish I **could** swim well. 我希望我游泳能游得很好.

Could I ask you something, if you're not too busy? 如果你不是太忙的話, 我可以問你一些事嗎?

I wonder if I **could** borrow your pen. 不知道是否能借你的筆.

If you were a student, you **could** travel at half-price. 如果你是學生, 旅行就可以半價優待.
④ The keys **could** be in one of those drawers. 鑰匙有可能放在那些抽屜中的某一個.

It **could** rain later on this evening. 今晚晚一點兒有可能下雨.

Could you have left your umbrella on the train? 你是不是有可能把傘忘在火車上了?

片語 ***Could you ~?*** 你可以~? (⇨ 範例 ③)《比 Can you ~? 客氣》

†**couldn't** [`kʊdnt] 《縮 略》=could not: "**Couldn't** you hear?" "No, I **couldn't**." 「你聽不見嗎?」「是的, 我聽不見.」

*__council__ [`kaʊnsl] *n.* 會議.

範例 We held a family **council** last night. 昨晚我們開了一次家庭會議.

Would you wait here? Mr. Johnson is in **council**. 你能在這裡等一會兒嗎? 強森先生在開會.

He is on the students' **council**. 他是學生自治會的成員.

♦ **cóuncil bòard** 會議.
cóuncil chàmber 會議室.
cóuncil hòuse 議事堂《『英』公營住宅》.
cóuncil schòol 公立學校《『美』 public school》.

複數 **councils**

councilor [`kaʊnslɚ] *n.* ① 評議員. ② 議員.

範例 ① **Councilor** Jones 瓊斯評議員.
② the House of **Councilors** 參議院.

參考 『英』 councillor.

複數 **councilors**

*__counsel__ [`kaʊnsl] *n.* ① 建議; 忠告, 勸告. ② 律師; 辯護團. ③ 商量, 協商.
——*v.* ④ 建議; 勸告.

範例 ① The old man gives good **counsel** to young people. 那位老人給年輕人有益的忠告.
② **Counsel** for the defense objected to the prosecuting attorney's questioning. 被告的律師反對檢察官的提問.

The **counsel** were able to agree that he was innocent. 辯護團一致認同他是無罪的.
③ We must take **counsel** together before we act. 在行動之前, 我們必須一起商量.
④ The leader **counseled** against climbing in such stormy weather. 隊長建議不要在這種暴風雨的天氣登山.

片語 ***counsel against ~ing*** 建議〔勸告〕不要做. (⇨ 範例 ④)

keep ~'s own counsel 不向他人透露自己的祕密〔計畫〕.

take counsel 商量, 協商. (⇨ 範例 ③)

|複數| **counsels**
|活用| v. 〖美〗 **counsels**, **counseled**, **counseled**, **counseling**/〖英〗 **counsels**, **counselled**, **counselled**, **counselling**

***counselor** [`kaunslə] n. ① 輔導員；顧問. ② 律師.
|範例| ① The principal of the school was the village **counselor**. 那所學校的校長曾是村裡的顧問.
② The young man asked the **counselor** to tell the judge he was innocent. 那個年輕人要求律師告訴法官他是無罪的.
|參考| 〖英〗 counsellor.
|複數| **counselors**

****count** [kaunt] v. ① 數，計算. ② 把～算入；有重要意義. ③ 認為.
——n. ④ 計算；總數. ⑤ (棒球打擊者好壞球的) 球數；(拳擊的) 讀秒. ⑥ 訴訟原因. ⑦ (英國以外歐洲諸國的) 伯爵 (☞ earl).
|範例| ① **Count** up to ten before you open your eyes. 數到10再睜開你的眼睛.
The teacher **counted** the pupils on the bus. 那位老師數公車上的學生人數.
② She **counts** you as one of her best friends. 她把你列為她最好的朋友之一.
The only thing that should **count** here is safety，not profit. 在這裡唯一重要的是安全，不是利益.
③ They **counted** themselves lucky to be alive after the big quake. 他們認為他們很幸運能在大地震後活下來.
④ the death **count** 死者總數.
⑤ The **count** on the batter is three balls and two strikes. 打擊者的球數是3壞球、2好球.
⑥ The defendant was found guilty on two of the three **counts**. 被告在3項罪狀中被判定2項有罪.
|片語| **count down** 倒數計時.
count for little 無足輕重.
count for nothing 沒有價值.
count in 算在內：We're going on a picnic next week. Can we **count** you **in** for that? 下週我們要去野餐，你要去嗎？
count off ① 編號：The streets are **counted** **off**. 那些道路被編號. ② (軍隊) 按順序報數.
count on/count upon 指望，依靠：You can **count on** me. 你可以依靠我.
count out ① 數出. ② 判～被擊倒：Rocky was **counted out** in the seventh round. 洛基在第7回合被判失敗. ③ 把～除外.
keep count 知道確切數目.
lose count 不知道〔忘記〕確切數目.
take count of 重視.
|活用| v. **counts**, **counted**, **counted**, **counting**
|複數| **counts**

countable [`kauntəbl] adj. 可數的 (☞ ↔ uncountable).

***countenance** [`kauntənəns] n. ① 表情；容貌. ② 支持，贊同.
——v. ③ 支持，贊同.
|範例| ① Her **countenance** shows her anger. 她的臉部表情顯露出她的憤怒.
He kept his **countenance** during the hard interrogation. 在嚴厲的審問期間，他泰然自若.
② No one gave **countenance** to the plan. 沒有人支持這個計畫.
③ They will not **countenance** violence. 他們將不會支持暴力.
|片語| **keep ～'s countenance** 保持鎮定. (⇨ |範例| ①)
|複數| **countenances**
|活用| v. **countenances**, **countenanced**, **countenanced**, **countenancing**

counter [`kauntə] n. ① (銀行、餐廳等的) 櫃檯. ② 計算器；計數者.
——v. ③ 對抗，反抗.
——adv. ④ 相反地.
|範例| ① bargain **counter** 廉價商品櫃.
lunch **counter** 〖美〗 長餐桌；長櫃檯.
③ The police equipped themselves with tear gas to **counter** the demonstration. 警方攜帶催淚瓦斯以對抗那次示威活動.
④ She acted **counter** to her wishes. 她違背自己的意願.
|片語| **over the counter** (不用處方箋) 直接在藥房裡 (買藥).
under the counter 私下地，不正當地：You can buy alcohol **under the counter**, but it's risky and expensive. 你可以私下買酒，但是很冒險而且昂貴.
|複數| **counters**
|活用| v. **counters**, **countered**, **countered**, **countering**

***counteract** [,kauntə`ækt] v. 抵消，中和：Some people add baking soda to a summer orange juice in order to **counteract** its sourness. 有些人為了中和酸味，在夏天的橘子汁裡加入小蘇打.
|字源| counter (相反地)＋act (起作用).
|活用| v. **counteracts**, **counteracted**, **counteracting**

counterattack [n. `kauntərə,tæk；v. ,kauntərə`tæk] n. ① 反擊，反攻.
——v. ② 反擊，反攻.
|複數| **counterattacks**
|活用| v. **counterattacks**, **counterattacked**, **counterattacked**, **counterattacking**

counterbalance [n. `kauntə,bæləns；v. ,kauntə`bæləns] n. ① 平衡力，抵消力：A calm, quiet dinner with me is a perfect **counterbalance** to a busy day. 與你共進安靜平和的晚餐對忙碌的一天來說是最好的補償.
——v. ② 使平衡；抵消；彌補.
|複數| **counterbalances**

充電小站

country

【Q】country 這個字有「國家」與「鄉下」之意，同一個字為甚麼字義如此迥異？ 此外，據說表示「鄉下」之意時，一定要加上 the，這是為甚麼？

【A】country 原義是「地域」或「地區」，例如 That country was full of great forests.（該地區有很多森林。）

後來由此意產生了「人們居住的地區」之意，並且進一步引申出「使用同一語言的同一種族居住的地區」這一意義，最後還出現了「特定君主或貴族擁有並統治的地區」之意。

君主或貴族建造 town 時，在 town 的中心建立自己的住宅，人們則聚居於周圍，或從事各種生產，或作買賣。有的 town 為了防止外敵來犯，還在四周修建堅固的城牆，城牆的外面就成了君主或貴族擁有、統治的 country，即 the country，而 the country 與 town 相對成了「鄉下」，因此表示「鄉下」之意時，就一定要加上 the.

[活用] *v.* **counterbalances, counterbalanced, counterbalanced, counterbalancing**

counterclockwise [͵kaʊntɚˋklɑk͵waɪz] *adv.* 〖美〗逆時針方向地，反轉地〖〖英〗 anticlockwise；☞ ↔ clockwise〗.

***counterfeit** [ˋkaʊntɚfɪt] *adj.* ① 假的，偽造的；假裝的.
——*v.* ② 偽造，仿造；假裝.
[範例] ① a **counterfeit** passport 假護照.
counterfeit tears 假惺惺的眼淚.
② It is against the law to **counterfeit** money. 偽造貨幣是犯法的.
I can see she is just **counterfeiting** interested in my book. 我看得出來她只是假裝對我的書感興趣而已.
[活用] *v.* **counterfeits, counterfeited, counterfeited, counterfeiting**

counterfoil [ˋkaʊntɚ͵fɔɪl] *n.* (支票、收據等的) 存根；票根.
[複數] **counterfoils**

countermand [͵kaʊntɚˋmænd] *v.* 撤消，取消 (命令、訂貨等).
[活用] *v.* **countermands, countermanded, countermanded, countermanding**

counterpart [ˋkaʊntɚ͵pɑrt] *n.* 對應者〔物〕.
[範例] The Taiwanese worker works much longer than his British **counterpart**. 臺灣勞工的工作時間比英國勞工長得多.
P is a voiceless labial stop, as in pin, spin, and nip; it is the voiceless **counterpart** of the voiced labial stop b. 像 pin, spin, nip 的 p 是無聲唇音，與有聲唇音 b 相對應.
[複數] **counterparts**

counterpoint [ˋkaʊntɚ͵pɔɪnt] *n.* ① 對位法 《把兩個以上的旋律組合成一首曲子的作曲法》. ② 對位旋律 《相對於主旋律之副旋律》.
[複數] **counterpoints**

countersign [ˋkaʊntɚ͵saɪn] *n.* ① 應答暗號.
② 副署，連署.
——*v.* ③ 副署，連署.
[複數] **countersigns**
[活用] *v.* **countersigns, countersigned, countersigned, countersigning**

countess [ˋkaʊntɪs] *n.* 伯爵夫人；女伯爵.
[複數] **countesses**

***countless** [ˋkaʊntlɪs] *adj.* 數不清的，無數的：the **countless** stars in the sky 天空中無數的星星.

*️**country** [ˋkʌntrɪ] *n.* ① 國，國家；國土. ② [the ~] 國民. ③ [the ~] 鄉下，鄉村. ④ 地域，地區；領域. ⑤ 故鄉；祖國. ⑥ 鄉村音樂《由美國南部、西部的民俗音樂發展而成的大眾音樂，亦作 country and western, country music》.
——*adj.* ⑦ 鄉下的，鄉村的.
[範例] ① Christian **countries** 基督教國家.
the mother **country** 母國，祖國.
② Almost all the **country** approved the plan. 大多數國民贊同這個計畫.
③ He lives in the **country**. 他住在鄉下.
④ a mountainous **country** 山區.
This branch of study is unknown **country** to me. 這個學術派別對我來說是未知的領域.
⑤ My **country** is Changhua. 我的故鄉是彰化.
⑦ **country** life 鄉村生活.
♦ **cóuntry clùb** 鄉村俱樂部《設於都會區以外的俱樂部》.
➡ 充電小站 (p. 281)
[複數] **countries**

countryman [ˋkʌntrɪmən] *n.* ① 鄉下人. ② 同鄉；同國人，同胞.
[複數] **countrymen**

countryside [ˋkʌntrɪ͵saɪd] *n.* 農村，鄉下；[the ~] 農村居民.
[範例] The English **countryside** looks its best in May. 英國的鄉村在5月看起來最美.
The whole **countryside** were agitated. 所有的農村居民都激動不安.
[複數] **countrysides**

countrywoman [ˋkʌntrɪ͵wʊmən] *n.* ① 女同鄉. ② 鄉下女人，農村婦女.
[複數] **countrywomen**

***county** [ˋkaʊntɪ] *n.* ① 郡《美國州的下一級行政區》. ② 郡《英國的最大行政區》.
[範例] ① The state of New York is divided into 62 **counties**. 紐約州分成62個郡.

② I once lived in the **County** of Essex. 我曾在艾塞克斯郡住過.

[複數] **counties**

coup d'état [`kude`ta] *n.* 政變《以武力等非法手段奪取政權》.

[字源] 法語的 coup d'état. coup (給與打擊)＋de (對)＋état (國家).

[複數] **coups d'état**

coupé [ku`pe] *n.* 雙座四輪箱型馬車〔轎車〕.

[複數] **coupés**

*****couple** [`kʌpl] *n.* ① 一對, 一雙. ② 兩個, 兩人. ③ 數個, 一些.

——*v.* ④ 結合, 聯結. ⑤ 聯想.

[範例] ① a married **couple** 一對夫婦.

A **couple** is dancing merrily./A **couple** are dancing merrily. 一對舞伴正快樂地跳著舞.

② I saw a **couple** of mules in the hall; they were not a pair. 我看到走廊上有兩隻拖鞋, 但它們不是一雙.

② ③ a **couple** of apples 2個蘋果/2、3個蘋果.

a **couple** of girls 2個女孩/2、3個女孩.

③ Can you lend me a **couple** of bucks? 能借給我2、3塊錢嗎?

④ After Bill **couples** the trailer to the car, we'll be ready to go. 等比爾把拖車與汽車連結好之後, 我們就準備出發.

⑤ Some people **couple** the name "Polaroid" with instant photos. 有些人把「拍立得」這個名字與立即照片聯想在一起.

[複數] **couples**

[活用] *v.* couples, coupled, coupled, coupling

coupling [`kʌplɪŋ] *n.* 連結, 結合; 連結物, 連結器.

[複數] **couplings**

coupon [`kupɑn] *n.* 贈品券, 優惠券.

[複數] **coupons**

*****courage** [`kɝɪdʒ] *n.* 勇氣.

[範例] She showed great **courage** during the fire. 她在那次火災中表現出極大的勇氣.

He took his **courage** in both hands to tell the truth in court. 他在法庭上鼓起勇氣, 說出了真相.

She lost **courage** because of the bad news. 她因為那個壞消息而垂頭喪氣.

[片語] *lose courage* 喪失勇氣. (⇨ [範例])

take ~'s courage in both hands 鼓起勇氣. (⇨ [範例])

*****courageous** [kə`redʒəs] *adj.* 有勇氣的: He is **courageous** to talk back to her. 他膽子真大, 竟敢頂撞她.

[活用] *adj.* more courageous, most

courageously [kə`redʒəslɪ] *adv.* 勇敢地, 無畏地: He **courageously** dove into the water and saved the drowning man. 他勇敢地跳入水中救起那個溺水者.

[活用] *adv.* more courageously, most

courageously

courgette [kur`ʒɛt] *n.* 〖英〗綠皮小葫蘆〖〖美〗zucchini〗.

courier [`kurɪɚ] *n.* ① 急件信差; 遞送員. ② 導遊.

[複數] **couriers**

*****course** [kors] *n.*

原義	層面	釋義	範例
進程	時間	經過, 過程, 進程; 療程	①
	方向	路徑, 路線	②
	行動	方針, 做法	③
	學習	課程, 科目	④
	競賽	跑道, 跑馬場	⑤
	食物	一道, 一盤	⑥

——*v.* ⑦ 流動. ⑧ 追捕, 狩獵.

[範例] ① I want to know the **course** of my disease. 我想知道我病情的療程.

You will see the result in the **course** of a week. 一週內你將看到結果.

② The boat changed its **course**. 那艘船改變了航向.

The spaceship is on **course**. 那艘太空船正沿著軌道飛行.

③ Silence is not always the best **course** to take. 沉默不一定是最好的做法.

④ Students must complete certain **courses** in order to graduate. 學生必須修完某些課程才能畢業.

Dr. Wang conducts **courses** in international law. 王博士教國際法課程.

⑤ This golf **course** is difficult. 這個高爾夫球場很難打.

⑥ The first **course** was a potage soup. 第一道是濃湯.

⑦ Tears **coursed** down his burning cheeks. 淚水從他火熱的臉頰上流了下來.

[片語] *by course of* 依照～的慣例.

in course of 在～的過程中: The station is **in course of** reconstruction. 車站正在重建中.

in course of time 總有一天.

in the course of 在～期間. (⇨ [範例] ①)

in the course of nature 按照正常情況.

of course 當然: **Of course** you are invited, too. 當然也邀請你.

run ~'s course/take ~'s course 順其自然地發展.

stand the course (航海上)保持原航線.

stay the course 努力貫徹始終.

[複數] **courses**

[活用] *v.* courses, coursed, coursed, coursing

*****court** [kort] *n.*

原義	層面	釋義	範例
在被那圍裡住的的人場所；	一般	庭院	①
	進行審判的（場所）	法院；〔the ～〕法官	②
	進行體育運動的	球場	③
	王室的	宮廷，皇宮；朝臣；御前會議	④

——v. ⑤（向女性）求愛，獻慇懃. ⑥ 招致（危險、失敗等）.

〔範例〕① The back **court** is full of debris from the storm. 後院盡是暴風雨過後遺留下來的殘骸.

② Silence in **court**! 法庭上保持安靜!
The case was settled out of **court**. 那個案子在庭外和解了.
We're going to **court** to fight for our rights. 我們要打官司爭取我們的權利.
Her case will be heard in the High **Court**. 她的案件將在高等法院審理.
Don't hesitate to tell the **court** what you saw that night. 不要猶豫，就把那天晚上你所看到的告訴法官.

③ It's so hard to reserve a tennis **court** at this time of year. 每年的這個時候要預約到網球場是不太容易的.
All the players are on **court**. 所有選手都入場了.

④ He is well-known at **court**. 他在宮廷很有名.
The queen held **court** to hear from her advisers. 女王召開御前會議以聽取顧問們的意見.

⑤ He always **courted** her favor by agreeing with everything she said. 他總是言聽計從，討她歡心.

〔片語〕**at court** 在宮廷. (⇨〔範例〕④)
go to court 打官司. (⇨〔範例〕②)
hold court ① 召開御前會議. (⇨〔範例〕④)② 接待仰慕者: The world's No.1 tennis player is **holding court** at courtside. 世界排名第一的網球選手正在場邊接待仰慕者.
in court 在法庭上. (⇨〔範例〕②)
out of court ① 在法庭外，私下和解. (⇨〔範例〕②) ②（訴訟）被駁回. ③ 不予考慮: A sudden rise in gasoline prices put our drive-across-the-country vacation right **out of court**. 汽油突然漲價，使得我們開車旅遊全國各地的假期告吹.

♦ **córt càrd**（紙牌的）人面牌《K、Q、J 3種》.
➡（充電小站）(p. 285)
〔複數〕**courts**
〔活用〕v. **courts**, **courted**, **courted**, **courting**

courteous [`kɝtɪəs] adj. 謙恭有禮的: He is **courteous** in his speech. 他說話很有禮貌.

〔活用〕adj. **more courteous**, **most courteous**

courteously [`kɝtɪəslɪ] adv. 謙恭有禮地.
〔活用〕adv. **more courteously**, **most courteously**

*__courtesy__ [`kɝtəsɪ] n. 彬彬有禮；好意.
〔範例〕He doesn't even have the **courtesy** to hold the door open for the people behind him. 他真是不懂禮貌，竟然沒有為他身後的人把著門讓門繼續開著.
We were able to borrow these books by **courtesy** of Mr. Chen. 承蒙陳先生的好意，我們借到這些書.
〔片語〕**by courtesy** 承蒙～的好意. (⇨〔範例〕)
〔複數〕**courtesies**

courthouse [`kort͵haʊs] n. 法院.
〔發音〕複數形 courthouses [`kort͵haʊzɪz].

courtier [`kortɪɚ] n.（古代的）侍臣，朝臣.
〔複數〕**courtiers**

courtly [`kortlɪ] adj. 宮廷的，有宮廷氣派的；彬彬有禮的: a **courtly** gentleman 彬彬有禮的紳士.
〔活用〕adj. **courtlier**, **courtliest**

court-martial [`kort`marʃəl] n. ① 軍事法庭.
——v. ② 以軍法審判.
〔複數〕**court-martials/courts-martial**
〔活用〕v. 〖美〗**court-martials**, **court-martialed**, **court-martialed**, **court-martialing**/〖英〗**court-martials**, **court-martialled**, **court-martialled**, **court-martialling**

courtroom [`kort͵rum] n. 法庭.
〔複數〕**courtrooms**

courtship [`kortʃɪp] n. 求愛；追求期間；（動物的）求偶.

courtside [`kort͵saɪd] n.（網球等的）球場鄰近地區.

courtyard [`kort͵jard] n. 庭院，中庭.
〔複數〕**courtyards**

*__cousin__ [`kʌzn] n. ① 堂〔表〕兄弟姊妹. ② 遠親，姻親.
〔範例〕① a first **cousin** 堂〔表〕兄弟姊妹.
a second **cousin**（第二代）隔房堂〔表〕兄弟姊妹《彼此父母為堂兄弟姊妹》.
〔複數〕**cousins**

cove [kov] n. 小海灣.
〔複數〕**coves**

covenant [`kʌvənənt] n. ① 契約，誓約，盟約.
——v. ② 訂立契約〔盟約〕.
〔範例〕① the **Covenant** of the League of Nations 國聯盟約.
② I **covenanted** to pay £1 a week to the church. 我立約承諾每週給教會1英鎊.
〔複數〕**covenants**
〔活用〕v. **covenants**, **covenanted**, **covenanted**, **covenanting**

*__cover__ [`kʌvɚ] v. ① 蓋，覆蓋；掩飾，代理（某人）(for). ② 涉及（某範圍、領

域）.

——n. ③ 覆蓋物；蓋子；封面. ④ 藏身處，避難所；保險. ⑤ 供一人使用的座位與餐具.

[範例] ① Snow **covered** the mountains. 雪覆蓋了群山.

The top of the mountain was **covered** with snow. 那個山頂被雪覆蓋住了.

She **covered** her ears with her hands. 她用雙手遮住了耳朵.

The furniture was **covered** with dust. 家具蒙上了灰塵.

Yellowstone National Park **covers** over two million acres, or over 800,000 hectares. 黃石國家公園占地200多萬英畝，即80多萬公頃.

We **covered** over 2,000 miles in the car. 我們開車行駛了2,000多哩.

You must not try to **cover** a mistake. 你不可以試圖掩飾錯誤.

He **covered** his annoyance with a grin. 他露齒一笑掩飾了他的惱怒.

The cave **covered** him against the blizzard. 那個山洞使他得以抵禦暴風雪.

He asked his colleague to **cover** for him, so he could go to the doctor's. 他請同事代理他，這樣他才能夠去看病.

② Your insurance policy doesn't **cover** cosmetic surgery. 你的保單不涵蓋整形手術.

I'm a reporter for Channel 4 news. I **cover** science and technology. 我是第4頻道的記者，採訪科學與科技新聞.

I'm a sales representative for this company. I **cover** the metropolitan area. 我是這家公司的業務代表，負責都會區的生意.

Cover them while I go for help. 盯住他們，我去叫援軍.《該句的 them 可以認為是敵方，故 help 是「援軍」之意》

③ Bring plenty of **covers**. It gets cold up in those parts. 多帶些棉被，因為那一帶很冷.

A good book **cover** can increase sales. 一本書的封面精美可以增加銷售量.

④ The platoon had to seek **cover** from the enemy's gunfire. 這排士兵必須在敵人的槍林彈雨下尋找掩護.

full **cover** against fire and earthquake 對火災與地震的充分保險.

⑤ They laid a table with six **covers**. 他們布置了6個人的座位與餐具.

[片語] **cover in** 加蓋屋頂.

cover up 蓋住，掩飾：He tried to **cover up** his confusion. 他試圖掩飾他的困惑.

break cover 從隱藏處奔出.

from cover to cover 從（書的）第1頁至最後1頁.

take cover 隱蔽，躲避：I took **cover** from the rain. 我躲避那場雨.

under cover ① 在掩護下，在保護下. ② 祕密地，暗地裡.

under cover of ① 趁著. ② 在～掩護下；以 ～ 為藉口：Under cover of "official

business" those agents get away with murder. 那些特務以「公事」為藉口，做壞事不用受罰.

♦ **cóver chàrge** 服務費.

cóver cròp 間作《冬季為保護土質而栽植的三葉草等植物》.

cóver girl 封面女郎.

cóver stòry（雜誌的）封面故事.

[活用] v. **covers, covered, covered, covering**

[複數] **covers**

coverage [ˈkʌvərɪdʒ] n. ① 新聞報導. ② 承保範圍；補償金額.

[範例] ① The Presidential election got large media **coverage**. 總統選舉得到大量媒體的報導.

② I have good insurance **coverage** on my house. 我為自己的房子投了足夠的保險.

coverlet [ˈkʌvəlɪt] n. 床罩.

[複數] **coverlets**

covert [ˈkʌvət] adj. ① 隱蔽的，暗中的，掩飾的.

——n. ②（動物的）隱藏處，草叢.

[範例] ① **covert** negotiation 祕密交涉.

covert activity by the CIA to invade Cuba 由中情局支持侵略古巴的暗中活動.

They thought their dealings were **covert**, but the police were watching and listening. 他們以為他們的交易是祕密的，但是卻被警方監視與監聽著.

☞ adj. ↔ overt

[活用] adj. **more covert, most covert**

[複數] **coverts**

covertly [ˈkʌvətlɪ] adv. 隱蔽地，暗中地，偷偷地.

[活用] adv. **more covertly, most covertly**

cover-up [ˈkʌvəˌʌp] n.（對壞事等的）掩蓋，掩飾.

covet [ˈkʌvɪt] v. 貪求，垂涎，渴望：He **coveted** his father's camera. 他渴望得到父親的照相機.

[活用] v. **covets, coveted, coveted, coveting**

covetous [ˈkʌvɪtəs] adj. 貪求的：The company is **covetous** of our market. 那家公司覬覦我們公司的市場.

[活用] adj. **more covetous, most covetous**

*****COW** [kaʊ] n. ① 母牛，乳牛. ② 母鯨，象象.

[範例] ① The Joneses keep two **cows**. 瓊斯家養了兩頭母牛.

Waiting up for my son is like waiting for the **cows** to come home. 我永遠等待著我兒子回家.

[片語] **wait for the cows to come home** 永遠等待，始終等待.（⇨ [範例] ①）

→ 充電小站 (p. 287)

[複數] **cows**

*****coward** [ˈkaʊəd] n. 膽小鬼，懦夫：Sir Noel Coward was an English playwright and actor. His surname Coward does not mean

法庭 (court)

▶ 英格蘭與威爾斯的刑事審判

警察逮捕人犯後，先判斷是否有充分的證據審判被捕者，作此判斷的是治安法官 magistrate，亦稱作 J.P. (Justice of the Peace)，他們未接受過法律的專門教育，是作義務工作的業餘法官，但社會地位很高。

交通事故、盜竊等輕罪在最低的法院——治安法庭 (Magistrates' Court) 由 magistrate 審判。

重罪在刑事法庭 (Crown Court) 審理，首先由選自民間的12位陪審員 (juror) 組成的陪審團 (jury) 審理事實，作出有罪或無罪的裁定 (verdict)，法官 (judge) 再根據裁定進行判決 (sentence)。若不服判決，則可向上訴法院 (the Court of Appeal) 的刑事部門 (the Criminal Division) 上訴，甚至可以向上院 (the House of Lords) 上訴。

▶ 北愛爾蘭的刑事審判

與英格蘭以及威爾斯一樣，根據罪之輕重，由 Magistrates' Court 或 Crown Court 進行審判；來自 Crown Court 的上訴則由北愛爾蘭上訴法院 (the Northern Ireland Court of Appeal) 受理。

▶ 蘇格蘭的刑事審判

蘇格蘭有獨自的體系，是否對警察逮捕的人進行審判，作此決定的是 procurator fiscal (地方檢察官)。

審理重罪在高等法院 (the High Court of Justiciary) 進行，由一名法官 (judge) 與15名陪審員 (juror) 組成的陪審團 (jury) 審理。

審理輕罪的是郡法院 (Sheriff Court)，sheriff 意為郡法院法官，若不服郡法院判決，可向高等法院 (the High Court of Justiciary) 上訴。

▶ 美國的刑事審判

美國的法律制度由聯邦法與州法同時組成，法院亦有聯邦法院 (Federal Court) 與州法院 (State Court)，移送單位依案件的重要程度與發生場所而定。

在某州發生的竊盜或殺人案件，就在該州的 State Court 審理，贓物、犯人跨州，或與聯邦政府有關的犯罪等比較重要的案件由 Federal Court 審理。

決定是否起訴被捕者的是治安法官 magistrate 或陪審團 jury，這裡所指的 jury 稱作 grand jury (大陪審團)。由市民中選出的陪審員 (最多23人) 審理檢察官提出的證據，若認為證據充分，且過半數贊成，則嫌犯被起訴，若達不到半數，則釋放嫌犯。

被起訴的被告在審判前被傳喚至法庭，首先進行控訴與答辯程序 (arraignment)，宣讀起訴書後，由被告回答自己有罪或無罪，若被告自己承認罪，接著僅是下判決而已。

被告主張無罪時，由最下級的法院加以審判，決定有罪或無罪。州審判是在 State Court 或者 County Court (郡法院)，聯邦審判是在 District Court (聯邦地方法院)，進行審判的陪審團 (jury) 由6名或12名陪審員組成，稱為小陪審團 petty jury 或 trial jury。陪審團裁定 (verdict) 有罪或無罪，法官 (judge) 據此裁決宣判。

上訴時按下列順序進行：

聯邦法院	州法院
Supreme Court	State Supreme Court
↑	↑
Court of Appeals	Appellate Court
↑	↑
District Court	State/County Court

美國的最終、最高法院是聯邦最高法院 (the Supreme Court of the U.S.)，院長與8名法官由總統提名，議會通過，無任期限制。

美國的制度中有一種認罪減刑交易 (plea bargain)，這一制度的做法是為了節省審判耗費的時間與費用，由檢察方與被告方商量後達成協議，即被告方承認部分罪行，作為交換，檢察方則撤回其他罪行的起訴，或作輕罪處理，據聞有9成的刑事案件是以此制度處理的。

"coward" but "cowherd"。諾爾·科奧德爾士是英國劇作家及演員，他的姓 Coward 意為「牧牛者」，而非「膽小鬼」。

複數 **cowards**

cowardice [ˋkauəˌdɪs] *n.* 膽小，膽怯。

cowardly [ˋkauədlɪ] *adj.* 膽小的：The boy is too **cowardly** to dive into the water. 那個男孩太膽小不敢跳入水中。

活用 *adj.* **more cowardly**, **most cowardly**

cowboy [ˋkauˌbɔɪ] *n.* 牛仔《在美國西部及加拿大牧場放牛的男子》。

複數 **cowboys**

cower [ˋkauə] *v.* 蜷縮，畏縮：The girls were **cowering** in fear. 那些女孩害怕得縮成一團。

活用 *v.* **cowers**, **cowered**, **cowered**, **cowering**

cowgirl [ˋkauˌgɜl] *n.* 女牛仔《在美國西部及加拿大牧場放牛的女子》。

複數 **cowgirls**

cowslip [ˋkauˌslɪp] *n.* 黃花九輪草《櫻草科草本植物，春天開芳香的黃花》。

複數 **cowslips**

cox [kɑks] *n.* ① 舵手。
——*v.* ② 擔任舵手。

複數 **coxes**

活用 *v.* **coxes**, **coxed**, **coxed**, **coxing**

coy [kɔɪ] *adj.* 害羞的，靦覥的：She always acts so **coy** in front of boys. 她在男孩子面前總是表現得很靦覥。

活用 *adj.* **coyer**, **coyest**

coyly [ˋkɔɪlɪ] *adv.* 害羞地。

活用 *adv.* **more coyly**, **most coyly**

coyote [kaɪˋot] *n.* 郊狼《犬科夜行性動物，體長約80公分，分布於北美草原，以兔、狐狸

簡介輔音群 cr- 的語音與語義之對應性

cl- 表示兩堅硬物體或金屬撞擊時所發生的「喀喀喀喀」聲，但 r 發音較費力，cr- 的撞擊力也會比 cl- 大，比 cl- 強，因此 cr- 的本義為「大力撞擊」

(1) 表示「大力撞擊」(violent percussion)：
試比較

clash	(刀劍等金屬的)撞擊聲，鏗鏘聲
clash	(刀劍等金屬的)撞擊聲，鏗鏘聲
crash	(東西墜落或猛撞時的)嘭噹聲，嘩啦聲；(飛機的)墜毀

| clack | (碰撞堅硬物所發生的)嗶叭聲 |
| crack | 猛力的一擊，嗶啪重擊 |

| clam | 拾蛤，撈蛤 |
| cram | 填塞，(為考試而)惡補 |

(2) 某物遭受到大力撞擊可能會有破裂、破碎、分離、起皺、捲曲等現象，因此 cr- 可引申出「破裂、破碎、分離、起皺、捲曲」之意：
crack　v. 破裂，破碎；n. 裂縫，裂痕
crunch　踩碎或碾碎，使發碎裂聲
crumble　弄碎，碎成細屑
crush　壓碎，壓破
crevice　(岩石等的)裂縫
cranny　(岩壁、牆等的)裂縫，小孔隙
discrete　分離的，不連續的
discriminate　歧視，差別對待
excrete　(生理上)排泄，分泌
crease　v. (使)起摺痕，起皺；n. (衣服、紙等的)摺痕，縐摺

crumple　v. 使(紙、布等)弄縐，起縐；n. 摺皺，皺紋
crinkle　v. (使)變皺，(使)捲曲；n. (布、紙等的)皺紋
crisp　(毛髮)捲曲的，有皺紋的
crape　(表哀悼的黑縐綢)黑紗
crepe　縐綢，縐紗
cricket　板球《昔日用曲棒擊球》
crank　n. 曲柄；v. 使彎成曲柄形狀
crimp　使(毛髮等)捲曲，使(布等)摺縐
crook　v. 使彎曲成鉤狀；n. (牧羊人等的)曲柄杖
crocket　n. 鉤針編織物；v. 用鉤針編織
crawl　(身體彎曲)爬行

(3) cl- 引申義為「緊密結合在一起」，但 cr- 的力道比 cl- 強，因此可衍生出「緊縮在一起」(more tightly packed) 之引申義：
cramp　(肌肉緊縮在一起易造成)抽筋，痙攣
crick　頸或背部肌肉的痙攣
cringe　(因恐懼等而)畏縮，退縮
crowd　群眾，人群《人與人之間緊縮聚集在一起自然成群》
crew　船上或飛機上的一群共同工作的人員
crabbed　字跡潦草難讀或難辨認的《因筆劃順序緊縮在一起》

等為食).
[發音] 亦作 [kaɪˋotɪ].
[複數] **coyotes**

cozily [ˋkozɪlɪ] adv. 安逸地，舒適地.
[參考]〖英〗cosily.
[活用] adv. **more cozily**, **most cozily**

coziness [ˋkozɪnɪs] n. 安逸，舒適.
[參考]〖英〗cosiness.

cozy [ˋkozɪ] adj. ① 安逸的，舒適的.
——n. ② 保溫套《套在茶壺等上》.
[參考]〖英〗cosy.
[活用] adj. **cozier**, **coziest**
[複數] **cozies**

crab [kræb] n. ① 蟹. ② 〔C~〕巨蟹座，巨蟹座的人《亦作 Cancer》. ③ 野生蘋果；野生蘋果樹《野生樹，高達10公尺，結直徑約3分之小果實，亦作 crab apple》.
[複數] **crabs**

*__crack__ [kræk] v. ① 裂開，爆裂，破裂. ② 發出爆裂聲. ③ 猛擊.
——n. ④ 裂縫，裂口. ⑤ 爆裂聲. ⑥ 猛烈的一擊.
[範例] ① The glass **cracked** when I poured hot water into it. 當我往那個玻璃杯倒熱水時，它裂開了.

[coyote]

② He **cracked** his fingers. 他彈了一個響指.
③ He's crying because he **cracked** his head on the floor. 因為頭部猛力撞擊地面，所以他在哭.
④ There was a **crack** in the window. 那個窗戶上有一條裂縫.
⑤ We heard a **crack** of thunder. 我們聽到一聲雷鳴的聲響.
⑥ I got a **crack** on the head. 我的頭被猛力撞擊一下.
[片語] ***crack down on*** 採取斷然措施.
crack up 使撞壞.
[活用] v. **cracks**, **cracked**, **cracked**, **cracking**
[複數] **cracks**

cracked [krækt] adj. ① 破裂的：I don't like this **cracked** cup. 我不喜歡這個破裂的杯子. ②《口語》發狂的.

cracker [ˋkrækɚ] n. ①《美》餅乾《無甜味；《美》cookie，《英》biscuit》. ② 彩色爆竹《亦作 firecracker》. ③ 窮苦白人. ④ 胡桃鉗《亦作 nutcracker》.
[字源] 源自於產生 crack 音的東西.
[複數] **crackers**

crackle [ˋkrækl] v. ① 發出嗶啪聲.
——n. ② 嗶啪聲. ③ (陶器的)碎裂花紋.
[範例] ① The fire **crackled**. 火焰嗶啪作響.

（充電小站）

牛 (cow)

英美人士的飲食生活強烈地依賴著牛，牛肉，牛奶，乳製品等，故對牛甚為關心。因而，有　關牛的詞語，不僅針對牛的種類，而且還根據牛的狀況，基本上是一應俱全。

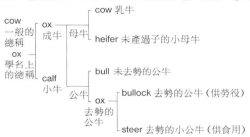

cattle: 牛的總稱

② Can you hear the **crackle** of burning logs? 你能聽到燃燒木頭的嗶啪聲嗎？

[活用] v. **crackles**, **crackled**, **crackling**

[複數] **crackles**

crackpot [`kræk,pɑt] n. ① 怪人.
——*adj.* ②〔只用於名詞前〕古怪的.
[複數] **crackpots**

*****cradle** [`kredl] n. ① 搖籃. ②〔the ~〕幼年時代. ③〔the ~〕發源地. ④ 吊架〔從高樓頂上吊下的作業架〕；托架《造船或修船時用的墊架》.
——*v.* ⑤ 抱著哄.
[範例] ① He's rocking the **cradle** gently. 他正溫柔地搖動搖籃.
When young, my sister and I used to play cat's **cradle** in the living room. 小時候，姊姊與我常在客廳玩翻線遊戲.《☞（充電小站）(p. 967)》
③ Some think that Greece is the **cradle** of democracy. 有些人認為希臘是民主政治的發源地.
[片語] *from the cradle to the grave* 從出生到死亡，一生.
♦ **càt's crádle** 翻線遊戲. (⇨ [範例] ①)
[複數] **cradles**
[活用] v. **cradles**, **cradled**, **cradled**, **cradling**

*****craft** [kræft] n. ① 技術，工藝. ② 需要特殊技術的職業. ③ 騙術，詭計. ④ 船；飛行器；太空船.
[範例] ① American Indian have the traditional **craft** of wood-carving. 印第安人有傳統的木雕技術.
② Machines have destroyed most of the old **crafts**. 機器扼殺了許多的傳統工藝.
③ He was a man of great **craft**. 他是一個擅長玩弄詭計的人.
④ You can see the beautiful harbor full of sailing **craft** from the hilltop. 你在那個山頂上可以看到滿是帆船的漂亮港灣.
[參考] -craft 所接的字表示「技術」，「交通工具」：handicraft 手工藝, witchcraft 魔法, aircraft 飛機, spacecraft 太空船, hovercraft 氣墊船.
[複數] **crafts**/④ **craft**

craftily [`kræftɪlɪ] adv. 詭計多端地, 狡猾地: Tom laid the trap so **craftily** that none of us noticed it. 湯姆狡猾地設下圈套，而我們誰也沒注意到.
[活用] adv. **more craftily**, **most craftily**

craftiness [`kræftɪnɪs] n. 詭計多端, 狡猾.

craftsman [`kræftsmən] n. 工匠, 工藝家, 手工藝者.
[複數] **craftsmen**

crafty [`kræftɪ] adj. 詭計多端的, 狡猾的: The thieves were very **crafty**. 那些小偷十分狡猾.
[活用] adj. **craftier**, **craftiest**/**more crafty**, **most crafty**

crag [kræg] n. 懸崖, 陡峭的岩石.
[複數] **crags**

craggy [`krægɪ] adj. ① 多岩石的, 陡峭的. ② 輪廓分明的.
[範例] ① a **craggy** iceberg 一座陡峭的冰山.
② a **craggy** face 一張輪廓分明的臉.
[活用] adj. **craggier**, **craggiest**

cram [kræm] v. 把~塞進, 使充滿.
[範例] The bank robbers **crammed** the money into their bag. 那些銀行搶匪把錢塞進他們的袋子裡.
The girl **crammed** her mouth with cookies. 那個女孩嘴裡塞滿了餅乾.
[活用] v. **crams**, **crammed**, **crammed**, **cramming**

cramp [kræmp] n. ①（肌肉的）抽筋，痙攣: One of the swimmers got a **cramp** in his leg. 那些游泳者當中有一個人腿抽筋了. ②〔~s〕腹絞痛.

——v. ③ 約束；阻礙.

[複數] **cramps**

[活用] v. **cramps**, **cramped**, **cramped**, **cramping**

cranberry [`kræn͵bɛrɪ] n. 蔓越橘《杜鵑花科常綠小矮樹，結味酸紅果，用作果醬、果凍、調味料等的原料》.

♦ **cránberry sàuce** 蔓越橘醬《烹飪火雞時使用》.

[複數] **cranberries**

crane [kren] n. ① 鶴. ② 起重機《源自形狀似鶴伸出頸子》.

——v. ③ 伸長脖子.

[範例] ① A **crane** has flown into the lake. 一隻鶴飛向湖中.

② **Cranes** with red lights on the top stood high under the dark sky. 頂部裝有紅燈的起重機在黑暗的天空下高聳著.

③ Jane **craned** to see what was happening in the crowd. 珍在人群中伸長脖子想看看發生甚麼事.

[複數] **cranes**

[活用] v. **cranes**, **craned**, **craned**, **craning**

crania [`krenɪə] n. cranium 的複數形.

cranial [`krenɪəl] adj. 頭顱的.

cranium [`krenɪəm] n. 頭顱；顱骨.

[複數] **crania/craniums**

crank [kræŋk] n. ① 曲柄《L字形的手搖柄》. ② 《口語》怪人；脾氣暴躁的人.

——v. ③ 轉動曲柄.

[片語] **crank out** 迅速（機械性地）完成：He **cranked out** more than ten novels a month. 他每個月寫出十多篇小說.

[複數] **cranks**

[活用] v. **cranks**, **cranked**, **cranked**, **cranking**

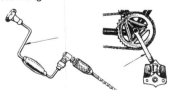

[crank]

cranny [`krænɪ] n. 裂縫，縫隙：We searched every nook and **cranny**. 我們找遍了每個角落與縫隙.

[複數] **crannies**

*__crash__ [kræʃ] n. ① 嘩啦《物體破碎、墜落、崩壞時的聲音》. ② 墜落，碰撞. ③《事業等的》失敗，破產，（行情的）暴跌.

——v. ④ 發出驚人的聲響. ⑤ 墜落，碰撞. ⑥ 破產，（行情）暴跌.

——adj. ⑦ 應急的；速成的.

[範例] ① The **crash** of thunder frightened us. 轟隆一聲雷響嚇了我們一跳.

All the dishes fell on the floor with a **crash**. 所有盤子嘩啦一聲全掉在地板上.

② Forty people were killed in the train **crash**. 有40人死於那場火車事故.

The boy in the red **crash** helmet is my brother. 戴著紅色頭盔的男孩是我弟弟.

③ There was a stock market **crash** last year. 去年有一次股市暴跌.

④ The glasses **crashed** to the ground. 那些杯子嘩啦一聲摔破在地上.

⑤ This month three planes **crashed** in China. 這個月中國有3架飛機墜毀.

⑥ One of the trading companies **crashed**. 有一家貿易公司破產了.

⑦ a **crash** course in English conversation 英語會話速成課程.

♦ **crásh hèlmet**《機車騎士、賽車手等戴的》頭盔.

[複數] **crashes**

[活用] v. **crashes**, **crashed**, **crashed**, **crashing**

crash-land [`kræʃ͵lænd] v. 迫降，使緊急降落：He **crash-landed** the plane in the desert. 他把那架飛機迫降在沙漠.

[活用] v. **crash-lands**, **crash-landed**, **crash-landed**, **crash-landing**

crash-landing [͵kræʃ`lændɪŋ] n. 迫降：The pilot tried to make a **crash-landing**. 那名飛行員嘗試圖迫降.

[複數] **crash-landings**

crass [kræs] adj. 愚鈍的.

[活用] adj. **crasser**, **crassest**

crate [kret] n. 木框架，板條箱，貨箱《用於運送或保管水果、瓶子等的箱筐》.

[複數] **crates**

crater [`kretɚ] n. ① 火山口. ②《炸彈、隕石造成的》坑.

♦ **Cráter Làke** 克雷特湖《位於美國俄勒岡州，由火山口積水而成，為美國最深的湖》.

[複數] **craters**

cravat [krə`væt] n. ① 領巾《17-19世紀男性用來代替領帶圍於脖子上》. ②（舊式的）寬領帶.

[複數] **cravats**

crave [krev] v. 渴望：The child **craved** for his mother's forgiveness. 那個孩子渴望得到母親的原諒.

[活用] v. **craves**, **craved**, **craved**, **craving**

craven [`krevən] adj. 懦弱的：He was a **craven** bully. 他是一個欺負弱者的懦夫.

[活用] adj. **more craven**, **most craven**

craving [`krevɪŋ] n. 渴望：She had a **craving** for love. 她渴望愛情.

[複數] **cravings**

crawl [krɔl] v. ① 爬，匍匐行進，緩慢行進. ② 爬滿 (with). ③ 游自由式.

——n. ④ 爬，匍匐行進. ⑤ 自由式.

[範例] ① The baby **crawled** around the table. 那個嬰兒在桌子周圍爬.

② I was surprised to see the street **crawling** with ants! 我看到那條路上爬滿螞蟻而嚇了一

一跳.

④ I had to drive along at a **crawl** in the traffic jam. 因交通阻塞，我開車得緩慢前進.

⑤ Do the **crawl** to the other side of the river. 以自由式游到河的對岸.

活用 _v._ **crawls, crawled, crawled, crawling**

crayfish [`kre͵fɪʃ] _n._ 淡水螯蝦《長約10公分的甲殼動物，在歐洲為食用蝦，亦作 crayfish》.

複數 **crayfish/crayfishes**

crayon [`kreən] _n._ ① 蠟筆: The child drew the sun in **crayon**. 那個孩子用蠟筆畫了太陽.
—— _v._ ② 用蠟筆畫.

複數 **crayons**

活用 _v._ **crayons, crayoned, crayoned, crayoning**

craze [krez] _n._ 時尚，狂熱，大流行: This computer game is the latest **craze** in Taiwan. 這是臺灣最新流行的電腦遊戲.

複數 **crazes**

crazed [krezd] _adj._ 發狂的，瘋狂的: He's been **crazed** with jealousy since he saw her with another man. 他看到她跟其他男人在一起就嫉妒得發狂.

活用 _adj._ **more crazed, most crazed**

crazily [`krezl̩ɪ] _adv._ 發狂地，狂熱地，著迷地.

活用 _adv._ **more crazily, most crazily**

craziness [`krezɪnɪs] _n._ 發狂，狂熱，著迷.

***crazy** [`krezɪ] _adj._ ① 發狂的，瘋子似的. ②〔不用於名詞前〕著迷的，狂熱愛好的.

範例 ① a **crazy** man 狂人.
All that chattering is driving me **crazy**. 所有那喋喋不休逼得我快發瘋了.
All of them went nearly **crazy** with the heat. 他們全部快熱得發瘋了.
You were **crazy** to go out in that rainstorm./It was **crazy** of you to go out in that rainstorm. 你瘋了，竟然在那種暴風雨中外出.
② We're all **crazy** about the major leagues. 我們都為職棒大聯盟瘋狂.
I'm **crazy** about her. 我為她神魂顛倒.

片語 _like **crazy**_ 拚命地，發狂似地: If we work **like crazy**, we can finish in time. 如果我們拚命工作的話就來得及完成.

♦ **cràzy páving** 鋪步道所用的不規則形狀的石板、瓷磚.
crázy quílt 百衲被.

活用 _adj._ **crazier, craziest**

creak [krik] _n._ ① 嘎吱嘎吱聲，物體摩擦聲.
—— _v._ ② 發出嘎吱嘎吱聲，咯吱咯吱作響: The door **creaked**. 那扇門咯吱咯吱作響.

複數 **creaks**

活用 _v._ **creaks, creaked, creaked, creaking**

creaky [`krikɪ] _adj._ 吱吱作響的: He wore **creaky** shoes. 他穿了一雙會吱吱作響的鞋子.

活用 _adj._ **creakier, creakiest**

***cream** [krim] _n._ ① 奶油. ② 奶油色，淡黃色.

③〔the ~〕精華，精髓.
—— _v._ ④（從牛奶中）提取奶油. ⑤（使）成奶油狀. ⑥ 加奶油.

範例 ① I drink coffee with **cream**. 我喝加有奶精的咖啡.
shaving **cream** 刮鬍膏.
③ the **cream** of society 社會的菁英.

參考 ① 本來指浮於牛奶表面的濃厚脂肪部分，亦指成分與形狀相似的乳皮 (skin cream). 此外，由於脂肪成分浮於表面，又衍生出 ③「精華」之意.

♦ **crèam chéese** 奶油乳酪《以牛奶和奶油製成鬆軟而味濃的乳酪》.
crèam púff 奶油泡芙.

活用 _v._ **creams, creamed, creamed, creaming**

creamy [`krimɪ] _adj._ 奶油狀的，奶油色的，含大量奶油的.

活用 _adj._ **creamier, creamiest/more creamy, most creamy**

crease [kris] _n._ ①（衣服、紙的）摺縫，摺痕，皺摺.
—— _v._ ② 起摺痕，起皺摺: This skirt **creases** very easily. 這件裙子很容易起皺痕.

複數 **creases**

活用 _v._ **creases, creased, creased, creasing**

***create** [krɪ`et] _v._ ① 創造，產生，創作，創建. ② 授予（爵位等），封，任命.

範例 ① They **created** a new country there. 他們在那裡創建了一個新國家.
This lake was **created** through a volcanic eruption. 這個湖是火山爆發形成的.
Christians believe that God **created** the world. 基督徒相信是上帝創造了世界.
② He was **created** King yesterday. 他昨天被封為國王.

活用 _v._ **creates, created, created, creating**

***creation** [krɪ`eʃən] _n._ ① 創造，產生，創作，創建. ② 創造物，作品，產物，（上帝創造的）宇宙. ③（爵位等的）授予.

範例 ① He proposed the **creation** of a new town. 他建議創建一個新城鎮.
the **Creation** of the world 創造天地.
② These fashions are the latest **creations** from New York. 這些樣式是來自紐約的最新作品.

複數 **creations**

***creative** [krɪ`etɪv] _adj._ 有創造力的，創造性的.

範例 He is a **creative** artist. 他是一位具有獨創性的藝術家.
The novels of his last years show a decrease in his **creative** powers. 他晚年的小說顯示出他創作力的衰竭.

活用 _adj._ **more creative, most creative**

creatively [krɪ`etɪvlɪ] _adv._ 創造性地.

活用 _adv._ **more creatively, most creatively**

creator [krɪ`etɚ] _n._ ① 創造者，創作者. ②〔the

C~〕上帝，造物主.

[複數] **creators**

***creature** [`kritʃɚ] *n.* ① 生物，動物. ② 人，人類. ③ 奴隸；傀儡.

[範例] ① all living **creatures** 所有生物.

② She is the most beautiful **creature** that I have ever seen. 她是我所見過最漂亮的人.

③ Man is a **creature** of habit. 人是習慣的奴隸〔產物〕.

[筆記] 包括植物在內的生物稱 life. 表示 ② 之意時前接形容詞.

[複數] **creatures**

crèche [krɛʃ] *n.*〖英〗日間托兒所.

[複數] **crèches**

credentials [krɪ`dɛnʃəl] *n.*〔作複數〕證明書，資格證明.

credibility [ˌkrɛdə`bɪlətɪ] *n.* 可靠性，可信性.

credible [`krɛdəbl] *adj.* 可靠的，可信的；確實的.

[活用] *adj.* **more credible, most credible**

credibly [`krɛdəblɪ] *adv.* 確實地.

[活用] *adv.* **more credibly, most credibly**

****credit** [`krɛdɪt] *n.*, *v.*

原義	層面	釋義	範例
信任	一般性	*n.* 信任，相信，信用	①
	因相信而事後付款	*n.* 賒欠，信用貸款	②
	因信任而存入的簿記	*n.* 存款，貸方	③
	受信任的結果	*n.* 聲望，信譽	④
	學習的證明	*n.* 〖美〗學分	⑤

原義	層面	釋義	範例
信任	一般性	*v.* 信任，相信	⑥
	因信任而給與事後付款	*v.* 提供貸款	⑦

[範例] ① I can't give **credit** to such explanations. 我不相信這樣的解釋.

Keeping good **credit** is important. 保持良好的信用是很重要的.

Give me some **credit**, would you? I`m not an idiot. 相信我好嗎? 我可不是個傻瓜.

② You can buy the computer on **credit**. 你可以賒帳買這部電腦.

③ I have **credit** at this bank. 我在這家銀行有存款.

This fifty thousand dollars must be put on the **credit** side, not on the debit side. 這5萬美元

應記入貸方，而不是借方.

④ Our football team does us **credit**. 我們的足球隊為我們爭光.

⑤ I got four **credits** last semester. 我上學期修完4個學分.

⑥ I **credit** all that you are telling me. 我相信你對我說的一切.

⑦ Please **credit** 500,000 dollars to my account. 請給我50萬美元的信用貸款.

[片語] ***on credit*** 賒帳，信貸. (⇨ [範例]②)

take credit 歸為自己的功勞.

♦ **crédit accòunt**〖英〗賒欠帳戶.

crédit càrd 信用卡.

crédit sìde 貸方. (⇨ [範例]③)

crédit squèeze 信用緊縮《政府的金融政策》.

crédit tìtles（電視、電影）於片頭、片尾顯示演出者、製作者、導演等相關人員的名單.

[複數] **credits**

[活用] *v.* **credits, credited, credited, crediting**

creditable [`krɛdɪtəbl] *adj.* 值得讚揚的，出色的，帶來榮譽的: It's **creditable** that he didn't keep the wallet he found. 他沒有把撿到的皮夾據為己有，值得讚揚.

[活用] *adj.* **more creditable, most creditable**

creditably [`krɛdɪtəblɪ] *adv.* 出色地，值得讚揚地.

[活用] *adv.* **more creditably, most creditably**

creditor [`krɛdɪtɚ] *n.* 債權人，貸方: I have to pay my **creditors** in full by next month. 我必須在下個月前向債權人付清全額借款.

[複數] **creditors**

credulity [krə`dulətɪ] *n.* 輕信，易受騙.

***credulous** [`krɛdʒələs] *adj.* 輕信的，易受騙的: My brother was **credulous** enough to believe the story. 我哥哥很容易受騙，連那個故事都相信.

[活用] *adj.* **more credulous, most credulous**

***creed** [krid] *n.* 信條，教義，信念.

[範例] political **creeds** 政治信念.

People of any race, class or **creed** are welcomed to the conference. 歡迎任何種族、階級、信仰的人參加這個會議.

[複數] **creeds**

creek [krik] *n.* ①〖美〗小河《大於 brook》. ②〖英〗小灣《港》(☞ inlet).

[片語] ***up the creek*** 處於困境.

[複數] **creeks**

***creep** [krip] *v.* ① 爬行，悄悄地〔緩慢地〕行進；巴結，奉承.

——*n.* ② 爬行，緩慢行進. ③〔the ~s〕毛骨悚然的感覺. ④ 奉承〔拍馬屁〕者，令人討厭的人.

[範例] ① Sabrina **crept** up behind me and scared me. 莎賓娜躡手躡腳地跟在我後面嚇我一跳.

Time **crept** on. 時間悄悄地流逝.

③ The picture of Dracula gave me the **creeps**.

吸血鬼德古拉的畫像使我毛骨悚然.

活用 *v.* **creeps**, **crept**, **crept**, **creeping**
複數 **creeps**

creeper [`kripɚ] *n.* ① 爬行物, 爬行者, 爬蟲.
② 攀緣〔藤蔓〕植物.
複數 **creepers**

creepy [`kripɪ] *adj.* 爬行的; 令人毛骨悚然的.
活用 *adj.* **creepier**, **creepiest**

cremate [`krimet] *v.* 火葬.
活用 *v.* **cremates**, **cremated**, **cremated**, **cremating**

cremation [krɪ`meʃən] *n.* 火葬.
複數 **cremations**

crematorium [ˌkrimə`tɔrɪəm] *n.* 火葬場.
複數 **crematoriums/crematoria**

Creole [`kriol] *n.* 克里奧爾語《泛指兩個（以上）民族雜居所產生的混合語言, 被用作母語》; 克里奧爾人《(1) 出生於西印度群島、中美洲的歐洲人》 特指有西班牙血統的人. (2) 歐洲人、克里奧爾人和黑人的混血兒》.
複數 **Creoles**

crepe/crêpe [krep] *n.* ① 縐紗, 縐綢. ② 黑紗（黑縐紗, 亦作 crape）. ③ 縐膠《表面有細縐紋的薄板狀橡膠, 主要用來作鞋底, 亦作 crepe rubber》. ④ 薄煎餅.
♦ **crêpe páper** 縐紋紙《細縐紋的薄紙, 用來作紙花、餐巾紙等》.

****crept** [krɛpt] *v.* creep 的過去式、過去分詞.

crescendo [krə`ʃɛndo] *adv.* ① 漸強地《音樂記號, 符號<》.
——*n.* ②（聲音）漸強;（勢力等）的高漲.
複數 **crescendos**

crescent [`krɛsnt] *n.* ① 新月, 弦月. ②『英』新月形廣場〔街道〕. ③（伊斯蘭教的）新月章《相當於基督教的十字架》;〔the C~〕伊斯蘭教.
複數 **crescents**

cress [krɛs] *n.* 水芹《十字科植物, 可作生菜沙拉食用》.
複數 **cresses**

****crest** [krɛst] *n.* ① 鳥冠, 羽冠;（頭盔的）羽飾. ② 頂, 山頂; 波峰. ③ 紋章, 家徽《標示於信封、信紙、餐具等上面》.
複數 **crests**

crestfallen [`krɛst͵fɔlən] *adj.* 垂頭喪氣的, 沮喪的: He was badly **crestfallen** when he heard that our team lost the final game. 聽到我們這一隊在決賽中敗北, 他變得非常沮喪.
活用 *adj.* **more crestfallen**, **most crestfallen**

cretin [`kritɪn] *n.* 呆小症患者《因甲狀腺不全引起發育、智能障礙的病人》.
複數 **cretins**

crevasse [krə`væs] *n.* 冰河的裂縫, 罅隙.
複數 **crevasses**

crevice [`krɛvɪs] *n.*（岩石的）裂縫, 罅隙.
複數 **crevices**

****crew** [kru] *n.* ①（船、飛機等的）全體工作人員. ② 普通船員《除了高級船員 (officer) 以外的

全體船員》. ③ 一起工作的一組人. ④ 賽艇隊, 全體划船人員.
範例 ① All the **crew** was saved./All the **crew** were saved. 全體人員都獲救了. a cabin **crew** 全體船艙船員.
② the officers and **crew** 全體船員.
③ a road **crew** 築路組.
④ the Oxford **crew** 牛津大學的划船選手.
♦ **créw cùt** 小平頭.
créw nèck（毛衣的）圓領.
複數 **crews**

crib [krɪb] *n.* ① 嬰兒床《四周以圍欄圍住》. ②（家畜的）飼料槽. ③ 貯藏箱《貯存穀物、鹽等, 側面板似柵欄一樣留有空隙》, 貯藏庫. ④ 參考用的小抄.
——*v.* ⑤ 抄襲, 剽竊: He was seen **cribbing**. 他被發現抄襲.
複數 **cribs**
活用 *v.* **cribs**, **cribbed**, **cribbed**, **cribbing**

cricket [`krɪkɪt] *n.* ① 蟋蟀. ② 板球.
範例 ① The boy is as merry as a **cricket**. 那個男孩非常快樂.
② **Cricket** is played with a bat and hard leather ball. 玩板球需用球棒與硬皮球.
參考 ① 在歐美, 有人認為蟋蟀的叫聲非常快活, 亦有人覺得很煩人. ② 板球比賽由兩隊進行, 每隊11人, 在英國很盛行. 擊球員 (batsman) 打擊投手 (bowler) 投出的球, 直到球被防守球員 (fielder) 或捕手 (wicketkeeper) 截獲而出局為止, 以在球場中央豎立的兩處三柱門 (wicket) 之間往返的次數作為得分. 正式比賽時, 中間還安排飲茶時間, 有時候比賽要進行數日才能結束.
複數 **crickets**

[cricket]

cricketer [`krɪkɪtɚ] *n.* 板球選手.
複數 **cricketers**

****cried** [kraɪd] *v.* cry 的過去式、過去分詞.

****cries** [kraɪz] *v.* ① cry 的第三人稱單數現在式.
——*n.* ② cry 的複數形.

****crime** [kraɪm] *n.* 罪, 犯罪, 犯罪行為; 可恥的事.
範例 He committed a serious **crime**. 他犯了重罪.
Crime is on the increase in this city. 這個城市的犯罪率正在增加之中.
It's a **crime** to throw empty cans away in the street. 把空飲料罐任意扔在路上是可恥的.
複數 **crimes**

****criminal** [`krɪmənl] *adj.* ①〔只用於名詞前〕犯罪的, 犯法的, 刑事上的. ② 可恥的; 應受

責備的，令人遺憾的．
——*n.* ③ 犯人，罪犯．
範例 ① Murder is a **criminal** act. 謀殺是犯罪的行為．
criminal law 刑法．
No person shall be deprived of life or liberty, nor shall any other **criminal** penalty be imposed, except according to procedure established by law. 若非根據法律程序，任何人都不應該被剝奪生命或自由，亦不受任何刑事處罰．
② The way he treats his dog is absolutely **criminal**! 他如此對待他的狗真是可恥〔令人遺憾〕．
③ A **criminal** was arrested while committing the crime. 有一名罪犯在作案時被逮捕．
複數 **criminals**

criminally [`krɪmənlɪ] *adv.* 有罪地；刑事上：They were all **criminally** involved in that affair. 他們全都涉及那宗犯罪案件．

crimson [`krɪmzn] *n.* ① 深紅色．
——*adj.* ② 深紅色的．

cringe [krɪndʒ] *v.* 蜷縮，畏縮，退縮：My baby **cringed** at the sight of a black cat. 我的小寶寶一看到黑貓就嚇得退縮．
活用 *v.* **cringes**, **cringed**, **cringed**, **cringing**

crinkle [`krɪŋkl] *v.* ①（使）起皺紋，（使）捲曲．
——*n.* ② 皺紋．
活用 *v.* **crinkles**, **crinkled**, **crinkled**, **crinkling**
複數 **crinkles**

*****cripple** [`krɪpl] *n.* ① 殘疾者，殘障者．
——*v.* ② 使殘廢，使殘廢．
範例 ② The man was **crippled** in the battle. 那個男子在戰役中殘廢了．
The railway system was **crippled** for the day. 鐵路系統癱瘓了一天．
複數 **cripples**
活用 *v.* **cripples**, **crippled**, **crippled**, **crippling**

*****crises** [`kraɪsiz] *n.* crisis 的複數形．
*****crisis** [`kraɪsɪs] *n.* 危機，緊要關頭：（疾病等的）危險期．
範例 There is a political **crisis** between the two countries. 兩國間存在著政治危機．
He always panics in a **crisis**. 他在緊要關頭總是驚慌失措．
The sick man has passed the **crisis**. 這病人已脫離危險期．
複數 **crises**

*****crisp** [krɪsp] *adj.* ①（食物等）酥脆的，易碎的．②（紙）堅韌平順的．③ 明快的，簡明扼要的．④（天空、空氣）清爽的．——*v.* ⑤ 使酥脆；使捲曲．——*n.* ⑥〖英〗洋芋片（〖美〗chip）．
範例 ① Serve the chicken with **crisp** bacon. 來一份雞肉加香酥培根．
a **crisp** bank note 一張嶄新的鈔票．

④ It was a **crisp** October day. 那是一個清爽宜人的10月天．
⑤ Please **crisp** the bread. 請把麵包烤得酥脆．
⑥ Would you like some **crisps** for lunch? 你午餐要不要吃些洋芋片？
活用 *adj.* **crisper**, **crispest**
活用 *v.* **crisps**, **crisped**, **crisped**, **crisping**
複數 **crisps**

crisply [`krɪsplɪ] *adv.* ①（食物等）酥脆地．② 俐落地，簡明扼要地．③ 捲曲地．
範例 ② She continued speaking **crisply**. 她繼續簡明扼要地說．
③ My sister curled her hair **crisply**. 我姊姊把頭髮弄得鬈鬈的．
活用 *adv.* **more crisply**, **most crisply**

crispness [`krɪspnɪs] *n.* ① 鮮脆：The lettuce has lost its **crispness**. 那萵苣已經失去了鮮脆．② 清爽宜人．

crisscross [`krɪs,krɔs] *n.* ① 十字形，十字記號，十字圖案．
——*v.* ② 做十字形標記，呈十字交叉．
——*adv.* ③ 十字狀地，十字交叉地．
複數 **crisscrosses**
活用 *v.* **crisscrosses**, **crisscrossed**, **crisscrossed**, **crisscrossing**

criteria [kraɪ`tɪrɪə] *n.* criterion 的複數形．
*****criterion** [kraɪ`tɪrɪən] *n.* （判斷的）標準：What are your **criteria** in judging the quality of a student's work? 你判斷學生作品品質的標準是甚麼？
複數 **criteria/criterions**

*****critic** [`krɪtɪk] *n.* ①（特指文學、藝術等的）批評家，評論家．② 批評者，吹毛求疵者．
範例 ① a film **critic** 影評．
② No one asks you for your opinion because you're such a **critic**. 沒有人會徵求你的意見，因為你非常挑剔．
複數 **critics**

*****critical** [`krɪtɪkl] *adj.* ①〔只用於名詞前〕批判的，批評的，評論的．② 批評性的；吹毛求疵的．③ 千鈞一髮的，危急的．
範例 ① a **critical** work 評論性的作品．
② Your little brother is afraid to do anything around you because you're so **critical** of him. 你弟弟害怕在你身邊做任何事，因為你對他吹毛求疵．
③ His condition is **critical**. 他的病情危急．
活用 *adj.* ② ③ **more critical**, **most critical**

critically [`krɪtɪklɪ] *adv.* ① 批判地，批評性地．② 危急地：My mother is **critically** ill. 我的母親病情危急．
活用 *adv.* **more critically**, **most critically**

criticise [`krɪtə,saɪz] ＝*v.*〖美〗criticize．

*****criticism** [`krɪtə,sɪzm] *n.* ①（文學、藝術等的）批評，評論．② 責備，吹毛求疵．
範例 ① I have read his **criticism** of my new novel. 我看了他對我新小說的評論．
② The military government stopped unfavorable **criticism** by controlling the newspapers. 那個

軍政府操控報紙阻止不利的批評.

【複數】 **criticisms**

****criticize** [`krɪtə͵saɪz] v. ① 批評，批判. ② 指
責；吹毛求疵.

【範例】 ① The President's wife often helps him by
criticizing his speeches before he gives
them. 總統夫人時常在總統演說前批評其演
說以幫助他.
② Bill felt humiliated when the principal
criticized him in front of everyone at
assembly. 校長在集會時當眾批評比爾，使
他感到屈辱.

【參考】 〖英〗 criticise.

【活用】 v. **criticizes**, **criticized**, **criticized**,
criticizing

critique [krɪ`tik] n. 批評，評論；評論方法.

【複數】 **critiques**

croak [krok] n. ① (烏鴉、青蛙等的) 呱呱叫聲.
② 沙啞聲.
——v. ③ (烏鴉、青蛙等) 呱呱地叫. ④ 發出沙
啞聲.

【範例】 ① The raven made a hoarse **croak**. 那隻
渡鴉發出了嘶啞的呱呱叫聲.
④ He **croaked** as if he had a sore throat. 他發
出沙啞聲，好像他喉嚨痛一樣.

【複數】 **croaks**

【活用】 v. **croaks**, **croaked**, **croaked**,
croaking

crochet [n. `krotʃɪt; v.
kro`ʃe] n. ① 鉤針編織.
——v. ② 用鉤針編織.

【複數】 **crochets**

【活用】 v. **crochets**,
crocheted,
crocheted,
crocheting

crockery [`krakərɪ] n. 陶
瓷器.

crocodile [`krakə͵daɪl] n. 鱷魚 《產於非洲、
亞洲、澳洲、南北美洲的大型兇暴動物》；鱷
魚皮.

♦ **crócodile tèars** 貓哭耗子假慈悲 《據說鱷
魚是流著眼淚吃獵物》.

☞ alligator

【複數】 **crocodiles**

crocus [`krokəs] n. 番紅花 《早春開花》.

【複數】 **crocuses/croci**

croissant [krwɑ`sɑŋ] n. 牛角麵包.

【字源】 法語的「新月」.

【複數】 **croissants**

Cromwell [`kramwəl] n. 克倫威爾 《Oliver
Cromwell, 1599-1658, 英國軍人，清教徒
革命的領袖. 處死國王查理一世後創立共和
國，自任護國公，推行基於清教徒主義的嚴
屬軍事獨裁制度》.

crook [krʊk] v. ① 彎曲.
——n. ② 彎曲物；彎曲處. ③ (牧羊人的) 柄部
彎曲的長杖 《亦作 shepherd's crook》. ④ 竊
賊，騙子.

【範例】 ① If we **crook** this in just the right place,
we'll have a makeshift boomerang. 只要我們
在適當的地方把它弄彎，它就能充當回力鏢.
② a **crook** in a stream 小河的彎曲處.
He has a scar in the **crook** of his left leg. 他的
左腳彎曲處內側有一道疤痕.
④ Those car mechanics are **crooks**. They
charged me $150 for an air filter. 那些修車技
師真是騙子，一個空氣濾清器要我付150美
元.

【活用】 v. **crooks**, **crooked**, **crooked**,
crooking

【複數】 **crooks**

crooked [krʊkt] adj. 彎曲的，歪的，畸形的；
狡詐的，不正當的.

【範例】 A man with a **crooked** back was walking
slowly to the station. 一個駝背的男子朝著車
站慢慢走去.
She always wears her glasses **crooked**. 她老
是把眼鏡戴歪了.
It's a **crooked** outfit that preys on the elderly.
這是家不正當的公司，專門詐騙老人.

【活用】 adj. **more crooked**, **most crooked**

croon [krun] v. 低聲吟唱：The mother was
crooning a lullaby. 那個母親低聲吟唱一首
搖籃曲.

【活用】 v. **croons**, **crooned**, **crooned**,
crooning

***crop** [krap] n. ① 農作物. ② 收成. ③ 一群，一
批. ④ 短髮，平頭. ⑤ (騎馬用的) 鞭子.
——v. ⑥ (動物) 啃食 (草). ⑦ 收穫，收割. ⑧
播種，種植.

【範例】 ① Wheat is the main **crop** around here. 小
麥是這一帶的主要農作物.
② We've had a bad **crop** of rice this year. 今年
稻米歉收.
③ There were a **crop** of pimples on my face. 我
臉上有一片粉刺.
④ Why do so many students have close **crops**?
為何有那麼多學生剪平頭?
⑥ The sheep **cropped** the grass. 那隻羊啃食
牧草.
⑧ Our fields are entirely **cropped** with barley.
我們的田全都種植大麥.

【片語】 **a crop of ~** 一批，
一群，(☞ 【範例】 ③)

【複數】 **crops**

【活用】 v. **crops**, **cropped**,
cropped, **cropping**

croquet [kro`ke] n. 槌球
《在草坪上以木槌擊球
使之通過小門的遊戲》.

croquette [kro`kɛt] n.
油炸丸子.

【複數】 **croquettes**

****cross** [krɔs] n. ① 十
字，十字形符
號. ② 十字架. ③ 十字
形飾物，十字勳章. ④

[croquet]

受難，苦難． ⑤（動、植物的）雜種． ⑥ 交叉．
——*adj.* ⑦ 十字形的，交叉的，橫的，斜的． ⑧
相反的，逆向的． ⑨ 易怒的．
——*v.* ⑩（使）交叉；（使）相交． ⑪ 畫十字，畫
橫線，畫線刪除． ⑫ 橫越，越過，渡過． ⑬
阻撓，阻礙；反對． ⑭ 異種交配．
範例 ① make the sign of the **cross** 畫十字．
He marked a **cross** against the desired items.
他在想要的項目上畫上×標記．
② Christ on the **cross** 十字架上的基督．
④ It was a daily **cross** for me. 那段日子對我來
說每天都很難熬．
under ～'s **cross** 背負苦難．
a **cross** in life 人生的苦難．
⑤ a **cross** between a horse and a donkey 馬與
驢的混種．
⑦ a **cross** stroke 橫的一筆．
cross eyes 斜視．
⑧ **cross** to the purpose 與目的相反．
a **cross** wind 逆風．
⑨ Joe was **cross** at something. 喬為某事發脾
氣．
I am not **cross** with her. 我不是對她發脾氣．
She had a **cross** look. 她滿臉怒容．
⑩ the spot where two roads **cross** 兩條道路交
叉的地方．
Crossing his legs, the witness considered the
attorney's question. 證人交叉著腿考慮了律
師的提問．
⑪ **cross** ～'s heart（宣誓時）在～心上畫十字．
cross a check 在支票上畫兩條線《表示須先
存入銀行戶頭》．
The teacher **crossed** the word with red. 老師
用畫紅線刪除那個字．
⑫ The railroad **crosses** the eastern part of the
country. 鐵路橫貫那個國家的東部．
We **crossed** to the west side of the street by
subway. 我們走地下道橫越到街道的西面．
The guerillas **crossed** the border into another
territory. 那些游擊隊員越過邊境進入另一個
國家的領土．
Swallows **crossed** each other. 一群燕子交叉
飛過．
Our letters have **crossed**. 我們的信件互相錯
過了．
⑬ I was **crossed** in my study by all the noise
they made. 他們的吵鬧聲妨礙了我的學習．
I never **cross** her when she is not feeling well.
她心情不好時，我絕不惹她．
⑭ **cross** one plant with another 使一植物與另
一植物雜交．
片語 bear ～'s **cross**/take up ～'s **cross**
背負苦難．
cross off 畫掉，刪除．
cross out 畫掉，刪除：They **crossed out**
my name from the list. 他們把我從名單中畫
掉了．
cross over 越過，渡過：He **crossed over**
to America in 1886. 他於1886年遠渡重洋來

到美國．
cross ～self（在胸前）畫十字．
cross ～'s path 遇見．
on the cross 沿著對角線地，斜地：She cut
cloth **on the cross**. 她斜剪了布．
♦ **the Cróss**（耶穌被釘死在上面的）十字架；
耶穌受難；基督教．
cróss sèction 橫斷面，橫切面．
the Sòuthern Cróss 南十字星．
the Nòrthern Cróss 北十字星．
複數 **crosses**
活用 *v.* **crosses, crossed, crossed,
crossing**

[cross]

crossbow [ˋkrɔsˏbo] *n.*（中世紀的）十字弓．
複數 **crossbows**
crossbred [ˋkrɔsˋbrɛd] *v.* ① crossbreed 的過
去式、過去分詞．
——*adj.* ② 雜交的．
crossbreed [ˋkrɔsˋbrid] *v.* ① 異種交配．
——*n.* ② 雜種，混合品種．
活用 *v.* **crossbreeds, crossbred,
crossbred, crossbreeding**
複數 **crossbreeds**
crosscheck [ˋkrɔsˋtʃɛk] *v.*（用不同的方法）
進行驗算．
活用 *v.* **crosschecks, crosschecked,
crosschecked, crosschecking**
cross-country [ˋkrɔsˋkʌntrɪ] *adj.* 橫越全國
的；越野的；越野比賽的．
cross-cultural [ˋkrɔsˋkʌltʃərəl] *adj.* 不同文
化間的，涉及多國文化的．
cross-examination [ˋkrɔsɪɡˏzæməˋneʃən]
n. ① 反問，反詰問《向對方證人進行盤問》．
② 盤詰，盤問．
複數 **cross-examinations**
cross-examine [ˋkrɔsɪɡˋzæmɪn] *v.* ① 反問，
反詰問． ② 盤詰，盤問．
活用 *v.* **cross-examines, cross-examined,
cross-examined, cross-examining**
cross-eyed [ˋkrɔsˋaɪd] *adj.* 斜視的，內斜視
的．
crossfire [ˋkrɔsˏfaɪr] *n.* ①（軍事的）交叉火網．
② 來自四面八方的質問．
crossing [ˋkrɔsɪŋ] *n.* 橫越；行人穿越點；平交
道．
範例 **Crossing** this street here is very
dangerous. 在此橫越這條馬路非常危險．
Don't worry. It's just a one-hour **crossing**. 不
用擔心，只要一個小時就能橫渡．
Please use this pedestrian **crossing**. 請走這
條行人穿越道．

♦[英] lèvel cróssing/[美] gráde cròssing (道路的)平面交叉處；鐵路平交道.
ráilroad cròssing 鐵路平交道.
[複數] **crossings**

cross-legged [`krɔs`lɛgɪd] adj., adv. 雙腿交叉的[地]，盤著腿的[地].

crossover [`krɔs,ovə] n. ①(鐵路的)轉線軌，[英]陸橋，天橋. ②改變樂曲的風格.
[複數] **crossovers**

crosspiece [`krɔs,pis] n. 橫桿.
[複數] **crosspieces**

cross-purposes [`krɔs`pɜpəsɪz] n. 相反[不同]的目的：He and I talked at **cross-purposes**. 他與我雞同鴨講.

cross-reference [`krɔs`rɛfrəns] n. 相互參照[對照].
[複數] **cross-references**

crossroads [`krɔs,rodz] n. ①交叉口，支路. ②岔路；十字路口：It was a **crossroads** in my life. 那是我人生的十字路口.
[複數] **crossroads**

cross-section [`krɔs`sɛkʃən] n. ①截面圖，橫切面. ②代表全體的人[物，樣品].
[複數] **cross-sections**

crosswalk [`krɔs,wɔk] n. [美] 行人穿越道 ([英] pedestrian crossing, zebra crossing).
[複數] **crosswalks**

crossword [`krɔs,wɜd] n. 縱橫填字遊戲.
[範例] Is there a **crossword** in this newspaper? 這份報紙上有縱橫填字遊戲嗎?
[參考] 亦作 crossword puzzle, 參考提示詞語 (clue), 在縱(down)與橫(across)格所指定的空格中各填入一字的遊戲, 由美國報紙編輯 Arthur Wynne 發明, 1913年12月21日首次刊登於 The New York World.
[複數] **crosswords**

crotch [krɑtʃ] n. (樹木的)分叉；(人的)胯部([亦作] crutch).
[複數] **crotches**

*	**crouch** [krautʃ] v. ①蹲伏；卑躬屈膝.
	—— n. ②蹲伏.
	[範例] ① The cat saw a mouse and **crouched** down to jump. 貓看見了老鼠, 蹲伏著準備撲過去.
	② Too tired to stand, he remained in a **crouch**. 因為累得站不起來, 他蹲著不動.
	[活用] v. **crouches**, **crouched**, **crouched**, **crouching**

croupier [`krupɪə] n. (賭場的)賭金收付員.
[複數] **croupiers**

crouton [kru`tɑn] n. 油炸麵包塊 (用作湯料的小塊麵包).
[複數] **croutons**

crow [kro] n. ①烏鴉 (全身烏黑, 翼長約35公分, 雜食, 智能高)：as black as a **crow** 像烏鴉一樣黑. ②公雞的啼聲.
—— v. ③(公雞)高聲啼叫. ④歡呼.
[片語] **as the crow flies** 筆直地, 沿著直線地.
[複數] **crows**

crowbar [`kro,bɑr] n. 撬棍, 鐵撬 (把重物撬離地面或把箱子撬開的鐵製工具).
[複數] **crowbars**

*	**crowd** [kraud] n. ①人群. ②大眾, 民眾.
	—— v. ③聚集；塞進. ④塞滿.
	[範例] ① a football **crowd** 看足球的群眾.
	He pushed his way through the **crowd**. 他從人群中擠過去.
	② Whenever he doesn't know what to do, he just follows the **crowd**. 每當拿不定主意時, 他就順應潮流.
	③ People **crowded** round the scene of the accident. 人群聚集在那件意外事故現場.
	The audience **crowded** into the hall. 觀眾們湧入大廳.
	They **crowded** the hostages into the rear of the plane. 他們把人質推向機尾.
	The little boy **crowded** the toys into the box. 那個小男孩把玩具塞進箱子.
	④ The little boy **crowded** the box with toys. 那個小男孩把箱子塞滿玩具.
	People **crowded** the beach on holidays. 假日人們擠滿了海灘.
	[片語] **a crowd of ~** 大量的, 眾多的: a **crowd of** tourists 一大群觀光客.
	crowd out 擠出；排斥在外: The freshmen were **crowded out** of the buffet line by upperclassmen. 排隊買自助餐的新生被高年級學生擠了出來.
	follow the crowd 順從多數人, 順應潮流. (⇨ [範例] ②)
	[複數] **crowds**
	[活用] v. **crowds**, **crowded**, **crowded**, **crowding**

crowded [`kaudɪd] adj. 擠滿的, 擁擠的；事務繁雜的.
[範例] a **crowded** bus 擁擠的公車.
The street was **crowded** with shoppers. 街上擠滿了購物人潮.
a very **crowded** schedule 排得滿滿的行程.
We were more **crowded** in the old office building; that's why we moved. 我們在舊的辦公大樓更擁擠, 所以才要換辦公地點.
[活用] adj. **more crowded**, **most crowded**

*	**crown** [kraun] n. ①王冠. ②[the ~]王位, 王權. ③花冠 (以花與葉編織而成, 象徵勝利與榮譽之冠). ④[the ~]榮譽, 勝利. ⑤頂峰, 頂點. ⑥[the ~]極致. ⑦[英]克朗 (5先令舊幣, 相當於現在的25便士).
	—— v. ⑧加冕；成為君主. ⑨授予花冠, 授予榮譽. ⑩成功地結束. ⑪覆蓋~的頂端.
	[範例] ① I wear a **crown** 戴上王冠.
	② succeed to the **crown** 繼承王位.
	wear the **crown** 加冕.
	⑤ the **crown** of a hill 山頂.
	⑥ The **crown** of his life was his appointment as ambassador to France. 他的一生在被任命為

駐法國大使時達到顛峰.

⑧ He was **crowned** King of Nepal. 他被加冕為尼泊爾國王.

⑨ Your efforts will be **crowned** with success someday. 你的努力總有一天會獲得成功的榮耀.

⑩ Sinatra **crowned** the evening with his ever so famous "My Way." 辛納屈以他非常著名的歌曲「我的路」圓滿地結束那個晚會.《Sinatra 為美國流行音樂歌手》

⑪ The mountains are **crowned** with snow. 群山覆蓋著白雪.

[片語] **to crown it all** 更糟糕的是: He was late, unshaven, wearing odd shoes, and **to crown it all**, his fly was open. 他遲到, 沒刮鬍子, 穿錯鞋子, 最糟的是褲子拉鍊沒拉.

♦ **crówn cáp** 瓶蓋.
Crówn Cólony 英國直轄殖民地.
crówn cóurt 『英』(英格蘭與威爾斯的)刑事法庭.
crówn prínce (英國以外其他國家的)王儲.
crówn príncess 王妃, 女王儲.

[複數] **crowns**
[活用] v. **crowns, crowned, crowned, crowning**

crucial [ˋkruʃəl] adj. 決定性的, 極為重要的: at a **crucial** moment 在關鍵的時刻.
[活用] adj. **more crucial, most crucial**

crucially [ˋkruʃəlɪ] adv. 極為重要地.
[活用] adv. **more crucially, most crucially**

crucifix [ˋkrusəˏfɪks] n. 耶穌受難像, 耶穌釘死在十字架上的雕像.
[複數] **crucifixes**

crucifixion [ˏkrusəˋfɪkʃən] n. ① 釘死在十字架上. ② [the C~] 耶穌被釘死在十字架上(的畫像、雕像).
[複數] **crucifixions**

crucify [ˋkrusəˏfaɪ] v. 把~釘死在十字架上; 折磨; 壓抑(情感等).
[活用] v. **crucifies, crucified, crucified, crucifying**

*** crude** [krud] adj. ① 天然的, 未加工的. ② 粗野的. ③ 粗糙的.
[範例] ① **crude** oil 原油.
② **crude** behavior 粗魯的舉止.
③ a **crude** hut 簡陋的小屋.
[活用] adj. **cruder, crudest**

[crucifix]

crudely [ˋkrudlɪ] adv. 天然地; 粗野地; 粗糙地.
[活用] adv. **more crudely, most crudely**

crudity [ˋkrudətɪ] n. ① 天然狀態. ② 粗野; 粗糙. ③ 粗魯的行為.
[複數] **crudities**

*** cruel** [ˋkruəl] adj. ① 殘忍的, 殘酷的. ② 悲慘

的.
[範例] ① Mr. Brown is **cruel** to his students. 布朗先生對他的學生很冷酷.
② The woman saw many **cruel** sights during the war. 那個女子在戰爭中目睹許多悲慘的情景.
The old man met a **cruel** death. 那個老人死得很慘.
[活用] adj. **crueler, cruelest/** 『英』 **crueller, cruellest**

cruelly [ˋkruəlɪ] adv. 殘酷地.
[活用] adv. **more cruelly, most cruelly**

*** cruelty** [ˋkruəltɪ] n. 殘酷; 殘酷的行為.
[範例] The warden doesn't allow **cruelty** to the prisoners. 那位典獄長不允許對犯人施以酷刑.
These **cruelties** will not go unpunished. 這些殘酷的行為無法逃避懲罰.
[複數] **cruelties**

cruet [ˋkruɪt] n. 調味瓶《裝鹽、胡椒等的瓶子》.
[複數] **cruets**

cruise [kruz] v. ① 巡航, 巡遊. ②(飛機、船)以巡航速度飛行〔行駛〕, 以適當的速度前進.
——n. ③ 航行, 漫遊.
[活用] v. **cruises, cruised, cruising**
[複數] **cruises**

[cruet]

cruiser [ˋkruzɚ] n. ① 巡洋艦《用於偵察、護衛戰艦的高速軍艦, 續航力長》. ② 遊艇《亦作 cabin cruiser》.
[複數] **cruisers**

crumb [krʌm] n. ①(蛋糕、餅乾等的)碎屑, 麵包屑; 一點點, 少許. ② 麵包內部.
[範例] ① He threw **crumbs** on the ground for the birds. 他把麵包屑拋在地上餵鳥.
a few **crumbs** of information 少許的訊息.
[複數] **crumbs**

crumble [ˋkrʌmbl] v. ① 使成碎屑; 弄碎; 毀滅, 消失.
——n. ② 一種水果布丁《由水果加麵粉、砂糖等烘焙而成》.
[範例] ① She **crumbled** the bread before she fed it to the pigeons. 她在餵鴿子麵包之前, 先把麵包撕碎.
This stone **crumbles** easily. 這塊石頭很容易碎.
Traditional values are **crumbling** around us. 傳統價值觀正逐漸地從我們生活中消失.
[活用] v. **crumbles, crumbled, crumbled, crumbling**
[複數] **crumbles**

crumbly [ˋkrʌmblɪ] adj. 易碎的, 脆弱的: **crumbly** biscuits 脆餅.
[活用] adj. **crumblier, crumbliest/more crumbly, most crumbly**

crumple [ˋkrʌmpl] v. (使)起皺; (使)崩潰

[範例] This dress **crumples** easily. 這件洋裝容易起皺。

The impact **crumpled** the side of the trailer. 那次撞擊把拖車側面撞扁了。

[活用] v. crumples, crumpled, crumpled, crumpling

crunch [krʌntʃ] n. ① 嘎吱嘎吱聲。② (咀嚼食物時的) 咔啦咔啦聲。③《口語》關鍵時刻。
——v. ④ 嘎吱嘎吱地踩踏。⑤ 咔啦咔啦地咀嚼，咔啦作響。

[範例] ① Can you hear the **crunch** of footsteps on the snow? 你有聽到雪地上嘎吱嘎吱的腳步聲嗎?

② The child ate the candies with a **crunch**. 那個孩子吃糖果吃得咔咔響。

③ When it came to the **crunch**, he decided to agree to my proposal. 在關鍵時刻，他決定贊成我的提案。

④ My feet were **crunching** the frost. 我的腳嘎吱嘎吱地踩在霜上。

⑤ My father **crunched** peanuts and drank beer. 我父親一邊嘎吱地嚼著花生米，一邊喝著啤酒。

[複數] crunches

[活用] v. crunches, crunched, crunched, crunching

crusade [kru`sed] n. 〔C~〕十字軍 (東征); 宗教上的聖戰。② 改革運動。
——v. ③ 加入十字軍; 參加改革運動。

[範例] ① The First **Crusade** was launched by Pope Urban II in a speech at the Council of Clermont, France, on Nov. 27, 1095. 1095年11月27日教皇烏爾班二世在法國克萊蒙宗教會議上發表演說，隨後發動第一次十字軍東征。

② The French Revolution was a **crusade** for liberty, equality, and fraternity. 法國革命是為自由、平等、博愛而戰。

[參考] 十字軍是由基督教徒組成的軍隊，為奪回被伊斯蘭教徒占據的聖地耶路撒冷 (Jerusalem)，於11-13世紀進行的遠征。

[字源] 源自拉丁語的 crux (十字架)。

[複數] crusades

[活用] v. crusades, crusaded, crusaded, crusading

crusader [kru`sedɚ] n. 十字軍戰士; 參加改革運動者。

[複數] crusaders

***crush** [krʌʃ] v. ① 壓壞，壓碎; 擠進。② 壓壞，壓碎; 擁擠。③ (榨壓水果製成的) 果汁。④《口語》(一時的) 熱中，迷戀。

[範例] ① The elephant stepped on the car and **crushed** it. 那隻大象踏碎了那輛汽車。

The man sat on a box and it **crushed** under his weight. 那個男子坐在箱子上，因而壓垮了它。

The girls **crushed** through the gates to get to the rock star. 為了接近那位搖滾歌星，那些女孩擠到門口。

They were **crushed** into the train. 他們被擠進那班火車。

② There was a violent **crush** in the store. 那家店裡擁擠不堪。

④ She has a **crush** on him. 她迷戀著他。

[片語] **have a crush on** 熱中於，迷戀著。(⇨ [範例] ④)

[活用] v. crushes, crushed, crushed, crushing

[複數] crushes

***crust** [krʌst] n. ① 麵包皮。② (土、雪等) 硬掉的表面; 地殼。

☞ crumb (麵包內部)

[複數] crusts

crustacean [krʌs`teʃən] n. 甲殼類《蝦、蟹等》。

[複數] crustaceans

crusty [`krʌstɪ] adj. ① 有外殼的; 堅硬的。② 易發怒的。

[活用] adj. crustier, crustiest

crutch [krʌtʃ] n. ① (一支) T字形拐杖《置於腋下以幫助行走》。② 支撐物，依靠。③ (人體、褲子的) 胯部《亦作 crotch》。

[範例] ① Bill was walking on **crutches**. 比爾依靠拐杖行走。

② His religion is a **crutch** to him. 他的宗教信仰是他的依靠。

[複數] crutches

crux [krʌks] n. 關鍵，難題，癥結。

[複數] cruxes

***cry** [kraɪ] v. ① 叫喊，大聲叫。② (動物) 鳴叫，吼。③ 放聲哭，哭泣。④ 大聲告知; 叫賣。
——n. ⑤ 叫喊聲，鳴叫聲; 哭聲; 哭泣。⑥ 懇求。⑦ 吶喊聲; 呼告。

[範例] ① The child **cried** with pain. 那個孩子疼得大聲喊叫。

The team's supporters were **crying** hotly. 那個隊的支持者狂熱地叫喊著。

② Cats **cry** noisily on spring evenings. 貓在春夜裡叫喊吵雜。

③ She **cried** for joy to hear he was safe. 她聽說他平安無事，喜極而泣。

④ He **cried** the news all over the school. 他向全校大聲傳報這個消息。

The peddler was **crying** his peanuts. 那個小販叫賣花生米。

⑤ give a **cry**/utter a **cry** 發出叫喊聲。

have a good **cry** 盡情地哭。

⑥ the **cry** of the whole people 全國人民的懇求。

[片語] **a far cry** 相距甚遠，大相逕庭: It is a far **cry** from that to the problem at hand. 那與現在的問題大相逕庭。

cry bitter tears 流下悲痛的淚水。

cry down 責難，貶落。

cry for ~ ① 因~而哭。(⇨ [範例] ③) ② 叫喊著要求: cry for help 大喊求助。

cry for the moon 追求得不到的東西，奢

求不可能的事.
cry halves 要求平分.
cry off 撤回，取消.
cry out for 請求；迫切需要.
cry over 為～悲痛.
cry ~self to sleep 哭著入睡.
cry shame upon 指責，譴責.
cry ~`s heart out 哭得心都碎了.
cry to ~self 偷偷地哭.
cry up 稱讚.
in full cry (狗) 狂吠；猛烈抨擊.
out of cry 在聲音傳不到之處，在遠處.
within cry 在聲音所及之處.
➡ (充電小站) (p. 299)

[活用] **v. cries，cried，cried，crying**
[複數] **cries**

crypt [krɪpt] *n.* (教堂用作墓穴的) 地下室.
[複數] **crypts**

cryptic [ˋkrɪptɪk] *adj.* 隱藏的，神祕的，謎樣的.
[活用] *adj.* **more cryptic，most cryptic**

*****crystal** [ˋkrɪstl̩] *n.* ① 水晶《無色透明的石英 (SiO_2) 結晶，為寶石、玻璃工業、窯業之原料》. ② 水晶製品. ③ 結晶 (體). ④ 水晶玻璃 (製品). ⑤ [美] (鐘錶的) 玻璃蓋.
——*adj.* ⑥ 透明的.
[範例] ③ snow **crystals** 雪的結晶.
④ silver and **crystal** 銀製餐具與水晶玻璃餐具.
⑥ a **crystal** stream 清澈的小溪.
[片語] ***clear as crystal*** 清澈透明的.
♦ **crỳstal báll** 水晶球.
crýstal gàzing 水晶球占卜.
crýstal glàss 水晶玻璃.
[複數] **crystals**

crystalline [ˋkrɪstl̩ɪn] *adj.* 水晶般的，透明的: The **crystalline** air of the Himalayas surely is refreshing. 喜馬拉雅山清澈的空氣令人心曠神怡.

crystallize [ˋkrɪstl̩ˏaɪz] *v.* ① (使) 結晶. ② (使) 具體化，使明確.
[範例] ① Ice is frozen, **crystallized** water. 冰是水冷凍結晶而成的.
② **crystallize** ~`s ideas 使～的想法具體化.
[活用] *v.* **crystallizes，crystallized，crystallized，crystallizing**

cub [kʌb] *n.* ① (獅、狐、熊等的) 幼獸. ② 幼童軍 (8-10歲的童子軍團，亦作 cub scout). ③ 新手，生手.
[範例] ② This is a two-month-old tiger **cub**. 這是一隻出生才2個月的幼虎.
③ a **cub** reporter 新進記者.
[複數] **cubs**

Cuba [ˋkjubə] *n.* 古巴《☞ 附錄「世界各國」》.
Cuban [ˋkjubən] *n.* ① 古巴人.
——*adj.* ② 古巴的.
[複數] **Cubans**

*****cube** [kjub] *n.* ① 立方體，立方體之物. ② 立方，3次方.
——*v.* ③ 使 (數字) 3次方；使成立方體；將～

切成小方塊.
[範例] ① There are some **cubes** of sugar on the shelf. 那個架子上有好幾塊方糖.
② The **cube** of 3 is equal to 27. 3的3次方等於27.
The **cube** root of 27 is equal to 3. 27的立方根是3.
③ 3 **cubed** is equal to 27. 3的3次方是27.
She **cubed** the carrots for the soup. 她把胡蘿蔔切成小方塊作湯料.
[複數] **cubes**
[活用] *v.* **cubes，cubed，cubed，cubing**

cubic [ˋkjubɪk] *adj.* 立方的，3次方的，立方體的.
[範例] This jug holds 500 **cubic** centimeters. 這個水罐能裝500立方公分.
$x^3 + 9x = 12$ is a **cubic** equation. $x^3 + 9x = 12$ 是3次方程式.
[參考] (1) 「500立方公分」寫作500cm^3，3讀作 cubic，cm 讀作 centimeters，cm 是 centimeters 的縮略. 此外，亦可不用 cm^3，而用 cc，寫作500cc. cc 為 cubic centimeters 的縮略. (2) $x^3 + 9x = 12$ 讀作 x cubed plus nine times x is equal to twelve.

cubicle [ˋkjubɪk̩l] *n.* 小房間，小隔間.
[複數] **cubicles**

cubism [ˋkjubɪzəm] *n.* 立體主義，立體派《20世紀初抽象派之一，常使用幾何圖形》.

cuckoo [ˋkuku] *n.* 杜鵑，布穀鳥，
[參考] (1) 杜鵑科鳥類，借鵑、伯勞等的巢產卵，使之代為哺育雛鳥. (2) 一到春天就從南方返回英國，故被視為報春鳥. (3) 英語 "cuckoo"、中文「布穀」、法語 "coucou"、德語 "kuckuck" 等都是根據其叫聲取名的.

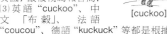
[cuckoo]

♦ **cúckoo clòck** 布穀鳥自鳴鐘.
[複數] **cuckoos**

cucumber [ˋkjukʌmbɚ] *n.* 黃瓜.
[片語] ***as cool as a cucumber*** 沉著冷靜: The hijacker was **as cool as a cucumber**. 那個劫持者非常鎮靜.
[複數] **cucumbers**

cuddle [ˋkʌdl̩] *v.* ① 摟抱，愛撫地擁住: Mrs. Baker **cuddled** her baby. 貝克太太抱著她的嬰兒.
——*n.* ② 擁抱.
[片語] ***cuddle up*** 依偎: The two kittens are **cuddling up** near the window. 那兩隻小貓在窗邊依偎著.
[活用] *v.* **cuddles，cuddled，cuddled，cuddling**

cuddly [ˋkʌdlɪ] *adj.* 令人想擁抱的，可愛的: Jane keeps a **cuddly** squirrel. 珍養了一隻惹人喜愛的松鼠.
[活用] *adj.* **cuddlier，cuddliest**

各式各樣的「哭」(cry)

用得最普遍的字是 **cry**，表示「發出聲音哭」，重點在聲音上；強調流眼淚則用 **weep**。
　　表示「啜泣，嗚咽，抽噎」等的是 **sob**. 例如，孩子被欺負而哭泣，有時會不規律地大口吸氣，這就是 sob.
　　哭腫眼睛是 **blubber**.
　　嬰兒大聲哭喊是 **bawl**，半夜這麼一哭，做父母的一定睡不著；低聲哭泣時為 **mewl** 或 **pule**.
　　「抽抽搭搭地哭，懦弱地哭」是 **whimper** 或 **whine**，想像一下孩子「討厭上學」而哭哭啼啼

的樣子，就能理解這個字了．另外，狗因害怕或疼痛顫抖著嗚嗚叫時用此字．
　　「帶鼻聲的抽泣，哭訴」是 **snivel**.
　　大聲發著牢騷號哭是 **wail**，而因肉體、精神上痛苦「呻吟」是 **moan**.

cry

weep

sob

cudgel [`kʌdʒəl] *n.* ① 棍棒《舊時用作武器的短粗棍》: He takes up the **cudgels** for homeless people in his spare time. 他在工作之餘幫助無家可歸者．
——*v.* ② 用棍棒打，毆打．
[片語] **take up the cudgels** 支援，辯護．(⇨[範例])
[複數] **cudgels**
[活用] *v.* **cudgels, cudgeled, cudgeled, cudgeling**/〖英〗**cudgels, cudgelled, cudgelled, cudgelling**

cue [kju] *n.* ①（戲劇上的）提示，暗號．②（撞球的）球桿．
——*v.* ③ 給～提示，給與暗號．
[片語] **take ～'s cue from...** 仿效，接受暗示．
[複數] **cues**
[活用] *v.* **cues, cued, cued, cueing**

cuff [kʌf] *n.* ①（衣服的）袖口．②〖美〗褲腳的反褶部分《〖英〗turnup》．③〔～s〕手銬．
——*v.* ④ 拍打《用手掌輕擊》．
[片語] **off the cuff** 未經準備地，即席地．
　　on the cuff 賒欠地．
♦ **cúff links** 袖扣《亦作 cuff buttons》．
[複數] **cuffs**
[活用] *v.* **cuffs, cuffed, cuffed, cuffing**

cuisine [kwɪ`zin] *n.* 烹飪（法）；菜肴．

cul-de-sac [`kʌldə`sæk] *n.* 死胡同，絕境，僵局．
[複數] **cul-de-sacs**

culinary [`kjulə,nɛrɪ] *adj.*《正式》廚房（用）的，烹飪（用）的．

cull [kʌl] *v.* ① 選出，剔除，淘汰（動、植物）．
——*n.* ② 被淘汰物，劣質品．
[活用] *v.* **culls, culled, culled, culling**
[複數] **culls**

cullender [`kʌləndə] *n.*（烹飪用的）濾器《亦作 colander》．

culminate [`kʌlmə,net] *v.*《正式》達到頂點；最後結果是: His career **culminated** in being appointed to the presidency of that university. 他的職業生涯在被任命為那所大學的校長時達到頂峰．
[活用] *v.* **culminates, culminated,**

culminated, culminating

culmination [,kʌlmə`neʃən] *n.*《正式》頂點，高潮；全盛．

culprit [`kʌlprɪt] *n.* 犯人，元凶: The **culprit** or **culprits** must be found and brought to justice. 犯人應該被移送法辦，不論是單獨犯案或是夥同犯案．
[複數] **culprits**

cult [kʌlt] *n.* ① 信仰，膜拜《通常指異常的崇拜》．②（具有特殊信仰的）教派．③ 流行．
[範例] ② an exotic **cult** 異教．
③ This kind of music has become a worldwide **cult**. 這種音樂正風行全球．
[複數] **cults**

*****cultivate** [`kʌltə,vet] *v.* ① 耕種．② 栽培，培育，培養．③ 與～親近〔結交〕．
[範例] ① John told Mary to **cultivate** the field. 約翰吩咐瑪麗耕田．
② Tomatoes are widely **cultivated** in this town. 這個城鎮大量栽種番茄．
After having studied here for so long, he has **cultivated** an appreciation for abstract art. 在這裡學了很長一段時間之後，他培養出對抽象藝術的鑑賞力．
I failed to **cultivate** her friendship. 我未能與她建立友誼．
[活用] *v.* **cultivates, cultivated, cultivated, cultivating**

cultivated [`kʌltə,vetɪd] *adj.* ① 耕種的．② 栽培的．③ 有修養的，文雅的．
[範例] ① **cultivated** land 耕地．
② **cultivated** strawberries 栽培的草莓．
③ **cultivated** manners 文雅的舉止．
[活用] *adj.* ③ **more cultivated, most cultivated**

cultivation [,kʌltə`veʃən] *n.* ① 耕作．② 栽培，培養；教化，修養．
[範例] ① The fields are under **cultivation**. 那塊地目前在耕作中．
② Your father and I discussed the **cultivation** of melons last night. 你父親與我昨晚討論栽培香瓜的事．
You need **cultivation** of the mind. 你需要陶

冶心性.

cultivator [`kʌltə,vetə] *n.* ① 耕作者，栽培者，培養者. ② 耕耘機.
[複數] **cultivators**

C
***cultural** [`kʌltʃərəl] *adj.* 文化的；教養的.
[範例] a **cultural** difference 文化差異.
cultural conflict 文化衝突.
This place is a **cultural** wasteland. People here do nothing but watch TV and play computer games. 這個地方是文化沙漠，人們只是看電視、玩電腦遊戲.

***culture** [`kʌltʃə] *n.* ① 教養. ② 文化，精神文明. ③ 修養，鍛鍊. ④ 栽培，養殖. ⑤ 培養（細菌等）.
[範例] ① My sister says she only dates men of **culture**. 我妹妹說她只跟有教養的男士約會.
② Each nation has its own **culture**. 每個國家都有各自的文化.
Chinese **culture** 中華文化.
③ It`s the fitness craze and physical **culture** that keep health clubs in business. 瘦身風潮與健身文化使健身俱樂部生意興隆.
④ bee **culture** 養蜂.
[字源] 源自拉丁語 cultura（耕作的）.
[複數] **cultures**

cultured [`kʌltʃəd] *adj.* ① 有教養的，文雅的. ② 經過栽培〔養殖〕的.
[範例] ① She is a highly **cultured** lady. 她是一位很有教養的淑女.
② a **cultured** pearl 人工養殖的珍珠.
[活用] *adj.* **more cultured**，**most cultured**

cumbersome [`kʌmbəsəm] *adj.* 難處理的，難對付的；麻煩的，笨重的: a **cumbersome** parcel 笨重的包裹.
[活用] *adj.* **more cumbersome**，**most cumbersome**

cumulative [`kjumjə,letɪv] *adj.* 漸增的，累積的.

***cunning** [`kʌnɪŋ] *adj.* ① 狡猾的，狡詐的.
——*n.* ① 狡猾，狡詐.
[範例] ① Steve is as **cunning** as a fox; he can`t be trusted. 史蒂夫像狐狸一樣狡猾，不能相信他.
② The man escaped from prison through patience and **cunning**. 那個男子憑著耐心與狡詐越獄了.
[活用] *adj.* **more cunning**，**most cunning**

cunningly [`kʌnɪŋlɪ] *adv.* 狡猾地，狡詐地:
She **cunningly** avoided answering the question. 她狡猾地迴避那個問題.
[活用] *adv.* **more cunningly**，**most cunningly**

***cup** [kʌp] *n.* ① 杯子，茶杯《通常為帶柄的非玻璃容器》[☞ 充電小站 (p. 301)]. ② 杯狀物，獎杯;（胸罩的）罩杯: 高爾夫球洞; (花的) 萼. ③ 一杯或一茶杯的容量，杯中物，酒. ④ 混合式酒精飲料《在香檳、蘋果酒、葡萄酒等加入糖、香料等調配而成的飲料》.
——*v.* ⑤ 使（手掌等）成杯狀. ⑥ 用杯子盛.

② win the **cup** 獲勝.
③ I`d like to have a **cup** of tea. 我想喝杯茶.
⑤ The old man **cupped** his hands behind his ears. 那個老人窩起雙手擋在耳後.
[片語] *a cup and saucer* 一組茶杯與茶碟《複數為 cups and saucers》.
~`s cup of tea ~的愛好，~的興趣.
[參考] 玻璃杯是 glass，紙杯則應作 paper cup.
[複數] **cups**
[活用] *v.* **cups**，**cupped**，**cupped**，**cupping**

cupboard [`kʌbəd] *n.* ① 碗櫥. ②《英》櫥櫃，小櫥.
[字源] cup（器皿）＋board（臺）.
[複數] **cupboards**

cupful [`kʌp,ful] *n.* 一杯的量，半品脫 (pint) 的量.
[字源] cup（杯子）＋ful（滿滿的）.
[複數] **cupfuls**

Cupid [`kjupɪd] *n.* 丘比特《羅馬神話中維納斯 (Venus) 之子；愛神》.
[參考] 背上有一雙翅膀，總是揹著弓箭. 常憑一時之興射箭，據說被其箭射中的人就會陷入情網. 相當於希臘神話中的愛羅斯 (Eros).

[Cupid]

curate [`kjurɪt] *n.*《英國國教的》副牧師，（天主教的）助理司祭《輔佐主任司祭》.
[複數] **curates**

curator [kju`retə] *n.*（博物館、圖書館等的）館長.
[複數] **curators**

curb [kɜb] *n.* ①（人行道的）緣石，邊石. ② 限制，抑制.
——*v.* ③ 限制，抑制.
[範例] ① The car went over the **curb** with a bump. 那輛車碰一聲撞上路邊的緣石.
② They put a **curb** on spending of campaign funds. 他們對競選經費的支出設了限制.
③ **curb** ~`s cries 抑制哭泣.
[複數] **curbs**
[活用] *v.* **curbs**，**curbed**，**curbed**，**curbing**

curd [kɜd] *n.* ① 凝乳《牛奶發酵後的凝固物，為製作乳酪的原料》. ② 凝乳狀物: bean **curd** 豆腐.
[複數] **curds**

curdle [`kɜdl] *v.* 凝固，使凝結: My blood **curdled** with terror at the sight. 看到那個情景，我嚇得血液都凝固了.
[活用] *v.* **curdles**，**curdled**，**curdled**，**curdling**

***cure** [kjur] *v.* ① 治療，治癒;（用風乾、鹽醃、燻製等方式）保存.
——*n.* ② 治療，痊癒; 對策，矯正〔補救〕的方法.
[範例] ① This medicine **cured** him of his cold. 這

充電小站

茶杯 (cup) 與茶碟 (saucer) 的關係

先用一組茶杯與茶碟 (a cup and saucer) 做以下實驗：
　往杯中倒滿一整杯水，然後再把這杯水倒入茶碟中，當倒下最後一滴水時，理應盛滿整整一碟．這是由於精心量製的成組茶杯或咖啡杯 (teacup, coffee cup) 與托碟兩者的容量是經過計算而正好相等的，與過去杯中水燙得無法入口時便倒入碟中飲用的習慣有關．

種藥治好了他的感冒．
This treatment will **cure** his disease. 這種療法將以治好他的病．
She tried to **cure** her husband of his bad habit. 她試著改正她丈夫的壞習慣．
② Prevention is better than **cure**.《諺語》預防勝於治療．
活用 *v.* **cures, cured, cured, curing**
複數 **cures**

curfew [`kɝ·fju] *n.* 關門時間，門禁 (時間)．
複數 **curfews**

curio [`kjʊrɪ‚o] *n.* 古董，古玩，珍品．
複數 **curios**

****curiosity** [‚kjʊrɪ`asətɪ] *n.* ① 好奇 (心)．② 珍品，古董；奇事．
範例 ① The boy went into the cave out of **curiosity**. 那個男孩出於好奇才進去洞裡．
② Earthquakes are just a **curiosity** around here. 地震在這裡確實是奇聞．
That old man often goes to the **curiosity** shop. 那個老人常去古董店．
複數 **curiosities**

****curious** [`kjʊrɪəs] *adj.* ① 好奇的．② 奇特的，稀奇的．
範例 ① Children are **curious** about everything. 孩子們對所有事物都很好奇．
② I saw a **curious** man yesterday. 我昨天看到一個怪人．
活用 *adj.* **more curious, most curious**

curiously [`kjʊrɪəslɪ] *adv.* ① 好奇地．② 不可思議的是．
範例 ① I snapped a great picture of my boy **curiously** watching a spider spin its web. 我給兒子拍了一張精彩的照片，當時他正好奇地凝視著蜘蛛結網．
② **Curiously,** Jane knew in detail what I had done the day before. 不可思議的是，珍對我前一天所做的事知之甚詳．
活用 *adv.* **more curiously, most curiously**

curl [kɝl] *n.* ① 鬈髮．② 捲曲狀．
──*v.* ③ 使 (頭髮)捲曲．④ 蜷曲．
範例 ① Mary's hair hung in **curls** like springs. 瑪麗的鬈髮像彈簧般下垂著．
② A **curl** of smoke rose from the chimney. 一縷青煙從煙囪內冒出來．
③ I'd like to have my hair **curled**. 我想把頭髮弄捲．

④ The fallen leaves **curled** up in the cold dry weather. 落葉在乾冷的天氣裡捲曲了起來．
複數 **curls**
活用 *v.* **curls, curled, curled, curling**

curling [`kɝlɪŋ] *n.* 冰上滾石遊戲《在冰上使圓石盤朝目標滑行的遊戲》．

curly [`kɝlɪ] *adj.* 鬈髮的；捲曲的，螺旋狀的；**curly** hair 鬈髮．

currant [`kɝənt] *n.* ① 無籽小葡萄乾．② 醋栗 (的果實)．
複數 **currants**

currency [`kɝ·ənsɪ] *n.* ① 通貨，貨幣．② 流通，通用，流傳．
範例 ① Paper **currency** was invented in China as early as the 11th century. 紙幣早在11世紀就在中國發明了．
② This new theory is gaining **currency** in the medical community. 這個新理論在醫學界正通用著．
片語 *gain currency* 流傳，流通，流行. (⇨ 範例 ②)
in currency 通用著，流行著．
複數 **currencies**

****current** [`kɝənt] *n.* ① (空氣、水、電、時間等的)流動．② 時代的潮流，時尚，風潮．
──*adj.* ③ 現在的，當前的．④ 通行的，普及的．
範例 ① The **current** here is so strong that you cannot swim against it. 這裡水流很急，你無法逆流游泳而上．
The Gulf Stream is a warm ocean **current** that goes up the east coast of North America. 墨西哥灣流是沿北美東海岸北上的暖流．
How many amperes of electric **current** run through these wires? 多少安培的電流流經這些電線？
② The Prime Minister was worried about the **current** of public opinion. 那位首相擔心興論的趨勢．
③ **current** English 現代英語．
Our **current** methods of production are getting out of date. 我們現在的生產方法落伍了．
④ This word is no longer in **current** use. 這個字現在已不再使用了．
♦ **cúrrent accòunt** 《英》活期存款《《美》checking account)．

[複數] currents
[活用] adj. ④ more current, most current
currently [`kɜ·əntlı] adv. ① 現在，當前：
Professor Kim is **currently** on sabbatical in
Tibet. 金教授正在西藏休為期一年的進修假。
② 普遍地，廣泛地.
curricula [kə`rɪkjələ] n. curriculum 的複數形.
curriculum [kə`rɪkjələm] n. 課程.
♦ **curriculum vítae** 履歷表《略作 CV；[美]
résumé》.
[複數] **curriculums/curricula**
curry [`kɜ·ɪ] n. ① 咖哩粉《亦作 curry powder》.
② 咖哩製成的食品.
——v. ③ 用咖哩烹調.
♦ **cúrry and ríce** 咖哩飯.
[字源] 泰米爾語 (Tamil) 的 kari (調味汁).
[複數] **curries**
[活用] v. **curries, curried, curried, currying**
***curse** [kɜ·s] v. ① 詛咒. ② 咒罵，惡言相向.
——n. ③ 詛咒. ④ 禍根. ⑤ 咒罵之詞，惡語.
[範例] ① I **cursed** my fate. 我詛咒自己的命運.
② The student **cursed** his teacher for being a
fool. 那個學生罵他的老師笨蛋.
③ The taxi driver was under a **curse**. 那個計程
車司機遭到詛咒.
④ Insects can be a **curse** to farmers. 昆蟲對農
民而言是禍根.
⑤ The woman shouted **curses** at the
policeman. 那個女子對警察惡言相向.
[活用] v. **curses, cursed, cursed, cursing**
[複數] **curses**
cursor [`kɜ·sə·] n. 游標《在電腦螢幕上表示輸
入的位置》.
[複數] **cursors**
curt [kɜ·t] adj. 冷淡的；輕忽怠慢的.
[範例] She made a **curt** reply to his question. 她
冷淡地回答他的問題.
The old woman was **curt** with her friend. 那位
老婦人對她的朋友很冷淡.
[活用] adj. **curter, curtest**
curtail [kɜ·`tel] v. 剪短；縮減，減少: The
government never has a mind to **curtail** the
arms budget. 政府從來沒有打算要削減軍事
預算.
[活用] v. **curtails, curtailed, curtailed,
curtailing**
curtailment [kɜ·`telmənt] n. 剪短；縮減，減
少.
[複數] **curtailments**
***curtain** [`kɜ·tn] n. ① 簾子，窗簾. ②（劇場的）
幕. ③ 遮擋之物.
——v. ④（在窗戶上）安裝窗簾.
[範例] ① Please draw the **curtain**. 請把窗簾拉
上.
② The **curtain** rises. 幕起.
The **curtain** falls. 幕落.
③ a **curtain** of mist 一片迷霧.
④ a **curtained** window 裝上窗簾的窗戶.
♦ **cúrtain càll** 謝幕《劇終後再次啟幕，演員至

幕前答謝觀眾》.
[複數] **curtains**
[活用] v. **curtains, curtained, curtained,
curtaining**
curtly [kɜ·tlı] adv. 冷淡地，輕忽怠慢地.
[活用] adv. **more curtly, most curtly**
curtness [`kɜ·tnıs] n. 冷淡，輕忽怠慢.
curtsy/curtsey [`kɜ·tsı] n. ① 屈膝禮《女性
在正式場合行的禮，需屈膝低頭》.
——v. ② 行屈膝禮.
[範例] ① The girl made a **curtsy** to her aunt. 那個
女孩向她姑媽媽行屈膝禮.
② My sister **curtsied** to all the guests. 我妹妹
向所有來賓行屈膝禮.
[複數] **curtsies/curtseys**
[活用] v. **curtsies, curtsied, curtsied,
curtsying/curtseys, curtseyed,
curtseyed, curtseying**
***curve** [kɜ·v] n. ① 曲線，彎曲之處. ②（棒球的）
曲球《亦作 curve ball》.
——v. ③（使）彎曲；（使）成曲線.
[範例] ① The river makes a **curve** to the right
here. 河流在此處彎向右邊.
He makes a **curve** at high speed. 他在高速狀
態下轉彎.
I love the elegant **curves** of this classic
automobile. 我喜歡這輛古典汽車的優美曲
線.
② A **curve** is a baseball pitch that **curves** to the
left when thrown from the right hand or to the
right when thrown from the left hand. 曲球是
棒球的一種投球方式，右手投球時向左、左
手投球時向右畫出曲線.
③ The missile **curved** through the air. 那顆飛彈
呈曲線飛過空中.
How long does it take to **curve** the branches
of a bonsai like that? 要使盆栽裡的樹枝像那
樣彎曲需花多少時間？
This knife has a **curved** handle. 這把刀的刀
柄是彎的.
[複數] **curves**
[活用] v. **curves, curved, curved, curving**
***cushion** [`kuʃən] n. ① 墊子. ② 緩衝物.
——v. ③ 緩和，減輕.
[複數] **cushions**
[活用] v. **cushions, cushioned, cushioned,
cushioning**
custard [kʌstə·d] n. 乳蛋糕《以雞蛋、牛奶、
糖、香料混合烘焙而成》.
custodian [kʌs`todıən] n. ① 管理人，守衛.
② 保護人，監護人.
[複數] **custodians**
custody [`kʌstədı] n. ① 監護權. ② 保護，管
理. ③ 拘留.
[範例] ① The man and his ex-wife are having a
custody battle over the children. 那個男子和
他的前妻正在爭取孩子的監護權.
② I have **custody** of the jewelry. 我保管珠寶.
③ They were arrested and taken into police

custody. 他們被捕後遭到警方拘留.

***custom** [`kʌstəm] *n.*

原義	層面	釋義	範例
習慣	社會	習慣，習俗，慣例	①
	個人	習慣	②
	對商店、商品、商人	光顧；顧客	③
	通商、交易	〔~s，作複數〕關稅	④
		〔~s，作單數〕海關	⑤

——*adj.* ⑥ 訂做的.

範例 ① The social **customs** of your country are different from ours. 貴國的社會習俗與我國不同.

"**Custom** requires us to not slurp our soup or noodles," said Bill. 比爾說:「喝湯或吃麵時不發出聲音是我們的(日常)習慣.」

② It is Father's **custom** to read the newspaper in bed. 在床上閱讀報紙是父親的習慣.

③ This bakery has a large **custom**. 這家麵包店有很多老主顧.

④ I had to pay **customs** on the whiskey I brought back. 我必須為我帶回的威士忌付關稅.

⑤ The man was caught at the **customs** with drugs hidden in his pants. 那個男子在海關被捕，因為他把毒品藏在褲子裡.

⑥ **Custom** clothes are comfortable，but very expensive. 訂做的衣服很舒適，但很貴.

複數 **customs**

customarily [`kʌstəm‚ɛrəlɪ] *adv.* 習慣性地，按照慣例.

***customary** [`kʌstəm‚ɛrɪ] *adj.* 習慣性的，慣例的: It is **customary** to give children red envelope at New Year. 新年給孩子壓歲錢是一種習俗.

活用 *adj.* **more customary**，**most customary**

***customer** [`kʌstəmə] *n.* 顧客，主顧: That shop has lost a lot of **customers** because of a bad rumor about its owner. 那家店因為不利店主的傳聞而失去了許多顧客.

複數 **customers**

customize [`kʌstə‚maɪz] *v.* 按照指定規格製作.

參考 〖英〗customise.

活用 *v.* **customizes**，**customized**，**customized**，**customizing**

***cut** [kʌt] *v.* ① 切，割，剪. ② 雕刻. ③ 切割，切斷; 能(被)切開;(刀)鋒利.

——*adj.* ④ 切開的; 剪開的; 雕刻成的.

——*n.* ⑤ 切傷，刀傷. ⑥ 開出的通道，溝渠.

⑦ 肉的一大塊; 採伐量. ⑧ 一擊. ⑨(頭髮的)剪法，類型. ⑩(電影等的)刪除; 削減;(報酬)降低. ⑪ 傷感情的言行. ⑫ 無視，裝作不知情. ⑬ 插圖. ⑭ 切球.

範例 ① He **cut** himself while shaving. 他刮鬍子時割到自己.

She is **cutting** trees and flowers in the garden. 她正在花園裡修剪花木.

Cut the lawn close. 把草坪剪短一些.

Please **cut** me a slice of sausage. 請切一片香腸給我.

She **cut** the cheese in half. 她把乳酪切半.

These shirts are **cut** on this pattern. 這些襯衫是按照這個樣式裁出來的.

I had my hair **cut**. 我剪了髮.

cut a jewel 雕刻寶石.

cut expenses 削減費用.

cut a long story short 將長篇故事縮短; 長話短說.

cut whiskey with water 用水稀釋威士忌.

The teacher warned him against **cutting** classes. 那位老師對他的曠課提出警告.

If he behaves so badly again，I'll **cut** him. 他再那樣行為不端的話，我將與他斷絕來往.

Who **cuts** the cards next? 接下來誰切牌?

Wait for me where the brook **cuts** the path. 在小河和小路的交會處等我.

② a seventy-foot canoe **cut** from a single giant log 由一根巨木雕刻而成的70呎獨木舟.

a canal to be **cut** 開鑿的運河.

cut a road through forests 在森林中開闢出一條路.

The ship **cut** its way through the waves. 那艘船破浪前進.

cut a record 錄製一張唱片.

The baby is **cutting** its teeth. 那個嬰兒正在長牙齒.

③ This knife doesn't **cut** well. 這把刀不利.

Cheese **cuts** easily. 乳酪很容易切開.

The wind **cut** like a knife. 風像刀一般刺骨.

④ a **cut** flower 一朵剪下的花.

at **cut** rates 打折扣.

⑤ a **cut** on the face 臉上的一個刀傷.

⑥ a **cut** for a canal 運河的溝渠.

⑦ last year's **cut** of wheat 去年小麥的收穫量.

⑧ give a **cut** with a whip 用鞭子給與一擊.

⑩ The writer made several **cuts** in the dialogue of the play. 那位作家刪掉了劇中好幾個地方的臺詞.

a 10 percent **cut** in personnel 裁掉一成的人員.

⑪ That was a **cut** at me. 那對我是一種傷害.

⑫ give ~ the **cut** 即使遇見~也裝作不認識.

片語 *a cut above* 略勝一籌.

be cut out for 適合於: I don't think you're **cut out for** an actor. 我想你不適合當演員.

cut across 越過~的範圍，與~相反; 影響，與~相關聯.

cut a figure 給人某種印象.

cut after 急忙追趕.

cut along 匆匆離去.

cut and contrive 千方百計.

cut and dried（演說、計畫等）已預先準備好而不能改變的；陳腐的，俗套的.

cut and run 匆忙逃離.

cut at ① 對準～猛擊. ② 打斷（希望）.

cut away ① 割掉，砍去. ② 逃走.

cut back ① 修剪. ② 削減.

cut both ways（行為）有利也有弊.

cut ～ dead 看到～卻裝作不認識.

cut down ① 砍倒. ② 減少；降價：Can you **cut** it **down** to one dollar? 你可以把它降到一美元嗎？ If I **cut down** on my smoking, I can save 10 dollars a month. 我如果減少抽菸量，每個月可存 10 美元. ③ 縮小（衣服的）尺寸：father's trousers **cut down** for the son 把父親的褲子改短讓兒子穿.

cut in 插嘴：He **cut in** on our conversation. 我們談話時他插嘴.

cut it 住口.

cut it fat/cut it too fat 做得過火.

cut it fine（在時間、金錢等）算得幾乎不留餘地，算得太緊.

cut ～ loose/cut ～ free 逃出；割斷（船的）纜繩.

cut no ice 沒有效果.

cut off ① 切掉，切除：My father **cut off** the lower branches of the pine tree. 我父親剪掉了那棵松樹較低的樹枝. ② 中斷，切斷：As I didn't pay the bill, the gas was **cut off**. 由於我沒有付費，瓦斯被切斷了.

cut on 趕路.

cut out ① 剪下；開關：**cut out** pictures from a magazine 從雜誌上剪下圖片. ② 裁剪：**cut out** a dress 裁剪衣服. ③ 停止：I wish I could **cut out** smoking. 我希望我能戒菸. ④ 擊敗（競爭對手）：He **cut** me **out** with my girlfriend. 他搶走了我的女朋友. ⑤ 刪掉. ⑥ 安排：have ～'s work **cut out** for 承擔困難的工作.

cut ～'s eye-teeth/cut ～'s wisdom-teeth 到了能分辨是非的年齡.

cut short ① 剪短；削減：I have to **cut** my essay **short** by tomorrow. 明天以前我必須把我的論文縮短. ② 使停止，中斷：She **cut short** my remarks. 她打斷了我的評論.

cut ～'s profit 獲得最小利益而滿足.

cut the ground under ～/cut the ground from under ～'s feet 搶先行動而使～未能成功.

cut the record〖英〗創下新記錄.

cut to pieces 切碎.

cut to the heart 使深受刺痛.

cut under 賤價出售.

cut up ① 切開，切碎：Cutting up onions makes me cry. 切洋蔥薰得我流眼淚. ② 苛評. ③ 被裁剪成：This cloth will **cut up** into four suits. 這塊布料可裁成4套衣服. ④ 使痛心：He was terribly **cut up** by his mother's illness. 他母親的病使他非常難過.

draw cuts 抽籤.

have a cut/take a cut 簡單用餐.

the cut of ～'s jib 相貌，品格.

♦ **cùt gláss** 雕花玻璃.

活用 *v.* cuts, cut, cut, cutting

複數 cuts

cutback [ˋkʌt͵bæk] *n.*（人員、生產量等的）削減，縮小.

範例 **cutbacks** in military expenditure 軍事開支的削減.

In a recession, **cutbacks** and layoffs are quite common. 不景氣時，裁員與臨時解僱是相當常見的.

複數 cutbacks

cute [kjut] *adj.* 可愛的：She wore the **cutest** little dress. 她穿了一件小巧可愛的洋裝.

活用 *adj.* cuter, cutest

cuticle [ˋkjutɪkl̩] *n.* 表皮；護膜（覆蓋指甲根）.

複數 cuticles

cutlass [ˋkʌtləs] *n.*（昔日水手、海盜用的）短彎刀.

複數 cutlasses

cutlery [ˋkʌtlərɪ] *n.* 金屬餐具，刀具.

cutlet [ˋkʌtlɪt] *n.*（一人份的）肉排.

cut-price [ˋkʌt͵praɪs] *adj.*（商店）廉價出售的，（商品）打折的.

範例 **cut-price** goods 廉價商品.

a **cut-price** store 廉價商店.

I bought the book **cut-price**. 我以折扣價買了那本書.

參考 亦作 cut-rate.

cutter [ˋkʌtɚ] *n.* ① 小艇. ② 海岸警備艇. ③ 切割機，裁剪機，切割工具. ④ 切割工，裁剪師.

複數 cutters

cutting [ˋkʌtɪŋ] *n.* ①〖英〗（報紙、雜誌的）剪報（亦作 clipping）. ②〖英〗插枝. ③〖英〗開關的道路.

——*adj.* ④（風、霜等）刺骨的；（言語或發言）銳利的；辛辣的.

範例 ① **cuttings** about rare animals 有關稀有動物的剪報.

② He grows various flowers from **cuttings**. 他以插枝培育各種花卉.

③ a railway **cutting** 鐵路的路塹.

④ a **cutting** north wind 刺骨的北風.

She often makes **cutting** remarks about the environmental policy of the government. 她時常就政府的環境政策發表尖銳的評論.

片語 **cutting edge** 最尖端，最先進.

複數 cuttings

活用 *adj.* more cutting, most cutting

cyanide [ˋsaɪə͵naɪd] *n.* 氰化物〖有劇毒〗.

cybernetics [͵saɪbɚˋnɛtɪks] *n.* 控制論，神經機械學.

cyberpunk [`saɪbɚ͵pʌŋk] *n.* 電腦壞蛋；生化龐克《一種科幻小說的類型；結合高科技的情節與奇異、虛無的思想》.

cyborg [`saɪbɔrg] *n.* 電子人《科學實驗中所使用的機器人》.

複數 **cyborgs**

cyclamen [`sɪkləmən] *n.* 仙客來《櫻草屬植物》.

複數 **cyclamens**

*****cycle** [`saɪkl] *n.* ① 循環；週期. ②(無限電的)周波. ③ 腳踏車《亦作 bicycle》；摩托車《亦作 motorcycle》.
—— *v.* ④ 騎腳踏車；循環.

範例 ① Their relationship is a continual **cycle** of fighting and making up. 他們的關係處於吵架與和好的不斷循環中.
② The electricity supply here is 50 hertz, or 50 **cycles** per second. 這裡的供電是50赫茲，即每秒50周波.
④ My father **cycles** to work every day. 我父親每天騎腳踏車去上班.
Good and bad times **cycle**. 景氣與不景氣是循環不斷的.

複數 **cycles**

活用 *v.* **cycles, cycled, cycled, cycling**

cyclic/cyclical [`saɪklɪk(l)] *adj.* 週期性的，循環的：Metal fatigue is caused by repeated **cyclic** stresses. 金屬疲勞是由週期性反覆給與壓力所引起的.

cyclist [`saɪklɪst] *n.* 騎腳踏車的人.

複數 **cyclists**

cyclone [`saɪklon] *n.* ① 氣旋《印度洋上的熱帶性低氣壓》. ② 龍捲風《亦作 tornado》.
☞ typhoon, hurricane

複數 **cyclones**

cygnet [`sɪgnɪt] *n.* 幼天鵝.

複數 **cygnets**

*****cylinder** [`sɪlɪndɚ] *n.* ① 圓筒；圓柱. ② 汽缸《引擎的組成部分之一，其內部用於燃燒燃料以帶動活塞》.

複數 **cylinders**

cylindrical [sɪ`lɪndrɪkl] *adj.* 圓筒的，圓筒狀的.

cymbal [`sɪmbl] *n.* 〔~s〕 銅鈸《一種打擊樂器》.
➡ 充電小站 (p. 1139)

複數 **cymbals**

cynic [`sɪnɪk] *n.* 憤世嫉俗者，諷刺者；〔the C~〕犬儒學派：My brother said that you were a **cynic** but I don't think so. 我哥哥說你是位憤世嫉俗的人，但我不那麼認為.

複數 **cynics**

*****cynical** [`sɪnɪkl] *adj.* 憤世嫉俗的，諷刺的《常與 about 連用》：My professor is **cynical** about the proposed education reforms. 我的教授對已提出的教育改革冷嘲熱諷.

活用 *adj.* **more cynical, most cynical**

cynically [`sɪnɪklɪ] *adv.* 憤世嫉俗地，冷嘲熱諷地：My teacher **cynically** pointed out my error. 我的老師諷刺地指出我的錯誤.

活用 *adv.* **more cynically, most cynically**

cynicism [`sɪnə͵sɪzəm] *n.* 憤世嫉俗的想法.

cypher [`saɪfɚ] = *n., v.* cipher.

cypress [`saɪprəs] *n.* 柏(樹)《扁柏科常綠喬木》.

參考 (1) cypress 是死亡與喪葬的象徵，常種於教堂、墓地. (2) 地中海的賽普勒斯 (Cyprus) 為「cypress 之島」之意.

複數 **cypresses**

cyst [sɪst] *n.* ① 囊腫《皮膚、體內長出的囊狀組織》：a malignant **cyst** 惡性囊腫. ②(動、植物的)囊胞.

複數 **cysts**

C

D, d

簡介字母 D 語音與語義之對應性

/d/ 在發音語音學上列為齒齦濁塞音 (alveolar voiced stop). 發音的方式是雙唇微開, 舌尖向上, 抵住上齒齦而閉住氣流, 當舌頭離開齒齦時, 閉住的氣流突然由口腔逸出, 振動聲帶, 而產生一種爆塞音.

(1) 舌尖上升, 抵住上齒齦而氣流進入口腔後受舌尖和上齒齦的阻塞而滯流, 故本義可表示「阻塞」(obstruction) 或「抵擋、抵抗」(resistance):

- deter   *v.* 阻止, 防止
- debar   *v.* 阻止, 禁止 (某人)
- dash   *v.* 使 (希望等) 破滅, 使受挫
- dampen   *v.* 使挫折, 使沮喪
- deny   *v.* 拒絕給予, 否定
- dam   *n.* 用水壩堵住; 抑制 (感情、眼淚等)
- dike   *n.* 堤防, 屏障, 障礙物
- dyspepsia   *n.* 消化不良
- defy   *v.* 公然反抗
- defiant   *adj.* 反抗的, 挑戰的
- fend   *v.* 抵擋
- dashboard   *n.* (馬車、雪車的) 擋泥版
- deadlock   *n.* 僵局, 完全停頓
- fender   *n.* (汽車等的) 擋泥版
- dagger   *n.* 短劍, 匕首《抵抗之武器》
- dirk   *n.* 短刀《蘇格蘭高地人使用的武器》
- dart   *n.* 飛鏢箭

(2) 舌尖上升, 抵住上齒齦, 振動聲帶, 猶如兩物相撞, 撞擊結果會產生凹陷, 因此可引申具有「凹陷」之義:

- dent   *n.* 凹痕, 缺口
- dint   *n.* (撞擊成的) 凹痕, 傷痕
- ditch   *n.* 排水溝
- dell   *n.* (山間的) 小谷
- dale   *n.* 山谷
- den   *n.* 獸穴
- dimple   *n.* 酒窩
- dugout   *n.* 防空洞
- depression   *n.* 窪地, 坑洞

(3) 等到舌尖離開上齒齦, 破阻才使氣流自口腔流出. 欲破阻則需費力, 因此而引申為「需要費力氣的動作或過程」:

- dash   *v.* 猛擊, 急奔
- dart   *v.* 投擲 (標槍、飛鏢等); (飛鏢似地) 飛奔
- delve   *v.* 鑽研;《古語》挖掘
- dibble   *v.* (在地面上) 挖洞種植
- dig   *v.* 挖掘 (洞穴等)
- dump   *v.* 猛然扔下 (行李等); 傾倒 (垃圾等)
- dive   *v.* (鳥、飛機) 俯衝, 急忙跑進
- duel   *v.* 決鬥
- difficult   *adj.* 費力的, 困難的
- arduous   *adj.* (工作) 艱鉅的, 費力的
- ordeal   *n.* 嚴酷的考驗
- doze   *v.* (做完費力的動作後) 打盹, 小睡

(4) 遭遇到抵抗、挫折、困難或需要費心、費力的動作, 有勇氣、有膽識、有決心、有耐力的人才敢決一生死, 不成功便成仁 (do or die). 因此可引申具有「勇敢、膽識、決心、耐力」之義; 反之也有「氣餒、沮喪」之義:

- daring   *adj.* 勇敢的, 大膽的
- doughty   *adj.* 勇敢的, 大膽的
- dauntless   *adj.* 勇敢的
- determined   *adj.* 已下決心的
- decisive   *adj.* 決定性的
- dynamic   *adj.* 精力充沛的
- dashing   *adj.* 闖勁十足的
- dour   *adj.* 執拗的
- dogged   *adj.* 執著的, 不屈的
- durable   *adj.* 耐久的, 持久的
- endure   *v.* 持久, 忍耐
- daunt   *v.* 使氣餒, 恐嚇
- dejected   *adj.* 沮喪的
- dumps   *n.* 垂頭喪氣
- doldrums   *n.* 意志消沉
- dolor   *n.* 憂傷, 悲痛
- dire   *adj.* 悲慘的
- deadpan   *adj.* 面無表情的

D [di] *n.* ① Ⓒ 大調的第2音. ② 500《羅馬數字; ☞ 充電小站 (p. 1109)》.
[複數] **D's/Ds**

dab [dæb] *v.* ① 輕拍, 輕觸; 輕塗 (油漆、油膏等).
——*n.* ② 輕拍, 輕觸. ③《英》能手, 高手.
[範例] ① The man **dabbed** paint on the wall. 那個男子在牆上輕輕地刷油漆.

② The boy made a **dab** at the oil painting. 那個男孩在油畫上摸了一下.
③ The dentist is a **dab** at the pole vault. 那位牙醫是撐竿跳能手.
[活用] *v.* **dabs, dabbed, dabbed, dabbing**
[複數] **dabs**

dabble [`dæbl] *v.* ① 涉獵, 業餘地從事 (at, in).
② 戲水.

範例 ① He **dabbled** at gardening but soon gave it up. 他業餘從事園藝，但不久又放棄了。
I'd like to **dabble** in drawing if I had the time. 如果有時間我想學畫畫。
② He **dabbled** his hands in the river. 他伸兩手在河中戲水。

活用 v. **dabbles**, **dabbled**, **dabbled**, **dabbling**

dachshund [ˋdɑksˏhund] n. 臘腸狗《德國種小獵犬，特徵為身長、腿短》.

複數 **dachshunds**

[dachshund]

dad [dæd] n.《口語》爸爸.

範例 Morning, **dad**. 早安，爸爸。
I never call my father "father"; I always call him "**dad**." 我從不叫我父親 father，我總是叫他 dad.

複數 **dads**

daddy [ˋdædɪ] n.《口語》爸爸.

複數 **daddies**

daffodil [ˋdæfəˏdɪl] n. 水仙花《石蒜科多年生草本植物，英國威爾斯 (Wales) 的代表花卉》.

複數 **daffodils**

daft [dæft] adj.《口語》《英》愚蠢的，傻的.

活用 adj. **dafter**, **daftest/more daft**, **most daft**

dagger [ˋdægɚ] n. 短劍，匕首；劍號(†).

片語 **at daggers drawn** 抱有敵意地，劍拔弩張地.
look daggers at 對⋯怒目而視.

複數 **daggers**

dahlia [ˋdæljə] n. 大理花《菊科多年生草本植物》.

複數 **dahlias**

* **daily** [ˋdelɪ] adj. ①〔只用於名詞前〕每日的，日常的，一天一次的.
——adv. ② 每天地，一天一次地.
——n. ③ 日報，每天發行的刊物《亦作 daily newspaper》. ④《英》女傭《亦作 daily help》.

範例 ① a **daily** newspaper 日報.
daily life 日常生活.
② He plays video games **daily**. 他每天玩電視遊樂器。
③ The New York Times is my favorite **daily**. 《紐約時報》是我最喜歡的日報。
④ Our **daily** truly is a **daily**; she comes every day of the week. 我家的女傭每天來我家。

複數 **dailies**

daintily [ˋdentlɪ] adv. ① 優美地，高雅地. ② 美味地. ③ 挑剔地.

活用 adv. **more daintily**, **most daintily**

daintiness [ˋdentɪnɪs] n. ① 優美，高雅. ② 美味. ③《食品的》挑剔.

* **dainty** [ˋdentɪ] adj. ① 優美的，高雅的，漂亮的. ② 美味的. ③《對食品》挑剔的，講究的《常與 about 連用》.
——n. ④ 美味的食物.

範例 ① She was wearing a **dainty** dress at the party. 她在晚會上穿了一件很雅致的衣服。
I gave my daughter a **dainty** little hat for Christmas. 我送給我女兒一頂漂亮的小帽子作為聖誕禮物。
② a **dainty** dish 一道佳肴。
③ His wife is **dainty** about her food. 他的太太對飲食很講究。
④ Caviar is my favorite **dainty**. 魚子醬是我最喜歡吃的佳肴。

活用 adj. **daintier**, **daintiest**

複數 **dainties**

* **dairy** [ˋdɛrɪ] n. ① 酪農場，乳酪製造廠. ② 乳製品商店.

♦ **dáiry càttle**〔作複數〕乳牛.
dáiry pròducts〔作複數〕乳製品.

複數 **dairies**

dais [ˋde‧ɪs] n.《講堂的》講臺，《大廳一端的》高臺.

複數 **daises**

daisy [ˋdezɪ] n. 雛菊《菊科多年生草本植物；《英》通常指 English daisy（雛菊），《美》通常指 oxeye daisy（牛眼菊）》.

字源 day's eye（白晝之眼）《花的形狀像太陽》.

複數 **daisies**

dale [del] n. 山谷《用於英國北部地區或詩歌中》.

複數 **dales**

Dalmatian [dælˋmeʃɪən] n. 大麥町犬《一種白底黑斑或棕斑的中型犬》.

複數 **Dalmatians**

* **dam** [dæm] n. ① 水壩. ②《四足動物的》母獸.
——v. ③ 築壩；抑制 (back).

範例 ③ The government had a plan to **dam** the river. 政府計畫在那條河築水壩。
His father tried to **dam** back his tears. 他的父親試圖強忍住眼淚。

複數 **dams**

活用 v. **dams**, **dammed**, **dammed**, **damming**

* **damage** [ˋdæmɪdʒ] n. ① 損害. ②《法律上的》賠償費用；《口語》費用.
——v. ③ 損害.

範例 ① We got through the storm without any **damage**. 我們沒遭受到任何損害地度過那場暴風雨。
What he said unknowingly into the hidden microphone caused a lot of **damage** to his image. 他無意中對隱藏式麥克風所說的話讓他的形象嚴重受損。
② What's the **damage**? 多少錢？
③ I **damaged** the car's headlights in an accident. 我的車頭燈在意外事故中撞壞了。
My car was **damaged** in the hurricane. 我的車子毀於颶風中。

複數 **damages**

活用 v. **damages**, **damaged**, **damaged**, **damaging**

damask [ˋdæməsk] n. 花緞《原來使用真絲，而現在使用麻、棉或純毛織成的布，正反面均可使用，用作桌巾、窗簾等》.

D

字源 Damascus（敘利亞首都大馬士革），以製鐵和絲織品著名.

dame [dem] *n.* ①〔D～〕〖英〗夫人《對女性的稱呼》. ②《口語》〖美〗女士.

參考 ① 具爵士 (Knight) 爵位的女性或准男爵 (Baronet) 妻子的稱號，與姓或名連用: Dame Agatha, Dame Agatha Christie.

複數 **dames**

damn [dæm] *v.* ① 使下地獄，懲罰，咒罵. ② 使毀滅. ③ 指責，譴責.
——*n.* ④ 詛咒，咒罵. ⑤〔a～〕絲毫《用於否定句》.
——*adj.*, *adv.* ⑥ 糟透的〔地〕; 完全，非常.

範例 ① The poor boy was **damned** to living in the big city for the rest of his life. 那個可憐的男孩被懲罰在大城市裡度過他的餘生.
Damn you!/God **damn** you! 該死的!
Damn your drinking!/God **damn** your drinking! 你真該死，老是在喝酒!
I'll be **damned** if I know! 我才不知道呢!
② Your drug habit will certainly **damn** you! 吸毒將會毀掉你的一生!
③ The music was **damned** by the critics. 那種音樂被評論家批評得一文不值.
⑤ Your opinion isn't worth a **damn** to me. 依我看來，你的意見毫無價值可言.
I don't care a **damn**./I don't give a **damn**. 我一點也不在乎./我毫不在乎.
⑥ My **damn** car won't run! 我的破車動不了!

參考 因為是不雅的字，有時寫作 d-n 或 d-.
字源 由拉丁語 damnun（損失，損害）衍生而來的 damnāre（宣判刑罰; 注定命運）.

活用 *v.* **damns**, **damned**, **damned**, **damning**

damnation [dæm`neʃən] *n.* ① 天譴; 懲罰，毀滅.
——*interj.* ② 糟了! 該死!

damned [`dæmd] *adj.* ① 墮入地獄的，遭咒罵的，可惡的. ② 討厭的，糟透的.
——*adv.* ③ 極，非常.

範例 ① the **damned**/the **damned** souls 地獄中的亡魂.
② a **damned** lie 十足的謊言.
This is the **damnedest** thing I've ever heard. 這是我聽過最糟的事.
③ I'm so **damned** angry! 我真的非常生氣!
That was a **damned** stupid thing to do! 做出那樣的事真的非常愚蠢!

參考 範例 ②③，多用於令人不滿的事物，但為了強調有時也用於表示正面的意義，如 a **damned** good car（一輛極好的車），因為是不雅的字，有時寫作 d-d.

活用 *adj.* ② **damnedest**

****damp** [dæmp] *adj.* ① 潮溼的，有溼氣的.
——*n.* ② 溼氣，潮溼.
——*v.* ③ 使潮溼; 抑制，使衰退.

範例 ① **damp** weather 潮溼的天氣.
My shirt was **damp** with sweat. 我的襯衫被汗水弄溼了.

② The **damp** ruined the water-color painting. 溼氣毀了那幅水彩畫.
③ You can use this spray bottle to **damp** the soil. 你可以用這罐噴霧器把泥土噴溼.

片語 **damp down** ① 潑冷水，抑制: The death of their leader really **damped down** their spirits. 他們領袖的死使他們意消沉. ② 使火勢減弱，滅火: **Damp down** that fire before you go to bed. 請你睡前把那堆火熄滅.

活用 *adj.* **damper**, **dampest**
活用 *v.* **damps**, **damped**, **damped**, **damping**

dampen [`dæmpən] *v.* ① 使潮溼. ② 使灰心喪志.

範例 ① It's best to **dampen** 100% cotton clothes before you iron them. 純棉的衣服在熨燙之前最好把它噴溼.
② The terrible weather **dampened** our spirits. 惡劣的天氣使我們的情緒低落.

活用 *v.* **dampens**, **dampened**, **dampened**, **dampening**

dampness [`dæmpnɪs] *n.* 溼氣，潮溼: the **dampness** of the weather 潮溼的天氣.

damsel [`dæmzl] *n.*《古語》女孩，少女.

複數 **damsels**

*****dance** [dæns] *v.* ① 跳舞; 跳躍. ② 搖動. ③ 使跳舞; 逗弄（嬰兒）.
——*n.* ④ 跳舞，舞蹈. ⑤ 舞會. ⑥ 舞曲.

範例 ① They **danced** all night long. 他們徹夜跳舞.
How well can you **dance**? 你的舞技如何?
I **danced** down the hall to my room. 我沿著走廊蹦蹦跳跳地回到自己房間.
② During the earthquake, the ground was **dancing** underneath my feet. 地震的時候，地面在我腳下搖動.
③ I **danced** the puppet in the child's lap. 我在那個孩子的大腿上搖動著木偶逗他.
④ Can you do this **dance**? 你會跳這種舞嗎?
⑤ Let's go to the **dance** tonight! 我們今晚去參加那場舞會吧!
⑥ The band played a slow **dance**. 樂隊演奏了一首慢步舞曲.

活用 *v.* **dances**, **danced**, **danced**, **dancing**
複數 **dances**

dancer [`dænsɚ] *n.* 舞者，舞蹈家: He was a great ballet **dancer**. 他是一位了不起的芭蕾舞者.

複數 **dancers**

dandelion [`dændl͵aɪən] *n.*（西洋）蒲公英《菊科多年生草本植物，易生根，被視為草坪之敵》.
字源 法語 dent de lion（獅子的牙齒）《葉子呈鋸狀凸出》.

複數 **dandelions**

dandruff [`dændrəf] *n.* 頭皮屑.

dandy [`dændɪ] *n.* ① 花花公子; 講究穿著打扮的人. ② 第一流之物.
——*adj.* ③ 花花公子的; 講究穿著打扮的. ④

D

範例 ① The silver-haired **dandy** is my father. 那位穿著講究的白髮老人是我父親.

② I hear that movie is a **dandy**. 我聽說那部電影拍得相當好.

③ He was wearing **dandy** clothes at the party. 他在那場晚會上穿著時髦的服裝.

④ That's a **dandy** stereo system you have there. 你那裡的立體音響真的很棒.

複數 dandies

活用 adj. dandier, dandiest

Dane [den] n. 丹麥人.

複數 Danes

***danger** [`dendʒɚ] n. ① 危險（性），威脅. ② 危害，危險的人〔物〕.

範例 ① a **danger** signal 危險信號.

"**Danger**—fog ahead." 「注意，前方有濃霧！」

Children can play without **danger** here. 孩子們在這裡玩耍很安全.

The ship was in **danger** of sinking. 那艘船即將沉沒.

Don't worry; we're out of **danger** now. 別擔心，我們現在已經脫離危險.

There is no **danger** of fire in this ultramodern building. 這棟超現代的大樓沒有發生火災的危險.

② Pesticides are a **danger** to all forms of life. 殺蟲劑對所有的生物都是一種危害.

片語 **in danger** 處於危險中. (⇨ 範例 ①)

out of danger 脫離危險. (⇨ 範例 ①)

☞ v. endanger

複數 dangers

***dangerous** [`dendʒɚəs] adj. ① 危險的. ② 引起危險的.

範例 ① a **dangerous** bridge 一座危橋.

It is **dangerous** to climb that mountain in the winter. 在冬天爬那座山很危險.

A little learning is a **dangerous** thing. 《諺語》一知半解，為害不淺.

② That dog looks **dangerous**. 那隻狗看起來很危險.

活用 adj. **more dangerous**, **most dangerous**

dangerously [`dendʒɚəslɪ] adv. 危險地，不安全地.

範例 Bill is **dangerously** ill. 比爾病危.

He lives **dangerously**, smoking and drinking like that. 像他那樣既抽菸又喝酒地過日子很危險.

活用 adv. **more dangerously**, **most dangerously**

dangle [`dæŋgl] v. 懸垂，使懸蕩: The boy was dangerously **dangling** his feet over the edge of the cliff. 那個男孩把腳懸蕩在懸崖邊緣，真危險.

活用 v. **dangles**, **dangled**, **dangled**, **dangling**

Danish [`denɪʃ] adj. ① 丹麥（人）的.

——n. ② 丹麥語.

dank [dæŋk] adj. 陰溼的，溼冷的.

活用 adj. **danker**, **dankest**

daphne [`dæfnɪ] n. 月桂樹.

複數 daphnes

dappled [`dæpld] adj. 有斑點的: **Dappled** sunlight glistened on the water. 斑駁的陽光在水面上閃耀.

***dare** [dɛr] aux., v.

原義	用法		釋義	範例
敢於	原形動詞		大膽地做，敢做	①
	to＋原形動詞			②
	名詞＋to＋原形動詞		刺激～做	③

——n. ④ 挑戰.

範例 ① "**Dare** you climb the ladder?" "No, I **dare**n't." 「你敢爬那個梯子嗎？」「不，我不敢.」

I **dare**n't say what I think. 我不敢把我所想的說出來.

I **dared** not tell him what I really thought. 我不敢把真心話告訴他.

How **dare** you say that? 你竟敢說那樣的話？

② I didn't **dare** to ask her. 我不敢去問她.

"Do you **dare** to ask me for even more pocket money?" "Yes, I do." 「你敢向我要更多的零用錢嗎？」「當然.」

③ They **dared** me to eat some durian! 他們激我吃榴槤.

I **dare** you to tell off the boss. 我挑激你責罵老闆.《我諒你也不敢罵老闆》

④ The man joined the army as a **dare**. 那個男子視從軍為一種挑戰.

片語 **How dare ～?** 竟敢～?《表示焦急、憤慨》(⇨ 範例 ①)

I dare say ～ 也許，我想: **I dare say** it'll rain tomorrow. 明天或許會下雨.《dare say 亦作 daresay》

活用 v. **dares**, **dared**, **dared**, **daring**

***daren't** [dɛrnt] 《縮略》＝dare not.

daring [`dɛrɪŋ] adj. ① 勇敢的，大膽的.

——n. ② 勇敢，大膽.

範例 ① I saw a most **daring** rescue today. 我今天看到了一次很大膽的救援行動.

He's a **daring** young man. 他是一個勇敢的年輕人.

② All of us admired his **daring**. 我們大家都佩服他的勇氣.

活用 adj. **more daring**, **most daring**

***dark** [dɑrk] adj., n.

原義	層面	釋義	範例
黑暗的	沒有光線的	adj. 黑暗的	①
		n. 黑暗，黑夜	②

黑暗的	接近黑的	adj. 深色的，淺黑色的，黑色的	③
	心情	adj. 陰鬱的，陰沉的	④
	事物	adj. 祕密的，隱藏的；無知的	⑤
		n. 祕密；無知	⑥

[範例] ① It was a **dark**, bitter night. 那是一個又暗又冷的晚上.
It is getting **darker**. 天漸漸黑了.
② Vampires love the **dark**. 吸血鬼喜歡黑夜.
Get home before **dark**. 天黑前要回來.
③ She's blonde but her daughter has **dark** hair. 她是金髮，但她的女兒卻是黑髮.
He was in a **dark** suit. 他穿著一套黑色西裝.
The sea was **dark** green. 大海是深綠色的.
④ I always get in a **dark** mood when I think about that war. 每當想到那場戰爭，我的心情就變得沉重起來.
⑤ Keep the plans **dark** for the time being. 那項計畫暫時要保密.
There are many **dark** souls in this world. 在這個世界上有許多無知的人.
⑥ The details of the scandal remained in the **dark** for many years. 那件醜聞的詳細情形多年來不為人知.
♦ the **Dárk Áges** 黑暗時代《5世紀至11世紀之間歐洲的學術、文化衰退時期》.
dàrk glásses 墨鏡.
dàrk hórse 黑馬,《英》深藏不露的人《賽馬中出人意料獲勝的馬或尚未被人注目但具有出人意料的實力者》.
[活用] adj. **darker**, **darkest**
darken [`darkən] v. ① 使黑暗，變黑暗. ② 使陰鬱，變陰沉.
[範例] ① The room was **darkened** before her birthday cake with lit candles was brought in. 房間裡的燈被關掉後，她那點有蠟燭的生日蛋糕被端了進來.
② News of the accident **darkened** our mood. 發生意外的消息使我們的心情低沉.
[片語] **darken ~'s door** 登門造訪《多用於不受歡迎的客人來訪或否定句》: Never **darken my door** again. 不許你再踏進我家的門.
[活用] v. **darkens**, **darkened**, **darkened**, **darkening**
darkly [`darklɪ] adv. ① 黑暗地. ② 陰沉地，險惡地: He stared at us **darkly** when he learned of our plan. 當他知道我們的計畫時，他陰沉地瞪著我們. ③ 模糊地. ④ 祕密地，隱祕地.
[活用] adv. **more darkly**, **most darkly**
*__darkness__ [`darknɪs] n. ① 黑暗. ② 無知，盲目. ③ 祕密. ④ 邪惡.
[範例] ① The killer sat in the **darkness**, waiting for his next victim. 那名殺手坐在黑暗中等待下一個目標.

② Superstitious people live in **darkness** and fear. 迷信的人生活在無知和恐懼中.
darkroom [`dark͵rum] n. (攝影的)暗房.
[複數] **darkrooms**
darling [`darlɪŋ] n. ① 可愛的人；心愛的人，寶貝. ② 〔只用於名詞前〕心愛的，最愛的. ③ 可愛的，漂亮的.
[範例] ① She is Papa's **darling**. 她是爸爸的心肝寶貝.
My **darling**! 親愛的!《用於夫妻、戀人、父(母)子等相互稱呼時》
② my **darling** wife 我心愛的妻子.
③ What a **darling** dress! 好漂亮的衣服!
[複數] **darlings**
darn [darn] v. ① 修補，縫補: **darn** a hole in a sock 織補襪子上的洞.
——n. ② 織補，縫補處.
——adj. ③ 糟透的.
——adv. ④ 極，非常.
[活用] v. **darns**, **darned**, **darned**, **darning**
[複數] **darns**
*__dart__ [dart] n. ① 飛鏢，吹箭. ②〔作單數〕擲飛鏢遊戲《一種把飛鏢擲向鏢靶 (dartboard)，根據所擲中的地方計分的遊戲》. ③ 猛衝，飛奔. ④ (洋裝的) 合身假縫.
——v. ⑤ 投擲(飛鏢)，射(箭). ⑥ 突然行進，飛奔.

[dart]

[範例] ① The lion was shot with a poisoned **dart**. 那頭獅子被毒鏢射中了.
② We went to a pub to play **darts**. 我去酒吧玩擲飛鏢遊戲.
③ The press made a **dart** at the President's limousine. 記者們朝總統的豪華高級轎車衝了過去.
⑤ The woman **darted** an angry look at me. 那個婦女憤怒地瞪我一眼.
⑥ The bullet **darted** through the air. 那顆子彈咻地從天空中飛過.
[複數] **darts**
[活用] v. **darts**, **darted**, **darted**, **darting**
Darwin [`darwɪn] n. 達爾文《Charles Darwin, 1809-1882, 英國生物學家,《物種起源》(On The Origin of Species) 的作者》.
dash [dæʃ] v. ① 猛衝，拍擊. ② 猛擲.
——n. ③ 猛衝，飛奔.
[範例] ① The big waves **dashed** against the rocks. 大浪拍擊岩石.
② She **dashed** the book to the floor in anger. 她很生氣地把那本書扔在地板上.
③ Everyone made a **dash** for the door. 大家都朝門口衝過去.
[片語] **dash off** 迅速寫〔做〕完: She **dashed**

off a letter to her teacher. 她匆忙地寫了一封信給她的老師.
[活用] v. **dashes**, **dashed**, **dashed**, **dashing**
[複數] **dashes**

dashboard [`dæʃ,bord] n. (汽車的)儀表板；(馬車、雪車的)擋泥板.
[複數] **dashboards**

dashing [`dæʃɪŋ] adj. 有朝氣的, 有衝勁的: a **dashing** young man 有衝勁的年輕人.
[活用] adj. **more dashing**, **most dashing**

***data** [`detə] n. 資料, 數據.
[範例] The computer virus wiped out all the **data**. 那個電腦病毒把所有的資料都殺掉了.
They would provide us with no **data** for our research. 他們不會提供任何資料給我們作研究.
♦ **dáta bànk** 資料庫《電腦裡負責儲存、保管、提供資料的集合體》.
[參考] 原為 datum 的複數形, 但是現在常把 data 視為集合名詞, 作單數.

database [`detə,bes] n. 資料庫《亦作 data bank》.
[複數] **databases**

***date** [det] n., v.

原義	層面	釋義	範例
特定的日期	某特定的	n. 日子, 日期, 時代	①
	會面的	n. 約會	②
	與異性會面的 → 會面的對象	n. 約會, 約會對象	③

——n. ④ 海棗的果實.

原義	層面	釋義	範例
記載特定的日期	現在	v. 註明日期	⑤
	全盛時期	v. 使顯得過時	⑥
	開始時期	v. 開始	⑦
	與人會面時間	v. (與異性)約會, 交往	⑧

[範例] ① The **date** for departure drew near. 出發的日子近了.
Tell me the **date** of your birth. 請告訴我你的生日.
The dictionary is out of **date**. 這本辭典已經落伍了.
② I have a **date** with the dentist today. 我今天與牙醫約好了.
③ I had a **date** with John yesterday. 我昨天與約翰約會.
Here's my **date** for tonight. 這位是我今晚約會的對象.
⑤ Please **date** your assignment. 請在你的作業上註明日期.

⑥ This old coat **dates** you, Mama. 媽, 妳穿這件舊外套顯得老氣.
⑦ This department store **dates** from 1895. 這家百貨公司是1895年開的.
⑧ My sister has been **dating** John. 我姊姊和約翰正在交往.
[參考] 1997年11月9日可表示為: 〖美〗November 9, 1997或11/9/97, 〖英〗9 November, 1997或9/11/97.
♦ **the dáte line** 國際換日線《亦作 the international date line》.
➡ (充電小站) (p. 313)
[複數] **dates**
[活用] v. **dates**, **dated**, **dated**, **dating**

dated [`detɪd] adj. 過時的: The music is rather **dated** now. 那種音樂現在有點過時.
[活用] adj. **more dated**, **most dated**

daub [dɔb] v. ① 塗抹(油漆等), 亂塗.
——v. ② 塗料, 灰泥. ③ 拙劣的畫.
[範例] ① He **daubed** the wall with white paint. 他在牆上漆上白漆.
The little boy **daubed** mud on my coat. 那個小男孩在我的外套上抹泥巴.
[活用] v. **daubs**, **daubed**, **daubed**, **daubing**
[複數] **daubs**

***daughter** [`dɔtə] n. 女兒；產物.
[範例] This is my youngest **daughter**. 這是我的小女兒.
Your loving **daughter**. 愛你的女兒.《寫給父母親的信件結尾語》
The United States is a **daughter** of Great British. 美國是從英國獨立出來的.
[複數] **daughters**

daughter-in-law [`dɔtərɪn,lɔ] n. 兒媳, 媳婦.
[複數] **daughters-in-law**

daunt [dɔnt] v. 使垂頭喪氣: His failures did not **daunt** him at all. 接二連三的失敗並沒有使他氣餒.
[活用] v. **daunts**, **daunted**, **daunted**, **daunting**

dauntless [`dɔntlɪs] adj. 不屈不撓的, 毫不畏懼的: He was a **dauntless** taekwondo player. That is why he finally achieved the highest rank, the black belt. 他是一位不屈不撓的跆拳道選手, 這就是為甚麼他最後達到了最高等級——黑帶.
[活用] adj. **more dauntless**, **most dauntless**

David [`devɪd] n. ① 男子名《暱稱 Dave, Davy》. ② 大衛《《聖經》中的人物, 古以色列第二任國王, 所羅門國王之父》.

da Vinci [dɑ`vɪntʃɪ] n. 達文西《Leonardo da Vinci, 1452-1519, 文藝復興時期的義大利畫家, 代表作有「最後晚餐」、「蒙娜‧麗莎」等》.

dawdle [`dɔdl] v. 游手好閒, 偷懶; 浪費光陰.
[活用] v. **dawdles**, **dawdled**, **dawdled**, **dawdling**

***dawn** [dɔn] n. ① 黎明. ②〔the ~〕開始, 開端.

D

——v. ③ 破曉，天亮；開始發展；漸漸明白．
[範例] ① We stayed up until **dawn**. 我們熬夜至黎明．
The **dawn** is breaking. 天漸漸亮了．
② The late 1950's marked the **dawn** of the space age. 1950年代後期標示著太空時代的來臨．
③ It **dawned**, and we were astonished to see the serious damage the earthquake had caused. 天亮之後，我們對於地震帶來的嚴重災害感到觸目驚心．
It suddenly **dawned** on me that I had been told a lie. 我突然明白我被謊言蒙騙了．
[片語] *dawn on* (*someone*) (某人) 逐漸明白．(⇨ [範例] ③)
[複數] **dawns**
[活用] *v.* **dawns**, **dawned**, **dawned**, **dawning**

****day** [de] *n.*

原義	層面	釋義	範例
一日	24小時	一天，天	①
	從日出到日落	白天，白晝	②
	工作的時間	一天的工作	③
	一天一天的累積	時代，時期，一生	④
	順利的日子	全盛時期	⑤

[範例] ① Rome was not built in a **day**. 《諺語》羅馬不是一天造成的．
My grandfather watches television all **day**. 我祖父整天看電視．
What **day** is today? 今天星期幾？
John will come home on Christmas **Day**. 約翰將在聖誕節當天回家．
② The main street is usually crowded with pedestrians by **day**. 主要街道在白天通常擠滿了行人．
Equinoxes are the times of the year when the sun is exactly over the equator and **day** and night are hence of equal length. 春、秋分是指一年當中太陽位於赤道正上方的時候，此時白天和晚上一樣長．
③ I work an eight-hour **day**. 我一天工作8個小時．
Let's call it a **day**. 我們今天就做到此為止．《收工》
④ People often talk about the good old **days**. 人們常常談論美好的過去．
Even in this **day** and age there are people who live without electricity. 至今仍有人過著沒電的生活．
I know about her younger **days**. 我知道她年輕時的事．

In those **days** the movies were called talkies. 當時，電影被稱作有聲電影．
Word processors are very popular these **days**. 文字處理機現在非常普及．
She ended her **days** at eighty. 她活到80歲．
⑤ Every dog has his **day**. 《諺語》每個人都有得意的時候．
[片語] *at the end of the day* 到頭來，最後．
by the day 按日計算地，按日計酬地．
day after day 天天，日復一日地：She worked **day after day**. 她日復一日地工作．
day and night/night and day 日夜夜，夜以繼日．
day by day 一天一天地：**Day by day** the patient grew worse. 病人的病情一天一天地惡化．
day in and day out 日復一日地，每天．
every other day 每隔一天，每兩天：I visit my grandmother **every other day**. 我每隔一天會去看我祖母一次．
from day to day ① 一天一天地. ② 過一天算一天：He lives **from day to day** since he lost his job. 自從失業以來，他過著過一天算一天的生活．
in this day and age 當今，現在這個時代．(⇨ [範例] ④)
make ~'s day 使非常高興：Hearing the news **made his day**. 聽到那個消息他非常高興．
one day (過去或未來的) 某一天，有一天：**One day** in the future, I want to visit all the countries in the world. 有朝一日我要環遊世界．
one of these days 近日內，不久．
some day (未來的) 某一天，總有一天．
the day after tomorrow 後天．
the other day 前幾天，前些日子：This is the book I told you about **the other day**. 這就是前幾天我告訴你的那本書．
to the day 一天不差，至今剛好：The accident happened three years ago **to the day**. 那起意外事故剛好是3年前的今天發生．
[參考] 表示 ④ 之意時通常作 days.
◆ **dáy càre** 日間看護《照顧小孩、殘障者或老人》．
dày óff 休假日．
[複數] **days**

daybreak [ˋdeˏbrek] *n.* 黎明《☞ dawn (黎明)》．

daydream [ˋdeˏdrim] *n.* ① 白日夢，幻想．
——v. ② 做白日夢．
[範例] ① a **daydream** about being a movie star 當電影明星的幻想．
② She is always **daydreaming**. 她老是在做白日夢．
[複數] **daydreams**
[活用] *v.* **daydreams**, **daydreamed**, **daydreamed**, **daydreaming**

———(充電小站)

日期 (date) 的表示

① 例如「1985年1月6日」用以下的形式表示:
　　在美國
　　(以「月，日，年」的順序表示)
January 6, 1985
January 6th, 1985
January 6th 1985
Jan. 6, 1985
Jan. 6th, 1985
Jan. 6th 1985
1. 6. '85
1. 6. 85
1/6/1985
1/6/85
　　在使用英式英語的國家
　　(以「日，月，年」的順序表示)
6 January, 1985
6th January, 1985
6 January 1985
6 Jan. 1985
6th Jan. 1985
6 Jan. '85
6th Jan. '85
6 Jan. 85
6th Jan. 85
6. 1. '85
6. 1. 85
6/1/1985
6/1/85
*1　年號在前後關係很清楚時，有時只寫後兩位數字。例如1985寫成'85或85。
*2　月有時使用縮略形式，例如 January 寫成 Jan.，亦可用阿拉伯數字書寫。
*3　日有時用1, 2, 3, 4, …，就是用1st, 2nd, 3rd, 4th, …表示。
② 年月日和星期放在一起表示時，星期置於最前面: Tuesday January 6, 1985 1985年1月6日星期二。
③ 中國的年號在英語國家中不被使用，通常改成西元。但在史書記載中，英語有時也會使用中國的年號。
　　The Marco Polo Bridge Incident, as you know, took place **in the twenty-sixth year of R.O.C.** 正如你所知，盧溝橋事變發生於民國26年。
▶ 日期的讀法
① Tuesday January 6, 1985中 **January 6** 的讀

法:
January the sixth
January sixth
January six
Tuesday 6 January, 1985中 **6 January** 的讀法:
the sixth January
sixth January
six January
② 年號的讀法:
1985 → nineteen eighty-five（由左至右兩個數字兩個數字讀）
1900 → nineteen hundred
2000 → two thousand/twenty hundred
2001 → twenty O one/two thousand and one
'85 → eighty-five
85 → eighty-five
③ Tuesday 6 Jan., 1985 中的 Jan. 讀作 January.
▶ 年、月、日與 in 及 on 的用法
① in... 用於表示「在～年」，「在～月」，「在早晨，在上午，在下午，在晚上」時。
　　The war ended **in 1945**. 那場戰爭於1945年結束。
　　The baby was born **in January**. 那個嬰兒在1月出生。
　　He was born **in February**, 1945. 他在1945年2月出生。
　　Study **in the morning**. 上午要好好讀書。
　　Our school has no class **in the afternoon**. 我們學校下午不用上課。
　　It will get cooler **in the evening**. 晚上會更涼快。
② on... 用於表示「在～日」，「在星期～」，「在(特定日子的)早晨、上午、下午、晚上」時。
　　The baby was born **on January 1**. 那個嬰兒在1月1日出生。
　　I am leaving here **on Monday**. 我將在星期一離開這裡。
　　The accident happened **on the morning of January 5, 1984**. 那起意外事故發生在1984年1月5日的早晨。
　　Call me **on Sunday morning**, please. 請在星期天早上打電話給我。
➡ (充電小站) (p. 1291)

daylight [ˋde͵laɪt] *n.* ① 日光，白晝: Wait until tomorrow and look for the missing child in **daylight**. 等到明天天亮後再尋找那失蹤的小孩。 ② 黎明。
　片語 **see daylight** (對於不明瞭的事) 開始明白。
♦ **dàylight sáving tìme** 〖美〗日光節約時間，夏令時間《以夏至為中心的半年期間，把時間

撥快1小時，以便充分利用白晝；〖英〗summer time》。

****daytime** [ˋde͵taɪm] *n.* 白天: I sleep during the **daytime** and study all night. 我白天睡覺，整夜讀書。

daze [dez] *v.* ① 使茫然不知所措，使暈眩。
　—— *n.* ② 恍惚，茫然的狀態。
　範例 ① I was **dazed** by the blow. 我被那一拳打

D

得暈頭轉向.
The news of the accident **dazed** her. 那件意外事故的消息使她茫然不知所措.
片語 **in a daze** 茫然地, 恍惚地.
活用 v. dazes, dazed, dazed, dazing

***dazzle** [`dæzl] v. ① (強光等) 使目眩; 使迷惑.
——n. ② 眩目的光線, 耀眼之物; 眼花撩亂.
範例 ① The bright sunlight **dazzled** me. 燦爛的陽光使我目眩.
The **dazzling** stage lights made me trip over the chair. 耀眼的舞臺燈光害我被椅子絆倒. 《dazzling 作形容詞性》
He was **dazzled** by her beauty. 她的美貌令他目眩神迷.
It was a **dazzling** display of fireworks. 那是一場非常壯觀的煙火表演. 《dazzling 作形容詞性》
② I shut my eyes in the sudden **dazzle**. 突如其來的閃光使我閉上眼睛.
the **dazzle** of high technology 高科技的光輝.
活用 v. dazzles, dazzled, dazzled, dazzling

DC [`di`si] 《縮略》 = ① direct current (直流電) 《亦作 dc》. ② District of Columbia (哥倫比亞特區).

DDT [‚di‚di`ti] 《縮略》 = dichloro-diphenyl-trichloro-ethane (殺蟲劑).

deacon [`dikən] n. 助祭, 執事.
參考 天主教的高級聖職之一, 在祭司 (priest) 之下. 在天主教、英國國教中被譯成「助祭」, 而在其他宗教中則譯成「執事」.
複數 deacons

****dead** [dɛd] adj. ① 死亡的; 無生氣的; 無感覺的; 麻木的; 無用的. ② 全然的, 完全的.
——adv. ③ 全然地, 絕對地. ④ 突然地.
範例 ① He has been **dead** for two years. 他去世已兩年了.
These flowers will be **dead** when we get back. 我們回來的時候, 這些花可能已經枯死了.
Speak no ill of the **dead**. 別講死人的壞話.
Sitting in deep meditation makes my legs go **dead**. 打坐讓我的雙腿麻木.
Those heavy metal fans are **dead** to all other kinds of music. 那些重金屬搖滾樂迷對其他音樂不感興趣.
Her love for you is now **dead**. 她已不再愛你了.
Ancient Greek is a **dead** language. 古希臘語是一種死語言.
I thought that Mt. Fuji was a **dead** volcano. 我以為富士山是一座死火山.
The line is **dead**. 電話故障不通了.
② You must come to a **dead** stop at a STOP sign. 在「停止」告示牌前, 你必須完全停止.
My career in that company will soon come to a **dead** end. 我在那間公司的職業生涯不久後將完全結束.
③ I was **dead** tired. 我累死了.

④ He stopped **dead**. 他突然停下來.
片語 **dead to the world** 酣睡的: She was **dead to the world**. 那時她睡得很熟.
in the dead of 最～的時候, ～的全盛期: She knocked at my door **in the dead of** night. 深夜萬籟俱寂的時候, 她敲我的門.
♦ **dèad énd** 盡頭, 死巷; 窮途末路, 絕境.
dèad héat 同時到達終點, 不分勝負.
☞ n. death, v. die

deaden [`dɛdn] v. (痛苦、聲音、光澤等) 減弱; 緩和: This powder will **deaden** the pain. 這種藥粉可以減輕疼痛.
活用 v. deadens, deadened, deadened, deadening

deadline [`dɛd‚laɪn] n. 最後期限, 截止時間.
複數 deadlines

deadlock [`dɛd‚lɑk] n. (交涉等的) 僵局; 完全停頓: The cross-strait talks came to a **deadlock**. 兩岸對話陷入僵局.
片語 **come to a deadlock** 陷入僵局. (⇨ 範例)
複數 deadlocks

deadly [`dɛdlɪ] adj. ① 致死的, 致命的. ② 極有效的, 極透徹的. ③ 不共戴天的, 殊死的. ④ 死一般的, 枯燥乏味的. ⑤ 極度的, 非常的.
——adv. ⑥ 死一般地. ⑦ 極度地, 非常地.
範例 ① a **deadly** weapon 兇器, 致命的武器.
He received a **deadly** wound in the battle. 他在那場戰役中身受致命傷.
That operation was **deadly** to him. 那次手術攸關他的性命.
② We listened to a **deadly** argument against smoking. 我們聽到一個對於吸菸正中要害的反對論點.
③ a **deadly** fight 殊死的決鬥.
④ The **deadly** calm was so frightening. 那死一般的沉寂真是令人害怕.
⑤ We were in **deadly** haste. 我們十萬火急.
⑥ He turned **deadly** pale. 他變得面無人色.
⑦ It was a **deadly** boring lecture. 那是一場無聊到極點的演講.
活用 adj. deadlier, deadliest

***deaf** [dɛf] adj. 聾的; 不願聽的, 不理睬的.
範例 The woman is **deaf** and dumb. 那名婦女又聾又啞.
He was **deaf** to the doctor's advice. 他不聽醫生的忠告.
The teachers turned a **deaf** ear to our complaints about school. 老師們不肯聽取我們對學校的抱怨.
活用 adj. deafer, deafest

deafen [`dɛfən] v. 使震耳欲聾, 使聽不見: She was almost **deafened** by the noise. 那個噪音幾乎使她震耳欲聾.
活用 v. deafens, deafened, deafened, deafening

deafness [`dɛfnɪs] n. 耳聾.

***deal** [dil] n., v.

原義	層面	釋義	範例
分給	被分的部分	n. 分量，程度	①
	有關工作	n. (政治上、買賣上的) 協議，交易	②
	紙牌	n. 發牌	③

——n. ④ 樅材，松材.

原義	層面	釋義	範例
分給	針對分給	v. 處理 (with); 買賣 (in)	⑤
	懲罰、打擊、毒品等	v. 給與; 交易; 懲處	⑥
	紙牌	v. 發	⑦

[範例] ① A great **deal** of time has been wasted on this project. 這項工程浪費了大量的時間.
I learned a good **deal** from my grandfather. 我從祖父那裡學到了很多.
"I studied math for two hours yesterday." "Big **deal!**"「昨天我讀了兩小時的數學.」「可真了不起啊!」(反諷語氣)
② Our company is trying to make a **deal** with an Australian company. 我們公司正打算與一家澳洲公司作買賣.
③ a new **deal** 重新發牌.
④ The table in the kitchen is made of **deal**. 廚房裡的餐桌是用樅木做的.
⑤ This situation is too difficult to **deal** with at this time. 目前要處理這種狀況相當困難.
The shop **deals** in women's clothes. 這家店賣女裝.
⑥ She **dealt** him a blow in the face. 她朝他臉上打了一拳.
Punishment was **dealt** out to the boy who had broken the window. 那個打破玻璃窗的男孩已受到懲罰.
⑦ Tom **dealt** to each player six cards. 湯姆發給每個打牌人6張牌.
[片語] *a good* 〔*great*〕 *deal* (*of*) 很多，大量. (⇨ [範例])
[活用] v. **deals**, **dealt**, **dealt**, **dealing**
dealer [ˋdilɚ] n. ① 經營者，商人. ② (紙牌的) 發牌者，莊家.
[範例] ① My uncle is a **dealer** in real estate. 我叔叔是一位房地產仲介商.
② This time I'm the **dealer**. 這次輪到我發牌.
[複數] **dealers**
dealing [ˋdilɪŋ] n. ① 買賣，交易; (對待人的) 行為. ② (~s) 交易，商業往來.
[範例] ① Our local butcher is known for his honest **dealing**. 我家附近的肉商因買賣誠實而出名.
② I've had **dealings** with him, but I don't know him very well. 我與他有過來往，但並不太瞭

解他.
[複數] **dealings**
*#**dealt** [dɛlt] v. deal 的過去式、過去分詞.
dean [din] n. ① (大學的) 學院院長. ② (大學的) 教務長. ③ (英國教會的) 主任牧師.
[複數] **deans**
*#**dear** [dɪr] adj., n., adv.

原義	層面	釋義	範例
心愛的	人	adj. 心愛的，親愛的，珍視的	①
		n. 心愛的人，可愛的人	②
	物	adj. 寶貴的，昂貴的，高價的	③
		adv. 昂貴地，高價地	④

——interj. ⑤ 哎呀! 噢!《表示驚奇、苦惱、不耐煩、失望等情緒》
[範例] ① She is very **dear** to me. 我非常愛她.
He's my **dearest** friend. 他是我最親密的朋友.
Dear Jane 親愛的珍《用於書信開頭，對男性和女性亦可分別作 Dear Sir和 Dear Madam》.
② I love you, my **dear**. 我愛你，親愛的.
③ Everything in this room is **dear** to me. 對我來說這個房間裡的任何東西都很珍貴.
That TV is so **dear**. Just forget it and buy the smaller one. 那臺電視機這麼貴，還是算了，買那臺小的吧.
④ Tom's marriage to a rich woman cost him **dear**; he lost all his freedom. 湯姆與有錢的女人結婚使他付出很高的代價，他失去了一切自由.
⑤ Oh, **dear**! I've forgotten the key. 啊，糟了! 我忘了帶鑰匙.
Dear! Dear! I'm sorry to hear you're so ill. 噢! 很遺憾聽到你病得那麼重.
➡ (充電小站) (p. 317)
[活用] adj. **dearer**, **dearest**
[複數] **dears**
dearly [ˋdɪrlɪ] adv. ① 熱切地，深切地. ② 昂貴地.
[範例] ① I love my family **dearly**. 我深愛我的家人.
I would **dearly** love to go back to London. 我熱切地想回倫敦.
② This arrangement was **dearly** arrived at. 這個協定是以昂貴的代價換來的.
dearth [dɝθ] n. 缺乏，不足: There is a **dearth** of things to do around here. 這附近幾乎沒事可做.
*#**death** [dɛθ] n. ① 死，死因《常用 be the death of 形式》; 滅亡. ② [D~] 死神.
[範例] ① His **death** was a shock to all of my family. 他的死對我們全家來說是一個打擊.
This man is at **death**'s door. 這個人正徘徊於鬼門關前.

D

The prisoner was put to **death** by hanging. 那名犯人被絞死.

I was always scared to **death** of my father. 我總是怕我父親怕得要死.

Smoking too much was the **death** of my uncle. 吸煙過量是我叔叔致死的原因.

The **death** of hope made him look very old. 希望的破滅使他顯得蒼老.

② **Death** is a skeleton wearing a black cloak and carrying a scythe. 死神是個身穿黑袍、手持大鐮刀的骷髏.

♦ **déath dùty** 〖英〗遺產稅(〖美〗death tax).
　déath màsk 依照死者臉孔製作的面具.
　déath ràte 死亡率.
　déath tràp 死亡陷阱《危險的場所或情況》.
　déath wàrrant ① 死刑執行狀. ② 致命的一擊.

☞ *adj.* dead, *v.* die
[複數] **deaths**

deathbed [`dɛθ͵bɛd] *n.* 臨終; 臨終所臥之床: The father finally forgave his son on his **deathbed**. 那個父親在臨終時才原諒他的兒子.

[片語] **on ~'s deathbed** 臨終之時. (⇨ [範例])
[複數] **deathbeds**

deathless [`dɛθ͵lɪs] *adj.* 不死的, 不朽的.

deathly [`dɛθlɪ] *adj.*, *adv.* 死一般的〔地〕; 非常的〔地〕.

debase [dɪ`bes] *v.* 貶低 (品格); 降低 (品質或價值).

[範例] They **debased** themselves by doing such things. 他們因為做了那樣的事而貶低了他們自己.

His integrity was **debased** by the public allegations of misconduct. 大眾對他行為不檢的指控貶低了他的正直.

[活用] *v.* **debases, debased, debased, debasing**

debasement [dɪ`besmənt] *n.* (品質的) 降低; (品格的) 低落: This scandal really represents the **debasement** of our morals. 這件醜聞真的證明了我們的道德低落.

debatable [dɪ`betəbl] *adj.* 可爭辯的, 有爭議的, 未決定的.

[範例] I don't agree with you about that matter because it is **debatable**. 關於那件事, 我不同意你, 因為它有爭議性.

It's a **debatable** point at best. 充其量它只是一個可爭辯的論點.

[活用] *adj.* **more debatable, most debatable**

*∗**debate** [dɪ`bet] *v.* ① 辯論, 爭論. ② 深思熟慮.
——*n.* ③ 辯論, 爭論. ④ 辯論會.

[範例] ① I **debated** with my friends about the matter. 我與朋友爭論那件事情.

② She was **debating** whether to accept his offer. 她在審慎考慮是否接受他的求婚.

③ They are in **debate** in Parliament. 他們正在國會進行辯論.

④ The presidential candidates held a TV

debate. 總統候選人們舉行了一場電視辯論會.

[活用] *v.* **debates, debated, debated, debating**

debauchery [dɪ`bɔtʃərɪ] *n.* 放蕩, 淫逸.

debilitate [dɪ`bɪlə͵tet] *v.* 使衰弱.

[活用] *v.* **debilitates, debilitated, debilitating**

debility [dɪ`bɪlətɪ] *n.* (因疾病而) 衰弱.

debit [`dɛbɪt] *n.* ① 借方 (記錄) 《會計用語》.
——*v.* ② 記入借方.

☞ ↔ credit

[活用] *v.* **debits, debited, debited, debiting**

debris [də`bri; 〖英〗`debri] *n.* 殘骸, 瓦礫, 碎片: Most meteor showers are believed to be produced by the **debris** of comets. 人們認為絕大多數的流星雨是由彗星的殘骸形成的.

*∗**debt** [dɛt] *n.* ① 借款, 債務. ② 情義, 恩惠.

[範例] ① I owe him a **debt** of $100. 我欠他100美元.

I'm in **debt** to him for $5,000. 我欠他多達5,000美元.

② I will be forever in your **debt** if you help me now. 如果你現在幫我, 我將一輩子欠你的人情.

[片語] **in debt to ~/in ~'s debt** 欠~錢; 欠~的人情. (⇨ [範例] ① ②)
[複數] **debts**

debtor [`dɛtɚ] *n.* 債務人, 借方; 受恩惠的人: I am your **debtor**. 我是你的債戶.

[複數] **debtors**

debut [de`bju] *n.* 初次露面《指首次進入社交界、初次登臺、初次演出等》: She made her **debut** four years ago. 她4年前初次作社交性的露面.

[複數] **debuts**

debutante [͵dɛbju`tɑnt] *n.* 首次進入社交界的年輕女子; 首次登臺的女演員.

[複數] **debutantes**

*∗**decade** [`dɛked] *n.* 10年, 10年間: I think the world will change greatly in the next few **decades**. 我認為今後數10年間世界將會有相當大的變化.

[字源] 希臘語的 deka (10).
[複數] **decades**

decadence [dɪ`kedns] *n.* (19世紀末文藝、藝術的) 頹廢期, 衰落.

decadent [dɪ`kednt] *adj.* 頹廢的, 衰落的.

[活用] *adj.* **more decadent, most decadent**

decaffeinated [di`kæfɪ͵netɪd] *adj.* 不含咖啡因的: **decaffeinated** coffee 不含咖啡因的咖啡.

decant [dɪ`kænt] *v.* (將酒等) 倒入其他容器.

[活用] *v.* **decants, decanted, decanted, decanting**

decanter [dɪ`kæntɚ] *n.* 細頸酒瓶《通常用來裝葡萄酒, 且附有瓶塞》.

[複數] **decanters**

decapitate [dɪ`kæpə͵tet] *v.* 斬首.

充電小站

同音異義字 (homophones)

【Q】英文裡有哪些字發音相同但拼法不同呢?

【A】這類讀音相同但意義不同的字稱為「同音異義字」;而發音相同但意義、拼法不同的字則稱為「同音異形異義字」。

下面列舉一些字例:

ail (使煩惱) —ale (麥芽酒)
air (空氣) —heir (繼承人)
ate (eat 的過去式) —eight (8)
bare (赤裸的) —bear (熊)
chute (斜槽, 滑運道) —shoot (射)
cite (引用) —sight (看見) —site (位置; 地基)
cue (暗示) —queue (隊伍)
dear (親愛的人) —deer (鹿)
die (死) —dye (染)
eye (眼睛) —I (我)
feat (功績) —feet (腳)
flour (麵粉) —flower (花)
gate (大門) —gait (步態)
heal (治癒) —heel (腳跟)
hear (聽見) —here (這裡)
hour (小時) —our (我們的)
in (在～裡) —inn (小旅館)
knew (know 的過去式) —new (新的)
knight (騎士) —night (夜晚)
know (知道) —no (表示否定的字)
mail (郵政) —male (男性的)
meat (肉) —meet (會見)
one (一個) —won (win 的過去式)
pail (提桶) —pale (蒼白的)
pair (一對) —pear (梨)
peace (和平) —piece (一片)
pray (祈求) —prey (捕獲物)
rain (雨) —reign (統治) —rein (韁繩)

read (讀) —reed (蘆葦)
right (右) —write (寫)
sail (帆) —sale (出售)
scene (景色) —seen (see 的過去分詞)
sea (海) —see (看)
sew (縫) —so (那樣地)
steal (偷) —steel (鋼)
straight (筆直的) —strait (海峽)
tail (尾巴) —tale (故事)
their (他們的) —there (那裡)
thyme (百里香) —time (時間)
vain (徒勞的) —vein (靜脈) —vane (風向標)
vale (溪谷) —veil (面紗)
wait (等待) —weight (重量)
way (道路) —weigh (有重量)
weak (弱的) —week (星期)

另外, 還有拼法完全相同但意義完全不同的字, 這類字稱為「同形異義字」。

bank (銀行) —bank (堤)
bark (樹皮) —bark (吠)
can (能) —can (罐)
long (長的) —long (渴望)
pupil (學生) —pupil (瞳孔)
race (競爭) —race (種族)
saw (see 的過去式) —saw (鋸子; 鋸) —saw (諺語, 格言)
sole (鞋底) —sole (鰈魚)

我們用 saw (see 的過去式) 和 saw (鋸子; 鋸) 可造出以下的結構嗎?

I saw a saw saw a saw.
(我看到一把鋸子在鋸另一把鋸子。)

➡ 充電小站 (p. 229)

活用 v. **decapitates**, **decapitated**, **decapitated**, **decapitating**

decathlon [dɪ`kæθlɑn]

n. 10項全能競賽 (100公尺、400公尺、1,600公尺賽跑、110公尺跨欄、跳遠、跳高、撐竿跳、鉛球、鐵餅、標槍等10項)。

[decanter]

***decay** [dɪ`ke] v. ① (使) 腐爛; 蛀壞 (牙齒); 蛀牙的部分。② (使) 衰退。
——n. ③ 腐爛, 衰退。

範例 ① Sugar **decays** the teeth. 吃糖會蛀牙。
② The old woman's memory has been **decaying**. 那位老婦人的記憶力已逐漸衰退。
③ Dental **decay** was once believed to be caused by "teeth worms." 蛀牙曾經被認為是由「牙蟲」所引起的。

活用 v. **decays**, **decayed**, **decayed**, **decaying**

deceased [dɪ`sist] adj. 死去的: His **deceased** father left him a large sum of money. 他死去的父親留給他一大筆錢。

***deceit** [dɪ`sit] n. ① 詭計, 謊言: I'm sick and tired of your **deceit**! 我已經聽夠了你的謊言!
② 欺騙。
複數 **deceits**

deceitful [dɪ`sitfəl] adj. 騙人的, 詐欺的。

範例 He is not a **deceitful** man, and he is trusted by his friends. 他不是一個騙子, 而且得到朋友們的信賴。
His shabby appearance is **deceitful**; he's really a millionaire. 他衣衫襤褸的外表容易矇騙別人, 但實際上他是一個百萬富翁。

活用 adj. **more deceitful**, **most deceitful**

deceitfully [dɪ`sitfəlɪ] adv. 騙人地, 詐欺地。

活用 adv. **more deceitfully**, **most deceitfully**

deceitfulness [dɪ`sitfəlnɪs] n. 不老實, 詐欺。

deceive [dɪ`siv] v. 欺騙.
　[範例] If you **deceive** me, I`ll never trust you again. 如果你騙我，我將永遠不再相信你.
　I **deceived** the immigration officer with my fake passport. 我用假護照欺騙移民局官員.
　[活用] v. **deceives**, **deceived**, **deceived**, **deceiving**
deceiver [dɪ`sivɚ] n. 騙子，詐騙者.
　[複數] **deceivers**
Dec./Dec《縮略》＝December（12月）.
December [dɪ`sɛmbɚ] n. 12月《略作 Dec.》.
　[範例] The shortest days fall in **December**. 一年當中白晝時間最短的一天是在12月.
　Christmas day is on **December** 25. 聖誕節是12月25日.《December 25 讀作 December twenty-fifth 或 December the twenty-fifth》
　[字源] 拉丁語 decem (10). December 為「第10個月」之意. 羅馬的舊曆一年分為10個月，因從 March（3月）開始，後加進 January 和 February，因此一年便形成了12個月.
　➡ 〔充電小站〕(p. 817)
decency [`disnsɪ] n. ① 體貌，規矩. ②〔~ies〕禮儀，禮教規範.
　[範例] ① She had the **decency** to apologize for arriving so late. 她禮貌地為自己的遲到致歉.
　② He doesn`t always observe the **decencies**. 他並非總是遵守禮教.
　[複數] **decencies**
decent [`disnt] adj. ① 文雅的，正派的. ② 過得去的，尚可的. ③ 寬容的，仁慈的，親切的.
　[範例] ① No **decent** man would do such a thing. 正派的人是不會做那種事的.
　② I get a **decent** salary as a principal. 身為校長，我的薪水還不錯.
　③ How **decent** of you to take me out on my birthday! 我生日那天你帶我出去，真是親切!
　[活用] adj. **more decent**, **most decent**
decently [`disntlɪ] adv. ① 得體地. ② 過得去地. ③ 寬容地.
　[活用] adv. **more decently**, **most decently**
decentralization [ˌdisɛntrələ`zeʃən] n. 地方分權; 分散，疏散.
　[參考]《英》decentralisation.
deception [dɪ`sɛpʃən] n. ① 欺騙. ② 詭計.
　[範例] ① He practiced **deception** on the public, and was elected mayor. 他因為欺騙社會大眾而當選市長.
　② The audience on the street detected the man`s **deception**. 街上的觀眾識破了那個男子的詭計.
　[複數] **deceptions**
deceptive [dɪ`sɛptɪv] adj. 騙人的，不可靠的: Appearances are **deceptive**. 人不可貌相.
　[活用] adj. **more deceptive**, **most deceptive**
deceptively [dɪ`sɛptɪvlɪ] adv. 騙人地，不可靠地.
　[活用] adv. **more deceptively**, **most**

deceptively
decibel [`dɛsəˌbɛl] n. 分貝《音量大小的單位》.
　[複數] **decibels**
decide [dɪ`saɪd] v. ① 下決心，決定. ② 下結論，判斷，認為. ③ 判決.
　[範例] ① I **decided** not to meet her again. 我決定再也不見她了.
　I could not **decide** how to spend my holidays. 我無法決定怎樣度過我的假期.
　② I **decided** that it would cost far too much to build a new house. 我認為蓋一棟新房子太過貴了.
　③ The judge **decided** against the defendant. 那位法官作出不利於被告的判決.
　The judge **decided** for the plaintiff. 那位法官作出有利於原告的判決.
　[片語] **decide against** 作出（對～）不利的判決.（⇨ [範例] ③）
　decide for 作出（對～）有利的判決.（⇨ [範例] ③）
　[活用] v. **decides**, **decided**, **decided**, **deciding**
decided [dɪ`saɪdɪd] adj. ① 明確的，明顯的，無疑的. ② 堅決的，堅定的.
　[範例] ① There was a **decided** change for the better in the patient`s condition. 那位病人的病情有了明顯的好轉.
　② He is a man of very **decided** opinions. 他是一個非常堅持己見的人.
　[片語] **a decided change for the better** 明顯的好轉.（⇨ [範例] ①）
　[活用] adj. **more decided**, **most decided**
decidedly [dɪ`saɪdɪdlɪ] adv. 明確地，無疑地: Whenever the teacher called the roll, he answered **decidedly**. 每當那位老師點名時，他總是明確地回答.
　[活用] adv. **more decidedly**, **most decidedly**
deciduous [dɪ`sɪdʒuəs] adj. 落葉的《☞ ↔ evergreen》.
decimal [`dɛsəml] adj. ① 10進位的，小數的.
　——n. ② 小數: a repeating **decimal** 循環小數.
　♦ **dècimal fráction** 小數.
　dècimal póint 小數點《亦作 point》.
　décimal sỳstem 10進位制.
　[字源] 拉丁語 decem (10).
　[複數] **decimals**
decimalization [ˌdɛsəmlˌaɪ`zeʃən] n. 採用10進位制.
decimate [`dɛsəˌmet] v.（古羅馬軍隊以抽籤方式）處死（反叛士兵等）的1/10;（瘟疫、戰爭等）毀滅多數人.
　[活用] v. **decimates**, **decimated**, **decimated**, **decimating**
decipher [dɪ`saɪfɚ] v. 譯解，破解; 解讀: The girl **deciphered** the secret message. 那個女孩破解了那個祕密訊息.
　[活用] v. **deciphers**, **deciphered**, **deciphered**, **deciphering**
decision [dɪ`sɪʒən] n. ① 決定，結論. ②（法庭

的）判決，（審判的）判定. ③ 決斷力.

範例 ① At restaurants I drive my friends crazy in taking so long to make a **decision** about what to eat. 我上餐館得花很長的時間才能決定要吃甚麼，這讓我的朋友們都非常受不了.
② The judge gave his **decision** about the case. 那位法官對那件案子作出了判決.
③ He is a man of **decision**. 他是一個有決斷力的人.

複數 decisions

***decisive** [dɪˋsaɪsɪv] *adj.* ① 決定性的. ② 堅決的，果斷的，堅定的. ③ 明確的，明顯的.

範例 ① Weather was a **decisive** influence upon the crops. 天氣給這些農作物帶來了決定性的影響.
② He had a **decisive** answer about the matter. 他對於那件事情有一個果斷的答覆.
③ Living in a city has **decisive** advantages, such as transportation. 住在城市裡有明顯的好處，例如交通運輸.

活用 *adj.* **more decisive, most decisive**

decisively [dɪˋsaɪsɪvlɪ] *adv.* 決定性地，斷然地.

活用 *adv.* **more decisively, most decisively**

deck [dɛk] *n.* ① 甲板. ②（公車、火車車廂的）地板. ③〖美〗（紙牌的）一副（〖英〗pack）. ④ 錄音座《亦作 tape deck》.
—— *v.* ⑤ 裝飾.

範例 ① the upper **deck** 上層甲板.
the lower **deck** 下層甲板.
the main **deck** 主甲板.
② the top **deck**（公車的）上層.
③ a **deck** of cards 一副紙牌.
⑤ The room was **decked** out with flowers. 這個房間裝飾著花朵.

片語 ***be decked out with*** 裝飾；裝扮. (⇨ 範例 ⑤)
clear the decks (清理甲板) 準備戰鬥，準備行動.
hit the deck ① 起床；準備開始行動. ②（因危險等）趴倒在地上.

♦ **déck chàir** 折疊式躺椅.
déck hòuse 甲板室《甲板上的小房間》.
déck pàssenger 甲板船客，三等船客.

複數 decks

活用 *v.* **decks, decked, decked, decking**

***declaration** [ˌdɛkləˋreʃən] *n.* ① 宣言；聲明. ②（關稅的）申報，申報單.

範例 ① the **declaration** of peace 和平宣言.
a **declaration** of war 宣戰（書）.
② At the customs you must make a **declaration** of what you bought abroad. 在海關，你必須申報在國外所購買的物品.
a **declaration** of income 所得（稅）申報.

♦ **the Declaràtion of Indepéndence** 美國獨立宣言.

複數 declarations

***declare** [dɪˋklɛr] *v.* ① 宣告，宣布. ② 聲明，斷言. ③（向稅務機關、海

關）申報.

範例 ① The party **declared** against war. 那個政黨宣告反戰立場.
We **declare** Mr. Brown elected. 我們宣布布朗先生當選.
② He **declared** himself innocent. 他聲明自己是無辜的.
③ Do you have anything to **declare**? 你有甚麼要申報的嗎?

片語 ***declare ~self*** ① 發表意見: I declared **myself** to the audience. 我向聽眾表態. ② 表明身分: He **declared himself** to be a member of their party. 他表明他是他們的黨員.

活用 *v.* **declares, declared, declared, declaring**

***decline** [dɪˋklaɪn] *v.* ① 衰落；（物價、產量等）下跌；下垂；（土地等）傾斜. ② 拒絕，婉拒.
—— *n.* ③ 衰弱；下跌；減少.

範例 ① The path **declines** toward the shore. 那條小路向海岸傾斜.
② I **declined** his invitation. 我婉拒了他的邀請.
③ Her brother studied the **decline** of the British Empire. 她哥哥研究了大英帝國的衰落.

活用 *v.* **declines, declined, declined, declining**

decode [diˋkod] *v.* 解碼.

活用 *v.* **decodes, decoded, decoded, decoding**

decompose [ˌdikəmˋpoz] *v.* 分解（成分）；（使）腐爛: A prism **decomposes** sunlight. 三稜鏡分解太陽光線.

字源 de（反）＋compose（構成）.

活用 *v.* **decomposes, decomposed, decomposed, decomposing**

decomposition [ˌdikɑmpəˋzɪʃən] *n.* 分解；腐爛.

decor [deˋkɔr] *n.*（房間、家具等的）裝潢；舞臺布置.

複數 decors

***decorate** [ˋdɛkəˌret] *v.* ① 裝飾. ② 室內裝潢《如粉刷、塗油漆、貼壁紙等》. ③ 授勳.

範例 ① They **decorated** the table with flowers. 他們用花裝飾桌子.
② He **decorated** the bedroom yesterday. 他昨天粉刷臥室的牆壁.
③ The king **decorated** the soldier for bravery. 國王授予那個士兵勳章以表彰其英勇事蹟.

活用 *v.* **decorates, decorated, decorated, decorating**

***decoration** [ˌdɛkəˋreʃən] *n.* ① 裝飾；〔~s〕裝飾品. ② 勳章.

範例 ① The **decoration** of the room took two hours. 那個房間的裝飾花了兩個小時.
He bought some Christmas **decorations**. 他買了一些聖誕節裝飾品.
② He was wearing a **decoration**. 他佩戴著勳章.

複數 decorations

D

decorative [`dɛkə,retɪv] adj. 裝飾用的，裝飾性的: **decorative** design 裝飾圖案.
[活用] adj. more **decorative**, most **decorative**

decorator [`dɛkə,retə] n. 裝飾者，室內裝潢業者《亦作 interior decorator》.
[複數] **decorators**

decorum [dɪ`korəm] n. (舉止的) 端莊得體; [~s] 禮節: One must have a sense of **decorum** at such diplomatic parties. 在這樣的外交晚會上任何人舉止要端莊得體.
[複數] **decorums**

decoy [n. `dikɔɪ; v. dɪ`kɔɪ] n. ① 誘餌; 媒鳥《誘捕野生鳥類用的活鳥或木製鳥》. ② 誘惑物; 圈套.
——v. ③ 用媒鳥引誘; 誘騙.
[複數] **decoys**
[活用] v. **decoys**, **decoyed**, **decoyed**, **decoying**

＊**decrease** [v. dɪ`kris; n. `dikris] v. ① (使) 減少, (使) 降低.
——n. ② 減少; 降低.
[範例] ① Cancer deaths should **decrease** in the future as mecical knowledge and treatment improve. 因為醫學知識與治療方法的進步, 將來癌症死亡人數應該會減少.
② a **decrease** in unemployment 失業率的降低
The circulatior of our newspaper is on the **decrease**. 我們報紙的發行量在減少當中.
[片語] **on the decrease** 逐漸減少, 在減少中. (⇨ [範例] ②)
☞ ↔ increase
[活用] v. **decreases**, **decreased**, **decreased**, **decreasing**
[複數] **decreases**

decree [dɪ`kri] n. ① 法令, 命令; (法院的) 判決.
——v. ② 命令, 規定.
[範例] ① Julius Caesar issued a **decree** that every fourth year, starting with 45 B.C., was to be designated a leap year. 凱撒頒布政令規定, 從西元前45年起每隔4年為一個閏年.
② Julius Caesar **decreed** that the first day of the year should be January 1. 凱撒規定一年中的第一天為1月1日.
[活用] v. **decrees**, **decreed**, **decreed**, **decreeing**

decrepit [dɪ`krɛpɪt] adj. (人) 衰老的; (建築物等) 破舊的.

＊**dedicate** [`dɛdə,ket] v. 致力於; 奉獻; 呈獻 (著作, 曲等).
[範例] The professor **dedicated** his life to the teaching of mathematics. 那位教授畢生致力於數學教學.
The writer **dedicated** his new book to his wife. 那位作者把他的新書獻給他太太.
The king **dedicated** a new church to God. 國王建了一座新教堂獻給上帝.
[活用] v. **dedicates**, **dedicated**, **dedicated**, **dedicating**

dedication [,dɛdə`keʃən] n. 奉獻; 呈獻; 獻辭: Florence Nightingale is considered the founder of modern nursing because of her **dedication** to the care of war victims during the Crimean War. 佛羅倫斯‧南丁格爾因為在克里米亞戰爭中獻身於照護傷患, 而被認為是現代護理的創始人.
[複數] **dedications**

deduce [dɪ`djus] v. 推論, 推斷, 演繹: The detective **deduced** that Richard committed the crime. 那位警探推論是理查犯了罪.
[活用] v. **deduces**, **deduced**, **deduced**, **deducing**

deduct [dɪ`dʌkt] v. 扣除: Income tax is automatically **deducted** from my salary. 所得稅會自動從我的薪水中扣除.
[活用] v. **deducts**, **deducted**, **deducted**, **deducting**

deduction [dɪ`dʌkʃən] n. ① 推論, 推理. ② 扣除; 扣除額. ③ 演繹法《由一般原理推出特殊原理或事實的方法》.
[範例] ① Your **deduction** that John killed the cat was correct. 你推論約翰殺死那隻貓是正確的.
② a **deduction** of 10% as tax 10%的稅款扣除額.
☞ ↔ ③ induction
[複數] **deductions**

＊**deed** [did] n. ① 行為, 行動《與言論相對》: Saving the drowning girl was a brave **deed**. 救起那溺水的女孩是勇敢的行為. ② 證書, 契約.
[複數] **deeds**

＊**deem** [dim] v. 認為: The general **deemed** it unwise to start the war. 那位將軍認為發動戰爭是不明智的.
[活用] v. **deems**, **deemed**, **deemed**, **deeming**

＊**deep** [dip] adj., adv.

原義	層面	釋義	範例
深的	物理上的距離	深的, 縱深~的; 深深地	①
		有~深的	②
	心理上的距離	深厚的, 強烈的	③
	程度、性質	深陷地, 深入地, 強烈地	④
	意義	深奧的, 難懂的	⑤
	顏色	深的	⑥
	聲音	深沉的, 低沉的	⑦

——n. ⑧ [the ~] 海.

① The well is **deep**. 那口井很深.
They dug a very **deep** well. 他們挖了一口很深的井.
Bury the bulbs a little **deeper**. 把那些球莖植物埋得深一點.
Still waters run **deep**. 《諺語》靜水流深; 大智若愚.
② The sea is 2,000 meters **deep**. 海有2,000公尺深.
The box is 6 feet high, 8 feet wide, and 2 feet **deep**. 這個箱子高6呎、寬8呎、縱深2呎.
③ He could not express in words his **deep** love for her. 他無法用言語來表達對她深深的愛.
She fell into a **deep** sleep. 她已酣睡了.
④ I can tell by the look on his face that he's **deep** in thought. 看他的表情我便知道他在沉思中.
He often drinks **deep**. 他經常痛飲.
I sat up **deep** into the night. 我熬夜至深夜.
⑤ His poetry is too **deep** for me to understand. 他的詩對我來說太深奧了, 我無法理解.
⑥ Her dress was **deep** green. 她的衣服是深綠色的.
⑦ The singer has a **deep** voice. 那位歌手有著低沉的嗓音.

[片語] **go off the deep end** 勃然大怒.
in deep water (因無法償還借款等) 深陷困境地, 遇到麻煩地: The governor is **in deep water** over the development plan. 那位州長在那項開發計畫上遇到麻煩.
the deep end 最困難的部分.
♦ **dèep-séated** (信念、問題等) 根深蒂固的: a **deep-seated** distrust 根深蒂固的不信任.
dèep thróat 告密者《源自水門事件中揭發尼克森政府醜聞之人的匿名》.

[活用] adj. **deeper**, **deepest**
[複數] **deeps**

deepen [`dipən] v. ① (使) 變深, 加深. ② (使) (顏色) 變深; (使) (聲音) 變低沉.

[範例] ① We shall **deepen** this hole so that the treasure will be safe from anyone who might try to find it. 我們要把這個洞挖得更深, 如此金銀財寶才不會被尋找的人發現.
Their anxiety **deepened** as time passed. 他們的不安隨著時間的流逝變得更加強烈.
② **Deepen** the bass on the stereo when you listen to rock. 聽搖滾樂時, 你要增強立體音響的低音.

[活用] v. **deepens**, **deepened**, **deepened**, **deepening**

deeply [`diplɪ] adv. ① (程度) 深深地, 強烈地: We are **deeply** touched by your kind words. 我們被你親切的言語深深感動. ② (顏色) 濃地, (聲音) 低沉地.

[活用] adv. **more deeply**, **most deeply**

deepness [`dipnɪs] n. ① 深, 深度. ② (顏色) 深濃, (聲音) 低沉. ③ 深遠.

deer [dɪr] n. 鹿.

[參考] (1)鹿科食草類, 雄鹿在春天換鹿角 (antlers), 到了秋天雄鹿之間用鹿角進行交戰, 獲勝一方率領眾多雌鹿形成一群. (2)雄鹿為 stag、hart、buck, 雌鹿為 hind、doe, 幼鹿為 fawn.

[複數] **deer**

deface [dɪ`fes] v. 損傷外貌; 註銷 (郵票、債券等): Many of the walls of the temples were **defaced** with graffiti. 許多寺廟的牆壁都被塗鴉得面目全非.

[活用] v. **defaces**, **defaced**, **defaced**, **defacing**

defacement [dɪ`fesmənt] n. 損傷外觀; 塗掉; 註銷.

defamation [ˌdɛfə`meʃən] n. 中傷, 詆毀名譽.

defame [dɪ`fem] v. 中傷, 詆毀 (某人).

[活用] v. **defames**, **defamed**, **defamed**, **defaming**

default [dɪ`fɔlt] n. ① 不履行, 怠忽 (義務、債務等). ② (競賽) 不出場, 棄權; (法院開庭時) 不出庭.
—— v. ③ 不履行 (義務). ④ 棄權; 不出庭.

[範例] ① Any **default** on our loan repayments may mean we will lose everything. 不能償還貸款意味著我們將失去一切.
② We won by **default** when the opposing team failed to show up. 因為對方 (的球隊) 棄權, 我們不戰而勝.
③ If you **default** on this loan, the bank won't lend us money in the future. 如果你不償還這筆債務, 將來銀行就不會貸款給我們.

[片語] **in default of** 由於缺少: **In default of** interest, the meeting has been cancelled. 由於缺少關注, 那場會議被取消了.

[活用] v. **defaults**, **defaulted**, **defaulted**, **defaulting**

*__defeat__ [dɪ`fit] v. ① 擊敗 (對手、敵人等), (計畫、希望等) 受挫.
—— n. ② 擊敗; 敗北, 失敗.

[範例] ① The French team **defeated** our team by two goals. 法國隊以兩球之差擊敗我們的球隊.
Our plan was **defeated** by lack of money. 我們的計畫因為缺錢而受挫.
② The government forces suffered a serious **defeat** in a battle with the guerillas. 政府軍隊在與游擊隊的戰鬥中遭到慘敗.
The man did not admit his **defeat**. 那個男子不承認失敗.

[活用] v. **defeats**, **defeated**, **defeated**, **defeating**

[複數] **defeats**

*__defect__ [dɪ`fɛkt] n. ① 缺點, 短處.
—— v. ② 叛變, 背叛, 脫黨 (from).

[範例] ① I'm going to return this computer because it has a **defect**. 這臺電腦有缺陷, 我要退貨.
② The statesman **defected** from his party. 那位

政治家背叛了他的政黨.

複數 **defects**

活用 v. **defects**, **defected**, **defected**, **defecting**

defection [dɪˋfɛkʃən] n. 叛變, 背叛: He was never forgiven for his **defection** to the other side. 他因為叛逃到敵方, 故從未得到寬恕.

複數 **defections**

defective [dɪˋfɛktɪv] adj. 有缺陷的: This car is **defective**. 這輛車有缺陷.

活用 adj. more **defective**, most **defective**

defector [dɪˋfɛktɚ] n. 背叛者, 變節者: He was a **defector** from the opposition party. 他從反對黨那裡叛逃而來.

複數 **defectors**

*__defence__ [dɪˋfɛns] =n. 『美』defense.

defenceless [dɪˋfɛnslɪs] =adj. 『美』defenseless.

*__defend__ [dɪˋfɛnd] v. ① 守衛, 防禦. ② 為(被告)辯護, 抗辯.

範例 ① The soldiers **defended** the castle against the enemy. 那些軍人保衛著城堡抵禦敵人.

I'll **defend** my home and family if I have to. 如果有必要, 我會保護我的房子和家人.

② I cannot **defend** my actions; they're inexcusable. 我不能為我的行為抗辯, 因為那些行為根本不可原諒.

活用 v. **defends**, **defended**, **defending**

defendant [dɪˋfɛndənt] n. 被告: The **defendant** is charged with theft. 被告被控偷竊.

複數 **defendants**

defender [dɪˋfɛndɚ] n. 防禦者; 辯護人.

複數 **defenders**

*__defense__ [dɪˋfɛns] n. ① 防禦, 防衛, 防守; 防守方. ② 防禦物, 防禦措施. ③ (辯護人的)辯護, (被告的)答辯.

範例 ① Offense is the best **defense**.《諺語》進攻是最好的防禦.

The English **defense** was weak. 英格蘭隊的防守很薄弱.

② We have no **defense** against nuclear weapons. 我們對核武沒有任何防禦措施.

③ Her **defense** of the project wasn't good enough, and the boss decided to cancel it. 由於他對那項計畫的辯護不夠充分, 所以上司決定中止那項計畫.

I spoke to my parents in **defense** of my brother. 我在父母親面前為弟弟辯護.

片語 **in defense of** 為~辯護; 為~防禦. (⇒ 範例 ③)

參考 『英』defence.

發音 ①『美』亦作 [ˋdifɛns].

☞ ① ↔ offense

複數 **defenses**

defenseless [dɪˋfɛnslɪs] adj. 無防備的, 無自衛能力的: The **defenseless** old man was

beaten and robbed. 那個毫無自衛能力的老人遭到毆打和搶劫.

defensible [dɪˋfɛnsəbl] adj. 可防禦的, 可辯解的: There's nothing **defensible** about what you did; you should be ashamed! 你所做的事是絲毫不可辯解的, 你應該感到羞愧!

活用 adj. more **defensible**, most **defensible**

defensive [dɪˋfɛnsɪv] adj. ① 防禦的. ② 自衛的; 自我防護的.

—n. ③〔the ~〕防禦; 守勢; 辯護.

範例 ① Is the Sino-Japanese War offensive warfare or **defensive** warfare? 中日之戰是侵略性的戰爭, 還是防禦性的戰爭?

③ Her sharp criticism put me on the **defensive**. 她那尖銳的批評迫使我為自己辯護.

片語 **on the defensive** 採取防禦姿態, 處於守勢. (⇒ 範例 ③)

put ~ on the defensive 使處於防禦地位〔守勢〕. (⇒ 範例 ③)

☞ ↔ offensive

活用 adj. more **defensive**, most **defensive**

defensively [dɪˋfɛnsɪvlɪ] adv. ① 防禦性地, 防守地. ② 自衛地.

活用 adv. more **defensively**, most **defensively**

*__defer__ [dɪˋfɝ] v. ① 拖延: Let's **defer** making a decision until we have all of the facts. 直到我們掌握所有的事實後再作決定吧! ② 順從(to): We all **deferred** to Mother. 我們全都順從母親.

活用 v. **defers**, **deferred**, **deferred**, **deferring**

*__deference__ [ˋdɛfərəns] n. 順從; 尊敬.

*__defiance__ [dɪˋfaɪəns] n. (公然的)反抗; 藐視.

範例 Breaking school rules is an act of **defiance**. 違反校規是一種反抗行為.

He continued to smoke in **defiance** of the doctor's warning. 他不顧醫生的告誡繼續抽菸.

片語 **in defiance of** 不顧, 藐視. (⇒ 範例)

defiant [dɪˋfaɪənt] adj. 反抗的, 挑戰的: The boy left the room with a **defiant** look at his father. 那個男孩以反抗的眼神看了他父親一眼, 隨即離開房間.

活用 adj. more **defiant**, most **defiant**

defiantly [dɪˋfaɪəntlɪ] adv. 反抗地, 挑戰地.

活用 adv. more **defiantly**, most **defiantly**

deficiency [dɪˋfɪʃənsɪ] n. 不足, 缺乏.

範例 vitamin **deficiency** 缺乏維生素.

deficiencies of housing 住宅不足.

複數 **deficiencies**

deficient [dɪˋfɪʃənt] adj. 缺乏的, 不足的: Junk food is **deficient** in nutrition. 垃圾食物缺乏營養.

☞ ↔ sufficient

活用 adj. more **deficient**, most **deficient**

deficit [ˋdɛfəsɪt] n. 不足; 虧損, 赤字.

範例 a **deficit** in revenue 歲入不足.

a **deficit** of $5 million 500萬美元的赤字.

trade **deficits** 貿易赤字.

☞ ↔ surplus

[複數] **deficits**

defile [dɪ`faɪl] v. 弄髒，污染；玷污，褻瀆.

[範例] The river was **defiled** by a lot of poisonous waste from the factory. 這條河被工廠排出的大量有毒的廢棄物污染了.

Such comic books **defile** the minds of their young readers. 那樣的漫畫書腐蝕年輕讀者的心靈.

[活用] v. **defiles**, **defiled**, **defiled**, **defiling**

***define** [dɪ`faɪn] v. ① 下定義. ② 確定界限. ③ 使輪廓分明《常用 be defined against 形式》.

[範例] ① An abstract word is hard to **define**. 抽象的字很難下定義.

② The river **defines** the border between the two countries. 那條河確定了兩國的界限.

③ As the sun rose, Mt. Ali was **defined** against the blue sky. 太陽升起，阿里山在蔚藍天空的襯托下顯得輪廓分明.

[活用] v. **defines**, **defined**, **defined**, **defining**

***definite** [`dɛfənɪt] adj. 明顯的；確信的.

[範例] He made a **definite** mistake. 他犯了一個明顯的錯誤.

I felt **definite** about your success. 我確信你會成功.

♦ **définite árticle** 定冠詞.

[活用] adj. **more definite**, **most definite**

definitely [`dɛfənɪtlɪ] adv. ① 明確地. ② 無疑地. ③ 的確.

[範例] ① When he asked her name, she answered **definitely**. 當他問她姓名時，她明確地回答.

② This is **definitely** the best novel I have ever read. 在我所看過的小說中，這本無疑是最好的.

③ "Is Bob coming?" "**Definitely!**" 「鮑伯會來嗎?」「當然!」

[參考] ③ 與 yes, certainly 等一樣，用作對問題的答覆, 如果與 not 等表示否定的字連用, 即表「肯定不」之意. 在這範例中, 如果答作 "Definitely not!" 就成了「肯定不會來.」之意.

[活用] adv. **more definitely**, **most definitely**

***definition** [,dɛfə`nɪʃən] n. ① 定義. ② 限定, 明確. ③ 清晰度.

[範例] ① This dictionary gives the **definition** of an abstract idea definitely. 這本辭典給抽象概念確切地下定義.

③ The picture has good **definition**. 這張照片很清晰.

[片語] **by definition** 當然；按照定義.

[複數] **definitions**

definitive [dɪ`fɪnətɪv] adj. ① 最後的, 決定性的. ② 最正確的, 最正確的.

[範例] ① We don't have a **definitive** treatment for AIDS. 我們對愛滋病沒有最終的治療法.

② He has written the **definitive** biography of William Wordsworth. 他已完成了威廉・渥茲華斯最可靠的傳記.

[活用] adj. **more definitive**, **most definitive**

deflate [dɪ`flet] v. ① 放掉 (輪胎、氣球等的) 空氣. ② 緊縮 (通貨).

[活用] v. **deflates**, **deflated**, **deflated**, **deflating**

deflation [dɪ`fleʃən] n. ① 放掉空氣. ② 通貨緊縮.

[複數] **deflations**

deflect [dɪ`flɛkt] v. 使 (光線) 折射；使 (子彈等) 偏斜, 使屈折；使轉向.

[活用] v. **deflects**, **deflected**, **deflected**, **deflecting**

deflection [dɪ`flɛkʃən] n. 偏斜,（光的）曲折.

[複數] **deflections**

deforest [dɪ`fɔrɪst] v. 砍伐森林.

[活用] v. **deforests**, **deforested**, **deforested**, **deforesting**

deform [dɪ`fɔrm] v. 使變形；使變醜.

[範例] Heat **deforms** most substances. 熱使大部分的物質變形.

My cat has a **deformed** leg. 我的貓有一隻畸形腳.

Pain **deformed** his face. 疼痛使他的臉變形.

[字源] de (反) + form (成形).

[活用] v. **deforms**, **deformed**, **deformed**, **deforming**

deformation [,difɔr`meʃən] n. 變形；變醜.

deformity [dɪ`fɔrmətɪ] n. 畸形, 變形：The drug caused **deformities** in unborn babies. 那種藥造成胎兒畸形.

[複數] **deformities**

defraud [dɪ`frɔd] v. 騙取：We were **defrauded** of $1,000 by that con man. 我們被那個騙子騙走了1,000美元.

[活用] v. **defrauds**, **defrauded**, **defrauded**, **defrauding**

defrost [dɪ`frɔst] v. 除去 (冰箱的) 霜, 除去 (汽車擋風玻璃的) 冰或霜；解凍 (冷凍食品).

[活用] v. **defrosts**, **defrosted**, **defrosted**, **defrosting**

deft [dɛft] adj. 靈巧的《常與 at 連用》：This basketball player was **deft** at ball handling. 這位籃球選手控球很巧妙.

[活用] adj. **defter**, **deftest**

deftly [`dɛftlɪ] adv. 靈巧地.

[活用] adv. **more deftly**, **most deftly**

defunct [dɪ`fʌŋkt] adj. 已死的, 已滅絕的, 已廢除的.

defuse [dɪ`fjuz] v. 拆除 (炸彈的) 引信；解除危機.

[活用] v. **defuses**, **defused**, **defused**, **defusing**

***defy** [dɪ`faɪ] v. ① 公然反抗, 藐視. ② 挑戰, 挑激. ③《正式》抗拒, 不接受.

[範例] ① The child **defied** her father. 那個小孩反抗她父親.

② I **defy** you to solve this mathematical problem. 我挑激你看你能不能解出這道數

學題目.

③ This theory is so complicated it **defies** comprehension. 這個理論相當複雜令人難以理解.

活用 v. **defies, defied, defied, defying**

degenerate [v. dɪˋdʒɛnəˏret; adj., n. dɪˋdʒɛnərɪt] v. ① 退化；墮落，變壞：Their conversation **degenerated** into a quarrel. 他們的對話淪為爭吵.

——adj. ② 退化的；墮落的.

——n. ③ 墮落者；退化的事物.

活用 v. **degenerates, degenerated, degenerated, degenerating**

活用 adj. **more degenerate, most degenerate**

複數 **degenerates**

degradation [ˏdɛgrəˋdeʃən] n. ① 降級. ② 下降，退步.

範例 ① His **degradation** in rank also brought a reduction in pay. 他被降級了，並且被減薪.

② Years of heavy drinking caused a serious **degradation** of his mental abilities. 長年飲酒過量使他的思考力嚴重衰退.

複數 **degradations**

*degrade [dɪˋgred] v. ① 使降級. ② 降低身分〔品格〕.

範例 ① The ozeki was **degraded** to sekiwake for his losing record. 那位相撲選手因為戰績負多於勝，結果從大關被降級至關脇.

② You **degrade** yourself by cheating on the test like that. 在考試中，你那樣作弊就是自貶身分.

活用 v. **degrades, degraded, degraded, degrading**

*degree [dɪˋgri] n.

原義	層面	釋義	範例
程度	一般的	程度	①
	溫度，角度，緯度，經度	度，度數	②
	學歷	學位	③

範例 ① To what **degree** do you agree with my theory? 你贊同我的理論到何種程度？

My **degree** of interest in football isn't as strong as yours. 我對美式足球的興趣沒有你那樣濃.

She was selfish to a **degree**. 她有點自私.

② The freezing point of water is 0 **degrees** Celsius or 32 **degrees** Fahrenheit. 水的冰點是攝氏0度或華氏32度.

an angle of 60 **degrees** 60度角.

A **degree** of latitude is about 111 kilometers. 緯度的1度約為111公里.

③ My sister received a **degree** in psychology from Harvard. 我姊姊在哈佛大學取得心理學學位.

片語 **by degrees** 漸漸地：He is getting well

by degrees. 他漸漸地恢復健康.

to a degree 有點，稍微. (⇨ 範例 ①)

複數 **degrees**

dehydrate [diˋhaɪdret] v. 使脫水，使乾燥.

活用 v. **dehydrates, dehydrated, dehydrated, dehydrating**

deign [den] v. 屈尊，紆尊降貴；恩賜.

範例 The queen **deigned** to grant me a pardon. 女王恩准寬恕我.

The professor would not **deign** to see me. 那位教授不屑見我.

活用 v. **deigns, deigned, deigned, deigning**

*deity [ˋdiətɪ] n. 神，神性《表示基督教的上帝時作為 Deity》：the **deities** of ancient Greece 古希臘的諸神.

複數 **deities**

*deject [dɪˋdʒɛkt] v. 使沮喪：The actor's death **dejected** many people. 那個演員的去世使許多人感到沮喪.

活用 v. **dejects, dejected, dejected, dejecting**

dejected [dɪˋdʒɛktɪd] adj. 沮喪的.

範例 She became **dejected** when she heard that her son failed the examination. 當她聽到她兒子沒有通過考試時，她變得很沮喪.

The cheerleaders had **dejected** faces because their team lost the game. 那些啦啦隊員因為自己的隊伍輸了那場比賽而流露出沮喪的神色.

活用 adj. **more dejected, most dejected**

dejection [dɪˋdʒɛkʃən] n. 沮喪：I couldn't help showing my **dejection** upon hearing the bad news. 一聽到那個壞消息，我不禁感到沮喪.

*delay [dɪˋle] v. ① 使延遲，延期. ② 拖延.

——n. ③ 延誤，誤點.

範例 ① Budget problems are going to **delay** this project. 預算問題使得這項計畫被延誤了.

The plane was **delayed** by the storm. 那班飛機因暴風雨延誤了.

She **delayed** her decision until after she could get all the facts. 直到她掌握所有的事實之後，她才作出決定.

② Don't **delay**; you'll be late! 不要拖拖拉拉，你會遲到的！

③ Do it without **delay**. 請勿延，馬上做.

The train arrived after a **delay** of over an hour. 火車誤點一個多小時才到達.

活用 v. **delays, delayed, delayed, delaying**

複數 **delays**

delectable [dɪˋlɛktəbl] adj. 令人愉快的；美味的：a **delectable** meal 美味可口的一餐.

活用 adj. **more delectable, most delectable**

delegate [ˋdɛləˏget] n. ① 代表，使節.

——v. ② 委派～為代表，選任. ③ 授權.

範例 ① She is one of the British **delegates**

the UN. 她是英國駐聯合國代表之一.
② He was **delegated** to attend the conference. 他被委派出席那個會議.
複數 **delegates**
活用 v. **delegates, delegated, delegated, delegating**

delegation [ˌdɛləˋgeʃən] n. ① 任命代表，派遣代表. ② 委託. ③ 代表團: For the peace plan to prevail, all **delegations** must attend the peace conference. 要達成這個和平方案，所有的代表團都必須出席這次的和平會議.
複數 **delegations**

delete [dɪˋlit] v. 刪去: The editor **deleted** the last sentence from the second paragraph. 那位編輯把第二段的最後一句刪掉了.
活用 v. **deletes, deleted, deleted, deleting**

deletion [dɪˋliʃən] n. 刪去.
複數 **deletions**

＊**deliberate** [adj. dɪˋlɪbərɪt; v. dɪˋlɪbəˌret]
adj. ① 深思熟慮的，謹慎的; 蓄意的，故意的.
——v. ② 認真思考，仔細考慮，慎重審議.
範例 ① Mr. Lewis told a **deliberate** lie. 路易斯先生故意說謊話.
Mr. Johnson is always **deliberate** in speaking. 強森先生總是謹慎發言.
② The students were **deliberating** the problem. 那些學生正仔細思索那個問題.
The U.N. Security Council **deliberated** on what to do about the war in Bosnia. 聯合國安全理事會慎重審議了該怎麼解決波士尼亞戰爭的問題.
活用 adj. **more deliberate, most deliberate**
活用 v. **deliberates, deliberated, deliberated, deliberating**

deliberately [dɪˋlɪbərɪtlɪ] adv. 深思熟慮地，謹慎地; 蓄意地，故意地: Mrs. Green came late **deliberately**. 格林太太故意遲到.
活用 adv. **more deliberately, most deliberately**

deliberation [dɪˌlɪbəˋreʃən] n. 深思熟慮，審慎; 故意: We made a decision after long **deliberation**. 我們長久深思熟慮之後，作出了決定.
複數 **deliberations**

＊**delicacy** [ˋdɛləkəsɪ] n. ① 優美. ②（問題、事態等的）棘手; 微妙. ③ 細膩. ④（感覺）敏感. ⑤ 美味，佳肴.
範例 ① Her art collection shows her appreciation of **delicacy**. 她的藝術珍藏品顯現出她對美的鑑賞力.
② He showed a quick appreciation of the extreme **delicacy** of the situation. 他馬上就領會到情況極為微妙.
③ She has a **delicacy** of knowing just what to say in sticky situations like this. 她考慮得很周到，知道處於這類困難局面時該說些甚麼.
the **delicacy** of her taste in music 她對音樂鑑

賞的細膩.
④ A dog has great **delicacy** of smell. 狗的嗅覺非常敏銳.
⑤ Caviar and truffles are **delicacies**. 魚子醬和松露是美味佳肴.
複數 **delicacies**

＊**delicate** [ˋdɛləkət] adj. ① 優美的. ② 需要小心處理的; 棘手的; 危急的; 微妙的. ③ 細膩的. ④（感覺）敏感的. ⑤（食物）鮮美的，清淡可口的.
範例 ① The tall lady has a **delicate** figure. 那個高個子的女子體態優美.
② I am now in a **delicate** position. 我現在處境危妙.
③ She has a **delicate** taste in music. 她具有細膩的音樂鑑賞力.
④ He has a **delicate** sense of smell 他嗅覺敏銳.
⑤ The food has a **delicate** taste. 那個食物味道鮮美.
活用 adj. **more delicate, most delicate**

delicately [ˋdɛləkətlɪ] adv. ① 優美地. ② 微妙地. ③ 細膩地. ④ 敏感地.
活用 adv. **more delicately, most delicately**

delicatessen [ˌdɛləkəˋtɛsn] n. 現成食品《已烹調好的食品》; 熟食店《販賣現成食品的店》.
複數 **delicatessens**

＊**delicious** [dɪˋlɪʃəs] adj. 美味的: Your cooking is **delicious**. 你做的菜味道非常棒.
活用 adj. **more delicious, most delicious**

deliciously [dɪˋlɪʃəslɪ] adv. 美味地.
活用 adv. **more deliciously, most deliciously**

＊**delight** [dɪˋlaɪt] n. ① 高興，欣喜. ② 使人喜悅之物.
——v. ③ 使高興，使喜悅.
範例 ① I read your new book with **delight**. 我高興地閱讀你的新書.
② Our new baby is a real **delight** to us. 我們的新生兒為我們帶來莫大的喜悅.
③ He **delighted** the audience with his performance. 他以自己的表演取悅觀眾.
片語 **delight in** 喜愛: She **delighted** in looking at pictures. 她喜歡看畫.
複數 **delights**
活用 v. **delights, delighted, delighted, delighting**

delighted [dɪˋlaɪtɪd] adj. 欣喜的《喜悅的程度比 pleased 更強》.
範例 She was **delighted** with the present. 那個禮物使她非常高興.
I am **delighted** to see you again. 我很高興再見到你.
We are absolutely **delighted** that you'll come to our party. 我們非常高興你能來參加我們的晚會.
John had a **delighted** look on his face. 約翰臉上露出欣喜的神色.

活用 adj. **more delighted**, **most delighted**
***delightful** [dɪ`laɪtfəl] adj. 令人快樂的，令人愉快的．
範例 Yesterday was a **delightful** holiday. 昨天是一個令人愉快的假日．
He is **delightful**. 他非常討人喜歡．
活用 adj. **more delightful**, **most delightful**
delightfully [dɪ`laɪtfəlɪ] adv. 非常快樂地，非常愉快地．
活用 adv. **more delightfully**, **most delightfully**
delinquency [dɪ`lɪŋkwənsɪ] n. (未成年的) 犯罪，違法行為：Juvenile **delinquency** is increasing in the big cities. 青少年犯罪在大都市不斷增加中．
複數 **delinquencies**
delinquent [dɪ`lɪŋkwənt] adj. ① 有過失的，違法的．
——n. ② (未成年的) 違法者．
活用 adj. **more delinquent**, **most delinquent**
複數 **delinquents**
delirious [dɪ`lɪrɪəs] adj. ① 神志不清的，精神錯亂的．② 狂喜的．
範例 ① The high fever has made him **delirious**. 高燒使他神志不清．
② I was **delirious** with joy as I held my newborn baby in my arms. 我懷中抱著自己的新生兒，真是欣喜若狂．
片語 **be delirious with** 欣喜若狂. (⇨ 範例)
活用 adj. ② **more delirious**, **most delirious**
deliriously [dɪ`lɪrɪəslɪ] adv. ① 神志不清地，精神錯亂地．② 狂喜地．
活用 adv. ② **more deliriously**, **most deliriously**
delirium [dɪ`lɪrɪəm] n. ① 神志不清，精神錯亂，狂言囈語．② [a ~ of] 興奮狀態．
範例 ① **Delirium** brought on by the accident was the only thing that kept him from feeling the pain. 那起意外事故之後他神志不清，因而使他免於痛苦．
② The king, in a **delirium** of joy, pardoned all the prisoners down in the dungeon. 國王在狂喜中赦免了所有關在地牢裡的囚犯．
複數 **deliriums**
***deliver** [dɪ`lɪvɚ] v. ① 遞送，傳遞．② 交出．③ 發表 (演講等)．
範例 ① The mailman **delivers** letters to us once a day. 郵差每天為我們送一次信．
deliver a message 傳遞訊息．
② He **delivered** himself to the police. 他向警方自首．
③ She is good at **delivering** a speech in English. 她擅長用英語發表演說．
活用 v. **delivers**, **delivered**, **delivered**, **delivering**
deliverance [dɪ`lɪvərəns] n. 解救，釋放：**deliverance** from a shipwreck 從船難中救出．

deliverer [dɪ`lɪvərɚ] n. ① 遞送者．② 救助者．
複數 **deliverers**
***delivery** [dɪ`lɪvərɪ] n. ① 遞送．② 分娩．③ 說話方式．
範例 ① There are two **deliveries** a day in this area. 這個地區一天遞送兩次．
② Mary had a difficult **delivery**. 瑪麗難產．
③ She has a good **delivery**, but he has a poor one. 她擅於表達，但他不行．
複數 **deliveries**
***delta** [`dɛltə] n. ① 希臘語的第4個字母，Δ，δ．② 三角洲 (在河口附近形成的三角形砂地，源自希臘字母的形狀)．
複數 **deltas**
***delude** [dɪ`lud] v. 欺騙．
範例 He **deluded** the girl with a false promise of marriage. 他以結婚的假承諾欺騙那個女孩．
She **deluded** herself into thinking she was still young. 她欺騙自己，認為自己還很年輕．
活用 v. **deludes**, **deluded**, **deluded**, **deluding**
deluge [`dɛljudʒ] n. ① 洪水，豪雨．
——v. ② 使泛濫，湧至．
範例 ① John got wet in the **deluge**. 約翰被豪雨淋溼了．
② The professor will be **deluged** with many questions. 許多的問題將使得那位教授應接不暇．
活用 v. **deluges**, **deluged**, **deluged**, **deluging**
delusion [dɪ`luʒən] n. ① 欺騙．② 錯覺，妄想： He is under the **delusion** that he is attractive. 他幻想自己很有魅力．
複數 **delusions**
deluxe [dɪ`luks] adj. 豪華的，奢侈的．
字源 法語 de luxe.
delve [dɛlv] v. 調查，探究：He **delved** into old documents. 他深入調查舊文件資料．
活用 v. **delves**, **delved**, **delved**, **delving**
***demand** [dɪ`mænd] v. ① 要求，請求．② 需要．
——n. ③ 要求，請求．④ 需要，需求量．
範例 ① **demand** a high pay raise 要求大幅度提高薪資．
Demonstrators **demanded** that the nuclear power plant be shut down immediately. 遊行示威者要求立即關閉核能發電廠．
The people **demanded** to know the truth. 人民要求知道真相．
② Language learning **demands** great effort. 學習語言需要很大的努力．
③ The workers' **demand** for higher wages wasn't accepted. 員工們加薪的要求未被接受．
④ There is a lot of **demand** for programmers in this company. 這家公司需要大量的程式設計師．
Computers are in great **demand** these days. 最近電腦的需求量很大．

片語 **in demand** 有需要的. (⇨ 範例 ④)
on demand 一經要求: Pamphlet **on demand**. 手冊請自由索取.

活用 v. demands, demanded, demanded, demanding

複數 demands

demarcation [ˌdimɑr`keʃən] n. 界線, 區分.

demeanor [dɪ`minɚ] n.《正式》舉止, 風度: She is a girl of quiet **demeanor**. 她是一位舉止文雅的女孩.

參考《英》demeanour.

demented [dɪ`mɛntɪd] adj. 瘋狂的.

dementedly [dɪ`mɛntɪdlɪ] adv. 瘋狂地.

demerit [di`mɛrɪt] n. 缺點, 過失;《美》記過.

複數 demerits

demilitarize [di`mɪlətəˌraɪz] v. 使非軍事化: a **demilitarized** zone 非軍事區.

參考《英》demilitarise.

活用 v. demilitarizes, demilitarized, demilitarized, demilitarizing

***democracy** [də`mɑkrəsɪ] n. ① 民主主義, 民主政治. ② 民主國家: Do you think Japan is a **democracy**? 你認為日本是一個民主國家嗎? ③ 社會的平等.

字源 希臘語 dēmos (人民) + kratia (統治).

複數 democracies

***democrat** [`dɛməˌkræt] n. ① 平等論者; 民主主義者. ②〔D~〕《美》民主黨員.

複數 democrats

***democratic** [ˌdɛmə`krætɪk] adj. ① 民主主義的, 民主的. ②〔D~〕《美》民主黨的.

範例 ① I want to live in a **democratic** country. 我想住在民主國家.
This is a very **democratic** cooperative; we do everything by vote. 這是一家非常民主的消費合作社, 不管做甚麼事我們都以投票來決定.
② He is **Democratic**. 他是民主黨黨員.

♦ **the Dèmocrátic Pàrty** (美國的) 民主黨.

活用 adj. more democratic, most democratic

demolish [dɪ`mɑlɪʃ] v. 拆毀, 毀壞; 推翻: They **demolished** the old building. 他們拆毀了那棟舊建築物.
She **demolished** his argument in a few words. 她三言兩語就推翻了他的論據.

活用 v. demolishes, demolished, demolished, demolishing

demolition [ˌdɛmə`lɪʃən] n. 拆毀, 毀壞; 推翻.

複數 demolitions

demon [`dimən] n. 惡魔, 魔鬼; 精力充沛的人; 高手.

範例 The priest drove out the **demons**. 那位牧師將惡魔驅逐出去.
My boss works like a **demon** till late at night. 我的老闆像魔鬼般瘋狂地工作到深夜.
Jane is a **demon** tennis player. 珍是一位網球好手.

複數 demons

***demonstrate** [`dɛmənˌstret] v. ① (以實物) 示範操作, 說明, 證明. ② 進行示威遊行.

範例 ① The woman **demonstrated** how the machine worked. 那名女子示範如何操作那部機器.
The man **demonstrated** that hydrogen is lighter than oxygen. 那個人證明了氫比氧輕.
② A lot of people **demonstrated** for the return of the Northern Territories. 為了要求歸還北方領土, 許多人加入示威遊行.

活用 v. demonstrates, demonstrated, demonstrated, demonstrating

***demonstration** [ˌdɛmən`streʃən] n. ① (以實物) 示範操作, 證明. ② 示威遊行.

範例 ① The man gave us a **demonstration** of a new machine. 那個人為我們示範操作部新機器.
② Mr. Nelson took part in a **demonstration** against building a new airport. 尼爾森先生參加反對建造新機場的示威遊行.

複數 demonstrations

demonstrative [dɪ`mɑnstrətɪv] adj. ① 感情外露的: She is a **demonstrative** girl. 她是一個感情外露的女孩. ② 證明的, 實證的.

♦ **demònstrative prónouns** 指示代名詞 (that, this 等代名詞).

活用 adj. more demonstrative, most demonstrative

demoralize [dɪ`mɔrəlˌaɪz] v. 使士氣低落: The emperor's death **demoralized** the people. 皇帝駕崩使人民的意志消沉.

參考《英》demoralise.

活用 v. demoralizes, demoralized, demoralized, demoralizing

demote [dɪ`mot] v. 使降低地位, 使降級.

活用 v. demotes, demoted, demoted, demoting

demotion [dɪ`moʃən] n. 降級, 降職.

複數 demotions

demur [dɪ`mɝ] v. ① 反對 (to, at).
——n. ② 異議, 反對.

範例 ① The governor **demurred** to the proposal. 州長反對那項提案.
They **demurred** at working on Sunday. 他們反對星期日工作.
② The boss made no **demur** about accepting my proposal. 老闆同意接受我的提案.

活用 v. demurs, demurred, demurred, demurring

demure [dɪ`mjʊr] adj. 故作端莊的, 假正經的; 拘謹的, 端莊的: Her **demure** behavior fooled everyone. 大家都被她故作端莊的樣子騙了.

活用 adj. demurer, demurest

demurely [dɪ`mjʊrlɪ] adv. 故作端莊地, 假正經地.

活用 adv. more demurely, most demurely

den [dɛn] n. ① (野獸的) 洞穴. ② 私室《特指私

人休閒的房間》．③（盜賊的）藏匿處，巢穴．

[複數] dens

*denial [dɪˋnaɪəl] n. ① 否認．② 拒絕．

[範例] ① She gave a flat denial. 她斷然否認．

② He made a denial of the request for help. 他拒絕了援助的請求．

[片語] make a denial of 拒絕．(⇨ [範例] ②)

➡ [充電小站] (p. 329)

[複數] denials

denim [ˋdɛnəm] n. ① 斜紋粗棉布《一種結實耐用的棉布，用作工作服或牛仔褲》．②〔~s〕斜紋粗棉布工作服〔牛仔褲〕．

[複數] denims

Denmark [ˋdɛnmark] n. 丹麥《☞ 附錄「世界各國」》．

denomination [dɪ͵naməˋneʃən] n. ① 名稱；單位：Do you know the smallest denomination of U.S. currency? It is cent. 你知道美國最小貨幣單位的名稱嗎？是美分．

② 宗派，教派．

[複數] denominations

denominator [dɪˋnamə͵netɚ] n. (數學的)分母．

[複數] denominators

denote [dɪˋnot] v. 表示，是~的徵兆．

[範例] A fever often denotes a disease. 發燒常常是疾病的徵兆．

The sign ♭ denotes that the note is lower than the stated note by a semitone. ♭記號表示那個音符比原來表示的音降半音．

[活用] v. denotes, denoted, denoted, denoting

*denounce [dɪˋnauns] v. 譴責；告發．

[範例] John denounced Mary as a traitor. 約翰譴責瑪麗是叛徒．

The people in the apartment house denounced the spy to the police. 公寓裡的人向警方告發那名間諜．

[活用] v. denounces, denounced, denounced, denouncing

*dense [dɛns] adj. ①（人等）密集的．② 濃密的．③《口語》愚笨的．

[範例] ① a dense crowd 密集的人群．

a dense forest 密林．

The old building was dense with cockroaches. 那棟舊大樓裡到處都是蟑螂．The cockroaches were dense on the floor. 地板上蟑螂密密麻麻．

② a dense fog 濃霧．

dense clouds 濃密的雲．

③ That guy is so dense! He thinks that New York is the capital of the U.S. 那個傢伙真夠蠢！他以為紐約是美國的首都．

[活用] adj. denser, densest

densely [ˋdɛnslɪ] adv. 稠密地：a densely populated area 人口稠密地區．

[活用] adv. more densely, most densely

density [ˋdɛnsətɪ] n. ① 密集程度．② 密度，濃度，比重．

[範例] ① traffic density 交通流量．

② The city has a high density of population. 這個城市的人口密度高．

the density of a gas 氣體的比重．

[複數] densities

dent [dɛnt] n. (碰撞或敲擊後產生的)凹痕：Large hail, the size of golf balls, put a lot of dents in my car. 像高爾夫球般大小的冰雹把我的車子弄出許多凹痕．

[複數] dents

dental [ˋdɛntl] adj. ① 牙齒的，牙科的：a dental clinic 牙科診所．

──n. ②（語音學的）齒音．

[複數] dentals

*dentist [ˋdɛntɪst] n. 牙醫．

[複數] dentists

dentistry [ˋdɛntɪstrɪ] n. 牙科醫學．

denunciation [dɪ͵nʌnsɪˋeʃən] n. (公開的)譴責；告發：Denunciation of the government means death in this country. 在這個國家裡，譴責政府就只有死路一條．

[複數] denunciations

*deny [dɪˋnaɪ] v. ① 否認．② 不承認．③ 拒絕（要求等），不許．

[範例] ① The announcer denied the information to be true. 那位播音員否認那則消息是真的．

② They denied committing the murder last year. 他們不承認去年的謀殺案．

③ I was denied the chance of going to college. 我上大學的機會遭到拒絕了．

[片語] deny oneself 自制．

[活用] v. denies, denied, denied, denying

deodorant [diˋodərənt] n. (去除體臭的)除臭劑，脫臭劑．

[複數] deodorants

*depart [dɪˋpart] v. ①《正式》出發，離開 (from)．② 背離，違反 (from)．

[範例] ① He departed from Taipei for London early in the morning. 他一大早就從臺北出發前往倫敦．

② Don't depart from the subject. 不要偏離主題．

[活用] v. departs, departed, departed, departing

departed [dɪˋpartɪd] adj. ① 過去的．② 死去的．

[範例] ① departed glories 昔日的光榮．

② the departed 死者《指一個人時作單數，指兩人以上時作複數》．

*department [dɪˋpartmənt] n. ①①~部，部門，~科；(百貨公司內的)賣場．②《美》部《英》office)．《英》(政府機關的)局，廳．④(學校的)系，科《☞ [充電小站] (p. 331)》．⑤(法國行政單位的)省．⑥工作領域，範圍．

[範例] ① the personnel department 人事部．

The book department is on the fifth floor. 圖書部門在5樓．

④ the Department of Law 法學系．

the History Department 歷史系．

充電小站

否定句——not 與 never

如下列使用 not 的句子稱為否定句：
(a) is/am/are/was/were ＋ not
John is **not** a student.
I am **not** a student either.
We are **not** students.
I wasn't absent.
Weren't you absent?
(b) has/have/had ＋ not
Mary has **not** cooked dinner yet.
I have **not** answered his letter yet.
Paul had **not** finished his work when I visited him.
(c) does/do/did ＋ not
George does **not** like apples.
Don't you love me?
They did **not** go to school.
(d) shall/should/will/would/can/could/may/ might/must ＋ not
You shall **not** steal.
Brothers should **not** quarrel.
I will **not** go there again.
I wouldn't do such a thing.
I can **not** swim.
We could **not** catch the bus.
You may **not** smoke here.
He said that it might **not** be true.
You must **not** break your promise.
(e) ought/need/dare/used ＋ not

You ought **not** to waste time.
We need **not** worry about it.
I dare **not** ask him.
My father used **not** to drink.
《亦作 My father didn't use to drink.》
順便一提，用 never 的句子也屬否定句，如以下例句《never 為 not ever「任何時候也不～」之意》：
Mary has **never** been abroad.
"Have you ever been abroad?"
"I **never** have."
I have no money. 或 You did nothing. 這兩句雖然用了 no、nothing 此類的字，但並非否定句. no 表示「零」之意，因此，I have no money. 為「有零的錢」，You did nothing. 為「做了零的事」之意，但在中文釋義上應翻譯為「我沒有錢」、「你沒做任何事」.
使用 few、little 的句子也並非否定句：
I have little money.
I have a little money.
上兩句的意義有甚麼不同呢？ 讀者們可能已經發現一句有 a，而另一句沒有 a. a 為「某種程度上有」之意，所以，如果有 a 就強調「某種程度上」「有一點點的錢」. 例如，有同樣的錢，如果要表達「我只有一點點錢」之意時用 I have little money. 如果要表達「我還有一點點錢」之意時就用 I have a little money.

---

⑥ That's not my **department**; I can't help you. 那不是我負責的範圍，我不能幫你.
♦ depártment stòre 百貨公司.
複數 departments
****departure** [dɪ`partʃɚ] n. ① 出發，離開. ② 背離，違反.
範例 ① What is the **departure** time of the train? 這班火車甚麼時候開出？
a **departure** lounge（機場的）候機室.
② a **departure** from the truth 違背事實.
複數 departures
****depend** [dɪ`pɛnd] v. ① 依賴，依靠 (on).
② 視～而定 (on).
範例 ① We're **depending** on him to persuade the boss to accept our demands. 我們要靠他去說服老闆接受我們的要求.
You can't **depend** on a dictionary as old as that. 你不能依賴那本那麼舊的辭典.
② The harvest of wheat **depends** on the weather. 小麥的收成視天氣而定.
片語 **depend upon it** 請相信，無疑地；
Depend upon it, he will succeed. 請放心，他會成功的.
That depends./It all depends.（那得）看情況："Will you support me?" "**That depends.**"「你會支持我嗎？」「看情況.」

活用 v. **depends**, **depended**, **depended**, **depending**
dependable [dɪ`pɛndəbl] adj. 可信賴的，可靠的.
活用 adj. **more dependable**, **most dependable**
dependant [dɪ`pɛndənt] ＝n. 〖美〗 dependent.
dependence [dɪ`pɛndəns] n. 依賴；信賴.
範例 Japan's **dependence** on overseas trading is decreasing. 日本對外貿易的依賴性正在減少之中.
Don't put too much **dependence** on what he says. 你不要太相信他說的話.
☞ ↔ independence
複數 **dependences**
dependent [dɪ`pɛndənt] adj. ① 依賴的. ② 取決於～的.
——n. ③ 受扶養者.
範例 ① He has five **dependent** children. 他有5個孩子要扶養.
② Whether we go tomorrow or not is **dependent** on the weather. 明天我們去與否要視天氣狀況而定.
參考 〖英〗 dependant.
☞ ↔ independent

D

活用 adj. **more dependent**, **most dependent**

複數 **dependents**

depict [dɪ`pɪkt] v. 描述，描繪：The picture **depicts** the scene vividly. 那幅畫把那個場面描繪得栩栩如生.

活用 v. **depicts**, **depicted**, **depicted**, **depicting**

deplete [dɪ`plit] v. 使耗盡，使銳減：Our food supply is rather **depleted**. 我們的食物補給消耗了不少.

活用 v. **depletes**, **depleted**, **depleted**, **depleting**

depletion [dɪ`pliʃən] n. 耗盡，銳減.

***deplorable** [dɪ`plorəbl] adj. 可嘆的，可悲的：This is a **deplorable** example of our education system. 這真是我國教育制度上的一個可悲的例子.

活用 adj. **more deplorable**, **most deplorable**

***deplore** [dɪ`plor] v. 悲嘆：They **deplored** the accident. 他們悲嘆那件意外事故.

活用 v. **deplores**, **deplored**, **deplored**, **deploring**

deport [dɪ`port] v. 將~驅逐出境.

活用 v. **deports**, **deported**, **deported**, **deporting**

deportation [ˌdiporˈteʃən] n. 驅逐出境：The opposition leader received a **deportation** order. 反對勢力的首領接到驅逐出境的命令.

複數 **deportations**

deportment [dɪ`portmənt] n.（特指年輕女性在公眾場合的）舉止，風度.

depose [dɪ`poz] v. ① 罷黜，罷免. ② 宣誓作證.

範例 ① The ruler was **deposed** by the revolution. 那位統治者因為革命而遭罷黜.

② She **deposed** that the man had stolen money from the safe. 她宣誓作證那個男子偷了保險箱裡的錢.

活用 v. **deposes**, **deposed**, **deposed**, **deposing**

***deposit** [dɪ`pazɪt] v. ① 存放；付定金. ②《正式》放置；使沉澱；產卵.

——n. ③ 存款. ④ 定金，押金，保證金. ⑤ 沉澱物，礦床.

範例 ① She **deposited** the insurance policy with her lawyer. 她把保單交給她的律師保管.

I **deposited** one million dollars in this bank. 我存了100萬美元在這家銀行裡.

He **deposited** 100 dollars on the refrigerator. 他付了100美元的訂金買那臺冰箱.

② She **deposited** the pile of books on the table. 她把一大堆書放在那個桌子上.

This insect **deposits** its eggs on the leaves of certain trees. 這隻昆蟲將卵產在某些樹木的葉子上.

A westerly wind **deposited** a layer of fine sand on everything in the house. 西風吹來的一層細沙覆蓋在家中每件物品上.

③ He has $4,000 on **deposit**. 他有4,000美元的存款.

④ I put down a **deposit** on the new car. 我付了買那輛新車的定金.

⑤ Peat is a stratified natural **deposit** of plant remains. 泥炭是由枯死的植物所形成的自然沉積物.

片語 **on deposit** 儲放地.（⇒ 範例 ③）

♦ **depósit accòunt**『英』存款帳戶.

活用 v. **deposits**, **deposited**, **deposited**, **depositing**

複數 **deposits**

deposition [ˌdɛpəˈzɪʃən] n. ① 罷免，罷黜. ② 宣誓作證（書），口供，證詞.

複數 **depositions**

depositor [dɪ`pazɪtə] n. 存款人，儲戶.

複數 **depositors**

depot [`dipo] ②③ [`dɛpo] n. ①『美』火車站，長途公車站. ① 車庫，倉庫，儲藏處. ③ 新兵訓練中心，補給站（在戰線後方補給食品或彈藥等軍需物資的組織）.

字源 法語 dépôt（存放；寄存處），t 不發音是受法語發音的影響.

複數 **depots**

deprave [dɪ`prev] v. 使墮落.

活用 v. **depraves**, **depraved**, **depraved**, **depraving**

depravity [dɪ`prævətɪ] n. 墮落.

複數 **depravities**

***depreciate** [dɪ`priʃɪˌet] v. ① 降低價格，貶值. ② 輕視.

範例 ① The value of a new car **depreciates** as soon as it's driven out of the showroom. 新車一開出展示場就貶值了.

② He **depreciated** the value of being healthy. 他輕視健康的重要性.

活用 v. **depreciates**, **depreciated**, **depreciated**, **depreciating**

depreciation [dɪ.priʃɪˈeʃən] n. ① 貶值：Due to the **depreciation** of the dollar, we won't be able to buy as many souvenirs on our European vacation. 由於美元貶值，所以我們去歐洲旅行時也買不了那麼多的紀念品. ② 輕視.

***depress** [dɪ`prɛs] v. 壓下；使消沉，使沮喪，使冷清，使蕭條.

範例 **Depress** this handle to sound the alarm. 壓下這個把手，警鈴就會響.

The death of his friend **depressed** him deeply. 他朋友的去世使他深感沮喪.

Trading on Wall Street today was **depressed** as traders awaited the results of the election. 今日華爾街的交易因證券業者等待選舉結果而變得很冷清.

活用 v. **depresses**, **depressed**, **depressed**, **depressing**

depressed [dɪ`prɛst] adj. 受壓抑的，沮喪的；

（充電小站）

科系名稱 (department)

在英國，大學 (university) 裡的學院稱為 faculty，其下有系 (department)。例如，理學院為 the faculty of science，下屬的物理系為 the department of physics。在某些大學裡，faculty 下設 school，如法學院為 the school of law。

美國的綜合性大學 (university) 裡的學院則稱為 college 或 school，下屬的系稱為 department。

並非所有大學的情況都如上所述，各個大學間有些差異。

臺灣的大學慣例上仿效美國，學院用 school 或 college，系用 department。因此，文學院外國語文學系則稱為 the department of foreign languages and literatures，the college of liberal arts。下面列舉一些代表性的學系英文名稱：

醫學系	the department of medicine
牙醫系	the department of dentistry
工程系	the department of engineering
	the department of technology
數學系	the department of mathematics
建築系	the department of architecture
物理系	the department of physics
生物系	the department of biology

水產系	the department of fisheries
畜牧系	the department of stockbreeding
藥學系	the department of pharmacology
農學系	the department of agriculture
法學系	the department of law
政治系	the department of politics
經濟系	the department of economics
商業管理系	the department of business management
商學系	the department of commercial science
文學系	the department of literature
教育學系	the department of education
社會學系	the department of sociology
歷史學系	the department of history
地理學系	the department of geography
哲學系	the department of philosophy
藝術學系	the department of art
家政學系	the department of domestic science

蕭條的．

[範例] This medicine will improve your **depressed** mood. 這種藥會使你抑鬱的心情好轉．

The economy has been **depressed** in recent months. 這幾個月來景氣蕭條．

[活用] *adj.* **more depressed, most depressed**

***depression** [dɪˋprɛʃən] *n.* 土地下陷，窪地；低氣壓；沮喪，抑鬱；不景氣，蕭條．

[範例] The safe left a **depression** in the sidewalk where it fell. 保險箱掉到人行道上，砸出了一個坑．

This tropical **depression** is gaining strength and may become a typhoon. 這個熱帶性低氣壓勢力逐漸增強，有可能會形成颱風．

Many people were unemployed during the **depression** of the 1930s. 在1930年代經濟大蕭條時期有許多人失業．

[複數] **depressions**

deprivation [ˌdɛprəˋveʃən] *n.* 奪去，剝奪；喪失，損失．

[複數] **deprivations**

***deprive** [dɪˋpraɪv] *v.* 奪去，剝奪．

[範例] The robber **deprived** me of my wallet. 搶匪奪去了我的皮夾．

We had so much work to do that we were **deprived** of our coffee break. 我們工作多得連喝咖啡的休息時間都沒有．

[參考] deprive ~ of... 原本表示「硬使~從…中分離」之意．

[活用] *v.* **deprives, deprived, deprived,**

depriving

***depth** [dɛpθ] *n.* ① 深度，縱深；(性格、知識等的) 深沉，深奧；(感情等的) 強烈，深厚．② 深處，內心深處．

[範例] ① This lake has a **depth** of 50 meters. 這個湖有50公尺深．

The **depth** of the drawer was 35 centimeters. 那個抽屜的深度為35公分．

Her face showed the **depth** of her concern. 她的臉上流露出強烈的憂慮．

The teacher was impressed by the **depth** of the new student's knowledge. 老師對那位新學生的淵博知識印象深刻．

You should analyze it in **depth**. 你應該深入地分析．

Don't go beyond your **depth**. 不要到你踩不到底的地方．

I am beyond my **depth** when it comes to social sciences. 一談到社會科學，我就茫然不知．

② It is said that treasures lie in the **depths** of this lake. 據說這個湖底有寶藏．

Even I don't understand the **depths** of his heart. 連我也不瞭解他的內心深處．

Tomorrow we will launch a rocket and send a satellite into the **depths** of space. 明天我們將發射一枚火箭，把人造衛星送到太空中．

[片語] **beyond ~'s depth/out of ~'s depth** ① 踩不到底的深水中．(⇨ [範例] ①) ② 非~所能理解．(⇨ [範例] ①)

☞ *adj.* deep

[複數] **depths**

deputation [ˌdɛpjəˈteʃən] n. 代表，代表團：
A **deputation** of the workers demanded to
meet with the managers. 員工代表團要求與
管理者會面.
複數 **deputations**

deputize [ˈdɛpjəˌtaɪz] v. (使) 代理 (for)：She
deputized for her boss at the meeting. 她代
表她的老闆出席會議.
參考 〖英〗 **deputise**.
活用 v. **deputizes, deputized, deputized,
deputizing**

****deputy** [ˈdɛpjəˌtɪ] n. 代理人，代表；官員的副
手.
範例 If I'm not available, my **deputy** can help
you. 我沒空時我的代理人能幫你.
the **deputy** prime minister 副首相.
複數 **deputies**

derail [dɪˈrel] v. 使出軌：The train was
derailed. 那班火車出軌了.
活用 v. **derails, derailed, derailed,
derailing**

derailment [dɪˈrelmənt] n. 出軌.
複數 **derailments**

deranged [dɪˈrendʒd] adj. 精神錯亂的，瘋狂
的：He is **deranged**. 他精神失常.
活用 adj. **more deranged, most deranged**

Derby [ˈdɝbɪ] n. ① 德比賽馬. ② 大賽馬.
參考 ① 始於1780年，由德比伯爵 (Earl of
Derby) 創設的英國代表性的賽馬，通常於每
年6月第1個星期三在索立郡 (Surrey) 埃普索
姆 (Epsom) 舉行. ② 世界上仿效德比賽馬者
稱為 Derby，始於1875年著名的美國肯塔基
賽馬 (Kentucky Derby).

deregulate [ˌdiˈrɛgjəˌlet] v. 取消管制.
活用 v. **deregulates, deregulated,
deregulated, deregulating**

derelict [ˈdɛrəˌlɪkt] adj. ① 被捨棄的. ②〖美〗
怠忽職守的.
——n. ③ 遺棄物. ④ 流浪漢.
複數 **derelicts**

deride [dɪˈraɪd] v. 嘲笑，取笑：He **derided** his
sister's ignorance. 他嘲笑他妹妹的無知.
活用 v. **derides, derided, derided,
deriding**

derision [dɪˈrɪʒən] n. 嘲笑，取笑：The girls in
the class held her in **derision**. 班上的女孩們
嘲笑她.

derivation [ˌdɛrəˈveʃən] n. 起源，由來.

derivative [dəˈrɪvətɪv] n. ① 衍生物，衍生字.
——adj. ② 非原創性的.
範例 ① "Invention" is a **derivative** of "invent".
invention 是 invent 的衍生字.
② a **derivative** style of writing 非原創性的文
體.
複數 **derivatives**

****derive** [dəˈraɪv] v. 引出，得來.
範例 The word "data" is **derived** from Latin.
"data" 源自拉丁語.
Many English words derive from French. 許

多英文字源於法語.
He **derived** a lot of pleasure from reading. 他
從閱讀中獲得許多樂趣.
活用 v. **derives, derived, derived, deriving**

derogatory
[dɪˈrɑgəˌtorɪ] adj. 貶
低的，減損價值的.
活用 adj. **more
derogatory, most
derogatory**

derrick [ˈdɛrɪk] n. 轉臂
起重機 (船舶等裝卸貨
物時用的大型起重
機).
字源 源自17世紀倫敦的
絞刑執行者 Derrick 之
名，後來表示「絞刑臺
和垂吊物品的機械」之
意.
複數 **derricks**

[derrick]

dervish [ˈdɝvɪʃ] n. (伊
斯蘭教的) 托缽僧.
複數 **dervishes**

‡**descend** [dɪˈsɛnd] v. ① 下來，下降. ②(財產，
權利等) 傳下來；(風俗) 流傳. ③ 屈就 (做)，
落魄 (到).
範例 ① They began to **descend** from the
mountaintop. 他們開始從山頂上下來.
Please be careful when you **descend** the
stairs. 下樓梯時請小心.
② The property **descended** from father to son.
那筆財產由父親傳給兒子.
③ **descend** to begging 落魄到行乞.
片語 **be descended from** 是~的後裔，系
出：He is **descended from** Douglas
MacArthur. 他是麥克阿瑟的後裔.
☞ ↔ ascend
活用 v. **descends, descended,
descended, descending**

‡**descendant** [dɪˈsɛndənt] n. 後裔：He is a
descendant of William the Conqueror. 他是
征服者威廉的後裔.
複數 **descendants**

****descent** [dɪˈsɛnt] n. ① 下降，下來. ② 斜坡，
下坡. ③ 血統.
範例 ① The **descent** of the mountain took ten
hours. 從那座山走下來花了10個小時.
② a gentle **descent** 和緩的下坡.
③ He is a man of noble **descent**. 他擁有貴族
血統.
複數 **descents**

‡**describe** [dɪˈskraɪb] v. 敘述，描述，形容.
範例 Please **describe** the accident. 請描述一
下那件意外事故.
I **described** exactly what had happened to the
police. 我向警方精確地敘述發生了甚麼事.
She **described** him as someone with an ax to
grind. 她形容他是一個具有私心的人.
活用 v. **describes, described, described,**

describing

*__description__ [dɪ`skrɪpʃən] *n.* 敘述，描述，形
容，描寫.

範例 Give me a full __description__ of the man's
appearance. 請詳細地描述一下那個男子的
外表.

Mt. Kilimanjaro is beautiful beyond
__description__. 吉力馬扎羅山美得難以形容.

片語 ***beyond description*** 難以形容地. (⇨
範例)

複數 __descriptions__

__descriptive__ [dɪ`skrɪptɪv] *adj.* 說明的，描寫性
的.

範例 They gave us a very __descriptive__, detailed
account of what had happened. 他們非常詳
細地向我們描述所有發生過的事情.

The girl bought a book __descriptive__ of
Argentina. 那個女孩買了一本有關阿根廷的
書.

活用 *adj.* __more descriptive__, __most
descriptive__

__descry__ [dɪ`skraɪ] *v.*《正式》遠遠看到.

活用 *v.* __descries__, __descried__, __descried__,
__descrying__

__desecrate__ [`dɛsɪ,kret] *v.* 把 (聖物) 供作俗用，
褻瀆.

活用 *v.* __desecrates__, __desecrated__,
__desecrated__, __desecrating__

__desecration__ [,dɛsɪ`kreʃən] *n.* 褻瀆.

*__desert__ [*v.* dɪ`zɝt; *n.* `dɛzɚt] *v.* ① 遺棄，拋棄；
逃離.

——*n.* ② 沙漠，荒野.

範例 ① He __deserted__ his family. 他遺棄了他的
家人.

New Yorkers __desert__ Manhattan on the
weekends in the summer to go to the beach.
紐約的人在夏日週末會逃離曼哈頓到海邊去.

My friends __deserted__ me in my hour of need.
我的朋友在我需要幫助的時候拋棄我.

② The Sahara __Desert__ is developing year by
year. 撒哈拉沙漠正逐年擴大.

參考 「沙漠，荒原」之意是從「被人遺棄的地方」
引申而來.

活用 *v.* __deserts__, __deserted__, __deserted__,
__deserting__

複數 __deserts__

__desertion__ [dɪ`zɝʃən] *n.* 捨棄 (家屬等)；逃
離.

複數 __desertions__

*__deserve__ [dɪ`zɝv] *v.* 應受，值得，應得.

範例 I __deserve__ a promotion because of my hard
work. 我那麼拼命地工作，升遷也是理所當
然的.

A remark like that __deserves__ a slap in the face.
說那樣的話理應挨一記耳光.

活用 *v.* __deserves__, __deserved__, __deserved__,
__deserving__

__deserving__ [dɪ`zɝvɪŋ] *adj.* (稱讚、援助等) 值

得的，應得的: This proposal is __deserving__ of
further consideration. 這個提案值得進一步
考慮.

活用 *adj.* __more deserving__, __most deserving__

*__design__ [dɪ`zaɪn] *n.* ① 樣式，圖案，花紋，設計.
② 設計圖. ③ 意圖，目的，打算.

——*v.* ④ 製作～的圖案，構思，設計；當設計
師. ⑤ 打算，計畫，謀劃.

範例 ① She did not like the dress __design__. 她不
喜歡那件衣服的花樣.

She has a car of the latest __design__. 她有一輛
最新款式的車.

He bought a dinner plate with a __design__ of a
dragon on it. 他買了一個有龍圖案的餐盤.

The building is excellent in __design__. 那棟大樓
的設計很棒.

② I drafted a __design__ for a hotel. 我繪製了一張
飯店的設計圖.

③ She has __designs__ on the Presidency of the
U.S. 她想當美國總統.

Her __design__ to marry him is so transparent. 一
眼就看得出來她想和他結婚.

Their meeting was not by accident but by
__design__. 他們的會面不是出於偶然，而是刻
意安排的.

④ John __designed__ this tie. 約翰設計了這條領
帶.

Who __designed__ this building? 這棟大樓是誰
設計的?

He __designs__ for the dressmaking company. 他
在那家服裝公司當設計師.

⑤ She __designed__ to become a pilot. 她打算當
一個飛行員.

She __designed__ a perfect crime and buried his
body in the garden, but a dog found it. 她計畫
了一次不留痕跡的犯罪，並且把他的屍體埋
在花園裡，但是卻被一隻狗發現.

This dictionary is __designed__ for beginners. 這
本辭典是為初學者編的.

片語 ***by design*** 有意地，故意地. (⇨ 範例 ③)

複數 __designs__

活用 *v.* __designs__, __designed__, __designed__,
__designing__

*__designate__ [`dɛzɪg,net] *v.* ① 表示，指示. ②
指名，任命.

——*adj.* ③ 〔只用於名詞後〕指派好的，選定的.

範例 ① The X-mark on the map __designates__
where treasure was buried in the ground. 那張
地圖上的 X 記號表示寶藏所埋藏的地點.

② Mr. White has been __designated__ as Secretary
of State. 懷特先生已被任命為國務卿.

③ the President __designate__ 新獲任 (尚未就任)
的總統.

◆ __dèsignated hítter__ 指定打者 (略作 DH，
dh).

活用 *v.* __designates__, __designated__,
__designated__, __designating__

__designation__ [,dɛzɪg`neʃən] *n.* ① 指示，指
名，任命. ② 稱號.

〔複數〕**designations**

***designer** [dɪ`zaɪnɚ] *n.* 設計師，設計者.
〔範例〕a dress **designer** 服裝設計師.
a **designer** of car engines 汽車引擎設計者.
〔複數〕**designers**

desirability [dɪ,zaɪrə`bɪlətɪ] *n.* 值得要的事物：The **desirability** of a good, "healthy" tan is now in doubt.「健康」又美好的古銅色肌膚是否值得要，現今已受到懷疑.

desirable [dɪ`zaɪrəbl] *adj.* 值得要的；有好處的.
〔範例〕It's **desirable** for everyone to be on time for work. 準時上班對大家都有好處.
It is **desirable** for you to do your homework yourself. 自己做作業對你是有好處的.
☞ ↔ undesirable
〔活用〕*adj.* **more desirable, most desirable**

****desire** [dɪ`zaɪr] *v.* ① 渴望.
——*n.* ② 希望，願望.
〔範例〕① He **desires** a transfer to another department. 他渴望調到別的部門.
The stockholders **desired** that the chairman of the board resign at once. 股東們強烈希望董事長馬上辭職.
The teacher **desired** the student to come to school at once. 老師要求那個學生馬上到學校來.
② I am filled with a **desire** to see my native land. 我心中非常渴望回到故鄉去看一看.
〔活用〕*v.* **desires, desired, desired, desiring**
〔複數〕**desires**

***desirous** [dɪ`zaɪrəs] *adj.* 〔不用於名詞前〕渴望的，希望的.
〔範例〕Most Taiwanese workers are **desirous** of shorter working hours. 大多數的臺灣勞工都希望縮短工作時間.
Everyone is **desirous** of becoming happy. 每個人都渴望幸福.
We all are **desirous** that we should be happy. 我們都希望自己幸福.
The company is **desirous** to expand into foreign markets. 那個公司想要打進外國市場.
〔活用〕*adj.* **more desirous, most desirous**

desist [dɪ`zɪst] *v.* 《正式》停止，斷念 (from)：Students, please **desist** from making so much noise! 同學們，不要再吵了！
〔活用〕*v.* **desists, desisted, desisted, desisting**

****desk** [dɛsk] *n.* ① 桌子. ②(旅館、公司等的)服務檯. ③『美』(報社的)編輯部.
〔範例〕① My father is at his **desk**. 我父親坐在他的書桌前.
desk work 案頭工作.
② a front **desk** (旅館的)接待處.
♦ **désk làmp** 檯燈.
〔參考〕用來讀書、寫作，一般有抽屜的稱為 desk，不帶抽屜的為 table.

〔字源〕拉丁語的 discus (扁平的圓盤狀物)，英語的 discus (鐵餅)，disk (圓盤狀之物)，dish (盤子)也是同字源.
〔複數〕**desks**

***desolate** [*adj.* `dɛslɪt; *v.* `dɛsl,et] *adj.* ① 荒廢的，無人煙的；寂寞的，冷清的，悲慘的.
——*v.* ② 使荒廢；使寂寞，使冷清，使悲慘.
〔範例〕① a **desolate** house 一棟荒廢的房屋.
② He was **desolated** by the death of his wife. 他妻子的死使他很寂寞.
〔活用〕*adj.* **more desolate, most desolate**
〔活用〕*v.* **desolates, desolated, desolated, desolating**

***desolation** [,dɛsə`leʃən] *n.* 荒廢；孤獨，冷清.
〔範例〕We were appalled at the **desolation** caused by the bombing of the city. 那個城市遭到轟炸而荒廢的景象使我們膽戰心驚.
Desolation is the worst nightmare to a person who loves to socialize. 對喜愛社交的人來說，孤獨是最恐怖的夢魘.

****despair** [dɪ`spɛr] *v.* ① 絕望 (of).
——*n.* ② 絕望.
〔範例〕① Sometimes I **despair** of ever learning English. 有時我對學習英語已不抱任何希望.
② The loss of Antony drove Cleopatra to **despair** and finally suicide. 失去安東尼使得克麗奧佩脫拉陷入絕望，最後自殺.
〔活用〕*v.* **despairs, despaired, despaired, despairing**

despairing [dɪ`spɛrɪŋ] *adj.* 〔只用於名詞前〕絕望的：a death-row convict's **despairing** plea for mercy 死刑犯絕望地懇求寬恕.
〔活用〕*adj.* **more despairing, most despairing**

despatch [dɪ`spætʃ] = *n.*, *v.* dispatch.

****desperate** [`dɛspərɪt] *adj.* ① 自暴自棄的；絕望的，危急的. ②〔不用於名詞前〕渴望的，拼命追求的《常與 for 連用》.
〔範例〕① The doctors operated in a **desperate** attempt to save the dying man's life. 為了救那個瀕臨死亡的人，那些醫生孤注一擲地動了手術.
The homeless child lived a **desperate** existence until some nuns took him in. 那個無家可歸的孩子絕望地活著，直到一些修女收留他.
② She has been unemployed for several months，and so she is **desperate** for work. 她已失業好幾個月了，因此她拼命找工作.
〔活用〕*adj.* **more desperate, most desperate**

desperately [`dɛspərɪtlɪ] *adv.* ① 自暴自棄地. ② 絕望地. ③ 渴望地，拼命地.
〔活用〕*adv.* **more desperately, most desperately**

desperation [,dɛspə`reʃən] *n.* 拼命；絕望：In **desperation** I burned my valuable art collection to keep from freezing. 我在絕望中

燒了珍貴的藝術收藏品取暖，以免凍僵.

despicable [ˈdɛspɪkəbl] adj. 可鄙的，卑鄙的: What a **despicable** thing to do—abandoning your dogs like that! 那樣拋棄自己養的狗，多卑鄙啊!

活用 adj. **more despicable, most despicable**

＊**despise** [dɪˈspaɪz] v. 鄙視，輕視: Any normal person would **despise** a baby killer. 任何正常的人都會鄙視殺嬰者.

活用 v. **despises, despised, despised, despising**

＊**despite** [dɪˈspaɪt] prep. 不管: I shall not give up **despite** my numerous setbacks. 雖然屢遭挫敗，我也不會放棄.

despoil [dɪˈspɔɪl] v.《正式》奪取，掠奪: This tropical paradise has been **despoiled** by the mining of minerals. 這個熱帶天堂因採礦業而被洗劫一空.

活用 v. **despoils, despoiled, despoiled, despoiling**

despondency [dɪˈspɑndənsɪ] n. 沮喪，意氣消沉.

despondent [dɪˈspɑndənt] adj. 沮喪的，意氣消沉的.

活用 adj. **more despondent, most despondent**

despot [ˈdɛspət] n. 專制君主，暴君: The modern world is full of **despots**. 現今的世界充滿暴君.

複數 **despots**

despotic [dɪˈspɑtɪk] adj. 專制的，蠻橫的《常與 to 連用》: The lady of the house is **despotic** to her servants. 那個家的女主人對僕人很蠻橫.

活用 adj. **more despotic, most despotic**

despotism [ˈdɛspət͵ɪzəm] n. ① 專制，獨裁. ② 專制政治，獨裁政治.

複數 **despotism**

＊**dessert** [dɪˈzɝt] n. 甜點: The menu provided us with a choice of four **desserts**. 菜單上有4種甜點供我們選擇.

參考 在正餐最後上的水果、蛋糕、布丁等.

複數 **desserts**

destination [͵dɛstəˈneʃən] n.《正式》目的地，終點: We will arrive at our **destination** at six o'clock. 我們會在6點到達目的地.

複數 **destinations**

＊**destined** [ˈdɛstɪnd] adj. ① 命中註定的. ② 前往~的.

範例 ① We were **destined** never to meet. 我們命中註定無法相見.
He was **destined** for the ministry. 他註定要當牧師.
② The airplane is **destined** for Taipei. 那架飛機是飛往臺北的.

片語 **destined for** 前往~的. (⇒ 範例 ②)

＊**destiny** [ˈdɛstənɪ] n. 命運，宿命: It was his **destiny** to die of cancer. 他命中註定死於癌症.

destinies

destitute [ˈdɛstə͵tjut] adj. ①〔不用於名詞前〕欠缺的. ② 赤貧的.

範例 ① a man **destitute** of compassion 毫無同情心的人.
② the **destitute** 赤貧者.

活用 adj. **more destitute, most destitute**

destitution [͵dɛstəˈtjuʃən] n. 赤貧; 匱乏.

＊**destroy** [dɪˈstrɔɪ] v. 破壞，消滅.

範例 He **destroyed** the old tape recorder with a hammer. 他用鎚子砸壞了那臺老舊的錄音機.
The church was **destroyed** by the bomb. 那個教堂被炸彈炸毀了.
The fire **destroyed** the town. 那場大火燒毀了整個城鎮.
His words **destroyed** my hopes. 他的話使我的希望破滅了.
This poison will **destroy** cockroaches. 這種毒藥能消滅蟑螂.

活用 v. **destroys, destroyed, destroyed, destroying**

destroyer [dɪˈstrɔɪɚ] n. ① 破壞者. ② 驅逐艦.

複數 **destroyers**

＊**destruction** [dɪˈstrʌkʃən] n. ① 破壞. ② 毀滅的原因.

範例 ① environmental **destruction** 環境破壞.
The hurricane caused great **destruction**. 那次颶風造成了很大的破壞.
② Gambling was her **destruction**. 賭博毀了她.

☞ ↔ construction

＊**destructive** [dɪˈstrʌktɪv] adj. 破壞性的.

範例 This ball is a plastic bomb. It is small but it has great **destructive** power. 這個球是個塑膠炸彈，雖然小但它的破壞力很大.
Your criticism is **destructive**. 你的批評毫無建設性.

☞ ↔ constructive

活用 adj. **more destructive, most destructive**

detach [dɪˈtætʃ] v. 卸下，使分離.

範例 When you **detach** the ring from the grenade, it explodes in eight seconds. 拆下手榴彈上的拉環，它就會在8秒內爆炸.
She **detached** herself from the group and walked away. 她離她的夥伴而去.

☞ ↔ attach

活用 v. **detaches, detached, detached, detaching**

detached [dɪˈtætʃt] adj. ① 分離的. ② 超然的，沒有偏見的.

範例 ① a **detached** house 獨棟的房屋.
② a **detached** opinion 公正的意見.

detachment [dɪˈtætʃmənt] n. ① 分離. ② 公正. ③ 特遣隊.

D

範例 ① the **detachment** of three train cars from the others 3節車廂與其他車廂分離.
② He observed the heated discussion in cold **detachment**. 他冷靜地旁觀那場激烈的爭論.
③ a diplomatic **detachment** 外交特遣隊.
複數 **detachments**

＊**detail** [dɪ`tel] n. ① 細節，詳情.
——v. ② 詳細說明. ③ 委派特別的任務.
範例 ① His brain is a computer; he remembers every **detail** of everything that's ever happened to him. 他的頭腦真像是電腦，竟然記得曾經發生在他身上的每一件事情及其細節.
Don't give me the **details**; just tell me who started the fight. 不必告訴我細節，只要告訴我誰先動手的就行了.
I'm familiar with the general situation, so let's go into the **details**. 大致的情況我都清楚了，我們來討論細節問題吧.
② We can **detail** the necessary arrangements later. 必要的安排，我們稍後再詳細說明.
a **detailed** map of the area 那個區域的詳細地圖.《detailed 作形容詞用》
③ I was **detailed** to drive the chairman to and from the conference. 我被派遣開車到會場接送主席.
片語 **in detail** 詳細地: I explained my new theory **in detail**. 我詳細地說明自己的新理論.
發音 亦作 [`ditel].
複數 **details**
活用 v. **details**, **detailed**, **detailed**, **detailing**

＊**detain** [dɪ`ten] v. 留住，使耽擱: Since the weather was bad, passengers were **detained** for two hours at the airport. 因為天氣惡劣，乘客們在機場被耽擱了兩小時.
活用 v. **detains**, **detained**, **detained**, **detaining**

＊**detect** [dɪ`tɛkt] v. 察覺，發現，識破.
範例 I **detected** a subtle change in her feelings for me. 我察覺她對我的感情起了微妙的變化.
The man **detected** the girl stealing diamonds. 那個男子發現那個女孩正在偷鑽石.
活用 v. **detects**, **detected**, **detected**, **detecting**

detection [dɪ`tɛkʃən] n. 察覺，發現: The early **detection** of cancer saved him. 早期發現癌症救了他.

＊**detective** [dɪ`tɛktɪv] n. 偵探，警探: The man was a private **detective**. 那個男子是一位私家偵探.
♦ de**tective sto**ry 偵探小說.
複數 **detectives**

detector [dɪ`tɛktɚ] n. 發現者，檢測器，探測器.
範例 a gas **detector** 天然氣探測器.

a lie **detector** 測謊器.
複數 **detectors**

detention [dɪ`tɛnʃən] n. ① 滯留，課後留校: I was kept in **detention** for smoking in the lavatory. 我因為在洗手間抽菸被罰課後留校.
② 拘留，拘押.
♦ de**tention centre** 〖英〗少年感化院《〖美〗detention home》
複數 **detentions**

deter [dɪ`tɝ] v. 使打消念頭: Nothing can **deter** me from achieving my goals. 沒有甚麼能使我打消實現目標的念頭.
活用 v. **deters**, **deterred**, **deterred**, **deterring**

detergent [dɪ`tɝdʒənt] n. 清潔劑: a synthetic **detergent** 合成清潔劑.
複數 **detergents**

deteriorate [dɪ`tɪrɪə,ret] v. （使）惡化: His health is **deteriorating** gradually. 他的健康正逐漸惡化.
活用 v. **deteriorates**, **deteriorated**, **deteriorated**, **deteriorating**

deterioration [dɪ,tɪrɪə`reʃən] n. 惡化: The accident was caused by severe **deterioration** of the brake lining. 那次意外事故是由於煞車皮嚴重磨損而引起的.

＊**determination** [dɪ,tɝmə`neʃən] n. ① 決心，決意，決斷力. ② 確定.
範例 ① Her **determination** to learn Chinese never changed. 她學中文的決心從沒變過.
He carried out the project with **determination**. 他堅決地實行那個計畫.
He is a man of **determination**. 他是一個果斷的人.
② The **determination** of the meaning of a word is sometimes hard without a context. 有時會有上下文很難確定字義.
片語 **with determination** 堅決地.（⇨ 範例 ①）
複數 **determinations**

＊**determine** [dɪ`tɝmɪn] v. ① 決心，使下決心. ② 決定. ③ 測定，判定.
範例 ① I have **determined** never to tell the truth. 我決心不說出實情.
② Weather **determines** the size of the crop. 天氣決定收成的多寡.
③ Please tell me how to **determine** the position of Mars. 請告訴我如何測定火星的位置.
活用 v. **determines**, **determined**, **determined**, **determining**

determined [dɪ`tɝmɪnd] adj. 堅決的，堅定的: She is a very **determined** woman who always gets what she wants. 她是一個堅決的女性，想要甚麼就要争取到手.
片語 **be determined to** 決心做: I am **determined** to resign my post. 我決心辭職.
活用 adj. **more determined**, **most determined**

＊**detest** [dɪ`tɛst] v. 厭惡，憎恨: Fred **detests**

dogs. 弗雷德很討厭狗.

活用 *v.* **detests, detested, detested, detesting**

detestable [dɪˋtɛstəbl̩] *adj.* 令人憎惡的, 討人厭的: That lawyer was the most **detestable** woman I had ever met. 那個律師是我見過最討人厭的女人.

活用 *adj.* **more detestable, most detestable**

dethrone [dɪˋθron] *v.* 《正式》廢黜, 使下臺: The republican forces **dethroned** the king. 共和派勢力廢黜了那位國王.

活用 *v.* **dethrones, dethroned, dethroned, dethroning**

detonate [ˋdɛtə͵net] *v.* (使) 爆炸.

活用 *v.* **detonates, detonated, detonated, detonating**

detonation [͵dɛtəˋneʃən] *n.* 爆炸.

複數 **detonations**

detour [ˋditur] *n.* ① 迂迴, 繞道: They made a **detour** to avoid the bad mountain road. 他們為了避開難行的山路而繞道.
——*v.* ② 繞道.

字源 法語的 détourner, de (離開) ＋ tour (改變方向).

活用 *v.* **detours, detoured, detoured, detouring**

detract [dɪˋtrækt] *v.* 減損; 轉移 (from): Your petty complaints **detract** from your legitimate ones. 你的小牢騷只會模糊你真正的訴求.

活用 *v.* **detracts, detracted, detracted, detracting**

detriment [ˋdɛtrəmənt] *n.* 損害, 損傷, 危害.

範例 He drank a lot, to the **detriment** of his health. 他喝得太多, 有損他的健康.
He drank only a little, without **detriment** to his health. 他只喝了一點酒, 無損他的健康.

複數 **detriments**

detrimental [͵dɛtrəˋmɛntl̩] *adj.* 有害的: Too much worry is **detrimental** to your health. 憂慮過多有害健康.

活用 *adj.* **more detrimental, most detrimental**

deuce [djus] *n.* ①(紙牌的) 兩點的牌,(骰子的) 兩點. ②(球賽的) 局末同分《此後連得兩分者獲勝》.

複數 **deuces**

devaluation [͵divæljuˋeʃən] *n.* 價值降低; 貨幣貶值.

devalue [diˋvælju] *v.* 使價值降低; 使貨幣貶值.

活用 *v.* **devalues, devalued, devalued, devaluing**

devastate [ˋdɛvəs͵tet] *v.* 使荒蕪, 使荒廢; 使擊垮.

範例 This drug problem is **devastating** the whole country. 毒品問題毀了整個國家.
We were **devastated** by our mother's death. 我們因母親的去世而身心交瘁.

活用 *v.* **devastates, devastated, devastated, devastating**

devastating [ˋdɛvəs͵tetɪŋ] *adj.* ① 毀滅性的, 具破壞力的. ②(發言、批評等) 壓倒性的, 強有力的.

範例 ① a **devastating** storm 具破壞力的暴風雨.
② **devastating** criticism 一針見血的批評.

devastation [͵dɛvəsˋteʃən] *n.* 毀壞, 荒廢: The park rangers couldn't believe the **devastation** wreaked by the fire. 火災所造成的毀損情形使國家公園的管理員難以置信.

複數 **devastations**

＊**develop** [dɪˋvɛləp] *v.* ①(使) 發達,(使) 發展; 發育. ② 開發. ③ 展開 (理論、計畫等); 使 (事實) 清楚, 詳述. ④ 培養, 養成. ⑤ 使顯影.

範例 ① Fresh air and moderate exercise **develop** mind and body. 新鮮的空氣和適度的運動能發展身心.
Those ideas of his **developed** from his extended travels abroad. 他的這些想法是從他長期海外旅行中產生的.
A small seed can **develop** into a tall tree. 一顆小小的種子可以長成一棵大樹.
developing countries 開發中國家.
② We must **develop** the natural resources of our country. 我們必須開發我國的天然資源.
③ I would like you to **develop** the idea more fully. 我們希望你更詳細說明那個想法.
④ I **developed** the habit of getting up early. 我養成了早起的習慣.
⑤ Please **develop** these pictures as soon as you can. 請儘快沖洗這些照片.

片語 *It develops that ～* 《美》明朗化: It **developed that** the painting was an imitation. 後來發現那幅畫是贗品.

活用 *v.* **develops, developed, developed, developing**

＊**development** [dɪˋvɛləpmənt] *n.* ① 發達, 發展; 發育. ② 開發. ③(攝影的) 顯影.

範例 ① the rapid **development** of civilization 文明的迅速發展.
an important stage in the **development** of a child 孩子發育的重要時期.
② There are several new **developments** in this year's line of cars. 今年的汽車生產線中有一些新的研發.
housing **developments** 《美》住宅區.
③ the **development** of films 沖洗底片.

複數 **developments**

deviate [ˋdivɪ͵et] *v.* 背離, 偏離 (from): **deviate** from the norm 違背規範.

活用 *v.* **deviates, deviated, deviated, deviating**

deviation [͵divɪˋeʃən] *n.* 背離, 偏離.

複數 **deviations**

＊**device** [dɪˋvaɪs] *n.* ① 裝置, 器具; 設計, 構想: Tom thought out a new **device** for breaking eggs. 湯姆設計出新的打蛋器. ② 手段, 策略, 方法. ③ 圖形, 圖案.

複數 **devices**

***devil** [`dɛvl] *n.* ○ 惡魔《被描繪成有角、尾巴、前端開兩叉的蹄子及蝙蝠翅膀的樣子》. ② 〔the D～〕魔王, 撒旦. ③ 惡人；精力充沛的人；冒失鬼. ④ 傢伙. ⑤ 究竟《強調用法》.

[devil]

範例 ③ a **devil** for work 工作狂.

④ You lucky **devil**! 幸運的傢伙!

⑤ What the **devil** are you doing here? 你究竟在這裡做甚麼?

片語 **a devil of a ～/the devil of a ～** 非常討厭的: We had **a devil of a** mess. 我們的麻煩大了.

between the devil and the deep blue sea 進退兩難.

go to the devil 毀滅.

the very devil 麻煩的人〔事物〕.

複數 **devils**

devilish [`dɛvlɪʃ] *adj.* 可怕的, 極度的, 麻煩的.

活用 *adj.* **more devilish, most devilish**

devious [`divɪəs] *adj.* ① 迂迴的. ② 不正當的; 狡詐的.

範例 ① a **devious** path 迂迴的路.

② He's so **devious**; he never tells the truth. 他相當狡詐, 從不說真話.

活用 *adj.* **more devious, most devious**

***devise** [dɪ`vaɪz] *v.* 想出, 設計；發明: Bob **devised** a new way to solve the problem. 鮑伯想出了解決問題的新方法.

活用 *v.* **devises, devised, devised, devising**

devoid [dɪ`vɔɪd] *adj.* 〔不用於名詞前〕缺乏的, 沒有的《常與 **of** 連用》.

範例 Our teacher is **devoid** of common sense. 我們老師缺乏常識.

This building is **devoid** of air conditioning. 這棟大樓沒有空調.

devolve [dɪ`vɑlv] *v.* ① 使轉移, 移交. ② 〔財產、工作等〕轉讓, 移轉 (on).

範例 ① The chairman of the board will **devolve** his responsibilities on me when he goes on vacation. 理事會主席休假時, 他會把他的職責移交給我.

② The mother's household duties **devolved** on her daughters while she was sick. 母親生病時, 所有的家務都落在女兒們身上.

活用 *v.* **devolves, devolved, devolved, devolving**

***devote** [dɪ`vot] *v.* 奉獻, 傾注.

範例 His brother **devoted** his life to music. 他哥哥一生都奉獻給音樂.

The woman **devoted** herself to her children. 那個女人盡心盡力照顧她的孩子們.

活用 *v.* **devotes, devoted, devoted, devoting**

devoted [dɪ`votɪd] *adj.* 獻身的, 專心的《常用 be devoted to 形式》.

範例 John is very **devoted** to his wife. 約翰對妻子全心全意.

The businessman I met yesterday was **devoted** to his work. 我昨天碰到的那個商人非常熱中於他的事業.

活用 *adj.* **more devoted, most devoted**

devotedly [dɪ`votɪdlɪ] *adv.* 獻身地, 專心地.

活用 *adv.* **more devotedly, most devotedly**

devotee [ˌdɛvə`ti] *n.* 獻身者, 熱愛者, 狂熱者: Our music teacher is a **devotee** of Beethoven. 我們的音樂老師是貝多芬的崇拜者.

複數 **devotees**

devotion [dɪ`voʃən] *n.* 獻身; 摯愛; 虔誠.

範例 her undying **devotion** to her children 她對子女無盡的愛.

The **devotion** of this man for his family is admirable. 這個男子對家庭的奉獻令人欽佩.

複數 **devotions**

***devour** [dɪ`vaur] *v.* 狼吞虎嚥地吃; 吞沒, 毀滅.

範例 Susie **devoured** two sandwiches in only two minutes. 蘇西在兩分鐘內狼吞虎嚥地吃了兩個三明治.

The fire **devoured** the city. 那場大火吞沒了那個城市.

活用 *v.* **devours, devoured, devoured, devouring**

devout [dɪ`vaut] *adj.* ① 虔誠的. ② 〔只用於名詞前〕誠懇的.

範例 ① I am very **devout** in my religious belief. 我對自己的宗教信仰極為虔誠.

② **devout** thanks 誠摯的感謝.

活用 *adj.* **more devout, most devout**

devoutly [dɪ`vautlɪ] *adv.* ① 虔誠地. ② 誠懇地.

活用 *adv.* **more devoutly, most devoutly**

***dew** [dju] *n.* 露 (水): This boy has all the cows milked before the morning **dew** is gone. 在朝露消失前, 這個男孩已經把牛奶全部擠好了.

dewy [`djuɪ] *adj.* 露溼的, 帶有露水的: **dewy** grass 露溼的草.

活用 *adj.* **dewier, dewiest**

diabetes [ˌdaɪə`bitɪs] *n.* 糖尿病.

diabetic [ˌdaɪə`bɛtɪk] *adj.* ① 糖尿病的. ——*n.* ② 糖尿病患者.

複數 **diabetics**

diabolic [ˌdaɪə`bɑlɪk] *adj.* 惡魔的, 惡魔似的, 殘忍的.

diabolical [ˌdaɪə`bɑlɪkl] *adj.* ① =diabolic. ② 〔英〕糟透的.

活用 *adj.* ② **more diabolical, most**

diabolical

diabolically [ˌdaɪə`bɑlɪklɪ] adv. 惡魔似地，殘忍地．

diagnose [ˌdaɪəg`nos] v. 診斷: The doctor **diagnosed** her illness as influenza. 那位醫生診斷她的病為流行性感冒．

He was **diagnosed** with cancer. 他被診斷得了癌症．

[活用] v. **diagnoses**，**diagnosed**，**diagnosed**，**diagnosing**

diagnoses [ˌdaɪəg`nosiz; v. ˌdaɪəg`nosiz] n. ① diagnosis 的複數形．
——v. ② diagnose 的第三人稱單數現在式．

diagnosis [ˌdaɪəg`nosɪs] n. 診斷（書）: The doctor's **diagnosis** depressed him deeply. 醫生的診斷使他相當沮喪．
[複數] **diagnoses**

diagnostic [ˌdaɪəg`nɑstɪk] adj. 診斷的；顯示症狀的《常與 of 連用》．
[範例] Your brother's appearance was **diagnostic** of yellow fever. 你哥哥的樣子顯示了黃熱病的症狀．
I took a **diagnostic** test of my language ability. 我參加了語言能力診斷測試．

diagonal [daɪ`ægən!] adj. ① 對角線的；斜的: Two intersecting **diagonal** lines make an X. 兩條交叉的斜線形成了一個X.
——n. ② 對角線；斜線．
[複數] **diagonals**

diagonally [daɪ`ægnəlɪ] adv. 成對角線地；斜地．

diagram [`daɪə,græm] n. ① 圖，圖表．
——v. ② 圖解，用圖表示．
[範例] ① He drew a simple **diagram** of the machine. 他畫了一張那部機器的略圖．
② The teacher **diagramed** a circuit. 那位老師用圖解釋電路．
[複數] **diagrams**
[活用] v. **diagrams**、**diagramed**、**diagramed**、**diagraming**/[英] **diagrams**、**diagrammed**、**diagrammed**、**diagramming**

diagrammatic [ˌdaɪəgrə`mætɪk] adj. 圖表的；概略的．

dial [`daɪəl] n. ①（鐘錶、秤等的）刻度盤，（電話的）撥號盤，（收音機等的）選臺裝置．
——v. ② 撥（電話號碼），打電話．
[範例] ① This alarm clock has a luminous **dial**. 這個鬧鐘的鐘面是夜光的．
a tuning **dial** 選臺調節裝置．
② Dial 119. 打緊急電話.《在英國撥999，而在美國撥911即可電話報警或通知消防隊》
How do I **dial** to New York? 我要怎麼打電話到紐約？
[參考] 原來是日晷 (sundial) 的意思，後來引申為靠針的旋轉來表示刻度的「刻度盤」及旋轉物「撥號盤」之意．
♦ **dial còde**/[英] **díalling còde** 電話區域號碼．

dial tòne/[英] **díalling tòne**（電話的）撥號音．
[複數] **dials**
[活用] v. **dials**，**dialed**，**dialed**，**dialing**/[英] **dials**，**dialled**，**dialled**，**dialling**

*****dialect** [`daɪə,lɛkt] n. 方言: speak in **dialect** 用方言說．
[複數] **dialects**

*****dialog/dialogue** [`daɪə,lɔg] n. 對話，對話的部分，對白《☞ monolog/monologue（獨白）》．
[字源] dia-（兩者間）＋logue（話）．
[複數] **dialogs/dialogues**

*****diameter** [daɪ`æmətɚ] n. ① 直徑．② ～倍《透鏡的倍率單位》．
[範例] ① The **diameter** of the circle is 5cm. 那個圓的直徑是5公分．
② These binoculars magnify 8 **diameters**. 這臺雙筒望遠鏡可放大8倍．
☞ radius（半徑）
[複數] **diameters**

diametrically [ˌdaɪə`mɛtrɪklɪ] adv. 正好（相反）地，完全地: My opinion on nuclear energy and yours are **diametrically** opposed. 我對核能的意見與你完全相反．

diamond [`daɪəmənd] n. ① 鑽石《最硬的物質，4月的誕生石》．② 工業用金剛石，玻璃切割刀．③ 菱形．④（紙牌的）方塊《☞ (充電小站) (p. 1231)》．⑤（棒球的）內野，棒球場．
[範例] ① He bought his fiancée a ring with a three-carat **diamond**. 他買給他的未婚妻一枚3克拉的鑽戒．
④ the ten of **diamonds** 方塊10．
♦ **diamond júbilee** 60〔75〕週年紀念．
diamond wédding 鑽石婚《結婚60〔75〕週年紀念》．
☞ adamant（堅硬的）
[字源] 拉丁語的 diamant（最硬的石頭）．
[複數] **diamonds**

diaper [`daɪəpɚ] n. ①[美] 尿布《[英] napkin 或 nappy》．② 有菱形花紋的布《用作毛巾、餐巾，一般是麻製的》．③ 菱形花紋．
[複數] **diapers**

diaphragm [`daɪə,fræm] n. ① 橫膈膜《分隔胸部和腹部內臟的肌肉膜》．② 振動板《電話、揚聲器等振動傳遞聲音的部分》．③（照相機的）光圈《亦作 stop》．④ 子宮帽《避孕用》．
[複數] **diaphragms**

diarrhea [ˌdaɪə`riə] n. 腹瀉: have **diarrhea** 瀉肚子．
[參考][英] diarrhoea．

*****diary** [`daɪərɪ] n. 日記，日記簿，日誌．
[範例] Did you write in your **diary** yesterday? 你昨天寫日記了嗎？
May keeps a **diary**. 梅每天寫日記．
I'll check my **diary** to see if I'm free on that day. 我要查查我的日誌看那天是否有空．
[複數] **diaries**

dice [daɪs] *n.* ① 骰子． ② 骰子狀方塊，小立方
    塊． ③ 擲骰子遊戲，賭博．
    —— *v.* ④ 切成骰子狀方塊． ⑤ 玩擲骰子遊戲．
    範例 ① We need a pair of **dice** to play this
    game. 玩這個遊戲，需要一副骰子．
    ② Cut the apples into **dice**. 把蘋果切成細丁．
    ③ They play **dice** in a casino. 他們在賭場玩擲
    骰子遊戲．
    ④ Fry **diced** bread in butter. 用奶油炸麵包塊．
    片語 **dice with death** 冒生命危險．
    參考 dice 原本是 die 的複數形，因為骰子是兩
    個兩個一組使用，所以即使只有一個也叫
    dice；〔英〕幾乎不用單數形的 die.
    活用 *v.* **dices, diced, dicing**

Dick [dɪk] *n.* 男子名《Richard 的暱稱》．

*****dictate** [*v.* `dɪktet, dɪk`tet; *n.* `dɪktet] *v.* ①
    使聽寫． ② 命令 (to).
    —— *n.* ③〔~s〕命令，指示．
    範例 ① The lecturer **dictated** a passage to the
    students. 那位講師讓學生們聽寫一段文章．
    ② My partner doesn't consult me; he **dictates**
    to me. 我的搭檔總是不與我商量，他一直對
    我發號施令．
    ③ Obey the **dictates** of your own conscience.
    遵從你良心的指示．
    活用 *v.* **dictates, dictated, dictated,
    dictating**
    複數 **dictates**

*****dictation** [dɪk`teʃən] *n.* ① 口述，聽寫． ② 聽
    寫的句子〔文章〕．
    範例 ① She took her boss's **dictation** in
    shorthand. 她用速記記下老闆的口述．
    ② She handed a French **dictation** to her
    teacher. 她把一段法語聽寫交給她的老師．
    複數 **dictations**

*****dictator** [`dɪktetɚ] *n.* 獨裁者．
    發音 亦作 [dɪk`tetɚ].
    複數 **dictators**

dictatorial [ˌdɪktə`torɪəl] *adj.* 獨裁的：It is
    said that the company's management is
    dictatorial. 據說那個公司的經營管理很獨
    裁．

dictatorship [dɪk`tetɚˌʃɪp] *n.* 獨裁政治，獨
    裁國家．
    複數 **dictatorships**

diction [`dɪkʃən] *n.* ① 發音法． ② 措辭，用字．

*****dictionary** [`dɪkʃənˌɛrɪ] *n.* 辭典，字典《☞
    充電小站 (p. 341)》．
    範例 an English-Chinese **dictionary** 英漢字典．
    a walking **dictionary** 活字典．
    Look up the word in the **dictionary**. 這個字查
    查字典吧．
    I consulted my **dictionary**, but there was no
    entry for the word. 我查過我的字典，但沒有
    這個字的詞條．
    字源 拉丁語 dictionarium (單字之書)．
    複數 **dictionaries**

†**did** [dɪd] *aux.* do 的過去式．

字序	句子種類	範例
did＋主詞＋原形動詞	疑問句	①
didn't*＋主詞＋原形動詞		
did＋主詞	疑問句（原形動詞以下省略）	②
didn't＋主詞		
主詞＋did＋原形動詞	直述句之強調	③
主詞＋didn't＋原形動詞	直述句之否定	④
主詞＋did	直述句（原形動詞以下省略）	⑤
主詞＋did not**		

* 此處 didn't 不能用 did not 替代，如果要用的
  話，字序就要變成〈did＋主詞＋not＋原形動
  詞〉．
** 此處 did not 可以用 didn't 替代．
    —— *v.* ⑥ do 的過去式《☞ do ⑥》．
    範例 ① **Did** you learn English at school? 你在學
    校學過英語嗎？
    When **did** you go to bed last night? 你昨晚幾
    點睡的？
    Didn't you tell him? 你沒有告訴他嗎?《亦作
    Did you not tell him?》
    Why **didn't** you have lunch? 為甚麼你沒吃午
    餐?《亦作 Why did you not have lunch?》
    ② "I sent you a postcard." "**Did** you?" 「我寄了
    一張明信片給你.」「是嗎?」
    "He **didn't** answer." "**Didn't** he?" 「他沒回
    答.」「是嗎?」
    "You didn't buy these drinks, **did** you?" "No,
    David **did**." 「這些飲料不是你買的，是嗎?」
    「不是，是大衛買的.」
    Harry gave you a check, **didn't** he? 哈利給你
    支票了吧?
    ③ "Why didn't you tell us?" "I **did** tell you!" 「你
    為甚麼沒告訴我們?」「我說過了呀!」
    I really **did** go there, but I didn't see her. 我確
    實去了那裡，但我沒看見她．
    Not only **did** I see the actress, but I also talked
    to her. 我不但見到了那個女演員，我還跟她
    說了話．
    Little **did** he know about the problem. 他對那
    個問題知之甚少．
    ④ John **didn't** arrive on time. 約翰沒有準時到．
    I had a little money, but I **didn't** have enough
    for the taxi. 我帶了點錢，但不夠搭計程車錢．
    She **didn't** give anything. Neither did he. 她
    沒給過任何東西，他也是．
    ⑤ "Did you tell her?" "Yes, I **did**." 「你告訴她
    了嗎?」「有啊.」
    ⑥ "You stepped on my toe!" "No, I **didn't**!"
    「你踩到我的腳了!」「不，我沒有!」

充電小站

各種字典 (dictionary)

英漢字典 (English-Chinese dictionary)
收有英語單字中文釋義，可以查到發音、詞性、範例等.

漢英字典 (Chinese-English dictionary)
以英文解釋中文詞條.

英英字典 (English-English dictionary)
用英語來解釋英語單字的意思.

外來語字典 (dictionary of foreign words)
收有被引用到某種語言中的外語語義、由來等.

同義字字典 (dictionary of synonyms)
說明意思相似的單字 (例如 see, look, watch) 及其使用區別的字典.

語法字典 (dictionary of ~ usage)
關於詞語及片語的正確用法，有些會根據動詞、介系詞等的詞性類別編寫.

方言字典 (dictionary of dialects)
說明各個地域特有的語句、表達方式及發音的字典.

俚語字典 (dictionary of slang words)
搜集特定的階層、職業所使用的詞語及表達方式.

類屬字典 (thesaurus)
比較反義字、同義字等相關詞語.

略語字典 (dictionary of abbreviations)
收錄 CD，FM，PTA 等略語的不省略說法及釋義.

專有名詞字典 (dictionary of proper nouns)
收錄人名、地名、商品名等的字典.

逆查字典 (inverted dictionary)
拼寫由後往前查的字典，例如kind，一般的字典列於 k 字母，但在逆查字典中則列在 d 字母，按 n → i → k 的順序查尋. 此種字典用於寫詩時尋找押韻的詞語，或解縱橫填字的字謎.

發音字典 (pronunciation dictionary)
單字的發音用發音符號來記載. 有時會同時收有幾種發音. 要正確使用這種字典，必須具有發音符號的知識.

字源字典 (etymological dictionary)
列出一個字原來的意思、歷史、由來的字典. 例如使用此種字典可得知 book 與 beech (山毛櫸) 有關.

引用句字典 (dictionary of quotations)
收有名人、文學作品中的名言錦句.

慣用語字典 (dictionary of idioms)
收錄像 kick the bucket (死) 這樣的片語的字典.

成語故事辭典 (dictionary of phrase and fable)
搜集了源於神話、《聖經》等的詞語.

諺語字典 (dictionary of proverbs)
搜集了諺語的意思及由來.

圖片字典 (picture dictionary)
例如收有自行車的圖片，並列出各零件名稱的字典.

口語字典 (dictionary of colloquialisms)
收錄了口語中常用表達方式的字典.

專門用語字典 (dictionary of technical terms)
收錄醫學用語、土木工程學用語等各種類型的專門用語.

時事用語字典 (dictionary of current English)
解說時事用語的字典.

手語字典 (dictionary of gesticulations)
收有手語的意思，及其圖片、照片.

擬聲詞擬態詞字典 (dictionary of onomatopoeias)
收錄動物的啼叫聲、物體相碰的聲音等形容聲音及狀態的詞語.

The student speaks English better than he **did** before. 那個學生的英語說得比以前好.

†didn't [ˋdɪdn̩t] 《縮略》= did not.
　[範例] I **didn't** sleep well last night. 我昨夜沒睡好.
　"**Didn't** you see him?" "No, I **didn't**." 「你沒看見他嗎?」「是的，沒看見.」

**die [daɪ] v. ① 死亡，滅亡，消失.

——n. ②《美》骰子 (《英》dice). ③ 鑄模.
　[範例] ① The actor **died** of cancer. 那個演員死於癌症.
　die of overwork 死於疲勞過度.
　die of old age 衰老而死.
　The soldier **died** from a wound. 那個士兵因傷重而死.
　The boy **died** by drowning. 那個男孩溺死了.
　The old man **died** through neglect. 那個老人因疏於照顧而死.
　The truck driver **died** in an accident. 那個貨

車司機在一場意外事故中喪生.
　He **died** a beggar. 他死時乃是個乞丐.
　The old lady **died** a peaceful death. 那個老婦人平靜地死去.
　Never say **die**. 別氣餒! 不要輕言放棄!
　The politician **died** rich in 1980. 那個政客在1980年死的時候很富裕.
　My love for you will never **die**. 我對你的愛永遠不會消逝.
　Coal mining is a **dying** industry. 煤礦業是逐漸沒落的工業.
　The secret **died** with the general. 那個祕密隨著將軍的死被人遺忘了.
　② The **die** is cast. 《諺語》木已成舟.
　[片語] **die away** 變弱；消失：The pain **died away** soon. 痛苦很快就消失了.
　The noise in the classroom **died away** when the teacher entered. 那位老師一進來，教室裡的吵雜聲就平息了.
　die down 減弱，變弱：The excitement **died**

down soon after the concert. 那場音樂會結束後興奮的情緒很快冷卻了.
The wind has **died down**. 風漸漸停息.
die hard 難以根除: Ethnic hatreds **die hard**. 種族仇恨很難消滅.
die off 相繼死去: Family members **died off** one by one until they were all gone. 家庭成員相繼死去,最後一個也不剩.
die out 逐漸消失: Mainframe computers are **dying out** now that personal computers are becoming more and more powerful. 目前大型電腦正逐漸沒落,而個人電腦的需求漸增.
dying for 渴望: I am **dying for** a drink. 我真想喝一杯.
dying to ~ 極想: I'm **dying to** know what she said. 我極想知道她說了甚麼.

〖參考〗(1)表示死亡原因時經常使用 of 與 from,其一般使用區別如下:
〔直接的、內在的死因 of ~〕cancer (癌症), old age (衰老), hunger (飢餓).
〔間接的、外在的死因 from ~〕overwork (疲勞過度), a wound (傷), heat (熱).
但實際上後者的情況也經常使用 of.
(2)「骰子」的6個面叫 face 或 side, 擲出的點數為 spot.

〖☞〗 **adj.** dead, **n.** death
〖活用〗 **v.** dies, died, died, dying
〖複數〗 **dice**

diesel [`dizl] **n.** 柴油《一種重油》; 柴油車.
♦ **diesel engine** 柴油引擎.

＊diet [`daɪət] **n.** ① 〔the D~〕國會, 議會. ② 飲食, 日常飲食. ③ 規定飲食, 節食.
── **v.** ④ 節食, 按照規定飲食.
〖範例〗① The **Diet** is now sitting. 國會正在開會.
② a healthy **diet** 健康的飲食.
③ a meat **diet** 肉食.
I am on a **diet**. 我正在節食.
You should go on a **diet**. 你應該節食.
④ I am **dieting** now, so I can't eat dessert. 我正在節食,因此我不能吃甜食.
〖參考〗① 指日本、丹麥、瑞典等的國會、議會. 美國的國會稱為 Congress, 英國國會則為 Parliament, 兩者都不加定冠詞 the.
〖複數〗 **diets**
〖活用〗 **v.** diets, dieted, dieted, dieting

＊differ [`dɪfɚ] **v.** ① 相異, 不同 (from). ② 意見不同, 不一致.
〖範例〗① Tastes **differ**. 《諺語》人各有所好.
French **differs** from English in having gender for all nouns. 法語中所有的名詞在語法上都有性別區分, 這點與英語不同.
② It's only natural for us to **differ** on this subject. 在這個問題上我們意見不一致是很自然的.
I beg to **differ**. 恕我無法苟同.
〖活用〗 **v.** differs, differed, differed, differing

＊＊difference [`dɪfrəns] **n.** ① 差別. ② 意見的分歧, 歧見. ③ 差額.
〖範例〗① There are both psycological and biological **differences** between men and women. 男女在心理和生理上有所差別.
What's the **difference** if I don't go with you? 我不跟你一起去有甚麼差別嗎?
It makes no **difference** if you stay here or go away. 你留在這裡或是離開, 都沒甚麼差別.
② They've settled their **differences** and they aren't fighting any more. 他們已消除歧見, 不再吵架了.
③ The **difference** between 6 and 10 is 4. 6與10的差數是4.
I'll make up the **difference** on payday. 我會在發薪日補上差額.
〖片語〗 ***make a difference*** 產生差別, 有影響. (⇨〖範例〗①)
〖複數〗 **differences**

＊different [`dɪfrənt] **adj.** ① 不同的, 有差異的 (from, to). ② 各別的, 各種的.
〖範例〗① Your method is no **different** from mine. 你的做法和我的毫無差別.
Tom and Bob are very **different** from each other, although they are twins. 湯姆和鮑伯雖然是雙胞胎, 卻完全不同.
It's a **different** way of cooking, isn't it? 這是個不同的烹飪方法, 不是嗎?
This job entails three distinctly **different** duties. 這份工作有3個截然不同的任務.
You seem so **different** today. 你今天好像變了個樣.
② I eat at a **different** restaurant every day. 我每天都在不同的餐廳吃飯.
This can be done in **different** ways. 這可以用各種方法來完成.
〖參考〗用 different 來敘述某事時, 如果必須「與甚麼比較」, 一般都把比較的對象放在 from 的後面, 除了 from, 〖美〗則用than, 〖英〗則常用 to. 如果比較的對象用子句來表示時, 〖英〗亦常用 than.
〖活用〗 **adj.** more different, most different

differential [ˌdɪfəˈrɛnʃəl] **adj.** ① 有差異的, 依差異而定的.
── **n.** ② 差異. ③ 薪資差別.
〖複數〗 **differentials**

＊differentiate [ˌdɪfəˈrɛnʃɪˌet] **v.** ① 區別, 辨別. ② 微分.
〖範例〗① I cannot **differentiate** between Vietnamese and Cambodian—they sound the same to me. 我分不清越南語和柬埔寨語, 對我來說它們聽起來都差不多.
What **differentiates** Shiba dogs from Akita dogs? 柴犬和秋田犬的差別何在?
〖活用〗 **v.** differentiates, differentiated, differentiated, differentiating

differently [`dɪfrəntlɪ] **adv.** ① 不同地, 有差異地. ② 另外地; 個別地; 各種地.
〖範例〗① He always behaves **differently** when he's with his girlfriend. 他和女朋友在一起時總是表現得不一樣.

比較級、最高級 (充電小站)

【Q】在上一次的考試中，把 pleasant 的最高級寫成了 pleasantest，結果被打了個叉，pleasant 的最高級一定是 most pleasant 嗎？

【A】這是評分老師的錯誤。

pleasant 的最高級有 most pleasant 和 pleasantest 兩種。而且比較級也有 pleasanter 和 more pleasant 兩種。兩種意思都沒甚麼不同，用哪一個都可以。

英語中形容詞和副詞的比較級、最高級後面，有在字尾加上 -er, -est 和在形容詞或副詞前加上 more, most 兩種，要區別兩者似乎很難。

在這個使用區別上有「關於音節 ☞ (充電小站) (p. 1307)」3 個以上音節的字加 more, most」這樣的規則。大多數的形容詞、副詞都符合這個規則，但有時也未必如此。因為 pleasant 是雙音節，而這個規則對它並非完全不適用。

單音節的字字尾加 -er, -est，大致上不會錯，但也有美國人說「"rare" 加 more, most 更適合」，因此使得這兩種使用區別變得模糊。

除 pleasant 以外，還有其他加 more 和 -er, most 和 -est 兩種都可以的字。下面列舉幾個例子：

common —— commoner / commonest
　　　　 —— more common / most common

difficult —— difficulter / difficultest
　　　　　—— more difficult / most difficult

handsome —— handsomer / handsomest
　　　　　—— more handsome / most handsome

hollow —— hollower / hollowest
　　　　 —— more hollow / most hollow

often —— oftener / oftenest
　　　 —— more often / most often

polite —— politer / politest
　　　 —— more polite / most polite

secure —— securer / securest
　　　 —— more secure / most secure

stupid —— stupider / stupidest
　　　 —— more stupid / most stupid

但是因單字的不同，有的用 -er, -est 的頻率較高，有的較常用 more, most，例如 difficult，使用 more，most 的時候佔絕大多數。在本字典中，如果單字有兩種形式的比較級時，會在 活用 中將兩種形式都列出來。但像 difficulter, difficultest 實際上很少有人使用的形式則不列出。

使用哪一種比較級形式，最後還是依使用者的喜好、地點、場合等決定的。

You'll think **differently** when you grow up. 你長大後想法就會不同。

活用 adv. **more differently**, **most differently**

difficult [`dɪfə,kʌlt] adj. 困難的，費力的；難於取悅的，難應付的。

範例 It is **difficult** for me to solve the problem. 對我來說解決這個問題很困難。

Even our teacher couldn't solve the **difficult** problem. 連我們老師都解決不了那個難題。

What a **difficult** child he is! 他是一個多麼難相處的孩子啊！

➡ 充電小站 (p. 343)

☞ ↔ easy

活用 adj. **more difficult**, **most difficult**

difficulty [`dɪfə,kʌltɪ] n. 困難的事，困難；窘境，逆境。

範例 I am having **difficulty** in getting two credits for French. 我在取得兩個法語學分方面遇到困難。

We found the church with **difficulty**. 我們費了好大的勁才找到那座教堂。

The boy went up a ladder against the roof without **difficulty**. 那個男孩毫不費勁地爬上架在屋頂上的梯子。

片語 **in difficulties** 有困難地；陷於困境中。

with difficulty 費勁地，困難地。(⇨ 範例)
without difficulty 毫不費勁地，毫無困難地。(⇨ 範例)

☞ ↔ ease

複數 **difficulties**

diffidence [`dɪfədəns] n. 缺乏自信，羞怯《☞ ↔ confidence》。

diffident [`dɪfədənt] adj. 缺乏自信的，羞怯的：When it comes to what he really thinks about this project, he is **diffident** around his boss. 到了該他說明對這個計畫的真正想法時，他卻在上司面前膽怯了起來。

活用 adj. **more diffident**, **most diffident**

diffuse [v. dɪ`fjuz; adj. dɪ`fjus] v. ① 使四散，使分散。② 傳播，使普及。

—adj. ③ 四散的。④ 冗長的。

範例 ① This stove **diffused** heat effectively. 這個爐子能有效地散熱。

② **diffuse** learning 傳播學問。

③ **diffuse** light 散光。

④ He made a **diffuse** speech in English. 他用英語作了一次冗長的演講。

活用 v. **diffuses**, **diffused**, **diffused**, **diffusing**

活用 adj. **more diffuse**, **most diffuse**

diffusion [dɪ`fjuʒən] n. ① 四散，擴散。② 普

D

及：the **diffusion** of knowledge 知識的普及.

***dig** [dɪg] v. ① 挖，掘出. ② 刺，戳.

——n. ③ 刺，戳. ④ 挖苦. ⑤ 發掘物，遺跡.

範例 ① She **dug** a hole in the garden. 她在花園裡挖了一個洞.

He **dug** deep into the ground. 他把地面挖得很深.

We **dug** a tunnel beneath the prison wall. 我們在監獄的牆角下挖了一條隧道.

I **dug** for buried jewels. 我挖掘埋藏在地底下的珠寶.

The detective **dug** up some facts from the neighbors. 那個警探從鄰居們那裡打聽到一些事實.

She **dug** up some carrots. 她挖了一些胡蘿蔔.

The dog **dug** my cap out of a pile of hay. 那隻狗從乾草堆中扒出我的帽子.

Who **dug** out the information? 誰挖出那個消息?

② She **dug** her fork into the steak. 她把她的叉子戳進牛排.

He **dug** me in the ribs. 他戳了戳我的肋骨.

③ She gave him a **dig**. 她戳了他一下.

片語 **dig at** 挖苦

dig for 挖掘. (⇨ 範例 ①)

dig ~ in the ribs 戳~的肋骨. (⇨ 範例 ②)

dig out 挖出. (⇨ 範例 ①)

dig up 掘出. (⇨ 範例 ①)

活用 v. **digs, dug, dug, digging**

複數 **digs**

***digest** [v. də`dʒɛst; n. `daɪdʒɛst] v. ① 消化; 理解.

——n. ② 文摘，摘要.

範例 ① I find meat difficult to **digest**. 我發現肉類難以消化.

It took me a while to **digest** the news. 我花了好一會兒才理解這則新聞.

② a concise **digest** of Roman law 羅馬法律的簡潔摘要.

活用 v. **digests, digested, digested, digesting**

複數 **digests**

digestion [də`dʒɛstʃən] n. 消化，消化系統〔作用〕：The stomach aids **digestion** by mechanically breaking down the food. 胃自動把食物磨碎幫助消化.

複數 **digestions**

digestive [də`dʒɛstɪv] adj. 消化的，助消化的.

digger [`dɪgɚ] n. 挖掘者; 挖掘工具.

複數 **diggers**

digit [`dɪdʒɪt] n. ① 數字 (☞ 充電小站 (p. 345))，阿拉伯數字《從0到9的各個數字》. ② 手指，腳趾.

複數 **digits**

digital [`dɪdʒɪtl] adj. 〔只用於名詞前〕① 數字的. ② 指狀的. ③ 數位式的.

dignified [`dɪgnə,faɪd] adj. 有威嚴的：a **dignified** manner 威嚴的態度.

活用 adj. **more dignified, most dignified**

dignify [`dɪgnə,faɪ] v. 使有威嚴; 使高貴：The prime minister's presence **dignified** our high school graduation ceremony. 首相的出席為我們高中畢業典禮增添光彩.

活用 v. **dignifies, dignified, dignified, dignifying**

dignitary [`dɪgnə,tɛrɪ] n.《正式》高階神職人員;(政府的)高官.

複數 **dignitaries**

***dignity** [`dɪgnətɪ] n. ① 威嚴. ② 尊嚴. ③ 高位.

範例 ① a man of **dignity** 有威嚴的人.

② the **dignity** of standing up for your principles 堅持自己原則的尊嚴.

③ the **dignity** of the presidency 總統的高位.

複數 **dignities**

digress [də`grɛs] v. (從正題) 岔開，離題.

活用 v. **digresses, digressed, digressed, digressing**

digression [də`grɛʃən] n. 離題，題外話.

複數 **digressions**

dike [daɪk] n. ① 堤，壩. ② 渠，溝，水路.

——v. ③ 築堤防護; 開溝排水.

參考 亦作 dyke.

複數 **dikes**

活用 v. **dikes, diked, diked, diking**

dilapidated [də`læpə,detɪd] adj. 破舊的.

範例 That **dilapidated** old bridge looks too dangerous to use. 那座破舊的老橋看起來太危險了，無法使用.

a **dilapidated** tenement 破舊的廉價公寓.

活用 adj. **more dilapidated, most dilapidated**

dilate [daɪ`let] v. 使擴大，膨脹《特指身體部位》：I can tell he's on medication—his pupils are **dilated**. 我看得出來他正在做藥物治療，他的瞳孔都放大了.

活用 v. **dilates, dilated, dilated, dilating**

dilemma [də`lɛmə] n. 左右為難，困境，窘境：She can't have both; so her **dilemma** is choosing between her career and the man she loves. 她所面臨的困境是選擇她的職業還是她所愛的人，真是左右為難.

複數 **dilemmas**

diligence [`dɪlədʒəns] n. 勤勉，勤奮：Your **diligence** will be justly and publicly recognized. 你的勤勉會得到應得的表揚.

diligent [`dɪlədʒənt] adj. 勤勉的，勤奮的：He was a **diligent** restaurant manager. 他是一個勤奮的餐廳經理.

活用 adj. **more diligent, most diligent**

diligently [`dɪlədʒəntlɪ] adv. 勤勉地，勤奮地.

活用 adv. **more diligently, most diligently**

dilute [dɪ`lut] v. ① 稀釋，沖淡.

——adj. ② 經稀釋的，稀薄的，淡的.

範例 ① **dilute** whiskey with water 攙水稀釋威士忌.

② **dilute** sulphuric acid 稀釋硫酸.

活用 v. **dilutes, diluted, diluted, diluting**

充電小站

數字 (digit) 與數

【Q】12為2位數，1995為4位數，「位」用英語該怎麼說? 此外，137的1是百位，3是十位，7是個位，這裡的「位」在英語中又稱為甚麼呢?

【A】「數目」在英語裡是 number. 例如137這個數是由1，3，7這3個「數字」寫成的，這3個阿拉伯「數字」稱為 digit. 因此「3位數」就是 a number with three digits: 137 is a number with three digits.

有時也用 figure 來代替 digit: 12 is a number with two figures.

▶數字式和指針式

英語有 digital 這個字，中文也有「數字式」這種說法，是「使用 digit」的意思。「數字式鐘錶 (digital watch, digital clock)」不是用長針 (long hand) 和短針 (short hand) 表示時間，而是用 digits 來表示「幾點幾分」。與數字式相對的是「指針式 (analogue)」。analogue 是「相似物」的意思。指針式鐘錶並不是直接使用數字，為了

表示時間而用長針、短針和盤面來表示.

▶位

位稱為 place.「個位」是 ones place 或 units place,「十位」是 tens place,「百位」是 hundreds place.

▶和數有關的英語

總結一下和「數」有關的名詞:

自然數	natural number
偶數	even number
奇數	odd number
整數	integer, whole number
分數	fraction
正數	positive number
負數	negative number
實數	real number
虛數	imaginary number
基數	cardinal number
序數	ordinal number

---

*dim [dɪm] *adj.* ① 模糊的，暗淡的.
——*v.* ② 使模糊，變模糊，使昏暗，變暗淡.
範例 ① Don't read in **dim** light—it's bad for your eyes. 不要在昏暗的光線下閱讀，那樣對你的眼睛不好.
the **dim** outline of buildings in the mist 薄霧中大樓的模糊輪廓.
dim memories of my childhood 我童年模糊的記憶.
The new glasses certainly help my **dim** eyesight. 新眼鏡對我模糊的視力確實有幫助.
② The light of a candle is **dimmed** by sunlight. 日光使燭光變得暗淡.
Even after forty years, his memories of the young and beautiful Mary haven't **dimmed**. 即使40年過去了，他對年輕貌美的瑪麗仍未淡忘.
活用 *adj.* dimmer, dimmest
活用 *v.* dims, dimmed, dimmed, dimming

dime [daɪm] *n.* 〖美〗10分硬幣.
範例 I am without a **dime**. 我一毛錢也沒有.
I don't care a **dime**. 我一點也不在乎.
片語 **a dime a dozen** 不值錢的，平凡的，不稀罕的: People like him are **a dime a dozen**. 像他這樣的人並不稀罕.
♦ **díme nòvel** 〖美〗廉價小說.
díme stòre 〖美〗廉價商店《亦作 five-and-ten-cent store》.
字源 拉丁語的 decima (1/10)，表示1美元的1/10之意.
複數 dimes

*dimension [dəˋmɛnʃən] *n.* ① 次元. ② 〔常~s〕大小，尺寸. ③ 方面，局面，形勢.
範例 ① Can you imagine a fifth **dimension**? 你能想像出第五次元嗎?
② a building of great **dimensions** 巨大的建築

物.
the **dimensions** of the problem 問題的大小.
The **dimensions** of the box are 9cm by 7cm by 7cm. 那個箱子的尺寸為9公分×7公分×7公分.
③ There is another **dimension** to his character. 他的性格有另一面.
複數 dimensions

*diminish [dəˋmɪnɪʃ] *v.* (使) 減少，(使) 縮小.
範例 The high cost of living **diminishes** one's ability to save money. 高生活費會降低一個人的儲蓄力.
The popularity of the government is **diminishing**. 政府的聲望正在降低之中.
活用 *v.* diminishes, diminished, diminished, diminishing

diminution [ˌdɪməˋnjuʃən] *n.* 減少，縮小.
複數 diminutions

diminutive [dəˋmɪnjətɪv] *n.* ① 表示「小」的字尾，表示「小」的字詞. ② 暱稱《例如 Thomas 的暱稱是 Tom, Elizabeth 的暱稱是 Beth 等》.
——*adj.* ③ 很小的.
參考 ① 表示「小」的字尾，如: -let, -ling, -ie 等. 表示「小」的字詞，如: booklet (小冊子)，duckling (小鴨子)，birdie (小鳥) 等.
複數 diminutives
活用 *adj.* more diminutive, most diminutive

dimly [ˋdɪmlɪ] *adv.* 模糊地，昏暗地: a **dimly** lit hall 燈光昏暗的大廳.
活用 *adv.* more dimly, most dimly

dimple [ˋdɪmpl] *n.* 酒窩: There are **dimples** in her cheeks when she smiles. 她一笑，臉上就出現酒窩.
複數 dimples

din [dɪn] *n.* ① 嘈雜噪音，喧鬧聲.
—*v.* ② 發出噪音，喧譁. ③ 喋喋不休.
範例 ① I cannot sleep well because of the **din** coming from the highway near my house. 我家附近的公路傳來的噪音使我睡不好.
② The sound of the engines **dinned** in my ears. 引擎的聲音在我耳邊隆隆作響.
③ My father has **dinned** good manners into me. 我父親喋喋不休地要我注意禮貌.
複數 **dins**
活用 *v.* **dins, dinned, dinned, dinning**

*__dine__ [daɪn] *v.* ① 吃正餐，用餐. ② 宴請.
範例 ① We **dine** at eight. 我們8點用餐.
② We **dined** him last night. 昨晚我們請他吃飯.
片語 **dine out** 外出用餐.
活用 *v.* **dines, dined, dined, dining**

diner [`daɪnɚ] *n.* ① 用餐者，(在餐館裡) 用餐的客人. ② 餐車〔亦作 dining car〕;〔美〕小餐館.
複數 **diners**

dinette [daɪ`nɛt] *n.* 〔美〕(家中的) 小餐廳，小飯廳.
複數 **dinettes**

dinghy [`dɪŋgɪ] *n.* 小艇，小船，小賽艇.
複數 **dinghies**

dingy [`dɪndʒɪ] *adj.* 骯髒的: I refuse to sleep on this **dingy** old futon. 我絕不睡在這個骯髒兮兮的舊床墊上.
活用 *adj.* **dingier, dingiest**

dining [`daɪnɪŋ] *n.* (吃) 正餐.
♦ **dining càr** 餐車〔亦作 diner;〔英〕restaurant car〕.
dining ròom 餐廳.

[dining room]

*__dinner__ [`dɪnɚ] *n.* ① 正餐，晚餐 (一天當中最主要的一餐). ② 晚宴.
範例 ① **Dinner** is ready. 晚餐已經準備好了.
They are at **dinner** now. 他們現在正在吃晚餐.
② We gave a **dinner** for him. 我們為他準備了晚宴.
參考 晚餐是 dinner，午餐為 lunch，若午餐用 dinner 時，則晚餐稱為 supper. 在英國如果午餐是 dinner，下午4點到6點左右喝紅茶搭配麵包、餅乾等點心稱為 afternoon tea，若簡單的魚肉餐點則稱為 high tea.
♦ **dinner jàcket**〔英〕男子半正式晚禮服，無

燕尾的晚禮服《〔美〕tuxedo〕.
dinner sèrvice/dínner sèt (正餐用的) 整套餐具.
dínner tàble 餐桌.
複數 **dinners**

dinosaur [`daɪnəˏsɔr] *n.* 恐龍.
字源 希臘語的 dino- (恐怖的) + -saur (蜥蜴).
複數 **dinosaurs**

dint [dɪnt] *n.* 〔只用於下列片語〕力，力量.
片語 **by dint of** 借助~的力量，憑藉: He has achieved his present position **by dint of** hard work. 由於辛苦工作，他得到目前的職位.

diocese [`daɪəˏsɪs] *n.* 主教轄區《幾個教會組成的基本教區單位，由主教 (bishop) 管轄〕.
複數 **dioceses**

dioxide [daɪ`ɑksaɪd] *n.* 二氧化物: carbon **dioxide** 二氧化碳.
字源 di (兩個的) + oxide (氧化物).

*__dip__ [dɪp] *v.* ① 使微浸，蘸. ② 把 (水等) 舀出，汲出. ③ 把 (手等) 伸入. ④ 微微下降再升起. ⑤ 下降，沉下.
—*v.* ⑥ 微浸，游泳，洗澡. ⑦ 一勺. ⑧ 下降，下沉;傾斜. ⑨ 浸液.
範例 ① He **dipped** the cracker into his milk. 他把餅乾浸在牛奶中.
The bird **dipped** into the sea. 那隻鳥沾了一下海水.
② She **dipped** water out of the bathtub. 她把水從浴缸裡舀出來.
③ He **dipped** his hand into his pocket for coins. 他把手伸入口袋中拿硬幣.
④ The ship **dipped** its flag in salute. 那艘船將旗子稍微降下再升起表示敬禮.
⑤ The sun **dipped** below the sea. 太陽沉到地平線下.
⑥ The boys took a **dip** in the sea. 那些男孩在海裡游泳.
⑦ The earthquake caused a **dip** in the ground. 那場地震引起地層下陷.
活用 *v.* **dips, dipped, dipped, dipping**
複數 **dips**

diphtheria [dɪf`θɪrɪə] *n.* 白喉《由白喉桿菌所引起的傳染病，喉嚨有藍白色膜附著而使呼吸困難〕.

diphthong [`dɪfθɔŋ] *n.* 雙母音.
複數 **diphthongs**

diploma [dɪ`plomə] *n.* (學位、資格的) 畢業證書，執照: He has a **diploma** in mechanical engineering. 他有機械工程的畢業證書.
複數 **diplomas**

*__diplomacy__ [dɪ`ploməsɪ] *n.* ① 外交. ② 外交手腕;手段，策略.
範例 ① **Diplomacy** between the two nations averted a war. 那兩國間的外交化解了一場戰爭.
② I've got to use some **diplomacy** to get what I want from him. 我必須從他手裡得到我想要的，我不得不耍點手段.

*__diplomat__ [`dɪpləˏmæt] *n.* ① 外交官. ② 手段

圓滑的人.

[範例] ① People say I'm a very tactful person; maybe I should become a **diplomat**. 人們都說我是一個圓滑的人，也許我能夠當一個外交官.

② Whenever he wants something from me, he turns into a **diplomat**. 每次他想從我這裡得到甚麼，他就會變得很圓滑.

[複數] **diplomats**

***diplomatic** [͵dɪpləˋmætɪk] *adj.* ①〔只用於名詞前〕外交的，外交上的. ② 有外交手腕的；手段圓滑的.

[範例] ① The **diplomatic** process has broken down; we may go to war. 由於外交過程失敗，我們可能要爆發戰爭了.

② I'm always very **diplomatic** with the boss's daughter. 我和老闆的女兒一直處得很融洽.

[活用] *adj.* ② **more diplomatic, most diplomatic**

diplomatically [͵dɪpləˋmætɪklɪ] *adv.* ① 外交上. ② 手段圓滑地：If you approach the situation **diplomatically**, I'm sure you'll succeed. 如果你妥善地處理當前的情況，我確信你會成功.

[活用] *adv.* ② **more diplomatically, most diplomatically**

dipper [ˋdɪpɚ] *n.* ① 長柄勺. ② 潛入水中捕食的鳥類. ③〔the D—〕北斗七星《亦作 the Big Dipper》.

[複數] **dippers**

dire [daɪr] *adj.* ① 可怕的. ②〔只用於名詞前〕緊急的，迫切的.

[範例] ① a **dire** accident 可怕的事故.

② He was in **dire** need of an operation. 他急需動手術.

[活用] *adj.* **direr, direst**

****direct** [dəˋrɛkt] *v.* ① 指導，指揮. ② 指示. ③ 指路. ④ 指向，針對. ⑤ 把（信等）寄給.

──*adj.* ⑥ 筆直的. ⑦ 直接的. ⑧ 率直的. ⑨〔只用於名詞前〕完全的.

──*adv.* ⑩ 筆直地；直接地.

[範例] ① He **directed** the building of a bridge over the river. 他指揮一座跨河大橋的建設.

② The teacher **directed** the students to get under their desks. 那位老師指示學生們躲到桌子下面.

③ Can you **direct** me to the nearest bus stop? 你能告訴我最近的公車站牌怎麼走嗎?

④ This religious message is **directed** at all non-believers. 這個宗教訊息是針對所有無信仰的人士.

⑤ The parcel was **directed** to me. 那個包裹是寄給我的.

⑥ The driver took the most **direct** course to Taipei. 那個司機走最近的路線到臺北.

⑦ The industrial spy was in **direct** contact with the chief engineer. 那個工業間諜和主任工程師有直接接觸.

⑧ The Prime Minister gave a **direct** answer to our question. 首相坦率地回答我們的問題.

⑨ That was the **direct** opposite of my opinion. 那和我的意見完全相反.

⑩ He came **direct** from his office to my home. 他從公司直接來到我家.

♦ **dirèct cúrrent** 直流電.

dirèct máil 信件廣告《直接郵寄給客戶的廣告印刷品，略作 DM》.

dirèct táx 直接稅《所得稅等》.

[活用] *v.* **directs, directed, directed, directing**

[活用] *adj., adv.* **more direct, most direct/directer, directest**

***direction** [dəˋrɛkʃən] *n.* ① 方向；方面. ② 監督，指導. ③〔~s〕指示，用法.

[範例] ① The express train moved off in the **direction** of Edinburgh. 那列特快車朝愛丁堡出發.

I have a poor sense of **direction**. 我的方向感很差.

② The new project team started under the **direction** of Mr. Adams. 那個新計畫團隊在亞當斯先生的指導下開始行動了.

③ Please follow the **directions** carefully when using this medicine. 服用這種藥物時請謹慎遵照指示.

[片語] **under the direction of** 在～的指導下. (⇨ [範例] ②)

♦ **diréction finder**（無線電的）測向儀.

[複數] **directions**

directive [dəˋrɛktɪv] *n.* 指令，命令，指示.

[複數] **directives**

***directly** [dəˋrɛktlɪ] *adv.* ① 筆直地；直接地. ② 正好. ③ 馬上. ④ 率直地.

[範例] ① Don't look **directly** at a solar eclipse. 不要直接觀看日蝕.

② The monument stands **directly** opposite the church. 那個紀念碑正對著那座教堂.

③ I'll be there **directly**. 我馬上就到.

④ He told the truth **directly**. 他率直地說出了事實.

[活用] *adv.* **more directly, most directly**

***director** [dəˋrɛktɚ] *n.* ① 指導者，管理者. ②（戲劇、電視、電影的）導演，製作人；(戲劇的）舞臺監督. ③（研究所的）所長，(政府機關的）局長，長官.

[發音] 亦作 [daɪˋrɛktɚ].

[複數] **directors**

directory [dəˋrɛktərɪ] *n.* 名冊：Would you look up Mr. Cooper's number in the telephone **directory**? 你能不能幫我查電話簿上古柏先生的電話號碼?

[複數] **directories**

dirge [dɝdʒ] *n.* 悲歌，輓歌《追悼故人的歌》：The funeral rite was accompanied with a **dirge**. 那個葬禮上播放了輓歌.

[複數] **dirges**

***dirt** [dɝt] *n.* ① 污物. ② 泥，土，灰塵. ③ 毫無

價值之物.

[範例] Let's clean off the **dirt** on the garbage can. 讓我們把垃圾筒上的污垢清理乾淨吧.

② Dogs love to dig in the **dirt**. 狗喜歡扒土.

Everyone treated him like **dirt**. 大家都視他如草芥.

*__dirty__ [ˋdɝtɪ] adj. ① 骯髒的. ② 淫穢的，下流的.
—— v. ③ 弄髒，變髒.

[範例] ① My hands are **dirty** from reading the newspaper. 看了報紙後我的手就髒了.

That's a **dirty** thing to say. 那樣的髒話不應該說.

② I think men like **dirty** jokes more than women do. 我想男性比女性更喜歡黃色笑話.

③ I told him not to **dirty** his hands. 我告訴他別把手弄髒.

This shirt **dirties** more easily than that one. 這件襯衫比那件容易髒.

[活用] adj. dirtier, dirtiest

[活用] v. dirties, dirtied, dirtied, dirtying

dis- pref. 不，非，無，～的相反: **dis**advantage 不利; **dis**agree 意見不合.

disability [͵dɪsəˋbɪlətɪ] n. ① 無能力. ② 身體殘障.

[複數] disabilities

*__disable__ [dɪsˋebḷ] v. 使殘廢; 使喪失能力.

[範例] He was **disabled** in the traffic accident. 他因為那起交通事故而殘廢.

Seats for the **disabled**. 殘障人士座位. 《disabled 作形容詞性》

[活用] v. disables, disabled, disabled, disabling

*__disadvantage__ [͵dɪsədˋvæntɪdʒ] n. 不利，沒有利益.

[範例] The main **disadvantage** of the project is the cost. 那個計畫的主要缺點在於成本.

Not being able to speak German could put you at a **disadvantage**. 不會說德語會使你處於不利地位.

The lack of training facilities will be to your **disadvantage**. 訓練設施的缺乏將會對你不利.

[複數] disadvantages

disadvantageous [dɪs͵ædvənˋtedʒəs] adj. 不利的，不方便的.

[活用] adj. more disadvantageous, most disadvantageous

*__disagree__ [͵dɪsəˋgri] v. 意見不合，不一致 (with); (氣候，食物等)不合適 (with).

[範例] The mayor **disagreed** with the governor on this topic. 市長和州長在這個論題上意見不合.

We **disagreed** with each other over the solution to the problem. 關於問題的解決方法，我們的意見分歧.

The girl's story **disagrees** with what he says. 那個女孩說的話和他說的不一致.

Greasy food **disagrees** with me. 油膩的食物對我不合適.

[活用] v. disagrees, disagreed, disagreed, disagreeing

*__disagreeable__ [͵dɪsəˋgriəbḷ] adj. 令人不愉快的; 討人厭的，難相處的.

[範例] Mr. Smith was a **disagreeable** fellow. 史密斯先生是個難相處的傢伙.

This soup has a **disagreeable** taste. 這個湯的味道不好.

[活用] adj. more disagreeable, most disagreeable

disagreeably [͵dɪsəˋgriəblɪ] adv. 令人不愉快地; 討人厭地，難相處地.

[活用] adv. more disagreeably, most disagreeably

disagreement [͵dɪsəˋgrimənt] n. 不一致; 不適合; 爭吵: There was serious **disagreement** between the two countries. 那兩國間有嚴重的意見分歧.

Joe and Bill had a violent **disagreement** about the matter. 喬和比爾就那件事大吵了一架.

[複數] disagreements

*__disappear__ [͵dɪsəˋpɪr] v. 隱沒，消失，不見.

[範例] The sun **disappeared** below the horizon. 太陽消失在地平線下.

Many species of plants and animals **disappear** every year. 每年都有許多植物和動物滅絕.

My key has **disappeared** somewhere. 我的鑰匙掉在某處了.

His name **disappeared** from the list. 他的名字從名單上消失了.

[活用] v. disappears, disappeared, disappeared, disappearing

disappearance [͵dɪsəˋpɪrəns] n. 隱沒; 消滅; 消失; 失蹤: The police were called in after the Minister's sudden **disappearance**. 那位部長突然失蹤後，警方就被召來了.

[複數] disappearances

*__disappoint__ [͵dɪsəˋpɔɪnt] v. 使失望: Your rude behavior **disappoints** me. 你粗魯的行為讓我失望.

[活用] v. disappoints, disappointed, disappointed, disappointing

disappointed [͵dɪsəˋpɔɪntɪd] adj. 失望的.

[範例] a **disappointed** look 失望的臉色.

He was **disappointed** at the result of the entrance examination. 他對入學考試的結果很失望.

We were deeply **disappointed** to hear the news of his death. 聽到他的死訊，我們深感失望.

I was **disappointed** that you were absent from the party. 我很失望你沒參加那個晚會.

[活用] adj. more disappointed, most disappointed

disappointing [͵dɪsəˋpɔɪntɪŋ] adj. 令人失望的.

[範例] **disappointing** sales figures 令人失望的銷

售額.

Our class's test results are pretty **disappointing**. 我們班的考試成績相當令人失望.

〔活用〕 *adj.* **more disappointing**, **most disappointing**

***disappointment** [ˌdɪsə`pɔɪntmənt] *n.* ① 失望. ② 令人失望的事物.

〔範例〕① To my great **disappointment**, I failed the entrance exam. 令我很失望的是, 我沒有通過入學考試.

② This trip has been nothing but one big **disappointment**. 這次旅行真令人失望.

The candidate's loss was a **disappointment** to his party. 那個候選人的落選對他所屬的政黨是個打擊.

〔複數〕 **disappointments**

***disapproval** [ˌdɪsə`pruvl] *n.* 不認同, 不贊成.

〔範例〕 The scientist shook his head in **disapproval**. 那位科學家搖頭表示不贊成.

His look was full of **disapproval**. 他滿臉不贊成.

***disapprove** [ˌdɪsə`pruv] *v.* 不認同, 不贊成.

〔範例〕 Her mother **disapproves** of her marrying the youth. 她母親不贊成她嫁給那個年輕人.

The chairman **disapproved** the plan. 主席不贊成那項計畫.

〔活用〕 *v.* **disapproves**, **disapproved**, **disapproved**, **disapproving**

disarm [dɪs`arm] *v.* ① 解除武裝, 廢除軍備. ② 使緩和 (怒氣, 敵意, 警戒心等).

〔範例〕① The military started to **disarm** the terrorist group. 軍方開始使恐怖分子繳械.

It's my dream that some day all nations will **disarm**. 我夢想有一天所有的國家都能廢除軍備.

② Her sweet smile **disarmed** me. 她甜蜜的笑容緩和了我的心情.

〔活用〕 *v.* **disarms**, **disarmed**, **disarmed**, **disarming**

disarmament [dɪs`arməmənt] *n.* 解除武裝, 廢除軍備: Unilateral **disarmament** can be disastrous. 片面的廢除軍備會引起災難.

disarray [ˌdɪsə`re] *n.* 雜亂, 無秩序, 混亂.

***disaster** [dɪz`æstə] *n.* ① 災難, 災害. ② 大失敗, 慘敗.

〔範例〕① Where do we assemble in case of a natural **disaster**? 萬一發生自然災害我們在哪裡集合?

② My first date with her was a **disaster**. 我和她的第一次約會徹底失敗了.

♦ **disáster àrea** 災區 《亦作 distressed area》.

〔字源〕 dis (遠離) + aster (星) →占星術上與自己的幸運星遠離的狀態.

〔複數〕 **disasters**

***disastrous** [dɪz`æstrəs] *adj.* 招致災難的, 損失慘重的, 悲慘的.

〔範例〕 a **disastrous** mistake 釀成大禍的錯誤.

a **disastrous** fire 造成損失慘重的火災.

Dating her was **disastrous** to his wallet. 與她約會使他阮囊羞澀.

〔活用〕 *adj.* **more disastrous**, **most disastrous**

disastrously [dɪz`æstrəslɪ] *adv.* 悲慘地, 損失慘重地: The airline's brief history ended **disastrously** just after it initiated cutbacks in maintenance. 那家航空公司剛開始縮減維修規模, 就悲慘地結束了它短暫的歷史.

〔活用〕 *adv.* **more disastrously**, **most disastrously**

disband [dɪs`bænd] *v.* 使解散: The group has **disbanded** due to lack of money. 那個團體因資金不足而解散了.

〔活用〕 *v.* **disbands**, **disbanded**, **disbanded**, **disbanding**

disbelief [ˌdɪsbə`lif] *n.* 不相信, 懷疑.

disbelieve [ˌdɪsbə`liv] *v.* 不相信, 懷疑.

〔活用〕 *v.* **disbelieves**, **disbelieves**, **disbelieved**, **disbelieving**

disc [dɪsk] = *n.* 《美》 disk.

discard [*v.* dɪs`kard; *n.* `dɪskard] *v.* ① 丟棄, 放棄. ② 丟出無用的牌.

——*n.* ③ 放棄. ④ 丟掉的牌, 丟棄的事物.

〔範例〕① **discard** an old coat 丟棄一件舊外套.

③ throw ~ into the **discard** 拋棄.

〔活用〕 *v.* **discards**, **discarded**, **discarded**, **discarding**

〔複數〕 **discards**

***discern** [dɪ`zɝn] *v.* 清楚地分辨, 看出, 察覺.

〔範例〕 It was easy to **discern** her disappointment by the look of her face. 從她的表情很容易看出她的失望.

It is difficult to **discern** good from evil. 辨別善惡是困難的.

I **discerned** that the man did not know the truth. 我察覺那個人不知道真相.

〔活用〕 *v.* **discerns**, **discerned**, **discerned**, **discerning**

discerning [dɪ`zɝnɪŋ] *adj.* 有識別力的, 有鑑賞力的: He was a **discerning** connoisseur of fine art. 他是一位對藝術品極具鑑賞力的行家.

〔活用〕 *adj.* **more discerning**, **most discerning**

***discharge** [dɪs`tʃardʒ] *v.* ① 卸下. ② 排出, 流出; 發射 (砲彈). ③ 釋放; 解雇. ④ 履行 (義務).

——*n.* ⑤ 卸貨. ⑥ 排出, 流出; (砲彈的) 發射. ⑦ 釋放; 解雇. ⑧ (義務的) 履行.

〔範例〕① They **discharged** the cargo from the ship. 他們把貨物從船上卸下.

② The factory **discharges** waste water into the river. 那家工廠把廢水排入河裡.

③ **discharge** ~ from prison 釋放～出獄.

④ We should **discharge** our duties to our country. 我們應該對我們的國家盡義務.

⑥ the **discharge** of water 水的排放.

活用 *v.* **discharges**, **discharged**, **discharged**, **discharging**

複數 **discharges**

*__**disciple**__ [dɪ`saɪpl] *n.* ① 弟子．②〔D～〕耶穌12使徒之一．

複數 **disciples**

＊discipline [`dɪsəplɪn] *n.* ① 訓練，鍛鍊．② 紀律，風紀．③ 懲罰，處罰．④ 專業領域，學科．

——*v.* ⑤ 訓練，鍛鍊．⑥ 懲罰，處罰．

範例 ① a strict military **discipline** 嚴格的軍事訓練．

② The total lack of **discipline** in that town has led to chaos. 那個城鎮因缺乏秩序而陷入混亂．

③ Those unruly children could do with some **discipline**. 那些不守規矩的孩子們應該管教管教．

④ Scientists from several **disciplines** will cooperate to solve the problem. 來自好幾個專業領域的科學家們將聯手解決那個問題．

⑤ If you **discipline** your puppies well, they'll become well-behaved dogs. 如果你好好地訓練你的小狗，牠們就會變乖．

⑥ If he isn't **disciplined** for doing that, he's sure to do it again. 如果他做了那樣的事還不受罰，他一定會再犯．

複數 **disciplines**

活用 *v.* **disciplines**, **disciplined**, **disciplined**, **disciplining**

disclaim [dɪs`klem] *v.* 否認（責任等）；放棄（權利等）．

活用 *v.* **disclaims**, **disclaimed**, **disclaimed**, **disclaiming**

＊disclose [dɪs`kloz] *v.* 使顯露；吐露，公開．

範例 The double agent **disclosed** the names and locations of spies in the Middle East. 那個雙面諜透露了中東地區間諜的名字及所處地點．

The name of the masked wrestler has not been **disclosed**. 那名戴面罩的摔角選手的名字尚未被公開．

活用 *v.* **discloses**, **disclosed**, **disclosed**, **disclosing**

disclosure [dɪs`kloʒɚ] *n.* 公開，揭曉，暴露：**disclosure** of information 公開消息．

複數 **disclosures**

disco [`dɪsko] *n.* 迪斯可（舞廳）《discotheque 的縮略》．

複數 **discos**

discolor [dɪs`kʌlɚ] *v.* 使褪色；使變色；弄髒．

參考 〖英〗discolour.

活用 **discolors**, **discolored**, **discolored**, **discoloring**

discoloration [ˌdɪskʌlə`reʃən] *n.* 褪色；變色；污點．

參考 〖英〗discolouration.

複數 **discolorations**

discolour [dɪs`kʌlɚ] ＝*v.* 〖美〗discolor.

discolouration [ˌdɪskʌlə`reʃən] ＝*n.* 〖美〗discoloration.

discomfiture [dɪs`kʌmfɪtʃɚ] *n.* ① 失敗．② 挫折．③ 狼狽：His son's delinquent behavior caused him great **discomfiture**. 他兒子的違法行為使他非常狼狽．

discomfort [dɪs`kʌmfɚt] *n.* ① 不安，不自在，不舒服．② 討厭的事，不適感．

範例 ① I can't even imagine the **discomforts** of space travel in a small space capsule. 我無法想像在狹小的太空艙中旅行的不舒服．

② There will be some **discomfort** with these new shoes at first, but you'll wear them in soon enough. 剛穿這雙新鞋會有點不舒服，但很快就會合腳．

複數 **discomforts**

disconcert [ˌdɪskən`sɝt] *v.* 使倉皇失措，使困窘：I was **disconcerted** by his inability to control his drinking. 他不由自主地喝酒使我感到不知所措．

活用 *v.* **disconcerts**, **disconcerted**, **disconcerted**, **disconcerting**

disconnect [ˌdɪskə`nɛkt] *v.* 切斷，斷絕．

範例 The electrical engineer **disconnected** the power before opening the machine. 那位電機工程師在拆開機器前切斷了電源．

She pulled out the plug to **disconnect** the refrigerator. 她拔掉插頭切斷冰箱的電源．

He **disconnected** himself from the group. 他與那個團體斷絕了關係．

活用 *v.* **disconnects**, **disconnected**, **disconnected**, **disconnecting**

disconnected [ˌdɪskə`nɛktɪd] *adj.* (話等) 無條理的，不連貫的：She made a few **disconnected** remarks. 她說了幾句不連貫的話．

活用 *adj.* **more disconnected**, **most disconnected**

disconsolate [dɪs`kɑnslɪt] *adj.* ① 憂鬱的，鬱鬱寡歡的．② 暗淡的，陰鬱的．

範例 ① She was **disconsolate** after she learned her dog had been run over. 得知她的狗被車輾死後，她就鬱鬱寡歡．

② a long and **disconsolate** day 漫長而鬱悶的日子．

活用 *adj.* **more disconsolate**, **most disconsolate**

＊discontent [ˌdɪskən`tɛnt] *n.* ① 不滿．

——*v.* ② 使不滿．

範例 ① Unpaid vacations are a source of great **discontent** to workers. 無薪休假是造成工人極大不滿的一個原因．

② Nothing can **discontent** me on this beautiful day. 在這美麗的一天，我沒甚麼好不滿的．

複數 **discontents**

活用 *v.* **discontents**, **discontented**, **discontented**, **discontenting**

discontented [ˌdɪskən`tɛntɪd] *adj.* 不滿的《常與 with 連用》．

範例 The **discontented** peasants stormed the palace. 不滿的農民猛攻皇宮.
He is **discontented** with his wages. 他對自己的工資不滿意.

活用 *adj.* **more discontented**, **most discontented**

discontinue [ˌdɪskən`tɪnju] *v.* 停止 (持續的事), 使中止, 使中斷.

範例 He **discontinued** his subscription to the newspaper. 他停止訂閱報紙.
Publication of the magazine was **discontinued** two months ago. 那本雜誌兩個月前停刊了.

活用 *v.* **discontinues**, **discontinued**, **discontinuing**

***discord** [`dɪskɔrd] *n.* ①《正式》意見不合, 不一致: Their family life was marked by constant **discord**. 他們家老是吵架. ② 不和諧音.

複數 **discords**

discordant [dɪs`kɔrdnt] *adj.* ① 不協調的, 步調紊亂的. ② 刺耳的, 不和諧的.

範例 ① Mention of that taboo subject was a **discordant** note that ruined the evening. 提起那個禁忌話題破壞了那個夜晚.
② the **discordant** noises of motorcar horns 汽車喇叭刺耳的噪音.

活用 *adj.* **more discordant**, **most discordant**

discotheque [ˌdɪskə`tek] *n.* 迪斯可 (舞廳)《略作 disco》.

複數 **discotheques**

***discount** [*n.* `dɪskaʊnt; *v.* dɪs`kaʊnt] *n.* ① 折扣, 折扣額 [率].
——*v.* ② 打折, 優惠. ③ 不完全聽信; 忽視, 不重視.

範例 ① I want a **discount**, or I won't buy it. 沒有折扣我就不買.
We give a 30 percent **discount** on all CDs. 我們所有的 CD 都打 7 折.
They sell electrical goods at a **discount** of 50 percent. 那家店以 5 折出售電器產品.
② We'll **discount** swimwear beginning in August. 泳衣從 8 月開始打折.
③ At company meetings what I say is always **discounted** by my boss. 我在公司會議上的發言總是不受老闆重視.

♦ **discount stòre** 折扣商店.

複數 **discounts**

活用 *v.* **discounts**, **discounted**, **discounting**

***discourage** [dɪs`kɝɪdʒ] *v.* ① 使灰心, 使氣餒. ② 阻止, 使打消念頭.

範例 ① I'm **discouraged** by my lack of progress in learning English. 學英語沒有進步讓我很灰心.
② We must do everything we can to **discourage** our son from smoking. 我們必須盡一切力量阻止我們兒子抽菸.

☞ ↔ encourage

活用 *v.* **discourages**, **discouraged**, **discouraged**, **discouraging**

discouragement [dɪs`kɝɪdʒmənt] *n.* 灰心, 氣餒; 令人灰心的事物.

複數 **discouragements**

***discourse** [*n.* `dɪskors; *v.* dɪ`skors] *n.* ① 演講; 論文. ② 會談.
——*v.* ③ 作演說; 談話, 談論 (on).

範例 ① At the dinner party, the professor gave us a long **discourse** on atomic energy. 晚宴上, 那位教授就原子能對我們發表了長篇大論.
The journalist wrote a political **discourse** in the editorial. 那個記者在社論上寫了一篇政治性的論述.
② The statesman held **discourse** with the minister. 那位政治家與部長舉行會談.
③ He **discoursed** on the protection of nature. 他發表了關於自然保護的演說.

♦ **díscourse anàlysis** 論述分析.

複數 **discourses**

活用 *v.* **discourses**, **discoursed**, **discoursed**, **discoursing**

discourteous [dɪs`kɝtɪəs] *adj.* 失禮的, 粗魯的.

活用 *adj.* **more discourteous**, **most discourteous**

discourtesy [dɪs`kɝtəsɪ] *n.* 無禮, 粗魯; 無禮的言行舉止.

複數 **discourtesies**

*****discover** [dɪ`skʌvɚ] *v.* 發現, 發覺.

範例 Pluto was **discovered** in 1930. 冥王星於 1930 年被發現.
I've **discovered** these people to be anarchists. 我已發覺這些人是無政府主義者.
The girl **discovered** that she had left her bag behind. 那個女孩發現她離開時沒把她的背包帶走.
The teacher never **discovered** how to open the box. 老師一直不知道如何打開那個盒子.

活用 *v.* **discovers**, **discovered**, **discovered**, **discovering**

discoverer [dɪ`skʌvərɚ] *n.* 發現者.

複數 **discoverers**

*****discovery** [dɪ`skʌvərɪ] *n.* 發現.

範例 The boy made an important **discovery**. 那個男孩有一項重大的發現.
You will be safe from **discovery** here. 你在這裡很安全, 不會被發現的.
The **discovery** that my husband had a mistress was a deep shock to me. 發現丈夫有情婦對我是一個很大的打擊.
The **discovery** of the body was reported. 據報導發現了一具屍體.

複數 **discoveries**

discredit [dɪs`krɛdɪt] *v.* ① 不信任, 懷疑. ② 敗壞名聲, 降低聲譽.

D

——*n.* ③ 不信任，懷疑. ④ 不名譽，恥辱.
[範例] ① The theory was **discredited** by many scientists. 許多科學家都懷疑這個理論.
② The accident at the nuclear power station **discredited** the government. 核能發電廠的意外事故使政府名譽掃地.
③ This new data will throw **discredit** on the Big Bang theory. 這項新資料將使大爆炸理論受到質疑.
④ Mr. Hall is a **discredit** to our nation. 霍爾先生是我們國家的恥辱.
[片語] ***throw discredit on*** 對～提出疑問. (⇨ [範例] ③)
[活用] *v.* **discredits**, **discredited**, **discredited**, **discrediting**
[複數] **discredits**

***discreet** [dɪ`skrit] *adj.* 慎重的，謹慎的.
[範例] You must be **discreet** in such delicate situations. 在這樣微妙的形勢下，你必須小心謹慎.
He is a **discreet** person—you can tell him anything. 他是一個言行謹慎的人，你甚麼都可以告訴他.
[活用] *adj.* **more discreet**, **most discreet**

discreetly [dɪ`skritlɪ] *adv.* 慎重地，謹慎地.
[活用] *adv.* **more discreetly**, **most discreetly**

discrepancy [dɪ`skrɛpənsɪ] *n.* 不一致，矛盾，分歧.
[範例] I found a **discrepancy** in the two newspaper reports of the incident. 我發現那兩份報紙對這個事件的報導不一致.
discrepancy between theory and practice 理論與實際的差異.
[複數] **discrepancies**

***discretion** [dɪ`skrɛʃən] *n.* 慎重，謹慎:
Discretion is the better part of valor. (諺語) 謹慎即大勇.

discriminate [dɪ`skrɪmə,net] *v.* ① 區別，辨別. ② 有差別地對待，歧視.
[範例] ① Can you **discriminate** wolves from dogs? 你能辨別狼和狗嗎?
It is difficult for me to **discriminate** between Portuguese and Spanish. 區分葡萄牙語和西班牙語對我來說很困難.
② The mayor used expressions to **discriminate** against colored people. 市長的措辭歧視有色人種.
The government **discriminated** between Protestants and Catholics. 政府對新教徒和天主教徒有差別待遇.
[活用] *v.* **discriminates**, **discriminated**, **discriminated**, **discriminating**

discriminating [dɪ`skrɪmə,netɪŋ] *adj.* ① 區別性的，可辨別的; 有鑑別力的. ② 差別對待的.
[範例] ① Does the man have any **discriminating** features? 那個男人有甚麼可供辨認的特徵嗎?
The woman has a **discriminating** palate. 那

個婦人有敏銳的味覺.
② The people discussed the problem of the **discriminating** tariff. 人們討論了關於差別關稅的問題.
[活用] *adj.* **more discriminating**, **most discriminating**

discrimination [dɪ,skrɪmə`neʃən] *n.* ① 區別，識別. ② 差別待遇，歧視.
[範例] ① The problem is **discrimination** between John and his brother. 問題在於如何區別約翰和他哥哥.
② There must be no **discrimination** against minorities. 必須保證沒有歧視少數團體.
They discussed **discrimination** between men and women. 他們討論了男女間的性別歧視.

discus [`dɪskəs] *n.* 鐵餅.
♦ **discus thròw** 擲鐵餅比賽.
[複數] **discuses**

***discuss** [dɪ`skʌs] *v.* 商討，討論.
[範例] They **discussed** how to treat the matter. 他們商討該如何處理那件事.
The committee **discussed** the proposed law on abortion. 那個委員會討論了墮胎法案.
We **discussed** what to do. 我們討論該怎麼辦.
[活用] *v.* **discusses**, **discussed**, **discussed**, **discussing**

***discussion** [dɪ`skʌʃən] *n.* 商討，討論: We held a long **discussion** about the plan. 我們對那個計畫進行了長時間的討論.
[片語] ***under discussion*** 審議中: The new project is now **under discussion**. 新計畫正在審議中.
[複數] **discussions**

***disdain** [dɪs`den] *v.* ①《正式》蔑視，不屑做.
——*n.* ②《正式》輕蔑，鄙視.
[範例] ① Our teacher **disdains** liars. 我們老師看不起說謊的人.
He **disdained** to accept a bribe. 他不屑接受賄賂.
② The president of the country was treated with **disdain**. 那個國家的總統受到蔑視.
[活用] *v.* **disdains**, **disdained**, **disdained**, **disdaining**

disdainful [dɪs`denfəl] *adj.* 輕蔑的; 自大的.
[範例] The policeman gave me a **disdainful** look. 那個警察輕蔑地看了我一眼.
The captain was **disdainful** of danger. 那位船長沒把危險當一回事.
[活用] *adj.* **more disdainful**, **most disdainful**

***disease** [dɪ`ziz] *n.* 疾病,（精神的）不健全;（社會的）弊病.
[範例] My brother is suffering from a heart **disease**. 我哥哥患有心臟病.
a serious **disease** 重病.
an acute **disease** 急性病.
a chronic **disease** 慢性病.
[字源] dis（離開）＋ease（舒適）→原來是「離開舒

適的狀態」之意，後來特指疾病.

複數 **diseases**

diseased [dɪˋzizd] *adj.* 患病的，有病的：the **diseased** part 患部.

disembark [ˏdɪsɪmˋbɑrk] *v.* 卸貨《把貨物從船、飛機上卸下》；使登陸，上岸；(從交通工具)下來.

活用 *v.* **disembarks**, **disembarked**, **disembarked**, **disembarking**

disembarkation [ˏdɪsɛmbɑrˋkeʃən] *n.* 卸貨《從船、飛機上卸下貨物》；登陸，上岸；(從交通工具)下來.

disengage [ˏdɪsɪnˋgedʒ] *v.* ① (使)解開，放開；(使)擺脫. ② 停止戰鬥.

範例 ① The butterfly couldn't **disengage** itself from the spider's grip. 那隻蝴蝶被蜘蛛抓住了，無法逃脫.
② The general ordered the troops to **disengage**. 那位將軍命令部隊停止作戰.

活用 *v.* **disengages**, **disengaged**, **disengaged**, **disengaging**

disentangle [ˏdɪsɪnˋtæŋgl] *v.* 解開，鬆開：He **disentangled** himself from politics. 他脫離政治圈了.

活用 *v.* **disentangles**, **disentangled**, **disentangled**, **disentangling**

disfigure [dɪsˋfɪgɚ] *v.* 使變醜；損壞 (形狀)；毀損：The accident **disfigured** him for life. 那次意外事故毀了他的一生.

活用 *v.* **disfigures**, **disfigured**, **disfigured**, **disfiguring**

disfigurement [dɪsˋfɪgɚmənt] *n.* ① 使變醜；損壞. ② 傷疤，缺陷.

複數 **disfigurements**

disgrace [dɪsˋgres] *n.* ① 不名譽，不光彩；造成不名譽的事物〔人〕.
——*v.* 使蒙羞，使丟臉；使失勢.
範例 ① Despite his many positive achievements, Nixon is still in **disgrace** with the American people. 儘管有許多正面的成就，但尼克森對美國人來說仍然是個恥辱.
The boy's shoplifting was a **disgrace** to his family. 那個男孩在商店裡順手牽羊的行為使他全家為之蒙羞.
② We **disgrace** ourselves by stooping to their level. 我們降到他們那樣的水準，真是丟臉.
I was **disgraced** just by their allegation. 只因為他們的指控就讓我失去地位了.
片語 ***in disgrace*** 不光彩的. (⇨ 範例 ①)
複數 **disgraces**
活用 *v.* **disgraces**, **disgraced**, **disgraced**, **disgracing**

disgraceful [dɪsˋgresfəl] *adj.* 可恥的，不名譽的：Clean this room at once—it's in a **disgraceful** condition! 馬上打掃房間！它實在亂得不像話!

活用 *adj.* **more disgraceful**, **most disgraceful**

disgruntled [dɪsˋgrʌntld] *adj.* 不滿的，不高

興的.

活用 *adj.* **more disgruntled**, **most disgruntled**

*****disguise** [dɪsˋgaɪz] *v.* ① 化裝，偽裝. ② 掩飾，隱瞞.
——*n.* ③ 化裝，偽裝. ④ 掩飾，隱瞞.
範例 ① The criminal **disguised** himself as a sailor. 那個犯人喬裝成一個水手.
② **disguise** ~'s feelings 掩飾~的感情.
③ He often goes dancing in **disguise**. 他經常變裝去參加舞會.
④ make no **disguises** of ~'s sorrow 毫不掩飾~的悲哀.
活用 *v.* **disguises**, **disguised**, **disguised**, **disguising**
複數 **disguises**

*****disgust** [dɪsˋgʌst] *v.* ① 使作嘔，使討厭.
——*n.* ② 不快，作嘔，厭煩，嫌惡.
範例 ① The smell of garlic always **disgusts** me. 大蒜的味道總是令我作嘔.
I'm **disgusted** with this lifestyle. 這樣的生活方式真令人受不了.
The girls felt **disgusted** at the sight of the accident. 女孩們看到那次車禍覺得很噁心.
② The mayor gave up his post in **disgust**. 市長心生厭煩而辭職.
To my **disgust**, I had my wallet stolen. 令我討厭的是，我的錢包被偷了.
The student told me he felt **disgust** at your way of thinking. 那個學生告訴我他厭惡你的思考方式.
活用 *v.* **disgusts**, **disgusted**, **disgusted**, **disgusting**

*****disgusting** [dɪsˋgʌstɪŋ] *adj.* 令人作嘔的，令人不快的，非常討人厭的：What a **disgusting** smell! 多麼令人作嘔的味道啊!

活用 *adj.* **more disgusting**, **most disgusting**

*****dish** [dɪʃ] *n.* ①(盛食物的)大盤子. ② 盛在大盤子裡的菜餚〔食物〕. ③〔the ~es〕餐具.
——*v.* ④ 盛於盤中.
範例 ④ a cold **dish** 冷盤.
a hot **dish** 熱菜.
the main **dish** 主菜.
a side **dish** 配菜.
a **dish** of fried chicken 一盤炸雞.
Chinese **dishes** 中國菜.
What is your favorite **dish**? 你最喜歡哪一道菜?
③ do the **dishes** 洗碗盤.
片語 ***dish out*** ① 分配 (菜餚). ② 給與 (忠告等).
dish up ① 分配 (菜餚). ② 提出.
參考 分配菜餚指的是從大淺盤 (dish) 裡把菜餚分配到各自的盤子 (plate).
複數 **dishes**
活用 *v.* **dishes**, **dished**, **dished**, **dishing**

dishearten [dɪsˋhɑrtn] *v.* 使灰心，使喪氣：The religious leader's dishonesty

D

disheartened his followers. 那個宗教領袖的欺騙行為使信徒們心灰意冷.

[活用] v. disheartens, disheartened, disheartened, disheartening

disheveled [dɪˈʃɛvld] adj. 衣衫不整的，雜亂無章的：His disheveled appearance must mean he's drunk again. 從他衣衫不整的樣子看得出他肯定又喝醉了.

[參考] 〖英〗dishevelled.

[活用] adj. more disheveled, most disheveled

*** dishonest** [dɪsˈɑnɪst] adj. 不正直的，不誠實的：Don't have any dealings with him—he's dishonest. 不要與他來往，他為人不正直.

[活用] adj. more dishonest, most dishonest

dishonesty [dɪsˈɑnɪstɪ] n. ① 不正直，不誠實. ② 不正當的行為.

*** dishonor** [dɪsˈɑnɚ] n. ① 不名譽，恥辱.
—— v. ② 使蒙受恥辱.

[範例] ① The bullies are a dishonor to our school. 那些流氓是我們學校的恥辱.
② In cheating, he dishonored our team. 他作弊，使得我們隊上名譽受損.

[參考] 〖英〗dishonour.

[複數] dishonors

[活用] v. dishonors, dishonored, dishonored, dishonoring

dishonorable [dɪsˈɑnərəbl] adj. 不名譽的：a dishonorable action 不名譽的行為.

[參考] 〖英〗dishonourable.

[活用] adj. more dishonorable, most dishonorable

dishonour [dɪsˈɑnɚ] =n.〖美〗dishonor.

dishonourable [dɪsˈɑnərəbl] =n.〖美〗dishonorable.

dishwasher [ˈdɪʃˌwɑʃɚ] n. 洗碗機.

[複數] dishwashers

disillusion [ˌdɪsɪˈluʒən] v. ① 使覺醒，使幻滅，使失望《常用 be disillusion with 形式》.
—— n. ② 覺醒，幻滅；失望.

[範例] ① The girl was disillusioned with politics. 那個女孩對政治感到失望.
② disillusion with religion 對宗教的幻滅.

[活用] v. disillusions, disillusioned, disillusioned, disillusioning

[複數] disillusions

disillusionment [ˌdɪsɪˈluʒənmənt] n. 覺醒，幻滅.

disinfect [ˌdɪsɪnˈfɛkt] v. 消毒，殺菌.

[活用] v. disinfects, disinfected, disinfected, disinfecting

disinfectant [ˌdɪsɪnˈfɛktənt] adj. ① 消毒的，殺菌的.
—— n. ② 消毒劑，殺菌劑.

[複數] disinfectants

disinherit [ˌdɪsɪnˈhɛrɪt] v. 剝奪繼承權，廢嫡.

[活用] v. disinherits, disinherited, disinherited, disinheriting

disintegrate [dɪsˈɪntəˌgret] v. 使崩潰，使互

解：We must not disintegrate the two groups now. 我們現在必須使那兩個集團不致於互解.

[活用] v. disintegrates, disintegrated, disintegrated, disintegrating

disintegration [ˌdɪsɪntəˈgreʃən] n. 崩潰，瓦解.

disinterested [dɪsˈɪntərɪstɪd] adj. 公平的：a disinterested umpire 公平的裁判.

[活用] adj. more disinterested, most disinterested

disjointed [dɪsˈdʒɔɪntɪd] adj. ① 關節脫臼的. ② 不得要領的；支離破碎的.

[活用] adj. ② more disjointed, most disjointed

disjointedly [dɪsˈdʒɔɪntɪdlɪ] adv. 不得要領地；零零散散地，支離破碎地.

[活用] adv. more disjointedly, most disjointedly

disk [dɪsk] n. ① 圓盤，平而薄的圓盤狀物. ② CD，唱片. ③ 椎間盤《脊椎的椎骨和椎骨間的圓盤狀軟骨》. ④ 磁碟，軟碟《亦作 floppy disk》.

♦ **disk jockey** 流行音樂節目主持人《略作DJ》.

[參考] 〖英〗disc.

[複數] disks

diskette [dɪsˈkɛt] n. 軟碟《亦作 floppy disk》.

[複數] diskettes

*** dislike** [dɪsˈlaɪk] v. ① 討厭，厭惡.
—— n. ② 討厭，厭惡.

[範例] ① I dislike spaghetti. 我不喜歡義大利麵. My brother dislikes swimming in the pool. 我哥哥討厭在水池裡游泳.
② As far as food goes, I have no dislikes—I will eat anything. 我不挑食，我甚麼都吃. John has a strong dislike of sushi. 約翰非常討厭壽司. The teacher was friendly at first, but she soon took a dislike to me. 那位老師一開始很友善，但很快就討厭我了.

[片語] **take a dislike to** 對～反感.《⇨ [範例] ②》

[活用] v. dislikes, disliked, disliked, disliking

[複數] dislikes

dislocate [ˈdɪsloˌket] v. ① 使脫臼. ② 使混亂，使失序.

[活用] v. dislocates, dislocated, dislocated, dislocating

dislocation [ˌdɪsloˈkeʃən] n. ① 脫臼. ② 混亂，失序.

[複數] dislocations

dislodge [dɪsˈladʒ] v. 移開，除去：dislodge a rock 挖出一塊岩石.

[活用] v. dislodges, dislodged, dislodged, dislodging

disloyal [dɪsˈlɔɪəl] adj. 不忠實的，背叛的.

[範例] I can't trust disloyal people. 我不相信不忠之人.

Never be **disloyal** to your friends. 絕對不可以對朋友不忠.

活用 adj. **more disloyal**, **most disloyal**

disloyally [dɪsˋlɔɪəlɪ] adv. 不忠實地，背叛地.

活用 adv. **more disloyally**, **most disloyally**

disloyalty [dɪsˋlɔɪəltɪ] n. 不忠實，背叛，背信行為: Telling a secret that you promised to keep is a **disloyalty**. 洩露先前答應過要保守的祕密是一種背叛.

複數 **disloyalties**

*__dismal__ [ˋdɪzml] adj. 陰沉的；淒慘的: He invested all his money in one venture with **dismal** results. 他把所有的錢都投資在單一投機事業上，結果相當淒慘.

活用 adj. **more dismal**, **most dismal**

dismally [ˋdɪzmlɪ] adv. 陰沉地；淒慘地.

活用 adv. **more dismally**, **most dismally**

dismantle [dɪsˋmæntl] v. ① 分解，拆除。② 可分解，可拆卸.

範例 ① We'll have to **dismantle** the desk to get it through the door. 要通過那扇門我們就得把那張桌子拆解.
② This bicycle **dismantles** easily. 這輛腳踏車很容易拆卸.

活用 v. **dismantles**, **dismantled**, **dismantled**, **dismantling**

*__dismay__ [dɪsˋme] v. ① 使驚慌失措；使沮喪，使失望.
——n. ② 驚慌失措；沮喪，失望.

範例 ① The cancellation of their trip to Disneyland **dismayed** the children. 取消迪士尼樂園之旅讓孩子們很失望.
② The mother learned with **dismay** that her son had failed the university entrance exam. 母親知道兒子沒通過大學入學考試之後感到很沮喪.
Much to my **dismay**, my big brother is getting a divorce. 令我相當錯愕的是，我大哥要離婚了.

片語 **to ~'s dismay** 令~失望〔錯愕〕的是. (⇨ 範例 ②)

活用 v. **dismays**, **dismayed**, **dismayed**, **dismaying**

dismember [dɪsˋmɛmbɚ] v. ① 切斷肢體。② 分割 (國家、土地等).

活用 v. **dismembers**, **dismembered**, **dismembered**, **dismembering**

*__dismiss__ [dɪsˋmɪs] v. ① 解散。② 解雇，撤職。③ 拋棄，忘掉。④ 駁回，不受理 (訴訟事件).

範例 ① The teacher **dismissed** the class five minutes before the bell. 那位老師在鐘響前5分鐘下課.
② We **dismissed** him because his work was so poor. 因為他工作不力，所以我們把他炒魷魚了.
③ They **dismissed** his suggestion as ridiculous. 他們認為他的建議荒唐可笑而不予採納.
④ The court **dismissed** the case because of lack of evidence. 法院因為證據不足而駁回

那起訴訟案件.

活用 v. **dismisses**, **dismissed**, **dismissed**, **dismissing**

dismissal [dɪsˋmɪsl] n. ① 解散。② 解雇，撤職: His constantly being late for work was ground for **dismissal**. 經常上班遲到是他被解雇的原因。③ 駁回，不受理.

複數 **dismissals**

*__dismount__ [dɪsˋmaunt] v. (使) (從馬、腳踏車、砲架等上) 下來.

範例 The gentleman **dismounted** from his horse. 那位紳士從馬背上下來.
He ordered the young soldiers to **dismount** the cannon. 他命令年輕的士兵們從砲架上卸下大砲.

活用 v. **dismounts**, **dismounted**, **dismounted**, **dismounting**

disobedience [ˌdɪsəˋbidɪəns] n. 不服從，違抗；違反.

範例 **Disobedience** to rules is severely punished in the army. 違反軍紀在軍隊中會受到嚴厲的處罰.
Teachers hitting students is **disobedience** to the law. 老師打學生是違法的.

disobedient [ˌdɪsəˋbidɪənt] adj. 不服從的，違抗的；違反的.

範例 a **disobedient** student 忤逆的學生.
He is often **disobedient** to the speed limit. 他經常超速.

活用 adj. **more disobedient**, **most disobedient**

*__disobey__ [ˌdɪsəˋbe] v. 不服從，違抗；違反: He **disobeyed** his parents and rode a motorbike. 他不聽他爸媽的話，逕自騎上摩托車.

活用 v. **disobeys**, **disobeyed**, **disobeyed**, **disobeying**

*__disorder__ [dɪsˋɔrdɚ] n. ① 混亂，雜亂；無秩序，無法紀。② 騷動，暴亂。③ (身體機能的) 失調.
——v. ④ 擾亂，使混亂.

範例 ① The divorce left his life in **disorder**. 離婚使他的生活陷入一片混亂.
② social **disorder** 社會騷動.
③ a liver **disorder** 肝功能失調.
④ Sunspots can **disorder** wireless communication systems. 太陽黑子會擾亂無線電通訊系統.

複數 **disorders**

活用 v. **disorders**, **disordered**, **disordered**, **disordering**

disorderly [dɪsˋɔrdɚlɪ] adj. 混亂的，雜亂的；無秩序的，無法紀的.

範例 a **disorderly** reign 混亂的時期.
a **disorderly** mob 目無法紀的暴徒.

活用 adj. **more disorderly**, **most disorderly**

disorganize [dɪsˋɔrgəˌnaɪz] v. 擾亂，使混亂: The earthquake **disorganized** the train schedule. 那個地震打亂了火車時刻表.

參考 〖英〗disorganise.

[活用] v. **disorganizes**, **disorganized**, **disorganized**, **disorganizing**

disown [dɪs`on] v. 否認～是自己的，聲明（自己）與～斷絕關係〔無關〕: He **disowned** his son. 他與兒子斷絕關係.

[活用] v. **disowns**, **disowned**, **disowned**, **disowning**

disparity [dɪs`pærətɪ] n. 不一致，不同，相異.

[複數] **disparities**

dispassionate [dɪs`pæʃənɪt] adj. 冷靜的；公正的.

[活用] adj. **more dispassionate**, **most dispassionate**

dispassionately [dɪs`pæʃənɪtlɪ] adv. 冷靜地；公正地.

[活用] adv. **more dispassionately**, **most dispassionately**

*__dispatch__ [dɪ`spætʃ] v. ① 緊急發送，緊急派遣. ② 迅速處理. ③ 殺死.

——n. ④ 緊急發送，緊急派遣. ⑤ 緊急公文，快報.

[範例] ① The report was **dispatched** to the president. 那份報告被緊急送交總統.

② He soon **dispatched** his work. 他迅速完成工作.

④ The emergency required the **dispatch** of troops to the area. 由於事態緊急，必須迅速派兵到那個地區.

⑤ She sent a **dispatch** from Paris to Taipei. 她從巴黎發緊急公文到臺北.

[片語] **with dispatch** 火速地: He performed his work **with dispatch**. 他火速地完成他的工作.

[參考] 亦作 despatch.

[活用] v. **dispatches**, **dispatched**, **dispatched**, **dispatching**

[複數] **dispatches**

*__dispel__ [dɪ`spɛl] v. 驅逐，趕走，驅散，消除.

[範例] Your reassurance has **dispelled** all my anxiety. 你的再度保證消除了我所有的疑慮.

The sun **dispelled** the mist right away. 太陽馬上就驅散了薄霧.

[活用] v. **dispels**, **dispelled**, **dispelled**, **dispelling**

dispensary [dɪ`spɛnsərɪ] n. 藥局，配藥室.

[複數] **dispensaries**

dispensation [ˌdɪspən`seʃən] n. ① 分發，分配. ② 體制，制度. ③ 省去，免除.

[範例] ① **dispensation** of vaccine to the patients 分配疫苗給患者.

② an emergency situation **dispensation** 危機處理系統.

[複數] **dispensations**

*__dispense__ [dɪ`spɛns] v. ① 分發，分配. ② 省去，免除 (with). ③ 調配 (藥物).

[範例] ① The king **dispensed** food to the poor people. 國王分發食物給窮人.

② Let's **dispense** with formalities and get right down to business. 我們就別客套了，直接辦

正事.

This machine **dispenses** with a great deal of hard labor. 這部機器可以省去大量的勞力.

[活用] v. **dispenses**, **dispensed**, **dispensed**, **dispensing**

dispenser [dɪ`spɛnsə] n. 自動販賣機；自動提款機《亦作 cash dispenser》.

[複數] **dispensers**

*__disperse__ [dɪ`spɝs] v. 散去，驅散.

[範例] The crowd **dispersed** when the police arrived. 警方抵達時人群已經散去了.

The police **dispersed** the demonstrators with tear gas. 警方用催淚瓦斯驅散示威遊行隊伍.

[活用] v. **disperses**, **dispersed**, **dispersed**, **dispersing**

dispirited [dɪ`spɪrɪt] adj. 失望的，灰心的.

[活用] adj. **more dispirited**, **most dispirited**

*__displace__ [dɪs`ples] v. 使移動，迫使離開；取代；排除 (水、氣量).

[範例] The eruption of the volcano **displaced** many people from their homes. 火山爆發迫使很多人離開他們的家園.

The computer **displaced** the typewriter. 電腦取代了打字機.

This ship **displaces** 10,000 tons. 這艘船的排水量是10,000噸.

[活用] v. **displaces**, **displaced**, **displaced**, **displacing**

displacement [dɪs`plesmənt] n. ① 置換；移動；排除；解雇. ② 排水〔氣〕量.

[範例] ① the **displacement** of moderates from the Cabinet 溫和派從內閣中被撤換掉.

② I bought a car of 2,000cc **displacement**. 我買了一輛排氣量2,000cc的車.

*__display__ [dɪ`sple] v. ① 展示；炫耀. ②（清楚地）顯示，表露（感情等）.

——n. ③ 展示；炫耀. ④（感情等的）表露，（能力等的）發揮. ⑤（計算機等的）顯示器.

[範例] ① Sports cars are **displayed** in the show room. 跑車在展覽室展出.

My son **displayed** his new car. 我兒子炫耀他的新車.

② He **displayed** his intelligence at the interview. 他在採訪中展露他的智慧.

She **displayed** her feelings when she learned the fact. 她得知事實後情緒表露無遺.

He **displayed** hang gliding. 他表演滑翔翼.

③ His paintings are on **display** now at Taipei Fine Arts Museum. 他的畫作現在正在臺北市立美術館展出.

He made a **display** of his knowledge of Baroque music. 他炫耀他在巴洛克音樂上的知識.

④ a **display** of courage 勇氣的發揮.

[片語] **on display** 展示中. (⇨ [範例] ③)

make a display of 炫耀. (⇨ [範例] ③)

[活用] v. **displays**, **displayed**, **displayed**, **displaying**

D

[複數] **displays**

***displease** [dɪs`pliz] v. 使不高興，使生氣.

[範例] My poor grades **displease** me. 成績太差讓我心情不好.

I'm **displeased** with your dishonesty. 你的不誠實讓我很生氣.

[活用] v. **displeases**, **displeased**, **displeased**, **displeasing**

displeasure [dɪs`plɛʒɚ] n. 不高興，不悅；不滿，生氣.

[範例] When he was silent, he was expressing **displeasure**. 當他沉默的時候，就是表示他不高興.

Tokyo's high cost of living is a great source of **displeasure** to its inhabitants. 東京的高消費是造成當地居民不滿的一大原因.

disposable [dɪ`spozəbl] adj. 用後即丟的：We used **disposable** cups and plates at the party. 我們在晚會上使用免洗杯子和盤子.

***disposal** [dɪ`spozl] n. 處置，處理：Toxic waste **disposal** is a big problem these days. 有毒廢棄物的處理成為近來的一大問題.

[片語] **at one's disposal** 由～支配：I'm **at your disposal**; please call me at any time. 我聽候你差遣，請隨時打電話吩咐.

***dispose** [dɪ`spoz] v. ①《正式》布置，排列. ②《正式》使想做. ③ 處理，處置.

[範例] ① The scholar **disposed** his books on the shelves. 那位學者把他的書擺放在架子上.

② I was **disposed** to help the old woman. 我想要幫助那個老婦人.

[片語] **dispose of** 處理，處置：I have **disposed of** my old car and bought a new one. 我已經賣了我的舊車，而且又買了一輛新車.

[活用] v. **disposes**, **disposed**, **disposed**, **disposing**

***disposition** [ˌdɪspə`zɪʃən] n. ①《正式》布置. ② 氣質；性情；性質. ③（法律上的）處理，處置.

[範例] ① Proper **disposition** of our refreshment stands at the beach will bring us good profits. 在海灘上恰當地擺設小吃攤將為我們帶來很好的收益.

② He has a nervous **disposition**. 他很神經質.

[複數] **dispositions**

dispossess [ˌdɪspə`zɛs] v. 《正式》剝奪，沒收《常用 be dispossessed of 形式》：He was **dispossessed** of his land. 他的土地被沒收了.

[活用] v. **dispossesses**, **dispossessed**, **dispossessed**, **dispossessing**

disproportionate [ˌdɪsprə`porʃənɪt] adj. 不均衡的，不相稱的.

[活用] adj. **more disproportionate**, **most disproportionate**

disproportionately [ˌdɪsprə`porʃənɪtlɪ] adv. 不均衡地，不相稱地.

[活用] adv. **more disproportionately**, **most disproportionately**

disprove [dɪs`pruv] v. 證明～不能成立：I **disproved** what he had said. 我證明了他所說的不能成立.

[活用] v. **disproves**, **disproved**, **disproved**, **disproving**

disputable [dɪ`spjutəbl] adj. 不確定的，有爭論餘地的.

[活用] adj. **more disputable**, **most disputable**

***dispute** [dɪ`spjut] v. ① 爭論. ② 反駁. ③ 阻止.

——n. ④ 爭論，爭吵.

[範例] ① They **disputed** whether to carry the project out. 他們爭論是否要實行那項計畫.

② The lawyer **disputed** with the prosecution over the lawsuit. 那位律師針對那起訴訟案件反駁檢察當局.

③ The guardsman **disputed** his entry into the building. 那個警衛阻止他進入該棟大樓.

④ They were in **dispute** with their employer about payment. 他們正與雇主爭論有關報酬的問題.

[片語] **beyond dispute/past dispute/without dispute** 無疑地，確實地：This book is, **beyond dispute**, worth reading. 這本書的確值得一讀.

in dispute 在爭論中的，未解決的. (⇨ [範例] ④)

[活用] v. **disputes**, **disputed**, **disputed**, **disputing**

[複數] **disputes**

disqualification [dɪsˌkwɑləfə`keʃən] n. 不適合；喪失〔取消〕資格；喪失資格的理由.

[複數] **disqualifications**

disqualify [dɪs`kwɑlə͵faɪ] v. 使不合格〔適合〕；取消資格：His poor English **disqualifies** him for a diplomat. 他的英語很差，不適合當外交官.

[活用] v. **disqualifies**, **disqualified**, **disqualified**, **disqualifying**

***disregard** [ˌdɪsrɪ`gɑrd] v. ① 無視，不顧.

——n. ② 忽視.

[範例] ① John **disregarded** Mary's advice. 約翰不聽瑪麗的忠告.

② **disregard** of a rule 對規則的漠視.

My noisy neighbor has a complete **disregard** for my need to study in peace and quiet. 我那喧鬧的鄰居完全忽視我需要安靜的學習.

[片語] **have a disregard for** 忽視，對～漠不關心. (⇨ [範例] ②)

[活用] v. **disregards**, **disregarded**, **disregarded**, **disregarding**

disrepair [ˌdɪsrɪ`pɛr] n. 荒廢，破舊，破損：The school building was in **disrepair**. 校舍破舊不堪.

disreputable [dɪs`rɛpjətəbl] adj. 聲名狼藉的，不可靠的；破舊的.

[活用] adj. **more disreputable**, **most**

disreputable

disrespect [ˌdɪsrɪ`spɛkt] *n.* 不敬，無禮.

disrespectful [ˌdɪsrɪ`spɛktfəl] *adj.* 不尊重的，無禮的：Many young people today are **disrespectful** of their elders. 現在有很多年輕人根本不尊重年長者.
活用 *adj.* **more disrespectful**, **most disrespectful**

disrespectfully [ˌdɪsrɪ`spɛktfəlɪ] *adv.* 不尊重地，無禮地：The boy spoke to his teacher **disrespectfully**. 那個男孩很沒禮貌地跟他的老師說話.
活用 *adv.* **more disrespectfully**, **most disrespectfully**

disrupt [dɪs`rʌpt] *v.* 使(交通、通訊等)混亂；使(國家、制度等)分裂.
活用 *v.* **disrupts**, **disrupted**, **disrupted**, **disrupting**

disruption [dɪs`rʌpʃən] *n.* (交通、通訊等的)混亂；(國家、制度等的)分裂.

disruptive [dɪs`rʌptɪv] *adj.* 混亂的；分裂的.
活用 *adj.* **more disruptive**, **most disruptive**

dissatisfaction [dɪsˌsætɪs`fækʃən] *n.* 不滿：The reason for the students' **dissatisfaction** is the bad school lunches. 學生們不滿的原因是學校的午餐很難吃.

dissatisfied [dɪs`sætɪsˌfaɪd] *adj.* 不滿的：The people are **dissatisfied** with the prime minister's performance. 人民對首相的表現不滿意.

dissatisfy [dɪs`sætɪsˌfaɪ] *v.* 使不滿意：The boxer's defeat **dissatisfied** his fans. 那個拳擊手戰敗讓他的拳擊迷們很不滿.
活用 *v.* **dissatisfies**, **dissatisfied**, **dissatisfied**, **dissatisfying**

dissect [dɪ`sɛkt] *v.* 解剖；仔細地分析.
範例 The students **dissected** a frog. 學生們解剖青蛙.
The professor **dissected** her report. 教授仔細地分析她的報告.
活用 *v.* **dissects**, **dissected**, **dissected**, **dissecting**

dissection [dɪ`sɛkʃən] *n.* 解剖；詳細的分析：He learned a lot from the **dissection** of a frog. 他從解剖青蛙學到很多東西.
複數 **dissections**

disseminate [dɪ`sɛməˌnet] *v.* 《正式》傳播，使普及.
活用 *v.* **disseminates**, **disseminated**, **disseminated**, **disseminating**

dissemination [dɪˌsɛmə`neʃən] *n.* 傳播，普及.

dissension [dɪ`sɛnʃən] *n.* 意見分歧：**Dissension** among the rank and file brought down the union leadership. 一般工會成員間的意見分歧使工會的領導力下降.
複數 **dissensions**

***dissent** [dɪ`sɛnt] *v.* ① 不同意.
——*n.* ② 意見分歧，異議.

範例 ① No one **dissented**, so the plan went ahead as scheduled. 沒有人反對，因此按原訂計畫進行.
② There was no **dissent** when I told my staff they would have to work longer hours. 當我告訴職員們他們必須增加工作時間時，沒人表示異議.
☞ ↔ consent
活用 *v.* **dissents**, **dissented**, **dissented**, **dissenting**

dissenter [dɪ`sɛntə] *n.* ① 反對者，異議分子. ②〔D~〕非英國國教的教徒.
複數 **dissenters**

dissident [`dɪsədənt] *adj.* ① 意見不同的，不同意的.
——*n.* ② 持不同意見的人，異議分子.
複數 **dissidents**

dissimilar [dɪs`sɪmələ] *adj.* 不相似的，不同的.
活用 *adj.* **more dissimilar**, **most dissimilar**

dissipate [`dɪsəˌpet] *v.* ① (使)消散，驅散. ② 浪費，揮霍.
範例 ① The boys **dissipated** when their teacher came. 老師一來，男孩們就散去了.
② He **dissipated** his fortune. 他把財產揮霍光了.
活用 *v.* **dissipates**, **dissipated**, **dissipated**, **dissipating**

dissociate [dɪ`soʃɪˌet] *v.* (使)分離；斷絕關係：He **dissociated** himself from that company. 他與那家公司斷絕了關係.
活用 *v.* **dissociates**, **dissociated**, **dissociated**, **dissociating**

dissociation [dɪˌsosɪ`eʃən] *n.* 分離；斷絕.

***dissolution** [ˌdɪsə`luʃən] *n.* ① 解散；(婚約、契約等的)解除. ② 消滅，滅亡.
範例 ① the **dissolution** of the Parliament 國會的解散.
② the **dissolution** of the Roman Empire 羅馬帝國的滅亡.

＊**dissolve** [dɪ`zɑlv] *v.* ① (使)溶解，分解. ② 解散，取消. ③ 消除，驅散. ④ 陷入(情緒中)(into).
範例 ① This powerful acid can **dissolve** anything. 這種強酸甚麼都能溶解.
Sugar **dissolves** in water. 糖溶於水.
② The Prime Minister has the power to **dissolve** Parliament. 首相有權解散國會.
My mother wants me to have my marriage **dissolved**. 我母親要我離婚.
③ My lawyer's assurances **dissolved** all my fears. 律師的保證消除了我的不安.
The ghost **dissolved** into the fog. 幽靈消失在霧中了.
④ We **dissolved** into laughter when we heard the joke. 我們聽到那個笑話忍不住笑了起來.
活用 *v.* **dissolves**, **dissolved**, **dissolved**, **dissolving**

dissuade [dɪ`swed] v. 使打消念頭，阻止: Nothing can **dissuade** me from keeping my promise. 無論如何我都會遵守諾言.

活用 v. **dissuades, dissuaded, dissuaded, dissuading**

dissuasion [dɪ`sweʒən] n. 規勸，勸阻.

＊distance [`dɪstəns] n. 間隔，距離; 遠方; 差異.

範例 I don't know the **distance** from London to Cambridge. 我不知道從倫敦到劍橋的距離.

You don't need to take a taxi; it's within walking **distance**. 你不必搭計程車，那兒步行就能到.

The building looks less dilapidated at a **distance**. 從遠處看那棟大樓好像沒那麼破舊.

I can see mountains in the **distance**. 我能看到遠處的群山.

We'd better keep our **distance** from that dangerous neighborhood. 我們最好不要靠近那個危險的地區.

From this **distance**, I can't tell who he is. 隔這麼遠，我看不清楚他是誰.

There's a lot of **distance** between your way of thinking and mine. 你的想法和我的想法有很大差距.

片語 **at a distance** 有一點距離地. (⇒ 範例)
in the distance 遠遠地. (⇒ 範例)
keep ～'s distance 保持距離. (⇒ 範例)

♦ **dístance lèarning** 遠距教學.

複數 **distances**

distant [`dɪstənt] adj. ① 有間隔的，遙遠的. ② 疏遠的，冷淡的.

範例 ① Things from the **distant** past are often forgotten. 很久以前的事經常會被遺忘.

I received a **distant** letter from Texas. 我收到一封遠從德州寄來的信.

② a **distant** relative 遠親.

She seems so **distant** tonight. 今晚她似乎很冷淡.

☞ ↔ near

活用 adj. **more distant, most distant**

distantly [`dɪstəntlɪ] adv. ① 遙遠地，遠離地. ② 疏遠地，冷淡地.

範例 ① Nuclear power stations are placed **distantly** from population centers for safety. 為了安全起見，核能發電廠設在遠離人口集中的地方.

② He listened to her **distantly** as he eyed the other girls in the disco. 他看著迪斯可舞廳裡的其他女孩，心不在焉地聽她說話.

活用 adv. **more distantly, most distantly**

distaste [dɪs`test] n. 討厭，反感.

範例 The little boy has a **distaste** for eggs. 那個小男孩討厭吃蛋.

The young man looked at the interviewer with **distaste**. 那個年輕人憎惡地看著採訪者.

distasteful [dɪs`testfəl] adj. 厭惡的，令人不悅的: Reggae is **distasteful** to my son. 我兒子討厭雷鬼音樂.

活用 adj. **more distasteful, most distasteful**

distastefully [dɪs`testfəlɪ] adv. 討厭地，厭惡地: The girl looked at her teacher **distastefully**. 那個女孩厭惡地看著她的老師.

活用 adv. **more distastefully, most distastefully**

distemper [dɪs`tɛmpɚ] n. ① 瘟熱病《狗等動物的傳染病，會引起鼻喉黏膜感染》: My dog was vaccinated against **distemper**. 我的狗施打過瘟熱病疫苗了. ② 加入膠質的油畫顏料《用膠與雞蛋調和的顏料，用於壁畫》.
—— v. ③ 用膠質顏料畫.

活用 v. **distempers, distempered, distempered, distempering**

distend [dɪ`stɛnd] v. 《正式》(使)膨脹，(使)擴大: a **distended** stomach 擴大的胃.

活用 v. **distends, distended, distended, distending**

distill [dɪ`stɪl] v. ① 蒸餾. ② 提取(精華).

範例 The people in the village **distill** brandy from wine. 那裡的村民從葡萄酒中蒸餾製造白蘭地.

We **distilled** grain into whiskey. 我們把穀物用蒸餾法製成威士忌.

The chemist **distilled** the impurities out of water. 那位化學家用蒸餾法去除水中的雜質.

② The teacher **distilled** the moral from the story. 那位老師從那個故事中擷取教訓.

參考 《英》distil.

活用 v. **distills, distilled, distilled, distilling**

distillation [ˌdɪstl̩`eʃən] n. ① 蒸餾(法): The **distillation** of whiskey is prohibited without a government license. 沒有政府核發執照，禁止蒸餾威士忌. ② 蒸餾物，精粹.

複數 **distillations**

distillery [dɪ`stɪlərɪ] n. (威士忌等的)蒸餾廠.

複數 **distilleries**

＊distinct [dɪ`stɪŋkt] adj. ① 個別的，截然不同的. ② 明確的，清楚的.

範例 ① Our opinions are similar but **distinct**. 我們的意見看似相同，實則不同.

Speaking English is quite **distinct** from writing it. 英語的說和寫截然不同.

② I get the **distinct** feeling she doesn't like me. 我很清楚地感覺到她不喜歡我.

a **distinct** idea 明確的想法.

活用 adj. **more distinct, most distinct/distincter, distinctest**

＊distinction [dɪ`stɪŋkʃən] n. ① 區別，差異(處). ② 優秀; 榮譽.

範例 ① She can't make a **distinction** between good and evil. 她無法區分善惡.

What is the **distinction** between amateur and professional? 業餘愛好者和專業人士有甚麼不同點?

② a man of **distinction** 優秀的人.

I had the **distinction** of being invited to the party. 我有幸獲邀出席那場晚會.

複數 **distinctions**

distinctive [dɪ`stɪŋktɪv] *adj.* 獨特的；區別性的: a **distinctive** way of speaking 獨特的說話方式.

活用 *adj.* **more distinctive, most distinctive**

distinctively [dɪ`stɪŋktɪvlɪ] *adv.* 有特色地；有區別地.

活用 *adv.* **more distinctively, most distinctively**

*****distinctly** [dɪ`stɪŋktlɪ] *adv.* ① 明確地，清楚地. ② 顯然地，無疑地.

範例 ① Speak more **distinctly**. 說得再清楚一點.

② **Distinctly**, he has been abroad. 顯然他到過國外.

活用 *adv.* **more distinctly, most distinctly**

*****distinguish** [dɪ`stɪŋgwɪʃ] *v.* ① 區別，辨別. ② 清楚聽見〔看見〕. ③ 使顯著.

範例 ① The child is unable to **distinguish** reality from dreams. 那個小孩無法區分幻想與現實.

You should **distinguish** between love and sympathy. 你應該把愛與同情區別開來.

② I have very good eyesight; I can **distinguish** things at night that others cannot. 我眼力很好，能在晚上看到別人看不清楚的東西.

③ I'm going to **distinguish** myself by learning to speak six languages fluently. 我要學會能流利地說6種語言，使自己出人頭地.

活用 *v.* **distinguishes, distinguished, distinguished, distinguishing**

distinguishable [dɪ`stɪŋgwɪʃəbl] *adj.* 能區別的.

活用 *adj.* **more distinguishable, most distinguishable**

*****distinguished** [dɪ`stɪŋgwɪʃt] *adj.* 顯眼的；傑出的，著名的: a **distinguished** writer 一位名作家.

活用 *adj.* **more distinguished, most distinguished**

*****distort** [dɪs`tɔrt] *v.* 扭曲，使變形；曲解；使（聲音）失真.

範例 He **distorted** his face to make the children laugh. 他扮鬼臉逗孩子們笑.

That magazine **distorts** every story it prints. 那本雜誌上登載的都不是事實.

The sound is **distorted** when you turn up the volume too high. 把音量開得太大，聲音就會失真.

活用 *v.* **distorts, distorted, distorted, distorting**

distortion [dɪs`tɔrʃən] *n.* 扭曲，歪曲，變形；曲解: The defense attorney accused the prosecution of presenting a **distortion** of the facts. 辯護律師指控檢察當局曲解事實.

複數 **distortions**

*****distract** [dɪ`strækt] *v.* ① 分散，轉移（心、注意）. ② 使煩惱，使混亂.

範例 ① Never **distract** the driver of a car. 千萬不可以讓司機分心.

② I'm so **distracted** by financial problems that I can't study. 我為財務問題所擾以致於無法念書.

☞ ① ↔ attract

活用 *v.* **distracts, distracted, distracted, distracting**

distraction [dɪ`strækʃən] *n.* ① 注意力分散，令人分心的事物. ② 混亂；精神錯亂，瘋狂. ③ 娛樂，消遣.

範例 ① The sight of the sexy girl was a big **distraction** to his studying. 那個性感女孩的倩影讓他完全無法念書.

② The din of the construction next door drove me to **distraction**. 隔壁不絕於耳的施工噪音讓我快發瘋了.

The young girl adored the fashion model to **distraction**. 那個年輕女孩瘋狂地崇拜那位時裝模特兒.

③ There are enough **distractions** in New York to last a lifetime. 紐約有各式各樣的娛樂消遣活動.

複數 **distractions**

distraught [dɪ`strɔt] *adj.* 心煩意亂的；發狂的: They are **distraught** over the disappearance of their son. 兒子的失蹤讓他們心煩意亂.

活用 *adj.* **more distraught, most distraught**

*****distress** [dɪ`strɛs] *n.* ① 苦惱，憂慮. ② 苦惱的原因.

——*v.* ③ 使苦惱，使痛苦.

範例 ① My company's bankruptcy is an unending source of **distress**. 公司破產是我無盡苦惱的根源.

They were in **distress** for money. 他們為錢所苦.

② An unsteady income is a **distress** to me. 不穩定的收入讓我很苦惱.

③ It **distresses** me to leave her alone. 留她孤單一人讓我很苦惱.

複數 **distresses**

活用 *v.* **distresses, distressed, distressed, distressing**

distressing [dɪ`strɛsɪŋ] *adj.* 令人苦惱的，悲慘的: Her sad story was so **distressing**. 她的悲慘故事是那麼令人悲傷.

活用 *adj.* **more distressing, most distressing**

distribute [dɪ`strɪbjut] *v.* ① 分配，分發. ② 使分布，使散布.

範例 ① The old man **distributed** persimmons to the boys. 那個老人分柿子給那些男孩.

The farmers **distributed** seeds in the field. 農夫們在田裡播撒種子.

② This flower is widely **distributed** over the world. 這種花分布廣及全世界.

活用 *v.* **distributes, distributed, distributing**

*__distribution__ [ˌdɪstrə`bjuʃən] *n.* ① 分配，分發. ② 分布，散布.

範例 ① the **distribution** of food to the famine victims 給飢餓者的食物分配.
② Unfortunately, violence and inhumanity have world-wide **distribution**. 不幸的是，暴力與野蠻遍布世界.

複數 **distributions**

__distributor__ [dɪ`strɪbjətɚ] *n.* ① (商品的) 配給者；批發商. ② 配電盤，配電器.

複數 **distributors**

*__district__ [`dɪstrɪkt] *n.* 地區，區域；行政區.

範例 Shin Kong Life Tower is among the many skyscrapers built in the Jungjeng **district**. 新光人壽大樓是中正區眾多摩天建築中的一棟.
All the children in that school **district** walk to school now instead of taking school buses. 那個學區的孩子現在步行上學，不坐校車.

♦ **the District of Colúmbia** 哥倫比亞特區 (略作 D.C., 美國馬里蘭州與維吉尼亞州之間的聯邦直轄地區；首都華盛頓亦位於此，首都華盛頓加上 the District of Columbia 的縮略 D.C., 亦作 Washington, D.C.).

複數 **districts**

*__distrust__ [dɪs`trʌst] *n.* ① 不信任，懷疑.
——*v.* ② 不信任，懷疑.

範例 ① Few people have a **distrust** of the newspaper. 大多數人對報紙都深信不疑.
② The police **distrusted** my words. 警方不相信我的話.

活用 *v.* **distrusts, distrusted, distrusted, distrusting**

*__disturb__ [dɪ`stɝb] *v.* 擾亂，打擾，妨礙；使不安，使混亂.

範例 You shouldn't **disturb** a chef while he's cooking. 大廚做菜時你不該打擾他.
I'm sorry to **disturb** you. 我很抱歉打擾你了.
Do not **disturb**. 請勿打擾.
We were all very **disturbed** by our father's sudden death. 父親遽逝使我們六神無主.
Someone has **disturbed** the earth in my flower bed. 有人把我的花圃弄得亂七八糟.

活用 *v.* **disturbs, disturbed, disturbed, disturbing**

__disturbance__ [dɪ`stɝbəns] *n.* 擾亂，干擾；不安.

範例 Some **disturbance** outside my window distracted me from reading. 窗外的喧囂擾得我無心看書.
The film's shooting schedule progressed despite several **disturbances**. 雖然遭遇阻撓，但那部電影的拍攝仍舊有進展.

複數 **disturbances**

__disuse__ [dɪs`jus] *n.* 停用，廢棄：That tunnel has fallen into **disuse**. 那個隧道已經廢棄不用了.

*__ditch__ [dɪtʃ] *n.* ① (道路、田地旁的) 溝，渠 (主要用來排水).
——*v.* ② 使 (飛機) 迫降水上. ③《口語》丟棄，拋棄.

複數 **ditches**

活用 *v.* **ditches, ditched, ditched, ditching**

__ditto__ [`dɪto] *n.* 同上，同前：giant-sized shirts with blue stripes and large-sized shirts **ditto** 藍條紋的特大號襯衫及與此相同的大號襯衫.

♦ **ditto màrk** 同上符號 (″，此符號是由 ditto 縮略為 do，再由 d 與 o 分別變為' 而成).

字源 義大利語 detto (業已所述).

__divan__ [`daɪvæn] *n.* ① (靠牆邊無扶手、無靠背的) 沙發長椅. ② 躺椅 (無床頭板 (headboard)、床腳豎板 (footboard) 的矮床，亦作 divan bed).

複數 **divans**

*__dive__ [daɪv] *v.* ① 跳入，衝進. ② 潛水. ③ 俯衝；撲過去. ④ 埋首於，專心致力於.
——*n.* ⑤ 跳入. ⑥ 潛水. ⑦ 俯衝.

範例 ① When the water is cold, it's better not to **dive** right in. 水很冷的時候，最好不要馬上跳入水中.
Have you ever seen a mouse **dive** into its hole? 你有看過老鼠鑽入老鼠洞嗎?
② You are not allowed to **dive** here. 你不准在這裡潛水.
③ He **dove** on me and knocked me to the ground. 他撲向我，把我撞倒在地.
④ The student has been **diving** into the history of Poland. 那個學生埋首於波蘭史的研究.
⑤ The boy made a quick **dive** into the river. 那個男孩迅速跳入河裡.

活用 *v.* **dives, dived, dived, diving/dives, dove, dived, diving**

複數 **dives**

__diver__ [`daɪvɚ] *n.* ① 跳水者. ② 潛水者，潛水伕.

♦ **scúba dìver** 戴水肺的潛水者.
skín-dìver 不戴水肺的潛水者.
ský-diver 高空 (花式) 跳傘者.

複數 **divers**

__diverge__ [də`vɝdʒ] *v.* 分岔，偏離；分歧，相異.

範例 Where the river **diverges**, there is an island. 這條河的分流處有一個島.
On this subject our opinions **diverge**. 在這個議題上我們的意見分歧.

發音 亦作 [daɪ`vɝdʒ].

活用 *v.* **diverges, diverged, diverged, diverging**

__divergent__ [də`vɝdʒənt] *adj.* 分岔的；分歧的.

活用 *adj.* **more divergent, most divergent**

*__diverse__ [də`vɝs] *adj.* ① 各式各樣的，形形色色的. ② 相異的，不同的.

範例 ① This composer wrote such **diverse** works as ballets and film scores. 這位作曲家創作了芭蕾舞曲、電影音樂等多種作品.
There are many **diverse** species in this zoo.

這座動物園有各式各樣的動物.
② Of course, opinions about this matter are widely **diverse**. 對這件事的看法當然大相逕庭.

發音 亦作 [daɪ`vɝs].

活用 adj. **more diverse**, **most diverse**

diversify [də`vɝsə‚faɪ] v. 使多樣化, 使變化.

範例 The tobacco company **diversified** into publishing. 這家菸草公司多元化地經營出版事業.
This is a language school **diversified** by teachers from many countries. 這所語言學校因為有來自各國的教師而富有變化.

發音 亦作 [daɪ`vɝsə‚faɪ].

活用 v. **diversifies**, **diversified**, **diversified**, **diversifying**

*__**diversion**__ [də`vɝʒən] n. ① 轉向, 改變; 挪用. ② 牽制 (行動). ③ 消遣, 娛樂.

範例 ① The **diversion** of funds from one government program to another is illegal. 把政府用於某計畫的資金挪用到其他計畫是違法的.
② This party is a **diversion** to stop her from thinking about her problems. 這個晚會是為了分散她的注意, 讓她不再想煩心的事.
John created a **diversion** so Bill could steal my radio. 約翰掩護比爾偷走我的收音機.
③ Boating is a popular **diversion**. 划船是一項受歡迎的娛樂.

發音 亦作 [daɪ`vɝʒən].

複數 **diversions**

*__**diversity**__ [də`vɝsətɪ] n. 多樣性, 差異: He has a **diversity** of interests. 他興趣廣泛.

發音 亦作 [daɪ`vɝsətɪ].

複數 **diversities**

*__**divert**__ [də`vɝt] v. ① 使轉向. ② 轉移 (注意力). ③ 消遣, 解悶, 娛樂.

範例 ① Traffic has been **diverted** near the Diet building for security reasons. 因為安全理由, 國會大廈附近的車輛必須改道行駛.
② The railroad accident **diverted** public attention away from the bribery scandal of the high official. 鐵路意外事故轉移了大眾對政府高層收賄醜聞的注意力.
③ I switch on the TV to **divert** the children while I'm cooking. 我煮飯時打開電視讓孩子們消遣一下.

發音 亦作 [daɪ`vɝt].

活用 v. **diverts**, **diverted**, **diverted**, **diverting**

*__**divide**__ [də`vaɪd] v. 分開, 劃分; 使 (意見等) 分歧, 使分裂; (用～) 除.

範例 The teacher **divided** the class into six groups. 那位老師把班上分成6組.
These train tracks **divide** the east district from the west. 這條鐵路分隔了東區與西區.
I have to **divide** everything equally for my children to avoid arguments. 為了避免孩子們爭吵, 我必須把所有東西平分.

He **divided** his property among his children. 他把財產分給他的孩子們.
This issue is **dividing** the country just at a time when we need unity. 正當需要團結一致時, 這個問題卻引起國內分裂.
The train **divides** into two at the next station. 這列火車在下一站分為兩列.
35 **divided** by 7 equals 5. 35÷7＝5.

◆ **divided highway** 〖美〗有中央分隔島的主要幹道 (〖英〗**dual carriageway**).

活用 v. **divides**, **divided**, **divided**, **dividing**

dividend [`dɪvə‚dɛnd] n. ① 紅利, (股票的) 股息. ② (數學的) 被除數.

範例 ① "There'll be no **dividend** this year due to the recession," the chairperson said. 董事長說:「由於不景氣, 今年無紅利.」
I'm sure my hard work will pay **dividends** in the future. 我相信現在努力工作將來一定會得到應有的報酬.

片語 **pay dividends** 付紅利; 得到報酬, 產生好結果.

複數 **dividends**

divider [də`vaɪdə] n. ①〔～s〕分線規, 兩腳規. ② (房間的) 間壁, 屏風.

*__**divine**__ [də`vaɪn] adj. ① 神的, 神性的. ② 神聖的, 神授的.
——v. ③ 猜到, 預言.

範例 ① the **divine** will 神意.
the **Divine** Being 神.
② the **divine** right 君權神授說 (《國王的權威為神所授, 不可侵犯》).
divine service 禮拜儀式.
③ To my surprise, Jane **divined** that I had opened the cupboard. 令我驚訝的是, 珍猜到是我打開碗櫥的.

活用 v. **divines**, **divined**, **divined**, **divining**

divinely [də`vaɪnlɪ] adv. ① 憑藉神的力量地. ② 神一般地.

活用 adv. ② **more divinely**, **most divinely**

divinity [də`vɪnətɪ] n. ① 神性, 神力. ②〔the D～〕(基督教的) 上帝. ③ 神學.

範例 ② Some people believe that **divinity** resides within every object. 有些人相信神性寓於一切物體.
③ a Doctor of **Divinity** 神學博士.

複數 **divinities**

divisible [də`vɪzəbl] adj. 可分的, 可以除盡的: 124 is **divisible** by 2 and 4. 124可以用2與4除盡.

*__**division**__ [də`vɪʒən] n. ① 分, 分開, 分割, 分配. ② 被分開之物; 部門, 局, 科. ③ 分隔物, 分界線. ④ (意見等的) 分裂, 不一致. ⑤ 除法.

範例 ① The **division** of responsibility among the supervisors made their work easier. 監督者之間的責任劃分使他們的工作變得更順利.
We made a fair **division** of the profits. 我們平分了利潤.
② Which **division** handles consumer

complaints? 哪個部門負責處理消費者申訴?
Our baseball team is in the first **division** of the league. 我們的棒球隊屬於聯盟第一級.

③ The wall used to form a **division** between the East and the West. 那道牆曾經是東方世界與西方世界的分界線.

④ There is a **division** of opinion among the leaders. 領導者之間意見不一致.

⑤ Are you good at **division**? 你擅長除法運算嗎?

[複數] **divisions**

divisor [də`vaɪzɚ] *n.* (數學的) 除數, 約數.

[複數] **divisors**

divorce [də`vɔrs] *n.* ① 離婚. ② 分離.
——*v.* ③ (使) 離婚. ④ 分離.

[範例] ① Tom got a **divorce** from his wife. 湯姆獲准與妻子離婚.

② So as not to favor one religion over another, there should be a complete **divorce** between church and state. 為了不偏袒特定的宗教, 政治與宗教必須完全分離.

③ She **divorced** her husband two years ago. 她兩年前與丈夫離婚了.
The judge **divorced** Mr. and Mrs. Hudson. 那位法官判哈德森夫婦離婚.

④ We can't **divorce** business from pleasure; sometimes we must take customers out to dinner. 我們無法把做生意與娛樂分開, 有時我們得請客人吃飯.

[複數] **divorces**
[活用] *v.* **divorces**, **divorced**, **divorced**, **divorcing**

DIY [`di.aɪ`waɪ] 《縮略》= do-it-yourself.

dizzy [`dɪzɪ] *adj.* ① 頭暈目眩的, 暈眩的: I felt **dizzy** when I got out of the roller coaster. 當我從雲霄飛車上下來時, 我感到頭暈目眩.
——*v.* ② 使頭暈.

[活用] *adj.* **dizzier**, **dizziest**
[活用] *v.* **dizzies**, **dizzied**, **dizzied**, **dizzying**

DJ [`di.dʒe] 《縮略》= disk jockey (流行音樂節目主持人).

[複數] **DJ's/DJs**

†**do** [(強)`du; (弱) du] *aux.* 《主詞為複數 (I 與第二人稱單數 you 除外), 用於表示現在式, 構成疑問句、否定句、強調句).

字序	句子種類	範例
do＋主詞＋原形動詞	疑問句	①
don't*＋主詞＋原形動詞		
do＋主詞	疑問句 (原形動詞以下省略)	②
don't＋主詞		
主詞＋do＋原形動詞	直述句之強調	③
主詞＋don't＋原形動詞	直述句之否定	④
主詞＋do	直述句 (原形動詞以下省略)	⑤
主詞＋do not**		

* 不可用 do not 取代此處的 don't. 若要用否定形式, 字序為〈do＋主詞＋not＋原形動詞〉.

** 可用 don't 替代此處的 do not.

⑥〔用〈do＋原形動詞〉強調祈使句).
⑦〔用〈don't＋原形動詞〉構成表示否定的祈使句).

——*v.* ⑧〔避免重複前面出現過的動詞). ⑨ 做, 處理, 進行.

——*n.* ⑩ 大型宴會. ⑪ 該做的事. ⑫ 全音階的第 1 音 (☞ 充電小站 (p. 831)).

[範例] ① **Do** you go to school by motorcycle? 你騎摩托車去學校嗎?
What **do** they eat for breakfast? 他們早餐吃甚麼?
Don't you want to eat the cake? 你不想吃蛋糕嗎?
Why **don't** you come for the holiday? 你為甚麼不來度假呢?《原意為「為甚麼不來呢?」, 衍生為「請你前來」之意)

② "I like coffee." "Oh, **do** you?"「我要咖啡.」「噢, 是嗎?」
"They don't eat meat." "**Don't** they?"「他們不吃肉.」「是嗎?」
You don't think me conceited, **do** you? 你不認為我很自大吧, 對不對?
You and Mary know the scandal, **don't** you? 你與瑪麗知道那件醜聞, 對不對?

③ "They never come." "You're wrong. They **do** come."「他們絕不會來.」「你錯了, 他們一定會來.」
I really **do** want to be rich and famous. 我確實想名利雙收.
Well **do** I remember that beautiful day! 我會記住那美好的一天!
Rarely **do** I go there. 我難得去那裡.
Not only **do** they read Latin, but they speak it. 他們不僅能讀拉丁文, 而且能說.

④ I **do** not like rock music. 我不喜歡搖滾樂.
They **don't** have much snow this winter. 今年冬天下雪不多.
I don't know, nor **do** I care. 我不知道, 也不想知道.

⑤ "Do you like it?" "Yes, I **do**."「你喜歡嗎?」「是的, 我喜歡.」
She swims faster than I **do**. 她游得比我快.
"Do they smoke?" "No, they **don't**."「他們抽菸嗎?」「不, 他們不抽.」
He likes beef, but I **don't**. 他喜歡牛肉, 可是我不喜歡.

⑥ **Do** be careful. 要當心!
Do come soon. 馬上來吧!

⑦ **Don't** be so angry./**Do** not be so angry. 別

發那麼大的火嘛!
Do not always judge by appearances. 別總是以貌取人.
⑧ "They like sweets." "So **do** we." 「他們喜歡甜食.」「我們也一樣.」
"They like sweets." "So they **do**." 「他們喜歡甜食.」「他們的確是.」
She wanted to go see him, and she **did** so. 她想去見他,而她的確去了.
⑨ I know what to **do**. 我知道該怎麼做.
What can I **do** for you? 我能為你效勞嗎?《店員對顧客的用語》
How is your father **doing**? 你的父親好嗎?
Americans love **doing** crosswords. 美國人喜歡玩填字遊戲.
Have you **done** your homework yet? 你的作業做完了嗎?
My mother **does** the shopping once a week. 我母親每週購物一次.
When in Rome, **do** as the Romans do. 《諺語》入境隨俗.
I'll **do** everything I can to help her. 我會盡一切力量幫助她.
We **did** all we could to put out the fire. 我們竭盡全力滅火.
The first thing we've got to **do** is find a shelter. 我們的當務之急是尋找避難處.
I had no intention of **doing** so, but I started talking about my childhood. 我本來沒有那樣的打算,但是我還是開始講起我童年的事.
She **did** much for the construction of the hospital. 她為興建醫院出了許多力.
You **did** right in telling me. 你告訴我是正確的.
He cannot **do** the sum. 他做不了全部的事.
I took a shortcut, which I seldom **do**. 我抄一條平時很少走的近路.
The car is **doing** 100 miles an hour. 那輛車正以時速100哩的速度行動.
I have been **doing** business with this bank for ten years. 我與這家銀行有10年的生意往來.
Will you **do** me a favor? 幫我一個忙好嗎?
The typhoon **did** immeasurable harm to the area. 那次颱風給該地區帶來了難以估量的災害.
This picture does not **do** you justice. 這張照片沒把你拍好.
Sponsoring that excellent TV program **does** us great honor. 能贊助那個優良電視節目是我們公司莫大的榮幸.
Did the medicine **do** you any good? 那種藥對你有效嗎?
You **do** me proud. 你讓我感到很光榮.
Much good may it **do** you! 那可能對你有很多好處.
He is going to **do** Hamlet next month. 他下個月將扮演哈姆雷特.
She **did** the hostess admirably. 她出色地盡了女主人之職.《hostess 指在自己家等處招待

客人的女性,男性為 host》
Wait a minute, please. My wife is **doing** her hair. 請等一下,我妻子正在整理頭髮.
I **did** the flowers this morning. 今天早上我插了花.
I like my steak very well **done**. 我喜歡牛排煎一點.
The White Brothers' Firm is **doing** very well. 懷特兄弟公司生意非常好.
The doctor said that the patient was **doing** fairly well. 醫生說那名病患復原狀況良好.
"Which one would you like?" "Either will **do**." 「你要哪一個?」「任何一個都可以.」
Give me something to drink. Anything will **do**. 給我一些喝的,甚麼都行.
Preparations for the typhoon **did** most excellently. 防颱措施成效卓越.
This suit is not fashionable, but I will make it **do**./This suit is not fashionable, but I will make **do** with it. 這套西服過時了,不過我會把它處理好的.
You won't **do** for a lawyer. 你不適合當律師.
She **did** us handsomely. 她盛情款待我們.
Avoid that shop. They always **do** you. 別去那家店,他們老是賺黑心錢.
I've been **done**! 我被騙了!
She **did** him out of money. 她騙了他的錢.
Now you've **done** it. 你做錯了.
That has **done** my plan. 它毀了我的計畫.
⑪ **dos** and don'ts/**do`s** and don`t`s 規則; 該做的事與不該做的事.
⑫ **Do** is the first note of a major scale. Do 是全音階的第1音.
[片語] **do away with** 廢除, 廢止; 殺死: We'll **do away with** this old shed and build a new one. 我們將拆掉這棟破舊的小屋,並蓋一棟新的.
The tax on these articles ought to be **done away with**. 這些貨物稅應該廢除.
do down 欺騙: Don't trust them. They'll **do** you down if they can. 別相信他們,他們一有機會就會騙你.
do for ① 照顧, 照料. (⇨ 範例 ⑨) ② 適合於, 符合~的需要 (⇨ 範例 ⑨): This plate will **do for** an ashtray. 這個碟子適合當作菸灰缸. ③ 殺死: He **did for** a woman and was hanged. 他殺死了一名女子而被處以絞刑.
I'm **done for**. 我會被殺死的.
do in ① 殺死: Get out of here, or I'll **do** you **in**! 滾出去,不然我就殺死你! ② 使疲乏: I was absolutely **done in** after that long walk. 長途跋涉後,我筋疲力盡.
do out 打掃, 整理: Your room needs **doing out**. 你的房間需要打掃.
do ~ out of 向~騙取. (⇨ 範例 ⑨)
do over 重做, 重新裝飾: Everything has to be **done over**. 一切都必須重來.
The paint is rather thin. You'd better **do** it **over**. 油漆有點薄,你最好重新漆一下.

do up ① 包好；梳整（頭髮）；繫結（繩子等）；扣上：Please **do up** these books and take them to the post office. 請把這些書包好拿去郵局寄.

She **did up** her hair in a fashionable way. 她把頭髮梳整得很時髦.

Do your shoes **up** before leaving. 出去前把鞋帶繫好.

② 整修，重新修飾；裝飾，打扮：I'll have my house **done up** this year. 我家今年要整修.

She was **done up** like a bride. 她打扮得像新娘一樣.

do well to 最好還是：You would **do well to** go home. 你最好還是回家.

I **did well** not to tell him the truth. 我沒告訴他實情是明智的.

do with ① 對待，處理；與～有關：I didn't know what to **do with** myself. 我無法控制自己.

If you don't want the old bicycle, I could **do with** it. 如果你不想用這輛舊腳踏車，可以讓我用.

② 容忍；做完：I can't **do with** this noise. 我受不了這種噪音.

If you are **done with** that book, I'd like to read it. 你看完那本書的話，我想看一看.

③ 想要，需要：I'm tired. I could **do with** a rest. 我累了，想休息一下.

Our business could **do with** another $5,000 in capital. 我們的生意還需要5,000美元資金.

do without 沒有～也行：With all these expenses, I will have to **do without** a new suit this year. 開銷這麼大，我今年沒有新西裝穿了.

have done with 停止，結束，斷絕關係：I've **done with** hard work for the rest of my life. 我在有生之年停止了辛苦的工作.

have...to do with ～ 與～有關係：He **had** very little **to do with** people. 他與別人幾乎沒有往來.

He insists that he **had** nothing **to do with** that affair. 他堅持自己與那件事毫無關係.

How do you do? ① 幸會《初次見面時的寒暄》. ② 你好《略識之間稍作的寒暄》.

make do with 將就做（⇨ 範例 ⑨）：We didn't have any meat, so we **made do with** vegetables. 沒有肉，我們只好將就吃蔬菜了.

Nothing doing. 不行，絕不《表示拒絕》："Would you lend me $2?" "**Nothing doing.**" 「借我2美元好嗎?」「絕對不行.」

That will do./It will do. ① 可以了. ② 夠了.《含有「到此為止」的語氣》

活用 v. **does**, **did**, **done**, **doing**

複數 **do/do's**

docile [ˈdɑsl] adj. 溫順的，聽話的.

範例 A small, **docile** pet would be good for this small apartment. 在這所小公寓裡適合小而溫順的寵物.

The son always disobeys his mother, and she

wants him to be a **docile** child. 兒子總是不聽母親的話，母親希望他成為一個聽話的孩子.

活用 adj. **more docile**, **most docile**

dock [dɑk] n. ① 碼頭，船埠《為裝卸貨物、建造、修理船舶而在港口、造船廠設的建築物，有不受漲、退潮影響，保持著一定水位的溼船塢 (wet dock) 與將水排乾的乾船塢 (dry dock) 兩種》. ②〔the ～〕(刑事法庭的) 被告席.

—— v. ③ 剪短，剪掉，削減. ④ 使入船塢. ⑤ 使（太空船在太空中）靠接〔靠接〕.

範例 ① My ship is in **dock** now. 我的船在船埠裡.

③ Ten dollars were **docked** from his pay. 他的薪水被扣了10美元.

參考 港灣設施總稱為 docks. 在此工作的碼頭工人稱為〖英〗docker；〖美〗longshoreman.

複數 **docks**

v. **docks**, **docked**, **docked**, **docking**

docker [ˈdɑkɚ] n. 碼頭工人，港口裝卸工人.

複數 **dockers**

doctor [ˈdɑktɚ] n. ① 醫師，大夫《☞ 充電小站 (p. 367)》. ② 博士. ③〔口語〕～的修理者.

—— v. ④〔口語〕醫治，治療. ⑤（任意）更改. ⑥ 閹割.

範例 ① the family **doctor** 家庭醫生.

You'd better see a **doctor**. 你最好去看醫生.

Get the **doctor**; it's an emergency! 去叫大夫來，這非常危急!

② He got a **doctor's** degree at Harvard. 他取得了哈佛大學的博士學位.

參考 ① 之意〖英〗主要指内科醫生 (physician)，〖美〗指牙醫 (dentist)，外科醫生 (surgeon)，通俗的講法往往用 doc. 另外，① 之意與 ② 之意都可作為敬稱，以 Dr.或 Dr 的形式加於姓或姓名前.

複數 **doctors**

活用 v. **doctors**, **doctored**, **doctored**, **doctoring**

doctrinaire [ˌdɑktrɪˈnɛr] adj. 空談理論的；不切實際的：His economic theories are **doctrinaire**—they don't reflect reality at all. 他的經濟理論不切實際，完全反映不出現實.

活用 adj. **more doctrinaire**, **most doctrinaire**

doctrine [ˈdɑktrɪn] n. ① 教義，教條. ② 主義.

範例 ① the Buddhist **doctrine** 佛教教義.

The church's **doctrines** forbid abortion and pre-marital sex. 教會的教條禁止墮胎與婚前性行為.

複數 **doctrines**

document [n. ˈdɑkjəmənt; v. ˈdɑkjəˌmɛnt] n. ① 文件，文獻：a public **document** 公文.

—— v. ② 以文件證明.

複數 **documents**

活用 v. **documents**, **documented**, **documented**, **documenting**

documentary [ˌdɑkjəˈmɛntərɪ] adj. ①〔只

用於名詞前〕文書的，文獻的. ②〔只用於名詞前〕記錄事實的: a **documentary** film 紀錄片.

——n. ③（廣播、電視等的）記實報導，紀錄片.

複數 **documentaries**

documentation [ˌdɑkjəmən`teʃən] n. ① 文件的證明. ② 作為證據的文件.

dodge [dɑdʒ] v. ① 躲開，閃開，躲避.

——n. ② 躲閃，躲避.

範例 ① The champion **dodged** the blow of the challenger. 那位衛冕者躲開了挑戰者的打擊. The woman **dodged** her responsibility. 那個女子逃避她的責任.

♦ **dódge bàll** 躲避球.

活用 v. dodges, dodged, dodged, dodging

複數 **dodges**

dodger [`dɑdʒɚ] n. 躲避者，逃避責任者.

複數 **dodgers**

dodgy [`dɑdʒɪ] adj. ① 不可靠的，狡猾的. ② 有風險的，危險的.

範例 ① Your sister is a **dodgy** person. 你妹妹是一個狡猾的人.

② The boss won't accept your **dodgy** plan. 那位老闆不會接受你那冒險的計畫.

活用 adj. dodgier, dodgiest

dodo [`dodo] n. 渡渡鳥《產於模里西斯的大型鳥，不會飛行，於17世紀末滅絕》.

複數 **dodos/dodoes**

doe [do] n.（鹿、兔、羊等的）雌性.

參考 電影《真善美》中「Do Re Mi 之歌」的 Do 唱 "Doe, a deer, a female deer."

☞ buck（雄性）

複數 **does**

doer [`duɚ] n. 做事的人，實踐者.

複數 **doers**

†**does** [dʌz] aux.《主詞為第三人稱單數，用於表示現在式，構成疑問句、否定句、強調句》.

字序	句子種類	範例
does＋主詞＋原形動詞	疑問句	①
doesn't*＋主詞＋原形動詞		
does＋主詞	疑問句（原形動詞以下省略）	②
doesn't＋主詞		
主詞＋does＋原形動詞	直述句之強調	③
主詞＋doesn't＋原形動詞	直述句之否定	④
主詞＋does	直述句（原形動詞以下省略）	⑤
主詞＋does not**		

*不可用 does not 替代 doesn't 使用. 若要使用，其字序則為〈does＋主詞＋not＋原形動詞〉.

**可用 doesn't 替代 does not 使用.

——v. ⑥ do 的第三人稱單數現在式（☞ do ⑥）.

範例 ① **Does** Ann know the address? 安知道地址嗎? What **does** this word mean? 這個字是甚麼意思? **Doesn't** that dress look nice? 那件衣服看起來是不是很漂亮啊? **Does** a dictator not have total power over a country? 獨裁者不就是對國家握有絕對權力的人嗎?

② "Alison takes sugar in her coffee." "**Does** she?" 「愛麗森要在咖啡裡放糖.」「是嗎?」 The shower doesn't work, **does** it? 沒辦法淋浴，不是嗎? This coat looks nice, **doesn't** it? 這件外套真漂亮，不是嗎?

③ This soup **does** taste very nice. 這湯真好喝.

④ Ann does not eat meat. 安不吃肉. Rice **doesn't** grow in Britain. 英國不產米.

⑤ "Does Peter play golf?" "Yes, he **does**."「彼得打高爾夫球嗎?」「是的，他打.」 "Does Richard come from England?" "No, he **doesn't**. He comes from Germany."「理查來自英國嗎?」「不，他來自德國.」

†**doesn't** [`dʌznt]《縮略》＝does not.

範例 The doctor **doesn't** smoke. 那位醫生不抽菸. "**Doesn't** your grandfather watch TV?" "No, he **doesn't**."「你爺爺不看電視嗎?」「是的，他不看.」

*²**dog** [dɔg] n. ① 狗，公狗. ② 無聊的男人，～的傢伙.

——v. ③ 跟蹤，糾纏，尾隨.

範例 ① The **dog** next door is always barking. 隔壁的狗老是叫個不停. Let sleeping **dogs** lie.《諺語》勿打草驚蛇. Love me, love my **dog**.《諺語》愛屋及烏.

② You lucky **dog**! 你這個走運的傢伙!

③ I feel someone has been **dogging** me. 我感覺有人在跟蹤我.

片語 **a dog in the manger** 壞心眼的人《把持對自己無用之物並阻礙他人使用的人，源自《伊索寓言》中進入秣槽（manger）不讓牛吃乾草的狗》.

a dog's life 悲慘的生活.

die like a dog 悲慘〔潦倒〕地死去.

do not have a dog's chance 毫無機會〔希望〕.

go to the dogs 失敗，墮落，惡化.

put on the dog 擺架子.

參考 (1)小狗為 pup, puppy; 母狗為 bitch, she-dog; 野狗為 cur. (2)「汪汪地叫」為 bowwow;「吠」為 bark;「狂吠」為 growl, snarl;「尖聲狂吠」為 yap, yelp. (3) dog 被引

醫生 (doctor)

醫生有各種專業分科，下面就其名稱略作介紹：

內科醫生	physician/internist
外科醫生	surgeon
小兒科醫生	pediatrician
精神科醫生	psychiatrist
整形外科醫生	orthopedic surgeon
產科醫生	obstetrician
婦科醫生	gynecologist
皮膚科醫生	dermatologist
牙科醫生	dentist
眼科醫生	ophthalmologist/ eye doctor
耳鼻喉科醫生	ENT doctor （ENT 為

	ear-nose-throat 的縮略）
整骨醫生	osteopath
麻醉科醫生	anesthesiologist/ anesthetist
獸醫	veterinarian
開業醫生	practitioner
脊椎按摩師	chiropractor
在醫院輔助醫生的工作者分類如下：	
領有執照的護士	registered nurse
實習護士	practical nurse
男護士	male nurse
藥劑師	pharmacist
醫療技師	medical technician
營養師	dietician

狗 (dog)

【Q】狗在英語中的形象如何?
【A】狗自古以來就是人類的朋友，一直陪伴著人類，但可能是太親近，反而給人留下了壞印象。
◎由 dog 衍生的形容詞
　dogged (堅決的)
　doglike (忠實的)
◎與 dog 有關的片語
　go to the dogs
　　去狗那裡 → 墮落，惡化，失敗
　beg like a dog
　　像狗一樣乞求 → 死皮賴臉地乞求

work like a dog
　像狗一樣工作 → 拼命工作
as sick as a dog
　像狗一樣生病 → 病得很厲害
die a dog's death
　死得像條狗 → 潦倒地死去
try it on the dog
　拿狗做試驗 → 犧牲他人的試驗
like a dog with two tails
　像夾著兩根尾巴的狗一樣 → 樂不可支
treat a person like a dog
　把人當狗對待 → 待人如豬狗

為是人類最好、最忠實的朋友，但另一方面又給人「悲慘」的印象。(4) 狗的一般名字有 Fido，Rover，Spot 等。
♦ **the dóg dàys** 盛夏天狼星 (the Dog Star) 與太陽同時出沒的時期，北半球通常在7月3日至8月11日）。
➡ 充電小站 (p. 367)
複數 **dogs**
活用 v. **dogs, dogged, dogged, dogging**
dogged [adj. `dɔgɪd; v. `dɔgd] adj. ①(意志)堅決的，頑固的: They dealt with the problem with **dogged** perseverance. 他們以不屈不撓的毅力解決了那個問題。
——v. ② dog 的過去式、過去分詞.
活用 adj. **more dogged, most dogged**
doggedly [`dɔgɪdlɪ] adv. 堅決地，頑固地.
活用 adv. **more doggedly, most doggedly**
doggie/doggy [`dɔgɪ] n. 小狗.
♦ **dóggie bàg/dóggy bàg** 把在餐館中吃剩的食物裝起來帶回家所用的袋子.
複數 **doggies**
***dogma** [`dɔgmə] n. ①(教會等以權威制定的)教義，教條. ② 武斷的意見.

發音 複數形 dogmata [`dɔgmətə].
複數 **dogmas/dogmata**
dogmatic [dɔg`mætɪk] adj. 教義的; 武斷的: These **dogmatic** beliefs don't stand up to scrutiny. 這些武斷的信念禁不起細察.
活用 adj. **more dogmatic, most dogmatic**
doing [`duɪŋ] n. ① 做，做過的事. ②[~s] 行為，所作所為; (想不出名稱但需要用的) 小東西.
範例 ① Planning is one thing; **doing** is another. 計畫是一回事，做又是另一回事.
That must be your **doing**. 那一定是你做的.
② He told me about all your **doings**. 他告訴我你的所作所為.
I'll need my **doings** to repair this engine. 我需要我的那些小東西來修理這個引擎.
複數 **doings**
do-it-yourself [`du·ɪtjʊr`sɛlf] adj. ① 自己動手做的.
——n. ② 自己動手做.
doldrums [`dɑldrəmz] n. 〔作複數〕① 無風帶. ② 無精打采，消沉; 停滯狀態: He is in the **doldrums** now. 他現在十分消沉.

D

D

dole [dol] *n.* ① 救濟品. ② 失業救濟金.
——*v.* ③ 施捨, 給與 (out).
[範例] ② I want to get a job and get off the **dole**.
我想工作並停領失業救濟金.
③ During the depression, Mom **doled** out
sweets only on special occasions. 蕭條時期,
母親只有在特別的節日才分給我們糖果.
[活用] *v.* **doles, doled, doled, doling**

doleful [`dolfəl] *adj.* 悲傷的, 哀愁的.
[範例] a **doleful** look 悲傷的神情.
Your **doleful** story is really getting me down.
你那悲傷的故事使我心情沉重.

dolefully [`dolfəlɪ] *adv.* 悲傷地, 哀愁地.
[活用] *adv.* **more dolefully, most dolefully**

*__**doll**__ [dɑl] *n.* ① 洋娃娃, 玩偶. ② 漂亮但愚蠢的
女孩.
——*v.* ③ 打扮: She was **dolled** up to go to the
party. 她打扮得漂漂亮亮去參加那個晚會.
[片語] *be dolled up* 打扮得漂漂亮亮. (⇨ [範例]
③)
[字源] 親暱地叫女孩名字 Dorothy 時用 Doll.
[複數] **dolls**
[活用] *v.* **dolls, dolled, dolled, dolling**

*__**dollar**__ [`dɑlɚ] *n.* ① 元《美國、加拿大、澳大利
亞、紐西蘭等國的貨幣單位, 相當於100
cents, 略作 dol, \$等》. ② 一元紙〔硬〕幣. ③
〔the ~〕美元行情.
[範例] ① a five **dollar** bill 一張5美元紙幣.
A million **dollars** is a lot of money. 100萬美元
是一大筆錢.
In trading in the Tokyo financial market today,
the **dollar** fell sharply against the yen. 在今天
東京金融市場的交易中, 美元對日圓劇烈下
挫.
[片語] *bet ~`s bottom dollar* 傾囊下注.
[複數] **dollars**

dolly [`dɑlɪ] *n.* ①《幼語》洋娃娃. ② 移動式攝影
機臺.
[複數] **dollies**

dolphin [`dɑlfɪn] *n.* 海豚.
[複數] **dolphins**

-dom *suff.* ① ~之地位〔領地, 勢力範圍〕《構成
名詞》: king**dom** 王國. ② ~之狀況〔狀態〕
《構成名詞》: free**dom** 自由; wis**dom** 智慧.

domain [do`men] *n.* 領域, 領地; 管轄區, 勢
力範圍.
[範例] This question lies outside my **domain**. 這
個問題在我的專業領域之外.
My **domain** stretches as far as the eye can
see. 舉目所及都是我的領地.
[複數] **domains**

dome [dom] *n.* ① 圓頂, 圓屋頂. ② 圓頂狀的
東西.
[範例] ① the **dome** of a church 教堂的圓屋頂.
the **dome** of the sky 蒼穹.
[參考] 自數千年前起流行於西亞、歐洲的建築形
式, 佛羅倫斯大教堂 (Cathedral of Florence)、
羅馬的聖彼得大教堂 (St. Peter`s Basilica)、倫

敦的聖保羅大教堂 (St. Paul`s Cathedral) 等都
是圓頂式建築.
[複數] **domes**

*__**domestic**__ [də`mɛstɪk] *adj.* ① 家庭的. ② 家庭
型的, 熱愛家務的, 喜歡待在家的. ③ 國內
的. ④ 被馴養的.
——*n.* ⑤ 僕人.
[範例] ① **Domestic** chores are such a drag! 家務
事實在麻煩!
② You`re so **domestic**—you never go out. 你
真愛家, 從不外出.
③ **Domestic** wine is not always cheaper than
imported. 國產葡萄酒不一定比進口的便宜.
④ A cat is a **domestic** animal. 貓是家畜.
[活用] *adj.* ② **more domestic, most
domestic**
[複數] **domestics**

domesticate [də`mɛstə͵ket] *v.* ① 馴養. ②
使喜愛家庭生活; 使習於家事.
[範例] ① **domesticated** animals 家畜.
《**domesticated** 作形容詞性》
② It took me a long time to **domesticate** my
husband. 我花了很長的時間使我的丈夫安
家.
[活用] *v.* **domesticates, domesticated,
domesticated, domesticating**

domicile [`dɑməsl] *n.*《正式》住處.
[複數] **domiciles**

dominance [`dɑmənəns] *n.* 優勢, 優越; 支
配.

*__**dominant**__ [`dɑmənənt] *adj.* ① 支配的; 優勢
的. ② 卓越的, 顯著的; 高聳的. ③《遺傳特
徵》優勢的, 顯性的. ④ 第5度的.
[範例] ① She always ends up being the
dominant one of whatever group she`s in. 她
不管加入甚麼團體總是成為中心人物.
② The Eiffel Tower is the **dominant** feature of
the Paris skyline. 艾菲爾鐵塔是巴黎上空輪
廓線最顯著的特色.
♦ **dóminant còde** 屬和音《音樂的長短音階》,
主音5度以上的音稱屬音, 在此屬音上作的3
個和音》.
[活用] *adj.* ① ② **more dominant, most
dominant**

*__**dominate**__ [`dɑmə͵net] *v.* ① 支配, 統治. ②
俯視.
[範例] ① Thoughts of that early morning argument
dominated my day. 那天清晨的口角在我腦
子裡轉了一整天.
I bet the richest man in the world is
dominated by his own greed. 我敢說世界上
最富有的人一定被貪婪所支配著.
② The church **dominates** the town. 那座教堂
俯視著城鎮.
[活用] *v.* **dominates, dominated,
dominated, dominating**

domination [͵dɑmə`neʃən] *n.* 支配, 統治;
優勢.

domineering [͵dɑmə`nɪrɪŋ] *adj.* 專橫的, 跋

屬的.

[活用] *adj.* **more domineering, most domineering**

dominion [dəˋmɪnjən] *n.* ① 支配；統治權，主權：Britain used to hold **dominion** over many parts of the world. 英國曾經統治過世界上許多地區. ② 領土. ③〔the D~〕自治領.

[參考] the Dominion 指昔日在大英帝國的統治下，具有獨自內閣與議會的加拿大、紐西蘭、澳大利亞等，現在大多獨立並加入了大英國協.

domino [ˋdɑməˏno] *n.* ①〔~es, 作單數〕多米諾牌《使用28張牌進行的遊戲》. ② 骨牌.

[複數] **dominoes**

don [dɑn] *n.* ①〔D~〕西班牙語中加在男性教名前的尊稱. ② 西班牙紳士. ③〔英〕大學學院的學監，個人指導教師，特別研究員《特別用於牛津大學、劍橋大學》.

[複數] **dons**

donate [ˋdonet] *v.* 捐，贈：He **donated** ten dollars to a charity. 他捐了10美元給慈善機構.

[活用] *v.* **donates, donated, donated, donating**

*****donation** [doˋneʃən] *n.* ① 捐贈，贈送：She made a **donation** of $100 to charity. 她捐了100美元給慈善機構. ② 捐款，捐贈物.

[複數] **donations**

†**done** [dʌn] *v.* ① do 的過去分詞.

——*adj.*

原義	層面	釋義	範例
做了、被做（至最後、限度）	工作	*adj.* 完成的，結束的，完畢的	②
	食物	*adj.* 烹調好的	③
	禮儀、習慣	*adj.* 相符的，相稱的	④
	人	*adj.* 累壞的	⑤

[範例] ② The job is nearly **done**. 那項工作就快要完成了.

Well **done**! 做得很好！

③ I don't think the meat is quite **done** yet. 我覺得肉還沒熟.

I want my steak well **done**. 我的牛排要全熟.

④ It isn't **done** to live with your lover in this conservative town. 在這個保守的城鎮裡，與戀人同居是不行的.

⑤ Sit down—you look absolutely **done**! 坐吧！你看起來簡直累壞了.

[片語] ***Done!*** 好，就這麼辦："I'll give you £10 for it." "**Done!**" 「我會為此給你10英鎊.」「好！」

donkey [ˋdɑŋkɪ] *n.* ① 驢《亦作 ass》. ② 笨蛋，

固執的人：You're such a **donkey**—I can't get you to do anything! 你這個大笨蛋，我不能讓你做任何事！

[片語] ***donkey's years*** 〔英〕很長的時間《以驢的長耳朵 (ears) 作比喻》.

[複數] **donkeys**

donor [ˋdonɚ] *n.* 捐贈者，贈送者：a blood **donor** 捐血者.

[複數] **donors**

†**don't** [dont] 《縮略》= ① do not (☞ 充電小站) (p. 371)).

——*n.* ②〔~s〕不可以做的事.

[範例] ① **Don't** worry. 別擔心.

I **don't** like carrots. 我不喜歡胡蘿蔔.

"**Don't** they know the truth?" "No, they **don't**." 「他們不知道真相嗎？」「是的，他們不知道.」

② Here's a list of **don'ts** for your homestay in the United States. 這裡有一份你在美國寄宿家庭中不可以做的事.

[複數] **don'ts**

donut [ˋdonət] = *n.* doughnut.

*****doom** [dum] *n.* ①（可怕的）厄運，厄運；毀滅；死亡.

——*v.* ② 注定~的命運.

[範例] ① The dictator met his **doom**. 那個獨裁者走向毀滅之路.

② The plan seems to be **doomed** to failure from the start. 這個計畫似乎從一開始就注定了失敗的命運.

[活用] *v.* **dooms, doomed, doomed, dooming**

doomsday [ˋdumzˏde] *n.*（基督教的）最後審判日，世界末日：I will never forgive you till **doomsday**. 我永遠不會原諒你.

**door [dor] *n.* ① 門. ② 門口，出入口. ③ 一戶. ④ 門戶，通道，道路.

[範例] ① Knock at the **door** before you enter my room. 進我房間前請先敲門.

Shut the **door** behind you. 隨手關門.

Have you locked the **door**? 你鎖門了嗎？

② There's someone at the **door**. 門口有人.

Would you answer the **door**? 你可以應門嗎？

The family saw me to the **door**. 那家人送我到門口.

He showed me the **door**. 他把我趕出去.

My grandfather was at heaven's **door**. 我祖父危在旦夕.

③ My grandparents live three **doors** from us. 我的祖父母住在我們家隔壁第3間.

The salesman sells books from **door** to **door**. 那位推銷員挨家挨戶地推銷書.

④ Graduating from a prestigious university does not always open the **door** to a successful future. 畢業於名校不一定就能開啟通往成功的未來之路.

The workers' behavior shut the **door** to any agreement on higher wages. 那些工人的行為關閉了協議加薪之門.

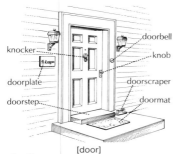

[door]

doorbell [ˋdɔr͵bɛl] *n.* 電鈴，門鈴.
[複數] **doorbells**

doorknob [ˋdɔr͵nɑb] *n.* 門把.
[複數] **doorknobs**

doorman [ˋdɔr͵mæn] *n.* (旅館、俱樂部的)門口警衛；門口男侍《負責迎送客人、叫計程車等》.
[複數] **doormen**

doorstep [ˋdɔr͵stɛp] *n.* 門前的階梯.
[複數] **doorsteps**

doorway [ˋdɔr͵we] *n.* ① 門口，出入口. ② 道路，門路.
[範例] ① Go through that **doorway** and turn left. 出了那個出口後向左轉.
② Exercise is a **doorway** to good health. 運動是健康的祕訣.
[複數] **doorways**

dope [dop] *n.* ① 塗料《一種假漆，塗於物體表面用以防潮、補強》. ②《口語》麻醉劑，興奮劑，毒品.
——*v.* ③ 使服用毒品.
[範例] ② Someone gave the horse **dope** to make it run faster. 為了使那匹馬跑得更快，有人給牠服用興奮劑.
③ Who **doped** the boy? 誰給那男孩服用毒品?
[複數] **dopes**
[活用] *v.* **dopes, doped, doped, doping**

dopey [ˋdopɪ] *adj.* ①《因麻醉而》昏昏沉沉的: I took three of those tablets and now I feel **dopey**. 我吃了3片那種藥，現在覺得昏昏沉沉的. ② 遲鈍的，愚笨的.
[參考] 亦作 dopy.
[活用] *adj.* **dopier, dopiest**

dormant [ˋdɔrmənt] *adj.* 中止活動的，休止狀態的，冬眠中的，蟄伏的《動植物、火山、組織等處於休止狀態，但有重新開始活動之可能》.
[範例] Mt. Fuji has been **dormant** for nearly three centuries. 富士山已經處於休止狀態近300年.

These bulbs remain **dormant** during winter. 這些球莖在冬季期間處於休眠狀態.
[活用] *adj.* **more dormant, most dormant**

dormice [ˋdɔr͵maɪs] *n.* dormouse 的複數形.

dormitory [ˋdɔrmə͵torɪ] *n.* ①《美》宿舍，學生宿舍. ②（會館等的）團體寢室.
[參考] ① 指大學等的學生宿舍. 除了備有桌子、床、衣櫃等家具的單、雙人寢室外，還有交誼廳、盥洗室等公共設施. 到20世紀60年代為止，男女宿舍是分開的，女子宿舍禁止男士進入，男子只能在門前止步. 略作 dorm.
◆ **dórmitory tòwn** 郊外住宅區.
[複數] **dormitories**

dormouse [ˋdɔr͵maʊs] *n.* 睡鼠《類似小松鼠，有冬眠的習性》.
[複數] **dormice**

Dorothy [ˋdɔrəθɪ] *n.* 女子名《暱稱 Dolly、Dora》.
[參考] 亦作 Dorothea，Dorothee.

dosage [ˋdosɪdʒ] *n.* （藥物的）服用量，劑量.
[複數] **dosages**

dose [dos] *n.* ①（藥物的）一次服用量，一劑. ② 一次（懲罰、不愉快的經驗等）. ③ 一段（不愉快的時間）.
——*v.* ④ 給~服藥.
[範例] ① Take one **dose** three times a day after each meal. 每天3餐飯後服用一劑.
a lethal **dose** 致命的劑量.
③ I can enjoy her company only in small **doses**. 我只能與她愉快相處一小段時間.
[複數] **doses**
[活用] *v.* **doses, dosed, dosed, dosing**

dossier [ˋdɑsɪ͵e] *n.* 調查文件，調查檔案.
[複數] **dossiers**

***dot** [dɑt] *n.* ① 點《標點符號 (.)，指 i 與 j 上面的點、小數點、音符後面的點等》. ② 污點，斑點. ③ 短音點《摩斯電碼中的符號，長音畫為dash》. ④ 少量；小東西.
——*v.* ⑤ 在~上面加點. ⑥ 使散布.
[範例] ① the **dot** of an i i 上面的點《i 與 j 上面本來沒有點，後來為了使 i 與 j 醒目才加上去的》.
② a black skirt with white **dots** 黑底白點的裙子.
④ a **dot** of butter 少量的奶油.
⑤ **Dot** the i's and cross the t's. 在 i 上面加一點，在 t 上面加一橫.《引申為「凡事一絲不苟」之意》
⑥ The bay was **dotted** with yachts. 那個港灣內布滿了遊艇.
◆ **dòtted líne** 點線.
pólka dòts（衣服、布料上的）圓點花紋.
[複數] **dots**
[活用] *v.* **dots, dotted, dotted, dotting**

dotage [ˋdotɪdʒ] *n.* 老弱，衰老；老糊塗: When I met the man again, forty years later, he was in his **dotage**. 40年後我再見到他時，他已衰老了.

dote [dot] *v.* 溺愛，非常疼愛 (on): The vice

充電小站

是「否定句」? 還是「疑問句」?

【Q】 "Didn't you go to the library?"「你沒去圖書館嗎?」是疑問句, 還是否定句?

【A】 回答此問題前, 先就「疑問句」作粗略的研究.

下面的例句是「疑問句」嗎?

I wonder if you understand.

該句未採用 Do you ~? 或 Is this ~? 之類的形式, 因此不是「疑問句」. 但是, 該句表達了「你不瞭解嗎?」的疑問語氣. 這種形式上不是「疑問句」, 卻表達了「疑問」之意的句子, 的確有點令人費解.

此外, 像 "I don't think so." 形式上雖然是否定句, 卻也表達了質疑之意. 這些句子, 從語意學的觀點來講, 皆可視為疑問句.

英文句子的分類有很多方法, 其中之一就是「疑問句」與非疑問句. 下面的例句 (A) 是疑問句.

Is Mr. Smith an English teacher? ……(A)

Mr. Smith is an English teacher. …… (B)

而上面的例句 (B) 則是針對某事、某物加以陳述, 故稱為「直述句」.

另外, 還可以分為「否定句」與非否定句. 下面的例句 (C) 是否定句?

Ken doesn't like baseball. ……(C)

Ken likes baseball. …………(D)

上面的例句 (D) 則稱為「肯定句」. 根據上述所言, 可以列表如下:

	直述句	疑問句
肯定句	(甲)	(乙)
否定句	(丙)	(丁)

也就是說, 上述例句 (A) Is Mr. Smith an English teacher? 屬於 (乙) 欄, 為「肯定疑問句」.

而 "Didn't you go to the library?" 則屬於 (丁), 為「否定疑問句」. 因此, 對於「是否定句還是疑問句」這一問題, 可以回答「既是否定句, 亦是疑問句」.

---

president **dotes** on his daughter. 副總經理非常疼愛他的女兒.

活用 v. **dotes**, **doted**, **doted**, **doting**

＊**double** [`dʌbl] adj., v.

原義	層面	釋義			
		adj.	範例	v.	範例
兩個事物同時存在、發生作用	兩個同類事物排著	～的, 兩倍的, 兩人用的	①	使加成倍, 為兩倍; 擊出二壘安打	④
	兩個同類物疊著	雙的, 對的	②	成為雙層, 使成雙層, 摺疊, 繞行	⑤
	一個事物有兩種作用	雙重的, 表裡不一的	③	擔任替身; 兼任	⑥

──n. ⑦ 兩倍; 二壘安打. ⑧〔~s〕(網球等的) 雙打. ⑨ 一模一樣的人, 替身. ⑩ 折回, 反轉.

──adv. ⑪ 兩倍地, 雙重地, 成雙地; 裡表不一地.

範例 ① This new house is **double** the size of my old one. 這棟新房子是我舊家的兩倍大.

We got **double** pay for working on weekends.

我們週末工作可以得到雙倍的薪水.

The population of the town is **double** what it was ten years ago. 這個城鎮現在的人口是10年前的兩倍.

Do you have any **double** rooms in your hotel? 你們旅館有雙人房嗎?

② Our house has central heating and **double** windows. 我們家有中央暖氣系統與雙層窗戶.

Our house has **double** insulation, so our utilities bills are lower. 我們的房子裝有雙層隔熱材料, 所以我們的水電費比較低.

The president was wearing a **double**-breasted tuxedo. 董事長穿著一件雙排鈕扣的晚禮服.

You can find **double**-deckers in Hong Kong as well as in England. 你可以在香港以及英國看到雙層公車.

③ This medicine has a **double** effect: it helps you sleep and relieves cold symptoms. 這種藥具有雙重效果, 不但有助於睡眠, 而且可以緩和感冒症狀.

Women won't stand for these **double** standards any more. 女性們再也無法忍受這些雙重標準.

④ Since I angered my boss, he's **doubled** my workload. 由於觸怒了老闆, 所以我的工作量就加倍了.

You can **double** your savings with this investment plan. 透過這項投資計畫, 你的存款可以增加一倍.

⑤ **Double** the blanket. 把毛毯摺疊好.

Our ship **doubled** the cape. 我們的船繞著岬角航行.

⑥ We are so short of staff that the manager has

to **double** as the receptionist. 我們由於人手相當缺乏，管理者不得不兼任接待員。
⑦ Ken got quite a lot of money but Jack got **double**. 肯拿到了相當多的錢，但是傑克拿到雙倍。
He drove in three runs with a **double**. 他打出一支帶有3分打點的二壘安打。
Get over here on the **double**! 趕快來這兒!
⑨ Ed is the **double** of his uncle. 艾德與他的叔叔長得一模一樣。
I met my **double** today and it was scary! 我今天遇到一個長得跟我一模一樣的人，真是嚇人。
⑪ Let's be **double** nice to Mom on Mother's Day. 母親節當天要對母親特別好。
I'm so drunk I'm seeing **double**. 我醉得眼花。
It's very dangerous to ride **double** on a bicycle. 騎腳踏車載人非常危險。
[片語] **at the double** (特指軍隊) 以小跑步 (介於跑步與步行之間)。
on the double 迅速地。(⇨ [範例] ⑦)
♦ **dòuble báss** 低音大提琴 (小提琴種類中最大，且音域最低的樂器)。
dòuble-bréasted (外套等) 雙排鈕扣的。
dòuble-cróss 背叛。
dòuble-décker ① 雙層交通工具 (具有雙層結構的公車、電車、船等；通常底層稱為 inside，上層稱為 outside 或 top)。② 雙層三明治 (在3片麵包中間夾兩層餡)。

[double-decker]

dóuble-glàze 使裝上雙層玻璃。
[複數] **doubles**
[活用] v. **doubles**, **doubled**, **doubled**, **doubling**
doublet [`dʌblɪt] n. ① 緊身上衣 (文藝復興時期的男性貼身長袖或無袖上衣)。② 同源字，同源異形異義字 (card 與 chart, shirt 與 skirt, chamber 與 camera 等)。
[複數] **doublets**

[doublet]

doubly [`dʌblɪ] adv. 加倍地，雙重地: Please make **doubly** sure that there are no misprints in your essay. 請務必加倍小心檢查你的短文，以免出現印刷錯誤。

＊＊doubt [daʊt] v. ① 懷疑，不相信，不確定。
——n. ② 疑惑，懷疑。
[範例] ① Do you **doubt** me? 你在懷疑我嗎?
I **doubt** if the boy will come. 我不確定那個男孩是否會來。
The woman sounds honest, but I **doubt** her. 那個婦人聽起來好像很老實，但我還是不相信她。

I **doubt** that she will come. 我看她未必會來。
I never **doubted** his success. 我相信他會成功。
② I have some **doubts** about this plan. 我對這項計畫有些懷疑。
I'm in **doubt** about getting married to her. 至於是否與她結婚，我仍猶豫不決。
It's a great car, no **doubt**, but we just can't afford it. 這的確是一輛很棒的車子，可是我們買不起。
We believe beyond **doubt** that you can do it. 我們堅信你能夠完成此事。
He'll be a successful actor one day without a **doubt**. 總有一天他一定會成為一個出色的演員。
[片語] **beyond doubt** 無疑地，確定地。(⇨ [範例] ②)
in doubt 不確定地，懷疑地，疑惑地。(⇨ [範例] ②)
no doubt 無疑地。(⇨ [範例] ②)
without a doubt/without doubt 無疑地。(⇨ [範例] ②)
[活用] v. **doubts**, **doubted**, **doubted**, **doubting**
[複數] **doubts**
＊＊doubtful [`daʊtfəl] adj. 感到疑惑的; 可疑的; 令人懷疑的; 令人擔心的。
[範例] I am **doubtful** of his success. 我懷疑他是否會成功。
I was **doubtful** about what I ought to do next. 我不知道接下來該怎麼辦。
It is **doubtful** whether he will tell the truth. 我懷疑他是否會說實話。
The weather looks very **doubtful**. 天氣看起來真令人擔心。
Mr. Green is a man of a **doubtful** character. 格林先生是一個生性猜疑的人。
[活用] adj. **more doubtful**, **most doubtful**
doubtfully [`daʊtfəlɪ] adv. 懷疑地: The policeman looked at me **doubtfully**. 警察懷疑地看著我。
[活用] adv. **more doubtfully**, **most doubtfully**
doubtless [`daʊtlɪs] adv. ① 無疑地。② 大概，恐怕。
[範例] ① Mary is **doubtless** the best volleyball player in her class. 瑪麗無疑是她班上排球打得最好的人。
② It will **doubtless** rain tomorrow. 明天恐怕會下雨。
dough [do] n. ① 生麵糰 (麵粉摻水揉成的)。② (俗語) 錢，現款。
doughnut [`donət] n. 甜甜圈 (亦作 donut)。
[複數] **doughnuts**
douse [daʊs] v. 浸入水中，在～上面灑水 (亦作 dowse)。
[活用] v. **douses**, **doused**, **doused**, **dousing**
dove [n. dʌv; v. dov] n. ① 鴿子 (體型小於 pigeon，被視為和平、溫和的象徵)。② 鴿派，溫和派 (主張以和平方式解決國際問題等)。

down

——v. ③ dive 的過去式.
☞ hawk（鷹）
複數 doves

†**down** [daun] *adv.* ① 向下，在下面. ②（自中心）遠離地. ③ 心情沮喪地，情緒低落地；失去功能地. ④ 完全地，徹底地.
——*prep.* ⑤ 向下，在下面. ⑥ 沿著（道路等）.
——*n.* ⑦ 下降. ⑧（雛鳥的）絨毛，（臉上的）汗毛. ⑨ 死球《美式足球中一次攻擊權所許可的4次攻擊之一》.

範例 ① Nancy is up, but hasn't come **down** yet. 南西已經起床了，可是還沒下來.
When the temperature comes **down**, we can go skating. 氣溫一下降我們就可以去溜冰.
He let the ball roll **down** the hill into the river. 他讓那個球從山崗上滾到河裡.
The computer prices have been coming **down**. 電腦的價格一直在跌.
An elevator is a machine that moves up and **down** in a tall building. 電梯是高樓大廈中上下移動的機械裝置.
It was very hot **down** in the subway. 地鐵裡非常熱.
Turn **down** the volume on the television, please. 請把電視關小聲一點.
Put me **down** at the Schubert Theatre. 讓我在舒伯特劇場下車.
Throw **down** your guns and come out with your hands up. 扔下槍枝，把手舉起來.
Cars got upside **down** by the tornado. 汽車被龍捲風掀翻了.
They counted **down** from sixty to zero. 他們從60數到0.
This recipe has been handed **down** from generation to generation. 這道烹調法是一代一代流傳下來的.
She lives **down** south. 她住在南邊.
Is this the **down** elevator? 這電梯下樓嗎?
Down! 趴下!《對狗的命令》
Let's get **down** to business. 我們開始工作吧.
She turned **down** my invitation to tea. 我邀她去喝下午茶，可是被她拒絕了.
Sit **down**, please. 請坐.
He fell **down** with a trip. 他被絆倒了.
She knelt **down** to place some flowers on the grave. 她跪下來跟墳墓獻上鮮花.
Slow **down**! We're in a school zone. 我們現在在學區附近. 請減速慢行!《school zone 指的是學區附近，早晚路上都有學生通行，汽車必須減速慢行》
You should slim **down** more. 你必須再苗條一些.
Calm **down**! 鎮靜!
② The coffee shop is **down** at the corner. 那家咖啡店在轉角處.
Let's walk **down** to the lake and go swimming. 我們走到湖邊去游泳吧.
This subway goes as far **down** as Wall Street. 這地鐵最遠到華爾街.
③ Let the fire burn **down** at once. 馬上把火關小.
Tom was very **down** after losing his seat in the election. 湯姆在選舉中失去議席後非常沮喪.
Beth is **down** with the flu. 貝絲因為患流行性感冒而臥病在床.
The pressures of everyday life can get you **down**. 日常生活的壓力使得你情緒低落.
Don't let things let you **down**. 不管發生甚麼事都不要氣餒.
Suddenly the computer went **down**. 那臺電腦突然當機.
④ He got married and settled **down**. 結婚之後，他的生活終於安定下來了.
Please write **down** your name and address. 請寫下你的姓名與地址.
He took my name and address **down**. 他記下了我的姓名與地址.
The factory is going to shut **down**. 那家工廠即將關閉.
I'm tied **down** to my work. 我因工作分不開身.
He washed **down** the car. 他把車子洗得乾乾淨淨.
An angry crowd burned his house **down**. 憤怒的群眾把他的房子給燒了.
The car has broken **down**. 那輛車子已經壞了.
⑤ I saw tears running **down** her cheeks. 我看見淚水從她的臉頰流下.
They were climbing **down** the cliff. 他們正從懸崖上爬下來.
English colonists settled up and **down** the eastern seacoast. 英國的殖民地居民在東海岸各地定居下來了.《指美國東海岸. 在地圖上「up（上面）」為北方，「down（下面）」為南方》
⑥ He walked **down** the hall. 他沿著走廊走. 《此處的 hall 指的是從家門口一進去就出現的走廊，其左右有若干個房間》
The car jolted along **down** the road. 那輛車沿著道路顛簸前進.
There'll be a parade **down** Fifth Avenue today. 今天5號街將有遊行.
⑦ His life was full of ups and **downs**. 他的人生起起伏伏.

片語 ***down with*** ① 放下，打倒: **Down with** the government! 打倒政府! ② 臥病在床，因~而臥病在床，因~而情緒低落. (⇨ 範例 ③)

downcast [`daun͵kæst] *adj.* ① 向下的. ② 沮喪的.
範例 ① He was scolded for being late for school, and stood before the class with **downcast** eyes. 他因為上學遲到而被責罵，因此目光低垂地站在同學面前.
② Repeated failures in the entrance examinations made him **downcast**. 入學考試

D

屢次失敗使他十分沮喪.

活用 *adj.* **more downcast**, **most downcast**

downfall [`daʊn͵fɔl] *n.* 墮落, 沒落; 破滅:
Drugs brought about her **downfall**. 毒品使她
墮落.

downgrade [`daʊn`gred] *v.* ① 使降級.
——*n.* ② 下坡, 下坡路段: on the **downgrade**
在走下坡.

活用 *v.* **downgrades**, **downgraded**,
downgraded, **downgrading**

downhearted [`daʊn`hɑrtɪd] *adj.* 灰心的,
沮喪的.

活用 *adj.* **more downhearted**, **most
downhearted**

downhill [`daʊn͵hɪl] *adv.*, *adj.* ① 下坡地
[的], 衰弱地[的].
——*n.* ② 下坡. ③ 滑降.

範例 ① The road goes **downhill** from our house
to yours. 從我們家到你們家是下坡路.
His performance at work has been going
downhill lately. 他的工作表現最近在走下
坡.
The street is all **downhill**. 這條街都是下坡
路.
You can relax; it`s all **downhill** from here. 你
可以放輕鬆, 從這裡開始就容易多了.
② the **downhill** stage of a life 人生的衰退期.
With all that drinking and womanizing, he`s
really on the moral **downhill**. 酗酒與沉溺於
女色使得他真正走上了道德敗壞的下坡路.

片語 **go downhill** 走下坡, 衰退. (⇨ 範例 ①)
☞ ↔ uphill

複數 **downhills**

Downing Street [`daʊnɪŋ͵strit] *n.* 唐寧街
《指英國政府、英國首相官邸的所在地》.

downpour [`daʊn͵por] *n.* 傾盆大雨.

複數 **downpours**

downright [`daʊn͵raɪt] *adj.* ① 完全的. ② 坦
率的.
——*adv.* ③ 完全地; 坦率地.

範例 ① He was a **downright** liar, and nobody
believed him. 他是一個十足的說謊者, 沒有
人相信他.
② She gave a **downright** answer to his
proposal. 她針對他的建議給與坦率的答覆.
③ He said that it was **downright** rude to come
in without knocking. 他說不敲門進來是相當
失禮的.

活用 *adj.* **more downright**, **most downright**

**Down`s syndrome** [`daʊnz`sɪndrom] *n.*
唐氏症候群《一種心智發展遲緩的疾病, 特徵
是小頭顱、低智能等, 源自英國醫生 Down
的報告》.

*****downstairs** [`daʊn`stɛrz] *adv.* ① 往樓下, 往
一樓, 在一樓.
——*n.* ② 〔作單數〕樓下, 一樓.

範例 ① Beth, come **downstairs**. 貝絲, 到樓
下來.
The library is **downstairs**. 圖書室在一樓.

② a **downstairs** room 樓下的房間.
☞ ↔ upstairs

downstream [`daʊn`strim] *adv.* ① 順流而
下, 下游地: The fallen leaves are drifting
downstream. 落葉順流而下.
——*adj.* ② 下游的.

down-to-earth [`daʊntu`ɝθ] *adj.* 現實的,
實際的.

活用 *adj.* **more down-to-earth**, **most
down-to-earth**

*****downtown** [*n.* `daʊn͵taʊn; *adj.*, *adv.*
`daʊn`taʊn] *n.* ① 商業區, 鬧區, (城鎮的)中
心: go **downtown** 去市中心.
——*adj.* ②〔只用於名詞前〕商業區的, 鬧區的.
——*adv.* ③ 往商業區, 往鬧區.

複數 **downtowns**

downtrodden [`daʊn͵trɑdn̩] *adj.* 受壓迫
的, 受虐待的.

活用 *adj.* **more downtrodden**, **most
downtrodden**

*****downward** [`daʊnwɚd] *adv.* ① 向下地, 下
坡地.
——*adj.* ② 向下的, 下坡的.

範例 ① He plunged **downward** into the depths
in a deep-sea diving suit. 他穿著深海潛水衣
跳入了深海中.
When you become homeless, you move
downward in society. 當你無家可歸時, 你
在社會上已走向沉淪.
It`s a tradition that has continued **downward**
through history to this very day. 那是從古至今
延續下來的傳統.
② a **downward** slope 向下的坡道.

參考 *adv.* 亦作 downwards.
☞ ↔ upward

downwards [`daʊnwɚdz] *adv.* 向下地, 下
坡地.

參考 亦作 downward.

downy [`daʊnɪ] *adj.* ① 被絨毛覆蓋的. ② 絨毛
般的, 輕柔的.

活用 *adj.* **downier**, **downiest**

dowry [`daʊrɪ] *n.* 嫁妝.

複數 **dowries**

dowse [daʊs] ＝*n.* douse.

doze [doz] *v.* ① 打盹, 打瞌睡 (over, off).
——*n.* ② 打盹, 打瞌睡.

範例 ① Mother was **dozing** over her knitting. 母
親一邊編織一邊打瞌睡.
The woman **dozed** off during the dull
program. 那個女子在乏味的表演中打瞌睡.
② The professor likes a **doze** after lunch. 那位
教授午飯後喜歡小睡一會兒.

活用 *v.* **dozes**, **dozed**, **dozed**, **dozing**

複數 **dozes**

*****dozen** [`dʌzn̩] *n.* 一打, 12個《略作 doz., dz.》.

範例 two **dozen** eggs 兩打蛋.
a half **dozen**/half a **dozen** 半打.
It took **dozens** of eggs to make this huge
cake. 做這個大蛋糕用了好幾打蛋.

簡介輔音群 dr- 的語音與語義之對應性

dr- 是由齒齦濁塞音 /d/ 與齒齦捲舌音 /r/ 組合而成，唸起來在語感上猶如雨水低下之滴滴答答聲 (drip-drop)。

(1) 本義表示「與水有關的動作或事物」：

drip 滴下
dribble （液體）點點滴滴地流
drivel 淌口水
drench 使浸透
drip-dry 滴乾
drink 喝，飲
drown 淹死
drain （水等液體）流出
drift 漂流
drop n. 水滴；v. (水滴)滴落
droplet 小滴
drought 旱災
dregs （在飲料底部的）渣滓
drip-drop 雨滴，滴滴答答
drizzle n. 濛濛細雨；v. 下毛毛雨
dross （冶金時形成的）渣滓

(2) 發 /r/ 音時，舌頭有點捲曲，其費力的程度強過 d，因此與 d 組合，更強化了 d 表示「費力的動作或過程」，如「拖、拉、驅、打、挖」等：

draw 拖拉，拉上

drag 拖曳
draggle （拖曳而）拖髒
drill （用鑽孔機等）打（洞）
drive 驅趕（牛、羊等）
draft 打草圖
drum 打鼓
drub （用棒等）打
dredge 挖撈（泥土等）
drudge 做苦工
drudgery 苦工
drastic 猛烈的，（藥劑等）激烈的
dramatic 重大的，戲劇性的

(3) 做任何費力動作，動作難免遲緩、呆滯、缺乏活力，因此可引申為「遲緩、呆滯、無活力」：

drawl 慢吞吞地說（出）
drowse 發呆，打盹
dream 恍惚，夢幻
drone 用單調低沉的聲音說〔唱〕
droop 彎曲〔消沉
drowsy 呆滯的，昏昏欲睡的
dry 枯燥無味的
drab 單調的
dreary 沉悶的，無趣的

I've told you a **dozen** times not to do that. 我告訴你好多次不要那樣做．
Let's buy five **dozen** of these pencils. 我們就買5打這種鉛筆．
A gross is twelve **dozen**. 一籮12打．
some **dozen** eggs 約一打的蛋 (some 意為 about).
some **dozens** of eggs 數打蛋．

片語 **by the dozen** 成打地；大量地: sell eggs **by the dozen** 成打地出售蛋．
dozens of 好幾打的；很多的．
in dozens 每打，以打為單位: Pack these eggs **in dozens**. 把這些蛋成打地包裝．
talk nineteen to the dozen 喋喋不休．

字源 由拉丁語 duo (2)＋decem (10) 構成，經過法語轉變成英語，現在法語的12為 douze．

複數 **dozens**

Dr./Dr [ˋdɑktɚ]《縮略》＝doctor. ① ～醫生《加於醫生姓前的尊稱》. ② ～博士《加於具有博士學位者姓前的尊稱》: **Dr.** Schweitzer 史懷哲博士．

drab [dræb] adj. ① 無聊的，乏味的，單調的. ② 黃褐色的.
範例 ① He has such a dull and **drab** personality. 他生性遲緩單調．
② **drab** brown trousers 黃褐色的褲子．
活用 adj. **drabber**, **drabbest**
drabness [ˋdræbnɪs] n. 無聊，單調，乏味．
Dracula [ˋdrækjulə] n. 德古拉《Bram Stoker 所著的恐怖小說中的主角，是一個吸血鬼》.

* **draft** [dræft] n. ① 拉，拖. ② 草稿，草案，草圖. ③ 從桶中汲出（啤酒）. ④ 喝一次（的量）. ⑤ 支票，匯票. ⑥ 通風，通風裝置. ⑦《美》徵兵，選拔. ⑧ 吃水《船航行需要的水深》.
—— v. ⑨ 起草，草擬 (out). ⑩《美》徵募．
範例 ① a **draft** of fish 一網的漁獲量．
② I've written the first **draft** of the story. 我寫好了那個故事的草稿．
③ Do you have beer on **draft**? 有生啤酒嗎?
④ The man had a **draft** of beer and went out. 那個男子喝了一口啤酒就出去了．
⑤ I couldn't get the **draft** cashed. 我沒能把那張支票兌換成現金．
⑥ We sat in a **draft**. 我們坐在通風處．
⑦ How can you escape the **draft**? 你如何能逃避兵役?
⑨ We **drafted** out the address. 我們起草寫那個演講稿．
參考《英》draught (② ⑨ 為 draft).
♦ **dráft bèer** 生啤酒．
dráft bòard 徵兵委員會．
dráft dòdger 逃避兵役者．
複數 **drafts**
活用 v. **drafts**, **drafted**, **drafted**, **drafting**
draftsman [ˋdræftsmən] n. ①（法案、文件等的）起草人. ② 製圖者，擅長素描的畫家.
參考《英》draughtsman.
複數 **draftsmen**

* **drag** [dræg] v. ① 拖，拉. ② 緩慢前進.
—— n. ③ 拖，拉；被拖之物. ④ 干擾物，障礙.

⑤《口語》無聊的人〔物〕. ⑥《口語》(香菸的)一口. ⑦ 女裝.

〔範例〕① I **dragged** the trunk into the room. 我把旅行箱拉進那個房間.

I couldn't **drag** myself out of the bed this morning. 我今天早上怎麼也起不來.

② This movie is starting to **drag**, isn't it? 這部電影開始在拖戲，不是嗎？

Everybody **drags** far behind me. 大家遠遠落後於我而緩慢前進著.

④ How could my family be a **drag** on me? 家人對我來說怎麼會是累贅呢？

⑤ You're such a **drag** tonight. 你今晚真是極端無聊.

〔片語〕**drag ~'s feet/drag ~'s heels** 故意緩慢地做: Hurry up and stop **dragging your feet**! 快點，別拖拖拉拉啦！

drag on 拖延: The hostage standoff **dragged on** for days before its violent ending. 人質談判僵局拖延了好幾天，最後以武力解決.

drag out ① 拖延. ② 拉出.

drag ~ out of... 從…強行打聽出~: We failed to **drag** the secret **out of** him. 我們無法從他那裡打聽出那個祕密.

drag up 重提: Let's turn our eyes to the future instead of always **dragging up** the past. 讓我們放眼未來，不要老是重提過去.

〔活用〕 v. **drags, dragged, dragged, dragging**

〔複數〕**drags**

dragon [`drægən] n. 龍《傳說中的怪物，體型巨大，遍體長鱗，獅腳蛇尾，有雙翅，口中噴火》.

➡〔充電小站〕(p. 377)

〔複數〕**dragons**

[dragon]

dragonfly [`drægən,flaɪ] n. 蜻蜓.

〔複數〕**dragonflies**

drain [dren] v. ① (使)流出，流掉. ② 排水，弄乾. ③ (使)消耗.

——n. ④ 排水；排水道，排水管. ⑤ 流出；消耗.

〔範例〕① Who **drained** the oil from the tank? 誰把油箱內的油放乾？

The flood **drained** away. 洪水退了.

The St. Lawrence Seaway **drains** Lake Ontario. 安大略湖的水流入聖羅倫斯河.

The Nile **drains** into the Mediterranean Sea. 尼羅河注入地中海.

② We **drained** the swamps to make new farmland. 我們排乾沼澤地以開墾新農地.

She **drained** her glass in one gulp. 她把杯中物一飲而盡.

③ The hard work **drained** all my energy. 繁重的工作使我精疲力盡.

His strength **drained** away after the trouble. 他的體力因生病而消耗殆盡.

④ The **drains** overflowed after the storm. 暴風雨過後，排水管的水四處漫溢.

All my work went down the **drain** when the project was abandoned. 隨著那項計畫中止，我的一切努力付諸東流.

⑤ the brain **drain** 人才流失，人才外流.

♦ **dráinbòard** 〔美〕(流理台的)滴水板《亦作 draining board》.

〔活用〕 v. **drains, drained, drained, draining**

〔複數〕**drains**

drainage [`drenɪdʒ] n. ① 排水. ② 排水設備.

drake [drek] n. 公鴨《☞ duck (母鴨)》.

〔複數〕**drakes**

drama [`drɑmə] n. ① 戲劇，劇本. ② 戲劇文學，戲劇藝術. ③ 戲劇性事件.

〔範例〕① a TV **drama** 電視劇.

stage a **drama** 上演戲劇.

② Shakespearean **drama** 莎士比亞戲劇.

historical **drama** 歷史劇.

③ Napoleon's life was a **drama** itself. 拿破崙的一生充滿戲劇性.

〔複數〕**dramas**

dramatic [drə`mætɪk] adj. ① 劇本的，戲劇的. ② 戲劇性的，令人印象深刻的.

〔範例〕① That actress has no **dramatic** talent. 那位女演員沒有戲劇天分.

② They had a **dramatic** fight right in the middle of a restaurant. 他們在餐廳正中央戲劇性地爭吵.

The President made a **dramatic** speech. 總統作了一個令人印象深刻的演講.

〔活用〕 adj. **more dramatic, most dramatic**

dramatically [drə`mætɪklɪ] adv. 戲劇性地，演戲般地: His life was **dramatically** closed. 他的一生戲劇性地結束了.

〔活用〕 adv. **more dramatically, most dramatically**

dramatics [drə`mætɪks] n. ①〔作單數〕演技，演出. ②〔作複數〕(業餘人員的)演戲.

dramatise [`dræmə,taɪz] =v.〔美〕dramatize.

dramatist [`dræmətɪst] n. 劇作家.

〔複數〕**dramatists**

dramatize [`dræmə,taɪz] v. ① 把(某事實、小說等)改編成劇本. ② 戲劇性地表現，誇張地說.

〔活用〕 v. **dramatizes, dramatized, dramatized, dramatizing**

drank [dræŋk] v. drink 的過去式.

drape [drep] n. ①〔~s〕〔美〕布簾.

——v. ② 裝飾，披上(布料): She **draped** a shawl around her shoulders. 她把披肩披在肩上.

〔複數〕**drapes**

〔活用〕 v. **drapes, draped, draped, draping**

drapery [`drepərɪ] n. ①〔英〕布，布匹，衣料《〔美〕dry goods》. ②〔英〕布業，布莊. ③〔~ies〕帶有褶綴的漂亮織物.

〔複數〕**draperies**

drastic [`dræstɪk] adj. 嚴厲的；徹底的: We

充電小站

憑空想像的生物

古今中外，人們為了寄託自己的願望或恐懼，創造了各種有生命的東西，以下介紹一些歐美人想像出來的生物：

alien [`eljən] 外星人．

Batman [`bætmən] 蝙蝠俠《美國漫畫中的主角，戴著黑蝙蝠面具，專門懲治壞人》．

B.E.M. [`bɛm] 暴眼怪獸《bug-eyed monster 的縮略．科幻小說中出現的巨眼太空怪獸》．

dragon [`drægən] 龍《有翼、會吐火的怪獸》．

Godzilla [gɑd`zɪlə] 酷斯拉《美國電影中出現的恐龍》．

incubus [`ɪŋkjəbəs] 夢魘《專門襲擊睡夢中女性的魔鬼》．

manticore [`mæntɪ,kor] 人面獅身龍尾《或蠍尾》的怪物．

Martian [`marʃɪən] 火星人．

mermaid [`mɝ,med] 美人魚《上半身為女性，下半身為魚，亦表示女游泳選手》．

Nessie [`nɛsɪ] 尼斯《據傳為蘇格蘭尼斯湖的水怪》．

ogre [`ogɚ] 食人魔鬼《童話中的鬼怪》．

Phoenix [`finɪks] 長生鳥《埃及神話中的不死鳥，每500年自焚一次，再從灰燼中重生的神鳥》．

Roc [rɑk] 大鵬《阿拉伯神話中的巨大怪鳥》．

saucerman [`sɔsɚ,mæn] 乘坐飛碟的外星人．

sphinx [sfɪŋks] 斯芬克斯《希臘神話中的怪物，獅身女人頭；☞ 充電小站 (p. 1101)》．

superman [`supɚ,mæn] 超人《美國漫畫中的主角，能在空中自由飛翔》．

Unicorn [`junɪ,kɔrn] 獨角獸．

vampire [`væmpaɪr] 吸血鬼．

Venusian [və`nuʒən] 金星人．

werewolf [`wɪr,wulf] 狼人《美國電影中的wolfman》．

---

have to take **drastic** measures to stop bullying. 我們必須採取嚴厲的措施阻止恃強凌弱的行為．

活用 *adj.* **more drastic, most drastic**

drastically [`dræstɪklɪ] *adv.* 嚴厲地；徹底地．

活用 *adv.* **more drastically, most drastically**

draught [dræft] =*n., v.* 〖美〗draft.

draughtsman [`dræftsmən] = *n.* 〖美〗draftsman.

*draw [drɔ] *v.*

原義	層面	釋義	範例
拉	東西	拉，拖，來	①
	線	畫	②
	於一處	造成轟動，吸引（人）	③
	從內向外	拔出，取出	④
	從外向內	吸入（氣）	⑤
	兩方面	不分勝負，使成平手	⑥

——*n.* ⑦ 平手. ⑧ 抽籤. ⑨ 深受歡迎之人〔物〕.

範例 ① Can you **draw** the curtain? 你可以拉上窗簾嗎？
I **drew** my sleeve up for the injection. 我為了打針把衣袖捲起來．
He **drew** his friend aside and whispered in his ear. 他把朋友拉到一旁，在他耳邊悄悄話．
Christmas is **drawing** near. 聖誕節即將到來．
② The teacher **drew** a straight line. 那位老師畫了一條直線．

The girl **drew** a dog. 那個女孩畫了一隻狗．
My grandfather **draws** well. 我祖父擅長繪畫．
③ The football game **drew** a large crowd. 足球賽吸引了大批觀眾．
The event did not **draw** people's attention. 那一事件沒有引起人們的注意．
④ He **drew** the cork from the wine bottle. 他拔出了那瓶葡萄酒的瓶塞．
I have to **draw** some money from the bank. 我必須從銀行提取一些錢．
⑤ She **drew** a deep breath. 她深深地吸了一口氣．
⑥ The two teams **drew** in the final. 那兩隊在決賽中不分勝負．
The game was **drawn** at 1-1. 那場比賽以1比1打成平手．
⑦ The game ended in a **draw**. 那場比賽以平手結束．
⑧ the luck of the **draw** 抽籤的運氣．
⑨ The movie is a great **draw**. 那部電影很受歡迎．

片語 ***draw away*** ① 離開；把～轉移到別處：She **drew** herself **away** from the door when she heard a wolf howl. 聽到狼嚎聲，她從門口躲開了．② 超越：The horse quickly **drew away** from the others. 那匹馬迅速地超越其他馬．

draw back ① 退卻，縮回，收回：Turtles **draw back** their heads when they get scared. 海龜受到驚嚇時會把頭縮回去．② 抽手．

draw in ①（車）停靠路邊．

draw on ① 迫近：Winter is **drawing on**. 冬天正迫近當中．② 利用：A reader **draws on** his background knowledge in order to understand what is written. 讀者利用自己的知識背景來理解讀物內容．

draw out ① 延長．②（白天）變長．③ 使開口：No one could **draw** me **out** during my depression. 在我沮喪時，沒有人能使我開口說話．

draw ～self up 使挺直身體；使得意．

draw up ① 起草，撰寫，擬定：The teacher **drew up** a schedule of examinations. 那位教師擬定了考試日期．②（車）停止：The car **drew up** and a beautiful woman got out. 那輛車停下來之後，一位漂亮女子走了出來．

[活用] *v*. **draws**, **drew**, **drawn**, **drawing**

drawback [`drɔ,bæk] *n*. 障礙，缺點．

[範例] This video camera's **drawback** is that it's incompatible with yours. 這臺錄影機的缺點就是無法與你的相比．

This plan is perfect—it has no **drawbacks**. 這個計畫很完美，沒有缺點．

[複數] **drawbacks**

drawbridge [`drɔ,brɪdʒ] *n*. 吊橋，可開合的橋（☞ bridge [插圖]）．

[參考] 使橋的一部分或全部可以活動的橋，目的在於方便船隻航行或防禦敵人進攻，多見於中世紀的城堡，倫敦的 Tower Bridge 是近代著名的 drawbridge．

[字源] draw（拉）＋bridge（橋）．

[複數] **drawbridges**

***drawer** [drɔr；③ `drɔɚ] *n*. ① 抽屜．②〔～s〕內褲：a pair of **drawers** 一件內褲．③ 製圖員．

♦ **chést of dráwers** 衣櫃．

[參考] drawer 是由 draw 衍生出來的．① 含有「拉出」，② 含有 draw on「穿上」，③ 含有「刻畫」之意．

[複數] **drawers**

***drawing** [`drɔɪŋ] *n*. 線條畫，圖形；素描．

[範例] Tom is good at **drawing**. 湯姆擅長素描．Jane looked at the **drawing** of the cat on the wall. 珍看了牆上貓的線條畫．

[參考] drawing 指用木炭、蠟筆、鉛筆等畫的畫，用顏料與畫筆的畫稱為 painting．

♦ **dráwing pìn**〔英〕圖釘（〔美〕thumbtack）．

dráwing ròom ①〔美〕特等臥廂《火車的旅客房間，有3張臥鋪，備有廁所》．② 客廳，會客室（〔美〕living room，〔英〕sitting room）．

[複數] **drawings**

drawl [drɔl] *v*. ① 慢吞吞地說（out）．

——*n*. ② 慢吞吞的說話方式．

[範例] ① Southerners often **drawl** out their words. 南方人常拉長調子說話．《美國南部英語的特點》

② Jane replied with a **drawl**. 珍以慢吞吞的說話方式回答．

[活用] *v*. **drawls**, **drawled**, **drawled**, **drawling**

[複數] **drawls**

drawn [drɔn] *adj*. ① 被拉上的．② 扭曲的．③ 不分勝負的．

[範例] ① a **drawn** curtain 被拉上的窗簾．

② a face **drawn** with pain 疼得扭曲的臉．

③ a **drawn** match 不分勝負的比賽．

***dread** [drɛd] *v*. ① 害怕，畏懼．

——*n*. ② 恐懼．

[範例] ① I **dread** death most of all. 我尤其怕死．She **dreads** going to the dentist. 她害怕去看牙醫．

② My brother is a baseball fanatic and has a **dread** of the off-season. 我弟弟是一個棒球迷，對於非球季時期感到恐懼．

[活用] *v*. **dreads**, **dreaded**, **dreaded**, **dreading**

***dreadful** [`drɛdfəl] *adj*. 可怕的；糟透的；極端的．

[範例] I had a **dreadful** experience today. 我今天有一次可怕的經驗．

That was a **dreadful** movie. 那是一部糟透的電影．

[活用] *adj*. **more dreadful**, **most dreadful**

dreadfully [`drɛdfəlɪ] *adv*. 可怕地；極其：I'm afraid the doctor is **dreadfully** busy just now—could you call back later? 我很遺憾醫生現在很忙，你能否稍後再打來？

[活用] *adv*. **more dreadfully**, **most dreadfully**

dreadlocks [`drɛd,lɑks] *n*.〔作複數〕長髮綹《把鬈曲的頭髮編成細細的髮辮》．

***dream** [drim] *n*. ① 夢，夢想．

——*v*. ② 做夢，夢見．

[範例] ① I had a **dream** of John. 我夢到了約翰．I saw Mary in a **dream**. 我在夢中見到了瑪麗．

Someday his **dream** will come true. 他的夢想有一天會實現的．

He had **dreams** of going to India. 他夢想要去印度．

② She often **dreams** of meeting her deceased father. 她常夢見死去的父親．

The boy seldom **dreams**. 那個男孩很少做夢．

She **dreamed** that she was the president of the United States. 她夢見自己成了美國總統．

Diana **dreamed** a strange **dream** last night. 黛安娜昨夜做了一個奇怪的夢．

I never **dreamed** that I could see her again. 我做夢也沒想到能夠再見到她．

The student **dreamed** of becoming a priest. 那個學生夢想成為一位牧師．

[複數] **dreams**

[活用] *v*. **dreams**, **dreamed**, **dreamed**, **dreaming/dreams**, **dreamt**, **dreamt**, **dreaming**

dreamer [`drimɚ] *n*. 做夢的人；夢想家，幻想家．

[複數] **dreamers**

dreamily [`drimɪlɪ] *adv*. 夢一般地，夢幻般地，非現實地：The man walked away **dreamily**. 那男子夢幻般地走開了．

[活用] *adv*. **more dreamily**, **most dreamily**

***dreamt** [drɛmpt] *v*. dream 的過去式、過去分

詞.

dreamy [`drimɪ] adj. 夢一般的，非現實的，愛幻想的：He was **dreamy**; he soon wearied of college life. 他愛幻想，很快就厭倦了大學生活.

活用 adj. **dreamier**, **dreamiest**

drearily [`drɪrɪlɪ] adv. 淒涼地，陰沉地；枯燥乏味地.

活用 adv. **more drearily**, **most drearily**

***dreary** [`drɪrɪ] adj. ① 淒涼的，陰沉的. ② 枯燥乏味的.

範例 ① a **dreary** winter day 一個陰沉的冬日.
② We lead a **dreary** life in this small town, don't we? 我們在這個小鎮過著枯燥乏味的生活，不是嗎?

活用 adj. **drearier**, **dreariest**

dredge [drɛdʒ] v. ① 疏浚《挖掘水底的泥土、廢物》，挖掘. ② 撒(粉).
——n. ③ 挖泥船《亦作 dredger》.

範例 ① **dredge** the river to deepen it 疏浚河流使之變深.
② I **dredged** his tuna sandwich with red pepper as a practical joke. 我惡作劇地在他的鮪魚三明治上撒了辣椒粉.

活用 v. **dredges**, **dredged**, **dredged**, **dredging**

複數 **dredges**

dredger [`drɛdʒɚ] n. ① 挖泥船《挖掘水底泥土或廢物的船，亦作 dredge》，疏浚機. ② 撒粉器.

複數 **dredgers**

dregs [drɛgz] n. 〔作複數〕① 殘渣，渣滓《咖啡等液體底部的沉澱物》. ② 無價值之物：Soccer hooligans are the **dregs** of society. 足球流氓是社會的渣滓.

***drench** [drɛntʃ] v. 使溼透，浸溼：The rain **drenched** me to the skin. 那場雨把我淋成落湯雞.

活用 v. **drenches**, **drenched**, **drenched**, **drenching**

***dress** [drɛs] v. ① 穿衣，穿著. ② 穿正式服裝. ③ 裝飾，打扮. ④ 梳理(頭髮). ⑤ 包紮(傷口). ⑥ 作好(烹調的)準備；淋調味醬. ⑦(使)排列整齊. ⑧ 處理(皮革、紡織品等).
——n. ⑨ 連衣裙，洋裝. ⑩ 衣服，服裝，禮服.

範例 ① "May I come in?" "No, you may not. I'm **dressing** now." 「我可以進來嗎?」「不，不行. 我正在穿衣服.」
Be **dressed** and ready to go at seven. 穿好衣服，準備7點出門.
The widow always **dresses** in black. 那個寡婦總是穿著黑衣服.
② We have to **dress** for dinner. 我們必須穿正式服裝用晚餐.
③ How beautifully they have **dressed** the shop windows! 他們把商店櫥窗裝飾得多麼漂亮啊!
⑥ She always **dresses** her salads with a

secret-recipe herb dressing. 她總是在沙拉上淋上祕傳的香料調味醬.
⑩ We are expected to wear evening **dress**. 我們必須穿晚禮服.
"No **dress**." 「請著便裝」.《請柬用語》

片語 **dress down** 訓斥.
dress up ①(使)盛裝. ②(使)裝扮. ③ 粉飾(事實等)，給～加油添醋：You have **dressed** the facts **up** to make the story more interesting. 你為了使故事更有趣，而加油添醋.

♦ **dréss círcle** 劇場的特等席位《二樓的正面座位，坐在此處的觀眾需著晚禮服出席》.
dréss reheársal 彩排，總排《服裝、舞臺、燈光、音效等與正式演出時一樣的最後排練》.
dréss súit (男子的)晚禮服.

活用 v. **dresses**, **dressed**, **dressed**, **dressing**

複數 **dresses**

dresser [`drɛsɚ] n. ①(劇場等的)服裝師. ② 穿著講究者. ③〖英〗餐具櫃. ④〖美〗梳妝臺《亦作 dressing table》.

範例 ② The actress was the best **dresser** of this year. 那個女演員是今年最佳衣著人士.
③ The **dresser** in the kitchen was covered with many beautiful dishes. 廚房的餐具櫃裡放滿了精美的盤子.
④ Anne was sitting in front of the **dresser** in her bedroom. 安坐在房間的梳妝臺前.

參考 ③ 下有抽屜，上有數格無門的架子，用來放餐具與廚房用具，原指放盛菜盤子的桌子.

複數 **dressers**

dressing [`drɛsɪŋ] n. ① 打扮，穿衣，服裝. ② 繃帶，消毒紗布. ③ 調味醬，醬汁. ④〖美〗填料《烹調全雞時塞於雞腹內之物，亦作 stuffing》.

♦ **dréssing gòwn** 家居服，晨袍《就寢前或起床後披在睡衣外，亦作 bathrobe, robe》.
dréssing tàble 梳妝臺.

複數 **dressings**

dressy [`drɛsɪ] adj. ①(服裝)正式的. ② 華麗的，時髦的. ③ 衣著講究的.

活用 adj. **dressier**, **dressiest**

***drew** [dru] v. draw 的過去式.

dribble [`drɪbl] v. ①(使)滴下. ② 運(球)，盤(球).
——n. ③ 滴，少量. ④ 運球，盤球.

活用 v. **dribbles**, **dribbled**, **dribbled**, **dribbling**

***dried** [draɪd] adj. 乾燥的，乾的.

範例 **dried** fruit 水果乾《葡萄乾等》.
dried beef 牛肉乾.
dried milk 奶粉《亦作 dry milk》.

drier [`draɪɚ] adj. ① dry 的比較級.
——n. ② 乾燥機，脫水機；乾燥劑《亦作 dryer》.

複數 **driers**

D

***drift** [drɪft] v. ① 漂流，流動；居無定所，無目的地生活。②（雪等）被吹積。③ 使聚集。
——n. ④ 漂流。⑤ 流向，傾向。⑥ 吹積物，漂流物。⑦ 大意，主旨。

範例 ① The canoe **drifted** slowly down the river. 那艘獨木舟順著河流緩緩漂去。
He **drifted** from town to town，never settling down. 他從一個城鎮到另一個城鎮，總是居無定所。
In times of trouble he always **drifts** back to his mother. 碰到麻煩時，他總是回到他母親身邊。
② The snow **drifted** against the door. 雪被吹積在門口。
③ The wind **drifted** the snow against the door. 風把雪吹積到門口。
⑤ What can we do with this **drift** toward pleasure seeking? 對於這種追求享樂的傾向，我們能做些甚麼呢？
⑥ Our car stuck in a six foot **drift** of snow. 我們的車陷在6呎深的積雪裡。
⑦ Would you mind saying that again? I didn't catch your **drift**. 你可不可以再說一遍？我沒聽懂你所說的話。
活用 v. **drifts，drifted，drifted，drifting**
複數 **drifts**

drifter [`drɪftɚ] n. ① 漂泊者，流浪者。② 流網漁船。
複數 **drifters**

***drill** [drɪl] n. ① 錐子；鑽孔機。② 訓練，反覆練習；正確的程序。③ 播種機；（供播種的）淺畦，犁溝。
——v. ④ 鑽（孔），鑽孔於。⑤ 訓練，練習。⑥（用播種機）播種。

[drill]

範例 ① make a hole in the rock with a **drill** 用鑽孔機在岩石上鑽洞。
② a fire **drill** 消防演習。
The teacher gave his students a lot of **drills** in English pronunciation. 那位老師讓學生反覆練習英語發音。
④ **drill** a hole in the metal 在金屬上鑽孔。
drill the metal to make a hole 在金屬上鑽孔。
⑤ We must **drill** soldiers in wintery conditions. 我們必須在寒冷的環境下訓練士兵。
複數 **drills**
活用 v. **drills，drilled，drilled，drilling**

drily [`draɪlɪ] adv. 枯燥乏味地；冷淡地《亦作 **dryly**》。
活用 adv. **more drily，most drily**

***drink** [drɪŋk] v. ① 喝，飲。
——n. ② 飲料，酒。③ 飲酒。

範例 ① Can I have something to **drink**? 我可以喝點甚麼嗎？
Have you ever **drunk** whiskey? 你喝過威士忌嗎？
Bob **drinks** like a fish. 鮑伯大口狂飲。

② I like carbonated **drinks**. 我喜歡碳酸飲料。
Could I have a **drink** of water，please? 請給我一杯水，好嗎？
③ The failure drove him to **drink**. 那次失敗促使他喝酒。
片語 **drink in** 陶醉於：Mary **drinks in** his music. 瑪麗沉醉在他的音樂之中。
活用 v. **drinks，drank，drunk，drinking**
複數 **drinks**

drinker [`drɪŋkɚ] n. 飲者，酒徒。
複數 **drinkers**

***drip** [drɪp] v. ① 滴下，使滴落。
——n. ② 滴；滴下的液體；滴水聲。③（醫學上的）點滴裝置；點滴劑。

範例 ① Blood just started **dripping** from his nose. 血開始從他鼻子滴了下來。
The eaves were **dripping** water. 水從屋簷上滴下來。
A peach **drips** with juice. 桃子水分很多。
② The **drip** of the rain on the roof woke him up. 打在屋頂上的雨滴聲吵醒了他。
♦ **drip còffee** 滴濾式咖啡《以濾布或濾紙濾過的咖啡》。
活用 v. **drips，dripped，dripped，dripping**
複數 **drips**

drip-dry [`drɪp,draɪ] adj. ①（衣服、布料等）不擰絞而自然滴乾的，自然晾乾的：a **drip-dry** shirt 自然晾乾的襯衫。
——v. ②（使）不擰絞而掛著滴乾。
活用 v. **drip-dries，drip-dried，drip-dried，drip-drying**

dripping [`drɪpɪŋ] adj.，adv. ① 滴水的〔地〕，溼得滴水的〔地〕。
——n. ②（烤肉時滴下的）油汁，水滴。

範例 ① a **dripping** faucet 滴水的水龍頭。
Your jacket is **dripping** wet. 你的夾克溼答答的。

****drive** [draɪv] v.

原義	層面	釋義	範例
施加力量使動	交通工具、機械	駕駛，發動，（用車）送	①
	人、動物	驅趕	②
	心	逼迫，迫使	③
	釘子、螺釘	打入，釘入	④
	雨、風	猛下，勁吹	⑤

——n. ⑥ 駕駛，驅車旅行。⑦ 私人車道《亦作 **driveway**》。⑧ 抽球。⑨（為了某種目的而）努力，運動。⑩ 幹勁，精力。⑪ 驅動裝置《☞ 充電小站》(p. 381)。

範例 ① Do you **drive** a car? 你開車嗎？
She is learning to **drive**. 她正在學開車。
We **drove** to London. 我們開車去倫敦。
My mother **drove** him to the station. 我母親開

D

汽車的驅動方式 (drive)

【Q】最近的暢銷車款為 "4WD"，而 "4WD" 是 four-wheel drive 的縮略。那麼，同樣是汽車用語的 "FF" 是甚麼詞的縮略呢？

【A】 "4WD" 確實是表示四輪傳動之意的 four-wheel drive 的縮略。前面的 four 用了表示數字的「4」，而非開頭第一個字母 f。

四輪傳動的汽車是向前後4個車輪提供動力而驅動汽車。而除此以外的許多汽車則是向前面或後面的兩個車輪提供動力而驅動的。 "FF" 是 front engine, front drive system 的縮略，意為「引擎前置、前輪驅動方式」。

同類詞語則如下所示：

FF　front engine, front drive system
　　引擎前置、前輪驅動方式
FR　front engine, rear drive system
　　引擎前置、後輪驅動方式
RR　rear engine, rear drive system
　　引擎後置、後輪驅動方式

車送他去火車站。
This car is **driven** by diesel。這部車是由柴油機發動。

② The cowboy was **driving** his cattle to the pasture。那個牛仔把牛趕到牧場。

③ The sad news **drove** my wife to tears。那令人悲傷的消息使我的妻子哭了。

Parental neglect **drove** him to crime。父母的疏忽使他誤入歧途。

The noise **drove** me mad。這個噪音逼得我快要發瘋了。

④ He **drove** a nail into a board。他把一根釘子釘入木板。

⑤ **driving** rain 大雨（driving 作形容詞性）。

⑥ We went for a **drive** last Sunday。我們上星期日開車去兜風。

⑨ I hope the charity **drive** will raise a lot of money。我希望這項慈善活動能募集到大量資金。

⑩ The new president lacks **drive**。新任董事長缺乏魄力。

[片語] **driving at**《口語》打算： What are you **driving at**? 你打算要做甚麼？

drive ~ home ① 使充分明白。②（把釘子等）牢牢釘入。

drive off ① 趕走。②（打高爾夫球時）揮桿發球。

♦ **drive-in**《美》免下車服務設施《在車上即可享受服務的餐館、銀行、電影院等》。

driving licence《英》駕駛執照《《美》driver's license》。

[活用] v. **drives, drove, driven, driving**

driven [`drɪvən] v. drive 的過去分詞。

***driver** [`draɪvɚ] n. ① 駕駛者，司機，（馬車的）車夫。②（高爾夫球的）長球桿。

[範例] ① My father is a good **driver**。我父親車開得很好。

② He hit the ball with the **driver**。他用長球桿擊球。

♦ **driver's license**《美》駕駛執照《《英》driving licence》。

[複數] **drivers**

driveway [`draɪv,we] n. 私人車道《從道路至住宅或車庫的自用汽車道，亦作 drive》。

[複數] **driveways**

[driveway]

drizzle [`drɪzl] v. ① 下毛毛雨： It is **drizzling**。正在下毛毛雨。

——n. ② 毛毛雨，細雨。

[活用] v. **drizzles, drizzled, drizzled, drizzling**

drone [dron] n. ① 雄蜂。② 懶人。③ 嗡嗡聲《連續、單調又低沉的聲音》。

——v. ④ 發出嗡嗡聲。⑤ 用單調低沉的聲音說 (on)。

[範例] ④ A Cessna **droned** overhead for hours。一架塞斯那輕型飛機在頭頂上嗡嗡地飛了數小時。

⑤ The lecturer **droned** on for hours。那個演講者低沉單調地說了好幾個小時。

[參考] ① 的功用僅在於繁殖，此外別無他用，亦無毒針（☞ bee (蜜蜂)）。

[複數] **drones**

[活用] v. **drones, droned, droned, droning**

***droop** [drup] v. 低垂，下垂；喪失活力，垂頭喪氣。

[範例] She **drooped** her head and cried。她低頭哭泣。

His pants were **drooping** from all the change in the pockets。他的褲子因口袋裡裝滿零錢而下垂。

The party **drooped** from the long journey。一行人在長途跋涉後精疲力盡。

[活用] v. **droops, drooped, drooped, drooping**

drop [drɑp] v., n.

原義	層面	釋義	範例
落下	自上而下	v. 落下，下降，掉落	①
		n. 落下，掉落	②

落下	液體	*n.* 滴，微量，一點點：（藥水）滴劑	③
	問題、事件	*v.* 停止，中止	④
	人	*v.* 倒下	⑤
	向某處的外面	*v.* 使下車；離開，開除，除名	⑥
	至別人的家	*v.* 偶然拜訪	⑦

[範例] ① An apple **dropped** from a tree. 一個蘋果從樹上掉下來了.

He **dropped** a bowling ball on his foot and broke it. 他（不小心）把一個保齡球掉落在腳上，壓斷了他的腳.

The temperature has **dropped** sharply. 溫度驟然下降.

② a **drop** of 100 meters 下降100公尺.

③ **Drops** of rain fell on the roof of my car. 雨滴落在我的車頂上.

"Do you take milk in your tea?" "Just a **drop**." 「你的紅茶要加牛奶嗎？」「一點點就好.」

He sucked a chocolate **drop**. 他吃了一小顆巧克力糖.

④ Let's **drop** the subject. 我們不要再討論這個問題了.

⑤ The marathon runner **dropped** to her knees. 那名馬拉松選手突然跪了下來.

⑥ **Drop** me at the next corner. 請在下一個轉角讓我下車.

I was **dropped** from the team. 我被隊上開除了.

⑦ I don't like it when people **drop** in without calling first. 我不喜歡有人不事先打電話就突然來訪.

[片語] *a **drop** in the bucket/a **drop** in the ocean* 滄海一粟《有微不足道之意》.

drop behind 落後: He started the race well, but soon **dropped behind** the rest. 他起跑不錯，可是馬上就落後於其他人了.

drop by/drop in 順道拜訪.（⇨ [範例] ⑦）

drop off ① 減少. ② (口語)迷迷糊糊地睡著. ③ 使(從交通工具上)下來.

drop out 中途輟學.

♦ **dróp shòt** (網球等的)短球，過網即墜球.

[活用] *v.* drops，dropped，dropped，dropping

[複數] drops

dropout [`drɑpˌaʊt] *n.* 中輟生；脫離(社會)者.

[複數] dropouts

dropper [`drɑpə] *n.* (眼藥等的)滴管.

[複數] droppers

*****drought** [draʊt] *n.* 乾旱，旱災: The **drought** lasted the whole summer. 乾旱持續了整個夏季.

[複數] droughts

drove [drov] *v.* ① drive 的過去式.

——*n.* ② 群: **droves** of tourists 一群一群的遊客.

[複數] droves

*****drown** [draʊn] *v.* ① 使溺死，淹死. ② 浸沒，淹沒. ③ 以聲音掩蓋，(噪音等)壓過(較小的聲音) (out).

[範例] ① Your brother **drowned** our cat. 你哥哥把我家的貓淹死了.

The suspect was **drowned** in the lake. 那名嫌犯在湖裡淹死了.

His wife **drowned** herself in the ocean. 他的妻子投海自盡.

A **drowning** man will catch at a straw. 《諺語》急不暇擇.《drowning 作形容詞性》

② When the girl heard the news, her eyes were **drowned** in tears. 那個女孩聽到那個消息時，淚水盈眶.

You **drowned** the salad with dressing. 你在沙拉裡加太多調味醬了.

③ The noise of the airplane **drowned** out our conversation. 飛機的噪音掩蓋了我們的談話聲.

[活用] *v.* drowns，drowned，drowned，drowning

drowse [draʊz] *v.* ① 打瞌睡，打盹.

——*n.* ② (打)瞌睡，打盹.

[範例] ① She **drowsed** on the sofa for a while after she finished reading the novel. 她看完那本小說後在沙發上打盹了一會兒.

② fall into a **drowse** 打起瞌睡來.

[活用] *v.* drowses，drowsed，drowsed，drowsing

drowsily [`draʊzlɪ] *adv.* 昏昏欲睡地.

[活用] *adv.* more drowsily，most drowsily

*****drowsy** [`draʊzɪ] *adj.* ① 睏倦的，想睡的. ② 令人昏昏欲睡的.

[範例] ① He fell **drowsy** as soon as he was at his desk. 他只要一坐在書桌前就想睡.

② On a warm, quiet, and **drowsy** afternoon, the students could not concentrate on the class. 在溫暖、寂靜又令人昏昏欲睡的下午，學生們上課無法集中注意力.

[活用] *adj.* drowsier，drowsiest

drudge [drʌdʒ] *v.* ① 做苦工，辛苦地工作: I eke out an existence **drudging** in the office of a small firm. 我在一家小公司做著乏味的苦差事以求餬口.

——*n.* ② 做乏味苦工的人.

[活用] *v.* drudges，drudged，drudged，drudging

[複數] drudges

drudgery [`drʌdʒərɪ] *n.* 乏味辛苦的工作: I can't stand this **drudgery**. 我無法忍受這乏味辛苦的工作.

*****drug** [drʌg] *n.* ① 藥，藥品，藥劑. ② 麻醉藥品，毒品.

——*v.* ③ 摻入麻醉藥〔毒品〕.

[範例] ② **Drug** abuse is a big problem these days.

藥物濫用是當前的一大問題.
Is he on **drugs**?/Does he take **drugs**? 他有吸毒嗎?
a **drug** addict 有毒癮者.
[複數] **drugs**
[活用] *v.* **drugs**, **drugged**, **drugged**, **drugging**

druggist [ˋdrʌɡɪst] *n.* ① 〖美〗藥劑師, 藥商 (〖英〗chemist). ② 〖美〗藥妝店 (drugstore) 的經營者.
[複數] **druggists**

drugstore [ˋdrʌɡˏstor] *n.* 〖美〗藥妝店《雖然賣藥品, 但也有出售化妝品、香菸、雜誌、文具等日用雜貨, 亦提供簡餐, 也有像超市那樣的大型連鎖店》.
[複數] **drugstores**

*****drum** [drʌm] *n.* ① 鼓. ② 鼓聲. ③ 鼓狀容器. ④ (耳朵的) 鼓膜《可似鼓皮一樣震動》.
——*v.* ⑤ 敲擊, 敲擊使發出聲音 (on); 灌輸 (知識等); 驅逐.
[範例] ① I play the **drums** in the band. 我在樂隊裡打鼓.
② Can you hear the **drum**? 你聽得到鼓聲嗎?
③ an oil **drum** 油桶.
⑤ He **drummed** on the park bench with his stick to signal "all clear." 他用拐杖在公園的長椅上敲出「解除警報」的暗號.
The teacher **drummed** the lesson into the pupils. 那位老師給學生們灌輸了那個教訓.
They **drummed** him out of the army. 他們把他轟出了軍隊.
[片語] **drum up** 召集; 竭力爭取: Let's **drum up** customers. 讓我們盡力招攬顧客.
[複數] **drums**
[活用] *v.* **drums**, **drummed**, **drummed**, **drumming**

drummer [ˋdrʌmɚ] *n.* 鼓手, 擊鼓者.
[複數] **drummers**

drumstick [ˋdrʌmˏstɪk] *n.* ① 鼓槌. ② (烹調好的) 雞腿《因形狀似鼓槌而得名》.
[複數] **drumsticks**

*****drunk** [drʌŋk] *v.* ① drink 的過去分詞.
——*adj.* ② 酒醉的: He loves to get **drunk**. 他喜歡喝醉.
——*n.* ③ 酒鬼, 醉漢《亦作 drunkard》.
[活用] *adj.* **more drunk**, **most drunk**
[複數] **drunks**

drunkard [ˋdrʌŋkɚd] *n.* 酒鬼, 醉漢.
[複數] **drunkards**

drunken [ˋdrʌŋkən] *adj.* 〔只用於名詞前〕酒醉的; 酒醉引起的.
[範例] a **drunken** man 喝醉的男人.
drunken driving 酒後開車.
[活用] *adj.* **more drunken**, **most drunken**

drunkenness [ˋdrʌŋkənnɪs] *n.* 醉, 醉態.

*****dry** [draɪ] *adj.*

原義	層面	釋義	範例
沒有水分 ⇩ 本來該有的沒有	水分	乾的, 乾燥的, 不下雨的	①
		口渴的	②
	奶	不產奶的	③
	引起興趣之物	枯燥乏味的, 冷淡的	④
	表面的	一本正經的; 若無其事的	⑤
	甜味	沒有甜味的	⑥
	奶油、果醬	不塗的	⑦

——*adj.* ⑧ 〖美〗無酒的, 禁酒的.
——*v.* ⑨ 使乾燥, 弄乾, 變乾.
[範例] ① The air is so **dry** here in the desert. 在這沙漠裡空氣非常乾燥.
The well is bone **dry**. 那口井已經乾涸了.
The paint isn't **dry** yet. 油漆還未乾.
This **dry** weather is bad for the crops. 這種乾旱的天氣對農作物不利.
② I feel **dry**. 我感到口渴.
③ The cow went **dry**. 那頭牛擠不出牛奶了.
④ He kept me up until 3 a.m. with a **dry** story about his college days. 他一直說著他大學時代的無聊事, 使得我凌晨3點才睡.
That account was as **dry** as dust. 那段話枯燥乏味.
⑤ He has a very **dry** sense of humor. 他有著冷面幽默.《面無表情地說幽默話》
⑥ Is this a **dry** wine? 這是無甜味的葡萄酒嗎?
⑦ I used to eat toast **dry**. 我以前常吃乾土司.《不塗奶油、果醬等》
⑧ There were **dry** states in the U.S.A. 美國有的州實施禁酒.
⑨ You can **dry** yourself with this towel. 你可以用這條毛巾擦乾身體.
Your wet clothes will soon **dry**. 你的溼衣服很快就會乾了.
She **dried** her eyes on her handkerchief. 她用手帕擦乾眼淚.
[片語] **as dry as a bone** 乾透, 十分乾燥《亦作 bone dry》: The well was **as dry as a bone**. 那口井乾枯了.

♦ **drý dòck** 乾船塢《可將水排乾以利修理的船塢; ☞ dock》.
drý gòods ①〖美〗紡織品《〖英〗drapery》. ②〖英〗穀類.
drý làw 禁酒令.
drý méasure 乾量《計量穀物、蔬菜等乾物的計量單位, 特指2品脫 (pints) 等於1夸脫 (quart), 8夸脫 (quarts) 等於1配克 (peck), 4配克 (pecks) 等於1蒲式耳 (bushel)》.
drý rót ① 乾腐《木材因不通風而造成的腐爛》. ②(社會、道德方面的) 墮落, 腐敗.

drý stàte 實施禁酒的州.

[活用] *adj.* **drier**, **driest**

[活用] *v.* **dries**, **dried**, **dried**, **drying**

dry-clean [`draɪ`klin] *v.* 乾洗.

[活用] *v.* **dry-cleans**, **dry-cleaned**, **dry-cleaned**, **dry-cleaning**

dryer [`draɪɚ`] =*n.* drier ②.

dryly [`draɪlɪ] =*adv.* drily.

dryness [`draɪnɪs] *n.* ① 乾燥 (狀態). ② 乾旱. ③ 枯燥乏味；冷淡. ④ (葡萄酒等) 無甜味.

dual [`djuəl] *adj.* [只用於名詞前] 雙重的, 由兩部分構成的.

[範例] This mission has a **dual** purpose—to rescue the princess and crush the rebellion. 這個任務有雙重目的, 即救出公主與鎮壓叛亂.

dual personality 雙重人格.

dual nationality 雙重國籍.

♦ **dùal cárriageway** [英] 中央分隔的雙向道路. (美) divided highway).

dub [dʌb] *v.* ① 取綽號. ② 配音 (把電影、電視中的語言換成其他語言).

[範例] ① She's been **dubbed** "Red" because of her red hair. 她因一頭紅髮而被取了個「紅」的綽號.

② I saw a French film **dubbed** into English. 我看了一部配了英語發音的法國電影.

[活用] *v.* **dubs**, **dubbed**, **dubbed**, **dubbing**

dubious [`djubɪəs] *adj.* ① 令人懷疑的, 可疑的. ② 持懷疑態度的 (常與 of 連用).

[範例] ① The umpire made a **dubious** decision, and the manager got angry at him. 裁判作了一個令人懷疑的判決, 經理對他非常生氣.

② I was **dubious** of his success in the entrance examination. 我懷疑他是否能通過入學考試.

[活用] *adj.* **more dubious**, **most dubious**

duchess [`dʌtʃɪs] *n.* 公爵夫人；女公爵 (☞ duke (公爵)).

[複數] **duchesses**

duchy [`dʌtʃɪ] *n.* 公爵的領地.

[複數] **duchies**

duck [dʌk] *n.* ① 鴨, 野鴨；鴨肉. ② 母鴨, 母野鴨. ③ [英] 可愛的人. ④ 細帆布 (堅牢的亞麻布或厚棉布)；[~s] 帆布褲.

—— *v.* ⑤ 忽然地潛入水中, 急忙 (彎身、低頭) 閃躲.

[範例] ① wild **duck** in orange sauce 橙汁野鴨肉.

⑤ I **ducked** to avoid his punch. 我急忙地彎身躲過他一拳.

[參考] ① 為身體小, 脖子較短的鳥類. 公鴨稱為 drake, 小鴨稱為 duckling. 安徒生的童話《醜小鴨》為 Ugly Duckling. ④ 源自荷蘭語的 dock (亞麻布).

♦ **dùcks and drákes** 打水漂 (在水面上水平投石使之躍起).

[複數] **ducks/duck**

[活用] *v.* **ducks**, **ducked**, **ducked**, **ducking**

duckling [`dʌklɪŋ] *n.* 小鴨, 小野鴨.

[複數] **ducklings**

---

duct [dʌkt] *n.* (液體、瓦斯等的) 導管；(動植物的) 導管, 脈管.

[複數] **ducts**

dud [dʌd] *n.* 沒用的人, 無用之物.

[複數] **duds**

‡ due [dju] *adj.*

原義	層面	釋義	範例
當然達到的	錢、權利	應支付的, 到期的	①
	道理	正當的, 充分的	②
	原因	歸因於	③
	預定	預定到達的, 預定的, 應該的	④

—— *n.* ⑤ 應給付的東西；[~s] 費用.

—— *adv.* ⑥ 正對著 (方位).

[範例] ① Homage is **due** to our great leader. 應向我們偉大的領袖致敬.

The wages **due** to him will be paid tomorrow. 應付的薪水明天會付給他.

The bill is **due** on the 19th. 那張支票於19日到期.

② Your contributions will receive **due** recognition. 你的貢獻將會得到適當的表揚.

Please drive with **due** care. 請全神貫注地開車.

We'll give the matter **due** consideration before we decide on it. 在做決定之前, 我們會就此問題充分地考慮.

We completed the project in **due** time. 我們在恰當的時機完成了那項計畫.

③ These low temperatures are **due** to the volcanic eruption. 持續低溫是因為火山爆發的緣故.

He arrived late **due** to the storm. 他因為暴風雨而遲到了.

Due to the rain, the baseball game was cancelled. 那場棒球比賽因雨取消.

④ Her baby is **due** on May 1. 她的寶寶預產期是5月1日.

We are **due** for an inspection today. 我們今天預定要接受檢查.

He is **due** to retire next month. 他預定下個月退休.

⑤ That promotion was his **due**. 獲得晉升是他應得的.

⑥ The entrance faces **due** north. 入口正對著北邊.

[參考] ① ③ ④ 不用於名詞前, ② 只用於名詞前, ⑥ 用於表示方位的「東、南、西、北」前.

[片語] **due to** ① 應向~支付的, 應給與~的. (⇨ [範例] ①) ② 預定. (⇨ [範例] ④) ③ 由於. (⇨ [範例] ③)

give ~ his due 應公平地對待；平心而論.

♦ **dúe dàte** 到期日, 支付日期.

[複數] **dues**

充電小站

英國的貴族

	男性	女性	領地
公爵	duke《英國以外的公爵稱之為 prince》	duchess princess*	dukedom, duchy princedom, principality
侯爵	marquess 或 marquis	marchioness	marquessate
伯爵	earl《英國以外的伯爵稱之為 count》	countess	earldom county
子爵	viscount	viscountess	viscounty《亦作 viscountcy》
男爵	baron	baroness	barony

「女性」一欄中的字，除了加有*號的 princess 以外，在以下3種場合，該女性配用相應的稱號: (1) 本人具有此爵位; (2) 此爵位本人不具有，但丈夫具有; (3) 去逝的丈夫具有此爵位. princess 之意參見 princess 之詞條，prince 亦相同.

duel [`djuəl] *n.* ① 決鬥: I can't believe there are still **duels** in this day and age. 我無法相信現今仍存在著決鬥.
—— *v.* ② 決鬥.
複數 **duels**
活用 *v.* 『美』 **duels, dueled, dueled, dueling/**『英』 **duels, duelled, duelled, duelling**

duet [dju`ɛt] *n.* ① 二重唱，二重奏. ② 二重唱曲，二重奏曲.
☞ solo (獨唱，獨奏)
複數 **duets**

duffle coat [`dʌfl͵kot] *n.* 粗絨呢外套《厚毛呢製成，以棒形鈕扣(toggle)扣住衣襟，有的帶有帽子; ☞ wear 插圖》.
複數 **duffle coats**

*****dug** [dʌg] *v.* dig 的過去式、過去分詞.

dugout [`dʌg͵aut] *n.* ① 獨木舟《把原木挖空而成的舟》. ② (挖築在山腰或地面的) 防空洞，避難所. ③ (棒球場的) 球員休息室.
複數 **dugouts**

duke [djuk] *n.* 公爵《英國貴族的最高爵位》.
➡ 充電小站 (p. 385)
複數 **dukes**

*****dull** [dʌl] *adj.* ① 鈍的; 遲鈍的; 沉悶的; 隱約的; 陰沉的，暗沉的. ② 乏味的，無趣的.
—— *v.* ③ 使變鈍; 使遲鈍.
範例 ① She tried to cut the apple with a **dull** knife. 她試著用鈍刀切蘋果.
Your sense of taste has become **dull** from eating that overly spicy food. 吃那過於辛辣的食物，你的味覺變遲鈍了.
That **dull** pounding noise is driving me crazy. 那沉悶的敲擊聲逼得我快發瘋了.
I have a **dull** pain in my left arm. 我的左臂隱隱作痛.
All this **dull** weather is getting me down. 陰沉的天氣令我情緒低落.
All work and no play makes Jack a **dull** boy.

《諺語》只顧工作不玩耍，聰明的孩子也變笨.
② The English class was very **dull,** so many students fell drowsy. 英文課非常無聊，所以許多學生昏昏欲睡.
He's such a **dull** man; the only thing he does is work and study. 他真是一個無趣的傢伙，只知道工作與研究.
③ Eyes and ears are **dulled** by age. 眼睛與耳朵會隨年齡而退化.
活用 *adj.* **duller, dullest**
活用 *v.* **dulls, dulled, dulled, dulling**

dullness [`dʌlnɪs] *n.* ① 遲鈍. ② 單調，乏味.
參考 亦作 dulness.

dully [`dʌllɪ] *adv.* ① 遲鈍地. ② 單調地，乏味地.
活用 *adv.* **more dully, most dully**

duly [`djulɪ] *adv.* ① 正式地，適當地，恰當地. ② 按時地，及時地.
範例 ① He was **duly** inaugurated as the thirty-fifth President of the U.S. 他正式就職為美國第35任總統.
② We should **duly** pay back our debt. 我們應該按時償還債務.
活用 *adv.* **more duly, most duly**

*****dumb** [dʌm] *adj.* ① 啞的; 不說話的，沉默的: The professor remained **dumb** on the problem. 教授在那個問題上保持沉默. ②《口語》愚笨的.
活用 *adj.* **dumber, dumbest**

dumbbell [`dʌm͵bɛl] *n.* ① 啞鈴《鍛鍊手臂與肩膀的肌肉》. ②『美』傻瓜，笨蛋.
複數 **dumbbells**

dumbfound [dʌm`faund] *v.* 使嚇得說不出話來，使啞然: The professor was **dumbfounded** at the news of the minister's resignation. 聽到那位部長辭職的消息，教授驚訝得說不出話來.
活用 *v.* **dumbfounds, dumbfounded, dumbfounded, dumbfounding**

dumbly [ˋdʌmlɪ] *adv.* 沉默不語地.
[活用] *adv.* **more dumbly, most dumbly**
dummy [ˋdʌmɪ] *n.* ① 仿製品. ②(陳列服裝用的) 人體模型, 假人模特兒. ③〖英〗橡皮奶嘴《亦作 comforter;〖美〗pacifier》. ④〖口語〗〖美〗傻瓜, 笨蛋.
── *adj.* ⑤〔只用於名詞前〕仿製的, 假的; 有名無實的.
[範例] ② I dressed up a **dummy** as a ghost to scare my friend. 我把假人打扮成鬼的樣子嚇唬朋友.
④ You **dummy**! 你這個笨蛋!
⑤ a **dummy** company 空殼公司.
◆ **dúmmy rún** 試演, 排練: Those models don't like doing more than one or two **dummy runs** for a fashion show. 那些模特兒只想排演一、兩次時裝秀.
[複數] **dummies**
dump [dʌmp] *v.* ①〖口語〗拋棄, 任意丟棄, 傾倒. ② 傾銷.
── *n.* ③ 垃圾場; 骯髒的地方.
[範例] ① He **dumps** his bag by the door and goes straight for the TV every day after school. 每天放學後, 他把書包往門旁一扔就去看電視.
We can't **dump** our trash here; it's illegal. 我們不能在這裡傾倒垃圾, 這是違法的.
Toxic waste from rich, industrialized countries has been **dumped** in some Third World countries. 來自富裕工業化國家的有毒廢棄物被丟棄在一些第三世界國家.
② It should be strictly prohibited that we **dump** our surplus production on foreign countries. 我們必須嚴禁向外國傾銷我們的剩餘產品.
③ I could never live in a **dump** like this. 我絕不會住在這種骯髒的地方.
[片語] (**down**) **in the dumps**《口語》意志消沉地.
◆ **dúmp trùck**〖美〗自動卸貨車《〖英〗dumper, dumper truck》.
[活用] *v.* **dumps, dumped, dumped, dumping**
[複數] **dumps**
dumpling [ˋdʌmplɪŋ] *n.* 水餃; 餛飩; 湯圓.
[複數] **dumplings**
dumpy [ˋdʌmpɪ] *adj.*《口語》矮胖的.
[活用] *adj.* **dumpier, dumpiest**
dunce [dʌns] *n.* 腦筋不好的人, 笨蛋.
[複數] **dunces**
dune [djun] *n.* 沙丘《亦作 sand dune》.
[複數] **dunes**
dung [dʌŋ] *n.*（動物的）糞便; 肥料.
dungarees [ˌdʌŋgəˋriz] *n.*〔作複數〕粗藍布製成的連身工作褲.
dungeon [ˋdʌndʒən] *n.*（城堡內的）土牢, 地牢.
[複數] **dungeons**
dunk [dʌŋk] *v.* ① 把（麵包等食物）浸泡在液體中, 浸泡一下: **dunk** bread in milk 把麵包浸在牛奶中. ②（籃球的）扣籃.

[活用] *v.* **dunks, dunked, dunked, dunking**
duo [ˋdjuo] *n.* ① 二重唱, 二重奏. ② 兩人一組, 一對搭檔.
[複數] **duos**
dupe [djup] *v.* ① 欺騙《常用被動》: I was **duped** by the con man. 我被那個騙子騙了.
── *n.* ② 受騙者, 冤大頭.
[活用] *v.* **dupes, duped, duped, duping**
[複數] **dupes**
**duplicate [*adj.*, *n.* ˋdjuplɪkɪt; *v.* ˋdjupləˌket] *adj.* ①〔只用於名詞前〕副本的, 複製的, 複印的.
── *n.* ② 非常相像的東西, 複製品, 副本.
── *v.* ③ 複製, 複印.
[範例] ① I have two **duplicate** keys to the door. 我有兩把那扇門的備用鑰匙.
② This picture is not the original. It is a **duplicate**. 這張畫不是原作, 是複製品.
I submitted the forms in **duplicate** as instructed. 我按照指示提交了正副兩份表格.
③ He **duplicated** the receipt. 他複印了那張收據.
You should not **duplicate** errors. 你不該再犯同樣的錯誤.
[片語] **in duplicate** 一式兩份地. (⇨ [範例] ②)
[複數] **duplicates**
[活用] *v.* **duplicates, duplicated, duplicated, duplicating**
duplication [ˌdjupləˋkeʃən] *n.* ① 複製, 複印. ② 複製品, 副本.
[複數] **duplications**
duplicator [ˋdjupləˌketɚ] *n.* 影印機.
[複數] **duplicators**
durable [ˋdjurəbl] *adj.* ① 耐用的, 耐久的: Jeans are made of a very **durable** material. 牛仔褲是用一種非常耐穿的布料製成的.
── *n.* ②〔~s〕耐用的消費品《亦作 consumer durables》.
[活用] *adj.* **more durable, most durable**
[複數] **durables**
duration [djuˋreʃən] *n.* 持續（期間）.
[範例] an illness of long **duration** 久病.
There will be no more flights for the **duration** of the storm. 只要暴風雨持續下去就沒有航班.
duress [ˋdjurɪs] *n.*《正式》脅迫; 監禁.
†**during** [ˋdurɪŋ] *prep.* 在~期間.
[範例] I had a bad dream **during** my nap. 我午睡時做了一個惡夢.
During the working hours, I never make any personal calls. 工作時間, 我不打私人電話.
She quit smoking **during** her pregnancy. 她在懷孕期間停止抽菸.
dusk [dʌsk] *n.* 薄暮, 黃昏; 微暗.
[範例] The street looks lonely at **dusk**. 那條街在黃昏時看起來冷冷清清.
Dusk fell. 暮色降臨.

D

簡介輔音群 dw- 的語音與語義之對應性

dw- 是由展唇齒齦濁塞音 /d/ 與圓唇滑音 /w/ 組合而成，唸起來展唇會漸漸縮小而趨向圓唇，因此本義為「漸漸縮小」(a sense of diminution)。

dwarf　小矮人

dwindle　逐漸變小，遞減
dwell　居住
dwelling　住宅，寓所《居無定所，四處為家，一旦有了住宅，居住的範圍就縮小了》

---

dusky [ˋdʌskɪ] adj. 黃昏的；微暗的: a **dusky** room 昏暗的房間.
　[活用] adj. **duskier, duskiest**

****dust** [dʌst] n. ① 灰塵, 塵土. ② 粉末. ③ 騷動.
　——v. ④ 拭去灰塵, 撢〔揮〕淨. ⑤ 撒 (粉).
　[範例] ① First of all, I must clean the **dust** on my desk. 首先, 我必須把桌上的灰塵擦乾淨.
　② gold **dust** 砂金
　④ Mrs. Brown **dusted** all the books on the shelves. 布朗太太撢去了書架上所有書上的灰塵.
　⑤ **Dust** sugar over the cake. 在蛋糕上撒些糖粉.
　♦ **dúst jàcket** 書的封套《亦作 jacket, dust cover》.
　[複數] **dusts**
　[活用] v. **dusts, dusted, dusted, dusting**

dustbin [ˋdʌstˌbɪn] n. 〖英〗垃圾箱, 垃圾筒《至收集且止家庭用以存放垃圾的大型垃圾筒；〖美〗garbage can, trash can》.
　[複數] **dustbins**

dustcart [ˋdʌstˌkɑrt] n. 〖英〗垃圾車《〖美〗garbage truck》.

duster [ˋdʌstɚ] n. ① 抹布. ② 〖美〗防塵外衣《〖英〗dustcoat》.
　[複數] **dusters**

dustman [ˋdʌstmən] n. 〖英〗垃圾清潔工.
　[參考] 亦作 bin man, dustbin man；〖美〗garbage man, trash man, garbage collector.
　[複數] **dustmen**

dustpan [ˋdʌstˌpæn] n. 畚箕.
　[複數] **dustpans**

****dusty** [ˋdʌstɪ] adj. 灰塵彌漫的, 塵土遍布的；粉末狀的：(顏色)帶灰色的.
　[活用] adj. **dustier, dustiest**

Dutch [dʌtʃ] adj. ① 荷蘭的《荷蘭人的《表示全體用 the Dutch, 表示一個時用 a Dutchman, a Hollander》.
　——n. ② 荷蘭語.
　[參考] 「荷蘭」即 Holland, 正式稱為 the Netherlands, Holland 原來是荷蘭一地名.
　[字源] 德語 Deutsch (德意志) 的變形, 荷蘭從德國獨立後稱為 Dutch.

dutiful [ˋdjutɪfəl] adj. 順從的；忠實的；忠於職守的: a **dutiful** follower 忠實的追隨者.
　[活用] adj. **more dutiful, most dutiful**

****duty** [ˋdjutɪ] n. ① 義務, 責任. ② 職務, 任務. ③ [~ies] 稅.
　[範例] ① It is our **duty** to clean up our town. 打掃城鎮是我們的義務.
　② Night patrol is his official **duty**. 夜間巡邏是他的職務.
　③ The first three bottles of liquor are exempted from customs **duties** in Japan. 在日本, 3瓶酒以內免關稅.
　You can buy **duty**-free goods at the airport. 你可以在機場買免稅商品.
　How many cigarettes can I bring in **duty**-free? 我可以帶多少免稅香菸?
　[片語] **do duty for** 代替~之用, 充當: This umbrella **does duty for** a stick. 這把傘可充當拐杖.
　duty bound to 有義務做~的: I am **duty bound to** take care of my old aunt. 我有義務照顧我年老的阿姨.
　off duty 不值班(的): When the nurse is **off duty**, she is always jogging for her health. 那位護士不值班時, 總是慢跑健身.
　on duty 在值班: The doctor was **on duty** last night. 昨晚那個醫生值班.
　♦ **dùty-frée** 免稅的〔地〕. (⇨ [範例] ③)
　[複數] **duties**

duvet [djuˋve] n. 羽絨被褥.
　[複數] **duvets**

dwarf [dwɔrf] n. ① 矮人: Snow White and the Seven **Dwarfs**《白雪公主與七個小矮人》.
　——v. ② 使發育不全. ③ 使顯得矮小；(對比下)相形見絀.
　[複數] **dwarfs/dwarves**
　[活用] v. **dwarfs, dwarfed, dwarfed, dwarfing**

****dwell** [dwɛl] v. ① 居住. ② 老是想著 (on, upon)；詳述 (on, upon).
　[範例] ① The author **dwells** in New York. 那位作家住在紐約.
　② The teacher **dwelt** too much on the past. 那位老師老是想著過去的事.
　The book **dwells** on disarmament. 那本書詳述裁減軍備.
　[活用] v. **dwells, dwelt, dwelt, dwelling/dwells, dwelled, dwelled, dwelling**

dweller [ˋdwɛlɚ] n. 居住者, 居民.
　[複數] **dwellers**

dwelling [ˋdwɛlɪŋ] n. 住處, 住宅: a model **dwelling** 樣品屋.
　[複數] **dwellings**

****dwelt** [dwɛlt] v. dwell 的過去式、過去分詞.

dwindle [ˋdwɪndl] v. 日漸縮減; 減少.
　[範例] Customers have **dwindled** because of the

D

recession. 由於不景氣，顧客減少了.
Reported cases of the disease **dwindled** after
the introduction of the vaccine. 引進疫苗後，
那種疾病通報的案例減少了.
[活用] v. **dwindles**, **dwindled**, **dwindled**,
dwindling

*dye [daɪ] n. ① 染料.
——v. ② 染，染色.
[範例] ① synthetic **dyes** 合成染料.
You have committed a crime of the deepest
dye. 你犯下了最惡劣的罪行.
② The old woman **dyed** her white hair purple.
老婦人把白髮染成了紫色.
This cloth **dyes** well. 這塊布料極易染色.
[片語] **of the deepest dye** 最惡劣的，窮凶極
惡的. (⇨ [範例] ①)
[複數] **dyes**
[活用] v. **dyes**, **dyed**, **dyed**, **dyeing**

*dying [`daɪɪŋ] adj. ① 即將死
亡的，臨終的. ② 瀕臨滅絕的，快要消失的.
[範例] ① It was his **dying** wish to be buried next to
his wife. 埋葬於妻子旁邊是他臨終的心願.
I'll love you to my **dying** day. 我愛你至死不
渝.
② Coal is a **dying** industry. 採煤是一種夕陽工
業.

dyke [daɪk] = n., v. dike.

dynamic [daɪ`næmɪk] adj. ① 動態的；不斷變
化的. ② 精力充沛的. ② 動力（學）的.
[範例] ① Mr. Chen is a **dynamic** man. 陳先生是

一個精力充沛的男子.
Language is **dynamic**. 語言是不斷變化的.
[活用] adj. ① **more dynamic**, **most dynamic**

dynamically [daɪ`næmɪklɪ] adv. 動態地；不
斷變化地；在力學上地.
[活用] adv. **more dynamically**, **most
dynamically**

dynamics [daɪ`næmɪks] n. ①〔作單數〕力學，
動力學: political **dynamics** 政治力學. ②〔作
複數〕原動力.
♦ **rigid dynámics** 剛體力學.
  gròup dynámics 群體動力學.

dynamite [`daɪnəˌmaɪt] n. ① 炸藥《1866年
諾貝爾 (Nobel) 發明的》. ② 具有潛在危險的
人〔事物〕；引起轟動的人〔事物〕.
——v. ③ 用炸藥炸毀.
[範例] ② That baseball player is really **dynamite**.
那個棒球選手確實引起轟動.
③ The hijackers say they will **dynamite** the
plane unless their conditions are accepted. 那
些劫機犯說若不接受他們的條件，就要用炸
藥炸毀飛機.
[活用] v. **dynamites**, **dynamited**,
dynamiting

dynamo [`daɪnəˌmo] n. ①（汽車等的）發電
機. ② 精力充沛者.
[複數] **dynamos**

dynasty [`daɪnəstɪ] n. 王朝: the Bourbon
dynasty 波旁王朝.
[複數] **dynasties**

E E ∈ e

簡介字母 E 語音與語義之對應性

/e/ 在發音語音學上列為中前元音 (mid front vowel). 因舌位的高低會影響口腔空間的大小, 發 [e] 音時, 隨著舌位上升, 口腔的空間逐漸縮小, 音的響度 (sonority) 也有所不同, 因 /ɑ/ 的口腔張開得大,/e/ 的口腔張開得小, 口腔大的比小的響, 若 /ɑ/ 的本義表示「大、重、粗」, 則 /e/ 表示「小、輕、細」之本義.

spend　　*v.* 花（錢）《愈花愈少》
petty　　*adj.* 小的, 瑣碎的
petite　　*adj.* （女人）嬌小的
slender　*adj.* （柱子等）細長的;（收入等）微薄的;（希望等）渺茫的

ethereal　*adj.* 輕的, 微妙的
penny-wise　*adj.* 省小錢的, 小氣的
tenuous　*adj.* 細的, 薄的
islet　*n.* 小島
test　*n.* 小型（的）測驗
pebble　*n.* 小卵石
penny　*n.* 便士《英國的貨幣單位》
levity　*n.* 輕浮, 草率
ebb　*n.* 退潮
eddy　*n.* 漩渦
sled　*n.* 小型雪車
penury　*n.* 小氣; 貧窮

E [i] *n.* ① C 大調的第3音.《縮略》② ＝east（東）.
複數 E's/Es

†each [itʃ] *adj.* ①〔只用於名詞前〕每個的, 各個的.
——*pron.* ② 每個, 各個.
——*adv.* ③ 各個, 各自.
範例 ① **Each** seat has its number. 每個座位都有號碼.
Each one of us should observe the rule. 我們每個人都必須遵守那條規則.
② **Each** of the students has their own locker. 每個學生有自己的置物櫃.
③ I will give you a sheet of paper **each**. 我會給你每人一張紙.
片語 ***each other*** 彼此, 互相: We got to know **each other**. 我們彼此認識.
The three sisters love and respect **each other**. 他們三姊妹互敬互愛.
each time 每當（～時）: **Each time** she saw me, Mary told me how much she cared about me. 瑪麗每次見到我, 總是告訴我她是多麼地關心我.
參考 each 若後接名詞, 則此名詞用單數.

**eager [ˋigɚ] *adj.* 渴望的, 熱切的.
範例 The students were **eager** to pass the entrance examination. 那些學生渴望通過入學考試.
My father is **eager** for me to become a lawyer. 我父親熱切地希望我當律師.
We are **eager** that our football team should win the championship this year. 我們希望我們的足球隊在今年能贏得冠軍.
She looked at the Picasso painting with **eager** eyes. 她以熱切的眼光注視著那幅畢卡索的畫.
活用 *adj.* **eagerer, eagerest/more eager, most eager**

eagerly [ˋigɚlɪ] *adv.* 渴望地, 熱切地.
活用 *adv.* **more eagerly, most eagerly**

eagerness [ˋigɚnɪs] *n.* 渴望, 熱切.

eagle [ˋigl] *n.* ① 老鷹. ②（高爾夫球的）低於標準桿 (par) 兩桿.
範例 ① The **eagle** has very good eyesight. 老鷹的視力非常好.
He read each page of the report with an **eagle** eye. 他把那篇報告仔仔細細、一字不漏地看了一遍.
複數 **eagles**

*ear [ɪr] *n.* ① 耳. ② 聽力, 音感. ③ 耳狀物,（杯、水壺等的）把手. ④（麥、稻等的）穗.
範例 ① He whispered something in her **ear**. 他在她的耳邊嘀嘀咕咕的.
"Do you want to hear about my date?" "Yes, I'm all **ears**!" 「你想知道關於我約會對象的事嗎?」「是的, 我洗耳恭聽.」
Sam never remembers anything. It's in one **ear** and out the other. 山姆記性很差, 總是左耳進右耳出.
How can you shut your **ears** to someone who has helped you so often in the past? 你怎麼可以對以前經常幫助你的人所說的話充耳不聞呢?
Steve needs someone to talk to—I'm going to go lend him an **ear**. 史蒂夫需要與人談談, 我去跟他聊聊.
② He has an **ear** for music. 他對音樂有鑑賞力.
片語 ***be all ears*** 全神貫注地聽. (⇨ **範例** ①)
in one ear and out the other 左耳進右

耳出的，聽過即忘的.（⇨ 範例 ①）

shut ～'s ears to/turn a deaf ear to 對～（的話）充耳不聞.（⇨ 範例 ①）

複數 **ears**

eardrum [ˋɪrˌdrʌm] n. 鼓膜: Tom ruptured an eardrum. 湯姆把鼓膜弄破了.

參考 聲音透過鼓膜振動傳到中耳，其物理過程類似鼓.

複數 **eardrums**

earl [ɝl] n. 伯爵《英國貴族的爵位之一，位於侯爵 (marquess) 之下、子爵 (viscount) 之上; 女伯爵、伯爵夫人為 countess; ☞ 充電小站 (p. 385)》.

複數 **earls**

earldom [ˋɝldəm] n. ① 伯爵爵位. ② 伯爵領地.

複數 **earldoms**

earlobe [ˋɪrˌlob] n. 耳垂《亦作 lobe》.

複數 **earlobes**

**early [ˋɝlɪ] adv. ① 早，提早. ② 在早期，在開始階段.

——adj. ③ 早的，提早的. ④ 早期的，早先的. ⑤ 很快的，不久的.

範例 ① Alan got up **early** on Christmas morning. 聖誕節的早上亞倫很早起床.

The bus left ten minutes **early**. 那班公車提早10分鐘開走.

The show ended **early** because of the rain. 因為下雨，展覽會提早結束了.

② The party was held **early** last week. 那場晚會在上星期初就舉辦了.

They started climbing the mountain very **early** in the morning. 一大早他們就去爬那座山.

He started to compose music **early** in life. 他年輕的時候就開始作曲了.

They reached the United States **early** in 1870. 他們在1870年年初到達美國.

Silvia dropped out **early** in the semester. 學期剛開始，西維亞就休學了.

③ Professor Martin came home in the **early** morning again. 馬丁教授又到清晨才回家.

It is still too **early** to go to bed. 現在就寢還太早.

I'm not an **early** riser. 我不是一個早起的人.

It was a little **early** for my appointment. 離約定的時間還早了一點.

The **early** bird catches the worm. 《諺語》早起的鳥兒有蟲吃.

We're having an **early** Christmas this year because dad has to fly on Christmas day. 我父親在聖誕節（當天）要搭飛機，所以今年我們要提早過聖誕節.

He grows **early** rice. 他種植早稻.

④ Kevin was forced to strike out on his own at an **early** age. 凱文在幼年時就必須自食其力了.

the customs of **early** Taiwan 臺灣早期的風俗.

the **earliest** civilization 最早期的文明.

memories of my **early** days 我幼年時的記憶.

We had a heavy snow in **early** December this year. 今年在12月初就下了大雪.

In the **early** chapters, she wrote about political inequalities. 在前幾章中，她寫了關於政治上的不平等.

⑤ Please answer at your **earliest** convenience. 請你方便時儘早回覆.

片語 **at the earliest** 最早: Parliament will be reopened next week **at the earliest**. 國會最快也要到下個星期才重新召開.

keep early hours 早睡早起.

☞ ↔ late

活用 adv., adj. **earlier**, **earliest**

earmuffs [ˋɪrˌmʌfs] n. 〔作複數〕（禦寒或隔音用的）耳罩.

**earn [ɝn] v. ① 賺錢，掙得. ② 獲得. ③ 招致，帶來.

範例 ① She **earns** more than her husband does. 她的收入比她丈夫還要多.

He **earns** a high salary. 他領高薪.

He **earned** his living by teaching. 他以教書謀生.

Your money will **earn** 3% interest in this account. 如果你把錢存入這帳戶將會有3%的利息.

② The newcomer **earned** the respect of the villagers by adapting to their ways. 那個新來的人由於能適應村民的生活方式而得到大家的尊敬.

③ His fighting **earned** him a night in jail. 因為打架使得他在拘留所待了一個晚上.

活用 v. **earns**, **earned**, **earned**, **earning**

*earnest [ˋɝnɪst] adj. ① 認真的，熱切的. ② 重要的.

——n. ③ 認真，誠摯.

範例 ① He is a very **earnest** student; he has never been late for school. 他是一個非常認真的學生，上課從不遲到.

She is very **earnest** about her work. 她對她的工作非常認真.

② The **earnest** nature of the situation caused the police chief to lose a lot of sleep. 該情況的重要性使得警察局長睡眠不足.

③ He's finally looking for a job in **earnest**. 他終於認真地在找工作.

They've started cleaning up that part of town in **earnest**. 他們認真地開始清理鎮上的那個地方.

片語 **in earnest** 認真地，誠摯地.（⇨ 範例 ③）

活用 adj. **more earnest**, **most earnest**

earnestly [ˋɝnɪstlɪ] adv. 認真地，熱切地.

活用 adv. **more earnestly**, **most earnestly**

earnestness [ˋɝnɪstnɪs] n. 認真，熱切.

earnings [ˋɝnɪŋz] n. 〔作複數〕賺得的財物，所得，收入: If you're satisfied with your **earnings**, why (do you) change jobs? 如果你滿意你的收入，那為甚麼一再地換工作?

earphone [ˋɪrˌfon] n. 耳機.

複數 **earphones**

earplug [`ɪr͵plʌg] *n.* 耳塞.
[複數] **earplugs**

earring [`ɪr͵rɪŋ] *n.* 〔通常作 ~s〕耳環: Where did you get these **earrings**? 你在哪裡買這副耳環的?
[複數] **earrings**

✳**earth** [ɝθ] *n.* ① 地球. ②〔the ~〕地球上的全人類, 世界. ③〔the ~〕地面, 大地, 陸地. ④ 土, 土壤. ⑤〔英〕接地線〔用以防止電器用品的電位過高;〔美〕ground〕.
——*v.* ⑥〔英〕(把~)接地(〔美〕ground).
[範例] ① The **earth** is about 4.6 billion years old. 地球誕生於距今大約46億年前.
The **Earth** is the third planet from the sun. 地球是距離太陽第3近的行星.
② The **earth** received the news with joy. 全世界滿心喜悅地得知那個消息.
③ A bird fell to the **earth**. 有一隻鳥掉到地上.
④ Henry filled the planter with **earth** and planted a cyclamen in it. 亨利把泥土裝入花盆, 然後種入仙客來.
[片語] ***come back to earth/come down to earth*** 從幻想中回到現實, 從夢中清醒過來, 變得實際.
on earth ① 地球上, 世界上. ② 究竟《與 who, what, where, how 等連用》: What **on earth** are you doing? 你究竟在做甚麼?
run ~ to earth 終於找到: George finally **ran** his son **to earth** in the barn. 喬治終於在倉庫裡找到他的兒子.
[參考] ① 之 the earth 為最普遍的用法, 亦作 the Earth 或單作 earth, Earth.
♦ **éarth science** 地球科學.
[複數] **earths**
[活用] *v.* **earths, earthed, earthed, earthing**

earthen [`ɝθən] *adj.* 〔只用於名詞前〕土製的, 陶製的: an **earthen** pot 陶壺.

earthenware [`ɝθən͵wɛr] *n.* 瓦器, 陶器《用低溫燒製, 為具吸水性、不透明的燒製物》: ☞ porcelain (瓷器)).

earthly [`ɝθlɪ] *adj.* ① 地球上的; 塵世的, 世俗的. ②〔口語〕〔只用於名詞前〕全然的, 根本的; 究竟《加強否定、質問的語氣》.
[範例] ① Carl believes his **earthly** life is everything. 卡爾相信塵世的生活便是一切.
② What **earthly** reason could there be for doing that? 究竟為甚麼要那樣做?

✳**earthquake** [`ɝθ͵kwek] *n.* 地震《亦作 quake》: We have been having a lot of **earthquakes** these days. 最近地震非常多.
[字源] earth (大地) + quake (震動).
[複數] **earthquakes**

earthworm [`ɝθ͵wɝm] *n.* 蚯蚓: The longest **earthworm** in the world is 4 meters long. 世界上最長的蚯蚓有4公尺長.
[字源] earth (大地) + worm (蟲).
[複數] **earthworms**

earthy [`ɝθɪ] *adj.* ① 泥土的, 土質的. ② 樸實的; 粗野的, 粗俗的.

[範例] ① This house has an **earthy** smell to it. 這棟房子有股泥土味.
I think these **earthy** colors suit you very well. 我認為這套土黃色制服非常適合你.
② I love that **earthy** ethnic song. 我喜歡那首樸實的民謠.
[活用] *adj.* **earthier, earthiest**

earwig [`ɪr͵wɪg] *n.* 蠼螋.
[複數] **earwigs**

✳**ease** [iz] *n.* ① 容易. ② 舒適, 安適, 悠閒; 安心.
——*v.* ③ 使和緩. ④ 小心緩慢地移動.
[範例] ① The detective jumped the fence with **ease**. 那位警探不費吹灰之力就越過那道籬笆.
② My father was at **ease** on the sofa. 我父親悠閒地坐在沙發上.
The news of his arrival at the station put his parents at **ease**. 他到達火車站的消息使他父母安心了.
③ This drug will **ease** your pain. 這種藥可以減輕你的疼痛.
④ I **eased** myself out of the window with no problem. 我毫不費力地從窗口溜了出去.
[片語] ***at ease*** 舒適的, 安適的, 悠閒的. (⇨ [範例] ②)
ill at ease 侷促不安的: He knew nobody at the party, so he felt **ill at ease**. 他在那個晚會上一個人都不認識, 所以顯得很不自在.
with ease 容易地. (⇨ [範例] ①)
[活用] *v.* **eases, eased, eased, easing**

easel [`izl] *n.* 畫架, 圖表架; 黑板架.
[複數] **easels**

✳**easily** [`izlɪ] *adv.* ① 容易地. ② 無疑地.
[範例] ① Our teacher said that we could finish our homework **easily**. 我們老師說我們可以輕易完成回家作業.
② A-Mei was **easily** the best singer in Taiwan. 阿妹無疑是臺灣最出色的歌手.
[活用] *adv.* **more easily, most easily**

✳**east** [ist] *n., adj., adv.* 東, 東方, 東部; 〔風〕來自東方的; 向東方, 在東方.
[範例] The sun rises in the **east**. 太陽從東方升起.
Hualian is in the **east** of Taiwan. 花蓮位於臺灣東部.
The conflict between the **East** and West ended with the destruction of the Berlin Wall. 東西陣營的對立隨著柏林圍牆的拆除而宣告結束.
[參考] the East 有時指特定地區的東部, 有時亦指亞洲或東歐(各國).
♦ **èast by nórth** 東偏北《略作 EbN》.
èast by sóuth 東偏南《略作 EbS》.

Easter [`istɚ] *n.* 復活節: We go to church at **Easter**. 我們復活節去教堂.
[參考] 慶祝耶穌復活的節日, 在每年過了春分(3月21日)初次月圓後的第一個星期日舉行慶祝活動. 人們相信在復活節裡, 兔子(Easter

bunny) 會給大家帶來彩蛋 (Easter egg). 英國、美國等國家在復活節前後有幾天假期，稱作 Easter holiday 或 Easter vacation.
➡ (充電小站) (p. 393)

♦ **Éaster Mónday** 復活節翌日的星期一《為英國法定假日 (bank holidays)》.

easterly [`istɚlɪ] *adj.*, *adv.* 東方的，來自東方的；在東方，從東方: We had to wait for an **easterly** wind to get us where we wanted to go. 我們得等東風把我們吹送到目的地.

eastern [`istɚn] *adj.* 東方的，東部的.
〖範例〗The **eastern** sky was getting light. 東方的天空漸漸變成魚肚白.
I am interested in **Eastern** philosophy. 我對東方哲學感興趣.

Easterner/easterner [`istɚnɚ] *n.* ①〖美〗東部人. ② 東方人.
〖複數〗**Easterners/easterners**

eastward [`istwɚd] *adj.*, *adv.* 向東的；朝東方: We sailed **eastward**. 我們向東航行.

eastwards [`istwɚdz] *adv.* 朝東方.

*****easy** [`izɪ] *adj.*, *adv.*

原義	層面	釋義	範例
舒適的	工作等	不費力的，簡單的，容易的	①
	心情	自在的，安逸的；輕鬆地，悠閒地	②
	速度	緩慢的，從容的	③
	對他人的態度	寬容的《常與 on 連用》	④

〖範例〗① This is an **easy** book. 這是一本淺顯易懂的書.
The work is **easy** for her. 那項工作對她來說很簡單.
This question is **easy** to answer. 這個問題很容易回答.
It was not **easy** for me to find a job. 找工作對我來說並不容易.
John is **easy** to get along with. 約翰這個人很好相處.
Going on one's own way is much **easier** said than done. 隨心所欲說起來容易，做起來很難.
② He leads a very **easy** life. 他過著非常安逸的生活.
in an **easy** manner 以悠然自得的態度.
Take it **easy**. 放輕鬆；〖美〗再見.
③ My friend likes to do things at an **easy** pace. 我的朋友喜歡以從容的方式做事.
④ You should be **easier** on your son. 你對你兒子應該更寬容一些.
〖片語〗***Easy does it.*** 慢慢來，別著急.
go easy 從容從事.
go easy on ① 節制地使用: **Go easy on** the tabasco sauce, would you! 你就少吃一點

塔巴斯科辣醬! ② 溫和地對待.
〖活用〗*adj.*, *adv.* **easier**, **easiest**

easygoing [`izɪ`goɪŋ] *adj.* 隨和的: A person with an **easygoing** personality like that would make a good teacher, don't you think? 你不認為像那樣個性隨和的人會成為一個好老師嗎?
〖活用〗*adj.* **more easygoing**, **most easygoing**

*****eat** [it] *v.* 吃；腐蝕，侵蝕.
〖範例〗Some people **eat** toast and some **eat** donuts for breakfast. 有些人早餐吃土司，有些人吃甜甜圈.
Do you have anything to **eat**? 你有甚麼吃的嗎?
Why don't you **eat** potatoes hot with butter? 你為甚麼不將馬鈴薯塗上奶油趁熱吃呢?
We **eat** lunch at 1:20 every day. 我們每天1點20分吃午飯.
The man **ate** himself ill. 那個男子因吃得太多而感到不舒服.
The acid has **eaten** into the metal. 酸腐蝕了那塊金屬.
The houses were **eaten** by the fire in forty minutes. 那些房屋在40分鐘內就被大火吞噬了.
American cars used to **eat** up a lot of gas. 以前美國車很耗油.
This apple **eats** like a pear. 這個蘋果吃起來很像梨子.
Bob has **eaten** up his inheritance. 鮑伯吃光了他的遺產.
The student is **eaten** up with pride. 那個學生驕傲至極.
〖片語〗***be eaten up with*** ～至極. (⇨〖範例〗)
eat into ① 腐蝕. (⇨〖範例〗) ② 消耗.
☞ *adj.* edible.
〖活用〗*v.* **eats**, **ate**, **eaten**, **eating**

eatable [`itəbl] *adj.* 可吃的；美味的.

eaten [`itn] *v.* eat 的過去分詞.

eater [`itɚ] *n.* 食者.
〖範例〗My wife is a big **eater**. 我太太食量很大.
You are a fast **eater**. 你吃得真快.
〖複數〗**eaters**

eau de cologne [ˌodəkəˋlon] *n.* 古龍水《一種產於德國科隆 (Cologne) 的香水》.

eaves [ivz] *n.* 〔作複數〕屋簷，房簷《屋頂邊緣突出外牆的部分》.

eavesdrop [ˋivzˌdrɑp] *v.* 竊聽，偷聽 (on): I caught this guy here **eavesdropping** on your conversation. 我逮到這傢伙正在這裡偷聽你們的談話.
〖字源〗eavesdrop 原表示從屋簷 (eaves) 滴下 (drop) 的「雨水」，後來將在滴雨的屋簷下偷聽屋中人談話的人稱作 eavesdropper，最後 eavesdrop 就變成了「偷聽」之意.
〖活用〗*v.* **eavesdrops**, **eavesdropped**, **eavesdropped**, **eavesdropping**

復活節 (Easter) 是甚麼節日?

在歐美文化（正確地說應是基督教文化）中，大家最熟悉的應該是聖誕節 (Christmas)，可是在基督教的文化中，復活節是比聖誕節更重要的節日。

傳說耶穌被釘死於十字架的日子是星期五，兩天後的星期日耶穌又復活升天，而紀念該天耶穌復活的節日就是復活節 (Easter)，這個星期日亦被稱作 Easter Sunday. Easter Sunday 被定在過春分月圓後的第一個星期日 (the first Sunday after the first full moon after the vernal equinox)，所以每年復活節的日期並不固定，且很多平時不去教堂的信徒會在這一天參加彌撒。

Easter Sunday 之前的星期五被稱作 Good Friday，在英、美等國家為法定休假日或國定假日。聖誕節的前一天被稱作聖誕夜 (Christmas Eve)，同樣，Easter (Easter Sunday) 的前一天被稱作 Easter Eve. Easter (Easter Sunday) 的第二天為 Easter Monday，在英國和加拿大等國家定為國定假日。

Easter 象徵春天的來臨及生命的誕生，一聽到 Easter 就會聯想到水仙 (daffodils) 等花、小羊 (lambs) 及小雞 (chicks) 等動物。另外，還有一種傳說是兔子會在 Easter 的前一天帶來彩蛋，因此在 Easter 前後，街上各處可見五顏六色的巧克力蛋形糖果和兔子玩偶。在美國還有一種習慣，就是在煮熟的雞蛋上著色或是把放有巧克力糖果等的復活節籃子 (Easter basket) 藏在家中某處，讓孩子們將它找出來。

---

*ebb [εb] *n.* ① 退潮. ② 衰退.
——*v.* ③(潮) 退. ④ 衰退.
範例 ① The tide is on the **ebb**. 現在正在退潮.
② George was tired, and his spirits were at a low **ebb**. 喬治覺得累了，而精神也變差了.
③ The tide is **ebbing**. 現在正在退潮.
④ After his failure, his hopes **ebbed** away. 失敗以後，他的希望破滅了.
片語 *at a low ebb* 處於衰退狀態，處於低潮.
(⇨ 範例 ②)
活用 *v.* **ebbs, ebbed, ebbed, ebbing**
ebony [`εbənɪ] *n.* ① 烏木，黑檀《柿樹科常綠喬木，材質堅硬，特別是心材的顏色烏黑，磨後會有光澤，可用來製作高級家具等》.
——*adj.* ② 烏黑的，漆黑的.
複數 **ebonies**
EC [`i`si]《縮略》= European Community (歐洲共同體).
*eccentric [ɪk`sεntrɪk] *adj.* ① 超出常軌的，古怪的，異乎尋常的.
——*n.* ② 古怪的人.
範例 ① an **eccentric** old man 一個古怪的老人.
eccentric clothes 奇裝異服.
Was it Anita who said she thinks **eccentric** types are more creative? 認為古怪的樣式更具創造性的人是安妮塔嗎?
② That guy up the street is an **eccentric**—he cleans his driveway with a vacuum cleaner. 沿著那條街道往前走住著一個古怪的人，他用吸塵器打掃他的私人車道.
活用 *adj.* **more eccentric, most eccentric**
複數 **eccentrics**
eccentricity [ˌεksən`trɪsətɪ] *n.* 古怪，離奇，怪僻，反常.
範例 **eccentricity** in dress 奇裝異服.
Her weirdest **eccentricity** is ironing the creases out of paper money. 她最奇怪的行為就是把紙幣上的摺痕燙平.
複數 **eccentricities**

ecclesiastical [ɪˌklizɪ`æstɪkl̩] *adj.* 基督教教會的.
Echo [`εko] *n.* 愛可《在希臘神話中空氣和土壤所生的森林仙子，因迷戀美少年納西瑟斯 (Narcissus) 卻未能如願而心神憔悴，最後只遺留下聲音在山林中形成回音》.
*echo [`εko] *n.* ① 回聲，回音；回響. ② 重複，模仿.
——*v.* ③ 發出回聲，發出回音. ④ 附和，有反應. ⑤ 重複，模仿.
範例 ① Can you hear the **echo** of my voice? 你聽得到我聲音的回音嗎?
② His work is just an **echo** of his predecessors. 他的作品只不過是模仿前輩而已.
③ Our voices **echoed** round the cave. 我們的聲音在山洞中回盪.
④ Everyone **echoed** his statement. 大家都附和他的聲明.
⑤ Someone **echoed** everything I said. 有人重複了我說的每一件事.
複數 **echoes**
活用 *v.* **echoes, echoed, echoed, echoing**
éclair [e`klɛr] *n.* 指形巧克力奶油小餅《一種形狀像手指的西點，外面是巧克力，裡面是奶油餡》.
複數 **éclairs**
eclipse [ɪ`klɪps] *n.* ①(日、月的) 蝕《指月亮遮住太陽或地球遮住月亮時，太陽、月亮的全部或一部分就會看不見》. ② 晦暗.
——*v.* ③ 遮蔽；遮住；使黯然失色.
範例 ① a solar **eclipse** 日蝕.
a lunar **eclipse** 月蝕.
a total **eclipse** of the sun 日全蝕.
② Sue is eclipsed by her beautiful sister. 蘇因有一個漂亮的妹妹而黯然失色.
複數 **eclipses**
活用 *v.* **eclipses, eclipsed, eclipsed, eclipsing**
ecological [ˌikə`lɑdʒɪkl̩] *adj.* 生態學的，生

態上的.
ecology [i`kɑlədʒɪ] *n.* ① 生態《指生物與環境間的關係》. ② 生態學,社會生態學.

*‡**economic** [ˌikə`nɑmɪk] *adj.* ① 〔只用於名詞前〕經濟 (學) 的: That country is in a bad **economic** state. 那個國家的經濟狀況很糟糕. ② 有經濟效益的,划算的.

*‡**economical** [ˌikə`nɑmɪkl̩] *adj.* 節儉的,節約的,經濟的.
[範例] Tom is a very **economical** person. 湯姆是一個非常節儉的人.
Jane is **economical** with her time. 珍從不浪費時間.
This is a very **economical** car. 這是一部非常經濟實惠的車.
[活用] *adj.* **more economical**, **most economical**

economically [ˌikə`nɑmɪkl̩ɪ] *adv.* ① 在經濟學上. ② 經濟地,節約地.
[活用] *adv.* ② **more economically**, **most economically**

economics [ˌikə`nɑmɪks] *n.* ① 〔作單數〕經濟學: home **economics** 家政學,家政科. ② 〔作複數〕經濟情況.

economise [ɪ`kɑnəˌmaɪz] =*v.* 〖美〗 economize.

economist [ɪ`kɑnəmɪst] *n.* 經濟學家.
[複數] **economists**

economize [ɪ`kɑnəˌmaɪz] *v.* 節約,節省 (on): We must **economize** on fuel. 我們必須節省燃料.
[參考] 〖英〗 economise.
[活用] *v.* **economizes**, **economized**, **economized**, **economizing**

*‡**economy** [ɪ`kɑnəmɪ] *n.* ① 節約,節儉; (時間、力氣等) 有效的使用. ② 經濟,經濟結構.
[範例] ① We must practice **economy** in expenditure. 我們必須節省經費.
Mr. Smith is a man of **economy**. 史密斯先生是一位節儉的人.
That is an **economy** of words. 那番話真是乾淨俐落.
② a capitalist **economy** 資本主義經濟.
a communist **economy** 共產主義經濟.
During the war, our **economy** was in a bad state. 戰時我們的經濟處於惡劣的狀態.
♦ **económy cláss** (客機等的) 經濟艙.
[複數] **economies**

ecosystem [`ɛkəˌsɪstəm] *n.* 生態系統.
[複數] **ecosystems**

ecstasy [`ɛkstəsɪ] *n.* 狂喜,出神.
[範例] She was in a state of **ecstasy** after being crowned Miss Universe. 她被選為環球小姐後欣喜若狂.
Many people went into **ecstasies** over the Giants' victory. 許多人為巨人隊的獲勝而狂歡.
[片語] **go into ecstasies over/get into ecstasies over/be thrown into**

ecstasies over 為~而欣喜若狂. (⇨ [範例])
[複數] **ecstasies**

ecstatic [ɪk`stætɪk] *adj.* 狂喜的,出神的《常與 about 連用》: My wife is **ecstatic** about the new Paris fashions—she says they're the best in years. 我太太對新款的巴黎時裝心醉神迷,她說那是近年來最好的.
[活用] *adj.* **more ecstatic**, **most ecstatic**

-ed *suff.* ① 《構成動詞的過去式、過去分詞》: lov**ed**, play**ed**, wash**ed**, studi**ed**. ② 具有~特徵的,有~的《附於名詞字尾後構成形容詞》: narrow-mind**ed** 心胸狹隘的; red-hair**ed** 紅髮的; wing**ed** 有翼的.

eddy [`ɛdɪ] *n.* ① (水、風、塵土等的) 旋渦,旋流.
——*v.* ② 起旋渦.
[範例] ① The boat was caught in an **eddy**. 那艘小船被旋渦困住了.
② Little Elizabeth is fascinated by leaves that **eddy** in the water's current. 小伊莉莎白著迷地看著樹葉在水流中旋轉.
[複數] **eddies**
[活用] *v.* **eddies**, **eddied**, **eddied**, **eddying**

Eden [`idn̩] *n.* 伊甸園《亦作 the Garden of Eden; 在希伯來傳說中為上帝在地上所造的樂園,讓人類的始祖亞當 (Adam) 和夏娃 (Eve) 居住於此,但後來他們兩人因偷食禁果而被驅逐出去; ☞ [充電小站] (p. 121)》.

*‡**edge** [ɛdʒ] *n.* ① 刃. ② (像刃一樣的) 邊; 邊緣. ③ (立方體的) 邊,稜.
——*v.* ④ 使鋒利. ⑤ 加邊於,鑲邊於. ⑥ 使側著慢慢移動.
[範例] ① This knife has a sharp **edge**. 這把刀很鋒利.
Mrs. Jackson is always on **edge** because she drinks too much coffee. 傑克森太太由於咖啡喝得太多,以致於總是很焦躁.
② We visited the cemetery on the north **edge** of the town. 我們參觀了城鎮北邊的公墓.
Some people in Africa are on the **edge** of starvation. 在非洲,有些人瀕臨餓死邊緣.
③ A triangle pyramid has six **edges**. 三角錐有六個邊.
④ This knife is so dull. You need to **edge** it. 這把刀很鈍,你需要磨一下.
⑤ The collar is **edged** with lace. 這個領子縫有蕾絲邊.
⑥ **Edge** the vase up here carefully so as not to break it. 把那個花瓶慢慢地移到這兒來,當心不要把它打破.
[片語] **have the edge on** 佔優勢: I had the **edge on** my rivals. 我比競爭對手具有優勢.
on edge 焦躁的. (⇨ [範例] ①)
on the edge of 在~的邊緣. (⇨ [範例] ②)
[複數] **edges**
[活用] *v.* **edges**, **edged**, **edged**, **edging**

edging [`ɛdʒɪŋ] *n.* 邊飾; 鑲邊.
[複數] **edgings**

edgy [`ɛdʒɪ] *adj.* 急躁的; 銳利的: How did

such an **edgy** woman get to be a kindergarten teacher? 這麼急躁的女子怎能成為幼稚園老師呢?

活用 adj. **edgier**, **edgiest**

edible [ˋɛdəbl̩] adj. 可吃的, 可食用的.

範例 an **edible** frog 食用蛙.

edible oil 食用油.

☞ v. eat

活用 adj. **more edible**, **most edible**

edict [ˋidɪkt] n. 布告, 敕令; 命令.

複數 **edicts**

*__edifice__ [ˋɛdəfɪs] n.《正式》巨大而雄偉的建築物《宮殿、寺廟等》.

複數 **edifices**

edify [ˋɛdə͵faɪ] v. 教化, 啟發: The professor gave us a very **edifying** lecture. 那位教授給我們上了一堂非常有啟發性的課.

活用 v. **edifies**, **edified**, **edified**, **edifying**

Edinburgh [ˋɛdn̩͵bɝo] n. 愛丁堡《蘇格蘭首府》.

Edison [ˋɛdəsn̩] n. 愛 迪 生《Thomas Alva Edison, 1847-1931, 美國發明家, 因學習成績劣等, 且在上了3個月的小學, 退學後靠自學發明了電燈、留聲機等》.

edit [ˋɛdɪt] v. ① 編輯. ② 校訂, 修改(原稿).

範例 ① We **edited** the school newspaper. 我們編輯學報.

② This review was **edited** from the original text. 這篇評論修改自原文.

活用 v. **edits**, **edited**, **edited**, **editing**

*__edition__ [ɪˋdɪʃən] n. ① 版《用同一製版印刷的印刷數》. ② 版本.

範例 ① This is the third **edition** of the book. 這是那本書的第3版.

② A paper-back **edition** is cheaper than a hard-back **edition**. 平裝本比精裝本便宜.

複數 **editions**

*__editor__ [ˋɛdɪtɚ] n. 主編, 編輯: a financial **editor** 財經版編輯.

複數 **editors**

*__editorial__ [͵ɛdəˋtorɪəl] adj. ① 編輯的. ② 社論的, 評論的.

──n. ③ 社論, 評論.

範例 ① I am on the **editorial** staff. 我是編輯人員.

③ Have you read the **editorial** in today's *China Times*? 你看過今天《中國時報》的社論了嗎?

複數 **editorials**

*__educate__ [ˋɛdʒə͵ket] v. 教育, 培養, 訓練.

範例 My father was **educated** at Cambridge University. 我父親是在劍橋大學受教育的.《educated 作形容詞性》

Mr. Brown is a highly **educated** person. 布朗先生受過高等教育.

活用 v. **educates**, **educated**, **educated**, **educating**

*__education__ [͵ɛdʒəˋkeʃən] n. ① 教育, 教養. ② 教育學.

範例 ① compulsory **education** 義務教育.

higher **education** 高等教育, 大學教育.

Education is compulsory up to the age of fifteen. 15歲以前是義務教育.

Jack has a college **education**. 傑克受過大學教育.

David is a man of **education**. 大衛是一位有教養的人.

② She majored in **education** at a teacher training college. 她在師範大學主修教育學.

educational [͵ɛdʒəˋkeʃən̩l] adj. ① 教育的.

② 教育性的, 具有教育意義的.

範例 ① **educational** background 學歷.

the Taiwanese **educational** system 臺灣的教育體系.

② The company produces **educational** films. 那家公司製作具有教育意義的電影.

活用 adj. ② **more educational**, **most educational**

educator [ˋɛdʒə͵ketɚ] n. 教育工作者, 教師.

複數 **educators**

edutainment [͵ɛdʒəˋtenmənt] n. 寓教於樂的電視節目、電影或書籍等.

字源 education (教育)＋entertainment (娛樂).

Edward [ˋɛdwəd] n. 男子名《暱稱 Ed, Eddy, Ned, Neddy, Ted, Teddy》.

EEC [͵i͵iˋsi]《縮 略》＝European Economic Community (歐洲經濟共同體).

eek [ik] interj. 表示驚訝、驚恐時的叫聲.

eel [il] n. 鰻; 似鰻的魚.

複數 **eels**

e'er [ɛr]《縮略》＝ever《用於詩歌中》.

eerie [ˋɪrɪ] adj. 令人害怕的.

活用 adj. **eerier**, **eeriest**

efface [ɪˋfes] v. 刪除; 消除, 抹去.

範例 Most of the hieroglyphics having been **effaced**; the knowledge of this civilization was lost forever. 隨著大部分的象形文字被磨蝕, 這個文明的知識也就永遠消失了.

Politicians' wives don't always **efface** themselves like they used to. 現在的政治家夫人不像過去一樣總是隱藏自己.

片語 **efface ～self** 埋沒自己, 隱藏自己. (⇨範例)

活用 v. **effaces**, **effaced**, **effaced**, **effacing**

*__effect__ [əˋfɛkt] n. ① 結果. ② 效果, 影響. ③《正式》《～s》動產, 個人資產.

──v. ④ 造成, 產生.

範例 ① cause and **effect** 原因和結果.

② This medicine hasn't had much of an **effect** yet. 這種藥尚未產生多大效果.

③ The old woman left few personal **effects**. 那位老太太幾乎沒留下財產.

④ The economic stimulus package passed by Congress last year **effected** the upswing happening now. 去年國會通過的刺激經濟配套方案帶來了現今的好景氣.

E

[片語] **come into effect/go into effect**（法律等）生效：The Constitution of R.O.C. went into effect on Dec. 25, 1947. 中華民國憲法於1947年12月25日生效。

in effect ① 實質上，實際上；總而言之：In effect I was forced to lie to you. 實際上，我是不得已才對你說謊的。 ② 有效的：The rules will remain in effect until January. 那些規則至1月底仍然有效。

put ~ into effect/bring ~ into effect/carry ~ into effect 實行（計畫、想法等）：Putting the plan into effect proved more difficult than anticipated. 實行那項計畫證實比預料中更加困難。

take effect（法律等）生效：The new rule won't take effect in time to do them any good. 這項新規則未能及時實施以便嘉惠他們。

to that effect 那樣的意思。

to the effect that 大意是：She left a message to the effect that she was going to Europe. 她留了一個訊息，大意是她要去歐洲。

to the same effect 同樣的意思。

to this effect 這樣的意思。

[複數] **effects**

[活用] v. **effects, effected, effected, effecting**

‡**effective** [əˋfɛktɪv] adj. ① 有效的，實施中的。 ② 實際的，事實上的。

[範例] ① This new pain-killer is very **effective**. 這種新的止痛藥很有效。
The agreement is no longer **effective**. 那個協定不再有效。
② Augustus, as commander of most legions, was in **effective** control of most of the empire. 奧古斯都是大部分軍團的司令官，事實上帝國的大部分已在他的統治之下。《Augustus 為古羅馬帝國第一任皇帝》

[活用] adj. ① **more effective, most effective**

effectively [əˋfɛktɪvlɪ] adv. 有效地：Our local union representative knows how to deal **effectively** with management. 我們當地的工會代表懂得如何有效地與資方交涉。

[活用] adv. **more effectively, most effectively**

effectiveness [əˋfɛktɪvnɪs] n. 有效。

effectual [əˋfɛktʃʊəl] adj.《正式》有效的：The mayor is incompetent! There hasn't been any **effectual** leadership in this town in years. 那個鎮長無能！ 長年在這個鎮上沒有發揮任何有效的領導。

[活用] adj. **more effectual, most effectual**

effectually [əˋfɛktʃʊəlɪ] adv. 有效地；事實上。

[活用] adv. **more effectually, most effectually**

effeminate [əˋfɛmənɪt] adj.（男子）娘娘腔的，柔弱的。

[活用] adj. **more effeminate, most effeminate**

effervescent [ˏɛfəˋvɛsn̩t] adj. ①（蘇打水等）起泡的，沸騰的。 ② 興高采烈的。

[活用] adj. **more effervescent, most effervescent**

efficacy [ˋɛfəkəsɪ] n.《正式》效力，效用。

‡**efficiency** [ɪˋfɪʃənsɪ] n. ① 效率，效能。②（機械等的）功率。

[範例] ① He improved the **efficiency** of his work and his salary was raised. 他因提升工作效率而被加薪。
The salesmen work with **efficiency**. 那個推銷員工作效率很高。

♦ **efficiency apartment**《美》（有廚房、浴室的）公寓式小套房。

‡**efficient** [əˋfɪʃənt] adj. ① 有效的，有效率的。 ② 有能力的。

[範例] ① Will you teach me an **efficient** method of learning foreign languages? 你能教導我學習外語的有效方法嗎?
This sports car has an **efficient** engine. 這輛跑車有高效能的引擎。
② It's hard to find **efficient** secretaries these days. 最近要找一位能幹的祕書很難。
There are many **efficient** workers in this automobile factory. 這家汽車工廠裡有許多能幹的工人。

[活用] adj. **more efficient, most efficient**

efficiently [əˋfɪʃəntlɪ] adv. ① 有效地，有效率地。 ② 有能力地。

[活用] adv. **more efficiently, most efficiently**

effigy [ˋɛfədʒɪ] n. 雕像，肖像；模擬像。

[複數] **effigies**

effluent [ˋɛflʊənt] n.（工廠等的）廢水。

[複數] **effluents**

‡**effort** [ˋɛfət] n.（艱難的）嘗試，努力，費力。

[範例] I made an **effort** to persuade him to give up his plan. 我努力說服他放棄他的計畫。
He did it without **effort**. 他毫不費力地做完那件事情。
She studied hard in her **effort** to master Chinese. 她努力用功以精通中文。

[片語] **in ~'s effort to...** 努力去做。(⇨ [範例])

make an effort 費力，努力。(⇨ [範例])

without effort 毫不費力地。(⇨ [範例])

[複數] **efforts**

effortless [ˋɛfətlɪs] adj. 容易的，不費力的：He's so good at what he does; he makes it look **effortless**. 他不管做甚麼事都很出色，而且看起來輕鬆自如。

[活用] adj. **more effortless, most effortless**

effrontery [əˋfrʌntərɪ] n. 厚顏無恥；厚顏無恥的行為。

[複數] **effronteries**

e.g. [ˋiˏdʒi]《縮略》＝（拉丁語）exempli gratia ＝ for the sake of example（例如）：Minerals are important to our bodies, **e.g.** calcium and sodium. 礦物質對我們的身體很重要，例如

鈣、鈉等。《亦作 eg.》

[參考] 根據意義有時亦作 for example.

egalitarian [ɪˌgælə`tɛrɪən] *adj.* ① 平等主義的: an **egalitarian** society 平等的社會.
——*n.* ② 平等主義者.

[活用] *adj.* **more egalitarian, most egalitarian**

[複數] **egalitarians**

‡**egg** [ɛg] *n.* ① 蛋.
——*v.* ② 煽動, 慫恿.

[範例] ① lay an **egg** 下蛋.
a raw **egg** 生的蛋.
a boiled **egg** 白煮蛋.
② The other boys **egged** me on to dive into the old pond. 其他男孩煽動我跳進那個老舊的池子.

[參考] 蛋白為 white, 蛋黃為 yolk 或 yellow, 蛋殼為 shell.
➡ (充電小站) (p. 399)

[複數] **eggs**

[活用] *v.* **eggs, egged, egged, egging**

eggplant [`ɛgˌplænt] *n.* 《美》茄子《《英》aubergine》.

[複數] **eggplants**

eggshell [`ɛgˌʃɛl] *n.* ① 蛋殼《亦作 shell》. ② 易碎物品.

[複數] **eggshells**

ego [`igo] *n.* 自尊心; 自我意識; 自我, 自負: The team's collective **ego** was boosted by today's resounding victory. 今天的大勝提升了那支隊伍的集體自尊心.

[複數] **egos**

egocentric [ˌigo`sɛntrɪk] *adj.* 自我中心的.

[活用] *adj.* **more egocentric, most egocentric**

egoism [`igoˌɪzəm] *n.* 利己主義, 自我中心.

egoist [`igoɪst] *n.* 利己主義者, 自我中心者.

egotism [`igəˌtɪzəm] *n.* 自我中心癖, 利己主義.

egotist [`igətɪst] *n.* 自我中心者, 自私自利者.

[複數] **egotists**

Egypt [`idʒəpt] *n.* 埃及《☞ 附錄「世界各國」》.

Egyptian [ɪ`dʒɪpʃən] *n.* ① 埃及人; 古埃及語《埃及現在的官方語及通用語為阿拉伯語》.
——*adj.* ② 埃及《人、語》的.

[複數] **Egyptians**

eh [e] *interj.* 啊! 甚麼?《用於表示驚訝、疑問或徵求同意等》

[範例] Isn't it wonderful, **eh**? 怎麼樣, 很精采吧?
Eh? What did you say? 咦? 你剛才說甚麼?

eiderdown [`aɪdɚˌdaʊn] *n.* 鴨絨被.

[複數] **eiderdowns**

Eiffel Tower [`aɪflˌtaʊɚ] *n.* 《the ~》艾菲爾鐵塔《為1889年巴黎世界博覽會的象徵, 由亞歷山大‧艾菲爾(Alexandre Eiffel)設計, 建於塞納河南岸, 高300公尺》.

‡**eight** [et] *n.* 8.

[參考] 有時指8人的划船隊 (the Eights), 表示牛津大學和劍橋大學的8槳划船對抗賽之意.

[複數] **eights**

‡**eighteen** [e`tin] *n.* 18.

[複數] **eighteens**

eighteenth [e`tinθ] *n.* ① 第 18 (個). ② 1/18: three **eighteenths** 3/18.

[複數] **eighteenths**

‡**eighth** [etθ] *n.* ① 第8 (個). ② 1/8: three **eighths** 3/8.

♦ **éighth nòte** 《美》8分音符《《英》quaver》.

[複數] **eighths**

eightieth [`etɪɪθ] *n.* ① 第80 (個). ② 1/80: three **eightieths** 3/80.

[複數] **eightieths**

‡**eighty** [`etɪ] *n.* ① 80. ②《~ies》80幾歲, 80年代.

[複數] **eighties**

Einstein [`aɪnstaɪn] *n.* 愛因斯坦《Albert Einstein, 1879-1955, 美籍德國物理學家, 創立相對論》.

†**either** [`iðɚ; 《英》`aɪðɚ] *adj., pron., adv.*

釋義					
原義	層面	*adj., pron.*	範例	*adv.*	範例
兩的者每之一中方	一方	任何一方	①	～中的一個	③
	雙方	雙方都	②	～也	④

[範例] ① Have **either** apple, not both. 吃其中的一個蘋果, 不要兩個都吃掉.
Look at the eyechart with **either** eye. 用一隻眼睛看視力檢查表.
Did you see **either** of the pictures? 你看過那兩部電影中的任何一部了嗎?
Either my father or my brothers are coming. 我父親或是我弟弟們要來.
② There are cherry trees on **either** side of the river. 河的兩岸都種有櫻花樹.
There was a lamp at **either** end of the long table. 那張長桌的兩頭都有一盞燈.
Either of these two methods is successful. 這兩種方法都很成功.
Either of these two roads will take you to London. 這兩條路都可以到達倫敦.
I don't like **either** photo. 這兩張相片我都不喜歡.
He has lived in Paris and New York but he doesn't like **either** of them. 他曾住過巴黎和紐約, 但這兩個地方他都不喜歡.
③ He is **either** drunk or mad. 他不是醉了, 就是瘋了.
Helen is **either** in Taipei or in New York. 海倫不是在臺北, 就是在紐約.
He will **either** come or call me. 他不是來, 就

是打電話給我.

Either pay the rent or get out! 要麼付房租,
要麼滾出去!

④ I don't like **either** apples or pears. 我不喜歡
蘋果, 也不喜歡梨子.

I don't like apples. I don't like pears, **either**.
我不喜歡蘋果, 我也不喜歡梨子.《為前一例
句的另一種表達方式, either在 not 的句中,
表示「～也」》

He doesn't know it, and I don't, **either**. 他不
知道那件事, 我也不知道.

"I can't drive." "I can't, **either**." 「我不會開
車.」「我也不會.」

[片語] **either way/in either case** 無論如何.

ejaculate [ɪ`dʒækjə‚let] v. ① 突然喊出. ② 射
出 (精液等).

[活用] v. **ejaculates**, **ejaculated**,
ejaculated, **ejaculating**

ejaculation [ɪ‚dʒækjə`leʃən] n. ① 突然叫喊.
② (精液等的)射出.

eject [ɪ`dʒɛkt] v. 排出; 驅逐.

[範例] You should **eject** the master disk before
starting the program. 在驅動程式之前, 你應
該把母片取出.

The police came and **ejected** the squatters.
警察前來把非法占據者趕走.

[活用] v. **ejects**, **ejected**, **ejected**, **ejecting**

ejection [ɪ`dʒɛkʃən] n. 噴出, 排出; 驅逐.

♦ **ejéction cápsule** (太空) 彈射艙.

ejéction sèat 彈射座椅《飛機等緊急逃生
時向機外彈射之附有降落傘的座椅》.

[複數] **ejections**

eke [ik] v. 補充不足, 勉強維持 (out).

[範例] He **eked** out his income by working
Saturdays and Sundays. 他靠星期六和星期
日工作來彌補收入的不足.

She **eked** out a living. 她勉強維持生計.

[活用] v. **ekes**, **eked**, **eked**, **eking**

‡**elaborate** [adj. ɪ`læbərɪt; v. ɪ`læbə‚ret] adj.
① 精心的; 精巧的.

—— v. ② 詳述; 精心製作.

[範例] ① We went to an **elaborate** wedding
reception at the hotel. 我們出席了飯店精心
籌劃的婚宴.

② The teachers **elaborated** the plan for the
school excursion. 老師們精心籌劃學校遠足.

[活用] adj. **more elaborate**, **most elaborate**

[活用] v. **elaborates**, **elaborated**,
elaborated, **elaborating**

elaborately [ɪ`læbərɪtlɪ] adv. 精心地; 精巧
地.

[活用] adv. **more elaborately**, **most
elaborately**

elaboration [ɪ‚læbə`reʃən] n. ① 精心製作.
② 詳述. ③ 精心製作的作品.

[複數] **elaborations**

*****elapse** [ɪ`læps] v. 〔正式〕流逝: Several months
elapsed before her case was brought to trial.
她的案件提交審判之前, 已過了好幾個月.

[活用] v. **elapses**, **elapsed**, **elapsed**,
elapsing

*****elastic** [ɪ`læstɪk] adj. ① 有彈力的, 有彈性的,
有伸縮性的. ② 靈活的, 可變通的.

—— n. ③ 橡皮筋.

[範例] ① A strong **elastic** material is needed to
withstand the expanding or contracting forces
of extreme hot or cold temperatures. 一種堅
而有彈性的物質需要能承受得住熱脹冷縮.

② Congressman Smith's opinions are very
elastic—he'll say anything to get reelected.
史密斯眾議員非常圓滑, 為了連任甚麼話都
可以說.

③ a piece of **elastic** 一條橡皮帶.

♦ **elàstic bánd** 〔英〕橡皮筋《〔美〕rubber
band》.

[活用] adj. **more elastic**, **most elastic**

elasticity [ɪ‚læs`tɪsətɪ] n. 彈性, 伸縮性; 靈活
性.

elated [ɪ`letɪd] adj. 得意洋洋的, 興高采烈的:
The crowds were **elated** by the news that their
country won the war. 群眾們由於聽到他們國
家在戰爭中獲勝的消息而歡欣鼓舞.

[活用] adj. **more elated**, **most elated**

elation [ɪ`leʃən] n. 得意洋洋, 興高采烈.

*****elbow** [`ɛl‚bo] n. ① 肘. ② 肘狀彎曲《管道或道
路等的彎曲部分》.

—— v. ③ 用肘推擠.

[範例] ① Don't put your **elbows** on the dinner
table. 不要把手肘放在餐桌上.

③ He **elbowed** me out of the way. 他用手肘把
我推開.

[片語] **elbow ～'s way** 用肘部推擠前進: He
elbowed his way through the crowd. 他用手
肘推擠過人群.

[複數] **elbows**

[活用] v. **elbows**, **elbowed**, **elbowed**,
elbowing

elbowroom [`ɛlbo‚rum] n. 寬敞的空間, 可
自由活動的空間.

[範例] There is plenty of **elbowroom** in that large
kitchen. 那間大廚房非常寬敞.

Give the children **elbowroom** to work by
themselves. 給孩子們一些自由發揮的空間.

[字源] elbow 為「手肘」, room 為「空間」,
elbowroom 則是從「可伸展手肘的空間」引申
為「可自由活動的空間」.

elder [`ɛldə] adj. ①〔英〕年齡較大的. ② 年長
的. ③ 上位的, 資深的.

—— n. ④ 年齡較大的人; 老年人, 年長者.

[範例] ① Her **elder** sister is married. 她的姊姊結
婚了.

He is the **elder** of the two children. 他在那兩
個小孩之中年齡較大.

② William Pitt the **elder** and his son, William Pitt
the younger 大彼特與他兒子小彼特《為了區
別同名父子, 可以用 elder 和 younger, 亦作
the elder Pitt, the younger Pitt》.

③ an **elder** statesman 政界的老前輩.

充電小站

蛋 (egg)

【Q】蛋白在英語中可用 white 這個字嗎？
【A】可以，表示蛋白的字有兩個，一就是white，
另一個為 albumen.
albumen 還可表示一種水溶性蛋白質.
　以下是與蛋有關的英語:
◎以蛋做成的菜肴
　白煮蛋　　boiled egg
　全熟的蛋　hard-boiled egg
　半熟的蛋　soft-boiled egg/half-boiled egg
　煎蛋　　　fried egg
　單面煎的蛋　sunny-side up (egg)

　雙面煎的蛋　egg tipped over
　炒蛋　　scrambled egg
　煎蛋捲　omelet
　水煮荷包蛋　poached egg
◎蛋的各部位名稱

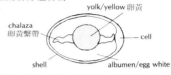

yolk/yellow 卵黃
chalaza 卵黃繫帶
cell
shell
albumen/egg white

④ You should take the advice of your **elders**. 你
應該聽年長者的勸告.
He is my **elder** by three years. 他大我3歲.
[參考] (1) [美] 表示 ① 之意時多用 older, 不過
older 用於人或物, 而 elder 只用於人. (2) 表
示 ② 之意時, 除了 William Pitt the elder 這種
表達之外, 作形容詞時僅用於名詞之前. (3)
elder 與 than 不能連用. 如果用 than 來表達的話,
就得改寫成以下的句
子: He is older than me by three years./He is
three years older than me.
☞ ① ② ↔ younger

elderly [ˋɛldəлɪ] adj. ① 過了中年的. ② 舊式
的.
[範例] ① an **elderly** unmarried lady 上了年紀的
未婚女子.
Mrs. Waters is that **elderly** woman with all
those cats on the sixth floor. 華特斯太太就是
與那些貓一起住在6樓的那位老婦人.
The **elderly** and the very young are the ones in
greatest danger during a flu epidemic. 流行性
感冒流行的時候, 老人與小孩是最危險的.
② an **elderly** plane 舊式飛機.
[活用] adj. **more elderly**, **most elderly**

eldest [ˋɛldɪst] adj. ① (在整個家族中) 年齡最
大的, 最年長的.
——n. ② 最年長的人.
[範例] ① my **eldest** sister 我的大姊.
Her **eldest** son was killed in the war. 她的長
子死於那場戰爭.
He was the **eldest** of four children. 他是4個
孩子當中最大的.
② Sue's **eldest** passed the bar exam. 蘇最大
的孩子通過律師高考.
☞ ↔ youngest

***elect** [ɪˋlɛkt] v. ① 推舉, 選舉, 選擇.
——adj. ② [不用於名詞前] 當選而尚未就職
的, 選定的, 精選的.
——n. ③ [the ~, 作複數] 被選定的人們; 特
權階級.
[範例] ① We have **elected** a new mayor. 我們選
了新市長.
The committee **elected** him chairperson. 委

員會選他為主席.
He has **elected** to become a lawyer. 他選擇
當律師.
② The President-**elect** is to make a speech
before long. 剛當選而尚未就職的總統即將
進行演說.
③ Everybody envies the **elect**. 每個人都羨慕
特權階級.
[活用] v. **elects**, **elected**, **elected**, **electing**
***election** [ɪˋlɛkʃən] n. ① 推舉, 選舉. ② 被選
中, 當選.
[範例] ① When do the local **elections** take
place? 甚麼時候進行地方選舉?
② his **election** as President of the United States
他當選美國總統.
➡ 充電小站 (p. 401)
[複數] **elections**

elector [ɪˋlɛktə] n. 選舉人, 有選舉權的人:
Not all the **electors** can be bothered to vote.
並非所有的選舉人都會去投票.
[複數] **electors**

electoral [ɪˋlɛktərəl] adj. 選舉的, 選舉人的,
有選舉權的人的.
◆ the **electoral college** 總統、副總統選舉
人團.

electorate [ɪˋlɛktərɪt] n. 選民, 有選舉權的
人.
[複數] **electorates**

***electric** [ɪˋlɛktrɪk] adj. ① 電的, 電動的. ② (像
電擊般) 刺激的; 震驚的.
[範例] ① I saw an **electric** spark in the dark. 我在
黑暗中看到電光火花.
The invention of the **electric** light dramatically
changed people's lives. 電燈的發明戲劇般地
改變了人們的生活.
② His performance had an **electric** effect on
the audience. 他的演奏給聽眾帶來極震撼的
效果.
◆ **electric appliances** 電器設備.
　electric cell 電池.
　electric charge 電荷.
　electric current 電流.
　electric generator 發電機.

elèctric guitár 電吉他.
elèctric íron 電熨斗.
elèctric pówer 電力.
elèctric shóck 觸電，電擊.
elèctric sígn 電光招牌.
[活用] adj. ② more electric, most electric
electrical [ɪˋlɛktrɪk!] adj. 電力的，與電有關的.
[範例] an electrical engineer 電機工程師.
an electrical store 電器行.
electrically [ɪˋlɛktrɪk!ɪ] adv. 與電相關地；電擊般地.
electrician [ɪ͵lɛkˋtrɪʃən] n. 電工技師，電匠.
[複數] electricians
*electricity [ɪ͵lɛkˋtrɪsətɪ] n. 電力，電流.
[範例] This machine runs on electricity. 這臺機器是電動的.
We can turn the electricity on and off by remote control. 我們可以用遙控器接通或切斷電源.
static electricity 靜電.
In France about one third of electricity is generated by nuclear power plants. 法國大約有1/3的電力來自核能發電廠.
electrify [ɪˋlɛktrə͵faɪ] v. 使通電，使電氣化：The Western Railway on Taiwan was electrified in 1979. 臺鐵西部幹線於1979年電氣化.
[活用] v. electrifies, electrified, electrified, electrifying
electrocute [ɪˋlɛktrə͵kjut] v. 以電刑處死，使觸電死亡.
[活用] v. electrocutes, electrocuted, electrocuted, electrocuting
electrocution [ɪ͵lɛktrəˋkjuʃən] n. 電刑，觸電死亡.
[複數] electrocutions
electrode [ɪˋlɛktrod] n. 電極.
[複數] electrodes
electron [ɪˋlɛktrɑn] n. 電子《一種在原子核周圍軌道上運動的帶負電基本粒子》.
[複數] electrons
♦ eléctron micróscòpe 電子顯微鏡.
electronic [ɪ͵lɛkˋtrɑnɪk] adj. 電子的，電子學的.
[範例] Electronic equipment needs proper ventilation so as not to overheat. 電子裝置需要適度的通風才不會過熱.
My father is an electronic engineer. 我父親是電子工程師.
electronics [ɪ͵lɛkˋtrɑnɪks] n. ①〔作單數〕電子學：The development of electronics in Japan is remarkable. 日本電子學的發展很驚人. ②〔作複數〕電子機器，電子元件.
elegance [ˋɛləgəns] n. 優雅，高雅.
[範例] We were charmed by the elegance of the lady's clothes. 我們被那位女士的優雅穿著所吸引.
She has a fascinating elegance, and a

mysterious dignity as well. 她有迷人的優雅，同時又有神祕的威嚴.
[複數] elegances
*elegant [ˋɛləgənt] adj. 優雅的，高雅的：Who is that elegant woman? 那位舉止優雅的女子是誰?
[活用] adj. more elegant, most elegant
elegantly [ˋɛləgəntlɪ] adv. 優雅地，高雅地.
[活用] adv. more elegantly, most elegantly
elegy [ˋɛlədʒɪ] n. 悲歌，哀歌，輓歌.
[複數] elegies
*element [ˋɛləmənt] n. ① 元素《☞ 充電小站(p. 403)，(p. 405)》. ② 要素，成分. ③〔the ~s〕初步，基礎，原理. ④ 集團，分子. ⑤〔the ~s〕自然力，惡劣天氣，暴風雨. ⑥《電器等的》電熱元件.
[範例] ① Gold, silver, and lead are all elements. 金、銀、鉛都是元素.
② Diligence is one of the most important elements of success. 勤奮是成功的最重要因素之一.
There is an element of jealousy in what he says. 他的話裡帶有些許的嫉妒.
③ I don't know the very elements of physics. 我對物理學一竅不通.
④ The discontented elements in the union can't be ignored. 工會裡的不滿分子不容忽視.
⑤ protection against the elements 防範暴風雨.
[片語] in ~'s element 處在適宜的環境.
out of ~'s element 處在不適宜的環境.
[參考] 在古埃及，人們認為世界是由土地 (earth)、空氣 (air)、火 (fire) 及水 (water) 四大要素構成的，故產生了 ⑤ 的意義.
[複數] elements
*elemental [͵ɛləˋmɛnt!] adj. 原始的，大自然的：elemental rage 原始的憤怒.
[活用] adj. more elemental, most elemental
*elementary [͵ɛləˋmɛntərɪ] adj. 初級的，基礎的，基本的：elementary exercises 基本的練習.
♦ elemèntary pàrticle 基本粒子《質子、中子等》.
elemèntary schóol《美》小學《在美國，小學、初中、高中加起來的修業年限為12年，學制劃分因州而不同，有6-3-3、6-2-4、6-6等的頭六年制學校以及8-4的頭八年制學校，還有4-4-4的頭四年制學校，這些學校被稱為elementary school. 正如 elementary（基礎的）字義一樣，elementary school 是實施初等基礎教育的地方. 英國的學校制度與美國的不同，但primary school 相當於這一類學校》.
[☞] advanced
*elephant [ˋɛləfənt] n. 大象：An elephant has a trunk and two tusks. 大象有一個鼻子和一對長牙.
[複數] elephants

—— 充電小站 ——

美國總統選舉

　　參選美國總統的資格為年滿35歲以上的美國公民，而且必須在美國國內至少居住14年以上，但歸化入籍者不包括在內.

　　總統任期為4年，每4年舉行一次總統選舉 (presidential election)，這項選舉大致可分為兩個階段:

1. 在各政黨內部獲得提名為總統候選人的競爭:

① 選出黨代表 (delegate)

　　要提名參加總統競選，首先需要獲得自己所屬政黨內部的總統候選人的提名. 這個提名是由各黨自己選出的代表 (delegate) 來進行.

　　黨代表是在2月至6月間各州召開的黨內初選 (primary election) 或黨政會議 (caucus) 上選出，其選定方法各州而異.

② 由黨代表進行總統候選人的提名

　　要提名為黨的總統候選人，必須獲得黨代表總數半數以上的支持. 美國兩大政黨民主黨 (Democratic Party) 與共和黨 (Republican Party) 均在7月或8月召開的全國代表大會決，均在7月或8月召開的全國代表大會 (national convention) 上選出總統候選人 (presidential candidate) 和副總統候選人 (running mate)，而兩黨全國性代表大會就是在每4年一次的這個時期召開.

　　在黨的全國代表大會上，各候選人為了獲得支持，會向黨代表進行熱烈的演說. 這個大會通常進行4天，第1天為基本政策演說 (Key Note Speech)，第2天為政黨的政策綱領表決，第3天為總統候選人的提名 (nomination) 和投票，第4天為副總統候選人的提名和總統候選人接受政黨提名的演說 (Acceptance Speech). 副總統候選人的提名是由前一天被提名的總統候選人所決定的，大會只不過是事後承認而已.

　　除了兩大政黨外，有時也有第三政黨或無黨籍的候選人參加競選，但迄今不曾當選過，顯然美國總統選舉已成為兩大政黨候選人一對一的競選.

2. 與其他政黨總統候選人的競爭:

① 全民投票 (popular vote)

　　以上為產生「總統候選人」的過程，接下來就是進行選舉「總統」的全民投票. 雖然說是全民投票，但並非是以一般具有選舉權者的多數票來決定總統，而是一種「間接選舉」，首先透過各州具有選舉權者 (voter) 選出總統選舉人 (elector)，再由選舉人選舉總統或副總統.

　　在美國，年滿18歲的男女均享有選舉權，但只有事前在地區選舉委員會登記 (registration) 過的選民才能參加選舉. 登記為「民主黨」的選民領取藍色的選票，登記為「共和黨」的選民領取粉紅色的選票，其餘的選民領取黃色的選票進行投票.

　　全民投票規定在每逢以4能除盡的年份的11月第1個星期一的隔天舉行 (若11月1日為星期二時改為11月8日). 各州選舉人的人數與其參議員和眾議員人數相同，50個州共有參議員100名、眾議員435名，共計535名，再加上沒有參議員、眾議員的華盛頓 (Washington, D.C.) 3名，總共為538名選舉人.

　　在舉行總統選舉人選舉時，各州的政黨總部都會事先出示支持該政黨總統候選人的選舉人候選人名單. 前面提過，在全民投票中，有選舉權者所選舉的並不是「總統」，而是「總統選舉人」，但絕大部分的人登記在選票上的並不是選舉人候選人的名字，而是總統和副總統候選人的名字，如此哪位選舉人候選人支持哪位總統候選人便可一目了然.

　　投票的結果，若某政黨總統候選人獲得某一州最多的選舉人票，則該州所有選舉人票即歸屬該位總統候選人，這就是所謂「勝者獨得」的方式 (winner-take-all system，別稱 unit rule). 例如，在A州B政黨的C候選人獲得選舉人票票數最多，假設A州選舉人共為20人，這樣C候選人就可獲得其全部的20票. 也就是說，愈能掌握住多數總統選舉人票的總候選人就離總統的位子愈近.

② 由總統人選出總統

　　從各州選出的選舉人選舉總統通常在12月的第2個星期三後的星期一舉行. 此時所有選舉人會聚集到州政府進行投票，並將所投的票連同票匭都寄給參議院院長.

　　第2年的1月6日開票 (若6日為星期日，則改為7日星期一)，獲得538票中半數以上 (270票以上) 的候選人將成為總統和副總統.

　　當選的總統正式就職時間為1月20日的中午12點 (東部標準時間)，得連選連任一次，即超過2任 (8年) 還留在總統的職位上是憲法所禁止的.

**elevate [ˋɛləˏvet] v. 《正式》使上升，提高.

　　範例 The boys **elevated** the baggage with ropes to the third floor. 男孩們用繩子把行李拉到3樓.

　　Suddenly she **elevated** her voice. 她突然提高嗓門.

　　Reading good novels **elevates** your mind. 閱讀良好的小說可以提升你的心智.

　　活用 v. **elevates, elevated, elevated, elevating**

elevated [ˋɛləˏvetɪd] adj. 《正式》提高的，高尚的: an **elevated** literary taste 高尚的文學品味.

◆ **èlevated ráilroad** 高架鐵路.

　　活用 adj. **more elevated, most elevated**

*elevation [ˏɛləˋveʃən] n. ①《正式》提高，提升. ②《正式》高尚. ③《正式》高地，山丘. ④海拔，高度. ⑤(建築物正面、背面、側面等的) 正視圖，立面圖.

　　範例 ① His sudden **elevation** to the

vice-presidency surprised us. 他突然升任為副董事長，令我們大吃一驚.

③ The church stands on a slight **elevation**. 那座教堂建在小山丘上.

④ at an **elevation** of 2,000 meters 在海拔2,000公尺的地方.

複數 **elevations**

*E**elevator** [`ɛlə,vetɚ] n. ①〖美〗電梯，升降機: He took the **elevator** to the third floor. 他搭電梯到3樓. ②（飛機的）升降舵.

參考 ①〖英〗lift.

複數 **elevators**

* **eleven** [ɪ`lɛvən] n. 11.

參考 有時亦可表示由11個運動員組成的足球(soccer)隊和板球(cricket)隊.

複數 **elevens**

* **eleventh** [ɪ`lɛvənθ] n. ① 第11（個）. ② 1/11: three **elevenths** 3/11.

片語 **at the eleventh hour** 在最後一刻，千鈞一髮之際.

複數 **elevenths**

elf [ɛlf] n. 小精靈《傳說中長有兩隻尖耳朵的精靈，喜歡惡作劇》.

複數 **elves**

elicit [ɪ`lɪsɪt] v.〖正式〗引出，誘出，探出 (from): The police **elicited** a confession from the suspect. 警方從嫌犯那裡誘出口供.

[elf]

活用 v. **elicits, elicited, elicited, eliciting**

eligibility [,ɛlɪdʒə`bɪlətɪ] n. 合格，合乎條件.

eligible [`ɛlɪdʒəbl] adj. ① 有資格的: He is too young, so he is not **eligible** to enter the contest. 他因為太年輕而沒有資格參加那場比賽. ② 合格的. ③ 適合作為結婚對象的.

參考 ①② 不用於名詞前.

活用 adj. **more eligible, most eligible**

* **eliminate** [ɪ`lɪmə,net] v. 除去，排除；淘汰《常用被動》: Ethnic conflicts must be **eliminated**. 必須消滅種族糾紛.
He was **eliminated** from the tennis tournament in the first round. 他在那次網球錦標賽的第一輪就被淘汰了.

活用 v. **eliminates, eliminated, eliminated, eliminating**

elimination [ɪ,lɪmə`neʃən] n. 除去，排除；淘汰.

elite [ɪ`lit] n. 出類拔萃的人們，傑出人士: an intellectual **elite** 知識界的精英.

Elizabeth [ɪ`lɪzəbəθ] n. 女子名《暱稱 Beth, Bess, Bessy, Betty, Eliza, Lizzy 等》.

Elizabethan [ɪ,lɪzə`biθən] adj. ① 伊莉莎白一世時代的.
—— n. ② 伊莉莎白一世時代的人.

複數 **Elizabethans**

elk [ɛlk] n. 麋鹿《北歐、亞洲最大的鹿，肩高近

2公尺，角略為扁平》.

複數 **elk/elks**

ellipse [ɪ`lɪps] n. 橢圓.

複數 **ellipses**

elliptic/elliptical [ɪ`lɪptɪk(l)] adj. ① 橢圓的. ② 省略的.

elm [ɛlm] n. 榆樹《榆科落葉喬木，材質富於彈性，適合用作建材、家具等》.

[elk]

複數 **elms**

elocution [,ɛlə`kjuʃən] n. 辯論術，演說法.

elongate [ɪ`lɔŋget] v. 拉長: They **elongated** the hood of the 1994 model Mustang. 他們拉長了1994年型的野馬引擎蓋.

活用 v. **elongates, elongated, elongated, elongating**

elope [ɪ`lop] v. 私奔 (with): My father **eloped** with my mother at 19. 我父親在19歲的時候與我母親私奔.

活用 v. **elopes, eloped, eloped, eloping**

* **eloquence** [`ɛləkwəns] n. 雄辯: The candidate spoke with persuasive **eloquence**. 那位候選人以具有說服力的雄辯進行演說.

* **eloquent** [`ɛləkwənt] adj. ① 雄辯的，口才流利的；(說話）具有說服力的. ②《正式》充分表現出.

範例 ① Bill is a very **eloquent** speaker. 比爾是一位雄辯家.
Eyes are more **eloquent** than lips. 眼神的傳情勝於言詞.
The audience was deeply affected by the lecturer's **eloquent** speech. 聽眾被演講者具有說服力的演說所感動.

活用 adj. **more eloquent, most eloquent**

†**else** [ɛls] adv. ① 其他. ② 否則，要不然.

範例 ① Do you know anything **else**? 你還知道其他的事嗎?
I didn't notice that I had taken somebody **else**'s umbrella. 我沒有注意到我拿了別人的傘.
I could do little **else** than watch the bird flying away. 我只能看著那隻鳥飛去，甚麼辦法也沒有.
Who **else** is coming? 其他還有誰要來?
② Watch out, or **else** you'll cut your finger. 注意，否則你會割到手指頭.

* **elsewhere** [`ɛls,hwɛr] adv. 在別處，到別處: Play the guitar **elsewhere**. I'm watching TV. 請到別處彈吉他，我正在看電視.

elucidate [ɪ`lusə,det] v. 闡明，說明: Will you please **elucidate** the intricacies of indirect taxes in your country? 能否請你就貴國那複雜的間接稅說明一下?

活用 v. **elucidates, elucidated, elucidated, elucidating**

elude [ɪ`lud] v. (巧妙地) 逃避，躲避；使想不

元素符號 (element)（1）

【Q】化學元素符號中，有一些符號，只要聯想到羅馬文字就很容易記住，如氦為 He、鎂為 Mg、鋁為 Al 等。另外，有一些符號可能與英文有關，如氫 H、碳 C、氮 N、氧 O 等。但是，像鐵 Fe、銀 Ag、金 Au 之類的符號，英文分別為 iron、silver、gold，與英文毫無關係，即使記住了英文也沒有用。這些符號與英文以外的語言有甚麼關係嗎？

【A】是的，下面介紹一些只要知道英文名稱就很容易記住的化學符號：

中文	英文	符號
氫	hydrogen	H
碳	carbon	C
氮	nitrogen	N
氧	oxygen	O
硫	sulfur/sulphur	S
氯	chlorine	Cl
鋅	zinc	Zn
氦	helium	He
氟	fluorine	F
氖	neon	Ne
鎂	magnesium	Mg
鋁	aluminum	Al
鈣	calcium	Ca
鎳	nickel	Ni
鎘	cadmium	Cd
銥	iridium	Ir
鉑	platinum	Pt
鐳	radium	Ra
鈾	uranium	U

下面的符號對只懂英文的人來說就有點難以捉摸，因為這些符號與其英文名稱毫無關係，它們是來自拉丁文：

中文	英文	拉丁文	符號
鐵	iron	ferrum	Fe
銅	copper	cuprum	Cu
銀	silver	argentum	Ag
錫	tin	stannum	Sn
金	gold	aurum	Au
水銀	mercury	hydrargyrum	Hg
鉛	lead	plumbum	Pb
鈉	sodium	natrium	Na
鉀	potassium	kalium	K

1 氫 H Hydrogen
希臘語的 hydro（水）＋gennao（產生）→產生水的東西。

2 氦 He Helium
源自希臘語的 helios（太陽）。

3 鋰 Li Lithium
源自希臘語的 lithos（石）。

4 鈹 Be Beryllium
beryl（綠柱石）⇐ 希臘語的 beryllos。

5 硼 B Boron
天然產的硼砂在阿拉伯被稱作 bouraq（白色

的），據說來自於此。

6 碳 C Carbon
拉丁語的 carbo（碳）⇐ 印歐語的 ker（燃燒）。

7 氮 N Nitrogen
nitro（硝石）的要素之意。

8 氧 O Oxygen
希臘語的 oxys（酸的）＋gennao（產生）。

9 氟 F Fluorine
源自拉丁語的 fluo（流）。

10 氖 Ne Neon
源自希臘語的 neon（新的）。

11 鈉 Na Sodium
英語的 Sodium 來自拉丁語的 soda（固體）。
德語的 Natrium 來自於 Natron（泡鹼）。

12 鎂 Mg Magnesium
源自希臘北部的地區、古代小亞細亞地區。

13 鋁 Al Aluminum
源自拉丁語的 alumen（明礬）。

14 矽 Si Silicon
源自拉丁語的 silicis（打火石，堅硬物）。

15 磷 P Phosphorus
希臘語的 phos（光）＋phoros（移動工具）。

16 硫 S Sulfur/Sulphur
源自拉丁語的 sulpur（硫黃）。

17 氯 Cl Chlorine
源自希臘語的 chloros（綠色）。

18 氬 Ar Argon
希臘語中「不工作的東西」之意。
a（不）＋ergon（工作）。

19 鉀 K Potassium
阿拉伯語 qali→Kalium（德）。
potash→potassium（英）均為「海草的灰」之意。

20 鈣 Ca Calcium
源自拉丁語的 calx（石灰）。

21 鈧 Sc Scandium 命名自產地。

22 鈦 Ti Titanium
源自希臘神話中眾巨神之一提坦。

23 釩 V Vanadium
源自斯堪的那維亞愛之女神 Vanadis。

24 鉻 Cr Chromium
源自希臘語的 chroma（顏色）；自古時候起，鉻的化合物就用作各種顏料。

25 錳 Mn Manganese

26 鐵 Fe Iron
Fe ⇐ 拉丁語的 ferrum（鐵）。
Iron ⇐ 希臘語的 ieros（強的）。

27 鈷 Co Cobalt
源自希臘語的 kobalos（山的妖怪）。

28 鎳 Ni Nickel

29 銅 Cu Copper
拉丁語的 cuprum（銅）⇐ 據說取名於銅的產地基浦路斯（Kyprios）。

起來.

[範例] Airplanes can **elude** radar detection by flying very low to the ground. 飛機能緊挨著地面飛行以躲開雷達的探測.

The combination of this safe **eludes** me. I'll have to look it up. 我想不起來這個保險箱的密碼, 我必須查一下.

[活用] v. **eludes, eluded, eluded, eluding**

elusive [ɪ`lusɪv] adj. ① 巧妙逃避的; 難以掌控的. ② 難以理解的; 難以捉摸的.

[範例] ① Supplies of safe drinking water were **elusive** during the war. 在戰爭中很難供應安全的飲用水.

② Only the two brightest students in the class understood the most **elusive** mathematical problems. 班上只有兩個最聰明的學生理解那些最難的數學題目.

[活用] adj. **more elusive, most elusive**

emaciated [ɪ`meʃɪˌetɪd] adj. 消瘦的, 憔悴的: AIDS has left him **emaciated** too weak to care for himself. 愛滋病使他嚴重消瘦, 以致無力照顧自己.

[活用] adj. **more emaciated, most emaciated**

emaciation [ɪˌmeʃɪ`eʃən] n. 消瘦, 憔悴.

e-mail/email [i`mel] n. ① 電子郵件.

——v. ② 發送電子郵件.

[參考] 由 electronic mail 縮略而成, 亦作 E-mail.

[複數] **e-mails/emails**

[活用] v. **e-mails, e-mailed, e-mailed, e-mailing/emails, emailed, emailed, emailing**

emanate [`ɛməˌnet] v. (正式) 發出, 散發 (from): A strange smell **emanated** from the box. 那個箱子散發出一種怪味.

[活用] v. **emanates, emanated, emanated, emanating**

emancipate [ɪ`mænsəˌpet] v. 解放.

[範例] Abraham Lincoln **emancipated** the slaves on Jan. 1, 1863. 亞伯拉罕·林肯在1863年1月1日解放了奴隸.

Truly **emancipated** women exist only in the most socially advanced countries. 只有社會最進步的國家才有真正獲得解放的婦女. (emancipated 作形容詞性)

[活用] v. **emancipates, emancipated, emancipated, emancipating**

emancipation [ɪˌmænsə`peʃən] n. 解放.

[範例] the **Emancipation** Proclamation (美國的) 奴隸解放宣言.

Malcom X spoke of the **emancipation** of black people. 麥爾坎·艾克斯就黑人的解放發表了演說.

embalm [ɪm`bɑm] v. 對 (屍體) 進行防腐處理.

[活用] v. **embalms, embalmed, embalmed, embalming**

embankment [ɪm`bæŋkmənt] n. 堤防, 河堤; 築堤.

[複數] **embankments**

embargo [ɪm`bɑrgo] n. ① 禁止通商.

——v. ② 禁止通商, 禁止 (商品) 進出口, 禁止 (船隻) 出入港口.

[範例] ① They put an **embargo** on the rare animals. 他們禁止了稀有動物的進出口.

The government lifted the **embargo** on oil and food exports. 政府撤銷了出口石油和食品的禁令.

[複數] **embargoes**

[活用] v. **embargoes, embargoed, embargoed, embargoing**

embark [ɪm`bɑrk] v. ① 乘船; 使搭乘船 (飛機). ② 開始, 著手 (on, upon).

[範例] ① The ship **embarked** passengers at Sydney. 那艘船在雪梨讓乘客上船.

They **embarked** at Keelung for Singapore. 他們從基隆搭船前往新加坡.

② He **embarked** on a new adventure. 他開始一項新的冒險.

[活用] v. **embarks, embarked, embarked, embarking**

embarkation [ˌɛmbɑr`keʃən] n. ① 乘船, 搭乘; 運載. ② 著手, 從事.

*__embarrass__ [ɪm`bærəs] v. 使尷尬, 使困窘.

[範例] I'm shy. All this attention I'm getting **embarrasses** me. 我怕羞, 大家這樣看著我使我很不好意思.

Mrs. Glenn was **embarrassed** by her husband's drunken behavior. 格倫太太為她丈夫酒後的舉止感到難為情.

[活用] v. **embarrasses, embarrassed, embarrassed, embarrassing**

embarrassing [ɪm`bærəsɪŋ] adj. 令人尷尬的, 令人困窘的: It's very **embarrassing** to be told I have a run in my pantyhose. 被告知我的緊身褲襪脫線了令我非常難為情.

[活用] adj. **more embarrassing, most embarrassing**

embarrassment [ɪm`bærəsmənt] n. ① 困窘. ② 困窘的原因.

[範例] ① blush in **embarrassment** 困窘得臉紅.

② Their son's shoplifting was an **embarrassment** to the family. 他們的兒子在商店裡的偷竊行為是他們家的恥辱.

[複數] **embarrassments**

*__embassy__ [`ɛmbəsɪ] n. ① 大使館. ② 大使館人員.

[複數] **embassies**

embed [ɪm`bɛd] v. 深深留在 (記憶中); 嵌入, 埋入 (常用被動).

[範例] Two bullets were **embedded** in the wall. 兩顆子彈被射進牆裡.

The crown was **embedded** with jewels. 那頂王冠上嵌著寶石.

The scene of the accident was **embedded** in her memory. 那起意外事故的情景深深留在她的記憶中.

[活用] v. **embeds, embedded, embedded,**

充電小站

元素符號 (element) (2)

30 鋅 Zn Zinc
德語的 Zinken 指叉子的頂端部分，源自於鋅沉澱在爐底的形狀．

31 鎵 Ga Gallium
源自發現者法國人的名字．

32 鍺 Ge Germanium
源自發現者的祖國 Germany．

33 砷 As Arsenic
源自希臘語的 arsenikos（使毒產生強力作用）．

47 銀 Ag Silver
源自希臘語的 argyros（閃耀的）．

50 錫 Sn Tin

源自拉丁語的 stannum（錫）．

51 銻 Sb Antimony
源自於 stibnite（輝銻礦）．

74 鎢 W Tungsten
Wolfram（德）⇐ Wolframite（鎢的礦石）．

79 金 Au Gold
源自拉丁語的 aurum（金）．

80 汞 Hg Mercury
源自拉丁語的 Hydrargyrum．
Mercury 源自於羅馬神話．

82 鉛 Pb Lead
源自拉丁語的 plumbum．
lead 為盎格魯撒克遜語．

embedding

embellish [ɪm`bɛlɪʃ] v. 裝飾；潤飾《常與 with 連用》．
範例 They **embellished** the room with flowers. 他們用鮮花裝飾房間．
She **embellished** her report with fictional data. 她以虛構的資料來潤飾她的報告．
活用 v. **embellishes, embellished, embellished, embellishing**

embellishment [ɪm`bɛlɪʃmənt] n. 裝飾；潤飾．
複數 **embellishments**

ember [`ɛmbɚ] n. 餘燼，殘火．
複數 **embers**

embezzle [ɪm`bɛzl] v. 盜用，侵占．
活用 v. **embezzles, embezzled, embezzled, embezzling**

embezzlement [ɪm`bɛzlmənt] n. 盜用，侵占（罪）．

embitter [ɪm`bɪtɚ] v. 使痛苦，使難受：Losing to his arch-rival, especially by only 0.5 seconds, **embittered** him. 只以0.5秒之差敗給主要的競爭對手，他感到很難受．
活用 v. **embitters, embittered, embittered, embittering**

***emblem** [`ɛmbləm] n. 標誌，象徵；徽章：The national **emblem** of Scotland is a thistle. 蘇格蘭的國家象徵是薊．《國花》
複數 **emblems**

embodiment [ɪm`bɑdɪmənt] n. 具體化；化身：She is the **embodiment** of evil. 她是邪惡的化身．
複數 **embodiments**

***embody** [ɪm`bɑdɪ] v.《正式》使具體化；具體表現．
範例 Their national hero **embodied** the ideals of their nation. 他們的民族英雄具體表現了他們國家的理想．
Some improvements are **embodied** in the new refrigerator. 那臺新型的電冰箱作了一些具體改良．

活用 v. **embodies, embodied, embodied, embodying**

emboss [ɪm`bɔs] v. 浮雕出（圖案）《常用被動》．
範例 The address of the company is **embossed** on the writing paper. 那家公司的地址壓印在信紙上．
His belt is **embossed** with his initials. 他的皮帶上浮雕著他名字的首字母．
活用 v. **embosses, embossed, embossed, embossing**

***embrace** [ɪm`bres] v. ① 擁抱. ② 圍繞；接受. —— n. ③ 擁抱.
範例 ① The woman and her mother **embraced** each other at the railroad station. 那名女子和她母親在火車站互相擁抱．
② The hills **embrace** the town. 山丘環繞著那個城鎮．
This new theory **embraces** many ideas from previous ones. 這個新理論採納了先前理論的許多概念．
The minister **embraced** our offer. 那位部長接受了我們的提議．
The villagers **embraced** the religion of the white. 村民們接受了白人的宗教．
③ He greeted me with a warm **embrace**. 他以熱烈的擁抱歡迎我．
活用 v. **embraces, embraced, embraced, embracing**
複數 **embraces**

***embroider** [ɪm`brɔɪdɚ] v. ① 刺繡. ②（對敘述等）潤飾，渲染．
範例 ① My mother **embroidered** my handkerchief with flowers using silk threads. 我母親用絲線在我的手帕上繡上了花朵．
② Your story is much **embroidered**. 你的故事經過很多潤飾．
活用 v. **embroiders, embroidered, embroidered, embroidering**

embroidery [ɪm`brɔɪdərɪ] n. ① 刺繡. ②（對敘述等的）潤飾，渲染．

E

複數 **embroideries**

embroiled [ɛm`brɔɪld] *adj.* 捲入的《常與 in 連用》: That nation was **embroiled** in the conflict between the other two nations. 那個國家被捲入其他兩國之間的戰爭.

embryo [`ɛmbrɪ,o] *n.* 胚胎，胎兒；初期: His theory is still in **embryo**. 他的理論尚在發展初期.

參考 (1)胚胎是指多細胞生物發育初期的個體，不能獨立生活. (2)人的胎兒受孕3個月以內的作 embryo，3個月以上的作 fetus (胎兒).

複數 **embryos**

embryonic [,ɛmbrɪ`ɑnɪk] *adj.* 胚胎的，胎兒的；初期階段的.

活用 *adj.* **more embryonic, most embryonic**

emerald [`ɛmərəld] *n.* ① 祖母綠《綠色透明、呈六柱狀的結晶，綠色愈深價格愈貴，為5月的誕生石》. ② 翠綠色的，鮮綠色的.

♦ **èmerald gréen** 翠綠色.

複數 **emeralds**

＊**emerge** [ɪ`mɝdʒ] *v.* ① 出現，浮現 (from). ② 暴露.

範例 ① The moon **emerged** from behind the clouds. 月亮從雲後面露臉.

The conservative wing of the party **emerged** victorious from this year's national convention. 那個政黨的保守勢力在今年的全國代表大會中嶄露頭角.

② The true facts about governmental bribery began to **emerge**. 政府受賄的真相開始漸漸暴露出來了.

It **emerged** that Meg had been driving drunk that night. 那天晚上梅格酒後駕車的事情暴露出來了.

活用 *v.* **emerges, emerged, emerged, emerging**

emergence [ɪ`mɝdʒəns] *n.* ① 出現. ② 暴露.

範例 ① The 1980's saw the **emergence** of the AIDS epidemic. 1980年代出現了愛滋病.

② the **emergence** of the truth 真相的暴露.

＊**emergency** [ɪ`mɝdʒənsɪ] *n.* ① 緊急情況. ——*adj.* ②〔只用於名詞前〕應急用的，緊急的.

範例 ① Open this door only in an **emergency**. 這扇門在緊急狀況之下才能打開.

A state of **emergency** has been declared for the entire coastal area. 海岸全線區域有緊急狀況宣布.

② an **emergency** exit 安全門.

The plane made an **emergency** landing. 那架飛機緊急降落.

複數 **emergencies**

emergent [ɪ`mɝdʒənt] *adj.* 〔只用於名詞前〕新生的，新興的: the **emergent** nations 新興國家.

emigrant [`ɛməgrənt] *n.* (外移)移民，移居他國者.

複數 **emigrants**

emigrate [`ɛmə,gret] *v.* 移居（他國）: They **emigrated** from Taiwan to Argentina. 他們從臺灣移居到阿根廷.

字源 e (往外) + migrate (移居).

活用 *v.* **emigrates, emigrated, emigrated, emigrating**

emigration [,ɛmə`greʃən] *n.* 移居（他國）.

eminence [`ɛmənəns] *n.* 顯赫，著名: Churchill won world-wide **eminence** as a great statesman. 邱吉爾獲得世界上偉大政治家的盛名.

➡ 充電小站 (p. 761)

＊**eminent** [`ɛmənənt] *adj.* 顯赫的，著名的: Chopin was one of the most **eminent** composers of piano music. 蕭邦是最著名的鋼琴作曲家之一.

活用 *adj.* **more eminent, most eminent**

eminently [`ɛmənəntlɪ] *adv.* 顯赫地，著名地.

活用 *adv.* **more eminently, most eminently**

emissary [`ɛmə,sɛrɪ] *n.*《正式》密使，使者.

複數 **emissaries**

emission [ɪ`mɪʃən] *n.* 發出，射出；〔~s〕排放物: Newer cars put out less harmful **emissions** than older ones. 新車比舊車排放較少的有害物質.

複數 **emissions**

emit [ɪ`mɪt] *v.* 發出，射出.

範例 This sunlamp **emits** ultraviolet light. 這盞太陽燈會放射出紫外線.

She **emitted** a cry for help. 她發出求救的叫聲.

活用 *v.* **emits, emitted, emitted, emitting**

＊**emotion** [ɪ`moʃən] *n.* 感情；激動: Don't let **emotion** cloud your judgement. 別讓感情擾亂你的判斷力.

My voice trembled with **emotion**. 我的聲音因激動而顫抖.

複數 **emotions**

emotional [ɪ`moʃənl] *adj.* 感情的；多愁善感的；情緒的.

範例 Women are often said to be more **emotional** than men. 女人常被說成比男人多愁善感.

The teacher's last speech to the students was **emotional**. 那位老師對學生們所作的最後演說真是令人感動.

活用 *adj.* **more emotional, most emotional**

emotionally [ɪ`moʃənlɪ] *adv.* 感情地；訴諸感情地；激動地: A witness to the event **emotionally** described what had happened. 那個事件的目擊者激動地描述了當時發生的事情.

活用 *adv.* **more emotionally, most emotionally**

emotive [ɪ`motɪv] *adj.* 感情的，訴諸感情的: "Home" is a more **emotive** word than "house." home 這個字比 house 更具有感情.

活用 *adj.* **more emotive, most emotive**

（充電小站）

It is ~ that... 的句型與強調用法

【Q】Tom visited Taipei last week. 這個句子如果要強調 Taipei 就作：

　It was Taipei that Tom visited last week.

還可作如下的句子：

　It was Tom that visited Taipei last week.

　It was last week that Tom visited Taipei.

所謂「分裂句」，就是把句子中要特別強調的部分，放在 "It is" 與 "that" 的中間。那麼，用同樣的方法是否可以強調 visited 呢？

【A】不能。It was ~ that... 中的 that 後面一定要有動詞。若要強調 visited，可作 Tom VISITED

Taipei last week. , 意即將 visited 這個字的音發得重一點，或作 Tom DID visit Taipei last week. , 亦即將 did 的音發得重一點。

　最簡便的強調方法就是把想強調的部分的音發得重一點，例如想強調 Taipei，就作 Tom visited TAIPEI last week.，只要將 Taipei 的音發得重一點就可以了。若想強調 Tom 或 last week 時，亦可用同樣方法。

　It was Taipei that Tom visited last week.

這句強調 Taipei，因此 that 以下的部分發音要相當輕。

empathy [ˈɛmpəθɪ] *n.* (心理) 同理心；移情作用：I have no **empathy** with those who don't help themselves. 我對無法自助的人不會產生同理心。

***emperor** [ˈɛmpərɚ] *n.* 皇帝，君主；天皇：a Roman **emperor** 羅馬皇帝。
　☞ empress（女皇，皇后），*adj.* imperial
　複數 **emperors**

emphases [ˈɛmfəˌsiz] *n.* emphasis 的複數形。

***emphasis** [ˈɛmfəsɪs] *n.* 強調，重點《常與 on 連用》。
　範例 He thinks my speech should put more **emphasis** on environmental concerns than economic ones. 他認為我的演說應多強調環境問題，而非經濟問題。
　The special **emphasis** this year is on moral discipline. 今年特別強調道德紀律。
　She gave a lecture with great **emphasis** on individual responsibility. 她的演講特別強調了個人責任。
　☞（充電小站）(p. 407)
　複數 **emphases**

emphasise [ˈɛmfəˌsaɪz]＝*v.*〖美〗emphasize.

***emphasize** [ˈɛmfəˌsaɪz] *v.* 強調；重讀。
　範例 He **emphasized** the importance of education. 他強調教育的重要性。
　We can't **emphasize** enough how much we need everyone's cooperation on this. 關於這件事，最需要強調的是大家的合作。
　參考〖英〗emphasise.
　活用 *v.* **emphasizes**, **emphasized**, **emphasizing**

emphatic [ɪmˈfætɪk] *adj.* ①〔不用於名詞前〕強調的；堅定主張的。② 語氣強的，強而有力的；斷然的。③ 明顯的。
　範例 ① The party is **emphatic** that nuclear tests should be banned. 那個政黨強調核子測試應該被禁止。
　George is always **emphatic** about class struggle. 喬治總是堅持階級鬥爭。
　② The First Lady responded with an **emphatic** yes! 第一夫人強而有力地回答「是」。

an **emphatic** refusal 斷然的拒絕。
　③ an **emphatic** defeat 明顯的失敗。
　活用 *adj.* **more emphatic**, **most emphatic**

emphatically [ɪmˈfætɪklɪ] *adv.* 斷然地；強調地。
　範例 The boss **emphatically** ripped up Peter's report to show how displeased he was with it. 老闆斷然地撕毀彼德的報告，顯示他對報告有多麼不滿。
　活用 *adv.* **more emphatically**, **most emphatically**

***empire** [ˈɛmpaɪr] *n.* 帝國《由皇帝(emperor)或女皇(empress)統治的多民族國家，通常版圖很大，亦為多數小國的宗主國》：the Roman **Empire** 羅馬帝國。
　複數 **empires**

empirical [ɛmˈpɪrɪkl] *adj.* 憑經驗的；經驗主義的；經驗上的《☞ ↔ theoretical》。

***employ** [ɪmˈplɔɪ] *v.* ① 雇用。②《正式》使用，利用；使從事。
　——*n.* ③《正式》雇用。
　範例 ① The president **employed** two secretaries. 那位董事長雇用了兩個祕書。
　He's **employed** in a shoe factory. 他受雇於製鞋廠。
　② If you **employ** all your intelligence, you will be able to solve the problem. 如果你利用了你所有的才智，你將能夠解決這個問題。
　The parents were **employed** in papering the walls. 那對父母忙著在牆上貼壁紙。
　③ The woman has fifty workers in her **employ**. 那個女人雇用了50位工人。
　片語 **be employed in** 忙於。（⇨ 範例 ②）
　活用 *v.* **employs**, **employed**, **employed**, **employing**

***employee** [ɪmˈplɔɪˋi] *n.* 受雇者，員工：That company has 200 **employees**. 那家公司有200個員工。
　複數 **employees**

***employer** [ɪmˈplɔɪɚ] *n.* 雇主，雇用者：The **employer** paid his workers good wages. 那位雇主支付給員工優厚的工資。
　複數 **employers**

*employment [ɪmˋplɔɪmənt] n. ① 雇用. ②
工作, 職業. ③《正式》使用, 行使, 運用.
範例 ① The level of **employment** has been
rising steadily in recent years. 近年來受雇者
的水準持續穩定的提升.
She is out of **employment** now. 她目前失業.
② Jessica found **employment** as a hair dresser
in a neighboring village. 潔西卡在附近的村子
裡找到了一份美髮師的工作.
③ The **employment** of firearms is strictly
forbidden. 嚴禁用槍.

empower [ɪmˋpauɚ] v. 授權給: The new law
empowered the people to travel abroad
freely. 新法律的授權使得人民能夠自由地出
國旅行.
字源 em (使處於~狀態) + power (力量).
活用 v. **empowers**, **empowered**,
empowered, **empowering**

*empress [ˋɛmprɪs] n. (統治帝國的) 女皇, 皇
后.
複數 **empresses**

emptiness [ˋɛmptɪnɪs] n. 空, 空虛, 無實質.

**empty [ˋɛmptɪ] adj. ① 空的, 無人的. ② 餓的,
空腹的. ③ 無意義的, 空虛的. ④〔不用於名
詞前〕沒有的, 缺乏的《常與 of 連用》.
——v. ⑤(使) 空. ⑥ 倒出, 流出. ⑦ 流入 (into).
——n. ⑧〔~ies〕空罐子, 空瓶子, 空箱子.
範例 ① an **empty** box 空箱
He started drinking on an **empty** stomach. 他
空腹喝酒.
The house was **empty**. 那是一棟空屋.
② I feel **empty**. 我覺得肚子餓了.
③ an **empty** promise 空泛的承諾.
empty talk 空話.
Life is so **empty** now that my wife is gone! 我
太太過世了, 現在我的生活多麼空虛.
④ There are decorations all right, but this place
is **empty** of the Christmas spirit. 這地方裝飾
得不錯, 但缺乏聖誕精神.
⑤ He **emptied** the mug of beer in one gulp. 他
一口氣把馬克杯裡的啤酒喝光了.
The stadium quickly **emptied** when the game
finished. 比賽一結束, 體育場就沒有人了.
⑥ She **emptied** the garbage from the kitchen
into the plastic bag. 她把廚房裡的垃圾倒進
塑膠袋裡.
Water **emptied** out of the broken tank. 水從
破水箱中流了出來.
⑦ The Thames **empties** into the North Sea. 泰
晤士河流入北海.
⑧ You'll get some money back on the **empties**.
你的空瓶子可以退錢.
☞ ① ② ↔ full, ⑤ ⑥ ↔ fill
活用 adj. **emptier**, **emptiest**
活用 v. **empties**, **emptied**, **emptied**,
emptying
複數 **empties**

emu [ˋimju] n. 鴯鶓《產於澳洲的大型鳥類, 無
翼, 似鴕鳥》.

複數 **emus**

emulate [ˋɛmjəˏlet] v.《正式》競爭; 效法, 仿
效.
活用 v. **emulates**, **emulated**, **emulated**,
emulating

emulation [ˏɛmjəˋleʃən] n. 競爭; 效法: The
girl dressed up for the party in **emulation** of
her beautiful mother. 那個女孩為了參加晚會
而仿效她漂亮的母親盛裝打扮.

emulsion [ɪˋmʌlʃən] n. ① 乳液. ② 感光乳
劑.
♦ **emúlsion pàint** 攙乳劑的油漆《乾了後表面
的光澤會消失》.
複數 **emulsions**

en- pref. ① 置於~中《置於名詞之前構成動詞》:
enthrone 使登上王位; **encase** 包住. ② 使處
於~狀態《置於名詞、形容詞之前構成動詞》:
enrich 使富裕; **encourage** 鼓勵; **enable** 使
能夠.

-en suff. ① 使成為, 變成《置於形容詞、名詞之
後構成動詞》: **soften** 使變軟; **sharpen** 使銳
利; **strengthen** 使堅強. ②~製的, 由~構成
的《置於名詞後構成形容詞》: **golden** 金製的.

*enable [ɪnˋebl] v. 使能夠; 使可能; 允許.
範例 This invention **enabled** us to bake bread at
home. 這個發明讓我們能在家裡烤麵包.
These large fins **enable** the fish to swim very
fast. 這些大鰭使得這種魚能夠游得非常快.
The new rule **enables** foreigners to get
government jobs. 新規定使外國人亦可成為
公務員.
活用 v. **enables**, **enabled**, **enabled**,
enabling

*enact [ɪnˋækt] v. ① 制定 (法律、法令等). ②
《正式》演出, 上演.
範例 ① With regard to marriage and the family,
law shall be **enacted** from the standpoint of
individual dignity and the essential equality of
the sexes. 關於婚姻及家庭方面, 我們應當
從個人尊嚴與男女平等的立場來制定法律.
② Scarlet was **enacted** by Vivien Leigh in Gone
With The Wind. 費雯麗在《亂世佳人》中飾演
郝思嘉.
活用 v. **enacts**, **enacted**, **enacted**,
enacting

enactment [ɪnˋæktmənt] n. ①（法律、法令
等的）制定. ② 法律, 法規, 法令. ③ 扮演;
上演.
複數 **enactments**

enamel [ɪˋnæml] n. ① 瓷漆《用清漆與顏料混
合製成的塗料, 其防水、耐熱、耐油性能佳,
可用於塗飾車輛外部等》. ② 琺瑯《由覆蓋於
金屬表面的玻璃質釉燒製而成》.
——v. 上琺瑯, 塗瓷釉.
活用 v. **enamels**, **enameled**, **enameled**,
enameling/《英》**enamels**, **enamelled**,
enamelled, **enamelling**

enamor [ɪnˋæmɚ] v. ① 使傾心. ② 迷戀.
範例 ① Her beauty **enamored** the young man.

她的美貌使得那個年輕小伙子傾心不已.
② Narcissus was **enamored** by his reflection in the water. 納西瑟斯迷戀自己的水中倒影.
參考 〖英〗enamour.
活用 v. **enamors**, **enamored**, **enamored**, **enamoring**

encamp [ɪn`kæmp] v. 露營, (使)紮營.
範例 I think we had better **encamp** for the night. 我想我們晚上最好紮營.
The soldiers were **encamped** in the field. 士兵們在田野裡紮營.
活用 v. **encamps**, **encamped**, **encamped**, **encamping**

-ence suff. 表示「性質」、「狀態」的名詞字尾: silence 寂靜; prudence 審慎.

***enchant** [ɪn`tʃænt] v. ① 使陶醉. ② 對~施以魔法.
範例 ① He was **enchanted** by a beautiful girl from an Asian country. 他迷上了一位來自亞洲國家的美麗女孩.
② The witch **enchanted** the prince so that he turned into a frog. 那個女巫對王子施了魔法, 使他變成一隻青蛙.
活用 v. **enchants**, **enchanted**, **enchanted**, **enchanting**

enchanting [ɪn`tʃæntɪŋ] adj. 令人陶醉的; 令人迷惑的: We fell in love one **enchanting** evening. 我們在一個迷人的夜晚墜入愛河.
活用 adj. **more enchanting**, **most enchanting**

enchantment [ɪn`tʃæntmənt] n. ① 魅力. ② 魔法.
複數 **enchantments**

***encircle** [ɪn`sɝkl] v. 環繞, 包圍.
範例 Fifty policemen **encircled** the house so that the murderer couldn't possibly escape. 50名警察把那棟房子團團圍住以防止那個殺人犯脫逃.
It was Explorer 1, the first U.S. artificial satellite, that helped determine that the earth is **encircled** by the Van Allen radiation belts. 美國第一枚人造衛星探險者1號測定出地球是被范艾倫輻射帶環繞.
活用 v. **encircles**, **encircled**, **encircled**, **encircling**

***enclose** [ɪn`kloz] v. ① 圍住, 包圍. ② 附在信內.
範例 ① The landlord **enclosed** the yard with barbed wire. 那位地主用有刺鐵絲網把院子圍了起來.
② She **enclosed** a picture of herself with the letter. 她在信內附上1張自己的照片.
活用 v. **encloses**, **enclosed**, **enclosed**, **enclosing**

enclosure [ɪn`kloʒɚ] n. ① 圍地, 圍場. ② 信中附件.
參考 在英國被用作「圍地運動」(亦作 Enclosure Movement)之意, 指16世紀的牧羊業者和18世紀的企業資本家不管是否屬私有

地, 都擅自占有它. 因此企業的資本主義化與農民的產業勞動者化得以發展.
複數 **enclosures**

encompass [ɪn`kʌmpəs] v. 環繞, 包圍; 包含.
範例 A thick fog **encompassed** the whole city. 濃霧籠罩整個城市.
They made a plan that **encompasses** a lot of aims. 他們訂了一個包含許多目標的計畫.
活用 v. **encompasses**, **encompassed**, **encompassing**

encore [`ɑŋkor] interj. ① 安可《演出者退場時, 觀眾席發出要求再來一次的呼聲》.
——n. ② 安可的呼聲. ③ 回應安可的再次演出.
——v. ④ 要求再次演出.
範例 ② The pianist got many **encores** that evening. 那位鋼琴家那天晚上多次被要求再彈一曲.
③ The orchestra played a waltz as an **encore**. 那個管弦樂團演奏了一曲華爾滋圓舞曲作為安可演出.
④ The audience **encored** the singer. 聽眾要求那位歌手再唱一首.
字源 法語的 encore (再來一次).
複數 **encores**
活用 v. **encores**, **encored**, **encored**, **encoring**

***encounter** [ɪn`kaʊntɚ] v. ①《正式》遭遇, 意外碰見.
——n. ② 遭遇, 邂逅.
範例 ① I never **encountered** any discrimination during my stay in the U.S. 在美國停留期間, 我從沒遭到任何歧視.
She **encountered** an old friend in the train. 她在火車上意外碰見一個老朋友.
② an **encounter** with many difficulties 遭遇許多困難.
活用 v. **encounters**, **encountered**, **encountered**, **encountering**
複數 **encounters**

***encourage** [ɪn`kɝɪdʒ] v. ① 鼓勵. ② 助長, 促進.
範例 ① The supporters **encouraged** the players to win the championship. 球隊的擁護者鼓勵球員們要拿下冠軍.
Don't **encourage** him to continue this hopeless pursuit. 別慫恿他繼續做這個沒有希望的研究.
☞ ↔ discourage
活用 v. **encourages**, **encouraged**, **encouraged**, **encouraging**

encouragement [ɪn`kɝɪdʒmənt] n. 鼓勵; 成為鼓勵的事物: Your success is all the **encouragement** I need. 你的成功才是我所需要的鼓勵.
複數 **encouragements**

encouraging [ɪn`kɝɪdʒɪŋ] adj. 鼓勵的; 令人鼓舞的, 有希望的: I don't find the news very **encouraging**. 我覺得那個消息無法令人鼓舞.

活用 adj. **more encouraging, most encouraging**

encroach [ɪn`krotʃ] v. 侵蝕，侵害，侵入 (on): The Sahara Desert continues to **encroach** on arable land to the south. 撒哈拉沙漠不斷向南侵蝕可耕地.

活用 v. **encroaches, encroached, encroached, encroaching**

encroachment [ɪn`krotʃmənt] n. 侵蝕，侵害，侵入.

複數 **encroachments**

encumber [ɪn`kʌmbɚ] v. 堆滿；妨礙《常用 be encumbered with 形式》.

範例 The room was **encumbered** with old furniture. 那個房間堆滿了舊家具.
I know she'll refuse to be **encumbered** with all those things—she likes to travel light. 我知道她不會願意攜帶那麼多行李，她喜歡輕裝旅行.

活用 v. **encumbers, encumbered, encumbered, encumbering**

encyclopedia [ɪn,saɪklə`pidɪə] n. 百科全書；專業辭典.

範例 Every good home library should include an **encyclopedia**. 每一個完善的家庭藏書中都應該有一套百科全書.
Mr. Smith is a walking **encyclopedia**. 史密斯先生是一本活字典.

參考 亦作 encyclopaedia.

複數 **encyclopedias**

**end [ɛnd] n.

原義	層面	釋義	範例
結束	事物的	結束，結局	①
	細長物的終點	端，末端	②
	志向的到達點	目的	③
	人生的結束	毀滅，死亡	④
	最後的剩餘物	殘片，碎塊，剩餘物	⑤

——v. ⑥ 結束，終止.

範例 ① I'll be free at the **end** of August. 我8月底有空.
My uncle gave up working with my father in the **end**. 我叔叔最後放棄與我父親一起工作.
He brought his speech to an **end** just in time. 他及時結束了他的演說.
There's no **end** in sight to the work we have to do. 我們要做的事是無止境的.
② Edward and Grace are standing at opposite **ends** of the bridge. 艾德華與葛莉絲站在橋

的兩頭.
Close the door at the other **end** of the room, please. 請把房間另一頭的門關上.
Laid **end** to **end** the pages of all his novels would reach from New York to Los Angeles. 把他寫的所有小說的頁數接排起來，可以從紐約排到洛杉磯.
③ The **ends** justify the means. 《諺語》為達目的，不擇手段.
④ My grandmother's **end** was peaceful. 我祖母走得很安詳.
⑤ World War II **ended** in 1945. 第二次世界大戰結束於1945年.
All's well that **ends** well. 《諺語》結局好，一切都好.
If he keeps that up, he'll **end** up dead before he turns 40. 如果他繼續那樣下去的話，是活不到40歲的.

片語 **at an end** 結束的，終止的.
at a loose end/at a loose ends 閒蕩的，沒有明確計畫的: He is **at a loose ends** what to do. 他對於要做甚麼尚未有個明確的計畫.
bring ~ to an end 使終止. (⇨ 範例 ①)
come to an end 結束.
end in ~ 以~告終: Their quarrel **ended in** a fight. 他們的爭吵最後演變成相互毆打.
end to end 首尾相接地. (⇨ 範例 ②)
from end to end 從頭到尾，自始至終.
keep up ~'s end/keep ~'s end up 做好自己的工作，盡本分.
make an end of 把~結束.
make both ends meet 使收支平衡.
no end 非常地: We enjoyed ourselves **no end** at the party. 我們在晚會上玩得非常愉快.
put an end to 使終止.

複數 **ends**

活用 v. **ends, ended, ended, ending**

endanger [ɪn`dendʒɚ] v. 危害；使瀕臨危險.

範例 Smoking **endangers** your health. 吸菸會危害你的健康.
This oil pipeline may **endanger** a lot of wildlife. 這條輸油管也許會危害許多野生動物.
Some argue that the whale is an **endangered** species and therefore want to prohibit whaling. 有些人主張鯨魚屬於瀕臨絕種的動物，因而想禁止捕鯨行為.

活用 v. **endangers, endangered, endangered, endangering**

endear [ɪn`dɪr] v. 使受喜愛《常與 to 連用》: Her contributions to the orphanage **endeared** her to the nuns. 她對孤兒院的貢獻讓她贏得修女們的喜愛.

活用 v. **endears, endeared, endeared, endearing**

endearment [ɪn`dɪrmənt] n. 親愛，寵愛；表示愛慕的舉動.

複數 **endearments**

***endeavor** [ɪn`dɛvɚ] v. ①《正式》努力.
　——n. ②《正式》努力.
　〖範例〗① The patient **endeavored** to get better. 那個病人努力使自己的身體好起來.
　② He made every **endeavor** to cure his bad habit. 他盡全力改正自己的壞習慣.
　〖參考〗《英》endeavour.
　〖活用〗 v. **endeavors**, **endeavored**, **endeavored**, **endeavoring**
　〖複數〗**endeavors**

endeavour [ɪn`dɛvɚ] =v., n. 〖美〗endeavor.

endemic [ɛn`dɛmɪk] adj. (某地區) 特有的, 地方性的 (常與 in 連用): Malaria is **endemic** in the tropical regions of the world. 瘧疾是熱帶地區特有的疾病.

ending [`ɛndɪŋ] n. (故事、電影等的) 結局, 結尾.
　〖範例〗The story had a happy **ending**. 那個故事結局美滿.
　The words "walked" and "wanted" have the same "ed" **ending** but different pronunciations. walked 與 wanted 同樣以 ed 結尾, 但發音卻不一樣.
　〖複數〗**endings**

***endless** [`ɛndlɪs] adj. 無止境的, 無限的.
　〖範例〗*The Never-ending Story* is a story about an **endless** world.《說不完的故事》是有關無止境的世界之故事.
　An escalator is an **endless** belt of pivoted moving steps. 電扶梯是依樞軸旋轉的移動階梯所形成的環帶.

endlessly [`ɛndlɪslɪ] adv. 無止境地, 無限地:
　My old mother has been **endlessly** complaining recently. 我的老母親最近老是不停地發牢騷.

endorse [ɪn`dɔrs] v. ① 認可; 支持. ② 背書; 〖英〗(在駕照上) 登記交通違規事項.
　〖範例〗① Our conclusions were **endorsed** by the committee. 我們的結論經過了委員會的認可.
　The President heartily **endorsed** his plan. 總統全心地支持他的計畫.
　② He **endorsed** the check with his signature. 他在那張支票上簽名背書.
　She has had her license **endorsed** for speeding. 她的駕照上被登記了超速駕駛記錄.
　〖參考〗「背書」是指在交付支票或匯票等票據時, 由交付人於票據背面簽名及記入收受人指定之必要事項.
　〖活用〗 v. **endorses**, **endorsed**, **endorsed**, **endorsing**

endorsement [ɪn`dɔrsmənt] n. ① 認可, 支持. ② 背書. ③〖英〗(登記在駕照上的) 交通違規記錄.
　〖範例〗① We need the official **endorsement** of the scheme. 我們需要官方正式認可那項計畫.
　② the **endorsement** of the check 那張支票的

背書.
　③ The driver have four **endorsements**. 那個駕駛有4次交通違規記錄.
　〖複數〗**endorsements**

***endow** [ɪn`dau] v. 賦予 (常用 be endowed with 形式); 捐贈 (常與 with 連用).
　〖範例〗She is **endowed** with great beauty. 她長得非常漂亮.
　He **endowed** the orphanage with 100,000 dollars. 他捐了10萬美元給那所孤兒院.
　〖活用〗 v. **endows**, **endowed**, **endowed**, **endowing**

endowment [ɪn`daumənt] n. ①《正式》天賦, 才能. ② 資助; 捐贈; 捐款.
　♦ **endówment pólicy** 養老保險單.
　〖複數〗**endowments**

***endurance** [ɪn`djurəns] n. 忍耐力; 忍耐.
　〖範例〗It took great **endurance** to swim across the English Channel. 游泳橫渡英吉利海峽需要極大的耐力.
　That boring play was beyond **endurance**—they had to get up and walk out. 那場乏味的演出令人無法忍受, 他們只好離席.
　〖片語〗**beyond endurance/ past endurance** 無法忍受的. (⇨〖範例〗)

***endure** [ɪn`djur] v. ① 忍受, 忍耐: They **endured** a hard life for one year after their house burned down. 自從他們的房屋燒毀後, 他們忍受了一年的艱苦生活. ② 持續.
　〖活用〗 v. **endures**, **endured**, **endured**, **enduring**

enduring [ɪn`djurɪŋ] adj. 永久的, 持久的: The couple swore **enduring** love to each other. 那對情侶海誓山盟說要永遠相愛.
　〖活用〗 adj. **more enduring**, **most enduring**

***enemy** [`ɛnəmɪ] n. ① 敵人. ②(the ~, 作單數或複數) 敵軍.
　〖範例〗① He has no **enemies**. 他沒有敵人.
　He made a lot of **enemies** when he told them how he really felt. 他把自己真實的感覺告訴他們, 卻為自己樹立許多敵人.
　Eating too much is an **enemy** of health. 吃太多對健康無益.
　② The **enemy** was defeated./The **enemy** were defeated. 敵軍被打敗了.
　Many **enemy** planes attacked our town. 有許多敵機攻擊我們的城鎮.
　☞ ↔ friend
　〖字源〗拉丁語中 not friend 之意.
　〖複數〗**enemies**

***energetic** [ˌɛnɚ`dʒɛtɪk] adj. 精力充沛的, 充滿活力的.
　〖範例〗Lots of people feel **energetic** after a good workout. 許多人在做了適量的運動之後就會感到精神抖擻.
　His brother is a very **energetic** worker, so he can be relied on, I think. 他哥哥是一個充滿活力的員工, 因此我認為他可以信賴.
　〖活用〗 adj. **more energetic**, **most energetic**

energetically [͵ɛnɚˋdʒɛtɪklɪ] *adv.* 精力充沛地，充滿活力地.
[活用] *adv.* **more energetically**, **most energetically**

＊**energy** [ˋɛnɚdʒɪ] *n.* 能源；活力，精力.
[範例] You must have more nourishing food to give you **energy**. 你要多吃一點有營養的食物才能讓你有活力.
I have been devoting all my **energies** to studying for next month's exam. 我盡全力準備下個月的考試.
I didn't have the **energy** to go away farther. 我沒有力氣再走下去了.
We will face an **energy** crisis in the near future. 我們在不久的將來將會面臨能源危機.
solar **energy** 太陽能.
[複數] **energies**

enfold [ɪnˋfold] *v.* 抱，裹住，包起來: She **enfolded** her baby in her arms. 她把她的嬰兒抱在懷裡.
[活用] *v.* **enfolds**, **enfolded**, **enfolded**, **enfolding**

＊**enforce** [ɪnˋfors] *v.* ① 實施，執行 (法律等). ② 強迫 (常與 upon 連用). ③ 強調 (意見等).
[範例] ① It's a policeman's job to **enforce** the law. 執行法律是警察的職責.
② The soldier **enforced** obedience upon the prisoners. 那個士兵強迫俘虜們服從.
③ The detective **enforced** his statement by showing evidence. 那個警探提出證據來強調他的陳述.
[活用] *v.* **enforces**, **enforced**, **enforced**, **enforcing**

enforcement [ɪnˋforsmənt] *n.* ① (法律的) 實施，執行. ② 強制. ③ 強調.
[複數] **enforcements**

＊**engage** [ɪnˋgedʒ] *v.* ① 雇用；預約，預定. ② 保證，約定做. ③ 占用 (時間)；使忙於；吸引 (注意). ④ (齒輪等) 咬合. ⑤ 與～交戰.
[範例] ① They **engaged** Marilyn as an interpreter. 他們雇用了瑪麗琳當翻譯.
I've **engaged** a room at the Hilton Hotel. 我在希爾頓飯店預定了一間房間.
② Father **engaged** to be here at six. 父親答應6點鐘來這裡.
③ Taking care of three children **engages** all of her time. 照顧3個孩子占用了她所有的時間.
engage ～'s attention 引起～的注意.
④ The two gears **engage** one another. 那兩個齒輪相互咬合.
⑤ They **engaged** the enemy. 他們與敵人交戰.
[活用] *v.* **engages**, **engaged**, **engaged**, **engaging**

engaged [ɪnˋgedʒd] *adj.* ① 〔不用於名詞前〕從事～的；忙碌的. ② (電話等) 占線的. ③ 已被預定的. ④ 已訂婚的.
[範例] ① My father is **engaged** in the jewelry trade. 我父親經營珠寶生意.
Mr. Smith is **engaged** in writing his autobiography. 史密斯先生正忙於纂寫他的自傳.
"Can you come?" "No, I'm **engaged** today." 「你能來嗎?」「不行，我今天很忙.」
② Sorry! The number is **engaged**. 對不起! 這支電話占線中.
③ Is this seat **engaged**? 這個座位有人預定了嗎?
④ an **engaged** couple 已訂婚的兩個人.
My daughter is **engaged** to a lawyer. 我女兒與一位律師訂婚了.
[片語] ***engaged in*** 從事～的；忙碌的. (➪ [範例])

＊**engagement** [ɪnˋgedʒmənt] *n.* ① 婚約. ② 約束，約定，契約. ③ 雇用；受雇期. ④ 交戰，戰鬥.
[範例] ① The pop singer and his girlfriend announced their **engagement**. 那位流行歌手與他的女朋友宣布了他們的婚約.
② Carol says she has a dinner **engagement** with Bill again. 卡蘿說她已約好比爾再次共進晚餐.
The government has broken all its **engagements**. 政府違背了它所有的諾言.
④ The second **engagement** with the enemy was quite different from the first. 與敵方的第二次交戰迥異於第一次.
[複數] **engagements**

engaging [ɪnˋgedʒɪŋ] *adj.* 有吸引力的，迷人的: She has an **engaging** smile. 她的笑容很迷人.
[活用] *adj.* **more engaging**, **most engaging**

engender [ɪnˋdʒɛndɚ] *v.* 使發生，引起: Public scolding **engenders** nothing but resentment. 在公共場合謾罵只會招致憎恨.
[活用] *v.* **engenders**, **engendered**, **engendered**, **engendering**

＊**engine** [ˋɛndʒən] *n.* ① 引擎，發動機《將汽油、電、蒸氣等產生的能量變為動力的裝置》. ② 火車頭《亦作 locomotive》.
[範例] ① a jet **engine** 噴射引擎.
engine trouble 引擎故障.
[複數] **engines**

＊**engineer** [͵ɛndʒəˋnɪr] *n.* ① 工程師，技師. ② (船的) 輪機員. ③ 〖美〗火車駕駛員《〖英〗engine driver》.
——*v.* ④ (工程師) 設計；建設. ⑤ 精明地處理；(在背後祕密地) 策劃.
[範例] ① a civil **engineer** 土木工程師.
an electrical **engineer** 電機工程師.
② a first **engineer** 一等輪機士.
④ This is a well **engineered** bridge. 這是一座建造得很牢固的橋樑.
Mr. Clark **engineered** this building. 克拉克先生設計建造了這棟大樓.
⑤ Mark **engineered** the whole thing to make himself look good in the boss's eyes. 馬克以

了在老闆心中留下好印象，精心策劃了整件事．

範例 **engineers**

活用 *v.* **engineers**，**engineered**，**engineered**，**engineering**

engineering [ˌɛndʒə'nɪrɪŋ] *n.* 工程學．

範例 civil **engineering** 土木工程學．
electrical **engineering** 電機工程學．
electronic **engineering** 電子工程學．
genetic **engineering** 遺傳工程學．
mechanical **engineering** 機械工程學．
system **engineering** 系統工程學．

***England** [ˈɪŋɡlənd] *n.* 英格蘭《聯合王國(the United Kingdom)之一部分》．

***English** [ˈɪŋɡlɪʃ] *adj.* ① 英語的；英格蘭的，英國的；英國人的．
——*n.* ② [the ~，作複數] 英格蘭人《集合名詞，指全體》；英語《原為英格蘭的語言，後來在美國、加拿大、澳洲、紐西蘭等國家也被使用》．

參考 指一個英格蘭人時用 an Englishman 或 an Englishwoman．
➡ 充電小站 (p. 415)

***Englishman** [ˈɪŋɡlɪʃmən] *n.* (男性的)英格蘭人．

複數 **Englishmen**

Englishwoman [ˈɪŋɡlɪʃˌwʊmən] *n.* (女性的)英格蘭人．

複數 **Englishwomen**

***engrave** [ɪn'ɡrev] *v.* 雕刻；使銘記．

範例 He **engraved** his name on the desk. 他把自己的名字刻在桌上．
The back of the watch is **engraved** with your name and birth date. 手錶的背面刻有你的名字和生日．
The scene of the accident was **engraved** on his memory. 那場意外事故的情景深深地烙印在他的記憶中．

活用 *v.* **engraves**，**engraved**，**engraved**，**engraving**

engraver [ɪn'ɡrevɚ] *n.* 雕刻師；鏤版工．

複數 **engravers**

engraving [ɪn'ɡrevɪŋ] *n.* ① 雕刻術．② 版畫；
She bought an old **engraving** of Mt. Fuji. 她買了一幅古老的富士山版畫．

複數 **engravings**

engross [ɪn'ɡros] *v.* 使熱中；占去(時間)：
Johnson missed his stop again because he was **engrossed** in a novel. 強森全神貫注地在看小說，又錯過了他要下車的那一站．

片語 ***be engrossed in*** 全神貫注於．(⇨ 範例)

活用 *v.* **engrosses**，**engrossed**，**engrossed**，**engrossing**

engulf [ɪn'ɡʌlf] *v.* 吞沒；使陷入：The flood **engulfed** the farms and destroyed the crops. 那次洪水吞沒了農田並毀滅了農作物．
The death of their 3-year-old boy **engulfed** them in sorrow and despair. 失去了3歲的兒

子使他們陷入悲痛與絕望之中．

活用 *v.* **engulfs**，**engulfed**，**engulfed**，**engulfing**

enhance [ɪn'hæns] *v.* 提高(價格、力量等)．

範例 A good presentation will **enhance** your chances of success. 一次完美的表演將會提高你成功的機會．
She learned how to **enhance** her cheekbones with make-up. 她學會了用化妝使她的顴骨顯得更高的方法．

活用 *v.* **enhances**，**enhanced**，**enhanced**，**enhancing**

enigma [ɪ'nɪɡmə] *n.* 謎語；費解的事物；謎樣的人．

複數 **enigmas**

enigmatic [ˌɛnɪɡ'mætɪk] *adj.* 謎語的；費解的，令人困惑的．

活用 *adj.* **more enigmatic**，**most enigmatic**

enjoin [ɪn'dʒɔɪn] *v.* ① 吩咐，命令《常與 on 連用》．② 禁止《常與 from 連用》．

範例 ① The general **enjoined** obedience on the soldiers. 那位將軍命令士兵們要服從．
② The judge **enjoined** him from driving. 那個法官禁止他開車．

活用 *v.* **enjoins**，**enjoined**，**enjoined**，**enjoining**

***enjoy** [ɪn'dʒɔɪ] *v.* ① 享受樂趣；喜歡．② 享有．

範例 ① He **enjoyed** the dinner. 他享用了晚餐．
She **enjoyed** traveling by train. 她喜歡搭火車旅行．
Enjoy!《美》好好玩吧!
Did you **enjoy** yourself at the beach? 你們在沙灘上玩得很愉快嗎?
Enjoy yourself! 好好玩吧!
② There are people all over the world who do not **enjoy** basic human rights. 世界上到處充滿無法享有基本人權的人們．
I **enjoy** good health. 我很健康．

活用 *v.* **enjoys**，**enjoyed**，**enjoyed**，**enjoying**

enjoyable [ɪn'dʒɔɪəbl] *adj.* 令人快樂的；愉快的：We had an **enjoyable** trip to London. 我們曾有一次愉快的倫敦行．

enjoyment [ɪn'dʒɔɪmənt] *n.* ① 愉快．② 樂趣．③ 享有；具備．

範例 ① There's no **enjoyment** in seeing a co-worker and friend get fired. 看到同事或朋友被解雇令人覺得不愉快．
② He's a pathetic creature—his only **enjoyment** in life is watching TV. 他是一個可憐蟲，人生唯一的樂趣就是看電視．
③ the **enjoyment** of wealth 擁有財富．

複數 **enjoyments**

***enlarge** [ɪn'lɑrdʒ] *v.* ① 使變大；擴展．② 詳述(on, upon)．

範例 ① We're going to **enlarge** the patio specially for the wedding reception. 我家為了舉辦婚宴決定把內院擴大．

This photo **enlarges** well. 這張照片放大的效果不錯.

② Could you **enlarge** on your plans for the new school? 能否請你詳細說明關於新學校的計畫?

[片語] **enlarge on/enlarge upon** 詳述，細說. (⇨ [範例] ②)

[活用] v. **enlarges**, **enlarged**, **enlarged**, **enlarging**

enlargement [ɪnˋlɑrdʒmənt] n. ① 擴大，變大. ② 擴大物，放大的照片.

[範例] ① The **enlargement** of the south parking lot will take two months. 南面停車場的擴建將需要兩個月的時間.

He says even a moderate **enlargement** of the heart is a serious matter. 他說即使心臟是一般的肥大也是很嚴重的.

② **enlargement** of a photo 放大照片.

[複數] **enlargements**

*__enlighten__ [ɪnˋlaɪtn̩] v. 開導，啟迪，啟蒙，教導，指點.

[範例] The boy believed the sun moved around the earth until his mother **enlightened** him. 那個男孩在她母親開導他之前，一直認為太陽是繞著地球轉的.

During the Meiji era, Western ideas **enlightened** the feudalists in Japan. 明治時期，西方思想啟發了日本的封建主義者.

[活用] v. **enlightens**, **enlightened**, **enlightened**, **enlightening**

enlightenment [ɪnˋlaɪtnmənt] n. ① 啟蒙，啟發；開明. ② [the E~] 啟蒙運動《18世紀時發生在歐洲的理性思想運動》. ③ (佛教的) 覺悟.

enlist [ɪnˋlɪst] v. ① 徵召，使入伍. ② 參加；支持；謀取支持，贏得 (幫助).

[範例] ① My brother **enlisted** in the army when he was 18. 我哥哥18歲時入伍.

② Can I **enlist** your help in this project? 你能幫助我一起支持這個計畫嗎?

♦ **enlisted màn** [美] 士兵，徵募兵《略作 EM》.

[活用] v. **enlists**, **enlisted**, **enlisted**, **enlisting**

enlistment [ɪnˋlɪstmənt] n. 服役期限；應徵入伍，徵募.

enliven [ɪnˋlaɪvən] v. 使 (人、事物) 有生氣，使活躍.

[範例] Tom's presence **enlivened** the conversation. 湯姆的蒞臨使得交談變得很熱絡.

This picture is **enlivened** by the color of the sunflowers. 這幅畫由於向日葵的顏色而顯得很生動.

[活用] v. **enlivens**, **enlivened**, **enlivened**, **enlivening**

*__enmity__ [ˋɛnmətɪ] n. 敵意，仇恨.

[範例] I feel great **enmity** toward the conquerors of our country. 我對侵略我國的征服者懷有很深的敵意.

Mr. White and Mr. Green are at **enmity** with each other. 懷特先生與格林先生彼此仇視.

[片語] **be at enmity with** 與~仇視. (⇨ [範例])

[複數] **enmities**

ennoble [ɪˋnobl̩] v. ① 使尊貴，使崇高. ② 封~為貴族.

[範例] ① Yes, he does seem to have been **ennobled** by his experiences there. 的確，在那裡的經歷使他的地位顯得更崇高了.

② He was **ennobled** by the King and subsequently became one of his most trusted advisors. 他被國王封為貴族，之後又成了最受信賴的顧問之一.

[活用] v. **ennobles**, **ennobled**, **ennobled**, **ennobling**

enormity [ɪˋnɔrmətɪ] n. ① 巨大，重大，嚴重；兇惡：The politician did not refer to the **enormity** of the housing problem. 那個政客並沒有提到嚴重的住宅問題. ② 窮凶極惡的罪行.

[複數] **enormities**

*__enormous__ [ɪˋnɔrməs] adj. 極大的，巨大的，龐大的，嚴重的.

[範例] an **enormous** appetite 旺盛的食欲

an **enormous** success 極大的成功.

The traffic problem in Taipei is **enormous**. 臺北的交通問題很嚴重.

an **enormous** elephant 龐大的大象.

[活用] adj. **more enormous**, **most enormous**

enormously [ɪˋnɔrməslɪ] adv. 極其，非常.

[範例] The amusement park is **enormously** popular. 那個遊樂場極受歡迎.

The town has changed **enormously** during recent years. 那個城鎮在這幾年間變化極大.

[活用] adv. **more enormously**, **most enormously**

†**enough** [əˋnʌf] adj. ① 足夠的.

——n. ② 足夠，很多.

——adv. ③ 充分地；相當地，尚可，還可以.

[範例] ① I don't have **enough** time. 我沒有足夠的時間.

Do you have **enough** seats for all of us? 我們大家都有座位嗎?

② There isn't **enough** for everybody. 不夠供應每個人.

I have had **enough** of rain. 我已經受夠一直下雨了.

Tom did more than **enough** for his neighbors. 湯姆對鄰居做得太過分了.

Jack cried, "**Enough**!" 傑克大喊:「夠了!」

③ Is the rope long **enough**? 那條繩索夠長嗎?

I cannot thank my wife **enough**. 我對我太太感激不盡.

Be kind **enough** to shut the door. 請行行好把門關上.

The girl sang well **enough**. 那女孩歌唱得還可以.

Strangely **enough**, the color of the liquid

充電小站

英式英語 (British English) 與美式英語 (American English)

【Q】電梯在美國稱作 elevator，而在英國卻稱作 lift，像這樣不同的表達方式，在英美還有其他例子嗎？

【A】在此列舉一些在英式英語 (本辭典用 『英』 表示) 和美式英語 (本辭典用 『美』 表示) 中所使用之不同表達方式的字詞：

	『英』	『美』
洋芋片	crisps	chips
炸薯條	chips	French fries
玉米	maize	corn
小麥	corn	wheat
餅乾	biscuit	cracker，cookie
烤餅	scone	biscuit
罐頭	tin	can
卡車	lorry	truck
鐵路	railway	railroad
地鐵	underground	subway
地下道	subway	underpass
汽油	petrol	gasoline
背心	waistcoat	vest
內衣	vest	undershirt
售票處	booking office	ticket office
隊伍	queue	line
秋天	autumn	fall
公寓	flat	apartment
水龍頭	tap	faucet

在英國和美國之間，樓層的表達方式在地面下的相同，而在地面上的卻不同：

『英』		『美』
the third floor	四樓	the fourth floor
the second floor	三樓	the third floor
the first floor	二樓	the second floor
the ground floor	一樓	the first floor

『英』和『美』均指：
地下一樓　the first basement

地下二樓　the second basement
地下三樓　the third basement

▶ 在拼法方面『英』『美』也有不同之處嗎？

在英式英語和美式英語中常見的不同拼法來自於英國和美國語言學家的觀點不同。「英式拼法」是基於對照字源、合乎理想的觀點而產生；而在美國則以表示發音、能簡化就簡化的原則，在19世紀末創造了新的拼法並固定下來。　目前，也有一些英國人使用美式拼法，同樣，在美國人中也有一些人使用英式拼法。另外，在特別正式行文或書寫名稱等時，在美國有時也使用英式拼法。

	『英』	『美』
中心	centre	center
劇院	theatre	theater
公尺	metre	meter
色彩	colour	color
勞動	labour	labor
旅遊者	traveller	traveler
寶石	jewellery	jewelry
登記	enrol	enroll
防衛	defence	defense
攻擊	offence	offense
承認	recognise	recognize
連接	connexion	connection
策略	manoeuvre	maneuver
斧頭	axe	ax
支票	cheque	check
目錄	catalogue	catalog
節目	programme	program
睡衣	pyjamas	pajamas
監獄	gaol	jail
灰色	grey	gray
輪胎	tyre	tire
犁	plough	plow

changed all of a sudden. 很奇怪的是，那液體的顏色突然變了.

【片語】***enough and to spare of*** 綽綽有餘的：My uncle had **enough and to spare of** property. 我叔叔很富裕.

have enough to do to 勉勉強強地做：Emily **has enough to do to** read some of the fan mail. 艾蜜麗好不容易才看完一些影迷的來信.

enquire [ɪn`kwaɪr] =v. inquire.

enquiry [ɪn`kwaɪrɪ] =n. inquiry.

enrage [ɪn`redʒ] v. 激怒：My uncle was **enraged** at my frank remarks. 我叔叔被我的直言不諱給激怒了.

【活用】v. **enrages**，**enraged**，**enraging**

***enrich** [ɪn`rɪtʃ] v. 使豐富；使富裕；使 (土地) 肥沃.

【範例】The invention of the new electronic device

has **enriched** the company. 那項電子儀器的發明使得那家公司賺大錢.

Reading **enriches** the mind. 閱讀使心靈豐富.

soil **enriched** with fertilizer 施了肥的土壤.

enriched uranium 濃縮鈾.

enriched cereals 營養強化的穀類食品.

【活用】v. **enriches**，**enriched**，**enriched**，**enriching**

enrichment [ɪn`rɪtʃmənt] n. 豐富；富裕.

enroll [ɪn`rol] v. ① 登記，記錄. ② 吸收 (成員)，招 (生)；入會；入學.

【範例】① All contestants must **enroll** by next Friday. 所有參賽者必須在下星期五之前登記.

② I was **enrolled** in a college in Perth. 我被伯斯的一所大學錄取了.

【參考】『英』enrol.

【活用】v. **enrolls**，**enrolled**，**enrolled**，

enrolling

enrollment [ɪn`rolmənt] n. ① 登記；入會；入學。② 登記人數，註冊人數。

範例 ① Who allowed Bill's **enrollment**? 是誰准許比爾入會的?

② This school has a total **enrollment** of 450. 這所學校註冊人數共有450人。

參考〖英〗enrolment.

複數 **enrollments**

ensemble [ɑn`sɑmbl] n. ① 調和。② 合奏。③ 室內樂團，劇團。④ 整套搭配的女裝。

範例 ③ The music conservatory has a good woodwind **ensemble**. 那所音樂學校有一個出色的木管樂團。

④ That stunning new **ensemble** Patty bought for tonight cost her over $1,000. 派蒂為了今晚而買的那套出色女裝花了她1,000多美元。

字源 拉丁語的 ensemble (同時)。

複數 **ensembles**

ensign [`ɛnsaɪn ② `ɛnsn] n. ① (商船的) 旗；(海軍的) 軍旗，軍艦旗。②〖美〗海軍少尉。

複數 **ensigns**

enslave [ɪn`slev] v. 使成為奴隸，使成為俘虜: The villagers are **enslaved** by convention. 村民們墨守成規。

活用 v. **enslaves**, **enslaved**, **enslaved**, **enslaving**

*__ensue__ [ɛn`su] v. 接著發生，隨後發生。

範例 After the war, disease and starvation **ensued**. 戰後疾病與饑荒接踵而至。

It was too late to stop the panic that **ensued** from the verdict. 要阻止那項判決所引起的恐慌已經太遲了。

活用 v. **ensues**, **ensued**, **ensued**, **ensuing**

*__ensure__ [ɪn`ʃur] v. 使確實，保證。

範例 This medicine **ensures** you good sleep. 這種藥能讓你睡個好覺。

I can't **ensure** that he will come to the party. 我不能保證他會不會來參加這次晚會。

活用 v. **ensures**, **ensured**, **ensured**, **ensuring**

entail [ɪn`tel] v. 需要，必然地伴隨。

範例 Becoming a black belt **entails** total dedication. 要成為黑帶選手必須全心投入練習。

Getting this loan would **entail** a second mortgage on my home. 要拿到這筆貸款必須拿我的房子再抵押一次。

活用 v. **entails**, **entailed**, **entailed**, **entailing**

*__entangle__ [ɪn`tæŋgl] v. ① 使纏住，使糾纏。② 捲入，牽連。

範例 ① The boat's propeller got **entangled** in a fishing net. 那艘船的螺旋槳被漁網纏住了。

② The Senator is **entangled** in a political scandal. 那個參議員捲入一樁政治醜聞。

片語 __get entangled in/be entangled in__ 纏住；捲入。(⇨ 範例 ① ②)

活用 v. **entangles**, **entangled**, **entangled**,

entangling

entanglement [ɪn`tæŋglmənt] n. ① 糾纏，糾紛，牽連。② 鐵絲網。

範例 ① emotional **entanglements** 感情的糾葛。**entanglements** with loan sharks 與放高利貸者的糾紛。

These legal **entanglements** are enough to drive anyone crazy. 這些法律上的糾紛足以使任何人發瘋。

複數 **entanglements**

*__enter__ [`ɛntɚ] v. ① 進入；從事；開始；涉及；締結 (關係等)；領略，體會；登場，上場。② 參加，使加入。③ 登記。

範例 ① Knock before you **enter**. 進入之前請先敲門。

John **entered** Parliament in 1960. 約翰1960年進入國會。

Al **entered** his fifties. 艾爾邁入了50歲。

Meg **entered** a university. 梅格進了大學。

New York State will **enter** upon new welfare programs in the new fiscal year. 紐約州在新的會計年度將著手新的福利計畫。

Don't **enter** into any agreements with them. 不要與他們達成任何協議。

They refused to **enter** into negotiations. 他們拒絕談判。

A good idea **entered** my head. 我有一個好主意。

She **enters** into the spirit of a poem. 她領略了詩的精神。

He has **entered** my world. 他已經進入了我的世界。

Enter Hamlet. 哈姆雷特上場。(《戲劇等劇本的說明》)

② My son **entered** for the examination. 我兒子參加了那次考試。

I **entered** my dogs for the show. 我讓我的狗參加狗展。

Mr. Martin **entered** his daughter at Oxford. 馬丁先生讓他女兒進入牛津大學。

③ Mary **entered** her name in the visitors' book. 瑪麗在訪客簿上登記了自己的名字。

Enter your name when you first run this program. 第一次執行這個程式時請輸入你的名字。

片語 __enter for__ (使) 參加。(⇨ 範例 ②)

__enter into__ 使開始；參與；著手；體會。(⇨ 範例 ①)

__enter on/enter upon__ 著手，開始從事。(⇨ 範例 ①)

活用 v. **enters**, **entered**, **entered**, **entering**

*__enterprise__ [`ɛntɚ,praɪz] n. ① (伴隨著困難與危險的) 計畫，事業。② 進取心，冒險心。③ 企業，公司。

範例 ① My brother started a new **enterprise**. 我哥哥開始一項新事業。

② It's the spirit of free **enterprise** that makes our economy so vibrant. 使我國經濟充滿活力的正是自由進取的精神。

③ a private **enterprise** 民營企業.

【複數】 **enterprises**

enterprising [ˋɛntɚˌpraɪzɪŋ] *adj*. 有進取心的, 富冒險精神的: an **enterprising** young businessman 積極進取的年輕商人.

【活用】 *adj*. **more enterprising**, **most enterprising**

＊**entertain** [ˌɛntɚˋten] *v*. ① 娛樂. ② 招待, 款待. ③ 懷有.

【範例】① His tales of life at sea **entertained** us all evening. 他講述在海上生活的故事使得我們整個晚上都很快樂.

② We're **entertaining** guests this evening. 今晚我們要招待客人. The Smiths don't do a great deal of **entertaining**. 史密斯家不常招待客人.

③ The department head won't **entertain** any unorthodox ideas. 那位部長不會懷有任何非正統的想法.

【活用】 *v*. **entertains**, **entertained**, **entertained**, **entertaining**

entertainer [ˌɛntɚˋtenɚ] *n*. ① 款待者. ② 表演娛樂節目者: a popular television **entertainer** with sunglasses 戴著墨鏡受歡迎的電視藝人.

【複數】 **entertainers**

entertaining [ˌɛntɚˋtenɪŋ] *adj*. 令人愉快的, 有趣的: a very **entertaining** show 非常有趣的表演.

【活用】 *adj*. **more entertaining**, **most entertaining**

entertainment [ˌɛntɚˋtenmənt] *n*. ① 娛樂. ② 餘興, 表演. ③ 款待.

【範例】① "A school is a place for learning, not for **entertainment**," she shouted. 她吼叫著說:「學校是學習的地方, 不是娛樂的場所.」

② The **entertainment** at this club is the best in town. 這個俱樂部的表演是全城最好的. The **entertainment** on the flight over was pretty good. 飛行表演節目相當棒.

【複數】 **entertainments**

enthrall [ɪnˋθrɔl] *v*. 使著迷: He said he would **enthrall** us with tales of his travels in South America. 他說他在南美旅行的故事會使我們著迷.

【參考】〖英〗 **enthral**.

【活用】 *v*. **enthralls**, **enthralled**, **enthralled**, **enthralling**

enthrone [ɪnˋθron] *v*. 使登上王位.

【活用】 *v*. **enthrones**, **enthroned**, **enthroned**, **enthroning**

＊**enthusiasm** [ɪnˋθjuzɪˌæzəm] *n*. 狂熱《常與 for 連用》: The movie aroused strong **enthusiasm** for playing billiards. 那部電影掀起了一股巨大的撞球熱.

enthusiast [ɪnˋθjuzɪˌæst] *n*. 狂熱者: The baseball **enthusiast** went down over the fence and ran around the field. 那個棒球迷越過圍牆繞著球場跑了起來.

【複數】 **enthusiasts**

＊**enthusiastic** [ɪnˌθjuzɪˋæstɪk] *adj*. 狂熱的《常與 about 連用》.

【範例】 The Giants have many **enthusiastic** fans. 巨人隊擁有許多狂熱的球迷. The pretty girl became **enthusiastic** about ballet. 那個可愛的女孩變得熱中於芭蕾.

【活用】 *adj*. **more enthusiastic**, **most enthusiastic**

enthusiastically [ɪnˌθjuzɪˋæstɪkl̩ɪ] *adv*. 狂熱地.

【活用】 *adv*. **more enthusiastically**, **most enthusiastically**

entice [ɪnˋtaɪs] *v*. 誘惑: "Could I **entice** you with champagne and caviar?" she asked innocently. 她天真地問:「我能用香檳與魚子醬來誘惑你嗎?」

【活用】 *v*. **entices**, **enticed**, **enticed**, **enticing**

enticement [ɪnˋtaɪsmənt] *n*. ① 誘惑. ② 誘惑物: A reserved parking space and her own office are the **enticement** we need to get her to take the job. 我們必須以專用車位和專用辦公室來誘惑她接受那份工作.

【複數】 **enticements**

＊**entire** [ɪnˋtaɪr] *adj*. 〔只用於名詞前〕完全的, 全部的; 完整的.

【範例】 Mother spent the **entire** day weeding the garden. 母親花了一整天為花園除草. an **entire** set of dishes 全套餐具. The **entire** job took only seven hours. 整個工作只花了7小時.

＊**entirely** [ɪnˋtaɪrlɪ] *adv*. 全然地; 完全地.

【範例】 My view of life is **entirely** different from yours. 我的人生觀與你的完全不同. Your answer is not **entirely** wrong. 你的回答不完全錯.

entirety [ɪnˋtaɪrtɪ] *n*. 完全, 全部: The plan was approved in its **entirety**. 那項計畫完全受到認可了.

【片語】 *in its entirety* 完全地, 全部地. (⇨

＊**entitle** [ɪnˋtaɪt!] *v*. ① 定～之名. ② 使有資格.

【範例】① This book is **entitled** Gone with the Wind. 這本書被定名為《飄》.

② Club members are **entitled** to enter the hall at any time they so desire. 俱樂部成員有權在他們希望的任何時間進入大廳.

【活用】 *v*. **entitles**, **entitled**, **entitled**, **entitling**

entity [ˋɛntətɪ] *n*. 實在; 實體: These two departments may have overlapping responsibilities, but they are separate, independent **entities**. 這兩個部門也許責任互有重疊, 但它們是分開獨立的實體.

【複數】 **entities**

entrails [ˋɛntrelz] *n*. 〔作複數〕腸, 內臟.

＊**entrance** [*n*. ˋɛntrəns; *v*. ɪnˋtræns] *n*. ① 入口, 大門. ② 進入; 入場; 入會; 入學.

——*v*. ③ 使神魂顛倒《常與 with 連用》.

【範例】① Where is the **entrance** to the park? 公

圍的入口在哪裡?

② The controversial author's **entrance** into the conference room caused quite a stir. 那位具爭議性的作家進入會議室,引起了一陣騷動.

No **entrance**. 謝絕進入.

They were refused **entrance** because they had no pass. 他們沒有通行證,因此被拒絕入場.

John has applied for **entrance** to university. 約翰提出了大學的入學申請.

③ She **entranced** the audience with her powerful singing. 她以她強而有力的歌聲使聽眾著迷.

片語 *gain entrance to* 進入.

make ~'s entrance into 進入.

♦ **éntrance exàminàtion** 入學考試.

éntrance fèe 入場費; 入會費.

☞ ① ↔ exit

複數 **entrances**

活用 v. **entrances, entranced, entranced, entrancing**

entrant [`ɛntrənt] n. 參加者, 新加入者.

複數 **entrants**

‡**entreat** [ɪn`trit] v.《正式》乞求, 懇求: The poor woman **entreated** the priest for mercy. 那個可憐的婦人懇求牧師發發慈悲.

活用 v. **entreats, entreated, entreated, entreating**

entreaty [ɪn`tritɪ] n. 懇求, 乞求: He turned a deaf ear to her **entreaties**. 他對她的乞求充耳不聞.

複數 **entreaties**

entrepreneur [,ɑntrəprə`nɝ] n. ① 企業家. ②(戲劇、音樂會等的)主辦人.

複數 **entrepreneurs**

‡**entrust** [ɪn`trʌst] v. 付託, 委託.

範例 I **entrusted** the money to my father. 我把錢委託給我父親保管.

Mr. Green **entrusted** Mary with his daughter. 格林先生把女兒委託給瑪麗照顧.

活用 v. **entrusts, entrusted, entrusted, entrusting**

‡**entry** [`ɛntrɪ] n. ① 進入; 入場; 入學; 入境; 加入, 參加. ② 入口, 正門. ③ 登記, 記載事項. ④ 參加者;(字典所收的)詞條.

範例 ① His **entry** into the room stifled our discussion. 他進入房間,導致我們的討論被迫中斷.

No **entry**. 禁止入內.

He was refused **entry** to Britain. 他入境英國遭拒.

I gained **entry** into the tennis club. 我獲准加入網球俱樂部.

This **entry** form is unacceptable without a signature. 這張參加表格如果沒有簽名就不會被接受.

② Leave your raincoat in the **entry**. 把你的雨衣放在入口處.

③ Tom made an **entry** of the date. 湯姆記錄了

日期.

These new computers make data **entry** a lot easier, don't they? 這些新電腦使資料輸入簡單多了,不是嗎?

④ There aren't as many **entries** for this year's contest as there were for last year's. 今年比賽的參加者沒有去年多.

The next **entry** in this dictionary is "enumerate." 這本字典的下一個詞條是 "enumerate".

片語 *make an entry of* 記錄, 登記. (⇨ 範例 ③)

♦ **bill of éntry** 報關單.

éntry vìsa 入境簽證.

複數 **entries**

enumerate [ɪ`njumə,ret] v.《正式》列舉: The Secretary of State **enumerated** the problems of American foreign policy. 國務卿列舉了美國國外交政策上的諸多問題.

活用 v. **enumerates, enumerated, enumerated, enumerating**

enumeration [ɪ,njumə`reʃən] n. 列舉; 目錄.

複數 **enumerations**

enunciate [ɪ`nʌnsɪ,et] v. (清楚地) 發音; 發表, 宣布: Many students don't like that teacher because she talks too fast and doesn't **enunciate** well. 許多學生不喜歡那個老師, 因為她說話太快而且發音不清楚.

活用 v. **enunciates, enunciated, enunciated, enunciating**

enunciation [ɪ,nʌnsɪ`eʃən] n. 發音; 發表, 宣布.

複數 **enunciations**

***envelop** [ɪn`vɛləp] v. 包圍; 覆蓋: The temple was **enveloped** in flames. 那個寺廟被火焰包圍住.

活用 v. **envelops, enveloped, enveloped, enveloping**

***envelope** [`ɛnvə,lop] n. 信封; 封套: He ripped open the **envelope** and drew out the contents. 他撕開信封, 把裡面的東西拿了出來.

複數 **envelopes**

enviable [`ɛnvɪəbl] adj. 令人羨慕的: She has an **enviable** record in swimming. 她有一項令人羨慕的游泳記錄.

活用 adj. **more enviable, most enviable**

‡**envious** [`ɛnvɪəs] adj.〔不用於名詞前〕嫉妒的, 羨慕的《常與 of 連用》: She was often **envious** of her sister's beauty. 她常嫉妒她姊姊的美貌.

活用 adj. **more envious, most envious**

enviously [`ɛnvɪəslɪ] adv. 嫉妒地, 羨慕地.

活用 adv. **more enviously, most enviously**

‡**environment** [ɪn`vaɪrənmənt] n. 環境.

範例 a healthy **environment** 衛生環境.

a pleasant working **environment** 愉快的工作環境.

The local **environment** will be irreparably damaged if this project is carried out. 如果這個計畫實施的話，當地的環境將受到無可挽回地破壞.

♦ **environment-friendly** 善待環境的.

[複數] **environments**

environmental [ɪn͵vaɪrən`mɛntl] adj. 環境的: People are getting more and more interested in **environmental** issues. 人們對於環境的問題愈來愈感興趣.

environs [ɪn`vaɪrəns] n. 《正式》〔作複數〕近郊, 郊處.

[範例] Taipei and its **environs** 臺北及其近郊.
the **environs** of Beijing 北京郊外.

envisage [ɛn`vɪzɪdʒ] v. 預測, 擬想《後接 that 子句》: The finance minister **envisaged** that GNP of the year would fall by 2.3%. 財政部長預測今年的國民生產毛額將下降2.3%.

[活用] v. envisages, envisaged, envisaged, envisaging

envoy [`ɛnvɔɪ] n. 公使, 使者.

[複數] **envoys**

＊**envy** [`ɛnvɪ] n. ① 嫉妒, 羨慕. ② 〔the ～〕嫉妒的根源, 羨慕的對象.

——v. ③ 嫉妒, 羨慕.

[範例] ① He was full of **envy** when he saw my new CD player. 他看到我新的雷射唱機時滿心羨慕.

② Having such a beautiful wife made him the **envy** of all his friends. 擁有如此美麗的妻子使他成為所有朋友羨慕的對象.

③ It is natural that the poor **envy** the rich. 窮人羨慕富人是人之常情.

[複數] **envies**
[活用] v. envies, envied, envied, envying

epaulet/epaulette [`ɛpə͵lɛt] n. (軍官制服的)肩章.

[複數] **epaulets/epaulettes**

epée [e`pe] n. 尖頭劍.

[複數] **epées**

ephemeral [ə`fɛmərəl] adj. 短命的; 短暫的.

[活用] adj. more ephemeral, most ephemeral

＊**epic** [`ɛpɪk] n. ① 敘事詩, 史詩. ② 敘事詩般的長篇小說.

——adj. ③ 敘事詩的, 史詩的; 雄壯的.

☞ lyric (抒情詩)

[複數] **epics**

＊**epidemic** [͵ɛpə`dɛmɪk] adj. ①(疾病等)流行性的.

——n. ② 流行, 盛行.

[範例] ① an **epidemic** disease 傳染病.

② There is a reported **epidemic** of AIDS in that country. 根據報導那個國家正在流行愛滋病.
an **epidemic** of suicides 自殺的盛行.

[複數] **epidemics**

epigram [`ɛpə͵ɡræm] n. 警句; 諷刺詩.

[複數] **epigrams**

epilepsy [`ɛpə͵lɛpsɪ] n. 癲癇症.

epileptic [͵ɛpə`lɛptɪk] adj. ① 癲癇的, 患癲癇症的.

——n. ② 癲癇患者.

[複數] **epileptics**

epilogue/epilog [`ɛpə͵lɔɡ] n. (戲劇、文藝作品等的)收場白, 結語, 尾聲.

[複數] **epilogues/epilogs**

episode [`ɛpə͵sod] n. 插曲, 插曲般的事件: the most exciting **episode** in my life 我人生中最振奮人心的插曲.

[複數] **episodes**

epistle [ɪ`pɪsl] n. ① 書信. ②〔E～〕(《新約聖經》中的)使徒書信.

[複數] **epistles**

epitaph [`ɛpə͵tæf] n. 墓誌銘, 碑文.

[複數] **epitaphs**

epithet [`ɛpə͵θɛt] n. 形容詞語; 綽號, 別稱《為了形容某物或人的特質而附加的詞語》: Alfred the Great (阿佛烈大帝) 的 the Great, Merry England (快樂的英國) 的 Merry 等》.

[複數] **epithets**

epitome [ɪ`pɪtəmɪ] n. 典型, 摘要, 縮影.

[複數] **epitomes**

epitomize [ɪ`pɪtə͵maɪz] v. 為～的典型〔摘要, 縮影〕.

[參考]《英》epitomise.

[活用] v. epitomizes, epitomized, epitomized, epitomizing

＊**epoch** [`ɛpək] n. ①(重要事件發生的)時期, 時代. ② 新紀元.

[範例] ① The end of the cold war marks the end of one **epoch** and the beginning of another. 冷戰的結束標示著一個時代的結束和另一個時代的開始.

② make an **epoch** 開創新紀元.

♦ **epoch-making** 開創新紀元的, 劃時代的.

[複數] **epochs**

＊**equal** [`ikwəl] adj. ① 相等的, 同樣的; 平等的. ②〔不用於名詞前〕(競賽等) 勢均力敵的; 能承受的, 有能力〔資格〕的.

——n. ③ (資格、能力等)相當的人, 對手; 同等的事物.

——v. ④ 等於; 與～匹敵.

[範例] ① Mother divided the pie into four **equal** pieces. 母親把那個派分成4等分.

The two squares are **equal** in size. 這兩個正方形一樣大.

Twice 3 is **equal** to 6. 3 乘以 2 等於 6.

My salary is **equal** with John's. 我的薪水與約翰相同.

All men are created **equal**. 人人生而平等. 《美國獨立宣言》

② He isn't **equal** to carrying such a heavy burden. 他搬不動這麼重的重物.

I do not feel **equal** to breaking the bad news to her. 我覺得我無法對她說出那個壞消息.

③ I'm not her **equal** at swimming. 我在游泳方面不是她的對手.

He has no **equal** in his class in math. 他的數

學在班上沒人比得上.
The teacher is adored by the pupils because she treats them as her **equals**. 那位教師受到學生們的愛戴，因為她把他們當作同輩看待.
④ Four times three **equals** twelve. 4乘3等於12.
That record has never been **equaled**. 那個記錄未曾被打破.

[片語] *other things being equal* 其他條件相同的情況下.
➡ (充電小站) (p. 421)
[活用] adj. **more equal, most equal**
[複數] **equals**
[活用] v. **equals, equaled, equaled, equaling/** [英] **equals, equalled, equalled, equalling**

equalise [`ikwəl,aɪz] =v. [美] **equalize**.

*__equality__ [ɪ`kwɑlətɪ] n. 平等，均等，同等，相等: Women want **equality** of opportunity in all fields with men. 女性想要在所有領域與男性機會均等.

equalize [`ikwəl,aɪz] v. 使相等，使平等: Our goal is to **equalize** the standard of living in city and country. 我們的目標是使都市與鄉村的生活水準相等.
[參考] [英] **equalise**.
[活用] v. **equalizes, equalized, equalized, equalizing**

*__equally__ [`ikwəlɪ] adv. ① 平等地，相等地. ② 同樣地.
[範例] ① Their father's land was divided **equally** between the three children. 他們父親的土地平等地分給了3個孩子.
② The shoes are **equally** useful for rainy and dry seasons. 那雙鞋在雨季和乾季都能穿.

equate [ɪ`kwet] v. 表示相等；視為同等，使相提並論.
[範例] Many people **equate** success with happiness. 許多人視成功為幸福.
Some people say you can't **equate** truth and fact. 有人說不能把真理與事實相提並論.
[活用] v. **equates, equated, equated, equating**

equation [ɪ`kweʒən] n. ① 等式，方程式. ② 相等，均等.
[範例] ① In the **equation** $3x-2=7$, what is the value of x? 在方程式 $3x-2=7$ 中，x 值是多少?
$2H_2+O_2=2H_2O$ is a chemical **equation**. $2H_2+O_2=2H_2O$ 是一個化學式.
② The **equation** of wealth and happiness is disputed by many. 財富即幸福的觀念被許多人質疑.
[充電小站] (p. 423)
[複數] **equations**

*__equator__ [ɪ`kwetɚ] n. [the ~, the E~] 赤道: The equinoxes are two points of intersection between the ecliptic and the celestial **equators**. 春分點和秋分點是黃道和天球赤

道的兩個交點的 aequator (等分物).
[字源] 拉丁語的 aequator (等分物).

equatorial [,ikwə`torɪəl] adj. 赤道 (上) 的，赤道附近的.
[活用] adj. **more equatorial, most equatorial**

equestrian [ɪ`kwɛstrɪən] adj. ① 馬術的，騎馬的.
——n. ② 騎馬者，馬術家.
[複數] **equestrians**

equilateral [,ikwə`lætərəl] adj. 等邊的: an **equilateral** triangle 正三角形.

equilibrium [,ikwə`lɪbrɪəm] n. 均衡，平衡；(心情的) 平靜.
[範例] This door can only be opened when air pressure on both sides is in **equilibrium**. 只有兩側的空氣壓力平衡時，這扇門才打得開.
In humans, the maintenance of **equilibrium** is a function of the ears. 對人類來說，維持平衡是耳朵的功能.
Her **equilibrium** was completely destroyed by the death of her parents in a car crash. 她父母車禍死亡使得她內心的寧靜徹底瓦解.
[片語] *in equilirium* 平衡的. (⇨ [範例])
[發音] 複數形 equilibria [,ikwə`lɪbrɪə].
[複數] **equilibria/equilibriums**

equinox [`ikwə,nɑks] n. 晝夜平分時 (春分或秋分).
[範例] the autumn **equinox** 秋 分 (亦 作 the autumnal equinox).
the spring **equinox** 春 分 (亦 作 the vernal equinox).
[複數] **equinoxes**

*__equip__ [ɪ`kwɪp] v. 配備，裝備；(使) 具備，供給.
[範例] This bus is **equipped** with air conditioning. 這輛公車裝有空調設備.
They **equipped** their daughter with a good education. 他們讓自己的女兒受良好的教育.
The spy **equipped** himself with a gun. 那名間諜身上帶著槍.
The girl was **equipped** with a knowledge of Japanese. 那個女孩具備日語能力.
They **equipped** their ship for a long voyage. 他們裝備他們的船，準備遠航.
[片語] *be equipped with* 配備；具備. (⇨ [範例])
[活用] v. **equips, equipped, equipped, equipping**

*__equipment__ [ɪ`kwɪpmənt] n. ① 配備，裝設. ② 設備，裝備.
[範例] ① The complete **equipment** of the laboratory with computers will take three years. 完全裝好實驗室的電腦設備要花3年的時間.
② They did not have much **equipment** for the experiments. 他們以前沒有很多實驗用的設備.

equitable [`ɛkwɪtəbl] adj. 公正的: a more **equitable** tax system 比較公正的稅制.
[活用] adj. **more equitable, most equitable**

充電小站

數學符號 (mathematics signs)

【Q】各種數學符號在英語中讀作甚麼?

【A】列成算式時有好幾種讀法,其讀法如下所示.

▶ 運算符號

+ plus
$2+3=5$ Two plus three is equal to five./ Two plus three equals five./Two and three are five.

— minus
$3-2=1$ Three minus two is equal to one./Three minus two equals one./Two from three is one./Two from three leaves one./Three taken away two is one.

× times/multiplied by
$4×5=20$ Four times five is (或 makes) twenty./Four multiplied by five is equal to twenty./Four multiplied by five equals twenty./Four five is twenty./Four fives are twenty.

÷ divided by
$6÷2=3$ Six divided by two is equal to three./Six divided by two equals three./ Two into six gives three.

以上 4 個符號稱為「運算符號 (sign of operation)」.

± plus or minus
$4±3$ Four plus or minus three

▶ 關係符號

(＝)(≠)(≒)等的符號稱作「關係符號 (sign of relation)」,例如21÷3＝7 所表示的是「等於」的關係.

(＝)讀作 equals 或 is equal to. $5+3=8$ 的讀法如下:
Five plus three equals eight.
Five plus three is equal to eight.
而(≠)是「不等於」之意,讀作 is not equal to,不讀作 does not equal,因此 22÷7≠3 讀作:

Twenty-two divided by seven is not equal to three.

(≒) 表示「約等於」之意,讀作 is approximately equal to,因此 22÷7≒3 讀作:
Twenty-two divided by seven is approximately equal to three.

approximately 是「大約,大概」之意,而「近似值」為 approximate value.

以下是其他 signs of relation 的讀法:

< is less than (小於)
$5-3<5+3$ Five minus three is less than five plus three.

> is greater than (大於)
$5+3>5-3$ Five plus three is greater than five minus three.

≦ is less than or equal to (小於或等於)
$a+b≦c$ a plus b is less than or equal to c.

≧ is greater than or equal to (大於或等於)
$a+b≧c$ a plus b is greater than or equal to c.

≮ is not less than (不小於)
$a+b≮c$ a plus b is not less than c.

≯ is not greater than (不大於)
$a+b≯c$ a plus b is not greater than c.

≪ is much less than (遠小於)
$a+b≪c$ a plus b is much less than c.

≫ is much greater than (遠大於)
$a+b≫c$ a plus b is much greater than c.

≡ is congruent with (全等的)
$△ABC≡△DEF$ The triangle ABC is congruent with the triangle DEF.

∽ is similar to (相似的)
$△ABC∽△DEF$ The triangle ABC is similar to the triangle DEF.

---

equitably [ˋɛkwɪtəblɪ] *adv.* 公正地.
[活用] *adv.* **more equitably**, **most equitably**

equity [ˋɛkwətɪ] *n.* ① 公平,公正. ② [~ies] (無固定股息的) 普通股.
[複數] **equities**

*__equivalent__ [ɪˋkwɪvələnt] *adj.* ① 等值的,同等的.
——*n.* ② 同等物,等值 (量) 物.
[範例] ① Women's wages were only 60% of men's doing **equivalent** work. 以前做同等的工作,女性的薪資只有男性的60%.
② One foot of snow is the **equivalent** of one inch of rain. 1呎的積雪相當於1吋的雨量.
[複數] **equivalents**

equivocal [ɪˋkwɪvək!] *adj.* 模稜兩可的,含糊的: an **equivocal** reply 模稜兩可的回答.
[活用] *adj.* **more equivocal**, **most equivocal**

-er *suff.* ① 《形成形容詞、副詞的比較級》: **stronger** 較強的; **earlier** 較早的. ② 做~的人,~的人; 具有~之物: **speaker** 說話者; **New Yorker** 紐約人; **cleaner** 吸塵器.

*__era__ [ˋɪrə] *n.* ① 時代,年代. ② 紀元.
[範例] ① the Victorian **era** 維多利亞時代.
1989 marks the beginning of a new **era** in the history of Germany. 1989年代表德國歷史新時代的開始.
② the Christian **era** 西元.
[複數] **eras**

eradicate [ɪˋrædɪˌket] *v.* 根除,杜絕: AIDS must be **eradicated** before it **eradicates** the human race. 在愛滋病消滅人類之前,我們必須先消滅它.
[活用] *v.* **eradicates**, **eradicated**, **eradicated**, **eradicating**

eradication [ɪ͵rædɪˋkeʃən] n. 根除，杜絕：
the **eradication** of poverty 杜絕貧窮．

****erase** [ɪˋres] v. 擦掉，刪除．
　　範例 Our teacher **erases** the words on the
　　blackboard before I finish writing them down in
　　my notebook. 我還沒把黑板上的字記在筆記
　　本上，我們老師就把它們擦掉了．
　　Your name was **erased** from our list. 你的名
　　字從我們的名單上刪除了．
　　活用 v. **erases, erased, erased, erasing**

eraser [ɪˋresɚ] n. 橡皮擦，板擦．
　　複數 **erasers**

****erect** [ɪˋrɛkt] adj. ① 直立的，挺直的：(陰莖) 勃
　　起的．
　　—— v. ②《正式》建立，建造．③ 豎起；勃起．
　　範例 ① When threatened，male gorillas stand
　　erect，roar，and beat their chests. 一旦受到
　　威脅，雄猩猩就會站起來大吼，並且搥胸．
　　His dog barked at the policeman with its tail
　　erect. 他的狗豎起尾巴朝警察猛吠．
　　② The villagers **erected** their own church on the
　　hillside. 村民們在山腰上建造他們自己的教
　　堂．
　　The statue was **erected** twenty years ago. 那
　　座雕像是20年前建造的．
　　活用 adj. **more erect, most erect**
　　活用 v. **erects, erected, erected, erecting**

erection [ɪˋrɛkʃən] n. ① 豎立，直立；勃起．②
　　建造；建築物．
　　複數 **erections**

erode [ɪˋrod] v. ① 侵蝕 (土地，岩石等)．② 腐
　　蝕 (金屬等)．
　　範例 ① The tides **eroded** the rocks over the
　　years. 多年來潮水侵蝕這些岩石．
　　The scientists found that the coast was slowly
　　eroding away. 科學家們發現海岸線正慢慢
　　地被侵蝕．
　　② Acid **erodes** metal. 酸會腐蝕金屬．
　　活用 v. **erodes, eroded, eroded, eroding**

erosion [ɪˋroʒən] n. 侵蝕；腐蝕：wind
　　erosion 風蝕．

erotic [ɪˋrɑtɪk] adj. 性愛的，色情的．
　　活用 adj. **more erotic, most erotic**

****err** [ɝ] v.《正式》犯錯，做錯．
　　範例 To **err** is human，to repent is divine，to
　　persist is devilish. 犯錯乃人之常情，悔改為
　　聖人之行，固執則屬惡魔之舉．
　　Better to **err** on the side of caution than take
　　any chances. 寧可慎重，不可冒險．
　　活用 v. **errs, erred, erred, erring**

****errand** [ˋɛrənd] n. ① 差使，跑腿．② 差事，任
　　務．
　　範例 ① The little boy was sent on an **errand** for
　　his father. 那個小男孩為父親跑腿．
　　② She came to town on an urgent **errand**. 她因
　　緊急任務來到市區．
　　片語 **go on errands/run errands** 跑腿辦
　　事．

errant [ˋɛrənt] adj.《正式》〔只用於名詞前〕偏

離正道的，誤入歧途的．
　　範例 The **errant** wife embarrassed her husband.
　　不貞的妻子使她丈夫感到羞愧．
　　His **errant** conduct should be criticized by
　　others. 他脫軌的行為應該受到批評．
　　活用 adj. **more errant, most errant**

erratic [əˋrætɪk] adj. 反覆無常的，不規則的．
　　活用 adj. **more erratic, most erratic**

erratically [əˋrætɪklɪ] adv. 反覆無常地；不規
　　則地．
　　活用 adv. **more erratically, most erratically**

****erroneous** [əˋroniəs] adj.《正式》錯誤的：
　　Ancient people had the **erroneous** belief that
　　the earth was flat. 古時候的人誤以為地球是
　　平的．
　　活用 adj. **more erroneous, most**
　　erroneous

****error** [ˋɛrɚ] n. 過失，錯誤．
　　範例 The meltdown at the nuclear power station
　　was caused by human **error**. 核電廠的爐心
　　熔化是人為疏失．
　　The catcher made an **error** in the last inning.
　　那個捕手在最後一局失誤．
　　片語 **in error** 弄錯地：The parcel was
　　addressed **in error**. 那個包裹地址寫錯了．
　　複數 **errors**

erudite [ˋɛrʊ͵daɪt] adj.《正式》博學的，有學問
　　的．
　　活用 adj. **more erudite, most erudite**

erupt [ɪˋrʌpt] v. ① (火山) 噴發：When did
　　Mount Fuji last **erupt**? 富士山最近一次噴發
　　是甚麼時候？② 發疹，出疹．③ 突然冒出，突
　　發，爆發．
　　活用 v. **erupts, erupted, erupted, erupting**

****eruption** [ɪˋrʌpʃən] n. ① (火山的) 噴發：Ash
　　from the **eruption** fell thickly on the city. 火山
　　噴發出來的灰燼厚厚地覆蓋在那個城市．②
　　發疹，出疹．③ 突然冒出，突發，爆發．
　　複數 **eruptions**

-es suff. ①《名詞的複數形字尾》．②《動詞的第三
　　人稱單數現在式字尾》．
　　參考 用於字尾為 s、x、z、ch、sh 時，但如果
　　字尾是子音加 y，則去 y 加 ies．

escalate [ˋɛskə͵let] v. 逐漸擴大〔上升，增
　　強〕：Tension between the two nations is
　　escalating. 兩國之間的緊張情勢正節節升
　　高．
　　活用 v. **escalates, escalated, escalated,**
　　escalating

escalation [͵ɛskəˋleʃən] n. 逐漸擴大〔上升，
　　增強〕．
　　複數 **escalations**

escalator [ˋɛskə͵letɚ] n. 電扶梯：She took
　　the **escalator** to the third floor. 她搭電扶梯
　　到3樓．
　　複數 **escalators**

****escape** [əˋskep] v. ① 逃跑，逃避 (from)；避開，
　　躲過．② 漏出，流出 (from)．
　　—— n. ③ 逃亡，逃避，逃脫．④ 漏出，流出．

等式與方程式 (equation)

【Q】equation 與 equal 相關，是「等式」或「方程式」之意。equal 是「相等的」，因此可知 equation 是「等式」。但等式和方程式不太一樣，為甚麼在英語中卻是相同的字呢？

【A】方程式是包括未知數 (unknown quantity)的「等式」。例如 $3x+2＝2x+5$ 這個方程式包含未知數 x。$3x+2$ 與 $2x+5$排列在等號的左側與右側 (數學上稱為「左邊 (the left side)」與「右邊 (the right side)」)，這個算式就是要使左邊與右邊等值，並求出 x 的值 (value)，這時 x 的值稱為「根 (root)」。$3x+2＝2x+5$求出 x 等於「3」，3就是這個方程式的 root.

看了上述說明即可明白方程式是「等式 (equation)」，但此說法只有 x 是3時才能成立，因為$3x+2＝2x+5$是具備 x 是 3 這個特別條件時才成立的「等式」，英語中有時稱它為「帶條件的等式 (conditional equation)」。

▶恆等式

$3x+2＝2x+5$ 只有 x 是 3 時才能成立，所以稱為「方程式」。

但「等式 (equation)」不僅是方程式，例如 $(x+y)(x-y)＝x^2-y^2$ 中，無論 x、y 是甚麼值，都是恆常成立的算式，這樣的算式稱為「恆等式 (identity 或 identical equation)」。因此，英語中的 equation有「恆常」與「相等」的意思。

▶式

最後來說明「式」的意思。「式」的原義是「按照一定的規則或順序進行」，數學的解答也必須有一定的順序，所以就有了「式」。

範例 ① They **escaped** from prison by crawling through a drain. 他們爬排水管越獄了.

I fell off the ladder but managed to **escape** injury. 我從梯子上摔下來但沒有受傷.

Kids these days play video games to **escape** from reality. 時下的小孩子打電動玩具以逃避現實.

The date of Shakespeare's birth **escapes** me. 我想不起莎士比亞的生日.

② Water **escaped** from the hole in the pipe. 水從管子上的洞流出來了.

③ They made their **escape** in a Ferarri. 他們開一輛法拉利逃走了.

I need an **escape** from all this stress at work. 我必須從所有這種工作壓力中解脫.

④ An **escape** of radioactive gas set off the alarm. 放射性氣體外洩啟動了警報裝置.

活用 v. escapes, escaped, escaped, escaping

複數 escapes

escapism [ə`skepɪzəm] n. 逃避現實.

escapist [ə`skepɪst] n. 逃避現實者.

複數 escapists

escarpment [ɛ`skɑrpmənt] n. 陡坡，急斜面.

複數 escarpments

*escort [n. `ɛskɔrt; v. ɪ`skɔrt] n. ① (陪伴女性參加宴會等的)男件，護花使者. ② 護衛者 [隊]，(犯人的)押送者 [隊]. ③ 護衛，護送. ——v. ④ (男性)陪伴 (女性). ⑤ 護衛，護送.

範例 ① She'll need an **escort** around Rome because she doesn't speak any Italian. 她不會說義大利語，因此參觀羅馬時她需要一個導遊.

② Air Force One travels with an **escort** of several fighter planes and refueling planes. 美國總統專機由數架戰鬥機與加油機護航.

③ The visiting dignitary was given a military **escort**. 來賓受到軍隊的護衛.

④ Thomas **escorted** Diana to the ball. 湯瑪士陪伴黛安娜參加舞會.

⑤ Police **escorted** the President to the palace. 警方護送總統到皇宮.

複數 escorts

活用 v. escorts, escorted, escorted, escorting

-ese suff. ① ～國的，～語的，～人的《放在國名、地名之後形成形容詞》: Japan**ese** 日本 (語、人) 的. ② ～語、～人《放在國名、地名之後形成名詞》: Chin**ese** 國語；中國人.

Eskimo [`ɛskə,mo] n. 愛斯基摩人；愛斯基摩語.

參考 由於此字帶有貶義，故漸漸用 Inuit (伊努伊特人) 取代.

複數 Eskimo/Eskimos

esoteric [,ɛsə`tɛrɪk] adj. 難懂的；只有少數人理解的.

活用 adj. more esoteric, most esoteric

ESP [`i`ɛs`pi] 《縮略》＝extrasensory perception (超感官的知覺，第六感).

especial [ə`spɛʃəl] adj. 〔只用於名詞前〕特別的，特殊的.

範例 This symphony is an **especial** favorite of mine. 我特別喜歡這首交響曲.

We took **especial** care with the precious jewel. 我們對於貴重的珠寶格外小心.

活用 adj. more especial, most especial

*especially [ə`spɛʃəlɪ] adv. 特別地，尤其.

範例 She is **especially** good at cooking. 她特別擅長烹飪.

I like music, **especially** pop music. 我喜歡音樂，特別是流行音樂.

That evening gown was designed **especially** for the princess. 那件晚禮服是特別為公主設計的.

It is not **especially** cold today. 今天不是特別冷.

"Do you like beer?" "Not **especially**." 「你喜

歡啤酒嗎?」「不是特別喜歡.」
I dislike visitors, **especially** when I'm writing.
我不喜歡訪客,特別是在我寫作時.

[活用] adv. **more especially**, **most especially**

espionage [`ɛspɪənɪdʒ] n. 間諜活動,間諜行為.

Esq./Esq/Esqr./Esqr 《縮 略》=Esquire:
John Smith, **Esq.** 約翰・史密斯先生.

esquire [ə`skwaɪr] n. 先生,閣下《對男性正式的敬稱》.

[參考] 通常〖英〗信件的收件人地址,在全名後都加上縮寫的 Esq. 或 Esqr.;〖美〗僅用於律師.
☞ Esq.

-ess suff. 表示「女性」、「雌性」的名詞字尾:
princ**ess** 公主; actr**ess** 女演員; lion**ess** 母獅子.

*essay [n. `ɛse; v. ɛ`se] n. ① 隨筆,短篇論文,小品文. ② 嘗試,試圖.
——v. ③ 嘗試,試圖.

[範例] ① Mary wrote an **essay** on the novel she had read. 瑪麗寫了一篇關於她讀過的小說之短篇論文.
② John made his first **essays** at cooking. 約翰首次嘗試做菜.
③ The prisoners **essayed** to escape. 犯人們試圖逃跑.

[複數] **essays**

[活用] v. **essays**, **essayed**, **essayed**, **essaying**

*essence [`ɛsns] n. ① 本質,基本要素. ② 精髓,精華.

[範例] ① Please tell us the **essence** of your plan. 請告訴我們你的計畫要點.
Your opinion and mine are the same in **essence**. 你的意見與我的意見在本質上相同.
② **essence** of garlic 蒜頭精.

[片語] **in essence** 本質上. (⇨ [範例] ①)

[複數] **essences**

*essential [ɪ`sɛnʃəl] adj. ① 本質的,基本的;不可或缺的,極為重要的.
——n. ② 〔常 ~s〕要點,基本要素.

[範例] ① There is an **essential** difference between the two opinions. 這兩種看法本質上有差異.
Water is **essential** to life. 水對於生命是不可或缺的.
It is **essential** for you to know the details. 你必須知道那些細節.
② **essentials** of physics 物理學的要點.

[活用] adj. **more essential**, **most essential**

[複數] **essentials**

essentially [ɪ`sɛnʃəlɪ] adv. 本質上,根本上.

[範例] **Essentially**, the two theories are different. 這兩種理論本質上是不同的.
Miss Watt is **essentially** a kind, thoughtful teacher. 瓦特小姐基本上是個和善、體貼的老師.

[活用] adv. **more essentially**, **most essentially**

-est suff. 《形容詞、副詞最高級的字尾,接在單音節字及部分雙音節字之後》: nic**est**, happi**est**.

*establish [ə`stæblɪʃ] v. ① 設立,創立,設置;制定. ② 確立,使穩定,使安居. ③ 證明,證實.

[範例] ① Our school was **established** in 1888. 我們學校創立於1888年.
This law was **established** in 1951. 這部法律是1951年制定的.
② She **established** herself as the most powerful leader of the opposition. 她確立了自己在在野黨中居於最有力的領導地位.
This masterpiece **established** his reputation as a sculptor. 這件傑作確立了他身為雕塑家的聲譽.
The Browns **established** themselves in their new home. 布朗一家人住進他們的新家.
③ Ferdinand Lindemann **established** in 1882 that pi was a transcendental number. 費迪南・林德曼在 1882 年證明了圓周率是個超越數.《圓周率用希臘語表示為 π,英語讀作 pi [paɪ]; ☞ ([充電小站]) (p. 1051)》

[活用] v. **establishes**, **established**, **establishing**

establishment [ə`stæblɪʃmənt] n. ① 設立,設置;制定;確立;安頓,成家. ② 組織;設施;制度. ③〔the ~〕統治階級,權力機構.

[範例] ① the **establishment** of a new hospital 新醫院的設立.
the **establishment** of a new theory 一項新理論的確立.
② a research **establishment** 調查研究組織.

[複數] **establishments**

*estate [ə`stet] n. ① 土地,地產. ② 開發地,住宅區. ③ 財產.

[範例] ① My grandmother had an **estate** in the country. 我的祖母在鄉下有一塊土地.
② an industrial **estate** 工業區.
a housing **estate** 住宅區.
③ real **estate** 不動產《土地、建築物等》.
personal **estate** 動產《錢、有價證券等》.
♦ **estáte àgent**〖英〗房地產業者《〖美〗realtor》.
estáte càr〖英〗旅行車《後面座位可折疊載貨;〖美〗station wagon》.

[複數] **estates**

*esteem [ə`stim] v. ① 尊重,尊敬. ② 認為.
——n. ② 尊重,尊敬.

[範例] ① Our manager is much loved and **esteemed** for his leadership qualities on the baseball team. 我們經理因為領導棒球隊有方而深受愛戴和尊敬.
② I **esteem** it a great honor to be invited here today. 我認為今天能被邀請到這裡是莫大的榮幸.
③ Mr. Mitchell was held in high **esteem**. 米契爾先生極受尊敬.

[活用] v. **esteems, esteemed, esteemed, esteeming**

esthetic [ɛsˋθɛtɪk] =adj. **aesthetic**.

✻**estimate** [v. ˋɛstəˌmet; n. ˋɛstəmɪt] v. ① 估計；判斷；評價.
——n. ② 估計；判斷；評價.

[範例] ① The leader **estimated** that the expedition would take at least a year. 領隊估計這次探險至少要花一年的時間.
We **estimated** your losses at $200,000. 我們估計你的損失為20萬美元.
The officer **estimated** my age at 29. 那位警官估計我的年齡為29歲.
② My **estimate** of your character was about right. 我對你的個性之判斷大致無誤.

[活用] v. **estimates, estimated, estimated, estimating**

[複數] **estimates**

estimation [ˌɛstəˋmeʃən] n. 判斷；評價；意見. In my **estimation**, your wife is an aggressive woman. 依我判斷，你太太是一個精明幹練的女性.

[複數] **estimations**

estrange [əˋstrendʒ] v. (使) 遠離, (使) 疏遠: The actress has been **estranged** from her husband for several years. 那個女演員多年來一直與丈夫分居.

[活用] v. **estranges, estranged, estranged, estranging**

estuary [ˋɛstʃʊˌɛrɪ] n. 河口；峽灣.

[複數] **estuaries**

✻**etc.** [ɛtˋsɛtərə] adv. 等等《拉丁語的 et cetera (and others) 的縮略，用於人以外的物品》: I like beer, wine, **etc.** 我喜歡啤酒、葡萄酒等.

[參考] 亦作 and so on, and so forth.

etch [ɛtʃ] v. ① 蝕刻 (☞ etching). ② 銘記，留下深刻印象: The scene is **etched** on my mind. 那個景象在我心中留下深刻的印象.

[活用] v. **etches, etched, etched, etching**

etching [ˋɛtʃɪŋ] n. ① 蝕刻法. ② 蝕刻版畫，銅版畫.

[參考] etching 是銅版畫技法的一種，以防蝕劑遮蓋銅版的表面，然後在上面用雕刻針畫圖，再用酸來腐蝕所畫的部分.

[複數] **etchings**

✻**eternal** [ɪˋtɝnl] adj. ① 永遠的，永恆的. ② 不斷的；不變的.

[範例] ① **eternal** love 永遠的愛.
The Bible promises believers **eternal** life. 《聖經》向信徒們承諾永生.
the **eternal** triangle 男女間的三角關係.
② **Eternal** bickering and arguing drove them apart. 不停的爭吵與辯論使他們分手了.

eternally [ɪˋtɝnlɪ] adv. 永遠地，永恆地；不斷地，永久地: The electoral system is not **eternally** valid. 選舉制度並非永遠固定不變.

eternity [ɪˋtɝnətɪ] n. ① 永遠，永久: I will be with you for **eternity**, if you truly love me. 如果你真心愛我，我將永遠與你同在. ②（死後的）永世，來世. ③ 漫長的時間. ④〔~ies〕永恆的真理.

-eth suff. 第~號《接在基數後構成序數的字尾》: thirti**eth**.

ether [ˋiθɚ] n. 乙醚《具揮發性，燃點低的無色液體，作麻醉劑使用》.

ethereal [ɪˋθɪrɪəl] adj. 極優美的；微妙的: His latest work has an **ethereal** quality to it. 他的最新作品極為絕妙.

✻**ethic** [ˋɛθɪk] n. ① 道德體系. ②〔~s, 作單數〕倫理學. ③〔~s, 作複數〕道德（標準），倫理.

[範例] ① the Christian **ethic** 基督教道德體系.
② practical **ethics** 實踐倫理學.
③ medical **ethics** 醫德.

[複數] **ethics**

ethical [ˋɛθɪkl] adj. ① 倫理的，道德的: It used not to be **ethical** for a doctor to advertize. 醫生打廣告在以前是不道德的. ②（藥）憑醫師處方出售的.

[活用] adj. **more ethical, most ethical**

ethically [ˋɛθɪklɪ] adv. 倫理地，道德地.

[活用] adv. **more ethically, most ethically**

ethnic [ˋɛθnɪk] adj. ① 民族的，種族的. ② 特殊民族的，民族風格的.

[活用] adj. ② **more ethnic, most ethnic**

ethnology [ɛθˋnɑlədʒɪ] n. 民族學.

✻**etiquette** [ˋɛtɪˌkwɛt] n. 禮儀，禮節.

[範例] The rules of **etiquette** were very strict in the old days. 以前的禮節規範非常嚴格.
It is not good **etiquette** to pick your teeth here. 在這裡剔牙很不禮貌.
a breach of **etiquette** 違背禮俗.

[參考] 在法國路易十四世 (1643-1715) 時代，出入宮廷的貴族皆會領到一張 etiquette（在法語中表示「牌子」），牌子上詳細地記載宮廷內的規矩，因此 etiquette 產生了「禮儀，禮節」的意思.

etymology [ˌɛtəˋmɑlədʒɪ] n. 字源；字源學.

[複數] **etymologies**

EU [ˋiˋju]《縮略》=European Union (歐洲聯盟).

eucalyptus [ˌjukəˋlɪptəs] n. 油加利樹《原產於澳洲的常綠樹》.

[複數] **eucalyptuses**

eunuch [ˋjunək] n. 太監，宦官《被去勢的小官，在古代中國侍奉皇帝等》.

[複數] **eunuchs**

euphemism [ˋjufəˌmɪzəm] n. 委婉的說法；委婉話.

[複數] **euphemisms**

euphemistic [ˌjufəˋmɪstɪk] adj. 委婉的，婉轉的.

[活用] adj. **more euphemistic, most euphemistic**

euphoria [juˋforɪə] n. 幸福感；欣快症.

euphoric [juˋforɪk] adj. 充滿幸福感的.

[活用] adj. **more euphoric, most euphoric**

Eurasia [juˋreʒə] n. 歐亞，歐亞大陸.

[字源] Europe (歐洲)＋Asia (亞洲).

✻**Europe** [ˋjurəp] n. ① 歐洲. ② 歐洲共同組織

European [ˌjurəˋpiən] *n.* ① 歐洲人.
——*adj.* ② 歐洲的.
複數 **Europeans**

euthanasia [ˌjuθəˋneʒə] *n.* 安樂死.

evacuate [ɪˋvækjuˌet] *v.* ① 撤退, 撤離. ② 疏散. ③ 使空出, 騰出. ④（使）排泄.
範例 ① People have **evacuated** the heavily mined area. 人們已經撤離布滿地雷的區域.
② The whole town was **evacuated** before enemy forces arrived. 在敵軍到來之前, 整個城鎮都被疏散了.
③ The scientist **evacuated** air from the chamber to create a vacuum. 那位科學家為了製造真空狀態, 排空房裡的空氣.
④ **evacuate** ~'s bowels 排便.
活用 *v.* **evacuates, evacuated, evacuated, evacuating**

evacuation [ɪˌvækjuˋeʃən] *n.* ① 撤退, 撤離: **Evacuation** by helicopter will be impossible with such strong winds. 在這樣的強風下, 靠直升機撤離是不可能的. ② 排出. ③ 排泄物.

evade [ɪˋved] *v.* 逃避, 閃避, 規避.
範例 The president is trying to **evade** paying taxes. 那位總裁正試圖逃稅.
The escaped prisoners **evaded** capture by dressing up like women. 越獄犯以男扮女裝逃避追捕.
The minister **evaded** the question by giving a vague answer. 那位部長以模糊的回答規避詢問.
活用 *v.* **evades, evaded, evaded, evading**

evaluate [ɪˋvæljuˌet] *v.* 評價; 估計: **evaluate** students' work 評價學生們的作品.
活用 *v.* **evaluates, evaluated, evaluated, evaluating**

evaluation [ɪˌvæljuˋeʃən] *n.* 評價; 估計.
複數 **evaluations**

evangelical [ˌivænˋdʒɛlɪkl] *adj.* ① 福音書的; 福音主義的.
——*n.* ② 福音主義者.
複數 **evangelicals**

evangelist [ɪˋvændʒəˌlɪst] *n.* ① 傳播福音者.
②〔E~〕福音書的作者《馬太(Matthew), 馬可(Mark), 路加(Luke), 約翰(John)》.
複數 **evangelists**

****evaporate** [ɪˋvæpəˌret] *v.*（使）蒸發;（使）消失,（使）消散.
範例 Alcohol **evaporates** quite quickly. 酒精蒸發得相當快.
Heat **evaporates** water. 熱使水蒸發.
John's hopes are beginning to **evaporate**. 約翰開始不抱希望了.
♦ **evaporated milk** 煉乳.
活用 *v.* **evaporates, evaporated, evaporated, evaporating**

evaporation [ɪˌvæpəˋreʃən] *n.* 蒸發; 消散; 脫水, 乾燥.

evasion [ɪˋveʒən] *n.* 逃避, 規避; 遁詞, 藉口.
範例 You are formally charged with income tax **evasion**. 你因逃避所得稅而被正式起訴了.
His account of the accident was full of **evasions**. 他的意外事故報告盡是推託之詞.
複數 **evasions**

evasive [ɪˋvesɪv] *adj.* 逃避的, 閃躲的; 推諉的: an **evasive** answer 閃爍其詞的回答.
活用 *adj.* **more evasive, most evasive**

****eve** [iv] *n.* ①（節日的）前夕, 前日. ②（重大事件的）前夕, 傍晚.
範例 ① Christmas **Eve** 聖誕節前夕.
New Year's **Eve** 除夕.
② The conflict broke out on the **eve** of the election. 那場衝突在選舉前夕爆發.
字源 從古英語的 æfen 到 even (傍晚), 再去掉字尾變成 eve, evening 也是同一字源.
複數 **eves**

†**even** [ˋivən] *adj.*, *adv.*

原義	層面		釋義	範例
無變化	某一件事物的狀態	表面	*adj.* 平的; 水平的	①
		性質	*adj.* 有規律的, 同樣的	①
	兩件東西		*adj.* 相等的; 對等的; 公平的	②
	被二等分		*adj.* 偶數的	③
	無例外地		*adv.* 連, 甚至	④
	強調		*adv.* 還; 甚至更; 即使	⑤

——*v.* ⑥（使）穩定(out);（使）平等(out).
範例 ① The table has to be perfectly **even** for the experiment to work. 要使實驗順利進行, 桌子必須保持完全水平.
It's good to go at an **even** pace. 用一般規律的步調走比較好.
The quality of his writing is remarkably **even**. 他文章的品質非常地一致.
②"How tall is your son?" "He would stand **even** with this table." 「你兒子多高?」「與這張桌子差不多高.」
Graf had an **even** game with Navratilova. 葛拉芙與娜拉蒂洛娃進行了一場勢均力敵的比賽.
The chances of success or failure are **even**. 成功或失敗的機會各半.
③ 2, 4, 6 are **even** numbers. 2, 4, 6 是偶數.
④ **Even** a child can solve this problem. 這種問題連小孩都會解決.
These flowers will bloom **even** in winter. 這些花朵甚至在冬天也會開花.
I have never **even** heard of such a scandal. 我

連那樣的醜聞也沒有聽說過.

⑤ Dick speaks Cantonese **even** better than you do. 迪克的廣東話說得比你更好.

You must go **even** if you don't want to. 即使你不想去, 你也必須去.

He came to school **even** though he had a fever. 即使他發燒, 他還是來學校.

It's getting dark. **Even** so, we must go out. 天色暗了, 即使如此, 我們也必須出去.

⑥ Prices have **evened** out for these sixteen months. 物價在這16個月間一直很穩定.

The communists want to **even** out social inequality through the redistribution of wealth. 共產主義者想透過財富的重新分配使社會的不平等趨於平等.

[片語] **even if** 即使. (⇨ [範例] ⑤)

even though 即使. (⇨ [範例] ⑤)

[活用] *adj.* ① ② **more even, most even/ evener, evenest**

[活用] *v.* **evens, evened, evened, evening**

**evening [ˋivnɪŋ] *n.* ① 傍晚, 晚間《從日落到就寢》. ② 晚年, 末期; 衰退期. ③ 晚會, 晚間活動.

[範例] ① He came in the **evening**. 他是傍晚來的.

I'll see you this **evening**. 今晚見.

I met Tom on the **evening** of June 4. 我在6月4日傍晚遇見湯姆.

I'll leave for Paris tomorrow **evening**. 我明晚將前往巴黎.

early in the **evening** 薄暮時分.

late in the **evening** 夜幕低垂.

yesterday **evening** 昨晚.

toward **evening** 近黃昏時.

② He took up painting in the **evening** of his life. 他晚年開始畫畫.

③ a musical **evening** 音樂晚會.

[參考] 「在傍晚」通常用 in the evening 來表示, 但表示特定日子的傍晚時用 on.

♦ **évening dréss** 晚禮服《晚會的正式服裝, 特指女裝時亦作 evening gown, 其長度通常拖到地上》.

évening pàper 晚報《在美國、英國的早報與晚報通常出不同報社發行》.

évening prímrose 月見草.

the èvening stár 黃昏星《日落後在西方看得見的明亮星星, 通常指金星 (Venus)》.

➡ (充電小站) (p. 27)

[複數] **evenings**

evenly [ˋivənlɪ] *adv.* 均勻地、平等地.

[範例] Spread the icing **evenly** on the cake. 把糖霜均勻地撒在蛋糕上.

Mother divided the cake **evenly** among four of us. 母親把蛋糕平分給我們4個人.

[活用] *adv.* **more evenly, most evenly**

*event [ɪˋvɛnt] *n.* ① 發生的事, 事件. ② 大事. ③ (比賽) 項目. ④ 結果, 結局.

[範例] ① the chief **events** of 1996 1996 年的重要事件.

It was a tragic course of **events** that led to his downfall. 一連串悲慘的事件導致他的墮落.

It is easy to be wise after the **event**. 《諺語》不經一事, 不長一智.

in the natural course of **events** 按照自然的趨勢.

Events prior to the king's death ensured that his son would not take the throne. 因為國王死前發生的事件, 王子肯定不能繼承王位了.

② an annual **event** 年度大事.

③ field **events** 田賽項目《田徑比賽中不使用賽場跑道的項目, 例如跳遠 (long jump)、鉛球 (shot put) 等》.

the sponsoring of sports **events** 運動項目的贊助.

The next **event** is a 100-meter dash. 下一個比賽項目是100公尺賽跑.

④ I'm not sure I'll come back on time, but in any **event** I'll phone. 我不確定是否能準時回來, 但無論如何我都會打電話告知.

[片語] **at all events** 無論如何: Two flights on her itinerary were canceled, but **at all events** she got here on time. 她旅行路線中的2個航班被取消了, 但無論如何她還是準時到達這裡了.

in any event 無論如何《用於即將發生的事情》. (⇨ [範例] ④)

in either event 不管怎樣, 反正.

in the event 結果, 終於: The film was reviewed unfavorably, but **in the event**, I found it to be fun. 雖然那部電影沒有受到好評, 但我終究還是覺得它很有趣.

[複數] **events**

eventful [ɪˋvɛntfəl] *adj.* 多事的; 重大的.

[範例] Well, it's been an **eventful** day today, hasn't it? 唉呀, 今天真是多事的一天, 不是嗎?

The writer's stay in London was not very **eventful**. 那位作家暫留倫敦並不是甚麼重大的事.

[活用] *adj.* **more eventful, most eventful**

*eventual [ɪˋvɛntʃuəl] *adj.* 〔只用於名詞前〕結果的, 最終的: Our **eventual** goal is to modernize the village's service without destroying its old-world charm. 我們最終的目標是使村莊的設施現代化而不破壞它古色古香的魅力.

eventuality [ɪˏvɛntʃuˋælətɪ] *n.* 《正式》突發狀況; 偶發事件: The general claimed that the army should be able to cope with all **eventualities**. 那位將軍要求軍隊要能應付任何突發狀況.

[複數] **eventualities**

eventually [ɪˋvɛntʃuəlɪ] *adv.* 結果, 終於, 最後.

[範例] Be patient. **Eventually** your hard work will pay off. 耐心點, 你的努力總會有所回報的.

Don't be impatient—we'll get there **eventually**. 別急, 我們總會到達那裡的.

†ever [ˋɛvɚ] *adv.* 任何時候；從來；曾經；究竟，到底．

範例 Dick is hardly **ever** at home these days. 迪克這些天幾乎都不在家．

Will we **ever** meet again? 我們還會再見面嗎？

Virginia is **ever** willing to help her friends. 維吉尼亞總是樂於幫助朋友．

They got married and lived happily **ever** after. 兩人結婚後一直過得很幸福．

Have you **ever** been to Disneyland? 你去過迪士尼樂園嗎？

This is the ugliest building I have **ever** seen. 這是我所見過最醜陋的建築物．

When **ever** will Al return? 艾爾到底甚麼時候回來？

片語 **ever since** 自從，此後一直．

Everest [ˋɛvrɪst] *n.* (前面加上 Mount 或 Mt.) 埃佛勒斯峰《喜馬拉雅山脈的最高峰，海拔 8,848公尺，亦稱聖母峰》．

evergreen [ˋɛvɚ͵grin] *adj.* ① 常綠的《一整年不落葉的》．

—— *n.* ② 常綠樹〔植物〕．

複數 **evergreens**

*****everlasting** [͵ɛvɚˋlæstɪŋ] *adj.* 永遠的，不朽的：It's natural for humans to search for **everlasting** happiness. 人類一直在追求永遠的幸福．

evermore [͵ɛvɚˋmor] *adv.* 永遠地，永久地：I suppose Hong Kong will remain part of China for **evermore**. 我認為香港將永遠是中國的一部分．

†every [ˋɛvrɪ] *adj.* ① 所有的，每一個的．② 完全的，所有可能的．

範例 ① **Every** student knows Mr. Brown. 每個學生都認識布朗先生．

I take my dog for a walk **every** morning. 我每天早上都帶著我的狗去散步．

We were expecting your phone call **every** moment. 我們時時刻刻都在等你的電話．

Not **every** book is worth reading. 不是所有的書都值得一讀．

every fourth year/**every** four years 每4年．

② You have **every** right to doubt me. 你絕對有權利懷疑我．

I wish you **every** success. 祝你成功．

片語 *every bit* 在每一方面；全部．

every now and again/every now and then 有時，偶爾．

every other 每隔一～的：Write on **every** other line. 每隔一行寫．

every time 每次：Miss White cheers me up **every time** I see her. 每當我見到懷特小姐時，她總是勉勵我．

†everybody [ˋɛvrɪ͵bɑdɪ] *pron.* 人人，每個人．

範例 **Everybody** likes the new teacher. 大家都喜歡那位新老師．

Tell **everybody** to meet at my house tonight. 告訴大家今晚到我家來．

Everybody's business is nobody's business. 《諺語》眾人之事無人管．

Not **everybody** can be an artist. 不是每個人都能成為藝術家．

參考 與 everyone 意思相同，但 everybody 用於口語，為比較不正式的用法．

*****everyday** [ˋɛvrɪˋde] *adj.* 〔只用於名詞前〕每天的；日常的，平時的．

範例 Your **everyday** chores include cleaning the bathrooms and clearing up the kitchen. 你每天的雜務包括打掃浴室和收拾廚房．

Accidents are **everyday** occurrences. 事故經常發生．

I'd like a compact English-Chinese dictionary for **everyday** use. 我要一本日常用的小型英漢辭典．

He came to the important meeting in **everyday** clothes. 他穿著便服來參加重要會議．

†everyone [ˋɛvrɪ͵wʌn] *pron.* 所有的人〔物〕，每個人．

範例 **Everyone** here has a college degree, right? 這裡的每個人都有大學學歷，對嗎？

Everyone raised their glass for the toast. 每個人都舉起杯子來乾杯．《everyone 嚴格地說是作單數，因此承接的應該是 his or her own glass，但有時也可以用 their》

Everyone is not honest. 並非每個人都是正直的．

參考 例如：I'll have my revenge on every one of the gang. （我要向匪徒中的每一個人報復．）這句話強調「每一個人」，所以就用 every one 兩個字．

†everything [ˋɛvrɪ͵θɪŋ] *pron.* 一切事物；最重要的東西．

範例 **Everything** is now ready for the party. 晚會一切準備就緒．

I'll do **everything** I can to help you. 我將盡我所能來幫助你．

I have a lot of worries about my job and **everything**. 我在工作及其他事情上有許多煩惱．

Money isn't **everything**. 金錢不是一切．

You mean **everything** to me. 你就是我的一切．

片語 *and everything* 以及其他的一切．（⇨ 範例）

†everywhere [ˋɛvrɪ͵hwɛr] *adv.* 到處；無論何處．

範例 You can't find this article **everywhere**. 這件東西不是到處都有．

Everywhere you go, you meet foreign people nowadays. 現今你無論到哪裡都會碰上外國人．

evict [ɪˋvɪkt] *v.* 趕走，驅逐《常用 be evicted from 形式》：He was **evicted** from his apartment for making too much noise at night. 他因為晚上太吵而被逐出公寓．

活用 *v.* **evicts**，**evicted**，**evicted**，**evicting**

eviction [ɪ'vɪkʃən] *n.* 趕走，驅逐.
複數 **evictions**

***evidence** ['ɛvədəns] *n.* 證據.
範例 an important piece of **evidence** 一項重要的證據.
Is there any **evidence** for believing in UFOs? 有任何證據可以證明不明飛行物體存在嗎?
Do they have enough **evidence** to arrest him? 他們有足夠的證據逮捕他嗎?
片語 **in evidence** 明顯的: Poor street children were **in evidence** in that part of the city. 城市的那一帶隨處可見可憐的流浪兒.
複數 **evidences**

***evident** ['ɛvədənt] *adj.* 明白的，明顯的.
範例 With **evident** sorrow in his voice, Mr. Brown announced the disappointing election results. 布朗先生以明顯悲傷的聲音宣布令人失望的選舉結果.
It's **evident** to me that this organization is run by a group of amateurs. 我很明白，這個組織是由一群業餘人士經營的.
His failure was **evident** in his countenance. 他的失敗很清楚地寫在臉上.
活用 *adj.* **more evident，most evident**

***evidently** ['ɛvədəntlɪ] *adv.* ① 明顯地，顯然地. ② 似乎.
範例 ① He is **evidently** guilty. 他顯然有罪.
Evidently you are in the wrong. 顯然是你錯了.
② Tom said he'd be here today, but **evidently** he's changed his mind. 湯姆說他今天會來，但他似乎改變主意了.

***evil** ['ivl] *adj.* ① 邪惡的，壞的. ② 不幸的; 不吉的; 討厭的，令人作嘔的.
——*n.* ③ 罪惡，邪惡; 災難.
範例 ① That man is full of **evil** thoughts. 那個人(滿腦子)充滿邪惡的想法.
Mary has an **evil** tongue. 瑪麗有張惡毒的嘴巴.
② The family fell on **evil** days. 那個家庭遭遇不幸.
Where does this **evil** smell come from? 這惡臭是哪來的?
③ Do **evil** and **evil** comes out of it. 《諺語》行惡則惡生.
social **evils** 社會之罪惡.
Do you think bribery is a necessary **evil**? 你認為賄賂是必然之罪惡嗎?
片語 **speak evil of** 說~的壞話.
♦ **the èvil éye** 凶眼《據說被這種眼光看過後就會招致災難》.
活用 *adv.* **eviler，evilest/eviller，evillest/more evil，most evil**
複數 **evils**

evocative [ɪ'vɑkətɪv] *adj.* 召喚的; 令人想起的《常與 of 連用》: Her hairstyle is **evocative** of the 1950s. 她的髮型令人想起1950年代.
活用 *adj.* **more evocative，most evocative**

evoke [ɪ'vok] *v.* ① 引起(讚賞、笑聲等). ② 喚起(記憶、感情等).
範例 ① Her report on the starving children **evoked** deep sympathy. 她有關孩子們挨餓的報告引起了深深的同情.
② That old picture **evoked** memories of my grandmother. 那張舊照片使我想起祖母.
活用 *v.* **evokes，evoked，evoked，evoking**

***evolution** [,ɛvə'luʃən] *n.* ① 進化. ② 演變，發展.
範例 ① In the course of **evolution**, human beings have lost their natural instincts. 在進化的過程中，人類失去了自然的本能.
② the **evolution** of the computer 電腦的發展.

evolve [ɪ'vɑlv] *v.* (使)進化 (from); 演變，發展.
範例 Man **evolved** from the ape. 人類是從類人猿進化而來的.
Hawking **evolved** the theory of black holes. 霍金發展黑洞理論.
活用 *v.* **evolves，evolved，evolved，evolving**

ewe [ju] *n.* 母羔羊《公羊稱作 ram; ☞ sheep (羊)》.
複數 **ewes**

***exact** [ɪg'zækt] *adj.* ① 正確的. ② 精密的. ③ 嚴謹的.
範例 ① I don't know the **exact** meaning, but I can give you a rough translation. 我不知道正確的意思，但我能給你一個粗略的翻譯.
② They made an **exact** plan for climbing Mt. Everest. 他們訂定了一個攀登聖母峰的精密計畫.
③ They're very **exact** in the way they conduct their polls. 他們非常嚴謹地管理著自己的投票所.
片語 **to be exact** 精確地說: To be exact, the walk to the station took seven minutes and twenty seconds. 精確地說，走到那個車站要7分20秒.
活用 *adj.* **exacter，exactest/more exact，most exact**

exacting [ɪg'zæktɪŋ] *adj.* 艱難的，吃力的: Cutting a perfect diamond is very **exacting** indeed. 切割一顆完美的鑽石實際上非常艱難.
活用 *adj.* **more exacting，most exacting**

***exactly** [ɪg'zæktlɪ] *adv.* 恰好地; 正確地.
範例 I got **exactly** $2,000. 我收到2,000美元整.
"Why is the boss so angry? Did Jones screw up again?" "**Exactly.**" 「為甚麼老闆這麼生氣? 是瓊斯又犯錯了嗎?」「正是。」
He's not **exactly** gay; he just pretends to be. 他並不是同性戀，他只是裝出來的.
活用 *adv.* **most exactly**

exactness [ɪg'zæktnɪs] *n.* 正確性.

***exaggerate** [ɪg'zædʒə,ret] *v.* 誇張，誇大: Nobody believes him because he always **exaggerates**. 沒有人相信他，因為他老是吹噓.

The government **exaggerated** the seriousness of the situation to the press. 政府對新聞界誇大了情勢的嚴重性.

活用 v. **exaggerates, exaggerated, exaggerated, exaggerating**

exaggeration [ɪg͵zædʒəˋreʃən] n. 誇大，誇張；誇張的表現: It is no **exaggeration** to say that AIDS is an incurable disease for the time being. 說愛滋病在目前是不治之症並不誇張.

複數 **exaggerations**

*****exalt** [ɪgˋzɔlt] v.《正式》稱讚；提升.

範例 Mr. Brown **exalted** you to the sky. 布朗先生把你捧上了天.

Mr. Wang was **exalted** to the vice presidency. 王先生被擢升為副總裁.

片語 **exalt ~ to the sky** 把~捧上天. (⇨ 範例)

活用 v. **exalts, exalted, exalted, exalting**

exaltation [͵ɛgzɔlˋteʃən] n. 興高采烈: The news of the victory filled the students with **exaltation**. 勝利的消息使得學生們興高采烈.

*****exam** [ɪgˋzæm] n. 考試《examination 的縮略》.

複數 **exams**

*****examination** [ɪg͵zæməˋneʃən] n. 檢查，調查；考試《☞ 充電小站 (p. 431)》.

範例 We had a physical **examination** yesterday. 我們昨天作了身體檢查.

Mr. Chen gave us an **examination** in physics. 陳老師昨天給我們作了物理學測驗.

The cause of the accident is under **examination**. 那起意外事故的原因正在調查中.

片語 **give ~ an examination** 檢查，對~進行測驗. (⇨ 範例)

under examination 調查中. (⇨ 範例)

複數 **examinations**

*****examine** [ɪgˋzæmɪn] v. 檢查，調查；測驗.

範例 The doctor closely **examined** the bacteria under the microscope. 那位醫生在顯微鏡下仔細地觀察細菌.

Did you **examine** the cause of your failure? 你查出你失敗的原因了嗎?

The customs officer did not **examine** my baggage. 海關官員沒有檢查我的行李.

The teacher **examined** the students in geography. 那位老師給學生們作了地理考試.

活用 v. **examines, examined, examined, examining**

examiner [ɪgˋzæmɪnɚ] n. 審查員；考試委員.

複數 **examiners**

*****example** [ɪgˋzæmpl] n. ① 例子，實例.
② 儆戒，警告.

範例 ① an arithmetic textbook full of **examples** 有許多例子的算術課本.

All the **examples** in this dictionary are appropriately selected and easy to understand. 這本辭典中的所有例子都經過適當的挑選且很容易理解.

Several countries still have the death penalty, for **example** Japan and China. 有好幾個國家仍然有死刑，例如日本與中國.

He set a bad **example** to his sons by not working regularly. 他不好好工作，給兒子們立了個壞榜樣.

② The judge made an **example** of him and gave him the harshest punishment allowed under the law. 法官在法律允許範圍內判了他最嚴苛的刑罰以儆戒他人.

片語 **for example** 例如. (⇨ 範例 ①)

give an example of 舉個例子.

make an example of 懲一儆百. (⇨ 範例 ②)

set an example to 樹立榜樣. (⇨ 範例 ①)

參考 for example 有時寫作 e.g. 這是取自拉丁語的 exempli (例) 及 gratia (為了) 的首字母組合而成的.

複數 **examples**

exasperate [ɪgˋzæspə͵ret] v. 激怒: It **exasperates** your roommate that you hardly study and get A's while he studies his head off and only gets C's and D's. 你的室友很生氣，因為你不怎麼用功卻得了 A，而他很用功卻只得了 C 和 D.

活用 v. **exasperates, exasperated, exasperated, exasperating**

exasperation [ɪg͵zæspəˋreʃən] n. 憤怒.

excavate [ˋɛkskə͵vet] v. 挖空，挖出，掘出.

範例 They **excavated** the side of the hill. 他們在挖掘山坡.

He **excavated** some bones of a dinosaur. 他挖掘出一些恐龍骨頭.

活用 v. **excavates, excavated, excavated, excavating**

excavation [͵ɛkskəˋveʃən] n. 挖掘；發掘.

複數 **excavations**

excavator [ˋɛkskə͵vetɚ] n. 挖掘者；挖土機.

複數 **excavators**

*****exceed** [ɪkˋsid] v. 超過，超越.

範例 The price of the new car will not **exceed** £5,000. 那輛新車的價格不會超過5,000鎊.

That **exceeds** my authority. 那超出我的權限.

字源 ex (超越) + ceed (去).

活用 v. **exceeds, exceeded, exceeded, exceeding**

exceedingly [ɪkˋsidɪŋlɪ] adv. 極度地，非常地: The women were **exceedingly** nervous of snakes. 那些婦女非常怕蛇.

*****excel** [ɪkˋsɛl] v.《正式》勝過，優於.

範例 Newton **excelled** his contemporaries in natural science. 牛頓在自然科學上勝過他同時代的人.

She **excels** as a violinist. 她是一個出類拔萃的小提琴家.

My daughter **excels** in math and science. 我

英國與美國的考試 (examination)

【Q】英國、美國的入學考試是怎麼樣的呢?
【A】英國與美國的教育制度不能一概而論, 它們有以下的考試制度:

1. 英國

義務教育從5歲到16歲, 在英格蘭及威爾斯16歲必須參加統一考試以獲取一般中等教育結業證書 **GCSE** (General Certificate of Secondary Education). 這個考試不僅是中等教育的「結業考試」, 同時也是決定是否能進入大學的學科考試. 大部分學生16歲就進入現實社會中, 而希望上大學的學生, 在這次考試中獲得一定的成績後, 在被稱為 sixth-form (第6學年) 的大學入學學科學習2年.

sixth-form 結束後, 18歲參加高級考試 **A-level**, A 是 Advanced 的縮寫. 申請自己想進的學科, 一般取得 3 科 A-levels 是進大學或工藝專科學校 (polytechnic) 的條件.

在蘇格蘭也有相當於 GCSE 的證書, 即蘇格蘭普通教育結業證書 **SCE** (Scottish Certificate of Education) 的考試. SCE 有3個等級, 首先是15 或 16 歲取得普通級 O-grades (Ordinary grades), 1年後考高級 Highers, Highers 的資格取得後, 可以馬上進大學, 也可以再學習1年,

取得更高一級的資格即第6學年結業證書 (the Certificate of Sixth Year Studies). 英格蘭和威爾斯的大學是3年制的, 而蘇格蘭的大學一般是4年制, 應該通過的科目也比英格蘭和威爾斯多.

2. 美國

美國的教育制度因州而異, 義務教育一般從6歲到18歲, 以6-2-4 制為首, 6-4-2, 5-3-4, 4-4-4, 8-4, 6-6, 6-3-3 等各不相同.

如果希望進大學, 在學力方面應該考慮以下3點: (1)在高中取得的學分, (2)學業平均值 **GPA** (**G**rade **P**oint **A**verage), (3)學力性向測驗 **SAT** (**S**cholastic **A**ptitude **T**est).

(2)的 GPA 是各科成績的平均分數, A 是4分, B 是3分, 這樣計算後取得的平均值. (3)的 SAT 是希望進大學者必須參加之全國統一的英語和數學考試, 17歲時考. 在 SAT 之前, 16歲時要參加學習能力預試 **PSAT** (**P**reliminary **S**cholastic **A**ptitude **T**est), 多數希望進大學者參加這個考試, 這個考試的結果有時也被作為大學入學的考慮因素.

另外, 也有一些大學有自己的學力考試 (Achievement Test).

女兒擅長數學與科學.

[活用] *v.* **excels**, **excelled**, **excelled**, **excelling**

excellence [ˋɛksləns] *n.* 優秀, 卓越: Our school is famous for its academic **excellence**. 我們學校因學術卓越而聞名.

Excellency [ˋɛkslənsɪ] *n.* 閣下《對於部長、大使、總督等的敬稱》(充電小站 (p. 761)).
[範例] Your **Excellency** 閣下 (夫人)《直接稱呼》.
His **Excellency** 閣下《間接稱呼》.
Her **Excellency** 閣下夫人《間接稱呼》.
[複數] **Excellencies**

✱excellent [ˋɛkslənt] *adj.* 優秀的《常與 in 連用》: The student is **excellent** in social studies. 那個學生社會學科方面很傑出.
[活用] *adj.* **more excellent**, **most excellent**

excellently [ˋɛksləntlɪ] *adv.* 優秀地.
[活用] *adv.* **more excellently**, **most excellently**

✱except [ɪkˋsɛpt] *prep.*, *conj.* ① 除了~以外.
②〔~ for, ~ that〕除了~以外《對前面所敘追加一個小的例外因素》.
——*v.* ③ 除外《常用 be excepted from 形式》.
[範例] ①The library is open every day **except** Monday. 那個圖書館除了星期一以外每天都開放.
This kind of butterfly is rarely found **except** in this area. 這類蝴蝶除了這個區域以外很少見.
I go to school by bike **except** when it rains. 除

了下雨天以外, 我都騎腳踏車上學.
I would go, **except** I have a bad cold. 我想去, 但我得了重感冒.
②The old dress is in good condition **except** for one or two little holes. 那件舊衣服除了有一兩個小洞以外, 其餘部分完好無瑕.
Your composition is good **except** that it is a little too long. 你的作文除了有點長以外, 其他都很好.
③Foreign students are **excepted** from the statistics. 外國學生被排除在統計以外.
[片語] ***except for*** 除了~以外. (⇨ [範例] ②)
except that 除了~以外. (⇨ [範例] ②)
[活用] *v.* **excepts**, **excepted**, **excepted**, **excepting**

excepting [ɪkˋsɛptɪŋ] *prep.* 除了~以外:
Excepting Robert and me, everyone voted yes. 除了我跟羅伯特以外, 所有的人都投了贊成票.
[片語] ***always excepting*** 除了~以外:
Always excepting Mondays the antiques market is open daily. 除了星期一以外, 古董市場每天都開放.
not excepting/without excepting 也不例外, 也包括: They were all drunk, **not excepting** John. 他們都醉了, 約翰也不例外.
The crew were all saved **without excepting** the captain. 包括船長在內的所有船員都獲救了.
[參考] excepting 的意思與 except 相同, 但它通

常用在句首，或其前面帶有 always，not，without。

*****exception** [ɪk`sɛpʃən] *n.* ① 例外，除外。② 異議，不服。

範例 ① There is no rule without **exceptions**. 凡是規則必有例外。

We have never accepted cheques, and we will make no **exceptions**, either. 我們從來沒有接受過支票，以後也不會有例外。

I like all my classmates, with the **exception** of John. 我喜歡我的同班同學，但約翰除外。

You must obey all the rules without **exception**. 你必須毫無一例外地遵守所有規定。

② Some of the more extreme feminists take **exception** to that word. 一些比較激進的女性主義者反對使用那個字。

片語 ***take exception to ~*** ① 反對，抗議。(⇨ 範例 ②) ② 生氣：I **took** the greatest **exception** to his rude proposal. 我對他無禮的提議非常生氣。

exceptional [ɪk`sɛpʃənəl] *adj.* ① 例外的，異常的。② 優秀的。

範例 ① We also have to consider **exceptional** cases. 我們也必須考慮到例外的情況。

② All her children are hard workers, but the youngest is really **exceptional**. 她所有的孩子都很用功，但最小的那一個特別優秀。

exceptionally [ɪk`sɛpʃənlɪ] *adv.* 例外地。

範例 **Exceptionally**, there are some stretches of beautiful weather during the rainy season. 很例外地，在雨季中好天氣維持了一段時間。

an **exceptionally** hot day 特別熱的一天。

excerpt [`ɛksɝpt] *n.* 引述，摘錄《從文章、音樂中挑選出必要的部分》。

複數 **excerpts**

*****excess** [ɪk`sɛs] *n.* ① 過多，過剩；超過的量。② 〔~es〕過分的行為；無節制。

——*adj.* ③〔只用於名詞前〕超過的，額外的。

範例 ① Today's young people display an **excess** of egoism. 今日的年輕人太過重視利己主義。The professor drinks to **excess**. 那位教授飲酒過度。

Japan's **excess** of exports over imports is criticized from all sides. 日本的出超額超出進口額，因此受到了來自各方的批評。

His salary is in **excess** of $100,000 a year. 他的薪水一年超過10萬美元。

② The **excesses** of the guys from that fraternity house are legendary around here. 那個兄弟會會館成員的過分行為傳奇般地聞名於這一帶。

③ They are strict about making you pay for **excess** baggage. 他們嚴格地收取你行李的超重費用。

excess fare 補票費用。

片語 ***in excess of ~*** 超過，多於。(⇨ 範例 ①) ***to excess*** 過度地，多餘地。(⇨ 範例 ①)

☞ *v.* exceed

複數 **excesses**

*****excessive** [ɪk`sɛsɪv] *adj.* 極端的；過度的。

範例 Damages caused by the earthquake were **excessive**. 地震造成的損壞非常嚴重。

He has an **excessive** interest in sex. 他對性過度好奇。

活用 *adj.* **more excessive**，**most excessive**

excessively [ɪk`sɛsɪvlɪ] *adv.* 過度地；很，非常地：She started drinking **excessively** after her husband's death. 她丈夫死後，她就開始酗酒。

活用 *adv.* **more excessively**，**most excessively**

*****exchange** [ɪks`tʃendʒ] *v.* ① 交換；兌換。

——*n.* ② 交換；交易。③ 匯兌，兌換。④ 交易所。

範例 ① She **exchanged** her necklace for a pair of earrings. 她把項鍊換成一副耳環。

I **exchanged** seats with her. 我和她交換座位。

The two girls **exchanged** hats. 那兩個女孩交換帽子。

I **exchanged** my dollars for yen. 我把美元換成日圓。

② an **exchange** of prisoners 囚犯〔俘虜〕的交換。

I gave her a dictionary and she gave me two peaches in **exchange**. 我給她一本辭典，而她給我兩個桃子作為交換。

③ the rate of **exchange** 匯率。

foreign **exchange** 外匯。

④ a stock **exchange** 證券交易所。

a telephone **exchange** 電話交換局。

片語 ***in exchange*** 作為交換。(⇨ 範例 ②)

♦ **exchánge bànk** 外匯銀行。

exchánge ràte 匯率。

exchánge stùdent 交換學生。

活用 *v.* **exchanges**，**exchanged**，**exchanged**，**exchanging**

複數 **exchanges**

exchangeable [ɪks`tʃendʒəbl] *adj.* 可交換的；可交易的《常與 for 連用》：These gift coupons are not **exchangeable** for cash. 這些贈品券不能換成現金。

exchequer [ɪks`tʃɛkɚ] *n.* ①〔the E~〕〔英〕財政部。② 國庫。③ 財源；財力。

複數 **exchequers**

excise [ɪk`saɪz] *n.* ① 消費稅，貨物稅《亦稱 excise tax，excise duty》：the **excise** on gasoline 汽油稅。

——*v.* ② 課稅；切除。

活用 *v.* **excises**，**excised**，**excised**，**excising**

excitable [ɪk`saɪtəbl] *adj.* 易興奮的：All girls of that age are easily **excitable**. 那個年齡的女孩都很容易興奮。

活用 *adj.* **more excitable**，**most excitable**

*****excite** [ɪk`saɪt] *v.* ① 使興奮。② 引起。

E

感嘆句 (exclamation)

直接表達驚訝、喜悅、痛苦、疼痛、憤怒等感情的句子稱感嘆句.

書面表達時, 在句末標上!「驚嘆號 (exclamation mark)」.

試看例句:

Oh, my God! 「啊, 我的天哪!」
The house is on fire! 「失火啦!」

Isn't it wonderful! 「太漂亮了!」
How useful! 「多麼方便哪!」
What a smart boy! 「多麼聰明的孩子啊!」
如以上例句所示, 句子短與句式多樣是感嘆句的特徵, 並不一定僅以 How 或 What 開頭的句子才是感嘆句. 而且, 以 How 或 What 為開頭時, 大部分句子不用動詞.

?與!的順序

【Q】例如, 帶著強烈感情來敘述 What did you say? 這句話時, 如果要標上 (!), 是標於 (?) 之前, 還是標於其後呢?

【A】前後都可以, 即:
(1) What did you say!?
(2) What did you say?!
(1) 與 (2) 都正確.
▶ (?) 與 (!) 的由來
疑問句句末所標的 (?) 為何是這種形狀呢? 這與拉丁文表示「疑問」之意的字 QUAESTIO 有關. 其演變過程是, 最初去掉從 U 至 I 的字

母, 留下字首的 Q 與字尾的 O, 用 QO 表示疑問, 後來又把 Q 與 O 重疊起來寫, 最後 Q 寫成了 (?), 就變成了 (?).

(?) 的名稱是 question mark (問號), 此外亦稱作 query [`kwɪrɪ].

再說 (!). 它源自拉丁文表示「喜悅」之意的 IO (讀作 [ɪo]). I 與 O 重疊書寫時, I 寫成 ('), O 寫成 (.), 這就成了 (!).

(!) 的名稱為 exclamation mark (驚嘆號), 亦稱作 exclamation point.

範例 ① The news of my favorite band coming to town **excited** me very much. 聽到我最喜歡的樂團要到城裡來的消息, 我很奮極了.
② Her gorgeous diamond ring **excited** envy among the other women. 她華麗的鑽戒引起了其他婦女的嫉妒.

活用 v. excites, excited, excited, exciting

excited [ɪk`saɪtɪd] adj. 感到興奮的:

範例 Our children are **excited** about going on a camping holiday. 我們的孩子對於假期要去露營感到興奮.
An **excited** fan climbed down the fence into the ground. 一個興奮的球迷爬過柵欄進入球場.

活用 adj. more excited, most excited

excitedly [ɪk`saɪtɪdlɪ] adv. 感到興奮地.

活用 adv. more excitedly, most excitedly

***excitement** [ɪk`saɪtmənt] n. ① 興奮. ② 刺激物.

範例 ① As the end of the second half grew near, the crowd's **excitement** reached its peak. 隨著比賽的下半場接近尾聲, 群眾興奮到了頂點.
When I heard that I had won the prize, I jumped up in **excitement**. 聽到我得獎, 我興奮地跳起來.
② The rock concert was an **excitement** to every boy and girl in town. 那個搖滾音樂會使得城裡的男孩女孩感到興奮.

片語 **in excitement/with excitement** 興奮地. (⇨ 範例 ①)

複數 excitements

***exciting** [ɪk`saɪtɪŋ] adj. 令人興奮的, 刺激的:

The game between the Elephants and the Lions was an **exciting** one. 兄弟象與統一獅的比賽很刺激.

活用 adj. more exciting, most exciting

***exclaim** [ɪk`sklem] v. 呼喊, 大叫.

範例 My sister **exclaimed** at the extraordinary price of the furniture. 我姊姊大叫那家具貴得嚇人.
"Don't go in there! " **exclaimed** the guard. 那位警衛大喊:「不准進去那裡!」
The presidential candidate **exclaimed** against the introduction of a new tax. 那位總統候選人強烈反對引入新稅.
The woman **exclaimed** how beautiful the mountain was. 那個女子放聲喊道這座山多麼漂亮啊!

活用 v. exclaims, exclaimed, exclaimed, exclaiming

***exclamation** [ˌɛksklə`meʃən] n. ① 呼喊, 大叫: His **exclamation** of surprise fooled no one. They knew that he already knew about it. 他的驚叫聲沒有騙過任何一個人. 他們知道他已經瞭解此事. ② 感嘆詞, 感嘆句, 驚嘆號.

♦ **exclamátion pòint** 〖美〗驚嘆號《標點符號 (!), 表示感嘆; 〖英〗exclamation mark; ☞ 充電小站 (p. 433)》.

複數 exclamations

*__**exclude**__ [ɪk`sklud] v. ① 不讓 (人或物) 進入,

把～排除在外. ② 對 (可能性、意見等) 不予考慮.

範例 ① We **excluded** John from the team because he hurt his leg and couldn't play. 我們把約翰從隊上除名了，因為他腳有傷不能上場.

② We cannot **exclude** the possibility that he is still alive. 我們不能不考慮他仍然活著的可能性.

活用 v. **excludes**, **excluded**, **excluded**, **excluding**

excluding [ɪk`skludɪŋ] prep. 不包括在內，除了～之外: There were about two hundred passengers in the plane **excluding** the crew. 不包括機組人員，飛機上約有200名旅客.

***exclusion** [ɪk`skluʒən] n. ① 不讓 (人或物) 入內，排除在外. ② 不加以考慮，排斥 (可能性、意見等).

範例 ① The **exclusion** of women from temples still exists in this country. 這個國家仍然不讓女性進入寺廟.

② He watches TV to the **exclusion** of doing anything else. 他只是看電視，其他甚麼事都不做.

片語 **to the exclusion of** 排斥，排除. (⇨ 範例 ②)

***exclusive** [ɪk`sklusɪv] adj. ① 不讓 (人或物) 入內的；排他的；獨占的；限制嚴格的. ② 排除 (可能性、意見等) 的，不相容的. ③ (旅館、商店等) 高級的.

——n. ④ (報紙、雜誌等的) 獨家報導.

範例 ① He is a member of an **exclusive** gentleman's club. 他是一個入會限制嚴格的男士俱樂部的會員.

We have **exclusive** rights to distribute this movie. 我們擁有分發這部電影的專業權.

That comes to $50, sir, **exclusive** of sales tax. 先生，那個東西除去貨物稅是50美元.

② These two ideas are mutually **exclusive**. 這兩個想法互不相容.

③ We spent the weekend at an **exclusive** hotel. 我們在一家高級飯店度過週末.

活用 adj. **more exclusive**, **most exclusive**

複數 **exclusives**

exclusively [ɪk`sklusɪvlɪ] adv. 排他性地；獨占性地；專門地: This shop deals **exclusively** in men's clothing. 這家店專賣男裝.

活用 adv. **more exclusively**, **most exclusively**

excommunicate [ˌɛkskə`mjunəˌket] v. 把～逐出教會；開除.

字源 ex (除了～之外) ＋communicate (聯絡).

活用 v. **excommunicates**, **excommunicated**, **excommunicated**, **excommunicating**

excommunication [ˌɛkskəˌmjunə`keʃən] n. 逐出教會；除名.

複數 **excommunications**

excrement [`ɛkskrɪmənt] n. 《正式》排泄物，大便.

excrete [ɪk`skrit] v. 《正式》排泄；分泌.

活用 v. **excretes**, **excreted**, **excreted**, **excreting**

excruciating [ɪk`skruʃɪˌetɪŋ] adj. 極痛苦的，難以忍受的.

活用 adj. **more excruciating**, **most excruciating**

excruciatingly [ɪk`skruʃɪˌetɪŋlɪ] adv. 極痛苦地，難以忍受地.

活用 adv. **more excruciatingly**, **most excruciatingly**

***excursion** [ɪk`skɝʒən] n. 遠足，(以娛樂為目的的) 短程旅行；旅遊團體.

範例 The class made an **excursion** to the mountains. 那個班級到山上遠足.

We went on a day **excursion** to Tainan. 我們去臺南一日遊.

a shopping **excursion** 購物行程.

an **excursion** ticket 旅遊折扣票.

複數 **excursions**

excusable [ɪk`skjuzəbl] adj. 可原諒的.

活用 adj. **more excusable**, **most excusable**

***excuse** [v. ɪk`skjuz; n. ɪk`skjus] v. ① 原諒，寬恕. ② 辯解，開脫. ③ 免除 (義務等).

——n. ④ 辯解，藉口，解釋.

範例 ① No one could possibly **excuse** such behavior. 沒有人會原諒這種行為.

② He won't try to **excuse** what he said; he makes no bones about offending people. 他不會對自己所說的加以辯解，他從不顧忌是否會冒犯他人.

③ She was **excused** from cleaning the classroom. 她被免除打掃教室的工作.

④ He gave a poor **excuse** for being absent from school. 他給的缺課藉口很拙劣.

片語 **Excuse me**. ① 對不起，請原諒. ② 對不起，請你再說一遍.《用上升語調》

excuse ～self ① 辯解，道歉: My mom says I should **excuse myself** when I bump into someone. 我母親對我說，撞到別人時一定要道歉.《實際上說的是 "Excuse me."》② 告辭，中途離席 (from): He **excused himself** from the party. 他中途離開. ③ 請求免除 (from): She **excused herself** from attending the conference. 她請求免除出席會議.

活用 v. **excuses**, **excused**, **excused**, **excusing**

複數 **excuses**

***execute** [`ɛksɪˌkjut] v. ① 實行，實施. ② 執行. ③ 處死刑. ④ 演奏，表演.

範例 ① The surgeon **executed** the operation without any problems whatsoever. 那位外科醫生順利地完成手術.

② Congress passed some bills designed to protect the elderly, but the Administration has been lax in **executing** them. 國會通過了一些保護高齡者的法案，但行政當局並沒有嚴格

③ He was **executed** for murder. 他因殺人罪被處死刑.
④ Koto was **executed** by a woman wearing kimono. 箏是由穿和服的女子演奏的.

[活用] v. **executes, executed, executed, executing**

*__execution__ [͵ɛksɪ`kjuʃən] n. ① 實行，實施. ② 執行. ③ 處死刑. ④《正式》演奏；演技.

[範例] ① The **execution** of the project went off without a hitch. 那項計畫進行得很順利.
The project was not carried into **execution**. 那項計畫並未付諸實行.
② The **execution** of my father's will disappointed me. 我父親遺囑的執行令我失望.
③ The **execution** took place at 8 a.m. 死刑於上午8點執行.
④ The **execution** of last night's concert disappointed many critics. 昨晚音樂會的演奏使許多樂評家失望.

[片語] **carry ~ into execution/put ~ into execution** 實行，實施. (⇨ [範例] ①)

[複數] **executions**

__executioner__ [͵ɛksɪ`kjuʃənɚ] n. 死刑執行人.

[複數] **executioners**

*__executive__ [ɪg`zɛkjʊtɪv] adj. [只用於名詞前] ① 實行的，實施的. ② 行政的.
——n. ③《企業、團體等的》決策者，董事，管理人員. ④ [the ~] 行政部門，行政官員.

[範例] ② Mr. Brown was hired for his **executive** ability. 布朗先生以其行政管理才能而被雇用.
There are three branches of American government: **executive,** legislative, and judicial. 美國政府有行政、立法、司法三個部門.
③ There are several young **executives** in our company. 我們公司有數名年輕的決策者.
④ The President is the chief **executive**. 總統是首席行政長官.
♦ **the Exècutive Mánsion**《美》總統官邸《即白宮 (the White House)》；州長官邸.

[複數] **executives**

__executor__ [`ɛksɪ͵kjutɚ; ② ɪg`zɛkjətɚ] n. ① 執行者，實施者. ② 指定遺囑執行人.

[複數] **executors**

__exemplification__ [ɪg͵zɛmpləfə`keʃən] n. 舉例，例證，實例: **Exemplification** is important in presenting new theories. 例證在提出新理論時非常重要.

[複數] **exemplifications**

__exemplify__ [ɪg`zɛmplə͵faɪ] v. 例示，舉例證明，成為例證.

[範例] That compact dictionary doesn't **exemplify** any of its entries. 那本小型辭典未就詞條作任何範例.
The King's College chapel of Cambridge University **exemplifies** the Gothic architecture. 劍橋大學的國王學院禮拜堂是哥德式建築的典範.

[活用] v. **exemplifies, exemplified, exemplified, exemplifying**

__exempt__ [ɪg`zɛmpt] v. ① 免除《義務》.
——adj. ②〔不用於名詞前〕被免除的《常與 from 連用》.

[範例] ① I was **exempted** from military service due to my age. 我因年齡關係不用當兵.
② Cars with diplomatic license plates in N.Y. and Washington, D.C. are **exempt** from paying traffic fines. 掛有外交官員牌照的汽車在紐約與華盛頓不用繳交違反交通規則的罰款.

[活用] v. **exempts, exempted, exempted, exempting**

__exemption__ [ɪg`zɛmpʃən] n. ① 免除. ② 扣除額.

[範例] ① tax **exemption** 免稅.
exemption from military service 免除兵役.

[複數] **exemptions**

*__exercise__ [`ɛksɚ͵saɪz] n. ① 運動，活動. ② 練習，訓練. ③ 運用，行使.
——v. ④ 運動，活動. ⑤ 練習，訓練. ⑥ 運用，行使. ⑦ 使擔憂《常用 be exercised about 形式》.

[範例] ① **Exercise** is good for the health. 運動有益健康.
② Read this page and then do the **exercise** at the end. 讀完這頁，然後做結尾的練習.
I want to see the military **exercises** planned for tomorrow. 我想看預定於明天舉行的軍事演習.
③ The **exercise** of patience and understanding is highly recommended when dealing with these people. 在應付這些人時必須多方忍耐與體諒，這是極力被建議的.
the **exercise** of ~'s absent vote 行使缺席投票權.
④ Your brother is getting fat. He should go on a diet and **exercise** more. 你哥哥發胖了，他應該節食並且多多運動.
⑤ I **exercise** my dog every evening. 我每天晚上訓練我的狗.
The singer **exercised** her voice. 那位歌手練習她的發聲.
⑥ **Exercise** your intelligence. 你要動腦筋.
This fact **exercised** a great influence on him. 這一事實對他造成很大的影響.
⑦ The mayor was much **exercised** about his health. 市長非常擔心自己的健康.

[複數] **exercises**

[活用] v. **exercises, exercised, exercised, exercising**

*__exert__ [ɪg`zɝt] v. 行使，運用；施加《壓力等》: The politician has been **exerting** a lot of pressure on the committee to change the rules. 那個政客為了改變法令正在向委員會施壓.

[片語] **exert ~self** 努力，盡力: He never

exerts himself when it comes to yard work. 他在做庭院工作時從未盡心盡力.

活用 *v.* exerts, exerted, exerted, exerting

exertion [ɪg`zɚʃən] *n.* 努力；出力：My heart is weak, so I must avoid too much exertion. 我心臟不好, 必須避免用力過度.

複數 exertions

exhale [ɛks`hel] *v.* 發出, 呼出 (氣體).

範例 Please inhale deeply and then exhale slowly. 請深深吸氣, 然後慢慢呼出.

The polluted pond exhaled a foul stench. 那個受污染的水池散發出惡臭.

活用 *v.* exhales, exhaled, exhaled, exhaling

*exhaust** [ɪg`zɔst] *v.* ① 使精疲力盡, 耗盡, 花光. ② 用盡 (資源), 使枯竭.
——*n.* ③ 排出, 排氣, 排出物. ④ 排氣裝置.

範例 ① The long swim exhausted me. 長時間游泳耗盡了我的體力.

It was an exhausting climb to the top of the mountain. 爬上山頂令人精疲力盡. (exhausting 作形容詞性)

The exhausted boy scouts decided to go no farther and to make camp right there. 精疲力盡的童子軍們決定不再前進, 就地紮營. (exhausted 作形容詞性)

an exhausted swimmer 精疲力竭的游泳者 (exhausted 作形容詞性)

② We had exhausted our food supply. 我們吃光了儲存的食物.

We've exhausted this subject; let's go on to the next. 這個話題我們該講的都講了, 我們進入下一個話題吧.

③ Most air pollution comes not from factories but from car exhaust. 空氣污染的原因大部分都是來自汽車廢氣, 而不是工廠.

④ I'll have to have my old car fitted with a new exhaust. 我必須給我的舊車換上新的排氣裝置.

♦ exháust gàs/exháust fùmes 廢氣

活用 *v.* exhausts, exhausted, exhausted, exhausting

複數 exhausts

exhaustion [ɪg`zɔstʃən] *n.* ① 精疲力盡, 極度疲勞. ②(資源、物資等的) 耗盡, 消耗, 枯竭.

範例 ① If she keeps that up, she'll collapse from exhaustion. 如果她繼續做下去, 她會累垮的.

② Exhaustion of the earth's natural resources should concern everyone. 地球上自然資源的枯竭人人有責.

exhaustive [ɪg`zɔstɪv] *adj.* 徹底的, 完全的.

範例 Even after exhaustive research, the question still couldn't be answered. 這個問題經徹底調查之後仍未找到答案.

It's not an exhaustive list of names, but it's a good start. 那不是一份詳盡的名單, 但卻是一個好的開始.

活用 *adj.* more exhaustive, most exhaustive

*exhibit** [ɪg`zɪbɪt] *v.* ① 展出. ② 表示, 表現, 顯出 (感情、徵候等).
——*n.* ③ 展覽品, 參展作品；展出. ④ 證物.

範例 ① A young painter exhibited his works in the gallery. 一位年輕畫家在此畫廊舉辦個展.

② The patient is beginning to exhibit signs of full-blown AIDS. 那個患者開始表現出愛滋病的全面症狀.

③ The girl's exhibit won the first prize. 那個孩的參展作品得到了第一名.

活用 *v.* exhibits, exhibited, exhibited, exhibiting

複數 exhibits

*exhibition** [ˌɛksə`bɪʃən] *n.* ① 博覽會, 展覽會. ②〔作單數〕(感情、特質等的) 表現. ③〖英〗(學校提供的) 獎學金.

範例 ① The International Trade Exhibition is being held in New York. 國際貿易博覽會正在紐約舉行.

② To see him interacting with his subordinates is to see an exhibition of arrogance and insensitivity. 看看他與下屬的互動就會看到他的傲慢與麻木.

③ The exhibition enabled him to go to university. 那筆獎學金使他能上大學.

片語 make an exhibition of ~self 當眾出醜：Carol made an exhibition of herself and got us all kicked out of the theater. 卡蘿當眾出醜, 害我們全都被趕出劇場.

on exhibition 正在展出中：That new artist's paintings are now on exhibition at a gallery in London. 那位新進藝術家的畫正在倫敦的一家畫廊展出.

複數 exhibitions

exhibitionism [ˌɛksə`bɪʃənˌɪzəm] *n.* ① 自我表現癖, 好出風頭. ② 暴露狂.

exhibitionist [ˌɛksə`bɪʃənɪst] *n.* ① 有自我表現癖者, 好出風頭者. ② 暴露狂者.

複數 exhibitionists

exhibitor [ɪg`zɪbɪtɚ] *n.* (展覽會等的) 參展者：There were many exhibitors at the art festival. 這次藝術節有許多參展者.

複數 exhibitors

exhilarate [ɪg`zɪləˌret] *v.* 使高興, 使興奮：I feel exhilarated after playing that game! 我在參加那場比賽後感到很興奮.

活用 *v.* exhilarates, exhilarated, exhilarated, exhilarating

exhilaration [ɪgˌzɪlə`reʃən] *n.* 高興, 興奮.

exhort [ɪg`zɔrt] *v.* 《正式》告誡, 規勸：Dr. King exhorted his followers to fight racism and injustice nonviolently. 金恩博士告誡自己的支持者要以非暴力手段對抗種族歧視和不公正.

活用 *v.* exhorts, exhorted, exhorted, exhorting

exhortation [ˌɛgzɔ`teʃən] *n.* 《正式》告誡, 規

勸.

‡exile [ˋɛgzaɪl] *n.* ① (離開祖國、故鄉的) 流放，放逐，流亡. ② 被流放者，流亡者，背井離鄉者.
——*v.* ③ (離開祖國、故鄉而) 流亡，放逐.

範例 ① The punishment for his crime was **exile**. 放逐是對他罪行的懲罰.

He was in **exile** for ten years. 他流亡了10年.

② Some political **exiles** are expected to return to the country next year. 大家期待一些政治流亡者明年回國.

③ The despotic ruler said, "Don't **exile** your enemies, execute them, for they may come back to haunt you." 那位專制君主說:「不要放逐敵人，要處死他們，因為他們可能會回來糾纏你.」

複數 **exiles**

活用 *v.* **exiles, exiled, exiled, exiling**

‡exist [ɪgˋzɪst] *v.* ① 存在. ② 生存，活著.

範例 ① Does God **exist**? 上帝存在嗎?

Almost everything that **existed** in the center of Hiroshima was utterly destroyed by an atomic bomb on Aug. 6, 1945. 廣島市中心幾乎所有的物體都於1945年8月6日被原子彈完全摧毀.

② Humans cannot **exist** without air. 沒有空氣，人類就不能生存.

It is possible to **exist** only on water for more than ten days. 只靠水也能生存10幾天.

活用 *v.* **exists, existed, existed, existing**

‡existence [ɪgˋzɪstəns] *n.* ① 存在，實際存在. ② 生命，生活，生存.

範例 ① He doesn't believe in the **existence** of God. 他不相信上帝存在.

How long were dinosaurs in **existence** on the earth? 恐龍在地球上存在多久時間?

Toxic substances came into **existence** after the industrial revolution. 有毒物質是工業革命後才出現的.

② My old father leads a peaceful **existence**. 我的老父親過著平靜的生活.

片語 **come into existence** 產生，(開始) 出現; 成立. (⇨ 範例 ①)

in existence 存在著的. (⇨ 範例 ①)

‡exit [ˋɛgzɪt] *n.* ① 出口. ② 出去，離去.
——*v.* ③ 出去，離去.

範例 ① John hurried toward the **exit**. 約翰急忙趕往出口處.

an emergency **exit** 緊急出口.

② She made a noisy **exit**. 她吵吵嚷嚷地出去了.

③ In case of fire, please **exit** the building in an orderly fashion. 萬一發生火災時，請依序離開大樓.

Exit Hamlet. 哈姆雷特退場.《劇本對演員的動作說明》

複數 **exits**

活用 *v.* **exits, exited, exited, exiting**

exodus [ˋɛksədəs] *n.* ① (成群) 離去; (大批移民等的) 出國: an **exodus** of people from the city every summer 每年夏天人們成群地從城市離去. ② 〔E~〕出埃及記《舊約聖經》的第2卷〕.

exonerate [ɪgˋzɑnəˏret] *v.* 免除 (某人的) 罪行〔責任〕.

活用 *v.* **exonerates, exonerated, exonerated, exonerating**

exoneration [ɪgˏzɑnəˋreʃən] *n.* 免罪; 免除責任.

exorcize [ˋɛksɔrˏsaɪz] *v.* 驅魔; 抹去 (不愉快的記憶).

活用 *v.* **exorcizes, exorcized, exorcized, exorcizing**

exotic [ɪgˋzɑtɪk] *adj.* ① 外國產的，外來的. ② 異國情調的; 奇特的.

範例 ① **exotic** fruits 外國產的水果.

② He came to the party in **exotic** clothes. 他穿著異國情調的服裝來參加晚會.

Rain forests abound in **exotic** plant life. 熱帶雨林充滿奇特的植物.

活用 *adj.* **more exotic, most exotic**

‡expand [ɪkˋspænd] *v.* ① 使膨脹，擴張. ② 擴充，發展. ③ 詳述 (on, upon). ④ 心胸開闊.

範例 ① Heat **expands** all matter. 所有物質遇熱都會膨脹.

Water **expands** when it turns to ice. 水一結冰體積就增大.

② He tried to **expand** his business. 他試圖擴充事業.

Trade between the U.S. and Mexico has **expanded** rapidly during recent years. 美國與墨西哥的貿易近年來發展迅速.

She **expanded** her essay into a book. 她把她的隨筆擴充成一本書.

③ Let me **expand** on my idea. 讓我詳述一下我的想法.

④ Tim waited until Brian had **expanded** a little to ask him for a favor. 提姆一直等到布萊恩心情開朗點才請他幫忙.

活用 *v.* **expands, expanded, expanded, expanding**

‡expanse [ɪkˋspæns] *n.* 廣闊，寬闊.

範例 the blue **expanse** of the sky 遼闊的藍天.

the broad **expanse** of the ocean 浩瀚的大海.

複數 **expanses**

‡expansion [ɪkˋspænʃən] *n.* ① 擴張; 膨脹. ② 擴充，發展.

範例 ① **expansion** of territory 領土的擴張.

Water undergoes **expansion** when it freezes. 水一結冰就會膨脹.

② economic **expansion** 經濟擴展.

Professor Fischer's latest book is an **expansion** of his doctoral thesis. 費雪教授的最新著作是由他的博士論文發展而成的.

複數 **expansions**

expansive [ɪkˋspænsɪv] *adj.* ① 胸襟開闊的，豁達的. ② 廣闊的.

範例 ① The President became **expansive**, departing from his prepared speech. 總統變得很豁達，撇開準備好的演說。

② **expansive** ambitions 巨大的野心。

活用 adj. **more expansive, most expansive**

expatriate [v. ɛks`petrɪ,et; n. ɛks`petrɪɪt] v. ① 使移居海外；逐出國境：He is going to **expatriate** himself. 他將移居海外。
──n. ② 移居國外者；流亡國外者。

活用 v. **expatriates, expatriated, expatriated, expatriating**

複數 **expatriates**

****expect** [ɪk`spɛkt] v. 預期；盼望，期待；要求；以為，猜想；懷孕。

範例 This camera is more useful than I **expected**. 這架照相機比我預期的還要有用。

I **expected** my father to pay the money. 我盼望父親會付那筆錢。

I **expect** Bert will come tomorrow. 我希望明天伯特會來。

We **expect** Mr. Carter to die before long. 我們猜想卡特先生將不久於人世。

The person who wrote this letter must be **expecting** an answer. 寫這封信的人一定期待著回音。

I **expect** you not to be late next time. 我要你下次別再遲到。

Mary is **expecting** a call from John. 瑪麗等待著約翰的來電。

"Who broke the window?" "I **expect** it was Joseph." 「誰打破那扇窗戶?」「我想是約瑟夫。」

Mrs. Lin is **expecting**. 林太太懷孕了。《expecting a baby 中的 a baby 省略》

活用 v. **expects, expected, expected, expecting**

expectancy [ɪk`spɛktənsɪ] n. 預期；期待：life **expectancy** 平均壽命。

expectant [ɪk`spɛktənt] adj. ① 預期的；期待的。② 懷孕的。

範例 ① The **expectant** crowds along the streets waited for the king to pass. 滿心期待的群眾沿著街道等待國王的通過。

② an **expectant** mother 孕婦。

活用 adj. ① **more expectant, most expectant**

expectantly [ɪk`spɛktəntlɪ] adv. 預期地；期待地。

活用 adv. **more expectantly, most expectantly**

****expectation** [,ɛkspɛk`teʃən] n. 預期；期望；期待。

範例 The result was contrary to **expectation**. 結果與預期相反。

George answered our **expectation**. 喬治不負眾望。

My son lived up to all my **expectations**. 我兒子完全符合我的期望。

The parents had high **expectations** for their son's future. 父母親對他們兒子的將來懷著很高的期望。

He produced wonderful achievements beyond our **expectations**. 他超出我們的預期，取得了很好的成就。

複數 **expectations**

expediency [ɪk`spidɪənsɪ] n. 權宜；適宜，方便；合宜：Lowering taxes was an unsound move dictated solely by political **expediency**. 減稅只是出於政治上的權宜而制定的不健全措施。

expedient [ɪk`spidɪənt] adj. 適宜的，方便的：It was more **expedient** for him to go to the station by bike than by bus. 對他來說，去車站騎腳踏車比搭公車方便。

活用 adj. **more expedient, most expedient**

****expedition** [,ɛkspɪ`dɪʃən] n. ① 遠征，探險；旅行。② 遠征隊，探險隊。③《正式》迅速，敏捷。

範例 ① We set off on an **expedition** to the heart of the jungle. 我們啟程前往那個叢林深處探險。

John went on an **expedition** to catch rare butterflies in Africa. 約翰為了捕捉非洲珍奇的蝴蝶而去旅行。

② Why are there only six members in the **expedition**? 為何遠征隊的成員只有6個人?

③ with **expedition** 迅速地。

複數 **expeditions**

****expel** [ɪk`spɛl] v. ① (把空氣、水等) 放出，吐出，排出。② 驅逐，逐出《常用 be expelled from 形式》。

範例 ① When exhaling, we **expel** air from the lungs. 當呼氣時，我們把空氣從肺中排出。

② Tom was **expelled** from school. 湯姆被學校開除了。

☞ n. expulsion

活用 v. **expels, expelled, expelled, expelling**

****expend** [ɪk`spɛnd] v. 花費，用光 (勞力、時間、金錢等)：He has **expended** all his money on the project. 他把所有的錢花在那項計畫上。

活用 v. **expends, expended, expended, expending**

****expenditure** [ɪk`spɛndɪtʃɚ] n. ① 花費，支出，消費，經費。② 支出額，消費量。

範例 ① Government **expenditure** on education should be increased more than twofold. 政府的教育經費應該增加兩倍以上。

② My **expenditures** this week amounted to $300. 我本週的支出額共達300美元。

****expense** [ɪk`spɛns] n. ① 費用，支出。②《~s》(必需的) 經費，~費。③ 犧牲。

範例 ① They went to great **expense** to give a gorgeous wedding reception. 他們花大錢舉行了豪華的婚禮。

I can't afford the **expense** of sending my son to college. 我擔負不起兒子上大學的費用。

② His company pays only 80% of his traveling **expenses**. 他的公司只支付80%的旅費.

pay ~'s school **expenses** 支付~的學費.

③ He wrote the book at the **expense** of his health. 他犧牲自己的健康寫了那本書.

His jokes are always at someone else's **expense**. 他開玩笑總要損及他人.

片語 **at any expense** 不計開銷, 不惜任何代價: The parents wanted to give their daughter a good education **at any expense**. 父母親不計任何代價要讓女兒接受良好的教育.

at the expense of ~/at ~'s expense ① 以~的費用. ② 以~為代價. (⇨ 範例 ③)

複數 **expenses**

expensive [ɪk`spɛnsɪv] adj. 昂貴的.

範例 **Expensive** things are not always good in quality. 貴的東西不見得品質好.

My sneakers are more **expensive** than my father's shoes. 我的膠底運動鞋比爸爸的鞋還要貴.

Hiring a housemaid is **expensive** these days. 近來雇用女傭並不便宜.

☞ ↔ inexpensive, cheap

活用 adj. **more expensive, most expensive**

expensively [ɪk`spɛnsɪvlɪ] adv. 奢華地, 昂貴地: The rich man's summer house was **expensively** furnished. 那個有錢人的避暑別墅裡配置有奢華的家具.

活用 adv. **more expensively, most expensively**

experience [ɪk`spɪrɪəns] n. ① 經驗; 經歷; 體驗.

——v. ② 經歷; 體驗.

範例 ① Bob is an announcer of rich **experience**. 鮑伯是一位經驗豐富的播音員.

Mr. White told us of his **experiences** in the Vietnam War. 懷特先生對我們講述了他在越戰的經歷.

We had a pleasant **experience** in Indonesia. 我們在印尼有一次愉快的經歷.

② Europe has **experienced** two great wars in the 20th century. 歐洲在20世紀經歷過兩次(世界)大戰.

複數 **experiences**

活用 v. **experiences, experienced, experienced, experiencing**

experienced [ɪk`spɪrɪənst] adj. 有經驗的: My father is an **experienced** surgeon but he sometimes makes mistakes. 我父親是一個經驗的外科醫生, 但有時他會出錯.

活用 adj. **more experienced, most experienced**

experiment [ɪk`spɛrəmənt] n. ① 實驗, 試驗.

——v. ② 實驗, 試驗.

範例 ① Chemical **experiments** are prohibited in this classroom. 在這間教室禁止做化學實驗.

Dr. Wang conducted an **experiment** and proved his theory. 王博士做實驗以證明他的理論.

The students did an **experiment** on rats. 那些學生以老鼠做實驗.

② The professor **experimented** on bears. 那位教授以熊做實驗.

Yesterday I **experimented** with a new medicine. 我昨天試驗了新藥.

複數 **experiments**

活用 v. **experiments, experimented, experimented, experimenting**

*experimental [ɪk.spɛrə`mɛntl] adj. 實驗的, 試驗的; 實驗用的.

範例 **experimental** psychology 實驗心理學.

an **experimental** school 實驗學校.

experimental flights 試飛.

活用 adj. **more experimental, most experimental**

experimentation [ɪk.spɛrəmɛn`teʃən] n. 實驗, 試驗: **experimentation** with human genes 人類遺傳因子的實驗.

複數 **experimentations**

*expert [n. `ɛkspɝt; adj. ɪk`spɝt] n. ① 專家, 高手.

——adj. ② 熟練的, 老練的; 一流的. ③ 專業的.

範例 ① He is an **expert** at deceiving others. 他是一個詐騙高手.

Judy is an **expert** in childhood diseases. 茱蒂是一位兒童疾病專家.

② Jack has become **expert** in chess. 傑克擅長西洋棋.

She is an **expert** designer. 她是位一流的設計師.

☞ ↔ amateur

複數 **experts**

活用 adj. ② **more expert, most expert**

expertise [.ɛkspɝ`tiz] n. 專業知識〔技術〕: His **expertise** contributed to the development of his business. 他的專業知識對他的事業發展有所貢獻.

expertly [`ɛkspɝtlɪ] adv. 老練地; 專業地.

活用 adv. **more expertly, most expertly**

expiration [.ɛkspə`reʃən] n. (有效期限、任期的) 終止, 期滿《亦作 expiry》.

*expire [ɪk`spaɪr] v. ① 期滿, 屆滿: My passport **expires** next month. 我的護照下個月到期.

② 吐氣; 斷氣.

活用 v. **expires, expired, expired, expiring**

expiry [ɪk`spaɪrɪ] n. 期滿《亦作 expiration》.

*explain [ɪk`splen] v. ① 說明, 解釋, 講解. ② 辯解.

範例 ① The telephone operator **explained** how to dial overseas. 那位電話接線生說明了國際電話的打法.

The stationmaster **explained** that the train had been delayed by an accident. 那位火車站站長說明火車因交通事故誤點了.

That does not **explain** why you were late for the meeting. 那無法解釋你為甚麼開會遲到.
Dr. Jackson **explained** how the new device worked. 傑克森博士講解了新裝置如何運轉.
② How do you **explain** your bad manners? 你對你的惡劣舉止如何辯解?

片語 **explain away** 辯解, 搪塞: The politician **explained away** his stupid behavior at Congress. 那個政客為自己在議會上的愚蠢行為作辯解.

explain ~self 解釋清楚: 說明自己的立場: He tried to **explain himself**, but he couldn't. 他試圖解釋清楚, 但卻說不清.

活用 v. explains, explained, explained, explaining

***explanation** [ˌɛkspləˈneʃən] n. ① 說明, 解釋. ② 辯解.

範例 ① We didn't get a clear **explanation** of the matter. 我們沒有得到這件事的清楚解釋.
② He had nothing to say in **explanation** of his behavior. 他對於自己的行為無話可說.

片語 **in explanation of** 說明, 為~辯解. (⇨ 範例②)

複數 explanations

explanatory [ɪkˈsplænəˌtorɪ] adj. 說明的, 解釋的: This book has **explanatory** notes at the bottom of each page. 這本書每頁下方都有注釋.

活用 adj. more explanatory, most explanatory

explicit [ɪkˈsplɪsɪt] adj. 明確的; 明示的; 直言的, 坦率的.

範例 I gave her **explicit** instructions about how to look after my cat while I was away. 我明確地指示她在我外出期間如何照顧貓.
She can be **explicit** with Peter. 她能對彼得直言不諱.
Such sexually **explicit** movies are not appropriate for young audiences. 這種對性描寫露骨的電影不適合年輕觀眾.

☞ ↔ implicit

活用 adj. more explicit, most explicit

explicitly [ɪkˈsplɪsɪtlɪ] adv. 明確地; 明示地; 直言地, 坦率地.

範例 I **explicitly** warned you not to go out after dark. 我曾明確地警告你天黑後不要外出.
explicitly indecent language 露骨下流的話.

活用 adv. more explicitly, most explicitly

***explode** [ɪkˈsplod] v. (使)爆炸; (使)爆發; 推翻.

範例 When he opened it, the parcel **exploded**. 他一打開包裹, 包裹就爆炸了.
They **exploded** bombs in front of the police station. 他們在警察局前引爆炸彈.
When he heard the news, he **exploded** with rage. 聽到消息時, 他勃然大怒.
New evidence **exploded** the prosecution's theory. 新證據推翻了檢察當局的推測.

活用 v. explodes, exploded, exploded,

exploding

***exploit** [v. ɪkˈsplɔɪt; n. ˈɛksplɔɪt] v. ① 剝削. ② 利用; 開發(資源等).
——n. ③ 功績, 勳業.

範例 ① The company **exploited** its workers. 這家公司剝削工人.
② You should **exploit** the natural resources of your country. 你們應該開發你們國家的天然資源.
③ military **exploits** 軍事功績.

活用 v. exploits, exploited, exploited, exploiting

複數 exploits

exploitation [ˌɛksplɔɪˈteʃən] n. 剝削; 利用; 開發.

exploration [ˌɛkspləˈreʃən] n. ① 探險, 探索, 探勘. ② 探究, 調查.

範例 ① the **exploration** of space 太空探索.
exploration for oil 石油探勘.

複數 explorations

exploratory [ɪkˈsplorəˌtorɪ] adj. 探險的, 探索的, 探勘的.

範例 make an **exploratory** expedition 從事一次探險之旅.
perform an **exploratory** operation 做探察手術.
The superpowers began **exploratory** talks on arms reduction. 超級強國開始了裁軍的試探性會談.

***explore** [ɪkˈsplor] v. ① 探險, 探索, 探勘. ② 探究, 調查.

範例 ① Lewis and Clark went up the Missouri River to **explore** yet unknown parts of North America. 路易斯與克拉克沿密蘇里河逆流而上, 前往北美仍不為人知的地域進行探勘.
Let's go **exploring** the jungle. 去叢林探險吧!
② The meeting of scientists **explored** the possibilities of cloning human beings. 科學家會議探究複製人類的可能性.

活用 v. explores, explored, explored, exploring

***explorer** [ɪkˈsplorɚ] n. 探險者, 探索者, 探勘者: Livingstone was a famous **explorer**. 李文斯頓是一位著名的探險家.

複數 explorers

explosion [ɪkˈsploʒən] n. 爆炸, 爆發; 爆炸聲.

範例 The **explosion** killed twenty-six people. 那起爆炸造成26人喪生.
Suddenly I heard an **explosion** of laughter downstairs. 我突然聽到樓下傳來爆笑聲.
The population **explosion** is going to be one of the most serious problems in the 21st century. 人口爆炸將會成為21世紀最嚴重的問題之一.

複數 explosions

explosive [ɪkˈsplosɪv] adj. ① 易爆炸的; 爆發性的, 爆發性的.

——*n.* ② 爆炸物，炸藥．

範例 ① an **explosive** gas 易爆炸的氣體．
He has an **explosive** temper. 他的脾氣爆躁．
an **explosive** increase of population 人口的劇增．
② high **explosives** 高性能炸藥．

活用 *adj.* **more explosive**, **most explosive**

複數 **explosives**

explosively [ɪk`splosɪvlɪ] *adv.* 爆炸性地，爆發性地．

活用 *adv.* **more explosively**, **most explosively**

exponent [ɪk`sponənt] *n.* ① 講解者，闡述者，提倡者．② 代表人物．

範例 ① He often appears on TV as an **exponent** of economics. 他經常以經濟學講解者的身分出現在電視上．
An **exponent** of Sartre's theories will be giving a lecture tonight. 沙特思想的闡述者將在今晚演講．
The official is a leading **exponent** of educational reform. 那位官員是教育改革主要的提倡者．

複數 **exponents**

***export** [*v.* ɪks`port；*n.* `ɛksport] *v.* ① 輸出，出口．
——*n.* ② 輸出．③ 輸出品．

範例 ① Japan **exports** many cars to America. 日本輸出大量汽車至美國．
② The **export** of weapon should be forbidden. 應該禁止武器的輸出．
③ Wine is a traditional **export** of France. 葡萄酒是法國傳統的外銷產品．

☞ ↔ import

活用 *v.* **exports**, **exported**, **exported**, **exporting**

複數 **exports**

exportation [ˌɛkspor`teʃən] *n.* 輸出（品）．

複數 **exportations**

exporter [ɪks`portə] *n.* 出口商，輸出業者．

複數 **exporters**

***expose** [ɪk`spoz] *v.* ① 暴露；使遭受．② 揭露，揭發．

範例 ① He **exposed** his arm, and showed us the scar. 他露出手臂，給我們看他的疤痕．
As a photographer in the war, he was **exposed** to many dangers in Iraq. 身為戰地攝影家，他在伊拉克遭受許多危險．
She left her jewels **exposed** on the table. 她把寶石暴露在桌上．
She has not yet been **exposed** to measles. 她還未患過痲疹．
The doctor believes that his violent tendencies come from being **exposed** to so much violence on TV. 那位醫生認為他的暴力傾向是接觸太多電視上暴力畫面而引起的．
John removed the bandage to **expose** the wound. 約翰取下繃帶露出了傷口．
② You must **expose** the plot to overthrow the

government. 你必須揭穿那起意圖推翻政府的陰謀．
I'll **expose** you to the police if you don't do as I say. 你若不照我說的話做，我就向警方告發你．

片語 **be exposed to** 暴露於，遭受；感染．
(⇨ 範例 ①)

活用 *v.* **exposes**, **exposed**, **exposed**, **exposing**

exposition [ˌɛkspə`zɪʃən] *n.* ① 解說，說明．② 博覽會．

範例 ① The best term paper she ever did included an **exposition** on the failings of Marxist theories. 截至目前為止，她寫得最好的期末報告包含有對馬克思理論的缺點之闡述．
② a trade **exposition** 貿易博覽會．

複數 **expositions**

exposure [ɪk`spoʒə] *n.* ① 暴露．② 揭露，揭發．③（照片的）曝光；（底片張數的）一張．

範例 ① Lots of people are still suffering from **exposure** to nuclear radiation in Nagasaki and Hiroshima. 在長崎、廣島還有許多人遭受核輻射的痛苦．
How ironic! A rich man dies of **exposure**. 真諷刺！一個有錢人竟暴屍郊外．
② Public **exposure** of these details would certainly end her career in politics. 詳情一旦公開，她的政治生涯必將終結．
③ This roll of film has 36 **exposures**. 這卷底片有36張．

♦ **expósure mèter**（相機的）曝光計．

複數 **exposures**

expound [ɪk`spaund] *v.*《正式》詳述；解釋（經典）：The priest **expounded** the scriptures to us. 那位牧師解釋經典給我們聽．

活用 *v.* **expounds**, **expounded**, **expounded**, **expounding**

****express** [ɪk`sprɛs] *v.* ① 表達（意見、感情等）．②（以符號）表示．③《英》快遞．
——*adj.* ⑤ 明確的；特別的．⑥〔只用於名詞前〕快速的；快遞的．
——*n.* ⑦ 快車．⑧ 快遞．
——*adv.* ⑨ 乘快車；用快遞．

範例 ① His song **expresses** sorrow for human life. 他的歌表達對人生的哀愁．
She **expressed** in her letter how she had hated me for a long time. 她在信中表達了她長期對我的怨恨．
② The price of his works is **expressed** in dollars. 他的作品價格是以美元計算．
③ She **expressed** her letter to her friend. 她用快遞寄信給朋友．
④ The nurse **expressed** pus from the patient's wound. 那位護士從患者傷口擠出了膿．
⑤ It was her **express** wish that you should inherit her estate. 她明確表示要你繼承她的財產．

Laura came to Spain with the **express** purpose of studying Spanish. 蘿拉特地到西班牙來學西班牙文.

⑥ I got on an **express** train to Edinburgh. 我搭乘開往愛丁堡的直達快車.

She got an **express** letter from her sister this morning. 今天早上她收到妹妹寄來的快遞.

⑦ He went to Glasgow by the 8:30 **express**. 他搭8點半的快車去格拉斯哥.

⑧ Please send parcels by **express**. 請用快遞寄出包裹.

⑨ He usually travels **express**. 他總是搭快車旅行.

The contract was sent **express**. 那份合約用快遞寄出去了.

[片語] **by express** 搭快車; 用快遞寄送. (⇨ [範例] ⑦ ⑧)

express ~self 表達自身想法: The actress **expressed herself** at the news conference. 那位女演員在記者會上吐露心聲.

[活用] v. **expresses, expressed, expressed, expressing**

[複數] **expresses**

✳**expression** [ɪk`sprɛʃən] n. ① 表達, 表現. ② 措辭. ③ 表情, 神情. ④ (數學的) 式.

[範例] ① Loud cursing is an **expression** of his anger. 大聲詛咒是他憤怒的表現.

② There are many polite **expressions** in Chinese. 中文裡有很多表示禮貌的措辭.

③ She always speaks with a charming **expression**. 她總是以迷人的表情說話.

④ The letter x is used as an **expression** which represents an unknown quantity. 字母 x 是用來表示未知數的符號.

$x^2 + y^2 = z^2$ is an algebraic **expression**. $x^2 + y^2 = z^2$ 是代數方程式.

[片語] **beyond expression** 無法表達: Solar energy is tremendous **beyond expression**. 太陽的能量大得無法以筆墨形容.

find expression in 在~中表現出來: Her sorrow **found expression in** the tears she shed. 她的悲傷化作淚水宣洩而出.

[複數] **expressions**

expressionless [ɪk`sprɛʃənlɪs] adj. 面無表情的, 表情呆板的.

[活用] adj. **more expressionless, most expressionless**

✳**expressive** [ɪk`sprɛsɪv] adj. ① 〔不用於名詞前〕表現~的, 表示~的《常與 of 連用》. ② 富於表情的.

[範例] ① His laughter was **expressive** of contempt. 他的笑表示輕蔑.

② His **expressive** gestures made us laugh. 他豐富的肢體動作逗得我們哈哈大笑.

[活用] adj. ② **more expressive, most expressive**

expressively [ɪk`sprɛsɪvlɪ] adv. 富於表情地.

[活用] adv. **more expressively, most expressively**

expressly [ɪk`sprɛslɪ] adv. ① 明確地. ② 專程地, 特別地.

[範例] ① I told you **expressly** to call me. 我明白告訴過你要打電話給我.

② This message was written **expressly** for you. 這則留言是特別給你的.

[活用] adv. **more expressly, most expressly**

expressway [ɪk`sprɛs,we] n. 高速公路 (《英》 motorway).

[複數] **expressways**

expulsion [ɪk`spʌlʃən] n. ① 逐出, 排出. ② 驅逐, 開除.

[範例] ① **Expulsion** of gas from your body can be embarrassing. 放屁真令人尷尬.

② **Expulsion** from school is a very serious matter—a permanent blot on your school records. 退學處分是件非同小可的事, 它會在學歷上永遠留下污點.

☞ v. expel

[複數] **expulsions**

✳**exquisite** [`ɛkskwɪzɪt] adj. ① 精美的, 絕妙的. ② 敏銳的. ③ (快感、痛苦等) 劇烈的.

[範例] ① She gave me an **exquisite** smile. 她對我嫣然一笑.

② The young cook had an **exquisite** palate. 那位年輕的廚師具有敏銳的味覺.

③ A bad tooth often causes **exquisite** pain. 蛀牙常引起劇烈疼痛.

[活用] adj. **more exquisite, most exquisite**

exquisitely [`ɛkskwɪzɪtlɪ] adv. 精妙地; 敏銳地; 劇烈地.

[活用] adv. **more exquisitely, most exquisitely**

extant [ɪk`stænt] adj. (文件、記錄等) 尚存的, 現存的: Original writings from 9th century China are still **extant**. 9世紀中國的古文書版本現在尚有存.

✳**extend** [ɪk`stɛnd] v. ① 伸出, 伸展; 延伸, 擴大. ② 給與, 提供.

[範例] ① I **extended** my garden to the river bank. 我把花園擴展到河岸邊.

He **extended** his hand and took the book from the shelf. 他伸手從架子上拿下那本書.

I decided to **extend** my vacation by another week. 我決定再延長一週休假時間.

Winter **extends** into March in this part of the world. 在世界的這一端, 冬天持續到3月.

Companies often have to **extend** their activities to survive nowadays. 現在的公司為了生存必須擴展商業活動.

Do these new rules **extend** to part-time workers too? 這些新規則亦適用於兼職員工嗎?

② We would like to **extend** a warm welcome to our distinguished guest speaker. 我們衷心地歡迎來訪的傑出演講者.

My bank refused to **extend** me credit to buy a new house. 那家銀行拒絕給我信用貸款以購買新屋.

活用 v. extends, extended, extended, extending
extended [ɪk`stɛndɪd] adj. 擴大的, 延伸的; 廣大的; 長期的.
範例 an **extended** stay 長期居留.
extended play 延時唱片《直徑17公釐, 每分鐘45轉的唱片, 略作 EP》.
***extension** [ɪk`stɛnʃən] n. ① 伸出, 延長; 擴大. ② 擴建, 增設. ③ 電話分機.
範例 ① the **extension** to British colonial power in the 19th century 19世紀英國殖民勢力的擴大.
Urgent business precluded an **extension** of my holiday. 因為有緊急工作, 我不能延長假期.
extension cord 延長線.
② a new **extension** to the store 那家店的新分店.
We are planning a house **extension**. 我們正在計畫擴建房屋.
③ Call me at my office, **extension** 1234. 請打我辦公室電話分機1234.
We have an **extension** in every room. 我們每個房間都有一支分機.
複數 extensions
***extensive** [ɪk`stɛnsɪv] adj. 廣大的, 廣闊的, 廣泛的, 大規模的.
範例 Tom suffered **extensive** burns in the accident. 湯姆在那起意外事故中受到大範圍燒傷.
He has an **extensive** knowledge of medieval English history. 他具有英國中世紀歷史方面的廣博知識.
The typhoon caused **extensive** damage. 那次颱風造成了嚴重災害.
an **extensive** view 廣闊的視野.
活用 adj. more extensive, most extensive
extensively [ɪk`stɛnsɪvlɪ] adv. 廣泛地, 全面地.
活用 adv. more extensively, most extensively
***extent** [ɪk`stɛnt] n. ① 範圍, 大小. ② 程度, 限度.
範例 ① The grounds of the estate are nearly two square miles in **extent**. 那棟豪宅的建築用地方圓約2平方哩.
Vast **extents** of forest have been destroyed to export timber. 為了出口木材, 大面積的森林遭到了破壞.
The **extent** of his knowledge of the subject is amazing. 他在那個議題上的廣博知識令人吃驚.
② What is the **extent** of the injuries to his face? 他臉部的傷勢如何?
To what **extent** do you agree with my theory? 你對我的理論同意到何種程度?
His condition worsened to such an **extent** that the doctors did not expect him to survive another day. 他的病情惡化到連醫生們也不

認為他能再活一天.
To a large **extent**, I accept your idea. 我非常贊成你的看法.
I think it makes sense to a certain **extent**. 我認為在一定程度上那是合理的.
You will be punished to the full **extent** of the law. 你將受到法律規範內最嚴厲的懲罰.
That's the **extent** of my resources. 我的財力僅限於此.
片語 **in extent** 大小地. (⇨ 範例 ①)
to a great extent/to a large extent 相當, 非常地. (⇨ 範例 ②)
to some extent/to a certain extent 在一定程度上. (⇨ 範例 ②)
to the extent of 到了~的程度.
to the full extent of 到~的限度為止. (⇨ 範例 ②)
***exterior** [ɪk`stɪrɪə] adj. ① 外側的, 外部的. ——n. ② 外側, 外部.
範例 ① **exterior** pressure 外部壓力.
exterior walls of a house 房屋的外牆.
② We decided to repaint both the interior and the **exterior** of the house. 我們決定把房子裡裡外外重新粉刷.
☞ interior
複數 exteriors
exterminate [ɪk`stɜmə,net] v. 滅絕, 根除, 終結.
範例 Hitler wanted to **exterminate** the Jews. 希特勒想要滅絕猶太人.
The police are making efforts to **exterminate** terrorism. 警方致力於根除恐怖活動.
活用 v. exterminates, exterminated, exterminating
extermination [ɪk,stɜmə`neʃən] n. 撲滅, 消滅, 根除: Complete **extermination** of all mosquitoes is probably impossible. 要完全撲滅蚊子恐怕是不可能.
exterminator [ɪk`stɜmə,netə] n. 撲滅者, 根除者; 殺蟲劑.
複數 exterminators
***external** [ɪk`stɜnl] adj. 外面的, 外部的.
範例 This medicine is for **external** use only. 這種藥僅供外用.
This program is devoted to **external** affairs. 這個節目專門介紹海外事務.
externally [ɪk`stɜnlɪ] adv. 在外部, 從外部, 外表上.
extinct [ɪk`stɪŋkt] adj. ①（生物）絕種的. ②（火）熄滅了的.
範例 ① The dodo bird has been **extinct** for about 300 years. 渡渡鳥約在300年前就絕種了.
② Mt. Fuji is not an **extinct** volcano. 富士山不是死火山.
extinction [ɪk`stɪŋkʃən] n. 滅絕: The total **extinction** of dinosaurs still remains a mystery. 恐龍的完全滅絕至今仍是個謎.
***extinguish** [ɪk`stɪŋgwɪʃ] v. 熄滅, 撲滅, 毀

滅.

範例 With no water, they could not **extinguish** the fire. 沒有水，他們無法滅火.

Nothing could **extinguish** my love for Kate. 沒有甚麼能剝奪我對凱特的愛.

活用 v. **extinguishes**, **extinguished**, **extinguished**, **extinguishing**

extinguisher [ɪk`stɪŋgwɪʃɚ] n. 滅火器《亦作 fire extinguisher).

複數 **extinguishers**

extol/extoll [ɪk`stɑl] v.《正式》讚揚，吹捧：The people **extolled** the boy to the skies. 人們把那個男孩捧上天了.

片語 **extol ~ to the sky** 把~捧上天.（⇨ 範例)

活用 v. **extols**, **extolled**, **extolled**, **extolling/extolls**, **extolled**, **extolled**, **extolling**

extort [ɪk`stɔrt] v. 敲詐，勒索；強求：He **extorted** the old woman's money. 他敲詐老婦人的錢.

活用 v. **extorts**, **extorted**, **extorted**, **extorting**

extortion [ɪk`stɔrʃən] n. ① 敲詐，勒索；強求：**Extortion** by threat of violence is a crime. 藉由暴力威脅加以勒索是犯罪行為. ② 敲詐行為，被敲詐的財物.

複數 **extortions**

extortionate [ɪk`stɔrʃənɪt] adj. 索價過高的：Fifty dollars for a melon is an **extortionate** price. 一個甜瓜索價50美元實在太高了.

活用 adj. **more extortionate**, **most extortionate**

***extra** [`ɛkstrə] adj. ① 額外的，分外的，附加的；臨時的. ②〔只用於名詞前〕特別的. ——n. ③ 額外的事物《費用》；號外；特刊. ④ 臨時工，臨時演員. ——adv. ⑤ 額外地，另外. ⑥ 格外地.

範例 ① **extra** pay for **extra** work 額外工作的額外薪資.

an **extra** charge 額外費用.

an **extra** job 業餘工作《正業以外的工作》.

The government needs **extra** revenue. 政府需要臨時歲入.

③ Dinner costs $30, and drinks are **extras**. 晚餐是30美元，飲料另計.

④ The movie star began his acting career as one of the **extras** in a TV drama. 那位電影明星是從一部電視劇的臨時演員開始他的表演生涯.

⑤ You will have to pay **extra** if you want me to work late. 如果要我加班工作，你就得額外付錢.

⑥ I've bought you an **extra** special present for your birthday. 我買了一件特別的生日禮物要給你.

extra good wine 特級葡萄酒.

♦ **extra-curricular** 正規課程以外的，課外的.

複數 **extras**

‡**extract** [v. ɪk`strækt; n. `ɛkstrækt] v. ① 拔出，取出；提煉，粹取；摘錄，引用.
——n. ② 粹取物，~精；摘錄，引文.

範例 ① I went to the dentist and had my bad tooth **extracted**. 我去牙醫那兒拔蛀牙.

The lawyer **extracted** a confession from him. 那位律師使他招認了.

We can **extract** oil from olives. 我們可以從橄欖中提煉油.

He **extracted** a sentence from this book. 他從這本書中引用了一句話.

② lemon **extract** 檸檬汁.

The minister quoted an **extract** from the Bible. 那位牧師從《聖經》中引用了一段話.

活用 v. **extracts**, **extracted**, **extracted**, **extracting**

複數 **extracts**

extraction [ɪk`strækʃən] n. ① 抽取，抽出；提煉. ② 拔出；拔出物.

範例 ① The **extraction** of magnesium from the sea bed is expensive. 從海底採掘鎂花費昂貴.

② I had to have three **extractions** at the dentist's. 我必須到牙醫那兒拔掉3顆牙齒.

複數 **extractions**

extraordinarily [ɪk`strɔrdn͵ɛrəlɪ] adv. 異常地；非凡地，特別地.

範例 Alcohol makes him behave **extraordinarily**. 酒精使他行為異常.

an **extraordinarily** beautiful actress 美麗非凡的女演員.

活用 adv. **more extraordinarily**, **most extraordinarily**

‡**extraordinary** [ɪk`strɔrdn͵ɛrɪ] adj. ① 異常的；非凡的，特別的；格外的. ②〔只用於名詞前〕臨時的. ③《正式》〔用於名詞後〕特命的，特派的.

範例 ① an **extraordinary** experience特別的經驗.

John's behavior is **extraordinary**. 約翰的行為很怪異.

a woman of **extraordinary** beauty 美麗絕倫的女人.

② **extraordinary** expenditure 臨時支出.

An **extraordinary** meeting was held to discuss the arrest of the bank's president. 昨天召開臨時會議，討論逮捕那家銀行總裁一事.

③ an ambassador **extraordinary** 特命大使.

字源 extra（範圍外的）＋ordinary（普通的）.

活用 adj. **more extraordinary**, **most extraordinary**

extraterrestrial [͵ɛkstrətə`rɛstrɪəl] adj. ① 地球外的，外太空的.
——n. ② 外星人《略作 ET》.

複數 **extraterrestrials**

extravagance [ɪk`strævəgəns] n. ① 奢侈，浪費，鋪張：He is given to **extravagance**. 他生性喜歡奢侈. ② 放肆的言行.

[複數] **extravagances**

＊**extravagant** [ɪk`strævəgənt] *adj.* ① 奢侈的，浪費的，鋪張的. ② 過度的；放縱的.

[範例] ① You shouldn't be so **extravagant**. 你不應該那麼浪費.

an **extravagant** use of energy 能源的浪費.

an **extravagant** party 奢華的晚會.

② **extravagant** gifts 昂貴的禮物.

The nurse gave the child **extravagant** care. 那位護士給與那個孩子過度的照顧.

[活用] *adj.* **more extravagant**, **most extravagant**

extravagantly [ɪk`strævəgəntlɪ] *adv.* ① 奢侈地，浪費地. ② 過度地；放縱地.

[範例] ① Movie stars tend to live **extravagantly**. 電影明星易於生活奢侈.

② **extravagantly** savage criticism 過於殘酷的批評.

[活用] *adv.* **more extravagantly**, **most extravagantly**

＊**extreme** [ɪk`strim] *adj.* ①〔只用於名詞前〕在盡頭的，末端的. ②〔只用於名詞前〕極度的，極端的. ③ 偏激的.

——*n.* ④ 末端，極端，極端的事物.

[範例] ① the **extreme** end of the beach 海灘的盡頭.

② The painter died in **extreme** poverty. 那位畫家死時窮極潦倒.

③ the **extreme** left 偏激的左翼.

His opinions about the punishment of young offenders are rather **extreme**. 他對於少年犯刑罰的意見有些偏激.

④ He used to be too lenient with his students but now he has gone to the opposite **extreme**. 他過去對學生很寬容，但是現在卻完全相反.

Some say that love and hate are **extremes** of passion. 有人說愛與恨是強烈情感的兩個極端.

[片語] **go to extremes** 走極端.

in the extreme 極端地，極度地: I thought his views conservative **in the extreme**. 我認為他的看法極其保守.

[活用] *adj.* **extremer**, **extremest/more extreme**, **most extreme**

[複數] **extremes**

＊**extremely** [ɪk`strimlɪ] *adv.* 極其，非常地.

[範例] an **extremely** out-of-date opinion 非常落伍的意見.

I'm **extremely** sorry. 我非常遺憾.

extremist [ɪk`strimɪst] *n.* 急進派人物，極端分子.

[範例] **Extremists** almost plunged the country into war. 急進派幾乎使那個國家陷入戰爭.

extremist policies 激進政策.

right-wing **extremists** 右翼急進分子.

[複數] **extremists**

＊**extremity** [ɪk`strɛmətɪ] *n.*《正式》① 末端，盡頭. ②〔~ies〕四肢，手足. ③ 極端，限度. ④

困境，絕境. ⑤ 極端手段，偏激行為.

[範例] ① the **extremity** of the world 世界的盡頭.

② There were cuts and bruises all over her **extremities**. 她的手腳滿是割傷與擦傷.

③ The war reached such **extremities** that it couldn't be ignored any longer. 戰爭已到達無法坐視的地步.

④ We couldn't help them in their **extremity**. 我們無法幫助陷入困境的他們.

[複數] **extremities**

extricate [`ɛkstrɪ.ket] *v.* 使擺脫，解救《常用 extricate oneself from 形式》: She managed to **extricate** herself from the group of noisily chattering women. 她設法從那群喋喋不休的三姑六婆中脫身.

[活用] *v.* **extricates**, **extricated**, **extricated**, **extricating**

extrovert [`ɛkstro.vɜt] *n.* 外向的人，活躍的人.

[複數] **extroverts**

exuberance [ɪg`zjubərəns] *n.* ① 茂盛；豐富. ② 洋溢.

exuberant [ɪg`zjubərənt] *adj.* ① 茂盛的，豐富的. ② 生氣勃勃的: an **exuberant** child 活力充沛的孩子.

[活用] *adj.* **more exuberant**, **most exuberant**

exude [ɪg`zjud] *v.* (使)滲出，(使)散發 (from): Sweat **exuded** from his forehead. 汗水從他前額滲了出來.

[活用] *v.* **exudes**, **exuded**, **exuded**, **exuding**

＊**exult** [ɪg`zʌlt] *v.* 狂喜，歡騰 (at, in, over): The baseball players **exulted** in their victory in the big game. 棒球隊員們因為在大比賽中獲勝而狂喜不已.

[活用] *v.* **exults**, **exulted**, **exulted**, **exulting**

＊**exultant** [ɪg`zʌltnt] *adj.* 狂喜的，歡騰的: **Exultant** shouts greeted liberating American soldiers in the streets of Paris. 解放巴黎的美軍士兵在巴黎街上受到欣喜若狂的歡迎.

[活用] *adj.* **more exultant**, **most exultant**

exultation [.ɛgzʌl`teʃən] *n.* 狂喜，歡騰.

＊**eye** [aɪ] *n.* ① 眼睛；視覺，視力；眼神；注目，注視；鑑賞力.

——*v.* ② 注視，盯著看.

[範例] ① Close your **eyes** and make a wish. 閉上眼睛許個願吧.

Keep your **eyes** wide open before marriage, and half-shut afterwards. 婚前睜大眼，婚後閉隻眼.《語出班傑明·富蘭克林名言》

There was nothing but sand as far as the **eye** could reach. 放眼所及，只有沙塵.

There is more to the game than meets the **eye**. 這套把戲不是表面上看的那麼簡單.

I have no **eye** for painting. 我對繪畫沒有鑑賞力.

eyebrow

eyelids

eyelashes

pupil

white iris

[eye]

the **eye** of a needle 針孔.

the **eye** of a typhoon 颱風眼.

② People in the village **eyed** the stranger from top to toe. 村民們把那位陌生人從頭到腳仔細打量.

片語 **all eyes** 瞪大眼睛凝視的: The kids were **all eyes** in front of the computer. 孩子們在電腦前目不轉睛地看著.

an eye for an eye 以眼還眼, 以牙還牙《源自《聖經》》.

before ~'s eyes 在~的眼前, 公然地.

by the eye 目測, 憑眼力.

cast an eye over 瞄~一眼.

catch ~'s eye 引起~的注目: The notice was so small that it didn't **catch** the customers' **eye**. 那個告示太小, 沒有引起顧客的注意.

have an eye for 對~有鑑賞力. (⇨ 範例 ①)

have an eye to 注意.

in ~'s eyes/in the eyes of ~ 從~的觀點來看, 在~的眼裡.

keep an eye on 留神看, 密切注意: A good baseball player always **keeps an eye on** the ball. 一個好的棒球員總是隨時盯著球.

keep ~'s eyes skinned/keep ~'s eyes peeled 密切注視, 留心, 注意.

make eyes at ~/make sheep's eyes at ~ 向~送秋波.

make ~ open ~'s eyes 使目瞪口呆.

Mind your eyes! 注意! 當心!

more ~ than meets the eye 比表面更. (⇨ 範例 ①)

My eye! 天哪! 胡說!: Delicious, **my eye**! My dog wouldn't eat it. 好吃? 胡說! 我家的狗可不吃.

open ~'s eyes to 使瞭解: Meeting the professor **opened my eyes to** English literature. 與教授會面使我瞭解了英國文學.

run an eye over 匆匆掃視, 瀏覽.

see eye to eye with 與~意見一致: I don't **see eye to eye with** my husband on our daughter's marriage. 在女兒的婚姻大事上, 我與丈夫意見不一致.

with half an eye 一看就.

with ~'s eyes open 有意識地: She accepted the post **with her eyes open**. 她明知很辛苦, 還是接受了那個職務.

with ~'s eyes shut/with ~'s eyes closed 完全不瞭解地; 輕而易舉地.

♦ **éye bànk** 眼庫, 眼球銀行.

éye-càtching 引人注目的: an **eye-catching** advertisement 引人注目的廣告.

éye còntact 目光接觸, 眼神交會.

éye dròps 眼藥水.

éye màsk 眼罩.

éye shàdow 眼影《化妝品》.

éye sòcket 眼窩, 眼眶.

複數 **eyes**

活用 v. **eyes**, **eyed**, **eyed**, **eyeing/eyes**, **eyed**, **eyed**, **eying**

eyeball [`aɪ,bɔl] n. 眼球: The doc said the cornea of my **eyeball** was scratched. 那位醫生說我眼角膜刮傷.

複數 **eyeballs**

eyebrow [`aɪ,braʊ] n. 眉, 眉毛: He raised his **eyebrows**. 他揚了揚眉毛.《表示吃驚或不信任》

複數 **eyebrows**

eyelash [`aɪ,læʃ] n. 睫毛《單數指一根睫毛, 複數指所有睫毛》.

複數 **eyelashes**

eyelid [`aɪ,lɪd] n. 眼瞼, 眼皮.

複數 **eyelids**

eyesight [`aɪ,saɪt] n. 視力: I have good **eyesight**. 我視力很好.

eyesore [`aɪ,sor] n. 礙眼的東西, 眼中釘: That new billboard is a real **eyesore**. 那塊新的廣告板實在很礙眼.

複數 **eyesores**

F, f

F F F F

簡介字母 F 語音與語義之對應性

/f/ 在發音語音學上列為唇齒清塞音 (voiceless labio-dental fricative). 發 [f] 音時，下唇向上唇，其內緣輕觸上齒尖. 因軟顎提升，通往鼻腔的通道關閉，大量的氣流全部進入口腔後，從上齒下唇中間的縫隙間摩擦逸出，造成類似「呼呼」的風吹聲，因吐氣很強，所以消耗的氣息 (breath) 比別的輔音多，但響度卻很低，可稱為徒勞無功的虛音.

(1) 本義表示「徒勞無功」(wasted or misdirected effort):
- **fall** *v.* (政府等) 垮台；(城市等) 陷落
- **fumble** *v.* 笨拙地弄；(在棒球等場上) 漏接
- **foozle** *v.* 笨拙地做
- **footle (away)** *v.* 虛擲 (光陰)
- **failure** *n.* 失敗，不成功
- **fiasco** *n.* (計畫等的) 大失敗
- **fizzle (out)** *v.* (計畫等) 結果失敗
- **futile** *adj.* 徒勞無功的
- **futility** *n.* 徒勞無功

(2) 本義表示「造成徒勞無功的原因，例如疲倦、心虛、虛弱、偽造、造假、糊塗、愚笨、犯錯等」:
- **fatigue** *n.* (身心的) 疲乏
- **fag** *v.* 使疲勞
- **faint** *adj.* 無力的，懦弱的
- **feeble** *adj.* (身體) 虛弱的
- **foible** *n.* 弱點
- **fade** *v.* (人) 憔悴，衰弱；(花草) 凋謝；(色、光、聲) 減退
- **fidget** *v.* (心虛而) 坐立不安
- **fuss** *v.* 使焦慮不安
- **fictitious** *adj.* 虛構的，假的
- **fictional** *adj.* 虛構的；小說的
- **figment** *n.* 虛構的事
- **false** *adj.* 虛假的
- **falsify** *v.* 竄改 (文件等)
- **fantasy** *n.* 幻想，白日夢
- **fantastic** *adj.* 不切實際的，空想的
- **fanciful** *adj.* 富於幻想的，異想天開的
- **forgery** *n.* 偽造文書；偽造物
- **fabricate** *v.* 虛構，偽造 (文書)
- **foist** *v.* 以 (假物) 蒙騙，騙售
- **fake** *v.* 偽造 (藝術品等)；捏造 (謊話等)；偽造物，贗品
- **fuddle** *v.* 使 (某人的心智) 迷糊
- **infatuate** *v.* 使迷糊《用被動》
- **feint** *v.* 佯攻，佯擊
- **fiddle** *v.* (在數字、帳簿等上) 作假，竄改
- **feign** *v.* 假裝
- **fawn** *v.* 奉承，巴結
- **faulty** *adj.* 有缺點的，有錯誤的
- **fatuous** *adj.* 愚笨的，愚昧的
- **fatuity** *n.* 愚蠢
- **folly** *n.* 愚蠢，愚笨
- **foolish** *adj.* 愚蠢的
- **foolhardy** *adj.* 有勇無謀的
- **fallacy** *n.* 謬誤
- **fallacious** *adj.* 謬誤的
- **fallible** *adj.* 可能犯錯的

(3) 氣流從上齒下唇中間的隙縫摩擦逸出，因摩擦而產生熱，因此具有「熱」之引申義:
- **fad** *n.* 流行一時的狂熱
- **fan** *n.* 熱心的愛好者
- **fanatic** *n.* (主義、宗教等的) 狂熱者
- **fanaticism** *n.* 狂熱，盲信
- **fervor** *n.* 熱心，熱情
- **fervent** *adj.* 熱心的，熱情的
- **fever** *v.* 發燒，發熱
- **febrile** *adj.* 發燒引起的
- **fire** *n.* 火，火焰
- **fiery** *adj.* 火的，燃燒的
- **foment** *v.* 熱敷 (患部)
- **forge** *n.* 熔爐，煉爐
- **fuse** *v.* (金屬等因熱而) 熔化，熔合
- **furious** *adj.* 熱烈興奮的

F [ɛf] *n.* ① C 大調的第 4 音.《縮略》② ＝Fahrenheit (華氏).
〔複數〕**F's/Fs**

f《縮略》＝forte (音樂的強音).

fa [fɑ] *n.* 全音階第4音.
➡ 充電小站 (p. 831)

*****fable** [`febl] *n.* ① 寓言《將動物擬人化，含有寓意的故事》. ② 謊話，無稽之談.
〔範例〕① *Aesop's **Fables**《伊索寓言》.

② It's a mere **fable**. 那不過是無稽之談.
〔複數〕**fables**

*****fabric** [`fæbrɪk] *n.* ① 織品，織物. ② 構造，組織，結構.
〔範例〕① silk **fabrics** 絲織品.
② the **fabric** of the theater 劇場的構造.
the **fabric** of society 社會的結構.
〔複數〕**fabrics**

fabricate [`fæbrɪ͵ket] *v.* ① 裝配，組裝，製造:

The company **fabricates** clocks from parts made by subcontractors. 那家公司用各承包公司生產的零件製造鐘錶. ② 捏造, 虛構, 偽造.

[活用] *v.* **fabricates**, **fabricated**, **fabricated**, **fabricating**

fabrication [͵fæbrɪˋkeʃən] *n.* ① 組裝, 裝配, 製造. ② 偽造(之物), 謊言: Tom's story is a complete **fabrication**. 湯姆的話完全是謊言.

[複數] **fabrications**

fabulous [ˋfæbjələs] *adj.* ① 極為出色的; 驚人的, 令人難以置信的; 巨大的. ② 傳說中的, 神話中的.

[範例] ① The model has got a **fabulous** figure. 那個模特兒身材出眾.

a woman of **fabulous** wealth 家財萬貫的女子.

② A statue of a **fabulous** one-eyed monster stands atop the roof. 神話中的獨眼怪物雕像矗立在屋頂.

[活用] *adj.* ① **more fabulous**, **most fabulous**

fabulously [ˋfæbjələslɪ] *adv.* 驚人地, 令人難以置信地; 非常地: The company manager is **fabulously** rich. 那家公司的經理非常富有.

[活用] *adv.* **more fabulously**, **most fabulously**

facade [fəˋsɑd] *n.* ①（建築物的）正面. ② 外表, 外觀, 門面: a **facade** of honesty 表面上的誠實.

[參考] 亦作 façade.

[複數] **facades**

[facade]

***face** [fes] *n.* ① 臉, 面部, 面孔; 表情. ② 表面, 外表, 外觀; 票面額, 面值. ③ 面對. ④ 面子, 尊嚴. ⑤ 厚臉皮, 大膽.
——*v.* ⑥ 面臨, 使面對; 面對, 覆蓋.

[範例] ① If you're sleepy, wash your **face** with cold water. 你若是想睡覺就用冷水洗臉.

Charlie Brown has a round **face**. 查理·布朗有個圓臉.

a new **face** 新面孔, 新人.

Lisa sometimes wears a sad **face**. 麗莎有時露出悲傷的神情.

The boy made **faces** at his sister. 那個男孩對妹妹扮鬼臉.

a long **face** 板著臉.

a straight **face** 一本正經的臉.

② The **face** of the moon is not as smooth as it looks. 月球表面不像我們看到的那麼平坦.

The puzzle, on the **face** of it, looked easy, but I failed to solve it. 那個謎表面上看起來很簡單, 但我解不開.

A square pyramid has five **faces**. 正四角錐有五個面.

the **face** of a clock 鐘面.

the **face** of a bill 紙幣的面值.

③ Terry kept his courage in the **face** of danger. 泰瑞面對危險時表現得很勇敢.

④ You will really lose **face** if you lose the match to a less experienced player. 你若在比賽中輸給較無經驗的選手就太丟臉了.

I managed to solve the problem my students had given me and so saved **face**. 我總算解開了學生們提出的問題, 保住了面子.

⑤ Meg had the **face** to talk back to the teacher. 梅格竟然敢跟老師頂嘴.

⑥ My room **faces** south. 我的房間朝南.

He was **faced** with a difficult situation. 他處於困境.

⑦ That wooden house is **faced** with tiles. 那棟木造的房屋被貼上了瓷磚.

[片語] **face to face** 面對面地: I've never talked to him **face to face**. 我從來沒有面對面跟他說過話.

face up to 勇敢面對: You'll have to **face up to** your mistakes now. 你現在必須勇敢面對你犯的錯誤.

have the face to 厚著臉皮做, 竟然敢. (⇨ [範例] ⑤)

in ~'s face 面對著, 在~的面前.

in the face of ① 面臨. (⇨ [範例] ③) ② 儘管, 不管.

lose face 丟臉. (⇨ [範例] ④)

make faces/make a face 扮鬼臉. (⇨ [範例] ①)

on ~'s face 臉朝下, 趴著: He lay **on his face** like a dead man. 他像死了似地趴著.

on the face of it 從表面上看來, 表面上. (⇨ [範例] ②)

save face/save ~'s face 保住~的面子. (⇨ [範例] ④)

to ~'s face 當著~的面, 坦率地: You shouldn't say such a thing **to his face**. 你不應該當著他的面說那件事.

♦ **fáce càrd** [美] 繪有人面的紙牌《亦作 court card》.

fáce màsk ①（用於保護臉或眼睛的）面罩. ② 假面具.

fáce pòwder 蜜粉.

[參考] 中文的「臉」不一定就是 face:「貝絲以自己的美貌為傲.」→ Beth is proud of her good looks.「你臉色不太好.」→ You look pale.

[複數] **faces**

[活用] *v.* **faces**, **faced**, **faced**, **facing**

facecloth [ˋfes͵klɔθ] *n.* 洗臉的毛巾.

[複數] **facecloths**

faceless [ˋfeslɪs] *adj.* 不知是何許人的, 無法

辨認的，沒有特性的：The settlers were tired of **faceless** bureaucrats telling them how to manage the land they lived on. 殖民者厭倦了那些不知是何許人的官僚來告訴他們該如何管理自己的土地.

facet [`fæsɪt] *n.* ① (結晶體或寶石的) 小平面，刻面. ② (事物的) 一面.
[複數] **facets**

facetious [fə`siʃəs] *adj.* 愛開玩笑的；玩笑性質的：**facetious** remarks 開玩笑的話語.
[活用] *adj.* **more facetious，most facetious**

facetiously [fə`siʃəslɪ] *adv.* 開玩笑地；不認真地.
[活用] *adv.* **more facetiously，most facetiously**

facial [`feʃəl] *adj.* ① 臉的，臉部的.
——*n.* ② 臉部按摩.
[範例] ① **facial** expression 臉部表情.
facial cream 面霜.
[複數] **facials**

facile [`fæsl] *adj.* 〔只用於名詞前〕輕而易舉的，易得的，不費力氣的.
[範例] It was a **facile** victory. 輕鬆贏得勝利.
He's such a **facile** speaker—no wonder he's in politics. 他伶牙俐齒，難怪能當上政壇.
[發音] 亦作 [`fæsɪl].
[活用] *adj.* **more facile，most facile**

*****facilitate** [fə`sɪlə͵tet] *v.* 《正式》使容易；使便利：The broken lock **facilitated** their rescue of the injured people. 門鎖壞了使得他們輕易地救出傷患.
[活用] *v.* **facilitates，facilitated，facilitated，facilitating**

*****facility** [fə`sɪlətɪ] *n.* ① 容易. ② 方便，便利；〔常 -ties〕設備，設施. ③ 熟練，靈巧.
[範例] ① A merit of this machine is its **facility** of handling. 這臺機器的優點是容易操作.
② Among the **facilities** of this school is an excellent library. 這所學校的設施當中有一座很棒的圖書館.
③ She has a great **facility** in learning languages. 她有出色的外語學習能力.
[片語] **with facility** 輕鬆地，容易地：John jumped a fence **with facility**. 約翰輕鬆地跳過柵欄.
[複數] **facilities**

facsimile [fæk`sɪmәlɪ] *n.* ① 摹寫，複製. ② 傳真文件，傳真照片〔亦作 fax〕.
[複數] **facsimiles**

*****fact** [fækt] *n.* 事實，真相，實際.
[範例] Just tell me the plain **facts**. 只要將真實情況告訴我.
It's difficult to distinguish **fact** from fiction sometimes. 有時候區分真相與謊言很困難.
She doesn't like him much—in **fact** she hates him. 她不怎麼喜歡他，實際上可以說她討厭他.
"Brian looks quite old." "As a matter of **fact**,

he is seventy-eight this year." 「布萊恩看起來很老了.」「實際上他今年已經78歲了.」
The **fact** is, I don't want to go. 事實上我並不想去.
[片語] **as a matter of fact** 實際上，事實上. (⇨ [範例])
in fact 其實，實際上. (⇨ [範例])
♦ **the facts of life** 性知識.
[複數] **facts**

faction [`fækʃən] *n.* ① (政黨等的) 派系：Our party has several **factions**. 我們黨內有好幾個派系. ② 派系鬥爭.
[複數] **factions**

*****factor** [`fæktɚ] *n.* ① 因素，要素. ② (數學的) 因數；(生物的) 遺傳因子.
[範例] ① an important **factor** in his success. 他成功的一個重要因素.
There are too many **factors** involved to give you an instant analysis. 有太多的因素包含在內，以致無法給你一個立即的分析.
② Because 12 can be written as 1×12，2×6，and 3×4，the numbers 1，2，3，4，6，and 12 are all **factors** of 12. 因為1×12，2×6以及3×4都等於12，所以 1，2，3，4，6及12都是12的因數.
Because 12 can be written as 2×2×3，2 and 3 are prime **factors** of 12. 12可以寫成2×2×3，所以2與3是12的質因數.
♦ **prime factor** 質因數.
[複數] **factors**

factorial [fæk`torɪəl] *n.* 階乘：**factorial** *n* *n* 的階乘〔寫作 *n*!，指從1到 *n* 所有整數的乘積〕.
[複數] **factorials**

*****factory** [`fæktrɪ] *n.* 工廠，製造廠：a car **factory** 汽車製造廠.
♦ **factory farm** 工廠式動物飼養廠.
[複數] **factories**

factual [`fæktʃʊəl] *adj.* 事實的，實際的，確實的；以事實為基礎的：No opinions, please. Limit your remarks to **factual** information. 請不要再談你的見解. 你的評論應僅限於以事實為基礎的資料.

*****faculty** [`fækltɪ] *n.* ① (身體的) 能力，機能. ② 才能. ③ (大學的) 學院. ④〔the ～，作單數或複數〕(大學的) 全體教職員〔《美》亦指大學專任教員和高中教員〕.
[範例] ① the **faculty** of hearing 聽覺.
the **faculty** of sight 視覺.
If I'm still in full possession of my **faculties** at that age, I'll be very grateful. 到了那個年齡如果還能完全保持身體的機能，我會非常感激.
② He has a **faculty** for making other people happy. 他有使人愉快的才能.
③ the **faculty** of law 法學院.
④ a member of the **faculty** 一位教職員.
The **faculty** are meeting now. 全體教職員正在開會.《重點在於強調每個人，故作複數》
[複數] **faculties**

fad [fæd] *n.* 嗜好，怪癖；一時之流行，時尚：Hoola hoops were a **fad** back in the late 50's. 呼拉圈在50年代末期曾風行一時。

複數 **fads**

***fade** [fed] *v.* 逐漸變弱；(顏色)褪色；枯萎，凋謝；漸淡。

範例 The ambulance siren **faded** in the distance. 救護車的警笛聲在遠處逐漸減弱。

The sun **faded** the color of the curtains. 窗簾被陽光曬得褪色了。

The violets have **faded** in the strong sunlight. 紫羅蘭被強烈的陽光曬得枯萎了。

Memory **fades** with age. 記憶隨著年齡增長而漸淡。

片語 **fade in** (使)(聲音或影像)漸強：He **faded in** the music. 他將音樂逐漸增強。

fade out (使)(聲音或影像)逐漸消失，使漸弱：At the end of the movie the song **faded out**. 隨著電影結束，歌曲聲逐漸消失。

活用 *v.* **fades, faded, faded, fading**

fag [fæg] *n.* ① 苦工，費力的工作。

——*v.* ② 使疲勞，使疲憊不堪。

範例 ① What a **fag** it is cleaning toilets. 打掃廁所真是一項吃力的工作。

② You look **fagged**. 你看起來很累。《**fagged** 作形容詞性》

活用 *v.* **fags, fagged, fagged, fagging**

Fahrenheit [`færən,haɪt] *adj.* 華氏的《略作 F, Fahr.》：The boiling point of water is 212°F, and the freezing point is 32°F. 水的沸點是華氏212度，冰點是華氏32度。《212°F讀作 two hundred and twelve degrees Fahrenheit，32°F讀作 thirty-two degrees Fahrenheit》

參考 1710年到1714年德國的華倫海特 (G. D. Fahrenheit，1686–1736) 制定的溫標，確定冰與食鹽的混合物溫度為0°F，人的正常體溫為100°F (但後來得知人的正常體溫應該為96°F)。

➡ 充電小站 (p. 193)

****fail** [fel] *v.* ① 失敗；使不及格。② 未能夠做；忘記，忽略。③ 無助於；辜負；捨棄；衰退，變弱。

——*n.* ④ 失敗，出錯；不及格。

範例 ① I tried to persuade him but I **failed**. 我想要說服他，結果失敗了。

My father **failed** his driving test again. 我父親考駕照又失敗了。

Mr. Beck **failed** me in math. 貝克老師當掉我的數學。

② The student **failed** to hand in the paper. 那個學生未能準時交報告。

Never **fail** to answer the letter. 不要忘了回信。

③ His courage **failed** him. 他失去了勇氣。

The brakes **failed** at the worst possible moment. 在最危險的時候煞車失靈了。

His health is **failing**. 他的健康狀況愈來愈差。

④ I got a **fail** in history. 我的歷史不及格。

I'll be there at one o'clock without **fail**. 我1點鐘時一定會到那裡。

片語 **never fail to ~/not fail to ~** 一定，必定。(⇨ 範例 ②)

without fail 肯定，一定。(⇨ 範例 ④)

活用 *v.* **fails, failed, failed, failing**

複數 **fails**

failing [`felɪŋ] *n.* ① 缺點，弱點。

——*prep.* ② 當沒有~時，因為沒有，如果不是~的話。

範例 ① That's his biggest **failing**—being insensitive sometimes. 有時不知道體諒人是他最大的缺點。

② You may find him in the library, or **failing** that, try the computer room. 他可能在圖書館，如果不在圖書館，你就去電腦室找他。

複數 **failings**

***failure** [`feljɚ] *n.* ① 失敗。② 失敗者。③ 未做或不做~的狀態，忽略~的狀態。④ 不足，缺乏。

範例 ① My plan ended in **failure**. 我的計畫最後失敗了。

② As a manager, he was a **failure**. 身為經理，他是一個失敗者。

③ **Failure** to pay this on time will result in doubling of the fine. 如果不能按時支付這筆款項的話，將加倍罰款。

④ The crop **failure** was caused by cold weather. 寒冷的天氣造成農作物欠收。

複數 **failures**

***faint** [fent] *adj.* ① 微弱的，模糊的，不清楚的，無力的。② [不用於名詞前] 暈眩的。

——*v.* ③ 昏厥，昏倒。

——*n.* ④ 昏厥，昏倒。

範例 ① The dying woman asked for water in a **faint** voice. 那個垂死的女子以微弱的聲音要水。

No one has the **faintest** idea of where we should start looking. 幾乎誰也不知道我們該從哪裡著手。

The sound of footsteps became **fainter** and **fainter** until I could hear them no more. 腳步聲變得愈來愈小，不久就完全聽不見了。

She made only a **faint** attempt to escape. 她只是做了小小的嘗試企圖逃跑。

② The girl felt **faint** with hunger. 那個女孩因為飢餓而感到暈眩。

③ Helen **fainted** on hearing the news of her son's death. 聽到她兒子的死訊，海倫昏了過去。

The extreme heat caused one of the choir members to **faint**. 因為酷暑使得一個唱詩班團員昏倒了。

④ He collapsed in a dead **faint**. 他昏倒了。

片語 **collapse in a dead faint** 昏倒。(⇨ 範例 ④)

活用 *adj.* **fainter, faintest**

活用 *v.* **faints, fainted, fainted, fainting**

複數 **faints**

faintly [`fentlɪ] *adv.* 微弱地，模糊地。

範例 A light shone **faintly** in the distance. 光在遠處微弱地閃爍著。

I **faintly** remember something like that happening. 我模模糊糊地記得有那麼一件事發生.

活用 adv. **more faintly, most faintly**

*fair [fɛr] adj., adv.

原義	層面	釋義	範例
沒有不好的	態度	adj. 公正的, 公平的 adv. 公平地, 光明正大地	①
	規則	adj. 合乎規則的 adv. 遵守規則地	②
	天氣, 風	adj. 晴朗的, 順風的	③
	量	adj. 相當多的, 相當~的	④
	成績	adj. 中等的, 一般的, 尚可的	⑤
	頭髮, 皮膚	adj. 金髮的; 白皙的	⑥
	約定	adj. 煞有其事的, 像真的	⑦
	可能性	adj. 有希望的, 有可能的	⑧
	印刷, 筆跡	adj. 清晰的, 整潔的 adv. 清晰地	⑨
	女性	adj. 美的, 漂亮的 adv. 美麗地	⑩
	樣子	adv. 直接地, 正面地	⑪

——n. ⑫『英』定期市集. ⑬『美』(農產品及家畜的) 品評會, 評選會. ⑭ 展覽會, 博覽會. ⑮ 義賣會.

範例 ① The teacher was **fair** with his students. 那位老師對他的學生一視同仁.
The people expect nothing less than a **fair** and impartial trial. 人們期待著公正的審判.
Did Mr. Hoffman get his present position by **fair** means? 霍夫曼先生是靠正當手段取得了現在的職位嗎?
② Let's play **fair**! 讓我們遵守規則地進行比賽吧!
③ Hoist your sail when the wind is **fair**. 順風時揚起你的帆.
④ Joe has a **fair** knowledge of world history. 喬有相當豐富的世界史知識.
⑤ Just a **fair** audition won't get you into that performing arts school. 如果試演成績普通的話, 那你就很難進入那所戲劇學校.
⑥ May has **fair** hair. 梅有著一頭金髮.

⑦ You're always making **fair** promises. 你總是開空頭支票.
⑧ You've got a **fair** chance of victory. 你真的有可能獲勝.
⑨ You call this a **fair** copy? I can't read this writing. 你說這就是謄清的抄本? 我根本看不出來寫了些甚麼.
He copied the report **fair**. 他將那份報告整整齊齊地謄寫了一遍.
⑩ a **fair** maiden 漂亮的女孩.
⑪ The champion hit the challenger **fair** in the face. 那個冠軍一拳直接打在挑戰者臉上.
⑬ an agricultural **fair** 農產品品評會.
⑭ a toy **fair** 玩具展覽會.
an international trade **fair** 國際貿易博覽會.
⑮ a church **fair** 教會的義賣會.

片語 **a day after the fair** 為時已晚.
fair and square 正大光明地; 正面地, 直接地: He struck me **fair and square** on the nose. 他正好打在我的鼻樑上.
fair enough 很好, 行: "You drive there and I'll drive back." "Sounds **fair enough** to me." 「去的時候你開車, 回來時我開.」「行!」
in a fair way to 有~的可能: He is **in a fair way to** win. 他有可能獲勝.
play fair 遵守規則地進行比賽, 採取公正的態度: If you can't **play fair**, don't play at all. 如果你不能遵守規則地進行比賽, 那你就不要參加.

參考 ⑤ 成績評定中, **fair** 為「及格」, 次於 excellent (優秀) 及 good (良好). ⑫ 多半在節日定期舉行, 進行買賣家畜或農產品活動, 並有各種飲食及娛樂遊戲攤位. ⑬ 亦在節日舉辦, 頒獎給優秀的農產品或家畜, 會場上展覽品與售貨攤位聚集, 相當熱鬧.

♦ **fàir báll** 界內球.
fàir gáme ① 可合法獵捕的鳥獸. ② 適於攻擊的對象, 適於追逐或獲取利益的對象, (批評、嘲笑的) 適當對象.
fàir pláy 公平的比賽, 光明正大的行動.

活用 adj. **fairer, fairest**

複數 **fairs**

fairground [`fɛr,graund] n. 博覽會或展覽會的會場.

複數 **fairgrounds**

*fairly [`fɛrlɪ] adv. ① 相當地, 非常地. ② 光明正大地, 公平地, 公正地. ③ 徹底地, 完全地.
範例 ① It is **fairly** warm. 天氣相當溫暖.
Allen speaks Chinese **fairly** well. 艾倫中文說得相當不錯.
② Our boss didn't treat us **fairly**. 老闆並沒有公平地對待我們.
③ We were **fairly** bewildered and didn't have a clue as to what to do next. 我們完全搞糊塗了, 不知道下一步該做甚麼.

fairness [`fɛrnɪs] n. ① 公平, 公正, 正直. ② 金髮; (皮膚的) 白皙.

fairway [`fɛr,we] n. 高爾夫球場中球座與終點間修整過的草地.

F

[複數] **fairways**

***fairy** [`fɛrɪ] *n.* 小仙子，精靈.

[範例] the **fairy** of the woods 森林小仙子.

tooth **fairy** 牙仙子《將小孩掉的牙放在枕頭或地毯下，夜裡這個小仙子就會來把牙換成金子》.

[fairy]

[參考] 出現於歐洲的故事及傳說中，生於花朵之上，有翅膀，一般呈人形，具有魔力，有時會幫助人，有時卻又惡作劇.

♦ **fáiry tàle** ① 童話《亦作 **fairy story**》. ② 假話，謊言.

[複數] **fairies**

fairyland [`fɛrɪˌlænd] *n.* 童話世界，仙境，樂園.

[複數] **fairylands**

***faith** [feθ] *n.* ① 信賴，信任. ② 信念，確信. ③ 信仰. ④ 誠實，忠實，忠誠. ⑤ 保證，諾言.

[範例] ① The man had complete **faith** in his doctor. 那個男子完全信任他的醫生.

② I always had **faith** that you were innocent. 我一直相信你是清白的.

③ She lost **faith** in Christianity. 她不再信基督教了.

I was raised in the Hindu **faith**. 我從小即信仰印度教.

④ The man acted in good **faith**. 那個男子誠實地行事.

⑤ Hilary kept **faith** with her supporters. 希拉蕊遵守了對支持者們的諾言.

[片語] **in bad faith** 不誠實地.

in good faith 誠實地.《⇨ [範例] ④》

[複數] **faiths**

***faithful** [`feθfəl] *adj.* ① 誠實的，忠實的，守信的. ② 忠貞的，愛情專一的. ③ 正確的，確實的，準確的.

[範例] ① Tom is **faithful** to his promises. 湯姆信守諾言.

He has always been **faithful** in discharging his duties. 他總是忠實地履行義務.

② He remained **faithful** to his wife while he was abroad. 他在國外也從不拈花惹草.

③ We need a **faithful** translation of this German article. 我們需要這篇德語文章的翔實譯文.

[活用] *adj.* **more faithful**, **most faithful**

faithfully [`feθfəlɪ] *adv.* ① 誠實地，忠實地. ② （對愛情）忠貞地. ③ 正確地.

[範例] ① John promised Mary **faithfully** that he will keep the secret. 約翰誠心誠意地向瑪麗保證為她保守祕密.

③ Try to copy the document **faithfully**. 請嘗試正確地抄寫那份文件.

[片語] **Yours faithfully/Faithfully yours** 敬〔謹〕上《公務書信的結尾語》.

[活用] *adv.* **more faithfully**, **most faithfully**

faithfulness [`feθfəlnɪs] *n.* ① 誠實，忠誠: The dog showed his **faithfulness** to his master. 那隻狗對主人表示忠誠. ② （對愛情的）忠貞. ③ 正確性.

faithless [`feθlɪs] *adj.* ① 不誠實的，無信的，不忠誠的. ② 無信仰的.

[範例] ① The woman turned out to be **faithless**. 那個女子後來被證實不忠.

The woman made up her mind to divorce her **faithless** husband. 那個女人決心與她拈花惹草的丈夫離婚.

② A preacher stood on the corner trying to get **faithless** people to come to church services. 有一位牧師站在街角，試著使那些沒有信仰的人來教會做禮拜.

[活用] *adj.* **more faithless**, **most faithless**

fake [fek] *v.* ① 仿造，偽造，造假，捏造. ② 假裝.

—*n.* ③ 贗品，偽造物. ④ 騙子.

[範例] ① You are really good at **faking** your mom's signature. 你模仿你母親的簽名模仿得可真像啊.

The pharmaceutical company **faked** its report about the new drug. 那家製藥廠偽造了那種新藥的報告.

② Jane **faked** a headache to avoid going to the party. 珍假裝頭痛，不去參加那個晚會.

③ Part of his art collection turned out to consist of **fakes**. 他收藏的藝術品裡有一些被證實是贗品.

They made **fake** $50 notes. 他們偽造50美元的鈔票.

a **fake** Picasso 假的畢卡索作品.

[活用] *v.* **fakes**, **faked**, **faked**, **faking**

[複數] **fakes**

falcon [`fɔlkən] *n.* 獵鷹《翼長約35公分的隼科猛禽，馴服後可用於狩獵》.

[複數] **falcons**

[falcon]

***fall** [fɔl] *v.*

原義	層面	釋義	範例
落下	方向	掉落，下降，垂下，落下，倒下	①
	成為某種狀態	陷於；變成	②
	表情	變失望〔陰沉，憂鬱〕	③
	國家、政府	崩潰；陷落，淪陷	④
	生命	受傷倒下，死亡	⑤

——*n.* ⑥ 秋天．⑦ 落下，墜落；倒下，跌倒；減退．⑧ 降雨〔雪〕量．⑨ 沒落，衰落；崩潰．⑩〔~s〕瀑布．

範例 ① The glass **fell** from my hand. 那個玻璃杯從我手中掉下去．

Snow began to **fall**. 開始下雪了．

My grandmother slipped and **fell**. 我祖母滑倒了．

The room temperature **fell** 5°. 室溫下降了5度．

Her hair **falls** to her shoulders. 她的頭髮垂在肩上．

Night is **falling** upon the war-torn city. 夜晚降臨那個被戰爭破壞的城鎮．

My birthday **falls** on a Monday this year. 今年我的生日在星期一．

② I **fell** asleep. 我睡著了．

They'd met in Venice and **fell** in love. 他們在威尼斯邂逅後墜入愛河．

③ His face **fell** when I told him the bad news. 當我告訴他那個壞消息後，他的臉色變得陰沉．

④ The city **fell** to the enemy. 那個城市落入敵人手裡．

⑤ That young man has **fallen** in the battle. 那個年輕人戰死了．

⑥ My grandfather died in the **fall** of 1978. 我祖父於1978年秋天去世了．

⑦ He had a bad **fall** and broke his leg. 他摔了一大跤，把腿摔斷了．

⑧ We had a heavy **fall** of snow last night. 昨天夜裡我們這裡下大雪．

⑨ the rise and **fall** of the Roman Empire 羅馬帝國的興衰．

⑩ He went fishing below the **falls**. 他去那個瀑布下釣魚了．

片語 **fall about** 《口語》笑得前俯後仰．

fall back 後退，退卻．

fall back on 依靠: You always have your family to **fall back on**. 你任何時候都能依靠你的家人．

fall behind 落後: He **fell behind** in his work. 他工作落後．

fall down 《口語》失敗，遭到挫折: I think he'll **fall down** on the job. 我認為他做不好那個工作．

fall for ① 受騙: Don't **fall for** their tricks. 不要被他們的計謀騙了．② 對~著迷，為~傾倒: He **fell for** her the moment he set eyes on her. 他對她一見傾心．

fall in 排隊．

fall into ① 開始: I **fell into** conversation with a woman sitting next to me. 我開始與坐在我旁邊的女子說話．② 分成: The contents of this book **fall into** four parts. 這本書的內容分成4部分．

fall in with ① 偶然遇到: I **fell in with** a friend on the street. 我在街上偶然遇到一個朋友．② 同意，贊成: They **fell in with** my suggestion. 他們同意我的建議．

fall off （收入）減少，（質量）降低: His income has **fallen off**. 他的收入減少了．

fall on ① 襲擊: Some guerillas **fell on** the soldiers near the warehouse. 有一些游擊隊員在倉庫附近攻擊那些士兵．② 降臨到~身上．

fall on ~'s feet 化險為夷．

fall out ① 吵架: I **fell out** with my brother over a trivial matter. 我與我哥哥為了一件小事吵架．② 發生，結果變成: I'm not too happy with the way everything **fell out**. 我對一切的進展不甚滿意．

fall over backwards/fall over ~self 竭力做，過分熱心．

fall short 不及，不足；沒達到．

fall through 失敗，落空，成為泡影: The plan **fell through** at the last minute. 那個計畫在最後關頭失敗了．

fall to ① 開始: They **fell to** work eagerly. 他們熱心地投入工作．② 成為~的義務: It will **fall to** the chairperson to cast the tie-breaking vote. 當得票數相同時主席必須投票．

♦ **the Fáll/the Fàll of Mán** 人的墮落《亞當與夏娃的原罪》．

活用 *v.* fall，fell，fallen，falling
複數 falls

fallacy [`fæləsɪ] *n.* 謬見，謬論，謬誤: We pointed out the **fallacy** of his argument. 我們指出他論點中的謬誤．

複數 fallacies

fallen [`fɔlən] *v.* ① fall 的過去分詞．
——*adj.* ② 落下的，倒下的．③（在戰爭中）死去的，陣亡的．④ 墮落的．

♦ **fàllen ángel** 墮落天使《被逐出天國，墮入地獄的天使》．

fallibility [ˌfælə`bɪlətɪ] *n.* 易錯性，不可靠．

fallible [`fæləbl] *adj.*（人等）易犯錯誤的；容易產生錯誤的．

活用 *adj.* more fallible，most fallible

fallout [`fɔlˌaʊt] *n.*（核爆後）放射性塵埃．

fallow [`fælo] *n.* ① 休耕，休耕地．
——*adj.* ② 休耕的．

範例 ① land in **fallow** 休耕地．

② leave land **fallow** 讓土地休耕．

*false [fɔls] *adj.* ① 不正確的，錯誤的．② 假的，虛偽的，騙人的．③ 不誠實的，不忠實的．

範例 ① Ben made a **false** start in the 100-meter dash. 班在100公尺賽跑時偷跑．

I picked up a **false** impression of the man. 我對他曾有過錯誤的印象．

② The movie star travelled under a **false** name. 那個電影明星用假名旅行．

a **false** diamond 仿造的鑽石．

false teeth 假牙．

a **false** promise 虛偽的諾言．

Those **false** words of yours don't fool anyone. 你那虛情假意的話騙不了任何人．

③ a **false** friend 不忠的朋友．

The politician was **false** to his word. 那個政客

沒有遵守自己的諾言.

☞ ↔ true

adj. falser, falsest

*falsehood [`fɔls,hud] n. 謊言；虛假 (☞ ↔ truth).

falsely [`fɔlslɪ] adv. ① 錯誤地： The minister said he had been accused quite falsely of bribery. 那位部長說他遭受到收賄的不實指控. ② 虛偽地，不真實地. ③ 不誠實地.

falsification [,fɔlsəfə`keʃən] n. 偽造，竄改；歪曲，曲解.

falsify [`fɔlsə,faɪ] v. 偽造，竄改；歪曲，曲解： He took part in falsifying some passports. 他參與數起偽造護照的案件.

活用 v. falsifies, falsified, falsified, falsifying

*falter [`fɔltə] v. ① 蹣跚而行；(勢力等)減弱. ② 猶豫；吞吞吐吐，說話結巴.

範例 ① When he came to, he got up and took a few faltering steps. 他恢復知覺後站起來跟蹌地走了幾步.

The movement will falter once we get rid of its leader. 如果我們能除掉那個團體的領導人，他們的運動勢力很快就會減弱.

② When the student came into the classroom ten minutes late, he faltered and seemed to grope for words. 那個學生遲到10分鐘走進教室時，說話支支吾吾的，像是在尋找恰當的話語.

活用 v. falters, faltered, faltered, faltering

falteringly [`fɔltərɪŋlɪ] adv. 猶豫地；跟蹌地；結結巴巴地.

*fame [fem] n. 名聲，名望，聲譽.

範例 That man is a conductor of worldwide fame. 那個男子是一位世界知名的指揮家.

The girl was anxious for fame. 那個女孩渴望成名.

famed [femd] adj. 有名的，著名的.

範例 Hong Kong is one of the most famed tourist spots of Asia. 香港是亞洲最著名的觀光勝地之一.

The woman was famed as a playwright. 那個女子以劇作家身分聞名.

活用 adj. more famed, most famed

*familiar [fə`mɪljə] adj. ① 熟悉的，通曉的. ② 眾所周知的. ③ 親密的，融洽的；太隨便的，過分親近的.

範例 ① I am familiar with his name. 我很熟悉他的名字.

Are you familiar with rugby? 你瞭解橄欖球嗎？

② Momotaro is a familiar story with the Japanese. 《桃太郎》在日本是家喻戶曉的故事.

The name is familiar to me. 我很熟悉這個名字.

③ a familiar friend 親密的朋友.

a familiar conversation 融洽的談話.

The two are on familiar terms with each other. 他們兩個人關係很親密.

Don't be familiar with me. 不要對我過分親近.

片語 make ~self familiar with 與～變得親近，對～變得熟悉.

on familiar terms with 與～親密的. (⇒ 範例③)

活用 adj. more familiar, most familiar

familiarise [fə`mɪljə,raɪz] =v. 『美』 familiarize.

*familiarity [fə,mɪlɪ`ærətɪ] n. ① 親密. ② 熟悉，精通.

範例 ① Familiarity breeds contempt. 《諺語》親暱生狎侮.

② I admire her familiarity with English literature. 我對她在英國文學方面淵博的知識感到佩服.

familiarize [fə`mɪljə,raɪz] v. 使熟悉，使瞭解；使普及，使通俗化 《常與 with 連用》.

範例 Heavy advertising familiarized the public with the new car. 大量的廣告使得一般大眾很熟悉這款新車.

If you don't familiarize yourself with the machine first, you may injure yourself. 如果你不先熟悉機器就可能受傷.

參考 『英』 familiarise.

活用 v. familiarizes, familiarized, familiarizing

familiarly [fə`mɪljəlɪ] adv. ① 親密地，融洽地；過分親近地. ② 一般地，通常地.

*families [`fæmlɪz] n. family 的複數形.

*family [`fæməlɪ] n. ① 家，家庭；家屬，家人. ② (一家的)孩子們，子女. ③ 家族，家世，門第. ⑤ (分類上的)同族，語系，科.

範例 ① There are five people in my family. 我家有5個人.

Eight families live in this apartment house. 這棟公寓大樓裡住著8戶人家.

My family is very large. 我的家人很多.

My family are all well. 我的家人都很健康.

② Do you have any family? 你有孩子嗎？

Her husband wants a large family. 她的丈夫希望有很多孩子.

③ His family built this town over three hundred years ago. 他的家族在300年前建立這個城鎮.

the Kennedy family 甘迺迪家族.

④ Robert is a man of good family. 羅伯特出身名門.

⑤ the Indo-European family of languages 印歐語系.

The giant panda was thought to belong to the bear family, but now it is classified in the panda family. 大熊貓本屬熊科，但現在被分類為熊貓科.

片語 in the family way 懷孕的.

run in the family (性格、特徵等)遺傳.

♦ fàmily Bíble 家用聖經 (有記載家族的誕生、婚姻及死亡等空白頁的大型聖經).

充電小站

表示親屬關係 (family) 的用語

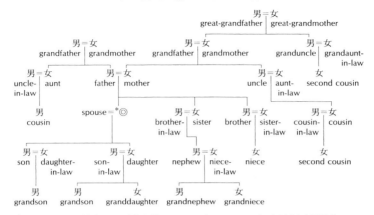

*◎表示本人，若為女性則其配偶 (spouse) 為 husband，如為男性則配偶為 wife.

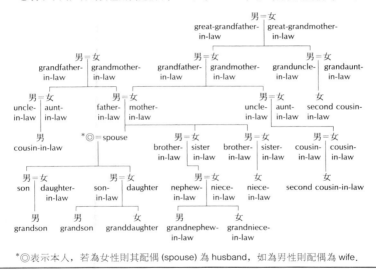

*◎表示本人，若為女性則其配偶 (spouse) 為 husband，如為男性則配偶為 wife.

fàmily dóctor 家庭醫生.
fàmily màn 有家室的人，以家庭為重的人.
fàmily nàme 姓.
fàmily plánning 家庭計畫.
fàmily skéleton 家醜.
fàmily trée 家系圖，家譜 (☞ 充電小站) (p. 455)).
複數 **families**
***famine** [`fæmɪn] *n.* 饑荒；(物資的) 缺乏: That district was suffering from **famine**. 那個地區

正在鬧饑荒.
複數 **famines**
famished [`fæmɪʃt] *adj.* 飢餓的: I'm **famished**—I haven't eaten since breakfast. 我很餓，因為早餐之後我甚麼都還沒吃.
***famous** [`feməs] *adj.* ① 著名的，有名的. ② 《口語》優秀的，出色的，精彩的.
範例 ① The man over there is a **famous** architect. 那邊那個人是一位著名的建築師. Rebecca became **famous** as a golfer. 麗蓓嘉

以高爾夫球選手出名.
Keelung is most **famous** for its rains. 基隆以多雨聞名.
② That was a **famous** performance of the sonata. 那真是精彩的奏鳴曲演奏.
[活用] *adj.* **more famous**, **most famous**
famously [`feməslɪ] *adv.* ① 著名地. ②（口語）出色地, 很好地.
[範例] ① Abraham Lincoln **famously** emphasized the importance of "government of the people, by the people, for the people." 眾所周知, 亞伯拉罕‧林肯強調「民有、民治、民享的政治」的重要性.
② That couple is getting on **famously**. 那對夫妻相處得很好.
[活用] *adv.* **more famously**, **most famously**
*__fan__ [fæn] *n.* ① 扇子；電風扇. ② 迷, 狂熱者, 愛好者, 崇拜者.
——*v.* ③ 搧, 搧風. ④ 煽動, 鼓動.
[範例] ① Switch the **fan** on—it's too hot in here. 打開電風扇, 這裡太熱了.
② My brother is a Giants **fan**. 我哥哥是巨人隊的球迷.
My brother wrote a **fan** letter to the cute singer. 我弟弟寫了一封仰慕的信給那位可愛的歌手.
③ The teacher took up some sheets of paper and **fanned** himself with them. 那個老師拿著幾張紙搧風.
The girl **fanned** the smoldering wood until it burst into flames. 那個女孩將快要熄滅的火搧旺.
④ The professor was arrested because his speech **fanned** the crowd's anger and excited a riot. 那位教授的言論煽動民眾的憤怒情緒並且引發暴動, 因此他被逮捕了.
[複數] **fans**
[活用] *v.* **fans**, **fanned**, **fanned**, **fanning**
*__fanatic__ [fə`nætɪk] *n.* ① 狂熱者, 盲信者: It was a right-wing **fanatic** that shot the governor. 狙擊州長的是一個右翼狂熱分子.
——*adj.* ② 盲信的, 狂熱的《亦作 fanatical》.
[複數] **fanatics**
[活用] *adj.* **more fanatic**, **most fanatic**
fanatical [fə`nætɪkl] *adj.* 盲信的, 狂熱的《常與 about 連用》: My brother is **fanatical** about eating only healthy food. 我的哥哥盲信健康食品.
[活用] *adj.* **more fanatical**, **most fanatical**
fanatically [fə`nætɪklɪ] *adv.* 盲信地, 狂熱地.
[活用] *adv.* **more fanatically**, **most fanatically**
fanaticism [fə`nætə͵sɪzəm] *n.* 盲信, 狂熱（的言行）.
fancier [`fænsɪɚ] *n.* 愛好者, 狂熱者.
[複數] **fanciers**
fanciful [`fænsɪfəl] *adj.* ① 空想的, 脫離現實的, 富於幻想的. ② 奇特的, 異想天開的.
[範例] ① The girl has a **fanciful** mind. 那個女孩

喜歡幻想.
② The professor appeared in a **fanciful** costume. 那位教授穿著奇裝異服出現.
[活用] *adj.* **more fanciful**, **most fanciful**
fancifully [`fænsɪfəlɪ] *adv.* ① 幻想地, 脫離現實地. ② 奇特地.
[活用] *adv.* **more fancifully**, **most fancifully**
*__fancy__ [`fænsɪ] *n.* ① 幻想, 奇想；想像力. ② 沒有根據的想法, 一時的念頭；愛好.
——*v.* ③ 幻想, 想像. ④（無根據地）以為, 認為；喜歡, 喜愛；想做.
——*adj.* ⑤ 想像的；花俏的. ⑥（價格）昂貴的. ⑦ 特等的, 上選的.
[範例] ① The unicorn is a creature of **fancy**. 獨角獸是幻想中的生物.
② I have a **fancy** that Mary will not come today. 我猜想瑪麗今天不會來了.
③ John **fancied** himself as a sensational rock singer. 約翰幻想自己是一個當紅的搖滾歌手.
I can't **fancy** a life without cola. 我無法想像沒有可樂的生活.
④ The man **fancied** that he heard the voice of the angel. 那個男子以為他聽到了天使的聲音.
Do you **fancy** a cup of tea? 你想來一杯茶嗎?
⑤ Mr. Bell bought a **fancy** tie. 貝爾先生買了一條花俏的領帶.
⑥ You can get away with charging **fancy** prices in this upscale neighborhood. 這一帶都是高級住戶, 所以你可以以高價售出.
⑦ The shop sells **fancy** fruits. 這家商店賣特選的水果.
[複數] **fancies**
[活用] *v.* **fancies**, **fancied**, **fancied**, **fancying**
[活用] *adj.* **fancier**, **fanciest**
fanfare [`fæn͵fɛr] *n.*（喇叭等樂器的）花式吹奏；誇耀, 炫耀.
[複數] **fanfares**
fang [fæŋ] *n.* 尖牙,（蛇的）毒牙.
[複數] **fangs**
fantastic [fæn`tæstɪk] *adj.* ① 奇異的, 怪誕的, 古怪的. ② 空想的, 幻想的, 脫離現實的. ③ 難以置信的. ④《口語》極好的, 美妙的.
[範例] ① Instead of making regular bookends, Paul made a **fantastic** pair that looked something like elephant ears. 保羅沒有做普通的書檔, 而是做了一對像大象耳朵的古怪東西.
② This **fantastic** project will never get approved by the board of directors. 這種不切實際的企畫案在董事會上肯定無法通過.
③ Ellen spends a **fantastic** amount of time on Greek mythology. 愛倫花了很多時間研究希臘神話.
④ We really had a **fantastic** vacation in Hawaii. 我們在夏威夷度過了一個美好的假期.

活用 *adj.* **more fantastic，most fantastic**

fantastically [fæn`tæstɪklɪ] *adv.* ① 奇特地，
異樣地。② 空想地。③ 非常地。④ 出色地。

活用 *adv.* **more fantastically，most
fantastically**

*****fantasy** [`fæntəsɪ] *n.* 幻想，空想；空想的產物：
She's living in a **fantasy** world. 她生活在幻想
的世界中。

發音 亦作 [`fæntəzɪ].

複數 **fantasies**

⁑far [fɑr] *adj.，adv.*

原義	層面	釋義	範例
離開某一基準	距離	在遠處，向遠處；遙遠地，遠遠地	①
	時間	一直	②
	程度	到~程度；遠超〔大〕過；極端的	③

範例 ① My home town is **far** from London. 我的
家鄉離倫敦很遠。

How **far** is it to the station? 離車站有多遠？

Let's walk. It's not **far**. 我們走路去吧，反正
也不太遠。

That's over on the **far** side of town. 它在城鎮
的那一邊。

② The discussion continued **far** into the night.
那個討論一直持續到深夜。

③ This car is **far** better than that. 這輛車比那輛
車要好得多。

This is **far** beyond their ability to comprehend.
這遠遠超過了他們所能瞭解的。

Lisa is **far** too timid in speaking. 麗莎說話時
太畏畏縮縮了。

the **far** right 極右派。

片語 **as far as/so far as** ① 到，遠至：We
walked **as far as** the station. 我們走到了車
站。

I wouldn't go **so far as** to say she's a liar. 我
並沒有說她是一個騙子。

② 就~而言，到~程度：**as far as** I know 就
我所知。

I'll help you **as far as** I can. 我會儘可能地幫
助你。

by far 顯然地，~得多：Australia is larger
than Japan **by far**. 澳洲比日本大得多。

Paula is **by far** the best student in the class.
寶拉是班上最優秀的學生。

far and away 顯然地，大大地。

far and near 到處，各處：I looked for him
far and near. 我到處找他。

far and wide 四處，廣泛地：I traveled **far
and wide**. 我四處旅行。

far from ① 離~很遠：The school is **far
from** the station. 那所學校離車站很遠。② 絕
非，一點也不：Harry is **far from** being
pleased with his salary. 哈利一點也不滿意自

己的薪水。

go too far 走極端；太過分：I think that's
going too far, don't you? 我覺得那樣做太
過分了，你不覺得嗎？

how far 到甚麼程度：**How far** can you
swim? 你能游多遠？

I don't know **how far** to believe her story. 我
不知道她的話有多少可信度。

in so far as 在~範圍〔限度〕內；只要：This
charity will always help the poor **in so far as**
we continue to receive donations. 只要我們能
持續得到捐助，這個慈善機構就會繼續幫助
貧困者。

so far ① 到目前為止：There are over six
inches of snow on the ground and **so far** no
accidents to report. 積雪已達6吋以上，但到
目前為止尚未發生任何交通事故。② 到此為
止：You can go only **so far** on your looks—
you've got to have personality too. 你在外表
上最多也只能這樣了，你還是要有自己的個
性。

So far, so good. 到目前為止一切順利。

♦ **the Far East** 遠東《指亞洲東部臨太平洋地
區，包括日本、韓國、中國、香港、緬甸、馬
來西亞、印尼、越南、菲律賓等地》。

活用 *adj.，adv.* ① **farther，farthest**/② ③
further，furthest

faraway [`fɑrə`we] *adj.* ① 遙遠的。② 恍惚的，
出神的。

範例 ① a **faraway** place 遙遠的地方。

② a **faraway** look 恍惚的神情。

farce [fɑrs] *n.* ① 笑劇，鬧劇，滑稽劇。② 可笑
的事物，鬧劇。

複數 **farces**

farcical [`fɑrsɪkl] *adj.* ① 滑稽劇的，鬧劇的。②
可笑的，胡鬧的。

活用 *adj.* **more farcical，most farcical**

⁑fare [fɛr] *n.* ① （搭乘交通工具的）費用，票價。
② （計程車等的）乘客。③ 伙食，食物。
——*v.* ④《正式》（事態）進展。

範例 ① What's the bus **fare** to the station? 到車
站的公車費用是多少？

How much is the **fare** to Chicago? 到芝加哥
的車費是多少？

② The taxi driver had only five **fares** on that day.
那個計程車司機那天只載了5位乘客。

③ They served us plentiful **fare**. 他們給我們許
多食物。

④ He **fared** well in the examination. 他考試考
得不錯。

It **fared** ill with her. 事情對她來說進展得不太
順利。

複數 **fares**

活用 *v.* **fares，fared，fared，faring**

*****farewell** [*interj.* `fɛr`wɛl；*n.* ˌfɛr`wɛl] *interj.* ①
再見，再會《比 good-by 正式》。
——*n.* ② 告別，辭別；臨別贈言。

範例 ① **Farewell** to arms! 永別了，戰爭!《源自
Hemingway 的小說《戰地春夢》之名》

② They said their **farewells** to each other. 他們互相道別.

We held a **farewell** party. 我們舉行了歡送會.

片語 **bid farewell** 辭行.

make ~'s farewells 告別.

複數 **farewells**

***farm** [farm] *n.* ① 農場, 農莊《不僅指農地 (farmland), 還包括農舍 (farmhouse) 和穀倉 (barn)等建築物在內》. ② 養殖場, 飼養場.

——*v.* ③ 務農, 經營農場. ④ 耕作; 飼養(牲畜等).

範例 ① Many small **farms** have gone out of business. 許多小農場倒閉了.

a dairy **farm** 酪農場.

② a chicken **farm** 養雞場.

an oyster **farm** 牡蠣養殖場.

③ Tom used to **farm** in a suburb of Chicago. 湯姆以前在芝加哥郊區經營農場.

片語 **farm out** 轉包(工作): 出租(農地): We are too busy. We must **farm out** some of the work. 我們太忙了, 必須將一部分工作轉包給別人.

♦ **farm tèam** (棒球等) 隸屬於大聯盟之下的小聯盟, 二軍.

複數 **farms**

活用 *v.* **farms, farmed, farmed, farming**

***farmer** [farmɚ] *n.* 農場主人, 農場經營者; 農夫, 農民.

範例 A lot of **farmers** take jobs away from home to make ends meet. 許多農民為了生計到外地工作.

a landed **farmer** 自耕農.

a tenant **farmer** 佃農.

參考 指擁有或承租農場經營的人. 受雇於 farmer 在 farm 工作的人稱 farm worker, farmhand 等.

複數 **farmers**

farmhand [farm,hænd] *n.* (受雇的)農工.

複數 **farmhands**

farmhouse [farm,haus] *n.* 農舍《farm 內農場主人(farmer)的房屋》.

發音 複數形 farmhouses [farm,hauzɪz].

farming [farmɪŋ] *n.* 農場經營; 農業; 飼養, 養殖《farm 內進行的工作等》: **farming** land 農地.

farmyard [farm,jard] *n.* 農家〔農場〕的庭院.

複數 **farmyards**

far-off [far`ɔf] *adj.* 〔只用於名詞前〕遠方的, 遙遠的: He came from a **far-off** country. 他來自一個遙遠的國家.

far-reaching [far`ritʃɪŋ] *adj.* 影響廣泛的, 影響深遠的: Genetic engineering will have **far-reaching** effects in treating and preventing many diseases. 遺傳工程學對許多疾病的治療和預防將有深遠的影響.

farsighted [far`saitɪd] *adj.* ① 有遠見的, 目光遠大的: a **farsighted** politician 有遠見的

政治家. ② 遠視的《亦作 longsighted》.

farther [farðɚ] *adj., adv.* 更遠的〔地〕, 較遠的〔地〕.

範例 The destination was **farther** than we had thought. 目的地比我們想像的還要遠.

I can't walk any **farther**. 我再也走不動了.

farthest [farðist] *adj., adv.* 最遠的〔地〕: She was standing **farthest** from the table. 她站得離桌子最遠.

farthing [farðɪŋ] *n.* ①《英》法辛銅幣《英國舊貨幣中面額最小的貨幣單位, 價值為舊便士的 1/4, 1961年停止使用》. ②〔a ~〕一點也, 絲毫: I don't care a **farthing**. 我一點也不在乎.

複數 **farthings**

fascinate [fæsn,et] *v.* 使著迷, 使神魂顛倒.

範例 The next trick will really **fascinate** them. 下一個戲法一定能使他們著迷.

Tom was **fascinated** by history when he was at high school. 湯姆在高中時對歷史很著迷.

活用 *v.* **fascinates, fascinated, fascinated, fascinating**

fascinating [fæsn,etɪŋ] *adj.* 迷人的, 使人神魂顛倒的, 吸引人的.

範例 The girl was presented with a **fascinating** jewel by her boyfriend. 那個女孩的男友送給她一顆迷人的寶石.

It's a **fascinating** new theory about the origin of the universe. 那個有關宇宙起源的新理論非常吸引人.

活用 *adj.* **more fascinating, most fascinating**

***fascination** [,fæsn`eʃən] *n.* ① 迷戀, 入迷. ② 魅力.

範例 ① We listened to him in **fascination**. 我們入迷地聽他講話.

② Poisonous snakes have a peculiar **fascination** for me. 毒蛇對我有一種奇特的魅力.

複數 **fascinations**

fascism [fæʃ,ɪzəm] *n.*《常 F~》法西斯主義《1919 年義大利墨索里尼(Mussolini)提倡的獨裁政治》, 獨裁主義.

fascist [fæʃ,ɪst] *n.*《常 F~》法西斯主義者; 法西斯黨員.

複數 **fascists**

***fashion** [fæʃən] *n.* ① 流行, 時尚, 時髦; 流行服裝. ② 方式, 方法.

——*v.* ③ 製作, 組成.

範例 ① **Fashions** are always changing. 時尚一直在變化.

Amy is dressed in the latest **fashion**. 艾美穿著最新流行的服飾.

Long skirts are coming into **fashion** again. 長裙又開始流行了.

keep up with **fashion** 跟上潮流.

② Ken spoke in an odd **fashion**. 肯用奇怪的方式說話.

③ Our clever son **fashioned** a radio out of parts

he found in the work room. 我們聰明的兒子以在工作室找到的零件組成一臺收音機.

片語 **after a fashion** 略微地，多少: Ellen can speak Spanish **after a fashion**, but she can't write it properly. 愛倫多少會說一些西班牙語，但不會寫.

複數 **fashions**

活用 v. **fashions, fashioned, fashioned, fashioning**

***fashionable** [`fæʃnəbl] *adj.* 時髦的，流行的；上流社會的；高級的.

範例 It was **fashionable** for young men to have long hair in 1960's. 1960 年代的年輕男子流行留長髮.

There is a **fashionable** restaurant in the high street. 那條大街上有一家高級餐廳.

Andy moved into **fashionable** circles. 安迪進入了上流社會.

活用 *adj.* **more fashionable, most fashionable**

fashionably [`fæʃnəblɪ] *adv.* 時髦地，流行地.

***fast** [fæst] *adv.*, *adj.*, *v.*, *n.*

原義	層面		釋義	範例
沒有間隔的狀態	時間		*adv.* 不停地；快地，迅速地	①
			adj. 快的，迅速的	②
	空間		*adv.* 緊緊地，穩固地，牢固地	③
			adj. 牢固的，固定的，緊的	④
	吃飯以外的活動，連續進行的狀態		*v.* 禁食；齋戒	⑤
			n. 禁食；齋戒	⑥

範例 ① It was snowing **fast**. 雪不停地下.

Don't speak so **fast**. 說話不要說得那麼快.

Light travels **faster** than sound. 光傳得比聲音快.

② He is the **fastest** sprinter in the world. 他是世界上跑得最快的短跑選手.

He is a **fast** pitcher. 他是一個擅長投快速球的投手.

My watch is five minutes **fast**. 我的錶快5分鐘.

③ She held **fast** to a rail. 她緊緊地抓著欄杆.

The baby is **fast** asleep. 那個嬰兒睡得很熟.

The car is stuck **fast** in the mud. 車子陷入泥濘動彈不得.

④ He took a **fast** hold on a rope. 他牢牢抓住繩索.

⑤ Muslims **fast** during Ramadan. 伊斯蘭教徒在齋月裡齋戒.《伊斯蘭教曆的9月裡每天從日出到日落之間禁食》

⑥ He broke his **fast** by having a bowl of oatmeal. 他早餐吃了一碗燕麥粥.

♦ **fàst fóod** 速食.

fást làne ① 快車道. ② 競爭社會中節奏快速的生活.

活用 *adj.*, *adv.* **faster, fastest**

活用 v. **fasts, fasted, fasted, fasting**

***fasten** [`fæsn] *v.* ① 固定，扣住，拴緊，繫牢. ② 專注，集中（目光、注意力等）. ③ 把（罪名、綽號等）強加於.

範例 ① Please **fasten** your seatbelt. 請繫好安全帶.

This door won't **fasten**. 這扇門關不上.

He **fastened** the sticks together with string. 他用繩子將那些棍棒綁在一起.

Dad **fastened** my bike to the back of the car. 父親將我的腳踏車牢牢地綁在汽車後面.

② He **fastened** her eyes on the bill. 他盯著帳單看.

Her attention is still **fastened** on what happened today. 她的注意力仍集中在今天發生的事.

活用 v. **fastens, fastened, fastened, fastening**

fastener [`fæsənɚ] *n.* 捆綁物，固定物，扣件《拉鍊、按扣等》.

複數 **fasteners**

fastening [`fæsənɪŋ] *n.* ① 扣緊，繫牢. ② 固定物，扣件《如栓、鉤、夾子等》.

複數 **fastenings**

fastidious [fæs`tɪdɪəs] *adj.* ① 難以取悅的，挑剔的，苛求的: She is far too **fastidious** about food. 她對食物太挑剔了. ② 過分講究的.

活用 *adj.* **more fastidious, most fastidious**

fastidiously [fæs`tɪdɪəslɪ] *adv.* ① 苛求地，挑剔地. ② 過分講究地.

活用 *adv.* **more fastidiously, most fastidiously**

fastness [`fæstnɪs] *n.* ① 堅固，固著: test the color **fastness** of the material 測試那種材料是否會褪色. ② 要塞，堡壘.

複數 **fastnesses**

***fat** [fæt] *adj.* ① 肥的，脂肪多的. ② 肥胖的；肥沃的. ③ 厚的.
—— *n.* ④ 脂肪；肥肉；油脂.

範例 ① Brian did not like **fat** meat. 布萊恩不喜歡肥肉.

② My brother is **fat**, but my sister is thin. 我哥哥很胖，但我姊姊很瘦.

Laugh and grow **fat**.《諺語》常笑發福.

fat land 肥沃的土地.

③ The lady had a **fat** purse in her hand. 那位小姐手裡拿著厚厚的錢包.

④ I do not like **fat**. 我討厭肥肉.

You consume too much animal **fat**. 你攝取過量的動物性脂肪.

My sister has worked off the **fat**. 我姊姊已消除了贅肉.

The **fat** is in the fire. 闖了大禍，已無法挽回.

片語 ***a fat lot of ～*** 《口語》一點也不的.

參考 對人說 fat 有時是不禮貌的，所以通常用 overweight.

☞ ↔ ① lean，② thin

活用 adj. **fatter**，**fattest**

複數 **fats**

‡**fatal** [`fetl] adj. ① 致命的，生死攸關的. ② 左右命運的，重大的.

範例 ① The old man's cold proved **fatal**. 那位老人羅患的感冒證實是致命的.

② He took the **fatal** decision to divorce his wife. 他做出了與妻子離婚的重大決定.

活用 adj. **more fatal**，**most fatal**

fatality [fe`tæləti] n. ① 宿命，命運. ②（災害、戰爭等造成的）死亡，死者.

範例 ① I was overcome with a sense of **fatality** when I heard the news. 當我聽到那則消息時，我只能認命了.

② bathing **fatalities** 游泳溺斃者.

a **fatality** rate 死亡率.

複數 **fatalities**

fatally [`fetli] adv. ① 致命地： He was **fatally** wounded. 他受了致命傷. ② 不可避免地，宿命地.

活用 adv. **more fatally**，**most fatally**

fate [fet] n. ① 天命，宿命. ② 命運. ③ 死亡，毀滅.

範例 ① She expected to be a nurse, but **fate** had decided otherwise. 她想成為一位護士，但命運卻另有安排.

② I wonder whether the examiners have decided our **fate** yet? 我想知道審查員們是否已經決定我們的命運了?

③ He met his **fate** bravely. 他勇敢地面對死亡.

片語 ***as sure as fate*** 千真萬確地.

複數 **fates**

fateful [`fetfəl] adj. ① 重大的，決定性的： a **fateful** judgement 重大的審判. ② 命中注定的. ③ 預言的；不幸的.

活用 adj. **more fateful**，**most fateful**

fatefully [`fetfəli] adv. ① 重大地，決定性地. ② 致命地. ③ 不幸地.

活用 adv. **more fatefully**，**most fatefully**

‡**father** [`faðə] n. ① 父親. ②〔~s〕祖先. ③ 創始者，始祖. ④〔F~〕神父《基督教中的敬稱》. ⑤〔the F~，our F~〕天父，上帝.

——v. ⑥ 成為～之父.

範例 ① Mr. Smith is the **father** of three children. 史密斯先生是3個孩子的父親.

I'll tell **Father** about my decision not to go to college. 我將告訴父親我不上大學的決定.

Like **father**, like son. 《謗語》有其父必有其子.

② Joe sleeps with his **fathers**. 喬與他的祖先葬在一起.

③ the **father** of modern science 現代科學的始祖.

④ Good morning, **Father** Brown. 早安，布朗神父.

the Holy **Father** 羅馬教宗.

⑤ our **Father** in heaven 我們的天父.

參考 (1) 在家人之間一般不加冠詞，而用大寫字母開頭，作專有名詞用. (2) Father 是正式的說法，孩子們通常用 Dad，Daddy，Pa 等.

♦ **Fàther Chrìstmas** 《英》聖誕老人.

fáther figure 被當作父親看待的長者.

Fáther's Dày 《美》父親節《6月的第3個星期日》.

複數 **fathers**

活用 v. **fathers**，**fathered**，**fathered**，**fathering**

father-in-law [`faðərɪn͵lɔ] n. 繼父；公公，岳父.

複數 **fathers-in-law**

fatherly [`faðəli] adj. 父親的，父親般（慈愛）的： Let me give you some **fatherly** advice. 我給你一些父親般的忠告.

活用 adj. **more fatherly**，**most fatherly**

fathom [`fæðəm] n. ① 噚《水深單位，等於6呎或1.83公尺，略作 fm.》.

——v. ② 測水深；看穿，完全瞭解.

複數 **fathoms**

活用 v. **fathoms**，**fathomed**，**fathomed**，**fathoming**

‡**fatigue** [fə`tig] n. ① 疲勞，疲倦. ②〔~s〕雜務《軍隊用語》.

——v. ③ 使疲勞.

範例 ① The President could not fight off his **fatigue** and fell asleep during his guest's speech. 總統無法克服疲勞，在來賓致辭時睡著了.

The sailor slept off his **fatigue**. 那個船員靠睡覺來消除疲勞.

metal **fatigue** 金屬疲乏.

② We spent all night doing **fatigues**. 我們花一整晚的時間在做雜務.

③ Seven hours of studying **fatigued** the boy. 7個小時的學習使那個男孩感到疲累.

I was **fatigued** from programing the computer all day. 設計了一整天的電腦程式使得我非常疲倦.

複數 **fatigues**

活用 v. **fatigues**，**fatigued**，**fatigued**，**fatiguing**

fatness [`fætnɪs] n. 肥胖；肥沃.

fatten [`fætn] v. 致富；使（土地）肥沃；養肥（家畜）： The farmer **fattened** the pigs for market. 那個農夫為了買賣把豬養肥.

活用 v. **fattens**，**fattened**，**fattened**，**fattening**

fatty [`fæti] adj. ① 脂肪的；多〔含〕脂肪的.

——n. 《口語》胖子.

活用 adj. **fattier**，**fattiest**

複數 **fatties**

fatuous [`fætʃuəs] adj. 愚笨的，愚蠢的.

活用 adj. **more fatuous**，**most fatuous**

faucet [`fɔsɪt] n. 《美》（自來水管等的）水龍頭.

《〖英〗tap》：turn off the **faucet** 關上水龍頭.
〖複數〗**faucets**

*fault [fɔlt] *n.* ① 缺點，毛病；錯誤，過失. ②（過失的）責任，過錯. ③（網球、排球等）發球失誤. ④ 斷層.
— *v.* ⑤ 挑剔.
〖範例〗① Like everyone else, she has **faults**. 她與每個人一樣都有缺點.
② It isn't my **fault** that we were late for school. 我們上學遲到並非我的錯.
③ Missing both serves results in a "double **fault**." 錯失兩次發球權導致「雙發雙失誤」.
⑤ No one could **fault** his logic. 沒人能挑出他邏輯上的錯誤.
〖片語〗*at fault* 有過錯的，有責任的：He was **at fault** in the car crash. 那次車禍他有責任.
find fault with 挑毛病：She is constantly **finding fault with** her husband. 她對她丈夫總是吹毛求疵.
〖複數〗**faults**
〖活用〗*v.* **faults, faulted, faulted, faulting**

faultless [ˋfɔltlɪs] *adj.* 完美無瑕的，無可挑剔的.
〖活用〗*adj.* **more faultless, most faultless**

faulty [ˋfɔltɪ] *adj.* 有缺點的，有過失〔錯誤〕的.
〖範例〗This **faulty** wiring could have caused the fire. 這條有毛病的線路很可能引起火災.
His **faulty** memory made him fail in the test. 由於記憶有誤使得他考試失敗.
〖活用〗*adj.* **faultier, faultiest**

fauna [ˋfɔnə] *n.* 〔the ~〕（某一地區或某一時期的）動物群.
〖複數〗**faunas/faunae**

**favor [ˋfevɚ] *n., v.*

原義	層面	釋義	範例
善意	有善意的狀況	*n.* 善意；受歡迎，贊成，支持	①
	偏好	*n.* 偏袒，偏愛	②
	善意的行動	*n.* 善意的行為，恩惠	③

原義	層面	釋義	範例
表示善意	同感	*v.* 善待；支持，贊成	④
	偏向	*v.* 偏愛，偏袒	⑤
	以善意的行為	*v.*〔正式〕惠賜，給與	⑥
	表示血緣上的聯繫	*v.* 容貌像	⑦

〖範例〗① We won her **favor**. 我們贏得她的歡心.
They will look with **favor** on your plan. 他們一定會支持你的計畫.

A fashion in **favor** this year won't last long. 今年受歡迎的款式不會流行太久.
All those in **favor**, please raise your hands. 贊成的人請舉手.
② The teacher always tries not to show **favor** to anyone. 那位老師總是設法不偏袒任何人.
③ Could you do me a **favor**? 你能幫我個忙嗎?
I want to ask a **favor** of you: will you lend me your bicycle? 我有事請你幫忙. 你能把腳踏車借給我嗎?
④ He **favored** my plan. 他贊成我的計畫.
My boyfriend **favors** equal rights. 我的男友贊成男女平權.
⑤ Father **favors** his youngest son. 父親偏愛他最小的兒子.
⑥ The minister **favored** us with his presence. 那位部長賞臉出席.
⑦ The boy **favors** his mother. 那個男孩長得很像他母親.
〖參考〗〖英〗**favour**.
〖複數〗**favors**
〖活用〗*v.* **favors, favored, favored, favoring**

*favorable [ˋfevrəbl] *adj.* 善意的；贊成的；順利的；有利的，適合的.
〖範例〗The committee gave a **favorable** report on the plan. 委員會對那個計畫做出贊成的報告.
Spring is a **favorable** season for a trip. 春天是適合旅行的季節.
A friend of mine lent me money on **favorable** terms. 我的朋友以有利的條件把錢借給我.
〖參考〗〖英〗**favourable**.
〖活用〗*adj.* **more favorable, most favorable**

favorably [ˋfevrəblɪ] *adv.* 善意地；贊成地；有利地：Many people reacted **favorably** to her proposal. 許多人對她的建議都表示支持.
〖參考〗〖英〗**favourably**.
〖活用〗*adv.* **more favorably, most favorably**

*favorite [ˋfevrɪt] *n.* ① 最喜愛的人或物. ②（比賽中）被看好的人或馬.
— *adj.* ③ 最喜愛的.
〖範例〗① This teddy bear is her **favorite**. 這隻泰迪熊是她的最愛.
② I put 100,000 dollars on the **favorite** in this horse race. 我對這次賽馬中最被看好的馬下注10萬美元.
③ my **favorite** song 我最喜愛的歌曲.
〖參考〗〖英〗**favourite**.
〖複數〗**favorites**

favour [ˋfevɚ] =*n.*〖美〗**favor**.
favourable [ˋfevrəbl] =*adj.*〖美〗**favorable**.
favourably [ˋfevrəblɪ] =*adv.*〖美〗**favorably**.
favourite [ˋfevrɪt] =*adj., n.*〖美〗**favorite**.
fawn [fɔn] *n.* ①（未滿1歲的）小鹿. ② 淡黃褐色.
— *v.* ③ 巴結，奉承，討好 (over)：They **fawned** over their rich uncle. 他們巴結他們有錢的叔叔.
☞ **deer**

【複數】 **fawns**
【活用】 v. **fawns, fawned, fawned, fawning**

fax [fæks] n. ① 傳真機;傳真文件.
——v. ② 傳真.
【複數】 **faxes**
【活用】 v. **faxes, faxed, faxed, faxing**

FBI/F.B.I. [ˋɛfˋbiˋaɪ]《縮略》=Federal Bureau of Investigation (美國聯邦調查局).

***fear** [fɪr] n. ① 害怕,恐懼. ② 擔心,憂慮.
——v. ③ 害怕. ④ 擔心,憂慮.
【範例】① He seems to live in **fear** of a heart attack. 他似乎生活在心臟病發的恐懼中.
They stopped going to the beach for **fear** of earthquakes. 他們惟恐發生地震而不去海邊了.
I closed the door quietly for **fear** that my brother would wake up. 我悄悄地關上門,怕驚醒弟弟.
② There's no **fear** of that happening. 不用擔心發生那種事.
③ Fools rush in where angels **fear** to tread.《諺語》愚者不知恐懼為何物.
④ John **feared** that he would fail in the entrance examination. 約翰擔心入學考試考不好.
【片語】 **in fear of** 害怕,擔心. (⇨【範例】①)
for fear of/for fear that 惟恐,生怕. (⇨【範例】①)
No fear! 當然不! 絕不!
【複數】 **fears**
【活用】 v. **fears, feared, feared, fearing**

***fearful** [ˋfɪrfəl] adj. ① 可怕的,駭人的. ②〔不用於名詞前〕懼怕的,膽怯的;擔心的. ③ 嚴重的.
【範例】① I witnessed a **fearful** accident on the expressway. 我在高速公路上目睹了一場可怕的意外事故.
② They were **fearful** of the earthquake. 他們害怕地震.
The baseball players seem **fearful** that it might rain. 那些棒球選手們擔心會下雨.
③ Alex and his chums made a **fearful** mess in the writer's house. 亞歷士和他的好友把那位作家的家弄得亂七八糟.
【活用】 adj. **more fearful, most fearful**

fearfully [ˋfɪrfəlɪ] adv. ① 可怕地,駭人地. ② 非常地.
【活用】 adv. **more fearfully, most fearfully**

***fearless** [ˋfɪrlɪs] adj. 無畏的,勇敢的.
【範例】 The **fearless** soldiers rushed into the enemy encampment. 勇敢的士兵衝進了敵人的營地.
I am completely **fearless** of the exam result. 我完全不怕考試結果.
【活用】 adj. **more fearless, most fearless**

fearlessly [ˋfɪrlɪslɪ] adv. 無畏地,大膽地,勇敢地.
【活用】 adv. **more fearlessly, most fearlessly**

feasibility [ˌfizəˋbɪlətɪ] n. 可行性,可能性.

feasible [ˋfizəbl] adj. ① 可行的. ② 似乎合理的. ③ 適合的,可利用的.
【範例】① His project sounds quite **feasible**. 他的計畫聽起來相當可行.
② He made a **feasible** excuse for avoiding work. 為了逃避工作,他找了一個似乎合理的藉口.
③ He had **feasible** land for a small house and a vegetable field. 他有一塊適合搭蓋小屋和闢成菜圃的地.
【活用】 adj. **more feasible, most feasible**

***feast** [fist] n. ① 宴會,盛宴. ② 節日.
——v. ③ 宴請,款待;飽餐,享受.
【範例】① He held a wedding **feast** for his daughter. 他為他女兒舉辦了婚宴.
The music was a **feast** to my ears. 那個音樂使我大飽耳福.
② a fixed **feast** 固定節日《如聖誕節(Christmas)等日期固定的節日,亦作 an immovable feast》.
a movable **feast** 非固定節日《如復活節(Easter)等每年日期會變動的節日》.
③ We **feasted** him on his birthday. 我們在他生日那天宴請他.
I was **feasting** my eyes on the beautiful girl. 那個漂亮的女孩使我大飽眼福.
【字源】 拉丁語的 festus (節日的;快活的).
【複數】 **feasts**
【活用】 v. **feasts, feasted, feasted, feasting**

***feat** [fit] n. 功績,偉業;技藝,絕技.
【範例】 do a **feat** 立功.
She performed quite a **feat** by breaking into my house. 他藉由闖進我的房間以表現他的絕技.
【複數】 **feats**

feather [ˋfɛðɚ] n. ① 羽毛.
——v. ② 裝上羽毛,用羽毛裝飾. ③ 使槳與水面平行收回.
【範例】① a pillow stuffed with **feathers** 羽毛枕頭.
Birds of a **feather** flock together.《諺語》物以類聚.
② The mayor tried to **feather** his nest. 那位市長想中飽私囊.
【片語】 **feather** ~'s **nest** 中飽私囊. (⇨【範例】②)
【複數】 **feathers**
【活用】 v. **feathers, feathered, feathered, feathering**

feathery [ˋfɛðərɪ] adj. 有羽毛的,覆蓋羽毛的;輕柔的,似羽毛的.
【活用】 adj. **more feathery, most feathery**

***feature** [ˋfitʃɚ] n. ①〔~s〕特徵. ②〔~s〕容貌,相貌. ③(報紙等的)專欄;(節目、演出等的)精彩節目. ④ 電影長片.
——v. ⑤ 占重要地位;由～主演;特別報導.
【範例】① The unique **features** of the tower were visible from the hill. 從那個小山丘上能看到那座高塔的獨特特徵.
② The man has sharp **features**. 那個男子有著

冷峻的相貌.

③ The actor's essay is the **feature** of the magazine's latest issue. 那位演員的隨筆是那本雜誌最新一期的特輯.

⑤ Rice **features** largely in the diet in this country. 稻米在這個國家的飲食中占有重要地位.

The film **features** a famous actor. 那部電影由一位名演員主演.

The writer's suicide was **featured** in all the newspapers. 所有的報紙都對那位作家自殺一事大書特書.

複數 **features**

活用 *v.* **features**, **featured**, **featured**, **featuring**

Feb./Feb《縮略》＝February (2月).

***February** [`fɛbrʊ͵ɛrɪ] *n.* 2月《略作 Feb.》.

範例 I was born on **February** 12, 1969. 我生於 1969 年 2 月 12 日.《February 12 讀作 February twelfth 或 February the twelfth》

February has 29 days in a leap year. 閏年的2月有29天.

發音 亦作 [`fɛbjʊərɪ].

字源 源於古羅馬2月15日的滌罪節 (februa).
➡《充電小站》(p. 817)

fed [fɛd] *v.* feed 的過去式、過去分詞.

***federal** [`fɛdərəl] *adj.* ① 聯邦制的，聯邦政府的. ②〔F～〕(南北戰爭時)北方聯邦的.
——*n.* ④〔F～〕(南北戰爭時)北方聯邦的支持者；北方聯邦軍士兵.

範例 ① Switzerland is a **federal** republic. 瑞士是聯邦共和國.

③ Charleston was seized by the **Federals**. 查理斯敦被北方聯邦軍攻占了.

☞ ② ③ ↔ Confederate

複數 **federals**

federalist [`fɛdərəlɪst] *n.* ① 聯邦主義者. ②〔F～〕(南北戰爭期間)支持北方聯邦者.

複數 **federalists**

federation [͵fɛdə`reʃən] *n.* ① 聯邦，聯邦制. ② 聯盟，同盟.

複數 **federations**

***fee** [fi] *n.* 費用，報酬《支付給專業知識工作者，如醫師、律師等》；手續費，入會〔入場〕費.

範例 a lawyer's **fee** 辯護費，律師費.

pay an admission **fee** to the museum 付博物館入場費.

a **fee** for enrolling in high school 高中的註冊費.

複數 **fees**

***feeble** [`fibl] *adj.* 微弱的，衰弱的；無力的，薄弱的.

範例 "Good-bye," she said in a **feeble** voice. 她用微弱的聲音說:「再見.」

The sick old lion grew **feebler** every day. 那隻生病的老獅子日漸衰弱.

The student made a **feeble** excuse for coming late. 那個學生用薄弱的藉口替自己的遲到辯解.

活用 *adj.* **feebler**, **feeblest**

feebly [`fiblɪ] *adv.* 微弱地: The girl smiled **feebly**. 那個女孩微微一笑.

活用 *adv.* **more feebly**, **most feebly**

***feed** [fid] *v.* ① 餵食，哺乳；養家活口. ② 吃，進食 (on). ③ 輸入，供給.
——*n.* ④ 食物，飼料. ⑤ (替動物)餵食口. ⑥ 輸送口，供給口.

範例 ① Mary **feeds** her monkey twice a day. 瑪麗一天餵她的猴子兩次.

Susan **fed** meat to her tiger. 蘇珊餵她的老虎吃肉.

Mr. Lucas had to **feed** his large family. 盧卡斯先生必須養活一大家子.

② Cows **feed** on grass. 牛吃草.

③ John **fed** the stove with coal. 約翰替火爐加煤.

Mr. Hart **fed** some data into a computer. 哈特先生將一些數據輸進電腦.

④ He did not have enough **feed** for his cattle. 他沒有足夠的飼料餵他的牛.

⑤ The lions in this zoo have two **feeds** a day. 這個動物園裡的獅子每天餵食兩次.

⑥ The engineer found a blockage in the oil **feed**. 工程師發現輸油口堵塞了.

活用 *v.* **feeds**, **fed**, **fed**, **feeding**

複數 **feeds**

feedback [`fid͵bæk] *n.* ① 反饋《把放大器輸出信號(output)的一部分能量送回輸入電路(input)中以增強或減弱輸入訊號的效應》. ② (消費者、讀者等的)反應，回響.

*~**feel** [fil] *v.* ① 摸，觸摸. ② 感受到，覺得，感到.
——*n.* ③ 手感，觸摸，感觸；氣氛. ④ 直覺.

範例 ① Jack **felt** around in his jacket for his wallet. 傑克摸索夾克裡的皮夾.

The doctor **felt** my pulse. 那位醫生為我量脈搏.

The floor **felt** sandy. 地板摸起來很粗糙.

② I **felt** a sudden pain in my back. 我突然感到背很疼.

Did you **feel** the rain? 你有沒有感覺到下雨?

We **felt** the room shaking. 我們覺得房間在搖晃.

It **feels** cold today. 今天感覺很冷.

I don't **feel** the strike will succeed. 我認為罷工不會成功.

I **feel** very tired. 我感到很疲倦.

I **feel** confident that Tom is right. 我確信湯姆是正確的.

③ This cloth has a rough **feel**. 這種布觸感粗糙.

I began to get the **feel** of the new office. 我開始習慣新工作崗位的氣氛了.

片語 *feel for* 同情，有同感: Oh, I really **feel for** you, poor boy. 噢，我打從心底同情你，可憐的孩子.

feel like 想做: I **feel like** a drink. 我想喝一杯.

I don't **feel like** going out today. 我今天不想外出.

feel like ~self ~和平時一樣: Tom didn't **feel like himself** that day. 湯姆那天身體不太舒服.

活用 v. **feels, felt, felt, feeling**

feeler [`filɚ] n. ① 觸角, 觸毛, 觸鬚. ② 試探: I'll put out some **feelers** about what the boss thinks of our plan. 我想試探一下老闆對我們的計畫有甚麼看法.

複數 **feelers**

feeling [`filɪŋ] n. ① 感覺, 感觸; 感情.

——adj. ② 易受感動的, 多情的, 有同情心的; 動人的.

範例 ① I have no **feeling** in my legs. 我的腿沒有知覺.

You have a nice **feeling** for colors. 你有很好的色彩感.

Tom couldn't hide his **feeling** of envy. 湯姆無法掩飾他的嫉妒.

We had a **feeling** that something dreadful was happening. 我們感覺到有可怕的事情要發生.

The dining rocm gives the guests a homey **feeling**. 那個餐廳給客人有家的感覺.

The boy couldn't control his **feelings**. 那個男孩無法控制自己的感情.

I have no personal **feeling** against the man. 我對那個男子沒有任何個人的反感.

I don't want to hurt your **feelings**. 我不想傷害你的感情.

② Thank you for your **feeling** speech. 謝謝你動人的演講.

Jane has a very **feeling** heart. 珍是一個多愁善感的人.

複數 **feelings**

*****feet** [fit] n. foot 的複數形.

*****feign** [fen] v. 假裝, 偽裝, 佯裝.

範例 I **feigned** desire for him, but it was just to get what I wanted. 我假裝需要他, 只是為了得到我想要的東西.

She isn't dead; she's just **feigning**. It's a trick. 她沒有死, 只不過是在裝死, 那是個詭計.

活用 v. **feigns, feigned, feigned, feigning**

feint [fent] n. ① 偽裝: The boy made a **feint** of studying hard. 那個男孩裝出很用功的樣子.

② (體育運動中的) 假動作, 佯攻.

——v. ③ 裝作, 佯裝成; 做假動作.

複數 **feints**

活用 v. **feints, feinted, feinted, feinting**

feline [`filaɪn] adj. ① 貓科的. ② 像貓的: Ann has **feline** grace. 安像貓一樣地優雅.

——n. ③ 貓科動物 (貓、獅子、老虎等).

複數 **felines**

fell [fɛl] v. ① fall 的過去式. ② 砍倒; 打倒.

——n. ③ 地勢高的荒原.

活用 v. ② **fells, felled, felled, felling**

複數 **fells**

*****fellow** [`fɛlo] n. ① 《口語》傢伙, 男人. ② 同伴, 夥伴, 同事, 同夥, 同儕. ③ 成對物品之一. ④ (大學的) 研究員.

範例 ① Poor **fellow**! 可憐的傢伙!

Those **fellows** are waiting for a bus. 那些人正在等公車.

② Your father and I have been **fellows** since our high school days. 你的父親與我是高中同學.

I have a **fellow** feeling for you because we both have young children. 我與你有同感, 因為我們倆都有小孩.

③ Where is the **fellow** of this shoe? 這雙鞋的另一隻在哪裡?

複數 **fellows**

*****fellowship** [`fɛlo,ʃɪp] n. ① 交情, 友誼, 同伴關係, 友好. ② 團體, 組織 (具有同樣信仰、興趣). ③ (大學的) 研究員地位.

範例 ① You should have good **fellowship** with your neighbors. 你應該與鄰居們和睦相處.

Hostile soldiers sometimes have a kind of **fellowship** with each other—both sides experience the same things. 在敵對的士兵之間有時也會有某種夥伴意識, 因為他們有著同樣的經歷.

複數 **fellowships**

felt [fɛlt] v. ① feel 的過去式、過去分詞.

——n. ② 毛氈: a **felt**-tip pen 氈頭筆.

*****female** [`fimel] n. ① 女性, 雌性.

——adj. ② 女性的, 雌性的.

範例 ① One of the functions of legs in male insects is to hold the **female** during mating. 雄性昆蟲的腳其作用之一就是在交配時用來抓住雌性昆蟲.

② There is a young **female** lion over there. 那邊有一頭小母獅.

My sister has no **female** charm. 我姊姊沒有女性魅力.

☞ male (男性, 雄性)

複數 **females**

*****feminine** [`fɛmənɪn] adj. ① 婦女的, 女性的. ② (文法的) 陰性的.

範例 ① Amy has a **feminine** way of speaking. 艾美用女性的表達方式說話.

Tom has a very **feminine** voice. 湯姆說話聲音很像女性.

② "Hostess" is the **feminine** form of "host." hostess 是 host 的陰性形式.

☞ masculine (男人的, 男性的; 陽性的)

活用 adj. ① **more feminine, most feminine**

femininity [,fɛmə`nɪnətɪ] n. 女性氣質.

feminism [`fɛmə,nɪzəm] n. 女權主義, 男女平等主義, 女權運動.

feminist [`fɛmə,nɪst] n. 女權主義者, 男女平權主義者, 女權運動者.

複數 **feminists**

femur [`fimɚ] n. 大腿骨.

複數 **femurs**

fen [fɛn] n. 沼澤, 溼地.

複數 **fens**

fence [fɛns] *n.* ① 圍牆，籬笆，柵欄.
  —— *v.* ② 用柵欄等圍住. ③ 擊劍，鬥劍.
範例 ① a rail **fence** 柵欄.
  a barbed-wire **fence** 鐵絲網.
  Bob and Helen are talking across the **fence**.
  鮑伯與海倫隔著籬笆說話.
② Stonehenge was **fenced** around to prevent damage by tourists. 環狀巨石柱群被柵欄圍起來以防遊客破壞.
  I **fenced** in the backyard to stop the rabbit escaping. 為防止兔子逃跑，我在後院築了柵欄.
  The rest of the forest has been **fenced** off from the public. 為防止一般人進入，這片森林的剩餘部分被柵欄隔了起來.
片語 ***come down on the right side of the fence*** 支持或附和勝方.
  fence in 用柵欄圍住. (⇨ 範例 ②)
  fence off 用柵欄隔開. (⇨ 範例 ②)
  sit on the fence 採取觀望態度，騎牆.
複數 **fences**
活用 *v.* **fences, fenced, fenced, fencing**

fencing [`fɛnsɪŋ] *n.* ① 擊劍，劍術. ② 籬笆〔柵欄〕材料.
參考 ① 因使用的劍不同，分為重劍 (épée)，花劍 (foil)，佩劍 (saber) 3 種比賽項目.

épée
foil
saber
[fencing]

fend [fɛnd] *v.* 閃避，避開，抵擋，抵禦 (off).
  fend off difficult questions 避開困難的問題.
片語 ***fend for ~self*** 自謀生計，自食其力.
活用 *v.* **fends, fended, fended, fending**

fender [`fɛndɚ] *n.* ①〖美〗(汽車、腳踏車的) 擋泥板 (〖英〗wing)，(腳踏車和摩托車的) 擋泥板 (〖英〗mudguard). ② 爐欄，火爐欄杆 (防止燃燒的煤炭從壁爐中掉出來的護欄). ③ 緩衝器 (減少衝撞力的裝置).
複數 **fenders**

ferment [*v.* fɚ`mɛnt; *n.* `fɝmɛnt] *v.* ① (使) 發酵. ② 引起 (混亂等)，醞釀，鼓動.
  —— *n.* ③ 騷亂，動亂，混亂.
範例 ① British cider is an alcoholic drink made from **fermented** apple juice. 英國的蘋果酒是將蘋果汁發酵製成的酒精飲料.
② His speech **fermented** trouble among the factory workers. 他的演講引起了工廠工人的騷亂.
③ The country is in political **ferment**. 該國處於政治動亂狀態.
活用 *v.* **ferments, fermented, fermented, fermenting**

fermentation [ˌfɝmən`teʃən] *n.* ① 發酵: **Fermentation** of some beverages by amateurs is illegal. 私釀某種發酵飲料是違法的. ② 動亂，騷亂，混亂.

fern [fɝn] *n.* 蕨類，羊齒科植物 (有羽狀葉及長莖的植物，不開花，約有 1 萬種).
複數 **fern/ferns**

ferocious [fə`roʃəs] *adj.* 兇猛的，殘忍的；非常的.
範例 The **ferocious** bear attacked the hunter under the tree. 那頭兇猛的熊襲擊了在樹下的獵人.
  David caught a cold and had a **ferocious** headache. 大衛患了感冒，頭痛得要命.
活用 *adj.* **more ferocious, most ferocious**

ferociously [fə`roʃəslɪ] *adv.* 兇猛地，殘忍地；非常地.
活用 *adv.* **more ferociously, most ferociously**

ferocity [fə`rɑsətɪ] *n.* 兇猛，殘暴: I was amazed at the **ferocity** of his criticism. 他強烈的批評讓我很吃驚.

ferret [`fɛrɪt] *n.* ① 雪貂，白鼬 (有時被馴養用來獵捕野兔或抓老鼠).
  —— *v.* ② (用雪貂) 逐出，打獵. ③〖口語〗搜出，找出.

[ferret]

片語 ***ferret around for*** 到處找尋: I've been **ferreting** around for my glasses. 我到處找我的眼鏡.
  ferret out 搜出，探出，找出.
複數 **ferrets**
活用 *v.* **ferrets, ferreted, ferreted, ferreting**

Ferris wheel [`fɛrəsˌhwil] *n.* 摩天輪.
參考 以發明人美國工程師 G. W. G. Ferris (1859–1896) 為名. 問世於 1893 年的芝加哥國際博覽會，是為了不讓之前的巴黎國際博覽會時大出風頭的艾菲爾鐵塔 (the Eiffel Tower) 專美於前而製作的.
複數 **Ferris wheels**

[Ferris wheel]

ferry [`fɛrɪ] *n.* ① 渡船 (亦作 ferryboat). ② 渡口，碼頭.
  —— *v.* ③ 以渡輪運送；以飛機運送.
範例 ① We crossed the river by **ferry**. 我們搭渡船過河.
③ The plane **ferried** medicine to the camp. 那架飛機將藥品空運到營地.
複數 **ferries**

活用 v. **ferries**, **ferried**, **ferried**, **ferrying**

ferryboat [`fɛrɪ,bot] n. 渡輪，渡船《亦作 ferry》.

複數 **ferryboats**

*__fertile__ [`fɝtl] adj. ① 肥沃的，豐盛的. ② 受精的，有繁殖力的.
範例 ① **fertile** land 肥沃的土地.
a **fertile** imagination 豐富的想像力.
② a **fertile** egg 受精卵.
活用 adj. ① **more fertile**, **most fertile**

fertilise [`fɝtl,aɪz] =v. 〖美〗fertilize.

fertiliser [`fɝtl,aɪzɚ] =n. 〖美〗fertilizer.

fertility [fɝ`tɪlətɪ] n. 肥沃，豐富，豐饒；生殖力: an ancient **fertility** rite 古代祈求豐收的儀式.

fertilize [`fɝtl,aɪz] v. ① 使肥沃，施肥於；使豐富. ② 授精，使受粉.
範例 ① The farmer **fertilized** his field. 那個農夫為自己的耕地施肥.
② Butterflies **fertilize** the flowers. 蝴蝶使花受粉.
參考 〖英〗fertilise.
活用 v. **fertilizes**, **fertilized**, **fertilized**, **fertilizing**

fertilizer [`fɝtl,aɪzɚ] n. 肥料: artificial **fertilizer** 人工肥料.
參考 〖英〗fertiliser.
複數 **fertilizers**

fervent [`fɝvənt] adj. 熱情的，熱烈的，強烈的，熱心的: He is a **fervent** Catholic. 他是一個虔誠的天主教徒.
活用 adj. **more fervent**, **most fervent**

fervently [`fɝvəntlɪ] adv. 熱情地，熱烈地.
活用 adv. **more fervently**, **most fervently**

fervor [`fɝvɚ] n. 熱烈，熱情: Tim proposed to Jane with **fervor** and she accepted. 提姆熱情地向珍求婚，而她接受了.
參考 〖英〗fervour.

fester [`fɛstɚ] v. 化膿，潰爛；腐敗，腐爛.
活用 v. **festers**, **festered**, **festered**, **festering**

*__festival__ [`fɛstəvl] n. 節日，慶宴，慶典，慶祝活動，~節.
範例 We hold our school **festival** in October every year. 我們每年10月舉辦校慶.
Easter is a church **festival**. 復活節是教會的節日.
複數 **festivals**

festive [`fɛstɪv] adj. 節日的；歡樂的: We marched in a **festive** mood through the streets. 我們懷著歡樂的心情走在大街上.
活用 adj. **more festive**, **most festive**

festivity [fɛs`tɪvətɪ] n. ① 歡樂（氣氛）. ② 慶典，慶祝活動: The wedding was followed by various **festivities**. 婚禮之後進行了各式各樣的慶祝活動.
複數 **festivities**

festoon [fɛs`tun] n. ①

花綵《用鮮花、樹葉、綵帶等做成的帶狀飾物》.
——v. ② 飾以花綵，結成花綵: Both sides of the street are **festooned** with colored lights. 大街兩側都用彩色燈泡裝飾得像花綵一樣.
複數 **festoons**
活用 v. **festoons**, **festooned**, **festooned**, **festooning**

fetch [fɛtʃ] v. ① 取來，拿來；請來. ②《口語》賣得（某種價錢）.
範例 ① **Fetch** the doctor! 把醫生請來.
He went to the bar and **fetched** another glass of wine. 他去吧檯拿來另一杯葡萄酒.
② My sculptures can **fetch** a lot of money. 我的雕刻品能賣得好價錢.
片語 **fetch and carry** 做雜事，聽任差遣: My mom is always expecting me to **fetch and carry** for her. 我母親總想要我任她差遣.
活用 v. **fetches**, **fetched**, **fetched**, **fetching**

fete [fet] n. ① 節日，慶典；（為了募捐而在戶外舉行的）募款餐會.
——v. ② 設宴慶祝，款待，宴請: He was **feted** everywhere he went. 他所到之處都受到款待.
字源 法語的 fête（節日）.
複數 **fetes**
活用 v. **fetes**, **feted**, **feted**, **feting**

fetid [`fɛtɪd] adj. 發出惡臭的，臭的.

fetish [`fitɪʃ] n. ① 物神《被認為有魔力而受到崇拜》. ② 盲目崇拜的對象: They made a **fetish** of punctuality in the army. 在軍隊裡必須絕對遵守時間.
複數 **fetishes**

fetter [`fɛtɚ] n. ①〔~s〕腳鐐；束縛，限制.
——v. ② 給戴上腳鐐；束縛，限制，約束.
範例 ① Privatization should free businessmen from the **fetters** of state regulations and control. 民營化將使企業家擺脫國家的限制與管理的束縛.
② Clara is **fettered** by miserable memories of her past. 克萊拉被過去悲慘的回憶所困.
複數 **fetters**
活用 v. **fetters**, **fettered**, **fettered**, **fettering**

fetus [`fitəs] n. 胎兒《指受孕3個月後到出生這段期間》.
參考 亦作 foetus.
複數 **fetuses**

feud [fjud] n. (長期的)不和，宿仇，宿怨《特指家族間之世仇》: Romeo and Juliet suffered as a result of a 200-year old **feud** between their families. 羅密歐與茱麗葉為兩家長達200年的世仇而受苦.
複數 **feuds**

*__feudal__ [`fjudl] adj. ① 封建制度的. ② 封地的，領地的. ③（態度等）封建的.

feudalism [`fjudl,ɪzəm] n. 封建制度.

*__fever__ [`fivɚ] n. ① 發燒，發熱. ② 熱病. ③ 狂

[festoon]

熱，熱中。

範例 ① He has a high **fever**. 他在發高燒.

Tom has a slight **fever**. 湯姆有輕微的發燒.

② More than three hundred people died of **fever**. 有300多人死於熱病.

③ George seems to have developed golf **fever**. 喬治似乎愈來愈熱中高爾夫球.

複數 **fevers**

feverish [`fivərɪʃ] adj. ① 發燒的. ② 由發燒而產生的. ③ 熱中的，狂熱的.

範例 ① Your face looks **feverish**. 你的臉看起來好像在發燒.

② a **feverish** dream 發燒時做的夢.

③ **feverish** activity 狂熱的行動.

活用 adj. **more feverish**，**most feverish**

few [fju] adj., pron. 很少的，不多的，少許，少數《不加冠詞 a 時為否定的用法，加冠詞 a 為肯定用法；不管有無冠詞，差異在於說話者心態的不同，而非由數量多寡決定》.

範例 Very **few** people live to the age of one hundred. 只有少數人能活到100歲.

You made a **few** mistakes in the exam. 你在考試中犯了一些錯誤.

We have only a **few** minutes left. 我們只剩下幾分鐘的時間了.

The buses run every **few** minutes. 公車每隔幾分鐘有一班.

There were no **fewer** than fifty men in the boat. 小船上至少坐了50個人.

With so **few** clues how can we possibly find them? 只靠這麼一點點線索怎麼可能找到他們呢?

We invited all of them but only a **few** showed up. 我們邀請他們所有的人，結果只有少數人出席.

Not a **few** of my friends gave me chocolates. 我的許多朋友都給了我巧克力.

Only the **few** will be able to appreciate this type of art. 只有少數人懂得欣賞這種藝術.

片語 **few and far between** 稀少的，罕見的：Really exciting games are **few and far between**. 真正刺激的比賽很少.

no fewer than ~ 至少，不下於，多達. (⇨ 範例)

not a few/quite a few 不少，相當多. (⇨ 範例)

only a few 只有少數，只有幾個. (⇨ 範例)

活用 adj. **fewer**，**fewest**

ff 《縮略》=《義大利語》fortissimo（極強）《音樂中的「最強」義》.

fiancé [ˌfiənˋse] n. 未婚夫.

複數 **fiancés**

fiancée [ˌfiənˋse] n. 未婚妻.

複數 **fiancées**

fiasco [fɪˋæsko] n. 完全失敗，慘敗.

複數 **fiascoes**/《英》**fiascos**

fib [fɪb] n. ①《口語》小謊言.

—— v. ②《口語》撒小謊.

範例 ① "If you tell a **fib**, I'll put you over my

knee," she always used to say. 她以前總是這麼說:「如果你撒謊，我就打你屁股!」

② She **fibbed** about her age on the application. 她在應徵時隱瞞了自己的年齡.

複數 **fibs**

變化 v. **fibs**，**fibbed**，**fibbed**，**fibbing**

***fiber** [`faɪbə] n. ① 纖維，纖維質，纖維組織. ② 性質，性格，性情；本質，素質.

範例 ① nerve **fibers** 神經纖維.

Cotton and wool are natural **fibers**; nylon is a synthetic **fiber**. 棉和羊毛是天然纖維，尼龍是合成纖維.

② He is a man of strong moral **fiber**. 他的道德觀念很強.

參考《英》**fibre**.

複數 **fibers**

fiberglass [`faɪbəˌglæs] n. 纖維玻璃.

參考《英》**fibreglass**.

fibre [`faɪbə] =n.《美》**fiber**.

fibreglass [`faɪbəˌglæs] =n.《美》**fiberglass**.

fibrous [`faɪbrəs] adj. 纖維狀的，纖維質的，含有纖維的.

fickle [`fɪkl] adj. 善變的，不專情的：Ann is so **fickle** that her boyfriend never knows what to buy her. 安很善變，她的男朋友總是不知道該買甚麼給她才好.

活用 adj. **more fickle**，**most fickle**

***fiction** [`fɪkʃən] n. ① 小說. ② 杜撰，虛構.

範例 ① science **fiction** 科幻小說《略作 SF》.

Fact is stranger than **fiction**.《諺語》事實比小說更離奇.

② His story was pure **fiction**. 他的話完全是杜撰的.

☞ ① ↔ nonfiction

字源 拉丁語的 fiction（被形成）.

複數 **fictions**

fictional [`fɪkʃənl] adj. 小說的；虛構的，杜撰的.

fictitious [fɪkˋtɪʃəs] adj. ① 虛構的，杜撰的，想像的. ② 假的，偽裝的，虛偽的.

範例 ② a **fictitious** report 假的報告.

under a **fictitious** name 使用假名.

fiddle [`fɪdl] n. ① 小提琴《violin 的俗稱》. ② 欺騙，詐欺.

—— v. ③ 拉小提琴. ④ 擺弄，撫弄，玩弄（with）. ⑤ 偽造，篡改（數目）.

範例 ① I'm tired of playing second **fiddle** to you. 我再也不想當你的副手了.

③ The boy **fiddled** a tune. 那個男孩用小提琴演奏一曲.

④ Stop **fiddling** with your tie. 你不要再擺弄你的領帶了.

⑤ Quite a few people try to **fiddle** their income tax. 相當多人都試圖虛報所得稅.

複數 **fiddles**

活用 v. **fiddles**，**fiddled**，**fiddled**，**fiddling**

fiddler [`fɪdlə] n. 小提琴手《比 violinist 更口語》.

複數 **fiddlers**

*fidelity [faɪˋdɛlətɪ] *n.* ① 忠貞，忠誠. ② 準確，正確，翔實，準確性.

範例 ① a soldier's **fidelity** to his commander 一個士兵對司令官的忠誠.

② The reporter wrote his story with absolute **fidelity**. 那個記者翔實地報導.

fidget [ˋfɪdʒɪt] *v.* ① 煩躁不安，坐立不安，侷促不安，不停地動: Children have so much energy (that) they can't help but **fidget**. 孩子們精力充沛，所以他們要發瘋了.

——*n.* ② 坐立不安的人; 侷促不安，煩躁不安.

活用 *v.* **fidgets, fidgeted, fidgeted, fidgeting**

複數 **fidgets**

fidgety [ˋfɪdʒɪtɪ] *adj.* 侷促不安的，坐立不安的，煩躁不安的: Some **fidgety** boy on the train kept kicking the seat and drove me crazy. 火車上，一個煩躁不安的男孩不停地踢著座位，弄得我快要發瘋了.

活用 *adj.* **more fidgety, most fidgety**

*field [fild] *n.* ① 田野，草原，原野. ② 田地. ③ 領域，界. ④ 戰場; 運動場; ~場. ⑤〔the ~〕所有參加比賽者.

——*v.* ⑥ 妥善地處理; 巧妙地回覆.

範例 ① The boys are playing in the green **field**. 那些男孩在綠地上玩耍.

② The **field** of flowers was beautiful from the train window. 那塊花田從火車車窗看去十分美麗.

③ Dr. Clark has made several important discoveries in the **field** of physics. 克拉克博士在物理學界有幾項重要發現.

④ a baseball **field** 棒球場.

the **field** of battle 戰場.

a magnetic **field** 磁場.

⑤ Among the **field** were three Olympic gold medalists. 所有參加比賽者中有3位奧運金牌選手.

⑥ I have to **field** a lot of questions from these bright students. 我必須巧妙回覆那些聰明的學生提出的許多問題.

片語 ***hold the field*** 堅守陣地: Typewriters **held the field** for official documents until word processors appeared. 文字處理機問世之前，公文書寫一直以打字機為主.

in the field ① 在戰場. ② 參加比賽. ③ 實地.

take the field ① 開始戰鬥. ② 開始比賽.

♦ **field dày**〔美〕(學校的) 運動會〔英〕sports day). ②〔美〕(學校、組織的) 參觀旅行; 野外研習日. ③ 愉快的一天; 有重大事件的日子.

field èvent 田賽項目.

field glàsses 雙筒望遠鏡.

field hànd〔美〕農場工人.

field márshal 陸軍元帥.

field trìp 校外參觀旅行，實地考察旅行.

field wòrk 田野調查，實地調查.

複數 **fields**

fielder [ˋfildɚ] *n.* (板球的) 外場員, (棒球的) 外野手.

♦ **cénter fielder** 中外野手.

léft fielder 左外野手.

ríght fielder 右外野手.

複數 **fielders**

fiend [find] *n.* ① 惡魔，魔鬼，窮凶極惡的人. ② (對某事物) 入迷的人，迷，狂: Tom is a car **fiend**. 湯姆是一個汽車迷.

複數 **fiends**

fiendish [ˋfindɪʃ] *adj.* ① 惡魔般的，殘忍的，兇狠的. ② 巧妙的; 費解的，困難的. ③ 極度的.

範例 ① Jack thought up a **fiendish** plan to steal the orphans' Christmas presents. 傑克想出了一個備孤兒們的聖誕禮物之殘忍計畫.

② I can't answer this **fiendish** question. 我無法回答這個費解的問題.

活用 *adj.* **more fiendish, most fiendish**

*fierce [fɪrs] *adj.* ① 兇猛的. ② 猛烈的，激烈的.

範例 ① The boy was attacked by a **fierce** dog. 那個男孩被一隻兇猛的狗攻擊.

② They were **fierce** rivals. 他們是競爭激烈的對手.

活用 *adj.* **fiercer, fiercest**

fiercely [ˋfɪrslɪ] *adv.* ① 兇猛地. ② 猛烈地，激烈地.

範例 ① The tiger fought **fiercely** with a lion. 那隻老虎兇猛地與獅子搏鬥.

② The fire was blazing **fiercely**. 大火猛烈地燃燒著.

活用 *adv.* **more fiercely, most fiercely**

fierceness [ˋfɪrsnɪs] *n.* 兇猛; 猛烈，激烈.

*fiery [ˋfaɪrɪ] *adj.* 燃燒的，火一般的，火紅的; 激昂的; 火辣的.

範例 the **fiery** pits of hell 煉獄.

a **fiery** sky 火紅的天空.

fiery eyes 火紅的雙眼.

This Mexican dish is pretty **fiery**. 這道墨西哥菜非常辣.

fiery oratory 慷慨激昂的演說.

☞ *n.* fire

活用 *adj.* **fierier, fieriest/more fiery, most fiery**

fiesta [fɪˋɛstə] *n.* (宗教的) 節日，假日.

複數 **fiestas**

fife [faɪf] *n.* 橫笛《主要用於配合軍樂隊大鼓演奏的短笛》.

複數 **fifes**

*fifteen [fɪfˋtin] *n.* 15 (個).

參考 因其由 fifteen players 組成，所以有時用來表示橄欖球(rugby)隊.

複數 **fifteens**

fifteenth [fɪfˋtinθ] *n.* ① 第15 (個). ② 1/15: two **fifteenths** 2/15.

複數 **fifteenths**

*fifth [fɪfθ] *n.* ① 第5 (個). ② 1/5: two **fifths** 2/5.

♦ **the Fifth Améndment** 〖美〗美國憲法第5
修正案《1791年通過的憲法第1一第10修正
案中的一條．確定了刑事案件中被告不得被
迫作不利於己的供詞》．
the fifth cólumn 第5縱隊《在敵方內部進
行間諜行動等的部隊．西班牙內戰時．佛朗
哥將軍的軍隊在進攻馬德里時．採取了第1
到第4縱隊(column)從外進攻，the fifth column
從市內呼應的戰術，遂有此說法》．
〖複數〗 **fifths**

fiftieth [`fɪftɪɪθ] *n.* ① 第50（個）．② 1/50.
〖複數〗 **fiftieths**

＊**fifty** [`fɪftɪ] *n.* ① 50．② 〔～ies〕50到59歲之間；
50年代．
〖複數〗 **fifties**

fig [fɪg] *n.* ① 無花果樹《桑科落葉小喬木》．②〖口
語〗微不足道的東西，些微之量．
〖範例〗② I don't give a **fig** what you do．我對你所
做的事毫無興趣．
This book isn't worth a **fig**．這本書一文不值．
〖複數〗 **figs**

fig. 〖縮略〗① ＝figure（圖）．② ＝figurative（比喻
的）．③ ＝figuratively（比喻地）．

＊＊**fight** [faɪt] *v.* ① 戰鬥，戰爭，打架，爭鬥；奮
鬥；競爭；爭取．
——*n.* ② 戰爭，戰鬥，打鬥，爭鬥．③ 鬥志，
戰鬥力．
〖範例〗① He **fought** in the Vietnam War．他參加
了越戰．
If you **fight**，**fight** with your fists．如果你要打
架的話，你得赤手空拳．
The two hyenas were **fighting** over a piece of
meat．那兩隻土狼為了一片肉打鬥．
You have been **fighting** with your brother
again，haven't you? 你又與你哥哥打架了嗎?
Britain **fought** with France against Germany．
英國與法國一起對抗德國．
This government is determined to **fight** drug
abuse．這個政府決心與濫用毒品作戰．
Ainu people have been **fighting** for ethnic
identity．阿伊努人一直在為取得種族認同而
奮鬥．
We had to **fight** our way through the crowd．
我們不得不在人群中辛苦前進．
We realized we were **fighting** a losing battle
when even the trade unions wouldn't back us．
就連工會都不再支持我們時，我們瞭解到我
們在打一場敗仗．
Don't let them push you around! **Fight** back!
你不要任他們擺布，你要反抗!
Take some vitamin C to **fight** off your cold．為
了戰勝感冒，你要吃一些維他命 C．
If you boys have got a grudge against each
other，**fight** it out in a boxing ring．如果你們
彼此心懷怨恨，不妨到拳擊場一決勝負．
② There was a big **fight** in the café today．今天
在咖啡館發生了一場激烈的打鬥．
We must take part in the **fight** against
pollution．我們必須參與對抗污染．

Our team put up a good **fight**，but was
beaten．儘管我們隊頑強地抵抗，但還是輸
了．
③ Even after taking such a hard blow，he had
plenty of **fight** left in him．儘管遭到重擊，但
他的鬥志依然十分旺盛．
The death of one of their teammates has taken
all the **fight** out of them．他們的一個隊友去
世使他們完全喪失鬥志．
〖片語〗 *fight back* 反擊，抵抗．(⇨ 〖範例〗①)
fight it out 戰鬥到最後，一決雌雄．(⇨ 〖範例〗
①)
fight off 克服，擊退．(⇨ 〖範例〗①)
fight ～'s way 殺出一條路，辛苦地前進．
(⇨ 〖範例〗①)
put up a good fight 奮勇戰鬥．(⇨ 〖範例〗
②)
〖活用〗 *v.* **fights**，**fought**，**fought**，**fighting**
〖複數〗 **fights**

fighter [`faɪtɚ] *n.* 戰士，鬥士，戰鬥者；戰鬥
機：We're not worried about him—he's a real
fighter．我們不擔心他，因為他是個真正的
鬥士．
〖複數〗 **fighters**

figment [`fɪgmənt] *n.* 虛構的事物：a **figment**
of the scientist's imagination 科學家想像中的
虛構事物．
〖複數〗 **figments**

＊**figurative** [`fɪgjərətɪv] *adj.* 比喻的．
〖範例〗 the **figurative** use of a word 字的比喻用
法．
in a **figurative** sense 比喻的意義上．

figuratively [`fɪgjərətɪvlɪ] *adv.* 比喻地．

＊**figure** [`fɪgjɚ] *n.*

原義	層面	釋義	範例
形狀	用數字表示的	數字，（數學的）位，計算，數額	①
	人的	身材，姿態，容貌；人影	②
	人格的	人物	③
	表示訊息的	圖，圖解	④

——*v.* ⑤ 想，判斷，認為《後接 that 子句》．⑥
出現．
〖範例〗① Pay attention to the **figures** in red．請注
意紅色的數字．
His salary is in six **figures**．他的薪水是6位
數．
I am not good at **figures**．我不善於計算．
He sold his house at a low **figure**．他將自己
的房子低價賣掉．
② She is past fifty now，but she has kept her
figure．雖然她已經超過了50歲，但身材仍
然維持得很好．
Far away across the river I could see some

small **figures**. 在遠處河的對岸，我看得見幾個小人影.

③ a prominent political **figure** 有勢力的政治人物.

Winning the gold medal made her a national **figure**. 因為獲得了金牌，使得他成為國民心目中了不起的人物.

④ The result is presented in **Figure** 2. 結果如圖2所示.

⑤ No one **figured** (that) he would do something like that. 誰也沒想到他會做那樣的事.

He **figured** (that) it was better to put the jewels back where they were. 他認為最好還是把珠寶放回原來的地方.

⑥ He **figured** as a great political leader after the end of the Cold War. 他以冷戰結束後一個偉大的政治家嶄露頭角.

Death **figures** a lot in his paintings. 他的畫中出現了許多死亡的象徵.

[片語] **figure in** 包括在內，算入.

figure on 依靠，依賴，估計，料想.

figure out ① 理解: Even the repairman couldn't **figure out** what had gone wrong with the washer. 連修理工人也不明白那臺洗衣機哪裡出了毛病. ② 計算，估計: Have you **figured out** how much it's going to cost? 你估計成本是多少?

That figures. 跟想像的一樣.

♦ **figure of spéech** 比喻.

figure skàting 花式溜冰.

[複數] **figures**

[活用] v. **figures**, **figured**, **figured**, **figuring**

figurehead

[ˋfɪgjɚˏhɛd] n. ① 有名無實的首領，名義上的領導者: The Queen is a **figurehead**; real power lies with Parliament. 那個女王只是名義上的領導者，實權掌握在國會. ② 船首雕像《裝飾於船頭的守護神像》.

[figurehead]

[複數] **figureheads**

filament [ˋfɪləmənt] n. ① 細絲；纖維. ②（電燈泡等的）燈絲《以鎢絲做成的螺旋狀細導體》.

[複數] **filaments**

file [faɪl] n. ① 公文箱，文件夾；資料，文件. ② 檔案《電腦中記錄有關數據的集合體》. ③ 縱隊. ④ 銼刀.

——v. ⑤ 歸檔，整理. ⑥（用電報或電話）發送. ⑦ 列隊行進. ⑧ 用銼刀銼.

[範例] ① I keep past exams on **file** for reference. 我把以前的試題彙編成檔案供作參考.

We keep a **file** of all the past students. 我們學校保存著以前所有學生的資料.

② The information is in a **file** in my computer. 那份資料存在我的電腦檔案中.

③ People were waiting for a bus in a **file**. 人們

排成一列縱隊在等公車.

⑤ Libraries usually **file** their books by subject. 圖書館通常以主題來整理書籍.

⑥ The reporter **filed** his story by fax. 那個記者用傳真發出了他的報導.

⑦ The prisoners **filed** through a double row of armed Military Police. 俘虜們在兩列持槍的憲兵隊之中列隊行進.

[片語] **on file/on the file** 歸檔，存卷，彙存. (⇨ [範例] ①)

♦ **filing càbinet** 檔案櫃.

[複數] **files**

[活用] v. **files**, **filed**, **filed**, **filing**

filet [ˋfɪlɪt] =n., v. fillet ② ④.

filial [ˋfɪlɪəl] adj.（作為）子女的: **filial** duty 孝道.

filings [ˋfaɪlɪŋz] n. 〔作複數〕銼屑《銼刀(file)銼下的碎屑》.

***fill** [fɪl] v. ① 充滿，填充，裝滿，填補；滿足；提供.

——n. ②〔one's ~〕滿足需要；飽.

[範例] ① Sue **filled** my glass with wine. 蘇幫我倒滿了葡萄酒.

Can you **fill** me a glass of water, please? 你能倒一杯水給我嗎?

Laughter **filled** the room. 笑聲充滿了房間.

Caroline's eyes **filled** with tears. 卡洛琳眼裡充滿了淚水.

The dentist **filled** one of my teeth. 那位牙醫替我補了一顆牙.

We can't **fill** an order of this size. 我們不能提供這種尺寸的訂貨.

The auditorium soon **filled**. 那個禮堂很快地坐滿了人.

Fill in the blanks. 填空.

There isn't enough blue paint left to **fill** in the sky. 塗天空的藍色顏料不夠用了.

I think I'll **fill** in the remaining time by having a few drinks at the bar. 我想去酒吧喝幾杯來消磨剩下的時間.

Carol doesn't know what happened—no one **filled** her in. 卡蘿不知道發生了甚麼事，因為沒人告訴她.

Would you mind **filling** out this form, please? 請你填寫這張表格好嗎?

The theater began to **fill** up with people. 那家戲院開始擠滿了人.

② We ate our **fill** at the party. 我們在宴會上大吃了一頓.

I've had my **fill** of this job. 這份工作對我來說已經夠多了.

[片語] **fill in** ① 填寫（表格等）. (⇨ [範例] ①) ② 填滿. (⇨ [範例] ①) ③ 消磨（時間）. (⇨ [範例] ①) ④ 充分提供（消息等）. (⇨ [範例] ①)

fill out 填寫（表格等）. (⇨ [範例] ①)

fill up 裝滿，充滿，填滿. (⇨ [範例] ①)

have had ~'s fill of... 已經夠多了，已飽了. (⇨ [範例] ②)

[活用] v. **fills**, **filled**, **filled**, **filling**

[複數] **fills**

fillet [`fɪlɪt] n. ① 束髮帶，帶子《用來束髮或繫在頭上》. ② 里脊肉《牛或豬腰部的嫩肉，被認為是最佳部分》;（去掉魚骨的）魚肉片.
——v. ③ 以帶子束（頭髮），飾以髮帶. ④ 切（魚、肉）成片，剔骨.
[發音] ②④ 亦作 [`fɪle].
[複數] **fillets**
[活用] v. **fillets**, **filleted**, **filleted**, **filleting**

filling [`fɪlɪŋ] n. 填塞物，填料，餡: sandwiches with ham and vegetable **fillings** 夾有火腿與蔬菜的三明治.
♦ **filling stàtion** 加油站《［英］petrol station; ［美］gas station》.
[複數] **fillings**

filly [`fɪlɪ] n. 小母馬《嚴格地指未滿4歲》.
[複數] **fillies**

*__film__ [fɪlm] n. ① 底片. ② 電影《亦作 movie, motion picture》. ③ 薄膜.
——v. ④ 拍攝（電視、電影）. ⑤ 覆以薄膜.
[範例] ① Is there any **film** in this camera? 這臺照相機裡有底片嗎?
I can develop black and white **film** myself. 我自己能沖洗黑白底片.
② Shall we go and see a **film**? 我們去看電影好嗎?
a documentary **film** 紀錄片.
③ Cover the food with a piece of plastic **film** and put it in the refrigerator. 請用保鮮膜將那些食物包好放進冰箱.
④ They are going to **film** at our school tomorrow. 他們明天將在我們學校拍電影.
♦ **fílm stàr** 電影明星《亦作 movie star》.
[複數] **films**
[活用] v. **films**, **filmed**, **filmed**, **filming**

filmy [`fɪlmɪ] adj. 薄膜的，如薄膜的，極薄的; 模糊的: **filmy** mists 薄霧.
[活用] adj. **filmier**, **filmiest**

*__filter__ [`fɪltɚ] n. ①（用來除去水及空氣中雜質的）過濾器;（照相機的）濾光鏡;（香菸的）濾嘴.
——v. ② 過濾，濾清. ③ 滲入，滲透，漏，透過 (through).
[範例] ① I prefer **filter** coffee. 我喜歡喝濾過的咖啡.
② You need to **filter** the drinking water here. 在這個地方你需要過濾飲用水.
③ Sunlight **filtered** through the curtain. 陽光透過窗簾.
[複數] **filters**
[活用] v. **filters**, **filtered**, **filtered**, **filtering**

filth [fɪlθ] n. ① 污物，污穢. ② 下流的話語〔想法，事物〕，內容穢的東西.
[範例] ① The deserted garden was filled with garbage and other **filth**. 那個廢棄的庭院裡到處都是垃圾及其他污物.
② Such **filth** shouldn't be displayed in a respectable museum. 如此下流的東西不應該在高尚的博物館裡展出.

filthy [`fɪlθɪ] adj. 污穢的，骯髒的，下流的.
[範例] Those dogs are **filthy**—don't let them in here. 那些狗太骯髒，不能進來這裡.
Her friends were surprised to hear her use such **filthy** language. 她的朋友們聽到她說那麼粗鄙的話都感到吃驚.
[活用] adj. **filthier**, **filthiest**

fin [fɪn] n. ①（魚類的）鰭. ②（飛機的）垂直安定翼.
[複數] **fins**

*__final__ [`faɪnl] adj. ①〔只用於名詞前〕最後的，最終的. ② 決定性的，確定的.
——n. ③ 決賽. ④（報紙的）末版. ⑤ 期末考試.
[範例] ① the **final** chapter of the book 這本書的最後一章.
② The judge's decision is **final**. 那位法官的決定是不可改變的.
③ The tennis **final** starts at nine. 那場網球決賽將在9點鐘開始.
She managed to reach the **finals**. 她總算進入了決賽.
④ That story broke too late for even the **final**. 那則報導發稿太晚，沒能趕上末版.
⑤ She took her **finals** last week. 她上星期參加了期末考.
[複數] **finals**

finalise [`faɪnl͵aɪz] =v. ［美］finalize.

finality [faɪ`næləti] n. 結局，定局，最後: He answered in the negative with an air of **finality**. 他斷然地回答說:「不!」

finalize [`faɪnl͵aɪz] v. 完成，做最後決定: We finalized the plans. 我們最後決定了那項計畫.
[參考] ［英］finalise.
[活用] v. **finalizes**, **finalized**, **finalized**, **finalizing**

*__finally__ [`faɪnlɪ] adv. 最終，最後，終於; 決定性地.
[範例] **Finally**, I can appreciate this kind of music. 我終於明白了這種音樂的美妙之處.
We had waited an hour when the bus **finally** arrived. 我們等了一個小時，公車最後終於來了.
settle a matter **finally** 完全解決事情.

*__finance__ [fə`næns] n. ① 財政，財務. ② 財源，經費. ③〔~s〕財政狀況，財務狀況.
——v. ④ 提供經費，供給資金.
[範例] ① public **finance** 國家財政.
② We must get more **finance** to keep this shop in business. 要繼續經營這家商店，我們需要更多的資金.
③ Our **finances** are not sound. 我們的財務狀況不健全.
④ My grandfather **financed** me at university. 我祖父供我上大學.
[發音] 亦作 [`faɪnæns].
[複數] **finances**
[活用] v. **finances**, **financed**, **financed**,

financing

*financial [fə`nænʃəl] adj. 財政的，金融的，財務的：financial difficulties 財務困難.
[發音] 亦作 [faɪ`nænʃəl].

♦ financial yéar 《英》會計年度（4月6日開始的一年時間；《美》fiscal year）.

financially [fə`nænʃəlɪ] adv. 財政上.
[發音] 亦作 [faɪ`nænʃəlɪ].

financier [ˌfɪnən`sɪr] n. 財政家，資本家，金融業者.
[複數] financiers

finch [fɪntʃ] n. 雀科鳴禽的總稱.
[複數] finches

**find [faɪnd] v.

原義	層面	釋義	範例
發現	尋找	發現，找到	①
	某種事實	得知，發覺，覺得；判決	②
	設法	得到，弄到	③

——n. ④ 發現，發現物.

[範例] ① I can't **find** my watch. 我找不到我的手錶.
He **found** me a taxi. 他替我叫來一輛計程車.
Do you think you can **find** a good job? 你認為你能找到一份好工作嗎？
The arrow **found** its mark. 那支箭射中了靶子.
You **find** koalas only in Australia. 你只有在澳洲才能看到無尾熊.
② I **found** I was wrong. 我發覺是我錯了.
How do you **find** yourself today? 你今天感覺怎麼樣？
You will **find** it easy to speak English. 你會發覺講英語很簡單.
I **found** the book very difficult. 我覺得那本書很難.
The jury **found** the defendant guilty. 陪審團判定被告有罪.
③ I can't **find** the money to go to London. 我沒有籌到去倫敦的錢.
④ This book is a real **find**. 這本書是意外發現的.

[片語] **find out** ① 發現，查明，搜出：He couldn't **find out** her telephone number. 他沒有查到她的電話號碼.
We have **found out** why he left the town. 我們查明了他為甚麼離開鎮上.
The teacher has **found out** that one of his students smokes. 那個老師發現他的一個學生抽菸.
② 揭露：We had better stop doing this before someone **finds** us **out**. 我們最好趁別人還沒發覺時收手.

[活用] v. finds，found，found，finding
[複數] finds

finder [`faɪndə] n. ① 發現者，拾獲者. ②（照相機等的）取景器，檢像鏡《亦作 viewfinder》.
[複數] finders

finding [`faɪndɪŋ] n. ① 發現物，（調查的）結果. ② 判決，判定，結論.
[複數] findings

*fine [faɪn] adj., adv. ① 優秀的，卓越的；極好的，美麗的，精美的；純粹的；上等的；出色地. ② 晴朗的. ③ 健康的，安好的. ④ 細的，細密的；細微的. ⑤ 纖細的，細膩的，微小的，微妙的.
——n. ⑥ 罰款.
——v. ⑦ 課以罰款，處以罰金.

[範例] ① What a **fine** young man you've grown up to be. 你已長大成為一個多麼出色的年輕人啊！
That's **fine**. 好極了！
We had a **fine** time. 我們度過了一段愉快的時光.
You're looking very **fine** today. 你今天看起來真漂亮.
She has **fine** little hands. 她有一雙漂亮的小手.
fine tea 上等的茶.
fine gold 純金.
She has **fine** manners. 她舉止高雅.
Maggie is doing **fine** in school. 瑪姬在學校的表現很出色.
② We've had **fine** weather for the past few days. 這幾天一直是晴朗的好天氣.
It's very **fine**, isn't it? 天氣真不錯，不是嗎？
③ She looked **fine** yesterday. 昨天她看起來精神飽滿.
"How are you?"—"**Fine**, thank you." 「你好嗎？」「謝謝，很好.」
④ a **fine** rain 毛毛雨.
You need a pen with a **fine** point for this job. 做這個工作需要一支細筆.
Cut the vegetables **fine**. 把菜切成細絲.
⑤ Our teacher has a **fine** sense of humor. 我們老師有敏銳的幽默感.
the **fine** distinction between the two sounds 那兩個音之間的微妙差異.
⑥ He paid a **fine** for illegal parking. 他因違規停車而繳交罰款.
⑦ He was fined $50. 他被處以50美元的罰金.

♦ **fine árts** 美術.

[活用] adj. finer，finest
[複數] fines
[活用] v. fines，fined，fined，fining

finely [`faɪnlɪ] adv. ① 美好地，優雅地. ② 精細地，精巧地，精緻地.
[範例] ① The student's homework was **finely** done. 那個學生的家庭作業做得很好.
② The cook chopped the cabbage **finely**. 那個廚師把包心菜切成了細絲.
[活用] adv. more finely，most finely

fineness [`faɪnnɪs] n. ① 美好，精良. ② 優雅. ③ 晴朗. ④ 細微，微妙.

finery [ˋfaɪnərɪ] *n.* 華麗的衣服：The party was filled with guests in their **finery**. 那個晚會上滿是盛裝而來的賓客。

finesse [fəˋnɛs] *n.* 手法，技巧：You handled that sticky situation with great **finesse**. 你以高明的手法處理了那個棘手的狀況。

****finger** [ˋfɪŋgɚ] *n.* ① 手指：She crossed her **fingers**. 她將食指與中指交叉以祈求好運。《祈禱事情順利進行時將中指交叉在食指之上》② 指狀物，《儀器、鐘錶等的》指針。
——*v.* 用手指觸摸，撥弄，彈奏《樂器》。
[片語] ***burn ~'s finger*** （因魯莽或好管閒事而）吃苦頭。
have a finger in every pie 插手干預，多管閒事。
put ~'s finger on... 明確指出。
[參考] (1)手指為 finger，腳趾為 toe. (2) 各指的稱呼 如下：forefinger 或 index finger（食指），middle finger（中指），ring finger（無名指），little finger（小指），拇指為 thumb，有時不包括在 finger 之中。
♦ **finger bòwl** 洗指碗《用餐後在餐桌上洗手指用的器皿》。
[複數] **fingers**
[活用] *v.* **fingers**，**fingered**，**fingered**，**fingering**

fingernail [ˋfɪŋgɚˏnel] *n.* 手指甲《腳趾甲為 toenail》：Judy has a habit of biting her **fingernails**. 茱蒂有咬指甲的習慣。
[複數] **fingernails**

fingerprint [ˋfɪŋgɚˏprɪnt] *n.* ① 指紋。
——*v.* ② 取指紋。
[複數] **fingerprints**
[活用] *v.* **fingerprints**，**fingerprinted**，**fingerprinted**，**fingerprinting**

fingertip [ˋfɪŋgɚˏtɪp] *n.* 指尖。
[複數] **fingertips**

****finish** [ˋfɪnɪʃ] *v.* ① 結束，終止，完成。② 潤飾，使完美。③ 用盡，吃光，喝光。④ 使精疲力盡；使毀滅。
——*n.* ⑤ 終止，結束。⑥ 最後階段。⑥ 最後加工〔潤飾〕。
[範例] ① I haven't **finished** reading the novel yet. 我還沒有讀完那本小說。
② I must **finish** this blouse by tomorrow morning. 明天早上之前我必須把這件短襯衫完成。
③ Let's **finish** the beer. 我們把啤酒喝光吧。
⑤ The race had a close **finish**. 比賽的結果非常接近。
⑥ His works lack **finish**. 他的作品缺乏潤飾。
[片語] ***a close finish*** 勢均力敵的比賽。(⇨ [範例] ⑤）
be in at the finish 趕上最後一幕，目睹最後情景。
finish with 完成，結束；與~絕交：Have you **finished with** the newspaper? 那份報紙你看完了嗎？
[活用] *v.* **finishes**，**finished**，**finished**，**finishing**

finished [ˋfɪnɪʃt] *adj.* ①〔只用於名詞前〕結束的，完成的；無可挑剔的，完美的。②〔不用於名詞前〕破滅的，完蛋的。
[範例] ① the **finished** product 成品
a very **finished** performance 完美的演出。
② If you don't help me, I'm **finished**. 如果你不幫我，我就完了。

finite [ˋfaɪnaɪt] *adj.* 有限的，限定的。
[範例] Do you think the universe is **finite**? 你認為宇宙是有限的嗎？
finite verbs 限定動詞《受主詞的數、人稱、時態等限定的動詞》。

Finland [ˋfɪnlənd] *n.* 芬蘭《☞ 附錄「世界各國」》。

Finn [fɪn] *n.* 芬蘭人。
[複數] **Finns**

Finnish [ˋfɪnɪʃ] *adj.* ① 芬蘭的，芬蘭語的，芬蘭人的。
——*n.* ② 芬蘭語。

fiord [fjord] *n.* 峽灣《海水進入受冰河侵蝕而成的峽谷後形成的狹長海灣，特指許多位於挪威的峽灣；亦作 fjord》。
[複數] **fiords**

fir [fɝ] *n.* 冷杉《松科常綠喬木，通常被用作聖誕樹》。
[複數] **firs**

****fire** [faɪr] *n.* ① 火。② 爐火，炭火。③ 火災。④ 射擊，砲火。⑤ 熱情，熱烈，激情；光輝，光澤。
——*v.* ⑥ 射擊，開槍；點燃。⑦ 解僱，開除。
[範例] ① Dry leaves catch **fire** easily. 乾樹葉很容易著火。
Man is the only creature who has learned to make **fire**. 人是唯一學會如何生火的生物。
There is no smoke without **fire**.《諺語》無風不起浪。
② Let's collect fallen leaves and make a **fire**. 我們把那些落葉集中在一起生火吧。
All the family got together in front of the **fire**. 一家人圍坐在爐火前。
③ A **fire** broke out near my house last night. 昨晚我家附近發生了一場火災。
Our school building is on **fire**! 我們學校失火了！
④ The captain ordered his men to open **fire**. 那個上尉命令部下開始射擊。
⑤ These days we find few students with **fire** in their eyes. 最近我們發現幾乎所有學生都雙眼無神。
The jewel has lost its **fire**. 這個珠寶失去了光澤。
⑥ The police officer **fired** his gun three times. 那個警察開了3槍。
⑦ The boss **fired** the lazy worker. 老闆開除了那個懶惰的員工。
The lazy worker got **fired**. 那個懶惰的員工被解僱了。
[片語] ***catch fire*** 著火。(⇨ [範例] ①）

cease fire 停火，停戰．

fire away 開始說話〔發問〕: If anyone has any questions, **fire away!** 哪位有問題，請發問!

fire up ① 點火．② 發怒，發火．

get fired 被解雇．(⇨ 範例 ⑦)

go through fire and water 赴湯蹈火: I'm ready to **go through fire and water** for you. 我已經準備好為你赴湯蹈火．

on fire ① 在燃燒，著火的．(⇨ 範例 ③)② 興奮的，熱中的．

open fire 開火，開始射擊．(⇨ 範例 ④)

play with fire 玩火; 做危險的事．

under fire 在敵人砲火之下; 遭受嚴厲批評．

◆ **fire alàrm** 火災警報（器）．
fíre brìgade《英》消防隊《《美》fire department)．
fíre drìll 消防演習．
fíre èngine 消防車．
fíre escàpe 防火疏散設施《安全出口、逃生梯、太平梯等)．
fíre extìnguisher 滅火器．
fíre fìghter 消防隊員《亦作 firefighter)．
fíre insùrance 火災保險．
fíre stàtion 消防站．
fíre wàll 防火牆．

☞ adj. fiery
複數 **fires**
活用 v. **fires, fired, fired, firing**

firearm [ˋfaɪrˌɑrm] n.〔~s〕隨手攜帶的武器《手槍、步槍等)．
複數 **firearms**

firebomb [ˋfaɪrˌbɑm] n. 燃燒彈．
複數 **firebombs**

firecracker [ˋfaɪrˌkrækɚ] n. 爆竹，鞭炮．
複數 **firecrackers**

firefighter [ˋfaɪrˌfaɪtɚ] n. 消防隊員《亦作 fire fighter, fireman)．
複數 **firefighters**

firefly [ˋfaɪrˌflaɪ] n. 螢火蟲《《美》lightning bug)．
複數 **fireflies**

fireguard [ˋfaɪrˌgɑrd] n. 爐欄《為了安全，圍在火爐周圍的圍欄)．
複數 **fireguards**

firelight [ˋfaɪrˌlaɪt] n.（火爐等的）火光．

fireman [ˋfaɪrmən] n. ① 消防隊員《亦作 firefighter): The **firemen** could not put out the fire because of the strong wind. 因風勢太猛消防隊員們無法撲滅大火．② (蒸氣火車等的）司爐工，(鍋爐等的）火伕．③《口語》《美》（棒球的）救援投手．
複數 **firemen**

*****fireplace** [ˋfaɪrˌples] n. 壁爐．
參考 (1)客廳 (living room, sitting room) 壁上的火爐，上部為飾臺 (mantelpiece)，爐前面稱作爐床 (hearth)．(2) 是一家人團聚的場所，一般不再燒煤炭或木柴而以瓦斯爐或電爐代之．
複數 **fireplaces**

fireproof [ˋfaɪrˌpruf] adj. 防火（性）的，耐火（性）的．

fireside [ˋfaɪrˌsaɪd] n. 爐邊; 家庭，一家團圓．
範例 The children are reading by the **fireside**. 孩子們在爐邊看書．
a **fireside** chat 爐邊閒話．
☞ fireplace（壁爐）

[fireplace]

複數 **firesides**

firewood [ˋfaɪrˌwʊd] n. 木柴，薪柴．

firework [ˋfaɪrˌwɝk] n. ①〔常 ~s〕煙火: The father let off **fireworks** for his son. 那個父親為他兒子放煙火．②〔~s〕怒火的爆發; 出色的演技〔表現〕．
複數 **fireworks**

*****firm** [fɝm] adj. ① 堅固的，穩固的，堅定的; 嚴格的《常與 with 連用)．
——adv. ② 堅定地，穩固地．
——v. ③ 使堅固，使堅定，使穩固．
——n. ④ 公司．
範例 ① The shelf was not **firm** enough to put the huge vase on. 這個架子不夠堅固，無法承受那個巨大的花瓶．
The old gentleman walked with **firm** steps. 那位老紳士踏著穩健的步伐前進．
He was not **firm** with his children. 他對孩子不嚴格．
a **firm** friendship 堅定的友誼．
② He holds **firm** to his principles. 他堅持自己的原則．
③ Prices have **firmed**. 物價穩定下來了．
活用 adj., adv. **firmer, firmest**
活用 v. **firms, firmed, firmed, firming**
複數 **firms**

firmament [ˋfɝməmənt] n. 天空，蒼穹．

*****firmly** [ˋfɝmlɪ] adv. 穩固地，堅固地; 堅決地．
範例 He closed the window **firmly**. 他緊緊地關上窗戶．
I **firmly** believe that he is innocent. 我堅信他是無辜的．
活用 adv. **more firmly, most firmly**

firmness [ˋfɝmnɪs] n. 堅固; 堅決的態度．

*****first** [fɝst] adj., adv. ① 最先（的），最初（的），首先．
——n. ② 最先的人〔事，物〕; (每月的）第一日．
範例 ① The **first** two pages of the book were lost. 那本書的頭兩頁掉了．
He was the **first** Chinese to win the prize. 他是第一個獲得該獎項的中國人．
I went to Paris for the **first** time in my life. 我有生以來第一次去巴黎．
First come, **first** served. 先到先招待．《指人人可以平等地按先後順序接受服務》
First we had soup, then the main dish. 我們先喝湯，然後吃主菜．

② He was the **first** to come. 他是第一個到的.

on April **1st** 在4月1日《寫作1st，讀作first》.

片語 **at first** 最初，起初: I didn't like you **at first**. 我最初並不喜歡你.

first of all 首先.

first thing 首先，第一件事: Come to my office **first thing** tomorrow morning. 明早你第一件事就是先到我的辦公室.

for the first time 首次，第一次. (⇨ 範例 ①)

in the first place 首先，最初.

♦ **first áid** 急救.

first báse 一壘《亦作 first》.

first cláss ① 頭等，第一級. ②〖美〗第一類郵件《信、明信片等》；〖英〗快件，快遞.

first flóor 〖美〗一樓；〖英〗二樓《☞ 充電小站 (p. 415)》.

first frúits ① 一季中最先成熟的水果. ② 最初的成果，初次收益.

the First Lády 總統夫人，第一夫人，一國元首的夫人.

first náme 名《亦作 given name；☞ 充電小站 (p. 837)》.

the first pérson (文法的) 第一人稱.

first-class [ˋfɝstˋklæs] adj. ① 一流的，最高級的，(等級) 頭等的，最好的. ②〖美〗第一類郵件的《信、明信片等》. ③〖英〗快遞的. ——adv. ④ 乘頭等艙. ⑤〖美〗用第一類郵件. ⑥〖英〗用快遞.

範例 ① a **first-class** hotel 一流的飯店.

a **first-class** carriage 頭等車廂.

The weather was **first-class**. 天氣好極了.

④ travel **first-class** 乘頭等艙旅行.

firsthand [ˋfɝstˋhænd] adj., adv. 直接的〔地〕: **firsthand** information 第一手消息.

firstly [ˋfɝstlɪ] adv. 第一，首先.

參考 與 secondly, thirdly, …lastly 等一起用於句首表示列舉；比較文言的用法，通常用 first.

first-rate [ˋfɝstˋret] adj. 一流的，最好的，極佳的.

範例 a **first-rate** writer 一流的作家.

I feel **first-rate** this morning. 我今天早上心情很好.

fiscal [ˋfɪskl] adj. 財政的，國庫的: **fiscal** policy 財政政策.

♦ **fiscal yéar** 〖美〗會計年度《10月1日開始到翌年9月30日；〖英〗financial year》.

***fish** [fɪʃ] n. ① 魚，魚肉. ②〔the F~(es)〕雙魚座，雙魚座的人《☞ 充電小站 (p. 1523)》. ——v. ③ 釣魚，捕魚. ④ 搜尋，探尋，找.

範例 ① I caught three **fish** in the river. 我在河裡釣到3條魚.

All is **fish** that comes to the net.《諺語》來者不拒.

The Japanese eat **fish** raw. 日本人吃生魚.

③ Shall we go **fishing** next Sunday? 下星期天我們去釣魚好嗎?

We **fished** the lake all day. 我們在湖裡捕魚

捕了一天.

④ George **fished** for information. 喬治想要探聽消息.

I **fished** out the paper from the heap of books. 我從書堆裡找出那份文件.

片語 **fish out** 抽出，找出，掏出. (⇨ 範例 ④)

have other fish to fry 另有要事.

like a fish out of water 如魚出水，感到生疏，不適應，不知所措.

參考 (1) fish 的複數形有 fish 和 fishes 兩種，通常複數為 fish，fishes 則用於明確區分種類的時候. (2) fish v. ③ 通常指用釣竿「釣魚」，亦指用網、魚叉等進行的捕魚.

♦ **fish and chips** 炸魚片和薯條《英國的大眾食品》.

➡ 充電小站 (p. 477)

複數 **fish/fishes**

活用 v. **fishes**, **fished**, **fished**, **fishing**

*fisherman [ˋfɪʃəmən] n. 漁民，漁夫《以釣魚為嗜好的人稱為 angler》. 複數 **fishermen**

fishery [ˋfɪʃərɪ] n. ① 漁業，水產業. ②〔~ies〕漁場; (魚類) 養殖場.

範例 ① cod **fishery** 鱈魚漁業.

inshore **fishery** 近海漁業.

deep-sea **fishery** 遠洋漁業，深海漁業.

② pearl **fisheries** 珍珠養殖場.

複數 **fisheries**

fishing [ˋfɪʃɪŋ] n. 捕魚，釣魚; 漁業.

♦ **físhing bòat** 漁船，釣魚船.

físhing lìne 〖英〗釣線《〖美〗fishline》.

físhing ròd 釣竿.

físhing tàckle 一套釣具.

➡ 充電小站 (p. 479)

fishline [ˋfɪʃˌlaɪn] n. 釣線《〖英〗fishing line》. 複數 **fishlines**

fishmonger [ˋfɪʃˌmʌŋɡə] n. 〖英〗魚店《亦作 fishmonger's》; 魚販. 複數 **fishmongers**

fishy [ˋfɪʃɪ] adj. ① (味道或氣味) 似魚的，腥臭的. ②〖口語〗可疑的，靠不住的，有蹊蹺的: Tom made a **fishy** excuse for being late. 湯姆對自己的遲到提出令人懷疑的辯解. 活用 adj. **fishier**, **fishiest**

fission [ˋfɪʃən] n. ① 分裂. ② 核分裂.

fissure [ˋfɪʃə] n. (岩石、地面等的) 裂縫. 複數 **fissures**

*fist [fɪst] n. 拳，拳頭: The boy struck the desk with his **fist**. 那個男孩用拳頭捶桌子. 複數 **fists**

*fit [fɪt] adj. ① 合適的，適宜的，適當的; 幾乎要~的. ② 健康的. ——v. ③ 合適，使符合. ④ 安裝，裝備. ⑤ 適合，適宜，適當. ⑥ (疾病的) 發作，(感情等的) 迸發，突發.

範例 ① This water isn't **fit** to drink. 這水不適合飲用.

Jane isn't a **fit** person for this job. 珍不是這份工作的適當人選.

We walked and walked till we were **fit** to drop.

我們走啊走的直到快累倒才停.
② Jack swims half an hour every morning to keep himself **fit**. 傑克為了保持身體健康每天早晨游泳30分鐘.
We are **fit** and well. 我們都很健康.
③ Your shirt doesn't **fit** you. 你的襯衫不合身.
The key didn't **fit** the lock. 這把鑰匙不能開這個鎖.
Fit the lid over the pan. 把鍋蓋蓋上.
I'll **fit** my holidays in with yours. 我會讓我的休假配合你的休假.
④ Our bathroom will be **fitted** with a new bathtub. 我們家的浴室要安裝新浴缸.
⑤ The dress was a perfect **fit**. 那件衣服非常合身.
⑥ Mary had a **fit** of coughing. 瑪麗又咳了起來.
My father will have a **fit** when he hears I quit my job. 父親若得知我辭掉工作的事, 一定會勃然大怒.
[片語] **by fits and starts/in fits and starts** 斷斷續續地, 間歇地.
fit in 使適合. (⇨[範例]③)
fit out 裝備, 配備齊全: The ship has been **fitted out** for an ocean voyage. 那艘船已裝備齊全準備遠行.
fit up 裝備, 配備.
give ~ a fit 使大吃一驚.
have a fit 大吃一驚; 大發脾氣, 大怒. (⇨[範例]⑥)
see fit/think fit 認為(做~)是適當的, 決定(做~): We **saw fit** to give up our attempt. 我們認為應該放棄嘗試.
[活用] adj. **fitter, fittest**
[活用] v. **fits, fitted, fitted, fitting**
[複數] **fits**
fitful [ˋfɪtfəl] adj. 一陣陣的, 斷斷續續的.
a **fitful** sleep 時醒時睡.
We had **fitful** showers of rain yesterday. 昨天下了斷斷續續的陣雨.
[活用] adj. **more fitful, most fitful**
fitfully [ˋfɪtfəlɪ] adv. 斷斷續續地.
[活用] adv. **more fitfully, most fitfully**
fitment [ˋfɪtmənt] n. 設備; 固定家具: kitchen **fitments** 廚房用具.
[複數] **fitments**
fitness [ˋfɪtnɪs] n. ① 健康. ② 恰當, 適當.
[範例] ① I do exercises to improve my **fitness**. 我運動以增進健康.
② His **fitness** for holding public office is being questioned by the media. 他是否適合做一名公務員備受媒體質疑.
fitter [ˋfɪtə] n. ① 裝配工, 安裝者. ② 試樣裁縫師.
[複數] **fitters**
fitting [ˋfɪtɪŋ] n. ① 試穿, 試衣. ②〔常 ~s〕(房間的)固定配備, 設備;(器material的)附件, 配件.
——adj. ③ 適當的, 適宜的, 相稱的.
[範例] ① There'll be a **fitting** for the fashion show tomorrow at eight. 明天8點將進行時裝秀前

的試穿.
② This bathroom has 18 karat gold **fittings**. 這間浴室裡有18K金的設備.
③ How **fitting** it is that you became financially independent on the 4th of July. 你在7月4日開始經濟獨立是多麼地恰當.
[複數] **fittings**
[活用] adj. **more fitting, most fitting**
***five** [faɪv] n. ① 5. ②〖美〗5美元鈔票.
[片語] **take five** 休息5分鐘.
♦ **five o'clock shadow** 微微一層鬍鬚《早晨刮過後到傍晚5點又長出的鬍子》.
[複數] **fives**
fiver [ˋfaɪvə] n. ①〖美〗5美元鈔票. ②〖英〗5英鎊鈔票.
[複數] **fivers**
***fix** [fɪks] v.

原義	層面	釋義	範例
固定	東西	固定, 安裝	①
	時間, 場所, 價格, 計畫	決定	②
	機器	修理	③
	食物, 飲料	〖美〗準備	④
	結果	安排, 確定	⑤

——n. ⑥《口語》困境. ⑦ 作弊; 事先安排好的局面〔比賽〕. ⑧(毒品的)注射.
[範例] ① She **fixed** a mirror to the bathroom wall. 她在浴室的牆上裝了一面鏡子.
My wife **fixed** me with an angry stare when I called her "the little lady." 我稱呼妻子為「小女人」時, 她用憤怒的眼光瞪了我一眼.
I **fixed** these words in my memory. 我把這些話牢記在心.
② Have they **fixed** a time or place for the meeting yet? 他們已經決定那個會議的時間和場所了嗎?
The meeting is **fixed** for the 23rd. 那個會議定於23日召開.
③ I got the radio **fixed**. 我的收音機修好了.
④ Please **fix** me a cup of coffee. 請幫我準備一杯咖啡.
⑤ The horse race was **fixed**. 那場賽馬已事先安排好勝負.
⑥ I'm in a real **fix**; I had my purse stolen. 我真是進退兩難, 我的錢包被人偷走了.
[片語] **fix on** 決定; 選定, 確定: We've **fixed on** the 19th of November for the festival. 我們將那個慶祝活動定在11月19日.
fix up ① 修理. ② 安排(聚會等). ③ 準備: Tom **fixed up** his son with a bicycle. 湯姆為他兒子準備了一輛腳踏車.

———— 充電小站 ————

魚類 (fish)

【Q】聽說英語的 fish 也包含了烏賊和貝類，是真的嗎？

【A】是的。 英語的 fish 定義為 cold-blooded animal living in the water（生活在水中的冷血動物），因此，不僅僅是烏賊和貝類，連水母、海星及小蝦等也都屬於 fish.

下面我們舉幾個例子：

英語	中文
crayfish	螯蝦
cuttlefish	烏賊，墨魚
devilfish	章魚，魟魚，幅鱝
jellyfish	水母，海蜇
shellfish	貝類，甲殼類
starfish	海星

英語中烏賊有 cuttlefish 和 squid，靠其甲殼來加以區別。

中	烏 賊	烏賊，墨魚	cuttlefish（甲殼厚，為石灰質）	英
文		魷魚，槍烏賊	squid（骨質內殼退化）	文

fish 的單數形與複數形都是 fish. 同樣地，上面列舉的字其單數形和複數形都是 -fish.

如果是一群魚叫 a school of fish，兩群以上時為 schools of fish.

句中的 school 與表示「學校」的 school 字源不同.「學校」的 school 源於表示「閒暇，空間」之意的 schola，而「群」之意的 school 源於同樣表示「群」之意的 shoal.

下面舉了一些魚的名稱：

angelfish	神仙魚
anglerfish	琵琶魚
archerfish	射水魚《從口中噴水擊落昆蟲為食的魚》
barracuda	梭魚
carp	鯉魚
catfish	鯰魚
cod	鱈魚
coelacanth	腔棘魚

eel	鰻，鱔
flounder	鰈鰈《許多種比目魚的總稱》
flying fish	飛魚
glassfish	玻璃魚《身體像玻璃般透明，可看見魚骨等》
goby	蝦虎魚
goldfish	金魚
guppy	虹鱂
herring	鯡魚
loach	泥鰍
mackerel	鯖魚
piranha	食人魚
porgy	尖口鯛
puffer	河豚
ray	魟魚
salmon	鮭魚
sardine	沙丁魚
saury pike	秋刀魚
saw shark	鋸鯊
scabbard fish	大刀魚
shark	鯊魚
skipjack	鰹魚
sole	鰨魚
sunfish	翻車魚
sweet smelt	香魚
swordfish	旗魚
trout	鱒魚
tuna	鮪魚
turbot	比目魚《產於歐洲；亦作 flatfish》

看來有些中文名稱的想法與英文名稱的想法是一致的。

此外，還有一些海洋生物借用了長相相似的陸地生物的名稱。你知道下面分別是甚麼生物的名稱嗎？

① sea dog	海狗
② sea cow	海象
③ sea hog	海豚
④ sea lion	海獅
⑤ sea horse	海馬
⑥ sea otter	海獺
⑦ sea urchin	海膽
⑧ sea anemone	海葵
⑨ sea cucumber	海參

活用 v. fixes, fixed, fixed, fixing

fixation [fɪksˋeʃən] n. ① 固定，固著。② 病態的偏執。

複數 **fixations**

fixed [fɪkst] adj. 固定的，不變的。

範例 a **fixed** seat 固定的椅子.

My father has a **fixed** idea on this matter. 我父親對這件事有固執不變的看法。

♦ **fixed stár** 恆星.

fixedly [ˋfɪksɪdlɪ] adv. 固定地，不變地。

*****fixture** [ˋfɪkstʃɚ] n. ① 裝置物；固定配備。② 預定的舉辦日。③ 固定於一職的人。

複數 **fixtures**

fizz [fɪz] n. ① 嘶嘶聲。② 氣泡飲料：gin **fizz** 杜松子酒汽水.

— v. ③ 冒氣泡；發嘶嘶聲。

活用 v. **fizzes, fizzed, fizzed, fizzing**

fizzle [ˋfɪzl] v. ① 發出微弱的嘶嘶聲。② 失敗 (out)：The party **fizzled** out. 那個晚會終歸失敗。

活用 v. **fizzles, fizzled, fizzled, fizzling**

fjord [fjord] = n. fiord.

flabbiness [ˋflæbɪnɪs] n. 鬆弛.

flabby [ˋflæbɪ] adj. 鬆弛的，薄弱的.

活用 adj. **more flabby, most flabby**

*****flag** [flæg] n. ① 旗。② 石板，鋪路石。③ 計程

F

簡介輔音群 fl- 的語音與語義之對應性

fl- 是由唇齒清擦音 /f/ 與邊音 /l/ 組合而成，唸起來其中表示鬆弛、不穩定的 /l/ 只是用於增強 /f/ 的「呼呼」之風吹聲，產生似燭光、火焰般搖曳不定的動作.

(1) 本義為「搖曳不定的動作 (wavering motion)，好比空中的飛行、陸上的跳動、海上的漂流等」:

fly　飛
flit　(蝙蝠、鳥等) 輕快地飛
flicker　(火焰、燭光等) 搖曳不定
flutter　(花、葉等) 飄動
flip　(以指尖) 輕彈
flare　(火焰) 搖曳
flap　(旗子、帆、窗簾等) 隨風飄揚；(鳥) 振翅飛翔
flop　(似魚般地) 活蹦亂跳
fledge　(雛鳥) 長羽毛
float　漂浮，漂流
flow　流，流動
flush　沖洗，沖刷
fluctuate　(物價、匯率等) 波動

(2) 引申義為「徒勞無功或失敗的動作是由不穩定的狀態 (instability) 如慌張、煩躁、驚愕、脆弱、輕浮等所促成」:

flutter　使心亂煩躁
fluster　使慌亂
flounder　錯亂地說或做
flounce　亂跳，急轉
flabbergast　使大吃一驚，使嚇破膽
flurry　使慌張，使困惑
flummox　使慌亂失措，挫敗
flag　(氣力等) 衰退，減退
flinch　畏縮，退卻
flirt　(與異性) 打情罵俏
flop　(出版、演戲等) 失敗
fluff　讀錯(臺詞、廣播內容等)

本義也可適用於下列的形容詞:

flabby　(肌肉) 鬆軟的；沒力氣的
flaccid　(肌肉) 鬆軟的；(精神) 衰弱的
flimsy　輕而薄的；脆弱的
flaky　薄片狀的；(塗料等) 易剝落的
flighty　(女子) 輕浮的；見異思遷的
flippant　輕率的

車的空車顯示板. ④ 菖蒲.
—— v. ⑤ 懸旗；打旗號；以旗傳遞(訊息). ⑥ (氣力等) 衰退，減退.

[範例] ① The Union Jack is the national **flag** of Britain. 英國國旗是大不列顛島的國旗.
⑤ The street was **flagged** to welcome the prince. 那條大街上升起了旗幟歡迎王子.
Could you **flag** down a taxi? 你能替我攔輛計程車嗎?

[片語] **keep the flag flying** 繼續作戰，不投降.

show the flag 露面，亮相.

[複數] **flags**

[活用] v. **flags, flagged, flagged, flagging**

flagon [`flægən] n. 大肚酒瓶《帶把手的細口瓶，有蓋子，用於裝葡萄酒、啤酒等》.

[複數] **flagons**

flagrant [`flegrənt] adj. 窮凶極惡的，惡名昭彰的；極端明顯的.

[範例] a **flagrant** crime 窮凶極惡的犯罪.
flagrant discrimination 公然的歧視.

[活用] adj. **more flagrant, most flagrant**

flagrantly [`flegrəntlɪ] adv. 窮凶極惡地，厚顏無恥地.

[活用] adv. **more flagrantly, most flagrantly**

flair [flɛr] n. (天生的) 才能，天賦: She has a **flair** for music. 她有音樂天賦.

*__flake__ [flek] n. ① 薄片.
—— v. ② 成片剝落.

[範例] ① The snow was falling in **flakes**. 雪花片片飄落.
② The paint has **flaked** off the wall. 油漆成片地從牆上剝落.

[片語] **flake out** 睡著；昏倒.

[複數] **flakes**

[活用] v. **flakes, flaked, flaked, flaking**

flaky [`flekɪ] adj. 成片剝落的，薄片的: The fence was **flaky** with rust. 那個柵欄由於生鏽而成片剝落.

[活用] adj. **flakier, flakiest**

flamboyance [flæm`bɔɪəns] n. 華麗，豔麗.

flamboyant [flæm`bɔɪənt] adj. 華麗的，豔麗的.

[活用] adj. **more flamboyant, most flamboyant**

flamboyantly [flæm`bɔɪəntlɪ] adv. 華麗地，豔麗地.

[活用] adv. **more flamboyantly, most flamboyantly**

*__flame__ [flem] n. ① 火焰；光芒.
—— v. ② 燃燒，焚燒；變得通紅.

[範例] ① The tanker was in **flames**. 那艘油輪燃燒著.
② The fire **flamed** brightly. 火熊熊燃燒.
Her cheeks **flamed** with anger. 她氣得滿臉通紅.

[複數] **flames**

[活用] v. **flames, flamed, flamed, flaming**

flamenco [flə`mɛŋko] n. 佛朗明哥舞《西班牙的舞蹈》.

[複數] **flamencos**

flaming [`flemɪŋ] adj. ①〔只用於名詞前〕火紅的；燃燒的；炙熱的. ②《口語》〔只用於名詞前〕《英》極度的，非常的.

[範例] ① He was wearing a **flaming** red sweater. 他穿著一件火紅色的毛衣.

捕魚 (fishing)

fish 不只有「釣魚」的意思，不一定使用釣竿或釣鉤，用魚網捕魚也說 fish，即漁夫為工作捕魚，還是出於個人興趣釣魚也好，英語中都說 fish. 下面我們列舉一些與「捕魚」有關的字句：

釣魚者	angler/fisherman/fisherwoman
漁夫	fisherman
魚販	fish dealer/〔英〕fishmonger
釣線	line/fish line/fishing line
釣餌	bait
釣餌盒	bait can
蚯蚓	fishworm/earthworm
釣竿	rod/fishing rod
(釣竿的) 捲線輪	reel
手柄	grip
鉛錘	sinker
釣鉤上的短絲線	snell/leader
釣鉤	hook/fish hook/fishing hook
浮標	float/bobber
撈網	landing net
魚網	fishing net
釣具	fishing tackle/rod and reel
防水褲《長度齊胸，可穿著直接下水》	chest-high waders
魚籃	fishing basket
垂釣場	fishing spot/fishing hole
釣魚池	a fishing pond
河釣	river fishing
漁船	fishing boat/fish boat
海濱垂釣	surf casting
船釣	boat fishing
拖釣《在緩行的船後拖著釣線釣魚》	trolling
「禁止捕魚」	"No fishing"

② What a **flaming** fool you are! 你真是一個十足的傻瓜!

flamingo [flə`mɪŋgo] n. 紅鶴, 火鶴.
複數 **flamingoes/flamingos**

flammable [`flæməbl] adj. 易燃的, 可燃性的.
活用 adj. **more flammable, most flammable**

flan [flæn] n. 包有乳酪、水果等的餡餅.

flange [flændʒ] n. 輪緣, 凸緣.
複數 **flanges**

flank [flæŋk] n. ① 側腹, 腰窩.
──v. ② 位於~的側面.
③ 從側翼攻擊.

[flange]

範例 ① We attacked the enemy on the left **flank**. 我們從左翼攻擊敵人.
② Tall trees **flanked** the street. 道路兩側是高大的樹木.
複數 **flanks**
活用 v. **flanks, flanked, flanked, flanking**

flannel [`flænl] n. ① 法蘭絨《輕而柔軟》. ② 〔~s〕法蘭絨製的衣服或褲子. ③〔英〕擦拭用的法蘭絨布塊. ④ 奉承話.
複數 **flannels**

***flap** [flæp] v. ① 飄動; 振翅; 拍打. ② 拍打 (聲); 振翅. ③ (信封的) 口蓋; (帽子的) 邊緣; (飛機的) 襟翼. ④ 慌亂, 惴惴不安.

範例 ① The injured bird managed to **flap** its way back to its nest. 那隻受傷的鳥設法振翅飛回牠的巢.

[flap]

The flag is **flapping** in the wind. 那面旗正隨風飄揚.

He **flapped** the fly away with the flyswatter. 他用蒼蠅拍把那隻蒼蠅拍走了.
② the slow **flap** of the sail 帆緩緩的拍打聲.
③ We crept under the **flap** of the tent. 我們從帳篷下垂處爬進帳篷.
④ Don't get in a **flap**. 不要慌亂.
活用 v. **flaps, flapped, flapped, flapping**
複數 **flaps**

flare [flɛr] v. ① 閃耀; (火焰) 搖曳, 熊熊地燃燒. ② (裙、褲) 向外展開.
──n. ③ 閃耀, 閃光; 搖曳的火焰. ④ (裙、褲) 展開成喇叭形.
範例 ① The forest fire was **flaring** high up in the sky. 那場森林大火直衝天際.
Conflicts between different nations are **flaring** up all over the world. 異族間的糾紛在世界各地燃起.
③ We could see the **flare** of a torch in the distance. 我們看見遠處閃爍的火炬.
④ I bought a pair of trousers with wide **flares**. 我買了一條喇叭褲.
活用 v. **flares, flared, flared, flaring**
複數 **flares**

***flash** [flæʃ] v. ① 閃光, 閃耀, 閃爍. ② 閃現. ③ 用無線電發送 (消息), 發出訊號.
──n. ④ 閃光, 閃爍. ⑤ 閃現. ⑥ 急報, 快報. ⑦ 瞬間. ⑧ (照相機的) 閃光; 閃光燈.
──adj. ⑨〔只用於名詞前〕瞬間的, 眨眼之間的. ⑩〔口語〕〔英〕絢麗的, 漂亮的.
範例 ① Lightning **flashed** across the dark sky. 閃電閃過陰暗的天空.
② An idea **flashed** into her mind. 一個想法在她腦中閃現.
③ The news of the earthquake was **flashed** across the country. 地震的消息迅速傳遍全國.
④ There was a **flash** of lightning, and two

⑤ Just then she had a brilliant **flash** of inspiration. 就在那時，她忽然想出了一個好主意．

⑥ The TV program was interrupted with a news **flash** saying there had been a hijack. 那個電視節目中插播一則快報說發生了一起劫機事件．

⑦ The girl solved the problem in a **flash**. 那個女孩很快就解決了那個問題．

⑨ **flash** freezing 快速冷凍．

⑩ His office was in a **flash** building. 他的辦公室在一棟絢麗的大樓裡．

片語 **in a flash/like a flash** 一瞬間，眨眼之間．(⇨ 範例 ⑦)

活用 v. **flashes, flashed, flashed, flashing**
複數 **flashes**
活用 adj. ⑩ **flasher, flashest**

flashback [`flæʃ.bæk] n. 倒敘《電影、小說等回溯過去的場面》，倒敘的場景．
複數 **flashbacks**

flashbulb [`flæʃ.bʌlb] n. （照相機的）閃光燈泡．
複數 **flashbulbs**

flashily [`flæʃɪlɪ] adv. 浮華地，俗麗地．
活用 adv. **more flashily, most flashily**

flashlight [`flæʃ.laɪt] n. ①《美》手電筒《《英》torch》．②（照相機的）閃光燈．
複數 **flashlights**

flashy [`flæʃɪ] adj. 瞬間的；浮華的，俗豔的．
活用 adj. **more flashy, most flashy/flashier, flashiest**

flask [flæsk] n. ① 燒瓶，細頸瓶《用於實驗》．② 火藥筒．
複數 **flasks**

*flat [flæt] adj. ① 平的，平坦的．② 單調的，平淡的，乏味的．③（碳酸飲料）沒了氣的；（電池）用盡了的．④（輪胎）漏了氣的．⑤〔只用於名詞前〕斷然的，絕對的．⑥ 降半音的《音樂中只把半音 (semitone)》．
——adv. ⑦ 平坦地，平直地．⑧ 斷然地，絕對地．
——v. ⑨ 使平，變平．
——n. ⑩ 平面；平地．⑪ 降半音符號（♭）．⑫《英》（由幾個房間構成的）公寓《《美》an apartment）．⑬〔~s〕《英》一棟公寓《指居住著多個家庭的一棟樓房；《美》an apartment house）．

範例 ① With no wind, the lake was very **flat**. 因為沒有風，湖面上波平如鏡．
The badly injured soccer player lay **flat** on the ground. 那個受重傷的足球選手平躺在球場上．

② The food tasted **flat** with no salt or spices. 這食物因為沒加鹽和調味料所以沒有味道．

③ Beer becomes **flat** when left open to the air. 啤酒若是暴露在空氣中就會沒氣．

④ I've got a **flat** tire. 我的輪胎漏氣了．

The car tire went **flat** after a nail pierced it. 那輛車的輪胎被釘子刺破漏氣了．

⑤ The suspect's **flat** denial was doubted by the police. 警方對那個嫌犯斷然的否認心生懷疑．

⑥ a symphony in E **flat** major 降 E 大調交響曲．

⑦ They leveled the hill **flat** with a bulldozer. 他們用推土機將那座山剷平了．

⑧ She rejected my offer **flat**. 她斷然地拒絕了我的要求．

My son swam the 100 meters in 60 seconds **flat**. 我兒子游100公尺整整花了60秒．

⑫ He lives in a small **flat** in London. 他住在倫敦的一間小公寓裡．

⑬ Do you see a yellow block of **flats** over there? 你看見那邊的一棟黃色公寓嗎？

片語 **a flat fare** 統一的費用：All the passengers pay **a flat fare** of 180 dollars. 所有的乘客都要付180美元的費用．

and that's flat 絕對如此，就這樣決定了，一不二：I won't go to college, **and that's flat**! 我說上不了大學就是不上大學．

參考 mansion 意為「公館，宅邸，大廈」．
活用 adj. **flatter, flattest**
活用 v. **flats, flatted, flatted, flatting**
複數 **flats**

flatfish [`flæt.fɪʃ] n. 比目魚，鰈類．
複數 **flatfish/flatfishes**

flatly [`flætlɪ] adv. ① 單調地，平淡地．② 斷然地，直截了當地．
範例 ① "I see," he said **flatly**. 他平淡地說：「我知道了．」
② She **flatly** refused to marry me. 她直截了當地拒絕跟我結婚．
活用 adv. **more flatly, most flatly**

flatness [`flætnɪs] n. 平坦：The **flatness** of the countryside made bicycling easy. 鄉下的路很平坦，騎自行車很輕鬆．

flatten [`flætn] v. 使平：The empty can was **flattened** by the truck. 那個空罐子被卡車壓扁了．
活用 v. **flattens, flattened, flattened, flattening**

*flatter [`flætɚ] v. ① 諂媚，奉承．②（照片）比～本人好看．
範例 ① You're completely wrong if you think **flattering** the boss will help you get a promotion. 如果你認為拍上司馬屁就能晉升的話，那你就大錯特錯了．
That senator **flatters** himself to be presidential material. 那位參議員認為自己是當總統的料．
She was **flattered** that such a handsome, charming man would invite her to dinner. 這樣一位英俊迷人的男士邀她共進晚餐使她感到受寵若驚．
② This photo **flatters** you. 這張照片看起來比你本人美．
活用 v. **flatters, flattered, flattered,**

flattering

*__flatterer__ [`flætərə·] _n._ 諂媚者，拍馬屁者：I know you're just trying to get more money out of me, you little **flatterer**. 你真是諂媚，你只是想從我這裡弄到更多的錢.

[複數] **flatterers**

flattering [`flætərɪŋ] _adj._ ① (照片) 比本人好看的. ② 奉承的，諂媚的，悅人的.

[範例] ① It's a very **flattering** picture. It makes you look 10 years younger. 這張照片照得比你本人還漂亮. 你看起來年輕10歲.

② The audience listened to him with a **flattering** interest. 為了讓他高興，聽眾們饒有興趣地聽他講話.

[活用] _adj._ **more flattering, most flattering**

*__flattery__ [`flætərɪ] _n._ 奉承話；諂媚：**Flattery** will get you nowhere in this class, Miss Smith; only hard work will. 史密斯小姐，奉承話在這個班級是沒有用的，惟一有用的是努力學習.

[複數] **flatteries**

flaunt [flɔnt] _v._ 炫耀，誇耀：She **flaunted** her new limousine. 她炫耀她的新高級轎車.

[活用] _v._ **flaunts, flaunted, flaunted, flaunting**

flautist [`flɔtɪst] _n._ 〖英〗長笛吹奏者 (〖美〗 flutist).

[複數] **flautists**

*__flavor__ [`flevə·] _n._ ① 滋味，味道；風味.

——_v._ ② 調味，加味於.

[範例] ① What **flavor** of ice cream do you like best? 你最喜歡甚麼口味的冰淇淋? This soup doesn't have much **flavor**. 這個湯一點味道也沒有. He used a phrase with a literary **flavor**. 他使用了具有文學風味的詞語.

② The cook **flavored** the cake with vanilla essence. 那位廚師加了香草精在蛋糕上. chocolate-**flavored** ice cream 巧克力口味的冰淇淋.

[參考] 〖英〗flavour.

[複數] **flavors**

[活用] _v._ **flavors, flavored, flavored, flavoring**

flavoring [`flevrɪŋ] _n._ 調味料，香料：The cook added a spoonful of strawberry **flavoring**. 那位廚師加了一匙的草莓香料.

[參考] 〖英〗flavouring.

flavour [`flevə·] ＝_n._, _v._ 〖美〗flavor.

flavouring [`flevərɪŋ] ＝_n._ 〖美〗flavoring.

flaw [flɔ] _n._ ① 缺陷，缺點，瑕疵.

——_v._ ② 使有瑕疵；使無效.

[範例] ① This diamond is a lot cheaper than that one because it has a **flaw**. 這顆鑽石有瑕疵，所以比那顆便宜. Extreme stubbornness is the worst **flaw** in her character. 極度地固執是她性格中最大的缺點.

② One mistaken note **flawed** an otherwise perfect performance. 僅一音之差使得原本完

美的演出功敗垂成.

[複數] **flaws**

[活用] _v._ **flaws, flawed, flawed, flawing**

flawless [`flɔlɪs] _adj._ 完美的，毫無瑕疵的.

[範例] a **flawless** diamond 無瑕的鑽石. a **flawless** performance 完美的演出.

flawlessly [`flɔlɪslɪ] _adv._ 完美地，無瑕地.

flax [flæks] _n._ 亞麻《亞麻科一年生植物，夏天開藍色或白色的花，纖維為亞麻布(linen)的原料，種子為亞麻油的原料》.

flaxen [`flæksn̩] _adj._ 亞麻的；淡黃色的《指人的頭髮》.

[活用] _adj._ **more flaxen, most flaxen**

flay [fle] _v._ ① 剝 (野獸的) 皮. ② 嚴責，苛評.

[範例] ① He **flayed** the dead tiger. 他剝下了那隻死老虎的皮.

② The critic **flayed** the novelist. 那位評論家嚴厲地批評那位小說家.

[活用] _v._ **flays, flayed, flayed, flaying**

flea [fli] _n._ 跳蚤：a **flea** in ～'s ear 責備〔挖苦，刺耳〕的話.

♦ **fléa màrket** 跳蚤市場.

[複數] **fleas**

fleck [flɛk] _n._ ① (光、顏色等的) 斑點；雀斑.

——_v._ ② 飾以斑點，使斑駁.

[複數] **flecks**

[活用] _v._ **flecks, flecked, flecked, flecking**

fled [flɛd] _v._ flee 的過去式、過去分詞.

*__flee__ [fli] _v._ 逃跑，逃走，逃避.

[範例] They **fled** across the border to Mexico. 他們越過國界逃到墨西哥. The man said he had to **flee** the country to escape political oppression. 那個男子說他為了逃避政治迫害不得不逃亡國外.

[活用] _v._ **flees, fled, fled, fleeing**

fleece [flis] _n._ ① 羊毛.

——_v._ ② 強奪，騙取：They **fleeced** him of all his money. 他們搶走他所有的錢.

[複數] **fleeces**

[活用] _v._ **fleeces, fleeced, fleeced, fleecing**

fleecy [`flisɪ] _adj._ 羊毛似的，蓬鬆的.

[活用] _adj._ **fleecier, fleeciest**

fleet [flit] _n._ ① 艦隊，船隊. ② (同一組織所擁有的) 車隊，船隊，機群.

——_adj._ ③ 快速的，敏捷的.

[範例] ① a **fleet** of whaling ships 捕鯨船隊.

② He owns a **fleet** of thirty taxis. 他擁有30輛計程車.

③ The **fleet** movement of the swallows delighted the children. 燕子敏捷的動作使孩子們十分高興.

[複數] **fleets**

fleeting [`flitɪŋ] _adj._ 飛馳的，疾逝的：the **fleeting** years of youth 轉瞬即逝的青春.

[活用] _adj._ **more fleeting, most fleeting**

*__flesh__ [flɛʃ] _n._ ① 肉. ② 肉體；肉慾，情慾. ③ 人類，人.

[範例] ① Tigers live on **flesh**. 老虎以食肉為生. My sister used to be slim but is putting on

flesh now. 我姊姊以前很苗條，但現在發胖了．

② The spirit is willing, but the **flesh** is weak. 心有餘而力不足．

the pleasure of the **flesh** 性的愉悅．

③ It's a common weakness of all **flesh**. 那是所有人的共同弱點．

片語 **in the flesh** 以肉體形式，本人．

~'s own **flesh and blood** ~的嫡親，骨肉．

fleshy [`flɛʃɪ] adj. 多肉的，肥胖的：**fleshy** cheeks 豐滿的雙頰．

活用 adj. **fleshier, fleshiest**

***flew** [flu] v. fly 的過去式．

flex [flɛks] v. ① (特指將手臂和膝蓋) 彎曲，使伸．

——n. ② 『英』電線．

範例 ① **Flexing** your joints is an important part of your physical therapy. 使關節屈伸是物理治療的重要一部分．

② This machine has a long **flex**. 這部機器有很長的電線．

片語 **flex** ~'s **muscles** 炫耀能力：He's **flexing his muscles** trying to impress that girl. 他正在炫耀自己的能力試圖吸引那個女孩．

活用 v. **flexes, flexed, flexed, flexing**

flexibility [ˌflɛksə`bɪlətɪ] n. 易曲性，柔韌性；適應性，彈性．

***flexible** [`flɛksəbl] adj. ① 易彎的，柔順的．② 易適應的，有彈性的．

範例 ① This tube is very **flexible**. 這根管子很容易彎曲．

② Are your holiday plans **flexible**? 你的假期計畫應該有點彈性吧．

活用 adj. **more flexible, most flexible**

flexitime [`flɛksɪˌtaɪm] n. 彈性工作時間 《亦作 flextime》．

flextime [`flɛksˌtaɪm] n. 彈性工作時間 《工作時間以週或月為單位，每個人可自行決定每天工作時間的制度．亦作 flexitime》．

flick [flɪk] n. ① 輕打，輕擊，(用指頭) 彈；輕彈聲，輕擊聲．② 敏捷的動作．

——v. ③ 輕打，輕彈，輕拂．④ 突然地移動．

範例 ① He gave a ladybug a **flick** with his finger. 他用手指將瓢蟲彈走了．

② The frog ate a fly with a **flick** of his tongue. 那隻青蛙迅速伸出舌頭吃掉了蒼蠅．

③ He **flicked** the horse with a whip. 他用鞭子輕輕地抽了一下馬．

She **flicked** the dust off her bag. 她彈掉了書包上的灰塵．

複數 **flicks**

活用 v. **flicks, flicked, flicked, flicking**

***flicker** [`flɪkə] v. ① 搖曳，閃爍不定；晃動，擺動．

——n. ② 閃爍，搖曳；擺動．

範例 ① The candle **flickered** and then went out. 燭光搖曳不定，之後就熄滅了．

Shadows **flickered** on the wall. 影子在牆上晃動．

Some affection for her still **flickers** in him, but not much. 他的心中依然懷有對她的情感，儘管並不多．

② a **flicker** of flames 搖曳的火焰．

A **flicker** of excitement crossed his face. 他的臉上微微掠過興奮的表情．

活用 v. **flickers, flickered, flickered, flickering**

複數 **flickers**

flier [`flaɪə] n. ① 飛行者，快速行進者，飛行員．② (口語) 投機；冒險．③ 『美』廣告傳單．

參考 亦作 flyer.

複數 **fliers**

***flies** [flaɪz] v. ① fly 的第三人稱單數現在式．

——n. ② fly 的複數形．

***flight** [flaɪt] n. ① 飛行，飛翔，航班．② (樓梯的) 一段，逃走，逃亡，逃跑．

範例 ① He took a picture of a cockroach in **flight**. 他拍下了蟑螂正在飛行時的照片．

We made a nonstop **flight** from Taipei to London. 我們從臺北直飛倫敦．

She took an 11:40 **flight**. 她搭11點40分出發的班次．

a **flight** of swallows 飛行的燕群．

② a **flight** of stairs 樓梯的一段．

③ As soon as they heard of reinforcements coming, the soldiers took **flight**. 士兵們一聽說援軍來了，就馬上逃跑．

Six of the escapees died in their **flight** across the desert. 逃亡者中有6個人死於穿越沙漠的途中．

The villagers were put to **flight** by the advancing lava flow. 熔岩滾滾而來，村民們不得不逃走．

片語 **put** ~ **to flight** 擊退；逃走. (⇨ 範例 ③)

take flight/take to flight 逃走，逃亡. (⇨ 範例 ③)

☞ v. fly

♦ **flight attèndant** 空服員．

flight contròl 航空管制，飛行管制；航空管制室．

flight recòrder 飛行紀錄器．

複數 **flights**

flightless [`flaɪtlɪs] adj. (鳥) 不會飛的：Penguins are **flightless** birds. 企鵝是不會飛的鳥．

flimsy [`flɪmzɪ] adj. 脆弱的，輕而薄的．

範例 These **flimsy** dwellings would collapse in an instant in a big earthquake. 這些脆弱的房子在大地震時馬上就會倒塌．

You must be cold in such **flimsy** clothes. 你穿這麼薄的衣服一定很冷吧．

活用 adj. **flimsier, flimsiest**

flinch [flɪntʃ] v. 畏縮，退縮．

範例 She **flinched** in fear at the man's raised fist. 她被那個男人舉起的拳頭嚇得倒退了幾步．

I **flinched** from telling my father the truth. 我沒有勇氣告訴父親真相.

活用 v. **flinches**, **flinched**, **flinched**, **flinching**

*fling [flɪŋ] v. ① (猛) 投, 擲, 扔, 抛. ② 猛然移動.

——n. ③ 投擲, 抛. ④ 恣意, 隨意, 隨心所欲.

範例 ① The girl **flung** a stone at the snake. 那個女孩向那條蛇丟石頭.

Rita **flung** a disbelieving expression at Dr. Jansen. 麗塔對簡森博士流露出不信任的表情.

She **flung** off her coat. 她將外套脫下來扔在一邊.

The journalist was **flung** into jail. 那個新聞記者被關進監獄.

② Tom **flung** the window open and flew out, like Superman! 湯姆猛然打開窗戶衝出去, 就像超人一樣.

She **flung** out of the house. 她突然從家裡衝出來.

He **flung** himself onto the bed. 他一下子就倒在床上.

③ She gave her bag a **fling** in the air. 她將書包向空中拋去.

④ They had a **fling** and spent too much money. 他們盡情享樂, 而且花了太多錢.

片語 **fling off** 急忙脫下. (⇨ 範例①)
fling on 急忙穿上: She **flung on** her coat. 她急忙穿上外套.
fling out 衝出. (⇨ 範例②)
have a fling 恣意放縱, 盡情享樂. (⇨ 範例④)

活用 v. **flings**, **flung**, **flung**, **flinging**
複數 **flings**

flint [flɪnt] n. ① 火石, 打火機的打火石: a **flint** and steel 打火用具. ② 燧石《石英的一種, 灰色, 質堅硬》.

複數 **flints**

flip [flɪp] v. ① (用手指) 彈, 輕彈, 彈掉. ② 翻 (書頁等). ③ 欣喜若狂, 興奮不已.

——n. ④ 彈擲, 輕彈. ⑤ 翻筋斗.

範例 ① We **flipped** a coin to decide who would drive the car. 我們擲硬幣決定由誰開車.

② He **flipped** the pancake over before it stuck to the pan. 趁薄煎餅還沒沾鍋之前, 他輕輕地把煎餅翻面.

He **flipped** through the pages of the book. 他翻著那本書.

③ They decided the order by a **flip** of the coin. 他們用丟硬幣的方法決定順序.

片語 **flip ~'s lid** 勃然大怒, 發火: Ruth **flipped her lid** when she found out about his new girlfriend. 露絲發現他又有新的女朋友而勃然大怒.

活用 v. **flips**, **flipped**, **flipped**, **flipping**
複數 **flips**

flippancy [ˋflɪpənsɪ] n. 輕薄, 輕率, 不客氣, 無禮.

flippant [ˋflɪpənt] adj. 輕薄的, 輕率的, 無禮的: By being **flippant** with the judge you got a stiffer sentence. 由於你對法官無禮, 你將會得到更嚴重的刑責.

活用 adj. **more flippant**, **most flippant**

flipper [ˋflɪpɚ] n. ① 鰭狀肢《海豹、龜等的四肢、鯨類的前鰭等》. ② (潛水用的) 蛙鞋.

複數 **flippers**

flirt [flɝt] v. ① 挑逗, 調情, 勾引, 賣弄風情;(不認真地) 考慮.

——n. ② 調情者, 賣弄風情者.

範例 ① One of my colleagues is always **flirting** with the women in the office. 我的一個同事總是喜歡與辦公室裡的女子調情.

My brother **flirted** with the idea of going to Europe, even though he couldn't afford it. 我哥哥有想過去歐洲的念頭, 儘管他負擔不起.

② She says he's a terrible **flirt**, and he says she is. 她說他愛拈花惹草, 他說她才是賣弄風騷.

活用 v. **flirts**, **flirted**, **flirted**, **flirting**
複數 **flirts**

flirtation [flɝˋteʃən] n. 逢場作戲, 玩弄, 拈花惹草; 一時的興趣.

範例 The actor's many **flirtations** made his wife decide to divorce him. 由於那個演員一再拈花惹草, 他妻子決心與他離婚.

My **flirtation** with world music ended when it ceased to be popular. 我對世界音樂的一時興趣隨著這種音樂的不再流行而結束.

複數 **flirtations**

flirtatious [flɝˋteʃəs] adj. 調情的, 輕浮的, 喜好拈花惹草的, 賣弄風情的: a **flirtatious** look 暗送秋波, 眉來眼去.

活用 adj. **more flirtatious**, **most flirtatious**

flit [flɪt] v. 輕快地飛, 飛來飛去.

範例 A butterfly **flits** from flower to flower. 一隻蝴蝶在花叢間輕盈地飛舞.

Random thoughts **flitted** through his mind. 不經意的想法掠過他心頭.

活用 v. **flits**, **flitted**, **flitted**, **flitting**

*float [flot] v. ① 浮, 漂浮, 浮現. ② 飄, 漂流. ③ (匯率) 浮動. ④ 發行 (股票); 創立 (公司).

——n. ⑤ 漂浮物, 浮標. ⑥ 表面浮有冰淇淋的飲料, 冰淇淋蘇打. ⑦ (經過裝飾的遊行用) 花車. ⑧ 預備款《商店營業用作找零等》.

範例 ① Ice **floats** on water. 冰在水面上漂浮.

The girl **floated** the paper boat on the pond. 那個女孩將紙船放進水池中.

The concept has just **floated** into my mind. 那個想法才在我腦中浮現.

② The boat **floated** about with the tide for hours. 那艘船隨著潮水漂流了幾個小時.

He **floated** the logs down the river. 他讓那些圓木順著河水漂流.

The rumor **floated** about the village. 那個謠言在村裡到處流傳.

④ They **floated** a publishing company. 他們創立了一家出版社.

⑥ A coffee **float**, please. 請給我一杯漂浮冰咖啡．

活用 v. **floats**, **floated**, **floated**, **floating**
複數 **floats**

[float]

floating [ˋflotɪŋ] adj. 漂浮的，流動的．
範例 a **floating** pier 漂浮碼頭．
the **floating** voters 游離選民．

*__flock__ [flɑk] n. ①(羊、鳥等的)群．②人群，群眾；眾多．③(教會的)信徒，會眾．④一叢羊毛，毛絮《用於填裝坐墊等》．
——v. ⑤成群結隊，群集，聚集．
範例 ① a **flock** of sheep 羊群．
② A **flock** of girls followed the film star. 有一群女孩跟隨著那個電影明星．
⑤ The students **flocked** to the window to see what had happened in the schoolyard. 學生們聚集在窗口看校園裡發生了甚麼事．
複數 **flocks**
活用 v. **flocks**, **flocked**, **flocked**, **flocking**

flog [flɑg] v. ①(用鞭子或木棒)重打．②(用不正當手段)推銷．
範例 ① The slaves were **flogged** for trying to escape. 奴隸們因企圖逃跑而遭到鞭打．
flog a dead horse 徒勞，白費心機．
② I tried to **flog** my brother some dodgy goods. 我試著把一些仿製品硬推銷給我弟弟．
片語 **flog ~ to death** 反覆做～直到令人生厭： Give that idea a rest—we've **flogged** it **to death** over the last few days. 那個想法就算了吧，這幾天想來想去真叫人心煩．
活用 v. **flogs**, **flogged**, **flogged**, **flogging**

flogging [ˋflɑgɪŋ] n. 鞭打．
複數 **floggings**

*__flood__ [flʌd] n. ①洪水，水災．②氾濫，大量．③漲潮．
——v. ④(使)氾濫，(使)溢出．⑤淹沒．⑥湧入，湧進，充滿．
範例 ① The heavy rain caused a **flood**. 那場豪雨造成水災．
② The baseball player received a **flood** of encouraging letters. 那位棒球選手收到了許多鼓勵的信件．
④ This river **flooded** 24 years ago. 24年前這條河曾經氾濫過．
The river was **flooded** by heavy rain. 豪雨造成河水氾濫．

Don't **flood** the bathtub. 不要使水溢出浴缸．
⑤ This area of the city often **floods** in the rainy season. 城市的這一區在雨季時常常淹水．
She **flooded** the bathroom by leaving the tap on. 因為她忘了關水龍頭弄得浴室裡淹水．
⑥ Letters **flooded** in. 信件大量湧入．
Complaints have **flooded** the office. 大量投訴湧入辦公室．
The office has been **flooded** with complaints. 辦公室充滿抱怨聲．
複數 **floods**
活用 v. **floods**, **flooded**, **flooded**, **flooding**

floodgate [ˋflʌdˏget] n. ①水門，水閘．②出口，發洩管道： The court decision opened the **floodgates** of pent-up frustration. 法庭的裁決使人們鬱積的挫折爆發了．
複數 **floodgates**

floodlight [ˋflʌdˏlaɪt] n. ①泛光照明；泛光燈，探照燈《用於照射建築物外觀或比賽場地、舞臺照明等》．
——v. ②用泛光燈照射．
複數 **floodlights**
活用 v. **floodlights**, **floodlit**, **floodlit**, **floodlighting**/**floodlights**, **floodlighted**, **floodlighted**, **floodlighting**

floodlit [ˋflʌdˏlɪt] v. floodlight 的過去式、過去分詞．

*__floor__ [flor] n. ①地板，(室內的)地面．②樓層《(充電小站) (p. 415)》．③底，底部；最低工資；最低價格．④[the ~]議員席，發言權．
——v. ⑤鋪地板．⑥打倒，擊敗，難倒；使困惑．
範例 ① The audience got angry and stamped the **floor**. 觀眾們憤怒地跺地板．
② I live in the first **floor** of an apartment house. 我住在公寓一樓．
③ the **floor** of the ocean 海底．
④ Mr. Chairperson, may I have the **floor**? 主席先生，請允許我發言好嗎？
⑤ Green moss **floors** the valley. 綠色的苔蘚鋪滿了那個山谷．
⑥ The policeman **floored** the robber with one blow. 那個警察一拳就把那名強盜打倒．
片語 **take the floor** ①發言．②起身跳舞．
wipe the floor with 徹底擊敗．
參考 大樓的各樓層稱為層，但用於某一大樓，例如「10層的大樓」時用 story： a ten-story building.
♦ **flóor làmp** 〖美〗落地燈《置於地板上的高腳燈；〖英〗standard lamp》．
flóor lèader 〖美〗議會中的政黨領袖《〖英〗whip》．
flóor shòw (夜總會等的)歌舞表演．
複數 **floors**
活用 v. **floors**, **floored**, **floored**, **flooring**

floorboard [ˋflorˏbord] n. (一塊)地板．
複數 **floorboards**

flooring [ˋflorɪŋ] n. 地板，地板材料： The kitchen has tile **flooring**. 廚房是瓷磚地板．

flop [flɑp] v. ① 跳動，拍動. ② 猛然落下. ③《口語》失敗.
——n. ④ 跳動聲，拍動聲，啪嗒聲；落地聲. ⑤《口語》失敗.
範例 ① The fish **flopped** about on the cutting board. 那條魚在砧板上跳動.
Her baggy clothes **flopped** in the breeze. 她寬鬆的衣服隨風拍動.
② She **flopped** down into the chair. 她猛然坐在椅子上.
He **flopped** down the heavy bag. 他將他沉重的書包啪嗒一聲扔在地上.
④ The bird fell with a **flop** onto the ground. 那隻鳥啪嗒一聲掉在地上.
⑤ The concert was a complete **flop**. 那場音樂會完全失敗了.
活用 v. flops, flopped, flopped, flopping
複數 flops

floppy [`flɑpɪ] adj. 鬆垮的，下垂的：a **floppy** hat 鬆垮的帽子.
♦ **flòppy dísk** 磁碟片.
活用 adj. floppier, floppiest

flora [`florə] n. 〔the ~〕《某一地區或時代特有的》植物群.
複數 floras/florae

floral [`florəl] adj. 花的，如花的：Flora chose a **floral** dress. 弗蘿拉選了一件有花卉圖案洋裝.
☞ n. flower

florist [`florɪst] n. 花卉業者，花匠：a **florist**'s 花店.
複數 florists

floss [`flɔs] n. ① 蠶繭外層的粗絲，絲棉. ② 牙線《亦作 dental floss》.
複數 flosses

flotilla [flo`tɪlə] n. 小型艦隊《由驅逐艦等小型軍艦組成的艦隊》.
複數 flotillas

flounce [flauns] n. ① 衣裙上的荷葉邊《飾於裙襬、袖口等》.
——v. ② 暴跳，急動《表示憤怒等》；拂袖而去，盛怒而去.
複數 flounces
活用 v. flounces, flounced, flounced, flouncing

flounder [`flaundɚ] v. ① 掙扎，掙扎著前進. ② 驚惶失措，亂說，亂做；語無倫次.
——n. ③ 比目魚，鰈.
範例 ① A baby bird is **floundering** in the pond. 一隻雛鳥在水池中掙扎.
② I **floundered** for a moment. 我一時語無倫次.
活用 v. flounders, floundered, floundered, floundering
複數 flounder/flounders

flour [flaur] n. ① 麵粉，穀物粉末：Bread is made from **flour**. 麵包是用麵粉做的.
——v. ② 撒上麵粉.
字源 拉丁語的 flos（花）《與 flower 同字源，為將

「食物的花」（食物最好的部分）與 flower 相區別後拼作 flour》.
活用 v. flours, floured, floured, flouring

flourish [`flɝɪʃ] v. ① 興隆，繁榮；茂盛；活躍. ② 揮動，揮舞；炫耀.
——n. ③ 揮動，揮舞；炫耀性的動作. ④《文字》花體字. ⑤ 裝飾樂句；華麗的吹奏.
範例 ① My brother's business **flourished**. 我哥哥的生意很興隆.
Watermelons **flourish** in this region. 這個地區的西瓜長得茂盛.
Khrushchev **flourished** in the 1950s. 赫魯雪夫活躍於1950年代.
② John **flourished** his hat. 約翰揮動著帽子.
③ Mary opened the door with a **flourish**. 瑪麗以炫耀性的動作打開門.
⑤ When we passed the school, we heard a **flourish** of trumpets. 我們經過那所學校時聽到了響亮的喇叭吹奏聲.
活用 v. flourishes, flourished, flourished, flourishing
複數 flourishes

floury [`flaurɪ] adj. 麵粉的，粉狀的.
活用 adj. flourier, flouriest

flout [flaut] v. 藐視，嘲弄.
活用 v. flouts, flouted, flouted, flouting

flow [flo] v. ① 流，流動. ② 漲潮.
——n. ③ 流水，流. ④ 漲潮.
範例 ① The River Jordan **flows** into the Dead Sea. 約旦河流入死海.
Blood **flows** through the body. 血液在身體內流動.
Words **flowed** from her mouth. 她流利地說著話.
The crowd **flowed** out of the stadium. 群眾從那座運動場擁出.
② The tide began to **flow**. 開始漲潮了.
③ There is a steady **flow** of water from the spring. 水不斷地從那口泉中湧出.
The **flow** of traffic was slow last night because of the snowfall. 因為下雪，昨晚車流很慢.
④ The tide is on the **flow**. 正在漲潮.
♦ **flów chàrt** 流程圖《將電腦的程式以圖表表示；亦作 flow diagram，flow sheet》.
活用 v. flows, flowed, flowed, flowing
複數 flows

flower [`flauɚ] n. ① 花《☞ 充電小站》(p. 487)》.
——v. ② 開花.
範例 ① The **flowers** are out. 那些花開著.
The roses are in full **flower**. 那些玫瑰花正盛開著.
When do the cosmoses come to **flower** here? 這裡的大波斯菊甚麼時候開花？
My grandmother planted **flowers** in the garden. 我祖母在院子裡種了花.
My brother spent the **flower** of his youth in prison. 我哥哥在監獄裡度過了他青春的大好時光.

② Cherry trees **flower** in spring. 櫻桃樹在春天開花.

He **flowered** as a writer in his forties. 他40歲時就充分展露了作家的才華.

複數 **flowers**

活用 v. **flowers**, **flowered**, **flowered**, **flowering**

flowerbed [`flauɚ‚bɛd] n. 花壇.

複數 **flowerbeds**

flowerpot [`flauɚ‚pɑt] n. 花盆.

複數 **flowerpots**

flowery [`flauɚɪ] adj. ① 花卉圖案的. ② 多花的, 似花的. ③ 華麗的, 絢麗的.

範例 ① a **flowery** scarf 有花卉圖案的圍巾.

② a **flowery** field 滿花遍野.

③ a **flowery** style 華麗的風格.

活用 adj. ② ③ **flowerier**, **floweriest/more flowery**, **most flowery**

*__flown__ [flon] v. fly 的過去分詞.

flu [flu] n. 流行性感冒《由 influenza 縮寫而成》: We have no class today because our teacher has got the **flu**. 老師患了流行性感冒, 所以今天不用上課.

fluctuate [`flʌktʃu‚et] v. 動搖; 波動, 浮動, 變動.

範例 She **fluctuates** between the two opinions. 她在那兩種意見之間搖擺不定.

The speed of our spaceship **fluctuates** between 5,000 and 6,000 miles a second. 這艘太空船的速度在每秒5,000至6,000哩間變動著.

活用 v. **fluctuates**, **fluctuated**, **fluctuated**, **fluctuating**

fluctuation [‚flʌktʃu`eʃən] n. 動搖; 變動, 波動: the **fluctuation** of the exchange rate of the NT$ to the dollar 新臺幣對美元匯率的波動.

複數 **fluctuations**

flue [flu] n. 《煙囪的》通煙管; 導管《通風管或暖氣管等》.

複數 **flues**

fluency [`fluənsɪ] n. 流暢, 流利: He spoke with **fluency** about the need to protect the environment. 他就環保的必要性流暢地發言.

*__fluent__ [`fluənt] adj. 流利的, 流暢的; 優美的.

範例 Karen answered in **fluent** English. 凱倫用流利的英語回答.

She is **fluent** in playing the piano. 她鋼琴彈得很流暢優美.

活用 adj. **more fluent**, **most fluent**

fluently [`fluəntlɪ] adv. 流利地, 流暢地.

活用 adv. **more fluently**, **most fluently**

fluff [flʌf] n. ① 羽毛, 絨毛. ②《口語》失誤, 說錯臺詞.

——v. ③ 使蓬鬆. ④《口語》失誤, 說錯臺詞.

範例 ③ The peacock **fluffed** its beautiful plumage. 那隻孔雀張開了牠漂亮的羽毛.

④ The student **fluffed** his exams. 那個學生考試考壞了.

複數 **fluffs**

活用 v. **fluffs**, **fluffed**, **fluffed**, **fluffing**

fluffy [`flʌfɪ] adj. 絨毛的; 毛茸茸的; 蓬鬆的.

活用 adj. **fluffier**, **fluffiest**

*__fluid__ [`fluɪd] adj. ① 流動的; 流質的; 不固定的. ——n. ② 流體.

範例 ① a **fluid** substance 流動物質.

Our plans were still **fluid**. 我們的計畫尚未確定.

② Water and air are **fluids**. 水和空氣都是流體.

If you have a cold, make sure to drink a lot of **fluid**. 如果你感冒了, 一定要多喝些流體食物.

活用 adj. **more fluid**, **most fluid**

複數 **fluids**

fluke [fluk] n. 《口語》僥倖, 偶然的幸運: a **fluke** discovery 僥倖的發現.

複數 **flukes**

flung [flʌŋ] v. fling 的過去式、過去分詞.

fluorescent [‚fluɚ`rɛsnt] adj. 螢光的.

♦ **fluoréscent làmp** 螢光燈.

fluoride [`fluə‚raɪd] n. 氟化物.

fluorine [`fluə‚rin] n. 氟.

flurry [`flɝɪ] n. ①《一陣》疾風; 陣雨, 陣雪. ② 慌張, 驚慌失措.

——v. ③ 使驚慌, 使驚慌失措.

範例 ② The president dropped the microphone in a **flurry**. 會長驚慌失措地將麥克風掉在地上.

③ Don't get **flurried**. 不要慌張.

複數 **flurries**

活用 v. **flurries**, **flurried**, **flurried**, **flurrying**

*__flush__ [flʌʃ] v. ① 湧出; 沖洗, 沖刷. ② 使《臉》發紅, 臉紅.

——n. ③ 沖刷; 奔流, 湧出. ④ 得意, 興奮; 臉紅.

——adj. ⑤〔不用於名詞前〕《水》滿溢的. ⑥《與水面等》同高的, 齊平的.

——adv. ⑦ 同高地, 齊平地. ⑧ 直接地, 正面地.

範例 ① Water **flushed** through the pipe. 水從那個導管中湧出.

Please **flush** after using. 使用後請沖洗.

② She **flushed** with anger. 她氣得滿臉通紅.

His cheeks were **flushed** with excitement. 他興奮得滿臉通紅.

③ An unstoppable **flush** of snow and ice cascaded down the mountain. 冰雪如瀑布般以凶猛之勢滾下山來.

④ He felt a **flush** of anger. 他感到一陣憤怒.

Her countenance revealed a **flush** of embarrassment. 她的臉上顯露出尷尬的表情.

⑤ He is **flush** with money. 他很有錢.

⑥ The door is **flush** with the wall. 那道門與牆同高.

⑦ The two edges met **flush**. 兩個邊完全重合.

⑧ Her spittle caught him **flush** on the nose. 她的口水正好噴在他的鼻子上.

充電小站

花 (flower)

▶各部分的名稱
① stem (莖)
② thorn (刺)《仙人掌等的刺為 spire》
③ stalk (花柄)
④ sepal (花萼)
⑤ petal (花瓣)
⑥ stamen (雄蕊)
⑦ pistil (雌蕊)
⑧ pollen (花粉)
※數片的 ④ 作 calyx (花萼).

▶花名的由來
花名中有根據 (1) 花的形狀、(2) 特性、(3) 神話傳說等、(4) 人名命名等多種情況.
(1) tulip (鬱金香) ——源於 turban (頭巾).
cosmos (大波斯菊) ——源於希臘語「有秩序之物」.
sunflower (向日葵) ——似太陽的形狀.
(2) daisy (雛菊) ——早晨開, 晚上閉, 字源為 "day's eye" (白晝之目=太陽).
pansy (三色堇, 紫羅蘭) ——源於見此花者就會愛上別人的傳說, 字源為法語的「思

想」一字, 曾被用作春藥.
century plant (龍舌蘭) ——源於100年開一次花的誤解.
four-o'clock (紫茉莉) ——源自下午4時左右開花.
morning-glory (牽牛花) ——源自只在早晨開花.
touch-me-not (鳳仙花)《亦作 balsam》——源自此花被觸碰時其花籽飛濺的特性.
(3) iris (鳶尾花) ——源自希臘神話中彩虹女神 Iris.
daphne (月桂樹) ——源自希臘神話中化做月桂樹以逃過阿波羅 (Apollo) 追求的山林女神名.
anemone (白頭翁, 秋牡丹) ——源自希臘神話中被風神所愛, 由淫婦轉世的「風女」. 也有人認為此花開放受風的影響.
narcissus (水仙) ——源自希臘神話中迷戀自己的水中倒影, 以致溺死而化身為水仙花的美少年之名. 此花為自戀的象徵.
(4) camellia (山茶花) ——源於最早從日本將此花帶出的傳教士 Camellus.

活用 *v.* **flushes, flushed, flushed, flushing**

fluster [ˋflʌstɚ] *v.* ① 使慌亂, 使緊張.
——*n.* ② 慌亂, 緊張: in a **fluster** 驚慌失措.
活用 *v.* **flusters, flustered, flustered, flustering**

flute [flut] *n.* ① 長笛, 橫笛. ②(圓柱的)長凹槽.
——*v.* ③ 吹笛子; 刻出凹槽.
複數 **flutes**
活用 *v.* **flutes, fluted, fluted, fluting**

flutist [ˋflutɪst] *n.*《美》長笛吹奏者 (《英》flautist).
複數 **flutists**

***flutter** [ˋflʌtɚ] *v.* ① 拍翅, 振翅, 鼓翼. ② 飄動. ③(心)急跳, 亂跳.
——*n.* ④ 振翅, 鼓翼. ⑤ 飄動. ⑥ 心緒不寧, 心慌意亂. ⑦ 放音失真. ⑧(小)賭博.
範例 ① The butterfly **fluttered** from flower to flower. 那隻蝴蝶在花叢間飛舞.
② The curtain **fluttered** in the wind. 那個窗簾在風中飄動.
The First Lady **fluttered** her handkerchief from the window of the car. 總統夫人從車窗內揮動著手帕.
③ Mr. Hart's heart **fluttered** with excitement. 哈特先生因興奮而心臟怦怦跳.
④ A **flutter** of what sounded like birds taking flight made him whirl round in surprise. 聽到像鳥飛起時的振翅聲, 他吃驚地轉過身.
⑤ I saw the **flutter** of a flag from the window. 我從那個窗戶看見旗子在飄揚.
⑥ When two policemen came into the room,

she fell into a **flutter**. 兩個警察一走進房間, 她嚇得心慌意亂.
The new evidence will throw the accused into a **flutter**. 新的證據將使被告陷入不安中.
片語 ***fall into a flutter*** 心慌意亂, 心緒不寧. (⇨ 範例 ⑥)
throw ~ into a flutter 使心慌意亂, 使心緒不寧. (⇨ 範例 ⑥)
活用 *v.* **flutters, fluttered, fluttered, fluttering**
複數 **flutters**

flux [flʌks] *n.* 變化, 變遷: Today, everything seems in a state of constant **flux**. 現今, 所有的事都在不斷地變化中.
複數 **fluxes**

****fly** [flaɪ] *v.* ①(使)飛; 飛行. ② 逃避, 逃離.
——*n.* ③ 蒼蠅, 會飛的昆蟲. ④ 蟲形的釣鈎. ⑤ 褲子的鈕扣蓋, 褲前的拉鍊. ⑥(棒球的)高飛球《亦作 fly ball》.
範例 ① Bees are **flying** about. 蜜蜂飛來飛去.
My parents have never **flown** in an airplane. 我的父母從未搭過飛機.
The children are **flying** paper planes. 那些孩子正在玩紙飛機.
The airplane **flew** the Atlantic in a few hours. 那架飛機在幾個小時之內飛越了大西洋.
The day has simply **flown** by. 一天的時間轉眼就過去了.
The door **flew** open. 那扇門突然開了.
He seldom **flies** into a rage. 他很少發脾氣.
② We had to **fly** the country. 我們必須逃亡到

國外.
③ A swarm of **flies** are buzzing around the garbage heap. 一群蒼蠅在垃圾堆周圍嗡嗡地飛著.
⑤ He was standing with his **flies** open. 他沒拉拉鍊地站在那裡.
片語 **a fly in the ointment** 瑕疵，美中不足《源於《舊約聖經》》.
fly at 撲向；責罵: Our dog **flew at** the policeman. 我們的狗向警察撲去.
fly off the handle 勃然大怒.
let fly ① 投擲: The boy **let fly** a stone at the bird. 那個男孩向那隻鳥丟石頭. ② 破口大罵: The minister **let fly** on the subject of racism. 那個部長就種族歧視問題破口大罵.
not harm a fly 仁慈的.
There are no flies on ~不會輕易受騙.
活用 v. **flies, flew, flown, flying**
複數 **flies**

flyer [`flaɪəʳ] =n. flier.

flying [`flaɪɪŋ] adj.〔只用於名詞前〕① 飛的, 飛行的. ② 匆促的, 匆忙的; 短暫的.
——n. ③ 飛, 飛行.
範例 ② a **flying** v isit 匆促的拜訪.
③ My father hates **flying**. 我父親討厭飛行.
♦ **flying dóctor** 乘飛機至偏遠地區出診的醫生.
flying fish 飛魚.
flying saucer 飛碟.
flying start ① 助走起跑《賽車等在起跑信號發出前在起跑線後進行的助跑》. ② 開始時的優勢. ③ 偷跑《起跑犯規》.

flyover [`flaɪ͵ovəʳ] n. ①〖英〗高架道路《〖美〗overpass》. ②〖美〗(慶典時的) 編隊飛行.
複數 **flyovers**

FM [`ɛf`ɛm]《縮略》= frequency modulation (調頻廣播).

foal [fol] n. (馬、騾等的) 幼仔《特指不滿一歲》.
複數 **foals**

*** foam** [fom] n. ① 泡沫；白沫.
——v. ② 起泡沫；吐白沫. ③ 盛怒 (at).
範例 ① The polluted river is covered with **foam**. 那條被污染的河裡滿是泡沫.
② The beer **foamed** over the top of the mug. 啤酒的泡沫溢出了馬克杯.
③ He **foamed** at me. 他對我大發脾氣.
活用 v. **foams, foamed, foamed, foaming**

foamy [`fomɪ] adj. 泡沫的, 起泡沫的: the **foamy** surf 泡沫狀的浪花.
活用 adj. **foamier, foamiest**

focal [`fokl] adj. 焦點的.
♦ **focal distance/focal length** 焦距.
focal point 焦點.

foci [`fosaɪ] n. focus 的複數形.

fo'c's'le [`foksl] =n. forecastle.

*** focus** [`fokəs] n. ① 焦點. ②（興趣、注意等的）中心（點）. ③（天災、人禍的）中心地點.
——v. ④ 聚焦. ⑤ 使集中.
範例 ① He tried to bring the camera into **focus**.

他試著調準照相機的焦距.
This picture is not in **focus**. 這張照片沒有對焦.
The picture of the lion was out of **focus**. 這張獅子的照片焦點沒對準.
② The summit is now the **focus** of world attention. 現在高峰會成了全世界關注的焦點.
④ John **focused** his camera on Mary. 約翰將照相機的焦點對準了瑪麗.
⑤ The mass media **focused** their attention on the new prime minister. 媒體把注意力放在新任首相的身上.
活用 **focuses/foci**
活用 v. **focuses, focused, focused, focusing/focusses, focussed, focussing**

fodder [`fɑdəʳ] n.（家畜的）飼料, 草料.

*** foe** [fo] n. 仇敵, 對手: Mr. Chen is my political **foe**. 陳先生是我的政敵.
複數 **foes**

foetus [`fitəs] =n. fetus.

*** fog** [fɑg] n. ① 霧, 霧氣. ②（照片、底片的）不清晰, 模糊.
——v. ③ 以霧籠罩; 使模糊. ④ 使困惑, 使迷惑.
範例 ① Driving in a dense **fog** is dangerous. 在濃霧中開車很危險.
③ The steam has **fogged** the kitchen windows. 水蒸氣使廚房的窗戶變得模糊.
片語 **in a fog** 困惑的, 束手無策的.
複數 **fogs**
活用 v. **fogs, fogged, fogged, fogging**

fogbound [`fɑg͵baʊnd] adj. 因霧受阻的: The traffic in the city is **fogbound**. 那個城市的交通因大霧而受阻.

foggy [`fɑgɪ] adj. ① 霧茫茫的, 多霧的. ② 困惑的; 模糊的, 朦朧的.
範例 ① It is **foggy** today. 今天霧茫茫的.
② I haven't the **foggiest** idea who he is. 我根本不知道他是誰.
活用 adj. **foggier, foggiest**

foghorn [`fɑg͵hɔrn] n. 霧號《警告霧中船隻的號角》.
複數 **foghorns**

foil [fɔɪl] n. ① 箔《金屬薄片》. ② 陪襯物, 陪襯者. ③（擊劍比賽用的）鈍頭劍.
——v. ④ 阻撓; 挫敗.
範例 ① gold **foil** 金箔.
After seasoning, wrap the salmon in **foil** before you cook it. 調味後, 將鮭魚用鋁箔包起來再烹煮.
② Bob acted as a **foil** to his brother. 鮑伯不如弟弟出色顯眼.
④ They are trying to **foil** our attempt. 他們企圖阻撓我們的嘗試.
複數 **foils**
活用 v. **foils, foiled, foiled, foiling**

*** fold** [fold] v. ① 摺疊, 翻摺. ② 抱住; 包起. ③（將烹飪材料）混在一起.

——n. ④ 摺層. ⑤ 畜欄.

〔範例〕① He **folded** the map in four. 他將那張地圖摺成4摺.

I **folded** back my shirt sleeves. 我把襯衫的袖子摺起來.

The chairman **folded** his arms. 主席雙手交叉.

Does the table **fold**? 那張桌子可以摺疊嗎?

② She **folded** the ring in her handkerchief. 她用手帕將戒指包起來.

She **folded** her son in her arms. 她將兒子抱在懷裡.

③ The cook **folded** in an egg and cooked for ten minutes. 廚師將雞蛋攪拌好，然後煮10分鐘.

④ The boy hid in the **folds** of the curtain. 那個男孩藏在窗簾的摺層中.

〔活用〕v. folds, folded, folded, folding

〔複數〕folds

folder [`foldɚ] n. 文件夾，文書夾.

〔複數〕folders

***foliage** [`folɪɪdʒ] n. ① 葉子《集合名詞》: This tree has thick **foliage**. 這棵樹的葉子很茂盛.

② 葉形裝飾物《作圖案或裝飾用》.

***folk** [fok] n. ①〔作複數〕人們，群眾《〔美〕folks》.

②〔~s〕家人，親屬.

——adj. ③〔只用於名詞前〕民俗的，民間的.

〔範例〕① Some **folk** believe in ghosts. 有人相信鬼的存在.

country **folk** 鄉下人.

old **folk** 老人.

② How are your **folks**? 你的家人都好嗎?

〔參考〕① 現在通常用 people.

♦ **fólk dánce** 民族舞蹈，土風舞.

fólk sòng 民歌，民謠.

〔複數〕folks

folklore [`fok,lor] n. 民間傳說，民俗(學).

***follow** [`falo] v. 跟隨，尾隨；瞭解.

〔範例〕Wherever you go, I will **follow** you. 不管你去哪裡，我都要跟你去.

The dog **followed** me to my house. 那隻狗跟著我到我家.

John walked to the next hole, **followed** by the gallery. 約翰走到下一洞，觀眾尾隨著他.

Spring **follows** winter. 冬去春來.

Don't look back—we're being **followed**. 不要回頭看，我們被跟蹤了.

Follow this road until you come to a big park. 沿著這條路走下去直到遇到一個大公園.

I can't **follow** your argument. 我不瞭解你的論點.

The baby **followed** her mother with his eyes. 那個嬰兒的眼睛注視著母親的一舉一動.

I don't want to **follow** his advice. 我不想聽從他的忠告.

May **follows** all the soccer news. 梅爾關心所有足球的消息.

Although Ken was born in America, it does not

follow that he speaks English. 肯雖然生在美國，但他不一定就講英語.

Sudden deaths **followed** each other in his family. 他家裡接連發生猝死事件.

My points are as **follows**. 我的論點如下.

I successfully **followed** through my plan to make a CD. 我成功地貫徹了製作一張 CD 的計畫.

follow up a victory 乘勝追擊.

〔片語〕**as follows** 如下. (⇨ 〔範例〕)

follow through 貫徹到底. (⇨ 〔範例〕)

follow up 乘勝追擊. (⇨ 〔範例〕)

〔活用〕v. follows, followed, followed, following

***follower** [`faloɚ] n. 信徒，門徒；隨行者: Socrates and his **followers** 蘇格拉底及其信徒.

〔複數〕followers

***following** [`faləwɪŋ] adj. ①〔只用於名詞前〕下列的，接下來的.

——prep. ② 在~之後，接著.

——n. ③ 下列的人〔事，物〕. ④ 部下，弟子；支持者.

〔範例〕① Sue got well the **following** day. 蘇在第2天就康復了.

You must answer the **following** questions. 你必須回答下列問題.

② **Following** the dinner, there will be a show. 晚餐後有表演.

③ The **following** is what he said. 以下是他說的話.

④ Our party has a large **following** in this state. 我們的政黨在這個州有大量的支持者.

☞ ① ↔ preceding

〔複數〕followings

follow-up [`falo,ʌp] n. ① 追蹤調查，後續報導.

——adj. ②〔只用於名詞前〕接著的，後續的: There will be a **follow-up** program next week. 下週將有後續的節目.

〔複數〕follow-ups

***folly** [`falɪ] n. 愚笨，愚蠢；蠢事.

〔範例〕There is no limit to the **folly** of mankind. 人類愚蠢極了.

Don't commit such a **folly**. 不要做那種蠢事.

〔複數〕follies

***fond** [fand] adj. ①〔不用於名詞前〕喜愛的，愛好的《常與 of 連用》. ② 深情的；溺愛的. ③ 癡心妄想的.

〔範例〕① I'm very **fond** of chocolate. 我非常喜歡巧克力.

He is **fond** of playing the guitar. 他喜歡彈吉他.

② The mother was watching her daughter with **fond** eyes. 母親用溫柔的眼神看著女兒.

③ His **fond** ambition is to be a soccer player. 他癡心妄想成為一個足球選手.

〔參考〕② ③ 只用於名詞前.

〔活用〕adj. fonder, fondest

fondle [ˋfɑndl] *v.* 撫弄，愛撫.

[活用] *v.* **fondles**, **fondled**, **fondled**, **fondling**

*__fondly__ [ˋfɑndlɪ] *adv.* ① 溫柔地，深情地. ② 盲目輕信地;《古語》愚蠢地.

[範例] ① The mother smiled at her baby **fondly**. 那位母親對嬰兒溫柔地微笑.

② I **fondly** believed that I could pass the exam without studying. 我愚蠢地相信不念書也能通過考試.

fondness [ˋfɑndnɪs] *n.* 鍾愛; 溺愛; 嗜好.

[範例] Ralph has a **fondness** for jazz music. 雷夫喜愛爵士樂.

His **fondness** for his pet snake was unusual. 他溺愛他的寵物蛇到了異常的程度.

font [fɑnt] *n.* ① 聖水盆，洗禮盆. ② 一套同字體的活字.

[複數] **fonts**

*__food__ [fud] *n.* 食物，食品，糧食《有時也包括飲料在內》.

[範例] **food** and drink 飲食.

food, clothing and shelter 衣食住.

a staple **food** 主食.

frozen **foods** 冷凍食品.

canned **foods** 罐頭食品.

I don't want to be **food** for sharks! 我可不想被鯊魚吃掉!

I need mental stimulation—music is my "mind **food**." 我需要精神上的刺激，音樂是我的「精神食糧」.

♦ **fóod àdditive** 食品添加劑.

fóod chàin 食物鏈.

fóod pòisoning 食物中毒.

fóod pròcessor 食品加工器《把肉或蔬菜切成各種形狀或加以攪拌的器具》.

☞ *v.* feed

[複數] **foods**

*__fool__ [ful] *n.* ① 愚人，獃子，傻瓜. ②（昔日王公貴族豢養的）弄臣，小丑.

——*v.* ③ 欺騙，愚弄. ④ 開玩笑.

[範例] ① Bob isn't **fool** enough to believe you. 鮑伯可不會笨到相信你.

Fools will still be **fools**.《諺語》病可醫，愚難治.

They are always making a **fool** of me. 他們總是愚弄我.

Any **fool** can tell you where Paris is. 就是再傻的人也知道巴黎在哪裡.

② "This fellow is wise enough to play the **fool**." 「這傢伙很聰明能裝傻.」《莎士比亞《第十二夜》中的臺詞》

③ He **fooled** me with his story. 我被他的話騙了.

The old woman was **fooled** out of all her money. 那個老婦人所有的錢都被騙走了.

④ Don't **fool** about with your father's gun! 你不要拿著你父親的槍到處鬼混!

[片語] *__fool about/fool around__* 不務正業，虛度時光.

__fool away__ 浪費，虛擲.

__make a fool of__ 愚弄，捉弄.（⇨ [範例] ①）

__make a fool of oneself__ 出醜，出洋相.

__no fool/nobody's fool__ 機智聰明的人，不會上當的人.

__play the fool__ 做傻事，裝瘋賣傻.

♦ **fòol's érrand** 徒勞無功.

fòol's góld 黃鐵礦.

fòol's páradise 愚人的樂園，虛幻的幸福感.

[複數] **fools**

[活用] *v.* **fools**, **fooled**, **fooled**, **fooling**

foolhardy [ˋfulˏhɑrdɪ] *adj.* 魯莽的，有勇無謀的.

[活用] *adj.* **foolhardier**, **foolhardiest**

*__foolish__ [ˋfulɪʃ] *adj.* 愚蠢的，糊塗的.

[範例] He is a **foolish** young man. 他是一個愚蠢的年輕人.

It was **foolish** of me to ask for his advice. 我去徵求他的建議，真是愚不可及.

I was afraid of looking **foolish**. 我擔心我看起來有點蠢.

[活用] *adj.* **more foolish**, **most foolish**

foolishly [ˋfulɪʃlɪ] *adv.* 愚蠢地: Foolishly, I believed her. 我居然愚蠢地相信了她.

[活用] *adv.* **more foolishly**, **most foolishly**

foolishness [ˋfulɪʃnɪs] *n.* 愚蠢（行為）.

foolproof [ˋfulˏpruf] *adj.*（使用上）非常簡單的; 萬無一失的: This is a **foolproof** camera. 這是一臺傻瓜相機.《操作簡便》

[活用] *adj.* **more foolproof**, **most foolproof**

*__foot__ [fut] *n.* ① 腳《腳踝以下的部分》. ② 徒步; 步伐，腳步. ③（物體的）底部，基部，(山)腳. ④ 最後部分; 末座，末席. ⑤ 呎《長度單位，略作 ft.，1 呎 為 12 吋，約 等 於 30.48公分》.

——*v.* ⑥ 步行; 踏在～之上. ⑦《口語》付帳.

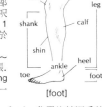

[foot]

[範例] ① He was standing on one **foot**. 他用一隻腳站著.

② We walked with heavy **feet**. 我們拖著沉重的步伐.

③ I live at the **foot** of a mountain. 我住在山腳下.

④ She sat down at the **foot** of the conference table. 她坐在會議桌的末席.

⑤ He is 6 **feet** tall. 他身高6呎.

⑥ We have missed the last bus. Can you **foot** it? 我們錯過了最後一班公車，你能走回去嗎?

[片語] *__keep ～'s feet__* 站穩; 慎重地行動.

__on foot__ ① 徒步，步行. ② 正在進行之中.

__on ～'s feet__ ① 站起來. ② 自立，經濟獨立.

美式足球超級盃

超級盃 (Super Bowl) 自1967年起進行，到1970年之前為 AFL (American Football League) 與 NFL (National Football League) 勝者之間的比賽，1971 年以後為 AFC (American Football Conference) 與 NFC (National Football Conference) 兩聯會間勝者進行比賽. 這是因為以前的 AFL 與 NFL 合併為新的 NFL, 而這個全國足球聯盟下分為 AFC 和 NFC 兩個聯會.

▶超級盃歷年記錄

屆	舉辦年份	勝者	得分	敗者	比賽地點	觀眾人數
I	1967	Green Bay Packers	35–10	Kansas City Chiefs	Los Angeles	61,946
II	1968	Green Bay Packers	33–14	Oakland Raiders	Miami	75,546
III	1969	New York Jets	16– 7	Baltimore Colts	Miami	75,389
IV	1970	Kansas City Chiefs	23– 7	Minnesota Vikings	New Orleans	80,562
V	1971	Baltimore Colts	16–13	Dallas Cowboys	Miami	79,204
VI	1972	Dallas Cowboys	24– 3	Miami Dolphins	New Orleans	81,023
VII	1973	Miami Dolphins	14– 7	Washington Redskins	Los Angeles	90,182
VIII	1974	Miami Dolphins	24– 7	Minnesota Vikings	Houston	71,882
IX	1975	Pittsburgh Steelers	16– 6	Minnesota Vikings	New Orleans	80,997
X	1976	Pittsburgh Steelers	21–17	Dallas Cowboys	Miami	80,187
XI	1977	Oakland Raiders	23–14	Minnesota Vikings	Pasadena	103,438
XII	1978	Dallas Cowboys	27–10	Denver Broncos	New Orleans	75,583
XIII	1979	Pittsburgh Steelers	35–31	Dallas Cowboys	Miami	79,484
XIV	1980	Pittsburgh Steelers	31–19	Los Angeles Rams	Pasadena	103,985
XV	1981	Oakland Raiders	27–10	Philadelphia Eagles	New Orleans	76,135
XVI	1982	San Francisco 49ers	26–21	Cincinnati Bengals	Pontiac	81,270
XVII	1983	Washington Redskins	27–17	Miami Dolphins	Pasadena	103,667
XVIII	1984	Los Angeles Raiders	38– 9	Washington Redskins	Tampa	72,920
XIX	1985	San Francisco 49ers	38–16	Miami Dolphins	Palo Alto	84,059
XX	1986	Chicago Bears	46–10	New England Patriots	New Orleans	73,818
XXI	1987	New York Giants	39–20	Denver Broncos	Pasadena	101,063
XXII	1988	Washington Redskins	42–10	Denver Broncos	San Diego	73,302
XXIII	1989	San Francisco 49ers	20–16	Cincinnati Bengals	Miami	75,129
XXIV	1990	San Francisco 49ers	55–10	Denver Broncos	New Orleans	72,919
XXV	1991	New York Giants	20–19	Buffalo Bills	Tampa	73,813
XXVI	1992	Washington Redskins	37–24	Buffalo Bills	Minneapolis	63,130
XXVII	1993	Dallas Cowboys	52–17	Buffalo Bills	Pasadena	98,374
XXVIII	1994	Dallas Cowboys	30–13	Buffalo Bills	Atlanta	72,817
XXIX	1995	San Francisco 49ers	49–26	San Diego Chargers	Miami	74,107
XXX	1996	Dallas Cowboys	27–17	Pittsburgh Steelers	Tempe	76,347
XXXI	1997	Green Bay Packers	35–21	New England Patriots	New Orleans	72,301
XXXII	1998	Denver Broncos	31–24	Green Bay Packers	San Diego	68,912
XXXIII	1999	Denver Broncos	34–19	Atlanta Falcons	Miami	74,803
XXXIV	2000	St. Louis Ram	23–16	Tennessee Titans	Atlanta	72,625
XXXV	2001	Baltimore Ravens	34– 7	New York Giants	Tampa	71,921
XXXVI	2002	New England Patriots	20–17	St. Louis Rams	New Orleans	72,922

③ 病癒，康復.

to ~'s feet 站立: rise **to ~'s feet** 站起來./ stagger **to ~'s feet** 搖搖晃晃地站起來/start **to ~'s feet** 跳起來.

under foot 在腳下: It is wet **under foot**. 腳下淫漉漉的.

[複數] **feet**

[活用] *v.* **foots, footed, footed, footing**

*football [ˋfut͵bɔl] *n.* 足球（運動）.

[參考]『英』指橄欖球 (Rugby football) 或足球 (Association football);『美』指美式足球 (American football) (☞ 充電小站 (p. 491)). 足球一字是取 association football 的 soc，讀作 soccer.

♦ **fóotball pòols** 『英』足球賭博.

foothill [ˋfut͵hɪl] *n.* 〔~s〕山麓的小丘.

[複數] **foothills**

foothold [ˋfut͵hold] *n.* 立足點: My last CD gave me a slight **foothold** as a singer. 我的上一張 CD 為我的歌手名聲打下基礎.

[複數] **footholds**

footing [ˋfutɪŋ] *n.* ① 腳下，站立處. ② 立場，立足地; 地位，關係.

[範例] ① Mind your **footing**. 請留神腳下.

② I am on an equal **footing** with him. 我與他處於平等的地位.

[複數] **footings**

footlights [ˋfʊtˌlaɪts] *n.*〔作複數〕(舞臺上的)腳燈.

footloose [ˋfʊtˌlus] *adj.* 自由自在的，無拘無束的: I am a **footloose** bachelor. 我是一個無拘無束的單身漢.

footman [ˋfʊtmən] *n.* (穿制服的)僕役《負責開門、關門、接待客人及提供服務》.

[複數] **footmen**

footnote [ˋfʊtˌnot] *n.* ① 註腳，附註《寫在書頁正文下方(foot)的註釋(note)》.
—— *v.* ② 加註腳.

[複數] **footnotes**

[活用] *v.* **footnotes**, **footnoted**, **footnoted**, **footnoting**

footpath [ˋfʊtˌpæθ] *n.* 小路，步道.

[複數] **footpaths**

footprint [ˋfʊtˌprɪnt] *n.* 腳印，足跡.

[複數] **footprints**

*footstep [ˋfʊtˌstɛp] *n.* ① 腳步 (聲). ② 足跡，腳印. ③ 一步的距離. ④ 階梯.

[範例] ① I heard his heavy **footsteps**. 我聽見他沉重的腳步聲.
② You should follow in the **footsteps** of your father. 你應該繼承你父親的衣缽.

[複數] **footsteps**

footwear [ˋfʊtˌwɛr] *n.* 腳上穿的東西《鞋、襪等》: We sell **footwear** in our shop. 我們商店販賣鞋類及襪類.

[參考] 意為「穿在腳上之物」，為商業用語，泛指鞋、靴子等所有鞋類及襪類.

**for [(強) ˋfɔr; (弱) fɚ] *prep.*

原義	層面	釋義	範例
為了	人、事物	為，對～而言	①
		代替，表示	②
		原因	因為，由於	③
向著	場所、位置	向，開往	④
	人、事物	求得	⑤
		贊成，支持	⑥
在～範圍內	時間、距離	在～期間，在～時候	⑦
	時間、數量	對～而言	⑧
	人、事物	作為	⑨

—— *conj.* ⑩ 因為，由於.

[範例] ① This present is **for** you. 這禮物是要給你的.
Paul, there's a call **for** you. 保羅，你的電話.
My brother has no ear **for** music. 我哥哥對音樂沒有鑑賞能力.
Eggs are good **for** your health. 蛋有益健康.
This problem is too difficult **for** me to solve. 這問題對我來說太難了.
For you to go to London is important. 對你而言去倫敦很重要.
It will be difficult **for** him to get up so early. 對他來說要這麼早起床很困難.
② I used this box **for** a desk. 我用這個箱子當桌子.
I paid £3 **for** my ticket. 我買票花了3英鎊.
What's the Italian word **for** "cat"? 義大利語中表示「貓」的字是甚麼?
N stands **for** North. N 表示北.
Mary spoke **for** the American delegation to Taiwan. 瑪麗代表美國到臺灣發表演說.
③ He jumped **for** joy. 他高興得跳了起來.
She pined away **for** lack of love. 她由於失戀而顯得憔悴.
The city is famous **for** its historic spots. 那個城市以古蹟聞名.
④ Ann has already left **for** school. 安已經去學校了.
That's the train **for** London. 那是開往倫敦的火車.
⑤ We have been waiting **for** a bus. 我們一直在等公車來.
What are you looking **for**? 你在找甚麼?
⑥ Are you **for** or against the revision of the Constitution? 你是贊成還是反對修憲?
I am **for** the president. 我支持總統.
⑦ I have been here on business **for** two months. 因為工作關係我已經在這裡待2個月了.
We have walked **for** 2 miles already. 我們已經走了2哩.
The children came home **for** Christmas. 那些孩子們回家過聖誕節.
⑧ That's all **for** today. 今天就到此為止.
Mary looks young **for** her age. 瑪麗看起來比實際年紀年輕.
⑨ We chose him **for** our leader. 我們推選他作領導人.
I, **for** my part, don't care who will join us. 就我來說，誰參加都無所謂.
James is dead; as **for** his friend Tonny, him too, I guess. 詹姆斯死了，至於他的朋友湯尼我想也死了吧.
⑩ The air is becoming more humid, **for** the rainy season is beginning. 雨季開始了，空氣也變得潮溼.

[片語] **as for** 至於，就～而言.(⇨[範例] ⑨)
for all 儘管，雖然: **For all** his efforts, he didn't succeed. 他很努力，可是沒成功.
For all the power he has, Jack's life is devoid of meaning. 傑克雖然有權力，但他的人生沒有甚麼意義.
for all I know 就我所知: He could be dead, **for all I know**. 就我所知，他大概已經死了.

forage [`fɔrɪdʒ] v. ① 尋找，搜尋：When she comes home, Mary **forages** in the refrigerator. 瑪麗一回到家馬上就翻冰箱.
——n. ② 飼料，糧草.
[活用] v. forages, foraged, foraged, foraging

forbade/forbad [fɚ`bæd] v. forbid 的過去式.

*__forbear__ [fɔr`bɛr] v. 克制，控制；忍受，忍耐.
[範例] I **forbore** from taking him to court because it was Christmas. 因為是聖誕節，我暫且不控告他.
I **forbore** revealing my true identity to Tina as I didn't trust her. 因為我不信任提娜，所以沒告訴她我的真實身分.
[活用] v. forbears, forbore, forborne, forbearing

forbearance [fɔr`bɛrəns] n. 自制，控制；忍耐：The actress showed **forbearance** in answering the reporters' rude questions. 那個女演員耐住性子回答那些記者無禮的問題.

*__forbid__ [fɚ`bɪd] v. 禁止.
[範例] Many Taiwanese schools **forbid** students to drive cars. 臺灣許多學校禁止學生開車.
The doctor **forbade** him drink. 醫生禁止他喝酒.
She **forbade** my joining the party. 她不讓我參加那個晚會.
Smoking is **forbidden** in the theater. 戲院內禁止吸菸.
[片語] *God forbid!* 但願 (此事) 不會發生!
[活用] v. forbids, forbade, forbidden, forbidding/forbids, forbad, forbidden, forbidding

forbidden [fɚ`bɪdn] v. ① forbid 的過去分詞.
——adj. ② 被禁止的.
♦ **forbidden frúit** 禁果 (上帝禁止亞當和夏娃吃的伊甸園裡智慧樹的果實).
forbidden gróund 禁止入內的場所；不得涉及的話題.

forbidding [fɚ`bɪdɪŋ] adj. (人) 冷峻的；險惡的；難以接近的.
[範例] The old house had a gloomy and **forbidding** appearance. 那棟舊房子有陰森可怕的外觀.
He has a **forbidding** manner. 他的樣子讓人望而生畏.
[活用] adj. more forbidding, most forbidding

forbore [fɔr`bor] v. forbear 的過去式.

forborne [fɔr`born] v. forbear 的過去分詞.

*__force__ [fors] n. ① 力量；權力；暴力；效果，效力. ② 有力量 (勢力) 的人 (物)；兵力，軍隊.
——v. ③ 迫使做，強迫，強制，強行.
[範例] ① Dracula rose from his death by **force** of will alone. 吸血鬼德古拉憑著的意志力復活了.

The sheer **force** of the blast decapitated her husband. 猛烈的爆炸把她丈夫的頭炸斷了.
I prized open the window by **force**. 我用力撬開那扇窗戶.
The emperor believed in the use of **force** to achieve his noble ends. 那位皇帝相信用權力可以實現自己崇高的目的.
Stalin and Hitler joined **forces** with each other to divide Poland. 史達林與希特勒為瓜分波蘭而相互合作.
The law has been in **force** since 1989. 那條法律自1989年起實施.
② Dr. King was a powerful **force** in the civil rights movement. 金恩博士是民權運動的有力人士.
The armed **forces** consist of the army, navy and airforce together. 三軍由陸軍、海軍、空軍組成.
He attacked the castle with a **force** of 80 mercenaries. 他率領由80名傭兵所組成的部隊攻擊那座城堡.
③ His mother **forced** him to go to a preparatory school. 他的母親強迫他上那所私立預備學校.
I **forced** myself to study, even though I didn't feel like it. 雖然我實在不想念書，但我還是強迫自己.
The young men **forced** their way to the front of the queue. 那些年輕人強行擠到隊伍最前面.
The decision was **forced** on me by events. 看情況我不得不服從決定.
The police **forced** a confession from the suspect. 警方強迫那名嫌犯招供.
[片語] *by force* 以武力；強迫地. (⇨ [範例] ①)
force on 迫使～接受，強加. (⇨ [範例] ③)
force ~'s way 強行. (⇨ [範例] ③)
in force ① 大批地，大舉地. ② 實行中；有效地. (⇨ [範例] ①)
join forces 合作，聯合. (⇨ [範例] ①)
[複數] forces
[活用] v. forces, forced, forced, forcing

forceful [`fɔrsfəl] adj. 強而有力的，堅強的.
[範例] That painting made a **forceful** impression on us. 那幅畫給我們留下強烈的印象.
Your speech was so **forceful** that it convinced all of us. 你的演講強而有力地說服了我們大家.
[活用] adj. more forceful, most forceful

forcefully [`fɔrsfəlɪ] adv. 強而有力地：**forcefully** explained my reasons for opposing the plan. 我強而有力地解釋我反對那項計畫的理由.
[活用] adv. more forcefully, most forcefully

forceps [`fɔrsəps] n. [多作複數] (外科、齒科用的) 鑷子，鉗子.

forcible [`fɔrsəbl] adj. [只用於名詞前] 強行的，強而有力的.
[範例] make a **forcible** entry into a house 強行進

入房屋。

The earthquake was a **forcible** reminder of how helpless we are against the powers of mother nature. 這次大地震使我們覺得我們對大自然的威力是何等地無能為力。

活用 *adj.* **more forcible**，**most forcible**

forcibly [`forsəblɪ] *adv.* 強制地，強行地：The man who tried to interrupt my speech was **forcibly** removed from the room by my supporters. 試圖妨礙我演說的那個人被我的支持者強行架出房間。

活用 *adv.* **more forcibly**，**most forcibly**

Ford [ford] *n.* 福特《姓氏》。

複數 **Fords**

ford [ford] *n.* ① 淺灘《可步行或乘車渡過的河流淺水處》。

——*v.* ② 涉水，渡過淺灘。

複數 **fords**

活用 *v.* **fords**，**forded**，**forded**，**fording**

fore [for] *adj.* ①〔只用於名詞前〕前面的，在前部的。

——*adv.* ② 在前地；在船頭。

——*n.* ③ 前面，前部。

範例 ① Berth 206 is in the **fore** part of the ship. 206鋪位在船的前部。

② Jones went **fore** to the bow. 瓊斯向船首方向走去。

③ As a playwright she didn't come to the **fore** until the 1930's. 她身為一位劇作家，在1930年代之前並不受人矚目。

片語 *fore and aft* 從船首到船尾，全船。

to the fore 在前面，處於顯著地位。(⇨ 範例 ③)

☞ ↔ hind

fore- *pref.* 事先；以前；前方：**fore**cast 預料；**fore**father 祖先；**fore**foot 前腳。

forearm [`for͵ɑrm] *n.* ① 前臂《手肘到手腕之間》。

——*v.* ② 事先做好準備。

參考 從肩膀到手肘稱作 upper arm (上臂)。

複數 **forearms**

foreboding [for`bodɪŋ] *n.* 不祥的預感，預兆：She had a strange **foreboding** that the plane would crash. 她心裡有墜機的不祥預感。

複數 **forebodings**

***forecast** [*v.* for`kæst；*n.* `for͵kæst] *v.* ① 預報，預測。

——*n.* ② 預報，預測。

範例 ① The weather report **forecasts** snow for tomorrow. 天氣預報明天會下雪。

We cannot **forecast** when the war will end. 我們無法預測戰爭何時結束。

② The weather **forecast** says that it will be fine tomorrow. 天氣預報明天將是晴天。

活用 *v.* **forecasts**，**forecast**，**forecast**，**forecasting**/**forecasts**，**forecasted**，**forecasted**，**forecasting**

複數 **forecasts**

forecastle/**fo`c`sle** [`foksl] *n.* ① 艏樓《位於船首比甲板突出的部分》。②（艏樓內的）水手艙。

➡ 充電小站 (p. 59)

複數 **forecastles**/**fo`c`sles**

forecourt [`for͵kort] *n.* ① 前庭。② 網球場靠近網的前半部。

複數 **forecourts**

forefather [`for͵faðɚ] *n.* 祖先，先人。

複數 **forefathers**

forefinger [`for͵fɪŋgɚ] *n.* 食指《亦作 first finger，index finger》。

複數 **forefingers**

forefront [`for͵frʌnt] *n.* 〔the ~〕最前線，最前面。

forego [for`go] =*v.* forgo.

foregoing [for`go·ɪŋ] *adj.* 前面的，上述的。

foregone [for`gɔn] *v.* ① forego 的過去分詞。

——*adj.* ② 先前的；既定的：a **foregone** conclusion 必然的結果。

foreground [`for͵graʊnd] *n.* ①（風景、繪畫的）前景。② 最顯著的位置：Announcing these campaign promises today will keep you in the **foreground** for weeks to come. 今天宣布的這些競選承諾將使你在數週內成為眾人矚目的焦點。

forehand [`for͵hænd] *adj.* ①（網球、桌球等的）正擊的，正手拍的。

——*n.* ② 正擊，正手拍。

☞ ↔ backhand

複數 **forehands**

***forehead** [`forɪd] *n.* 額頭，前額。

發音 亦作 [`for͵hɛd]。

字源 fore (前面的)＋head (頭)。

複數 **foreheads**

***foreign** [`forɪn] *adj.* ① 外國的，來自外國的。② 外交的，對外的。③ 外來的，異質的，不相容的。

範例 ① a **foreign** country 外國。

a **foreign** language 外國語言。

foreign goods 外國貨。

② the **Foreign** Minister 外交部長。

She came to England as a **foreign** correspondent. 她以特派記者的身分來到英國。

foreign affairs 外交事務。

foreign aid 外交援助。

③ The eyelashes help to prevent a **foreign** body from coming into the eye. 睫毛幫助防止異物進入眼睛。

◆ **fòreign exchánge** 外匯。

fòreign mínister (英國、美國以外的) 外交部長《英國的「外交部長」是 the Foreign Secretary，美國是 the Secretary of State》。

the Fóreign Óffice (英國的) 外交部。

***foreigner** [`forɪnɚ] *n.* 外國人。

參考 本字有「外來的與自己的國家不融洽」的語感，所以要表示「不是這個國家的人」之意時最好說 person from abroad (指一個人時)

或 people from abroad（兩個以上時）.
複數 **foreigners**

foreleg [`for͵lɛg] n. (四足動物的)前腿.
複數 **forelegs**

foreman [`formən] n. ① 領班, 工頭. ② 陪審團的主席.
複數 **foremen**

*__foremost__ [`for͵most] adj. ① 最先的, 首要的. ② 第一流的.
——adv. ③ 最前地, 首先.
範例 ① Who's **foremost** on the list of successors to the throne? 排在王位繼承人名單最前面的是誰?
② He is one of the world's **foremost** scientists. 他是全世界第一流的科學家之一.
③ He stumbled and fell head **foremost**. 他絆倒了, 且頭朝下.
Alice may be a good dramatist, but she is first and **foremost** a poet. 愛麗絲也許是個出色的劇作家, 但她最初是一個詩人.
片語 *first and foremost* 首先, 第一.(⇨ 範例 ③)

forensic [fə`rɛnsɪk] adj.〔只用於名詞前〕法庭的, 辯論的.

forerunner [for`rʌnə] n. 先鋒, 先驅; 預兆, 前兆.
複數 **forerunners**

foresaw [for`sɔ] v. foresee 的過去式.

*__foresee__ [for`si] v. 預知, 預測.
範例 The scientist **foresaw** this application of biotechnology. 那位科學家預測生物科技的這項應用.
That economist **foresaw** that prices would drop. 那位經濟學家預測物價將下跌.
Can you **foresee** what will happen to the hero of the story next? 你能預料這個故事的主角以後會發生甚麼事嗎?
活用 v. **foresees, foresaw, foreseen, foreseeing**

foreseeable [for`siəbl] adj. 可預見的; We'll need your help in the **foreseeable** future. 我們在不久的將來會需要你的幫忙.

foreseen [for`sin] v. foresee 的過去分詞.

*__foresight__ [`for͵saɪt] n. 遠見, 先見之明: The politician was far from a man of **foresight**. 那個政客是一個毫無遠見的人.

*__forest__ [`fɔrɪst] n. 森林; 森林地帶.
範例 Two thirds of Japan is made up of **forest**. 日本2/3的地是森林.
a **forest** of chimneys 煙囪林立.
複數 **forests**

forestall [for`stɔl] v. 搶先阻止: He hailed a taxi but a woman **forestalled** him. 他叫了一輛計程車, 可是被一個女子搶先上車.
活用 v. **forestalls, forestalled, forestalling**

forester [`fɔrɪstə] n. ① 林務官. ② 林場工人.
複數 **foresters**

forestry [`fɔrɪstrɪ] n. 森林學; 林業.

*__foretell__ [for`tɛl] v. 預言, 預測: Who can **foretell** what will happen tomorrow? 誰能預知明天將發生甚麼事呢?
活用 v. **foretells, foretold, foretold, foretelling**

forethought [`for͵θɔt] n. 深謀遠慮, 先見.

foretold [for`told] v. foretell 的過去式、過去分詞.

*__forever__ [fə`ɛvə] adv. 不斷地, 永久地《亦作 for ever》; 總是.
範例 I'll love you **forever**! 我將永遠愛你!
She's been on the phone **forever**. 她一直在講電話.
Ed is **forever** finding faults with others. 艾迪總是喜歡挑別人的毛病.

foreword [`for͵wɜd] n. 前言, 引言, 序《特指作者以外的人寫的》.
複數 **forewords**

*__forfeit__ [`fɔrfɪt] v. ① 被沒收; 喪失.
——n. ② 沒收物; 罰鍰; 喪失物.
範例 ① If you accept this out-of-court settlement, you **forfeit** the right to take any legal action related to this case. 如果你同意庭外和解, 你就喪失有關本案的所有行使法律行為的權利.
② My father's health was the **forfeit** of heavy drinking. 酗酒損害了我父親的健康.
活用 v. **forfeits, forfeited, forfeited, forfeiting**
複數 **forfeits**

forfeiture [`fɔrfɪtʃə] n. 喪失: Failure to properly fill out this form and send it in on time will result in **forfeiture** of admission into the university. 如果不能正確填寫這份表格, 並準時寄出, 你將喪失進入那所大學的權利.

*__forgave__ [fə`gev] v. forgive 的過去式.

forge [fɔrdʒ] n. ① 鍊冶場; 鐵匠鋪. ② 熔爐, 煉爐.
——v. ③ 編造, 偽造. ④ 鍛造, 打製. ⑤ 穩步前進.
範例 ③ Jack was arrested for **forging** a passport. 傑克因偽造護照而被逮捕.
④ A blacksmith showed us how to **forge** iron into a plowshare. 鐵匠給我們看他如何將鐵打製成犁頭.
⑤ The horse **forged** ahead at the end of the race. 那匹馬在比賽的最後階段迎頭趕上.
複數 **forges**
活用 v. **forges, forged, forged, forging**

forger [`fɔrdʒə] n. 捏造者, 偽造者.
複數 **forgers**

forgery [`fɔrdʒərɪ] n. ① 假貨, 贗品. ② 偽造; 偽造物.
範例 ① The painting was a **forgery**. 那幅畫是贗品.
② There's a stiff penalty for passport **forgery**. 對偽造護照實行嚴懲.
複數 **forgeries**

***forget** [fə`gɛt] v. 忘記，遺忘；忘記做．

[範例] I **forgot** his phone number. 我忘了他的電話號碼．

John **forgot** himself and ran into the principal's office. 約翰失態地跑進了校長的辦公室．

I'll never **forget** meeting the princess. 我將不會忘記見那位公主的事．

We **forgot** that we had sent him an invitation card. 我們忘記已發給他請柬了．

Don't **forget** your duty. 不要怠忽職守．

We shouldn't **forget** to send him an invitation card. 我們可不要忘了寄請柬給他．

Gosh, I **forgot** my umbrella! 天啊，我忘了帶傘!

He's **forgotten** his textbook again. 他又忘了帶教科書．

[片語] **Forget it**. 不要介意，沒關係，算了吧：
"Sorry, I broke your window." "**Forget it**."「對不起，我打破了你家的窗戶．」「沒關係．」

forget oneself ① 失態，忘形．(⇨[範例]) ② 為別人竭盡全力．

[參考] forget ～ing，forget that ～ 是忘記以前已做過某事．forget to ～ 是忘記去做某事．

♦ **forgét-me-nòt** 勿忘草．

☞ ↔ remember

[活用] v. **forgets**, **forgot**, **forgot**, **forgetting/ forgets**, **forgot**, **forgotten**, **forgetting**

forgetful [fə`gɛtfəl] adj. ① 健忘的，易忘的．② 忘卻的．③ 易疏忽的．

[範例] ① Please call him again. He is a **forgetful** person. 請再打電話給他．他是一個健忘的人．

② The professor is often **forgetful** of her students' names. 那位教授經常忘記學生的名字．

③ The boy is **forgetful** of his duties. 那個男孩怠忽職責．

[活用] adj. **more forgetful**, **most forgetful**

***forgive** [fə`gɪv] v. ① 原諒，寬恕；赦免．② 免除．

[範例] ① I'll never **forgive** him for his betrayal of me. 我決不寬恕他對我的背叛．

② His parents repeatedly **forgave** him his debts. 他的父母再三地免除他的債務．

[活用] v. **forgives**, **forgave**, **forgiven**, **forgiving**

***forgiven** [fə`gɪvən] v. forgive 的過去分詞．

forgiveness [fə`gɪvnɪs] n. 寬恕，原諒：The boy asked for **forgiveness** for telling a lie. 那個男孩對自己說謊一事請求原諒．

forgiving [fə`gɪvɪŋ] adj. 寬大的，寬容的，仁慈的：Jane has such a **forgiving** nature that she is liked by many students. 珍因為天性仁慈而受到許多學生喜愛．

[活用] adj. **more forgiving**, **most forgiving**

forgo [fɔr`go] v. (正式) 放棄，死心：I had to **forgo** my vacation because of the pressure of work. 因為工作忙，我必須放棄休假．

[參考] 亦作 forego．

[活用] v. **forgoes**, **forwent**, **forgone**, **forgoing**

forgone [fɔr`gon] v. forgo 的過去分詞．

***forgot** [fə`gɑt] v. forget 的過去式，過去分詞．

***forgotten** [fə`gɑtn] v. forget 的過去分詞．

***fork** [fɔrk] n. ① 叉；草叉，耙子《頂端有兩個以上分叉的帶柄工具》．② 分叉處；叉狀物；分岔；(腳踏車) 前輪上的分叉桿；音叉．
—— v. ③ 以叉叉起；以耙子耙．④ 分岔；成叉形．

[範例] ① a knife and **fork** 刀叉．

② I took the left **fork** of the road. 我在道路的分叉處向左走去．

the **fork** of a tree 樹的分枝處．

③ The farmers were **forking** hay into a wagon. 農夫們用耙子將乾草裝到馬車上．

④ This line **forks** at the next station. 這條路線在下一站分岔．

[片語] **fork out** 付錢：I had to **fork out** 100 dollars for speeding. 我因超速得付100美元．

♦ **fórk bàll** (棒球的) 指叉球．

[複數] **forks**

[活用] v. **forks**, **forked**, **forked**, **forking**

***forked** [fɔrkt] adj. 分叉的：a snake's **forked** tongue 蛇分叉的舌頭．

forklift [`fɔrk,lɪft] n. 堆高機：a **forklift** truck 鏟車，堆高機．

[複數] **forklifts**

***forlorn** [fə`lɔrn] adj. 被遺棄的；孤獨的；淒涼的；絕望的．

[範例] There is a **forlorn** look on his face. 他一臉愁容．

They live in that **forlorn** coastal village. 他們住在那荒涼的岸邊村莊．

It's a **forlorn** hope to have two cool summers in a row in Tokyo. 在東京，想要有連續兩年的涼爽夏天是不可能的．

[活用] adj. **more forlorn**, **most forlorn**

forlornly [fə`lɔrnlɪ] adv. 淒涼地；寂寞地，孤單地：He's standing there **forlornly** waiting for a date that's never going to show up. 他孤零零地站在那裡等待著永遠不會出現的約會對象．

[活用] adv. **more forlornly**, **most forlornly**

***form** [fɔrm] n.

原義	層面	釋義	範例
形狀	非實質而是表面的	形狀，姿態，姿勢，形體	①
	固定的	形式，書寫形式，表格	②
	穩定的	狀態，狀況	③
	學校的	學年，年級	④

—— v. ⑤ 形成；培養；排隊；構 (想)．

範例 ① The **forms** of animals on the wall were drawn four or five thousand years ago. 牆上動物的輪廓是四五千年前畫的.

She has a lovely **form**. 她的姿態很迷人.

I saw some kind of **form** in front of the house on the night the murder occurred. 那件殺人案發生的晚上, 我看到房子前面有一個形影.

Ice, snow and steam are **forms** of water. 冰、雪和蒸氣是水的各種形態.

Birds often fly together in the **form** of a V. 鳥經常呈 V 字形一起飛翔.

His swimming **form** is very good. 他游泳的姿勢非常美.

His extreme nervousness about proposing took the **form** of sweating and hiccuping. 對於求婚他極度緊張, 所以他既出汗又打嗝.

This medicine comes in two different **forms**—tablets and powder. 這種藥有藥片或粉末兩種形狀.

② Many people say "How are you?" as a matter of **form**, not as a real inquiry about your health. 人們說 "How are you?" 只是一種形式, 而不是真的詢問你的健康.

It's considered bad **form** not to look carefully at someone's business card when he gives it to you. 接受別人名片時, 如果不認真看是不禮貌的.

Please fill in this application **form**. 請填好這份申請表格.

The city hall was built in the **form** of a rococo palace. 那個市政廳是按洛可可式宮殿風格建造的.

He had a tattoo on his arm in the **form** of a fish. 他手臂上刺有魚形圖案.

③ Athletes exercise to keep in **form**. 運動選手們為了保持良好狀態而運動.

Judging by recent **form**, the team will win the championship. 從最近的狀態來看, 那個隊伍一定能贏得冠軍.

My favorite comedian was in fine **form** last night—he had us rolling in the aisles. 我最喜歡的喜劇演員昨天晚上演得太好了, 使得我們捧腹大笑.

I've been out of **form** recently. 我最近身體狀況不好.

④ They are in the sixth **form**. 他們是六年級學生.

⑤ A tornado **formed** over the village, but fortunately it never touched down. 村子上空有龍捲風形成, 所幸沒有著陸.

The idea of studying abroad began to **form** in my mind. 我心中出現了出國留學的念頭.

Proper discipline helps to **form** a child's character. 適當的紀律有助於培養孩子的人格.

Bakers **form** dough into loaves. 麵包師傅將麵糰做成麵包.

Ketchup, mayonnaise, and relish **form** the main ingredients of her homemade dressing. 番茄醬、美乃滋及佐料就是她自製調味醬的主要材料.

The soldiers **formed** into a line. 那些士兵排成了一列.

片語 **as a matter of form** 形式上, 禮貌上. (⇨ 範例 ②)

in the form of 以~的形式. (⇨ 範例 ①)

複數 **forms**

活用 v. **forms, formed, formed, forming**

****formal** [`fɔrml] adj. ① 正式的. ② 拘泥於形式的.

範例 ① The new ambassador paid a **formal** call on the President. 那位新大使對總統進行了正式訪問.

wear **formal** dress 穿著正式禮服.

② His speech was stiff and **formal**. 他的演說一本正經且拘泥於形式.

活用 adj. ② **more formal, most formal**

***formality** [fɔr`mælətɪ] n. ① 拘泥形式; 禮節; 正式手續. ② 僅僅是形式上的事.

範例 ① There's no need for **formality** at these meetings. 在這些會議上不必拘泥於形式.

After going through a few **formalities**, you'll get your loan today. 只要通過幾項手續, 你今天就可以拿到貸款.

② The inspection was just a **formality**. 那種檢查只是一種形式.

複數 **formalities**

formally [`fɔrmlɪ] adv. ① 正式地: You are **formally** charged. 你被正式地控告了. ② 拘泥形式地.

活用 adv. ② **more formally, most formally**

format [`fɔrmæt] n. ① 版式, 開本. ②（電視節目的）安排, 計畫. ③（電腦的）格式, 資料的編排.

—— v. ④ 使格式化.

複數 **formats**

活用 v. **formats, formatted, formatted, formatting**

formation [fɔr`meʃən] n. ① 構成, 形成, 組成. ② 構成物, 隊形, 編隊.

範例 ① Reading this book could have a positive influence on the **formation** of your child's moral character. 讀這本書對你孩子品德的形成有正面的影響.

② Six aircraft are flying in **formation**. 6架飛機正在進行編隊飛行.

複數 **formations**

formative [`fɔrmətɪv] adj. 促進發展的, 形成的: Home and school are the chief **formative** influences in a child's life. 在孩子的生命中, 家庭和學校是影響他們發展的主要地方.

***former** [`fɔrmə] adj. ①〔只用於名詞前〕以前的, 在前的. ②〔the ~〕前者的.

範例 ① Mr. Benson is a **former** executive of the company. 班森先生是那家公司以前的負責人.

② Should we encourage our citizens to reduce the amount of trash or build a new incinerator?

In my opinion the **former** seems to be more effective. 是應該鼓勵市民減少垃圾量還是興建新的垃圾焚化爐呢？ 我認為前者似乎比較有效。

☞ ↔ latter

***formerly** [`fɔrmə·lɪ] *adv.* 從前，過去: **Formerly** this river was clean enough to swim in. 過去，這條河乾淨得可以在裡面游泳。

***formidable** [`fɔrmɪdəb!] *adj.* ① 可怕的。② 棘手的，難對付的。

範例 ① He begins to look very **formidable** when he gets angry. 他一生氣，臉色就變得可怕。

② I know he is a **formidable** opponent。But I'll beat him in 2 rounds. 我知道他是一個難對付的對手，但我會在兩個回合內打倒他。

活用 *adj.* **more formidable, most formidable**

formidably [`fɔrmɪdəblɪ] *adv.* ① 可怕地。② 棘手地，難對付地。

活用 *adv.* **more formidably, most formidably**

***formula** [`fɔrmjələ] *n.* ①（數學的）公式。（化學的）分子式。② 定則，一定的方式；客套話。③ 處方，配方。④ 賽車的等級。

範例 ① The **formula** for finding the area of a circle is πr^2. 求圓面積的公式是 πr^2。（πr^2 讀作 pi r squared）

The chemical **formula** for water is H_2O. 水的化學式是 H_2O。

② There is no **formula** for success. 沒有邁向成功的固定作法。

"Thank you" and "Excuse me" are social **formulas**.「謝謝」與「對不起」是社交上的客套話。

③ a secret **formula** for a new medicine 新藥的祕密配方。

④ **Formula** One 一級方程式賽車/F1《引擎排氣量為1,500-3,000cc 的賽車》。

複數 **formulas/formulae**

formulae [`fɔrmjə‚li] *n.* formula 的複數形。

formulate [`fɔrmjə‚let] *v.* ① 用公式表示；明確地表示。② 規劃。

活用 *v.* **formulates, formulated, formulated, formulating**

formulation [‚fɔrmjə`leʃən] *n.* ① 明確陳述；公式化。② 有系統的陳述。

複數 **formulations**

***forsake** [fə·`sek] *v.* ① 遺棄，拋棄。② 放棄。

範例 ① The man **forsook** his wife and went abroad with another woman. 那個男人遺棄自己的妻子，與另一個女人去國外了。

② The doctor **forsook** his ideals for moneymaking. 那個醫生為了賺錢放棄自己的理想。

活用 *v.* **forsakes, forsook, forsaken, forsaking**

***forsaken** [fə·`sekən] *v.* forsake 的過去分詞。

***forsook** [fə·`suk] *v.* forsake 的過去式。

***fort** [fort] *n.* 堡壘，要塞。

片語 ***hold the fort*** 堅守崗位；暫時代理職務: When my boss goes out, I have to **hold the fort**. 上司外出時，我必須暫代職務。

複數 **forts**

forte [① fort；② `fɔrtɪ] *n.* ① 特長，專長。② 強音。

——*adj.*, *adv.* ③ 強音的；用強音《略作 f》。

☞ ② ③ ↔ piano

***forth** [forθ] *adv.* ① 向前；往外，露出。②（時間上）以後。

範例 ① He opened the box and brought **forth** an old map. 他打開那個箱子，取出了一張舊地圖。

② From that day **forth** he lived alone with his dog. 從那天之後，他就只和他的狗相依為命。

片語 ~ **and so forth** ~等。
back and forth 來回地，往復地。

forthcoming [`forθ`kʌmɪŋ] *adj.* ①〔只用於名詞前〕即將出現的，即將到來的。②〔不用於名詞前〕現成的，隨時可得的。③〔不用於名詞前〕友善的；合作的。

範例 ① The leaflet lists **forthcoming** plays at the theater. 傳單上列舉著劇場即將上演的戲劇。

② The information you need is not easily **forthcoming**. 你需要的資料並非輕易可以得到的。

③ Grace wasn't **forthcoming** about her family. 葛莉絲不想談及她的家庭。

活用 *adj.* ③ **more forthcoming, most forthcoming**

forthwith [forθ`wɪθ] *adv.* 立即，馬上: Stephen volunteered for military service **forthwith**. 史蒂芬立即志願入伍服役。

fortieth [`fɔrtɪɪθ] *n.* ① 第40（個）。② 1/40: three **fortieths** 3/40。

複數 **fortieths**

fortification [‚fɔrtəfə`keʃən] *n.* ① 防禦工事。② 防禦，築城，設防。

複數 **fortifications**

fortify [`fɔrtə‚faɪ] *v.* ① 設防，加強防禦。② 強化（以維生素等）強化食品的營養；（以酒精）提神。

範例 ① They **fortified** the city against surprise attack. 他們加強了城市的防禦以防突來的襲擊。

② The young man **fortified** himself with a glass of whisky. 那個年輕人喝了一杯威士忌來提神。

活用 *v.* **fortifies, fortified, fortified, fortifying**

fortitude [`fɔrtə‚tjud] *n.* 堅毅，不屈不撓: The young soldier bore his pain with great **fortitude**. 那個年輕的士兵極度堅強地忍受痛苦。

***fortnight** [`fɔrtnaɪt] *n.* 兩星期，兩週。

範例 My wife is going away for a **fortnight**. 我太太將有兩個星期不在家。

She left for New York after a **fortnight**'s stay in London. 她滯留倫敦兩星期後前往紐約.
Monday **fortnight** 兩週前の〔後〕的星期一.
字源 原為第14夜(fourteen nights)之意.
複數 **fortnights**

fortnightly [`fɔrtnaɪtlɪ] *adj.*, *adv.* 每兩星期一次的〔地〕, 每隔兩星期的〔地〕. wages paid **fortnightly** 每兩星期發一次薪水.

***fortress** [`fɔrtrɪs] *n.* 要塞, 堡壘《比 fort 規模大的永久性要塞, 駐有守備部隊》.
複數 **fortresses**

***fortunate** [`fɔrtʃənɪt] *adj.* 幸運的, 運氣好的.
範例 I was **fortunate** enough to be picked up just before the snowstorm started. 我很幸運地在暴風雪來之前獲救了.
It was very **fortunate** for him that he got to the small village in that heavy rain. 他很幸運地在大雨之中到達了那個小村莊.
☞ ↔ unfortunate
活用 *adj.* **more fortunate**, **most fortunate**

***fortunately** [`fɔrtʃənɪtlɪ] *adv.* 幸運地, 幸好:
I was lost in that strange city, but **fortunately** a boy showed me the way to my hotel. 我在陌生的城市裡迷了路, 幸好有一個男孩告訴我去旅館的路.
活用 *adv.* **more fortunately**, **most fortunately**

***fortune** [`fɔrtʃən] *n.* ① 運氣, 命運. ② 幸運; 成功. ③ 財富, 財產.
範例 ① She has the good **fortune** of having a thoughtful husband. 她很幸運有一個體貼的丈夫.
He tried his **fortune** in the real estate business. 他將自己的命運押在房地產上.
I had my **fortune** told. 我去算命了.
Fortune favors the brave. 《諺語》命運女神眷顧勇者.
② He came here to seek his **fortune**. 他為追求成功而來到此地.
③ a man of **fortune** 富人.
He foolishly dreamed of making a **fortune** in horse-racing. 他愚蠢地夢想靠賭馬發財.
片語 *a small fortune* 一筆錢.
by good fortune 幸運地.
tell ~'s fortune 算~的命. (⇨ 範例 ①)
複數 **fortunes**

fortune-teller [`fɔrtʃən‚tɛlɚ] *n.* 算命者, 看相者.
複數 **fortune-tellers**

***forty** [`fɔrtɪ] *n.* ① 40 (個). ② [~ies] 40多歲《40到49歲》; 40年代.
範例 ② My father was born in the nineteen **forties**. 我的父親生於1940年代.
She is in her **forties**. 她40多歲.
複數 **forties**

***forum** [`forəm] *n.* ① 公開討論的園地. ② (古羅馬的) 公共集會廣場.
複數 **forums**

***forward** [`fɔrwɚd] *adv.*, *adj.*

原義	層面	釋義			
		adv.	範例	*adj.*	範例
向前方	空間	向前	①	前面的, 向前的	④
	時間	將來, 未來; 提前	②	快的, 早的; 早熟的; 進步的	⑤
	態度	向外地; 明顯地	③	魯莽的; 好求表現的	⑥

──*v.* ⑦ 轉寄; 助長, 促進.
──*n.* ⑧ (足球、籃球等的) 前鋒.
範例 ① The girl stepped **forward** to see the traffic accident better. 那個女孩向前走以便看清楚那起交通事故.
He leaned **forward** to smell the flower. 他彎身向前聞花香.
② I'll never see her again from this day **forward**. 從今以後我再也不會見到她.
Look **forward** to the future instead of thinking about the past. 與其想過去的事, 不如想想將來.
The time of the meeting has been brought **forward** from 10 to 9. 開會時間由10點提前到9點.
③ Tomorrow Congress will put **forward** a new plan to clean up the nation's toxic waste sites. 明天國會將會提出國家對有毒廢棄物拋棄場的淨化方案.
④ It's against the rules to stop another player's **forward** movement. 阻止其他球員前進是犯規的.
The **forward** part of the train is for first-class passengers only. 火車的前面部分供頭等車廂乘客專用.
⑤ I predicted the crops would be **forward** this year. 我估計今年的農作物將會早熟.
⑥ I think she's a bit **forward**. 我認為她有點好出風頭.
Tom was always **forward** in helping others. 湯姆總是主動幫助他人.
⑦ Please **forward** our post to our new home. 請把我們的郵件轉寄到我們的新居.
He's going to night school to get a degree in order to **forward** his career. 他為了助長自己的事業而準備讀夜校取得學位.
參考 作副詞時亦作 forwards.
活用 *v.* **forwards**, **forwarded**, **forwarded**, **forwarding**
複數 **forwards**

forwards [`fɔrwɚdz] *adv.* ① 向前. ② 未來, 將來; 提前. ③ 明顯地; 表面地; 魯莽地.

forwent [fɔr`wɛnt] *v.* forgo 的過去式.

fossil [`fasl] *n.* ① 化石. ② 老頑固, 食古不化的人; 過時的想法或事物.

♦ **fóssil fùel** 化石燃料，礦物燃料《石油、天然氣等》．

òld fóssil 老頑固，食古不化的人．

[複數] **fossils**

fossilize [ˋfɑslˏaɪz] v. ① （使）變成化石． ②（使）變得古板或頑固．

[活用] v. **fossilizes**, **fossilized**, **fossilized**, **fossilizing**

＊**foster** [ˋfɔstɚ] v. ① 養育，撫育；看護，照顧．
——adj. ② 養育的，收養的．

[範例] ① Mr. and Mrs. White **fostered** Mary, who lost her parents in an accident. 懷特夫婦撫養因車禍失去雙親的瑪麗．
John **fostered** a hope of becoming a race car driver. 約翰的理想是成為一名賽車手．
Dirty hands **foster** disease. 髒手是疾病之源．
② a **foster** brother 義兄弟．
a **foster** child 養子〔女〕．
a **foster** father 養父母．

[活用] v. **fosters**, **fostered**, **fostered**, **fostering**

fought [fɔt] v. fight 的過去式、過去分詞．

＊**foul** [faʊl] adj. ① 污穢的，骯髒的，惡臭的． ② 邪惡的；犯規的，違例的．③（天氣）惡劣的．
④ 令人極度厭惡的，討厭的；極為不愉快的．
——n. ⑤（體育運動的）犯規，違例．
——v. ⑥ 弄髒，污染．⑦（體育運動中）犯規，違例．

[範例] ① There is a **foul** stench coming from the basement. 從地下室飄來一股惡臭．
② Murder is a **foul** crime. 殺人是邪惡的罪行．
③ **Foul** weather prevented us from going on a hike. 惡劣的天氣使我們無法去健行．
④ Watch out for the boss—he's in a **foul** mood. 小心老闆，他今天心情很不好．
⑤ He committed three **fouls** in the basketball game. 他在那場籃球比賽中犯規3次．
⑥ The sea was **fouled** by the oil spilled from the tanker. 大海被那艘油輪的漏油污染了．
⑦ The football player was so clumsy that he **fouled** twice and got a yellow card. 那個足球球員相當差勁，在比賽中兩次犯規並且得到黃牌警告．

♦ **fóul pláy** ① 犯規．② 犯罪，謀殺．

[活用] adj. **fouler**, **foulest**

[複數] **fouls**

[活用] v. **fouls**, **fouled**, **fouled**, **fouling**

foully [ˋfaʊllɪ] adv. 污穢地，不潔地；邪惡地，不正地．

[活用] adv. **more foully**, **most foully**

＊**found** [faʊnd] v. ① find 的過去式、過去分詞．
② 設立，創立；以～為根據．

[範例] ② Our company was **founded** in 1897. 我們公司創立於 1897 年．
They **founded** a new hospital. 他們創立了一所新醫院．
His theory was **founded** on facts. 他的理論是以事實為基礎．

[活用] v. ② **founds**, **founded**, **founded**,

founding

＊**foundation** [faʊnˋdeʃən] n. ① 根據． ② 設立，創立，成立．③ 基金，基金會．④〔~s〕根基，基礎；地基．

[範例] ① The article was not without some **foundation**. 那篇報導並非沒有根據．
② The **foundation** of this university took place 100 years ago today. 這所大學創立於100年前的今天．
③ the Ford **Foundation** 福特基金會．
④ The workmen are laying the **foundations** of the new hospital. 那些工人正在建造新醫院的地基．

[複數] **foundations**

founder [ˋfaʊndɚ] n. ① 創始人，創造者．
——v. ②（船）沉沒．③ 失敗；崩潰．

[複數] **founders**

[活用] v. **founders**, **foundered**, **foundered**, **foundering**

foundry [ˋfaʊndrɪ] n. 鑄造工廠．

[複數] **foundries**

＊**fountain** [ˋfaʊntn] n. ① 噴泉，噴水池．② 噴出．③ 來源，泉源．

[範例] ① This park is famous for its beautiful **fountains**. 這個公園以美麗的噴水池聞名．
② A **fountain** of blood shot up from her neck and Dracula gladly drank it. 她的脖子血流如注，吸血鬼德古拉高興地吮吸著．
③ Your lovely smile is a **fountain** of cheer. 你可愛的笑容是歡樂的源泉．

♦ **fóuntain pèn** 自來水筆．

[複數] **fountains**

＊**four** [for] n. 4（個）．

[片語] **on all fours** 四肢著地，匍匐著．

♦ **fòur-leaf clóver** 四葉苜蓿．

[參考] 有時指四槳艇或四槳艇選手．

[複數] **fours**

fourscore [ˋforˋskor] n.《正式》80（個）．

＊**fourteen** [forˋtin] n. 14（個）．

[複數] **fourteens**

fourteenth [forˋtinθ] n. ① 第14（個）． ② 1/14；three **fourteenths** 3/14．

[複數] **fourteenths**

＊**fourth** [forθ] n. ① 第4（個）． ② 1/4；three **fourths** 3/4．

♦ **the fòurth diménsion** 第4度空間．
the Fòurth of Júly 美國獨立紀念日《7月4日；亦作 Independence Day, the Fourth》．

[複數] **fourths**

＊**fowl** [faʊl] n. ① 雞，雞肉；We keep some **fowls** in the yard. 我們在庭院裡養了幾隻雞．② 家禽《雞、鴨、鵝、火雞等被飼養的鳥類》．

[複數] **fowl/fowls**

＊**fox** [fɑks] n. ① 狐，狐狸，雄狐；狐皮．② 狡猾的人．
——v. ③ 欺騙；使糊塗．

[範例] ① That man is as sly as a **fox**. 那個男子狡猾得像隻狐狸．

簡介輔音群 fr- 的語音與語義之對應性

fr- 是由唇齒清擦音 /f/ 與齒齦捲舌音 /r/ 組合而成. 但發 r 音時, 舌頭有點捲曲, 其費力的程度強過 l, 與 f 組合則增強 f 的摩擦度.

(1) 本義表示「摩擦」:
friction 摩擦, 衝突
fricative 摩擦音
fray 摩破, 磨細 (布、繩索等)
fret 使磨損; 擦傷 (皮膚)
frazzle 磨損, 摩破

(2) 發 [f] 音吐氣很強, 而發 [r] 音舌頭有點捲曲, 二者結合在一起, 發音時需要費點力氣. 因此本義為象徵「需要費點力氣的人、物或甚至動作」:
friend 朋友《患難時需要出錢出力》
froward 固執的《擇善而從之, 需要毅力》
frank 坦白的, 直言不諱的《不容易, 需要道德勇氣》
freight 貨物運送《需花費很多力氣》
defrost 使 (冷凍的魚肉等) 解凍《凍結、解凍的程度視大自然費力的程度》
freeze 凍結
frigid 嚴寒的
frisk 跳躍, 雀躍
frog 青蛙《跳時後腿要強有力》

(3) 發 r 音比發 l 音費力甚多, 所用之力足以讓摩擦之物曲皺甚至碎裂, 破裂. 若人與人之間摩擦的結果會導致失和、生氣、受驚; 嚴重的甚至吵架、打架、情緒瘋狂. 因此 fr- 引申含有「曲皺、碎裂、打鬧、易怒、驚嚇、瘋狂」之意味:
frizzle 使 (毛髮) 鬈曲
frown 皺眉頭《如見到下一個單字字義就會皺眉頭》
frowzy (人、服裝等) 骯髒的, 邋遢的; (房間等) 霉臭的
froth (啤酒等的) 泡沫
fraction 片段; (數學的) 分數
fracture 裂縫, 裂口
fragment 碎片, 破片
fragile 易碎的
friable (岩石、泥土等) 易粉碎的
frailty 脆弱易碎《Frailty, thy name is woman. 弱者, 妳的名字是女人.》
fractious (人) 易怒的; (動物) 難駕馭的
fracas 打鬧, 吵架
fray 爭吵
affray (在公共場所) 打架
frighten 驚嚇
afraid 害怕的《中古英文 affrayed 其義為「受驚嚇的」, 而其形逐漸演變成現在的拼法》
fret 使苦惱; 焦慮不安
frantic (痛苦、生氣等) 狂亂的
frenzy 瘋狂, 狂亂
frenetic 發狂似的

③ His rapid explanation **foxed** me. 他快速的說明把我弄糊塗了.
[參考] (1) 在歐美被認為是「狡猾的」動物. (2) 雌狐作 vixen.
♦ **fòx térrier** 獵狐狗《原產於英國的中型獵犬; 過去被用於將狐狸 (fox) 從洞穴中趕出來》.
[複數] foxes

[fox terrier]

[活用] v. foxes, foxed, foxed, foxing
foyer [ˋfɔɪɚ] n. (旅館或戲院的) 休憩處, 門廳.
[複數] foyers
*****fraction** [ˋfrækʃən] n. ① 小部分, 少許, 微量. ② (數學的) 分數.
[範例] ① The electricity bill is only a **fraction** of what I thought it would be. 電費帳單上的金額比我想像的要少得多.
The window opened a **fraction**. 那扇窗戶開了一個小縫.
I can't find a **fraction** of truth in what he said! 我認為他說的話沒有一點是真的!
② 1/3 and 7/8 are **fractions**. 1/3和7/8是分數.
a decimal **fraction** 小數.
♦ **còmmon fráction/vùlgar fráction** 普通分數《分子、分母用整數表示的分數》.
impròper fráction 假分數《分母

(denominator) 小於分子 (numerator) 的分數, 如9/4》.
pròper fráction 真分數《相對於帶分數 (mixed number) 和假分數 (improper fraction) 的普通分數, 如4/9》.
➡ [充電小站] (p. 503)
[複數] fractions
fractional [ˋfrækʃən!] adj. 小的, 微小的: There is a **fractional** difference in price between these clothes and those. 這些衣服與那些在價格上有微小的差別.
[活用] adj. more fractional, most fractional
fracture [ˋfræktʃɚ] n. ① 骨折; 破損; 裂口, 裂縫.
——v. ② 骨折; 破損, 破碎.
[範例] ① a simple **fracture** 單純性骨折.
a compound **fracture** 複雜性骨折.
a **fracture** in the gas pipe 瓦斯管的裂縫.
② Mr. Anderson fell and **fractured** his left leg. 安德森先生跌斷了左腿.
[複數] fractures
[活用] v. fractures, fractured, fractured, fracturing
*****fragile** [ˋfrædʒəl] adj. ① 脆的; 脆弱的, 易碎的. ② 體弱的, 虛弱的.
[範例] ① Her sensibility is very **fragile**. 她的感情很纖細脆弱.

② You are looking a bit **fragile** today. 你今天看起來身體狀況不太好.
活用 *adj.* **more fragile**, **most fragile**

fragility [fræ`dʒɪlətɪ] *n.* 脆弱; 虛弱; 易破損.

*fragment [`frægmənt] *n.* ① 破片, 碎片, 斷片; 片段.
——*v.* ② 打碎, 打破; 破碎, 減弱.
範例 ① The wineglass broke into **fragments**. 那個葡萄酒杯破成碎片.
He could catch only **fragments** of their quiet conversation. 他只聽到他們悄悄話的片段.
② After the death of its leader the movement **fragmented**. 那項運動在領袖過世之後勢力就減弱了.
複數 **fragments**
活用 *v.* **fragments**, **fragmented**, **fragmented**, **fragmenting**

fragmentary [`frægmən,tɛrɪ] *adj.* ① 不完整的, 片段的. ② 破碎的, 碎片的.
範例 ① His knowledge of astrophysics is **fragmentary**. 他在天文物理學方面的知識並不完整.
② In the attic he found some **fragmentary** pieces of an old vase. 他在閣樓發現一些舊花瓶的碎片.
活用 *adj.* **more fragmentary**, **most fragmentary**

fragmentation [,frægmə`teʃən] *n.* 破碎, 殘破; 分裂.

fragrance [`fregrəns] *n.* 芬芳, 芳香, 香氣: Lavender has a delicate **fragrance**. 薰衣草散發出幽香.
複數 **fragrances**

*fragrant [`fregrənt] *adj.* 芳香的, 馥郁的: The spring breeze was warm and **fragrant**. 春風溫暖而芳香.
活用 *adj.* **more fragrant**, **most fragrant**

*frail [frel] *adj.* ①（身體）虛弱的. ② 易碎的, 不堅實的, 不結實的, 不牢固的.
範例 ① The girl was so **frail** that her mother was always worried about her health. 那個女孩身體很虛弱, 她母親總是擔心她的健康狀況.
② You had better not use that **frail** ladder. 你最好不要用那個不牢固的梯子.
活用 *adj.* **frailer**, **frailest**

frailty [`freltɪ] *n.* ① 虛弱. ② 脆弱. ③ 缺點.
範例 ① His **frailty** prevented him from attending his own son's graduation ceremony. 他身體虛弱, 連自己兒子的畢業典禮也無法參加.
③ All people have certain **frailties**. 人都有缺點.
複數 **frailties**

*frame [frem] *n.* ① 框架,（眼鏡等的）框; 骨架; 體格. ②（底片的）一格畫面. ③（園藝用的）禦寒玻璃罩, 溫室框架.
——*v.* ④ 鑲入框裡; 使適合. ⑤ 擬定, 想出（計畫）. ⑥ 陷害, 誣陷.
範例 ① the **frame** of a window 窗框
The **frame** of the building will be completed in

two weeks. 那座大樓的骨架將在兩週內完成.
My sister has a slender **frame**. 我妹妹身材很苗條.
④ She **framed** the picture. 她將那幅畫裱框.
⑤ Smith has **framed** a new proposal. 史密斯提出一個新計畫.
⑥ He must have been **framed** by his enemy. 他一定是被他的仇人陷害了.
片語 ***frame of mind***（一時的）情緒, 心情: He was in the wrong **frame of mind** to discuss the matter. 他沒有心情討論那件事.
♦ **fráme-úp** 陷害, 誣陷, 捏造.
複數 **frames**
活用 *v.* **frames**, **framed**, **framed**, **framing**

*framework [`frem,wɜk] *n.* 骨架, 支架; 組織, 體制; 結構, 構造.
範例 a steel **framework** 鋼架.
the **framework** of society 社會組織.
複數 **frameworks**

franc [fræŋk] *n.* 法朗《法國、瑞士、比利時等國的貨幣單位; 略作 fr., f.》.
複數 **francs**

*France [fræns] *n.* 法國《☞ 附錄「世界各國」》.

franchise [`fræntʃaɪz] *n.* ① 選舉權, 參政權. ② 經銷《獨家銷售》權《公司給與其他地區製造商或貿易商的製造、銷售權》.
複數 **franchises**

*frank [fræŋk] *adj.* ① 坦白的, 坦率的, 毫不掩飾的.
——*v.* ② 加蓋郵資已付的戳記.
範例 ① To be **frank** with you, I too think you're an alcoholic. 老實跟你說, 我也認為你是一個酒鬼.
Let me hear your **frank** opinion. 請坦白說出你的意見.
Your **frank** remarks started an intense debate. 你直言不諱地發言引起了熱烈的討論.
② Letters are **franked** by machine. 信上被機器加蓋了郵資已付的戳記.
字源 源於從6世紀中葉起統治法國到德國廣大地區的法蘭克族(the Franks). 當時在高盧地區 (Gaul) 只有法蘭克族是自由的, 所以最初被用作「自由的」之意.
活用 *adj.* **franker**, **frankest**
活用 *v.* **franks**, **franked**, **franked**, **franking**

frankfurter [`fræŋkfɚtɚ] *n.* 法蘭克福香腸.
複數 **frankfurters**

frankly [`fræŋklɪ] *adv.* 坦白地, 率直地, 坦率地, 毫不掩飾地.
範例 You should admit your mistake **frankly**. 你應該坦白地承認錯誤.
Frankly speaking, I don't like movies. 坦白說, 我不喜歡看電影.
活用 *adv.* **more frankly**, **most frankly**

frankness [`fræŋknɪs] *n.* 坦白, 坦率: Your **frankness** relieved the tension in the room. 你的坦率緩和了房間裡的緊張氣氛.

frantic [`fræntɪk] *adj.* 發狂的, 狂亂的, 瘋狂

充電小站

分數 (fraction)

【Q】分數在中文中是先讀分母後讀分子，例如 2/5 讀作「5分之2」．相反地，英語中是先讀分子後讀分母，如 two fifths．但是為甚麼英語中不用 five 這個字呢？為甚麼要用 fifth 並且用複數形呢？

【A】首先，來看 fifth 的意思，它的意思是「第5個」，例如 Fifth Avenue（美國紐約市曼哈頓的一條大街的街名，即「第5大道」）．

可是，後來 fifth 在14、15世紀時又被用作「5等分的」之意，並且用在 part 之前，而 a fifth part 意思是「一個 (a) 5 等分的 (fifth) 部分 (part)」，即「5分之1」，不久後省略了 part，僅用 a fifth 來表示「5分之1」．

那麼，「兩個5分之1」該怎麼說呢？一本書作 a book，兩本書作 two books，所以用 two fifths 來表示「兩個5分之1」，也就是「5分之2」．

請記住，third，fourth，sixth，seventh，…等除了「第～個」之外，還有「～分之1」之意．但是，表示「第2個」的 second 沒有2分之1的意思，所以2分之1則用表示「一半」的 half．

現在介紹幾個與分數有關的字供大家參考．「分數」說 fraction，原為「破片，斷片」之意，相對於分數的「整數」作 integer 或者 whole number．

分子	numerator
分母	denominator
普通分數	common fraction，vulgar fraction
繁分數	complex fraction，compound fraction
真分數	proper fraction
假分數	improper fraction
帶分數	mixed number

另外，小數作 decimal fraction，意為「10 進位制的 fraction」，有時也略作 decimal．

的．

範例 We were **frantic** with worry about our lost son. 我們為失蹤的兒子擔心得快發瘋了．
I was in a **frantic** rush to rescue her. 我匆忙地衝出去救她．

活用 adj. **more frantic**，**most frantic**

frantically [`fræntɪklɪ] adv. 發瘋地，瘋狂地．

活用 adv. **more frantically**，**most frantically**

fraternal [frə`tɝnl] adj.〔只用於名詞前〕① 兄弟的，兄弟般的．② 友愛的，友好的．

範例 ① Mary is upset about her two sons always competing each other. I told her it's just harmless **fraternal** rivalry. 瑪麗正為她兩個孩子總是互相競爭而生氣．我告訴她那不過是無害的兄弟競爭意識罷了．
② There is a strong **fraternal** relationship building between them. 他們之間有著深厚的友誼．

活用 adj. ② **more fraternal**，**most fraternal**

fraternity [frə`tɝnətɪ] n. ① 友愛，博愛；兄弟關係，手足之情．② 宗教團體，共濟會；同行，同業．③〖美〗兄弟會《大學男生間的一種組織》．

範例 ① The three colors of the flag mean liberty, equality, and **fraternity**. 那個旗幟的三種顏色象徵自由、平等、博愛．
② Jim is a member of the banking **fraternity**. 吉姆是銀行同業公會的一員．

複數 **fraternities**

fraternize [`frætə͵naɪz] v. 使親如兄弟，使親密地交往，親善，友好．

範例 George **fraternized** with the boys. 喬治與那些男孩的關係親密．
He was punished for **fraternizing** with an enemy civilian. 他因為與敵國市民過從甚密而受處罰．

活用 v. **fraternizes**，**fraternized**，**fraternized**，**fraternizing**

fraud [frɔd] n. ① 欺詐，欺騙，詐騙．② 騙子，騙人的事物，假貨；詐騙行為．

範例 ① The old man was arrested for **fraud**. 那個老人因詐欺被捕．
② He claims to be an expert, but he's really nothing but a **fraud**. 他自稱自己是專家，實際上只是一個冒牌貨．

複數 **frauds**

fraudulent [`frɔdʒələnt] adj. 詐騙的，詭詐的，不誠實的：The results of the mayoral election turned out to be **fraudulent**. 市長選舉的結果經證明是不正當的．

活用 adj. **more fraudulent**，**most fraudulent**

fraught [frɔt] adj. ① 充滿（危險等）的．② 擔心的，困擾的．

範例 ① These mountains are **fraught** with danger in winter. 這些山上冬天充滿危險．
② The actress wore a rather **fraught** expression when she was asked about her love affairs. 當那位女演員被問到她的緋聞時臉上露出十分擔憂的神情．

活用 adj. **more fraught**，**most fraught**

fray [fre] v. ① 磨損，磨破，磨掉，摩擦．
—— n. ②《正式》爭吵，爭論，衝突，摩擦．

範例 ① She always wears a **frayed** sweater. 她總是穿著一件已經磨破的毛衣．
Her nerves were **frayed** by the constant noise of airplanes landing. 不間斷的飛機著陸噪音弄得她心煩意亂．
② He went immediately back to the **fray** as if nothing had happened. 他好像甚麼事也沒發生過似的馬上又開始進行爭論．

活用 v. **frays**，**frayed**，**frayed**，**fraying**

freak [frik] n. ① 畸形的人〔物〕，怪物．② 反常

現象，怪異的事件．③ 迷，狂熱者．
——*adj.* ④〔只用於名詞前〕奇異的，怪誕的，異常的．
——*v.* ⑤《口語》(使)變得極度興奮〔沮喪，錯亂〕．

範例 ① One of the new kittens is a **freak**. 那些剛生下來的小貓當中有一隻畸形．
You do look like a **freak** in those clothes. 你穿上那件衣服看起來像個怪物．
③ a film **freak** 電影迷．
④ **freak** weather 異常的天氣．

片語 *freak out*〔因毒品等〕產生幻覺；變得興奮〔沮喪，錯亂〕．

複數 **freaks**

活用 *v.* freaks, freaked, freaked, freaking

freakish [ˈfrikɪʃ] *adj.* 怪異的，古怪的；反覆無常的；畸形的．

活用 **more freakish, most freakish**

freckle [ˈfrɛkl] *n.* ①〔常 ~s〕雀斑，斑點．
——*v.* ②(使)生雀斑，(使)長斑點：John likes Mary's **freckled** face. 約翰喜歡瑪麗那長滿雀斑的臉．

複數 **freckles**

活用 *v.* freckles, freckled, freckled, freckling

Fred [frɛd] *n.* 男子名《Alfred, Frederick, Frederick 的暱稱》.

*__free__ [fri] *adj.*

原義	層面	釋義	範例
沒有	限制，拘束	自由的，不受限制的，無拘無束的，隨意的	①
	支付	免費的	②
	忙碌，工作	有空的，空閒的	③
	使用	空著的	④
	妨礙，障礙	無障礙的，通行無阻的	⑤
	固定	懸空的，未固定的，未繫住的	⑥
	不方便的事物	擺脫的；沒有~	⑦
	拘謹，不自然	從容的，逍遙自在的，悠閒的，輕鬆的；隨性的，不拘禮節的；慷慨的，大方的	⑧

——*adv.* ⑨ 自由地，隨意地．⑩ 免費地．
——*v.* ⑪ 使自由，解放，使擺脫．

範例 ⑪ the **free** movement of labor 勞動力的自由轉移．
That country is the richest and **freest** country in the world. 那個國家是全世界最富裕、最自由的國家．
You are **free** to do what you like. 你可以隨意做你想要做的事．
They set the prisoner **free**. 他們釋放了那個犯人．
free trade 自由貿易．
② The coffee is **free**. 咖啡是免費的．
free lodging 免費住宿．
③ I will be **free** any time tomorrow afternoon. 明天下午我有空．
My parents have little **free** time for themselves. 我父母幾乎沒有自己的空閒時間．
④ Do you have any rooms **free**? 請問有空房間嗎？
The line is **free**. 這支電話現在沒人使用．
She patted the horse's neck with her **free** hand. 她用空著的手輕拍馬的脖子．
⑤ The way was **free** for our advance. 我們一路暢行無阻．
⑥ Grab the **free** end of the rope. 抓住繩索未繫住的一端．
One of the parts has been left **free**. 一部分零件尚未安裝好．
⑦ The harbor is **free** of ice all winter. 那個海港整個冬天都不會結冰．
I'm afraid we are not **free** from prejudice against some sorts of disease. 我認為我們尚未擺脫對某些疾病的偏見．
a day **free** from wind 無風的日子．
⑧ Feel **free** to come over any time. 你隨時都可以來訪．
He is quite **free** with me. 他不太管我．
He is **free** with his money. 他用錢很大方．
⑨ Our puppy is running **free** in the field. 我們家的小狗在田野上自由自在地奔跑．
⑩ Children are admitted **free**. 兒童免費入場．
⑪ She **freed** the birds from the cage. 她從籠中放出了那些鳥．
He's not yet been **freed** by his kidnappers. 綁匪尚未釋放他．
His success will **free** him from debt. 他的成功會讓他償清債務．

片語 *for free* 免費地: I won't work **for free**. 我不會免費替人做事．
free from 免除~的，沒有~的. (⇨ 範例 ⑦)
free of ① 免除，擺脫，沒有. (⇨ 範例 ⑦) ② 離開: The yacht was **free of** its moorings. 那艘遊艇離開了停泊處． ③ 自由使用〔出入〕: My father made me **free of** his library. 我父親允許我自由進出他的書房．
have ~'s hands free 有空，閒著無事可做，可以隨意行事．
set free 釋放，解放. (⇨ 範例 ①)

♦ **frèe ágent** ① 可自主行動的人． ②〔職業運動中不受契約束縛的〕自由球員〔選手〕．
frèe kíck〔足球或橄欖球的〕自由球《因對方犯規而獲得的罰踢》．
frée stỳle〔游泳或摔角的〕自由式．

frèe translátion 意譯.
frèe will 自由意志.
[活用] *adj.* **freer**, **freest**
[活用] *v.* **frees**, **freed**, **freed**, **freeing**
***freedom** [`fridəm] *n.* ① 自由. ② 免除, 解脫, 解放. ③ 自由使用權, 出入的自由.
[範例] He had little **freedom** of action. 他幾乎沒有行動自由.
My father gave me **freedom** to do what I think best. 父親允許我做我認為最好的事.
freedom of speech 言論自由.
② **freedom** from fear 免於恐懼的自由.
③ He gave us the **freedom** to use his villa. 他允許我們自由使用他的別墅.
♦ the frèedom of the séas 公海航行的自由.
[複數] **freedoms**
free-for-all [`frifə`ɔl] *n.* 可以自由參加的競賽, 混戰, 無秩序狀態: The game turned into a **free-for-all**. 那場比賽變成了一場混戰.
[複數] **free-for-alls**
freehand [`fri,hænd] *adj.* ① (不用器具) 徒手 (畫) 的.
——*adv.* ② 徒手 (畫).
freelance [`fri,læns] *n.* ① 自由工作者, 自由撰稿人 [記者, 演員]. ② 保持自由立場的人.
——*v.* ③ 從事 (無契約束縛的) 自由工作.
——*adj.*, *adv.* ④ 無契約束縛的 [地], 自由的 [地].
[參考] ① 亦作 freelancer.
[複數] **freelances**
[活用] *v.* **freelances**, **freelanced**, **freelanced**, **freelancing**
freely [`frili] *adv.* ① 自由地; 坦率地; 主動地, 樂意地. ② 大方地, 慷慨地, 毫不吝惜地.
[範例] ① You can use this refrigerator **freely**. 你可以隨意使用這個冰箱.
Speak **freely**. 請坦率地說.
② Emily spends money **freely** on clothes. 艾蜜麗很捨得花錢買衣服.
[活用] *adv.* **more freely**, **most freely**
freeman [`frimən] *n.* (非奴隸或農奴身分的) 自由民; 公民.
[複數] **freemen**
Freemason [`fri,mesn] *n.* 共濟會成員 (以互助與友愛為宗旨的國際性祕密團體的會員).
[複數] **Freemasons**
freeway [`fri,we] *n.* [美] 高速公路 ([英] motorway).
[複數] **freeways**
***freeze** [friz] *v.* ① 結冰, 凍結. ② 冷凍 (食物). ③ 凍僵. ④ (因恐懼等) 僵硬, 呆住不動. ⑤ 凍結 (資產, 物價等).
——*n.* ⑥ 結冰; 嚴寒期. ⑦ (資金等的) 凍結; (製品等的) 封存.
[範例] ① Water **freezes** at 0°C. 水在攝氏零度時結冰.
The lake **froze** over. 那個湖完全結冰了.
The dirt road was **frozen** hard. 那條泥濘的道

路凍得非常堅硬.
It **froze** hard the day before yesterday. 前天非常冷.
② Mary did not **freeze** the fish. 瑪麗沒把那條魚冷凍.
③ I'm **freezing**. 我快要凍僵了.
The two climbers **froze** to death. 那兩名登山者凍死了.
④ John stood **frozen** with terror. 約翰嚇得呆住了.
⑤ Wages will be **frozen** next month. 下個月將凍結工資.
⑥ Thirty people died during the big **freeze** two years ago. 兩年前的嚴寒凍死了30人.
⑦ Today's topic is the nuclear **freeze**. 今天的話題是核凍結.
[活用] *v.* **freezes**, **froze**, **frozen**, **freezing**
freezer [`frizə] *n.* 冷凍庫, 冷凍裝置, 冰箱.
[複數] **freezers**
freezing [`frizɪŋ] *adj.* 寒冷的, 結冰的.
♦ frèezing pòint 冰點 (冰的融點或水的凝固點, 冰點在一個大氣壓下為攝氏零度; 亦作 freezing).
***freight** [fret] *n.* ① 貨運. ② 運費. ③ 貨物. ④ [美] 運貨列車 (亦作 freight train).
——*v.* ⑤ 以貨運運輸; 使 (船等) 裝載.
[範例] ① Please send the goods by **freight**. 這些物品請用貨運寄送.
② **freight** free 免運費.
freight paid 運費付訖.
⑤ They **freighted** the ship with coal. 他們把煤炭裝上船了.
[參考] 在英國不用於陸上運輸. 在美國指「普通貨運」, 與快遞 (express) 相對.
[複數] **freights**
[活用] *v.* **freights**, **freighted**, **freighted**, **freighting**
freighter [`fretə] *n.* 貨船, 運輸機; 貨運業者.
[複數] **freighters**
French [frɛntʃ] *n.* ① (the ~) 法國人 (指全體); 法語.
——*adj.* ② 法國 (人) 的, 法語的.
♦ Frènch fríes 薯條 (fries 為 fry 的複數形, 亦作 french fries, French fried potatoes).
Frènch wíndows 落地窗 (朝院子或陽臺之雙扇兼作門的玻璃窗).
frenzied [`frɛnzɪd] *adj.* 狂熱的, 瘋狂的, 狂亂的: There was a **frenzied** mob of over a thousand students in the square. 那個廣場上有上千個瘋狂的學生.
[活用] *adj.* **more frenzied**, **most frenzied**
frenzy [`frɛnzɪ] *n.* 狂熱, 瘋狂, 狂亂; 激昂.
[範例] in a **frenzy** 發狂地.
The radical feminist worked the crowd of women into a **frenzy**. 那個激進的女權主義者使得那群女人陷入狂亂.
[複數] **frenzies**
frequency [`frikwənsɪ] *n.* ① 頻繁, 頻率; 週率. ② (廣播) 調頻.

範例 ① the **frequency** of her phone calls 她的電話頻繁.

Disasters are increasing in **frequency**. 災害發生的頻率正在增加之中.

② We have only three broadcasting **frequencies** here. 我們這裡僅有3個廣播調頻.

複數 **frequencies**

***frequent** [adj. `frikwənt; v. frɪ`kwɛnt] adj. ① 頻繁的，屢次的，時常發生的.

——v. ② 時常出入於，常集中於.

範例 ① His absences were **frequent** recently. 最近他經常缺席.

Rita is a **frequent** visitor to this shop. 莉塔是這家店的常客.

② We **frequent** the trendy clubs on weekends. 我們週末常去那些時髦的俱樂部.

活用 adj. **more frequent**，**most frequent**

活用 v. **frequents**，**frequented**，**frequented**，**frequenting**

***frequently** [`frikwəntlɪ] adv. 經常地，時常地，屢次地，頻繁地: Tom **frequently** phones me. 湯姆常常打電話給我.

活用 adv. **more frequently**，**most frequently**

fresco [`frɛsko] n. ① 溼繪壁畫法《用水彩在剛塗上灰泥的牆面上作畫》. ② 溼壁畫.

複數 **frescoes/frescos**

****fresh** [frɛʃ] adj. ① 新鮮的，新的；生氣蓬勃的. ②（天氣）涼爽的，清新的. ③ 無鹽分的，淡水的. ④（對異性）無禮的，鹵莽的.

範例 ① Vegetables at that store are always **fresh**. 那家店的蔬菜一直都很新鮮.

get a breath of **fresh** air 吸一口新鮮空氣.

There's been no **fresh** news so far. 目前沒有任何新的消息.

The accident is still **fresh** in our memory. 我們對那起意外事故仍記憶猶新.

You look **fresh** this morning. 你今天早上看起來精神飽滿.

Cathy is **fresh** from university. 凱西剛從大學畢業.

make a **fresh** start 重新開始.

Fresh paint. 油漆未乾.

② It's a bit **fresh** today. 今天有點兒涼.

③ Pike live in **fresh** water. 梭魚生活於淡水中.

④ Don't be **fresh** with me. 請不要對我這麼無禮.

片語 **fresh from** 剛從〜出來.（⇨ 範例 ①）

in the fresh air 在戶外，在野外.

活用 adj. **fresher**，**freshest**

freshen [`frɛʃən] v. ① 使新鮮，使有生氣. ②（風）增強.

範例 ① The rain **freshened** the air. 那場雨使空氣變得清新.

I need to **freshen** up before going out. 外出之前我要盥洗一下.

② The wind is **freshening**. 風愈來愈大.

片語 **freshen up**（因沐浴、更衣等）使煥然一新.（⇨ 範例 ①）

活用 v. **freshens**，**freshened**，**freshened**，**freshening**

fresher [`frɛʃɚ] adj. ① fresh 的比較級.

——n. ②《口語》《英》大一新生.

複數 **freshers**

freshly [`frɛʃlɪ] adv. 剛剛，才《修飾過去分詞》.

範例 They serve **freshly** squeezed orange juice at that restaurant. 那家餐廳供應現榨的柳橙汁.

Ann sat in a **freshly** ironed dress. 安穿著剛剛熨過的衣服坐著.

freshman [`frɛʃmən] n. ①《英》大一新生《亦作 fresher》. ②《美》（高中、大學的）一年級學生: The **freshman** class is 25% larger than the sophomore class. 一年級的班級比二年級多25%. ③ 新手，新人.

複數 **freshmen**

freshness [`frɛʃnɪs] n. 新鮮，清新，清爽.

freshwater [`frɛʃ͵wɔtɚ] adj.〔只用於名詞前〕淡水的，居於淡水的.

範例 a **freshwater** lake 淡水湖.

a **freshwater** fish 淡水魚.

***fret** [frɛt] v. ① 煩躁，著急，苦惱 (over).

——n. ② 煩躁，著急，焦躁. ③（吉他等的）弦柱，琴格.

範例 ① Toby **fretting** over the upcoming college entrance exam. 托比正為即將到來的大學入學考試煩躁不安.

② He was waiting for the bus in a **fret**. 他焦急地等著公車.

活用 v. **frets**，**fretted**，**fretted**，**fretting**

複數 **frets**

fretful [`frɛtfəl] adj. 煩躁的；難以取悅的；易怒的: I hope she didn't bring that **fretful** little boy of hers—he's always crying about something. 我希望她沒帶她那個煩躁不安的兒子來，因為他總是動不動就哭.

活用 adj. **more fretful**，**most fretful**

fretfully [`frɛtfəlɪ] adv. 焦急地，煩躁地.

活用 adv. **more fretfully**，**most fretfully**

fretwork [`frɛt͵wɝk] n. 回紋細工《相連的格狀渦形花紋》，浮雕細工.

Fri./Fri（縮略）= Friday（星期五）.

friar [`fraɪɚ] n. 托缽修士《不固定住在修道院，雲遊四方進行修行和傳教的修道士》.

複數 **friars**

***friction** [`frɪkʃən] n. 摩擦，衝突，不和.

範例 Friction between two sticks can make fire. 兩根小樹枝互相摩擦就可以生火.

Friction between mother and father can interfere with a child's work at school. 父母之間的不和會影響孩子的學業.

***Friday** [`fraɪde] n. 星期五《略作 Fri.》.

範例 We'll meet him on **Friday**. 我們星期五會見到他.

We eat fish on **Fridays**. 我們星期五吃魚.《星期五是耶穌被處死的日子，所以許多人在這

his friend 與 a friend of his

【Q】his friend 和 a friend of his 在使用方法上有甚麼不同?

【A】請看下面的例句:

This is my brother Charles. This is a friend of his. His name is also Charles. (這是我哥哥查理士. 這一位是我哥哥的朋友, 名字也叫查理士.)

以上像是一邊看照片一邊所做的說明. 此時, This is my brother Charles. 之後不用 This is his friend. 因為 his friend 僅限於聽者也很清楚指是哪個朋友的時候. 例如:

Tom and Jim were friends. One day they were traveling through a forest. Suddenly they saw a big black bear walking up to them. Very quickly Tom went up a nearby tree, but his friend was too late. (湯姆和吉姆是朋友. 有一天, 兩人經過一片森林. 突然間, 他們看見一隻大黑熊向他們走來. 湯姆急忙爬上了附近的一棵樹, 但他的朋友卻來不及爬上樹.)

這種情況下可以用 his friend, 因為 his friend 顯然是指吉姆. 而第一個例句因為是初次向人介紹, 所以必須說 a friend of his.

與此相同, 下面的情況下也是如此:

my ~　　~ of mine (我的~)
your ~　~ of yours (你們的~)
her ~　　~ of hers (她的~)
our ~　　~ of ours (我們的~)
their ~　~ of theirs (他們的~)

一天不吃肉而吃魚》

♦ **Friday the thirteenth** 13號星期五《耶穌被處死的日子, 被認為是個不吉利的日子).
➡ 充電小站 (p. 813)

複數 **Fridays**

fridge [frɪdʒ] n. 冰箱 (refrigerator 的縮略).

複數 **fridges**

fried [fraɪd] adj. 油煎的, 油炸的: **fried** eggs 煎蛋.

friend [frɛnd] n. ① 朋友. ② 同伴, 夥伴, 支持者.

範例 ① Ann is my closest **friend**. 安是我最好的朋友.

Frank is an old **friend** of mine. 法蘭克是我的一個老朋友.

We have been good **friends** since we were children. 我們從小就很要好.

I want to make **friends** with people in Asia. 我想與亞洲人交朋友.

A **friend** in need is a **friend** indeed. 《諺語》患難見真情.

② Robin Hood was a **friend** of the poor. 羅賓漢是窮人的朋友.

He died as a **friend** to liberty. 他以自由的擁護者之名而死.

片語 **keep friends with** 與~保持友好關係.
make friends with 與~成為朋友. (⇨ 範例①)

參考 指「我的一位朋友」時用 a friend of mine, 指某一特定朋友時用 my friend, 請參考 範例的第一個及第二個例句.
➡ 充電小站 (p. 507)

☞ ② ↔ enemy

複數 **friends**

friendliness [`frɛndlɪnɪs] n. 友誼; 親切, 友好, 善意.

friendly [`frɛndlɪ] adj. ① 友好的, 親密的. ② 善意的, 親切的, 友善的. ③ 支持的, 贊成的; 有幫助的.

範例 ① Mary has been very **friendly** with us. 瑪麗一直與我們十分親近.

I am on **friendly** terms with Henry. 我與亨利關係很親密.

② Mr. Pearson is very **friendly** to everybody. 皮爾森先生對所有人都很和善.

This is a **friendly** match. 這是一場友誼賽.

a **friendly** nation 友邦.

③ That was a **friendly** rain to the crops. 這對那些農作物來說, 真是一場及時雨.

The professor is not **friendly** to your theory. 那個教授不贊成你的理論.

活用 adj. **friendlier**, **friendliest**

friendship [`frɛndʃɪp] n. ① 友情, 友誼. ② 親切, 友好; 友好關係.

範例 ① Their **friendship** did not last long. 他們之間的友誼沒有持續很久.

② We should make efforts to promote international **friendship**. 我們必須努力促進國際友好關係.

frieze [friz] n. 壁緣, (牆壁等上方的) 帶狀裝飾.

複數 **friezes**

frigate [`frɪgɪt] n. ① 反潛護航艦 (保衛船隊免遭潛艇攻擊的快速軍艦). ② 快速戰艦 《1750-1850年間的木造帆船, 備有大砲).

複數 **frigates**

fright [fraɪt] n. 恐懼, 驚嚇, 害怕.

範例 She gave me quite a **fright** when she jokingly said she was pregnant. 她開玩笑說她懷孕了, 真是嚇我一大跳.

When the earthquake happened, we were filled with **fright**. 那次地震發生時, 我們心中充滿了恐懼.

I got the **fright** of my life when lightning hit the house. 當閃電擊中我家時, 那是我一生中最害怕的時刻.

She took **fright** and started running when she noticed someone was following her. 當她發覺有人跟蹤她時, 她嚇得拔腿就跑.

片語 **get the fright of ~'s life** 嚇得要死.

(⇨ 範例)
take fright 受驚嚇，大吃一驚．(⇨ 範例)

複數 **frights**

***frighten** [`fraɪtn̩] v. 嚇，恐嚇，使吃驚，使害怕．

範例 The horse was **frightened** by the big dog. 那匹馬害怕那隻大狗．
The howling of the wolf **frightened** them out of the cottage. 狼嗥嚇得他們從小屋子裡跑出來．

活用 v. **frightens, frightened, frightened, frightening**

frightened [`fraɪtn̩d] adj. 害怕的，受驚的．

範例 The **frightened** cat ran up the nearest tree. 那隻受到驚嚇的貓爬上了最近的一棵樹．
She is **frightened** of snakes. 她怕蛇．

活用 adj. **more frightened, most frightened**

frightful [`fraɪtfəl] adj. ① 可怕的，令人毛骨悚然的．② 令人討厭的，極度的．

範例 ① Old man Johnson chasing Billy with a knife was a **frightful** sight indeed. 老強森拿刀追趕比利的畫面實在是太可怕了．
② I made a **frightful** mistake. 我犯了一個很大的錯誤．

活用 adj. ① **more frightful, most frightful**

frightfully [`fraɪtfəlɪ] adv. 極其，非常：I'm **frightfully** sorry for being late. 我來晚了，實在很對不起．

frigid [`frɪdʒɪd] adj. ① 酷寒的，嚴寒的．②（態度）冷淡的．③（女性）性冷感的．

範例 ① The **frigid** climate of Siberia prevented us from proceeding. 西伯利亞嚴寒的氣候使我們無法前進．
② That lawyer behaves in a **frigid** manner to his clients. 那個律師對客戶的態度十分冷淡．

♦ **frígid zòne** 寒帶．

活用 adj. **more frigid, most frigid**

frigidity [frɪ`dʒɪdətɪ] n. ① 嚴寒．② 冷淡．③（女性的）性冷感．

frigidly [`frɪdʒɪdlɪ] adv. 冷淡地，冷冷地．

活用 adv. **more frigidly, most frigidly**

frill [frɪl] n. ① 褶邊，縐邊．②〔~s〕裝腔作勢，矯飾．

複數 **frills**

frilly [`frɪlɪ] adj. 多褶邊的；過度修飾的：Susan never wears **frilly** clothes. 蘇珊從不穿有褶邊的衣服．

活用 adj. **frillier, frilliest**

***fringe** [frɪndʒ] n. ①（布、披肩等的）流蘇、鬚邊，鑲邊．② 外緣，邊緣．③〔英〕瀏海《垂於額頭前的短髮；〔美〕bang》．
——v. ④ 加上穗狀飾物，鑲飾邊．

範例 ③ Susie wore her hair in a **fringe**. 蘇西留著瀏海．
④ The lake is **fringed** by tall fir trees. 那個湖四周圍繞著高大的冷杉．

♦ **frìnge bènefit** 附加福利《如固定薪資以外的福利，像是健康保險、退休金等》．

複數 **fringes**

活用 v. **fringes, fringed, fringed, fringing**

frisk [frɪsk] v. ① 雀躍，蹦蹦跳跳．② 搜身《檢查身上是否攜帶武器或毒品等》．
——n. ③ 雀躍，歡躍，嬉戲．④ 搜身．

範例 ① The dogs were **frisking** in the snow-covered field. 那群狗在積雪的田野上跳躍．
② The policewoman **frisked** the girl for hidden weapons. 那位女警對那個女孩搜身，檢查是否攜帶武器．

活用 v. **frisks, frisked, frisked, frisking**

複數 **frisks**

frisky [`frɪskɪ] adj. 活潑的，活蹦亂跳的：That sure is a **frisky** puppy you have there. 你那隻小狗真活潑呀．

活用 adj. **friskier, friskiest**

fritter [`frɪtɚ] n. ① 油炸餡餅《將切薄的水果、肉、蔬菜等裹上麵粉油炸》．
——v. ② 一點一滴地浪費，消耗 (away)：He **frittered** away the hours watching TV. 他看電視消磨了好幾個小時．

複數 **fritters**

活用 v. **fritters, frittered, frittered, frittering**

frivolity [frɪ`vɑlətɪ] n. 輕浮，輕率：〔常 ~ies〕輕浮的言行．

範例 **Frivolity** is his weakness. 輕浮是他的弱點．
We don't have time for such **frivolities**—get back to work. 我們可沒時間做那種無聊的事，快開始工作吧．

複數 **frivolities**

frivolous [`frɪvələs] adj. 輕浮的，輕率的；愚蠢的：The teacher got angry at his **frivolous** replies. 老師對他輕率的回答很生氣．

活用 adj. **more frivolous, most frivolous**

frivolously [`frɪvələslɪ] adv. 輕浮地，輕率地；愚蠢地．

活用 adv. **more frivolously, most frivolously**

frizz [frɪz] v. ① 使鬈曲．
——n. ② 鬈髮．

活用 v. **frizzes, frizzed, frizzed, frizzing**

複數 **frizzes**

fro [fro] adv.〔只用於下列片語〕返，回．

片語 ***to and fro*** 來回地，往返地：The children swung **to and fro** on the swings. 孩子們在鞦韆上盪來盪去．

frock [frɑk] n. ①（早期婦女、女孩穿的）連衣裙．② 僧袍《袖筒寬鬆的簡陋長袍》．③（流行於19世紀的）男禮服大衣《亦作 frock coat》．

複數 **frocks**

frog [frɑg] n. ① 蛙：A lot of **frogs** croak here in summer. 夏天這裡能聽到許多蛙鳴．

片語 ***have a frog in ~'s throat*** 聲音沙啞．

複數 **frogs**

frogman [`frɑgmən] n. 潛水人員，蛙人．

複數 **frogmen**

frolic [`frɑlɪk] *n.* ① 嬉戲，嬉鬧.
——*v.* ② 嬉戲，玩鬧: The children were **frolicking** on the beach. 孩子們在海灘上嬉戲玩樂.
〔活用〕 *v.* **frolics, frolicked, frolicked, frolicking**

from [(強) `frʌm; (弱) frəm] *prep.*

原義	層面	釋義	範例
從	時間、場所及事物	從～開始，從	①
	材料	從～變化成，由～做成，以	②
	原因	由於，因為	③
	分開	去除；阻止；排斥	④
	區別	與～不同	⑤

〔範例〕① "Where are you **from**?" "I come **from** Taiwan." 「你是哪裡人?」「我是臺灣人.」
How far is it **from** here to the airport? 從這裡到機場有多遠?
They usually work **from** 9 to 5. 他們通常從9點工作到5點.
The rule will be valid **from** the first of May. 這個規定從5月1日起實行.
She wants to be with her baby **from** morning till night. 她想從早到晚陪伴小寶寶.
This is a letter **from** me to you. 這是我寫給你的信.
You can choose a suit **from** among these. 你可以從這些衣服中選一套.
② Butter is made **from** milk. 奶油是用牛奶做成的.
Judging **from** the look of the sky, it is going to rain before long. 從天色看來，可能很快就要下雨.
The political situation has gone **from** bad to worse. 政局愈來愈糟.
③ I am tired **from** working late at night. 我因為工作到很晚，所以很累.
Did Mr. Black die **from** cancer? 布萊克先生死於癌症嗎?
They began to confess **from** a sense of guilt. 他們由於罪惡感而開始招認自己的罪行.
④ I can't keep **from** crying sometimes. 我偶爾忍不住會哭.
What prevented him **from** attending the meeting? 他為甚麼沒參加那個會議呢?
1 **from** 5 leaves 4. 5減去1得4.
⑤ It's hard to tell male kittens **from** females. 要分辨小貓的性別很困難.
He is a good friend who taught me right **from** wrong. 他是教我如何辨別善惡的好朋友.

He is different **from** his father in everything. 他在各方面都與他父親不一樣.
〔片語〕 *from now on* 從現在起，從今以後: **From now on** I'll get up earlier in the morning. 從今天起我要起得更早.

front [frʌnt] *n.* ① 前部，前面，正面，前方. ② 前線，戰線. ③ 濱臨(河流、湖泊等)之處，沿岸道路. ④ 外表，容貌；態度.
——*adj.* ⑤〔只用於名詞前〕前面的，正面的.
——*v.* ⑥ 面對，朝向. ⑦ 作～的正面，裝在～的正面.
〔範例〕① sit in the **front** of the bus 坐在公車的前部.
look to the **front** 向前方看去.
② go to the **front** 奔赴前線.
a cold **front** 冷鋒.
③ a lake **front** 湖畔.
④ put on a bold **front** 採取大膽的態度.
a **front** for criminal activity 犯罪活動的幌子.
⑤ the **front** view 正面的景色.
a **front** door 正門.
⑥ The hotel **fronts** the lake. 那家飯店面對著湖泊.
⑦ That shop is **fronted** with glass. 那家商店的正面裝著玻璃.
〔片語〕 *come to the front* 引人注目，出名.
in front of 在～前面: A black limousine was parked **in front of** the embassy. 一輛黑色大禮車停在大使館前.
The car **in front of** me stopped suddenly. 我前面的車突然停下來.
Let's not quarrel **in front of** the children. 我們不要在孩子面前吵架.
〔複數〕 **fronts**
〔活用〕 *v.* **fronts, fronted, fronted, fronting**

frontage [`frʌntɪdʒ] *n.* 正面，門面: a pub with river **frontage** 面對河流的酒店.

frontal [`frʌntl] *adj.*〔只用於名詞前〕正面的，前面的: a **frontal** attack 正面進攻.

frontier [frʌn`tɪr] *n.* ① 國界，邊境. ② 邊境地區，邊疆. ③ (學術等的)尚未開發的領域
〔範例〕① At last we've crossed the **frontier**! 我們總算越過國界了!
The **frontier** between the two countries is a very dangerous place. 那兩國的邊界地區十分危險.
② Winter was a hard season on the **frontier**. 邊疆的冬天是一個嚴酷的季節.
③ Research expands the **frontiers** of knowledge. 研究能開拓知識的領域.
Outer space is the final **frontier**. 外太空是最後尚未開發的領域.
♦ **fròntier spírit** 〔美〕拓荒精神.
〔複數〕 **frontiers**

frost [frɔst] *n.* ① 霜. ② 嚴寒，寒氣，寒冷.
——*v.* ③ 被霜覆蓋，結霜，霜凍 (up). ④ 撒上糖霜.
〔範例〕① The ground was covered with **frost**. 地面被霜覆蓋.

early **frosts** 早霜.

late **frosts** 晚霜.

③ The window has **frosted** up. 窗戶上結了霜.

複數 **frosts**

活用 v. **frosts, frosted, frosted, frosting**

frostbite [`frɔst͵baɪt] n. 霜害, 凍傷《由極度的嚴寒造成的損傷, 出現皮膚紅腫、血流不暢及凍瘡等, 嚴重時可致組織壞死》.

frostbitten [`frɔst͵bɪtn] adj. 凍傷的、(植物) 遭受霜害的: **frostbitten** toes 凍傷的腳趾.

frosty [`frɔstɪ] adj. ① 下霜的, 寒冷的, 嚴寒的. ② 冷淡的, 冷漠的.

範例 ① a still and **frosty** night 寂靜寒冷的夜晚.

② He greeted me with a **frosty** look. 他神情冷淡地跟我打招呼.

活用 adj. **frostier, frostiest**

froth [frɔθ] n. ① 泡, 泡沫. ② 空泛, 空談.

——v. ③ 起泡沫, 冒泡.

範例 ① **froth** on beer 啤酒上的泡沫.

② Her story was all **froth**. 她說的話完全是空談.

③ Please **froth** up the eggs. 請把這些雞蛋攪拌成泡沫.

The horse **frothed** at the mouth after the hurdle race. 那匹馬跑完障礙賽之後就口吐白沫.

活用 v. **froths, frothed, frothed, frothing**

frothy [`frɔθɪ] adj. ① 泡沫多的, 起泡沫的: **frothy** beer 泡沫多的啤酒. ② 淺薄的, 空洞的.

活用 adj. **frothier, frothiest**

frown [fraʊn] v. ① 皺眉頭.

——n. ② 皺眉, 不悅的神情.

範例 ① Mr. Jones **frowned** when Karen came in late. 凱琳遲到時, 瓊斯老師皺起眉頭表示不悅.

My wife **frowns** upon smoking. 我妻子不贊成吸菸.

② The teacher looked at me with a **frown**. 那位老師皺眉頭看著我.

I got nothing but **frowns** when I told my parents I wasn't going to college. 我對父母說我不打算上大學, 他們露出不悅的臉色.

活用 v. **frowns, frowned, frowned, frowning**

複數 **frowns**

****froze** [froz] v. freeze 的過去式.

****frozen** [`frozn] v. ① freeze 的過去分詞.

——adj. ② 酷寒的, 冰凍的, 結冰的, 冷凍的.

範例 ② a **frozen** pond 結冰的池塘.

frozen meat 冷凍肉.

frozen assets 凍結的資產.

****frugal** [`frugl] adj. 節儉的, 節省的.

範例 His **frugal** habits came in handy when he lost his job. 節儉的習慣在他失業時發揮了作用.

The young man is **frugal** with his money because he wants to travel through Europe next year. 那個年輕人明年想去歐洲旅行, 所

以花錢很節儉.

活用 adj. **more frugal, most frugal**

****fruit** [frut] n. ① 水果, 果實. ② 結果, 成果, 收穫.

——v. ③ 結果實.

範例 ① We eat **fruit** after supper. 我們晚飯後吃水果.

This tree bears much **fruit**. 這棵樹結實纍纍.

② His success in business is the **fruit** of hard work. 他事業的成功是勤奮的結果.

♦ a **frúit machine** 〖英〗吃角子老虎《〖美〗slot machine》.

➡ (充電小站) (p. 1433)

複數 **fruits**

活用 v. **fruits, fruited, fruited, fruiting**

fruiterer [`frutərə-] n. 〖英〗水果商.

複數 **fruiterers**

****fruitful** [`frutfəl] adj. ① 收穫多的, 成果豐碩的. ② 帶來豐收的; 肥沃的.

範例 ① The meeting was **fruitful**. 這次會議成果豐碩.

a **fruitful** business trip to the U.K. 收穫頗豐的英國之旅.

② The soil is **fruitful** in this district. 這個地區的土壤很肥沃.

活用 adj. **more fruitful, most fruitful**

fruitfulness [`frutfəlnɪs] n. 成果豐碩.

fruition [fru`ɪʃən] n. 實現, 成果, 達成: At last his plan came to **fruition**. 他的計畫終於實現了.

****fruitless** [`frutlɪs] adj. 無結果的, 沒有成果的, 無益的, 無用的: The research has been **fruitless**. 那項研究目前尚無結果.

活用 adj. **more fruitless, most fruitless**

fruitlessly [`frutlɪslɪ] adv. 無成果地, 徒勞地.

活用 adv. **more fruitlessly, most fruitlessly**

fruity [`frutɪ] adj. ① 有水果香味的; 似水果的. ② (聲音) 響亮的, 宏亮的.

活用 adj. **fruitier, fruitiest**

frustrate [`frʌstret] v. ① 使挫折, 使失敗. ② 使失望, 使灰心.

範例 ① It can be very **frustrating** trying to communicate when you know only a little of the local language. 只懂一點點當地的語言而想表達自己的意思時, 會讓人感到很挫折.

② I get **frustrated** when I don't reach goals I set for myself. 當我達不到自己設定的目標時, 我會很失望.

活用 v. **frustrates, frustrated, frustrated, frustrating**

frustration [frʌs`treʃən] n. ① 失敗, 挫折. ② 失望, 灰心.

範例 ① The black leader said the lives of the black people are full of **frustrations** in that country. 那位黑人領袖說, 在那個國家裡黑人的生活充滿挫折.

② She has no ability to deal with **frustration**. 她不知道該如何處理自己失望的情緒.

複數 **frustrations**

fry [fraɪ] v. ① 用油煎，用油炸.
——n. ② 魚苗.

[片語] **leap out of the frying pan into the fire/jump out of the frying pan into the fire**《諺語》每況愈下，愈弄愈糟.

[參考] ① 油煎〔炸〕用 fry，要詳細說明時有時用 stir-fry（炒），deep-fry（炸）.

♦ **frýing pàn** 煎鍋.

[活用] v. **fries, fried, fried, frying**

[複數] **fry/fries**

ft《縮略》＝foot, feet（呎）.
➡ [充電小站]（p. 783）

fuck [fʌk] v. ① 性交. ②《用於句首，表示憤怒、不滿》: **Fuck** you! 去你的!

[參考] 是粗俗的說法.

[活用] v. **fucks, fucked, fucked, fucking**

fudge [fʌdʒ] n. ① 牛奶軟糖《用巧克力、奶油、牛奶、糖等做成的糖果》.
——v. ② 欺騙，欺瞞; 敷衍應付; 假造，捏造.

[活用] v. **fudges, fudged, fudged, fudging**

fuel [ˈfjuəl] n. ① 燃料. ② 刺激（感情）之物.
——v. ③ 加燃料. ④ 煽動，刺激（感情等）.

[範例] ① The car ran out of **fuel**. 那輛車的燃料用完了.
② The teacher's words added **fuel** to the student's anger. 那個老師的話讓學生很憤怒.
③ The submarine was **fueled** at the port. 潛水艇在港口補充了燃料.
④ The reduction of bank rate **fueled** inflation. 銀行利率的調降刺激了通貨膨脹.

[複數] **fuels**

[活用] v.〔美〕**fuels, fueled, fueled, fueling/**〔英〕**fuels, fuelled, fuelled, fuelling**

fugitive [ˈfjudʒətɪv] n. ① 逃亡者，亡命者.
——adj. ②〔只用於名詞前〕逃亡的，亡命的. ③ 短暫的，轉瞬即逝的.

[範例] ① There are three armed and dangerous **fugitives** on the loose somewhere in this city. 在這個城市的某處有3名攜帶武器的逃犯在逃.
② a **fugitive** soldier 逃兵
③ He spent a few **fugitive** hours with her before she was deported. 在她即將被驅逐出境之前的短暫幾個小時裡，他和她在一起.

-ful suff. ① 充滿～的《構成形容詞》: hopeful, beautiful. ② 具有～性質的《構成形容詞》: forgetful. ③ 一杯 ～ 的 量《構成名詞》: spoonful, cupful.

fulcrum [ˈfʌlkrəm] n. 交點; 槓桿支點.

[複數] **fulcrums/fulcra**

fulfill/fulfil [fulˈfɪl] v. ① 履行，實踐. ② 實現; 滿足，完成.

[範例] ① He did his best to **fulfill** his duty. 他為履行自己的義務盡了最大的努力.
② He **fulfilled** his wife's hopes. 他滿足了妻子的願望.
He failed to **fulfill** his ambition to be a politician. 他終究沒能實現成為一個政治家的抱負.

未能實現.

[片語] **fulfill oneself** 充分發揮自己的才能:
She **fulfilled herself** as a pianist. 身為一名鋼琴家，她充分地發揮了自己的才能.

[活用] v. **fulfills, fulfilled, fulfilled, fulfilling**

fulfillment/fulfilment [fulˈfɪlmənt] n. 實行，實現，履行; 滿足.

[範例] All of our hopes and dreams have come to **fulfillment**. 我們的希望與夢想全都實現了.
a sense of **fulfillment** 滿足感.

full [ful] adj. ①〔不用於名詞前〕（裝得）滿滿的. ②〔只用於名詞前〕完全的，充足的，全部的; 最大限度的. ③ 整整的《用於表示數量的字之前》.
——adv. ④ 全部，十分，全盛.

[範例] ① The pot is **full** of hot water. 那個水壺裡裝滿了熱水.
The crowded train was **full** of students. 那輛擁擠的火車裡全是學生.
No, thank you. I'm **full**. 不，謝謝，我已經吃飽了.
Don't speak with your mouth **full**. 滿嘴都是食物時別說話.
② The cherry blossoms are now in **full** bloom. 櫻花現在正盛開著.
I got **full** marks in English. 我英語得了滿分.
Tom ran to school at **full** speed so as not to be late. 湯姆為了不遲到用最快的速度跑到學校.
③ Sally ran the **full** 42 kilometer marathon. 莎莉跑完了42公里的馬拉松.
④ We enjoyed their guitar duet to the **full**. 我們盡情欣賞他們的吉他二重奏.

[片語] **in full** 完全地; 不省略地: Write your name **in full**. 請寫出你的全名.
in full bloom 盛開地. (⇨ [範例] ②)
to the full 充分地，盡情地，完全地. (⇨ [範例] ④)

♦ **fùll móon** 滿月.
fùll stóp 句點.

[相關] empty ↔ fill

[活用] adj. **fuller, fullest**

fullback [ˈfulˌbæk] n.（橄欖球、美式足球的）後衛.

[複數] **fullbacks**

fullgrown [ˈfulˈgron] adj. 成熟的，發育完全的《指動植物和人，亦作 full-grown》: At one year old the dog was nearly **fullgrown**. 那隻狗一歲時幾乎發育完全.

full-length [ˈfulˈlɛŋθ] adj. ①（照片、鏡子等）全身的;（禮服等）拖地的. ② 未省略的，標準長度的.

[範例] ① a **full-length** portrait 全身像
a **full-length** dress 長至腳踝的女裝.
② a **full-length** novel 未刪減的小說.

[發音] 亦作 [ˌfulˈlɛŋθ].

fullness [ˈfulnɪs] n. 充滿，十分，充分: The **fullness** of her bag made it look very heavy. 她的皮包裝得滿滿的，看起來好像很重.

full-scale [`fʊl`skel] *adj.* ① 照原來尺寸的，實物大小的． ②〔只用於名詞前〕竭盡全力的，全面的．

範例 ① a **full-scale** model of a mammoth 與實物一般大小的猛獁象模型．

② a **full-scale** war 全面戰爭．

full-time [`fʊl`taɪm] *adj.* ① 全職的，專職的．

——*adv.* ② 全職地，專職地．

範例 ① a **full-time** teacher 專任老師．

a **full-time** job 專職工作．

☞ ↔ part-time

*****fully** [`fʊlɪ] *adv.* ① 完全地，全部地；充分地，滿滿地． ② 至少，整整《用於表示數量的字之前》．

範例 ① The trunk was **fully** packed with clothes. 皮箱裡裝著滿滿地衣服．

I'm **fully** aware of my weaknesses. 我完全瞭解自己的弱點．

I don't **fully** understand the point of your argument. 我不能完全理解你的論點．

② Susan was **fully** 40 years old before she married. 蘇珊結婚前至少40歲了．

fumble [`fʌmbl] *v.* ① 尋找，摸索(for)． ②（球賽的）漏接，失誤．

——*n.* ③（球賽的）漏接，失誤．

範例 ① She **fumbled** about in her handbag for a key. 她在手提包中摸索找鑰匙．

fumble for the right words 尋找適當的字．

② She **fumbled** the ball and dropped it. 她漏接，球掉在地上．

片語 **fumble ~'s way** 摸索前進．

活用 *v.* **fumbles, fumbled, fumbled, fumbling**

複數 **fumbles**

fume [fjum] *n.* ①〔~s〕煙霧，氣體，氣味．

——*v.* ② 發出，冒出（煙霧）． ③ 發怒，忿怒，生氣．

範例 ① When she walked into the room, the air was full of tobacco **fumes**. 當她走進房間，房間裡瀰漫著菸草味．

Fumes from the kerosene heater made me feel sick. 煤油暖爐散發出的氣味使我感到難受．

③ I sat there **fuming**. 我非常生氣地坐在那裡．

複數 **fumes**

活用 *v.* **fumes, fumed, fumed, fuming**

*****fun** [fʌn] *n.* 樂趣，娛樂，嬉戲，玩笑．

範例 We got a lot of **fun** out of surfing in Hawaii. 我們在夏威夷玩衝浪玩得很高興．

Learning a foreign language is difficult but full of **fun**. 學外語雖然很難但很有趣．

I'm studying Chinese just for the **fun** of it. 我學中文只是為了樂趣．

Really dear, the children did it all in good **fun** —they weren't being nasty. 親愛的，那些孩子只是鬧著玩的，並不是惡意的．

片語 **in fun** 開玩笑地，鬧著玩地．

make fun of/poke fun at 嘲笑，捉弄，嘲

弄，取笑: It's not nice to **make fun of** others. 嘲笑別人是不好的．

*****function** [`fʌŋkʃən] *n.* ① 作用，機能，功能． ② 職務，職責，職權． ③ 儀式，典禮，慶典． ④ 函數．

——*v.* ⑤（機器等）運轉，產生作用；擔任工作．

範例 ① the **function** of the heart 心臟的功能．

digestive **functions** 消化功能．

② fulfill the **functions** of a statesman 履行政治家的職責．

③ I'm obliged to attend several official **functions** today. 今天我必須參加幾個正式的典禮．

④ In $x = 2y$, x is a **function** of y. $x = 2y$ 的方程式中，x 是 y 的函數．

⑤ This watch can **function** under water to a depth of 50 meters. 這只錶在水深50公尺時仍能正常運轉．

複數 **functions**

活用 *v.* **functions, functioned, functioned, functioning**

functional [`fʌŋkʃənl] *adj.* ① 機能上的． ② 實用性的． ③〔不用於名詞前〕（機器等）可使用的，可操作的．

範例 ① Jim has a **functional** disease of the heart. 吉姆患有心臟機能的疾病．

② Chinese fans are **functional** as well as ornamental. 中國的折扇既可作裝飾又很實用．

③ The antique car was beautiful, but no longer **functional**. 那部古董車雖然很漂亮，但是已經不再使用了．

*****fund** [fʌnd] *n.* ① 專款，基金，資金；（知識的）蘊藏，貯存． ②〔the ~s〕〖英〗公債．

——*v.* ③ 提供資金，資助．

範例 ① Let's raise money for a **fund** for the relief of the earthquake victims. 讓我們來籌措對地震災民的救濟基金．

Our company is short of **funds**. 我們公司資金短缺．

Tom has a **fund** of sports knowledge. 湯姆在運動方面有豐富的知識．

複數 **funds**

活用 *v.* **funds, funded, funded, funding**

*****fundamental** [ˌfʌndəˈmɛntl] *adj.* ① 基本的，主要的，重要的． ② 根本的，根本性的．

——*n.* ③〔the ~s〕基本，基礎，原理．

範例 ① He lacks **fundamental** knowledge about human nature. 他缺少做人的基本知識．

fundamental human rights 基本人權．

Computers are **fundamental** to our industrial society. 電腦對於我們這個工業社會是不可或缺的．

② The invention of the steam engine brought about **fundamental** change in society. 蒸汽引擎的發明為社會帶來根本性的變革．

③ I can't grasp the **fundamentals** of physics. 我無法掌握物理的基本原理．

充電小站

有關葬禮 (funeral) 的用語

葬禮，告別式 funeral ceremony	花環 funeral wreath
（宗教儀式的）葬禮 service	治喪委員會主席 the chairperson of a funeral committee
訃聞 obituary/obituary notice	送葬者，哀悼者 mourners
▶ 訃聞中寫有 "Funeral private" 時表示「僅在家庭內部舉行葬禮」。寫有 "Please omit flowers" 時表示「懇辭花圈、花籃」之意.	送葬，哀悼 attend a funeral
死亡通知 death notice	舉行國葬 hold a state funeral
遺體 dead body/the loved one	送葬的行列 funeral procession/funeral train
▶ 為表示對死者的敬意而用 the loved one.	悼辭 funeral oration/funeral address
（醫生開的）死亡證明書 death certificate	頌辭 eulogy
訃聞欄 funeral column	送葬進行曲 funeral march
埋葬許可 permit for burial	靈車 hearse
殯儀館 funeral home/undertaker's/undertaker's office	埋葬/土葬 burial/interment
葬儀業者 funeral director/undertaker/〖美〗mortician	火葬 cremation
停屍間 mortuary/funeral home/funeral parlor	基地 graveyard/memorial park
處理遺體者 embalmer	基碑 gravestone/tombstone
棺材 coffin/casket	基誌銘，基誌 epitaph
臂章 armband	▶ 刻有往生者姓名、卒年及引用的《聖經》句子或者作為紀念的言辭。例如：May he rest in peace!（願他安息!）
守靈 wake	十字架 cross
殯儀場 funeral hall	給～的基獻花環 put a wreath of flowers on ～'s grave

[活用] adj. ② **more fundamental, most fundamental**

[複數] **fundamentals**

fundamentalism [ˌfʌndəˋmɛntlˌɪzəm] n. 原教旨主義《20世紀興起於美國，相信《聖經》上所記載之事，反對近代教義）.

fundamentally [ˌfʌndəˋmɛntlɪ] adv. ① 基本上，本質上. ② 根本地: His argument is **fundamentally** wrong. 他的論點根本就是錯的.

[活用] adv. ② **more fundamentally, most fundamentally**

*__funeral__ [ˋfjunərəl] n. 葬禮，告別式: We all attended his **funeral**. 我們都參加了他的葬禮.

[片語] __It's your funeral.__ 那是你的事，我管不著.

➡ 充電小站 (p. 513)

[複數] **funerals**

fungi [ˋfʌndʒaɪ] n. fungus 的複數形.

[發音] 亦作 [ˋfʌŋgaɪ].

fungus [ˋfʌŋgəs] n. 蕈類，真菌，蕈.

[複數] **fungi/funguses**

funnel [ˋfʌnl] n. ① 漏斗. ②（輪船、火車等的）煙囪.
——v. ③ 使經過狹窄的通道，通過，穿過: They all **funneled** through the only open door to the gymnasium. 他們都通過唯一開著的門到那個體育館. ④（用漏斗）注入.

[複數] **funnels**

[活用] v. 〖美〗**funnels, funneled, funneled, funneling/** 〖英〗**funnels, funnelled,**

funnelled, funnelling

funnily [ˋfʌnɪlɪ] adv. 奇怪地，滑稽地: Steve is talking rather **funnily** tonight. 史蒂夫今晚說話有點奇怪.

*funny [ˋfʌnɪ] adj.

原義	層面	釋義	範例
可笑的	令人發笑地	有趣的	①
	與平時不同地	奇怪的，古怪的	②
	身心狀態與平時不同地	身體狀況不佳的，不正常的	③

[範例] ① **funny** stories 有趣的故事.
That's **funny**. 那很有趣.
② There's something **funny** about the girl. 那個女孩有點古怪.
It's **funny** but I can sometimes tell exactly what will happen in the future. 奇怪的是有時我能正確地說出將來會發生甚麼事.
③ She always feels **funny** if she rides a bus for a long time. 她長時間坐公車就會感到身體不適.

[參考] ③ 不用於名詞前.

[活用] adj. **funnier, funniest**

*__fur__ [fɝ] n. ①（動物的）毛，毛皮；毛皮製品. ②水鏽，水垢；舌苔《腸胃不好時舌頭表面上出現的一層灰白色物質）.

[範例] ① a **fur** coat 毛皮大衣.
Animal rights activists disapprove of using **fur**

and leather goods. 動物權利行動主義者反對人們使用毛皮及皮革製品.

〔複數〕 **furs**

***furious** [`fjʊrɪəs] *adj.* ① 狂怒的，狂暴的，氣得發瘋的. ② 激烈的，猛烈的.

〔範例〕① The boss got **furious** at me for the mistake I made. 老闆對我犯的錯誤大發雷霆.

② She made **furious** efforts to catch up with her class. 她拼命地努力以趕上班上同學.

〔活用〕 *adj.* **more furious，most furious**

furiously [`fjʊrɪəslɪ] *adv.* 狂怒地；猛烈地.

〔活用〕 *adv.* **more furiously，most furiously**

furl [fɝl] *v.* 疊起，捲起.

〔活用〕 *v.* **furls，furled，furled，furling**

furlong [`fɝlɔŋ] *n.* 浪《長度單位，1/8哩，等於201.17公尺，略作 fur.，主要用於表示賽馬時的距離單位》.

〔複數〕 **furlongs**

furlough [`fɝlo] *n.* (軍人或公務員的) 休假.

〔複數〕 **furloughs**

***furnace** [`fɝnɪs] *n.* 火爐，暖氣爐，熔爐，灶爐：This **furnace** uses natural gas, not oil. 這個火爐不是用石油，而是用天然氣.

〔複數〕 **furnaces**

***furnish** [`fɝnɪʃ] *v.* ① 陳設，布置，設置. ② 供給，提供.

〔範例〕① This house is well **furnished**. 這棟房子布置得很好.

His room is **furnished** with a bed. 他的房間裡放著一張床.

② They **furnished** the homeless people with a temporary shelter. 他們提供臨時住所給無家可歸者.

The Hsintien River **furnishes** Taipei with water. 新店溪供給臺北用水.

〔活用〕 *v.* **furnishes，furnished，furnished，furnishing**

furnishings [`fɝnɪʃɪŋz] *n.* 〔作複數〕家具，設備《比 furniture 意義廣泛，包括窗簾、浴室、瓦斯、自來水等》.

***furniture** [`fɝnɪtʃɚ] *n.* 家具，日常用具《放在室內可移動者，如床、沙發、地毯等》.

〔範例〕 kitchen **furniture** 廚房用具.

a piece of **furniture** 一件家具.

We have much **furniture**. 我們有很多家具.

furrow [`fɝo] *n.* ① (壟與壟之間的) 犁溝. ② (臉上的) 皺紋. ③ 車轍.

——*v.* ④ 犁，耙. ⑤ 使起皺紋.

〔複數〕 **furrows**

〔活用〕 *v.* **furrows，furrowed，furrowed，furrowing**

furry [`fɝɪ] *adj.* 襯有毛皮的；毛皮製的.

〔活用〕 *adj.* **furrier，furriest**

***further** [`fɝðɚ] *adj.，adv.* ① 更遠的〔地〕. ② 更進一步的〔地〕.

——*v.* ③ 增進，促進，推動.

〔範例〕① Ian can swim **further** than I can. 伊恩能比我游得更遠.

She was standing on the **further** side of the road. 她站在路的那一側.

② For **further** information, call us. 欲知詳情，請與我們聯絡.

You should examine the patient **further**. 你應該對那位患者做進一步的檢查.

③ They need more weapons and ammunition to **further** their rebellion. 他們需要更多武器及彈藥以助長這次的叛變.

〔參考〕作形容詞時，只用於名詞前.

〔活用〕 *v.* **furthers，furthered，furthered，furthering**

furthermore [`fɝðɚˏmor] *adv.* 另外，此外，再者，而且：You don't have enough money to go，and **furthermore**，you're still sick. 你沒有足夠的錢去，而且你還在生病.

furthermost [`fɝðɚˏmost] *adj.* 最遠的.

***furthest** [`fɝðɪst] *adj.，adv.* 最遠的〔地〕《far 的最高級》.

furtive [`fɝtɪv] *adj.* 偷偷的，鬼鬼祟祟的：The policeman watched the boy because of his **furtive** manner. 那個男孩鬼鬼祟祟的，所以警察一直盯著他.

〔活用〕 *adj.* **more furtive，most furtive**

furtively [`fɝtɪvlɪ] *adv.* 偷偷地，祕密地，鬼鬼祟祟地.

〔活用〕 *adv.* **more furtively，most furtively**

***fury** [`fjʊrɪ] *n.* ① 盛怒，憤怒，狂怒. ② 猛烈，狂暴.

〔範例〕① Ted punched Jack in a **fury**. 泰德在盛怒之下揍了傑克.

John flew into a **fury** when he heard someone question his girlfriend's virtue. 聽說有人懷疑自己女朋友的貞操，約翰氣得火冒三丈.

② The **fury** of the storm caused millions of dollars' worth of damage. 猛烈的暴風雨造成了幾百萬美元的損失.

〔片語〕 *in a fury* 在盛怒之下. (⇨ 〔範例〕①)

like fury 猛烈地.

〔複數〕 **furies**

***fuse** [fjuz] *n.* ① 保險絲. ② 引信，雷管《砲彈、炸彈的引爆裝置》.

——*v.* ③ 燒斷保險絲. ④ (使) 熔化. ⑤ (使) 融合.

〔範例〕① The **fuse** blew. 保險絲斷了.

② This **fuse** is too short； it'll blow up before you get two yards away! 這根引信太短了，你離開不到兩碼就會爆炸.

③ Suddenly all the lights **fused**. 電燈突然全都熄了.

④ The engineer **fused** the two pieces of wire together. 那位工程師將兩根鐵絲熔接在一起.

〔複數〕 **fuses**

〔活用〕 *v.* **fuses，fused，fused，fusing**

fuselage [`fjuzl̩ɪdʒ] *n.* (飛機的) 機身.

〔複數〕 **fuselages**

fusion [`fjuʒən] *n.* ① 熔解，熔合；結合，聯合. ② 核融合.

表示未來

【Q】英語的動詞有現在式與過去式，那麼也有未來式嗎？

【A】例如，go 的過去式是 went，英語中沒有用來表示 go 未來式的字，因此沒有相當於過去式 went 的未來式。 但是有如下表示未來的方式：

a. I go to Tibet next month.
b. I am going to Tibet next month.
c. I am going to go to Tibet next month.
d. I am planning to go to Tibet next month.
e. I am thinking of going to Tibet next month.
f. I will go to Tibet next month.

那麼，這些句子的意義要如何區分呢？

a. 意為「我下個月一定要去西藏」，護照、機票、旅館等都安排好了，行李也準備齊了。

b. 因為有 going，可知具體計畫和準備正在進行中。

c. 與 b. 比較多了 to go，表示十分想去。

d. 表示正在看旅行指南等以確定自己的計畫。

e. 表示只是有去的打算而已。

f. 因有 will，表示意志，雖說是「我下個月打算去西藏」，但只是想法，尚未有具體的計畫和準備。

表示未來的方式有好幾種，但透過以上範例可以看得出它們所表達的準備情況和心情都大不相同。

[範例] ① the **fusion** of lead and tin 鉛與錫的熔合。
the **fusion** of the two parties 兩政黨的聯合。
[複數] **fusions**

*__fuss__ [fʌs] n. ① 無謂紛擾，小題大作，焦慮，緊張，大驚小怪。
——v. ① 小題大作，使焦慮，緊張，大驚小怪。
[範例] ① There is sure to be a **fuss** when our teacher finds the window is broken. 我們老師如果看到窗戶被打破了，一定會大驚小怪的。
Liza always makes a **fuss** about her granddaughter, May. 莉莎老是為她的孫女梅操心。
② Don't **fuss**; there's sure to be plenty of food left. 不要緊張，還剩許多食物。
[片語] ***kick up a fuss*** 鬧事，大吵大鬧。
make a fuss 焦慮，操心，大驚小怪。(⇨ [範例] ①)
[活用] v. **fusses, fussed, fussed, fussing**

__fussily__ [ˋfʌsɪlɪ] adv. ① 挑剔地，過於注重細節地；神經質地，煩躁地。 ②（衣服等）過分裝飾地，花俏地。
[活用] adv. **more fussily, most fussily**

__fussy__ [ˋfʌsɪ] adj. ① 挑剔的，過於注重細節的；神經質的，煩躁的。②（衣服等）過分裝飾的，花俏的。
[範例] ① Tom is very **fussy** about table manners. 湯姆過於注重餐桌禮儀。
"Would you like coffee or tea?" "I'm not **fussy**." 「你要咖啡還是茶?」「都可以。」
[活用] adj. **fussier, fussiest**

__futile__ [ˋfjutl] adj. 無用的，無益的，徒勞的：
He's making another **futile** attempt to get his parents to lend him their car. 他又一次嘗試向

父母借車，但還是無功而返。
[發音] 亦作 [ˋfjutɪl]。
[活用] adj. **more futile, most futile**

__futility__ [fjuˋtɪlətɪ] n. ① 無益，無用。② 無益的言行。
[複數] **futilities**

__futon__ [ˋfutɑn] n. (鋪在床上的) 床墊。
[複數] **futons**

*__future__ [ˋfjutʃɚ] n. 未來，將來，以後，今後。
[範例] My son doesn't spend enough time thinking about his **future**. 我兒子從不認真考慮自己的將來。
Save some money for the **future**. 為了將來，你要存一點錢。
Be more careful in the **future**. 今後你要更加注意。
There's a sound **future** in genetic engineering, I'm sure of it. 我確信遺傳工程學前景光明。
in the near **future** 在不遠的將來。
I'd like you to meet my **future** wife. 我想請你見見我未來的妻子。
There's no **future** in prospecting for gold in these parts any more. 這裡根本不可能挖到黃金。
♦ **fùture lífe** 來世，來生。
➡ 充電小站 (p. 515)
[複數] **futures**

__fuzz__ [fʌz] n. ① 細毛，絨毛。②《口語》〔the ~〕警察，警官。

__fuzzy__ [ˋfʌzɪ] adj. ① 起毛的，覆以絨毛的，似絨毛的。②（輪廓和聲音等）模糊的，朦朧的。
[活用] adj. **fuzzier, fuzziest**

簡介字母 G 語音與語義之對應性

/g/ 在發音語音學上列為軟顎濁塞音 (voiced velar stop). 發音的方式是嘴巴張大, 舌根往上抬, 向軟顎靠攏成阻, 閉住氣流. 因聲門張開, 當舌根離開軟顎破阻後, 氣流突然衝出, 振動聲帶, 形成舌根音 [g]. 由於發音部位靠近喉嚨, 其後接元音 a, o 或 u, 因此, 常與喉嚨發聲的動作有關.

(1) 發 [g] 音時, 嘴巴張得比一般輔音大, 因此本義為象徵「任何張大嘴巴的動作」. 但大嘴巴的人經常被暗喻為「饒舌、嘮嘮不休的人」:
gape　*v.* 張口結舌
gasp　*v.* 喘息, 喘著氣說
garrulous　*adj.* 愛說話的, 多嘴的
gibber　*v.* 嘰哩咕嚕地說
gossip　*n.* 閒話, 愛說閒話的人

(2) 由於發音的部位靠近喉嚨, [g] 最具有喉音 (guttural sound) 的特色, 因此本義為「似喉音的擬聲字」:
gabble　*v.* (鵝等) 嘎嘎地叫
gurgle　*v.* (嬰兒等喉嚨) 作咯咯聲
gobble　*v.* (火雞) 咯咯地叫
gibber　*v.* (猴子等) 嘰嘰喳喳地叫
giggle　*v.* 咯咯地傻笑

(3) 一個人若經常張嘴, 顯示出是位智弱的笨者, 易受他人欺騙或愚弄, 因此引申為「受騙或被愚弄」:

gawk　*n.* 笨人, 呆子
gudgeon　*n.* 易受騙的人
guile　*n.* 欺詐, 狡猾
gull　*v.* 欺騙; *n.* 易受騙的人
gullible　*adj.* 易受騙的
beguile　*v.* 誘騙, 騙取《被欺詐騙取的都是呆子》

(4) 引申之意為「狀似喉嚨之物如峽谷、食道等」:
gorge　*n.* 峽谷; 咽喉
gulch　*n.* (美國西部的) 峽谷
gully　*n.* (乾涸的) 小峽谷
gap　*n.* 山間的窄徑, 峽谷
gullet　*n.* 食道; 咽喉
gulf　*n.* 海灣; 深淵
gutter　*n.* (街道旁的) 排水溝

(5) 狼吞虎嚥者彷彿把食物直接塞入喉嚨, 而不是慢慢細嚼, 因此另一引申之意為「暴飲暴食、狼吞虎嚥者」(hasty swallowers):
gourmand　*n.* 嗜食者
gourmandize　*v.* 暴食
gobble　*v.* 狼吞虎嚥
guttle　*v.* 狼吞虎嚥地吃
gulp　*v.* 吞食; 吞飲; 狼吞虎嚥
guzzle　*v.* 暴飲; 暴食
gormandize　*v.* 狼吞虎嚥

G [dʒi] *n.* C 大調的第5音.
複數 **G's/Gs**

g《縮略》= gram, grams (克).

gabardine [ˋgæbɚ͵din] *n.* ① 軋別丁《質地密實的斜紋布料; 用於製作雨衣等》. ② 中世紀時的一種寬鬆長袍.
參考 亦作 gaberdine.
複數 **gabardines**

gabble [ˋgæbl] *v.* ① 急促地說話, 嘮嘮不休. ② (鵝等) 嘎嘎叫.
—— *n.* 急促不清的話.
範例 ① Please don't **gabble**. 說話請不要太急促.
② The ducks are **gabbling** in the yard. 鴨子在院子裡嘎嘎叫.
活用 *v.* **gabbles**, **gabbled**, **gabbled**, **gabbling**

gable [ˋgebl] *n.* 山形牆, 三角牆《屋頂相交在下方形成的人字形牆壁》.
複數 **gables**

gad [gæd] *v.* 閒逛, 遊蕩:
When we had nothing in particular to do, we would just **gad** about town. 我們沒甚麼特別的事時, 就會在市區閒逛.

[gable]

活用 *v.* **gads**, **gadded**, **gadded**, **gadding**

gadget [ˋgædʒɪt] *n.* 精巧的器具, 小工具《開瓶器、開罐器等》.
複數 **gadgets**

gag [gæg] *n.* ① 馬銜. ② 堵嘴物. ③ 插科打諢, 說笑話.
—— *v.* ④ 勒住馬嘴. ⑤ 禁止發言, 箝制言論: Nobody knows about it because the press has been **gagged**. 因為新聞界被封鎖言論, 所以沒有人瞭解真實情況. ⑥ 作嘔.
♦ **gág òrder** 言論箝制令.
複數 **gags**

[活用] v. **gags**, **gagged**, **gagged**, **gagging**
gage [gedʒ] =n., v. gauge.

gaggle [`gæɡl] n. ① 鵝群. ② 嘈雜的一群人.
[複數] **gaggles**

***gaiety** [`ɡeətɪ] n. ① 快活, 歡樂; 華麗, 亮麗:
The ballroom was filled with youthful **gaiety**.
舞會上洋溢著年輕人的朝氣. ②〔~ies〕狂歡,
作樂.
[複數] **gaieties**

gaily [`ɡelɪ] adv. 快樂地, 快活地; 華麗地: Jack
was standing among the **gaily** dressed ladies.
傑克站在穿著華麗的女士們中間.
[活用] adv. **more gaily**, **most gaily**

***gain** [ɡen] v. ① 獲得, 得到, 獲益; 增加; 到達.
── n. ② 利益; 增加.
[範例] ① How did you **gain** that information? 你是
如何得到那個消息的?
I'm **gaining** experience in my new job. 我在
新的工作中累積經驗.
My father **gained** five kilograms. 我爸爸胖了
5公斤.
The skier **gained** speed as he went down the
steep hill. 那位滑雪選手在滑下陡峭的斜坡
時增加了速度.
This clock **gains** a minute every day./This
clock **gains** by a minute every day. 這個時鐘
每天快1分鐘.
No one **gained** by the deal. 沒有人從那次交
易中獲益.
You can **gain** by watching how he plays his
part. 看看他盡責的樣子, 你會有所收穫的.
At last we **gained** the top of the mountain. 我
們終於到達了山頂.
Our policy is **gaining** ground. 我們的政策逐
漸獲得支持.
② Your loss is my **gain**. 你輸了即是我贏了.
The baby had a **gain** of two kilograms. 那個嬰
兒體重增加了2公斤.
[片語] **gain ground** 前進; 得勢. (⇨ [範例] ①)
gain on/gain upon 逼近: The
young candidate is **gaining on** the former
mayor in the opinion polls. 在民調中, 那位年
輕的候選人逼近前市長.
[活用] v. **gains**, **gained**, **gained**, **gaining**
[複數] **gains**

gait [ɡet] n. 步態, 走路的樣子: She walks with
a strange **gait**. 她走路的樣子很怪.
[複數] **gaits**

gal [ɡæl] n.《口語》女孩, 少女.
[複數] **gals**

gala [`ɡelə] n. 節日; 慶祝: They're having a
gala dinner to celebrate his winning an
Olympic gold medal. 為了祝賀他獲得奧運金
牌, 他們即將舉行慶祝晚宴.
[複數] **galas**

galactic [ɡə`læktɪk] adj. 銀河的, 銀河系的,
galaxy [`ɡæləksɪ] n. ① 銀河, 銀河系, 天河《地
球所屬的銀河作 the Galaxy; 亦作 the Milky

Way》. ② 顯赫的一群.
[參考] 銀河系約有2千億個星星聚集在一起呈圓
盤形, 因地球是在其內側, 所以銀河系看起
來呈帶狀.
[字源] 希臘語galaxias (乳狀之路).
[複數] **galaxies**

***gale** [ɡel] n. ① 大風, 疾風《為氣象用語, 指風
速每秒約14-28公尺的風》. ②（感情等的）爆
發.
[範例] ① The signboard was blown down in a
gale. 那塊招牌被大風吹掉了.
② The joke caused **gales** of laughter. 那個笑話
引來哄堂大笑.

Galileo [ˌɡælə`lio] n. 伽利略《Galileo Galilei,
1564-1642, 義大利天文學家, 物理學家,
現代科學的創始人之一, 曾因支持哥白尼的
地動說而遭宗教審判》.

gall [ɡɔl] n. ① 沒禮貌, 厚顏. ② 鞍傷. ③（長於
植物的幹或莖上的）瘤.
── v. ④ 使惱怒, 使焦急.
[範例] ③ The boy had the **gall** to call me a
coward. 那個男孩不禮貌地叫我膽小鬼.
④ Your unkind words **galled** Mary. 你無情的話
惹惱了瑪麗.
[複數] **galls**
[活用] v. **galls**, **galled**, **galled**, **galling**

***gallant** [`ɡælənt] adj. ①〔正式〕勇敢的, 英勇
的: The **gallant** knight rescued the lady from
the burning house. 那位勇敢的騎士從熊熊燃
燒的屋子裡救出那個女子. ②（對女性）熱情
的, 獻殷勤的.
[活用] adj. **more gallant**, **most gallant**

gallantly [`ɡæləntlɪ] adv. ① 勇敢地. ②（對女
性）殷勤地.
[活用] adv. **more gallantly**, **most gallantly**

gallantry [`ɡæləntrɪ] n. ① 勇敢, 英勇. ②（對
女性）獻殷勤.

galleon [`ɡælɪən] n. 西班牙大帆船《15-17世
紀西班牙的大型帆船》.
[複數] **galleons**

***gallery** [`ɡælərɪ] n. ① 畫廊, 美術館. ② 樓座,
頂層樓座《戲院或大廳最高層、最便宜的座
席》. ③ 頂層樓座的觀眾《高爾夫球或網球比
賽的）觀眾. ④ 走廊, 長廊. ⑤ 狹長的房間;
廣闊的通道.
[片語] **play to the gallery** 譁眾取寵, 迎合大
眾口味.
[複數] **galleries**

galley [`ɡælɪ] n. ① 單甲板平底帆船. ②（船或
飛機的）廚房. ③ 校樣, 長條校樣《為確認稿
件是否正確印刷而進行的試印; 亦作 galley
proof》.
[參考] 槳帆並用大木船是一種靠多槳多帆行進的
大型船, 古代用作戰艦, 中世紀用作商船, 由
奴隸、囚犯等划槳.
[複數] **galleys**

gallon [`ɡælən] n. 加侖《『美』為液量 (liquid
measure) 單位, 約3.8升 (liters);『英』為液量

及乾量 (dry measure) 單位，約4.5升；略作 gal.，複數常作 gals.）：30 miles per **gallon** 每 加侖30哩（指燃料消耗量，略作30mpg）.

[複數] **gallons**

***gallop** [ˋɡæləp] *n.* ① 飛奔，疾馳.
—— *v.* ② 飛奔，騎馬奔馳，奔跑. ③ 急速行動， 匆匆去做.

[範例] ① The horse went down the hill at a **gallop**. 那匹馬飛馳奔下山崗.
Shall we go for a **gallop** tomorrow morning? 明天早晨我們騎馬跑一趟好嗎？
② The man **galloped** his horse all the way to the farm. 那個男子策馬奔赴農場.
③ Don't **gallop** through this chapter—read it slowly and digest it. 這一章不能匆匆翻過，要 慢慢閱讀消化.

[片語] *at a gallop* 以最快速度，急速地. (⇨ [範例]①)
➡ (充電小站) (p. 611)

[複數] **gallops**
[活用] *v.* **gallops**, **galloped**, **galloped**, **galloping**

gallows [ˋɡæloz] *n.* 絞刑臺；絞刑：The criminal was sent to the **gallows**. 那個犯人被 帶上絞刑臺.

[複數] **gallows/gallowses**

galore [ɡəˋlor] *adj.* 〔只用於名詞後〕很多的：
He's got money **galore**. 他有很多錢.

galvanize [ˋɡælvə͵naɪz] *v.* ① 鍍鋅. ② 刺激.

[範例] ① The shed is made of **galvanized** iron. 那間小屋是用白鐵皮做的.
② Rumors of bankruptcy **galvanized** him into looking for a new job. 他受到破產流言的刺 激，立刻開始尋找新工作.

[活用] *v.* **galvanizes**, **galvanized**, **galvanized**, **galvanizing**

***gamble** [ˋɡæmbl] *v.* ① 賭博.
—— *n.* ② 賭，打賭.

[範例] ① We **gambled** at cards. 我們賭撲克牌.
Do you often **gamble** on horse races? 你經常 賭馬嗎？
We're **gambling** everything on this new computer chip. 我們把一切都賭在這個新的 電腦晶片上.
② This might not work—it's a big **gamble**. 這也 許不會成功，這是個很大的賭注.

[片語] *gamble away* 賭輸，賭光：I **gambled away** all my money. 我把錢全賭光了.

[活用] *v.* **gambles**, **gambled**, **gambled**, **gambling**

[複數] **gambles**

gambler [ˋɡæmblə] *n.* 賭博者，賭徒，投機 者：Oh, George is a **gambler**, all right. He's in that casino every night. 啊，喬治的確 是一個賭徒，每天晚上都沉浸在那家賭場裡.

[複數] **gamblers**

gambol [ˋɡæmbl] *n.* ① 跳躍，嬉戲.
—— *v.* ② 蹦蹦跳跳，嬉戲：The lambs were **gamboling** about in the pasture. 那些小羊們

在牧場裡蹦蹦跳跳.

[複數] **gambols**
[活用] *v.* 〖美〗 **gambols**, **gamboled**, **gamboled**, **gamboling**/〖英〗 **gambols**, **gambolled**, **gambolled**, **gambolling**

‡**game** [ɡem] *n.*

原義	層面	釋義	範例
按照一定規則進行的遊戲	給人樂趣的	遊戲，娛樂，趣事	①
	決勝負的	比賽，（比賽的）一局，一盤	②
	可利用的	計策，花招，計畫	③
	可在某處得到的	得分；（狩獵的）獵物，獵物的肉	④

—— *adj.* ⑤ 有鬥志的，有勇氣的.

[範例] ① Playing house is a **game** in which boys and girls pretend to be grown-ups. 扮家家酒 是男孩和女孩們玩模仿大人的遊戲.
It's just a **game**—you don't have to get so upset. 這只不過是個小小的玩笑，你何必那 麼生氣呢.
What a **game**! 多麼有趣啊！
② Let's have a **game** of chess! 我們來玩一盤 西洋棋吧！
We watched the baseball **game** on TV yesterday evening. 我們昨晚看電視上轉播的 棒球比賽.
Kathy plays a good **game** of cards. 凱西很會 玩牌.
The Olympic **Games** are held every four years. 奧林匹克運動會每4年舉行一次.
Sampras won the first **game** of the set. 山普 拉斯拿下了那盤比賽的第1局.
In this company, treating men and women differently is not playing the **game**. 在這家公 司裡，男女待遇有別被認為不公平.
I wonder what's wrong with him. He's really off his **game** today. 他到底是怎麼了？他今天的 狀況實在太糟了.
③ Don't play your little **games** with me. 你不要 跟我耍把戲.
You mustn't give the **game** away. 你千萬不要 洩露計畫.
I wonder what her **game** is. 我想知道她的計 畫是甚麼.
None of your **games**! 別耍花招啦！
The **game**'s up! —The police have found the stolen diamonds in your flat. 一切都完了！ 警 方已在你的公寓裡發現失竊的鑽石.
④ The **game** was 7 to 0 at the half. 前半局得分 是7:0.
He's in Alaska hunting wild **game**. 他目前在

阿拉斯加狩獵.
We shot twenty head of **game**. 我們獵到20
頭獵物.
I love a dish of **game**. 我非常喜歡吃獵物肉
所做的菜.
My brother was easy **game** for their jokes. 我
弟弟容易成為他們嘲弄的對象.
⑤ It was a **game** defense, but he lost the case.
那是一場充滿鬥志的辯護，然而他輸了那場
官司.
I'm not **game** enough to try to climb that cliff.
我沒有攀登那面崖壁的勇氣.
[片語] *give the game away* 洩露祕密. (⇨
[範例] ③)
have a game with 欺騙.
make game of 愚弄.
off ~'s game (比賽中) 狀況不好. (⇨ [範例]
②)
play the game 遵守規則，堂堂正正地做.
(⇨ [範例] ②)
[複數] **games**
gamekeeper [ˋgemͺkipɚ] n. 獵場管理人.
[複數] **gamekeepers**
gammon [ˋgæmən] n. 〖英〗火腿《用豬後腿製
成的醃燻肉》.
gander [ˋgændɚ] n. 雄鵝《☞ goose (雌鵝，雌
雁)》.
[複數] **ganders**
*__gang__ [gæŋ] n. ① 一幫，一群. ② 一夥；暴力集
團，流氓集團. ③ 夥伴，玩伴，同夥.
——v. ④ 結夥，集體行動.
[範例] ①A **gang** of workers are repairing the
road. 有一群工人正在修築那條路.
② The **gang** was arrested for robbery. 那夥人
以強盜罪遭到逮捕.
a **gang** of thieves 一夥盜賊.
③ Tom was one of our **gang**. 湯姆曾是我們的
夥伴之一.
Mrs. Jones doesn't want her son hanging out
with that **gang** of bad boys. 瓊斯太太不希望
她的兒子和那夥壞孩子混在一起.
[片語] *gang up on/gang up against* 結夥襲
擊: They plan to **gang up on** him as he leaves
the school grounds. 他們計畫等他從學校一
出來就圍毆他.
[參考] (1) 當重點放在每個人時，單數形有時作複
數. (2) 英語的 gang 指一夥人，指個別成員時
用 gangster.
[複數] **gangs**
[活用] v. **gangs**, **ganged**, **ganged**, **ganging**
gangling [ˋgæŋglɪŋ] adj. (身體) 瘦長的.
gangplank [ˋgæŋͺplæŋk] n. 舷梯《上下船時
用的板〔橋〕; 亦作 gangway》.
[複數] **gangplanks**
gangrene [ˋgæŋgrin] n. 壞疽《指因血液供應
不足而引起的身體組織部分壞死》.
gangrenous [ˋgæŋgrɪnəs] adj. (生) 壞疽的.
gangster [ˋgæŋstɚ] n. 流氓，歹徒《☞ gang
[參考] (2)》.

[gangplank]

gangsters [複數]
gangway [ˋgæŋͺwe] n. ① 舷門《船兩側的出入
口》，舷梯《從船的舷門通往棧橋的跳板; 亦
作 gangplank》. ② 〖英〗(劇場或火車等) 座位
間的通道 (亦作 aisle).
——interj. ③ 讓路《請別人讓路時的用語》:
Gangway, please! 請讓開!
[複數] **gangways**
gantry [ˋgæntrɪ] n. ① 橋形臺架《支撐移動起重
機的臺架》. ② 跨線橋《橫跨線路且裝設有信
號機的橋》. ③ (火箭的) 移動發射架.
[複數] **gantries**
gaol [dʒel] =n., v. 〖美〗jail.
gaoler [ˋdʒelɚ] =n. 〖美〗jailer.
*__gap__ [gæp] n. 空隙，裂縫，間隔.
[範例] A snake came out through a **gap** in the
fence. 一條蛇從圍欄的空隙鑽了出來.
After a **gap** of six years, we met again. 相隔6
年後，我們再次見面.
There was a wide **gap** between their life style
and their parents'. 他們的生活方式與他們父
母的生活方式之間存在著極大差異.
[複數] **gaps**
gape [gep] v. ① (驚訝得) 目瞪口呆. ② 敞開，
裂開.
——n. ③ 目瞪口呆. ④ 裂口.
[範例] ① The boy was **gaping** at the
hippopotamus. 那個男孩目瞪口呆看著河馬.
② He lets his shirt **gape** open to show off his
muscles. 他為了炫耀肌肉而敞開襯衫.
[活用] v. **gapes**, **gaped**, **gaped**, **gaping**
[複數] **gapes**
*__garage__ [gəˋrɑʒ] n. ① 車房，車庫《除了放置汽
車外，還常用來放置木工用具、除草機及園
藝用具，或作為工作場所》: Put the car in the
garage. 請把那輛車開進車庫. ② 汽車修理
廠.
——v. 把車開進車庫; 把車送到修理廠.
♦ **garáge sàle** 舊貨出售《將自己家不用的衣
服、書、雜物、家具等擺放在車庫或庭院裡
廉價出售》.
[複數] **garages**
[活用] v. **garages**, **garaged**, **garaged**,
garaging
garb [gɑrb] n. ① 《正式》服裝，裝束《為某一職
業、階層或地區所特有》.
——v. ② 穿著: The man **garbed** himself as a
priest. 那個男子穿著僧侶的服裝.
[複數] **garbs**
[活用] v. **garbs**, **garbed**, **garbed**, **garbing**

garbage [ˋgɑrbɪdʒ] *n.* ① 〖美〗垃圾（〖英〗rubbish；〖美〗紙屑等廢棄物作 trash）. ② 無用之物，廢物.

♦ **gárbage càn** 〖美〗（大型的）垃圾箱（〖英〗dustbin）.

　gárbage collèctor 垃圾清潔工人.

　gárbage trùck 垃圾車（〖英〗dustbin lorry）.

***garden** [ˋgɑrdn] *n.* ① 院子，庭院，花園《栽種著植物；☞充電小站 (p. 521)》. ②（~s）公園；遊樂場.

　——*v.* ③ 修整花草，從事園藝.

　〖範例〗① My father often weeds the **garden** in summer. 我父親夏天經常在院子裡除草.

　② Kensington **Gardens** 肯辛頓公園.

　〖參考〗栽種供觀賞或具有實用性的植物，且經常整修的庭園作 garden；房前屋後植有草坪供孩子們遊戲的庭院作 yard.

♦ **gárden cíty** 〖英〗花園城市.

　〖複數〗**gardens**

　〖活用〗*v.* **gardens**, **gardened**, **gardened**, **gardening**

gardener [ˋgɑrdnɚ] *n.* 園丁，園藝家《因職業或興趣而修整 garden 的人》: We had the **gardener** trim the trees. 我們請園丁修剪那些樹木.

　〖複數〗**gardeners**

gardening [ˋgɑrdnɪŋ] *n.* 營造庭園，園藝，修整庭園.

gargle [ˋgɑrgl] *v.* ① 漱口.

　——*n.* ② 漱口. ③ 漱口液.

　〖活用〗*v.* **gargles**, **gargled**, **gargled**, **gargling**

　〖複數〗**gargles**

gargoyle [ˋgɑrgɔɪl] *n.*（屋頂的）簷嘴《見於哥德式建築，呈怪異的人或動物狀；作排雨水用》.

　〖複數〗**gargoyles**

garish [ˋgɛrɪʃ] *adj.* 花俏的，耀眼的.

　〖活用〗*adj.* **more garish**, **most garish**

garland [ˋgɑrlənd] *n.* ① 花環，花冠.

　——*v.* ② 戴上花環，用花環裝飾.

[gargoyle]

　〖複數〗**garlands**

　〖活用〗*v.* **garlands**, **garlanded**, **garlanded**, **garlanding**

garlic [ˋgɑrlɪk] *n.* 大蒜《百合科多年生鱗莖植物；可食用的球根部作 bulb，其一瓣作 clove》.

***garment** [ˋgɑrmənt] *n.* 〖正式〗衣服，服裝: What a beautiful **garment**! Where did you get it? 好漂亮的衣服啊！你在哪裡買的？

　〖複數〗**garments**

garner [ˋgɑrnɚ] *v.* 儲藏，積聚.

　〖活用〗*v.* **garners**, **garnered**, **garnered**, **garnering**

garnet [ˋgɑrnɪt] *n.* ① 石榴石《深紅色的寶石，1月誕生石》. ② 深紅色.

　〖複數〗**garnets**

garnish [ˋgɑrnɪʃ] *v.* ①（在菜肴上）加飾菜，添配菜: a baked fish **garnished** with a piece of lemon 用一片檸檬點綴的烤魚.

　——*n.* ②（菜肴的）搭配，裝飾.

　〖活用〗*v.* **garnishes**, **garnished**, **garnished**, **garnishing**

　〖複數〗**garnishes**

garret [ˋgærɪt] *n.*（破舊的）閣樓.

　〖複數〗**garrets**

garrison [ˋgærəsn] *n.* ① 駐軍. ② 衛戍地.

　——*v.* ③ 使（守備部隊）駐守.

　〖複數〗**garrisons**

　〖活用〗*v.* **garrisons**, **garrisoned**, **garrisoned**, **garrisoning**

garter [ˋgɑrtɚ] *n.* ①（一側的）襪帶: a pair of **garters** 一副襪帶. ②（the G~）嘉德勳章，嘉德勳位《英國的最高級勳章；亦作 the Order of the Garter》.

　〖參考〗① 用以防止襪子下滑，有的為具彈性的套環或帶狀物，有的為掛在腰帶或緊身胸衣的金屬夾上的細繩狀物；〖英〗suspender. ② 此勳章由藍色綬帶、頸飾及星形勳章組成.

　〖複數〗**garters**

***gas** [gæs] *n.* ① 氣體. ② 煤氣，瓦斯，毒氣. ③ 〖美〗汽油（gasoline 的縮略；〖英〗petrol）.

　——*v.* ④ 使瓦斯中毒，用毒氣攻擊. ⑤ 閒聊，瞎扯.

　〖範例〗① Jupiter has no solid surface, only a gradual transition from **gas** to liquid. 木星沒有固體表面，只存有氣體緩慢變化成液體的中間物.

　② The kettle is boiling. Would you turn off the **gas**? 水開了. 請把瓦斯關上好嗎？

　Is your central heating **gas** or electricity? 你家的中央暖氣裝置是用瓦斯，還是用電？

　No bullets! Use tear **gas** only! 不要用槍！只用催淚瓦斯！

　Mustard **gas** was used in WWI, but not in WWII. 第一次世界大戰中使用了芥子瓦斯，而第二次世界大戰中沒有使用.《芥子瓦斯為糜爛性毒氣，此名稱源於法語的 ypérite，因第一次世界大戰中德軍在比利時城市伊普爾（Ypres）使用此毒氣；英語作 mustard gas》.

　③ fill a car with **gas** 給汽車加汽油.

　④ She fainted when she heard that her husband had **gassed** himself. 聽到她丈夫用瓦斯自殺後，她昏了過去.

　⑤ I couldn't get through to my office. Someone was **gassing** on the phone all afternoon. 我怎麼也打不進我的辦公室，有人整個下午在講電話閒聊.

♦ **gás chàmber** 毒氣室.

　gás còoker 〖英〗瓦斯爐《〖美〗gas range》.

　gàs fíre 煤氣爐.

　gás màin 煤氣總管道《埋設於地下》.

　gás màsk 防毒面具.

充電小站

「庭院」是 garden 嗎?

栽種花草、水果、蔬菜等的庭園為 garden,『英』也將具有那樣庭園的整個庭院空間稱作 garden.

意為庭院的單字還有 yard,但 yard 中未必栽種花草。另外,經過鋪設的庭院也稱作 yard,位於屋後的稱作 backyard,位於屋前的稱作 front yard.

court 指周圍環繞著大建築物或圍牆的庭院。

下面列舉和 garden 有關的字:

後院	back garden
庭院景石	garden stone
修整庭院/園藝	gardening
花園	flower garden
菜園	vegetable garden

家庭菜園	kitchen garden
果園	fruit garden
岩石園《使用岩石培育高山植物》	rock garden
屋頂花園	roof garden
植物園	botanical garden
動物園	zoological garden/zoo
園遊會	garden party
庭園小徑	garden path
庭院用椅子	garden chair
花園城市	garden city
修建庭園	make a garden/lay out a garden
修整庭園	work in ~'s garden/work on ~'s garden
庭園除草	weed the garden

gás ring 環形輕便煤氣爐.
gás stàtion〖美〗加油站(〖英〗pertol station).
gás stòve 瓦斯爐.
複數 **gases/gasses**
活用 v. **gasses, gassed, gassed, gassing**
gaseous [ˋgæsɪəs] *adj.* 氣體的,氣態的: In its **gaseous** state it's very dangerous. 當它呈氣體狀態時非常危險.
gash [gæʃ] *n.* ① 深長的傷口.
——*v.* ② 深切.
範例 ① The man has a **gash** on his right arm. 那個男子右臂上有一道深長的傷口.
② The girl **gashed** her leg on the sharp edge of a rock. 那個女孩被尖銳的岩石割傷了腳.
複數 **gashes**
活用 v. **gashes, gashed, gashed, gashing**
gasket [ˋgæskɪt] *n.* 墊圈《防止瓦斯於管道接口處漏氣的襯墊》.
複數 **gaskets**
***gasoline/gasolene** [ˋgæsḷ͵in] *n.*〖美〗汽油《亦作 gas;〖英〗petrol》: We have run out of **gasoline**. 我們把汽油用光了.
發音 亦作 [ˋgæz͵in].
gasometer [gæsˋɑmətɚ] *n.* 瓦斯表.
複數 **gasometers**
***gasp** [gæsp] *v.* ① 喘氣,喘息. ② (因驚訝、憤怒等)屏息,倒抽一口氣(out). ③ 喘著氣說(out).
——*n.* ④ 喘氣,喘息,上氣不接下氣. ⑤ 屏息.
範例 ① George came up suddenly, **gasping** for air. 喬治突然氣喘吁吁地跑過來.
② When she opened the door of Room 620, the girl **gasped** with horror. 當那個女孩打開620室的房門時,她嚇得喘不過氣來.
③ The dying man **gasped** out the name of the person who had attacked him. 那個奄奄一息的男子喘著氣說出襲擊他的人的名字.
④ She came running up the stairs and told us the news in short **gasps**. 她跑上樓來,上氣不接下氣地告訴我們那個消息.
The man shook hands with me at his last

gasp. 那個人臨終時和我握了握手.
⑤ The boy stopped with a **gasp** of astonishment. 那個男孩大吃一驚停下了腳步.
片語 **at ~'s last gasp** 臨終時. (⇨ 範例 ④)
活用 v. **gasps, gasped, gasped, gasping**
複數 **gasps**
gassy [ˋgæsɪ] *adj.* 多氣的,充滿氣體〔氣泡〕的: This cola is very **gassy**. 這瓶可樂有很多氣泡.
活用 adj. **gassier, gassiest**
gastric [ˋgæstrɪk] *adj.* 〔只用於名詞前〕胃的,胃部的: **gastric** cancer 胃癌.
♦ **gástric jùice** 胃液.
***gate** [get] *n.* ① 大門,出入口,(機場的)登機門,剪票口,收費站. ② (水庫或運河的)水閘,閘門. ③ (比賽等的)觀眾人數;門票總收入《亦作 gate money》.
範例 ① I'll be waiting at the main **gate**. 我會在正門處等.
His sincerity opened the **gate** to success. 他的誠懇打開了通往成功的大門.
參考 兩個門扇以上構成的門作 gates.
複數 **gates**
gateau [gɑˋto] *n.* 大型花式奶油蛋糕.
發音 複數形 gateaux [gɑˋtoz].
複數 **gateaus/gateaux**
gatepost [ˋget͵post] *n.* 門柱.
複數 **gateposts**
***gateway** [ˋget͵we] *n.* 出入口,門戶,通道: St. Louis, Missouri, is called the **gateway** to the West. 密蘇里州的聖路易斯被稱為美國西部的門戶.
複數 **gateways**
***gather** [ˋgæðɚ] *v.* ① 收集,集中,聚集;摘取(花、果實等),採集. ② 推測.
——*n.* ③ (衣服的)皺褶,褶襉.
範例 ① **Gather** around! 過來集合!
The boy **gathered** his textbooks together and put them into the bag. 那個男孩把課本收起

來放進書包．
Every morning I **gather** eggs and feed the hens. 我每天早晨要撿雞蛋和餵雞．
Thousands of people are **gathering** around the Diet Building. 上千人聚集在國會大廈的周圍．
The desk has **gathered** dust. 那張桌子積滿了灰塵．
Smith **gathered** his courage and told the boss off. 史密斯鼓起勇氣斥責老闆．
He **gathered** speed on the expressway. 他在高速公路上加快了速度．
② I **gather** he missed the train. 我猜他沒趕上那班火車．

[片語] **gather up** ① 收攏，收拾（零散之物）: The student **gathered** his things **up** and walked out. 那個學生收拾好東西後走了出去． ② 集中（力量或精神）． ③ 蜷縮（身體）．

[活用] v. **gathers, gathered, gathered, gathering**

gathering [`gæðrɪŋ] n. ① 集合，集會《主要指氣氛融洽且非正式的聚會》: There was a large **gathering** at the community center last evening. 昨天晚上社區中心有個大型集會． ② 收集，採集，收穫．

[複數] **gatherings**

GATT [gæt] [縮略] ＝General Agreement on Tariffs and Trade（關稅及貿易總協定）．

gauche [goʃ] adj. 不善於社交的，不圓滑的．

[活用] adj. **more gauche, most gauche**

gaudily [`gɔdɪlɪ] adv. 俗艷地，俗麗地．

[活用] adv. **more gaudily, most gaudily**

gaudy [`gɔdɪ] adj. 俗艷的，俗麗的: The young man did not like wearing **gaudy** shirts. 那個年輕人不喜歡穿豔麗的襯衫．

[活用] adj. **gaudier, gaudiest**

gauge [gedʒ] n. ① 標準規格〔尺寸〕． ② 測量儀表． ③（鐵路的）軌距，（車輪的）輪距．
——v. ④ 測量；評價，評斷．
[範例] ① The number of fan letters was used as a **gauge** of singers' popularity. 歌迷寄來信的數量被用來衡量歌手的人氣指數．
② a rain **gauge** 雨量計．
a gasoline **gauge** 油量表．
③ a standard **gauge** 標準軌距．
a narrow **gauge** 窄軌．
a broad **gauge** 寬軌．
④ We use this instrument to **gauge** the speed of the wind. 我們用這個儀器來測量風速．

[參考] [美] gage.

[複數] **gauges**

[活用] v. **gauges, gauged, gauged, gauging**

Gaul [gɔl] n. 高盧《古羅馬帝國領地，包括現在的法國、義大利北部、比利時等地區》．

gaunt [gɔnt] adj. 消瘦的，憔悴的；（土地、場所）荒涼的．
[範例] The starving children had **gaunt** cheeks and hollow eyes. 那些飢餓的孩子兩頰消瘦、

雙目凹陷．
No animals can be seen on this **gaunt** field. 在這片荒涼的原野上看不到半隻動物．

[活用] adj. **gaunter, gauntest**

gauntlet [`gɔntlɪt] n. ① 護腕，鐵手套《中世紀騎士所戴的護具》． ② 長手套《騎馬或擊劍時穿戴，手套自手腕向上愈來愈寬》． ③ 鞭刑《舊時軍隊中實行的刑罰，犯人穿過排成兩列的施刑者並受其鞭打；亦作 gantlet》．
[範例] ① throw down the **gauntlet** 挑戰．
③ run the **gauntlet** 遭到嚴厲批評．

[複數] **gauntlets**

gauze [gɔz] n. 紗布．

***gave** [gev] v. give 的過去式．

gavel [`gævl] n.《會議主持人、法官等的）小木槌《命令肅靜或喚起注意時使用》．

[複數] **gavels**

‡**gay** [ge] adj. ① 愉快的，快活的；豔麗的． ② 放蕩的，輕浮的． ③ 同性戀的．
——n. ④ 同性戀者．
[範例] ① We danced to the **gay** music. 我們隨著歡樂的音樂起舞．
Jane always wears **gay** colors. 珍總是穿著色彩豔麗的衣服．
② The painter led a **gay** life and died young. 那位畫家過著放蕩的生活，而且很早就過世了．
③ These terms are used among **gay** people. 這些用辭在同性戀者之間使用．

[活用] adj. **gayer, gayest**

[複數] **gays**

gayness [`genɪs] n. 愉快，快活．

***gaze** [gez] v. ① 凝視，注視（at, into）．
——v. ② 凝視，注視．
[範例] ① The man **gazed** into his wife's face. 那個男子凝視著妻子的臉．
The boy was **gazing** at the beautiful sunset. 那個男孩凝視著美麗的夕陽．
② The woman's **gaze** fell on the girl. 那個女子看著那位女孩．

[活用] v. **gazes, gazed, gazed, gazing**

gazelle [gə`zɛl] n. 瞪羚《一種生長於非洲和西亞乾燥地區的小羚羊，奔跑時跳得很高》．

[複數] **gazelle/gazelles**

gazette [gə`zɛt] n. ① ～報《用於報紙名稱》: the London **Gazette**《倫敦報》． ② [英]（政府）公報．

[複數] **gazettes**

GB [`dʒi`bi] [縮略] ＝Great Britain（大不列顛島，英國）．

***gear** [gɪr] n. ① 傳動裝置，齒輪． ② 裝置，用具．
——v. ③ 裝上齒輪，（用齒輪）使連動；使適合，使合乎．
[範例] ① top **gear** 最高速傳動．
low **gear** [美] 低速傳動．
bottom **gear** [英] 低速傳動．
a car with five **gears** 5檔變速汽車．
② climbing **gear** 登山用具．
③ This book is **geared** towards 6-year-olds. 這本書適合6歲兒童閱讀．

片語 ***gear down*** 換低速檔.

gear up 換高速檔，加速；做準備: I **geared** myself **up** for the game. 我為那場比賽做好了準備.

in gear 齒輪咬合正常的；狀況良好的: My car is **in gear**. 我的車狀況良好.

out of gear 齒輪脫開；出了毛病的，情況混亂的.

♦ **géar lèver** [英] 變速桿，排檔桿《亦作 gear stick；[美] gearshift》.

複數 **gears**

活用 *v.* **gears**, **geared**, **geared**, **gearing**

gearbox [`gɪr,bɑks] *n.* (汽車的) 齒輪箱，變速箱.

複數 **gearboxes**

gearshift [`gɪr,ʃɪft] *n.* 變速桿，排檔桿.

複數 **gearshifts**

gee [dʒi] *interj.* 哎呀，啊 (表示驚訝、讚揚等).

geese [gis] *n.* goose 的複數形.

Geiger counter [`gaɪgɚ,kaʊntɚ] *n.* 蓋氏計數器《放射能測定器》.

複數 **Geiger counters**

gel [dʒɛl] *n.* ① 凝膠《膠質溶液凝固成果凍狀之物，如洋菜》；果凍狀髮膠. ② 膠質化.
——*v.* ① 形成凝膠. ③ 膠質化.

複數 **gel**

活用 *v.* **gels**, **gelled**, **gelled**, **gelling**

gelatin/gelatine [`dʒɛlətn] *n.* 明膠《一種透過熬煮骨膠原而取得的蛋白質，用於製作果凍、止血劑、藥物膠囊等》，膠.

gelignite [`dʒɛlɪg,naɪt] *n.* 葛里炸藥《一種含硝酸甘油的強力工業用炸藥》.

***gem** [dʒɛm] *n.* ① 寶石《亦作 jewel，precious stone；gem 特指經琢磨加工的寶石》. ② 貴重之物，珍品；精華.

範例 ① Her only hobby is collecting **gems**. 她唯一的嗜好是收集寶石.
② This novel is the **gem** of his works. 這部小說在他的作品中隸屬珍品.

複數 **gems**

gender [`dʒɛndɚ] *n.* ① 性，性別. ② 性《文法中陽性、陰性、中性的區分》.

gene [dʒin] *n.* 遺傳因子，基因 (☞ *adj.* genetic，*n.* genetics).

複數 **genes**

genealogical [,dʒɛnɪə`lɑdʒɪkl] *adj.* 家系的，族譜的: a **genealogical** tree 家譜.

genealogy [,dʒinɪ`ælədʒɪ] *n.* ① 系圖學，族譜學. ② 家系，血統，家譜《亦作 family tree》.

複數 **genealogies**

genera [`dʒɛnərə] *n.* genus 的複數形.

***general** [`dʒɛnərəl] *adj.* ① 全體的；大眾的. ② 非專門的，一般性的. ③ 大體的，籠統的，概括的.
——*n.* ④ 陸軍上將，將軍，總~，~長 (☞ 充電小站 (p. 801)).

範例 ① a **general** meeting 大會，全會.
general welfare 公共福利.
② This word is in **general** use now. 這個字為常用字.

general knowledge 常識.
③ I have a **general** idea of what he means. 我大概知道他的意思.
④ **General** Grant 格蘭特將軍.
the attorney **general** [美] (州的) 檢察長.

片語 ***in general*** 一般來說，通常；一般的: People are **in general** sympathetic toward the poor. 人們通常都會同情窮人.
Ads are directed at people **in general**. 廣告的製作是大眾取向.

♦ **gèneral eléction** 大選，普選.
gèneral practítioner 全科醫師《略作 GP》.
gèneral stríke 集體罷工.

活用 *adj.* ③ **more general**, **most general**

複數 **generals**

generality [,dʒɛnə`rælətɪ] *n.* ① 籠統的見解，一般原理，通則: I was expecting some specific ideas, but all I got was **generalities**. 我期望得到一些獨特的看法，但聽到的只是泛泛之見. ② 普遍性，一般性. ③《正式》[the ~] 大部分，大多數.

複數 **generalities**

generalization [,dʒɛnərələ`zeʃən] *n.* ① 概論，通則. ② 普遍化；概括: You can't make such a sweeping **generalization** about a whole nation of people like that! 你不能把全體國民那樣籠統地概括而論.

複數 **generalizations**

***generalize** [`dʒɛnərəl,aɪz] *v.* ① 綜合歸納，籠統概括；使一般化. ②(使)普及，(使)擴散.

範例 ① It's stupid to **generalize** about Arab countries. 將所有阿拉伯國家一概而論是愚蠢的.
Generalize something from these data. 請歸納這些數據.
② The sickness became **generalized** among children under nine. 那種病在 9 歲以下的兒童之間擴散.

參考 [英] generalise.

活用 *v.* **generalizes**, **generalized**, **generalized**, **generalizing**

***generally** [`dʒɛnərəlɪ] *adv.* ① 一般地，廣泛地. ② 通常，大體上.

範例 ① It is **generally** believed that a good baseball player cannot be a good manager. 一般認為一個優秀的棒球選手無法成為一位優秀的球隊經理.
② I **generally** leave home at seven in the morning. 我通常早上 7 點鐘出門.

片語 ***generally speaking/speaking generally*** 一般來說，概括地說: Generally speaking, women are discriminated against in various fields in Japan. 一般來說，日本女性在許多領域都受到歧視.

***generate** [`dʒɛnə,ret] *v.* 產生，造成，引起.

範例 Friction **generates** heat. 摩擦生熱.
Steam is used to **generate** electricity. 蒸氣被

用來發電.

High tech industries have **generated** a lot of new jobs. 高科技產業創造了許多新工作.

Poverty often **generates** crime. 貧困往往導致犯罪.

[活用] v. **generates, generated, generated, generating**

***generation** [͵dʒɛnəˋreʃən] n. ① 同時代的人，世代. ② 一代《從出生、成長、結婚到生育出下一代經過的期間，約30年》. ③（家族的）代. ④ 產生，形成.

[範例] ① the young **generation** 年輕的一代.

People of their **generation** bore the full brunt of the Vietnam War. 他們那一代飽受越戰之苦.

There's obviously a **generation** gap in the way they think. 他們的想法明顯地存有代溝.

② Those songs were popular a **generation** ago. 那些歌曲在上一代很受歡迎.

③ We have three **generations** living under one roof. 我們家3代同堂.

The line breaks on the fifteenth **generation**. 那個家系在第15代之後中斷了.

④ the **generation** of electricity by atomic energy 核能發電.

[複數] **generations**

generator [ˋdʒɛnə͵retɚ] n. ① 發電機《亦作 dynamo》. ② 創始者，製造者.

[複數] **generators**

generic [dʒəˋnɛrɪk] adj.（某一屬、類、群）全體共同的；一般性的.

***generosity** [͵dʒɛnəˋrɑsətɪ] n. 寬宏大量；慷慨；寬大《慷慨》的行為：This hospital was built through his **generosity**. 這家醫院在他慷慨解囊下成立了.

[複數] **generosities**

***generous** [ˋdʒɛnərəs] adj. ① 慷慨的，大方的；寬宏大量的. ② 豐富的，充足的.

[範例] ① Tom is **generous** in donating to the church. 湯姆對於教會捐款很大方.

It is most **generous** of you to forgive me. 你能原諒我真是寬宏大量.

② We gave the children a **generous** meal. 我們給那些孩子充足的食物.

[活用] adj. **more generous, most generous**

generously [ˋdʒɛnərəslɪ] adv. 寬大地；慷慨地；豐富地：Our boss has **generously** allowed me one more chance. 我們老闆寬容地再給我一次機會.

[活用] adv. **more generously, most generously**

genesis [ˋdʒɛnəsɪs] n. ① 起源. ②〔G~〕創世記《舊約聖經》的第1卷》.

[複數] **geneses**

genetic [dʒəˋnɛtɪk] adj. 遺傳的，遺傳學的：**genetic** engineering 遺傳工程學.

genetics [dʒəˋnɛtɪks] n.〔作單數〕遺傳學.

***genial** [ˋdʒinjəl] adj. ① 友善的，和藹可親的. ②（氣候）舒適的，溫和的.

[範例] ① Ann gave me a **genial** smile. 安親切地對我微笑.

② Vancouver is famous for its **genial** climate. 溫哥華以舒適宜人的氣候聞名.

[活用] adj. **more genial, most genial**

genially [ˋdʒinjəlɪ] adv. ① 友善地，和藹地. ② 舒適地，溫和地.

[活用] adv. **more genially, most genially**

genital [ˋdʒɛnətḷ] adj.〔只用於名詞前〕生殖（器）的：the **genital** organs 生殖器.

genitals [ˋdʒɛnətḷz] n.〔作複數〕外生殖器，外陰部.

***genius** [ˋdʒinjəs] n. ① 天賦，天分，才能. ② 天才. ③ 守護神. ④ 精神，特徵.

[範例] ① Bob showed **genius** in his first work. 鮑伯在第一部作品中展現了他的天賦.

She has a **genius** for reciting poems. 她有朗誦詩歌的天賦.

② I think Edison was a **genius**. 我認為愛迪生是一個天才.

③ an evil **genius** 附身惡魔.

④ the **genius** of the ROC Constitution 中華民國憲法的精神.

[複數] **geniuses**

genocide [ˋdʒɛnə͵saɪd] n.（對某一民族或某一國人民有計畫的）大屠殺.

***genteel** [dʒɛnˋtil] adj. 高雅的；假裝高貴的；矯揉造作的：Lucy always talks in a **genteel** manner. 露西說話總是矯揉造作.

[活用] adj. **more genteel, most genteel**

gentile [ˋdʒɛntaɪl] n. ① 非猶太人；（猶太人眼中的）異教徒. ② 基督教徒.
—— adj. ③ 非猶太人的；異教徒的.

[複數] **gentiles**

***gentle** [ˋdʒɛntḷ] adj. ① 和善的，溫柔的，溫和的. ② 文雅的；高貴的.

[範例] ① The students like their **gentle** young teacher very much. 那些學生很喜歡他們那位和善的年輕教師.

"Be quiet! The baby is sleeping," Mary whispered in a **gentle** voice. 瑪麗用輕柔的聲音說:「安靜點! 小嬰兒正在睡覺.」

Your dog is very **gentle**. 你的狗很溫馴.

a **gentle** breeze 微風.

She cooked stew over a **gentle** heat. 她用文火燉牛肉.

② Jack fell in love with a girl of **gentle** birth. 傑克愛上一個出身高貴的女孩.

[活用] adj. **gentler, gentlest**

***gentleman** [ˋdʒɛntḷmən] n. ① 紳士《指有教養、重名譽、有同情心的人. 從前在英國是指出身顯貴、擁有社會地位和財富、生活悠閒自在的人》. ② 男士，先生《禮貌的稱呼》. ③〔the ~〕議員.

[範例] ① He's a **gentleman** in every sense of the word. 他是一位名副其實的紳士.

Bob is no **gentleman**. 鮑伯一點都不紳士.

A true **gentleman** would give up his seat for a lady. 真正的紳士會讓位給女性.

② A **gentleman** came to see you yesterday. 昨天有一位男士來找你. Ladies and **gentlemen**! 各位女士，各位先生!

③ the **gentleman** from Kansas 『美』堪薩斯州的議員. the honourable **gentleman** for Canterbury 『英』坎特伯里的議員.

⒧참고⒨ (1) 對一個男性稱呼時用 sir. (2) 作為告示，指男子公共廁所時用 gentlemen，the gentlemen，the gentlemen's，gentlemen's room.

♦ **gèntleman's agrément** 君子協定《不受法律約束，但以名譽作擔保》.

⒧複數⒨ **gentlemen**

gentleness [`dʒɛntlnɪs] n. 溫柔，親切.

*gently [`dʒɛntlɪ] adv. 溫柔地，親切地; 輕柔地: Tom patted my shoulder very **gently**. 湯姆十分輕柔地拍拍我的肩膀.

⒧活用⒨ adv. **more gently**, **most gently**

gentry [`dʒɛntrɪ] n. (the ~, 作複數)『英』上流階級的人, 出身高貴的人《指整個上流社會, 低於貴族階級 (nobility)》.

*genuine [`dʒɛnjuɪn] adj. ① 貨真價實的，非偽造的，真正的. ② 發自內心的，真誠的.

⒧範例⒨ ① **genuine** French food 真正道地的法國菜. The signature is **genuine**. 那個簽名是真的. ② Her love was **genuine**. 她的愛是真心的. **genuine** sympathy 由衷的同情. **genuine** fellows 真誠的朋友.

⒧活用⒨ adj. **more genuine**, **most genuine**

genuinely [`dʒɛnjuɪnlɪ] adv. 純粹地; 真實地，真正地; 真心地: She isn't fooling around; she's **genuinely** upset with you. 她不是逢場作戲，而是真心地喜歡你.

genuineness [`dʒɛnjuɪnnɪs] n. 純粹; 真實性.

genus [`dʒinəs] n. ① 種類，類別. ② 屬《生物學中「科」(family) 以下的分類》.

⒧複數⒨ **genera**

geographer [dʒi`ɑɡrəfə] n. 地理學家.

⒧複數⒨ **geographers**

geographic/geographical [ˌdʒiə`ɡræfɪk(l)] adj. 地理 (學) 的.

*geography [dʒi`ɑɡrəfɪ] n. ① 地理學. ② 地理，地勢，地形.

⒧範例⒨ ① human **geography** 人文地理學. physical **geography** 自然地理學. ② the **geography** of Africa 非洲地形.

⒧字源⒨ 源於希臘語 geo (土地) + graphia (書寫).

geologic/geological [ˌdʒiə`lɑdʒɪk(l)] adj. 地質 (學) 的.

geologist [dʒi`ɑlədʒɪst] n. 地質學家.

⒧複數⒨ **geologists**

*geology [dʒi`ɑlədʒɪ] n. 地質 (學).

⒧字源⒨ 源於希臘語 geo (土地) + logia (學問).

geometric/geometrical [ˌdʒiə`mɛtrɪkl] adj. 幾何學 (方面) 的，幾何圖形的.

⒧範例⒨ a **geometric** pattern 幾何圖案. **geometric** progression 等比級數.

*geometry [dʒi`ɑmətrɪ] n. ① 幾何學: Euclidian **geometry** 歐幾里德幾何學. ② 幾何形狀，幾何圖案.

⒧字源⒨ 源於希臘語 geo (土地) + metria (測量).

George [dʒɔrdʒ] n. 男子名.

geranium [dʒə`renɪəm] n. 天竺葵《觀賞用植物, 開紅、粉紅或白色的花》.

⒧複數⒨ **geraniums**

geriatrics [ˌdʒɛrɪ`ætrɪks] n. 〔作單數〕老年醫學.

*germ [dʒɝm] n. ① 細菌，病菌. ② 胚，胚芽. ③ (事物的) 萌芽，起源，發端.

⒧範例⒨ ① **Germs** got into the cut and infected it. 細菌進入了傷口引起感染. ② wheat **germ** 小麥胚芽. ③ the **germ** of a new theory 新理論的萌芽.

⒧複數⒨ **germs**

*German [`dʒɝmən] n. ① 德國人; 德語. ——adj. ② 德國 (人) 的; 德語的.

⒧複數⒨ **Germans**

Germanic [dʒɝ`mænɪk] n. ① 日耳曼語系. ——adj. ② 日耳曼 (語系) 的; 德國 (人) 的.

*Germany [`dʒɝmənɪ] n. 德國《☞ 附錄「世界各國」》.

germinate [`dʒɝmə,net] v. (使) 發芽，開始生長: These seeds didn't **germinate** because they were so old. 這些種子放太久了, 沒有辦法發芽.

⒧活用⒨ v. **germinates**, **germinated**, **germinated**, **germinating**

germination [ˌdʒɝmə`neʃən] n. 發芽，萌芽; 發展.

gerrymander [`ɡɛrɪ,mændə] v. (在某地區) 劃分選區《為了黨派利益而改變選區》.

⒧活用⒨ v. **gerrymanders**, **gerrymandered**, **gerrymandered**, **gerrymandering**

gerund [`dʒɛrənd] n. 動名詞《動詞的 ing 形, 作名詞用》.

gesticulate [dʒɛs`tɪkjə,let] v. 做手勢，用動作表示.

⒧活用⒨ v. **gesticulates**, **gesticulated**, **gesticulated**, **gesticulating**

gesticulation [ˌdʒɛstɪkjə`leʃən] n. 手勢，示意動作.

⒧複數⒨ **gesticulations**

*gesture [`dʒɛstʃə] n. ① 手勢，示意動作. ② 姿態; (形式上的) 表示. ——v. ③ 做手勢，做動作示意.

⒧範例⒨ ① She expressed anger with a **gesture** of the middle finger. 她豎起中指以表達憤怒. ② The invitation was a mere **gesture**. 那個邀請不過是裝裝樣子. ③ The chairman **gestured** to me to be quiet. 那位主席比手勢要我安靜.

➡ ⒧充電小站⒨ (p. 527)

⒧複數⒨ **gestures**

⒧活用⒨ v. **gestures**, **gestured**, **gestured**,

gesturing

**get [get] v. ① 得到，獲得，取得，弄到，收到，接到；罹患(病)；遭受. ② 拿來，帶來，喚來. ③ 抵達，到達. ④ 變成(某狀態)，變得. ⑤ 使成為(某狀態). ⑥ 捕獲，捉住；趕上.

範例 ① I **got** this information from Mr. Smith. 我從史密斯先生那裡得到這個消息.

How did you **get** the money? 你怎麼弄到那筆錢？

I will **get** a new camera. 我打算買一臺新的照相機.

Will you **get** me a ticket?/Will you **get** a ticket for me? 你能不能替我買一張票？

I **got** his telegram this morning. 今天早上我收到他的電報.

Did you **get** a birthday present from her? 你有收到她送你的生日禮物嗎？

It is important for us to **get** a good education. 接受良好的教育對我們而言是很重要的.

Take care not to **get** a cold. 小心不要感冒了.

He **got** a heavy blow on the jaw. 他的下巴挨了重重的一擊.

② **Get** me my camera. 把我的照相機拿給我.

Would you **get** a glass of water for me? 請你幫我拿一杯水來好嗎？

I'll go and **get** the doctor. 我去請醫生來.

③ When did you **get** there? 你是甚麼時候到那裡的？

I'll phone you when I **get** to Paris. 我到巴黎後會打電話給你.

④ He easily **gets** angry. 他很容易生氣.

It is **getting** darker and darker outside. 外面愈來愈暗了.

Everybody **got** excited at the thought of the party. 每個人一想到那場晚會就不由得興奮了起來.

She **got** punished for being late. 她因為遲到而被罰.

How did you **get** to know the gentleman? 你是如何認識那位男士的？

It's time we **got** going. 我們該出發了.

When they **get** talking, they go on for hours. 他們一聊就好幾個小時.

⑤ Tom **got** his hands dirty. 湯姆把手弄髒了.

I'll **get** supper ready. 我會把晚餐準備好.

He **got** the machine running. 他啟動了那臺機器.

I **got** my hair cut short. 我剪短了頭髮.

I **got** my hat blown off in the wind. 我的帽子被風吹走了.

I **got** him to repair my watch. 我請他為我修錶.

⑥ **get** the last train 趕上末班火車

The police **got** the robber just before he escaped. 警方在那個強盜剛要逃跑時捉住了他.

I can **get** him on the phone. 我可以叫他聽電話.

Sorry, I didn't **get** your name. 對不起，我沒聽清楚你的名字.

I don't **get** you. 我不清楚你說甚麼.

I **got** the English lesson easily. 我很輕鬆就理解了英語課的內容.

片語 **get across** 使理解：I couldn't **get** my meaning **across** to my friends. 我無法使用朋友理解我的意思.

get along ① 應付過去，設法度過：We can **get along** without your advice, thank you. 沒有你的忠告我們也能應付過去，謝謝你. ② 和睦相處：The two children are **getting along** very well. 那兩個孩子相處得很融洽.

get around/get round ① 到處走：She hasn't been **getting around** since she fell ill. 她生病後哪兒也沒去. ② 擴散，傳開：The news of the statesman's death **got around** quickly. 那位政治家去世的消息很快傳開了. ③ 克服，戰勝：We'll find a way to **get around** that difficulty. 我們會想到辦法度過那個難關.

get at ① 搆到，拿到：Put the knife where the children can't **get at** it. 把那把刀放在孩子們搆不到的地方. ② 查明，瞭解：It is always difficult to **get at** the bare facts. 要查明事實的真相總是困難重重.

get away 逃跑，逃脫，脫身；離開：Two of the robbers **got away** from the police. 其中兩名強盜從警察手中逃脫了.

I couldn't **get away** from work until seven yesterday. 我昨天一直工作到7點.

get back 返回，回來；東山再起：When did you **get back** from your trip? 你是甚麼時候旅行回來的？

Will that party **get back** into Parliament at the next election? 那個黨在下屆選舉中能重返議會嗎？

get by ① 通過：We moved aside to let the car **get by**. 我們退到一邊讓那輛汽車通過. ② 勉強維持〔應付〕：How can you **get by** on such a small income? 你的收入那麼少怎麼過日子呢？

get down 下來；拿下來：**Get down** from that tree at once! 你馬上從那棵樹上下來！

Will you **get** my book on Japan **down** from that high shelf for me? 請你把我那本關於日本的書從高架上拿下來好嗎？

get down on ～'s knees 跪倒.

Let's **get down** to business! 我們開始工作吧！

get in ① 進入：The burglar **got in** through the window. 那個竊賊從窗戶進來.

I held the car door open for my child while he **got in**. 我開車門讓孩子上車. ② 收(衣物等)，納入：Help me to **get** the washing in. 請幫忙把洗好的衣物收進來. ③ 請～來：**Get** the doctor **in** here quickly! 快請醫生來這裡！

get into ① 進入，收入：How did he **get into** the room? 他是怎麼進入那間房子的？

充電小站

手勢 (gesture)

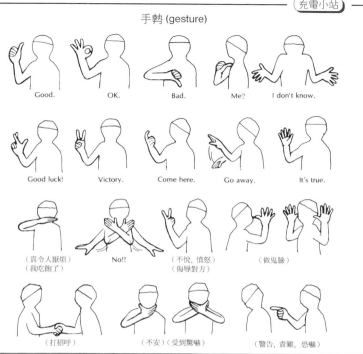

Good.　OK.　Bad.　Me?　I don't know.

Good luck!　Victory.　Come here.　Go away.　It's true.

（真令人眼煩）（我吃飽了）　No!!　（不悅, 憤怒）（侮辱對方）　（做鬼臉）

（打招呼）　（不安）（受到驚嚇）　（警告, 責難, 恐嚇）

I can't **get** all my books **into** this box. 我無法把我所有的書放進這個箱子裡。
② 進入（學校、組織等）: He had the luck to **get into** Cambridge University. 他很幸運地進入劍橋大學。
③ 進入（某狀態）: Don't **get into** bad habits like smoking. 不要染上像吸菸那樣的惡習。

get off ① 下（車）: He **got off** the bus at the next stop. 他在下一站下公車。② 出發，離開: We have to **get off** early tomorrow. 我們明天必須早早出發。③ 送，送出: It is a difficult task to **get** the children **off** to school. 送孩子們上學是一件很辛苦的差事。

get on ① 搭上（交通工具）: When you **get on** a bus，you must pay the fare first. 上公車時你必須先付車費。② 過日子: How are you **getting on**? 你過得怎麼樣? ③ 成功: **get on** in the world 發跡。④ 和睦相處: She is **getting on** well with my mother. 她和我母親處得很好。⑤ 進展，進行: How are you **getting on** with your work? 你的工作進展如何?

get out of ① 從~離開: **Get out of** the room. 滾出這個房間!
Will you **get** a car **out of** the garage? 你把車

子從車庫裡開出來好嗎?
② 從~下來: **get out of** a taxi 從計程車上下來。
Please **get** my child **out of** the boat. 請幫我的孩子從那艘船上下來。
③ 擺脫: **get out of** difficulty 擺脫困難。
④ 捨棄: I must **get** him **out of** the bad habit of biting his nails. 我必須讓他改掉咬指甲的壞習慣。

get over ① 越過，度過: How can we **get over** that high fence? 我們要如何翻過那座高牆呢? ② 克服，戰勝: She **got over** many difficulties. 她克服了許多困難。③ 康復，恢復: I can't **get over** the death of my wife. 我無法從失去妻子的悲痛中平復。

get round/get around ① 到處走。② 傳開。③ 克服，戰勝。

get through ① 穿過: He **got through** the park. 他穿過那個公園。② 通過（考試）: He **got through** the entrance examination. 他通過入學考試了。③ 完成: How long will it take to **get through** this work? 完成這項工作需要多久時間? ④ 接通（電話等）: I **got through** to London. 我接通了倫敦的電話。

get through with 完成，結束: I will soon

get through with my work. 我會立刻完成我的工作.

get to ① 到達. (⇨ 範例 ③) ② 著手, 開始: You must **get to** work earnestly. 你必須開始認真工作.

get together 集合, 聚集: Let's **get together** and discuss it. 我們一起商量一下那件事吧.

get up ① 起床, 起來: I usually **get up** at six. 我通常6點鐘起床.

② 站起來: He **got up** from the sofa when I entered the room. 我走進房間時, 他從沙發上站了起來.

③ 登上, 使爬上: Let's **get up** on the roof. 我們爬上屋頂吧.

Will you help me **get** this desk **up** to the third floor? 你幫我把這張桌子抬上3樓好嗎?

活用 v. **gets**, **got**, **got**, **getting**/**gets**, **got**, **gotten**, **getting**

getaway [`gɛtə͵we] n. 逃亡, 逃走: He made a quick **getaway** when he saw a policeman coming along. 他看到一個警察走過來時就趕緊逃走了.

getup [`gɛt͵ʌp] n. 服裝, 打扮.
複數 **getups**

geyser [`gaɪzɚ; 〖英〗`giːzɚ] n. ① 間歇泉《間歇性噴出熱水與溫泉》. ②〖英〗熱水器.
複數 **geysers**

***ghastly** [`gæstlɪ] adj. ① 可怕的, 恐怖的. ② 蒼白的. ③ 令人不快的, 糟透的.

範例 ① I was at the scene of the **ghastly** murder. 我當時在那起可怕的凶殺案現場.

② Tom looks **ghastly**. What's the matter with him? 湯姆臉色蒼白, 他怎麼了?

③ We had **ghastly** weather all day. 一整天的天氣都很糟.

活用 adj. **ghastlier**, **ghastliest**

gherkin [`gɝkɪn] n. (做泡菜用的) 小黃瓜.
複數 **gherkins**

ghetto [`gɛto] n. 少數族居住區; 貧民窟.

♦ **ghétto blàster**〖英〗大型收錄音機.
複數 **ghettos**/**ghettoes**

***ghost** [gost] n. ① 幽靈, 亡魂, 鬼. ② 虛幻; 幻影; 幻影般的東西.

——v. ③ 替人代筆《亦作 ghost-write》.

範例 ① Children like to hear **ghost** stories. 孩子們喜歡聽鬼故事.

② They won't have a **ghost** of a chance of finding it without a metal detector. 沒有金屬探測器, 要發現它幾乎是不可能的.

③ I **ghosted** most of his essays. 他大部分的論文是我代寫的.

♦ **ghóst tòwn** 被廢棄的城市.

ghóst writer 影子作家, 代筆人, 捉刀人.

片語 **give up the ghost**《古語》死亡;(機器等) 不能正常運作.

複數 **ghosts**

活用 v. **ghosts**, **ghosted**, **ghosted**, **ghosting**

ghostly [`gostlɪ] adj. 幽靈般的; 朦朧的: I saw something **ghostly** in the darkness. 我在昏暗中見到了某種幽靈般的東西.

活用 adj. **ghostlier**, **ghostliest**/**more ghostly**, **most ghostly**

GHQ [`dʒiˌetʃ`kju]《縮略》=〖美〗General Headquarters (總司令部).

G.I./GI [`dʒi`aɪ] n. 美軍士兵〔大兵〕: a **GI** haircut 美國大兵頭.

參考 原指軍隊中使用的鍍鋅的鐵垃圾桶 (galvanized iron can), 後被誤解為政府發放的配給品 (government issue) 的縮略, 指發給部隊的一般物品, 後而演變成指士兵, 有時亦指退伍軍人.

複數 **G.I.'s**/**G.I.s**/**GI's**/**GIs**

***giant** [`dʒaɪənt] n. ① 巨人; 卓越人物.
——adj. ② 巨大的, 偉大的.

範例 ① Bunyan is a **giant** in American folklore. 班揚是美國民間故事中的巨人.

Bach is a **giant** among composers. 巴哈是作曲家中的巨擘.

② a **giant** tomato 特大番茄.
複數 **giants**

gibbet [`dʒɪbɪt] n. 絞刑架《在一根柱子上支撐出一個呈直角的木架, 其上端吊有繩索》.
複數 **gibbets**

gibbon [`gɪbən] n. 長臂猿《為類人猿中體型最小, 臂長無尾, 生長在東南亞》.
複數 **gibbons**

giblets [`dʒɪblɪts] n.〔作複數〕(家禽類的) 內臟.

giddy [`gɪdɪ] adj. ①〔不用於名詞前〕頭暈的《亦作 dizzy》. ②〔只用於名詞前〕令人頭暈的, 令人暈眩的.

範例 ① I felt **giddy**. 我頭暈了.

The manager was **giddy** with the victory. 那位經理被勝利沖昏了頭.

② The climber reached the peak and looked down from a **giddy** height. 那名登山者到達山頂, 從令人暈眩的高處往下看.

活用 adj. **giddier**, **giddiest**

***gift** [gɪft] n. ① 贈品, 禮物. ② 天賦《出自「上帝的贈禮」之意》. ③ 極簡單的事; 便宜貨, 特價商品.

範例 ① The book was a **gift** from my aunt. 那本書是我阿姨送給我的禮物.

② My sister has a **gift** for learning languages. 我姊姊有語言天賦.

③ That question on economic theories was a **gift**. 那個有關經濟理論的問題非常簡單.

複數 **gifts**

gifted [`gɪftɪd] adj. 有天賦的, 有才能的: Mr. Ozawa is a very **gifted** conductor. 小澤征爾先生是一個非常有天賦的指揮家.

活用 adj. **more gifted**, **most gifted**

gig [gɪg] n. ①《爵士樂或搖滾樂等的》演出: That was their last **gig**. 那是他們最後一次演出.

② 輕便的雙輪小馬車.
複數 **gigs**

*gigantic [dʒaɪˋgæntɪk] *adj.* 巨人般的，巨大的：An aircraft carrier is truly **gigantic**. 航空母艦實在是一個龐然大物。

活用 *adj.* **more gigantic, most gigantic**

giggle [ˋgɪgl] *v.* ① 咯咯地笑：They cover their mouths whenever they **giggle**. 當她們咯咯笑的時候總是捂著嘴。
——*n.* ② 咯咯笑，竊笑。

活用 *v.* **giggles, giggled, giggled, giggling**
複數 **giggles**

*gild [gɪld] *v.* ① 鑲有金箔，鍍金。② 漆成金色，使有黃金般的光輝。
範例 ① The Buddhist temple was built to house a **gilded** bronze statue of the Buddha. 那座佛寺是為安放金身佛像而建。
② The setting sun **gilded** the west side of the house. 夕陽把那棟房子的西側染成金色。
片語 **gild the lily** 畫蛇添足。

活用 *v.* **gilds, gilded, gilded, gilding/gilds, gilt, gilt, gilding**

gill [gɪl] *v.* ② [dʒɪl] *n.* ① 魚鰓。② 及耳《液量單位，為1/4品脫(pint)：[美] 約為0.12升，[英] 約為0.14升》。
複數 **gills**

gilt [gɪlt] *v.* ① gild 的過去式、過去分詞。
——*adj.* ② 貼有金箔的，鍍金的；塗成金色的。
——*n.* ③ 金箔，金粉。

gimmick [ˋgɪmɪk] *n.*《為引人注意的》花招，詭計，噱頭。
複數 **gimmicks**

gin [dʒɪn] *n.* 杜松子酒，琴酒《一種蒸餾酒，用杜松子(juniper) 的果實調味》。
♦ **gin and tónic** 琴湯尼《杜松子酒加奎寧水調製而成》。
gin fízz 杜松子汽水酒。
複數 **gins**

ginger [ˋdʒɪndʒɚ] *n.* ① 薑。② 活力，精力。③ 薑紅色，黃褐色。
——*v.* ④ 用薑調味。⑤ 使有活力。
♦ **gínger àle** 薑汁汽水《一種碳酸飲料》。
ginger béer 薑汁啤酒《有強烈薑味的碳酸飲料》。
ginger gròup [英]《政黨等內部的》激進派。

活用 *v.* **gingers, gingered, gingered, gingering**

gingerbread [ˋdʒɪndʒɚ͵brɛd] *n.* 薑餅《一種用薑調味的糕餅、甜點》。

gingerly [ˋdʒɪndʒɚlɪ] *adv.* 小心謹慎地：The girl touched the mouse **gingerly** with her fingertips. 那個女孩用指尖小心翼翼地觸碰一下老鼠。

活用 *adv.* **more gingerly, most gingerly**

gingham [ˋgɪŋəm] *n.* 方格布《條狀或格狀花紋的棉布》。

giraffe [dʒəˋræf] *n.* 長頸鹿。
複數 **giraffe/giraffes**

gird [gɜd] *v.* 繫上，圍上，佩上；圍繞。
範例 The king **girded** the city with a wall. 那位國王把城市用城牆圍了起來。

He **girded** on his sword. 他佩上了劍。
活用 *v.* **girds, girded, girded, girding**

girder [ˋgɜdɚ] *n.* 桁，大樑，主樑《通常用鋼鐵製成，比 beam 更大、更結實》。
♦ **girder brìdge** 桁橋《將樑水平放置架設的橋》。

[girder]

複數 **girders**

girdle [ˋgɜdl] *n.* ①《女性的》束腰《調整體型用》。② 帶子，《環繞的》帶狀物。
——*v.* ③ 捆綁，繫上。④ 包圍，環繞：The playground is **girdled** with trees. 那個遊樂場有樹木圍繞。
複數 **girdles**

活用 *v.* **girdles, girdled, girdled, girdling**

*girl [gɜl] *n.* ① 女孩；女兒。② 年輕女子，未婚女子；[口語] 女人；女職員；情人。
範例 ① **girls** in their teens 荳蔻年華的少女。
He has three **girls** and a boy. 他有3個女兒和1個兒子。
② my **girl** 我的情人。
an office **girl** 女職員。
a shop **girl** 女店員。
a flower **girl** 賣花女子。
♦ **girl scóut** [美] 女童子軍《[英] girl guide》。
參考 [美] the Girl Scouts；[英] the Girl Guides 是指以透過露營或實習使少女們身心成長的團體。
複數 **girls**

girlfriend [ˋgɜl͵frɛnd] *n.* ①《女性》戀人。② 女性朋友。
範例 ① He kissed his **girlfriend** on the cheek. 他親吻女朋友的臉頰。
② She enjoyed shopping with some **girlfriends**. 她喜歡和女性友人一起購物。
參考 亦作 girl friend。
複數 **girlfriends**

girlhood [ˋgɜl͵hud] *n.* 少女時期，少女身分。

girlish [ˋgɜlɪʃ] *adj.* 女孩的，女孩似的；天真的。

活用 *adj.* **more girlish, most girlish**

giro [ˋdʒaɪro] *n.* ①《歐洲的》銀行轉帳服務。②[英] 銀行直接轉帳支票〔匯票〕《特指政府支付社會福利救濟金》。
複數 **giros**

girth [gɜθ] *n.* ①《圓筒物的》周長；《人的》腰圍：This tree is 10 meters in **girth**. 這棵樹周長是10公尺。② 肚帶，腹帶《縛在馬身上以防止背上的東西和馬鞍脫落》。
複數 **girths**

gist [dʒɪst] *n.*《the ~》要點，主旨：I've got the **gist** of his speech. 我明白了他演說的要點。
複數 **gists**

*give [gɪv] *v.*

原義	層面	釋義	範例
給	具體物	給，給與，提供；贈與	①
	抽象物		②
	動作、行為	做，進行；舉行	③
	受壓力	塌下，下陷；有彈性；氣餒；受損；讓步	④

【範例】① My aunt **gave** a doll to me． 我阿姨送給我一個洋娃娃．

Give me back that book as soon as possible． 請把那本書盡快還給我．

John **gave** her a birthday present． 約翰送生日禮物給她．

The sun **gives** us warmth and light． 太陽給與我們溫暖和光明．

This tree doesn t **give** fruit． 這棵樹不結果實．

The book was **given** to him for five dollars． 那本書以5美元賣給了他．

Please **give** me the salt． 請把鹽遞給我．

The thermometer **gives** 30°． 那個溫度計顯示為30度．

Mrs. Brown **gave** generously to the hospital． 布朗太太慷慨地捐款給那家醫院．

② Music **gives** us pleasure． 音樂帶給我們快樂．

Give my love to Alice． 代我向愛麗絲問好．

③ He will **give** a concert in New Zealand next year． 他明年將在紐西蘭舉行演唱會．

He **gave** her a hand a kiss． 他親吻了她的手．

Tom **gave** the ball a kick． 湯姆踢了那個球一下．

He **gave** a glance at the newspaper． 他瀏覽了一下報紙．

④ The bridge **gave** because of the storm． 那座橋因暴風雨而塌陷．

This sofa **gives** comfortably． 這個沙發很有彈性，坐起來很舒服．

I cannot solve the problem; I **give** up． 我因為無法解決那個問題而氣餒．

【片語】 **give away** ① 給與；捐贈：The old man **gave away** all his money． 那個老人把錢全捐出去了． ② 交給《新娘的父親把女兒交給新郎》． ③ 出賣：Don't **give** me **away**． 不要出賣我．

give in ① 提交，遞交：**Give** your examination papers **in**． 請你交卷． ② 投降，屈服：Don't **give in** to him． 不要向他屈服．

give off 發出《氣味、光線等》．

give out ① 分發，分配． ② 公布． ③ 發出《聲音等》． ④ 用光，耗盡． ⑤ 不再運轉，故障．

give up ① 停止，戒掉：I **gave up** smoking． 我戒掉了．

② 放掉，放棄：**give up** ~'s position 放棄的職位．

The fugitive **gave** himself **up** to the police． 那名逃犯向警方自首．

③ 氣餒，灰心．(⇨【範例】④)

【活用】 v. **gives**, **gave**, **given**, **giving**

give-and-take [`gɪvən`tek] n. 互相讓步，彼此妥協．

giveaway [`gɪvə,we] n. ① 《祕密、真心話等》無意中暴露：She tried to hide her feelings, but the tears in her eyes were a dead **giveaway**． 她想掩飾自己的感情，但她眼中的淚水已經說明了一切． ② 贈品． ③ 〖美〗有獎猜謎節目．

【複數】 **giveaways**

***given** [`gɪvən] v. ① give 的過去分詞．
——adj. ② 〔只用於名詞前〕給與的，規定的． ③ 〔不用於名詞前〕有~習慣的；喜好~的．

【範例】② You must finish the work within a **given** period of time． 你必須在規定的時間內完成那項工作．

③ He is **given** to buying expensive things． 他喜好購買昂貴的物品．

【片語】 **given** ~/**given that** ~ 若假定為：**Given** health, we can do anything./**Given** that we are healthy, we can do anything． 如果健康的話，我們甚麼都能做．

♦ **given name** 名《☞〖充電小站〗(p. 837)》．

giver [`gɪvə] n. 給與者，贈送者．

【複數】 **givers**

glacial [`gleʃəl] adj. ① 冰(似)的；冰河的． ② 冰冷的；冷淡的．

♦ **the glacial epoch** 冰河期《亦作 the glacial period》．

【活用】 adj. ② **more glacial**, **most glacial**

***glacier** [`gleʃə] n. 冰河《位於高山或極地常年積雪不化、移動緩慢的河川》．

【複數】 **glaciers**

***glad** [glæd] adj. ① 〔不用於名詞前〕高興的，喜悅的． ② 令人高興的，可喜的．

【範例】① I'm **glad** to see you． 我非常高興能見到你．

I feel **glad** at the news． 我聽到那個消息非常高興．

My friends are **glad** about my success． 我的朋友們因為我的成功而喜悅．

My parents are **glad** that I've been able to get a job． 我能夠找到工作，我的父母親非常高興．

② Thank you for bringing me the **glad** news． 謝謝你為我帶來這個喜訊．

【活用】 adj. **gladder**, **gladdest**

gladden [`glædn] v. 使高興：The news that Bob had won the prize **gladdened** his parents． 鮑伯獲獎的消息使他的父母親非常高興．

【活用】 v. **gladdens**, **gladdened**, **gladdened**, **gladdening**

glade [gled] n. 林間空地．

【複數】 **glades**

gladiator [`glædɪ,etə] n. (古羅馬的)鬥士《被

簡介輔音群 gl- 的語音與語義之對應性

gl- 是由軟顎濁塞音 /g/ 與邊音 /l/ 組合而成。l 是所有輔音中最輕的音，其後又不可接任何輔音，只好由前面的 g 來增強 l 的輕鬆性 (light-hearted)。

(1) 本義表示「心情輕鬆、愉快」(a light, joyous mood)。人們的心情輕鬆時，會情不自禁地歌詠出「la, la, la」：
glad   歡喜的，高興的
glee   歡欣，高興

(2) 大自然要呈現出輕鬆、愉快的面貌，就必須有光，有了光，陽光普照大地，萬物欣欣向榮，生氣蓬勃。因此引申含有「發光、照耀」(light, shine) 之意味：
glint   閃閃發光
glisten   （濕潤的東西）閃閃發亮

glitter   （珠寶、星辰等）閃閃發光
gleam   發出微光
glare   （太陽等）發刺目的強光
glimmer   發微光
glow   發白熱光
gloss   表面的光澤

(3) 有了光線，就可以做「看」的動作，因此另一引申之意 為「看、瞥、凝視」(looking at, sight)：
glance   一瞥
glimpse   瞥見
glare   怒視
gloat   幸災樂禍地看
glower   怒視

迫與其他鬥士或猛獸在競技場上格鬥，以娛樂觀眾。
〔複數〕**gladiators**
gladiolus [ˌglædɪˋoləs] *n.* 唐菖蒲屬植物。
〔發音〕複數形 gladioli [ˌglædɪˋolaɪ]。
〔複數〕**gladioluses/gladioli**
*****gladly** [ˋglædlɪ] *adv.* 歡喜地，高興地：She stood on the platform waving and smiling **gladly**. 她站在月臺上，高興地揮手微笑。
〔活用〕*adv.* **more gladly, most gladly**
gladness [ˋglædnɪs] *n.* 喜悅，高興。
glamor [ˋglæmɚ]=*n.* glamour.
glamorize [ˋglæməˌraɪz] *v.* 美化；使有魅力：War has often been **glamorized** in film. 戰爭常常在電影中被美化了。
〔活用〕*v.* **glamorizes, glamorized, glamorizing**
glamorous [ˋglæmərəs] *adj.* 迷人的，有(性)魅力的：a photograph of a **glamorous** model 一張迷人的模特兒照片。
〔活用〕*adj.* **more glamorous, most glamorous**
glamour [ˋglæmɚ] *n.* 魅力：The **glamour** of Hollywood still draws people from all over the world. 好萊塢的魅力至今仍吸引著全世界的人。
*****glance** [glæns] *v.* ① 看一眼(at)，掃視，瀏覽 (through)。② 閃爍，閃耀。
——*n.* ③ 一瞥，掃視，瀏覽。④ 閃爍，閃耀。
〔範例〕① John **glanced** at the monkey. 約翰看了那隻猴子一眼。
The vice-president **glanced** through the newspaper. 那位副總裁瀏覽了一下報紙。
② The moon **glanced** on the pond. 月光在池塘的水面上閃爍。
③ The man took a **glance** at me./The man gave me a **glance**. 那個男子看了我一眼。
She saw at a **glance** that her son had failed the examination. 她一眼就看出她的兒子考試不及格。

The homework seemed easy at first **glance**. 那份家庭作業乍看之下似乎很簡單。
〔片語〕**at a glance** 一眼就。(⇒ 〔範例〕③)
at first glance 乍看之下。(⇒ 〔範例〕③)
glance off (子彈等) 掠過。
take a glance at 掃視。(⇒ 〔範例〕③)
〔活用〕*v.* **glances, glanced, glanced, glancing**
〔複數〕**glances**
gland [glænd] *n.* 腺：sweat **glands** 汗腺。
〔複數〕**glands**
glandular [ˋglændʒələ] *adj.* 腺的，有腺的。
*****glare** [glɛr] *v.* ① 閃閃發光。② 怒視，瞪 (at)。
——*n.* ③ 耀眼 [強烈] 的光。④ 怒視。
〔範例〕① With the tropical sun **glaring** down, the temperature stood at over 35°C. 熱帶地區陽光強烈，氣溫超過攝氏35度。
② The young man **glared** at me. 那個年輕人瞪了我一眼。
③ I couldn't see anything in the **glare** of the headlights. 由於車前燈刺眼，我甚麼都看不見。
④ She gave the police officer a suspicious **glare**. 她懷疑地瞪著那個警察。
〔活用〕*v.* **glares, glared, glared, glaring**
〔複數〕**glares**
glaring [ˋglɛrɪŋ] *adj.* ① 耀眼的。② 明顯的，顯著的。
〔範例〕① The **glaring** lights temporarily blinded him. 耀眼的燈光讓他一時看不見東西。
② You have made a **glaring** mistake. 你犯了一個明顯的錯誤。
〔活用〕*adj.* **more glaring, most glaring**
*****glass** [glæs] *n.* ① 玻璃。② 玻璃杯，酒杯。③ 一杯的量。④ [~s] 眼鏡，雙筒望遠鏡。⑤ 透鏡，鏡子；顯微鏡；晴雨計；沙漏；氣壓計。⑥ 玻璃器皿。
——*v.* ⑦ 裝上玻璃。
〔範例〕① sheet **glass** 薄玻璃板。
stained **glass** 彩色玻璃。

People who live in **glass** houses should not throw stones. 《諺語》自己有短處，別講他人的壞話．

② Let's raise our **glasses** to his future. 讓我們為他的前途乾杯．

a wine **glass** 葡萄酒杯．

③ He drank two **glasses** of milk. 他喝了2杯牛奶．

He always has a **glass** too much. 他經常飲酒過量．

④ a pair of **glasses** 一副眼鏡．

Does your father wear **glasses**? 你父親有戴眼鏡嗎？

⑤ a magnifying **glass** 放大鏡．

⑥ **glass** and china 玻璃器皿和陶瓷器皿．

⑦ **glass** a window 替窗戶裝上玻璃．

♦ **gláss cùlture** 溫室栽培．

gláss cùtter 切割玻璃的工具；玻璃切割工．

glàss fíber 玻璃纖維．

gláss pàper 砂紙；玻璃砂紙《塗有玻璃粉末》．

➡ [充電小站] (p. 533), (p. 535)

[複數] **glasses**

[活用] *v.* **glasses**, **glassed**, **glassed**, **glassing**

glasshouse [ˋglæs͵haʊs] *n.* ①〖英〗溫室．②〖英〗玻璃工廠．

[發音] 複數形 glasshouses [ˋglæs͵haʊzɪz].

glassware [ˋglæs͵wɛr] *n.* 玻璃製品，玻璃器皿．

glassy [ˋglæsɪ] *adj.* ① 玻璃般的；光滑的；鏡子般的．② 遲鈍的，呆滯的．

[範例] ① a **glassy** sea 平靜如鏡的大海．

② a **glassy** look 呆滯的表情．

[活用] *adj.* **glassier**, **glassiest**/**more glassy**, **most glassy**

glaze [glez] *v.* ① 鑲玻璃．② 上釉；使有光澤．③ 使蒙上薄翳．——*n.* ④ 上釉．⑤ 釉料．

[活用] *v.* **glazes**, **glazed**, **glazed**, **glazing**

[複數] **glazes**

glazier [ˋglezɚ] *n.* 裝玻璃工人；上釉工人．

[複數] **glaziers**

***gleam** [glim] *n.* ① 閃光，微光；(希望、想法等的) 閃現．——*v.* ② 閃爍，發微光；閃現．

[範例] ① We could see the **gleam** of aircraft landing lights coming through the fog towards us. 我們透過霧看見飛機著陸燈的微光向我們靠近．

After she heard the idea, a **gleam** of hope came to her eyes. 聽到那個主意，她的眼裡閃現一線希望．

② A cat's eyes **gleamed** in the dark. 一隻貓的雙眼在黑暗中閃爍．

Enmity **gleamed** in her eyes. 她的眼中閃著敵意．

[複數] **gleams**

[活用] *v.* **gleams**, **gleamed**, **gleamed**, **gleaming**

glean [glin] *v.* ① 撿拾 (落穗等). ② (一點一點地) 收集．

[活用] *v.* **gleans**, **gleaned**, **gleaned**, **gleaning**

***glee** [gli] *n.* ① 高興，歡欣：We danced with **glee** when we heard the news. 我們聽到那一則消息時高興得手舞足蹈．② 無伴奏合唱曲《主要指男聲3部或4部重唱曲； 18世紀在英國流行，後為業餘愛好者廣泛演唱，並出現了許多男聲合唱團》．

♦ **glée clùb** 合唱團．

[複數] **glees**

gleeful [ˋglifəl] *adj.* 高興的，欣喜的：The man was singing in a **gleeful** mood. 那個男子以愉快的心情唱歌．

[活用] *adj.* **more gleeful**, **most gleeful**

gleefully [ˋglifəlɪ] *adv.* 歡喜地，高興地：It was strange to them to see their parents playing **gleefully** in the snow like children. 對於孩子們來說，看到父母在大雪天像孩子般玩得很開心是一件很奇怪的事．

[活用] *adv.* **more gleefully**, **most gleefully**

glen [glɛn] *n.* 峽谷，幽谷《指蘇格蘭和愛爾蘭的山岳地帶》．

[複數] **glens**

glib [glɪb] *adj.* 能言善道的，伶牙俐齒的；膚淺的；草率的：Alice asked you for some serious advice and all you gave her were some stupid, **glib** remarks. 愛麗絲想徵求你真誠的忠告，而你僅提供無意義且膚淺的意見．

[活用] *adj.* **glibber**, **glibbest**

glibly [ˋglɪblɪ] *adv.* 口齒伶俐地；隨便地，輕易地：He **glibly** promised to do everything they asked. 他輕易答應他們要求他做的事．

[活用] *adv.* **more glibly**, **most glibly**

glibness [ˋglɪbnɪs] *n.* 能言善道，口齒伶俐．

***glide** [glaɪd] *v.* ① 滑動，滑行，滑翔；(時光) 流逝．——*n.* ② 滑動，滑行，滑翔．③ (語音學的) 滑音．

[範例] ① The eagle **glided** through the air. 那隻老鷹在空中滑翔．

My husband **glided** out of our bedroom into the hallway. 我丈夫從我們的臥室悄悄地溜出走廊．

The first half of the semester **glided** by almost unnoticed. 第一學期的前半段不知不覺地過了．

We went **gliding** last Sunday. 上星期天我們去滑翔．

[活用] *v.* **glides**, **glided**, **glided**, **gliding**

[複數] **glides**

glider [ˋglaɪdɚ] *n.* 滑翔機．

[複數] **gliders**

gliding [ˋglaɪdɪŋ] *n.* 滑翔，滑行《比賽滑行高度、距離、速度的運動》．

***glimmer** [ˋglɪmɚ] *v.* ① 發微光，閃爍．

G

玻璃 (glass)

【Q】glass 是「杯子」之意，那麼「紙杯」可以用 paper glass 嗎？

【A】glass 本來指「玻璃」，因此只有玻璃杯可稱作 glass，而用陶土和金屬、紙等製成的杯子都稱作 cup。紙杯為 paper cup。

此外還有多種玻璃製品。眼鏡是 glasses 或 eyeglasses，太陽眼鏡為 sunglasses。雖然現在多為塑膠材質，但其稱呼仍然沒變。

鏡子亦稱作 glass 或 looking glass，現在多用 mirror。而 sandglass（沙漏）和 magnifying glass（放大鏡）等也是以玻璃作原料。此外，沙漏也稱作 hourglass，主要是以 1 小時計時用，目前有些也使用水銀等為原料。

—n. ② 微光，微弱的閃光。

[範例] ① The **glimmering** city lights will make a perfect background for this photo. 那些閃爍的城市燈火一定會成為這張照片完美的背景。(glimmering 作形容詞性)

② We saw a **glimmer** from a distant town. 我們看到了遠方城市的微弱閃光。

There is only a **glimmer** of hope that I will recover. 我康復的希望渺茫。

[活用] v. **glimmers, glimmered, glimmered, glimmering**

[複數] **glimmers**

*__glimpse__ [glɪmps] n. ① 一瞥，一眼。② 掠影；不清楚的印象。

—v. ③ 瞥見。④ 略知。

[範例] ① The boy caught a **glimpse** of the murderer. 那個男孩有瞥見那個殺人犯的身影。

② My students seemed to have a **glimpse** of my true intention. 我的學生似乎察覺到我的真正意圖。

③ The policeman **glimpsed** you in the theater. 那個警察曾在劇場看見過你。

④ I **glimpsed** what his life must have been like and shuddered. 無意中瞭解到他從前生活的情況時，我不寒而慄。

[複數] **glimpses**

[活用] v. **glimpses, glimpsed, glimpsed, glimpsing**

glint [glɪnt] v. ① 閃爍，閃閃發光。

—n. ② 閃光。

[範例] ① Sunlight **glinted** on the windows of the passing taxi. 陽光在經過的計程車窗上閃耀著。

His eyes **glinted** with desire. 他的雙眼閃著欲望。

② There was a **glint** of mischief in his eyes. 他的眼睛裡閃過一絲淘氣。

[活用] v. **glints, glinted, glinted, glinting**

[複數] **glints**

glisten [`glɪsn] v. 閃光，發亮：The runner's forehead was **glistening** with beads of sweat. 那位跑者的前額淌著汗珠。

[活用] v. **glistens, glistened, glistened, glistening**

*__glitter__ [`glɪtɚ] v. ① 閃閃發光，閃耀。

—n. ② 光輝，光芒。

[範例] ① The diamond necklace was **glittering** brightly around the lady's neck. 鑽石項鍊在那位女士的頸子上閃閃發光。

All is not gold that **glitters**.《諺語》發光的東西未必都是黃金。

② The murderer had a cruel **glitter** in his eyes. 那個殺人犯目露凶光。

[活用] v. **glitters, glittered, glittered, glittering**

glittering [`glɪtərɪŋ] adj. 〔只用於名詞前〕閃爍的，耀眼的：In the cave we found lots of **glittering** jewels. 我們在洞穴中發現了許多閃閃發光的寶石。

[活用] adj. **more glittering, most glittering**

gloat [glot] v. 幸災樂禍地看，暗自高興 (over)：She **gloated** over her rival's failure in the beauty contest. 她幸災樂禍地看著選美比賽中的對手落選。

[活用] v. **gloats, gloated, gloated, gloating**

gloatingly [`glotɪŋlɪ] adv. 心滿意足地。

[活用] adv. **more gloatingly, most gloatingly**

global [`globl] adj. ① 地球的，世界性的。② 全面的，總括的。

[範例] ① Television is turning the world into a **global** village. 電視正把世界變成一個地球村。

a **global** depression 世界性的不景氣。

② We should make a **global** judgement about economic problems between the USA and Taiwan. 對於美臺間的經濟問題，我們應該做個整體性的判斷。

globalism [`globə͵lɪzm] n. 全球主義。

globally [`globlɪ] adv. 全球性地，世界性地。

*__globe__ [glob] n. ① 球，球體。② 〔the ~〕地球；地球儀：They plan to circle the **globe** in a yacht. 他們計畫乘坐遊艇環遊地球。

[複數] **globes**

*__gloom__ [glum] n. ① 黑暗，陰暗。② 憂鬱。

[範例] ① We saw a dim figure in the deepening **gloom**. 我們在黑暗中看到一個模糊的人影。

The death of Princess Diana cast a **gloom** over the country. 戴安娜王妃之死使得那個國家籠罩在悲痛之中。

gloomily [`glumɪlɪ] adv. 陰暗地；憂鬱地。

[活用] adv. **more gloomily, most gloomily**

*__gloomy__ [`glumɪ] adj. ① 陰暗的，黑暗的。② 愁悶的，憂鬱的。

範例 ① The staircase was **gloomy** and silent. 那個樓梯陰暗寂靜.

Are you going on a picnic on such a **gloomy** day? 這麼陰暗的天氣你還要去野餐嗎?

② Tom looks **gloomy** today. 湯姆今天看起來很憂鬱.

活用 adj. **gloomier**, **gloomiest**

Gloria [ˋglorɪə] n. 女子名.

glorification [ˌglorəfəˋkeʃən] n. 頌揚, 讚美; 美化: the **glorification** of war 讚美戰爭.

*__glorify__ [ˋglorəˌfaɪ] v. 歌頌, 讚揚: The newspaper **glorified** the young swimmer, who had won a gold medal in the Olympic Games. 報紙讚揚那位奪得金牌的游泳選手, 因為他在奧運會上得到了金牌.

活用 v. **glorifies**, **glorified**, **glorified**, **glorifying**

*__glorious__ [ˋglorɪəs] adj. ① 光榮的. ② 極好的; 愉快的.

範例 ① Our baseball team won a **glorious** victory. 我們的棒球隊獲得了輝煌的勝利.

② We had a **glorious** time on our blind date. 我們初次約會有一段非常美好的時光.

活用 adj. **more glorious**, **most glorious**

gloriously [ˋglorɪəslɪ] adv. 極好地; 榮耀地.

活用 adv. **more gloriously**, **most gloriously**

*__glory__ [ˋglorɪ] n. ① 榮譽; 興盛; 華麗; 可誇耀的事物.

—— v. ② 自豪, 誇耀.

範例 ① Alexander the Great achieved great **glory** in war. 亞歷山大大帝戰績輝煌.

Jupiter, in its majestic **glory**, never sinks below the Europan horizon. 木星輝煌燦爛, 永遠立於木衛二星之水平線上.

All the **glories** and riches of the Empire were his. 那個帝國的驕傲與財富全都歸他所有.

② I **gloried** in my students' achievements. 我為學生們的成就感到驕傲.

片語 **glory in** 感到自豪〔驕傲〕. (⇨ 範例 ②)

複數 **glories**

活用 v. **glories**, **gloried**, **gloried**, **glorying**

gloss [glɔs] n. ① 色澤, 光澤. ② 虛飾, 表面的假象. ③ 註釋.

—— v. ④ 使有光澤. ⑤ 掩飾. ⑥ 註釋.

範例 ① Her black hair has a beautiful **gloss**. 她的黑髮有美麗的光澤.

② Beneath her pleasant exterior **gloss**, she's really terrible. 在她和藹可親的外表下, 她其實是很可怕的.

③ This 15th century play would be pretty incomprehensible minus the **gloss**. 這齣15世紀的戲如果沒有註釋的話相當難以理解.

④ My brother **glossed** his desk with wax. 我哥哥用蠟將桌子上光.

⑤ The surgeon **glossed** over his errors. 那位外科醫生掩飾自己的錯誤.

⑥ The professor **glossed** the original. 那位教授為原著加了註釋.

片語 **gloss over** 掩飾. (⇨ 範例 ⑤)

複數 **glosses**

活用 v. **glosses**, **glossed**, **glossed**, **glossing**

glossary [ˋglɑsərɪ] n. 字彙表《位於書籍卷末的附加說明》.

複數 **glossaries**

glossy [ˋglɔsɪ] adj. 有光澤的, 光滑的.

♦ **glòssy magazíne** 〖英〗(紙面光滑的)高級雜誌《〖美〗slick》.

活用 adj. **glossier**, **glossiest**

*__glove__ [glʌv] n. ① 手套《指手指分開的手套》. ② 棒球〖拳擊〗手套.

範例 ① This pair of **gloves** is too large for me. 這副手套對我來說太大了.

Paul is wearing the **gloves** Kate knitted. 保羅戴著凱特織的手套.

Excuse my **gloves**. 對不起, 我戴著手套.《握手時的客氣語》

片語 **fit like a glove** 正合適.

♦ **glóve bòx/glóve compàrtment** 汽車儀表板上的小置物箱.

☞ **mitten** (手套)

複數 **gloves**

*__glow__ [glo] v. ① 發光, 閃耀. ② (臉)紅, (身體)發熱.

—— n. ③ 光亮, 光輝. ④ 紅暈, 發熱.

範例 ① The moon was **glowing** in the clear night sky. 晴朗的夜空裡月光皎潔.

The autumn leaves were **glowing** in the sunshine. 秋天的樹葉在陽光下閃耀著.

② The girls' cheeks **glowed** with excitement. 那些女孩們興奮得滿臉通紅.

③ Sitting on the rock, he saw the **glow** of the sunset. 他坐在那個岩石上看著夕陽的光輝.

④ I was all in a **glow** after jogging. 我慢跑過後全身發熱.

活用 v. **glows**, **glowed**, **glowed**, **glowing**

glower [ˋglauɚ] v. 怒視 (at): The driver **glowered** at the policeman. 那個司機生氣地看著警察.

活用 v. **glowers**, **glowered**, **glowered**, **glowering**

glowing [ˋgloɪŋ] adj. 熱烈的, 熱心的: He gave a **glowing** description of your new novel. 他對你的新小說讚譽有加.

活用 adj. **more glowing**, **most glowing**

glowingly [ˋgloɪŋlɪ] adv. 熱烈地.

活用 adv. **more glowingly**, **most glowingly**

glowworm [ˋglo͵wɝm] n. 無翅螢火蟲《螢火蟲的幼蟲》.

複數 **glowworms**

glucose [ˋglukos] n. 葡萄糖.

glue [glu] n. ① 黏著劑.

—— v. ② 用黏著劑黏, 用膠水黏; 用(眼睛、耳朵等)密切注意.

範例 ① I'll mend the vase with **glue**. 我會用黏著劑把花瓶黏好.

② Ed **glued** his picture to the application form. 艾德把自己的照片貼在申請表上.

(充電小站)

眼鏡 (glasses)

▶ 眼鏡的種類:

膠框眼鏡	horn-rimmed glasses
金邊眼鏡	gold-rimmed glasses
無框眼鏡	rimless glasses
遠視眼鏡	spectacles for a long-sighted person
近視眼鏡	spectacles for a short-sighted person
遠視近視兩用眼鏡	bifocals/bifocal glasses
高度數眼鏡	powerful spectacles

monocle: 單眼鏡《夾在眼睛周圍的肌肉上使用》.

goggles: 護目鏡《用來防止灰塵和光線損傷眼睛, 騎摩托車的人和滑雪者經常使用》.

pince-nez: 夾鼻眼鏡《使用時靠夾在鼻子上的鏡架支撐》.

sunglasses: 太陽眼鏡, 墨鏡《用來防止太陽的紫外線損傷眼睛的有色眼鏡》.

granny glasses: 老祖母眼鏡《granny 是 an old woman 或 grandmother 的暱稱》.

▶ 眼鏡各部位名稱:

① bridge　鼻樑架
② pad bridge　鼻樑套
③ side/bows/earpieces　鏡架
④ side joint　折合處
⑤ lens　鏡片
⑥ rim　鏡框

G

(充電小站)

一副眼鏡 (a pair of glasses)

【Q】一副眼鏡為甚麼用複數形 glasses 表示呢?

【A】因為一副眼鏡是由兩個鏡片組成, 不可能分開, 所以是 a pair of glasses (一副眼鏡). 觀賞戲劇用的小型望遠鏡也使用複數形作 binoculars.

而單眼鏡 monocle 作 a monocle, two monocles.

由2部分組成用的複數形物品還有很多《☞ 充電小站) (p. 1139)》.

例如天秤稱作 a balance, 但由於秤盤 (scale) 有兩個, 所以也作 a pair of scales 或單稱為 scales. 現在任何一種秤都稱作 scales, 例如體重計稱作 bathroom scales.

pajamas (睡衣) 原來只有褲子部分, 現在包括上衣在內都稱作 pajamas. 單指睡衣的上衣用 a pajama jacket 或 a pajama top, 褲子為 pajama trousers, 指上下一套時為 a suit of pajamas 或 a pair of pajamas.

數的數法在英語和中文裡有很大的不同. 英語說「這條褲子」時必須用 these trousers, 所以有人說 these trousers 時, 可能是指一條褲子、兩條褲子, 或者更多.

讓我們比較下面兩個句子:

(1) I bought some shoes.

(2) I bought some pairs of shoes.

兩個句子都是正確的, 因為鞋是左右2隻為「一雙」, 所以(1)意為買了2雙以上的鞋, 而(2)買了不只1雙, 可能是2-3雙鞋. 此時, 即使不用 pair 這個字, 也不會有人認為在(1)中只買了右腳或只買了左腳一隻鞋. 但這在 I saw some shoes. 句中又如何呢? 也許是說店鋪裡有幾雙鞋, 也許指的是有幾隻鞋散落在路旁.

We were **glued** to the TV last night. 我們昨天整晚盯著電視看.

♦ **glúe sniffing** 吸食強力膠.

複數 **glues**

活用 v. **glues, glued, glued, gluing/glues, glued, glued, glueing**

glum [glʌm] *adj.* 悶悶不樂的，憂鬱的；死氣沉沉的.

範例 Tom looked **glum** after he heard the news. 聽到那一則消息後，湯姆看起來悶悶不樂.

I don't like to live in such a **glum** village. 我不喜歡住在這樣死氣沉沉的村子裡.

活用 *adj.* **glummer**，**glummest**

glumly [ˋglʌmlɪ] *adv.* 陰沉地；悶悶不樂地: The man just stared **glumly** at the picture of his dead son. 那個男子悶悶不樂地凝視著死去兒子的照片.

活用 *adv.* **more glumly**，**most glumly**

glut [glʌt] *v.* ① 使吃飽，使飽飽. ② 供過於求. ——*n.* ③ 供過於求.

範例 ① She **glutted** herself on rice. 她吃飯吃得太飽了.

② The market is **glutted** with goods. 市場上商品供過於求.

③ There has been a **glut** of apples this year. 今年蘋果生產過剩.

活用 *v.* **gluts**，**glutted**，**glutted**，**glutting**

glutton [ˋglʌtn] *n.* ① 貪吃的人，老饕. ② 熱心的人；執著的人.

範例 ① He keeps slim though he is such a **glutton**. 他非常貪吃，但還是很瘦.

② Your sister is a **glutton** for books. 你的姊姊手不釋卷.

♦ a glútton for púnishment 不怕受罰的人.

複數 **gluttons**

gluttonous [ˋglʌtənəs] *adj.* ① 貪吃的. ② 貪婪的.

範例 ① Your brother is **gluttonous**. 你哥哥很貪吃.

② The boy was **gluttonous** for praise. 那個男孩對讚揚貪得無厭.

活用 *adj.* **more gluttonous**，**most gluttonous**

gluttony [ˋglʌtnɪ] *n.* 貪吃，暴飲暴食.

glycerin/glycerine [ˋglɪsrɪn] *n.* 甘油.

gm (縮略) =gram，grams (克) (亦作 g).

G.M.T./GMT [ˋdʒiˏɛmˋti] (縮略) = Greenwich Mean Time (格林威治標準時間).

參考 指通過英國舊格林威治天文臺子午線上的時刻，亦稱作世界標準時間，以此時刻為標準，經度每15°時差為1小時，各國都以世界標準時間為標準，以確定各自的標準時.

gnarled [nɑrld] *adj.* 多節的；粗糙的: **gnarled** hands 粗糙的手.

活用 *adj.* **more gnarled**，**most gnarled**

gnash [næʃ] *v.* 咬牙切齒: When he heard the news, the man **gnashed** his teeth. 聽了那一則消息，那個男子咬牙切齒.

活用 *v.* **gnashes**，**gnashed**，**gnashed**，**gnashing**

gnat [næt] *n.* 蚋《體長2-7公釐，活動於高溼度季節的晚上，吸食人或動物的血，亦稱作蠓》；《英》蚊子.

複數 **gnats**

***gnaw** [nɔ] *v.* ① 啃. ② 折磨 (at)；使煩惱.

範例 ① John found his dog **gnawing** the bone. 約翰發現他的狗正在啃著骨頭.

The mouse has **gnawed** a hole in the wall. 那隻老鼠把牆咬出一個洞.

② Jealousy of her new lover **gnawed** at me for a long time. 嫉妒她的新戀人折磨了我好長一段時間.

活用 *v.* **gnaws**，**gnawed**，**gnawed**，**gnawing/gnaws**，**gnawed**，**gnawn**，**gnawing**

***gnawn** [nɔn] *v.* gnaw 的過去分詞.

gnome [nom] *n.* 地精《傳說住在地底守護寶藏的小矮人》.

複數 **gnomes**

GNP [ˋdʒiˏɛnˋpi] 《縮略》=Gross National Product (國民生產毛額).

gnu [nu] *n.* 牛羚《一種生長於非洲的牛科動物》.

複數 **gnus/gnu**

****go** [go] *v.*

原義	層面	釋義	範例
前進	朝特定的場所，朝做某事的場所	去	①
	朝某狀態的方向	前進，進行，進展	②
	朝做某動作的方向	做(某動作)，運轉	③
	朝達到目的的狀態	進展順利，適合	④
	朝只有實施者知道的地方	被拿到某處，被帶到某處	⑤

——*n.* ⑥ 活力，精力. ⑦ 順序；嘗試.

範例 ① Where are we **going**? 我們要去哪裡?

We're **going** to the beach. 我們要去海灘.

She **goes** to school by bike. 她騎腳踏車上學.

I usually **go** to bed before ten o'clock. 我通常在10點前就寢.

He wanted to **go** to college. 他想上大學.

Bob **went** to the library to borrow some books. 鮑伯去圖書館借書.

We **went** into the art museum. 我們去了那個美術館.

I want to **go** there. 我想去那裡.

Bob has **gone** to Paris on business. 鮑伯因公事住在巴黎./鮑伯曾為了公事去過巴黎.《此句有以上兩種意義，必須根據上下文判斷》

Ready, get set, **go**! 各就各位，預備，跑!

My father **goes** fishing in the river on Sundays. 我爸爸每個星期天會到那條河釣魚.

We **went** shopping in Taipei yesterday. 我們昨天去臺北購物.

You should **go** and see the doctor. 你最好去

看醫生.

This road **goes** to Keelung Station. 這條路通往基隆車站.

Where do these books **go**? 這些書收到哪裡去了?

Shall we **go** for a swim? 我們去游泳好嗎?

Responsibility **goes** with becoming an adult. 在成為成年人的同時伴隨著責任.

The roots of this tree **go** deep. 這棵樹的根長得很深.

The old man **goes** out after lunch. 那個老人午餐後外出.

The home team **went** out in the third round of the tourney. 地主隊在淘汰賽的第3輪比賽中出局了.

When the power **went** out, we turned on the emergency generator. 停電時,我們打開那臺備用發電機.

John has been **going** out with Mary for half a year. 約翰和瑪麗已經交往了半年.

They **went** over that mountain. 他們翻過了那座山.

They were **going** through the forest when they saw a black bear coming up to them. 他們穿越那片森林時,見到一隻黑熊朝他們走來.

Most kids **go** through a phase when they wear strange clothes. 大多數的小孩都會經歷一段奇裝異服的時期.

There are still four days to **go** before Christmas. 距離聖誕節還有4天.

Bob is always **going** after girls. 鮑伯總是在追女孩子.

The flu is **going** around the office. 流行性感冒正在辦公室裡流行.

Ned's word **goes** around here—he's the boss. 奈德的話在這裡暢行無阻,因為他是老闆.

She **goes** around complaining about me to everyone. 她四處散布對我的不滿.

He **went** back to his country. 他回到了祖國.

Tom **went** back to sleep. 湯姆又睡著了.

We can't **go** back to our younger days. 我們無法回到年輕時.

May I **go** back to Dick's proposal? 我可否把話題回到狄克的提議上?

This CD player will have to **go** back—it doesn't work. 這臺CD音響必須退回,因為它壞了.

This castle **goes** back to the Elizabethan age. 這座城堡可追溯到伊莉莎白時代.

Go away! 走開!

The sun doesn't **go** down this time of year here. 在這裡,太陽在一年中的這個時候不會低於地平線下.

The temperature **went** down to 5°C below zero. 氣溫降到了攝氏零下5度.《5°C 讀作 five degrees Celsius》

The girl **went** up the stairs humming a tune. 那個女孩一邊哼歌一邊爬上樓去.

The price of bread has **gone** up. 麵包漲價了.

The curtain will **go** up in a minute. 馬上就要開幕了.

I must be **going** now. 我現在得走了.

② Please **go** on with your meal. 請繼續用餐.

Things got worse and worse as time **went** on. 隨著時間流逝,事態愈變愈糟.

How is it **going**? 情況怎麼樣?

Things **went** against us. 事態對我們不利.

The interview **went** better than I had expected. 那個訪問比我預期的還要順利.

How does this song **go**? Would you sing it? 這首歌怎麼唱? 你可以唱唱看嗎?

Potatoes were **going** cheap. 馬鈴薯賣得很便宜.

His company **went** bankrupt. 他的公司破產了.

My father's hair is **going** grey. 我父親的白頭髮變多了.

We **went** wild with excitement. 我們高興得發狂.

Many rape cases may **go** unreported. 可能有很多強暴事件沒有被報導出來.

The balloon you blew up is **going** down. 你吹的那個氣球漏氣了.

The meat has **gone** off. 那個肉壞了.

The heating **goes** off at eleven in this dormitory. 這棟宿舍11點關閉暖氣.

The children **went** off even before I turned the lights off. 我關燈之前孩子們就已經睡著了.

Mrs. Jones's husband **went** off with his secretary. 瓊斯女士的先生與他的祕書一起私奔了.

Typewriters are **going** out? I don't think so. I still use one! 打字機過時了? 我可不那麼認為,我現在還在用呢!

③ Our central heating **goes** by gas. 我們的中央暖氣設備是靠瓦斯運轉.

Ducks **go** quack-quack, not cluck-cluck. 鴨子是嘎嘎叫,不是咯咯叫.

When that bell **goes** it's time to **go** home. 那個鈴聲一響就可以回家了.

④ Anything **goes**. 一切順利.

This tie **goes** with your suit. 這條領帶和你的西裝很相配.

Red wine **goes** well with meat. 紅葡萄酒配肉很適合.

⑤ My wallet has **gone**! 我的錢包不見了!

My headache has **gone**. 我的頭痛好了.

I tried to save her, but she'd already **gone**. 我想救她,可是她已經死了.

The old man's hearing is beginning to **go**. 那個老人的聽力開始在減退中.

My jeans **went** at the knees. 我的牛仔褲膝蓋處破了.

Two hamburgers to **go**, please. 請給我兩個漢堡,我要帶走.

The old lamp **went** for 20 dollars. 那個舊燈以20美元售出.

⑥ The boy was full of **go**. 那個男孩精力十足.

⑦ Is it my **go**? 輪到我了嗎?
Let me have a **go**. 讓我試一試.

片語 **as far as ~ go** 就~而言: A piano is good **as far as** it **goes**, but it lacks the versatility of a synthesizer. 就鋼琴而言, 它還不錯, 但缺乏音響合成器的多功能特性.

as ~ go 以~的標準而言: She is very good **as** English teachers **go**. 以一般英語教師的標準而言, 她非常出色.

go about ① 著手做: He taught me how to **go about** using the new computer. 他教我如何開始使用那臺新電腦.
He **went about** his business vigorously. 他精力十足地開始工作.
② 擴散, 流行《亦作 go around》.

go about with 與~交往: Ken **goes about with** Ann. 肯和安在交往.

go after 追求. (⇨ 範例 ①)

go against ① 反對. ② 不利於. (⇨ 範例 ②)

go ahead 進行下去: "Can I ask you some questions?" "OK. **Go ahead**." 「可以問你幾個問題嗎?」「可以, 請說.」

go along 認同, 同意; 進行下去: I can't **go along** with your way of thinking. 我無法認同你的想法.
I don't study Japanese; I pick it up as I **go along**. 我不刻意學日語, 我一邊使用就一邊學會了.

go a long way/go far 持續, 耐用; 成功; 精打細算: His wife tried to make the money **go a long way**. 他太太試著精打細算.
He's a great singer—he should **go far**. 他是一個出色的歌手, 他一定會成功.

go and ~ 去做 (⇨ 範例 ①): **Go** stick these posters all over town. 去把這些海報貼滿整個城鎮. 《原本作 Go and stick, 口語中常省略 and》

go around/go round ① 四處走, 繞道走. (⇨ 範例 ①) ② 擴散, 流行. (⇨ 範例 ①) ③ 足夠分配: There isn't enough soup to **go around**. 湯不夠分配. ④ 交往: Don't **go around** with him. 不要和他交往.

go at ① 撲向, 攻擊: Our dog **goes at** anyone who comes near him. 我們家的狗誰靠近就攻擊誰. ② 賣力做.

go away 離去. (⇨ 範例 ①)

go back ① 返回. (⇨ 範例 ①) ② 回來 (⇨ 範例 ①); 追溯. (⇨ 範例 ①)

go by ① 經過, 過去: Several cars **went by**, but I didn't see any red car. 有好幾輛車經過, 但我沒看見任何紅色的車. ② 依據: I **go by** the students' performance in class when assessing them. 我在評量學生時是依據他們課堂上的表現.

go down ① 沉沒, 落下. (⇨ 範例 ①) ② 下降. (⇨ 範例 ①) ③ 減弱, 衰微; 功能暫停: Suddenly the computer **went down**. 電腦突然間故障了. ④ 被記錄下: The battle **went down** in history. 那場戰役在歷史上留下了記錄.

go for ① 去做. (⇨ 範例 ①) ② 襲擊, 撲向: The man **went for** the old lady with an ice pick. 那個男子用碎冰錐襲擊那位老婦人. ③ 追求; 喜歡: I really **go for** that type of man. 我真的很喜歡那一類型的男人. ④ 適用於: The same **goes for** Susan. 那同樣也適用於蘇珊.

go in for 參加: Are you going to **go in for** the tournament? 你將參加那個錦標賽嗎? What sports does your brother **go in for**? 你哥哥參加甚麼競賽?

go ~ing 去. (⇨ 範例 ①)《~多為體育活動的動詞》

going to 決定 (做), 可能會 (做), 打算 (做): Tomorrow is **going to** be stormy. 明天將會有暴風雨.
I am **going to** visit Mr. Smith this afternoon. 今天下午我打算去拜訪史密斯先生.

go into ① 進入. (⇨ 範例 ①) ② 調查, 研究: He would not **go into** details. 他不打算深究細節.

go off ① 離開, 消失. (⇨ 範例 ②) ② 入睡. (⇨ 範例 ②) ③ 變壞. (⇨ 範例 ②) ④ 不再喜歡, 對~失去興趣: She has **gone off** her diet. 她不再節食了. ⑤ 爆炸: The bomb was timed to **go off** at midnight. 那顆炸彈設定在午夜時分爆炸. ⑥ 進行: The ceremony **went off** well. 儀式進行得很順利.

go on ① 繼續. (⇨ 範例 ②) ② 發生: What's **going on** here? 這裡發生了甚麼事? ③ 可以使用: The heater **goes on** at five o'clock. 那臺暖氣裝置5點鐘開啟. ④ 根據~行動: All the files were destroyed—the investigator has nothing to **go on**. 所有檔案都遭到破壞, 調查員沒有任何線索. ⑤ 責罵: He's **going on** at them for not taking care of the dog. 他責備他們沒有照顧那隻狗.

go out ① 外出. (⇨ 範例 ①) ② 逝世, 消失. (⇨ 範例 ①)

go out with 交往. (⇨ 範例 ①)

go over ① 越過. (⇨ 範例 ①) ② 調查, 查看: Mr. Smith is **going over** our papers now. 史密斯先生現在正在查閱我們的論文. ③ 複習: Let's **go over** the last lesson. 我們來複習上一課吧.

go through ① 穿過, 通過. (⇨ 範例 ①) ② 完成: The two companies **went through** with the merger in spite of their advisors' advice. 那兩家公司無視顧問的忠告完成合併. ③ 詳細調查: I **went through** the book three times. 那本書我細讀了3遍.

go under ① 失敗; 垮掉: A lot of small businesses are **going under** these days. 最近許多小企業倒閉了. ② (船隻) 沉沒.

go up ① 上升, 上漲. (⇨ 範例 ①) ② 興建: Hundreds of houses are **going up** in this area. 這個地區興建了好幾百棟房子.

go with 與~一起; 進展順利; 與~相配.

〔範例〕① ④）
go without 沒有~而忍受過去：I cannot **go without** drinking a glass of wine before going to bed. 睡覺前我必須喝一杯葡萄酒.
It **goes without** saying that the greenhouse effect is one of the most important problems. 不用說，溫室效應當然是最重要的問題之一.
on the go 忙個不停.
〔活用〕*v.* **goes，went，gone，going**
〔複數〕**goes**

goad [god] *n.* ① 刺棒；刺激.
——*v.* ② 驅趕，驅使：They **goaded** him into telling them the names of the other members of the group. 他們驅使他說出那個集團中其他成員的名字.
〔複數〕**goads**
〔活用〕*v.* **goads，goaded，goaded，goading**

go-ahead [`goə`hɛd] *adj.* ①〔只用於名詞前〕積極的，活躍的.
——*n.* ② 前進的許可.
〔活用〕*adj.* **more go-ahead，most go-ahead**

*****goal** [gol] *n.* ① 目標. ② 球門. ③ 得分.
〔範例〕① His **goal** in life is to be President. 他人生的目標是成為總統.
② kick a ball into the **goal** 將球踢進球門.
③ Our team scored six **goals**. 我們隊伍踢進了6分.
♦ **góal line** 球門線.
góal pòst 球門柱.
〔複數〕**goals**

goalkeeper [`gol,kipɚ] *n.* (足球等的) 守門員.
〔複數〕**goalkeepers**

goat [got] *n.* ① 山羊：I kept a **goat** when I was a boy. 我小時候飼養過山羊. ② 山羊座，山羊座的人 (☞ 充電小站) (p. 1523). ③ 色鬼.
〔片語〕**get ~'s goat** 使惱怒：That stupid woman really **gets my goat**, I can tell you. 我告訴你，那個笨女人實在令我生氣.
〔參考〕(1)由於山羊的繁殖力強，所以具有③「好色」的含義. (2)雄性作 he-goat 或 billy goat，雌性作 she-goat 或 nanny goat，小山羊為 kid；叫聲為 bleat，baa.
〔複數〕**goats**

gobble [`gɑbl] *v.* ① 狼吞虎嚥：The hungry children **gobbled** up their food. 那些飢餓的孩子們狼吞虎嚥地吃著食物. ②(火雞等)咯咯地叫.
——*n.* ③ 咯咯叫聲.
〔活用〕*v.* **gobbles，gobbled，gobbled，gobbling**
〔複數〕**gobbles**

go-between [`gobə,twin] *n.* 中間人.
〔複數〕**go-betweens**

goblet [`gɑblɪt] *n.* 高腳杯《金屬或玻璃製的帶腳酒杯》.
〔複數〕**goblets**

goblin [`gɑblɪn] *n.* 小妖精，小妖怪《以惡作劇加害於人的妖精》.

〔複數〕**goblins**

*****god** [gɑd] *n.* ① 神. ②〔G~〕(一神教的)神，上帝《基督教、猶太教、伊斯蘭教的唯一真神》.
〔範例〕① Neptune is the ancient Roman **god** of the sea. 奈普提是古羅馬的海神.
② The child knelt down to pray to **God**. 那個孩子跪下來向上帝祈禱.
God bless you. 願上帝保佑你.
〔片語〕**by God** 向神發誓，的確.
God knows 老天保證.
God willing 若情況許可的話.
Good God！/Oh God！ 天哪！
Thank God！/God be thanked！ 謝天謝地！
♦ **Gòd's Ácre**《附屬於教會的》墓地.
Gód's bòok《聖經》.
〔複數〕**gods**

[goblet]

godchild [`gɑd,tʃaɪld] *n.* 教子《男作 godson，女作 goddaughter；☞ godfather (教父)》.
〔複數〕**godchildren**

*****goddess** [`gɑdɪs] *n.* 女神.
〔複數〕**goddesses**

godfather [`gɑd,fɑðɚ] *n.* 教父：stand **godfather** to 成為~的教父.
〔參考〕在基督教中，指孩子接受洗禮時會到場作監護人，並允諾照料、幫助孩子成長的男子. 女性稱作 godmother，雙方為 godparents，接受洗禮的孩子稱作 godchild. 有些教派在此時為孩子命名，但有時亦指黑手黨等非法組織的頭目.
〔複數〕**godfathers**

god-fearing [`gɑd,fɪrɪŋ] *adj.* 敬神的，虔誠的《亦作 God-fearing》.
〔活用〕*adj.* **more god-fearing，most god-fearing**

godforsaken [`gɑdfɚ`sekən] *adj.*〔只用於名詞前〕(地方)可怕的，荒涼的；被冷落的.
〔活用〕*adj.* **more godforsaken，most godforsaken**

godless [`gɑdlɪs] *adj.* 不信神的；邪惡的.

godly [`gɑdlɪ] *adj.* 虔誠的.
〔活用〕*adj.* **godlier，godliest**

godmother [`gɑd,mʌðɚ] *n.* 教母《☞ godfather (教父)》.
〔複數〕**godmothers**

godparent [`gɑd,pɛrənt] *n.* 教父(母).
〔複數〕**godparents**

godsend [`gɑd,sɛnd] *n.* 意外的好運，天賜之物.
〔複數〕**godsends**

goer [`goɚ] *n.* 去的人《與其他字構成複合字》.
〔複數〕**goers**

goggle [`gɑgl] *n.* ①〔~s，作複數〕護目鏡《潛水者或賽車手等戴的眼鏡》.
——*v.* ② 瞪大眼睛看.
〔範例〕① a pair of **goggles** 一副護目鏡.

② We **goggled** at her gorgeous wedding dress. 我們瞪大眼睛看著她那件華麗的結婚禮服.
〔活用〕 *v.* **goggles**, **goggled**, **goggled**, **goggling**

going [`goɪŋ] *r.* ① 行走, 出發. ② 進展, 進行.
——*adj.* ③ 進行中的; 現有的.
〔範例〕 ① The Giants' best pitcher's **going** to the Swallows will hurt their chances of winning the pennant. 巨人隊最好的投手轉到燕子隊使其奪冠的機會變小.
② The weather is good and traffic is light—the **going** should be good. 天氣很好, 車流量也不多, 開車應該會很順利.
I found it heavy **going** to persuade him. 我發現要說服他並不容易.
③ a **going** business 生意興隆的事業.
the **going** price 時價.
Jim's the biggest complainer **going**. 吉姆是現在最愛發牢騷的人.
〔片語〕 ***while the going is good*** 趁情況有利的時候.
〔複數〕 **goings**

go-kart [`go͵kɑrt] *n.* (比賽或遊戲用的) 小型汽車.
〔複數〕 **go-karts**

****gold** [gold] *n.* ① 金《金屬元素, 符號 Au; 純度用克拉 (karat) 表示》. ② 金幣; 財富, 財產. ③ 金牌《亦作 gold medal》. ④ 金色.
〔範例〕 ① pure **gold** 純金.
a **gold** medal 金牌.
② pay in **gold** 用金幣支付.
〔片語〕 ***a heart of gold*** 寬厚之心.
as good as gold 行為良善的.
♦ **góld dígger** 淘金者.
góld dùst 砂金, 金粉.
gòld léaf 金箔.
gòld pláte 金製餐具; 鍍金.
gòld rùsh 淘金熱《很多人湧向新發現的金礦》.
the góld stàndard 金本位制《政府將一定的貨幣看作與黃金等價, 而按照黃金的儲存量來發行貨幣的政策》.
〔複數〕 **golds**

****golden** [`goldn] *adj.* ① 金的; 金色的. ②〔只用於名詞前〕貴重的; 極好的, 全盛的.
〔範例〕 ① a **golden** ring 金戒指.
She has **golden** hair. 她有一頭金髮.
Your future is **golden**. 你的前途似錦.
② The **golden** rule in learning a language is to use it. 學習語言最好的原則是使用它.
He missed a **golden** opportunity to be a film star. 他錯過成為電影明星的大好機會.
♦ **gòlden áge** 黃金時代《希臘、羅馬神話中所有人都很幸福的時代》, 黃金時期, 全盛期.
gòlden júbilee 50週年紀念.
gòlden wédding 金婚《第50年》.
the gòlden séction 黃金分割《矩形短邊與長邊的比例等於長邊與短二邊和的比例》.
〔活用〕 *adj.* ② **more golden**, **most golden**

goldfish [`gold͵fɪʃ] *n.* 金魚.
〔複數〕 **goldfish**

goldmine [`gold͵maɪn] *n.* 金山, 金礦, 寶庫.
She is a veritable **goldmine** of information. 她實在是一個資訊寶庫.
〔複數〕 **goldmines**

goldsmith [`gold͵smɪθ] *n.* 金匠.
〔複數〕 **goldsmiths**

golf [gɑlf] *n.* ① 高爾夫球.
——*v.* ② 打高爾夫球: I go **golfing** on weekends. 我每個週末去打高爾夫球.
♦ **gólf clùb** ① 高爾夫球桿《有木製的 (wood) 和鐵製的 (iron) 兩種》. ② 高爾夫球俱樂部.
gólf còurse 高爾夫球場《亦作 golf links》.
〔活用〕 *v.* **golfs**, **golfed**, **golfed**, **golfing**

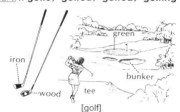

[golf]

golfer [`gɑlfɚ] *n.* 打高爾夫球者.
〔複數〕 **golfers**

gondola [`gɑndələ] *n.*
① 平底輕舟《義大利威尼斯特有的一種細長平底船, 用單槳划行》. ② 吊籃《熱氣球或纜車等用以載人的吊籃》.
〔複數〕 **gondolas**

[gondola]

gone [gɔn] *v.* ① go 的過去分詞.
——*adj.* ② 離去的, 過去的; 懷孕的; 無可救藥的, 絕望的.
〔範例〕 ② Spring is **gone**. 春天過了.
He is **gone** and lies in the cold earth. 他已死去且躺在冰冷的泥土中.
a **gone** hope 失去的希望.
She is three months **gone**. 她已懷孕3個月了.
She is really **gone** on that singer. 她完全迷上了那位歌手.
➡〔充電小站〕(p. 541)
〔活用〕 *adj.* **more gone**, **most gone**

gong [gɔŋ] *n.* ① 鑼; 鑼聲: We heard the dinner **gong**. 我們聽到開飯的鑼聲. ②《口語》〖英〗獎章, 勳章.
〔複數〕 **gongs**

gonna [`gɔnə]《縮略》=going to《用於原形動詞前》: "I'm **gonna** tell Dad," he shouted. 他喊道:「我要去告訴爸爸.」

****good** [gud] *adj.* ① 好的, 出色的, 優秀的. ② 充分的, 足夠的.

【充電小站】

have been to 和 have gone to

【Q】I have been to Singapore. 這句話意為「我剛剛去新加坡回來」, 但是因為「去了」, 所以應該不用 been, 而用 gone, 說成 I have gone to Singapore. 但如果用 gone 則意思變成「我去新加坡了, 現在我不在這裡」, 因此是錯的. 使用 gone 真的是錯誤的嗎?

【A】並非錯誤, 下面把要問的句子列出來:

(1) I have been to Singapore.
(2) I have gone to Singapore.

(1) 和 (2) 都是正確的句子, 表達「我剛剛去新加坡回來」和「我曾去過新加坡」之意, 真正的含義則依前後關係判斷, 如無上下文則無法判斷到底為何意.

本來表達此意時只有 (2) 的說法, 到了17世紀時開始流行以 been 代替 gone 直至現在, 但為何會流行這種說法, 其原因不詳.

下面將 (1) 和 (2) 句中的主詞換作 Tom 試一試:

(3) Tom has been to Singapore.
(4) Tom has gone to Singapore.

(3) 和 (4) 都表達「湯姆剛剛去新加坡回來」和「湯姆曾去過新加坡」之意, 但是 (4) 還進一步表達「湯姆去了新加坡, 現在不在此地」之意, 而 (3) 則無此意. 故 (3) 有1種含義, 而 (4) 有2種含義, 至於確切的句意則由上下文決定.

———*n.* ③ 善事, 利益, 好處. ④〔~s〕物品; 織物, 布料.

範例 ① The whole meal was **good**, and the dessert was excellent. 這一頓飯太好吃了, 特別是甜點.

Tom and I are **good** friends. 湯姆和我是好朋友.

He is a **good** dancer. 他是一名優秀的舞者.

My daughter is **good** at dancing. 我女兒擅長跳舞.

She is naturally **good** with her hands. 她的雙手天生靈巧.

He is a **good** hand at chess. 他精於西洋棋.

Mr. Lake is very **good** to his subordinates. 萊克先生對他的部下很好.

That's a **good** idea. 那是一個好主意.

That's a **good** question. 那是一個好問題.

Mr. Brown speaks **good** Chinese. 布朗先生中文說得很好.

You did a **good** job. 你做得很好.

Good luck to you! 祝你好運!《對外出旅行的人或即將參加考試者告別時的寒暄語, 有時語義相當於「你慢走」,「祝你成功」等》

Have a **good** day! 祝你玩得開心!

I had a very **good** time at the party. 晚會上我玩得很開心.

"The final examination is over!" "**Good**." 「期末考結束了!」「太棒了.」

"Ninety minus two is equal to—what? **Good**! Eighty-eight. Ninety minus two is equal to eighty-eight." 「90減2是多少? 很好, 是88. 90減2是88.」

"I understand." "**Good**." 「我明白了.」「很好.」

Soft water is **good** for laundering clothes. 軟水適於洗衣服.《「軟水 (soft water)」指鉀離子或鎂離子含量較少的水, 此時肥皂易於溶解》

Smoking is not **good** for your health. 吸菸有害健康.

Be a **good** boy, Spotty. 乖一點, 小花!《看到飼養的小狗淘氣時說的話, 其狗若為雌性則說 Be a good girl. spotty 為「斑點多」之意, 帶有斑點的狗多取此名》

It is **good** of you to invite us, but we can't come to the party. 謝謝你的邀請, 但我們無法參加.

"Let's have a drink!" "All in **good** time!" 「我們去喝一杯吧!」「下次吧!」《亦作 In good time.》

He's a nice guy, and **good**-looking too. 他是一個好人, 而且也很英俊.

Those old people often yearn for the **good** old days. 那些老人總是懷念往昔的美好時光.

"**Good** day, mate" is a common Australian usage. "**Good** day, mate" 是澳洲人的慣用語.《Good day. 可代替 Good morning./Good afternoon./Good evening. 此外, mate 意為 friend, 作為同事之間打招呼的用語》

② Did you have a **good** night's sleep? 你昨晚睡得好嗎?

You've made **good** progress in writing English. 你的英文寫作大有進步.

Brian is on a very **good** salary in his present job. 就現在的工作來看, 布萊恩的薪資相當優渥.

This guarantee is **good** for another five years. 這份保證書於今後5年內都有效.

Paul's grade point average was **good** enough to get him into graduate school. 保羅的平均分數使他有充分的資格進入研究所.

Keep a **good** watch on him. 好好地監視他.

This tablecloth really needs a **good** press. 這塊桌布真的需要好好熨一下.

Take **good** care of your dogs, OK? 好好地照顧你的狗, 好嗎?

It was a **good** many years ago—I don't remember. 那是很多年前的事, 我不記得了.

We have no **good** reason to say "No." 我們沒有充分的理由拒絕.

I'm **good** and ready now. 我準備得很充分.

I'm **good** and mad. 我非常生氣.

③ **good** and evil 善與惡

It's no **good** trying to swim across this river. 想要游過這條河簡直是白費力氣。

It does you **good** to take a rest. 你最好休息一下。

What **good** is a handrail if it's slippery with grease? 塗上潤滑油而滑溜溜的扶手有甚麼用處呢？

She is growing too stout for her own **good**. 為了她著想，她是不是過胖了。

I sold my car for 800 dollars, so I ended up 50 dollars to the **good**. 我的汽車以800美元賣出，所以我淨賺50美元。

④ You can't return **goods** without a receipt. 沒有收據，你不能退換商品。

a **goods** train 《『英』freight train）.

[片語] **as good as** 與～一樣的: This radio is **as good as** new. 這臺收音機跟新的一樣。

do ~ good 對～有益，給～帶來益處。(⇨ [範例]③)

for good 永久地: He says he will leave America **for good**. 他說他將永遠離開美國。

for ~'s own good 對～有益。(⇨ [範例]③)

Good afternoon. 午安。《從中午或午餐後到下午工作結束或到日落這段時間內，打招呼的寒暄語，亦可用作這段時間內道別時的寒暄語》

good and ~ 非常。(⇨ [範例]②)

good at 擅長。(⇨ [範例]①)

Good evening. 晚安。《下午工作結束起到日落起至就寢時的這段時間內，見面或道別時的寒暄語》

good for nothing 沒用的。

Good morning. 早安。《午夜零時開始至中午或吃完午餐這段時間內，見面或道別時的寒暄語》

Good night. 晚安。《說過 Good evening，與所遇到的人分手時的寒暄語，night 為睡眠的時間，意為「祝你睡得好」》

in good time 在適當的時機；及時。(⇨ [範例]①)

make good ⊙ 補償: Her investment in my business was wasted, but I **made good** her loss with my own money. 她投資在我事業的錢都虧損了，我用自己的錢補償她的損失。② 成功: He went up to New York and soon **made good**. 他到紐約後不久就成功了。

♦ **góod-for-nòthing** 沒用的(人)。

gòod-lóoking (模樣)好看的。

gòod-nátured 親切的，敦厚的，和藹的。

[活用] adj. **better**, **best**

[複數] ④ **goods**

***good-bye/goodbye** [gud`baɪ] interj. ① 再見。

——n. ② 再見，告別。

[範例] ① **Good-bye**, Mr. Brown. 再見，布朗先生。

Good-bye and good night! 再見，晚安!

② I must say **good-bye** now. 我現在得告辭了。

She waved **good-bye** to her brother. 她揮手

向哥哥告別。

[參考] 亦作 good-by，goodby。

[字源] God be with ye. (願神與你同在) 的縮略。God 變成 good，據說是受 good night 的影響。

➡ [充電小站] (p. 543)

[複數] **good-byes/goodbyes**

goodness [`gudnɪs] n. ① 善良；優良，卓越。② 精華，營養成分。③ 上帝，天呀《表示驚訝，厭惡的感嘆語，用以代替 God》.

[範例] ① There is no question about the **goodness** of the quality. 品質優良沒有問題。The young man had the **goodness** to show me the way. 那個年輕人好心為我帶路。② boil all the **goodness** out of vegetables 把菜的養分都煮出來。③ Thank **goodness**! 謝天謝地!For **goodness**' sake, stop misbehaving! 看在老天的面上，請你別再撒野了!I wish to **goodness** he'd be quiet! 我真希望他能安靜下來。

[片語] **for goodness' sake** 看在老天的面上。(⇨ [範例]③)

Goodness gracious! 天哪!

Goodness knows. ① 只有天曉得。② 的確。

have the goodness to ~ 好意地做。(⇨ [範例]①)

I wish to goodness 我真希望。(⇨ [範例]③)

goodwill [ˌgud`wɪl] n. ① 好意，親切。② 信譽。

[範例] ① He showed great **goodwill** toward us. 他對我們表示極大的善意。I'm going to England as a **goodwill** ambassador. 我將以親善大使的身分赴英。② The **goodwill** is to be sold with the business. 信譽也是商業交易的一部分。

goody [`gudɪ] n. 《口語》① 糖果，美味食品。② (小說、電影中的)好人，正面人物。

——interj. ② 太好了《孩子們表示喜悅時使用》.

[複數] **goodies**

goose [gus] n. 鵝；雁；雌鵝《雁》《雄性作gander》.

[範例] All his **geese** are swans.《諺語》敝帚自珍。David is trying to play a trick on me. I'll cook his **goose**. 大衛想對我惡作劇，我打算破壞他的計畫。Don't kill the **goose** that lays the golden eggs.《諺語》勿殺雞取卵。

[片語] **cook ~'s goose** 使計畫失敗。(⇨ [範例])

[參考] (1) 鵝是經馴服的雁，不會飛，雁亦作 wild goose。 (2) 鵝肉為農作物收穫季節常見的某肴，因此鵝也象徵「豐收」，「母性」，「太陽」等。 (3) 因寒冷、恐懼而起的雞皮疙瘩為goose pimples，goose flesh；《美》goose bumps。

[複數] **geese**

gooseberry [`gus,bɛrɪ] n. 醋栗《虎耳草屬落

再見 (good-bye)

關係密切的人之間告別時，很少使用 "Good-bye." 的說法，因為這種說法聽起來令人感到很見外，為甚麼呢？因為這種說法是一種縮略形式，原為 God be with ye. (ye 即現在的 you，意為「願上帝與你同在」)，語氣十分生硬，所以這種說法適於用在如畢業時和關照過你的老師告別的場合，或與你短期居住的室友告別的場合。此外，下面的說法也相當客氣：

I look forward to seeing you again soon. Good-bye. (我期盼不久的將來再見到你，再見!)

下面介紹幾種平常朋友間輕鬆使用的告別寒暄語：

Bye! /Bye-bye! /Bye for now! (再見!)
See you! /See you soon! /See you around! / I'll be seeing you. /So long. / 〖英〗Cheerio! / Cheers! (再會!) (〖英〗特別用於打電話結束時)

See you later! (再見!) (亦可用於當日可能再見面的場合)
See you tomorrow! (明天見!)

英語中通常也在再見之前加些其他的話。
Mind how you go. Bye! (多保重，再見!)
Look after yourself. Bye! (多保重，再見!)
Take care. Bye! (多保重，再見!)
Take it easy. Bye! (多保重，再見!)
Have a nice day! Bye! (祝你愉快，再見!)
Happy weekend! Bye!
(祝你週末愉快，再見!)
Nice meeting you. Bye!
(非常高興見到你，再見!)
It's time to say good-bye. See you!
(我必須告辭了，再見!)
I must run along now. Bye!
(我必須告辭了，再見!)

葉灌木，果實味道酸甜，可作果醬、餡餅、水果酒).

複數 **gooseberries**

gore [gor] n. ① 血塊. ② 三角布《作裙子、船帆的三角形布塊). ——v. ③ 用角牴，用獠牙刺：The man was **gored** by a bull. 那個男子被公牛用角牴傷了.

[gooseberry]

複數 **gores**

活用 v. **gores, gored, gored, goring**

gorge [gɔrdʒ] n. ① 峽谷.
——v. ② 狼吞虎嚥，貪婪地吃：Dracula and his brides **gorged** on Renfields' blood that night. 吸血鬼德古拉和他的新娘們那天晚上貪婪地喝著倫菲爾茲的血.

片語 **make ~'s gorge rise** 使作嘔《厭惡).

複數 **gorges**

活用 v. **gorges, gorged, gorged, gorging**

*__gorgeous__ [ˋgɔrdʒəs] adj. 漂亮的；豪華的；極好的.

範例 We stayed in a **gorgeous** room. 我們住在一間豪華的房間.

gorgeous weather 極好的天氣.
She was **gorgeous** with that dress on. 她穿那件衣服時十分漂亮.

活用 adj. **more gorgeous, most gorgeous**

gorgeously [ˋgɔrdʒəslɪ] adv. 華麗地，燦爛地，極好地：a **gorgeously** colored rug 燦爛多彩的地毯.

活用 adv. **more gorgeously, most gorgeously**

gorilla [gəˋrɪlə] n. 大猩猩《類人猿屬中最大的靈長類動物，平均身長為1.7公尺，性情溫和

且智能高).

複數 **gorillas**

gorse [gɔrs] n. 金雀花《歐洲原野上一種野生的荊棘灌木，樹幹比人高矮，開黃花，亦作 furze).

gory [ˋgorɪ] adj. 血淋淋的，流血的：I don't like such **gory** films. 我不喜歡這種血腥的電影.

活用 adj. **gorier, goriest**

gosh [gɑʃ] interj. 天哪!《表示驚奇、喜悅等，原為 God 的委婉說法)：By **gosh**! 對天發誓!

gosling [ˋgɑzlɪŋ] n. 小鵝《ੴ goose (鵝)).

複數 **goslings**

*__gospel__ [ˋgɑspl] n. ① 〔the ~〕福音. ② 〔the G~〕福音書《《新約聖經》中馬太 (Matthew)、馬可 (Mark)、路加 (Luke)、約翰 (John) 等內容的福音書). ③ 絕對真理《亦作 gospel truth). ④ 信條，主義. ⑤ 福音音樂《美國黑人風格的宗教性音樂，亦作 gospel music).

複數 **gospels**

*__gossip__ [ˋgɑsəp] n. ① (報紙的) 漫談，花邊新聞. ② 閒談，聊天. ③ 愛說閒話的人.
——v. ④ 閒談，聊天 (with, about).

範例 ① a **gossip** writer 社會漫談作家.
② I often have a good **gossip** with a neighbor. 我常和鄰居閒聊得很愉快.
talk **gossip** 閒談.
④ **gossip** with friends 和朋友閒談.
gossip about a scandalous actress 閒聊有醜聞的女演員.

♦ **góssip còlumn** (報紙、雜誌等的) 漫談專欄.

複數 **gossips**

活用 v. **gossips, gossiped, gossiped, gossiping**

*__got__ [gɑt] v. get 的過去式、過去分詞.

Gothic [ˋgɑθɪk] adj. ① 哥德式的《12-16世紀以西歐教會為中心發展起來的一種建築、美術風格)；哥德族的，哥德語的.

——n. ② 哥德族，哥德語. ③〔g~〕粗黑體字.
[參考]「哥德族」是4～5世紀由南俄羅斯遷徙,
定居於現在的義大利至西班牙一帶的日耳曼
民族之一，其語言為哥德語.

◆ **Gòthic árchitecture** 哥德式建築《中世紀
歐洲的一種建築風格，特徵為高聳的尖塔拱
形結構、細長的窗戶與華麗的陽臺等》.

gòthic nóvel 哥德派小說《18世紀後期流行
於歐美的怪誕小說》.

***gotten** [`ɡɑtn] v. get 的過去分詞.

gouge [ɡaʊdʒ] n. ① 半圓鑿.
——v. ② 以圓鑿鑿〔雕〕.
[複數] **gouges**
[活用] v. **gouges**, **gouged**, **gouged**,
gouging

gourd [ɡord] n. 葫蘆《瓜科一年生草本植物,
果實可用作液體容器》.
[複數] **gourds**

gourmet [`ɡʊrme] n. 美食家.
[字源] 源自法語的 gourmet.
[複數] **gourmets**

****govern** [`ɡʌvən] v. ① 治理，統治. ② 支
配. ③ 控制.
[範例] ① The king **governed** the country for fifty
years. 那位國王統治了那個國家50年.
② My life seems to be **governed** by destiny. 我
的一生似乎都被命運所支配著.
③ You should **govern** your temper. 你應該控
制你的脾氣.
[活用] v. **governs**, **governed**, **governed**,
governing

governess [`ɡʌvənɪs] n. (住在學生家的) 女
家庭教師.
[複數] **governesses**

***government** [`ɡʌvənmənt] n. ① 政治，統治.
② 政府 (☞ 充電小站) (p. 545)).
[複數] **governments**

governmental [ˌɡʌvənˈmɛntl] adj. 政治
(上) 的；政府的.

***governor** [`ɡʌvənə] n. ①『美』州長. ②『英』
(殖民地等的) 總督. ③ (學校、醫院、銀行等
的) 理事，總裁.
[複數] **governors**

***gown** [ɡaʊn] n. ① (女性正式的) 長禮服. ② 長
袍 (法官、神職人員、大學教授、大學畢業生
等在典禮時穿的黑色、寬鬆的、長下襬的長
袍). ③ 晨袍《亦作 dressing gown》. ④ 睡衣
《亦作 nightgown》.
[複數] **gowns**

[gown]

[複數] **GP's/GPs**

gr 《縮略》=① gram, grams (克). ② grain, grains
(喱，重量的最小單位).

grab [ɡræb] v. ① 用力抓住；逮住；奪取 (at).
② 抓，搶奪.
[範例] ① The man **grabbed** the bag and rode off
on a bike. 那個男子抓過袋子，乘摩托車離
去.
Linda **grabbed** the chance to go to Utah. 琳
達逮住了機會前往猶他州.
My father **grabbed** me by the shoulder. 父親
抓住我的肩膀.
A man **grabbed** at the coin on the table. 一個
男子搶到桌面上的硬幣.
② The waiter made a **grab** at the cat but he
failed. 那個侍者拼命想抓那隻貓，卻沒抓
到.
[活用] v. **grabs**, **grabbed**, **grabbed**,
grabbing
[複數] **grabs**

***grace** [ɡres] n. ① 優美，高雅，文雅. ② 優點；
魅力. ③ 善意；恩寵. ④ 寬限. ⑤ (神的) 恩
賜，恩典. ⑥ (飯前、飯後的) 感恩禱告. ⑦
〔G~〕『英』閣下《對公爵、公爵夫人、大主教
的尊稱》.
——v. ⑧ 使優美〔榮耀〕；授予榮譽.
[範例] ① The girls danced with **grace**. 那些女孩
舞姿優美.
② We find many **graces** in him. 我們發現他有
很多優點.
③ You are in the president's good **graces**. 你
很得總裁的好感.
④ Give me a week's **grace**. 請給我一個星期的
寬限.
⑤ We are saved by the **grace** of God. 我們因
上帝的恩寵而得救.
⑥ Say **grace** before eating. 吃飯前作感恩祈
禱.
⑦ Your **Grace** the Duke of York 約克公爵閣下.
⑧ The King **graced** the artist with the title "Sir".
國王授予那位藝術家爵士的榮耀.
[片語] ***with good grace*** 欣然地.
➡ 充電小站) (p. 761)
[複數] **graces**
[活用] v. **graces**, **graced**, **graced**, **gracing**

***graceful** [`ɡresfəl] adj. 優雅的，高雅的: The
princess is a **graceful** dancer. 那位公主舞姿
很優雅.
[活用] adj. **more graceful**, **most graceful**

gracefully [`ɡresfəlɪ] adv. 優雅地，高雅地:
The girl bowed **gracefully**. 那個女孩優雅地
行禮.
[活用] adv. **more gracefully**, **most gracefully**

graceless [`ɡresləs] adj. ① 不端莊的，不雅
的. ② 粗野的，沒禮貌的.
[活用] adj. **more graceless**, **most graceless**

***gracious** [`ɡreʃəs] adj. ① 慈祥的，和藹的；

充電小站

政府 (government)

▶ 英國的政治機構
國會 (Parliament)

英國的國會稱為 Parliament，由君主 (the Monarch)、上議院 (the House of Lords) 和下議院 (the House of Commons) 三者組成，徵稅和對犯罪的刑罰等重要的法律全部由國會制定.

英國國會大廈 (the House of Parliament) 位於倫敦的西敏區 (Westminster)，因此 Westminster 亦指英國的國會.

(1) 上議院 (the House of Lords)

亦稱上院 (the Upper House)，議員人數不定，大約為1,200名，出席議會的議員約為1/3，議員不經過選舉產生，是由下列人士組成：

① 世代承襲貴族稱號的世襲貴族 (hereditary peers).

② 對於社會有貢獻者，僅賦予其本人貴族稱號的一代貴族 (life peers).

③ 英國國教會的高層人士：坎特伯里大主教 (the Archbishop of Canterbury)、約克大主教(the Archbishop of York)，以及其下的24名主教 (bishops).

幾乎所有議員都是貴族，男性稱為 a peer，女性稱為 a peeress.

(2) 下議院 (the House of Commons)

亦稱為下院 (the Lower House)，議員人數為651名，任期為5年. 英國分為651個選區 (constituency)，議員分別由各選區選出. 下院議員稱為 a Member of Parliament，略作 an MP.

18歲以上者有選舉權，而21歲以上者則有被選舉權，但貴族、英國國教會和天主教會等的神職人員、國家公務員，以及部分地方公務員等沒有被選舉權.

(3) 兩院的關係

下議院較上議院更具優勢. 議案 (bill) 首先需在下議院通過，其後送至上議院. 上議院雖然可以提議對議案進行修改，但無權阻止其在下議院獲得通過. 返回下議院的議案在經過投票後，最後經過君主的御准 (the royal assent) 後才能成為國會制定的法律 (Act of Parliament). 君主有否決權 (veto)，但1707年安王 (Queen Anne) 以來從未行使過這個權利.

▶ 美國的政治機構

1. **聯邦政府 (the Federal Government)**

聯邦政府由國會 (Congress)、總統 (the President)，及最高法院 (the Supreme Court) 三者組成. 負責國防、外交、貨幣制定、州與州間關係和貿易的調整，以及維護人權等.

國會 (Congress)

作為最高立法機關的國會稱為 Congress，由參議院 (the Senate) 和眾議院 (the House of Representatives) 組成.

美國的國會大廈 (the Capitol) 位於首都華盛頓 D.C. (Washington, D.C.) 的 Capitol Hill，和英國的 Westminster 一樣，Capitol Hill 亦成為國會的代名詞.

(1) 參議院 (the Senate)

每州各選出2名議員，共計有參議院議員100名. 參議院議員稱為 a Senator，30歲以上者才有被選舉權，任期為6年，每隔2年改選1/3.

(2) 眾議院 (the House of Representatives)

眾議院議員總數為435名，每州至少選舉出1名，其餘名額按各州人口比例分配，25歲以上者才有被選舉權，任期為2年，每隔2年全部進行改選. 眾議院議員稱為 a Representative 或 a Congressman/Congresswoman.

(3) 兩院的關係

參眾兩院的勢力關係大體對等，但是兩院的權限有時不同. 如有關預算的法案雖然眾議院有優先權，但條約的批准和承認官員任命的權限卻在參議院.

需要兩院決議時或兩院所做的決議不同時，由兩院協議會進行調整.

參議員和眾議員的薪資雖然相同，但在社會地位方面似乎參議員較高.

總統對於兩院所通過的議案可行使否決權，但即使行使否決權 (veto)，若再達到兩院各2/3的贊成票，議案也會通過，如果達不到，議案則會遭到否決.

2. **州政府 (State government)**

各州有自己獨自的憲法，有關財產、犯罪、福利和教育等規定因州而異，對州民的生活產生重大影響.

州政府的長官是州長 (the governor)，由選舉產生. 此外，各州都有1個或2個由各地代表組成的州議會 (state legislature).

悲的，善意的. ② 優雅的.

[範例] ① The poor family was supported by the **gracious** neighbor. 那個貧窮的家庭靠著慈悲的鄰居支助過活.

The hostess greeted the guests with a **gracious** smile. 那位女主人笑容和藹地招呼客人.

[片語] ***Good gracious***! 天哪！哎呀!《表示驚訝等，亦作 Goodness gracious! Gracious me!》

[活用] *adj.* **more gracious**，**most gracious**

graciously [ˋgreʃəslɪ] *adv.* 仁慈地，和藹地.

[活用] *adv.* **more graciously**，**most graciously**

grad [græd] *n.* 畢業生《graduate 的縮略》.

[複數] **grads**

gradation [grə`deʃən] *n.* ① 階段性變化，逐漸的變化：**gradation** in shade and color 深淺和顏色的層次變化. ②〔~s〕階段，程度.

複數 **gradations**

****grade** [gred] *n.* ① 等級，階級，程度. ②〖美〗年級(〖英〗standard). ③〔~s〕〖美〗成績，分數(〖英〗mark). ④〖美〗坡度；斜坡(〖英〗gradient).

——*v.* ⑤ 分級. ⑥ 將坡度變緩. ⑦ 逐漸變化.

範例 ① Rice is sold in **grades**. 米依等級出售.
a high **grade** of intelligence 高度的理解力.
② What **grade** are you in? 你念幾年級?
I'm in the ninth **grade**. 我念9年級.《在歐美，有時將小學第一學年作 first，按順序一直到高中，共12個年級》
③ earn good **grades** in school 在學校成績優異.
He made bad **grades** in his math examination. 他數學考試成績不好.
④ on the up **grade** 在上坡.
The train went up an easy **grade** to the station in the valley. 那列火車開上緩坡，駛向山谷中的車站.
⑤ Eggs are **graded** according to size. 雞蛋按大小分等級.
They **grade** apples by size, shape and color. 他們按大小、形狀、顏色將蘋果分級.
⑥ **grade** a road 剷平道路.
⑦ green **grading** to blue 由綠色逐漸變成藍色.

複數 **grades**

活用 *v.* **grades, graded, graded, grading**

grader [`gredɚ] *n.* ~年級學生：a tenth **grader** 10年級學生.

複數 **graders**

gradient [`gredɪənt] *n.* (道路等的) 坡度，斜度：a **gradient** of 1 in 5 1/5的坡度.

複數 **gradients**

****gradual** [`grædʒʊəl] *adj.* ① 逐漸的，漸進的. ② 平緩的.

範例 ① a **gradual** increase 逐漸的增加.
② a **gradual** slope 緩坡.

活用 *adj.* **more gradual, most gradual**

****gradually** [`grædʒʊəlɪ] *adv.* 逐漸地，逐步地：
Your English is improving **gradually**. 你的英語逐漸進步當中.

活用 *adv.* **more gradually, most gradually**

****graduate** [*v.* `grædʒʊ͵et; *n.* `grædʒʊɪt] *v.* ① (使)畢業(from, in). ② 加刻度，分等級，分階段.

——*n.* ③ 畢業生. ④〖美〗研究生《亦作 postgraduate；大學部學生作 undergraduate》.

範例 ① Fred **graduated** from Oxford. 弗雷德畢業於牛津大學.
Mary **graduated** in law with honors. 瑪麗以優等成績畢業於法律系.
This university **graduates** 300 students every year. 每年有300名畢業生畢業於這所大學.
Tom was **graduated** from college in 1985. 湯姆於1985年大學畢業.
② This thermometer is **graduated** both in Celsius and Fahrenheit. 這個溫度計有攝氏和華氏2種刻度.
Salaries here are **graduated** according to length of service. 這裡的薪資按服務年資來分等級.
③ Cathy is a **graduate** of Cambridge. 凱西是劍橋大學畢業生.
a high school **graduate** 高中畢業生.

參考〖英〗graduate 為「大學畢業」或「大學畢業生」，但〖美〗為「畢業於大學以外的各級學校」或「大學以外各級學校的畢業生」.

♦ **gráduate schòol** 大學院校.
gráduate stùdent 大學院校生.

活用 *v.* **graduates, graduated, graduated, graduating**

複數 **graduates**

****graduation** [͵grædʒʊ`eʃən] *n.* ① 畢業. ② 畢業典禮，學位授予儀式. ③ 刻度.

範例 ① After his **graduation** from college, Tom went to China. 湯姆大學畢業之後就去了中國.
② Her parents attended her **graduation**. 她的父母參加了她的畢業典禮.

參考〖英〗表示大學畢業及其畢業典禮，而〖美〗表示大學以外的各級學校及其畢業典禮.〖美〗大學或高中的畢業典禮亦作 commencement.

♦ **graduátion cèremony** 畢業典禮.

複數 **graduations**

graffiti [grə`fiti] *n.* 〔作複數〕(牆上的) 塗鴉.

graft [græft] *n.* ① 嫁接，接枝. ②(皮膚、骨骼等的)移植. ③〖美〗貪污，受賄. ④〖英〗辛苦的工作.

——*v.* ⑤ 嫁接；移植：The doctor **grafted** Bruce's chest hair onto his head! 醫生把布魯斯的胸毛移植到頭上. ⑥〖美〗貪污，受賄. ⑦〖英〗專心工作.

複數 **grafts**

活用 *v.* **grafts, grafted, grafted, grafting**

grail [grel] *n.* 聖杯 (☞ holy grail).

****grain** [gren] *n.* ① 穀物，穀類(〖美〗corn). ②(穀物、砂子等的)一粒. ③ 些微，一點點. ④(木材、石頭、布等的)紋理，木紋. ⑤ 喱《重量的最小單位，約為0.0648公克，略作 gr.》.

範例 ① Rice, wheat, and corn are **grain**. 稻米、小麥和玉米為穀物.
② a **grain** of salt 一粒鹽.
③ It may be a joke, but perhaps there's a **grain** of truth in it. 它也許是個玩笑，但也許存有幾分真實性.

複數 **grains**

****gram** [græm] *n.* 公克《重量單位，略作 g/gm/gr.》.

參考〖英〗gramme.

字源 源自希臘語 gramma (小的重量).

複數 **grams**

****grammar** [`græmɚ] *n.* ① 文法，語法. ② 文法

書.

範例 ① English **grammar** 英文文法.
Bob's **grammar** is sloppy. 鮑伯的語法不正確.
② I can recommend this English **grammar**. 我推薦這本文法書.

♦ **grámmar schòol** ① 〖英〗文法學校《指創建於16世紀、專門教授拉丁文法的學校,故稱為 grammar school. 現指以升大學為目的的公立中等學校,學生年齡通常介於11-16歲,唯欲升大學者尚需接受1年的預備教育》. ② 〖美〗小學.

複數 **grammars**
grammatical [grə`mætɪk!] adj. ① 〔只用於名詞前〕文法(上)的. ② 合乎文法的,文法上正確的.

範例 ① Sally made lots of **grammatical** mistakes in her essay. 莎莉的文章出現很多文法錯誤.
② Your sentence is **grammatical**, but not natural. 你的句子雖然文法上正確,但不自然.

活用 adj. ② **more grammatical**, **most grammatical**

* **gramme** [græm] =n. gram.
gramophone [`græmə͵fon] n. 《古語》〖英〗留聲機.

複數 **gramophones**
granary [`grænərɪ] n. 穀倉;產穀地: The Ukraine was the so-called **granary** of the Soviet Union. 烏克蘭曾是蘇聯所謂的穀倉.

複數 **granaries**
* **grand** [grænd] adj. ① 壯麗的,宏偉的;豪華的. ② 莊嚴的,崇高的,偉大的. ③ 高傲自大的. ④ 重要的,重大的,主要的. ⑤ 美好的;快樂的,愉快的. ⑥ 總體的;大規模的. —n. ⑦ 大鋼琴,平臺式鋼琴.

範例 ① From the top of the mountain we had a **grand** view of the valley below. 我們站在山頂上眺望眼前壯麗的山谷.
② Lincoln had a **grand** character. 林肯有高尚的情操.
③ May is too stuck-up and **grand** to even consider "lowering" herself to my level. 梅太過驕傲自大,根本不可能放下身段與我平起平坐.
④ John made a **grand** mistake. 約翰犯了一個嚴重的錯誤.
⑤ We had a **grand** time at the party. 我們在那個晚會中玩得很開心.
⑥ a **grand** orchestra 大型交響樂團.
the **grand** total 總計.

♦ **the Gránd Cányon** 大峽谷《位於美國亞利桑那州西北部科羅拉多河 (Colorado River) 的大峽谷. 現為國家公園,是宏偉壯觀的旅遊勝地》.
gránd ópera 大歌劇《只有歌唱而無對白的純歌劇》.
gránd piáno 大鋼琴,平臺式鋼琴.

gránd príx (賽車等國際性系列的) 大獎賽.《複數為 grands prix》.
gránd slám ① 大滿貫《在網球或高爾夫球某一賽季的主要比賽中全部獲勝》. ② (棒球的) 滿貫全壘打. ③ 大滿貫《在橋牌比賽中贏得全部的13墩牌》.

活用 adj. **grander**, **grandest**
複數 **grands**
* **grandchild** [`græn͵tʃaɪld] n. 孫子.
複數 **grandchildren**
* **grandchildren** [`græn͵tʃɪldrən] n. grandchild 的複數形.
* **granddaughter** [`græn͵dɔtɚ] n. 孫女.
複數 **granddaughters**
* **grandeur** [`grændʒɚ] n. 壯麗,宏偉,雄偉,莊嚴: We were much impressed by the **grandeur** of the Rocky Mountains. 落磯山脈的雄偉壯麗令我們印象深刻.
* **grandfather** [`græn͵fɑðɚ] n. 祖父;祖先;爺爺: This is my paternal **grandfather**. 這是我爺爺.

♦ **grándfather's clòck/ grándfather's clòck** 大型落地擺鐘《利用鐘錘和鐘擺擺帶動的高背式大型擺鐘》.

[grandfather clock]

複數 **grandfathers**
grandiose [`grændɪ͵os] adj. 誇張的,誇大的.

活用 adj. **more grandiose**, **most grandiose**
grandma [`grænmɑ] n.《口語》奶奶,外婆.
複數 **grandmas**
* **grandmother** [`græn͵mʌðɚ] n. 祖母: This is my maternal **grandmother**. 這是我外婆.
複數 **grandmothers**
grandpa [`grænpɑ] n.《口語》爺爺,外公.
複數 **grandpas**
grandparent [`græn͵pɛrənt] n. 祖父,祖母.
複數 **grandparents**
grandson [`græn͵sʌn] n. 孫子,外孫.
複數 **grandsons**
grandstand [`græn͵stænd] n.《競技場、賽馬場等通有屋頂覆蓋的》正面特別看臺; 正面特別看臺的觀眾.
複數 **grandstands**
grange [grendʒ] n. 農莊《包括農場》.
複數 **granges**
* **granite** [`grænɪt] n. 花崗岩,花崗石《以石英、長石、雲母為主要成分的灰色堅硬火成岩》.
granny/grannie [`grænɪ] n.《口語》奶奶,外婆.
複數 **grannies**
* **grant** [grænt] v. ① 給與;同意,允許. ② 承認,承認~是對的. —n. ③ 補助款,獎助金;授予;許可.

範例 ① The government **granted** the writer permission to leave the country. 政府允許那

簡介輔音群 gr- 的語音與語義之對應性

gr- 是由軟顎濁塞音 /g/ 與齒齦捲舌音 /r/ 組合而成。發 r 音時，有點捲曲，費力較大，其後又不接任何輔音，只好由前面的 g 來增強 r 音的濁重與刺耳 (strong, rugged sound).

(1) 本義表示「濁重、刺耳聲」:

grating （聲音）刺耳的
gruff （說話聲）低沉沙啞的，粗啞的

(2) 一般人咕噥地 (gr-r-r-r) 發牢騷，說話聲音必然濁重、刺耳，因此引申之意為「發牢騷、抱怨、鬧情緒」(complaint):

grunt 嘀嘀地發牢騷
groan 呻吟，受折磨
gripe 抱怨
grudge 吝惜，不願給
grouch 抱怨，發牢騷
grumble 發牢騷
grouse 抱怨，發牢騷
growl （人）粗暴地說，（狗等）咆哮
grievance 抱怨
grumpy 不高興的，繃著臉的
grouty 脾氣壞的，不高興的
disgruntled （未如所預期而）不悅的，心情不好的
grey/gray （因生病、恐懼等而臉色）蒼白的
green （因生病、恐懼、生氣等而臉色）發青的

(3) gr-r-r-r 連在一起唸時，會感覺到舌後與上臼齒咯咯摩擦聲，因此引申之意含有「摩擦 (rubbing) 或因摩擦而產生的顆粒」:

grind 碾碎（穀物等）
grit ~'s teeth 咬緊牙關；（發怒、下決心時）磨牙
grate (on) 互相摩擦發出咯吱咯吱聲
graze 擦傷（皮膚），擦過
gride 刺耳地刮擦
grist 磨碎的穀物
granule 細顆小粒，微粒
grits （穀物的）粗碾粉
gravel （道路等）鋪碎石
grovel 匍匐，趴在地上《與地面「磨」》
grave 雕刻《刻是一種「磨」》
grub （清除草根、石塊等）挖掘（土地）《挖也是一種「磨」》

(4) 磨的時候會產生一種粗重的刺耳聲，聞之會使人渾身起雞皮疙瘩，因此另一引申之意為「可怕的，不愉快的」(something unpleasant):

gruesome 令人毛骨悚然的，可怕的
grisly 可怕的，不愉快的
grim 猙獰的，可怕的
grimace 鬼臉，怪相
grimalkin 惡毒的老太婆
grit 砂粒，砂礫《撒在路上，增加摩擦，使路不滑》

位作家出境。
India was **granted** its independence in 1947. 印度在1947年獲得獨立。
"Would you **grant** me the honor of this dance?" he asked her charmingly. 他鄭重地向她問道:「我有榮幸請妳跳這支舞嗎?」
Nowadays people take the existence of a refrigerator for **granted**. 現在人們認為有冰箱是理所當然的事。
We take it for **granted** that newspapers are delivered to our door. 我們認為報紙投送到家是理所當然的。

② I **grant** that that was a great mistake. 我承認那是一個嚴重的錯誤。
I **grant** you that, Mr. Brown. 布朗先生，我承認那件事是對的。
Granted that he's sick, of course we cannot expect him to attend the meeting. 如果他病了，我們當然不能指望他出席會議。

③ We're going to get a **grant** to repair our school. 我們將獲得一筆維修校舍的補助金。

片語 **granted that** 假定，假使。(⇨ 範例 ②)
take ～ for granted 認為～是理所當然。(⇨ 範例 ①)

活用 v. grants, granted, granted, granting
複數 grants

granular [ˋgrænjələ] adj. ① 顆粒的，顆粒狀的。② 表面粗糙的。

granulate [ˋgrænjəˌlet] v. 使表面變粗糙: granulated sugar 砂糖。
活用 v. granulates, granulated, granulated, granulating

granule [ˋgrænjul] n. 細粒，微粒。
複數 granules

*__grape__ [grep] n. 葡萄。
範例 a bunch of grapes 一串葡萄。
Wine is made from grapes. 葡萄酒是由葡萄釀製而成的。
複數 grapes

grapefruit [ˋgrepˌfrut] n. 葡萄柚《橘科喬木，果實似葡萄般纍纍成串，故得此名》。
複數 grapefruit/grapefruits

grapevine [ˋgrepˌvaɪn] n. ① 葡萄藤《亦作 vine》。② [the ~] 消息的祕密來源，情報網；小道消息，傳言: I heard about your new job through the grapevine. 我已聽到關於你的新工作的傳言。
複數 grapevines

*__graph__ [græf] n. ① 圖，圖表。
——v. ② 用圖表表示，把～畫成圖表。
♦ **gráph pàper** 方格紙《[英] section paper》。
複數 graphs
活用 v. graphs, graphed, graphed, graphing

graphic [ˋgræfɪk] adj. ① 寫實的，生動的。② 用圖表表示的，圖解的。③ 文字的；書寫的。

graphically —— n. ④〔~s，作複數〕圖表，畫像.
[活用] adj. ① **more graphic，most graphic**
[複數] **graphics**

graphically [`græfɪklɪ] adv. ① 寫實地，生動地. ② 以圖表表示地.
[活用] adv. ① **more graphically，most graphically**

graphite [`græfaɪt] n. 石墨《用於製作電極、炭棒、鉛筆芯等》.
[字源] 源自希臘語 graph（寫）＋英語 ite（表示礦物的字尾）.

grapple [`græpl] v. 揪打，扭打；設法克服 (with).
[範例] The wrestlers **grappled** in the center of the ring. 摔角選手在場中央互相扭打.
Last night I **grappled** with my physics homework. 昨天晚上我費了好大的功夫才把物理作業完成.
[活用] v. **grapples，grappled，grappled，grappling**

***grasp** [græsp] v. ① 抓住，緊握；理解，領會. ② 欲抓住；企圖爭取 (at).
—— n. ③ 抓住，緊握；理解；支配，控制.
[範例] ① I **grasped** her hand. 我抓住她的手.
Tom did not **grasp** the meaning of his teacher's words. 湯姆不瞭解老師那席話的意思.
② The girl **grasped** at the flag but missed. 那個女孩想抓住那面旗子，卻沒有抓到.
The young man **grasped** at the opportunity. 那個年輕人企圖爭取那次機會.
③ The bear held its victim in its strong **grasp**. 那隻熊緊緊地抓住獵物.
Few students have a good **grasp** of relativity. 幾乎沒有學生能夠徹底理解相對論.
Success is beyond his **grasp**. 成功非他能力所能及.
And too late she realized her soul was in the **grasp** of Jan the Magician. 等到察覺時已經太遲了，她的魂魄早已落入魔術師簡的手中.
[活用] v. **grasps，grasped，grasped，grasping**

***grass** [græs] n. ① 草，牧草. ② 草地，牧草地，草坪. ③《口語》大麻.
[範例] ① Cattle are feeding on the **grass**. 牛正在吃草.
Would you cut the **grass** today? 你今天要去割草嗎?
I saw a single blade of **grass** floating away in the stream. 我看到一片草葉順著小河漂走.
② Keep off the **grass**. 請勿踐踏草坪《告示》.
[片語] **let the grass grow under ~'s feet** 浪費光陰，錯失良機.
put ~ out to grass ① 將~放牧到草地上. ② 將~解雇.
[複數] **grasses**

grasshopper [`græs͵hɑpɚ] n. 蚱蜢，蟋蟀，蝗蟲《☞ cricket，locust》.
[複數] **grasshoppers**

grassland [`græs͵lænd] n. 草原，草地.
[複數] **grasslands**

grass-roots [`græs`ruts] n.〔作複數〕一般大眾，農民，基層群眾：The **grass-roots** are for the strike. 那些基層群眾支持罷工.

grassy [`græsɪ] adj. 被草覆蓋的，長滿草的：a **grassy** slope 長滿草的斜坡.
[活用] adj. **grassier，grassiest**

grate [gret] n. ① 爐柵. ② （鐵窗、排水口等的）鐵柵《亦作 grating》.
—— v. ③ 磨碎. ④ （使）摩擦出聲，（使）磨得吱吱響. ⑤ （使）感到刺耳，（使）煩躁.
[範例] ③ We **grate** ginger with a grater. 我們以刨菜板把薑磨碎.

[grate]

④ He was **grating** his teeth. 他在磨牙.
The wheels **grated** on the axle. 車輪和車軸磨得吱吱響.
⑤ Such expressions **grate** upon me. 那樣的表達方式令我感到不悅.
[複數] **grates**
[活用] v. **grates，grated，grated，grating**

***grateful** [`gretfəl] adj. 感謝的，表示感謝的.
[範例] We are **grateful** to you for your donation. 我們非常感謝你的捐款.
The old woman gave me a **grateful** smile. 那位老婦人感激地對我微笑.
[活用] adj. **more grateful，most grateful**

gratefully [`gretfəlɪ] adv. 感激地： Joe accepted my offer to help **gratefully**. 喬心懷感激地接受我的幫助.
[活用] adv. **more gratefully，most gratefully**

grater [`gretɚ] n. 磨碎機，刨菜板《磨碎蔬菜等的器具》.
[複數] **graters**

gratification [͵grætəfə`keʃən] n. 滿意，滿足；高興：Our boss expressed his **gratification** over the success. 我們老闆對那件事情能圓滿達成表示滿意.
[複數] **gratifications**

***gratify** [`grætə͵faɪ] v. 使滿意，（使）滿足；使高興.
[範例] We were **gratified** with the examination results. 我們對考試結果很滿意.
I've got enough money to **gratify** my desire to go to Africa. 我有足夠的錢可以實現去非洲的願望.
[活用] v. **gratifies，gratified，gratified，gratifying**

gratifying [`grætə͵faɪɪŋ] adj. 令人滿意的；令人高興的.
[範例] The news of your success is most **gratifying**. 你成功的消息真令人高興.
We've had no **gratifying** results. 我們沒有得到令人滿意的結果.

〔活用〕*adj.* **more gratifying**，**most gratifying**
grating [`gretɪŋ] *n.* ①（鐵窗、排水口等的）鐵柵《亦作 grate》.
——*adj.* ②（聲音）令人煩躁的，刺耳的.
〔複數〕**gratings**
〔活用〕*adj.* **more grating**，**most grating**
＊**gratitude** [`grætə‚tjud] *n.* 感激：We showed our **gratitude** by sending him some whisky. 我們送他威士忌以示感激.
gratuitous [grə`tjuətəs] *adj.* 無理由的，無故的；不必要的.
〔活用〕*adj.* **more gratuitous**，**most gratuitous**
gratuitously [grə`tjuətəslɪ] *adv.* 無緣無故地；不必要地.
〔活用〕*adv.* **more gratuitously**，**most gratuitously**
gratuity [grə`tjuətɪ] *n.* ①《正式》賞錢，小費. ②〖英〗退休金，退役金.
〔複數〕**gratuities**
＊**grave** [grev] *n.* ① 墳墓，墓地，墓穴.
——*adj.* ② 重大的，重要的，嚴重的. ③ 認真的，嚴肅的；有威嚴的.
〔範例〕① We visit our father's **grave** every year. 我們每年都為父親掃墓.
dig a **grave** 掘墓.
as silent as the **grave** 完全沉默的.
Someone is walking on my **grave**. 有人在我的墳上行走.《莫名其妙感到毛骨悚然時所說的話》
His lack of respect for the feelings of others would make his grandfather turn in his **grave**. 他毫不尊重別人的想法，這會使他的祖父無法安息.
② This is **grave** news. 這是一則重大的新聞.
We are in a **grave** situation. 我們正處於嚴重的局勢中.
③ She looked **grave**，as though something terrible had happened. 她看起來面色凝重，好像發生了甚麼可怕的事情.
〔複數〕**graves**
〔活用〕*adj.* **graver**，**gravest**
gravel [`grævl] *n.* ① 砂礫，碎石.
——*v.* ② 鋪上砂礫.
〔範例〕① I heard the sound of his feet on the **gravel**. 我聽到他走在砂礫上的腳步聲.
② We would walk together on that **gravelled** path. 我們曾一起走在那條碎石路上.
〔複數〕**gravels**
〔活用〕*v.* 〖美〗**gravels**，**graveled**，**graveled**，**graveling**/〖英〗**gravels**，**gravelled**，**gravelled**，**gravelling**
gravelly [`grævəlɪ] *adj.* ① 多砂礫的：The children don't like to play on this **gravelly** shore. 孩子們不喜歡在這滿布砂礫的海灘上玩. ②（聲音）粗啞的.
〔活用〕*adj.* **more gravelly**，**most gravelly**
gravely [`grevlɪ] *adv.* 重大地；嚴肅地.
〔活用〕*adv.* **more gravely**，**most gravely**
gravestone [`grev‚ston] *n.* 墓石，墓碑.

〔複數〕**gravestones**
graveyard [`grev‚jard] *n.* 墓地，墳場《不附屬於教堂》；棄置場：This area is a **graveyard** of derelict ships. 這片海域是廢船的棄置場.
〔複數〕**graveyards**
＊**gravitation** [‚grævə`teʃən] *n.* 引力，重力：Newton discovered universal **gravitation**. 牛頓發現了萬有引力.
＊**gravity** [`grævətɪ] *n.* ① 重力，引力. ② 重大，重要性. ③ 認真，嚴肅，莊重.
〔範例〕① I studied the law of **gravity** yesterday. 昨天我學了引力的定律.
② The sheer **gravity** of this matter is enough to give me a headache. 這個難題讓我相當頭痛.
③ You must behave with **gravity** at a funeral. 在葬禮上，你的舉止必須莊重.
◆ the cènter of grávity 重心.
gravy [`grevɪ] *n.* ① 肉汁（烹調肉時產生的汁）. ② 肉汁調味醬，肉滷汁《肉汁中加上香料和麵粉等做成的調味汁》. ③《口語》恰得的便宜，輕易賺到的錢.
〔片語〕*get on the gravy train* 坐享財富；輕易賺大錢.
◆ grávy bòat（船形）醬碟.
＊**gray** [gre] *adj.* ① 灰色的，灰暗的. ② 陰沉的，陰鬱的. ③（臉色）蒼白的.
——*n.* ④ 灰色. ⑤ 灰色物《服裝、顏料、馬等》.
——*v.* ⑥（使）成灰色，（頭髮）變白.
〔範例〕① I looked up to the **gray** sky. 我仰望灰暗的天空.
My hair turned **gray**. 我的頭髮已斑白.
② I can't stand this **gray** life any more. 我再也無法忍受這種陰鬱的生活.
⑤ He was dressed in **gray**. 他穿著灰色的衣服.
⑥ She wants to dye her **graying** hair. 她想把漸漸變白的頭髮染一染.
◆ gràyarea界限模糊的區域，灰色地帶.
〔參考〕〖英〗grey.
〔活用〕*adj.* **grayer**，**grayest**
〔複數〕**grays**
〔活用〕*v.* **grays**，**grayed**，**grayed**，**graying**
＊**graze** [grez] *v.* ①（使）吃草，放牧. ② 擦破（皮膚等）. ③ 掠過，輕輕擦過.
——*n.* ④ 擦過，掠過；擦傷.
〔範例〕① The cattle are **grazing** peacefully. 那頭牛正在悠閒地吃草.
We **graze** the sheep in summer. 夏季我們會放羊吃草.
② The boy fell down and **grazed** his elbow. 那個男孩跌倒並擦破了手肘.
④ The man had a lot of cuts and **grazes** all over his body. 那個男子全身上下都是割傷和擦傷.
〔活用〕*v.* **grazes**，**grazed**，**grazed**，**grazing**
〔複數〕**grazes**
＊**grease** [gris] *n.* ① 動物性脂肪，油脂. ② 潤滑油.
——*v.* ③ 塗上油脂《潤滑油》.
〔範例〕① use bacon **grease** to cook eggs 用煎過培根的油來煎蛋.

③ The door lock needs **greasing**. 這個門鎖需要上潤滑油.

♦ **gréase gùn** 注油槍《潤滑油注入器》.

[活用] v. **greases**, **greased**, **greased**, **greasing**

greasy [ˋgrisɪ] adj. ① 油膩的，油污的. ② 滑溜的. ③ 虛偽奉承的，油腔滑調的.

[範例] ① The man's face was **greasy**. 那個男子的臉油油的.

③ I dislike **greasy** greetings. 我不喜歡虛偽奉承的寒暄.

[活用] adj. **greasier**, **greasiest**

great [gret] adj. ① (數量、程度) 極大的. ② 偉大的，卓越的；重大的. ③《口語》美妙的，極好的. ④《口語》〔不用於名詞前〕擅長的. ⑤ 熱心的，熱中的. ⑥ (身分、地位) 高貴的.
——adv. ⑦ 很，非常地.

[範例] ① a diamond of **great** size 非常大的鑽石.
a **great** amount 大量.
in a **great** hurry 匆匆忙忙地.
live to a **great** age 非常長壽.
② a **great** man 偉人.
a **great** picture 名畫.
a **great** day in history 歷史上重要的一天.
It's no **great** matter. 那沒甚麼大不了的.
③ That's **great**. 那太好了.
We had a **great** time. 我們玩得十分愉快.
④ He is **great** at golf. 他擅長打高爾夫球.
⑤ John's **great** on biology. 約翰熱中於生物學.
⑥ a **great** family 名門，豪門.
⑦ What a **great** big fish I've caught! 我釣到一條好大的魚!

[片語] **a great deal** 大量地；非常地: a **great deal** more money 更多更多的錢.
a great deal of 大量的: a **great deal of** timber 大量的木材.
a great many 很多的，大量的.
have a great mind to 極想做.
the greater part/the greatest part 大部分: **The greater part** of the audience were students. 大部分的聽眾都是學生.
The greatest part of these years was spent in studying the history of crime. 這些年大部分的時間都花在研究犯罪史上.

♦ **Alexànder the Gréat** 亞歷山大大帝.
Grèat Brítain ① 大不列顛島《由英格蘭、蘇格蘭、威爾斯組成》. ② 英國.
the Grèat Béar 大熊星座.
the Grèat Lákes 五大湖《位於美國和加拿大邊境》.
the grèat majórity 大多數，過半數.
the Grèat Wár 第1次世界大戰.

[參考] Great Britain 的 great 是為了與古代有 Little Britain 之稱的《法國北部不列塔尼 (Brittany) 地區相區隔，而取名「大」不列顛.

[活用] adj. **greater**, **greatest**

greatly [ˋgretlɪ] adv. 大大地，非常地；偉大地.

greatness [ˋgretnɪs] n. 偉大；高貴；卓越.

Grecian [ˋgriʃən] adj. (古) 希臘的，希臘式的《特指建築風格、文化等》.

Greece [gris] n. 希臘《☞ 附錄「世界各國」》.

greed [grid] n. 貪心，貪婪: greed for money 對金錢的貪欲.

greedily [ˋgridlɪ] adv. 貪婪地，貪心地: The starving child ate the bread **greedily**. 那個飢餓的孩子狼吞虎嚥地吃下麵包.

[活用] adv. **more greedily**, **most greedily**

greedy [ˋgridɪ] adj. 貪婪的，貪心的；渴望的: Peter is **greedy** for fame. 彼德渴望成名.

[活用] adj. **greedier**, **greediest**

Greek [grik] adj. ① 希臘的；希臘人〔語〕的.
——n. ② 希臘人，希臘語.

[參考] 由於希臘語很難學，所以常說 It's all Greek to me. 表示「我完全不懂」之意.

[複數] **Greeks**

green [grin] adj. ① 綠色的. ② 綠色蔬菜的. ③ (臉色) 發青的. ④ 未熟的；缺乏經驗的. ⑤ (記憶等) 清晰的；活生生的. ⑥ (木材等) 生的，未乾燥的. ⑦ 環境保護的.
——n. ⑧ 綠色. ⑨ 草地；(高爾夫球的) 果嶺. ⑩ 蔬菜，《美》(裝飾用的) 綠葉. ⑪ 綠色物《服裝、顏料等》.
——v. ⑫ 綠化，(使) 變綠.

[範例] ① Our garden is covered with **green** grass. 我們的花園被綠草所覆蓋.
② Would you like a fresh **green** salad? 你想來份新鮮的生菜沙拉嗎?
③ He was **green** with envy. 他羨慕極了.
④ **Green** fruit doesn't taste good. 未熟的水果不好吃.
I was a **green** youth then. 我那時還是一個缺乏經驗的毛頭小子.
⑤ I would like to keep the memory **green** forever. 我想永遠保持那份鮮明的記憶.
⑥ **Green** timber is no good as firewood. 生木材不適合作柴薪.
⑦ a **green** issue 環境保護議題.
⑨ The ball lay a short distance from the **green**. 那個球距離果嶺很近.
⑩ Christmas **greens** 聖誕節裝飾用的樹枝、樹葉《《美》樅樹和柊樹》.

♦ **grèen bèlt** 綠化地帶《在城市周圍禁止開發以保護城市環境的區域》.
grèen cárd 綠卡《美國發給外國人的永久居留和自由工作許可證》.
grèen líght 綠燈；許可.
grèen pépper 青椒.
grèen téa 綠茶.
grèen thúmb 《美》園藝或栽培植物的才能《《英》green fingers》.

[活用] adj. **greener**, **greenest**

[複數] **greens**

[活用] v. **greens**, **greened**, **greened**, **greening**

greenback [ˋgrin͵bæk] n. 《口語》《美》紙幣《源自美國的紙幣背面為綠色》.

〔複數〕greenbacks

greengage [`grin,gedʒ] *n.* 西洋李《黃綠色果實，可食用》.

〔複數〕greengages

greengrocer [`grin,grosə] *n.* 〖英〗蔬果零售商：buy some pears at the **greengrocer's** 在蔬果零售商那裡買一些梨子.

〔複數〕greengrocers

greenhouse [`grin,haus] *n.* 溫室.
〔範例〕a plastic **greenhouse** 塑膠溫室.
the **greenhouse** effect 溫室效應《指由於二氧化碳作用使地球表面溫度升高》.
〔發音〕複數形 greenhouses [`grin,hauzɪz].

greenish [`grinɪʃ] *adj.* 略帶綠色的.

greenroom [`grin,rum] *n.* （劇場的）後臺，（表演者的）休息室《亦作 green-room》.

〔複數〕greenrooms

Greenwich Mean Time
[`grinwɪtʃ`min,taɪm] *n.* 格林威治標準時間《以倫敦的格林威治天文臺的位置為零時的時間，略作 GMT》.

***greet** [grit] *v.* ① 問候；迎接，歡迎. ② 映入（眼簾）；傳入（耳中）.
〔範例〕① Mary **greeted** me with a cheerful voice. 瑪麗以愉快的聲音向我問候.
The girl was **greeted** with an embrace. 那個女孩受到了擁抱的歡迎.
② A surprising sight **greeted** my eyes. 一幕令人吃驚的情景映入我的眼簾.
〔活用〕*v.* **greets, greeted, greeted, greeting**

***greeting** [`gritɪŋ] *n.* ① 問候. ② 問候語，祝賀詞；賀卡.
〔範例〕① "Dear Sir" is a **greeting** used in letters. 「敬啟者」是書信用問候語.
My neighbor and I exchange **greetings** every day. 我和鄰居每天都彼此問候.
② We got Christmas **greetings** from our friends. 我們收到了朋友們寄來的聖誕節賀卡.
〔複數〕**greetings**

gregarious [grɪ`gɛrɪəs] *adj.* ① 喜好社交的；社交性的. ②（動物）群居性的.
〔活用〕*adj.* ① **more gregarious, most gregarious**

grenade [grɪ`ned] *n.* 手榴彈.
〔複數〕**grenades**

grenadier [,grɛnə`dɪr] *n.* ① 擲彈兵《投擲手榴彈的士兵》. ②〔a ~, a ~ Guard〕英國近衛步兵第1團的士兵.
〔複數〕**grenadiers**

***grew** [gru] *v.* grow 的過去式.

***grey** [gre] =*adj.* 〖美〗gray.

greyhound
[`gre,haund] *n.* ① 靈猩《高約70公分、體型細長的獵犬，因腿長而被用作賽犬》. ②〔G~〕灰狗（巴士）《美國的長途汽車公司，路線遍於全國》.

[greyhound]

〔複數〕greyhounds

grid [grɪd] *n.* ① 格柵；行李架《裝於汽車後面》. ② 輸電網. ③（地圖的）座標方格《由地圖上的經緯線組成》. ④（賽車跑道上的）起跑位置.
〔複數〕**grids**

***grief** [grif] *n.* 極度悲痛；悲痛（的原因）.
〔範例〕He lost his wife and he is now in deep **grief**. 他失去了妻子，現正處於極度的悲痛之中.
My conduct must have been a source of great **grief** to my mother. 我的行為肯定是使母親十分悲痛的原因.
〔片語〕***come to grief*** ① 失敗. ② 遭受不幸.
Good grief! 真沒想到!《表示驚訝》
〔複數〕**griefs**

grievance [`grivəns] *n.* 不滿，牢騷；不平的原因：John has a **grievance** against his math teacher because she failed him. 約翰因考試不及格而對數學老師心生不滿.
〔複數〕**grievances**

***grieve** [griv] *v.* （使）傷心，（使）悲傷.
〔範例〕Tom **grieved** for his dead child. 湯姆因為他死去的孩子而悲傷.
I am **grieved** to hear such bad news. 我聽到那個噩耗感到很悲傷.
〔活用〕*v.* **grieves, grieved, grieved, grieving**

grievous [`grivəs] *adj.* ① 可悲的，悲哀的. ② 嚴重的.
〔範例〕① She let out a loud cry on hearing the **grievous** news. 她聽到那則悲慘的消息時大聲地叫了出來.
② You've committed a **grievous** crime. 你犯下了重罪.
My son was maimed in a **grievous** accident. 我的兒子在一場嚴重的事故中殘廢了.
〔活用〕*adj.* **more grievous, most grievous**

grill [grɪl] *n.* ① 烤架《直接放在火上用以烤肉或魚等食物》. ② 烤肉，烤魚. ③ 供應燒烤食物的餐廳.
—— *v.* ④ 〖英〗烤，炙《〖美〗broil》. ⑤ 嚴厲盤問.
〔範例〕① cook meat on a **grill** 用烤肉架烤肉.
④ The desert sun **grilled** the traveler. 沙漠的太陽炙烤著旅人.
〔複數〕**grills**
〔活用〕*v.* **grills, grilled, grilled, grilling**

grille [grɪl] *n.* 格柵，鐵柵；（銀行等）設有鐵柵的窗口.
〔複數〕**grilles**

[grille]

grim [grɪm] *adj.* ① 討厭的，令人不快的；可怕的。② 嚴酷的；堅定的。

範例 ① What a **grim** day we had! 多麼令人不愉快的一天！

We get **grim** news from the war zone every day. 我們每天都從戰場上得知可怕的消息。

② We admired his **grim** determination to win the game. 我們對他想要贏得比賽的堅定決心感到敬佩。

片語 **like grim death** 緊緊地：The little girl held on to her mother **like grim death** and refused to go to the visitor. 那個小女孩緊緊地抓著媽媽不放，拒絕到客人那裡。

活用 *adj.* **grimmer，grimmest**

grimace [grɪ`mes] *n.* ① 鬼臉：The boy made a **grimace** at the carrots on the plate. 那個男孩對著盤中的胡蘿蔔做鬼臉。

—— *v.* ② 扮鬼臉。

活用 *v.* **grimaces，grimaced，grimaced，grimacing**

grime [graɪm] *n.* 污垢，煤灰：His face was black with **grime**. 他的臉被煤灰燻得烏黑。

活用 *adv.* **more grimly，most grimly**

grimly [`grɪmlɪ] *adv.* ① 令人不快地；可怕地。② 嚴厲地；堅決地。

活用 *adv.* **more grimly，most grimly**

grimness [`grɪmnɪs] *n.* 嚴厲；可怕。

grimy [`graɪmɪ] *adj.* 骯髒的：The lawyer works in a **grimy** office. 那個律師在骯髒的辦公室裡工作。

活用 *adj.* **grimier，grimiest**

grin [grɪn] *v.* ① 露齒而笑。

—— *n.* ② 咧嘴的笑。

範例 ① He was **grinning** from ear to ear after he heard the good news. 他聽到那則好消息後笑得合不攏嘴。

There's nothing you can do, so just **grin** and bear it. 你甚麼也不能做，所以只有忍耐下來了。

② Paul looked at me with a broad **grin**. 保羅滿面笑容地看著我。

➡ 充電小站 (p. 1211)

活用 *v.* **grins，grinned，grinned，grinning**

複數 **grins**

grind [graɪnd] *v.* ① 磨碎，碾碎；嚼碎。② 磨尖銳，磨光。③ 磨牙。④ 孜孜不倦地工作〔讀書〕(away at)；苦心教導〔灌輸〕。

—— *n.* ⑤ 磨碎；摩擦聲。⑥《口語》苦差事，單調辛苦的工作。⑦《口語》《美》用功的學生。

範例 ① The mill **grinds** wheat into flour. 磨粉機將小麥磨成麵粉。

This corn **grinds** well. 這種玉米容易磨成粉。

ground meat 絞肉。

② She **ground** her knife and made it razor-sharp. 她把刀磨得像剃刀一樣銳利。

③ Gary **grinds** his teeth while he sleeps. 蓋瑞睡覺的時候會磨牙。

④ Susan is **grinding** away at math. 蘇珊正埋頭苦讀數學。

Mr. Wang **grinds** history into the students. 王

老師認真地教學生歷史。

⑤ I like coffee of a fine **grind**. 我喜歡充分研磨的咖啡。

⑥ Compiling a dictionary is an awful **grind**. 辭典的編纂是一件非常辛苦的工作。

片語 **grind down** 折磨。

grind out 辛苦地寫出；機械式地做出：The writer **grinds out** tedious books. 那位作家辛苦地寫出一些乏味的書。

grind to a halt (汽車發出聲音) 慢慢停止；(公司、組織等) 慢慢停止運作。

活用 *v.* **grinds，ground，ground，grinding**

複數 **grinds**

grinder [`graɪndɚ] *n.* 研磨者；磨具，研磨器。

範例 a knife **grinder** 磨刀機。

a coffee **grinder** 咖啡研磨機。

複數 **grinders**

grinding [`graɪndɪŋ] *adj.* ① 折磨人的。② 嘎吱響的：come to a **grinding** halt 在嘎吱聲中停了下來。

grindstone [`graɪnˌston] *n.* 輪形磨石《使圓形磨石旋轉以磨利刀刃；普通的磨石稱作whetstone》。

片語 **keep ～'s nose to the grindstone** 驅使不停地工作。

複數 **grindstones**

*grip [grɪp] *v.* ① 抓牢，緊握；吸引，抓住 (人心等)。

—— *n.* ② 抓牢，緊握；握力，握法；理解。③《美》旅行箱。

範例 ① The nurse **gripped** my left arm and gave me a shot. 那位護士緊抓住我的左臂，給我打了一針。

The ship was **gripped** by the ice. 那艘船被冰封住了。

The President's inaugural address **gripped** the audience. 總統的就職演說吸引了聽眾的注意。

The tires did not **grip** on the icy road. 輪胎在結冰的路面上抓不牢地面。

② John has a strong **grip**. 約翰握力很大。

The batter shortened his **grip**. 那名打者把球棒握得短。

No one had a good **grip** of the matter. 沒有人能充分瞭解那個問題。

The speaker had a good **grip** on the audience. 演說者善於掌握聽眾的心理。

片語 **come to grips with/get to grips with** 瞭解並著手處理 (問題等)。

lose ～'s grip on... 失去控制力。

活用 *v.* **grips，gripped，gripped，gripping**

複數 **grips**

gripe [graɪp] *v.* ① 發牢騷，抱怨 (at, about)。② (使) 腸胃絞痛。

—— *n.* ③ 牢騷，抱怨。④ [the ～s] 腹痛。

範例 ① The man **griped** at his wife about dinner. 那個男子向他妻子抱怨晚餐不好。

② Take this medicine when your stomach **gripes**. 肚子痛時服這種藥。

③ The students' main **gripe** was that there was no cafeteria in the school. 學生們最主要的抱怨就是學校沒有自助餐廳.

④ The woman got the **gripes**. 那個女人腹痛.

[活用] v. **gripes**, **griped**, **griped**, **griping**
[複數] **gripes**

grisly [ˋgrɪzlɪ] adj. 恐怖的; 可憎的.
　[活用] adj. **grislier**, **grisliest/more grisly**, **most grisly**

grist [grɪst] n. 製粉用的穀物.

gristle [ˋgrɪsl] n. 軟骨 (結構).

grit [grɪt] n. ① 砂, 砂礫. ② 毅力, 勇氣.
　——v. ③ 使嘎吱響; 鋪上砂礫.
　[片語] **grit ~s teeth** 咬緊牙關.
　[活用] v. **grits**, **gritted**, **gritted**, **gritting**

gritty [ˋgrɪtɪ] adj. ① 含砂的, 砂礫的. ② 堅毅的, 勇敢的.
　[活用] adj. ② **grittier**, **grittiest**

grizzly [ˋgrɪzlɪ] n. 灰熊 《分布於北美地區的大型熊, 身長2.5公尺, 體重400公斤左右; 亦作 grizzly bear》.
　[複數] **grizzlies**

[grizzly]

***groan** [gron] v. ① 呻吟; 發出哼聲 (in, with). ② 發出嘎吱聲.
　——n. ③ 呻吟聲. ④ 嘎吱聲.
　[範例] ① I banged my head and **groaned** with pain. 我撞到了頭, 痛得直呻吟.
　② We heard the trees **groaning** in the strong wind. 我們聽到樹在強風中發出嘎吱聲.
　③ A boy gave a loud **groan**. 一個男孩大聲地呻吟.
　④ There was a **groan** from the chair as the fat lady sat down on it. 那位胖胖的女士一坐下來, 椅子就發出了嘎吱聲.
　[活用] v. **groans**, **groaned**, **groaned**, **groaning**
　[複數] **groans**

***grocer** [ˋgrosɚ] n. 食品雜貨商: Mother buys soap at this **grocer's**. 母親在這家食品雜貨店裡買肥皂.《a grocer's 為 a grocer's shop 的縮略》
　[複數] **grocers**

***grocery** [ˋgrosərɪ] n. ① 食品雜貨店; 食品雜貨業. ② [~ies] 食品雜貨.
　◆ **grócery stòre** 《美》食品雜貨店.
　[複數] **groceries**

groggy [ˋgrɑgɪ] adj. 〔不用於名詞前〕搖搖晃晃的; 昏昏沉沉的.
　[活用] adj. **groggier**, **groggiest**

groin [grɔɪn] n. 腹股溝.
　[複數] **groins**

***groom** [grum] n. ① 馬夫. ② 新郎 《亦作 bridegroom》.
　——v. ③ 照顧 (馬匹). ④ 打扮; 梳毛. ⑤ 使作好準備.
　[範例] ② the bride and **groom** 新娘和新郎.

④ "Where's David?" "He's in the men's room **grooming** himself."「大衛在哪裡?」「他正在化妝室裡打扮.」
　The monkeys are **grooming** each other. 猴子們互相梳毛.
　⑤ They are **grooming** Beth for stardom. 他們正在培植貝絲成為明星.
　[複數] **grooms**
　[活用] v. **grooms**, **groomed**, **groomed**, **grooming**

groove [gruv] n. ① (唱片、門檻等的) 凹槽, 溝. ② 慣例, 常規. ③《口語》適當的位置.
　——v. ④ 挖溝槽.
　[範例] ① Windows in a Japanese house slid open along a **groove**. 日本房子的窗戶沿著凹槽打開了.
　② He stayed in his old **groove**. 他遵循古老的慣例.
　[複數] **grooves**
　[活用] v. **grooves**, **grooved**, **grooved**, **grooving**

***grope** [grop] v. 摸索, 觸摸 (for).
　[範例] The man **groped** about in the dark. 那個男子在黑暗中摸索.
　John **groped** in his pocket for the ticket. 約翰在口袋中摸索找車票.
　Both sides **groped** for a face-saving way out of the mess they were in. 雙方都在探尋能自己擺脫身陷的窘境而又能保住面子的方法.
　[片語] **grope ~s way** 摸索前進.
　[活用] v. **gropes**, **groped**, **groped**, **groping**

***gross** [gros] adj. ① 全體的, 整體的. ② 嚴重的. ③ 粗魯的, 下流的; 粗劣的. ④ 肥胖的. ⑤ 茂盛的, 濃密的.
　——n. ⑥ 總計; 全體. ⑦ 籮 《12打》.
　——v. ⑧ 賺得 (~的) 總收入.
　[範例] ① **gross** sales 總銷售量.
　gross income 總收入.
　gross weight 總重量 《毛重》.
　② a **gross** mistake 嚴重的錯誤.
　a **gross** hippopotamus 極為遲鈍的傢伙《河馬在英語中是遲鈍的象徵》.
　③ **gross** food 粗劣的食物.
　gross language 下流的語言.
　⑦ two **gross** of pencils 兩籮鉛筆.
　⑧ The company **grossed** $2 billion. 那家公司賺了20億美元的總收入.
　[片語] **by the gross** ① 以籮為單位. ② 大批地, 整批地. ③ 整體地.
　in the gross 《美》① 大批地, 大量地. ② 整體上, 整體來說 《《英》in gross》.
　[參考] ① ② 只用於名詞前.
　◆ **gròss nàtional próduct** 國民生產毛額《略作 GNP》.
　[活用] adj. ② ③ ④ ⑤ **grosser**, **grossest**
　[複數] **gross/grosses**
　[活用] v. **grosses**, **grossed**, **grossed**, **grossing**

grossly [ˋgroslɪ] adv. ① 嚴重地. ② 粗俗地.

G

grotesque [gro`tɛsk] *adj.* ① 荒唐的，荒誕不經的. ② 風格怪異的，奇形怪狀的.

範例 ① Forget about that **grotesque** idea. 忘了那個荒唐的想法吧!
② The dancers' costumes were **grotesque**. 那位舞者的服裝很怪異.

活用 *adj.* more grotesque, most grotesque

grotesquely [gro`tɛsklɪ] *adv.* 荒誕地，怪異地.

活用 *adv.* more grotesquely, most grotesquely

grotto [`grɑto] *n.* ①（天然的或人工的）洞穴《比 cave 小》. ② 洞室《用貝殼等裝飾的洞穴》.

複數 grottoes/grottos

ground [graund] *n.* ① 地面. ② 土，土壤. ③ ~場，（具有特定用途的）場所. ④[~s]庭園;（建築物等的）用地. ⑤ 海底，水底. ⑥ 沉澱物，渣滓. ⑦ 背景，底子. ⑧ 根據，理由. ⑨ 見解，立場，意見. ——*v.* ⑩（使）擱淺; 使（飛機）停飛. ⑪ 放在地上《放下武器表示投降之意》. ⑫ 建立基礎; 提供依據. ⑬ 打下（某個科目）的基礎. ⑭ 上底色. ⑮[美]接以地線《[英]earth》. ⑯ grind 的過去式、過去分詞.

範例 ① lie on the **ground** 躺在地上.
deep under the **ground** 深入地底的.
The **ground** is covered with snow. 地面覆蓋著雪.
② fertile **ground** 肥沃的土地.
③ a pleasure **grounds** 遊樂場.
a fishing **grounds** 釣漁場.
④ The house has extensive **grounds**. 那個房子有廣闊的庭園.
⑤ take the **ground** 擱淺.
⑥ coffee **grounds** 咖啡渣滓.
Not a single **ground** was left. 一點渣滓都沒剩下.
⑦ a design of pink roses on a white **ground** 白底襯粉紅玫瑰的圖樣.
ground color 底色.
⑧ I don't have much **ground** for complaint. 我沒有太多抱怨的理由.
On what **grounds** are you rejecting their offer? 你根據甚麼理由拒絕了他們的提議呢?
We had good **grounds** for concern. 我們有充分的理由擔心.
He was excused from military service on the **grounds** of his advanced age. 他因為高齡而被免除了兵役.
There are several **grounds** to suspect him. 有好幾個懷疑他的理由.
He was dismissed on the **ground** that he was often absent. 他因為經常缺勤而被解雇了.
⑨ hold ~'s **ground**/stand ~'s **ground** 堅持~的主張.
gain **ground** 得勢; 前進; 進步.

lose **ground** 退卻，讓步; 失去優勢.
give **ground** 失去優勢; 退卻.
keep ~'s **ground** 堅持立場，不讓步.
common **ground** 共同的立場.
shift ~'s **ground** 改變意見[立場].
⑩ The ship **grounded** on the reef. 那艘船觸礁擱淺了.
The plane was **grounded** by the storm. 那班飛機因暴風雨而停飛了.
⑪ **ground** arms 放下武器.
⑫ What do you **ground** your argument on? 你的論點有何依據?
well-**grounded** reports 有充分根據的報導.
ill-**grounded** reports 沒有根據的報導.
⑬ **ground** a student in English 為學生打下英語基礎.

片語 ***break fresh ground/break new ground*** 開闢新天地，開創新局面.
break ground 破土，動工.
clear the ground 平整土地.
cover ground ① 走一段距離: We **covered** a good deal of **ground** today. 我們今天走了許多路. ② 獲得進展. ③ 涉及某範圍: The research **covers** much **ground**. 那項研究涉及的範圍很廣.
cut the ground from under ~'s feet 揭露~的計畫.
down to the ground 完全地，徹底地.
fall to the ground 歸於失敗.
ground out（棒球）擊出滾地球而遭封殺出局.
kiss the ground 屈服; 受辱.
touch ground ①（船）擱淺. ② 切入主題.
♦ **gróund crèw/gróund pèrsonnel**/[英] **gróund stàff**（機場的）地勤人員.
the gróund flóor ①[英]1樓《[美]the first floor; (充電小站)(p. 415)》. ②[美]非常有利的地位.
gróund plàn 初步計畫;（建築物的）平面圖.
gróund rènt[英]地租.
gróund swèll ①（因暴風雨或強風而產生的）巨浪. ②（輿論的）高漲.
gróund tròops 步兵隊伍.
gróund wàter 地下水.
gróund wìre[美]地線，接地線.

複數 grounds

活用 *v.* ⑩ ⑪ ⑫ ⑬ ⑭ ⑮ grounds, grounded, grounded, grounding

grounder [`graundə-] *n.*（棒球的）滾地球.

複數 grounders

grounding [`graundɪŋ] *n.* 基礎（知識）: This book provides a good **grounding** in chemistry. 這本書提供豐富的化學基礎知識.

groundless [`graundlɪs] *adj.* 無根據的，無理由的: These accusations are completely **groundless**. 這些指控完全沒有根據.

活用 *adj.* more groundless, most groundless

groundwork [`graund,wɝk] *n.* 基礎: Jespersen provided the **groundwork** for modern English grammar. 耶斯佩森提供了現代英語文法的基礎.

*__group__ [grup] *n.* ① 群，組，隊，團.
—— *v.* ② 集合; 分類.
[範例] ① A **group** of children are playing in the garden. 有一群孩子正在庭院裡玩.
The children played in a **group**. 孩子們成群地玩耍.
a pop **group** 流行樂團.
② This school **groups** students according to ability. 這所學校按學生能力分組.
He spent the afternoon **grouping** all his baseball cards. 他花了一整個下午的時間將他所有的棒球卡分類.
The members **grouped** around the radio and listened to the news bulletin. 那些成員聚集在收音機旁聽新聞報導.
[複數] **groups**
[活用] *v.* **groups**, **grouped**, **grouped**, **grouping**

groupie [`grupɪ] *n.* 《口語》追星族.
[複數] **groupies**

grouse [graus] *v.* ①《口語》抱怨.
—— *n.* ② 牢騷. ③ 松雞.
[範例] ① Tom is always **grousing** about his job. 湯姆老是抱怨他的工作.
② You are full of **grouses**. 你老是愛發牢騷.
[活用] *v.* **grouses**, **groused**, **groused**, **grousing**
[複數] **grouses**

*__grove__ [grov] *n.* 樹叢，樹林; 果園: an orange **grove** 柑橘園.
[複數] **groves**

grovel [`grʌvl] *v.* ① 卑躬屈膝. ② 匍匐.
[範例] ① Bill is always **groveling** to the boss in the hope of getting promoted. 比爾為了升遷，總是對上司卑躬屈膝.
② That's disgusting! They're literally **grovelling** at his feet, begging for food. 真令人噁嘔! 他們竟然向他卑躬屈膝地乞討食物.
[活用] *v.* 〖美〗**grovels**, **groveled**, **groveled**, **groveling**/ 〖英〗**grovels**, **grovelled**, **grovelled**, **grovelling**

*__grow__ [gro] *v.* ① (使) 生長; 發育. ② 變成.
[範例] ① Plants **grow** from seeds. 植物由種子發育而成.
Caterpillars **grow** into beautiful butterflies. 毛毛蟲長成漂亮的蝴蝶.
Blueberries **grow** wild here. 這裡的藍莓是野生的.
She **grew** three centimeters during the summer vacation. 暑假期間她長高了3公分.
A **growing** child needs plenty of sleep. 正在發育的孩子須要有充足的睡眠.
You can let your hair **grow** in our baseball club. 你在我們的棒球俱樂部可以留長髮.

The number of elderly people is **growing** rapidly in Taiwan. 臺灣的老年人口急劇增加.
The city has **grown** rapidly in the last five years. 那個城市在近5年來快速發展.
Their love for each other **grew** as time went by. 他們兩個的愛情隨著時間的經過而愈來愈深.
Plants **grow** roots. 植物生根.
Jane likes **growing** vegetables in her garden. 珍喜歡在花園裡種蔬菜.
grow a beard 留鬍子.
My daughter is **growing** her hair long. 我女兒現在留長髮.
He has **grown** up to be a handsome man. 他已長成一位英俊的男子.
② He **grew** fat after marriage. 婚後他變胖了.
It is **growing** dark; we'd better put on the light. 天漸漸黑了，我們最好把燈打開.
I think you'll **grow** to hate this job soon. 我想你很快就會討厭這份工作的.
[片語] ***grow away from*** 疏離: The girl **grew away from** her mother. 那個女孩與她母親的關係變疏遠了.
grow into ① 成為. (⇨ [範例] ①) ② (長大而) 能穿: These hand-me-downs are too big for you now, but you'll **grow into** them. 這些舊衣服現在你穿太大，但將來你就能穿了. ③ (在工作上) 變得成熟.
grow on ① 漸漸地喜歡: I didn't like the song at first, but it has **grown on** me. 我剛開始不喜歡那首歌，但漸漸地就喜歡了. ②(惡習等)漸漸加大影響.
grow out of ① (長大而)穿不下: Steve has **grown out of** all his summer clothes. 史蒂夫夏季的衣服都穿不下了. ② 因長大而戒除: My sons fought with each other when they were boys, but they eventually **grew out of** it. 我的兒子們小時候會互相打架，但長大後終於改掉了. ③ 產生於: His values **grew out of** his experiences abroad when he was very young. 他的價值觀產生於他年輕時的海外經歷.
grow up ① 長大; 別做孩子氣的事: Resistance to parents is a part of **growing up**. 對父母的反抗是成長的一部分.
Do whatever you like when you **grow up**. 長大後你可以做你喜歡的任何事.
"**Grow up!**", the mother scolded her child. 那位母親責罵孩子說:「別孩子氣了!」
② 產生.
♦ **gròwing pàins** ① 成長期的四肢神經痛《青少年因成長過快而引起的神經痛》. ② 事業發展初期的困難.
[活用] *v.* **grows**, **grew**, **grown**, **growing**

grower [`groɚ] *n.* ① 栽培者，種植者. ② 以~方式生長的植物.
[範例] ① a tomato **grower** 番茄種植者.
② a quick **grower** 早熟植物.
[複數] **growers**

***growl** [graʊl] *v.* ① 咆哮，狂吠. ② 吼叫；抱怨；發怒.
—— *n.* ③ 咆哮聲，(狗的) 吠聲. ④ 抱怨；發怒；隆隆聲.

範例 ① The dog **growled** at the stranger. 那隻狗對著陌生人狂吠.
② Mother always **growls** at me. 母親總是責罵我.
③ Can you hear the **growl** of the dog? 你能聽到狗的吠叫聲嗎？

活用 *v.* **growls**, **growled**, **growled**, **growling**
複數 **growls**

grown [gron] *v.* ① grow 的過去分詞.
—— *adj.* ② 成熟的，長大的：a **grown** man 成人.

***grown-up** [ˋgronˏʌp] *adj.* ① 成熟的，成人的. ② 適於成人的.
—— *n.* ③ 大人，成人.

範例 ① My **grown-up** daughter lives abroad. 我那已成年的女兒住在國外.
② a **grown-up** book 適合成人看的書.
③ **Grown-ups** often fail to understand their children. 大人常常不瞭解他們的孩子.

複數 **grown-ups**

***growth** [groθ] *n.* ① 成長，發育；增加，增加. ② 生長物；腫瘤.

範例 ① the rapid **growth** of bamboo shoots 竹筍的快速生長.
Taiwan's economic **growth** rate 臺灣的經濟成長率.
Has this small dog reached full **growth**? 這隻小狗發育完全了嗎？
the recent **growth** in violent crime 近來暴力犯罪增加.
② There are always new **growths** of mushrooms after heavy rainfalls. 大量降雨後總是有新長出來的蘑菇.
a cancerous **growth** 癌腫瘤.

複數 **growths**

grub [grʌb] *n.* ① 幼蟲. ②《口語》食物.
—— *v.* ③ 挖掘；翻找.

範例 ③ He **grubbed** in the earth for worms. 他翻土找蟲子.
The goldfish are **grubbing** around on the bed of the bowl. 金魚在魚缸底翻找似地游動.

複數 **grubs**
活用 *v.* **grubs**, **grubbed**, **grubbed**, **grubbing**

grubby [ˋgrʌbɪ] *adj.* 骯髒的，邋遢的：**grubby** hands 髒手.

活用 *adj.* **grubbier**, **grubbiest**

***grudge** [grʌdʒ] *v.* ① 不願給予，吝惜；嫉妒.
—— *n.* ② 怨恨，惡意.

範例 ① He'll **grudge** paying you any amount of money. 他不願意付你任何錢.
② She still bears a **grudge** against him. 她對他還有怨恨.

活用 *v.* **grudges**, **grudged**, **grudged**,

grudging
複數 **grudges**

grudging [ˋgrʌdʒɪŋ] *adj.* 勉強的，不情願的：The prime minister was very **grudging** in admitting his failure in duty. 首相很勉強地承認自己的不盡責.

grudgingly [ˋgʌdʒɪŋlɪ] *adv.* 不情願地，勉強地：John **grudgingly** helped his sister do her homework. 約翰不情願地幫妹妹做功課.

活用 *adv.* **more grudgingly**, **most grudgingly**

gruesome [ˋgrusəm] *adj.* 毛骨悚然的，可怕的：a **gruesome** murder 令人毛骨悚然的兇殺案.

活用 *adj.* **more gruesome**, **most gruesome**

gruesomely [ˋgrusəmlɪ] *adv.* 令人毛骨悚然地，可怕地.

活用 *adv.* **more gruesomely**, **most gruesomely**

gruff [grʌf] *adj.* 粗暴的；粗啞的.

範例 a **gruff** manner 粗暴的態度.
Tom made a **gruff** reply because he was sleepy. 湯姆因為睏了，所以粗啞地回答.

活用 *adj.* **gruffer**, **gruffest**

gruffly [ˋgrʌflɪ] *adv.* 粗暴地；粗啞地.

活用 *adv.* **more gruffly**, **most gruffly**

***grumble** [ˋgrʌmbl] *v.* ① 發牢騷，抱怨 (about).
—— *n.* ③ 牢騷，抱怨. ④ 隆隆聲.

範例 ① Mrs. Jones is always **grumbling** about her husband. 瓊斯太太總是抱怨她丈夫.
② We could hear the traffic **grumbling** over the bridge in the distance. 我們可以聽到遠處橋上車輛往來發出的隆隆聲.
③ There were angry **grumbles** from the rank and file when the meager wage hike was announced. 公司宣布只調漲些許薪資時，職員們抱怨不已.
④ The boy heard the **grumble** of thunder. 那個男孩聽到了隆隆的雷聲.

活用 *v.* **grumbles**, **grumbled**, **grumbled**, **grumbling**
複數 **grumbles**

grumpily [ˋgrʌmpɪlɪ] *adv.* 愛生氣地.

活用 *adv.* **more grumpily**, **most grumpily**

grumpy [ˋgʌmpɪ] *adj.* 愛生氣的.

活用 *adj.* **grumpier**, **grumpiest**

grunt [grʌnt] *v.* ① 發出呼嚕聲. ② 發牢騷.
—— *n.* ③ 呼嚕聲. ④ 怨言，嗚不平.

範例 ① We heard a pig **grunting**. 我們聽到豬發出的呼嚕聲.
② When the manager told him to work harder, the young man **grunted** and went out of the room. 那位經理命令那個年輕人工作認真點，而他就抱怨地走出房間.
③ We heard a strange noise. It sounded like a pig's **grunt**. 我們聽到奇怪的聲音，聽起來好像是豬的呼嚕聲.
④ The audience gave a **grunt** of discontent. 觀

眾們發出不滿的抱怨聲.
[活用] v. grunts, grunted, grunted, grunting
[複數] grunts

*guarantee [ˌgærən`ti] n. ① 保證；保證書.
　——v. ② 保證.
[範例] ① His new refrigerator has a three-year guarantee. 他的新冰箱有3年的保固.
She offered her house as a guarantee. 她以自己的房子作為擔保.
This compact disc player is still under guarantee. 這臺CD音響仍在保證期間.
There is no guarantee that he will be back on time. 不能保證他會準時回來.
② Three art dealers guaranteed that the picture was genuine. 3個畫商保證那幅畫是真品.
This microwave oven is guaranteed for two years. 這個微波爐附有2年的保固.
He guaranteed my debts. 他為我的貸款做擔保.
If they can't guarantee our safety, we shouldn't go. 如果他們不能保證我們的安全, 我們就不去.
[複數] guarantees
[活用] v. guarantees, guaranteed, guaranteed, guaranteeing
guarantor [`gærəntɚ] n. 保證人《法律用語》.
[複數] guarantors

*guard [gɑrd] n. ① 守衛, 警衛, 衛兵. ② 守備隊. ③〖英〗列車長《〖美〗conductor》. ④〔the G~s〕〖英〗禁衛軍《保衛國王、女王的部隊》. ⑤（籃球的）後衛. ⑥ 警戒, 監視. ⑦（拳擊等的）防禦姿勢. ⑧ 防護物, 安全裝置.
　——v. ⑨ 保護. ⑩ 守衛. ⑪ 警戒, 提防.
[範例] ① Two guards were watching the gate. 有2名警衛看守著那個入口.
② The premier's guard is made up of eight policemen. 首相的守備隊由8名警察組成.
④ the changing of the Guard（英國白金漢宮的）衛兵換崗.
⑥ Who was on guard the night the storeroom was robbed? 倉庫被盜那天夜裡是誰值班?
⑧ A good education is the best guard against unemployment. 完善的教育是對抗失業的最好防護.
a mud guard 擋泥板.
⑨ Everything here is lead-lined to guard us from radiation. 這裡的所有東西都襯上了鉛, 以保護我們不受到輻射線的危害.
⑩ I don't have enough men to guard those prisoners. 我沒有足夠的人來看守那些犯人.
⑪ Guard against heart disease. 預防心臟病.
[片語] keep guard 守衛, 警戒.
off ~'s guard 疏忽的: Al didn't do very well in the debate—he seemed off his guard. 艾爾在辯論中表現欠佳, 他似乎是疏忽了.
on guard 值班的.（⇨ [範例] ⑥）
on ~'s guard 提防的, 警戒的: Be on your guard against pickpockets. 小心扒手.

stand guard 站崗, 看守.
[複數] guards
[活用] v. guards, guarded, guarded, guarding
guarded [`gɑrdɪd] adj. ① 慎重的, 謹慎的. ② 受保護的; 受監視的.
[範例] ① The spokesman gave a guarded reply. 那個發言人謹慎地回答.
Tom is guarded in what he says. 湯姆說話很謹慎.
② a closely guarded secret 嚴守的祕密.
[活用] adj. ① more guarded, most guarded
*guardian [`gɑrdɪən] n. ① 保護者, 守護者. ② 監護人《法律用語》.
♦ guàrdian ángel 守護天使.
[複數] guardians
guerilla/guerrilla [gə`rɪlə] n. 游擊隊員: a guerilla war 游擊戰.
[複數] guerillas/guerrillas

*guess [gɛs] v. ① 推測, 猜測.
　——n. ② 推測, 猜測.
[範例] ① I guess her age at 21. 我猜她21歲.
Mary guessed me to be around thirty. 瑪麗推測我的年齡在30歲左右.
Nobody guessed that I was over sixty. 沒有人猜到我已經超過60歲了.
We kept John guessing about the problem. 我們讓約翰為這個問題擔心.
I can't even guess what he's done this time. 我猜不出他這次做了甚麼.
You guessed right. 你猜對了.
You must not guess at the answers. 你不應該瞎猜答案.
"Is Mr. Carter a Protestant?" "I guess so." 「卡特先生是新教徒嗎?」「我想是的.」
② That figure is just a guess. 那一個數字只不過是推測.
My guess is that he's up to something wrong. 我猜他正在做某件壞事.
The thief was thirty-five years old at a guess. 據猜測, 那個小偷35歲.
[片語] anybody's guess 誰都猜不準的事.
at a guess 據猜測.（⇨ [範例] ②）
keep ~ guessing 讓~捉摸不定〔擔心〕.（⇨ [範例] ①）
Your guess is as good as mine. 我的猜測不會比你更有把握.
[活用] v. guesses, guessed, guessed, guessing
[複數] guesses
guesswork [`gɛs,wɝk] n. 猜測, 猜想.
*guest [gɛst] n. ① 客人; 旅客; 房客.
　——adj. ② 應邀的.
[範例] ① We'll have five guests this evening. 今晚我們有5位客人.
This hotel can accommodate 500 guests. 這家旅館能容納500位住宿客人.
② a guest player 應邀選手.

a **guest** speaker 應邀演講者.
[片語]***Be my guest***. 請便.
[複數] **guests**
guesthouse [`gɛst,haʊs] n. ① 〖美〗家庭旅館. ②〖英〗簡易旅館.
[發音] 複數形 guesthouses [`gɛst,haʊzɪz].
guestroom [`gɛst,rum] n. 客房.
[複數] **guestrooms**
***guidance** [`gaɪdns] n. ① 輔導, 指導; 諮詢. ② 導引, 導航.
[範例] ① This project was carried out successfully under the **guidance** of Professor Smith. 這項計畫在史密斯教授的指導下順利完成.
vocational **guidance** 就業輔導.
② **guidance** radar 導航雷達.
***guide** [gaɪd] n. ① 嚮導, 導遊. ② 指引; 準則. ③ 旅遊指南, 手冊. ④ 女童子軍《亦作 girl guide; ☞ girl;〖美〗girl scout》.
──v. ⑤ 帶路. ⑥ 引領, 引導.
[範例] ① Do you need a **guide** to show you the town? 在那個城鎮, 你需要導遊帶路嗎?
② What you saw happen last night is not a good **guide** as to what it's normally like around here. 你昨天晚上看到的與這附近平常的情況不一樣.
③ a **guide** to Spain 西班牙旅遊指南.
⑤ The horse **guided** us to the farm. 那匹馬帶我們到農場.
The two brothers **guided** me around the town. 那兩個兄弟帶我遊覽了整個城市.
⑥ I let my feelings **guide** me in this choice. 我任由感情做出了這一個選擇.
♦ **guíde bòok** 旅遊指南.
　guided míssile 導彈.
　guíde dòg 導盲犬.
　guíde pòst 路標.
　guíde wòrd (字典上的)索引字.
[複數] **guides**
[活用] v. **guides**, **guided**, **guided**, **guiding**
guidelines [`gaɪd,laɪnz] n. 〔作複數〕指導方針.
guild [gɪld] n. ① 行會《中世紀的商人或手工業者的同業工會》. ② 同業工會.
[複數] **guilds**
guile [gaɪl] n. 詐欺; 奸計; 策略: He got her to sign the papers by **guile**. 他使用奸計騙她在文件上簽字.
guillotine [n. `gɪlə,tin; v. ,gɪlə`tin] n. ① 斷頭臺. ② 裁紙機. ③〖英〗終止辯論法.
──v. ④ 在斷頭臺上處決. ⑤〖英〗終止辯論.
[範例] ① The **guillotine** took the lives of 8,000 people. 那個斷頭臺奪去了 8,000 人的生命.
⑤ Professor Jones **guillotined** my idea before I could even finish telling him. 瓊斯教授沒等我把想法說完便打斷了我.
[字源] 源自法語 Guillotin《18世紀一位醫生的名字, 曾提出免除死刑犯的痛苦而使用斷頭臺》.
[複數] **guillotines**

[活用] v. **guillotines**, **guillotined**, **guillotined**, **guillotining**
***guilt** [gɪlt] n. ① 罪, 有罪; 犯罪(行為). ② 罪惡感, 內疚.
[範例] ① The **guilt** of the accused man was in doubt. 被告是否有罪還不確定.
Let's see where the **guilt** lies and take appropriate action. 讓我們查明責任歸屬, 再採取適當的行動.
② She was haunted by **guilt** after the accident. 她在那起意外事故後感到愧疚萬分.
guiltily [`gɪltəlɪ] adv. 內疚地: When asked who did it, he **guiltily** raised his hand. 當被問到是誰所為時, 他內疚地舉起手來.
[活用] adv. **more guiltily**, **most guiltily**
guiltless [`gɪltlɪs] adj. 無罪的, 清白的: Not a single member of that party is **guiltless** in this matter. 那個政黨的每個黨員在這件事上都難辭其咎.
***guilty** [`gɪltɪ] adj. ① 有罪的, 犯罪的. ② 內疚的, 有愧於心的.
[範例] ① The jury returned a verdict of not **guilty**. 陪審團判定無罪.
They are **guilty** of not fulfilling their obligations. 他們沒盡到履行義務的責任.
② Anyone could tell that he did it by that **guilty** look on his face. 看到他內疚的表情, 任誰都會知道那是他做的.
a **guilty** conscience 良心不安.
[活用] adj. ② **guiltier**, **guiltiest**
☞ ↔ **innocent**
guinea pig [`gɪnɪ,pɪg] n. 天竺鼠; 供實驗用的人〔物〕.

[guinea pig]

[參考] 身長 25 公分左右的鼠類, 幾乎無尾, 被當作實驗用的動物.
[複數] **guinea pigs**
guise [gaɪz] n. 外觀; 服裝; 偽裝, 假裝.
[範例] Taxes were raised under the **guise** of "investments for the country's future." 以「為國家未來投資」為藉口而提高稅金.
A man in the **guise** of a monk is standing at the corner. 有一個打扮成和尚的男子站在轉角處.
[片語]***in the guise of*** 穿著～服裝. (⇨ [範例])
under the guise of 以～為藉口. (⇨ [範例])
guitar [gɪ`tɑr] n. 吉他.
[範例] an acoustic **guitar** 普通吉他.
an electric **guitar** 電吉他.
[複數] **guitars**
guitarist [gɪ`tɑrɪst] n. 吉他手, 吉他演奏者.
[複數] **guitarists**
gulch [gʌltʃ] n.〖美〗(陡峭的)峽谷.
[複數] **gulches**
***gulf** [gʌlf] n. ① 灣. ② 深淵, 鴻溝; 隔閡.
[範例] ① The **Gulf** of Mexico 墨西哥灣.
the Persian **Gulf** 波斯灣.
② The **gulf** between the young and the old is

great. 年輕人和老年人間有很深的鴻溝.

♦ **the Gúlf Strèam** 墨西哥灣流《從墨西哥灣向北流經北美洲東岸的暖流》.

the Gùlf Wár 波斯灣戰爭《1991年伊拉克與以美國為中心的多國部隊間的戰爭》.

[複數] **gulfs**

gull [gʌl] *n.* 海鷗《亦作 seagull》.

[複數] **gulls**

gullet [`gʌlɪt] *n* 食道, 咽喉.

[複數] **gullets**

gully [`gʌlɪ] *n.* ① (大雨沖刷而成的)小峽谷. ② 〖英〗水溝, 陰溝.

[複數] **gullies**

gulp [gʌlp] *v.* ① 大口吞下, 牛飲. ② 忍住, 抑制《悲傷、憤怒等》. ③ 哽住, 噎住.

—*n.* ④ 吞嚥, 一大口吞飲之量.

[範例] ① How can you **gulp** down hot coffee like that? 你怎麼能夠那樣大口喝熱咖啡呢？
Jim **gulped** a glass of cola. 吉姆一口氣喝下一大杯可樂.

② The lady **gulped** back her tears and tried to pretend she was OK. 那個女子忍住淚水裝作一副若無其事的樣子.

④ It is very silly of you to drink a glass of whisky at one **gulp**. 你真愚蠢, 竟然一口氣喝下一杯威士忌.

[片語] *at one gulp* 一口氣; 一大口. (⇨ [範例]④)

[活用] *v.* **gulps, gulped, gulped, gulping**

[複數] **gulps**

****gum** [gʌm] *n.* ① 樹膠, 樹脂. ② 橡膠; 膠水. ③ 橡膠樹《一種分泌樹膠的桉樹 (eucalyptus) 類樹木, 亦作 gum tree》. ④ 口香糖《亦作 chewing gum》, 膠皮糖《以阿拉伯膠、動物膠為原料製成的膠狀糖, 亦作 gumdrop》. ⑤ 〔~s〕牙齦. ⑥ 塗上膠水, 用膠水固定〔黏接〕.

—*v.* ⑥ 塗上膠水, 用膠水固定〔黏接〕.

[片語] *gum up* 使無法運作〔停止〕, 搞砸.

up a gum tree 〖英〗進退維谷.

[複數] **gums**

[活用] *v.* **gums, gummed, gummed, gumming**

****gun** [gʌn] *n.* ① 槍, 步槍. ② 大砲. ③ 禮砲, 信號砲; 大砲的鳴放.

—*v.* ④ 用槍射擊, 用槍打獵. ⑤〖美〗使加速, 使高速運轉.

[範例] ① an air **gun** 氣槍.
a sporting **gun** 獵槍.
The hunter aimed his **gun** at the bear. 那個獵人把槍瞄準那隻熊.
fire a **gun** 開槍.

③ The president received a 21-**gun** salute. 總統受到21響禮砲的歡迎.

[片語] *gun down* 槍殺.

gun for (為了攻擊、陷害而)瞄準, 盯上: The police are **gunning** for me because I belong to a gang. 因為我參加幫派, 所以警察盯上了我.

jump the gun/beat the gun (賽跑時)提

早偷跑; 過早行動.

stand to ~'s guns/stick to ~'s guns 堅持自己的立場.

♦ **gún bàrrel** 槍管, 砲筒.

gún càrriage 砲架.

[複數] **guns**

[活用] *v.* **guns, gunned, gunned, gunning**

gunboat [`gʌn,bot] *n.* 砲艦.

[複數] **gunboats**

gunfight [`gʌn,faɪt] *n.* 〖美〗槍戰.

[複數] **gunfights**

gunfire [`gʌn,faɪr] *n.* 開砲, 砲擊.

[複數] **gunfires**

gunman [`gʌn,mæn] *n.* 持槍歹徒; 神槍手.

[複數] **gunmen**

gunner [`gʌnɚ] *n.* ① 砲手,〖英〗(陸、空軍的)砲兵,〖英〗槍砲士官長《指揮槍砲兵的准尉》. ② 持槍打獵者.

[複數] **gunners**

gunpowder [`gʌn,paudɚ] *n.* 火藥.

gunrunning [`gʌn,rʌnɪŋ] *n.* 軍火走私.

gunshot [`gʌn,ʃat] *n.* ① 開砲, 射擊; 槍砲聲. ② 射程; 射出的槍砲彈.

[複數] **gunshots**

gunsmith [`gʌn,smɪθ] *n.* 製槍匠, 武器製造者.

[複數] **gunsmiths**

guppy [`gʌpɪ] *n.* 虹鱂《一種觀賞用的熱帶魚》.

[複數] **guppies**

gurgle [`gɝgl] *v.* ① (水)潺潺地流; 發出汩汩聲. ② (喉嚨)發出咯咯聲.

—*n.* ③ 汩汩聲, 咯咯聲.

[範例] ① The brook **gurgled** over the stones. 那條小溪潺潺流過那些石塊.

② Babies **gurgle** to express pleasure. 嬰兒滿意時會發出咯咯聲.

[活用] *v.* **gurgles, gurgled, gurgled, gurgling**

[複數] **gurgles**

gush [gʌʃ] *v.* ① 噴出, 冒出, 湧出. ② 滔滔不絕地說.

—*n.* ③ 噴出. ④ 滔滔不絕的說話.

[範例] ① Blood **gushed** from the wound. 那個傷口冒出鮮血.
Tears **gushed** from her eyes. 她淚如泉湧.

② She kept **gushing** about her husband's success. 她滔滔不絕地談論她丈夫的成功.

③ a **gush** of gas 瓦斯的噴出.

④ a **gush** of admiration 潮湧而來的讚賞.

[活用] *v.* **gushes, gushed, gushed, gushing**

gushing [`gʌʃɪŋ] *adj.* ① (液體、氣體)大量噴出的. ② (情感)迸發的, 橫溢的.

[活用] *adj.* ② **more gushing, most gushing**

****gust** [gʌst] *n.* ① 一陣強風;(情感等)迸發, 突發: A **gust** of wind blew the vase down from the shelf. 一陣狂風把那個花瓶從架子上吹落.

—*v.* ② (風)猛吹.

[複數] **gusts**

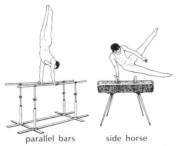 

parallel bars　　　side horse　　　　horizontal bar　balance beam

[gym]

活用 v. gusts, gusted, gusted, gusting
gusty [`gʌstɪ] adj. 颳大風的，猛烈的: a cold gusty day 一個寒冷而且颳大風的日子.
活用 adj. gustier, gustiest
gut [gʌt] n. ① 腸，內臟. ②〔~s〕勇氣，毅力. ③ 羊腸線《用於樂器、球拍的弦或釣魚線》.
——adj. ④ 基本的；本能的，直覺的.
——v. ⑤ 取出內臟；損毀內部.
範例 ① the blind **gut** 盲腸.
② Have more **guts**. 拿出更大的勇氣.
③ surgical **gut** 外科用的羊腸線.
④ a **gut** reaction 本能的反應.
⑤ a building **gutted** by fire 一棟因火災而內部遭燒毀的建築物.
複數 **guts**
活用 v. guts, gutted, gutted, gutting
gutter [`gʌtə] n. ① 排水溝，邊溝，簷溝. ②〔the ~〕貧民窟: The old couple picked the boy out of the **gutter**. 那對老夫婦把那個男孩從貧民窟裡揀回來. ③ (保齡球的) 球道溝槽.
參考 單指挖土形成的溝作 ditch.
◆ **the gútter prèss** 揭人隱私的小道報刊《《美》yellow press》.
複數 **gutters**
guy [gaɪ] n. ①《口語》人，傢伙，男子《《美》有時亦指女性》: Peter is a nice **guy**. 彼得是一個好人. ②〔G~〕〔英〕蓋伊・福克斯的模擬像.
參考 蓋伊・福克斯(Guy Fawkes, 1570-1606) 是英國天主教徒，企圖於1605年11月5日炸毀國會議事廳，這個陰謀被察覺後遭處死. 在非天主教徒眾多的英國，為了紀念這一事件而將每年11月5日定為 Guy Fawkes Day. 這一天，孩子們拿著自己製作的蓋伊模擬像在路上行走，向路人乞討零錢，到了晚上則升起營火燒煅蓋伊・福克斯的模擬像，此時人們在屋外吃烤肉等晚餐，即為 Bonfire Night.
複數 **guys**
guzzle [`gʌzl] v. 猛吃，狂飲；大量消耗.
範例 I **guzzled** beer all last night. 我昨晚整夜狂飲啤酒.
A jumbo jet **guzzles** a great amount of fuel. 巨無霸噴射客機消耗大量燃料.

活用 v. guzzles, guzzled, guzzled, guzzling
*__gym__ [dʒɪm] n. 《口語》① 體育館: He's exercising in the **gym**. 他在體育館做運動. ② 體操，體育.
參考 ① 為 gymnasium 的縮略, ② 為 gymnastics 的縮略.
◆ **gým shòes** 膠底運動鞋.
複數 **gyms**
gymkhana [dʒɪm`kɑnə] n. 〔英〕(賽車或馬術的) 比賽，運動會.
複數 **gymkhanas**
*__gymnasium__ [dʒɪm`nezɪəm] n. ① 體育館, 室內運動場《亦作 gym》. ② 大學預備學校《特指德國為升大學而開設的9年制中等學校》.
複數 **gymnasiums**
gymnast [`dʒɪmnæst] n. 體操運動員〔教練〕.
複數 **gymnasts**
*__gymnastic__ [dʒɪm`næstɪk] adj. 〔只用於名詞前〕體操的，體育的.
*__gymnastics__ [dʒɪm`næstɪks] n. ①〔作複數〕體操，競技體操. ②〔作單數〕體育.
參考 gymnastics 為競技體操，而以上肢體或手足的屈伸、旋轉為主的健身操則稱為 calisthenics. 競技體操的項目如下:
floor exercises 地板運動.
long horse (vaulting horse) 跳馬.
rings 吊環.
side horse (pommel horse) 鞍馬.
horizontal bar 單槓.
parallel bars 雙槓.
uneven parallel bars 高低槓.
balance beam 平衡木.
字源 源於希臘 gymnasion (鍛鍊身體的設施).
gynecologist [ˌdʒaɪnɪ`kɑlədʒɪst] n. 婦科醫生.
參考 〔英〕gynaecologist.
複數 **gynecologists**
gynecology [ˌdʒaɪnɪ`kɑlədʒɪ] n. 婦科醫學.
參考 〔英〕gynaecology.
gypsum [`dʒɪpsəm] n. 石膏《以硫酸鉀為主要成分的礦物，用作水泥、粉筆、顏料等》.
Gypsy [`dʒɪpsɪ] n. 吉普賽人《流浪於歐洲各地的民族，依靠獨特的音樂、舞蹈、占卜等為

生，自稱為 Romany《源自梵語，為「下層音
樂家」之意》.
[參考] 字源為 Egyptian (埃及人)，開始出現在歐
洲時被誤認為埃及人.

[複數] **Gypsies**
gyroscope [ˋdʒaɪrəˌskop] *n.* 陀螺儀《用作羅
盤或船舶、飛機的穩定裝置等》.
[複數] **gyroscopes**

G

H H h h

簡介字母 H 語音與語義之對應性

/h/ 在發音語音學上列為清聲喉塞音 (voiceless glottal fricative). 發 [h] 音時，聲門打開，讓氣流通過，這時氣流與張開著的聲帶發生輕微摩擦而產生 [h] 音. h 的發音部位在喉門，發英語裡的 h [h] 比國語的 [x] 舌根的發音部位後得多，因此必須比其他輔音花更多的力氣才能將氣流送出口腔外，因此 /h/ 代表最費力氣或最強烈的感情 (the greatest intensity of effort of feeling)，而 /l/ 表示最不費力氣.

(1) 本義表示「最費力氣的動作或活動」：

hack v. (以斧頭等)劈
hew v. (用斧頭等)砍，伐
hammer v. 用鐵鎚敲擊 (鐵釘等)
harrow v. 用耙耙地
hoe v. 用鋤頭除草或耕地
harvest v. 收割 (農作物)
harry v. (時常)搶奪，掠奪
harass v. (不斷地)煩擾
hurl v. 用力投擲
haul v. (用力)拖，拉，曳
hoist v. 將 (重物)舉起，吊起
heave v. (把重物)拉起，挺舉
hoard n. (食品、金錢等的)囤積
hike v. 徒步旅行
hustle v. 猛推，驅趕
hug v. (親暱地)緊抱

試比較

| hasten v. 催～趕快
| loiter v. 閒蕩

| hurry v. 趕快
| linger v. 徘徊

| halter n. (套在牛、馬頭上的)粗韁繩
| leash n. (拴狗等的)細皮帶

| heavy adj. 重的
| light adj. 輕的

| huge adj. 巨大的
| little adj. 小的

| hoist v. 舉高
| lower v. 放低

(2) 本義表示「最強烈情感的發洩」，多用於驚嘆詞：

hurrah interj. 好哇! 加油!
ha-ha interj. 哇哈哈!
hush interj. 噓! 別作聲!
hallelujah interj. 哈利路亞!
hail interj. 好啊! 歡迎!《表示歡呼、祝賀、致敬等》
humbug interj. 胡扯! 豈有此理!

(3) 象徵最有活力 (vigor) 的動物或鳥類：

hedgehog n. 豪豬，箭豬
horse n. 馬
hound n. 獵犬
hippo n. 河馬
hare n. 野兔
hornet n. 大黃蜂
hawk n. 老鷹

(4) 遭遇障礙，遭遇阻力，要克服就必須費力苦幹，因此具有「障礙、阻力」之引申意義：

handicap n. (身體的)障礙，缺陷
hedge n. 樹籬，籬笆
hurdle n. 障礙物
hobble v. 跛行，蹣跚
hinder v. 妨礙
hamper v. 阻擾，妨礙
halt v. 停止

H [etʃ] (縮略) = hydrogen (氫).
♦ **H-bòmb** 氫彈.

ha [hɑ] interj. 哈! 嘿! 《表示吃驚、喜悅、懷疑、猶豫、勝利等，而 Ha! Ha! 連續時表示笑聲》

ha (縮略) = hectare, hectares (公頃).

haberdasher [ˈhæbɚˌdæʃɚ] n. ①《美》男子服飾用品商. ②《英》小雜貨商《販賣鈕釦、針線、飾帶等》
[複數] **haberdashers**

haberdashery [ˈhæbɚˌdæʃərɪ] n. ①《美》男子服飾用品；男子服飾用品店. ②《英》小雜貨店.
[複數] **haberdasheries**

*__habit__ [ˈhæbɪt] n. ① 習慣，習性，癖好. ② (神職人員的) 衣服.

[範例] ① Mr. Brown has the **habit** of reading the newspaper at breakfast. 布朗先生有吃早餐時看報的習慣.
My brother broke the **habit** of smoking three years ago. 我哥哥3年前戒菸.
George was in the **habit** of biting his nails. 喬治有咬指甲的習慣.
I made a **habit** of lunching with my partners every Monday. 我習慣每個星期一與合夥人一起吃午餐.
[片語] *__in the habit of ～ing__* 有～習慣的. (⇨

範例①)
make a habit of ~ing 習慣於。(⇨ 範例
①)

複數 **habits**

habitable [`hæbɪtəbl] *adj.* 可居住的，適合居
住的: The house was scarcely **habitable**. 那
棟房子不適合居住。

活用 *adj.* **more habitable**, **most habitable**

habitat [`hæbə͵tæt] *n.* 棲息地; 產地: The
scientist went to Australia to see kangaroos in
their natural **habitat**. 那位科學家為了觀察在
自然棲息地的袋鼠而去澳洲。

複數 **habitats**

***habitation** [͵hæbə`teʃən] *n.* ① 居住。② 居住
地，住所。

複數 **habitations**

***habitual** [hə`bɪtʃuəl] *adj.* 習慣的，慣常的，經
常的。

範例 The professor took his **habitual** seat. 那位
教授習慣坐那個位子。

The doctor was a **habitual** drunkard. 那位醫
生經常酗酒。

habitually [hə`bɪtʃuəlɪ] *adv.* 習慣地，經常
地。

hack [hæk] *v.* ① 亂砍，亂劈，砍落。② 開闢(道
路)。

——*n.* ③ 亂劈，劈痕。④ 受雇的作家。⑤ 出租
馬，騎乘用的馬。⑥《口語》《美》計程車。

範例 ① He **hacked** the old table to pieces with
his ax. 他用斧頭把那張舊桌子劈得粉碎。

② She **hacked** her way through the jungle. 她
在叢林裡闢出一條路。

③ She made a **hack** at the tree. 她對著那棵樹
砍了一刀。

活用 *v.* **hacks, hacked, hacked, hacking**
複數 **hacks**

hacker [`hækɚ] *n.* 電腦駭客《非法盜用或侵入
他人電腦程式者》。

複數 **hackers**

hackneyed [`hæknɪd] *adj.* 陳腐的，陳腔濫
調的，老生常談的。

活用 *adj.* **more hackneyed**, **most
hackneyed**

†****had** [(強) `hæd; (弱) həd] *v.*, *aux.*

原義	層面	用法	範例
在身邊有了～	人、物、動作、狀態等	*v.* had + 名詞、代名詞	①
	即將進行的事，即將發生的事	*v.* had to + 原形動詞	②
	已經做完的事，已經發生的事	*aux.* had + 過去分詞	③

——*v.* ④《口語》打敗; 欺騙《表示被動》。
注意 had 的主詞可以是單數，也可以是複數。

另外，had 為 have 的「過去式」、「過去分詞」。

範例① I had only one hundred dollars then. 那
時我只有100美元。

I didn't have to worry. You **had** a car. 我不必
擔心，因為你有車。

My grandmother **had** three brothers. 我的祖
母有3個兄弟。

More than two thousand years ago, a year
had only ten months. 在2,000多年前，一年
只有10個月。

Mary **had** a dog. 瑪麗養了一隻狗。

She **had** the ability to sing. 她有唱歌的才能。

I **had** a terrible headache last night. 我昨晚頭
痛得很厲害。

They **hadn't** a good reputation. 他們的名聲
不好。

We **had** seven English classes a week when
we were junior high school students. 我們讀
國中時每星期有7堂英語課。

I **had** a lot of homework to do last night. 我昨
晚有很多家庭作業要做。

Cinderella **had** no shoes on. 灰姑娘沒有穿
鞋。

We **had** a lot of rain last month. 上個月下了很
多雨。

I **had** an awful dream last night. 我昨天晚上做
了一個可怕的夢。

Laura **had** the honesty to tell me the truth. 蘿
拉誠地告訴我實情。

Tim **had** a date with Cathy yesterday. 提姆昨
天與凱西約會。

Helen **had** a letter from her boyfriend. 海倫收
到她男朋友的來信。

Mr. Brown **had** a car accident. 布朗先生出了
車禍。

George **had** a great holiday in Hawaii. 喬治在
夏威夷度過一個非常愉快的假期。

George has **had** a great holiday in Hawaii. 喬
治剛在夏威夷度過一個非常愉快的假期。

Their policy **had** the desired effect. 他們的政
策產生了預期的效果。

I wish I **had** wings. 要是我有翅膀就好了。

If I **had** enough money, I would buy a
soundtrack of *Beauty and the Beast*. 如果有
足夠的錢，我想買《美女與野獸》的電影原聲
帶。

② She **had** to find a new job. 她必須找一份新
工作。

He **had** to support his handicapped sister as
well as his family. 除了家人之外，他還得照顧
殘障的妹妹。

The child **had** to be taken good care of. 那個
孩子需要完善的照顧。

He said he **had** to go. 他說他得走了。

When I heard noises in the kitchen, I knew it
had to be Brian having a midnight snack. 廚房
裡有聲音，我想一定是布萊恩在吃宵夜。

③ When I arrived at the station, the train **had**
already left. 當我趕到車站時，火車已經開走

充電小站

had better 是「最好～」嗎?

【Q】had better 意為「最好～」, should 是「應該～」. 那麼是否可以說 had better 是比較委婉的說法呢?

另外, had better 為甚麼有上面的意思呢? had 是 have 的過去式, better 表示「更好」, 即使將兩者結合, 也很難得到「最好～」的意思.

【A】首先讓我來回答你的第二個問題, 即 had better 為甚麼會有這種意思. 實際上, 要回答這個問題是很困難的. 由於許多說法互相影響才在 16 世紀末形成這種說法. 簡單地說, 原為 me were better, 這種形式的英語是現在所無法想像的, 意思是「對我來說 (me) ～更好 (were better)」. 這個 me 不知何時變成 I, 形成了 I were better, 後來 were 又變成 had, 形成了 I had better 的說法.

▶ had better 的意思

從以上說明不難明白, 例如 I had better go. 原義是「對我來說, 去 (比不去) 好」. 但是現在了.

只用於「為了避免麻煩」、「為了避免不愉快的事」或「為了避免危險」, 此時說話者一定已經察覺到去 (比不去) 更好. 因此, 若以 you 當主詞跟對方說 You had better go. 則表示「如果你不去對你也許會有危險, 最好是去」、「你必須去」、「不去的話就可能會有麻煩」這樣的忠告或威脅. 不過, 若主詞是 I 或 we, 即使威脅到自己, 別人也不會生氣的; 如果主詞是 he、she 或 they 的話, 因為當事人不在場, 也就不算失禮.

由此可見 had better 的意思是「必須」、「不～就不行了」, 比中文的「最好」表示出更為強烈的威脅之意. 因此, 它絕對不是比 should 委婉的說法.

此外, had better 的強調語氣說法為 had best. 如果說 You had best go. 那就頗具威脅之意了.

He **hadn't** spoken to her before that. 他在那之前從未與她說過話.

"**Hadn't** they arrived when you got home?" "No, they **hadn't**." 「你到家的時候他們還沒到嗎?」「是的, 還沒到.」

If I **had** been there, I would have taken you out of the church./**Had** I been there, I would have taken you out of the church. 要是我在那裡的話, 我會把你帶到教堂外面.

④ We are **had**! 我們上當了!

[片語] **had got** 有, 持有.

had got to ① 必須, 不得不. ② 一定, 肯定.

had to ① 必須, 不得不. (⇨ [範例] ②) ② 一定, 肯定. (⇨ [範例] ②)

➡ (充電小站) (p. 565)

haddock [`hædək] n. 黑線鱈《產於北大西洋的一種鱈魚, 可食用》.

[複數] **haddock/haddocks**

hadn't [`hædnt]《縮略》= had not (☞ had).

haemoglobin [,himə`globin] =n.《美》hemoglobin.

haemophilia [,himə`filiə] =n.《美》hemophilia.

haemophiliac [,himə`filiæk] =adj., n.《美》hemophiliac.

haemorrhage [`hɛmərɪdʒ] =n.《美》hemorrhage.

hag [hæg] n. 醜陋的老太婆; 巫婆, 女巫.

[複數] **hags**

haggard [`hægəd] adj. 憔悴的, 疲憊的: Tom's face looked **haggard** with overwork. 湯姆的臉因過度勞累而顯得憔悴.

[活用] adj. **more haggard**, **most haggard**

haggis [`hægɪs] n. 肚包碎內臟《把羊的內臟切

碎包在其胃囊裡煮成的一種蘇格蘭食物》.

[複數] **haggises**

haggle [`hægl] v. 爭論, 爭辯; 討價還價 (about): We **haggled** about the price of the car with the dealer. 我們就那輛汽車的價格與銷售商討價還價.

[活用] v. **haggles**, **haggled**, **haggled**, **haggling**

***hail** [hel] n. ① 霰, 冰雹.
——v. ② 下冰雹; 落下, 傾注, 投向. ③ 歡呼迎接. ④ 高喊, 呼喚, 叫住.
——interj. ⑤ 萬歲《表示歡迎、喜悅》.

[範例] ① We had a lot of **hail** yesterday. 昨天下了很多冰雹.

He met with a **hail** of abuse. 他遭受一頓痛罵.

② Molotov cocktails **hailed** down on the riot policemen. 汽油彈像下冰雹一樣不斷地投向鎮暴警察.

③ He was **hailed** as a hero upon his return. 他回來時被視為英雄, 受到熱烈的歡迎.

④ He **hailed** a taxi for me. 他為我叫了一輛計程車.

[片語] **hail from** 出身於, 來自: He **hails from** Wales. 他來自威爾斯.

within hailing distance 在呼喚聲能到達的距離之內.

[複數] **hails**

[活用] v. **hails**, **hailed**, **hailed**, **hailing**

hailstone [`hel,ston] n. (一粒粒的) 霰, 冰雹.

[複數] **hailstones**

hailstorm [`hel,stɔrm] n. 夾帶冰雹的暴風雨.

[複數] **hailstorms**

***hair** [hɛr] n. ① 頭髮《集合名詞; ☞ (充電小站) (p. 567)》. ②(一根) 頭髮. ③ 些微, 一點點.

[範例] ① She has thick **hair**. 她的頭髮又濃又密.

② My grandmother has few grey **hairs**. 我的祖母白頭髮很少.

③ We lost our game by a **hair**. 我們以些微之差輸掉比賽.

[片語] **do ~'s hair** 梳理頭髮.

keep ~'s hair on《口語》不發脾氣.

let ~'s hair down ① 解開頭髮. ② 放鬆一下.

lose ~'s hair ① 禿頭. ②《口語》發火.

make ~'s hair stand on end 使毛骨悚然.

not turn a hair 不動聲色, 泰然自若.

split hairs 吹毛求疵.

tear ~'s hair (因悲傷或憤怒而) 扯自己的頭髮.

[複數] **hairs**

hairbrush [ˋhɛr͵brʌʃ] n. 髮梳, 髮刷.

[複數] **hairbrushes**

haircut [ˋhɛr͵kʌt] n. 理髮; 髮型.

[複數] **haircuts**

hairdo [ˋhɛr͵du] n. ① (特指女子的) 做髮型. ② (女子的) 髮型.

[範例] ① This **hairdo** took one hour. 做這個髮型花了一個小時.

② How do you like my new **hairdo**? 你覺得我的新髮型怎麼樣?

[複數] **hair-dos**

hairdresser [ˋhɛr͵drɛsɚ] n. 美容師《理髮師為 barber》: I have been to the **hairdresser's**. 我剛去過美容院.

[複數] **hairdressers**

hairline [ˋhɛr͵laɪn] n. ① 前額的髮際. ② 細線.

[範例] ① I'm sixty-five, and my **hairline** is in the same place it was when I was 20. 我65歲了, 但前額的髮際與我20歲時一樣.

② We discovered a **hairline** crack in the right wing of the plane. 我們發現那架飛機的右翼上有一條很細的裂縫.

[複數] **hairlines**

hairpin [ˋhɛr͵pɪn] n. 髮夾: You need **hairpins** to keep your hair in that shape. 你想保持那種髮型就必須用髮夾.

♦ **hàirpin bénd** (道路的) U 形急轉彎.

[複數] **hairpins**

hair-raising [ˋhɛr͵rezɪŋ] adj. 令人毛骨悚然的: I had a **hair-raising** experience in that old house. 在那棟舊房子裡, 我曾有過毛骨悚然的經驗.

[活用] adj. **more hair-raising**, **most hair-raising**

hairstyle [ˋhɛr͵staɪl] n. 髮型.

hairy [ˋhɛrɪ] adj. ① 多毛的, 毛茸茸的. ② 驚險的.

[範例] ① a **hairy** chest 毛茸茸的胸部.

② **hairy** driving 驚險的駕駛.

[活用] adj. **hairier**, **hairiest**

hale [hel] adj. (老人等) 強壯的, 硬朗的: Jack was a **hale** and hearty old man. 傑克是一個健康硬朗的老人.

[活用] adj. **haler**, **halest**

:half [hæf] n. ① 一半, 半數.

——adj. ② 一半的, 半數的.

——adv. ③ 一半地, 半數地.

[範例] ① One year and a **half** has passed since we last met. 我們已經一年半沒有見面了.

Half of ten is five. 10的一半是5.

One divided by two is equal to a **half**. 1除以2等於1/2.

Half of this tangerine is rotten. 這個橘子爛了一半.

Half of these tangerines are rotten. 這些橘子中有一半是爛的.

half past six 6點半.

② **half** a dozen 半打.

Half the students were late. 有半數的學生遲到.

Half my time was wasted. 我有一半的時間被浪費掉了.

half knowledge 一知半解的知識.

③ The survivors were **half** dead when the rescuers reached them. 當救難人員抵達時, 倖存者們已經奄奄一息了.

I wasn't really paying attention; I was **half** asleep. 當時我沒有注意, 因為那時我處於半夢半醒之間.

[片語] **by halves** 不完全地, 半途而廢地: Never do things **by halves**. 做事不可以半途而廢.

go halves 平分: I went **halves** with him in the prize. 我與他平分獎金.

half as many again as ~的一倍半.

half as many ~ as ~的一半.

half as much again as ~的一倍半.

half as much ~ as ~的一半.

in half/into halves 分成兩半地: Cut the apple **in half**. 把蘋果切成兩半.

not half 一點也不: It's **not half** bad. 一點也不壞.

♦ **hálf blòod** ① 同父異母〔同母異父〕的兄弟姊妹. ② 混血兒.

hálf bòot 半高筒靴.

hálf bròther 同父異母〔同母異父〕的兄弟.

hálf-càste (特指歐洲人與亞洲人結合的) 混血兒.

hàlf dóllar 50分硬幣.

hàlf hóur/hàlf-hóur 30分鐘.

hàlf-mást 降半旗的位置《表示哀悼之意》.

hàlf móurning ① 半喪服《夾雜白色或灰色的黑色喪服》. ② 半喪期《服喪第二期》.

hálf nòte《美》二分音符《《英》minim》.

hálf sister 同父異母〔同母異父〕的姊妹.

hálf stèp 半音《全音為 whole step》.

hàlf tíme (比賽的) 中場休息時間.

hálf-wìt 笨蛋.

[複數] **halves**

halfback [ˋhæf͵bæk] n. 中衛 (的位置).

[複數] **halfbacks**

half-baked [ˋhæfˋbekt] adj. 沒有經驗的; 半

充電小站

頭髮 (hair)

讓我們來歸納一下與頭髮有關的詞語.

▶ 髮質
① curly hair　鬈髮
② kinky hair　小鬈髮
③ straight hair　直髮
④ wavy hair　波浪形鬈髮

▶ 髮色（黑 → 白）
black　黑色
brunet　淺黑色
brown　棕色
auburn　紅棕色，紅褐色
blond/blonde　金黃色
red　紅色
gray　灰色
platinum blonde　白金色
white　白色

▶ 髮型長短
① short　短
② shoulder-length　髮長及肩
③ long　長

髮量:
bald　禿頭
thick　濃密
thin　稀疏

髮型:
① ponytail　馬尾
② braid/plait　單辮子
③ bunches　雙束髮
④ braids/plaits/pigtails　雙辮子
⑤ bun/buns　髮髻
⑥ parted on the side　旁分
⑦ parted in the middle　中分
⑧ bob　短髮
⑨ crew cut　平頭

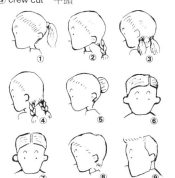

生不熟的；不完全的.
[活用] adj. more half-baked, most half-baked

half-hearted [`hæf`hɑrtɪd] adj. 不熱心的，不感興趣的: a half-hearted attempt 勉強的嘗試.
[活用] adj. more half-hearted, most half-hearted

halfpenny [`hepnɪ] n. ① 半便士的銅幣. ② 半便士. ③ 少量.
[片語] **not have two halfpennies to rub together** 〖英〗極度貧窮.
not worth a halfpenny 毫無價值.
[複數] ① halfpennies/② halfpence

halfway [`hæf`we] adj. ① 中間的，中途的. ② 不完全的.
——adv. ③ 在中途地. ④ 到一半地.
[範例] ① the halfway point 中間點.
② a halfway strategy 不完全的戰略.
③ If they had met halfway, they could have saved some time. 如果他們能在中途相遇，就能節省一些時間.
④ The building is halfway completed. 那棟大樓已經完成了一半.

[片語] **meet ~ halfway** ① 中途遇到. ② 與~妥協，向~讓步.

◆ **hàlfway hóuse** ① 妥協方案；折衷辦法. ② 中途之家，重返社會的訓練所.

half-witted [`hæf`wɪtɪd] adj. 愚笨的.
[活用] adj. more half-witted, most half-witted

***hall** [hɔl] n. ① 會館，禮堂，大廳. ② 門廳《亦作 hallway》. ③ 宿舍；餐廳. ④〖美〗走廊《亦作 corridor》.
[參考] 原為深宅大院或貴族公館中的「大廳」之意，後引申為「許多人聚集的場所」.

◆ **assémbly hàll** 會議廳.
bánquet hàll 宴會廳.
cíty hàll 市政廳.
díning hàll 餐廳.
the Hàll of Fáme〖美〗名人堂《紀念在特定領域公認為傑出人物的博物館，其中以美國偉人紀念館 (the Hall of Fame for Great Americans) 最為有名，位於紐約大學內》.
lécture hàll 講堂.
públic hàll 公眾會館.
wédding hàll 婚禮大廳.
[複數] halls

hallelujah [ˌhælə`lujə] *interj.* ① 哈利路亞《基督教讚美上帝用語，希伯來語為「讚美上帝吧」之意》.
—— *n.* ② 讚美上帝的歌〔呼聲〕.
参考 亦作 alleluia.
複數 hallelujahs

hallmark [`hɔl͵mɑrk] *n.* ① 品質保證印記《用於保證金、銀及白金製品純度》. ② 特徵，特質.
—— *v.* ③ 加蓋（品質保證的）印記.
複數 hallmarks
活用 *v.* hallmarks, hallmarked, hallmarked, hallmarking

hallo [hə`lo] *interj.* = hello.

*__hallow__ [`hælo] *v.* 把~奉為神聖；使神聖：The shrine was **hallowed** by the people. 那座聖殿受到人們的崇敬.
活用 *v.* hallows, hallowed, hallowed, hallowing

**Halloween/Hallowe`en** [ˌhælo`in] *n.* 萬聖節前夕.
➡ 充電小站 (p. 569)

hallucination [hə͵lusn`eʃən] *n.* 幻覺，幻想.
複數 hallucinations

hallway [`hɔl͵we] *n.* 門廳；走廊.
複數 hallways

halo [`helo] *n.* ① 光環《畫在耶穌·基督、天使、聖徒頭上的光環》. ②（日、月等的）暈.
複數 haloes/halos

*__halt__ [hɔlt] *v.* ①（使）停止.
—— *n.* ② 停止. ③『英』（鐵路的）小車站.
範例 ① The ambulance **halted** at the street corner. 那輛救護車停在街角.
The parade **halted** traffic on the street. 那個示威遊行使得街上交通中斷.
② She brought her car to a **halt**. 她把車停下來.
片語 *bring ~ to a halt* 使停止. (⇨ 範例 ②)
活用 *v.* halts, halted, halted, halting
複數 halts

halter [`hɔltɚ] *n.* ① 韁繩. ②（用於絞刑的）絞索.
複數 halters

halve [hæv] *v.* ① 減半. ② 二等分.
活用 *v.* halves, halved, halved, halving

*__ham__ [hæm] *n.* ① 火腿. ② 腿後部；股臀部. ③ 業餘無線電愛好者，火腿族. ④（演出誇張的）拙劣演員《亦作 ham actor》.
—— *v.* ⑤ 誇張做作地表演.
♦ **hàm and éggs** 火腿蛋.
複數 hams
活用 *v.* hams, hammed, hammed, hamming

hamburger [`hæmbɝgɚ] *n.* ① 漢堡肉，漢堡牛排《亦作 hamburger steak》. ② 漢堡《夾牛肉餅的圓麵包（bun）》.
字源 據稱是 19 世紀末從德國城市漢堡（Hamburg）傳入，故稱為 hamburger.
複數 hamburgers

ham-fisted [`hæm͵fɪstɪd] *adj.*（手腳）笨拙的《亦作 ham-handed》.
活用 *adj.* more ham-fisted, most ham-fisted

hamlet [`hæmlɪt] *n.*（沒有教堂的）小村莊.
複數 hamlets

*__hammer__ [`hæmɚ] *n.* ① 鎚，鐵鎚，鋤頭. ②（比賽用的）鏈球. ③（鋼琴的）音鎚. ④（槍的）擊錘.
—— *v.* ⑤（用鐵鎚等）鎚，敲打；灌輸.
範例 ⑤ **Hammer** the nails all the way in. 把鐵釘完全釘進去.
It was **hammered** into his head from an early age that he would go to college. 他從小就被灌輸要上大學的觀念.
片語 *hammer away at* 埋頭於，孜孜不倦地做：She's been **hammering away at** her term paper all day long. 她整天都埋頭在寫期末報告.
hammer out 努力想出：We should **hammer out** a solution. 我們應該努力想出一個解決的辦法.
under the hammer 被拍賣：Napoleon's hat was **under the hammer**. 拿破崙的帽子被拍賣了.
複數 hammers
活用 *v.* hammers, hammered, hammered, hammering

hammock [`hæmək] *n.* 吊床：I like sleeping in **hammocks**. 我喜歡在吊床上睡覺.
複數 hammocks

hamper [`hæmpɚ] *v.* ① 阻礙，妨礙：Mary tried to climb over the fence but she was **hampered** by her long skirt. 瑪麗試著爬過柵欄，可是她的長裙阻礙了她的腳步.
—— *n.* ②（通常指有蓋的）大籃子. ③ 洗衣籃.

[hamper]
活用 *v.* hampers, hampered, hampered, hampering
複數 hampers

hamster [`hæmstɚ] *n.* 倉鼠《可作寵物或用於實驗》.
複數 hamsters

*__**hand**__ [hænd] *n.*

原義	層面	釋義	範例
手腕之前的部分	抓東西用的	手；（螃蟹等的）螯	①
	指示	（鐘錶、儀器的）指針；方向，方面	②
	用手做的事	援助；手藝；鼓掌；字跡	③
	用手的人	人手；船員；工匠	④
	牌	一局牌；手中的牌	⑤

充電小站

萬聖節前夕 (Halloween) 是甚麼節日?

每年一到10月末，城裡到處可以見到刻有眼睛、鼻子的南瓜圖案點心和玩具.

這種怪模怪樣的南瓜被叫作 jack-o'-lantern，即 Halloween 時孩子們將南瓜掏空，在上面刻出眼睛、鼻子，並在裡面點上蠟燭. 之所以使用南瓜據說是因為收穫節剛過，節日氣氛猶在的緣故. 用南瓜做妖怪稻草人的頭，用玉蜀黍做妖怪稻草人的手，此風美國尤盛，一到此季節，全國一片南瓜色. 在古代歐洲，人們相信魔女和巫婆會在這一天到來，因此侍奉她們的黑貓和蝙蝠所代表的顏色——黑色和橙黃色就成了象徵 Halloween 的顏色，各式各樣的裝飾都以這2種顏色呈現.

根據基督教的教曆，11月1日為祭奠死者亡靈的節日——萬聖節 (All Saints' Day)，前一天10月31日為 Halloween.

這一天孩子們戴上各種假面具，一邊喊著 "Trick or treat?" (不給糖就搗蛋)，一邊拜訪鄰居. 各家都備好點心招待來訪的孩子，此時如果有人給的點心太少，孩子們就會在他家胡鬧一場.

Halloween 起源於塞爾特，10月31日是塞爾特曆法的除夕，人們在這一天祭奠死者. 這一天在基督教曆法中也是節日，因為是同一天，所以塞爾特節日的習俗便與基督教的習俗融合在一起了.

那麼為甚麼 All Saints' Day 的前夕被叫作 Halloween 呢? 過去人們把 "saint" 叫作 "hallow"，所以 All Saints' Day 亦作 "All hallowmas". All hallowmas 的前夕是 "All Hallow Even"，後來變成 "Hallows e'en"，之後就成了現在的 "Halloween". 表示「前夕」之意的 "even" 又變成了表示 "Christmas Eve" 等「節日前夕」的 "eve" 一字.

➡ 充電小站 (p. 209), (p. 393)

—— v. ⑥ 交給，遞給.

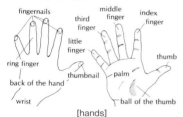

fingernails / third finger / middle finger / index finger / little finger / thumb / ring finger / thumbnail / palm / back of the hand / ball of the thumb / wrist

[hands]

範例 ① What do you have in your right **hand**? 你的右手裡拿著甚麼?

When she walks with her little son, she never fails to hold him by the **hand**. 她跟她小兒子走在一起時，一定要拉著他的手.

Christmas is near at **hand**. 聖誕節馬上就要來臨.

These are more expensive because they were made by **hand**. 這些是手工製成的，所以比較貴.

Sandbags were passed from **hand** to **hand** and piled up at the banks of the river. 沙包一手接一手地傳了過去，堆在河堤上.

My brother won the race **hands** down. 我哥哥輕鬆贏得比賽.

They were walking **hand** in **hand** down the street. 他們手拉著手走在街上.

Don't expect me today; I've got my **hands** full. 今天不要指望我，因為我很忙.

Bob didn't lift a **hand** to help me. 鮑伯根本就沒幫我.

In my younger days I lived from **hand** to mouth. 我年輕時生活僅夠糊口.

I will leave the matter in your **hands**. 這件事就交給你了.

This demonstration is starting to get out of **hand**. 這場示威活動變得無法控制.

I'll be on **hand** in case you need my help. 我就在附近，說不定你需要我的幫忙.

I don't have any dictionary to **hand**. 我手邊沒有任何一本辭典也沒有.

② The minute **hand** is longer than the hour **hand**. 分針比時針長.

On the one **hand** it's a small dreary apartment, but on the other the rent is cheap. 一方面，這間公寓小又悶，但另一方面房租便宜.

③ Could you give me a **hand** to carry this suitcase? 你能幫我提一下這個皮箱嗎?

The **hand** of a genius sculpted this bust. 這座半身像是以天賦異稟的技巧雕塑而成.

Let's give them a big **hand** for a job well done. 他們把事情做得很好，讓我們為他們鼓掌吧.

Our English teacher has a good **hand**. 我們的英文老師字寫得很漂亮.

④ Many **hands** make light work. 《諺語》人多好辦事.

All **hands** on deck! 全體人員到甲板集合!

My grandpa is a great **hand** at fixing things. 我爺爺非常擅長修理東西.

⑤ "What a lousy **hand**!" he said. 他說:「這牌糟透了!」

Won't you play one more **hand**? 你不想再玩一局嗎?

⑥ **Hand** the magazine to me. 把那本雜誌遞給我.

We must **hand** in our papers by tomorrow morning. 我們必須在明天早上以前交出報告.

Take a look at it and **hand** it on. 看完後請傳閱.

Please **hand** these out to the class. 請把這些分給全班.

The thief was **handed** over to the police. 那個小偷被移送給警方了.

片語 **at first hand** 第一手地, 直接地: We heard the news **at first hand**. 我們親耳聽到那個消息.

at hand 在手邊, 在附近. (⇨ 範例 ①)

by hand ① 用手. (⇨ 範例 ①) ② 用手遞交.

change hands 轉手, 易主: It **changed hands** three times before Nick got it. 在尼克得到之前, 它已經被轉手3次了.

from hand to hand 一手傳過一手. (⇨ 範例 ①)

from hand to mouth 勉強糊口地. (⇨ 範例 ①)

hand down ① 傳給後代；往下遞送. ② 宣布.

hand in 提出, 交出. (⇨ 範例 ⑥)

hand in hand 手拉著手地. (⇨ 範例 ①)

hand on 依次傳遞. (⇨ 範例 ⑥)

hand out 分配, 分發. (⇨ 範例 ⑥)

hand over 移送. (⇨ 範例 ⑥)

hands down 輕而易舉地. (⇨ 範例 ①)

have ~'s hands full 忙得不可開交. (⇨ 範例 ①)

in hand 手頭的, 現有的；正在準備的；在掌握中的.

lift a hand 舉手之勞. (⇨ 範例 ①)

on hand 在手頭, 在身邊, 現有. (⇨ 範例 ①)

on one hand/on the other (**hand**) 一方面/另一方面. (⇨ 範例 ②)

out of hand 無法控制. (⇨ 範例 ①)

to hand 在手邊. (⇨ 範例 ①)

複數 **hands**

活用 v. **hands**, **handed**, **handed**, **handing**

handbag [ˋhændˏbæg] n. (女用) 手提包.

參考 〖美〗通常用 pocketbook 或 purse.

複數 **handbags**

handball [ˋhændˏbɔl] n. ① 美式手球《把橡膠球擊向牆壁讓對方接的遊戲；每隊7人,〖美〗也有2至4名選手者》. ② 手球.

handbook [ˋhændˏbuk] n. 手冊, 指南.

複數 **handbooks**

handbrake [ˋhændˏbrek] n. (汽車等的) 手煞車.

複數 **handbrakes**

handcuff [ˋhændˏkʌf] n. ①〔常 ~s〕手銬: put ~ in **handcuffs** 給~銬上手銬.

—— v. ② 銬上手銬.

複數 **handcuffs**

活用 v. **handcuffs**, **handcuffed**, **handcuffed**, **handcuffing**

*
handful [ˋhændˏful] n. ① 一把；少數, 少量. ② 難以控制的人〔事, 物〕.

範例 ① He gave me a **handful** of strawberries.

他給我一把草莓.

When the professor entered the classroom, he found only a **handful** of students. 那位教授走進教室時發現只有少數學生在.

② Your son is quite a **handful**. 你的兒子真難管教.

複數 **handfuls**

*
handicap [ˋhændɪˏkæp] n. ① 不利, 困難, 障礙. ②〔賽馬、高爾夫球等的〕讓分比賽.

—— v. ③ 使處於不利的狀態.

範例 ① Wouldn't you say having only one arm is a serious **handicap**? 你該不會想說你只用一隻手臂很不利吧?

② I always play golf with a **handicap** of ten. 我打高爾夫球時總是讓對手10桿.

③ The search party was **handicapped** by a blinding snowstorm. 令人目眩的暴風雪使得那個搜索隊舉步維艱.

複數 **handicaps**

活用 v. **handicaps**, **handicapped**, **handicapped**, **handicapping**

handicapped [ˋhændɪˏkæpt] adj. 殘障的.

活用 adj. **more handicapped**, **most handicapped**

handicraft [ˋhændɪˏkræft] n. 手工藝 (品).

複數 **handicrafts**

handiwork [ˋhændɪˏwɝk] n. 手工製品；手工藝.

複數 **handiworks**

*
handkerchief [ˋhæŋkɚtʃɪf] n. 手帕: Tom blew his nose with a **handkerchief**. 湯姆用手帕擤鼻涕.

字源 hand (手) ＋ kerchief (頭巾).

複數 **handkerchiefs**

*
handle [ˋhændl] n. ① 把手, 柄.

—— v. ② 用手處理〔使用〕. ③ 對待；應付, 處理；操縱.

範例 ① The **handle** is stuck and we can't get in. 那個門把卡住了, 我們進不去.

Pass me the knife with the plastic **handle**. 請將那把有塑膠柄的刀子遞給我.

② **Handle** these gently, please; they are very delicate. 請輕輕地使用這些東西, 因為它們很脆弱.

③ **Handle** children kindly, if you want them to trust you. 如果你想讓孩子信任你, 對待他們必須親切.

My car **handles** very easily. 我的車很容易開.

片語 **fly off the handle**《口語》大發雷霆, 勃然大怒: He **flies off the handle** at the slightest provocation. 他稍受刺激就大發雷霆.

參考 汽車的方向盤為 wheel 或 steering wheel, 腳踏車、摩托車的把手為 handlebars.

複數 **handles**

活用 v. **handles**, **handled**, **handled**, **handling**

handlebars [ˋhændlˏbɑrz] n.〔作複數用〕(腳

handler [`hændələ] *n.* ① 處理者，操作者. ② (拳擊)教練；助手. ③ (動物的)訓練員.
[複數] **handlers**

handmade [`hænd`med] *adj.* 手工製的：a **handmade** birthday cake 手工做的生日蛋糕.

handout [`hænd͵aut] *n.* ① 賑濟品. ② 廣告傳單；講義，資料；新聞稿.
[複數] **handouts**

hand-picked [`hænd`pɪkt] *adj.* 用手採摘的；嚴格挑選的，精選的.

handshake [`hænd͵ʃek] *n.* 握手.
[複數] **handshakes**

***handsome** [`hænsəm] *adj.* ① 英俊的，(女性)端莊健美的. ② 慷慨的；(大小、數量等)可觀的.
[範例] ① Bob is the most **handsome** boy in his class. 鮑伯是他班上最英俊的男孩.
Miss Hardy has a **handsome** figure. 哈蒂小姐身材健美.
② The young man gave the waiter a **handsome** tip. 那個年輕人給侍者一筆可觀的小費.
a **handsome** sum of money 一筆可觀的金額.
[活用] *adj.* **handsomer, handsomest/more handsome, most handsome**

handsomely [`hænsəmlɪ] *adv.* 優美地，漂亮地；慷慨地：a **handsomely** decorated office 裝潢高雅的辦公室.
[活用] *adv.* **more handsomely, most handsomely**

handstand [`hænd͵stænd] *n.* 倒立：I can do a **handstand**. 我會倒立.
[複數] **handstands**

handwriting [`hænd͵raɪtɪŋ] *n.* ① 筆風. ② 筆跡；手寫的東西：His **handwriting** is very easy to read. 他的筆跡很容易辨認.

***handy** [`hændɪ] *adj.* ① 靈巧的，手巧的. ② 易操作的，方便的. ③ [不用於名詞前]在手邊的，在附近的.
[範例] ① She is **handy** with a computer. 她操作電腦很熟練.
② This new food processor is very **handy**. 這臺新的食物處理機非常方便.
③ The post office is quite **handy**. 郵局就在附近.
[片語] **come in handy** 有用，派上用場：This miniatlas will **come in handy** for travelling abroad. 這本小型地圖集出國旅行時會派上用場.
[活用] *adj.* **handier, handiest**

handyman [`hændɪ͵mæn] *n.* 做雜活的人.
[複數] **handymen**

***hang** [hæŋ] *v.* ① 吊，掛；處以絞刑. ② 懸掛(畫等). ③ (使)下垂.
——*n.* ④ 懸掛方式，下垂的樣子. ⑤ 訣竅，作法.
[範例] ① **Hang** your hat on that hatrack. 把你的帽子掛在那個衣帽架上.
He was **hanged** for murder. 他因殺人被處以絞刑.
② She has a portrait of George Washington **hanging** over her fireplace. 她在壁爐上方掛著喬治‧華盛頓的肖像.
Two of Turner's paintings **hang** in this museum. 透納的兩幅畫掛在這間美術館裡.
[片語] **get the hang of** 懂得～的訣竅.
hang about/hang around ① 閒蕩：Those boys do nothing but **hang around** and drink beer. 那些男孩除了到處閒蕩與喝喝啤酒之外，甚麼事也不做. ② 徘徊，逗留：Stop **hanging about** and go to work at once. 別徘徊了，快去工作吧.
hang back 猶豫，躊躇不前：The tourists walked right into the pyramid, but the superstitious natives **hung back** in fear. 那些觀光客直接走進金字塔，但迷信的當地人害怕得躊躇不前.
Hang in there! 堅持到底!
hang on ① 緊緊抓住：It's a pretty bumpy ride so you'd better **hang on** to something. 路途會非常顛簸，所以你最好緊緊抓住某物.
② 努力不懈，堅持：I know I've already kept you waiting for half an hour, but could you **hang on** just a few more minutes? 我知道我已讓你等了30分鐘，不過能否請你再等幾分鐘呢?
Hang on for a while. The ambulance will be here soon. 再撐一下，救護車馬上就到了.
③ (電話)不掛斷："**Hang on**, please," said the operator. 接線生說:「請稍待.」
hang together ① 團結一致. ② (想法、話等)前後連貫，有條理.
hang up 掛斷(電話)：John was so angry that he **hung up** on his own mother. 約翰氣得掛斷他媽媽的電話.
[參考] 表示「處以絞刑」之意時，過去式、過去分詞皆為 hanged.
♦ **háng glider** 滑翔翼.
[活用] *v.* **hangs, hung, hung, hanging/hangs, hanged, hanged, hanging**

hangar [`hæŋɚ] *n.* 停機棚.
[複數] **hangars**

hanger [`hæŋɚ] *n.* 衣架，掛鉤，吊架：He took off his coat and hung it on a **hanger**. 他脫下外套，把它掛在衣架上.
[複數] **hangers**

hanger-on [`hæŋɚ`an] *n.* 奉承者，跟班：There's quite a crowd of **hangers-on** waiting for you this evening. 今天晚上有許多跟班等著你.
[複數] **hangers-on**

hanging [`hæŋɪŋ] *n.* ① 絞刑. ② [~s]壁[窗]飾，掛帷幕.
[範例] ① I am against **hanging**. 我反對絞刑.
The general was put to death by **hanging**. 那位將軍被處以絞刑.

H

② All the **hangings** will be taken down tomorrow, so the walls can be cleaned. 為了打掃牆壁,明天要把所有的壁飾都拿下來.
[複數] **hangings**

hangman [`hæŋmən] n. 絞刑執行者.
[複數] **hangmen**

hangover [`hæŋˏ ovɚ] n. ① 宿醉. ② 殘餘, 遺留物.
[範例] ① The morning after the party, John woke up with a bad **hangover**. 那次宴會隔天一早, 約翰醒來後宿醉得很厲害.
② a **hangover** from the Communist regime 共產主義政權的殘餘.
[複數] **hangovers**

hang-up [`hæŋˏʌp] n. 困難, 煩惱, 擔心, 不安: She's got a **hang-up** about her freckles. 她對自己的雀斑很在意.
[複數] **hang-ups**

hanker [`hæŋkɚ] v. 嚮往, 渴望 (after): She **hankers** after fame. 她渴望出名.
[活用] v. **hankers**, **hankered**, **hankered**, **hankering**

haphazard [ˏhæp`hæzɚd] adj. 隨意的, 偶然的, 無計畫的: The project was carried out in a **haphazard** way. 那個計畫在無意間付諸實行了.
[活用] adj. **more haphazard**, **most haphazard**

hapless [`hæplɪs] adj. 運氣不好的, 不幸的: The **hapless** hero left the town. 那名運氣不好的英雄離開了小鎮.

***happen** [`hæpən] v. ① 發生, 產生. ② 碰巧做, 偶然做.
[範例] ① The accident **happened** at 11 last night. 這起意外事故發生在昨晚11點.
Nothing exciting **happens** in this small town. 這個小鎮沒發生甚麼令人興奮的事.
What **happened** to you? Where'd you get that black eye? 你發生甚麼事了? 你是在哪裡被打得眼眶周圍瘀青?
② She **happened** to be out when her uncle came to see her./It **happened** that she was out when her uncle came to see her. 她叔叔來看她時, 她碰巧外出.
[片語] **as it happens** 偶然, 正好, 不巧: As it **happened**, I had no money on me. 真不巧, 我沒帶錢.
happen on/happen upon 偶然碰到, 偶然發現: Sally **happened on** a recipe for beef stew in an old cookbook. 莎麗在舊食譜中偶然發現燉牛肉的祕方.
[活用] v. **happens**, **happened**, **happened**, **happening**

happening [`hæpənɪŋ] n. 事情, 事件: There was a strange **happening** in this town a week ago. 一個禮拜前這個城鎮發生一件奇怪的事.
[複數] **happenings**

***happily** [`hæplɪ] adv. ① 幸福地, 快樂地. ② 運氣好, 幸運地.

① And the villagers lived **happily** ever after. 於是村民們從此過著幸福快樂的生活.
Bob will **happily** go to get today's paper. 鮑伯會高興地去拿今天的報紙.
② **Happily** the plane landed safely. 幸運地, 那架飛機安全降落了.
[活用] adv. **more happily**, **most happily**

***happiness** [`hæpɪnɪs] n. ① 幸福; 愉快, 滿足. ② 幸運.

:**happy** [`hæpɪ] adj. ① 幸福的, 快樂的, 高興的, 滿足的. ② 幸運的. ③ (言語等) 貼切的, 恰當的.
[範例] ① We are very **happy** to live together. 我們非常高興能住在一起.
You look **happy** today. 你今天看起來很高興.
The movie is a story with a **happy** ending. 那部電影有個幸福美滿的結局.
Finally I won the race! It was the **happiest** day of my life. 最後我贏得了比賽! 那是我一生中最快樂的一天.
Happy Birthday! 祝你生日快樂!
I'm **happy** to meet you. 很高興見到你.
Jane is so **happy** to do the job. 珍非常樂意做那件工作.
Sam was not **happy** with the way his boss treated him. 山姆不滿上司對待他的方式.
② by a **happy** chance 幸運地.
③ a **happy** choice of words 高明的遣詞用字.
➡ (充電小站) (p. 573)
[活用] adj. **happier**, **happiest**

happy-go-lucky [`hæpɪˏgo`lʌkɪ] adj. 無憂無慮的, 樂天的: Peter is a **happy-go-lucky** boy in the world. 彼得是世界上無憂無慮的男孩.

harangue [hə`ræŋ] n. ① 慷慨激昂的演說, 長篇大論.
—— v. ② 作長篇大論的演說.
[範例] ① Their teacher's **harangue** on being tidy and organized bored the students to tears. 學生們對老師那「要有條理」之類的長篇大論煩得想哭.
② The statesman **harangued** his audience. 那位政治家對聽眾發表了慷慨激昂的演說.
[複數] **harangues**
[活用] v. **harangues**, **harangued**, **harangued**, **haranguing**

harass [`hærəs] v. 困擾, 騷擾, 折磨: The president was **harassed** by a certain journalist's incessant questioning. 總統被某位記者不停的質問弄得心煩意亂.
[活用] v. **harasses**, **harassed**, **harassed**, **harassing**

harassment [`hærəsmənt] n. 煩擾, 騷擾, 擾亂: sexual **harassment** 性騷擾.

***harbor** [`hɑrbɚ] n. ① 港, 港口. ② 避風港, 避難所.
—— v. ③ 庇護; 藏匿. ④ 心懷 (怨恨等).
[範例] ① Which is the busiest **harbor** in the world? 世界上最繁忙的港口是哪一個?

(充電小站)

感情表達

happy

cheerful

glad

satisfied

proud

unhappy

sad

disappointed

depressed

miserable

excited

angry

furious

shocked

surprised

worried

nervous

annoyed

disgusted

scared

confident

positive

negative

shy

ashamed

② This cafe is a **harbor** from the pressures of the office. 這間咖啡館是逃避辦公室壓力的地方.
③ He was arrested for **harboring** a wanted felon. 他因窩藏被通緝的重刑犯而被逮捕.
④ Judy **harbors** a suspicion that it was Helen who stole her watch. 茱蒂懷疑海倫偷了她的手錶.
〔參考〕harbor 指有停泊設備的天然港或人工港, 而 port 則指商船可進出的商港, 通常包括附近的城市.
〔複數〕**harbors**
〔活用〕v. **harbors, harbored, harbored, harboring**

harbour [`hɑrbɚ] =n. 〔美〕harbor.

hard [hɑrd] adj., adv.

原義	層面	釋義	範例
需要力量或努力	為了弄碎	adj. 堅硬的, 結實的	①
	動作和理解上	adj. 困難的, 不易理解的	②
	態度	adj. 嚴厲的, 無情的, 苛刻的	③
	為了完成	adj., adv. 努力的〔地〕, 拼命的〔地〕	④
	程度	adj., adv. 強烈的〔地〕, 激烈的〔地〕	⑤

H

〔範例〕① The diamond is the **hardest** substance known to man. 鑽石是人類所知道最堅硬的物質.

All that weight lifting has made his body **hard**. 舉重使他的身體變得結實.

The water is **hard**. 那是硬水.《含有鈣等鹽類，使肥皂不易起泡沫的水》

② It is **hard** for me to defeat that seeded player. 要打贏那位種子選手，對我來說很困難.

This is a very **hard** problem. 這是一個很難的問題.

③ Al is **hard** on his son. 艾爾對孩子很嚴厲.

the **hard** facts of life 人生的殘酷事實.

④ I took a **hard** look at the plan. 我詳細審視那個計畫.

He works **hard**. 他努力工作.

⑤ I took a **hard** blow to the chin. 我的下巴遭到猛烈的一擊.

It is raining **harder** than before. 雨下得比之前還要大.

I used to drink **hard** when I was young. 我年輕時常喝酒.

〔片語〕**hard as nails**（身體）結實的；冷酷無情的.

hard at it 努力工作的.

hard done by 受到不公平對待的.

hard hit 受到嚴重傷害〔打擊〕的.

hard of hearing 重聽的.

hard pushed to/hard put to 極困難的.

♦ **hàrd cásh** 現金.

hàrd córe 中堅分子.

hàrd dísk 硬碟《電腦的訊息存取磁碟》.

hàrd drínk/hàrd líquor 烈酒.

hàrd lúck 不幸.

hàrd séll 強迫〔積極〕推銷.

hàrd shóulder 〔英〕（高速公路旁緊急避難用的）路肩《〔美〕shoulder》.

〔活用〕 *adj.*, *adv.* **harder**, **hardest**

hardback [`hɑrd͵bæk] *n.* 精裝書《亦作 hardcover；☞ ↔ paperback》.

〔複數〕**hardbacks**

hard-bitten [`hɑrd`bɪtn] *adj.* 頑強的，頑固的.

〔活用〕 *adj.* **more hard-bitten**, **most hard-bitten**

hardboard [`hɑrd͵bord] *n.* 硬質纖維板.

hard-boiled [`hɑrd`bɔɪld] *adj.* ①（蛋）煮老的. ② 無情的，冷靜的.

〔活用〕 *adj.* ② **more hard-boiled**, **most hard-boiled**

hard-core [`hɑrd͵kor] *adj.* ① 頑固的；不變的. ② 赤裸裸地描寫的.

hardcover [`hɑrd͵kʌvɚ] *n.* 精裝書《亦作 hardback；☞ ↔ paperback》.

〔複數〕**hardcovers**

****harden** [`hɑrdn] *v.* ① 使堅固，使硬化. ② 使變得冷酷〔無情〕. ③ 使堅強，鍛鍊.

〔範例〕① My hands **hardened** from working in the mine. 因為在礦坑工作，我的手變硬了.

This powder **hardens** cooking oil for easy disposal. 這種粉末能使食用油凝固以便於處理.

On hearing the news, her face **hardened**. 她一聽到那個消息就板起臉來.

② Don't **harden** your heart against her. 不要對她鐵石心腸.

③ You had better **harden** your body. 你最好鍛鍊你的身體.

〔活用〕 *v.* **hardens**, **hardened**, **hardened**, **hardening**

hardheaded [`hɑrd`hɛdɪd] *adj.* ① 精明的，現實的: He is a **hardheaded** businessman. 他是一個精明的商人. ② 頑固的.

hardhearted [`hɑrd`hɑrtɪd] *adj.* 無情的，冷酷的.

*****hardly** [`hɑrdlɪ] *adv.* 幾乎不；似乎不；剛～就.

〔範例〕I can **hardly** walk after that 10 mile hike with a full backpack! 背著裝得滿滿的背包走了10哩後，我現在幾乎走不動了.

He was so drunk that he could **hardly** walk. 他醉得幾乎走不動了.

My mother **hardly** ever watches TV. 我母親幾乎從不看電視.

This is **hardly** the time for expanding our business. 現在根本不是擴展我們業務的時機.

We'd **hardly** gotten there before we had to return. 我們剛到那裡就必須馬上回來了.

Hardly had we started for home when it began to rain. 我們一踏上回家的路程就下起雨來了.

〔片語〕**hardly ever** 幾乎不，很少.（⇨〔範例〕）

hardly ~ when/hardly ~ before 剛～就.（⇨〔範例〕）

hardness [`hɑrdnɪs] *n.* ① 堅硬，硬度. ② 困難，難度. ③ 無情，冷酷.

****hardship** [`hɑrdʃɪp] *n.* 苦難，困境: We went through all kinds of **hardships**. 我們歷經了各種苦難.

〔複數〕**hardships**

hardware [`hɑrd͵wɛr] *n.* ① 金屬製品. ② 軍事裝備，武器. ③（電腦的）硬體《相對於數據與軟體》.

hardwood [`hɑrd͵wʊd] *n.* 硬木，闊葉樹《如椰樹、山毛櫸、紅木等木質堅硬的樹》.

〔複數〕**hardwoods**

****hardy** [`hɑrdɪ] *adj.* ① 能吃苦耐勞的，強壯的: He is a **hardy** man. 他是一個強壯的男人. ② 大膽的，魯莽的. ③（植物）耐寒的.

〔活用〕 *adj.* **hardier**, **hardiest**

hare [hɛr] *n.* 野兔《耳朵、後腿比 rabbit 長，尾巴短》.

〔複數〕**hares**

harebrained [`hɛr`brend] *adj.* 輕率的，浮躁的.

〔活用〕 *adj.* **more harebrained**, **most harebrained**

harem [`hɛrəm] *n.* ① 閨房《伊斯蘭教國家女子專用的房間》. ②〔作複數〕伊斯蘭教家庭中的

hark [hɑrk] v. ① 《正式》聽. ② 追溯, 回憶
(back)：My grandfather always **harks** back to
his war experiences. 我祖父總是回憶他過去
的戰爭經歷.

活用 v. **harks, harked, harked, harking**

Harlem [`hɑrləm] n. 哈林區《位於紐約市曼哈
頓島北部, 居民以黑人居多》.

＊**harm** [hɑrm] n. ① 傷害, 損害, 害處.
——v. ② 損害, 傷害, 危害.

範例 ① I can see no **harm** in his staying up late
just tonight, dear. 親愛的, 我想就今天晚上
晚一點睡, 對他是不會有害處的.

The cold summer has done great **harm** to the
rice crop. 那個寒冷的夏天對稻米造成了很
大的傷害.

He'll come to no **harm** if he is sent there
alone. 即使他一個人被送到那裡, 對他也沒
甚麼害處.

Keep our children out of **harm**'s way while I'm
gone. 我出去時, 請把孩子安置在一個安全
的地方.

② Your skin can be **harmed** by ultraviolet rays.
你的皮膚會遭到紫外線傷害.

片語 ***come to harm*** 受到傷害. (⇨ 範例 ①)
do harm to 使受損, 危害. (⇨ 範例 ①) (⇨
範例 ①)
out of harm's way 在安全的地方. (⇨
範例 ①)

活用 v. **harms, harmed, harmed, harming**

＊**harmful** [`hɑrmfəl] adj. 有害的：Smoking is
harmful to your health. 吸菸有害健康.

活用 adj. **more harmful, most harmful**

＊**harmless** [`hɑrmlɪs] adj. 無害的；無惡意的.

範例 a **harmless** snake 無害的蛇.
The insect is **harmless** to the rice plant. 那種
昆蟲對稻子無害.
a **harmless** criticism 沒有惡意的批評.

活用 adj. **more harmless, most harmless**

harmonica [hɑr`mɑnɪkə] n. 口琴《亦作
mouth organ》.

複數 **harmonicas**

＊**harmonious** [hɑr`monɪəs] adj. ① 協調的,
和諧的；和睦的, 融洽的. ②(音樂)悅耳的.

範例 ① There's a real **harmonious** atmosphere
in this school. 這所學校洋溢著融洽的氣氛.
The different peoples worked together in a
harmonious way. 那些不同民族和睦地一
起工作.
② a **harmonious** melody 悅耳的旋律.

活用 adj. **more harmonious, most
harmonious**

harmonize [`hɑrmə,naɪz] v. 使調合, 使一
致；協調；用和聲唱.

範例 It is often said that the British government
always tries to **harmonize** its opinion with that
of the USA. 人們常說英國政府總是努力使自
己的意見與美國達成一致.
It's difficult to get all nations to **harmonize** on

environmental issues. 要使所有國家在環境
議題上達成共識很困難.
Mary sat next to Peter and started
harmonizing. 瑪麗坐在彼德旁邊, 開始以和
聲演唱.

參考 《英》 harmonise.

活用 v. **harmonizes, harmonized,
harmonized, harmonizing**

＊**harmony** [`hɑrmənɪ] n. ① 和諧, 和睦, 調合；和
聲.

範例 The native Americans lived in **harmony** with
nature. 美國原住民與大自然和睦共處.
The students practice singing in **harmony**. 學
生們練習和聲演唱.

複數 **harmonies**

＊**harness** [`hɑrnɪs] n. ① 馬具. ②(使不能亂動
的)皮帶.
——v. ③ 束以馬具. ④ 利用《作為動力》.

範例 ① Look at that horse in **harness**. 看那匹
被套上馬具的馬.
② What good is a car seat for a child without a
harness? 車上的兒童座位若沒有安全帶的
話, 那它有甚麼益處?
③ They **harnessed** the horse in haste. 他們匆
忙地給那匹馬套上馬具.
④ We are going to **harness** the energy of the
river to make electricity. 我們打算利用河水的
能量來發電.

片語 ***in double harness*** 合作：No wonder
they built their house so fast；they worked **in
double harness**. 難怪他們那麼快就把房子
蓋好了, 原來他們是兩個人一起合作.
in harness ① 套上馬具. (⇨ 範例 ①) ② 在
日常工作中, 執行職務時：He died **in
harness**. 他因公殉職了.

複數 **harnesses**

活用 v. **harnesses, harnessed,
harnessed, harnessing**

Harold [`hærəld] n. 男子名《暱稱 Hal》.

harp [hɑrp] n. ① 豎琴《樂器, 有47根弦》.
——v. ② 嘮嘮叨叨地說 (at).

範例 ① A **harp** is played by plucking the strings.
豎琴靠撥弦演奏.
② My wife is always **harping** at me to get a new
job. 我太太總是嘮嘮叨叨地要我找一份新工
作.

複數 **harps**

活用 v. **harps, harped, harped, harping**

harpoon [hɑr`pun] n. ①
(捕大型魚類的帶繩)魚
叉.
——v. ② 以魚叉叉(魚).

複數 **harpoons**

活用 v. **harpoons,
harpooned,
harpooned,
harpooning**

harpsichord
[`hɑrpsɪ,kɔrd] n. 大鍵

[harpsichord]

琴《一種鍵盤樂器，為鋼琴的前身》.

[複數] **harpsichords**

harrow [`hæro] n. ① 耙《由牽引機牽引，用以耙平田地的農具》.

——v. ② 用耙耙（地）. ③ 使苦惱，使痛心.

[複數] **harrows**

[活用] v. **harrows, harrowed, harrowed, harrowing**

Harry [`hærɪ] n. 男子名《Henry 的暱稱》.

*harsh [harʃ] adj. ① 令人不快的. ② 嚴厲的，無情的.

[範例] ① This cheap whiskey is so **harsh**! 這種廉價威士忌喝起來非常灼熱.

Her voice is very **harsh** to the ear. 她的聲音非常刺耳.

② He is **harsh** with his children. 他對自己的孩子非常嚴厲.

Harsh punishment was inflicted on the criminals. 那些犯人受到嚴懲.

[活用] adj. **harsher, harshest**

harshly [`harʃlɪ] adv. 令人不快地；嚴厲地，無情地: Cinderella was **harshly** treated by her stepmother. 灰姑娘受到她繼母的虐待.

[活用] adv. **more harshly, most harshly**

hart [hart] n. 雄鹿《特指5歲以上的雄赤鹿，雌鹿為 hind》.

[複數] **hart/harts**

*harvest [`harvɪst] n. ① 收穫，收割；收穫量，收穫物. ② 收穫期，收割季節. ③ 成果，產物，結果.

——v. ④ 收穫，收割.

[範例] ① We had a rich potato **harvest** this year. 我們今年馬鈴薯大豐收.

② This year's wheat **harvest** came a little late. 今年小麥的收穫期稍晚.

③ Now you have to reap the **harvest** of your own mistake. 現在你必須承擔你的過失所造成的後果.

④ Only half was **harvested** before the first frost. 初霜之前只收割了一半.

♦ **hàrvest féstival** 〖英〗收穫節.

the hàrvest móon 中秋月《秋分前後2週內的滿月，據說會幫助穀物成熟》.

[複數] **harvests**

[活用] v. **harvests, harvested, harvested, harvesting**

harvester [`harvɪstɚ] n. 收穫者；收割機.

[複數] **harvesters**

†****has** [(強) `hæz; (弱) həz] v., aux.

原義	層面	用法	範例
在身邊有 ～	人、物、動作、狀態等	v. has＋名詞、代名詞	①
	即將發生〔進行〕的事	v. has＋to＋原形動詞	②
	已經發生〔做完〕的事	aux. has＋過去分詞	③

——v. ④ 打敗；欺騙.

[注意] has 是主詞為第三人稱單數時的「現在式」動詞.

[範例] ① Tom **has** a bike. 湯姆有一輛腳踏車.

He **has** only one hundred dollars now. 他現在只有100美元.

She **has** three brothers. 她有3個兄弟.

February **has** 29 days in a leap year. 閏年的2月份有29天.

Mary **has** a dog. 瑪麗養了一隻狗.

An elephant **has** a long trunk. 大象鼻子很長.

She **has** the ability to sing. 她有唱歌的才能.

He **has** a terrible toothache. 他牙痛得很厲害.

She **hasn't** a good reputation. 她的名聲不好.

John **has** a lot of homework to do. 約翰有許多家庭作業要做.

The man **has** no hat on. 那個男人沒戴帽子.

Tim **has** a date with Cathy on Saturdays. 提姆每個星期六與凱西約會.

Mary **has** a shower before lunch. 瑪麗午餐前要沖澡.

② She **has** to find a new job. 她必須找一份新工作.

He **has** to support his handicapped sister as well as his family. 除了家人之外，他還得扶養殘障的妹妹.

The child **has** to be taken good care of. 那個孩子需要完善的照顧.

The train **has** to be late. 那班火車一定是誤點了.

③ Tom **has** started just now. 湯姆剛剛出發.

"**Hasn't** your father been here before?" "Yes, he **has**." 「你的父親沒來過這裡吧?」「不，他有來過.」

"**Has** your father ever seen Elizabeth II?" "No, he never **has**." 「你的父親見過伊莉莎白二世嗎?」「不，他從沒見過.」

She **has** never seen Elizabeth II. 她沒有見過伊莉莎白二世.

Tim **hasn't** answered my question. 提姆還沒回答我的問題.

He's got a new fountain pen. 他有一支新的鋼筆.

④ He **has** me in an argument every time. 辯論時我總是辯不過他.

[片語] **has got** 有，持有. (⇨ [範例] ③)

has got to ① 必須，不得不. ② 肯定，一定.

has to ① 必須，不得不. (⇨ [範例] ②) ② 肯定，一定. (⇨ [範例] ②)

has-been [`hæz,bɪn] n. 曾經紅極一時的人，過時的事物: They really must be desperate if they're using that **has-been**. 如果他們還器重那個過氣的人，那麼他們的情況一定相當糟.

[複數] **has-beens**

hash [hæʃ] n. ① 肉絲〔碎肉〕做成的菜肴. ② 混雜，混亂: He made a **hash** of the ceremony. 他把那個典禮弄得一團糟.

——v. ③ 把（肉）切細. ④ 弄得亂七八糟.

[片語] **hash up** 弄得一團糟, 搞砸了.
make a hash of 將~弄得一團糟.（⇨ [範例] ②）

[複數] **hashes**

[活用] v. **hashes**, **hashed**, **hashed**, **hashing**

hashish [`hæʃiʃ] n. 大麻花葉《印度大麻頂端的嫩葉或以其製成的一種麻醉品, 亦作 hasheesh》.

†***hasn't** [`hæznt]《縮略》=has not《☞ has》.

hasp [hæsp] n.（門、窗等的）搭扣.

[複數] **hasps**

hassle [`hæsl] n. ① 麻煩. ②《美》口角, 爭論.
——v. ③ 使苦惱. ④ 爭論.

[範例] ① It's a real **hassle** to prepare meals for a large family like ours. 像我們這樣的大家庭, 準備三餐真的很麻煩. ② We had a big **hassle** about what color to paint the bedroom. 關於寢室該漆成甚麼顏色, 我們爭論不休. ③ Stop **hassling** me about drinking. 你不要再為我喝酒的事嘮叨個沒完.

[複數] **hassles**

[活用] v. **hassles**, **hassled**, **hassled**, **hassling**

***haste** [hest] n. 急忙, 匆忙.

[範例] Why all this **haste**? 為甚麼這麼匆匆忙忙? **Haste** makes waste.《諺語》忙中有錯. More **haste**, less speed.《諺語》欲速則不達. Make **haste**! 趕快! In his **haste** he forgot to kiss his wife good-bye. 他匆忙之中忘了與妻子吻別.

[片語] ***in haste** 匆忙地: He repaired the roof in **haste**. 他匆匆忙忙地修好屋頂.

***hasten** [`hesn] v. 趕緊, 催促, 加速.

[範例] It was getting dark, and she **hastened** home. 天黑了, 她趕緊加快腳步回家. I **hasten** to explain. 我趕緊做說明. The strike **hastened** the downfall of the government. 那場罷工加速政府的崩潰. She **hastened** to rephrase what she had said before he could take offense, but it was too late. 趁他還未生氣之前她急忙改口, 可是為時已晚.

[活用] v. **hastens**, **hastened**, **hastened**, **hastening**

***hastily** [`hestɪlɪ] adv. 急忙地, 匆忙地: She dressed herself **hastily**. 她急忙地穿上衣服.

[活用] adv. **more hastily**, **most hastily**

***hasty** [`hestɪ] adj. 匆忙的, 急忙的; 貿然的.

[範例] I had a **hasty** breakfast and set out on a company trip. 我匆匆忙忙吃完早餐就去參加公司旅遊了. Don't be **hasty**! It's not so easy to find a new house. 不要太輕率! 找一棟新房子沒有那麼容易.

The car company soon regretted its **hasty** decision to build another factory. 那家汽車公司在匆忙決定擴建新廠不久後就後悔了.

[活用] adj. **hastier**, **hastiest/more hasty**, **most hasty**

***hat** [hæt] n.（有帽簷的）帽子《沒有帽簷的是 cap; ☞ (充電小站) (p. 579)》.

[範例] Don't forget to put on a **hat** when you go out. 外出時不要忘了戴帽子. A man should take off his **hat** when he goes into a room. 男子進入房間時應該脫下帽子. **Hats** off! 脫帽! a straw **hat** 草帽.

[片語] ***at the drop of a hat** 一有機會立刻: He drinks beer at the drop of a hat. 他一遇到機會就喝啤酒.
***hang up ~'s hat** 長期住下; 停止工作.
***hat in hand** 恭敬地.
***pass the hat/pass round the hat/send round the hat**（遞過帽子）募捐.
***raise ~'s hat to** 舉起帽子致敬.
***take ~'s hat off to.../take off ~'s hat to...** 脫帽向…致敬, 對…表示敬意: The nation collectively **took off its hat to** counter-terrorist forces that saved the hostages. 全體國民向救出人質的反恐怖部隊表示敬意.
***talk through ~'s hat** 吹牛, 胡說八道.
***under ~'s hat** 祕密地, 不洩露地: If I tell you a secret, will you keep it under your **hat**? 如果我把祕密告訴你, 你能保守祕密嗎?

[參考] 女子進入室內可以戴帽子, 但男子必須脫帽. 在室外, 在女子和尊長面前男子也須脫帽.

♦ **dérby hàt** 圓頂禮帽《亦作 bowler hat》.
hát trìck ① 連三振《板球比賽中一個投手 (bowler) 連續使對方3名打者 (batsman) 出局》. ② 一人連進3球《足球、曲棍球比賽中一個人在一場比賽中射進3個球》.
silk hát 絲質大禮帽《亦作 top hat》.

[複數] **hats**

***hatch** [hætʃ] v. ① 孵（蛋）, 孵化,（雛鳥）破殼而出: Poultry farmers **hatch** eggs in warm places. 養雞業者讓蛋在溫暖的地方孵化. ② 安排, 計畫.
——n. ③（甲板上的）艙口,（飛機的）出入口《亦作 hatchway》; 艙蓋. ④（廚房與餐廳之間的）送菜口.

[活用] v. **hatches**, **hatched**, **hatched**, **hatching**

[複數] **hatches**

hatchback [`hætʃˌbæk] n. 掀背式汽車《車尾有上開式車門的汽車》.

[複數] **hatchbacks**

hatchet [`hætʃɪt] n. 手斧, 短柄小斧頭.

[片語] ***bury the hatchet** 和解.

〔圖示標註〕 staple
[hasp]
padlock
[hasp]

複數 **hatchets**

****hate** [het] *v.* ① 憎恨，憎惡，討厭.

——*n.* ② 憎惡，憎恨，討厭.

範例 ① George **hates** Susan. 喬治討厭蘇珊.

Most kids **hate** doing yard work. 大部分的小孩都討厭整理庭院的工作.

The mayor **hated** his wife's smoking. 那位市長討厭他太太吸菸.

He **hates** to talk on the phone. 他討厭講電話.

② Did you see that picture? There was **hate** in his eyes! 你看見那張照片了嗎? 他的眼中充滿憤恨!

Baseball is my pet **hate**. 我最討厭打棒球.

片語 **~'s pet hate** ~最討厭的事物. (⇨ 範例 ②)

活用 *v.* **hates，hated，hated，hating**

***hateful** [`hetfəl] *adj.* 可惡的，可恨的，令人厭煩的.

範例 Hypocrisy really is a **hateful** thing. 虛偽最令人厭惡.

Washing dishes is a **hateful** job. 洗碗盤是一件令人討厭的工作.

活用 *adj.* **more hateful，most hateful**

hatefully [`hetfəlɪ] *adv.* 滿懷厭惡地，令人討厭地.

活用 *adv.* **more hatefully，most hatefully**

***hatred** [`hetrɪd] *n.* 憎恨，厭惡: That boxer we were talking about has a **hatred** for snakes. 我們提到的那個拳擊手最討厭蛇.

haughtily [`hɔtɪlɪ] *adv.* 傲慢地，高傲地: The new Senator **haughtily** proclaimed his victory was the best thing to happen to his state in a long time. 那位新任參議員傲慢地宣稱自己順利當選是長久以來州裡發生過最好的一件事.

活用 *adv.* **more haughtily，most haughtily**

haughtiness [`hɔtɪnɪs] *n.* 傲慢，蠻橫無禮.

***haughty** [`hɔtɪ] *adj.* 傲慢的，蠻橫無禮的: The manager has a very **haughty** manner. 那位經理態度相當傲慢.

活用 *adj.* **haughtier，haughtiest**

***haul** [hɔl] *v.* ①(硬) 拉，曳，拖. ② 搬運.

——*n.* ③ 拖，拉; 搬運. ④ 一網的漁獲量;《口語》收穫. ⑤ 搬運的距離.

範例 ① The plane took off moments after the last crates were **hauled** aboard. 在最後一個木箱被拖上飛機之後，飛機隨即起飛.

The boys **hauled** a wagon full of soft drinks home. 那些男孩子們把裝滿清涼飲料的手推車拉回家.

The murderer was **hauled** up before the court. 那個殺人犯被傳喚上法庭.

The enemy **hauled** down the flag. 敵人投降了.

② Those ships **haul** freight. 那些船運送貨物.

③ Take the rope and give it a **haul**. 收緊繩.

④ The fishermen got a good **haul**. 那些漁民捕

到很多魚.

⑤ It is a long **haul** from the port to the city. 從港口到市區非常遠.

片語 ***haul down the flag*** (使) 投降. (⇨ 範例 ①)

haul off (欲毆打他人而) 向後收回手臂，拉開架勢: He **hauled off** and then slugged the man. 他收回手臂，然後捧了那個男子.

haul up ① 拉上來. ② 傳喚. (⇨ 範例 ①)

活用 *v.* **hauls，hauled，hauled，hauling**

複數 **hauls**

haulage [`hɔlɪdʒ] *n.* 搬運; 運輸業; 運費.

haunch [hɔntʃ] *n.* 臀部，(動物的)腰到後腿的部分: The boys were sitting on their **haunches**. 那些男孩們都蹲坐在地上.

片語 ***sit on ~'s haunch*** 蹲坐. (⇨ 範例)

複數 **haunches**

***haunt** [hɔnt] *v.* ① 常去; 出沒; 縈繞.

——*n.* ② 常去的地方，常出沒的場所.

範例 ① This old castle is said to be **haunted**. 據說這座古城堡鬧鬼.

The artist **haunted** this pub. 那位藝術家經常流連於這家酒吧.

Tom is still **haunted** by her eyes. 湯姆對她那雙眼睛仍舊念念不忘.

② This restaurant is a favorite **haunt** of writers. 這家餐廳是作家們最喜歡來的地方.

活用 *v.* **haunts，haunted，haunted，haunting**

複數 **haunts**

haunted [`hɔntɪd] *adj.* ① 有鬼魂出沒的. ② 困惑的.

範例 ① a **haunted** house 鬼屋

② She had a **haunted** look on her face. 她的臉上浮現出困惑的表情.

活用 *adj.* ② **more haunted，most haunted**

†****have** [(強) `hæv; (弱) həv] *v.*，*aux.*

原義	層面	用法	範例
在身邊有~	人、事物、動作、狀態等	*v.* have＋名詞、代名詞	①
	即將進行〔發生〕的事	*v.* have＋to＋原形動詞	②
	已經做完〔發生〕的事	*aux.* have＋過去分詞	③

——*v.* ④ 打敗; 欺騙.

注意 have 是「原形動詞」或主詞為複數及 I，you 時的「現在式」動詞.

範例 ① I **have** a bike. 我有一輛腳踏車.

I **have** only one hundred dollars now. 我現在只有100美元.

I **have** three brothers. 我有3個兄弟.

Mr. and Mrs. Jones **have** a dog. 瓊斯夫婦養了一隻狗.

Elephants **have** a long trunk. 大象鼻子很長.

充電小站

帽子

《各式各樣的帽子》
baseball cap （棒球帽）
beret （貝雷帽；無簷圓軟帽）
bonnet （圓形軟帽；以帽帶繫於下巴的女用帽）
cloche （鐘形女帽）
college cap （學士帽；大學生畢業典禮時所戴的黑色四角帽，與黑色長外衣配套）
cowboy hat （牛仔帽；寬簷，有帽帶可繫於下巴）
〖美〗derby/〖英〗bowler （圓頂禮帽；男用圓而硬挺的帽子，多為黑色）
felt hat （氈帽；用毛氈製成，帽簷前端翹起）
hood （兜帽；固定在外套衣領之後，可拉至頭頂，將臉部以外全部蒙上）
hunting cap （獵帽；打獵時戴的帽子）
panama hat （巴拿馬草帽；以乾椰葉編製而成的男用輕便帽子）
silk hat （男用絲質大禮帽；帽面用黑絲綢製成，與燕尾服、晨禮服配套）
straw hat （草帽）
toque （女用無簷圓筒帽）

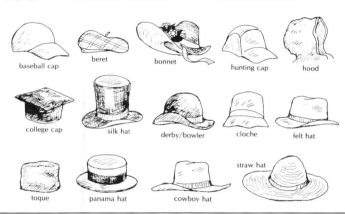

baseball cap　beret　bonnet　hunting cap　hood
college cap　silk hat　derby/bowler　cloche　felt hat
toque　panama hat　cowboy hat　straw hat

You **have** the ability to sing. 你有唱歌的才能.
I **have** a terrible toothache. 我的牙很痛.
I **have** an idea. 我有一個主意.
They **haven't** a good reputation. 他們聲名狼藉.
We **have** a lot of homework to do. 我們有很多家庭作業要做.
We **have** a lot of rain in summer in Taiwan. 臺灣夏季雨水很多.
I **have** an awful dream every night. 我每天晚上都做惡夢.
I didn't **have** any change then. 我那時沒有零錢.
Do you **have** time after school? 放學後你有空嗎?
How many classes do you **have** in the morning? 你上午有幾節課?
I want to **have** a shower. 我想洗個澡.
Have a nice day! 祝你有個美好的一天.
Have some cookies, dear. 親愛的, 吃些餅乾吧.
Let's **have** a drink. 我們喝一杯吧.
I'll **have** a try. 我來試一試吧.
Shall we **have** lunch? 我們去吃午飯好嗎?

May I **have** your name, please? 請問你是哪位?
You should **have** a tie on when you come to our party. 你應該繫上領帶來參加我們的派對.
Please **have** the boy bring my mail. 請讓那個男孩把郵件拿給我.
Have my mail brought by that boy. 請讓那個男孩把郵件拿給我.
I'd like to **have** this coat cleaned by Wednesday. 我希望在星期三之前這件外套可以洗乾淨.
I want to **have** the dog out of the house by five o'clock. 我想在5點之前讓狗待在屋外.
I can't **have** you saying such things about me. 我不能容許你那麼說我.
② I **have** to go now. 我得走了.
They **have** to find a new job. 他們必須找到一份新工作.
You don't **have** to do it if you don't want to. 如果你不想做那件事情, 你可以不必做.
You didn't **have** to do that. 你沒有必要那樣做.
You **have** to be joking. 你一定是在開玩笑.

We **have** to support our handicapped sister. 我們必須撫養殘障的妹妹.
The children **have** to be taken good care of. 那些孩子需要良好的照顧.
The students in that school **have** to wear their uniforms to all school functions. 那所學校的學生在參加學校活動時必須穿制服.
You **have** only to write your name down here. 你只要在這裡寫上你的名字就行了.
You **have** to be the best novelist of the year. 你一定是今年最優秀的小說家.
You'll **have** to telephone at once. 你必須馬上打電話.
"Come in and get ready for Sunday school." "Do I **have** to?" 「進來，準備要上主日學校了.」「我必須嗎?」

③ They **have** started just now. 他們剛剛出發.
"**Haven't** you been here before?" "Yes, I **have**." 「以前你沒來過這裡嗎?」「不，我來過.」
"**Have** you ever seen Elizabeth II?" "No, I never **have**." 「你見過伊莉莎白二世嗎?」「不，沒見過.」
I **have** never seen Elizabeth II. 我從沒見過伊莉莎白二世.
They **haven't** answered my question. 他們還沒回答我的問題.
I**'ve** got a new fountain pen. 我得到一支新的鋼筆.
I will **have** read the book by tomorrow. 我明天之前就能把那本書讀完.
John will **have** arrived by now. 約翰現在已經到了吧.
We'll **have** lived here for two years next Friday. 到下個星期五，我們在這裡就住滿2年了.
She can't **have** eaten snakes. 她不可能吃過蛇.
I would **have** helped you. 我本來要幫你.
I should **have** studied abroad when I was young. 若是我年輕時留過學就好了.
It's nice to **have** finished work. 工作做完了，真好.
I'm very sorry to **have** kept you so long. 讓你久等了，對不起.
He seems to **have** seen a ghost. 他好像是見到鬼了.

④ I will **have** him in the argument next time. 下次辯論我一定要擊敗他.
片語 ***have got*** 有，持有. (⇨ 範例 ③)
  have got to ① 必須. ② 肯定.
  have it 主張；表現.
  have it in for 懷恨在心.
  have ～ on 穿著，戴著. (⇨ 範例 ①)
  have out 拔掉(牙).
  have to ① 必須，不得不. (⇨ 範例 ②)② 一定，肯定. (⇨ 範例 ②)
  have only to/only have to ① 只要～就行. (⇨ 範例 ②)② 一定會.

➡ 充電小站 (p. 581)
活用 *v.* **have**, **had**, **had**, **having**
活用 *aux.* **have**, **had**, **—**, **having**
haven [`hevən] *n.* 避難所.
♦ **táx hàven** 避稅天堂《無稅或低稅率的國家〔地區〕》.
複數 **havens**
†* **haven't** [`hævnt] 《縮略》= have not (☞ have).
havoc [`hævək] *n.* 大破壞，大混亂.
範例 Rumors of a rice shortage created **havoc** at area supermarkets and rice outlets. 稻米短缺的謠言使得本地的超商和米店發生大混亂.
That snowstorm played **havoc** with our drive across country. 那場暴風雪破壞了我們開車橫越國內之旅行.
片語 ***play havoc with*** 大肆破壞；把～弄得一塌糊塗. (⇨ 範例)
Hawaiian [hə`waɪən] *n.* ① 夏威夷人，夏威夷語.
——*adj.* ② 夏威夷的.
複數 **Hawaiians**
hawk [hɔk] *n.* ① 鷹. ② 鷹派《對國際問題等主張採取強硬態度的人；☞ dove》.
——*v.* ③ 沿街叫賣.
範例 ① A **hawk** swooped down and caught up a mouse. 一隻鷹俯衝下來抓起一隻老鼠.
③ The girl was **hawking** boxes of matches. 那個女孩沿街叫賣火柴.
複數 **hawks**
活用 *v.* **hawks**, **hawked**, **hawked**, **hawking**
hawthorn [`hɔ,θɔrn] *n.* 山楂《薔薇科落葉灌木，果實(haw) 紅色，枝上多刺(thorn)，在英國多用於做籬笆牆》.
複數 **hawthorns**
* **hay** [he] *n.* 乾草，飼草：Make **hay** while the sun shines.《諺語》勿錯失良機.
♦ **háy fèver** 花粉熱《花粉飛散時，經常發生流眼淚、打噴嚏、流鼻涕等過敏症狀》.
haystack [`he,stæk] *n.* 乾草堆.
複數 **haystacks**
haywire [`he,waɪr] *adj.* 《口語》混亂的.
片語 ***go haywire*** 故障；失去理智: This calculator has **gone haywire**. 這個計算機故障了.
字源 haywire 為捆乾草用的鐵絲，因其經常會絞成一團，故有 go haywire 這一片語.
活用 *adj.* **more haywire**, **most haywire**
* **hazard** [`hæzəd] *n.* ① 危險；危險因素. ② 障礙；球場障礙《設置於高爾夫球場內的障礙物》.
——*v.* ③ 冒～的危險；斗膽嘗試〔推測，聲明〕.
範例 ② Asbestos was found to be a health **hazard**. 石綿對健康有害.
③ They **hazarded** a lot of capital on a new Silicon Valley computer software maker. 他們冒險投資巨額資金於矽谷一家新的電腦軟體製造商.
The police chief said he couldn't even **hazard**

〈have＋過去分詞〉的意思

【Q】a. I lost the book.
　　b. I have lost the book.
這兩個句子到底有甚麼區別呢？
【A】兩個句子都是「把書弄丟了」之意。a 句看不出書後來是否找到了，也許找到了，也許沒找到。而 b 句則表示「書弄丟了，但現在還沒找到」之意。b 句的 have 表示「現在持有」「把書弄丟了」的狀態（不是持有弄丟了的書!）。因此，表示「把書弄丟了而感到遺憾、傷心」的是 b 句，a 句只表示過去的事實而已。
　　c. I visited Taipei.
　　d. I have visited Taipei.
同樣，c 僅是說「曾經到臺北觀光」，看不出

說話者此時的心情，而 d 則是說「已經有到臺北觀光的經驗」，現在心裡還感到激動或不快（到底是甚麼心情要根據上下文來決定）。
　　e. I have finished my homework!
本句可表示「家庭作業做完了，我可以去玩囉!」或「家庭作業做完了，這下子心裡就踏實了。」或「家庭作業做完了，我累得筋疲力盡。」等心情。
那麼下面的短句中「have＋過去分詞」表示說話者的甚麼心情呢?
You have told us that already, so don't tell us again. (你已經告訴我們那件事了，不必再說一次。)

a guess as to what had happened. 那位警察局長說他對發生的事件絕不能胡亂推測。

活用 **hazards**

活用 v. **hazards**, **hazarded**, **hazarded**, **hazarding**

hazardous [ˋhæzɚdəs] *adj.* 危險的，冒險的: The journey through that district of the country was **hazardous**. 在該國的那個地區旅行很危險。

活用 *adj.* **more hazardous**, **most hazardous**

***haze** [hez] *n.* ① 霧，靄，煙: The church is slightly visible in the **haze**. 那座教堂在霧中看起來模模糊糊的。②（視力）模糊；神志不清。
——*v.* ③《美》欺侮（新生）。

活用 v. **hazes**, **hazed**, **hazed**, **hazing**

hazel [ˋhezl] *n.* ① 榛樹《樺樹科落葉灌木，果實(hazelnut) 可食用》。② 淡褐色: Paul has **hazel** eyes. 保羅有一雙淡褐色的眼睛。

複數 **hazels**

hazelnut [ˋhezlˌnʌt] *n.* 榛果。

[hazel]

複數 **hazelnuts**

hazy [ˋhezɪ] *adj.* ① 薄霧籠罩的。② 模糊不清的，朦朧的: My memory is a little **hazy** about what happened because I was drunk. 因為我喝醉了，所以我不太清楚發生了甚麼事。

活用 *adj.* **hazier**, **haziest**

HB [ˋetʃˋbi] *adj.* 硬黑的《鉛筆芯的硬度; hard-black 的縮略》。

†**he** [（強）ˋhi；（弱）hɪ] *pron.* ① 他。②（動物的）雄，公。

範例 ① Look at this. It is my uncle. **He** is an English teacher. 看這個，這是我叔叔，他是英文老師。
Your uncle came back from New York, didn't **he**? 你叔叔從紐約回來了，不是嗎?
② "Is that foal a **he**?" "No, it is a filly." 「那匹幼

馬是公的嗎?」「不，牠是母的.」

參考 (1)對在場的男子說 he 是很失禮的: This is Mr. Bill Jones. Mr. Jones dances modern ballet. 這位是比爾·瓊斯先生，瓊斯先生是現代芭蕾舞者. 《兩句話中都不能用 He 來代替 Mr. Jones》(2)對動物有時也用 he: Be careful of that dog; he sometimes bites. 你要小心那隻狗，因為牠有時會咬人. (3) 在 somebody, everyone 等性別不明的字之後有時用 he: Everyone should do what he thinks best. 每個人應該做他認為最好的事情. (4) 諺語中表「人」之意: He who laughs last laughs longest. 別高興得太早. (5)基督教的「上帝 (God)」之後用 He《書寫時第一個字母要大寫》: Man does what he can, and God does what He will. 《諺語》人只能做他會做的事，上帝能做祂想做的事.

****head** [hɛd] *n.*

原義	層面	釋義	範例
頭	動物、人	頭部，頭腦；才智，智力	①
	物	頂部，尖端，頂端的（硬幣的）正面	②
	集團	領導人，首腦	③

——*v.* ④ 為～的先導，帶領，率領。⑤ 朝向，前往。⑥ 用頭頂球。⑦ 加上標題。

範例 ① The teacher nodded his **head**. 那位老師點了點頭。
I struck my brother on the **head**. 我打了弟弟的頭。
Don't put your **head** out the window. 不要把頭伸出窗外。
I can stand on my **head**. 我能倒立。

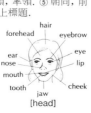

[head]

The boy plunged **head** first into the water. 那個男孩頭朝下跳入水中.

Use your **head**. 動動你的腦.

John has a good **head** for figures. 約翰很有數字概念.

Two **heads** are better than one. 《諺語》三個臭皮匠勝過一個諸葛亮.

The idea came into my **head**. 那個想法在我腦中浮現.

My uncle has 200 **head** of cattle. 我叔叔養了200頭牛.

It costs about $20 a **head** to eat at this restaurant. 在這家餐廳吃飯一個人要花20美元.

This particle physics stuff is way over my **head**. 這門粒子物理學對我而言太難了.

They were covered with soot from **head** to foot. 他們全身上下沾滿了煤灰.

The gin's gone straight to my **head**. 杜松子酒使我很快就醉了.

Jim stands **head** and shoulders above the rest. 吉姆遠超過其他孩子.

Philosophy students often have their **heads** in the clouds. 學哲學的學生往往不切實際.

Colin is **head** over heels in love with Mary. 柯林深深地愛上瑪麗.

She kept her **head** during the earthquake and didn't forget to turn off the gas. 她在地震時十分沉著, 並沒有忘記要關掉瓦斯.

The professor lost his **head** during the argument. 教授在辯論中失去了理智.

Donna couldn't make **head** or tail of the encoded message. 唐娜無法瞭解那則用密碼寫成的訊息.

She's off her **head** going swimming in a storm. 她瘋了, 竟然冒著暴風雨去游泳.

Off the top of my **head** I'd say it costs about $500. 我不假思索地說那價值500美元左右.

If anything happens to them, it's on your **head**! 如果他們出了甚麼事, 你要負責.

We put our **heads** together and still couldn't come up with anything. 我們聚在一起商量仍然想不出好辦法.

Beth has taken it into her **head** that she's going to chuck it all and move to Hawaii. 貝絲決定拋棄一切移居夏威夷.

② When you hit the **head** of a nail, you use the **head** of a hammer. 要釘釘頭你得用鐵鎚的頭部.

Two **heads** of lettuce, please. 請給我兩棵萵苣.

I put my name at the **head** of the memo. 我在便條紙的頂端寫上我的名字.

Just leave it at the **head** of the staircase. 把它留在樓梯的最上頭.

This beer's got a good **head** on it. 這種啤酒泡沫很多.

Sit at the **head** of the table. 坐上座.

Don't pop that pimple till it comes to a **head**. 那個痘痘在化膿之前不要擠破它.

Do you know where the **head** of the Thames is? 你知道泰晤士河的源頭在哪裡嗎?

Heads or tails? **Heads**, I win. 正面還是背面? 正面算我贏.

Did you see my daughter at the **head** of the parade? 你看到我女兒在遊行隊伍的前頭嗎?

③ Mr. Wang is the **head** of the school. 王先生是那所學校的校長.

John is at the **head** of our class. 約翰是我班的班長.

④ The baton twirlers **headed** the parade. 樂隊女指揮走在遊行隊伍的前面.

Mr. Brown **headed** the group. 布朗先生領導那個團體.

⑤ They're **heading** home. 他們朝家的方向走去.

The troops **headed** for the port. 軍隊向那個港口前進.

[片語] ***above ~'s head*** 無法理解的.

come into ~'s head 在腦中浮現. (⇨ [範例] ①)

come to a head ① 化膿. (⇨ [範例] ②) ② (事態) 瀕臨危機: The crisis **came to a head** when taxi, bus, and train operators went out on strike on the same day. 危機在計程車、公車及火車司機同一天罷工時達到了頂點.

from head to foot 從頭到腳, 全身; 完全. (⇨ [範例] ①)

go to ~'s head ① (酒) 使人醉. (⇨ [範例] ①) ② 使驕傲自滿: Becoming a successful model has really **gone to her head**. 成為一位成功的模特兒使她更加自傲了.

head and shoulders above 遠超過. (⇨ [範例] ①)

head first 頭朝下地. (⇨ [範例] ①)

head off 使改變方向, 阻止: The cattle began to run toward the mountains but we **headed** them **off** at the river. 牛群朝山的方向跑去, 但是我們在河邊攔住牠們.

head over heels ① 頭朝下地, 顛倒地. ② 完全地; 深深地 (愛上). (⇨ [範例] ①)

heads or tails 正面還是反面. (⇨ [範例] ②)

keep ~'s head 保持鎮靜. (⇨ [範例] ①)

lose ~'s head 慌亂, 失去理智. (⇨ [範例] ①)

make head or tail of 理解. (⇨ [範例] ①)

off ~'s head 精神錯亂的. (⇨ [範例] ①)

on ~'s head 成為~的責任. (⇨ [範例] ①)

over ~'s head/over the head of ① 無法理解的. (⇨ [範例] ①) ② 超過, 越過.

take it into ~'s head to... 決心, 想要. (⇨ [範例] ①)

♦ **hèad stárt** 先一步, 領先.

[複數] **heads**

[活用] v. **heads, headed, headed, heading**

*headache [ˋhɛdˌek] n. 頭痛; 令人煩惱的事.

範例 I have a **headache**. 我感到頭痛.
This scandal is a big **headache** for the current administration. 這則醜聞讓現今的行政部門相當頭痛.
複數 **headaches**
headband [`hɛd͵bænd] *n.* 束髮帶.
複數 **headbands**
headdress [`hɛd͵drɛs] *n.* 頭飾, 頭巾.
複數 **headdresses**
header [`hɛdə] *n.* (足球的) 用頭頂球的射門〔傳球〕.
複數 **headers**
headfirst [`hɛd`fɝst] *adv.* 頭向前地; 草率地.
範例 He dove **headfirst** in the lake. 他頭朝下跳入湖中.
They went **headfirst** into starting a new business. 他們草率地開始新的生意.
heading [`hɛdɪŋ] *n.* 標題, 題目: What will the **heading** of this chapter be? 用甚麼來做這一章的標題呢?
複數 **headings**
headland [`hɛd͵lænd] *n.* 岬, 海角.
複數 **headlands**
headlight [`hɛd͵laɪt] *n.* (汽車、火車等的) 車前大燈.
複數 **headlights**
headline [`hɛd͵laɪn] *n.* ① (報紙、雜誌等的) 標題. ② [the ~s] (廣播、電視的) 新聞提要.
範例 ① I don't have time for details now—I'm just looking at the **headlines**. 我現在沒有時間看詳細內容, 只有看標題而已.
② It's nine o'clock: here are news **headlines**. 現在9點整, 下面播放新聞提要.
片語 ***hit the headlines/make the headlines*** 成為重要新聞; 聲名大噪: She **hit the headlines** when she won the marathon race in the Olympic Games. 在奧運會中贏得馬拉松賽讓她聲名大噪.
複數 **headlines**
*****headlong** [`hɛd`lɔŋ] *adv.* ① 頭向前地; 頭朝下地. ② 輕率地.
——*adj.* ③ 頭向前的; 頭朝下的. ④ 輕率的.
範例 ① The baby fell **headlong** from the bed. 那個嬰兒從床上頭朝下地掉了下來.
② Don't rush **headlong** into doing anything. 不論做甚麼事都不要魯莽.
③ He took a **headlong** plunge into the stock market. 他一頭栽入股票市場.
④ They may regret their **headlong** rush into marriage. 他們或許會為自己草率地結婚感到後悔.
headmaster [`hɛd`mæstə] *n.* (特指私立男校的) 校長.
複數 **headmasters**
headmistress [`hɛd`mɪstrɪs] *n.* (特指私立女校的) 女校長.
複數 **headmistresses**
head-on [`hɛd`ɑn] *adj., adv.* 正面的〔地〕, 從正面.

範例 His car was in a **head-on** collision with a lorry. 他的車與一輛卡車正面相撞.
He handled that problem **head-on**. 他直接面對、處理那個問題.
headphones [`hɛd͵fonz] *n.* 〔作複數〕耳機:
The boy listened to the tape on his **headphones**. 那個男孩用耳機聽錄音帶.
*****headquarters** [`hɛd`kwɔrtəz] *n.* 司令部, 總署, 總部, 總公司.
範例 General **Headquarters** was by the palace. 總司令部在宮殿旁.
We have our **headquarters** in Paris. 我們的總部在巴黎.
參考 縮寫為 HQ 或 hq.
headroom [`hɛd͵rum] *n.* 頭上空間《隧道、橋桁等與車、船之間的空間》.
headset [`hɛd͵sɛt] *n.* (附有受話器的) 頭戴式耳機.
複數 **headsets**
headstand [`hɛd͵stænd] *n.* 倒立.
複數 **headstands**
headstone [`hɛd͵ston] *n.* 基碑.
複數 **headstones**
headstrong [`hɛd͵strɔŋ] *adj.* 頑固的, 倔強的, 剛愎自用的.
活用 *adj.* **more headstrong, most headstrong**
headway [`hɛd͵we] *n.* 前進; 進步: I'm making little **headway** with my graduation thesis, I'm afraid. 我的畢業論文幾乎毫無進展, 對此我很擔心.
heady [`hɛdɪ] *adj.* ① (酒類) 易醉的, 衝上腦門的. ② 輕浮的; (消息等) 令人興奮的.
活用 *adj.* **headier, headiest**
*****heal** [hil] *v.* 治癒, 復原.
範例 This medicine **healed** me of my illness. 這種藥治好了我的病.
Your wound is **healing** well. 你的傷勢復原狀況良好.
Time **healed** my sorrow. 時間使我忘卻悲痛.
活用 *v.* **heals, healed, healed, healing**
*****health** [hɛlθ] *n.* 健康 (狀況), 身體狀況.
範例 Smoking is bad for your **health**. 吸菸有害健康.
The singer regained her **health** rapidly after the operation. 手術後, 那位歌手迅速復原了.
The player is in good **health**. 那位選手健康狀況良好.
All the men drank to his **health**. 所有的人舉杯祝福他身體健康.
片語 ***drink to ~'s health*** 舉杯祝福~健康. (⇨ 範例)
♦ **héalth cènter** 保健中心.
héalth fòod 健康食品.
healthful [`hɛlθfəl] *adj.* 有益健康的, 健全的:
The writer lives in a **healthful** environment. 那位作家住在一個有益健康的環境中.
活用 *adj.* **more healthful, most healthful**

*healthy [ˋhɛlθɪ] *adj.* (有益) 健康的，健全的．
【範例】 When I saw him last, Paul seemed very **healthy**. 我上一次見到保羅時，他還很健康．
We enjoy a **healthy** climate here. 我們非常喜歡這裡有益健康的氣候．
This country's economy is **healthy**. 這個國家的經濟狀況良好．
【活用】 *adj.* **healthier**, **healthiest**

*heap [hip] *n.* ① 堆積物，堆；許多．
——*v.* ② 堆積，累積．
【範例】 ① The pencing papers lay in a **heap** on the desk. 尚未處理的文件堆放在那個桌子上．
He had a **heap** of trouble. 他當時有許多麻煩．
There is **heaps** of time. 時間足夠．
② He **heaped** d ctionaries on the desk. 他把好幾本辭典堆放在那個桌子上．
She **heaped** the plate with rice. 她盛了滿滿一盤的飯．
The snow **heaped** up in drifts against the walls. 雪成堆地堆積在牆邊．
They **heaped** all kinds of compliments on you, didn't they? 他們對你讚譽有加，不是嗎？
【複數】 **heaps**
【活用】 *v.* **heaps**, **heaped**, **heaped**, **heaping**

*hear [hɪr] *v.* ① 聽見，聽到．② 得知 (消息)．③ 認真玲聽；審理．
【範例】 ① My grandmother can't **hear** well. 我祖母重聽．
We listened but could **hear** nothing from behind the wall. 我們仔細玲聽牆後面卻甚麼聲音也沒有聽到．
We haven't **heard** the news yet. 我們還沒有聽到那個消息．
I **heard** him say so. 我聽他那麼說的．
She **heard** someone knocking on the door. 她聽到有人在敲門．
Have you **heard** this opera sung in English? 你聽過這部歌劇的英文版嗎？
She was **heard** to cry in the bed. 有人聽見她在床上哭．
I **heard** that he went to Chicago recently. 我聽說他最近去芝加哥．
They will have a party tomorrow, I **hear**. 我聽說他們明天要舉辦晚會．
I have never **heard** of the name before. 我從來沒聽過那個名字．
② You will **hear** about the exam schedule later. 有關考試的時間表，你稍後就會知道．
"Have you **heard** from your father?" "Yes, he phoned me from Rome this morning." 「有你父親的消息嗎？」「有，今天早上他從羅馬打電話給我．」
③ The case will be **heard** by Judge Austin, the harshest judge in this state. 那個案子將由本州最嚴厲的奧斯丁法官審理．
【片語】 *hear about* 聽說，聽到．(⇔【範例】②)
hear from 收到～的來信，接到～的電話．(⇔【範例】②)

Hear! Hear! 〖英〗說得對，說得好!《會議中聽眾對發言人發表的意見表示贊成時所說的話》
hear of 聽說～的事，得知～的消息．(⇔【範例】①)
hear out 聽完： When you've just **heard** me out, you'll know the real facts of the case. 當你聽我說完，你就會知道事情的真相．
hear tell of 據說，聽說．
won't hear of 不允許，不同意： Mother **won't hear of** your studying abroad. 母親一定不會同意你出國留學．
I **won't hear of** your staying in the hotel—just stay with us! 我不能讓你去住旅館，你就住在我家吧．
【活用】 *v.* **hears**, **heard**, **heard**, **hearing**

*heard [hɝd] *v.* hear 的過去式、過去分詞．

hearer [ˋhɪrɚ] *n.* 聽者，聽眾，旁聽者．
【複數】 **hearers**

hearing [ˋhɪrɪŋ] *n.* ① 聽力，聽覺．② 聽得見的範圍．③ 發言機會，聽證會，公聽會．
【範例】 ① His **hearing** is excellent for his age. 就他的年紀而言，他的聽力相當不錯．
Please speak up a bit because I'm hard of **hearing**. 請你再大聲一點，我有重聽．
② We'd better not talk about it in his **hearing**. 最好別讓他聽見我們在談論這件事．
Please keep within **hearing**: our plane is taking off at any time. 請注意聽廣播，我們的飛機就要起飛了．
③ They can't expect a fair **hearing** from that judge—he's notorious. 別指望那個法官會給他們公平的發言機會，他可是惡名昭彰．
This is the first time I've seen heavy security at a **hearing**. 我第一次看見聽證會上戒備如此森嚴．
♦ **héaring aid** 助聽器．
【複數】 **hearings**

hearsay [ˋhɪr͵se] *n.* 傳聞，謠傳．

hearse [hɝs] *n.* 靈車．
【複數】 **hearses**

*heart [hɑrt] *n.* ① 心臟；胸部．② 心，感情．③ 核心，中心；心臟部分．④ 心形物，(撲克牌的) 紅心《☞ [充電小站] (p. 1231)》．⑤ 心上人，愛人．
【範例】 ① The **heart** is an organ that pumps blood to all parts of the body. 心臟是向身體各部位輸送血液的器官．
I feel your **heart** beating. 我感覺得到你的心跳．
He had a **heart** attack on a very cold day. 他在一個非常寒冷的日子裡心臟病發作．
The sight made my **heart** stand still. 看到那一幕情景，我的心臟幾乎停止跳動．
② a cold **heart** 冷酷的心．
a warm **heart** 溫暖的心．
I love you from my **heart**. 我真心愛你．
He seems to have a **heart** of stone. 他似乎是一個鐵石心腸的人．

It broke my **heart** to lose the game. 輸了那場比賽，我變得心灰意冷.

Bobby gained her **heart** at last. 鮑比終於得到她的愛.

She lost her **heart** when she heard that her father was sick in bed. 她聽說父親病倒時極度傷心.

She lost **heart** to John at first sight. 她對約翰一見鍾情.

I can see from his work how Millet put his **heart** into it. 從米勒的作品我可以看出他投注相當多的心血在裡面.

③ Is it true that Paris is the **heart** of France? 巴黎是法國的心臟地帶，是嗎？

Now we'll get to the **heart** of the problem. 現在我們來討論一下問題的核心.

the **heart** of a cabbage 甘藍菜心.

④ the queen of **hearts** 紅心皇后.

⑤ my dear **heart** 我心愛的人.

[片語] **after ～'s own heart** 完全合～心意的.

at heart 在內心; 本質上.

break ～'s heart 使傷痛欲絕. (⇨ [範例] ②)

by heart 背誦地.

cross ～'s heart 在胸前畫十字; 發誓.

from ～'s heart/from the bottom of ～'s heart 衷心地. (⇨ [範例] ②)

have the heart to 忍心做.

heart and soul 全心全意地.

set ～'s heart on... 決心要.

take ～ to heart 對～耿耿於懷，為～憂慮.

with all ～'s heart 全心全意地.

♦ **héart attáck** 心臟病發作.

héart fàilure 心臟衰竭.

héart transplànt 心臟移植.

[複數] **hearts**

heartbreaking [`hɑrt͵brekɪŋ] adj. 令人悲痛欲絕的，令人心碎的: It is **heartbreaking** that he had to leave school. 令人心碎的是他得退學.

[活用] adj. **more heartbreaking**, **most heartbreaking**

heartbroken [`hɑrt͵brokən] adj. 悲痛欲絕的，心碎的: He is **heartbroken** over the death of his beloved wife. 愛妻的死令他悲傷不已.

[活用] adj. **more heartbroken**, **most heartbroken**

hearten [`hɑrtn] v. 鼓舞，振奮: I was **heartened** by my pay raise. 加薪使我大受鼓舞.

[活用] v. **heartens**, **heartened**, **heartened**, **heartening**

＊**hearth** [hɑrθ] n. ① 爐床《壁爐 (fireplace) 前用石塊或石磚鋪成的地面》. ② 爐邊; 家庭.

[片語] **hearth and home** 家庭.

[複數] **hearths**

＊**heartily** [`hɑrtlɪ] adv. ① 充滿熱情地; 精神飽滿地. ② 大量地, 豐盛地. ③ 熱忱地, 衷心地.

[範例] ① Everyone cheered **heartily** when Jim kicked the ball into the goal. 吉姆把球踢進球門時大家歡欣鼓舞.

② I ate **heartily** after the long walk. 走了很長一段距離之後，我大吃了一頓.

③ We are **heartily** pleased to invite Mr. Johnson to our party. 我們衷心地邀請強森先生前來參加我們的晚會.

[活用] adv. **more heartily**, **most heartily**

heartless [`hɑrtlɪs] adj. 冷酷的，無情的.

[活用] adj. **more heartless**, **most heartless**

＊**hearty** [`hɑrtɪ] adj. ① 熱誠的. ② 強有力的，精神飽滿的. ③《食物》豐盛的.

[範例] ① Our grandparents gave us a **hearty** welcome. 祖父母熱情地歡迎我們.

② The comedian got a **hearty** laugh from the audience. 那個喜劇演員大受觀眾歡迎.

③ a **hearty** breakfast 豐盛的早餐.

[活用] adj. **heartier**, **heartiest**

＊**heat** [hit] n. ① 熱，熱度，暑熱，溫熱. ② 比賽的一回合.

——v. ③ 加熱，變熱，使溫暖，使暖和.

[範例] ① the **heat** of the sun 太陽的熱度.

Lower the **heat** of the oven. 請把那個烤爐的溫度調低一點.

This stove doesn't give off enough **heat**. 這個烤爐不夠熱.

I can't stand the **heat** of this stand this summer. 今年的夏天熱得讓我受不了.

This thermometer is used for measuring the **heat** of your body. 這支溫度計是用來量體溫的.

"It is not true," said Mr. Smith with **heat**. 史密斯先生激動地說:「那不是真的!」

In the **heat** of argument she threw a pan at me. 在激烈的爭吵中，她把鍋子砸向我.

② the first **heat** 第一回合比賽.

③ **Heat** butter in the frying pan. 用煎鍋把奶油加熱.

The room was comfortably **heated** up. 那個房間裡暖和起來了.

[片語] **in heat/**《英》**on heat**（動物）處於發情期.

in the heat of the moment 最激烈的時候.

♦ **dèad héat**（比賽中）同時到達.

héat ràsh 痱子.

☞ ① ↔ **cold**, adj. **hot**

[複數] **heats**

[活用] v. **heats**, **heated**, **heated**, **heating**

heated [`hitɪd] adj. 加熱的; 激烈的.

[範例] I swam in a **heated** swimming pool. 我在溫水游泳池中游泳.

He became quite **heated** as he listened to the criticism. 對於那種批判他聽著聽著就激動起來了.

[活用] adj. **more heated**, **most heated**

heater [`hitɚ] n. 加熱器，暖氣設備: This gas **heater** is very good. 這個瓦斯爐很棒.

H

[複數] **heaters**

***heath** [hiθ] *n.* ① 石南《野生的杜鵑花科常綠灌木，開紅色或白色小花》. ②（石南叢生的）荒野.

[複數] **heaths**

heathen [`hiðən] *n.* ① 異教徒《指基督教、猶太教、伊斯蘭教以外的人》. ② 不信教的人；野蠻人.

[複數] **heathens**

heather [`hɛðɚ] *n.* 尋石南《杜鵑花科常綠灌木，因狀似石南 (heath)，故經常被混淆》.

[heath]

[heather]

heatwave [`hit͵wev] *n.* 熱浪；酷暑，酷暑期間.

[複數] **heatwaves**

***heave** [hiv] *v.* ①（用力）舉起，抬起；拉；扔. ② 波動，起伏. ③ 吐氣，發出（呻吟聲等）. ——*n.* ④ 舉起，抬起. ⑤ 起伏，波動. ⑥〔~s〕噁心.

[範例] ① They **heaved** the amplifier on the stage. 他們用力將那個擴音器抬上舞臺.
The tired cowboy **heaved** himself onto his horse and rode off. 那個疲憊不堪的牛仔騎著馬離去了.
She **heaved** the big stone into the pond. 她把那個大石頭扔進水池裡.
The sailors **hove** the anchor into the sea. 船員們把錨投入大海.
② The earthquake caused the ground to **heave** violently. 那場地震造成地表劇烈起伏.
I could see the ship **heaving** on the stormy ocean. 我看見了那艘船在暴風雨的海面上顛簸起伏.
③ They all **heaved** a sigh of relief when the landlord withdrew his threat to evict them. 房東收回要他們搬走的威脅時，他們才鬆了一口氣.
④ With a **heave** we lifted the heavy bag on the table. 我們使勁把那個沉重的皮箱抬上桌子.
⑥ She has the **heaves**. 她感到噁心.

[片語] ***heave to*** （使）船停下《不拋錨而是使船首迎風停下的停船方法》: The ship **hove to**. 那艘船迎風停下來了.

[參考] 與船有關的用法中，過去式、過去分詞為 hove.

[活用] *v.* **heaves**, **heaved**, **heaved**, **heaving/heaves**, **hove**, **hove**, **heaving**

***heaven** [`hɛvən] *n.* ① 天國；極樂世界. ② 〔H~〕神，上帝. ③ 天空.

[範例] ① Jack was in **heaven**. 傑克高興得忘我了.
It is sheer **heaven** being free from household routine. 從每天千篇一律的家務事解放出來，真是快活極了.
② I swear by **Heaven** that I will speak the truth. 我向上帝發誓我會說實話.
③ There was not a star in the midnight

heavens. 午夜的天空一顆星星也沒有.

[片語] ***for heaven's sake*** 看在老天的面上！**For heaven's sake** stop crying! 求求你不要再哭了！
Good Heavens! 天哪！《表示驚嘆》.
go to heaven 上天堂，死亡.
heaven knows 天曉得，誰也不知道.
in heaven ① 渾然忘我. (⇒[範例]①)② 在天堂，死亡的. ③ 究竟，到底: What **in heaven** are you doing? 你究竟在做甚麼？
Thank Heaven!/Thank Heavens! 感謝上帝！謝天謝地！

[複數] **heavens**

***heavenly** [`hɛvənlɪ] *adj.* ① 天國的；天空的. ② 極好的，愉快的.

[範例] ① **heavenly** bodies 天體.
② I spent **heavenly** holidays on the island. 我在那個海島上度過了一個愉快的假期.

[活用] *adj.* **more heavenly**, **most heavenly**

***heavily** [`hɛvɪlɪ] *adv.* ① 重重地，沉重地；陰沉地. ② 激烈地；大量地.

[範例] ① a **heavily** loaded ship 裝載重貨的船隻.
② It rained **heavily** all day long. 下了一整天的大雨.
He drank **heavily** in despair. 他絕望地喝下大量的酒.
The station was **heavily** crowded. 那個車站擁擠不堪.

[活用] *adv.* **more heavily**, **most heavily**

heaviness [`hɛvɪnɪs] *n.* ① 重，沉重. ② 意氣消沉，灰心.

***heavy** [`hɛvɪ] *adj.* ① 重的，沉重的；笨拙的；陰沉的. ②（程度或量）激烈的，嚴重的；大量的.

[範例] ① This desk is too **heavy** to move. 這張桌子太重了，搬不動.
a **heavy** load 沉重的貨物.
a **heavy** responsibility 重責大任.
heavy taxes 重稅.
Moving furniture is **heavy** work. 搬家具是一件重活.
I tried to dance, but my steps were **heavy**. 我試著跳舞，但我的舞步太笨拙了.
I'm on a diet, so I don't want to have a **heavy** meal. 我正在節食，不想吃油膩的飯菜.
Her heart was **heavy** after the death of her husband. 丈夫去世後，她的情緒十分低落.
heavy skies 陰沉的天空.
a **heavy** day 難過的一天.
② This book is full of jargon. It makes for **heavy** reading. 這本書裡盡是一些專業術語，讀起來很吃力.
I think my son is too **heavy** on his children. 我覺得我兒子對他的孩子們太過嚴厲了.
We had a **heavy** snow in February. 2月下了很多雪.
Jack is a **heavy** smoker—he smokes two packs a day. 傑克菸癮很大，他一天要抽2包菸.

The morning after the hike I awoke from a **heavy** sleep. 遠足後的隔天早晨，我從沉睡中醒來。

片語 **heavy going** 困難的.

heavy on ① 大量使用～的: Don't go **heavy on** the salt. 不要放太多鹽巴. ② 對一嚴厲的. (⇨ 範例 ①)

heavy with 充滿～的.

♦ **hèavy hitter** 強打者; 有實力者.

hèavy índustry 重工業.

hèavy métal ① 重金屬搖滾樂《一種搖滾樂, 以重節奏, 強烈的吉他聲和嘶喊般的聲音為其特徵》. ② 重金屬.

hèavy wáter 重水.

活用 adj. **heavier, heaviest**

heavyweight [`hɛvɪˌwet] n. (拳擊、摔角等的) 重量級選手.

複數 **heavyweights**

Hebrew [`hibru] n. ① 希伯來人, (古代的) 以色列人, (現代的) 猶太人. ② 希伯來語.

複數 **Hebrews**

heckle [`hɛkl] v. 詰問, 刁難 (演講者).

活用 v. **heckles, heckled, heckled, heckling**

heckler [`hɛklɚ] n. 刁難者; 詰問者.

複數 **hecklers**

hectare [`hɛktɛr] n. 公頃《面積單位, 等於100公畝或1萬平方公尺》.

字源 希臘語的 hekaton (百)＋are (公畝)

➡ 充電小站 (p. 783)

複數 **hectares**

hectic [`hɛktɪk] adj. 非常忙碌的, 手忙腳亂的: The second Friday of the month is a **hectic** day. 每個月的第2個星期五非常忙碌.

活用 adj. **more hectic, most hectic**

he'd [(強) `hid; (弱) id]《縮略》＝① he would. ② he had.

範例 ① He said that **he'd** give me a ride downtown. 他說他要開車載我到城裡去.

② By the time the match started **he'd** gone. 那場比賽開始時他已不見了.

***hedge** [hɛdʒ] n. ① 樹籬, 籬笆; 障礙. ② 防禦; 預防措施.

——v. ③ 用樹籬圍起來. ④ 模稜兩可地回答, 規避問題.

範例 ① The **hedge** needs to be trimmed. 那面樹籬該修剪了.

② Is gold or platinum a good **hedge** against inflation? 黃金或白金是預防通貨膨脹的好辦法嗎?

③ The park is **hedged** with lilacs. 那個公園被紫丁香樹籬圍起來了.

片語 **hedge...about with ～/hedge...in with ～/hedge...round with ～** 用～把…圍起來; 用～來約束…的行動.

hedge ～'s bets (賭博中) 兩面下注.

複數 **hedges**

活用 v. **hedges, hedged, hedged, hedging**

hedgehog

[`hɛdʒˌhɑg] n. ① 刺蝟《身長30公分左右, 背部有短而硬的刺》. ② 《美》豪豬《身長90公分左右, 身上有長刺》. 《英》porcupine》.

[hedgehog]

複數 **hedgehogs**

hedgerow [`hɛdʒˌro] n. (形成樹籬的) 灌木.

複數 **hedgerows**

***heed** [hid] v. ①《正式》注意, 留意.

——n. ②《正式》注意.

範例 ① **Heed** his advice. 你要認真聽取他的忠告.

② They did not take **heed** of the approaching storm. 他們沒有注意到正在迫近的暴風雨.

片語 **pay heed to ～/take heed of ～** 注意, 留意. (⇨ 範例 ②)

活用 v. **heeds, heeded, heeded, heeding**

heedless [`hidlɪs] adj. 不注意的, 輕忽的: The artist was **heedless** of his wife's needs. 那位畫家根本沒有注意到妻子的需要.

活用 adj. **more heedless, most heedless**

***heel** [hil] n. ① (腳的) 後跟, 踵. ② (鞋子, 襪子的) 後跟. ③ (～s) 高跟鞋《亦作 high heels). ④ 尾端, 末端.

——v. ⑤ 緊跟在後面. ⑥ 釘上鞋後跟.

範例 ① He turned on his **heels**. 他轉過身去.

③ She is wearing **heels**. 她穿著高跟鞋.

④ the **heel** of a block of cheese 一片乳酪皮.

片語 **at ～'s heels/on ～'s heels** 緊跟在～的後面.

bring ～ to heel 使服從.

come to heel 服從.

down at heel/down at the heel/down at the heels 鞋後跟脫落〔磨損〕的; 衣衫襤褸的.

take to ～'s heels 逃跑.

under ～'s heel/under the heel of ～ 被～踐踏, 受～蹂躪.

➡ foot 插圖, 充電小站 (p. 1177)

複數 **heels**

活用 v. **heels, heeled, heeled, heeling**

hefty [`hɛftɪ] adj. ① 重的; 健壯的. ② 相當多的, 大量的.

活用 adj. **heftier, heftiest**

heifer [`hɛfɚ] n. (未生過小牛的) 小母牛.

複數 **heifers**

***height** [haɪt] n. ① 高; 高度, 海拔. ② 高地. ③ 頂點, 頂峰; 鼎盛時期.

範例 ① What is your **height**? 你的身高是多少? Our plane is now flying at a **height** of 7,000 meters. 本機現在的飛行高度是7,000公尺.

② My apartment house is located on the **heights**. 我住的公寓位於高地.

③ The 1980's was the **height** of popularity for disco music in Taiwan. 迪斯可音樂在1980年代的臺灣相當受到歡迎.

His remarks to you were the **height** of

disrespect. 他對你所說的話真是無禮.
☞ *adj.* high
複數 **heights**

heighten [`haɪtn] *v.* 增高, 加高, 提高; 加強.
範例 My anxiety **heightened** when I was left
alone. 剩下我一個人, 我愈發感到不安.
Tom's stage direction **heightened** the effect
of the play. 湯姆的舞臺演出加強了那齣戲的
效果.
活用 *v.* **heightens**, **heightened**,
heightened, **heightening**

*****heir** [ɛr] *n.* 繼承人, 子嗣.
範例 He made his youngest son his **heir**. 他讓
最小的兒子成為他的繼承人.
Who is **heir** to the throne of the United
Kingdom? 英國的王位繼承人是誰?
複數 **heirs**

*****heiress** [`ɛrɪs] *n.* 女繼承人: A rich **heiress**
donated a large sum of money to the worthy
cause. 一位富有的女繼承人捐出巨款支持那
個有意義的活動.
複數 **heiresses**

heirloom [`ɛr͵lum] *n.* 傳家寶: This sword is a
family **heirloom**. 這把刀是傳家寶.
複數 **heirlooms**

*****held** [hɛld] *v.* hold 的過去式、過去分詞.

Helen [`hɛlɪn] *n.* 女子名 (暱稱 Nell, Nellie,
Nelly).

helicopter [`hɛlɪ͵kɑptɚ] *n.* 直升機.
複數 **helicopters**

helium [`hilɪəm] *n.* 氦 (稀有氣體, 符號 He).

he'll [(強) `hil; (弱) hɪl] 《縮略》＝① he will:
He'll be kicked off the team if he keeps letting
goal in. 他若再守不住球門恐怕要被球隊解
雇了. ② he shall.

*****hell** [hɛl] *n.* ① [H～] 地獄. ② 地獄般的狀態. ③
究竟.
——*interj.* ④ 畜生《表示憤怒和焦躁》.
範例 ① You are sure to go to **Hell**. 你一定會下
地獄的.
② The Vietnam War was **hell** to him. 越戰對他
而言是一場苦難.
It is sheer **hell** living near an airport. 住在機場
旁簡直就像是生活在地獄中.
③ Where the **hell** are you going? 你究竟要去哪
裡?
片語 *a hell of a ～* 極為, 非常的: There were
a hell of a lot of people on the narrow street.
在那條狹窄的街上有非常多的人.
come hell or high water 無論任何困難,
無論發生任何事.
for the hell of it 出於好玩地: The naughty
boy pushed the emergency button just **for the
hell of it**. 那個淘氣的男孩出於好玩而按下
了緊急按鈕.
give ～ hell ① 使人不快. ② 怒罵, 痛斥.
Go to hell! 去你的! 該死!
like hell ① 拼命地, 猛烈地. ② 絕對不做:
"You will mow the lawn on Saturday!" "Like

hell I will!" 「你星期六該割草坪了!」「我不
要.」
play hell with 帶來損害.
To hell with ～ 讓～見鬼去吧: **To hell
with** the competition! 讓這場競賽見鬼去吧!
複數 **hells**

Hellenic [hɛ`lɛnɪk] *adj.* 希臘人的.

hellish [`hɛlɪʃ] *adj.* 地獄的, 地獄似的; 討厭
的: What **hellish** weather! 多麼令人討厭的
天氣啊!
活用 *adj.* **more hellish**, **most hellish**

*****hello** [hɛ`lo] *interj.* ① 哈囉. ② 喂《打電話時使
用》. ③ [英] 哎喲, 啊《表示吃驚》.
——*n.* ④ 問安.
範例 ① **Hello**, Jim! How are you? 哈囉, 吉姆,
你好嗎?
② **Hello**, this is Smith speaking. 喂, 我是史密
斯.
③ **Hello**! Look at this. The fridge is full of beer!
哎喲! 你看, 冰箱裡滿是啤酒!
④ Say **hello** to your wife. 代我向你太太問好.
參考 hallo. [英] hullo.
複數 **hellos**

helm [hɛlm] *n.* ① 舵柄, 舵.
② [the ～] 領導, 支配(權).
片語 *at the helm* 領導的;
掌舵的.
複數 **helms**

helmet [`hɛlmɪt] *n.* ① 頭盔.
② 鋼盔; 安全帽.
複數 **helmets**

[helm]

[helmet]

helmsman [`hɛlmzmən] *n.* 舵手.
複數 **helmsmen**

*****help** [hɛlp] *v.* ① 幫助, 幫忙; 助長, 促進,
有用. ② [can't ～, cannot ～] 防止, 避
免.
——*n.* ③ 幫助, 援助.
範例 ① We all **helped** each other. 我們大家互
相幫忙.
My sister **helped** me with my homework. 我姊
姊幫我做家庭作業.
I **helped** him repair the flat tire./I **helped** him
to repair the flat tire. 我幫他修補洩了氣的輪
胎.
Would you **help** me up the stairs with my
suitcase? 你能幫我把手提箱搬到樓上去嗎?
He **helped** his wife put on her coat. 他幫太太
穿上外套.
Trade usually **helps** the development of
industry. 貿易通常會促進工業的發展.
Heaven **helps** those who **help** themselves.
《諺語》天助自助者.

His suggestion greatly **helped** the negotiations. 他的建議對於談判很有幫助.
Complaining won't **help**. 抱怨是沒有用的.
When you get a terrible headache, it **helps** to lie down for a while. 頭痛得厲害時, 稍微躺一下會舒服一點.
Bill **helped** himself to some more sandwiches. 比爾自己多拿了一些三明治去吃.
② Everybody couldn't **help** laughing at his face. 不管是誰看了他的臉都忍不住發笑.
I cannot **help** but admire Mother Teresa. 我禁不住仰慕德蕾莎修女.
She can't **help** saying stupid things. 她禁不住說傻話.
He doesn't participate more than he can **help**. 他能不參加就不參加.
What weather for our picnic! But it can't be **helped**. 這種天氣要去野餐太糟了! 不過也沒辦法.
③ I wonder if reading this book would be of any **help**. 我想知道讀這本書是否有所幫助.
The boy built a kennel with no **help** at all. 那個男孩獨自一個人把狗窩蓋好了.
Going shopping for me was a big **help**. 幫我買東西可說是幫了我一個大忙.
[片語] **cannot help but** 不得不. (⇨ [範例] ②)
cannot help ~ing 禁不住, 忍不住. (⇨ [範例] ②)
help ~self to... 自由取用. (⇨ [範例] ①)
[活用] v. helps, helped, helped, helping
[複數] helps
helper [ˈhɛlpɚ] n. 幫助者; 助手.
[複數] helpers
***helpful** [ˈhɛlpfəl] adj. 有益的, 有幫助的:
Thank you always for your **helpful** advice. 謝謝你總是給我有益的忠告.
[活用] adj. more helpful, most helpful
helping [ˈhɛlpɪŋ] n. 一份 (食物): A second **helping** of soup, please. 請再給我來一份湯.
[複數] helpings
***helpless** [ˈhɛlplɪs] adj. 無力自助的; 無助的; 無能的; 無能為力的: a **helpless** kitten up a tree 爬上了樹卻自己下不來的小貓.
[活用] adj. more helpless, most helpless
helplessly [ˈhɛlplɪslɪ] adv. 無助地.
[活用] adv. more helplessly, most helplessly
hem [hɛm] n. ① (布、衣服的) 褶邊. ② 邊緣.
——v. ③ 縫 (布、衣服等的) 邊, [美] 縫褶邊. ④ 包圍; 關閉.
[複數] hems
[活用] v. hems, hemmed, hemmed, hemming
Hemingway [ˈhɛmɪŋˌwe] n. 海明威 (Ernest Hemingway, 1898–1961, 20世紀美國文學的代表作家之一).
***hemisphere** [ˈhɛməsˌfɪr] n. 半球 (地球、天體、大腦等球體的一半): The Equator divides the earth into the northern and the southern

hemispheres. 赤道將地球分成北半球與南半球.
[字源] hemi (一半) + sphere (球).
[複數] hemispheres
hemline [ˈhɛmˌlaɪn] n. 下襬; 下襬的底邊; 下襬的長度.
[範例] raise the **hemline** of a skirt 將裙子的下襬提高.
lower the **hemline** of a dress 將衣服的下襬放長.
[複數] hemlines
hemlock [ˈhɛmlɑk] n. 毒芹 (芹科多年生草本植物, 有劇毒, 一直被用作毒藥); 從毒芹提取的毒藥.
[複數] hemlocks
hemoglobin [ˌhiməˈɡlobɪn] n. 血紅素.
[參考] [英] haemoglobin.
hemophilia [ˌhiməˈfɪlɪə] n. 血友病.
[參考] [英] haemophilia.
hemophiliac [ˌhiməˈfɪlɪæk] adj. ① 血友病的; 血友病患者的.
——n. ② 血友病患者.
[參考] [英] haemophiliac.
[複數] hemophiliacs
hemorrhage [ˈhɛmərɪdʒ] n. 出血.
[參考] [英] haemorrhage.
[複數] hemorrhages
hemp [hɛmp] n. 大麻 (桑科一年生草本植物, 其莖部纖維用作紡織品及繩索原料, 也是毒品的原料).
***hen** [hɛn] n. ① 母雞. ② 雌~ (當形容詞用).
[範例] ① Hens lay eggs. 母雞下蛋.
Oh, they're clucking like **hens** about tomorrow's big sale. 哎呀, 她們像母雞一樣咯咯地說著明天大拍賣的事.
② a **hen** pheasant 雌雉.
[參考] 公雞和雄鳥為 cock.
[複數] hens
[充電小站] (p. 591)
***hence** [hɛns] adv. ① 因此, 所以. ② 從此; 今後.
[範例] ① Radiation reached a dangerous level, **hence** the order to evacuate. 輻射能已達危險標準, 因此下達撤離的命令.
② The new line will open in 2005, two years **hence**. 這條新路線預定於2年後, 即西元2005年時通車.
***henceforth** [ˌhɛnsˈforθ] adv. 今後, 從今以後 (亦作 henceforward): **Henceforth** payments will be made before delivery of goods. 從今以後在交貨前先付款.
henchman [ˈhɛntʃmən] n. 心腹, 親信, 黨羽.
[複數] henchmen
henna [ˈhɛnə] n. ① 指甲花 (產於埃及的鼠尾草科灌木). ② 指甲花染料 (取自指甲花, 呈紅褐色, 用於染髮等).
Henry [ˈhɛnrɪ] n. 男子名 (暱稱 Harry, Hal).
†**her** [(強) `hɝ; (弱) hɚ] pron. ① 她 (she 的受格). ② 她的 (she 的所有格).

【範例】① A woman came to see me, but I didn't know **her**. 有一個女子來見我,可是我不認識她.

"How old is your niece?" "Mary? She's just turned five. I gave **her** a Spanish doll for a birthday present." 「你的姪女今年幾歲了?」「你是說瑪麗嗎? 她正好5歲, 我送她一個西班牙娃娃作為生日禮物.」

"Where's Grandma?" "I saw **her** strolling in the park." 「奶奶在哪裡?」「我看見她在公園裡散步.」

"That is my aunt." "Who's talking to **her**?" 「那是我姑媽.」「跟她說話的是誰?」

"Your mother is very tall. How tall is she?" "Around two meters tall. Dad is much taller than **her**." 「你的母親很高, 她多高?」「兩公尺左右. 我父親個子比她高得多.」

This umbrella is Beth's. I'm sure it's **her** who took mine by mistake. 這把傘是貝絲的, 我確定是她拿錯了我的傘.

② Miss Smith took **her** students to the art museum yesterday. 史密斯老師昨天帶她的學生去美術館.

May likes **her** Japanese dolls very much. 梅非常喜歡她的日本娃娃.

➡ (充電小站) (p. 507), (p. 834)

***herald** [ˋhɛrəld] n. ① 傳令官《古時候將國王的消息傳達給民眾的人》. ② 預兆; 先驅者.
——v. ③ 預告. ④ 宣布, 宣告.

【範例】② The election results were the **herald** of a new age. 那次選舉結果預示著新時代的來臨.

③ The discovery **heralded** a new era of medical treatment. 這個發現預告一個醫療新時代的開始.

【參考】像 the International Herald-Tribune《《國際先鋒論壇報》》等常被用作報紙的名字.

【複數】 **heralds**

【活用】 v. **heralds**, **heralded**, **heralded**, **heralding**

heraldry [ˋhɛrəldrɪ] n. 徽章學.

herb [hɝb] n. 草; 藥草.

【範例】香菜 (parsley)、鼠尾草 (sage)、鳳仙花 (balsam)、迷迭香 (rosemary)、麝香草 (thyme) 等可供藥用或作香料的植物.

【複數】 **herbs**

herbaceous [hɝˋbeʃəs] adj. 草本植物的, 草(般)的.

herbal [ˋhɝbl] adj. ① 草本的, 草的, 藥草的: **herbal** tea 藥草茶
——n. ② 植物誌.

【複數】 **herbals**

herbalist [ˋhɝblɪst] n. 藥草商.

【複數】 **herbalists**

Hercules [ˋhɝkjə‚liz] n. 赫克力士《希臘、羅馬神話中的英雄, 力大無比》.

***herd** [hɝd] n. ① 群. ② 〔the ～〕群眾, 人群.
——v. ③ 聚集. ④ 放牧.

【範例】① a **herd** of cattle 牛群.

② the common **herd** 大眾.

③ We all **herded** over to the ticket booth. 我們都聚集在售票處.

【參考】herd 為成群生活的同類動物的集合, 特指牛和馬.

【複數】 **herds**

【活用】 v. **herds**, **herded**, **herded**, **herding**

herdsman [ˋhɝdzmən] n. 牧人, 牧主.

【複數】 **herdsmen**

†**here** [hɪr] adv. ① 在這裡; 往這邊; 此時. ② 喂, 聽著, 哎《用來喚起他人注意或表示鼓勵、安慰》. ③ 這兒《表示某一不特定的人或物的存在, here 之後接 is, was, were 等, 表示「有～, ～在」之意; ☞ (充電小站) (p. 1339)》.
——n. ④ 這裡.

【範例】① There was a traffic accident **here**. 就在這裡發生了一件交通事故.

He lives **here**, not there. 他住在這裡, 不是那裡.

Come **here**. 到這裡來.

I don't see eye to eye with you **here**. 在這點上我與你意見不一致.

Here she stopped reading and smiled at her child. 此時, 她停止看書並對著孩子微笑.

The students **here** are all from London. 這裡的學生都來自倫敦.

I am living **here** in Taipei. 我現在住在臺北.

Here, sir! 有!《點名時的應答, 用於對方是男性時》

Here, ma'am! 有!《點名時的應答, 用於對方是女性時》

② **Here** comes our bus! 我們的公車來了!

Here we are at the airport. 我們到機場了.

Here it is September! 現在是9月份了!

Here, don't cry! 好了, 不要哭了.

③ **Here**'s your pen. 你的鋼筆在這裡.

Here are your gloves. 你的手套在這裡.

④ How far is it from **here** to the library? 從這裡到圖書館有多遠?

Does she live near **here**? 她就住在這附近嗎?

【片語】**here and now** 立刻, 現在, 馬上: Let's discuss it **here and now**. 我們馬上討論這件事吧.

here and there 到處, 處處: The children are playing **here and there**. 孩子們到處玩耍.

Here I am. 我來了.

Here it is. 在這裡《將東西遞給他人時說的話》

Here you are. 你要的東西在這裡.

Look here! /**See here**! 聽著《用於句首以引起對方注意的說法》.

☞ there

hereabout [‚hɪrəˋbaʊt] adv. 〖美〗附近, 在這一帶《亦作 hereabouts》.

hereabouts [‚hɪrəˋbaʊts] adv. 附近, 在這一帶: James lives somewhere **hereabouts**. 詹姆斯就住在這附近.

母雞 (hen)

雞一般泛稱為 chicken，要區別公雞或母雞時，母雞為 hen，公雞〖英〗cock，〖美〗rooster. 其中，小雞為 chick，小母雞為 pullet，小公雞為 cockerel.

雞肉也作 chicken，但說 a chicken 則是指一隻雞.

家禽為 poultry 或 fowl，人工飼養的母雞為 battery hen，放養的母雞為 free-range hen. 另外，孵育小雞的老母雞為 breeding-hen，養雞場為 poultry farm.

▶ 從雞蛋變成雞這一過程中的英語：
下蛋　　lay an egg
孵蛋　　sit on eggs/brood eggs

孵化　　hatch
啄（食）　peck at ~
拍動翅膀　flap its wings
▶ 叫聲：
小雞唧唧叫　peep: The chicks are peeping. （小雞唧唧地叫.）
母雞咯咯叫　cluck: The hens clucked over their eggs. （母雞一邊孵蛋一邊咯咯叫.）
母雞咯咯叫　cackle: The hens cackled and pecked at food. （母雞咯咯叫並且啄食.）
公雞啼聲（喔喔聲）　cock-a-doodle-doo: The rooster is crowing. The rooster is cock-a-doodle-dooing. （那隻公雞喔喔地叫.）

---

hereafter [hɪrˋæftɚ] *adv.* ① 〖正式〗今後，此後，將來: I shall be careful **hereafter**. 今後我一定小心. ② 來世. ③ 將來. ④ 來世.
── *n.* ③ 將來，未來. ④ 來世.

hereby [hɪrˋbaɪ] *adv.* 〖正式〗藉此; 在此: I **hereby** declare my resignation. 我在此宣布辭職.

***hereditary** [həˋrɛdəˌtɛrɪ] *adj.* ① 遺傳的. ② 世襲的，世代相傳的.
〖範例〗① Physical attributes are all **hereditary**. 身體上的特徵都是遺傳的.
② In those days a man's occupation was **hereditary**. 當時，人們的職業都是世襲的.

***heredity** [həˋrɛdətɪ] *n.* 遺傳: It has long been discussed which is the main factor in determining human behavior, **heredity** or environment. 決定人類行為的主要因素到底是遺傳還是環境，這個問題已經討論好久了.

herein [hɪrˋɪn] *adv.* 〖正式〗在此中，於此: Enclosed **herein** you will find my receipt. 在此附上收據.

here's [hɪrz] 〖縮略〗=here is: **Here's** to your health! 為你的健康乾杯!

heresy [ˋhɛrəsɪ] *n.* 異端，邪說; 異教.
〖範例〗A lot of women in that village were burned at the stake for **heresy**. 那個村莊的許多婦女因信奉異教而被處以火刑.
Everybody regarded the book as **heresy**. 人們都認為那本書是異端邪說.
〖複數〗**heresies**

heretic [ˋhɛrətɪk] *n.* 異教徒，持異端邪說者.
〖複數〗**heretics**

heretical [həˋrɛtɪkl] *adj.* 異教的，異端的: Nobody defended the man's **heretical** opinion. 沒有人為他的異端邪說辯護.

heritage [ˋhɛrətɪdʒ] *n.* 遺產; 傳統; 祖傳之物; 繼承物: This museum is dedicated to preserving our national **heritage**. 這個博物館致力於保存我們國家的遺產.

〖參考〗〖美〗hereabout.

hermit [ˋhɝmɪt] *n.* 遁世者，隱士.
♦ **hermit cràb** 寄居蟹.
〖複數〗**hermits**

hermitage [ˋhɝmɪtɪdʒ] *n.* 隱士的隱居處; 修道院.
〖複數〗**hermitages**

hernia [ˋhɝnɪə] *n.* 脫腸，疝氣.
〖複數〗**hernias**

***hero** [ˋhɪro] *n.* ① 英雄，豪傑. ② 勇士. ③ 男主角.
〖範例〗① He is regarded as a national **hero**. 他被視為民族英雄.
③ Please tell me who the **hero** of this novel is. 請告訴我誰是這部小說的男主角.
〖片語〗**make a hero of** 將~英雄化，讚揚: We must not **make a hero of** criminals. 我們不可以將罪犯英雄化.
☞ heroine（女主角）
〖複數〗**heroes**

***heroic** [hɪˋro·ɪk] *adj.* 英勇的，勇敢的; 大膽的; 英雄的: **heroic** deeds 英勇的行為.
〖活用〗*adj.* more heroic，most heroic

heroically [hɪˋro·ɪklɪ] *adv.* 英勇地，英雄般地，勇敢地.
〖活用〗*adv.* more heroically，most heroically

heroics [hɪˋro·ɪks] *n.* 誇張的言行.

heroin [ˋhɛro·ɪn] *n.* 海洛英《由嗎啡提煉而成的鎮靜劑，毒品》: a **heroin** addict 海洛英中毒者.

***heroine** [ˋhɛro·ɪn] *n.* ① 女英雄. ② 女主角.
〖複數〗**heroines**

heroism [ˋhɛroˌɪzəm] *n.* 英雄氣概; 英勇: an act of **heroism** 英勇行為.

heron [ˋhɛrən] *n.* 蒼鷺《翼長12-50公分，嘴、腿及脖子都很長，棲息在水邊》.

[heron]

〖複數〗**heron/herons**

herring [ˋhɛrɪŋ] *n.* 鯡魚《全長約40公分的海魚，可作飼料》.

[複數] **herring/herrings**

†**hers** [hɝz] *pron.* 她的東西《she 的所有格代名詞》.

[範例] "Jane bought a new cap, didn't she? Is this **hers**?" "No. It's mine. **Hers** is on that desk."「珍買了一頂新帽子是不是? 就是這頂嗎?」「不, 那是我的, 她的在那張桌子上.」

My sister has a lot of handkerchiefs. Look! These are all **hers**! 我妹妹有很多手帕. 你看, 這些都是她的!

[片語] *of hers* 她的: Ms. Hill is a writer. She writes short stories. This is a short story of **hers**. Its title is *Rivers*. I like it very much. 希爾女士是一位作家, 她寫短篇小說. 這是她的短篇小說之一, 書名是《河》, 我非常喜歡.

➡ (充電小站) (p. 507), (p. 834)

†**herself** [hɚˋsɛlf] *pron.* 她自己, 她本身《she 的反身代名詞》.

[範例] She killed **herself**. 她自殺了.

My mother made this desk **herself**. 我的母親自己作了這張桌子.

She washed **herself**. 她洗了澡.

[複數] **themselves**

hertz [hɝts] *n.* 赫《頻率單位, 每秒1次的週期數》.

[複數] **hertz**

†**he's** [(強) hiz; (弱) iz]《縮略》= ① he is. ② he has.

[範例] ① **He's** a policeman. 他是一個警察.

② **He's** just left. 他剛剛離開.

He's got two cars. 他有兩輛汽車.

hesitant [ˋhɛzətənt] *adj.* 猶豫的, 躊躇的: The boys were naturally **hesitant** to confess that they broke the window. 對於承認打破那個窗戶一事, 男孩們顯得有些猶豫.

[活用] *adj.* **more hesitant, most hesitant**

hesitate [ˋhɛzəˌtet] *v.* 猶豫, 躊躇.

[範例] If you need anything, don't **hesitate** to call. 如果你需要甚麼就打電話來, 不必客氣.

We **hesitated** between going out in the snowstorm and staying home. 是要冒著那場暴風雪出門還是待在家裡, 我們當時猶豫不決.

[活用] *v.* **hesitates, hesitated, hesitated, hesitating**

hesitation [ˌhɛzəˋteʃən] *n.* 猶豫, 躊躇: Jack decided to go with me without **hesitation**. 傑克毫不猶豫地決定跟我一起去.

[複數] **hesitations**

heterogeneous [ˌhɛtərəˋdʒinɪəs] *adj.* 異類的, 異質的.

heterosexual [ˌhɛtərəˋsɛkʃʊəl] *adj.* ① 異性的; 異性戀的.

——*n.* ② 異性戀者.

[複數] **heterosexuals**

hew [hju] *v.* (用斧頭等) 砍, 鑿刻.

[範例] **hew** down an oak 砍倒一棵櫟樹.

hew off branches 砍下樹枝.

hew a statue of Venus out of marble 用大理石雕製一尊維納斯像.

[活用] *v.* **hews, hewed, hewed, hewing/hews, hewed, hewn, hewing**

hewn [hjun] *v.* hew 的過去分詞.

hexagon [ˋhɛksəˌgɑn] *n.* 六角形.

[複數] **hexagons**

hey [he] *interj.* 喂, 嘿《用於喚起對方注意或表示驚訝、喜悅、質疑等》.

[範例] **Hey**! What are you talking about? 喂! 你在說甚麼?

Hey presto! 嘿, 快變!《魔術師的呼語》

heyday [ˋheˌde] *n.* 全盛時期: In its **heyday** MGM was the king of Hollywood. 米高梅電影製片公司在全盛時期是好萊塢的龍頭老大.

hi [haɪ] *interj.* 嗨《日常打招呼用語》.

[參考] 比 hello 更親切的說法.

hibernate [ˋhaɪbɚˌnet] *v.* 冬眠, 蟄居: Our teacher asked me if foxes **hibernate** or not. 老師問我狐狸是否會冬眠.

[活用] *v.* **hibernates, hibernated, hibernated, hibernating**

hibernation [ˌhaɪbɚˋneʃən] *n.* 冬眠: A snake emerged from **hibernation**. 蛇從冬眠中醒過來了.

hibiscus [haɪˋbɪskəs] *n.* 木槿.

[複數] **hibiscuses**

hiccough [ˋhɪkʌp] = *n.* ①, *v.* hiccup.

hiccup [ˋhɪkʌp] *n.* ① 打嗝: have the **hiccups** 打嗝. ② 小問題, 中斷.

——*v.* ③ 打嗝.

[參考] ① ③ 亦作 hiccough.

[複數] **hiccups**

[活用] *v.* **hiccups, hiccupped, hiccupped, hiccupping**

hickory [ˋhɪkərɪ] *n.* 山胡桃樹《原產於北美的胡桃科落葉喬木, 木材用於製作滑雪板等, 果實可食用》.

[複數] **hickories**

***hid** [hɪd] *v.* hide 的過去式.

***hidden** [ˋhɪdn] *v.* ① hide 的過去分詞.

——*adj.* ② 隱藏的, 祕密的.

[範例] ② a **hidden** meaning 言外之意, 弦外之音.

hidden valleys 隱密的山谷.

***hide** [haɪd] *v.* ① 躲藏, 隱瞞.

——*n.* ② (野獸的) 皮.

[範例] ① I saw him **hide** his bag in the drawer. 我看見他把他的袋子藏在抽屜裡.

Father found John **hiding** in the attic. 父親發現約翰躲在閣樓上.

Betty is **hiding** from her mom. 貝蒂躲著她的母親.

The boy **hid** himself under the table. 那個男孩躲在桌子底下.

The painter's signature was **hidden** by the frame. 那個畫家的簽名被畫框擋住了.

Our conversation was bugged by a **hidden**

microphone. 我們的談話經由隱藏式麥克風被竊聽了.

When she heard the news of his retirement, she could not **hide** her disappointment. 聽到他引退的消息時，她掩飾不住臉上失望的神情.

[活用] v. **hides, hid, hidden, hiding**
[複數] **hides**

hide-and-seek [`haɪdn`sik] n. 捉迷藏: play **hide-and-seek** 玩捉迷藏.

*‍**hideous** [`hɪdɪəs] adj. 可怕的，令人毛骨悚然的: A **hideous** creature emerged from the UFO. 一個可怕的生物從飛碟裡現身.

[活用] adj. **more hideous, most hideous**

hideously [`hɪdɪəslɪ] adv. 可怕地，令人毛骨悚然地.

[活用] adv. **more hideously, most hideously**

hiding [`haɪdɪŋ] n. ① 藏匿，躲藏. ② 痛打，鞭打: She gave her son a good **hiding** because he told a lie. 因為她兒子說謊，她痛打了他一頓.

[複數] ② **hidings**

hierarchy [`haɪəˌrɑrkɪ] n. ① 階層，階級制度《如軍隊中階級高的人可以管理階級低的人》. ② 領導階級，統治階級.

[複數] **hierarchies**

hi-fi [`haɪ`faɪ] adj. ①〔只用於名詞前〕高傳真的: I have a **hi-fi** tape recorder. 我有一臺高傳真錄音機.

——n. ② 高傳真的音響、錄音機等. ③ 高傳真.

[參考] 可保持原來音色並進行錄音與播放等功能的機器，為 high-fidelity 的縮略.

[複數] **hi-fis**

*‍**high** [haɪ] adj.

原義	層面	釋義	範例
處於高的位置	處於某一高度	具有～的高度	①
	比某一標準高	（高度、程度、地位等）高的;（價格）昂貴的;（聲音）高亢的	②
	心情	精神飽滿的，高昂的	③
	時間，時期	最適合的，鼎盛的	④

——adv. ⑤ 高高地;（生活）奢侈地;（聲音、評價等）高地.

——n. ⑥ 高處，最高水準〔記錄〕. ⑦ 高氣壓區域. ⑧《美》高速檔《《英》top》. ⑨ 陶醉狀態，幻覺狀態.

[範例] ① The Eiffel Tower is 1,050 feet **high**. 艾菲爾鐵塔有1,050呎高.

The house is six stories **high**. 那棟房子有6層樓高.

② That's the **highest** building in this city. 那是這個城市最高的建築物.

The roof is too **high** to reach with a stepladder. 那個屋頂太高了，梯子搆不著.

Some **high** officials are allegedly involved in the bribery. 據說有幾位政府高層人員涉及那起賄賂案.

Today, prices are **high**. 現在物價很高.

Mary got a **high** mark in French. 瑪麗的法語獲得了高分.

They ran incredibly **high** risks to reach the South Pole. 為了到達南極，他們冒了極大的危險.

She has a **high** singing voice. 她的歌聲高亢嘹亮.

③ We were all in **high** spirits. 我們個個都精神飽滿.

My mother gets **high** on a single drink. 我母親只要喝一杯酒就會醉.

④ **high** summer 盛夏.

high noon 正午.

It is **high** time for you to go to bed./It is **high** time you went to bed. 你們該上床睡覺了. 《☞ (充電小站) (p. 929)》

⑤ A skylark is flying **high** up in the sky. 雲雀高高地在天上飛.

After winning the lottery, he can afford to live **high**. 中了樂透彩券後，他可以過著奢侈的生活.

⑥ The stock market has hit a new **high**. 股票市場再創新高.

[片語] **high and dry** 束手無策，孤立無援的: The correspondent was left **high and dry** when his translator quit on him. 那位特派記者在他的翻譯離職後，就陷入孤立無援的處境.

high and low ①（無分貴賤）所有階層的: Men and women of all social ranks—**high and low**—participated. 社會上各個階層的男女，不分貴賤，都參加了. ② 到處，所有的地方: I looked **high and low** for the book. 為了找那本書，我翻遍了所有地方.

It is high time 是～的時候了. (⇨ [範例] ④)

on high 在高處，在天空: We flew the flag *on high*. 我們把那面旗高升在空中.

♦ **high chàir**（小孩子吃飯時用的）高腳椅.

high commissioner 高級專員《地位、資格相當於大使》.

the High Cóurt《英》最高法院《審理民事案件的最高法院》,《美》高等法院《☞ (充電小站) (p. 285)》.

higher educátion 高等教育.

high explósive 高性能炸藥.

high fidélity 高傳真錄音機、音響等《亦作 hi-fi, 可保持原來音色並進行錄音、播放等功能的機器》.

high hát ① 絲質大禮帽《亦作 top hat》. ② 自命不凡的人. ③（鼓上配的）腳踏鐃鈸.

high héels 高跟鞋.

the hígh jùmp 跳高.
hígh lìfe〔the ～〕上流社會的奢侈生活.
hígh schòol〖美〗中學《美國的學制各州互異，high school 多指小學 (elementary school) 結束後第7-12年級的學校．其中7-9年級的學校為 junior high school，10-12年級的學校為 senior high school，但說 high school 時多指 senior high school．另外，也有9-12年級的4年制中學．口語中可不加 school 只說 high》.
the hígh séas 公海，外海.
the hígh séason 旺季.
hígh socíety 上流社會.
hígh spòt 主要部分，最精彩的場面.
hígh strèet〖英〗大街《城裡最熱鬧的街道》；〖美〗main street》.
hìgh téa〖英〗傍晚茶《代替晚餐的傍晚茶點》.
hìgh technólogy 高科技，尖端科技.
hígh tíde 漲潮；全盛時期.
hígh tréason 叛國罪.
☞ n. height, highness
[活用] adj., adv. higher, highest
[複數] highs

highbrow [ˋhaɪ͵braʊ] n. ① 知識分子；賣弄知識的人.
——adj. ② 知識分子的；賣弄知識的.
[複數] highbrows

high-class [ˋhaɪˋklæs] adj. ① 高級的，一流的. ② 上流社會的.
[活用] adj. more high-class, most high-class

high-handed [ˋhaɪˋhændɪd] adj. 高壓的，專橫的: a high-handed manner 高壓手段.
[活用] adj. more high-handed, most high-handed

highland [ˋhaɪlənd] n. ① 高地，山地. ②〔the H～s〕蘇格蘭高地.
[複數] highlands

highlight [ˋhaɪ͵laɪt] n. ①《新聞、事件等的》最重要部分，最引人注目的地方，最有趣的部分，最精彩之處 Visiting the aboriginal people of Australia was the **highlight** of my trip there. 拜訪澳洲原住民是我這次旅行中最有趣的部分. ②〔～s〕《繪畫、照片中》最明亮的部分.
——v. ③ 強調，使醒目.
[複數] highlights
[活用] v. highlights, highlighted, highlighted, highlighting

highly [ˋhaɪlɪ] adv. ① 非常地，極大地. ②《評價等》高地，高價地.
[範例] ① He is **highly** respected by all people. 他極受眾人尊崇.
This is a **highly** amusing film. 這是一部非常有趣的電影.
② He is **highly** paid. 他領高薪.
[活用] adv. more highly, most highly

high-minded [ˋhaɪˋmaɪndɪd] adj. 品格高尚的，高風亮節的.
[活用] adj. more high-minded, most high-minded

high-minded

highness [ˋhaɪnɪs] n. ① 高，高度. ②〔H～〕殿下《對皇族等的尊稱》.
[範例] ① the **highness** of the tower 那座塔的高度.
② How is Your **Highness** feeling today? 殿下您今天覺得如何？
➡〔充電小站〕(p. 761)
[複數] Highnesses

high-powered [ˋhaɪˋpaʊɚd] adj. ①《機械等》馬力強勁的，高性能的. ② 精力旺盛的.
[活用] adj. more high-powered, most high-powered

high-rise [ˋhaɪ͵raɪz] adj. ①《建築物》高層的: a high-rise building 高層建築物.
——n. ② 高層建築物《亦作 high rise》.
[複數] high-rises

highroad [ˋhaɪ͵rod] n. ①〖英〗主要道路，幹道，公路《〖美〗highway》. ② 捷徑，近路.
[複數] highroads

high-spirited [ˋhaɪˋspɪrɪtɪd] adj. 勇敢的；精力充沛的；血氣方剛的.
[活用] adj. more high-spirited, most high-spirited

high-tech [ˋhaɪˋtɛk] adj. 高科技的.
[活用] adj. more high-tech, most high-tech

highway [ˋhaɪ͵we] n. ①〖美〗公路，主要幹道. ② 捷徑；途徑.
[參考] highway 為連結各城市的主要道路，無需收費.
[複數] highways

highwayman [ˋhaɪ͵wemən] n. 攔路搶匪《以前騎著馬在公路上搶劫旅客財物的強盜》.
[複數] highwaymen

hijack [ˋhaɪ͵dʒæk] v. ① 劫持《飛機、船、汽車等》；搶劫《運輸中的貨物》.
——n. ② 劫持事件.
[活用] v. hijacks, hijacked, hijacked, hijacking
[複數] hijacks

hijacker [ˋhaɪ͵dʒækɚ] n. ①《飛機等的》劫持犯. ②《貨物等的》搶劫犯，強盜.
[複數] hijackers

hike [haɪk] v. ① 遠足，徒步旅行. ②〖美〗《突然》提高，上漲. ——n. ③ 遠足，徒步旅行. ④〖美〗提高，上漲.
[範例] ① We **hiked** ten miles a day. 我們以前每天徒步走10哩.
Let's go **hiking** tomorrow. 我們明天去遠足吧.
② They **hiked** the bus fare. 他們突然調漲公車票價.
③ I went on a **hike** with my family yesterday. 昨天我與家人一起去遠足.
④ We will demand a pay **hike**. 我們要求提高工資.
[活用] v. hikes, hiked, hiked, hiking
[複數] hikes

hiking [ˋhaɪkɪŋ] n. 遠足，徒步旅行.

【參考】hiking 著重在戶外徒步走，而郊遊 (picnic) 則是以在戶外進餐為重點.

*hilarious [hə`lɛrɪəs] adj. 興高采烈的，喧鬧的；令人捧腹大笑的.
　【範例】People got hilarious after they drank lots of wine. 他們暢飲葡萄酒後，便開始喧鬧起來.
　We laughed heartily at Tom's hilarious joke. 聽了湯姆那引人發噱的笑話，我們都開懷大笑.
　【活用】adj. more hilarious, most hilarious

hilariously [hə`lɛrɪəslɪ] adv. 歡樂地，喧鬧地；令人捧腹大笑地.
　【活用】adv. more hilariously, most hilariously

hilarity [hə`lærətɪ] n. 興高采烈，喧鬧；大笑：
　The noise of hilarity below forbad me to sleep. 樓下傳來的喧鬧聲吵得我睡不著覺.

*hill [hɪl] n. 山丘，小山；(螞蟻等的) 土堆；山坡.
　【範例】I like running down that hill. 我喜歡從那個山丘上跑下來.
　My village is on the other side of that hill. 我的村莊就在那座小山的另一頭.
　It's hard to go up the hill on a bicycle. 騎腳踏車上那個山坡很困難.
　【片語】over the hill 過了最盛期的，走下坡的.
　➡ 充電小站 (p. 707)
　【複數】hills

hillock [`hɪlək] n. 小丘，小土堆.
　【複數】hillocks

hillside [`hɪl,saɪd] n. 山坡，山腰.
　【複數】hillsides

hilltop [`hɪl,tɑp] n. (小山的) 山頂.
　【複數】hilltops

hilly [`hɪlɪ] adj. 丘陵起伏的，多山丘的.
　【活用】adj. hillier, hilliest

hilt [hɪlt] n. (刀、劍等的) 柄，把手.
　【片語】to the hilt/up to the hilt 完全地，徹底地.
　【複數】hilts

†him [(強) `hɪm；(弱) ɪm] pron. 他 《he 的受格》.
　【範例】A man came to see me, but I didn't know him. 有個男子來找我，可是我不認識他.
　"How old is your nephew?" "Mike? He's just turned five. I gave him a video game for a birthday present." 「你的姪子幾歲了?」「你是說麥克嗎? 他剛滿5歲. 我還送他一臺電視遊樂器作為生日禮物.」
　"Where's Grandpa?" "I saw him strolling in the park." 「爺爺在哪裡?」「我看見他在公園裡散步.」
　"That is my uncle." "Who's talking to him?" 「那是我叔叔.」「正在跟他說話的那個人是誰?」
　"Your brother is very tall. How tall is he?" "Around two meters tall. Dad is a little taller than him." 「你哥哥個子真高. 他到底有多高?」「大約兩公尺左右. 我父親比他還要高一些.」

This bike is Bill's. I'm sure it's him who took mine by mistake. 這輛腳踏車是比爾的. 一定是他搞錯, 把我的腳踏車騎走了.

†himself [hɪm`sɛlf] pron. 他本身, 他自己 《he 的反身代名詞》.
　【範例】He enjoyed himself very much at the party. 他在晚會上玩得很愉快.
　Bill seated himself on the sofa. 比爾坐在沙發上.
　Everyone has the right to defend himself. 任何人都有保護自己的權利.
　He himself said so. 是他自己這麼說的.
　I met the President himself. 我見到總統本人.
　➡ 充電小站 (p. 834)

*hind [haɪnd] adj. ① 〔只用於名詞前〕後面的, 後部的：A male dog raises one of its hind legs when peeing. 公狗撒尿時會抬起一隻後腿.
　——n. ② 母鹿 《特指3歲以上的赤鹿(red deer), 公鹿為 hart, stag》.
　【參考】① 用於如「前腿, 後腿」等「前」、「後」相對應時.
　☞ ↔ fore
　【複數】hind/hinds

*hinder [`hɪndə] v. 阻撓, 妨礙.
　【範例】Blocked highways are hindering rescue efforts. 救援工作因主要道路中斷而受阻.
　There is nothing to hinder you from leaving now. 沒有任何事物可以阻止你離去.
　【活用】v. hinders, hindered, hindered, hindering

*hindrance [`hɪndrəns] n. 妨礙, 障礙物：This device is supposed to help, but it's really a hindrance. 本以為這個裝置能幫上忙, 但它卻只會礙事.
　【複數】hindrances

Hindu [`hɪndu] n. ① 印度教教徒.
　——adj. ② 印度教的.
　【複數】Hindus

Hinduism [`hɪndu,ɪzəm] n. 印度教.

*hinge [hɪndʒ] n. ① 鉸鏈. ② 關鍵, 要點.
　——v. ③ 靠鉸鏈來轉動, 裝上鉸鏈. ④ 取決於 (on, upon).
　【範例】① Oil the creaking hinges. 給那吱吱叫叫的鉸鏈加點潤滑油吧.
　He's off his hinges! 他有點精神失常!
　② The essential hinge on which everything turns hasn't been addressed yet. 事關全局的重要關鍵尚未著手處理.
　③ This gate is hinged on the left side. 這扇門的左側裝有鉸鏈.
　④ My decision hinges on what my wife thinks. 我的選擇取決於我太太的想法.
　【片語】off the hinges/off ~'s hinges (身體、精神) 狀況欠佳. (⇨ 範例①)
　【複數】hinges
　【活用】v. hinges, hinged, hinged, hinging

*hint [hɪnt] n. ① 暗示, 線索. ② 要領, 須知. ③ 些許, 少量.

H

——v. ④ 暗示，透露．

範例 ① She gave me a **hint** as to where it could be found. 她暗示我在哪裡可以找到那個東西．

② **hints** on gardening 園藝要領．

③ There is a **hint** of spring in the air. 空氣中透露著些許春天的氣息．

④ John **hinted** that he wanted a transfer to the sales department. 約翰透露他想要轉調去銷售部門．

片語 *take a hint* 領會： I can **take a hint**. I know when I'm not wanted. 我知道了．我現在最好離席．

複數 hints

活用 v. **hints, hinted, hinted, hinting**

***hip** [hɪp] n. 臀部《腰以下突出部分，因為有左右兩側，故作 hips》；髖部： My brother was standing with his hands on his **hips**. 我哥哥雙手叉腰站著．

複數 hips

hip-hop [`hɪp,hɑp] n. 青少年的次文化《始於1980年代的饒舌音樂、霹靂舞、塗鴉等》．

複數 hip-hops

hippo [`hɪpo] n. 〔口語〕河馬．

複數 hippos

hippopotamus [,hɪpə`pɑtəməs] n. 河馬《亦作 hippo》．

發音 複數形 hippopotami [,hɪpə`pɑtə,maɪ]．

複數 hippopotamuses/hippopotami

***hire** [haɪr] v. ① 租用；雇用． ② 出租；受雇．

——n. ③ 租借；雇用；租金；工資．

範例 ① We **hired** a big hall for our convention. 我們租用一個大廳作為大會場地．

Ann **hired** someone to paint her house. 安雇人粉刷她的房子．

② They **hire** out boats over there. 他們在那裡出租小船．

Jack **hired** himself out as a tour guide. 傑克受雇為導遊．

③ This cottage is on **hire**. 這間是待租的別墅．

For **hire** 空車．

片語 *hire out* 出租；受雇．(⇨ 範例 ②)

♦ **hire púrchase** 〔英〕分期付款方式《〔美〕installment plan》．

活用 v. **hires, hired, hired, hiring**

†**his** [(強)`hɪz; (弱) ɪz] pron. 他的《he 的所有格》．

範例 Mr. Smith took **his** students to the art museum yesterday. 史密斯老師昨天帶學生去美術館．

Mike washes **his** old car every morning. 邁克每天早上洗自己的舊車．

"Bill bought a new racket, didn't he? Is this **his**?" "No. It's mine. **His** is over there." 「比爾買了新球拍，不是嗎？這支是他的嗎？」「不，那是我的．他的在那兒．」

My brother has a lot of miniature cars. Look! These are all **his**! 我弟弟有許多汽車模型．你看，這些都是他的！

片語 *of his* 他的： This is my brother Charles. This is a friend of **his**. His name is also Charles. 這是我哥哥查爾斯．這是我哥哥的朋友，他的名字也叫查爾斯．

➡ 充電小站 (p. 507), (p. 834)

Hispanic [hɪs`pænɪk] n. ①《居住在美國的》西班牙〔拉丁〕裔．

——adj. ② 西班牙〔拉丁美洲〕裔的．

複數 Hispanics

***hiss** [hɪs] v. ① 發出噓聲《表示不滿、反感》；《動物》發出嘶嘶聲．

——n. ② 噓聲，嘶嘶聲．

範例 ① The audience **hissed** at the singer. 聽眾對那位歌手發出噓聲．

A ball **hissed** by my head. 一顆球從我頭上咻地掠過．

② The little boy said he could make a **hiss** just like a snake. 那個小男孩說他能像蛇一樣發出嘶嘶聲．

活用 v. **hisses, hissed, hissed, hissing**

複數 hisses

historian [hɪs`torɪən] n. 歷史學家．

複數 historians

***historic** [hɪs`tɔrɪk] adj. ① 歷史上有名的，歷史性的． ② 有歷史記載的．

範例 ① **historic** scenes 史蹟．

This town is **historic**. 這是一個具有歷史性的城鎮．

② **historic** times 有歷史記載的時代．

參考 historic 有「歷史上重要的」、「歷史悠久的」之意；historical 表示「歷史上實際存在的」或「與歷史有關的」之意．

活用 adj. **more historic, most historic**

***historical** [hɪs`tɔrɪkl] adj. ① 與歷史有關的；《歷史上》實際存在的；基於史實的． ② 史學的．

範例 ① a **historical** person 歷史人物．

historical materials 史料．

a **historical** novel 歷史小說．

② a **historical** study of Troy 特洛伊史研究．

from a **historical** point of view 從史學觀點來看．

historically [hɪs`tɔrɪkḷɪ] adv. 歷史上，從歷史的觀點來看．

***history** [`hɪstrɪ] n. ① 歷史；史學． ② 史書；歷史劇． ③ 經歷，由來，沿革． ④ 過去的事，往事．

範例 ① ancient **history** 古代史．

medieval **history** 中古史．

modern **history** 現代史．

History repeats itself.《諺語》歷史不斷在重演．

② There are a lot of good **histories** of Greece in this library. 這間圖書館裡有許多論述精闢的希臘史書．

Shakespeare's **histories** 莎士比亞的歷史劇．

③ a personal **history** 個人履歷．

④ That's all **history**. 那都是過去的事了．

片語 *go down in history/make history* 永

充電小站

He hit me on the head.

【Q】「他打了我的頭.」說成 He hit me on the head. 如說成 He hit my head. 是否正確呢? 或者這兩個句子意思不一樣呢? 還有, 前一個句子中的 the head 是否可以用 my head?

【A】3個句子都是正確的:

(1) He hit me on the head.

(2) He hit my head.

(3) He hit me on my head.

但是, 多數情況下都是用 (1), (2)比起(1)來用得較少. (3)是正確的, 但很少人用.

我們再看一下它們的意思. (2)很簡單, 直譯來看就是「他打了 (hit) 的頭 (my head)」. 那麼 (1)呢? 我們先把句子分開成「他打了我」, 那麼是「如何」打呢? 就是用 on the head 的方式.

我們再舉兩個不是 head 的例子:

(4) He hit me on the stomach.

(5) He hit me in the stomach.

stomach 是「胃」的意思, 相當於中文的「肚子」. (4)是 on the stomach, 是「接觸肚子的方式」; (5)因為是 in the stomach, 所以是「進入肚子中的方式」, 即「被打得身體彎成蝦形」.

還有一些類似的說法:

(6) He looked me in the eyes.

(7) He caught me by the arm.

(8) He kissed me on the hand.

(6)「他看見了我」, 怎麼見到的呢? 是「(他的視線) 進入了我的眼裡」, 即「他緊盯著我的眼睛」. (7)「他抓住了我」, 怎麼抓的呢?「抓住我的手臂」. (8)「他吻了我」, 用的是接觸手的方式.

據某學者的說法, 假如 (8) 的 me 改成 Queen 或 King 的話就不好了:

(8·1) He kissed the Queen on the hand.

(8·2) He kissed the Queen's hand.

即沒甚麼了不起的「他」, 如像 (8·2) 那樣「吻女王殿下的手」可以, 但像 (8·1) 那樣「吻女王殿下」則是失禮.

最後再看 (3), 這種說法很少有人用, 理由雖不清楚, 但因為 on the head 等為說明「用甚麼方式」的部分, 所以在此處沒有特地強調「我的」之必要. 不過, 像 He hit me on my head. 這樣的說法絕非錯誤, 實際上是可以使用的.

垂青史.

[複數] **histories**

**hit [hɪt] v. ① 打, 擊; 碰撞; 襲擊; 命中.

——n. ② 打擊, 撞擊; (棒球的) 安打. ③ 成功, 受歡迎的歌曲〔作品〕.

[範例] ① Brian **hit** the ball over the fence. 布萊恩把球打出了圍牆.

The girl **hit** the boy on the head with a bag. 那個女孩用皮包打了那個男孩的頭.

The car passed without **hitting** the old man. 那輛車從旁邊經過, 沒有撞到老人.

I **hit** my leg against the table. 我的腿撞到了桌子.

My aunt was **hit** by a truck. 我阿姨被一輛卡車撞到.

The bullet **hit** the president in the heart. 那顆子彈命中總統的心臟.

Try to **hit** what you shoot at. 試著打中你瞄準的目標.

Typhoon 19 **hit** the Guam area. 第19號颱風襲擊了關島地區.

The farmers were badly **hit** by the hail storm. 那些農夫受到冰雹嚴重地襲擊.

Price increases **hit** hard everyone's pocket. 物價上漲嚴重瘦了每個人的荷包.

Follow this road, and you'll **hit** the lake in ten minutes. 順著這條路走, 10分鐘就到湖邊了.

I **hit** on a good plan. 我想到了一個好計畫.

② The challenger made a **hit** on the champion's jaw. 那位挑戰者一拳打中衛冕者的下巴.

His words were a **hit** at me. 他的話對我是一個打擊.

③ Leo's two-base **hit** led us to victory. 里歐的二壘安打使我們獲勝.

The musical became a big **hit**. 那齣歌舞劇相當成功.

[片語] **hit it off** 合得來, 相處融洽: Robin **hit it off** with Marian right from the start. 羅賓與瑪麗安一開始就相處融洽.

hit on 突然想到. (⇨ 範例 ①)

➡ 充電小站 (p. 597)

[活用] v. **hits, hit, hit, hitting**

[複數] **hits**

hitch [hɪtʃ] v. ① 拴住, 鉤住, 繫住; 用力拉動. ②《口語》搭便車.

——n. ③ 阻礙, 障礙. ④ 拴住, 鉤住; 用力拉.

[範例] ① He **hitched** his horse to the post. 他把馬拴在那根柱子上.

His sweater was **hitched** on a nail. 他的毛衣被釘子鉤住了.

The man **hitched** his chair closer to the table. 那個男子把他的椅子拉近桌子.

He **hitched** up his trousers. 他把褲子往上拉.

② The young man **hitched** a ride in a truck. 那個年輕人搭上了一輛卡車.

③ We finished the work without a **hitch**. 我們順利完成工作.

④ He gave his trousers a **hitch**. 他把褲子往上拉.

[片語] **without a hitch** 順利地. (⇨ 範例 ③)

[活用] v. **hitches, hitched, hitched, hitching**

[複數] **hitches**

hitchhike [ˋhɪtʃˏhaɪk] v. 搭便車旅行.

[活用] v. **hitchhikes, hitchhiked, hitchhiked, hitchhiking**

hitchhiker [`hɪtʃ,haɪkə] *n.* 搭便車旅行者.
複數 **hitchhikers**

HIV 〔`et`ʃaɪ`vi〕 （縮略） ＝human immunodeficiency virus（愛滋病毒）.

***hive** [haɪv] *n.* ① 蜂房《亦作 beehive》. ② 蜂房裡的蜂群. ③ 人群擁擠的地方: New York is a veritable **hive** of artistic creativity. 紐約確實是一個人文薈萃的藝術創作之地. ④〔～s〕蕁麻疹.
複數 **hives**

h'm [hm] *interj.* 嗯哼《假咳嗽的聲音，表示懷疑、不滿、猶豫、遲疑等; 亦作 hem, hum》.

H.M.S. (縮略) ＝① His 〔Her〕 Majesty's Ship（英國皇家海軍艦艇）. ② His 〔Her〕 Majesty's Service（公用）《政府公務信件上免付郵資的標記》.

ho [ho] *interj.* 嗬《表示吃驚、感嘆等或用於引起對方注意》: Land **ho**! 嗬，陸地!

***hoard** [hord] *n.* ① 貯藏物.
——*v.* ② 貯藏.
複數 **hoards**
活用 *v.* **hoards**, **hoarded**, **hoarded**, **hoarding**

hoarding [`hordɪŋ] *n.* ①《英》圍板《臨時裝設在修建中的建築物周圍》. ② 廣告板（《美》billboard）.
複數 **hoardings**

***hoarse** [hors] *adj.* (聲音) 嘶啞的, 沙啞的.
範例 The announcer was **hoarse** from a bad cold. 那位播音員因重感冒而聲音沙啞.
"Come here," he said in a **hoarse** voice. 他用嘶啞的聲音說:「過來這裡.」
The boys shouted themselves **hoarse**. 那群男孩喊到聲嘶力竭.
活用 *adj.* **hoarser**, **hoarsest**

hoarsely [`horslɪ] *adv.* 嘶啞地, 沙啞地: He speaks **hoarsely**. 他用嘶啞的聲音說話.

hoarseness [`horsnɪs] *n.* 嘶啞, 沙啞.

hoary [`horɪ] *adj.* 白髮的, 年老的: a **hoary** head 白髮蒼蒼.
活用 *adj.* **hoarier**, **hoariest**

hoax [hoks] *n.* ① 惡作劇.
——*v.* ② 捉弄, 欺騙: The man **hoaxed** people into thinking he was a policeman. 世人被那個男子所騙，誤以為他是警察.
複數 **hoaxes**
活用 *v.* **hoaxes**, **hoaxed**, **hoaxed**, **hoaxing**

***hobbies** [`hɑbɪz] *n.* hobby 的複數形.

hobble [`hɑbl] *v.* ① 跛行, 蹣跚而行. ② 縛住（馬等的）腿.
範例 ① My grandma **hobbles** because of her arthritis. 我奶奶患了關節炎，只能蹣跚而行.
② "Can a horse that's been **hobbled** move?" "Yes, but not quickly." 「腿被綁住的馬還能移動嗎?」「能，只是走不快.」
活用 *v.* **hobbles**, **hobbled**, **hobbled**, **hobbling**

***hobby** [`hɑbɪ] *n.* 喜好, 嗜好.
範例 My **hobbies** are horse riding and playing basketball. 我的嗜好是騎馬和打籃球.
What are your **hobbies**? 你的嗜好是甚麼?
複數 **hobbies**

hockey [`hɑkɪ] *n.* ①《英》曲棍球(《美》field hockey). ②《美》冰上曲棍球(《英》ice hockey).

hod [hɑd] *n.* 磚泥斗《運送磚瓦灰泥的帶長柄箱形容器》.
複數 **hods**

hoe [ho] *n.* ① 鋤頭.
——*v.* ② 用鋤頭耕〔掘〕地. ③ 用鋤頭除草.
複數 **hoes**
活用 *v.* **hoes**, **hoed**, **hoed**, **hoeing**

[hod]

hog [hɑg] *n.* ①《美》豬. ②《英》(經閹割以供食用的) 公豬. ③ 貪吃〔貪婪〕的人.
——*v.* ④ 獨占，獨吞.
範例 Young boys eat like **hogs**. 年輕男孩吃相跟豬一樣.
③ This old contraption is a power **hog**. 這臺構巧的老舊機器很耗電.
④ David has been **hogging** the bathroom. 大衛一直占用廁所.
片語 **go the whole hog** 徹底地做，竭盡全力去做.
hog the road 在馬路上橫衝直撞地開車.
複數 **hogs**
活用 *v.* **hogs**, **hogged**, **hogged**, **hogging**

***hoist** [hɔɪst] *v.* ① 吊起，舉起，升起.
——*n.* ② 吊起，升起. ③ 升降機，起重機.
範例 Sailors **hoisted** the sails of the ship. 水手揚起帆來.
He **hoisted** himself out of his chair and walked towards the door. 他從椅子上站起來，向那扇門走去.
② Give him a **hoist**, would you? 你能將他向上推嗎?
活用 *v.* **hoists**, **hoisted**, **hoisted**, **hoisting**
複數 **hoists**

****hold** [hold] *v.*

原義	層面	釋義	範例
保持	使用手	握，持有，抱，拿	①
	在某種狀態下	保持，使處於	②
	保持原樣	支撐; 繼續，持續	③
	作為一定的量	容納，含有	④
	作為自己的東西	擁有	⑤
	在心中	懷有，相信，認為	⑥

—— *n.* ⑦ 握住，抓住. ⑧ 影響，支配. ⑨ 供抓住之處《把手、柄等》.

範例 ① The boy was **holding** a knife in his hand. 那個男孩手裡握著一把刀.

I was **holding** her umbrella for her. 我替她拿著傘.

The art dealer **held** the picture up to the light to examine it. 畫商把畫拿到明亮處加以鑑定.

The dog ran back to me **holding** a frisbee in its mouth. 那隻狗叼著飛盤跑了回來.

The mother **held** her head in her hands. 那位母親以雙手抱住頭.

The teacher **held** a pile of books from her arms. 那位老師懷中抱著一堆書.

They **held** each other tight. 他們緊緊相擁.

② **Hold** yourself still for a moment; the fitting will soon be over. 保持不動姿勢一會兒，試穿馬上就結束了.

The burglars **held** their hands above their heads when they were surrounded by the police. 竊賊被警方包圍後，將雙手舉在頭上.

It's **held** in place by a thumbtack. 那個東西已被圖釘固定住了.

Ted **held** the door open until the last guest had left. 直到最後一位客人離開泰德才關上門.

The police can't **hold** the crowd back much longer. 警方再也抵擋不了群眾了.

Sometimes we have to **hold** back our dog so it won't jump on visitors. 有時我們必須把狗拴住，牠才不會撲向訪客.

These procedures **hold** true in all of our embassies. 這些手續適用於我國所有的大使館.

We decided to **hold** a meeting on Tuesday. 我們決定星期二開會.

③ We **held** our breath at the horrible sight. 看到那幕可怕的景象，我們緊張得屏住呼吸.

She **held** the post of president of that company for 5 years. 她擔任那家公司的總裁已有5年的時間.

The floor of the upstairs room isn't strong enough to **hold** the weight of these books. 2樓房間的地板恐怕無法支撐這些書的重量.

The new teacher could not **hold** her pupils' attention. 那位新老師無法引起學生的注意.

Will the fair weather **hold**? 這樣的好天氣能持續嗎？

Our offer still **holds**. 我們的提議仍然有效.

Ken is coming. Will you **hold**? 肯就來了，請稍等一會好嗎？

④ The stadium **holds** about 30,000 people. 這座運動場能容納3萬人.

This kettle **holds** 2 liters. 這個水壺容量有2公升.

This old computer can't **hold** that much information in its memory bank. 這臺舊電腦的記憶體存不下那麼多資訊.

⑤ My grandfather **holds** most of the shares of the company. 我祖父持有那家公司的大多數股份.

Kay **holds** an MA in psychology. 凱有心理學碩士學位.

⑥ She **holds** strong views, but she won't cram them down your throat. 她堅持己見，但不會強迫你接受.

Everyone **held** that the plan had been a failure. 大家認為那個計畫已經失敗了.

They all **hold** me responsible, but it's not my fault. 大家都認為我要負責，可是這不是我的錯.

⑦ The man on the roof caught **hold** of the rope ladder from the helicopter. 屋頂上的那個男子抓住了直升機投下的繩梯.

These steps are slippery. Keep **hold** of the railing. 這些階梯很滑，要抓住扶手.

The student had a good **hold** of his subject. 那個學生對他的主題掌握得很好.

⑧ The sultan's wife seems to have a strange **hold** over him. 那位蘇丹的妻子對他似乎有著不可思議的影響力.

The army tightened its **hold** on the government. 軍隊加強了對政府的控制.

⑨ With no **holds** on the cliff, how can you climb it? 連一點攀爬處都沒有，你如何能登上那個懸崖呢？

片語 ***hold ~ against...*** （以過去的行為為理由）對～持有偏見: We should not **hold** it **against** him that he was in prison. 我們不能因為他坐過牢就對他有偏見.

hold back 阻止，克制，抵擋: John was so angry; we had to **hold** him **back**. 約翰非常生氣，我們必須阻止他.

hold good 適用，有效: This line of reasoning **holds good** in any situation. 這種推理論調適用於任何狀況.

Hold it! 請稍候，不要掛斷電話；不要動.

hold off 使不接近；延緩: They **held off** making a decision. 他們延緩做出決定.

hold on ① 請稍候，別掛電話《對來電者說的話》. ② 堅持，繼續: The woman **held on** until a fireman got to the window ledge. 那名女子一直堅持到消防隊員來到窗邊.

hold out ① 提出，提交，提供. ② 持續，堅持，不屈服；（庫存）保持: I will stay here as long as my food **holds out**. 只要食物夠維持下去，我就待在這裡.

hold out for （強烈）要求: The workers **held out for** more pay. 那些工人要求加薪.

hold over 延期；（使）繼續任職；（電影等）持續放映.

hold together 使團結一致: I think their alliance won't **hold together** for a month. 我想他們的聯盟維持不了一個月.

hold up 阻擋，阻止；攔劫: Masked men

held up the cash transport car. 蒙面男子攔劫那輛運鈔車. ② 舉起.

〖活用〗 v. **holds**, **held**, **held**, **holding**
〖複數〗 **holds**

holdall [`hold,ɔl] n. 〖英〗(旅行用的)大型手提袋(〖美〗carryall).
〖複數〗 **holdalls**

holder [`holdɚ] n. ① 持有人，所有人. ② 容器.
〖範例〗① He is a world-record **holder**. 他是世界記錄保持人.
② a cigarette **holder** 菸嘴.
〖複數〗 **holders**

holding [`holdɪŋ] n. ① 擁有的財產(包括股票、不動產等). ② 租地. ③(排球的)持球犯規;(籃球的)阻擋犯規.
♦ **hólding còmpany** 控股公司.
〖複數〗 **holdings**

holdup [`hold,ʌp] n. ① 持械搶劫. ②(運輸、交通的)停滯，阻塞.
〖複數〗 **holdups**

***hole** [hol] n. ① 洞，孔;(高爾夫球的)球洞(亦作 cup); 困境，窘境.
——v. ② 挖洞; 鑿鑿(隧道). ③(高爾夫球)擊球進洞.
〖範例〗① The boy dug a **hole** in the garden. 那個男孩在庭院裡挖了一個洞.
Your socks are full of **holes**. 你的襪子都是破洞.
He peeped through a **hole** in the wall. 他從牆上的洞窺視.
I found a rabbit **hole** this morning. 我今天早上發現了一個兔子的洞穴.
The salesman found himself in a **hole** when the product he was demonstrating broke down. 當自己正在展示的產品故障時，那個推銷員知道自己陷入了窘境.
She looked for her ring in every **hole** and corner. 她尋遍各個角落，找她的戒指.
Buying a computer made a large **hole** in his savings. 買電腦使他花了大量存款.
The golfer made a **hole** in one. 那位高爾夫球選手一桿進洞.
② They **holed** the boat by striking a rock. 他們觸礁，把船撞了一個洞.
The railroad has a plan to **hole** a tunnel through Mt. Fuji. 鐵路公司計畫在富士山開挖一條隧道.
③ He **holed** out at par. 他以標準桿數擊球進洞.
〖片語〗 **hole up** 冬眠; 藏匿.
in every hole and corner 各個角落. (⇨ 〖範例〗①)
in the hole 〖美〗負債的，出現赤字的: After her trip to Las Vegas, she's about $800 **in the hole**. 去拉斯維加斯旅行後，她負債800美元.
make a hole in 大量花費. (⇨ 〖範例〗①)
pick holes in 吹毛求疵.

〖複數〗 **holes**

〖複數〗 **holes**, **holed**, **holed**, **holing**

***holiday** [`halə,de] n. ① 假日，節日，假期. ②〖英〗長期休假(〖美〗vacation).
——v. ③ 度假.
〖範例〗① Next Wednesday is a **holiday**. 下個星期三是假日.
We have many national **holidays** in Taiwan. 臺灣有許多國定假日.
The family were all dressed in **holiday** clothes. 全家人都盛裝打扮.
② According to the labor agreement, we can get 20 days' paid **holiday** a year. 根據勞動契約，我們每年有20天的有薪休假.
I took three **holidays** last month. 上個月我請了3天假.
He went to Canada for the Christmas **holidays**. 他去加拿大過聖誕假期.
Sue is away on **holiday** this week. 蘇本週休假.
③ We **holidayed** in Hawaii last summer. 去年夏天我們在夏威夷度假.
〖片語〗 **make holiday** 休假.
on holiday 休假中. (⇨ 〖範例〗②)
〖參考〗(1)② 多用 holidays 的形式，但在說「6個星期的休假(six weeks' holiday)」等時不說 holidays 而說 holiday. (2)法定假日〖英〗bank holiday(銀行停假日)，〖美〗legal holiday(法定假日). 但〖美〗有時因州而異,〖英〗蘇格蘭和北愛爾蘭也有與英格蘭不一樣的假日.
➡ 〖充電小站〗(p. 603), (p. 605), (p. 607)
〖字源〗 holy(神聖的)+day(日子).
〖複數〗 **holidays**
〖活用〗 v. **holidays**, **holidayed**, **holidayed**, **holidaying**

holidaymaker [`halədɪ,mekɚ] n. 〖英〗度假者，休假者(〖美〗vacationist, vacationer).
〖複數〗 **holidaymakers**

holiness [`holɪnɪs] n. ① 神聖. ②〔H~〕教宗陛下(對羅馬教宗的尊稱).
➡ 〖充電小站〗(p. 761)

Holland [`halənd] n. 荷蘭(☞ 附錄「世界各國」).
〖參考〗「荷蘭人」為 Hollander, Netherlander,「荷蘭語」為 Dutch.

Hollander [`haləndɚ] n. 荷蘭人.
〖複數〗 **Hollanders**

***hollow** [`halo] adj. ① 中空的. ②(聲音)回響的，低沉的. ③ 空洞的，無實質內容的; 虛假的. ④ 凹陷的.
——n. ⑤ 低窪，凹陷.
——v. ⑥ 挖空，掏空.
〖範例〗① The squirrel hid in a **hollow** tree trunk. 那隻松鼠躲在中空的樹幹中.
② I heard the **hollow** sound of a large bell. 我聽到了大鐘的回響聲.
He spoke in a **hollow** voice. 他用低沉的聲音說話.
③ She made a **hollow** promise. 她做了一個虛

假的承諾.
④ The illness left the patient with **hollow** cheeks. 那個患者因病雙頰凹陷.
⑤ the **hollow** of the hand 手心.
⑥ He **hollowed** out a canoe from a log. 他將一塊圓木鑿成獨木舟.
[片語] **beat ～ hollow** 徹底打敗: I beat him **hollow** at tennis. 打網球時, 我徹底打敗了他.
[活用] *adj.* ② ③ ④ **hollower, hollowest/more hollow, most hollow**
[複數] **hollows**
[活用] *v.* **hollows, hollowed, hollowed, hollowing**

holly [ˋhɑlɪ] *n.* 冬青《原產於歐洲的冬青科常綠喬木, 果實呈紅色, 常被用來做聖誕節裝飾》.
[複數] **hollies**

Hollywood [ˋhɑlɪ͵wʊd] *n.* 好萊塢《位於美國加州洛杉磯郊外, 為美國電影製作中心》.

[holly]

holocaust [ˋhɑlə͵kɔst] *n.* ① 大屠殺. ②〔the H～〕納粹對猶太人的大屠殺.
[複數] **holocausts**

holster [ˋholstɚ] *n.* 手槍皮套.
[複數] **holsters**

*****holy** [ˋholɪ] *adj.* ① 神聖的, 神的; 獻給神的. ② 虔誠的, 虔敬的.
[範例] ① a **holy** war 聖戰.
② He led a **holy** life after he lost his wife. 失去妻子後, 他過著虔誠的生活.
♦ the **Hòly Bíble**《聖經》.
Hòly Commúnion 聖餐儀式; (天主教的) 聖體拜領儀式.
the **Hòly Fámily** 神聖家族《指聖嬰基督、聖母瑪麗亞、聖約瑟夫3人》.
the **Hòly Fáther** 教宗陛下《對羅馬教宗的尊稱》.
the **Hòly Grái**l 聖杯《基督在最後的晚餐時所用的杯子, 傳說曾被用來釘在十字架上的基督之血》.
the **Hòly Lànd** 聖地《基督教指巴勒斯坦 (Palestine)》.
the **Hòly Scrípture**《聖經》《亦作 the Bible, the Holy Bible》.
the **Hòly Spírit** 聖靈《亦作 the Holy Ghost》.
Hóly Wèek 聖週《復活節的前一週, 亦作 Passion Week》.
[活用] *adj.* **holier, holiest**

[holster]

*****homage** [ˋhɑmɪdʒ] *n.* 敬意; 效忠: All the people in the country paid **homage** to him. 全國的人民都向他表示敬意.
[片語] ***pay homage to*** 對～表示敬意. (⇨ [範例])

*****home** [hom] *n.*

原義	層面	釋義	範例
使心靈得以休息之處	平時居住處	家, 家庭	①
	出生地	故鄉, 祖國, 發源地	②
	返回的場所	本壘, 終點, 大本營	③
	無依無靠、無家可歸者的暫棲處	收容所	④

——*adv.* ⑤ 在家; 回家; 回故鄉; 回國. ⑥ 深切地, 痛切地.
——*v.* ⑦ 回巢; 朝目標前進, 瞄準〔飛往〕目標 (in on).
[範例] ① My **home** is in Keelung, but I work in Taipei. 我家在基隆, 但我在臺北工作.
The good news reached every **home** by TV or radio. 那個好消息經由電視和廣播傳到了每個家庭.
There is no place like **home**. 金窩銀窩不如自己的狗窩.
A man's **home** is his castle. 家是一座城堡.
I left **home** at eight. 我8點離開我家.
There was nobody at **home** when I called him yesterday. 昨天我打電話給他時, 沒人在家.
I'm not at **home** to anyone today. 我今天不會客.
Susan says she feels at **home** because of your hospitality and kindness. 蘇珊說, 由於你的熱情款待和親切, 她感到很自在.
This cozy little hotel is a **home** away from **home**. 這家舒適的小旅館就像自己的家.
Please make yourself at **home**. 請不要客氣.
He is at **home** in the classics. 他精通古典文學.
I like **home** cooking better than fast food. 比起速食, 我更喜歡自家煮的飯菜.
② Where is your **home**? 你的故鄉在哪裡?
Jack wasn't born in Kentucky but he calls it **home**. 傑克並非生在肯塔基州, 可是他稱那裡是他的故鄉.
China is the **home** of acupuncture. 中國是針灸的發源地.
The **home** of the koala is Australia. 無尾熊的故鄉是澳洲.
London is my **home** town. 倫敦是我的故鄉.
I'm interested in both **home** and foreign news. 我對國內及國外新聞都感興趣.
③ The **home** team scored first. 地主隊先得分.
The runner has made it **home**. 那個跑者跑回了本壘.
Where do we play our next match, at **home** or away? 我們的下一場比賽在哪裡舉行? 是在本地還是外地?
④ Mrs. Jones now lives in a **home** for the aged. 瓊斯夫人現在住在老人院.

⑤ As soon as I got **home**, it began to rain. 我一到家就開始下起雨來.

I met my teacher on my way **home** from school. 我從學校回家的途中遇到我的老師.

Ken writes **home** once or twice a month. 肯每個月給家裡寫一至兩封信.

The refugees were sent back **home**. 那些難民被遣送回國.

⑥ The prosecutor's graphic photo drove the point **home**. 那位檢察官出示的寫實照片切中了問題的要害.

It finally came **home** to us how bad the destruction was. 我們最後深切地感受到那個破壞是多麼的嚴重.

The incident brought **home** to everyone the importance of preparedness. 這個事件使每個人明白了準備的重要性.

⑦ Jazz fans are **homing** in on the big jazz festival at Central Park. 爵士樂迷湧向在中央公園舉辦的大型爵士樂節目會場.

[片語] *a home away from home/a home from home* 像自己家的地方. (⇨ [範例]①)
at home ① 在家裡. (⇨ [範例]①) ② 無拘束的. (⇨ [範例]①) ③ 精通的，熟悉的. (⇨ [範例]①) ④ 在國內，在本地. (⇨ [範例]③)
bring ～ home to... 使明瞭. (⇨ [範例]⑥)
come home to 使深切感受. (⇨ [範例]⑥)
home in on 朝目標前進. (⇨ [範例]⑦)
make ～self at home (像在自家般) 輕鬆自在，不拘束. (⇨ [範例]①)

♦ **hòme ecónomics** 家政學《亦作 domestic science》.

hòme hélp 《英》家庭服務員《幫助病人或老人做家務者，由醫療服務機構派遣》.

the Hóme Òffice 《英》內政部.

hòme rún 全壘打《亦作 homer》.

hòme trúth 令人不愉快的事實.

[複數] **homes**.

[活用] v. **homes, homed, homed, homing**

homeland [`hom͵lænd] n. 祖國.

[複數] **homelands**.

homeless [`homlɪs] adj. 無家可歸的: the **homeless** 無家可歸者.

***homely** [`homlɪ] adj. ① 家庭的；樸素的；家常的. ②《美》(人的長相)不好看的，醜的.

[範例] ① We stayed in a **homely** and comfortable hotel. 我們住在一間像家一般舒適的旅館.

a **homely** meal of bread and cheese with wine 麵包加乳酪配葡萄酒的家常便餐.

② **Homely** looking girls and boys don't get asked out much. 長相不好看的男孩和女孩很少被約出去.

[活用] adj. **homelier, homeliest**

homemade [`hom`med] adj. 自製的.

[範例] **homemade** bread 自製的麵包.

Her dress looks **homemade**. 她的衣服看起來像自己做的.

homemaker [`hom͵mekɚ] n. 《美》主婦〔主夫〕，操持家務者.

[參考] 此字兩性通用，於婦女解放運動中提出以代替 housewife.

[複數] **homemakers**.

Homer [`homɚ] n. 荷馬《西元前8世紀希臘的詩人，著有《伊利亞德》(*Iliad*) 及《奧德賽》(*Odyssey*) 兩大敘事詩》.

homer [`homɚ] n. (棒球的) 全壘打.

[複數] **homers**.

homesick [`hom͵sɪk] adj. (患)思鄉病的.

Away from home he became **homesick** and couldn't eat anything. 離開家鄉，他得了思鄉病，甚麼也吃不下.

[活用] adj. **more homesick, most homesick**

homesickness [`hom͵sɪknɪs] n. 思鄉(病).

homespun [`hom͵spʌn] adj. ① 手織的；樸素的，平凡的.
——n. ② 手織布.

homestay [`hom͵ste] n. (留學生) 寄宿在當地家庭.

[複數] **homestays**.

homestead [`hom͵stɛd] n. ① 家園，農莊. ②《美》(轉讓給移民的)自耕農場《根據1862年制定的 the Homestead Act, 由國家向移居者無償提供土地，移居者必須將土地改成為農場》.

[複數] **homesteads**.

homeward [`homwɚd] adv. ① 向家，向祖國.
——adj. ②〔只用於名詞前〕向家的.

[範例] ① We turned **homeward**. 我們轉身回家.
② a **homeward** journey 歸鄉之旅.

homewards [`homwɚdz] adv. 向家，向祖國《亦作 homeward》.

***homework** [`hom͵wɝk] n. 家庭作業: Have you finished your **homework**? 你的家庭作業做完了嗎?

homey [`homɪ] adj.《口語》舒適的，無拘束的《亦作 homy》: My new apartment is **homier** than my old one. 我的新公寓比以前的舒適.

[活用] adj. **homier, homiest/more homey, most homey**

homicidal [͵hɑmə`saɪd!] adj. 殺人的，有殺人傾向的: He is infamous as a **homicidal** maniac. 他是一個惡名昭彰的殺人狂.

homicide [`hɑmə͵saɪd] n. ① 殺人，殺人罪. ② 殺人犯.

[範例] ① The man is charged with **homicide**. 那個人以殺人罪被起訴.

② **Homicides** are locked up separately from other criminals. 殺人犯與其他犯人隔離監禁.

[複數] **homicides**.

homing [`homɪŋ] adj.〔只用於名詞前〕① 返家的，回巢的. ② 自動導向的《飛彈等裝有自動捕捉、命中目標的電子裝置》.

homogeneous [͵homə`dʒinɪəs] adj. 同質的，同類的.

[活用] adj. **more homogeneous, most homogeneous**

homogenized [ho`mɑdʒə͵naɪzd] adj. 均質

┌─ 充電小站 ─┐

假日 (holiday)〔1〕

【Q】holiday 與 vacation 有甚麼區別?

【A】holiday 原為 holy day(神聖的日子),指宗教上的節日,後逐漸變成擺脫工作和上學等的「假日」之意. 但是星期日通常不包括在 holiday 之中.

在美國,獨立紀念日等法定假日用 holiday 這個字,而暑假和聖誕節等時間長較長的休假通常用 vacation. vacation 為拉丁語,是「空的」之意,與 vacant 字源相同,指沒有工作等空閒的狀態,假日不僅僅是一天,而是連續幾天的一段期間.

在英國,大學的休假用 vacation,其他時候用 holiday,即假日為連續兩天以上,但視其為一個假日時不作 holidays,而是像 four weeks holiday(四個星期的休假)一樣用單數形. 暑假可用 summer holiday,也可認為它是由數個一天組成的而用 summer holidays.

▶ 美國的法定假日(Federal Legal Holidays)

聯邦法定假日(Federal Legal Holidays)是政府為華盛頓 D.C. 及全國聯邦職員規定的假日. 但在美國,決定假日的權限不在國家而在各州,因此,有的州不實行此假日或實行日期不一樣,也有的州制定了各自的假日. 以下假日中帶*號的為全國各州共同的假日. 許多時候,為了能包括星期六連休3天而將假日定在星期一.

New Year's Day*(元旦,1月1日)

Martin Luther King Day(馬丁路德金恩紀念日,1月的第3個星期一)

本假日是紀念為黑人民權而奮鬥終生的金恩博士的日子,參照金恩博士的生日1月15日而制定.

Lincoln's Birthday(林肯誕辰紀念日,2月12日,有的州為2月的第1個星期一)

本假日是紀念第16任總統林肯,他頒布奴隸解放宣言並奠定了南北戰爭中北軍的勝利. 紀念活動主要是在北部各州進行,而在南部各州則慶祝指揮南軍的李將軍(Robert

Edward Lee) 的生日(1月19日).

Washington's Birthday(華盛頓誕辰紀念日,2月22日,大部分的州為2月的第3個星期一)這是紀念首任總統華盛頓的日子,有的州將其與 Lincoln's Birthday 合併為 Presidents' Day,一起在這一天慶祝.

Memorial Day/Decoration Day(陣亡將士紀念日,5月的最後一個星期一)這一天在各地舉行遊行以追悼陣亡者,陣亡者基地也被飾以鮮花,源於南北戰爭中南方的一個女子向陣亡者之墓獻花.

Independence Day*(獨立紀念日,7月4日)1776年的這一天發表了獨立宣言,這一天各地都進行愛國演講及紀念活動,用煙火來慶祝美國建國.

Labor Day*(勞動節,9月的第1個星期一)以1882年在紐約召開的維護勞工權利大會為開始的假日,通常包括星期六及星期日.

Columbus Day(哥倫布紀念日,10月的第2個星期一)這是紀念哥倫布發現美洲新大陸(1492年10月12日)的日子,慶祝這一節日者主要是具有義大利血統的市民.

Veterans Day*(退伍軍人節,11月11日)紀念第一次、第二次世界大戰結束並讚頌軍人榮譽的節日. 艾森豪總統佈1918年11月11日美國國民慶祝第一次世界大戰停戰、發誓追求和平的活動,於1954年訂定這一天為 Veterans Day.

Thanksgiving Day*(感恩節,11月的第4個星期四)這是乘五月花號移居新大陸的人們為感謝上帝保祐其豐收的假日,這一天,全家人聚在一起吃火雞.

Christmas Day*(聖誕節,12月25日)慶祝耶穌誕生的節日.

───

的: **homogenized** milk 均質牛奶《脂肪均勻混合的牛奶》.

〔變形〕〔英〕homogenised.

homograph [ˋhɑməˌgræf] *n.* 同形異音異義字.

➡ 充電小站 (p. 229), (p. 317)

〔複數〕**homographs**

homonym [ˋhɑməˌnɪm] *n.* 同形同音異義字.

➡ 充電小站 (p. 317)

〔複數〕**homonyms**

homophone [ˋhɑməˌfon] *n.* 同音異形異義字.

➡ 充電小站 (p. 317)

〔複數〕**homophones**

homosexual [ˌhoməˋsɛkʃʊəl] *adj.* ① 同性戀的.

──*n.* ② 同性戀者.

〔複數〕**homosexuals**

homy [ˋhomɪ] =*adj.* homey.

****honest** [ˋɑnɪst] *adj.* 誠實的,正直的,坦率的.

〔範例〕He is an **honest** young man. 他是一個誠實的年輕人.

It's not **honest** to knowingly sell property on top of a landfill site and not tell the buyer. 明知是垃圾掩埋地卻不告知買方,這種作法是不誠實的.

It is **honest** of you to tell me that you cut down that tree yourself. 你真誠實,告訴我那棵樹是你砍的.

I didn't do it, **honest**. 坦白說,我沒做那件事.

〔片語〕***honest to God*** 坦白說;真正地: **Honest to God**, nobody knows how it happened. 坦白說,沒有人知道這怎麼會發生

這種事.
to be honest 坦白說.

活用 _adj._ **more honest**, **most honest**

honestly [ˋɑnɪstlɪ] _adv._ ① 誠實地, 正直地, 坦率地. ② 坦白說.

範例 ① I'll tell the story of my life **honestly**. 我會坦白說出我的身世.
② **Honestly**, I can't live with you any longer. 坦白說, 我再也無法與你一起生活了.

活用 _adv._ **more honestly**, **most honestly**

honesty [ˋɑnɪstɪ] _n._ 誠實, 正直, 坦率.

範例 **Honesty** is the best policy. 《諺語》誠實為上策.
He proved his **honesty** by doing the right thing when he could have gotten away with cheating. 他原本可以矇騙過去, 可是他認真地做以表示自己的誠實.
In all **honesty**, I don't believe your plan has any chance of success. 坦白說, 我認為你的計畫不會成功.

片語 **_in all honesty_** 坦白說. (⇨ 範例)

honey [ˋhʌnɪ] _n._ ① 蜂蜜. ② 極出色的人〔事物〕; 親愛的人.

範例 ① His words are as sweet as **honey**. 他的話甜如糖蜜.
② The new teacher is an absolute **honey**. 那位新來的老師實在是太棒了.
Honey, I love you. 親愛的, 我愛你.

複數 **honeys**

honeybee [ˋhʌnɪ͵bi] _n._ 蜜蜂.

複數 **honeybees**

honeycomb [ˋhʌnɪ͵kom] _n._ 蜂巢〔用蜂蠟做的六角形集合體, 用以貯藏蜂蜜〕; 蜂窩狀的東西.

複數 **honeycombs**

honeymoon [ˋhʌnɪ͵mun] _n._ ① 蜜月旅行, 新婚旅行. ② 蜜月期《事物最初和諧愉快的時期》.
——_v._ ③ 度蜜月, 新婚旅行.

範例 ① They spent their **honeymoon** in Mexico. 他們去墨西哥度蜜月.
③ John and Mary are **honeymooning** in Europe. 約翰與瑪麗正在歐洲度蜜月.

複數 **honeymoons**

活用 _v._ **honeymoons**, **honeymooned**, **honeymooned**, **honeymooning**

honeysuckle [ˋhʌnɪ͵sʌkl] _n._ 忍冬類植物《開黃、白、紅等顏色的花, 其莖可作中藥》.

honk [hɔŋk] _n._ ① 喇叭聲. ② 鵝的叫聲.
——_v._ ③ 鳴按 (汽車喇叭). ④ 鵝叫.

複數 **honks**

活用 _v._ **honks**, **honked**, **honked**, **honking**

honor [ˋɑnɚ] _n._

原義	層面	釋義	範例
很高的評價	對別人的評價	敬意, 尊敬	①
	外界附加的評價	名譽, 光榮, 名聲, 信譽	②
	接受這種評價的態度	道義, 信義, 正確的信念	③
	獲得的實質肯定	表彰, 優等	④

——_v._ ⑤ 尊敬; 給與榮譽. ⑥ 遵守 (諾言); (如期) 支付.

範例 ① The professor was received with **honor**. 那位教授相當受到禮遇.
He is held in great **honor**. 他非常受人尊敬.
There's a special banquet in **honor** of retiring-General Jones tonight. 為了祝賀瓊斯將軍退役, 今晚將舉行特別宴會.
② It's a great **honor** to speak before you tonight. 今晚我能在各位面前演講, 我感到十分榮幸.
He competed for the **honor** of his country and won. 他代表國家參加比賽並且獲勝.
Nothing less than national **honor** is at stake here. 此刻國家的榮譽岌岌可危.
Mr. Brown is an **honor** to our school. 布朗先生是我們學校的驕傲.
It is an **honor** to be nominated presidential candidate. 能被提名為總統候選人是我的榮幸.
Will you do us the **honor** of speaking at our graduation ceremony? 能請你在我們的畢業典禮上致詞嗎?
I give you my word of **honor** that I'll do my best. 我以我的名譽向你保證, 我將盡力而為.
Would you do the **honors** and pour the wine, please? 你能盡地主之誼, 給我們倒一杯葡萄酒嗎?
I have the **honor** of introducing Professor Pike. 我很榮幸向你們介紹派克教授.
On my **honor** as an officer and a gentleman I didn't do it, sir. 長官, 身為一個軍官兼紳士, 我發誓我沒做那件事.
His **Honor**, the judge, is entering the courtroom. 法官閣下正進入法庭. (☞ 充電小站) (p. 761))
③ A man of **honor** always keeps his promises. 重信義的人總是遵守諾言.
Her **honor** kept her from accepting the gift. 基於道義, 她沒有接受那份禮物.
There is **honor** among thieves. 《諺語》盜亦有道.
I am in **honor** bound to keep the secret. 基於道義, 我必須保守祕密.
You're on your **honor** not to play video games while we're out. 我們出去的時候, 你絕不可以玩電視遊樂器.
④ Mr. Adams received many **honors** for his work. 亞當斯先生因為工作表現而受到多次表揚.
One of my colleagues graduated from college with **honors**. 我的一個同事以優異的成績從

充電小站

假日 (holiday) (2)

▶ 英格蘭與威爾斯的假日 (Bank Holidays in England and Wales)

在英格蘭和威爾斯，星期六及星期日以外的公休日稱作 bank holiday，為「銀行假日」之意，不是根據法律而是根據習慣實施。此說法開始於1871年，因當時僅有銀行實施，後來郵政局和公司、商店也實行休假。因為銀行假日多在星期一，所以加上星期六及星期日可連休3天，有公休日的週末稱作 Bank Holiday weekend。

New Year's Day* (元旦，1月1日)
這是慶祝新年的假日。在倫敦，從除夕夜開始，許多人聚集到特拉法加廣場 (Trafalgar Square)，當 Big Ben 敲響12點時，人們便開始盡情歡鬧。

Good Friday* (耶穌受難日，復活節 (Easter) 之前的星期五)
據說這一天是耶穌・基督被釘死在十字架上的日子，所以這一天有吃十字花飾的小圓麵包的習俗。

Easter Monday (復活節的第2天，復活節隔天的星期一)
從 Good Friday 起到這一天連休4天，從這天起傳統的夏季旅行季節開始。

May Day (勞動節，5月1日)
工會和左派政黨在這一天舉行集會，進行遊行，但原來為慶祝春天到來而進行野外活動的節日。人們在廣場上豎起五月柱 (maypole)，孩子們手持插在柱子上的緞帶跳舞，並選出 May Queen 為其戴上花冠。

Spring Bank Holiday (銀行假日，5月的最後一個星期一)

August Bank Holiday/Late Summer Holiday (銀行假日，8月的最後一個星期一)

Christmas Day (聖誕節，12月25日)
慶祝耶穌誕生的日子。在英國，在吃火雞的 Christmas dinner 後，一般多吃 Christmas pudding 和 mince pie，如果這一天是星期六或星期日，則下一個星期一休假。

Boxing Day (聖誕節贈物日，12月26日)
聖誕節隔天，英國人通常會送聖誕禮盒 (Christmas box) 給郵差、僱傭等。

▶ 加拿大的法定假日(Public Statutory Holidays in Canada)

New Year's Day (元旦，1月1日)

Good Friday (耶穌受難日，復活節之前的星期五)
據說這一天是耶穌・基督被釘死在十字架上的日子。

Easter Monday (復活節的第2天，復活節隔天的星期一)
從 Good Friday 到這一天連休4天。

Victoria Day (維多利亞女王誕辰紀念日，5月24日前的星期一)
慶祝英國維多利亞女王誕辰 (5月24日) 的假日。

Canada Day (加拿大節，7月1日)
紀念從英國聯邦獲得自治的日子。

Labour Day (勞動節，9月的第1個星期一)
勞工休息的日子，有時勞工也進行遊行，但多數人都視之為夏末的假日，盡情玩樂。

Thanksgiving Day (感恩節，10月的第2個星期一)
乘五月花號移居新大陸者，在最初的冬天飽嘗飢餓之苦，他們向土著學習穀物的栽培方法，得以順利度過第2個冬天，他們對此感謝上帝，並與土著一起進行慶祝，於是產生這一個節日。

Remembrance Day (陣亡將士紀念日，11月11日)
追悼第一次及第二次世界大戰中陣亡者的假日。

Christmas Day (聖誕節，12月25日)

Boxing Day (聖誕節贈物日，12月26日)
聖誕節隔天，人們通常會送聖誕禮盒 (Christmas box) 給郵差、僱傭等。

H

大學畢業。

⑤ Everyone wishes to be **honored**. 任何人都希望受到別人尊敬。

I feel highly **honored** to be asked to make a speech on this occasion. 在如此隆重的場合被指定致詞，我感到十分榮幸。

Her Majesty is going to **honor** our village with a visit. 女王陛下將臨幸我們的村落。

⑥ Mr. Walters **honored** his debts. 沃爾特先生償還了他的債務。

If you don't **honor** your commitment, no one will ever deal with you again. 如果你不遵守諾言，就再也不會有人跟你做生意了。

[片語] *bound in honor to* ~/*in honor bound to* ~ 基於道義不得不。(⇨ [範例] ③)
do honor to 為~增添光彩: Bob's success

did honor to his parents. 鮑伯的成功給父母增添光彩。
do...the honor of ~*ing* 做~使感到光榮。(⇨ [範例] ②)
give ~*'s word of honor* 以名譽擔保。(⇨ [範例] ②)
have the honor of ~*ing*/*have the honor to* ~ 對於做~感到榮幸。(⇨ [範例] ②)
in honor of 向~致敬。(⇨ [範例] ①)
on ~*'s honor* 以名譽擔保，以人格保證。(⇨ [範例] ②)
on ~*'s honor to* 基於道義必須。(⇨ [範例] ③)
[參考] [英] honour.
[複數] **honors**
[活用] *v.* **honors**, **honored**, **honored**,

H

honoring

‡honorable [`ɑnərəbl] *adj.* ① 值得尊敬的，榮譽的，光彩的.
——*n.* ②〔H～〕閣下.
[範例] ① Brutus is an **honorable** man. 布魯塔斯是一個值得尊敬的人.
It's not **honorable** taking advantage of immigrants like that. 那樣地利用移民是不光彩的.
an **honorable** wound 名譽受損.
[參考]〔英〕honourable.
[活用] *adj.* **more honorable**, **most honorable**

honorably [`ɑnərəblɪ] *adv.* 值得尊敬地，榮譽地，光彩地.
[參考]〔英〕honourably.
[活用] *adv.* **more honorably**, **most honorably**

honorary [`ɑnə‚rɛrɪ] *adj.* ① 名譽（上）的；名譽職務的. ② 無報酬的，義務的.

honour [`ɑnə] ＝*n.*, *v.*〔美〕honor.

honourable [`ɑnərəbl] ＝*adj.*, *n.*〔美〕honorable.

honourably [`ɑnərəblɪ] ＝*adv.*〔美〕honorably.

*hood [hʊd] *n.* ① 兜帽, 頭巾: Little Red Riding Hood《小紅帽》. ② 罩狀物;（汽車等的）篷蓋;（電燈的）燈罩;（照相機的）鏡頭罩;（廚房用的）罩式排油煙機. ③〔美〕汽車的引擎蓋《〔英〕bonnet》.
[複數] **hoods**

-hood *suff.* 表示「身分」、「性質」、「狀態」、「關係」、「集團」之意的名詞字尾《構成集合名詞》: child**hood**（小時候）; mother**hood**（母親身分）; false**hood**（虛偽）; brother**hood**（兄弟關係）; man**hood**（成年期）; neighbor**hood**（鄰近地區）.

hoof [hʊf] *n.* (馬等的）蹄.
[複數] **hoofs/hooves**

*hook [hʊk] *n.* ① 鉤, 吊鉤, 掛鉤. ② 鉤針; 釣鉤. ③ 電話聽筒的掛鉤. ④ 鉤狀物;（鉤狀的）鐮刀. ⑤（拳擊的）鉤拳. ⑥（高爾夫球的）左曲球;（棒球的）曲球.
——*v.* ⑦ 用鉤子鉤住, 掛在鉤子上. ⑧ 用鉤拳揮擊.
[範例] ① Hang your jacket on that **hook**. 請把你的夾克掛在衣帽鉤上.
⑦ This bra is **hooked** at the front. 這件胸罩是前扣式的.
This bra **hooks** at the front. 這件胸罩是前扣式的.
[片語] **get ～ off the hook/take ～ off the hook** 使擺脫困境: They **got** me off the **hook**. 他們使我擺脫困境.
hook it（口語）溜走, 開溜: Let's **hook it**! 我們快溜吧!
hook up ① 用鉤子鉤住. ② 轉播（廣播節目）.
[複數] **hooks**
[活用] *v.* **hooks**, **hooked**, **hooked**, **hooking**

hooked [hʊkt] *adj.* ① 鉤狀的. ② 帶鉤的. ③ 對～入迷的, 對～上癮的: He's **hooked** on drugs. 他吸食毒品成癮.

hooligan [`hulɪɡən] *n.* 流氓, 不良分子.
[複數] **hooligans**

hooliganism [`hulɪɡən‚ɪzəm] *n.* 集體暴力, 騷亂.

hoop [hʊp] *n.* ①（木桶等的）箍. ② 金屬環. ③ 環柱《槌球遊戲 (croquet) 中的球門》.
[複數] **hoops**

hooray [hu`re] *interj.* ① 萬歲《表示喜悅、歡迎、贊成等；亦作 hurray, hurrah》.
——*n.* ② 歡呼聲, 讚嘆聲.
[複數] **hoorays**

hoot [hut] *v.* ①（表示反對、輕蔑時）發噓聲, 喝倒采. ②（貓頭鷹）鳴叫,（汽笛、喇叭等）鳴響.
——*n.* ③（表示反對、輕蔑的）叫喊聲, 喧譁聲, 起鬨聲. ④ 貓頭鷹的叫聲,（火車、船的）汽笛聲,（汽車的）喇叭聲. ⑤ 非常有趣的東西〔人物〕.
[範例] ① The audience began to **hoot** with disapproval. 聽眾們不滿地喧鬧起來.
We **hooted** the speaker off. 我們把演講者轟下臺.
② The driver **hooted** at me as he passed. 那個司機開車經過時對我按喇叭.
③ Tom's performance was greeted with loud **hoots**. 湯姆的表演招致一陣噓聲.
[片語] **a hoot/two hoots** 絲毫: I don't care **two hoots** what people think of me. 我一點也不去意別人怎麼看我.
[活用] *v.* **hoots**, **hooted**, **hooted**, **hooting**
[複數] **hoots**

hooter [`hutə] *n.* 警笛,〔英〕(工廠上下班報時用的）汽笛, 喇叭: I heard the **hooters** of the steamers. 我聽到汽船的汽笛聲.
[複數] **hooters**

‡hop [hɑp] *v.* ① 跳, 跳躍（人用單腳, 動物用兩腳或四腳）. ② 跳過, 跳上, 搭上;〔美〕起飛.
——*n.* ③ 跳躍, 單腳跳. ④ 起飛,（搭乘飛機的）短程旅行. ⑤ 蛇麻草《桑科多年生蔓草, 其果實用作啤酒的苦味原料》. ⑥ 跳舞, 舞會. ⑦（球的）彈跳.
[範例] ① My sister is **hopping** up and down pretending to be a bunny rabbit. 我妹妹假裝是一隻小兔子跳來跳去.
② A little frog **hopped** onto a leaf. 一隻小青蛙跳到葉子上.
We **hopped** a plane to Hong Kong. 我們搭飛機去香港.
[片語] **on the hop** ① 出其不意的, 趁其不備的. ② 忙碌的.
[活用] *v.* **hops**, **hopped**, **hopped**, **hopping**
[複數] **hops**

‡hope [hop] *n.* ① 希望, 期望.
——*v.* ② 希望, 期待.
[範例] ① John lost all **hope**. 約翰徹底絕望.

充電小站

假日 (holiday) (3)

▶ 澳洲的假日 (National Public Holidays in Australia)

澳洲有以下的法定假日, 如果假日與星期日同一天, 則順延至星期一.

New Year's Day (元旦, 1月1日)

Australia Day (澳洲節, 1月26日)

紀念1788年1月26日英國人阿瑟‧菲利浦 (Arthur Phillip) 率領的船艦登陸澳洲.

Good Friday (耶穌受難日, 復活節之前的星期五)

據說這一天是耶穌‧基督被釘死在十字架上的日子.

Easter Monday (復活節的第2天, 復活節隔天的星期一)

慶祝耶穌復活的復活節的第2天.

Anzac Day (澳紐聯軍節, 4月25日)

Anzac 為澳洲與紐西蘭聯合軍團 (Australian and New Zealand Army Corps) 的頭字語 (acronym), 指第一次世界大戰中1915年4月25日在土耳其的加里波利 (Gallipoli) 登陸參戰的兵團. 後來也包括參加第一、二次世界大戰以及韓戰、越戰的兩國士兵. 這一天, 參加過大戰的原兵團士兵們會舉行遊行並在陣亡者紀念碑前進行祭奠儀式.

Queen's Birthday (女王誕辰, 6月的第2個星期一)

慶祝英國女王伊莉莎白二世 (Queen Elizabeth II) 誕辰的日子. 實際上女王的生日是4月21日, 但在英國6月的第2個星期六為正式慶祝女王誕辰的日子(Queen's Official Birthday). 澳洲依此慣例在6月的第2個星期一舉行慶祝活動, 但是澳洲西部 (Western Australia) 則在9月下旬或10月上旬的星期一舉行慶祝活動.

Christmas Day (聖誕節, 12月25日)

Boxing Day (聖誕節贈物日, 12月26日)

聖誕節隔天, 人們通常會送聖誕禮盒 (Christmas box) 給郵差、僱傭等.

▶ 紐西蘭的假日 (Statutory Holidays in New Zealand)

紐西蘭的法定假日為11天, 全國共同的有以下10天. 除此之外, 各州自定的假日1天, 如與星期日同一天, 則順延至星期一.

New Year's Day (元旦, 1月1日)

Day after New Year's Day (元旦次日, 1月2日)

同樣是慶祝新年的假日.

Waitangi Day (威坦基節, 2月6日)

Waitangi 是紐西蘭北島一小城的名字. 1840年2月6日, 英國人與土著毛利人 (Maori) 在此簽署了威坦基條約(The Treaty of Waitangi), 使得紐西蘭成為英國殖民地. 這個條約以英語和毛利語兩種語言寫成, 由以下3條構成: ① 紐西蘭的主權歸英國女王. ② 英國女王保護毛利人的土地所有權 (但以後出賣土地時只能賣給英國政府). ③ 承認毛利人與英國人有同等權利.

Good Friday (耶穌受難日, 復活節之前的星期五)

據說這一天是耶穌‧基督被釘死在十字架上的日子.

Easter Monday (復活節的第2天, 復活節隔天的星期一)

慶祝耶穌復活的復活節的第2天.

Anzac Day (澳紐聯軍節, 4月25日)

同澳洲的 Anzac Day.

Queen's Birthday (女王誕辰, 6月的第1個星期一)

慶祝英國女王伊莉莎白二世(Queen Elizabeth II) 誕辰的節日. 實際上女王的生日是4月21日, 但在英國6月的第2個星期六是正式慶祝的日子(Queen's Official Birthday), 紐西蘭則在6月的第1個星期一舉行慶祝活動.

Labour Day (勞動節, 10月的第4個星期一)

工人休息的假日.

Christmas Day (聖誕節, 12月25日)

Boxing Day (聖誕節贈物日, 12月26日)

聖誕節隔天, 人們通常會送聖誕禮盒 (Christmas box) 給郵差、僱傭等. Christmas 或 Boxing Day 若分別與星期六或星期日同天, 則順延到星期一或星期二.

It's Nancy's **hope** to be a gold medalist some day. 南西希望有朝一日能夠奪得金牌.

There's not much **hope** of having any sunshine tomorrow. 明天不大可能出太陽.

Don't let us down. You're our only **hope**. 別讓我們失望, 你可是我們唯一的希望.

② We're **hoping** to visit Egypt this summer. 我們希望今年夏天能去參觀埃及.

We all **hoped** that he would succeed in his new business. 我們都希望他能在新的事業中旗開得勝.

All you can do is **hope** for a miracle. 你只能期待奇蹟出現.

"They said it might rain." "Let's keep going and just **hope** for the best." 「聽說會下雨.」「我們還是繼續走吧, 希望諸事順利.」

I **hope** she gets well soon. 我希望她的病趕快好轉.

She hasn't called in three days, but I'm still **hoping**. 她已經3天沒打電話來了, 可是我仍然不死心.

片語 *hope against hope* 仍抱著一絲希望.

hope for the best 希望事情能夠順利. (⇨ 範例 ②)

in hopes of ~/in the hope of ~ 希望.

複數 **hopes**

活用 *v.* hopes，hoped，hoped，hoping

hopeful [`hopfəl] adj. ① 滿懷希望的，有希望的。② 有前途的。
——*n.* ③ 有前途的人。

範例 ① Our boss is a very **hopeful** person. 我們老闆是一個很樂觀的人。
Ron is **hopeful** of getting a scholarship to Harvard. 朗有希望得到哈佛大學的獎學金。
We're **hopeful** that he'll pull through. 我們希望他能度過難關。
② Mr. Lee is a **hopeful** chemist. 李先生是一位有前途的化學家。
The future of this little town doesn't seem very **hopeful**. 這個小鎮的未來似乎沒甚麼發展可言。

活用 *adj.* more hopeful，most hopeful
複數 hopefuls

hopefully [`hopfəlɪ] *adv.* ① 滿懷希望地。② 如果順利的話；但願。

範例 ① The dog looked **hopefully** at the spareribs wagging it's tail. 那隻狗搖著尾巴，眼巴巴地盯著排骨看。
② **Hopefully** I will be able to finish my work by midnight. 如果順利的話，午夜之前我就可以把我的工作做完。

活用 *adv.* more hopefully，most hopefully

hopeless [`hoplɪs] adj. ① 絕望的，毫無希望的。② 無可救藥的，毫無能力的。

範例 ① She had **hopeless** tears in her eyes. 她的眼中湧出絕望的淚水。
I felt **hopeless** about being able to save enough money for a college education. 我認為我不可能存到足夠的錢上大學。
② He is a **hopeless** tennis player. 他根本不會打網球。

hopelessly [`hoplɪslɪ] *adv.* ① 絕望地。② 無可救藥地: The problem is **hopelessly** complicated now. 那個問題現在已複雜到無法解決了。

hopper [`hapɚ] *n.* 漏斗《貯存穀物、煤炭、沙子等的大箱子，底部可以開啟成漏斗狀，將裡面裝的東西落下》.

複數 hoppers

horde [hord] *n.* 一大群，群眾: **Hordes** of journalists surrounded the actor's house. 成群的記者把那個演員的住家團團圍住。

複數 hordes

horizon [hə`raɪzn] n. ①〔the ~〕水平線，地平線。②〔~s〕視野，眼界，範圍。

範例 ① The sun sank below the **horizon**. 太陽落入了地平線。
② Traveling abroad really and truly broadens your **horizons**. 出國旅行確實能擴大你的眼界。

片語 **on the horizon** 即將發生。

複數 horizons

horizontal [ˌhɑrə`zɑntḷ] adj. ① 水平的，橫的。
——*n.* ② 水平線，水平物。

☞ ↔ vertical

◆ horizòntal bár 單槓。

複數 horizontals

horizontally [ˌhɑrə`zɑntḷɪ] *adv.* 水平地，橫地。

hormone [`hɔrmon] *n.* 荷爾蒙。

複數 hormones

horn [hɔrn] *n.* ①（動物的）角，（蝸牛等的）觸角。②（用作材料的）角，角製品。③ 號角，警笛，喇叭。

範例 ① Look! What fine **horns** that bull has! 看! 那頭牛的角好銳利呀!
② The handle of this knife is made of **horn**. 這把刀子的柄是用角做的。
a drinking **horn** 角製的杯子。
③ The driver blew his **horn** when the deer leaped out of the roadside bushes. 當那頭鹿從路旁樹叢中跳出來時，那個司機鳴了喇叭。
A French **horn** is a brass instrument. 法國號是一種銅管樂器。

片語 **draw in ~'s horns/pull in ~'s horns** （比以前）謹慎; 節約。

◆ Ènglish hórn 英國管《長約1公尺的低音木管樂器》.

複數 horns

horned [hɔrnd] *adj.* 〔只用於名詞前〕有角的; 有角狀突出物的。

◆ hòrned ówl 角鴞《翼長約18公分的貓頭鷹科鳥類，頭上之羽似角》.

hornet [`hɔrnɪt] *n.* 大黃蜂《大型蜂，攻擊力強》.

片語 **stir up a hornet's nest** 招惹麻煩。

複數 hornets

horny [`hɔrnɪ] *adj.* 角製的; 似角的; 堅硬的: The old fisherman had **horny** hands. 那個老漁夫有一雙粗硬的手。

活用 *adj.* hornier，horniest

horoscope [`hɔrəˌskop] *n.* 占星; 12宮圖。

複數 horoscopes

horrible [`hɔrəbḷ] adj. ① 令人毛骨悚然的，可怕的。② 令人不快的，令人厭惡的，糟糕的。

範例 ① There was a **horrible** murder last night. 昨晚發生了一起令人毛骨悚然的兇殺案。
② What a **horrible** meal! 這頓飯真是糟透了!

活用 *adj.* more horrible，most horrible

horribly [`hɔrəblɪ] *adv.* ① 可怕地，令人毛骨悚然地。② 極為，很。

活用 *adv.* more horribly，most horribly

horrid [`hɔrɪd] adj. ① 可怕的，恐怖的。② 令人厭惡的。

範例 ① I had a **horrid** dream last night. 昨晚我做了一個可怕的夢。
② I've never seen such a **horrid** man. 我從未見過這麼差勁的男人。

活用 *adj.* more horrid，most horrid

horridly [`hɔrɪdlɪ] *adv.* 極為; 令人毛骨悚然地: The weather was **horridly** bad. 天氣極為惡劣。

活用 *adv.* more horridly，most horridly

horrific [hɔ`rɪfɪk] *adj.* 恐怖的，可怕的，令人毛骨悚然的: He met a **horrific** accident. 他

遭遇了一件可怕的事故.

[活用] adj. **more horrific, most horrific**

horrify [`hɔrə‚faɪ] v. 使驚駭，使恐怖，使毛骨悚然；使感到厭惡.

[範例] Tom brought us **horrifying** news. 湯姆帶來令我們震驚的消息.

I was **horrified** to find that I had to stay in the hospital for another month. 知道我必須再住院一個月，我感到非常害怕.

[活用] v. **horrifies, horrified, horrified, horrifying**

horror [`hɔrə] n. ① 恐怖，戰慄；極度厭惡. ② 令人討厭的人〔物〕；難管教的小孩；極糟糕的事物.

[範例] ① I cried out in **horror** as I saw the car crash. 當我看到那起車禍時，我嚇得叫了起來.

② Your son is a perfect **horror**. 你的兒子可真頑皮.

[複數] **horrors**

**hors-d`oeuvre** [ɔr`dœvrə] n. 開胃菜.

[複數] **hors-d`oeuvre/hors-d`oeuvres**

horse [hɔrs] n. ① 馬《☞（充電小站）(p. 611)》. ② 鞍馬；跳馬.

[範例] ① I'm learning to ride a **horse**. 我正在學騎馬.

You can lead a **horse** to water, but you can't make him drink.《諺語》不要勉強他人做他不願做的事.

[參考] 4歲前的小公馬叫作 colt, 小母馬叫作 filly; 種馬叫作 stallion, 母馬叫作 mare.

[片語] *a horse of another color* 完全是另一回事.

eat like a horse 大吃，吃得很多.

flog a dead horse 鞭打死馬；徒勞無功.

straight from the horse`s mouth 來自可靠的來源.

♦ **hòrse chéstnut** 七葉樹《七葉樹科落葉喬木》.

hórse ràcing 賽馬.

hórse sènse 粗淺實用的常識.

[複數] **horses**

horseback [`hɔrs‚bæk] n. ① 馬背.

——adv. ② 騎在馬上.

[片語] *on horseback* 騎在馬上.

horseman [`hɔrsmən] n. 騎馬者《女性為 horsewoman》.

[複數] **horsemen**

horsepower [`hɔrs‚pauə] n. 馬力.

[參考] 功的單位，根據重量、距離、時間來測定，1馬力約745.7瓦，縮寫為 H.P., h.p.

horseradish [`hɔrs‚rædɪʃ] n. 辣根.

horseshoe [`hɔrʃ‚ʃu] n. ① 馬蹄鐵《為保護馬蹄 (hoof) 而釘於其下的 U 字形鐵》. In science class today I turned this **horseshoe** into a magnet. 今天上自然科學課時，我把這塊馬蹄鐵變成了磁鐵. ②〔~s, 作單數〕擲馬蹄鐵套柱子的遊戲.

[複數] **horseshoes**

horticultural [‚hɔrtɪ`kʌltʃərəl] adj. 園藝的.

horticulture [`hɔrtɪ‚kʌltʃə] n. 園藝；園藝學.

hose [hoz] n. ①〔作複數〕襪子. ②（昔日男用的）緊身褲. ③ 軟管.

——v. ④ 用水管澆水〔沖洗〕.

♦ **pánty hòse** 女用褲襪.

[複數] **hoses**

[活用] v. **hoses, hosed, hosed, hosing**

hosiery [`hoʒərɪ] n. ① 襪子. ②《英》內衣類.

***hospitable** [`hɑspɪtəbl] adj. 熱情款待的，好客的: They were **hospitable** to me. 他們熱情招待我.

[活用] adj. **more hospitable, most hospitable**

hospitably [`hɑspɪtəblɪ] adv. 熱情招待地，好客地.

[活用] adv. **more hospitably, most hospitably**

***hospital** [`hɑspɪtl] n. 醫院.

[範例] My sister is now in the **hospital**. 我姊姊現在正在醫院.

He can leave the **hospital** next week. 他下星期即可出院.

The injured child was sent to the **hospital**. 那個受傷的孩子被送進醫院.

[參考][範例] in the hospital/leave the hospital/sent to the hospital,《英》不用 in the hospital/leave hospital/sent to hospital.

♦ **emérgency hòspital** 急救醫院.

géneral hòspital 綜合醫院.

isolátion hòspital 隔離醫院.

lýing-ín hòspital 產科醫院.

matérnity hòspital 產科醫院.

méntal hòspital 精神病院.

[字源] 源於拉丁語的 hospitālis（熱情迎接），與 hospitable 同字源.

[複數] **hospitals**

***hospitality** [‚hɑspɪ`tælətɪ] n. 好客，熱情招待: Thank you for your kind **hospitality**. 謝謝你的熱情款待.

***host** [host] n. ① 主人，東道主. ②（旅館的）業主. ③（電視節目等的）主持人. ④ 宿主《寄生動植物 (parasite) 的寄生對象》. ⑤ 許多，眾多.

——v. ⑥ 擔任主持人；做東道主.

[範例] ① Mr. West was away, so John, his younger brother, acted as **host** at the reception. 因為韋斯特先生不在家，所以由他弟弟約翰擔任招待會的主人.

That city is the **host** city for the next Olympic Games. 那個城市是下屆奧運會的主辦城市.

The Smiths are such good **hosts**. 史密斯一家人很善於招待客人.

⑤ Jim had a **host** of rivals. 吉姆有許多競爭對手.

There were **hosts** of difficulties before us. 我們眼前有許多困難.

[參考] host 的①②③ 用於男性，女性用 hostess.

H

♦ **hóst fàmily** 接待外國留學生的家庭.
[複數] **hosts**
[活用] v. **hosts, hosted, hosted, hosting**

hostage [`hɑstɪdʒ] *n.* 人質: The boys were held **hostage** for 2 days. 那群男孩當了兩天的人質.
[複數] **hostages**

hostel [`hɑstl] *n.* ① 招待所. ②（大學的）宿舍.
[複數] **hostels**

*__hostess__ [`hostɪs] *n.* ① 女主人, 女東道主. ②（旅館的）女業主. ③（電視節目等的）女主持人. ④ 女空服員《現作 air hostess》. ⑤（餐廳、夜總會等的）女服務員, 女接待員.
[複數] **hostesses**

*__hostile__ [`hɑstl] *adj.* ① 敵方的, 敵對的.
② 有敵意的, 敵對的.
[範例] ① a **hostile** army 敵軍.
② Kate took a **hostile** attitude. 凱特採取敵對的態度.
He was **hostile** to the plan. 他反對那項計畫.
[發音] 亦作 [`hastɪl].
[活用] *adj.* **more hostile, most hostile**

*__hostility__ [hɑs`tɪlətɪ] *n.* ① 敵意, 反對. ② [~ies] 敵對, 對立.
[範例] ① After the board expressed their **hostility** towards the idea, it was withdrawn. 該委員會對那個構想表示反對後, 它被退回了.
② The two nations opened **hostilities**. 那兩國開戰了.
[複數] **hostilities**

*__hot__ [hɑt] *adj.* ① 熱的, 炎熱的. ② 辛辣的. ③ 強烈的, 激烈的; 憤怒的; 亢奮的. ④ 最新的; 剛做好的.
── *adv.* ⑤ 炎熱地. ⑥ 激烈地, 強烈地; 熱烈地; 憤怒地.
[範例] ① Summer is the **hottest** season of the year. 夏天是一年當中最熱的季節.
Please give me a cup of **hot** coffee. 請給我一杯熱咖啡.
He is **hot** with fever. 他有點發燒.
② This chili is too **hot** to me. 這種乾辣椒對我來說太辣了.
Let's make this soup **hot** with pepper. 我們用胡椒把湯調辣點.
③ She has a **hot** temper. 她脾氣暴躁.
After a **hot** debate, he was chosen captain of the team. 經過激烈的辯論後, 他被選為隊長.
My father gets all **hot** and bothered when he talks about corrupt politicians. 我父親一說到腐敗的政客就十分生氣.
④ Here's some **hot** news on the case. 這是那個事件的最新消息.
He is a young man **hot** from college. 他是剛從大學畢業的年輕人.
[片語] ***get hot under the collar*** 《口語》憤怒的, 情緒激動的: I **got hot under the collar** when my son talked back to me. 我兒子頂嘴時, 我很生氣.
hot on 熱中~的: She is **hot on** skiing. 她熱

中於滑雪.
not so hot 《口語》不如想像中那麼好; 健康情況不太好: I'm **not** feeling **so hot** now. 我現在身體不太舒服.
♦ **hót dòg** 熱狗.
hót nèws 最新消息.
hòt spríng 溫泉.
hòt wáter ① 熱水. ②（自找的）麻煩.
[活用] *adj.* **hotter, hottest**

hotbed [`hɑt,bɛd] *n.* 溫床: This district is said to be a **hotbed** of drug dealing. 這個地區據說是毒品交易的溫床.
[複數] **hotbeds**

hot-blooded [`hɑt`blʌdɪd] *adj.* 易衝動的, 性急的; 熱情的.
[活用] *adj.* **more hot-blooded, most hot-blooded**

*__hotel__ [ho`tɛl] *n.* 旅館, 旅社.
[範例] I'd like to reserve a single room in your **hotel**. 我想在你們旅館訂一間單人房.
Mary is staying at the **hotel**. 瑪麗正住在那家旅館.
We checked out of the **hotel** at 9 a.m. 我們在上午9點鐘結帳離開那家旅館.
[複數] **hotels**

hotfoot [`hɑt,fut] *adv.* ① 急忙地, 火速地: The press ran **hotfoot** to the scene of the crime. 新聞媒體火速趕往那個犯罪現場.
── *v.* ② 急忙趕去《常用 ~ it 形式》.
[活用] *v.* **hotfoots, hotfooted, hotfooted, hotfooting**

hothead [`hɑt,hɛd] *n.* 性急的人, 易怒的人.
[複數] **hotheads**

hothouse [`hɑt,haus] *n.* 溫室.
[發音] 複數形 hothouses [`hɑt,hauzɪz].

hotly [`hɑtlɪ] *adv.* ① 炎熱地. ② 憤怒地; 激烈地; 熱心地: The escaped convict was **hotly** pursued by the police. 警方對那個逃犯緊追不捨.
[活用] *adv.* **more hotly, most hotly**

hotplate [`hɑt,plet] *n.* 扁平烤盤.
[複數] **hotplates**

*__hound__ [haund] *n.* ① 獵犬.
── *v.* ② 用獵犬狩獵. ③ 追蹤, 追捕.
[片語] ***ride to hounds*** 騎馬獵狐.
[複數] **hounds**
[活用] *v.* **hounds, hounded, hounded, hounding**

*__hour__ [aur] *n.*

原義	層面	釋義	範例
一段流逝的時間	鐘錶的錶盤	小時, 時刻	①
	一項活動	(~ 的) 時間, 時候	②

充電小站

馬 (horse)

【Q】對英國人來說馬是一種甚麼樣的動物呢?
【A】在英國從古代開始, 馬就是搬運和農耕的工具, 也是戰時的交通工具, 與人有著密切的關係. 另外, 賽馬 (horse racing) 也是一項既健康又受人歡迎的體育活動, 同時亦成為全國性的運動 (national sport).

因為馬已深深融入英國人的生活, 所以英語中有關馬的各種用途、各種狀態以及馬體各部位、馬具名稱的詞語很多.

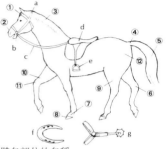

▶ 馬體各部位的名稱
① 額髮　forelock
② 鼻尖　muzzle
③ 馬鬃　mane
④ 尾巴的骨肉部分　dock
⑤ 尾　tail
⑥ 後腳踝關節　hock
⑦ 骹 (馬蹄上部)　pastern
⑧ 蹄　hoof
⑨ 後腿　hind leg
⑩ 前腿　forearm
⑪ 膝蓋　knee
⑫ 臀部　buttock

▶ 馬具
(a) 馬勒 bridle　　(b) 馬銜 bit
(c) 韁繩 rein　　(d) 鞍 saddle
(e) 馬鐙 stirrup　　(f) 馬蹄鐵 horseshoe
(g) 馬刺 spur

▶ 馬的類別名稱
母馬　mare
公馬 (種馬) stallion/ (經閹割的馬) gelding
不滿1歲的小馬　foal
小馬 (4-5歲)　(母) filly/ (公) colt
身高4.7呎以下的小型馬　pony
老馬, 駑馬　jade, hack
腿短而強壯的馬　cob
乘用馬　mount, riding horse, saddle horse
役馬　drafter, draft horse
戰馬　charger

▶ 馬的年齡
計算馬的年齡時以誕生年的12月31日為基準 (南半球則以8月1日為準). 在歐美各國, 生下時為0歲, 到了第一基準日時為1歲, 以後每到一個基準日長1歲, 因此 foal 在歐美為2歲, filly 在歐美則指4歲之前的母馬.

▶ 馬的步法與動作
walk　走
amble　緩行
trot　快步走
canter　慢步小跑
gallop　疾馳
ramp　用後腳直立
buck　跳躍使騎者摔下
shy　驚跳
neigh　嘶鳴

▶ 馬給人的印象
說到馬給人的印象, 有兩個極端, 一是因其快速及優美的體態給人勇敢、智慧、高貴、活力等好印象, 另一個則是被當成好色、愚蠢的象徵.

▶ 使用 horse 的說法
因為馬就生活在人們身邊, 所以使用 horse 的英語說法很多, 下面舉幾個例子, 請你猜猜它們是甚麼意思.
　　1. eat like a horse
　　2. work like a horse
　　3. back the wrong horse
　　4. from the horse's mouth
　　5. a horse of a different color
　　6. look a gift horse in the mouth
　　7. There are horses for courses. 《諺語》
　　8. You can take a horse to water, but you cannot make him drink. 《諺語》
《答案》1. 大吃, 吃得很多 (eat a lot).　2. 拚命工作.　3. 判斷失誤.　4. 來自可靠的消息來源.　5. 完全是另一回事.　6. 對禮物挑剔《源於觀齒可知馬齡》.　7. 辦事要靠行家.　8. 不要勉強他人做他不願做的事《帶馬到河邊容易, 逼馬飲水難》.

馬就這樣與英國人的生活有著密切的關係, 這在英國文學中也充分地表現出來. 最有名的當屬斯威夫特 (Jonathan Swift) 的諷刺小說《格列佛遊記》(Gulliver's Travels) 中出現的「馬人國」. 在這個描寫高尚的馬和卑賤的人的故事中, 生動地表現出英國人喜歡馬以及作者討厭人的思想.

還有歐威爾 (George Orwell) 的《動物農莊》(Animal Farm) 中出現的馬被當作最能幹的人來加以描寫, 與被描寫成壞人的豬形成鮮明的對比.

H

【範例】① I saw Jane an **hour** ago. 我1小時前見過珍.

It takes five **hours** to get to Las Vegas by car. 開車到拉斯維加斯要5個小時.

[house]

take a half-**hour** break 休息半小時.
The airport is an **hour** away from here. 那個機場離這裡有1個小時的路程.
There are trains to the beach every **hour** on the **hour**. 開往海邊的火車每個整點發車.
It's five minutes before the **hour**. The weather report is next. 再5分鐘整點,接下來播報氣象.
Reveille is at 0600 **hours**. 起床號是6點整.《0600讀作 oh six hundred,這是24小時制的時刻說法,用於軍隊等.「下午9點」寫成2100,讀作 twenty-one hundred hours;「下午9點15分」寫成2115,讀作 twenty-one hundred fifteen 或 twenty-one fifteen》
My husband worked into the small **hours** of the morning trying to finish the report. 我丈夫為了完成那份報告一直寫到深夜.
They hired the boat by the **hour**. 他們按鐘點租船.
② I'll meet you at my lunch **hour**. 我午餐時去見你.
Someone should be there to help him in his **hour** of need. 在他需要時應當有人留在那裡幫他.
Pleasant **hours** fly fast. 《諺語》愉快的時刻過得快.
You can find me at this telephone number after **hours**. 下班後打這個電話號碼就能找到我.
I got caught in the rush **hour** this morning. 今天早上我碰上了尖峰時間.
Tom knows a good place to go after **hours**. 湯姆知道一個下班後可以去的好地方.
Ken calls on his friends at all **hours**. 肯隨時去拜訪他的朋友.
It's good for your health to keep regular **hours**. 保持規律的生活對你的健康有好處.
Michael Jackson is the man of the **hour**. 麥克·傑克森是當今矚目的人物.
One class **hour** is forty-five minutes here in our school. 我們學校一堂課是45分鐘.

[片語] **after hours** 下班後.(⇨ [範例] ②)
at all hours 隨時.(⇨ [範例] ②)

by the hour 按鐘點.(⇨ [範例] ①)
every hour on the hour 每個整點.(⇨ [範例] ①)
keep regular hours 保持規律的生活《亦作 keep early hours》.(⇨ [範例] ②)
on the hour 整點.(⇨ [範例] ①)
[複數] **hours**

hourly [ˋaʊrlɪ] adj., adv. ① 每小時的〔地〕,每小時一次的〔地〕. ② 常常的〔地〕.
[範例] ① Take one tablet **hourly**. 每小時服用一片.
For this part-time job you will be paid **hourly**. 這份兼職工作是以時薪計算.
② The civilians lived in **hourly** fear of bombardment. 市民們時常擔心遭受轟炸.
They are **hourly** expecting more violent demonstration. 他們認為會發生更激烈的示威遊行.

⁑house [n. haʊs; v. haʊz] n.

原義	層面	釋義	範例
家	家	家,房子	①
	特定的建築	〔the ~〕議院	②
		商店,公司,劇場	③
	建築物中的人	觀眾,聽眾	④
	血統	家族,家系,血統	⑤

——v. ⑥ 提供住處. ⑦ 容納.
[範例] ① He has a **house** in Rome. 他在羅馬有一棟房子.
She left her **house** when she graduated from high school. 她高中畢業後就離開家裡.
bird **house** 鳥籠.
boarding **house** 供膳的寄宿處.
country **house** 鄉間宅邸《[英] 上流階級在鄉間的住宅》.

H

gate **house** 門扉.

② the **House** of Representatives 眾議院.
the **House** of Councilors 參議院.

③ a small publishing **house** 一間小出版社.
These stores belong to the **House** of Brown and Sons. 這些商店都屬於布朗父子公司所有.

④ You'll be performing to a full **house** tonight. 今晚你們將在滿座的觀眾前演出.

⑤ The **House** of Windsor is the British royal family. 溫莎王朝是英國王室.

⑥ Where can we **house** all these refugees? 我們能將這些難民安置在哪裡呢?

⑦ The largest dorm **houses** two dining halls. 最大的宿舍裡有兩家餐廳.

[片語] ***bring down the house*** 博得滿堂采, 使哄堂大笑.

clean house 打掃房屋；清除弊端.

enter the House 成為議員.

keep house 處理家務： It is not easy to **keep house** for a large family. 處理一個大家庭的家務並不容易.

on the house（費用等）報公帳的, 免費的.

play house 辦家家酒.

put ~'s house in order/set ~'s house in order 把身邊的事情處理妥當.

⊡⊡（充電小站）(p. 545)

[發音] 複數形 houses 唸為 [ˋhauzɪz].

◆ **hóuse mùsic** 浩室音樂《一種節奏快的電子合成流行音樂》.

hóuse physician 住院內科醫師.

[活用] v. **houses**, **housed**, **housed**, **housing**

houseboat [ˋhaus͵bot] n. 船屋《備有生活必需設備的居住用船》.

[複數] **houseboats**

housebound [ˋhaus͵baund] adj.（因病）不能外出的.

housebreaker [ˋhaus͵brekɚ] n. 闖入民宅的盜賊.

[複數] **housebreakers**

*****household** [ˋhaus͵hold] n. 家人, 家庭.

[範例] The whole **household** was at home./The whole **household** were at home. 全家人都在家.

Ninety-eight percent of all **households** have at least one phone. 98%的家庭家中至少有一支電話.

We share the **household** chores. 我們分擔家務.

[複數] **households**

householder [ˋhaus͵holdɚ] n. 戶長, 家長；屋主.

[複數] **householders**

househusband [ˋhaus͵hʌzbənd] n. 家庭主夫.

[複數] **househusbands**

housekeeper [ˋhaus͵kipɚ] n. 女管家：employ a **housekeeper** 雇用一位女管家.

[複數] **housekeepers**

housekeeping [ˋhaus͵kipɪŋ] n. ① 家務. ② 〖英〗家庭開支《亦作 housekeeping money》.

housemaster [ˋhaus͵mæstɚ] n. 男舍監.

[複數] **housemasters**

housemistress [ˋhaus͵mɪstrɪs] n. 女舍監.

[複數] **housemistresses**

housewarming [ˋhaus͵wɔrmɪŋ] n. 慶祝喬遷新居的宴會.

[複數] **housewarmings**

housewife [ˋhaus͵waɪf] n. 家庭主婦.

[複數] **housewives**

housework [ˋhaus͵wɝk] n. 家事.

housing [ˋhauzɪŋ] n. ① 住宅供給〔情況〕. ② 房屋, 住宅. ③（機器等的）外殼, 外罩.

[範例] ① a government **housing** policy 政府的住屋供給政策.

② It is difficult to find **housing** in some urban areas. 在某些都市地區找房子很難.

◆ **hóusing devèlopment/hóusing pròject** 住宅區《〖英〗housing estate》.

[複數] **housings**

*****hove** [hov] v. heave 的過去式、過去分詞.

hovel [ˋhʌvl] n. 簡陋的小屋.

[複數] **hovels**

*****hover** [ˋhʌvɚ] v. ①（在空中）盤旋. ② 徘徊；猶豫不決.

[範例] ① A helicopter was **hovering** over the lake. 有一架直升機在那個湖的上方盤旋.

② A stranger was **hovering** about in front of the shop. 有一個陌生人在商店前徘徊.

They're **hovering** between choosing the floral pattern and royal blue. 到底該選有花卉圖案的還是選寶藍色的, 他們猶豫不決.

[活用] v. **hovers**, **hovered**, **hovered**, **hovering**

hovercraft [ˋhʌvɚ͵kræft] n. 氣墊船《將高壓空氣噴向水面以托起船身行駛的交通工具》.

[hovercraft]

[複數] **hovercraft**

†**how** [hau] adv.

原義	層面		釋義	範例
怎樣, 如何	詢問該如何	方法	怎麼；怎樣；甚麼程度, 多少	①
		狀態		②
		程度		③
	說明如何		怎麼, 如何	④
	表示驚嘆		多麼	⑤

——n. ⑥ 方法, 方式.

[範例] ① **How** did the fire break out? 那場火災怎麼發生的?

I know **how** to drive a car. 我知道怎麼開車.

H

② **How** are you? 你好嗎?
How do you feel? 你感覺怎麼樣?
How was the bride dressed? 那個新娘穿甚麼樣的衣服?
③ **How** old is your father? 你的父親年紀多大了?
How far is it from here to the station? 從這裡到那個車站有多遠?
④ This is **how** the traffic accident happened. 那起車禍就是這樣發生的.
⑤ See **how** beautifully she dances! 你看，她舞跳得多美呀!
How nice of you to come! 你能來，真好!
How amusing the story is! 那個故事多麼有趣呀!

片語 *How about ~*? ~怎麼樣?: **How about** a cup of coffee? 要不要來一杯咖啡?
How about going for a walk in the park? 到公園散步如何?
How come ~? 為何?: **How come** the picnic was cancelled? 那個野餐為何取消呢?
How do you do? 你好嗎?《用於初次見面》
How is it that ~? 為甚麼會〔怎麼會〕~?: **How is it that** he gets a raise and I don't? 為甚麼他有加薪而我沒有?
How much ~? ~的價錢多少?: **How much** is this desk? 這張桌子多少錢?
How so? 怎麼會這樣呢?
How's that? ① 你認為呢? ② 你說甚麼? 再說一遍好嗎?
How then? 這是怎麼回事?

†**however** [haʊˋɛvɚ] *conj.* ① 但是，然而，不過.
——*adv.* ② 無論如何. ③ 不管怎麼做.
範例 ① I don't like going downtown. **However**, I will go with you just this once. 我不喜歡去市中心，不過就這麼一次我陪你去.
They haven't arrived. They will, **however**, come soon. 他們還沒到，不過很快就到了.
② **However** busy you may be, you must write to your parents once a month. 不管你再忙，每個月至少要寫一封信給你父母.
He must do it, **however** tired he is. 無論他多麼累都必須做那件事.
③ **However** we go to the lake, we can't get there in an hour. 不管我們用甚麼方法去那個湖邊，一個小時絕對到不了.

*howl [haʊl] *v.* ①(狼、狗等)長嚎. ②(風等)呼嘯. ③ 哭喊，號哭; 狂笑.
——*n.* ④(狼、狗等的)長嚎. ⑤(風的)呼嘯，怒吼. ⑥ 叫吼; 大笑聲.
範例 ① The wolves were **howling** at the moon. 那群狼對著月亮長嚎.
② The wind **howled** in the trees. 風在那片樹林間呼嘯.
③ The baby is **howling**, mom. 媽媽，寶寶在號啕大哭.
⑥ My father let out a **howl** of rage. 我父親發出

怒吼.
活用 *v.* **howls, howled, howled, howling**
複數 **howls**
HQ《縮略》＝headquarters (總部).
hr《縮略》＝hour (時間).
HRH《縮略》＝His Royal Highness (殿下), Her Royal Highness (女王殿下).
hub [hʌb] *n.* ① 輪軸，軸心. ②(活動等的)中心，中樞.
複數 **hubs**
hubbub [ˋhʌbʌb] *n.* 喧譁，嘈雜聲.
hubcap [ˋhʌbˏkæp] *n.* 汽車輪軸蓋.
複數 **hubcaps**
huckleberry
[ˋhʌklˏbɛrɪ] *n.* 黑果《產於北美，似蔓越橘的杜鵑花科常綠灌木，果實深藍色，可作果醬》.
複數 **huckleberries**
huddle [ˋhʌdl] *v.* ① 擠在一起，縮成一團. ② 塞進.
——*n.* ③ 一群，一堆. ④ 密談; (美式足球的)賽前指導.

[huckleberry]

範例 ① The children **huddled** together to keep warm. 孩子們擠在一起取暖.
The cat lay **huddled** up on the carpet. 那隻貓蜷縮在地毯上.
② She **huddled** her clothes into the bag. 她把衣服塞進袋子裡.
③ They saw a **huddle** of cows in the distance. 他們看見遠方的牛群.
活用 *v.* **huddles, huddled, huddled, huddling**
複數 **huddles**
*hue [hju] *n.* ① 顏色，色調: Scarlet is a red with an orange **hue**. 深紅色是帶有橙色調的紅.
②(意見等的)類型，傾向.
片語 *hue and cry* 強烈的抗議: The people raised a **hue and cry** about political corruption. 民眾對政治的腐敗提出強烈的抗議.
複數 **hues**
huff [hʌf] *v.* ① 激怒，發怒. ② 吹氣.
——*n.* ③ 生氣，憤怒: go into a **huff** 發怒.
活用 *v.* **huffs, huffed, huffed, huffing**
複數 **huffs**
*hug [hʌg] *v.* ① 擁抱，緊抱. ② 緊貼著~行走，沿著~前進.
——*n.* ③ 擁抱，緊抱.
範例 ① The girl **hugged** and kissed her boyfriend. 那個女孩擁抱並親吻她的男友.
② When riding your bike on Route 66, always **hug** the side of the road. 在66號公路上騎摩托車時，要靠邊騎.
③ My dad gave me a quick **hug**. 我父親擁抱了我一下.
活用 *v.* **hugs, hugged, hugged, hugging**

複數 **hugs**

***huge** [hjudʒ] *adj.* ① 巨大的，龐大的. ②《口語》非常的，十分的.

範例 ① Look! There's a **huge** tanker on the sea. 你看! 海上有一艘巨大的油輪.
Where did you get such a **huge** sum of money? 你從哪裡弄來那麼一大筆錢?
② He often makes **huge** blunders. 他常常犯大錯.

活用 *adj.* **huger**, **hugest**

hugely [`hjudʒlɪ] *adv.*《口語》非常地: This is a **hugely** complicated scheme. 這是一個非常複雜的計畫.

huh [hʌ] *interj.* 是吧，嗯，哼《徵求對方同意或表示驚訝、輕蔑、指責等》: Beautiful day, **huh**? 天氣真好，是吧?

hulk [hʌlk] *n.* ① 廢船: There are several **hulks** lying at the bottom of this harbor. 這座海港的底部有好幾艘廢船. ② 巨大笨重的人〔物〕.

複數 **hulks**

hulking [`hʌlkɪŋ] *adj.*〔只用於名詞前〕龐大笨重的，笨拙的: Just then a **hulking** man came barging in. 就在此時，一名笨拙的男子闖入.

hull [hʌl] *n.* ① 船身. ②（穀物、水果等的）皮，殼;（豆類的）莢;（草莓等的）花萼.
——*v.* ③ 去殼，去皮.

複數 **hulls**

活用 *v.* **hulls**, **hulled**, **hulled**, **hulling**

***hum** [hʌm] *v.* ① 發出嗡嗡聲. ② 哼唱. ③（事業、場所等）活躍起來.
——*n.* ④ 嗡嗡聲，嘈雜聲.
——*interj.* ⑤ 哼，嗯《表示若有所思、不滿、懷疑等》.

範例 ① A lot of bees **hummed** around the flowers. 許多蜜蜂嗡嗡地穿梭在花叢中.
② The soldiers **hummed** to the music. 士兵們隨著音樂哼唱.
③ This area really **hums** on Friday and Saturday nights. 這個地方星期五和星期六晚上相當熱鬧.
④ The **hum** of bees woke me up. 蜜蜂的嗡嗡聲把我吵醒了.

活用 *v.* **hums**, **hummed**, **hummed**, **humming**

***human** [`hjumən] *adj.* ① 人類的. ② 有人性的，似人類的.
——*n.* ③ 人，人類.

範例 ① What would God look like if He were in **human** form? 如果上帝變成了人會是甚麼樣子呢?
the **human** race 人類.
human life 人的生命.
human affairs 有關人的事.
human rights 人權.
② He's very **human**, you know—he's no typical bureaucrat. 他非常有人情味，你知道的，他和那種典型的官僚完全不一樣.
I wonder if dogs have any **human**-like feelings. 我很好奇狗是否也有和人一樣的感情呢?

To err is **human**, to forgive divine.《諺語》犯錯乃人之常情，寬恕乃神聖之舉.《源自英國詩人 Alexander Pope》

♦ **hùman béing** 人.
the hùman ráce 人類.

活用 *adj.* ② **more human**, **most human**

複數 **humans**

***humane** [hju`men] *adj.* ① 仁慈的，人道的，有人情的. ② 人文的.

範例 ① The judge was a man of **humane** character. 那位法官是一個仁慈的人.
A more **humane** way is needed to slaughter cows. 我們需要用更人道的方法來宰殺牛.
② Philosophy, literature, and linguistics are all **humane** studies. 哲學、文學和語言學都是人文科學.

活用 *adj.* ① **more humane**, **most humane**

***humanism** [`hjumən͵ɪzəm] *n.* ① 人文主義，人本主義. ② 古典文學《特指14~16世紀時期對希臘、羅馬古典文學的研究》.

***humanitarian** [hju͵mænə`tɛrɪən] *adj.* ① 人道主義的，博愛主義的.
——*n.* ② 人道主義者，博愛主義者.

複數 **humanitarians**

humanitarianism [hju͵mænə`tɛrɪənͺɪzm] *n.* 人道主義，博愛（主義）.

***humanity** [hju`mænətɪ] *n.* ① 人類，人. ② 人性. ③ 仁慈，人道. ④〔the ~ies〕人文科學《有別於自然科學，指文學、語言學、哲學、歷史、藝術等學科》;（希臘、拉丁）古典文學.

範例 ① For the sake of **humanity** we must stop the proliferation of nuclear, chemical, and biological weapons. 為了人類，我們必須制止核子武器、化學武器及生化武器的擴散.
② Unfortunately, violence is a part of **humanity**. 不幸的是，暴力是人性的一部分.
③ Treat the prisoners of war with **humanity**. 要人道地對待戰俘.

複數 **humanities**

***humankind** [`hjumən`kaɪnd] *n.* 人類.

humanly [`hjumənlɪ] *adv.* ① 靠人的力量: He has done all that is **humanly** possible to save her life. 為了挽救她的生命，他盡了全力. ② 像人一樣地; 人道地.

活用 *adv.* **more humanly**, **most humanly**

***humble** [`hʌmbl] *adj.* ①（身分、地位）低下的，卑微的. ② 簡陋的，貧乏的. ③ 謙遜的，謙恭的.
——*v.* ④ 使卑賤，貶低; 使謙恭.

範例 ① The man rose from **humble** origins to become President. 那個男子出身卑微，最後當上了總統.
② Our grandparents came to this country with a **humble** fortune. 我們的祖父母帶著微薄的財產來到這個國家.
③ a **humble** attitude 謙遜的態度.
④ Jack has never **humbled** himself before his boss. 傑克在老闆面前從不低聲下氣.

|活用| *adj.* **humbler**, **humblest**

|活用| *v.* **humbles**, **humbled**, **humbled**, **humbling**

humbly [`hʌmblɪ] *adv.* ① 卑賤地，低下地. ② 謙遜地，謙恭地.

|活用| *adv.* **more humbly**, **most humbly**

humdrum [`hʌm,drʌm] *adj.* 單調的，無聊的，乏味的.

|活用| *adj.* **more humdrum**, **most humdrum**

humid [`hjumɪd] *adj.* 有溼氣的，潮溼的：**humid** weather 潮溼的天氣.

|活用| *adj.* **more humid**, **most humid**

humidity [hju`mɪdətɪ] *n.* 溼氣，溼度.

*__humiliate__ [hju`mɪlɪ,et] *v.* 使羞辱，使蒙羞，羞辱：The newcomer **humiliated** the world's number one tennis player. 那位新手使世界排名第一的網球選手丟盡了臉.

|活用| *v.* **humiliates**, **humiliated**, **humiliated**, **humiliating**

humiliation [hju,mɪlɪ`eʃən] *n.* 羞辱，屈辱：a sense of **humiliation** 羞恥心.

|複數| **humiliations**

*__humility__ [hju`mɪlɪtɪ] *n.* 謙遜，謙卑：He has enough **humility** to know that he's not perfect and needs to work on his faults. 他態度謙遜，知道自己並不完美而且需要努力改正自己的缺點.

*__humor__ [`hjumɚ] *n.* ① 幽默，滑稽，詼諧. ② 心情，情緒. ③ 性情，氣質. ④ (中世紀醫學的) 體液 (血液、淋巴液、膽汁等).
——*v.* ⑤ 迎合，遷就，討好.

|範例| ① Willy has no sense of **humor**. 威利沒有幽默感.
② Mary was in a good **humor** yesterday. 瑪麗昨天心情很好.
Your father is out of **humor** now. 你父親現在心情不好.
I am in no **humor** for cooking today. 我今天沒心情做菜.
③ Every man has his **humor**. 《諺語》十個人十個樣.
⑤ Don't try and **humor** me—just give me my money back! 不用試著討好我，只要把錢還來.

|參考| 〖英〗 humour.

|活用| *v.* **humors**, **humored**, **humored**, **humoring**

humorist [`hjumərɪst] *n.* 幽默的人；幽默作家，喜劇演員.

|複數| **humorists**

*__humorous__ [`hjumərəs] *adj.* 幽默的，滑稽的，風趣的：Your story is very **humorous**. 你的故事真有趣.

|活用| *adj.* **more humorous**, **most humorous**

humorously [`hjumərəslɪ] *adv.* 滑稽地，幽默地，風趣地：Jim described his experience **humorously**. 吉姆風趣地講述他的經驗.

|活用| *adv.* **more humorously**, **most humorously**

*__humour__ [`hjumɚ] =*n.* 〖美〗 humor.

hump [hʌmp] *n.* ① (背上的) 隆肉. ② 圓丘，土堆.
——*v.* ③ 弓起 (背等)；放在背上搬運.

|範例| ① A camel has one or two **humps** on its back. 駱駝的背上有一個或兩個峰.
② There are lots of dangerous **humps** in this road. 這條路上有許多危險的圓丘.
③ I can't **hump** this desk into the office. 我無法把這張桌子背到辦公室.

|複數| **humps**

|活用| *v.* **humps**, **humped**, **humped**, **humping**

humph [hʌmf] *interj.* 哼《表示懷疑、不滿等》.

humus [`hjuməs] *n.* 腐植質；腐質土壤《由動物屍體或枯死的植物分解而成的含有大量有機質的土壤》.

hunch [hʌntʃ] *n.* ① (駱駝等的) 隆肉，峰. ② 預感，直覺.
——*v.* ③ 使 (背) 弓起；弓身蹲著.

|範例| ② I have a **hunch** that everything will go badly tomorrow. 我有預感明天會諸事不順.
③ The boy **hunched** down in his seat. 那個男孩曲身坐在座位上.

|參考| 據說摸了駝背者背上的隆肉就能瞭解未來，所以以從① 產生了②.

|複數| **hunches**

|活用| *v.* **hunches**, **hunched**, **hunched**, **hunching**

hunchback [`hʌntʃ,bæk] *n.* 駝背的人.

|複數| **hunchbacks**

hunch-backed [`hʌntʃ,bækt] *adj.* 駝背的.

|活用| *adj.* **more hunch-backed**, **most hunch-backed**

*__hundred__ [`hʌndrəd] *n.* 100.

|範例| two **hundred** kilometers 200公里.
two **hundred** and thirty/two **hundred** thirty 230.
in the eighteen **hundreds** 在1800年代.
I've been there **hundreds** of times. 那個地方我去過幾百次了.

|片語| *a hundred and one* 許多的.
a hundred to one 十之八九，極可能.
by hundreds/by the hundred 數以百計地.

➡ (充電小站) (p. 805)

|複數| **hundred/hundreds**

hundredth [`hʌndrədθ] *n.* ① 第100 (個). ② 1/100：three **hundredths** 3/100.

|複數| **hundredths**

hundredweight [`hʌndrəd`wet] *n.* 英擔《重量單位；〖美〗100磅 (約45.36公斤)，〖英〗112磅 (約50.8公斤)；略作 cwt》.

*__hung__ [hʌŋ] *v.* hang 的過去式、過去分詞.

Hungarian [hʌŋ`gɛrɪən] *n.* ① 匈牙利人，匈牙利語.
——*adj.* ② 匈牙利 (人、語) 的.

Hungary [`hʌŋgərɪ] *n.* 匈牙利《☞附錄「世界

各國」).

hunger [ˋhʌŋgɚ] *n.* ① 飢餓；渴望.
——*v.* ② 渴求，渴望 (for).
[範例] ① This will satisfy your **hunger**. 這個可以充飢.
Hunger is the best sauce.《諺語》飢不擇食.
Julie has a **hunger** for fame. 茱莉渴望出名.
② John **hungered** for friends. 約翰渴望有朋友.
♦ **húnger strike** 絕食抗議.
[活用] *v.* hungers, hungered, hungered, hungering

hungrily [ˋhʌŋgrɪlɪ] *adv.* 渴望地；飢餓地，狼吞虎嚥地：The students **hungrily** ate their hamburgers. 學生們狼吞虎嚥地吃著漢堡.
[活用] *adv.* more hungrily, most hungrily

hungry [ˋhʌŋgrɪ] *adj.* 飢餓的；渴望的，渴望的.
[範例] I was **hungry**. 當時我肚子餓.
The man saw a **hungry** dog and gave it some food. 那個男子看見一隻飢餓的狗並給了牠一些食物.
We're **hungry** for information on the outcome of the election. 我們渴望知道選舉的結果.
[活用] *adj.* hungrier, hungriest

hunk [hʌŋk] *n.* 厚片，大塊：a hunk of ham 一大片火腿.
[複數] hunks

hunt [hʌnt] *v.* ① 打獵，狩獵 (for). ② 追捕 (犯人等)；尋找，搜尋 (for).
——*n.* ③ 狩獵. ④ 搜尋；追捕. ⑤ 狩獵區；狩獵隊.
[範例] ① They **hunt** foxes for sport. 他們將獵狐當作一種運動.
My father went **hunting** for deer. 我父親出去獵鹿了.
Lions **hunt** in groups. 獅子是成群獵食的.
② All the police officers are **hunting** one escaped prisoner. 全部的警察正在追捕一名越獄的逃犯.
I **hunted** the room for my glasses. 為了找眼鏡我翻遍了整個房間.
③ We went on a deer **hunt** yesterday. 我們昨天去獵鹿.
④ The police are on the **hunt** for an escaped prisoner. 警方正在追捕一名越獄的逃犯.
[片語] **hunt down** 窮追，追捕.
hunt out 找出，找到.
hunt up (仔細地) 找出，搜查 (隱匿之物).
[參考]《英》藉由獵鷹或獵犬來獵狐等稱為 hunt；用獵槍打獵則稱作 shooting.《美》泛指一般的狩獵皆用 hunt.
[活用] *v.* hunts, hunted, hunted, hunting
[複數] hunts

hunter [ˋhʌntɚ] *n.* ① 獵人，狩獵者；追求~的人，追尋者. ② 獵犬，獵馬.
[範例] ① a good **hunter** 狩獵高手.
Jane's a **hunter** of fame and fortune. 珍是財富與名聲的追求者.

[複數] **hunters**

hunting [ˋhʌntɪŋ] *n.* 狩獵《[英] 通常指獵狐》：book **hunting** 找書.
♦ **húnting gròund** 狩獵場；有希望找到所尋之物的地方.

huntsman [ˋhʌntsmən] *n.* ① 獵人《亦作hunter》. ② (獵狐時) 管理獵犬的人.
[複數] **huntsmen**

hurdle [ˋhɝdl] *n.* ① 欄架，障礙物. ②〔~s〕跨欄賽跑《亦作 hurdle race》. ③ 障礙，困難.
——*v.* ④ 跨越 (欄架、障礙)；克服 (困難).
[範例] ① We must clear 10 **hurdles** in the race. 那場競賽必須跨越10個欄架.
② I will take part in the 100 meter **hurdles**. 我將參加100公尺跨欄比賽.
[複數] **hurdles**
[活用] *v.* hurdles, hurdled, hurdled, hurdling

hurl [hɝl] *v.* 猛投，投擲；猛撲.
[範例] The young man **hurled** the hammer at the dog. 那個年輕人把鐵鎚扔向那隻狗.
She **hurled** herself at the man's legs. 她往那個男子的腿撲了過去.
The man **hurled** abuse at his brother. 那個男子狠狠地辱罵他弟弟.
[活用] *v.* hurls, hurled, hurled, hurling

hurly-burly [ˋhɝlɪˏbɝlɪ] *n.* 喧鬧，騷動.

hurrah [həˋrɔ] *interj.* ① 萬歲，好哇《表示喜悅、歡迎、贊成、激勵等；亦作 hooray, hurray》.
——*n.* ② 歡呼聲，讚賞聲.
——*v.* ③ 歡呼萬歲，喝采.
[範例] ① **Hurrah** for the Queen! 女王萬歲！
You got your license to practice medicine. **Hurrah**! 你取得了醫師執照，太好了！
Hometown fans could be heard saying again and again "Hip, hip, **hurrah**!" 地主隊的球迷一次又一次地高喊著:「加油！加油！加油！」《Hip, hip, hurrah! 亦作 Three cheers!》
② We gave a **hurrah** for the winner. 我們為勝利者高聲歡呼.
[複數] **hurrahs**
[活用] *v.* hurrahs, hurrahed, hurrahed, hurrahing

hurray [həˋre] =*interj.* hooray, hurrah.

hurricane [ˋhɝɪˏken] *n.* 颶風《特指西印度群島和大西洋周圍形成的熱帶性低氣壓》.
♦ **húrricane làmp** (帶有玻璃燈罩的) 防風煤油燈.
☞ typhoon (颱風), cyclone (氣旋)
[複數] **hurricanes**

hurried [ˋhɝɪd] *v.* ① hurry 的過去式、過去分詞.
——*adj.* ② 匆忙的，倉促的：**hurried** work 倉促完成的工作.
[活用] *adj.* more hurried, most hurried

hurriedly [ˋhɝɪdlɪ] *adv.* 匆忙地，倉促地：She left the room very **hurriedly** as soon as I entered. 我一進來她就匆匆忙忙地走出房間.
[活用] *adv.* more hurriedly, most hurriedly

H

*hurry [ˋhɝɪ] v. ① 匆忙，急忙做；使趕快，
催促．
——n. ② 急忙，倉促．
[範例] ① He **hurried** off in his car. 他匆匆忙忙地
開車走了．
I **hurried** back to my seat. 我急忙回到自己的
座位．
He **hurried** to finish his homework. 他匆匆忙
忙地做完家庭作業．
I **hurried** my clothes on. 我急忙穿上衣服．
Hurry up, or you will be late for school. 快一
點，不然你上學會遲到．
I tried to **hurry** her up, but she walked at the
same speed. 我試過催她走快一點，但她還
是維持一樣的速度．
② "Let's leave at once." "What's the **hurry**?"
「我們馬上出發吧．」「你為甚麼那麼急呀?」
You will make unexpected mistakes if you do
things in a **hurry**. 做事慌忙就會犯下意想不
到的錯誤．
Finish your work first—I'm in no **hurry**. 你先把
你的事做完吧，我不急．
[片語] **in a hurry** 匆忙地．(⇨ [範例] ②)
in no hurry 不急地．(⇨ [範例] ②)
[活用] v. hurries, hurried, hurried, hurrying

*hurt [hɝt] v. ① 傷害，使受傷，使疼痛，使
痛苦．
——n. ② 傷，傷害，痛苦．
[範例] ① I fell over and **hurt** myself. 我跌倒時受
了傷．
I think you **hurt** her when you said that. 我認
為你那麼說已經傷了她的心．
Nothing you say can **hurt** us. 不管你說甚麼
都對我們無害．
Did you **hurt** your back picking up that heavy
box? 你是在拿起那個笨重的箱子時弄傷你
的背嗎?
It won't **hurt** to be a little late. 晚一點也沒關
係．
② I was filled with **hurt** and mistrust. 我心裡充
滿痛苦與懷疑．
Let's take the puppy to the doctor to fix his
hurts, mommy. 媽咪，快帶小狗去給醫生看
病吧．
[活用] v. hurts, hurt, hurt, hurting
[複數] hurts
hurtful [ˋhɝtfəl] adj. 有害的；傷感情的．
[活用] adj. more hurtful, most hurtful
hurtle [ˋhɝtl] v. 猛衝，衝撞：The car skidded
and went **hurtling** against the guardrail. 那輛
汽車打滑，向護欄衝撞過去．
[活用] v. hurtles, hurtled, hurtled, hurtling
*husband [ˋhʌzbənd] n. ① 丈夫：Tom will
make a good **husband** to his wife. 湯姆將會
是他妻子的好丈夫．
——v. ② 節儉．
♦ **húsband and wífe** 夫妻．
[複數] husbands

husbands, husbanded,

husbanded, husbanding
husbandry [ˋhʌzbəndrɪ] n. ① 耕作，農業．②
節儉；《古語》資源〔家務〕管理．
*hush [hʌʃ] v. ①（使）安靜，（使）沉默，（使）靜
下來．
——n. ② 安靜，沉默．
——interj. ③ 噓! 安靜!
[範例] ① You can't **hush** that dog once it starts
barking. 那隻狗一旦開始吠叫，你就很難讓
牠安靜下來．
② A **hush** fell over the auditorium as the terrible
news was announced. 那個可怕的消息一經
公布，禮堂就變得鴉雀無聲．
③ **Hush**! Be silent! 噓! 安靜!
[片語] **hush up** ① 使安靜．② 隱瞞，掩飾（醜聞
等）：The candidate tried to **hush up** details of
his shady dealings before the election. 那個候
選人拼命想隱瞞選舉前幕後交易的詳情．
♦ **húsh mòney** 遮羞費．
[活用] v. hushes, hushed, hushed, hushing
husk [hʌsk] n. ①（穀物等的）外殼，外皮．
——v. ② 剝皮，去殼．
♦ **húsking bèe** 《美》剝玉米皮集會《一種農村
生活的娛樂方式，與鄰居或朋友聚集在一起
剝玉米皮，然後舉行晚會慶賀》．
[複數] husks
[活用] v. husks, husked, husked, husking
huskily [ˋhʌskɪlɪ] adv. 嘶啞地：John sang the
hymn **huskily**. 約翰以嘶啞的聲音唱聖歌．
[活用] adv. more huskily, most huskily
husky [ˋhʌskɪ] adj. ① 嘶啞的，沙啞的．②（體
格等）健壯魁梧的．
——n. ③ 愛斯基摩犬，哈士奇犬．
[範例] ① Tom talked to us in a **husky** voice. 湯姆
以嘶啞的聲音和我們說話．
② The weak boy grew up to be a **husky** young
man. 那個瘦弱的男孩長成一個健壯的小伙
子．
[字源] husk（穀物的殼）+y．因玉米外皮沙沙作
響，故產生了 ①，又因其外皮又硬又結實，故
產生了 ②．
[活用] adj. huskier, huskiest
[複數] huskies
hustle [ˋhʌsl] v. 硬推，硬擠；催促；迫使．
[範例] I **hustled** through the crowd to the door of
the train. 我推開人群衝擠到火車車門前．
People **hustled** against each other to get on
the train. 為了搭上火車，人們互相推擠．
Don't **hustle** me. 不要催我．
He was **hustled** into the room. 他被推入房間
裡．
I **hustled** the children off to school. 我催促孩
子們趕快去上學．
They **hustled** us into buying the house. 他們
向我們強行推銷那棟房子．
[活用] v. hustles, hustled, hustled, hustling
*hut [hʌt] n. 小屋，山中小屋，臨時房舍《供臨時
歇宿或避難用的簡陋小屋，而用於堆放雜物
的簡陋倉庫則稱為 shed》；（軍隊的）臨時營

房.

[複數] **huts**

hutch [hʌtʃ] n. (飼養兔子等的) 籠子，小屋：
They say the Japanese live in rabbit **hutches**.
有人說日本人住在兔籠裡.《意指日本人住屋
狹小》

[複數] **hutches**

hyacinth [ˋhaɪəˏsɪnθ] n. 風信子《一種百合科
多年生草本植物》.

[複數] **hyacinths**

hyaena [haɪˋinə] =n. hyena.

hybrid [ˋhaɪbrɪd] n. ① (動、植物的) 雜種；混
合物；混合字.
——adj. ② 雜種的；混合而成的.

[範例] ① This new sound is a **hybrid** of rock and
soul music. 這種新的音樂是由搖滾樂與靈魂
樂混合而成的.
② "Hypermarket" is a **hybrid** word formed from
Greek "hyper" and Latin "market."
Hypermarket 是希臘文 hyper 與拉丁文
market 的混合字.

[複數] **hybrids**

hydrant [ˋhaɪdrənt] n. (設置於路旁的) 消防
栓；水龍頭.

[複數] **hydrants**

hydraulic [haɪˋdrɔlɪk] adj. 水力的，水壓的；
油壓的：This bicycle has **hydraulic** brakes.
這種腳踏車有液壓式煞車.

hydraulics [haɪˋdrɔlɪks] n. [作單數] 水力學.

hydroelectric [ˏhaɪdroɪˋlɛktrɪk] adj. 水力
發電的：a **hydroelectric** power station 水力
發電廠.

hydrofoil [ˋhaɪdroˏfɔɪl]
n. 水翼 (船).

[複數] **hydrofoils**

hydrogen
[ˋhaɪdrədʒən] n. 氫
《非金屬元素，符號
H》： produce
hydrogen from water
從水中提煉氫.

[hydrofoil]

♦ **hýdrogen bòmb** 氫彈《亦作 H-bomb，
fusion bomb》.

hyena [haɪˋinə] n. 鬣狗《一種類似狼的夜行性
動物，專吃動物死屍》：The gangsters laughed
like **hyenas**. 那幫歹徒如鬣狗般邪惡地笑了.

[複數] **hyenas**

*****hygiene** [ˋhaɪdʒin] n. 衛生：public **hygiene**
公共衛生.

hygienic [ˏhaɪdʒɪˋɛnɪk] adj. 衛生的：This milk
is processed in very **hygienic** conditions. 這
種牛奶是在非常衛生的環境下處理的.

[活用] adj. **more hygienic, most hygienic**

hygienically [ˏhaɪdʒɪˋɛnɪklɪ] adv. 衛生地.

[活用] adv. **more hygienically, most
hygienically**

*****hymn** [hɪm] n. ① 讚美詩，聖歌. ② 頌詞.
——v. ③ 唱讚美詩. ④ 歌頌.

[範例] ① We sing **hymns** during a service. 我們

在做禮拜時唱聖歌.
② a **hymn** to love 愛的讚頌.

[複數] **hymns**

[活用] v. **hymns, hymned, hymned,
hymning**

hypermarket [ˋhaɪpɚˏmarkɪt] n. [英]《郊外
的》大型超級市場.

[複數] **hypermarkets**

hyphen [ˋhaɪfən] n. 連字號《標點符號 (-)》.

[複數] **hyphens**

hyphenate [ˋhaɪfənˏet] v. 用連字號連接.

[活用] v. **hyphenates, hyphenated,
hyphenated, hyphenating**

hypnosis [hɪpˋnosɪs] n. 催眠，催眠狀態：The
boy began to sing a song under **hypnosis**. 那
個男孩在催眠狀態下開始唱歌.

hypnotic [hɪpˋnɑtɪk] adj. ① 催眠的；催眠
狀態的；易受催眠的.
——n. ② 容易被催眠的人.

[活用] adj. **more hypnotic, most hypnotic**

[複數] **hypnotics**

hypnotism [ˋhɪpnəˏtɪzəm] n. 催眠術.

hypnotist [ˋhɪpnətɪst] n. 催眠師.

[複數] **hypnotists**

hypnotize [ˋhɪpnəˏtaɪz] v. ① 對~施以催眠
術. ② 使著迷.

[範例] ① The magician **hypnotized** someone
from the audience and made him act like a
rooster. 魔術師對一個觀眾施以催眠術，要
他模仿公雞的樣子.
② The boy was **hypnotized** by the computer.
那個男孩迷上了電腦.

[活用] v. **hypnotizes, hypnotized,
hypnotized, hypnotizing**

*****hypocrisy** [hɪˋpɑkrəsɪ] n. 虛偽，偽善 (的行
為)：How could they dismiss my criticism as
hypocrisy? 他們怎麼可以把我的批評當作
偽善而加以拒絕呢?

[複數] **hypocrisies**

*****hypocrite** [ˋhɪpəˏkrɪt] n. 偽君子：Nobody
likes Bill because he's such a **hypocrite**. 沒
有人喜歡比爾，因為他是一個十足的偽君子.

[複數] **hypocrites**

hypocritical [ˏhɪpəˋkrɪtɪkl] adj. 偽善的，虛
偽的：Your **hypocritical** rantings aren't going
to help you get reelected. 你虛偽誇大的言論
對你的競選連任沒甚麼助益.

[活用] adj. **more hypocritical, most
hypocritical**

hypodermic [ˏhaɪpəˋdɝmɪk] adj. ① 皮下的：
hypodermic injection 皮下注射.
——n. ② 皮下注射；皮下注射器 [劑].

♦ **hypodèrmic sýringe** 皮下注射器.

[複數] **hypodermics**

*****hypotheses** [haɪˋpɑθəˏsiz] n. hypothesis 的
複數形.

*****hypothesis** [haɪˋpɑθəsɪs] n. 假說，假定；前
提.

[範例] form a **hypothesis** 提出假說.

His theory is based on the **hypothesis** that the universe is ever expanding. 他的學說是建構在宇宙不斷膨脹的假說上.

複數 **hypotheses**

hypothetical [ˌhaɪpə`θɛtɪk!] *adj.* 假設的，假定的，假說的.

hysteria [hɪs`tɪrɪə] *n.* ① 歇斯底里症《源於精神壓迫的神經疾病，其症狀是情緒失控》. ② 過度興奮，狂熱.

字源 拉丁語的 hystericia (子宮). 古希臘人認為歇斯底里症是由子宮所引起的疾病，為女性特有的症狀.

hysterical [hɪs`tɛrɪk!] *adj.* 歇斯底里的，過度興奮的.

活用 *adj.* **more hysterical**, **most hysterical**

hysterics [hɪs`tɛrɪks] *n.* ① 歇斯底里（發作）: The girl went into **hysterics** at the sight of the snake. 那個女孩一看到蛇就陷入歇斯底里的狀態. ② 大笑，狂笑.

H

I, i

I | I | i

簡介字母 I 語音與語義之對應性

/i/ 在發音語音學上列為舌前高不圓唇音 (high, front, unrounded vowel). 發元音時, 開口形狀的大小, 象徵體積、空間、數量、規模、範圍、程度的大小或強弱. 發 [i] 音時, 舌頭儘量往前伸, 嘴唇不圓, 把嘴合攏, 即開口度最小, 有「微小、輕快、虛弱」之本義.

tip　n. 小費
miniature　n. 縮小模型
minimum　n. 最小數量
peccadillo　n. 輕罪
gosling　n. 小鵝
napkin　n. 小毛巾
particle　n. 微粒
doggie　n. 小狗
twig　n. 小枝, 細枝
pittance　n. (少量的) 津貼
bit　n. 一小片, 一小塊
splinter　n. (木材、玻璃等的) 碎片, 破片

shrinkage　n. 收縮, 縮小
little　adj. 小的
timid　adj. 膽小的
sip　v. 啜飲
mince　v. 將 (肉等) 剁碎; 碎步行走
diminish　v. 減少, 縮小
glimmer　v. 發微光
drizzle　v. 下毛毛雨
pithy　adj. 簡潔的
slim　v. 細瘦的, 纖弱的
thin　adj. (聲音、光線等) 微弱的
quick　adj. 急速的
swift　adj. 快的
blitz　n. 閃電戰
jiffy　n. 瞬間
flit　v. (鳥、蝴蝶等) 輕快地飛
glimpse　v. 瞥見, 乍看

I [aɪ] *pron.* ① 我《作主詞》.

——*n.* ② 1《羅馬數字》.

範例 ① I am doing my homework now. 我現在正在做作業.

Tom and I went to the same school. 湯姆和我上同一所學校.

I think. Therefore, I am. 我思故我在.《法國哲學家笛卡兒的名言》

☞ me

ibid. [ˋɪbɪd]《縮略》=（拉丁語）ibidem（在同一個地方, 在同一本書、章節等）.

-ible *suff.* ① 可以～的, 能夠～的《構成形容詞》: reversible 可反轉的; flexible 易彎曲的. ② 具有～性質的《構成形容詞》: responsible 負有責任的; sensible 理性的.

-ic *suff.* ～的, ～性質的, 屬於～的《構成形容詞》: atomic 原子的; historic 歷史性的; economic 經濟的.

-ical *suff.* ～ 的, 關 於 ～ 的《構成形容詞》: rhythmical 有節奏的; typical 典型的; musical 音樂的.

參考 -ic 與 -ical 在大多情況下意義相同, 但仍有些差別: an economic policy 經濟政策, an economical washing machine 經濟型洗衣機; a historic event (重要) 歷史事件, a historical event 歷史上真實的事件.

*ice [aɪs] *n.* ① 冰. ② 冰品,《英》冰淇淋.

——*v.* ③ (使) 結冰, (使) 冰鎮, (使) 冰凍. ④

用冰覆蓋. ⑤ 塗糖衣.

範例 ① Ice forms at 0°C. 冰在 0°C 時形成.

② The boy wanted to eat an ice. 那個男孩想吃冰淇淋.

③ My wife iced the juice. 我妻子把果汁冰得冰冰涼涼的.

④ The lake was iced over. 那個湖面被冰覆蓋著.

⑤ Mother iced the birthday cake. 母親在生日蛋糕上塗上糖衣.

片語 **keep ～ on ice** 使被監禁, 使入獄.

◆ **íce àge** 冰河時期《冰河覆蓋北半球大部分地區的時期. 在約 100 萬年前到 1 萬年前的洪積世有過 4 次冰河時期; 亦作 Ice Age》.

íce crèam 冰淇淋《☞ 充電小站》(p. 623)》.

ice-cream cóne 甜筒

ìce-cream párlor 冰淇淋店.

ice-cream scóop 冰淇淋杓.

ice-cream sóda 冰淇淋蘇打.

ice-cream stánd 冰淇淋攤位.

íce hòckey 冰上曲棍球.

íce skàte 溜冰鞋.

[ice-cream scoop]

複數 **ices**

活用 *v.* **ices, iced, iced, icing**

*iceberg [ˋaɪsˏbɝg] *n.* 冰山.

範例 What a magnificent **iceberg**! 多麼壯觀的冰山啊!
The minister was arrested yesterday for taking a bribe. This is only the tip of the **iceberg**. 那位部長昨天因受賄而遭到逮捕, 但這不過是冰山一角.

複數 **icebergs**

icebox [`aɪs͵bɑks] *n.* 冰箱,『美』電冰箱.

複數 **iceboxes**

iced [aɪst] *adj.* ① 冰鎮的, 冰的. ② 塗有糖衣的.
範例 ① **iced** coffee 冰咖啡.
② **iced** cake 塗了糖衣的蛋糕.

ice-skate [`aɪs͵sket] *v.* 溜冰.

活用 *v.* **ice-skates**, **ice-skated**, **ice-skated**, **ice-skating**

ice-skating [`aɪs͵sketɪŋ] *n.* 溜冰.

icicle [`aɪ͵sɪkl] *n.* 冰柱: There are **icicles** hanging from the gutter. 屋簷邊溝上垂掛著冰柱.

複數 **icicles**

icing [`aɪsɪŋ] *n.* 糖衣《用糖製成, 加於點心等上》: We ate some cakes covered in chocolate **icing**. 我們吃了一些加有巧克力糖衣的蛋糕.

icon [`aɪkɑn] *n.* ① 聖像《東正教所崇拜的耶穌、聖母瑪麗亞等聖人肖像》. ② 偶像, 肖像. ③ 圖像, 類比符號.

複數 **icons**

*icy [`aɪsɪ] *adj.* ① 冰冷的. ② 結冰的, 覆蓋著冰的.
範例 ① Mrs. White has **icy** hands. 懷特夫人雙手冰冷.
My wife gave me an **icy** look. 我妻子冷冷地看了我一眼.
② **Icy** roads are dangerous. 結冰的道路很危險.

活用 *adj.* **icier**, **iciest**

I'd [`aɪd]《縮略》=① I would. ② I had.
範例 ① I said **I'd** try. 我說過我會試試看.
② **I'd** planned to go picnicking but I couldn't because of rain. 我本來打算去野餐, 可是因為下兩而無法成行.

ID [`aɪ`di]《縮略》=identification (身分證明): an **ID** card 身分證.

*idea [aɪ`diə] *n.* 想法, 意見, 主意.

範例 The mayor has no **ideas** of his own. 那位市長沒有主見.
Do you have any good **ideas**? 你有甚麼好主意嗎?
I had no **idea** it took so long to shoe a horse. 我不知道為馬釘蹄鐵要花那麼長的時間.
Do you have any **ideas** as to what to do about this problem? 你知道這個問題該怎麼處理嗎?
I now have some **idea** of his intentions. 現在我大致明白了他的打算.
I do not like totalitarian **ideas**. 我不喜歡極權主義的想法.

片語 **get the idea that** 瞭解; 認定.

複數 **ideas**

*ideal [aɪ`diəl] *adj.* ① 理想的. ② 想像的, 虛構的.
——*n.* ③ 理想.
範例 ① This is an **ideal** place to raise children. 這裡是養育孩子的理想場所.
This climate is **ideal** for growing corn. 這種氣候非常適合栽培玉米.
② A utopia is an **ideal** society. 烏托邦是一個虛構的社會.
③ During the Renaissance a plump figure was the **ideal** of female beauty. 文藝復興時期, 豐滿的體態是女性美的理想體態.

活用 *adj.* **more ideal**, **most ideal**

複數 **ideals**

idealisation [aɪ͵diələ`zeʃən] =*n.* 『美』idealization.

idealise [aɪ`diəl͵aɪz] =*v.* 『美』idealize.

idealism [aɪ`diəl͵ɪzəm] *n.* 理想主義; 唯心論:
A new politician's **idealism** doesn't last very long. 一個新政治家的理想主義是不會持久的.

idealistic [͵aɪdiəl`ɪstɪk] *adj.* 理想主義的; 唯心論的: His **idealistic** proposals were laughed at. 他那太過理想化的提議被大家嘲笑.

活用 *adj.* **more idealistic**, **most idealistic**

idealization [aɪ͵diələ`zeʃən] *n.* 理想化; 理想化的事物: His **idealization** of the California lifestyle came through clearly in his latest book. 他那理想化的加州生活方式明確地表露在他的新書中.

參考 『英』idealisation.

複數 **idealizations**

idealize [aɪ`diəl͵aɪz] *v.* 把~視為理想; (使)理想化: They tend to **idealize** the time they spent in Paris. 他們傾向將他們在巴黎度過的那段時期理想化.

參考 『英』idealise.

活用 *v.* **idealizes**, **idealized**, **idealized**, **idealizing**

ideally [aɪ`diəlɪ] *adv.* 理想地, 完美地.

活用 *adv.* **more ideally**, **most ideally**

*identical [aɪ`dɛntɪkl] *adj.* ① 同一的. ② 同樣的, 一模一樣的.
範例 ① the **identical** person 本人, 同一個人.
The DNA in the blood found at the crime scene is **identical** to that of the accused. 犯罪現場發現的血液中的 DNA 與被告的完全一樣.
This is the **identical** bicycle that was stolen the other day. 這是前些天被偷走的那輛腳踏車.
② The committee members shared **identical** attitudes on the subject. 委員會成員對那個主題的態度完全一致.
Her bag is **identical** with mine. 她的袋子和我的一模一樣.

♦ **identical twin** 同卵雙胞胎之一.

identically [aɪ`dɛntɪklɪ] *adv.* 完全一樣地: All

充電小站

中文中的外來語

每一種語言都含有外來語，向外來語借詞是形成新語詞的方式之一，而這些借詞反映了不同語言與文化接觸，中文也不例外，也有一些外來語。

中文中的外來借詞可分為「借音詞」、「借義詞」、「音義兼借詞」三大類。「借音詞」是借用中文的音去譯外來語的音所形成的語詞。

反之，若只譯外來語詞的意義而不借它的音，就是「借義詞」。例如，democracy 最初是借音詞，譯作「德謨克拉西」，而後成為借義詞，

譯作「民主」。另一例是 science 最初是借音詞，譯作「賽因斯」，而後也成為借義詞，譯作「科學」。這兩個借音詞常見於五四運動前後的報章雜誌，常以「德先生」與「賽先生」相配。而有些借詞，又借音又借義，稱之為「音義兼借詞」。例如，冰淇淋 (ice cream)。「冰」是 ice 的義譯，「淇淋」是cream的音譯。其他的例子與說明，請參閱國語日報 (1981) 所主編的《外來語辭典》與黃宣範 (1974) 所著的〈談中國語文中的外來語〉《語言學研究叢書》台北：黎明。

---

the band members were dressed **identically** on the stage. 所有樂隊成員在舞臺上都穿著同樣的衣服。

identification [aɪˌdɛntəfəˋkeʃən] *n.* ① 認明，確認；鑑定。② 身分證《略作 ID》。③ 認同，共鳴。

範例 ① **Identification** of those killed in the accident wasn't a problem—they were all carrying their passports. 要確認這場事故中死者的身分不是問題，因為他們都有攜帶護照。

② Show me some **identification**, will you? 讓我看看能證明你身分的證件好嗎？

***identify** [aɪˋdɛntəˌfaɪ] *v.* ① 鑑定；確認，認出。② 視為同一，認為～等同於。③ 使有關聯。

範例 ① Can you **identify** the man who attacked you? 你認得出攻擊你的人嗎？

She **identified** herself as an TVBS reporter. 她證明了自己是 TVBS 的記者。

He **identified** the handwriting as his brother's. 他確認那是他弟弟的筆跡。

The dead man has been **identified** as the missing manager. 死者確認是那位失蹤的經理。

They have not **identified** the cause of the water pollution. 他們尚未確定水污染的原因。

② Some **identify** happiness with wealth. 有人認為快樂等同於財富。

I found it hard to **identify** with any of the characters in the film. 我發覺很難與那部電影的任何角色融為一體。

③ The president of the company has always been closely **identified** with that political party. 那間公司的總裁與那個政黨一向關係密切。

片語 **identified with** 與～有關聯。(⇒ 範例 ③)

identify with 視為一體。(⇒ 範例 ②)

identify ～self with 保持關係。

活用 *v.* **identifies**, **identified**, **identified**, **identifying**

***identity** [aɪˋdɛntətɪ] *n.* ① 身分；本身，個體的獨特性。② 相同，同一性；相似。

範例 ① The police haven't established the

identity of the robber yet. 警方尚未確認那名強盜的身分。

It's unfortunate that a case of mistaken **identity** resulted in an innocent person being imprisoned. 因認錯人而導致無辜者被監禁，真是不幸。

I'm just one of the crowd—I feel like I've lost my **identity**. 我只是滄海一粟，彷彿迷失了自己。

② our **identity** as Asian people 我們同樣身為亞洲人。

♦ **idéntity càrd** 身分證《亦作 ID card, identification》。

複數 **identities**

ideological [ˌaɪdɪəˋladʒɪkl] *adj.* 意識形態的。

ideology [ˌaɪdɪˋalədʒɪ] *n.* 意識形態《個人、政黨等對政治、社會、文化各方面所持有的看法和見解》。

複數 **ideologies**

idiocy [ˋɪdɪəsɪ] *n.* 愚蠢的行為。

複數 **idiocies**

idiom [ˋɪdɪəm] *n.* ① 片語，成語，慣用語。② (某一地區、時代、個人所特有的) 用語，方言。

範例 ① "To rain cats and dogs" is an **idiom** meaning to rain heavily. "To rain cats and dogs" 是意為「傾盆大雨」的成語。

② I can't put up with the rough **idiom** of young people. 我無法忍受年輕人那種粗魯的用語。

He spoke in the **idiom** of his native county. 他用故鄉的方言說話。

複數 **idioms**

idiomatic [ˌɪdɪəˋmætɪk] *adj.* ① 關於慣用語法的；合乎慣用語法的：**idiomatic** expressions 慣用的表達方式。② 深諳某語言特點的。

活用 *adj.* **more idiomatic**, **most idiomatic**

idiosyncrasy [ˌɪdɪəˋsɪŋkrəsɪ] *n.* (人的) 特性，特質，癖性。

複數 **idiosyncrasies**

idiot [ˋɪdɪət] *n.* 傻瓜，笨蛋：What an **idiot** I am! 我真是個傻瓜！

複數 **idiots**

idiotic [ˌɪdɪˋatɪk] *adj.* 愚蠢的：Tom asked me

an **idiotic** question. 湯姆問我一個愚蠢的問題.

活用 *adj.* **more idiotic**, **most idiotic**

**idle [`aɪdl] *adj.* ① 閒散的，懶惰的，遊手好閒的. ② 無用的，無益的.
—— *v.* ③ 虛度，浪費（時光等），無所事事，閒蕩. ④（使引擎等）空轉.

範例 ① The workmen were standing **idle** while the machine was repaired. 修理機器時，工人們站在那裡無事可做.
He let the machine **idle** while he chatted with me. 他跟我聊天時，就讓機器閒置著.
Fred is an **idle** student. 弗雷德是一個懶散的學生.
The boy is bone **idle**. 那個男孩懶惰極了.
② It would be **idle** to expect him to turn over a new leaf. 指望他改過自新是沒有用的.
idle gossip 毫無根據的傳聞.
③ They are just **idling** the hours away. 他們閒晃了好幾個小時.
④ I left my car engine **idling**. 我讓車子的引擎空轉.

活用 *adj.* **idler**, **idlest**
活用 *v.* **idles**, **idled**, **idled**, **idling**

idleness [`aɪdlnɪs] *n.* 懶惰，無所事事: She spent her time in **idleness**. 她無所事事地虛度光陰.

idler [`aɪdlɚ] *n.* 懶惰的人，遊手好閒者.
複數 **idlers**

idly [`aɪdlɪ] *adv.* 懶散地，無所事事地，遊手好閒地.
活用 *adv.* **more idly**, **most idly**

*idol [`aɪdl] *n.* 神像；偶像，受崇拜的對象.
範例 Our religion forbids us worshiping **idols**. 我們的宗教禁止我們崇拜偶像.
The rock singer is an **idol** of young girls. 那位搖滾歌手是年輕女孩的偶像.
複數 **idols**

idolatry [aɪ`dɑlətrɪ] *n.* 偶像崇拜；盲目的崇拜: superstitious **idolatry** 迷信的偶像崇拜.

idolize [`aɪdl͵aɪz] *v.* 偶像化；崇拜: A great many people still **idolize** Elvis Presley. 有許多人現在還崇拜著貓王艾維斯·普里斯萊.
參考 〖英〗 idolise.
活用 *v.* **idolizes**, **idolized**, **idolized**, **idolizing**

idyl/idyll [`aɪdl] *n.* ① 牧歌；田園詩. ② 田園風光；田園生活.
複數 **idyls/idylls**

idyllic [aɪ`dɪlɪk] *adj.* 田園詩的；田園般的，恬靜的.

i.e. [`aɪ`i] 〖縮略〗=（拉丁語）id est（即，換言之）: This film is meant only for adults, **i.e.** people 18 and over 18. 這部電影是成人電影，換言之，只限18歲以上的人觀看.
參考 相當於英語的 that is/that is to say，用於注重形式的文章.

†if [ɪf] *conj.*

用法		釋義	範例
表示尚未確定是否會發生某事	假設如果發生的話	如果～的話	①
	不知道是否會發生	是否	②

範例 ① If I have enough money next month, I'll go to Hawaii. 如果下個月我有足夠的錢，我就要去夏威夷.
Give my love to Lawrence **if** you see him. 如果你見到勞倫斯的話，請代我問候他.
If that was John, why didn't he say hello? 如果那是約翰，他為甚麼沒打招呼呢?
Even **if** you don't like it, you must eat it. 即使你不喜歡這東西，你也得吃下它.
If I had longer holidays, I would travel around the world. 如果假期再長一些，我就能環遊世界.
If I were an owl, I could see in the dark. 如果我是貓頭鷹的話，在黑暗中就能看得見東西.
If I had known, I could have helped you. 如果我知道的話，我就能幫了你了.
② I am not sure **if** we will have more time or not. 我不確定我們是否有更多的時間.
I wonder **if** the room is large enough for our party. 我不知道那間房間是否夠大到可以舉行晚會.
Mary asked me **if** I was from Malaysia. 瑪麗問我是否來自馬來西亞.
Let me know **if** you can come or not. 請讓我知道你是否能來.
參考 ② 中 if 亦作 whether，但是 Let me know if you are coming. 此句有 ⓐ「請讓我知道你是否能來.」ⓑ「你如果能來請告訴我.」兩個意思. 為了明確表示 ⓐ 意，最好說 Let me know whether you are coming. 為了明確表示 ⓑ 意，最好說 If you are coming, let me know.

片語 **if any** 即使有: There is little, **if any**, water left. 即使還有水，也所剩不多了.

if it had not been for ～（當初）要是沒有～的話: **If it had not been for** the war, my father would have been a pianist. 要是沒有戰爭的話，我父親一定會成為一位鋼琴家.

if it were not for ～ 如果沒有～的話: **If it were not for** air, all living things on the earth would die. 如果沒有空氣的話，地球上所有生物都將滅絕.

if not ～ ① 要是不: Are you free this afternoon? **If not**, I will call on you tomorrow. 今天下午你有空嗎? 如果沒空，我明天再去拜訪你. ② 即使不: He looks more than sixty, **if not** seventy years old. 他看起來即使不到70歲，也有60好幾了.

if only ～ 只要: You would get good grades **if only** you studied harder. 只要你再用功點，你就能獲得好成績.

if so 若真如此: Are you ill? **If so**, I'll call a

doctor. 你不舒服嗎? 若真如此, 我就請醫生來.

igloo [`ɪglu] *n*. 圓頂冰屋《愛斯基摩人的住屋, 用堅硬的雪塊砌成》.

[複數] **igloos**

ignite [ɪg`naɪt] *v*. 點燃; (使) 燃燒.

[範例] Tom **ignited** the fuse and ran like hell. 湯姆點燃了導火線, 然後拼命地跑.

Gasoline **ignites** easily. 汽油容易燃燒.

[活用] *v*. **ignites, ignited, ignited, igniting**

ignition [ɪg`nɪʃən] *n*. 點燃, 點火; (汽車引擎等的) 點火裝置: The driver switched on the **ignition** of his car. 那名司機打開汽車的始動裝置.

♦ **ignition kèy** (發動汽車引擎的) 點火開關鑰匙

ignoble [ɪg`nobl] *adj*. 卑鄙的, 下流的, 可恥的: an **ignoble** act 卑鄙的行為.

[活用] *adj*. **more ignoble, most ignoble**

ignorance [`ɪgnərəns] *n*. 無知, 愚昧; 不知.

[範例] The woman was ashamed of her **ignorance**. 那個女子對自己的無知感到羞愧.

The President was in complete **ignorance** of the plan for a coup d'état. 總統對政變的計畫毫不知情.

ignorant [`ɪgnərənt] *adj*. 無知的; 不知道的.

[範例] You are really very **ignorant**. 你真的太無知了.

The policeman was **ignorant** of that fact. 那個警察不知道那個事實.

[活用] *adj*. **more ignorant, most ignorant**

ignore [ɪg`nor] *v*. 忽視, 不理睬, 佯作不知.

[範例] **Ignore** her when she behaves like that. 當她那麼做時你不必理她.

The son **ignored** his parents' advice and went to Paris anyway. 兒子無視父母的忠告, 還是去了巴黎.

[活用] *v*. **ignores, ignored, ignored, ignoring**

ill [ɪl] *adj*., *adv*.

原義	層面	釋義			
		adj.	範例	*adv*.	範例
不好的, 不充分的	狀況不好 態好	生病的; 情況不妙的; 不高興的	①	不完全, 不充分, 不完善	③
	有害	[只用於名詞前] 壞的, 不好的, 惡的	②	有害地, 不當地	④

——*n*. ⑤ 災難, 不幸; 危害, 惡行; 疾病; 苦惱.

[範例] ① My grandmother has been **ill** in bed for three weeks. 我的祖母已臥病在床3個星期了.

Father suddenly fell **ill**. 父親突然生病了.

Two weeks later he was still too **ill** to leave the hospital. 兩個星期後, 他的病情仍不見好轉, 無法出院.

My sister is in an **ill** temper. 我姊姊現在不高興.

② **Ill** news travels fast. 《諺語》壞事傳千里.

Asthma is often the **ill** effect of air pollution. 氣喘大多是受空氣污染所危害.

There's still a lot of **ill** feeling here over the decision to put a garbage incinerator nearby. 這裡的居民對於在附近設置垃圾焚化爐的決定仍懷有極大的反感.

The poor girl had the **ill** luck of getting the flu at the beginning of her vacation. 那個可憐的女孩運氣不好, 假期一開始就患了流行性感冒.

③ We can't afford to stay in a hotel like this. 我們負擔不起住這樣的旅館.

We have only an **ill**-equipped laboratory. 我們只有一間設備很差的實驗室.

I am **ill** at ease among strangers. 處在陌生人中我很不自在.

④ She spoke **ill** of her teacher. 她說老師的壞話.

The scientist's invention was **ill** used as a weapon against defenseless people. 那位科學家的發明遭到不當使用, 被當作武器來對付無防備的群眾.

Don't send your children to that summer camp —I've heard of kids being **ill**-treated there. 不要把你的小孩送到那個夏令營, 我聽說孩子們在那裡受到虐待.

It **ill** becomes you to criticize your mother. 你批評母親是不適當的.

⑤ You will have some **ills** in life, but never give up. 你們會遭遇一些人生的苦難, 但絕不能放棄.

The **ills** of cheating and lying will catch up with him someday. 他常常行騙與說謊, 總有一天會遭到報應.

He feels no remorse for the **ill** he's done. 他對自己所做的惡行一點也不自責.

[片語] **go ill with** 對~不利

ill at ease 不自在的; 不安的. (⇨ [範例] ③)

speak ill of 說壞話. (⇨ [範例] ④)

[活用] *adj*., *adv*. **worse, worst**

[複數] **ills**

†I'll [aɪl] 《縮略》 =I will, I shall.

[範例] **I'll** be fifteen next week. 我下週就15歲了.

I'll call you tomorrow morning. 明天早上我會打電話給你.

illegal [ɪ`ligl] *adj*. 非法的, 違法的, 不合法的.

[範例] an **illegal** entry 非法入境.

It is **illegal** to drive faster than the speed limit. 超速駕駛是違法的.

[字源] il (非) ＋legal (合法的).

illegality [ˌɪliˈɡælətɪ] *n.* 非法，違法；不法行為.
[複數] **illegalities**

illegally [ɪˈliɡlɪ] *adv.* 非法地.
[範例] The CD`s were **illegally** made. 這些 CD 是非法製造的.
The man was arrested for entering the apartment house **illegally**. 那個男子因非法侵入他人公寓而被逮捕.

illegible [ɪˈlɛdʒəbl] *adj.* 字跡模糊的，難讀的，難以辨認的：His signature is **illegible**. 他的簽名很難辨認.
[活用] *adj.* **more illegible，most illegible**

illegitimate [ˌɪlɪˈdʒɪtəmɪt] *adj.* ①《正式》私生的. ② 不合法的，非法的.

illicit [ɪˈlɪsɪt] *adj.* 非法的，違禁的；不正當的：an **illicit** love affair 不倫之戀.

illicitly [ɪˈlɪsɪtlɪ] *adv.* 非法地，違禁地：Alcohol was sold **illicitly** during Prohibition. 人們在實行禁酒令的時期非法販售酒類.

illiteracy [ɪˈlɪtərəsɪ] *n.* 文盲，不識字：Adult **illiteracy** is one of the most serious problems the country has. 成人文盲是那個國家最嚴重的問題之一.

illiterate [ɪˈlɪtərɪt] *adj.* ① 不識字的，文盲的；未受教育的.
——*n.* ② 無知的人，文盲.
[範例] ① Twenty-five per cent of the country is considered to be **illiterate**. 這個國家百分之二十五的國民被認為是文盲.
② How many **illiterates** are there in the United States? 美國有多少文盲?
[複數] **illiterates**

illness [ˈɪlnɪs] *n.* 疾病：The girl was absent from school because of **illness**. 那個女孩因病缺課.
➡ 充電小站 (p. 627)
[複數] **illnesses**

illogical [ɪˈlɑdʒɪkl] *adj.* 不合邏輯的，不合理的.
[活用] *adj.* **more illogical，most illogical**

illogically [ɪˈlɑdʒɪklɪ] *adv.* 不合邏輯地，不合理地.
[活用] *adv.* **more illogically，most illogically**

illuminate [ɪˈlumə͵net] *v.* ① 照亮. ② 用燈裝飾. ③ 說明.
[範例] ① The moon **illuminated** the house. 月亮照亮了那棟房子.
The prison courtyard was **illuminated** with searchlights. 監獄的中庭被探照燈照得通明.
② Did you see the **illuminated** car? 你見過那輛裝有燈飾的車嗎?
③ The professor **illuminated** his lecture with many examples. 那位教授講課時舉了很多例子來說明.
[活用] *v.* **illuminates，illuminated，illuminated，illuminating**

illuminating [ɪˈlumə͵netɪŋ] *adj.* 有助於闡明的，啟蒙的，啟發的.
[活用] *adj.* **more illuminating，most illuminating**

illumination [ɪ͵luməˈneʃən] *n.* ① 照明，照亮；亮度. ② 燈飾.
[範例] ① Proper **illumination** of a diamond can bring out its real beauty. 將鑽石加上適當的照明能顯出它真正的美.
② The **illuminations** on this street at Christmas were very beautiful. 聖誕節時這條街上的燈飾非常美麗.
[複數] **illuminations**

illusion [ɪˈluʒən] *n.* 幻想，錯覺；誤會.
[範例] The woman was under the **illusion** that he loved her. 那個女子誤以為他愛上了自己.
This is not an optical **illusion**. 這不是眼睛的錯覺.
[複數] **illusions**

illustrate [ˈɪləstret] *v.* ① 說明，舉例證明. ② 加上插圖.
[範例] ① He **illustrated** his lecture with slides. 他用幻燈片來說明他的演講內容.
He **illustrated** how to use the racket. 他以圖表說明如何使用球拍.
② The magazine has only two **illustrated** pages. 這本雜誌中只有2頁插圖.
[活用] *v.* **illustrates，illustrated，illustrated，illustrating**

illustration [ˌɪləsˈtreʃən] *n.* ①（用實例或圖表）說明，講解. ② 插圖；圖表. ③ 例子，實例.
[範例] ① **Illustration** by diagrams is better than explanation in words. 用圖表說明勝於使用文字說明.
② The book has a lot of colored **illustrations**. 那本書裡有許多彩色插圖.
[片語] **by way of illustration** 藉由舉例說明.
[複數] **illustrations**

illustrative [ɪˈlʌstrətɪv] *adj.* 說明的；作為例證的.
[範例] **illustrative** videotapes 解說用錄影帶.
an **illustrative** phrase 用作例證的片語.
[活用] *adj.* **more illustrative，most illustrative**

illustrator [ˈɪləs͵tretɚ] *n.* 插圖畫家.
[複數] **illustrators**

illustrious [ɪˈlʌstrɪəs] *adj.* 著名的，有名的，顯赫的；輝煌的.
[範例] an **illustrious** chemist 著名的化學家.
an **illustrious** career 輝煌的經歷.
[活用] *adj.* **more illustrious，most illustrious**

ILO [ˈaɪ͵ɛlˈo]《縮略》＝International Labor Organization（聯合國國際勞工組織）.

im- *pref.* in-（表示否定或「在～之中」之意）的別體《接以 b-，m-，p- 開頭的字》：**im**balance，**im**migrate，**im**possible 等.

I`m** [（強）`aɪm；（弱）aɪm]《縮略》＝I am：I`m** sixteen years old. 我16歲.

image [ˈɪmɪdʒ] *n.* ① 肖像，雕像. ② 印象，形象. ③ 極相似的人〔物〕. ④（鏡子、視覺上的）影像. ⑤ 比喻，象徵.
[範例] ① The coin has an **image** of the Queen on

充電小站

關於疾病的表達方式

▶ 對身體不適反症狀的表達方式

腹痛，胃痛	stomachache
頭痛	headache
腰痛，背痛	backache
牙痛	toothache
耳痛	earache
頭暈	dizzy
貧血	anemia（〖英〗anaemia）
發燒	fever
咳嗽	cough
打噴嚏	sneeze
喉嚨痛	sore throat
流鼻涕	runny nose
便祕	constipation
腹瀉	diarrhea/diarrhoea/the runs
肌肉痛	muscle pain
噁心	nausea，vomiting，throwing up
高血壓	high blood pressure
低血壓	low blood pressure

▶ 主要疾病與傷的名稱

瘀傷，撞傷	bruise
皮膚炎	dermatitis
過敏	allergy
胃潰瘍	stomach ulcer
流行性感冒	flu/influenza
愛滋病	AIDS/Acquired Immune Deficiency Syndrome
腮腺炎	mumps/parotitis
感冒	cold
花粉症	pollinosis/hay fever
肝炎	hepatitis
癌症	cancer
受傷	injury
結膜炎	conjunctivitis
肺結核	T.B./tuberculosis
高血壓	hypertension
骨折	bone fracture

霍亂	cholera
色盲的	color-blind
食物中毒	food poisoning
心臟病發作	heart attack
氣喘	asthma
糖尿病	diabetes
痴呆症	dementia
扭傷	sprain
肺炎	pneumonia
痲疹	measles
白血病	leukemia
水痘	chicken pox
盲腸炎	appendicitis
燙傷	burn/scald
散光	astigmatism

▶ 疾病處置的表達方式

進行健康檢查	have a medical checkup
生病	get sick
臥病在床	sick in bed
求診	consult a doctor
對～過敏	allergic to
量體溫	take ～'s temperature
注射	get an injection
接受健康檢查	take a medical examination
照 X 光	have an X-ray
進行血液檢查	have a blood test
入院	enter the hospital/ be hospitalized
動手術	have an operation/ be operated
切除盲腸	have ～'s appendix out/ have ～'s appendix removed
輸血	get a blood transfusion
打點滴	get an intravenous drip
服藥	take medicine
病癒	recover
出院	leave the hospital

the head. 那個硬幣的正面有女王的肖像.

② The attitude of the receptionist damaged the **image** of the company. 那位接待員的態度損害了那家公司的形象.

Do the Japanese have a distorted **image** of foreign rice? 日本人對外來的米有著被扭曲的印象嗎?

③ He is the **image** of his father. 他跟他父親長得一模一樣.

複數 **images**

imagery [ˋɪmɪdʒrɪ] n. ① 比喻（法）. ② 意象.

***imaginable** [ɪˋmædʒɪnəbl] adj. 想像得到的, 可 想 像 的: The police tried every means **imaginable**. 警方嘗試了所有想像得到的方法.

***imaginary** [ɪˋmædʒəˌnɛrɪ] adj. 想像的, 虛構

的: The dragon is an **imaginary** animal. 龍是虛構的動物.

***imagination** [ɪˌmædʒəˋneʃən] n. ① 想 像 （力）, 創造力. ② 幻想.

範例 ① The writer has a wonderful **imagination**. 那位作家有著絕佳的想像力.

② Is it my **imagination**, or did I just hear footsteps? 那是我的幻想呢? 還是真的聽到腳步聲?

複數 **imaginations**

imaginative [ɪˋmædʒəˌnetɪv] adj. ① 想像的. ② 富於想像力的.

範例 ① an **imaginative** story 虛構的故事.

② an **imaginative** poet 富於想像力的詩人.

活用 adj. **more imaginative**, **most imaginative**

***imagine** [ɪ`mædʒɪn] v. 想像；推想，推測．

範例 Can you **imagine** a school without students? 你能想像一個沒有學生的學校嗎？

I **imagined** you a tall woman./I **imagined** you as a tall woman. 我想像你是一個高個子的女子．

Imagine that you are swimming in the middle of the Atlantic Ocean. 想像一下你正在大西洋中央游泳．

Can you **imagine** him playing the violin? 你能想像他拉小提琴的樣子嗎？

I **imagine** that you enjoyed the game. 我想你很喜歡那個遊戲吧！

活用 v. **imagines**，**imagined**，**imagined**，**imagining**

imbalance [ɪm`bæləns] n. 不均衡，不平衡：the trade **imbalance** between the two countries 兩國間的貿易失衡．

參考 比 unbalance 甚為學術性的用語．

複數 **imbalances**

imbecile [`ɪmbəsl] adj. ① 低能的，愚蠢的．——n. ② 蠢人，低能者．

複數 **imbeciles**

***imitate** [`ɪmə,tet] v. 模仿，效法：Talking of art, don't just **imitate** others—be original. 談到藝術，不要只是模仿他人，要有獨創性．

活用 v. **imitates**，**imitated**，**imitated**，**imitating**

***imitation** [,ɪmə`teʃən] n. ① 模仿，仿效．② 仿製品，贗品．

範例 ① The student painted in **imitation** of Miró. 那個學生模仿米羅的畫風．

He has a talent for **imitation**. 他有模仿的天分．

imitation diamonds 假鑽石．

② He told me to beware of **imitations**. 他要我提防贗品．

複數 **imitations**

imitator [`ɪmə,tetɚ] n. 模仿者，仿製者．

複數 **imitators**

immaculate [ɪ`mækjəlɪt] adj. ① 潔淨的．② 完美的，無瑕疵的．

範例 ① an **immaculate** white suit 潔淨的白色套裝．

② Her behavior at the party was **immaculate**. 她在那個晚會上舉止完美無瑕．

immaculately [ɪ`mækjəlɪtlɪ] adv. 潔淨地；完美地：He was **immaculately** dressed. 他穿著潔淨．

immaterial [,ɪmə`tɪrɪəl] adj. ① 不重要的：Price is **immaterial** to this millionaire. 價錢對這個百萬富翁來說並不重要．② 非物質的，無形的．

immature [,ɪmə`tur] adj. 不成熟的，發育未完全的．

範例 An **immature** apple tree doesn't bear much fruit. 未成熟的蘋果樹結不了多少果實．

He's pretty **immature** for a high school senior. 身為一個高中3年級學生，他相當不成熟．

活用 adj. **more immature**，**most immature**

immaturity [,ɪmə`turətɪ] n. 不成熟：He's really good-looking, but his **immaturity** totally turns me off. 他確實長得不錯，可是他的不成熟使我對他完全沒興趣．

immeasurable [ɪ`mɛʒrəbl] adj. 無邊際的，無限的．

範例 The universe is **immeasurable**. 宇宙是無邊際的．

The earthquake has done **immeasurable** damage to the city. 地震對這個城市造成了極大的損失．

***immediate** [ɪ`midɪɪt] adj. ① 即刻的，立即的．② 直接的；鄰近的．

範例 ① The severity of the situation demands an **immediate** response. 情勢嚴重需要即時的回應．

The medicine had an **immediate** effect. 那種藥馬上就見效．

② His **immediate** successor is Dick. 他的直接繼承人是迪克．

An **immediate** result of the announcement was the stock market falling 3% in one day. 這個公告的直接結果是股票市場1天之內下降了3個百分點．

There's no supermarket in the **immediate** neighborhood. 那附近沒有超級市場．

***immediately** [ɪ`midɪɪtlɪ] adv. ① 立即，馬上．② 直接地．——conj. ③ 一～馬上．

範例 ① Al left for home **immediately** after work. 艾爾一下班就馬上回家．

② My boss is **immediately** concerned in the case. 我的老闆與那個事件有直接相關．

③ **Immediately** we saw the accident, we called for an ambulance. 我們一看見事故發生馬上就叫了救護車．

***immemorial** [,ɪmə`morɪəl] adj. 太古的，遠古的：Human beings have been fighting and killing each other since time **immemorial**. 人類自遠古以來就一直在互相爭戰、殺戮．

片語 **from time immemorial/since time immemorial** 自遠古以來．(⇨ 範例)

***immense** [ɪ`mɛns] adj. ① 無限的，極大的．② 極好的．

範例 ① An **immense** amount of money was spent on the project. 那項計畫耗費了巨額的資金．

The amount of water on our planet is **immense**. 地球上的水量無限．

② The party was an **immense** success. 那個晚會相當地成功．

活用 adj. **more immense**，**most immense**

immensely [ɪ`mɛnslɪ] adv. 極為，非常：The old couple were **immensely** proud of their grandchildren. 這對老夫妻非常以他們的孫子自豪．

活用 *adv.* **more immensely**, **most immensely**

immensity [ɪˋmɛnsətɪ] *n.* 巨大；無限；大量．
範例 They were overwhelmed by the **immensity** of the work to be done. 他們面對著必須要做的大量工作一籌莫展．
The police found an **immensity** of drugs hidden in the building. 警方發現這棟大樓中藏有大量的毒品．
複數 **immensities**

immerse [ɪˋmɝs] *v.* ① 使浸沒，浸入（液體中）．② 使埋頭於，使專心於．
範例 ① At the health spa I was **immersed** in an oil bath. 我在健康溫泉區進行油浴．
② I **immersed** myself in work to forget her. 我藉由埋頭於工作來忘掉她．
The student was **immersed** in thought in class. 那個學生在課堂上陷入沉思．
活用 *v.* **immerses**, **immersed**, **immersed**, **immersing**

immersion [ɪˋmɝʃən] *n.* ① 浸入，沉入．② 熱中，專心．

＊**immigrant** [ˋɪməgrənt] *n.* （來自外國的）移民．
複數 **immigrants**

immigrate [ˋɪməˏgret] *v.* （從國外）移入．
字源 im（向內）＋migrate（移居）．
活用 *v.* **immigrates**, **immigrated**, **immigrated**, **immigrating**

immigration [ˏɪməˋgreʃən] *n.* ①（從國外）移居．② 入境管理處．
範例 ① The government encouraged **immigration** early in the century. 本世紀初政府鼓勵外來移民．
② The smugglers passed through **immigration** at the airport. 那些走私者通過了機場的入境管理處．
複數 **immigrations**

imminent [ˋɪmənənt] *adj.* 迫切的，即將發生的．
範例 A storm is **imminent**. 暴風雨正在逼近．
There's an **imminent** danger of this turning into a full-scale war. 這個事件有導致全面性戰爭的危險．

imminently [ˋɪmənəntlɪ] *adv.* 逼近地，迫切地．

immobile [ɪˋmobl] *adj.* 固定的，靜止的；不能動的：His broken leg made him completely **immobile**. 摔斷了腿使他完全不能動．

immobilise [ɪˋmoblˏaɪz] ＝*v.* 〖美〗immobilize.

immobility [ˏɪmoˋbɪlətɪ] *n.* 固定，靜止．

immobilize [ɪˋmoblˏaɪz] *v.* 使不動〖〖英〗immobilise〗．
活用 *v.* **immobilizes**, **immobilized**, **immobilized**, **immobilizing**

＊**immoral** [ɪˋmɔrəl] *adj.* 不道德的：He considered racial discrimination **immoral**. 他認為種族歧視不道德．
活用 *adj.* **more immoral**, **most immoral**

immorality [ˏɪməˋrælətɪ] *n.* 不道德（的行為）：The **immorality** of apartheid can't be denied. 不能否認種族隔離是不道德的．
複數 **immoralities**

＊**immortal** [ɪˋmɔrtl] *adj.* ① 不朽的，永遠的：John said that the Giants are **immortal**. 約翰說巨人隊是永垂不朽的．
——*n.* ② 不朽的人〔事物〕．
複數 **immortals**

immortalise [ɪˋmɔrtlˏaɪz] ＝*v.* 〖美〗immortalise.

immortality [ˏɪmɔrˋtælətɪ] *n.* 不朽，不死．

immortalize [ɪˋmɔrtlˏaɪz] *v.* 使不朽，使永存：All those movie stars have been **immortalized** on film. 那些電影明星永存於電影中．
活用 *v.* **immortalizes**, **immortalized**, **immortalized**, **immortalizing**

immovable [ɪˋmuvəbl] *adj.* 不動的，固定的；不能移動的；堅定不移的．
範例 an **immovable** chair 固定的椅子．
He seems to be **immovable** in purpose. 他的決心似乎堅定不移．
字源 im（沒有）＋move（使動）＋able（能）．

immune [ɪˋmjun] *adj.* ① 免疫（性）的．② 不受影響的．③ 免除的．
範例 ① We are **immune** to measles. 我們對痲疹具有免疫性．
② The policeman was quite **immune** to criticism. 那個警察根本對批評無動於衷．
③ If you cooperate, you'll be **immune** from prosecution. 如果你肯合作，你將免於被起訴．
I don't think that we are **immune** against violence. 我不認為我們能免於暴力．
活用 *adj.* ② ③ **more immune**, **most immune**

immunisation [ˏɪmjunəˋzeʃən] ＝*n.* 〖美〗immunization.

immunise [ˋɪmjəˏnaɪz] ＝*v.* 〖美〗immunize.

immunity [ɪˋmjunətɪ] *n.* ① 免疫（性）．② 免除：**immunity** from taxation 免稅．

immunization [ˏɪmjunəˋzeʃən] *n.* 免疫，有免疫力〖〖英〗immunisation〗．

immunize [ˋɪmjəˏnaɪz] *v.* 使免疫〖〖英〗immunise〗：The doctor **immunized** the boy against polio. 那位醫生為男孩注射藥劑使其對小兒痲痺免疫．
活用 *v.* **immunizes**, **immunized**, **immunized**, **immunizing**

imp [ɪmp] *n.* 小鬼；頑童，淘氣鬼．
複數 **imps**

impact [ˋɪmpækt] *n.* 衝擊，撞擊；影響．
範例 The glass fell on the floor and broke on **impact**. 那個杯子掉到地上摔破了．

[imp]

The **impact** of the truck damaged the foundations of the building. 卡車的撞擊損害了那棟大樓的地基.
The new product didn't make much of an **impact** on consumers' lives. 那種新產品沒為消費者的生活帶來多大影響.
[複數] **impacts**

***impair** [ɪm`pɛr] v. 損害, 損傷: Smoking **impairs** health. 吸菸損害健康.
[活用] v. **impairs**, **impaired**, **impaired**, **impairing**

impairment [ɪm`pɛrmənt] n. 損害, 損傷.

impale [ɪm`pel] v. 刺穿: There was a skull **impaled** on the pointed stake. 有一個被尖樁刺穿的骷髏頭.
[活用] v. **impales**, **impaled**, **impaled**, **impaling**

***impart** [ɪm`part] v. ① 告知. ② 給與；增添.
[範例] ① I have nothing special to **impart** to you today. 我今天沒甚麼特別的事要告訴你們.
② These eyeglasses **impart** a look of intelligence. 這副眼鏡戴起來一副聰明的樣子.
[活用] v. **imparts**, **imparted**, **imparted**, **imparting**

***impartial** [ɪm`parʃəl] adj. 公平的，公正的: An umpire should be **impartial**. 裁判應該要公正.

impartiality [ˌɪmparʃɪ`ælətɪ] n. 公平，公正: **Impartiality** should be a consideration when choosing a Supreme Court judge. 在選舉最高法院法官時必須考慮到公正.

impassable [ɪm`pæsəbl] adj. 不能通行的: The road was made **impassable** by the fallen stones. 落石使那條道路無法通行.

impassioned [ɪm`pæʃənd] adj. 熱情的，熱烈的: an **impassioned** demand for freedom 對自由的熱烈要求.
[活用] adj. **more impassioned**, **most impassioned**

impassive [ɪm`pæsɪv] adj. 無動於衷的；無感覺的；冷靜的: Bill remained **impassive** as the guilty verdict was announced. 比爾被宣判有罪時顯得非常冷靜.

impassively [ɪm`pæsɪvlɪ] adv. 無動於衷地；無感覺地；冷靜地.

***impatience** [ɪm`peʃəns] n. ① 焦躁，急躁，性急. ② 渴望.
[範例] ① I couldn't control my **impatience**. 我無法控制我的焦躁.
We waited with **impatience** for the bus to come. 我們焦急地等著公車.
② Mary came too early in her **impatience** to see the famous movie star. 瑪麗那麼早到就是渴望見到那位有名的電影明星.

***impatient** [ɪm`peʃənt] adj. ① 焦躁的，不耐煩的，性急的. ② 渴望的，熱切的.
[範例] ① The audience is getting **impatient** waiting for the curtain to rise. 觀眾們等待開

演，等得愈來愈不耐煩了.
② The children were **impatient** to open their Christmas presents. 孩子們迫不及待要打開聖誕禮物.
[活用] adj. **more impatient**, **most impatient**

impatiently [ɪm`peʃəntlɪ] adv. 焦躁地，迫不及待地: We waited **impatiently** for the answer. 我們焦急地等待答覆.
[活用] adv. **more impatiently**, **most impatiently**

impeach [ɪm`pitʃ] v. 彈劾，檢舉，控告；表示懷疑: To **impeach** a President is a serious matter. 彈劾總統是一件大事.
[活用] v. **impeaches**, **impeached**, **impeached**, **impeaching**

impeachment [ɪm`pitʃmənt] n. 彈劾，控告: The minister resigned to avoid facing **impeachment**. 那位部長為了避免直接面對彈劾而辭職.

impeccable [ɪm`pɛkəbl] adj. 無瑕疵的；無過失的: Her English is really **impeccable**. 她的英語簡直是無可挑剔.

impede [ɪm`pid] v. 妨礙，阻礙: The investigation has been **impeded** by the murder of a key witness. 隨著重要目擊證人被殺，整個案情已陷入膠著.
[活用] v. **impedes**, **impeded**, **impeded**, **impeding**

impediment [ɪm`pɛdəmənt] n. 妨礙；障礙物: Lack of education will be a serious **impediment** to his finding a good job. 沒有受過教育將成為他找到好工作的一大障礙.
[複數] **impediments**

impel [ɪm`pɛl] v. 促使，驅使: The words of a successful businessman **impelled** him to work even harder. 某位成功商人的一席話使他更加努力工作.
[活用] v. **impels**, **impelled**, **impelled**, **impelling**

impending [ɪm`pɛndɪŋ] adj. 逼近的，迫近的: The collapse of peace talks left them with an **impending** feeling of doom. 由於和談破裂，他們感受到滅亡正不斷地迫近.

impenetrable [ɪm`pɛnətrəbl] adj. ① 無法通過的，不能穿透的；無法看透的. ② 不可理解的.
[範例] ① Lead is **impenetrable** to X-rays. X 光不能穿透鉛.
The climbers were in an **impenetrable** fog. 登山者被包圍在濃霧之中.
② **impenetrable** jargon 無法理解的專業術語.
[活用] adj. **more impenetrable**, **most impenetrable**

imperative [ɪm`pɛrətɪv] adj. ① 緊急的；絕對必要的. ② 命令的，專橫的. ③ 祈使語氣的. ——n. ④ (正式) 命令；祈使語氣.
[範例] ① It is **imperative** to finish this work today. 今天務必要做完這項工作.
② I hate his **imperative** way of doing

(充電小站)

Don't be silent!

【Q】「請安靜！」這句話的祈使句為 Be silent!，若改成否定句則為（從意思上看起來有點怪的句子）Don't be silent!（不許安靜！）

意思的確有點怪，但含有 is、am、are、was、were 的句子改成否定句時，例如像 Tom **is not** a student. 那樣，只要在其中的 is、am、are、was、were 之後加上 not 就可以了．因為 is、am、are、was、were 這些字統稱為「be 動詞」，所以將 Be silent! 變成否定句時是否可說成 Be not silent! 呢？

【A】不可以．在形成「不許～」這一意義的否定祈使句時，必須用 do not 或其縮略 don't.

現在來說明一下它的理由，請看下面的句子：
　　(1) Give her that doll!

本句意思為「請把那個布娃娃給她！」，這裡必須注意的是最前面的 give 是「原形動詞」而不是現在式．

現在我們將 (1) 變成否定句，就成了「不要把那個布娃娃給她！」．「不要把～」要用 do not.
　　(2) Do not give her that doll!

(2) 可做如下說明：「不許 (Do not) →〔將甚麼〕→ 給 (give) →〔誰〕→ 她 (her) →〔將甚麼〕→ 那個布娃娃 (that doll)」．

那麼，下面句子應怎麼改呢？
　　(3) Be silent!

Be 是「原形動詞」，其後不能加 not．將 (3) 變

成否定句時必須像 (4) 那樣．
　　(4) Do not be silent!

(4) 可做如下說明：「不許 (Do not) →〔將甚麼〕→ 安靜(be silent)」．

▶ **never** 的使用時機

否定祈使句要用 do not，但有時也在原形動詞前直接加 never. 但是這種使用 never 的說法並非任何時候都可以用，僅限於過去常用的一些特殊表達方式：Never mind!（別介意！）/ Never fear!（不要擔心！）/Never say die!（不要洩氣！）/Never be serious!（不要愁眉苦臉!）

▶〈**Do**＋原形動詞〉的祈使句

構成「不要～」、「不許～」這樣的句型，只要在 Do not 或 Don't 之後加上「原形動詞」就可以了．那麼，是否有從 Do not come here!（不要到這裡來！）句中去掉 not 的說法呢？答案是肯定的．
　　(5) Do come here!

其意思可做如下說明：「做 (Do) →〔甚麼〕→到這裡來 (come here)」．這句話是 Come here! 的強調語氣說法，意即「務必要來」．如要強調 Be silent!，則說成：
　　(6) Do be silent!

(5)、(6) 中 Do 為強調語氣用法．
➡ (充電小站) (p. 235)

---

everything. 我討厭他那種凡事命令的作法．
③ **Imperative** statements are often followed by an exclamation mark. 祈使句後面一般都加上驚嘆號．
④ The leader's **imperative** inspired his followers. 那位領導人的命令鼓舞了他的追隨者．
➡ (充電小站) (p. 631)

[活用] adj. ① ② **more imperative**, **most imperative**

[複數] **imperatives**

imperatively [ɪm`pɛrətɪvlɪ] adv. 專橫地，命令地．

[範例] They **imperatively** looked for their lost child. 他們不由分說地四處尋找走失的孩子．The police officer ordered them **imperatively** out of the building. 那位警察斷然地命令他們離開那棟大樓．

imperceptible [ˌɪmpɚ`sɛptəbl] adj. 幾乎察覺不到的，微乎其微的：an **imperceptible** difference 幾乎察覺不到的差別．

imperfect [ɪm`pɝfɪkt] adj. 不完善的，不充分的：His climbing preparations are **imperfect** in many respects. 他的登山準備還有很多不充分的地方．

[活用] adj. **more imperfect**, **most imperfect**

imperfection [ˌɪmpɚ`fɛkʃən] n. 不完全，不充分；缺陷，缺點．

[範例] I think it natural that man tries to overcome his **imperfection**. 我認為人會試圖克服自己的缺點是理所當然的．

Imperfections in some of the chips caused the buyer to refuse them. 因為幾片馬鈴薯片炸得不完全，客人決定不買了．

[複數] **imperfections**

imperfectly [ɪm`pɝfɪktlɪ] adv. 不完全地，不充分地：The master was recorded **imperfectly** so we can't make any copies from it. 因為母帶錄音不夠完全，所以無法用來拷貝．

[活用] adv. **more imperfectly**, **most imperfectly**

***imperial** [ɪm`pɪrɪəl] adj. ① 皇帝的，皇室的，帝國的：an **imperial** household 皇室．②（度量衡）英制的．

☞ n. emperor

imperialism [ɪm`pɪrɪəlˌɪzəm] n. ① 帝國主義．② 帝制．

imperialist [ɪm`pɪrɪəlɪst] n. ① 帝國主義者．② 帝制的擁護者．
——adj. ③ 帝國主義的．

[複數] **imperialists**

imperil [ɪm`pɛrəl] v. 使陷於危險中，危及：The storm **imperiled** the safety of the ship and its crew. 那場暴風雨危及那艘船及船員安全．

[活用] v. **imperils**, **imperiled**, **imperiled**,

imperiling/〖英〗imperils, imperilled, imperilled, imperilling

imperious [ɪm`pɪrɪəs] *adj.* ① 傲慢的，專橫的。② 緊急的。

〖範例〗① My brother ordered me to go out in an **imperious** voice. 我哥哥以跋扈的口吻命令我出去。

② The boss gave us an **imperious** command. 老闆對我們下達緊急命令。

〖活用〗*adj.* **more imperious, most imperious**

impersonal [ɪm`pɝsənl] *adj.* ① 不受個人感情左右的，與（特定）個人無關的，客觀的。② 不具人格的，非人的。③〈文法〉非人稱的。

〖範例〗① My remarks are quite **impersonal**. 我的言論並非針對個人。

② Nature is an **impersonal** force. 大自然是一種不屬於人的力量。

impertinence [ɪm`pɝtnəns] *n.* 粗魯，無禮，冒昧。

〖複數〗**impertinences**

impertinent [ɪm`pɝtnənt] *adj.* 粗魯的，無禮的，冒昧的：The young man was so **impertinent** as to talk back to older people. 那個年輕人太無禮了，居然出言頂撞年長者。

〖活用〗*adj.* **more impertinent, most impertinent**

impervious [ɪm`pɝvɪəs] *adj.* 不透（水、光等）的，不受影響的。

〖範例〗This raincoat really is **impervious** to water. 這件雨衣真的不透水。

My teacher is **impervious** to flattery. 逢迎諂媚的話對我的老師沒有用。

The minister was **impervious** to criticism. 那位部長根本不把我們對他的批評當一回事。

〖活用〗*adj.* ② **more impervious, most impervious**

impetuous [ɪm`pɛtʃʊəs] *adj.* 衝動的，性急的，激烈的。

〖活用〗*adj.* **more impetuous, most impetuous**

impetus [`ɪmpətəs] *n.* 推動力，衝力；刺激。

〖範例〗The cart ran down the slope under its own **impetus**. 那輛馬車帶著本身的動力衝下斜坡。

These reforms gained a fresh **impetus** from his encouraging speech. 他那振奮人心的演說為這些改革帶來新的動力。

impinge [ɪm`pɪndʒ] *v.* 衝擊，影響 (on)：The new law will **impinge** on our daily life. 這項新法律將衝擊我們的日常生活。

〖活用〗*v.* **impinges, impinged, impinged, impinging**

impious [`ɪmpɪəs] *adj.* 不虔誠的，瀆神的：My teacher doesn't like **impious** language. 我的老師不喜歡褻瀆神明的話。

〖活用〗*adj.* **more impious, most impious**

impish [`ɪmpɪʃ] *adj.* 頑皮的，調皮的：My uncle had an **impish** grin on his face. 我叔叔臉上露出頑皮的笑容。

〖活用〗*adj.* **more impish, most impish**

impishly [`ɪmpɪʃlɪ] *adv.* 頑皮地，調皮地。

〖活用〗*adv.* **more impishly, most impishly**

implacable [ɪm`plekəbl] *adj.* 難以勸和的，難和解的，難以平息的：He has been an **implacable** foe of the Senator's welfare reform bill. 他一直是那個參議員福利改革法案的死對頭。

〖活用〗*adj.* **more implacable, most implacable**

implant [*v.* ɪm`plænt; *n.* `ɪmplænt] *v.* ① 灌輸：They **implant** religious beliefs in their children at a young age. 他們在孩子還小的時候就灌輸他們宗教思想。② 移植（器官等）。
——*n.* ③ 移植的組織，移植的植物。

〖活用〗*v.* **implants, implanted, implanted, implanting**

〖複數〗**implants**

****implement** [*n.* `ɪmpləmənt; *v.* `ɪmplə,mɛnt] *n.* ① 工具，器具，用具；方法，手段。
——*v.* ② 實行，實施。

〖範例〗① agricultural **implements** 農具。

② It will be **implemented** when the time is right. 水到渠成。

〖複數〗**implements**

〖活用〗*v.* **implements, implemented, implemented, implementing**

implicate [`ɪmplɪ,ket] *v.* 涉入，使牽連。

〖範例〗She was **implicated** in an extortion scheme, but her name was later cleared. 她曾被扯入一起搶劫計畫，但後來被排除了。

The policeman found a letter **implicating** her in the crime. 那個警察發現一封她與那起罪事件有牽連的信。

〖活用〗*v.* **implicates, implicated, implicated, implicating**

implication [,ɪmplɪ`keʃən] *n.* ① 牽連，關係。② 暗示，含意，言外之意。

〖範例〗① The **implication** of the prime minister in the scandal was crucial to the government's case. 首相涉入醜聞對於政府而言是相當嚴重的。

② The **implications** of his statement are frightening. 他的聲明所隱含的意義相當驚人。

〖複數〗**implications**

****implicit** [ɪm`plɪsɪt] *adj.* ① 暗含的，暗示的。② 絕對的，無條件相信的。

〖範例〗① **implicit** consent 默許。

② **implicit** belief in God 完全相信上帝。

〖活用〗*adj.* **more implicit, most implicit**

implicitly [ɪm`plɪsɪtlɪ] *adv.* ① 默許地。② 絕對地，毫無保留地。

〖範例〗① I agreed to his proposal **implicitly**. 我默許了他的提議。

② The citizens trusted the police **implicitly**. 市民們完全信任警方。

〖活用〗*adv.* **more implicitly, most implicitly**

implore [ɪm`plor] v. 哀求，懇求，請求．
範例 I **implore** you not to go．我求求你不要去．
He talked to me with an **imploring** look．他以哀求的眼神對我說．
活用 v. **implores**，**implored**，**implored**，**imploring**

imply [ɪm`plaɪ] v. ① 暗示，暗指；意味著．② 必須具備，必須含有．
範例 ① Silence often **implies** consent．沉默通常意味著同意．
What are you **implying**? 你到底想說甚麼？
② This grand project **implies** an awful lot of commitment on your part．要完成這項偉大的計畫需要各位全力以赴．
活用 v. **implies**，**implied**，**implied**，**implying**

impolite [ˌɪmpə`laɪt] adj. 失禮的，不禮貌的：
It is **impolite** of you to say such a thing to her．你真沒禮貌，竟然對她說那種話．
活用 adj. **more impolite**，**most impolite**

impolitely [ˌɪmpə`laɪtlɪ] adv. 不禮貌地，失禮地．
活用 adv. **more impolitely**，**most impolitely**

impoliteness [ˌɪmpə`laɪtnɪs] n. 失禮，冒昧，不禮貌．
複數 **impolitenesses**

import [v. ɪm`port; n. `ɪmport] v. ① 輸入，進口．② 意味著．
——n. ③ 進口；進口貨．④ 涵義；重要性．
範例 ① Japan **imports** coffee from Brazil．日本從巴西進口咖啡．
Importing should become easier under the GATT．在 GATT (關稅及貿易總協定) 的規範之下進口會變得比較容易．
② I should like to know what Tom's action **imports**．我想知道湯姆的行動意味著甚麼．
③ Our **imports** are greater than our exports．我們的進口量超過出口量．
④ That's of little **import** now that she's dead．既然她死了，那就不重要了．
活用 v. **imports**，**imported**，**imported**，**importing**
複數 **imports**

importance [ɪm`portṇs] n. ① 重要性．② 重要，顯要．
範例 ① The teacher stressed the **importance** of mathematics in class．那位老師在課堂上強調數學的重要性．
② The writer was also a person of **importance** in this town．那位作家在本市也是一個重要人物．

important [ɪm`portṇt] adj. ① 重要的．② 顯要的．
範例 ① It is very **important** for learners to read English sentences aloud．對學習者來說，大聲朗讀英文句子很重要．
② That businessman is one of the most **important** people in the town．那位企業家是此鎮最重要的人物之一．
活用 adj. **more important**，**most important**

importantly [ɪm`portṇtlɪ] adv. 重要的是：
Yes，they made it to the top，but more **importantly** they did it without any help．是的，他們爬上了頂峰．但最重要的是他們沒靠任何幫助就完成了那件事．
活用 adv. **more importantly**，**most importantly**

importation [ˌɪmpor`teʃən] n. 進口，輸入；進口貨，舶來品．
範例 Illegal **importation** of guns into Taiwan has been on the rise．非法槍械輸入臺灣一直在持續增加當中．
Importation of this new sound has affected American popular music．這種新樂聲的輸入對美國流行音樂產生了影響．
複數 **importations**

*****impose** [ɪm`poz] v. 強加；課徵．
範例 Bob **imposed** his ideas on his friends．鮑伯將自己的想法強加在朋友身上．
The owner **imposed** strict conditions on her tenants．那個房東給房客規定了苛刻的條件．
A new tax was **imposed** on all goods．所有商品都被課徵新稅．
Oh，no，I would never think of **imposing** myself．喔，不．我從未想過要突顯自己．
片語 **impose on** ① 欺騙．② 給～添麻煩：
Could I **impose on** you to watch my kids for just a few minutes? 可以麻煩你幫我看一下小孩嗎？
impose ~self 突顯自我，出風頭．(⇒ 範例)
活用 v. **imposes**，**imposed**，**imposed**，**imposing**

imposing [ɪm`pozɪŋ] adj. 堂皇的，令人印象深刻的：The building is large and **imposing**．那棟大樓非常雄偉．
活用 adj. **more imposing**，**most imposing**

imposingly [ɪm`pozɪŋlɪ] adv. 堂皇地，令人印象深刻地．
活用 adv. **more imposingly**，**most imposingly**

imposition [ˌɪmpə`zɪʃən] n. 強迫；課徵．
範例 It's quite an **imposition** to tell us to work on Sunday．星期天還要我們工作真是強人所難．
The **imposition** of this tax will not sit well with your constituents．這種稅收的課徵將無法獲得你的選民們的同意．
複數 **impositions**

impossibility [ˌɪmpasə`bɪlətɪ] n. 不可能 (性)，不可能的事物，不可能存在的事物．
複數 **impossibilities**

*****impossible** [ɪm`pasəbl] adj. ① 不可能的，辦不到的，不可能存在的，難以置信的．② 無法忍受的，難以應付的，棘手的．
範例 ① It is **impossible** to finish the task in a few days．想要在幾天內完成那項工作是不可能的．
I am afraid it will be **impossible** for me to do

so. 我想我不可能那麼做.

He set me an **impossible** task. 他派給我一件我力有未逮的工作.

It is **impossible** that he knows the date of our departure. 他不可能知道我們甚麼時候離開.

It is an **impossible** story. 這是一個令人難以置信的故事.

② The boy's manner is quite **impossible**. 那個男孩的態度簡直令人無法忍受.

The situation is **impossible**. 情況相當危急.

活用 *adj.* **more impossible**, **most impossible**

impostor [ɪmˋpɑstɚ] *n.* 冒名頂替者, 騙子《亦作 imposter》: The man in the picture is not Captain Kirk; he is an **impostor**. 照片上的人不是柯克船長, 他是冒名的.

複數 **impostors**

impotence [ˋɪmpətəns] *n.* ① 無能, 無能為力. ② 陽萎, 性無能.

impotent [ˋɪmpətənt] *adj.* ① 無能為力的, 無能為力的: We were **impotent** in the face of such a powerful weapon. 在如此強而有力的武器之前, 我們顯得無能為力. ② 陽萎的, 性無能的.

活用 *adj.* ① **more impotent**, **most impotent**

impound [ɪmˋpaʊnd] *v.* 扣押, 沒收: The police **impounded** the stolen goods in the warehouse. 警方沒收倉庫裡面的贓物.

活用 *v.* **impounds**, **impounded**, **impounded**, **impounding**

impoverish [ɪmˋpɑvərɪʃ] *v.* 使貧窮, 使匱乏: Our society has been **impoverished** by the death of that great writer. 我們的社會因那位偉大作家的去世而變得空虛.

活用 *v.* **impoverishes**, **impoverished**, **impoverished**, **impoverishing**

impracticable [ɪmˋpræktɪkəbl] *adj.* ① 不能實行的. ② 不能通行的.

範例 ① That is an **impracticable** plan. 那是一個不可能實行的計畫.

② This road is **impracticable** during winter. 這條路冬天無法通行.

活用 *adj.* ① **more impracticable**, **most impracticable**

impractical [ɪmˋpræktɪkl] *adj.* 不切實際的, 不實用的.

範例 It's **impractical** to expect him to finish this by the end of the month. 指望他在月底之前完成這項工作是不切實際的.

My **impractical** daughter has come up with another harebrained idea. 我那不切實際的女兒又想出一個愚蠢的主意.

活用 *adj.* **more impractical**, **most impractical**

impregnable [ɪmˋprɛgnəbl] *adj.* 固若金湯的, 堅定不移的.

範例 The king wanted an **impregnable** fortress. 那位國王希望有一個固若金湯的要塞.

It's going to take a real smooth talker to convince the **impregnable** Mr. Jones. 要一個相當能言善道的人才能說服意志堅定的瓊斯先生.

impregnate [ɪmˋprɛgnet] *v.* ① 使懷孕. ② 使充滿, 使滲入; 灌輸.

範例 ② The policewoman **impregnated** the handkerchief with perfume. 那位女警在手帕上噴灑香水.

The people **impregnated** her mind with new ideas. 那些人向她灌輸了許多新思想.

活用 *v.* **impregnates**, **impregnated**, **impregnated**, **impregnating**

＊**impress** [*v.* ɪmˋprɛs; *n.* ˋɪmprɛs] *v.* ① 使印象深刻. ② 使感動, 使銘記. ③ 使留下印象, 蓋印.

——*n.* ① 蓋印, 刻印.

範例 ① Susan **impressed** me unfavorably. 蘇珊給我的印象不好.

The young girl was deeply **impressed** by the candidate's speech. 那位候選人的演說讓那名年輕女孩印象深刻.

② Our father **impressed** the value of hard work on us. 父親使我們銘記勤奮工作的價值在.

③ I'm going to **impress** this seal on every book I have. 我打算在我的每一本書上蓋上這個印記.

④ This letter is going to the King. I want the **impress** to be perfect. 這封信是寫給國王的, 印記一定要印得完整.

活用 *v.* **impresses**, **impressed**, **impressed**, **impressing**

複數 **impresses**

＊**impression** [ɪmˋprɛʃən] *n.* ① 印象, 感受. ② 蓋印, 刻印. ③（同一版本的）一次印刷（的量）. ④ 模仿.

範例 ① What were your first **impressions** of Canada? 你對加拿大的第一印象怎麼樣?

The old mosque made a great **impression** on the American. 那座古老的清真寺給那個美國人留下深刻的印象.

I get the **impression** that she doesn't like you. 我覺得她不喜歡你.

② The attorney inspected the **impression** of the seal to make sure it was genuine. 那位律師為了確認那個印記是否是真的而對它進行檢驗.

③ the seventh **impression** of the third edition 第3版第7刷.

④ Helen did her **impression** of the singer. 海倫模仿了那位歌手.

片語 **under the impression that** 誤認為, 一直以為: I was **under the impression that** he had gone to America. 我一直以為他去美國了.

複數 **impressions**

impressionable [ɪmˋprɛʃənəbl] *adj.* 敏感的; 易受影響的; 易受感動的: Mary is at an **impressionable** age. 瑪麗正值易受影響的

年齡.

[活用] adj. **more impressionable**, **most impressionable**

impressionism [ɪm`prɛʃənˌɪzəm] n. 印象主義，印象派.

[參考] 始於19世紀末期的法國，其畫風比起寫實主義更強調光線、色彩的感性描繪，對文學和音樂也有很大影響.

impressive [ɪm`prɛsɪv] adj. 給人深刻印象的；感人的.

[範例] The candidate made an **impressive** speech. 那位候選人發表了一篇令人印象深刻的演說.

The show was very **impressive**. 那場表演十分感人.

[活用] adj. **more impressive**, **most impressive**

impressively [ɪm`prɛsɪvlɪ] adv. 印象深刻地：
The mosque was **impressively** elegant. 那座清真寺給人十分高雅的印象.

[活用] adv. **more impressively**, **most impressively**

imprint [n. `ɪmprɪnt; v. ɪm`prɪnt] n. ① 印跡，痕跡. ② 出版說明.
——v. ③ 蓋(印). ④ 銘刻，留下印象.

[範例] ① We found an **imprint** of a foot in the flower bed. 我們在那個花壇裡發現一個腳印.

② The **imprint** tells us where the book was published. 出版資料告訴我們這本書是在哪裡出版的.

③ The papers were **imprinted** with his seal. 那份文件上蓋有他的印鑑.

④ Your words were **imprinted** on my mind. 你的話我銘記在心.

[複數] **imprints**

[活用] **imprints**, **imprinted**, **imprinted**, **imprinting**

imprison [ɪm`prɪzn̩] v. 使入獄，使坐牢；監禁.

[範例] They were **imprisoned** for attempting to rob a bank. 他們因圖謀搶劫銀行而入獄.

The hostages were **imprisoned** in a factory. 那些人質被監禁在一個工廠裡.

[活用] v. **imprisons**, **imprisoned**, **imprisoning**

imprisonment [ɪm`prɪznmənt] n. 入獄，監禁：The murderers were sentenced to life **imprisonment**. 那些殺人犯被判終身監禁.

improbability [ˌɪmprɑbə`bɪlətɪ] n. 不大可能(的事)：Due to the **improbability** of flooding nobody around here has that kind of insurance. 因為不大可能發生洪水氾濫，所以這一帶的人沒有那一類的保險.

[複數] **improbabilities**

improbable [ɪm`prɑbəbl̩] adj. 不大可能的.

[範例] That scenario seems highly **improbable**. 那種情況極不可能發生.

It is **improbable** that anyone could get such a high salary for an entry-level position. 低階的職位要領如此高的薪水是不可能的.

[活用] adj. **more improbable**, **most improbable**

improbably [ɪm`prɑbəblɪ] adv. 不大可能地.

[活用] adv. **more improbably**, **most improbably**

impromptu [ɪm`prɑmptu] adj., adv. ① 即興的〔地〕，即席的〔地〕.
——n. ② 即興(演出的)作品.

[範例] ① I was forced to make an **impromptu** speech. 我被迫做即興演講.

② Some talk show hosts are better at **impromptu** than reading from a prepared script. 一些脫口秀的主持人比起讀準備好的稿子，他們更擅於做即興談話.

[複數] **impromptus**

improper [ɪm`prɑpɚ] adj. ① 不適當的；錯誤的. ② 下流的；無禮的.

[範例] ① They wouldn't let us in because we were wearing **improper** attire. 因為我們穿著不適當，他們不讓我們進去.

② The salesman made an **improper** joke in front of the lady. 那個推銷員當著那位女士的面開了一個低級的玩笑.

[活用] adj. **more improper**, **most improper**

improperly [ɪm`prɑpɚlɪ] adv. ① 不適當地；錯誤地. ② 下流地；無禮地.

[範例] ① No one laughed because he told the joke **improperly**. 沒有人笑，因為他說了個不適當的笑話.

The student was **improperly** dressed for the party. 那個學生在晚會上穿著不當.

② He snorted **improperly**. 他無禮地哼著鼻子.

[活用] adv. **more improperly**, **most improperly**

improve [ɪm`pruv] v. 好轉，改善，改良；增加.

[範例] She **improved** her tennis by practicing every day. 她藉由每天的練習提升她的網球技術.

He has been in hospital since Wednesday last week. His health is **improving** now. 他上星期三住進醫院，現在已經好多了.

The swimmer **improved** on her record. 那名游泳選手刷新了自己的記錄.

Robert **improved** his understanding of Judaism and Christianity by reading the Bible. 羅伯特藉著讀《聖經》來增加對猶太教與基督教的瞭解.

[活用] v. **improves**, **improved**, **improved**, **improving**

improvement [ɪm`pruvmənt] n. 進步，改善，改良；改良之處.

[範例] There is a great **improvement** in his Chinese. 他的中文大有進步.

They made some **improvements** on their yacht. 他們把遊艇加以改良.

This new car has several **improvements**. 這輛新車有幾個改良之處.

〔複數〕 **improvements**

improvident [ɪm`prɑvədənt] adj.《正式》浪費的, 不節儉的; 缺乏遠見的; 不預作準備的.

〔活用〕 adj. **more improvident**, **most improvident**

improvidently [ɪm`prɑvədəntlɪ] adv. 缺乏遠見地.

〔活用〕 adv. **more improvidently**, **most improvidently**

improvisation [ˌɪmprɑvaɪ`zeʃən] n. 即席創作; 即席演奏; 即興作品.

〔複數〕 **improvisations**

improvise [`ɪmprəˌvaɪz] v. 即興創作〔演奏, 表演〕, 臨時湊成: The singer **improvised** a song on the stage. 那位歌手在舞臺上即席演唱了一首歌.

〔活用〕 v. **improvises**, **improvised**, **improvised**, **improvising**

*****imprudent** [ɪm`prudənt] adj. 輕率的, 魯莽的: It is **imprudent** of you to take that test in English so soon. 你那麼快就參加那種英語考試太輕率了.

〔活用〕 adj. **more imprudent**, **most imprudent**

impudence [`ɪmpjədns] n. 魯莽, 厚顏, 無禮: Your son had the **impudence** to intrude on my privacy. 你兒子無禮地侵犯了我的隱私.

*****impudent** [`ɪmpjədənt] adj. 放肆的, 目中無人的, 厚顏的: Tom got angry with the **impudent** child. 湯姆對那個放肆的孩子生氣.

〔活用〕 adj. **more impudent**, **most impudent**

impudently [`ɪmpjədəntlɪ] adv. 厚顏地.

〔活用〕 adv. **more impudently**, **most impudently**

*****impulse** [`ɪmpʌls] n. ① 衝動, 心血來潮. ② 衝擊, 刺激.

〔範例〕 ① I had a sudden **impulse** to go for a drive along the beach. 我一時心血來潮想開車去海邊兜風.

My brother bought a new camera on **impulse**. 我哥哥衝動地買了一臺新的照相機.

② That policy gave a strong **impulse** to trade. 那項政策給與貿易極大的刺激.

〔片語〕 **on impulse** 衝動地. (⇨ 〔範例〕①)

〔複數〕 **impulses**

impulsive [ɪm`pʌlsɪv] adj. ① 衝動的: an **impulsive** decision 衝動的決定. ② 有衝力的.

〔活用〕 adj. **more impulsive**, **most impulsive**

impulsively [ɪm`pʌlsɪvlɪ] adv. 衝動地.

〔活用〕 adv. **more impulsively**, **most impulsively**

impulsiveness [ɪm`pʌlsɪvnɪs] n. 衝動(性); 衝力.

impunity [ɪm`pjunətɪ] n. 免受懲罰: He can commit crimes with **impunity** under the protection of diplomatic immunity. 他在外交豁免權的保護之下犯罪可免受懲罰.

impure [ɪm`pjur] adj. 不純的; 不乾淨的; 淫猥的.

〔範例〕 The water in the tank is always **impure**. 那個水槽中的水總是不乾淨.

He was so thirsty that he drank **impure** water. 他太渴了, 連不乾淨的水都喝.

impurity [ɪm`pjurətɪ] n. 雜質; 不純; 不貞.

〔範例〕 He was shocked by her **impurity**. 他對她的不貞感到震驚.

The student filtered the water and removed its **impurities**. 那個學生將水過濾掉雜質.

〔複數〕 **impurities**

impute [ɪm`pjut] v. 歸咎, 歸罪: His failure in business was **imputed** to his poor knowledge of the market. 他生意上的失敗歸因於對市場知識的不足.

〔活用〕 v. **imputes**, **imputed**, **imputed**, **imputing**

†**in** [ɪn] prep.

原義	層面		釋義	範例
在～之中	場所		在～之中, 向～之中; 在～的時候; 用～做的	①
	時間、時期	從開始到結束		②
		結束的方向		③
	事物			④
	狀態			⑤

——adv. ⑥ 在～之中, 向～之中.

〔範例〕 ① Mr. Newton lives **in** New York. 牛頓先生住在紐約.

Einstein was born **in** a city **in** southern Germany. 愛因斯坦出生於德國南部的一個城市.

② I went to Paris **in** May, 1970. 我在1970年5月去過巴黎.

I have never seen such a man **in** my life. 我生平還未見過這樣的男人.

③ I'll come **in** an hour. 我一小時之內到達.

They learned French **in** six months. 他們用6個月的時間學法語.

④ I am strong **in** algebra. 我代數最拿手.

Ken spoke **in** Spanish **in** a loud voice. 肯用西班牙語大聲說話.

The guests were twenty **in** number. 有20位客人.

She looked the word up **in** a dictionary. 她在字典裡查那個字.

The woman appeared **in** a red dress. 那個女子穿著紅色衣服出現.

Mrs. Smith looked **in** a shopwindow. 史密斯

太太看著商店的櫥窗.
I have found a good friend **in** Susan. 我有蘇珊
這個好朋友.

⑤ He is always **in** good shape. 他身體狀況良
好.

She looked at me **in** dismay. 她驚慌地看著
我.

Don't talk to the driver while the bus is **in**
motion. 公車在行駛中不要跟司機說話.

⑥ Please come **in**. 請進.

Is your father **in**? 你父親在家嗎?

Somebody pushed me **in**. 有人把我推進去.

[片語] **in and out** 進進出出: He's been **in and
out** of prison these 20 years. 這20年來他多
次進出監獄.

in for 一定會遭遇: We are **in for** trouble. 我
們一定會有麻煩.

in on 參加; 有關聯: He was not **in on** that
shady deal. 他沒有參與那場可疑的交易.

in so far as 只要: In **so far as** you protect
me, I'll get you the information you need. 只
要你能保護我, 我就提供你所需的情報.

in that 因為: Steve's a better driver than
Harold **in that** Steve's had no accidents and
Harold's had three. 史蒂夫的開車技術比哈
洛德好, 因為史蒂夫沒出過車禍, 而哈洛德
有過3次車禍.

the ins and outs of 詳情: He knows **the
ins and outs of** politics. 他知道政治的內幕.

in. 《縮略》= inch (吋).

in- pref. ① 不, 無 《接形容詞或名詞》:
independent 獨立; **in**convenience 不方便. ②
在內 《構成形容詞或副詞》: **in**door 在室內;
inside 內側.

[參考] 接在以 b-, m-, p- 開頭的字時作
impossible (不可能的); 接以 l- 或 r- 開頭的
字時變成 **il**legal (非法的), **ir**regular (不規則
的) 的形式.

inability [ˌɪnə`bɪlətɪ] n. 無能力, 無才能: I got
irritated at his **inability** to make an immediate
decision. 我對他無法做出立即決定感到生
氣.

inaccessible [ˌɪnək`sɛsəbl] adj. 達不到的;
無法〔難以〕接近的:

[範例] This lake is **inaccessible** by car. 開車到
不了這個湖.

Your wife is an **inaccessible** person. 你太太
是一個難以接近的人.

[字源] in (不) + access (接近) + ible (能).

[活用] adj. **more inaccessible**, **most
inaccessible**

inaccuracy [ɪn`ækjərəsɪ] n. 差錯; 不正確.

[複數] **inaccuracies**

inaccurate [ɪn`ækjərɪt] adj. 不準確的; 有錯
誤的.

[活用] adj. **more inaccurate**, **most
inaccurate**

inaccurately [ɪn`ækjərɪtlɪ] adv. 差錯地, 不
準確地.

[活用] adv. **more inaccurately**, **most
inaccurately**

****inactive** [ɪn`æktɪv] adj. 不活潑的, 不活動的.

[範例] This street is **inactive** during the daytime.
這條街白天不熱鬧.

an **inactive** volcano 死火山.

inadequacy [ɪn`ædəkwəsɪ] n. ① 不充分, 不
完全; 無法勝任. ② 不足之處, 不完善的地
方, 缺點.

[範例] ① Her feelings of **inadequacy** are due to
your constant criticism. 她認為自己能力不足
是因為你不斷地批評她.

② There are several **inadequacies** in this
system. 這個系統有幾處缺點.

[複數] **inadequacies**

inadequate [ɪn`ædəkwɪt] adj. 不適當的; 不
充分的; 不能勝任的.

[範例] Mr. Johnson said the last interviewee was
inadequate for the job. 強森先生說最後一
個接受面試的人不能勝任那份工作.

The food was **inadequate** for a large family.
這些食物對一個大家庭是不夠的.

After seeing Carl's new girlfriend, Molly felt
totally **inadequate**. 見過卡爾的新女朋友後,
茉莉自嘆不如.

[活用] adj. **more inadequate**, **most
inadequate**

inadequately [ɪn`ædəkwɪtlɪ] adv. 不適當
地; 不充分地.

[活用] adv. **more inadequately**, **most
inadequately**

inadvertent [ˌɪnəd`vɝtnt] adj. 因粗心造成
的, 疏忽的; 偶然的.

inadvertently [ˌɪnəd`vɝtntlɪ] adv. 不注意
地, 疏忽地.

inalienable [ɪn`eljənəbl] adj. 不可剝奪的:
Freedom of speech should be **inalienable**.
言論自由不可剝奪.

inane [ɪn`en] adj. 空虛的; 愚蠢的.

[活用] adj. **more inane**, **most inane**

inanimate [ɪn`ænəmɪt] adj. 無生命的: A
diamond is an **inanimate** object. 鑽石是無生
命的物體.

inapplicable [ɪn`æplɪkəbl] adj. 不適用的,
不適當的.

[活用] adj. **more inapplicable**, **most
inapplicable**

inappropriate [ˌɪnə`proprɪɪt] adj. 不適當
的: a dress **inappropriate** for a formal
occasion 不適於正式場合穿的服裝.

[活用] adj. **more inappropriate**, **most
inappropriate**

inarticulate [ˌɪnɑr`tɪkjəlɪt] adj. 口齒不清的;
(因強烈情緒而)說不出話來的.

[範例] The boss became **inarticulate** in his
anger. 老闆氣得說不出話來.

The president ignored the **inarticulate**
masses of the country. 總統漠視了國內沉默
的群眾.

活用 adj. more **inarticulate**, most **inarticulate**

inasmuch [ˌɪnəzˋmʌtʃ] adv. 〔只用於下列片語〕因為.

片語 *inasmuch as* 因為: Inasmuch as he was driving the car, he must take some of the responsibility for the accident. 因為是他開那輛車, 所以這次事故他難辭其咎.

inaudibility [ˌɪnɔdəˋbɪlɪtɪ] n. 聽不見, 無法聽到.

inaudible [ɪnˋɔdəbl] adj. 聽不見的: She spoke in an almost **inaudible** voice. 她用幾乎聽不見的聲音說話.

inaugural [ɪnˋɔgjərəl] adj. ① 就職的; 開始的: an **inaugural** address 就職演說.
——n. ② 就職演說.
複數 inaugurals

inaugurate [ɪnˋɔgjəˌret] v. ① 使正式就任. ② 舉行落成儀式; 開創 (新時代).

範例 ① The President of the United States is **inaugurated** in January. 美國總統於1月份正式就任.
② The mayor **inaugurated** the new hospital. 市長為新醫院舉行落成典禮.
This coalition **inaugurates** a new era in politics. 這個聯盟開創了政治的新時代.

活用 v. **inaugurates**, **inaugurated**, **inaugurated**, **inaugurating**

inauguration [ɪnˌɔgjəˋreʃən] n. 就職典禮; 落成〔開幕〕典禮; 開始: Presidential **inaugurations** always take place on the twentieth of May. 總統的就職典禮總是在5月20日舉行.
複數 inaugurations

inborn [ɪnˋbɔrn] adj. 天生的: She has an **inborn** talent for art. 她天生具有藝術才華.

inbred [ɪnˋbrɛd] adj. ① 與生俱來的. ② 近親繁殖的.

inbreeding [ɪnˋbridɪŋ] n. 近親交配.

Inc. 〔縮略〕＝〖美〗Incorporated (責任有限的) 《用於公司名稱:〖英〗Ltd.》: Sanmin **Inc.** 三民股份有限公司.

incalculable [ɪnˋkælkjələbl] adj. 數不清的; 難以估計的: The war did **incalculable** damage to the country. 戰爭給這個國家帶來難以估計的損失.

incandescent [ˌɪnkənˋdɛsn̩t] adj. 白熱的, 發白光的.

*incapable** [ɪnˋkepəbl] adj. 不會的; 無能力的, 不能的.
範例 Orchids are **incapable** of growing in a cold climate. 蘭花無法在寒冷的氣候下生長.
She is **incapable** of deceiving anyone. 她是不會欺騙任何人的.
The church is **incapable** of being repaired. 那間教堂不能修補了.

incapacitate [ˌɪnkəˋpæsəˌtet] v. 使無能力, 使不能: My father was a taxi driver but he was **incapacitated** by a car accident three years

ago. 我父親是一個計程車司機, 3年前因車禍失去了工作能力.

活用 v. **incapacitates**, **incapacitated**, **incapacitated**, **incapacitating**

incapacity [ˌɪnkəˋpæsətɪ] n. 無能力: His **incapacity** for kindness makes everybody dislike him. 他不會體諒人, 所以大家都不喜歡他.

incarcerate [ɪnˋkɑrsəˌret] v. 監禁.
活用 v. **incarcerates**, **incarcerated**, **incarcerated**, **incarcerating**

incarceration [ɪnˌkɑrsəˋreʃən] n. 入獄, 監禁.

incarnate [ɪnˋkɑrnɪt] adj. ①〔常用於名詞後〕具有肉體的; 具體化的; 化身的: The killer is the devil **incarnate**. 那個殺手是魔鬼的化身.
——v. ② 給與形體, 使呈人形. ③ 實現.
活用 v. **incarnates**, **incarnated**, **incarnated**, **incarnating**

incarnation [ˌɪnkɑrˋneʃən] n. 具體化, 實現; 化身: He is the very **incarnation** of sincerity. 他完全是誠實的化身.
複數 incarnations

incendiary [ɪnˋsɛndɪˌɛrɪ] adj. 〔只用於名詞前〕① 引起火災的, 燃燒的. ② 煽動的.
——n. ③ 燃燒彈.
複數 incendiaries

incense [n. ˋɪnsɛns; v. ɪnˋsɛns] n. ① (祭拜用的) 香. ② 香味, 芳香.
——v. ③ 激怒, 使發怒: My father was **incensed** at my remarks. 父親對我的意見大發雷霆.
活用 v. **incenses**, **incensed**, **incensed**, **incensing**

incentive [ɪnˋsɛntɪv] n. 刺激; 動機: A fitting compliment on his grades will be an **incentive** to Tom to continue his studies. 適當讚揚湯姆的成績是使他繼續努力學習的動機.
複數 incentives

*incessant** [ɪnˋsɛsn̩t] adj. 不斷的, 不停的, 連續的.
範例 The noise from the road works is **incessant**. 道路施工的噪音不絕於耳.
The little boy's **incessant** questioning drove the baby-sitter crazy. 那個小男孩不停地發問, 快把臨時保姆逼瘋了.
活用 adj. more **incessant**, most **incessant**

incessantly [ɪnˋsɛsntlɪ] adv. 不停地, 不斷地: He smoked **incessantly**. 他不停地吸菸.
活用 adv. more **incessantly**, most **incessantly**

incest [ˋɪnsɛst] n. 亂倫.

incestuous [ɪnˋsɛstʃuəs] adj. ① 亂倫的. ② 過分親近的.
活用 adj. more **incestuous**, most **incestuous**

*inch** [ɪntʃ] n. ① 吋〔長度單位, 為1/12呎, 約為2.54公分. 複數縮略為 ins., 有時也在數字後加";" ☞ (充電小站) (p. 783)〕; 一點點, 少量

——v. ② 一點一點地移動．

[範例] ① I am five feet nine **inches** tall. 我身高是 5呎9吋．

The union demanded higher wages but management didn't budge an **inch** on their original offer. 工會要求更高的工資，但資方則堅持原方案不肯讓步．

I searched every **inch** of the car but I couldn't find anything. 我找遍了那輛車，可是甚麼也沒發現．

He is every **inch** a gentleman. 他是一位真正的紳士．

We came within an **inch** of success. 我們差一點就成功了．

Give him an **inch**, and he'll take a mile.《諺語》得寸進尺．

Our car missed the bus by **inches**. 我們的車差一點就撞上了那輛公車．

② We **inched** along the edge of the cliff. 我們沿著懸崖邊慢慢移動．

[片語] **by inches** ① 差一點．(⇨ [範例] ①)② 一點一點地．

every inch 在各個方面〔地方〕；徹底地．(⇨ [範例] ①)

[複數] **inches**

[活用] v. **inches, inched, inched, inching**

incidence [`ɪnsədəns] n. 發生率；a high **incidence** of cancer 癌症的高發生率．

incident [`ɪnsədənt] n. 事件．

[範例] This diplomatic **incident** has had worldwide effects. 這個外交事件影響到全世界．

At first these **incidents** seemed unrelated, but then a pattern emerged. 最初這些事件似乎沒甚麼關連，但之後某個形態就顯現出來了．

[複數] **incidents**

incidental [͵ɪnsə`dɛntl] adj. 附帶的；臨時的．

[範例] These are the **incidental** problems that come with living in a crowded guest house. 這些是住在擁擠的旅館而衍生的問題．

Take some extra in case there are **incidental** expenses. 多帶一些現金以防臨時的開支．

incidentally [͵ɪnsə`dɛntl̩ɪ] adv. 附帶地；順便一提：**Incidentally**, have you made a plan for your holiday? 順便一提，你的休假計畫定好了嗎？

incinerate [ɪn`sɪnə͵ret] v. 燒成灰燼．

[活用] v. **incinerates, incinerated, incinerating**

incineration [ɪn͵sɪnə`reʃən] n. 火葬．

incinerator [ɪn`sɪnə͵retɚ] n. 焚化爐．

[複數] **incinerators**

incipient [ɪn`sɪpɪənt] adj.《正式》初期的，開始的．

incision [ɪn`sɪʒən] n. 切口；切割．

[複數] **incisions**

incisive [ɪn`saɪsɪv] adj. 鋒利的；一針見血的：**incisive** criticism 一針見血的批評．

incisively [ɪn`saɪsɪvlɪ] adv. 鋒利地；(言論) 尖

銳地．

[活用] adv. **more incisively, most incisively**

incisor [ɪn`saɪzɚ] n. 門牙．

[複數] **incisors**

incite [ɪn`saɪt] v. 刺激，煽動．

[範例] This pamphlet **incited** the factory workers to go out on strike. 這本小冊子煽動工廠工人罷工．

Paul was accused of **inciting** a riot. 保羅因煽動暴動被起訴．

[活用] v. **incites, incited, incited, inciting**

incitement [ɪn`saɪtmənt] n. 刺激，煽動：The lunatic fringe's **incitement** to rebellion was ignored by the masses. 對狂熱分子發起叛亂的煽動，群眾未予理會．

*__inclination__ [͵ɪnklə`neʃən] n. ① 傾斜；斜面．② 傾向，趨勢；意向，意願．

[範例] ① an **inclination** of 15° 15度的傾斜．a steep **inclination** 陡峭的斜面．

② John has an **inclination** to fatness./John has an **inclination** to get fat. 約翰容易發胖．

I feel no **inclination** to send for the doctor. 我不想叫醫生來．

John always follows his own **inclinations**. 約翰總是按自己的意願行事．

Phil has little **inclination** for housekeeping. 菲爾對家務幾乎毫不關心．

[複數] **inclinations**

*__incline__ [v. ɪn`klaɪn; n. `ɪnklaɪn] v. ① (使) 傾斜；傾向於；屈身，靠過去．

——n. ② 斜面；傾斜．

[範例] ① Anne **inclined** her head in greeting. 安點頭打招呼．

Kevin's parents hoped a trip out to UCLA would **incline** him to apply for admission. 凱文的父母希望加州大學洛杉磯分校之行會讓他也有申請入學的意向．

His love of books **inclined** Lewis to become an editor. 喜歡讀書使路易斯走上了編輯之路．

John **inclined** toward Mary to catch what she was muttering. 約翰傾向瑪麗去聽她在說些甚麼．

The road **inclines** upward. 那是一條上坡路．

② a steep **incline** 陡坡．

[活用] v. **inclines, inclined, inclined, inclining**

[複數] **inclines**

inclined [ɪn`klaɪnd] adj. 想做~的，有~的傾向．

[範例] I'm **inclined** to leave this noisy, crowded town. 我想離開這個嘈雜擁擠的城市．

I'm **inclined** to feel tired in hot, humid weather. 在炎熱潮溼的天氣裡，我容易感到疲倦．

[活用] adj. **more inclined, most inclined**

*__include__ [ɪn`klud] v. 包含，包括．

[範例] The tour **included** lunch at the castle. 那次旅行包括在城堡裡吃午餐．

Rudolph wasn't **included** in the group of tourists. 魯道夫不算在那群旅客中.

This apartment's rent **includes** utilities. 這間公寓的租金包含水電費.

The whole family went to Canada, the dogs **included**. 那家人都去了加拿大，包括狗.

There were ten Asians, **including** three Japanese. 有10個亞洲人，其中包括3個日本人.

活用 v. **includes, included, included, including**

inclusion [ɪn`kluʒən] n. 包括，包含: The editor objected to the **inclusion** of vulgar slang in the dictionary. 那位編輯反對在辭典中收錄粗俗的俚語.

複數 **inclusions**

inclusive [ɪn`klusɪv] adj. 包含的，包括的. 範例 It's a fully **inclusive** price. There's nothing extra to pay. 那是全部的價格，不需要再支付額外的費用.

The buffet costs $10 per person **inclusive** of non-alcoholic beverages. 包括無酒精飲料的自助式餐飲每人10美元.

He'll be away on holiday from Monday to Friday **inclusive**. 他將於星期一到星期五休假.

incognito [ɪn`kɑgnɪ,to] adj., adv. ① 隱姓埋名的 (地): The Princess traveled **incognito** all over the country. 公主隱姓埋名遊遍全國.
——n. ② 化名; 隱姓埋名 (者).
複數 **incognitos**

incoherence [,ɪnko`hɪrəns] n. 語無倫次，沒有條理.

incoherent [,ɪnko`hɪrənt] adj. 語無倫次的，沒 有 條 理 的: He gave an **incoherent** explanation. 他的說明毫無條理可言.
活用 adj. **more incoherent, most incoherent**

incoherently [,ɪnko`hɪrəntlɪ] adv. 語無倫次地，無條理地.
活用 adv. **more incoherently, most incoherently**

*****income** [`ɪn,kʌm] n. 收入，所得.
範例 a yearly **income** 年收入.
income tax 所得稅.
Tom has a large **income**. 湯姆的收入很高.
I have a small **income**. 我的收入很少.
I have an **income** of 300 dollars a week. 我每星期有300美元的收入.
John seemed to live beyond his **income**. 約翰似乎過著入不敷出的生活.
複數 **incomes**

incoming [`ɪn,kʌmɪŋ] adj. 〔只用於名詞前〕進來的，到來的; 後繼的.
範例 the **incoming** tide 漲潮.
the **incoming** governor 繼任的州長.

incomparable [ɪn`kɑmpərəbl] adj. 無比的，無與倫比的; 不能比較的: a skier of **incomparable** skill 有著絕妙技巧的滑雪者.

incompatibility [,ɪnkəm,pætə`bɪlətɪ] n. 不能相容.

incompatible [,ɪnkəm`pætəbl] adj. 不相容的，不能並存的; 個性不合的.
範例 My religious belief is **incompatible** with yours. 我的宗教信仰與你的不相容.
How could such an **incompatible** couple have stayed together so long? 性情如此不合的夫婦如何能一起生活那麼長的時間呢?

incompetence [ɪn`kɑmpətəns] n. 無能力:
Incompetence cannot be tolerated when it comes to safety at a nuclear power plant. 絕不能容忍那種一談到核電廠的安全就無能為力的說法.

incompetent [ɪn`kɑmpətənt] adj. ① 無能力的，不能勝任的: He is too **incompetent** to be the leader. 他太無能以致於不能當領導者.
——n. ② 無能力者，不適任者.
活用 adj. **more incompetent, most incompetent**
複數 **incompetents**

incomplete [,ɪnkəm`plit] adj. 不充分的，不完全的: Her artwork is very popular—even an **incomplete** painting fetched a high price. 她的藝術作品非常受歡迎，即使是不完整的畫也能以高價賣出.
活用 adj. **more incomplete, most incomplete**

incompletely [,ɪnkəm`plitlɪ] adv. 不充分地，不完全地.
活用 adv. **more incompletely, most incompletely**

incomprehensible [,ɪnkɑmprɪ`hɛnsəbl] adj. 無法理解的: The jottings on the memo pad were utterly **incomprehensible**. 便條紙上的記錄完全無法理解.
活用 adj. **more incomprehensible, most incomprehensible**

incomprehension [,ɪnkɑmprɪ`hɛnʃən] n. 不能理解，缺乏理解力.

inconceivable [,ɪnkən`sivəbl] adj. 無法想像的: The size of the universe is **inconceivable** to humans. 宇宙的大小是人類所無法想像的.
活用 adj. **more inconceivable, most inconceivable**

inconclusive [,ɪnkən`klusɪv] adj. 非決定性的，尚未確定的.
活用 adj. **more inconclusive, most inconclusive**

inconclusively [,ɪnkən`klusɪvlɪ] adv. 非決定性地，未獲結論地.
活用 adv. **more inconclusively, most inconclusively**

incongruity [,ɪnkɑŋ`gruətɪ] n. 不協調，不相稱 (的事物).
複數 **incongruities**

incongruous [ɪn`kɑŋgruəs] adj. 不協調的，

不相稱的：This painting seems **incongruous** with the style and feeling of this room. 這幅畫與這個房間的風格和氣氛似乎不大協調.

活用 *adj.* **more incongruous**, **most incongruous**

inconsiderate [ˌɪnkənˈsɪdərɪt] *adj.* 不體諒的，不體貼的：**inconsiderate** remarks 不考慮別人的意見.

活用 *adj.* **more inconsiderate**, **most inconsiderate**

inconsiderately [ˌɪnkənˈsɪdərɪtlɪ] *adv.* 不體諒地，不體貼地.

活用 *adv.* **more inconsiderately**, **most inconsiderately**

inconsistency [ˌɪnkənˈsɪstənsɪ] *n.* 不一致，矛盾；自相矛盾的行為：The police became suspicious when they noticed some **inconsistencies** in their accounts of what happened. 當他們察覺到他們對事發經過的陳述有矛盾時，警方起了疑心.

複數 **inconsistencies**

inconsistent [ˌɪnkənˈsɪstənt] *adj.* ① 不一致的，矛盾的. ② 反覆無常的.

範例 ① Doing that is **inconsistent** with what you said this morning. 你所做的和今天早上你所說的互相矛盾.

② Her writing is very **inconsistent**—at times it's brilliant; at other times it's so dull. 她的著作良莠不齊，有時十分精彩，有時卻十分無趣.

活用 *adj.* **more inconsistent**, **most inconsistent**

inconsistently [ˌɪnkənˈsɪstəntlɪ] *adv.* 矛盾地；反覆無常地.

活用 *adv.* **more inconsistently**, **most inconsistently**

inconspicuous [ˌɪnkənˈspɪkjʊəs] *adj.* 不引人注意的，不顯眼的：No one paid me any attention because I was in an **inconspicuous** gray suit. 我穿著一件不顯眼的灰色套裝，所以沒有人注意我.

活用 *adj.* **more inconspicuous**, **most inconspicuous**

inconspicuously [ˌɪnkənˈspɪkjʊəslɪ] *adv.* 不引人注意地，不顯眼地：I passed the gate as **inconspicuously** as possible. 我儘量不引人注意地出門.

活用 *adv.* **more inconspicuously**, **most inconspicuously**

incontinence [ɪnˈkɑntənəns] *n.* 失禁；不能自制.

incontinent [ɪnˈkɑntənənt] *adj.* 失禁的；不能自制的.

***inconvenience** [ˌɪnkənˈvinjəns] *n.* ① 不方便，麻煩(的事).

——*v.* ② 使感到不便，使添麻煩.

範例 ① The **inconvenience** is in the location of the party. 那場晚會的地點不方便.

Having to fill out these forms in triplicate is an **inconvenience**. 必須填寫這些一式3份的

表格真是麻煩.

② Many drivers were **inconvenienced** by the road construction. 許多駕駛都因道路施工而感到不便.

複數 **inconveniences**

活用 *v.* **inconveniences**, **inconvenienced**, **inconveniencing**

***inconvenient** [ˌɪnkənˈvinjənt] *adj.* 不方便的，麻煩的.

範例 It's **inconvenient** to get to school by public transport. 乘坐大眾運輸工具上學很不方便.

My cousins came to my house at an **inconvenient** hour. 我的堂兄弟姊妹在不方便的時候來我家.

活用 *adj.* **more inconvenient**, **most inconvenient**

inconveniently [ˌɪnkənˈvinjəntlɪ] *adv.* 不方便地.

活用 *adv.* **more inconveniently**, **most inconveniently**

incorporate [ɪnˈkɔrpəˌret] *v.* ① 編入，結合，合併. ② 組成法人組織；使成為(股份有限)公司.

範例 ① This design **incorporates** features never seen before on television. 這種構想在過去電視節目中所看不到的，它結合了多種特色.

Ideas from every department of the company are **incorporated** in the plan. 來自公司各部門的意見都被納入這個計畫中.

② If your company had been **incorporated**, you might not have been personally liable. 如果你的公司已成為法人組織的話，那你個人也許就不必負責任.

參考 附於公司名稱後的 Inc. 是 Incorporated 的縮略，作 ② 使用，即在已經法人化的股份有限公司後加 Inc.，如 TIME Inc.(時代股份有限公司).

活用 *v.* **incorporates**, **incorporated**, **incorporated**, **incorporating**

incorporation [ɪnˌkɔrpəˈreʃən] *n.* 結合，合併：This mosaic shows the **incorporation** of several different cultures. 這種鑲嵌畫展示出幾種不同文化的結合.

incorrect [ˌɪnkəˈrɛkt] *adj.* ① 不正確的. ② 不合宜的，不妥當的.

範例 ① The journalist gave an **incorrect** account of the scandal. 那位記者就這件醜聞做了不正確的報導.

Her answer to the question was **incorrect**. 她對那個問題的回答是不正確的.

② The student was made to leave the classroom because of his **incorrect** behavior. 那個學生因行為不當而被趕出教室.

活用 *adj.* **more incorrect**, **most incorrect**

incorrectness [ˌɪnkəˈrɛktnɪs] *n.* 不正確，錯誤.

incorrigible [ɪnˈkɔrɪdʒəbl] *adj.* 積習難改的，無可救藥的.

***increase** [v. ɪn`kris; n. `ɪnkris] v. ① 增加，增大.
——n. ② 增加，增大.
範例 ① The number of the unemployed **increased** greatly last year. 去年失業人數大幅增加.
Arnold **increased** his collection of CDs to 2,000. 阿諾收藏的 CD 已增加至2,000張.
② demand an **increase** in wages 要求增加工資.
The policy put a stop to the **increase** in prices. 這項政策制止了價格的上漲.
Traffic accidents are on the **increase**. 交通事故正在增加中.
片語 **on the increase** 正在增加中. (⇨ 範例 ②)
☞ ↔ decrease
活用 v. **increases**, **increased**, **increased**, **increasing**
複數 **increases**

increasingly [ɪn`krisɪŋlɪ] adv. 漸增地，愈來愈多地: It's becoming **increasingly** difficult to buy one's own house. 要購買屬於自己的房子變得愈來愈困難了.

***incredible** [ɪn`krɛdəbl] adj. ① 難以置信的.
② 非常的；驚人的.
範例 ① The boy's story of having seen a flying saucer seemed **incredible** to his mother. 那個男孩說他看見了飛碟，母親對此感到難以置信.
② We were shocked by the **incredible** price. 我們對那驚人的價格感到震驚.
He has an **incredible** talent for making money. 他對賺錢很有一套.
活用 adj. ② **more incredible**, **most incredible**

incredibly [ɪn`krɛdəblɪ] adv. ① 難以置信地.
② 非常，極其.
範例 ① **Incredibly**, we won the race. 難以置信地，我們贏得了比賽.
② Linda is an **incredibly** nice girl. 琳達是一個非常好的女孩.
活用 adv. ② **more incredibly**, **most incredibly**

incredulity [ˌɪnkrə`dulətɪ] n. 不信，懷疑: The look on his mother's face was one of **incredulity**. 他母親的臉上顯露出懷疑的神情.

incredulous [ɪn`krɛdʒələs] adj. 不相信的，懷疑的: The policeman gave me an **incredulous** look. 那個警察用懷疑的眼光看了我一眼.
活用 adj. **more incredulous**, **most incredulous**

incredulously [ɪn`krɛdʒələslɪ] adv. 不相信地，懷疑地: George looked at Mary **incredulously**. 喬治懷疑地看了瑪麗一眼.
活用 adv. **more incredulously**, **most incredulously**

increment [`ɪnkrəmənt] n. 增值；增加；增加量: My wages go up in small annual **increments**. 我的薪資每年都增加一點.
複數 **increments**

incriminate [ɪn`krɪmə͵net] v. 使有罪，牽連: She refused to answer the police's questions to avoid the possibility of **incriminating** herself. 她拒絕回答警察的問題，以避免牽連到自己.
活用 v. **incriminates**, **incriminated**, **incriminating**

incubate [`ɪnkjə͵bet] v. ① 孵，孵化. ②（疾病）潛伏.
活用 v. **incubates**, **incubated**, **incubated**, **incubating**

incubation [ˌɪnkjə`beʃən] n. 孵卵，孵化.

incubator [`ɪnkjə͵betɚ] n. 孵卵器；保溫箱.
複數 **incubators**

incumbent [ɪn`kʌmbənt] adj. ①〔不用於名詞前〕負有職責的；義不容辭的. ②〔只用於名詞前〕現任的，在職的.
——n. ③ 在職者，現任者. ④〔英〕（英國教會的）牧師.
範例 ① It is **incumbent** on me to support my family. 撫養家人是我的責任.
② the **incumbent** priest 在職牧師.
複數 **incumbents**

***incur** [ɪn`kɝ] v. 招致（危機）；蒙受.
範例 I somehow **incurred** her anger. 我不知怎麼得罪了她.
Mr. Ford **incurred** huge debts in the stock market. 福特先生在股票市場欠下巨額債務.
活用 v. **incurs**, **incurred**, **incurred**, **incurring**

incurable [ɪn`kjʊrəbl] adj. 無法治療的，無藥救的.
範例 Is cancer an **incurable** disease? 癌症是不治之症嗎?
The professor is an **incurable** optimist. 那位教授是一個無可救藥的樂天派.

incurably [ɪn`kjʊrəblɪ] adv. 無法治療地，無可救藥地.

incursion [ɪn`kɝʒən] n. 突擊，入侵.
複數 **incursions**

indebted [ɪn`dɛtɪd] adj. ① 感激的，受惠的. ② 負債的.
範例 ① I am **indebted** to you for your kindness. 承蒙你的好意幫忙，我非常感謝.
② That is one of the most heavily **indebted** nations in the world. 那是世界上最大的債務國之一.
活用 adj. **more indebted**, **most indebted**

indecency [ɪn`disn̩sɪ] n. 粗俗，粗鄙.
複數 **indecencies**

indecent [ɪn`disn̩t] adj. ① 不禮貌的，粗鄙的. ② 不適當的，不適宜的.
範例 ① He told some **indecent** jokes. 他開了一些粗鄙的玩笑.
② That's an **indecent** amount of work for a kid

to do. 那樣的工作量讓一個孩子來做並不適當.

♦ **indècent assáult** 強暴猥褻（行為）.

indècent expósure 妨害風化的暴露（行為）.

活用 *adj.* more indecent, most indecent

indecently [ɪn`disṇtlɪ] *adv.* ① 粗鄙地，妨害風化地. ② 不適當地.

範例 ① The dancer was **indecently** dressed. 那位舞者穿著暴露.
② the actor's **indecently** loud voice 那個演員不適當的大叫聲.

活用 *adv.* more indecently, most indecently

indecision [ˌɪndɪ`sɪʒən] *n.* 猶豫，躊躇.

indecisive [ˌɪndɪ`saɪsɪv] *adj.* ① 猶豫不決的. ② 非決定性的；不明確的.

範例 ① an **indecisive** leader 優柔寡斷的領導者.
② an **indecisive** answer 不明確的回答.

活用 *adj.* more indecisive, most indecisive

indecisively [ˌɪndɪ`saɪsɪvlɪ] *adv.* 猶豫不決地，非決定性地.

活用 *adv.* more indecisively, most indecisively

†**indeed** [ɪn`did] *adv.* 確實，實在.

範例 I am **indeed** very glad to hear the news. 聽到那個消息我真的很高興.
Thank you very much **indeed**. 實在是太感謝你了.
The musical was very good **indeed**. 那齣歌舞劇實在是太精彩了.
Spot is **indeed** a clever dog. 小花確實是一隻聰明的狗.
Indeed he speaks French fluently, but he is not a Frenchman. 他法語確實說得很流利，但他不是法國人.
I may **indeed** be wrong. 也許確實是我錯了.
"How nice!" "Yes, **indeed**." 「太好了!」「是啊，確實不錯.」
A friend in need is a friend **indeed**. 《諺語》患難見真情.

indefatigable [ˌɪndɪ`fætɪɡəbḷ] *adj.*《正式》堅持不懈的，不倦的.

indefensible [ˌɪndɪ`fɛnsəbḷ] *adj.* 難以防守的；無可辯解的: **indefensible** mistakes 無可辯解的錯誤.

***indefinite** [ɪn`dɛfənɪt] *adj.* ① 不明確的. ② 〔只用於名詞前〕不確定的.

範例 ① Our plans are **indefinite** at the moment. 我們的計畫此刻尚未明確.
② The exchange student will be in Japan for an **indefinite** period of time. 那個交換學生留在日本的時間尚未確定.

♦ **indèfinite árticle** 不定冠詞.

indèfinite prónoun 不定代名詞.

活用 *adj.* ① more indefinite, most indefinite

indefinitely [ɪn`dɛfənɪtlɪ] *adv.* ① 模糊地，不明確地. ② 無限期地.

範例 ② You can not borrow the books in the library **indefinitely**. 圖書館的書不能無限期借閱.
The concert was postponed **indefinitely**. 那個音樂會無限期地延期了.

活用 *adv.* ① more indefinitely, most indefinitely

indelible [ɪn`dɛləbḷ] *adj.* 擦拭不掉的，不可磨滅的.

範例 **indelible** ink 不褪色墨水.
The **indelible** memories of his childhood found their way into his prize-winning novel. 在他得獎的小說中可以找到他孩提時難忘的回憶.

indelibly [ɪn`dɛləblɪ] *adv.* 無法磨滅地；持久地: The scene of that horrible accident is **indelibly** printed in my brain. 那次可怕事故的情景無可磨滅地留在我的腦海中.

indemnify [ɪn`dɛmnə͵faɪ] *v.* 賠償: The insurance company **indemnified** me against damage to my car. 那家保險公司對我的車遭到的損失給與賠償.

活用 *v.* indemnifies, indemnified, indemnified, indemnifying

indemnity [ɪn`dɛmnə͵tɪ] *n.* 賠償金: **Indemnities** too large can make former enemies enemies again. 過多的賠償金會使以前的敵人再次成為敵人.

複數 indemnities

indent [ɪn`dɛnt] *v.* ① 刻成鋸齒狀；縮格書寫. ——*n.* ② 凹痕，鋸齒狀處. ③ 訂購單.

範例 ① an **indented** coastline 鋸齒狀的海岸線.
You should **indent** the first line of each paragraph. 你應該將每段的第一行內縮.

活用 *v.* indents, indented, indented, indenting

複數 indents

*independence [ˌɪndɪ`pɛndəns] *n.* 獨立，自立.

範例 India gained **independence** from Britain in 1947. 印度於1947年脫離英國獨立.
Gaining **independence** from their parents is difficult for some people. 對某些人來說，離開父母獨立自主是困難的.

♦ **Índepéndence Dày**〔美〕獨立紀念日《7月4日；亦作 the Fourth of July》.

*independent [ˌɪndɪ`pɛndənt] *adj.* ① 獨立的，自主〔自立〕的，不依賴別人的；無黨派〔籍〕的.
——*n.* ② 無黨派〔籍〕者.

範例 ① Many African countries became **independent** after World War Two. 第2次世界大戰後許多非洲國家紛紛獨立.
The Martins want to become **independent** of welfare handouts. 馬丁一家人想要不領福利救濟品而靠自己生活.

These two issues are entirely **independent** of each other, so please consider them separately. 這兩個問題完全不相關，因此請分開考慮.

My sister is too **independent** to ask for help from anyone. 我妹妹太獨立了，因此不可能求助於任何人.

John is very **independent** in the way he thinks and votes. 約翰在他思考與投票的做法上很有自主性.

The ombudsman is an **independent** official who investigates various complaints against public organizations. 民政專員是針對公共機關的各種投訴進行調查的中立官員.

② He's going to run as an **independent** in the next election. 他在下屆選舉中將以無黨籍候選人的身分參選.

活用 adj. **more independent, most independent**

複數 **independents**

independently [ˌɪndɪˈpɛndntlɪ] adv. 獨立地，獨自地: Although they are similar, the two customs developed **independently** at the same time in different parts of the world. 雖然那兩個習俗相似，但卻是同時在不同地區獨自發展.

活用 adv. **more independently, most independently**

indescribable [ˌɪndɪˈskraɪbdl] adj. 難以形容的: a landscape of **indescribable** beauty 難以形容的美景.

indestructible [ˌɪndɪˈstrʌktəbl] adj. 堅固的，無法毀壞的.

活用 adj. **more indestructible, most indestructible**

index [ˈɪndɛks] n. ① 索引，卡片式索引，目錄. ② 指數. ③ 指標; 指針. ——v. ④ 編索引; 編入索引.

範例 ① an **index** card 索引卡片.

② the price **index** 物價指數.

③ Style is an **index** of mind. 風格是思想的指標.

♦ **índex fínger** 食指《亦作 forefinger》.

複數 **indexes/indices**

活用 v. **indexes, indexed, indexed, indexing**

India [ˈɪndɪə] n. 印度《☞ 附錄「世界各國」》.

***Indian** [ˈɪndɪən] n. ① 印度人. ② 印第安人《哥倫布到達北美新大陸，誤以為是到了印度，故有此字，其正確說法是 Native American》. ——adj. ③ 印度（人）的. ④ 印第安（人）的.

♦ **Índian súmmer** 小陽春《美國和加拿大晚秋及初冬的溫暖氣候》.

複數 **Indians**

***indicate** [ˈɪndəˌket] v. ① 指出，指示. ② 明確表示. ③ 暗示，預示. ④ 需要.

範例 ① The speedometer **indicates** 70 kilometers per hour. 速度計指出時速為70公里.

② I **indicated** that her attendance was not welcome. 我明確表示不歡迎她出席.

③ Chest pain and numbness in the left arm usually **indicate** a heart attack. 胸痛與左臂麻木通常暗示心臟病要發作.

④ The worsening of her illness **indicates** absolute rest. 她病情惡化需要完全的休息.

活用 v. **indicates, indicated, indicated, indicating**

indication [ˌɪndəˈkeʃən] n. ① 指示. ② 暗示; 徵候.

範例 ① I gave him some **indication** of how to do this job. 我指示他如何做這項工作.

② There are no **indications** that they are going to cooperate with us. 沒有徵兆顯示他們要與我們合作.

複數 **indications**

indicative [ɪnˈdɪkətɪv] adj. ①〔不用於名詞前〕表示的，指示的; 暗示的; 有徵兆的. ② 直述的. ——n. ③ 直述法.

範例 ① A falling barometer is **indicative** of a change of weather. 氣壓計度數下降表示天變了.

The doctor said my symptoms were not **indicative** of a serious illness. 那位醫生說我的症狀不是重病的徵兆.

♦ **the indícative móod** 直述語氣

複數 **indicatives**

indicator [ˈɪndəˌketɚ] n. ① 指示者〔物〕;（變化等的）象徵，跡象: A good complexion is an **indicator** of good health. 好氣色是健康的標誌. ② 指示器，指示裝置;（汽車的）方向燈.

複數 **indicators**

indices [ˈɪndəˌsiz] n. index 的複數形.

indict [ɪnˈdaɪt] v. 起訴，控告: The man was **indicted** for murder. 那個男子因殺人而遭到起訴.

活用 v. **indicts, indicted, indicted, indicting**

indictable [ɪnˈdaɪtəbl] adj. 應予起訴〔指控〕的: an **indictable** offense 可提起公訴的罪行.

indictment [ɪnˈdaɪtmənt] n. ① 起訴; 訴狀. ② 譴責的理由.

範例 ① Mr. Green is under **indictment** for obstruction of justice. 格林先生因妨礙司法而被起訴.

② The high number of semi-illiterate students graduating from high school is an **indictment** of our educational system. 半文盲的高中畢業生這麼多說明了我們教育系統的不當.

複數 **indictments**

Indies [ˈɪndɪz] n.〔作複數〕西印度群島; 東印度群島《常用 the West Indies（西印度群島），the East Indies（東印度群島）形式》.

***indifference** [ɪnˈdɪfrəns] n. 冷淡，無興趣: Whether Mary comes or not is a matter of total **indifference** to me. 瑪麗來不來根本不關我

的事.

indifferent [ɪn`dɪfrənt] *adj.* ① 冷淡的，漠不關心的，不在乎的. ② 一般的，平常的; 拙劣的.

[範例] ① Tom is **indifferent** to the way he dresses. 湯姆對他的穿著毫不在乎.
② My wife is an **indifferent** cook. 我妻子不大會做菜.

[活用] *adj.* **more indifferent, most indifferent**

indifferently [ɪn`dɪfrəntlɪ] *adv.* 漠不關心地，不感興趣地.

[活用] *adv.* **more indifferently, most indifferently**

indigenous [ɪn`dɪdʒənəs] *adj.* 固有的; 土生土長的.

[範例] Kangaroos are **indigenous** to Australia. 袋鼠原產於澳洲.
We're interested in the **indigenous** culture and food of Tahiti. 我們對大溪地固有的文化和食物感興趣.

indigestible [ˌɪndə`dʒɛstəbḷ] *adj.* ① 難以消化的. ② 難以理解的.

[範例] ① The meat was **indigestible**. 那種肉難以消化.
② Your theory is **indigestible**. 你的理論難以理解.

[活用] *adj.* **more indigestible, most indigestible**

indigestion [ˌɪndə`dʒɛstʃən] *n.* 消化不良:
All that chili I ate has given me **indigestion**. 我吃掉的那些辣椒害我消化不良.

***indignant** [ɪn`dɪgnənt] *adj.* 憤慨的，氣憤的:
Mr. Lin gets hotly **indignant** about trifles. 林先生為瑣事忿忿不平.

[活用] *adj.* **more indignant, most indignant**

indignantly [ɪn`dɪgnəntlɪ] *adv.* 氣憤地，憤慨地.

[活用] *adv.* **more indignantly, most indignantly**

***indignation** [ˌɪndɪg`neʃən] *n.* 憤慨，氣憤:
The prompt dismissal of employees aroused great **indignation** throughout the company. 員工被即時解雇在公司中引起了巨大的憤怒.

indignity [ɪn`dɪgnətɪ] *n.* 侮辱: I suffered the **indignity** of being handcuffed. 我受到被銬上手銬的侮辱.

[複數] **indignities**

indigo [`ɪndɪ.go] *n.* ① 靛青. ② 槐藍屬植物《豆科灌木，能提取天然靛青染料》. ③ 靛青色.

[複數] **indigos**

***indirect** [ˌɪndə`rɛkt] *adj.* ①（道路）曲折的，迂迴的. ② 間接的. ③（應答等）非直截了當的.

[範例] ① That route is **indirect** and takes more time, but it's more scenic. 那條路線不但迂迴而且比較耗時間，但沿途風景比較美.
② It was one of the **indirect** causes of the war. 那是戰爭的間接原因之一.
③ She gave an **indirect** answer to my question

as to where she had been. 我問她當時在哪裡，她沒有直截了當的回答.

[活用] *adj.* ③ **more indirect, most indirect**

indirectly [ˌɪndə`rɛktlɪ] *adv.* 間接地; 不坦率地: The President only answered the question **indirectly**. 總統只是婉轉地回答了問題.

[活用] *adv.* **more indirectly, most indirectly**

indiscreet [ˌɪndɪ`skrit] *adj.* 輕率的，不慎重的: I'm very sorry I made such an **indiscreet** comment. 我對我的失言感到非常抱歉.

[活用] *adj.* **more indiscreet, most indiscreet**

indiscreetly [ˌɪndɪ`skritlɪ] *adv.* 輕率地，不慎重地.

[活用] *adv.* **more indiscreetly, most indiscreetly**

indiscretion [ˌɪndɪ`skrɛʃən] *n.* 輕率的言行; 不慎重: The vice-president's **indiscretion** has caused the company considerable embarrassment. 副總裁輕率的言行使得公司相當困窘.

[複數] **indiscretions**

indiscriminate [ˌɪndɪ`skrɪmənɪt] *adj.* 不加區別的，不分青紅皂白的: an **indiscriminate** bombing 狂轟濫炸.

[活用] *adj.* **more indiscriminate, most indiscriminate**

indiscriminately [ˌɪndɪ`skrɪmənɪtlɪ] *adv.* 不加區別地，不分青紅皂白地.

[活用] *adv.* **more indiscriminately, most indiscriminately**

***indispensable** [ˌɪndɪ`spɛnsəbḷ] *adj.* 不可或缺的，絕對必要的.

[範例] A car is **indispensable** for my job. 車是我工作上不可或缺的.
Your advice is **indispensable** to her. 你的忠告對她絕對必要.

indisposed [ˌɪndɪ`spozd] *adj.* ① 身體不適的. ② 不願意的.

[範例] ① He is **indisposed** with a headache. 他因頭痛而身體不適.
② He felt **indisposed** to go with her. 他不願跟她一起去.

indisputable [ˌɪndɪ`spjutəbḷ] *adj.* 確實的，不容置疑的，明白的: **indisputable** evidence 不容置疑的證據.

indistinct [ˌɪndɪ`stɪŋkt] *adj.* 模糊的，不清楚的: an **indistinct** memory 模糊的記憶.

[活用] *adj.* **more indistinct, most indistinct**

indistinguishable [ˌɪndɪ`stɪŋgwɪʃəbḷ] *adj.* 無法區別的，不能辨別的.

***individual** [ˌɪndə`vɪdʒuəl] *adj.* ①〔只用於名詞前〕各別的，個人的. ② 獨特的，特有的. ——*n.* ③ 個人，個體.

[範例] ① Each **individual** whale will be tagged for identification. 每條鯨魚將各自被貼上標籤作為區別.
It was his own **individual** idea. 那是他自己個人的想法.
② She says she has to have an **individual** hair

style. 她說她必須有自己獨特的髮型.
③ The rights of the **individual** are fundamental
to a free society. 擁有個人的權利是自由社會
的基礎.
He certainly is a resourceful and enterprising
individual, isn't he? 他確實是一個既機智又
進取的人,不是嗎?
〔活用〕 adj. ② **more individual**, **most
individual**
〔複數〕 **individuals**

*****individuality** [,ɪndə,vɪdʒʊ`æləti] n. 個 性;
〔~ies〕個人的特質〔特徵,嗜好〕: His works
lack **individuality**. 他的作品缺乏個人特質.
〔複數〕 **individualities**

individually [,ɪndə`vɪdʒʊəlɪ] adv. ① 各個地,
個別地: The teacher spoke to each student in
his class **individually**. 那個老師對自己班上
的學生各別談話. ② 有個性地; 獨特地.

indivisible [,ɪndə`vɪzəbl] adj. 不可分割的,
不可分的; 不能整除的: 9 is **indivisible** by 7.
9不能被7整除.

indoctrinate [ɪn`dɑktrɪn,et] v. 灌輸.
〔活用〕 v. **indoctrinates**, **indoctrinated**,
indoctrinating

indoctrination [ɪn,dɑktrɪ`neʃən] n. 灌輸.

indolence [`ɪndələns] n. 懶惰.

indolent [`ɪndələnt] adj. 懶惰的: That
indolent son of mine is never going to amount
to anything. 我那個懶惰的孩子將來肯定不會
有出息.
〔活用〕 adj. **more indolent**, **most indolent**

indomitable [ɪn`dɑmətəbl] adj. 不 屈 的:
indomitable spirit 不屈的精神.
〔活用〕 adj. **more indomitable**, **most
indomitable**

*****indoor** [`ɪn,dor] adj. 〔只用於名詞前〕室內的:
an **indoor** sport 室內運動.
☞ ↔ outdoor

*****indoors** [`ɪn`dorz] adv. 在室〔屋〕內,向室
〔屋〕內.
〔範例〕 It's hard to stay **indoors** and study on a
sunny day. 大晴天要待在屋內讀書很困難.
We went **indoors** when it got cold. 天氣變冷
我們就進屋了.
☞ ↔ outdoors

*****induce** [ɪn`djus] v. ① 誘導,說服,誘發. ② 催
生.
〔範例〕 ① Nothing could **induce** him to spy on his
own country. 任何方法都無法說服他對自己
的國家進行間諜活動.
Having a guard dog in the house certainly
induces a sense of security. 家裡有一隻看
門狗確實叫人安心.
〔活用〕 v. **induces**, **induced**, **induced**,
inducing

inducement [ɪn`djusmənt] n. 動機,誘因,
刺激: Ten mid-level managers received a
handsome **inducement** to retire early. 10位
中級主管接受了提前退休的優惠誘因.

〔複數〕 **inducements**

induction [ɪn`dʌkʃən] n. ① 就職典禮. ② 誘
導,誘因. ③ 歸納法.
☞ ↔ ③ deduction
〔複數〕 **inductions**

*****indulge** [ɪn`dʌldʒ] v. 放任; 使滿足; 沉溺; 從
事.
〔範例〕 He **indulges** his children too much. 他過
於縱容孩子.
I'd love to have a picture taken with you.
Would you **indulge** me? 我想和你一起照張
相,可以嗎?
Mary **indulges** John's every whim. 瑪麗滿足
約翰的每個怪念頭.
Tom **indulges** himself in daydreams. 湯姆沉
溺於幻想中.
His father **indulged** his craving for liquor. 他
父親酗酒.
The boy **indulged** in fantasies about
becoming President. 那個男孩沉溺於當總統
的幻想中.
〔片語〕 **indulge ~self in** 沉溺於. (⇨〔範例〕)
〔活用〕 v. **indulges**, **indulged**, **indulged**,
indulging

indulgence [ɪn`dʌldʒəns] n. ① 縱容,放任.
② 沉溺; 嗜好,愛好.
〔範例〕 ① This continual **indulgence** to your
children will spoil them. 你對孩子不斷的縱容
會把他們寵壞的.
② A glass of brandy after dinner is my only
indulgence. 晚餐後喝上一杯白蘭地是我唯
一的嗜好.
〔複數〕 **indulgences**

indulgent [ɪn`dʌldʒənt] adj. 溺愛的,放任
的; 寬容的.
〔範例〕 **indulgent** grandparents 溺愛小孩的祖父
母.
He is strict with himself but **indulgent** to
others. 他嚴以律己,寬以待人.
〔活用〕 adj. **more indulgent**, **most indulgent**

*****industrial** [ɪn`dʌstrɪəl] adj. ① 工業的,產業
的. ② 產業〔工業〕發達的.
〔範例〕 ① **industrial** waste 工業廢物.
② Germany is an **industrial** nation. 德國是一
個工業國家.
♦ the **Indùstrial Revolútion** 工業革命《18世
紀由於蒸汽機的發明、工業的興起等,使人
類生產活動出現大變革》.

industrialise [ɪn`dʌstrɪəl,aɪz] =v. 〖美〗
industrialize.

industrialist [ɪn`dʌstrɪəlɪst] n. 工業家,企業
家.
〔複數〕 **industrialists**

industrialize [ɪn`dʌstrɪəl,aɪz] v. 使工業化:
industrialized countries 工業國.
〔參考〕〖英〗industrialise.
〔活用〕 v. **industrializes**, **industrialized**,
industrialized, **industrializing**

*****industrious** [ɪn`dʌstrɪəs] adj. 勤 奮 的:

Elizabeth is a very **industrious** student. 伊莉莎白是一個很勤奮的學生.

活用 *adj.* **more industrious, most industrious**

industriously [ɪnˋdʌstrɪəslɪ] *adv.* 勤奮地.

活用 *adv.* **more industriously, most industriously**

***industry** [ˋɪndəstrɪ] *n.* ① 工業, 產業. ② 勤奮.

範例 ① heavy **industry** 重工業.
light **industry** 輕工業.
the automobile **industry** 汽車工業.

複數 **industries**

inedible [ɪnˋɛdəb!] *adj.* 不宜食用的, 不能吃的.

ineffective [͵ɪnəˋfɛktɪv] *adj.* 無效的, 沒用的; 無能的.

範例 These techniques are **ineffective**. 這些技巧無效.
An **ineffective** person can not be a good leader. 無能的人不可能是個好的領導者.

活用 *adj.* **more ineffective, most ineffective**

ineffectively [͵ɪnəˋfɛktɪvlɪ] *adv.* 無效地, 沒用地.

ineffectual [͵ɪnəˋfɛktʃʊəl] *adj.* ① 無效的. ② 無力的.

範例 ① Her attempts to persuade him were quite **ineffectual**. 她企圖說服他, 但完全無效.
② He is too **ineffectual** to lead a pack of 30 Boy Scouts. 他無力領導30人的童軍小隊.

活用 *adj.* **more ineffectual, most ineffectual**

inefficiency [͵ɪnəˋfɪʃənsɪ] *n.* 無效率; 無能.

inefficient [͵ɪnəˋfɪʃənt] *adj.* ① 效率不高的. ② 無能的, 沒用的.

範例 ① This **inefficient** air conditioner uses too much energy. 這臺效率不高的冷氣機太耗電了.
② His secretary is most **inefficient**. 他的祕書太無能了.

活用 *adj.* **more inefficient, most inefficient**

inefficiently [͵ɪnəˋfɪʃəntlɪ] *adv.* 無效地; 無能地.

活用 *adv.* **more inefficiently, most inefficiently**

ineligibility [͵ɪnɛlɪdʒəˋbɪlətɪ] *n.* 無資格, 不合格.

ineligible [ɪnˋɛlɪdʒəb!] *adj.* 無資格的, 不合格的: A person 19 or over years of age is **ineligible** to enter the contest. 19歲以上的人沒有參加那項比賽的資格.

inept [ɪnˋɛpt] *adj.* ① 笨拙的; 欠缺技巧的. ② 不恰當的, 不合適的: an **inept** joke 不恰當的笑話.

活用 *adj.* **more inept, most inept**

ineptitude [ɪnˋɛptə͵tjud] *n.* ① 笨拙. ② 不適當.

inequality [͵ɪnɪˋkwɑlətɪ] *n.* 不平等, 不平均.

範例 **Inequality** in pay for doing the same job will not be tolerated any more. 同工不同酬的不平等現象將不再被容忍.
There are **inequalities** in wealth in our society. 我們的社會中存在著財富不平均的現象.

複數 **inequalities**

inert [ɪnˋɝt] *adj.* 無活動力的, 不活潑的, 遲緩的; 惰性的, 不起化學變化的.

範例 Jack lay **inert** on the floor. 傑克一動也不動地躺在地板上.
Helium is one of the **inert** gases. 氦是惰性氣體之一.

活用 *adj.* **more inert, most inert**

inertia [ɪnˋɝʃə] *n.* ① 惰性; 慣性. ② 不活潑; 懶惰.

範例 ① Under its own **inertia** a ball will roll farther on a planet with less gravity. 球由於自身的慣性, 在引力較小的行星上可以滾得更遠.
② Sheer **inertia** kept him from getting up to change the channel. 他真的懶惰到家了, 連站起來換一下頻道都不肯.

inescapable [͵ɪnəˋskepəb!] *adj.* 不可避免的.

inestimable [ɪnˋɛstəməb!] *adj.* 無法估計的, 不可計算的: Your advice was of **inestimable** value to me. 你的忠告對我來說是無價的.

inevitability [ɪn͵ɛvətəˋbɪlətɪ] *n.* 不可避免的事; 必然性.

***inevitable** [ɪnˋɛvətəb!] *adj.* ① 不可避免的; 必然的. ② 《口語》〔只用於名詞前〕經常的; 一成不變的.

範例 ① Death is **inevitable** to all human beings. 對所有人來說, 死亡是不可避免的.
② Our boss made his **inevitable** joke about Women's Lib. 我們的老闆說了一個有關婦女解放運動的老套笑話.

inevitably [ɪnˋɛvətəblɪ] *adv.* 必然地: The deterioration of traditional values leads **inevitably** to changes in society. 傳統價值觀的降低必然導致社會的變化.

inexcusable [͵ɪnɪkˋskjuzəb!] *adj.* 不能原諒的; 無法辯解的: an **inexcusable** delay 不可原諒的延誤.

活用 *adj.* **more inexcusable, most inexcusable**

inexhaustible [͵ɪnɪgˋzɔstəb!] *adj.* 用不完的, 取之不盡的, 無窮無盡的; 不知疲倦的.

範例 His patience seems to be **inexhaustible**. 他的耐心似乎是無限度的.
The old man had an **inexhaustible** supply of amusing stories. 那位老人有許多取之不盡的有趣故事.

inexorable [ɪnˋɛksərəb!] *n.* 不可改變的; 無情的: How can we deal with the **inexorable** rise in the world's population? 我們對世界人口不斷地增加要如何應付呢?

inexpensive [͵ɪnɪkˋspɛnsɪv] *adj.* 不貴的, 價格低廉的: I drank some **inexpensive** sherry as an aperitif. 我喝了一些物美價廉的雪利酒當開胃酒.

[參考] cheap 給人「不值錢」的感覺，而要表達「就品質而言是便宜的」之意時則用 inexpensive.

[活用] adj. **more inexpensive**, **most inexpensive**

inexpensively [ˌɪnɪk`spɛnsɪvlɪ] adv. 價格低廉地.

[活用] adv. **more inexpensively**, **most inexpensively**

inexperience [ˌɪnɪk`spɪrɪəns] n. 無經驗，不熟練: She drives fairly well in spite of her **inexperience**. 儘管她缺乏開車經驗，但還是開得很好.

inexperienced [ˌɪnɪk`spɪrɪənst] adj. 缺乏經驗的，不熟練的: The young doctor is too **inexperienced** to deal with such a serious case. 那位年輕的醫生缺乏經驗以致無法處理這麼嚴重的病例.

[活用] adj. **more inexperienced**, **most inexperienced**

inexplicable [ɪn`ɛksplɪkəbl] adj. 不可理解的；無法解釋的；不能說明的: For **inexplicable** reasons he didn't claim his prize money. 由於不能說明的理由，他沒有要求獎金.

[活用] adj. **more inexplicable**, **most inexplicable**

infallibility [ˌɪnfælə`bɪlətɪ] n. 絕對正確.

infallible [ɪn`fæləbl] adj. 絕對正確的，絕對可靠的.

[範例] His judgement is not always **infallible**. 他的判斷並非絕對是正確.

infallible cures 絕對可靠的治療.

infamous [`ɪnfəməs] adj. 惡名昭彰的；邪惡的.

[範例] At last, the **infamous** criminal was arrested. 那個惡名昭彰的罪犯終於被逮捕了.

He remembered that **infamous** night very well. 他清楚地記得那個不名譽的夜晚.

infamy [`ɪnfəmɪ] n. 惡名；可恥的行為，醜陋的行為.

[複數] **infamies**

*__**infancy**__ [`ɪnfənsɪ] n. ① 幼年. ② 初期.

[範例] ① Bob spent his **infancy** in Canada. 鮑伯的幼年時期是在加拿大度過的.

Mary's father died in her **infancy**. 瑪麗的父親在她年幼時就去世了.

② Space travel is still in its **infancy**. 太空旅行還處於初期階段.

*__**infant**__ [`ɪnfənt] n. ① 幼兒《通常指未滿7歲者，有時也指未滿2歲的嬰兒》，嬰兒: Infant mortality is still high in that country. 那個國家的嬰兒死亡率仍然很高. ② 未成年者《亦作 minor；【美】不滿21歲，【英】不滿18歲》.

[複數] **infants**

infantile [`ɪnfənˌtaɪl] adj. ① 幼兒的，嬰兒的.

② 幼稚的，孩子氣的.

[範例] ① Measles is one of the **infantile** diseases. 痲疹是幼兒疾病之一.

② Your **infantile** behavior at the party cost you the respect of a lot of people. 你在晚會上幼稚的舉止使你失去了許多人的尊敬.

♦ **infantile parálysis** 小兒麻痺症《亦作 polio》.

[活用] adj. ② **more infantile**, **most infantile**

infantry [`ɪnfəntrɪ] n. 步兵（部隊）: The **infantry** were marching north in high spirits. 步兵部隊士氣高昂地向北方進軍.

infatuate [ɪn`fætʃuˌet] v. 使迷戀，使著迷.

[範例] Meg is **infatuated** with John. 梅格迷上了約翰.

This young model is **infatuated** with her own beauty. 這位年輕的模特兒陶醉於自己的美貌.

[活用] v. **infatuates**, **infatuated**, **infatuated**, **infatuating**

infatuation [ɪnˌfætʃu`eʃən] n. 迷戀: Infatuation can easily be mistaken for love. 迷戀容易被錯當成愛.

[複數] **infatuations**

*__**infect**__ [ɪn`fɛkt] v. ① 使感染，使染上. ② 感化，使受影響.

[範例] ① My sister is **infected** with a flu virus. 我妹妹染上了流行性感冒病毒.

Your cold **infected** me. 你的感冒傳染給我了.

② The teacher **infected** his students with his own radical ideas. 那個老師自身的激進思想影響了他的學生.

[活用] v. **infects**, **infected**, **infected**, **infecting**

*__**infection**__ [ɪn`fɛkʃən] n. ① 傳染: The nurse took care of the patient at the risk of **infection**. 護士冒著被傳染的危險照顧病人.

② 傳染病. ③ 不良影響.

[複數] **infections**

infectious [ɪn`fɛkʃəs] adj. 傳染性的，易傳染的: Colds are **infectious**. 感冒容易傳染.

[活用] adj. **more infectious**, **most infectious**

*__**infer**__ [ɪn`fɝ] v. 推論，推斷: What can be **inferred** from the President's remarks? 從總統的話語中能推斷出甚麼呢?

[活用] v. **infers**, **inferred**, **inferred**, **inferring**

*__**inference**__ [`ɪnfərəns] n. 推論，推斷，推定.

[範例] The professors' conclusions were arrived at only by **inference**. 那些教授的結論只是由推論中得出.

My **inference** is that the mayor acted to gain an unfair advantage. 據我的推測，市長的行為是為了獲取不當利益.

[複數] **inferences**

*__**inferior**__ [ɪn`fɪrɪə] adj. ① 低劣的，下等的，差的. ② 下級的.

——n. ③ 部下，下屬.

[範例] ① This tea is **inferior** to that tea in flavor.

這種茶的味道不如那種茶好.
They sell wines of **inferior** quality. 他們賣劣等的葡萄酒.
Why do you feel **inferior** to your brother? 你為甚麼覺得自己不如哥哥呢?
② Her position is **inferior** to mine. 她的職位比我低.
③ He often complains of the laziness of his **inferiors**. 他經常抱怨屬下偷懶.
☞ ↔ superior
複數 **inferiors**

*****inferiority** [ɪnˌfɪrɪ`ɔrətɪ] n. 劣等, 下級.
範例 The **inferiority** of the products is obvious. 很明顯的, 那些產品的品質低劣.
Tom has an **inferiority** complex about his appearance. 湯姆對自己的容貌有一種自卑感.

infernal [ɪn`fɝnl] adj. 地獄的; 惡魔般的:
infernal cruelty 極度的殘酷.

inferno [ɪn`fɝno] n. 地獄; 地獄般可怕的地方: Suddenly the gasometer exploded and became a raging **inferno**. 那個瓦斯槽突然爆炸, 變成了人間煉獄.
複數 **infernos**

infertile [ɪn`fɝtl] adj. ① (土地) 貧瘠的, 不毛的. ② 沒有生殖能力的.
活用 adj. ① **more infertile**, **most infertile**

infest [ɪn`fest] v. (害蟲等) 騷擾, 橫行.
範例 The cellar is **infested** by rats. 那個地窖裡老鼠橫行.
The stray kitten was **infested** with fleas. 那隻野貓的身上長滿跳蚤.
活用 v. **infests**, **infested**, **infested**, **infesting**

infidel [`ɪnfədl] n. 無宗教信仰者; 異教徒《基督教徒與伊斯蘭教徒彼此指稱對方的用詞》.
複數 **infidels**

infidelity [ˌɪnfə`dɛlətɪ] n. 《正式》背信; 不忠; 不貞.
複數 **infidelities**

infield [`ɪn.fild] n. (棒球等的) 內野; 〔the ~〕內野手《亦作 infielder》.

infielder [`ɪn.fildɚ] n. (棒球等的) 內野手.
複數 **infielders**

infighting [`ɪn.faɪtɪŋ] n. ① 肉搏戰《拳擊選手貼近對方擊打》. ②《組織等的》內鬨, 內鬥.

infiltrate [ɪn`fɪltret] v. (使) 潛入; (使) 滲入.
活用 v. **infiltrates**, **infiltrated**, **infiltrated**, **infiltrating**

infiltration [ˌɪnfɪl`treʃən] n. 潛入; 滲入; 浸透.

*****infinite** [`ɪnfənɪt] adj. ① 無限的, 無窮的: We believe the universe is **infinite**. 我們相信宇宙是無限的.
——n. ② 〔the I~〕上帝.

infinitely [`ɪnfənɪtlɪ] adv. 無限地; 非常地:
The situation was **infinitely** worse than he had thought. 情況比他先前所想的要糟糕許多.

infinitesimal [ˌɪnfɪnə`tɛsəml] adj. ① 非常小

的, 微量的: The weight of one single atom is **infinitesimal**. 單一原子的重量非常小. ②《數學的》無限小的.
♦ **infinitesimal cálculus** 微積分.
複數 **infinitesimals**

infinitive [ɪn`fɪnətɪv] n. ① 不定詞.
——adj. ② 不定詞的.
複數 **infinitives**

infinity [ɪn`fɪnətɪ] n. 無限; 無限大: The probe was shot out into the **infinity** of space. 探測衛星被射向無限的太空.

infirm [ɪn`fɝm] adj. 虛弱的: Mrs. Brown is old and **infirm**. 布朗太太上了年紀且身體虛弱.
活用 adj. **more infirm**, **most infirm/infirmer**, **infirmest**

infirmary [ɪn`fɝmərɪ] n. 醫院; 醫務室: the school **infirmary** 學校的醫務室.
複數 **infirmaries**

infirmity [ɪn`fɝmətɪ] n. 衰老, 病弱; 缺陷.
複數 **infirmities**

*****inflame** [ɪn`flem] v. ① 使興奮; 使激動; 煽動, 鼓動. ② 使發炎.
範例 ① John's words **inflamed** the strikers. 約翰的話使罷工者群情激動.
Mary was **inflamed** with anger. 瑪麗被激怒了.
② an **inflamed** eye 發炎的眼睛.
活用 v. **inflames**, **inflamed**, **inflamed**, **inflaming**

inflammable [ɪn`flæməbl] adj. ① 易燃的, 可燃性的: Petrol is highly **inflammable**. 汽油具有高度易燃性. ② 易怒的; 易激動的.
參考 ① **inflammable** 與 flammable 同義, 但並用於工業、商業方面一般用 flammable, 不燃性為 nonflammable.
活用 adj. **more inflammable**, **most inflammable**

inflammation [ˌɪnflə`meʃən] n. 發炎: an **inflammation** of the lungs 肺炎.
複數 **inflammations**

inflammatory [ɪn`flæmə.torɪ] adj. 激怒的; 煽動性的: an **inflammatory** speech 煽動性的演說.
活用 adj. **more inflammatory**, **most inflammatory**

inflate [ɪn`flet] v. (使) 膨脹.
範例 The life vest under your seat **inflates** with a tug on the red cords. 只要用力一拉紅色的繩子, 你座位下的救生衣就會膨脹起來.
Success has **inflated** his ego. 成功使他更加自我膨脹.
inflated land prices. 不斷上漲的地價.
活用 v. **inflates**, **inflated**, **inflated**, **inflating**

*****inflation** [ɪn`fleʃən] n. ① 通貨膨脹. ② 膨脹, 擴張; 自大.
範例 ① **Inflation** is eating away at people's savings. 通貨膨脹吞食了人們的存款.
② The spontaneous **inflation** of the life vest under my seat startled me. 我座位下的救生衣

自動膨脹起來，嚇了我一跳.

☞ ↔ deflation

複數 **inflations**

inflexibility [ɪnˌflɛksəˈbɪlətɪ] n. ① 堅硬；不彎曲. ② 不可改變，不屈服.

inflexible [ɪnˈflɛksəbl] adj. ① 不可彎曲的. ② 不可改變的，固執的，堅定不移的.

範例 ① This stick is completely **inflexible**. 這根棒子根本無法彎曲.

② His political beliefs are utterly **inflexible**. 他的政治理念相當堅定.

活用 adj. **more inflexible, most inflexible**

inflexibly [ɪnˈflɛksəblɪ] adv. 不屈地，固執地.

活用 adv. **more inflexibly, most inflexibly**

*****inflict** [ɪnˈflɪkt] v. 強加，施加 (不愉快的事等).

範例 The professor **inflicted** his outrageous theories on his students. 那個教授將自己古怪的理論強加於學生身上.

It was unnecessary to **inflict** such a punishment on minors. 沒有必要那樣懲處未成年人.

They are going to **inflict** themselves on us again this weekend. 他們這個週末又要來打擾我們.

片語 **inflict ~self on** 打擾，給人添麻煩. (⇨

範例)

活用 v. **inflicts, inflicted, inflicted, inflicting**

infliction [ɪnˈflɪkʃən] n. 施加 (痛苦)：Those who delight in the **infliction** of pain on others are sick. 以施加痛苦予人為樂者是病態的.

複數 **inflictions**

*****influence** [ˈɪnfluəns] n. ① 影響 (力)；有影響的人 (物).

── v. ② 影響.

範例 ① the **influence** of climate on vegetation 氣候對草木的影響.

Mary has some **influence** over John. 瑪麗對約翰有著某種影響力.

He has some **influence** with the president. 他對總統有著某種影響力.

a person of **influence** 有影響力的人.

John was a bad **influence** on her. 約翰對她有壞的影響.

② The moon and the sun **influence** the tide. 月亮和太陽影響潮汐.

Mary **influenced** John to change his mind. 瑪麗使約翰改變心意.

片語 **under the influence** 酒醉的.

複數 **influences**

活用 v. **influences, influenced, influenced, influencing**

*****influential** [ˌɪnfluˈɛnʃəl] adj. 有影響力的.

範例 an **influential** politician 有影響力的政治人物.

The hunger striker was **influential** in persuading the President to change his policy. 絕食抗議者對說服總統改變政策上有所影響.

活用 adj. **more influential, most influential**

*****influenza** [ˌɪnfluˈɛnzə] n. 流行性感冒 《略作flu)：I have caught **influenza**. 我患了流行性感冒.

influx [ˈɪnˌflʌks] n. 湧入，流入，大批到來：a mass **influx** of refugees 難民的大量湧入.

複數 **influxes**

info [ˈɪnfo] 《縮略》=information (消息)

*****inform** [ɪnˈfɔrm] v. 告知，通知；告訴.

範例 Please **inform** us of your intentions as soon as possible. 請儘快告訴我們你的打算.

He informed me that the bus had arrived. 他通知我公車已經到了.

His letter **informed** me where he was going to visit. 他在信中告訴我他要到哪裡參觀.

She informed me how to solve the problem. 她告知我解決那個問題的方法.

The thief **informed** against one of his fellows to the police. 小偷向警方告發他的一位同伴.

活用 v. **informs, informed, informed, informing**

*****informal** [ɪnˈfɔrml] adj. ① 非正式的. ② 不拘泥於形式的.

範例 ① It's just an **informal** party—don't get too dressed up. 那只是個非正式的晚會，不用盛裝打扮.

② It's only a small party, so dress will be **informal**. 這只不過是個小型的晚會，所以穿著便服即可.

"Loo" is an **informal** word for "lavatory". "loo" 是 "lavatory" 的口語說法.

活用 adj. **more informal, most informal**

informality [ˌɪnfɔrˈmælətɪ] n. 非正式；不拘禮儀的行為：**Informality** among diplomats at an occasion like this is unheard of. 還未聽說過在這種場合中外交官可以不拘泥於外交禮儀.

複數 **informalities**

informally [ɪnˈfɔrmlɪ] adv. 非正式地，不拘形式〔禮儀〕地.

範例 Those chosen to go will be **informally** notified by phone. 那些被選出來要去的人將以電話的非正式方式通知.

The director was **informally** dressed. 那個導演穿著隨便.

活用 adv. **more informally, most informally**

informant [ɪnˈfɔrmənt] n. ① 資料提供者. ② 告密者.

複數 **informants**

*****information** [ˌɪnfəˈmeʃən] n. ① 訊息，資料；消息. ② 服務臺，詢問處.

範例 ① I got three useful bits of **information** about it. 我得到3個有關那件事的有用訊息.

He has the latest **information** on the proposed tax hike. 他有增稅方案的最新消息.

I have no **information** about his arrival. 有關他抵達的事我沒有接到任何通知.

I went to the library for further **information**

充電小站

look forward to 之後一定要接「動名詞」嗎?

【Q】I am looking forward to receiving your letter.
意思是「我衷心盼望著你的來信」,請問 to 之後
為甚麼不用 receive,而須用 receiving 呢?
【A】因 為 look forward to 的 to 是 介 系 詞
(preposition),而非不定詞的 to (infinitive to),所
以必須後接名詞或動名詞,而非後接原形動詞.
例如:
(a) We are looking forward to seeing you.(正)
(b) We are looking forward to see you.(誤)
我期待能見到你.
類似這樣 to 用作介系詞時其後接名詞或動
名詞的例子還有很多,列舉如下:
The woman was not accustomed to taking
pictures. 那名女子不習慣照相.

The professor dedicated his life to the teaching of
mathematics. 那位教授畢生致力於數學教學.
She is used to getting up early. 她習慣早起.
I think the boy will get used to living in the country
soon. 我想那個男孩很快就會習慣鄉村生活.
Do you object to my going there? 你反對我去那
裡嗎?
My mother is opposed to my going abroad. 母親
反對我出國.
devote one's spare time to reading 利用空閒時
間閱讀.
I'm used to getting up early (in the morning). 我
習慣早起.

---

about that city. 我上圖書館查詢更多那個城
市的資料.

♦ **informátion bùreau** 情報局.
informátion dèsk 詢問處.

informative [ɪn`fɔrmətɪv] adj. 提供資料的;
有益的: an **informative** speech 有教育價值
的演講.
活用 adj. **more informative**, **most
informative**

informed [ɪn`fɔrmd] adj. ① 有知識的, 見聞
廣博的; 消息靈通的. ② 根據資料的.
範例 ① She is well-**informed** about Taiwan's
history. 她對臺灣歷史有豐富的知識.
② I made an **informed** guess about his political
influences. 我根據資料推測他的政治影響
力.
活用 adj. **more informed**, **most informed**

informer [ɪn`fɔrmɚ] n. 告密者: The police
informer was killed in the accident. 那個向警
方告密者死於意外事故.
複數 **informers**

infrared [ˌɪnfrə`rɛd] adj. 紅外線的: **infrared**
films 紅外線底片.

infrastructure [`ɪnfrəˌstrʌktʃɚ] n. 基礎建
設: lack of **infrastructures** in developing
countries 開發中國家基礎建設的缺乏.
複數 **infrastructures**

infrequency [ɪn`frikwənsɪ] n. 罕見, 稀少.

infrequent [ɪn`frikwənt] adj. (正式) 罕見的,
稀少的: The buses are **infrequent**; we have
no choice but to wait for them. 公車班次較少,
我們別無選擇, 只有等待.
活用 adj. **more infrequent**, **most
infrequent**

infrequently [ɪn`frikwəntlɪ] adv. 稀少地,
罕見地: Provincial mayors and governors go to
Moscow **infrequently**. 省長和州長很少去莫
斯科.
活用 adv. **more infrequently**, **most
infrequently**

infringe [ɪn`frɪndʒ] v. 違反; 侵害: He
sometimes **infringes** the traffic regulations. 他
有時違反交通規則.
活用 v. **infringes**, **infringed**, **infringed**,
infringing

infringement [ɪn`frɪndʒmənt] n. 違反; 侵
害; 侵害行為.
複數 **infringements**

infuriate [ɪn`fjʊrɪˌet] v. 激怒: John's behavior
really **infuriated** me. 約翰的行為真的把我惹
毛了.
活用 v. **infuriates**, **infuriated**, **infuriated**,
infuriating

infuse [ɪn`fjuz] v. ① 灌輸, 注入. ② 泡, 沏;
煎.
範例 ① Mary **infused** John with courage. 瑪麗
給與約翰勇氣.
Phil **infused** confidence into his men. 菲爾使
他的部下建立起信心.
② Let these herbs **infuse** for at least 3 minutes.
這些草藥至少得煎3分鐘.
活用 v. **infuses**, **infused**, **infused**, **infusing**

infusion [ɪn`fjuʒən] n. ① 注入; 注入物. ② 浸
泡液.
範例 ① This merger brought a much needed
infusion of capital. 這次的合併使以籌措到
迫切需要的資本.
② Only Grandma's secret recipe **infusion** of
herbs can cure this cold. 只有奶奶的藥草汁
祕方才能治好這種感冒.
複數 **infusions**

-ing suff. 接在原形動詞後構成現在分詞.
➡ 充電小站 (p. 651)

*ingenious [ɪn`dʒinjəs] adj. 巧妙的; 靈巧的,
機敏的.
範例 Rats were caught in an **ingenious** trap. 老
鼠被巧妙的陷阱抓住了.
The **ingenious** boy made a flute out of a piece
of bamboo. 那個靈巧的男孩用竹子做了一枝
笛子.

[活用] adj. more ingenious, most ingenious

ingeniously [ɪn`dʒɪnjəslɪ] adv. 巧妙地；靈巧地：Jane **ingeniously** made us believe her story. 珍巧妙地使我們相信她的故事.

[活用] adv. more ingeniously, most ingeniously

*__ingenuity__ [ˌɪndʒə`nuətɪ] n. 獨創性；靈巧：He has great **ingenuity** in making up new games for the children. 他在為孩子們發明新遊戲方面相當具有獨創性.

inglorious [ɪn`glorɪəs] adj. 不體面的；不名譽的，可恥的：an **inglorious** defeat 可恥的失敗.

ingot [`ɪŋgət] n. 鑄塊.

[複數] ingots

ingrained [ɪn`grend] adj. 根深蒂固的：**ingrained** prejudice against foreigners 對外國人根深蒂固的偏見.

[活用] adj. more ingrained, most ingrained

ingratitude [ɪn`grætəˌtjud] n. 忘恩負義，不知感恩：Such **ingratitude**, young man! Have you no manners? 小夥子，你怎麼如此忘恩負義！你不懂禮貌嗎？

ingredient [ɪn`gridɪənt] n. 原料，成分；要素.

[範例] The **ingredients** are listed on the side of the box. 所含成分標示於箱子側面.
Perseverance is a very important **ingredient** of success. 毅力是成功非常重要的要素.

[複數] ingredients

*__inhabit__ [ɪn`hæbɪt] v. 《正式》居住，棲息.

[範例] Koalas **inhabit** Australia. 無尾熊棲息於澳洲.
This island is **inhabited** only by native people. 這座島上只住著原住民.

[活用] v. inhabits, inhabited, inhabited, inhabiting

*__inhabitant__ [ɪn`hæbətənt] n. 居民：This city has 70,000 **inhabitants**. 這座城市有7萬個居民.

[複數] inhabitants

inhale [ɪn`hel] v 吸入：I stopped and **inhaled** deeply. 我停下來深深地吸了一口氣.

[活用] v. inhales, inhaled, inhaled, inhaling

*__inherent__ [ɪn`hɪrənt] adj. 固有的，本來的；天生的：The problem you pointed out is **inherent** in the system. 你所指出的問題是這個系統固有的.

*__inherit__ [ɪn`hɛrɪt] v. 繼承；遺傳.

[範例] She **inherited** a fortune and quit her job two weeks later. 她繼承了財產並且在2星期後辭掉工作.
The baby **inherited** her mother's blue eyes. 那個嬰兒遺傳了她媽媽的藍眼睛.
The new administration has **inherited** a monumental deficit from previous ones. 新政府承接了先前政府的巨額赤字.

[活用] v. inherits, inherited, inherited, inheriting

*__inheritance__ [ɪn`hɛrətəns] n. 繼承；繼承物.

[範例] Judy got her house by **inheritance** from an aunt. 茱蒂繼承了姑媽的房子.
Bob spent most of his **inheritance** on lavish vacations. 鮑伯在極奢侈的休假中花掉他所繼承的大部分財產.
Good health and indomitable spirit are two fine **inheritances** from my parents. 健康的身體和不屈不撓的精神是我繼承自父母的兩個優良特點.

[複數] inheritances

inhibit [ɪn`hɪbɪt] v. 阻止，抑制.

[範例] Shyness **inhibited** her from speaking in front of others. 害羞讓她不敢在別人面前說話.
A cold summer **inhibits** the growth of rice. 寒冷的夏天抑制了稻米的生長.

[活用] v. inhibits, inhibited, inhibited, inhibiting

inhibition [ˌɪnɪ`bɪʃən] n. 抑制，制止，阻止.

[複數] inhibitions

inhospitable [ɪn`hɑspɪtəbl] adj. ① 不好客的，冷漠的. ② 荒涼的，不適合居住的.

[範例] ① Don't you think it was **inhospitable** of her not to invite us in? 她不請我們進去，你不覺得她太冷淡了嗎？
② The **inhospitable** landscape brought on a feeling of doom. 荒涼的景色給人毀滅的感覺.

[活用] adj. more inhospitable, most inhospitable

*__inhuman__ [ɪn`hjumən] adj. ① 殘忍的，冷酷的. ② 無人性的，非人的.

[範例] ① The people in the town fought against the **inhuman** violence of the gang. 城裡的人們對抗那幫人的殘忍暴行.
② We often hear a strange **inhuman** scream in the woods. 我們經常在森林中聽見非人類的奇怪叫聲.

[活用] adj. more inhuman, most inhuman

inhumane [ˌɪnhju`men] adj. 不人道的，無情的：The **inhumane** treatment of the hostages should be punished. 對人質的不人道對待應該受到懲罰.

[活用] adj. more inhumane, most inhumane

inhumanely [ˌɪnhju`menlɪ] adv. 不人道地，無情地.

[活用] adv. more inhumanely, most inhumanely

iniquity [ɪ`nɪkwətɪ] n. 不公；邪惡；不正的行為：We fought to put an end to the **iniquity**. 我們為了終結邪惡而戰.

[複數] iniquities

*__initial__ [ɪ`nɪʃəl] adj. ① 最初的，初期的.
——n. ② 字首，首字母.
——v. ③ 以首字母簽名.

[範例] ① He made a good **initial** impression. 他剛開始給人的印象很好.
② N.Y. are the **initials** of New York. N.Y. 是紐

約的首字母.

③ Would you **initial** these papers? 你可以在這些文件上用首字母簽名嗎?

[複數] **initials**

[活用] v. **initials**, **initialed**, **initialed**, **initialing**/ [英] **initials**, **initialled**, **initialled**, **initialling**

initially [ɪ`nɪʃəlɪ] adv. 最初,剛開始: I am for it now, but **initially** I was very skeptical. 我現在對其表示贊成,但剛開始十分懷疑.

initiate [v. ɪ`nɪʃɪˌet; n. ɪ`nɪʃɪɪt] v. ① 創始,發起,開始. ② 傳授. ③ 使加入.
——n. ④ (新)入會者;被授以祕訣者.

[範例] ① Who **initiated** the new method? 誰創立了那種新方法?

② We **initiated** the young Italian man into the game of go. 我們傳授那位義大利青年圍棋比賽的祕訣.

③ The old gentleman **initiated** my brother into a secret society. 那位老紳士介紹我弟弟加入一個祕密社團.

[活用] v. **initiates**, **initiated**, **initiated**, **initiating**

[複數] **initiates**

initiation [ɪˌnɪʃɪ`eʃən] n. ① 創始,開始. ② 啟蒙;傳授祕訣. ③ 加入;入會(儀式).

[範例] ① the **initiation** of a new train service to Glasgow 通往格拉斯哥新鐵路服務路線的開通.

③ **initiation** into a club 加入俱樂部.

[複數] **initiations**

***initiative** [ɪ`nɪʃɪˌetɪv] n. 獨創性;主動;主導權.

[範例] I didn't get to be group leader because I didn't show enough **initiative**. 我沒有展現足夠的獨創性,所以無法成為團體的領導者.

I began to study French on my own **initiative**. 我自己主動開始學習法語.

Someone has to take the **initiative** in carrying out this project. 必須有人率先實施這項計畫.

[複數] **initiatives**

inject [ɪn`dʒɛkt] v. ① 注射. ② 加入,引進.

[範例] ① The doctor **injected** a vaccine into my arm./The doctor **injected** my arm with a vaccine. 那位醫生在我手臂上注射疫苗.

② The professor **injected** some jokes into his lecture. 那位教授在課堂中加入一些笑話.

[活用] v. **injects**, **injected**, **injected**, **injecting**

injection [ɪn`dʒɛkʃən] n. ① 注射. ② (資本)投入.

[範例] ① The medicine was given by **injection**. 那種藥物經由注射進入人體.

② A larger **injection** of money from the government was necessary. 政府巨額資金的投入是必要的.

[複數] **injections**

injunction [ɪn`dʒʌŋkʃən] n. 命令,告誡: Most of the students ignored the principal's

injunction not to take part in the demonstration. 對於校長不准大家參加示威遊行的命令,大部分學生都置之不理.

[複數] **injunctions**

***injure** [`ɪndʒə] v. 傷害.

[範例] Six people were **injured** in the accident. 那起意外事故中有6個人受傷.

He **injured** his leg when he fell. 他跌倒時摔傷了腿.

Your rude manners **injured** her feelings. 你粗野的態度傷害了她的感情.

A lot of **injured** soldiers lay on the floor in the hospital. 許多受傷的士兵躺在那間醫院的地板上.

[活用] v. **injures**, **injured**, **injured**, **injuring**

***injurious** [ɪn`dʒʊrɪəs] adj. 有害的,不好的;中傷的.

[範例] Is smoking really **injurious** to health? 吸菸真的對健康有害嗎?

This is one of the most **injurious** faults of the system. 這是那個系統中最不好的缺點之一.

[活用] adj. **more injurious**, **most injurious**

***injury** [`ɪndʒərɪ] n. ① 受傷,損害,損傷. ② 傷害,侮辱.

[範例] ① Three people sustained serious **injuries** in the accident. 在那次意外事故中有3個人受了重傷.

The typhoon did considerable **injury** to airport facilities. 那次颱風造成機場設施相當大的損害.

② You'll end up doing yourself **injury** by eating so much fat. 吃那麼多肥肉有害你的身體.

♦ **injury time** 傷停補時《彌補足球或橄欖球比賽中因選手受傷而中斷比賽時所耽誤的時間,現已改成 additional time》.

[複數] **injuries**

***injustice** [ɪn`dʒʌstɪs] n. 不正當,不公平;不公正的行為.

[範例] The people stood up against **injustice**. 人們挺身反對不公.

He did her an **injustice**. 他對她的態度失之公平.

[複數] **injustices**

***ink** [ɪŋk] n. ① 墨水: Write your name in black **ink**. 用墨水寫你的名字. ② (烏賊、章魚的)墨汁.
——v. ③ 用墨水寫.

[活用] v. **inks**, **inked**, **inked**, **inking**

inkling [`ɪŋklɪŋ] n. 略知;不明確的感覺.

[範例] I had no **inkling** that I would lose everything. 我想都沒想過我會失去一切.

He got an **inkling** of what was going on behind his back. 他微微地感覺到有人在跟蹤自己.

inlaid [`ɪnˌled] adj. 嵌入的,鑲嵌的.

[範例] a table **inlaid** with gold and silver 鑲金嵌銀的桌子.

inlaid work 鑲嵌工藝品.

***inland** [adj. `ɪnlənd; adv. `ɪnˌlænd] adj. ① 內陸的,內地的. ② [英] 國內的.

——*adv.* ③ 向內陸，在內陸.

範例 ① an **inland** city 內陸城市.

inland waterways 內陸運河.

② **inland** commerce 國內貿易.

③ The explorers went far **inland**. 探險家們遠征內陸.

in-laws [`ɪn‚lɔz] *n.* 〔作複數〕姻親.

inlet [`ɪn‚lɛt] *n.* ① 海灣，港口. ② 注入口.

範例 ① This **inlet** is suitable for bathing. 這個海灣適合游泳.

② a fuel **inlet** 燃料注入口.

複數 **inlets**

inmate [`ɪnmet] *n.* (醫院、養老院等的) 住院者；入獄者: Two **inmates** left prison today on parole. 兩個囚犯今天假釋離開了監獄.

複數 **inmates**

inmost [`ɪn‚most] *adj.* 〔只用於名詞前〕① 最裡面的，最深處的. ② 深藏心底的.

範例 ① We went into the **inmost** depths of the cave. 我們進入那個洞穴的最深處.

② She kept her **inmost** thoughts to herself. 她將想法深藏於心底.

***inn** [ɪn] *n.* 小旅館，客棧: They spent their honeymoon at a secluded country **inn**. 他們在一個偏僻的鄉間小旅館度蜜月.

複數 **inns**

innate [ɪ`net] *adj.* 天生的，天賦的: My sister has an **innate** love of science. 我妹妹天生喜歡科學.

innately [ɪ`netlɪ] *adv.* 天生地: Your brother is **innately** kind. 你哥哥天性仁慈.

***inner** [`ɪnɚ] *adj.* 〔只用於名詞前〕① 內部的，裡面的. ② 內心的，精神的，心靈的.

範例 ① The sacred sword is kept in a heavily-guarded **inner** chamber. 那把聖劍被收藏於戒備森嚴的內室.

② the **inner** life of man 人的精神生活.

♦ **inner círcle** 核心集團.

inner cíty 市中心；〖美〗大城市的貧民區.

inner éar 內耳.

inner spáce 大氣層.

inner túbe (車輪的) 內胎.

☞ ↔ outer

innermost [`ɪnɚ‚most] *adj.* 〔只用於名詞前〕① 最深處的. ② 深藏心底的.

inning [`ɪnɪŋ] *n.* (棒球的) 一局: the top of the seventh **inning** 第 7 局上半 (「下半」為 bottom).

複數 **innings**

innkeeper [`ɪn‚kipɚ] *n.* 旅館主人: A person who runs an inn is called an "**innkeeper**", while a person who runs a pub is called a "publican." 經營旅館的人叫 innkeeper，而經營酒吧的人叫 publican.

複數 **innkeepers**

***innocence** [`ɪnəsn̩s] *n.* ① 無罪，清白；無害. ② 天真，單純.

範例 ① The man maintained his **innocence**. 那個男子堅稱自己是清白的.

② You must not destroy the **innocence** of the child. 你不能傷害那個孩子的天真無邪.

***innocent** [`ɪnəsn̩t] *adj.* ① 無罪的，清白的；無害的. ② 無辜的；天真的，純真的.

範例 ① The man is **innocent** of this crime. 那個男子是無罪的.

② The bomb killed a lot of **innocent** people. 那顆炸彈炸死了許多無辜的人們.

Sarah was at a loss for an answer to the child's **innocent** question. 莎拉對那個孩子天真的問題不知道該如何回答.

活用 *adj.* **more innocent, most innocent**

innocently [`ɪnəsn̩tlɪ] *adv.* 天真地，純真地.

活用 *adv.* **more innocently, most innocently**

innocuous [ɪ`nɑkjʊəs] *adj.* 無害的，沒有惡意的；無毒的.

活用 *adj.* **more innocuous, most innocuous**

innovation [‚ɪnə`veʃən] *n.* 新方法；革新，創新.

範例 We are now in another period of technological **innovation**. 我們現在正處於另一個科技革新的時代.

The **innovation** of the washing machine has saved women a lot of drudgery. 洗衣機的革新使婦女擺脫了繁重的苦差事.

複數 **innovations**

innovative [`ɪnə‚vetɪv] *adj.* 革新的，具有創新精神的: an **innovative** idea 具有創新精神的想法.

活用 *adj.* **more innovative, most innovative**

innovator [`ɪnə‚vetɚ] *n.* 革新者，創新者.

複數 **innovators**

innuendo [‚ɪnjʊ`ɛndo] *n.* 指桑罵槐，影射.

複數 **innuendos/innuendoes**

***innumerable** [ɪ`njumərəb!] *adj.* 無數的: The new government has **innumerable** problems. 新政府面臨無數的問題.

inoculate [ɪn`ɑkjə‚let] *v.* 接種疫苗.

活用 *v.* **inoculates, inoculated, inoculated, inoculating**

inoculation [ɪn‚ɑkjə`leʃən] *n.* 接種疫苗.

複數 **inoculations**

inoffensive [‚ɪnə`fɛnsɪv] *adj.* 無害的；不令人討厭的.

活用 *adj.* **more inoffensive, most inoffensive**

inopportune [‚ɪnɑpɚ`tjun] *adj.* 不合時宜的，不湊巧的.

活用 *adj.* **more inopportune, most inopportune**

inopportunely [‚ɪnɑpɚ`tjunlɪ] *adv.* 不合時宜地.

活用 *adv.* **more inopportunely, most inopportunely**

inorganic [‚ɪnɔr`gænɪk] *adj.* 無機的.

input [`ɪn‚pʊt] *n.* ① 輸入，投入.

——*v.* ② 輸入: **input** data into a computer 將資

料輸入電腦.

複數 **inputs**

活用 *v.* **inputs, input, input, inputting/inputs, inputted, inputted, inputting**

inquest [`ɪnkwɛst] *n.* 審問; 驗屍.

複數 **inquests**

*inquire** [ɪn`kwaɪr] *v.* 詢問, 查詢, 打聽.

範例 I **inquired** of him as to what made her so sad. 我問他為甚麼她那麼傷心.

I will **inquire** where to stay in the town by telephone. 我會打電話詢問在那個城市要住在哪裡好.

片語 *inquire after* 問候, 詢問健康狀況: She **inquired after** my father. 她詢問我父親的健康狀況.

inquire into 調查: The police are **inquiring into** the case. 警方正在調查那件案子.

活用 *v.* **inquires, inquired, inquired, inquiring**

inquiring [ɪn`kwaɪrɪŋ] *adj.* ① 詫異的. ②〔只用於名詞前〕好奇心的, 喜歡探索的: an **inquiring** mind 喜歡探索的精神.

*inquiry** [ɪn`kwaɪrɪ] *n.* ① 詢問, 打聽. ② 調查, 審問.

範例 ① My **inquiry** about her safety was never answered. 我詢問她的安全, 但沒有人回答.

I received **inquiries** about the new product. 我接到了對那個新產品的查詢.

② The police started an **inquiry** into her disappearance. 警方開始對她的失蹤展開調查.

片語 *make an inquiry* 調查; 詢問.

♦ **còurt of inquiry** 調查庭.

inquíry òffice 〔英〕詢問處.

複數 **inquiries**

inquisition [,ɪnkwə`zɪʃən] *n.* ① 調查, 探索. ②〔the I~〕宗教裁判所《中世紀羅馬天主教用於鎮壓異教徒的法庭》.

複數 **inquisitions**

inquisitive [ɪn`kwɪzətɪv] *adj.* 好奇的, 好追根究底的: His wife is **inquisitive** about his company. 他的太太愛打聽他公司的事.

We are sometimes annoyed by our very **inquisitive** neighbors. 我們有時被好追根究底的鄰居所煩擾.

活用 *adj.* **more inquisitive, most inquisitive**

inquisitively [ɪn`kwɪzətɪvlɪ] *adv.* 好奇地, 好追根究底地.

活用 *adv.* **more inquisitively, most inquisitively**

inroad [`ɪn,rod] *n.* 侵入, 攻擊, 侵犯: Computers have made great **inroads** into our daily life. 電腦已經廣泛地侵入我們的日常生活中.

片語 *make inroads in ~/make inroads into ~/make inroads on ~* 侵入, 侵犯. (⇨ 範例)

複數 **inroads**

*insane** [ɪn`sen] *adj.* 瘋狂的, 發瘋的, 精神不正常的.

範例 He went **insane**. 他發瘋了.

It is **insane** to go swimming in this stormy weather. 在這種暴風雨的天氣去游泳簡直是瘋了.

活用 *adj.* **more insane, most insane**

insanely [ɪn`senlɪ] *adv.* 瘋狂地, 發瘋地.

活用 *adv.* **more insanely, most insanely**

insanity [ɪn`sænətɪ] *n.* ① 瘋狂, 精神錯亂: It's getting more and more difficult to get off with a plea of temporary **insanity** these days. 近來要以一時的精神錯亂為藉口來逃避刑責變得愈來愈難了. ② 瘋狂的行為.

複數 **insanities**

insatiable [ɪn`seʃəbl] *adj.* 貪婪的, 不知足的: A growing boy often has an **insatiable** appetite. 發育中的男孩通常有餵不飽的食欲.

*inscribe** [ɪn`skraɪb] *v.* 題寫, 銘刻, 銘記.

範例 He **inscribed** the tomb with her name. 他在基碑上刻上了她的名字.

She **inscribed** her husband's name on the inside of her ring. 她在戒指的內側刻上了丈夫的名字.

The sight of the accident is deeply **inscribed** in her memory. 那次意外事故的情景深深地銘刻在她的記憶中.

活用 *v.* **inscribes, inscribed, inscribed, inscribing**

*inscription** [ɪn`skrɪpʃən] *n.* 題辭, 銘刻, 銘文: the **inscription** on a gravestone 碑文.

複數 **inscriptions**

inscrutable [ɪn`skrutəbl] *adj.* 高深莫測的, 神祕的: The Chinese are often said to be very **inscrutable**, but I do not think so. 人們常說中國人很神祕, 但我不麼認為.

活用 *adj.* **more inscrutable, most inscrutable**

*insect** [`ɪnsɛkt] *n.* ① 昆蟲: Ants and beetles are **insects**. 螞蟻和甲蟲都是昆蟲. ② 蟲《類似昆蟲的蜘蛛、蜈蚣等》.

參考 昆蟲為身體分頭 (head)、胸 (thorax)、腹 (abdomen) 3個部分的節肢動物, 有足3對, 且大多有2對翅膀.

字源 拉丁語的 insectum (有刻痕的).

複數 **insects**

insecticide [ɪn`sɛktə,saɪd] *n.* 殺蟲劑.

複數 **insecticides**

insecure [,ɪnsɪ`kjʊr] *adj.* ① 不安全的, 有危險的, 不穩固的, 不可靠的. ② 沒有信心的.

範例 ① an **insecure** ladder 不穩固的梯子.

insecure evidence 不可靠的證據.

② He felt **insecure** about his job. 他對自己的工作缺乏信心.

活用 *adj.* **more insecure, most insecure**

insecurely [,ɪnsɪ`kjʊrlɪ] *adv.* 不穩固地; 不安全地.

活用 *adv.* **more insecurely, most**

insecurely
insecurity [ˌɪnsɪˈkjʊrətɪ] *n.* ① 危險（性），不安全．② 不安；沒有自信．
複數 **insecurities**

insensible [ɪnˈsɛnsəbl] *adj.* ①《正式》沒有察覺到的，沒有感覺的．②《正式》無知無覺的．③不知不覺的．
範例 ① I was injured but **insensible** to pain. 我受傷了，但是不覺得痛．
Your sister is **insensible** to shame. 你的妹妹不知羞恥．
② The boy was knocked **insensible**. 那個男孩被打昏了．
活用 *adj.* ① ③ **more insensible**, **most insensible**

insensitive [ɪnˈsɛnsətɪv] *adj.* ① 沒有感覺的．② 感覺遲鈍的；麻木不仁的．
範例 ① Some people are **insensitive** to pain. 有些人對痛沒有感覺．
② There are not a few **insensitive** young people who won't give up their seats to the aged. 相當多麻木不仁的年輕人不知要讓位給老年人．
活用 *adj.* ② **more insensitive**, **most insensitive**

insensitively [ɪnˈsɛnsətɪvlɪ] *adv.* 沒有感覺地；感覺遲鈍地．
活用 *adv.* **more insensitively**, **most insensitively**

insensitivity [ˌɪnsɛnsəˈtɪvətɪ] *n.* 感覺遲鈍．

inseparable [ɪnˈsɛpərəbl] *adj.* 不可分的，不能分離的，無法分開的．
範例 Rights and responsibilities are **inseparable**. 權利與責任是不可分的．
Tom and George are **inseparable** friends. 湯姆和喬治是密不可分的朋友．
活用 *adj.* **more inseparable**, **most inseparable**

*__insert__ [*v.* ɪnˈsɜ͏t; *n.* ˈɪnsɜ͏t] *v.* ① 插入；寫入，加上．
——*n.* ② 插入物；插頁傳單．
範例 ① He **inserted** a key in the lock. 他將鑰匙插入鑰匙孔．
She **inserted** a comma between the two words. 她在這兩個字之間插入逗號．
活用 *v.* **inserts**, **inserted**, **inserted**, **inserting**
複數 **inserts**

insertion [ɪnˈsɜ͏ʃən] *n.* ① 插入．② 插入物；插頁傳單．
複數 **insertions**

inshore [*adj.* ˈɪnˌʃɔr; *adv.* ˈɪnˈʃɔr] *adj.*, *adv.* 沿海的〔地〕，近海的〔地〕：**inshore** fisheries 沿海漁場．
活用 形容詞只用於名詞前．

*__inside__ [*adv.*, *adj.*, *n.* ɪnˈsaɪd; *prep.* ɪnˈsaɪd] *adv.* ① 向屋內，在裡面．
——*adj.* ② 內部的．
——*prep.* ③ 在～裡面．

——*n.* ④ 內部．
範例 ① Step **inside** and close the door. 走進去並把那扇門關上．
There is somebody **inside**. 有人在裡面．
② I'd like an **inside** seat. 我想要裡面的座位．
Trading stocks on **inside** information is illegal. 股票內線交易是違法的．
③ They stayed **inside** the room during the storm. 暴風雨期間他們待在房裡．
There is something angular **inside** of this bag. 這個袋子裡有個帶角的東西．
④ This door opens only from the **inside**. 這道門只能從裡面開．
片語 ***inside of*** 在～之內，在～裡面．(⇨ 範例 ③)
inside out ① 裡面朝外地：put ~'s socks on **inside out** 將襪子穿反了．② 全面地，徹底地：He knows his business **inside out**. 他對自己的事業瞭若指掌．
複數 **insides**

insider [ɪnˈsaɪdɚ] *n.* 局內人，消息靈通人士．
♦ **insider déaling/insider tráding** 內線交易《熟知內情者所進行的非法股票交易》．
複數 **insiders**

insidious [ɪnˈsɪdɪəs] *adj.* ① 陰險的，狡猾的．②（疾病）潛伏的，悄悄惡化的．
範例 ① The **insidious** plot was uncovered by the police. 那個狡詐的陰謀被警方揭穿了．
② an **insidious** disease 潛伏性疾病．
活用 *adj.* **more insidious**, **most insidious**

insidiously [ɪnˈsɪdɪəslɪ] *adv.* 陰險地；暗地裡．
活用 *adv.* **more insidiously**, **most insidiously**

*__insight__ [ˈɪnˌsaɪt] *n.* 洞察力．
範例 The lawyer was a man of **insight**. 那位律師是一個具有洞察力的人．
The psychologist seems to have a special **insight** into people. 那位心理學家對人似乎有著特別的洞察力．
複數 **insights**

insignia [ɪnˈsɪgnɪə] *n.* 徽章，勳章《表示階級和職務》．
複數 **insignia/insignias**

insignificance [ˌɪnsɪgˈnɪfəkəns] *n.* 無關緊要的事；無意義．

*__insignificant__ [ˌɪnsɪgˈnɪfəkənt] *adj.* 無關緊要的；無意義的；微小的．
範例 She did not report the **insignificant** changes in the plan to him. 她沒有向他報告那項計畫中無關緊要的修改．
His influence on them is **insignificant**. 他對他們沒甚麼影響力．
活用 *adj.* **more insignificant**, **most insignificant**

insignificantly [ˌɪnsɪgˈnɪfəkəntlɪ] *adv.* 無關緊要地．
活用 *adv.* **more insignificantly**, **most insignificantly**

insincere [ˌɪnsɪnˈsɪr] *adj.* 沒有誠意的，不誠懇的．

[活用] *adj.* **more insincere**，**most insincere**

insincerity [ˌɪnsɪnˈsɛrətɪ] *n.* 沒有誠意，不誠懇．

insinuate [ɪnˈsɪnjuˌet] *v.* ① 暗示；暗諷．② 巧妙地進入，巧妙地討好．

[範例] ① I **insinuated** that he was an idle fellow. 我暗示他是一個懶惰的人．

② She **insinuated** herself into her aunt's favor. 她巧妙地討好她的姑媽．

[片語] ***insinuate oneself into*** 巧妙地討好． (⇨ [範例] ②)

[活用] *v.* **insinuates**，**insinuated**，**insinuated**，**insinuating**

insinuation [ɪnˌsɪnjuˈeʃən] *n.* ① 暗示；暗諷: These **insinuations** cannot go unanswered. 對於這些暗諷必須加以澄清．② 巧妙的巴結．

[複數] **insinuations**

insipid [ɪnˈsɪpɪd] *adj.* (食物) 無味的；枯燥乏味的；無生氣的．

[活用] *adj.* **more insipid**，**most insipid**

****insist** [ɪnˈsɪst] *v.* ① 堅持，主張．② 強烈要求．

[範例] ① I **insisted** on driving her home. 我堅持要開車送她回家．

② He **insisted** on her attendance. 他強烈要求她出席．

She **insisted** that he should resign. 她強烈要求他辭職．

[活用] *v.* **insists**，**insisted**，**insisted**，**insisting**

insistence [ɪnˈsɪstəns] *n.* ① 堅持，主張．② 強烈要求: I did that dirty business at your **insistence**. 因為你的強烈要求，我做了那件卑劣的事．

insistent [ɪnˈsɪstənt] *adj.* ① 堅持的，堅決的．② 顯眼的，引人注目的．

[範例] ① The Opposition is **insistent** on a tax cut. 在野黨堅決要求減稅．

② the **insistent** color of the blouse 那位短上衣的顯眼色彩．

[活用] *adj.* **more insistent**，**most insistent**

insolence [ˈɪnsələns] *n.* 傲慢，無禮．

insolent [ˈɪnsələnt] *adj.* 傲慢的，無禮的: **insolent** behavior 無禮的行為．

[活用] *adj.* **more insolent**，**most insolent**

insoluble [ɪnˈsaljəbl] *adj.* ① (物質等) 不溶解的．② 無法解決的．

[範例] ① Salt easily dissolves in water, but it is **insoluble** in oil. 鹽易溶於水而不溶於油．

② The puzzle seemed **insoluble** to me. 我似乎無法解決那道難題．

insolvency [ɪnˈsalvənsɪ] *n.* 無力償還債務；破產．

insolvent [ɪnˈsalvənt] *adj.* 無力償還債務的；破產的．

insomnia [ɪnˈsamnɪə] *n.* 失眠症．

insomniac [ɪnˈsamnɪæk] *n.* 失眠症患者．

[複數] **insomniacs**

insomuch [ˌɪnsəˈmʌtʃ] *adv.* 〔只用於下列片語〕到~的程度．

[片語] ***insomuch as*** 因為: **Insomuch as** he was president, he felt responsibility for the problem. 因為他是總裁，所以他覺得對那個問題負有責任．

insomuch that 因為: **Insomuch that** it could rain, we'd better have an alternative plan. 因為可能會下雨，所以我們最好有個備案．

****inspect** [ɪnˈspɛkt] *v.* ① 檢查，審查．② 視察．

[範例] ① Mr. Johnson **inspects** our work every Friday. 強森先生每個星期五檢查我們的作業．

Customs officers **inspected** his baggage but failed to find any drugs. 海關人員檢查了他的行李，但沒有發現任何毒品．

② The nuclear power plant was **inspected** by the prime minister. 首相視察了那座核電廠．

[活用] *v.* **inspects**，**inspected**，**inspected**，**inspecting**

inspection [ɪnˈspɛkʃən] *n.* ① 檢查，審查．② 視察．

[範例] ① The man made an **inspection** of the machine. 那個男子檢查了機器．

On closer **inspection**, the police may find some more evidence. 經由仔細檢查，警方也許還能發現一些證據．

② The minister put off the **inspection** of the factory. 那位部長延後對工廠的視察．

[複數] **inspections**

****inspector** [ɪnˈspɛktɚ] *n.* ① 檢查員，檢閱者．② 視察員．③〖英〗巡佐；〖美〗巡官．

[範例] ① a ticket **inspector** 查票員．

③ **Inspector** Green 格林巡官．

[複數] **inspectors**

****inspiration** [ˌɪnspəˈreʃən] *n.* ① 激勵，鼓舞．② 靈感；好主意．

[範例] ① His fiery speech was an **inspiration** to us all to work harder. 他那激昂的演說激勵我們更加用功．

② Some old family photos gave Mike the **inspiration** to make a family tree. 一些家族的舊照片使得邁克想要編家譜．

He had a sudden **inspiration** for a new tool. 他靈機一動發明了一個新工具．

[複數] **inspirations**

****inspire** [ɪnˈspaɪr] *v.* ① 激勵，鼓舞．② 激起，使產生 (思想、感情等)．③ 喚起，引發．

[範例] ① Professor Jones **inspired** me to become a teacher. 瓊斯教授鼓勵我當老師．

Your speech **inspired** the audience. 你的演說激勵了聽眾．

② His stay in the Lake District **inspired** his best poetry. 在湖泊區的停留激發出他最佳的詩篇．

③ The new basketball coach **inspired** the team with courage. 那位新的籃球教練激起了隊員的勇氣．

〔活用〕 v. inspires, inspired, inspired, inspiring

instability [ˌɪnstəˈbɪlətɪ] n. (情緒等) 不穩定.

instal [ɪnˈstɔl] = v. install.

instalment [ɪnˈstɔlmənt] = n. 〖美〗 installment.

＊**install** [ɪnˈstɔl] v. ① 安裝, 安置. ② 使就任, 任命.

〔範例〕① He **installed** an air conditioner in his room. 他在房間裡安裝了一臺冷氣機.
He **installed** himself in the chair. 他坐在椅子上.
② Professor Brown was formally **installed** as chairman of the Geography Department yesterday. 布朗教授於昨日正式任命為地理系系主任.

〔參考〕 亦作 instal.

〔活用〕 v. installs, installed, installed, installing

installation [ˌɪnstəˈleʃən] n. ① 安置, 安裝. ② 設備, 裝置. ③ 就任, 就職；就任〔就職〕 儀式.

〔複數〕 installations

＊**installment** [ɪnˈstɔlmənt] n. 分期付款；(連載小說等的) 一回, 一集.

〔範例〕 We are paying for our car in monthly **installments** of £100. 我們按月付100英鎊分期付款買車.
This is the first **installment** in a new series. 這是那一套新叢書的第一冊.

〔參考〕〖英〗 instalment.

♦ **installment plan** 〖美〗 分期付款方式.

〔複數〕 installments

＊**instance** [ˈɪnstəns] n. ① 實例, 例子, 事例. ② 情況, 場合.

〔範例〕① Lincoln is an **instance** of a poor boy who rose to the Presidency. 林肯是一個從貧困男孩成為總統的例子.
There have been several **instances** of students killing themselves recently. 最近有幾起學生自殺案例.
② I don't usually like taking buses, but in this **instance**, I have to. 平常我不喜歡搭公車, 但在這種情況下我必須搭公車.

〔片語〕 **for instance** 例如：I can't eat certain Japanese food, **for instance**, natto. 我不能吃某種日本食物, 例如納豆.

in the first instance 首先, 第一：John has been expelled twice from school. **In the first instance** for smoking, in the second for starting a fight. 約翰曾被學校開除兩次, 第一次是因為吸菸, 第二次則是打架.

〔複數〕 instances

＊**instant** [ˈɪnstənt] n. ① 瞬間, 剎那.
——adj. ② 立即的, 即刻的；速食的.

〔範例〕① Joy hesitated for an **instant** and then accepted the offer. 喬伊猶豫了一下, 然後接受那個提議.
The airplane accident happened in an **instant**.

那起飛機失事發生於一瞬間.
A bird flew in the window at that very **instant**. 就在那時一隻鳥從窗口飛了進來.
Do it this **instant**. 現在就去做.
The **instant** I heard the explosion I knew it was the munitions factory. 一聽到爆炸聲, 我就知道那是彈藥工廠發生了爆炸.
② The writer's latest novel was an **instant** success. 那位作家最新的小說立即引起了轟動.
Would you like **instant** curry and rice? 你想吃速食咖哩飯嗎?

〔片語〕 **the instant** 一～就. (⇨〔範例〕①)

♦ **instant replay** 〖美〗 立即重播 (〖英〗 action replay).

〔複數〕 instants

＊**instantaneous** [ˌɪnstənˈtenɪəs] adj. 即刻的, 瞬間的.

〔範例〕 This medicine has an **instantaneous** effect. 這種藥有立即的效果.
Her death was **instantaneous**. 她突然死了.

＊**instantly** [ˈɪnstəntlɪ] adv. 馬上, 立刻：Video, as opposed to film, lets you see the results **instantly**. 電視和電影不同, 電視可以讓你馬上看到結果.

＊**instead** [ɪnˈstɛd] adv. 代替, 作為替代.

〔範例〕 Chris never watches TV. **Instead** he watches his bird all day long. 克利斯從不看電視, 而是整天看他的鳥.
He is not allowed tea and coffee, so he drinks milk or juice **instead**. 他不能喝茶和咖啡, 因此便以牛奶或果汁代替.

〔片語〕 **instead of** 代替, 並沒有～而是：She went to the theater **instead of** her husband. 她代替丈夫去看戲.
Instead of playing, the children studied during recess. 那些孩子在休息時並沒有玩耍而是唸書.
Let's eat outside **instead of** in our tent. 我們到帳篷外面去吃吧.

instep [ˈɪnˌstɛp] n. ① 腳背. ② (鞋、襪等的) 腳背部分.

〔複數〕 insteps

instigate [ˈɪnstəˌget] v. 煽動, 慫恿, 唆使.

〔活用〕 v. instigates, instigated, instigated, instigating

instigation [ˌɪnstəˈgeʃən] n. 煽動, 慫恿, 唆使：at the **instigation** of 在～的煽動下.

instigator [ˈɪnstəˌgetɚ] n. 煽動者.

〔複數〕 instigators

instill [ɪnˈstɪl] v. 逐漸灌輸：A sense of right and wrong was **instilled** in us at an early age. 我們從小就被灌輸是非的觀念.

〔參考〕〖英〗 instil.

〔活用〕 v. instills, instilled, instilled, instilling

＊**instinct** [ˈɪnstɪŋkt] n. 本能, 直覺；天性, 天分.

〔範例〕 Birds learn to fly by **instinct**. 鳥憑本能學會飛翔.

Joe has an **instinct** for making good deals. 喬天生就擅於做生意.
[複數] **instincts**

instinctive [ɪn`stɪŋktɪv] *adj.* 本能的, 直覺的; 天性的: I dodged a punch with an **instinctive** reaction. 我憑本能反應避開對方的攻擊.

instinctively [ɪn`stɪŋktɪvlɪ] *adv.* 本能地, 直覺地: **Instinctively**, I knew the woman was lying. 直覺告訴我這個女人在說謊.

✲institute [`ɪnstə,tjut] *v.* ① 制定, 設立; 開始, 著手.
——*n.* ② 研究所; 大學; 學會, 協會.
[範例] ① New laws were **instituted** by Congress. 國會制定了幾項新的法律.
Many new members of Congress promise to **institute** a campaign for financing reforms. 國會的許多新議員承諾著手進行財政改革運動.
② Dr. Palmer was appointed as president of the new **institute**. 帕麥爾博士被任命為新成立的研究所所長.
[活用] *v.* **institutes**, **instituted**, **instituted**, **instituting**
[複數] **institutes**

✲institution [,ɪnstə`tjuʃən] *n.* ① 公共設施, 公共機構. ② 制定, 設立, 創立. ③ 習俗, 慣例. ④ 有名的人〔事物〕.
[範例] ① A hospital is an **institution** for curing or otherwise taking care of the sick. 醫院是治療或照顧病人的公共機構.
② The **institution** of summer time angered the farmers. 夏令時間的制定激怒了那些農民.
③ the **institution** of funeral 殯葬習俗.
④ Keg parties starting at three on Fridays is an **institution** around here. 每個星期五3點鐘開始的啤酒派對是本地的一大盛事.
[複數] **institutions**

institutional [,ɪnstə`tjuʃən!] *adj.* 制度（上）的; 協會的; 公共設施的; 慈善機構的: **Institutional** food usually doesn't taste very good. 慈善機構的食物通常不太好吃.

✲instruct [ɪn`strʌkt] *v.* 指示, 教導; 通知.
[範例] The man **instructed** me to turn on the light. 那個男子指示我開燈.
The teacher **instructs** four classes in biology. 那位老師教4個班級的生物課.
The head office will **instruct** this branch as to who will be laid off. 總公司會通知這家分公司要解雇哪些人.
[活用] *v.* **instructs**, **instructed**, **instructed**, **instructing**

✲instruction [ɪn`strʌkʃən] *n.* ① 指示, 命令. ② 教, 教授.
[範例] ① The man gave the girl **instructions** to meet Mr. Green. 那個男子命令那個女孩去見格林先生.
② Mr. Brown gives us **instruction** in physics every Friday. 布朗老師每個星期五教授我們物理學.

[複數] **instructions**

✲instructive [ɪn`strʌktɪv] *adj.* 有教育意義的, 有益的, 有啟發性的: Have you read this book? It is very **instructive**. 你讀過這本書嗎? 這本書很有教育意義.
[活用] *adj.* **more instructive**, **most instructive**

instructor [ɪn`strʌktɚ] *n.* ① 教練, 教師, 指導者. ②〖美〗(大學的) 講師.
[範例] ① That man is a swimming **instructor**. 那個男子是一位游泳教練.
② Kay is an **instructor** in Vietnamese. 凱是一位越南語的講師.
[複數] **instructors**

✲instrument [`ɪnstrəmənt] *n.* ① 工具, 器材, 儀器; 儀表. ② 樂器《亦作 musical instrument》. ③ 手段, 方法. ④ 傀儡. ⑤ 正式文件, 證書.
[範例] ① medical **instruments** 醫療器材.
an **instrument** panel 儀表板.
② A balalaika is a Russian **instrument** of the guitar family. 巴拉萊卡琴是屬於吉他類的俄國樂器.
③ Some believe progressive tax is an **instrument** of social equality. 有些人認為累進稅法是促進社會平等的一種方法.
④ He acted as an **instrument** of the army. 他是軍隊的傀儡.
♦ **bráss instrument** 銅管樂器.
kéyboard instrument 鍵盤樂器.
percússion instrument 打擊樂器.
strínged instrument 弦樂器.
wóodwind instrument 木管樂器.
[複數] **instruments**

instrumental [,ɪnstrə`mɛnt!] *adj.* ①〔不用於名詞前〕有幫助的. ② 樂器的.
[範例] ① You were **instrumental** in developing our business. 我們的事業能夠擴展是得力於你的幫忙.
② **instrumental** music 器樂.
[活用] *adj.* ① **more instrumental**, **most instrumental**

insubordinate [,ɪnsə`bɔrdnɪt] *adj.* 不順從的, 反抗的.
[活用] *adj.* **more insubordinate**, **most insubordinate**

insubordination [,ɪnsə,bɔrdṇ`eʃən] *n.* 違抗, 不順從.
[複數] **insubordinations**

insufferable [ɪn`sʌfrəb!] *adj.* 令人難以忍受的, 令人討厭的.

insufficiency [,ɪnsə`fɪʃənsɪ] *n.* 不足.
[複數] **insufficiencies**

insufficient [,ɪnsə`fɪʃənt] *adj.* 不足的, 不充分的: His salary is **insufficient** to support his family. 他的薪資用來養家是不夠的.

insular [`ɪnsələ] *adj.* ① 島嶼的. ② (思想等) 褊狹的, 狹隘的: **insular** prejudice 偏見.
[活用] *adj.* ② **more insular**, **most insular**

insularity [ˌɪnsəˈlærətɪ] *n.* 褊狹，狹隘，心胸狹窄．

insulate [ˈɪnsəˌlet] *v.* ① 使絕緣，使隔熱，使隔音． ② 隔離，使隔絕；保護．
[範例] ① A thermos is **insulated** to keep cold drinks cold and hot drinks hot. 熱水瓶能隔熱，使冷飲保冷、熱飲保溫．
② The government cannot continue to **insulate** the coal industry from economic reality. 面對經濟的現實，政府無法繼續保護煤炭工業．
[活用] *v.* **insulates, insulated, insulated, insulating**

insulation [ˌɪnsəˈleʃən] *n.* 絕緣狀態；隔離；絕緣體；隔熱〔音〕材料：The faulty **insulation** of these electrical wires caused the fire. 這些電線絕緣不良引起了火災．

insulin [ˈɪnsəlɪn] *n.* 胰島素《一種控制血糖的激素》．

*__insult__ [*v.* ɪnˈsʌlt; *n.* ˈɪnsʌlt] *v.* ① 侮辱，對～無禮．
——*n.* ② 侮辱．
[範例] ① This book **insults** the learner's intelligence. 這本書在侮辱學習者的智力．
② You forced the people to speak English. It was a gross **insult** to them. 你們強迫那個族群說英語，這對他們來說是莫大的侮辱．
[活用] *v.* **insults, insulted, insulted, insulting**
[複數] **insults**

*__insurance__ [ɪnˈʃʊrəns] *n.* ① 保險（業）． ② 保險金額，保險費． ③ 保證，擔保；防備．
[範例] ① Are you covered by **insurance**? 你有保險嗎？
My aunt works in **insurance**. 我阿姨從事保險業．
② The **insurance** on my house has gone up again. 我的房屋保險費又漲價了．
When her husband died, Judy received $100,000 in **insurance**. 茱蒂在丈夫去世時得到10萬美元的保險金．
③ The hospital has several gasoline-powered electrical generators as an additional **insurance** against power outages. 那家醫院為防備停電，備有幾臺汽油動力發電機．
♦ **áutomobile insúrance** 汽車險．
fíre insùrance 火險．
héalth insùrance 健保．
insúrance còmpany 保險公司．
insúrance pòlicy 保險單．
lífe insùrance 人壽保險．
unemplóyment insùrance 失業保險．
[複數] **insurances**

*__insure__ [ɪnˈʃʊr] *v.* ① 投保，保險． ②（保險公司）承保． ③ 確保，保證．
[範例] ① Our house is **insured** against fire. 我們的房子保了火險．
② Not a single insurance company will **insure** commercial planes flying in war zones. 沒有一家保險公司願意承保飛越戰區的民航機．

③ A little care will **insure** you against making mistakes. 稍加留意可以確保你不會出錯．
[活用] *v.* **insures, insured, insured, insuring**

insurgent [ɪnˈsɝdʒənt] *adj.* ① 造反的，叛變的，起義的．
——*n.* ②《正式》叛亂者，暴動者，起義者．
[範例] ① The **insurgent** army has taken over the capital. 叛軍接管了首都．
② The success of the **insurgents** in the south is affecting the stock market. 南方叛亂分子的成功影響了股票市場．
[複數] **insurgents**

insurrection [ˌɪnsəˈrɛkʃən] *n.* 叛亂，暴動：If the king doesn't change his mind, there's sure to be a popular **insurrection**. 如果國王不改變心意，民眾一定會叛亂．
[複數] **insurrections**

intact [ɪnˈtækt] *adj.* 〔不用於名詞前〕未受損的，完整無損的．
[範例] The remains of the ancient city were preserved **intact**. 那座古城的遺跡完整地保存下來．
Her reputation was **intact**. 她的名聲未受損．

intake [ˈɪnˌtek] *n.* ① 吸入；攝取（量）；採用人員（數）． ② 吸入孔．
[範例] ① the daily **intake** of food 一天的食物攝取量．
the annual **intake** of workers 每年採用的工人人數．
[複數] **intakes**

intangible [ɪnˈtændʒəbl] *adj.* ① 不可觸摸的，無形的． ② 難以捉摸的；難以理解的．
[範例] ① Rainbows are **intangible**. 彩虹是不可觸摸的．
② The boy had an **intangible** fear of cats. 那個男孩對貓有一種莫名的恐懼．
[活用] *adj.* **more intangible, most intangible**

integer [ˈɪntədʒɚ] *n.* 整數《亦作 whole number；ɪɡ fraction（分數）》．
[複數] **integers**

integral [ˈɪntəɡrəl] *adj.* ① 不可或缺的，必不可少的：The steam engine used to be an **integral** part of the locomotive. 昔日蒸汽機是火車頭必不可少的部分． ② 完整的． ③ 整數的．

integrate [ˈɪntəˌɡret] *v.* ① 結合，合為一體． ② 消除種族歧視：Busing is used as a means of **integrating** students of different racial and ethnic backgrounds. 乘坐公車是一種方法，它可以消除不同種族與民族背景之學生間的歧視． ③ 積分．
♦ **integrated círcuit** 積體電路《略作 IC》．
ɪɡ ② differentiate（微分）
[活用] *v.* **integrates, integrated, integrated, integrating**

integration [ˌɪntəˈɡreʃən] *n.* ① 結合，整合． ② 種族歧視的消弭． ③ 積分（法）．

*__integrity__ [ɪnˈtɛɡrətɪ] *n.* ① 誠實，正直． ② 完整，完全．

範例 ① She is a woman of **integrity**. 她是一個正直的女子.
② They fought to defend the territorial **integrity** of their country. 他們為保衛自己國家領土的完整而戰.

***intellect** [ˋɪntḷ͵ɛkt] *n.* ① 智力，領悟力. ② 智者；知識分子.
範例 ① Susan was a person of great **intellect**. 蘇珊是一個很聰明的人.
② Einstein was probably the greatest **intellect** of the twentieth century. 愛因斯坦可說是20世紀最偉大的智者.
複數 **intellects**

***intellectual** [͵ɪntḷˋɛktʃʊəl] *adj.* ① 智力的，知識的. ② 睿智的，理解力強的.
——*n.* ③ 知識分子.
範例 ① Her lack of education prevented her from taking part in **intellectual** conversations. 沒有受過教育使她無法加入那種知性的談話.
② Those round glasses give you an **intellectual** look. 那副圓形眼鏡使你看起來一副睿智的樣子.
活用 *adj.* **more intellectual, most intellectual**
複數 **intellectuals**

intellectually [͵ɪntḷˋɛktʃʊəlɪ] *adv.* 在理智〔才智〕上：The beauty of that island is beyond description； it's not very stimulating **intellectually**, though. 那座島嶼之美無法用言語形容，但在理智上卻不能激起人們的聯想.
活用 *adv.* **more intellectually, most intellectually**

***intelligence** [ɪnˋtɛlədʒəns] *n.* ① 智力，才智，理解力. ② 情報.
範例 ① Is there a test that can really measure one's **intelligence**? 有沒有測驗真的能測出人的智力?
② The engineer supplied us with pieces of **intelligence** concerning the nuclear submarines. 那名工程師提供我們有關核子潛艇的情報.
♦ the **Central Intelligence Agency** (美國) 中央情報局《略作 CIA》.
intelligence quotient 智商《略作 IQ》.

***intelligent** [ɪnˋtɛlədʒənt] *adj.* 聰明的，智力高的，理解力強的.
範例 Susan is an **intelligent** girl. 蘇珊是一個聰明的女孩.
The committee made an **intelligent** decision. 委員會做出了聰明的決定.
活用 *adj.* **more intelligent, most intelligent**

intelligently [ɪnˋtɛlədʒəntlɪ] *adv.* 聰明地.
活用 *adv.* **more intelligently, most intelligently**

intelligible [ɪnˋtɛlɪdʒəbḷ] *adj.* 可理解的，明白易懂的：This report is barely **intelligible** to those who have no knowledge of superconductivity. 缺乏超導體知識的人幾乎

無法理解這份報告.
活用 *adj.* **more intelligible, most intelligible**

***intend** [ɪnˋtɛnd] *v.* ① 打算，企圖. ② 打算讓~成為. ③ 預定；指定.
範例 ① What do you **intend** to do tomorrow? 你明天打算做甚麼?
I didn't **intend** to, but I let it slip that we're having a surprise party for his birthday. 我不是故意的，但卻無意中說出我們打算為他舉辦一個驚喜的生日派對.
② She **intended** her daughter to be a pianist. 她打算讓女兒成為鋼琴家.
③ That letter was **intended** for me. 那封信是寄給我的.
It was **intended** as a joke. 那只是一個玩笑.
活用 *v.* **intends, intended, intended, intending**

***intense** [ɪnˋtɛns] *adj.* ① 強烈的，劇烈的. ② 熱心〔熱切〕的.
範例 ① The **intense** heat melted the plastic toys. 高溫融化了塑膠玩具.
Intense exercise on Saturday made his body ache on Sunday. 星期六劇烈的運動使他星期日感到渾身疼痛.
② John is liked by his classmates because he is **intense**. 因為約翰很熱心，所以班上同學都喜歡他.
活用 *adj.* **more intense, most intense**

intensely [ɪnˋtɛnslɪ] *adv.* 強烈地，激烈地；認真地：She typed **intensely** for 30 minutes, finishing 6 pages. 她認真地打字打了30分鐘，完成了6頁.
活用 *adv.* **more intensely, most intensely**

intensify [ɪnˋtɛnsə͵faɪ] *v.* (使) 增強，加強：The suspense of the story was **intensified** by the sound of thunder. 雷聲增強了故事的懸疑性.
活用 *v.* **intensifies, intensified, intensified, intensifying**

***intensity** [ɪnˋtɛnsətɪ] *n.* 強烈，強度.
範例 We were shocked at the **intensity** of our teacher's anger. 老師的盛怒使我們感到震驚.
The **intensity** of the wind blew the house down. 那棟房子被強風吹倒了.

***intensive** [ɪnˋtɛnsɪv] *adj.* 徹底的；集中的，密集的.
範例 An **intensive** study on this bacteria is now being made. 對這種細菌的徹底研究現在正在進行.
I took an **intensive** course in English during my summer vacation. 我在暑假上過英語的密集課程.
intensive agriculture 集約農業.
♦ **intensive care** (對重病患者的) 特別護理.
intensive care unit 加護病房《略作 ICU》.
活用 *adj.* **more intensive, most intensive**

intensively [ɪnˋtɛnsɪvlɪ] *adv.* 徹底地；集中

地.

活用 adv. **more intensively**, **most intensively**

*__intent__ [ɪn`tɛnt] adj. ① 專注的，專心的，熱中的. ② 打算的，意圖的.

——n. ③ 意圖，目的.

範例 ① He didn't dare to meet her **intent** gaze. 他不敢面對她那專注的目光.

John is **intent** on his studies. 約翰埋頭於自己的研究.

② Tom is **intent** on continuing his music studies. 湯姆打算繼續學習音樂.

③ I know that you did that with good **intent**. 我知道你是出於善意才那麼做的.

The man was arrested for entering the house with **intent** to steal. 那個男子因闖入屋內意圖偷竊而被逮捕.

片語 **to all intents/to all intents and purposes** 從各方面看，實際上：Your work is **to all intents and purposes** excellent. 你的工作實際上很棒.

活用 adj. **more intent**, **most intent**

複數 **intents**

*__intention__ [ɪn`tɛnʃən] n. 意圖，意向.

範例 He went to her with the **intention** of apologizing but wound up having another argument. 他去找她原本是想向她道歉，可是最後卻又吵了起來.

It wasn't my **intention** to hurt her, but that's precisely what I ended up doing. 我原本沒有傷害她的意圖，可是結果卻傷害了她.

片語 **good intentions** 善意，誠意：Good acts are better than **good intentions**. 善行勝於善意.

複數 **intentions**

intentional [ɪn`tɛnʃənl] adj. 有意的，故意的：After seeing such **intentional** cruelty, I couldn't eat my lunch. 看到這樣故意的虐待後，我連午飯都吃不下了.

intentionally [ɪn`tɛnʃənlɪ] adv. 有意地，故意地.

活用 adv. **more intentionally**, **most intentionally**

intently [ɪn`tɛntlɪ] adv. 專心地，專注地，熱中地.

活用 adv. **more intently**, **most intently**

inter [ɪn`tɝ] v. 埋葬：Jane was **interred** next to her husband. 珍被埋葬在她丈夫旁邊.

活用 v. **inters**, **interred**, **interred**, **interring**

inter- pref. ① ～之間：**inter**continental 洲際的；**inter**national 國際性的. ② 相互：**inter**action 相互作用；**inter**change 交換.

interact [ˌɪntɚ`ækt] v. 交互作用，互相影響.

活用 v. **interacts**, **interacted**, **interacted**, **interacting**

interaction [ˌɪntɚ`ækʃən] n. 交互作用，交互影響.

複數 **interactions**

intercept [ˌɪntɚ`sɛpt] v. 攔截，截取.

範例 We **intercepted** a diplomatic document from the embassy. 我們攔截到大使館的外交文件.

A linebacker **intercepted** the long pass. 中後衛球員攔截了一記長傳.

活用 v. **intercepts**, **intercepted**, **intercepted**, **intercepting**

interception [ˌɪntɚ`sɛpʃən] n. 截取，攔截.

複數 **interceptions**

interchange [v. ˌɪntɚ`tʃendʒ; n. `ɪntɚˌtʃendʒ] v. ① 交替，交換.

——n. ② 交替，互換，交換. ③ (高速公路的) 立體交流道.

範例 ① She **interchanged** the gold ring with a silver one. 她將金指環換成了銀戒指.

They **interchanged** information. 他們彼此交換情報.

② We had a useful **interchange** of ideas. 我們進行了有用的意見交換.

③ He missed the **interchange**. 他錯過了那個交流道.

活用 v. **interchanges**, **interchanged**, **interchanged**, **interchanging**

複數 **interchanges**

interchangeable [ˌɪntɚ`tʃendʒəbl] adj. 可替換的：These words are **interchangeable** with one another. 這些字可以彼此替換.

intercom [`ɪntɚˌkɑm] n. 對講機 (**intercom**munication system 的縮略).

複數 **intercoms**

intercontinental [ˌɪntɚˌkɑntə`nɛntl] adj. 洲際的：an **intercontinental** ballistic missile 洲際彈道飛彈.

intercourse [`ɪntɚˌkors] n. ① 交往，交際. ② 性交.

:__interest__ [`ɪntərɪst] n.

原義	層面	釋義	範例
能吸引人的事物	對事物	興趣，嗜好；關心	①
	有好處	利益，利害關係	②
	在金錢上	利息；股份	③
	有共同興趣者	～事業的相關者	④

——v. ⑤ 使感興趣；使參與.

範例 ① Do you have any **interest** in history? 你對歷史感興趣嗎?

Frank shows a strong **interest** in football. 富蘭克對足球非常感興趣.

Kathy lost **interest** in her work. 凱西失去了對工作的興趣.

It's very important for a teacher to get and hold his students' **interest**. 身為教師必須能引起學生的興趣並使之持續下去.

Environmental conservation is of great **interest** to a growing number of people. 關心環保的人不斷增加。

I read this book with **interest**. 我滿懷興趣地讀這本書。

Sara's main **interests** in life are politics, law, and history. 莎拉一生中主要關心的有政治、法律與歷史。

② The orphans' **interest** must come first. 必須先考慮那些孤兒的利益。

It wouldn't be in your **interest** to challenge them legally. 在法律上挑戰他們對你沒甚麼好處。

The bank has an **interest** in the company we were talking about. 那家銀行跟我們所談論的公司有利益關係。

③ They pay six percent **interest** on the loan. 他們要付6%的貸款利息。

A foreign investor bought a 20% **interest** in the publishing company. 外國投資者取得了那家出版社20%的股份。

④ Pressure was applied on the government by construction **interests**. 建築業者向政府施加壓力。

⑤ My father **interested** me in golf. 我父親使我對高爾夫球產生了興趣。

We were much **interested** by his lectures about the birth of stars. 我們對他關於恆星誕生的演講深感興趣。

We couldn't **interest** them in the new savings plan. 我們無法引起他們對新儲蓄計畫的興趣。

[片語] **in ~'s interest/in the interest of** 為了~的利益。(⇨ [範例] ②)

of interest 感興趣的。(⇨ [範例] ①)

with interest ① 有興趣地。(⇨ [範例] ①) ② 附帶利息地。

[複數] **interests**

[活用] v. **interests**, **interested**, **interested**, **interesting**

***interested** [ˋɪntərɪstɪd] adj. ① 感興趣的。② 〔只用於名詞前〕有利害關係的。

[範例] ① I'm **interested** in chemistry. 我對化學感興趣。

My boy is **interested** to know why snakes shed their skin. 我兒子有興趣知道蛇為甚麼會脫皮。

Many **interested** students couldn't afford the cost of attending the conference. 許多感興趣的學生付不出出席會議的費用。

② **Interested** parties may not participate in any of the preliminary discussions. 有利害關係者不得參加任何初步討論。

[片語] **be interested in** 對~感興趣。(⇨ [範例] ①)

[活用] adj. ① **more interested**, **most interested**

***interesting** [ˋɪntərɪstɪŋ] adj. 有趣的，令人感興趣的。

[範例] Our teacher told us a very **interesting** story today. 老師今天講了一個很有趣的故事。

It is very **interesting** to go abroad and make friends. 出國並且結交朋友非常有趣。

[活用] adj. **more interesting**, **most interesting**

interface [ˋɪntɚˌfes] n. ① 接觸面，界面。② （電腦）界面《聯結兩個裝置的電子回路》。——v. ③ 連結。

[複數] **interfaces**

[活用] v. **interfaces**, **interfaced**, **interfaced**, **interfacing**

***interfere** [ˌɪntɚˋfɪr] v. 干涉，阻撓，妨礙。

[範例] You can play your stereo as long as it doesn't **interfere** with your brother's studying. 只要不妨礙你哥哥讀書，你可以播放你的立體音響。

Don't **interfere** with a father when he's disciplining his child. 父親教訓孩子時，你不要干涉。

It is unwise of you to **interfere** in your neighbors' personal affairs. 你管鄰居的私事真是不智。

[活用] v. **interferes**, **interfered**, **interfered**, **interfering**

***interference** [ˌɪntɚˋfɪrəns] n. 妨礙，干涉，阻撓，干擾。

[範例] This radio picks up a lot of **interference**. 這臺收音機收到許多干擾。

I want to carry it out myself without outside **interference** or help. 我想要自己完成，不需要外來干涉或幫助。

interim [ˋɪntərɪm] adj. ① 〔只用於名詞前〕中間的，暫時的。——n. ② 中間期，間歇；過渡時期《常用 in the interim 形式》。

[範例] ① an **interim** report 臨時報告。

② I start work next October, and I'm going to travel around in the **interim**. 我明年10月開始工作，之前這段期間我將去旅行。

***interior** [ɪnˋtɪrɪɚ] adj. ① 內部的。——n. ② 內部。

[範例] ① The **interior** design of your cottage is beautiful. 你鄉間別墅的室內裝潢真漂亮。

② The **interior** of his house was very cozy. 他家內部非常舒適。

They penetrated deep into the **interior** of central Africa. 他們深入中非內陸。

◆ **the Department of the Interior** 〖美〗內政部。

interior decorator 室內設計師《亦作 interior designer》。

☞ ↔ exterior

[複數] **interiors**

interject [ˌɪntɚˋdʒɛkt] v. 插入：Bob thought it best to **interject** some humor into his serious speech. 鮑伯認為若能在他嚴肅的演講中插入一點幽默就太棒了。

[活用] v. **interjects**, **interjected**, **interjected**,

interjecting

interjection [,ɪntə`dʒɛkʃən] *n.* ① 感嘆詞．
② 插入的話語．

範例 ① She uses too many **interjections** such as "alas" or "oh dear." 她用了太多 alas 和 oh dear 之類的感嘆詞．
② After 30 minutes of talking seriously, the **interjection** of a joke was welcomed by the audience. 在30分鐘嚴肅的談話後，突然插入幾句笑話廣受聽眾歡迎．

複數 **interjections**

interlock [,ɪntə`lɑk] *v.* 連鎖，連結．

活用 *v.* **interlocks, interlocked, interlocked, interlocking**

interlude [`ɪntə,lud] *n.* ① 換幕時間． ② 幕間節目．

複數 **interludes**

intermediary [,ɪntə`midɪ,ɛrɪ] *n.* 中間人，調停者： The two sides are so angry with each other they need an **intermediary** to continue the negotiations. 雙方都非常生氣，要使談判繼續需要有人居中斡旋．

複數 **intermediaries**

****intermediate** [,ɪntə`midɪɪt] *adj.* 中間的，居中的．

範例 an **intermediate** stage in a process of development 發展過程的中間階段．
Adolescence is **intermediate** between childhood and adulthood. 青春期介於兒童期與成年期之間．

interminable [ɪn`tɝmɪnəbl] *adj.* 無止境的，連續不斷的： The sermon was **interminable**. 連續不斷的說教．

intermingle [,ɪntə`mɪŋgl] *v.* 攙雜，混合： The pick-pocket **intermingled** with the crowds. 那個扒手混入人群中．

活用 *v.* **intermingles, intermingled, intermingled, intermingling**

intermission [,ɪntə`mɪʃən] *n.* 休息時間（〖英〗 interval）．

複數 **intermissions**

intermittent [,ɪntə`mɪtnt] *adj.* 間斷的，間歇的： The baseball game was interrupted several times by **intermittent** showers. 棒球比賽因間歇性的陣雨多次中斷．

活用 *adj.* **more intermittent, most intermittent**

intermittently [,ɪntə`mɪtntlɪ] *adv.* 斷斷續續地： The magazine has been issued **intermittently** since 1950. 那本雜誌自1950年以來斷斷續續地發行．

活用 *adv.* **more intermittently, most intermittently**

intern [*v.* ɪn`tɝn; *n.* `ɪntɝn] *v.* ① 拘禁，拘留．
——*n.* ② 實習醫生（亦作 interne）．

活用 *v.* **interns, interned, interned, interning**

複數 **interns**

***internal** [ɪn`tɝnl] *adj.* 內部的；國內的．

範例 the **internal** organs of the body 內臟．
My uncle is studying **internal** medicine. 我叔叔正在研究內科醫學．
internal trade 國內貿易．
The **internal** workings of this machine are incredibly complicated. 這臺機器內部的操作方式複雜到令人難以置信．

♦ **intèrnal-combústion èngine** 內燃機．

☞ ↔ external

internally [ɪn`tɝnlɪ] *adv.* 內部地： This medicine must be taken **internally**. 這種藥必須內服．

***international** [,ɪntə`næʃənl] *adj.* ① 國際（性）的，國家間的．
——*n.* ② 國際賽；國家代表隊選手．

範例 ① Nowadays drug abuse by young people is **international**. 現在年輕人濫用毒品是一個國際性的現象．
So far six nations have signed that **international** trade agreement. 到目前為止已經有6個國家在那項國際貿易協定上簽字了．
My sister is studying **international** relations at college. 我姊姊在大學修國際關係．
② I watched the **international** between Brazil and England yesterday. 昨天我觀看了巴西對英國的國際比賽．

♦ **the international dáte lìne** 國際換日線（亦作 the date line）．
the Ìnternational Mónetary Fùnd 國際貨幣基金組織（聯合國的金融機構，略作 IMF）．

複數 **internationals**

Internet [`ɪntə,nɛt] *n.* [the ~] 國際網路（國際性的電腦網絡系統）．

internment [ɪn`tɝmənt] *n.* ① 拘禁，拘留． ② 拘禁期間，拘留期間．

interpose [,ɪntə`poz] *v.* 置於～之間；介入，干預．

範例 The publican **interposed** himself between the two drunken men to stop them fighting. 那個酒吧老闆站在2個醉漢中間，制止他們打架．
He tried to **interpose** in their conversation. 他想要介入他們的談話．

活用 *v.* **interposes, interposed, interposed, interposing**

***interpret** [ɪn`tɝprɪt] *v.* ① 解釋，說明． ② 表演，詮釋． ③ 口譯．

範例 ① The professor **interpreted** the student's present as a bribe. 那位教授把學生的贈禮視為賄賂．
② The actress **interpreted** the role of Juliet wonderfully. 那位女演員把茱麗葉這個角色詮釋得棒極了．
③ Mr. Barton will **interpret** for us. 巴頓先生將為我們作口譯．

活用 *v.* **interprets, interpreted, interpreted, interpreting**

interpretation [ɪnˌtɝprɪ`teʃən] *n.* ① 解釋. ② 表演，詮釋. ③ 口譯.
[範例] ① In my opinion, Dr. Lilly's **interpretation** of the patient's actions is totally wrong. 我認為莉莉博士對那個病患的行為分析完全錯誤.
② Did you find the pianist's **interpretation** of Mozart satisfactory? 對於那位鋼琴家演奏的莫札特作品，你覺得滿意嗎?
[複數] **interpretations**

interpreter [ɪn`tɝprɪtɚ] *n.* ① 解說者. ② 口譯員: a simultaneous **interpreter** 同步口譯員.
[複數] **interpreters**

interrogate [ɪn`tɛrəˌget] *v.* 詢問，審問: The police spent four hours **interrogating** the suspect. 警方花了4小時審問那名嫌犯.
[活用] *v.* **interrogates**, **interrogated**, **interrogated**, **interrogating**

interrogation [ɪnˌtɛrə`geʃən] *n.* 詢問，審問; 疑問.
♦ **interrogátion màrk/interrogátion pòint** 問號《亦作 question mark; 符號?》.
[複數] **interrogations**

interrogative [ˌɪntə`rɑgətɪv] *adj.* ① 疑問的，表示疑問的.
——*n.* ② 疑問句，疑問詞.
[範例] ① Put a question mark at the end of an **interrogative** sentence. 在疑問句後面加上問號.
② He spoke in the **interrogative**—everything he uttered was a question! 他滿是疑惑地發問.
[複數] **interrogatives**

＊**interrupt** [ˌɪntə`rʌpt] *v.* 妨礙，打斷.
[範例] Don't **interrupt** me when I'm talking to you. 我在對你講話的時候，請不要插嘴.
Sorry to **interrupt**, but there is an urgent matter that needs your immediate attention. 不好意思打擾了，我有急事必須馬上通知你.
We **interrupted** our work to have a coffee break. 我們放下手邊的工作去喝咖啡.
[活用] *v.* **interrupts**, **interrupted**, **interrupted**, **interrupting**

interruption [ˌɪntə`rʌpʃən] *n.* 干擾，中斷，妨礙: Various **interruptions** prevented me from finishing my essay. 由於種種干擾，我的論文無法完成.
[複數] **interruptions**

intersect [ˌɪntə`sɛkt] *v.* 橫切，相互交叉: A brook **intersects** the woods. 一條小溪將那片森林一分為二.
The streets in Taipei usually **intersect** at right angles. 臺北的街道通常呈垂直交叉.
[活用] *v.* **intersects**, **intersected**, **intersected**, **intersecting**

intersection [ˌɪntə`sɛkʃən] *n.* ① 交叉（點）: To avoid an **intersection** of the new highway and a local road, a bridge will be constructed. 為了避免與普通公路交錯，新的高速公路都建有高架橋. ②（幾何的）交點.
[複數] **intersections**

intersperse [ˌɪntə`spɝs] *v.*《正式》散布，點綴.
[範例] Some yellow flowers are **interspersed** among the white flowers. 白花中間點綴著些許黃花.
Her speech was **interspersed** with jokes. 她的演說當中穿插著笑話.
[活用] *v.* **intersperses**, **interspersed**, **interspersed**, **interspersing**

interstate [ˌɪntə`stet] *adj.* ①（美國等）州與州之間的，州際的.
——*n.* ②『美』州際高速公路.
[複數] **interstates**

＊**interval** [`ɪntəvl] *n.* ① 間隔，間隙. ②『英』中場休息時間《『美』intermission》. ③ 音程.
[範例] ① Trains leave at **intervals** of twenty minutes. 火車每隔20分鐘發一班.
There are **intervals** of about ten meters between the trees. 樹與樹之間有10公尺的間隔.
He yawned at **intervals** during the dull lecture. 在聽那場無聊的演講時他不時地打哈欠.
John and Mary met after an **interval** of six years. 約翰與瑪麗相隔6年後又相遇.
② I ate a banana during the **interval** of the concert. 我在那場音樂會的中場休息時間吃了一根香蕉.
③ The **interval** between C and G is a fifth. C 到 G 為5度音程.
[片語] **at intervals** 按一定間隔地，不時地. (⇨ [範例] ①)
[複數] **intervals**

＊**intervene** [ˌɪntə`vin] *v.* 介入其間 (in).
[範例] George **intervened** when the two young men started to fight. 當2個年輕人開始打架時，約翰居中調解.
I will attend the party if nothing **intervenes**. 如果沒有別的事，我會去參加那場晚會.
The Central Bank is **intervening** in foreign exchange markets. 中央銀行正在干預外匯市場.
When he came back from New York, he found that the town had changed completely in the **intervening** years. 他從紐約回來時發現鎮上這幾年完全變了樣.
[活用] *v.* **intervenes**, **intervened**, **intervened**, **intervening**

intervention [ˌɪntə`vɛnʃən] *n.* 介入，干預; 居中調解: Some economists believe in state **intervention** in the market. 有些經濟學家認為國家對市場的干預是必要的.
[複數] **interventions**

＊**interview** [`ɪntəˌvju] *n.* ① 面試，面談. ②（記者等的）採訪，會見.
——*v.* ③ 面試，面談. ④ 採訪，會見.

範例 ① My **interview** for the job is scheduled for Feb. 10. 我應徵那份工作的面試時間是2月10日.
② The reporter had an **interview** with the President. 那位記者採訪了總統.
③ He was **interviewed** for several jobs after graduation. 畢業後, 他已經去面試了好幾份工作.
④ The Prime Minister was **interviewed** by reporters about his policies. 首相就政策問題接見記者.

複數 **interviews**
活用 *v.* **interviews**, **interviewed**, **interviewed**, **interviewing**

intestate [ɪn`tɛstɪn] *adj.* 沒留下遺囑的: My father died **intestate**. 我父親沒有留下遺囑就去世了.

intestine [ɪn`tɛstɪn] *n.* 腸.
♦ **làrge intéstine** 大腸.
smàll intéstine 小腸.
複數 **intestines**

***intimacy** [`ɪntəməsɪ] *n.* ① 親密, 親暱: His father is on terms of **intimacy** with the governor. 他的父親與州長是至交. ② 親密的言行. ③ 性交, 性行為.
片語 **on terms of intimacy** 有親密關係的. (⇨ 範例 ①)
複數 **intimacies**

***intimate** [*adj.*, *n.* `ɪntəmɪt; *v.* `ɪntə‚met] *adj.* ① 親密的, 密切的. ② 個人的, 私人的. ③ 精通的, 熟悉的, 詳細的. ④〔不用於名詞前〕有性關係的.
—— *n.* ⑤ 密友《通常暗指有性關係》.
—— *v.* ⑥ 暗示.
範例 ① Are you **intimate** with the principal? 你與校長關係密切嗎?
② Some **intimate** affairs prevented me from attending the meeting. 我因為某些私人事情而不能參加那場會議.
③ The woman has **intimate** knowledge of astronomy. 那個女子精通天文學.
⑤ Jim is known to his **intimates** as "Doc." 吉姆在他的好朋友當中被稱為「博士」.
⑥ Kate **intimated** that she was going to quit her job. 凱特暗示她打算辭掉工作.
活用 *adj.* ① ② ③ **more intimate**, **most intimate**
複數 **intimates**
活用 *v.* **intimates**, **intimated**, **intimated**, **intimating**

intimately [`ɪntəmɪtlɪ] *adv.* 密切地, 親密地: Frank and I are **intimately** acquainted. 我與富蘭克關係密切.
活用 *adv.* **more intimately**, **most intimately**

intimation [‚ɪntə`meʃən] *n.* 暗示, 透露.
複數 **intimations**

intimidate [ɪn`tɪmə‚det] *v.* 脅迫, 威脅: They **intimidated** him into silence. 他們脅迫他保持緘默.

活用 *v.* **intimidates**, **intimidated**, **intimidated**, **intimidating**

intimidation [ɪn‚tɪmə`deʃən] *n.* 脅迫, 威脅.

†**into** [〔後接元音開始的字〕`ɪntu; 〔後接輔音開始的字〕`ɪntə] *prep.*

原義	層面	釋義	範例
向 ～ 之 中	場所	進入內部	①
	時間	一直到	②
	物	成為; 向著	③
	數量	(數學的) 除	④
	狀態	對～感興趣	⑤

範例 ① Fred went **into** the park. 弗雷德走進那個公園.
Robert kicked a stone **into** the river. 羅伯特把一顆石頭踢進河裡.
② All of us worked far **into** the night. 我們一直工作到深夜.
My homework took me well **into** the afternoon. 我的家庭作業一直做到下午.
③ I'd like you to translate this book **into** English. 我希望你把這本書譯成英文.
She looked **into** the mirror. 她看著鏡子.
The lady burst **into** tears. 那位女士突然哭了起來.
④ 4 **into** 24 equals 6. 24除以4等於6.
⑤ Don't get **into** trouble. 千萬不要被捲入麻煩.
Even Joan couldn't persuade her **into** coming with us. 即使是瓊也無法說服她跟我們一起來.

***intolerable** [ɪn`tɑlərəbl] *adj.* 無法忍受的, 不能容忍的: I had an **intolerable** pain in my tooth. 我的牙痛得無法忍受.
活用 *adj.* **more intolerable**, **most intolerable**

intolerably [ɪn`tɑlərəblɪ] *adv.* 無法忍受地, 不能容忍地.
活用 *adv.* **more intolerably**, **most intolerably**

intolerance [ɪn`tɑlərəns] *n.* ① 不寬容, 偏狹, 偏執. ② (對藥品的) 過敏, 不耐症.

***intolerant** [ɪn`tɑlərənt] *adj.* ① 不寬容的, 偏狹的, 偏執的: He is **intolerant** of any opposition. 他無法忍受任何反對意見. ②(對藥品等) 過敏的.
活用 *adj.* **more intolerant**, **most intolerant**

intonation [‚ɪnto`neʃən] *n.* ① (音韻學的) 語調. ② (音樂的) 音調.
範例 ① The **intonation** of that man speaking English suggests he's from India. 從那個人說英語的語調就可以知道他來自印度.
② The opera singer had good **intonation**. 那位歌劇演員的聲調很渾厚.
複數 **intonations**

***intoxicate** [ɪn`tɑksə‚ket] *v.* 使酒醉; 使興奮,

使陶醉.

範例 He gets **intoxicated** every Friday and Saturday night. 他每個星期五和星期六晚上都喝得爛醉.
The players were **intoxicated** with victory after winning the final game. 選手們沉浸在決賽獲勝的喜悅中.

活用 *v.* **intoxicates**, **intoxicated**, **intoxicated**, **intoxicating**

intoxication [ɪnˌtɑksəˋkeʃən] *n.* 酒醉; 陶醉, 興奮: The drunk murmured that **intoxication** was not a crime. 那個酒鬼嘀咕著說酒醉不是犯罪.

intransitive [ɪnˋtrænsətɪv] *n.*, *adj.* 不及物動詞《亦作 intransitive verb》; 不及物動詞的.

複數 **intransitives**

intrepid [ɪnˋtrɛpɪd] *adj.* 勇敢的, 無畏的: an **intrepid** soldier 勇敢的士兵.

活用 *adj.* **more intrepid**, **most intrepid**

intricacy [ˋɪntrəkəsɪ] *n.* 複雜性; 複雜的事物: the **intricacy** of the mechanism 機械裝置的複雜性.

複數 **intricacies**

***intricate** [ˋɪntrəkɪt] *adj.* 錯綜複雜的, 繁雜的; 難懂的.

範例 an **intricate** story 情節錯綜複雜的故事.
an **intricate** jigsaw puzzle 複雜的拼圖遊戲.

活用 *adj.* **more intricate**, **most intricate**

intricately [ˋɪntrəkɪtlɪ] *adv.* 複雜地, 繁雜地; 難懂地: We gave her an **intricately** decorated doll's house. 我們送給她一個裝飾得精巧複雜的娃娃屋.

活用 *adv.* **more intricately**, **most intricately**

intrigue [ɪnˋtrig] *v.* ① 使感興趣〔好奇〕. ② 策劃陰謀, 密謀.
——*n.* ③ 陰謀, 密謀.

範例 ① Your story **intrigues** me. 你的故事引起我的興趣.
What an **intriguing** idea! 多麼有趣的想法呀!
② The three of them agreed to **intrigue** against their common foe. 他們3個人同意一起想辦法對付共同的敵人.
③ The words "**intrigue**" and "spy" are closely connected. 「陰謀」與「間諜」這兩個字有著密切關係.

發音 名詞亦作 [ˋɪntrig].

活用 *v.* **intrigues**, **intrigued**, **intrigued**, **intriguing**

複數 **intrigues**

intrinsic [ɪnˋtrɪnsɪk] *adj.* 本質上的, 固有的: Mr. Brown admitted the **intrinsic** merits of your idea, but rejected it as impractical. 布朗先生雖然承認你的方案有其本質上的優點, 但卻認為不切實際, 所以並沒有採納.

intrinsically [ɪnˋtrɪnsɪklɪ] *adv.* 本質上, 本來: I know that Jack is **intrinsically** honest. 我知道傑克本質上是誠實的.

***introduce** [ˌɪntrəˋdjus] *v.*

原義	層面	釋義	範例
首次引入	人	介紹, 使互相瞭解	①
	想法, 技術, 時尚	採用, 採納, 引進	②
	話題, 提案	提交, 提出; 開始	③

範例 ① Ken, may I **introduce** you to Mrs. Petersen? 肯, 我可以把你介紹給彼德森太太嗎?
Let me **introduce** myself. 請允許我自我介紹.
I was **introduced** to the actress at the party. 在那個晚會上, 我被介紹給那位女演員.
My father **introduced** me to the game of football. 我父親帶我初次接觸足球.
② Potatoes were first **introduced** to Ireland from South America, then to most parts of Europe; this is why the potatoes have another name, Irish potatoes. 馬鈴薯最初是從南美洲引進愛爾蘭, 後來又傳到歐洲各地. 因此馬鈴薯又稱作「愛爾蘭馬鈴薯」.
Our school is going to **introduce** computers this year. 我們學校預定今年採用電腦.
③ I'm waiting for the right moment to **introduce** this unpleasant topic. 我正在等待時機提出這個不愉快的話題.
A bill was **introduced** in Parliament on reducing automobile emissions. 有關減低汽車排氣量的法案已被提交國會.
The author **introduces** his latest book with statistics on world population growth. 那位作者以世界人口增加的統計資料作為新書的引言.

活用 *v.* **introduces**, **introduced**, **introduced**, **introducing**

***introduction** [ˌɪntrəˋdʌkʃən] *n.* ① 介紹, 引進; 被介紹之物. ② 入門, 概論. ③ 序論, 序文, 序曲.

範例 ① Shall I make the **introductions**? Paul, this is John. John, meet Paul. 讓我來替你們介紹一下. 保羅, 這位是約翰. 約翰, 這位是保羅.
Color television is a recent **introduction** to that country. 彩色電視機最近引進那個國家.
② It was my first real **introduction** to modern jazz. 這是我第一次接觸現代爵士樂.
I'm looking for a book titled *An introduction to Computers*. 我正在找一本書名為《計算機概論》的書.
③ the **introduction** to *A Handbook of Linguistics* by Professor Pike 派克教授寫的《語言學概論》的序文.

複數 **introductions**

introductory [ˌɪntrəˋdʌktərɪ] *adj.* 介紹的; 入門的, 引導的; 序論的.

範例 The guest speaker's **introductory** remarks were interrupted by some hecklers. 客座講師作開場白時遭到起鬨者打斷.

My sister is looking for an **introductory** course on economics. 我妹妹正在找尋經濟學的入門課程.

introvert [`ɪntrə͵vɝt] n. 性格內向的人.

複數 **introverts**

***intrude** [ɪn`trud] v. 強加；闖入；打擾.

範例 City slickers have started moving in and **intruding** their values into our small town. 狡猾的都市人開始移居此地，並把他們的價值觀強加在我們這個小鎮上.

I don't want to **intrude** on you and your family, especially at dinner time. 我不想打擾你和你的家人，特別是在晚餐時間.

活用 v. **intrudes**, **intruded**, **intruded**, **intruding**

intruder [ɪn`trudɚ] n. 侵入者，闖入者，強盜：Hedges were made to keep out **intruders**. 為了防備強盜而築起了樹籬.

複數 **intruders**

intrusion [ɪn`truʒən] n. 闖入，侵犯；強加.

範例 Pardon the **intrusion**. I forgot my wallet. 請原諒我打斷你的話，我忘記帶錢包.

The personal questions in this survey are an **intrusion** upon my privacy. 這項調查中詢問的私人問題侵犯到我的私生活.

複數 **intrusions**

intuition [͵ɪntu`ɪʃən] n. 直覺.

範例 The policewoman knew by **intuition** that the girl was telling her the truth. 那位女警直覺地認為女孩說的是真話.

The boy's **intuitions** were quite correct. 那個男孩的直覺十分正確.

複數 **intuitions**

intuitive [ɪn`tjuɪtɪv] adj. 直覺的，直覺敏銳的：Your daughter is a very **intuitive** person. 你的女兒直覺非常敏銳.

活用 adj. **more intuitive**, **most intuitive**

intuitively [ɪn`tjuɪtɪvlɪ] adv. 直覺地：She **intuitively** felt that to tell the truth was the shortest way. 她直覺地認為說真話是一條捷徑.

活用 adv. **more intuitively**, **most intuitively**

inundate [`ɪnən͵det] v. 淹沒，氾濫；使充滿：The foreign ministry was **inundated** with requests for help from abroad. 來自國外的求援如潮水般湧向外交部.

活用 v. **inundates**, **inundated**, **inundated**, **inundating**

inundation [͵ɪnən`deʃən] n. 氾濫，洪水；充滿，蜂擁而至.

複數 **inundations**

***invade** [ɪn`ved] v. 侵略，侵犯，侵入.

範例 European countries **invaded** Africa in the 19th century. 歐洲國家於19世紀侵略非洲.

The cancer cells may **invade** the stomach. 癌細胞可能已轉移到胃部.

Tourists **invaded** the temple. 觀光客湧入那座寺院.

The actor claimed that TV reporters had **invaded** his privacy. 那個演員宣稱電視記者侵犯他的隱私.

Images of her being in a horrible accident **invaded** my mind. 她遭遇嚴重意外事故的影像浮現在我的腦海中.

活用 v. **invades**, **invaded**, **invaded**, **invading**

invader [ɪn`vedɚ] n. 侵略者，侵入者，侵犯者.

複數 **invaders**

***invalid** [adj. ɪn`vælɪd；n., v. `ɪnvəlɪd] adj. ① 無效的；證據薄弱的.
——n. ② 體弱多病的人，病人.
——v. ③ 使因病退役.

範例 ① This ticket can't be used—it's **invalid**. 這張票失效不能用了.
② I'd rather die than to be an **invalid** for the rest of my life. 我寧願死也不願病懨懨地度過餘生.
③ Mr. Green was **invalided** out of the navy. 格林先生因病從海軍退役.

複數 **invalids**

活用 v. **invalids**, **invalided**, **invalided**, **invaliding**

invalidate [ɪn`vælə͵det] v. 使無效：The will was **invalidated** by the lack of the signatures of two witnesses. 那份遺囑由於沒有兩個證人連署簽名而被認為無效.

活用 v. **invalidates**, **invalidated**, **invalidated**, **invalidating**

invalidation [ɪn͵vælə`deʃən] n. 無效，失效.

***invaluable** [ɪn`væljəbl] adj. 無價的，非常寶貴的.

範例 The museum has an **invaluable** collection of paintings. 那座美術館收藏許多價值連城的畫作.

His advice was **invaluable** to me. 他的忠告對我而言極其寶貴.

invariable [ɪn`vɛrɪəbl] adj. 不變的，固定的，恆常的：an **invariable** quantity 不變的量.

***invariably** [ɪn`vɛrɪəblɪ] adv. 不變地，恆常地，總是：It **invariably** rains when he goes fishing. 他去釣魚時總是下雨.

***invasion** [ɪn`veʒən] n. 侵略，侵入，侵犯：**invasion** of privacy 個人隱私的侵犯.

複數 **invasions**

invective [ɪn`vɛktɪv] n. 惡言謾罵，臭罵，猛烈抨擊.

複數 **invectives**

***invent** [ɪn`vɛnt] v. 發明，創造；捏造，虛構.

範例 Graham Bell **invented** the telephone. 格雷安·貝爾發明了電話.

You'd better **invent** a good excuse for being absent. 你最好捏造一個缺席的好藉口.

活用 v. **invents**, **invented**, **invented**, **inventing**

倒裝 (inversion)

【Q】如果將 You are a teacher. 句中的 you 與 are 互換成 Are you ～，就成了 Are you a teacher？ 這一疑問句。為甚麼將 you 與 are 顛倒就成了疑問句呢？

【A】「主詞」＋「動詞」＋「補語」這樣的語序在英語中是最常見的。若這一語序發生變化，就表示「要說甚麼特別、異常的事。」它包括 ① 提出問題與 ② 強調語氣兩種情況。

① Are you a teacher？ 這一句子是把 You are a teacher. 中的 are 調到句首所形成的疑問句，目的在引起對方注意，催促對方回答問題。

② 下面是強調語氣的例子：
This I study.
　這是要強調 I study this. 中的 this 時的說法。
Out he went.
　這同樣是要強調 He went out. 中的 out 時的說法。
再看下面的例子：
"I'm hungry," _____ .
(a) Tom said　(b) said Tom
(c) he said　(d) said he
畫線部分應加入 (a)-(d) 的哪一個呢？實際上加入哪一個都不妨。的確，我們經常看到加入 (b) said Tom 與 (c) he said 的例子，但也有

加入 (a) 與 (d) 的例子。
為甚麼加入 (b) said Tom 與 (c) he said 的例子較多呢？
Tom said, "I'm hungry."
這個句子是用最常見的語序「主詞」＋「動詞」＋「補語」，句中「動詞」部分通常是在中間的位置。也就是說，英語的句子容易很自然地形成「主詞」＋「動詞」＋「補語」這一語序，或者「補語」＋「動詞」＋「主詞」這樣的語序。因此，「補語」的 "I'm hungry." 如果放在句首，就成了 "I'm hungry," said Tom. 這是加入 (b) 的理由。

基於以上理由，加入 (a) 時的 "I'm hungry," Tom said. 並不多見。

但是，如果想加入 shouted 來代替 said 以強調「喊」的話，便很常見。
"I'm hungry," Tom shouted.
這樣把 shouted 放在最後的例子，如「『我肚子餓了』，湯姆喊道」與加入 (a) 的語序相同。

再看看加入 (c) 和 (d) 的句子：
(c) "I'm hungry," he said.
(d) "I'm hungry," said he.
至於為甚麼加入 (c) 常見，而加入 (d) 並不常見，這是因為音韻的關係，人稱代名詞 I, you, we, he, she, it, they 不讀重音，不適合用於句尾，所以加入 (d) 並不常見。

***invention** [ɪn`vɛnʃən] *n.* ① 發明；發明物．② 虛構，捏造．

[範例] ① The **invention** of the television has changed our daily lives. 電視機的發明改變了我們的日常生活．
Don't you think the cellular phone is a wonderful **invention**? 你不認為手機是一項很了不起的發明嗎？
Necessity is the mother of **invention**.《諺語》需要為發明之母．
② This report is full of **inventions**. 這份報告假話連篇．

[複數] **inventions**

inventive [ɪn`vɛntɪv] *adj.* 有發明才能的，富創造的．

[範例] **inventive** ability 發明的才能．
an **inventive** person 富創造的人．

[活用] *adj.* **more inventive**, **most inventive**

inventor [ɪn`vɛntɚ] *n.* 發明者．

[複數] **inventors**

inventory [`ɪnvən,tɔrɪ] *n.* ① 目錄，清單《存貨或家庭財產的一覽表》．② 存貨．
——*v.* ③ 編列存貨清單，將～編入目錄．

[複數] **inventories**

[活用] *v.* **inventories**, **inventoried**, **inventoried**, **inventorying**

inversion [ɪn`vɝʃən] *n.* 顛倒，反轉；倒裝《☞ (充電小站) (p. 669)》．

[複數] **inversions**

invert [ɪn`vɝt] *v.* 顛倒，上下倒置：The magician **inverted** the black box and took out a rabbit. 魔術師將那個黑色箱子上下倒置，然後從中抓出一隻兔子．

♦ **invérted cómmas** 【英】引號《亦作 quotation marks》．

[活用] *v.* **inverts**, **inverted**, **inverted**, **inverting**

invertebrate [ɪn`vɝtəbrɪt] *n.* 無脊椎動物．

[複數] **invertebrates**

***invest** [ɪn`vɛst] *v.* ① 投資，投入(時間或精力)．② 授予；充滿．

[範例] ① You shouldn't **invest** all your money in one company. 你不應該將所有的錢投資在一家公司．
He **invested** his time in writing a novel. 他把自己的時間都花在寫小說上．
② The ambassador was **invested** with full powers. 那位大使被授予全權．
The professor was **invested** with an air of dignity. 那位教授看起來很有威嚴．

[活用] *v.* **invests**, **invested**, **invested**, **investing**

***investigate** [ɪn`vɛstə,get] *v.* 調查：The police **investigated** the kidnapping. 警方調查那起綁架事件．

[活用] *v.* **investigates**, **investigated**,

*__investigation__ [ɪnˏvɛstəˋgeʃən] n. 調查: The police made a close __investigation__ of the cause of the accident. 警方對那件意外事故的原因做了詳細的調查.
[複數] __investigations__

__investigator__ [ɪnˋvɛstəˏgetɚ] n. 調查者, 審查官員.
[複數] __investigators__

__investiture__ [ɪnˋvɛstətʃɚ] n. 授予儀式, 就職儀式, 即位儀式: The __investiture__ of the new Emperor was full of ancient tradition. 新天皇的即位儀式充滿古老的傳統色彩.
[複數] __investitures__

__investment__ [ɪnˋvɛstmənt] n. 投資; 投資的金額; 投資對象.
[範例] The laws need to be changed to encourage __investment__ by the private sector. 法律有必要修改, 以鼓勵民間企業的投資.
Rosie made an __investment__ of \$5,000 in the new company. 羅西投資了5,000美元於那家新公司.
Defense contractors wouldn't be a good __investment__ now with all these cutbacks in military spending. 如果軍事預算被這樣削減的話, 軍需企業就不再是好的投資對象.
[複數] __investments__

__investor__ [ɪnˋvɛstɚ] n. 投資者: The __investors__ were unhappy about the stock market's performance. 那些投資者對股票市場的表現不滿意.
[複數] __investors__

__invigilate__ [ɪnˋvɪdʒəˏlet] v. 〖英〗監考.
[活用] v. __invigilates__, __invigilated__, __invigilated__, __invigilating__

__invigorate__ [ɪnˋvɪgəˏret] v. 鼓舞, 激勵: an __invigorating__ speech 鼓舞人心的演講.
[活用] v. __invigorates__, __invigorated__, __invigorated__, __invigorating__

__invincible__ [ɪnˋvɪnsəbl̩] adj. 無敵的; 難以制服的.
[範例] The country had an __invincible__ army. 那個國家過去擁有一支所向無敵的軍隊.
They were annoyed at his __invincible__ stubbornness. 他們對他的冥頑不靈感到生氣.

__invisibility__ [ˏɪnvɪzəˋbɪlətɪ] n. 看不見, 不露面, 隱匿.

*__invisible__ [ɪnˋvɪzəbl̩] adj. 看不見的, 不露面的, 隱匿的.
[範例] The peak was __invisible__ behind the clouds. 那個山峰被雲擋住了看不見.
The chief remains __invisible__ when he is busy. 主任忙碌時總是不見人影.

__invisibly__ [ɪnˋvɪzəblɪ] adv. 不露面地, 隱藏地, 看不見地.

*__invitation__ [ˏɪnvəˋteʃən] n. 招待, 邀請; 請柬, 邀請函.
[範例] Thank you for your kind __invitation__. 感謝你

們熱情招待.
They are here on the __invitation__ of the school principal. 他們是應校長的邀請來這裡.
The wedding __invitations__ will be sent out tomorrow. 結婚典禮的請柬將於明天寄出.
Wearing flashy jewelry in a bad neighborhood is an __invitation__ to muggers. 在治安不好的地方佩戴閃閃發亮的珠寶是會引來強盜的.
[複數] __invitations__

*__invite__ [ɪnˋvaɪt] v.

原義	層面	釋義	範例
招來	人	邀請, 請	①
	意見	請求, 徵求	②
	狀況, 行動	招致, 引起	③

[範例] ① Lucy __invited__ me to her party yesterday. 露西昨天邀請我去參加晚會.
Professor Taylor __invited__ his students to his home for a buffet dinner. 泰勒教授邀請學生到他家吃自助式晚餐.
Won't you __invite__ me in for a drink? 你不想請我進去喝一杯嗎?
② The President __invited__ questions from journalists after his speech. 總統在演講之後徵求記者們提問題.
③ The senator was __invited__ to take a seat on the Supreme Court, but he turned it down. 有人勸那位參議員當最高法院的法官, 但他拒絕了.
Giving away beer at the lake surely __invites__ boating accidents. 在湖邊贈送啤酒一定會造成划船事故.
Her skimpy, sexy outfit __invited__ whistles from most men who saw her. 她過於暴露, 性感的服裝使得看到她的男子都對她吹起口哨.
[活用] v. __invites__, __invited__, __invited__, __inviting__

__inviting__ [ɪnˋvaɪtɪŋ] adj. 誘人的, 吸引人的: That place didn't look too __inviting__, so we decided to stay at this lodge. 那個地方看起來不怎麼吸引人, 所以我們決定住在這個山間小屋.
[活用] adj. __more inviting__, __most inviting__

__invitingly__ [ɪnˋvaɪtɪŋlɪ] adv. 誘人地, 吸引人地: The neon signs of the bar were flickering __invitingly__. 那間酒吧的霓虹燈招牌誘惑地閃爍著.
[活用] adv. __more invitingly__, __most invitingly__

__invoice__ [ˋɪnvɔɪs] n. ① 發票; 送貨單《送貨時賣主交給買主的帳單》.
——v. ② 開發票; 開列帳單.
[複數] __invoices__
[活用] v. __invoices__, __invoiced__, __invoiced__, __invoicing__

__invoke__ [ɪnˋvok] v. ① 祈求. ② 喚起, 引起; 援用. ③ 訴諸《法律等》.
[範例] ① Phil __invoked__ God. 菲爾向上帝祈禱.

John **invoked** Mary's forgiveness. 約翰祈求瑪麗原諒。

② This music **invokes** the feeling of a bygone era. 這個音樂喚起我對過去的懷念之情。

He often **invokes** proverbs in his speech. 他經常在演說中引用諺語。

③ Most people assumed that I would **invoke** the power of the law. 大部分的人都認為我會訴諸法律。

The President **invoked** a veto. 總統行使了否決權。

〔活用〕 *v.* invokes, invoked, invoked, invoking

involuntarily [ɪn`vɑlən,tɛrəlɪ] *adv.* 不知不覺地，不由自主地；非自願地：The girl smiled **involuntarily**. 那個女孩不由自主地微笑。

****involuntary** [ɪn`vɑlən,tɛrɪ] *adj.* 不知不覺的，不由自主的；非自願的：The doctor gave an **involuntary** sigh. 醫生不由自主地嘆了一口氣。

****involve** [ɪn`vɑlv] *v.* 使捲入，牽連，涉及；專心於；包括。

〔範例〕 Don't **involve** other people in your problems. 你出了問題不要拖累別人。

The strike **involved** a lot of people. 許多人捲入這場罷工。

My brother is **involved** in politics. 我哥哥致力於政治之中。

Today many women are **involved** in decision-making. 現在許多女性都參與決策。

They have no idea of the problems **involved**. 他們根本不瞭解相關的問題。

The job **involves** a lot of traveling abroad. 那個工作需要經常到國外出差。

〔活用〕 *v.* involves, involved, involved, involving

involved [ɪn`vɑlvd] *adj.* ① 關係密切的。② 錯綜複雜的：an **involved** problem 錯綜複雜的問題。

〔活用〕 *adj.* more involved, most involved

involvement [ɪn`vɑlvmənt] *n.* 捲入，牽連；包含；關係：If the congressman's **involvement** in this gets out, he'll be finished. 如果那個國會議員與此事的牽連洩露出來，那他就完蛋了。

invulnerable [ɪn`vʌlnərəbl] *adj.* 不會受到傷害的，刀槍不入的；無懈可擊的。

〔活用〕 *adj.* more invulnerable, most invulnerable

inward [`ɪnwəd] *adj.* 〔只用於名詞前〕① 內側的，內部的，裡面的；內心的。② 向內的。
——*adv.* ③ 在內側，向內側（〔英〕inwards）。

〔範例〕 ① **inward** trouble 內部糾紛。

She couldn't suppress her **inward** happiness. 她藏不住內心的喜悅。

② an **inward** curve 向內彎。

③ The door opened **inward**. 門往內開著。

inwardly [`ɪnwədlɪ] *adv.* ① 向內，向內側。② 在心裡；在裡面。

〔範例〕 ① The line curved **inwardly**. 那條線向內彎曲。

② Look **inwardly** for the solution to your problems. 你要仔細想想該怎樣解決自己的問題。

inwards [`ɪnwədz] *adv.*〔英〕在內側，向內側。

iodine [`aɪə,daɪn] *n.* 碘《非金屬元素，符號 I》。

ion [`aɪən] *n.* 離子。
〔複數〕 ions

-ion *suff.* ～行為，～狀態《接於動詞之後構成名詞》：completion 完成；election 選舉。

IOU/I.O.U. [`aɪ`o`ju] *n.* 借據《I owe you 的發音縮略》。
〔複數〕 IOUs, I.O.U.s/IOU's, I.O.U.'s

IQ/I.Q. [`aɪ`kju]《縮略》= intelligence quotient （智商）。
〔複數〕 IQs/I.Q.s

ir- *pref.* 不～，無～，非～《in- 的變形，用於 r 開始的字》：**ir**rational 不合理的；**ir**regular 不規則的。

➡〔充電小站〕(p. 995)

irate [`aɪret] *adj.* 發怒的，生氣的。
〔活用〕 *adj.* more irate, most irate

Ireland [`aɪrlənd] *n.* ① 愛爾蘭島《位於大不列顛島西北方的島嶼。分為英屬北愛爾蘭與愛爾蘭共和國》。② 愛爾蘭《☞ 附錄「世界各國」》。

iridescent [,ɪrə`dɛsnt] *adj.* 彩虹色的，暈光色的。

iris [`aɪrɪs] *n.* ① 鳶尾《鳶尾屬植物的總稱，其特徵是莖、葉長，開黃、紫、白色的花》。② 虹膜《瞳孔 (pupil) 周圍呈黑、褐、藍、綠色等的部分》。
〔複數〕 irises

Irish [`aɪrɪʃ] *n.* ①〔the ~〕愛爾蘭人；愛爾蘭語。
——*adj.* ② 愛爾蘭的。

irk [ɝk] *v.* 使厭煩，使苦惱：It **irks** me to hear Tom grumble about his low salary. 聽到湯姆為低薪而發牢騷，我感到厭煩。

〔活用〕 *v.* irks, irked, irked, irking

irksome [`ɝksəm] *adj.* 令人厭煩的，令人苦惱的：I was given the **irksome** task of checking figures. 我被分配到那令人厭煩的核算數字工作。

〔活用〕 *adj.* more irksome, most irksome

****iron** [`aɪən] *n.* ① 鐵，鐵質《金屬元素，符號 Fe》。② 熨斗。③ 鐵桿《桿頭為金屬製的高爾夫球桿，木質的稱為 wood》。④〔~s〕手銬，腳鐐。
——*v.* ⑤ 用熨斗燙。

〔範例〕 ① Strike while the **iron** is hot.《諺語》打鐵趁熱。

Anemic people need to take **iron** supplements. 貧血患者需要補充鐵質。

a man of **iron** 意志堅強的人。

The king ruled with an **iron** fist. 那個國王實行苛政。

④ Put the prisoner in **irons**. 為犯人戴上腳鐐。

⑤ She **ironed** these trousers for me. 她為我燙這件長褲。

[片語] ***irons in the fire*** 手邊的各種工作，同時進行的各種事務。

iron out ① 用熨斗燙平。② 解決，消除: We ironed out the difficulties. 我們解決了那些難題。

[參考] 在鐵的精煉過程中，減少碳的含量所製成者稱作鋼 (steel)。

♦ **the Íron Àge** 鐵器時代《青銅器時代(the Bronze Age)之後的時代。此時武器及生產工具開始使用鐵器，軍事力量與生產力大大提升》。

the ìron cúrtain/the Ìron Cúrtain 鐵幕《比喻以前蘇聯為首的共產主義國家與西方諸國間的壁壘。1946年英國首相邱吉爾 (Winston Churchill) 在演講中用了這個詞》。

ìron gráy 灰色，鐵灰色。

[複數] **irons**

[活用] v. **irons, ironed, ironed, ironing**

ironic/ironical [aɪˋrɑnɪk(l)] adj. 諷刺的，挖苦的，反語的: It's ironic that he died the day after he won the lottery. 真是諷刺，他中了樂透彩券後第二天就死了。

[活用] adj. **more ironic, most ironic/more ironical, most ironical**

ironically [aɪˋrɑnɪklɪ] adv. 諷刺地，挖苦地，反語地: Ironically, flood water shorted out the pumps at the water works and the town had no drinking water! 真是諷刺，洪水使得自來水廠停擺，城裡因而沒有飲用水。

[活用] adv. **more ironically, most ironically**

ironmonger [ˋaɪənˏmʌŋɡɚ] n. 〖英〗五金行《〖美〗hardware dealer》。

[複數] **ironmongers**

ironmongery [ˋaɪənˏmʌŋɡərɪ] n. 〖英〗五金類《〖美〗ironware, hardware》。

*__irony__ [ˋaɪrənɪ] n. 諷刺，反諷: They gave up everything they had to escape their communist-ruled country; a few months later the government was overthrown. It's one of life's ironies. 他們拋棄所有一切逃離共產國家，且是幾個月後那個政權就被推翻了。這真是命運捉弄人啊!

[複數] **ironies**

irrational [ɪˋræʃən̩] adj. ① 無理性的；不合理的。②（數學的）無理（數）的。

[範例] ① After drinking some whiskey, the man became irrational. 喝了一些威士忌之後，那個男子失去了理性。

② an irrational number 無理數《不能以整數或分數表示的數，如圓周率 (π) 和 √2 等》。

[活用] adj. **more irrational, most irrational**

irrationally [ɪˋræʃən̩lɪ] adv. 無理性地，不合理地: John's been acting irrationally lately. What's wrong with him? 約翰最近舉止怪異，他是怎麼了?

[活用] adv. **more irrationally, most irrationally**

irreconcilable [ɪˋrɛkənˏsaɪləb̩l] adj. 不協調的，不能妥協的: The two rival parties had irreconcilable objectives. 那2個對立的政黨有截然不同的目標。

*__irregular__ [ɪˋrɛgjəlɚ] adj. 不規則的，不規律的；不整齊的。

[範例] The writer leads an irregular life. 那位作家生活不規律。

This student is irregular in his attendance. 這位學生出席不合常規。

My mother has an irregular pulse. 我母親的脈搏不規律。

My wife has irregular teeth. 我太太的牙齒不整齊。

[活用] adj. **more irregular, most irregular**

irregularity [ˏɪrɛgjəˋlærətɪ] n. ① 不規則，不規律。② 不整齊；不均勻。③ 不完備；不合法。

[範例] ① irregularities of heart rate 心律不整。

② Please take care of the irregularities in the paint job. 請將油漆不均勻的地方塗均勻。

③ There were some irregularities in his application. 他的申請文件有些不完備之處。

[複數] **irregularities**

irregularly [ɪˋrɛgjəlɚlɪ] adv. ① 不規律地，不規則地: The club meets rather irregularly. 那個俱樂部的集會時間相當不規律。② 不整齊地，不一致地。③ 不合法地，違規地。

[活用] adv. **more irregularly, most irregularly**

irrelevant [ɪˋrɛləvənt] adj. 無關的，不切題的: Your remark is irrelevant to this subject. 你的意見與這個問題無關。

irreparable [ɪˋrɛpərəb̩l] adj. 無法修復的，無法挽救的。

irreplaceable [ˏɪrɪˋplesəb̩l] adj. 不能替換的，無法取代的。

irresistible [ˏɪrɪˋzɪstəb̩l] adj. ① 無法抗拒的。② 極誘人的。

[範例] ① On a hot summer day a scoop of ice cream is an irresistible temptation. 在炎熱的夏日吃一口冰淇淋是一種無法抗拒的誘惑。

② All the men at the party found the lady irresistible. 參加晚會的男子都認為那位女士具有一種極誘人的魅力。

[活用] adj. **more irresistible, most irresistible**

irrespective [ˏɪrɪˋspɛktɪv] adj. 無關的；不考慮的: You can enter this contest irrespective of age and sex. 這種比賽男女老少都可以參加。

irresponsibility [ˏɪrɪˏspɑnsəˋbɪlətɪ] n. 不負責任。

irresponsible [ˏɪrɪˋspɑnsəb̩l] adj. 無責任感的，不負責任的: It is irresponsible of her to leave a baby alone in the car so long a time. 她真是不負責任，竟然把嬰兒單獨留在車上這麼久。

[活用] adj. **more irresponsible, most irresponsible**

irreverence [ɪˋrɛvərəns] n. 不敬，無禮。

充電小站

is，am，are/was，were＋to＋原形動詞

【Q】〈be＋to 不定詞〉表示預定、義務、可能、命運、意圖、目的等．為甚麼可以表示這麼多意思呢? 例如: I am to leave for London this coming Saturday. 這句話是表示預定，為甚麼就不能表示義務或命運呢?

【A】〈be＋to 不定詞〉其中的〈be〉其實是〈is，am，are/was，were〉，〈to 不定詞〉其實是〈to＋原形動詞〉．因此才以〈is，am，are/was，were＋to＋原形動詞〉為標題．

接著，我們來看問題中的句子:

(1) I am to leave for London this coming Saturday.

這句話的意思可以依以下思路來考慮:

(a) I (我) → am (如以下的狀態) → to leave (朝著離開所在地的方向) → for London (以倫敦為目標) → this coming Saturday (這個星期六)．

將以上意思歸納如下:

(b) 我，這個星期六，以倫敦為目標，朝著離開所在地的方向 (我這個星期六要去倫敦)．

以上說明中的「朝著～方向」由 to leave 的 to 表示，這個 to 與

(2) I walk to school. (我走路去學校) 的 to 一樣．

這是因為 (2) 的意思分析如下:

(c) I (我) → walk (步行去) → to school (朝學校的方向)．

接著再看一下問題中的「義務和命運」．因為 (1) 可以說是「預定去倫敦」，所以可作為表示「預定」的句子．但是假設 (1) 的說話者心裡想的是「我並不想去，但是不得已」或「沒辦法，因為別人要我去」的話，則 (1) 表示「義務」或「命運」．

〈is，am，are/was，were＋to＋原形動詞〉確實表示預定、義務、可能、命運、意圖、目的等，如果不考慮說話者是在甚麼情況下說這句話，就無法確定到底他要表達甚麼意思．另外，重要的不是對預定、義務、可能、命運、意圖、目的等加以分類，而是去理解他在說甚麼．掌握這種理解的關鍵在於那個 to. 請參照下面 (3)-(9) 的例子．

(3) You are to finish your homework before dinner.

You → are (如以下的狀態) → to finish your homework (朝著做完家庭作業的方向) →

before dinner (在晚餐之前). (必須做完家庭作業)

(4) No stars were to be seen in the sky.

No stars (沒有星星) → were (已經出現以下的狀態) → to be seen (朝著可以看見的方向) → in the sky (在空中). (連一顆星星也沒看見)

(5) We are not to leave this room before the police finish examining the scene of the crime.

We → are → not to leave this room (朝著不離開這個房間的方向) → before the police finish examining the scene of the crime (在警察結束犯罪現場的調查之前). (不許離開這個房間)

(6) The letter was to tell me that their company had gone bankrupt.

The letter (那封信) → was → to tell me (朝著告知我的方向) → that their company had gone bankrupt (他們公司倒閉一事). (那封信實際上是一封通知我他們公司倒閉的信)

(7) If you are to master English，you should read an English newspaper every day.

If → you → are → to master English (朝著學會英語的方向) → you should read an English newspaper every day (你每天都必須看英文報紙). (如果你要學會英文)

(8) I was to have left for London the day before yesterday.

I → was (已經出現以下的狀態) → to have left (朝著已經離開現在所在地的方向) → for London (以倫敦為目標) → the day before yesterday (前天). (我前天原本應該出發去倫敦)

was to have left 為「朝著已經離開現在所在地的方向」，這句話如果換一個說法則表示「已經離開現在所在地，現在原本應該不在這裡」的心情．

(9) If I were to ask for his advice，what would he say?

If → I → were → to ask for his advice (朝著徵求他的忠告的方向) → what would he say? (他會說些甚麼呢?) (如果請他給與忠告的話)

這句話以 if 開始的子句中的〈主詞〉儘管是 I，但動詞卻用 were (而不是 am 或 was). were 表示假設，to ask for his advice 等情況並未發生．不管〈主詞〉是第幾人稱，假設用法時動詞都要用 were.

---

irreverent [ɪˋrɛvərənt] adj. 不敬的，無禮的.
活用 adj. **more irreverent**，**most irreverent**
irreverently [ɪˋrɛvərəntlɪ] adv. 不敬地，無禮地.
活用 adv. **more irreverently**，**most irreverently**
irrevocable [ɪˋrɛvəkəbl] adj. 不能取消的，不可變更的.

irrigate [ˋɪrəˏget] v. ① 引水注入 (土地)，灌溉: We are going to build canals to **irrigate** that valley. 我們計畫築一條溝渠來灌溉那個山谷. ② 沖洗 (傷口等).
活用 v. **irrigates**，**irrigated**，**irrigated**，**irrigating**
irrigation [ˏɪrəˋgeʃən] n. ① 灌溉: The only way you could farm here is with **irrigation**. 要

在這裡耕作的唯一辦法就是進行灌溉. ② 沖洗.

irritability [ˌɪrətə`bɪlətɪ] *n.* ① 性急；易怒. ② 易受刺激.

irritable [`ɪrətəbl] *adj.* ① 易怒的；急躁的："Be quick!" Tom shouted in an **irritable** voice. 湯姆以煩躁的聲音喊道「快點!」② 易受刺激的；過敏的.

活用 *adj.* **more irritable, most irritable**

*__**irritate**__ [`ɪrə,tet] *v.* ① 使煩躁；激怒. ② 刺激（皮膚等）；使刺痛.

範例 ① Your arrogant way of speaking **irritates** me. 你傲慢的口氣激怒我.

② Nettles can **irritate** your skin. 蕁蔴令你的皮膚刺激.

活用 *v.* **irritates, irritated, irritated, irritating**

irritation [ˌɪrə`teʃən] *n.* ① 焦躁；惱怒. ② 疼痛.

範例 ① I waited for Tom with **irritation**. 我焦急地等著湯姆.

② Heavy smoke causes eye and throat **irritation**. 濃煙燻得我眼睛與喉嚨疼痛.

複數 **irritations**

†**is** [ɪz] *aux.*《be 的第三人稱單數現在式》.

原義	層面	用法	範例
存在	狀態	接名詞、形容詞等	①
	持續	接現在分詞	②
	表示被動	接過去分詞	③
	即將發生	接 to＋原形動詞	④

範例 ① The white crow **is** on that tree. 那隻白烏鴉在那棵樹上.

There **is** a calculator in this watch. 這只手錶有計算機的功能.

The earth **is** round. 地球是圓的.

Jane **is** a waitress. She **is** always very busy at lunchtime. 珍是個女服務生，午餐時間她總是很忙.

"**Is** this a boiled egg?" "Yes, it **is**."「這顆蛋是白煮蛋嗎?」「是的，它是.」

② My grandfather **is** studying Chinese. 我的祖父正在學中文.

That pupil's always daydreaming. He never listens to the teacher. 那個小學生總是在做白日夢，他從來不聽老師的話.

The thief said to himself, "The dog **isn't** sleeping. Watch your step." 那個小偷自言自語地說:「狗還沒有睡，得留心腳步.」

③ Fish **is** often eaten raw in Japan. 在日本，人們常吃生魚片.

This car **is** driven by solar power. 這輛汽車是用太陽能驅動的.

"**Is** French spoken in Canada?" "Yes, it **is**."

「在加拿大有人說法語嗎?」「是的，有人說.」

The teacher **is** not loved by every student in the class. 那位老師並沒有受到班上所有學生的愛戴.

④ John **is** to meet his ex-wife and daughter at this time tomorrow. 約翰明天這個時候要去探望他的前妻和女兒.

When **is** he to go to South Africa? 他甚麼時候要去南非?

☞ **was**

➡ 充電小站 (p. 673)

-ish *suff.* ① 具有～特性的，像～似的《構成形容詞》: child**ish** 像孩子似的；fool**ish** 愚笨的. ② 關於～的，屬於～的《構成形容詞》: Engl**ish** 英國的；英語的.

Islam [`ɪsləm] *n.* ① 伊斯蘭教. ② 伊斯蘭教徒《總稱》；伊斯蘭教國家.

發音 亦作 [ɪs`lɑm].

Islamic [ɪs`læmɪk] *adj.* 伊斯蘭教（徒）的.

發音 亦作 [ɪs`lɑmɪk].

*__**island**__ [`aɪlənd] *n.* ① 島嶼. ②（街道的）安全島《亦作 traffic island；﹝美﹞ safety island》.

範例 ① There is a small **island** in the lake. 那個湖中有一個小島.

The Japanese **Islands** 日本群島.

Central Park is an **island** of trees and grass in the middle of Manhattan. 中央公園是個長滿樹木和青草的綠色之島，位於曼哈頓中心地帶.

複數 **islands**

[island]

*__**isle**__ [aɪl] *n.*（詩文中的）島，小島: the **Isle** of Man 曼島.

複數 **isles**

islet [`aɪlɪt] *n.* 小島.

複數 **islets**

-ism *suff.* ① ～主義，～學說: social**ism** 社會主義；Darwin**ism** 達爾文學說. ② ～行為，～狀態，～作用: hero**ism** 英雄行為；alcohol**ism** 酒精中毒. ③ ～特性，～特徵: American**ism** 美式語法. ④ ～歧視: rac**ism** 種族歧視；sex**ism** 性別歧視.

†**isn't** [`ɪznt]《縮略》= is not: It's Tuesday, **isn't** it? 今天是星期二，不是嗎?

*__**isolate**__ [`aɪs,et] *v.* 使孤立，使分離，隔離.

範例 The town was **isolated** by flooding from torrential rain. 豪雨帶來的洪水使得那個城鎮與外界隔絕.

The oldest boy was **isolated** from the others because he was a bad influence. 因為怕那個年紀最大的男孩對其他人產生不良影響，我

們把他隔開了．
There was a controversy over who first **isolated** the AIDS virus. 誰是第一個把愛滋病毒分離出來的人，仍然備受爭議．

[活用] *v.* **isolates**, **isolated**, **isolated**, **isolating**

isolation [ˏaɪsḷˋeʃən] *n.* 孤立，隔離，分離；（電的）絕緣：My grandmother lives in complete **isolation**. 我的祖母過著與世隔絕的生活．

isosceles [aɪˋsɑsḷˏiz] *adj.*（數學的）等腰的．
♦ is**ò**sceles tr**í**angle 等腰三角形．

isotope [ˋaɪsəˏtop] *n.*（物理、化學的）同位素．
[複數] **isotopes**

Israel [ˋɪzrɪəl] *n.* 以色列《☞ 附錄「世界各國」》．

Israeli [ɪzˋrelɪ] *n.* ① 以色列人．
——*adj.* ② 以色列的．

**issue [ˋɪʃʊ] *n.* ① 流出，冒出；流出物．② 發行；發行物；分配，分發．③ 結果，結局．④ 問題，論點，議題．
——*v.* ⑤ 流出，冒出；產生，發生 (from). ⑥ 發行；分配，發放．

[範例] ① an **issue** of blood from the nose 流鼻血．
② The **issue** of a new edition of this dictionary is approaching. 這部辭典的新版本即將發行．
They hoped for an emergency **issue** of food to the war victims. 他們希望能緊急發放食物給戰爭的受害者．
Do you have last week's **issue** of this magazine? 你有上週發行的這本雜誌嗎？
③ The battle decided the **issue** of the war. 那場戰役決定了戰爭的結果．
④ There is only enough time to consider the most important **issues**. 剩餘的時間只夠用來考慮最重要的問題．
The environment is at **issue** everywhere in the world. 環境在世界各地都成了主要議題．
I thought the **issue** of equal pay for equal work was settled. 我以為同工同酬的問題已經解決了．
⑤ Smoke and flames **issued** from the burning house. 煙和火焰從那棟失火的房子中冒出來．
His difficulties with his work **issue** from his lack of experience. 他在工作上遭遇到的問題都是因為缺乏經驗所產生的．
⑥ This office **issues** driving licenses. 這個政府機關負責核發駕照．
The soldiers were **issued** with uniforms. 士兵們有配給制服．

[片語] **at issue** 爭論中的，成為問題的．(⇨ [範例] ④)
take issue with 與～爭論，對～持異議．

[活用] *v.* **issues**, **issued**, **issued**, **issuing**

-ist *suff.* 從事～的人，與～有關的人，～主義者：novel**ist** 小說家；pian**ist** 鋼琴家；social**ist** 社會主義者．

*isthmus [ˋɪsməs] *n.* 地峽《海洋中連接兩大陸地之狹小部分》：the **Isthmus** of Panama 巴拿

馬地峽．
[複數] **isthmuses**

†**it** [ɪt] *pron.*《人稱代名詞，第三人稱單數的中性主格及受格》．

層面	所指示的具體內容	釋義	範例
已經說過的事	單數的動物、人、事、物	牠，它	①
之後敘述的事	單數的事、物		②
	to ～ for ～ to... ～ing		③
	that... what*...	《作虛主詞》	④
	It is ～ that**...《強調～的部分》		⑤
	It seems*** ～ that...		⑥
天氣、時間、距離等		《作虛主詞》	⑦

——*n.* ⑧（捉迷藏等的）鬼．⑨ 重要的人〔物〕．
*what 之外，亦可用 who, which, where, when, how.
**that 之外，亦可用 who, which.
***seems 之外，亦可用 appears, happens, chances, follows.

[範例] ① "Whose new car is that?" "**It**'s Mr. White's."「那輛新車是誰的?」「它是懷特先生的.」
I tried to give some food to the dog, but **it** bit me. 我想給那隻狗東西吃，可是牠卻咬我．
"Who is it?" "**It**'s me. Open up."「是誰?」「是我，快開門.」
Tom sneaked out of the room, but no one noticed **it**. 湯姆偷偷溜出房間，可是沒有人注意到．
② **It**'s delicious, this coffee. 這咖啡真香!
It may sound strange, but he was talking to himself with his eyes closed. 真是奇怪，他閉著眼睛自言自語．
③ I found **it** difficult to solve the problem. 我發現要解決這個問題很難．
It is natural for a bird to fly. 鳥生來就會飛．
It is no use crying over spilt milk.《諺語》覆水難收．
④ **It** was believed that the earth was flat. 人們曾經認為地球是平的．
I took **it** for granted that she would come to the party. 我想她當然會來參加晚會．
It doesn't matter where he goes. 他去哪裡並不重要．
⑤ **It** is this book that I have long wanted. 這就是我長久以來一直想要的書．
It is you who are to blame. 錯的是你．
⑥ **It** seems that she has been ill. 她好像生病

了.

It appears that Tom will win the championship. 看樣子湯姆應該會贏得冠軍.

It happened that he was absent from school yesterday. 碰巧他昨天沒來上學.

⑦ **It**'s going to rain. 快要下雨了.

"What time is **it**?" "**It**'s 10:40." 「幾點了?」「10點40分.」

"How far is **it** from here to your house?" 「從這裡到你家有多遠?」

Italian [ɪ`tæljən] *n.* ① 義大利人, 義大利語.

——*adj.* ② 義大利的; 義大利人〔語〕的.

複數 **Italians**

italic [ɪ`tælɪk] *adj.* ① (字) 斜體的.

——*n.* ② 斜體字〔用於強調字句或表示書籍、雜誌及報紙名稱〕: The title of a book is usually printed in **italics**. 書名通常用斜體字印刷.

➡ 充電小站 (p. 677)

Italy [`ɪtlɪ] *n.* 義大利 (☞ 附錄「世界各國」).

itch [ɪtʃ] *n.* ① 癢, 發癢. ② 渴望.

——*v.* ③ 發癢. ④ 渴望.

範例 ① He had an **itch** on his back. 他的背部很癢.

② I have an **itch** to go to the Middle East. 我很想去中東.

③ Jim's neck **itched**. 吉姆的脖子發癢.

④ The boy is **itching** to play the piano. 那個男孩很想彈鋼琴.

複數 **itches**

活用 *v.* **itches, itched, itched, itching**

itchy [`ɪtʃɪ] *adj.* 發癢的; 渴望的: My back is **itchy**. 我的背很癢.

活用 *adj.* **itchier, itchiest**

it'd [`ɪtəd] 《縮略》= ① it would. ② it had.

範例 ① The man said **it'd** be raining soon. 那個男子說很快就會下兩了.

② **It'd** been raining all day. 一整天都在下雨.

*__item__ [`aɪtəm] *n.* ① 項目, 條款, 細目. ② (報紙、電視等的一則) 新聞, 報導: a column of local **items** 地方新聞版.

複數 **items**

itemize [`aɪtəm͵aɪz] *v.* 逐條記錄, 詳細列舉: an **itemized** bill 詳細列舉的帳單.

參考【英】 itemise.

活用 *v.* **itemizes, itemized, itemized, itemizing**

itinerant [aɪ`tɪnərənt] *adj.* 〔只用於名詞前〕巡迴的, 流動的: an **itinerant** library 流動圖書館.

itinerary [aɪ`tɪnə͵rɛrɪ] *n.* 旅程, 旅行計畫.

複數 **itineraries**

it'll [`ɪtl] 《縮略》= it will: **It'll** rain tomorrow. 明天會下雨.

†**its** [ɪts] *pron.* 它的, 牠的 (it 的所有格).

範例 The old chair lost one of **its** legs. 那把舊椅子缺了一隻腳.

The baby was crying at the top of **its** lungs. 那個嬰兒放聲大哭.

†**it's** [ɪts] 《縮略》= ① it is. ② it has.

範例 ① **It's** snowing now. 現在正在下雪.

② **It's** stopped raining, hasn't it? 兩已經停了吧?

†**itself** [ɪt`sɛlf] *pron.* 它本身, 牠本身 (it 的反身代名詞).

範例 The work **itself** was not difficult. 那個工作本身並不難.

Ann is honesty **itself**. 安是一個相當誠實的人.

The cat washed **itself** with its paws. 那隻貓自己用爪子清潔身體.

The baby monkey looked at **itself** in the water. 那隻幼猴看著自己映在水面上的身影.

Our cat is not **itself** today. 我家的貓今天有點失常.

片語 ***by itself*** 獨自地 (亦作 of itself): The door opened **by itself**. 門自己開了.

in itself 本身: Our very existence is a miracle **in itself**. 我們的存在就是一個奇蹟.

複數 **themselves**

ITU [`aɪ`ti`ju] 《縮略》= International Telecommunication Union (國際電信聯盟).

-ity *suff.* ～性質, ～狀態: absurd**ity** 不合理; pur**ity** 純粹.

IUD [`aɪ`ju`di] 《縮略》= intrauterine device (避孕裝置).

參考 放入子宮內的避孕器具; 亦作 IUCD (intrauterine contraceptive device).

複數 **IUD's/IUDs**

†**I've** [aɪv] 《縮略》= I have.

範例 **I've** been there before. 我以前曾去過那裡.

I've lots of money. 我有很多錢.

*__ivory__ [`aɪvrɪ] *n.* ① 象牙 (海狗、河馬等的) 長牙; ② 象牙色, 乳白色.

範例 ① It's forbidden to trade in **ivory**. 禁止買賣象牙.

He has a large collection of **ivories**. 他收藏了許多象牙製品.

② This tie will go well with your **ivory** suit. 這條領帶正好搭配你的象牙色套裝.

♦ **ivory tówer** 象牙塔 (指遠離現實、與世隔絕的生活狀態).

複數 **ivories**

Ivory Coast [͵aɪvrɪ`kost] *n.* 象牙海岸 (☞ 附錄「世界各國」).

*__ivy__ [`aɪvɪ] *n.* 常春藤 (一種常綠的藤蔓植物, 常用作外牆的裝飾).

♦ **the Ívy Léague** 常春藤聯盟 (美國東北部著名私立大學聯盟. 歷年來以其歷史、傳統、學生素質、社會地位等引以自豪, 此聯盟包括 Brown, Columbia, Cornell, Dartmouth, Harvard, Pennsylvania, Princeton, Yale 等8所大學).

-ize *suff.* 使成為～, 使～化 (構成動詞): civil**ize** 使文明化; American**ize** 使美國化.

參考【英】 -ise.

斜體 (italic type)

Hansel: Quickly! Get more sticks. Throw them on the fire. We'll make a cookie out of her.

Hansel and Gretel: (Dancing around the oven) We have caught the old woman! (Suddenly the oven breaks.)

Hansel: The old woman is dead! (The children in the fence open their eyes. They shout: "The old woman is dead!")

　上文是劇本，有斜體和正體2種字體。平常大家在教材等中看到的大多是正體，現在我來談一下斜體。

　首先，我來說一下它為甚麼稱作 italic。這是因為這種字體源於義大利，是由威尼齊亞的印刷工人阿爾多・瑪奴茲奧 (Aldo Manuzio) 引進到歐洲印刷業的。這種字體原是推動義大利文藝復興運動者所愛用的手寫字體。斜體之所以斜著寫，其原因尚未明瞭，一般認為是因為它書寫時方便而且美觀。

　斜體主要用於以下場合：

(1) 用於劇本的舞臺提示和登場人物。

(2) 表示書籍、戲劇、電影、音樂、期刊、報紙等名稱。

　　I have never read King Lear.

(3) 表示外來語。

　　My father is crazy about shogi.

(4) 特別強調某些字或語句。

　　This is not his book. It is mine.

(5) 為使辭典例句中的詞條更醒目。

(6) 小說中出現的信件等。

　使用沒有斜體的文字處理機時，可以用畫底線來代替斜體。

　　I have never read King Lear.

簡介字母 J 語音與語義之對應性

/j/ 在發音語音學上列為濁聲齦顎塞擦音 [dʒ]. 由於 [dʒ] 聽起來很像「嘰嘰」的聲音，因此本義為「嘰嘰喳喳」.

(1) 表示「嘰嘰喳喳、吱吱喳喳」的聲音：

jabber v. (猿猴等) 吱吱喳喳地叫；(人) 嘰哩咕嚕地說

jeer v. 譏笑，嘲笑

jibe v. 譏笑，嘲笑

jargon n. (古語) 鳥的啁啾聲；(特定職業、團體所用的) 術語，行話

(2) 嘰嘰喳喳聲象徵人聲鼎沸、歡欣鼓舞、欣喜若狂，可引申為「歡樂、喜悅」：

enjoy v. 欣賞，喜愛

joy n. 喜悅，快樂

jest n. 玩笑

joker n. 說笑話的人

jubilee n. 猶太人的五十年節；狂歡，歡樂

jubilation n. 歡欣鼓舞，慶祝活動

jaunty adj. 洋洋得意的，活潑的

jocular adj. 詼諧的，愛開玩笑的

jovial adj. 快活的，愉快的

jocose adj. 詼諧的，愛開玩笑的

jubilant adj. 喜氣洋洋的；熱鬧的

jolly adj. 愉快的

jocund adj. 歡樂的；高興的

(3) 人逢喜事、佳節、慶典難免敲鑼打鼓，發出叮噹、鏗鏘之聲，慶祝一番. 因此 /j/ 可引申為「鈴鐺、硬幣、鑰匙等碰撞時發出的叮噹聲」. 例如聖誕歌曲中的 Jingle bells, jingle bells, jingle all the way!

jingle v. (鈴、硬幣等金屬)(發出)叮噹聲或鏗鏘聲

jangle v., n. (鈴、鐘、金屬等)(發出)不和諧刺耳的聲音

jar v. 發出吱吱刺耳的聲響，發出使神經焦躁的聲音

jarring adj. (聲音)刺耳的，不和諧的

(4) 不停地發出嘰嘰喳喳或叮噹之聲，有時會引起人的神經過敏，心神不寧，甚至情緒不穩，因此 /j/ 可引申為「焦躁不安、顛簸不穩定」：

jitter v. 神經過敏，心神不寧

jolt v. 顛簸而行

jog v. (車等的)顛簸地前進；(人)慢慢地跑

jiggle v. 上下地或左右輕快地晃動

jumble v. 使混亂

jump v. 嚇了一跳

jittery adj. 神經過敏的；焦躁的

jerky adj. 顛簸的，不穩定的

jerk n. 顛簸；急推〔撞，扭，投〕；(肌肉的)痙攣

---

jab [dʒæb] v. ① 戳，刺. ② (拳擊的) 猛擊.
——n. ③ 猛戳，刺. ④ (拳擊中的) 一陣猛擊. ⑤ (口語)(英)注射.
〔範例〕Tom **jabbed** me in the back with a pencil. 湯姆用鉛筆戳我的背.
The robber **jabbed** a knife into the victim's back. 那個強盜向被害人的背部猛刺一刀.
〔活用〕v. **jabs**, **jabbed**, **jabbed**, **jabbing**
〔複數〕**jabs**

jack [dʒæk] n. ①(J~)男子名. ②(紙牌中的) J 牌，11點(亦作 knave; ☞ 充電小站)(p. 679)). ③ 千斤頂(撐起汽車等的裝置). ④ 插座.
——v. ⑤ 以千斤頂撐起.
〔範例〕① Every **Jack** has his Jill 〔Gill〕.(諺語)人各有偶.
Jack of all trades and master of none.(諺語)博而不精.
② the **jack** of hearts 紅桃 J.
⑤ You'll have to **jack** up the car and change the tire. 你要用千斤頂把車子撐起來，再換輪胎.

♦ **jáck-in-the-bòx**(嚇人的)玩偶匣.
jàck-of-áll-trades 博而不精的人.
jáck-o'-làntern(雕成人面狀的)南瓜燈籠(萬聖節前夕(Halloween)用以裝飾的燈籠).
jáck ràbbit 長耳大野兔(生長在北美西部，耳朵與後腳特長).
➡ 充電小站 (p. 181)
〔複數〕**jacks**
〔活用〕v. **jacks**, **jacked**, **jacked**, **jacking**

jackal [ˋdʒækəl] n. 豺，胡狼(生長在亞洲、非洲等的犬科動物).
〔複數〕**jackals**

*****jacket** [ˋdʒækɪt] n. ① 夾克，短上衣. ②(美)唱片封套((英) sleeve). ③(書的)護套(亦作 book jacket, dust jacket). ④(機器等的)覆罩. ⑤(馬鈴薯的)皮：potatoes boiled in their **jackets** 連皮煮的馬鈴薯.
〔複數〕**jackets**

jackknife [ˋdʒæk͵naɪf] n. ① 大型摺刀. ② 屈體跳水，摺刀式跳水.
〔複數〕**jackknives**

充電小站

紙牌中的 Jack

【Q】紙牌中,有用數字表示的紙牌,如2到10,也有用英文字母表示的紙牌,如 A、K、Q、J. A 是指 Ace、K 為 King、Q 為 Queen、J 為 Jack. 的確 K 與 Q 的紙牌上分別繪有國王與皇后的像,但 J 則是 Jack,難道紙牌中的那4張 J 均是姓名為 Jack 的人嗎?

此外,請把 Ace 的意義也作一下說明.

【A】首先說明一下紙牌的幾個用語. 一副紙牌稱作 a pack,是由52張牌構成,有 Hearts、Spades、Diamonds、Clubs 4種花色. 相同的花色稱作 a suit,有13張牌. 紙牌遊戲有時用4 suits的52張牌玩,有時也加上 Joker(鬼牌)用53張牌玩.

紙牌遊戲中,有使用「王牌」這種遊戲. 所謂的「王牌」就是指其中某一組 suit 被認定比其他三組 suits 強. 例如,若認定 clubs 為王牌,那麼即使是梅花2(the 2 of Clubs)也比方塊 A(the Ace of Diamonds)或紅桃老 K(the King of Hearts)強.

▶ Knave

實際上 J 牌稱作 Knave,又稱 Jack,但正式名稱為 Knave,表示「惡棍,無賴」之意,黑桃 J 作 the Knave of Spades.

始於17世紀的紙牌遊戲中,有一種稱作「四門獎(all-fours)」的紙牌遊戲,這種遊戲把王牌的 Knave 稱作 Jack. 例如,決定 Diamonds 為王牌時,就將 the Knave of Diamonds 稱作 Jack.

但後來不知從何時開始,不管是不是王牌,都將 Knave 稱作 Jack. 所以方塊 J 也稱作 the Jack of Diamonds.

另外,古時候的紙牌上沒有 K、Q、J 等字母. 在紙牌中繪有國王等圖像的牌為「花牌」,英語作 court card(直譯為宮廷牌),而繪在花牌上的人物請參考 ☞ 充電小站 (p. 181)「紙牌

(cards) 中的人物」.

▶ 紙牌和王牌

中文作「撲克牌」,但英語作 playing cards(紙牌,撲克牌),亦可簡稱為 cards. 一副(撲克)牌作 a pack of playing cards.

那麼,「撲克牌」究竟為何物呢? 實際上是指「王牌」,在英語中王牌稱作 trump,因此用英語表達「紅桃是王牌」,則為 Hearts are trumps.

此外,trump 是由 triumphant(勝利的)這個字衍生而來的.

▶ Ace

下面解釋一下 Ace,這個字是由拉丁語中的 as 演變而成的,原為「單位」、「個體」等意,也就是「1」之意. 因此紙牌中的 A,不管是紅桃還是黑桃,只繪有一個圖案.

進而從「1」引申到「只有一個」,再引申到「特別優秀的」之意. 例如,「他是一流的網球選手」為 He is an ace tennis player.

▶ Jack 與 John

Sue、Susie、Susan 等為 Susannah 的暱稱. 同樣,Jack 為 John 的暱稱. 不過,Sue、Susie 或 Susan 是 Susannah 的縮略,這一點你應該能察覺出. 但是,John 與 Jack 就有點不同,特別是 ck 的地方其實在令人費解,下面就來說明一下:

(1) 將表示「小的」之意的 kin 加於 John 之後形成 Johnkin.
(2) Johnkin 變成 Jankin.
(3) Jankin 中前面的 n 消失而變成 Jakin.
(4) Jakin 中的 in 消失而變成 Jak.
(5) Jak 有時被拼成 Jakke,但 [k] 的發音用 ck 來表示,即成 Jack.

剛才提到 kin 表示「小的」之意,例如,manikin(侏儒),manikin 為 "man+i+kin",指「矮子,侏儒」.

---

jackpot [`dʒæk͵pat] n. ① 累積的賭注; 累加的獎金. ② 大筆收入; 巨額獎金: hit the **jackpot** 贏得大筆獎金.

參考 ①「累積賭注」指撲克牌遊戲中,持有一對 J 或更棒的牌之前所累積的賭注.「累加的獎金」指在競賽或智力比賽中,正確答案出現之前所增加的獎金.

複數 **jackpots**

Jacob [`dʒekəb] n. ① 男子名. ② 雅各《聖經》中的人物).

jade [dʒed] n. ① 翡翠,玉《一種質地堅韌的寶石,適合用於雕刻,琢磨後會閃閃發亮》. ② 翠綠色.

複數 **jades**

jaded [`dʒedɪd] adj. 精疲力竭的; 厭倦的.

活用 adj. **more jaded**, **most jaded**

jagged [`dʒægɪd] adj. 鋸齒狀的: a **jagged** line 鋸齒狀的線.

活用 adj. **more jagged**, **most jagged**

jaguar [`dʒægwɑr] n. 美洲虎《美洲大陸最大的貓科動物,類似豹,為黃褐色帶有黑色斑紋》.

複數 **jaguars**

***jail** [dʒel] n. ① 監獄,拘留所,看守所.
—— v. ② 監禁,拘留,逮捕(人)入獄.
範例 ① The Tower of London was once used as a **jail**. 倫敦塔曾經是監獄.
② The old man was **jailed** for six months. 那個老人被監禁了6個月.
參考 《英》gaol.
複數 **jails**
活用 v. **jails**, **jailed**, **jailed**, **jailing**

jailer/jailor [`dʒelɚ] n. 看守,獄卒: A jailer who is in charge of a prison or prisoners is called a **jailer**. 管理監獄和犯人者稱作獄卒.
參考 《英》gaoler.
複數 **jailers/jailors**

jam [dʒæm] n. ① 果醬. ② 阻塞,擁擠. ③ 困境.
—— v. ④ 使擠滿,使阻塞. ⑤ 夾住,壓碎. ⑥

（使）卡住．⑦ 干擾，妨礙（廣播、通訊等）．

[範例] ① spread apple **jam** on bread 把蘋果醬塗在麵包上．

② We were caught in the traffic **jam**．我們遇上了交通阻塞．

③ We are in a **jam**．我們陷入困境之中．

④ Crowds of people were **jamming** the streets. 街上擠滿了人群．

⑤ Jack **jammed** his hand in the door．傑克的手被門夾住了．

⑥ The typewriter keys are **jammed**．打字機的字鍵卡住了．

⑦ Someone **jammed** the radio signal．無線電訊號受到干擾．

[片語] **be in a jam** 陷入困境．（⇨ [範例] ③）

[複數] **jams**

[活用] v. **jams**，**jammed**，**jammed**，**jamming**

James [dʒemz] n. 男子名《暱稱 Jim》．

Jan./Jan（縮略）=January（1月）．

Jane [dʒen] n. 女子名《暱稱 Janet，Jenny，Jennie》．

jangle [`dʒæŋgl] v. ①（鈴、金屬等）發出鏗鏘聲．② 使焦躁不安．

——n. ③（鈴、金屬等的）鏗鏘聲，刺耳的聲音．

[範例] ① A normal alarm clock won't wake me up. I need one with a loud, **jangling** bell． 一般的鬧鐘叫不醒我，我需要一個聲音響亮刺耳的．

② The sheer hypocrisy of their position **jangled** everyone's nerves. 他們十足的偽善態度使大家都神經極度緊張．

[活用] v. **jangles**，**jangled**，**jangled**，**jangling**

janitor [`dʒænɪtə] n. 〖美〗（學校、公寓等的）管理員《〖英〗caretaker》．

[複數] **janitors**

January [`dʒænjʊ͵ɛrɪ] n. 1月《略作 Jan.》．

[範例] We have snow in **January**．我們這裡1月會下雪．

We celebrate New Year's on **January** 1．我們在1月1日慶祝新年．《January 1讀作 January first 或 January the first》

➡ [充電小站] (p. 817)

Japan [dʒə`pæn] n. 日本《☞ 附錄「世界各國」》．

Japanese [͵dʒæpə`niz] n. ① 日語．② 日本人．

——adj. ③ 日本的．

jar [dʒɑr] n. ①（廣口）瓶，罐，甕．② 一瓶的量．③ 刺耳的聲音．④（精神上的）刺激．⑤ 不一致，衝突．

——v. ⑥ 發出刺耳的聲響，使嘎嘎作響．⑦（使人）感到不快，（對神經等）刺激；撞傷．⑧（意見等）不一致，（顏色）不調和（with）．

[範例] ① She put the jam into large **jars**．她把果醬倒入大的廣口瓶．

② a **jar** of liver paste 一瓶豬肝醬．

④ The news was a **jar** to me．那個消息對我而言是個刺激．

⑥ I can't stand that **jarring** sound．我無法忍受那種刺耳的聲音．《jarring 作形容詞用》

⑦ His voice **jarred** on my ear．他的聲音使我耳朵受不了．

I fell off my chair and **jarred** my elbow．我從椅子上摔下來，撞傷了手肘．

⑧ This color **jars** with its surroundings．這個顏色與周圍不調和．

[複數] **jars**

[活用] v. **jars**，**jarred**，**jarred**，**jarring**

jargon [`dʒɑrgən] n. 行話，術語，專業用語： medical **jargon** 醫學術語．

jasmine [`dʒæsmɪn] n. 茉莉《木犀科植物，花香濃郁》．

[複數] **jasmines**

jaundice [`dʒɔndɪs] n. ①（醫學上的）黃疸．② 偏見，嫉妒．

jaunt [dʒɔnt] n. 短程外出遊覽，短程旅行．

[複數] **jaunts**

jauntily [`dʒɔntɪlɪ] adv. 愉快地，喜洋洋地，活潑地．

[活用] adv. **more jauntily**，**most jauntily**

jaunty [`dʒɔntɪ] adj. 愉快的，喜洋洋的，活潑的： Tom walked towards me with a **jaunty** air. 湯姆輕快地向我走來．

[活用] adj. **jauntier**，**jauntiest**

javelin [`dʒævlɪn] n. ①（比賽用的）標槍．②〔the ~〕擲標槍《田徑運動，亦作 the javelin throw》．

[複數] **javelins**

*__jaw__ [dʒɔ] n. ①（上或下的）顎．②〔~s〕（山谷、水道等的）狹窄入口．③〔~s〕（老虎鉗等的）鉗口．

[範例] ① the upper **jaw** 上顎．

the lower **jaw** 下顎．

② the **jaws** of a cave 洞穴的入口．

③ the **jaws** of the nail clippers 指甲剪的刃．

A vise has a fixed **jaw** and a movable **jaw**．老虎鉗有固定式鉗口與可動式鉗口．

[片語] **~'s jaw drops**（驚訝得）張口結舌： His **jaw dropped** in surprise．他驚訝得張口結舌．

[複數] **jaws**

jay [dʒe] n. 樫鳥《烏鴉科，發「喳喳」的尖叫聲，有時也會模仿其他鳥類的叫聲》．

[複數] **jays**

jaywalk [`dʒe͵wɔk] v. 不遵守交通規則任意穿越馬路．

[活用] v. **jaywalks**，**jaywalked**，**jaywalked**，**jaywalking**

[jay]

jazz [dʒæz] n. ① 爵士樂；爵士舞．

——v. ② 演奏爵士樂；跳爵士舞．③《口語》使有活力，使光彩奪目．

[範例] ① a **jazz** band 爵士樂隊．

J

③ Why don't you **jazz** up this room with vivid colors? 你為甚麼不用鮮豔的顏色來裝飾這個房間呢?

[片語] **and all that jazz** 諸如此類，等等.

jazz up 使有活力; 以鮮豔顏色大加裝飾. (⇨ [範例] ③)

[參考] 爵士樂是由美國黑人音樂演變而成的一種音樂，據說產生於19世紀末路易斯安那州 (Louisiana) 的紐奧良.

[活用] v. **jazzes**, **jazzed**, **jazzed**, **jazzing**

jazzy [`dʒæzɪ] adj. ① 有爵士樂風格的. ② 花俏的，華而不實的.

[範例] ① The orchestra played some **jazzy** numbers. 那個管弦樂團演奏了幾首爵士風格的曲子.

② I don't like Judy's **jazzy** dress. 我不喜歡茱蒂身上花俏的衣服.

[活用] adj. **jazzier**, **jazziest**

*__**jealous**__ [`dʒɛləs] adj. ① 愛吃醋的，嫉妒的. ② 小心的，十分注意的.

[範例] ① Mary's husband is very **jealous**. 瑪麗的丈夫非常愛吃醋.

Are you **jealous** of my success? 你嫉妒我的成功嗎?

② I kept a **jealous** eye on my jewel box throughout the voyage. 在航海旅程中，我十分注意地看守著我的珠寶盒.

[活用] adj. **more jealous**, **most jealous**

jealously [`dʒɛləslɪ] adv. ① 愛吃醋地，嫉妒地. ② 小心地，警戒地.

[範例] ① She looked at me **jealously**. 她嫉妒地看了我一眼.

② The old man guarded his bottle **jealously**. 那個老人小心看守著他的酒瓶.

[活用] adv. **more jealously**, **most jealously**

*__**jealousy**__ [`dʒɛləsɪ] n. ① 嫉妒，吃醋: He showed great **jealousy** of their success. 他對他們的成功非常嫉妒. ② 小心謹慎，警惕.

[複數] **jealousies**

jeans [dʒinz] n. 〔作複數〕牛仔裝，牛仔褲.

[參考] 依 Genes 的讀音拼成，是 jean fustian 的簡稱，用這種產自熱那亞的斜紋布縫製的褲子，俗稱牛仔裝.

jeep [dʒip] n. 吉普車《馬力強大的小型4輪驅動車》. [參考] 源於1941年美式英語，由 G.P. 兩個簡寫字母的讀音而來，意指 general-purpose vehicle (萬用車).

[複數] **jeeps**

*__**jeer**__ [dʒɪr] v. ① 嘲笑，嘲弄.

——n. ② 嘲笑，嘲弄.

[範例] ① The crowd **jeered** at the arrested policeman. 群眾嘲笑那個被逮捕的警察.

The candidate was **jeered** as soon as he appeared on the balcony. 那位候選人剛出現在陽臺上就馬上被嘲笑.

② Hey, pretty good, John! At least you didn't get any **jeers** this time. 嘿! 約翰，相當不錯! 至少這一次你沒被嘲笑.

[活用] v. **jeers**, **jeered**, **jeered**, **jeering**

[複數] **jeers**

Jehovah [dʒɪ`hovə] n. 耶和華《舊約聖經》中的上帝).

*__**jelly**__ [`dʒɛlɪ] n. ① 膠狀物. ② 果凍.

[複數] **jellies**

jellyfish [`dʒɛlɪ͵fɪʃ] n. 水母.

[字源] jelly (膠狀物)+fish (魚).

[複數] **jellyfish/jellyfishes**

jeopardize [`dʒɛpəd͵aɪz] v. 危及，使置身險境: Let's not **jeopardize** the good relations we have with our neighbors. 我們不要危及與鄰居的友好關係.

[參考]《英》jeopardise.

[活用] v. **jeopardizes**, **jeopardized**, **jeopardized**, **jeopardizing**

jeopardy [`dʒɛpədɪ] n. 危險: Our security is in **jeopardy**. 我們的安全處於危險之中.

*__**jerk**__ [dʒɜ·k] v. ① 急拉〔推，撞，扭，投〕，猛然晃動.

——n. ② 猛然一動;（醫學上的）反射;〔~s〕（肌肉的）痙攣. ③（粗重的）挺舉.

[範例] ① He **jerked** the fishing rod back and got a salmon. 他急拉魚竿，釣到一條鮭魚.

The train **jerked** to a stop. 那列火車突然晃動幾下就停下來了.

② The bus stopped with a **jerk**. 那班公車突然搖晃一下就停住了.

physical **jerks** 體操.《幽默語》

knee **jerk** 膝蓋反射.

[活用] v. **jerks**, **jerked**, **jerked**, **jerking**

jerky [`dʒɜ·kɪ] adj. 笨拙的; 猛然晃動的，痙攣性的; 顛簸的，不平穩的.

[範例] Many of my beginner art students paint with **jerky** brush strokes. 我有許多剛開始學畫的學生筆法很笨拙.

Her **jerky** movements are a sign of nervousness. 她忽然晃動的動作是她緊張的表現.

[活用] adj. **jerkier**, **jerkiest**

jersey [`dʒɜ·zɪ] n. ① 針織布料《用細毛線針織而成，具有伸縮性的布料). ②（女子）針織緊身內衣; 緊身運動衫.

[複數] **jerseys**

Jerusalem [dʒə`rusələm] n. 耶路撒冷《位於以色列和約旦的邊境上，為猶太教、基督教、伊斯蘭教的聖地).

*__**jest**__ [dʒɛst] n. ① 玩笑，俏皮話.

——v. ② 開玩笑，嘲弄.

[片語] **in jest** 開玩笑地: He said that **in jest**. 他開玩笑地說那話.

[複數] **jests**

[活用] v. **jests**, **jested**, **jested**, **jesting**

jester [`dʒɛstə·] n.（中世紀王侯、貴族的）弄臣; 開玩笑的人.

[複數] **jesters**

Jesuit [`dʒɛʒʊɪt] n. 耶穌會教士《屬於羅馬天主教的耶穌會 (Society of Jesus) 修士).

[複數] **Jesuits**

Jesus [`dʒizəs] n. ① 耶穌，耶穌・基督.

——*interj.* ② 我的天呀《表示焦急、憤怒、驚訝等情緒》．

♦ the Socìety of Jésus 耶穌會《羅馬天主教教會之一，1534年創立，致力於傳道和教育，但極力反對宗教改革運動》．

*jet [dʒɛt] *n.* ① 噴出，噴出物． ② 噴射口． ③ 噴射機． ④ 黑玉《一種烏黑細密的煤，琢磨後會有光澤，用作裝飾》． ⑤ 深黑色，烏黑色．
——*v.* ⑥ 噴出． ⑦ 搭乘噴射機旅行．

[範例] ① That fountain sends up a **jet** of water high in the air. 那座噴泉將水高高地噴向天空．
② Something was wrong with the gas **jet**. 瓦斯的噴口有點問題．
③ We traveled by **jet**. 我們搭乘噴射機旅行．
⑥ Oil **jetted** from underground. 石油從地下噴出．
⑦ He constantly **jets** around the world. 他常常搭乘噴射機環遊世界．

♦ jèt éngine 噴射引擎．
jét làg 飛行生理時差．
jèt pláne 噴射機．
jèt propúlsion 噴射推進．
jèt sèt 噴射機階層《搭乘噴射機往來世界各地的有錢人》．
jét strèam 噴射氣流《對流層頂颺的高速偏西風》．

[活用] *v.* jets, jetted, jetted, jetting

jet-black [ˋdʒɛtˋblæk] *adj.* 烏黑的，黑得發亮的：**jet-black** hair 烏黑的頭髮．

jettison [ˋdʒɛtəsn] *v.* (船舶、飛機等在緊急情況下) 把 (裝載的貨物) 拋棄，把～作為廢物捨棄．

[活用] *v.* jettisons, jettisoned, jettisoned, jettisoning

jetty [ˋdʒɛtɪ] *n.* 防波堤，碼頭．

[複數] jetties

Jew [dʒu] *n.* 猶太人，希伯來人《信仰猶太教的人》．

[參考] 因為聽起來有輕蔑的感覺，所以還是用 Jewish person 或 Jewish people 較好．此外，「猶太人 (全體)」作 the Jewish people．

[複數] Jews

*jewel [ˋdʒuəl] *n.* ① 寶石，鑲寶石的飾物． ② 貴重的人或物，寶貝．

[範例] ① I don't want just a plain gold ring—it has to have a **jewel** in it. 我不想要沒有裝飾的金戒指，它必須鑲有寶石．
② "What do you think of your new secretary?" "She's a **jewel**." 「你新來的祕書怎麼樣？」「她很棒 (＝她是個寶貝)．」

[複數] jewels

jeweler [ˋdʒuələ] *n.* 珠寶商《經營首飾、鐘錶》《[英] jeweller》．

[複數] jewelers

jeweller [ˋdʒuələ] ＝*n.* [美] jeweler.

jewellery [ˋdʒuəlrɪ] ＝*n.* [美] jewelry.

jewelry [ˋdʒuəlrɪ] *n.* 珠寶 (飾品)《jewel 指的是一顆寶石，而 jewelry 則泛稱所有寶石；[英] jewellery》．

Jewish [ˋdʒuɪʃ] *adj.* ① 猶太人的．
——*n.* ② 猶太人．

jib [dʒɪb] *n.* ① (起重機的) 懸臂《用以懸吊貨物》． ② 船首三角帆《飄揚在桅杆前方的三角帆》．
——*v.* ③ 躊躇，退縮不前 (at)： The woman **jibbed** at using the new machine. 那個婦女對於使用新機器畏縮不前．

[複數] jibs

[活用] *v.* jibs, jibbed, jibbed, jibbing

jiffy [ˋdʒɪfɪ] *n.* 一會兒，瞬間．

[範例] She'll be back in a **jiffy**. 她馬上就回來．
I'll be ready in a couple of **jiffies**. 再過一會兒我就準備好了．

[複數] jiffies

jig [dʒɪg] *n.* ① 捷格舞《起源於英國的一種輕快舞蹈、舞曲，16-17世紀間流行於歐洲》．
——*v.* ② 跳捷格舞． ③ 上下激烈地抖動．

[複數] jigs

[活用] *v.* jigs, jigged, jigged, jigging

jigsaw [ˋdʒɪgˏsɔ] *n.* ① 鋼絲鋸． ② 拼圖遊戲《亦作 jigsaw puzzle》．

[複數] jigsaws

jilt [dʒɪlt] *v.* 拋棄，遺棄 (情人或未婚夫)．

[活用] *v.* jilts, jilted, jilted, jilting

Jim [dʒɪm] *n.* 男子名《James 的暱稱》．

jingle [ˋdʒɪŋgl] *v.* ① (使) 發出叮噹聲．
——*n.* ② (鈴鐺、硬幣、鑰匙等碰撞時發出的) 叮噹聲． ③ (音韻鏗鏘的) 詩歌，廣告歌．

[範例] ① I heard the sleigh bells **jingling**. 我聽見雪車的鈴在叮噹地響．
David **jingled** the bell to get the cat's attention. 大衛把鈴弄得叮噹作響以吸引那隻貓的注意．
② My father came into the house with the **jingle** of keys in his pocket. 我父親走進家門，口袋裡的鑰匙叮噹作響．
③ Tom is very good at making **jingles**. 湯姆非常擅長作詩歌．

[活用] *v.* jingles, jingled, jingled, jingling

[複數] jingles

jinx [dʒɪŋks] *n.* ① 凶煞，惡運，不祥之物〔人〕： There must be a **jinx** on this house. 這棟房子裡一定有凶煞．
——*v.* ② 使 (人) 倒楣，帶來惡運．

[複數] jinxes

[活用] *v.* jinxes, jinxed, jinxed, jinxing

Jnr (縮略) ＝Junior《[英] 加於姓氏之後表示「子，二世」》．

Job [dʒob] *n.* ① 約伯《以堅信上帝而聞名的希伯來族長》． ② 約伯記《《舊約聖經》中的一書》．

*job [dʒɑb] *n.* ① 職業，工作，零工． ② 工作的成果，(特指品質佳的) 產品．

[範例] ① I have a **job** in a shop. 我在商店裡工作．
Thousands of workers lost their **jobs** when the

factory closed. 那家工廠關閉使得數千個工人失業.

My husband has been out of a **job** for weeks. 我先生已經失業好幾個星期了.

Joe likes doing odd **jobs** around the house. 喬喜歡在家附近打零工.

Perhaps forming a new coalition was a harder **job** than he imagined. 組成新聯合政權這個工作恐怕比他想像的還要艱難.

It's the **job** of a judge to make impartial decisions. 作出公正的判決是裁判的職責.

The doctor said this new medicine would do the **job** nicely. 醫生說這種新藥效果很不錯.

Look at that rain. It's a good **job** they postponed the picnic. 你看那場雨, 幸好他們把野餐延期了.

Look! When there's nothing you can do about it you just have to grit your teeth and make the best of a bad **job**. 注意, 當你走投無路的時候, 你要咬緊牙關去克服困難.

After an hour we realized we were wasting our time and gave it up as a bad **job**. 1小時後, 我們發覺我們只是在浪費時間, 於是放棄了那白費力氣的工作.

Hurry and make a quick **job** of it—dinner's at six o'clock. 趕緊把它做完, 6點要吃晚飯.

"Can I speak with Mr. Smith?" "Sorry, he's on the **job** now." 「我可以和史密斯先生說話嗎?」「對不起, 他現在正在工作.」

② This new briefcase of yours is a nice little **job**. Where did you get it? 你這個新的公事包真是優良產品, 你在哪裡買的?

Thanks for the cold medicine. It was just the **job** for getting a good night's rest. 謝謝你的感冒藥, 它使我整個晚上都睡得很好.

〔片語〕 ***a bad job*** 不可能的事; 吃力不討好的事. (⇨ 〔範例〕①)

a good job 幸運的事. (⇨ 〔範例〕①)

do the job 起作用, 有效果. (⇨ 〔範例〕①)

give up ~ as a bad job 已無能為力了. (⇨ 〔範例〕①)

just the job 正是需要的東西. (⇨ 〔範例〕②)

make a good (quick) job of 出色 (趕緊) 地做完. (⇨ 〔範例〕①)

make the best of a bad job 在難有可為的情況下盡力為之. (⇨ 〔範例〕①)

on the job ① 上任, 就職: He's new **on the job**. 他剛上任. ② 工作中. (⇨ 〔範例〕①)

out of a job 失業. (⇨ 〔範例〕①)《亦作 out of work》

〔複數〕 **jobs**

jobless [`dʒɑblɪs] *adj.* 失業的.

〔範例〕 I've been **jobless** for these two years. 這兩年來我一直處於失業狀態.

The number of the **jobless** has been increasing these two years. 這兩年來失業人數不斷在增加.

jockey [`dʒɑkɪ] *n.* (賽馬的) 騎師.

〔複數〕 **jockeys**

Joe [dʒo] *n.* 男子名《Joseph 的暱稱》.

jog [dʒɑg] *v.* ① 輕碰, 輕推; 喚起 (記憶). ② 緩慢地前進. ③ 慢跑.
——*n.* ④ 輕撞〔搖, 推〕. ⑤ 慢跑.

〔範例〕 ① The dog **jogged** my arm and made me ruin my calligraphy. 那隻狗輕輕碰了我的手臂, 我的書法作品就毀了.

He played the song to **jog** my memory. 他演奏那首歌來喚起我的記憶.

② The carriage **jogged** down the rough road. 那輛馬車在崎嶇的道路上慢慢地前進.

Let matters **jog** along. 讓事情自然發展.

③ I always go **jogging** in the park before breakfast. 我總是在早餐前去公園慢跑.

④ If Stan starts snoring, just give him a little **jog** to make him stop. 如果史坦開始打呼, 只要輕輕推他一下就會停止.

⑤ go for a **jog** in the park 去公園慢跑.

〔片語〕 ***jog ~'s memory*** 喚起 (某人的) 記憶.

〔活用〕 *v.* **jogs**, **jogged**, **jogged**, **jogging**
〔複數〕 **jogs**

John [dʒɑn] *n.* ① 男子名《暱稱 Johnny, Jack》. ② 聖約翰《耶穌12使徒之一》. ③ 施洗者約翰.

➡ 〔充電小站〕 (p. 685), (p. 687)

*join [dʒɔɪn] *v.* ① (藉婚姻, 友情等) 使人結合, 合併在一起, 連接; 連接; (河床, 道路等) 匯流, 相會. ② 加入, 參加 (團體, 組織等).

〔範例〕 ① The two companies **joined** together to form one company. 那兩家公司合併成一家.

On a beautiful summer day the two were finally **joined** in marriage. 在一個晴朗宜人的夏日, 那兩個人終於結為夫妻.

The Missouri River **joins** the Mississippi River near St. Louis. 密蘇里河在聖路易附近與密西西比河匯流.

She **joined** the two ends of the rope. 她把繩子的兩端連接起來.

Taiwan Taoyuan International Airport is **joined** to Taipei by freeway. 高速公路將桃園機場與臺北連接起來.

He **joined** one pipe to another correctly. 他正確地把一根管子連接到另一根上.

② The singer **joined** the contest. 那位歌手參加了比賽.

The politician **joined** the new party. 那名政客加入新的政黨.

She **joined** us to wash the car. 她和我們一起洗車.

She never **joins** in with us. 她絕不會加入我們的行列.

〔活用〕 *v.* **joins**, **joined**, **joined**, **joining**

joiner [`dʒɔɪnɚ] *n.* ①《英》木匠, 木工 (製作門窗等室內木造結構部分的工匠);《美》carpenter). ②《口語》喜歡參加各種社團活動的人.

〔複數〕 **joiners**

joinery [`dʒɔɪnərɪ] *n.* 木工行業〔工藝, 製品〕.

joint [dʒɔɪnt] *n.* ① 接頭，接合處；關節. ②〖英〗大塊肉，帶骨的大塊肉. ③〖口語〗(下等) 酒吧. ④ 大麻捲菸.
——*adj.* ⑤〔只用於名詞前〕共同的，聯合的.
——*v.* ⑥ 接合. ⑦(從關節處將肉) 切成大塊肉.
〖範例〗① This pipe **joint** should be replaced. 這根管子的接合處要換一下.
The tissue around the elbow **joint** is inflamed. 肘關節周圍的組織發炎.
The player put his shoulder out of **joint**. 那位運動員的肩膀脫臼了.
⑤ **joint** authors 合著者.
a **joint** statement 聯合聲明.
〖片語〗 **out of joint** ① 脫節的，(指關節) 脫臼的. (⇨〖範例〗①) ② 混亂的.
♦ **joint stock** 合資，共同股份.
〖複數〗 **joints**
〖活用〗 *v.* **joints**，**jointed**，**jointed**，**jointing**

jointly [`dʒɔɪntlɪ] *adv.* 共同地，聯合地: This tunnel was built **jointly** by the two countries. 這條隧道是由那兩個國家共同建造而成的.

joist [dʒɔɪst] *n.* 托樑；地板的秣木《支托地板或屋頂的橫木》.
〖複數〗 **joists**

*****joke** [dʒok] *n.* ① 玩笑，笑話，戲謔. ② 笑柄，玩笑的對象.
——*v.* ③ 開玩笑；嘲弄，戲弄.
〖範例〗① It's no **joke** that Jeffry got fired. 傑佛瑞被解雇的事並非玩笑.
a practical **joke** 惡作劇.
He made a **joke** about marriage. 他拿婚姻開玩笑.
② Everyone regards his attempt as a **joke**. 大家都認為他的企圖荒唐可笑.
③ I'm only **joking**. 我只是開開玩笑而已.
〖片語〗 **can't take a joke** 開不起玩笑.
joking aside 言歸正傳.
make a joke 開玩笑，講笑話. (⇨〖範例〗①)
You must be joking. 你一定是在開玩笑吧!
〖複數〗 **jokes**
〖活用〗 *v.* **jokes**，**joked**，**joked**，**joking**

joker [`dʒokɚ] *n.* ① 喜歡開玩笑的人. ②(紙牌中的) 百搭，萬能牌.
〖複數〗 **jokers**

jokingly [`dʒokɪŋlɪ] *adv.* 開玩笑地.
〖活用〗 *adv.* **more jokingly**，**most jokingly**

*****jolly** [`dʒɑlɪ] *adj.* ① 快樂的，快活的，愉快的. ②〖英〗非常地.
——*v.* ③(用好言好語) 哄，使高興.
〖範例〗① Tom is a **jolly** fellow. 湯姆是一個快樂的人.
We had a **jolly** picnic at the riverside. 我們在河邊愉快地野餐.
② It was a **jolly** nice party, Mrs. Brown. 布朗太太，那是一個非常棒的晚會.
③ We **jollied** Jack into dancing with the beautiful lady. 我們哄得傑克跟那位漂亮的女

士跳舞.
I didn't feel like going but Tom **jollied** me along. 我並不想去，但湯姆一直哄我去.
〖片語〗 ***jolly ~ along***(用好話) 使(人) 高興，使起勁. (⇨〖範例〗③)
♦ the **Jolly Róger** 海盜旗.
〖活用〗 *adj.* **jollier**，**jolliest**
〖活用〗 *v.* **jollies**，**jollied**，**jollied**，**jollying**

[the Jolly Roger]

jolt [dʒolt] *v.* ①(車等) 顛簸而行 (along)，劇烈搖動. ② 使震驚.
——*n.* ③ 顛簸，劇烈搖動. ④ 震驚.
〖範例〗① The carriage **jolted** along the bumpy mountain road. 那輛馬車沿著崎嶇不平的山路顛簸前進.
The earthquake **jolted** him awake. 那場地震使他驚醒.
② You cannot help but be **jolted** by the change in his character. 你對於他性格的改變一定會感到震驚.
③ They felt a short series of **jolts** as the jet touched down. 那架噴射機著陸時，他們突然感覺到一連串的搖晃.
④ His sudden anger gave her quite a **jolt**. 他突然的發怒使她大吃一驚.
〖活用〗 *v.* **jolts**，**jolted**，**jolted**，**jolting**
〖複數〗 **jolts**

Jones [dʒonz] *n.* 瓊斯《與 Smith 均為英美兩國最大眾化的姓氏》.

Joseph [`dʒozəf] *n.* ① 男子名《暱稱 Joe》. ② 約瑟《修行者工匠，聖母瑪麗亞的丈夫》.

jostle [`dʒɑsl] *v.* ①(用肘) 推擠，推撞: The players were **jostled** by an angry crowd as they left the field. 當那些運動員離開比賽場地時被憤怒的觀眾推擠. ② 競爭，爭奪.
〖活用〗 *v.* **jostles**，**jostled**，**jostled**，**jostling**

jot [dʒɑt] *n.* ① 少量；些微《通常用於否定句》.
——*v.* ② 匆匆記下，略記 (down).
〖範例〗① There is not a **jot** of sincerity in his voice. 他的話毫無誠意.
② He **jotted** down her phone number. 他匆匆記下她的電話號碼.
〖片語〗 **not a jot** 一點也不. (⇨〖範例〗①)
〖活用〗 *v.* **jots**，**jotted**，**jotted**，**jotting**

*****journal** [`dʒɝnl] *n.* ① 日報；學術性定期刊物〔雜誌〕. ② 日記，日誌.
〖範例〗① a weekly **journal** 週刊.
a scientific **journal** 科學雜誌.
② a ship's **journal** 航海日誌.
〖複數〗 **journals**

*****journalism** [`dʒɝnl͵ɪzəm] *n.* 新聞學；新聞(雜誌) 界；報刊或雜誌的通俗文章.

journalist [`dʒɝnl͵ɪst] *n.* 新聞工作者，新聞記者；記日記者.
〖複數〗 **journalists**

journalistic [͵dʒɝnl`ɪstɪk] *adj.* 新聞工作的，新聞報導的，報章雜誌的.

名字裡所含的意義

【Q】中國人的名字，如「武」含有「勇猛，堅強」等意義，那麼英美的人名裡也有含意嗎?

【A】英美的人名裡也有含意，下面列舉一些例子:

男子名

Andrew	男子漢、武士之意.
Charles	自由人 (free man) 之意.
Edward	守財之物之意，自古就有的盎格魯撒遜人的姓名.
George	耕地者或農夫之意.
Henry	在故鄉擁有權勢者、統治故鄉者之意.
John	上帝大發慈悲之意.
Michael	誰像上帝 (Who is like God?) 之意，源自天主教會大天使之名.
Paul	拉丁語中 small 之意.
Peter	希臘語中岩石之意.
Philip	希臘語中的愛馬者（philein 愛＋hippos 馬）.
Thomas	希臘語中雙胞胎之意.
William	意志 (wil)＋頭盔 (helm)，由日耳曼人傳到英格蘭的名字，可能是武士的意志像頭盔那樣堅硬之意吧.

女子名

Alice	原為 Adelaide, adal (noble)＋heid (kind) 之意.
Ann	源自希伯來語 Hanna，上帝賜與我們孩子之意，亦作 Anne 或 Anna.
Elizabeth	上帝是我們的心願之意，被認為是由 Elisheba 和希伯來語 shabbath (Sabbath, 安息日) 的後半部拼寫而成的，亦作 Elisabeth.
Helen	源自希臘神話中斯巴達國王 Menelaus 之妻 Helene，據說是一位絕代佳人. 在希臘語中表示燦爛的陽光之意.
Jane	John 的陰性，Joan 和 Jean 也是 John 的陰性，源自古法語 Jeanne，意義與 John 相同.
Katherine	源自希臘語 Katharos (純真的)，有數種拼法，如 Katharine, Catherine, Catharine, Kathryn, Cathryn 等，而同字源的 Karen 是從丹麥語傳入美國.
Margaret	源自希伯來語 pearl (珍珠) 之意.
Mary	原為 Miriam，希伯來語中表示 rebellion (叛逆) 之意. 不過也有源自 beloved (被愛的人) 的說法. 這個名字是最受喜愛的女子名，包括英語在內，許多歐洲的語言中都使用拉丁語形的 Maria.
Susanna	源自希伯來語 shoshan, lily (百合) 之意，現在亦有 rose (玫瑰) 之意，亦作 Susannah 或 Suzanna，英語化後變成 Susan.

*__journey__ [ˋdʒɝnɪ] _n._ ① (長途陸上的) 旅行《短途旅行作 jaunt》，旅程.
——_v._ ②《正式》旅行.
範例 ① My wife went on a **journey** to India. 我太太去印度旅行了.
He made a month's **journey** to Mexico. 他到墨西哥旅行1個月.
He broke his **journey** at Tokyo. 他中途在東京停留了一夜.
片語 __break ~'s journey (at)__ 中途逗留. (⇒ 範例①)
複數 __journeys__
活用 _v._ __journeys, journeyed, journeyed, journeying__

__joust__ [dʒaʊst] _v._ (中世紀騎士的) 馬上長槍比武，參加比賽.
活用 _v._ __jousts, jousted, jousted, jousting__

__jovial__ [ˋdʒovjəl] _adj._ 愉快的，快活的: My uncle talked in a **jovial** voice. 我伯父以快活的語調講話.
字源 拉丁語 Joviālis (木星的)，在古代占星術中，認為木星 (Jupiter) 是快活之源.
活用 _adj._ __more jovial, most jovial__

__joviality__ [ˌdʒovɪˋælətɪ] _n._ 愉快，高興，快活.

__jovially__ [ˋdʒovjəlɪ] _adv._ 快活地，愉快地.

活用 _adv._ __more jovially, most jovially__

__jowl__ [dʒaʊl] _n._ 顎，下顎，顎骨.
複數 __jowls__

*__joy__ [dʒɔɪ] _n._ ① (非常強烈的) 高興，喜悅. ② 成功.
範例 ① We leapt for **joy**. 我們高興得跳起來.
It's a great **joy** to hear that you passed the exam. 聽到你通過考試，真是高興.
We have shared many **joys** and sorrows with each other over the years. 在過去這幾年，我們彼此同甘共苦.
At last, to my great **joy**, I saw land in the distance. 最令我高興的是，我終於看到遠處的陸地.
The fans were wild with **joy** over the victory of the baseball team. 球迷們對那支棒球隊的勝利欣喜若狂.
片語 __for joy__ 因為喜悅. (⇒ 範例①)
__share the joys and sorrows of life__ 同甘共苦. (⇒ 範例①)
__to ~'s great joy__ 令人特別高興的是. (⇒ 範例①)
☞ _v._ rejoice
複數 __joys__

*__joyful__ [ˋdʒɔɪfəl] _adj._ 充滿喜悅的，令人高興的，

歡喜的: We've got **joyful** news. 我們得到了喜訊.

[活用] *adj.* **more joyful, most joyful**

joyfully [`dʒɔɪfəlɪ] *adv.* 充滿喜悅地, 高興地.

[活用] *adv.* **more joyfully, most joyfully**

joyous [`dʒɔɪəs] *adj.* 《正式》充滿喜悅的.

[活用] *adj.* **more joyous, most joyous**

joyously [`dʒɔɪəslɪ] *adv.* 充滿喜悅地, 高興地.

[活用] *adv.* **more joyously, most joyously**

J.P. [,dʒe`pi] 《縮略》= Justice of the Peace (治安法官).

Jr./Jr 《縮略》= Junior 《美》加於姓氏之後表示「子, 二世」之意).

jubilant [`dʒubələnt] *adj.* 歡欣鼓舞的: **Jubilant** cheers erupted from the crowd when they heard the news. 當群眾聽到那個消息時發出一陣歡欣鼓舞的喝采.

[活用] *adj.* **more jubilant, most jubilant**

jubilantly [,dʒubləntlɪ] *adv.* 歡欣鼓舞地, 興高采烈地: The princess was welcomed **jubilantly**. 公主受到熱烈地歡迎.

[活用] *adv.* **more jubilantly, most jubilantly**

jubilation [,dʒubl`eʃən] *n.* 喜悅, 歡欣: The artist expresses the **jubilation** of being liberated in this painting. 在這幅畫當中, 畫家描繪出被解放的喜悅.

[複數] **jubilations**

jubilee [`dʒubl,i] *n.* (結婚等的) 50 [25] 週年紀念; (古代猶太人的) 50年節. [範例] a silver **jubilee** 25週年紀念.

a golden **jubilee** 50週年紀念.

[複數] **jubilees**

Judah [`dʒudə] *n.* 男子名.

Judaism [`dʒudɪ,ɪzəm] *n.* 猶太教, 猶太的文化、社會和宗教信仰.

Judas [`dʒudəs] *n.* 猶大 (耶穌12使徒之一, 因貪圖金錢而將耶穌出賣給羅馬的當權者).

judge [dʒʌdʒ] *n.* ① 法官, 審判官. ②(辯論、演講、運動會比賽等的) 評審員, 裁判員, (糾紛等的) 仲裁者. ③(美術品、酒等的) 鑑賞家, 鑑定家.

—— *v.* ④ 判斷. ⑤ 鑑定, 識別. ⑥ 判決, 審判. [範例] ① The **judge** sentenced him to 6 months' imprisonment. 法官判他監禁6個月.

② The teacher was asked to be a **judge** in the speech contest. 那位老師受到邀請擔任那場演講比賽的評審.

③ I'm no **judge** of wine. 我對鑑定葡萄酒一竅不通.

④ We shouldn't **judge** people by their appearances. 我們不應該以貌取人.

As far as I can **judge**, he won't be able to pass the examination. 依我的判斷, 他無法通過那次考試.

Judging from the look on his face, it didn't go well. 根據他的臉色來看, 那件事進行得不順利.

⑤ Is your brother going to **judge** the cows at the county fair? 你弟弟將在家畜展示比賽會鑑定

⑥ The court **judged** him (to be) guilty. 法庭判他有罪.

[片語] **be no judge of** 不能鑑定. (⇨ [範例] ③)

to judge by ~/judging from ~ 根據~作出判斷, 由~觀之. (⇨ [範例] ④)

[複數] **judges**

[活用] *v.* **judges, judged, judged, judging**

*****judgement/judgment** [`dʒʌdʒmənt] *n.* ① 判斷(力), 意見, 看法, 裁判. ② 判決, 裁判.

[範例] ① His decision displayed his excellent **judgment**. 他的抉擇顯示出他極佳的判斷力.

A quick **judgment** won't be possible. 不可能馬上作出批評.

In my **judgment**, we should give up the plan. 依我的看法, 我們應該放棄那個計畫.

② He passed **judgment** on the defendant. 他對那位被告作出了判決.

[片語] **against ~'s better judgment** 明知不可取地.

pass judgment on 對~作出判斷, 對~作出判決. (⇨ [範例] ②)

sit in judgment on 審判; 下判斷: You have no right to **sit in judgment on** her. 你沒有權利審判她.

♦ **Júdgment Dày** 最後審判日 《上帝作出最後審判之日; 在基督教中「最後審判」(the Last Judgment) 為世界末日耶穌再次現身世上來審判全人類之教義, 亦作 the Day of Judgment).

[複數] **judgements/judgments**

*****judicial** [dʒu`dɪʃəl] *adj.* 〔只用於名詞前〕司法的, 審判的.

[範例] the **Judicial** Yuan (中華民國的) 司法院.

judicial power 司法權.

judicially [dʒu`dɪʃəlɪ] *adv.* 司法上, 審判上.

judiciary [dʒu`dɪʃɪ,ɛrɪ] *adj.* ① 司法的. —— *n.* ② 司法部, 司法制度. ③〔the ~〕法官《集合名詞》.

[複數] **judiciaries**

*****judicious** [dʒu`dɪʃəs] *adj.* 明智的, 審慎的: It would be **judicious** not to tell him. 不告訴他是明智的.

[活用] *adj.* **more judicious, most judicious**

judiciously [dʒu`dɪʃəslɪ] *adv.* 明智地, 審慎地.

[活用] *adv.* **more judiciously, most judiciously**

jug [dʒʌg] *n.* ①《美》罐, 壺 《罐口小、腹大且帶柄的容器》. ②《英》(廣口帶柄的) 水壺 《美》 pitcher). ③ 一壺之量.

[jug]

[範例] ① She carried a milk **jug** into the kitchen. 她把牛奶壺拿到廚房.

② The girl was carrying an oddly shaped **jug**. 那

歐洲人的姓名

作曲家約翰・史特勞斯及歌劇《唐・喬凡尼》的名字大家都知道吧! 另外, 俄羅斯的民間故事《傻瓜伊凡》也很有名, 其實, 「約翰」、「喬凡尼」和「伊凡」等名字均與英語中的 John 同字源. 在歐洲所使用的人名中, 諸如此類字源相同而拼寫與發音不同的名字為數不少. 現在將具有代表性的名字列為一覽表如下:

英語	John 約翰	Peter 彼德	Robert 羅伯特	Charles 查爾斯	Richard 理查	Mark 馬克	Henry 亨利
法語	Jean 金	Pierre 皮埃爾	Robert 羅貝爾	Charles 查爾斯	Richard 里卡爾	Marc 馬克	Henri 亨利
德語	Johann 約翰	Peter 彼德	Ruprecht 魯普希特	Karl 卡爾	Richard 理查	Mark 馬克	Heinrich 海因里希
西班牙語	Juan 胡安	Pedro 佩德羅	Roberto 羅伯托	Carlos 卡洛斯	Ricardo 里卡多	Marco 馬爾科	Enrique 恩里克
義大利語	Giovanni 喬凡尼	Pietro 彼德羅	Roberto 羅伯托	Carlo 卡洛	Ricardo 里卡爾多	Marco 馬爾科	Enrico 恩里克
俄語	Ivan 伊凡	Pyotr 彼德	Robert 羅伯特	Karl 卡爾	Richard 理查	Mark 馬克	Genrikh 亨利希

英語	Paul 保羅	Philip 菲利普	James 詹姆斯	Catherine 凱瑟琳	Elizabeth 伊莉莎白	Mary 瑪麗	Jane 珍
法語	Paul 保羅	Philipp 菲利普	Jacque 雅克	Catherine 卡特琳	Elisabeth 伊莉莎白	Marie 瑪麗	Jeanne 琴娜
德語	Paul 保羅	Phillipp 菲利普	Jacob 雅各	Katharina 卡塔琳娜	Elisabeth 伊莉莎白	Maria 瑪麗亞	Johanna 喬漢娜
西班牙語	Pablo 巴勃羅	Felipe 費利佩	Jaime 海梅	Catalina 卡塔麗娜	Isabel 伊莎貝爾	Maria 瑪麗亞	Juana 胡安娜
義大利語	Pàolo 保羅	Filippo 菲利波	Giàcomo 賈科莫	Caterina 卡蒂麗娜	Elisabètta 伊莉莎白	Maria 瑪麗亞	Giovanna 喬凡娜
俄語	Pavel 巴維爾	Filipp 菲利普	Yakov 雅科夫	Ekaterina 伊凱婕琳娜	Yelizaveta 伊莉莎白	Mariya 瑪麗亞	Ioanna 約安娜

個女孩提著一個形狀怪異的水壺.
③ He fell down and spilt a **jug** of beer. 他跌了一跤把一罐啤酒打翻了.
[複數] **jugs**

juggernaut [`dʒʌgɚ‚nɔt] *n.* ① (比喻上的) 世界主宰. ② 具毀滅性的事物, 使人盲目崇拜和犧牲的事物.
[複數] **juggernauts**

juggle [`dʒʌgl] *v.* ① 玩雜耍 (with) 《同時拋接數個球、數把小刀等》. ②欺騙; 篡改; 動手腳.
[範例] ① She **juggled** with three balls. 她拋接3個球.
② The finance committee **juggled** the figures in order to support the President's plan. 財務委員會為了支持總裁的計畫而在數字上動了手腳.
[活用] *v.* **juggles, juggled, juggled, juggling**

juggler [`dʒʌglɚ] *n.* ① 玩雜耍的人《特指同時拋接數個球》. ② 魔術師; 騙子.
[複數] **jugglers**

*****juice** [dʒus] *n.* ①(植物、肉類的) 汁液;〔~s〕體液, 分泌液. ②《口語》電力; 汽油, 石油.
[範例] ① meat **juice** 肉汁.
gastric **juices** 胃液.
May I have a glass of orange **juice**? 請來一杯柳橙汁, 好嗎.
[參考] 不含酒精成分的飲料一般作 soft drink, 其中天然果汁的飲料作 juice, 含碳酸的飲料作 pop.
[複數] **juices**

juicy [`dʒusɪ] *adj.* ①(水果等)水分多的, 多汁的. ②《口語》生動有趣的.
[範例] ① a **juicy** orange 水分多的柳橙.
juicy steak 鮮嫩多汁的牛排.

② **juicy** stories 生動有趣的故事.

[活用] *adj.* **juicier**, **juiciest**

jukebox [ˋdʒukˏbɑks] *n.* 投幣點唱機.

[複數] **jukeboxes**

Jul./Jul 《縮略》＝July（7月）.

***July** [dʒuˋlaɪ] *n.* 7月《略作 Jul.》.

[範例] The summer school begins in **July**. 暑期班在7月開課.

In the United States, people celebrate Independence Day on **July** 4. 在美國，7月4日慶祝獨立紀念日.

➡ (充電小站) (p. 817)

jumble [ˋdʒʌmbḷ] *v.* ① （使）雜亂 (up), （使）混亂.

——*n.* ② 雜亂, 混亂.

[範例] ① You **jumbled** up those papers. 你把那些資料弄亂了.

② There was a **jumble** of books and papers on the desk. 一大堆雜亂的書和資料堆在那張桌子上.

♦ **júmble sàle** 〖英〗清倉大拍賣；慈善義賣《〖美〗rummage sale》.

[活用] *v.* **jumbles**, **jumbled**, **jumbled**, **jumbling**

[複數] **jumbles**

jumbo [ˋdʒʌmbo] *n.* ① 巨無霸噴射機. ② 龐然大物.

——*adj.* ③ 〔只用於名詞前〕特大的, 巨大的：a **jumbo** pack of detergent 一盒特大容量的洗衣粉.

[複數] **jumbos**

****jump** [dʒʌmp] *v.* ① 跳, 跳躍, 使（馬等）跳過（籬笆等）. ② （結論）匆匆作出（話題、主張等）突然轉換, 突然上漲. ③ （因欠債等）逃離；跳脫.

——*n.* ④ 跳躍. ⑤ 突然轉換；（物價等的）暴漲. ⑥ 〔the ～s〕心驚肉跳, 心神不定. ⑦ 省略（字、項目等）, 跳讀（章、節）.

[範例] ① The frog **jumped** into the pond. 那隻青蛙跳入水池.

The boy **jumped** over the fence. 那個男孩躍過籬笆.

The singer **jumped** down from the stage. 那個歌手從舞臺上跳下來.

We **jumped** at the invitation. 我們迫不及待地接受邀請.

The reader **jumped** several pages. 那位讀者跳過幾頁.

The man **jumped** his horse over the fence. 那個男子乘馬跳過籬笆.

I **jumped** for joy. 我高興得跳了起來.

Tom **jumped** to his feet. 湯姆（由坐著）一躍而起.

② Jack **jumped** to a hasty conclusion. 傑克匆匆作出結論.

④ The dog seized the stick with a **jump**. 那隻狗一躍而起咬住邦根棍子.

⑤ Prices took a **jump**. 物價突然暴漲.

⑥ What Tom said gave me the **jumps**. 湯姆講

的話讓我心驚肉跳.

[片語] **be one jump ahead/stay one jump ahead**（知道對方的企圖而）超前一步：Ken is always **one jump ahead**. 肯總是超前一步.

get the jump on 搶在～之前：You **got the jump on** me. 你搶在我的前面.

jump at 迫不及待地接受.（➡ [範例] ①）

♦ **the bróad jùmp** 跳遠《亦作 the long jump》.

the hígh jùmp 跳高.

júmp bàll（籃球運動的）跳球《比賽開始或重新開始時, 裁判站在兩隊的兩位跳球員中間將球往上扔》.

júmp ròpe 跳繩遊戲；跳繩用的繩子.

júmp sùit 連身褲, 跳傘衣《上下連在一起的衣服》.

[活用] *v.* **jumps**, **jumped**, **jumped**, **jumping**

[複數] **jumps**

jumper [ˋdʒʌmpɚ] *n.* ① 跳躍者；跳躍選手. ②〖英〗套頭毛衣. ③ 無袖連身裙. ④〔～s〕（小孩子的）連衫褲《亦作 rompers》. ⑤（船員等的）工作服.

[複數] **jumpers**

Jun./Jun 《縮略》＝June（6月）.

***junction** [ˋdʒʌŋkʃən] *n.* ① 匯合, 接合. ②（河流、道路等的）匯合處, 聯結點, 交叉口. ③（鐵路的）樞紐站, 聯軌站.

[範例] ② The city hall stands at the **junction** of two rivers. 市府大廈位於兩條河流的匯合處.

③ This is the **junction** of two main lines. 這裡是兩條幹線的樞紐站.

[複數] **junctions**

juncture [ˋdʒʌŋktʃɚ] *n.* ① 關頭, 關鍵時刻：You should be careful about your health at this important **juncture**. 在這個緊要關頭, 你應該注意健康. ② 接合, 接合處.

[複數] **junctures**

***June** [dʒun] *n.* 6月《略作 Jun./Jun》.

[範例] She was born in **June**. 她出生於6月.

We had Tom's birthday party on **June** 12. 我們在6月12日舉行湯姆的生日晚會.《June 12 讀作 June twelfth 或 June the twelfth》

♦ **Jùne bríde** 6月新娘《據說在6月結婚會特別幸福》.

➡ (充電小站) (p. 817)

***jungle** [ˋdʒʌŋgḷ] *n.* ①〔the ～〕熱帶叢林, 密林. ② 亂七八糟的一堆東西, 錯綜複雜的事.

[複數] **jungles**

***junior** [ˋdʒunjɚ] *adj.* ① 較年輕的, 年少的. ② 晚輩的, 後進的；（職位、地位）較低的, 下級的.

——*n.* ③ 年少者；晚輩, 後進, 居下位者. ④〖美〗大三學生, 高二學生《在高中或大學中, 比最高年級 (senior) 低一年的學生》.

[範例] ① Ken is two years **junior** to me./Ken is **junior** to me by two years. 肯比我小兩歲.

John Carter, **Jr**. 小約翰・卡特.

② Bob is **junior** to me in the office. 鮑伯在公司裡職位比我低.

③ Lucy is my **junior** by five years./Lucy is five years my **junior**. 露西比我小5歲.

④ My brother is a **junior** at Harvard University. 我哥哥是哈佛大學三年級學生.

〔參考〕父子同名或在學校有同名同姓的學生時, 加於較年少者的姓之後, 略作 Jr/Jnr (⇨〔範例〕 ①), 而較年長者用 senior.

♦ **jùnior cóllege**〔美〕二年制專科學校.

jùnior hígh schòol〔美〕初級中學《美國的學制因州而異, junior high school 為小學畢業後所進的學校, 學制有2年、3年、4年的, 從年級來說應該從7年級算起, 相當於臺灣的國民中學, 亦作 junior high, 高級中學則為 senior high school).

〔複數〕**juniors**

juniper [ˋdʒunəpɚ] *n.* 檜《柏科檜屬常綠針葉樹, 亦稱杜松、圓柏等. 種類多, 西洋檜的果實用於製造杜松子酒 (gin)).

〔複數〕**junipers**

junk [dʒʌŋk] *n.* ① 垃圾, 廢棄物. ②(中國式的)帆船《船底平坦, 船頭和船尾較高的帆船).

♦ **júnk fòod** 垃圾食物《高熱量而缺乏營養價值的食物).

júnk màil 垃圾郵件《指大量郵寄的廣告、宣傳品、通知單、徵求意見單等).

[junk]

〔複數〕**junks**

junkie [ˋdʒʌŋkɪ] *n.* ①《口語》經常吸食毒品的人, 有毒癮者. ② 對~著迷的人: a theater **junkie** 戲劇迷.

〔複數〕**junkies**

Juno [ˋdʒuno] *n.* 朱諾《羅馬神話中的女神, 掌管婚姻、生育, 為 Jupiter 之妻).

junta [ˋdʒʌntə] *n.* (由政變產生的)軍事政權.

〔複數〕**juntas**

Jupiter [ˋdʒupətɚ] *n.* ① 朱比特《羅馬神話中的諸神之王, 相當於希臘神話中的宙斯 (Zeus)). ② 木星《9大行星中距太陽由近至遠的次序為第5顆; 太陽系中最大的行星).

jurisdiction [ˌdʒʊrɪsˋdɪkʃən] *n.* ① 審判權, 司法權; 管轄權. ② 管轄範圍, 管轄區.

jurist [ˋdʒʊrɪst] *n.* ① 法學家, 法律學者. ② 法律專家《律師、法官等).

〔複數〕**jurists**

juror [ˋdʒʊrɚ] *n.* 陪審員《陪審團 (jury) 的一員).

〔複數〕**jurors**

*****jury** [ˋdʒʊrɪ] *n.* ① 陪審團. ②(競賽等的)評審團, 評審委員會.

〔範例〕① The **jury** were divided in their opinions. 陪審團意見不一致.

② I don't think the **jury** picked the best singer. 我並不認為評審委員會選出了一位最佳歌手.

♦ **júry bòx** (法庭的)陪審團席.

➡ 〔充電小站〕(p. 285)

〔複數〕**juries**

†**just** [dʒʌst] *adj.* ① 正確的, 公正的, 正直的, 理所當然的.

——*adv.* ② 正好, 恰好; 正確地. ③ 剛剛, 方才; 正要《與進行式連用). ④ 勉強地, 差一點沒《常與 only 連用). ⑤ 請, 請~一下《用於祈使句). ⑥《口語》非常, 的確.

〔範例〕① Ted made a **just** decision. 泰德作出正確的決定.

Paul is a very **just** man. 保羅是一位很正直的人.

It is **just** that you should apologize for what you have done. 你為自己所做的事情道歉是理所當然的.

② That's **just** what we wanted. 那正是我們想要的.

Tom appeared **just** as I was leaving. 我恰好要離家的時候, 湯姆來了.

I can't tell you **just** how miserable I felt. 我無法正確地告訴你我當時多慘.

③ We've **just** finished our lunch. 我們剛剛吃完午餐.

We **just** arrived here. 我們剛剛到達這兒.

I'm **just** coming, Mom. 我就來了, 媽.

④ I had only **just** enough money to buy the train ticket. 我只勉強買得起火車票.

We only **just** caught the last train. 我們剛好趕上末班火車.

⑤ **Just** a moment, please! 請稍等一下!

Just look at this picture! 請看一下這幅畫!

Just shut the door, will you? 關門, 好嗎?

⑥ Isn't it **just** nice? 那的確很精彩吧?

〔片語〕**Is is just that ~** =是理所當然的. (⇨〔範例〕)

just about 幾乎, 差不多: We lost **just about** everything. 我們幾乎失去了一切.

just in case ① 以防萬一: You must leave some amount of money **just in case**. 你應該留一些錢以防萬一. ② 以防備~時.

just now 剛才: I **just now** finished ironing. 我剛才才把衣服燙好了.

just on《口語》〔英〕接近, 差不多: It's **just on** five-thirty. 現在將近5點半.

just so 正如你所說的, 正是如此.

just the same ① 仍然, 依然. ② 完全一樣的.

〔活用〕*adj.* **juster**, **justest/more just**, **most just**

*****justice** [ˋdʒʌstɪs] *n.* ① 正義, 公正; 正當 (性). ② 司法, 審判, 法律制裁. ③〔J~〕〔美〕法官.

〔範例〕① He has a strong sense of **justice**. 他有強烈的正義感.

This photograph has done her **justice**. 這張照片很像她本人.

② a court of **justice** 法院.

Terrorists must be brought to **justice**. 恐怖分子必須接受法律制裁.

③ My father is a Supreme Court **Justice**. 我父親是最高法院的法官.

〔片語〕**bring ~ to justice** 使 (人) 接受法律制

裁. (⇨ 範例 ②)

do justice to 公平地對待〔評價〕;(照片)
逼真地酷似. (⇨ 範例 ①)

do ～self justice 充分發揮自己的本領.

♦ **Jùstice of the Péace** 治安法官《審判輕罪
的法官;〖美〗主持公證結婚等芝麻小事的法
官,通常由地方上名人義務兼任;略作 J.P.》.

複數 **justices**

justifiable [ˋdʒʌstəˌfaɪəbl] *adj.* 被認為是正當
的,無可非議的,情有可原的: **justifiable**
homicide 有正當理由的殺人《正當防衛、執行
死刑等》.

活用 *adj.* **more justifiable, most justifiable**

justifiably [ˋdʒʌstəˌfaɪəblɪ] *adv.* 正當地,情
有可原地: The principal **justifiably**
suspended him for one week. 校長將他停學
一週是情有可原的.

活用 *adv.* **more justifiably, most justifiably**

justification [ˌdʒʌstəfəˋkeʃən] *n.* 正當的理
由; 正當化, 辯明: There's absolutely no
justification for his rude behavior. 他的粗暴
無禮行為是毫無道理的.

複數 **justifications**

*__justify__ [ˋdʒʌstəˌfaɪ] *v.* 使正當化, 證明(語言、
行為等)是正當的,為～辯護.

範例 In light of this news I think the actions we
took were fully **justified**. 根據這個消息來看,
我認為我們所採取的行動是完全正當的.

How can you **justify** spending so much
money? 你怎麼為你花這麼一大筆錢辯護呢?

活用 *v.* **justifies, justified, justified,
justifying**

justly [ˋdʒʌstlɪ] *adv.* 正確地, 公正地, 正當地.

範例 Her painting has been **justly** estimated. 她
的畫得到了公正的評價.

The thief was **justly** punished. 那名小偷受到
應有的懲罰.

Babe Ruth can **justly** be called the King of
baseball. 貝比・魯斯被稱為棒球之王是理所
當然的.

活用 *adv.* **more justly, most justly**

jut [dʒʌt] *v.* 突出, 伸出 (out): The outer wall **juts**
out there because of the elevator shaft. 因為
電梯上下之通道的關係, 外牆向外突出.

活用 *v.* **juts, jutted, jutted, jutting**

jute [dʒut] *n.* 黃麻《製作麻布、繩索、帆布、麻
袋等的原料》.

*__juvenile__ [ˋdʒuvənl] *adj.* ①〔只用於名詞前〕青
少年的, 適合青少年的. ② 幼稚的, 孩子氣
的.

——*n.* ③ 青少年. ④ 扮演青少年的演員.

範例 ① a **juvenile** court 少年法庭.

juvenile books 適合青少年的讀物.

a **juvenile** delinquent 少年犯.

② The way you think is so **juvenile**! 你的想法
好幼稚!

活用 *adj.* ② **more juvenile, most juvenile**

複數 **juveniles**

K K k

簡介字母 K 語音與語義之對應性

由於 /k/ 在發音上與 /c/ 相同，因此與字母　c 語音與語義之對應性相似，請參閱字母 c.

K [ke]《縮略》＝① Kelvin（凱氏溫標）《表示絕對溫度》. ② kilobyte, kilobytes（千位元組）.

kaleidoscope [kə`laɪdə,skop] n. 萬花筒《一種長筒形玩具，內裝玻璃鏡片，並放入各種彩色紙屑或彩色玻璃碎片，筒身轉動時，五色紛呈，形象萬千》.
[複數] **kaleidoscopes**

kaleidoscopic [kə,laɪdə`skɑpɪk] adj. 萬花筒似的，千變萬化的.

kangaroo [,kæŋgə`ru] n. 袋鼠.
♦ **kangaroo córut** 私設法庭，地下法庭《集體制裁或懲罰集團中的成員》.
[複數] **kangaroos/kangaroo**

karat [`kærət] n.《美》開《黃金的純度單位，24開為純金》. ☞ carat.

Kate [ket] n. 女子名《Catherine, Katherine 的暱稱》.

kayak [`kaɪæk] n. 獸皮艇《愛斯基摩人用海豹皮製成的小艇》;（比賽用的）皮艇.
[複數] **kayaks**

K.C./KC [`ke,si]《縮略》＝King's Counsel（王室法律顧問）: Sir John Smith, **K.C.** 王室法律顧問約翰·史密斯爵士.
[複數] **K.C.'s/K.C.s/KC's/KCs**

kebab [kə`bɑb] n. 烤肉串《有肉片和蔬菜的串烤》.
[複數] **kebabs**

keel [kil] n. ①（船的）龍骨.
──v. ① 使（船）傾覆；使底部朝天.
[片語] **on an even keel** 平穩的〔地〕，安定的〔地〕: Teachers must be able to keep their children **on an even keel** all day long. 老師必須能夠使孩子們整天保持安定.
keel over（使）傾覆: The boat **keeled over** in the collision. 那艘船因為碰撞而傾覆了.
[複數] **keels**
[活用] v. **keels, keeled, keeled, keeling**

*__keen__ [kin] adj. ① 熱心的，熱中的. ② 激烈的，強烈的. ③ 銳利的，敏銳的.
[範例] ① My brother is a **keen** reader of your novels. 我哥哥是你的小說迷.
My sister is very **keen** to go to St. Petersburg. 我姊姊渴望去聖彼得堡.
The woman is **keen** for her daughter to get a driver's license. 那位婦人非常希望她女兒取得駕照.

The students are **keen** that the minister should make a speech. 那些學生非常希望部長作個演講.
My son is very **keen** on skiing. 我兒子對於滑雪非常熱中.
② When he got out of the car, the dentist felt a **keen** headache. 那個牙醫下車時感到頭部一陣劇痛.
The mayor has a **keen** interest in jazz. 市長對爵士樂有濃厚的興趣.
③ That knife's blade is very **keen**. 那把小刀非常銳利.
The dog has a **keen** sense of smell. 狗的嗅覺很靈敏.
[活用] adj. **keener, keenest**

keenly [`kinlɪ] adv. ① 熱心地. ② 激烈地；敏銳地.
[範例] ① Sue was knitting **keenly** when I went into her room. 我走進蘇的房間時，她正專心地編織.
② The patient felt the heat more **keenly** than before. 那個患者對於熱比以前更敏感.
[活用] adv. **more keenly, most keenly**

keenness [`kinnɪs] n. ① 熱心. ② 激烈；敏銳.

*__keep__ [kip] v. ① 保有，保留. ②（使）保持（某種狀態），持續. ③ 留住. ④ 撫養，飼養. ⑤ 看守，守住. ⑥ 管理，經營. ⑦ 記錄.
──n. ⑧ 生活必需品，生活費.
[範例] ① You may **keep** this camera for your vacation. 你可以把這臺照相機留下來供你休假時用.
You may **keep** the money for yourself. 你可以把那筆錢留給自己.
Do you **keep** blue china? 你們店裡有青瓷器嗎？
Please **keep** the ticket for her. 請保留那張票給她.
You had better **keep** these magazines for future use. 你最好把這些雜誌保存下來以便將來使用.
② The sailor was thrown out into the water but he **kept** hold of the rope. 那個水手被拋入海中，但他仍緊抓住纜繩.
This clock **keeps** good time. 這個鐘很準.

This park is always well **kept**. 這座公園一直保持得很好。

Keep yourself clean. 你要保持清潔。

The suspect **kept** silent for hours. 那個嫌犯沉默了好幾個小時。

We **kept** the windows open. 我們讓窗戶開著。

It'll be cold. **Keep** the fire burning. 天氣就要變冷了，不要讓火熄滅了。

I'm sorry to have **kept** you waiting so long. 對不起，讓你久等了。

Pedestrians should **keep** right./Pedestrians should **keep** to the right. 行人應該靠右行走。

The guards **keep** watch 24 hours a day. 那些衛兵一天24小時守衛著。

The train was so crowded that we had to **keep** standing all the way. 那班火車很擠，一路上我們一直站著。

③ They illegally **kept** me in custody. 他們非法拘留我。

I wonder what's **keeping** him so long. 我真搞不懂是甚麼事使他耽擱那麼久。

She was kept in bed until she got well. 她一直躺在床上直到恢復健康。

④ He had to **keep** his family after his father died. 自從他父親去世之後，他得照料全家。

She **keeps** a dog and a cat. 她飼養一隻狗和一隻貓。

⑤ He **kept** goal perfectly in that game. 他在那場比賽中完美地守住球門。

They **kept** their city against the enemy. 他們守衛自己的城鎮以防敵人入侵。

He always **keeps** his word. 他總是遵守諾言。

Can you **keep** this secret? 你能保守這個祕密嗎？

My grandfather **keeps** early hours. 我祖父習慣早睡早起。

⑥ Mr. Johnson **keeps** a pet shop. 強森先生經營寵物店。

⑦ We **keep** a record of pollution levels in this river. 我們把這條河流受污染的程度記錄下來。

I have **kept** a diary for ten years. 我已經寫了10年的日記。

[片語] **for keeps** 持久地，永久地：She broke with him **for keeps**. 她和他一刀兩斷了。

keep at 堅持做，使繼續做：I **kept at** my studies until midnight. 我埋首於我的研究直到午夜。

Our boss **kept** us **at** the work for hours. 我們老闆讓我們繼續做了好幾個小時的工作。

keep away 遠離，不要靠近：**Keep** well **away** from the minefield. 遠離那個地雷區。

keep back ① 隱瞞：She must be **keeping** something **back**. 她一定隱瞞著甚麼事。② 阻止：The policemen worked hard to **keep back** the crowd. 那些警察拼命地阻止群眾。③ 預留：I **kept back** 5 percent of my wages for savings. 我把薪水的5%存起來。

keep down ① 壓制。② 控制：He couldn't **keep down** his anger. 他無法控制自己的憤怒。③ 吞下（食物等）：I'm very sick today. I can't **keep** anything **down**. 我今天非常不舒服，吃甚麼就吐甚麼。

keep from ① 遠離：A wise man will **keep from** danger. 聰明的人會遠離危險。② 對~隱瞞：I **kept** the information **from** her. 我對她隱瞞了那個訊息。

keep from ~ing 克制，阻止：I couldn't **keep from** laugh**ing**. 我忍不住笑了起來。

Keep going! 堅持下去！

keep in 使不外出；隱藏；抑制：The doctor **kept** me **in** for ten days. 醫生要我待在屋裡10天。

She **kept in** her irritation. 她控制住自己的焦躁不安。

keep in with 〖英〗巴結：Constructors usually **keep in with** some influential politicians in Taiwan. 在臺灣，營建業者通常會巴結有權勢的政客。

keep off ① 使離開，使不接近：We built a big fire to **keep off** dangerous animals. 我們燃起熊熊的烈火使危險的動物不敢靠近。

Keep off the grass. 請勿踐踏草坪。

② 避開：We **kept off** the question as to how to collect funds. 我們避開了如何集資的問題。

keep on ① 仍然穿著：He **kept** his overcoat **on**. 他仍然穿著大衣。② 繼續雇用：They will **keep** you **on**, if you are useful to them. 如果你對他們有用，他們會繼續雇用你。③ 繼續：He **kept on** with his speech. 他繼續他的演說。

keep on about 就~喋喋不休：The old man **kept on about** his difficulties of life. 那個老人對自己生活上的種種困難抱怨個不停。

keep on ~ing 不停地做：He **kept on** swearing although I told him to stop. 儘管我叫他住嘴，但他還是罵個不停。

keep out 使不進入：He shut the window to **keep out** the noise. 他關上窗以防噪音。

keep out of 使遠離，不加入：**Keep** your nose **out of** my affairs! 我的事你不要管！

keep to 堅守，信守：He lived by his principle through his life. 他一生堅守自己的信念。

keep...to ~self 不把~講出來：I **kept** the news **to myself**. 我沒有把那個消息告訴任何人。

keep under 控制：The firemen **kept** the fire **under**. 消防隊員把火勢控制住了。

keep up ① 持續，繼續：The fine weather will **keep up** for a few days. 晴朗的天氣將持續幾天。② 使睡不著覺：The bad toothache **kept** me **up** all night. 要命的牙痛使我整夜無法入睡。③ 維持，保持：I can't **keep** this pace **up** another day. 這種生活步調我再也無法忍

受了. ④ 使繼續.

keep up with 跟上：I can't **keep up with** you. 我跟不上你.

活用 *v.* **keeps, kept, kept, keeping**

複數 **keeps**

keeper [`kipə·] *n.* 看守人；飼養者；管理員，經營者；守門員.

範例 a lighthouse **keeper** 燈塔看守人.

the **keeper** of the shop 店主.

複數 **keepers**

keeping [`kipɪŋ] *n.* ① 保存，保管. ② 保護，照料；扶養，飼養.

範例 ① The pictures in this museum are in good **keeping**. 這座博物館裡的畫作保存得很好.

② the **keeping** of bees 蜜蜂的飼養.

片語 ***in keeping with*** 與~協調：This hotel is **in keeping with** the tradition of the old capital. 這家飯店與古都的傳統很協調.

in ~'s keeping 在~的保護之下.

out of keeping with 與~不協調，與~不一致：The color of the walls is **out of keeping with** the carpet. 牆壁的顏色與地毯不協調.

keg [kɛg] *n.* 小桶.

複數 **kegs**

Keller [`kɛlə·] *n.* 凱勒 (Helen Keller, 1880–1968, 克服視覺、聽覺障礙的美國作家).

Kelvin [`kɛlvɪn] *n.* 凱氏溫標 (表示絕對溫度的單位，略作 K).

字源 源自創立絕對溫標的物理學家之名.

ken [kɛn] *v.* ① (蘇格蘭語的) 知道.

——*n.* ② 〔只用於下列片語〕理解範圍.

片語 ***beyond ~'s ken*** 超乎~的理解範圍：Physics is **beyond my ken.** 物理學超乎我的理解範圍.

活用 *v.* **kens, kenned, kenned, kenning**

Kennedy [`kɛnədɪ] *n.* 甘迺迪.

➡ (充電小站) (p. 1001)

kennel [`kɛnl] *n.* ①〖英〗狗窩〖美〗doghouse〗. ②〔~s〕養狗場，寵物寄養處.

範例 ① I have built a new **kennel** for Spot. 我為小花搭建了一間新的狗窩.

② He'd rather his friend take care of his dogs than put them in **kennels**. 他寧願把狗託給他朋友照顧，也不願把牠們安放在養狗場.

複數 **kennels**

Kenya [`kɛnjə] *n.* 肯亞 (☞ 附錄「世界各國」).

***kept** [kɛpt] *v.* keep 的過去式、過去分詞.

kerb [kɝb] =*n.*〖美〗curb.

kerchief [`kɝtʃɪf] *n.* 方形頭巾 (女子包在頭上的四方形布料)；圍巾；〖古語〗手帕.

字源　　　　　　古法語的 couvrechief, couvre (遮蓋) ＋ chief (頭)，原指包在頭上的頭巾，後來亦可指圍在脖子上的圍巾 (neckerchief) 或拿在

[kerchief]

手裡的手帕 (handkerchief).

複數 **kerchiefs**

kernel [`kɝnl] *n.* ① 仁 (果核內柔軟可食用的部分)；(小麥、玉米等穀物的) 顆粒. ② (問題的) 核心，要點：Sarah does exaggerate a lot, but there's a **kernel** of truth to what she said last night. 莎拉確實有些誇大其詞，但昨晚她所說的話有其事實依據.

複數 **kernels**

kerosene/kerosine [`kɛrə‚sin] *n.*〖美〗煤油〖英〗paraffin oil〗：a **kerosene** stove 煤油爐.

ketchup [`kɛtʃəp] *n.* 番茄醬《亦作 catchup, catsup〗.

kettle [`kɛtl] *n.* 壺，水壺：The **kettle** is boiling. 那壺水開了.

複數 **kettles**

kettledrum [`kɛtl‚drʌm] *n.* 定音鼓 (一種打擊樂器).

參考 2 個以上的定音鼓組合而成的稱作 timpani.

複數 **kettledrums**

***key** [ki] *n.* ① 鑰匙. ② 解決的方法，要訣. ③ 要衝，重要關卡. ④ (音樂的) 調. ⑤ (顏色、聲音等的) 基調. ⑥ (鋼琴、打字機等的) 鍵.

——*v.* ⑦ 用鑰匙鎖上. ⑧ 調音. ⑨ 使適合.

範例 ① Tom put the **key** in the lock and turned it to open the cupboard. 湯姆把鑰匙插進鑰匙孔內打開壁櫥.

Who has the **key** to this suitcase? 誰有這個手提箱的鑰匙？

② The background music is the **key** to our success. 背景音樂是我們成功的關鍵.

③ Taxes were the **key** issue in the last election. 稅收是上次選舉中的主要爭論點.

④ The song was arranged in the **key** of C. 那首歌被改編成 C 調.

⑤ He announced his resignation in a low **key**. 他以低沉的聲調宣布自己辭職.

⑥ Hit any **key** and the date appears on the screen. 按任何一個按鍵，日期就會顯示在螢幕上.

⑨ The course is **keyed** to beginners. 那個課程適合初學者.

片語 ***key in*** 以鍵盤輸入：The operator **keyed in** the data. 那個操作員以鍵盤輸入數據.

key up ① 提高音調. ② 使緊張：Emi is **keyed up** about her exam. 艾美因考試而緊張.

複數 **keys**

活用 *v.* **keys, keyed, keyed, keying**

keyboard [`ki‚bord] *n.* 鍵盤；〔~s〕鍵盤樂器.

範例 Where's the shift key on this **keyboard**? 這個鍵盤的切換鍵在哪裡？

He performs on **keyboards** in the rock group. 他在搖滾樂團裡擔任鍵盤手.

The piano is at once a string, percussion, and **keyboard** instrument. 鋼琴既是弦樂器，又是打擊樂器，同時也是鍵盤樂器.

[複數] **keyboards**

[keyboard]

keyhole [`ki,hol] *n.* 鑰匙孔.
[複數] **keyholes**

keynote [`ki,not] *n.* ① 主音《各音階的第1 音》. ② 主旨，基本方針: a **keynote** speech 基本政策演說.
[複數] **keynotes**

keystone [`ki,ston] *n.* ① 拱心石《置於拱門建築頂部的楔形石頭，用以支撐所有的重量》. ② 基本原理.
[複數] **keystones**

[keystone]

kg./kg 《縮略》＝ kilogram，kilograms（公斤）.

khaki [`kɑkɪ] *n.* ① 卡其色. ② 卡其布料；卡其色軍服.
[複數] **khakis**

****kick** [kɪk] *v.* ① 踢. ②（足球）把球踢進球門. ③（槍、砲等）反衝. ④ 反對；埋怨.
—— *n.* ⑤ 踢. ⑥（槍、砲等的）後座力. ⑦ 刺激，興奮，快感. ⑧ 活力.
[範例] ① The baby heartily **kicked** and cried. 那個嬰兒使勁地蹬腳、放聲大哭.
The chickens **kicked** wheat about. 那些雞把小麥踢得到處都是.
Tom **kicked** at the dog. 湯姆踢了那隻狗.
She **kicked** him downstairs. 她把他踢到樓下.
It's very difficult for me to **kick** the habit of smoking. 我很難戒掉抽菸的習慣.
② He **kicked** two goals in the first half. 他在上半場踢進2分.
③ The rifle **kicked** harder than I had expected. 來福槍的後座力比我想像的還要強勁.
④ The students **kicked** against authority. 那些學生反對權威.
He's always **kicking** about something. 他老是埋怨東埋怨西.
⑤ He gave a **kick** at the ball. 他朝著球踢了一腳.
⑦ I get a **kick** out of car-racing. 我覺得賽車很刺激.
⑧ I have no **kick** left to go another kilometer. 我沒有力氣再走1公里.
[片語] **kick against** 反對，反抗. (⇨ [範例] ④)
kick around/kick about 《口語》① 被擱置: My proposal has been **kicking around** for months. 我的提案已經被擱置了好幾個月. ② 到處旅遊: He is **kicking around** in India. 他在印度到處旅遊. ③ 討論: We are **kicking around** your plan. 我們正在討論你

的計畫. ④ 虐待: I don't like my boss, because he has **kicked** me **around**. 我不喜歡我的老闆, 因為他虐待我.
kick in ① 開始產生效果. ②《美》捐款, 捐助.
kick off ① 開始比賽, 開球. ②《口語》使開始, 開始（會議等）: Let's **kick off** the discussion. 我們開始討論吧.
kick out《口語》開除.
kick ~self 責備自己.
kick up 引起（騷動等）; 揚起（塵土等）.
[活用] *v.* **kicks**, **kicked**, **kicked**, **kicking**
[複數] **kicks**

kick-off [`kɪk,ɔf] *n.* 開球《指足球或橄欖球比賽中, 在中線開球》; 比賽開始: The **kick-off** is at seven o'clock today. 那場足球比賽今天7點開始.
[複數] **kick-offs**

kickstand [`kɪk,stænd] *n.* 撐腳架《自行車、摩托車等側邊上可以放下來支撐車身的裝置》.
[複數] **kickstands**

****kid** [kɪd] *n.* ① 小山羊. ②《口語》小孩.
—— *v.* ③ 開玩笑, 戲弄; 欺騙.
[範例] ① I want a pair of **kid** gloves. 我想要一副小山羊皮手套.
② David and Jenny and the **kids** came to see me yesterday. 昨天大衛、珍妮以及孩子們來看我.
How can you expect them to know that? They're just **kids**. 你怎麼會認為他們知道那件事? 他們還只是小孩子!
Alex is my **kid** brother. 亞歷士是我弟弟.
OK **kids**, the party is over. 好了, 孩子們, 晚會到此結束.
③ You're **kidding**! 你是在開玩笑吧!
No **kidding**. 別開玩笑.《說對方》/可不是開玩笑的.《說自己》
He's **kidding** himself that he has a talent for music. 他自以為有音樂才能.
[複數] **kids**
[活用] *v.* **kids**, **kidded**, **kidded**, **kidding**

kidnap [`kɪdnæp] *v.* 綁架, 誘拐: The **kidnapped** child was found safe. 那個遭綁架的小孩被安全地找到了.
[字源] kid（孩子）＋nap（捉住）. 不僅用於小孩, 亦可用於大人或動物.
[活用] *v.* **kidnaps**, **kidnaped**, **kidnaped**, **kidnaping/kidnaps**, **kidnapped**, **kidnapping**

kidnaper/kidnapper [`kɪd,næpə-] *n.* 誘拐者, 綁匪.
[複數] **kidnapers/kidnappers**

kidney [`kɪdnɪ] *n.* 腎臟, 腰子: **kidney** pie 腰子餡餅《將小牛或綿羊的腰子用餡餅皮包好後烤製成的菜餚》.
♦ **kidney bèan** 菜豆《形狀似腎臟》.
kidney machine 人工腎臟.
[複數] **kidneys**

kill [kɪl] *v.* ① 殺死. ② 使消失，使破滅. ③ 使減弱，停止〔引擎〕，切斷〔電路〕. ④ 扼殺；使神魂顛倒. ⑤ 使非常痛苦；使筋疲力竭. ⑥ 使大發雷霆；使捧腹大笑.
——*n.* ⑦〔the ~〕捕殺. ⑧ 獵獲物.

範例 ① He was **killed** in the battle. 他戰死沙場.
kill beef 屠宰食用肉牛.
② This medicine will **kill** pain. 這種藥可以止痛.
His failure **killed** all our hopes. 他的失敗使我們的希望完全破滅.
Her smile **killed** all my anger instantly. 她的微笑瞬間使我怒氣全消.
The roaring of the storm **killed** the soft music. 那場暴風雨的呼嘯聲淹沒了輕柔的音樂聲.
③ **kill** acid by converting it into a salt 藉由氧化作用中和酸.
The color of the frame **kills** the picture. 畫框的顏色使那幅畫大為失色.
④ She was dressed to **kill**. 她打扮得花枝招展.
⑥ The funny story really **killed** me. 那個滑稽的故事簡直把我笑死了.

片語 *in at the kill* 當時在場: A lot of reporters were **in at the kill** when the politician was stabbed to death on the platform. 那個政客在演講臺上被刺殺的當時，許多記者都在場.

kill off 使滅絕，殺光: The rebels **killed off** the government army in the city. 叛亂分子把那座城市的政府軍都殺光了.

kill ~self 自殺.
kill time 消磨時間.

活用 *v.* kills, killed, killed, killing
複數 kills

killer [ˈkɪlɚ] *n.* ① 殺人者，殺手. ② 萬人迷，迷人的事物.
複數 killers

killjoy [ˈkɪl,dʒɔɪ] *n.* 掃興的人，煞風景的人.
複數 killjoys

kiln [kɪl] *n.* 窯，窯房《燒製陶瓷、磚瓦的地方》.
複數 kilns

kilo [ˈkɪlo]《縮略》＝① kilogram (公斤). ②〖美〗kilometer (公里).
複數 kilos

kilobyte [ˈkɪlə,baɪt] *n.* 千位元組《測量電腦訊息量的單位之一，包含了1,024個位元組》.
複數 kilobytes

kilogram [ˈkɪlə,græm] *n.* 公斤《1,000公克，亦作 kilo，略作 kg./kg；☞ (充電小站) (p. 697)》.
複數 kilograms

kilometer [ˈkɪlə,mitɚ] *n.* 公里《1,000公尺，亦作 kilo，略作 km；〖英〗kilometre》.
複數 kilometers

kilometre [ˈkɪlə,mitɚ] ＝*n.*〖美〗kilometer.

kilowatt [ˈkɪlə,wɑt] *n.* 瓩《電力的單位，1,000瓦特，略作 kW/kW》.
複數 kilowatts

kilt [kɪlt] *n.* 蘇格蘭裙《蘇格蘭民族男性服裝的一部分，用格子呢縫製而成的有褶短裙》.
複數 kilts

kimono [kəˈmonə] *n.* ①（日本的）和服. ② 和式服裝.
複數 kimonos

kin [kɪn] *n.* ① 親屬，親戚《集合名詞》.
——*adj.* ②〔不用於名詞前〕有血緣關係的，有親戚關係的，同宗的.

[kilt]

範例 ① We are **kin**. 我們是親戚.
Have you informed his next of **kin** yet? 你已經通知他最近的親屬了嗎?
② May is **kin** to my family. 梅跟我家有親戚關係.

片語 *near of kin* 近親的.
of kin 有親屬關係的，同宗的.
♦ *nèxt of kin* 血緣最近的親屬. (⇨ 範例 ①)

kind [kaɪnd] *adj.* ① 親切的，仁慈的，體貼的.
——*n.* ② 種類.

範例 ① She is the **kindest** woman I have ever met. 她是我所見過最親切的女子.
Be **kind** to animals. 對動物仁慈一點.
Would you be **kind** enough to close the window? /Would you be so **kind** as to close the window? 可否請你把那扇窗關上?
It was very **kind** of you to visit me when I was ill. 你真好，在我生病的時候來看我.
② We sell all **kinds** of hats. 本店銷售各式各樣的帽子.
Shall I bring you another **kind**? 我拿其他種類給你看好嗎?
What **kind** of fruit do you like? 你喜歡吃哪一種水果?
I said nothing of the **kind**. 我才沒有說那種話.

片語 *a kind of ~* 一種的；可以說: He is **a kind of** reformer. 他可以說是一個改革者.

in kind ① 以實物支付《代替現金支付》: You will be paid **in kind**. 你將收到實物支付，而非現金支付. ② 以同樣的方式，同樣地: I repaid his insult **in kind**. 我以同樣的方式回敬他的侮辱. ③ 在本質上: These two are different **in kind**, though the same in appearance. 這兩樣東西儘管外表相同，但是本質卻不同.

kind of 有點兒，有幾分: I **kind of** liked it. 我有點兒喜歡它了.

of a kind ① 同種類的: two **of a kind** 2個同種類的東西. ② 不副實的，品質低劣的: After dinner, the host served us brandy **of a kind**. 晚餐後，主人招待我們喝劣質的白蘭地.

字源 原來表示「出身」之意，從「出身高貴」引申出 ① 的意義，從「同一出身」引申出 ② 的意義.

活用 *adj.* kinder, kindest
複數 kinds

kindergarten [ˈkɪndɚ,gɑrtn] *n.* 幼兒園.

字源 德語 kinder（孩子）＋garten（庭園）.
複數 **kindergartens**

kindhearted [`kaınd`hartıd] *adj.* 好心的，
體貼的，仁慈的：John is a **kindhearted**
person. 約翰是一位好心人.
活用 *adj.* **more kindhearted, most
kindhearted**

***kindle** [`kındl] *v.* 點燃，燃燒；激起（感情等）.
範例 He **kindled** a twig with a match. 他用火柴
點燃了樹枝.
Dry wood **kindles** easily. 乾木材很容易燃燒.
The new information **kindled** Tim's
suspicions. 那個新消息使提姆心生懷疑.
The boy's eyes **kindled** with curiosity. 那個男
孩因好奇而雙眼發亮.
活用 *v.* **kindles, kindled, kindled, kindling**

***kindly** [`kaındlı] *adj.*〔只用於名詞前〕① 親切
的，和藹的. ② 舒適的，宜人的.
——*adv.* ③ 親切地，和藹地.
範例 ① You're the **kindliest** person in the world.
你是世界上最和藹的人.
When her **kindly** eyes met mine it was love at
first sight. 當她親切的目光與我四目相接時，
我們一見鍾情了.
② a **kindly** shower 一場涼爽宜人的陣雨.
③ She treated the old man **kindly**. 她親切地對
待那位老人.
Will you **kindly** show me the way to the
library? 請你告訴我圖書館怎麼走好嗎?
片語 ***not take kindly to*** 不喜歡：He won't
take kindly to having a dog in the house. 他
不喜歡家裡養狗.
活用 *adj., adv.* **kindlier, kindliest**

***kindness** [`kaındnıs] *n.* 親切，仁慈.
範例 Some people do nice things purely out of
kindness. 有些人做善事純粹出於善意.
The taxi driver had the **kindness** to carry my
baggage for me. 那位計程車司機好心地幫我
搬行李.
Thank you very much for your **kindnesses**. 非
常感謝你的好意.
複數 **kindnesses**

***kindred** [`kındrıd] *n.* ① 血緣關係，親屬關係.
②〔作複數〕親屬，親戚.
——*adj.* ③〔只用於名詞前〕有血緣關係的，有
親屬關係的，同類的.
範例 ② Paul's **kindred** are all living in Paris. 保
羅的親戚都住在巴黎.
③ Spanish and Italian are **kindred** languages.
西班牙語與義大利語是同源的語言.
Sandra and Michael are **kindred** spirits: they
both share a passion for jazz. 珊德拉和邁克
個性相投，他們兩個都酷愛爵士樂.

kinetic [kı`nɛtık] *adj.* 活躍的；運動的，動力學的：**kinetic** energy 動能.

King [kıŋ] *n.* 金恩《Martin Luther King, Jr.,
1929-1968，美國黑人民權運動領袖之一，
1964年獲得諾貝爾和平獎》.

***king** [kıŋ] *n.* ① 王，國王，君主. ②（紙牌的）老

K；（西洋棋的）王，將軍.
範例 ① the **King** of England 英格蘭國王.
the uncrowned **king** 無冕之王.
the **King** of Kings 神，上帝，耶穌‧基督.
Who will be the home run **king** this year? 今年
誰將成為全壘打王呢?
The lion is the **king** of beasts. 獅子是萬獸之
王.
② the **king** of diamonds 方塊老 K.
In most chess sets, the **king** is topped by a
cross. 在多數西洋棋的棋子中，王棋的頭上
都有十字架.
複數 **kings**

***kingdom** [`kıŋdəm] *n.* ① 王國. ②〔the ～〕
（基督教的）天國. ③ 界《生物的分類》. ④（學
問等的）範圍，領域.
範例 ① the United **Kingdom** of Great Britain and
Northern Ireland 大不列顛及北愛爾蘭聯合王
國.
② the **kingdom** of Heaven 天國.
③ This creature has the largest eyes in the whole
animal **kingdom**. 這種動物在全動物界中眼
睛最大.
複數 **kingdoms**

kingfisher [`kıŋ,fıʃɚ]
n. 翠鳥《背部羽毛呈深
藍色，腹部羽毛呈棕
色，喙長尾巴短，翼長
約7公分；通常棲息在
水邊，從樹上俯衝而下
捕捉魚類為食》.
複數 **kingfishers**

[kingfisher]

kingly [`kıŋlı] *adj.* 國王（似）的，有威嚴的：
The experts think Johnson will win the election
because he's so distinguished and **kingly**. 專
家們認為強森既傑出又有威嚴，這次選舉將
會獲勝.
活用 *adj.* **kinglier, kingliest**

kingpin [`kıŋ,pın] *n.* ① 樞軸《連接前車軸和車
輪的垂直螺銷》. ② 1號瓶《保齡球中，排列成
三角形的瓶柱中最前面的球瓶》；5號瓶《最中
間的球瓶》. ③ 首腦，中心人物.
複數 **kingpins**

king-size [`kıŋ,saız] *adj.* 特大號的，特大的
（亦作 king-sized）：a **king-size** bottle 特大的
瓶子.

kink [kıŋk] *n.* ①（頭髮、繩線等的）糾結，絞纏.
② 古怪；怪念頭.
——*v.* ③（使）糾結，（使）絞纏.
複數 **kinks**
活用 *v.* **kinks, kinked, kinked, kinking**

kinky [`kıŋkı] *adj.* ①〖美〗糾結的；鬈曲的. ②
怪異的；（性）變態的.
活用 *adj.* **kinkier, kinkiest**

kinship [`kınʃıp] *n.* ① 親屬關係，血緣關係.
②（性格等的）類似，相似.

kinsman [`kınzmən] *n.* 男性親屬.
複數 **kinsmen**

kiosk [kı`ɑsk] *n.* ①（車站、街頭等的）售貨亭

長度、重量、容量

【Q】kg 或 km 中的 k 各表示 g 和 m 的「千倍」，ha 中的 h 表示 a 的「百倍」，dl 中的 d 表示 l 的「十分之一」，cm 中的 c 表示 m 的「百分之一」，mm 和 ml 中的 m 各表示 m 和 l 的「千分之一」，那麼有沒有「十倍」的表示方法呢？
【A】當然有，就是 deca，略作 da.
讓我們整理一下英語中有關千分之一、百分之一、十分之一等的拼寫.

m	milli	千分之一
c	centi	百分之一
d	deci	十分之一
da	deca	10倍
h	hecto	100倍
k	kilo	1,000倍

另外，還有表示長度、重量與容量的單位.

m	meter	長度
g	gram	重量
l	liter	容量

把「～分之一、～倍」與這些單位組合，就成如下的單位：

▶ 長度 (length)
mm	millimeter	（毫米）
cm	centimeter	（厘米）
dm	decimeter	（分米）
m	meter	（公尺）
dam	decameter	（10公尺）
hm	hectometer	（100公尺）
km	kilometer	（公里）

▶ 重量 (weight)
mg	milligram	（毫克）
cg	centigram	（厘克）
dg	decigram	（分克）
g	gram	（公克）
dag	decagram	（10公克）
hg	hectogram	（100公克）
kg	kilogram	（公斤）

▶ 容量 (capacity)
ml	milliliter	（毫升）
cl	centiliter	（厘升）
dl	deciliter	（分升）
l	liter	（公升）
dal	decaliter	（10公升）
hl	hectoliter	（100公升）
kl	kiloliter	（1,000公升）

重量1,000kg 為1ton（1公噸），略作 t. 另外，問題中的 ha 為 hectare 的縮略，hecto 為「百倍」，are 為100平方公尺. hecto 與 are 複合時，因 are 的第一個字母為母音，故 hecto 中的 o 刪掉作 hect（有關面積的表達；☞ measure 的 （充電小站）(p. 783)「度量衡的單位」）.

實際上，除了 milli 至 kilo 以外，還有其他的表達方式，下面作一介紹：
首先是比 kilo 還要大的表達方式：
M mega 1,000,000（百萬）倍
G giga 1,000,000,000（十億）倍
T tera 1,000,000,000,000（一兆）倍
下面是比 milli 還要小的表達方式：
μ micro 1,000,000（百萬）分之一
n nano 1,000,000,000（十億）分之一
p pico 1,000,000,000,000（一兆）分之一
f femto 1,000,000,000,000,000
　　　　　　　　　　（千兆）分之一
a atto 1,000,000,000,000,000,000
　　　　　　　　　　（百京）分之一
另外，有關大數字的表達方式：☞ million 的 （充電小站）(p. 805)「大數的數法」.

報攤. ②〖英〗公共電話亭.
（複數）kiosks
kipper [ˋkɪpɚ] n. 燻製的鯡魚.
（複數）kippers
kirk [kɝk] n. (蘇格蘭語的) 教堂；蘇格蘭教會.
（複數）kirks
＊**kiss** [kɪs] n. ① 吻，親吻.
——v. ② 親吻.
（範例）① Paul threw me a **kiss**. 保羅給我一個飛吻.
② The mother **kissed** her child on the cheek. 那位母親在她孩子的臉頰上親了一下.
Jimmy **kissed** away her tears. 吉米吻去她的眼淚.
The king would not **kiss** the ground. 國王無論如何都不屈服.
Will you **kiss** me good night? 你能給我一個睡前之吻嗎？
（片語）**kiss the Bible**（吻《聖經》）發誓.
kiss the rod 甘心受罰.
◆ **the kiss of déath** 死亡之吻《表面上是善意

的，實際上會招致毀滅的事物》.
the kiss of life〖英〗(口對口) 人工呼吸.
（複數）kisses
（活用）v. kisses, kissed, kissed, kissing
kit [kɪt] n. ① 一套用具，一組工具.
——v. ② 裝備，做好準備 (out).
（範例）① a carpenter's **kit** 一套木工用具.
a first-aid **kit** 急救箱.
② We were all **kitted** out for climbing. 我們都準備好登山了.
（片語）**kit out** 裝備，做好準備. (⇨ 範例 ②)
◆ **kit bàg** 旅行袋，背包.
（複數）kits
（活用）v. kits, kitted, kitted, kitting
＊**kitchen** [ˋkɪtʃɪn] n. 廚房，烹調間： Father usually helps Mother in the **kitchen**. 父親經常在廚房幫母親的忙.
◆ **kitchen gárden** 家庭菜園.
（複數）kitchens
kitchenette [ˌkɪtʃɪnˋɛt] n. (公寓等的) 小廚房.

K

[kitchen]

字源 kitchen（廚房）＋ette（小的）.
複數 kitchenettes

*kite [kaɪt] n. ① 風箏：fly a kite 放風箏. ② 鳶.
複數 kites

kith [kɪθ] n.〔只用於下列片語〕親屬，朋友，熟人.
片語 *kith and kin* 親屬，朋友：We don't like them, though they are our kith and kin. 雖然他們是我們的親友，但是我們不喜歡他們.

*kitten [ˋkɪtn] n. 小貓：What a lovely kitten! 好可愛的小貓啊！
片語 *have kittens*『英』心煩意亂，焦躁不安.
複數 kittens

kitty [ˋkɪtɪ] n. ① 小貓，小貓咪《孩子對貓的暱稱》. ② 湊集的資金. ③ 全部賭注《紙牌遊戲等中贏得各家所下的賭注》.
範例 ① "Here, kitty, kitty," said the little boy. 那個小男孩說：「小貓咪，過來這裡.」
② I'm collecting NT$150 from everyone for the coffee kitty. 我正在向每個人收取新臺幣150元支付咖啡的錢.
複數 kitties

kiwi [ˋkiwɪ] n. 鷸鴕《產於紐西蘭的無翼鳥》.
♦ kiwi fruit 奇異果.
複數 kiwis

[kiwi]   [kiwi fruit]

km《縮略》＝kilometer, kilometers（公里）.
knack [næk] n. 訣竅，竅門：Mom sure has a knack for making pancakes. 媽媽確實懂得做薄煎餅的訣竅.

knapsack [ˋnæpˏsæk] n. 行囊，背包.
複數 knapsacks

knave [nev] n.《紙牌中的》J 牌《亦作 jack》.
➡ (充電小站) (p. 679)

複數 knaves

knead [nid] v. 捏，搓，揉；按摩.
範例 She kneaded the dough into a ball. 她把生麵糰搓成球狀.
He kneaded his mother's shoulders. 他幫他母親按摩肩膀.
活用 v. kneads, kneaded, kneaded, kneading

*knee [ni] n. ① 膝，膝蓋. ②（褲子等的）膝部.
範例 ① Tom fell on his knees to beg the judge for mercy. 湯姆雙膝跪下乞求法官寬恕.
② The knees of his trousers were worn out. 他那件褲子膝蓋的地方磨破了.
片語 *at ～'s mother's knee* 在母親膝上，在孩提時期.
bend the knee to 下跪，屈服.
bring ～ to ～'s knees 迫使屈服：You can not bring us to our knees. We'll fight you to the end. 我們是不可能屈服於你的，我們會奮戰到底.
複數 knees

kneecap [ˋniˏkæp] n. 髕，膝蓋骨.
字源 knee（膝）＋cap（蓋子，帽子）.
複數 kneecaps

*kneel [nil] v. 跪下：We knelt in prayer. 我們跪下來祈禱.
活用 v. kneels, knelt, knelt, kneeling/kneels, kneeled, kneeled, kneeling

*knell [nɛl] n. ①（喪）鐘聲. ② 不祥之兆，凶兆；毀滅，完結：The knell of our hopes was sounding. 我們的希望宣告破滅.
複數 knells

*knelt [nɛlt] v. kneel 的過去式、過去分詞.

*knew [nju] v. know 的過去式.

knickerbocker

[knickerbockers]

簡介輔音群 kn- 的語音與語義之對應性

kn- 與輔音群 cl- 完全不同，kn- 是由清聲軟顎塞音 /k/ 與齒齦鼻音 /n/ 組合而成。它們的結合並非門當戶對，因為 [k] 屬於口腔音而 [n] 屬於鼻腔音，彷彿夫妻倆意見不合，爭吵不斷，甚至絕裂。比方說，[n] 堅持己見，氣流應自鼻腔而非口腔逸出，在形勢比人強的情況下，[k] 只好噤若寒蟬，暫不發聲。換言之，表面上二者圓滿地結合，但事實上，二者意見南轅北轍，彼此有心結，凸顯出不同的立場，因此本義表示「圓形的凸出物 (hard protuberance)」，如結、瘤、

結、瘤等].

knee 膝，膝蓋
knuckle 指關節
knoll 圓丘
knob （門、抽屜等的）把手
knot 結，（樹幹的）節瘤
knurl 節，瘤
kneel （彎曲膝蓋）跪下
knock （用手指關節）喀喀地敲打

['nıkə‚bakə'] n. ① [~s] 燈籠褲《膝下繫緊的寬鬆短褲，亦作 knickers》. ② [K~] 紐約市民；早期移居紐約之荷蘭移民的後裔.

字源 為美國作家華盛頓‧歐文 口Washington Irving, 1783–1859》著《紐約的歷史》時的筆名，又為該書中主角迪德里克‧尼克博克 (Diedrich Knickerbocker) 之名。此外，書中亦有穿著這種褲子的荷蘭移民之插圖。後來就把這種褲子和荷蘭移民都稱作 knickerbocker.

複數 **knickerbockers**

knickers ['nıkəz] n. [作複數]① 燈籠褲《亦作 knickerbockers》. ②『英』女用繫口短襯褲.

*****knife** [naıf] n. ① 刀，小刀，匕首. ②（手術用）手術刀.

—— v. ③ 用刀砍 [切]；用匕首刺.

範例 ① a pocket **knife** 袖珍小刀.
a **knife** and fork 一副刀叉.
② He is under the **knife** right now. 他現在正在接受手術.
③ She **knifed** him in the back. 她用刀刺傷他背部.

片語 **under the knife** 接受手術中.（⇨ 範例 ②）

複數 **knives**

活用 v. **knifes**, **knifed**, **knifed**, **knifing**

*****knight** [naıt] n. ① 騎士《歐洲中世紀時侍奉君主的武士》. ②『英』爵士，爵士勳位. ③（西洋棋的）騎士.

—— v. ④ 封為爵士：He was **knighted** for leading the country to victory. 他因為帶領那個國家走向勝利而被封為爵士.

參考 歐洲中世紀的良家子弟，在宮廷中當過 page（見習騎士）或 squire（騎士隨從）後，才能舉行 accolade（騎士稱號授予式）這種儀式，佩戴徽章，這就是 ① 的 knight《⇨ 充電小站 (p. 701)》. ② 的 knight（爵士）為英國的 baronet（准男爵）之下的爵位，僅限一代《無法世襲，允許在姓或名之前用 Sir 的稱號《⇨ 充電小站 (p. 385)》.

♦ **the Knights of the Round Table** 圓桌武士《傳說中6世紀活躍於英國西南部的亞瑟王 (King Arthur) 的屬下騎士們》.

複數 **knights**

活用 v. **knights**, **knighted**, **knighted**,

knighting

knighthood ['naıthud] n. ① 騎士身分；騎士精神；爵位. ②[the ~]騎士團.

複數 **knighthoods**

knightly ['naıtlı] adj. 騎士的；騎士的，騎士風格的，俠義的.

*****knit** [nıt] v. ① 編織，編結. ② 接合，使緊密結合.

範例 ① She is **knitting** in her room now. 她現在正在自己的房間裡編織東西.
She **knitted** some wool into a vest. 她用毛線編織一件背心.
He **knitted** her a muffler. 他為她織了一條圍巾.
② The broken bones will **knit** together. 那些骨折之處將會接合在一起.
Mother **knit** her brows when she saw my pink coat. 母親看到我穿粉紅色外套便皺起眉頭.

片語 **knit ~'s brows** 皺眉頭.（⇨ 範例 ②）

活用 v. **knits**, **knitted**, **knitted**, **knitting/knits**, **knit**, **knit**, **knitting**

knitting ['nıtıŋ] n. 編織（物）.

範例 She has left her **knitting** in the train. 她把編織物遺忘在火車上.
You should stick to your **knitting**. 你應該專心於自己的工作.

片語 **stick to ~'s knitting/tend to ~'s knitting** 專心於自己的事.（⇨ 範例）

♦ **knitting machine** 編織機.

knitting needle 編織針，毛線針.

knob [nab] n. ①（門、抽屜等的球形）把手，手柄. ②（電視機、收音機等的）旋鈕.

複數 **knobs**

knobbly ['nablı] adj.『英』多節 [瘤] 的，瘤狀的，凹凸不平的《亦作 knobby》.

活用 adj. **more knobbly**, **most knobbly**

knobby ['nabı] adj.『美』多節 [瘤] 的，瘤狀的，凹凸不平的《亦作 knobbly》.

活用 adj. **more knobby**, **most knobby**

*****knock** [nak] v. ① 擊，打，敲. ②（引擎）發出爆震聲.

—— n. ③ 敲擊，敲擊 [門] 聲. ④（引擎的）爆震聲. ⑤ 不幸，打擊. ⑥（棒球的）擊球.

範例 ① The prisoner **knocked** his head against the wall. 那個犯人用頭撞牆.

He was **knocked** senseless. 他被打昏了.
I'll **knock** your teeth in! 當心我打掉你的牙!
She **knocked** him on the head. 她在他頭上敲了一下.
Somebody is **knocking** on the door. 有人在敲門.
② If your car begins to **knock**, stop and use this oil. 如果你的汽車開始發出爆震聲, 你就停下來加這種油.
③ There was a **knock** at the window. 有人敲窗戶.
[片語] **knock about/knock around**《口語》: ① 連續毆打: I was sometimes **knocked about** by my father for my mischief. 我有時候因為淘氣而被父親打. ② 漂泊, 流浪: I'm going to **knock about** in South America for a year or two. 我打算在南美流浪一、二年. ③ 在 ～ 到處走動〔閒晃〕: The class are **knocking around** a school festival. 班上學生都在校慶活動上閒逛.
knock back《口語》① 一下子喝下(酒), 把～一飲而盡. ② 花費(金錢): My new house **knocked** me **back** twenty thousand dollars. 新房子花了我2萬美元.
knock down ①(用汽車)撞倒: The drunk driver **knocked down** an old woman here last night. 那個醉漢昨天開車在這裡撞倒了一位老婦人. ② 拆毀(建築物等): The building was **knocked down** to build a new big one. 為了建造新大樓, 那棟樓房被拆毀了. ③ 大幅度降低價格: There are two shops in this town where they **knock down** daily goods. 在這個鎮上, 有兩家商店大幅降低日用品的價格.
knock off ① 停止, 中斷. ② 減價.
Knock wood!/**Knock on wood**! 但願好運常在!《亦作 Touch wood》[☞ **touch**]
knock up 匆忙地做: Mom, please **knock up** lunch for me. 媽, 請趕緊為我做午飯.
[活用] v. **knocks**, **knocked**, **knocked**, **knocking**
[複數] **knocks**
knocker [`nakɚ] n. ① 門環, 門扣. ② 敲門者, 來訪者.
[複數] **knockers**
knock-kneed [`nak`nid] adj. 膝向內彎的, 內八字的.
[活用] adj. **more knock-kneed**, **most knock-kneed**
knockout [`nak͵aʊt] n. ① 擊倒, 打倒. ② 優秀的人〔物〕, 動人的女子.
[範例] ① He won the fight by a **knockout** in the second round. 他在第二回合擊倒對手贏得比賽. ② She is a real **knockout**. 她的確是一個曠世美女.
[複數] **knockouts**
knoll [nol] n. 圓丘, 土墩《緩慢傾斜的低丘》.

[knocker]

[複數] **knolls**
***knot** [nɑt] n. ① 結, 節. ② 裝飾用的花結, 蝴蝶結. ③ 群, 叢, 團. ④ 困難, 難題, 糾葛. ⑤(草木、樹幹、肌肉等的)節, 瘤. ⑥ 節《船隻航行的速度單位, 時速1浬(1,852公尺)的速度; 略作 kt 或 kn》.
—— v. ① 綁在一起, 捆綁; 打結.
[範例] ① I tied a **knot** in the end of the rope. 我在繩尾打了一個結.
untie a **knot** 解開結.
They tied the **knot** just three weeks after they met. 他們倆認識才3個星期就結婚了.
② Susie, that's a nice **knot** you have there. 蘇西, 你佩戴的花結好漂亮.
③ What began as a small **knot** of onlookers turned into a crowd of hundreds in an hour or so. 剛開始只是一小群看熱鬧的人, 不到一個小時就變成了好幾百人圍觀.
④ They tied themselves in **knots** over what to do about crazy Aunt Betty. 他們為了如何應付古怪的貝蒂姑姑感到困擾不已.
⑤ This timber is full of **knots**. 這種木材有很多節.
⑥ This ship does 30 **knots**. 這艘船時速30節.
⑦ She **knotted** the two ropes together. 她把2條繩子綁在一起.
[片語] **tie ～ in knots** 使處於困境. (⇨ [範例] ④)
tie the knot《口語》結婚. (⇨ [範例] ①)
[複數] **knots**
[活用] v. **knots**, **knotted**, **knotted**, **knotting**
knotty [`nɑtɪ] adj. ① 有結的, 多結的. ② 錯綜複雜的, 難以解決的: a **knotty** problem 錯綜複雜的問題.
[活用] adj. **knottier**, **knottiest**
know [no] v. ① 瞭解, 知道; 精通, 熟悉. ② 認識, 與～有來往. ③ 分辨, 認出.
[範例] ① I **know** his phone number. 我知道他的電話號碼.
You must **know** more about yourself. 你應該多瞭解你自己一點.
He **knows** everything about the incident. 他知道那個事件的來龍去脈.
She **knows** nothing of poverty. 她無法體會貧窮的痛苦.
I didn't **know** the answer to the question. 我不知道那個問題的答案.
He **knows** Spanish. 他精通西班牙語.
How do you **know** that he is a policeman? 你怎麼曉得他是警察?
Do you **know** when he will leave for Cairo? 你知道他甚麼時候要去開羅嗎?
We didn't **know** whether his story was true or not. 我們不知道他說的是否是真的.
You don't **know** how to swim, do you? 你不會游泳吧?
She didn't **know** what to do. 她不知道該怎麼辦.
I **know** him to be a teacher of English. 我知道他是一位英語教師.

┌─ 充電小站

意義的轉褒或轉貶

nice 原為「無知的，蠢的」之意，表示「不好侍候的，拘泥於小節的」，但隨著時間流逝，卻變成了「細微的，微妙的」→「優雅的，出色的」等表示褒獎之意。

這種字義「轉褒」(amelioration) 的例子如下：

knight「騎士」

原為「男孩，僕人」之意，但後來逐漸轉變成「在軍隊效勞者，國王或君主的侍從」之意，後來又指「護衛貴婦人者」。

lady「女士」/lord「主人」

這兩個字均與 loaf (一條麵包) 有關係。昔日製作麵包的工作具有非常重要的意義，一家之主 lord 為「守護麵包的人」，而其妻 lady 為「捏麵糰的人」。到了9世紀，這兩個字被用作對國王或皇后等身分高貴者的尊稱，與麵包的關係也就淡薄了。

steward, stewardess「飛機上的空服員」

原為「看守家或小屋的人」，字首的 ste- 用現代英語來表達的話就相當於 sty 或 pigsty (豬棚) 之意，這個表示「看守豬棚的人」的字，漸漸也指「掌管家務的人，負責炊事的人」。後來不僅指家裡，也泛指輪船、飛機上提供服務的人。

順便一提，後來為了消除 steward 為男、stewardess 為女的區別，漸漸採用 flight attendant 這個字。

pretty「可愛的，漂亮的」

原為「狡猾的，精明的，狡詐的」之意，到了15世紀，壞形象變得淡薄，被用作表示「聰明的，機靈的」人或「製作得巧妙的」東西等褒義。形容人時，當初用於男性，表示「勇敢的，健壯的」，但後來也開始用於女性，表示「可愛的，漂亮的」。

travel「旅行」

與 travel 同字源的法語 travailler 有「工作」之意。原來的意義為「用3根木樁拷問」，從中引申出「痛苦，辛苦」→「工作」之意。英語中也有 travail 一字，還含有「辛苦，分娩的痛苦，陣痛」等意義。

那麼，為甚麼把「痛苦」與「旅行」聯想在一起呢？原來中世紀時的旅行與現在不同，主要為朝拜聖地之漫長又艱辛的旅行，甚至有時候還有生命危險，也就是說「旅行」是「艱苦的旅行」。而現在不管多麼輕鬆或愉快的旅行都用 travel。

相反地，也有一些原本具有褒義的字，隨著時間流逝而「轉貶」(deterioration)。

cunning「狡猾的，狡詐的」

原為「有知識，有學問的，聰明的」之意，後來被轉用於做壞事，表示騙人騙得很巧妙，正好與 pretty 和 nice 相反，它的壞形象被擴展了。

順便提一下，cunning 中沒有「作弊」之意，表此義時通常用 cheating。

silly「愚蠢的」

原為「受到上帝恩惠的，幸福的，純潔無瑕的」之意，後來被用於指人「柔弱的，可憐的，憐憫的」，再後來增添了蔑視的心情，成了「無知的，單純的，缺乏理性的」之意，一直貶低到現在的「愚蠢的」之意。

gang「一幫歹徒」

原為「去，行走」之意，在 gangway (船上的出入口、通道) 這個字當中還保存原來意義，自17世紀起，被用作「一群人，一幫人」之意，之後增添了貶低的含意就成了「一幫歹徒」之意。指一幫歹徒中的一員叫作 a gangster.

└─

I **knew** the rumor to be true. 我早就知道那傳聞是真的。

That fact is **known** to everyone. 那個事實眾所皆知。

It has become **known** that he will run for the Presidency. 他要競選總統這件事情已經不是祕密了。

As far as I **know**, he is an honest man. 據我所知，他是一個正直的男子。

② I'd like to **know** her. 我想認識她。

I have **known** him for a long time. 我認識他很長一段時間了。

She is hard to get to **know**. 與她打交道並不容易。

③ Do you **know** a sheep from a goat? 你能分辨山羊和綿羊嗎？

I **know** good novels when I read them. 我一讀就知道是否是不錯的小說。

I **knew** you at once. 我馬上就認出你來了。

Will she **know** me again? 她下次見到我還會認得我嗎？

[片語] **in the know**《口語》熟知內幕的.

know about 知道～的情況：I don't **know about** the matter. 我不知道那件事情。

know better 不至於笨到：I **know better** than to quarrel with him. 我不致於蠢到與他爭吵。

know...for ~ 認為～是…：I **knew** him for an American. 我認為他是美國人。

know of 聽說過，知道《聽說或透過閱讀》：I **know of** him, but I don't **know** him personally. 我聽過他，但我個人不認識他。

know what's what 知道事情的真相.

you know《表示提醒對方，要對方記住或理解自己說的話》：We have a lot of snow here, **you know**. 你知道的，我們這裡經常下雪。You must keep your room clean, **you know**. 你要知道，你必須保持自己房間的整潔。

[活用] v. **knows, knew, known, knowing**

know-how [`no,hau] n.《口語》技術，技能，實際知識：It takes more mechanical **know-how** to repair this machine. 要修理這臺機器需要更多有關機械的專門技術。

knowing [`noɪŋ] adj. 知道的，會意的：a

knowing smile 會心一笑.

knowingly [`noɪŋlɪ] *adv.* ① 會意地；故意地：
He would not **knowingly** lie. 他不會故意說
謊. ② 熟悉地.

***knowledge** [`nɑlɪdʒ] *n.* ① 知識，知悉，瞭解.
② 學識，學問.

範例 ① He has ε good **knowledge** of German.
他精通德語.

the spread of scientific **knowledge** 科學知識
的普及.

I have no **knowledge** of psychoanalysis. 我對
精神分析一點也不瞭解.

His experiences in political circles enriched his
knowledge of politics. 他在政界的經歷豐富
了他的政治知識.

Children have little **knowledge** of good and
evil. 孩子們無法分辨善惡.

It is a matter of common **knowledge** that
money is not everything. 金錢並非一切，這是
常識.

② a man of **knowledge** 有學問的人.

a branch of **knowledge** 一門學科.

片語 **come to ~'s knowledge** 被~得知.

**to ~'s knowledge/to the best of ~'s
knowledge** 據~所知：To my knowledge,
this novel has never been translated into
Chinese. 據我所知，這本小說還沒有被譯成
中文.

without ~'s knowledge 瞞著，不讓~知
道.

knowledgeable [`nɑlɪdʒəbl] *adj.* 熟悉的，
通曉的：She is very **knowledgeable** about
New York. 她對紐約非常熟悉.

活用 *adj.* **more knowledgeable, most
knowledgeable**

***known** [non] *v.* know 的過去分詞.

knuckle [`nʌkl] *n.* ① 指關節，〔the ~s〕(握拳
時)指關節的突出部分. ②(豬、羊等的)膝
關節.

——*v.* ③ 用指關節敲擊：My brother **knuckled**
the table with anger. 我哥哥生氣地用指關節
敲擊桌子.

片語 **knuckle down** 認真工作：Let's
knuckle down to business. 我們開始認真工
作吧！

knuckle under 屈服：The villagers refused
to **knuckle under** to any violence. 村民們不
願屈服於任何暴力之下.

near the knuckle (近乎)下流的：Your
jokes are always **near the knuckle**. 你的玩
笑總是近乎下流.

複數 **knuckles**

活用 *v.* **knuckles, knuckled, knuckled,
knuckling**

koala [kə`ɑlə] *n.* 無尾熊《產於澳洲之樹棲性有
袋哺乳類動物，亦作 koala bear》.

複數 **koalas**

Koran [ko`rɑn] *n.* 〔the ~〕可蘭經《伊斯蘭教的
聖典》.

Korea [ko`riə] *n.* 韓國《☞ 附錄「世界各國」》.

Korean [ko`riən] *n.* ① 韓國語，韓國人.

——*adj.* ② 韓國的.

kosher [`koʃə] *adj.* 符合猶太教規定的《特指
食物》；適當的，真正的.

活用 *adj.* **more kosher, most kosher**

Kremlin [`krɛmlɪn] *n.* ①(莫斯科的)克里姆林
宮. ② 前蘇聯政府.

Ku Klux Klan [`kju klʌks`klæn] *n.* 〔the ~〕
三 K 黨《美國南北戰爭後，為迫害黑人、維護
白人霸權而在南部各州成立的祕密組織. 在
第一次世界大戰中，也有相同名稱的另一個
團體，其目的是在抵制猶太人和黑人等，略
作 KKK》.

複數 **Ku Klux Klan**

kung fu [`kʌŋ`fu] *n.* 功夫，中國武術.

kW/kw《縮略》= kilowatt, kilowatts (瓩).

L, l

L L l

簡介字母 L 語音與語義之對應性

/l/ 在發音語音學列為齒齦舌邊音 (alveolar lateral). 發 [l] 音時，舌尖與部分舌葉和齒齦接觸，造成正面堵住氣流出路，氣流只好從舌頭的兩邊流出口外. 此外，[l] 能讓氣流迅速地流過，所以又稱作流音 (liquid).

(1) [l] 是所有輔音中最輕、發音最不費力的音 (effortless sound)，因此其音質具有「輕輕的、鬆鬆的」特性. 本義為「質輕之物或減輕之動作」:

lilt　*n.* 輕快的歌曲
　　(a light song)
loam　*n.* 沃土
　　(a light soil)
lily　*n.* 百合花
　　(a light flower)
lunch　*n.* 便餐
　　(a light meal)
lark　*n.* 嬉戲
　　(a lightest form of fun)
lance　*n.* 長矛
　　(a light weapon)
latch　*n.* (門窗上的) 門閂
　　(a light fastening)
lath　*n.* 薄木片
　　(a light strip of wood)
leaven　*v.* (加酵母菌) 使 (麵粉) 發酵，使發鬆
alleviate　*v.* 使 (身、心的痛苦) 減輕

(2) 一般人做事若不需費力，不需絞盡腦汁，其心情必然輕鬆愉快，情不自禁地要做邊歌詠出「la, la, la」，因此引申含有「心情沒有壓力、輕鬆、愉快」(a light, joyous mood) 之意味:

laughter　*n.* 笑聲
liberty　*n.* 解放，自由
leisure　*n.* 空閒
lad　*n.* 少男
lass　*n.* 少女
light　*adj.* (心情) 輕鬆的; (動作) 輕快的
lissome　*adj.* 姿態優雅的，輕快的

loose　*v.* 釋放，使自由
relax　*v.* 放鬆心情

(3) 大自然要呈現出輕鬆、愉快的面貌，就必須要有光，有了光，陽光普照大地，萬物欣欣向榮，生氣蓬勃. 因此也可引申為含有「發光、明亮」之意味:

light　*n.* 光; 光線; 光亮
lamp　*n.* 燈; 燈光
lambent　*adj.* (火焰、燈光) 搖曳的
lantern　*n.* 燈籠
lightning　*n.* 閃電
lucent　*adj.* 發光的，光亮的
lumen　*n.* 流明《光束的單位》
luminous　*adj.* 發光的，光亮的
luster　*n.* 光澤，光輝
lackluster　*adj.* 無光澤的
lustrous　*adj.* 有光澤的，光亮的
lux　*n.* 勒克斯《照明度的國際單位》

(4) 做事若不需費力，不需絞盡腦汁，有可能會像龜兔賽跑中的兔子故意不認真賽跑，擺出一副怠懶、不想活動的樣子. 因此，另一引申之意為「怠懶、不想活動」(laziness, inactivity):

lull　*v.* 哄 (嬰兒) 入睡
lullaby　*n.* 搖籃曲
lie　*v.* (人、動物) 躺，臥
lean　*v.* (往後) 倚靠
loaf　*v.* 遊手好閒; 閒蕩
lounge　*v.* 精疲力盡地躺臥
loll　*v.* 懶洋洋靠 (坐著或站著)
loiter　*v.* 閒蕩
lag　*v.* 落後; 鬆懈; (興趣等) 減低
laggard　*n.* 動作緩慢者
lazy　*adj.* 懶散的，怠懶的
languid　*adj.* 倦怠的
lethargic　*adj.* 昏睡狀態的; 無氣力的
lackadaisical　*adj.* 無精打采的，懶散的
listless　*adj.* 無精打采的，倦怠的
lassitude　*n.* 懶散，倦怠

L [εl] *n.* 50《羅馬數字》.

l《縮略》= liter, liters (升).

£ *n.* 鎊《英制貨幣單位 pound, pounds 的縮略符號; 用於數字前》: £7.24 7鎊24便士.

la [lɑ] *n.* 全音階第6音.
（➤ 充電小站）(p. 831)

lab [læb] *n.*《口語》實驗室，研究室《laboratory

的縮略》.
複數 **labs**

***label** [`lebl] *n.* ① 標籤; 標記. ② (唱片公司的) 商標.
——*v.* ③ 加標籤; 貼標記.
範例 ① Read the **label** before taking this medicine. 服用此藥前要閱讀標籤.

② The band has changed to a new **label**. 那個樂團轉入了一家新的唱片公司.
③ The bottle was **labeled** "poison." 那個瓶子上貼著「毒藥」的標籤.
You **labeled** me as a coward. 你給我貼上了膽小鬼的標籤.
[複數] **labels**
[活用] v. 〖美〗**labels, labeled, labeled, labeling**/〖英〗**labels, labelled, labelled, labelling**

***labor** [`lebɚ] n. ① 勞動. ② 勞動者, 勞工階級. ③ 陣痛; 分娩.
—— v. ④ 勞動, (辛苦地) 工作; 費力地做.
[範例] ① Hooking these houses up to the town's water system will involve a lot of manual **labor**. 把這些住宅接上城鎮的自來水系統需要耗費許多勞力.
The new machine will save us a lot of **labor**. 這部新機器將省去我們許多勞力.
② The problem is a shortage of skilled **labor**. 問題出在缺乏熟練的勞工.
③ Mrs. Jones was in **labor** for five hours. 瓊斯夫人花了5個小時分娩.
④ I spent the weekend **laboring** at my uncle's rock quarry. 我花了一個週末的時間在我叔叔的採石場工作.
They are **laboring** with elementary Spanish. 他們努力學習初級西班牙文.
Some Boy Scouts **labored** their way up Mt. Shasta. 一些童子軍費力地登上了沙斯塔山.
[片語] **labor the point** 詳盡說明, 贅述: There is no need to **labor the point**. 沒有必要敘述得太詳細.
labor under 為 ～ 而苦惱, 苦於: He **labored under** an illusion. 他被幻影所擾.
[參考] 〖英〗**labour**.
♦ **Lábor Dày** 勞動節《美國、加拿大的法定假日, 定於每年9月的第一個週一》.
làbor of lóve (不計報酬) 心甘情願的工作.
the Lábour Pàrty (英國的) 工黨.
lábor ùnion 〖美〗工會 (〖英〗**trade union**).
[複數] **labors**
[活用] v. **labors, labored, labored, laboring**

***laboratory** [`læbrə,tori] n. 實驗室, 研究室.
[複數] **laboratories**

***laborer** [`lebərɚ] n. 工人, (體力) 勞動者: James, tired of city life, is now working as a farm **laborer**. 詹姆斯厭倦城市生活, 現在成了一名農場工人.
[參考] 〖英〗**labourer**.
[複數] **laborers**

***laborious** [lə`borɪəs] adj. 費力的, 麻煩的; 辛勤的, 努力的: Clearing the land of rocks and tree stumps for farming is a **laborious** task. 為了耕地而清除石塊與樹木的殘枝是一件費力的工作.
[活用] adj. **more laborious, most laborious**
laboriously [lə`borɪəslɪ] adv. 費力地, 麻煩地; 辛勤地, 努力地.

[活用] adv. **more laboriously, most laboriously**

***labour** [`lebɚ] =n., v. 〖美〗**labor**.
***labourer** [`lebərɚ] =n. 〖美〗**laborer**.
labyrinth [`læbə,rɪnθ] n. ① 迷宮. ② 錯綜複雜的事物.
[複數] **labyrinths**

***lace** [les] n. ① 蕾絲 (織品), 花邊. ②(鞋子、緊身衣等的) 繫帶. ③ 滾邊, 飾帶.
—— v. ④ 以繫帶束緊 (up). ⑤ 把帶子穿過去. ⑥ 以蕾絲裝飾, 滾花邊裝飾. ⑦ 添加少量 (酒精等).
[範例] ① a **lace** handkerchief 蕾絲手帕.
My mother can't crochet **lace** anymore because of her arthritis. 我母親因為關節炎的關係, 已經無法再用鉤針編織蕾絲花邊了.
② shoe **laces** 鞋帶《亦作 shoelaces, bootlaces》.
③ a uniform with gold **lace** 金色滾邊的制服.
④ Tom **laced** up his shoes. 湯姆繫緊了鞋帶.
⑤ **lace** a string through holes 把帶子穿過孔內.
⑦ Paul always **laces** his tea with brandy. 保羅都會在紅茶裡加少量的白蘭地.
[複數] **laces**
[活用] v. **laces, laced, laced, lacing**

lacerate [`læsə,ret] v. 撕裂, 割傷 (皮膚等): The broken glass badly **lacerated** her face. 玻璃碎片把她的臉割得傷痕累累.
[活用] v. **lacerates, lacerated, lacerated, lacerating**

laceration [,læsə`reʃən] n. 割傷; 撕裂, 裂傷.
[複數] **lacerations**

***lack** [læk] n. ① 缺乏, 短少; 缺少的東西.
—— v. ② 缺乏, 沒有.
[範例] ① He failed for **lack** of support. 他因缺乏援助而失敗.
② I thought my daughter **lacked** for nothing. 我認為我女兒甚麼也不缺.
She **lacked** the courage to refuse our offer. 她沒有勇氣拒絕我們的提議.
[片語] **for lack of** 由於缺乏. (⇨ [範例] ①)
lack for 缺乏 (⇨ [範例] ②)
[活用] v. **lacks, lacked, lacked, lacking**

lacking [`lækɪŋ] adj. 〔不用於名詞前〕缺乏的, 不足的.
[範例] The nurse was **lacking** in experience. 那位護士缺乏經驗.
Humor is **lacking** in his speech. 他的演說缺乏幽默.

lacquer [`lækɚ] n. ① 漆, 噴漆. ② 噴霧髮膠. ③ 漆器《亦作 lacquer ware》.
—— v. ④ 塗漆於.
♦ **Jàpanese lácquer** 日本漆.
[活用] v. **lacquers, lacquered, lacquered, lacquering**

lacrosse [lə`krɔs] n. 長曲棍球《由兩隊各10人進行的球類運動, 起源於美洲印第安族, 在北美一帶盛行一時; 比賽時以棍端帶網的曲

棍球棍傳球，將球射入對方球門即得1分）.

lacy [ˋlesɪ] *adj.* 花邊（狀）的，似花邊的.

[活用] *adj.* **lacier, laciest**

***lad** [læd] *n.* ① 小伙子，少年；傢伙，老兄. ② 〖英〗放蕩不羈的傢伙：Tom is a bit of a **lad**. 湯姆有點兒放蕩不羈.

[複數] **lads**

***ladder** [ˋlædɚ] *n.* ① 梯子. ②〖英〗（襪子等的）抽絲，脫線.

——*v.* ③〖英〗（襪子）抽絲，脫線；使抽絲.

[範例] I set up a **ladder** against the tree. 我把梯子靠著那棵樹.

James climbed up the **ladder** of success. 詹姆斯登上了成功的階梯.

Which creature is the lowest form of life on the evolutionary **ladder**? 哪一種生物是進化最底層的生物?

② She noticed a **ladder** in her tights. 她發現褲襪有一處脫線.

[參考] ②③〖美〗run.

[複數] **ladders**

[活用] *v.* **ladders, laddered, laddered, laddering**

laden [ˋledn] *adj.* ① 裝滿的，充滿的. ② 苦惱的，痛苦的；負擔沉重的.

[範例] ① a heavily **laden** truck 滿載貨物的卡車.

a tree **laden** with apples 結實纍纍的蘋果樹.

a woman **laden** with guilt 負罪的女子.

***ladies** [ˋledɪz] *n.* lady 的複數形.

ladle [ˋledl] *n.* ① 長柄杓，杓子.

——*v.* ② 以杓舀取：**ladle** soup into a plate 把湯舀到盤子裡.

[片語] ***ladle out*** 任意給與（金錢、物品等）：That candidate is accused of **ladling out** money and gifts to win votes. 那位候選人因發送金錢與禮物來爭取選票而遭到告發.

[複數] **ladles**

[活用] *v.* **ladles, ladled, ladled, ladling**

***lady** [ˋledɪ] *n.* ① 淑女，貴婦《門第、社會地位高且有教養的女性》. ②《正式》女士，婦人；女性，小姐.

[範例] ① Mrs. Brown is a real **lady**. 布朗夫人是一位真正的淑女.

② Mrs. Jones is a kind old **lady** who lives next door. 瓊斯夫人是一位住在隔壁的和藹老婦人.

[片語] ***Ladies and gentlemen*!** 各位女士先生!

[參考] (1) 對單一女性稱呼時常用 madam. (2) 在英國亦用於具有 Lord 或 Sir 稱號的貴族夫人或公爵 (duke)、侯爵 (marquess)、伯爵 (earl) 等的女兒的稱號，表示此義時用 Lady. (3) 作為標示，指女用廁所，表示此義時用 ladies, the ladies, the ladies'、ladies' room.

♦ **mỳ lády** 夫人，小姐《特指僕人、侍從對具有 Lady 稱號的女性使用時》.

Ôur Lády 聖母瑪麗亞.

[複數] **ladies**

ladybird [ˋledɪˏbɝd] *n.* 〖英〗瓢蟲《〖美〗

ladybug）.

[複數] **ladybirds**

ladybug [ˋledɪˏbʌg] *n.* 〖美〗瓢蟲《〖英〗ladybird）.

[複數] **ladybugs**

ladyship [ˋledɪˏʃɪp] *n.* 夫人，小姐《對具有 Lady 稱號的女性之敬稱；亦作 Ladyship）.

[範例] your **Ladyship** 夫人，小姐《僕人等使用）.

Her **Ladyship** is out shopping. 夫人出去買東西了.

➡ 〔充電小站〕(p. 761)

[複數] **ladyships**

***lag** [læg] *v.* ① 緩慢前進；落後，延遲 (behind). ② 以隔熱材料覆蓋.

——*n.* ③ 落後，遲滯；落差.

[範例] ① The runner from Mali **lagged** behind the rest. 來自馬利共和國的賽跑選手落後於其他選手.

I'm afraid my son **lags** behind at school. 我擔心我兒子在學校跟不上進度.

③ During the two-week **lag** between the order and delivery of my new computer, I had to use my old typewriter. 我的新電腦從訂購到送達的那2週內，我不得不使用舊打字機.

[活用] *v.* **lags, lagged, lagged, lagging**

[複數] **lags**

lager [ˋlɑgɚ] *n.* 淡啤酒《通常在低溫下貯藏6週到6個月；亦作 lager beer）：Two **lagers**, please. 請來2杯淡啤酒.

[複數] **lagers**

laggard [ˋlægɚd] *n.* 遲滯者，落後者.

[複數] **laggards**

lagoon [ləˋgun] *n.* 潟湖，礁湖《由沙洲或珊瑚所環繞的淺海水域》.

[複數] **lagoons**

***laid** [led] *v.* lay 的過去式、過去分詞.

***lain** [len] *v.* lie (①-④) 的過去分詞.

lair [lɛr] *n.* 獸穴，(動物的) 巢穴；藏身之處：(供人閱讀或休憩的) 休息場所.

[範例] Finally, we found the animal's **lair**. 我們終於發現那個動物的巢穴.

After dinner the man retired to his **lair**, and read a Russian novel. 晚餐後，那個男子回自己的房間看了一本俄國小說.

[複數] **lairs**

***lake** [lek] *n.* 湖.

[範例] We rowed a boat on Sun Moon **Lake**. 我們在日月潭划船.

European farming subsidies have created **lakes** of milk and mountains of butter. 歐洲靠農業補助金生產出大量牛奶與奶油.

♦ **the Láke Còuntry/the Láke District** 湖區《位於英國英格蘭西北部昆布利亞郡 (Cumbria)，該區湖泊多為冰河作用而形成，為著名的觀光勝地》.

[複數] **lakes**

***lamb** [læm] *n.* ① 羔羊，小羊. ②《口語》溫順的人；天真〔柔弱〕的人.

——*v.* ③ 生小羊.

範例 ① We had roast **lamb** for Sunday lunch. 我
們週日午餐吃了烤小羊肉.
The baby is sleeping like a **lamb**. 那個嬰兒天
真可愛地睡著.
② What a **lamb** she is—no wonder you love
her. 她真是柔順可人, 怪不得你會愛上她.
片語 *like a lamb* 溫順地, 天真可愛地. (⇨
範例 ①)
參考 一般泛稱「羊」為 sheep.
複數 **lambs**

*lame [lem] adj. ① (腿) 殘廢的, 跛腳的. ② (理
由、說明等) 差勁的, 不充分的.
——v. ③ 使腿殘廢, 使跛腳.
範例 ① The gentleman is **lame** in the right leg.
那位紳士右腿跛了.
His right leg is **lame**. 他的右腿跛了.
② Ed made a **lame** excuse for being late. 艾德
為遲到編了個很遜的藉口.
③ The man was **lamed** for life in the accident.
那個人因那場意外而造成終身殘廢.
♦ **lame duck** ① 無用的人〔物〕. ② 〖美〗任期
未滿但爭取連任失敗的官員〔總統〕.
活用 adj. **lamer**, **lamest**
活用 v. **lames**, **lamed**, **lamed**, **laming**

lamely [`lemlɪ] adv. ① 跛腳地. ② 無法讓人信
服地, 不充分地.
活用 adv. **more lamely**, **most lamely**

lameness [`lemnɪs] n. ① (腿的) 殘疾, 跛. ②
(理由、說明等的) 不充分, 拙劣: They made
fun of the boy for the **lameness** of his excuse.
他們拿那個男孩開玩笑, 因為他的藉口很蹩腳.

*lament [lə`mɛnt] v. ① 為~悲痛〔痛惜〕, 哀悼,
悲嘆; 悔恨.
——n. ② 悲嘆, 哀悼. ③ 悼詞, 輓歌.
範例 ① The people deeply **lamented** the death
of the great artist. 人們為那位偉大藝術家之
死深感悲痛.
The parents **lamented** for their dead child. 那
對父母為他們孩子的死悲傷萬分.
the late **lamented** 已故者.
活用 v. **laments**, **lamented**, **lamented**,
lamenting
複數 **laments**

lamentable [`læməntəbl] adj. 令人悲痛〔遺
憾〕的, 可悲的.
發音 亦作 [lə`mɛntəbl].
活用 adj. **more lamentable**, **most**
lamentable

lamentably [`læməntəblɪ] adv. 令人悲痛〔遺
憾〕地, 可悲地.
發音 亦作 [lə`mɛntəblɪ].
活用 adv. **more lamentably**, **most**
lamentably

lamentation [ˌlæmən`teʃən] n. 哀悼, 悲痛;
悲嘆聲: We could hear a cry of **lamentation**
from the crowd outside. 我們可以聽到外面人
群悲傷的哭泣.
複數 **lamentations**

‡**lamp** [`læmp] n. 燈, 燈具.
範例 a desk **lamp** 檯燈
a safety **lamp** 安全燈《為避免礦坑內可燃氣
體燃燒的礦工用燈》.
a spirit **lamp** 酒精燈.
a street **lamp** 街燈, 路燈.
複數 **lamps**

lamplight [`læmp,laɪt] n. 燈光, 燈火.

lamppost [`læmp,post] n. 路燈柱.
複數 **lampposts**

lampshade [`læmp,ʃed] n. 燈罩.
複數 **lampshades**

lance [læns] n. ① 長矛《古代騎士用的長柄矛》.
② (刺魚用的) 魚叉.
——v. ③ 用長矛刺. ④ (外科手術中) 用柳葉刀
切開.
複數 **lances**
活用 v. **lances**, **lanced**, **lanced**, **lancing**

lancet [`lænsɪt] n. 柳葉刀《外科手術中的雙刃
手術刀》.
複數 **lancets**

‡**land** [lænd] n. ① 陸, 陸地《相對於 the sea 而
言》. ② 土地. ③《正式》國家, 國土.
——v. ④ (使) 上岸, (使) 登陸; (飛機) 降落. ⑤
卸貨.
範例 ① The ship came to **land** at last. 那艘船終
於登陸了.
We came in sight of **land** after some time. 過
了一會兒, 我們看到了陸地.
② rich **land** 肥沃的土地.
The price of **land** in Tokyo is extremely high.
東京的地價非常高.
③ He visited many foreign **lands**. 他造訪了許
多國家.
④ The U.N. troops **landed** in China. 聯合國軍
隊在中國登陸.
The plane **landed** at CKS Airport safely. 那架
飛機在中正國際機場平安降落.
England **landed** her troops in France. 英國軍
隊在法國登陸.
⑤ They **landed** goods from the ship. 他們從那
艘船上卸下貨物.
片語 *by land* 經由陸路: It will be safer to go **by**
land than by sea. 經由陸路前往會比海路來
得安全.
land on ~'s feet 逢凶化吉, 運氣好: We
landed on our feet thanks to our desperate
efforts. 我們放手一搏而倖免於難.
➡ (充電小站) (p. 707)
複數 **lands**
活用 v. **lands**, **landed**, **landed**, **landing**

landed [`lændɪd] adj.〔只用於名詞前〕土地的;
擁有土地的: He has a huge **landed** estate.
他擁有龐大的土地資產.

landing [`lændɪŋ] n. ① 登陸, 著陸; 卸貨. ②
登陸處, 卸貨處, 碼頭. ③ 樓梯平臺.
範例 ① The plane's **landing** was delayed
because of dense fog. 那架飛機的著陸因濃
霧而延遲.

地形 (land)

► **bay, gulf, cove**
　這3個字都表示「港灣」之意. gulf 指的是一片周圍被陸地所圍繞的巨大長型海域，為規模最大的海灣，但其一般多為半島或岬角從兩側相夾，故出海口狹窄. 而 bay 的規模比 gulf 小，但在專有名詞中亦有大海灣用 bay，如 Hudson Bay (哈得遜灣)；也有小海灣用 gulf，如 the Gulf of St. Lawrence (聖羅倫斯灣) 及 the Gulf of Panama (巴拿馬灣).
　cove 是指比 bay 更小的海灣，因為規模太小，所以通常不和專有名詞一起搭配使用.

► **coast, shore, beach, seashore**
　shore 原意指「水畔」，可用來表示海岸、湖岸、河岸等 (另一個字 bank 不指海岸，單指河邊或湖邊稍高的波狀陸地，一般稱為「河堤，湖堤」).
　seashore 指「海岸，海濱」，亦作 shore 或 seaside，也包括海浪及不及之處，但在法律上嚴格指高潮線和低潮線之間的地帶.
　beach 指「海灘，沙灘，湖濱，水濱」，表示海浪或波浪拍打得到的地方，範圍較狹窄. coast 則泛指「(大洋) 沿海、沿岸一帶寬廣的地區」.

► **mountain, hill**
　hill 指「山崗，小山」，比 mountain 低，在英國一般指高度 600 公尺以下的山，而 mountain(s) 通常指巍巍聳立的大山 (脈).
　以下列舉一些與山有關的字：

山頂	summit, top
山肩	shoulder
高原，臺地	plateau
山脊，分水嶺	ridge
山脈	mountains

► **valley, gorge, canyon**
　gorge 指兩側有峭壁的狹窄山谷；valley 則是一般所稱的山谷，亦指大河的流域，如 Mississippi Valley (密西西比河流域).
　canyon 比 valley 大，通常指谷底深峭、有溪澗流過的寬廣峽谷，最著名的 canyon 即是位於美國亞歷桑納州科羅拉多河上游的 Grand Canyon (大峽谷).

► **river, stream, brook, creek**
　river 是一般提到「河川」最常用的字，表示流入海洋或湖泊的大河，而流入 river 的小河或涓涓細流稱為 stream 或 brook (＝small stream). current 這個字指水或空氣的流動，特別用來指「洋流，潮流」. 另外，在美式英文裡還有 creek 這個字，表示比 river 小、比 brook 大的溪流，但此字在英式英文則是「小港灣」的意思.
　stream 和 brook 這兩個字若加了表示「小」的辭 -let 則變成 streamlet 及 brooklet，表示小溪.

► **lake, pond, pool**
　lake 是指自然形成，面積非常廣大的一片水域，也就是「湖泊」的意思. pond 在美式英文裡指的是比 lake 小的湖，但在英式英文裡指的是「人工開挖的池塘」.
　pool 本來是指自然形成、蓄了水的水塘或水窪，比 pond 更小，但現在也用於人工開挖的游泳池等.

► **cliff, precipice, bluff**
　cliff 是「懸崖」之意最常見的字，亦指海岸邊的陡峭壁面；precipice 指比 cliff 更加險峻的懸崖絕壁；bluff 則指極為陡峭的山崖絕壁.

► **cape, headland, point**
　cape 為「岬，海角」之意，指三面環海的一塊陸地，如 the Cape of Good Hope (好望角). 在英國較常用 headland 這個字來表示「岬」之意，多指有高崖的岬；而 point 雖有「岬」之意，但若與 headland 相比，point 則較低平.

---

② There were several people waiting at the **landing**. 數個人在碼頭上等待著.
[複數] **landings**

***landlady** [`lænd,ledɪ] *n.* (旅館、酒店等的) 女店主，老闆娘；女房東: She is the **landlady** of a small apartment building. 她是一棟小公寓的房東.
[複數] **landladies**

landlocked [`lænd,lɑkt] *adj.* 為陸地包圍的，不靠海的: Belarus is a **landlocked** country. 白俄羅斯是內陸國家.

***landlord** [`lænd,lɔrd] *n.* ① 地主. ② 主人，房東；(旅館等的) 店主 (☞ landlady).
[複數] **landlords**

landmark [`lænd,mɑrk] *n.* ① 陸標，地標，標記. ② 界標. ③ 里程碑.
[範例] ① The old pine tree is a **landmark** of the town. 那棵老松樹是那個城鎮的地標.
③ This event was a **landmark** in my life. 那件事是我人生的里程碑.
[複數] **landmarks**

landowner [`lænd,onɚ] *n.* 土地所有者，地主.
[複數] **landowners**

***landscape** [`lænskep] *n.* ① 風景，景色；(遠望的) 景致. ② 風景畫.
——*v.* ③ 綠化，美化.
[範例] ① A beautiful **landscape** opened before us. 一幅美麗的風景展現在我們面前.
② He's a **landscape** painter. 他是一位風景畫家.
[複數] **landscapes**
[活用] *v.* **landscapes, landscaped, landscaped, landscaping**

landslide [`lænd,slaɪd] *n.* 地表滑動，(土石) 坍方.
[範例] Three people were killed in the **landslide**. 有3個人因土石坍方而死亡.

a **landslide** victory（選舉中）壓倒性的勝利.
[複數] **landslides**

*⃰**lane** [len] *n.* ① 小巷，小路（田地、樹籬、住宅等之間狹窄的通道）. ②（船、飛機的）航線；航道；（道路的）車道. ③（田徑場的）跑道；（游泳池的）水道；（保齡球的）球道.

[範例] ① We had to make our way along a muddy **lane**. 我們必須走過一條泥濘的小路.
It is a long **lane** that has no turning.（諺語）山窮水盡必有轉機.
② a three-**lane** highway 3線道的公路.
③ Look! Jim is swimming in the third **lane**. 看! 吉姆在第3水道游泳.

[複數] **lanes**

*⃰**language** [ˋlæŋgwɪdʒ] *n.* 語言，語文；措辭.

[複例] the English **language** 英語.
a foreign **language** 外語.
his native **language** 他的母語.
spoken **language** 口語.
written **language** 書面語.
body **language** 肢體語言.
sign **language** 手語（亦作 finger language）.
legal **language** 法律用語.
use bad **language** 罵人，罵髒話.
the **language** of flowers 花語.

[片語] ***speak the same language*** 有相同的看法.

[參考] (1) language 既指國家或民族等的「～語」這種特定語言，也抽象地指「言語，言詞」，指特定的語言時用作可數名詞. (2) the native language/～'s native language 母語（指出生後最初習得的語言，亦作 the first language）.

♦ **lánguage làboratory** 語言實驗室（亦作 language lab）.
➡ (充電小站) (p. 709)
[字源] 拉丁語的 lingua（舌）.
[複數] **languages**

*⃰**languid** [ˋlæŋgwɪd] *adj.* 倦怠的，懶洋洋的，無精打采的.

[範例] A hot day makes you feel **languid**. 炎熱的日子令人感到倦怠.
She stretched out a **languid** arm to the telephone. 她懶洋洋地把手伸向電話.

[活用] *adj.* **more languid**，**most languid**

languidly [ˋlæŋgwɪdlɪ] *adv.* 倦怠地，無精打采地. The gir looked up **languidly** at the teacher who was waiting for her reply. 那個女孩無精打采地抬頭看了看正等著她回答的老師.

[活用] *adv.* **more languidly**，**most languidly**

*⃰**languish** [ˋlæŋgwɪʃ] *v.* ① 失去活力，衰弱. ② 受折磨，受苦.

[範例] ① The flowers are **languishing** because of lack of water. 花因為缺水而枯萎.
② He **languished** in prison for fifteen years. 他在牢裡苦苦熬了15個年頭.

[活用] *v.* **languishes**，**languished**，**languished**，**languishing**

lank [læŋk] *adj.* ① 瘦的，瘦長的，細長的. ②

（毛髮）平直的.
[活用] *adj.* **lanker**，**lankest**

lankly [ˋlæŋklɪ] *adv.* 瘦長地，細長地.
[活用] *adv.* **more lankly**，**most lankly**

lanky [ˋlæŋkɪ] *adj.* 過分瘦長（細長）的.
[活用] *adj.* **lankier**，**lankiest**

*⃰**lantern** [ˋlæntɚn] *n.* ① 提燈，燈籠. ② 氣窗，天窗. ③（燈塔的）燈室. ④ 幻燈機（亦作 magic lantern）.

♦ **lántern jàws** 突出的瘦長下巴.
lántern slìde 幻燈片.
[複數] **lanterns**

*⃰**lap** [læp] *n.* ① 大腿的上部《坐著時由腰至膝的大腿部分》. ②（裙子等的）下襬. ③ 重疊部分. ④（跑道的）一圈；（游泳池的）一次來回. ⑤ 舐，舐食. ⑥（拍打岸邊的）波浪聲.

[lap]

──*v.* ⑦ 包，裹住. ⑧（使）重疊. ⑨ 舐，舔；貪婪地吃（喝）；熱切地接受 (up). ⑩（波浪）拍打.

[範例] ① Mary held the child in her **lap**. 瑪麗把孩子抱在自己的膝上.
③ The girls brought blackberries in the **laps** of their skirts. 那些女孩用裙襬包著帶來了黑莓.
⑤ The dog drank the milk with just a few **laps**. 那隻狗幾口就把牛奶舐光了.
⑦ The baby was **lapped** in the blanket. 那個嬰兒被用毛毯裹住.
⑧ We **lapped** shingles on the roof. 我們在屋頂上層層疊起木瓦.
⑨ The hungry boy **lapped** up the milk. 那個飢餓的男孩把牛奶喝光了.
Emily **lapped** up every word Tom said. 艾蜜麗相信湯姆所說的一切.
⑩ Little waves were **lapping** the shore. 小浪拍打著岸邊.

♦ **láp time** 一圈〔一定距離〕所需的時間《賽跑、溜冰競速、賽車等每圈所需的時間；亦指游泳池內往返一次所需的時間》.
láptòp 膝上型電腦《可攜帶的個人筆記型電腦》.

[複數] **laps**

[活用] *v.* **laps**，**lapped**，**lapped**，**lapping**

lapel [ləˋpɛl] *n.*（外套或上衣等的）翻領.
[複數] **lapels**

*⃰**lapse** [læps] *n.* ①（無心的）錯誤，小過失. ②（時間的）流逝，推移；間隔.

──*v.* ③ 逐漸進入〔陷入〕；背離，墮落 (from). ④（權利、合約等）失效.

[lapel]

[範例] ① a **lapse** of speech 口誤.
② After a **lapse** of eight years，he came home. 時隔8年後，他回了家.

充電小站

英語中的外來語

英語字彙浩如煙海，所謂的「固有字彙」(native vocabulary)，又稱「盎格魯撒克遜字彙」(Anglo-Saxon words)，大多是指英人祖先盎格魯族與撒克遜族渡海建國時所帶來的，約占現代英語字彙的1/4。其餘3/4的字彙都是外來語，又稱為借字 (borrowed words)。由於文化的變遷、政治因素的介入、人口的遷徙與不同種族的混合等等，英語的外來語可謂源自世界各地區。

▶ 不列顛島、愛爾蘭
源自愛爾蘭的蓋爾語 (Irish Gaelic): galore, trousers
源自蘇格蘭的蓋爾語 (Scottish Gaelic): slogan, whisky
源自威爾斯語 (Welsh): crag

▶ 歐洲、俄國
源自捷克語 (Czech): pistol, robot
源自荷蘭語 (Dutch): boss, brandy, cruise, dope, easel, landscape, Santa Claus, pump, sleigh, slim, spook, yacht
源自法語 (French): aunt, beef, camouflage, castle, catch, city, debt, due, dinner, face, fruit, garage, grotesque, judge, justice, machine, market, medicine, montage, moustache, police, pork, prince, proud, unique, victory, village, voice, voyage
源自德語 (German): dachshund, hamster, paraffin, poodle, quartz, seminar, snorkel, spanner, waltz, yodel, zinc
源自古希臘語 (Ancient Greek): alphabet, anemone, angel, bulb, church, cosmos, crisis, devil, dogma, drama, idea, priest, rhythm, topic
源自匈牙利語 (Hungarian): coach, paprika
源自葡萄牙語 (Portuguese): flamingo, marmalade, pagoda, tank, veranda
源自西班牙語 (Spanish): banana, cafeteria, canyon, cargo, marijuana, mosquito, rodeo, sherry, silo
源自義大利語 (Italian): arcade, balcony, cupola, influenza, macaroni, opera, regatta, sonata, sonnet, soprano, studio, timpani, traffic, umbrella
源自拉丁語 (Latin): alibi, anchor, aquarium, cancer, candle, cheese, circus, compact, create, cup, data, dish, equator, frustrate, focus, index, item, legal, lens, major, mile, minor, minute, omnibus, pear, rose, radius, street, temple, tradition, translate, wine
源自波蘭語 (Polish): mazurka
源自俄語 (Russian): czar, intelligentsia, rouble, samovar, steppe, sputnik, vodka
源自丹麥語 (Danish): troll
源自芬蘭語 (Finnish): sauna
源自冰島語 (Icelandic): geyser
源自拉普語 (Lapp): tundra
源自挪威語 (Norwegian): cosy, fjord, lemming, slalom, ski
源自瑞典語 (Swedish): ombudsman, tungsten

▶ 美洲
源自愛斯基摩語 (Eskimo): anorak, igloo, kayak
源自印第安語 (native American): moccasin, skunk, totem
源自中南美諸語: barbecue, canoe, chocolate, condor, coyote, cougar, hammock, hurricane, iguana, jaguar, llama, maize, potato, puma, tapioka, tobacco, tomato

▶ 近東
源自阿拉伯語 (Arabic): alcohol, algebra, alkali, harem, hashish, lemon, magazine, monsoon, sash, sofa, sultan, syrup
源自希伯來語 (Hebrew): kibbutz, rabbi
源自波斯語 (Persian): bazaar, caravan, shawl, sherbet, spinach, turban
源自土耳其語 (Turkish): caviar(e), coffee, cossack, jackal, kiosk, yogurt

▶ 亞洲
源自漢語 (Chinese): ketchup, tea
源自日語 (Japanese): bonsai, dan (段), futon, haiku, hibachi, kabuki, karaoke, karoshi (過勞死), kimono, nintendo, nisei, pachinko, sake, sashimi, tatami, teriyaki, tsunami, ukiyoe, zaibatsu, zen
源自爪哇語 (Javanese): gong
源自梵語 (Sanskrit): sugar, swastika, yoga
源自印度語 (Hindi): bungalow, jungle, pyjamas, sari, shampoo
源自藏語 (Tibetan): lama, polo, sherpa

▶ 非洲
源自埃及語 (Egyptian): gum, ivory, pharaoh
源自剛果語 (Kongo): chimpanzee
源自斯瓦希里語 (Swahili): safari

▶ 太平洋各語言
源自澳洲語 (Australian native languages): boomerang, kangaloo, wallaby
源自夏威夷語 (Hawaiian): hula (草裙舞), lei, ukulele
源自毛利語 (Maori): kiwi
源自大溪地語 (Tahitian): tattoo
源自東加語 (Tongan): taboo

---

③ The policeman **lapsed** from his duty. 那名員　　警逐漸怠忽了他的職務.

The couple **lapsed** into silence and looked into each other's eyes. 那對夫婦漸漸沉默下來，互相凝視．

④ If you let your membership **lapse**, you'll have to pay the initial sign-up fee again. 如果你放棄會員資格，再入會時就得再繳一次入會費．

[複數] **lapses**

[活用] v. **lapses, lapsed, lapsed, lapsing**

larch [lartʃ] n. 落葉松（木材）《松科落葉喬木；材質堅硬，可用作建築材料、紙漿等》．

[複數] **larches**

lard [lard] n. ① 豬油《烹調用》．

—— v. ② 塗豬油；把肥豬肉（或培根肉）嵌入待烹煮的肉中《可增添風味》．③（為文章等）潤飾，潤色：He **larded** his speech with quotations. 他引經據典為他的演說潤色．

[活用] v. **lards, larded, larded, larding**

larder [`lardə] n. ① 食物貯藏室．② 貯藏的食物．

[複數] **larders**

*__**large**__ [lardʒ] adj. 大的，寬大的；大量的．

[範例] The girl lives in a **large** house on the hill. 那個女孩住在那座山丘上的一幢大宅裡．

My room is **larger** than the kitchen. 我的房間比廚房寬大．

How many times **larger** is Australia than Taiwan? 澳洲比臺灣大多少倍？

Her father has a **large** income. 她父親收入甚豐．

She has a **large** sum of money. 她有一大筆錢．

[片語] **at large** ① 自由地；（犯人）逍遙法外地：The escaped prisoner is still **at large**. 那個越獄的犯人仍然逍遙法外．② 整體，全面地，一般地：This news is not known to people **at large**. 一般人還不知道這個消息．

by and large 大體上，整體說來．

in large/in the large 大規模地．

[活用] adj. **larger, largest**

largely [`lardʒlɪ] adv. ① 主要地，大部分．② 大量地；慷慨地．

[範例] ① The picnic was cancelled **largely** due to a lack of interest. 取消野餐主要是因為缺乏樂趣．

② Sue spends **largely** while traveling abroad. 蘇出國旅遊時花了很多錢．

largeness [`lardʒnɪs] n. 大，巨大；寬大；廣泛；大規模．

*__**lark**__ [lark] n. ① 百靈科小型鳴禽《特指雲雀 (skylark)》．② 嬉戲，玩樂；玩笑．

—— v. ③ 嬉戲，鬧著玩 (about)．

[範例] ① My mother rises with the **lark**. 我母親起得很早．

② We hid the teacher's book for a **lark**. 我們開玩笑地把老師的書藏起來．

What a **lark**! 真好玩！

③ They are **larking** about in the yard. 他們正在院子裡嬉戲．

[片語] **get up with the lark/rise with the lark** 早起．（⇨ [範例] ①）

[參考] lark 為百靈科鳴禽的總稱，翼長約 10 公分，頭及背部為黃褐色與稀疏的黑色花紋．因振翅飛起時鳴聲動人，被視為春天、喜慶、幸福的象徵，亦作 skylark．

[複數] **larks**

[活用] v. **larks, larked, larked, larking**

larva [`larvə] n. ①幼蟲《昆蟲成為成蟲前的狀態，如蛆、毛毛蟲等》．②（變態動物的）幼體《如蝌蚪等》．

[複數] **larvae/larvas**

larvae [`larvi] n. larva 的複數形．

laryngitis [͵lærɪn`dʒaɪtɪs] n. 喉炎．

larynx [`lærɪŋks] n. 喉《連接氣管與咽 (pharynx) 的部分》．

[發音] 複數形 larynges [lə`rɪndʒiz]．

[複數] **larynxes/larynges**

lascivious [lə`sɪvɪəs] adj. 好色的，淫蕩的；挑動情慾的．

[活用] adj. **more lascivious, most lascivious**

laser [`lezə] n. 雷射《光之增幅器；其光束可用來切割金屬或應用於外科手術等．此字由 light amplification by stimulated emission of radiation 的首字母組成》．

[複數] **lasers**

*__**lash**__ [læʃ] n. ① 鞭繩，鞭子．② 猛烈攻擊；急速揮動；鞭打．③ 睫毛《亦作 eyelash》．

—— v. ④ 鞭打．⑤（使）激烈地揮動；猛烈衝擊．⑥ 猛烈抨擊，嚴厲斥責．⑦ 綑綁，綑在一起．

[範例] ② Tom gave his horse a **lash**. 湯姆抽了他的馬一鞭．

⑤ The rain **lashed** the windows. 雨點打在窗戶上．

⑥ Jane **lashed** us with her fiery speech. 珍以激烈的言辭轟了我們一頓．

⑦ Lash all the books together with a string. 把全部的書用繩子綑在一起！

[複數] **lashes**

[活用] v. **lashes, lashed, lashed, lashing**

lass [læs] n. ①《英》女孩，少女．②（女）情人．

[複數] **lasses**

lasso [`læso] n. ① 套索．

—— v. ② 以套索套捕（牛、馬等）．

[複數] **lassos/lassoes**

[活用] v. **lassoes, lassoed, lassoed, lassoing**

*__**last**__ [læst] adj., adv.

原義	層面	釋義			
		adj.	範例	adv.	範例
最後的	順序	最後的，末尾的	①	最後	⑤
	在過去的時間內	最近一個的，上一個的	②	上次，最近	⑥

最後的	狀態、階段	最終的,最後階段的	③		
	可能性、適應性	最不～的	④		

—n. ⑦ 最後的人〔事，物〕；最後. ⑧ 最近〔上一次〕的事物.
—v. ⑨ 持續. ⑩ 維持 (某狀態)；(使) 足夠維持.

範例 ① Z is the **last** letter of the alphabet. Z 是字母表中的最後一個字母.
When does the **last** train leave? 末班火車幾點開?
the **last** chapter of a book 書的最後一章.
This is your **last** chance to see your father before his business trip. 這是你在父親出差前見他的最後一次機會.
He has spent his **last** penny. 他花掉了身上最後一毛錢.
I wouldn't go out with her if she were the **last** woman on earth. 就算世界上最後只剩她這個女人，我也不會跟她一起出去.
② My wife died **last** Friday. 我妻子在上週五過世了.
She played the guitar better than **last** time. 她的吉他彈得比上次好.
This week's class was more interesting than **last** week's. 本週的課比上週有趣.
I've lived here for the **last** two years. 我過去兩年住在這裡.
She looked well the **last** time I saw her. 我上次見到她時，她看起來很健康.
③ I've said my **last** word on this matter. 我就這件事發表了我的最終意見.
④ Tom would be the **last** man to take bribes. 湯姆是最不可能受賄的人.
She's the **last** eligible woman in the village. 她是村裡資格最不符的女性.
⑤ Betty arrived **last**. 貝蒂最後一個〔最晚〕到達.
I am to speak **last** at the meeting. 我在會議上最後一個發言.
⑥ When did you **last** see him? 你上次見到他是甚麼時候?
It has been five years since I saw you **last**. 從我上次見到你至今已經5年了.
⑦ He was the very **last** to arrive. 他是最晚到的人.
All reached there to the **last**. 直至最後，所有人都到了那裡.
At **last** he succeeded. 他終於成功了.
⑧ We visited San Francisco the week before **last**. 上上個星期我們造訪了舊金山.
⑨ The snow **lasted** for two days. 雪持續下了兩天.
What you learned in school should **last** a lifetime. 在學校學到的知識一輩子都要記住.

⑩ Our food supplies will **last** a few days longer. 我們貯存的食物可以撐個兩、三天.
Ten dollars will **last** me a week. 10美元夠我活一個星期.
片語 **at last** 終於，最後. (⇔ 範例 ⑦)
at long last 終於，最終: **At long last** I found a girl that really loved me. 我最後終於找到真正愛我的女孩.
for the last time 最後一次.
hear the last of 最後一次聽到: It would be a mistake to assume that we have **heard the last of** this issue. 我們若認為這個問題會就此消聲匿跡，那是不對的.
last but not least ① 最後但仍然重要(的): This is the **last but not least** important matter. 這是一個最後但不可輕忽的重要問題. ② 最後一件不可輕視的事: **Last but not least**, take good care of yourself. 最後重要的是，你要多多保重自己.
last of all 在最後.
see the last of 最後一次見到.
the last word ① 最後的話；最終定論: I had the **last word** in the argument. 我在這場爭辯中作出了定論. ② 最新式〔新型〕的事物，最優良之物: This is **the last word** in high-definition TV sets. 這是最新型的高解析度電視機.
to the last 直到最後: He died protesting his innocence **to the last**. 他至死都在聲明自己是無辜的.
to the last man 到最後一人為止；徹底地.
參考 adj., adv. 為 late 的最高級形式.
♦ **the làst mínute** 最後一刻，最後關頭.
lást nàme 姓 (☞ 充電小站 (p. 837)).

活用 v. lasts, lasted, lasted, lasting

lasting [ˋlæstɪŋ] adj. 持久的，永久的，耐久的.
範例 First impressions are the most **lasting**. 第一印象最持久.
a **lasting** peace 永久的和平.

lastly [ˋlæstlɪ] adv. 最後.
範例 **Lastly**, I want to ask you a question: where were you at eight last night? 最後，我問你一個問題，昨晚8點你在哪裡?
There are 3 reasons they don't want to take this apartment: firstly, it's too small; secondly, it's too far from where they work; and **lastly**, the rent is too high. 他們不選這間公寓有3個原因: 第一是太狹小，其次是離工作地點太遠，最後是房租太貴.

*latch [lætʃ] n. ① 門閂；彈簧鎖.
—v. ② 上閂，把～閂上.
範例 ① Leave the door on the **latch** so you can get back in. 把門閂上但不要鎖，以便你回來時進得了門.
Leave the door off the

[latch]

latch. 門不要閂上.

② If it's **latched** from the inside that means there's someone in there. 如果門內被閂上了，就代表裡面有人.

片語 **on the latch** 閂上（但沒上鎖）. (⇨ 範例①)

複數 **latches**

活用 v. **latches**, **latched**, **latched**, **latching**

*late [let] adj.

① 遲的，晚於規定時間的. ② 晚的；晚期〔末期〕的，接近結束的. ③〔只用於名詞前〕最近的. ④〔只用於名詞前〕已故的；去世不久的.

——adv. ⑤ 遲，晚. ⑥ 到很晚〔深夜〕.

範例 ① The train was **late** this morning. 今天早上火車誤點了.

He was **late** for school today. 他今天上學遲到了.

② We had a **late** breakfast yesterday. 我們昨天很晚才吃早餐.

Hurry up! It is getting **late**. 快點！已經很晚了.

That earthquake occurred in Japan in the **late** seventeenth century. 那場地震發生在17世紀後期的日本.

③ The **late** changes in politics are amazing. 最近政治上的變化令人驚異.

④ When I see this picture, I think of my **late** mother. 一看到這張照片，我就會想起去世不久的母親.

⑤ He came to school **late** today. 他今天上學遲到.

He arrived at the station ten minutes **late**. 他晚了10分鐘到達車站.

⑥ She usually goes to bed **late**. 她通常很晚就寢.

Why do you stay up so **late**? 你為甚麼熬夜到那麼晚？

片語 **at the latest** 至遲，最晚: Please finish this homework by three **at the latest**. 最晚3點前請做完作業.

of late 最近，近來: The days have been getting warmer **of late**. 最近一天天地暖和起來了.

參考 late, later, latest 用在「時間」上；late, latter, last 用在「順序」上.

活用 adj., adv. **later**, **latest/latter**, **last**

**lately [`letlɪ] adv. 最近，近來.

範例 They visited Boston **lately**. 他們最近造訪了波士頓.

I've been feeling very well **lately**. 我最近心情非常好.

Have you seen her **lately**? 你最近見過她嗎？

There was another murder as **lately** as last Sunday. 就在上週日又發生了一起謀殺案件.

latent [`letn̩t] adj. 潛在（性）的，潛伏（性）的.

範例 the **latent** period（疾病）潛伏期.

latent powers 潛在力量.

later [`letɚ] adj., adv. 較晚的，後來的，以後.

See you **later**. 再見.

片語 **later on** 之後，以後: Let's talk about the matter **later on**. 那件事以後再說吧.

lateral [`lætərəl] adj. 橫的，側面的，橫向的.

範例 the **lateral** side 側面.

Lateral thinking is needed to rebuild this company. 橫向思考在重建這家公司時是必要的.

lathe [leð] n. 車床.

複數 **lathes**

lather [`læðɚ] n. ① 肥皂泡沫. ②（馬的）汗沫.

——v. ③ 起泡沫. ④ 塗上泡沫.

範例 ① He whipped up a **lather** to shave his face. 他擦出肥皂泡沫以便刮鬍子.

③ Soap doesn't **lather** well in this hot spring. 肥皂在溫泉裡不易起泡沫.

活用 v. **lathers**, **lathered**, **lathered**, **lathering**

Latin [`lætn̩] n. ① 拉丁語《古羅馬帝國的語言；廣泛使用於中世紀的歐洲，主要是學術與教會用語，為義大利語、法語等語言的起源》. ② 拉丁民族.

——adj. ② 拉丁語系〔民族〕的: French, Italian, and Spanish are all **Latin**-based languages. 法語、義大利語與西班牙語都是拉丁語系的語言.

*latitude [`lætə͵tjud] n.

① 緯度《地球上某一點距離赤道位置的角度計量；赤道角度為0°，南、北極各為90°》. ②（就緯度來看的）地區，地帶. ③（行為、思想等的）自由，容許範圍.

範例 ① The **latitude** of Kyoto is 35 degrees north. 京都的緯度為北緯35度.

Tokyo is at **latitude** 35°30′N. 東京位於北緯35度30分.《35°30′N 讀作 thirty-five degrees thirty minutes north》

② In winter swans migrate to low **latitudes**. 一到冬天，天鵝就向低緯度地區遷移.

③ In this school you are given wide **latitude** in choosing courses. 在這所學校你有很大的選課自由.

☞ longitude（經度）

複數 **latitudes**

latrine [lə`trin] n. 廁所《特指兵營或露營區的戶外公廁》.

複數 **latrines**

*latter [`lætɚ] adj.

原義	層面	釋義	範例
後面的	某事物的後半部	〔只用於名詞前〕後面的，較後的，後半的	①
	兩者中的後者	〔the ~〕後者的	②

範例 ① the **latter** half of the year 一年中的後半年.

the **latter** part of one's life 後半生，下半輩子.

② We can go there by train or by bus. The **latter**, of course, is less expensive. 我們可以

以搭火車或公車去那裡，後者當然比較便宜。The **latter** version of the song was written by him. 那首歌曲後來的版本是他寫的。
☞ ② ↔ former

latterly [ˋlætɚlɪ] *adv.* 最近，近來。
[範例] Mr. Smith was **latterly** chosen to head the council. 史密斯先生最近當選為議會的議長。It used to be such a splendid old church，but **latterly** it has fallen into a state of disrepair. 那座古老的教堂昔日非常壯麗，但近來卻失修荒廢了。

lattice [ˋlætɪs] *n.* 格子；格狀物《用細木條或金屬材料製成的格狀式門、窗等》：a **lattice** window 格子窗。
[複數] **lattices**

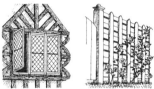

[lattice]

laugh [læf] *v.* ①（發出聲音）笑，大笑；嘲笑。
——*n.* ② 笑，笑聲；引人發笑的事〔物〕。
[範例] ① The audience **laughed** the speaker into silence. 那個演講者被聽眾笑得默不作聲了。Don't make me **laugh**. 別逗我笑了。He **laughs** best who **laughs** last.《諺語》別高興得太早。Being laid off is no **laughing** matter. 被解雇可不是好笑的事。
② The comedian did various things to get a **laugh**. 那位喜劇演員使出各種法寶搞笑。Bill's joke brought a good **laugh**. 比爾的笑話引來一陣大笑。
[片語] *have the last laugh*（看起來要輸卻）取得最後勝利〔成功〕。
laugh at ① 嘲笑：No one likes to be **laughed at**. 沒有人喜歡被嘲笑。② 一笑置之；輕視，蔑視：You are brave enough to **laugh at** the threats against your life. 你能對危及生命的威脅一笑置之，真是勇敢。
laugh away/laugh off 以笑驅除（憂慮等）：I can't **laugh** my troubles **away**. 我無法將煩惱一笑置之。
laugh on the other side of ~'s face 轉喜為悲，從高興轉為失望。
laugh ~'s head off 笑得前俯後仰：The children **laughed their heads off**. 那些孩子笑得前俯後仰。
➡ [充電小站] (p. 1211)
[活用] *v.* **laughs**，**laughed**，**laughed**，**laughing**
[複數] **laughs**

laughable [ˋlæfəbl] *adj.* 可笑的，荒誕的；滑稽的，有趣的。
[活用] *adj.* **more laughable**，**most laughable**

laughingly [ˋlæfɪŋlɪ] *adv.* 笑著地；開玩笑地。

laughter [ˋlæftɚ] *n.* 笑，笑聲：**Laughter** rocked the auditorium. 笑聲震撼了禮堂。The teacher's joke made the whole class burst into **laughter**. 那位老師的笑話使整個班級哄堂大笑。

launch [lɔntʃ] *v.* ① 使（新船）下水；發射（火箭、飛彈等）。② 使投入，開始（計畫等）(into)。
——*n.* ③ 下水；（火箭等的）發射；（新產品等的）發行，上市。④ 遊艇《用於觀光等》；（軍艦上裝載的）大型汽艇。
[範例] ① How many space shuttles have been **launched** this year? 今年發射了多少太空梭？
② Ed **launched** Ann into business. 艾德使安開始投入事業。Mary **launched** herself on a business career. 瑪麗展開了事業生涯。The Health Department is going to **launch** an AIDS awareness campaign. 衛生局即將推動認識愛滋病活動。The congressman **launched** into a harangue about violent crime. 那位議員就暴力犯罪開始了長篇演說。Mom **launched** forth into a speech on why the family shouldn't move to Seattle. 媽媽開始談論為甚麼全家不該搬到西雅圖。Mary **launched** out into show business at the age of seventeen. 瑪麗17歲時毅然投身於演藝界。
③ George got drunk on champagne at the **launch** of the new ship. 喬治因新船下水，喝香檳喝得大醉。
[片語] *launch forth* 開始。(⇨ [範例] ②)
launch out 開始；大發議論。(⇨ [範例] ②)
♦ **láunch pàd/láunching pàd**（火箭、飛彈等的）發射臺。
[活用] *v.* **launches**，**launched**，**launched**，**launching**
[複數] **launches**

launder [ˋlɔndɚ] *v.* ① 洗滌；洗熨。② 耐洗，可洗熨。
[範例] ① I have to **launder** my shirts. 我得洗熨襯衫。You should send these sheets to be **laundered**. 你該把這些床單送洗了。② Will this coat **launder** well? 這件外套耐洗嗎？
[活用] *v.* **launders**，**laundered**，**laundered**，**laundering**

launderette [ˌlɔndəˋrɛt] *n.* 《英》投幣式自助洗衣店《《美》**laundromat**》。
[複數] **launderettes**

laundress [ˋlɔndrɪs] *n.* 洗衣婦《以洗滌、洗熨衣物為業的女性》。
[複數] **laundresses**

laundromat [ˋlɔndrəˌmæt] *n.* 《美》投幣式自

助洗衣店《源自洗衣機廠商商標 Laundromat；〖英〗launderette》.

〖複數〗**laundromats**

***laundry** [`lɔndrɪ] *n.* ① 洗衣店；洗衣業. ② 洗衣間. ③〔the ～〕待洗〔剛洗好〕的衣物.

〖範例〗① Take this dress to the **laundry**. 將這件衣服送洗.

③ Has the **laundry** come back yet? 送洗的衣物拿回來了嗎?

Mrs. Tailor does the **laundry** every Sunday. 泰勒太太每週日洗衣服.

♦ **láundry bàsket**〖英〗洗衣籃《用來放待洗或剛洗好待晾乾的衣物；通常有蓋，容量大；亦作 linen basket；〖美〗hamper》.

〖複數〗**laundries**

laundryman [`lɔndrɪˌmæn] *n.* 洗衣店主；洗衣店員《特指到府送取衣物者》.

〖複數〗**laundrymen**

laundrywoman [`lɔndrɪˌwumən] *n.* 洗衣店女店員，洗衣婦女.

〖複數〗**laundrywomen**

laurel [`lɔrəl] *n.* ① 月桂樹《樟科常綠喬木》. ②〔～s〕桂冠《以月桂樹的枝葉編成的冠冕，為勝利與榮譽的象徵》；殊榮，榮譽.

〖範例〗② The barefoot marathon runner won his **laurels**. 那位赤腳的馬拉松選手贏得了榮譽.

After winning a Pulitzer, the author rested on his **laurels**, not writing anything for five years. 獲得普利茲獎後，那位作家安於殊榮，5年內甚麼也沒寫.

〖片語〗**look to ～'s laurels** 努力保持榮耀.

rest on ～'s laurels 安於〔滿足於〕既得的榮耀. (⇨〖範例〗②)

〖參考〗(1) 月桂樹葉氣味芳香，可用來做菜、入藥. (2) 古希臘時期向競技獲勝者致贈桂冠，由此衍生出「榮譽，榮耀」之意.

〖複數〗**laurels**

***lava** [`lɑvə] *n.* 熔岩：a **lava** bed 熔岩層.

lavatory [`lævəˌtorɪ] *n.* 盥洗室，廁所：go to the **lavatory** 去廁所.

〖複數〗**lavatories**

lavender [`lævəndə·] *n.* 薰衣草；薰衣草色，淡紫色.

〖參考〗薰衣草為紫蘇科常綠灌木，可提取薰衣草油，乾薰衣草的花或莖可作為衣物的防蟲劑.

***lavish** [`lævɪʃ] *adj.* ① 非常大方的，過於慷慨的. ② 豐富的；奢侈的，過多的.

——*v.* ③ 非常慷慨地施予；浪費.

〖範例〗① Larry is **lavish** in giving expensive presents to his girlfriend. 賴瑞非常大方地送昂貴禮物給女友.

The children were too **lavish** with Christmas decorations in this room. 孩子們用聖誕節裝飾品把房間布置得過於華麗.

② Not only is this cafeteria's food very good, but the portions are **lavish**. 這家自助餐廳不僅東西好吃且分量十足.

③ The mother **lavished** love on her only son. 那位母親過於溺愛她的獨子.

〖活用〗*adj.* **more lavish**, **most lavish**

〖活用〗*v.* **lavishes**, **lavished**, **lavished**, **lavishing**

lavishly [`lævɪʃlɪ] *adv.* 慷慨地，大方地：The President's nominee for the Supreme Court was **lavishly** praised by the media. 總統任命的最高法院的法官受到媒體大力讚揚.

〖活用〗*adv.* **more lavishly**, **most lavishly**

***law** [lɔ] *n.*

原義	層面	釋義	範例
法律	法律本身	法，法律	①
	與法律的關係	法學	②
	從事法律方面的職業	律師業；司法界	③
	執法者	〖口語〗警官，警察	④
	科學與自然等的	法則，定律	⑤
	日常規定	慣例，規則	⑥

〖範例〗① He didn't know he was breaking the **law**. 他不知道自己犯了法.

The emperor thought he was above the **law**. 那位皇帝認為自己凌駕於法律之上.

We must protest against racist **laws**. 我們必須對種族歧視的法律表示抗議.

English **law** is different from French **law**. 英國的法律與法國的法律不同.

② She studied **law** at National Taiwan University. 她在國立臺灣大學攻讀法律.

③ He is practicing **law**. 他是執業律師.

④ The **law** was there on guard./The **law** were there on guard. 那名警官在那裡警戒著.

⑤ Mendel's **law** is very famous. 孟德爾定律非常有名.

In physics, **laws** are usually put into mathematical form. 在物理學上，定律通常以數學公式來表示.

The strong prey upon the weak—that's a **law** of nature. 「弱肉強食」是自然法則.

⑥ Children sometimes rebel against social **laws**. 孩子有時會反抗社會規範.

〖片語〗**a law unto ～self** 《漠視規則或慣例》隨心所欲的，一意孤行的.

go to law 起訴.

lay down the law 強硬地〔專橫地〕發號施令.

take the law into ～'s own hands《不顧法律》任意處罰，私下制裁.

☞ *adj.* **legal**, **lawful**

〖複數〗**laws**

law-abiding [`lɔˌbaɪdɪŋ] *adj.* 守法的.

〖活用〗*adj.* **more law-abiding**, **most law-abiding**

lawbreaker [`lɔˌbrekə·] *n.* 違法〔犯法〕者.

充電小站

法律相關人士

1. 律師
lawyer
此字為表示「律師」之意的一般用語，除「律師」以外，還表示「法律專家」之意。
根據工作內容，「律師」還有以下幾種不同的稱呼：
(1) 英國
英格蘭與威爾斯的律師分為兩種，一為承辦訴訟相關事務的「初級律師」，一為在法庭上辯護的「出庭律師」。
① **solicitor**：「初級律師」
主要工作是就法律問題為委託人進行策劃，擬定法律文件及辦理訴訟事務，只在最低階級的 Magistrates' Court (司法行政官法院)出庭辯護。但自1992年起，也可在更高階級的法庭出庭辯護。
另外，地位相當於 solicitor 的初級律師在蘇格蘭稱為 law agent。
② **barrister**：「出庭律師」
指有資格在高等法庭上為委託人辯護的律師。這種律師不是受當事人直接委託，而是從初級律師 (solicitor) 那裡獲得案件的相關資訊而接受辯護。此字的字源是 bar 加上 -ster，bar 意為「以圍欄隔開的被告席」，而 -ster 意為「做～的人」。
③ **counsel**：「出庭律師，辯護人，律師團」
在法庭上，把正在進行辯護活動的 barrister 稱為 counsel。另外，把擔任案件辯護的兩人以上的律師統一起來稱呼時，亦表示「律師團」之意。
(2) 美國
在美國，一般不像英格蘭或威爾斯那樣有 solicitor 與 barrister 之別。美國律師一般稱 lawyer 或 attorney。若要特別加以區別時，其用法如下：
① **attorney**：「律師，法律代理人」
相當於英格蘭或威爾斯的 solicitor，承辦立遺囑、買賣資產、訂立合約等各種法律上的事務。attorney 在各州都可得到認可，但條件因州而異。
② **counselor**：「(出庭)律師，法律顧問」
此字往往也特別用來稱呼出庭辯護的律師，相當於英格蘭、威爾斯的 barrister。
2. 檢察官
prosecutor：「檢察官，起訴人，公訴人」
主要工作為在法庭上起訴嫌犯。
procurator：蘇格蘭的 (地方)檢察官應稱作 **procurator fiscal** (不可單作 **procurator**)。
3. 法官
judge：為審判時宣布判決的人。處理刑事案件時，是否有罪是由陪審團 (jury) 決定，再由 judge 宣判被告是否無罪或裁定判刑。
英國最高法院的法官選自出庭律師 (barrister)，而初級律師 (solicitor) 若有13年以上的工作經驗，可成為郡法院 (Crown Court 或 County Court) 的法官。
美國最高法院的法官由總統任命、經參議院通過而產生；郡法院的法官多數由選舉選出。

[複數] **lawbreakers**
lawful [ˋlɔfəl] *adj.* 合法的，依法的，法定的: a **lawful** wife 合法妻子。
lawfully [ˋlɔfəlɪ] *adv.* 合法地，依法地。
lawless [ˋlɔlɪs] *adj.* 不遵守法律的，違法的，非法的。
lawlessly [ˋlɔlɪslɪ] *adv.* 不法地，非法地。
lawlessness [ˋlɔlɪsnɪs] *n.* 違法，非法。
*****lawn** [lɔn] *n.* 草坪: Will you mow the **lawn**, John? 約翰，你可以修剪一下草坪嗎?
♦ **làwn mòwer** 割草機。
làwn ténnis (草地) 網球《在草地上進行》。
[複數] **lawns**
lawsuit [ˋlɔ͵sut] *n.* 訴訟《亦作 suit》。
[複數] **lawsuits**
*****lawyer** [ˋlɔjɚ] *n.* 律師，法律專家。
➡ (充電小站) (p. 715)
[複數] **lawyers**
lax [læks] *adj.* ① 散漫的，不嚴格的，寬大的; (肌肉等) 鬆弛的。② 腹瀉的。
[範例] That man is **lax** in his duty. 那個男子工作很散漫。
The boy is morally **lax**. 那個男孩品行不端。
[活用] *adj.* **laxer**, **laxest**
laxative [ˋlæksətɪv] *adj.* ① 通便的。

—*n.* ② 通便劑，瀉藥。
[複數] **laxatives**
laxity [ˋlæksətɪ] *n.* 鬆弛; 不檢點: The moral **laxity** of the students made the teacher angry. 那些學生的品德敗壞使得老師很生氣。
*****lay** [le] *v.* ① 橫放，放置; 躺下。② 下蛋。③ 鋪設; 覆蓋; 砌磚。④ 設置，準備 (餐桌等)。⑤ 課 (稅等)。⑥ 賭，打賭。⑦ 使成為 〔處於〕～狀態。⑧ 加諸於，歸咎於。⑨ lie (①-④) 的過去式。
[範例] ① He **laid** himself on the bed. 他躺在床上。
Where shall I **lay** these books? 我該把這些書放在哪裡?
② Our hens **lay** eggs every day. 我家的母雞每天下蛋。
③ She **laid** a carpet on the floor./She **laid** the floor with a carpet. 她在地板上鋪了地毯。
My father was busy **laying** bricks. 我父親忙著砌磚頭。
It took six years to **lay** this railroad. 鋪設這條鐵路花了6年時間。
④ I would like you to **lay** the table for dinner. 我想請你擺餐桌準備吃晚飯。
The teacher **laid** emphasis on morals. 那位老

師重視道德.

⑤ The king **laid** a heavy tax on his people. 那個國王向他的百姓課以重稅.

⑥ He **laid** a lot of money on the horse. 他在那匹馬身上下了大賭注.

⑦ We must not **lay** the economy waste. 我們不該使經濟荒廢.
The heavy rainfall **laid** the rice flat. 那場大雨使稻子都倒了.

⑧ Don't **lay** a heavy burden on me. 不要把沉重的負擔加到我身上.
She **laid** the blame on us. 她把過失推到我們的身上.

[片語] *lay aside* ① 擱置在一邊;(暫時)中斷, 停止: He **laid aside** his book when the telephone rang. 電話一響, 他就把書擱在一邊.
She **laid aside** her bad habit of smoking. 她戒掉了抽菸的惡習.
② 放著備用, 儲存: He **laid** it **aside** for later use. 他把它放著日後備用.
We **lay aside** some money for a rainy day. 我們存一些錢以備不時之需.

lay down ① 放下: The dinner guest **laid down** his knife and fork with a look of satisfaction. 晚餐的客人一臉滿意地放下了刀叉. ② 扔下: The captain ordered his soldiers to **lay down** their arms. 那個上尉命令士兵們扔下武器. ③ 規定, 制定: They **laid down** the law and said violators would be prosecuted. 他們制定了法律, 並說違者必究.

lay off ① 臨時解雇; 休息, (暫時)停止不做: The workers were **laid off** when the factory was closed after the fire. 火災發生後, 那家工廠解雇工人並且關閉了.
The doctor advised me to **lay off** more. 那位醫生建議我要多休息.
② 停止: You should **lay off** cigarettes. 你應該把菸戒掉.

lay out ① 展開, 攤開: She **laid out** her evening clothes on the bed. 她把她的晚禮服攤在床上. ② 設計, 規劃: That garden was well **laid out**. 那座花園設計得很好.

lay up ① 儲存, 留著備用: These animals **lay up** nuts for the winter. 這些動物儲存乾果以備過冬. ② 留在(床上、家中等): He has been **laid up** since Christmas with a bad cold. 自聖誕節以來他患重感冒而臥病在床.
[活用] *v.* **lays, laid, laid, laying**

lay-by [`le,baɪ] *n.* ①(路旁的)避車道. ②(鐵路)避車岔道.
[複數] **lay-bys**

*****layer** [`leə] *n.* ① 層, 層次. ② 堆積者, 放置者.
——*v.* ③ 使堆積成層.
[範例] ① There is a thick **layer** of sediment. 那裡有一層厚厚的沉積物.
② My father is a brick **layer**. 我父親是一個砌磚工人.

③ Mother is **layering** cheese and lettuce in the dish. 母親在那個盤子裡放了層層的乳酪與萵苣.
[複數] **layers**
[活用] *v.* **layers, layered, layered, layering**

layman [`lemən] *n.* ① 俗人, 一般信徒. ② 外行人, 門外漢: The scientist spoke so that a **layman** could understand. 那位科學家開口解說, 好讓外行人也聽得懂.
[複數] **laymen**

layoff [`le,ɔf] *n.* ① 解雇, 臨時裁員. ② 停工(期間).
[複數] **layoffs**

layout [`le,aut] *n.* ① 版面設計, 版面編排. ② 布局, 設計, 規劃.
[複數] **layouts**

laze [lez] *v.* ① 懶散, 打混度日 (about): I spent yesterday **lazing** about. 我昨天懶洋洋地過了一天. ② 懶散度過的時間, 打混的日子〔時間〕.
——*n.* ② 懶散度過的時間, 打混的日子〔時間〕.
[活用] *v.* **lazes, lazed, lazed, lazing**

lazily [`lezɪlɪ] *adv.* 懶洋洋地, 懶散地.
[活用] *adv.* **more lazily, most lazily**

laziness [`lezɪnɪs] *n.* 懶惰, 偷懶.

*****lazy** [`lezɪ] *adj.* ① 懶惰的, 偷懶的, 懶散的. ② 懶洋洋的, 無精打采的. ③(河流等)緩慢的.
[範例] ① Jane is too **lazy** to do anything on her own initiative. 珍太懶惰了, 從不主動做任何事.
② a **lazy** smile 懶洋洋的笑容.
♦ **làzy Súsan** (餐桌上的)轉盤.
[活用] *adj.* **lazier, laziest**

lazybones [`lezɪ,bonz] *n.* 懶人, 懶骨頭.
[複數] **lazybones**

lb./lb (縮略)=pound/pounds (磅)《重量單位, 表示「秤」之意的拉丁語 libra 的縮略。1lb. 讀作 one pound; 2lb./2lbs. 讀作 two pounds》.
[複數] **lbs./lbs**

lea [li] *n.* (詩語的)草原, 牧草地.
[複數] **leas**

*****lead** [lid] *v.* ① 指引, 帶路; 領先, 走在(~的)前頭. ② 牽〔牽引〕~去; 通向. ③ 指揮, 率領, 領導. ④ 度過~的生活. ⑤ 致使. ⑥ 引入.
——*n.* ⑦ 首位; 先鋒; 指導, 領導. ⑧ 榜樣, 前例. ⑨ 優勢, 領先(地位). ⑩ 鉛《金屬元素, 符號 Pb》. ⑪(黑鉛製的)鉛筆芯. ⑫ 黑鉛. ⑬ 鉛錘《用來測量水深》.
[範例] ① The dog **led** us to a mountain hut. 那隻狗帶我們到山中的小屋.
She **led** a visitor out. 她帶著訪客出去.
The mayor **led** the parade. 市長走在遊行隊伍的前頭.
② One man may **lead** a horse to water, but ten cannot make him drink. 《諺語》無法勉強他人去做他不願意做的事.
This road **leads** to the station. 這條路通向火

③ My father **leads** an orchestra. 我父親指揮一個管弦樂團。

Napoleon **led** his army across the Alps. 拿破崙率領軍隊越過了阿爾卑斯山。

④ She is **leading** a happy life in the country. 她在鄉下過著幸福快樂的生活。

⑤ What **led** you to believe him? 是甚麼讓你相信他的？

⑥ The scandal **led** to the general resignation of the Cabinet. 那一樁醜聞導致內閣總辭。

⑦ He is in the **lead** in a 1,500-meter race. 他在1,500公尺賽跑中領先。

We are going to the Pyramids to study Egyptian civilization under the **lead** of our teacher. 為了研究埃及文明，我們將在老師的帶領下造訪金字塔。

⑧ I'll follow his **lead**. 我將服從他的指示。

⑨ The boy had a **lead** of 5 meters over the other runners. 那個男孩領先其他跑者5公尺。

⑩ **Lead** is a heavy metal. 鉛是重金屬。

⑪ I need a soft **lead** pencil. 我需要一枝軟芯鉛筆。

⑬ Don't drop the **lead** into the sea until I tell you to. 在我告訴你之前別把鉛錘投到海裡去。

〖片語〗 **lead ~ astray** 使偏離正途，使墮落：The attractions of big cities often **lead** young men **astray**. 大都市的吸引力常常讓年輕人迷惘、墮落。

lead away 領著離開，領出：She **led** me **away** from the straight and narrow path. 她帶我走出了那條又直又窄的小徑。

lead off 開始，以~為開端：The singer **led off** with a well-known Taiwanese song. 那位歌手以一首著名的臺語歌曲作為開場。

lead the way 引導，帶路：Our teacher said, "Come along with me!" and **led the way**. 老師說：「跟著我來！」並為我們帶路。

lead up to ① 把話引到，把話題轉向：He **led up to** asking for a loan by telling his friend how poor he was. 他向朋友訴說自己有多窮，把話題引到了借錢上。② 導致，成為~的原因：The accident **led up to** her dismissal. 那個意外導致她被開除。

〖發音〗⑩⑪⑫⑬ 讀作 [lɛd]。

〖活用〗 v. **leads**, **led**, **led**, **leading**

〖複數〗 **leads**

leaden [`lɛdn] adj. ① 鉛的，鉛製的。② 鉛灰色的；(天空等)陰沉的。③ 沉重的，沉悶的，陰鬱的。

〖範例〗② **leaden** skies 陰沉的天空。

③ There was a **leaden** silence between my teacher and me. 我與老師之間出現令人窒息的沉默。

My limbs are **leaden** from manual work. 我的手腳因做粗活而變得沉重。

〖活用〗 adj. ③ **more leaden**, **most leaden**

*‌**leader** [`lidɚ] n. ① 領袖，首領，領導者。② 〖美〗(管弦樂團的)指揮。③ 〖英〗(管弦樂團

的)首席小提琴手。④〖美〗社論，評論。

〖範例〗① She is the **leader** of the Conservative Party. 她是保守黨領袖。

I would like you to be a **leader** in society. 我希望你成為社會的領導者。

② My teacher is the **leader** of the choir. 我的老師是合唱團的指揮。

〖複數〗 **leaders**

*‌**leadership** [`lidɚˏʃɪp] n. ① 領導，指揮；領導才能。② 領導地位。③ 領導階層(的人)。

〖範例〗① The plan was carried out under the **leadership** of Mr. Nelson. 那個計畫在尼爾森先生的領導下實現了。

② He took over the **leadership** of the Labor Party later. 後來他接任了工黨的領導地位。

〖複數〗 **leaderships**

leading [`lidɪŋ] adj. ① 主要的，最重要的。② 〔只用於名詞前〕領導性的，有力的。

〖範例〗① Pesticides are thought to be a **leading** cause of this type of cancer. 殺蟲劑被認為是導致這種癌症的主因。

② The **leading** politicians in Taiwan are calling for stepped-up negotiations. 臺灣具有領導地位的政治人物要求擴大談判。

*‌**leaf** [lif] n. ① 葉子。② (書等的)一張；(金屬的)箔(比 foil 薄)。③ (摺疊式桌子的)活動面板。——v. ④ 匆匆翻閱。

〖範例〗① The trees are coming into **leaf**. 樹木正在長葉子。

The falling **leaves** were drifted by the window. 落葉被吹積在窗邊。

I sweep up dead **leaves** every day in late autumn. 深秋時我每天掃集落葉。

② She tore a **leaf** from her notebook. 她從筆記本上撕下一頁。

③ Pull out the **leaves** of the dining room table and set it for twelve. 把餐桌的活動面板拉出來，準備12個人的位子。

④ I've just **leafed** through the book. 我剛剛翻閱過那本書。

〖片語〗 **come into leaf** 長出葉子。(⇨〖範例〗①)

take a leaf from ~'s book/take a leaf out of ~'s book 學~的樣子，以~為榜樣。

turn over a new leaf 洗心革面；展開新生活。

〖參考〗稻子等的細長葉子稱為 blade；松樹等的針狀葉子稱為 needle。

〖複數〗 **leaves**

〖活用〗 v. **leafs**, **leafed**, **leafed**, **leafing**

leafless [`liflɪs] adj. 無葉的，落了葉的：These trees are **leafless** because of acid rain. 因為酸雨，這些樹的葉子都掉光了。

leaflet [`liflɪt] n. ① (廣告)傳單，散頁印刷品(免費散發的廣告、指南等單頁印刷物)；摺疊式的小冊子。——v. ② 〖英〗散發傳單。

〖複數〗 **leaflets**

〖活用〗 v. **leaflets**, **leafleted**, **leafleted**, **leafleting/leaflets**, **leafletted**,

leafletted, leafletting

leafy [`lifɪ] adj. 多葉的，葉子茂盛的.

範例 a leafy plant 多葉的植物.
the leafy suburbs of London 草木茂盛的倫敦市郊.

活用 adj. leafier, leafiest

*league [lig] n. 同盟，聯盟；協會；同級，同類.

範例 They formed a league to counter a move towards war. 他們組成反戰聯盟.
Japan was in league with Germany during the Second World War. 日本在第二次世界大戰中與德國同盟.
a baseball league 棒球聯盟.
a league match 聯賽.
Japan is not in the same league as America at making spacecraft. 日本在建造太空船方面比不上美國.

♦ the League of Nations 國際聯盟《第一次世界大戰後由各國組成的國際性和平組織，於1919年成立，1946年解散，其功能被聯合國 (the United Nations) 所取代》.

複數 leagues

*leak [lik] v. ① (使) 滲漏；(使) 洩露 (機密等).
——n. ② 漏縫，裂縫. ③ (水等的) 漏，滲漏；(機密等的) 洩漏.

範例 ① Oil was leaking from the pipe. 油從管子裡漏出來.
This bucket leaks. 這只桶子會漏.
This pipe leaks water. 這個管子會漏水.
The news of their divorce soon leaked out. 他們離婚的消息不久就洩露了出去.
Who on earth leaked it to the press? 到底是誰把這件事洩露給新聞媒體?
② He stopped the leak in the pipe. 他堵住這個管子的裂縫.
③ a gas leak 瓦斯外洩.
a leak of information 情報走漏.

片語 take a leak 《口語》小便.

活用 v. leaks, leaked, leaked, leaking

複數 leaks

leakage [`likɪdʒ] n. 漏，滲漏；滲漏物；洩露.

範例 Leakage of toxic waste has contaminated the local water supply. 有毒廢棄物的滲漏污染了那個地區的水源.
The leakage dirtied the carpet. 滲漏物弄髒了那塊地毯.

複數 leakages

leaky [`likɪ] adj. 漏的；走漏消息的: a leaky bucket 會漏的桶子.

活用 adj. leakier, leakiest

*lean [lin] adj. ① 瘦的，沒有贅肉的. ② 無脂肪的. ③ 貧瘠的，貧乏的.
——v. ④ 斜，(使) 傾斜；傾向，偏向. ⑤ (使) 彎曲. ⑥ (使) 倚靠.

範例 ① a lean dog 一隻瘦狗.
② lean meat 瘦肉.
③ a lean diet 營養低的飲食.
④ That tower leans slightly to the left. 那座塔稍向左傾.

The pillar leaned out to one side. 那根柱子向一邊傾斜.
He leaned out of the window. 他從那個窗戶裡探出身子.
He leans toward Hinduism. 他偏好印度教.
⑤ He leans forward when he walks. 他走路時彎著身子.
⑥ She leaned on his arm. 她依靠在他的手臂上.
He leans too much on her help. 他過於依賴她的幫助.
She leaned the ladder against the wall. 她把梯子靠在牆上.

活用 adj. leaner, leanest

活用 v. leans, leaned, leaned, leaning/ leans, leant, leant, leaning

leaning [`linɪŋ] n. 偏向，傾向；愛好: Mr. Scott still has a strong leaning toward communism. 史考特先生仍然強烈傾向共產主義.

複數 leanings

leant [lɛnt] v. lean 的過去式、過去分詞.

lean-to [`lin,tu] n. 單坡屋頂的小屋《通常緊靠著較大建築物的》.

複數 lean-tos

*leap [lip] v. ① 跳，跳躍；跳過，越過.
——n. ② 跳，跳躍；躍進.

範例 ① She leaped down from the stage. 她從舞臺上跳了下來.
The sign leaps to the eye without fail. 那個標記必定會一躍而映入眼簾.
The boy leaped over the stream. 那個男孩跳過了小河.
She leaped her horse over the fence. 她縱馬越過了柵欄.
He leaped at the chance. 他趕緊抓住那個機會.
Her face leaped out at him from the TV screen. 她在電視銀幕中的面容躍入了他的眼中.
② Let's make a leap for the other side of the stream. 我們跳過小河到對岸去吧.
There will be a big leap in sales next year. 明年的銷售業績會有大幅的成長.

片語 a leap in the dark 魯莽舉動，瞎闖蠻幹.

by leaps and bounds/in leaps and bounds 非常迅速地.

leap at 趕緊抓住. (⇨ 範例①)

leap out 躍入眼簾. (⇨ 範例①)

♦ leap day 閏日《閏年的2月29日》.

leap year 閏年《每4年有一次2月29日，這個年份共有366天；一般的年份稱為common year; 充電小站 (p. 719)》.

活用 v. leaps, leaped, leaped, leaping/ 《英》leaps, leapt, leapt, leaping

複數 leaps

leapfrog [`lip,frɑg] n. 跳背遊戲.

leapt [lɛpt] v. leap 的過去式、過去分詞.

閏年 (leap year)

【Q】英語的「閏年」為 leap year，若直譯的話就成了「跳躍的年」，為甚麼閏年要稱為「跳躍的年」呢？
【A】我們先假設把3月以後的某一天定為某節日，每逢閏年，星期就會「跳」一天，這就是其稱呼的由來。
以1996年 (該年為閏年) 為例，5月5日是星期日，若該年不是閏年 (無2月29日)，這一天則是星期六，因此，「跳」了一天成了星期日。
「閏年」的說法也有來自中國的典故。據傳天子每月初一舉行儀式告知天下「今天是本月初一」，諸侯群臣亦到宗廟以活羊告祭而後聽

政，此稱「告朔之禮」. 一般的月份此儀式於宗廟進行，但閏月時卻改到了門內——宣布閏月是「王」於「門」內進行的，故創造了「閏」這個中國字。
在陰陽曆中，所謂「閏月」，是在適當的年份增加一個特別的月份 (即一年有13個月) 來調整年曆. 大致來說，每19年要插入7個閏月.
順帶一提，「告朔之禮」的「朔」字原意是指「 (農曆) 每月初一」，後來則被用來組成了如「朔月」、「朔日」之類的詞；「朔月」指新月，與「望月」(即滿月) 相對.

＊learn [lɜˋn] *v.*

原義	層面	釋義	範例
學會	知識，技術，習慣	學會，學到，學習；記住	①
	資訊，情報	獲悉，得知	②

範例 ① Ken is **learning** French. 肯正在學法語.
Children **learn** quickly. 小孩子學得快.
I want to **learn** how to operate the computer. 我想學習如何操作電腦.
Ada has **learned** to drive. 艾達學會開車了.
She **learned** William Blake's *Songs of Innocence* by heart. 她把威廉·布雷克的《天真之歌》背了下來.
Emily has **learned** some manners recently. 艾蜜麗最近學會了一些禮儀.
If they have not yet **learned** their lesson, they're bound to make the same mistake again. 如果他們仍沒有記取教訓，一定會重蹈覆轍.
Some Westerners never **learn** to like natto. 有些西方人怎麼也不會喜歡納豆.
② We tried to **learn** the truth. 我們試著去瞭解真相.
I only recently **learned** of his coming. 我最近才得知他要來.
When he **learns** the truth he'll break! 一旦得知真相，他會崩潰!
片語 **learn ~ by heart** 背下來. (⇨ 範例 ①)
learn of 得知，獲悉. (⇨ 範例 ②)
learn ~'s lesson 得到教訓. (⇨ 範例 ①)
活用 *v.* learns, learned, learned, learning/learns, learnt, learnt, learning

＊learned [ˋlɜnɪd] *adj.* ① 有學問的，博學的. ② 學術性的.
範例 ① He is a widely **learned** man. 他是一位博學的人.
Susan is **learned** in the fine arts. 蘇珊的藝術造詣很高.
② Tom has many **learned** books. 湯姆有很多

學術性的書.
活用 *adj.* more learned, most learned
learner [ˋlɜnɚ] *n.* 學習者: a **learner**'s dictionary 適合學習者使用的辭典.
複數 **learners**
learning [ˋlɜnɪŋ] *n.* ① 學問，學識. ② 學習.
learnt [lɜnt] *v.* learn 的過去式、過去分詞.
lease [lis] *n.* ① 租契，租約；租賃期. ② 租借，租賃.
——*v.* ③ 出租，租借.
範例 ① He took a house on a five-year **lease**. 他以5年的租約租了一棟房子.
We signed the **lease** yesterday. 我們昨天在租約上簽字.
② She took the land by **lease**. 她租了那塊地.
③ He **leased** his house to Mr. Hill for the winter. 他在冬天把房子租給希爾先生.
複數 **leases**
活用 *v.* leases, leased, leased, leasing
leash [liʃ] *n.* ① (繫狗的) 皮帶，鍊子.
——*v.* ② 以皮帶〔鍊子〕繫住.
範例 ① a dog on a **leash** 以皮帶繫住的狗.
② **Leash** that dog. 把那隻狗用皮帶繫住.
複數 **leashes**
活用 *v.* leashes, leashed, leashed, leashing
＊＊least [list] *adj.*, *adv.* ① 最少的〔地〕，最小的〔地〕. ② 最不.
——*n.* ③ 最少的量.
範例 ① She did the **least** work. 她工作做得最少.
He gazed at me without the **least** shame. 他毫不害羞地盯著我看.
I like chemistry **least** of all. 在所有的科目中我最不喜歡化學.
He works the **least**, but he is paid the most. 他工作最少，但拿的錢最多.
② That is the **least** important thing. 那是最不重要的事.
③ It is the **least** I can do for him. 這是最起碼我能為他做的事.
片語 **at least** ① 至少，起碼: This book will

cost **at least** ten dollars. 這本書至少值10美元。② 總之，無論如何：You should **at least** go and say hello to her. 無論如何你都應該和她打個招呼。

least of all 尤其不，最不（⇨ 範例 ①）：I won't trust anyone，**least of all** you. 我誰都不相信，尤其是你。

not in the least 一點也不：I don't understand what he says **in the least**. 我完全不懂他說的話。

not the least ① 一點也不：I didn't have **the least** knowledge of the country. 我絲毫不瞭解那個國家。② 不少，相當：She showed **not the least** interest in anything. 她對任何事都顯示出相當的興趣。

to say the least 至少可以說：It was not a very good dog，**to say the least**. 至少可以說牠不是一隻很好的狗。

*__leather__ [ˋlɛðɚ] *n.* ① 皮革，鞣皮。② 皮製品，外覆皮革之物。③〔～s〕皮馬褲。

範例 ① This bookmarker is made of **leather**. 這張書籤是皮製的。

leather shoes 皮鞋。

參考 未鞣過的生皮稱為 hide 或 rawhide.

複數 **leathers**

leathery [ˋlɛðərɪ] *adj.* 似皮革（一樣堅硬）的：**leathery** meat 似皮革一樣硬的肉。

活用 *adj.* **more leathery**，**most leathery**

**__leave__ [liv] *v.* ① 離去，離開；從～出發。② （從學校）畢業，退學；停止（工作等）。③ 遺忘，擱下。④ 留下，留給。⑤ 死後遺留。⑥ 委託，託付。⑦ 使處於～狀態。

——*n.* ⑧ 許可，准許。⑨ 休假，假期。

範例 ① The train **left** London for Cambridge at 6:00. 那班列車6點離開倫敦駛向劍橋。

The plane **left** for New York this morning. 那班飛機今天早上飛往紐約。

When did he **leave** Taiwan? 他何時離開臺灣的？

My wife has **left** me. 我太太離開我了。

② The boy **left** school last year. 那個男孩去年從學校畢業〔退學〕了。

He **left** business to practice law. 他放棄事業，改當律師。

③ Where did you **leave** your umbrella? 你把傘丟在哪裡了？

Leave your book in the hall. 把你的書留在大廳。

④ The bear **left** tracks in the snow. 那隻熊在雪地上留下了足跡。

I will **leave** my child some cake./I will **leave** some cake for my child. 我會為我的孩子留一些蛋糕。

⑤ My father **left** us a large fortune./My father **left** a large fortune to us. 我父親死後留下一大筆財產給我們。

⑥ I'd like to **leave** the choice to you. 我想就由你來選擇吧。

My parents **left** their dog with us and went on a

walking tour. 我父母把狗交給我們照顧，去徒步旅行了。

⑦ Don't **leave** the window open. 不要讓那扇窗戶敞開著。

You should not **leave** your work half done. 你不該把工作做到一半就擱著不管。

He **left** the engine running. 他讓引擎一直開著。

⑧ I gave him **leave** to go home. 我允許他回家。

⑨ She asked for **leave**. 她請假。

We had 30 days' **leave**. 我們有30天的假期。

片語 ***leave ～ alone*** 不干預；使單獨一人：**Leave** him alone. 讓他獨處；讓他一個人靜一靜。

leave behind ① 忘了帶（走）：Can you tell me the time? I've **left** my watch **behind**. 可以告訴我幾點了嗎？我忘了帶手錶。② 留下，留在後面：They **left behind** a disaster waiting to happen. 他們留下一場一觸即發的災難離開了。③ 離開；越過，超過：The lights of the village were soon **left behind**. 那個村子的燈火不久就被拋在身後了。

leave off ① 停止，作罷；中斷：You should **leave off** arguing so much. 你們不要再那樣爭辯了。

The rain has **left off**./It has **left off** raining. 雨停了。② 不再穿，脫去：It got so warm that I **left off** my coat. 天氣如此暖和，於是我脫下了外套。③ 遺漏，省略：We **left** his name **off** the list. 我們在名單中遺漏了他的名字。

leave out ① 省略，遺漏：I **left out** a letter in this word. 我漏掉了這個字的一個字母。② 無視，不予理會：We must not **leave out** the possibility of other bankruptcies. 我們不能忽視其他會造成破產的可能性。

on leave 休假：He is home **on leave** now. 他現在休假在家。

take ～'s leave of...《正式》向～告辭：He **took his leave of** the others and went out. 他向其他人告辭之後就出去了。

活用 *v.* **leaves**，**left**，**left**，**leaving**

leaven [ˋlɛvən] *n.* ① 酵母〔做麵包等用的發酵劑〕。② 致使～的因素；潛移默化的影響〔力量〕。

——*v.* ③ 加入酵母，使發酵。④ 施加影響，使漸漸變成。

活用 *v.* **leavens**，**leavened**，**leavened**，**leavening**

lectern [ˋlɛktɚn] *n.* (教堂的)讀經臺；演講桌。

複數 **lecterns**

*__lecture__ [ˋlɛktʃɚ] *n.* ① 講課，演講。② 告誡，訓斥。

——*v.* ③ 講課，講學，演講。④ 告誡，訓斥。

範例 ① Professor Garcia gives a **lecture** on politics every Wednesday. 賈西亞教授每週三開一堂政治學的課。

② Our teacher gave us a **lecture** on not paying attention and talking in class. 老師訓斥我們，

因為我們不專心聽講且在課堂上聊天.

③ The professor **lectured** about ancient Rome. 那位教授講授古羅馬的事蹟.

④ Father **lectured** me for coming home late. 父親因我晚歸而訓了我一頓.

複數 **lectures**

活用 v. **lectures**, **lectured**, **lectured**, **lecturing**

lecturer [`lɛktʃərə] n. ① 講課者, 演講者. ② 大學講師.

複數 **lecturers**

lectureship [`lɛktʃəʃɪp] n. 講師的職位〔地位〕: She's got a **lectureship** at National Taiwan University. 她在國立臺灣大學獲得了講師一職.

*led [lɛd] v. lead 的過去式、過去分詞.

*ledge [lɛdʒ] n. 架狀突出物, (牆壁上向外突出的) 壁架: There is a flower pot on the window **ledge**. 那個窗臺上放著一個花盆.

複數 **ledges**

ledger [`lɛdʒə] n. 底帳, 總帳: All the **ledgers** and account books are gone. 所有的帳簿與出納簿都不見了.

♦ **ledger line** 加線《加於五線譜上、下的短橫線》; 亦作 ledger).

複數 **ledgers**

lee [li] n. ① 庇護, 保護. ② 下風 (面), 背風 (面).

範例 ① Under the **lee** of a huge boulder we waited for the rain to stop. 我們在巨大的圓石掩蔽下等待雨停.

② the **lee** side of a ship 船的下風面.

leech [litʃ] n. 水蛭: The pond was full of **leeches**. 那個水池裡盡是水蛭.

參考 水蛭為體長約3-10公分的細長環節動物, 會吸取其他動物的血; 用來比喻榨取他人膏脂的吸血鬼或放高利貸者.

複數 **leeches**

leek [lik] n. 韭蔥〔百合科蔬菜, 味道強烈, 可用來煮湯或作調味料〕.

複數 **leeks**

leer [lɪr] n. ① 媚眼; 斜睨, 斜睨一瞥.

——v. ② 送秋波; 斜看著, 不懷好意地看: Stop **leering** at me. 別斜眼看我.

複數 **leers**

活用 v. **leers**, **leered**, **leered**, **leering**

leeward [`liwəd] adj., adv. ① 下風〔背風〕的; 在下風〔背風〕處: It's always hot here because our house is on the **leeward** side of the island. 我家位於島的背風面, 總是很熱.

——n. ② 下風〔背風〕, 下風〔背風〕面.

發音 用於海事時讀作 [`luəd].

leeway [`li,we] n. 餘裕, 餘地.

*left [lɛft] adj. ① 〔只用於名詞前〕左方的, 左邊的. ② 左派的.

——adv. ③ 在〔向〕左側.

——n. ④ 左, 左方. ⑤ 左派, 左翼.

——v. ⑥ leave 的過去式、過去分詞.

範例 ① He throws with his **left** hand. 他用左手投擲.

The church stands on the **left** side of the road. 教堂在那條路的左側.

② She is very **left**. 她的思想極左派.

③ Turn **left** at the next corner. 在下一個轉角左轉.

④ He sat on my **left**. 他坐在我的左邊.

He plays **left**. 他擔任左外野手.

參考 ⑤ 大革命後的法國議會, 貴族列席於總統右側, 平民則於左側. 貴族一般比較保守, 故稱保守派為 the Right; 平民階級較激進, 故稱激進派或改革派為 the Left.

☞ adj., adv., n. ↔ right

♦ **lèft fíeld** (棒球場的) 左外野.

lèft fíelder 左外野手.

the lèft wíng ① 左派, 左翼. ② (足球等的) 左翼〔左鋒〕球員.

字源 源自古英語的 lyft (弱的).

複數 **lefts**

left-hand [`lɛft`hænd] adj. 〔只用於名詞前〕① 左 (側) 的: The **left-hand** wall was lined with shelves. 左側牆邊排列著架子. ② 左撇子的, 慣用左手的.

left-handed [`lɛft`hændɪd] adj. ① 慣用左手的, 左撇子的; 方便左手使用的. ② 左向的; 向左旋轉的.

——adv. ③ 用左手, 慣用左手.

範例 ① a **left-handed** man 慣用左手的男人.

② a **left-handed** screw 左旋螺絲.

leftover [`lɛft,ovə] n. 剩餘物; 〔~s〕剩菜: We sometimes eat **leftovers** for lunch. 我們有時午餐會吃剩飯剩菜.

複數 **leftovers**

*leg [lɛg] n. ① 腿〔從大腿至腳踝的部分; ☞ foot 插圖〕. ② (桌、椅、圓規等的) 腳. ③ (褲子的) 褲管. ④ (旅行、比賽等的) 一段行程, (接力賽的) 一段賽程.

範例 ① The actress has slender **legs**. 那名女演員有一雙修長的美腿.

Cathy cooked a **leg** of lamb. 凱西烹調了羔羊腿.

② Tom hit his shin against the table **leg**. 湯姆的小腿脛骨撞到了桌腳.

④ This flight will be the last **leg** of the journey. 這趟飛行將是此次旅行的最後一段行程.

片語 **get ~ back on ~'s legs** 使恢復健康. ② 使在經濟上自立.

give ~ a leg up ① 扶~上馬. ② 給與~援助.

have no leg to stand on (立論等) 站不住腳, 完全沒有依據.

keep ~'s legs (不倒下) 持續站著.

off ~'s legs 不站著, 讓腿休息.

on ~'s last legs (人) 垂死, 奄奄一息; (事業等) 快要倒閉; (建築物等) 搖搖欲墜.

on ~'s legs ① (為演說而) 起立, 站起來. ② (病癒而) 能走動, 恢復健康.

pull ~'s leg 取笑, 捉弄.

run off ~'s legs 跑得很累; (因工作等) 疲

於奔命.

shake a leg ① 跳舞. ② 趕快做.

stand on ～'s own legs 獨立，自立.

take to ～'s legs 逃走.

[複數] **legs**

*****legacy** [`lɛgəsɪ] n. ①（根據遺言所贈的）遺產.
② 遺物，祖傳之物.

[複數] **legacies**

*****legal** [`ligl] adj. ① 法律（上）的. ② 法定的，依
法的. ③ 合法的.

[範例] ① a **legal** advisor 法律顧問.

② a **legal** holiday 法定假日.

③ a **legal** act 合法行為.

Is it **legal** to bring in rare tropical birds without
a special permit? 未經特別允許而帶稀有的
熱帶鳥類入境合法嗎?

legalisation [ˌliglə`zeʃən] ＝n. 〖美〗
legalization.

legalise [`liglˌaɪz] ＝v. 〖美〗legalize.

legality [lɪ`gælətɪ] n. 合法性，正當性.

legalization [ˌliglə`zeʃən] n. 合法化.

[參考] 〖英〗legalisation.

legalize [`liglˌaɪz] v. 使得到法律認可，使合法
化: Abortion was **legalized** in 1973 in
America. 墮胎於1973年在美國合法化.

[參考] 〖英〗legalise.

[活用] v. **legalizes，legalized，legalized，
legalizing**

legally [`liglɪ] adv. 法律上，合法地: Freedom
of speech should be **legally** admitted
everywhere in the world. 言論自由應該在世
界各地得到法律上的承認.

legation [lɪ`geʃən] n. ① 公使館全體人員. ②
公使館.

[複數] **legations**

*****legend** [`lɛdʒənd] n. ① 傳說. ② 傳說中的人
物，傳奇人物. ③ 銘文《刻於勳章、錢幣等表
面的文字》. ④（插圖等的）說明，圖例; 符號
一覽表.

[範例] ① There are a lot of **legends** about
dragons in that village. 那個村子有許多關於
龍的傳說.

② King Arthur is a **legend**. 亞瑟王是傳奇人物.

[複數] **legends**

legendary [`lɛdʒəndˌɛrɪ] adj. 傳說中的，傳
奇（性）的.

[活用] adj. **more legendary，most legendary**

leggings [`lɛgɪnz] n. 〔作複數〕①
裹腿，綁腿. ② 幼兒保暖緊身褲
〔包至腳尖〕.

legibility [ˌlɛdʒə`bɪlətɪ] n.（字跡、
印刷等）清楚易讀，容易辨認.

legible [`lɛdʒəbl] adj.（字跡、印刷
等）清楚易讀的，容易辨認的的: His
writing is easily **legible**. 他的字跡
清楚易讀.

[活用] adj. **more legible，most legible**

legibly [`lɛdʒəblɪ] adv. 清楚易讀地，可清楚辨
認地.

[leggings]

[活用] adv. **more legibly，most legibly**

legion [`lidʒən] n. ① 軍團《古羅馬時代由
3,000~6,000名的步兵與數百名騎兵組成》.
② 部隊，軍隊. ③ 大量，眾多: a **legion** of
ants 一大群螞蟻.

♦ **the Lègion of Hónor** 榮譽勳位〔勳章〕
《1802年拿破崙一世設立，授予法國立國有
功勳者》.

[複數] **legions**

legislate [`lɛdʒɪsˌlet] v. 立法.

[範例] We should **legislate** for the preservation of
nature. 我們應當立法保護自然環境.

We should **legislate** against burning waste in
residential areas. 我們應該立法禁止在住宅
區燃燒廢棄物.

[活用] v. **legislates，legislated，legislated，
legislating**

*****legislation** [ˌlɛdʒɪs`leʃən] n. ① 立法. ②（制
定的）法律，法令.

[範例] ① The President of the United States of
America does not have the power of
legislation. 美國總統無立法權.

② The government intend to bring in new
legislation regarding the sale of alcohol. 政
府打算制定有關酒類銷售的新法令.

legislative [`lɛdʒɪsˌletɪv] adj. 立法的; 有立法
權的; 立法機關的.

[範例] **legislative** powers 立法權

The government decided to take **legislative**
action over the problem. 政府決定採取立法
措施來解決那個問題.

a **legislative** bill 法案.

legislator [`lɛdʒɪsˌletɚ] n. ① 法律制定者，立
法者. ② 〖美〗國會〔州議會〕議員.

[複數] **legislators**

legislature [`lɛdʒɪsˌletʃɚ] n. ① 立法機關. ②
〖美〗（州）議會.

[複數] **legislatures**

legitimacy [lɪ`dʒɪtəməsɪ] n. ① 合法，正當性.
② 嫡出，正統（性）.

*****legitimate** [lɪ`dʒɪtəmɪt] adj. ① 合法的，正當
的. ② 嫡出的《有合法婚姻關係的夫妻所生》.

[範例] ① He was arrested because his new
business was not **legitimate**. 他的新生意違
法，故遭到逮捕.

He had no **legitimate** excuse for being
absent. 他沒有正當的理由來缺席辯解.

② a **legitimate** child 嫡子.

[活用] adj. **more legitimate，most legitimate**

legitimately [lɪ`dʒɪtəmɪtlɪ] adv. 依法地，合
法地，正當地.

[活用] adv. **more legitimately，most
legitimately**

lei [le] n. 花環《夏威夷人於歡迎、歡送客人時使
用》.

[複數] **leis**

*****leisure** [`liʒɚ] n. 空閒時間，閒暇，餘暇.

[範例] Please read this book at your **leisure**. 請在
閒暇之時讀讀這本書.

檸檬 (lemon)

【Q】 "She is a lemon." 據說是一句批評人的壞話，為甚麼呢？

【A】 大部分人對檸檬的印象就是「酸」，由此可能會衍生出悲傷、苦澀等負面含義，故在英語俚語中，便有以 lemon 來比喻次級品、劣質品、沒用的東西、甚至「醜女」的用法。 相反地，英語中也有以另一種水果桃子 (peach) 來表示出類拔萃的人物或是「美女」的用法，例如：a peach of a car (一輛漂亮的車) 或 She is a real

peach. (她真是一個美人)。

以下舉一些 lemon 的俚語用法：
Mary is a lemon. 瑪麗長得很醜。
The answer is a lemon. 這個回答太遜了!
Bob always hands his sister a lemon. 鮑伯總是欺負妹妹。
I got a new car, but it proved to be a lemon! 我買了一輛新車，不過竟然是輛蹩腳車!

I want a **leisure** suit. 我想要一套休閒服。

[片語] **at leisure** 有空地; 不慌不忙地。

at ～'s leisure 有空時，方便時。 (⇨[範例])

[發音] 亦作 [ˋlɛʒɚ]。

leisurely [ˋliʒɚ·lɪ] adj. 不慌不忙的，從容的: I usually go for a **leisurely** stroll after dinner. 我在晚餐後通常會悠閒地散散步。

[活用] adj. **more leisurely**, **most leisurely**

lemon [ˋlɛmən] n. ① 檸檬; 檸檬色，淡黃色。
② 次級品，劣質品;[英] 蠢蛋，傻瓜。

[範例] ① Simon put a slice of **lemon** in his tea. 賽門在紅茶裡加了一片檸檬。
The walls of the room were painted in **lemon**. 那個房間的牆上塗著淡黃色。
② His car turned out to be a real **lemon**. 他的車竟然是一輛劣質品。
I'm glad no one heard me say that, or I would have felt like a **lemon**. 我很高興沒有人聽到我那麼說，否則我會覺得自己像個傻瓜。

♦ **lèmon cúrd** [英] 檸檬酪 (以雞蛋、奶油、檸檬汁混合調配而成，塗於麵包上食用)。

lèmon squásh [英] 檸檬汽水 (檸檬汁加蘇打水)。

lémon squèezer 檸檬榨汁器。

➡ （充電小站） (p. 723)

[複數] **lemons**

lemonade [͵lɛmənˋed] n. [美] 檸檬水 (以檸檬汁加水和糖調製而成)。

[參考] [英] 則為檸檬汽水。

*__lend__ [lɛnd] v. ① 借出，借給。② 提供，給與。③ 添加 (美感等)。

[範例] ① Can you **lend** me NT$10,000? I'll pay you back next week. 你能借我10,000元臺幣嗎? 我下週還你。
Don't **lend** money to people you hardly know. 不要把錢借給你不太認識的人。
Please **lend** me a hand getting this sofa upstairs. 請幫我把這張沙發搬到樓上。
② The flags **lent** color to the streets. 那些旗子為街道增添了色彩。

[片語] **lend itself to** 適合 (適用) 於: This warm room **lends itself to** studying. 這個溫暖的房間適合讀書。

[活用] v. **lends**, **lent**, **lent**, **lending**

*__length__ [lɛŋkθ] n. 長，長度; 全長; 船身之長;

馬身之長。

[範例] The runway has a **length** of 3 kilometers. 這條跑道全長3公里。
This car is 20 feet in **length** and 7 in breadth. 這輛車全長20呎，寬7呎。
I walked the **length** of the street. 我走遍了整條街。
The **length** of the movie was cut to appeal to a wider audience. 那部影片為了吸引更多的觀眾而修剪片長。
Could you get a short **length** of string? 你能拿一條短繩來嗎?
The Cambridge crew won by a **length**. 劍橋大學隊以一船身之長獲勝。

[片語] **at full length** ① 充分地，詳盡地。② 伸展全身地: She lay **at full length** on the grass. 她舒展全身躺在草地上。

at great length 極詳細地; 非常久地。

at length ① [正式] 終於，總算: **At length** the student answered with a one-word answer: "No." 終於那名學生回答了一句:「不對。」② 充分地，詳盡地: It was discussed **at length** on the news last night. 昨晚的新聞對此作了詳盡的討論。

go to any lengths/go to great lengths/go to considerable lengths 不遺餘力，想盡辦法做: We **go to great lengths** to keep our customers satisfied. 我們不遺餘力地使顧客滿意。

the length and breadth of 整個地區，到處。

[發音] 亦作 [lɛŋθ]。

☞ adj. long

[複數] **lengths**

*__lengthen__ [ˋlɛŋkθən] v. (使) 延長，(使) 伸長，變長。

[範例] You'd better **lengthen** your skirt a bit. 你最好把裙子放長一點。
The days **lengthen** in spring. 一到春天，白天時間就變長了。
The strike **lengthened** into weeks. 罷工行動延長數週。

[發音] 亦作 [ˋlɛŋθən]。

[活用] v. **lengthens**, **lengthened**, **lengthened**, **lengthening**

lengthways [`lɛŋkθ͵wez] adv. 縱向地，長地：Fold the paper **lengthways**. 把那張紙縱向摺起來.
發音 亦作 [`lɛŋθ͵wez].

lengthwise [`lɛŋkθ͵waɪz] adv. 縱向地，長地《亦作 lengthways》.
發音 亦作 [`lɛŋθ͵waɪz].

lengthy [`lɛŋkθɪ] adj. 長的，冗長的，囉嗦乏味的：a **lengthy** speech 冗長乏味的演說.
發音 亦作 [`lɛŋθɪ].
活用 adj. lengthier, lengthiest

leniency [`linɪənsɪ] n. 寬大，仁慈.

lenient [`linɪənt] adj. 寬大的，仁慈的.
範例 a **lenient** sentence 寬大的判決.
a **lenient** judge 仁慈的法官.
活用 adj. more lenient, most lenient

*__lens__ [lɛnz] n. ① 透鏡. ②（眼球的）水晶體.
範例 ① a convex **lens** 凸透鏡.
a concave **lens** 凹透鏡.
a contact **lens** 隱形眼鏡.
複數 lenses

Lent [lɛnt] n. 大齋期，四旬齋《從聖灰星期三(Ash Wednesday) 至復活節 (Easter)，不包括星期日的40天期間，紀念耶穌在荒野禁食、苦行，而實行齋戒或禁食以示懺悔》.
♦ **the Lént tèrm** 《英》（大學的）春季學期《通常從1月至3．4月》.
➡ *lent [lɛnt] v. lend 的過去式、過去分詞.

lentil [`lɛntl] n. 扁豆《豆科植物及其種子，可食用》.
複數 lentils

leopard [`lɛpəd] n. 豹《體長約1.5公尺的貓科肉食性動物，其毛皮呈黃褐色，有黑斑點》.
複數 leopards

leopardess [`lɛpədɪs] n. 母豹.
複數 leopardesses

leotard [`liə͵tɑrd] n.（舞者、體操選手等所穿的）連身緊身衣.
複數 leotards

leper [`lɛpə] n. 痲瘋病患.
複數 lepers

leprosy [`lɛprəsɪ] n. 痲瘋病.

lesbian [`lɛzbɪən] adj. ① 女同性戀的.
——n. ② 女同性戀.
複數 lesbians

lesion [`liʒən] n. 損傷，傷；病變《人體器官等因受傷或疾病所造成的有害變化》.
複數 lesions

*__less__ [lɛs] adj., adv. ① 較少（的），更少（的）；較小（的），更小（的）. ②（程度等）較低，不及.
——pron. ③ 較少數，更少量；更少額；較短時間.
範例 ① I bought **less** milk and fewer vegetables than yesterday. 比起昨天，我買了更少的牛奶與蔬菜.
Four plus three is **less** than eight. 4加3小於8.

You should talk **less** and listen more if you want to learn. 你如果想學的話，應該少說多聽.
② She is **less** beautiful than her sister. 她不及她姊姊漂亮.
He studies **less** than he used to. 他不及過去用功.
③ It takes **less** than ten minutes to get to the station. 到那個車站不用10分鐘.
He bought this bag for **less** than 50 dollars. 他以低於50美元的價格買了這個皮包.
片語 **in less than** 不到~之內，不足：You can get to the station **in less than** ten minutes. 不用10分鐘你就能到那個車站.
little less than 與~幾乎一樣：It is **little less than** robbery. 那簡直就是強盜行為.
much less ~/still less ~ 更不用說，遑論《置於否定句後》：He can hardly walk, **much less** run. 他幾乎無法走路，更不用說跑.
no less than 多達，與~幾乎相同：She has **no less than** ten children. 她的小孩多達10個.
no less ~ than... ① 正是：He is **no less** a person **than** the prime minister. 他正是首相本人. ② 不亞於，與~一樣：She is **no less** beautiful **than** her mother. 她的美貌不亞於她母親.
not less than 至少：He has **not less than** ten thousand dollars. 他有不下10,000美元.
not less ~ than... 比~有過之而無不及：Kate is **not less** charming **than** Jane. 凱特的魅力比起珍有過之而無不及.

-less suff. ① 沒有，缺少《加於名詞後構成形容詞》：endless 沒有盡頭的；needless 沒有必要的. ② 不，不能《加於動詞後構成形容詞》：tireless 不累的；helpless 無助的.

*__lessen__ [`lɛsn] v. ①（使）變少，（使）變小. ②（使）減少.
範例 ① The noise **lessened** when the wall was put up. 砌上牆噪音就變小了.
② These precautions will **lessen** the risk of a viral outbreak. 這些預防措施將減少病毒感染疫情爆發的危險.
活用 v. lessens, lessened, lessened, lessening

lesser [`lɛsə] adj. ①〔只用於名詞前〕更小的，較小的，更少的《不與 than 連用》.
——adv. ② 較少地. ③ 不太.
範例 ① Which is the **lesser** of the two evils? 兩害之中哪個害處較少？
③ He is one of the **lesser**-known poets. 他是不太有名的詩人之一.

*__lesson__ [`lɛsn] n. ① 功課，課業；課程；學習. ②（課本的）課；（學業上的）課題. ③ 教訓. ④ 日課《基督教禮拜時誦讀的一節《聖經》》.
範例 ① an English **lesson** 英語課.
I take violin **lessons** from Mr. White. 我跟懷特先生學小提琴.
② **Lesson** 14 第14課.
③ The accident taught him a good **lesson**. 那

基督教的曆法

▶ 與 Easter 有關的宗教節日

Lent (四旬齋) ——從 Ash Wednesday 到 Easter Eve 除去星期日的40天期間; 為紀念耶穌的苦難而實行齋戒以表懺悔。

Ash Wednesday (聖灰星期三) ——Lent 的第一天; 天主教的儀式中, 這一天在信徒額頭上抹灰 (ash) 作為懺悔的標記。

Shrove Tuesday (懺悔星期二) ——Lent 開始前一日, 在英國稱為 Pancake Day, 人們習慣在這一天烤薄煎餅 (pancake) 來慶祝。 此節日原為羅馬天主教的節日, 於1766年傳入美國, 稱為 Mardi Gras, 法語的原意為「胖的星期二」(fat Tuesday). 人們會在這一天舉行盛大的嘉年華會 (carnival) 和遊行慶典, 以備翌日開始的苦修。 現在最著名的 Mardi Gras 為美國南部紐奧爾良等地所舉行。

Easter Week (復活節週) ——從 Easter Sunday 開始的一週。

Holy Week (聖週) ——Easter Sunday 前一週。

星期二	Shrove Tuesday
星期三	Ash Wednesday《Lent 的第一天》
⋮	
星期日	Lent 大致在2、3月, 因為 Easter Sunday 每年都不一樣, 所以 Lent
⋮	的日期也會隨之變動, 而這個節
星期日	日的慶祝方式、 習慣作法等也依
⋮	宗教派別而有所不同。
星期日	
⋮	
星期日	英國的大學稱這段時間為 the Lent term《春季學期》。
⋮	
星期日	Palm Sunday《Holy Week 的開始》
星期六	Easter Eve《Lent 的最後一天》
星期日	Easter Sunday

使役動詞 (let 等) 的區別

【Q】使役動詞有 let, make, have, get 等為數不少, 它們之間有甚麼區別呢?

【A】以上使役動詞都可表示「使某人做某事」, 但字義還是稍有不同。

先看 **let**. 這個動詞的基本意義是「放任去做」, 因此, 如 "Let the baby sleep." (讓那個嬰兒睡覺吧!) 這個句子, 用於「允許他人自由行事」的情境。 再看 **make**, 其基本意義是「製作」, 意即實施作用於某物使形狀等變化, 帶有「強制, 強迫」的意思。 參考下面這個例子: "Bob's mother made him study." (鮑伯的母親強迫他讀書。)

另外, 其被動語態如下所示:
Bob was made to study.
(鮑伯被迫用功讀書。)

have 的意義更廣, 「要某人做某事, 請某人做某事」等諸如此類之意, 是表示「要~」, 還是表示「請~」, 則可根據上下文來判斷:

a. I'll have him send the book. (我要讓〔請〕他送書。)

b. Mary had me pack the suitcase. (瑪麗要〔請〕我打包旅行箱。)

have 的基本意義是「持有」, 為何會轉義為「讓~, 請~」呢? a 句中的 "him" 及 "(to) send the book" 和 b 句中的 "me" 及 "(to) pack the suitcase" 正好都是主詞與動詞的關係, 而 "him send the book" 和 "me pack the suitcase" 也正好都是 have 的受詞。 所以, 這兩句的 have 都從原意的「持有」轉而變成帶有「掌控 (整件事的情況)」的意味。

get 與 have 意思大致相同 (口語中使用 get 的機率較高), 但在受詞與後面的動詞之間加入 to.

I'll get him to send the book. (我要讓〔請〕他送書。)

get 的基本意義是「使處於某狀態」, 而「某狀態」則是由 to 帶出來。 因此, 這個例句的整句分析應是「我使他處於某種狀態——『送書』的狀態」。

另外, 以過去分詞作為受詞補語, 其意為「該動作並非由自己做的, 而是別人做的」:

c. I had my room cleaned. (我請人打掃了房間。)

d. John had his tooth pulled. (約翰拔了牙。)

起意外事件給了他一個很好的教訓。
[複數] **lessons**

*__lest__ [lɛst] *conj.* ①《正式》唯恐, 免得。 ②《正式》會不會, 是否會。

[範例] ① You had better take your umbrella **lest** it should rain. 你還是帶著傘, 免得下雨。

② I am afraid **lest** he should come too late. 我擔心他會太晚來。

*__let__ [lɛt] *v.* ① 讓, 允許《☞ 充電小站 (p. 725)》。
② 我們去做~吧《用 Let us, Let's 的形式》。

③ 出租《《美》rent》.

[範例] ① I **let** him go there. 我讓他去那裡。

I'll **let** you know which train I take. 我會讓你知道我搭哪一班車。

He wanted to swim in this river, but his father wouldn't **let** him. 他想在這條河裡游泳, 可是他父親不讓他去。

Let him do his work. 讓他做自己的工作。

Let there be no doubt in anyone's mind. 讓所有人心中的疑惑消除。

Let me try once more. 讓我再試一次。

Let us take care of our own business, will you? 讓我們自己管自己的事，好嗎？

② "**Let**'s go for a walk, shall we?" "Yes, **let**'s." 「我們去散步，好嗎？」「好，走吧。」

Let's not smoke here./Don't **let**'s smoke here. 我們不要在這裡抽菸。

③ I decided to **let** the house by the month. 我決定按月出租那棟房子。

Is there any house to be **let** near here? 這一帶有房子要出租嗎？

旨語 **let alone** 更不用說，更別提《用於否定句後》：He cannot speak English, **let alone** French. 他不會說英語，更別提法語。

let ~ alone 不管，放任：Let the dog **alone**. 別管那隻狗。

let down ① 放下，降下：She **let down** the blinds. 她拉下那個百葉窗。② 使失望，辜負：Don't **let** your teacher **down**. 不要讓老師失望。

let go ① 放開：Let go of the rope. 把繩子放開。② 使自由，釋放：The police **let** him **go** free. 警方釋放了他。③ 解雇：She **let** her housekeeper **go**. 她解雇了女管家。

let in 放入，使進入：Let the dog **in**. 讓那隻狗進去。

She opened the window to **let in** light and air. 她打開那扇窗戶讓光線和空氣進入。

let ~ into... 使進入…中：Don't **let** the dog **into** the room. 不要讓那隻狗進到房裡。

Let me see/Let's see 讓我想想：Let me see, what shall I do next? 讓我想想，接下來我該怎麼做呢？

let off ① 寬恕，不處罰：The judge **let** the two boys **off** with a warning. 那位法官訓誡一番後饒恕了兩個男孩。② 放（氣體、煙火等）；使爆炸〔噴出〕：The children **let off** the fireworks in the garden. 孩子們在院子裡放煙火。③ 使下（交通工具）：Would you **let** me **off** at the next stop, please? 可以讓我在下一站下車嗎？④ 使免於（義務、懲罰等）。

let out ① 放出，使自由，釋放：Open the door, and **let** the cat **out**. 把那扇門打開讓貓出去。② 發出（聲音等）：She **let out** a small sigh. 她輕輕嘆了一口氣。③ （不小心）洩露（祕密等）：She **let out** where she had hidden her father's birthday present. 她不小心說出父親的生日禮物藏在哪裡。

let up 停止；緩和：When will this rain **let up**? 這場兩何時才會停？

活用 v. **lets, let, let, letting**

letdown [ˋlɛt͵daun] n. 《口語》失望，期望落空：What a **letdown**! 真令人失望！

複數 **letdowns**

lethal [ˋliθəl] adj. 致人於死的，致命的：a **lethal** weapon 兇器，致命的武器。

活用 adj. **more lethal, most lethal**

lethargic [lɪˋθɑrdʒɪk] adj. 沒有氣力的，無精打采的。

活用 adj. **more lethargic, most lethargic**

lethargy [ˋlɛθɚdʒɪ] n. 沒有氣力，無精打采。

let's [lɛts] （縮略）＝let us （☞ let ②）。

letter [ˋlɛtɚ] n. ① 信，書信，信函。② 字母；文字。③〔~s〕文學；學識，學問。

——v. ④ 在～寫上文字。

範例 ① I wrote a long **letter** to him./I wrote him a long **letter**. 我寫了一封長信給他。

I got a **letter** from my uncle in New York. 我收到了紐約叔叔的來信。

Thank you very much for your **letter** of introduction. 非常感謝你的介紹信。

② I can write all 26 **letters** of the English alphabet. 我會寫英語的26個字母。

A is a capital **letter**. A是大寫字母。

③ His death is a loss to Chinese **letters**. 他的去世對中國文學界而言是一個損失。

He is a man of **letters**. 他是一個文學家。

④ Will you **letter** this poster for me? 幫我在這張海報上題字好嗎？

旨語 **by letter** 用書信，寫信：Please let me know **by letter**. 請寫信通知我。

to the letter 一字一句按照字面地，不折不扣地：I'll follow your advice **to the letter**. 我會完完全全照你的建議去做。

複數 **letters**

活用 v. **letters, lettered, lettered, lettering**

letterbox [ˋlɛtɚ͵bɑks] n. 《英》郵筒；（安裝在家門上的）信箱《亦作 letter box》。

參考 《美》**mailbox**.

複數 **letterboxes**

lettering [ˋlɛtərɪŋ] n. （設計成特殊形態或顏色的）圖案文字；圖案文字的書寫〔雕刻〕：I love the **lettering** on this poster. 我喜歡這張海報上的圖案文字。

lettuce [ˋlɛtɪs] n. ① 萵苣《一般為圓形葉片，多用來做生菜沙拉》。②《口語》《美》紙幣。

複數 **lettuces**

letup [ˋlɛt͵ʌp] n. ① 減弱，緩和。② 中止，停止。

範例 ① There was no sign of a **letup** in the storm. 那場暴風雨毫無減弱的跡象。

② Don't work without **letup**. 別無止境地工作。

複數 **letups**

leukemia/leukaemia [ljəˋkimɪə] n. 白血病。

levee [ˋlɛvɪ] n. ① 護堤，堤岸，河堤《人工修築以防河水氾濫》。② 接見會；《美》（總統等舉行的）招待會。

複數 **levees**

level [ˋlɛvl] n. ① 水平（面）。②（水平面的）高度。③ 水準，水平，程度，等級。

——adj. ④ 平的，平坦的。⑤ 相同高度的；同等級〔程度〕的。⑥ 冷靜的，平靜的。

——v. ⑦ 使平整，使平坦。⑧ 使平等，消除差異。

範例 ① Water seeks its own **level**. 水往低處流。

② The water rose to a **level** of 10 meters. 水位達到10公尺之高。

The plane is flying at a **level** of 5,000 meters.

那架飛機正在高度5,000公尺處飛行.

③ His intelligence is above the ordinary **level**. 他的智能在一般水準之上.

This problem should be considered at cabinet **level**. 這個問題是內閣人士應該慎思的.

④ The floor needs to be **level**. 地板必須是平坦的.

⑤ The child's head is **level** with his father's waist. 那個小孩與他父親的腰一樣高.

⑥ He always keeps **level** and calm. 他總是保持沉著冷靜.

⑦ They **leveled** the ground before playing baseball. 他們在開始打棒球前把地面整平.

⑧ Death **levels** all men. 人皆會死.

[片語] **do ~'s level best** 《口語》竭盡全力: We should **do our level best** in everything. 我們無論做甚麼都要竭盡全力.

level down 降低（使達到同樣高度或程度）: The new policy will **level down** educational standards. 那項新政策將會降低教育水準.

level up 提高（使達到同樣高度或程度）: What can be done to **level up** safety standards? 怎麼做才能提高安全水準呢?

level with 《口語》坦白, 開誠布公: Come on, you can trust me—**level with** me. 來嘛, 你可以相信我, 對我坦誠相告吧.

on a level with 與～同高度; 與～同等（級）: The runway is **on a level with** the stage. 伸展臺與舞臺一樣高.

♦ **lèvel cróssing** 《英》（鐵路）平交道（《美》grade crossing）.

[複數] **levels**

[活用] adj. **more level, most level**

[活用] v. **levels, leveled, leveled, leveling/**《英》**levels, levelled, levelled, levelling**

lever [`lɛvɚ] n. ① 槓桿; 柄, 把手; 撬桿.

——v. ② 用槓桿〔撬桿〕移動.

[範例] ① We can use this piece of lumber as a **lever**. 我們可以用這段木材作槓桿.

If you pull this **lever**, all the doors will be unlocked. 拉一下這個控制桿, 所有的門鎖就會打開.

② They **levered** up the rock. 他們用槓桿撬起那塊岩石.

[複數] **levers**

[活用] v. **levers, levered, levered, levering**

leverage [`lɛvərɪdʒ] n. ① 槓桿的力量; 槓桿作用. ②（為達到目的而使出的）影響力, 手段, 力量.

[範例] ① We need more **leverage** to move it. 我們需要更大的槓桿力量來移動它.

② Why don't they use that scandalous information as **leverage** to get what they want? 他們何不利用那一樁醜聞作為手段來獲取所需之物?

levy [`lɛvɪ] v. ① 課徵（稅等）; 召集（人員等）, 徵兵.

——n. ② 徵收（款）, 課稅; 徵兵.

① The police **levy** a fine on those they catch driving drunk. 警方對於遭到逮捕的酒醉駕駛課以罰款.

② Due to a lack of volunteers, there will have to be a **levy**. 因為志願者不足, 所以必須徵兵.

[活用] v. **levies, levied, levied, levying**

[複數] **levies**

lewd [lud] adj. 淫蕩的, 猥褻的.

[活用] adj. **lewder, lewdest**

lewdly [`ludlɪ] adv. 淫蕩地, 猥褻地.

[活用] adv. **more lewdly, most lewdly**

lexical [`lɛksɪkl] adj. ① 辭彙的. ② 辭典的.

lexically [`lɛksɪklɪ] adv. ① 關於辭彙. ② 關於辭典.

liability [ˌlaɪə`bɪlətɪ] n. ① 責任, 義務. ② 負債, 債務. ③ 不利因素〔條件〕. ④（~的）傾向.

[範例] ① The driver refused to admit **liability** for the accident. 那位司機拒絕負起那件意外事故的責任.

② assets and **liabilities** 資產與負債.

[複數] **liabilities**

liable [`laɪəbl] adj. ①（法律上）負有責任的, 有義務的; 負有債務的. ② 有～傾向的, 可能～的, 易於～的.

[範例] ① Any person who violates the law is **liable** to punishment. 違法者皆須受罰.

I'm not **liable** for the debts. 我沒有義務承擔那筆債務.

② My neighbor is **liable** to lose his temper. 我的鄰居動不動就發火.

I'm **liable** to sea-sickness. 我容易暈船.

[活用] adj. **more liable, most liable**

liaison [ˌlie`zɑn] n. ①（單位之間的）聯繫, 聯絡. ② 通姦, 私通.

[複數] **liaisons**

***liar** [`laɪɚ] n. 說謊者: Phil is a contemptible **liar**. 菲爾是一個卑劣的說謊者.

[複數] **liars**

lib [lɪb] n. 解放（運動）《liberation 的縮略》: women's **lib** 婦女解放運動.

libel [`laɪbl] n. ① 誹謗, 中傷; 誹謗性文字〔繪畫, 照片〕; 有損名譽之物, 侮辱之物.

——v. ② 中傷, 誹謗, 誣衊, 侮辱.

[範例] ① This book is a **libel** on women. 這本書侮辱女性.

We're going to take legal action for that **libel** against us. 我們要對那些針對我們的中傷採取法律行動.

[複數] **libels**

[活用] v. **libels, libeled, libeled, libeling/**《英》**libels, libelled, libelled, libelling**

libelous [`laɪbləs] adj. 誹謗的, 詆毀名譽的.

[參考]《英》**libellous**

[活用] adj. **more libelous, most libelous**

***liberal** [`lɪbərəl] adj. ① 自由的, 心胸寬大的. ②（宗教, 政治等）自由主義的《尋求進步, 改革》. ③（專業知識以外）通才《通識》教育的. ④ 慷慨的, 大方的; 豐富的.

——*n.* ⑤ 自由主義者. ⑥〔L~〕自由黨黨員.

[範例] ① He is **liberal** in his views. 他的想法很開明.

④ Thank you for your **liberal** help. 謝謝你慷慨相助.

♦ **liberal árts** 通識課程《相對於專業課程而言，包含語言、文學、歷史、哲學、數學及自然科學等領域》.

liberal educátion 高等普通教育，通才教育.

the Líberal Pàrty (英國、加拿大等的) 自由黨.

[活用] *adj.* **more liberal, most liberal**

liberalism [`lɪbərəl‚ɪzəm] *n.* 自由主義.

***liberality** [‚lɪbə`rælətɪ] *n.* 慷慨：心胸寬大，寬容：His extreme **liberality** alienated him from the other members of the PTA board. 他的過度寬容使他與家長教師聯誼會的其他成員疏遠了.

liberally [`lɪbərəlɪ] *adv.* ① 豐富地，大量地. ② 心胸寬大地；慷慨地，大方地.

[範例] ① European orchestras are more **liberally** funded than Japanese ones. 歐洲的管弦樂團比日本的管弦樂團得到更多的資助.

② He helped himself **liberally** to more wine. 他大方地替自己添酒.

[活用] *adv.* **more liberally, most liberally**

***liberate** [`lɪbə‚ret] *v.* 使自由，解放，釋放：The prisoners of war were **liberated** by advancing allied forces. 戰俘被進攻中的盟軍釋放了.

[活用] *v.* **liberates, liberated, liberated, liberating**

liberation [‚lɪbə`reʃən] *n.* 解放 (運動).

[範例] the **liberation** of a concentration camp 集中營的解放.

liberation from poverty and ignorance 從貧困與無知中解放.

liberator [`lɪbə‚retə] *n.* 解放者.

[複數] **liberators**

***liberty** [`lɪbətɪ] *n.* ① 自由，解放，釋放. ②(權利上的) 自由；許可.

[範例] ① Upperclassmen are allowed more **liberty** than freshmen. 高年級學生比新生有更多的自由.

Too many **liberties** at that age could spoil a child. 在那個年齡給與太多自由會寵壞孩子.

Mom and dad gave me the **liberty** to choose what color to paint my room. 爸媽讓我自己選擇房間要漆成甚麼顏色.

② civil **liberties** 公民自由《受法律保障的言論、思想等自由》.

[片語] *at liberty* ① 自由的，被釋放的：Someone let all the animals out of their cages last night and they're still **at liberty**. 昨晚有人把動物從籠中全部放了出去，到現在都還沒抓回來. ② 可以隨意〔自由〕地做：You are **at liberty** to leave at any time. 你隨時都可以離開.

take liberties with (因過於親密而) 對~

無禮；任意更改：Do not **take liberties with** the truth. 不要歪曲事實.

[參考] freedom 與 liberty 都表示「自由」，但 freedom 強調「行使權力等的自由」，liberty 則強調「從束縛中解放而獲得的自由」. Statue of Liberty (自由女神像) 也是用來表示美國擺脫英國的束縛、獨立建國所獲得的自由.

[複數] **liberties**

***librarian** [laɪ`brɛrɪən] *n.* 圖書館館員，圖書館管理員.

[複數] **librarians**

***library** [`laɪ‚brɛrɪ] *n.* ① 圖書館，圖書室. ② 書齋，書房. ③ 藏書，文庫；(書籍、唱片等的) 蒐集.

[範例] ① We can borrow three books from the **library** at a time. 我們一次可從圖書館借3本書.

library science 圖書館學.

② Father is working in his **library**. 父親正在書房工作.

③ I have a large **library** of books on American culture. 我有許多美國文化方面的藏書.

[字源] 拉丁語的 libraria (書店).

[複數] **libraries**

lice [laɪs] *n.* louse 的複數形.

***licence** [`laɪsn̩s] =*n.* license.

***license** [`laɪsn̩s] *n.* ① 執照，許可證；專利 (證明). ② 過度的自由，放任.

——*v.* ③ 准許 (~做). ④ 發給執照〔許可證〕.

[範例] ① Do you have a driver's **license**? 你有駕照嗎?

What does it take to get a **license** to practice medicine in this country? 在這個國家要怎麼做才能取得醫生開業的執照?

② You allowed him too much **license** when he was younger. 他年輕時你太縱容他了.

③ This shop is **licensed** to sell tobacco. 這家店准許銷售香菸.

④ This hotel is **licensed**. 這間旅館有營業執照.

[參考]《英》licence 常作 *n.*；*v.* 時用 license 比 licence 來得多.

[複數] **licenses**

[活用] *v.* **licenses, licensed, licensed, licensing**

lichen [`laɪkɪn] *n.* 地衣 (類)《生長於岩石、樹的表面、地面等，為真菌類與藻類的共生體；從南北極到熱帶廣泛分布》.

***lick** [lɪk] *v.* ① 舔. ② 〔口語〕打，揍.

——*n.* ③ 舔，舔一口 (的量). ④ 少量，一點點.

[範例] ① The cat **licked** my hand. 那隻貓舔我的手.

The dog **licked** the plate clean. 那隻狗把盤子舔得乾乾淨淨.

The woman **licked** the cream off her lips. 那個女子舔掉嘴唇上的奶油.

Flames **licked** the oak tree's branches. 火舌竄上那棵橡樹的樹枝.

② Toronto **licked** Boston six to nothing. 多倫多

隊以6:0打敗波士頓隊.
He **licked** his daughter. 他打了他女兒一頓.
③ The dog gave her a **lick**. 那隻狗舔了她一下.
④ a **lick** of salt 少量的鹽.
片語 **lick ~'s lips** 心急地期盼；垂涎欲滴地等著吃.
lick ~'s wounds 舐傷口；(失敗後)靜靜地自省，恢復.
活用 *v.* **licks, licked, licked, licking**

licorice [ˈlɪkərɪs] *n.* ① 甘草《豆科多年生草本植物》. ② 甘草根；甘草精《作藥用或調味料》；甘草糖果.
參考 亦作 liquorice.
複數 **licorices**

****lid** [lɪd] *n.* ① 蓋. ② (上、下)眼瞼《亦作 eyelid》.
範例 ① Put the **lid** on the teapot and wait three minutes. 把茶壺蓋上蓋子等3分鐘.
When will the government take the **lid** off? 政府何時要把真相公諸於世?
片語 **put the lid on** 給與最後一擊.
take the lid off 揭露(真相等). (⇨ 範例 ①)
複數 **lids**

****lie** [laɪ] *v.* ① 橫臥，躺. ② 位於，位在. ③ 處於~的狀態，保持著~的樣子. ④ (責任、困難等)在於，存在. ⑤ 說謊.
——*n.* ⑥ [the ~] 位置，應有的狀態. ⑦ 謊言，謊話.
範例 ① He is **lying** in bed. 他正躺在床上.
Don't **lie** down on the grass. 別躺在草坪上.
② The lake **lies** to the south of this city. 那座湖位於這個城市的南邊.
The library **lies** three miles from the station. 圖書館坐落於離車站3哩處.
③ The door to salvation **lies** open to us all. 救世之門為我們所有人敞開.
The snow **lay** thick on the ground. 地上的積雪很深.
④ Success **lies** in diligence and hard work. 成功的關鍵在於勤奮與努力.
The trouble **lies** in the engine. 問題出在引擎上.
I wanted to know where the responsibility **lay**. 我想知道責任的歸屬所在.
⑤ He **lied** to me. 他對我說謊.
He **lied** about his career. 他偽造自己的工作經歷.
Mirrors never **lie**. 鏡子從不會說謊《真實反映原貌》.
My mother **lied** to get me to work. 母親哄騙我去工作.
He's **lied** himself into a real tight spot. 說謊使他陷入真正的窘境.
⑥ He found out the **lie** of the land. 他搞清楚了狀況.
⑦ He is always telling **lies**. 他老是說謊.
What he said was a **lie**. 他說的是謊話.
片語 **lie back** 向後靠：She **lay back** in the chair. 她向後靠在椅背上.

lie down ① 躺下 (⇨ 範例 ①)：I **lay down** on the bed as I was very tired. 我非常累，所以躺在床上休息. ② 屈服，屈從：He didn't **lie down** under an insult. 他不向屈辱屈服.
lie on/lie upon ① 取決於，由~決定：His life **lies on** the result. 他的生死取決於那個結果. ② 成為負擔，使痛苦：The accident **lies** heavy **upon** my mind. 那起意外深深折磨著我.
lie with 是~的責任，是~的任務：It **lies with** you to decide./The decision **lies with** you. 你有責任作出決定.
♦ **lie detector** 測謊器.
活用 *v.* ① ② ③ ④ **lies, lay, lain, lying**/⑤ **lies, lied, lied, lying**
複數 **lies**

liege [lidʒ] *n.* ① (中世紀封建制度的)君主，領主. ② 臣僕，家臣.
複數 **lieges**

lie-in [ˈlaɪ͵ɪn] *n.* ①〖美〗橫臥示威抗議. ②〖英〗早晨睡懶覺：I have a **lie-in** on Sundays. 我在星期天早晨睡懶覺.
複數 **lie-ins**

lien [lin] *n.* 留置權，抵押權《債權人對債務人的財產具有的處置權利》.
複數 **liens**

lieu [lu] *n.* 代替《常用 in lieu of 形式》：You can pay a fine in **lieu** of spending time in jail. 你可以繳罰款來代替坐牢.

lieutenant [luˈtɛnənt] *n.* ① 中尉. ② 代理高階長官者，副官：She is the **lieutenant** governor of California. 她是加州的代理州長.
➡ (充電小站) (p. 801)
複數 **lieutenants**

*****life** [laɪf] *n.*

原義	層面	釋義	範例
生存、生命、生活	活著的力量	生命，性命	①
	活著的東西	生物，活的東西	②
	活著期間	人生，生活，一生	③
	活著的感覺	生氣，精神，活力	④

範例 ① What is **life** and how did it begin? 生命是甚麼? 它是如何開始的?
Three **lives** were lost in the fire. 那場火災奪走了3條人命.
The doctors are fighting to save my mother's **life**. 醫生們正在努力搶救我母親的性命.
While there's **life**, there's hope.《諺語》活著就有希望.
Dancing is her **life**. 舞蹈是她的生命.
That young man was the **life** of the party. 那個年輕人是晚會上的靈魂人物，大家都在談論他.
Everybody was talking about him.

Having matches could make the difference between **life** and **death** in the winter mountains. 在冬季的山區，有沒有火柴是非生即死的關鍵.

I cannot for the **life** of me remember her name. 我怎麼也想不出她的名字.

You take your **life** in your hands when John's driving. 你們可是冒著生命危險搭約翰的車.

② We are studying plant **life** at school. 我們在學校研究植物.

Is there any **life** on Mars? 火星上有任何生物嗎?

③ **Life** is too short to sit around complaining—do something about it. 人生苦短，與其埋怨，不如做些正事.

The professor gave all his **life** to education. 那位教授畢生致力於教育.

The woman lived a lonely **life**. 那個女人過著孤獨的生活.

Life is hard in a refugee camp. 難民營的生活很艱苦.

Country **life** is healthier than city **life**. 鄉村生活比都市生活更有益於健康.

I soon got used to the British way of **life**. 我很快就習慣英國的生活方式.

He was banned from soccer for **life**. 他遭到足球的終身禁賽.

The judge gave him a **life** sentence. 法官判他終身監禁.

The **life** of the new government will be short. 新政權的壽命會很短.

I'll be grateful to you all my **life**. 我將一生感謝你.

She has never seen such a tall man in her **life**. 她一生從未看過這麼高的男子.

This chapter describes the **life** of a sailor. 這一章描寫一位水手的生涯.

④ The child is all **life**. 那個孩子充滿活力.

The kittens are full of **life** and play all day. 那些小貓咪生氣勃勃地玩安一整天.

The new employees put some **life** into the conservative, staid company. 新進的職員為保守又死板的公司帶來了一些生氣.

Let's invite Jason—he knows how to bring a party to **life**. 邀請傑森過來，他知道如何帶動晚會的氣氛.

This script just doesn't really come to **life**, does it? 這個劇本確實有點死氣沉沉，不是嗎?

片語 **all ~'s life** 一輩子，畢生. (⇨ 範例 ③)

as large as life 實物大小地; 確實地: I didn't expect to see her but there she was **as large as life**. 我沒想到會見到她，但她確實在那裡.

bring ~ to life 使甦醒; 使生動, 使有活力. (⇨ 範例 ④)

come to life 甦醒; 充滿朝氣〔活力〕. (⇨ 範例 ④)

for life 終身，一生. (⇨ 範例 ③)

for ~'s life/for dear life 拼命地，死命地.

for the life of 無論如何〔也不~〕. (⇨ 範例 ①)

full of life 生氣勃勃的，充滿活力的. (⇨ 範例 ④)

in ~'s life 出生以來，至今. (⇨ 範例 ③)

Not on your life! 《口語》絕不!

take ~'s life 殺〔人〕. (⇨ 範例 ①)

take ~'s life in ~'s hands 冒著生命危險. (⇨ 範例 ①)

to the life 栩栩如生地, 逼真地: She looks like her grandmother **to the life**. 她像極了她祖母.

true to life 維妙維肖的, 逼真的: The director wants the characters to be more **true to life** so the audience can identify with them. 那位導演希望登場角色更加逼真, 這樣觀眾才能產生共鳴.

☞ ↔ **death**, v. **live**, adj. **alive**, **live**

♦ **life bèlt** 救生帶.

life bùoy 救生圈《亦作 **buoy**》.

life hístory 生命史《生物一生的過程》;〔人一生的〕傳記.

life insùrance 人壽保險.

life jàcket 救生衣.

life presèrver 救生器材.

複數 **lives**

lifeboat [`laɪf,bot] n. ① 救生船. ② 救生艇.

複數 **lifeboats**

lifeguard [`laɪf,gɑrd] n. (游泳池、海水浴場等的) 救生員.

複數 **lifeguards**

lifeless [`laɪflɪs] adj. ① 無生命的. ② 無生氣的, 死氣沉沉的.

活用 adj. ② **more lifeless**, **most lifeless**

lifelessly [`laɪflɪslɪ] adv. 死氣沉沉地, 無生氣地.

活用 adv. **more lifelessly**, **most lifelessly**

lifelike [`laɪf,laɪk] adj. 栩栩如生的, 逼真的: **lifelike** robots 栩栩如生的機器人.

活用 adj. **more lifelike**, **most lifelike**

lifeline [`laɪf,laɪn] n. (海上救難等的) 救生索; (手相的) 生命線; 命脈; 重要運輸路線.

複數 **lifelines**

lifelong [`laɪf,lɔŋ] adj. 持續一生的, 終身的: my **lifelong** friend 我終身的朋友.

lifesaver [`laɪf,sevɚ] n. ① 救命者, 救星: Money is a **lifesaver** for me in the present situation. 以現在的情況來看, 錢是我的救星. ② (游泳池等的) 救生人員.

複數 **lifesavers**

lifestyle [`laɪf,staɪl] n. 生活方式, 生活形態.

複數 **lifestyles**

lifetime [`laɪf,taɪm] n. ① 一生, 終身. ② (機械、組織等的) 壽命.

複數 **lifetimes**

lifework [`laɪf,wɝk] n. 一生從事的工作, 終身的事業.

複數 **lifeworks**

lift [lɪft] v. ① 舉起，提起，升起，抬起. ② 把
～拿上〔拿下〕，拿起(話筒). ③ 提高(精
神、士氣等). ④(雲霧)消散；(雨)停.
——n. ⑤ 舉起，提高，抬起. ⑥ 搭便車. ⑦〖英〗
電梯(〖美〗elevator). ⑧ 升降機；起重機.

範例 ① He **lifted** a heavy stone. 他抬起了一塊
沉重的石頭.
This box is too heavy to **lift**. 這箱子太重了，
抬不起來.
He **lifted** his hat and bowed to me. 他舉起帽
子向我鞠躬.
② She **lifted** the basket up onto the table. 她把
那個籃子拿到桌上.
Will you **lift** the box down from the shelf? 你能
把那個箱子從架子上搬下來嗎?
③ The news **lifted** his heart. 那個消息使他的
精神為之一振.
④ The mist **lifted**. 霧消散了.
The rain **lifted**. 雨停了.
⑤ Please give this box a **lift**. 請把這個箱子舉
起來.
⑥ He gave me a **lift** to the station. 他讓我搭便
車到車站.
⑦ I took the **lift** to the 5th floor. 我搭電梯到5
樓.
⑧ They went up the slope by **lift**. 他們坐升降機
爬上斜坡.
片語 **lift off** (直升機等)離地起飛；(火箭等)發
射升空：The space shuttle **lifted off** right on
schedule. 那架太空梭準時升空.
lift ~'s voice 提高～的嗓門：He **lifted her
voice**, and called my name. 她提高嗓門叫我
的名字.
活用 v. **lifts, lifted, lifted, lifting**
複數 **lifts**

lift-off [`lɪft͵ɔf] n. (太空船等的)發射，升空.
複數 **lift-offs**

ligament [`lɪgəmənt] n. 韌帶〈連接或包圍骨
骼關節面的一種柔韌的白色纖維組織〉.
複數 **ligaments**

light [laɪt] n. ① 光，光線. ② 看法，見解. ③
燈火，燈光. ④ 日光，白天. ⑤ 火，點
火物.
——adj. ⑥ 明亮的. ⑦ 淡的，淺的. ⑧ 輕的. ⑨
少的，少量的. ⑩(處罰、工作等)輕微的，輕
鬆的. ⑪ 輕快的，輕盈的. ⑫ 輕鬆愉快的，無
憂無慮的；消遣的. ⑬ 助消化的；清淡的；(睡
眠)淺的，易醒的.
——adv. ⑭ 輕輕地，輕快地；輕裝地.
——v. ⑮ 將～點燃. ⑯ 使明亮，發亮. ⑰ 點
(燈、火、菸等).

範例 ① **Light** travels faster than sound. 光比聲
音傳得快.
The sun gives us heat and **light**. 太陽給我們
熱與光.
This machine gives off **light**. 這部機器會發
光.
He sometimes reads by the **light** of a candle.
他有時會藉著燭光讀書.

② We saw the problem in a new **light**. 我們從
新的觀點看此問題.
In the **light** of history, the event seems more
important. 從歷史的角度來看，那個事件似乎
更重大.
③ We saw a **light** in the distance. 我們看到遠
方有處燈火.
Turn on a **light**. 打開電燈.
All the **lights** went out suddenly. 所有燈光突
然熄滅了.
④ I got up before **light** this morning. 我今天早
上天亮前就起床了.
⑤ Could you give me a **light**? 能不能借個火?
Do you have a **light**? 你有火嗎?
⑥ It gets **light** before six at this time of the year.
每年此時6點以前天就亮了.
⑦ Sue is wearing a **light** blue shirt. 蘇穿著一件
淺藍色的襯衫.
⑧ This cloth is as **light** as a feather. 這塊布輕
似羽毛.
He is the **lightest** of us all. 他在我們當中體
重最輕.
⑨ Traffic is **light** here. 這裡交通流量很小.
We had a **light** snowfall last night. 昨夜下了
一點雪.
⑩ **light** punishment 輕微的處罰.
light work 輕鬆的工作.
⑪ She always walks with **light** steps. 她總是步
履輕盈.
She is a **light** dancer. 她是一個身形輕盈的
舞者.
⑫ **light** reading 休閒讀物.
⑬ I am a **light** sleeper. 我是一個淺眠的人.
She served us a **light** snack. 她為我們提供了
一頓清淡的簡餐.
I like **light** beer. 我喜歡淡啤酒.
⑭ She travels **light**. 她輕裝旅行.
⑮ He **lit** a match. 他將火柴點燃.
This stove **lights** easily. 這個火爐易點燃.
⑯ The burning car **lit** up the house. 燃燒中的汽
車照亮了那棟房子.
The sky has **lighted** up. 天空變亮了.
⑰ It's getting dark. It's time to **light** up. 天黑了，
該點燈了.
片語 **bring ~ to light** 揭露，暴露(祕密等)：
The investigations of a journalist **brought** the
scandal **to light**. 一位記者的調查揭露了那
樁醜聞.
come to light 顯露，暴露：Her past **came
to light**. 她的過去曝光了.
in a good light ① 在看得清楚的地方：The
picture is hung **in a good light**. 那幅畫掛在
看得清楚的地方. ② 在有利的立場上；以正
面的觀點.
in the light of 鑑於，按照：We must study
the present **in the light of** the past. 我們必須
鑑古知今.
make light of 對～不在乎，輕視：She
made light of her suffering. 她對自己的苦難

不以為意.

see the light ① 出生. ② 問世，公開：They locked him in a dungeon and he never again **saw the light** of day. 他們把他關進地牢，而他就再也未能重見天日. ③ 理解：After a lengthy explanation he **saw the light**. 聽了冗長的說明後，他懂了.

throw light on ~/shed light on ~ 為~帶來解決的希望；使清楚明白地顯示出來：His study will **throw** some **light on** the subject. 他的研究會為這個問題帶來解決的希望.

♦ **light yèar** 光年《光一年之間前進的距離，約 9 兆 5 千億公里》.

☞ ⑧ ↔ heavy

[複數] lights
[活用] adj., adv. lighter, lightest
[活用] v. lights, lighted, lighted, lighting/lights, lit, lit, lighting

L *lighten [`laɪtn] v. ① 使明亮，變亮，照亮. ② 閃（電）. ③ 使變輕，減輕（負擔等）. ④ 使愉快，變愉快.

[範例] ① The sky began to **lighten** after the storm. 暴風雨後，天空開始放晴了. We painted the ceiling white to **lighten** the room. 為使房間明亮，我們把天花板漆成白色. A single candle was **lightening** the room. 一根蠟燭照亮了那個房間. ② It thundered and **lightened**. 當時打雷又閃電. ③ Let me **lighten** your load—I'll take one of your suitcases. 為了減輕你的負荷，我來幫你提一個行李. The U.S. government tried to **lighten** the tax burden on the middle class. 美國政府致力於減輕中產階級的稅務負擔. ④ Her mood **lightened** when it stopped raining and the sun came out. 當雨停日出時，她的心情變愉快了.

[活用] v. lightens, lightened, lightened, lightening

lighter [`laɪtɚ] adj., adv. ① light 的比較級.
—— n. ② 打火機. ③ 駁船.
[複數] lighters

light-headed [`laɪt`hɛdɪd] adj. ① （因喝酒而）眩暈的. ② 輕率的.
[活用] adj. more light-headed, most light-headed

light-hearted [`laɪt`hɑrtɪd] adj. 歡樂的，快樂的；無憂無慮的.
[活用] adj. more light-hearted, most light-hearted

*lighthouse [`laɪt,haʊs] n. 燈塔.
[複數] lighthouses

lighting [`laɪtɪŋ] n. 點火，點燈；照明（設備）；照明法；(繪畫的)明暗：The curator wants the **lighting** on this sculpture to be just so to bring out all the subtle details. 為顯出細微之處，館

長想為這件雕刻作品投以照明.

*lightly [`laɪtlɪ] adv. ① 輕輕地，輕微地. ② 輕佻地；淡淡地，輕鬆地. ④ 少許地，些微地. ⑤ 容易地，輕鬆地.

[範例] ① She tapped me **lightly** on the shoulder. 她輕輕地拍了我的肩膀. Walk **lightly** in the hallway. 在走廊要輕步慢行. ② "Don't worry about it," said Beth **lightly**. 貝絲淡淡地說：「別擔心.」 ③ dance **lightly** 輕快地跳舞. ④ I slept **lightly** last night. 我昨晚稍微睡了一下. ⑤ **Lightly** come, **lightly** go.《諺語》來得快，去得也快.

[活用] adv. more lightly, most lightly

lightness [`laɪtnɪs] n. ① 光亮，明亮，亮度. ② （顏色）淺淡. ③（重量等）輕. ④ 輕捷，敏捷. ⑤ 輕率，輕佻. ⑥ 快活，愉快.

*lightning [`laɪtnɪŋ] n. 閃電，電光.

[範例] **Lightning** hit the tall tree. 閃電擊中那棵高大的樹. The climbers on the top of the mountain were struck by **lightning**. 攀登上那座山頂的登山者們被閃電擊中.

♦ **líghtning bùg** 螢火蟲.
líghtning ròd 〔美〕避雷針.

lightweight [`laɪt`wet] n. ① 標準重量以下的人〔物〕. ②（拳擊、角力、舉重等的）輕量級選手. ③ 無足輕重的人.
—— adj. ④ 輕（量）的. ⑤ 輕量級的. ⑥ 無足輕重的.
[複數] lightweights

likable [`laɪkəbl] adj. 令人有好感的，討人喜歡的，有魅力的.
[參考] 亦作 likeable.
[活用] adj. more likable, most likable

*like [laɪk] v. ① 喜歡，愛好.
—— prep. ② 像~那樣，和~一樣，就像.
—— adj. ③ 相似的，相像的，相同的.
—— n. ④ 相似的人，同樣的東西；喜歡的東西.
—— adv. ⑤ 像~那樣，與~一樣地.
—— conj. ⑥ 與~一樣；好像.

[範例] ① She **likes** coffee better than tea. 與紅茶相比，她喜歡咖啡甚於茶. I **like** sashimi, but it doesn't **like** me. 我喜歡生魚片，可是一吃身體就不舒服. You can come if you **like**. 你不嫌棄的話可以過來. She **likes** going on picnics. 她喜歡去野餐. He **likes** to visit his child as often as possible. 他想盡可能常去看孩子. Sarah would **like** to live in Colorado. 莎拉想住在科羅拉多. Would you **like** a cup of coffee? 來杯咖啡好嗎?《徵詢對方的意願》 I would **like** you to come to see me tomorrow. 我想請你明天來見我.

How do you **like** Taiwan? 你覺得臺灣怎麼樣.

② She is very much **like** her mother. 她與母親長得很像.

I visited some famous people, **like** Michael Jackson and Elizabeth Taylor. 我拜訪了幾位名人，像是麥可‧傑克森以及伊莉莎白‧泰勒.

It looks **like** rain. 好像要下雨了.

Elephants cry out **like** trumpets. 大象的叫聲像喇叭聲一樣.

Don't talk **like** that. 別那麼說.

It was **like** him to be late. 遲到確實像他的作風.

I felt **like** a famous actor. 我覺得自己像個名演員.

I feel **like** taking a walk. 我想去散步.

Her second novel is nothing **like** her first one. 她的第二本小說一點也不像第一本.

Your house looks something **like** a castle. 你的房子看起來有些像城堡.

The CD player cost something **like** $100. 那臺 CD 音響的價格大約100美元.

③ **Like** father, **like** son. 《諺語》有其父必有其子.

Mix a cup of sugar and a **like** amount of flour. 將一杯糖與等量的麵粉混合攪拌.

④ I shall never go out with his **like** again. 我再也不跟像他那樣的人出去了.

Talk about your **likes** and dislikes. 說一說你喜歡的東西與討厭的東西.

We enjoyed hiking, fishing, sketching, and the **like** at summer camp. 我們在夏令營愉快地遠足、釣魚、寫生，還有其他諸如此類的活動.

You can use a pen, a pencil or the **like**. 你可以使用原子筆、鉛筆或其他同類的東西.

⑥ I cannot run fast **like** you do. 我無法像你那樣快跑.

He acts **like** he lives here. 他表現得好像住在這裡一樣.

片語 ***and the like*** 等等，諸如此類. (⇨ 範例 ④)

feel like 感到，想要. (⇨ 範例 ②)

How do you like ~? 你覺得~怎樣? 你覺得怎麼做好呢? (⇨ 範例 ②)

if you like 如果你不嫌棄; 如果你喜歡. (⇨ 範例 ①)

look like 看起來像(是). (⇨ 範例 ②)

nothing like 一點也不像. (⇨ 範例 ②)

or the like 諸如此類，等等. (⇨ 範例 ④)

something like 有些像，大約，接近. (⇨ 範例 ②)

參考 like ~ing、like to ~、would like to ~ 之區別：like ~ing 與 like to ~ 都表示「喜歡做~」. 但嚴格來說，~ing 表示正在進行的動作、經歷過的事或(不限定時間等的)一般的事. 而 to ~則表示還未經歷的事或(限定時間等的)特定的事. 另外，would like to ~表示「(可能

的話)想〔希望〕~」之意，比單用 like，want 或 wish 來得婉轉，客氣.

➡ 充電小站 (p. 1359)

活用 v. **likes**, **liked**, **liked**, **liking**

複數 **likes**

-like suff. 像~的，一般的，~似的《接在名詞後構成形容詞》: child**like** 孩子似的; business**like** 事務性的.

likeable [`laɪkəbl] =adj. likable.

likelihood [`laɪklɪ͵hʊd] n. 可能性; 可能的事.

範例 There is a strong **likelihood** that a war will break out. 戰爭爆發的可能性很大.

This treatment reduces the **likelihood** of heart attacks. 這項治療可以減少心臟病發的可能性.

There is little **likelihood** of their consenting to it. 他們不太可能同意它.

His statement is in all **likelihood** false. 他的陳述十之八九是假的.

片語 ***in all likelihood*** 十之八九. (⇨ 範例)

＊**likely** [`laɪklɪ] adj. ① 可能性高的，像是真的，煞有其事的，適當的，有前途的，有希望的. ──adv. ② 大概，多半; 恐怕.

範例 ① It is **likely** to rain. 好像要下雨了.

It is **likely** that he will live to a hundred. 他很有可能活到百歲.

This is **likely** room for our meeting. 這是一個適合用來開會的房間.

When the student said that he studied at home every day, the teacher smiled and said, "That's a **likely** story." 當那個學生說他每天在家讀書，老師笑著說:「說得倒像真的.」

Mickey is a **likely** young man. 米奇是一個大有前途的青年.

② You are very **likely** right. 你很可能是對的.

Most **likely** they will object to our suggestion. 恐怕他們會反對我們的提案.

活用 adj., adv. **likelier**, **likeliest/more likely**, **most likely**

liken [`laɪkən] v. 把 ~ 比 作: Life may be **likened** to climbing mountains. 人生可以比喻作登山.

活用 v. **likens**, **likened**, **likened**, **likening**

＊**likeness** [`laɪknɪs] n. 相像(點)，相似(點); 相似物，相似者; 外觀，外表.

範例 There is some **likeness** between the brothers. 那對兄弟有些相似之處.

He is a living **likeness** of James Dean. 他與詹姆斯‧迪恩長得一模一樣.

Be careful; he is an enemy in the **likeness** of a friend. 要小心，他看起來像朋友，其實是敵人.

片語 ***in the likeness of*** 偽裝成. (⇨ 範例)

複數 **likenesses**

＊**likewise** [`laɪk͵waɪz] adv. ① 同樣地. ② 而且，還.

範例 ① Watch him and do **likewise**. 好好看著他，學他的樣子做.

② For this job you need a lot of patience, **likewise** you need a sense of humor. 這個工作需要極大的耐心，而且要有幽默感。

liking [`laɪkɪŋ] n. 喜好，愛好，興趣。
[範例] My aunt has a particular **liking** for sweets. 我阿姨特別喜愛甜食。
She took an enormous **liking** to the professor. 她非常喜歡那位教授。
The fast-paced lifestyle of New York isn`t to his **liking**. 他不喜歡紐約快速的生活步調。
[片語] take a **liking** to 喜歡上。(➾ [範例])
to ~`s **liking** 中意，符合~的喜好。(➾ [範例])

lilac [`laɪlək] n. 紫丁香《木犀科落葉喬木，花為淡紫色或白色，香味濃郁》；淡紫色：Lily is wearing a **lilac** dress. 莉莉穿著淡紫色的洋裝。
[複數] **lilacs**

lilt [lɪlt] n. 輕快的節拍〔語調〕；歡樂的旋律〔曲調〕。
[複數] **lilts**

*__lily__ [`lɪlɪ] n. 百合《百合科多年生植物，花形成喇叭狀，花色多為白色、黃色》：Plant **lily** bulbs in autumn. 秋天種百合的球根。
[複數] **lilies**

*__limb__ [lɪm] n. ①（人、動物的）手腳，臂，腿《指arm 或 leg》：We stretched our tired **limbs**. 我們伸展疲憊的四肢。②（鳥的）翼，翅膀。③（樹的）大枝幹。
[片語] out on a **limb** 處於危險〔不利〕的處境：I am **out on a limb** since my supporters deserted me. 自從我的支持者背棄我以後，我就陷入孤立無援的處境。
[複數] **limbs**

limber [`lɪmbə-] adj. ①（身體）柔軟的。
——v. ②（只用於下列片語）（使）變柔軟。
[片語] **limber up** 做柔軟操，使身體柔軟：You should **limber up** before swimming. 游泳前應該先做柔軟操。
[活用] adj. **more limber**, **most limber**
[活用] v. **limbers**, **limbered**, **limbered**, **limbering**

limbo [`lɪmbo] n. ① 被忽視的處境；不確定〔不穩定〕的狀態：The people of the invaded country remained in **limbo** for months. 那個被侵略國的人民幾個月來生活在無所適從的狀態中。② 凌波舞。
[參考] ① 源自羅馬天主教所謂「地獄邊緣」的觀點，認為那裡是未受洗禮而死後不能上天國的幼兒、善人靈魂之歸宿。② 為起源於西印度群島的舞蹈，舞者以向後仰的方式彎曲身體穿過逐漸降低的橫桿或繩索下方。
[複數] **limbos**

*__lime__ [laɪm] n. ① 石灰。② 黏鳥膠《亦作birdlime》。③ 萊姆（樹）《產於熱帶的柑橘科灌木植物，果實似檸檬，酸味強烈，可榨汁做果汁飲料》。④ 椵樹，菩提樹《椵科落葉喬木，亦作 linden》。
——v. ⑤ 撒石灰《為中和土地的酸性》。

[參考] lime 既指生石灰 (quicklime)，也指熟石灰 (slaked lime)。
[複數] ③ ④ **limes**
[活用] v. **limes**, **limed**, **limed**, **liming**

limerick [`lɪmərɪk] n. 5行打油詩《內容幽默的5行短詩》。
[複數] **limericks**

limestone [`laɪm,ston] n. 石灰石，石灰岩《主要成分為碳酸鈣 (CaCO₃)》。

*__limit__ [`lɪmɪt] n. ① 界限；限度，極限。
——v. ② 限制，限定。
[範例] ① There`s a **limit** to his patience. 他的忍耐是有限度的。
I always drive within the speed **limit**. 我開車總是保持在速限以內。
You cannot park your car within the city **limits**. 你不能在城市限制區域內停車。
This is the third time that he broke his promise —it really is the **limit**. 這已經是他第3次食言了，實在讓人無法忍受。
His appetite knows no **limit**. 他的欲望無窮。
② **Limit** your expenses to 100 dollars. 把你的開支限制在100美元以內。
The contest was **limited** to boys under 12. 那場比賽限未滿12歲的男孩參加。
I **limit** myself to two glasses of wine today. 我限制自己今天只能喝2杯葡萄酒。
[片語] off **limits**《美》禁止入內：This area is off **limits** to the press. 這個區域禁止記者入內。
[複數] **limits**
[活用] v. **limits**, **limited**, **limited**, **limiting**

*__limitation__ [,lɪmə`teʃən] n. ① 限制，限度。②〔~s〕局限。
[範例] ① There was a **limitation** on press coverage during the war. 戰爭期間新聞採訪受到限制。
② You should know your **limitations** as a singer. 你應該知道自己身為歌手的能力有限。
[複數] **limitations**

*__limited__ [`lɪmɪtɪd] adj. ① 受限的，有限的。②《美》（火車等）特快的《限制乘客數量與停靠站》。③《英》（公司）有限的《略作 Ltd.》。
[範例] ① My ability as a psychologist is **limited**. 我身為心理學家，能力有限。
② a **limited** train 特快列車。
③ a **limited** company 有限公司。
[活用] adj. ① **more limited**, **most limited**

limitless [`lɪmɪtlɪs] adj. 無限的；無期限的：**limitless** possibilities 無限的可能性。

limousine [`lɪmə,zin] n. ① 大型豪華轎車。②（機場的）小型接駁巴士。
[發音] 亦作 [,lɪmə`zin]。
[複數] **limousines**

*__limp__ [lɪmp] v. ① 跛行。② 緩慢地行進。
——n. ③ 跛行，蹣跚。
——adj. ④ 無力的，無精神的；疲憊的；（意志）薄弱的。
[範例] ① The cat was **limping** badly. 那隻貓跛得

② The ship **limped** toward the harbor. 那艘船緩緩駛向港口.

③ The chairman has a slight **limp**. 那位主席走路有點跛.

④ He went **limp** after hearing of his wife's death. 他聽到妻子的死訊時竟癱倒了.

[活用] v. limps, limped, limped, limping

[活用] adj. limper, limpest/more limp, most limp

limpet [ˋlɪmpɪt] n. 笠貝《腹足類軟體動物, 有圓錐形或帳篷形的殼, 附著於岩石上》.

[複數] limpets

limply [ˋlɪmplɪ] adv. 軟綿綿地, 無力地: The only thing that could be seen was an arm hanging **limply** over the edge of the boat. 只能看到從船沿無力下垂的手臂.

[活用] adv. more limply, most limply

limpness [ˋlɪmpnɪs] n. 軟綿綿, 無力; 疲憊.

Lincoln [ˋlɪŋkən] n. 林肯.

➡ [充電小站] (p. 999)

linden [ˋlɪndən] n. 椴樹, 菩提樹《椴科落葉喬木, 其淡黃色的花可提取花蜜, 常用作行道樹, 其木材亦可用來製作鋼琴鍵盤等; 亦作 lime》.

[複數] lindens

*****line** [laɪn] n. ① 線, 格線. ② 繩, 帶; 晾衣繩. ③ 電話線; 電纜. ④ 分界〔線〕, 國境. ⑤ 排, 列, 行列. ⑥《文章的》行. ⑦ 短信; 消息. ⑧ 路線, 航線. ⑨ 皺紋. ⑩ 輪廓, 外形; 長相. ⑪ 職業; 擅長, 專業.
——v. ⑫（在～上）畫線. ⑬（沿～）排列, 使排列成行. ⑭ 使起皺紋, 出現皺紋. ⑮（為衣物）加上襯裡, 以～作襯裡.

[範例] ① Please draw a straight **line** with a ruler. 請用尺畫一條直線.
These two **lines** are parallel. 這2條線是平行的.
The runners **lined** up at the starting **line**. 跑者們都排在起跑線上.
telephone **lines** 電話線
② She hung the wet clothes on the **line** to dry. 她把這些溼衣服掛在晾衣繩上.
This fishing **line** is strong. 這根釣魚線很牢固.
③ Hold the **line**, please. 不要把電話掛斷.
④ He lives near the state **line**. 他住在州界附近.
They crossed the **line** into Canada. 他們越過國境線進入加拿大.
⑤ The children stood in a **line**. 孩子們站成一列.
A lot of people were waiting in **line** for the bus. 許多人排成一列等公車.
Follow the **line**, please. 請排隊.
⑥ He wrote on every other **line**. 他隔行書寫.
⑦ Drop me a **line**. 捎個短信給我.
⑧ This is a new bus **line**. 這是一條新的公車路線.

He went to Kaohsiung on the West **Line**. 他搭西部幹線去高雄.
⑨ His face was seamed with **lines**. 他臉上滿是皺紋.
⑩ The plane had beautiful **lines**. 那架飛機的外形很美.
⑪ What **line** are you in?/What is your **line**? 你從事甚麼職業?
Driving a car is not my **line**. 我不擅長開車.
⑫ **Line** your paper with a ballpoint pen. 用原子筆在紙上畫線.
⑬ Cars **lined** the street./Cars were **lined** along the street. 汽車沿著街道停靠.
⑭ Age **lined** his face. 歲月在他的臉上留下痕跡.
⑮ My overcoat is **lined** with fur. 我的大衣用毛皮作襯裡.
Beth **lined** the box with cotton wool and placed the eggs inside. 貝絲在箱子內側襯上棉花, 再把雞蛋放在裡面.

[片語] **draw the line/draw a line** 劃界, 設界限: One must **draw the line** somewhere. 《諺語》凡事要有限度.
He **draws the line** at telling a lie. 他不至於會說謊.

in line ① 排列的, 並列的. (⇨ [範例] ⑤) ② 一致的, 相符的: His ideas are **in line** with mine. 他的想法與我的一致.

lay it on the line《口語》① 付錢. ②《美》坦率地說, 和盤托出: I'll **lay it on the line**, either study at home or go out Saturday night will be OK. 我就老實說吧, 週六晚上在家讀書還是出去都行.

on the line ① 正在電話中, 在線上: My father is **on the line** now. 我父親正在電話中. ② 與視線齊平（之處）: He hung the picture on the **line**. 他把那幅畫掛在與視線齊平的地方. ③ 立刻, 馬上. ④ 處在危險〔不定〕的境地: His future is **on the line**. 他的將來很難說.

out of line ① 不成一列的; 不排隊的. ② 不一致的, 不協調的: Prices and wages are **out of line**. 物價與薪資不成比例. ③ 舉止過分的: You're **out of line**! 你太過分了!

read between the lines 體會言外之意.

[複數] lines

[活用] v. lines, lined, lined, lining

lineage [ˋlɪnɪɪdʒ] n. 《正式》血統, 家世, 家系: I can trace my family **lineage** back to the 17th century. 我的家族血統可以追溯到17世紀.

linear [ˋlɪnɪɚ] adj. ① 直線的; 線狀的. ② 長度的.
[範例] ① a **linear** diagram 線形圖
② A meter is a **linear** measure. 公尺是長度單位.

♦ **linear mótor** 線性馬達《產生直線推進力》.

*****linen** [ˋlɪnɪn] n. ① 亞麻布, 亞麻紗. ② 亞麻織品.
[範例] ② The **linen** in this hotel is changed every

day. 這家旅館每天更換床單、枕頭套等亞麻織品.
wash ~'s dirty **linen** in public 家醜外揚.

[複數] **linens**

liner [`laɪnɚ] n. ① 定期客輪〔班機〕. ②（棒球的）平飛球. ③ 眼線筆《亦作 eye-liner》. ④（衣物的）襯裡. ⑤ 唱片封套.
[範例] ① I like sailing on an ocean **liner**. 我喜歡搭乘海洋遊輪航行.
② He jumped and caught a strong **liner**. 他一躍而起接住了一個強勁的平飛球.
♦ **liner nòtes**《[美]》唱片封套上的小段說明文字《[英] sleeve notes》.

[複數] **liners**

linesman [`laɪnzmən] n. ① 巡線員、邊線裁判. ②（電路、電話的）架線工;（鐵路的）養護巡道人員.

[複數] **linesmen**

line-up [`laɪn‚ʌp] n. ① 排成的行列、排隊的人. ②（團體的）成員陣容〔編制〕. ③《[美]》（供人指認的）嫌犯的列隊.

*****linger** [`lɪŋgɚ] v. 流連，逗留不去; 遲遲不消失，持續很久，難以消除.
[範例] Several onlookers **lingered** across the street near the scene of the accident. 好幾個看熱鬧的人在那起意外事故現場附近的道路對面逗留不去.
The two ladies **lingered** over coffee, talking about their families. 那兩位女士喝著咖啡、談論家庭瑣事.
The smell of smoke **lingered** in the house for days. 房子裡那股菸味好幾天都散不去.
Unfortunately, racism **lingers** on all over the world. 不幸的是，種族歧視在世界上難以消弭.
a **lingering** disease 久病，宿疾.

[活用] v. **lingers**, **lingered**, **lingered**, **lingering**

lingerie [`lænʒə‚ri] n. 女性貼身內衣（褲）.

linguist [`lɪŋgwɪst] n. ① 精通數國語言者. ② 語言學家.

[複數] **linguists**

linguistic [lɪŋ`gwɪstɪk] adj. ① 語言（上）的; 有關語言的. ② 語言學的.

linguistics [lɪŋ`gwɪstɪks] n.〔作單數〕語言學.

liniment [`lɪnəmənt] n. 塗敷劑，軟膏.

[複數] **liniments**

lining [`laɪnɪŋ] n. ①（衣物的）襯裡. ② 作襯裡的布料.
[範例] ① The coat has a fur **lining**. 那件外套襯著毛皮襯裡.
Every cloud has a silver **lining**.《諺語》黑暗中總有一線光明.

[複數] **linings**

*****link** [lɪŋk] n. ① 連結物; 聯繫，關聯;（鎖鍊的）環.
——v. ②（使）連結，（使）連繫，（使）聯合.

[範例] ① a **link** in a chain 鍊環.
Is there a **link** between drinking and liver disease? 喝酒與肝臟疾病有關嗎?
② Hundreds of people **linked** their arms together to form a human chain. 數百人互相挽住手臂連成一條人力鍊環.
These two companies are closely **linked** together. 這2家公司聯繫甚密.
The new road **links** the two highways. 那條新的道路連結2條幹道.
His report **links** up with your research. 他的報告與你的研究有關.

[複數] **links**
[活用] v. **links**, **linked**, **linked**, **linking**

linkage [`lɪŋkɪdʒ] n. ① 連接，結合; 連鎖.
連鎖原則《政治或商業協商的政策之一，經過審慎評估後把若干個議題串連在一起討論交涉，以尋求全面解決》.

[複數] **linkages**

linkman [`lɪŋk‚mæn] n.《[英]》（廣播節目的）主持人.

[複數] **linkmen**

linkwoman [`lɪŋk‚wumən] n.《[英]》（廣播節目的）主持人.

[複數] **linkwomen**

linoleum [lɪ`nolɪəm] n. 油氈: I lined the floor with **linoleum**. 我在地板上鋪上油氈.

linseed [`lɪn‚sid] n. 亞麻的種子.
♦ **línseed òil** 亞麻仁油《可作油漆、清漆、印刷用油墨等原料》.

lint [lɪnt] n.（亞麻布經刮絨後的）軟麻布《可用作繃帶》.

*****lion** [`laɪən] n. ① 獅子. ②（社交界的）名人，名流，有影響力的人. ③（the L~）獅子座，獅子座的人（[充電小站] (p. 1523)）.
[範例] ① The **lion** is called the king of beasts. 獅子被譽為萬獸之王.
The soldier fought like a **lion**. 那名士兵如猛獅般戰鬥.
Arthur always takes the **lion**'s share. 亞瑟總是獨占大部分利益.
② The young writer will be a literary **lion**. 那位年輕作家將成為文學界的巨擘.

[片語] **the lion's share** 最大〔最多，最好〕的一份; 大多數的利益. (⇨[範例]①)
[參考] 獅子一向為勇敢的象徵，英國王室的徽章上即有獨角獸 (unicorn) 與獅子的圖案.

[複數] **lions**

lioness [`laɪənɪs] n. 母獅子.

*****lip** [lɪp] n. ① 嘴唇. ②（容器、傷口等的）邊緣;（壺、罐等容器的）注水口. ③《[口語]》頂嘴，冒失無禮的話.
[範例] ① the lower **lip** 下嘴唇《亦作 the under lip》.
the upper **lip** 上嘴唇.
Tom bit his **lip** to suppress his anger. 湯姆咬著嘴唇強忍住憤怒.
The name escaped Mary's **lips**. 瑪麗無意間

說出了那個名字.
③ None of your **lip**! 別胡說！別放肆！
[片語] **curl ~'s lip** 撇嘴《表示輕蔑》.
hang on ~'s lips 全神貫注地聽~說話.
keep a stiff upper lip 耐得住痛苦〔磨難〕,(面對困難)不屈不撓.
[參考] 英文 lip 所表示的範圍比中文的「嘴唇」廣,指從鼻子下面至嘴巴周圍的整個部分.
[複數] **lips**

lip-read [`lɪp͵rid] v. 讀唇《聾啞人士等觀察說話者的嘴唇動作來理解其說話內容》.
[發音] 過去式、過去分詞 lip-read [`lɪp͵rɛd].
[活用] v. **lip-reads**, **lip-read**, **lip-read**, **lip-reading**

lip-reading [`lɪp͵ridɪŋ] n. 讀唇法〔術〕；唇語：
Deaf people use **lip-reading** to communicate. 耳聾的人使用讀唇語來溝通.
[參考] 唇語為18世紀(1778年)由德國人海涅根(Samuel Heinicke)發明, 通常為聾啞人士所運用的一種溝通技巧, 但現今有時亦運用在吵雜、充斥噪音的工作環境中.

lipstick [`lɪp͵stɪk] n. 口紅：That woman uses too much **lipstick**. 那個女人的口紅塗得太濃了.
[複數] **lipsticks**

liquefy [`lɪkwə͵faɪ] v. (使)液化：LPG stands for **liquefied** petroleum gas. LPG 是指液化石油氣.
[活用] v. **liquefies**, **liquefied**, **liquefied**, **liquefying**

liqueur [lɪ`kɝ] n. 利口酒《含有香料的甜味烈酒, 飯後飲用》.

***liquid** [`lɪkwɪd] n. ① 液體, 流質.
——adj. ② 液體的, 液態的. ③ 清澈的, 透明的；(聲音)清脆的. ④(資產等)易變換成現金的, 流動性的.
[範例] ① A substance takes the form of either solid, **liquid** or gas. 物質有固態、液態或氣態3種形式.
② **Liquid** soap is easy to use. 液態肥皂便於使用.
The patient can take only **liquid** food at this time. 那個病人現在只能吃流質食物.
This oil becomes **liquid** at room temperature. 這種油在室溫下會變成液體.
③ large blue **liquid** eyes 水汪汪的藍色大眼睛.
The **liquid** songs of blackbirds woke me up. 黑鸝鳥清脆的鳴叫聲喚醒了我.
♦ **liquid air** 液態空氣《把空氣冷卻液化而成, 用於分離氮與氧》.
[複數] **liquids**

liquidate [`lɪkwɪ͵det] v. 結算, 清算；清償(債款等)；肅清；破產.
[範例] The rebels were chased out of their hiding places and **liquidated**. 那些謀反者被逐出藏身處並且遭到肅清.
The company was **liquidated** last year. 那家公司去年破產了.
[活用] v. **liquidates**, **liquidated**, **liquidated**,

liquidating

liquidation [͵lɪkwɪ`deʃən] n. (破產者的)清算；(負債的)清償；破產：My uncle's company has gone into **liquidation**. 我叔叔的公司破產了.

liquidizer [`lɪkwɪ͵daɪzɚ] n. 〖英〗果汁機, (食物)攪拌機《〖美〗blender》.
[複數] **liquidizers**

***liquor** [`lɪkɚ] n. ①〖美〗烈酒, 蒸餾酒《相對於釀製而成的酒 wine, beer 等, 指 whiskey, brandy, gin 等烈酒》. ②《正式》〖英〗酒精飲料. ③ 煮汁《烹飪用的肉汁、清湯等》.
[範例] ① Paul prefers hard **liquor** to wine and beer. 與葡萄酒、啤酒相比, 保羅比較喜歡烈酒.
② His breath smelt of **liquor**. 他的呼吸帶有酒味.
[複數] **liquors**

liquorice [`lɪkərɪs] =n.〖美〗licorice.

lisp [lɪsp] v. ① 發音口齒不清《例如把 [s] 讀作 [θ]》.
——n. ② 口齒不清.
[範例] ① Tom **lisps** when he gets nervous. 湯姆一緊張, 說話就會口齒不清.
② The policewoman speaks with a **lisp**. 那位女警說話口齒不清.
[活用] v. **lisps**, **lisped**, **lisped**, **lisping**

***list** [lɪst] n. ① 名單, 目錄, 表, 一覽表. ② 織邊, 布邊, 滾邊(布). ③(船、建築物等的)傾斜.
——v. ④ 製成一覽表, 記入〔編製〕目錄. ⑤(使)傾斜.
[範例] ① a price **list** 價目表.
All airlines make passenger **lists**. 所有航空公司都會列出旅客名單.
Your name stands first on the **list**. 你的名字列在名單的第一位.
④ We **listed** all the names of the guests. 我們把全部來賓的姓名都列入了名單.
♦ **list price** 定價, 標價.
[複數] **lists**
[活用] v. **lists**, **listed**, **listed**, **listing**

***listen** [`lɪsn̩] v. 聽, 傾聽, 注意聽.
[範例] Please **listen** carefully. 請仔細聽好.
I was **listening** to the radio. 我聽著收音機.
Ken did not **listen** to me. 肯沒有聽我說話.
The mother **listened** for her baby crying. 那位母親聽到嬰兒的哭聲.
Tom is very informed. Every evening he **listens** in to the evening news. 湯姆的消息很靈通, 他每晚都收聽晚間新聞.
The police were **listening** in on their telephone conversation. 警方竊聽他們的電話交談內容.
[片語] **listen in** 收聽廣播. (⇨ [範例]) ② 竊聽, 偷聽(電話等). (⇨ [範例])
[參考] listen 指主動、專注地聽, 而 hear 指自然地或無意間聽到.
[活用] v. **listens**, **listened**, **listened**,

listening

listener [ˋlɪsṇɚ] *n.* 聽者，(廣播節目的) 聽眾：
Good afternoon, **listeners**. 聽眾們，午安！

複數 **listeners**

listless [ˋlɪstlɪs] *adj.* 倦怠的，無精打采的，提不起勁的.

活用 *adj.* **more listless, most listless**

listlessly [ˋlɪstlɪslɪ] *adv.* 倦怠地，無精打采地.

活用 *adv.* **more listlessly, most listlessly**

listlessness [ˋlɪstlɪsnɪs] *n.* 倦怠，無精打采.

****liter** [ˋlitɚ] *n.* 公升《容積單位：〖英〗litre；略作 l, lit》.

複數 **liters**

literacy [ˋlɪtərəsɪ] *n.* 讀寫能力，識字 (率).

****literal** [ˋlɪtərəl] *adj.* ① 字面上的，拘泥字義的. ② 基於事實的，正確的. ③ 文字的，字母的.

範例 ① A **literal** translation of this won't convey the intended meaning. 直譯無法表達原文想要傳達的意思.
② We need the **literal** account of the conversation. 我們需要談話的據實記錄.
③ There are some **literal** mistakes in the text. 原文中有一些文字錯誤.

字源 拉丁語的 literāl (文字 letter) 的.

****literally** [ˋlɪtərəlɪ] *adv.* 照字面地，逐字地；確實地，實際地.

範例 I took what my teacher said **literally**; he really meant something else. 我一字不差地聽取老師所說的話，但他卻是話中有話.
Tom did **literally** nothing at all. 湯姆確實甚麼也沒做.

****literary** [ˋlɪtəˌrɛrɪ] *adj.* ① 文學 (上) 的，文藝的. ② 書面用語的，文章的；文言的.

範例 ① He is the author of several important **literary** works. 他是好幾部重要文學作品的作者.
② **literary** language 文學語言.

☞ ② ↔ colloquial

literate [ˋlɪtərɪt] *adj.* ① 能讀寫的；有文化教養的，有學問的.
——*n.* ② 能讀寫的人；有文化教養的人，有學問的人.

活用 *adj.* **more literate, most literate**

複數 **literates**

****literature** [ˋlɪtərəˌtʃɚ] *n.* ① 文學，文藝. ② 文獻. ③ (文宣等的) 印刷品.

範例 ① French **literature** 法國文學.
② medical **literature** 醫學文獻.
③ advertising **literature** 廣告傳單，(文字) 宣傳品.

lithe [laɪð] *adj.* 柔軟的，易彎曲的：This **lithe** little girl would be great at gymnastics. 這個身體柔軟的小女孩在體操方面表現會很優異.

活用 *adj.* **lither, lithest**

litmus [ˋlɪtməs] *n.* 石蕊色素《從石蕊、苔蘚等地衣類植物中萃取的色素，可用來測試酸性程度》：**litmus** paper 石蕊試紙.

****litre** [ˋlitɚ] ＝*n.* 〖美〗liter.

litter [ˋlɪtɚ] *n.* ① 廢棄物，碎屑. ② (動物的) 乾草 (窩). ③ (動物的) 一窩，同一胎所生的幼子.
——*v.* ④ 把～弄亂，使雜亂，亂扔. ⑤ (動物) 產子.

範例 ① A lot of tourists throw **litter** in the lake. 許多遊客把垃圾丟入湖中.
The young man cleaned up the **litter** in the park. 那個年輕人清理了公園裡的垃圾.
No **litter**, please. 請勿亂丟垃圾.
④ Don't **litter** up the living room with newspapers. 別在客廳裡亂丟報紙.
After the game the stadium was **littered** with cans and bottles. 比賽後，體育場裡到處都有丟棄的飲料罐子、瓶子.
Magazines **littered** her desk. 她的書桌上散亂著雜誌.

♦ **litter bàsket/litter bìn**〖英〗(街道、公園等公共場所的) 垃圾箱.
litter lòut〖英〗(在公共場所) 亂丟垃圾的人《〖美〗litterbug》.

複數 **litters**

活用 *v.* **litters, littered, littered, littering**

litterbag [ˋlɪtɚˌbæg] *n.*〖美〗垃圾袋《特指在汽車等交通工具內所使用》.

複數 **litterbags**

litterbug [ˋlɪtɚˌbʌg] *n.*〖美〗(在公共場所) 亂丟垃圾的人.

複數 **litterbugs**

†**little** [ˋlɪtḷ] *adj.* ① 小的，年幼的；矮小的. ② 微不足道的，渺小的. ③〔a～〕少量的，一點點的. ④ 微乎其微的，幾乎沒有的.
——*adv.* ⑤ 很少，僅一點點. ⑥ 不太，幾乎不. ⑦ 完全不，一點也不.
——*pron.* ⑧〔a～〕稍微，一點，少許. ⑨ 微少 (的事)，幾乎沒有 (之物).

範例 ① The **little** child was run over by a car. 那個小孩被車輾過.
I'd like to live in this pretty **little** house. 我想住在這棟小巧精緻的房子裡.
② You need not worry about such **little** things. 你不需要為這種小事操心.
Little things please **little** minds.《諺語》庸人無大志.
③ She takes a **little** walk every morning. 她每天早上會散一會兒步.
The doctor advised him to do a **little** more exercise. 那位醫生建議他再多做一點運動.
I have a **little** experience in teaching English literature. 我對教授英國文學略有經驗.
④ We have very **little** food left. 我們幾乎沒有剩餘的食物.
There is **little** hope of his success. 他成功的希望微乎其微.
⑤ I can speak English a **little**. 我會說一點英語.
It has got a **little** colder. 天氣有一點冷了.
⑥ I slept **little** last night. 我昨晚幾乎沒睡.
He is **little** known among the citizens. 市民對他一無所知.

⑦ She **little** thought that her father would get so angry with her./**Little** did she think that her father would get so angry with her. 她完全沒想到父親會對自己大動肝火。

⑧ I know a **little** about his background. 我稍微知道他的背景。

Will you lend me some money? Just a **little**. 你能借些錢給我嗎？只借一點。

⑨ The mayor did **little** to help the poor. 那位市長幾乎沒做甚麼救助窮人的事。

片語 **after a little** 過了一會兒：He answered me **after a little**. 過了一會兒他才回答我。

a little bit 一點，有點兒：It's **a little bit** warm today. 今天天氣有點兒暖和。

little better than 與～一樣：He is **little better than** a beggar. 他與乞丐沒甚麼兩樣。

little by little 一點點地，慢慢地：The water of the river rose **little by little**. 河水慢慢上漲。

make little of 不重視，輕視：He **made little of** his father's advice. 他不屑他父親的忠告。

not a little ① 不少的：I have **not a little** interest in English. 我對英語很有興趣。② 相當地，十分地：She was **not a little** surprised at the news. 她對那個消息相當驚訝。

quite a little 相當多的，大量的：He fell into the river and drank **quite a little** water. 他掉進河裡，喝了很多水。

think little of 輕視，不在乎：He **thinks little of** working ten hours a day. 他並不在乎每天工作10小時。

what little 僅有的一點點：I'll lend you **what little** money I have. 我把我僅有的錢全借給你。

I'll do **what little** I can. 我會盡我所能。

活用 adj. **less, least/lesser, least**
活用 adv. **less, least**

livable [`lɪvəbl] adj. ① 可居住的，適合居住的。② 過得下去的，可以生活的；(人生)有價值〔意義〕的。

範例 ① This town is **livable**./This town is **livable** in. 這個城鎮適合居住。

② He is not **livable** with. 他很難相處。

參考 亦作 liveable.

活用 adj. **more livable, most livable**

live [v. lɪv; adj., adv. laɪv] v. ① 居住；過生活，生活。② 活，活著，生存。③ 留存，保留著。④ (充分地)享受人生。

——adj. ⑤〔只用於名詞前〕活(著)的。⑥ 燃燒著的；未使用的。⑦ 精力充沛的，充滿活力的。⑧ 當下的，目前面臨的。⑨ 活生生的，實況的。

——adv. ⑩ 實況轉播地，現場地。

範例 ① I want to **live** in the country. 我想住在鄉下。

"Where do you **live**?" "I **live** in Taipei." 「你住在哪裡？」「我住在臺北。」

He has **lived** abroad since last year. 他從去年開始住在國外。

My parents **lived** happily in the country. 我父母親在鄉下生活得很快樂。

The young man **lived** on in the village. 那個年輕人繼續在村子裡住了下去。

The teacher **lived** like a saint. 那位老師過著聖人般的生活。

She **lived** a simple life./She **lived** simply. 她過著簡樸的生活。

② We must work hard to **live**. 為了生存，我們必須努力工作。

This plant can't **live** in a dry climate; it needs lots of water. 這種植物在乾燥的氣候下無法生存，它需要大量的水。

He **lived** to the age of 90./He **lived** to be 90. 他活到90歲。

③ The memory of him still **lives** in her heart. 有關他的回憶仍然保留在她的心中。

④ I want to **live** while I am young. 我想趁年輕時享受人生。

⑤ I have never seen a **live** hyena. 我從未見過活生生的鬣狗。

⑥ a **live** match 未使用過的火柴。

⑦ She is a really **live** person. 她是一個精力充沛的人。

⑧ The housing problem is still a **live** issue. 住宅問題是目前大家所熱烈討論的。

⑨ Is the program **live** or recorded? 那個節目是現場直播還是錄影轉播？

⑩ We enjoy seeing the show **live**. 我們喜歡看現場表演。

片語 **live in** 住在工作處〔僱主家〕：Does your cook **live in** or out? 你的廚師是住在你家還是通勤？

live off 依賴～生活：Stop **living off** your brother. 你在生活上不要再依賴你哥哥了。

live on ① 以～為日常主食：**live on** fish and rice 以魚和米飯為日常主食。② 靠～過活：I cannot **live on** such a small income. 光靠這麼一點收入我無法過活。③ 活下去；一直留存〔持續〕著：His memory **lives on**. 他過去的回憶一直還保留著。

live out 不住在工作處，通勤工作：Does your assistant **live out**? 你的助理每天通勤上下班嗎？

live through 經歷困境(而存活下來)：I have **lived through** two wars. 我在2次戰爭中活了下來。

The patient will not **live through** tonight. 那個病人撐不過今晚。

live up to 奉行(準則、諾言等)；不辜負(期望等)：**Live up to** your principles. 按照你的原則去做吧。

He didn't **live up to** our expectations. 他辜負了我們的期望。

參考 用於名詞後為 alive, living.

活用 v. **lives, lived, lived, living**
活用 adj. **liver, livest**

liveable [`lɪvəbl] = adj. livable.

[living room]

livelihood ['laɪvlɪ,hʊd] *n.* 生計；謀生之道.
範例 How does she earn her **livelihood**? 她是如何維持生計的?
My **livelihood** is fishing. 我靠捕魚謀生.
My father makes his **livelihood** by working as a cabdriver. 我父親靠開計程車維生.
複數 **livelihoods**

livelong ['lɪv,lɔŋ] *adj.* 《古語》(時間) 漫長的；整整~的：He worked all the **livelong** day. 他工作了一整天.

lively ['laɪvlɪ] *adj.* ① 充滿活力的, 活潑的, (情感等) 充沛的；輕快的. ② 熱鬧的, 歡樂的. ③ 栩栩如生的, 逼真的. ④ (色彩等) 鮮明的, 鮮艷的.
範例 ① The streets were crowded with **lively** girls. 街上擠滿了活潑的女孩.
The children walked with **lively** steps. 孩子們踏著輕快的步伐走著.
Our teacher is **lively** for his age. 我們的老師以他的年齡來說顯得很有活力.
We had a **lively** discussion about genetic engineering. 我們熱烈討論遺傳工程.
He had a **lively** interest in skin diving. 他對潛水有著濃厚的興趣.
② They enjoyed a **lively** party. 他們舉辦了一場熱鬧的晚會.
The beaches are **lively** with college students on spring break. 海灘上有著度春假的大學生, 顯得非常熱鬧.
③ She told us a **lively** story about her life in Texas. 她向我們生動地描述了她在德州的生活.
He was excited by the **lively** description of the battle. 他對那場戰役逼真的描述興奮不已.
④ She was dressed in a **lively** blue dress. 她穿著一襲鮮艷的藍色洋裝.
片語 *look lively/step lively* 動作 [行動] 迅速.
活用 *adj.* **livelier**, **liveliest**

liver ['lɪvɚ] *n.* ① 肝臟. ② 過~生活的人：Henry is a clean **liver**. 亨利是一個清廉的人.
複數 **livers**

livery ['lɪvərɪ] *n.* ①(雇主發給的)制服《一般為上流家庭的男僕或特定組織成員所穿》：servants in **livery** 身著制服的僕人. ②(詩語的)衣裳, 裝束.
複數 **liveries**

livestock ['laɪv,stɑk] *n.* 家畜類：They earn a livelihood by raising **livestock**. 他們靠畜牧維生.

livid ['lɪvɪd] *adj.* ① 青黑色的；瘀青的. ②《口語》狂怒的.
範例 ① **livid** bruises 瘀傷, 瘀青.
② Father will be **livid** if he finds out what I've done. 父親如果知道我做的好事, 一定會大發雷霆.
活用 *adj.* **more livid**, **most livid**

lividly ['lɪvɪdlɪ] *adv.* ① 呈青黑色地. ② 狂怒地.
活用 *adv.* **more lividly**, **most lividly**

living ['lɪvɪŋ] *n.* ① 活著, 生存. ② 生活. ③ 生計.
——*adj.* ④ 活(著)的, 有生命的；當今的. ⑤ 現在的；關於生活(狀態)的.
範例 ① The old woman got tired of **living**. 那位老婦人感到厭世.
② The standard of **living** became worse. 生活水準惡化了.
③ Mary gets her **living** as a nurse. 瑪麗靠當護士謀生.
How does he make his **living** these days? 他最近在做甚麼工作?
④ All **living** things are made up of cells. 所有的生物都是由細胞構成的.
He is said to be the greatest **living** writer. 據說他是當今最傑出的一位作家.
Latin is not a **living** language. 拉丁語並非現行使用的語言.
The boy was the **living** image of his mother. 那個男孩跟他的母親長得一模一樣.
The dreadful experience remains **living** in his

memory. 他對那個可怕的經歷至今仍記憶猶新.

He is no more. We had better consider the **living**. 他已經死了, 我們最好為活著的人想想.

⑤ His **living** conditions seem comfortable these days. 他最近似乎過得很舒適.

◆**living déath** ① 活埋. ② 生不如死《悲慘》的生活.

living fóssil ① 活化石. ②《口語》極度落伍之人.

living légend 當代的傳奇 (人物).

líving ròom 起居室《〖英〗sitting room》.

living wáge 基本生活工資《能維持基本生活的最低工資》.

living wíll 生前遺囑《要求在救治無望時自然死亡的遺書》.

[複數] **livings**

lizard [ˋlɪzɚd] n. 蜥蜴: Some **lizards** are 3m long and weigh 150kg. 有一些蜥蜴體長3公尺, 重150公斤.

[複數] **lizards**

llama [ˋlɑmə] n. 駱馬《一種產於南美的駱駝, 無駝峰》.

[複數] **llamas/llama**

lo [lo] interj.《古語》看哪!

[片語] **lo and behold** 哎呀! 你瞧! (表示驚奇).

[llama]

load [lod] n. ① 載貨, 裝載. ② 一車〔一船〕的貨物; 裝載量. ③ 負擔; 重任. ④ 工作量.

——v. ⑤ 裝載; 塞入, 使裝滿. ⑥ 把貨物裝上 (車、船等). ⑦ 放入, 裝填 (子彈、底片等).

[範例] ① The truck left with a **load** of furniture. 那輛卡車載著家具出發了.

She climbed the stairs with a heavy **load** on her shoulder. 她肩上扛著重物爬樓梯.

② a cart-**load** of bricks 一馬車的磚塊.

③ His promotion took a **load** off his mind. 升職而除去了心頭的重擔.

④ My work **load** is more than forty hours a week. 我每星期的工作量超過40個小時.

⑤ The cupboard was **loaded** with bottles of wine. 那個櫥櫃裡裝滿了好幾瓶酒.

The desk was heavily **loaded** with books. 那張書桌上堆滿了書.

⑥ We **loaded** the furniture onto the truck./We **loaded** the truck with the furniture. 我們把家具裝上那輛卡車.

⑦ **load** film into the camera/**load** the camera with film 把那臺相機裝上底片.

[複數] **loads**

[活用] v. **loads, loaded, loaded, loading**

loaf [lof] n. ① 一條麵包. ②(形似麵包的)大塊燒烤食物.

——v. ③ 遊蕩; 閒晃 (度日).

[範例] ① a **loaf** of bread 一條麵包.

Half a **loaf** is better than none.《諺語》聊勝於

無.

② meat **loaf** 烤碎肉餅《將絞肉、麵包屑等混合後製成麵包形狀並加以燒烤的菜餚》.

[參考] 麵包 (bread) 烤後為塊狀, 可切成片狀麵包 (slices of bread) 或撕成小塊麵包 (pieces of bread).

[複數] **loaves**

[活用] v. **loafs, loafed, loafed, loafing**

loafer [ˋlofɚ] n. ① 遊手好閒者, 懶人. ② 平底便鞋《一種沒有鞋帶的船形平底休閒鞋》: wear **loafers** 穿便鞋《休閒鞋》.

[複數] **loafers**

loam [lom] n. 壤土; 沃土《混合適量的沙、黏土、有機物的肥沃土壤, 適宜植物生長》.

loan [lon] n. ① 借出, 出租: 貸款.

——v. ② 出借, 出租; 貸款.

[範例] ① Could I have the **loan** of your atlas? 我能借用你的地圖集嗎?

These books are on **loan** from the library. 這些書是從圖書館借來的.

I have to pay 5% interest on the **loan**. 我的貸款必須付5%的利息.

a public **loan** 公債.

② Can you **loan** me your motorbike? 你能借我你的摩托車嗎?

That painting was **loaned** to the museum from a private collection. 那幅畫是美術館向私人收藏借貸的.

[片語] **on loan** 被借出的, 出借中的. (⇨ [範例] ①)

◆**lóan shàrk** 放高利貸者.

[複數] **loans**

[活用] v. **loans, loaned, loaned, loaning**

loath [loθ] adj. 〔不用於名詞前〕不願意的, 厭惡的: Tom was **loath** to leave Chicago. 湯姆不願意離開芝加哥.

[參考] 亦作 loth.

loathe [loð] v. 厭惡, 憎恨: I **loathe** the smell of garlic. 我非常討厭大蒜的氣味.

[活用] v. **loathes, loathed, loathed, loathing**

loathsome [ˋloðsəm] adj. 令人討厭的, 令人噁心的: "He's a **loathsome** creature I used to date," Mary said. 瑪麗說道:「他是個令人噁心的傢伙, 我以前跟他約過會.」

[活用] adj. **more loathsome, most loathsome**

lob [lɑb] v. 吊高 (球)《打網球時將球慢慢打高使之越過對手的頭部上方》.

——n. ② 高吊球.

[活用] v. **lobs, lobbed, lobbed, lobbing**

[複數] **lobs**

lobby [ˋlɑbɪ] n. ① 大廳《旅館、公共建築物等入口處的公共空間, 可用於會客》. ②《英》(議院內的) 休息室《用於接見院外人員、民眾; 《美》cloakroom》. ③ 院外議案遊說集團;(政治)壓力集團《為了特定團體的利益而對議員進行疏通、遊說的集團》.

——v. ④ 向議員遊說〔陳情〕,(為議案)進行事

前遊說動作.

〖範例〗① The **lobby** of the hotel was crowded with girls who wanted to see the singer. 那個旅館大廳擠滿了想看見那位歌手一面的女孩.

③ The anti-smoking **lobby** demanded that cigarette advertising on TV be stopped. 反菸團體要求停止電視上的香菸廣告.

〖複數〗**lobbies**

〖活用〗 v. **lobbies**, **lobbied**, **lobbied**, **lobbying**

lobe [lob] n. ① 耳垂《亦作 earlobe》. ② 葉《肺葉等內臟的圓形突出部分》.

〖複數〗**lobes**

lobster [`labstɚ] n. 龍蝦《長有大鉗 (claw) 的大型食用蝦, 肉質鮮美》: She always turns red as a **lobster** when she goes to the beach. 她每次去海邊總是曬得滿臉通紅.

〖複數〗**lobsters**

*__local__ [`lokl] adj. ① 地方 (性) 的, 當地的; 某地特有的. ② 局部的.
——n. ③〖英〗當地人, 本地人. ④〖英〗《常去的》本地小酒館.

〖範例〗① I'm not used to the **local** customs yet. 我還沒有習慣當地的風俗民情.
② a **local** anesthetic 局部麻醉.
③ I asked one of the **locals** the way to the hotel. 我向當地人打聽去那家旅館的路.
④ Bill is at the **local** with his friends. 比爾和他的朋友在他們常去的那家本地小酒館裡.

♦ **lócal càll** 市內電話.
lòcal cólor 地方色彩.
lòcal góvernment 地方政府, 地方自治單位.
lócal nèws 地方新聞.
lòcal páper 地方報紙.
lócal tíme 當地時間.

〖活用〗adj. ② **more local**, **most local**
〖複數〗**locals**

localise [`lokl͵aɪz] =v.〖美〗localize.

*__locality__ [lo`kælətɪ] n. 場所, 所在地;(事件的)現場, 發生地.

〖範例〗There is only one hotel in this **locality**. 這附近只有一家旅館.
They say that the murderer will return to the **locality** of the murder. 據說那個兇手會回到殺人現場.

〖複數〗**localities**

localize [`lokl͵aɪz] v. ① 限定於某地區, 使限制於局部; 使地方化. ② 探究起源.

〖範例〗① The fire fighters successfully **localized** the bush fire to part of the mountain. 那些消防隊員成功地將火災控制在那座山的某一塊區域內.
② They've **localized** the radio signal to the southern part of the city. 他們查出無線電訊號是從城市南邊發出的.

〖參考〗〖英〗localise.
〖活用〗 v. **localizes**, **localized**, **localized**, **localizing**

locally [`loklɪ] adv. ① 局部地, 地方上. ② 在近處, 在附近.

〖範例〗① These products are **locally** designed and manufactured. 這些產品是在當地設計製造的.
② Do you live **locally**? 你住在附近嗎?

*__locate__ [`loket] v. ① 找出〔確定〕~的位置. ② 設立, 設置; 使坐落於.

〖範例〗① He couldn't **locate** his lost watch for a week. 他找了一個星期, 還是找不到遺失的錶.
Part of the proper safety procedures is **locating** the nearest emergency exit. 確保自身安全的步驟之一就是確定最近的緊急出口.
② The three lawyers **located** their new office on the main street of the town. 那3位律師將他們的新事務所設在城鎮的大街上.
The museum is **located** in the center of the city. 那座博物館坐落於市中心.

〖發音〗亦作 [lo`ket].
〖活用〗 v. **locates**, **located**, **located**, **locating**

*__location__ [lo`keʃən] n. ① 場所, 地點, 所在地〔位置〕. ② 外景拍攝地.

〖範例〗① This would be an ideal **location** to build a house. 這裡會是蓋房子的理想地點.
② They are filming on **location** now. 他們現在正在拍攝電影的外景.

〖片語〗 **on location** 外景拍攝中. (⇨〖範例〗②)
〖複數〗**locations**

loch [lɑk] n. (蘇格蘭的)湖;(狹長的)海灣: Loch Ness 尼斯湖.

〖複數〗**lochs**

*__lock__ [lɑk] n. ① 鎖. ② 閘門, 水閘《為方便船隻航行而設置以調節河流水位的裝置》. ③ 槍機《擊發機制》. ④(槍的)安全裝置《亦作 safety lock》. ⑤(摔角的)鎖, 夾. ⑥〔~s〕(詩語的)頭髮; 一綹(頭髮).
——v. ⑦ 鎖住, 上鎖. ⑧ 把~鎖住. ⑨ 固定, 卡住; 鉤住.

〖範例〗① We need to put a **lock** on this gate. 我們需要在這道門上裝把鎖.
The criminals are now safe under **lock** and key. 這些罪犯已經被關起來了.
⑦ "**Lock** the door, Tom." "It won't **lock**, Mom."「鎖上門, 湯姆.」「鎖不上, 媽媽.」
⑧ The hunters **locked** the lion in a cage. 獵人們把那隻獅子鎖在籠中.
Tom didn't have the key and had **locked** himself out. 湯姆沒帶鑰匙, 把自己鎖在門外了.
⑨ The father **locked** his son in his arms. 那位父親抱緊兒子.

〖片語〗 **lock out** ① 把~鎖在門外. (⇨〖範例〗⑧)②(雇主)關閉工廠, 封閉工廠.

lock, stock, and barrel 全部, 一股腦兒《lock, stock 及 barrel 分別為槍的槍機、槍托及槍管之意, 轉而指槍的全部》.

lock up 把~關住, 鎖住: We were **locked**

up in the room. 我們被鎖在房間裡了.
under lock and key 被妥善地鎖藏著；被嚴密地監禁〔隔離〕著.(⇨ 範例①)
複數 **locks**
活用 v. **locks, locked, locked, locking**

locker [`lɑkɚ] n. 有鎖的小櫥櫃：**locker** room 更衣室.
複數 **lockers**

locket [`lɑkɪt] n. 金屬小盒墜子《裡面可放照片等》.
複數 **lockets**

lockout [`lɑk,aʊt] n. 關廠, 停工《資方對付工人的手段之一》.
複數 **lockouts**

locksmith [`lɑk,smɪθ] n. 鎖匠.
複數 **locksmiths**

locomotion [,lokə`moʃən] n. 移動, 行進；移動力.

locomotive [,lokə`motɪv] n. ① 火車頭.
——adj. ② 移動的, 有移動力的.
範例 ① a steam **locomotive** 蒸汽火車頭.
② **locomotive** organs 移動器官.
複數 **locomotives**

locust [`lokəst] n. ① 蝗蟲《直翅目昆蟲, 有成群移動的習性, 對農作物危害甚大》. ②《美》蟬《亦作 cicada》. ③ 刺槐, 洋槐《豆科落葉喬木, 有刺狀複葉, 樹幹可作木材》. ④ 皂莢《豆科落葉喬木, 樹幹長刺；亦作 honey locust》. ⑤ 角豆樹《豆科常綠喬木, 其果實可食用》.
複數 **locusts**

*****lodge** [lɑdʒ] n. ① 小屋；山中小屋《滑雪、狩獵、登山等臨時住所》. ② 門房, 守衛室. ③(組織、社團等的)地方支部, 分會. ④ (海狸的)巢穴. ⑤(北美印第安女人的)棚屋《亦作 wigwam》.
——v. ⑥ 住宿, 留宿, 寄宿；讓人寄宿, 供給~住宿《大多收取房租》. ⑦ 扎入, 插進；(子彈等)射入. ⑧ 存放；委託. ⑨ 提出(申訴、抗議等).
範例 ① There are two **lodges** near the summit. 山頂附近有2間山中小屋.
⑥ My friends **lodged** with me for a week. 我的朋友們在我家住了一個星期.
Mrs. Smith **lodges** four students. 史密斯太太讓4個學生留宿.
⑦ A fish bone has **lodged** in my throat. 一根魚刺卡在我的喉嚨.
The kite was **lodged** in the tree. 風箏卡在樹上.
⑧ You'd better **lodge** the money with a bank. 你最好把錢存放在銀行.
⑨ Mrs. Clark **lodged** a complaint with the police against her neighbor for having wild parties in the middle of the night. 克拉克太太向警方抱怨鄰居在三更半夜舉辦瘋狂派對.
複數 **lodges**
活用 v. **lodges, lodged, lodged, lodging**

lodger [`lɑdʒɚ] n. 寄宿者, 房客.
複數 **lodgers**

*****lodging** [`lɑdʒɪŋ] n. ① 住宿, 投宿. ②〔~s〕出租的房間；(學生)宿舍.
範例 ① A stranger asked us for **lodging** for the night. 一個陌生人要求我們讓他投宿一夜.
board and **lodging** 供膳的住宿.
② I was in **lodgings** when I was a student. 學生時代我住宿舍.
♦ **lódging hòuse** 出租公寓〔宿舍〕《不供膳, 通常按週出租；《美》rooming house；供膳的稱為 boarding house》.
複數 **lodgings**

loft [lɔft] n. ①(置雜物用的)閣樓；頂樓《主要用來作倉庫或工作室、畫室等；有時也指 attic》. ② 堆放乾草的地方《倉庫或馬廄的2樓；亦作 hayloft》. ③(教堂、禮堂等的)廊臺, 樓廂.
——v. ④ 將球擊高飛出.
複數 **lofts**
活用 v. **lofts, lofted, lofted, lofting**

loftily [`lɔftlɪ] adv. ① 極高地, 高聳地. ② 高尚地；崇高地. ③ 傲慢地, 高傲地.
範例 ① The cathedral stands **loftily** in the center of the old city. 那座大教堂高高地矗立在舊市區的中央.
② The author **loftily** described the victory. 那位作者高雅地描述那場勝利.
③ Look how **loftily** the king walks. 瞧！國王走路的樣子多傲慢啊！
活用 adv. **more loftily, most loftily**

*****lofty** [`lɔftɪ] adj. ① 高聳的, 極高的. ② 高尚的, 高貴的, 高雅的. ③ 傲慢的, 高傲的.
範例 ① A **lofty** mountain came in sight. 高聳的山映入眼簾.
② This book is written in a **lofty** style. 這本書是以雅致的文體寫成.
③ Jane refused my offer with **lofty** contempt. 珍以傲慢的輕視態度拒絕了我的提議.
活用 adj. **loftier, loftiest**

*****log** [lɔg] n. ① 圓木, 木材. ② 航海日誌；航空日誌, 飛行記錄；旅行日誌. ③ 對數《亦作 logarithm》.
——v. ④(將樹木)鋸成圓木〔木材〕, 砍伐樹木. ⑤ 記錄航海〔航空, 旅行〕日誌.
範例 ① They saw **logs** into boards. 他們將圓木鋸成木板.
I slept like a **log** last night. 我昨晚睡得很熟.
② No information about this is entered in the **log**. 關於此事, 日誌裡全無記載.
④ His job was to **log** trees. 他以前的工作是伐木.
⑤ The pilot **logged** 100 hours in the air last month. 那位飛行員上個月達到了100小時的飛行記錄.
片語 **log in/log on** 登入(電腦終端系統).
log off/log out 登出(電腦終端系統).
sleep like a log 酣睡, 熟睡.(⇨ 範例①)
複數 **logs**
活用 v. **logs, logged, logged, logging**

logarithm [`lɔgə,rɪðəm] n. (數學的)對數.
複數 **logarithms**

loggerhead [`lɔgəˌhɛd] *n.* 紅海龜.

〔片語〕 *at loggerheads* 爭 吵； 不 合： The husband and wife next door are always **at loggerheads**. 隔壁的夫婦經常爭吵.

〔複數〕 **loggerheads**

****logic** [`lɑdʒɪk] *n.* ① 邏輯，推論. ② 邏輯學.

〔範例〕① Can you follow his **logic**? 你聽得懂他的邏輯推論嗎?

Your **logic** is unlike that of most other people. 你的邏輯觀點和大多數人不同.

There was a leap of **logic** in her speech. 她的演說具有跳躍性的邏輯思考.

② deductive **logic** 演繹邏輯學.

inductive **logic** 歸納邏輯學.

****logical** [`lɑdʒɪkl] *adj.* (合乎) 邏輯的，合理的： a **logical** conclusion 合乎邏輯的結論.

〔活用〕 *adj.* **more logical，most logical**

logically [`lɑdʒɪklɪ] *adv.* 邏輯上地，推論地.

〔活用〕 *adv.* **more logically，most logically**

loin [lɔɪn] *n.* ① 腰，腰部. ②(牛、豬等的)腰肉.
➡ 〔充電小站〕(p. 109)

〔複數〕 **loins**

loin-cloth [`lɔɪnˌklɔθ] *n.* 纏腰布《熱帶地區的民族纏在腰部的衣帶》.

〔複數〕 **loin-cloths**

loiter [`lɔɪtə] *v.* 閒逛，遊蕩：虛擲光陰.

〔範例〕 Three men were **loitering** near my house. 有3個男子在我家附近徘徊遊蕩.

Jane sometimes **loiters** in the woods. 珍有時候會在森林中閒逛.

〔活用〕 *v.* **loiters，loitered，loitered，loitering**

loll [lɑl] *v.* ①(懶洋洋地) 倚靠著. ②(頭、舌頭等)無力地垂下.

〔範例〕① The chairperson **lolled** on a sofa. 主席懶洋洋地靠在沙發上.

② The dog was lying with his tongue **lolling** out. 那隻狗垂著舌頭趴在那裡.

〔活用〕 *v.* **lolls，lolled，lolled，lolling**

lollipop/lollypop
[`lɑlɪˌpɑp] *n.* ① 棒棒糖. ②〔英〕冰棒.

〔複數〕 **lollipops/ lollypops**

****London** [`lʌndən] *n.* 倫敦《英國首都，由舊市區 (the City) 和 32 個自治區 (borough) 所組成》.

♦ **London Bridge** 倫敦橋.
➡ 〔充電小站〕(p. 745)

[lollipop]

lone [lon] *adj.* 《正式》〔只用於名詞前〕孤獨的；孤立的；單一的： a **lone** traveler 單一旅客.

♦ **lone wolf** 獨來獨往的人.

loneliness [`lonlɪnɪs] *n.* 寂寞，孤獨： Bill has lived in **loneliness** since his wife died. 妻子死後，比爾便生活在孤獨寂寞之中.

****lonely** [`lonlɪ] *adj.* ① 寂寞的，孤獨的. ②〔只用於名詞前〕人跡罕至的，偏僻的.

〔範例〕① I feel **lonely** when I am alone at home. 當我一個人在家時我會感到寂寞.

Bill spent a very **lonely** childhood in that big city. 比爾在那個大城市裡度過了非常孤獨的童年.

Can you see the **lonely** pine tree on the top of the hill? 你看得到山頂上那棵孤零零的松樹嗎?

② I like to drive along **lonely** country roads. 我喜歡沿著人跡罕至的鄉村道路開車.

♦ **lonely hearts column [club]** (報紙的) 徵婚〔徵友〕欄；寂寞芳心俱樂部《lonely heart 指想找戀人、約會或結婚對象的人》.

〔活用〕 *adj.* **lonelier，loneliest**

****lonesome** [`lonsəm] *adj.* ① 寂寞的，孤獨的. ② 偏僻的，人跡罕至的.

〔範例〕① a **lonesome** trip 寂寞旅程.

Tom has no friends. He must be **lonesome**. 湯姆沒有朋友，他一定很寂寞.

〔活用〕 *adj.* **more lonesome，most lonesome**

:long [lɔŋ] *adj.，adv.，n.，v.*

原義	層面	釋義	範例
（某一長度）	較某一標準更長	*adj.* 長的，遠的	①
	有一定長度	*adj.* 有～長的	②
	時間上較某一標準更長	*adj.，adv.，n.* 長時間(的)，長期(的)	③
	有一定時間	*adj.，adv.* 有～之久(的)；在～期間	④
	感覺時間長久	*v.* 渴望，熱切希望	⑤

〔範例〕① The singer has **long** hair. 那位歌手有一頭長髮.

Her hair is **longer** than mine. 她的頭髮比我長.

It's the **longest** book he has ever written. 那是他所寫過篇幅最長的一本書.

② The lane is five hundred meters **long**. 那條小巷長500公尺.

③ We sat there for a **long** while. 我們在那裡坐了很久.

It won't be **long** before he knows how deeply she loves him. 他不久就會明白她有多愛他了.

It was not **long** before they found the cottage. 他們不久便找到了那間小屋.

He hasn't been back **long**. 他很久沒有回來了.

It will not take **long** to write the report. 寫那篇報告不會花多少時間.

I'll be back before **long**. 我一會兒就回來.

居民的稱呼

【Q】倫敦人或住在倫敦的人稱為 Londoner，而我們有時也會聽到 New Yorker 這種用法. 那麼華盛頓人可以稱為 Washingtoner 嗎?

【A】華盛頓既為州名，又為城市名，但華盛頓人皆稱為 Washingtonian. 故在說「～(出生的) 人，～的居民」時，可在地名後添加的字尾除了 -er 外，還有 -an, -ian, -ite.

以下為美國、英國、加拿大、澳洲等英語系國家的城市名及當地居民的稱呼，僅供參考:

城市名	居民稱呼
Aberdeen (亞伯丁)	Aberdonian
Atlanta (亞特蘭大)	Atlantan
Boston (波士頓)	Bostonian
Bristol (布里斯托)	Bristolian
Chicago (芝加哥)	Chicagoan
Denver (丹佛)	Denverite
Detroit (底特律)	Detroiter
Dallas (達拉斯)	Dallasite
Dublin (都伯林)	Dubliner
Honolulu (檀香山)	Honolulan
Houston (休斯頓)	Houstonian, Houstonite
Lancaster (蘭開斯特)	Lancastrian
Liverpool (利物浦)	Liverpudlian
Los Angeles (洛杉磯)	Los Angeleno, Los Angelean, Angeleno, Angelino
Manchester (曼徹斯特)	Mancunian
New Jersey (紐澤西州)	New Jerseyite
New Orleans (紐奧爾良)	New Orleanian San Franciscan
San Francisco (舊金山)	San Franciscan
Seattle (西雅圖)	Seattleite
Sydney (雪梨)	Sydneyite, Sydneysider
Philadelphia (費城)	Philadelphian
Toronto (多倫多)	Torontonian
Vancouver (溫哥華)	Vancouverite

以下再列舉一些非英語系國家的城市名及其居民稱呼:

Berlin (柏林)	Berliner
Cairo (開羅)	Cairene
Cape Town (開普敦)	Capetonian
Jerusalem (耶路撒冷)	Jerusalemite
Madrid (馬德里)	Madrilenian
Paris (巴黎)	Parisian, Parisienne (女)
Tokyo (東京)	Tokyoite
Vienna (維也納)	Viennese

至於甚麼地名後接哪個字尾，並沒有一個確切的規則可循，並非所有的地名皆會有這種用法，有的地名甚至有2種以上的說法.

New Yorker 或 Londoner 是比較常用的，但一般情況下大多說 "I am from Tokyo." 或 "We live in Sydney." 等.

Did you wait for me for **long**? 你等我等了很久嗎?

④ "How **long** have you been working there?" "Five years." 「你在那裡工作多久了?」「5年了.」

His speech was an hour **long**. 他演講了一個小時.

I enjoyed my seaside holiday all summer **long**. 整個夏天我度過了愉快的海濱假期.

⑤ I'm just **longing** to see you again. 我非常渴望再次見到你.

They **longed** for freedom. 他們渴望自由.

片語 **as long as** ① 長達～之久; 在～期間: She has been in London **as long as** three months. 她已經在倫敦待了3個月之久.

You can sleep **as long as** you want. 你想睡多久就睡多久.

② 只要; 在～條件下: You can use it **as long as** you promise to be careful. 只要你保證會小心，你就可以使用.

at the longest 最長; 至多，頂多.

before long 不久. (⇨ 範例 ③)

for a long time/for long 長時間，很久. (⇨ 範例 ③)

it was not long before ～/it will not be long before ～ 不久就，不久將會. (⇨ 範例 ③)

no longer/not ～ any longer 已經不再:

We are **no longer** young. 我們已經不再年輕.

I can't stand it **any longer**. 我再也忍不住了.

So long! 〖口語〗〖美〗再見!

so long as 只要，以～為條件: Any hotel will do **so long as** it's not too expensive. 無論哪家旅館都行，只要價錢不要太昂貴.

the long and the short of it 總之: I don't have time to explain, but **the long and the short of it** is that we can't hold our meetings there anymore. 我沒有時間解釋，總之我們不能再到那裡開會了.

☞ ↔ short, *n.* length

♦ **lòng fáce** 悶悶不樂的臉，愁容.

the lóng jùmp 〖英〗跳遠.

lòng wáve (聲波的) 長波 (略作 LW.).

活用 *adj.*, *adv.* longer, longest

活用 *v.* longs, longed, longed, longing

longevity [lɑnˋdʒɛvətɪ] *n.* 長壽，長命: There's a certain small village in Italy where the people are noted for their **longevity**. 義大利有一個以當地人長壽而聞名的小村莊.

longhand [ˋlɔŋ͵hænd] *n.* 手寫 (字體)，普通手寫法 (逐一按字寫出，不同於速記、打字等): write in **longhand** 手寫.

longing [ˋlɔŋɪŋ] *n.* ① 憧憬，願望，渴望，企盼.

——*adj.* ② 憧憬的，熱切的.

[範例] ① He expressed his **longing** for peace. 他表達對和平的渴望.
② She looked at that doll with **longing** eyes. 她帶著渴望的眼神望著那個洋娃娃.

*__longitude__ [ˋlɑndʒəˌtjud] n. 經度《地球上某一點在中央子午線以東或以西的角度距離計量; 國際間同意以通過倫敦格林威治 (Greenwich) 的子午線為經度0°, 東西各180°》: **longitude** 140°E 東經140度《讀作 longitude a hundred forty degrees east》.
☞ latitude (緯度)
[複數] **longitudes**

longitudinal [ˌlɑndʒəˋtjudnḷ] adj. ① 經度的, 經線的. ② 長(度)的, 縱向的.

long-playing [ˋlɔŋˋpleɪŋ] adj. (唱片)長時間演奏的《略作 LP》: a **long-playing** record 慢轉唱片.

long-range [ˋlɔŋˋrendʒ] adj. ① 長距離的, 遠距離的. ② 長期的.
[範例] ① a **long-range** missile 遠距離導航飛彈.
② According to a **long-range** weather forecast, we'll have a mild winter. 根據長期天氣預報, 今年將是暖冬.
[活用] adj. **more long-range, most long-range**

long-sighted [ˋlɔŋˋsaɪtɪd] adj. ① 遠視的《[美] far-sighted》. ② 有先見之明的, 有遠見的.
[範例] ① I'm **long-sighted**. I only need glasses for reading. 我是遠視, 只有在看書時才需要眼鏡.
② a **long-sighted** decision 有先見之明的決定.
[活用] adj. **more long-sighted, most long-sighted**

long-standing [ˋlɔŋˋstændɪŋ] adj. 經年的, 長年的.
[活用] adj. **more long-standing, most long-standing**

long-term [ˋlɔŋˌtɝm] adj. 長期的.
[活用] adj. **more long-term, most long-term**

long-winded [ˋlɔŋˋwɪndɪd] adj. (說話)冗長〔無聊〕的: I have no time to listen to **long-winded** explanations. 我沒有時間聽長篇大論的解釋.
[活用] adj. **more long-winded, most long-winded**

__look__ [luk] v. ① 看, 注視, 望著. ② 看起來像是, 顯得. ③ 看來~似乎 (to). ④(房子等)朝著, 面向 (to, toward). ⑤ 調查, 檢查; 確認, 查看. ⑥ 留意, 注意.
——n. ⑦ 看, 注視. ⑧ 眼神, 目光. ⑨ 神色, 表情, 臉色. ⑩ 外觀; 樣子.
[範例] ① I **looked** at the baby. 我看著那個嬰兒.
She **looked** at herself in the mirror. 她看著鏡中自己的身影.
Look both ways before you cross the street. 過馬路時要先看清楚左右兩側.
Don't **look** behind. 不要回頭看!

Look before you leap. 《諺語》三思而後行.
She **looked** me in the eye. 她望著我的眼睛.
② She **looks** happy. 她看起來很快樂.
He **looks** a perfect teacher./He **looks** to be a perfect teacher. 他看起來像是一個完美無缺的老師.
③ It doesn't **look** to us as if we'll be in time for the train. 看來我們似乎趕不上那班火車.
④ My room **looks** to the south. 我的房間面朝南方.
The window **looks** toward the sea. 窗戶面向大海.
⑤ **Look** where you are going! 確認一下你要去的地點.
I will **look** to see what time he arrives at the station. 我會去查一下他甚麼時候到達車站.
⑥ **Look** to it that your homework is finished by three. 你務必要在3點鐘之前做完作業.
⑦ Have a **look** at this picture. 來看看這幅畫.
I liked her at first **look**. 我對她一見鍾情.
⑧ The policeman gave me a scornful **look**. 那個警察用輕蔑的眼神看我.
⑨ He has an angry **look** on his face. 他滿臉怒容.
⑩ You should not judge a man by his **looks**. 《諺語》人不可貌相.
From the **look** of the sky, I'd say it's going to rain pretty soon. 從天色來看, 我敢說很快就會下兩了.
[片語] **_have a look for_** 尋找: They were **having a look for** the missing child. 他們在尋找那個走失的孩子.
look about/look around/look round
① 環顧四周: He **looked about**, and stole into the room. 他環顧四周, 然後悄悄地進入那個房間.
② 四處尋找, 審視環境: Are you still **looking about** for a job? 你還在四處找工作嗎?
We **looked about** carefully before deciding which house to buy. 在決定買哪一棟房子前, 我們仔細查看了一番.
look after ① 照顧, 注意: We **looked after** Mother after she got home from the hospital. 我們照顧從醫院返家的母親. ② 送行, 目送: Sadly we **looked after** the last train. 我們悲傷地目送最後一班火車離去.
look ahead ① 向前看. ② 規劃將來: Let's **look ahead** to the future and consider what to do then. 讓我們先預想未來規劃一下, 然後再決定怎麼做吧!
look at ① 看. (⇨ [範例] ①) ② 檢查, 查看: I'll **look at** the air filter of this machine. 我會檢查一下這臺機器的空氣淨化器. ③ 考察; 考慮: He wouldn't even **look at** our idea. 他甚至不願考慮我們的提議.
look back 回顧, 追思: We should sometimes **look back** at our lives. 我們應當偶爾回顧一下我們的人生.
look down ① 俯視, 往下看: The church on

the hill **looks down** on the village. 位於山丘上的教堂俯瞰著村莊. ② 眼睛朝下看: She **looked down** to hide her dismay. 她目光朝下以掩飾她的失望.

look down on 輕視, 蔑視: Scholars tend to **look down on** politics. 學者有蔑視政治的傾向.

look for ① 尋找; 追求: What are you **looking for**? 你在找甚麼? We are **looking for** the missing child. 我們正在尋找那個走失的孩子. ② 招致, 招惹 (麻煩等): If you drink and drive, you are **looking for** trouble. 如果你酒後開車, 你就是自找麻煩.

look forward to 盼望, 期待: I'm **looking forward to** seeing you. 我期待能見到你.

look in ① 往裡看. ② 順道拜訪: I **looked in** on him on my way home. 我在回家途中順道去拜訪他.

look into ① (向內) 一探. ② 調查, 研究: The police are **looking into** the case. 警方正在調查那個事件.

look like ① 與～相像, 看似: She **looks** so much **like** her mother. 她與她母親非常相像. ② 看起來似乎要: Look at that big dark cloud. It **looks like** rain. 你看那一大片烏雲! 看起來像是要下雨了.

look on ① 旁觀; 觀望. ② (以某種感情) 看: We **looked on** her behavior with approval. 我們看著她的行為, 頗感認可. ③ 看成, 視為: We **looked on** him as a genius. 我們視他為天才.

look on to/look onto 面向, 遙望: My room **looks on to** the sea. 我的房間面對著大海.

look out ① (從～) 往外看: Look out of the car window. 看看車窗外. ② 面對, 朝向; 眺望: My bedroom **looks out** on the garden. 我的臥室面對著院子. ③ 注意, 小心: **Look out** that you don't catch cold. 注意不要感冒了.

look over ① 隔著～看: My teacher has a way of **looking over** his glasses. 老師有戴著眼鏡看東西的習慣. ② 檢查; 巡視: Let's **look over** these tests. 我們來檢查一下測驗答案吧.

look through ① 透過～看: If you **look through** a microscope, you see things many times their actual size. 透過顯微鏡, 你會看到比實體大上好幾倍的物體. ② 仔細檢查: I must **look through** this bill before paying it. 在付帳之前我必須看清楚帳單.

look to ～ ① 朝某個方向看; 面對: We always **look to** the mountains to know what kind of weather is coming. 我們經常往山頭看去, 好知道天氣如何. My house **looks to** the south. 我的房子面朝南方. ② 依賴, 依靠: I always **look to** him for help.

我總是依靠他的幫助.

look up ① 仰視: **Look up** at the stars in the sky. 抬頭看天上的星星. ② 查閱: May I **look up** this word in your dictionary? 我可以用你的字典查一下這個字嗎? ③ (物價等) 上漲; 好轉: Things are **looking up**. 情況正在好轉.

look up to 尊敬: Einstein was **looked up to** as a genius in mathematics. 愛因斯坦被尊為數學天才.

➡ (充電小站) (p. 749)

[活用] *v.* **looks, looked, looked, looking**
[複數] **looks**

looker-on [ˌlʊkɚˈɑn] *n.* 旁觀者, 看熱鬧者; 參觀者.

[範例] **Lookers-on** see most of the game. 《諺語》當局者迷, 旁觀者清.
Lookers-on weren't pleased with what they saw. 參觀的人們對他們所看到的不甚滿意.

[複數] **lookers-on**

***lookout** [ˈlʊkˌaʊt] *n.* ① 看守, 監視; 警戒. ② 監視哨 (臺); 瞭望臺; 看守人, 警術. ③ 《口語》自己該注意的事, 自己的問題.

[範例] ① Keep a good **lookout** for that man. 好好盯住那個男子.
② The tree house has become a **lookout**. 那間樹屋已經成了監視哨臺.
③ If you want to waste your money, that's your **lookout**. 你要浪費你的錢, 那是你自己的事.

[片語] **on the lookout for** 看守; 警戒; 注意: I am **on the lookout for** a good used car. 我在留意有沒有好的二手車.

[複數] **lookouts**

***loom** [lum] *n.* ① 織布機; 織布.
—— *v.* ② 隱約地出現; (恐懼等) 陰森森地逼近; (問題等) 一觸即發.

[複數] **looms**
[活用] *v.* **looms, loomed, loomed, looming**

loon [lun] *n.* ① 潛鳥 《產於北半球的水鳥, 擅潛水, 鳴聲有如笑聲》. ② 愚蠢的人; 瘋子, 怪人.

[複數] **loons**

loony [ˈlunɪ] *n.* ① 瘋子, 怪人.
—— *adj.* ② 瘋狂的; 愚蠢的.

[複數] **loonies**
[活用] *adj.* **loonier, looniest**

***loop** [lup] *n.* ① 環, 圈.
—— *v.* ② (使) 成環; 以環繩紮上 [繫住].

[範例] ① The magician made a **loop** of a piece of string. 魔術師拿一根繩繩做成一個圈.
② This elevated train **loops** around the city. 這班高架列車繞這個城市一圈.
His airplane **looped** overhead in the blue summer sky. 他駕駛的飛機在夏日晴空下翻了個筋斗.
The spider monkey **looped** its tail over a branch. 那隻蜘蛛猴將尾巴纏繞在樹枝上.

[複數] **loops**
[活用] *v.* **loops, looped, looped, looping**

loophole [ˋlup͵hol] *n.* ① 槍眼，砲眼《可從碉堡、城牆內射擊》. ②《法律等的》漏洞: I found a **loophole** in the new tax. 我找到逃漏新稅的方法.
[複數] **loopholes**

*﹡**loose** [lus] *adj.* ① 鬆的，不緊的，鬆動的. ② 未受束縛的，自由的. ③ 散亂的，零散的. ④ 不嚴謹的；放蕩的，散漫的. ⑤ 腹瀉的，消化不好的.
——*v.* ⑥ 解放，使自由，釋放. ⑦ 解開，鬆開.
[範例] ① a **loose** knot 活結.
He wore a **loose** sweater. 他穿著一件寬鬆的毛衣.
A brick came **loose** and fell to the ground. 有一塊磚頭鬆動，掉到地上了.
I have a **loose** tooth. 我有一顆牙齒快掉了.
② The dog is **loose**. 那隻狗沒有被繩子拴著.
A murderer got **loose**. 殺人犯逃脫了.
③ She wears her hair **loose**. 她把頭髮散放下來.
He always carries his money **loose** in his pocket. 他總是把錢亂塞在口袋裡.
④ She is **loose**. 她是一個放蕩的女人.
⑤ My bowels are rather **loose** today. 我今天有點兒拉肚子.
⑥ They **loosed** some prisoners. 他們釋放了一些囚犯.
⑦ She is good at **loosing** a knot. 她擅於解開結.
[片語] *at a loose end/* [美] *at loose ends* 沒事可做的，遊手好閒的: He was **at a loose end**, so he went out for a walk. 他沒事可做，所以出去散步了.
come loose 脫落，鬆開: The chain on my bicycle has **come loose**. 我自行車上的鍊條脫落了.
let ~ loose 放任，使自由；解放: He let the horse **loose** in the pasture. 他讓馬自由在牧場上活動.
on the loose 不受拘束的，自由的；放蕩的: A dangerous criminal is **on the loose**. 一名危險的罪犯正逍遙法外.
[活用] *adj.* **looser**, **loosest**
[活用] *v.* **looses**, **loosed**, **loosed**, **loosing**

loosely [ˋlusli] *adv.* ① 鬆散地，零散地. ② 不精確地，含糊地. ③ 放蕩地，不檢點地.
[範例] ① The two ropes are **loosely** tied together. 那兩條繩子鬆散地綁在一起.
② She **loosely** explained the incident. 她含糊地說明那個事件的經過.
③ She lives **loosely**. 她過著放蕩的生活.
[活用] *adv.* **more loosely**, **most loosely**

*﹡**loosen** [ˋlusn] *v.* ① 放鬆，鬆弛；放寬（限制等）. ② 鬆開，鬆弛；鬆動.
[範例] ① The rules have been **loosened**. 那個規則已經有所放寬.
② **Loosen** this knot for me, would you? 你能幫我解開這個結嗎?
The screw **loosened**. 那個螺絲鬆開了.

He **loosened** his tie. 他鬆開了領帶.
[片語] ***loosen up*** ① 鬆弛肌肉，作暖身操: You should **loosen up** before the game. 比賽前你應該先暖身. ②《口語》放鬆心情.
[活用] *v.* **loosens**, **loosened**, **loosened**, **loosening**

loot [lut] *n.* ① 贓物；掠奪品，戰利品.
——*v.* ② 掠奪，搶劫.
[範例] ① Goods stolen by thieves or soldiers in time of war or social unrest are called "**loot**." 在戰爭期間或社會動蕩之際被小偷或士兵偷掠的東西稱為「掠奪品」.
② Every store on this block was **looted**. 這一區的每一家商店都遭到搶劫.
[活用] *v.* **loots**, **looted**, **looted**, **looting**

lop [lɑp] *v.* 修剪（枝葉），砍掉（樹枝、頭、手腳等）；刪除多餘的部分.
[範例] He **lopped** some branches off the tree. 他砍掉那棵樹上的幾根樹枝.
David **lopped** off the ends of a sausage and gave them to his dog. 大衛切下香腸的兩端餵狗.
[活用] *v.* **lops**, **lopped**, **lopped**, **lopping**

lopsided [ˋlɑpˋsaɪdɪd] *adj.* 向一邊傾斜的，一邊較重〔較大〕的: a **lopsided** score in baseball—10 to 1 棒球的懸殊比數: 10比1.
[活用] *adj.* **more lopsided**, **most lopsided**

*﹡**lord** [lɔrd] *n.* ① 統治者，君主. ②〔the L~〕神，主；耶穌·基督. ③ 貴族；〔the L~s〕〖英〗上議院議員. ④〔L~〕爵士〔對公爵（duke）以外如侯爵、伯爵、子爵、男爵等貴族的尊稱〕. ⑤《封建時代之》領主，莊園主人.
——*v.* ⑥ 盛氣凌人，擺架子，耍威風.
[範例] ① our sovereign **lord** the King 我們的國王陛下.
② Jesus our **Lord** 我們的主耶穌.
in the year of our **Lord** 1776 在西元1776年.
③ He speaks like a **lord**. 他說起話來像個貴族.
④ **Lord** Tennyson 但尼生爵士.
⑥ He always wants to **lord** it over me. 他老是想要在我面前作威作福.
[片語] *as drunk as a lord/drunk as a lord* 爛醉如泥.
Good Lord! 天啊!: **Good Lord!** I've left my bag in the bus. 天啊! 我把我的皮包忘在公車上了.
live like a lord 過著王公貴族般奢侈的生活.
lord it over 擺架子，耍威風.（⇔ [範例] ⑥）
my Lord 閣下〔對公爵以外的貴族、市長、高等法院法官等的稱呼〕.
◆ *the Hòuse of Lórds* 〖英〗上議院《不經選舉，由貴族、神職人員、法官等所組成》.
Lòrd Máyor 〖英〗大城市的市長；(特指)倫敦市長.
the Lórd`s dày 主日.
[複數] **lords**
[活用] *v.* **lords**, **lorded**, **lorded**, **lording**

動詞片語 (phrasal verb)

【Q】He is looking at the stars. 意為「他望著星星」. 這裡的 look at 為「看，望，視」的意思，有人把它視作一個固定詞組來記.

因此，這句話慢慢說時該如何說? 可不可以停頓成這樣: He is/looking at/the stars，或者 He is looking at/the stars?

【A】這個句子，如果念得非常慢，就成為以下這樣: He/is looking/at the stars. 稍快一點則是: He is looking/at the stars. 重要的是，at 後面不需換氣.

look at 是兩個單字，但看起來像是一個動詞. 因此，文法上將 look at 之類的組合為「動詞片語 (兩個單字以上，文法功能如同一個動詞)」. 動詞片語有很多，此外還有 listen to (聽)、talk to (談話；談話) 等.

接下來，就 He is looking at the stars. 的停頓方法再稍加說明. 至於這個句子的意思，可以作如下考慮:

那個男子 (he) → 正處於怎樣的狀態 (is) → 看著 (looking) → 視線投向何處 (at) → 星星 (the stars).

將以上的分析稍加整理，便是:

那個男子正看著 (he is looking) → 將視線投向何處? 星星 (at the stars).

因此正確的停頓是: He is looking/at the stars. 以下舉例說明. 例如:

What is he looking at?

這個句子的意思是「他在看甚麼.」looking 和 at 排列在一起，看起來 look at 簡直就像一個詞. 或許你會認為「look at 根本就是一個組合嘛!」可是如果換成 for 會怎樣呢?

What is he looking for?

意思是「他在找甚麼?」for 有「追求，想要」的意思. 此句之意可作如下的考慮:

甚麼東西 (what?) → 他正看著 (is he looking) → 追求的是 (for).

對於「動詞片語」，有時最好記住它整個組合所表示的意思，但更重要的是要準確把握組成該動詞片語的每個單字的意思. 例如 listen to「聽 (listen) → 方向 (to)」，或者 talk to「說話 (talk) → 方向 (to)」.

英語中，並無將 look、listen、talk 等「動詞」和 at、to、for 等「介系詞」視為一個組合的說法. 即使看來像一個組合，其實還是各自獨立的. at、to、for 等「介系詞」與緊跟其後的「名詞」或「代名詞」一起構成一個意思.

例如 at the station (在火車站)，to the park (到公園)，for Tom (為了湯姆) 等等. 所以問題句中 at the stars 便是一個組合.

lordly [ˋlɔrdlɪ] adj. ① 有威嚴的；宏偉的，堂皇的. ② 傲慢的，高傲的.

範例 ① In a **lordly** voice, the king ordered his men to retire. 那個國王用極具威嚴的聲音命令臣子們退下.

② I cannot stand your **lordly** manners. 我無法忍受你這種傲慢的態度.

活用 adj. **lordlier**, **lordliest**

lordship [ˋlɔrdʃɪp] n. ① 君主〔貴族〕的身分〔地位〕；統治權，權力. ②〔L～〕〔英〕閣下《對公爵以外的貴族、主教、法官的尊稱》.

範例 ② your **Lordship** 閣下《當面稱呼時》. his **Lordship** 閣下《間接指稱時》.

複數 **lordships**

lore [lɔr] n. 知識，智慧《基於民間的傳說、信仰、風俗習慣等而流傳下來》.

lorry [ˋlɔrɪ] n. ①〔英〕大型載貨卡車，卡車. ② (礦坑的) 礦車.

複數 **lorries**

Los Angeles [lɔsˋændʒələs] n. 洛杉磯《美國加州西南部的大城，略作 L.A.》.

字源 1781 年西班牙人移民至此，發展成一個城鎮，他們以西班牙語將它命名為 El Pueblo de Nuestra Señora la Reina de los Angeles de Porciuncula (譯成英文即為 The Town of Our Lady, the Queen of the Angels of Porciuncula). 後來演變成為 Los Angeles (即英語的 the Angels)，意為「天使」，故洛杉磯原義為「天使之城」.

**lose [luz] v. ① 失去；失敗. ② 浪費 (時間等). ③ 錯過 (機會等). ④ (鐘、錶等) 走慢.

範例 ① He **lost** his job through neglect of duty. 他因為怠忽職守而丟了工作.

She **lost** her husband last year. 她丈夫去年死了.

He **lost** a leg in the traffic accident. 他在那起交通事故中失去了一條腿.

She **lost** her way in the dense fog. 她在大霧裡迷了路.

I **lost** my daughter in the dark. 我和女兒在黑暗中走散了.

We **lost** the baseball game. 我們輸掉了那場棒球比賽.

② We have no time to **lose**./There is not a moment to **lose**. 我們不能再浪費時間了.

③ The police **lost** the kidnapper. 警方讓那個綁匪逃脫了.

Don't **lose** the chance of going abroad. 不要錯過出國的機會!

④ This clock **loses** two minutes a day. 這個鐘一天慢兩分鐘.

My watch neither gains nor **loses**. 我的錶很準.

片語 **lose out** ① 蒙受大損失；錯失良機: You **lost out** on a good time. 你錯失一個大好時機.

Don't **lose out** on the chance to go abroad.

不要錯過出國的機會!
② 輸掉；失敗: I always **lose out** to my competitors. 我老是輸給我的競爭對手.
lose ~self 迷路，迷失方向: The explorers **lost themselves** in the forest. 那些探險家在森林裡迷路了.
lose ~self in... 專心於，入迷，出神: On the way home I **lost myself in** thought. 回家途中，我陷入沉思.
[活用] *v.* **loses, lost, lost, losing**

loser [ˋluzɚ] *n.* ① 輸的人，輸家. ② 失敗者.
[範例] ① He is a good **loser**. 他是一個輸得起的人.
Who said **losers** are always in the wrong? 誰說輸的一方總是錯的?
[複數] **losers**

＊loss [lɔs] *n.* ① 失去，喪失. ② 損失，損害，虧損. ③ 失敗，敗北. ④ 減少，減輕(分量等)，下降.
[範例] ① She could not bear the **loss** of her only son. 她不能忍受失去獨子的痛苦.
He suffered from a temporary **loss** of memory. 他患了暫時失憶症.
② His death was a great **loss** to the company. 他的死對公司來說是一個重大損失.
He suffered heavy **losses** in the business. 他在生意上蒙受虧損.
③ Our team has already had three **losses**. 我們隊已經輸了3次.
④ There was a **loss** in weight of 3 kilos. 減少了3公斤的重量.
[片語] *at a loss* 不知所措的；困惑的: She was **at a loss** as to what to do. 她感到不知所措，不知該怎麼辦.
He was **at a loss** for words. 他辭窮了.
cut ~'s losses 在沒有進一步的損失之前結束〔停止〕(生意、事業等).
[複數] **losses**

＊lost [lɔst] *v.* ① lose 的過去式、過去分詞.
——*adj.* ② 失去的，丟掉的. ③ 浪費的. ④ 迷路的，走失的. ⑤ 輸的. ⑥ 沉溺的，沉迷的.
[範例] ② What is the use of talking about our **lost** youth? 現在談論我們失去的青春有甚麼用呢?
③ She tried hard to make up for **lost** time. 她拼命努力想要彌補失去的時光.
④ Is he a **lost** child? 他是走失的孩子嗎?
⑤ a **lost** battle 一場敗仗.
⑥ He is **lost** in thought. 他陷入沉思之中.
[片語] *give ~ up for lost* 認為~已死而死心: We searched the lake where he had been swimming, but eventually **gave** him **up for lost**. 我們找遍了他游過的湖，但最後還是死心了.
lost in 沉迷於. (⇨ [範例] ⑥)
lost on 對 ~ 沒有作用〔無效〕的: Our teacher's advice was **lost on** him. 我們老師的忠告對他起不了作用.

＊lot [lɑt] *n.*

原義	層面	釋義	範例
(整體中所占的部分)大量，許多	人或事物	一組，一堆；一群；全體	①
	強調	許多，很多	②
	場所	區域；土地	③
	人的一生	命運，機緣；抽籤，籤	④

[範例] ① If the next **lot** is damaged as well, we should find a new supplier. 如果下一批貨也同樣受損，我們就必須尋找新的供應商.
a rude **lot** of middle-aged women 一群粗魯的中年婦女.
The whole **lot** was rotten and had to be thrown out. 這一整堆都爛掉了，必須扔掉.
I'll invite all the **lot** of you. 我將邀請你們全體參加.
② One hundred thousand NT dollars is a **lot** to me. 新臺幣10萬元對我來說是一筆大數目.
"Can I have some more salad?" "Sure. There's **lots** left."「我可以再要點沙拉嗎?」「當然可以，這裡還剩很多.」
A **lot** of people have applied for this job. 已經有許多人應徵這份工作.
We have a **lot** of work to do yet. 我們還有很多工作得做.
Christie knew a **lot** about the murder. 克莉絲蒂對那起謀殺案件瞭解甚多.
Thanks a **lot**. 非常感謝.
This new model of the car can go a **lot** faster than the old one. 這種新型車比舊型車跑得快多了.
I see John quite a **lot**. 我經常和約翰見面.
③ There's another abandoned motorcycle in the empty **lot**. 又有一輛廢棄的摩托車被丟在這塊空地上.
Someone else's car is in my parking **lot**. 有人把車停在我的停車場.
The **lot** and its building used to be owned by my father. 那塊土地和上面的建築物以前歸我父親所有.
④ It was her **lot** to marry a thief. 和一個小偷結婚是她的命運.
I will not be content with my **lot** in life. I'm going to do something about it. 我不會滿足於命運的安排；我會為我的人生努力.
It fell to his **lot** to flush the bear out of the woods. 把熊趕出森林的事最後落到他頭上.
We decided by **lot** who should stay behind. 我們抽籤決定誰應該留在後面.
The **lot** fell on me. 我抽中了籤.
There were more people than tickets, so they drew **lots** to decide who would go to the concert. 因為人比票多，所以他們抽籤決定誰可以去聽演唱會.
[片語] *a lot of ~/lots of ~* 許多的，很多的. (⇨ [範例] ②)

cast lots/draw lots 抽籤. (⇨ 範例 ④)

[複數] **loth** lots

***loth** [loθ] =adj. loath.

lotion [ˋloʃən] *n.* 外用藥水；化妝水.

[範例] a skin **lotion** 潤膚乳液，爽膚水.

an after-shave **lotion** 刮完鬍子後用的藥水.

[複數] **lotions**

lottery [ˋlatərɪ] *n.* 彩券；摸彩；運氣，緣分.

[範例] They held a **lottery** in aid of charity. 他們發行彩券來為慈善基金籌款.

Marriage is a **lottery**. 《諺語》婚姻是一種緣分.

[複數] **lotteries**

lotus [ˋlotəs] *n.* ① 蓮，荷《蓮科水生植物》. ② 忘憂樹.

[參考] ② 希臘神話中據說吃了其果實會進入夢境、忘卻塵世煩惱. 人們稱貪圖安逸生活的人為 lotus-eater.

[複數] **lotuses**

****loud** [laud] *adj.* ①（聲音、聲響）大聲的，響亮的；喧鬧的，吵雜的；俗豔的，花俏的.

——*adv.* ② 大聲地；吵鬧地，喧鬧地.

[範例] ① She had a **loud** voice. 她的嗓門很大.

I didn't hear what was said—the radio wasn't **loud** enough. 我沒有聽到說些甚麼，收音機的聲音不夠大聲.

Their demonstrations against the war got **louder** and **louder**. 他們的反戰遊行聲浪愈演愈烈.

The noise the builders are making is so **loud**. Where are my earplugs? 那個建築工程的噪音太大了，我的耳塞在哪裡？

She was wearing a **loud** flowered blouse. 她穿著一件花俏的花布衫.

② Speak **louder** and clearer. 請說得大聲、清楚一點.

[活用] *adj.*, *adv.* **louder**, **loudest**

***loudly** [ˋlaudlɪ] *adv.* 大聲地；喧鬧地；花俏地，醒目地.

[活用] *adv.* **more loudly**, **most loudly**

loudness [ˋlaudnɪs] *n.* ①（聲音、聲響）大聲：It's the **loudness** and shrillness of her voice that people find hard to take. 人們無法忍受的是她那又響又尖銳的聲音. ② 高聲；喧鬧；刺眼，醒目.

loudspeaker [ˋlaudˋspikɚ] *n.* ①（立體音響的）揚聲器《亦作 speaker》. ② 擴音器：The people way in the back won't be able to hear you—we'll need a **loudspeaker**. 後面的人聽不到你的聲音，我們需要擴音器.

[複數] **loudspeakers**

Louis [ˋluɪs] *n.* 男子名《暱稱 Lou》.

[參考] 發音相同的名字還有 Lewis.

[發音] 英語中，字尾的 s 要發音，而法語不發音.

***lounge** [laundʒ] *n.* ① 休息室，休息廳，交誼廳. ② 躺椅.

——*v.* ③ 倚著，躺臥著. ④ 閒逛，閒蕩 (about)；

遊手好閒 (away).

[範例] ① Where is the **lounge** of this hotel? 這家旅館的交誼廳在哪裡？

③ My father likes to watch TV **lounging** on a sofa. 我父親喜歡躺在沙發上看電視.

④ Having nothing to do, I **lounged** about the street. 沒甚麼事好做，我就在街上閒晃.

Some people want to **lounge** away their lives. 有些人希望一生悠閒度日.

♦ **lóunge bàr**《英》高級酒吧《酒的價格較高，上流社會人士常來光顧；亦作 saloon bar》.

lóunge sùit《英》（男子平常穿的）西服《《美》business suit》.

[複數] **lounges**

[活用] *v.* **lounges**, **lounged**, **lounged**, **lounging**

louse [*n.* laus; *v.* lauz] *n.* ① 寄生蟲；蝨. ②《口語》卑鄙之人.

——*v.* ①《美》弄壞，糟蹋，搞砸 (up).

[範例] ① How can any human being stand to have **lice** in his hair? 有誰能忍受自己的頭髮裡有蝨子呢？

② Leave him alone. He's a real **louse**. 別管他，他實在是一個卑鄙的傢伙.

③ This rain is really going to **louse** up our picnic. 這場雨看樣子會讓我們的野餐泡湯.

[複數] **lice**/② **louses**

[活用] *v.* **louses**, **loused**, **loused**, **lousing**

lousy [ˋlauzɪ] *adj.* ① 多蝨的，布滿蝨子的. ② 差勁的，討厭的，令人不悅的：What a **lousy** selection this video rental store has! 這家影片出租店的片子真是糟透了！

[活用] *adj.* **lousier**, **lousiest**

lout [laut] *n.* 粗鄙之人，鄉巴佬.

[複數] **louts**

loutish [ˋlautɪʃ] *adj.* 粗鄙的；愚蠢的.

[活用] *adj.* **more loutish**, **most loutish**

lovable [ˋlʌvəbl] *adj.* 可愛的，討人喜歡的，惹人愛的.

[參考] 亦作 loveable.

[活用] *adj.* **more lovable**, **most lovable**

****love** [lʌv] *n.*

原義	層面	釋義	範例
愛	感情	愛情，戀愛；慈愛；善意，好意	①
	愛好	留戀，眷戀；嗜好，愛好	②
	愛的對象	戀人；非常喜歡的人〔事，物〕	③
	網球記分	零分	④

——*v.* ⑤ 愛，愛戀. ⑥ 非常喜歡，喜愛.

[範例] ① Karen showed deep **love** for her son. 凱琳對她的兒子流露出深厚的母愛.

Meg has a great **love** for animals. 梅格對動物

有著深深的愛.
It definitely looks like he is in **love** with Jane.
他看起來確實是在和珍談戀愛.
I fell in **love** with Diana at first sight. 我對黛安娜一見鍾情.
My mother sends her **love** to you. 我母親向你問好.
There's no **love** lost between her and her husband. 她和她丈夫已經不再相愛.
You don't have to pay me; I did it for the **love** of it. 你不用付錢給我, 我是因為喜歡才這麼做的.
You won't be able to get a ticket for that concert for **love** or money—it's sold out. 你是無論如何也拿不到這場演唱會的票, 因為票已經賣完了.
② My mother has a great **love** for baseball. 我媽媽非常喜歡棒球.
He has always had a **love** of learning. 他向來好學.
③ She met her first **love** in London. 她在倫敦遇見了初戀情人.
Mr. Smith's greatest **love** is reading mystery novels in his den smoking a cigar. 史密斯先生最大的愛好是在自己的房裡邊抽雪茄邊看推理小說.
Will you marry me, my **love**? 親愛的, 你願意嫁給我嗎?
④ Seles won the first set six-**love**. 莎莉絲在第一盤比賽中以6比0獲勝.
⑤ I **love** my parents dearly. 我深愛我的父母.
Everybody needs to **love** and be **loved**. 每個人都需要愛人與被愛.
⑥ I **love** this car very much. 我非常中意這輛車.
There's nothing I **love** more than wine. 我喜歡酒勝過一切.
My parents **loved** visiting spas. 我父母非常喜歡到各地洗溫泉.
I would **love** to visit Rome. 我好想去羅馬看看.
"Would you like to come with us to dinner?"
"I'd **love** to." 「你願意和我們共進晚餐嗎?」「我非常樂意.」
I'd **love** for you to come with me. 請你務必跟我一起來.
Some animals **love** the cold. 某些動物性喜寒冷.
片語 **fall in love with** 與~戀愛, 愛上. (⇨ 範例 ①)
for love 出於喜歡的; 免費的.
for love or money 無論如何也(不)《用於否定句》. (⇨ 範例 ①)
for the love of God 看在上帝的分上.
give ~'s love to.../send ~'s love to... 向~問好〔致意〕. (⇨ 範例 ①)
in love with 與~相愛的. (⇨ 範例 ①)
make love 做愛.
There's no love lost between 在~之間

已經沒有愛情. (⇨ 範例 ①)
With love 再見《關係親密者之間書信的結尾用語》.
♦ **lóve affàir** 風流韻事, 戀愛事件, 戀情.
lóve gàme 網球中一方掛零的一局比賽.
lóve lètter 情書.
複數 **loves**
活用 v. **loves, loved, loved, loving**
loveable [`lʌvəbḷ] =adj. lovable.
lovebird [`lʌv‚bɝd] n. 愛情鳥《雌雄幾乎不分離》.
複數 **lovebirds**
lovely [`lʌvlɪ] adj. ① 可愛的, 美麗的. ②《口語》非常開心的, 愉快的.
範例 ① She is **lovely**. 她很可愛.
② We had a **lovely** time. 我們玩得非常開心.
活用 adj. **lovelier, loveliest**
lover [`lʌvɚ] n. ①(男性)情人, 情夫《情婦則作 mistress》. ②〔~s〕(一對)戀人, 情侶. ③ 愛好者, 熱愛者.
範例 ① The actress went to Europe with her **lover**. 那位女演員和她的情人一起去歐洲.
② John and Sue were **lovers**. 約翰和蘇是一對情侶.
③ a **lover** of music 音樂愛好者.
複數 **lovers**
lovesick [`lʌv‚sɪk] adj. 害相思病的, 為愛情煩惱的.
活用 adj. **more lovesick, most lovesick**
loving [`lʌvɪŋ] adj. 深情的, 充滿愛意的: a **loving** look 深情的目光.
活用 adj. **more loving, most loving**
lovingly [`lʌvɪŋlɪ] adv. 充滿愛意地; 慈愛地.
活用 adv. **more lovingly, most lovingly**
low [lo] adj. ① 低的, 矮的. ② 無精打采的, 悶悶不樂的, 情緒低落的.
——adv. ③ 低下地, 向低處.
——n. ④ 低的水準〔數值〕. ⑤(汽車的)低速檔. ⑥ 低氣壓.
範例 ① He jumped over the **low** wall. 他跳過那面矮牆.
The temperature is rather **low** for this season. 現在的氣溫對這個季節來說該太低了.
This is the **lowest** price you can find for this item. 這是同類產品中的最低價.
Speak in a **low** voice so no one can hear us. 說話小聲點, 不要讓別人聽見.
I have a **low** opinion of his new novel. 我不看好他的新小說.
I prefer **low**-fat milk. 我喜歡低脂牛奶.
② He is **low** with a fever. 他因發燒而無精打采.
She's feeling **low** about losing the money. 她因掉了錢而情緒低落.
③ The plane is flying too **low**. 這架飛機飛得太低了.
The detective said they were talking so **low** the mike couldn't pick up what they were saying. 那個偵探說他們的談話聲太小了, 以致於對麥

克風接收不到他們的談話內容.

④ The stock market hit an all-time **low** on that fateful day in history. 在歷史上不幸的那一天，股市陷入空前的低迷狀態.

片語 **at the lowest** 最低，至少: At an auction you'll get \$5,000 for that vase **at the lowest**. 這個花瓶在拍賣會上至少能賣5,000美元.

◆ **lów sèason** 蕭條時期，淡季.

參考 表示身高高高矮矮時用 short.

☞ ↔ high

活用 adj., adv. **lower, lowest**

複數 **lows**

low-down [adj. `lo`daun; n. `lo,daun] adj. ①〔只用於名詞前〕卑鄙的.
——n. ② 事實，真相，內幕消息.
片語 **give ~ the low-down** 告知~真相〔內幕消息〕: I gave them **the low-down** on the boss's plan to lay off some workers. 我告訴他們關於老闆計畫解雇一些員工的事實真相.

***lower** [`loɚ] adj. ① 更低的. ② 下等的，下級的. ③ 位置在下面的；下游的.
——adv. ④ 更低地.
——v. ⑤ 降低，變低；放下.
範例 ② the **lower** animals 低等動物.
③ the **lower** lip 下唇.
⑤ When he got in the room, he **lowered** his voice. 一進入房間，他就放低音量.
Property values **lowered** near the newly-discovered secret toxic dump. 最新發現的祕密有毒廢棄物附近的地價下跌了.
I refuse to **lower** myself to her level. 我拒絕降低自己的水準來迎合她.

◆ **the Lòwer Chámber/the Lòwer Hóuse** 下議院〔例如英國的 the House of Commons 及美國的 the House of Representatives; ☞ 充電小站〕(p. 545)).

活用 v. **lowers, lowered, lowered, lowering**

lowland [`lo,lænd] n. 低地.
範例 **lowland** areas 低地區域.
the **Lowlands** of Scotland 蘇格蘭低地.

複數 **lowlands**

lowly [`loli] adj., adv. ① 低的〔地〕；卑微的〔地〕. ② 謙卑的〔地〕.

活用 adj., adv. **lowlier, lowliest**

lowness [`lonis] n. ① 低下，低俗. ② 無精打采.

***loyal** [`lɔɪəl] adj. 忠誠的.
範例 My father is a **loyal** supporter of the Republican Party. 我父親是共和黨的忠實擁護者.
He is **loyal** to his country. 他忠於自己的國家.

活用 adj. **more loyal, most loyal**

loyalist [`lɔɪəlɪst] n. 忠誠的人；(戰爭時期) 執政當局的擁護者.

複數 **loyalists**

loyalty [`lɔɪəltɪ] n. 忠誠；忠心: He feels great **loyalty** to his country. 他對他的國家忠心耿耿.

——

耿.

複數 **loyalties**

lozenge [`lɑzɪndʒ] n. ① 糖衣藥錠；喉糖. ② 菱形 (物).

參考 ① 的意義源於此類藥錠最早呈菱形.

複數 **lozenges**

LP [`ɛl`pi] 《縮略》 = long-playing/long playing record (LP 唱片).

複數 **LPs/LP's**

LSD [`ɛl`ɛs`di] 《縮略》 = lysergic acid diethylamide (二乙基麥角酸醯胺)《一種迷幻藥》.

Ltd. 《縮略》 = adj. limited (有限公司的；股份公司的).

lubricant [`lubrɪkənt] n. 潤滑油〔劑〕.

複數 **lubricants**

lubricate [`lubrɪ,ket] v. 加潤滑油，使潤滑；使順暢.
範例 This hinge needs **lubricating**. 這個鉸鍊需要加潤滑油.
Maybe a beer will **lubricate** the old brain box and give you some new ideas. 也許喝杯啤酒能讓你生鏽的腦袋開竅，想出好點子來.

活用 v. **lubricates, lubricated, lubricated, lubricating**

lubrication [,lubrɪ`keʃən] n. 注油；潤滑.

lucid [`lusɪd] adj. ① (表達方式、文章等) 清晰易懂的. ② 意識清楚的，神志正常的.
範例 ① The professor gave a **lucid** explanation of the theory. 教授就那個理論做了清晰易懂的說明.
② Was Jones **lucid** when he came up with this cock-eyed plan? 瓊斯提出這項荒謬的計畫時，他腦袋是清醒的嗎?

活用 adj. **more lucid, most lucid**

lucidity [lu`sɪdətɪ] n. ① (文章、思路等) 清晰，明快: I admire the **lucidity** of his explanation. 我對他那清晰明快的說明感到佩服. ② 神志正常，意識清楚.

lucidly [`lusɪdlɪ] adv. 明白地，清楚地.

活用 adv. **more lucidly, most lucidly**

Lucifer [`lusəfɚ] n. ① 曉星，啟明星；金星《亦作 Venus, the morning star》. ② 魔鬼，撒旦《因為背叛上帝而被逐出天堂、貶落地獄的大天使; 亦作 Satan》.

***luck** [lʌk] n. 機運，運氣，幸運.
範例 There's no skill involved in this game; it's a matter of **luck**. 這個遊戲不需要甚麼技巧，純粹是運氣好壞的問題.
It was a stroke of **luck** that Sarah found her ring in the sand. 莎拉能在沙堆裡找到她的戒指，真是幸運.
He had no **luck** finding work. 他際運不順走不到工作.
"Good **luck** to you!" "Thank you, I'll need it." 「祝你好運!」「謝謝! 我是需要運氣.」
You lost \$500 at the races today?! Hard **luck**, old man! 今天賭馬你輸了500美元?! 真倒楣啊，老兄!

I wear this ring for **luck**. 我戴這枚戒指是為求得好運.

片語 **as luck would have it** 很幸運地，幸運的是: **As luck would have it**, I reached home just before it started to rain. 幸運的是，在下雨之前我就回到家裡了.

by luck 幸運地，運氣好地.

for luck 為了討吉利，求好運地.（⇨ 範例）

in luck 好運當頭的，運氣好的.

out of luck 走霉運的，運氣不好的.

try ～'s luck 碰運氣.

***luckily** [`lʌklɪ] adv. 幸運地: **Luckily** my girlfriend didn't notice the blonde hair on my overcoat. 幸運地，我的女朋友沒有注意到我的外套上有根金色頭髮.

活用 adv. **more luckily**, **most luckily**

luckless [`lʌklɪs] adj. 不幸的，運氣不好的; 進展不順的，失敗的.

範例 a **luckless** woman 不幸的女子.

a **luckless** attempt 失敗的嘗試.

活用 adj. **more luckless**, **most luckless**

***lucky** [`lʌkɪ] adj. 運氣好的，幸運的.

範例 It was **lucky** I met you there. 我很幸運能在那裡遇見你.

I was **lucky** to have met her at the station. 我很幸運能在車站遇見她.

This is my **lucky** day. 今天是我的幸運日.

Thirteen is a **lucky** number for me. 13是我的幸運數字.

活用 adj. **luckier**, **luckiest**

lucrative [`lukrətɪv] adj. 可賺錢的，可獲利的: Teaching English is not a **lucrative** business. 教英語不是一份能賺錢的工作.

活用 adj. **more lucrative**, **most lucrative**

***ludicrous** [`ludɪkrəs] adj. 荒謬的; 愚蠢的; 可笑的: Jack's **ludicrous** suggestion made the whole class laugh. 傑克荒謬的提議讓全班同學哄堂大笑.

活用 adj. **more ludicrous**, **most ludicrous**

lug [lʌg] v. ① 用力地〔吃力地〕拉或拖: She **lugged** the old table out of her room. 她用力把舊桌子拖出她的房間.

—— n. ②（鍋子等的）柄，耳，把手. ③ 耳朵.

活用 v. **lugs**, **lugged**, **lugged**, **lugging**

複數 **lugs**

***luggage** [`lʌgɪdʒ] n.（隨身或手提）行李，行囊.

範例 Have you put your **luggage** in the car? 你把行李放到車上了嗎?

I have several pieces of **luggage**. 我帶了幾件行李.

參考 luggage 是不可數名詞，所以用於上述數場合時，用 ～ pieces of luggage 的形式. 另外，luggage 主要是在英式英語中使用，baggage 則是美式用語.

♦ **lúggage ràck** 行李架.

lúggage vàn《英》（鐵路的）行李車《《美》baggage car》.

Luke [luk] n. 聖路加《耶穌的使徒之一，傳為《路加福音》的作者，亦為聖保羅的女人》.

lukewarm [`luk`wɔrm] adj. ① 溫熱的，微溫的. ② 不熱心的，冷淡的.

範例 ① This coffee is **lukewarm**. 這杯咖啡微溫.

② Tom answered with **lukewarm** interest. 湯姆回答時顯得不太感興趣.

活用 adj. **more lukewarm**, **most lukewarm**

lull [lʌl] v. ① 哄; 使安靜〔平靜〕; 使入睡〔平息〕. n. ② 稍息，暫停.

範例 ① I love this fan—it cools me off and the sound **lulls** me to sleep at night. 我喜歡這臺電風扇，它讓我涼快，而且它的聲音又能在夜晚助我入睡.

By morning the ocean had **lulled**. 大海在天亮之前平靜下來.

② There was a **lull** in terrorist bombings during the winter. 恐怖分子製造的爆炸事件在冬季稍微平息.

the **lull** before the storm 暴風雨前的平靜.

活用 v. **lulls**, **lulled**, **lulled**, **lulling**

lullaby [`lʌlə,baɪ] n. 搖籃曲: Jane would sing **lullabies** to her little sister. 珍會為她妹妹唱搖籃曲.

複數 **lullabies**

lumbago [lʌm`bego] n. 腰痛.

***lumber** [`lʌmbɚ] n. ①《美》（加工後的）木材，板材《《英》timber》. ②《英》無用的雜物，無用的破舊家具.

—— v. ③《美》砍伐（樹木）; 加工木材. ④《英》強加於人. ⑤ 慢吞吞地移動.

範例 ① a pile of **lumber** 一堆木材.

② What shall I do with the **lumber**? 我該怎麼處理這些沒用的雜物?

③ We must stop them from **lumbering** that forest. 我們必須阻止他們砍伐那片森林.

④ Women are still **lumbered** with the daily routine of housekeeping. 婦女們至今仍然每天承擔每天例行的家務.

活用 v. **lumbers**, **lumbered**, **lumbered**, **lumbering**

lumberjack [`lʌmbɚ,dʒæk] n. ①《美》伐木工人. ②《美》厚羊毛上衣《亦作 lumber jacket》.

複數 **lumberjacks**

lumberman [`lʌmbɚmən] n. 木材加工者，木材業者.

複數 **lumbermen**

luminous [`lumənəs] adj. 發光的，光輝的，明亮的: Stars are self-**luminous**, while planets shine by reflected sunlight. 恆星是自己發光，而行星則是靠反射的太陽光來發光.

♦ **lùminous páint** 夜光漆.

活用 adj. **more luminous**, **most luminous**

***lump** [lʌmp] n. ① 塊; 方糖. ②《口語》《英》蠢蛋.

—— v. ③ 使成塊; 把～湊在一起，總括.

範例 ① a **lump** of coal 一塊煤.

Three **lumps** of sugar, please. 請給我3塊方糖.

糖.

I found a **lump** on my right arm. 我的右臂長了一塊東西.

The kindness you showed that old woman gave me a **lump** in my throat. 你對那個老婦人所表現的親切讓我很感動.

lump sugar 方糖.

a **lump** sum 總額，總金額.

② Hurry up, you great **lump**. 快點，你這個大笨蛋!

③ Some Americans **lump** the Japanese and the Chinese together. 有一些美國人經常把日本人和中國人搞混.

[片語] *a lump in ~'s throat*（哽住喉嚨般的）感動.（⇨ [範例] ①）

lump it 忍受: If you don't like it, you can **lump** it. 就算你不喜歡也要忍著.

[複數] **lumps**

[活用] *v.* **lumps, lumped, lumped, lumping**

lumpy [ˋlʌmpɪ] *adj.* 多塊狀物的，有顆粒的: **lumpy** sauce 有顆粒的醬料.

[活用] *adj.* **lumpier, lumpiest**

lunacy [ˋlunəsɪ] *n.* ① 精神錯亂. ② 瘋狂〔愚蠢〕的行為: It is sheer **lunacy** to try to jump down from the roof. 想從屋頂跳下來真是愚蠢透頂的行為.

[複數] **lunacies**

*****lunar** [ˋlunɚ] *adj.*〔只用於名詞前〕月亮的，月的.

♦ **the lùnar cálendar** 陰曆，農曆《以月亮的圓缺為標準來計日的曆法; ☞ the solar calendar》.

lùnar eclípse 月蝕（☞ solar eclipse）.

*****lunatic** [ˋlunəˏtɪk] *adj.* ① 精神錯亂的，瘋狂的.

——*n.* ② 精神異常者，瘋子.

[活用] *adj.* **more lunatic, most lunatic**

[複數] **lunatics**

✲lunch [lʌntʃ] *n.* ① 午餐. ② 點心，便餐.

——*v.* ③ 吃午餐〔點心，便餐〕.

[範例] ① What did you have for **lunch**? 你午餐吃甚麼?

Lunch is the meal between breakfast and dinner. 午餐是早餐和晚餐之間的一餐.

He is at **lunch** now. 他正在吃午餐.

[參考] 在休假日，如果午餐是當天主要的一餐，則稱為 dinner，而不用 lunch; 晚餐則以 supper，指比 dinner 簡單的飯菜.

[複數] **lunches**

[活用] *v.* **lunches, lunched, lunched, lunching**

*****luncheon** [ˋlʌntʃən] *n.*《正式》午餐，午宴: hold a monthly **luncheon** 舉行每月一次的午餐會.

[複數] **luncheons**

*****lung** [lʌŋ] *n.* ① 肺. ②（城市的）空地或公園《供市民休閒遊憩而將其比喻作肺》: Central Park is the **lung** of Manhattan. 中央公園是曼哈頓的休閒廣場.

[複數] **lungs**

lunge [lʌndʒ] *n.* ①（猛然地）戳，刺; 突進.

——*v.* ② 戳，刺; 突進.

[範例] ① One cat made a **lunge** at the other. 有一隻貓撲向另一隻貓.

② A puma **lunged** from a ledge at one of the sheep. 有一頭美洲獅從懸崖邊上撲向一隻綿羊.

[複數] **lunges**

[活用] *v.* **lunges, lunged, lunged, lunging**

lurch [lɝtʃ] *v.* ① 蹣跚; 傾斜; 搖晃.

——*n.* ② 蹣跚而行; 傾斜.

[範例] ① The drunken man **lurched** into the wall. 那名醉漢東倒西歪地撞到了牆.

② The ship gave a **lurch** to starboard. 船向右舷傾斜.

[片語] *leave ~ in the lurch* 見死不救.

[活用] *v.* **lurches, lurched, lurched, lurching**

[複數] **lurches**

*****lure** [lur] *n.* ①（the ~）誘惑（力），魅力，吸引力. ② 誘餌; 誘惑物，誘惑的手段.

——*v.* ③ 誘惑，引誘.

[範例] ① Who can resist the **lure** of a tropical paradise? 誰能抵擋熱帶樂園的魅力呢?

③ John was **lured** to New York by his desire for fame and fortune. 約翰對名聲和財富的渴望使得他被紐約深深吸引著.

Bob **lured** John away from his job. 鮑伯慫恿約翰辭掉工作.

[複數] **lures**

[活用] *v.* **lures, lured, lured, luring**

lurid [ˋlurɪd] *adj.* ①（色彩等）鮮豔的，花俏刺眼的. ②（故事等）駭人聽聞的，殘忍的.

[範例] ① My brother likes **lurid** wallpaper. 我哥哥喜歡色彩鮮豔的壁紙.

② The newspaper gave all the **lurid** details of the massacre. 報紙報導了那場屠殺的殘忍細節.

[活用] *adj.* **more lurid, most lurid**

*****lurk** [lɝk] *v.* 潛伏，隱藏，埋伏.

[範例] There is a suspicious-looking man **lurking** in the shadows. 有一名可疑男子藏在暗處.

It seems that doubts **lurk** in his mind. 他的心裡似乎暗藏著疑問.

[活用] *v.* **lurks, lurked, lurked, lurking**

luscious [ˋlʌʃəs] *adj.* 香醇的，甘甜可口的; 有魅力的，迷人的: a **luscious** wine 香醇的酒.

[活用] *adj.* **more luscious, most luscious**

lush [lʌʃ] *adj.* ①（青草）茂盛的，蒼鬱的: a **lush** pasture 青草鬱鬱的牧場. ②《口語》豪華的.

[活用] *adj.* **lusher, lushest**

lust [lʌst] *n.* ① 情慾，肉慾. ②（強烈的）慾望: a **lust** for power 權力的慾望.

——*v.* ③ 渴望; 燃起情慾.

[複數] **lusts**

[活用] *v.* **lusts, lusted, lusted, lusting**

*****luster** [ˋlʌstɚ] *n.* ① 光澤，光輝，光彩. ② 榮譽，名聲.

〖範例〗① We polished the metal until it had a fine **luster**. 我們一直擦拭那塊金屬，直到它呈現出漂亮的光澤.

② His new novel added **luster** to his name. 他的新小說讓他的名氣更響亮.

〖參考〗〖英〗lustre.

lustful [`lʌstfəl] adj. ① 好色的，淫蕩的. ② 欲望強烈的，貪欲的.

〖範例〗① He was full of **lustful** thoughts after reading a girlie magazine. 看了裸女雜誌後，他腦裡充滿了淫蕩的念頭.

② He is a man **lustful** of power. 他是一個渴望權力的男子.

〖活用〗adj. **more lustful, most lustful**

*__lustre__ [`lʌstə] =n.〖美〗luster.

__lustrous__ [`lʌstrəs] adj.《正式》有光澤的，有光輝的: **lustrous** black hair 烏黑亮麗的秀髮.

〖活用〗adj. **more lustrous, most lustrous**

__lusty__ [`lʌstɪ] adj. 精力充沛的；健壯的: **lusty** singing 雄壯的歌聲.

〖活用〗adj. **lustier, lustiest**

__lute__ [lut] n. 魯特琴.

〖參考〗魯特琴是歐洲的一種弦樂器，文藝復興時期在法國、義大利等地生根發展，在莫札特時期的德國及奧地利風行起來，在貴族階層和藝術界之間廣為流傳. 16

[lute]

世紀以後的魯特琴有6個弦組（每弦組1到2弦），而頂弦通常是單一的，故弦數通常為11根. 16世紀以後幾乎所有的音樂都是以魯特琴記譜法寫成，但魯特琴現已漸漸由琵琶、小提琴、大鍵琴所取代.

〖複數〗lutes

luxuriance [lʌg`ʒʊrɪəns] n. 繁茂，豐富；華美；(文體等的) 華麗.

luxuriant [lʌg`ʒʊrɪənt] adj. 繁茂的，生長旺盛的: The hut was hidden among **luxuriant** tropical plants. 那間小屋被繁茂的熱帶植物遮蔽了.

〖活用〗adj. **more luxuriant, most luxuriant**

luxuriantly [lʌg`ʒʊrɪəntlɪ] adv. 繁茂地，豐富地.

〖活用〗adv. **more luxuriantly, most luxuriantly**

*__luxurious__ [lʌg`ʒʊrɪəs] adj. 奢侈的，豪華的，奢華的.

〖範例〗The couple lives a really **luxurious** life. 那對夫婦過著非常奢華的生活.

I felt **luxurious** at the dinner. 我覺得那場晚宴

很豪華.

〖活用〗adj. **more luxurious, most luxurious**

luxuriously [lʌg`ʒʊrɪəslɪ] adv. 奢侈地，豪華地: The family lives **luxuriously**. 那一家人過著奢侈的生活.

〖活用〗adv. **more luxuriously, most luxuriously**

*__luxury__ [`lʌkʃərɪ] n. 豪華，奢侈；奢侈品.

〖範例〗live in **luxury** 過著奢侈的生活.

Having two days off per week is a **luxury** to me. 一週休息兩天對我來說是一種奢侈.

It's **luxury** for me to come home and do nothing at all. 回到家後甚麼事都不用做對我來說是一種奢侈.

Hard-earned savings were wasted on **luxuries**. 辛苦存的錢都浪費在購買奢侈品上.

〖複數〗luxuries

-ly suff. ① ～地《接在形容詞後構成副詞》: **boldly** 勇敢地; **gently** 溫柔地. ② 像～樣子的; 不愧是～的《接在名詞後構成形容詞》: **fatherly** 父親般的. ③ 每～的〔地〕: **weekly** 每週的〔地〕.

lying [`laɪɪŋ] v. lie 的現在分詞.

lymph [lɪmf] n. 淋巴 (液).

◆ **lymph gland/lymph node** 淋巴腺.

〖字源〗拉丁語的 lymph (清澈的泉水).

lynch [lɪntʃ] v. 動用私刑，以私刑處死: The angry mob **lynched** the criminal. 憤怒的群眾以私刑處死那個罪犯.

〖活用〗v. **lynches, lynched, lynched, lynching**

lynx [lɪŋks] n. 山貓《尾巴短，棲息在森林及原野中，以獵捕兔子、鳥等為食》.

〖複數〗lynx/lynxes

lyre [laɪr] n. 豎琴《古希臘的樂器，一般有7根弦》.

[lyre]

〖複數〗lyres

lyric [`lɪrɪk] adj. ① 抒情 (詩) 的. ② 吟唱的，歌唱的. ── n. ③ 抒情詩. ④ 歌詞.

〖複數〗lyrics

lyrical [`lɪrɪkl] adj. ① 抒情的. ② 熱情的，(感情等) 熱烈奔放的.

〖活用〗adj. **more lyrical, most lyrical**

lyrically [`lɪrɪklɪ] adv. ① 抒情地. ② 熱情地，(感情等) 熱烈奔放地.

〖活用〗adv. **more lyrically, most lyrically**

M, m

M m m m

簡介字母 M 語音與語義之對應性

/m/ 在發音語音學上列為雙唇鼻音 (bilabial nasal). 發音的方式是雙唇緊閉, 軟顎低垂, 堵住口腔的通道, 讓氣流從鼻腔出來, 同時振動聲帶, 就產生 [m] 音.

(1) 雙唇緊閉, 無法張嘴說話, 氣流自鼻腔流出, 表 m 之本義為「悶 (m) 不吭聲」:

  mum　*n.* 無言的, 不說話的; *interj.* 〔只用於下列片語〕別說話
    Mum's the word! 別聲張!《擬雙唇緊閉》
  mute　*adj.* 啞巴的;(字母) 不發音的
  mummery　*n.* 啞劇
  mime　*v.* 扮演啞劇

(2) 在雙唇緊閉, 氣流自鼻腔逸出的情況下, 可引申為即使說話, 其聲音也「低沉甚至不清楚」(indistinct speaking):

  muffle　*v.* 使 (話語等) 的意思含糊不清
  mumble　*v.* 嘀嘀而言
  murmur　*v.* 低聲說, 低聲抱怨
  mutter　*v.* 低聲嘀咕
  moan　*v.* (因痛苦、悲傷而) 呻吟
  maunder　*v.* 嘮叨地講, 咕噥
  murky　*adj.* 不明確的, 模糊的

(3) 人若整天悶不吭聲, 其心情必然悶悶不樂, 愁眉苦臉, 也可引申為「心情鬱悶」(sullen disposition):

  mope　*v.* 鬱悶
  mump　*v.* 繃著臉不說話
  mourn　*v.* 哀喪, 哀悼
  moody　*adj.* 憂鬱的, 情緒低潮的
  morose　*adj.* 鬱鬱不樂的
  melancholy　*n.* 憂鬱

M [ɛm] *n.* 1,000《羅馬數字》.

m 《縮略》＝① meter, meters (公尺). ② mile, miles (哩).

ma [mɑ] *n.* 母親, 媽媽《mamma 的縮略, 用於稱呼時作 Ma》: **Ma**, can I go out and play? 媽媽, 我可以到外面去玩嗎?
〔複數〕**mas**

M.A./MA [ˋɛmˏe]《縮略》＝Master of Arts (文學碩士).

ma'am [mæm] *n.* ① 夫人, 小姐《對於女性的禮貌稱呼》. ②〖英〗《女王陛下, 公主殿下, 夫人閣下《對於王族女性的稱呼》.
〔參考〕madam 的縮略.

mac [mæk] *n.* 〖英〗雨衣《mackintosh 的縮略》.
〔複數〕**macs**

macabre [məˋkɑbrə] *adj.* 可怕的, 恐怖的, 令人聯想到死亡的.
〔活用〕*adj.* **more macabre, most macabre**

macaroni [ˏmækəˋronɪ] *n.* 通心粉.

mace [mes] *n.* ① 鎚矛《頂端有許多刺狀突起的中世紀武器》. ② 權杖《市長、大學校長等職權的象徵, 呈鎚矛狀》. ③ 豆蔻香料《將豆蔻 (nutmeg) 外皮弄乾後製成的香料》.
〔複數〕**maces**

***machine** [məˋʃin] *n.* ① 機器, 機械. ② 操縱政黨、集團等的

[mace]

核心人物. ③ 像機器一樣工作的人.
——*v.* ④ 用機器製造.
〔範例〕① a sewing **machine** 縫紉機.
a vending **machine** 自動販賣機.
This **machine** is out of order. 這臺機器故障了.
〔參考〕表示 ① 的意義, 有時指交通工具、電腦等特定機器.
♦ **machine gùn** 機關槍.
machíne lànguage (電腦的) 機器語言.
☞ *adj.* mechanical
〔複數〕**machines**
〔活用〕*v.* **machines, machined, machined, machining**

***machinery** [məˋʃinərɪ] *n.* ① 機器的總稱《指個別的機器時用 machine》. ② 機械裝置. ③ 機構, 機關.
〔範例〕① The company sells farm **machinery**. 那家公司經營農用機械.
② the **machinery** of an automobile 汽車的機械裝置.
③ the **machinery** of the legal system 司法部門.

machinist [məˋʃinɪst] *n.* ① 機械師. ② 縫紉工.
〔複數〕**machinists**

macho [ˋmɑtʃo] *adj.* 具有男子氣概的, 雄糾糾的.
〔活用〕*adj.* **more macho, most macho**

mack [mæk] ＝*n.* mac.

mackerel [ˋmækərəl] n. 鯖魚，青花魚.
複數 **mackerel/mackerels**
mackintosh [ˋmækɪnˌtɑʃ] n. 雨衣《略作 mac，mack》.
複數 **mackintoshes**
*****mad** [mæd] adj. ① 瘋狂的，發瘋的. ② 生氣的，憤怒的. ③ 狂熱的，熱中的.
範例 ① She went really **mad** after she lost all her children in the accident. 自從在那起意外事故中失去所有的孩子之後，她真的瘋了.
The horror was driving her nearly **mad**. 恐懼使她幾近瘋狂.
You are **mad** to try to sail across the ocean all alone. 你想要一個人橫渡海洋，真是瘋了!
② They got **mad** with me for disclosing their secret. 他們因為我洩露祕密而非常生氣.
His remarks made her **mad**. 他的話讓她很生氣.
③ The girls are **mad** about the actor. 少女們對那個演員很痴迷.
My father has gone **mad** growing orchids. 我父親熱中於培植蘭花.
片語 *hopping mad* 氣得跳腳.
like mad 像瘋了似地，瘋狂地，猛烈地.
活用 adj. **madder，maddest**
madam [ˋmædəm] n. ①〔M~〕夫人，小姐《對於女性的禮貌稱呼》. ②〔M~〕女士《附加於女性的姓名或職稱前的敬稱》.
範例 ① May I help you, **Madam**? 夫人，你需要甚麼?《店員用語》
Madam, I'm Adam. 夫人，我叫亞當.
② **Madam** President 總統閣下《對女總統的稱呼》
Thank you very much, **Madam** Chairperson. 非常感謝，議長閣下.《對女議長的稱呼》
參考 表示 ① 的意義，有時略作 ma'am，相當於男性的 sir.
複數 **mesdames**
Madame [ˋmædəm] n. 夫人，太太《對已婚女性的尊稱，冠於姓名前》.
參考 源自法語，相當於英語的 Mrs. 或 madam，略作 Mme.
複數 **Mesdames**
madden [ˋmædn̩] v. 使生氣，使焦躁.
活用 v. **maddens，maddened，maddened，maddening**
*****made** [med] v. make 的過去式、過去分詞.
Mademoiselle [ˌmædəməˋzel] n. ① 小姐《對於未婚女性的尊稱，冠於姓名前》. ② 小姐《對於未婚女性的禮貌稱呼》.
參考 源自法語，相當於英語的 Miss，略作 Mlle.
複數 **Mesdemoiselles**
made-up [ˋmedˋʌp] adj. ① 化了妝的. ② 捏造的.
活用 adj. ① **more made-up，most made-up**
madly [ˋmædlɪ] adv. 瘋狂地；猛烈地: He was **madly** in love with her. 他瘋狂地愛上她.
madman [ˋmædˌmæn] n. 瘋子: He was locked up as a **madman**. 他被當作瘋子監禁起來.
複數 **madmen**
*****madness** [ˋmædnɪs] n. 瘋狂《的舉動》: The idea of building a fresh water pipeline under the ocean from Alaska to southern California is sheer **madness**. 在阿拉斯加州到加州南部的海面下架設一條淡水管道的構想，的確很瘋狂.
Madonna [məˋdɑnə] n. ①〔the ~〕聖母瑪麗亞. ② 聖母像.
♦ **Madónna lily** 白百合花《用於告知聖母受孕的畫中》.
複數 **Madonnas**
madrigal [ˋmædrɪgl̩] n. ① 抒情短詩《中世紀歐洲適合譜曲吟唱的短詩》. ② 牧歌《創始於中世紀歐洲的一種無伴奏合唱歌謠》.
複數 **madrigals**
maestro [ˋmaɪstro] n. 大音樂家《特指名指揮家、大作曲家等》.
複數 **maestri/maestros**
Mafia [ˋmɑfɪə] n. ①〔the ~〕黑手黨《最初在義大利西西里島創立的犯罪集團，在美國等處均擁有勢力，屬於祕密組織》. ②〔m~〕《同行間》排他性的利益集團.
複數 **Mafias**
*****magazine** [ˌmægəˋzin] n. ① 雜誌. ② 軍需用品倉庫《存放武器、彈藥等》. ③《衝鋒槍等的》彈匣. ④ 軟片盒《照相機上放軟片的構造》.
發音 亦作 [ˋmægəˌzin].
複數 **magazines**
magenta [məˋdʒɛntə] n. ① 紫紅色染料《一種合成染料》. ② 紫紅色.
maggot [ˋmægət] n. 蛆《蒼蠅的幼蟲》: **Maggots** were crawling over the dead body. 那具屍體上爬滿了蛆.
複數 **maggots**
*****magic** [ˋmædʒɪk] n. ① 魔法. ② 魔術，戲法. ③ 魅力，魔力，神祕的力量.
——adj. ④ 魔法的，神祕的.
範例 ① She was changed into a rabbit by **magic**. 她被人用魔法變成一隻兔子.
② The magician produced a dove by **magic**. 那個魔術師用魔術變出一隻鴿子.
③ the **magic** of his personality 他的人格魅力.
④ a **magic** carpet 魔毯.
the **magic** power of the pyramid 金字塔的神祕力量.
*****magical** [ˋmædʒɪkl̩] adj. ① 魔法的，神祕的. ② 美妙的，迷人的.
範例 ① It seemed the circle was made by **magical** powers. 這個圈圈似乎是由魔法的力量所形成的.
② Riding on a horse was a **magical** experience for the boy. 騎馬對那個男孩來說是一次很棒的經歷.
活用 adj. **more magical，most magical**
*****magician** [məˋdʒɪʃən] n. ① 法師，術士. ② 使用魔法的人，魔術師.

複數 **magicians**

***magistrate** [`mædʒɪs‚tret] *n.* ① 行政官，執政官. ② 地方法官，治安法官《並非審理重大案件的法官，亦作 Justice of the Peace; ☞ 充電小站 (p. 285)》.

範例 ① the chief **magistrate** 首席行政長官《總統、元首等》.

② the **magistrate**'s court 地方法院.

複數 **magistrates**

magnate [`mæɡnet] *n.* 鉅子，巨頭《有時表示貶意》: a financial **magnate** 金融界鉅子.

複數 **magnates**

magnesium [mæɡ`niʃɪəm] *n.* 鎂《金屬元素，符號 Mg；銀白色，輕，易延展，可製成薄箔狀或鐵絲狀，在空氣中會燃燒，同時發出炫目的白光》.

***magnet** [`mæɡnɪt] *n.* ① 磁石，磁鐵. ② 有吸引力的人〔物〕.

範例 ① A **magnet** has two ends, called the north pole and the south pole. 一塊磁石有兩極，分別是 N 極和 S 極.

A **magnet** attracts iron but not aluminium. 磁石可以吸引鐵，但不能吸引鋁.

② The candidate is a **magnet** of attention. 那位候選人很引人注目.

複數 **magnets**

***magnetic** [mæɡ`nɛtɪk] *adj.* ① 磁石的，帶有磁性的. ② 有吸引力的，有魅力的.

範例 ① The clip is attached to the board by **magnetic** force. 那枚迴紋針被磁石的吸引力吸附在木板上.

② Mr. Brown is a man of **magnetic** personality. 布朗先生很有魅力.

♦ **magnètic fíeld** 磁場.
magnètic póle 磁極.
magnètic tápe 磁帶.

活用 *adj.* **more magnetic, most magnetic**

magnetically [mæɡ`nɛtɪklɪ] *adv.* ① 帶有磁性地. ② 像磁石般地: He was always **magnetically** drawn to the pub. 他總是無法抗拒那家酒吧的吸引力.

活用 *adv.* **more magnetically, most magnetically**

magnetise [`mæɡnə‚taɪz] ＝*v.* 〖美〗 magnetize.

magnetism [`mæɡnə‚tɪzəm] *n.* ① 磁性，磁力. ② 吸引力，魅力: The **magnetism** of the issue has brought people who don't ordinarily vote to the polls. 那個問題的吸引力使得平時不投票的人也去投票了.

magnetize [`mæɡnə‚taɪz] *v.* ① 使磁化，使帶有磁性. ② 吸引，迷惑.

範例 ① This iron can be **magnetized** by wrapping a wire around it and passing electricity through the wire. 把這塊鐵纏繞鐵絲通上電，就可以讓它變成磁鐵.

② Helen is the kind of person who can **magnetize** her audience. 海倫是那種能夠吸引聽眾的人.

參考 〖英〗 magnetise.

活用 *v.* **magnetizes, magnetized, magnetizing**

***magnificence** [mæɡ`nɪfəsns] *n.* 雄偉，壯麗，堂皇，美好: I was astounded by the **magnificence** of the palace. 我讚驚於宮廷的富麗堂皇.

※**magnificent** [mæɡ`nɪfəsnt] *adj.* 雄偉的，壯麗的，堂皇的，美好的.

範例 The king's palace was **magnificent**. 那座王宮曾經非常雄偉.

What a **magnificent** day! 多麼美好的一天!

活用 *adj.* **more magnificent, most magnificent**

magnificently [mæɡ`nɪfəsntlɪ] *adv.* 雄偉地，壯麗地，堂皇地，美好地: The palace is **magnificently** situated on the top of the hill. 那座宮殿雄偉地矗立在山丘上.

活用 *adv.* **more magnificently, most magnificently**

magnify [`mæɡnə‚faɪ] *v.* 放大，誇大.

範例 This microscope **magnifies** an object 200 times. 這臺顯微鏡的放大倍率為200倍.

The businessman **magnified** his own part in the enterprise. 那個商人誇大他在公司裡的重要性.

♦ **mágnifying glàss** 放大鏡.

活用 *v.* **magnifies, magnified, magnified, magnifying**

***magnitude** [`mæɡnə‚tjud] *n.* ① 大小，重要性. ② (地震的) 強度. ③ (恆星的) 光度.

片語 *of the first magnitude* 最重要的.

複數 **magnitudes**

magnolia [‚mæɡ`noliə] *n.* 木蘭《木蘭科，開白色或粉色的大花; 美國南部的 southern magnolia (荷花玉蘭) 四季常青，高度可達 20–30公尺，被視為是南部的象徵》.

複數 **magnolias**

magpie [`mæɡ‚paɪ] *n.* ① 喜鵲《翼長20公分左右的烏鴉科鳥類》. ② 收破爛的人，多話的人.

參考 因為喜鵲的叫聲聒噪，又喜歡收集小而發光的東西到巢裡，所以衍生出 ② 的意義.

複數 **magpies**

[magpie]

mahogany [mə`hɑɡənɪ] *n.* 桃花心木《楝科常綠喬木；木材為紅褐色，材質堅硬有光澤，經常被用作製造高級家具的木材》: a **mahogany** table 桃花心木餐桌.

複數 **mahoganies**

Mahomet [mə`hɑmɪt] *n.* 穆罕默德《亦作 Mohammed》.

***maid** [med] *n.* ① 女佣人，女僕. ② 《古語》少女，未婚女子.

♦ **màid of hónor** ① (王后、公主等的) 侍女. ② 女儐相《由未婚女子充當》.

複數 **maids**

maiden [`medn] *n.* ① 《古語》少女；未婚女子.
——*adj.* ② 少女的，女子的. ③ 處女的，首次
的：a **maiden** voyage 處女航.
♦ **máiden nàme** 本姓《女方結婚前的姓》.
[複數] **maidens**

****mail** [mel] *n.* ① 郵政，郵政
制度. ② 郵件. ③ 鎧甲，
鎖子甲.
——*v.* ④ 〖美〗郵寄，投遞.
[範例] ① express **mail** 郵政
快遞.
registered **mail** 掛號郵
件.
I will send you the books
by sea **mail**. 我把那些書
透過水路郵寄給你.

[mail]

② I have a lot of **mail** every day. 我每天都收到
許多郵件.
④ Will you **mail** this letter for me? 你能幫我寄
這封信嗎?
[參考] 表示 ① ② ④ 的意義時，〖英〗post.
♦ **dirèct máil** 直接郵件《廣告郵件》.
màil órder 郵購.
[複數] **mails**
[活用] *v.* mails，mailed，mailed，mailing

mailbag [`mel,bæg] *n.* ① 大郵袋《運送郵件的
大袋子》. ②〖美〗(郵差送信時所用的) 小郵袋.
[複數] **mailbags**

mailbox [`mel,bɑks] *n.* ①〖美〗郵筒《投遞用的
郵筒》《〖英〗postbox，letter-box，其中圓筒形的
特別稱作 pillar box》. ② 〖美〗信箱《〖英〗
letter-box》.
[複數] **mailboxes**

[mailbox]

mailman [`mel,mæn] *n.* 〖美〗郵差《亦作 mail
carrier；〖英〗postman》.
[複數] **mailmen**

mail-order [`mel`ɔrdɚ] *adj.* 郵 購 的：a
mail-order catalog 郵購目錄.

maim [mem] *v.* 使 (手足等) 殘廢.
[範例] The man was **maimed** in the war. 那個男
子在戰爭中受傷殘廢.
The soldiers killed and **maimed** lots of
innocent people. 士兵們殘殺了許多無辜的
群眾.
[活用] *v.* maims，maimed，maimed，
maiming

****main** [men] *adj.* ①〔只用於名詞前〕主要的，最

重要的.
——*n.* ②(瓦斯、自來水、電等的)總管，總線.
[範例] ① the **main** line 幹線.
the **main** entrance 正門入口.
the **main** reasons for going to university 上大
學的主要理由.
the **main** office 總公司.
② a gas **main** 瓦斯總管.
[片語] **in the main** 一般而論，整體來看，大體
上.
♦ **máin strèet** 〖美〗主要街道，繁華街道《亦作
Main Street，貫穿小城鎮的市中心》；〖英〗high
street》.
[複數] **mains**

mainland [`men,lænd] *n.* 大陸，本土.
[範例] I am from Penghu. It is decades of
kilometers west of the **mainland** of Taiwan.
我來自澎湖. 澎湖位於臺灣本土西方幾十公
里處.
Mr. Hoo is Taiwanese. He is not from
mainland China. 胡先生是臺灣人，他並非
來自中國大陸.
[複數] **mainlands**

****mainly** [`menlɪ] *adv.* 主要地，大部分地，大體
上：The audience was **mainly** children and old
people. 觀眾主要是小孩和老人.

mainspring [`men,sprɪŋ] *n.* ① (鐘錶的) 主
發條. ② 主要原因，主要動機：Abuse as a
child was the **mainspring** of his opposition to
corporal punishment. 孩提時代受過虐待是他
反對體罰的主要原因.
[複數] **mainsprings**

mainstay [`men,ste] *n.* ① 大桅支索《固定帆
船主桅的繩索》. ② 最重要的因素，最重要的
支持.
[複數] **mainstays**

mainstream [`men,strim] *n.* (社會動態、流
行等的) 主流.
[複數] **mainstreams**

****maintain** [men`ten] *v.* ① 保持，維持，保養.
② 維持生計，扶養. ③ 主張.
[範例] ① The driver **maintained** a speed of
100km/h. 那個司機保持時速100公里的車
速.
The military government failed to **maintain** law
and order. 軍事政府無法維持法律與秩序.
I have **maintained** close relations with several
alumni. 我與幾位男校友一直保持著密切的
關係.
My apartment is **maintained** very well. 我住
的公寓管理得很好.
The railway lines have to be constantly
maintained in this snowy country. 在這個多
雪的國家，鐵路線必須經常保養.
② He gets enough wages to **maintain** his
family. 他有足夠的工資來養活家人.
His aunt **maintained** him at university. 他阿姨
替他支付大學學費.
③ The accused **maintained** his innocence. 被

(充電小站)

陛下與 His Majesty

在敘述有關天皇、皇帝及國王等事情的時候，會說「陛下今天下午要接見○○國家大使」等諸如此類的話。為甚麼說「陛下」呢？又為甚麼是「下」呢？

例如，假設對國王說：「陛下，承蒙召見，愉悅之至。」這時候的陛下是稱呼，相當於一般的「非常感謝你能接見我，董事長」、「你能來見我，我很高興，布朗」等話中的「董事長」或「布朗」，都是一種稱呼。但是，為甚麼偏偏用「陛下」呢？

所謂「陛」是指「皇宮的石階」，而「陛下」是「皇宮的石階下面」之意。稱呼中的「陛下」也就是朝著國王居住的皇宮之「石階下面」稱呼他/她的意思。因為直接衝著國王本人打招呼或是向國王居住的皇宮說話都是不勝惶恐的，甚至連向皇宮的石階說話也是誠惶誠恐的。因此，最後定為跟石階的下面說話，也就是「陛下」了。

▶ **Majesty**

相當於「陛下」的英語是 Your Majesty 或 His Majesty. 女王陛下則稱為 Your Majesty 或 Her Majesty.

那麼 What does Your Majesty think about it? (關於這個，陛下作何想法?) 的 Your Majesty 是甚麼意思? majesty 是「威嚴，尊嚴」之意，所以這句話的意思原本是「關於此事，您的尊嚴作何想法?」因為與國王直接交談時，稱他/她為 you 是不尊敬的，因此就改為 Your Majesty (您的尊嚴) 這種說法。

此外，不僅用於稱呼，在以國王、女王、王后等為話題時，也要用 majesty.

His Majesty is soon arriving at the palace. 國王陛下即將駕臨本宮。

Her Majesty is soon arriving at the palace. 女王陛下即將駕臨本宮。

直呼對方 he 或 she 是不行的，再怎麼說，他們也是社會地位非常高的人，因此要用「他的尊嚴」或「她的尊嚴」這種說法。

▶ **Highness** 與 **Excellency**

在中文裡，與「陛下」用法相同的還有另外幾個詞語，例如「殿下」及「閣下」。「殿」是「大型建築」之意，皇族、王族居住的「大型建築的下面」就是「殿下」。與此相當的英語是 Highness (身居高位)。

還有「閣下」一詞。這個詞用於政府和軍隊中的高官、大使、宗教團體中的高層人物等。與此相當的英語是 Excellency (名聲非常響亮)。「閣」是「高聳的建築」之意。

▶ 宗教用詞

基督教中，對羅馬教宗用 Holiness (神聖)。此外，樞機主教 (cardinal: 地位僅次於教宗，為教宗的最高顧問) 為 Eminence (卓越)，羅馬天主教的大主教 (archbishop: 在各教區身居最高位) 用 Grace (神的恩惠; 對於希臘正教及對英國國教的大主教也用同一個字)，主教 (bishop: 僅次於大主教的地位) 用 Excellency. Eminence 是佛教用語，為「佛及高僧坐的蓮花座」之意。

Grace 有時也被用於「公爵」這類的貴族，或是身處準貴族地位的人。這與宗教沒有關係。

告堅持自己是清白的。

John **maintained** that expenses should be reduced. 約翰主張節約開支。

[活用] v. **maintains**, **maintained**, **maintained**, **maintaining**

***maintenance** [ˋmentənəns] n. ① 保持，維持，保養。② 扶養，生活費。

[範例] ① The city administration is responsible for the **maintenance** of the road. 保養道路的責任歸市府當局。

Elevator **maintenance** is a very important part of providing for a safe office building. 電梯的保養在提供一棟安全的辦公大樓上占有非常重要的地位。

② Mary doesn't have enough money because her ex-husband is behind in his **maintenance** payments. 因為瑪麗的前夫太晚支付生活費，所以她沒有足夠的錢。

maize [mez] n. [英] 玉蜀黍，玉米 ([美] corn, Indian corn).

***majestic** [məˋdʒɛstɪk] adj. 有威嚴的，莊嚴的: the **majestic** mountains 巍峨的群山。

[活用] adj. **more majestic**, **most majestic**

majestically [məˋdʒɛstɪklɪ] adv. 有威嚴地;

莊嚴地: The ship sailed **majestically** into the sunset. 那艘船迎著夕陽無懼地前進。

[活用] adv. **more majestically**, **most majestically**

***majesty** [ˋmædʒɪstɪ] n. ① 威嚴，莊嚴，壯麗。② [M～] 陛下 ([☞ (充電小站) (p. 761)).

[範例] ① I was deeply impressed by the **majesty** of the building. 我被那棟大廈的宏偉所深深感動。

② I am honored by your presence, Your **Majesty**. 陛下的駕臨讓我深感無限的光榮。How is His **Majesty** nowadays? 陛下近來貴體可安康?

Her **Majesty**'s Ship 英國軍艦 (略作 H.M.S.).

[複數] **majesties**

***major** [ˋmedʒɚ] adj. ① 較大的，多數的。② 主要的，重大的。③ (音樂) 大調的。

——n. ④ 陸軍少校 ([☞ (充電小站) (p. 801)). ⑤ 成年人。⑥ [美] 主修科目; 主修學生。

——v. ⑦ [美] 主修。

[範例] ① the **major** part of a year 一年的大部分時間。

② This is one of the **major** newspapers in Taiwan. 這是臺灣的主要報紙之一。

He played a **major** role in the cabinet reshuffle. 他在這次內閣的改組過程中扮演重要的角色.

She is having a **major** operation. 她正在接受一項大手術.

⑥ I am a psychology **major**. 我是主修心理學的學生.

⑦ I am **majoring** in economics. 我主修經濟學.

☞ ① ② ③ ⑤ ↔ minor

♦ **màjor géneral** 陸軍少將《〖美〗亦指空軍少將、海軍少將》.

màjor léague 《美國職業棒球的》大聯盟《☞ 充電小站 (p. 101)》.

複數 **majors**

活用 v. **majors**, **majored**, **majored**, **majoring**

***majority** [məˋdʒɔrətɪ] n. ① 過半數, 大多數, 多數黨. ② 得票差. ③ 成年.

範例 ① The party narrowly kept a **majority**. 那個政黨好不容易才保住了過半數.

The **majority** of congressmen were against the bill. 大多數的國會議員反對那項法案.

The **majority** has been ignoring the minority./The **majority** have been ignoring the minority. 多數黨一直忽視少數黨的存在.

② Bob won by a **majority** of 861. 鮑伯以861票之差當選.

③ She'll reach the age of **majority** next month. 她下個月成年.

☞ ① ③ ↔ minority

♦ **majòrity rúle** 少數服從多數的原則.

複數 **majorities**

****make** [mek] v. ① 製作. ② 使產生《某種狀態》, 生產. ③ 使成為, 使處於, 使產生《某種行為》, 迫使《某種行為》. ④ 成為. ⑤ 計算, 評價. ⑥ 到達, 趕上. ⑦ 做《某種行為》.

範例 ① He **made** a bookcase. 他做了一個書架.

Wine is **made** of grapes. 葡萄酒是用葡萄釀造的.

What is this necklace **made** of? 這條項鍊是用甚麼做的?

Make your bed every morning. 你要每天早上整理床鋪.

A fallen rock **made** a hole in the roof. 一顆落石把屋頂砸了一個洞.

Our cat **made** scratches on the surface of the table. 我們家的貓在桌面上留下許多抓痕.

The presidents of the two countries agreed to **make** a mutual aid treaty. 兩國的總統同意締結相互援助條約.

He likes to **make** music. 他喜歡演奏音樂.

Iron from this district used to be **made** into swords. 這個地區出產的鐵曾經被用來鑄造刀劍.

Mother **made** me my favorite dishes. 媽媽為我做了幾道我喜歡吃的菜.

② Don't **make** a noise. 不要作聲.

His marriage **made** a great change to his life as an artist. 婚姻使他那藝術家的人生產生了很大變化.

She almost always **makes** a mistake in spelling "miscellaneous". 她在拼寫 "miscellaneous" 時經常出錯.

She **made** a very good impression at the interview. 她在面試時給人留下一個非常好的印象.

You've **made** good progress in speaking French. 你說的法語有了很大的進步.

He **made** room for her. 他騰出空間給她.

Two and two **make** four. 2加2等於4.

The deal **made** him a profit of one million NT$. 他在那次的交易中獲利100萬元新臺幣.

She's **made** only ten thousand NT$ this month. 她這個月只賺了1萬元新臺幣.

③ Her letter **made** him happy. 她的信讓他感到幸福.

What **made** you so sad? 是甚麼讓你這麼傷心?

The truth of the accident will be **made** public. 那起意外事故的真相將會被公開.

I'll **make** clear my stand on the bill next week. 下星期我將會表明我對那項法案的態度.

Can you **make** yourself understood in English? 你能讓別人聽懂你說的英語嗎?

We **made** him captain. 我們推選他為隊長.

Victory **made** all the soldiers heroes. 勝利讓所有的士兵成了英雄.

The police **made** the suspect confess the crime. 警方讓嫌犯承認自己的罪行.

She screamed for help, but couldn't **make** anyone hear her. 她大聲尖叫求救, 但是沒有人聽見.

Nothing could **make** him cheer up after he lost his wife. 自從他失去妻子之後, 他無論做甚麼都提不起精神.

The aroma of frying steak **made** my mouth water. 煎牛肉的香味令我垂涎欲滴.

④ Even if he tries hard, he'll never **make** an actor. 再怎麼努力, 他也無法成為一名演員.

I don't think she'll **make** a good wife. 我不認為她能成為一個好妻子.

A classroom would **make** a good theater. 一間教室也能成為一間堂皇的劇院.

⑤ The police **made** the spectators at the marathon race at about 150 thousand. 警方估計這場馬拉松比賽的觀眾大約有15萬人.

⑥ We drove without rest to **make** Taipei by midnight. 我們午夜之前開車抵達臺北, 途中沒有休息.

Hurry up, or we won't **make** the flight! 快一點, 不然我們就趕不上飛機了!

⑦ I **made** an attempt to read the secret code, but failed. 我試圖破解密碼, 但失敗了.

He **made** no reply to her. 他對她不理不睬.

Didn't you **make** any suggestion about the

matter? 關於這件事情，你沒有任何建議嗎?

片語 **make do** 湊合著用，將就: Even if we don't have much money, we can **make do**. 即使錢不多，我們也能湊合著用.

I **made do** with a cup of water and a piece of bread for breakfast. 早餐我只要一杯水和一片麵包就解決了.

make for ① 朝～方向前進: Our ship **made for** the harbor. 我們的船朝港口方向駛去. ② 有助於: Regular exercise **makes for** good health. 定期運動有助於身體健康.

make good ① 補償，賠償: The insurance policy says that this sort of damage will be **made good**. 保單上寫著這種損失可以得到賠償. ② 實行，實施: What will you do if this threat is **made good**? 如果恐嚇成真的話，你打算怎麼辦?

make ~ into... 把～做成. (⇨ 範例 ①)

make it《口語》① 成功: I'm sure she'll **make it** in the law. 我確信她能在法律界大放異彩. ② 順利趕上: After driving like crazy for two hours I **made it** on time. 我瘋狂地開了兩個小時的快車才順利趕到.

make it up to 補償: I'm sorry I can't take you out tonight—I'll **make it up to** you tomorrow. 對不起，今晚我不能帶你出去了，明天我會補償你的.

make ~ of... 把～理解為: I can't **make** anything **of** what he said. 他說的話我完全無法理解.

make off 逃走: The killer reportedly **made off** in a black sedan. 據報導，那個殺人犯搭乘一輛黑色轎車逃走了.

make out ① 設法進展，擺脫難關: How did you **make out** after losing everything in the earthquake? 在地震中失去一切之後，你是怎麼熬過來的?
② 理解，明白: A lot of parents cannot **make out** what their children want. 許多父母無法理解孩子們要的是甚麼.

I can't **make out** his scribble. 我看不懂他潦草的字跡.
③ 製作，書寫 (文件等): The lawyer **made out** my will. 那位律師替我立了遺囑.
④ 宣稱; 企圖證明: He **made out** that he had never been to the place in question. 他宣稱自己沒有去過那個地方.

make ~ over 轉讓: My aunt **made over** her property to her eldest daughter. 我阿姨把財產轉讓給她的長女.

make up ① 化妝; 裝扮: She is **making up** in the rest room. 她正在盥洗室裡化妝.
② 構成，組成: American society is **made up** of various races. 美國社會是由各色人種所構成的.

We need two more players to **make up** a soccer team. 我們還需要兩名球員來組成一支足球隊.
③ 捏造，編造: The boy always **makes up** an

excuse for being late for school. 那個男孩老是編造上課遲到的藉口.
④ 補償，彌補: We need more foreign capital to **make up** our shortage of funds. 我們需要更多外資來彌補我們資金的短缺.
⑤ 調配 (藥).

make up for 賠償，補償，彌補: That company must **make up for** the serious damage that it has caused. 那家公司必須賠償它所造成的重大損失.

活用 *v.* **makes, made, made, making**

make-believe [`mekbə͵liv] *n.* 假裝，幻想，假象: He is living in a world of **make-believe**. 他生活在幻想的世界裡.

maker [`mekɚ] *n.* ① 製作者，製造者; 製造廠. ②〔the M～，our M～〕造物主《神 (God)》.
複數 **makers**

makeshift [`mek͵ʃɪft] *adj.* ① 暫時代用的，將就著用的.
— *n.* ② 暫時的代用品，將就使用之物.
範例 ① The man made a **makeshift** lunch with eggs and rice. 那個男子把蛋和米飯勉強湊合當作一頓午餐.
② He used the box as a **makeshift** for a desk. 他把那個箱子暫時當作書桌來用.
複數 **makeshifts**

make-up [`mek͵ʌp] *n.* ① 化妝 (品); 裝扮. ② 構造，構成，組織. ③ 體質; 氣質，個性.
範例 ① She wears heavy **make-up**. 她的妝化得很濃.
After the concert the singer took off her **make-up**. 那個歌手在演唱會結束後卸了妝.
② the **make-up** of the atom 原子的構造.
The **make-up** of the group is four scientists, two drivers and a nurse. 那個團體是由4名科學家、2名司機和1名護士所組成的.
③ His father is a man of a cheerful **make-up**. 他父親是一個個性開朗的人.

making [`mekɪŋ] *n.* ① 做，製作，完成. ②〔the ～〕成功〔發展〕的原因. ③〔the ～s〕素質，特質.
範例 ① Mom is good at cake **making**. 媽媽擅長做蛋糕.
I'm sure he is a great actor in the **making**. 我確信他會成為演藝界的明日之星.
② His latest novel will be the **making** of him. 他最新的小說會使他成功的.
③ Ted has the **makings** of a good linguist. 泰德擁有成為一位優秀語言學家的特質.
片語 **in the making** 製作中的，發展中的. (⇨ 範例 ①)

of ~'s own making 自找的: All of these messes are **of my own making**. 這些麻煩都是我自找的.

maladjusted [͵mælə`dʒʌstɪd] *adj.* (對於社會環境等) 適應不良的.

malady [`mælədɪ] *n.* 疾病; 缺陷，弊病: a social **malady** 社會的弊病.
複數 **maladies**

M

malaria [mə`lɛrɪə] *n.* 瘧疾《透過蚊子傳播病原體的疾病，多發生在熱帶》.

Malaysia [mə`leʒə] *n.* 馬來西亞《☞ 附錄「世界各國」》.

***male** [mel] *n.* ① 男性，雄性.
——*adj.* ② 男性的，雄性的.
[範例] ① In most animals the **male** is stronger than the female. 幾乎所有的動物都是雄性比雌性強壯.
② a **male** choir 男子合唱團.
a **male** flower 雄花.
a **male** kangaroo 公袋鼠.
☞ female（女性，雌性）
[複數] **males**

***malice** [`mælɪs] *n.* 敵意，惡意: I bear no **malice** towards you. 我對你沒有惡意.

***malicious** [mə`lɪʃəs] *adj.* 有敵意的，有惡意的: The **malicious** rumor made the mayor angry. 那個惡意的謠言讓市長很生氣.
[活用] *adj.* **more malicious**, **most malicious**

maliciously [mə`lɪʃəslɪ] *adv.* 有敵意地，有惡意地.
[活用] *adv.* **more maliciously**, **most maliciously**

malign [mə`laɪn] *v.* ① 中傷，誹謗.
——*adj.* ② 有害的，帶有惡意的.
[範例] ① The actress was **maligned** by the magazine. 那個女演員被雜誌惡意中傷.
② It was a **malign** design to unseat the chairman and ruin his reputation. 那是企圖奪去議長職位，損毀其名譽的惡意中傷.
[活用] *v.* **maligns**, **maligned**, **maligned**, **maligning**
[活用] *adj.* **more malign**, **most malign**

***malignant** [mə`lɪgnənt] *adj.* ① 有敵意的，有惡意的. ②（腫瘤等）惡性的.
[範例] ① Ed turned to me with a **malignant** look. 艾德帶著充滿惡意的眼神轉向我.
② Cancer is a **malignant** growth. 癌症是一種惡性腫瘤.
[活用] *adj.* **more malignant**, **most malignant**

malignantly [mə`lɪgnəntlɪ] *adv.* 出於敵意地，出於惡意地.
[活用] *adv.* **more malignantly**, **most malignantly**

mall [mɔl] *n.*《美》商店街，購物中心《亦作 shopping mall》.
[複數] **malls**

mallet [`mælɪt] *n.* ① 木槌. ② 球棍《玩槌球(croquet)及馬球(polo)等用來擊球的長柄木棍》.
[複數] **mallets**

malnutrition [͵mælnju`trɪʃən] *n.* 營養不良，營養失調.

malpractice [mæl`præktɪs] *n.* 醫療過失；瀆職，失職.
[複數] **malpractices**

malt [mɔlt] *n.* ① 麥芽《用於釀造啤酒等》. ②（麥芽製成的）威士忌，啤酒.

[複數] **malts**

maltreat [mæl`trit] *v.* 虐待: You could be fined if you're caught **maltreating** animals. 如果你虐待動物被捉偏正著，你會被課以罰款.
[活用] *v.* **maltreats**, **maltreated**, **maltreated**, **maltreating**

maltreatment [mæl`tritmənt] *n.* 虐待.

mama/mamma [`mɑmə] *n.* 母親，媽媽.
[複數] **mamas/mammas**

***mammal** [`mæml] *n.* 哺乳動物《胎生動物，會用自己的乳汁來哺育下一代》: The whale is the largest **mammal** in the world. 鯨魚是世界上最大的哺乳動物.
[複數] **mammals**

mammoth [`mæməθ] *n.* ① 猛獁《冰河時時生長在北半球寒冷地帶的長毛象》.
——*adj.* ②〔只用於名詞前〕巨大的: a **mammoth** project 龐大的工程.
[複數] **mammoths**

mammy [`mæmɪ] *n.*《幼語》媽咪.
[複數] **mammies**

***man** [mæn] *n.* ① 男人，男性. ② 人，個人. ③ 人類《前面不加冠詞》. ④ 男子漢.
——*interj.* ⑤ 喂，老兄《表稱呼》. ⑥ 哇《表驚訝等》.
[範例] ① **man** and woman 男人與女人.
an entertainment for **men** 男人的娛樂.
That's her new **man**. 那是她的新男友.
The captain ordered his **men** to abandon the ship. 船長命令他的部下棄船.
② All **men** are created equal. 人生而平等.
③ **Man** seems to be the only living thing that is destroying the earth. 人類似乎是唯一正在破壞地球的生物.
④ Be a **man**! 要像個男子漢!
⑤ **Man**, get out of my way! 喂，讓開!
⑥ **Man**, it's huge! 哇，好大!
[複數] **men**

-man *suff.* ～的人《構成名詞》: police**man** 警察，警官.
[參考] 基於女性主義 (feminism)，最近有避免用這一字尾的傾向. 例如: policeman（警官）→ police officer; fireman（消防員）→ fire fighter; chairman（議長）→ chairperson.

manacle [`mænəkl] *n.* ①〔常 ~s〕手銬或腳鐐.
——*v.* ② 為～戴上手銬或腳鐐; 束縛.
[複數] **manacles**
[活用] *v.* **manacles**, **manacled**, **manacled**, **manacling**

****manage** [`mænɪdʒ] *v.* ① 經營，妥善處理，管理; 操縱. ② 設法做，想辦法完成.
[範例] ① He doesn't even know how to **manage** a small business. 他甚至連小生意都不知道怎麼經營.
This hotel is **managed** by Mr. Carter. 這家旅館是由卡特先生經營的.
Even a little child can **manage** this machine.

就連小孩子也能夠操作這臺機器.
He **manages** children very well. 他很會帶小孩.
He is **managed** by his wife. 他是一個妻管嚴.
② I can **manage** my affairs. 我自己的事我會自己想辦法解決.
We cannot **manage** on my small income. 靠我這點微薄的收入，我們無法生活下去.
The prisoner **managed** to escape from the prison. 那個囚犯設法逃獄.
[活用] v. manages, managed, managed, managing
manageable [`mænɪdʒəbl] adj. 易處理的，易操作的: This dictionary is very big. It is not a **manageable** size. 這本字典非常大，不易使用.
[活用] adj. more manageable, most manageable
management [`mænɪdʒmənt] n. ① 管理，經營，處理; 手腕，謀略. ② 管理幹部〔階層〕; 資方.
[範例] ① Your **management** of the situation deserves high praise. 你對那種狀況的處理方式值得高度讚賞.
The singer made it to the top with talent and good **management**. 那位歌手憑藉著才能和高明的手腕獲得極大的成功.
We failed in our business because of bad **management**. 因為經營不善，我們的事業失敗了.
② The store was under new **management**. 那家店的管理階層都是新的.
Management refused to have talks with the workers. 資方拒絕與勞方對談.
[複數] managements
manager [`mænɪdʒɚ] n. 管理者，經理; 經紀人.
[範例] Waiter! Where's the **manager**? I want to complain about my meal! 服務生! 你們經理在哪裡? 我要向你抱怨我點的菜!
a general **manager** 總經理.
a personnel **manager** 人事部經理.
My uncle is a **manager** of a football team. 我叔叔是一支足球隊的經理.
a stage **manager** 舞臺監督.
My wife is a good **manager**. 我的妻子擅於持家.
[複數] managers
managerial [ˌmænəˈdʒɪrɪəl] adj. 〔只用於名詞前〕① 管理者的，經理的，經紀人的. ② 經營上的，管理上的.
Manchester [`mæn.tʃɛstɚ] n. 曼徹斯特《英格蘭西北部的工商業都市》.
mandarin [`mændərɪn] n. 橘子《亦作 mandarin orange; [充電小站] (p. 895)》.
[複數] mandarins
mandate [`mændet] n. ① 命令，訓令〔上級官員〔法院〕下達給下級官員〔法院〕的指示〕.

② (選民賦予議員、政府的) 權限. ③ 委託統治，託管(權).
——v. ④ 給與~權限; 委託~統治. ⑤〖美〗要求做，使務必.
[參考] ③ 第一次世界大戰後，在聯合國的管理下實行的委託統治，戰勝國被賦予託管權. 第二次世界大戰後，在聯合國的策劃下委託統治被信託統治 (trusteeship) 所取代. 現在所有地區都已經獨立，因此此制度也就不復存在了.
[複數] mandates
[活用] v. mandates, mandated, mandated, mandating
mandatory [`mændəˌtorɪ] adj. ① 必須的，強制的. ② 委託統治的.
mandible [`mændəbl] n. ① (哺乳類、魚類的) 下顎. ② 鳥喙. ③ (昆蟲、蟹等節肢動物的) 大顎.
[複數] mandibles
mandolin [`mændlˌɪn] n. 曼陀林.
[複數] mandolins
mane [men] n. (馬、獅子等的) 鬃; (人的) 長髮: James has a **mane** of white hair. 詹姆斯有一頭又長又密的白髮.
[複數] manes
*****maneuver** [məˈnuvɚ] n. ① 巧妙的操作，巧計，策略. ② (軍隊等的) 作戰行動; 〔~s〕大演習. ③ 巧妙地移動〔操縱〕，運用策略誘使.
[範例] ① The driver prevented an accident with swift **maneuvers**. 那個司機透過敏捷巧妙的操作避免了一場意外事故.
a **maneuver** to get control of the business 管理事業的策略.
② The naval **maneuvers** started yesterday. 海軍的大演習昨天開始.
③ They **maneuvered** the big table through the door. 他們巧妙地將那張大桌子搬過門.
She **maneuvered** him into marriage with her. 她用計使他和自己結婚.
[參考]〖英〗manoeuvre.
[複數] maneuvers
[活用] v. maneuvers, maneuvered, maneuvered, maneuvering
maneuverable [məˈnuvərəbl] adj. 容易操縱〔操作〕的: a **maneuverable** car 一輛易於操縱的汽車.
[參考]〖英〗manoeuvrable.
[活用] adj. more maneuverable, most maneuverable
manfully [`mænfəlɪ] adv. 勇敢地，毅然決然地.
[活用] adv. more manfully, most manfully
mange [mendʒ] n. 家畜疥癬，畜疥《家畜、野生動物等的皮膚病》.
manger [`mendʒɚ] n. 秣槽，飼料槽.
[片語] **a dog in the manger** 占著茅坑不拉屎的人《源於《伊索寓言》(Aesop's Fables) 中一隻狗跳入飼料槽槽妨礙牛吃草的故事.》

複數 mangers

mangle [`mæŋgl] v. ① 切碎，撕爛，壓爛；糟蹋，破壞. ③ 放入軋乾機軋乾.
——n. ③ 軋乾機《將洗完的衣物放進兩個滾筒間軋乾水分的舊式裝置》.
範例 ① His body was **mangled** when the train ran over him. 火車輾過後，他的身體被壓爛了.
The First Lady's speech writer gave her a beautiful speech, but she **mangled** it. 總統夫人的演講撰稿人為她寫了一篇精彩的演講稿，但是夫人糟蹋了它.
活用 v. **mangles, mangled, mangled, mangling**
複數 mangles

mango [`mæŋgo] n. 芒果樹《熱帶常綠喬木》；芒果.
複數 mangos/mangoes

mangrove [`mæŋgrov] n. 紅樹林《生長在熱帶、副熱帶的海邊或河口，有很長的根部可吸取養分並支撐樹幹》.
複數 mangroves

mangy [`mendʒɪ] adj. ① 感染家畜疥癬的. ② 難看的，污穢的.
活用 adj. **mangier, mangiest**

manhandle [`mæn,hændl] v. ① 粗暴地對待: The police in this town often **manhandle** suspects. 這個鎮上的警察經常粗暴地對待嫌犯. ② 以人力操作.
活用 v. **manhandles, manhandled, manhandled, manhandling**

Manhattan [mæn`hætn] n. 曼哈頓《美國紐約市的商業區，位於哈得遜河口》.

manhole [`mæn,hol] n. (下水道的) 出入口.
字源 人 (man) 進入的洞穴 (hole).
複數 manholes

manhood [`mænhud] n. ① 成年 (男子)，成年期，壯年期. ② 男子氣概. ③ (一國的) 全體成年男子.
範例 ① Are there any special ceremonies they perform when a boy reaches **manhood**? 男孩長大成人時要舉行甚麼特別的儀式嗎?
② He wanted to prove his **manhood**. 他想要證明自己的男子氣概.
③ the **manhood** of Taiwan/Taiwanese **manhood** 臺灣的成年男子.

*mania [`menɪə] n. ① 熱中，狂熱，~熱. ② 躁狂症.
範例 ① My father has a **mania** for golf. 我父親對於高爾夫球很熱中.
She's got spending **mania**. 她非常愛花錢.
複數 manias

maniac [`menɪ,æk] n. 狂人，瘋子，~狂，~迷.
範例 She sometimes drives like a **maniac**. 她有時候開車像瘋了似地.
Ken is a baseball **maniac**. 肯是一個棒球迷.
複數 maniacs

manic [`menɪk] adj. ① 躁狂症的. ② 過度的，

狂熱的.
活用 adj. **more manic, most manic**

manicure [`mænɪ,kjur] n. ① 修指甲.
——v. ② 修指甲.
參考 字源是拉丁語的 manus (手) ＋cūra (＝care, 保養). 因此，這個字僅用於手指甲，腳趾甲的保養則稱為 pedicure.
複數 manicures
活用 v. **manicures, manicured, manicured, manicuring**

manicurist [`mænɪ,kjurɪst] n. 以修指甲為業的人《幫人保養手指甲的人》.
複數 manicurists

*manifest [`mænə,fɛst] adj. ①《正式》明白的，清楚的.
——v. ②《正式》明白顯示，證明.
——n. ③ (船、飛機的) 貨物清單；旅客名單.
範例 ① The happiness of the bride and groom was **manifest** by the expression on their faces. 從新郎和新娘臉上的表情可以清楚地看出他們很幸福.
It should be **manifest** to anyone with half a brain that they're in love. 再笨的人也看得出來他們在戀愛.
② The president **manifested** his discontent with the new bill. 總統明白地表示他對那項議案的不滿.
The fact **manifested** his innocence. 事實證明他是無辜的.
The ghost **manifested** itself. 幽靈現身了.
活用 v. **manifests, manifested, manifested, manifesting**
複數 manifests

manifestation [,mænəfɛs`teʃən] n.《正式》明白表示，聲明；顯靈.

manifestly [`mænə,fɛstlɪ] adv. 明白地，清楚地.

manifesto [,mænə`fɛsto] n. (政府、政黨等發表的) 聲明，宣言.
複數 manifestos/manifestoes

*manifold [`mænə,fold] adj. ① 多樣的，多方面的，繁多的: The obstacles that lie before us are **manifold**. 橫在我們面前的障礙是各式各樣的.
——n. ② (多汽缸引擎的) 歧管《用於將燃料與空氣平均分配到各汽缸或收集排出的廢氣》.

manipulate [mə`nɪpjə,let] v. 靈巧地操作〔使用〕; (不正當地) 操縱.
範例 She **manipulated** the levers of the crane. 她靈巧地操作起重機的操縱桿.
The German girl **manipulates** chopsticks well. 那個德國女孩可以靈活地使用筷子.
Newspapers often **manipulate** public opinion. 報紙時常操控輿論.
活用 v. **manipulates, manipulated, manipulates, manipulating**

manipulation [mə,nɪpjə`leʃən] n. 靈巧的操作，巧妙的使用; 不正當的操縱.
複數 manipulations

ˈmankind [① mænˈkaɪnd; ② ˈmænˌkaɪnd] *n.*
　① 人類: Nuclear weapons are an enemy of
　mankind. 核子武器是人類的敵人. ② 男性.
manliness [ˈmænlɪnɪs] *n.* 男子氣概; 雄壯.
ˈmanly [ˈmænlɪ] *adj.* ① 勇敢的, 雄壯的; 有男
　子氣概的. ② 男用的, 適合男性的.
　範例 You did a very **manly** act. 你做了一件
　非常有男子氣概的事.
　② **manly** clothes 男士的服裝.
　Is football a **manly** sport? 足球是適合男性的
　運動嗎?
　活用 *adj.* **manlier, manliest**
manner [ˈmænɚ] *n.*

原義	層面	釋義	範例
方式	事情、行為	樣式, 方法, 方式	①
	人的行動	態度, 舉止	②
	道德上	禮貌, 禮儀, 規矩	③
	民族、群體	風俗, 習慣	④

　範例 ① The accident happened in an
　unbelievable **manner**. 那起意外事故發生得
　令人難以置信.
　Migratory birds move back and forth in a
　regular seasonal **manner**. 候鳥根據季節定
　期遷移.
　Van Gogh is said to have developed the
　expressionist **manner**. 據說是梵谷開創了表
　現主義風格.
　② He has a refined **manner**. 他舉止文雅.
　③ It is bad **manners** to speak loudly in a train.
　在火車上大聲講話是很沒禮貌的.
　Mr. Patterson's children simply don't have any
　manners. 派特森先生的小孩一點規矩也沒
　有.
　④ Other times, other **manners**. 《諺語》時代不
　同, 風俗各異.
　片語 ***all manner of ~*** 各式各樣的: This zoo
　has **all manner of** birds. 這座動物園裡有各
　式各樣的鳥類.
　in a manner of speaking 可以說, 從某
　方面來說: The children have been, **in a
　manner of speaking**, neglected. 從某方面
　來說, 孩子們被忽視了.
　to the manner born 生來適於~的, 天生
　的.
　參考 ③ ④ 用作 manners.
　複數 **manners**
mannered [ˈmænɚd] *adj.* ① 舉止~的《作複
　合字》. ② 矯揉造作的.
　活用 *adj.* **more mannered, most mannered**
mannerism [ˈmænəˌrɪzəm] *n.* ① (言行的)
　癖性, 習慣. ② (文體等) 矯揉造作的風格.
　複數 **mannerisms**
manoeuvrable [məˈnuvrəbl] =*adj.* 《美》

maneuverable.
ˈmanoeuvre [məˈnuvɚ] =*n.*, *v.* 《美》
　maneuver.
manor [ˈmænɚ] *n.* ① (封建時代的) 領地, 莊
　園. ② 領主的宅邸, 莊園宅第《亦作 manor
　house》. ③《口語》《英》警察管轄區.
　複數 **manors**
manpower [ˈmænˌpaʊɚ] *n.* ① 人力 (資源):
　the shortage of skilled **manpower** 技術人力
　的不足. ② 人力《相對於機械力》.
ˈmansion [ˈmænʃən] *n.* ① 大宅邸, 公館. ②
　〔M~s〕《英》公寓大樓《用於建築物名稱前;
　《美》apartment》: Delaware **Mansions** 德拉瓦
　公寓.
　◆ **the Mànsion Hóuse** 倫敦市長官邸.
　複數 **mansions**
ˈmantelpiece [ˈmæntḷˌpis] *n.* 壁爐臺, 壁爐
　架《壁爐 (fireplace) 側面與上面的框架, 可擺
　放裝飾品》: There was a clock on the
　mantelpiece. 壁爐臺上有一個時鐘.
　複數 **mantelpieces**
mantis [ˈmæntɪs] *n.* 螳螂《亦作 praying
　mantis》.
　複數 **mantises/mantes**
ˈmantle [ˈmæntḷ] *n.* ① 斗篷《無袖的寬鬆外
　套》. ② 覆蓋物, 罩, 幕. ③ 重責大任.
　——*v.* ④ 覆蓋, 隱藏, 包圍.
　範例 ② The hills were covered by a **mantle** of
　fresh green. 那片山丘被翠綠草地覆蓋著.
　③ She will take on the **mantle** of the
　presidency. 她將擔負總裁的重任.
　④ The peaks are heavily **mantled** in snow. 山
　頂上覆蓋著厚厚的積雪.
　複數 **mantles**
　活用 *v.* **mantles, mantled, mantled,
　mantling**
ˈmanual [ˈmænjʊəl] *adj.* ① 手的; 手工的; 手
　動 (操作) 的.
　——*n.* ② 手冊, 指南, 小冊子.
　範例 ① **manual** workers 體力勞動者.
　a **manual** typewriter 手動式打字機.
　manual skill 手的靈巧.
　② Do you have a gardening **manual**? 你有園藝
　手冊嗎?
　複數 **manuals**
manually [ˈmænjʊəlɪ] *adv.* 用手地, 手動地.
　範例 Grinding coffee beans **manually** is hard
　work! 手工磨咖啡豆很費力.
　This car doesn't have automatic drive; you
　have to change gears **manually**. 這輛車沒有
　自動驅動裝置, 必須用手換檔.
ˈmanufacture [ˌmænjəˈfæktʃɚ] *v.* ① (大量
　地) 製造. ② 加工. ③ 捏造 (謊言等).
　——*n.* ④ (大量的) 製造, 製造業. ⑤ 產品.
　範例 ① a **manufacturing** industry 製造業.
　The writer **manufactures** stories for TV. 那位
　作家為電視臺寫了很多粗劣的故事.
　② The wives **manufacture** milk into cheese. 那
　些太太們把牛奶加工製成乳酪.

M

③ Tom **manufactured** an excuse to stay away from the meeting. 湯姆捏造了不出席會議的理由.

④ This company is in the forefront of steel **manufacture**. 這家公司在鋼鐵業中處於領先地位.

an automobile of domestic **manufacture** 國產車.

⑤ silk **manufactures** 絲製品.

[活用] v. **manufactures**, **manufactured**, **manufactured**, **manufacturing**

[複數] **manufactures**

manufacturer [ˌmænjəˈfæktʃərə] n. 製造業者, 製造商.

[複數] **manufacturers**

manure [məˈnjur] n. ① 糞肥,（有機）肥料.
——v. ② 施肥.
☞ 化學肥料為 fertilizer.
♦ **green manure** 綠肥《未腐爛的堆肥》.
[活用] v. **manures**, **manured**, **manured**, **manuring**

*manuscript [ˈmænjəˌskrɪpt] n. ① 原稿, 手稿. ② 手抄本.
——adj. ③ 手寫的.
[範例] ① The writer's unpublished **manuscript** was found in his house. 那位作家尚未發表過的手稿在他家中被發現了.
The novel is still in **manuscript**. 那部小說尚未付印.
[複數] **manuscripts**

†**many** [ˈmɛnɪ] adj., pron.

原義	層面	釋義	範例
有其程度的數量	強調數量之多	adj. 許多的, 多數的	①
		pron. 多數, 許多人, 許多東西	②
	表示具體數量	adj., pron.（～左右）數量的, 數量	③

[範例] ① I don't see **many** foreign movies. 我並沒有看很多西洋電影.
Not **many** homes in this country have air conditioning. 這個國家並沒有很多家庭有空調設備.
Many runners did not finish the race. 許多參賽者沒有跑完全程.
There are too **many** people in this city. 這個都市人口太多了.
It was a good **many** years ago—I don't remember. 那是好多年前的事了, 我已經不記得了.
Many a young man perished in that war. 許多年輕人死於那場戰爭.
② Not **many** of the children can solve the problem. 能解答那個問題的小孩並不多.
Many of my friends were at the party. 我的許

多朋友參加了那場舞會.
Many is the time my father gave me good advice. 父親不只一次給我好的建議.
③ How **many** students do **many** students bring lunch in this school? 這所學校有多少學生帶便當?
I don't know how **many** children she has. 我不知道她有幾個孩子.
How **many** are coming to our party? 有多少人來參加我們的晚會?
John has as **many** books as his sister. 約翰擁有與妹妹同等數量的書.
There will be as **many** as 200 dogs at the show. 那一場表演將有多達200隻的狗會到場.
I ordered only ten, but I got twice as **many**. 我只要10個, 卻拿到2倍之多.
You shouldn't have eaten so **many**. 你不應該吃那麼多.
He wrote six novels in as **many** years. 他6年寫了6本小說.
So **many** men, so **many** minds. 《諺語》人各有志.
[片語] *a good many/a great many* 相當多的.（⇨ [範例] ①）
as many 與～同樣數目的.（⇨ [範例] ③）
as many...as ～ 與～一樣多的….（⇨ [範例] ③）
as many as 多達.（⇨ [範例] ③）
many a ～ 許多的.（⇨ [範例] ①）
one too many 多出一個; 多餘的: That speeding ticket was **one too many**—her license was taken away. 那張違規超速的罰單是多餘的, 因為她的駕照早已被吊銷了.
so many ① 那麼多.（⇨ [範例] ③）② 與～同樣數量的.（⇨ [範例] ③）③ 某一數目的, 若干的.
[活用] adj. **more**, **most**

Maori [ˈmaurɪ] n. ① 毛利人《紐西蘭的原住民》, 毛利語.
——adj. ② 毛利人的.
[複數] **Maoris**

**map [mæp] n. ① 地圖.
——v. ② 繪製地圖.
[範例] ① The only **map** I've got is a road **map** of Taipei. 我手上只有臺北道路地圖.
I looked at a lot of **maps**, but I couldn't find the island on any of them. 我看了許多地圖, 但是都找不到那個島.
② use a satellite photo to **map** the area 利用衛星照片繪製那個地區的地圖.
[片語] *off the map* 不存在的; 不重要的: The bombing wiped the city **off the map**. 爆炸完全摧毀了那個城市.
put ～ on the map 使出名: Her novel **put** her **on the map**. 她的小說使她聲名大噪.
map out 擬定詳細計畫: Will you **map out** this journey for me? 能否請你為我詳細規劃一下這次旅行?
[複數] **maps**

活用 *v.* **maps**, **mapped**, **mapped**, **mapping**

maple [`mepl] *n.* 楓樹《槭樹科落葉喬木》.
♦ **máple lèaf** 楓葉《加拿大國徽，其國旗稱為 Maple Leaf flag》.
　　màple súgar 楓糖《精製楓糖漿而成》.
　　màple sýrup 楓糖漿《用 sugar maple（糖楓樹）的汁液熬煮而成》.
複數 **maples**

mar [mar] *v.* 損傷，損壞: The billboards **marred** the beauty of the countryside. 廣告招牌破壞了鄉村之美.
活用 *v.* **mars**, **marred**, **marred**, **marring**

Mar./Mar《縮略》＝March（3月）.

marathon [`mærəˌθɑn] *n.* 馬拉松賽跑《亦作 marathon race》，耐力比賽: I took part in a **marathon** last month. 我上個月參加了一項馬拉松賽跑.
參考 西元前490年，雅典軍隊在馬拉松村之戰中打敗了號稱世界最強大的波斯軍隊，傳令兵於是帶著這個捷報一口氣跑回雅典. 近代第1屆奧林匹克運動會雅典大會（1896年）就舉行了馬拉松村（Marathon）到雅典間約37公里的長距離賽跑. 1908年的第4屆倫敦奧運為42.195公里，1924年的第8屆巴黎奧運正式承認，並延續至今.
複數 **marathons**

marauder [mə`rɔdɚ] *n.* 掠奪者.
複數 **marauders**

marble [`marbl] *n.* ① 大理石. ②〔~s〕大理石雕刻. ③ 彈珠;〔~s〕彈珠遊戲.
範例 ① These floors are made of **marble**. 這些地板是大理石鋪成的. a **marble** column 大理石柱.
[marble]
② The Louvre has a fine collection of ancient Greek **marbles**. 羅浮宮有精美絕倫的古希臘大理石雕刻收藏品.
③ Let's play **marbles**. 我們來玩彈珠遊戲吧.
片語 **lose ~'s marbles** 精神錯亂，失去理智.
♦ **márble càke** 大理石花紋蛋糕.
複數 **marbles**

March [martʃ] *n.* 3月《略作 Mar.》: It gets warmer and warmer in **March**. 3月天氣漸漸回暖.
➡ 充電小站 (p. 817)

march [martʃ] *v.* ① 行走，(使) 前進.
——*n.* ② 行進，行軍. ③ 進行曲. ④ 進行，進展; 發展.
範例 ① The soldiers **marched** along the street. 那些士兵們沿著街道行進.
The gentleman **marched** out of the room. 那位紳士走出了房間.
Time **marched** on. 時間流逝.
The young man was **marched** off to jail. 那個

年輕人被押送到監獄.
② She took part in a long **march**. 她參與長途行軍.
They had a four-kilometer **march** through the snow to the village. 他們在雪中行進了4公里才到達那個村子.
③ a funeral **march** 送葬進行曲.
④ Medical science is always on the **march**. 醫學一直在進步.
片語 **on the march** 在前進中，在發展中. (➡ 範例 ④)
活用 *v.* **marches**, **marched**, **marched**, **marching**
複數 **marches**

marchioness [`marʃənɪs] *n.* ① 侯爵夫人. ② 女侯爵.
➡ 充電小站 (p. 385)
複數 **marchionesses**

* **mare** [mɛr] *n.* 母馬，母驢.
複數 **mares**

Margaret [`margrɪt] *n.* 女子名《暱稱 Maggie, Meg, Peggy, Peg 等》.

margarine [`mardʒəˌrin] *n.* 人造奶油.

margin [`mardʒɪn] *n.* ① 邊，緣，邊緣. ② (頁的) 空白，欄外. ③ 餘地，餘裕. ④ 票數之差，分數之差. ⑤ 利潤，盈餘.
範例 ① All the grass was brown along the **margins** of the highway. 沿著公路邊緣蔓生的雜草都已經枯黃了.
② He made notes in the **margin** of the page. 他在頁邊的空白處作筆記.
③ We have a **margin** of one hour to change planes at Fort Worth. 在沃思堡轉機我們有1個小時的多餘時間.
④ We beat our opponent by a narrow **margin** of 1 point. 我們以1分之差打敗對手.
⑤ The profit **margin** in the perfume business is tremendous. 香水業的利潤十分可觀.
複數 **margins**

marginal [`mardʒɪnl] *adj.* ① 邊的，邊緣的，邊境的. ② 不重要的，微不足道的. ③ 欄外的，空白的. ④ 界限的，最低的; 貧瘠的，不毛的.
範例 ① a **marginal** territory 邊境地區.
② The new tax will have only a **marginal** effect on the lives of most people. 新稅對大多數人的影響微乎其微.
③ **marginal** note 欄外的註解.
④ **marginal** ability 最低的能力.
marginal land 不毛之地《生產力低、收穫量少的農地》.
活用 *adj.* ② **more marginal**, **most marginal**

Maria [mə`raɪə] *n.* 女子名.

marigold [`mærəˌgold] *n.* 金盞花《菊科一年生植物，原產於墨西哥，花為黃色、橙色等，花瓣為單瓣或重瓣》.
字源 Mary（聖母瑪麗亞）＋gold（金色）《獻給聖母瑪麗亞的金色花朵》.
複數 **marigolds**

marijuana/marihuana [ˌmɑrɪˈhwɑnə] *n.*
大麻.

marina [məˈrinə] *n.* 小船塢《快艇、汽船的停泊處》.

[複數] **marinas**

marinade [ˌmærəˈned] *n.* ① 滷汁《由醋、酒、油和香料等混合調配而成，用來醃製魚、肉等食物》，用滷汁醃的肉〔魚〕.
——*v.* ② 用滷汁醃製《亦作 marinate》.

[複數] **marinades**

[活用] *v.* **marinades, marinaded, marinaded, marinading**

marinate [ˈmærəˌnet] *v.* 用滷汁醃製《亦作 marinade》.

[活用] *v.* **marinates, marinated, marinated, marinating**

*__marine__ [məˈrin] *adj.* 〔只用於名詞前〕① 海的、海生的、海產的. ② 航海用的、海事的.
——*n.* ③ 海軍陸戰隊隊員《屬於海軍，但亦接受陸上戰鬥訓練，擔任登陸作戰任務》.

[範例] ① a **marine** biologist 海洋生物學家.
The dolphin is a **marine** mammal. 海豚是海生哺乳類動物.
② **marine** law 海事法.
♦ the **Maríne Córps** 美國海軍陸戰隊.
the **Ròyal Marínes** 英國海軍陸戰隊.
➡ [充電小站] (p. 803)

[複數] **marines**

*__mariner__ [ˈmærənə] *n.*《正式》船員、水手.

[複數] **mariners**

marionette [ˌmærɪəˈnɛt] *n.* 提線木偶、傀儡.

[複數] **marionettes**

marital [ˈmærətḷ] *adj.* 婚姻的、夫妻間的.
♦ **màrital státus** 婚姻狀況.

maritime [ˈmærəˌtaɪm] *adj.* 〔只用於名詞前〕① 海事的、與海有關的. ② 海岸的、沿海的.

[範例] ① Great Britain used to be a great **maritime** power. 英國曾經是海上軍事強國.
② St. Petersburg is a **maritime** city, but Moscow is not. 聖彼得堡是沿海城市，但莫斯科不是.

Mark [mɑrk] *n.* ① 男子名. ② 馬可《耶穌‧基督的12個門徒之一》. ③《馬可福音》《新約聖經》的第2卷.

*__mark__ [mɑrk] *n., v.*

原義	層面	釋義			
		n.	範例	*v.*	範例
標記	吸引注意	痕跡，標記，記號；型號	①	做記號；表示～的特徵；留心	④
	表示能力	評分	②	評價	⑤
	表示位置	標識，標的，標準	③	標示	⑥

——*n.* ⑦ 馬克《德國貨幣單位；☞ [充電小站]) (p. 815)》.

[範例] ① His shoes left dirty **marks** on the floor. 他的髒鞋印留在地板上.
Look at the scratch **marks** that dirty dog left on my car. 看一下那隻骯髒的狗在我車上留下的抓痕.
I believe this gift is a **mark** of their gratitude. 我相信這件禮物是他們感謝的表示.
The soldier's body showed many **marks** of old wounds. 那個士兵的身上烙印著許多舊傷痕.
Orson Welles is an actor who made his **mark** in films. 奧森‧威爾斯這位演員在電影界留下深遠的影響.
The **Mark** IV will be a classic automobile someday. 第4型的車有一天會成為經典轎車.
② The teacher gave me full **marks** for English. 那個老師給我的英語打滿分.
Sally got 80 **marks** out of 100 for geography. 莎麗在滿分100分的地理考試中得到80分.
③ I've now reached the halfway **mark** in this work. 這個工作我現在做到一半.
Those infected with HIV passed the one million **mark** long ago. 愛滋病感染者在很久以前就超過1百萬.
On your **marks**, get set, go! 各就各位！預備，開始！《賽跑開始的口令》
Your comment is beside the **mark**. 你的說明太離譜了.
The bullet reached its **mark**, killing the soldier instantly. 子彈命中目標，那個士兵當場死亡.
Nobody trusts the planning department's estimates anymore—they're usually wide of the **mark**. 沒有人相信企劃部門的估算，他們常常估計錯誤.
All of your guesses were far off the **mark**. 你的推測全都毫不相干.
All of your guesses were right on the **mark**. 你的推測全都準確無誤.
Tom's not performing quite up to the **mark**. 湯姆的演出不甚理想.
④ The hot coffee cup has **marked** the table. 熱咖啡杯在桌上留下杯底印.
The child's face was **marked** with fear. 那個小孩子面露驚恐的神色.
Look! The owner's name is **marked** here. 你看，這裡標示著主人的名字.
Carol will fall flat on her face, you **mark** my words. 你注意聽著，卡蘿一定會失敗的.
Now, you **mark** the center. 喂，你盯住中鋒.
the qualities that **mark** a good leader 優秀領導人的特質.
There were fireworks to **mark** the 100th anniversary of the Statue of Liberty. 人們燃放煙火慶祝自由女神像100週年.
⑤ I **marked** Ken's essay 9 out of 10. 滿分10分，我給肯的論文打9分.

Mrs. Perkins, are you going to **mark** our tests today? 帕金斯老師，妳今天會批改我們的考卷嗎?

Brian was **marked** out for a management-level job. 布萊恩獲選升遷至管理階層.

Discount stores **mark** down the price of goods by 20 or 30%. 廉價商店把商品價格打7至8折.

⑥ The X on this map **marks** the spot where the treasure is buried. 這張地圖上標有 X 標誌的地方藏有寶物.

〔片語〕 ***below the mark*** 未達標準的，標準以下的.

beside the mark 沒有命中的，不準確的. (⇨ 〔範例〕 ③)

mark ~'s mark 留名. (⇨ 〔範例〕 ①)

mark down ① 記下: Paul was accidentally **marked down** absent. 保羅意外地被記缺席. ② 減價(⇨ 〔範例〕 ⑤); 評價很低. ③ 評價，認為: The coach **marked** her **down** as the best swimmer. 教練認為她是一個非常優秀的游泳選手.

mark off 畫線隔開《使區隔》: They **marked off** their land with a fence and "NO TRESPASSING" signs. 他們設置柵欄，標出自己的土地，並掛上「禁止入內」的牌子.

mark out 畫線，作記號《使明確》: A soccer pitch was **marked** out in the snow with red spray paint. 在雪地中用紅色的噴漆畫出足球場的位置.

mark ~ out for... 為~選出. (⇨ 〔範例〕 ⑤)

up to the mark 符合標準的. (⇨ 〔範例〕 ③)

wide of the mark 遠離目標的，毫不相干的. (⇨ 〔範例〕 ③)

〔複數〕 marks

〔活用〕 v. marks, marked, marked, marking

marker [`mɑrkɚ] n. ① 作記號的工具，作記號的人. ② 標識，記號; 書籤. ③ (比賽的)記分員.

〔複數〕 markers

***market** [`mɑrkɪt] n. ① 市場，市集. ② 買賣，交易; 市價，行情. ③ 需求，銷路，交易市場.

——v. ④ 上市交易，銷售.

〔範例〕 ① I went to the **market** to buy food for dinner. 我去市場買了晚餐要吃的東西.

She bought vegetables at the open-air **market**. 她在那個露天市場買蔬菜.

② The wheat **market** is lively. 小麥的交易很活絡.

The real estate **market** began to rise. 房地產行情開始上漲.

The stock **market** is falling. 股市行情下滑.

③ The **market** for cars is still poor. 汽車的市場需求仍舊低迷.

Asia is a fast-growing **market**. 亞洲是一個迅速成長的市場.

We must find new **markets**. 我們必須找尋新的市場.

◆ **màrket ecónomy** (自由競爭的)市場經濟.

màrket fórces 市場力量《在自由競爭狀態下決定物價、工資等的主要因素》.

márket príce 市價，行情.

márket resèarch 市場調查.

màrket sháre 市場占有率.

〔複數〕 markets

〔活用〕 v. markets, marketed, marketed, marketing

marketable [`mɑrkɪtəbl] adj. 有銷路的，適合市場的: a highly **marketable** product 非常暢銷的產品.

〔活用〕 adj. more marketable, most marketable

marketing [`mɑrkɪtɪŋ] n. 行銷學《從生產到銷售的全部過程，包括保管、運輸、廣告等》: A good product alone is not enough. We also need good **marketing** to turn a profit. 只有好的產品還是不夠的，為了提高利潤，我們還要有完善的行銷.

marketplace [`mɑrkɪt͵ples] n. ① 市場，市集. ② 交易市場，競爭場所.

〔範例〕 ① People crowded into the old **marketplace**. 人們聚集到傳統市場.

② The company's products compete in the international **marketplace**. 那家公司的產品參與國際市場的競爭.

〔複數〕 marketplaces

marking [`mɑrkɪŋ] n. ① (表示特徵的)記號，標誌. ② [~s] (動物的)條紋，斑點. ③ 評分，記分.

〔複數〕 markings

marksman [`mɑrksmən] n. 射擊(高)手.

〔複數〕 marksmen

marmalade [`mɑrml͵ed] n. 橘子〔檸檬〕醬《連皮切成小塊製成的果醬》.

marmot [`mɑrmət] n. 土撥鼠《體長約50公分的松鼠科動物》.

[marmot]

〔複數〕 marmots

maroon [mə`run] v. ① 將~留在孤島上; 使孤立: Without a boat, we were **marooned** on a little island. 如果沒有船，我們就會困在小島上.

——n. ② 赤褐色，栗色.

——adj. ③ 赤褐色的，栗色的.

〔活用〕 v. maroons, marooned, marooning

marquee [mɑr`ki] n. ① 〖美〗遮簷《設於劇場、旅館的入口處》. ② 〖英〗(野外展覽會的)大帳篷.

〔複數〕 marquees

***marquis/marquess** [`mɑrkwɪs] n. 侯爵《貴族的爵位，次於公爵 (duke)》.

➡ 〔充電小站〕 (p. 385)

[marquee]

M

[複數] **marquises／marquesses**

***marriage** [`mærɪdʒ] *n.* ① 結婚；婚姻生活. ② 婚禮.

[範例] ① Their **marriage** won't last. I give it one year. 他們的婚姻不會長久. 我看一一年吧.
They got divorced after ten years of **marriage**. 經過10年的婚姻生活之後，他們離婚了.
an arranged **marriage** 相親結婚.
② Their **marriage** took place in the village church. 他們的婚禮在村裡的教堂舉行.

[複數] **marriages**

marriageable [`mærɪdʒəbl] *adj.* 可結婚的，適合結婚的.

[範例] a **marriageable** daughter 已到適婚年齡的女兒.
marriageable age 適婚年齡.

married [`mærɪd] *adj.* 已婚的，結了婚的.

[範例] My sister is **married** to a famous writer. 我妹妹嫁給一位名作家.
When are Sue and Ian getting **married**? 蘇與伊恩何時結婚?
That professor is **married** to his studies. 那位教授全心投入於他的研究上.
He is **married** with three children. 他已婚，且有3個小孩.
How is your **married** life? 你的婚姻生活如何?

marrow [`mæro] *n.* ① 髓，骨髓《亦作 bone marrow》. ② 核心，精髓. ③《英》西洋南瓜《瓜類蔬菜，呈圓筒狀，亦作 vegetable marrow；《美》summer squash》.

[範例] ① the spinal **marrow** 脊髓.
He is a teacher to the **marrow** of his bones. 他是一位道道地地的教師.
② Personal liberty is the **marrow** of democracy. 個人自由是民主主義的核心.

[複數] **marrows**

***marry** [`mærɪ] *v.* ①《與～》結婚. ② 使結婚，使出嫁；主持結婚儀式.

[範例] ① Will you **marry** me? 跟我結婚好嗎?
They **married** when they were very young. 他們在很年輕時就結婚了.
Marry in haste and repent at leisure.《諺語》匆忙結婚後悔多.
② Mr. Smith **married** his daughter to an ambitious young lawyer. 史密斯先生把他的女兒嫁給一位有抱負的年輕律師.
They were **married** by a priest. 他們由牧師證婚.

[活用] *v.* **marries, married, married, marrying**

Mars [mɑrz] *n.* ① 馬爾斯《羅馬神話中的戰神；羅馬人把祭祀馬爾斯的月份稱為 March（3月）》. ② 火星《在9大行星中距離太陽由近到遠的次序是第4位. 因為看起來是紅色，使人聯想起血與戰爭，於是人們把它取名為 Mars（馬爾斯）》.

***marsh** [mɑrʃ] *n.* 溼地，沼澤地：Don't go near the **marsh**. It's dangerous. 別走近沼澤地，

那裡很危險.

[複數] **marshes**

***marshal** [`mɑrʃəl] *n.* ①《法國等的》陸軍最高司令官，《英》空軍最高司令官. ②《美》（聯邦法院的）執行官，（警政署、消防署的）署長. ③（儀式、典禮的）司儀，司禮官.
——*v.*（使）按順序排列；安排，彙整；部署.

[複數] **marshals**

[活用] *v.* **marshals, marshaled, marshaled, marshaling／《英》marshals, marshalled, marshalled, marshalling**

marshmallow [`mɑrʃ,mælo] *n.* ① 藥蜀葵. ② 以藥蜀葵根製成的軟糖.

marshy [`mɑrʃɪ] *adj.* 沼澤地的，溼地的：The animal lives in a **marshy** area. 那種動物生長在沼澤地帶.

[活用] *adj.* **marshier, marshiest**

marsupial [mɑr`supɪəl] *n.* 有袋類動物《袋鼠等》.

[複數] **marsupials**

mart [mɑrt] *n.* ① 市場，交易場所；《美》商業中心《與專有名詞連用》. ② 貿易中心.

[複數] **marts**

marten [`mɑrtɪn] *n.* 貂《鼬鼠科肉食性動物，以老鼠、松鼠等小動物及果實等為食物》.

[複數] **martens**

martial [`mɑrʃəl] *adj.* ① 戰爭的，軍事的. ② 尚武的，勇武的.

[範例] ① That country is under **martial** law. 那個國家處於戒嚴令之下.
② a **martial** spirit 尚武精神.

♦ **màrtial árts** 武術《功夫、空手道等》.
màrtial láw 戒嚴令《戰時或發生暴動時行政權、司法權轉移到軍事機構的體制》.

[活用] *adj.* ② **more martial, most martial**

Martian [`mɑrʃɪən] *adj.* ① 火星的，火星人的；戰神馬爾斯的.
——*n.* ② 火星人《科幻小說等所描寫的生物》.

[複數] **Martians**

***martyr** [`mɑrtɚ] *n.* ① 殉教者；（政治、主義等的）犧牲者. ② （因疾病等）長期受苦者.
——*v.* ③（使）殉教，（使）犧牲，迫害.

[範例] ① a Christian **martyr** 基督教的殉教者.
Mary makes a **martyr** of herself. 瑪麗裝成殉教者.
② My sister is a **martyr** to her asthma. 我妹妹長期受氣喘的折磨.
③ Throughout history, a lot of religious men have been **martyred**. 在整個歷史中，有許多宗教家被迫殉教.

[複數] **martyrs**

[活用] *v.* **martyrs, martyred, martyred, martyring**

martyrdom [`mɑrtɚdəm] *n.* ① 殉教，犧牲，殉難. ② 痛苦，受難.

[複數] **martyrdoms**

***marvel** [`mɑrvl] *n.* ① 奇蹟，令人驚奇的事物；不可思議的人.
——*v.* ② 感到驚奇，感到驚訝.

範例 ① A spacecraft is a **marvel** of science. 太空船是一項科學的奇蹟.
It's a **marvel** that you are still alive after that terrible accident. 在那場可怕的意外事故後你還活著，真是奇蹟.
a **marvel** of patience 具有驚人耐力的人.
② We **marveled** at Bill's courage. 我們對比爾的勇氣感到驚訝.
I **marveled** that the boy could play the piano concerto perfectly. 我對那個男孩完美地彈奏了那首鋼琴協奏曲感到驚歎.
複數 **marvels**
活用 v. **marvels, marveled, marveled, marveling/** 〖英〗**marvels, marvelled, marvelled, marvelling**

*__marvellous__ [ˋmɑrvləs] =adj. 〖美〗marvelous.
__marvellously__ [ˋmɑrvləslɪ] =adv. 〖美〗marvelously.

*__marvelous__ [ˋmɑrvləs] adj. ① 令人驚奇的，不可思議的. ② 非常棒的，了不起的: Tom, you are a **marvelous** runner. 湯姆，你是一個了不起的賽跑選手.
參考 〖英〗marvellous.
活用 adj. **more marvelous, most marvelous**

__marvelously__ [ˋmɑrvləslɪ] adv. ① 不可思議地. ② 非常棒地: He played the piano **marvelously**. 他鋼琴彈得非常棒.
參考 〖英〗marvellously.
活用 adv. **more marvelously, most marvelously**

__Marxism__ [ˋmɑrksɪzəm] n. 馬克斯主義〖德國經濟學家馬克斯與恩格斯倡導的科學社會主義，主張批判資本主義，由工人階級進行革命〗.

__Marxist__ [ˋmɑrksɪst] n. 馬克斯主義者.
複數 **Marxists**

__Mary__ [ˋmɛrɪ] n. ① 女子名〖暱稱 Molly, Polly〗. ② 聖母瑪麗亞〖亦作 the Virgin Mary〗.

__marzipan__ [ˋmɑrzə͵pæn] n. 杏仁餅〖由砂糖、蛋白與磨碎的杏仁攪拌製作而成的點心〗.

__mascara__ [mæsˋkærə] n. 睫毛膏.

__mascot__ [ˋmæskət] n. 福星，吉祥物: This baseball team's **mascot** is a hawk. 這支棒球隊的吉祥物是鷹.
複數 **mascots**

*__masculine__ [ˋmæskjəlɪn] adj. ① 男性的，男子氣概的. ②（文法）陽性的.
範例 ① The boy has a very **masculine** voice. 那個男孩的聲音很有男人味.
② a **masculine** noun 陽性名詞.
☞ feminine（女性的，女人味的，陰性的）
活用 adj. ① **more masculine, most masculine**

__masculinity__ [͵mæskjəˋlɪnətɪ] n. 男子氣概.

__mash__ [mæʃ] n. ①〖英〗馬鈴薯泥〖亦作 mashed potato〗；磨碎〔搗成〕糊狀之物. ② 混合飼料〖由穀物、麥麩等混合而成的家畜飼料〗. ③ 麥芽漿〖啤酒、威士忌等的原料〗.

—— v. ④ 磨碎，搗碎（煮熟的馬鈴薯等）.
複數 **mashes**
活用 v. **mashes, mashed, mashed, mashing**

*__mask__ [mæsk] n. ① 口罩，面罩；假面具，面具.
—— v. ② 遮掩，覆蓋.
範例 ① a protective **mask** 防護面罩.
The bank robber wore a black **mask**. 銀行搶匪戴著黑色面罩.
Jack concealed his desire under a **mask** of indifference. 傑克那冷漠的假面具底下隱藏著欲望.
② The **masked** people came into the hall to dance. 戴著面具的人們來到大廳跳舞.
③ His gentle manners **masked** cruelty. 彬彬有禮的言行掩蓋了他的冷酷.
♦ **déath màsk** 以死者面孔為模型製成的石膏像.
複數 **masks**
活用 v. **masks, masked, masked, masking**

__masochism__ [ˋmæzə͵kɪzəm] n. 受虐狂，性受虐狂.

__masochist__ [ˋmæzə͵kɪst] n. 受虐狂者，性受虐狂者.
複數 **masochists**

__masochistic__ [͵mæzəˋkɪstɪk] adj. 受虐狂的，性受虐狂的.
活用 adj. **more masochistic, most masochistic**

__mason__ [ˋmesn] n. ① 石匠，石工，泥水匠〖亦作 stonemason〗. ②〔M~〕共濟會會員〖亦作 Freemason〗.
複數 **masons**

__masonry__ [ˋmesnrɪ] n. ① 石工的技術，石匠的技藝. ② 石造建築，石造〔水泥〕工程. ③ 共濟會，共濟會主義〖亦作 Freemasonry〗.

__masque__ [mæsk] n. 假面劇〖16-17世紀英國流行的一種音樂歌舞短劇〗.
複數 **masques**

__masquerade__ [͵mæskəˋred] n. ① 化裝舞會. ② 化裝，假裝；虛構.
—— v. ③ 參加化裝舞會. ④ 假扮，假冒.
複數 **masquerades**
活用 v. **masquerades, masqueraded, masquerading**

*__mass__ [mæs] n.

原義	層面	釋義	範例
塊	形狀不定的	塊，團；體積，質量	①
	強調事物之大	大塊，大團；大量；群眾	②

—— n. ③〔M~〕彌撒.
—— v. ④ 大量聚集，(使)大量集中.
範例 ① Elephants have the greatest **mass** among land mammals. 在陸上哺乳類動物中，

大象的體積最龐大．
There are **masses** of lilies here and there. 一
簇一簇的百合花四處叢生．
Saturn has about 95 times the **mass** of Earth.
土星約有地球的95倍大．
② A **mass** of ice fell off a bridge and killed a
pedestrian. 一大塊冰塊從橋上落下砸死路過
的行人．
The **mass** of people are against the plan. 大
部分的人反對那一項計畫．
This essay is a **mass** of misspellings. 這篇論
文錯字連篇．
Well, we depend on them economically, but
we don't like tourists in the **mass**. 嗯，雖然我
們在經濟上依賴他們，但是整體上我們不太
喜歡觀光客．
I got **masses** of cards on St. Valentine's Day.
我在情人節收到一大堆卡片．
Mass production of cars has lowered their
price. 大量生產汽車使得價格下降．
That man committed **mass** murder. 那個男子
犯下了多起殺人罪．
The **masses** finally brought the tyrannical
dictatorship to a bloody end. 群眾終於使那個
專制獨裁的政權走上血腥的末路．
The **mass** media now play an important role in
our daily lives. 大眾傳播媒體在我們日
常生活中扮演重要的角色．
③ go to **Mass** 去望彌撒．
④ Hundreds of thousands of people **massed** for
that rock festival in 1969. 1969年的搖滾音樂
節聚集了成千上萬的人群．
Small houses are **massed** into a block beside
the railway lines. 小小的房子在鐵路沿線聚集
成一個街區．
片語 **a mass of** 盡是．(⇨ 範例 ②)
in the mass 整體上，大體地．(⇨ 範例 ②)
參考 ③ 指天主教為紀念耶穌‧基督最後晚餐
的聖餐儀式． 信徒在儀式上分得象徵耶穌‧
基督的血與肉之葡萄酒與麵包． 新教則稱作
Eucharist, Holy Communion 等．
♦ **màss communicátion** 大眾傳播．
màss média 大眾傳媒《報紙、電視、廣播
等》．
màss prodúction 大量生產．
複數 **masses**
活用 v. **masses, massed, massed,
massing**
massacre [`mæsəkə] n. ① 大屠殺；慘敗．
——v. ② (對~進行) 大屠殺；(使) 慘敗．
範例 ① The rebel army was responsible for the
massacre of innocent civilians. 對無辜百姓
的大屠殺是叛軍所為．
The game was a 12-0 **massacre**. 那場比賽
以12:0慘敗．
② The army entered the town and **massacred**
women and children. 軍隊進入城鎮，對婦女
與兒童進行大屠殺．
複數 **massacres**

活用 v. **massacres, massacred,
massacred, massacring**
massage [mə`saʒ] n. ① 按摩，推拿．
——v. ② (為~) 按摩，(為~) 推拿．
範例 ① Please give me a **massage**. 請幫我按
摩一下．
② My son **massaged** my aching shoulders. 我
兒子幫我按摩疼痛的肩膀．
複數 **massages**
活用 v. **massages, massaged, massaged,
massaging**
masseur [mæ`sɝ] n. (男性) 職業按摩師．
複數 **masseurs**
masseuse [mæ`sɝz] n. (女性) 職業按摩師．
複數 **masseuses**
‡**massive** [`mæsɪv] adj. 大而重的，巨大的，魁
梧的．
範例 **massive** furniture 大而重的家具．
There was a **massive** drop-off in beach goers
after the movie Jaws came out. 電影《大白
鯊》上映之後，去海水浴場的人數就銳減了．
活用 adj. **more massive, most massive**
mass-produce [,mæsprə`djus] v. 大量生
產．
活用 v. **mass-produces, mass-produced,
mass-produced, mass-producing**
*‡**mast** [mæst] n. 高柱，桅杆．
複數 **masts**
‡**master** [`mæstə] n. ① 主人，雇主；一家之主，
戶長． ② 商船的船長． ③ 所有者，(動物的) 飼
主． ④〖英〗(男) 教師，校長． ⑤〖M~〗碩士．
⑥〖M~〗〖英〗大學校長． ⑦ 名家，大師． ⑧
熟悉者，精通者． ⑨ 強者，在上位者． ⑩ (用
來複製的) 母型，母~，主~，總~．
——v. ⑪ 精通，熟練． ⑫ 征服，控制．
範例 ⑧ You are **master** of the situation. 你是擅
長處理那種情況的人．
He is the **master** of this subject. 他精通這個
科目．
⑩ copy from the **master** 根據母型複製．
a **master** key 萬能鑰匙．
a **master** switch 總開關．
⑪ It is difficult to **master** a foreign language. 要
精通一種外國語言並不容易．
⑫ You should learn to **master** your feelings. 你
要學習控制自己的情緒．
片語 **be ~'s own master** 隨心所欲，獨立自
主．
♦ **a máster plàn** 總體設計，總體規劃．
Máster's degrèe 碩士學位《亦作
Master's》．
複數 **masters**
活用 v. **masters, mastered, mastered,
mastering**
masterful [`mæstəfəl] adj. ① 傲慢的，妄自
尊大的：He spoke in a **masterful** manner. 他
傲慢地說． ② 技巧純熟的，(技術) 精湛的．
活用 adj. **more masterful, most masterful**
masterfully [`mæstəfəlɪ] adv. ① 傲慢地，

自尊大地. ② 技巧純熟地,(技術) 精湛地.

[活用] *adv.* **more masterfully**, **most masterfully**

masterly [`mæstɚlɪ] *adj.* 技巧純熟的,(技術) 精湛的.

[活用] *adj.* **more masterly**, **most masterly**

*__masterpiece__ [`mæstɚˏpis] *n.* 傑作, 名作: This painting is a **masterpiece** of our time. 這幅畫是現代的傑作.

[複數] **masterpieces**

☀mastery [`mæstərɪ] *n.* ① 統轄; 支配, 控制. ② 勝利, 優勢. ③ 熟練, 精通.

[範例] ① The enemy had complete **mastery** of the seas and no ships could get through. 敵人完全掌控了制海權, 船隻無法通行.

② gain **mastery** over the enemy 征服敵人.

③ The student has a thorough **mastery** of five languages. 那個學生精通5國語言.

masturbate [`mæstɚˏbet] *v.* 手淫, 自慰.

[活用] *v.* **masturbates**, **masturbated**, **masturbated**, **masturbating**

masturbation [ˏmæstɚ`beʃən] *n.* 手淫, 自慰.

*☀mat [mæt] *n.* ① 床墊; 墊子, 草蓆,(體操等用的) 地板墊, 門口腳踏墊, 襯墊. ——*v.* ② 鋪墊子, 鋪草蓆. ③(使) 糾結. ——*adj.* ③『美』無光澤的, 去光(面)的; 暗淡的《亦作 matt, matte》.

[範例] ① He wiped his dirty shoes on the **mat**. 他在門口腳踏墊上擦了擦髒鞋子.

This pot is too hot to put on the bare table. Pass me a **mat**. 這個鍋子太燙了, 不可以直接放在桌子上. 給我一個墊子.

② The gym was **matted** everywhere. 那座體育館到處鋪滿了墊子.

③ Her hair was wet and **matted**. 她的頭髮溼溼地糾結在一起.

④ **mat** green 暗淡的綠色.

[複數] **mats**

[活用] *v.* **mats**, **matted**, **matted**, **matting**

matador [`mætəˏdɔr] *n.* 鬥牛士《以劍刺牛的要害》.

[複數] **matadors**

*☀match [mætʃ] *n.* ① 火柴. ② 比賽. ③ 對等〔可匹敵, 相配〕的人〔事, 物〕. ——*v.* ④ 與~匹敵, 與~相配,(使) 相等. ⑤ 配合, 適合.

[範例] ① He lit a **match**. 他點了一根火柴.

strike a **match** 點一根火柴.

② a boxing **match** 拳擊比賽.

She will have a tennis **match** next week against the seeded player. 她下週將與種子選手進行網球比賽.

③ He has never met his **match** in 100-meter dash. 他在100公尺賽跑中從來沒有遇到過對手.

His suit and tie are a good **match**. 他的領帶與西裝很相配.

④ No one can **match** him in archery. 在射箭上

沒有人能比得上他.

Tom was **matched** only by Bill. 只有比爾跟湯姆有得比.

⑤ The curtains do not **match** the wallpaper. 窗簾與壁紙不搭調.

[活用] **matches**

[活用] *v.* **matches**, **matched**, **matched**, **matching**

matchbook [`mætʃˏbʊk] *n.*(對摺式的)紙火柴.

[複數] **matchbooks**

matchbox [`mætʃˏbɑks] *n.* 火柴盒.

[複數] **matchboxes**

matching [`mætʃɪŋ] *adj.*〔只用於名詞前〕相配的: a jacket and a **matching** vest 與夾克搭配成套的背心.

[活用] *adj.* **more matching**, **most matching**

matchless [`mætʃlɪs] *adj.* 無可匹敵的, 舉世無雙的: her **matchless** skill in diplomacy 她無可匹敵的外交手腕.

*☀mate [met] *n.* ① 夥伴, 朋友. ② 配對物中的一方; 配偶. ③(輔佐船長之)大副. ——*v.* ④(使) 交配.

[範例] ① Chris is a **mate** of mine. 克里斯是我的夥伴.

② The panda has got his new **mate** from China. 那隻熊貓有了從中國來的新配偶.

The **mate** to this glove is probably in the trunk of the car. 這副手套的另一隻大概遺留在後車箱裡.

③ The man you saw yesterday is the first **mate**. 你昨天見到的那名男子是大副.

④ Birds **mate** in the spring. 鳥兒在春天交配.

[複數] **mates**

[活用] *v.* **mates**, **mated**, **mated**, **mating**

*☀material [mə`tɪrɪəl] *n.* ① 材料, 資料, 題材. ②〔~s〕用具. ——*adj.* ③ 物質(上)的; 具體〔有形〕的; 世俗的. ④ 重要的.

[範例] ① This coat is made of a light woolen **material**. 這件外套是用輕柔的羊毛料子製成的.

② I bought writing **materials** at that store. 我在那家商店買了書寫用具.

③ My brother is not interested in **material** gain. 我哥哥對於世俗的利益不關心.

④ The president announced a **material** change in the plan. 總統公布了那項計畫的重大變更.

The testimony of this witness is **material** to the prosecution of this case. 這個證人的證詞對於這件案子的檢控非常重要.

[複數] **materials**

[活用] *adj.* ④ **more material**, **most material**

materialise [mə`tɪrɪəlˏaɪz] ——*v.* 『美』materialize.

materialism [mə`tɪrɪəlˏɪzəm] *n.* ① 物質主義, 功利主義. ②(哲學的)唯物主義.

materialist [mə`tɪrɪəlɪst] *n.* ① 物質主義者,

功利主義者. ② 唯物主義者.
——adj. ③ 物質主義的的, 功利主義的. ④ 唯物
主義的.
複數 **materialists**
materialize [məˋtɪrɪəlˏaɪz] v. ① 實現, 使具
體化. ② 出現, 現形.
範例 ① His plan to build a hospital in the village
did not **materialize**. 他在村子裡蓋醫院的計
畫沒有實現.
② A huge elephant **materialized** out of the
mist. 霧中出現一頭巨大的象.
參考 〖英〗materialise.
活用 v. **materializes**, **materialized**,
materialized, **materializing**
materially [məˋtɪrɪəlɪ] adv. ① 物質上地, 實
質上地. ② 重大地, 大大地.
活用 adv. ② **more materially**, **most
materially**
***maternal** [məˋtɝnl] adj. ① 母親的, 母親般
的. ② 母系的.
範例 ① **maternal** love 母愛.
② a **maternal** grandfather 外祖父.
☞ paternal (父親的, 父系的)
活用 adj. ① **more maternal**, **most maternal**
maternally [məˋtɝnlɪ] adv. 身為母親地, 母
親般地; 母系地.
活用 adv. **more maternally**, **most
maternally**
maternity [məˋtɝnətɪ] n. ① 母親的身分; 母
性; 母系.
——adj. 孕婦用的, 婦產科的.
範例 ① **Maternity** is a beautiful part of
womanhood. 母性是女人的一大優點.
② The nurse has been working for two weeks in
the **maternity** ward. 那個護士已在婦產科病
房工作了兩個禮拜.
My wife bought a **maternity** dress yesterday.
我太太昨天買了一件孕婦裝.
math [mæθ] n. 數學 (mathematics 的縮略).
***mathematical** [ˏmæθəˋmætɪkl] adj. 數學
的, 數學上的; 精確的, 精準的.
範例 a **mathematical** genius 數學天才.
The map is drawn with **mathematical**
precision. 那張地圖畫得精確無比.
活用 adj. **more mathematical**, **most
mathematical**
***mathematician** [ˏmæθəməˋtɪʃən] n. 數學
家; Gauss was a great **mathematician**. 高斯
是偉大的數學家.
複數 **mathematicians**
***mathematics** [ˏmæθəˋmætɪks] n. 〔作單數〕
數學 (亦作 math; 〖英〗maths; ☞ 充電小站 (p.
777)): My son majors in **mathematics** at
Cambridge. 我兒子在劍橋大學主修數學.
☞ arithmetic (算術), algebra (代數), geometry
(幾何)
maths [mæθs] n. 〖英〗數學 (mathematics 的縮
略).
***matinee/matinée** [ˏmætnˋe] n. (戲劇、電

影等的) 日場 《通常在下午》.
複數 **matinees/matinées**
matriculate [məˋtrɪkjəˏlet] v. (使) 錄取進入
大學, (允許~) 註冊進入大學.
活用 v. **matriculates**, **matriculated**,
matriculated, **matriculating**
matriculation [məˏtrɪkjəˋleʃən] n. 大學入
學許可.
複數 **matriculations**
matrimonial [ˏmætrəˋmonɪəl] adj. 婚姻的,
夫妻間的: a **matrimonial** problem 夫妻間的
問題.
matrimony [ˋmætrəˏmonɪ] n. 已婚狀態, 結
婚: The two were united in holy **matrimony**.
他們兩人正式結婚了.
matrix [ˋmetrɪks] n. ① (成長、發展的) 母體;
子宮; 基盤, 基礎. ② (數學的) 矩陣.
發音 複數形 matrices [ˋmetrɪˏsiz].
複數 **matrices/matrixes**
matron [ˋmetrən] n. ① 護士長; 女舍監; 女性
監督人. ② (有身分、地位且年長的) 已婚婦
女.
複數 **matrons**
matronly [ˋmetrənlɪ] adj. 似已婚婦女的; 莊
重的, 端莊的; (女性) 中年發胖的.
活用 adj. **more matronly**, **most matronly**
matt/matte [mæt] adj. 無光澤的, 暗淡的
《〖美〗mat》: **matt** glass 毛玻璃.
***matter** [ˋmætə] n.

原義	層面	釋義	範例
事情	物理上的	物質, 物體; 材料	①
	進行中的	事態, 情形, 情況; 事情, 事件	②
	重要的	問題	③

——v. ④ 要緊, 重要.
範例 ① How much **matter** is there in the whole
universe? 整個宇宙有多少物質?
Can I send this parcel as printed **matter**? 我
能把這個包裹當印刷品寄嗎?
② Stop it; it will only make **matters** worse. 住
手! 它只會使事態惡化.
John's never been out of New York, or for that
matter Brooklyn! 約翰從未離開過紐約, 甚
至布魯克林區.
③ What is the **matter** with that sick child? 那個
生病的孩子哪裡不舒服?
Something is the **matter** with this word
processor. 這臺文字處理機有點兒問題.
It's no **matter** whether she comes or not. 她
來不來都無關係.
It's only a **matter** of time before the typhoon
hits the island. 颱風襲擊那個島只是時間上
的問題.
Which religion is the best is a **matter** of

（充電小站）

數學、物理等使用的符號

【Q】三角形的面積是「底乘以高除以2」. 用公式表示則為 bh/2. 為什麼底用 b、高用 h 表示? 它與英語有何關係?

【A】數學與物理等使用的符號, 以英語表示者甚多. 前面所問的 b 與 h 就是這種情況.

英語中「底」稱作 base,「高」稱作 height. b 是取 base、h 是取 height 的第一個字母來的.

另外,「面積」是 area. 表示面積的符號不是 A, 好像往往用 S. 這是因為 A 這一個符號在其他地方用得很多, 所以用 A 容易引起誤解, 而用 S 也許與 space 有關.「體積」是 volume, 其符號為 V.

▶ 歐姆定律

根據「歐姆定律 (Ohm's law)」,「流經導線的電流強度 (I) 與電位差 (E) 成正比, 與其導線的電阻 (R) 成反比」. 以公式表示, 則如下所示:

I＝E/R

電流為 electric current, 其電流「強度」為 intensity, 因此用 I 表示.「電位」為 electric potential, 因而用 E 表示. 補充說明一下,「電位差」為 potential difference.「電阻」為 resistance, 故用 R 表示.

電阻單位是「歐姆」(Ohm), 這是德國物理學家的名字.「歐姆」是用希臘字母 Ω (歐麥加) 表示, 這裡的 Ω 代表「歐」這一發音, 故用以表示「歐姆」的符號.

▶ 萬有引力定律

根據牛頓 (Sir Isaac Newton) 發現的「萬有引力定律 (the law of gravitation)」,「兩個物體會相互吸引, 它們的相互吸引力 F 與兩物體各自質量 m_1 和 m_2 的乘積 (product) 成正比, 與兩物體之間距離的平方成反比」. 以公式表示就是:

$F = Gm_1m_2/r^2$

F 源自表示「力量」之意的 force, m 源自表示「質量」之意的 mass. 表示「距離」的英語為 distance. 由於 d 已用在其他地方 (例如圓的「直徑」為 diameter, 用 d 表示), 故用 r, 大概與 reach 的 r 有關.

另外, G 被稱為「萬有引力係數」, 據說這是因為伽利略 (Galileo Galilei) 的名字, 而採用 G 這一個符號.

▶ 查理定律

所謂「查理定律 (Charles's law)」, 是指「氣體的體積 V 在一定的壓力下, 與絕對溫度 T 成正比」. 以 V 表示「體積」前面作了說明.「絕對溫度」是由 absolute temperature 譯來的, T 源自此詞的 temperature. 絕對溫度 0 度為 $-237.15°C$.

再看 T＝係數×T 的「係數」, 它因氣體的性質不同而相異. 就某種氣體而言, 如果用 V_0 表示 0°C 時的體積, 用 T_0 表示 0°C,「係數」則為 V_0/T_0. 故把 V＝係數×T 改寫的話, 應該是: $V = V_0T/T_0$.

還有,「係數」常以 K 表示, 這是因為「係數」的英語為 constant, 如果用英語表示的話就會用 c. 但是 c 與 a、b 等一樣是用來表示「已知數 (known quantity)」. 因此, 就用德語中表示「係數」的字 Konstante 的第一個字母.

M

---

opinion. 哪個宗教最好是見仁見智的問題.

Money can be a **matter** of life or death. 金錢往往是生死攸關的問題.

Get the painting, no **matter** what it costs. 無論花多少錢都要把那幅畫弄到手.

No **matter** how hard I tried, I couldn't persuade him. 不管我怎麼努力都無法說服他.

They share all the housework as a **matter** of course. 他們理所當然地分擔所有的家務.

④ What does it **matter**? 那有甚麼要緊?

It doesn't **matter** to me whether Kathy comes or not. 凱西是否來對我來說沒關係.

It **matters** little to the kids if they go to Disneyland or Disneyworld. 對孩子們來說, 去迪士尼樂園還是迪士尼世界並不重要.

片語 **a matter of** ① 關係到～的問題. (⇨ 範例 ③) ② ～左右, 大約: It's **a matter of** ten minutes or so, so I'll soon be back. 就10分鐘, 我馬上回來.

as a matter of course 理所當然. (⇨ 範例 ③)

as a matter of fact 實際上, 事實上.

for that matter 就那件事而言, 而且. (⇨

範例 ②)

➡ （充電小站）(p. 779)

複數 **matters**

活用 v. **matters, mattered, mattered, mattering**

matter-of-fact [`mætərəv`fækt] adj. 不露感情的, 就事論事的: She accepted the sad news in a **matter-of-fact** way. 她淡然接受那個令人悲傷的消息.

活用 adj. **more matter-of-fact, most matter-of-fact**

Matthew [`mæθju] n. ① 男子名 (暱稱 Mat、Matt、Matty 等). ② 馬太 (耶穌·基督的12個門徒之一). ③《馬太福音》《新約聖經》的第1卷).

matting [`mætɪŋ] n. ① 墊子, 草蓆. ② 編草蓆的材料.

***mattress** [`mætrɪs] n. 床墊, 褥墊.

字源 阿拉伯語的 matrah (放置東西之處).

複數 **mattresses**

***mature** [mə`tjur] adj. ① 成熟的. ②《正式》深思熟慮的. ③ (票據等) 到期的.

——v. ④ (使) 成熟. ⑤ (票據等) 到期.

範例 ① Your sister is **mature** beyond her years.

你姊姊比實際年齡成熟.

② The boy made up his mind after **mature** consideration. 那個男孩深思熟慮後下了決心.

④ Whisky **matures** with age. 威士忌隨著時間釀熟.

活用 *adj.* **maturer**, **maturest**

活用 *v.* **matures**, **matured**, **matured**, **maturing**

maturely [mə`tjʊrlɪ] *adv.* ① 成熟地. ②《正式》深思熟慮地.

活用 *adv.* **more maturely**, **most maturely**

***maturity** [mə`tjʊrətɪ] *n.* ① 成熟: The plan has come to **maturity**. 那個計畫漸趨成熟. ②（票據等的）到期.

maul [mɔl] *n.* ① 大槌, 大木槌.

——*v.* ② 弄傷; 嚴厲批評.

範例 ② John was **mauled** by a bear. 約翰被熊抓傷了.

His latest novel has been **mauled** by the critics. 他最新的小說受到評論家的嚴厲批評.

複數 **mauls**

活用 *v.* **mauls**, **mauled**, **mauled**, **mauling**

mausoleum [,mɔsə`liəm] *n.* 陵墓, 陵寢.

發音 複數形 mausolea [,mɔsə`liə].

複數 **mausoleums/mausolea**

mauve [mov] *n.*, *adj.* 淡紫色; 淡紫色的.

max [mæks]《縮略》＝maximum（最大限度）.

***maxim** [`mæksɪm] *n.* 格言, 箴言: a golden **maxim** 金玉良言.

複數 **maxims**

maxima [`mæksəmə] *n.* maximum 的複數形.

maximize [`mæksə,maɪz] *v.* 使達到最大限度.

參考《英》maximise.

活用 *v.* **maximizes**, **maximized**, **maximized**, **maximizing**

***maximum** [`mæksəməm] *n.* ① 最大限度, 最大量, 極限《略作 max》.

——*adj.* ② 最大限度的, 最高的, 極限的.

範例 ① The stereo sound has reached its **maximum**. 那個立體音響設備已是頂級了.

I got 60 marks out of a **maximum** of 100. 滿分100分, 我拿了60分.

② What's the **maximum** speed of this train? 這列火車的最高時速是多少?

☞ ↔ minimum

複數 **maximums/maxima**

***May** [me] *n.* 5月.

範例 We have a week's holiday in **May**. 我們5月有一個禮拜的假期.

They celebrate Children's Day on **May** 5 in Japan. 在日本, 5月5日是慶祝兒童節.《May 5讀作 May fifth 或 May the fifth》

♦ **May Day** ① 勞動節《5月1日, 勞動者的節日. 在英國為5月的第一個星期一, 是銀行假日 (bank holiday) 之一, 在這一天舉行工會遊行、政治團體的集會等》. ② 五朔節《5月1日,

慶祝春天到來》.

➡ 充電小站 (p. 817)

†**may** [me] *aux.* ① 也許. ② 可以.

範例 ① I **may** be home late this evening. 我今晚也許要晚一點回家.

He **may** come, or he **may** not. 他也許來, 也許不來.

"Where's Emma?" "I don't know. She **may** be shopping, I suppose." 「艾瑪呢?」「不知道, 我想她也許去購物吧.」

It **may** well be true. 這多半是事實吧.

He **may** have been here, but we cannot be sure. 他也許在這裡, 不過我們不確定.

Her husband fears she **may** not make it to Christmas. 她丈夫擔心她也許活不到聖誕節.

Shut the door so that no one **may** overhear us talking. 把門關上, 以免有人偷聽我們講話.

May you live happily. 祝你生活愉快!

② You **may** use my car. 你可以用我的車.

"**May** we watch the film on TV tonight?" "No, you **may** not. We've got guests." 「我們今晚可以看電視上播放的電影嗎?」「不可以, 我們家裡有客人.」

Students **may** not use the staff lounge. 學生們不可以使用教職員交誼廳.

May I help you? 你需要甚麼嗎?《店員用語》

片語 **may as well** 還是~好了: He looks tired, so I **may as well** take him home. 他好像累了, 我還是送他回家好了.

may well 多半~吧. (⇨ 範例①)

☞ might

‡**maybe** [`mebɪ] *adv.* 或許, 大概.

範例 **Maybe** it will rain tomorrow. 明天或許會下雨.

"Are you going?" "**Maybe**, **maybe** not." 「你要去嗎?」「或許去, 或許不去.」

mayday [`mede] *n.* 國際無線電求救信號《遇難時, 船舶、飛機發出的求救信號. 源自法語的 m'aidez＝help me; 亦作 Mayday》.

複數 **maydays**

Mayflower [`me,flaʊə] *n.*〔the ~〕五月花號《西元1620年清教徒 (Pilgrim Fathers) 從英格蘭橫渡大西洋到北美洲時所乘的船》.

mayn't [ment]《縮略》＝may not.

mayonnaise [,meə`nez] *n.* ① 美乃滋. ② 拌美乃滋的菜餚.

***mayor** [`meə] *n.* 地方首長, 市長, 鎮長, 村長.

範例 a deputy **mayor** 副市長.

Lord Mayor of London 倫敦市長.

參考 英國的市長不是由市民直接選出的, 是無行政權的名譽職位. 美國的市長為行政長官, 具有許多職權.

複數 **mayors**

mayoress [`meərɪs] *n.* ① 女地方首長, 女市長, 女鎮長, 女村長. ② 市長夫人.

複數 **mayoresses**

***maze** [mez] *n.* 迷陣, 迷宮.

範例 It took twenty-two minutes for me to get out

充電小站

no matter

【Q】No matter what he says, don't go. 這句話譯成中文為「無論他說甚麼，都別去」。但是，What he says 是「他所說的」之意，為甚麼前面加上 no matter 就變成「無論他說甚麼」呢？

　這裡的 No matter... 表示「讓步」。但是，問題是「無論他說甚麼」為甚麼也是「讓步」？所謂「讓步」是「對自己的主張作部分或全部妥協」。而「無論他說甚麼」不是甚麼也沒讓步嗎？不等於就是「無視他所說的」嗎？

【A】中文的「讓步」確實有前面所說的那種意思。

　但是，英語的 No matter... 是無視對方所說的。例如：

　　No matter what you say, I will go.

　這句話的意思是「無論你說甚麼我都要去」，即「你說的並不是問題」。仔細想一想，no matter 實際上是「沒有 matter」之意，即「重大問題也好，其他事情也好，反正都不存在」。歸根究底，「你所說的 (what you say) 重大問題也好，其他事情也好，反正都不存在 (no matter)」是 No matter what you say 的真正意義。這樣看來，就無需在乎「讓步」這一文法用語了。

▶ **no matter who** 等

　No matter... 的用法後面當然會出現 what。除此以外，還會出現 who, which, when, where, why, how。例如：

　No matter **who** you are, I disagree. (無論你是誰，我都不贊成。)

　No matter **which** he chooses, he is never satisfied. (不管選哪一個，他都不滿意。)

　No matter **when** you call on him, you will find him reading. (不管你甚麼時候去拜訪他，你會發現他都在看書。)

　No matter **where** I am, I think of you. (不管我在哪裡，我都會想念你。)

　No matter **why** you did that, I cannot forgive you. (不管你為甚麼做那件事，我都不會原諒你。)

　No matter **how** long it takes, we will finish the job. (不管花多少時間，我們都會把工作做完。)

▶ **whatever, whoever** 等

　no matter what 可以換說成 whatever。例如：

　No matter what you say, I will go. 即 Whatever you say, I will go.

　為甚麼 no matter what 與 whatever 表示同樣的意思呢？其祕密就在於 whatever 所表示的「無論甚麼東西」或「無論甚麼事」的意義上。

　Whatever you say, I will go.

此句意思是「不管你說甚麼，我都要去。」

　同樣，whoever, whichever, whenever, wherever, however 也表示「無論～都」的意思。例如：

　Whoever you may be, I disagree. (無論你是甚麼人，我都不贊成。)

　Whichever he chooses, he is never satisfied. (無論選哪一個，他都不會滿意。)

　Whenever you call on him, you will find him reading. (無論你甚麼時候去拜訪他，你都會發現他在看書。)

　Wherever I am, I think of you. (無論我在哪裡，我都會想念你。)

　However long it takes, we will finish the job. (無論花多少時間，我們都會把工作做完。)

M

---

of this **maze**. 我花了22分鐘走出這個迷宮。

The boy was lost in a **maze** of thoughts. 那個男孩陷入迷惘之中。

[複數] **mazes**

MC [ˈɛmˌsi] 《縮略》＝master of ceremonies (司儀).

[複數] **MC's/MCs**

MD [ˈɛmˌdi] 《縮略》＝Doctor of Medicine (醫學博士).

[複數] **MD's/MDs**

†**me** [mi] *pron.* 我 (I 的受格).

[範例] You don't love **me**. 你並不愛我。

He gave **me** a piece of advice. 他給我一項建議。

It's nothing to **me**. 對我而言那不成問題。

Please stay by **me**. 請留在我身邊。

The children danced around **me**. 孩子們圍著我跳舞。

She wants to go shopping with **me**. 她想和我一起去購物。

He is taller than **me**. 他比我高。

"Who is it?" "It's **me**." 「哪位？」「是我。」

They like **me** joining them. 他們希望我加入。

"I'm hungry." "**Me**, too." 「我肚子餓了。」「我也是。」

***meadow** [ˈmɛdo] *n.* 牧草地，草地。

[複數] **meadows**

meager [ˈmiɡɚ] *adj.* 瘦弱的，貧乏的。

[範例] a **meager** supper 不豐盛的晚餐。

a **meager** face 削瘦的臉。

[參考]《英》meagre.

[活用] *adj.* more meager, most meager

*meal [mil] *n.* ① 用餐，一餐。②(穀物、豆類等磨成的)粗粉。③《美》玉米粉 (亦作 cornmeal).

[範例] ① We usually have three **meals** a day. 我們通常一天吃3餐。

Breakfast is the most important **meal** of the day, I say. 我認為早餐是一天當中最重要的一餐。

a light **meal** 簡便的一餐。

a square **meal** 豐盛的一餐。

[片語] ***make a meal of*** 在～上花費過多的時間。

[參考] 早餐稱為 breakfast, 午餐稱為 lunch, 晚餐

稱為 supper 或 dinner. 早餐與午餐合在一起時稱為 brunch (breakfast＋lunch). 此外，對英國人而言下午茶亦為一餐.

複例 ① **meals**

mealy [ˋmilɪ] *adj.* ① 碾碎的，粗磨的. ② 粉質的，粉狀的：**mealy** bananas 粉質的香蕉.

活用 *adj.* **mealier, mealiest**

＊＊mean [min] *v.* ① 意味，表示. ② 意指，針對. ③ 預定，引起～結果. ④ 打算(做～). ⑤ 具有意義.
——*adj.* ⑥ 卑賤的，卑劣的；吝嗇的. ⑦ 存心不良的，卑鄙的. ⑧ 麻煩的，難對付的；精明幹練的，出色的. ⑨ 寒酸的，簡陋的. ⑩〔只用於名詞前〕中間的，中庸的. ⑪〔只用於名詞前〕平均的.
——*n.* ⑫ 中間，中庸. ⑬ (數學的) 平均值.

範例 ① What does "liberty" **mean**?/What is **meant** by "liberty"? 何謂「自由」?
In traffic signals a red light **means** "stop". 在交通號誌中紅燈表示「停止」之意.
② Come here. No, I don't **mean** you, John. I **mean** Paul. 到這裡來! 不，我指的不是你，約翰. 我指的是保羅.
She **meant** it as a joke. 她是開玩笑的.
What do you **mean** by that? 你說那話是甚麼意思?
She **means** she doesn't really want to go with you. 她說她真的不想跟你一起去.
I really **meant** it. 我是說正經的.
You don't **mean** it! 你不是說真的吧!
③ Freezing cold does not always **mean** snow. 天寒地凍不一定都是下雪的預兆.
Heavy rain **means** postponing the baseball game. 下大雨，棒球比賽就會延期.
I think he **means** you no harm. 我想他對你沒有惡意.
④ I know they screwed up, but they **meant** well. 我想他們搞砸了，但是他們是好意的.
I **mean** this money for your wedding reception. 我打算把這筆錢用在你的結婚喜宴上.
Her mother **meant** her to be a pianist. 她的母親原本打算使她成為鋼琴家.
I really didn't **mean** to say that. 我真的不是有意那麼說的.
She **meant** to have called you up./She had **meant** to call you up. 她原本打算打電話給你的.
She didn't **mean** for her son to go there./She didn't **mean** that her son should go there. 她沒打算讓她的兒子去那裡.《for her 或 for 有時省略不用》
⑤ Money sometimes **means** everything. 有時候金錢比甚麼都重要.
Poverty **means** nothing to him. 貧窮對他來說無關緊要.
Your coming here to help us **means** a great deal. 非常感謝你來幫我們.
⑥ He is not a man of **mean** birth. 他並不是一

個出身卑微的人.
She felt **mean** for getting angry about such a trifle. 她對自己為那麼一點小事就發火感到慚愧.
I don't want you to be a **mean** man. 我不希望你成為一個卑劣的人.
He is very **mean** about pay. 他在付錢上非常小氣.
Don't be so **mean** with praise to your employees. 不要吝於稱讚你的員工.
⑦ Don't be so **mean** to the children. 別對孩子做出如此卑鄙的事.
It is **mean** of him to tease her. 他真卑鄙竟然嘲笑她.
She apologized for being **mean** to me. 她為自己的存心不良向我道歉.
⑧ You can't break in **mean** horses easily. 你無法輕易地馴服頑劣的馬.
a **mean** curve 難打的曲球.
He is a tennis player with a **mean** service. 他是一個擅於發球的網球選手.
My mother makes a **mean** cherry pie. 母親做的櫻桃派非常好吃.
⑨ All the people lived in **mean** huts. 所有人都住在簡陋的小房子裡.
The dress was of **mean** quality. 那件衣服品質很差.
⑩ 6 is the **mean** number between 3 and 9. 6是3與9的平均數.
⑪ The **mean** temperature in August is 85°F. 8月的平均溫度是華氏85度.
⑫ They sought a **mean** between the two extremes of the right and the left. 他在右翼與左翼兩個極端之間尋求中庸.
⑬ The **mean** of 2, 8, and 11 is 7. 2、8、11的平均值是7.

片語 **feel mean** 暗自慚愧. (⇨ **範例** ⑥)
golden mean 中庸，中庸的美德.
have a mean opinion of 蔑視.
I mean 我說的是，也就是說：May I talk to Ann... I mean, Mrs. Green? 我找安，我說的是格林夫人.
He is smart, **I mean**, he knows exactly what to do. 他很聰明，也就是說他知道該做甚麼.
in the mean time/in the mean while 在這期間，此時《亦作 in the meantime》.
mean business 是當真的，不是開玩笑的.
mean mischief 懷有惡意.
meant for 適合，註定成為，打算給與：This magazine is **meant for** the young. 這份雜誌適合年輕人.
The girl was **meant for** an actress. 那個女孩生來就是當演員的料.
mean to ① 欲望，就要：Promises are **meant to** be kept. 諾言是用來遵守的.
She was **meant to** get married to him. 她就要嫁給他了.
② 〖英〗應該，必須《亦作 supposed to》：We

are **meant to** not smoke in this room. 這個房間應該禁菸.

mean well 懷有好意. (⇨ 範例 ④)

no mean 不平凡的, 優秀的: Mr. Anderson is **no mean** cook. 安德森先生是一個優秀的廚師.

You mean ~? 你指的是? 《確認對方所說的話時的講法》: **You mean** my wife told me a lie? 你是說我太太對我撒謊?

♦ **the arithmètrical méan** 算術平均數.

the geomètric méan 幾何平均數.

mèan séa lèvel 平均海平面《漲潮與退潮之間的海平面, 為測量山高時的海拔基準》.

méan strèets 危險地區《都市中治安較差的區域》.

méan tìme 標準時間《亦作 Greenwich Time》.

[活用] v. **means, meant, meant, meaning**
[活用] adj. ⑥⑦⑧⑨ **meaner, meanest**
[複數] **means**

meander [mɪˋændɚ] v. ① (河川) 蜿蜒而流. ② 漫無目的地前進, 閒逛 (on): Their conversation **meandered** on for hours. 他們漫無邊際地談了好幾個小時.

[活用] v. **meanders, meandered, meandered, meandering**

meaning [ˋminɪŋ] n. ① 含義, 想說的內容, 意圖. ② 意義, 重要性.
——adj. ③ 〔只用於名詞前〕富有意義的, 意味深長的. ④ 懷有~意圖的, 有所打算的《用於複合字》.

[範例] ① This word has two different **meanings**. 這個字有兩個不同的意思.

The fact that Betty said nothing has **meaning**. 貝蒂甚麼都沒說是有含義的.

He couldn't get my **meaning**. 他沒能理解我的意思.

He nodded his head with **meaning**. 他意味深長地點了點頭.

What's the **meaning** of this? 這究竟是甚麼意思?

② I want my son to live a life full of **meaning**. 我希望我兒子過一個饒富意義的人生.

He often wondered what the **meaning** of life was. 他常問自己人生的意義何在.

③ With a **meaning** look, she came into my room. 她以這意味深長的表情走進我的房間.

④ He gave me a well-**meaning** piece of advice. 他帶著善意提醒我.

[複數] **meanings**

meaningful [ˋminɪŋfəl] adj. ① 有意思的, 有意義的. ② 意味深長的, 富有意義的.

[範例] ① They had a **meaningful** discussion. 他們展開一個有意義的討論.

② He gave us a **meaningful** look. 他意味深長地看了我們一眼.

[活用] adj. **more meaningful, most meaningful**

meaningless [ˋminɪŋlɪs] adj. 無意義的, 無

益的; 無目的的, 無動機的: Don't think it a **meaningless** argument. 不要認為那是無意義的爭論.

[活用] adj. **more meaningless, most meaningless**

meanly [ˋminlɪ] adv. ① 寒酸地, 簡陋地. ② 卑劣地, 惡劣地; 吝嗇地.

[範例] ① The poor boy was **meanly** dressed. 那個貧窮的男孩穿得很寒酸.

② Jack **meanly** shut the door in my face. 傑克當著我的面惡劣地關上門.

[活用] adv. **more meanly, most meanly**

meanness [ˋminnɪs] n. ① 寒酸, 簡陋. ② 卑劣, 惡劣; 吝嗇: The landowner is well-known for his **meanness**. 那個地主以吝嗇出名.

*****means** [minz] n. ① 手段, 方法. ②〔作複數〕財力, 收入.

[範例] ① Copper wire is used as a **means** of conducting electricity. 銅線被用作導電的工具.

There is no **means** to prove his innocence. 沒有任何方法可以證明他是無辜的.

He acquired his current position by **means** of bribes. 他以賄賂的手段獲得現在的地位.

For him, marriage was just a **means** to an end. 對他來說, 結婚不過是達到目的的手段.

② The man lives within his **means**. 他量入為出.

[片語] **by all means** 當然可以, 務必: "May I have another drink?" "**By all means**." 「我可以再來一杯嗎?」「當然可以。」

by any means 無論如何: I want to study abroad **by any means**. 我無論如何都要出國留學.

by means of 以~手段. (⇨ 範例 ①)

by no means/not ~ by any means 絕不: It is **by no means** easy to climb Mount Everest. 攀登埃弗勒斯峰絕非易事.

He's **not** mean, **by any means**. 他一點也不卑劣.

[複數] **means**

*****meant** [mɛnt] v. mean 的過去式、過去分詞.

*****meantime** [ˋminˏtaɪm] n. 其間, 此時: Jack won't be here for an hour. In the **meantime** you should finish your homework. 傑克一個小時後才會到, 這段時間你就把你的家庭作業做完吧.

meanwhile [ˋminˏhwaɪl] adv. 在其間, 同時.

[範例] My sister will come in ten minutes. **Meanwhile** let's have a beer. 我姊妹10分鐘後才會來, 這段時間我們就喝杯啤酒吧.

I was talking with Mary and her sister in their house; **meanwhile** it began to rain. 我在瑪麗家跟瑪麗和她妹妹聊天, 此時下起雨來.

Mary was watching television; **meanwhile** Paul was reading a novel in his study. 瑪麗在看電視; 同時, 保羅在他的書房看小說.

measles [ˋmizlz] n. ① 痲疹: Measles is

infectious. 痲疹是會傳染的. ②〔作複數〕痲
疹斑.

measurable [`mɛʒrəbl] adj. ① 可測量的. ②
相當的, 顯著的: There's been a
measurable improvement in her health. 她的
健康狀況有顯著的改善.

measurably [`mɛʒrəblɪ] adv. 顯著地, 相當
地.

＊**measure** [`mɛʒə-] n. ① 計量法, 度量法. ② 計
量器, 度量器. ③ 單位, 尺寸, 基準;(音樂
的) 小節. ④ 程度, 範圍. ⑤ 對策, 措施, 手
段, 議案.
—— v. ⑥ 測量, 測定. ⑦ 有～尺寸〔重量〕.
範例 ① What **measure** of weight is used in your
country? 你們國家使用何種重量計量法?
② a tape **measure** 捲尺.
a **measure** of two liters 兩公升的計量器.
③ A meter is a **measure** of length. 公尺是長度
單位.
Wealth is not the only **measure** of a man's
worth. 財富並非衡量一個人的價值之唯一基
準.
④ My first novel had a certain **measure** of
success. 我的處女作獲得某種程度的成功.
He was astonished beyond **measure**. 他嚇得
目瞪口呆.
⑤ We took safety **measures** against the
approaching typhoon. 我們對那個漸漸逼近
的颱風採取安全措施.
⑥ We **measured** the width of the room. 我們測
量那個房間的寬度.
How do you **measure** a person's worth? 你如
何衡量一個人的價值?
⑦ Her waist **measures** 58 centimeters. 她的腰
圍有58公分.
That dictionary **measures** 4 centimeters in
thickness. 那本字典有4公分厚.
片語 **for good measure** 另外.
make ～ to measure 訂製, 訂做: He has
his suits **made to measure**. 他訂做了衣服.
measure off (按某一長度) 量出.
measure out (按一定的量) 量取, 分配.
measure up 符合 (標準).
♦ **ùnits of wèights and méasures** 度量衡
單位.
➡ 充電小站 (p. 783)
複數 **measures**
活用 v. **measures, measured, measured,
measuring**

＊**measurement** [`mɛʒə-mənt] n. ① 測量, 計
量. ② 大小, 尺寸, 長度, 重量.
範例 ① the metric system of **measurement** 公
制度量衡.
② The **measurements** of this classroom are 12
by 15 meters. 這個教室寬12公尺, 長15公
尺.
複數 **measurements**

＊**meat** [mit] n. ①(食用) 肉. ②(水果、貝類等
的) 食用部分. ③ 內容, 實質. ④〈古語〉食

物, 餐.
範例 ① a piece of **meat** 一塊肉.
cold **meat** 冷肉《火腿、香腸等》.
frozen **meat** 冷凍肉.
② the **meat** of a nut 胡桃仁.
③ This chapter contains the **meat** of the writer's
argument. 這一章包含了筆者最想闡述的論
點.
④ One man's **meat** is another man's poison.
《諺語》利於甲的, 未必利於乙.
片語 **meat and drink to** 對～來說如魚得水:
Playing the guitar is **meat and drink to** him.
他擅長彈吉他.
複數 **meats**

Mecca [`mɛkə] n. ① 麥加《沙烏地阿拉伯
(Saudi Arabia) 西部的城市, 為穆罕默德的出
生地, 伊斯蘭教聖地與朝拜地》. ② 嚮往的土
地《亦作 mecca》.
複數 **Meccas**

＊**mechanic** [mə`kænɪk] n. 機械工, 技工《對機
械進行組裝、操作、修理等》.
複數 **mechanics**

＊**mechanical** [mə`kænɪkl] adj. ① 機械的, 機
械製成的. ② 機械性的, 毫無表情的. ③ 熟
悉機械操作的.
範例 ① I'm interested in **mechanical**
engineering. 我對機械工程感興趣.
Mechanical toys are popular among children.
機械玩具很受孩子喜歡.
② I'm not suited to **mechanical** work. 我不適
合做機械性的工作.
She spoke in a **mechanical** way. 她毫無表
情地說了.
③ I'm a philosophy major, and not a bit
mechanical. 我主修哲學, 對機械一竅不通.
活用 adj. ② **more mechanical, most
mechanical**

mechanically [mə`kænɪklɪ] adv. ① 用機械
力量地. ② 機械性地, 毫無表情地. ③ 熟悉
機械操作地.
範例 ① That doll works **mechanically**. 那個洋
娃娃用機械裝置驅動的.
② The receptionist **mechanically** greeted the
visitors. 那個接待員對客人們機械式地問候
一下.
③ a **mechanically** minded young boy 對機械
操作很熟悉的男孩
活用 adv. ② **more mechanically, most
mechanically**

mechanics [mə`kænɪks] n. ①〔作單數〕力
學, 機械學. ② 結構, 技巧, 技術.
範例 ① Joy took a course in **mechanics**. 喬伊
選修力學課程.
② The secretary needed to learn the
mechanics of the job. 那個祕書需要學習工
作技巧.
複數 **mechanics**

mechanise [`mɛkə,naɪz] ＝v. 〖美〗
mechanize.

(充電小站)

度量衡的單位

meter 也好，gram 也好，若要增加1,000倍就加上 kilo-，若要變成1/1,000倍則加上 milli-。以下根據公制 (metric system)，以長度 (length)、容積 (capacity)、重量 (weight) 這三者為主幹，看看在十進位制底下三者常用的字首。

	字首	符號	長度	容積	重量
10^{12}	tera-	T	tera-meter	tera-liter	tera-gram
10^9	giga-	G			
10^6	mega-	M			
10^3	kilo-	k			
10^2	hecto-	h			
10^1	deca-	da			
10^0	—		meter	liter	gram
10^{-1}	deci-	d			
10^{-2}	centi-	c			
10^{-3}	milli-	m			
10^{-6}	micro-	μ			
10^{-9}	nano-	n			
10^{-12}	pico-	p			
10^{-15}	femto-	f			
10^{-18}	atto-	a	atto-meter	atto-liter	atto-gram

除了公制以外，常用的單位還有：

▶ 長度
inch (in)　　　1 inch＝2.54cm
foot (f, ft)　　1 foot＝12in＝30.48cm
yard (y, yd)　　1 yard＝3ft＝0.91m
mile (m, mi)　　1 mile＝1,760yds＝1.61km
這些單位本來都是以身體的某個部分為基準的。foot 的基準是從腳跟至腳拇趾的長度。

foot 的1/12為 inch，源自拉丁語的 unica，其原義是表示 one 的 unus。

以曲臂時肘至中指尖的長度 (稱作 cubit，拉丁語為 cubitum，表示 elbow 之意) 為標準，乘以兩倍就是 yard 的長度。另外，量布料時的單位「碼」就是 yard，那是由於把 yard 讀成荷蘭語的發音。

mile 源自荷蘭語的 mille passus (1,000步)。1哩約為1,600公尺，因此一步約有160公分。這一步是不是太長了？其實這裡的一步是把左右兩步算成一步 (double step)，約有5呎長。

其他長度單位還有浬 (nautical mile)。1浬在美國為1,852公尺。

▶ 面積
面積 (area) 寫作 m² 或 cm²，英語怎麼讀呢？m² 右上角的「²」(平方) 先讀作 square，然後再讀 m 的 meter 或 meters。例如：1m² 讀作 one square meter，3m² 讀作 three square meters。中文把 square 譯作「平方」。square 意為正方形、四角形，亦表示平方之意。

面積的單位還有公畝、公頃。1a 英語讀作 one are，3a 讀作 three ares。1ha 讀作 one hectare，3ha 讀作 three hectares。

另外，如前表所示，hecto- 是表示100倍的字。are 與 area 字源相同，源自拉丁語的 area (原野)。

在表示面積的單位中，說明土地面積時英美用得最多的是英畝 (acre)。符號為 A。acre 原義是「旱田」。據說它最早是中世紀的英國用來作為支付農奴報酬的標準。套上軛的兩頭牛半天所耕的地，其面積為1英畝。

1英畝實際上有4,840平方碼。這個數字是從何而來的呢？長度單位中除上面提到的以外，還有 chain、furlong。1 chain 為22碼，1 furlong 為10 chains，即220碼。

縱1 chain、橫10 chains (1 furlong)，即長22碼、寬220碼的土地面積有4,840平方碼，即1英畝。根據公制，大約等於長20公尺、寬200公尺左右的土地，為40公畝。

▶ 體積
體積 (volume) 的 m³、cm³ 英語怎麼讀呢？英語 m³ 右上角的「³」讀作 cubic，m 讀作 meter 或 meters。例如：5m³ 讀作 five cubic meters，4cm³ 讀作 four cubic centimeters。

cube 為立方之意。

▶ 重量
英美使用的重量單位有盎斯 (ounce)、磅 (pound)。1 ounce 為28.35公克，1 pound (＝16 ounces) 為0.4536公斤。

ounce 與表示長度的 inch 相同，是由表示 one 的字構成的。

pound 原來為 libra pound。libra 意為天平，pound 則指天平上的砝碼。表示 pound 的符號為 lb。此符號就是從上面的 libra 縮寫而來的。

▶ 容積
英美常用的容積單位為品脫 (pint)、夸脫 (quart)、加侖 (gallon)。

英國與美國表示的數量稍有差別。
1 pint 為〖美〗0.4732 liter，〖英〗0.5683 liter
1 quart ＝ 2 pints 〖美〗0.9464 liter，〖英〗1.137 liter
1 gallon ＝ 4 quarts ＝ 8 pints
同樣是1品脫的啤酒，在英國就多喝0.0951公升。

quart 與 quarter (表示1/4之意) 有關係，為1/4加侖。

而 gallon、pint 的字源仍不清楚。

M

*__mechanism__ [`mɛkəˌnɪzəm] n. 機械裝置，機構，結構.
範例 My brother is well versed in the __mechanisms__ of watches. 我哥哥很熟悉鐘錶的結構.
Not a few foreigners feel Taiwan's economy has a complicated __mechanism__. 相當多的外國人覺得臺灣的經濟結構很複雜.
複數 __mechanisms__

__mechanize__ [`mɛkəˌnaɪz] v. 使機械化.
參考 〖英〗mechanise.
活用 v. __mechanizes__, __mechanized__, __mechanized__, __mechanizing__

*__medal__ [`mɛdl̩] n. 獎牌，勳章，獎章.
範例 Mr. Brown was awarded a __medal__ for his services to science. 布朗先生因為對科學所作的貢獻而被授予獎章.
Our team got the gold __medal__. 我們這一隊獲得了金牌.
複數 __medals__

__medalist__ [`mɛdl̩ɪst] n. ① 獎牌獲得者，勳章獲得者. ② 獎牌製作者.
參考 〖英〗medallist.
複數 __medalists__

__medallion__ [mə`dæljən] n. ① 大獎章. ② 圓形浮雕《建築物上裝飾用的浮雕或獎牌上的肖像雕刻等》.
複數 __medallions__

__medallist__ [`mɛdl̩ɪst] =n. 〖美〗medalist.

*__meddle__ [`mɛdl̩] v. 干涉，插手 (in)：Don't __meddle__ in other people's business. 別干涉他人的事.
活用 v. __meddles__, __meddled__, __meddled__, __meddling__

__meddler__ [`mɛdl̩ɚ] n. 多管閒事的人.
複數 __meddlers__

__media__ [`midɪə] n. ① medium 的複數形. ② 媒體《亦作 mass media》：A series of crimes committed by the cult got massive __media__ coverage. 媒體大量報導那個邪教團體所犯下的一連串罪行.

__mediaeval__ [ˌmidɪ`ivl̩] =adj. medieval.

__median__ [`midɪən] adj. ① 中央的，中間的.
——n. ② (統計學的) 中位數，中央值. ③ (三角形的) 中線，中點.
♦ __médian strip__ 〖美〗中央分隔島 (〖英〗central reservation).
複數 __medians__

__mediate__ [`midɪˌet] v. 調解，調停，斡旋，居中促成：The UN should __mediate__ peace between those two nations. 聯合國應該在那兩個國家之間促成和平.
活用 v. __mediates__, __mediated__, __mediated__, __mediating__

*__mediation__ [ˌmidɪ`eʃən] n. 調停，調解，斡旋《不具有強制力，具有強制力的稱為 arbitration》.

__mediator__ [`midɪˌetɚ] n. 調停者，仲裁人.
複數 __mediators__

*__medical__ [`mɛdɪkl̩] adj. ① 醫學的，醫療的. ② 內科的.
——n. ③ 體檢，健康檢查.
範例 ① Bob goes to a __medical__ college. 鮑伯就讀於醫學院.
② The patient was in the __medical__ ward. 那個病患在內科病房.
③ You must have a __medical__ next Friday. 你下週五必須接受體檢.
複數 __medicals__

__medically__ [`mɛdɪklɪ] adv. 醫學上地：Small amounts of alcohol have been __medically__ proven to reduce the risk of a heart attack. 醫學上已經證明少量的酒精可以減少心臟麻痺的危險.

__medication__ [ˌmɛdɪ`keʃən] n. ① 藥物治療. ② 藥物.
範例 ① When I saw your mother last year, she was on __medication__. 去年我與你的母親見面時，她正在接受藥物治療.
② The doctor stopped the use of antibiotic __medication__. 那位醫生停止使用抗生素.
複數 __medications__

__medicinal__ [mə`dɪsn̩l̩] adj. 藥用的，有藥效的.
範例 My sister eats this fruit for __medicinal__ purposes. 我姊姊為了療效才吃這種水果.
a __medicinal__ herb 藥草.

*__medicine__ [`mɛdəsn̩] n. ① 藥，內服藥. ② 醫學，醫術.
範例 ① The doctor told me to take a dose of __medicine__ after each meal. 醫生要求我三餐後服藥.
Don't take too much __medicine__. 不要服藥過量.
The best __medicine__ for you is rest. 對你來說，休息是最好的藥.
② George studied __medicine__ at university. 喬治在大學主修醫學.
Sue practices __medicine__ in a small village. 蘇在一個小村子裡開業行醫.
片語 __give ~ a dose of ~'s own medicine__ 以其人之道還治其人之身.
__take ~'s medicine__ 甘願受罰；忍受不愉快的事情.
複數 __medicines__

*__medieval__ [ˌmidɪ`ivl̩] adj. ① 中世紀的. ② 古老的，舊式的.
參考 亦作 mediaeval.
活用 adj. ② __more medieval__, __most medieval__

__mediocre__ [`midɪˌokɚ] adj. 普通的，平庸的，二流的：He is a __mediocre__ actor. 他是一個二流的演員.
活用 adj. __more mediocre__, __most mediocre__

__mediocrity__ [ˌmidɪ`akrətɪ] n. ① (才能、資質的) 平凡，平庸. ② 平凡的人.
複數 __mediocrities__

*__meditate__ [`mɛdəˌtet] v. 深思，冥想 (upon)：The heart-broken girl __meditated__ upon the meaning of life. 那個極度傷心的女孩深思人

生的意義.

活用 v. meditates, meditated, meditated, meditating

*meditation [ˌmɛdəˈteʃən] n. ① 深思，冥想：A lot of Americans were interested in yoga and meditation in the 1960s. 20世紀60年代，許多美國人對瑜珈、冥想感到興趣. ② 冥想錄.

複數 meditations

meditative [ˈmɛdəˌtetɪv] adj. 沉思的，冥想的：Susan is a meditative young girl. 蘇珊是一個喜愛沉思的年輕女孩.

活用 adj. more meditative, most meditative

Mediterranean [ˌmɛdətəˈreniən] n. 〔the ~〕地中海.

*medium [ˈmidɪəm] n. ① 中等，中間，中庸. ② 媒介，媒體，手段，方法. ③ 生活環境. ④ 靈媒，通靈者.

—— adj. ⑤ 中等的，中間的.

範例 ① Do you have a medium in this color? 這種顏色有 M 尺寸的嗎?

② The air is a medium for sound waves. 空氣是音波傳播的媒介.

The telex is a time-saving medium of communication. 電報交換是一種節省時間的通訊方式.

③ Deserts are a natural medium for the cactus. 沙漠是仙人掌的自然生活環境.

⑤ The bank robber was a man of medium height. 那名銀行搶匪是個中等身材的男子.

複數 media/④ mediums

medley [ˈmɛdlɪ] n. ① 混雜，混合物. ② 混合曲（以音樂把曲子連接起來演奏的形式）. ③ 混合游泳賽（由蝶式、仰式、蛙式、自由式組成，以個人或接力形式進行比賽）.

♦ médley rèlay 混合游泳接力賽.

複數 medleys

*meek [mik] adj. 柔和的，溫順的：Mary is as meek as a lamb. 瑪麗溫順得像一隻羔羊.

活用 adj. meeker, meekest

meekness [ˈmiknɪs] n. 溫順，懦弱：The men took advantage of Tom's meekness. 那些人利用湯姆的懦弱.

*meet [mit] n. ① 〖美〗比賽大會（〖英〗meeting）. ② 〖英〗（獵犬）打獵前的集合.

—— v. ③ 遇見，相會. ④ 遭遇，經歷. ⑤ 與~相識，經介紹見面. ⑥ 迎接. ⑦ 相交，相接，接觸. ⑧ 相撞，衝突，交戰，駁斥，反駁. ⑨ 適合，滿足.

範例 ① The athletic meet will be held in June. 這次的運動會將於6月舉行.

③ I met him by chance on the way to the station. 我在去車站途中偶然遇見他.

Until we meet again. 直到我們相會的那一天吧.

Let's meet here in about an hour. 我們1小時後在這裡見面.

The committee meets once a month. 委員會

每個月開一次會.

④ We met a storm during our trip. 我們在那次旅行中遇到暴風雨.

His parents met a violent death in a traffic accident. 他的雙親在交通意外事故中死於非命.

⑤ I have often seen Bob, but have never met him. 我常見到鮑伯，但未經介紹認識過.

Tom, meet my mother. 湯姆，這是我母親.

Pleased to meet you./Nice to meet you./I am glad to meet you./I am pleased to meet you. 幸會.《初次見面的寒暄，第二次以後見面用 I am glad to see you.》

Nice to have met you./Glad to have met you. 能夠相識真是榮幸.《初次見面分手時的寒暄》

⑥ My uncle came to the airport to meet me. 我叔叔到機場來接我.

⑦ The two trains meet at Taipei. 那兩班火車在臺北會合.

Where does this stream meet the Tamshui river? 這條溪在哪裡與淡水河匯流?

Intelligence and beauty meet in Mary. 瑪麗才貌雙全.

Does this train meet the bus bound for Puli? 這班火車與去埔里的公車相聯結嗎?

She closed her eyes when our lips met. 我們的嘴唇接觸時，她閉上眼睛.

⑧ The bus met a car head-on. 那輛公車與汽車迎面對撞.

They met the problem head-on. 他們直接面對問題.

There's a bruise where his fist met my arm. 我被他打得手臂瘀青.

They met their rival yesterday. 他們昨天與對手交戰.

She didn't know how to meet his objection. 她不知道如何駁斥他的反對.

⑨ She tried to meet her parents' wishes. 她努力按照父母的希望做.

Two million New Taiwan dollars won't meet my debts. 200萬元新臺幣無法付清我的債務.

片語 meet ~'s eye 與~的視線相會：A large painting of Turner's met her eyes as she entered the hall. 她一走進大廳就看見特納的一幅巨畫.

meet the ear 聽到.

meet the eye 看到：There's more to him than meets the eye. 他有著潛在的資質.

meet up/meet up with 與~偶然相遇，碰到.

meet with 與~偶然相遇，遭遇，受到（熱情款待等）：They met with a traffic accident on their way home. 他們在回家途中遇到交通意外事故.

The project will meet with everybody's approval. 那項計畫將會得到大家贊成.

② 與~偶然相遇〔以 meet 較常見〕.

③ 〖美〗與~約好見面，與~會晤：The

President **met with** the press. 總統會晤了記者.

[複數] **meets**

[活用] v. **meets**, **met**, **met**, **meeting**

＊**meeting** [`mitɪŋ] n. 集合，集會，會議，相會.

[範例] I was late for the **meeting** so they started without me. 我開會遲到，所以他們沒等我就開始了.

What has the **meeting** decided? 那次集會決定了甚麼?

Our **meeting** at the station was quite by chance. 我們在車站相遇完全是偶然的.

[複數] **meetings**

mega- pref. ①〔只用於名詞前〕百萬，百萬倍的: **mega**ton 百萬噸. ②〔用於名詞或形容詞前〕大: **mega**star 大明星; **mega**rich 大富豪的.

megabyte [`mɛgə‚baɪt] n. (電腦的)兆位元組《2²⁰位元組》.

[複數] **megabytes**

megahertz [`mɛgə‚hɝts] n. 兆赫《頻率單位》.

[複數] **megahertz**

megaphone [`mɛgə‚fon] n. 擴音器，麥克風.

[字源] mega (大的)＋phone (聲音).

[複數] **megaphones**

melancholic [‚mɛlən`kɑlɪk] adj. 憂鬱 (症) 的: Tom nodded to me with a **melancholic** smile. 湯姆帶著憂鬱的笑容對我點頭.

[活用] adj. **more melancholic**, **most melancholic**

＊**melancholy** [`mɛlən‚kɑlɪ] n. ① 憂鬱，悶悶不樂.

——adj. ② 憂鬱的，陰鬱的，令人悲傷的.

[範例] ① Mary sank into **melancholy** after she read the letter. 瑪麗看完那封信後陷入憂鬱.

② Stop that **melancholy** music. 快把那令人悲傷的音樂關掉.

[活用] adj. **more melancholy**, **most melancholy**

＊**mellow** [`mɛlo] adj. ① 成熟的; 豐滿的; 香醇的; 肥沃的; 老練的; 柔和的. ② 融洽的，歡樂的.

——v. ③ (使) 成熟. ④ 使歡樂，融洽.

[範例] ① You have the most **mellow** apples in October here. 這裡10月可以摘到最成熟的蘋果.

We enjoyed a **mellow** wine at dinner last night. 我們昨晚晚餐品嘗了香醇的葡萄酒.

These crops are grown in a **mellow** soil. 這些農作物以肥沃的土壤栽培.

Tom has grown **mellower** over the years. 湯姆隨著年齡增長變得老練.

Mellow sunlight came through the window. 柔和的光線從窗戶照進來.

② The cocktail made Mary **mellow**. 瑪麗因喝雞尾酒而興奮起來.

③ Age has **mellowed** my father. 年齡使得父親

老成持重.

④ Tom was **mellowed** by the whisky. 湯姆因喝威士忌而興奮起來.

[活用] adj. **mellower**, **mellowest/more mellow**, **most mellow**

[活用] v. **mellows**, **mellowed**, **mellowed**, **mellowing**

mellowness [`mɛlonɪs] n. 成熟; 香醇; 豐滿; 柔和: wine with smooth **mellowness** 爽口香醇的葡萄酒.

melodic [mə`lɑdɪk] adj. ① 旋律的，具有旋律的. ② 旋律優美的《亦作 melodious》.

[活用] adj. ② **more melodic**, **most melodic**

melodious [mə`lodɪəs] adj. 旋律優美的，音調悅耳的.

[活用] adj. **more melodious**, **most melodious**

melodrama [`mɛlə‚drɑmə] n. 通俗劇，通俗劇般的事件，聳人聽聞的事件.

[複數] **melodramas**

melodramatic [‚mɛlədrə`mætɪk] adj. 通俗劇似的，聳人聽聞的.

[活用] adj. **more melodramatic**, **most melodramatic**

＊**melody** [`mɛlədɪ] n. ① 旋律，美妙的音樂，悅耳的音調: The first violins carry the **melody** here. 這裡是第一小提琴手主導旋律. ② 歌曲，曲調.

[複數] **melodies**

melon [`mɛlən] n. 瓜，甜瓜: We had **melon** for dessert. 我們的餐後點心是甜瓜.

[複數] **melons**

＊**melt** [mɛlt] v. (使) 溶化.

[範例] Snow **melts** into water in the spring sun. 雪在春天的陽光下溶化成水.

Melt butter in the saucepan. 在深的平底鍋中把奶油化開.

His heart **melted** at your kind words. 你的熱情話語使他心軟.

[片語] **melt away** 融掉，消失.

melt down 熔化《使金屬得以再生，鑄成其他器具》.

[活用] v. **melts**, **melted**, **melted**, **melting**

meltdown [`mɛlt‚daʊn] n. ① (原子反應爐的) 爐心熔解. ② (金融市場的) 暴跌.

＊**member** [`mɛmbɚ] n. ① 一員，成員，黨員，會員. ② 器官.

[範例] ① Judy became a **member** of the committee. 茱蒂成為委員會的一員.

All the **member** countries agreed to the proposal. 所有會員國都同意那項提案.

② The tongue is sometimes called "the unruly **member**". 舌頭有時被稱作「難以控制的器官」.

◆ **Mèmber of Cóngress** (中南美各國的) 國會議員，《美》眾議院議員.

Mèmber of Párliament (加拿大的) 國會議員，《英》下議院議員《略作 MP》.

Mèmber of the Díet (日本的) 國會議員.

[複數] **members**

＊**membership** [`mɛmbɚˌʃɪp] n. ① 會員地位，會員資格，會員身分． ② 全體會員．

[範例] ① My **membership** has just been renewed. 我的會員資格剛剛更新．

② The **membership** are very annoyed. 全體會員都非常惱怒．

How large is the club's **membership**? 那個俱樂部的全體會員有多少人？

[複數] **memberships**

membrane [`mɛmbren] n. 膜，薄膜．

[複數] **membranes**

memento [mɪ`mɛnto] n. 勾起回憶之物，紀念品．

[複數] **mementos/mementoes**

memo [`mɛmo] n. 記錄《memorandum 的縮略》．

[範例] I did not write a **memo**. 我沒有作記錄．

a memo pad 記事本．

[複數] **memos**

＊**memoir** [`mɛmwɑr] n. 見聞錄，傳記，回憶錄，自傳: Winston Churchill wrote a **memoir** of the Second World War. 溫斯頓·邱吉爾寫了一本第二次世界大戰的回憶錄．

[複數] **memoirs**

memorable [`mɛmərəbl] adj. 值得懷念的，難忘的: The students had a **memorable** experience in China. 那些學生在中國留下了一個難忘的經歷．

[活用] adj. **more memorable**, **most memorable**

memorably [`mɛmərəblɪ] adv. 難以忘懷地，印象深刻地: It was a **memorably** well-acted performance. 那是一場令人難忘的出色演出．

[活用] adv. **more memorably**, **most memorably**

memoranda [ˌmɛmə`rændə] n. memorandum 的複數形．

＊**memorandum** [ˌmɛmə`rændəm] n. ① 記錄《略作 memo》． ② (契約、外交上的) 備忘錄．

[複數] **memoranda/memorandums**

＊**memorial** [mə`morɪəl] n. ① 紀念物，紀念館，紀念碑． ② (歷史的) 記錄，[~s] 編年史．

—adj. ③ 紀念的，追悼的．

[範例] ① the Lincoln **Memorial** 林肯紀念館．

a **memorial** to the people who died in an earthquake 震災死亡者的紀念碑．

③ a **memorial** service 追悼儀式．

a **memorial** park 墓地．

♦ **Memórial Dày** [美] 陣亡將士紀念日《亦作 Decoration Day. 原為紀念南北戰爭 (1861–1865) 陣亡者，最早定為5月30日，現在美國許多州把5月的最後一個星期一定為法定假日 (legal holiday); [充電小站] (p. 603)》．

[複數] **memorials**

＊**memorise** [`mɛməˌraɪz] ＝v. [美] memorize.

＊**memorize** [`mɛməˌraɪz] v. 記住，熟記《[英] memorise》: The boy **memorized** his girl

friend's phone number. 那個男孩記住女朋友的電話號碼．

[活用] v. **memorizes**, **memorized**, **memorized**, **memorizing**

＊**memory** [`mɛmərɪ] n. ① 記憶，回憶． ② 記憶力． ③ 記憶體《電腦的記憶裝置》．

[範例] The boy drew a map from **memory**. 那個男孩根據記憶畫出地圖．

A monument was erected in **memory** of Mother Theresa. 建了一座紀念碑紀念德蕾莎修女．

I have unpleasant **memories** of my senior high school days. 我在高中時代有著令人不愉快的回憶．

② Cathy has a good **memory** for names. 凱西擅於記住名字．

③ My new PC has a 256 megabyte **memory**. 我的新電腦記憶體為256兆位元組．

[片語] **in living memory/within living memory** 至今仍留在人們的記憶中: That was the biggest fire **in living memory**. 那一場空前的大火災至今仍留在人們的記憶中．

in memory of/to the memory of 懷念，紀念． (⇨ [範例] ①)

[複數] **memories**

＊**men** [mɛn] n. man 的複數形．

＊**menace** [`mɛnɪs] n. ① 威脅，脅迫，恐嚇．

—v. ① 威脅，脅迫，恐嚇．

[範例] ① The kidnapper spoke with **menace** in his voice. 那名綁匪以脅迫的語氣說話．

Drunk driving is a **menace** to pedestrians. 酒後駕車對行人來說頗具威脅性．

Your son is a little **menace**. 你的兒子是個小麻煩．

② Two gangsters **menaced** him with knives. 兩名歹徒持刀脅迫他．

The flood **menaced** the local farmers. 洪水以前對當地的農民造成威脅．

[複數] **menaces**

[活用] v. **menaces**, **menaced**, **menaced**, **menacing**

menacing [`mɛnɪsɪŋ] adj. 脅迫的，威脅的．

[範例] He stared at me in a **menacing** way. 他以脅迫的表情盯著我．

The snow-covered peaks of the Himalayas looked **menacing**. 覆蓋著白雪的喜馬拉雅山脈看起來很嚇人．

[活用] adj. **more menacing**, **most menacing**

menacingly [`mɛnɪsɪŋlɪ] adv. 脅迫地，威脅地: Tom shook his fist at Robert **menacingly**. 湯姆揮拳威脅羅伯特．

[活用] adv. **more menacingly**, **most menacingly**

menagerie [mə`nædʒərɪ] n. 供展覽的動物; (巡迴) 動物園．

[複數] **menageries**

＊**mend** [mɛnd] v. ① 修理，修補; 改正，改善．

—n. ② 修補處，補釘． ③ 改善，好轉．

[範例] ① She **mended** the broken door. 她修理

那扇壞掉的門.
The man **mended** the hole in his sock. 那個男子縫補襪子上的破洞.
This bag needs **mending**. 這個包包需要補一下.
She should **mend** her ways. 她得改正她的行為.
His wound was **mending** rapidly. 他的傷口很快就癒合了.
It is never too late to **mend**.《諺語》亡羊補牢猶未晚.
② This sweater has a **mend** on the elbow. 這件毛衣的手肘部分有修補過的痕跡.
③ The patient is on the **mend**. 那名患者正在康復中.
片語 **on the mend** 正在康復中, 正在好轉中. (⇨ 範例 ③)
活用 v. **mends, mended, mended, mending**
複數 **mends**

menial [`miniəl] adj. 卑下的, 低賤的《蔑視簡易工作的講法》.
活用 adj. **more menial, most menial**

menopause [`mɛnə,pɔz] n. 停經, 更年期.

menstrual [`mɛnstruəl] adj. 月經的: **menstrual** period 月經期間.

menstruate [`mɛnstru,et] v. 月經來潮.
活用 v. **menstruates, menstruated, menstruated, menstruating**

menstruation [,mɛnstru`eʃən] n. 月經, 月經期間.

-ment suff. ~結果, ~狀態《前面接動詞, 構成名詞》: achieve**ment** 成就; move**ment** 移動.

mental [`mɛntl] adj. ① 心理的, 精神的; 智能的. ② 在頭腦中進行的. ③ 精神病的.
範例 ① Too much stress can have a bad effect on your **mental** health. 壓力太大會為你的精神健康帶來不良影響.
② She is good at **mental** calculation. 她擅長心算.
③ This building is a **mental** hospital. 這棟大樓是精神病院.

mentality [mɛn`tæləti] n. ① 精神狀態, 心理. ② 智能, 智力.
範例 ① Our teacher has a childish **mentality**. 我們的老師童心未泯.
② This child has an amazingly acute **mentality**. 這個孩子有令人驚訝的敏銳智力.
複數 **mentalities**

menthol [`mɛnθol] n. 薄荷腦: **menthol** cigarettes 薄荷香菸.

mention [`mɛnʃən] v. ① 說起, 提到, 表揚, 提及~的名字.
——n. ② 提到, 簡短的陳述, 表揚.
範例 ① They **mentioned** you on the evening news. 晚間新聞中有提到你.
Mark **mentioned** her name in passing, not saying anything about her. 馬克順帶提到她的名字, 但並沒有說到任何有關她的事情.

He **mentioned** that he had something to do tonight, but didn't say what. 他說過今晚有事情要做, 但沒具體說是甚麼事.
② There was no **mention** of this matter at the meeting. 那場會議沒有提到這件事.
片語 **Don`t mention it**.《英》不用客氣.
not to mention 更不用說: The hotel's sports activities include boating and fishing, **not to mention** tennis and golf. 那家飯店提供的體育活動包括乘船遊玩、釣魚, 更不用說網球與高爾夫球了.
活用 v. **mentions, mentioned, mentioned, mentioning**
複數 **mentions**

mentor [`mɛntɚ] n. 良師, 指導者.
複數 **mentors**

*****menu** [`mɛnju] n. ① 菜單. ② 菜肴: a light **menu** 清淡的菜肴. ③ (電腦的) 項目單.
複數 **menus**

mercantile [`mɝkəntil] adj. 商業的, 商人的, 貿易的: **mercantile** law 商事法.

mercenary [`mɝsn,ɛri] adj. ① 以金錢為目的的, 唯利是圖的.
——n. ② 外國傭兵.
活用 adj. **more mercenary, most mercenary**
複數 **mercenaries**

*****merchandise** [`mɝtʃən,daɪz] n. 商品, 貨品.
範例 Some supermarkets have begun to sell nonfood **merchandise**, such as toys, hardware, and clothing. 有些超級市場開始銷售食物以外的商品, 例如玩具、五金器具與服裝.
Cartoon makers make a lot of money selling **merchandise** related to their shows. 漫畫家藉由出售作品相關商品賺了很多錢.

*****merchant** [`mɝtʃənt] n. ① 貿易商, 《英》批發商. ② 零售商, 店主. ③《口語》~迷, ~狂.
範例 ① The **Merchant** of Venice is a very famous play by Shakespeare.《威尼斯商人》是莎士比亞的名著之一.
② Mr. Green is a textile **merchant**. 格林先生是一位紡織品的零售商.
③ What a speed **merchant** you are! We're doing 80 miles an hour! 你真是一個愛開快車的傢伙! 我們現在時速80哩!
參考 英國主要使用釋義 ①, 美國主要使用釋義 ②. 在 merchant 前面加上商品名稱時, 英國也使用釋義 ②.
♦ **mèrchant of déath** 死亡商人, 軍火販子《發戰爭財的人》.
複數 **merchants**

merciful [`mɝsɪfəl] adj. 仁慈的, 慈悲的, 寬大的.
範例 The **merciful** child released the lark from the cage. 那個仁慈的孩子把雲雀從鳥籠裡放生.
a **merciful** death 安樂死.

活用 adj. **more merciful**, **most merciful**
mercifully [ˋmɝsɪfəlɪ] adv. 仁慈地，寬大地：
Mercifully, my boss was only joking when he said I was being demoted. 我的上司說我要被降職，幸好他只是開玩笑的。

活用 adv. **more mercifully**, **most mercifully**
merciless [ˋmɝsɪlɪs] adj. 毫無慈悲心的，冷酷無情的：The dictator was **merciless** to his opponents. 那位獨裁者對於反抗他的人冷酷無情。

活用 adj. **more merciless**, **most merciless**
mercilessly [ˋmɝsɪlɪslɪ] adv. 毫無慈悲心地，冷酷無情地。

活用 adv. **more mercilessly**, **most mercilessly**
mercurial [mɝˋkjʊrɪəl] adj. ① 含水銀的。 ② 多變的，三心二意的。

活用 adj. ② **more mercurial**, **most mercurial**
Mercury [ˋmɝkjərɪ] n. ① 麥丘里《羅馬神話中諸神的使者，商人、盜賊、辯士等的守護神》。② 水星《離太陽最近的行星》。

參考 釋義 ① 長著翅膀，戴帽穿鞋，手持著纏有2條蛇的魔杖，並負責引導死者亡靈赴黃泉；亦被稱為琴的發明者。

*__mercury__ [ˋmɝkjərɪ] n. ① 水銀，汞《金屬元素，符號 Hg. 具有銀白色光澤，常溫下為液體，用於溫度計、放電管等，具有毒性；亦作 quicksilver》。② (溫度計、氣壓計等的) 水銀柱。

範例 ① **mercury** poisoning 水銀中毒。
② The **mercury** is rising. 水銀柱正在上升。

*__mercy__ [ˋmɝsɪ] n. ① 慈悲，仁慈，憐憫，寬大。② 恩惠，幸運。

範例 ① Some people pleaded for **mercy** to no avail—the prisoner was executed. 有些人請求寬大處理未果，那名因犯被處死了。
The general showed no **mercy** to his enemies. 那位將軍對敵人毫無仁慈之心。
Our boat was at the **mercy** of the wind and weather. 我們的船任由風與天氣擺布。
Mr. Baker has done small **mercies** for his poor neighbors over the years. 貝克先生長期給與貧窮的鄰居微薄的援助。
② It's a **mercy** that nobody got seriously injured. 真是幸運，沒有人受重傷。

片語 **at the mercy of** 任由～擺布. (⇨ 範例 ①)
for mercy's sake 請大發慈悲，請行行好.
leave...to the tender mercies of ～ 聽任…由～擺布：Would you like to **leave** me to **the tender mercies of** that cruel nurse? 你會任由我讓那冷酷的護士擺布嗎？
Mercy on us! 哎呀！我的天哪！

♦ **mércy killing** 安樂死.
複數 **mercies**

*__mere__ [mɪr] adj. 〔只用於名詞前〕僅僅的，只不過。

範例 He is a **mere** child. 他只不過是一個小孩

子而已.
He doesn't have the **merest** bit of good luck at the casino. 他的賭運奇差無比.

參考 無比較級，但強調時往往會用 the merest.
(⇨ 範例)

活用 adj. **merest**

*__merely__ [ˋmɪrlɪ] adv. 僅僅，只.

範例 WABC is not **merely** a network affiliate; it's ABC's flagship radio station. WABC 不僅僅是無線播送網的成員，還是 ABC 旗下最重要的播送站.
You shouldn't trust his opinion—he's **merely** an amateur. 你最好不要相信他的意見，他只不過是個半調子.

merge [mɝdʒ] v. (使) 合併，(使) 融為一體.

範例 The sky and the sea **merged** into one. 天空與海洋融為一體.
Day was **merging** with night. 天就要變黑了.
The two companies were **merged** into a large one. 那2家公司被合併成一家大公司.

活用 v. **merges**, **merged**, **merged**, **merging**
merger [ˋmɝdʒɚ] n. 合併：The **merger** of the two banks produced the largest bank in the world. 那2家銀行合併成為世界上最大的銀行.
merger and acquisition 企業的合併與收購《略作 M & A》.

複數 **mergers**

*__meridian__ [məˋrɪdɪən] n. ① 子午線，經線《沿著地球表面連接南北兩極的假想線，用來表示經度》。② 頂點，全盛時期。

複數 **meridians**
meringue [məˋræŋ] n. 蛋白糖霜《將蛋白加糖打至發泡變硬》。

複數 **meringues**

*__merit__ [ˋmɛrɪt] n. ① 價值，優點.
——v. ② 值得.

範例 ① There is no **merit** in buying a car if you do not have a driver's license. 如果你沒有汽車駕照，買車也是沒有用的.
Honesty is one of her **merits**. 正直是她的優點之一.
I want to judge him on his own **merits**. 我想單就他個人的特質來評斷他.
② Your bold action **merits** praise. 你的勇敢行為值得讚賞.
His misconduct **merits** punishment. 他的不檢點應該受到懲罰.

複數 **merits**
活用 v. **merits**, **merited**, **merited**, **meriting**
meritorious [͵mɛrəˋtorɪəs] adj. 值得讚賞的，有價值的.

活用 adj. **more meritorious**, **most meritorious**
mermaid [ˋmɝ͵med] n. (雌) 人魚，美人魚《傳說中的動物，上半身為人，下半身為魚. 雖然有 merman (雄人魚) 一字，但很少用. 安徒生的童話《小美人魚》為 Little Mermaid》。

M

字源 mere (海、湖) ＋maid (少女).

複數 **mermaids**

***merrily** [`mɛrəlɪ] *adv.* 快樂地，愉快地，高興地：Father sang **merrily** in the bathroom. 父親在浴室裡愉快地唱歌.

活用 *adv.* **more merrily**，**most merrily**

merriment [`mɛrɪmənt] *n.* 興高采烈，歡笑.

***merry** [`mɛrɪ] *adj.* ① 快樂的，愉快的，歡樂的.
② 〖英〗微醉的.

範例 ① a **merry** gathering 快樂的聚會.
All the people made **merry** at the party. 大家在晚會上興高采烈.
I wish you a **merry** Christmas! 祝你聖誕節快樂.《亦作 Merry Christmas!》
② Mr. Brown got a bit **merry**. 布朗先生有一點醉意.

活用 *adj.* **merrier**，**merriest**

merry-go-round [`mɛrɪgə,raund] *n.* ① 旋轉木馬：The **merry-go-round** slowed down and came to a halt. 旋轉木馬慢慢停了下來.
② 旋轉；繁忙的活動.

參考 ①〖英〗 roundabout，〖美〗 carrousel，carousel. 源自德國及奧地利的木工移居美國時帶入這方面的技術，其後每逢嘉年華會、博覽會、馬戲團表演必設，自20世紀初開始廣為人知.

複數 **merry-go-rounds**

mesdames [me`dɑm] *n.* ① madam 的複數形. ②〔M～〕Madame 的複數形《亦作 Mrs. 的複數形》

Mesdemoiselles [,medəmwə`zɛl] *n.* Mademoiselle 的複數形.

mesh [mɛʃ] *n.* ① 網孔，篩孔. ② 網，網狀組織〔結構〕. ③ (齒輪等的) 咬合.
——*v.* ④ (使) 咬合.

範例 ① This net has a one-centimeter **mesh**. 這張網的網孔為1公分大.
My trout is caught in the **meshes** of the net. 我捕到的鱒魚卡在網孔中.
② I'd like a pair of **mesh** shoes. 我想要一雙網狀結構的鞋子.
③ The teeth on these two cogs are in **mesh**. 那2個齒輪咬合得很密實.
④ The cogs **meshed** with each other. 那些齒輪互相咬合.

複數 **meshes**

活用 *v.* **meshes**，**meshed**，**meshed**，**meshing**

***mess** [mɛs] *n.* ① 亂七八糟，雜亂 (狀態)；散亂之物. ② 困境，窘境. ③ 把～弄亂，把～弄糟 (up).
——*v.* ③ 把～弄亂，把～弄糟 (up).

範例 ① Bad weather made a **mess** of my trip. 惡劣的天氣把我的旅行搞得一塌糊塗.
The children's room is in a terrible **mess**. 孩子們的房間真是亂七八糟.
You made the **mess**, you clean it up. 你弄亂的，你來收拾.
② He is always getting into a **mess**. 他老是被捲入困境.

③ Sue doesn't like wearing a motorcycle helmet because it **messes** her hair up. 蘇不喜歡戴安全帽，因為它會把頭髮弄亂.

片語 **get into a mess** 陷入困境. (⇨ 範例 ②)
make a mess of 把～弄糟，把～搞得一塌糊塗. (⇨ 範例 ①)

mess about/mess around ① 吵鬧，胡鬧：The children were shouting and **messing about** in the room when their mother came in. 母親進去時，孩子們正在房間裡胡鬧. ② 鬼混，閒晃：He spent every Sunday just **messing about**. 他每個星期天都在鬼混. ③ 弄亂，弄糟，瞎弄.

mess with ～ ① 干涉，插手：Don't **mess with** things that you don't understand. 你不懂的事就別插手. ② 妨礙.

複數 **messes**

活用 *v.* **messes**，**messed**，**messed**，**messing**

‡**message** [`mɛsɪdʒ] *n.* ① 口信，傳言，通信. ② 消息，要旨，寓意. ③ (總統的) 正式公報，咨文.

範例 ① She was out, so I left a **message** for her. 她出去了，所以我留言給她.
② This **message** came via satellite, sir. 這個消息是透過衛星傳來的，先生.
The **message** of his novel is that goodwill sometimes does no good. 他那本小說的要旨是說善意有時候免不了有害.

片語 **get the message** 瞭解真正的意思.

複數 **messages**

***messenger** [`mɛsndʒɚ] *n.* 信差，使者：Iris was the goddess of the rainbow and a **messenger** from the gods to humankind. 艾麗絲是彩虹女神，也是把眾神的旨意傳達給人類的使者.

複數 **messengers**

Messiah [mə`saɪə] *n.* ①〔the ～〕(猶太教的) 彌賽亞；耶穌・基督. ②〔m～〕救星，解放者.

複數 **Messiahs**

Messieurs [`mɛsɚz] *n.* Monsieur 的複數形.

Messrs./Messrs [`mɛsɚz] *n.* Mr./Mr 的複數形.

參考 (1) 用於複數男子姓名前. (2) 用於以人名為公司名稱前：**Messrs** Smith and Brown (1) 史密斯先生與布朗先生. (2) 史密斯・布朗公司.

messy [`mɛsɪ] *adj.* ① 凌亂的，污穢的. ② 棘手的，難處理的.

活用 *adj.* **messier**，**messiest**

***met** [mɛt] *v.* meet 的過去式、過去分詞.

metabolism [mə`tæbḷ,ɪzəm] *n.* 新陳代謝，代謝作用.

***metal** [`mɛtḷ] *n.* 金屬：Gold is a precious **metal**. 黃金是貴金屬.
♦ **métal detèctor** 金屬探測器.

複數 **metals**

metallic [mə`tælɪk] *adj.* 金屬的，金屬製的，

似金屬的.

範例 **metallic** fatigue 金屬疲勞.

metallic currency 硬幣.

a **metallic** sound 金屬般的聲音.

活用 *adj.* **more metallic**, **most metallic**

metamorphosis [ˌmɛtəˈmɔrfəsɪs] *n.* ① 變態《生物在成長過程中改變形狀, 例如蝌蚪變成蛾》: The change a tadpole undergoes in becoming a frog is called **metamorphosis**. 蝌蚪變成青蛙的過程被稱作變態. ② 變化, 變形, 變身.

發音 複數形 metamorphoses [ˌmɛtəˈmɔrfəsiz].

metaphor [ˈmɛtəfə-] *n.* 隱喻, 暗喻《不用 as 或 like 等的比喻, 例如 a heart of stone (鐵石心腸) 這種表現方法, 而 a heart like a stone 為明喻》: ☞ simile (直喻, 明喻)).

複數 **metaphors**

metaphorical [ˌmɛtəˈfɔrɪkl] *adj.* 隱喻的, 比喻的.

metaphorically [ˌmɛtəˈfɔrɪklɪ] *adv.* 隱喻地, 比喻地.

meteor [ˈmitɪə-] *n.* 流星《宇宙中的固體粒子墜入大氣層後燃燒發光的現象; 亦作 falling star, shooting star》.

複數 **meteors**

meteoric [ˌmitɪˈɔrɪk] *adj.* ① 流星的. ② 輝煌一時的, 轉眼即逝的.

範例 ① a **meteoric** shower 流星雨.

② That writer had a **meteoric** rise to fame. 那位作家迅速成名.

活用 *adj.* ② **more meteoric**, **most meteoric**

meteorite [ˈmitɪəˌraɪt] *n.* 隕石《未燃盡而墜落於地球表面的太空物體》.

複數 **meteorites**

meteorological [ˌmitɪərəˈladʒɪkl] *adj.* 氣象的, 氣象學的: a **meteorological** observatory 氣象臺.

meteorologist [ˌmitɪəˈralədʒɪst] *n.* 氣象學家.

複數 **meteorologists**

meteorology [ˌmitɪəˈralədʒɪ] *n.* 氣象學.

***meter** [ˈmitə-] *n.* ① 公尺《長度的基本單位, 略作 m》. ② 儀表, 計量器. ③ (詩的) 韻律. ④ (音樂的) 拍子.

——*v.* ⑤ (以計量器) 計量.

範例 ① He is 1 **meter** 80 centimeters tall. 他有 180 公分高.

② Our use of gas, water and electricity is measured by **meters**. 使用瓦斯, 自來水, 電時用計量器計量.

⑤ This instrument **meters** electricity. 這個儀器是在計算電量.

參考 (1) 「公制」稱為 the metric system. 1 公尺的長度起初定為地極與赤道間的千萬分之一長, 之後經過多次修改, 現在定為光在 299,792,458 分之一秒中通過真空狀態的長度. (2) ① ③ ④ 《英》 metre.

➡ 充電小站 (p. 793)

複數 **meters**

活用 *v.* **meters**, **metered**, **metered**, **metering**

***method** [ˈmɛθəd] *n.* ① 方法, 方式. ② 條理, 秩序.

範例 ① This is the best **method** for making Belgian waffles. 這是製作比利時格子鬆餅的最好方法.

② He is a man of **method**. 他是一個有條不紊的人.

複數 **methods**

methodical [məˈθadɪkl] *adj.* 有條理的, 有秩序的; 精心仔細的.

範例 Perhaps if your house cleaning were more **methodical**, you'd save time. 如果你能更井然有序地打掃房子, 你就能節省時間.

The murderer was ruthless and **methodical** —he didn't leave a trace. 那個殺人犯既殘忍又很精明, 他沒有留下任何線索.

活用 *adj.* **more methodical**, **most methodical**

methodically [məˈθadɪklɪ] *adv.* 有條理地, 有秩序地, 有組織地.

活用 *adv.* **more methodically**, **most methodically**

Methodist [ˈmɛθədɪst] *n.* (基督教的) 衛理公會教徒《強調個人與社會的道義》.

複數 **Methodists**

methodology [ˌmɛθədˈalədʒɪ] *n.* 方法論; 方法.

複數 **methodologies**

meticulous [məˈtɪkjələs] *adj.* 小心謹慎的, 一絲不苟的: **meticulous** care 一絲不苟的照顧.

活用 *adj.* **more meticulous**, **most meticulous**

meticulously [məˈtɪkjələslɪ] *adv.* 小心謹慎地, 一絲不苟地.

活用 *adv.* **more meticulously**, **most meticulously**

***metre** [ˈmitə-] =*n.*, *v.* 《美》 meter.

metric [ˈmɛtrɪk] *adj.* ① 公尺的, 公制的. ② 韻律的, 節拍的.

♦ **métric sýstem** 公制《國際統一計量單位, 18 世紀末由法國制定的十進位法單位體系》.

metronome [ˈmɛtrəˌnom] *n.* 節拍器.

複數 **metronomes**

***metropolis** [məˈtrɑplɪs] *n.* (國、地區的) 最主要城市, 大都市: New York is the greatest **metropolis** in the United States. 紐約是美國的最大都市.

參考 不一定是首都 (capital).

複數 **metropolises**

***metropolitan** [ˌmɛtrəˈpɑlətn] *adj.* ① 主要城市的, 大都市的 [大都會] 的. ② 本國的, 母國的.

——*n.* ③ 主要城市 [大都會] 居民, 都市人. ④ 本國人. ⑤ [M—] 大主教, 總主教.

複數 **metropolitans**

mettle [ˈmɛtl] *n.* 《正式》 勇氣, 氣概: John

showed his **mettle** by successfully concluding the complicated task. 約翰展現氣魄，順利地完成那項複雜的工作．

mew [mju] n. ① 喵《貓、海鷗的叫聲》．
——v. ② 喵喵叫．
[參考] 貓叫時 ① ② 亦作 miaow．
[複數] **mews**
[活用] v. **mews**, **mewed**, **mewed**, **mewing**

Mexican [ˋmɛksɪkən] adj. ① 墨西哥（人）的．
——n. ② 墨西哥人〔語〕．
♦ **Mèxican wáve** 波浪舞《觀眾按順序一排一排站起來，使得觀眾席看起來像波浪起伏一樣，亦作 wave》．
[複數] **Mexicans**

Mexico [ˋmɛksɪˏko] n. 墨西哥《☞ 附錄「世界各國」》．

mg 《縮略》＝milligram, milligrams（毫克）《千分之一公克》．

mi [mi] n. 全音階第3音．
——《充電小站》(p. 831)

miaow [mɪˋaʊ] n. ① 喵《貓叫聲，亦作 mew》．
——v. ② 喵喵叫《亦作 mew》．
[複數] **miaows**
[活用] v. **miaows**, **miaowed**, **miaowed**, **miaowing**

mica [ˋmaɪkə] n. 雲母《以矽酸鹽為主的礦物，用作電器用品的絕緣材料》．

mice [maɪs] n. mouse 的複數形．

Michael [ˋmaɪkl] n. 男子名《暱稱 Mike, Mickey》．

micro- pref. 小型的，極小的；細微的，微量的：
microbus 小型公車．

***microbe** [ˋmaɪkrob] n. 微生物；細菌．
[複數] **microbes**

microchip [ˋmaɪkrəˏtʃɪp] n. 微型晶片《電腦積體電路的半導體晶片》．
[複數] **microchips**

microcosm [ˋmaɪkrəˏkɑzəm] n. 小宇宙，小世界；縮圖；縮影．
[複數] **microcosms**

microfilm [ˋmaɪkrəˏfɪlm] n. ①（文獻等的）微縮底片．
——v. ②（把～）拍成微縮底片．
[複數] **microfilms**
[活用] v. **microfilms**, **microfilmed**, **microfilmed**, **microfilming**

micron [ˋmaɪkrɑn] n. 微米《百萬分之一公尺》．
[發音] 複數形 micra [ˋmaɪkrə]．
[複數] **microns/micra**

microphone [ˋmaɪkrəˏfon] n. 麥克風，擴音器《亦作 mike》：Speak through the **microphone** so that everybody can hear you. 請用麥克風講話，以便大家都能聽到．
[字源] micro（小的）＋phone（聲音）．
[複數] **microphones**

microscope [ˋmaɪkrəˏskop] n. 顯微鏡：He examined the bacteria through the **microscope**. 他用顯微鏡檢驗細菌．
[複數] **microscopes**

microscopic [ˏmaɪkrəˋskɑpɪk] adj. ① 使用顯微鏡的，顯微鏡的．② 用顯微鏡才能看到的，微小的．
[範例] ① The scientist examined the **microscopic** photographs of the fingerprints. 那位科學家檢查指紋的顯微照片．
② He was the first scientist to discover this **microscopic** bacteria. 他是最早發現這種微小細菌的科學家．

microwave [ˋmaɪkrəˏwev] n. ① 微波《波長為0.1公釐至1公尺的超極短波》．② 微波爐《亦作 microwave oven》．
——v. ③ 用微波爐烹調．
[複數] **microwaves**
[活用] v. **microwaves**, **microwaved**, **microwaved**, **microwaving**

***mid** [mɪd] adj.〔只用於名詞前〕中央的，中間的．

mid- pref. 中央的，中間的，正中的：**mid**day 正午，12點；**mid**night 子夜，夜裡12點．

midday [ˋmɪdˏde] n. 正午，中午：The games begin at **midday**. 那些比賽在正午舉行．

***middle** [ˋmɪdl] adj. ① 中央的，中間的；中等的．
——n. ② 中間，中央．③ 腰，腰部．
[範例] ① Well, you won't find it in the **middle** closet. 喂，你在中間那個櫥櫃裡不可能找到它的．
② He planted rose bushes in the **middle** of the garden. 他在花園中央種了玫瑰．
I was born in the **middle** of February. 我是2月中旬出生的．
She got a phone call in the **middle** of lunch. 午餐吃到一半的時候，她接了一通電話．
③ My father is getting fat around the **middle**. 我父親腰圍漸漸變粗了．
[片語] **in the middle of** 在～當中，在～中間．（⇨ [範例] ②）
♦ **middle áge** 中年，壯年．
the **Middle Áges** 中世紀《在歐洲史上指西羅馬帝國開始衰退的4、5世紀至文藝復興(the Renaissance)開始的15世紀這段時間》．
middle cláss 中產階級．
the **Middle Éast** 中東《從伊朗至埃及的地區》．
middle náme 中間名《☞ 《充電小站》(p. 837)》．
míddle schòol 中學《美國為11-14歲、英國為8-12歲兒童所就讀的學校》．
[複數] **middles**

middle-aged [ˋmɪdlˋedʒd] adj. 中年的：Mr. Bush is nearly 70, but he still considers himself to be **middle-aged**. 布希先生已經年近70，可是他自認為還是中年．

middleman [ˋmɪdlˏmæn] n. ① 經紀人；掮客，仲介《從廠方購得商品，賣給商店或直接售給顧客》．② 中間人，介紹人．
[複數] **middlemen**

「公尺」為何又稱為「米」?

【Q】「1平方公尺」常常稱作「1平米」,那是由於把「平方公尺」略作「平」,「公尺」稱為「米」之故. 為甚麼會把「公尺」稱為「米」呢?

【A】最早把長度的基本單位定作「公尺」的是法國,始於18世紀末,即距今200多年前.

再者,「1平方公尺」的英語為 one square meter. one 是「1」, square 譯成「平方」, meter

則是「公尺」.

那麼「平方公尺」為何會變成「平米」呢? 這還得從中文說起. 以前 meter 曾經被譯成「米突」, 取其讀音相近, 後來演變成「米」.

總之,是中文先把 meter 譯成「米」, 之後才有「1平米」這樣的講法. 同樣地, 常常把「1立方公尺 (1 cubic meter) 讀作「1立米」.

---

midge [mɪdʒ] n. 小昆蟲《特指小蚊子》.
[複數] **midges**

midget [`mɪdʒɪt] n. ① 侏儒, 小矮人. ② 極小之物.
——adj. ③ 小型的, 極小的.
[複數] **midgets**

midland [`mɪdlənd] n. ① (一國的) 中部地區, 內陸. ② 〔the Midlands〕英格蘭中部地區.
——adj. ③〔只用於名詞前〕中部的, 內陸的.
[範例] ① He comes from the **midland** and has a different accent from me. 他來自中部地區, 說話的腔調和我不同.
③ **midland** plains 中部平原.
[複數] **midlands**

*__midnight__ [`mɪd.naɪt] n. 午夜, 子夜.
[範例] John returned home from work at **midnight**. 約翰午夜下班回家.
The clock on the wall struck **midnight**. 那個壁鐘敲了半夜12點.
The ceremony started after **midnight**. 那個儀式在午夜後開始.
My sister received a **midnight** call. 我姊姊午夜接了一通電話.

midriff [`mɪdrɪf] n. ① 橫膈膜. ② (人體軀幹) 胸部到腰線以上的身體部位.
[複數] **midriffs**

midst [mɪdst] n. 中部, 中間.
[範例] There is a traitor in our **midst**. 我們之中有一個叛徒.
He was left alone in the **midst** of enemies. 他一個人被留在敵軍之中.
He abruptly stopped running in the **midst** of the race. 在比賽當中, 他突然不跑了.
[片語] **in ～'s midst** 在～中間. (⇨ [範例])
in the midst of 在～中間, 被～包圍著. (⇨ [範例])

*__midsummer__ [`mɪd`sʌmə] n. 仲夏《指夏至時節》.

*__midway__ [`mɪd`we] adj. ① 中途的, 中間的.
——adv. ② 在中途, 在中間.
[範例] ① He led the marathon race at the **midway** point. 在馬拉松賽跑進行到一半時, 他領先群雄.
② There's a gas station **midway** between these two towns. 在這兩個城鎮中間有一家加油站.

Midwest [`mɪd`wɛst] n. 〔the ～〕美國中西部地區.

midwife [`mɪd.waɪf] n. 助產士, 產婆.
[複數] **midwives**

midwinter [`mɪd`wɪntə] n. 仲冬《指冬至時節》.

†*__might__ [maɪt] aux. ① 也許, 可能. ② 可以. ③ 也許, 可能《自己那麼想, 但並不知道實際會如何》. ④ 可以《自己那麼想, 但不知道實際狀況會如何》.
——n. ⑤ 力量, 勢力.
[範例] ① I thought it **might** rain. 我想也許會下雨.
I wrote down his telephone number so that I **might** give him a call later. 我以後也許會打電話給他, 於是便記下他的電話號碼.
He was afraid that the news **might** be true. 他擔心那個消息可能是真的.
You **might** have been on time if you had left your home earlier. 早點兒出門的話, 你也許就來得及了.
That was a bad place to go skiing. You **might** have broken your leg. 那個地方不適合滑雪. 你也許會摔斷腿.
② The pupils asked if they **might** go home. 那些學生詢問他們是否可以回家了.
You **might** have cut my hair shorter. 你要是把我的頭髮理得短一點兒就好了.
You **might** have known a child would lose his way. 你本來就該知道孩子會迷路的.
③ Rain **might** come, but it's very unlikely. 也許會下雨, 但不大可能.
That **might** be the answer but I doubt it. 那也許是答案, 但我存疑.
He is a bright boy, and his parents **might** well be proud of him. 他是一個聰明的孩子, 他的父母親一定會以他為榮的.
If you went to bed for an hour you **might** feel better. 你去睡一個小時, 也許就會感到好一些.
"What was that noise?" "It **might** have been a cat." 「那是甚麼聲音?」「也許是貓吧.」
④ "**Might** I borrow your pen, please?" "Yes. Here you are." 「可以借用一下你的鋼筆嗎?」「可以, 你用吧.」
I wonder if I **might** have a little more cheese. 我可以再吃點乳酪嗎?
You **might** buy me a new dress. 要是你買一件新衣服給我就好了.

M

⑤ Even with all his **might** he couldn't budge the rock. 即使他竭盡全力也無法推動那塊岩石. **Might** is right.《諺語》勝者為王.

片語 **might as well** 不妨, 大可以: No one here is going to use it, so you **might as well** take it. 這裡沒有人會去用它, 你不妨把它拿走.

might well 一定會. (⇨ 範例 ③)

with all ~'s might 竭盡全力地. (⇨ 範例 ⑤)

with ~'s might and main 竭盡全力地, 拚命地.

mightily [`maɪtɪlɪ] adv. ① 強烈地, 強而有力地. ②《口語》非常地.

範例 ① The player swore **mightily**. 那名選手強而有力地宣誓.

② He was **mightily** proud of his son. 他為兒子感到非常自豪.

活用 adv. **more mightily**, **most mightily**

mightn't [`maɪtnt]《縮略》=might not: The bus **mightn't** come. 那輛公車也許不來了.

M ***mighty** [`maɪtɪ] adj. ① 強有力的, 巨大的.
——adv. ②《口語》《美》非常地.

範例 ① The pen is **mightier** than the sword.《諺語》文勝於武.
The people crossed the **mighty** ocean in a small boat. 人們乘小船橫渡浩瀚的海洋.

② The child is **mighty** clever. 那個小孩非常聰明.

活用 adj. **mightier**, **mightiest**

migraine [`maɪgren] n. 偏頭痛.

複數 **migraines**

migrant [`maɪgrənt] adj. ① 移居的, 遷移的, 遷移性的.
——n. ② 移居者; 候鳥; (因機會或計畫等而) 到處流動者.

範例 ① **migrant** workers 流動工人.
migrant birds 候鳥.

複數 **migrants**

***migrate** [`maɪgret] v. 移居, 遷移, 移動.

範例 ① Swallows **migrate** to warmer countries in winter. 燕子冬天時往較溫暖的地區遷移.
They **migrated** from Cuba to the United States. 他們從古巴移居到美國.

活用 v. **migrates**, **migrated**, **migrated**, **migrating**

migration [maɪ`greʃən] n. ① 移居, 移動. ② (人、動物等) 移居的群體.

複數 **migrations**

migratory [`maɪgrə͵torɪ] adj. 移居的, 遷移性的: **migratory** birds 候鳥.

mike [maɪk] n.《口語》麥克風, 擴音器《亦作 microphone》: Speak into the **mike**, Mike. 請對著麥克風講, 邁克.

複數 **mikes**

milage [`maɪlɪdʒ]=n. mileage.

***mild** [maɪld] adj. ① 溫和的, 溫順的, 和善的; (規定等)不嚴格的, 寬大的. ② (味道)清淡的, 不具刺激性的.

範例 ① Bill has such a **mild** nature that I have never seen him get angry. 比爾生性溫和, 我不曾看見他發火.
mild weather 和煦的天氣.
The discipline is **milder** at this school than at most others. 這所學校的紀律比其他學校鬆.

② a **mild** beer 淡啤酒.

活用 adj. **milder**, **mildest**

mildew [`mɪl͵dju] n. ① (白色或灰色)霉菌; 霉病《由霉菌引起的植物病蟲害, 植物表面看起來像是撒了一層白粉似的》: The basement smells of **mildew**. 那間地下室有一股霉味.
——v. ② (使)發霉.

活用 v. **mildews**, **mildewed**, **mildewed**, **mildewing**

mildly [`maɪldlɪ] adv. ① 溫和地, 和善地, 客氣地. ② 稍微地, 些許地.

範例 ① The mother told her son **mildly** that he could not go out with her. 母親溫和地對兒子說他不能跟她出去.
This jacket is not appropriate for a funeral, to put it **mildly**. 說得客氣點兒, 這件夾克不適合穿禮服.

② John seems only **mildly** interested in the book. 約翰對那本書似乎只是稍微感興趣而已.

片語 **to put it mildly** 說得客氣點兒. (⇨ 範例 ①)

活用 adv. **more mildly**, **most mildly**

mildness [`maɪldnɪs] n. 溫和, 和善.

*‌**mile** [maɪl] n. ① 哩《陸上距離單位, 1哩約1,609公尺, 略作 m 或 mi》. ② 浬《海上距離單位, 1浬約1,852公尺, 略作 nm, 亦作 nautical mile, sea mile》. ③《the ~》1哩賽跑.

範例 ① That port is 300 **miles** away from here. 那個港口離這裡有300哩.
drive at 75 **miles** per hour 以時速75哩駕駛.
I'm sure you'll feel **miles** better tomorrow. 我相信你明天會感覺好很多.
miss the target by a **mile** 完全偏離目標.

片語 **miles away**《口語》心不在焉的: I'm sorry, I was **miles away**. 對不起, 我心不在焉.

參考 mile 源自拉丁語 mille (千), 原本是古羅馬的單位, 為一千步的距離. 不過, 這裡先邁右腳再邁左腳算為一步 (稱為 double pace). 現在定1哩為1,760碼 (約1,600公尺), 稱「法定哩 (statute mile)」.

複數 **miles**

mileage [`maɪlɪdʒ] n. ① 哩程(數)《汽車製造後所行駛的距離, 或指1加侖或1公升的燃料所行駛的距離》. ② 每哩的交通費用《亦作 mileage allowance》, 指開自己的車執行公務時公司所支付的津貼》. ③ 利用價值, 使用效益.

範例 ① The **mileage** of my car is very low. 我車子行駛的哩程非常短.
This car gets better **mileage** than that one. 這輛車比那輛車省油.

③ The newspapers got a lot of **mileage** out of that scandal. 各報反覆報導那一件事醜聞.
〖參考〗〖美〗milage.
〖複數〗**mileages**

mileometer [maɪˋlɑmətɚ] n. 〖英〗（汽車的）哩程錶《亦作 milometer；〖美〗odometer）.
〖複數〗**mileometers**

milestone [ˋmaɪlˏston] n. ① 哩程碑《表示到目的地哩數的石碑》. ② 劃時代的重大事件.
〖複數〗**milestones**

militancy [ˋmɪlətənsɪ] n. 好戰性，鬥爭性；交戰狀態.

militant [ˋmɪlətənt] adj. ① 好戰的，鬥爭的.
——n. ② 鬥士，好戰的人.
〖活用〗adj. **more militant**, **most militant**
〖複數〗**militants**

militarism [ˋmɪlətəˏrɪzəm] n. 軍國主義；尚武精神.

militarist [ˋmɪlətərɪst] n. 軍國主義者.
〖複數〗**militarists**

*__military__ [ˋmɪləˏtɛrɪ] adj. ① 軍隊的，軍人的，軍事的. ② 陸軍的.
——n. ③〔the ~，作複數〕軍隊，軍人.
〖範例〗① In his home country every healthy young man does two years' **military** service. 在他的祖國，所有健康的青年都要服兩年兵役.
② a **military** academy 陸軍軍官學校.
③ The **military** were asked to keep order in the city. 軍隊被要求維持市區治安.
♦ the military police 憲兵隊.
➡ (充電小站) (p. 797), (p. 799), (p. 801), (p. 803)

militia [məˋlɪʃə] n. 民兵.
〖複數〗**militias**

*__milk__ [mɪlk] n. ① 乳汁，牛奶. ② 乳狀物，乳液.
——v. ③ 擠奶；泌乳. ④ 擠出；榨取，剝削.
〖範例〗① a glass of **milk** 一杯牛奶.
condensed **milk** 煉乳《加糖的濃縮牛奶》.
skim **milk**/skimmed **milk** 脫脂牛奶《除去脂肪成分的牛奶》.
whole **milk** 全脂牛奶《未去除脂肪成分的牛奶》.
My brother was fed on mother's **milk**. 我弟弟是由母奶哺育的.
〖片語〗**a land flowing with milk and honey/a land of milk and honey** 物產富饒之地《指《舊約聖經出埃及記》第3章17節所說的上帝所賜的土地迦南 (Canaan)》.
milk and water 索然無味的話.
the milk of human kindness （人的）惻隱之心，善良的天性《莎士比亞《馬克白》(Mackbeth) 劇中第1幕第5場馬克白夫人的臺詞》.
♦ milk shake 奶昔《在冰牛奶中加入香料、冰淇淋攪拌成泡沫狀的飲料，亦作 shake》.
〖活用〗v. **milks**, **milked**, **milked**, **milking**

milkmaid [ˋmɪlkˏmed] n. 擠奶女工.
〖複數〗**milkmaids**

milkman [ˋmɪlkˏmæn] n. 賣牛奶的人，送牛奶的人.
〖複數〗**milkmen**

milky [ˋmɪlkɪ] adj. 乳白色的，乳狀的；含乳的.
♦ the Milky Wáy 銀河，天河《星體聚集在一起而形成的明亮光帶，亦作 the Galaxy，包括太陽系在內. 據希臘神話所說，赫克利斯 (Hercules) 年幼時吸天后希拉 (Hera) 的奶用力過猛，希拉憤怒之下把赫克利斯拋開，奶水遂灑向夜空，變成了 the Milky Way》.
〖活用〗adj. **milkier**, **milkiest**

*__mill__ [mɪl] n. ①（穀物的）磨坊，製粉廠. ② 磨粉機，磨石. ③ 工廠，製造廠.
——v. ④ 磨細，碾碎，把~磨成粉；用機器加工（成型）. ⑤ 把（硬幣邊緣）軋成鋸齒狀. ⑥（一群人或動物）繞圈子轉，毫無目的地兜圈子 (around, about).
〖範例〗① Mr. Thomas runs a **mill**. 湯瑪斯先生經營磨坊.
② a coffee **mill** 咖啡研磨機.
a pepper **mill** 胡椒粉研磨機.
③ a paper **mill** 造紙廠.
④ We **mill** coffee ourselves. 我們自己研磨咖啡.
⑤ a **milled** coin 有鋸齒邊緣的硬幣.
⑥ The festive crowd were **milling** about in the square. 歡樂的人群在廣場上毫無目的地兜著圈子.
〖片語〗**go through the mill** 飽嘗辛酸，受盡折磨.
put ~ through the mill 使受苦，使受折磨.
〖複數〗**mills**
〖活用〗v. **mills**, **milled**, **milled**, **milling**

millennium [məˋlɛnɪəm] n. ① 一千年間. ②〔the ~〕千禧年《聖經》中預言基督再次降臨統治人間的一千年》. ③〔the ~〕（想像中的）黃金盛世.
〖發音〗複數形 millennia [məˋlɛnɪə]
〖複數〗**millennia/millenniums**

millepede [ˋmɪləˏpid] n. 千足蟲，馬陸《亦作 millipede，節肢動物》.
〖複數〗**millepedes**

*__miller__ [ˋmɪlɚ] n. 磨坊主人，麵粉業者《特指利用水車 (water mill)、風車 (windmill) 的磨坊經營者或承租者》: Every **miller** draws water to his own mill. 《諺語》人人都有私心.
〖複數〗**millers**

millet [ˋmɪlɪt] n. 稷《禾本科植物》.

milligram [ˋmɪləˏgræm] n. 毫克《公制重量單位，一千分之一公克，略作 mg，亦作 milligramme》.
〖複數〗**milligrams**

milliliter [ˋmɪləˏlitɚ] n. 毫升《公制容量單位，一千分之一公升，略作 ml》.
〖參考〗〖英〗millilitre.
〖複數〗**milliliters**

millimeter [ˋmɪləˏmitɚ] n. 公釐《公制長度單位，一千分之一公尺，略作 mm》.
〖參考〗〖英〗millimetre.

[複數] **millimeters**
milliner [`mɪlənɚ] *n.* 女帽製造、販賣業者.
[複數] **milliners**
millinery [`mɪlə͵nɛrɪ] *n.* ① 女帽類. ② 女帽製造、販賣業.

*****million** [`mɪljən] *n.* 100萬.

[範例] a **million**/one **million** 100萬.
The population of Taiwan is over twenty-two **million**. 臺灣人口超過2,200萬.
one chance in a **million** 千載難逢的機會.
He is a husband in a **million**. 他是一百萬中選一的好丈夫.
millions of pecple 好幾百萬人.
[片語] ***one in a million*** 一百萬中選一的人, 一百萬中挑一的東西, 奇才.
➡ **[左電小站]** (p. 805)
[複數] **million/millions**

*****millionaire** [͵mɪljən`ɛr] *n.* 百萬富翁, 大富翁.
[複數] **millionaires**
millionth [`mɪljənθ] *n.* ① 第一百萬（個）. ② 一百萬分之一: one **millionth** 一百萬分之一.
[複數] **millionths**
millipede [`mɪlə͵pid] =*n.* millepede.
millstone [`mɪl͵ston] *n.* ① (一塊) 圓磨石《石磨上下各一的圓石盤》. ② (精神上) 沉重的負擔: His bad daughter is a **millstone** around his neck. 他那不聽話的女兒成為他沉重的負擔.
[複數] **millstones**
milometer [maɪ`lɑmətɚ] =*n.* mileometer.
mime [maɪm] *n.* ① (用以代替說話的) 手勢, 動作, 表情. ② 默劇; 默劇演員.
──*v.* ③ 僅靠動作 (或表情) 表演, 演默劇.
[複數] **mimes**
[活用] *v.* **mimes, mimed, mimed, miming**
*****mimic** [`mɪmɪk] *adj.* ① 模仿的, 模擬的; 假裝的.
──*v.* ② 模仿, 學～的樣子.
──*n.* ③ 模仿者. ④ 能模仿人的動物《鸚鵡等》.
[範例] ① **mimic** crying 假哭.
mimic coloring 保護色.
② I can **mimic** the Southern drawl fairly well. 我能唯妙唯肖地模仿南方口音.
The wax models were made to **mimic** real dishes. 蠟製樣品是按照真正的菜餚仿製的.
[活用] *v.* **mimics, mimicked, mimicked, mimicking**
[複數] **mimics**
*****mimicry** [`mɪmɪkrɪ] *n.* 模擬, 模仿: She showed great skil at **mimicry** in the amateur talent show. 她在業餘才藝表演中表現出非凡的模仿才能.
minaret [͵mɪnə`rɛt] *n.* 宣禮塔《清真寺 (mosque) 的尖塔》.
[複數] **minarets**
mince [mɪns] *v.* ① (把肉等) 切碎, 絞碎, 剁碎. ② (矯揉造作地) 碎步行走. ③ 裝腔作勢地

說, 故作文雅地講.
──*n.* ④ **[英]** 切碎的肉, 絞肉. ⑤ **[美]** 甜餅餡《以蘋果、葡萄乾、香料、糖等混合而成的餅餡; 亦作 mincemeat》.
[範例] ① **minced** chicken 切碎的雞肉.
The cook **minced** the onions finely. 那個廚師把洋蔥切得很細.
② He **minced** across the street. 他扭扭捏捏地碎步走過馬路.
③ She did not **mince** her words: she said the professor was an idiot. 她直截了當地說那個教授是個笨蛋.
♦ **mince pie** 甜餡餅《包有甜餅餡的小圓餅》.
[活用] *v.* **minces, minced, minced, mincing**
mincemeat [`mɪns͵mit] *n.* 甜餅餡《以蘋果、葡萄乾、香料、糖等混合而成的餅餡, 通常不加肉; 亦作 mince》.
[片語] ***make mincemeat of ～/make mincemeat out of ～*** (在爭辯等中) 完全駁倒 (對方): I made **mincemeat** of her arguments. 我完全駁倒了她的論點.

*****mind** [maɪnd] *n.*

原義	層面	釋義	範例
思考之盒子	思考之源	心, 頭腦, 精神, 想法; 記憶 (力)	①
	實際進行思考	有頭腦, 才智的人	②

──*v.* ③ 注意, 留心; 聽從. ④ 照料, 關心; 擔心, 介意.
[範例] ① Our math teacher has a logical **mind**. 我們數學老師很有邏輯概念.
My body is here but my **mind** is on another planet. 雖然我人在這裡, 卻心不在焉.
I've got a lot of work on my **mind**. 我的腦裡有許多事要想.
I said I was going to leave tomorrow, but I've changed my **mind**. 我說過我明天出發, 但我又改變心意了.
I can read your **mind**. 我能看出你的想法.
My **mind** has gone blank. 我的腦中一片空白.
The memory of you is still fresh in my **mind**. 在我心中有關你的記憶依然鮮明.
Out of sight, out of **mind**. 《諺語》離久情疏.
Bear in **mind** what you shouldn't do. 要記住甚麼不可以做.
She was in two **minds**: she could stay and help her friend, or she could rendezvous with the man she met at lunch. 她猶豫不決, 到底是要留下來幫助她的朋友, 還是要與午餐時遇見的那個男子約會.
We are of the same **mind** on this issue. 關於這個問題我們的想法一致.
This tune calls to **mind** a bygone era. 這首曲子使我想起過去的年代.

充電小站

軍隊的軍階⑴—「海軍」編制

英國海軍 (Royal Navy)		美國海軍 (US Navy)	
Admiral of the Fleet	（元帥）	Fleet Admiral	（五星上將）
Admiral	（上將）	Admiral	（上將）
Vice-Admiral	（中將）	Vice Admiral	（中將）
Rear-Admiral	（少將）	Rear Admiral Upper Half	（少將）
Commodore	（准將）	Rear Admiral Lower Half	（准將）
Captain	（上校）	Captain	（上校）
Commander	（中校）	Commander	（中校）
Lieutenant Commander	（少校）	Lieutenant Commander	（少校）
Lieutenant	（上尉）	Lieutenant	（上尉）
Sub-Lieutenant	（中尉）	Lieutenant Junior Grade	（中尉）
Second Sub-Lieutenant	（少尉）	Ensign	（少尉）
Midshipman	（少尉候補軍官）	Chief Warrant Officer	（一級准尉）
Warrant Officer	（准尉）	Warrant Officer	（二級准尉）
Chief Petty Officer	（上士）	Master Chief Petty Officer	（一級軍士長）
Petty Officer	（軍士、下士）	Senior Chief Petty Officer	（二級軍士長）
Leading Seaman	（上等兵）	Chief Petty Officer	（軍士長）
Able Seaman	（一等兵）	Petty Officer 1st Class	（上士）
Ordinary Seaman	（二等兵）	Petty Officer 2nd Class	（中士）
Junior Seaman	（三等兵）	Petty Officer 3rd Class	（下士）
		Seaman	（一等兵）
		Seaman Apprentice	（二等兵）
		Seaman Recruit	（三等兵）

M

An idea has just come into my **mind**. 有個主意突然浮現我心頭。

If she dares show up here, I'll give her a piece of my **mind**. 如果她敢出現在這裡，我會直接向她說出我心中的話。

What was I going to say? It's gone right out of my **mind**. 當時我要說甚麼？我全忘了。

I've got a good **mind** to put you over my knee. 我真想讓你坐到我膝蓋上。

I have half a **mind** to break up with him. 我有點想和他分手。

What kind of shoes do you have in **mind**? 你想要哪一種鞋子？

Kathy must have something on her **mind**. 凱西心裡一定有甚麼事。

Keep your **mind** on the job! 好好用心工作！

He made up his **mind** to be a doctor. 他下定決心要當醫生。

Has Sally made up her **mind** which universities to apply to? 莎莉決定要申請哪一所大學了嗎？

He must be out of his **mind**. 他一定是瘋了。

Your story puts me in **mind** of my days in Hawaii. 你的故事使我回想起在夏威夷的日子。

John could easily pass the exam if he put his **mind** to it. 如果約翰用功的話，他可以輕鬆地通過考試。

My daughter has set her **mind** on becoming a pilot. 我女兒決心要成為一位飛行員。

The day I met him slips my **mind**. 我怎麼也想不起來與他見面的那一天。

You need something, like a massage, to take your **mind** off your problems. 你需要某些東西，例如按摩，以便忘掉你的煩惱。

To my **mind**, God does exist. 我認為上帝確實存在。

Now, let's turn our **minds** to more serious matters. 現在我們來討論更嚴肅的問題吧！

② Our professor is among the best **minds** in the country. 我們的教授是國內最具才智的人之一。

③ **Mind** your step! 小心走路！

Mind your tongue. 注意你的措辭。

Mind you don't break that vase. 當心不要打破那個花瓶。

Mind what your mother tells you. 要聽你母親的話。

Mind out for the cars at the crossing. 在十字路口要當心車子。

Father's going to give you another chance, but **mind** you, it's the last one. 父親會再給你一次機會，不過你要聽好，這是最後一次了。

④ **Mind** my baby while I do aerobics, please. 我在做有氧運動時，請你照顧一下我的嬰兒。

Mind your own business. 少管閒事。

Just get on with your work, don't **mind** me. 繼續做你的工作，別管我。

I told her your phone number—I hope you don't **mind**. 我把你的電話號碼告訴她，希望你別介意。

Don't **mind** what he says. 別介意他說的。

"Sorry, I lost your pencil." "Never **mind!**"「對不起，我把你的鉛筆弄丟了。」「沒關係.」

We'll take a break if you don't **mind**. 如果你不介意的話，我們休息一下。

"Do you **mind** if I smoke?" "Yes, I do **mind**."「你介意我抽菸嗎？」「介意.」

"Would you **mind** if I moved this chair?" "Certainly not."「你介意我搬這張椅子嗎？」「當然不介意.」

"Do you **mind** shutting the window?" "No, not at all."「可以請你把窗戶關上嗎？」「嗯，可以.」

Would you **mind** my turning off the radio? 我可以關掉收音機嗎？

I wouldn't **mind** a glass of beer. 喝一杯啤酒也不錯。

"Will you have another cup of coffee?" "I don't **mind** if I do."「再來一杯咖啡，好嗎？」「好，再來一杯.」

片語 *bear ～ in mind* 放在心上，記住。(⇨ 範例 ①)

bring ～ to mind/call ～ to mind (事情) 使回憶起，想起。(⇨ 範例 ①)

change ～'s mind 改變想法，改變主意。(⇨ 範例 ①)

come into ～'s mind/cross ～'s mind 浮現心頭，突然想起。(⇨ 範例 ①)

come to mind/spring to mind 突然想起，浮現心頭。

give ～ a piece of...'s mind 直接向～說出心中的話。(⇨ 範例 ①)

go out of ～'s mind 被遺忘。(⇨ 範例 ①)

have a good mind to 非常想做。(⇨ 範例 ①)

have half a mind to 有點想。(⇨ 範例 ①)

have ～ in mind 正在想，打算做。(⇨ 範例 ①)

have ～ on...'s mind 為～擔心。(⇨ 範例 ①)

I don't mind if I do 沒有問題，就這麼做。(⇨ 範例 ④)

If you don't mind 如果你不介意的話。(⇨ 範例 ④)

in two minds 猶豫不決的。(⇨ 範例 ①)

I wouldn't mind (做～) 也不錯。(⇨ 範例 ④)

keep ～ in mind 放在心上，記住。

keep ～'s mind on... 集中注意力於。(⇨ 範例 ①)

make up ～'s mind ① 下定決心。(⇨ 範例 ①) ② 明確地意識到，覺悟，認了。③ 認定: Tom's **made up his mind** that I will marry him. 湯姆認定我會跟他結婚。

Mind!/Mind you! 你聽好! (⇨ 範例 ③)

mind ～'s P's and Q's 注意言行。

Never mind. 別介意! (⇨ 範例 ④)

of one mind 意見一致的: The students were **of one mind** concerning the activities of the student council. 學生們對於學生會的活動意見一致。

of the same mind 想法一致的。(⇨ 範例 ①)

out of ～'s mind 發瘋的，失去理智的。(⇨ 範例 ①)

put ～ in mind of... 使～想起。(⇨ 範例 ①)

set ～'s mind on... 一心想，決心要。(⇨ 範例 ①)

slip ～'s mind 被遺忘。(⇨ 範例 ①)

take ～'s mind off... 使分心，轉移注意力。(⇨ 範例 ①)

to my mind 我想，我認為。(⇨ 範例 ①)

turn ～'s mind to... 把注意力轉向。(⇨ 範例 ①)

➡ 充電小站 (p. 807)

複數 **minds**

活用 v. **minds, minded, minded, minding**

minded [`maɪndɪd] adj.〔不用於名詞前〕① 有意的。② 有～傾向的。

範例 ① She could get out of that relationship if she were so **minded**. 如果她有心的話，她就能夠擺脫那種關係。

② He is emotionally **minded**. 他傾向感情用事。

mindful [`maɪndfəl] adj.〔不用於名詞前〕注意的，留心的: She was **mindful** of what her counselor told her. 她留心她的律師告訴她的話。

活用 adj. **more mindful, most mindful**

mindless [`maɪndlɪs] adj. ①〔不用於名詞前〕不注意的，不留心的。② 愚笨的，不用腦筋的。

範例 ① He decided to buy shares of that company, **mindless** of the risks involved. 他沒有察覺到其中的風險而決定買那家公司的股票。

② It's a tiring and **mindless** job. 那是一份乏味又不用大腦的工作。

活用 adj. **more mindless, most mindless**

†**mine** [maɪn] pron. ① 我的 (I 的所有代名詞; ☞ 充電小站 (p. 834))。

——n. ② 礦坑，礦山〔採掘鐵、煤等礦物的地方，而採掘石、砂等的地方稱作 quarry〕。③ 寶庫，豐富的源泉〔大量供給知識、訊息等〕。④ 地雷，水雷。

——v. ⑤ 採礦，採掘，挖掘。⑥ 鋪設地雷〔水雷〕；用地雷〔水雷〕炸毀。⑦ 在～下挖掘。

範例 ① This book is **mine**. 這本書是我的。

That's your coat; **mine** is here. 那是你的外套，我的在這裡。

Jim is a friend of **mine**. 吉姆是我的一個朋友。

② Fushun abounds with coal **mines**. 撫順有豐富的煤礦。

③ This book is a **mine** of information about Jazz. 這本書是爵士音樂的知識寶庫。

M

充電小站

軍隊的軍階(2)—「空軍」編制

英國空軍 (Royal Air Force)		美國空軍 (USAF)	
Marshal of the Royal Air Force	（元帥）	General of the Air Force	（元帥）
Air Chief Marshal	（上將）	General	（上將）
Air Marshal	（中將）	Lieutenant General	（中將）
Air Vice Marshal	（少將）	Major General	（少將）
Air Commodore	（准將）	Brigadier General	（准將）
Group Captain	（上校）	Colonel	（上校）
Wing Commander	（中校）	Lieutenant Colonel	（中校）
Squadron Leader	（少校）	Major	（少校）
Flight Lieutenant	（上尉）	Captain	（上尉）
Flying Officer	（中尉）	First Lieutenant	（中尉）
Pilot Officer	（少尉）	Second Lieutenant	（少尉）
Warrant Officer	（一級准尉）	Chief Warrant Officer	（一級准尉）
Master Aircrew	（二級准尉）	Warrant Officer	（二級准尉）
Flight Sergeant	（軍士長）	Chief Master Sergeant	（一級軍士長）
Chief Technician	（上士）	Senior Master Sergeant	（二級軍士長）
Sergeant	（中士）	Master Sergeant	（軍士長）
Corporal	（下士）	Technical Sergeant	（技術軍士）
Senior Aircraftman	（一等兵）	Staff Sergeant	（軍士）
Leading Aircraftman	（二等兵）	Airman 1st Class	（上等兵）
Aircraftman	（三等兵）	Airman 2nd Class	（一等兵）
		Airman 3rd Class	（二等兵）
		Airman Basic	（三等兵）

④ The enemy laid **mines** around the city. 敵人在那個城市周圍鋪設了地雷.
⑤ Gold used to be **mined** at Chiufen. 九份曾經採掘過金礦.
⑥ The area surrounding the base was **mined**. 那個基地的周圍地區被埋設了地雷.
複數 *n.* mines
活用 *v.* mines, mined, mined, mining
minefield [`maɪnˌfild] *n.* 地雷區, 水雷區; 危險地帶.
複數 minefields
miner [`maɪnɚ] *n.* 礦工: a coal **miner** 煤礦工.
複數 miners
*__mineral__ [`mɪnərəl] *n.* ① 礦物, 無機物《水、石、石油等非生物體物質的總稱》. ②〔~s〕〖英〗礦泉水; 碳酸飲料.
——*adj.* ③ 礦物的; 含礦物質的; 無機的.
範例 ① This district is rich in **minerals**. 這個地區礦物資源豐富.
③ a **mineral** vein 礦脈.
♦ **míneral òil** ① 礦油《石油等》. ② 凡士林, 石蠟《由石油蒸餾後的沉澱物精製而成的膏狀物質, 無色無味; 用作化妝品、藥品原料》.
míneral spring 礦泉.
míneral wàter ① 礦泉水《含有礦物鹽或氣體的天然水》. ②〔~s〕〖英〗碳酸飲料.
複數 minerals
*__mingle__ [`mɪŋgl] *v.* ① 使混合, 摻雜. ② 交往, 交際.

範例 ① Zebras often **mingle** with other peaceful grazing animals. 斑馬常與其他溫和的草食性動物混在一起.
② How can you expect to get to know anyone, if you don't **mingle**? 如果你不與人交往, 你怎麼能指望認識別人呢?
She **mingles** only with rich people. 她只與有錢人來往.
活用 *v.* mingles, mingled, mingled, mingling
mini [`mɪnɪ] *n.* 迷你裙《亦作 miniskirt》.
複數 minis
*__miniature__ [`mɪnɪtʃɚ] *n.* ① 縮小模型, 縮圖, 縮影. ② 袖珍畫.
片語 *in miniature* 小型的, 小規模的: That doll's house has everything **in miniature**. 那棟玩具屋裡的所有東西都是縮小的.
複數 miniatures
minibus [`mɪnɪˌbʌs] *n.* 〖英〗小型公車《可乘坐 6-12人》.
複數 minibuses
minima [`mɪnəmə] *n.* minimum 的複數形.
minimal [`mɪnɪml] *adj.* 最小的, 最少的, 最低限度的: This paltry insurance policy will cover only **minimal** damage. 這樣低額的保單只能補償最低限度的損失.
minimize [`mɪnəˌmaɪz] *v.* 使減至最小限度; 低估, 輕視.
範例 The President tried to **minimize** the conflict

between the two ethnic groups. 總統努力使兩個種族間的對立減到最小.

It would be unwise to **minimize** the dangers of an earthquake. 低估地震的危險是不明智的.

〔英〕minimise.

〔活用〕 v. **minimizes, minimized, minimized, minimizing**

*minimum [`mɪnəməm] n. ① 最小〔最低〕限度.

——adj. ② 最小的，最低的.

〔範例〕① Keep the noise to a **minimum**, will you? 請把聲音調到最小好嗎?

Study English every day for a **minimum** of thirty minutes. 每天至少要讀英文半個小時.

② The **minimum** temperature last night was 10°C. 昨夜最低氣溫為攝氏10度.

Jill doesn't have the **minimum** grade point average needed to get in. 吉兒未達入學所需的最低學業平均分數.

☞ ↔ maximum

〔複數〕**minima/minimums**

mining [`maɪnɪŋ] n. 礦業: **Mining** accounts for 5% of that country's GDP. 礦業占該國國民生產毛額的5%.

minion [`mɪnjən] n. 手下，嘍囉: The man sent one of his **minions** to buy some bananas. 那個男子差遣他的一名手下去買香蕉.

〔複數〕**minions**

miniskirt [`mɪnɪ,skɝt] n. 迷你裙〔亦作 mini〕.

〔參考〕長至腳踝的裙子稱為 maxi. 這是與 miniskirt（最小的）相對的 maximum（最大的）的縮略. 而長至小腿肚的裙子稱為 midi，在法語中為「正午」之意.

〔複數〕**miniskirts**

*minister [`mɪnɪstɝ] n. ① 部長，大臣. ② 公使. ③（新教諸派的）牧師.

——v. ④ 幫助，照料 (to).

〔範例〕① the Prime **Minister** 首相，總理.

the **Minister** of Education 教育部長.

② the United States **Minister** to France 美國駐法國公使.

③ Dr. King was a Baptist **minister**. 金恩博士是浸信會教派的牧師.

④ She's gone to Rwanda to **minister** to the refugees. 她已去了盧安達為難民服務.

〔參考〕② 指次於大使 (ambassador) 的職務. 相當於 ③ minister 地位的，天主教為 priest，英國國教為 vicar, rector.

〔複數〕**ministers**

〔活用〕v. **ministers, ministered, ministered, ministering**

ministerial [,mɪnəs`tɪrɪəl] adj. ① 部長的，大臣的，內閣的，政府的. ② 牧師的.

*ministry [`mɪnɪstrɪ] n. ①（日本、歐洲各國的）部《〔美〕 department》. ② 部長的地位〔職務，任期〕. ③ 牧師的職務〔任期〕.

〔範例〕① the **Ministry** of Education 教育部.

② Nothing special happened during his **ministry**. 在他部長任內沒有發生甚麼特別的事情.

③ He entered the **ministry** to serve God. 他成為牧師以侍奉上帝.

〔複數〕**ministries**

mink [mɪŋk] n. 貂《鼬鼠科動物. 生活於水邊，其毛皮非常昂貴》; 貂皮.

〔複數〕**minks/mink**

minnow [`mɪno] n. 鰷魚《體長10公分左右的鯉科淡水魚，用作的大馬哈魚的活餌》; 小魚，雜魚: We use **minnows** for bait. 我們用鰷魚作餌.

[mink]

〔複數〕**minnows/minnow**

*minor [`maɪnɝ] adj. ① 較小的，較少的. ② 次要的，不太重要的. ③（音樂）短音階的，小調的.

——n. ④ 未成年者. ⑤〔美〕輔修科目〔學生〕.

〔範例〕① We bought a **minor** stake in a new computer company. 我們在一家新的電腦公司作小額投資.

② a **minor** problem 次要的問題.

④ No **minors** allowed. 未成年者謝絕入內.

♦ **mínor lèague**〔美〕（美國職業棒球的）小聯盟.

☞ ① ② ③ ④ ↔ major

〔複數〕**minors**

*minority [mə`nɔrətɪ] n. ① 少數，少數黨〔派〕. ② 未成年; 未成年時期.

〔範例〕① Only a small **minority** of those attending walked out of the meeting. 該會議出席者中只有少數人退席.

There are some political **minorities** to be dealt with. 政治上必須應付的少數黨有若干個.

In the US you can find many magazines in Spanish and other **minority** languages. 美國有許多西班牙語及其他少數民族語言的雜誌.

☞ ↔ majority

〔複數〕**minorities**

minster [`mɪnstɝ] n.〔常作 M～〕〔英〕大教堂《作為名稱的一部分》: York **Minster** 約克大教堂.

〔複數〕**minsters**

minstrel [`mɪnstrəl] n. ① 吟遊詩人《中世紀的詩人，巡遊各地，在王侯等面前配合著豎琴吟唱自己作的詩歌》. ② 白人扮演黑人的滑稽歌唱團團員.

♦ **mínstrel shòw**（19世紀流行於美國的）白人扮演黑人之滑稽歌唱團表演.

〔複數〕**minstrels**

mint [mɪnt] n. ① 薄荷《唇形科多年生草本植物，莖葉可提煉薄荷油，製造止痛、防臭等用途的薄荷腦》. ② 薄荷糖（一種含薄荷的糖果，亦作 peppermint）. ③ 鑄幣局. ④ 大量; 一大筆錢.

——v. ⑤ 鑄造，創造.

M

充電小站

軍隊的軍階(3)—「陸軍」編制

英國陸軍 (British Army)		美國陸軍 (US Army)	
Field-Marshal	（元帥）	General of the Army	（元帥）
General	（上將）	General	（上將）
Lieutenant-General	（中將）	Lieutenant General	（中將）
Major-General	（少將）	Major General	（少將）
Brigadier	（准將）	Brigadier General	（准將）
Colonel	（上校）	Colonel	（上校）
Lieutenant-Colonel	（中校）	Lieutenant Colonel	（中校）
Major	（少校）	Major	（少校）
Captain	（上尉）	Captain	（上尉）
Lieutenant	（中尉）	First Lieutenant	（中尉）
Second Lieutenant	（少尉）	Second Lieutenant	（少尉）
Warrant Officer 1st Class	（一級准尉）	Chief Warrant Officer	（一級准尉）
Warrant Officer 2nd Class	（二級准尉）	Warrant Officer	（二級准尉）
Staff Sergeant	（上士）	Sergeant Major	（一級軍士長）
Sergeant	（中士）	Master Sergeant	（二級軍士長）
Corporal	（下士）	First Sergeant	（軍士長）
Lance Corporal	（一等兵）	Sergeant 1st Class	（上士）
Private	（二等兵）	Staff Sergeant	（文書士）
		Sergeant	（中士）
		Corporal	（下士）
		Private 1st Class	（上等兵）
		Private	（列兵）
		Recruit	（新兵）

▶ 陸軍的劃分

army （集團軍）：由2個以上的軍組成.
corps （軍）：由2個以上的師組成.
division （師）：由3-4個旅組成.
brigade （旅）：由2個以上的團組成.
regiment （團）：由2個以上的營組成.

battalion （營）：由2個以上的連組成.
company （連）：由2個以上的排組成.
platoon （排）：由2個以上的班組成.
squad （班）：由中士、下士各1人及10名士兵組成.

範例 ③ The **mint** will issue the new coins next year. 鑄幣局將在明年發行新硬幣.
④ He made a **mint** in the stock market. 他投資股票賺了很多錢.
⑤ This coin was **minted** in commemoration of the emperor's enthronement. 這枚硬幣是為紀念皇帝即位而鑄造的.
Students **minted** some new words. 學生們創造了一些新詞.
片語 **in mint condition** 未使用過的，嶄新的： This is last year's model, but it's still **in mint condition**. 這雖然是去年的款式，但仍然嶄新沒有使用過.
♦ **mint sáuce** 薄荷醬《一種由薄荷葉、醋、砂糖配製而成的醬料，用作烤小羊肉的佐料》.
複數 **mints**
活用 v. **mints**, **minted**, **minted**, **minting**

minuet [ˌmɪnjuˋɛt] n. 小步舞曲《一種緩慢而優雅的三拍子舞蹈或曲子》.
複數 **minuets**

***minus** [ˋmaɪnəs] prep. ① 減去，缺少，沒有.
——n. ② 負數，負號《一》；不利，損失.

——adj. ③ 減的，負的，比…差的.
範例 ① Thirteen **minus** six equals seven. 13－6＝7.
My father came home **minus** his umbrella. 我父親沒帶雨傘回家.
② Two **minuses** multiplied make a plus. 兩個負數相乘得到一個正數.
Air pollution is one of the **minuses** of living in a large city. 空氣污染是居住在大城市的缺點之一.
③ The temperature was **minus** ten degrees. 溫度為零下10度.
a **minus** sign 負號.
I got a grade of A **minus**. 我的成績是 Aˉ.
☞ ↔ plus
複數 **minuses**

****minute** [n. ˋmɪnɪt; adj. məˋnjut] n. ① 分. ② 備忘錄. ③〔~s〕會議記錄.
——adj. ④ 微小的，非常小的；詳細的.
範例 ① It takes you fifteen **minutes** to go to the station. 你去車站需要15分鐘.
An hour has sixty **minutes**. 1小時有60分鐘.

M

longitude thirty degrees seven **minutes** east 東經30度7分.

I will be back in a **minute**. 我馬上回來.

Wait a **minute**./Just a **minute**. 稍待片刻.

I didn't believe the rumor for a **minute**. 我根本不相信那個謠言.

④ a **minute** particle of dust 微小的塵粒.

The diamonds in her ring were **minute**. 她戒指上的鑽石非常小.

The detective studied the hair in the car in **minute** detail. 那位刑警仔細檢查車上的頭髮.

片語 ***at any minute/any minute now*** 隨時: It will rain **at any minute**. 隨時會下雨.

not ~ for a minute 根本不. (⇨ 範例①)

in a minute 立刻，馬上. (⇨ 範例①)

the minute that 一～就: **The minute that** the girl saw me, she ran away. 那個女孩一見到我就跑掉了.

to the minute 一分不差地，準時地: The bomb exploded at three **to the minute**. 那顆炸彈3點整爆炸.

字源 ① 的「分」是將1小時 (one hour) 分成非常小的單位而引申此義.

複數 minutes

活用 adj. minuter, minutest

minutely [mə`njutlɪ] adv. 仔細地，詳細地: The detective examined the knife **minutely**. 那位刑警仔細地檢查那把小刀.

活用 adv. more minutely, most minutely

*__miracle__ [`mɪrəkl] n. 奇蹟，令人驚奇的事.

範例 It's a **miracle** no one was hurt in the crash. 在那起撞車事故中竟然沒有人受傷，真是奇蹟.

It would be a **miracle** if my parents blessed our marriage. 我的父母要是為我們的婚姻祝福，那將是奇蹟.

He's a **miracle** of resourcefulness. 他那足智多謀的才能令人驚嘆.

複數 miracles

miraculous [mə`rækjələs] adj. 奇蹟似的，令人驚奇的: The baseball player made a **miraculous** comeback. 那位棒球選手奇蹟似地重返球場.

活用 adj. more miraculous, most miraculous

miraculously [mə`rækjələslɪ] adv. 奇蹟似地，令人驚奇地: The boy fell from the window of the fourth floor but, **miraculously**, he was not injured at all. 那個男孩從4樓窗口掉了下來，但奇蹟似地一點也沒有受傷.

活用 adv. more miraculously, most miraculously

mirage [mə`rɑʒ] n. ① 海市蜃樓. ② 幻想，妄想.

複數 mirages

mire [maɪr] n. 泥淖，泥濘; 困境.

範例 We are still in the **mire** of a major scandal. 我們仍陷在重大醜聞的泥淖之中.

His nephew dragged him through the **mire**. 他的姪子使他蒙受恥辱.

*__mirror__ [`mɪrɚ] n. ① 鏡子.

—v. ② 映照，反映. ③ 像，相似.

範例 ① The girl spends plenty of time looking in the **mirror** every morning. 那個女孩每天早晨都要照很久的鏡子.

The newspaper is not always the **mirror** of public opinion. 報紙不一定是忠實反映輿論的鏡子.

② His face was **mirrored** in the calm lake water. 他的臉映照在平靜的湖面上.

③ Your experiences in that country closely **mirror** mine. 你在那個國家的經歷與我的很相似.

♦ **mirror ímage** 鏡中的映像.

複數 mirrors

活用 v. mirrors, mirrored, mirrored, mirroring

mis- pref. 錯，誤，壞，不當: **mis**fortune 不幸; **mis**understand 誤解; **mis**take 弄錯.

misadventure [ˌmɪsəd`vɛntʃɚ] n. 不幸事故，厄運: death by **misadventure** 意外致死.

複數 misadventures

misappropriate [ˌmɪsə`proprɪˌet] v. 挪用，盜用: He **misappropriated** company money. 他挪用了公款.

活用 v. misappropriates, misappropriated, misappropriated, misappropriating

misbehave [ˌmɪsbɪ`hev] v. 舉止粗魯，行為不端: He always **misbehaves** in class. 他在課堂上總是粗暴無禮.

片語 ***misbehave ~self*** 行為不端正.

活用 v. misbehaves, misbehaved, misbehaved, misbehaving

misbehavior [ˌmɪsbɪ`hevjɚ] n. 粗魯的行為，不正當的舉止.

參考 [英] misbehaviour.

miscalculate [mɪs`kælkjəˌlet] v. 計算錯誤，判斷錯誤: The pilot **miscalculated** the distance from Tokyo to Honolulu. 那位飛行員算錯了東京至檀香山的距離.

活用 v. miscalculates, miscalculated, miscalculated, miscalculating

miscalculation [ˌmɪskælkjə`leʃən] n. 計算錯誤，判斷錯誤.

複數 miscalculations

miscarriage [mɪs`kærɪdʒ] n. ① 流產. ② (計畫等的) 失敗.

♦ **miscàrriage of jústice** 誤判.

複數 miscarriages

miscarry [mɪs`kærɪ] v. ① 流產: It's too bad she's **miscarried** again. 不幸的是她又流產了. ② 失敗.

活用 v. miscarries, miscarried, miscarried, miscarrying

*__miscellaneous__ [ˌmɪsl`enɪəs] adj. 各式各樣的，五花八門的，多方面的: Recently he

充電小站

軍隊的軍階(4)—「海軍陸戰隊」編制

英國海軍陸戰隊 (Royal Marines)		美國海軍陸戰隊 (US Marine Corps)	
General	（上將）	General	（上將）
Lieutenant-General	（中將）	Lieutenant General	（中將）
Major-General	（少將）	Major General	（少將）
Brigadier	（准將）	Brigadier General	（准將）
Colonel	（上校）	Colonel	（上校）
Lieutenant-Colonel	（中校）	Lieutenant Colonel	（中校）
Major	（少校）	Major	（少校）
Captain	（上尉）	Captain	（上尉）
Lieutenant	（中尉）	First Lieutenant	（中尉）
Second Lieutenant	（少尉）	Second Lieutenant	（少尉）
Warrant Officer 1st Class	（一級准尉）	Chief Warrant Officer	（一級准尉）
Warrant Officer 2nd Class	（二級准尉）	Warrant Officer	（二級准尉）
Colour Sergeant	（掌旗軍士）	Sergeant Major	（一級軍士長）
Sergeant	（軍士）	Master Gunnery Sergeant	（一級軍士長）
Corporal	（下士）	Master Sergeant	（二級軍士長）
Lance Corporal	（上等兵）	First Sergeant	（軍士長）
Marine	（新兵）	Gunnery Sergeant	（槍砲軍士）
		Staff Sergeant	（參謀軍士）
		Sergeant	（中士）
		Corporal	（下士）
		Lance Corporal	（上等兵）
		Private 1st Class	（一等兵）
		Private	（新兵）

published a collection of essays and **miscellaneous** writings. 他最近出版了一本將隨筆和五花八門的文章匯集起來的雜集。

活用 adj. **more miscellaneous, most miscellaneous**

mischance [mɪs`tʃæns] n. 《正式》不幸: By **mischance** she put a letter to her lover into the envelope addressed to her father. 倒楣的是她把寫給情人的信放進了寫給父親的信封裡。

複數 **mischances**

***mischief** [`mɪstʃɪf] n. ① 搗蛋，淘氣。② 災害，危害，損失。

範例 ① Tim always gets into **mischief** on the way home from school. 提姆在放學回家的路上總是胡鬧。

② The spy did a lot of **mischief** to the country. 那位間諜給那個國家帶來許多傷害。

片語 **do ~ a mischief** 《英》使受傷: You will **do** yourself **a mischief** if you don't take care. 如果你不注意的話，你會受傷的。

***mischievous** [`mɪstʃɪvəs] adj. ① 有害的，惡意傷人的。② 惡作劇的，淘氣的，喜歡搗蛋的。

範例 ① He made a **mischievous** remark. 他講了惡意傷人的話。

② Helen has a **mischievous** look in her eyes, doesn't she? 海倫的眼睛有點淘氣，不是嗎？

活用 adj. **more mischievous, most mischievous**

misconceived [ˌmɪskən`sivd] adj. 持有錯誤觀念的，設想不周全的，誤解的: His plan for a new business was **misconceived** from the start. 他的新事業計畫一開始就設想得不周全。

活用 adj. **more misconceived, most misconceived**

misconception [ˌmɪskən`sɛpʃən] n. 錯誤的觀念，誤解。

複數 **misconceptions**

misconduct [mɪs`kandʌkt] n. ① 品行不端，行為不檢; 通姦。② 不法行為，濫用職權，經營不善: The policeman was dismissed for professional **misconduct**. 那位警察因為濫用職權而被免職了。

misdeed [mɪs`did] n. 罪行，惡行: The dictator's **misdeeds** were at last exposed by his former aides. 那個獨裁者的罪行終於被之前的幫手揭露出來了。

複數 **misdeeds**

***miser** [`maɪzɚ] n. 吝嗇鬼。

複數 **misers**

***miserable** [`mɪzrəbl] adj. ① 悲慘的，可憐的，令人討厭的。② 簡陋的，寒酸的。③ 卑鄙的，卑劣的。

範例 ① Jack led a **miserable** life. 傑克過著悲

M

惨的生活.
The project was a **miserable** failure. 那個計畫一敗塗地.
It's raining again. What **miserable** weather. 又在下雨，真是令人討厭的天氣.
② We had a **miserable** dinner. 我們吃了一頓粗劣的晚餐.
③ I won't see the **miserable** coward again. 我再也不要見到那個卑鄙的膽小鬼.
[活用] *adj.* **more miserable**, **most miserable**

miserably [`mɪzrəblɪ] *adv.* ① 悲慘地，可憐地: Jim lived alone **miserably** in the hut. 吉姆一個人孤苦地生活在那間小屋子裡. ② 寒酸地. ③ 卑鄙地.
[活用] *adv.* **more miserably**, **most miserably**

miserly [`maɪzəlɪ] *adj.* ① 吝嗇的. ② 一點點的.
[活用] *adj.* **more miserly**, **most miserly**

*****misery** [`mɪzərɪ] *n.* ① 貧困，可悲的情況，悲慘的境遇. ② 不幸，苦惱，痛苦. ③《口語》〖英〗老愛發牢騷的人，經常鬧脾氣的人.
[範例] ① The woman died in great **misery**. 那個女子死得很悲慘.
② Jane was in the depths of **misery**. 珍陷入痛苦的深淵.
The man put the horse out of its **misery**. 那個男子殺死那匹馬以結束其痛苦.
[片語] *put ~ out of ~'s misery* ① 殺死~以結束其痛苦. (⇒ [範例] ②) ② 使不再感到不安: Oh, **put** me **out of my misery**. Have I passed the examination or not? 喂，別讓我著急，我考試到底通過了沒有?
[複數] **miseries**

misfire [mɪs`faɪr] *v.* ①（槍等）不擊發，不著火; 失敗，未奏效.
——*n.* ② 不擊發，不著火; 失敗.
[活用] *v.* **misfires**, **misfired**, **misfiring**
[複數] **misfires**

misfit [mɪs`fɪt] *n.* 不能適應（環境等）的人.
[複數] **misfits**

*****misfortune** [mɪs`fɔrtʃən] *n.* 厄運，不幸.
[範例] Our treasure hunt was full of **misfortune** —nothing went right. 我們的尋寶充滿不幸，一切都很不順利.
The baseball player had the **misfortune** to break his arm. 那位棒球選手不幸折斷了手臂.
Misfortunes never come alone. 《諺語》禍不單行.
[複數] **misfortunes**

misgiving [mɪs`gɪvɪŋ] *n.* 擔心，不安，疑慮.
[範例] Tom looked with **misgiving** at the parcel. 湯姆充滿疑慮地看著那個包裹.
He has serious **misgivings** about what she said. 他對她所說的話感到非常疑慮.
[複數] **misgivings**

misguided [mɪs`gaɪdɪd] *adj.* 被誤導的，方向錯誤的: **misguided** ideas on religion 在宗教

方面被誤導的想法.

mishap [`mɪs,hæp] *n.* 不幸事件，災難: Their venture into real estate was full of **mishaps**. 他們在不動產投機事業上接連遭遇挫敗.
[複數] **mishaps**

misjudge [mɪs`dʒʌdʒ] *v.* 判斷錯誤; 把（人）看錯: I'm sorry I've **misjudged** him. 我把他看錯了，非常抱歉.
[活用] *v.* **misjudges**, **misjudged**, **misjudged**, **misjudging**

mislaid [mɪs`led] *v.* mislay 的過去式、過去分詞.

mislay [mɪs`le] *v.* 把~遺忘在某某地方，不記得把~放在甚麼地方: I often **mislay** my wallet. 我常常不記得把錢包放在甚麼地方.
[活用] *v.* **mislays**, **mislaid**, **mislaid**, **mislaying**

*****mislead** [mɪs`lid] *v.* 使產生錯誤（判斷、行動等）.
[範例] The couple was **misled** by an unscrupulous broker. 那對夫婦被一個惡質的掮客騙了.
Jim's innocent-looking face **misled** us into thinking he was trustworthy. 吉姆天真無邪的外貌使我們誤以為可以信任他.
[活用] *v.* **misleads**, **misled**, **misled**, **misleading**

misleading [mɪs`lidɪŋ] *adj.* 導致誤解的: **misleading** advertisement 導致誤解的廣告.
[活用] *adj.* **more misleading**, **most misleading**

*****misled** [mɪs`lɛd] *v.* mislead 的過去式、過去分詞.

mismanage [mɪs`mænɪdʒ] *v.* 經營〔處置〕不當.
[活用] *v.* **mismanages**, **mismanaged**, **mismanaged**, **mismanaging**

mismanagement [mɪs`mænɪdʒmənt] *n.* 管理不善，經營不善，處置不當.

*****misprint** [*n.* `mɪs,prɪnt; *v.* mɪs`prɪnt] *n.* ① 印刷錯誤.
——*v.* ② 把~印錯.
[範例] ① This magazine has a lot of **misprints**. 這本雜誌有許多印刷錯誤.
② The word "stationery" was **misprinted** in the paper as "stationary". stationery 這個字在報紙上被印錯成 stationary.
[複數] **misprints**
[活用] *v.* **misprints**, **misprinted**, **misprinted**, **misprinting**

misrepresent [,mɪsrɛprɪ`zɛnt] *v.* 錯誤地陳述，不實地說明: He was **misrepresented** in newspapers as a terrorist. 他在報紙上被誤傳為恐怖分子.
[活用] *v.* **misrepresents**, **misrepresented**, **misrepresented**, **misrepresenting**

misrepresentation [,mɪsrɛprɪzɛn`teʃən] *n.* 訛傳，誤傳，錯誤的陳述，扭曲不實的說

大數的數法

【Q】英語與中文數的表達好像不一樣，例如，英語中沒有相當於「萬」的字，而用 ten thousand，如果直譯過來就成「十千」。數的表達怎樣去記才好呢？

【A】英語與中文數的數法完全不同，例如，當你聽到 ten thousand 腦子裡就要浮現出10,000這個數。如果是 one hundred thousand，就要浮現出100,000這個數，而且要實際地書寫這個數，並仔細地看著所寫的數慢慢地數，啊，原來如此，這是10萬。就這樣只要領會就行了。總之要知道，如果要把英語所表達的數立刻譯成中文必須反覆地進行這樣的練習，否則幾乎是不可能做到的。

▶中文的數每四位、英語的數每三位加逗點

在這裡需要確認一下的是中文將數每四位加逗點之數這件事。我想許多人會說「不對，書寫時是每三位加逗點的呀！」

的確，寫成「3,521,648」讀作「3佰5拾2萬1仟6佰4拾8」。但這種書寫法是仿照歐美的，中文以前是寫作「352,1648」的。你們不認為這種書寫較易讀嗎？將352讀作「3佰5拾2」，將逗點讀作「萬」，後面讀作「1仟6佰4拾8」。每三位數加逗點是第二次世界大戰結束後開始的。

▶給逗點取名稱

下面是英語中數的數法，總之每三位數用逗點 (,) 將之點開。

1,234,567,890,987,654,321

並給逗點各自取一個名稱。

1,234,567,890,987,654,321
　　　　　　　　　　　thousand
　　　　　　　　　million
　　　　　　　billion
　　　　trillion
　　quadrillion
quintillion

逗點與逗點間的三位數讀作「幾佰幾拾幾」，接下來只要說逗點的名稱就可以了。

我們來讀上面1,234,567,890,987,654,321這個數。

1 …… one
(,) …… quintillion
234 …… two hundred thirty-four
(,) …… quadrillion
567 …… five hundred sixty-seven
(,) …… trillion
890 …… eight hundred ninety

(,) …… billion
987 …… nine hundred eighty-seven
(,) …… million
654 …… six hundred fifty-four
(,) …… thousand
321 …… three hundred twenty-one

quintillion 和 quadrillion 等字很難記，但作如下整理的話也許就容易記一些：

quintillion 是從 million 數起第 5 個逗點，quint 為「5」，quintet 為五個一組之意，五人小組、五重奏曲、五重奏小組、五重唱曲、五重唱小組，quintuplet 為五胞胎之一之意。

quadrillion 是從 million 數起第 4 個逗點，quadr 或 quart 為「4」，quartet 為四個一組之意，四人小組、四重奏曲、四重奏小組、四重唱曲、四重唱小組，quadruplet 為四胞胎之一，quarter 為1/4之意。

trillion 是從 million 數起第3個逗點，tri 為「3」，trio 為三個一組之意，三人小組、三重奏曲、三重奏小組、三重唱曲、三重唱小組，triplet 為三胞胎之一，tricycle 為三輪車之意。

billion 中的 bi 與 bicycle (二輪車) 中的 bi 相同，表示「2」。

million 這字原為「大仟」之意，milli 為「仟」，on 為「大」之意。例如，millimeter 表示「千分之一公尺」，從這個字中我們也可知道 milli 為「仟」之意。此外，也與這 milli 有關，將右腳往前移動，然後將左腳再往前移動，這樣為「一步」，1哩就是指重複「一仟」個一步的距離，約1.6公里。這樣的話「一步」為1.6公尺。

▶第6個逗點以上的名稱

剛才介紹到 million 數起第5個逗點，實際上還有第6個逗點以上的名稱。

sexillion 從 million 數起第6個逗點，字中的 sex 為拉丁語，表示 six 之意，sextet 為六人小組、六重奏曲、六重奏小組、六重唱曲、六重唱小組，sextuplet 為六胞胎之一之意。

septillion 為第 7 個逗點，這使我們想起 September (9月) 這個字。一年中第一個月原為3月，因此，September 原為「第七個月」。

octillion 為第 8 個逗點，這使我們想起 October (10月，但原為第八個月) 這個字。

nonillion 為第 9 個逗點，這使我們想起 November (11月，但原為第九個月) 這個字。

decillion 為第 10 個逗點，這使我們想起 December (12月，但原為第十個月) 這個字。

另外，deciliter (公合) 為 liter (公升) 的1/10。

明。

複數 **misrepresentations**

**Miss [mɪs] *n.* ① 小姐《加於姓氏或姓名之前，對未婚女子的一種稱呼》。② 〔m～〕小姐《打招呼時所用》。③ ～小姐，～皇后《指選美等比賽中獲勝的女性，用於地名或運動項目等名詞之前》。

範例 ① **Miss** Brown 布朗小姐。
Miss Mary Brown 瑪麗・布朗小姐。
the **Miss** Browns/the **Misses** Brown 布朗家的姊妹。
② Two coffees, **miss**. 小姐，來兩杯咖啡。
③ **Miss** Universe 環球小姐。

參考 男子不分未婚、已婚均作 Mr.，而女子卻

分作 Miss 和 Mrs.，不符合現代男女平權主義 (feminism) 的精神，所以就產生了用 Ms. 來取代 Miss 和 Mrs. 的用法，不刻意去區分未婚或已婚。

字源 mistress 的縮略。

複數 Misses

*miss [mɪs] v. ① 失去，錯過；偏離（目標）；未出席。② 忽略，看〔聽〕漏。③ 發現~不在。④ 因~不在而感到寂寞，想念。⑤ 倖免於。
——n. ⑥ 失敗，失誤。⑦ 避開。⑧ 流產。

範例 ① He **missed** lunch. 他沒吃午餐。
The short stop **missed** the ball. 游擊手漏接了那個球。
The hunter just **missed** that deer. 獵人差一點打中那隻鹿。
You've **missed** the point of what the minister said. 你沒有掌握住部長說話的重點。
She aimed at the target, but **missed**. 她瞄準了靶心，但沒有打中。
I **missed** the last train. 我錯過了最後一班火車。
She **missed** his birthday party. 她沒出席他的生日晚會。
He **missed** a chance to be a successful businessman. 他錯失了當一位成功企業家的機會。
The police **missed** arresting the criminal. 警方沒有抓到那個犯人。
② You can't **miss** the post office at the corner. 你不可能沒有看到轉角的那家郵局。
Be careful not to **miss** the traffic signs. 小心不要忽略了交通號誌。
This is a film not to be **missed**. 這是一部不可錯過的電影。
③ I didn't **miss** my purse until I got home. 我回到家才發現錢包不見了。
④ He **missed** his family while he was overseas. 他在海外時非常思念他的家人。
My father wrote he'd **missed** me. 我父親在信上說他很想念我。
⑤ My dog narrowly **missed** being hit by a car. 我的狗險些被車子給撞上了。
⑦ I give the lesson a **miss** today. 我今天沒去上課。

活用 v. misses, missed, missed, missing

*missile [`mɪsl] n. ① 飛彈，導彈飛彈〔武器〕，彈道飛彈。② 投射物體（箭、石塊等）。

範例 ① an intercontinental ballistic **missile** 洲際彈道飛彈《亦作 ICBM》。
a **missile** base 飛彈基地。
② The angry crowd threw bottles and other **missiles** at the baseball players. 憤怒的群眾把瓶子和石塊等丟向那些棒球選手。

複數 missiles

*missing [`mɪsɪŋ] adj. 缺少的；遺失的，下落不明的。

範例 Two pages are **missing** from this book. 這本書缺了兩頁。

Mary found some of her books were **missing**. 瑪麗發覺她有一些書遺失了。
Seven men are **missing**. 有7個人下落不明。
Thousands of **missing** persons are reported to Amnesty International every year. 每年都有成千上萬個下落不明的人被呈報到國際特赦組織。

♦ **missing link** ① （一系列中）缺少的一個環結。② 〔the ~〕缺少的一環《被假設介於人類與類人猿之間的過渡性動物》。

:mission [`mɪʃən] n.

原義	層面	釋義	範例
被派遣	團體	使節團；代表團	①
	目的	任務，使命	②
	宗教	佈道活動；佈道地區；佈道團體	③

範例 ① The **mission** sent to Beijing consists of ten specialists and three interpreters. 派往北京的使節團由10位專業人士和3位口譯人員所組成。
My uncle was chosen as a member of the **mission** to Russia. 我叔叔被選為赴俄羅斯的代表團人員之一。
② Your **mission** is to infiltrate their organization and gather information on their operations. 你的任務是潛入他們的組織，收集他們的作戰情報。
Finding a cure for cancer has become her **mission** in life. 找尋癌症的治療法成為她人生的使命。
③ The **mission** is supported by donations. 那個佈道團體靠捐款維持運作。

複數 missions

*missionary [`mɪʃənˏɛrɪ] n. 佈道者，傳教士；使節：The **missionaries** went to Africa to propagate Christianity. 傳教士們為了發揚基督教而去非洲。

複數 missionaries

misspell [mɪs`spɛl] v. 拼錯，誤拼。

活用 v. misspells, misspelled, misspelled, misspelling/misspells, misspelt, misspelling

misspelling [mɪs`spɛlɪŋ] n. 錯誤的拼法，拼字錯誤。

複數 misspellings

misspelt [mɪs`spɛlt] v. misspell 的過去式、過去分詞。

misspend [mɪs`spɛnd] v. 濫用，浪費（時間、金錢等）：Young people often **misspend** their youth. 年輕人往往虛度青春。

活用 v. misspends, misspent, misspent, misspending

misspent [mɪs`spɛnt] v. misspend 的過去式、過去分詞。

*mist [mɪst] n. ① 霧，朦朧，模糊不清；迷霧。
——v. ② 起霧，（玻璃等）蒙上水氣，模糊不清

充電小站

mind

【Q】 mind 這個字的意義很難理解. A sound mind in a sound body. 被譯成「身心健康」,所以此句中的 mind 為「精神」之意,還有 make up ~'s mind 中的 mind,雖然不知道其意義,但整個表示「下定決心」之意. 因為不太清楚甚麼場合表示甚麼意義,所以請詳細地說明一下 mind 的意義.

【A】首先從 A sound mind in a sound body. 這個字開始說明. 一般解釋成「健全的精神寓於健全的身體」,即身體健康,「精神」也健康之意,但這種解釋是錯誤的.

一開始對 A sound mind in a sound body. 中的 mind 的解釋就錯了. mind 是頭腦之意,決不是「精神」,認定,思考的能力. 所以 a sound mind 應為「健全的頭腦」,而且 a sound body 是「健全的身體」,所以這句諺語似乎可以譯成「有健全的身體才有健全的頭腦」,但並非如此. 本來指「既有健全的身體,又有健全的心智就好了」. 另外也有這種解釋,這句諺語感歎「既有健全的身體,又有思考能力就好了,但是身體健全卻不想動腦筋的年輕人實在太多了,真不知道該怎麼辦」.

▶ mind 為「思考之盒子」

用作名詞的 mind 原義為「思考之盒子」,並非盒子本身「思考,考慮」,而是甚麼東西進入盒子中時,其盒子的主人便開始思考. 例如:

A good idea has just come into my mind. 這句表示「我想出一個好主意」,按照字面上解釋為「a good idea 剛剛進入我的 mind 中」. 好主意進入我的「思考之盒子」中,其好主意開始活動. 這時如果有人問「其好主意是甚麼?」,「我」就一邊仔細地觀察已開始活動的好主意,一邊開始說明.

下面的句子也可這樣認為:
That event went completely out of his mind.

為「那件事他已忘得一乾二淨」之意,按照字面上解釋為「that event 完全從他的 mind 中跑到外面去」. 如果從「思考之盒子」中跑到外面,就不會去思考那件事了吧.

▶ make up ~'s mind 為「構製思考之盒子」

這個 make up ~'s mind 相當於中文的「下定決心,決定做,打定主意,承認,作好精神準備,認定,決斷」等,但基本的意義為「構製思考之盒子」. make 為「為了某個目的,收集各式各樣的材料來構製」,up 為「筆直地,不歪地,不馬虎地」之意. 所以 make up ~'s mind 就是「構製好~的思考之盒子」之意.

I've made up my mind to get married. 這句表示「我下定決心要結婚」之意,按照字面上解釋為「朝著 (to) 今後結婚 (get married) 這個方向,好好地構製 mind」.

to 後面有時會接現在分詞.
例如:
We can't afford a bigger house, so we must make up our minds to staying here. 為「我們現在沒有能力弄到更寬敞的房子,因此只能住在這裡」之意,to 後面接 staying. 為甚麼要用現在分詞呢? 這是因為「現在並非心甘情願地住在這裡」.

(up, over).

範例 ① The monument is veiled in thick **mist**. 那座紀念碑被濃霧所籠罩.
Ann could hardly read the letter through the **mist** of tears. 安淚眼朦朧,幾乎無法看信了.
A **mist** of prejudice spoiled my judgement. 偏見的蒙蔽減弱了我的判斷力.
② It has begun to **mist**. 起霧了.
The windshield of my car has **misted** up. 我車子的擋風玻璃蒙上了一層水氣.
His eyes **misted** over. 他的眼睛變得模糊不清了.
複數 **mists**
活用 v. **mists, misted, misted, misting**

mistake [məˋstek] v. ① 弄錯,想錯;誤解

——n. ② 錯誤;誤解.
範例 ① I often **mistake** Mr. Brown for Mr. Carter. 我經常把布朗先生誤認為卡特先生.
The boys **mistook** the road. 那些男孩走錯路了.
She entirely **mistook** what I had said. 她完全誤解了我所說的話.
There is no **mistaking** that writing—it must be his. 這個筆跡不可能被認錯,一定是他的.

② It was a **mistake** to trust you. 信任你是個錯誤.
It was a **mistake** buying this refrigerator. 買這臺冰箱是個錯誤.
The man killed the wrong man by **mistake**. 那個男子誤殺了別人.
Everybody makes **mistakes**. 每個人都會犯錯.
There are five spelling **mistakes** in your letter. 你的信中有5處拼字錯誤.
片語 **by mistake** 弄錯地. (⇨ 範例 ②)
活用 v. **mistakes, mistook, mistaken, mistaking**
複數 **mistakes**

mistaken [məˋstekən] v. ① mistake 的過去分詞.

——adj. ② 錯誤的,弄錯的;誤解的.
範例 ② If I'm not **mistaken**, Syria's capital is Damascus. 如果我沒弄錯的話,敘利亞的首都是大馬士革.
You're **mistaken** about her. 你錯看她了.
Our teacher has a **mistaken** belief that Tom is a troublemaker. 我們的老師誤以為湯姆是一個惹是生非的小孩.
活用 adj. **more mistaken, most mistaken**

mistakenly [mə`stekənlı] *adv.* 錯誤地：The man may **mistakenly** believe that our nation is the strongest in the world. 那個男子可能誤以為我國是世界上最強大的國家.

活用 *adv.* **more mistakenly**, **most mistakenly**

mister [`mɪstə] *n.* ① 先生《略作 Mr.或 Mr, 用於男子的姓氏或姓名之前》. ② 先生, 喂《對陌生男子的招呼語》: Listen to me, **mister**. 先生, 請聽我說.

複數 **misters**

mistletoe [`mɪsl͵to] *n.* 槲寄生《槲寄生科的常綠灌木, 寄生於其他樹木上》.

參考 用作聖誕節的裝飾, 按照古老的習俗, 可以親吻與自己同時站在其下面的男性.

mistook [mɪs`tʊk] v. mistake 的過去式.

mistress [`mɪstrɪs] *n.* ① 女主人, 主婦; 女王, 女性統治者. ②《女性》名人, 名家. ③『英』女教師. ④《已婚男子的》情人, 情婦.

範例 ① She poetically called Chicago "**Mistress of Lake Michigan**". 她極富詩意地把芝加哥稱作「密西根湖的女王」.

My daughter is her own **mistress**. 我女兒有她自己的自由.

③ The students like the English **mistress**. 學生們喜歡那位英語女教師.

複數 **mistresses**

mistrust [mɪs`trʌst] v. ① 不信任, 懷疑.
——*n.* ② 不信任, 懷疑.

範例 ① Why do you **mistrust** your father? 你為甚麼不信任你父親?

② Your brother has a strong **mistrust** of nuclear power plants. 你哥哥對核能發電廠強烈地不信任.

活用 *v.* **mistrusts**, **mistrusted**, **mistrusted**, **mistrusting**

mistrustful [mɪs`trʌstfəl] *adj.* 不信任的, 懷疑的: Our teacher is **mistrustful** of us. 我們的老師對我們不信任.

活用 *adj.* **more mistrustful**, **most mistrustful**

misty [`mɪstɪ] *adj.* ① 有霧的. ② 朦朧的, 模糊不清的.

範例 ① a **misty** morning 霧濛濛的早晨.

② Well, no, you weren't really crying, but your eyes were all **misty**. 好吧, 你的確沒有哭, 但你已淚眼朦朧了.

活用 *adj.* **mistier**, **mistiest**

misunderstand [͵mɪsʌndə`stænd] v. 誤解: The police officer **misunderstood** what I said. 那位警察誤解我說的話.

活用 *v.* **misunderstands**, **misunderstood**, **misunderstood**, **misunderstanding**

misunderstanding [͵mɪsʌndə`stændɪŋ] *n.* ① 誤解: We must get rid of the **misunderstandings** between us. 我們必須釐清我們之間的誤會. ② 不和, 爭執.

複數 **misunderstandings**

misunderstood [͵mɪsʌndə`stʊd] v.

misunderstand 的過去式、過去分詞.

***misuse** [v. mɪs`juz; n. mɪs`jus] v. ① 誤用, 濫用.
——*n.* ② 誤用, 濫用.

範例 ① I'm afraid personal data are sometimes **misused**. 我怕私人資料有時會被濫用.

② The teacher cared deeply about words, and hated their **misuse**. 那位老師非常介意詞語的表達, 不喜歡它們被誤用.

活用 *v.* **misuses**, **misused**, **misused**, **misusing**

複數 **misuses**

mite [maɪt] *n.* ① 小東西; 小傢伙, 小孩; 一點點, 微量. ② 蟎.

範例 ① The poor little **mite** is soaking wet. 那可憐的小傢伙全身溼答答的.

Anybody with a **mite** of common sense could see how useless it was. 只要有一點點常識的人都能看出它是多麼沒用.

複數 **mites**

miter [`maɪtə] *n.* ① 大祭司法冠, 主教法冠《羅馬教宗、天主教會、英國國教會的祭司、主教 (bishop)、大祭司、大主教 (archbishop) 等在典禮時所戴的法冠》. ② 斜接《木工將兩塊木頭像畫框那樣相接的一種技巧, 亦作 miter joint》.

[miter]

參考『英』mitre.

複數 **miters**

***mitigate** [`mɪtə͵get] v. 使緩和, 平息, 減輕.

範例 Nothing will **mitigate** my sorrow. 任何事物都無法減輕我的悲痛.

Sometimes there are **mitigating** circumstances that allow for bending the rules. 有時候為了緩和情勢, 規定是可以改變的.

活用 *v.* **mitigates**, **mitigated**, **mitigated**, **mitigating**

mitigation [͵mɪtə`geʃən] *n.* 緩和, 減輕.

片語 **in mitigation** 減刑的.

mitre [`maɪtə] =n.『美』miter.

***mitt** [mɪt] *n.* ① 棒球手套: a catcher's **mitt** 捕手手套. ②《女用》長手套《露指、有花邊, 長及手肘, 亦作 mitten》. ③ 連指手套《亦作 mitten》.

複數 **mitts**

mitten [`mɪtn] *n.* ① 連指手套《大拇指和其他4個手指分開形成兩個部分的手套, 用於防寒或保護, 亦作 mitt》: a pair of **mittens** 一雙連指手套. ②《女用》長手套《亦作 mitt》.

複數 **mittens**

***mix** [mɪks] v. ① (使)混合, 相混合; 攪拌. ② 調製, 調配.
——*n.* ③ 混合 (比例), 混合物.

範例 ① She **mixed** vodka and soda. 她把伏特加和蘇打水混合在一起.

The cook **mixed** butter, milk, and salt into the oatmeal. 那位廚師在麥片粥裡加入奶油、牛

奶和鹽巴.

Oil doesn't **mix** with water./Oil and water don't **mix**. 油與水無法混合.

He **mixed** some cream into the soup. 他在湯裡加入一些奶油.

The teacher **mixed** the girls up with the boys. 那位老師讓女孩們與男孩們混合編班.

Don't **mix** with those boys. 別與那些男孩混在一起.

The minister was **mixed** up in the scandal. 那位部長涉入那件醜聞.

Some students **mix** up "different" and "difficult". 有些學生把 different 和 difficult 這兩個字弄混了.

She got **mixed** up over the date of the meeting. 她被弄錯會議的日期給弄糊塗了.

② He **mixed** her a cocktail./He **mixed** a cocktail for her. 他為她調了一杯雞尾酒.

The pharmacist **mixed** him some medicine. 那位藥劑師為他調一些藥.

③ a cookie **mix** 餅乾的混合配料.

Our company has a healthy **mix** of young and old employees. 我們公司職員年紀大小的比例適中.

片語 **be/get mixed up** ① 被牽連在一起. (⇨ 範例①)② 混淆, 搞混. (⇨ 範例①)

mix up ① 把（兩個以上的東西）混淆在一起. (⇨ 範例①)② 使（許多東西）混亂.

活用 v. mixes, **mixed**, **mixed**, **mixing**
複數 **mixes**

mixed [mɪkst] adj. ① 混雜的, 攙雜的, 混合的. ② 男女混合 [合校] 的.

範例 ① **mixed** candies 什錦糖果.

He has **mixed** feelings about your success. 你的成功令他百感交集.

② **mixed** doubles 混合雙打.

a **mixed** school 男女合校.

a **mixed** chorus 男女合唱.

◆ **mixed bág** （多種不同人物或東西的）混合體, 匯集, 大雜燴.

mixed fárming 混合農業《畜牧與農作物生產的混合經營方式》.

mixed gríll 什錦烤肉.

活用 adj. ① **more mixed**, **most mixed**

mixer [`mɪksɚ] n. ① 混合者 [器], 攪拌器, 攪拌機. ②（聲音、圖像的）調節裝置; 混音師; 混頻器. ③ 善於交際的人; 聯誼會. ④ 調酒用的飲料《果汁、蘇打水等》.

範例 ① a concrete **mixer** 混凝土攪拌機.

③ He talks with a lot of people at parties. He is a good **mixer**. 他在晚會上與許多人交談, 他真是一個善於交際的人.

參考 製作果菜汁的榨汁機作 blender (《英》 liquidizer).

複數 **mixers**

mixture [`mɪkstʃɚ] n. 混合, 混合物.

範例 Kyoto is a **mixture** of old and new buildings. 京都是古老建築和現代建築的混合體.

Her speech is a **mixture** of fact and fiction. 她的話裡攙雜了事實與虛構.

複數 **mixtures**

mix-up [`mɪks͵ʌp] n.《口語》混亂: There was a **mix-up** in the schedule of the examination, and some students went to the wrong rooms. 考試的安排有些混亂, 有些學生走錯了教室.

複數 **mix-ups**

mm《縮略》＝millimeter, millimeters《公釐》《一千分之一公尺》.

Mme./Mme《縮略》＝Madame《對已婚女子的稱呼》.

複數 **Mmes./Mmes**

***moan** [mon] n. ① 呻吟聲,（風等的）呼嘯聲. ② 牢騷, 不滿.
—— v. ③ 呻吟,（風等）發出呼嘯聲. ④ 發牢騷, 悲嘆 (about).

範例 ① Jack let out a **moan** of pain. 傑克發出痛苦的呻吟聲.

Can you hear the **moan** of the wind? 你聽得見風的呼嘯聲嗎?

② We have a good **moan** about our social studies teacher. 我們對社會科學課程的老師非常不滿.

③ The injured man **moaned** in pain. 那個受傷的男子在痛苦中呻吟.

④ You are always **moaning** about your job. 你老是在抱怨你的工作.

複數 **moans**
活用 v. **moans**, **moaned**, **moaned**, **moaning**

moat [mot] n.（城堡或城市周圍的）護城河, 壕溝.

複數 **moats**

***mob** [mɑb] n. ① 一群人, 群眾;（一群）暴民. ② 暴民組織, 一夥惡徒.
—— v. ③ 成群包圍 [襲來]; 蜂擁進入.

範例 ① An angry **mob** burned down the accused man's house. 憤怒的群眾燒了那個被告的房子.

The **mob** were looting and setting shops and homes on fire. 那些暴民進行搶劫並且縱火燒商店和民宅.

③ Bargain hunters **mobbed** the store as soon as it opened. 那家商店一開門營業, 尋求減價商品的民眾就成群湧入.

複數 **mobs**
活用 v. **mobs**, **mobbed**, **mobbed**, **mobbing**

mobile [`mobl] adj. ① 可動的, 可移動的, 容易移動的;（商店等）流動性的, 移動式的.
—— n. ② 活動雕刻《將金屬片等吊在天花板上的一種裝飾品, 透過風吹轉動以呈現美感》.

範例 ① How can she be **mobile** with a broken leg? 她斷了腿怎麼能走動呢?

a **mobile** society 流動的社會《易改變職業或社會階層等》.

Mercury is a **mobile** metal. 水銀是流動的金屬.

a **mobile** library 『英』巡
迴圖書館（『美』
bookmobile）.

♦ **mòbile hóme** 活動房
屋《裝有車輪，可用汽車
拖動》.

[活用] adj. **more mobile,**
most mobile

[mobile home]

[複數] **mobiles**

mobilisation [ˌmobləˈzeʃən] =n. 『美』
mobilization.

mobilise [ˈmobḷˌaɪz] =v. 『美』mobilize.

mobility [moˈbɪlətɪ] n. 流動性，移動性.

mobilization [ˌmobləˈzeʃən] n. 動員；流通:
Quick **mobilization** is very important to
national security. 國防上迅速的動員是非常
重要的.

[參考]『英』mobilisation.

[複數] **mobilizations**

mobilize [ˈmobḷˌaɪz] v. 動員:

[範例] General Patton gave orders to **mobilize** the
5th Infantry Division. 巴頓將軍下令動員第5
步兵師.

Local residents were **mobilized** to protest the
construction of a toxic waste dump. 當地居民
被動員起來抗議建造有毒廢棄物處理廠.

[參考]『英』mobilise.

[活用] v. **mobilizes, mobilized, mobilized,**
mobilizing

moccasin [ˈmakəsn] n. 莫卡辛鞋《原為美國
印第安人所穿的鹿皮製軟皮鞋》.

➡ [充電小站] (p. 1177)

[複數] **moccasins**

***mock** [mak] v. ① 譏笑，嘲笑. ② 模仿，仿效.

——n. ③ 笑柄，嘲笑的對象.

——adj. ④ 仿造的，模擬的.

[範例] ① You must not **mock** the poor boy again.
你不可以再嘲笑那個可憐的男孩.

② Mike cracked us up by **mocking** the way
people in the South talk. 邁克模仿南部人的
口音，使得我們捧腹大笑.

③ I don't like people to make a **mock** of me. 我
不想成為別人的笑柄.

④ a **mock** pearl 仿造的珍珠.

We'll have a **mock** examination next week. 我
們下週有一次模擬考.

[片語] **make a mock of** 嘲笑. (⇨ [範例] ③)

[活用] v. **mocks, mocked, mocked,**
mocking

[複數] **mocks**

mockery [ˈmakərɪ] n. ① 嘲笑；嘲笑的對象.
② 偽造的東西；拙劣可笑的模仿.

[範例] ① In spite of the **mockery** of his friends,
Jim never gave up his dream to be a rock
singer. 不管他的朋友怎麼嘲笑，吉姆從不放
棄成為一位搖滾歌手的夢想.

② The man was sent to prison after a **mockery**
of a trial. 那個男子在一場鬧劇般的審判之後
被送進了監獄.

[複數] **mockeries**

mocking [ˈmakɪŋ] adj. 嘲笑般的，愚弄般的:
a **mocking** smile 嘲弄般的微笑.

[活用] adj. **more mocking, most mocking**

mockingbird [ˈmakɪŋˌbɝd] n. 嘲鶇，反舌
鳥《產於美國南部，能模仿別種鳥類的叫聲》.

[複數] **mockingbirds**

***mode** [mod] n. ① 方式，樣式，模式. ② 調式，
音階.

[範例] ① What's your favorite **mode** of
transportation? 你最喜歡的是哪一種交通工
具?

The term "fashion" means the prevailing
mode or style in clothing. 「時尚」這個詞彙用
於表示服裝流行的樣式或款式.

That accident changed his **mode** of life
altogether. 那起意外事故完全改變了他的生
活方式.

You can set this camera in a manual or
automatic **mode**. 這臺照相機你可以把它設
定成手動模式或自動模式.

② the major **mode** 大調.

the minor **mode** 小調.

[複數] **modes**

***model** [ˈmadḷ] n. ① 模型，雛形. ② 原型，樣
板；樣品. ③ 型號，樣式. ④ 模範，榜樣.
⑤ 模特兒.

——v. ⑥ (以～樣式)設計〔塑造〕，做模型. ⑦
當模特兒, (模特兒)穿著～展示.

[範例] ① a plastic **model** of an airplane 塑膠模型
飛機.

We made a **model** of the Eiffel Tower as part
of our class project. 我們設計了一座艾菲爾
鐵塔模型作為我們班研究課題的一部分.

② a wax **model** for a bronze statue 銅像的蠟製
品原型.

That new building is a **model** example of what
is worst in modern architecture. 那棟新大樓
是現代建築中最糟的大樓典型.

③ My dad's car is a 1991 **model**. 我父親的汽
車是1991年型號的產品.

④ She's a **model** of grace, isn't she? 她是優雅
的典範，不是嗎?

He is a **model** pupil. 他是一個模範學生.

Our method of financing is a **model** that other
companies have emulated. 我們籌措資金的
方法一直是其他公司模仿的榜樣.

⑤ She is one of the country's top **models**. 她是
那個國家頂尖的模特兒之一.

⑥ Their production system is **modeled** on the
American one. 他們的生產系統是以美國系
統為模式.

The child **modeled** clay into a house./The
child **modeled** a house from clay. 那個小孩
用黏土塑造了一棟房子.

[複數] **models**

[活用] v. **models, modeled, modeled,**
modeling/ 『英』**models, modelled,**
modelled, modelling

modem [`mo͵dɛm] *n.* 數據機《連接電腦與電話線的通訊裝置》.
複數 **modems**

***moderate** [*adj., n.* `mɑdərɪt; *v.* `mɑdə͵ret]
adj. ① 溫和的，穩健的. ② 普通的，中等的.
——*n.* ③ 穩健的人.
——*v.* ④ (使) 緩和，減弱.
範例 ① Tom should be more **moderate** in his speech. 湯姆說話應該再溫和一些.
② We have only a **moderate** income. 我們只有中等的收入.
Jane bought the car at a **moderate** price. 珍以一般的價格買了那輛車.
④ I managed to **moderate** my anger. 我勉強緩和了我的憤怒.
活用 *adj.* **more moderate**, **most moderate**
複數 **moderates**
活用 *v.* **moderates**, **moderated**, **moderated**, **moderating**

moderately [`mɑdərɪtlɪ] *adv.* 溫和地; 適度地，中等地.
活用 *adv.* **more moderately**, **most moderately**

moderation [͵mɑdə`reʃən] *n.* 適度，節制; 溫和: Drinking in **moderation** isn't bad to your health. 適度的飲酒對健康無害.

moderator [`mɑdə͵retə] *n.* ① 仲裁者，調停者. ② 議長，主持人.
複數 **moderators**

***modern** [`mɑdən] *adj.* ① 現代的，近代的. ② 現代化的.
範例 ① When would you say the **modern** history of Italy began? 你說義大利的現代史是從甚麼時候開始的?
Electricity is indispensable in **modern** society. 電力是現代社會不可或缺的.
② The building is surprisingly **modern**. 那棟大樓出乎意料地現代化.
活用 *adj.* ② **more modern**, **most modern/moderner**, **modernest**

modernization [͵mɑdənə`zeʃən] *n.* 現代化，近代化: The government has plans for **modernization** of the transportation system. 政府規劃使交通系統現代化.
參考 〖英〗 **modernisation**.

modernize [`mɑdən͵aɪz] *v.* (使) 近代化，(使) 現代化: The hotel has recently been **modernized**. 那家飯店最近變得現代化了.
參考 〖英〗 **modernise**.
活用 *v.* **modernizes**, **modernized**, **modernized**, **modernizing**

***modest** [`mɑdɪst] *adj.* ① 端莊的，莊重的; 謙遜的. ② 有節制的，不過分的.
範例 ① She always wears **modest** clothes. 她總是穿著端莊的衣服.
Mary was **modest** about her success. 瑪麗對自己的成功很謙遜.
② a **modest** income 中等的收入.
There has been a **modest** rise in house

prices. 房屋價格上漲的幅度不大.
活用 *adj.* **more modest**, **most modest/modester**, **modestest**

modestly [`mɑdɪstlɪ] *adv.* ① 端莊地，謙遜地. ② 適中地，適度地.
活用 *adv.* **more modestly**, **most modestly**

***modesty** [`mɑdəstɪ] *n.* 端莊，謙遜: Maybe I can say, in all **modesty**, that you'd have failed without my advice. 我不是在自誇，但如果沒有我的意見，你早就失敗了.
片語 **in all modesty** 謙遜地，毫不自誇地. (⇨ 範例)

modification [͵mɑdəfə`keʃən] *n.* ① 修改，調整: Your plan needs some **modifications**. 你的計畫需要作一些修改. ② 緩和，減輕. ③ (文法的) 修飾.
複數 **modifications**

***modify** [`mɑdə͵faɪ] *v.* ① 修改，調整. ② 緩和，減輕. ③ (文法上) 修飾.
範例 ① Suddenly he **modified** his plan. 他突然修改計畫.
② They **modified** their demands. 他們降低了要求.
③ Adjectives **modify** nouns. 形容詞修飾名詞.
活用 *v.* **modifies**, **modified**, **modified**, **modifying**

module [`mɑdʒul] *n.* ① (具有特定規格、機能的) 構成單元. ② (建築的) 模數，標準尺寸. ③ (電腦的) 組件，(太空船的) 艙. ④ (測量的) 標準單位. ⑤ (高中、大學的) 課程單元.
複數 **modules**

mohair [`mo͵hɛr] *n.* 毛海《安哥拉山羊毛》，毛海織物.

Mohammed [mo`hæmɪd] *n.* 穆罕默德《570?-632，伊斯蘭教創立人; 亦作 Mahomet, Muhammad》.

Mohammedan [mo`hæmədən] *adj.* ① 穆罕默德教的，穆罕默德的.
——*n.* ② 穆罕默德教徒.
參考 在歐洲曾把伊斯蘭教誤解為崇拜穆罕默德的一種宗教，是基督教的異端. 其實伊斯蘭教信仰的對象是阿拉，所以稱作「穆罕默德教」是不正確的. 表示「伊斯蘭教的 (信徒)」時通常作 Muslim，亦作 Muhammadan.
複數 **Mohammedans**

***moist** [mɔɪst] *adj.* 有溼氣的，溼潤的，潮溼的.
範例 The grass was **moist** with dew this morning. 草坪被今天早晨的露水沾溼了.
Winds from the sea were **moist**. 海風中帶有溼氣.
This cheese cake is cold and **moist**. 這塊乳酪蛋糕冷冷溼溼的.
I cleaned the windows with a **moist** rag. 我用一塊溼破布擦窗戶.
When she heard the news, her eyes became **moist** with tears. 聽到那個消息時，她的雙眼就變得淚汪汪.
活用 *adj.* **moister**, **moistest**

moisten [`mɔɪsn̩] *v.* 變溼，弄溼.

[範例] His brow **moistened** with sweat when the burglar pulled out a knife. 當竊賊拔出刀子時，他的額頭直冒汗。

She looked at me with **moistened** eyes. 她淚眼汪汪地看著我。

[活用] v. moistens, moistened, moistened, moistening

***moisture** [`mɔɪstʃə-] n. 溼氣，水氣：Somehow **moisture** got in my watch and clouded the glass. 不知甚麼原因，我的手錶裡有水氣，錶面玻璃都模糊了。

molar [`molə-] n. 臼齒。

[複數] molars

molasses [mə`læsɪz] n. [美] 糖蜜 (《製糖過程中所熬成的深褐色糖漿》；[英] treacle)。

***mold** [mold] n. ① 模子。② 性格，特性，類型。③ 黴。④ 沃土。

——v. ⑤ 澆鑄；塑造。

[範例] ① Molten gold was poured into the **mold**. 熔化的黃金被倒進模子裡。

② He is a man of simple **mold**. 他是個簡樸的人。

The writer broke the **mold** of his former style in this new novel. 那位作家在這篇新創作的小說中打破了以往的文體模式。

③ blue **mold** 青黴。

⑤ She **molded** a statue out of bronze. 她澆鑄了一尊青銅像。

We tried to **mold** her into an honest girl, but in vain. 我們試圖使她成為一個誠實的女孩，但是卻白費力氣。

[參考] [英] mould。

[複數] molds

[活用] v. molds, molded, molded, molding

moldy [`moldɪ] adj. ① 發霉的，有霉味的：This room smells **moldy**. 這個房間有霉味。② 陳腐的，過時的。

[參考] [英] mouldy。

[活用] adj. moldier, moldiest

***mole** [mol] n. ① 鼴鼠。② 痣，胎記：Brian has a large **mole** on his neck. 布萊恩脖子上有一顆很大的痣。③ 防波堤。

[複數] moles

molecular [mə`lɛkjələ-] adj. (化學) 分子的：**molecular** weight 分子量。

molecule [`malə,kjul] n. (化學) 分子：carbon **molecule** 碳分子。

[複數] molecules

molest [mə`lɛst] v. ① 干擾，妨害；使苦惱；對～施暴。② 調戲，猥褻。

[範例] ① The robber tried to **molest** us. 那個強盜意圖對我們施暴。

② She was **molested** in the public restroom of a station. 她在車站的公共廁所內遭人非禮。

[活用] v. molests, molested, molested, molesting

mollusk [`maləsk] n. 軟體動物 (《[英] mollusc)。

[複數] mollusks

molt [molt] v. ① (動物) 換毛，脫皮。

——n. ② 換毛，脫皮。

[參考] [英] moult。

[活用] v. molts, molted, molted, molting

[複數] molts

molten [`moltn̩] adj. 熔化的：**molten** iron 熔化的鐵。

mom [mam] n. 《口語》《美》媽媽。

[複數] moms

‡**moment** [`momənt] n. ① 瞬間，片刻。② 時候，時機，機會。③《正式》重要。④ (物理的) 矩，力矩。

[範例] ① There was a **moment** of silence. 沉默了片刻。

Wait a **moment**. 稍待片刻。

The boy was expecting you to come at any **moment**. 那個男孩一直在等你來。

Let me speak for a **moment**. 讓我說一下。

I will be ready in a **moment**. 我馬上就好了。

I don't believe for a **moment** that he is a thief. 我根本不相信他是一個小偷。

The **moment** she saw me, the woman ran away. 那個女子一看到我就逃跑了。

You always arrive at the last **moment**. 你總是在最後一刻才到達。

Your wife changes her mind from one **moment** to the next. 你太太經常改變主意。

② This is not the **moment** to argue. 現在不是爭吵的時候。

Wait for the right **moment** if you want to ask him for help. 如果你想請他幫忙的話，要等待恰當的時機。

③ This report is of great **moment**. 這份報告極為重要。

[片語] **at any moment/any moment now** 隨時 (⇨ [範例] ①)：The lion was going to attack us **at any moment**. 那隻獅子似乎隨時會襲擊我們。

at the last moment 在最後一刻。(⇨ [範例] ①)

at the moment 目前，那時：I'm busy **at the moment**. 目前我很忙。

every moment 時時刻刻。

for a moment/for one moment ① 片刻。(⇨ [範例] ①) ② 一點也，全然《用於否定句》。(⇨ [範例] ①)

for the moment 目前，暫時：I can't find the address **for the moment** but I'll get it for you later. 我暫時還找不到地址，等我找到了再告訴你。

in a moment 馬上。(⇨ [範例] ①)

of the moment 當前的，現在的：the man **of the moment** 當前的紅人，焦點人物。

the moment 一～就。(⇨ [範例] ①)

[複數] moments

momentarily [`momən,tɛrəlɪ] adv. ① 瞬間地，一時地。②《美》立刻，馬上。

[範例] ① When she saw me, she was so surprised that she was **momentarily** unable to speak. 當她看到我的時候，她驚訝得一時說不出話來。

充電小站

星期的由來

除了 **Monday**（月之日）和 **Sunday**（日之日）之外，均源於古代神話中的神名。

Tuesday 為讚美蒂烏 (Tiu) 神之日。此神為歐洲神話中的戰爭之神，據說非常勇敢，所以星期二就稱為「蒂烏之日」。

Wednesday 源自盎格魯撒克遜民族最崇高的神——沃登 (Woden) 的名字。此神在歐洲的許多地區受到崇拜，但其名字因地區而略有差異，在北歐作「奧丁(Odin)」，剛才提到的蒂烏為奧丁之子。

Thursday 的名稱是源於托爾 (Thor)。此神也是奧丁之子，為掌管戰爭、農業的「雷神」。

Friday 的神為女性，名叫弗麗嘉 (Frigg)，是奧丁之妻。關於星期五名稱的由來還有另一種說法，據說是取自於愛與美之女神弗普婭 (Freyia) 的名字，但目前還不知道哪一種說法正確。

只有 **Saturday** 借用古羅馬神——農神薩圖爾努斯 (Saturnus) 的名字。

***momentary** [`momən‚tɛrɪ] *adj.* 瞬間的，一時的：There was a **momentary** power outage last night. 昨晚停電片刻。

momentous [mo`mɛntəs] *adj.* 重大的：The President made a **momentous** decision. 總統作了一個重大的決定。

活用 *adj.* **more momentous**, **most momentous**

momentum [mo`mɛntəm] *n.* （物理的）動量，衝力：gather **momentum** 加大衝力。

Mon./Mon《縮略》= Monday（星期一）.

***monarch** [`mɑnɚk] *n.* 君主，獨裁統治者。

範例 He was an absolute **monarch**. 他曾是一個專制君主。

Mt. Everest is the **monarch** of mountains. 埃弗勒斯峰是山岳之王。

複數 **monarchs**

monarchic/monarchical [mə`nɑrkɪk(l)] *adj.* 君主的，君主國〔政體〕的。

monarchy [`mɑnɚkɪ] *n.* ① 君主國。 ② 君主政體，君主制。

範例 ① an absolute **monarchy** 專制君主國。

a constitutional **monarchy** 君主立憲政體。

② Many people want the **monarchy** abolished. 許多人希望廢除君主政體。

複數 **monarchies**

monastery [`mɑnəs‚tɛrɪ] *n.* （男性）修道院《女性修道院作 convent》：The boy decided that he would enter a **monastery** when he became old enough. 那個男孩決定年齡一到就進修道院。

複數 **monasteries**

monastic [mə`næstɪk] *adj.* 修士的，修道院的；禁慾的。

***Monday** [`mʌnde] *n.* 星期一《略作 Mon.，Mon》.

➡ 充電小站 (p. 813)

複數 **Mondays**

***monetary** [`mʌnə‚tɛrɪ] *adj.* 貨幣的，金錢（上）的；金融的：a **monetary** unit 貨幣單位。

***money** [`mʌnɪ] *n.* 錢，金錢，貨幣。

範例 good **money** 一大筆錢。

paper **money** 紙幣。

hard **money** 硬幣。

Would you please lend me some **money**? 你能借我一些錢嗎？

Money talks. 《諺語》金錢萬能。

She lost all her **money**. 她失去所有的財產。

She wants to marry **money**. 她整天想著嫁給有錢人。

片語 ***make money*** 賺錢：He **made money** by writing a series of detective stories. 他藉由寫一系列的推理小說來賺錢。

money down 用現金：I paid **money down**. 我用現金支付了。

♦ **móney òrder**（郵政）匯票《略作 m.o.，M.O.》《英》postal order》.

➡ 充電小站 (p. 815)

mongoose [`mɑŋgus] *n.* 獴《似鼬鼠的小型肉食性動物，是眼鏡蛇的天敵》.

複數 **mongooses**

mongrel [`mʌŋgrəl] *n.* 雜種；雜種狗：My dog is a **mongrel**. 我家的狗是雜種狗。

複數 **mongrels**

***monitor** [`mɑnətɚ] *n.* ①（學校的）班長，班級幹部。 ②（電視、電腦等的）顯示器。 ③ 監視者，監視裝置，監測器。 ④ 外電監聽員。

——*v.* ⑤ 監視，監聽，監控。

範例 ① John is the lunch money **monitor** of his class. 約翰是班上的伙食費收費員。

⑤ A school doctor is responsible for **monitoring** students' health. 為學生們的健康嚴密把關是校醫的責任。

複數 **monitors**

活用 *v.* **monitors**, **monitored**, **monitored**, **monitoring**

***monk** [mʌŋk] *n.* 修道士，僧侶《☞ nun（修女）》.

複數 **monks**

***monkey** [`mʌŋkɪ] *n.* ① 猴。 ② 搗蛋鬼。

——*v.* ③ 胡鬧，玩弄 (around, about).

範例 ① Some **monkeys** can wrap their tails around branches and swing. 有的猴子能把尾巴掛在樹枝上盪鞦韆。

② That little **monkey** took my cola. 那個小搗蛋拿走我的可樂。

③ The children are **monkeying** around in the yard. 孩子們在院子裡嬉鬧。

Somebody has **monkeyed** about with my

camera. 有人動過我的照相機.

片語 **make a monkey of ~/make a monkey out of ~** 玩弄，愚弄.

參考 monkey 為像臺灣彌猴那樣有尾巴的猴子，黑猩猩或大猩猩等類人猿為 ape.

♦ **mónkey bùsiness** 惡作劇，騙人的把戲.
mónkey wrènch 活動扳鉗，活動扳手《根據螺帽的大小可調節寬度》.

複數 **monkeys**

活用 v. monkeys, monkeyed, monkeyed, monkeying

monochrome [`manə͵krom] *adj.* ① 黑白的，單色的.
—— *n.* ② 單色畫（法）；黑白照片，單色圖片.

複數 **monochromes**

monocle [`manəkl] *n.* 單片眼鏡《☞ 充電小站 (p. 535)》.

複數 **monocles**

monogamous [mə`nagəməs] *adj.* 一夫一妻的.

monogamy [mə`nagəmɪ] *n.* 一夫一妻制.

monogram [`manə͵græm] *n.* 交織字母，花押字《由姓和名的首字母組成的文字圖案，印刷或刺繡在物品上》.

複數 **monograms**

monologue/ monolog [`manl͵ɔg] *n.* 自言自語，獨白，獨腳戲.
[monogram]

複數 **monologues/monologs**

monoplane [`manə͵plen] *n.* 單翼飛機.

複數 **monoplanes**

monopolise [mə`napl͵aɪz] ＝*v.* 〖美〗 monopolize.

*monopolize** [mə`napl͵aɪz] *v.* 壟斷，獨占《〖英〗 monopolise》.

範例 The oil industry in America was once **monopolized** by a few companies. 美國的煉油業曾經被少數幾家公司壟斷.
She always **monopolizes** a conversation. 她一講起話來總是滔滔不絕地讓人無法插話.

活用 v. monopolizes, monopolized, monopolizing

*monopoly** [mə`naplɪ] *n.* ①（銷售的）獨占，壟斷權. ② 專賣商品；獨占企業. ③ 大富翁《一種紙上不動產交易的遊戲》.

範例 ① His concession has a **monopoly** on Mets baseball caps in this mall. 在這個購物中心裡，大都會隊棒球帽由他的攤位專賣.
② The company used to be a long distance telephone **monopoly**. 那家公司以前是長途電話的獨占企業.

複數 **monopolies**

monorail [`manə͵rel] *n.* 單軌鐵路.

複數 **monorails**

monosyllabic [͵manəsɪ`læbɪk] *adj.* ① 單音

節（字）的. ②（回答）冷淡的，簡短的: She gave a **monosyllabic** answer to the teacher's question. 她簡短地回答老師的問題.

monosyllable [`manə͵sɪləbl] *n.* 單音節字《air, bed, rain 等》: speak in **monosyllables** 簡短地回答.

複數 **monosyllables**

monotone [`manə͵ton] *n.* 單調；單調的語調: read in a **monotone** 以單調的語調讀.

*monotonous** [mə`natṇəs] *adj.*（聲音）單調的；毫無變化的.

範例 The second speaker's boring topic and **monotonous** voice put us to sleep. 第二位演講者無聊的話題和單調的聲音使我們睡著了.
Workmen used to lead a **monotonous** life in those days, doing exactly the same things day after day. 那些日子裡的工人們過著單調的生活，日復一日重複同樣的工作.

字源 mono（一個的）＋tone（調子）＋ous（~狀態的）.

活用 *adj.* more monotonous, most monotonous

monotonously [mə`natṇəslɪ] *adv.* 單調地: The bells were tolling **monotonously**. 鐘聲單調地響著.

活用 *adv.* more monotonously, most monotonously

monotony [mə`natṇɪ] *n.* 單調: the **monotony** of work on the assembly line 裝配線上單調的工作.

Monsieur [mə`sjɝ] *n.* ① 先生《用於男子姓氏前》. ②〔m~〕您《相當於 Sir》.

參考 來自法語，相當於英語的 Mr. 或打招呼的 Sir，略作 M.

複數 **Messieurs**

monsoon [man`sun] *n.* ① 季風《在印度、東南亞夏季吹瀰溼的西南風，冬季吹乾燥的東北風》. ②（由西南季風引起的）雨季.

複數 **monsoons**

*monster** [`manstɚ] *n.* ① 怪物，妖怪；喪失人性的人. ② 巨大的東西.

範例 ① Don't tell the children a **monster** story just before bedtime. 別在孩子們睡覺前講妖怪的故事.
That **monster** beats his wife and children. 那個喪失人性的人打自己的老婆和孩子.
② Look at this **monster** tomato. 看看這個巨大番茄.

複數 **monsters**

monstrosity [man`strasətɪ] *n.* 怪物般的東西，巨大醜陋的東西: That new building is an architectural **monstrosity**. 那棟新大樓是一個巨大醜陋的建築物.

複數 **monstrosities**

*monstrous** [`manstrəs] *adj.* ① 怪物般的，怪異的；巨大的. ② 可怕的，駭人聽聞的；荒謬的: That news article was totally **monstrous**. 那個新聞報導實在太荒謬了.

活用 *adj.* more monstrous, most

貨幣單位

在美國用「元 (dollar)」和「分 (cent)」這兩個單位，在英國用「鎊 (pound)」和「便士 (penny)」這兩個單位。下面為其他國家的貨幣單位一覽表。（/之前的為基本貨幣單位，之後的為輔助貨幣單位）

(1) dollar/cent

澳大利亞	1 dollar	＝100 cents
加拿大	1 dollar	＝100 cents
香港	1 dollar	＝100 cents
牙買加	1 dollar	＝100 cents
新加坡	1 dollar	＝100 cents
紐西蘭	1 dollar	＝100 cents
賴比瑞亞	1 dollar	＝100 cents

(2) pound/piastre 等

埃及	1 pound	＝100 piastres
敘利亞	1 pound	＝100 piastres
黎巴嫩	1 pound	＝100 piastres
愛爾蘭	1 pound	＝100 pence
馬爾他	1 pound	＝100 cents

(3) shilling 等/cent 等

烏干達	1 shilling	＝100 cents
肯亞	1 shilling	＝100 cents
坦尚尼亞	1 shilling	＝100 cents
奧地利	1 schilling	＝100 groschen

(4) franc/centime

瑞士	1 franc	＝100 centimes
法國	1 franc	＝100 centimes
比利時	1 franc	＝100 centimes
盧森堡	1 franc	＝100 centimes

(5) peso/centavo 等

阿根廷	1 peso	＝100 centavos
智利	1 peso	＝100 centavos
古巴	1 peso	＝100 centavos
哥倫比亞	1 peso	＝100 centavos
菲律賓	1 peso	＝100 centavos
墨西哥	1 peso	＝100 centavos
烏拉圭	1 peso	＝100 centésimos

(6) rupee/cent 等

斯里蘭卡	1 rupee	＝100 cents
塞席爾	1 rupee	＝100 cents
模里西斯	1 rupee	＝100 cents
印度	1 rupee	＝100 paise
尼泊爾	1 rupee	＝100 paisa
巴基斯坦	1 rupee	＝100 paisa
印尼	1 rupiah	＝100 sen

(7) dinar/fil 等

伊拉克	1 dinar	＝1,000 fils
科威特	1 dinar	＝1,000 fils
約旦	1 dinar	＝1,000 fils
阿爾及利亞	1 dinar	＝100 centimes
利比亞	1 dinar	＝1,000 dirhams
突尼西亞	1 dinar	＝1,000 millimes
蘇丹	1 dinar	＝1,000 girsh

(8) krone 等/ore 等

丹麥	1 krone	＝100 øre
挪威	1 krone	＝100 øre
瑞典	1 krona	＝100 öre
冰島	1 króna	＝100 aurar

(9) rial 等/dinar 等

伊朗	1 rial	＝100 dinars
柬埔寨	1 riel	＝100 sen
沙烏地阿拉伯	1 riyal	＝100 halalas

(10) 各種貨幣/centavo 等

厄瓜多爾	1 sucre	＝100 centavos
瓜地馬拉	1 quetzal	＝100 centavos
尼加拉瓜	1 córdoba	＝100 centavos
巴西	1 real	＝100 centavos
祕魯	1 sol	＝100 céntimos
葡萄牙	1 escudo	＝100 centavos
宏都拉斯	1 lempira	＝100 centavos
海地	1 gourde	＝100 centimes
摩洛哥	1 dirham	＝100 centimes
哥斯大黎加	1 colón	＝100 céntimos
西班牙	1 peseta	＝100 céntimos
巴拉圭	1 guaraní	＝100 céntimos
荷蘭	1 gulden	＝100 cents
巴拿馬	1 balboa	＝100 centésimos
玻利維亞	1 boliviano	＝100 centavos
南非	1 rand	＝100 cents

(11) 其他

阿富汗	1 afghani	＝100 puls
阿爾巴尼亞	1 lek	＝100 qindars
以色列	1 shekel	＝100 agorot
義大利	1 lira	—
衣索比亞	1 birr	＝100 cents
越南	1 dong	＝100 xu
委內瑞拉	1 bolivar	＝100 céntimos
迦納	1 cedi	＝100 pesewas
韓國	1 won	＝100 chon
希臘	1 drachma	＝100 lepta
尚比亞	1 kwacha	＝100 ngwee
泰國	1 baht	＝100 satang
中國	1 yuan	＝100 fen
德國	1 mark	＝100 pfennig
土耳其	1 lira	＝100 kurus
尼日	1 naira	＝100 kobo
日本	1 yen	＝100 sen
匈牙利	1 forint	＝100 fillér
孟加拉	1 taka	＝100 paisa
芬蘭	1 markka	＝100 pennis
保加利亞	1 lev	＝100 stotinki
波蘭	1 zloty	＝100 groszy
馬來西亞	1 ringgit	＝100 sen
緬甸	1 kyat	＝100 pyas
蒙古	1 tugrik	＝100 mongo
歐盟	1 ecu, 1 euro	
寮國	1 kip	＝100 at
羅馬尼亞	1 leu	＝100 bani
俄羅斯	1 ruble	＝100 kopecks

M

monstrous

*month [mʌrθ] *n.* (一年中的) 月，一個月.

範例 this **month** 這個月.
next **month** 下個月.
last **month** 上個月.
this day **month**〔英〕上〔下〕個月的今天.
an eight-**month** old baby 8個月大的嬰兒.
He stayed with us for three **months**. 他與我們一起住了3個月.
She visits us at least once a **month**. 她一個月至少會來拜訪我們一次.
House prices rose **month** by **month**. 房價逐月地上漲.
➡ 充電小站 (p. 817)
複數 **months**

*monthly [`mʌnθlɪ] *adj.* 〔只用於名詞前〕① 每月的，按月的，每月一次的.
——*adv.* ② 每月地，按月地，每月一次地.
——*n.* ③ 月刊.
範例 ① This is a **monthly** magazine. 這是一本月刊雜誌.
monthly rainfall 月雨量.
a **monthly** pass 一個月內有效的月票.
② He goes to Tainan **monthly** to see his family. 他每個月回去臺南探望他的家人一次.
複數 **monthlies**

*monument [`manjəmənt] *n.* ① 紀念碑，紀念建築物. ② 紀念物，遺跡.
範例 ① This is a **monument** set up to the memory of our great king. 這是為了紀念我們偉大的國王而建造的紀念碑.
② The government preserved the ruins of the castle as an ancient **monument**. 政府保存城堡的廢墟以作為古代的遺跡.
This novel is one of the great **monuments** of Irish literature. 這本小說是愛爾蘭文學中偉大的傑作之一.
複數 **monuments**

*monumental [ˌmanjə`mɛntl] *adj.* ① 紀念性的，值得紀念的，不朽的，紀念碑似的. ② 《口語》巨大的，雄偉的，極度的.
範例 ① You will see a **monumental** pillar in the center of the park. 你會看到那座公園中央的柱形紀念碑.
② The artist left behind him a painting of **monumental** size. 那位藝術家死後留下了一幅巨大的畫作.
活用 *adj.* **more monumental, most monumental**

moo [mu] *v.* ① (牛) 哞叫.
——*n.* ② (牛的) 哞叫聲.
活用 *v.* **moos, mooed, mooed, mooing**
複數 **moos**

*mood [mud] *n.* ① 心情，心境，情緒. ② 憂鬱，不愉快. ③ 氣氛，風氣. ④ (文法的) 語氣.
範例 ① The lady was not in the **mood** to listen to jazz. 那位女士不想聽爵士樂.
Your **mood** often changes. 你的情緒不定.

The carpenter was in a bad **mood**. 那個木工心情不好.
② You must be careful when he is in one of his **moods**. 他心情不好時你務必要小心.
複數 **moods**

moodily [`mudɪlɪ] *adv.* ① 喜怒無常地. ② 不愉快地，生氣地: She **moodily** answered that I should mind my own business. 她生氣地叫我別多管閒事.
活用 *adv.* **more moodily, most moodily**

moody [`mudɪ] *adj.* ① 喜怒無常的，心情多變的. ② 情緒低落的，不愉快的.
範例 ① Your sister is a **moody** girl. 你的妹妹是一個喜怒無常的人.
② The student was **moody** because she failed the examination. 那個學生因為考試不及格而悶悶不樂.
活用 *adj.* **moodier, moodiest**

：moon [mun] *n.* ① 月亮，月光；衛星.
——*v.* ② 發呆 (about, over)；閒逛.
範例 ① Look at that beautiful full **moon**! 看那美麗的滿月!
There is no **moon** tonight. 今晚沒有月亮.
The **moon** waxes and wanes. 月有陰晴圓缺.
a crescent **moon** 新月.
How many **moons** does Saturn have? 土星有幾個衛星?
② Stop **mooning** about. 別發呆.
He's always **mooning** over that girl. 他老是為那個女孩精神恍惚.
片語 **cry for the moon** 要求得不到的東西，要求做不到的事.
moon over 為～而精神恍惚，為～癡迷. (⇨ 範例 ②)
once in a blue moon 千載難逢地.
over the moon 得意洋洋的，非常高興的.
參考 對月亮的形象，英美與中國有差異: (1) 月亮的顏色:〔中〕黃色,〔英〕silver (銀色). (2) 月亮上的東西:〔中〕兔子,〔英〕the man in the moon (月亮上的人)《由月亮聯想到人的臉龐和姿態》. (3) 形象:〔中〕美麗的東西,〔英〕具有魔力的東西，令人發瘋的東西 (☞ lunatic (精神錯亂的)).
複數 **moons**
活用 *v.* **moons, mooned, mooned, mooning**

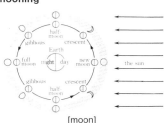

[moon]

moonbeam [`mun͵bim] *n.* (一道) 月光.

充電小站

月份和日曆的傳說

月份在英語中作 month，從字形可知道 month 源自 moon 這個字．這是因為自新月到滿月，再到下一次的新月出現為一個月．下列的一覽表是被認為是現在日曆 (calendar) 之源的「羅慕路斯日曆」與當今日曆的對照．

「羅慕路斯日曆」（意義）		「現在的月份」	
第一個月	Martius （馬爾斯之月）	March	（3月）
第二個月	Aprilis （花開之月）	April	（4月）
第三個月	Maius （一日可擠3次牛奶之月）	May	（5月）
第四個月	Junius （朱諾之月）	June	（6月）
第五個月	Quintilis （第五個月）	July	（7月）
第六個月	Sextilis （第六個月）	August	（8月）
第七個月	September （第七個月）	September	（9月）
第八個月	October （第八個月）	October	（10月）
第九個月	November （第九個月）	November	（11月）
第十個月	December （第十個月）	December	（12月）
第十一個月		January	（1月）
第十二個月		February	（2月）

羅慕路斯日曆是由古羅馬的創建者羅慕路斯 (Romulus) 於西元前738年制定的，但一年只有10個月，第一個月為 Martius．羅慕路斯之父是馬爾斯 (Mars)．馬爾斯的父親為朱比特 (Jupiter)，母親為朱諾 (Juno)．羅馬人認為自己受到馬爾斯的保護，所以把第一個月獻給了馬爾斯．另外，當時還沒有相當於現在1月和2月的第十一和第十二個月的名稱，因為當時在這兩個月間無法從事農作，所以不用說全部月，就連日期都沒有．在這兩個月期間，人們咬緊牙關熬過寒冬，抖擻精神迎接代表春天的「馬爾斯之月」．所以，Martius 為第一個月．

之後，將第十一個月稱作 Januarius（傑納斯之月），第十二個月稱作 Februarius（清算之月或是慰藉在戰爭中陣亡者的亡靈之月）．之後到了西元前46年，尤利烏斯・凱撒 (Julius Caesar) 將 Januarius 定為一年中的第一個月，將第五個月 (Quintilis) 改為自己的名字 Julius，因為此月是凱撒的誕生之月，並將奇數月定為31天，偶數月定為30天（不過2月例外，為29天），我們把它稱作「尤利烏斯日曆」．

後來，凱撒的養子，羅馬帝國第一任皇帝奧古斯都 (Augustus, 27 B.C.–14 A.D.) 以 Sextilis 是自己誕生之月為理由，不僅將第八個月 (Augustus) 改成自己的名字，而且從2月挪了一天過來，將這個月 (8月) 定為31天．但是這樣一來，就變成連續三個月的天數為31天，於是將9月之後每個月的天數也作了更改．「奇數月為31天，偶數月為30天」這一原則也就被破壞了．奧古斯都制定的日曆一直沿用至今．

▶ 月的由來

在這裡，我們將英語中月份名稱的由來作個整理．

January: 取自羅馬神話中守護門戶之神傑納斯 (Janus)．此神為頭部前後各有一張面孔的「雙面神」，是守護著新的一年和舊的一年之神，適合當作一年的開始．

February: 在古羅馬，每年2月15日要舉行慰藉戰爭中陣亡者之亡靈的滌罪節 (Februa)，februa 這個字為拉丁語，含有「洗淨」之意，2月就是由此而來．

March: 羅馬神話中最高的神為朱比特 (Jupiter)，其子馬爾斯 (Mars) 為戰神，創建古羅馬，而制定羅慕路斯日曆的羅慕路斯被認為是馬爾斯之子，所以羅馬人認為馬爾斯守護著他們，因此將一年中第一個月獻給他．

April: 源自拉丁語 aperire，這個字的意義為「開」，表達了人們對鮮花開放、樹木發芽、春天到來的喜悅心情．

May: 源自希臘神話中春和花之女神邁亞 (Maia)．

June: 源自最高神朱比特之妻、女守護神、婚姻之神朱諾 (Juno)．由此產生了在朱諾之月，即6月結婚的新娘 (June bride) 會得到幸福之迷信．

July: 前面已經說過，取自 Julius Caesar 之名．

August: 前面也作過說明，取自 Augustus 之名．

其餘的 September、October、November、December 像上面所說的，各表示第七、第八、第九、第十個月．

[複數] **moonbeams**

***moonlight** [`mun͵laɪt] *n.* ① 月光.
——*v.* ② 賺外快，兼差.
[範例] ① The two of us walked in the **moonlight**. 我們倆在月光下漫步.
② The man has been **moonlighting** as a construction worker for four months. 那名男子兼差當建築工人已經4個月了.
[複數] **moonlights**
[活用] *v.* **moonlights, moonlighted,**

moonlighted, moonlighting

moonlit [`mun͵lɪt] *adj.* 月光照耀下的: a **moonlit** shrine 月光照耀下的神殿.

moonshine [`mun͵ʃaɪn] *n.* ① 空想，空談: I am tired of his story. It is all **moonshine**. 我厭倦了他的話，那全都是空談而已. ②[美] 非法釀製的威士忌. ③ 月光.

moonwalk [`mun͵wɔk] *n.* ① (太空人的) 月球漫步. ② 霹靂舞的一種舞步《實際上是往後退，但看起來卻好像是往前移動》.

***moor** [mur] *n.* ① 〖英〗荒野，荒地《土壤貧瘠，不適合農作，且灌木 (heath) 叢生的地方，主要分布在英格蘭北部和蘇格蘭》.
——*v.* ② 繫住 (船隻等)，使 (船) 停泊.
〔範例〕① She likes going for walks on the **moors**. 她喜歡在荒野中散步.
② The boat was **moored** to the jetty. 那艘船被繫在碼頭上.
〔複數〕**moors**
〔活用〕*v.* **moors**, **moored**, **moored**, **mooring**

mooring [`murɪŋ] *n.* ① (船隻等的) 停泊.
② [~s] (船隻等的) 停泊場所；繫船設備《錨、浮標等》.
〔範例〕① There is not enough room for the safe **mooring** of the ship. 沒有足夠的空間讓那艘船安全地停泊.
② Tom loosened his boat from its **moorings**. 湯姆把他的船從碼頭上解開.
〔複數〕**moorings**

moorland [`mur,lænd] *n.* 〖英〗荒野，荒地《亦作 moor》.
〔複數〕**moorlands**

moose [mus] *n.* 麋鹿《高2公尺左右，鹿科中最大的動物，分布在北半球北部》.
〔複數〕**moose**

mop [map] *n.* ① 拖把，狀似拖把之物. ② 蓬亂的頭髮.
——*v.* ③ 用拖把拖. ④ 擦去.
〔範例〕① Clean the floor with a **mop**. 用拖把拖地板.
② a **mop** of curly hair 一頭蓬亂的鬈髮.
③ The waiter **mopped** the dance floor. 那位服務生用拖把拖舞池.
④ He **mopped** the sweat from his face. 他擦去臉上的汗水.
〔複數〕**mops**
〔活用〕*v.* **mops**, **mopped**, **mopped**, **mopping**

mope [mop] *v.* 悶悶不樂，無精打采地度過 (around): Tom **moped** around the house for a few days. 湯姆在家裡無精打采地過好幾天.
〔活用〕*v.* **mopes**, **moped**, **moped**, **moping**

moped [`moped] *n.* 機器腳踏車.
〔複數〕**mopeds**

***moral** [`morəl] *adj.* ① 合乎道德的，品行端正的. ② [只用於名詞前] 道德的，道德上的. ③ [只用於名詞前] 精神上的.
——*n.* ④ [~s] 道德，道德規範；品行. ⑤ 教訓.
〔範例〕① You don't have to be so **moral**. 你不必道德感那麼重.
He is a **moral** man. 他是一個品行端正的人.
② One of the most serious problems today is the decline of **moral** standards. 道德低落是當今一個很嚴重的問題.
③ His wife gave him **moral** support. 他太太給他精神上的支持.
④ That bastard has no **morals**. 那個無賴毫無

道德感.
⑤ The **moral** of this story is that you must not tell a lie. 這個故事的教訓是不可以說謊.
♦ **mòral cértainty** 大致沒有錯.
〔活用〕*adj.* ① **more moral**, **most moral**
〔複數〕**morals**

morale [mə`ræl] *n.* 士氣: These movies from home should help boost **morale** a little bit. 這些來自祖國的電影多少有助於鼓舞士氣.

moralise [`morə,laɪz] =*v.* 〖美〗moralize.

morality [mə`rælətɪ] *n.* ① 品德，品行. ② 道德性.
〔範例〕① Mr. Kim is a man of strict **morality**. 金先生是一位品行極其端正的人.
② We discussed the **morality** of abortion. 我們討論了墮胎的道德性.

moralize [`morə,laɪz] *v.* 論道德，說教 (about): The young politicians are always **moralizing** about the behavior of the old ones. 年輕的政客經常批判老政客的道德行為.
〔參考〕〖英〗moralise.
〔活用〕*v.* **moralizes**, **moralized**, **moralized**, **moralizing**

morally [`morəlɪ] *adv.* ① 有道德地，品行端正地. ② 道德上.
〔範例〕① She always behaves **morally**. 她總是行為端正.
② The old guard of the party is **morally** corrupt. 那個政黨的保守派道德敗壞.
〔活用〕*adv.* **more morally**, **most morally**

morass [mo`ræs] *n.* 沼地，沼澤；如沼澤般的困境: He is bogged down in a **morass** of paperwork. 他陷入成堆文書工作的泥淖裡.
〔複數〕**morasses**

moratorium [,morə`torɪəm] *n.* 延期償付，延後償付期限.
〔變化〕複數形 moratoria [,morə`torɪə].
〔複數〕**moratoria/moratoriums**

***morbid** [`morbɪd] *adj.* ① 病態的，不健康的: Your son has a **morbid** interest in death. 你兒子對死亡有異常的興趣. ② (有關) 疾病的.
〔活用〕*adj.* **more morbid**, **most morbid**

morbidly [`morbɪdlɪ] *adv.* 病態地，不健康地.
〔活用〕*adv.* **more morbidly**, **most morbidly**

****more** [mor] *adv.*, *adj.*, *pron.*

作用	釋義	範例
表示數量更大或程度上更高一級	*adv.* 更多地	①
	adj. 更多的	②
	pron. 更多 [更重要] 的東西，更多 [更重要] 的事	③

〔範例〕① This movie is **more** amusing than that one. 這部電影比那部電影更有趣.
I love you **more** than I do anyone else. 我愛你勝過其他人.
This movie is getting **more** and **more**

suspenseful. 這部電影愈來愈懸疑了.

He hired you **more** out of a sense of pity than because of your skills. 與其說他看上你的才能，不如說他是出於同情才雇用你.

Mrs. Thomas's arrival made the afternoon all the **more** interesting. 湯瑪斯太太的到來讓下午時光倍增樂趣.

He was **more** like a brother to me than a friend. 他對我來說不只是朋友，更像兄弟.

Please say it once **more**. 請再說一遍.

I saw him no **more**. 我再也沒有見過他了.

A whale is no **more** a fish than a horse is. 鯨魚和馬一樣，都不是魚.

Tom is no **more** intelligent than you are. 湯姆跟你一樣笨.

The fatter Kate gets, the **more** she eats. 凱特愈胖就吃愈多.

② There are **more** cases of fraud out there than I care to know about. 外面的詐騙事件比我想知道的多太多了.

As the months went by, the reform plan cost **more** and **more** money. 隨著時間一個月一個月的過去，改造計畫所需要的花費就愈來愈多.

We need some **more** butter. 我們還需要多一點奶油.

I have to read three **more** books during the spring break. 春假期間我必須再多讀3本書.

We think that there should be no **more** wars. 我們認為不應該再有戰爭.

③ This coffee tastes great. Can I have some **more**? 這咖啡太好喝了，我可以再要一些嗎?

These words mean a lot **more** than the villagers think. 這些話的意義比村民們所想的還要深.

"How many refugees are there?" "Far **more** than we can feed." 「那裡有多少難民?」「這超出我們能夠提供食物的人數.」

No **more** than five people applied for the job. 申請那份工作的人不超過5個.

There are not **more** than five boys in the room. 那個房間裡頂多只有5個男孩.

She wants to be **more** than friends, Bob. 鮑伯，她想當的不只是朋友.

Bill treats his wife as no **more** than a servant. 比爾待他妻子如僕人.

[片語] **all the more** 更加. (⇨ [範例] ①)

and what is more/and what's more 更重要的是，此外: You should remember it, **and what's more**, you should get it right. 你必須要記住它，而且要完全理解.

more and more ① 愈來愈. (⇨ [範例] ①) ② 愈來愈多的. (⇨ [範例] ②)

more or less ① 或多或少，有點: Sarah was **more or less** willing to help her mother. 莎拉有點想幫她母親忙. ② 大約: It's a ten-minute walk, **more or less**. 步行大約10分鐘.

more than ~ ① 超過~的. (⇨ [範例] ③) ②

非常: We'd be **more than** delighted to have you. 我們非常高興有你的加入.

no more ① 不再. (⇨ [範例] ①) ② 也不: If you won't go, **no more** will I. 如果你不去，我也不去.

no more, no less/neither more nor less (不多也不少) 恰好地: I told him the truth. **No more, no less**. 我把實情一五一十地告訴他.

no more than ① 僅僅，只. (⇨ [範例] ③) ② 只是~而已. (⇨ [範例] ③)

no more...than ~ ① 不比~更. ② 與~一樣不. (⇨ [範例] ①)

nothing more than 只是~而已: The newly discovered notes are **nothing more than** his personal journal. 新發現的手稿只是他私人的日記而已.

not more than 至多. (⇨ [範例] ③)

once more 再一次. (⇨ [範例] ①)

the more..., the more ~ 愈~愈.

➡ (充電小站) (p. 821)

***moreover** [mɔr`ovɚ] adv. 而且，再者: It was getting late and **moreover** John was starting to feel sick. 天色愈來愈暗，而且約翰開始覺得不舒服了.

morgue [mɔrg] n. ① (確認身分或驗屍前的) 停屍處. ② (報社等保存的) 資料檔案；資料室.

[複數] **morgues**

morn [mɔrn] n. (詩語的) 早晨.

[複數] **morns**

***morning** [`mɔrnɪŋ] n. 早晨，上午.

[範例] My father takes a walk every **morning**. 我父親每天早晨去散步.

I jog Sunday **mornings**. 我星期天早晨都會去慢跑.

Why does our dog bark early in the **morning**? 為甚麼我們的狗會在清晨時吠叫呢?

He visited us yesterday **morning**. 他昨天上午來拜訪我們.

I must finish this homework by tomorrow **morning**. 我必須在明天上午之前完成這一份作業.

[片語] **Good morning**! 早安!

♦ **mórning còat** 男士禮服的外衣.

mórning glòry 牽牛花.

mórning pàper 日報.

the mòrning stár 晨星《拂曉之前出現在東方天空的行星，特指金星》.

➡ (充電小站) (p. 27)

[複數] **mornings**

moron [`mɔrɑn] n. 大笨蛋；輕度智障者.

[複數] **morons**

moronic [mo`rɑnɪk] adj. 低能的，弱智的.

[活用] adj. **more moronic**, **most moronic**

morphine [`mɔrfin] n. 嗎啡《從鴉片中提煉出來的麻醉劑》.

morrow [`mɔro] n. 《古語》次日，翌日.

Morse code [`mɔrs`kod] n. [the ~] 摩斯密

碼《美國電報機發明者 Samuel F. B. Morse (1791-1872) 所發明的無線電碼，用短音點 (dot) 和長音畫 (dash) 代替文字，例如：A •—，B—•••，C—•—•）.

morsel [`mɔrsl] *n.* 一口，一片；少量.

[範例] The little boy tried to eat another **morsel** of cake. 那個小男孩試圖再吃一口蛋糕.

He does not have a **morsel** of common sense. 他一點常識也沒有.

[複數] **morsels**

*__mortal__ [`mɔrtl] *adj.* ① 難免一死的，必死的. ② 人類的. ③ 致命的. ④ 極度的.

——*n.* ⑤ 凡人.

[範例] ① Man is **mortal**. 人總難免一死.

② Nature is beyond **mortal** control. 大自然非人類所能掌控.

③ The man received a **mortal** wound. 那個男子受到致命的創傷.

Those two families were **mortal** enemies. 那兩個家庭是死對頭.

④ The driver was in a **mortal** hurry. 那名駕駛的車速極快.

⑤ You are a lucky **mortal**. 你是一個幸運的人.

[活用] *adj.* ③ **more mortal**, **most mortal**

[複數] **mortals**

*__mortality__ [mɔr`tælətɪ] *n.* ① 必死的命運. ②（戰爭等造成的）大量死亡. ③ 死亡人數；死亡率.

[範例] ② There would be a large **mortality** if the H-bomb fell. 如果氫彈落下，將會死傷慘重.

③ Is AIDS a disease with a heavy **mortality**? 愛滋病是死亡率很高的疾病嗎？

mortally [`mɔrtlɪ] *adv.* ① 致命地. ② 非常地，極度地.

[範例] ① The student was **mortally** wounded. 那個學生受到致命的傷害.

② The mayor of the city was **mortally** offended by your words. 你的話讓市長非常生氣.

mortar [`mɔrtɚ] *n.* ① 灰泥. ② 研缽，搗缽. ③ 迫擊砲《近距離攻擊用的移動式高射砲》.

——*v.* ④ 用灰泥接合.

[複數] ②③ **mortars**

[活用] *v.* **mortars**, **mortared**, **mortared**, **mortaring**

*__mortgage__ [`mɔrgɪdʒ] *n.* ① 抵押，抵押權，被抵押狀態. ② 抵押貸款.

——*v.* ③ 抵押.

[範例] ① We are thinking of placing a **mortgage** on our land. 我們正考慮以土地作抵押.

② If I get a **mortgage** from the bank, that house'll be ours. 如果我得到銀行的抵押貸款，那棟房子就會是我們的了.

③ He **mortgaged** his house to pay for his losses in the stock market. 他抵押房子來清償股票上的損失.

[複數] **mortgages**

[活用] *v.* **mortgages**, **mortgaged**, **mortgaged**, **mortgaging**

mortification [ˌmɔrtəfəˋkeʃən] *n.* ① 屈辱，恥辱，羞愧：To my **mortification**, all my

friends knew that I had failed the exam. 令我丟臉的是，我的朋友都知道我沒通過考試. ② 禁慾，苦行.

[複數] **mortifications**

*__mortify__ [`mɔrtəˌfaɪ] *v.* ① 使羞愧，使受辱：I was **mortified** by my failure. 失敗讓我感到羞愧. ② 抑制（感情、情慾等），苦行.

[活用] *v.* **mortifies**, **mortified**, **mortified**, **mortifying**

mortuary [`mɔrtʃʊˌɛrɪ] *n.* 停屍處，太平間.

[複數] **mortuaries**

mosaic [moˋze·ɪk] *n.* ① 馬賽克圖案〔圖畫〕，鑲嵌細工，鑲嵌細工的作品：His latest painting is a colorful **mosaic**. 他的近作是一幅色彩鮮豔的馬賽克畫. ② 馬賽克般的東西，鑲嵌拼湊的東西.

[複數] **mosaics**

Moscow [`mɑsko] *n.* 莫斯科《前蘇聯首都》.

Moses [`mozɪz] *n.* 摩西《古代希伯來的預言家，傳說大約在西元前1300年，帶領被奴役的以色列人逃出埃及，在途中的西奈山上，受到上帝的啟示，寫下十誡 (the Ten Commandments)》.

Moslem [`mɑzləm] *n.* 伊斯蘭教徒《亦作 Muslim》.

[複數] **Moslems**

mosque [mɑsk] *n.* 清真寺《伊斯蘭教的禮拜堂，規定伊斯蘭教徒在星期五的安息日 (Sabbath) 要去清真寺做禮拜》.

[字源] 阿拉伯語的 masjid（跪拜表示尊敬）.

[複數] **mosques**

[mosque]

mosquito [məˋskito] *n.* 蚊：I was bitten by **mosquitoes** last night. 昨晚我被蚊子叮了.

♦ **mosquíto nèt** 蚊帳《防止蚊蟲叮咬的網罩垂掛物》.

[複數] **mosquitoes/mosquitos**

*__moss__ [mɔs] *n.* 苔蘚《苔蘚植物的總稱，除了沙漠、海底以外，還分布在冰河地帶和熱帶雨林之中》：A rolling stone gathers no **moss**.《諺語》滾石不生苔.

[複數] **mosses**

mossy [`mɔsɪ] *adj.* 布滿苔蘚的，像苔蘚的：The temple is famous for its **mossy** garden. 這間寺廟以布滿苔蘚的花園而聞名.

[活用] *adj.* **mossier**, **mossiest**

*__most__ [most] *adv.*, *adj.*, *pron.*

作用	釋義	範例
表示數量最大	*adv.* 最；十分，非常	①
	adj. 最多的，大多數的	②
	pron. 最多數，最大量；大部分；最多，頂多	③

更多的 (more)/更少的 (less)

【Q】more than one meter 究竟是指多長?

【A】more 表示「更多的」之意, 因此 more than one meter 表示「超過1公尺」, 所以只要超出1公尺, 即使是1公釐也算, 但不含1公尺整之意. 如果想表達「1公尺以上」就作 one meter or more.

另外, 表示「更多的」之程度大的話, 可作 many more 或 much more.

> In Taipei County a lot of houses are being built, but **many more** are needed. (在臺北縣, 有許多房子正在建造中, 但還需要更多.)

> Tom's injury was **much more** serious than we had thought. (湯姆的傷勢比我們想像的還要嚴重許多.)

「更多的」之程度小的話, 可作 a few more 或 a little more.

> I want **a few more** cookies. (我想多要一些餅乾.)

> If you visit that museum, you will have to pay **a little more**. (如果你要參觀那間博物館, 你得再多付一些錢.)

還有, 如果「更多的」是形容具體的兩件物品, 就作 two more.

> Give me **two more** stamps. (再給我兩張郵票.)

「更多的」之程度為零的話, 就作 no more.

> There is **no more** coffee left. (咖啡一滴也不剩.)

如果要表達「不會更多的」, 就作 not more.

> There were **not more** than ten students in the classroom. (教室裡的學生不超過10人.) 即學生為10人以下.

> There were **more** than ten students in the classroom. (教室裡的學生超過10人.) 即學生人數11人以上.

▶ more 的反義字為 less「更少的」.

> There were **less** than ten students in the classroom. (教室裡的學生不到10人.) 即學生人數9人以下.

> There were **not less** than ten students in the classroom. (教室裡的學生不少於10人.) 即學生人數10人以上.

「更少的」之程度為零的話, 作 no less.

> **No less** than a hundred people went to the party. (多達100人出席那場晚會.) 即竟有100人之多.

「更少的」之程度小的話, 可作 a little less.

> I cannot eat all that cake—could you give me **a little less**? (我吃不完整塊蛋糕, 可以給我少一點嗎?)

「更少的」之程度大的話, 可作 much less.

> My son cannot even walk, **much less** run. (我兒子連走都不會, 更不用說跑了.)

最後, 我來提個問題. less than one meter 究竟是多長呢? 答案很簡單吧. 「比1公尺更少」即「不到1公尺」, 所以只要不到1公尺, 即使只少1公釐也算, 但不含1公尺整之意. 如果想表達「1公尺以下」就作 one meter or less.

範例 ① This is the **most** interesting book I've ever read. 這是我看過最有趣的書.

Tom drives the **most** carefully of all my friends. 我的朋友當中, 湯姆開車最小心.

What pleased you the **most**? 你最喜歡甚麼?《the most 的 the 可省略》

I want love **most** of all. 我渴望得到愛甚於一切.

Matthew's mother is a **most** beautiful woman. 馬修的母親非常漂亮.

This necklace is **most** expensive. 這條項鍊非常昂貴.

I would be **most** grateful if you would kindly help me. 如果你願意幫助我, 那我會很感激.

② John has made the **most** mistakes. 約翰犯的錯誤最多.

In our team, Jim has the **most** power. 吉姆是我們這一隊中最有權力的人.

I think that **most** philosophy books are boring. 我認為大多數的哲學書籍都很無聊.

The days around here are for the **most** part uneventful. 這一帶的日子幾乎都過得平安無事.

③ Rebecca didn't know how to give a heart massage; the **most** she could do was call an ambulance. 麗蓓佳不知道如何按摩心臟, 她頂多只能打電話叫救護車.

I can pay only 50 dollars at the **most**. 我最多只能付50元.《at the most 的 the 可省略》

Our time here has been cut from two days to just one, so let's make the **most** of it today. 我們在這裡的時間從兩天被縮減為一天, 所以讓我們充分利用今天吧.

Most of the bargain hunters were young girls. 追求特價商品的購物者大部分是年輕女子.

"How did they react?" "**Most** got up and walked out." 「他們反應如何?」「大部分的人站起來離開了.」

片語 **at most/at the most** 至多, 不超過. (⇒ 範例 ③)

for the most part 大部分地, 大體上. (⇒ 範例 ②)

make the most of 充分利用 (機會、能力等). (⇒ 範例 ③)

most of all 特別, 尤其. (⇒ 範例 ①)

*＊**mostly** [`mostlɪ] *adv.* 主要地, 通常.

範例 Gabriel plays the guitar **mostly** for fun. 加百列主要是為了樂趣才彈吉他的.

Mostly, Beverly draws rather than paints. 貝佛莉通常只是隨便塗鴉，而非使用顏料作畫.

MOT [`ɛm͵o`ti] n. 《口語》《英》驗車《亦作 MOT test, Ministry of Transport（交通部）的縮略》.
複數 **MOTs**

mote [mot] n. 微粒，塵埃.
範例 **Motes** of dust were floating in the air. 空氣中飄浮著灰塵微粒.
What a good house cleaner! There's not a **mote** of dust on the table. 多麼出色的房屋清潔工! 桌上一點灰塵也沒有.
複數 **motes**

motel [mo`tɛl] n. 汽車旅館《供駕車旅行者住宿的旅館》.
➡ 充電小站 (p. 131)
字源 motor（汽車）＋hotel（旅館）.
複數 **motels**

***moth** [mɔθ] n. 蛾，蠹蟲.
複數 **moths**

moth-eaten [`mɔθ͵itn] adj. 被蟲蛀蝕的，破爛的，陳舊的: I can't believe he'd wear that **moth-eaten** thing to a formal dinner. 我簡直不能相信他穿著那件破衣服出席正式的晚餐聚會.
活用 adj. **more moth-eaten, most moth-eaten**

***mother** [`mʌðɚ] n. ① 母親；〔the ～〕母愛.
——v. ④ 做母親，生（養）. ③ 像母親般地照顧，把～當孩子看待；溺愛.
範例 ① Susan is a **mother** of four children. 蘇珊是4個孩子的母親.
Where is **Mother**? 媽媽在哪裡?
The film appealed to the **mother** in her. 那部電影引起了她的母愛.
a **mother** hen and her young chicks 母雞和小雞.
Necessity is the **mother** of invention. 《諺語》需要為發明之母.
③ Stop **mothering** her. She is 21, for heaven's sake! 天啊! 她已經21歲了，別再把她當小孩看待.
參考 (1)家族間或稱呼時作 Mother，多作專有名詞.（⇨ 範例 ①）(2) Mother 為正式的表達用語，孩子稱呼母親通常用 Mom, Mommy, Mam, Mammy, Mum 等.
♦ **móther cóuntry** 祖國：(殖民地的) 母國.
mòther éarth [the ～] 孕育萬物的大地.
Mòther Góose 鵝媽媽《英國民間童謠集傳說中的作者，被塑造成騎在鵝背上飛翔於天空》.
Móther's Dày 母親節《《美》5月的第二個星期日，《英》四旬齋 (Lent) 的第四個星期日》.
mòther tóngue 本國語，母語《出生後最初學習的語言，亦作 native language；☞ language》.
複數 **mothers**
活用 v. **mothers, mothered, mothered, mothering**

motherhood [`mʌðɚ͵hud] n. 母親身分，母

性: **Motherhood** is the most important part of her life. 身為母親是她生命中最重要的部分.

mother-in-law [`mʌðɚrɪn͵lɔ] n. 婆婆，岳母.
複數 **mothers-in-law**

motherly [`mʌðɚlɪ] adj. 作為母親的，母親般的，慈母般的: I'm not the **motherly** type. 我不是慈母型的人.
活用 adj. **more motherly, most motherly**

motif [mo`tif] n. ①（藝術作品的）主題，中心思想. ②（設計等的）基調. ③（音樂作品的）動機；主旋律.
複數 **motifs**

***motion** [`moʃən] n. ① 動作；移動. ② 動議，提議. ③《英》糞便.
——v. ④ 用動作示意.
範例 ① She drew back with a **motion** of disappointment. 她面帶失望的神色退了下去.
Newton's second law of **motion** states that force equals mass times acceleration, or F＝ma. 牛頓的第二運動定律講述力是質量乘以加速度，即 F＝ma.
② The **motion** was adopted by 34 votes to 17. 這項動議以34票對17票通過.
④ One of the police officers **motioned** us away from the door. 一位警察示意要我們離開門口.
The sergeant **motioned** us to stand up. 那位中士示意我們起立.
片語 **go through the motions** 裝裝樣子: She didn't like the job and was just **going through the motions**. 她並不喜歡那份工作，只是裝裝樣子而已.
in motion 運動中，運轉中: Do not speak to the driver while the bus is **in motion**. 公車行動時，別和司機交談.
set ～ in motion/put ～ in motion 使開始運轉.
☞ v. move
♦ **mòtion pícture** 電影《亦作 movie》.
複數 **motions**
活用 v. **motions, motioned, motioned, motioning**

***motionless** [`moʃənlɪs] adj. 不動的，靜止的: The guards stood **motionless**. 衛兵一動也不動地站著.
活用 adj. **more motionless, most motionless**

motivate [`motə͵vet] v. 使產生動機，激發: All this corruption is **motivated** by a lust for power. 所有這種墮落都是出自於對權力的欲望.
What **motivated** the student to quit school? 為甚麼那個學生要休學?
活用 v. **motivates, motivated, motivated, motivating**

motivation [͵motə`veʃən] n. 動機: If a student doesn't have the **motivation** to learn, he probably won't learn anything. 如果學生沒有學習的動機，他可能甚麼都學不到.
複數 **motivations**

***motive** [`motɪv] *n.* ① 動機. ②（藝術作品的）主題，中心思想.
——*adj.* ③ 成為原動力的；起動的.
[範例] ① What was his **motive** for killing Mary? 他殺害瑪麗的動機是甚麼?
③ My car runs with electricity for its **motive** power. 我的車子是電動的.
[複數] **motives**

motley [`mɑtlɪ] *adj.* ① 混雜的. ② 雜色的.
——*n.* ③ 雜色花衣.
[範例] ① a **motley** crowd 混雜的人群.
② a **motley** coat 雜色外套.
[活用] *adj.* ① **more motley**, **most motley**/**motlier**, **motliest**

motocross [`moto͵krɔs] *n.* 摩托車越野賽.

***motor** [`motɚ] *n.* ① 發動機，馬達.
——*adj.* ② 以馬達發動的；汽車(用)的.
——*v.* ③ 乘(自用)車去；開車旅行.
[範例] ① Turn off the **motor**. 關掉發動機.
Don't leave the car with the **motor** running. 車子沒熄火不要離開車子.
② We have a **motor** race on Saturday. 我們星期六有一場汽車比賽.
the Taiwanese **motor** industry 臺灣的汽車工業.
③ We **motored** down to his house yesterday. 我們昨天開車去他家.
[複數] **motors**
[活用] *v.* **motors**, **motored**, **motored**, **motoring**

motorboat [`motɚ͵bot] *n.* 汽艇.
[複數] **motorboats**

motorcar [`motɚ͵kɑr] *n.* 〖英〗汽車《常用 car；〖美〗automobile》.
[複數] **motorcars**

motorcycle [`motɚ͵saɪkl] *n.* ① 摩托車.
——*v.* ② 騎摩托車.
[複數] **motorcycles**
[活用] *v.* **motorcycles**, **motorcycled**, **motorcycling**, **motorcycling**

motorise [`motə͵raɪz]＝*v.* 〖美〗motorize.

motorist [`motərɪst] *n.* 開汽車的人，開車旅行的人: We got a lot of business from weekend **motorists** on their way to the national park. 因為週末有許多開車去國家公園玩的遊客，使我們生意興隆.
[複數] **motorists**

motorize [`motə͵raɪz] *v.* 在(車上)安裝發動機，使(軍隊等)配備汽車: a **motorized** wheelchair 電動輪椅.
[參考] 〖英〗motorise.
[活用] *v.* **motorizes**, **motorized**, **motorized**, **motorizing**

motorway [`motɚ͵we] *n.* 〖英〗高速公路《〖美〗expressway, freeway》: The **motorway** is faster, but the back roads are more scenic. 走高速公路比較快，但是走鄉間小路風景比較美.
[複數] **motorways**

mottle [`mɑtl] *n.* ① 斑點.

——*v.* ② 使呈斑駁狀.
[複數] **mottles**
[活用] *v.* **mottles**, **mottled**, **mottled**, **mottling**

***motto** [`mɑto] *n.* ① 箴言，座右銘，標語:
"Plain living and high thinking" is my **motto**.「生活簡樸，思想卓越」是我的座右銘. ②（載於書籍或章節前的）題辭. ③（刻於盾、徽章上的）銘辭.
[字源] 義大利語的 motto（單字）.
[複數] **mottoes/mottos**

***mould** [mold]＝*n.*, *v.* 〖美〗mold.

mouldy [`moldɪ]＝*adj.* 〖美〗moldy.

moult [molt]＝*v.* 〖美〗molt.

***mound** [maund] *n.* ① 小山，土墩，土堆，土堤，(棒球的)投手丘.
[範例] Brian found it under a **mound** of dirty clothes in his closet. 布萊恩在他壁櫥的髒衣服堆下找到了它.
a burial **mound** 塚.
The pitcher's **mound** lies 18 meters from home plate. 投手丘位於距本壘18公尺的地方.
[複數] **mounds**

***mount** [maunt] *v.* ① 上，登上，(使)騎(馬、腳踏車等)；安裝，裝置. ② 增加，上升. ③ 進行，展開.
——*n.* ④（載物的）托臺. ⑤ 乘用馬. ⑥〔M~〕山《常用於專有名詞，略作 Mt.》.
[範例] ① They **mounted** the stairs. 他們上樓了.
She **mounted** the bicycle. 她騎上自行車.
He **mounted** his son on the horse. 他把兒子放在馬背上.
We **mounted** a telescope on the roof. 我們在屋頂上安裝一臺望遠鏡.
The jeweler **mounted** a diamond in the ring. 那位珠寶商在戒指上鑲嵌一顆鑽石.
② The death toll from the accident **mounted** day after day. 那起意外事故的死亡人數逐日增加.
Her debts **mounted** up to NT$300,000. 她的債務高達新臺幣30萬元.
③ He **mounted** a protest against the bill. 他對那項議案進行抗議.
⑥ Mount Jade/Mt. Jade 玉山.
[活用] *v.* **mounts**, **mounted**, **mounted**, **mounting**
[複數] **mounts**

***mountain** [`mauntn] *n.* 山.
[範例] I was so tired that I couldn't climb the **mountain**. 我太累了，無法爬山.
The view from the **mountain** top is breathtaking. 從山頂往下看的景色美得令人嘆為觀止.
the Rocky **Mountains** 落磯山脈.
I have a **mountain** of work to do. 我有堆積如山的工作要做.
♦ **móuntain bike** 輕便型登山腳踏車.
[複數] **mountains**

mountaineer [͵mauntn`ɪr] *n.* ① 登山者. ②

山區居民；山地人．
[複數] **mountaineers**

***mountaineering** [ˌmaʊntṇˋɪrɪŋ] *n.* 爬山：
Mountaineering is my favorite pastime. 爬山是我最喜愛的休閒活動．

***mountainous** [ˋmaʊntṇəs] *adj.* ① 多山的．② 山一般的，巨大的．
[範例] ① Switzerland is a **mountainous** country. 瑞士是一個多山的國家．
② Look at those **mountainous** clouds. 看那些像山一般的雲．
[活用] *adj.* **more mountainous**, **most mountainous**

***mourn** [morn] *v.* 哀悼，悲傷，悲嘆．
[範例] I will **mourn** my son's death forever. 我將永遠哀悼我兒子的死．
We all **mourned** for the assassinated young President. 我們大家為那被暗殺的年輕總統感到悲傷．
[活用] *v.* **mourns**, **mourned**, **mourned**, **mourning**

mourner [ˋmornɚ] *n.* 哀悼者，送葬者．
[複數] **mourners**

***mournful** [ˋmornfl] *adj.* 悲痛的，令人憂傷的：
The widow had a **mournful** expression on her face. 那位遺孀臉上流露悲痛的神情．
[活用] *adj.* **more mournful**, **most mournful**

mournfully [ˋmornfəlɪ] *adv.* 悲痛地，令人憂傷地．
[活用] *adv.* **more mournfully**, **most mournfully**

mourning [ˋmornɪŋ] *n.* ① 哀悼，服喪．② 喪服，喪章．
[範例] ① Everybody wore a crepe armband as a sign of **mourning** for the dead sailors. 為了對死去的船員們表示哀悼之意，每個人都繫著縐紗做的臂章．
The Jones family went into **mourning** when Mrs. Jones passed away. 瓊斯太太去世了，她的家人為她服喪．
② The widow was dressed in **mourning**. 那位遺孀穿著喪服．

***mouse** [maʊs] *n.* ① 老鼠．② (電腦的) 滑鼠．
[範例] ① There's a **mouse** in my room. 我的房間裡有老鼠．
The students are as quiet as **mice**. 學生們很安靜．
When the cat is away, the **mice** will play. 《諺語》閻王不在，小鬼跳樑．
[複數] **mice**

mousey [ˋmaʊsɪ] = *adj.* 【美】**mousy**.

mousse [mus] *n.* ① 慕斯 (在起泡的奶油、蛋白等中加入甜味、明膠、香料等冷凍而成的點心)．② (整髮用的) 泡沫髮膠．
[複數] **mousses**

***moustache** [mʌˋstæʃ] = *n.* 【美】**mustache**.

mousy [ˋmaʊsɪ] *adj.* ① 灰褐色的．② 提心吊膽的，膽小的．
[範例] ① Kate doesn't like her **mousy** hair. 凱特

不喜歡自己灰褐色的頭髮．
② How did such a **mousy** girl get to be class leader? 這樣膽小的女孩子怎麼能當上班長？
[參考] 亦作 **mousey**.
[活用] *adj.* **mousier**, **mousiest**

***mouth** [*n.* maʊθ; *v.* maʊð] *n.* ① 嘴，口．② 發言，言詞．③ 口狀物 (瓶口、洞穴的出入口、火山的噴火口、江河的河口等)．④ (需要被撫養的) 人．
—— *v.* ⑤ (不出聲地) 以嘴形說．⑥ 裝腔作勢地說．⑦ 把 (食物等) 送入口中．
[範例] ① Don't talk with your **mouth** full. 嘴裡塞滿東西時不要說話．
The rumor spread by word of **mouth**. 那個謠言被傳開了．
Keep your **mouth** shut. 保持沉默．
Roy accused me of putting words in his **mouth**. 羅伊指責我，因為我硬說他說過這樣的話．
Tom took the words right out of my **mouth**. 湯姆把我要說的話說完了．
② John has a big **mouth**. 約翰很多話．
③ the **mouth** of a volcano 火山的噴火口．
the **mouth** of the Nile 尼羅河河口．
④ I lost my job with five **mouths** to feed. 我要扶養5個人，還失業了．
⑤ She winked at me and **mouthed** "Later." 她向我眨眼，並且以嘴形無聲地說：「待會兒」．
⑥ George always **mouths** platitudes about the poor. 喬治老是裝腔作勢說一些有關窮人的陳腔濫調．
[片語] **all mouth** 空口白話的：He is **all mouth** and no action. 他光說不練．
by word of mouth 口口相傳地，一個傳一個地 (亦作 **from mouth to mouth**). (⇨ [範例] ①)
from mouth to mouth 口口相傳地，一個傳一個地．
give mouth to 說出．
have a big mouth ① 大言不慚，說大話． (⇨ [範例] ②) ② 多話，大嘴巴．
keep ~'s mouth shut 守口如瓶，保持緘默．
put words in ~'s mouth ① 教~怎樣說．② 硬說~說過某些話． (⇨ [範例] ①)
take the words out of ~'s mouth 搶說出~要說的話． (⇨ [範例] ①)
[複數] **mouths**
[活用] *v.* **mouths**, **mouthed**, **mouthed**, **mouthing**

mouthful [ˋmaʊθˌfʊl] *n.* ① 滿口，一口 (的分量)．② 冗長而難念的字 (詞)．
[範例] ① The dog ate the meat by the **mouthful**. 那隻狗一口吞下那塊肉．
There is only a **mouthful** of rice. 只剩下一口飯．
[片語] **say a mouthful** (口語)【美】說出重點．
[複數] **mouthfuls**

mouthpiece [ˋmaʊθˌpis] *n.* ① (樂器的) 吹口，吹嘴．② (拳擊選手用的) 牙套．③ (電話

的）話筒. ④ 代言人，發言人.
[複數] **mouthpieces**

movable [`muvəbl] adj. ① 可動的，可移動
的: Everything that is **movable** should be
secured to withstand the winds. 所有可移動
的東西都應該把它綁牢以免被風吹走.
——n. ②〔~s〕動產.
[參考] 亦作 moveable.
[複數] **movables**

*:**move** [muv] v. ① 動，移動. ② 使感動，使
做. ③ 搬家，遷移，移往. ④ 使移
動，改變. ⑤ 提議.
——n. ⑥ 動作，行動. ⑦ 搬家，遷移. ⑧（西
洋棋的）一步棋.
[範例] ① She pointed the gun at me. I didn't
move. 她把槍口對著我，我一動也不動.
The train began to **move**. 那列火車開動了.
He **moved** around the room with his hands in
his pockets. 他兩手插口袋在房間裡走來走去.
② His sad story **moved** her to tears. 他那令人
悲傷的故事使她感動落淚.
Is it possible to **move** international opinion
toward elimination of nuclear weapons? 有可
能使國際輿論轉向支持核子武器的刪除嗎?
③ We **moved** to the north of the city. 我們搬到
那個城市北邊.
The Socialist Party **moved** to the right. 那個社
會黨右傾.
④ I **moved** the desk to the other end of the
room. 我把那張桌子移到房間的另一端.
That company **moved** its office a few years
ago. 那家公司幾年前搬走了.
We **moved** the meeting to Friday. 我們將會
議改在星期五.
⑤ He **moved** the meeting should be adjourned.
他提議會議延期.
⑥ The policeman was watching his every **move**
out of the corner of his eye. 那個警察用眼角
餘光注視著他的每個動作.
Don't make a **move** or I'll shoot you! 別動! 否
則我就開槍.
The government made no **move** to ban
bribery. 政府並沒有採取禁止賄賂的行動.
⑦ Our **move** took the whole weekend. 搬家占
去了我們整個週末的時間.
⑧ He thought carefully about the next **move**. 他
謹慎地考慮下一步棋.
[片語] **get a move on**《口語》趕快.
move along（使）往旁邊靠: Move along,
please. 請讓開.
move in 搬進來: I think we should **move in**
together. 我想我們應該一起搬進來.
move off 出發: The Queen Elizabeth
moved off. 伊莉莎白女王號起航了.
move on ① 繼續前進: My uncle will **move
on** to America next month. 我叔叔下個月將
繼續前往美國.
Now let's **move on** to the next problem. 我們
現在進入到下一個問題.

② （警察）命令~離開.
move over ① 轉向: PRC is **moving** over
to a market economy. 中華人民共和國正轉
向市場經濟. ② 讓位.
[活用] v. **moves, moved, moved, moving**
[複數] **moves**

moveable [`muvəbl]＝adj. movable.

*:**movement** [`muvmənt] n. ① 轉動，動作，行
動. ② 運動，活動. ③ 移動，行動. ④（音樂
的）樂章，節奏，拍子.
[範例] ① eye **movements** 眼睛的轉動.
He could not explain his **movements** on the
night the murder happened. 他無法說明謀殺
案當天晚上自己的行蹤.
② He is afraid that the nationalist **movement**
will get nationwide support. 他擔心國家主義
者的運動恐怕會得到全國的支持.
③ We had information about large-scale
movements of the enemy troops. 我們握有
敵軍大規模移動的情報.
[複數] **movements**

mover [`muvɚ] n. ① 發起人，提案人. ② 在動
的人（物），遷移者. ③《美》搬家公司.
[複數] **movers**

*:**movie** [`muvɪ] n. ① 電影，影片《亦作 film,
cinema》. ②〔the ~s〕電影院《亦作 movie
theater;《英》cinema》. ③〔the ~s〕電影業.
[範例] I saw the **movie** on TV. 我在電視上看
到那部電影.
I am fond of **movies**. 我喜歡看電影.
Chaplin was a **movie** star in those days. 卓別
林是那個時期的電影明星.
② go to the **movies** 去看電影.
[參考] 電影作品都有標記限制其觀賞對象.
〖美〗
NC-17: 17歲以下者禁止入場 (**N**o **C**hildren
under 17 admitted).
R: 17歲以下者須由父母或大人陪同觀賞
(**R**estricted).
PG-13: 13歲以下者宜在家長指導下觀賞.
PG: 宜 在 家 長 指 導 下 觀 賞 (**P**arental
Guidance).
G: 任何年齡均可觀賞 (**G**eneral).
〖英〗
⑱: 18歲以下者禁止入場.
⑮: 15歲以下者禁止入場.
PG: 宜 在 家 長 指 導 下 觀 賞 (**P**arental
Guidance).
U: 任何年齡均可觀賞 (**U**niversal).
[複數] **movies**

moving [`muvɪŋ] adj. ①〔只用於名詞前〕動
的，移動的. ② 令人感動的，動人的.
[範例] ① a **moving** staircase《英》電扶梯.
a fast-**moving** stream 湍急的溪流.
② A child's suffering is always **moving**. 孩子的
不幸總是能引起同情.
♦ **the moving spirit/a moving force** 原動
力.
[活用] adj. ② **more moving, most moving**

mow [mo] *v.* ① 割（草等）． ② 射殺，打倒 (down)．
——*n.* ③ 乾草堆． ④ 乾草堆放處．
[範例] ① He **mowed** the lawn. 他修剪了草坪．
② We **mowed** down the enemy soldiers with machine guns. 我們用機關槍射殺敵軍．
♦ **mówing machìne** 割草機．
[活用] *v.* mows, mowed, mown, mowing/ mows, mowed, mowed, mowing
[複數] mows

mower [ˋmoɚ] *n.* 割草機《亦作 lawn mower》；割草的人．
[複數] mowers

mown [mon] *v.* mow 的過去分詞．

mpg [ˋɛm‚piˋdʒi] 《縮略》＝miles per gallon（每加侖汽油所能行駛的哩數）．

mph [ˋɛm‚piˋetʃ]《縮略》＝miles per hour（每小時所能行駛的哩數）．

*****Mr./Mr** [ˋmɪstɚ] *n.*《加於男子姓氏、姓名或職務之前的一種稱呼，為 mister 的縮略》．
[範例] **Mr.** John Smith 約翰・史密斯先生．
Mr. Brown, I have a question. 布朗先生，我有一個問題．
Mr. President 總統先生．
Mr. Chairperson 主席先生．
[參考] 不用於名字之前，例如不作 Mr. Tom；《英》Mr 不加縮寫點．
[複數] Messrs./Messrs

*****Mrs./Mrs** [ˋmɪsɪz] *n.*《加於姓氏、姓名或丈夫的姓名之前，作為對已婚女子的稱呼，為 mistress 的縮略》．
[範例] **Mrs.** Brown 布朗太太．
Mrs. John Brown 約翰・布朗太太．
[參考] 不用於名字之前，例如不作 Mrs. Mary；《英》Mrs 不加縮寫點．
[複數] Mmes./Mmes

*****Ms./Ms** [mɪz] *n.*《加於女子的姓氏或姓名之前的一種稱呼》．
[參考] Miss 和 Mrs. 分別表示未婚和已婚女子的稱呼．
[複數] Mses./Mses/Ms.'s/Ms's/Mss./Mss

MSc/M.Sc. [ˋɛm‚ɛsˋsi]《縮略》＝Master of Science（理科碩士）．
[複數] MSc's/MScs/M.Sc.'s/M.Scs

*****Mt./Mt** [maunt]《縮略》＝Mount（～山）: **Mt.** Jade 玉山．
[複數] Mts./Mts

†**much** [mʌtʃ] *adv.*, *adj.*, *pron.*

原義	層面	釋義	範例
有一定的量	強調量之多	*adv.* 非常，很	①
		adj. 多的，許多的	②
		pron. 許多，重要的事〔物〕	③
	表示有多少的量	*adj.*, *pron.* 量的，（多）量	④

[範例] ① I don't swim **much**. 我不常游泳．
Much to my regret, I missed the last train. 非常遺憾的是我錯過了最後一班火車．
Karen is **much** afraid of thunder. 凱倫非常害怕雷聲．
Politics is a **much** debated topic. 政治是一個備受爭議的話題．
I'm not **much** good at tennis. 我網球打得不太好．
Tom is **much** taller than Bob. 湯姆比鮑伯高得多．
I can't play the guitar, **much** less the piano. 我不會彈吉他，更不用說鋼琴了．
Stars shine **much** more brightly in the country. 星星在鄉間更加閃亮．
It is difficult to learn English, **much** more Chinese. 學英文已經很困難了，更別提學中文．《後半句為 it is much more difficult to learn Chinese 的省略》
The Baptists are **much** the most numerous in Alabama. 阿拉巴馬州的浸信會教徒絕對是最多的．
Much as I want to, I can't come. 雖然我很想去，但我沒辦法去．
Her opinion is **much** like her husband's. 她的意見幾乎和她丈夫的一樣．
The situation is **much** the same as before. 情況和以前差不多一樣．
We enjoyed the vacation very **much**. 我們的假期過得非常快樂．
② There is **much** pleasure in seeing your children get married. 看到你的孩子結婚是非常令人高興的事．
They are making too **much** noise downstairs. 他們在樓下吵翻天了．
He's got far too **much** work to do. 他有太多的工作要做．
There is nothing **much** I can do for him. 我幫不上他多少忙．
③ We haven't seen **much** of you recently. 最近我們不常見到你．
My students still have **much** to learn. 我的學生們還有許多東西要學．
Did your teacher have **much** to say about the strike? 你的老師對於那起罷工事件說了很多嗎？
The wine was not up to **much**. 那種酒不是甚麼了不起的東西．
Matt is very good at tennis, but he's not **much** of a table tennis player. 麥特網球打得非常好，但桌球則打得不怎麼樣．
There isn't **much** in what the boss told us. 老闆跟我們說的不是甚麼重要的事．
Let's not make too **much** of this—it's not a big deal. 我們對此不必太重視，又不是甚麼了不起的事．
I don't think **much** of that dictionary. 我認為這本辭典不怎麼樣．
My opponent was too **much** for me. 我的對手

不是我所能應付得了的.

④ How **much** water do you have in your canteen? 你的水壺裡有多少水?

How **much** is that dress? 那件洋裝多少錢?

I'll give you as **much** money as you need. 你要多少錢,我就給你多少錢.

I spent as **much** as one hundred dollars today. 我今天的花費多達100美元.

Jack left without so **much** as saying good-bye. 傑克連說聲再見也沒有就走了.

This thesis of his is just so **much** political ranting. 他的這篇論文只不過是政治上的宣傳而已.

The government will spend a hundred million dollars on waste removal and as **much** again on building a new site. 政府計畫撥款1億美元用於廢棄物的清除,另外再撥同樣數目的錢建設新用地.

Jose is really from Cuba? I thought as **much**. 約瑟夫是從古巴來的嗎? 我也這麼認為.

I'll say this **much**: you can always depend on her. 這一點我要說,你不論甚麼時候都可以依靠她.

So **much** for today. 今天就到此為止.

片語 **as much** 正好如此; 同樣數量. (⇒ 範例 ④)

as much ~ as/as much as ① 和~同樣數量. (⇒ 範例 ④) ② 和~一樣. (⇒ 範例 ④)

how much 多少. (⇒ 範例 ④)

make much of 重視. (⇒ 範例 ③)

much as 雖然. (⇒ 範例 ①)

much less 少得多. (⇒ 範例 ①)

much more 多得多. (⇒ 範例 ①)

not much of a ~ 不是了不起的. (⇒ 範例 ③)

not so much ~ as... 與其說是~不如說是.

not up to much 不太好. (⇒ 範例 ③)

so much 這麼多,到這種程度的.

so much for ① 關於~就到此為止. (⇒ 範例 ④) ② 原來~不過如此.

this much 僅此. (⇒ 範例 ④)

too much for 非~所能應付得了. (⇒ 範例 ③)

without so much as 甚至連~也不. (⇒ 範例 ④)

活用 adj., adv. **more**, **most**

muck [mʌk] v. ① 遊手好閒,混日子. ② 耍弄.

範例 ① Jim didn't do anything. He just **mucked** about all day. 吉姆甚麼事都不做,整天只是混日子.

② His brother is **mucking** him about all the time. 他的哥哥老是耍弄他.

片語 **muck about/muck around** ① 混日子,遊蕩. (⇒ 範例 ①) ② 胡閒. ③ 耍弄,(給人)添麻煩. (⇒ 範例 ②)

muck in (與~)合作.

muck up ① (把~)弄髒. ② 打亂.

活用 v. **mucks**, **mucked**, **mucked**,

mucking

mucus [`mjukəs] n. (鼻涕、眼淚、蝸牛等的)黏液.

***mud** [mʌd] n. 泥,爛泥.

範例 Children are playing in the **mud**. 孩子們正在玩泥土.

Harry's name is **mud** after what he did today. 哈利因為今天的表現而名譽掃地.

片語 **~'s name is mud** ~的名譽掃地,~的聲名狼藉. (⇒ 範例)

muddle [`mʌdl] v. ① 弄亂,使糊塗.

範例 ① The file apparently got **muddled** up with some other paperwork and is nowhere to be found. 這份檔案顯然跟其他文件混在一起而找不到了.

Ask a question with a lot of figures and dates; that'll **muddle** her up. 你問她一個附帶很多數字和日期的問題,就可以把她搞糊塗.

② My mind was in a **muddle**. 我的腦子一片混亂.

The caterers made a **muddle** of the reception. 酒席承辦業者把招待會弄得一團糟.

片語 **muddle along** 得過且過,胡亂過日子.

muddle through 胡亂應付過去: You'll have to **muddle through** somehow because I have no money to lend you. 我可沒有錢借給你,所以你必須自己應付過去.

活用 v. **muddles**, **muddled**, **muddled**, **muddling**

複數 **muddles**

***muddy** [`mʌdɪ] adj. ① 布滿爛泥的,沾滿爛泥的,泥濘的. ② 模糊的,灰暗的.

——v. ③ 使沾上爛泥. ④ 使糊塗,使含混不清.

範例 ① **muddy** boots 沾滿爛泥的靴子.

a **muddy** road 泥濘的道路.

② a **muddy** brown 灰暗的茶色.

③ The little girl **muddied** her dress. 那個小女孩把自己的洋裝弄得都是泥巴.

活用 adj. **muddier**, **muddiest**

活用 v. **muddies**, **muddied**, **muddied**, **muddying**

mudguard [`mʌd,gɑrd] n. 擋泥板《自行車或摩托車車輪上的擋泥罩》.

複數 **mudguards**

muff [mʌf] n. ① 皮手筒《毛皮製成的圓筒形禦寒用品,供婦女兩手插入保暖用》. ② 笨拙的行動,接球失誤.

——v. ③ 笨拙地處理,漏接(球): He **muffed** a ball. 他漏接了一個球.

複數 **muffs**

活用 v. **muffs**, **muffed**, **muffed**, **muffing**

muffin [`mʌfɪn] n. ① 《美》鬆餅《放入杯狀模型裡

[muff]

[muffin]

烤製而成，有雞蛋成分的一種食品）. ②〖英〗英式鬆餅《稍微烘烤而成的一種圓形麵包，切成兩片再用烤；〖美〗English muffin〗.

〖複數〗**muffins**

****muffle** [`mʌfl] v.（為了保溫或消音）裹住，包住，覆蓋.

〖範例〗It was very cold that night, so he **muffled** himself up in the blanket. 那天晚上非常冷，所以他用毯子裹住自己.

She **muffled** the sound of the telephone with a towel. 為了使聲音變小，她用毛巾覆蓋電話.

〖活用〗v. **muffles**, **muffled**, **muffled**, **muffling**

muffler [`mʌflɚ] n. ①圍巾，面紗. ②〖美〗（摩托車或汽車的）消音器，滅音器《〖英〗silencer》.

〖複數〗**mufflers**

mug [mʌg] n. ①（圓筒形有柄的）馬克杯，大杯子. ②一大杯的容量. ③《口語》臉.

——v. ④〖美〗（警察對犯人）拍照. ⑤搶劫.

〖片語〗**mug up**（口語）〖英〗填鴨式地學習，在短時間內背誦出.

〖複數〗**mugs**

〖活用〗v. **mugs**, **mugged**, **mugged**, **mugging**

mugger [`mʌgɚ] n. 搶劫者.

〖複數〗**muggers**

muggy [`mʌgɪ] adj. 悶熱而潮溼的.

〖活用〗adj. **muggier**, **muggiest**

Muhammad [mu`hæməd]＝n. Mohammed.

Muhammadan [mu`hæmədən]＝adj., n. Mohammedan.

mulberry [`mʌl,bɛrɪ] n. ①桑樹《桑科落葉植物，葉可作蠶的食物》. ②桑椹.

〖複數〗**mulberries**

mule [mjul] n. ①騾《雄驢與雌馬交配所生，供馱運貨物、協助農耕等用》. ②（一隻）拖鞋，（女用）無後跟拖鞋.

〖複數〗**mules**

[mule]

mull [mʌl] v. ①仔細考慮，反覆思考 (over): I **mulled** over what I'd done to her. 我反覆思考自己對她所做的事. ②加香料、糖再燙熱（葡萄酒等）.

〖活用〗v. **mulls**, **mulled**, **mulled**, **mulling**

multilateral [,mʌltɪ`lætərəl] adj. 多國參加的；涉及多方面的；多邊的: a **multilateral** agreement 多國協議.

multimedia [,mʌltɪ`midɪə] n. 多媒體《指電腦等除了文字、圖形、影像外，還使用各種媒體》.

multinational [,mʌltɪ`næʃənl] adj. ①多國的: a **multinational** force 多國聯軍.

——n. ②跨國公司〔企業〕.

〖複數〗**multinationals**

multiple [`mʌltəpl] adj. ①由多部分組成的，多樣的，複雜的.

——n. ②倍數《☞充電小站 (p. 65)》. ③〖英〗連鎖店《亦作 multiple store》.

〖範例〗①There were several **multiple** car accidents on the expressway because of the snow. 因為下雪，高速公路上發生了好幾起連環車禍.

②12 is a **multiple** of 3. 12是3的倍數.

♦ **múltiple-chóice** 多重選擇的.

〖複數〗**multiples**

multiplication [,mʌltəplə`keʃən] n. ①乘法，乘法運算. ②增加；增殖.

〖範例〗①2×3 is an easy **multiplication**. 2×3是一個簡單的乘法運算.《2×3讀作 two times three》

In Taiwan children learn **multiplication** tables in the second grade. 在臺灣，小孩子在小學二年級學九九乘法表.

〖參考〗multiplication table（乘法表）在臺灣到9×9為止，而在英美到12×12為止。例如4×7＝28讀作 four sevens are twenty-eight.

➡ 充電小站 (p. 65), (p. 421)

multiplier [`mʌltə,plaɪɚ] n.（乘法中的）乘數.

〖複數〗**multipliers**

****multiply** [`mʌltə,plaɪ] v. ①乘. ②使增殖；（使）增加.

〖範例〗①8 **multiplied** by 7 equals 56. 8乘7等於56.

②Mice **multiply** very rapidly. 老鼠繁殖得非常快.

His sense of humor **multiplied** his chances of success. 他的幽默感使他的成功機會倍增.

〖活用〗v. **multiplies**, **multiplied**, **multiplied**, **multiplying**

****multitude** [`mʌltə,tjud] n. ①眾多，許多. ②〔the ～, the ～s〕大眾.

〖範例〗①The company faces a **multitude** of problems. 那家公司面臨許多難題.

②On TV the President appealed to the **multitudes**. 在電視上，總統對大眾提出了呼籲.

〖複數〗**multitudes**

mum [mʌm] adj. ①〔不用於名詞前〕沉默的: Keep **mum** about it. 這件事不要說出去.

——n. ②〖英〗媽媽，媽咪《《口語》〖美〗mom》.

〖片語〗**Mum's the word**. 別聲張.

〖複數〗**mums**

mumble [`mʌmbl] v. ①喃喃自語.

——n. ②嘟嘟囔囔.

〖範例〗①He **mumbled** to himself that he was tired. 他喃喃自語地說自己很累.

②She spoke in a low **mumble**. 她喃喃低語地說.

〖活用〗v. **mumbles**, **mumbled**, **mumbled**, **mumbling**

mummify [`mʌmɪ,faɪ] v. 變成木乃伊；製成木乃伊.

〖活用〗v. **mummifies**, **mummified**, **mummified**, **mummifying**

mummy [`mʌmɪ] n. ①木乃伊. ②〖英〗媽媽

媽咪《〈口語〉〖美〗mommy〗.
複數 **mummies**

mumps [mʌmps] *n.* 〔the ～，作單數〕流行性耳下腺炎，腮腺炎.

munch [mʌntʃ] *v.* 津津有味地嚼，用力咀嚼:
The kids **munched** some crackers. 孩子們津津有味地嚼著薄脆餅乾.
活用 *v.* **munches**, **munched**, **munched**, **munching**

mundane [`mʌnden] *adj.* 日常的，平凡的，單調的: a **mundane** life 單調的生活.
活用 *adj.* **more mundane**, **most mundane**

*__municipal__ [mju`nɪsəpl] *adj.* 市的，地方自治的.
範例 a **municipal** office 市政機關.
a **municipal** corporation 地方自治體.

municipality [ˌmjunɪsə`pælətɪ] *n.* 市政府，地方自治體.
複數 **municipalities**

munition [mju`nɪʃən] *n.* 〔～s〕軍需品.
複數 **munitions**

mural [`mjʊrəl] *adj.* ① 牆的，在牆上的.
——*n.* ② 壁畫.
範例 ① a **mural** decoration 牆上的裝飾.
a **mural** painting 壁畫.
複數 **murals**

*__murder__ [`mɝdɚ] *n.* ① 殺人，謀殺.
——*v.* ② 殺害; 糟蹋.
範例 ① The man was found guilty of **murder**. 那個男子因殺人被判有罪.
The number of **murders** in this city is on the increase. 這個城市的謀殺案件在增加之中.
It's little short of **murder** to make them swim in such a stormy sea. 叫他們在這種暴風雨中的大海裡游泳等於是在殺人.
The medical examination was sheer **murder**. 那種身體檢查簡直是活受罪.
② His family were all **murdered** by a bandit. 他的家人都被歹徒殺害了.
The company **murdered** The Merchant of Venice. 那個劇團把《威尼斯商人》演得一團糟.
片語 **get away with murder** 逍遙法外.
scream blue murder/shout blue murder 大聲嚷嚷.
複數 **murders**
活用 *v.* **murders**, **murdered**, **murdered**, **murdering**

murderer [`mɝdərɚ] *n.* 殺人犯: He is a terrible mass **murderer**. 他是一個可怕的殺人魔頭.
複數 **murderers**

murderous [`mɝdərəs] *adj.* ① 殺人的，蓄意謀殺的，會使人喪命的. ② 要命的，極度困難的.
範例 ① He denied any **murderous** intentions. 他否認有任何殺人意圖.
② I hate this **murderous** schedule. 我討厭這個要命的計畫.

活用 *adj.* **more murderous**, **most murderous**

murky [`mɝkɪ] *adj.* 昏暗的，陰森的; 不可告人的.
範例 a **murky** street with no lights 一條沒有燈光的昏暗馬路.
He spoke of his **murky** past, concerning what he did during the war. 他講了他在戰爭期間不可告人的過去.
活用 *adj.* **murkier**, **murkiest**

*__murmur__ [`mɝmɚ] *n.* ① 潺潺聲，颯颯聲. ② 竊竊私語聲，低語聲. ③ 小聲的抱怨.
——*v.* ④ 發出輕聲. ⑤ 低聲地說. ⑥ 抱怨.
範例 ① He listened to the **murmur** of the stream. 他傾聽著小河潺潺的流水聲.
② The only thing coming from the crowd was a barely audible **murmur**. 從人群中傳來的是勉強可以聽見的竊竊私語聲.
③ He obeyed me without a **murmur**. 他毫無怨言地順從我.
④ The waves **murmur** and lull me to sleep. 那沙沙的波浪聲哄我入睡.
⑤ "I'm sleepy," he **murmured**. 他低聲地說:「我好睏喔!」
⑥ The neighborhood **murmured** at the constant construction noise. 附近的居民抱怨經常性的施工噪音.
複數 **murmurs**
活用 *v.* **murmurs**, **murmured**, **murmured**, **murmuring**

*__muscle__ [`mʌsl] *n.* ① 肌肉，筋. ② 力氣; 實力; 壓力; 影響力.
範例 ① Do an exercise to stretch your back **muscles**. 做一下伸展背肌的運動.
② You need **muscle** to move this wardrobe. 你需要出力來搬動這個衣櫥.
He used his political **muscle** to get back his money. 他用他的政治力量把錢要了回來.
片語 **flex ～'s muscle** 展現～的實力.
複數 **muscles**

*__muscular__ [`mʌskjələ] *adj.* ① 肌肉的. ② 強壯的，肌肉發達的.
範例 ① **muscular** motion 肌肉運動.
② a **muscular** man 肌肉發達的男子.
活用 *adj.* **more muscular**, **most muscular**

muse [mjuz] *v.* ① 沉思: Sit quietly and **muse** upon the meaning of life. 靜靜坐著思考一下人生的意義.
——*n.* ② 〔the M～〕繆斯 (☞ music).
活用 *v.* **muses**, **mused**, **mused**, **musing**
複數 **muses/Muses**

*__museum__ [mju`ziəm] *n.* 博物館，美術館，紀念館.
範例 the British **Museum** 大英博物館.
a science **museum** 科學博物館.
♦ **muséum piece** ① (陳列在博物館裡有價值的) 名品. ② 過時的人 〔物〕.
複數 **museums**

mush [mʌʃ] *n.* ① 〖美〗玉米粥. ② 黏糊糊的食

物．③多愁善感的話．

mushroom [`mʌʃrum] *n.* ① 食用蘑菇，蕈．
——*v.* ② 呈蕈狀升騰 (into)．③ 迅速發展 (into)．
範例 ① **Mushrooms** are delicious and can be used in many dishes. 蘑菇很美味，而且許多菜肴都用得到它．
② A huge cloud of smoke **mushroomed** into the blue sky. 一大片煙霧呈蕈狀往天空升騰．
③ The small company **mushroomed** into a giant multinational corporation in just 20 years. 那家小公司在短短的20年內迅速發展成一家大型跨國公司．
♦ a **múshroom clòud**（原子彈、氫彈爆炸形成的）蕈狀雲，原子雲．
複數 **mushrooms**
活用 *v.* **mushrooms，mushroomed，mushroomed，mushrooming**

***music** [`mjuzɪk] *n.* ① 音樂，樂曲，曲．② 樂譜．
範例 ① My only hobby is playing classical **music** on the violin. 我唯一的嗜好就是用小提琴演奏古典音樂．
Shall I play a piece of **music**? 我要演奏一曲嗎？
Tom has no **music** in him. 湯姆一點也不懂音樂．
pop **music** 流行音樂．
instrumental **music** 器樂．
vocal **music** 聲樂．
I can hear the **music** of the birds. 我聽到了鳥的鳴囀．
His praise was **music** to her ears. 他的讚美使她非常高興．
② Can you play without **music**? 你能不看樂譜演奏嗎？
♦ **músic bòx**〖美〗音樂盒（〖英〗musical box）．
➡ 充電小站 (p. 831)

***musical** [`mjuzɪk!] *adj.* ① 音樂的．② 有音樂天賦的，愛好音樂的．③ 音樂般的．
——*n.* ④ 音樂劇．
範例 ① Bach is said to be a **musical** genius. 巴哈被稱為音樂天才．
② You are certainly a **musical** person. 你的確是一個有音樂天賦的人．
③ She has a soft **musical** voice. 她有著如同音樂般悅耳的聲音．
④ *Cats* is a very popular **musical**.《貓》是一部非常受歡迎的音樂劇．
♦ **músical bòx**〖英〗音樂盒（〖美〗music box）．
mùsical cháirs 搶椅子遊戲．
mùsical cómedy 音樂劇，歌舞劇．
mùsical ínstrument 樂器．
活用 *adj.* ② ③ **more musical，most musical**
複數 **musicals**

***musician** [mju`zɪʃən] *n.*（專業或業餘的）音樂家．
範例 You are a good **musician**. 你是一位出色的音樂家．
a street **musician** 街頭音樂家．

複數 **musicians**

musk [mʌsk] *n.* 麝香《取自雄麝香鹿 (musk deer) 的一種香料，可作香水等的原料》，麝香的氣味；發出麝香味的植物．
♦ **músk dèer** 麝香鹿《產於中亞的一種小型無角鹿》．
músk ròse 麝香薔薇《原產於地中海地區》．

musket [`mʌskɪt] *n.* 毛瑟槍《步槍發明前的舊式武器》．
複數 **muskets**

musketeer [ˌmʌskə`tɪr] *n.* 以毛瑟槍為武器的步兵．
複數 **musketeers**

muskmelon [`mʌskˌmɛlən] *n.* 香瓜，甜瓜《表面有網狀花紋，果肉有麝香味》．

Muslim [`mʌzlɪm] *n.* 伊斯蘭教徒《亦作 Moslem》．
複數 **Muslims**

muslin [`mʌzlɪn] *n.*〖美〗平織棉布；〖英〗細薄棉布．

mussel [`mʌsl] *n.* 貽貝《有2枚10公分左右的貝殼，源自拉丁語的 muscle》．
複數 **mussels**

†**must** [(強)`mʌst;(弱)məst] *aux.*

原義	層面		釋義	範例
不可避免	現在、將來的事		必須	①
			一定	②
	過去的事		必須	③
			一定	④

——*n.* ⑤ 不可或缺的東西．
範例 ① I'm late. I **must** hurry. 我遲到了，必須要加快腳步．
You **must** be here before eight o'clock. 你8點之前必須在這裡．
"**Must** you go so soon?" "Yes, I **must**."「你必須馬上去嗎？」「是的，我必須馬上去．」
"**Must** I help in the kitchen today?" "No, you don't have to."「今天我必須在廚房裡幫忙嗎？」「不，你不必幫忙．」
You **mustn't** park here. Can't you see the sign? 你不可以把車停在這裡，你沒看見那個標誌嗎？
I **must** be going now. 我該走了．
Dogs **must** be kept on a leash. 狗必須用鍊子繫住．
You **must** complete this work by next April. 你必須在明年4月底之前完成這項工作．
You **must** go and see that new film—you'd really enjoy it. 你應該去看那部新電影，你一定會很喜歡．
② You **must** be hungry after your walk. 你剛剛去散步，肚子一定很餓了．
John **must** not know the answer. 約翰一定不知道那個答案．
"They **must** be waiting at the other door."

充電小站

do, re, mi, ...

創造 "do, re, mi, fa, ..." 音名的人為11世紀的義大利音樂家桂多・德・阿雷佐 (Guido d'Arezzo)。他藉由西元770年前後的義大利語「奉獻給洗禮者聖約翰的讚美詩」，設定了 "do, re, mi, ..." 這些音名。其讚美詩的詩詞如下：

Ut queant laxis *reso*nare fibris
*Mi*ra gestorum *fa*muli tuorum
*Sol*ve polluti *la*bii reatum
*Sancte Io*hannes.

（大意）伺候您的眾僕人，和著鬆弛的絃，高歌頌揚您的豐功偉績，懇求您賜哀憐，饒恕我們不潔淨的嘴所犯下的罪愆。我們的主聖約翰。

當時，音階為「六聲音階」，將前面詩詞中的斜體部分用作其音名，現在用的 do 在當時的最初音名為 ut，即 ut, re, mi, fa, sol, la，然後再回到 ut。

之後，ut 變成了 do，傳說這是來自拉丁語中 dominus（神）。另外，後來第七個音（介於 la 與下一個 do 之間的音）被命名為 si，這 si 為前面歌詞最後兩字 Sancte Iohannes（聖約翰）中 s 和 i 的組合。si 在英國變成了 ti。

▶ 音階 (scale)

順便提一下，「音階」在英語中作 scale，這個字源自義大利語的 scala（指「梯子」(ladder)）。中文「音階」的「階」也指「階梯」，所以這個字譯得非常恰當。將音作整理，按高低順序像梯子一樣排列而成的就是「音階」。另外，從 escalator 這個英文字中也可以看到 scala。

▶ A, B, C, D, E, ...

在中國，用「C 大調」、「降 E 大調」或「A 小調」等來表達，分別是 C major、E flat major、A minor 的譯語。major 為「大調」，minor 為「小調」，sharp 和 flat 分別被譯成「升調」和「降調」。

"They can't be there." 「他們一定在另一個門口等著。」「他們不可能在那裡。」

"Where's Jane?" "I don't know. She **must** have missed the train." 「珍在哪裡?」「我不知道，她一定沒趕上那班火車。」

③ I told her she **must** be home by midnight. 我告訴過她她必須在午夜之前回家。

④ John said that man **must** be sixty at least. 約翰說那個男子一定至少有60歲了。

⑤ Sunglasses are a **must** for skiing. 太陽眼鏡是滑雪必備的東西。

This is a **must** dictionary for doing your homework. 這是一本你做家庭作業時必備的辭典。

➡ 充電小站 (p. 833)

複數 **musts**

***mustache** [`mʌstæʃ] *n.* 唇髭，（動物嘴邊的）鬚（長在鼻下嘴上之間，因左右分開，有時作 a pair of mustaches 或 mustaches）: My father wears a bushy **mustache**. 我父親著著蓬亂的八字鬍。

☞ beard（山羊鬍），whiskers（落腮鬍）

複數 **mustaches**

mustard [`mʌstəd] *n.* ① 芥末，芥末粉。② 芥菜《油菜科植物，籽可磨成芥末粉》。③ 芥末色，暗黃色。

♦ **mústard gàs** 芥子氣《使用於第一次世界大戰中，會燒傷皮膚的有毒氣體》。

muster [`mʌstɚ] *v.* 召集，聚集，集合。

範例 The boys were **mustered** for a march. 那些男孩們被集合起來遊行。

Nearly exhausted, Nancy **mustered** all her energy to climb the rest of the way to the top. 雖然已經精疲力竭，但是南西仍使盡全力爬

完全程，到達山頂。

活用 *v.* **musters**, **mustered**, **mustered**, **mustering**

mustn't [`mʌsnt]《縮略》= must not.

musty [`mʌstɪ] *adj.* 有霉味的；過時的: He studied the whole day in the **musty** room. 他在那有霉味的房間裡讀了了一整天的書。

活用 *adj.* **mustier**, **mustiest**

mutant [`mjutənt] *n.*（生物的）突變體。

複數 **mutants**

***mute** [mjut] *adj.* ① 無言的，沉默的。② 啞的，不會說話的。③（字母）不發音的。

—— *n.* ④ 不會說話的人。⑤ 弱音器《減弱樂器音響的器具》。

—— *v.* ⑥ 減弱〔消除〕聲音。

範例 ① When I got home, my wife stood **mute**. 我回到家時，我太太悶不吭聲地站著。

② I met a **mute** boy yesterday. 昨天我碰到了一個不會說話的男孩。

③ The word "bomb" has a **mute** letter in it. bomb 這個字中有一個字母不發音。

④ Mr. White is a deaf **mute**. 懷特先生是一位聾啞人士。

⑤ Do you want a **mute** for your trumpet? 你的喇叭要用弱音器嗎?

活用 *adj.* **muter**, **mutest**

複數 **mutes**

活用 *v.* **mutes**, **muted**, **muted**, **muting**

mutely [`mjutlɪ] *adv.* 無言地，沉默地。

活用 *adv.* **more mutely**, **most mutely**

mutilate [`mjutl͵et] *v.* 使殘廢，截斷（手腳等）；使毀損；使支離破碎。

範例 He's in a wheelchair. His legs were **mutilated** in the war. 他的雙腳在戰爭中殘

M

廢了，因此靠輪椅代步．
The editor **mutilated** the novel by making several changes． 那位編輯把小說改得面目全非．

活用 *v.* **mutilates, mutilated, mutilated, mutilating**

mutilation [ˌmjutl`eʃən] *n.* (手腳等的) 截斷；毀損；支離破碎： The sight of all that death and **mutilation** made us sick. 看到這麼多屍體和缺手斷腳的人，我們感到很噁心．

複數 **mutilations**

mutineer [ˌmjutn`ɪr] *n.* 反叛者，叛變者．

複數 **mutineers**

mutinous [`mjutņəs] *adj.* ① 叛亂的，參與叛變的． ② 反抗的．

範用 ① **mutinous** soldiers 參與叛變的士兵．
② Tom had a **mutinous** look on his face. 湯姆的臉上露出了反抗的神色．

活用 *adj.* **more mutinous, most mutinous**

*****mutiny** [`mjutņɪ] *n.* ① 暴動，叛亂，反抗．
——*v.* ② 參加叛變，反抗 (against)．

範用 ① A **mutiny** has taken place on the ship. 那艘船上發生叛亂．
② The workers **mutinied** against management and took over the factory. 工人們反抗資方，並占領了工廠．

複數 **mutinies**

活用 *v.* **mutinies, mutinied, mutinied, mutinying**

*****mutter** [`mʌtɚ] *v.* ① 抱怨，發牢騷；隆隆作響．
——*n.* ② 抱怨，發牢騷．

範用 ① We heard the thunder **muttering** in the distance. 我們聽到遠處雷聲隆隆作響．
② The room was filled with angry **mutters** about the dismissals. 那個房間裡充斥著對解雇通知憤怒的抱怨聲．

活用 *v.* **mutters, muttered, muttered, muttering**

*****mutton** [`mʌtn] *n.* 羊肉．

片語 **as dead as mutton** 氣絕多時地．
mutton dressed as lamb 〖英〗打扮得年輕的中年婦女．

♦ **mútton chòp** 羊排．

*****mutual** [`mjutʃuəl] *adj.* ① 相互的． ② 共同的．

範用 ① We shared the house by **mutual** agreement. 我們彼此同意共用那棟房子．
② Jim is our **mutual** friend. 吉姆是我們共同的朋友．

mutually [`mjutʃuəlɪ] *adv.* 相互地： She knew it was possible that a good mother and a good wife were **mutually** exclusive. 她認為好母親和好妻子可能無法兼顧．

muumuu [`mu,mu] *n.* 穆穆姆《夏威夷的一種寬大連身裙》．

複數 **muumuus**

muzzle [`mʌzl] *n.* ① 口鼻部分《狗和馬等動物

[muzzle]

突出的口鼻部分）． ② (套在口鼻部分的) 口套，口絡． ③ 槍口，砲口．
——*v.* ④ 戴口套，戴口絡． ⑤ 扣制言論，迫使保持緘默．

範用 ② The man put a **muzzle** on the fierce dog. 那個男子為那隻兇猛的狗戴上口套．
④ We saw **muzzled** dogs in the cage. 我們看到那個籠子裡有被戴上口套的狗.《muzzled 作形容詞性》
⑤ The government **muzzled** the press. 政府扣制新聞自由．

複數 **muzzles**

活用 *v.* **muzzles, muzzled, muzzled, muzzling**

MVP [`ɛmˌvi`pi]《縮略》= most valuable player (最有價值球員)．

†**my** [maɪ] *pron.* ① 我的《I 的所有格》， 充電小站 (p. 834)）．
——*interj.* ② 哎呀《表示驚奇》．

範用 ① **My** father is a pianist. 我的父親是一位鋼琴家．
This is **my** friend Tom. 這位是我的朋友湯姆．
Do you mind **my** smoking? 我可以抽菸嗎?
Goodnight, **my** dear son, goodnight. 快去睡吧，我的好兒子．
② **My**, it's splendid! 哎呀，太好了!
Oh **my** God, the barn is burning! 天哪，倉庫著火了!

myelitis [ˌmaɪə`laɪtɪs] *n.* (醫學的) 脊髓炎．

mynah/myna [`maɪnə] *n.* 八哥《產於亞洲的一種大黑鳥，會模仿人類講話；亦作 mynah bird》．

複數 **mynahs/mynas**

myocarditis [ˌmaɪokɑr`daɪtɪs] *n.* (醫學的) 心肌炎．

myope [`maɪop] *n.* 近視者．

複數 **myopes**

myopia [maɪ`opɪə] *n.* 近視；目光短淺．

myopic [maɪ`ɑpɪk] *adj.* 近視的；目光短淺的．

myriad [`mɪrɪəd] *n.* 無數： There are **myriads** of tiny creatures in this water tank. 在這個貯水池裡有無數微小的生物．

複數 **myriads**

myrtle [`mɝtl] *n.* 愛神木，香桃木《桃金孃科常綠灌木，葉、花、果實散發芳香，用於喜慶，被視為愛之女神維納斯 (Venus) 的神木》．

複數 **myrtles**

†**myself** [maɪ`sɛlf] *pron.* 我自己《I 的反身代詞》．

範用 I know **myself**. 我瞭解我自己．
I did it **myself**. 我自己做的．

➡ 充電小站 (p. 834)

*****mysterious** [mɪs`tɪrɪəs] *adj.* ① 神祕的，難以理解的： I do not think Mona Lisa's smile is **mysterious**. 我不認為蒙娜麗莎的微笑很神祕． ② 似有隱情的，可疑的．

活用 *adj.* **more mysterious, most mysterious**

mysteriously [mɪs`tɪrɪəslɪ] *adv.* 不可思議地，

充電小站

must 與 have to

【Q】a. I must study English.
　　b. I have to study English.
　　c. I had to study English.

我們已經學過 a 和 b 表示一樣的意思，即「必須學英語」，另外，聽說如果想表達「那時必須」時，只有像 c 那樣使用 had to 的表達。為甚麼 must 沒有過去式呢？

【A】首先 a 和 b 並非含意相同。

must 表示「一定要做」、「務必讓我做」等強烈的心情。must 的作用就是表達這種強烈的心情，而沒有必要說明為甚麼那樣的理由，因此說 I must go. 時對方通常不會反問 Why，即使問也沒有必要說明理由。

但是如果說 I have to go，對方就會問 Why? 我也可以說明理由。

如果按照上面所說的，那麼 a 為「姑且不說理由，總之我一定要學」之意，而 b 為「我現在有個目標，並且從現在起向學英語這件事移動」，也就是說「由於周圍的其他情況，現在被逼得不得不學英語的狀態，而且亦可以說明理由」之意。

也就是說 must 表示「雖然說不出理由，但一定要做」的心情，而 have to, has to 則表示「由於某種的理由，我非做不可」的狀況。因此要表達現在的義務感有2種表達方法，區別在於能否說明理由。

▶ **must** 不需要有過去式

下面說明一下「must 沒有過去式」的理由。

實際上「must 不需要過去式」，因為 must 表示「非做不可」這種絕對的心情，所以<u>不需要過去式</u>。

過去式用於表示過去的心情或判斷。c 用 had，就表示「我那時有個學英語這個目標」之意，也就是「當時由於周圍的情況，我是被逼

得不得不學英語」。

d. The doctor told me I must stop smoking.
e. The doctor told me I had to stop smoking.

d 表示「醫生告訴我絕對要戒菸」之意。
e 則表示「醫生告訴我（當時）我要戒菸」之意。

過去必須做的事，如果認為現在仍然沒變就用 must，過去必須做的事，如果現在冷靜地回顧過去的話就用 had to。

【Q】關於下列4句想問個問題：
　　(1)You have to work.
　　(2)You do not have to work.
　　(3)You must work.
　　(4)You must not work.

從上面的說明我們知道 (1) 和 (3) 的含意不一樣，因為 have to 和 must 的意思不一樣，但是 (2) do not have to 為「沒有必要做」之意，而 (4) 的 must not 則為「不可以做」之意，do not have to 和 must not 為甚麼意思差那麼多？

【A】有關這個問題，只要確認一下 (1) 的 have to 和 (3) 的 must 的意義，馬上就會明白。

首先，have to work 為「（雖然沒有說，但因為某種條件或理由）從現在開始要做工作這一動作」，一譯成中文作作「必須工作」，但基本的意義為「從現在開始要做工作這一動作」。

這樣的話，(2) 的 do not have to work 中的 have 被否定了，也就是「沒有那件事情」。換句話說就是「不必工作」之意。

(3) You must work. 為「對你來說做工作 (work) 這一動作，不論理由為何，就是有義務 (must)」之意。這樣 (4) 的 must not work 就是「有義務<u>不做工作</u>」，結果就變成了「不可以工作」之意。

神祕地，難以理解地：When I first met the girl, she smiled **mysteriously**. 我第一次見到那個女孩時，她笑得很神祕.

活用 _adv._ **more mysteriously**, **most mysteriously**

***mystery** [`mɪstrɪ] _n._ ① 謎，神祕. ② 推理小說，偵探小說. ③ 祕密儀式.

範例 ① It is a **mystery** to me why he bought the old building. 我想不透他為甚麼要買那棟舊大樓.

The scientist told us about the wonderful **mysteries** of the universe. 那位科學家為我們講解令人驚奇的宇宙奧祕.

② Last week I read a **mystery** of Sherlock Holmes. 我上個禮拜看了一本夏洛克·福爾摩斯的推理小說.

◆ **mýstery tóur [tríp]** [英] 神祕之旅《不預先告知目的地的遊覽旅行》.

複數 **mysteries**

mystic [`mɪstɪk] _adj._ ① 神祕（主義）的.

── _n._ ② 神祕主義者.

複數 **mystics**

mystical [`mɪstɪk!] _adj._ 神祕（主義）的，超自然的.

活用 _adj._ **more mystical**, **most mystical**

mysticism [`mɪstə͵sɪzəm] _n._ 神祕主義《透過冥想和靈魂上的體驗以得到絕對真理與神人合一的想法》.

mystification [͵mɪstəfə`keʃən] _n._ 神祕化；困惑不解.

mystify [`mɪstə͵faɪ] _v._ 使神祕化，使困惑不解：The string of successive murders have **mystified** the police. 那一系列的連續殺人事件使警方大惑不解.

活用 _v._ **mystifies**, **mystified**, **mystifying**

mystique [mɪs`tik] _n._ 神祕高貴的氣氛，神祕感，奧祕：I'm impressed with the **mystique** of the world of high fashion in Paris. 巴黎高水準的時裝界所顯現出來的神祕高貴氣氛讓我印

M

充電小站

my 與 mine 的區別

【Q】我們學過 my 表示「我的」之意，而 mine 表示「我的東西」之意. 但我認為 That cap is mine. 亦可譯成「那頂帽子是我的」，究竟哪一種譯法正確？

【A】首先，我們將下面兩句作個比較：
This is my book. (這是我的書.)
This book is mine. (這本書是我的.)

my 和 mine 譯成中文均為「我的」之意，所以將 mine 譯成「我的」和「我的東西」均可.

這樣一來，可能你們會認為那我隨便使用哪一個都可以囉，其實並非如此. 究竟兩者的用法有甚麼區別呢？

實際上有以下規則：
「my 後面要接名詞，而 mine 後面不用接名詞」. 即 my 後面必須接名詞，如 my book 和 my bicycle 等，而省略名詞時要用 mine，如 Bob's bicycle is new, but mine is old. (鮑伯的自行車是新的，而我的(自行車)是舊的.) 中單獨的一個 mine 就可以作主詞或受詞等.

此規則亦適用於「你的」、「他的」、「她的」等場合.

我們將這一類的字列成一個表如下：

主格、受格	「～的」	
	所有格（後面接名詞）	所有代名詞（後不接名詞）
我	my	mine
你	your	yours
他	his	
她	her	hers
它	its	—
我們	our	ours
你們	your	yours
他們她們	their	theirs
the boy	the boy's	
John	John's	

從表中得知大多數的所有格只要在後面加上 -s 或 -'s 就可以形成「所有代名詞」. 但 my 為例外，必須特別注意.

另外，its 沒有「所有代名詞」的形式，所以 its 的後面必須要有名詞.

充電小站

-self

-self 為反身代名詞，表示「自己本身」之意，-self 的複數形為 -selves. 與 shelf 的複數形 shelves 一樣，請看下表：

(a) myself　　ourselves
　　yourself　　yourselves
(b) himself　　themselves
　　herself　　themselves
　　itself　　themselves

(a) 欄中的字前面有表示「所有格」的 my, our, your, (b) 欄中的字前面有表示「受格」的 him, her, it, them.

下列表中的粗體字後面可以接 -self 或 -selves：

	主格	受格		所有格	所有代名詞
我	I	me	我的	**my**	mine
你		you	你的	**your**	yours
我們	we	us	我們的	**our**	ours
他	he	**him**	他的		his
她	she	*her	她的	**her**	hers
它		**it**	它的		its	—
他們	they	**them**	他們的		their	theirs

也有 hisself 和 theirselves 的形式，但通常不使用，herself 中的 her 既為「所有格」，同時又是「受格」，你們會弄不清楚究竟是哪一種 her. 我們將它解釋為 * 標記處（受格）的 her，因為被 her 強行拉過去，所以就形成了 himself 和 themselves 等.

象深刻.

*myth [mɪθ] *n.* ① 神話，傳說 (☞ 充電小站 (p. 835)). ② 虛構的故事. ③ 虛構的人物.

範例 ① the Greek **myths** 希臘神話.

② He said a classless society was a **myth**. 他說沒有階級的社會根本是虛構的.

③ The dragon is a **myth**. 龍是虛構出來的動物.

複數 **myths**

mythical [ˋmɪθɪkl] *adj.* ① 神話的，傳說的. ② 虛構的.

活用 *adj.* **more mythical**, **most mythical**

希臘、羅馬神話

【Q】我在一些書中讀到「朱彼特為神話中的主神」，而在另一本書中卻寫有「宙斯為主神」，難道主神有2個嗎？

【A】「朱彼特 (Jupiter)」和「宙斯 (Zeus)」的確都是主神，但並非在同一神話中的2個主神，「朱彼特」為「羅馬神話」中的主神，而「宙斯」則為「希臘神話」中的主神。

神話是以神為中心的虛構故事，最初被人們口耳相傳，後來被文學家們所確立，講述與天地的形成和人類的起源有關的自然現象以及講述與文化和城市的起源等相關的社會現象均為諸神所造成的。例如，在希臘神話中是這樣講述宇宙起源的：

最初形成混沌 (chaos)，並從混沌中分離出心胸寬廣的女神蓋婭（大地，Gaea），然後誕生了艾若斯（愛，Eros）。不久蓋婭生出了與自己同樣大小的烏拉諾斯（天空，Uranus），並與烏拉諾斯結為宇宙中第一對夫妻，生出6男6女共12位泰坦神族 (Titans)。泰坦神族最小的兒子克洛諾斯 (Cronos) 曾拯救其母蓋婭，搶奪其父烏拉諾斯的王位。克洛諾斯與其姊妹麗婭 (Rhea) 結為夫妻，因得知自己的王位將被自己所生的子女所推翻，就將子女一一吞入腹中，想拯救孩子的麗婭就在克里特島 (Crete) 偷偷生下了宙斯，並把他扶養長大。成年後的宙斯迫使克洛諾斯吞服草藥，吐出眾兄弟。對父親懷有仇恨的宙斯及其居住在奧林帕斯山 (Olympus) 兄弟們向他們的父親克洛諾斯率領的泰坦神族開戰，歷經10年，宙斯最後獲得了勝利。奧林帕斯的諸神遂分配各自掌管的領域，宙斯掌管雷電雷雨和整個世界、波賽頓 (Poseidon) 掌管大海、黑底斯 (Hades) 掌管冥府（死者的世界）。

這就是希臘神話的開頭。伊卡羅斯 (Icarus) 的墜落和特洛伊 (Troy) 木馬的故事很有名，這也是希臘神話的一部分。另外，在希臘神話中還包括許多講述動植物和地名起源的故事。

另一方面，在羅馬自古以來所信的諸神漸漸地與希臘的諸神同化，羅馬神話有許多部分與希臘神話重疊，但對講英語的人民來說，拉丁語的羅馬神話比希臘語的希臘神話更能引起文化認同感，例如行星的名稱均源自羅馬諸神的

名字。

在羅馬神話和希臘神話中，相對應的神列舉如下：

〔羅馬諸神〕		〔希臘諸神〕	
（英語）	（中文）	（英語）	（中文）
Jupiter	朱彼特	Zeus	宙斯
《主神》			
Juno	朱諾	Hera	赫拉
《婚姻之神，Jupiter/Zeus 之妻，最高女神》			
Neptune	奈普頓	Poseidon	波賽頓
《海神》			
Pluto	普魯托	Hades	黑底斯
《冥府（地獄）之神》			
Apollo	阿波羅	Apollo	阿波羅
《太陽神，司掌音樂、詩歌、預言》			
Diana	戴安娜	Artemis	阿特米絲
《月神和狩獵之女神》			
Mars	馬爾斯	Ares	愛力士
《戰神》			
Minerva	密娜瓦	Athena	雅典娜
《智慧和藝術之女神》			
Mercury	麥丘里	Hermes	赫米斯
《商業和交通之神》			
Venus	維納斯	Aphrodite	愛芙羅黛蒂
《美與愛之女神》			
Vesta	維絲塔	Hestia	赫斯提
《爐灶之女神》			
Vulcan	弗爾坎	Hephaestus	赫菲斯托斯
《火和冶煉之神》			
Ceres	席瑞絲	Demeter	迪米特
《農業之女神》			
Bacchus	巴可斯	Dionysus	戴奧尼索斯
《酒神》			
Proserpina	普洛賽琵娜	Persephone	普賽鳳妮
《穀物和死亡之女神，Pluto/Hades 之妻》			
Saturn	賽騰	Cronos	克洛諾斯
《農神》			
Aurora	奧羅拉	Eos	愛奧斯
《黎明之女神》			
Cupid	邱比特	Eros	艾若斯
《愛神，Venus/Aphrodite 之子》			

mythological [ˌmɪθəˈlɑdʒɪkl] *adj.* ① 神話學的。② 神話的，神話般的《亦作 mythical》。

mythology [mɪˈθɑlədʒɪ] *n.* 神話，神話學《指多個神話 (myth) 組合而成的神話集或研究神話的學問》。 複數 **mythologies**

簡介字母 N 語音與語義之對應性

/n/ 在發音語音學上列為齒齦鼻音 (alveolar nasal). 發音的方式是雙唇微開，舌尖向上，抵住上齒齦，以阻礙氣流，同時軟顎低垂，堵住口腔的通道，讓氣流從鼻腔流出，振動聲帶，就產生 [n] 音. 在全世界的語言裡，唯一不可或缺的鼻音就是 [n] 音，可稱為鼻音之祖.

(1) 本義表示「鼻子或者與鼻子有關的動作或聲音」(action or sounds connected with the nose):
nose　n. 鼻子
nostril　n. 鼻孔
nasal　n. 鼻音；adj. 鼻的，鼻音的
nuzzle　v. 用鼻子磨擦
nib　n. (鳥的) 嘴《類似鼻子》
nozzle　n. 茶壺嘴；(軟管、栓管等的) 管嘴《類似鼻子》

(2) 世界上有許多種語言和方言的輔音用 [n] 音表示「無、否定」，因此可衍生出引申意義為「無、否定」:
no　adj. 沒有，無
not　adv. 不
never　adv. 決不，永不
none　pron. 沒有人，毫無
neither　pron. 兩者都不
naught　n. 零，無
nay　adv.《古語》否，不
nil　n. 無，零
nihilism　n. (哲學或神學的) 虛無主義
null and void　adj. (法律上) 無效的
denial　n. 否定，否認
negative　adj. 否定的

N《縮略》＝north (北，北方).

nab [næb] v. ① 逮捕，捉住 (犯人等): The man was **nabbed** for pickpocketing. 那個男子因扒竊東西被逮到. ② 猛然抓取，攫取.
〔活用〕v. **nabs**, **nabbed**, **nabbed**, **nabbing**

nag [næg] v. ① 嘮嘮叨叨地責罵；不斷地挑剔〔發牢騷〕；固執地糾纏.
——n. ②《口語》馬，駑馬.
〔範例〕① **Nagging** at her all the time doesn't help. 老是嘮嘮叨叨念她也沒有用.
John **nagged** his parents for a new bicycle until they gave in and bought one. 約翰不斷纏著父母買新腳踏車，直到他們讓步買給他.
Mr. Ward's persistent wife **nagged** him into going on an extended vacation. 瓦德先生那固執的太太嘮叨著要他延長假期.
〔活用〕v. **nags**, **nagged**, **nagged**, **nagging**
〔複數〕**nags**

*****nail** [nel] n. ① (手、腳的) 指甲. ② 釘子.
——v. ③ 用釘子釘牢. ④ 使固定；捉住.
〔範例〕① I always trim my **nails** with **nail** scissors. 我都用指甲剪剪指甲.
② Who drove the **nail** into that tree? 是誰把釘子釘在樹上的?
③ We **nailed** a shelf to the wall. 我們把架子釘牢在牆上.
④ My eyes were **nailed** to the screen. 銀幕吸引了我的目光.
〔片語〕**as hard as nails** 冷酷無情的.
drive a nail into ~'s coffin 毀滅～的生命〔希望〕.

hit the nail on the head 正中要害，一針見血.
nail down ① (用釘子) 釘牢，固定. ② 使明確表態〔承諾〕: Before you get on a taxi, **nail** the driver **down** to the fare. 在你搭乘計程車之前，要跟司機先講定車資.
on the nail 當場，立即，馬上: I will pay **on the nail**. 我會馬上付錢.
♦ **náil brùsh** 指甲刷.
náil file 指甲銼刀.
náil pòlish《美》指甲油 (《英》nail varnish).
náil scìssors 指甲剪.
〔複數〕**nails**
〔活用〕v. **nails**, **nailed**, **nailed**, **nailing**

*****naive/naïve** [nɑ`iv] adj. 幼稚的，天真的，不諳世事的；純真的，質樸的.
〔範例〕The little child was **naive** enough to believe what the man said. 那個小孩天真地相信了那個男子所說的話.
We smiled at the girl's **naive** remarks. 我們笑那個女孩想法太天真了.
〔活用〕adj. **more naive**, **most naive**

naively/naïvely [nɑ`ivlɪ] adv. 天真地，單純地，涉事未深地.
〔活用〕adv. **more naively**, **most naively**

*****naked** [`nekɪd] adj. 裸體的；無遮蓋物的；(房間) 無裝潢的.
〔範例〕They swam **naked** in the river. 他們在河裡裸泳.
a **naked** tree 一棵光禿禿的樹.
The only thing in the room was a **naked**

姓名 (name)

Thomas Stearns Eliot 這個人名中，Eliot 是「姓」，是 surname 或 family name，又因置於名字的後面，所以亦稱 last name.

Thomas 和 Stearns 是出生時父母所取的名字，為 given name，或者是出生不久在教堂受洗禮、成為教徒而取的名字，稱為 Christian name (教名).

given names 或 Christian names 與 last name 或 surname 相對，也稱為 first names，但是像 Thomas Stearns 這個名字，只有 Thomas 稱為 first name，Stearns 稱為 middle name (中間名). 再來看看 Oscar Fingal O'Flahertie Wills Wilde 這

個名字，Oscar 為 first name，而 Fingal, O'Flahertie 及 Wills 為 middle names. Oscar Fingal O'Flahertie Wills 為 given names 或 Christian names，亦可稱為 first names (名)，最後的 Wilde 則是 last name (姓).

將以上說明歸納如下：

given names, Christian names, first names

Oscar Fingal O'Flahertie Wills Wilde
first name   middle names   surname
family name
last name

---

electric bulb hanging from the ceiling. 房間裡只有從天花板垂下來，沒有燈罩的電燈泡.

Sirius can be seen with the **naked** eye. 天狼星可以用肉眼看到.

a **naked** room 未加以裝潢的房間.

the **naked** truth 赤裸裸的事實.

活用 adj. **more naked**, **most naked**

nakedly [ˋnekɪdlɪ] adv. 赤裸裸地，裸露地.

活用 adv. **more nakedly**, **most nakedly**

nakedness [ˋnekɪdnɪs] n. 裸體，裸露；缺乏(的狀態).

****name** [nem] n. ① 名字，名稱. ② 名義，名目；名聲.

—— v. ③ 命名. ④ 說出~的名字；指定.

範例 ① May I have your **name**, please? 請告訴我你的名字.

I've forgotten the **name** of the railroad station. 我忘記那個火車站的名稱.

Our principal knows all of us by **name**. 我們校長知道我們所有人的名字.

I met a man by the **name** of Brown yesterday. 昨天我遇到一個叫布朗的男子.

Stop in the **name** of the law! 停住！以法律之名.

Jack Jones has made a **name** for himself as a troublemaker. 傑克・瓊斯以惹是生非著稱.

William Sydney Porter wrote under the **name** of O. Henry. 威廉・錫德尼・波特用歐亨利這個名字發表著作.

Shakespeare is the greatest **name** in English literature. 莎士比亞是英國文學史上最偉大的作家.

② That restaurant has a **name** for good service. 那家餐館以優質的服務著稱.

People like you give libertarians a bad **name**. 像你這樣的人玷污了自由意志論者的名聲.

That country is independent in **name** only. 那個國家只是名義上獨立的國家.

③ What are you going to **name** your dog? 你要為你的狗取甚麼名字？

David was **named** after one of his great-grandfathers. 大衛的名字來自他的一位曾祖

父.

④ Can you **name** all of the chemical elements? 你能說出所有化學元素的名稱嗎？

The informant **named** several people in the mob. 告發者供出幫派中幾個人的名字.

Just **name** the day when you want to go to Disneyland. 你來指定想去迪士尼樂園的日期吧.

Smith was **named** as the next chairman of the committee. 史密斯被派任為下屆委員會的主席.

片語 **by name** ① 名字上. (⇒ 範例 ①) ② 名叫~的：He is our investment adviser, Miles Johnson **by name**. 他是我們的投資顧問，名叫邁爾斯・強森.

by the name of 以~之名；名叫. (⇒ 範例 ①)

call ~ names 辱罵，說人壞話：She got mad and started **calling** us **names** like nerd and geek. 她抓狂了並開始罵我們笨蛋、呆子.

in the name of 憑~的權威，以~的名義〔名目〕. (⇒ 範例 ①)

in the name of God 以神的名義：In the name of God, do something, doctor! 醫生，求求你，你就想想辦法吧！

name ~ ...after 以~(的名字)命名：I **named** my son David **after** my grandfather. 我以祖父的名字「大衛」為我兒子命名.

name names 指出(參與犯罪者的)名字.

the name of the game ① 最重要的事，重點. ② 內幕，實際狀況.

to ~'s name ~所擁有的：I didn't have a penny **to my name**. 我一毛錢也沒有.

under the name of 用~作名字〔筆名〕. (⇒ 範例 ①)

➡ (充電小站) (p. 837), (p. 839)

複數 **names**

活用 v. **names**, **named**, **named**, **naming**

nameless [ˋnemlɪs] adj. ① 無名的，名字不詳的：the work of a **nameless** poet 無名詩人的作品. ② 無以名狀的.

*__namely__ [ˋnemlɪ] *adv.* 也就是說，意即，換言之： This package tour goes to two of the islands—**namely** Maui and the Big Island. 這次的套裝旅遊行程會去其中的2個島，即毛伊島和夏威夷島.《the Big Island 是夏威夷島的別稱》

__namesake__ [ˋnem‚sek] *n.* 同名者，同名之物： These are my nephews: Ryan, Andrew, and my **namesake**. 這些是我的姪子，萊恩、安德魯、還有一個和我同名.
複數 namesakes

__nanny__ [ˋnænɪ] *n.* ① 保姆. ②〖英〗(小孩子口中的) 奶奶.
♦ __nánny gòat__ 母山羊.
複數 nannies

*__nap__ [næp] *n.* ① 小睡，(片刻的) 打盹. ②(呢絨布料或鞣皮的) 絨毛.
——*v.* ③ 小睡片刻，睡午覺.
範例 ① We always have a **nap** after lunch. 午餐後我們都會小睡一會兒.
③ The soldier was caught **napping**. 那個士兵一時大意被捉到了.
片語 __catch ～ napping__ 趁～不備，出其不意. (⇨ 範例③)
複數 ① naps
活用 *v.* naps, napped, napped, napping

__napalm__ [ˋnepɑm] *n.* 凝固汽油《將汽油變成膠狀，用於炸彈或火焰噴射器》： **napalm** bombs 凝固汽油彈.

__nape__ [nep] *n.* 頸背.
複數 napes

__napkin__ [ˋnæpkɪn] *n.* ① 餐巾. ②〖英〗尿布《亦作 nappy；〖美〗diaper》.
♦ __nápkin rìng__ 餐巾環《用來套住餐巾的金屬製小環》.
複數 napkins

__nappy__ [ˋnæpɪ] *n.* 《口語》〖英〗尿布《〖美〗diaper》： change **nappies** 換尿布.
複數 nappies

__narcissism__ [nɑrˋsɪs‚ɪzəm] *n.* 自戀(症).
參考 源於希臘神話中愛上自己的水中倒影以致溺死而化為水仙花的美少年納西瑟斯 (Narcissus).

__narcissist__ [ˋnɑrsɪsɪst] *n.* 自戀者.
複數 narcissists

__narcissus__ [nɑrˋsɪsəs] *n.* 水仙花《石蒜科水仙屬多年生草本植物》.
複數 narcissi/narcissuses

__narcotic__ [nɑrˋkɑtɪk] *n.* ① 麻醉劑，(非法的) 毒品.
——*adj.* ② 麻醉(性)的，催眠的. ③〔只用於名詞前〕麻醉(劑)中毒〔成癮〕的.
範例 ① An actress was arrested for carrying **narcotics**. 有一名女演員因攜帶毒品而遭到逮捕.
② The doctor used a **narcotic** drug. 那位醫生使用麻醉藥劑.
③ The president's daughter is said to be a **narcotic** addict. 據說總統的女兒吸毒成癮.

複數 narcotics
活用 *adj.* ② more narcotic, most narcotic

*__narrate__ [næˋret] *v.* 《正式》講述，敘說，說明： He **narrated** an unusual experience of his. 他講述了自己的一段不平凡的經歷.
發音 亦作 [ˋnæret].
活用 *v.* narrates, narrated, narrated, narrating

*__narration__ [næˋreʃən] *n.* ① 講述，敘述. ② 故事. ③(文法的) 敘述法《直接敘述法或間接敘述法等》.
範例 ③ direct **narration** 直接敘述(法). indirect **narration** 間接敘述(法).
複數 narrations

*__narrative__ [ˋnærətɪv] *n.* ① 故事，敘述，敘事《故事中對話以外用來說明故事內容的部分》. ② 說話方式，敘事技巧.
——*adj.* ③ 敘事體的. ④ 說話方式的，敘事的.
範例 ① a personal **narrative** 自述(故事).
③ a **narrative** poem 敘事詩.
narrative style 敘事體.
複數 narratives
活用 *adj.* ③ more narrative, most narrative

*__narrator__ [ˋnæretə] *n.* 講述者，敘說者.
發音 亦作 [næˋretə].
複數 narrators

*__narrow__ [ˋnæro] *adj.* ① 狹窄的；受限制的. ② 勉強的，些微之差的. ③《正式》嚴格的，精確的.
——*v.* ④(使)變窄；限制(範圍等).
——*n.* ⑤[～s] 海峽.
範例 ① This road is too **narrow** for cars. 這條道路太窄，車輛開不過去.
The scope of this report is too **narrow**. 這份報告涉及的層面太小.
② The prisoner made a **narrow** escape. 那名囚犯好不容易逃脫了.
The candidate won by a **narrow** majority. 那位候選人以些微的多數票勝選.
③ He made a **narrow** examination of the facts. 他對事實進行嚴密的調查.
④ This road **narrows** 500 meters ahead. 這條路在前方500公尺處變窄.
The lady **narrowed** her eyes. 那位婦人瞇起了眼睛.
The chief executive officer has **narrowed** down to four the sites for our new plant. 總經理已經將我們新廠用地縮至4處.
☞ ① ↔ wide
活用 *adj.* narrower, narrowest
活用 *v.* narrows, narrowed, narrowed, narrowing
複數 narrows

*__narrowly__ [ˋnærolɪ] *adv.* ① 差一點，勉強地. ② 嚴密地，精細地.
範例 ① The cat **narrowly** escaped being run over by the bus. 那隻貓差點被公車輾過.
② He examined the evidence **narrowly**. 他仔細檢視證據.

（充電小站）

姓氏 (family name)

【Q】英美人士的姓氏中，有來自職業、自然界等的嗎?

【A】有，分類介紹如下:

▶ 來自職業

Baker	（麵包師傅）
Carpenter	（木匠）
Carter	（馬車夫）
Chaplin	(→ chaplain 牧師)
Clark	(→ clerk 書記員，辦事員)
Cooper	（製桶匠）
Faulkner	（飼鷹者）
Fisher	（漁夫）
Gardener	（園丁）
Leach, Leech	（醫生）

《leech 是水蛭，早期用來吸血療傷》

Mason	（石匠）
Miller	（磨坊工人）
Slaughter	（屠夫）
Smith	（鐵匠）
Stewart	（管家，house guardian）
Taylor	（裁縫）
Thatcher	（葺屋匠）
Webster	（紡織工人）

▶ 來自自然界

Banks	（堤岸）
Brook	（小河）
Bush	（灌木）
Castle	（城堡）
Churchill	（教會＋山丘）church＋hill
Ford	（淺灘）
Hill	（山丘）
Holme/Holmes	(→ holm 河中的小島)
Lincoln	（湖區）lake＋colony
Meadow	（草原）
Shaw	（小灌木林，小樹林）
Wood	（樹林）
-ford	（淺灘）:

　　Bradford (broad＋ford), Clifford (slope＋ford), Stanford (stone＋ford)

-ton（「城鎮」town，「包圍」enclosure）:
Hilton (hill ＋ town), Milton (middle ＋ town), Newton (new＋town)

-well（泉）: Blackwell, Cromwell (bent, crooked「彎曲的」＋well)

▶ 來自顏色

Brown
White
Gray
Green

其他還有 East, West, Short, Little, Fox, Armstrong 等各類姓氏.

▶ 姓氏與出身地的關係

從姓氏可以推測出其祖先的出身地，分類如下:

(1) -son（～的兒子）以此結尾的姓屬於英格蘭系，如:
Johnson, Anderson, Wilson, Thompson《同北歐人姓氏中常見的 -sen (Andersen, Ibsen)》

(2) Mac-/Mc-（～的兒子）以此開頭的姓屬於蘇格蘭系，如:
MacDonald, MacArthur, MacBeth

(3) O'- (Of) 以此開頭的姓屬於愛爾蘭系，如:
O'Brien, O'Neill, O'Conner, O'Hara
法語的 de (de Gaulle 戴高樂)
德語的 von (von Goethe 歌德)
義大利語的 da (da Vinci 達文西)
荷蘭語的 van (van Gogh 梵谷)

(4) -s（～的）以此結尾的姓屬於威爾斯系，如:
Adams, Jones, Collins, Harris

(5) -stone（多岩石的地方）以此結尾的姓屬於蘇格蘭系，如:
Livingstone, Gladstone

(6) -man/-mann 以此結尾的姓屬於德國、荷蘭系，如:
Newman, Bergmann, Whitman

其他的如 Fitz- 來自法語 filus (兒子)，是盎格魯撒克遜時代出現的姓氏，有 Fitzgerald, Fitzsimmons 等. 另外在阿拉伯、希伯來語系名字中的 Ibn-Saud, Benjamin 等的 Ibn-, Ben- 也是「～的兒子」之意.

活用 adv. more narrowly, most narrowly

narrow-minded [`næro`maɪndɪd] adj. 度量小的，心胸狹窄的.

活用 adj. more narrow-minded, most narrow-minded

narrowness [`næronɪs] n. 窄小，狹窄.

NASA [`næsə]《縮略》＝National Aeronautics and Space Administration (美國國家航空及太空總署)

nasal [`nezl] adj. ① 鼻子的. ② 鼻音的: Tom spoke in a **nasal** voice. 湯姆講話帶有鼻音.
——n. ③ 鼻音.

活用 adj. ② more nasal, most nasal

複數 nasals

*****nasty** [`næstɪ] adj. ① 令人不快的，令人厭惡的. ② 卑鄙的，惡毒的. ③ 難應付的，難處理的; 重大的，嚴重的.

範例 ① **nasty** weather 惡劣的天氣.
This soup tastes **nasty**. 這湯很難喝.
② a **nasty** question 惡意的問題.
Don't be **nasty** to my friends. 別對我的朋友不友善.
③ Three people were killed in that **nasty** accident. 在那起重大的意外事故中有3個人喪生.

活用 adj. nastier, nastiest

*nation [ˋneʃən] *n.* ① 國家. ② 全體國民. ③ 民族，種族.
[範例] ① an advanced **nation** 先進國家.
a developing **nation** 開發中國家.
the United **Nations** 聯合國.
the League of **Nations** 國際聯盟.
② the Chinese **nation** 中國國民.
③ the entire Apache **nation** 全阿帕契族.
[複數] **nations**

*national [ˋnæʃən!] *adj.* ① 國家的. ② 國立的，國有的，國定的. ③ 國民的. ④ 全國(性)的，國家[國民]全體的.
——*n.* ⑤ (特定國家的) 國民.
[範例] ① a **national** flag 國旗《☞ (充電小站) (p. 841)》.
a **national** flower 國花.
the **national** government 中央政府.
② a **national** university 國立大學.
the **National** Railways 國有鐵路.
The tenth of October is a **national** holiday in Taiwan. 10月10日在臺灣是國定假日.
③ gross **national** product 國民生產毛額.
④ a **national** newspaper 全國性的報紙.
a **national** election 全國大選.
⑤ British **nationals** in Spain 在西班牙的英國人.
☞ ④ ↔ local
♦ **nàtional ánthem** 國歌.
nàtional hóliday ① 國定假日. ② (英美的) 法定假日《『美』legal holiday (法定假日); 『英』bank holiday (銀行休假日)》.
nàtional párk 國家公園.
nàtional sérvice 『英』徵兵(制)《現已廢除; 『美』draft, selective service》.
[複數] **nationals**

nationalisation [ˌnæʃən!aɪˋzeʃən] =*n.* 『美』 nationalization.

nationalise [ˋnæʃən!ˌaɪz] =*v.* 『美』 nationalize.

*nationalism [ˋnæʃən!ˌɪzəm] *n.* ① 國家主義，愛國主義. ② 民族獨立主義.

nationalist [ˋnæʃən!ɪst] *n.* ① 國家主義者，愛國主義者. ② 民族獨立主義者.
[複數] **nationalists**

*nationality [ˌnæʃənˋælətɪ] *n.* ① 國籍. ② 國家的獨立(性)，國家的地位. ③ 民族; 國民; 國家.
[範例] ① What is your **nationality**? 你是甚麼國籍?
② Niger won **nationality** in 1960. 尼日於1960年獨立.
③ people of all **nationalities** 世界各國的人們.
[複數] **nationalities**

nationalization [ˌnæʃən!aɪˋzeʃən] *n.* ① 國有〔國營〕化. ② 全民化，全國普及.

nationalize [ˋnæʃən!ˌaɪz] *v.* ① 使國有化，使國營化. ② 使成為獨立國家. ③ 使全國化，使普及全國.
[活用] *v.* **nationalizes**, **nationalized**, **nationalized**, **nationalizing**
☞ privatize (使民營化)

nationally [ˋnæʃən!ɪ] *adv.* ① 作為國家地. ② 全國性地.

nationwide [ˋneʃənˌwaɪd] *adj.*, *adv.* 全國的〔地〕.
[範例] The opposition party launched a **nationwide** campaign against the new tax bill. 反對黨在全國展開反對新稅法的運動.
That TV program was broadcast **nationwide**. 那個電視節目在全國各地播放.

*native [ˋnetɪv] *adj.* ① 土生土長的，本地的，當地的; 原產的; 天賦的，天然的. ② 出生地的，故鄉的，祖國的.
——*n.* ③ 本地人，當地人; 當地產的動〔植〕物.
[範例] ① His **native** language is English. 他的母語是英語.
We are looking for a **native** speaker of French. 我們在找一個以法語為母語的人.
The old man is a **native** Texan. 那個老人是德州當地人.
George has a **native** ability in writing. 喬治有寫作的天賦.
Koalas are **native** to Australia. 無尾熊原產於澳洲.
② The singer was very popular in his **native** Canada. 那個歌手在他的故鄉加拿大很受歡迎.
③ The teacher was a **native** of London. 那位老師是倫敦人.
♦ **Nàtive Américan** 美洲原住民.
[複數] **natives**

nativity [nəˋtɪvətɪ] *n.* ① 〔正式〕出生，誕生. ② 〔N~〕耶穌·基督的誕生; 聖誕(節). ③ 〔N~〕耶穌·基督誕生圖.
[複數] **nativities**

NATO [ˋneto] 〔縮略〕=North Atlantic Treaty Organization (北大西洋公約組織).

*natural [ˋnætʃərəl] *adj.* ① 自然的，天然的; 當然的，必然的. ② 本性的，天生的.
——*n.* ③ 有天賦的人，天才. ④ (音樂的) 本位音(符號)(♮).
[範例] ① A thriving town sprang up around the **natural** harbor. 城鎮圍繞著那個天然港口蓬勃發展起來.
He died of **natural** causes. 他壽終正寢.
It was **natural** for him to get cold feet on the day of the final. 決賽那天他會怯場是很自然的事.
"How should I stand for the picture?" "I don't care. Just look **natural**." 「拍照時我該怎麼站才好?」「隨便，看起來自然就可以了.」
② He is a **natural** musician. 他是一個天才音樂家.
Looking on the bright side is **natural** to him. 他天性樂觀.
③ The team scout found a sensational pitcher —a **natural**. 那個球隊的球探找到了一位出

國旗 (national flag)

　　嚴格說來，18世紀以後國旗才成為國家的象徵，「旗子」原本是在戰場上區分敵我使用的. 表示特定軍隊的旗子在十字軍東征時轉變為「國旗」. 從歐洲各地集結而來的基督教軍隊使用各種相異的十字作為象徵，以此互相識別及確認.

　　現今，瑞士、斯堪的那維亞諸國仍使用十字架圖案作為國旗的基圖.

《各國的國旗》

美國

稱為 the Stars and Stripes (星條旗)，由紅白相間的13條條紋 (紅7條、白6條) 表示獨立時的13州，而50顆星表示現在的50州.

英國

稱為 the Union Jack (聯合王國國旗). ① 英格蘭使用白底紅十字 (守護聖喬治的十字架)；② 蘇格蘭使用藍底白色 X 形的十字 (守護聖安德魯的十字架)；③ 愛爾蘭使用白底紅色的 X 形十字 (守護聖派屈克的十字架).

法國

稱 為 Tricolore (three colors，三色旗)，於法國大革命時確定. 藍、白，紅3色分別代表法國大革命時「自由」、「平等」、「博愛」3種精神.

巴西

巴西脫離葡萄牙獨立 (1822年) 之後，於1889年11月建立第一共和，並制定了國旗，巴西聯邦共和國於是誕生. 綠底加黃色菱形是原有的，中央的天體代表1889年11月15日8點30分里約熱內盧的天空.

新加坡

紅色代表世界友愛和人類平等，白色代表永遠的潔淨與美德，5顆星象徵著在民主、和平、進步、公平、平等理想照耀下的年輕國民.

印尼

紅色代表勇氣，白色代表著聖潔的心和真實.

澳大利亞

左上方的英國國旗表示屬於大英國協，左下方的大7角星表示澳大利亞聯邦 (6個省和一個半自治地區)，右半部則為南十字星的形狀.

中國

底部的紅色表示革命，大星代表共產黨，4顆小星代表工人、農民、城市資本家和民族資本家，而整體表示在中國共產黨領導下的人民大團結.

色的投手，可說是個天才.

[片語] **come natural to** 輕而易舉的，天生就具備的《亦作 come naturally to》: Hamming it up **comes natural to** Sue. 作誇張的表演對蘇而言輕而易舉.

◆ **nàtural gás** 天然氣.
nàtural hístory 博物學《植物學、動物學、礦物學等的總稱》.
nàtural resóurces 天然資源.

[活用] _adj._ **more natural, most natural**
[複數] **naturals**
naturalisation [͵nætʃərələ'zeʃən]＝n. 〖美〗 naturalization.
naturalise [ˋnætʃərəl͵aɪz]＝v. 〖美〗 naturalize.
naturalist [ˋnætʃərəlɪst] _n._ ① 博物學家. ② 自然主義者.
[複數] **naturalists**
naturalization [͵nætʃərələˋzeʃən] _n._ ① 入籍，歸化. ②(動植物等的) 移植.
[參考] 〖英〗 naturalisation.

naturalize [ˋnætʃərəl͵aɪz] _v._ ① 使歸化，給與公民權. ② 移植；採用 (外國文化、語文等).
[範例] ① A lot of people from abroad are **naturalized** in the US every year. 每年有許多外國人入美國籍.
② The word "show" has been **naturalized** in Chinese. "show" 這個字已經被中文吸收了.
[參考] 〖英〗 naturalise.
[活用] _v._ **naturalizes, naturalized, naturalized, naturalizing**

*__naturally__ [ˋnætʃərəlɪ] _adv._ ① 自然地. ② 天生地. ③ 必然地，理所當然地.
[範例] ① You should behave more **naturally**. 你應該表現得更自然些.
② He is **naturally** good with his hands. 他天生手巧.
③ **Naturally** she got angry when her husband forgot her birthday. 他丈夫忘了她的生日，她當然生氣了.
"Did you get to the station on time?"

"**Naturally.**"「你準時到達車站了嗎?」「當然了.」

片語 **come naturally to** 輕而易舉，天生就會《☞ come natural to》.

活用 adv. **more naturally, most naturally**

**nature [`netʃə·] n. ① 自然(界). ② 本性，天性. ③ 種類；特性，性質. ④ 生理需求；身體；體力.

範例 ① the wonder of **nature** 自然的奧妙.
the laws of **nature** 自然法則.
the beauties of **nature** 自然界的美.
② It's not in her **nature** to hurt others. 她生性不願傷害別人.
Unfortunately, it's only human **nature** to be aggressive sometimes. 不幸的是，人類的侵略性有時是出於本性.
③ Problems of this **nature** must be dealt with promptly. 這類的問題必須立即處理.
What's the **nature** of this new spray-on paint? 這種新噴漆是甚麼性質的?
④ the call of **nature** 有尿意或便意.

片語 **against nature** 違反自然的，違反常理的.
by nature 天生地，本來地.
in a state of nature ① 在未開化的狀態下. ② 裸體的，赤裸的.
in the nature of things 理所當然地，必然地.
let nature take its course 順其自然.
true to nature 逼真的，維妙維肖的.

複數 **natures**

naught [nɔt] = n. nought ②.

naughtily [`nɔtɪlɪ] adv. 頑皮地，不聽話地.

活用 adv. **more naughtily, most naughtily**

*naughty [`nɔtɪ] adj. ① 頑皮的，不聽話的，調皮搗蛋的. ② 猥褻的，淫穢的.

範例 ① Stop pulling my hair, you **naughty** boy! 別拉我的頭髮，你這個頑皮的小孩!
It was rather **naughty** of you to cheat at cards. 你打牌作弊，真不老實.
② Tom told us a **naughty** joke. 湯姆跟我們講了一個猥褻的笑話.

活用 adj. **naughtier, naughtiest**

nausea [`nɔzə] n. 噁心，反胃: When I came into the room, I felt some **nausea**. 我一走進那個房間就覺得反胃.

nauseate [`nɔzɪˌet] v. (使)作嘔，(使)噁心；(使)嫌惡: The girl was **nauseated** by the sight of the accident. 那個女孩目睹那場意外事故後一直反胃.

活用 v. **nauseates, nauseated, nauseated, nauseating**

nauseous [`nɔzəs] adj. ① 令人作嘔的，令人噁心的. ② 極度厭惡的.

範例 ① The book was full of **nauseous** photos of automobile accidents and their victims. 那本書裡盡是一些車禍及其受害者的噁心照片.
② She felt **nauseous**. 她感到極度厭惡.

活用 adj. **more nauseous, most nauseous**

nautical [`nɔtɪkl] adj. 船舶的；船員的；航海的.

♦ **nàutical míle** 浬《海上距離單位，約1,852公尺，亦作 sea mile》.

*naval [`nevl] adj. 海軍的；軍艦的.

範例 a **naval** port 軍港.
a **naval** officer 海軍軍官.

nave [nev] n. 教堂的正廳〔中堂〕《教堂的中央部分，有聽眾席(pew)之處》.

複數 **naves**

navel [`nevl] n. 肚臍；中心(點).

♦ **nável orànge** 臍橙《其花蒂像肚臍》.

複數 **navels**

navigable [`nævəgəbl] adj. ① (河、海等)可航行的，適於行船的. ② (船、飛機等)可駕駛的，可航行的.

範例 ① This canal is **navigable** for big ships. 這條運河可容納大型船隻航行.
② a **navigable** raft 可操控的木筏.

*navigate [`nævəˌget] v. ① 操縱，駕駛(船、飛機等). ② 航行，飛行. ③ (在交通工具內為駕駛者)提供指示.

範例 ② The ship **navigated** the Pacific Ocean. 那艘船曾在太平洋上航行.
③ My wife **navigates** when I'm driving. 我開車時妻子為我指路.

活用 v. **navigates, navigated, navigated, navigating**

navigation [ˌnævəˋgeʃən] n. ① 航行，航海: **Navigation** is difficult in winter because of ice floes. 冬季因為有浮冰，所以航行困難. ② 航海術，航空術.

navigator [`nævəˌgetə·] n. ① (飛機、船等的)領航員. ② 為駕駛者提供指示者.

複數 **navigators**

*navy [`nevɪ] n. ① 海軍. ② 海軍艦隊.

範例 ① My brother is in the **navy**. 我哥哥在海軍服役.
the Royal **Navy** 英國皇家海軍.
the Department of the **Navy**《美》海軍部.

♦ **nàvy blúe** 深藍色《英國海軍制服的顏色》.

複數 **navies**

nay [ne] adv. ①《正式》不，否.
—— n. ② 拒絕，反對，否決. ③ 反對票；投反對票者.

範例 ① I feel, **nay**, I am sure that he will understand what you say. 我覺得，不，我確信他會瞭解你所說的.
② The authorities made some suggestions but the hijacker said **nay**. 當局提出一些建議，但那個劫機犯拒絕接受.
③ The **nays** outnumbered the yeas. 反對票多於贊成票.

♦ **the yèas and náys** 贊成(票)與反對(票).

複數 **nays**

Nazi [`natsɪ] n. ① 納粹黨員. ② 納粹黨.

複數 **Nazis**

N.C.O. [`ɛnˋsiˋo]《縮略》= noncommissioned

officer（士官）.

***near** [nɪr] *adv.* ① 不遠，近.

—*prep.* ② 接近，靠近；在～的附近.

—*adj.* ③ 接近的，附近的，不遠的；親近的，親密的. ④ 近似的，相似的. ⑤ 左邊的，左側的.

—*v.* ⑥ 接近.

範例 ① She stood **near** enough to see the picture clearly. 她站得夠近，能清楚看到那幅畫.

When I locked the gate, a car drew **near**. 我鎖上門後，一輛車開了過來.

He lived the **nearest** to the school. 他住得離學校最近.

That company's come **near** to bankruptcy. 那間公司瀕臨破產.

I came **near** to cutting myself when shaving. 我刮鬍子的時候差點割到自己.

② He moved the chair **near** the wall. 他把那張椅子移到牆邊.

Don't come **near** my dog. It bites. 別靠近我的狗，牠會咬人.

He lived alone in the house **near** the old castle. 他獨自住在古堡附近的房子裡.

The festival reached a peak **near** midnight. 那個慶典在接近午夜時達到高潮.

The unemployment rate climbed to **near** 3.5 percent. 失業率幾乎攀升到3.5%.

I don't like to be **near** her; she talks too much. 我不喜歡接近她，她話太多了.

③ The post office is **near** to my house. 郵局就在我家附近.

We got as **near** to the truth as possible. 我們已盡可能去瞭解真相.

Where's the **nearest** gas station? 最近的加油站在哪裡?

It is 100km to the **nearest** town. 最近的城鎮距離這裡100公里.

The champ is beyond the reach of his **nearest** challenger. 衛冕者遙遙領先最接近的挑戰者.

What are you going to do in the **near** future? 不久的將來你打算做甚麼?

He attended the funeral for a **near** relative. 他參加了一個近親的喪禮.

This statue is not lifesize, but pretty **near**. 那座雕像並非按實物尺寸，但十分接近.

④ He aimed at the target and fired, but the shot was a **near** miss. 他瞄準目標射擊，差一點就命中了.

The two airplanes had a **near** miss over New York. 那兩架飛機在紐約上空險些相撞.

The accident was a **near** disaster. 那場意外事故簡直是一場災難.

There are a lot of cherry trees on the **near** bank of the river. 附近的河岸上有許多櫻桃樹.

⑤ the **near** wheels of a car 汽車的左輪.

⑥ The day of our departure **neared**. 我們出發的日子逼近了.

He slowly **neared** her from behind. 他從後方慢慢接近她.

That project is **nearing** completion. 那項計畫快完成了.

片語 ***near at hand*** 在身邊，在眼前，近在咫尺：Summer vacation is **near at hand**. 暑假就要到了.

♦ **near miss**（射擊等）差一點命中；（飛機等）異常接近，幾乎相撞；功虧一簣之事.（⇨ 範例 ④）

the Near East 近東（地區）《包括巴爾幹半島、伊朗以西的亞洲諸國及埃及地區》.

活用 *adv.*, *prep.*, *adj.* ① ② ③ ④ **nearer**, **nearest**

活用 *v.* **nears**, **neared**, **neared**, **nearing**

nearby [`nɪr`baɪ] *adj.* ① 附近的，鄰近的.

—*adv.* ② 在附近，在近處.

範例 ① Nottingham and **nearby** towns still remain vividly in his mind. 諾丁罕及其附近城鎮依然清晰地映在他腦海中.

② My uncle lives **nearby**. 我叔叔住在附近.

***nearly** [`nɪrlɪ] *adv.* 幾乎，差點.

範例 I was **nearly** one hour late for the meeting. 我開會遲到了快一個小時.

Her grandmother is **nearly** ninety. 她祖母將近90歲.

The construction of the bridge has **nearly** finished. 那座橋的建造即將完工.

He's **nearly** always joking. 他幾乎總是在開玩笑.

The United States is **nearly** as large as China. 美國幾乎和中國一般大.

He was very **nearly** knocked out. 他幾乎被擊倒.

Her wage is not **nearly** enough to feed her two children. 她的薪資絕對不夠用來扶養兩個孩子.

nearness [`nɪrnɪs] *n.*（空間、時間等）接近；（關係等）親近，密切.

nearside [`nɪr͵saɪd] *adj.*《英》（汽車、道路等）左側的：the back **nearside** tire of a car 汽車的左後輪.

☞ ↔ offside

near-sighted [`nɪr`saɪtɪd] *adj.* 近視（眼）的：She is **near-sighted** and wears glasses. 她近視，而戴著眼鏡.

活用 *adj.* **more near-sighted**, **most near-sighted**

***neat** [nit] *adj.* ① 整潔的，整齊的. ②《口語》《美》絕妙的，美好的. ③《口語》（酒）沒加水〔冰塊〕的，純的.

範例 ① John's room is usually **neater** than Mary's. 約翰的房間通常比瑪麗的整潔.

The lawyer is **neat** in appearance. 那位律師

衣著整齊.

② He made a **neat** job of accounting. 他做會計很出色.

That's a **neat** idea. 那是一個好主意.

③ The woman drank whisky **neat**. 那個女子喝純威士忌.

活用 *adj.* **neater**, **neatest**

neatly [`nitlɪ] *adv.* 整潔地, 整齊地: The young man was **neatly** dressed. 那個年輕人衣著整齊.

活用 *adv.* **more neatly**, **most neatly**

neatness [`nitnɪs] *n.* 整潔, 整齊; 巧妙, 精巧.

nebula [`nɛbjələ] *n.* 星雲《星際間氣體或塵埃集結而成的雲霧, 常在夜空裡形成發亮的雲朵》.

發音 複數形 nebulae [`nɛbjə,li]

複數 **nebulae/nebulas**

necessarily [`nɛsə,sɛrəlɪ] *adv.* 必要地, 必然地, 必定.

範例 War **necessarily** causes death. 戰爭必然帶來死亡.

A computer is not **necessarily** useful. 電腦不一定有助益.

***necessary** [`nɛsə,sɛrɪ] *adj.* ① 必要的, 必需的, 不可缺少的. ② 必然的, 必定的, 不可避免的.

—— *n.* ③ 必需品, 必要之物.

範例 ① Gasoline or some other fuel is **necessary** for running an engine. 汽油或其他燃料對發動引擎是必要的.

Good sleep is **necessary** to health. 良好的睡眠對健康是必要的.

It is **necessary** for her to learn Spanish. 她必要學習西班牙語.

It is **necessary** that you come here right away. 你必須馬上過來這裡.

I will call him, if **necessary**. 若有必要, 我會打電話給他.

You should take all the **necessary** precautions for the typhoon. 你應該採取一切必要措施以因應颱風來襲.

② Unwanted pregnancy and sexually transmitted diseases are the **necessary** consequences of continual unprotected sex. 不希望有的懷孕和性病是一再無保護措施的性行為所導致的必然結果.

♦ **nècessary condítion** 必要條件.

nècessary évil 不可避免的弊害.

複數 **necessaries**

***necessitate** [nə`sɛsə,tet] *v.* 使成為必要.

範例 This disease **necessitates** an operation. 這個病必須要動手術.

The plane crash **necessitated** the postponement of the conference. 飛機墜毀使得大會不得不延期.

活用 *v.* **necessitates**, **necessitated**, **necessitated**, **necessitating**

***necessity** [nə`sɛsətɪ] *n.* ① 必需, 必要 (性).

② 必需品, 必要的東西.

範例 ① Is there any **necessity** of hurrying? 有必要這麼匆忙嗎?

She sold her diamond ring by **necessity**. 她不得已賣了她的鑽戒.

② Food, clothing and shelter are **necessities** of life. 食、衣、住是生活所必需的.

片語 **by necessity/of necessity/out of necessity** 不得已地, 必然地. (⇨ 範例 ①)

複數 **necessities**

***neck** [nɛk] *n.* ① 頸, 脖子. ② (羊等的) 頸肉. ③ (衣服的) 領圈, 領子. ④ (瓶子的) 頸, (弦樂器的) 頸部. ⑤ 海峽, 地峽.

—— *v.* ⑥ (摟著對方的脖子) 擁吻.

範例 ① Ann was wearing a scarf around her **neck**. 安娜脖上圍著一條圍巾.

I have a stiff **neck**. 我的脖子僵硬了.

② How do you cook the **neck** of mutton? 你怎麼烹調羊頸肉?

③ The shirt has a round **neck**. 這件襯衫是圓領的.

片語 **breathe down ~'s neck** ① 嚴格監視. ② 緊跟在~的後頭, 逼近~的背後.

get it in the neck 受到嚴厲的懲罰〔斥責〕, 大吃苦頭.

neck and crop 徹底地, 完全地.

neck and neck 不分勝負地, 勢均力敵地.

neck or nothing 孤注一擲地.

stick ~'s neck out 自找麻煩, 招惹禍端.

up to ~'s neck 深深陷入地.

複數 **necks**

活用 *v.* **necks**, **necked**, **necked**, **necking**

necklace [`nɛklɪs] *n.* 項鍊, 頸飾.

字源 neck (頸) ＋ lace (花邊, 帶子)

複數 **necklaces**

necktie [`nɛk,taɪ] *n.* 領帶.

複數 **neckties**

nectar [`nɛktɚ] *n.* ① 神酒《希臘神話中神的飲料, 據說有長生不老的功效》. ② 花蜜. ③ 甘美的飲料, 瓊漿玉液.

範例 ② Bees collect **nectar** in our garden. 蜜蜂在我們的花園裡採蜜.

③ He's tasting the **nectar** of success. 他正品嘗著成功的甜美滋味.

née [ne] *adj.* 本姓的: Mrs. Smith, **née** Brown 史密斯夫人, 本姓布朗.

***need** [nid] *aux.* ① 需要〔必須〕做. ② 本來可以不做《need not have ＋ 過去分詞》.

—— *v.* ③ 需要, 必須.

—— *n.* ④ 需要, 必須. ⑤〔~s〕需求, 需要之物, 必需品. ⑥ 窮困, 貧乏; 缺少.

範例 ① You **needn't** tell him what's happened. 你不必告訴他發生了甚麼事.

He asked whether he **need** help her. 他問她是否需要幫助.

If you want it to work, you **need** only push this button. 如果你要啟動它, 只須按這個按鈕.

You **need** hardly go to so much trouble for my

sake. 你不用為我這麼麻煩.

② He **need**n't have bought that book. 他沒必要買那本書.

She **need**n't have been worried so much. 她用不著如此擔心.

Need he have come here right away? 他有必要立即到這裡來嗎?

③ Babies **need** a lot of sleep, but adults don't. 嬰兒需要大量睡眠, 但成人不需要.

Do you **need** any help? 你需要幫助嗎?

He **need**ed crutches to walk. 他需要靠拐杖行走.

All we **need** is her approval. 我們所需要的只是她的同意.

I may **need** your help. 我可能需要你的幫助.

Medical aid is urgently **need**ed in the stricken area. 災區急需醫療援助.

We **need** to get some more evidence. 我們需要再多蒐集一些證據.

That door doesn't **need** opening by hand—it's automatic. 那扇門不需用手開, 它是自動的.

She didn't **need** to call him—they met at the party. 她不需要打電話給他, 他們在那場晚會上碰面了.

What you two **need** to do is talk frankly to each other. 你們兩個要做的就是坦誠對談.

Orphans **need** to be taken good care of. 孤兒需要細心照顧.

Will we **need** to walk another mile? 我們還要再走一哩嗎?

④ The principal recognized a **need** for new school rules. 校長承認有必要制定新的校規.

This house is in **need** of repairing. 這棟房子需要整修了.

She felt a **need** to get more information. 她覺得有必要獲得更多的資訊.

There's no **need** for you to take risks. 你不需要冒險.

That country has no **need** of foreign help. 那個國家不需要外援.

⑤ The government failed to satisfy the **need**s of the middle class. 政府無法滿足中產階級的需求.

We must meet the educational **need**s of children. 我們必須因應孩子受教育的需求.

We have all sorts of baby's **need**s. 我們有各種嬰兒用品.

⑥ The volunteers fed people in **need**. 那些志工為窮人們提供食物.

[活用] *v.* **needs, needed, needed, needing**
[複數] **needs**

needful [`nidfəl] *adj.* 需要的, 必要的: The woman at the real estate agency said she would do whatever was **needful**. 那位房地產公司的女仲介說她會辦妥一切必要的事.

***needle** [`nidl] *n.* ① 針, 縫衣針. ② 注射針; 唱針; 儀表指針. ③ 針狀葉.
[複數] **needles**

***needless** [`nidlıs] *adj.* 不需要的, 不必要的.

[範例] Ryan's wasting his time doing **needless** things. 萊恩把時間都浪費在不必要的事物上.

Needless to say, the game was called off on account of rain. 不用說, 那場比賽因雨取消了.

needlessly [`nidlıslı] *adv.* 不必要地: You should be careful not to **needlessly** disturb your roommate. 你應該注意, 不要無故打擾你的室友.

needlework [`nidl͵wɝk] *n.* ① 縫紉, 裁縫; 刺繡, 針線活: Lucy is at **needlework**. 露西正在做針線活. ② 縫製〔刺繡〕的成品.
[複數] **needleworks**

needn't [`nidnt] 《縮略》= need not.

needy [`nidɪ] *adj.* 貧窮的, 貧困的.

[範例] **Needy** people are seen all over the world. 世界上窮人隨處可見.

We must help the **needy** immediately. 我們必須立即幫助窮困的人.

[活用] *adj.* **needier, neediest**

***negative** [`nɛgətɪv] *adj.* ① 否定的, 否認的. ② 反對的, 不贊成的. ③ 消極的, 不積極的. ④ (數學)負的, 減的;(電、檢查結果等)負的, 陰極的, 陰性的;(攝影)底片的, 負片的.
——*n.* ⑤ 否定, 反對; 否定字〔句〕. ⑥ 底片, 負片;(電的)陰極;(數學的)負數.
——*v.* ⑦ 否定, 否認, 否決, 反對.

[範例] ① That is a **negative** sentence. 那是一個否定句.

② I am going to cast a **negative** vote. 我要投反對票.

③ A **negative** personality cannot survive in this world. 消極的人是無法在這個世界上生存的.

④ a **negative** quantity 負數.

You can't let the **negative** and positive wires touch. 不能讓正負極電線接觸.

⑤ When I asked him if he knew her, he answered in the **negative**. 我問他是否認識她時, 他否認了.

⑦ I can't **negative** the possibility of John's not passing the test. 我不能否認約翰無法通過考試的可能性.

We have no good reason to **negative** the proposal made at the meeting. 我們沒有好的理由來否決會議通過的提案.

[活用] *adj.* **more negative, most negative**
[複數] **negatives**
[活用] *v.* **negatives, negatived, negatived, negativing**
☞ ③④⑥ ↔ positive

negatively [`nɛgətɪvlɪ] *adv.* ① 否定地: Don't look at things **negatively**. 別用否定的觀點看事物. ② 消極地.

[活用] *adv.* **more negatively, most negatively**

***neglect** [nɪˋglɛkt] *v.* ① 疏忽, 忽略; 忘記做.
——*n.* ② 疏忽, 忽略, 怠忽; 棄置不顧.

範例 ① You are **neglecting** your duty. 你怠忽
職守.
The child looks **neglected**. 這孩子看起來似
乎被遺棄了.
I **neglected** to answer the question./I
neglected answering the question. 我一時疏
忽, 忘記回答那個問題.
② **Neglect** of duty at a nuclear power station is
a serious matter. 在核能發電廠裡怠忽職守是
一件重大的事情.
The old house is in a state of **neglect**. 那棟老
房子已廢棄了.
活用 v. **neglects**, **neglected**, **neglected**,
neglecting

neglectful [nɪˋglɛktfəl] adj. 疏忽的, 忽視的;
不在乎的, 馬虎的: Andy is **neglectful** of his
appearance. 安迪不在意自己的儀表.
活用 adj. **more neglectful**, **most neglectful**

negligee/négligé [ˏnɛglɪˋʒe] n. ①（女用）
家居服《寬鬆舒適, 可當作睡衣》. ② 便服.
參考 英語中稱 睡衣 為 night gown 或 night
dress, 而 negligee 指穿在睡衣外的室內便
服.
字源 源自拉丁語的 négligé, 原意為「被忽視的,
不注意穿著的」, 轉意為寬鬆舒適的女性室內
便服.
複數 **negligees/négligés**

negligence [ˋnɛglədʒəns] n. 不留心, 疏忽,
粗心大意.
範例 Robert was fired for **negligence**. 羅伯特
因失職而被開除.
The accident was due to his **negligence**. 那
件意外事故是因為他的疏忽而引起的.

negligent [ˋnɛglədʒənt] adj. 不注意的, 疏忽
的; 隨便的, 不在意的: The president was
often **negligent** in providing proper
information. 總裁老是忘記提供適當的訊息.
活用 adj. **more negligent**, **most negligent**

negligently [ˋnɛglədʒəntlɪ] adv. 不注意地,
疏忽地, 忽視地.
活用 adv. **more negligently**, **most
negligently**

negligible [ˋnɛglədʒəbl] adj. 不值得考慮的,
不重要的, 微不足道的: The differences
between these two new models are
negligible. 這兩種新款式的差別微乎其微.

negotiable [nɪˋgoʃɪəbl] adj. ① 可商議的, 可
協商的. ② 可通行的. ③（支票等）可兌換現
金的, 可轉讓的.
範例 ① Wages should be **negotiable**. 薪資（問
題）應該可以商議.
② The road is not **negotiable** in winter. 這條道
路冬天無法通行.

negotiate [nɪˋgoʃɪˏet] v. ① 商議, 磋商. ②
（經過商議後）商訂（條約等）. ③ 通過, 越過
（障礙等）.
範例 ① Anne is now **negotiating** with her client.
安正和她的客戶協商中.
The union **negotiated** for a pay raise. 工會為

提高工資而進行協商.
② The two companies **negotiated** a million-
dollar deal. 那兩家公司就一筆百萬美元的交
易進行談判.
③ My car couldn't **negotiate** the hill. 我的車開
不上那座小山丘.
活用 v. **negotiates**, **negotiated**,
negotiated, **negotiating**

negotiation [nɪˏgoʃɪˋeʃən] n. ① 商議, 交涉,
談判. ②（困難等的）克服, 突破.
範例 ① The two sides will need long and tough
negotiations to reach an agreement. 雙方必
須透過長期艱難的談判以達成共識.
The policies of the allied governments are still
under **negotiation**. 聯合政府的政策還在商
討中.
複數 **negotiations**

negotiator [nɪˋgoʃɪˏetɚ] n. 商議者, 談判者.
複數 **negotiators**

Negro [ˋnigro] n. 黑人《對黑人的蔑稱, 一般改
稱 a black man/a black woman, a black
person》.
♦ **Nègro spíritual** 黑人靈歌.
複數 **Negroes**

neigh [ne] n. ①（馬的）嘶嘶鳴聲: The horse gave
a faint **neigh**. 那匹馬低聲地嘶鳴.
── v. ②（馬）嘶鳴.
複數 **neighs**
活用 v. **neighs**, **neighed**, **neighed**,
neighing

neighbor [ˋnebɚ] n. 鄰人, 鄰近的人〔物〕.
範例 Tom is a good **neighbor** and everybody
loves him. 湯姆是個好鄰居, 大家都喜歡他.
She is my next-door **neighbor**. 她是我隔壁
的鄰居.
Brazil and Peru are **neighbors**. 巴西和祕魯
是鄰國.
參考『英』neighbour.
複數 **neighbors**

neighborhood [ˋnebɚˏhʊd] n. 鄰近地區,
附近; 左鄰右舍.
範例 There were three barbers in my
neighborhood. 我家附近有3家理髮店.
The whole **neighborhood** attended his
funeral. 這附近的左鄰右舍全都參加了他的
葬禮.
The surgeon lives in the **neighborhood** of the
hospital. 那位外科醫生住在醫院附近.
The price of this computer was in the
neighborhood of 1,000 dollars. 這臺電腦價
格約為1,000美元上下.
片語 **in the neighborhood of** ① 鄰近, 在~
附近. (⇒ 範例) ② 大約. (⇒ 範例)
參考『英』neighbourhood.
複數 **neighborhoods**

neighboring [ˋnebərɪŋ] adj.〔只用於名詞
前〕附近的, 鄰近的.
範例 His body was found in the **neighboring**
house. 他的屍體在附近的房子裡被找到了.

The prime minister visited the **neighboring** countries. 首相訪問了鄰國.

〖參考〗〖英〗neighbouring.

neighborliness [`nebɚlɪnɪs] n. 友好，親切，和睦.

〖參考〗〖英〗neighbourliness.

neighborly [`nebɚlɪ] adj. 友好的，親切的，和睦的: The villagers are very **neighborly**. 那些村民非常親切.

〖參考〗〖英〗neighbourly.

〖活用〗adj. **more neighborly**, **most neighborly**

＊**neighbour** [`nebɚ] ＝n. 〖美〗neighbor.

＊**neighbourhood** [`nebɚ͵hʊd] ＝n. 〖美〗neighborhood.

neighbouring [`nebərɪŋ] ＝adj. 〖美〗neighboring.

neighbourliness [`nebɚlɪnɪs] ＝n. 〖美〗neighborliness.

neighbourly [`nebɚlɪ] ＝adj. 〖美〗neighborly.

†**neither** [`niðɚ] adj., pron., adv., conj.

原義	功能	釋義	範例
兩者都不	否定接下來的兩個事物	adj., pron.（兩者中）任何一個都不 adv.（兩者中）任何一個都不	①
	（承接上面的否定）否定下一個	conj. 兩者都不	②

〖範例〗① **Neither** guitar is well tuned. 兩把吉他的音都調得不準.

Neither of the men were at home. 那兩個男子都不在家.

Neither Bob nor I could answer this question. 我和鮑伯都無法回答這個問題.

I have **neither** time nor money. 我既沒有時間也沒有錢.

This dictionary is **neither** too big nor too expensive. 這本字典既不會太大也不會太貴.

"Which jacket do you want?" "**Neither**." 「你要哪件夾克?」「都不要.」(I want neither 的 I want 被省略了)

② I didn't go to the party, and **neither** did my wife. 我沒有參加那個晚會，我太太也沒有.

There were no bellboys; **neither** was there a laundry service. 這裡既沒有服務生，也沒有洗衣服務.

"I don't like him." "**Neither** do I." 「我不喜歡他.」「我也不喜歡他.」

neon [`niɑn] n. 氖《稀有氣體，符號 Ne》.

♦ **néon light** 霓虹燈.

néon sign 霓虹燈招牌.

＊**nephew** [`nɛfju] n. 姪兒，外甥《兄弟姊妹的兒子或配偶兄弟姊妹的兒子》.

〖複數〗**nephews**

nepotism [`nɛpə͵tɪzəm] n.（在官職上）重用親人，任人唯親.

Neptune [`nɛptʃun] n. ①（羅馬神話中的）海神《相當於希臘神話中的 Poseidon》. ② 海王星《太陽系中自內往外數的第8顆行星，直徑約為地球的3.8倍，重量約為17倍，表面溫度據推測約為 -230°C》.

➡〖充電小站〗(p. 835), (p. 965)

＊**nerve** [nɝv] n. ① 神經. ②〔~s〕神經過敏，神經緊張. ③ 膽量，勇氣. ④ 厚顏，無恥.
—— v. 鼓起勇氣，激勵.

〖範例〗① a motor **nerve** 運動神經.

The boy is all **nerves**. 那個男孩神經緊張.

③ At first it takes **nerve** to speak on the stage. 在臺上講話首先需要勇氣.

④ Your sister has **nerve**. 你姊姊臉皮很厚.

⑤ The soldiers **nerved** themselves to face danger. 士兵們鼓起勇氣面對危險.

〖片語〗 **get on ~'s nerves** 使心煩，打擾；刺激～的神經: Her way of speaking **gets on my nerves**. 她講話的方式令我心煩.

♦ **nérve cèll** 神經細胞.

nérve cènter 神經中樞.

nérve fiber 神經纖維.

nérve gàs 神經毒氣.

〖複數〗**nerves**

〖活用〗v. **nerves**, **nerved**, **nerving**

nerve-racking [`nɝv͵rækɪŋ] adj. 使人心煩，使人神經緊張的: A close, extra-inning ball game can be **nerve-racking** to a loyal fan. 一場不分勝負、需打延長賽的球賽會令忠實的球迷為之神經緊張.

〖活用〗adj. **more nerve-racking**, **most nerve-racking**

＊**nervous** [`nɝvəs] adj. ①（神經）緊張的，神經過敏的；提心吊膽的. ② 神經（疾病）的.

〖範例〗① The student became **nervous** under stress. 那位學生在壓力下變得緊張不安.

George feels **nervous** about going to boot camp. 喬治對於即將去新兵訓練營感到緊張.

Don't be **nervous**. 別緊張.

② a **nervous** disorder 神經錯亂.

the autonomic **nervous** system 自律神經系統.

My brother had a **nervous** breakdown. 我哥哥神經衰弱.

♦ **nèrvous bréakdown** 神經衰弱.

nérvous sỳstem 神經系統.

〖活用〗adj. ① **more nervous**, **most nervous**

nervously [`nɝvəslɪ] adv. 神經質地，緊張不安地: He has been waiting for the news **nervously**. 他一直十分緊張地等消息.

〖活用〗adv. **more nervously**, **most nervously**

nervousness [`nɝvəsnɪs] n. 神經過敏: The student tried to conquer his **nervousness**. 那個學生試圖克服緊張的毛病.

nervy [`nɝvɪ] adj. ①〖美〗厚臉皮的；魯莽的. ②〖英〗神經緊張的，神經質的.

[活用] adj. nervier, nerviest

-ness suff. 表示「性質，狀態」《構成名詞》: tiredness 疲勞; kindness 親切.

*nest [nɛst] n. ① (鳥等的) 巢，窩. ② 一組相似的物件.
—— v. ③ 築巢. ④ (將成套的東西) 依次疊好.
[範例] ① A pair of swallows are building their nest under the eaves. 一對燕子在屋簷下築巢.
This morning the police found the terrorists' nest. 今天早上警方發現了恐怖分子的巢穴.
② I bought a nest of measuring spoons. 我買了一套量匙.
③ Birds nest in various places. 鳥在不同的地方築巢.
♦ nést ègg ① 留窩蛋《用來誘使母雞繼續生蛋，有時也用假蛋》. ② (用來應急的) 儲備金.
[複數] nests
[活用] v. nests, nested, nested, nesting

nestle [`nɛsl] v. 安頓下來; 依偎; 位於隱蔽之處.
[範例] The boy nestled down in bed. 那個男孩躺臥在床上.
The temple nestled among the trees. 那間廟坐落在樹林中.
The little girl nestled her head against her sister's shoulder. 那個小女孩將頭依偎在她姊姊的肩上.
[活用] v. nestles, nestled, nestled, nestling

*net [nɛt] n. ① 網，球網; 網狀物; 羅網，陷阱. ② (網球的) 觸網 (球).
—— adj. ③ 淨的，實價的.
—— v. ④ 用網捕捉. ⑤ (球) 觸網; 張網，覆網. ⑥ 射球入網. ⑦ 淨賺，淨得.
[範例] ① a fish net 魚網.
an insect net 捕蟲網.
a tennis net 網球網.
The fishermen cast a net to catch salmon. 那些漁夫們撒網捕鮭魚.
We have laid a net in the lake. 我們在那個湖中撒了網.
I was caught in the net of the gang. 我中了那幫人的圈套.
③ a net price 實價.
a net weight 淨重.
④ The boys netted butterflies. 那些男孩用網子捕捉蝴蝶.
⑤ They net the grapevines to keep off the birds. 他們張網蓋住葡萄藤以防被鳥吃掉.
⑦ The sale netted a large profit for the firm. 那樁買賣為公司淨賺了一大筆收益.
[複數] nets
[活用] v. nets, netted, netted, netting

netball [`nɛt͵bɔl] n. 一種類似籃球的女子球類運動《由兩隊各7名隊員進行比賽》.

nether [`nɛðɚ] adj. 〔只用於名詞前〕下面的，較下的; 地下的.
[範例] Her nether lip trembled. 她的下唇顫抖.
the nether world/the nether regions 冥府，

地獄.

Netherlands [`nɛðɚləndz] n. 荷蘭《☞ 附錄「世界各國」》.

netting [`nɛtɪŋ] n. 網，網狀編織物: a fence of wire netting 鐵絲網編籬笆.

nettle [`nɛtl] n. ① 蕁麻《高約1公尺的多年生草本植物，莖及葉上的刺毛中含蟻酸，觸摸後皮膚會有紅腫搔癢之感》.
—— v. ② 激怒，使焦躁不安.
[範例] ① I decided to grasp the nettle and ask my boss for the big raise I wanted. 我決定當機立斷面對難關，而去找老闆按我的要求給我大幅加薪.
② The Prime Minister was nettled by all the questions about the ongoing investigation into his personal finances. 首相被那些有關調查他私人財產的所有問題給惹毛了.
[片語] grasp the nettle 果斷地處理棘手的事情. (⇨ [範例] ①)
♦ néttle ràsh 蕁麻疹.
[複數] nettles
[活用] v. nettles, nettled, nettled, nettling

*network [`nɛt͵wɝk] n. ① 網狀組織《系統》《鐵路、通訊、媒體、資訊等的網絡》. ② 網，網狀織品.
[範例] ① a railway network 鐵路網.
the network of blood vessels in the body 體內的血管網狀組織.
TV networks 電視網.
[複數] networks

neuroses [njʊ`rosiz] n. neurosis 的複數形.

neurosis [njʊ`rosɪs] n. 精神官能症，精神病: The man suffered from a neurosis. 那男子患了精神病.
[複數] neuroses

neurotic [njʊ`rɑtɪk] adj. ① 患精神官能症的，患精神疾病的: He is neurotic about cleanliness. 他有潔癖.
—— n. ② 精神官能症患者，精神疾病患者.
[活用] adj. more neurotic, most neurotic
[複數] neurotics

neuter [`njutɚ] adj. ① (文法上) 中性的. ② (生物學上) 無性的，沒有生殖器官的，生殖器官不發達的.
[範例] ① a neuter noun 中性名詞.
② Worker bees are neuter. 工蜂是不能生育的.

*neutral [`njutrəl] adj. ① 中立的; 公正的，不偏任何一方的. ② 中間的，不確定的，不明顯的. ③ (化學、電學上) 中性的; (生物學上) 無性的. ④ (車的傳動裝置) 空檔的.
—— n. ⑤ 中立國，中立國國民，中立者. ⑥ (齒輪) 空檔 (的位置).
[範例] ① Spain remained neutral in World War II. 西班牙在第二次世界大戰中保持中立.
As an impartial judge I must remain neutral at this point. 身為一名公正的法官，在這一點上我必須保持中立.
② a neutral color 中間色.

This town has a pretty **neutral** character, don't you think? 你不覺得這個城鎮沒有甚麼突出的特色嗎?

⑥ When you park the car, leave it in gear. Don't put it in **neutral**. 停車時要入檔，不要放空檔.

字源 拉丁語的 neuter（兩個中任一個）.

活用 adj. ① ② **more neutral, most neutral**

複數 **neutrals**

neutralise [`njutrəl‚aɪz] = v.〖美〗neutralize.

neutrality [nju`trælətɪ] n. 中立，中立狀態，局外中立; Has the **neutrality** of Switzerland ever been violated? 瑞士的中立立場是否遭過侵犯?

neutralize [`njutrəl‚aɪz] v. ① 使中立，中立化. ② 使無效，中和~的效力.

範例 ① Switzerland was **neutralized** in 1815. 瑞士於1815年宣布中立.

② Alkalis **neutralize** acids. 鹼中和酸.

Today's loss **neutralized** yesterday's gain. 今天的損失和昨天的獲利互相抵消.

參考 〖英〗neutralise.

活用 v. **neutralizes, neutralized, neutralizing**

neutron [`njutrɑn] n. 中子《與質子(proton)同為構成原子核的基本粒子之一》.

複數 **neutrons**

†**never** [`nɛvɚ] adv. 從未，未曾; 絕對不.

範例 I will **never** forget your kindness. 我永遠也不會忘記你的好心.

Never shelter under a tree during a thunderstorm. 下大雷雨時絕不要躲在樹下.

I have **never** been to a foreign country. 我從未到過國外.

Never did John break his promise. 約翰從不食言.

never-ending [`nɛvɚˋɛndɪŋ] adj. 永遠不會結束的，沒完沒了的，永無止境的.

nevermore [‚nɛvɚˋmor] adv.（詩語的）永不再，絕不再.

＊**nevertheless** [‚nɛvɚðəˋlɛs] adv. 然而，不過,（儘管~）還是.

範例 Sue was very tired. **Nevertheless**, she was unable to sleep that night. 那晚蘇很累，但怎麼也睡不著.

Jeff is a lazy dog; **nevertheless** I love him. 傑夫是一隻懶狗，然而我喜歡牠.

"I couldn't get the job. I appreciate your help **nevertheless**."「雖然我沒能得到那份工作，不過還是感謝你的幫助.」

＊＊**new** [nju] adj. 新的，初見的，新發現的，新生產的.

範例 a **new** book 新書.

new information 新訊息.

a **new** type of watch 新款手錶.

There is nothing **new** under the sun.《諺語》太陽底下無新鮮事.

a **new** boy 新來的男孩.

a **new** teacher 新老師.

This word is **new** to me. 我不認得這個字.

He was quite **new** to that work. 他對那項工作很陌生.

She wanted a **new** life. 她想要有一個新生活.

He is **new** from the country. 他剛從鄉下來.

new potatoes 新鮮的馬鈴薯.

new milk 新鮮的牛乳.

She bought a **new** bicycle yesterday. 她昨天買了一輛新的腳踏車.

Carl promises to quit smoking in the **new** year. 卡爾答應在新的一年戒菸.

A Happy **New** Year! 新年快樂!《新年開始時的祝福語，或在年末時表示「祝來年幸福」，回答時可說 The same to you.》

♦ **nèw móon** 新月.

the Nèw Téstament《新約聖經》《記載耶穌‧基督及其弟子的生平與教誨;《舊約聖經》稱為 the Old Testament》.

the Nèw Wórld 新大陸《與 the Old World 相對，指美洲大陸》.

Nèw Yèar`s Dáy 元旦《〖美〗New Year's. 元旦在美國為 legal holiday（法定假日）; 在英國則於1974年開始被定為 bank holiday（銀行休假日）》.

Nèw Yèar`s Éve 除夕.

Nèw Yórk 紐約《美國東北部的州名及城市名 (New York City)》.

Nèw Zéaland 紐西蘭《☞ 附錄「世界各國」》.

活用 adj. **newer, newest**

newborn [`njuˋbɔrn] adj.〔只用於名詞前〕① 初生的，新生的. ② 重生的，脫胎換骨的.

newcomer [`nju‚kʌmɚ] n. 新來的人，新人，新生.

範例 He is a **newcomer** to our town. 他是新來我們鎮上的人.

He is a **newcomer** to the game of chess. 他是西洋棋比賽的新手.

複數 **newcomers**

newfangled [‚njuˋfæŋgld] adj. 新潮的，新奇的，標新立異的.

＊**newly** [`njulɪ] adv. ① 最近. ② 重新，再，又.

範例 ① I met a **newly** retired doctor at the party. 我在晚會上遇到一位最近退休的醫生.

② The floor has been **newly** waxed. 地板重新打過蠟.

newlywed [`njulɪ‚wɛd] n. 新婚的人.

複數 **newlyweds**

＊**news** [njuz] n. ① 新聞，新聞報導〔節目〕. ② 消息，傳聞，新鮮事. ③ 新聞人物; 新聞事件.

範例 ① We read some pieces of sad **news** every day. 我們每天聽到一些悲傷的新聞.

② No **news** is good **news**.《諺語》沒有消息就是好消息.

③ Marriages and divorces of entertainers should not be **news**. 演藝人員們的結婚、離婚不應

成為新聞事件.

[片語] ***break the news*** 最先告知消息：It was Tom who **broke the news** to Mary. 是湯姆最先將消息告訴瑪麗的.

♦ **néws àgency** 通訊社.

néws flàsh 要聞快報《亦作 newsflash, flash》.

newscaster [`njuz͵kæstɚ] n. 新聞播報員.

[複數] **newscasters**

newsletter [`njuz͵lɛtɚ] n. (組織或單位內定期發布的)公報, 簡報.

[複數] **newsletters**

*** newspaper** [`njuz͵pepɚ] n. ① 報紙, 新聞用紙. ② 報社：Bill works for a **newspaper**. 比爾在一家報社工作.
➡ (充電小站) (p. 851)

[複數] **newspapers**

newsstand [`njuz͵stænd] n. (街頭的)書報攤.

[複數] **newsstands**

newt [njut] n. 水蜥, 蠑螈.

[複數] **newts**

N ***next** [nɛkst] adj.

原義	層面		釋義	範例
最近的	時間、順序		下一個的	①
	位置、場所		隔壁的, 最近的	②

——adv. ③ 接下來, 其次.

——n. ④ 下一個人〔物〕. ⑤ 下次.

[範例] ① Call me up **next** Friday. 下星期五打電話給我.《此用法可指下週的星期五, 也可指本週的星期五, 為避免產生誤解, 最近的星期五用 this coming Friday, 下週的星期五用 Friday next week》

We'll meet again **next** week. 下週再見.

Well, Sarah was in Seattle on Wednesday and went to Denver the **next** day. 嗯, 莎拉星期三在西雅圖, 隔天去了丹佛.

The **next** train to London is at 10:00. 往倫敦的下一班火車10點鐘開.

I'm going to give this to the **next** dog I see. 我將把這個給我看到的下一隻狗.

Skip this chapter and go on to the **next** one. 跳過這一章, 繼續看下一章.

Los Angeles is the largest city in the US **next** to New York. 洛杉磯是在美國僅次於紐約的最大城市.《亦作 the next largest city to New York》

Next time I see you, I'll give you my new address. 下次見到你時, 我會給你我的新地址.

② It will take thirty minutes to the **next** service area. 到下一個服務站要30分鐘.

Who is the boy **next** to Grace? 葛瑞絲旁邊的男孩是誰?

Next to you he's a shrimp. 他和你站在一起簡直像個小矮人.

Getting a work visa there is **next** to impossible. 要取得那裡的工作簽證幾乎不可能.

Mom went **next** door to borrow a cup of sugar. 媽媽到隔壁借了一杯糖.

His driving was **next** door to suicide. 他開起車來簡直像在自殺.

③ What will you do **next**? 你接下來要做甚麼?

My cat likes beef flavor the most and liver **next**. 我的貓最喜歡牛肉, 其次是動物肝臟.

When you **next** come, bring your dog. 下次來時帶你的狗.

④ That episode was great! How long do we have to wait for the **next**? 這一集真是太精彩了! 下一集我們得等多久時間?

Next, please. 下一位.

⑤ Her **next** of kin live on the west coast. 她最近的親戚住在西海岸.

[片語] ***in the next place*** 下一個, 第二個.

next of kin 最近的親戚.

next time 下次. (⇨ [範例] ①)

next to 幾乎於, 在～旁邊. (⇨ [範例] ① ②)

next-door [`nɛkst͵dor] adj. 鄰居的：Mr. King is my **next-door** neighbor. 金先生是我隔壁的鄰居.

Niagara [naɪ`ægrə] n. [the ～] 尼加拉河《美國與加拿大交界的河》.

♦ **Nìàgara Fàlls** 尼加拉瀑布.

nib [nɪb] n. (鳥的)嘴；筆尖.

[複數] **nibs**

nibble [`nɪbl̩] v. ① 細咬, 輕咬；一點一點地咬 (on, away at).

——n. ② 細咬, 輕咬；一小口, 一小塊.

[範例] ① Look! The squirrel is **nibbling** on the nut. 看! 那隻松鼠正在啃堅果.

Inflation has **nibbled** away at my father's fortune. 通貨膨脹使我父親的財產逐漸減少.

② The mother gave her baby a **nibble** of her cracker. 那位母親給嬰兒餵了一小塊餅乾.

[活用] v. **nibbles**, **nibbled**, **nibbled**, **nibbling**

[複數] **nibbles**

*** nice** [naɪs] adj. ① 令人愉快的, 宜人的；美味的. ② 適合的；舒適的. ③ 出色的, 漂亮的. ④ 友善的, 親切的. ⑤ 講究的；有教養的. ⑥ 精確的, 精密的.

[範例] ① It's a **nice** day, isn't it? 今天天氣很好, 不是嗎?

This cloth is **nice** to the touch. 這種布料觸感很好.

Have a **nice** time at the party. 祝你晚會上玩得開心!

It's **nice** to meet you. 見到你真高興.

This dish is very **nice** to taste. 這道菜味道非常鮮美.

② This is a **nice** book for beginners. 對初學者而言, 這是一本好書.

This kimono is **nice** to wear indoors. 這件和

新聞標題 (headline) 的用法及特點

(1)多省略 a，an，the
Oldest Australian Dies at Age 111.
(最老的澳洲人瑞在111歲時去世了。)
原來應為 The Oldest Australian Dies at the Age (of) 111.
TV for the Blind Is Developed.
(為盲人設計的電視問世了。)

(2)多使用縮略
EU Opens Door to Sweden, Finland, Austria
(EU 對瑞典、芬蘭、奧地利敞開大門。)
EU 為 European Union 的縮略。

(3)多用縮略符號 (')
Arafat Convenes Gov't in Gaza.
(阿拉法特在加薩召集政府官員。)
Gov't 為 Government 的縮略。

(4)用縮寫點縮略
Pres. Yeltsin Arrives in Tokyo.
(葉爾欽總統抵達東京。)
Pres. 為 President 的縮寫。

(5)用冒號 (:) 代替「說」的意思
Bentsen: No Tax on Car Imports
(班森說：對進口車不徵稅。)

(6)and 常用逗號表示
Jordan, Israel Make Peace Vow
(約旦和以色列簽訂了和平宣言。)

(7)用現在式表示過去式或現在完成式
Japan Gets Gold at Olympics
(日本在奧運會獲得了金牌。)
句子原本應該為 Japan got gold at Olympics，或 Japan has got gold at Olympics.

(8)省略 is，are
U.S. Kids Found to Like Video Games, Playing Outside More Than Reading
(現在發現美國兒童玩電玩及戶外活動的時間超過看書。)
U.S. kids are found to... 其中的 are 被省略，現在進行式 (is, are＋~ing) 中的 is, are 也常被省略。

2,000 Guerrillas Operating in Georgia
(2,000名游擊隊員正在喬治亞展開行動。)
2,000 guerrillas are operating... 其中的 are 被省略。
U.S. to Begin Talks with Russia This Week
(美俄會談將於本週進行了。)
此句應為 U.S. is to begin talks... 而 is (, are, am)＋to＋原形動詞表示「將要（做~）」。

(9)一般的用字皆用大寫
Summit Fails; Trade Talks with U.S. Are Broken off
(高峰會失敗；與美國貿易談判破裂。)

(10)a, an, the 及介系詞 (in, on, at, of, to) 多用小寫
Athletes of the World Pay Final Respects to 11 Olympians.
(各國運動員向11名奧運先驅表達追思之敬意。)
(參考1) 亦可像下面例句一樣字首全部用大寫：
Athletes Of The World Pay Final Respects To 11 Olympians.
(參考2) 亦可將所有字母大寫：
ATHLETES OF THE WORLD PAY FINAL RESPECTS TO 11 OLYMPIANS
另外，在標題中 (特別是 *TIME* 等雜誌) 有以下技巧：

(1)頭韻 (alliteration)
Bitter Battle over Bases
(為爭奪基地展開激烈戰鬥。)
What in the World is Wrong?
(到底出了甚麼錯？)
Bitter, Battle, Bases 開頭的 B 與 What, World, Wrong 開頭的 W 都是有意而為之。

(2)喜用模仿的標題
A Tale of Two Rivers「雙河記」
以英國及美國河川污染問題為題材的新聞標題，模仿 *A Tale of Two Cities* (《雙城記》)。

服適合室內穿著.
③ I want some **nice** pictures in my house. 我想在房間裡掛一些漂亮圖片.
The golfer made a **nice** shot. 那位高爾夫球選手剛才那一擊非常漂亮.
④ Nurses should be always **nice** to patients. 護士對患者應該和藹可親.
It's **nice** of you to help me. 你人真好，來幫助我.
The men and women of the village were all **nice** people. 那個村裡的男人和女人都很友善.
⑤ A **nice** person wouldn't go there. 品行端正的人不會到那種地方去.
He has a **nice** accent. 他的口音很純正.
⑥ There is a **nice** distinction between this shade

of color and that. 兩種顏色之間存在著細微的差別.
Computers have a very **nice** mechanism. 電腦的內部結構非常精密.
[片語] **Have a nice day**. 祝你有個美好的一天《分別時的寒暄語》
nice and ~ 非常：He's **nice and** kind. 他非常親切.
[活用] *adj.* **nicer**，**nicest**

nicely [`naɪslɪ] *adv.* 美好地；精細地；合宜地：This necktie will go **nicely** with your blazer. 這條領帶和你的休閒外套很相稱.
[活用] *adv.* **more nicely**，**most nicely**

nicety [`naɪsətɪ] *n.* ① 準確，精確；周密. ② [~ies]細微區別，微妙差異；優雅之處.
[範例] ① The teacher praised the **nicety** of the

student's explanation. 老師讚揚那位同學解釋得很精確.

They measured the height of the building with great **nicety**. 他們極其精確地測量了那棟建築物的高度.

② At finishing school girls learn the **niceties** of social etiquette. 女孩們在禮儀學校裡學習社交的繁文縟節.

[片語] **to a nicety** 正確地, 恰好地, 絲毫不差地: These shoes fit **to a nicety**. 這雙鞋很合腳.

[複數] **niceties**

niche [nɪtʃ] *n.* ① 壁龕《牆上用來放雕像、花瓶等的凹陷處》. ② 適當的位置, 適當的職位, 適當的場所.

[複數] **niches**

nick [nɪk] *v.* ① 刻痕於, 使有缺口. ②《口語》[英] 偷盜. ③《口語》[英] 抓住, 逮捕.

——*n.* ④ 裂口, 缺口. ⑤ 刻痕, 凹槽. ⑥《口語》[英] 警察分局; 警察.

[niche]

[範例] ① Use this shaver, or you'll **nick** your chin again. 用這把電動刮鬍刀吧, 否則你會再刮傷下巴.

② Someone **nicked** my bicycle when I left it at the station. 我把腳踏車停在車站, 被人偷走了.

③ The Scotland Yard detective **nicked** the criminal with the help of Mr. Holmes. 蘇格蘭警場的警探在福爾摩斯的協助下將罪犯緝捕歸案.

④ Be careful not to make a **nick** in the rim of these plates. 小心別把這些盤子的邊緣弄出缺口.

On finding some **nicks** on the hood of his new car, he got really upset. 發現自己新車的引擎蓋上有刻痕, 他心裡很煩.

⑤ The **nick** on this pillar indicates how tall I was three years ago. 這根柱子上的刻痕標示著我3年前的身高.

[片語] **in bad nick/in poor nick** 在情況不好的狀態: This radio is **in bad nick**. 這臺收音機糟透了.

in good nick 在情況好的狀態: Considering your grandma is ninety years old, she is **in** pretty **good nick**. 你奶奶雖然已經90歲了, 但身體依然很健康.

in the nick of time 正好趕上: I got to the bus stop **in the nick of time**. 我及時趕到公車站牌.

[活用] *v.* nicks, nicked, nicked, nicking
[複數] **nicks**

nickel [ˋnɪkl] *n.* ① 鎳《一種延展性良好的銀白色金屬, 符號 Ni; 用於合金或電鍍》. ②[美] 5美分硬幣〔鎳幣〕《用鎳銅合金製造; ☞ dime (10美分硬幣), quarter (25美分硬幣)》.

——*v.* ③ 鍍鎳於.

[範例] ① **nickel** steel 鎳鋼《加入9%的鎳, 強度加強, 在低溫下也不會變脆》.

② Can you give me a dime for two **nickels**? 你能幫我把這枚10分硬幣換成兩個5分硬幣嗎?

It won't cost you a **nickel**. 那不用花你一毛錢.

[字源] 瑞典語的 kopparnickel (銅魔).

[複數] **nickels**

[活用] *v.* nickels, nickeled, nickeled, nickeling/ [英] nickels, nickelled, nickelled, nickelling

***nickname** [ˋnɪk͵nem] *n.* ① 綽號, 渾名, 暱稱, 外號.

——*v.* ② 取綽號, 用暱稱稱呼: They **nicknamed** him "Shorty." 他們給他取綽號叫「矮子」.

[參考] 以性格或身體特徵取的綽號, 如 Happy, Shorty, Fatty 等較普遍, 也有以 Edward 的 Ed, Elizabeth 和 Betty 等的暱稱. 亦有以地名等的俗稱, 例如 Uncle Sam 是「美國; 美國人」, John Bull 代表「英國; 英國人」等.

➡ (充電小站) (p. 853)

[複數] **nicknames**

[活用] *v.* nicknames, nicknamed, nicknamed, nicknaming

nicotine [ˋnɪkə͵tin] *n.* 尼古丁《菸葉中所含的有毒油質成分, 會使人上癮》.

***niece** [nis] *n.* 姪女, 外甥女《兄弟姊妹的女兒或配偶的兄弟姊妹的女兒》.

[複數] **nieces**

nigger [ˋnɪgɚ] *n.* 黑人《輕蔑的稱呼, 帶有歧視的意味》.

[複數] **niggers**

***night** [naɪt] *n.* ① 夜晚, 晚上. ② 日暮, 傍晚.

[範例] ① Bob had to study at **night**. 鮑伯晚上必須讀書.

I can't sleep at **nights**. 我晚上睡不著.

He had to work **night** and day. 他得日夜不停地工作.

I visited his house last **night**. 我昨晚拜訪他家.

② She went out into the **night** alone. 她獨自一人走進夜幕.

[片語] **all night** 整晚, 通宵.

at night 夜間. (➪ [範例] ①)

by night 天黑後, 夜裡《特別與 by day (白天) 一起使用》.

deep into the night 夜深, 直到深夜.

far into the night 直到深夜.

have a good night 祝你有個好夢.

have a night out 晚間出遊, 夜間在外玩樂.

make a night of it 痛快地玩一晚.

night after night 夜夜, 每晚.

night and day 日以繼夜地. (➪ [範例] ①)

♦ **níght gàme** 夜間賽事〔賽程〕.

充電小站

暱稱 (nickname)

【Q】老牌女演員伊莉莎白‧泰勒 (Elizabeth Taylor) 在報紙上名字被改為 Liz Taylor (麗茲‧泰勒)，有沒有弄錯？

【A】沒有錯. Liz 是 Elizabeth 的一部分，但這種用法僅限於親密友人或家庭成員之間.

在 nickname 中，不僅可單從姓名中取一部分，還有像 John 變成 Johnny 這樣，在字尾加 -y 表示親密，或者改變讀音、作各種變形等，亦有將 nickname 作正式名字使用的用法.

參考以下的例子:

男子名

Andrew	Andy
Anthony	Tony
Charles	Charlie
Christopher	Chris, Kit
Daniel	Dan, Danny
David	Dave, Dany, Davey, Davie
Edward	Ed, Ned, Ted, Eddie, Neddy, Teddy
George	Georgie, Geordie
Henry	Hal, Hank, Harry
James	Jim, Jimmy, Jimmie
John	Johnny, Jack
Michael	Mike, Micky
Peter	Pete
Philip	Phil, Pip
Richard	Rick, Dick, Rich, Ricky, Dicky
Robert	Bob, Rob, Bobby, Robby, Robin
Stephen	Steve, Stevie
Thomas	Tom, Tommy
William	Will, Bill, Willy, Billy

女子名

Ann(e)	Annie, Nancy, Nanny
Elizabeth	Eliza, Elsa, Liza, Lisa, Liz, Beth, Bet, Bess, Elspeth, Lisbet, Elsie, Bessie, Bessy, Betty, Betsy, Tetty, Libby, Lizzie, Lizzy
Helen	Nell, Nelly
Jane	Janey, Janie, Jaynie
Katherine	Kate, Cath, Kathy, Cathy, Katie, Katy, Kit, Kitty
Margaret	Meg, Peg, Madge, Gretta, Maggie, Peggy, Marge, Margie, May
Mary	May, Molly, Polly
Patricia	Pat, Patty, Tricia, Trisha
Rebecca	Becca, Becky
Sarah	Sally, Sadie
Susanna	Susan, Sue, Susie, Sukie
Victoria	Vicky

níght lífe 夜生活.
níght schòol 夜校.
níght shìft 夜班.
☞ ↔ day
➡ 充電小站 (p. 27)
[複數] **nights**

nightcap [`naɪt͵kæp] n. ① 睡帽. ② 睡前酒.
[複數] **nightcaps**

nightclub [`naɪt͵klʌb] n. 夜總會.
[複數] **nightclubs**

nightdress [`naɪt͵drɛs] n. 〖英〗睡衣《婦女穿的寬鬆連身長睡衣；〖美〗nightgown》.
[複數] **nightdresses**

nightfall [`naɪt͵fɔl] n. 傍晚，夜幕: I left the library at **nightfall**. 我在傍晚時離開了圖書館.

nightgown [`naɪt͵gaʊn] n. 睡袍，睡衣《長而寬鬆的睡衣，多為女性所穿；〖英〗nightdress》.
[複數] **nightgowns**

nightingale
[`naɪtn͵gel] n. 夜鶯《產於歐洲的鶇科候鳥，以其在夜間的啼叫聲婉轉悅耳而聞名》.
[複數] **nightingales**

[nightingale]

nightly [`naɪtlɪ] adj. ① 每夜的，夜間的.
——adv. ② 每夜，每晚，夜夜.

*__nightmare__ [`naɪt͵mɛr] n. 惡夢，夢魘.
[範例] I had a **nightmare** about being bitten by a vampire. 我做了一個被吸血鬼咬到的惡夢.
My flight to London was a **nightmare**. 我飛往倫敦的航程是一場惡夢.
[複數] **nightmares**

night-watchman [`naɪt`wɑtʃmən] n. 夜警，夜班警衛.
[複數] **night-watchmen**

nil [nɪl] n. ① 無，零. ②〖英〗零分《主要用於運動比賽的場合；〖美〗zip》.
[範例] ① The danger must be reduced to almost **nil**. 危險必須減至最小.
② The home team won by two goals to **nil**. 地主隊以2比0獲勝.

*__nimble__ [`nɪmbl] adj. 敏捷的，迅速的；反應快的，頭腦靈活的.
[範例] a **nimble** climber 敏捷的登山者
He has a **nimble** mind. 他頭腦靈活.
He climbed the cherry tree like the **nimblest** of squirrels. 他像一隻敏捷無比的松鼠般爬上那棵櫻桃樹.
Her **nimble** fingers raced over the keyboard. 她靈活的手指在鍵盤上飛舞著.
[活用] adj. **nimbler**, **nimblest**

nimbly [`nɪmblɪ] adv. 敏捷地，迅速地: He swung himself **nimbly** out of the window. 他敏捷地從窗口跳出去.
[活用] adv. **more nimbly**, **most nimbly**

✲nine [naɪn] *n.* (數字) 9.

〖片語〗 **nine times out of ten** 十之八九：Such plans fail **nine times out of ten**. 這類的計畫十之八九會失敗.

〖參考〗〖美〗也指 (9人的) 棒球隊.

〖複數〗 **nines**

✲nineteen [naɪn`tin] *n.* (數字) 19.

〖片語〗 **talk nineteen to the dozen** 喋喋不休.

〖複數〗 **nineteens**

nineteenth [`naɪn`tinθ] *n.* ① 第19 (個). ② 1/19：three **nineteenths** 3/19.

〖複數〗 **nineteenths**

ninetieth [`naɪntɪɪθ] *n.* ① 第 90 (個). ② 1/90：one **ninetieth** 1/90.

〖複數〗 **ninetieths**

✲ninety [`naɪntɪ] *n.* ① (數字) 90. ② 〔~ies, 90s〕90歲；90年代：in the eighteen **nineties** 在1890年代.

〖複數〗 **nineties**

✲ninth [naɪnθ] *n.* ① 第9 (個). ② 1/9：four **ninths** 4/9.

〖複數〗 **ninths**

nip [nɪp] *v.* ① (用手指等) 夾，箝；(用牙齒等) 咬. ② 捏，掐；阻止，妨礙. ③《口語》〖英〗趕快，趕緊.

——*n.* ④ 捏，箝，夾，咬. ⑤ 嚴寒，(刺骨的) 寒冷. ⑥ (酒等的) 少量，一口.

〖範例〗① He **nipped** his fingers in the train's doors. 他的手指被火車的門夾住了.
The dog **nipped** him on the leg. 那隻狗咬住他的腿.

② Her plan to marry him was **nipped** in the bud when her parents found out that he was a swindler. 當她父母發現他是個騙子之後，她打算嫁給他的計畫就夭折了.

③ I'll **nip** out and buy some cigarettes. 我會溜出去買包菸.
Let's **nip** in there for a cup of coffee. 我們趕快進去喝杯咖啡吧.

④ When I did a naughty thing, my parents gave me a **nip** on the cheek. 當我調皮搗蛋時，父母就掐我的臉.

⑤ I don't like the **nip** in the winter air. 我不喜歡冬天寒冷的空氣.

⑥ I got drunk with only a **nip** of whisky. 我喝了一小口威士忌就醉了.

〖片語〗 **nip and tuck** (比賽的兩個人) 勢均力敵地，不相上下地：The game stayed **nip and tuck** until the last inning. 那場比賽直到最後一局才分出勝負.

nip in the bud 防患於未然. (⇨〖範例〗②)

〖活用〗 *v.* **nips, nipped, nipped, nipping**

〖複數〗 **nips**

nipper [`nɪpɚ] *n.* ① 〔~s〕鉗子，鉗子. ②《口語》〖英〗小孩 (特指小男孩).

〖複數〗 **nippers**

nipple [`nɪpl̩] *n.* 乳頭.

〖複數〗 **nipples**

nippy [`nɪpɪ] *adj.* ① 刺骨的，嚴寒的. ② 敏捷的，迅速的.

〖範例〗① The air has been **nippy** for the past few days. 過去這幾天空氣寒冷刺骨.
It is a little **nippy** out. 外面有點冷.

② My dog is **nippy**, so once I free him from the chain, I have a hard time catching him. 我的狗動作敏捷，一旦替牠解開鍊子，就很難捉住牠.

〖活用〗 *adj.* **nippier, nippiest**

nit [nɪt] *n.* ① (蝨子等的) 卵，幼蟲. ②《口語》〖英〗傻瓜，笨蛋.

〖複數〗 **nits**

nitrate [`naɪtret] *n.* 硝酸鹽，硝酸鈉《用作肥料》.

〖複數〗 **nitrates**

nitric [`naɪtrɪk] *adj.* 〔只用於名詞前〕(含) 氮的.

♦ **nitric ácid** 硝酸.

nitrogen [`naɪtrədʒən] *n.* 氮《非金屬元素，符號 N》.

nitroglycerin [,naɪtrə`glɪsərən] *n.* 硝化甘油《用於製作炸藥，亦可用於治療心肌梗塞或心絞痛》.

nitwit [`nɪt,wɪt] *n.*《口語》笨蛋，傻瓜.

〖複數〗 **nitwits**

†no [no] *adj.* ① 無，沒有.

——*adv.* ② 一點也不. ③ 不，不對，不是《用於對某種狀態的否定、反對》.

——*n.* ④ 拒絕，否認，否定，不.《縮略》=⑤ (拉丁語) numero (號碼，數字)《表此意時讀作 number》.

☞ No.

〖範例〗① There is **no** pencil in the case. 盒子裡沒有鉛筆.
There are **no** clouds in the sky. 天上沒有雲彩.
We have had **no** rain since last month. 從上個月到現在一直沒下雨.
No one didn't pass the exam. 所有的人都及格了.
No one knows where she has gone. 沒有人知道她去哪裡.
He had **no** one to talk to. 他找不到人可以說話.
It is **no** joke. 這不是開玩笑.
The team is **no** match for us. 那支隊伍不是我們的對手.

② I am feeling **no** better. 我並沒有覺得比較好過.
No parking. 禁止停車.
Pete is so weird；there's **no** telling what he's going to do. 彼特很古怪，不知道他要幹甚麼.

③ "Is he sleeping？" "**No**, he's watching TV." 「他在睡覺嗎？」「不，他在看電視.」
"Would you like to have another cup of coffee？" "**No**, thank you." 「再來一杯咖啡好

關於「翻譯讀法」

【Q】「最棒的」在英語中寫作 No. 1，其中 No. 的寫法很特別．為甚麼英語的 number 中有 n，沒有 o，而 No. 中卻有字母 o 呢?

【A】No. 是拉丁語 numero 的縮寫．以 Numero 的首母字母構成，並加上縮寫點 (.)．拉丁語 numero 譯成英語則是 number，所以 No. 讀作 number，這是「翻譯讀法」．

英語中有一些這樣直接用拉丁語寫法，但用英語來讀的「翻譯讀法字」．

lb. 表示重量單位「磅」，讀作 pound．20 pounds 寫作20lb.，讀作 twenty pounds．源自拉丁語 libra，原指「秤」，後變為「秤得的重量」，又變為重量單位．

e.g. 可直接按字母讀音讀，但一般讀作 for example (例如)．這是拉丁語 exempli gratia 的縮寫．

i.e. 可直接按字母讀音讀，一般讀作 that is (即，換言之)，由拉丁語 id est 譯成英語而成．

etc. 是拉丁語 et cetera 的縮寫，可按拉丁語讀法讀，也可按譯成英語的 and so on 或 and so forth 讀．直譯成英語為 and the rest (意指「及其他的」)．

cf. 可直接按字母讀音讀，一般讀作 compare (比較)，由拉丁語 confer 譯為 compare 而成．

以上是源自拉丁語的縮寫字，按英語讀法讀的例子．

a.m. 按字母讀音讀．意為「上午」，是拉丁語

ante meridiem 的縮寫．ante 為 before，meri 為 mid，diem 為 day，譯為英語是 before midday，即指「一天中正午之前」．實際上，英語中沒有 before midday 的講法，這是拉丁語直譯成英語的形式，一般英語中稱 in the morning．「上午10點」為10:00 a.m.，讀作 ten o'clock a.m.，意思指 ten o'clock in the morning，不能寫成 a.m. 10:00．

p.m. 直接按字母讀，是 post meridiem 的縮寫，指「下午」．post 是 after 之意，meridiem 的意義見 a.m. 解釋．「下午3點15分」寫作3:15 p.m.，讀作 three fifteen p.m.

A.D. 意為「西元」，直接按字母讀．例如「西元61年」寫作 A.D. 61或 61 A.D. (這是尼祿統治為羅馬皇帝的年份)．A.D. 原是 anno domini 的縮寫．anno 為 year，domini of our Lord，Lord 指基督 (Christ)．A.D. 是「從基督誕生開始數的年份 (譯成英語為 in the year since the birth of Christ)」.

B.C. 直接按字母讀，指「西元前」，但這不是拉丁語，而是英語的 before Christ 的縮寫．意為「基督之前」．「西元前44年」寫作44 B.C.，讀作 forty-four B.C. (凱撒被暗殺的年份)．

關於 A.D. 或 B.C.，例如436 A.D. (羅馬軍隊從英吉利撤退的年份)，「西曆」是「西洋曆」的略寫，這是指羅馬教宗13世於1582年制定的曆法，現在年月的表示基本上使用陽曆．

Oh, **no**! I broke my favorite coffee mug. 哎呀! 我打破了我最喜愛的咖啡杯.

"I got a speeding ticket today." "Oh, **no**!" 「我今天收到了一張超速罰單.」「天哪! 不會吧!」

④ I won't take **no** for an answer. 我不想得到否定的回答.

片語 **no one** 沒有人. (⇨ 範例 ①)

複數 ④ **noes/** ⑤ **nos**

No./No [no] (縮略) = (拉丁語) numero (號碼，數字) 《表此意時讀作 number; ☞ 充電小站 (p. 855))．

範例 My room is **No.** 5. 我的房間號碼是5號.

No. 10 Downing Street is the official home of the British Prime Minister. 唐寧街10號是英國首相官邸.

Nos 3-8 從3號到8號 《讀作 numbers three to eight》.

參考 [美] No. 在數字之前也可用#代替，但不可使用在表示地點時.

複數 **Nos./Nos**

Nobel [no`bɛl] n. 諾貝爾 《Alfred Nobel, 1833-1896，瑞典科學家，發明了炸藥; 其遺產設立了諾貝爾獎基金》.

♦ **Nòbel Príze** 諾貝爾獎 《包括物理學、生理

醫學、化學、文學、經濟、和平等6個獎項》.

nobility [no`bɪlətɪ] n. ① [the ～] 貴族 (階級)，出身高貴的人. ② 高尚，崇高，高潔.

範例 ① A duke is the highest rank in the **nobility**. 公爵是貴族中最高的爵位.

② That statesman is a person of true **nobility**. 那位政治家品格高尚.

*__noble__ [`nobl] adj. ① 高尚的，崇高的，高潔的. ② 貴族的，身分地位高的，出身高貴的.
—— n. ③ 貴族.

範例 ① It is **noble** of her to help the old people. 她幫助老人的行為很高尚.

② His wife was a lady of **noble** birth. 他的夫人出身高貴.

③ The **nobles** planned to murder the King. 貴族們企圖弑君.

活用 adj. ① **nobler, noblest**

複數 **nobles**

nobleman [`noblmən] n. (男性) 貴族.

參考 女性貴族為 noblewoman.

複數 **noblemen**

*__nobly__ [`noblɪ] adv. ① 高尚地，崇高地. ② 以貴族的身分: He was **nobly** born. 他出身高貴.

活用 adv. ① **more nobly, most nobly**

†**nobody** [`no,bɑdɪ] pron. ① 沒有人，無人.

——n. ② 不重要的人，小人物，無名小卒.

〔範例〕① **Nobody** was able to answer the question. 那個人沒有人能回答那個問題.

Nobody but him swam across the river. 除了他以外，沒有人能游過那條河.

② I expect nothing from a **nobody** like you. 我不指望能從你這樣的小人物身上得到甚麼.

〔複數〕 **nobodies**

nocturnal [nɑk`tɜnl] adj. 夜的，夜間活動〔發生〕的: a **nocturnal** bird 夜行性鳥類.

＊**nod** [nɑd] v. ① 點頭〔表示同意、致意或示意〕.
② 打瞌睡. ③ 大意，疏忽，不小心.
——n. ④ 點頭〔示意〕. ⑤ 打瞌睡.

〔範例〕① That man **nodded** to you. Do you know him? 那個男子向你點頭致意，你認識他嗎？

② I **nodded** off at the meeting and didn't hear what was said. 開會時我打盹睡著了，沒聽見說了甚麼.

③ Don't **nod** and forget to take the pie out of the oven. 記得把餡餅從烤爐裡拿出來，別疏忽了.

Even Homer sometimes **nods**.《諺語》智者千慮，必有一失.

④ He gave a **nod** as if to say "yes." 他點頭表示同意.

〔片語〕 *give a nod* 點頭同意. (⇨〔範例〕④)

nod off 打瞌睡. (⇨〔範例〕②)

〔活用〕v. **nods, nodded, nodded, nodding**
〔複數〕 **nods**

＊**noise** [nɔɪz] n.《令人不悅的》聲音，噪音，吵鬧聲，雜音.

〔範例〕They were startled by a sudden **noise** from behind. 他們被後面突然傳來的聲音嚇了一大跳.

We are bothered by the pollution and the **noise**. 污染和噪音困擾著我們.

Don't make any **noise**; the baby's asleep. 別吵，小寶寶睡著了.

The photocopier is making funny **noises**; something is wrong with it. 那臺影印機會發出奇怪的聲音，不知哪裡出了毛病.

〔片語〕 *make a noise/make noise* 抱怨 (about): The students are **making a noise** about having a better uniform. 那些學生正抱怨要一套更好的制服.

make noises 含糊其詞: Why did you **make** neutralist **noises**? 你為甚麼要態度中立地含糊其詞呢？

〔複數〕 **noises**

noiseless [`nɔɪzlɪs] adj. 無聲的，安靜的，低噪音的: We want a more **noiseless** vacuum cleaner. 我們要一臺聲音更小的吸塵器.

〔活用〕adj. **more noiseless, most noiseless**

noisily [`nɔɪzlɪ] adv. 喧鬧地，吵雜地: He left his car in front of our house with the engine running **noisily**. 他把車停在我們的屋子前，且引擎吵雜地開著.

〔活用〕adv. **more noisily, most noisily**

＊**noisy** [`nɔɪzɪ] adj. 喧鬧的，吵雜的.

〔範例〕It's **noisy** in this room. 這個房間裡很吵.

Noisy cars bothered us every night. 吵雜的車聲每晚都困擾著我們.

〔活用〕adj. **noisier, noisiest**

nomad [`nomæd] n. 游牧民族；流浪者，遊民: the **nomads** of the desert 沙漠中的游牧民族.

〔複數〕 **nomads**

nomadic [no`mædɪk] adj. 游牧（民族）的；流浪的: a **nomadic** tribe 游牧民族.

〔活用〕adj. **more nomadic, most nomadic**

no-man's-land [`nomænz,lænd] n. 無人地帶《敵對兩軍最前線之間的地帶》；（無主的）荒地.

nominal [`nɑmənl] adj. 名義上的，有名無實的；象徵性的.

〔範例〕She was only the **nominal** head of the company. 她只是那家公司名義上的領導者.

The politician paid a **nominal** amount of money to buy the house. 那位政客只付了一筆象徵性的金額買那棟房子.

nominally [`nɑmənlɪ] adv. 名義上: She is **nominally** a Christian but seldom goes to church. 她名義上是一個基督徒，但很少去教堂.

＊**nominate** [`nɑmə,net] v. ① 提名，推薦～為候選人. ② 任命.

〔範例〕① She was **nominated** for chairmanship. 她被提名擔任主席.

② The Secretary of State **nominated** Mr. Thompson as Head of East European Affairs. 國務卿任命湯普森先生為東歐事務部部長.

Chairman Rodgers **nominated** a like-minded man to be treasurer. 羅傑斯主席任命一位志同道合的人主掌財務工作.

〔活用〕v. **nominates, nominated, nominated, nominating**

nomination [,nɑmə`neʃən] n. ① 提名，任命，推薦. ② 提名權，任命權.

〔複數〕 **nominations**

nominee [,nɑmə`ni] n. ① 候選人. ② 被任命〔提名，推薦〕的人.

〔複數〕 **nominees**

non- pref. 非，不，無: **nonfiction** 非小說類；**non**-Taiwanese 非臺灣人.

nonchalance [`nɑnʃələns] n. 冷漠，冷淡，漠不關心，不在乎.

nonchalant [`nɑnʃələnt] adj. 冷漠的，漠不關心的，不在乎的: He tried to seem **nonchalant** about her remarks. 他試著對她的意見表現出毫不在乎的樣子.

〔活用〕adj. **more nonchalant, most nonchalant**

nondescript [`nɑndɪ,skrɪpt] adj. ① 不易區分的，沒有特徵的，難以形容的.

——n. ② 無明顯特徵而不易區分〔難以形容〕的人或物.

〔活用〕adj. **more nondescript, most nondescript**

[複數] **nondescripts**

†**none** [nʌn] *pron.* 毫無，一個〔一點〕也沒有.

[範例] **None** of us knew his address. 我們都不知道他的住址.

She has a lot of accessories; **none** is very valuable, though. 她有很多小飾品，但沒有一個是值錢的.

It's **none** of your business how much I eat. 我吃多少與你無關.

I thought some sugar was left, but there was **none**. 我以為還剩下一些糖，結果都沒了.

None got more angry than he. 沒有人比他更生氣了.

It was **none** other than the Prime Minister himself who gave the award to the champion. 不是別人，而是首相親自為冠軍頒獎.

I think he is second to **none** as an actor. 我認為他是最棒的演員.

[片語] **none the less** 然而，儘管如此: My wife surely seems to be a flirt, but I love her **none the less**. 雖然我的妻子確實有點輕浮，但我仍然愛她.

nonentity [nɑn`ɛntətɪ] *n.* ① 不重要的人〔物〕，一無可取的人〔物〕. ② 不存在之物，想像之物.

[複數] **nonentities**

nonetheless [ˌnʌnðə`lɛs] *adv.* 儘管如此《亦作 none the less》: The work was very difficult, but we had to finish it **nonetheless**. 儘管這項工作非常艱鉅，我們還是要完成它.

nonfiction [nɑn`fɪkʃən] *n.* 非小說類的記實文學《遊記、傳記、史實等》.

***nonsense** [`nɑnsɛns] *n.* 無意義的話，胡說八道，荒謬〔荒唐〕的事.

[範例] You're talking sheer **nonsense**. 你簡直在胡說八道.

I've never heard such **nonsense**. 我從未聽過這樣荒唐的事.

Cut out that **nonsense** and finish your schoolwork. 別廢話了，把你的作業做完.

The telephone makes **nonsense** of writing letters. 電話使寫信變得無意義了.

[片語] **make nonsense of ~/make a nonsense of ~** 使無意義. (⇨ [範例])

nonsensical [nɑn`sɛnsɪkl] *adj.* 無意義的，荒謬的: Such a **nonsensical** idea will soon be forgotten. 如此荒謬的想法很快就會被遺忘.

[活用] *adj.* **more nonsensical**, **most nonsensical**

nonsmoker [nɑn`smokɚ] *n.* 不吸菸的人.

[複數] **nonsmokers**

nonsmoking [nɑn`smokɪŋ] *adj.* ① 不吸菸的. ② 禁止吸菸的.

nonstop [`nɑn`stɑp] *adj., adv.* 中途不停的〔地〕，直達的〔地〕; 不間斷的〔地〕.

[範例] He worked **nonstop** for 10 hours. 他連續工作了10個小時.

This is a **nonstop** train to London. 這是到倫敦的直達列車.

noodle [`nudl] *n.* 麵條.

[複數] **noodles**

***nook** [nʊk] *n.* 角落，隅; 僻遠處，隱蔽處.

[片語] **every nook and cranny** 到處，各處.

[複數] **nooks**

‡**noon** [nun] *n.* 中午，正午; 巔峰，鼎盛時期.

[範例] It is twelve o'clock **noon**./It is twelve **noon**. 現在是中午12點.

We arrived at the restaurant at **noon**. 我們中午到達了餐廳.

The clock has struck **noon**. 那個鐘敲了12下.

This is the novel he wrote at the **noon** of his life. 這是他在生命的巔峰期所寫的小說.

[參考] 源於拉丁語的 nona (9)，原指日出後的第9小時 (下午3點).

noonday [`nun͵de] *n.* 正午，中午.

noose [nus] *n.* ① 索套，活結繩套《只拉其中一端即可收緊》. ② 羈絆，束縛.

[複數] **nooses**

†**nor** [nɔr] *conj., adv.* 既不，也不《用 neither...nor ~, not...nor ~ 形式》.

[範例] I can neither read **nor** speak Russian. 我既看不懂也不會說俄語.

Neither you **nor** I am to be blamed. 你和我都不會受到責備.

I have neither money **nor** time to go on a vacation. 我既沒錢也沒時間去度假.

He is not poor, **nor** is he old. 他既不窮也不老.

norm [nɔrm] *n.* ①（行為等的）基準，標準模式; 規範. ②（標準量等的）定額，平均水準.

[範例] ① social **norms** 社會規範.

② Each worker has a production **norm** in this company. 這家公司對每個員工規定了標準生產量.

[複數] **norms**

***normal** [`nɔrml] *adj.* ① 正常的，平常的，正規的，普通的，標準的.

——*n.* ② 普通狀態，常態，標準（值）.

[範例] ① the **normal** temperature of the human body 人體的正常溫度.

It's only **normal** to have feelings like that. 會有那樣的感覺很正常.

People who do such things just aren't **normal**. 能做這種事情的人真是不簡單.

② Last year's annual precipitation was below **normal**. 去年的降雨量低於平均標準.

The river rose one meter above **normal**. 那條河的水位高於正常水位1公尺.

Flight departures and arrivals are finally back to **normal**. 飛機航班的起降終於恢復正常了.

[活用] *adj.* **more normal**, **most normal**

normally [`nɔrmlɪ] *adv.* 平常地，一般地，正常地.

[範例] I **normally** wake up at seven o'clock. 我通常7點起床.

They behaved quite **normally** in spite of their nervousness. 儘管緊張，他們的表現還是相當正常．

The machine is now working **normally**. 這部機器現在正常運轉了．

[活用] adv. **more normally**, **most normally**

Norman [ˋnɔrmən] n. 諾曼人．

♦ the **Nòrman Cónquest** 諾曼征服《1066年由諾曼第公爵，即「征服者威廉」(William the Conqueror) 率領諾曼人征服英格蘭的事蹟》．

*north [nɔrθ] n., adj., adv. 北 (方)，北部 (地區)；北 (方) 的，朝北的；在 [向] 北方．

[範例] Our school is in the **north** of the city. 我們學校位在那個城市北區．

Scotland is **north** of London. 蘇格蘭位於倫敦北方．

♦ **Nòrth América** 北美 (洲)．

Nòrth Américan 北美人 (的)．

nòrth by éast 北偏東《略作 NbE》．

nòrth by wést 北偏西《略作 NbW》．

the **Nòrth Póle** 北極《位於地軸北端，格陵蘭以北的北冰洋中，與羅盤指針所指的磁極 (Magnetic Pole) 並不一致》．

the **Nòrth Séa** 北海《大不列顛島 (Great Britain) 與歐洲大陸之間的淺海海域》．

the **Nòrth Stár** 北極星《因為在地軸北極方向的延長線上，是地球上用來指示北方的一顆星，早期便成為陸上、海上航行的指針；亦作 the Pole Star》．

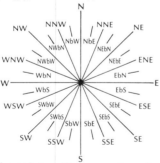

northeast [ˏnɔrθˋist] n., adj., adv. 東北 (方)，東北部；(風) 來自東北的，朝東北方的；在 [向] 東北．

[範例] The castle is to the **northeast** of the church. 那座城堡位於教堂東北方．

It's blowing **northeast**. 現在正吹著東北風．

♦ **northèast by éast** 東北偏東《略作 NEbE》．

northèast by nórth 東北偏北《略作 NEbN》．

northeastern [ˏnɔrθˋistɚn] adj. (在) 東北的，來自東北的：a **northeastern** wind 東北風．

northerly [ˋnɔrðɚlɪ] adv., adj. 來自北方 (的)，向北方 (的)，在北方 (的)．

[範例] We stayed in the **northerly** part of the building. 我們待在那棟大樓的北面．

We proceeded **northerly** along the shore. 我們沿著海岸向北前進．

*northern [ˋnɔrðɚn] adj. (在) 北方的，來自北方的．

[範例] a **northern** wind 北風．

Northern Europe 北歐．

the **northern** lights 北極光《常出現在北極地區夜空的大氣發光現象》．

♦ **Nòrthern Ireland** 北愛爾蘭．

northward [ˋnɔrθwɚd] adv., adj. 在 [向] 北方 (的)；朝北 (的)．

[範例] a **northward** wind 吹向北方的風．

The door opened **northward**. 門朝北開．

northwards [ˋnɔrθwɚdz] adv. 在 [向] 北方．

northwest [ˏnɔrθˋwɛst] n., adj., adv. 西北 (方)；(風) 來自西北方的，向西北的；在 [向] 西北．

[範例] We are in the **northwest** of Taipei. 我們在臺北西北方．

The enemy sailed with a **northwest** wind. 敵人乘著西北風航行．

♦ **northwèst by nórth** 西北偏北《略作 NWbN》．

northwèst by wést 西北偏西《略作 NWbW》．

northwestern [ˏnɔrθˋwɛstɚn] adj. (在) 西北的，來自西北的：a **northwestern** district 西北地區．

Norway [ˋnɔrwe] n. 挪威《☞ 附錄「世界各國」》．

Norwegian [nɔrˋwidʒən] n. ① 挪威人；挪威語．

——adj. ② 挪威人的；挪威語的；挪威的．

[複數] **Norwegians**

*nose [noz] n. ① 鼻子．②(像鼻子般) 突出的部分．③ 嗅覺；直覺．

——v. ④ 嗅出，聞出；探聽 (into). ⑤ 小心謹慎地前進．

[範例] I don't like my flat **nose**. 我不喜歡我的扁鼻子．

Mary has a long **nose**. 瑪麗的鼻子很高挺．

Blow your **nose**, please. 請將鼻子擤乾淨．

② the **nose** of a car 車頭《汽車前端突出的引擎箱等部分》．

the **nose** of a gun 槍口．

③ The detective had a keen **nose**. 那名刑警的偵察能力很強．

④ Stop **nosing** into other people's business. 別再打探別人的事了．

⑤ The car **nosed** out into the traffic. 那輛車在車陣中緩慢前進．

[片語] count **noses** 數人數．

follow ~'s **nose** 筆直地走；憑直覺行事．

lead ~ by the **nose** 牽著~的鼻子走，使唯命是從．

look down ~'s **nose** at... 瞧不起，鄙視．

on the nose 『美』正是，正好，恰好．

pay through the nose 被敲竹槓，付過高的費用．

put ～'s nose out of joint 使受挫，破壞～的計畫．

under ～'s nose 當著～的面，就在～的眼前．

☞ *adj.* nasal

複數 **noses**

活用 *v.* **noses, nosed, nosed, nosing**

nosebleed [`noz,blid] *n.* 流鼻血：He had frequent **nosebleeds**. 他經常流鼻血．

複數 **nosebleeds**

nosedive [`noz,daɪv] *n.* ① (飛機等的) 俯衝．② (股價、物價等的) 暴跌．
──*v.* ③ (飛機等) 俯衝．④ (股價、物價等) 暴跌．

範例 ① The airplane started a spiral **nosedive**. 那架飛機開始螺旋式向下俯衝．

③ The plane **nosedived** to a level of 2,000 feet. 飛機驟降到2,000呎的高度．

④ Profits have **nosedived** this year. 今年的利潤急劇下降．

字源 nose (鼻) ＋ dive (衝入) → 鼻子朝前衝下 → 俯衝．

複數 **nosedives**

活用 *v.* **nosedives, nosedived, nosedived, nosediving**

nostalgia [nɑ`stældʒɪə] *n.* 思鄉病，鄉愁：I have no feelings of **nostalgia** for my home town. 我對我的故鄉並不懷念．

nostalgic [nɑ`stældʒɪk] *adj.* 引起鄉愁的，懷舊的，懷鄉的：The man seemed to get **nostalgic** when he saw the old movie. 那個男子看到那部老電影似乎產生了懷舊之情．

活用 *adj.* **more nostalgic, most nostalgic**

nostril [`nɑstrəl] *n.* 鼻孔：The dragon breathed out fire through its **nostrils**. 那隻龍龍從鼻孔中噴出火焰．

複數 **nostrils**

†**not** [`nɑt] *adv.* 不，不是，沒有，無．

範例 This umbrella is **not** mine, but yours. 這把傘不是我的，是你的．

We do **not** go to school on Sundays. 我們星期天不上課．

Tom will **not** come to the party. 湯姆不會來參加晚會．

I have **not** seen Mary lately. 最近我沒有見到瑪麗．

Aren't you hungry, Tom? 湯姆，你不餓嗎？

Doesn't Tom play the violin? 湯姆不拉小提琴嗎？

Can't you solve this problem? 你不能解決這個問題嗎？

Haven't you seen him for a year? 你不是一年沒見到他了嗎？

Am I **not** allowed to smoke here? 我不能在這裡吸菸嗎？

"Will Tom be here soon?" "I'm afraid **not**." 「湯姆很快就會來到嗎？」「恐怕不會．」

"Does Bob have anything to do with the murder?" "Certainly **not**." 「鮑伯與那起謀殺案件有關嗎？」「當然沒有．」

John got up early so as **not** to miss the first train. 約翰為了不錯過第一班火車而早起．

My cat, **not** having the proper shots, couldn't be shipped to America. 我的貓沒有注射疫苗而無法用船載運到美國．

All cats don't chase mice. 並非所有貓都會捉老鼠．

"Thank you for your kindness." "**Not** at all." 「謝謝你的好意．」「不用客氣．」

Not a single flower survived the frost. 下霜後連一朵花也沒倖存．

片語 *not a (single) ～* 一個也沒有．(⇨ 範例)

not ～ at all/not at all 根本不，一點也不．(⇨ 範例)

not ～ but... 不是～而是．(⇨ 範例)

not only ～ but.../not only ～ but also... 不僅～而且：He lost **not only** his fame **but also** his position. 他不僅壞了名聲更丟了職位．

Not only you but I am responsible for the accident. 不僅是你，還有我都得為這次的意外事故負起責任．

He **not only** joined the team **but** contributed greatly to its victory. 他不僅加入了球隊，並且對球隊的勝利有很大的貢獻．

➡ 充電小站 (p. 861)

***notable** [`notəbl] *adj.* ① 值得注意的；顯著的，著名的．
──*n.* ② 名人，重要人物．

範例 ① This house is **notable** as the birthplace of rock'n'roll. 這間房子以搖滾樂的誕生地而聞名．

Albert Einstein is a **notable** scientist. 亞伯特・愛因斯坦是一位知名的科學家．

② We prepared a lunch for forty **notables**. 我們為40位名人準備了午餐．

活用 *adj.* **more notable, most notable**

複數 **notables**

notably [`notəblɪ] *adv.* 顯著地，引人注目地；特別地．

範例 Several members came late, **notably** the chairman. 有幾位成員遲到，特別是主席．

Our chemistry teacher's behavior is **notably** different from the norm. 我們化學老師的行為舉止明顯地與眾不同．

活用 *adv.* **more notably, most notably**

notary [`notərɪ] *n.* 公證人《為法律文件或合約等公證而使其具有合法資格或法律效力的人；亦作 notary public》．

複數 **notaries**

notation [no`teʃən] *n.* ① 標記，記號(法)，符號(法)．② 注記，筆記．

範例 phonetic **notation** 標音法．

chemical **notation** 化學符號 (表示法)．

musical **notation** 記譜法，音符．

[複數] **notations**

notch [nɑtʃ] n. ① 切口，切痕《呈 V 字形》．② （一個）等級，階段：The song climbed two **notches** this week. 那首歌本週排行上升了兩名．③〖美〗山間小徑．
—— v. ④ 在～上刻痕．⑤ 贏得，獲得（勝利等）．

[複數] **notches**

[活用] v. **notches**, **notched**, **notched**, **notching**

*__note__ [not] n.

原義	層面	釋義	範例
符號	書寫，記錄	筆記，注記，記錄	①
		短箋，便條	②
	（音樂）音符	音符；（樂器的）一個音；（鋼琴的）鍵	③
	聲音	語調，語氣	④
	象徵貨幣價值	紙幣	⑤
	值得加記號	有名，著名；顯著，重要性	⑥

—— v. ⑦ 記錄，做筆記．⑧ 注意，察覺．

[範例] ① I have to take **notes** at a lecture. 課堂上我得做筆記．
② She left a **note** saying she would see us again. 她留了便條說會再與我們相見．
③ Many popular singers cannot read a **note** of music. 許多受歡迎的歌手不會看樂譜．
④ I sense a **note** of dismay in this letter of resignation. 我覺得這封辭職信中充滿了沮喪．
⑤ Give me a five-pound **note**. 給我一張5英鎊的鈔票．
⑥ He is a singer of great **note**. 他是個名氣響亮的歌手．
⑦ Please **note** it down. 請把它記下來．
⑧ **Note** how he passes the baton to the next runner. 注意他是如何交棒給下一位跑者．

[片語] **change ～'s note** 改變態度〔意見〕．
compare notes 交換意見．
strike the right note 說話〔行事〕得體．
take note of 注意，察覺：I found that Tom had **taken note of** everything I had said. 我發現湯姆注意到了我所說的每一句話．

[複數] **notes**

[活用] v. **notes**, **noted**, **noted**, **noting**

*__notebook__ [ˋnot͵bʊk] n. 筆記本，記事簿．
♦ **nòtebook compúter** 筆記型電腦．

[複數] **notebooks**

noted [ˋnotɪd] adj. 有名的，聞名的．
[範例] This is a town **noted** for its wines. 這是個以美酒聞名於世的城鎮．

He is a **noted** jazz pianist. 他是一位著名的爵士鋼琴家．

[活用] adj. **more noted**, **most noted**

notepad [ˋnot͵pæd] n.（撕取式的）便條本，記事本．

[複數] **notepads**

notepaper [ˋnot͵pepɚ] n. 信紙，便箋．

*__noteworthy__ [ˋnot͵wɝðɪ] adj. 值得注意的，顯著的，引人注目的．

[活用] adj. **noteworthier**, **noteworthiest**/ **more noteworthy**, **most noteworthy**

†__nothing__ [ˋnʌθɪŋ] n.（甚麼也）沒有，無，空；零；微不足道的人〔物〕．

[範例] I opened the closet and found **nothing** in it. 我打開衣櫥，發現裡面甚麼也沒有．
Nothing else matters to him apart from his ambition. 他的雄心壯志比甚麼都重要．
They'd had **nothing** to eat since they left their country. 他們離開自己的國家後甚麼都沒有吃．
She has **nothing** to do with this matter. 她與此事無關．
I know **nothing** of his past. 我對他的過去一無所知．
There's **nothing** you can do for him. 你幫不了他（甚麼忙）的．
There was **nothing** wrong with my motorbike. 我的摩托車沒有任何毛病．
Nothing is more precious than health. 沒有甚麼比健康更珍貴的了．
"What's wrong with you?" "**Nothing**."「你怎麼了？」「沒事．」
What others said meant **nothing** to him. 別人說些甚麼對他毫無意義．
He was once my lover but he's **nothing** to me any more. 他曾是我的戀人，但現在對我已毫無意義了．
Can a policeman get in a movie theater for **nothing**? 警察可以不付錢看電影嗎？
Preparations for an earthquake will never be for **nothing**. 為地震所作的準備絕不會白做的．
Not for **nothing** was King Alexander called the Great. 偉大的亞歷山大大帝不是浪得虛名．
His praise is **nothing** but flattery. 他的讚揚不過是奉承罷了．
Nothing but a blood transfusion can save your daughter now. 現在唯有輸血才能救你女兒．
There was **nothing** else but to run away. 除了逃走別無他法．
Asking fifty pounds for that old bicycle is **nothing** less than robbery. 那輛舊腳踏車要價50英鎊，簡直是搶劫．
You're **nothing** less than a beast! 你簡直是頭野獸！
You look **nothing** like a student. 你根本不像個學生．
I had **nothing** like enough money to buy a new car. 我根本沒錢買新車．
She got up late and did **nothing** much Sunday

部分否定 (both ~ not, all ~ not)

【Q】I do not know both of the boys. 這句翻譯成「這兩個男孩我都不認識。」是不正確的, 應譯為「並非兩個男孩我都認識」, 為甚麼呢?

【A】both 是 the two together 的意思, 字面上雖是同時兼顧兩者, 但卻為「部分否定」, 故 I do not know both of the boys. 即為 It is not true that I know both of the boys.

所以, 這個句子可有以下兩種解讀方式:
(1)「在兩個男孩中我認識 A, 不認識 B。」
(2)「在兩個男孩中, 我認識 B, 不認識 A。」

若要表示「全部否定」, 意即「兩個男孩我都不認識」時, 以下才是正確的用法:
I do not know either of the boys.
I know neither of the boys.

either 表示 one or the other of two 的意思, 所以 I do not know either of the boys. 表示「兩人中不認識 A。」+「兩人中不認識 B。」=「兩人都不認識。」雖然 both 和 either 都有「兩個」之意, 但兩者和 not 搭配之後所得到的結果卻不同。

not 與 all, each, every, entire, whole, always, altogether, absolutely, completely, entirely, necessarily, quite, wholly 搭配使用時也是以同樣的概念來解釋句子。

參考以下的例子:

Not all men like baseball. 表示「並非所有男人都喜歡棒球。」的意思, 但若要表示「所有男人都不喜歡棒球。」之意時, 句子應為 No men like baseball。

那麼, All men do not like baseball. 這個句子指哪種意義呢? 從前面的說明可以看出, 其意義為「並非所有男人都喜歡棒球。」如果改變語調, 也有「所有男人都不喜歡棒球。」之意。分析如下:

All men do not like baseball. ↗
「並非所有男人都喜歡棒球。」
All men do not like baseball. ↘
「所有男人都不喜歡棒球。」

以下所引用的英國童謠也有同樣的用法:
Humpty Dumpty sat on a wall,
Humpty Dumpty had a great fall.
All the king's horses,
and all the king's men,
Couldn't put Humpty together again.
「蛋形人, 坐牆頭,
蛋形人, 摔跟頭,
國王的馬匹壯,
國王的人手多,
蛋形人也救不活。」

---

morning. 她星期天早上很晚起床, 甚麼事都沒做。

I answered all the questions in time—there was **nothing** to it. 我及時回答了所有的問題, 根本沒甚麼。

notice [`notɪs] n. ① 布告, 公告, 告示。② 警告, 通知。③ 通告, 預告。④ 注意, 注目。⑤ 短評, 評介。
——v. ⑥ 注意到; 看到, 發覺。

[範例] ① The professor put up the **notice** on the wall. 教授把公告貼到牆上。
② The program schedule is subject to change without **notice**. 節目表可未經通知就作更動。
③ The lawyer gave us **notice** that he would arrive in Taipei on Tuesday. 那位律師通知我們他將在星期二抵達臺北。
④ The girl never took any **notice** of what her mother told her. 那個女孩從未注意她母親講的話。
⑤ The writer's new book got mixed **notices**. 各方對那位作家的新書評價不一。
⑥ The driver **noticed** me. 那名司機注意到我了。
The policeman **noticed** the man's legs shaking. 那位警察注意到那個男子的腳在抖。
No one **noticed** how the girl dressed. 沒有人注意到那個女孩穿甚麼。
I didn't **notice**. 我沒注意到〔發覺〕。

[片語] **bring...to ~'s notice** 將…告訴~, 使注

意。

come to ~'s notice 被~看到〔察覺到〕:
The sad news **came to** her **notice**. 她得知那件不幸的消息。

take notice of 注意, 理會。(⇨ 範例 ④)

[複數] **notices**

[活用] v. notices, noticed, noticed, noticing

noticeable [`notɪsəbl] adj. 引人注目的, 顯眼的, 顯著的: There was a **noticeable** change in his behavior. 他的行為有了明顯的改變。

[活用] adj. **more noticeable**, **most noticeable**

noticeably [`notɪsəblɪ] adv. 醒目地, 明顯地, 顯著地: The twins are not **noticeably** alike. 那對雙胞胎並不是十分相似。

[活用] adv. **more noticeably**, **most noticeably**

notification [ˌnotəfəˈkeʃən] n. 通知(書); 通知, 告示。

[複數] **notifications**

notify [`notə͵faɪ] v. 通知, 報告; 申報。

[範例] If you see anything suspicious, **notify** the proper authorities. 如發現可疑情況, 請通知有關當局。
You should **notify** your new address to the personnel department. 你應該把你的新地址呈報給人事部門。
The hospital **notified** me that my wife had been involved in an accident. 醫院通知我說,

我太太出了意外.

[活用] v. **notifies**, **notified**, **notified**, **notifying**

⁂**notion** [`noʃən] n. ① 理解（力），概念. ② 想法，觀念，意見. ③ 念頭，打算；奇想. ④ 〔～s〕〖美〗小雜物《特指針線、鈕扣、別針等裁縫用品》.

[範例] ① I had no **notion** of what the woman wanted to say. 我不知道那個女子想說甚麼.
② I have no **notion** of buying a video tape recorder. 我不想買錄放影機.
③ The student had a sudden **notion** to go skiing. 那個學生突發奇想要去滑雪.

[複數] **notions**

notoriety [ˌnotə`raɪətɪ] n. 臭名，惡名，壞名聲；聲名狼籍: The terrorists received **notoriety** for their numerous bomb threats. 恐怖分子因不斷製造炸彈威嚇事件而惡名昭彰.

⁂**notorious** [no`torɪəs] adj. （因壞事而）出了名的，聲名狼藉的，惡名昭彰的.

[範例] This city is **notorious** for its air pollution. 這個城市空氣污染嚴重是出了名的.
The **notorious** terrorist was arrested at last. 那個惡名昭彰的恐怖分子終於遭到逮捕了.
He is **notorious** as a liar; he often cries wolf. 他是出了名的騙子，常常無中生有嚇人.《cry wolf 意指「亂發假警報求助」，源自《伊索寓言狼來了》的故事》

[活用] adj. **more notorious**, **most notorious**

notoriously [no`torɪəslɪ] adv. 聲名狼籍地: Second Street is a **notoriously** dangerous area in this city. 第二街是城中出了名的危險地區.

[活用] adv. **more notoriously**, **most notoriously**

***notwithstanding** [ˌnɑtwɪθ`stændɪŋ] prep. ①《正式》雖然，儘管.
——adv. ②《正式》雖然，（儘管如此）仍然.

[範例] ① **Notwithstanding** a decline in output, the company made a profit this year. 儘管產量下降，那家公司今年還是有賺錢.
Physical handicaps **notwithstanding**, she contributed to the development of social welfare. 儘管身體有殘疾，她對社會福利（事業）仍然有所貢獻.
② Sleepless and worn out, the soldiers advanced **notwithstanding**. 儘管缺乏睡眠並且極度疲累，士兵們仍然繼續前進.

nought [nɔt] n. ①（數字）0: **nought** point two 0.2. ②《古語》無，無價值；烏有.

[參考] ② 亦作 naught.

[複數] **noughts**

noun [naun] n. 名詞《表示人、動物、事物等名稱》.

[參考] 以下畫底線部分為名詞: Tom is a student. （湯姆是個學生.）／He played tennis yesterday.（他昨天打網球.）／There is some water in the glass.（杯中有一些水.）

[複數] **nouns**

⁂**nourish** [`nɝɪʃ] v. 滋養，滋補；養育；懷有.

[範例] a well-**nourished** baby 營養良好的嬰孩.
She's still **nourishing** the hope that he'll come back some day. 她仍然懷抱希望，盼望他有一天會回來.

[活用] v. **nourishes**, **nourished**, **nourished**, **nourishing**

nourishing [`nɝɪʃɪŋ] adj. 滋養的，有營養的: Cheese is a **nourishing** food. 乳酪〔起司〕是一種營養食品.

[活用] adj. **more nourishing**, **most nourishing**

***nourishment** [`nɝɪʃmənt] n. 營養（品）: This vegetable is full of **nourishment**. 這種蔬菜營養豐富.

Nov./Nov《縮略》＝November（11月）.

***novel** [`nɑvl] n. ①（長篇）小說《短篇小說稱為 short story；一般的（創作）小說泛稱為 fiction》.
——adj. ② 新鮮的，新奇的；嶄新的.

[範例] ① a popular **novel** 通俗小說.
a modern **novel** 現代小說.
② Marco Polo had many **novel** experiences in China. 馬可・波羅在中國有許多新奇的經歷.

[複數] **novels**

[活用] adj. **more novel**, **most novel**

novelist [`nɑvlɪst] n. 小說家.

[複數] **novelists**

***novelty** [`nɑvltɪ] n. ① 新鮮，新奇，新穎. ② 新鮮的事〔經驗〕；新奇的商品〔玩具〕《通常是價格便宜的新奇小東西或禮品等》.

[範例] ① Did you get over the **novelty** of Taiwanese customs? 你對新鮮的臺灣習俗習慣了嗎?
② Thanksgiving Day was a **novelty** for me. 感恩節對我來說是一次新鮮的體驗.
That store was full of **novelties** and trinkets that tourists would love. 那家店裡有許多新奇的小玩意兒及裝飾品，頗受遊客青睞.

[複數] **novelties**

⁂**November** [no`vɛmbɚ] n. 11月《略作 Nov.》.

[範例] In South Africa, you can swim in **November**. 在南非，11月也可以游泳.
May's little brother was born on **November** 5. 梅的弟弟是11月5日出生的.《November 5 讀作 November (the) fifth》

➡ 充電小站 (p. 817)

novice [`nɑvɪs] n. ① 生手，新手，初學者: Susie is a **novice** at golf. 蘇西是高爾夫球初學者. ② 見習修士或修女《欲成為修士或修女而加入修行者》.

[複數] **novices**

†**now** [nau] adv., n. 現在，馬上，當下，眼前.

[範例] I am reading a book **now**. 我現在正在讀書.
Didn't you hear anything just **now**? 剛才你沒

有聽見甚麼嗎？
Mr. Davis was now the man in the news. 戴維斯先生現在是新聞人物了．
Now is the time to leave. 現在該離開了．
From now on, I'll obey the school regulations. 從現在起，我會遵守校規．
Now, now, don't get upset. 好了，好了，別沮喪了．
Now I am here with you, you don't have to worry. （現在）有我在，你不用擔心．

[片語] **by now** 現在 (已經)：**He should be there by now.** 他現在應該 (已經) 在那裡了．
every now and then 偶爾：**I write to my mother every now and then.** 我偶爾寫信給我媽媽．
for now 現在，目前：**Everything is going well for now.** 目前一切順利．
from now on 從現在開始，今後．(⇨ [範例])
just now 剛才，方才．(⇨ [範例])
now that 因為，既然：**Now that you are a high school student, you must be more independent.** 你已是高中生了，應該更加獨立才是．
now then 喂，哎：**Now then, don't cry any more.** 喂，別哭了．
right now 立即，馬上：**I'm coming right now.** 我馬上就來．

*__nowadays__ [`nauə,dez] adv. 時下，現今，目前：**Nowadays people rarely write a letter.** 現今人們很少寫信．

*__nowhere__ [`no,hwɛr] adv. 無一處，哪裡都不〔沒有〕．
[範例] **I could find the ring nowhere.** 我到處都找不到戒指．
The girl was nowhere to be found. 四處都找不到那個女孩．
"**Where are you going on the weekend?**" "**Nowhere special.**"「週末你要去哪裡？」「沒甚麼特別的地方可以去．」
Five pounds goes nowhere now. 5英鎊現在已經買不到甚麼了．
My uncle will get nowhere with his new business. 我叔叔的新事業不會有甚麼發展的．
The horse you bet on came in third—the one I bet on came nowhere. 你下注的馬跑第3名，而我下注的馬則遠遠落後．
Some of the greatest leaders of the world came out of nowhere. 世界上一些偉大的領導人都是從沒沒無聞起家的．
Rosie is nowhere near clever. 羅西根本不聰明．

[片語] **come nowhere** 輸，慘敗．(⇨ [範例])
get nowhere 一事無成，一無所獲．(⇨ [範例])
go nowhere 毫無辦法，毫無進展．(⇨ [範例])
nowhere near 一點都不，根本不．(⇨ [範例])

noxious [`nɑkʃəs] adj. 有害的，有毒的．
[範例] **Noxious chemicals were found in the river.** 這條河裡發現了有毒的化學物質．
Don't you think this TV program noxious? 你不覺得這個電視節目有害身心嗎？
[活用] adj. **more noxious, most noxious**

nozzle [`nɑzl] n. 管嘴，噴嘴．
[複數] **nozzles**

nuance [nju`ɑns] n. (顏色、聲音、意義等的) 細微差異：**I cannot understand the nuances of English.** 我不懂英語的細微差異．
[複數] **nuances**

*__nuclear__ [`njuklɪɚ] adj. 原子核的，核子 (武器) 的．
♦ **nùclear bómb** 核子炸彈，原子彈．
nùclear disármament 裁減核武軍備．
nùclear énergy 核能，原子能．
nùclear físsion 核分裂《鈾、鈽等重原子核分裂為兩個質量大致相等的部分，會產生極大的能量》．
nùclear fúsion 核融合《氫及其同位素氘、氚等兩個輕原子核聚合在一起時，會產生一個質量比較重的原子核》．
nùclear phýsics 核子物理學．
nùclear pówer plànt 核能發電廠．
nùclear reáctor 核子反應爐《控制核分裂的連鎖反應並應用於發電的大型裝置》．
nùclear tést 核武試驗．
nùclear wár 核武戰爭．
nùclear wéapon 核子武器．

*__nuclei__ [`njuklɪ,aɪ] n. nucleus 的複數形．

*__nucleus__ [`njuklɪəs] n. ① 核心，中心：**The interviewer hit the nucleus of the problem.** 那位採訪者觸及到問題的核心． ② 原子核． ③ 細胞核．
[複數] **nuclei/nucleuses**

nude [njud] adj. ① 裸體的，赤裸的．
——n. ② 裸體畫；裸照． ③ 裸體的人〔雕像〕．
[範例] ① **a nude picture** 裸體畫．
③ **We used to swim in the nude.** 我們曾經裸泳過．
[複數] **nudes**

nudge [nʌdʒ] v. ① (用手肘) 輕碰〔輕推〕．
——n. ② (用手肘) 輕碰〔輕推〕．
[範例] ① **My wife nudged me with her elbow.** 我太太用手肘輕推了我一下．
He nudged his way through the crowd. 他一路推擠穿過人群．
② **My daughter gave me a nudge.** 我女兒輕推了我一下．
[活用] v. **nudges, nudged, nudged, nudging**
[複數] **nudges**

nudism [`njudɪzəm] n. 裸體主義．

nudist [`njudɪst] n. 裸體主義者：**a nudist colony** 天體營．
[複數] **nudists**

nudity [`njudətɪ] n. 裸體，裸露，赤裸．

nugget [`nʌgɪt] n. 貴金屬塊；(食物等的) 小

塊；貴重物品．

範例 a gold **nugget** 金塊．

nuggets of wisdom 智慧結晶．

複數 **nuggets**

*__**nuisance**__ [`njusns] *n.* (令人) 討厭的人〔事，物〕；(法律上的) 公害，令大眾不愉快的事物；妨害物〔行為〕．

範例 Mosquitoes are such a **nuisance**. 蚊子真令人討厭．

Our dog's barking is a **nuisance** to the neighbors. 我們家狗的吠叫讓鄰居生厭．

What a **nuisance**! I have to go out in this heavy rain. 真討厭！下這麼大的雨我還得出門．

複數 **nuisances**

null [nʌl] *adj.* 無效的，無用的；空的，無的；零的．

片語 **null and void** 無效力的: This contract is **null and void**. 這份合約毫無效力．

nullification [‚nʌləfə`keʃən] *n.* 無效，作廢；撤銷．

nullify [`nʌlə‚faɪ] *v.* 使無效，判為無效；抵消，使無價值．

範例 The court **nullified** his conviction. 法庭宣判他無罪．

Your stupid behavior **nullified** all our good will. 你那愚蠢的行為使我們的好意都白費了．

字源 null (無效的) + ify (使成為)．

活用 *v.* **nullifies, nullified, nullified, nullifying**

*__**numb**__ [nʌm] *adj.* ① 失去感覺〔知覺〕的，麻木的，凍僵的．

——*v.* ② 使麻木，使失去感覺〔知覺〕．

範例 ① My left arm has been **numb** since this morning. 我的左臂從今天早上開始就沒有知覺了．

My hands were **numb** with cold. 我的手凍僵了．

The driver was **numb** from the shock of the accident. 那位司機在意外衝撞中失去了知覺．

② The icy wind **numbed** my fingers. 寒風吹得我手指僵硬麻木．

When she saw the monster, she was **numbed** with fear. 她看見那怪物時嚇得呆若木雞．

活用 *adj.* **number, numbest**

活用 *v.* **numbs, numbed, numbed, numbing**

*__**number**__ [`nʌmbə] *n.* ① 數，數字；總數 (量)，合計．② 號碼，編號 (☞ No.)．

——*v.* ③ 計算；算作，視為．④ (為～) 編號．

範例 ① Pick a **number** from one to ten. 從1到10中選一個數字．

2 is an even **number** and 3 is an odd **number**. 2是偶數，3是奇數．

Thirteen is thought to be an unlucky **number**. 13被視為不吉利的數字．

Give me any three-figure **number**. 請隨便說一個3位數的數字．

One, two, three, etc. are cardinal **numbers** while first, second, third, etc. are ordinal **numbers**. 1、2、3等是基數，而第一、第二、第三等是序數．

There are a **number** of reasons why the meeting was postponed. 會議延期有幾個原因．

The **number** of dead and injured is not yet known. 傷亡人數 (目前) 尚未知曉．

Large **numbers** of tourists visit Paris every year. 每年有大批遊客造訪巴黎．

There are any **number** of language schools in LA. 洛杉磯有許多語言學校．

They are few in **number**, but they are very influential. 他們人數雖然不多，但是非常有影響力．

The stars in the sky are without **number**. 天上的星星 (多得) 數不清〔不計其數〕．

② Nobody got problem **number** three. 沒人回答第3個問題．

Give me your telephone **number**, please. 請告訴我你的電話號碼．

Room **number** 302 is on the third floor of this hotel. 302號房在這家旅館的3樓．

Do you have the latest **number** of *Time* magazine? 你有最新一期的《時代》雜誌嗎？

The fifth **number** of the performance was the best one. 第5個節目表演得最好．

③ The school's library **numbers** about 5,000 books. 這個學校的圖書館總計約有5,000本書．

Tahiti is **numbered** as one of the most beautiful and exotic places on earth. 大溪地被視為是世界上最美麗、最具異國風情的島嶼之一．

④ **Number** the photos in the order in which they were taken. 按拍攝順序為這些照片編號．

All the seats are **numbered**. 所有座位都編了號碼．

片語 *a large number of ~/a great number of ~* 大量的，許多的. (⇨ 範例 ①)

a number of ~ 一些的，幾個的. (⇨ 範例 ①)

any number of ~ 許多的. (⇨ 範例 ①)

get ~'s number 瞭解～的底，看清～的意圖: He's **got your number**, Tom. He knows you really want to borrow his computer game. 他知道你在打甚麼主意了，湯姆，他知道你想借他的電腦遊戲．

in number 在數目上. (⇨ 範例 ①)

~'s number is up ～的死期〔劫數〕已到，～的氣數已盡: When I saw that truck coming right at me, I thought **my number was up**. 當我看見那輛卡車向我直駛過來，我以為我的死期到了．

numbers of ~ 許多的. (⇨ 範例 ①)

quite a number of ~ 大量的，相當多的．

充電小站

數詞 (numbers) 的表達方法

數詞表達沒有絕對的規則，唯須留意的是，不論是用文字還是數字，都要首尾一致．另外，要根據目的來選擇讀者容易明白的表達方式．下面列舉一般的原則：

① 從1到100的數以及100以上可被100整除的數一般用文字表達，但若數字太大時亦可文字與數字並用．

I'll have about eight hundred pounds a month. 我的月薪是800英鎊左右．

The program begins at six forty-five. 這個節目6點45分開始．

The sun is nearly 25 million times more massive than the moon. 太陽差不多是月亮的2千5百萬倍大．

The United States imported $2.3 billion worth of shoes in 1984. 1984年美國進口了價值達23億美元的鞋子．《$2.3 billion 讀作 two point three billion dollars》

② 日常頻繁使用的年號、日期、頁碼、街道的門牌號碼、百分比等多用數字表達，而數字後常接縮略符號（lb, in, A.M., P.M.等）．

Tokyo, the capital of Japan with a population of 11,360,000 consists of Tokyo Proper (made up of 23 ku or wards) encircled by 26 satellite cities, 3 counties that include 7 towns and 9 villages, the Seven Islands of Izu and the Ogasawara Islands, making a vast, total area of 2,410sq. km. 日本首都東京擁有人口數11,360,000，包括市區（分23個區）、周邊26個衛星城鎮，以及由7個鎮和9個村所組成的3個縣，還有伊豆7島與小笠原諸島，總面積達2,410平方公里．（2,410sq. km 的 sq. km 是 square

kilometers 的縮略》

COME TODAY only, 27 Princess ct Queensway. Big lux. 4 rm 1 dbl. bed & 2 sgl. bed, kit, bath, CH, own phone & TV, £39 pw.

（⇦ 27 Princess court, Queensway. Big luxurious 4 rooms 1 double bed and 2 single beds, kitchen, bath, central heating, own phone and television, 39 pounds per week）

LP records are played at 33-$\frac{1}{3}$-rpm. LP 唱片每分鐘33-$\frac{1}{3}$轉．（33-$\frac{1}{3}$-rpm 讀作 thirty-three and a third revolutions per minute）

The meeting began at 8:00 A.M. 會議於早上8:00開始．（8:00 A.M.讀作 eight A.M.；如用 eight 代替8:00則不用 A.M., 由 in the morning 取代）

以下為其他常見的數詞表示法：

April 22, 1969 1969年4月22日《讀法參照 充電小站 (p. 313)》.

221 Baker Street 貝克街221號．

.3715 0.3715 《表示小數時讀作 point three seven one five》.

16 pounds 16磅．

Vol. II 第2卷《讀作 volume two》.

Chapter V 第5章《讀作 chapter five》.

80° 80度《讀作 eighty degrees》.

③ 除了年號以外，在句子開頭的數詞以文字表示．

One hundred and twelve people attended this year, compared with 128 last year. 相較於去年的128人，今年有112人參加．

1980 was the last year of his term. 1980年是他任期的最後一年．

---

without number 不計其數的，無數的．（⇨ 範例 ①）

➡ 充電小站 (p. 865)

複數 **numbers**

活用 v. **numbers, numbered, numbered, numbering**

*__numberless__ [`nʌmbɚlɪs] adj. ① 數不清的，無數的．② 沒有數字的．

numbly [`nʌmlɪ] adv. 無感覺〔知覺〕地，麻木地．

活用 adv. **more numbly, most numbly**

numbness [`nʌmnɪs] n. 無知覺，麻木．

numeral [`njumrəl] n. 數字：Please write the date in Arabic **numerals**. 請用阿拉伯數字寫下日期．

複數 **numerals**

numerical [nju`mɛrɪkḷ] adj. 數字的：The teacher arranged the cards in **numerical** order. 那位老師按數字順序整理卡片．

numerically [nju`mɛrɪklɪ] adv. 數字上，按數字地．

*__numerous__ [`njumrəs] adj.《正式》極多的，甚多的，眾多的：The problems were too **numerous** for us to solve. 問題太多了，我們無法解決．

活用 adj. **more numerous, most numerous**

*__nun__ [nʌn] n. 修女，尼姑《☞ monk（修道士，和尚）》．

複數 **nuns**

nunnery [`nʌnərɪ] n. 女修道院，尼姑庵《亦作 convent；男修道院稱為 monastery》．

複數 **nunneries**

nuptial [`nʌpʃəl] adj. ①〔只用於名詞前〕婚姻的，婚禮的．

——n. ②〔~s〕結婚，婚禮．

範例 ① a **nuptial** ceremony 婚禮．② the Prince's **nuptials** 王子的婚禮．

複數 **nuptials**

*__nurse__ [nɝs] n. ① 護士．② 保姆《通常為女性，受雇來照顧小孩子》．

——v. ③ 看護，照顧；護理．④（給嬰兒）哺乳；（嬰兒）吸奶．⑤ 特別照料，精心培育．

充電小站

營養素 (nutrient)

nutrient 指動物及植物為維持生命所必須攝取的物質．以下分項介紹幾項主要的營養素：
▶ 高等動物所需的主要營養素
碳水化合物 (carbonhydrate)
　　carbon 指「碳」，hydr 指「氫，水」，ate 是「化合」的意思．
脂肪 (fat)
礦物質 (mineral)
蛋白質 (protein)
維他命，維生素 (vitamin)

vita 指「生命」，amine 是「胺（與氨構造相似的化學物質）」．
▶ 高等植物所需的主要營養素
鉀 (potassium)
氮 (nitrogen)
磷 (phosphorus)
　　對動物來說水和氧氣是維持生命不可缺少的，對植物來說則是二氧化碳 (carbon dioxide)
《carbon 是「碳」，di 是「2」，oxide 是「氧化物」》．

範例 ① My mother was a **nurse**. 我母親曾經是個護士．
③ The girl **nursed** me during my illness. 那個女孩在我生病時照顧我．
Nurse your broken arm. 照顧好你那摔斷的手臂．
④ When I entered the room, the woman was **nursing** her baby. 當我走進房間時，那位婦人正在給嬰兒餵奶．
⑤ My hobby is **nursing** plants. 我的愛好是蒔花種草．
複數 **nurses**
活用 v. **nurses, nursed, nursed, nursing**
***nursery** [`nɝsrɪ] n. ① 幼兒室，育兒室．② 托兒所．③ 苗圃，苗床；溫床，搖籃．
範例 ② The couple left their son at the **nursery** during the daytime. 這對夫婦白天將他們的兒子寄放在托兒所．
③ Our faculty is a **nursery** for future linguistics. 我們學院是未來發展語言學的搖籃．
♦ **núrsery rhỳme** 童謠，兒歌《其中以《鵝媽媽童謠集》(Mother Goose rhyme) 最為有名》．
núrsery schòol 《美》托兒所《通常對象為3-5歲、還不能上幼稚園的小孩》．
複數 **nurseries**
nursing [`nɝsɪŋ] n. ① 看護，護理（工作）．② 育兒，哺育．
♦ **núrsing hòme** ①（私立的）老人安養院．《英》（小）醫院，私人診所．
nurture [`nɝtʃɚ] v. ① 養育，撫養；教養，管教；培育．
——n. ② 養育，撫養；教養，管教；培育．
範例 ① The man was trimming the trees he had **nurtured**. 那個男子在為自己種植的樹修剪枝葉．
② nature and **nurture** 天性與教養．
活用 v. **nurtures, nurtured, nurtured, nurturing**
***nut** [nʌt] n. ① 堅果《核桃、銀杏、栗子等硬殼中包著果仁的果實》．② 螺絲帽．③ 腦袋，頭．④ 瘋子，怪胎《☞ nuts》．
範例 ③ Use your **nut**. 動動你的腦筋．
片語 **a hard nut to crack** 不易解決〔難以應付〕的難題．

for nuts 怎麼都（不），完全（不）：I can't dance **for nuts**. 我完全不會跳舞．
off ~'s nut 瘋狂的．
the nuts and bolts（計畫或工作等的）基本〔初步〕要點．
☞ berry（莓果）
複數 **nuts**
nutcracker [`nʌt͵krækɚ] n. 胡桃鉗．
複數 **nutcrackers**
nutmeg [`nʌtmɛg] n. ① 豆蔻樹《高約20公尺的熱帶常綠喬木》．② 豆蔻粉《將豆蔻的種子胚乳乾燥後製成粉末的香料，亦可作藥用》．
複數 **nutmegs**
nutrient [`njutrɪənt] n. ① 營養素，營養品《☞ 充電小站 (p. 866)》：These foods have the necessary **nutrients** for growing children. 這些食物含有兒童成長所必須的養分．
——adj. ② 有營養的．
複數 **nutrients**
活用 adj. **more nutrient, most nutrient**
***nutrition** [nju`trɪʃən] n. ① 營養；營養作用，營養供給：There's no **nutrition** in junk food. 垃圾食物沒有任何營養．② 營養學．
nutritious [nju`trɪʃəs] adj. (有) 營養的：You should have **nutritious** meals to get well soon. 為了儘快恢復健康，你三餐應該吃得營養．
活用 adj. **more nutritious, most nutritious**
nutritive [`njutrɪtɪv] adj. (有) 營養的，與營養（學）有關的：This drink is very poor in **nutritive** value. 這種飲料的營養價值很低．
活用 adj. **more nutritive, most nutritive**
nuts [nʌts] adj. ①〔不用於名詞前〕不正常的，發瘋的，瘋狂的．
——interj. ② 去你的！胡扯！《表示厭惡、責難、拒絕等》
範例 ① Joe is **nuts** about the girl. 喬為那個女孩神魂顛倒．
My brother is **nuts** about motorcycles. 我弟弟是一個摩托車迷．
Thinking about my son drives me **nuts**. 想到我兒子就讓我發狂．
go **nuts** 發瘋．

② **Nuts** to rules! 甚麼狗屁規定!
nuzzle [`nʌzl] v. (動物)以鼻子摩擦〔觸碰〕.
[片語] *nuzzle up against ~/nuzzle up to*
~(以鼻子碰觸般地)緊挨，緊貼: The mother
nuzzled up against her little child on the
bed. 母親依偎著幼子入眠.
[活用] v. **nuzzles, nuzzled, nuzzled,**
nuzzling

nylon [`naɪlɑn] n. ① 尼龍《一種合成纖維》. ②
〔~s〕(女性的)尼龍襪.
[複數] **nylons**
nymph [nɪmf] n. ① 仙女《希臘、羅馬神話中居
住在河裡、森林、山中等的精靈》. ②(美麗
的)少女. ③ 幼蟲《不完全變態的昆蟲幼蟲,
如蜻蜓等》.
[複數] **nymphs**

N

O, o

O O o

簡介字母 O 語音與語義之對應性

/o/ 在發音語音學上列為圓唇元音，因而具有「圓滾滾」之本義：

(1) 表示「圓形或類似圓形物如卵、石、洞、孔、口、嘴、眼珠等」：

round　*adj.* 圓的
cone　*n.* 圓錐
dome　*n.* 圓頂屋
knob　*n.* 圓形把手
oval　*n.* 橢圓形
scone　*n.* 圓形鬆餅
dot　*n.* 小圓點
roe　*n.* 魚卵
ovary　*n.* 卵巢
stone　*n.* 石頭
boulder　*n.* 大圓石
hole　*n.* 穴；孔；洞
orifice　*n.* (耳、鼻等的) 口，孔
pore　*n.* 毛孔；氣孔
bore　*v.* 鑽孔
perforate　*v.* 穿孔
oral　*adj.* 口頭的
oath　*n.* 誓約
knoll　*n.* 圓丘
atom　*n.* 原子
coin　*n.* 硬幣
corn　*n.* 雞眼
solar　*adj.* 太陽的
bowl　*n.* 碗
orange　*n.* 柳橙
orb　*n.* 星球，天體《特指地球、太陽》

globe　*n.* 球體
optic nerve　*n.* 視神經
myopia　*n.* 近視
ocular　*adj.* 眼睛的
ogle　*n.* 媚眼
orbit　*n.* 眼框
ophthalmology　*n.* 眼科學

(2) 圓形物如輪子、瓶子等才會滾、才會轉，引申為「滾、轉、捲」：

roll　*v.* 滾動
bottle　*n.* 瓶子
revolve　*v.* 迴轉
scroll　*n.* (紙、羊皮紙等的) 捲軸
volume　*n.* 一卷
tome　*n.* (大冊書的) 分卷，分冊
vortex　*n.* 漩渦
convolution　*n.* 迴旋；腦迴
devolve　*v.* (職責等) 轉移
the Rotary Club　*n.* 扶輪社
rotation　*n.* 旋轉；輪流
popple　*v.* (沸水等) 翻騰

(3) 圓滾滾引申為身體「胖嘟嘟」或收入「肥嘟嘟」：

corpulence　*n.* 肥胖
obese　*adj.* 肥胖的
obesity　*n.* 肥胖
portly　*adj.* (中年人) 圓胖的，魁梧的
rotund　*adj.* 圓胖的
opulent　*adj.* 富裕的；豐富的

O [o] *interj.* 哦！《表示吃驚、恐懼、痛苦、喜悅、願望、感嘆等，也用於打招呼。通常用大寫，多用於句首，後不加驚嘆號或逗號，現在通常用 oh 的形式》

範例 **O** dear me! 哎呀！
O Lord! 主啊！

O'- *pref.* ～的兒子，～的子孫《加於愛爾蘭人的姓氏前》：**O'**Conner 康納之子；**O'**Brien 布萊恩之子。

o' [ə]《縮略》＝of (～的)：5 **o'**clock 5 點鐘。

***oak** [ok] *n.* ① 橡樹《櫟、枹等類的闊葉樹的總稱》。② 橡木：This table is made of **oak**. 這張桌子是用橡木做的。

複數 ① **oaks**

oaken [`okən] *adj.* 橡樹的；橡木製的。

OAP [`o,e`pi]《縮略》＝①《英》old age pension (養老金)。②《英》old age pensioner (領養老金者)。

複數 **OAPs**

oar [or] *n.* 槳，櫓：I pulled the **oars**. 我划了槳。

複數 **oars**

***oases** [o`esiz] *n.* oasis 的複數形。

***oasis** [o`esis] *n.* 綠洲《沙漠中有水、有植物生長的地方》。

範例 The tired traveler wandered the desert looking for an **oasis**. 那個疲倦的旅人在沙漠中漫無目的地尋找綠洲。

That news program is an **oasis** of rationality and unbiased reporting compared to other news shows. 與其他新聞節目相比，那個新聞節目的報導既理性又公正。

複數 **oases**

oath [oθ] *n.* ① 誓約，誓言，宣誓。② 濫用神名，詛咒，咒罵《指發怒時言及神名、宗教詞語或

性字眼的激烈言辭).

範例 ① He took an **oath** of office. 他進行了就職宣誓.

I swore an **oath** that I would never be late again. 我發誓再也不遲到了.

keep ~'s **oath** 遵守誓言.

break ~'s **oath** 違背誓言.

an **oath** of office 就職宣誓.

I am on my **oath** to tell the truth. 我發誓說實話.

② shout **oaths** in anger 因生氣而大聲咒罵.

片語 **on oath/under oath** 宣誓, 發誓: The witness was **on oath** to tell the truth. 那個證人宣誓所言句句屬實.

take an oath/swear an oath 宣誓, 發誓. (⇨ 範例 ①)

參考 oath 分為日常生活中的「誓言」與法律意義上的「宣誓」. 前者加不定冠詞或所有格, 例 make an oath, swear an oath, take an oath, be on my oath 等, 而後者加定冠詞或完全不用冠詞, 例 take the oath, be on oath, be under oath. take the oath 的具體作法是將左手手掌向前伸至耳朵的高度, 將右手放在《聖經》上宣誓說真話. 這是基於對基督教上帝的信仰才有的行為, 宣誓後如說假話將被控以偽證罪 (perjury).

複數 **oaths**

oatmeal [`ot͵mil] n. ① 燕麥片. ② 麥片粥(由燕麥片加牛奶和白糖製成, 主要用來做早餐, 亦作 oatmeal porridge, oats).

***oats** [ots] n. 〔作複數〕① 燕麥片. ② 麥片粥.

片語 **be off ~'s oats** 沒有食欲.

feel ~'s oats 精力充沛, 精神飽滿.

sow ~'s wild oats (年輕時) 縱情玩樂.

***obedience** [ə`bidɪəns] n. 順從, 服從: We all acted in **obedience** to our father. 我們都按父親的命令行事.

***obedient** [ə`bidɪənt] adj. 順從的, 服從的: John is **obedient** to his father. 約翰很聽父親的話.

活用 adj. **more obedient, most obedient**

obediently [ə`bidɪəntlɪ] adv. 順從地, 服從地.

活用 adv. **more obediently, most obediently**

obeisance [o`besn̩s] n. 敬禮, 尊敬: Lady Chatterley made a graceful **obeisance** to the King. 查特萊夫人以優美的姿勢向國王鞠躬敬禮.

複數 **obeisances**

obelisk [`abl͵ɪsk] n. ① 方尖的紀念碑〔塔〕(古埃及等皇宮前成對安置的石製紀念碑. 有4個角, 頂端為尖狀, 有男性生殖器, 再生, 富饒等象徵意義). ② 劍號 (即 †, 亦作 dagger).

[obelisk]

複數 **obelisks**

obese [o`bis] adj. 肥胖的: He became **obese** when he turned 45. 他一到了45歲就發胖了.

活用 adj. **more obese, most obese**

obesity [o`bisətɪ] n. 肥胖.

****obey** [ə`be] v. ① 遵循, 遵守, 服從. ② 憑 ~ 行事.

範例 ① Don't question anything, just **obey**! 甚麼都不必問, 你只要服從就行了!

The driver didn't **obey** the traffic regulations. 那個駕駛員沒有遵守交通規則.

② Judges must **obey** their consciences. 法官必須憑自己的良心行事.

發音 亦作 [o`be].

活用 v. **obeys, obeyed, obeyed, obeying**

obituary [ə`bɪtʃʊ͵ɛrɪ] n. 訃告, 訃聞.

複數 **obituaries**

***object** [n. `abdʒɪkt; v. əb`dʒɛkt] n.

原義	層面	釋義	範例
對象物	該物	物	①
	抽象的	對象	②
	努力的對象	目的, 目標, 受詞	③

——v. ④ 反對, 抗議.

範例 ① What is that **object** by the bench? 那張長椅子旁邊的東西是甚麼?

② The homeless child is an **object** of pity. 那個無家可歸的孩子是人們同情的對象.

Oh, Beth just loves making an **object** of herself, wearing those ridiculous hats and earrings. 噢, 貝絲喜歡戴著那些可笑的帽子和耳環, 使自己成為大家注意的對象.

③ John has no **object** in life. 約翰沒有任何人生目標.

The **object** of Friday's meeting is to find us a suitable representative. 星期五開會的目的是為我們選出一個適合的代表.

④ The Democrats **objected** to the bill. 民主黨反對這個法案.

Mrs. Johnson **objected** that the tuition was too expensive. 強森太太認為學費太貴而加以反對.

片語 **no object** ~ 不成問題的: Experience is **no object**. 不拘經驗.

複數 **objects**

活用 v. **objects, objected, objected, objecting**

***objection** [əb`dʒɛkʃən] n. ① 反對, 異議, 不服, 嫌惡. ② 反對的理由.

範例 ① They raised **objections** to her proposal. 他們反對她的提議.

Do you have any **objection**? 你有任何異議嗎?

② One of his **objections** to the plan was that it would take too much time. 他反對這項計畫的理由之一是耗費太多時間.

[複數] **objections**

objectionable [əbˋdʒɛkʃənb̩l] adj. 令人不愉快的，令人討厭的: **objectionable** behavior 令人討厭的舉止.
[活用] adj. **more objectionable, most objectionable**

objectionably [əbˋdʒɛkʃənəblɪ] adv. 令人不愉快地，令人討厭地.
[活用] adv. **more objectionably, most objectionably**

*__objective__ [əbˋdʒɛktɪv] adj. ① 客觀的，公正的，無偏見的. ② 實在的，實際存在的. ③ 《文法》受格的.
——n. ④ 目標，目的. ⑤《文法的》受格.
[範例] ① an **objective** fact 客觀的事實.
② **objective** evidence 物證.
④ My **objective** this summer will be learning to play tennis better. 我今年夏天的目標是把網球練得更好.
[活用] adj. ① **more objective, most objective**
[複數] **objectives**

objectivity [ˌɑbdʒɛkˋtɪvətɪ] n. 客觀性，公平的判斷.

obligate [ˋɑbləˌget] v. 使負擔義務.
[活用] v. **obligates, obligated, obligated, obligating**

*__obligation__ [ˌɑbləˋgeʃən] n. ① 義務. ② 感謝.
[範例] ① Parents have an **obligation** to their children's education. 父母有教育孩子的義務.
I have an **obligation** to help her. 我有幫助她的義務.
② repay an **obligation** 報答恩情.
I feel an **obligation** to him for his help. 我對於他的幫助心存感激.
[複數] **obligations**

obligatory [əˋblɪgəˌtorɪ] adj. 義務的，強制性的，必須的.
[範例] an **obligatory** subject 必修科目.
It's **obligatory** for sophomores to show freshmen the ropes. 大二學生有向新生傳授大學生活適應訣竅的義務.

*__oblige__ [əˋblaɪdʒ] v. ① 使負擔義務，迫使. ② 施恩惠於; 使高興; 使感激.
[範例] ① Poor election results **obliged** the Liberal Party to form a coalition in the Diet. 選舉的失敗迫使自由黨在國會中成立聯合政府.
Susan is **obliged** to help them after what they did for her. 蘇珊得到他們很多幫助，所以她有回報的義務.
② Oh, won't you **oblige** us with a song? 啊，你能為我們高歌一曲嗎?
I am much **obliged**. 我非常感謝你.
[活用] v. **obliges, obliged, obliged, obliging**

obliging [əˋblaɪdʒɪŋ] adj. 親切的，樂於助人的: an **obliging** person 樂於助人的人.
[活用] adj. **more obliging, most obliging**

obligingly [əˋblaɪdʒɪŋlɪ] adv. 親切地，熱心

地.
[活用] adv. **more obligingly, most obligingly**

oblique [əˋblik] adj. ① 斜的，傾斜的. ② 間接的，委婉的，拐彎抹角的.
——n. ③ 斜線.
[範例] ① an **oblique** line 斜線.
an **oblique** glance 斜眼.
② He gave an **oblique** answer. 他委婉地答覆.
♦ **oblique ángle** 斜角.
[活用] adj. **more oblique, most oblique**
[複數] **obliques**

obliterate [əˋblɪtəˌret] v. 抹掉，除去; 毀掉.
[範例] Last night's typhoon **obliterated** the vegetable garden. 昨晚的颱風毀掉了菜園.
The whole village was **obliterated** by the floods. 整個村莊都被洪水沖毀了.
[活用] v. **obliterates, obliterated, obliterated, obliterating**

obliteration [əˌblɪtəˋreʃən] n. 消失，抹掉，除去，刪除，毀滅.
[範例] We were all astonished by the **obliteration** of the island. 我們都為這個島嶼的消失感到震驚.
The **obliteration** of the whole town was reported to the world. 這整個城鎮都毀滅的消息已向全世界做了報導.

*__oblivion__ [əˋblɪvɪən] n. ① 遺忘,(被)忘卻. ② 無意識.
[範例] ① The singer fell into **oblivion**. 那個歌手被人遺忘了.
② After taking the drug, the boy sank back into deep **oblivion**. 這個男孩吃了藥後就陷入深沉的無意識狀態中.

*__oblivious__ [əˋblɪvɪəs] adj. ① 忘卻的，遺忘的. ② 不在意的，沒注意到的.
[範例] ① The bus driver was **oblivious** of his duty. 那輛公車的駕駛員忘掉了自己的責任.
② We were **oblivious** to the noise. 我們沒注意到那個聲音.
[活用] adj. **more oblivious, most oblivious**

oblong [ˋɑblɔŋ] adj. 長方形的，橢圓形的.

obnoxious [əbˋnɑkʃəs] adj.《正式》令人不愉快的，可憎的，令人討厭的.
[範例] an **obnoxious** smell 一股令人討厭的氣味.
He is the most **obnoxious** man in the world. 他是世界上最令人討厭的男人.
[活用] adj. **more obnoxious, most obnoxious**

oboe [ˋobo] n. 雙簧管《一種木管樂器》.
[複數] **oboes**

obscene [əbˋsin] adj. 猥褻的，淫穢的，肉麻的，下流的: They made some **obscene** jokes. 他們講了一些下流的笑話.
[活用] adj. **more obscene, most obscene**

obscenely [əbˋsinlɪ] adv. 猥褻地，淫蕩地，肉麻地.
[活用] adv. **more obscenely, most obscenely**

obscenity [əb`sɛnətɪ] *n.* 猥褻，淫穢，下流的話或行為：He shouted **obscenities** at me. 他用下流的話對我大聲喊叫。

複數 **obscenities**

***obscure** [əb`skjʊr] *adj.* ① 不清楚的，曖昧的，難解的。② 鮮為人知的，不出名的。

── *v.* ③ 隱藏，遮掩，籠罩。

範例 ① For some **obscure** reason John decided to use his mother's maiden name. 不知甚麼原因，約翰決定冠用他母親的本姓。

There are some **obscure** parts that need clarification. 有一些意義不明確之處需要加以澄清。

② The book was written by an **obscure** writer. 那本書是一個不怎麼出名的作家寫的。

③ A fog came down and **obscured** the house. 起霧了，且霧把那座房子整個籠罩起來。

Their real intentions were **obscured** by purposely misleading statements. 他們的真正意圖被故意用模稜兩可的話掩蓋起來了。

活用 *adj.* **obscurer**, **obscurest**

活用 *v.* **obscures**, **obscured**, **obscured**, **obscuring**

obscurely [əb`skjʊrlɪ] *adv.* 含糊地，曖昧地，模稜兩可地。

活用 *adv.* **more obscurely**, **most obscurely**

***obscurity** [əb`skjʊrətɪ] *n.* ① 難以理解之處，曖昧，模糊。② 不為人知，默默無聞。

範例 ① The **obscurity** of this legalistic language necessitates asking a lawyer. 這個法律用語令人費解，所以有必要向律師請教。

② The poet rose from **obscurity** to fame. 那位詩人從默默無聞變成聲名遠播。

複數 **obscurities**

obsequious [əb`sikwɪəs] *adj.* 諂媚的，討人歡心的，巴結的：The salesclerk gave an **obsequious** smile. 那個店員臉上露出諂媚的笑容。

活用 *adj.* **more obsequious**, **most obsequious**

***observance** [əb`zɝvəns] *n.* ① 遵守，奉行。② 儀式。

範例 ① the **observance** of the law 遵守法律。

observance of Washington's birthday 慶祝華盛頓誕辰。

observant [əb`zɝvənt] *adj.* ① 觀察力敏銳的，機警的，密切注視的：An **observant** policeman saw the robbers fleeing the scene of the crime. 一個機警的警察目擊了盜賊從犯罪現場逃走。② 嚴守的，遵守的。

活用 *adj.* **more observant**, **most observant**

***observation** [ˌɑbzɚ`veʃən] *n.* ① 觀察，注視，注目，觀察力。②（基於觀察的）意見，看法，評論。

範例 ① the **observation** of nature 對大自然的觀察。

make **observations** of the moon 對月亮進行觀察。

Children should be kept under **observation**

by their parents. 孩子們應該要有父母的監護。

② Your **observations** on the event were simply absurd. 你對那件事的看法簡直太荒謬了。

複數 **observations**

***observatory** [əb`zɝvəˌtorɪ] *n.* ① 觀測站，氣象臺，天文臺。② 瞭望臺。

複數 **observatories**

***observe** [əb`zɝv] *v.* ① 觀察，看到，注意到。②《正式》敘述，陳述意見，評論。③ 遵守。

範例 ① I **observed** the eclipse of the moon last night. 昨天夜裡我觀察了月蝕。

Nothing unusual in her behavior was **observed**. 她的行為沒有任何異常。

② The correspondent **observed** that the junta's new policy could spark riots. 這個特派記者說，軍事政權的新政策有可能引發暴動。

③ Do they **observe** Christmas in Australia? 在澳洲有過聖誕節的習慣嗎？

We have to **observe** the speed limit. 我們必須要遵守速限規定。

活用 *v.* **observes**, **observed**, **observed**, **observing**

observer [əb`zɝvɚ] *n.* ① 觀察者，進行觀察的人。② 觀察員，旁聽者。

範例 ① an **observer** of nature 觀察大自然的人。

② He attended the conference as an **observer**. 他以觀察員的身分出席了那場會議。

複數 **observers**

obsess [əb`sɛs] *v.* 纏住，縈繞：The baseball player was **obsessed** by strange anxiety. 那個棒球選手被一種莫名的不安所困擾。

活用 *v.* **obsesses**, **obsessed**, **obsessed**, **obsessing**

obsession [əb`sɛʃən] *n.* 著迷，纏住，（思想或情感等）擺脫不了的念頭，妄想：He has an **obsession** with telephone cards. 他迷上了電話卡。

複數 **obsessions**

obsessive [əb`sɛsɪv] *adj.* ① 有某種意念盤據於心的：Mr. White's wife is **obsessive** about cleanliness. 懷特先生的太太有潔癖。

── *n.* ② 心頭有某種意念縈繞的人。

活用 *adj.* **more obsessive**, **most obsessive**

複數 **obsessives**

obsolescence [ˌɑbsə`lɛsns] *n.* 逐漸被廢棄的事物，即將過時的事物。

obsolescent [ˌɑbsə`lɛsnt] *adj.* 逐漸被廢棄的，即將過時的：That expression is **obsolescent**. 那種表達方式已經很少有人用了。

obsolete [`ɑbsəˌlit] *adj.* 已被廢棄的，已經過時的，不再流行的。

範例 That plane uses an **obsolete** engine. 那架飛機使用舊式的引擎。

That word is **obsolete** nowadays. 那個字現在已經不用了。

***obstacle** [`ɑbstəkl] *n.* 障礙物，障礙，干擾，

阻礙．
〔範例〕The glaciers were an **obstacle** to his progress. 冰河擋住了他的去路．
There seem to be no **obstacles** to your marriage. 你們的婚姻似乎已經沒有任何阻礙了．

♦ **óbstacle ràce** 障礙賽跑．

〔複數〕**obstacles**

obstetrics [əb`stɛtrɪks] n. 〔作單數〕產科學，助產術．

obstinacy [`abstənəsɪ] n. 頑固，固執，倔強：
The boy's **obstinacy** stands in the way of his development. 那個男孩的固執影響他的進步．

*   **obstinate** [`abstənɪt] adj. 頑固的，倔強的，難以控制的；難以治癒的：
〔範例〕Jane is an **obstinate** child—she never changes her opinion. 珍是個固執的孩子，從不肯改變她的想法．
I've had an **obstinate** cough since last week. 從上週起我那難治的咳嗽就沒停過．

〔活用〕adj. **more obstinate, most obstinate**

obstinately [`abstənɪtlɪ] adv. 頑固地，倔強地，固執地．

〔活用〕adv. **more obstinately, most obstinately**

*   **obstruct** [əb`strʌkt] v. ① 阻塞（道路、水路等）．② 阻撓，妨礙．
〔範例〕① The accident **obstructed** the road for two hours. 那次車禍阻塞道路長達兩個小時．
② Tall buildings **obstruct** my view of the mountain. 由於那些高樓大廈我看不見遠處的山．
The Republican Party is trying to **obstruct** passage of the bill. 共和黨想要阻撓這個法案的通過．

〔活用〕v. **obstructs, obstructed, obstructed, obstructing**

obstruction [əb`strʌkʃən] n. 阻礙，障礙（物）．
〔範例〕Your behavior will be regarded as **obstruction** of justice. 你的行為將被視為妨礙司法．
Fallen trees are causing **obstructions** to traffic. 傾倒的樹木對交通造成阻礙．

〔複數〕**obstructions**

*   **obtain** [əb`ten] v. ① （使）獲得，得到，把（東西）弄到手．② 普及，實行，通用．
〔範例〕① She **obtained** a large sum of money. 她得到了一筆鉅款．
Whisky can be **obtained** for thirty dollars at that liquor store. 威士忌在那家酒店用30美元就能買到．
Mr. Gates **obtained** his wealth through hard work and bright ideas. 蓋茲先生靠著勤奮和靈活的頭腦得到了那些財富．
② Old customs still **obtain** in many places. 古老的習俗仍然適用於許多地方．

〔活用〕v. **obtains, obtained, obtained,**

obtaining

obtainable [əb`tenəbl] adj. 可獲得的，能得到的，能弄到手的：This type of radio is no longer **obtainable**. 這一型的收音機已經弄不到了．

〔活用〕adj. **more obtainable, most obtainable**

obtrusive [əb`trusɪv] adj. 強加於人的，強迫人接受的；突出的，醒目的：**obtrusive** music 刺耳的音樂．

〔活用〕adj. **more obtrusive, most obtrusive**

obtrusively [əb`trusɪvlɪ] adv. 強迫於人地，突出地，醒目地．

〔活用〕adv. **more obtrusively, most obtrusively**

obtuse [əb`tus] adj. ① 鈍的，不銳利的，鈍角的．② 愚笨的，遲鈍的：He seems **obtuse** but in fact he is the smartest in the class. 他看似遲鈍，其實他是我們班最聰明的．

〔活用〕adj. **more obtuse, most obtuse**

obtusely [əb`tuslɪ] adv. 愚笨地，遲鈍地．

〔活用〕adv. **more obtusely, most obtusely**

obviate [`abvɪ͵et] v. 《正式》排除，摒除：The new technique has **obviated** the danger of researchers being infected. 這項新科技排除了研究人員受到感染的危險性．

〔活用〕v. **obviates, obviated, obviated, obviating**

*   **obvious** [`abvɪəs] adj. 明顯的，明白的，顯而易見的．
〔範例〕It is **obvious** that he hates you. 很顯然地他討厭你．
When the boy came in, his fatigue was **obvious**. 當那個男孩進來的時候，很明顯看得出他很疲倦．
I can't believe you told such an **obvious** lie. 我真不敢相信你會說這種明顯的謊言．

〔活用〕adj. **more obvious, most obvious**

obviously [`abvɪəslɪ] adv. 顯然地，明顯地：**Obviously** he is a communist. 他顯然是個共產主義者．

〔活用〕adv. **more obviously, most obviously**

*   **occasion** [ə`keʒən] n. ① 時候，時刻；場合，機會．② 特別的事件，儀式，慶典．③ 原因，理由．
——v. ④ 引起，成為原因．
〔範例〕① This is not an **occasion** for quarreling. 現在可不是吵架的時候．
I have never had an **occasion** to use this machine. 直到現在我還沒有使用這臺機器的機會．
② An evening gown is for special **occasions**. 晚禮服是在一些特殊的場合上穿的．
③ There is no **occasion** for hurry. 用不著那麼急．
④ The arrest of the governor **occasioned** a sensation. 地方長官被逮捕的事件引起了一陣轟動．

〔片語〕**on occasion** 偶爾，有時：Our teacher

sings in class **on occasion**. 我們的老師有時候會在課堂上唱歌.

[複數] **occasions**

[活用] v. **occasions**, **occasioned**, **occasioned**, **occasioning**

***occasional** [əˋkeʒənl] adj. ① 不時的, 偶爾的, 間或的. ②《正式》只用於特殊場合的.

[範例] ① It will be overcast with **occasional** showers. 天氣陰, 且偶有陣雨.

My sister takes an **occasional** trip to Tokyo. 我姊姊偶爾會去東京.

an **occasional** chair 備用的椅子.

***occasionally** [əˋkeʒənlɪ] adv. 有時, 偶爾: My daughter **occasionally** goes to the library. 我女兒有時候會去圖書館.

Occident [ˋaksədənt] n. 〔the ~〕西洋, 西方, 歐美: Some Taiwanese customs are hard to understand for the people from the **Occident**. 有些臺灣習俗是西方人士難以理解的.

[字源] 拉丁語的 occidentem (太陽落下的方位).

☞ ↔ Orient

occidental [ˏaksəˋdɛntl] adj. ① 西方的: The Taiwanese are said to be influenced by **Occidental** civilization. 據說臺灣人受到西方文明的影響.

—— n. ② 西方人.

[複數] **occidentals**

occult [əˋkʌlt] adj. ① 神祕的, 不可思議的, 魔術般的: The priest seems to have dark **occult** powers. 那位牧師似乎有不可理解的神祕力量.

—— n. ② 〔the ~〕神祕的事物, 玄妙, 不可知之事.

occupant [ˋakjəpənt] n. 占有者, 居住者, 現住者: The letter was addressed not to the owner but to the **occupant** of the house. 這封信是寄給那間房子的所有人, 而是寄給居住者的.

[複數] **occupants**

***occupation** [ˏakjəˋpeʃən] n. ① 占有, 占用, 擁有, 占領. ② 工作, 職業; 消磨時間的方法.

[範例] ① The new hotel isn't quite ready for **occupation**. 那家新旅館現在還不能住.

The American **occupation** lasted seven years. 美國占領了7年.

② "What's your **occupation**?" "I'm a singer." 「你從事甚麼工作?」「我是歌手.」

Golfing is his favorite **occupation**. 打高爾夫球是他消磨時間的最好方法.

➡ (充電小站) (p. 875)

[複數] **occupations**

occupational [ˏakjəˋpeʃənl] adj. 〔只用於名詞前〕職業的, 職業上的, 職業引起的: Getting shot is an **occupational** hazard of policemen. 遭到槍擊是警察職業上的潛在危險.

♦ **occupàtional diséase** 職業病.

***occupy** [ˋakjəˏpaɪ] v. 占有, 擁有, 占,

據.

[範例] His family has **occupied** that land since 1960. 他的家人從1960年來一直住在那塊土地上.

All the seats in the theater were **occupied**. 戲院的座位都坐滿了人.

A card table **occupies** the center of the basement. 一張牌桌占去了地下室的中央部分.

The rebel forces have **occupied** the television station and the main railroad stations. 叛軍已占領了電視臺與主要的火車站.

My father **occupies** an important position in his company. 我父親在公司身居要職.

Playing tennis **occupies** most of my Sunday afternoons. 我星期日下午大部分時間都在打網球.

My brother **occupied** himself in playing his flute. 我弟弟整天忙著吹長笛.

He is **occupied** in starting up a new business. 他正忙著開創新事業.

[片語] **be occupied with/be occupied in** ~ 從事, 忙於, 專心於. (⇨ [範例])

occupy ~self with/occupy ~self in ~ 從事, 忙於, 專心於. (⇨ [範例])

[活用] v. **occupies**, **occupied**, **occupied**, **occupying**

***occur** [əˋkɝ] v. ① (事件等意外) 發生. ② (事物) 出現.

[範例] ① The collision **occurred** at that corner. 碰撞發生在那個轉角處.

Sometimes terrorist bombings **occur** where they are least expected. 有時候恐怖分子的恐怖炸彈行動會發生在人們意想不到的地方.

② Spelling mistakes **occur** in every line of his essays. 他的論文到處都是拼字錯誤.

A good idea **occurred** to her. 她突然想到了一個好主意.

It **occurred** to me to hold a big party for my parents. 我想要為父母辦一場盛大的晚會.

[片語] **occur to** (某種想法在~的心裡) 浮現. (⇨ [範例] ②)

[活用] v. **occurs**, **occurred**, **occurred**, **occurring**

***occurrence** [əˋkɝəns] n. ① 事件, 事情; 遭遇. ② 發生, 出現.

[範例] ① That is an everyday **occurrence**. 那是家常便飯.

② Earthquakes are frequent **occurrences** here. 此地也震頻繁.

The regular **occurrence** of dizziness may be a sign of disease. 經常性的頭暈也許是生病的徵兆.

[複數] **occurrences**

***ocean** [ˋoʃən] n. 大洋, 海洋; ~洋.

[範例] They set out on an **ocean** voyage. 他們啟程展開海上航行.

Shall we go swimming in the **ocean**? 要不要去海邊游游泳?

We have **oceans** of problems. 我們的問題太多了.

[片語] **an ocean of/oceans of** 許多的，大量的. (⇒ [範例])

♦ the Antàrctic Ócean 南極海.
the Àrctic Ócean 北極海.
the Atlàntic Ócean 大西洋.
the Ìndian Ócean 印度洋.
the Pacific Ócean 太平洋.

[複數] **oceans**

oceanic [ˌoʃɪˈænɪk] *adj.* 遠洋的，遠海的；海洋般的，大海似的.

***o'clock** [əˈklɑk] *adv.* ～點鐘.

[範例] It is four **o'clock**. It is four in the afternoon. 現在是4點鐘，是下午4點鐘.
We left home at two **o'clock**. 我們兩點鐘的時候離開家.
I missed the eight **o'clock** bus. 我錯過了8點的公車.

[參考] o'clock 是 of the clock 的縮略，意為「鐘錶的」. It is four o'clock. 意為「時針正好指著4」——即「4點鐘」之意. 在第一個例句中的 four in the afternoon (下午4點)，談話主題為時刻時沒有必要再說 o'clock，以 a.m./p.m. 表示時間時也一樣. 另外，像 three thirty (3點30分) 的時候，時針既不是指著3也不是指著30，所以不加 o'clock.

Oct./Oct [縮略] ＝October (10月).

octagon [ˈɑktəˌɡɑn] *n.* 8角形.

[複數] **octagons**

octagonal [ɑkˈtæɡənl] *adj.* 8角形的.

octave [ˈɑktɛv] *n.* 8度，自然音階的第8個音，第8度音階.

[字源] 拉丁語的 octava (第8的).

[複數] **octaves**

***October** [ɑkˈtobə] *n.* 10月《略作 Oct.》.

[範例] We have a sports day in **October**. 我們將在10月舉行運動會.
Children enjoy Halloween on **October** 31. 孩子們在10月31日歡度萬聖節前夕.《October 31 讀作 October (the) thirty-first》

➡ [充電小站] (p. 817)

octopus [ˈɑktəpəs] *n.* 章魚.

[字源] 希臘語的 oktō (8)＋pous (腿).

[複數] **octopuses**

***odd** [ɑd] *adj.*

原義	層面	釋義	範例
不成對地多出來的	標準	古怪的，奇怪的	①
	成對事物的其中一方	單隻的，不成對的，奇數的	②
	慣例	臨時的，偶爾的；零碎的	③
	表示大約的單位	有零數的，帶零頭的；～多的	④

[範例] ① Jane has an **odd** way of speaking. 珍說話的方式很古怪.
It's very **odd** that the McKays didn't come to the reception. 瑪凱一家人沒有來參加招待會，真是怪事.
② an **odd** shoe 單隻的鞋.
1, 3, 5, 7, etc. are **odd** numbers. 1, 3, 5, 7等是奇數.
③ You can make pretty good money doing **odd** jobs for people in this wealthy neighborhood. 你在這一帶有錢人住的地方打打零工，可以賺到不少錢.
I only get the **odd** moment to read. 我只能利用零碎時間讀書.
④ He lived in Brazil for twenty **odd** years. 他在巴西住了20多年.

[片語] **at odd moments/at odd times** 偶爾抽空，在閒暇時.

☞ ② ↔ even

[活用] *adj.* ① **odder**, **oddest**

oddity [ˈɑdətɪ] *n.* ① 怪事；古怪，奇怪. ② 怪人，奇人；古怪的行為.

[複數] **oddities**

oddly [ˈɑdlɪ] *adv.* 奇怪地，奇妙地: **Oddly** enough, the police didn't have the relevant information about the case. 奇怪的是，警方根本沒有掌握那個案子的相關情報.

[活用] *adv.* **more oddly**, **most oddly**

oddments [ˈɑdmənts] *n.*《作複數》不值錢的東西，零碎之物.

***odds** [ɑdz] *n.*《作複數》① 勝算，佔優勢. ② 可能性，希望，機會. ③《體育運動中》讓步，給與優惠. ④《賽馬的》賠率.

[範例] ① The **odds** are against us. 我們沒有獲勝的希望.
The **odds** are in our favor. 我們的勝算很大.
The **odds** are better than even. 勝算機會超過一半.
② The **odds** are that he will win the match. 他很有可能贏得比賽.

[片語] **against all the odds** 儘管情勢不利〔屈居劣勢〕.

at odds with 與～意見不合，與～有衝突: My wife is **at odds with** my mother. 我妻子與我母親不和.

by all odds/by long odds 肯定，無疑地《強調比較級、最高級時用》: He is **by all odds** the fastest runner in the class. 在班上他肯定是跑得最快的人.

make no odds《英》沒有分別，完全一樣: It **makes no odds** where we go to eat—all the restaurants are expensive. 我們去哪裡吃飯都一樣，每家餐廳都很貴.

What's the odds? 有甚麼差別嗎?

♦ **òdds and énds/òdds and sóds** 《沒甚麼價值的》零碎雜物；瑣碎小事.

ode [od] *n.* 長詩，賦，頌；抒情歌《通常為朗誦形式的抒情詩》: **Ode** to Autumn《秋之頌》《濟慈 (Keats) 的作品》.

充電小站

職業 (occupation)

（男）演員　actor
女演員　actress
廣播員　announcer
建築師　architect
麵包師傅　baker
銀行職員　bank clerk
理髮師　barber
棒球選手　baseball player
肉販　butcher
木工　carpenter
漫畫家　cartoonist
合格會計師　certified public accountant/CPA
作曲家　composer
電腦程式設計師　computer programer
廚師　cook
評論家　critic
舞蹈家　dancer
牙科保健師　dental hygienist
牙醫　dentist
設計師　designer
營養師　dietician
外交官　diplomat
醫生　doctor
司機　driver
編輯　editor
工程師　engineer
廠長　factory manager
農夫　farmer
消防隊員　firefighter/fireman
漁民　fisherman
客機空服員/空少/空姐　flight attendant/
　steward/stewardess
園藝家　gardener
〔英〕蔬果販　greengrocer
吉他手　guitarist
髮型設計師　hairdresser

插圖畫家　illustrator
口譯員　interpreter
管理員　janitor
法官　judge
記者　journalist
律師　lawyer
圖書館員　librarian
合格稅務人員　licensed tax accountant
機械工　mechanic
電影導演　movie director
音樂家　musician
新聞播報員　newscaster
護士　nurse
畫家　painter/artist
電影界〔電視圈〕名人　personality
藥劑師　pharmacist
攝影師　photographer
飛行員　pilot
配管工人　plumber
警察　police officer/policeman
政治家　politician/statesman
檢察官　prosecuting attorney
船員　sailor
教授　professor
推銷員　salesperson
科學家　scientist
祕書　secretary
歌手　singer
（形象、服飾、裝潢等的）設計師　stylist
教師　teacher
翻譯（工作）者　translator
旅遊業者　travel agent
獸醫　vet/veterinarian
焊接工　welder
摔角選手　wrestler
作家　writer

複數 **odes**

odious [ˋodɪəs] *adj.* 令人討厭的，可憎的，令人嫌惡的：Our English teacher is a very **odious** woman. 我們的英文老師是一個令人討厭的女人。

活用 *adj.* **more odious**, **most odious**

***odor** [ˋodɚ] *n.* 氣味。
範例 A foul **odor** came from his room. 他的房間傳來一陣臭味。
I like the sweet **odor** of freshly-baked cakes. 我喜歡蛋糕剛出爐的香味。
參考 〔英〕odour.
複數 **odors**

***odour** [ˋodɚ] =*n.* 〔美〕odor.

Odyssey [ˋɑdəsɪ] *n.* ① (the ~)《奧德賽》(荷馬 (Homer) 所作、描寫特洛伊戰爭 (the Trojan War) 之後奧德修斯 (Odysseus) 的流浪生涯的敘事詩)。② 長途冒險之旅。

複數 ② **Odysseys**

†**of** [(強) ˋɑv; (弱) əv] *prep.*

作用	"A of B" 的形式	釋義	範例
表示 A 與 B 的關係	A 是 B 的所有物	~的	①
	A 是 B 的一部分	~的，在~之中的	②
	A 與 B 是同一事物	叫作~，~般的…	③
	A 是 B 的狀態	就~，關於~	④
	B 是 A 的主詞	~的	⑤
	B 是 A 的受詞	~的	⑥

原義	層面	釋義	範例
以～為基礎	場所、事物	由～，從～	⑦
	材料	～的；用～，由～	⑧
	原因	因為～，由於～	⑨
	時間	～之前	⑩

範例 ① Do you remember the name **of** the store? 你還記得那家店的名字嗎？
He is the eldest son **of** Mr. Stevenson. 他是史蒂文生先生的長子。

② The photo shows only the top **of** the mountain. 那張照片只照到山頂。
The legs **of** this table are too short. 這張桌子的桌腳太短了。
Some **of** the students got lost on the mountain. 有幾個學生在山上失蹤了。
Who is the smartest **of** all? 在所有人之中誰最聰明？

③ Roy lived in the city **of** Taichung for five years. 羅伊已經住在臺中市5年了。
The car won't hold the six **of** us and our dog. 那輛車載不下我們6個人和我們的狗。
She is an angel **of** a woman. 她是個天使般的女子。
Jim is a man **of** importance. 吉姆是個重要人物。

④ It's silly **of** you to trust that woman. 你真傻，竟然會相信那個女人。
The cheetah is very swift **of** foot. 獵豹跑得非常快。
I am hard **of** hearing. 我有重聽。

⑤ Nothing is more precious than the love **of** a mother for her child. 沒有其他東西比母愛更珍貴。
With the coming **of** night, a north wind began to blow. 一到夜裡就開始颳北風。
Do you believe in the love **of** God? 你相信上帝的愛嗎？
With the approach **of** night, the wind began to die down. 隨著黑夜的來臨，風逐漸停息了。

⑥ I know the writer **of** this novel very well. 我跟這本小說的作者很熟。
The discovery **of** oil made the village very rich. 由於發現了石油，這個村子變得很富裕。

⑦ He was born **of** Irish parents. 他的父母是愛爾蘭人。
We are within ten miles **of** Dallas. 我們距離達拉斯不到10哩。
She likes to be independent **of** her family. 她想要自食其力，不依賴家人。
She robbed me **of** my peace. 她吵得我不安寧。

⑧ She wore a dress **of** silk at the party. 她在宴會上穿了件絲綢禮服。
The book consists **of** twenty chapters. 那本書由20個章節組成。
This sweater is made **of** wool. 這件毛衣是用羊毛織成的。
He made too much **of** money. 他太看重金錢了。
She spoke **of** her experiences at sea. 她敘述自己的海上生活經歷。《原句為 She spoke something of her experiences at sea，省略了 something》

⑨ The artist died **of** cancer. 那位藝術家死於癌症。
He was glad **of** his son's success. 他為兒子的成功感到高興。
She helped a lot of sick people **of** her own accord. 她主動幫助許多生病的人。

⑩ It's five minutes **of** four. 現在是3點55分。

†**off** [ɔf] *prep.*, *adv.*, *adj.*

原義	層面	釋義	範例
從～離開	場所、時間、數量	*prep.*, *adv.*, *adj.* 離開；離開的；右側的	①
	衣服類等	*prep.*, *adv.* 脫下，沒穿地	②
	事物	*adv.* 切斷地，中止地	③
	一般的狀態	*prep.*, *adv.*, *adj.* 休息地；休息的；不順利的，不佳的	④

範例 ① Keep **off** the grass. 請勿踐踏草皮。
The clock fell **off** the wall in the earthquake. 由於地震，時鐘從牆上掉下來了。
The gas station is a mile **off**. 加油站離這裡1哩遠。
A passing truck scraped the **off** side of my car. 通過的卡車擦撞我汽車的右側。《〖英〗指離人行道遠的一側，即右側；↔ near side》
Where is he **off** to now? 現在他去哪裡了？
The temple stood **off** the main road. 那座寺院距離主要道路很遠。
The deadline is only five days **off**. 離截止日期只剩5天了。
This is 10 percent **off** the usual price. 這是定價的9折。

② Take **off** your jacket. 請脫掉夾克。
Steve took his shoes **off**. 史蒂夫脫下了鞋子。
He went out the door with his shoes **off**. 他沒穿鞋就出門了。

③ Nick turned **off** the stereo. 尼克關掉立體音響。
Clear **off** your desk. 把你的桌子收拾乾淨。
Fran paid **off** all her debts. 法蘭還清她所有的債務了。

④ When I'm **off** duty, I enjoy playing tennis with my wife. 我不工作的時候喜歡和妻子一起打網球。
The tennis player was **off** his game. 那個網球選手最近很少參賽。
My boss took three days **off**. 我的老闆休了3天假。

Shops that cater to tourists don't make nearly as much money during the **off** season. 專作觀光客生意的商店在旅遊淡季的銷售額會減少許多.

This meat is **off**. 這肉已經壞了.

Jack isn't coming because he said he's feeling **off**. 傑克說他不舒服, 所以不能來了.

片語 **off and on/on and off** 斷斷續續地, 間斷地, 偶爾: I see him **off and on** on my way to and from work. 我上下班的時候偶爾會碰到他.

off with 脫掉, 摘下〔用於祈使句時〕: **Off with** your hat! 摘下你的帽子!

Off with you! 滾開!

***offence** [əˋfɛns] =n. 〔美〕offense.

***offend** [əˋfɛnd] v. ① 激怒, 得罪, 冒犯, 使生氣. ② 使人不悅. ③ 犯罪, 違反.

範例 ① Mary took every care not to **offend** the others. 瑪麗處處小心, 唯恐得罪別人.

John was **offended** by Mary's rude reply. 約翰對於瑪麗無禮的回答十分生氣.

② Dirty jokes **offend** a lot of people. 黃色笑話使許多人感到不悅.

③ those who **offend** 罪犯.

John's behavior **offends** against the law. 約翰的行為是犯法的.

活用 v. **offends**, **offended**, **offended**, **offending**

offender [əˋfɛndɚ] n. 罪犯: a first **offender** 初犯(者).

複數 **offenders**

***offense** [əˋfɛns] n. ① 罪, 犯罪, 違法行為. ② (因為別人的無禮、侮辱等而招致的) 生氣, 令人不快的事物. ③ 進攻, 進攻的一方.

範例 ① Is it a traffic **offense** to ride a bicycle while drunk? 酒醉後騎腳踏車違反交通規則嗎?

If you commit an **offense**, you must make up for it. 倘若你犯了罪, 就必須付出代價.

② The huge billboard is an **offense** to the eye. 那個巨大的告示板很礙眼.

His behavior is causing **offense** to people around him. 他的行為惹毛了他身邊的人.

He never takes **offense** at anything. 他對任何事都不會生氣.

No **offense**, but this coffee is terrible. 我沒有惡意, 不過這咖啡實在是太難喝了.

③ I believe that a good **offense** makes the best defense. 我相信巧妙的進攻就是最好的防守.

參考 〔英〕offence.

☞ ③ ↔ defense

複數 **offenses**

***offensive** [əˋfɛnsɪv] adj. ① 不愉快的, 令人討厭的, 惹人生氣的. ② 攻擊用的, 攻擊性的. ——n. ③ (軍隊的) 攻擊, 攻勢.

範例 ① I find the sound very **offensive**. 那個聲音讓我感到很討厭.

I cannot bear his **offensive** remarks any

longer. 我再也不能容忍他那無理的言論了.

② This is nothing but an **offensive** weapon. 這只是一種攻擊用的武器.

③ The army launched an **offensive** against the guerrillas. 軍隊開始對游擊隊發動攻擊.

片語 **take the offensive** 採取攻勢, 先發制人: He took the **offensive** as soon as the debate began. 辯論會一開始他就採取攻勢.

活用 adj. **more offensive**, **most offensive**

offensively [əˋfɛnsɪvlɪ] adv. 令人討厭地: The new city hall is **offensively** ugly. 新的市府大樓難看得令人討厭.

活用 adv. **more offensively**, **most offensively**

***offer** [ˋɔfɚ] v. ① 提供; 提議, 提出. ②〔正式〕表示要(做~); 試圖, 意圖. ③ (對神等) 供奉, 奉獻.
——n. ④ 提議, 提案; 提出. ⑤ (買賣的) 出價, 供應.

範例 ① They **offered** us some soup. 他們給了我們一些湯.

He **offered** her NT$250,000 for the violin. 他出價新臺幣25萬元向她買那把小提琴.

The editor **offered** some suggestions for improving the story. 為了把故事編寫得更好, 那位編輯提供了一些建議.

She **offered** to drive me to the station. 她說她要開車載我去車站.

② The squad **offered** no resistance knowing they were badly outnumbered. 那支分隊知道對方人數遠超過他們, 所以沒有做任何抵抗.

③ The villagers **offered** up a goat to appease the gods. 村民們奉上一隻山羊以祭神.

④ She accepted the **offer** of a cigarette. 她接過了香菸.

⑤ The buyer made an **offer** of $40,000 for the house. 買方出價4萬美元要買那棟房子.

This is a special **offer** available to members only. 這是會員獨享的特惠.

片語 **on offer** ① 提供中, 可使用的; 可以買到的. ② 低價出售的, 特價的.

活用 v. **offers**, **offered**, **offered**, **offering**

複數 **offers**

offering [ˋɔfərɪŋ] n. ① 提供, 提供之物; 提議. ② (宗教上的) 供品, 祭品; 捐款.

複數 **offerings**

***offhand** [ˋɔfˋhænd] adv. ① 立即地, 即席地; 不假思索地. ——adj. ② 草率的, 不敬的; 冷淡的; 粗魯的.

範例 ① I can't give an answer **offhand**. 我無法立即回答.

② Beth became more **offhand** with Dick. 貝絲對迪克的態度愈來愈冷淡.

I was surprised at his **offhand** attitude. 我對他粗魯的態度感到驚訝.

活用 adj. **more offhand**, **most offhand**

***office** [ˋɔfɪs] n. ① 公司; 營業處, 事務所, 辦事處, 辦公室; 政府機關 (部、局、處、廳等). ② 官職, 公職 (的地位). ③ 職

務，特別任務．

[範例] ① a lawyer's **office** 律師事務所．
a doctor's **office** 診所．
an insurance **office** 保險公司．
an information **office** 詢問處．
a post **office** 郵局．
the Home **Office**〖英〗內政部．
I usually get to the **office** just before nine o'clock． 我通常都是在快要9點時到辦公室．
My father is an **office** worker． 我父親是公司職員．
The whole **office** celebrated Mr. Hill's birthday． 全體工作人員一起慶祝希爾先生的生日．

② It's easy to hold public **office** for years even if you're not very ambitious． 即使你沒甚麼雄心壯志，要擔任公職多年也不難．
The Conservative Party had been in **office** for over thirty years． 保守黨執政已有30多年了．

③ That young woman managed to perform the **office** of hostess． 那個年輕女子勉強盡了地主之誼．

♦ **óffice hòurs** 工作時間，營業時間；〖美〗門診時間．

[複數] **offices**

0

***officer** [`ɔfəsɚ] n. ① 高級官員，高級職員． ② 軍官，高級船員． ③ 警察．

[範例] ① a customs **officer** 海關官員．
All **officers** are to be selected tomorrow． 所有的部門負責人將於明天挑選出來．

② I'd like to be an **officer** in the navy． 我想當海軍軍官．

③ Excuse me，**officer**，could you show me the way to the nearest station? 不好意思，警察先生，你能告訴我最近的車站怎麼走嗎?

[複數] **officers**

***official** [ə`fɪʃəl] adj. ① 官方的，職務上的，政府的． ② 公認的，正式的．
——n. ③ 官員，高級職員，行政人員．

[範例] ① an **official** document 公文．
He's conducting **official** business out of his apartment． 他在自己的公寓裡指示公務進行．
English and French are used as **official** languages in that country． 英語和法語是該國的官方語言．

② An **official** record 正式記錄．
The decision has been made，but it's not **official** yet． 雖已下了決定，但還不是正式的．
The ambassador paid an **official** visit to the president． 那位大使對總統進行正式訪問．
The **official** reason she quit was her health，but we all know better． 表面上她以健康為由辭職，但我們都知道不僅僅是這樣．

③ No high-ranking **officials** were present． 沒有任何一位高級官員出席．

[複數] **officials**

officially [ə`fɪʃəlɪ] adv. 正式地．

[範例] I've been **officially** invited to the reception．

我被正式邀請參加歡迎會．
Officially we don't accept personal checks，but I'll make an exception for you． 按規定我們不接受個人支票，但我可以為你破例一次．

officious [ə`fɪʃəs] adj. 愛插手他人之事的，愛管閒事的．

[活用] **more officious，most officious**

officiously [ə`fɪʃəslɪ] adv. 愛管閒事地．

[活用] adv. **more officiously，most officiously**

officiousness [ə`fɪʃəsnɪs] n. 愛管閒事的行為，踰越本分的行為．

offing [`ɔfɪŋ] n.（從岸上可以看得到的）海面，海上．

[片語] **in the offing** 在附近；即將發生:
Economic conflict between the two countries seemed to be **in the offing**． 這2個國家間的經濟糾紛似乎即將爆發．

off-licence [`ɔf͵laɪsns] n.〖英〗（禁止在店內飲酒，但有出售酒類執照的）酒店〖《美〗 liquor store）．

[複數] **off-licences**

offset [v. ɔf`sɛt; n. `ɔf͵sɛt] v. ① 抵銷，補償．② 以膠版印刷． ③ 分開；分支．
——n. ④ 抵銷，補償． ⑤ 膠版印刷． ⑥ 分支;（山的）支脈．

[活用] v. **offsets，offset，offset，offsetting**
[複數] **offsets**

offshoot [`ɔf͵ʃut] n. ①（樹的）分枝． ② 支流，分支．

[複數] **offshoots**

offshore [`ɔf`ʃor] adv. ① 在近海處，向海面地．
——adj. ② 向海面的，在近海的．

[範例] ① three miles **offshore** 離岸3哩．
an **offshore** wind 吹向海面的風，陸風．

offside [`ɔf`saɪd] adj. ①（球賽中）越位的．②〖英〗（汽車、道路等的）右側的: the front **offside** tire of a car 汽車右側的前輪．
——adv. ③（球賽中）越位地．
☞ nearside

offspring [`ɔf͵sprɪŋ] n. 子女，子孫: 結果，產物．

[範例] These are all my **offspring**． 這些都是我的子女．
The cat produced four **offspring**． 那隻貓生了4隻小貓．
The computer is the **offspring** of high technology． 電腦是高科技的產物．

[複數] **offspring**

†**often** [`ɔfən] adv. 屢次，時常，常常．

[範例] I have **often** heard it said that pasta isn't fattening． 我常聽說吃麵食不會發胖．
My mother would **often** take me to the public bath with her． 我母親時常帶我去公共澡堂．
It gets foggy more **often** in this area than any other place I've been． 這個地方比我去過的任何地方都更常起霧．

充電小站

幾次以上用 often?

【Q】上面列出的 often 這個字，意為「屢次」. 以前我學過 sometimes 這個字，意思是「偶爾」. 兩者的差別似乎蠻明顯的，可是在實際應用時，到底是幾次以上用 often，幾次以下用 sometimes 呢？

【A】對於這個問題，可以很明確地說並沒有甚麼硬性規定。假設有一個人每週玩3次網球，這個數字是多還是少呢？答案會因人而異。有人會認為「他經常打網球」，也有人會認為「他偶爾打打網球吧。」

假如換成英語，要說某個女孩每週打3次網球，可以說

She often plays tennis.
也可以說
She sometimes plays tennis.

另外，always（總是）和 usually（通常，一般）這兩個字也一樣。對一天看8小時電視的人可以說

He always watches TV.
也可以說
He usually watches TV.

也就是說沒有幾小時以上用 always，幾小時以下用 usually 的規定，到底是多還是少完全可以根據自己的判斷來做決定。

Their delivery is on time more **often** than not. 他們送貨通常都很準時。

"How **often** do you play golf?" "Once or twice a month." 「你多久去打一次高爾夫球？」「一個月一兩次吧。」

Ms. Heller has been to Amsterdam as **often** as you have. 海勒女士去過阿姆斯特丹的次數和你一樣多。

[片語] **as often as** ① 每當，每次。② 與～一樣頻繁地。(⇨ [範例]) ③ 多達～次：Jane has seen the old movie **as often as** ten times. 珍看那部老電影多達10次了。

as often as not 經常，常常：As often as not, Bob was late for school. 鮑伯上學經常遲到。

more often than not 多半，時常。(⇨ [範例])

[發音] 亦作 [`ɔftən`].

● 充電小站 (p. 879)

ogre [`ogɚ`] n. （童話中的）食人魔鬼，殘酷的人：Anybody who would do such a terrible thing is an **ogre**. 會做出那種可怕事情的人根本就是魔鬼。

[複數] **ogres**

oh [o] interj. 啊！噢！唉！《表示吃驚、恐懼、痛苦、喜悅、驚嘆等》。

OHP [`o,et∫`pi] 《縮略》= overhead projector（投影機）。

[複數] **OHPs/OHP`s**

*oil [ɔɪl] n. ① 油。② 石油。③ [～s] 油畫顏料；《口語》油畫 (☞ watercolor)。

── v. ④ 塗油，加油。

[範例] ① You need some more **oil** for the salad. 你得在沙拉裡再加點油。

crude **oil** 原油。
machine **oil** 機油。
olive **oil** 橄欖油。
salad **oil** 沙拉油。
sesame **oil** 芝麻油。

② Without **oil** the economies of industrialized countries would be destroyed. 如果沒有石油，工業國家的經濟就會受到重創。

③ Bob likes to paint in **oils**. 鮑伯喜歡畫油畫。

[片語] **oil the wheels** 透過賄賂《諂媚》使事情順利進行《給車輪上油使轉動靈活》。

pour oil on the flames 火上加油，使事態更加嚴重。

pour oil on troubled waters 調解爭端，平息風波。

strike oil 發現油礦；找到發財機會。

♦ **óil còlor** 油畫顏料。

óil fènce 防油柵《用浮桶做成的圍堤，用來防止已流到海上的油繼續蔓延》。

óil field 油田。

óil gàuge 油量計。

óil hèater 石油爐。

óil pàint 油畫顏料。

óil pàinting 油畫，油畫法。

óil tànker 油輪，油罐車。

óil wèll 油井。

[複數] **oils**

[活用] v. **oils**, **oiled**, **oiled**, **oiling**

oilcloth [`ɔɪl,klɔθ`] n. （防水用的）油布。

oilrig [`ɔɪl,rɪg`] n. （特指從海底採油的）油井鑽探設備。

[複數] **oilrigs**

oilskin [`ɔɪl,skɪn`] n. ① 油布，防水布。② [～s] 油布製的防水服。

[複數] **oilskins**

oilslick [`ɔɪl,slɪk`] n. 水面上的浮油。

[複數] **oilslicks**

oily [`ɔɪlɪ`] adj. ① 油的，油性的；沾滿油的，油膩的。② 油腔滑調的，奉承的。

[範例] ① **oily** rags 沾滿油的擦衣服。
oily Chinese food 油膩的中國菜。

② The shop assistant had an **oily** tongue. 那個店員很會奉承人。

[活用] adj. **oilier**, **oiliest**

ointment [`ɔɪntmənt`] n. 軟膏，（塗於皮膚上的）油膏：Apply this **ointment** to the wound with clean fingertips. 用乾淨的手指將這軟膏塗在傷口上。

[複數] **ointments**

*OK/O.K. [`o`ke`] adv. ① 好，沒問題，可以《表

示贊成、接受、同意). ② 順利地.
——adj. ③ 好的，沒問題的.
——v. ④ 承認，認可，認可.
——n. ⑤ 批准，同意.

範例 ① "Can I use your bicycle?" "OK." 「我可以借用一下你的腳踏車嗎?」「可以.」
Let's go to the ball park, OK? 我們去棒球場，好嗎?
② Everything goes OK when Jim is in charge. 吉姆負責時，一切都很順利.
③ That's OK with me. 對我來說沒問題.
Is it OK if I smoke here? 我可以在這裡抽菸嗎?
④ All right. I'll OK the proposal. 好吧，我同意這項提案.
They're in the process of OK'ing the transfer of the baseball player now. 那位棒球選手的轉隊問題目前將得到批准.
I'm so happy! The bank OK'd my loan. 真高興! 銀行同意我的貸款了.
⑤ As soon as Jill got the OK to go home early, she was out of here. 吉兒一得到早退的許可就馬上離開這裡了.

參考 對於 OK 這個字的出現有兩種說法，一種說法是源自一個支持美國第8任總統馬丁·範·布倫 (Martin Van Buren) 並以其出生地 Kinderhook 命名的組織 O.K. Club (Old Kinderhook Club); 另一種說法是指有人將波士頓市民特有的說法 all correct (好的) 錯寫成 oll korrect，之後演變成 OK; 亦作 okay.

活用 v. OK's, OK'd, OK'd, OK'ing/O.K.'s, O.K.'d, O.K.'d, O.K.'ing
複數 OK's/O.K.'s

okay [`o`ke]＝n., adj., adv., v. OK.

*old [old] adj.

原義	層面		釋義	範例
時間在經過	正在經過某一時間		經過～時間的，～歲的	①
	正在經過一段很長的時間	在過去一段長時間	經過很長時間直到現在	上了年紀的，老的，舊的; 親密的	②
			直到不存在之後	古代的，早期的，昔日的，過去的	③

——n. ④ 昔日. ⑤ ～歲的人《常用於未成年者》.

範例 ① "How old is the baby?" "She's eight months old." 「這個嬰兒多大了?」「8個月大.」《充電小站 (p. 881)》
Our school is one hundred years old. 我們學校校100年了.
She's old enough to marry. 她已經到了適婚年齡.
He is five years older than I am. 他比我大5

歲.
He is the oldest boy in the class. 他是我們班年紀最大的學生.
② He looks old for thirty. 他看起來不止30歲.
The old do not always understand young people. 老年人也不一定就瞭解年輕人.
He threw away his old shoes. 他把舊鞋丟了.
Our teacher is always telling us old jokes. 我們老師老說一些陳腐的笑話給我們聽.
Old chap! 老兄!
She loves old Chinese literature. 她喜歡中國古典文學.
③ The manuscript was written in Old English. 原稿是用古英語寫的.《Old English 是西元700–1000年左右的英語; 略作 O.E., OE》
When times get tough, people often yearn for the good old days. 時局艱難的時候，人們就常會懷念過去的美好.
④ In the days of old that man would have been whipped. 這要是在過去，那個男人一定會被鞭笞.
Today's women are more independent than those of old. 現在的女性比過去的女性獨立.
⑤ The group consisted mostly of ten-year-olds. 那個小組的成員大部分是10歲的小孩.
☞ ↔ young, new

♦ òld age pénsioner 領取老人年金者《略作 OAP》.
òld máster 15–18世紀歐洲的大畫家《的作品》.
the Òld Téstament 《舊約聖經》《猶太教的聖典. 由摩西5書 (the Law)、預言書 (the Prophets)、諸書(the Writings)等39書構成，也是基督教的《聖經》前半部分.
the Òld Wórld 舊世界《美洲大陸被發現之前的世界，即歐洲、亞洲和非洲》.

活用 adj. older, older/elder, eldest
複數 olds

olden [`oldn] adj. 《古語》《只用於名詞前》往昔的，古老的: in the olden days 過去.

*old-fashioned [`old`fæʃənd] adj. 舊式的，老式的，守舊的，過時的.
範例 The girl likes to wear old-fashioned clothes. 那個女孩喜歡穿老式的衣服.
My parents still cling to old-fashioned customs. 我的父母很堅持舊有的習俗.
Your theory sounds a bit old-fashioned. 你的理論有點過時了.
活用 adj. more old-fashioned, most old-fashioned

old-time [‚old`taim] adj. 古老的，從前的; 長年以來的.

old-timer [‚old`taimə] n. 老資格的人，老前輩，守舊的人.
複數 old-timers

olfactory [al`fæktəri] adj. 嗅覺的: the olfactory nerves 嗅神經.

*olive [`aliv] n. ① 橄欖樹《一種南歐的常綠樹; 亦作 olive tree》. ② 橄欖《綠色，成熟後為黑

充電小站

15「歲」也用 years old 嗎？

【Q】Tom is fifteen years old. 意思是「湯姆15歲」，那一歲小孩是否也說 one year old 呢？如果改用 young 不是更好嗎？

【A】~ years old 就是「~歲」的意思，一般來說是正確的，但這是「一般來說」。

為甚麼這麼說呢？為了更清楚地理解 "~ years old"，我們有必要再來看一下 old 的意思。

⑴Tom is old.

⑵Tom is fifteen years old.

讓我們來看看以上2個句子。⑴為「湯姆上了年紀」，「不是 young 而是老人」。⑵中的 Tom 不是「老人」，因為才15歲不可能是老人。所以 ⑵ 的 old 是「出生後，經過了某一長度的時間」的意思。「Tom 出生後經過了 (old) 15年 (fifteen years)」就是這句話的意思。

⑵的 old 是「出生後經過了某一長度的時間」，所以這個「某一長度的時間」不一定都是 years。請看下面的範例：

This egg is one hour old.

（這顆雞蛋才剛生出來1個小時）

My baby is three weeks old.

（我的小孩三週大了）

That house is ten months old.

（那棟房子建好才10個月）

Our school is fifty years old.

（我們學校創立50年了）

因此說小孩年紀的時候可以不說 young。

那麼 ⑴ 是甚麼意思呢？我們再來分析一下。

⑴Tom is old.

old 是說「出生後經過了某一長度的時間」，

但這個句子根本沒說經過了多長時間。

但是有一字可以表示「自出生後經過的時間還不長」，那就是 young。我們聽到（或讀到）⑴時會想到 Tom 不是 young，而是想經過了某一長度的（有時是相當長度的）時間，即成為「老人」之意。

像 old 這樣的字還有幾個，具有代表性的有 tall、long、high、wide。下面舉幾個例子：

⑶Tom is tall.（個子高，不是 short）

Tom is 150 centimeters tall.

（身高150公分）

⑷This bridge is long.（長，不是 short）

This bridge is 10 meters long.

（長度10公尺）

⑸That mountain is high.（高，不是 low）

That mountain is 1,000 meters high.

（標高1,000公尺）

⑹This road is wide.（寬，不是 narrow）

This road is three meters wide.

（寬度3公尺）

我們再舉一個用 old 的例子：

⑺My bicycle is old.（舊的，不是 new）

My bicycle is ten years old.

（買了10年）

看完⑴與⑺就會明白 old 有時表示「不是 young」，有時表示「不是 new」2種情況。young 用於表示動物和植物這樣具有生命的物體，new 則用於表示動物和植物以外的物體。但 old 則可以用來表示任何物體「出生或出現後經過了某一長度的時間」的意思。

紫色，成熟的果實可榨取橄欖油；亦作 olive berry）. ③ 橄欖色，淡綠色.

片語 ***hold out an olive branch*** 提議和解.

♦ **ólive brànch** 橄欖枝《和平的象徵；源自諾亞 (Noah) 從方舟放出的鴿子啣著橄欖枝飛回的《聖經》故事；也被用於聯合國的旗幟）.

òlive óil 橄欖油《用於烹飪和製作香皂、藥品及保養品）.

複數 **olives**

Olympiad [o`lɪmpɪˌæd] *n.* 國際奧林匹克運動會.

複數 **Olympiads**

Olympic [o`lɪmpɪk] *adj.* ① 國際奧林匹克運動會的：The modern **Olympic** Games were first held in Athens in 1896. 現代國際奧運會1896年在雅典首次舉行. ②（古希臘的）奧林匹克運動會的. ③ [the ~s] 奧運會《亦作 Olympic Games）.

♦ **the Olỳmpic Gámes** ①（現代的）國際奧林匹克運動會《由法國國庫伯爾坦男爵為復興古代奧運會而提倡，1896年在雅典舉行首屆國際奧運會，其後每4年在世界各地舉行一次）. ②（古希臘的）奧林匹克運動會《西元前8世紀起每隔4年於希臘的奧林匹亞舉行一次的體

育技藝競賽）.

➡ 充電小站 (p. 883), (p. 885)

複數 **Olympics**

ombudsman [`ɑmbʊdzmən] *n.* 調查員《政府指派專門處理民眾投訴並往上呈報的人）.

複數 **ombudsmen**

omelet/omelette [`ɑmlɪt] *n.* 煎蛋捲：You can't make an **omelet** without breaking eggs. 《諺語》有失才有得.

複數 **omelets/omelettes**

*****omen** [`omɪn] *n.* 兆頭，預兆.

範例 In the ancient world, solar eclipses were regarded as bad **omens**. 在古代，人們認為日蝕是壞兆頭.

The man saw a white tiger. It was a good **omen** for the trip. 那個男子看見白色的老虎，這是出外旅行的好預兆.

複數 **omens**

*****ominous** [`ɑmənəs] *adj.* 不祥的，不吉利的，壞兆頭的：The **ominous** black clouds seemed to advance with terrific speed. 不祥的烏雲迅速地籠罩天空.

活用 *adj.* **more ominous**, **most ominous**

ominously [`ɑmənəslɪ] *adv.* 不祥地，不吉利

地.

活用 *adv.* **more ominously**, **most ominously**

***omission** [o`mɪʃən] *n.* 省略，遺漏；遺漏之處．

範例 The **omission** of these facts will totally skew the story. 省略這些事實會完全扭曲這個故事．

Our group was refused entry because of the **omission** of our names from the list. 我們小組在名單上遺漏了，所以不得參加．

複數 **omissions**

****omit** [o`mɪt] *v.* 省略，刪去，遺漏．

範例 Non-essential items were **omitted** to save space. 為了節省篇幅，不必要的項目都被刪去了．

They **omitted** to tell me about the party. 他們忘了告訴我那場晚會的事．

活用 *v.* **omits**, **omitted**, **omitted**, **omitting**

omnibus [`amnə,bʌs] *n.* ①《古語》公共汽車，公車．② 作品集．

——*adj.* ③ 總括的，多項的，包括許多內容的．

範例 ① They got on the **omnibus**. 他們乘坐公共汽車．

② He has bought a Henry Miller **omnibus**. 他買了亨利‧米勒的作品集．

③ This is an **omnibus** edition of some of Shakespeare's most famous works. 這本選集收錄了數篇莎士比亞最有名的作品．

複數 **omnibuses**

omnipotent [am`nɪpətənt] *adj.* 全能的，萬能的，有絕對權力的．

字源 omni (所有)＋potent (有能力的)．

†**on** [ɑn] *prep.*, *adv.*

原義	層面	釋義	範例
緊挨著	場所、位置、事物、人	*prep.*, *adv.* 挨著，在～之上；穿戴在身上；是～的一員	①
	工作、任務	*adv.* 進行，處於～狀態	②
	時候	*prep.* 在～(時間)	③
	手段、理由	*prep.* 用～，根據～	④
	事項	*prep.* 就～，關於～	⑤
	動作、狀態	*adv.* 一直，連續著	⑥

範例 ① There is a book **on** the desk. 桌子上有一本書．

Look at the picture **on** the wall. 你看掛在牆上的那幅畫．

Can you see the brown spot **on** the ceiling? 你有看見天花板上那個褐色污點嗎？

My house is **on** the river. 我的家在河邊．

He kissed me **on** the cheek. 他親了我的臉頰．

That hat looks good **on** you. 你戴那頂帽子很好看．

Don't you have any money **on** you? 你身上有半毛錢嗎？

Fortune smiled **on** us at last. 幸運終於降臨到我們身上．

Tom is **on** our baseball team. 湯姆是我們棒球隊的成員．

I am **on** the board of directors. 我是理事會的一員．

On my arrival in London, I called my uncle. 一到倫敦我馬上就打電話給我叔叔．

On arriving in London, I called my uncle. 我一到倫敦就馬上打電話給我叔叔．

She drives with her glasses **on**. 她總是戴著眼鏡開車．

She has her new dress **on**. 她穿著一身新衣服．

② Turn the light **on**. 請打開電燈．

The radio is **on**. 收音機開著．

Is the cover **on**? 蓋子蓋上了嗎？

I am afraid I have left the light **on**. 我恐怕沒關燈就出門了．

What's **on** for today? 今天有甚麼事嗎？

③ I go to church **on** Sundays. 我星期日都會上教堂．

He left for London **on** Monday morning. 他星期一早上出發去倫敦了．

He left for London **on** the morning of June 16. 他在6月16日早上出發去倫敦了．

He was born **on** the sixteenth of June. 他生於6月16日．

Hand in your reports **on** and after June 16. 請你們在6月16日以後將報告交出來．

④ Taiwanese people live **on** rice. 臺灣人以米為主食．

Last night I spoke to Bob **on** the telephone. 昨天晚上我和鮑伯通了電話．

James played a blues melody **on** the harmonica. 詹姆斯用口琴吹了一首爵士樂曲．

They are traveling **on** business. 他們為工作四處奔波．

⑤ I'd like a book **on** India. 我需要一本關於印度的書．

The lecture was **on** the history of the world. 演講內容是有關世界歷史．

⑥ He went **on** talking. 他繼續說了下去．

I couldn't walk **on**. 我走不動了．

We went **on** and **on** till we reached the suspension bridge spanning a clear stream. 我們不停地前進，直到抵達那座跨越清澈溪流的吊橋．

You should be more careful from now **on**. 今

充電小站

奧林匹克運動會（舉辦地點）

夏季奧運會

屆	年	舉辦地點		國家	參加國家數
1	1896	Athens	雅典	希臘	13
2	1900	Paris	巴黎	法國	22
3	1904	St. Louis	聖路易	美國	12
–	1906	Athens	雅典	希臘	20
4	1908	London	倫敦	英國	23
5	1912	Stockholm	斯德哥爾摩	瑞典	28
6	1916	Berlin	柏林	德國	因第一次世界大戰中止
7	1920	Antwerp	安特衛普	比利時	29
8	1924	Paris	巴黎	法國	44
9	1928	Amsterdam	阿姆斯特丹	荷蘭	46
10	1932	Los Angeles	洛杉磯	美國	37
11	1936	Berlin	柏林	德國	49
12	1940	Tokyo	東京	日本	因第二次世界大戰中止
13	1944	London	倫敦	英國	因第二次世界大戰中止
14	1948	London	倫敦	英國	59
15	1952	Helsinki	赫爾辛基	芬蘭	69
16	1956	Melbourne	墨爾本	澳洲	67
17	1960	Rome	羅馬	義大利	83
18	1964	Tokyo	東京	日本	93
19	1968	Mexico City	墨西哥城	墨西哥	112
20	1972	Munich	慕尼黑	前西德	122
21	1976	Montreal	蒙特利爾	加拿大	92
22	1980	Moscow	莫斯科	前蘇聯	81
23	1984	Los Angeles	洛杉磯	美國	141
24	1988	Seoul	漢城	南韓	159
25	1992	Barcelona	巴塞隆納	西班牙	172
26	1996	Atlanta	亞特蘭大	美國	197
27	2000	Sydney	雪梨	澳洲	200

冬季奧運會

屆	年	舉辦地點		國家	參加國家數
1	1924	Chamonix	沙木尼	法國	16
2	1928	St. Moritz	聖摩立次	瑞士	25
3	1932	Lake Placid	雷克普拉西	美國	17
4	1936	Garmisch-Partenkirchen	加米帕丁基肯	德國	28
–	1940	Sapporo	札幌	日本	因第二次世界大戰中止
–	1944	Cortina d'Ampezzo	科爾蒂納丹佩佐	義大利	因第二次世界大戰中止
5	1948	St. Moritz	聖摩立次	瑞士	28
6	1952	Oslo	奧斯陸	挪威	30
7	1956	Cortina d'Ampezzo	科爾蒂納丹佩佐	義大利	32
8	1960	Squaw Valley	斯闊谷	美國	30
9	1964	Innsbruck	因斯布魯克	奧地利	36
10	1968	Grenoble	格勒諾勃	法國	37
11	1972	Sapporo	札幌	日本	35
12	1976	Innsbruck	因斯布魯克	奧地利	37
13	1980	Lake Placid	雷克普拉西	美國	37
14	1984	Sarajevo	塞拉耶佛	前南斯拉夫	49
15	1988	Calgary	卡加立	加拿大	57
16	1992	Albertville	亞伯特維	法國	64
17	1994	Lillehammer	利勒哈麥	挪威	67
18	1998	Nagano	長野	日本	72
19	2002	Salt Lake City	鹽湖城	美國	77

夏季：由於1906年的奧運會不是隔4年舉行的，故沒有被國際奧林匹克委員會 (IOC) 承認為正式的奧運會，但其許多記錄仍被承認與正式奧運會同等。

冬季：1988年 IOC 決定在兩次夏季奧運會之間舉行冬季奧運會。因此，1994年的冬季奧運會與上一次奧運會隔兩年。

後你要更加小心.

片語 **on about** (輕蔑) 就～喋喋不休地說: The students were **on about** their new teacher. 學生們喋喋不休地談論他們的新老師.

on and off/off and on 不時地, 斷斷續續地: It rained **on and off** all day. 雨斷斷續續地下了一整天.

on at 對～一直抱怨: My boss is always **on at** me to work faster. 老闆總是對我抱怨個沒完, 要我工作做快一點. (⇨ 範例 ①)

on ~ing 一～就. (⇨ 範例 ①)

on to 察覺到, 識破: They're **on to** our swindle—we can't do it any more. 他們識破我們的騙局, 我們得收手了.

†**once** [wʌns] adv. ① 一次, 一回.
—conj. ② 一旦, 一～就～, 只要～就….

範例 ① He meets his grandfather **once** a month. 他一個月去看爺爺一次.

She goes to the hospital **once** every two weeks. 她每2週去一次醫院.

I have visited Chicago **once,** and Milwaukee twice. 我去過芝加哥1次, 密爾瓦基2次.

She **once** lived in Brazil. 她以前曾住過巴西.

Would you say it **once** again? 可以請你再說一次嗎?

I haven't seen him even **once** since that day. 從那天以後我就再也沒見過他.

The actress was **once** famous, but nobody knows her now. 那名女演員以前很有名, 可是現在沒有人認得她了.

If **once** you lose sight of this elusive bird, you will never find it again. 如果這次你沒看到這種罕見的鳥, 恐怕你再也看不到牠了.

I cannot do two things at **once.** 我不能同時做兩件事.

Once in a while he plays the piano. 他偶爾彈彈鋼琴.

② **Once** you have made a promise, you must keep it. 你一旦做出承諾, 就必須遵守.

Once at war, you cannot help killing human beings. 只要是在戰場上, 你就不得不殺人.

片語 **at once** ① 立刻; 同時地. (⇨ 範例 ①) ② 馬上: He gave her a birthday present and she opened it **at once.** 他一把生日禮物送給她, 她馬上就把它打開了.

all at once 突然, 忽然: **All at once** six dogs dashed out of the house. 突然有6隻狗從屋子裡衝了出來.

once in a while 偶爾, 有時. (⇨ 範例 ①)

once upon a time 很久以前: **Once upon a time** there lived an old man and his wife. 很久以前那裡住著一位老爺爺和他的太太.

oncoming [ˋɑn͵kʌmɪŋ] adj. 〔只用於名詞前〕接近的, 即將到來的: the **oncoming** waves 滾滾而來的浪潮.

‡**one** [wʌn] adj., pron.

原義	層面	釋義			
		adj.	範例	pron.	範例
一個	在同類之中	不特定的	一個的	①	一個, 一個事物, 一個人	⑥
		特定的	某, 某個	②	(特定的)事物, (特定的)人	⑦
		對比	一方面的, 一方的	③	一方的事物, 一方的人	⑧
	除本身之外沒有的	同類	唯一的, 只有一個的	④	唯一的事物	⑨
	無法對二者加以區別的		同一的	⑤	同一的事物	⑩

—n. ⑪ 1.

範例 ① There is **one** apple in the box. 那個盒子裡有1顆蘋果.

The President spent **one** day touring Moscow. 總統在莫斯科遊覽了1天.

② He took us there **one** day last month. 上個月的某一天他帶我們去那裡.

One Ronald Stevenson called about financing your new company. 一個叫羅納德‧史蒂文生的人就你新公司的融資一事打過電話.

③ To know is **one** thing and to do is quite another. 知與行完全是兩回事.

"Why can't we go?" "For **one** thing the car has broken down; for another it's supposed to snow." 「為甚麼我們不能去了?」「一是因為車子壞了, 二是要下雪了.」

I drove from **one** end of town to the other. 我從城市的一邊開車到城市的另一邊.

The meeting didn't go well, because on the **one** hand not many people showed up, and on the other the slide projector wouldn't work. 這次會議進行得不太順利. 一個原因是出席者不多, 另一個原因是幻燈片投影機壞了.

④ This is the **one** question that he cannot answer. 這是他唯一無法回答的問題.

There's only **one** way to save the child—surgery. 要救這個孩子只有一個辦法, 那就是動手術.

Ladies and Gentlemen, I'd like to introduce to you the **one** and only Madonna. 各位先生女士, 我來向大家介紹這位獨一無二的瑪丹娜.

⑤ We are all of **one** mind on the subject. 關於

（充電小站）

奧林匹克運動會之比賽及項目名稱

（［M］只有男子，［W］只有女子）

▶ 夏季奧運會 ———————— 第27屆雪梨奧運會（2000年9月13日至10月1日）資料

Archery: individual/team
Athletics: track and field
100m, 200m, 400m, 800m, 1,500m, 5,000m, 10,000m, 110m hurdles ［M］, 100m hurdles ［W］, 400m hurdles, 3,000m steeplechase ［M］, 10km walk ［W］, 20km walk ［M］, 50km walk ［M］, 400m relay, 1,600m relay, decathlon ［M］, heptathlon ［W］, high jump, long jump, triple jump, discus, hammer ［M］, javelin, pole vault ［M］, shot put, marathon
Badminton: singles/doubles/mixed doubles
Baseball ［M］
Basketball
Beach Volleyball
Boxing ［M］: 級別 ☞ （充電小站）(p. 145)
Canoe-Kayak
  sprint: canoe single 500m ［M］, canoe single 1,000m ［M］, canoe double 500m ［M］, canoe double 1,000m ［M］, kayak single 500m, kayak single 1,000m ［M］, kayak double 500m, kayak double 1,000m ［M］, kayak fours 500m ［W］, kayak fours 1,000m ［M］
  slalom: canoe singles ［M］, canoe doubles ［M］, kayak singles
Cycling: sprint, points race, individual pursuit, road race, individual time trial, mountain bike, 1km time trial ［M］, team pursuit ［M］
Diving: platform, springboard
Equestrian: individual/team
  dressage, jumping, three-day event
Fencing: individual/team
  épée, foil, sabre ［M］
Field Hockey
Gymnastics
  all-around （個人全能）/team（團體全能）
  floor exercise, horizontal bar ［M］, parallel bars ［M］, pommel horse ［M］, rings ［M］,

balance beam ［W］, uneven bars ［W］, vault
Judo: extra lightweight, half-lightweight, lightweight, half-middleweight, middleweight, half-heavyweight, heavyweight
Modern Pentathlon ［M］
Rhythmic Gymnastics ［W］: individual/team
Rowing: single sculls, double sculls, lightweight double sculls, quadruple sculls, coxless pair, coxless four ［M］, lightweight coxless four ［M］, eights
Shooting: air pistol, free pistol ［M］, rapid fire pistol ［M］, running target ［M］, air rifle, sport pistol ［W］, small-bore rifle prone ［M］, small-bore rifle 3-position, trap ［M］, double trap, skeet ［M］
Soccer
Softball ［W］
Swimming: 50m freestyle, 100m freestyle, 200m freestyle, 400m freestyle, 800m freestyle ［W］, 1,500m freestyle ［M］, 100m backstroke, 200m backstroke, 100m breaststroke, 200m breaststroke, 100m butterfly, 200m butterfly, 200m individual medley, 400m individual medley, 400m freestyle relay, 400m medley relay, 800m freestyle relay
Synchronized Swimming ［W］
Table Tennis: singles/doubles
Team Handball
Tennis: singles/doubles
Volleyball
Water Polo ［M］
Weightlifting ［M］
Wrestling ［M］: freestyle, Greco-Roman
Yachting: open/men/women
  open: Laser, Soling, Star, Tornado
  men: Finn, Mistral, 470
  women: Europe, Mistral, 470

▶ 冬季奧運會 ———————— 第19屆鹽湖城奧運會（2002年2月8日至2月24日）資料

Biathlon: 7.5km ［W］, 10km ［M］, 15km ［W］, 20km ［M］, 4×7.5km relay
Bobsleigh: two-man, four-man
Curling: tournament
Ice-Hockey: tournament
Luge: single, double ［M］
Skating
  Speed: 500m, 1,000m, 1,500m, 3,000m ［W］, 5,000m, 10,000m ［M］
  Short-track: 500m, 1,000m, 3,000m relay ［W］, 5,000m relay ［M］
  Figure: men, women, pairs, ice-dancing
Skiing
  Cross-country: ［M］ 10km classical, 15km

pursuit/free, 30km classical, 50km free, 4×10km relay/classical-free: ［W］ 5km classical, 10km pursuit/free, 15km classical, 30km free, 4×5km relay/classical-free
  Jumping ［M］: 90m individual, 120m individual, 120m team
  Nordic combined ［M］: individual: jumping 90m＋15km, team: jumping 90m＋4×5km relay
  Alpine: downhill, slalom, giant slalom, super giant slalom, alpine combination
  Freestyle: moguls, aerials
  Snowboard: giant slalom, half-pipe

那個問題我們大家的想法是一致的.
The whole crowd ran in **one** direction. 人群朝著同一方向跑去.

⑥ If you need an English dictionary, I will lend you **one**. 如果你需要英文字典, 我可以借你一本.

One of my friends is ill. 我的一個朋友生病了.

One should obey **one**'s conscience. 人必須憑自己的良心行事.《此句為較正式的說法. 一般常用: You should obey your conscience.》

⑦ My dictionary is a big **one**. 我的字典很大本.

"Here are five paintings. You can take any you like." "I'll take the smallest **one**." 「這裡有5張畫, 你喜歡哪一張就拿去吧.」「那我要最小的那一張.」

Parent birds teach their young **ones** how to fly. 成鳥教幼鳥怎麼飛行.

This dictionary is newer than the **one** I bought last year. 這本字典比我去年買的那本還要新.

⑧ The twins are so much alike that I can't tell **one** from the other. 那對雙胞胎長得非常像, 我根本分不出來.

One says **one** thing, and the other says another. 各說各話.

⑨ the Holy **One** 神, 上帝.

⑩ It's all **one** to me which side wins. 誰贏對我來說都一樣.

⑪ The Chinese character for "one" is like a dash. 中文字的「一」很像破折號.

片語 **all in one/in one** ① 全部兼備, 合為一體: The city is the center of politics, economy, and culture **all in one**. 這座城市是政治、經濟及文化中心的綜合體. ② 全體一致地. ③ 一次, 一口氣地: He drank a cup of water **all in one**. 他一口氣喝完一杯水.

I, for one 以個人而言: **I, for one**, think they are wrong. 就我個人而言, 我認為他們錯了.

one after the other 輪流地, 接連地, 一個接一個地: The old woman lost her teeth **one after the other**. 老太太的牙一顆接一顆地掉.

one another 互相, 彼此: They loved **one another**. 他們彼此相愛.

one by one/one after one 一個個地, 逐一地: The nurse took the patients to the doctor **one by one**. 護士將患者一個個地帶到醫生那裡.

one of these days 最近: **One of these days**, we'll get good news. 最近一定會有好消息.

複數 **ones**

†**oneself** [wʌn`sɛlf] *pron.* 一個人, 親身《作反身代名詞》: One can refresh **oneself** with a single cup of tea. 一杯茶能使一個人恢復精神.

片語 **by oneself** 一個人, 獨自: It's tough for

one to live **by oneself** in these parts. 在這一地區獨自生活是非常困難的.

to oneself 暗自地, 對自己地.

one-sided [`wʌn`saɪdɪd] *adj.* 片面的, 偏向一方的, 不公平的, 一面倒的: a **one-sided** game 一面倒的比賽.

活用 *adj.* **more one-sided, most one-sided**

one-time [`wʌn.taɪm] *adj.* ①〔只用於名詞前〕從前的. ② 一度的, 一次的.

範例 ① a **one-time** governor 前州長.

② After his **one-time** visit to London, he regarded himself as an expert on all things British. 去過一次倫敦後, 他便自以為是一個英國專家.

one-way [`wʌn`we] *adj.* ① 單向通行的, 單向的, 單方面的. ②〔美〕單程的.

範例 ① a **one-way** street 單行道.

one-way love 單戀.

② a **one-way** ticket 單程票.

ongoing [`ɑn.goɪŋ] *adj.* 前進的, 進行中的: the **ongoing** drama 正在上演的電視劇.

onion [`ʌnjən] *n.* 洋蔥.

片語 **know ~'s onions** 非常熟悉自己的工作.

複數 **onions**

onlooker [`ɑn.lʊkɚ] *n.* 觀看者, 旁觀者.

複數 **onlookers**

†**only** [`onlɪ] *adj.* ①〔只用於名詞前〕唯一的, 僅有的.

——*adv.* ② 只, 僅, 方才, 剛剛, 只不過.

——*conj.* ③ 可是, 但是; 要是沒有.

範例 ① Al and I were the **only** males in the room. 艾爾和我是房裡僅有的男性.

My brother is the **only** person I would trust. 我哥哥是我唯一可以信賴的人.

② He reads **only** detective stories. 他只讀推理小說.

Don't drink unboiled water—it will **only** make you ill. 不要喝沒燒開的水, 那只會使你生病.

This film is for adults **only**. 這部電影僅限成人觀賞.

I read the story **only** yesterday. 我昨天才讀過這個故事.

Johnny not **only** plays the guitar but makes them too. 強尼不僅會彈吉他, 他還會製作吉他.

He has **only** just left. 他剛剛才離開.

If **only** she were here! 但願她在這裡!

Rocky wants to study in Japan, **only** he can't. 洛基想到日本念書, 只不過當然是不可能的.

片語 **if only** 但願. (⇨ 範例 ②)

not only ~ but also.../not only ~ but... 不僅~而且. (⇨ 範例 ②)

only just ① 剛才, 剛剛. (⇨ 範例 ②) ② 好不容易, 總算.

o.n.o.《縮略》=〔英〕or nearest offer (或以與其相近的值)《用於廣告詞》.

onomatopoeia [.ɑnə.mætə`piə] *n.* 擬聲詞《☞ 充電小站 (p. 887)》.

充電小站

onomatopoeia

「啪啦一聲魚跳了起來」、「火車轟隆隆開了過去」 等 表 示 聲 音 的 詞 語 稱 為 擬 聲 詞 (onomatopoeia). 下面圖中的擬聲詞用中文該怎麼說呢?

[複數] **onomatopoeias**

onset [ˋɑnˏsɛt] *n.* 〔the ~〕開始, 著手, 襲擊, 攻擊: The **onset** of winter made the hungry villagers uneasy. 寒冬的襲擊令飢餓的村民焦慮不安.

onshore [ˋɑnˏʃor] *adj.*, *adv.* 在陸地上, 面向陸地: an **onshore** wind 海風.

onslaught [ˋɑnˏslɔt] *n.* 猛攻, 攻擊: The small nation could not withstand the **onslaught** of the superior enemy forces. 那個小國家無法抵擋優勢敵軍的猛烈攻擊.
[複數] **onslaughts**

onto [ˋɑntu] *prep.* ① 到~之上《亦作 on to》. ② 發覺, 察覺到.
[範例] ① He jumped **onto** the platform. 他跳到講臺上.
They got **onto** the train. 他們搭上了火車.
② I am **onto** his scheme. 我察覺到他們的企圖.

onward [ˋɑnwəd] *adv.* ① 向前地, 前進地, 以後.
——*adj.* ②〔只用於名詞前〕向前的, 前進的.
[範例] ① The crowd of people moved **onward**, throwing stones at the police. 人群一邊前進, 一邊向警察扔石頭.
I study from nine o'clock **onward** every evening. 我每天晚上從9點開始念書.
Onward! 前進!
② an **onward** movement towards world peace 邁向世界和平的行動.

onwards [ˋɑnwədz] *adv.* 向前地, 前進地《亦作 onward》.

oops [ups] *interj.*《口語》哎呀, 糟了, 噢《表示不慎失誤時的吃驚、失望》.

ooze [uz] *v.* ① 徐徐流出, 冒出, 滲出.
——*n.* ② 滲漏, 滲出物; 分泌物;(水底的)軟泥, 淤泥.
[範例] ① Lava was **oozing** from the volcano. 熔岩從火山流了出來.

② The lake bed was thick with **ooze**. 湖底積了一層厚泥.
[片語] ***ooze away*** 逐 漸 消 失: His courage began to **ooze away** at the sight of the animal. 一看到那隻動物, 他的勇氣便逐漸消失.
[活用] *v.* **oozes**, **oozed**, **oozed**, **oozing**

opal [ˋopl] *n.* 貓眼石, 蛋白石《一種矽酸鹽類礦物. 有乳白等多種顏色, 其中能發出彩虹般光輝者可作為寶石, 尤為珍貴. 為10月的誕生石》.
[複數] **opals**

opaque [oˋpek] *adj.* 不透明的, 晦暗的, 難理解的.
[範例] **opaque** glass 不透明玻璃.
His intentions remained **opaque**. 他的意圖仍然不明.
[活用] *adj.* **more opaque**, **most opaque**

OPEC [ˋoˏpɛk]《縮 略》=Organization of Petroleum Exporting Countries (石油輸出國組織).

****open** [ˋopən] *v.* ① 開, 打開, 翻開. ② 開始, 開業. ③ 展開, 展現.
——*adj.* ④ 打開的, 開著的, 開放的. ⑤ 無遮蓋的, 露天的, 遼闊的. ⑥ 公開的, 直率的, 不隱瞞的. ⑦ 易受~的, 易招致的.
——*n.* ⑧ 戶外, 室外, 野外. ⑨ 空地, 空曠的場所.
[範例] ① Please **open** the window. 請把窗戶打開.
She **opened** the book to page 30. 她翻到那本書的第30頁.
The secretary **opened** the door for me. 祕書幫我開了門.
The door **opened** slowly. 門慢慢地打開了.
Let's **open** this garden to the public. 我們將這個花園對外開放吧.
She **opened** her heart to her friend. 她向朋友敞開胸懷.

② They **opened** the discussion at ten a.m. 他們在上午10點開始討論。
The story **opens** with a snowstorm. 那個故事以一場暴風雪為開端。
His play **opens** in Tokyo on April 1st. 他的劇碼4月1日將在東京上演。
The couple **opened** a new restaurant. 那對夫妻開了一家新餐館。

③ A wonderful view **opened** before our eyes. 美麗的景色展現在我們眼前。

④ an **open** book 一本打開的書。
Don't leave the door **open**. 別讓門開著。
He pushed the door **open**. 他推開了門。
The supermarket is **open** till 9 p.m. 那家超級市場一直開到晚上9點。
This garden is **open** to the public. 這個花園對外開放。

⑤ an **open** car 敞篷車。
an **open** field 遼闊的原野。
If it doesn't rain, we'll have the party in the **open** air. 如果沒下雨，我們就在室外舉行晚會。

⑥ an **open** secret 公開的祕密。
an **open** character 率直的個性。
I'll be **open** with you about this matter. 此事我會向你坦誠以對。

⑦ His conduct is **open** to criticism. 他的行為容易招致批評。
Boys are **open** to temptation in big cities. 在大城市裡男孩們易受誘惑。

⑧ play in the **open** 在室外遊戲。

片語 **bring ~ into the open/bring ~ out into the open** 將~公開，揭開：It's time we **brought** the secret **out into the open**. 現在可以將祕密公開了。

come out into the open 公開說出，無所隱瞞，說實話：At first he made no criticism of the government, but eventually he **came out into the open** and attacked its policies. 一開始他並沒有批評政府，最後終於表明真意，抨擊政府的政策。

in the open air/in the open 在室外。(⇨ 範例 ⑤)

open house ① 出入自由的地方，隨時開放歡迎參觀的地方：It's always **open house** at Thompson's. 湯普森的家隨時歡迎參觀拜訪。② 『美』(學校、工廠等的) 開放參觀日 (『英』open day)。③ 落成待售的住宅。

open into 通往：The door **opens into** a strange little room. 這扇門通往一個奇怪的小房間。

open on/open onto 面對，朝向：My room **opens on** the garden. 我的房間朝向庭院。

open out ① 開，展開，展現：A beautiful view **opened out** before us. 美麗的景色展現在我們眼前。② 展開，開始：Life **opens out** for a young man when he leaves school. 學校畢業後，年輕人就此展開新的人生。③ 直言表明，吐露真情：Why don't you **open out** to

me? 你為甚麼不跟我坦誠以對呢？

open up ① 打開：**Open up**! This is the police. 開門! 我是警察。② 營業，開始：We don't **open up** till 10:00. 我們10點才開始營業。③ 開發，開拓：**open up** new areas of industry 開拓新的工業領域。④ 敞開心扉，坦率說出：Soon he **opened up** and told us about his experiences. 他很快就敞開心扉，並且告訴我們他的體驗。

☞ ↔ ①② close

活用 v. **opens**, **opened**, **opened**, **opening**
活用 adj. **opener**, **openest**

open-ended [`opən`ɛndɪd] adj. 無限制的，無時限的。

*__opening__ [`opənɪŋ] n. ① 開始，開頭；開幕。② 空地，廣場；空隙，洞孔。
——adj. ③ 開始的，開頭的，最初的。

範例 ① The **opening** of the new department store took place the other day. 那家新的百貨公司幾天前開幕了。
He made a joke at the **opening** of his speech. 他以一則笑話作為演講開場白。
② There is an **opening** in this firm for a typist. 這家公司有個打字員的職缺。
Tom went in and out through an **opening** in the wall. 湯姆從牆上的洞進出。
③ I was very surprised at the **opening** part of this novel. 我對這部小說的開頭感到十分驚訝。

♦ **òpening céremony** 開幕典禮。
ópening tìme (營業、上班、上課等的) 開始時間；(商店、餐廳等的) 營業時間。
ópening night (戲劇或電影的) 首映之夜。

複數 **openings**

*__openly__ [`opənlɪ] adv. 率直地，公開地，公然地：You should talk **openly** about the matter. 你應該坦率地說出那件事。

活用 adv. **more openly**, **most openly**

open-minded [`opən`maɪndɪd] adj. 無偏見的，開明的，心胸寬闊的。

活用 adj. **more open-minded**, **most open-minded**

openness [`opənnɪs] n. 開放，坦率，心胸寬闊。

*__opera__ [`apərə] n. ① 歌劇。② (非現實的) 戲劇。③ opus 的複數形。

範例 ① a comic **opera** 喜歌劇。
We went to the **opera** last night. 我們昨晚去看歌劇表演。
② a horse **opera** 西部劇。
a soap **opera** 連續劇，肥皂劇 (在美國，過去常由肥皂公司贊助製作連續劇，故有此名)。

參考 ① 16世紀末，在義大利的佛羅倫斯便開始上演類似希臘伴有歌唱的戲劇，這種戲劇即歌劇的 in musica (源於音樂的作品) 這種戲劇即歌劇的開始。18世紀歐洲各主要城市紛紛興建歌劇院，歌劇院成為上層階級的社交場所。

♦ **ópera glàsses** 觀賞歌劇用的小型望遠鏡。
ópera hàt 摺疊式男用大禮帽。

ópera hòuse 歌劇院.
字源 拉丁語 opus（作品）的複數形.
複數 ① ② **operas**

***operate** [`ɑpə͵ret] v. ① 操作，(使) 運轉；發揮
作用. ② 開刀，動手術. ③ 進行軍事行動.
範例 ① Can you **operate** the computer? 你會操
作電腦嗎?
Our bank started to **operate** in Hong Kong
last year. 我們的銀行去年在香港開始營運.
This ship **operates** by nuclear energy. 這艘
船靠核能驅動.
This gas is reported to **operate** harmfully on
the brain. 報告指出這種氣體對大腦有害.
The new immigration law **operates** against
illegal entrants. 新的移民法對非法入境者不
利.
The first step in scientific studies is to observe
how nature **operates**. 科學研究的第一步是
觀察大自然如何運行.
② The doctor **operated** on the patient for
appendicitis. 醫生替那位患者做盲腸手術.
③ The American army no longer **operates** in
this area. 美軍在這一帶不再進行軍事行動.
活用 v. **operates**, **operated**, **operated**,
operating

operatic [͵ɑpə`rætɪk] adj. 歌劇的，適合歌劇
的，歌劇式的: an **operatic** play 歌劇風格的
戲劇.
活用 adj. **more operatic**, **most operatic**

***operation** [͵ɑpə`reʃən] n. ① 操作；運轉，運
作；行動，實施，生效. ② 手術，開刀. ③
軍事行動.
範例 ① Older people tend to be reluctant to learn
the **operation** of new machines. 老年人不太
願意學習新機器的操作.
The new political system is now in **operation**.
新的政治體制現在正開始實行.
The traffic regulation came into **operation**
yesterday. 這項交通法規自昨日起開始實施.
The proposal was put into **operation** at once
without careful examination. 這項提案未經仔
細審查就付諸實行了.
This summer's typhoons caused great damage
to large-scale farming **operations**. 今年夏天
的颱風給大規模農業帶來莫大的損失.
The government decided to organize a famine
relief **operation**. 政府決定發起救援饑荒的
活動.
We were amazed at the immediate **operation**
of this medicine on the body. 我們對這種藥的
強烈藥效感到吃驚.
Our company has just started its overseas
operation in Hawaii. 我們公司才剛在夏威夷
開始進行海外營運.
② The doctor performed an **operation** on her
for a diseased lung. 那位醫生為她患病的肺
部動手術.
The football player was advised to have an
operation on his knee. 有人勸那位足球選手

② There was a large-scale demonstration
against the army's **operations**. 發生了一場
反對軍事行動的大規模遊行示威.
片語 **in operation** 在實施之中，在運轉中，生
效中. (⇨ 範例 ①)
複數 **operations**

operational [͵ɑpə`reʃənl] adj. ① 可使用〔操
作〕的. ② 操作上的，經營〔營運〕上的.
範例 ① The drawbridge is not yet **operational**.
那座吊橋現在還不能使用.
② The executive members discussed some
operational difficulties their branch office had
had. 主管們對他們分公司營運上的困難進行
了討論.
This railway accident occurred due to an
operational mistake by the driver. 這起鐵路
意外事故是因司機的操作疏失造成的.

***operative** [`ɑpə͵retɪv] adj. ① 活動的，運轉
的；實施中的；有效的.
——n. ② 工人，技工. ③ 間諜，偵探.
範例 ① This new traffic regulation will become
operative at noon tomorrow. 這項新的交通
規則將於明天中午開始實施.
② His job is to supervise **operatives** on a
production line. 他的工作是監督生產線上的
工人.
複數 **operatives**

operator [`ɑpə͵retə] n. ① 操作者，技師；經
營者. ② 電話接線生.
範例 ① He is working as an X-ray **operator** at
this hospital. 他是這家醫院裡的 X 光操作人
員.
a computer **operator** 電腦操作人員.
a factory **operator** 工廠的經營者.
② I first dial the **operator** when I make an
overseas call. 打國際電話時我會先接通接線
生.
複數 **operators**

***opinion** [ə`pɪnjən] n. 意見，看法，見解；判
斷，評價.
範例 What's your **opinion**? 你有甚麼看法?
Public **opinion** is divided on the construction
of a new airport. 人們對於新機場的建造意見
分歧.
I have a low **opinion** of the teachers in this
school. 我對這所學校的老師評價很低.
He was of the **opinion** that man should live
together with nature. 他認為人類應與自然共
存.
In my **opinion** your father is wrong. 我認為你
父親錯了.
She didn't want his **opinion** about her
lifestyle. 她不想聽他對自己生活方式的評論.
片語 **of the opinion that** 持有～的意見，看
法或見解. (⇨ 範例)
in ～'s opinion 根據～的意見. (⇨ 範例)
複數 **opinions**

opinionated [ə`pɪnjən͵etɪd] adj. 固執己見

的，獨斷的：My father is very **opinionated**.
我的父親十分固執.

〔活用〕 *adj.* **more opinionated, most opinionated**

opium [ˋopɪəm] *n.* 鴉片.

〔參考〕鴉片是由尚未成熟的罌粟果裡取出的乳狀液體經乾燥而成，作為鎮痛劑等使用. 18世紀中國人吸食鴉片成風，鴉片中毒者很多. 鴉片是由英語的 opium 音譯而成.

opossum [ˋpasəm] *n.* 負鼠《產於美國和澳洲的有袋類動物，遇到危險會裝死；〔美〕possum》：play **opossum** 裝死.

〔複數〕 **opossums**

***opponent** [əˋponənt] *n.* (比賽等的) 對手，敵手；反對者.

〔範例〕In order to win a game, we need to know our **opponents** well. 為了贏得比賽，我們必須瞭解對手.

I am an **opponent** of excessively strict school rules. 我反對過於嚴格的校規.

〔複數〕 **opponents**

opportune [ˌapəˋtjun] *adj.* 合適的，適當的，及時的：The young man appeared at an **opportune** moment. 那位年輕人及時出現了.

〔活用〕 *adj.* **more opportune, most opportune**

***opportunity** [ˌapəˋtjunətɪ] *n.* 機會，時機，良機.

〔範例〕Moving is the perfect **opportunity** for getting rid of unneeded things. 搬家是除去不需要的東西的最好時機.

I have little **opportunity** for communicating with Asians. 我幾乎沒有與亞洲人交流的機會.

The businessman missed an **opportunity** to go to Sri Lanka. 那名商人錯過了去斯里蘭卡的機會.

The money I owe you will be sent at the first **opportunity**. 我欠你的錢會盡快寄還給你.

Opportunity seldom knocks twice. 《諺語》良機難再.

〔片語〕 **at the first opportunity** 一有機會. (⇨ 〔範例〕)

〔複數〕 **opportunities**

***oppose** [əˋpoz] *v.* ① 反對，對抗，妨礙. ② 使相對，使對立.

〔範例〕① Why do you **oppose** the construction of a hotel here? 你為甚麼反對在這裡建旅館呢？

Who is **opposing** him in the election? 選舉中和他競選的是誰？

② Conservatives were **opposed** to the bill. 保守黨反對那項法案.

〔片語〕 **as opposed to** 與～相比〔相對照〕的：Mr. Gifford reads the *Wall Street Journal* for business purposes, **as opposed to** Sam who reads it for fun. 山姆先生讀《華爾街日報》是為了興趣；與其相反，吉福德先生則是為了

工作而讀.

〔活用〕 *v.* **opposes, opposed, opposed, opposing**

***opposite** [ˋapəzɪt] *adj.* ① 相對的，對面的，反面的. ② 完全相反的，對立的.

—— *n.* ③ 相反的人〔事，物〕.

—— *adv.* ④ 在對面，在相反的位置.

—— *prep.* ⑤ 在～對面，在～之相反一側〔方向〕.

〔範例〕① See plate 1 on the **opposite** page. 請看反面那頁的插圖1.

The hospital is on the **opposite** side of the street. 那家醫院在對街.

② the **opposite** sex 異性.

Right is **opposite** to left. 右和左是相反的.

③ He thought quite the **opposite**. 他的想法正好相反.

④ The baseball hit the house **opposite**. 棒球打中了對面的房子.

⑤ I saw him sitting **opposite** her. 我看見他和她面對面坐著.

〔複數〕 **opposites**

***opposition** [ˌapəˋzɪʃən] *n.* ① 反對，對抗. 〔the O～〕在野黨，反對黨；對手，反對者.

〔範例〕① The government faced strong **opposition** in carrying out the plan. 政府實施該計畫時遭到強烈的反對.

The bill passed without **opposition**. 那項法案一致通過.

② the **Opposition**'s demand 反對黨的要求.

***oppress** [əˋprɛs] *v.* ① 鎮壓，壓迫，壓制. ② 使感到壓抑，使心情沉重，使苦惱.

〔範例〕① The unfair law was **oppressing** most of the nation. 這項不公平的法律壓迫著大部分的國民.

In China Catholics were **oppressed** during the Ming dynasty. 在中國明朝時，天主教徒曾遭到鎮壓.

② It **oppresses** me to hear that he has been treated so cruelly. 聽到他一直遭受如此殘酷的對待，我感到心情沉重.

Somehow this building **oppresses** me. 不知為甚麼這棟大樓使我覺得有壓迫感.

〔活用〕 *v.* **oppresses, oppressed, oppressed, oppressing**

oppression [əˋprɛʃən] *n.* ① 壓迫，壓抑. ② 鬱悶，壓迫感.

〔範例〕① **Oppression** of minorities has occurred throughout the history of mankind. 在人類歷史上，對少數民族的壓迫從沒停止過.

② Each time I saw that picture, my sense of **oppression** increased. 每當我看到那張照片，我的心情就愈鬱悶.

oppressive [əˋprɛsɪv] *adj.* ① 壓迫的，嚴苛的，暴虐的. ② 難以忍受的，給人壓迫感的，鬱悶的.

〔範例〕① People suffered from **oppressive** taxes. 人們苦於沉重的賦稅.

② We had a long spell of **oppressive** heat last

summer. 去年夏天難耐的酷熱持續了好長一段時間.

[活用] adj. **more** **oppressive**, **most oppressive**

oppressor [ə`prɛsɚ] n. 壓迫者, 迫害者, 暴君: He is one of the most notorious **oppressors** in history. 他是歷史上最惡名昭彰的暴君之一.

[複數] **oppressors**

opt [ɑpt] v. 選擇, 挑選: She **opted** for a trip to Venice rather than to Rome. 她選擇去威尼斯旅行而不是羅馬.

[片語] **opt out of** 決定不參加, 退出: He **opted out of** the match. 他決定退出這場比賽.

[活用] v. **opts**, **opted**, **opted**, **opting**

optic [`ɑptɪk] adj. 〔只用於名詞前〕眼睛的, 視覺的, 視力的: the **optic** nerve 視神經.

optical [`ɑptɪkl] adj. 〔只用於名詞前〕① 眼睛的, 視覺的, 視力的. ② 光學的.

[範例] ① an **optical** illusion 眼睛的錯覺.
② an **optical** instrument 光學儀器.

optician [ɑp`tɪʃən] n. 眼鏡商; 光學儀器商: My brother used to be an **optician**. 我弟弟以前是個眼鏡商.

[複數] **opticians**

*__optimism__ [`ɑptə‚mɪzəm] n. 樂觀, 樂觀主義 (☞ ↔ pessimism).

optimist [`ɑptəmɪst] n. 樂天派, 樂觀(主義)者.

[複數] **optimists**

*__optimistic__ [‚ɑptə`mɪstɪk] adj. 樂觀(主義)的: All my friends are **optimistic** that I will succeed. 我的朋友們都很樂觀, 認為我一定能成功.

[活用] adj. **more optimistic**, **most optimistic**

optimum [`ɑptəməm] adj. 〔只用於名詞前〕最合適的, 最佳的, 最好的: the **optimum** temperature for growing rice 栽培水稻的最佳溫度.

*__option__ [`ɑpʃən] n. ① 選擇(權), 選擇的自由. ② 供選擇的事物.

[範例] ① You have to pay your back taxes to avoid going to jail. There's no other **option**. 你必須繳納拖欠的稅款以免坐牢, 你沒有選擇的餘地.
② The government has 3 **options**: reduce spending, cut taxes, or a little of both. 政府有3項選擇. 一是縮減支出, 二是減稅, 或是以上兩項都實施一小部分.

[片語] **keep ~'s options open** 保留選擇權, 不急於作出選擇.

[複數] **options**

optional [`ɑpʃənl] adj. 隨意的, 可任意選擇的: French is an **optional** subject at our school. 在我們學校裡, 法語是選修科目.

opus [`opəs] n. 藝術作品, 音樂作品《用於作品編號, 略為 op.》: Brahms' Symphony no.1 in C Minor **opus** 68 布拉姆斯第一交響曲 C 小調第68號作品.

[複數] **opera/opuses**

†**or** [ɔr] conj.

原義	層面	釋義	範例
並列數個項目	提供選擇	或是, 還是; 不然; 也不 《用於否定句》	①
	表示同事物的另一說法	即, 就是	②

[範例] ① I want to be a nurse **or** a teacher. 我想成為護士或是教師.
My father never smokes **or** drinks. 我父親不抽菸也不喝酒.
Will it take twenty **or** thirty minutes? 要花20分鐘還是30分鐘?
The train will come in three minutes **or** so. 火車再過3分鐘左右就到.
Which do you like better, summer **or** winter? 你喜歡夏天還是冬天?
Hurry, **or** you'll miss the train. 快一點! 不然就趕不上火車了.
You'd better put your overcoat on, **or** you'll catch a cold. 你最好穿上大衣, 不然會感冒.
② The distance is two miles **or** about three kilometers. 這一段距離是2哩, 即3公里左右.
This is a picture of an igloo or an Eskimo snow house. 這是圓頂雪屋的照片, 即愛斯基摩人用雪蓋成的房屋.

[片語] **or so** 大約, 左右. (⇨ [範例] ①)
or something/or anything 或甚麼的: How about a coffee **or something**? 要來杯咖啡或是甚麼的嗎?
I didn't cheat **or anything**. 我沒有騙人或是甚麼的.
either ~ or... 或者: I'd like **either** coffee **or** tea. 我要咖啡或是茶.
or else 否則, 不然: You had better shut your mouth **or else** you'll cause trouble. 你最好閉上你的嘴, 否則你會惹上麻煩.
or rather 或者不如說, 更確切地說: He is a little dull, **or rather** foolish. 他有點遲鈍, 更確切地說, 是有點笨.

➡ [充電小站] (p. 892)

*__oracle__ [`ɔrəkl] n. ① 神諭處《可聽到神諭發布的神殿》. ② 神諭. ③ 傳達神諭的人, 祭司.

[片語] **work the oracle** 向僧侶等行賄以求獲得滿意的神諭; 走後門以達到目的.

[複數] **oracles**

*__oral__ [`ɔrəl] adj. ① 口頭的, 口述的. ② 口的, 口部的. ③ 口服的.

[範例] ① an **oral** test 口試.
② the **oral** cavity 口腔.
③ an **oral** contraceptive 口服避孕藥.

orally [`ɔrəlɪ] adv. ① 口頭地, 口述地. ② (藥) 口服地.

[範例] ① The students will be examined **orally**. 學

AND vs OR

【Q】有兩個句子, Hurry up, **and** you will catch the bus. (快點! 那樣你才能趕上公車了). 或者 Hurry up, **or** you will miss the bus. (快點! 否則你就趕不上公車了). and 本來表示「並且, 和」之意, 過去我們學 or 有「或者, 或」之意. 但是根據上面的兩個句子, 我們是不是也應該記下, and 有「那樣」之意, 而 or 也有「否則」之意呢?

【A】確實, 在將 and 譯成中文時也許譯成「那樣」會更容易理解. 但是在學習英語的基礎階段, 首要的是學會使用英語, 即能看懂 (或聽懂) 英語, 會寫 (或會說) 英語最重要. 只要明白它的原義就能活用, 並沒有一一譯成中文的必要.

只要知道 and 的意思是「並且」或「和」, or 的意思是「或者」或「或」就足夠了. 但我們在這裡進一步來看一下 and 與 or 的功用而不去考慮其意思.

▶ **and** 的功用

and 有連接兩個以上詞語的功用. 例如 I bought a desk **and** a chair. (我買了桌子和椅子.) 中的 and 就是連接 a desk 和 a chair 兩個詞語. 打個比方, 如下圖:

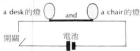

接上圖中的開關, 「a desk 的燈」與「a chair 的燈」幾乎會同時亮起來. 你可以認為 and 正好是接線中粗的部分. 從這句話中你看不出 a desk 與 a chair 是一起買的還是分別買的以及哪個是先買的. 這就是所謂的「連接」.

那麼, She had a red **and** white flower. (她有一朵紅白兩色相摻雜的花.) 這個句子該怎麼解釋呢? 此時的兩盞燈靠得非常近.

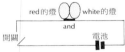

同樣地, She is a poet **and** novelist. (她是詩人, 同時也是小說家.) 和 Bring me a cup **and** saucer. (拿一個有托盤的杯子給我.) 都一樣. 你可以認為兩盞燈是重疊在一起的.

那麼, He ate breakfast **and** left home. (他吃完早餐就出門了.) 又怎麼解釋呢? 被 and 連結的 ate breakfast 與 left home 是連在一起的不同

行動. 為了更容易理解, 我們用水來做比喻.

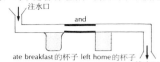

如果 ate breakfast 的杯子裡沒裝滿水, 那水就不會流向 left home. 管道的粗細所畫出的長度 (and) 部分會產生一個時間差, 所以此時動作不是同時進行的.

問題中 Hurry up, **and** you will catch the bus. 的 and, 你可以把它想作是杯子與杯子之間距離極短就行了. 意思是「你應該快點! 並且還來得及趕上公車」. 並不是說除了「並且, 和」之外, and 還有「那麼」的意思.

▶ **or** 的功用

說 A **or** B 時, 即「A 或是 (還是) B」, 也就是要在 A 與 B 中選一個. 讓我們來看一下 Are you going to Korea **or** Japan? (你要去韓國還是日本?) 這個句子.

圖中, 如果接上開關 A 側, 則「韓國的燈」點亮, 如果接上開關 B 側, 則「日本的燈」點亮. or 就像是這個開關的作用. 這是個「選 A, 或是選 B」的問題.

就問題中的 Hurry up, **or** you will miss the bus. 也一樣. 選「快點 (hurry up)」或是選「趕不上公車 (miss the bus)」, 即二者擇其一的意思.

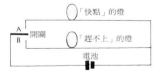

如果接上開關 A 側則「趕得上」, 如不選 A (即不「快點」) 的話則相當於選了 B (「趕不上」). 因此, 並不是說除「或者, 或」之外, or 還有「否則」的意思.

生們要參加口試.
② This pill is to be taken **orally**. 這種藥必須口服.

***orange** [ˋɔrɪndʒ] *n.* ① 柳橙, 柑橘類果實; 柑橘樹. ② 橙色, 橘黃色.

範例 ① peel an **orange** 剝下柳橙的皮.
squeeze an **orange** 榨柳橙汁.
② The **orange** scarf went well with her hair. 橘

色圍巾與她的頭髮很相配.

◆ **órange blòssom** 橙花《白色; 象徵純潔, 婚禮時佩戴於新娘頭上》.
➡ 充電小站 (p. 895)

複數 **oranges**

orangutang [oˋræŋʊˌtæŋ] *n.* 猩猩《亦作 orangutan》.

複數 **orangutangs**

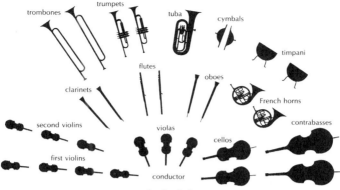

[orchestra]

oration [oˋreʃən] *n.*《正式》演說，致辭.
　[複數] **orations**
orator [ˋɔrətɚ] *n.* 演說者；雄辯家.
　[複數] **orators**
oratorical [͵ɔrəˋtɔrɪkl] *adj.* 演說的，雄辯的：
　an **oratorical** contest 辯論賽.
oratory [ˋɔrə͵torɪ] *n.* ① 演說，雄辯；辯論術.
　② 小教堂.
　[複數] ② **oratories**
orb [ɔrb] *n.* ①（其上飾有十字架象徵王權的）寶
　珠. ②《正式》球體，天體.
　[複數] **orbs**
***orbit** [ˋɔrbɪt] *n.* ① 軌道.
　——*v.* ② 沿軌道運行.
　[範例] ① Our satellite is now in **orbit**. 我們的人造
　衛星現在正在軌道上.
　② The moon **orbits** the earth. 月亮繞地球運
　行.
　[複數] **orbits**
　[活用] *v.* **orbits, orbited, orbited, orbiting**
***orchard** [ˋɔrtʃɚd] *n.* ① 果園. ②（果園的）果
　樹.
　[複數] **orchards**
***orchestra** [ˋɔrkɪstrə] *n.* ① 管弦樂隊，管弦樂
　團：She plays the violin in an **orchestra**. 她在
　管弦樂團中拉小提琴. ②（舞臺前的）樂隊席
　《亦作 orchestra pit》. ③（劇場舞臺前的）貴賓
　席.
　[參考] 管弦樂隊是由弦樂器 (strings)、木管樂器
　(woodwind)、銅管樂器 (brass)、打擊樂器
　(percussion) 等構成. 管弦樂隊始於17-18世
　紀，在19世紀後半期才迅速發展，規模也更
　大.
　◆ **órchestra pit** 樂隊席《舞臺正前方隣出來的
　管弦樂隊隊員席，通常為歌劇和芭蕾舞伴奏；
　亦作 orchestra》.
　[字源] 古希臘設於舞臺與觀眾席之間供演奏舞曲
　用的半圓形場地.
　[複數] **orchestras**
orchestral [ɔrˋkɛstrəl] *adj.* 〔只用於名詞前〕

管弦樂隊的，管弦樂的：The singers sang
with **orchestral** accompaniment. 歌手們在管
弦樂的伴奏下演唱歌曲.
orchid [ˋɔrkɪd] *n.* ① 蘭，蘭花. ② 淡紫色.
　[複數] **orchids**
***ordain** [ɔrˋden] *v.* ① 任命（神職）. ②（神、法
　律）裁定，注定.
　[範例] ① He was **ordained** as a priest yesterday.
　他昨天被任命為牧師.
　② God has **ordained** that all men are mortal. 上
　帝決定人皆必死.
　[活用] *v.* **ordains, ordained, ordained,
　ordaining**
ordeal [ɔrˋdil] *n.* 痛苦的體驗，嚴峻的考驗：
　The Department of Motor Vehicles is so
　inefficient. Doing anything there is an **ordeal**.
　汽車部門的效率很差，在那裡做甚麼事情都
　非常困難.
　[複數] **ordeals**
***order** [ˋɔrdɚ] *n.*

原義	層面	釋義	範例
有秩序的狀態	一般事物	順序	①
	機構、組織	整頓，整理；秩序，紀律；適宜的狀態，正常狀態	②
	為求得 ② 的狀態	命令，指示；訂貨，訂單；要求	③
	並列劃分的集團	階級，等級；宗教團體；騎士團	④

——*v.* ⑤ 整理，處理；要求. ⑥ 下令，命令，指
揮，吩咐，囑咐；訂製，訂購.
　[範例] ① a list of names in alphabetical **order** 按

字母順序排列的名單.
a list of dates in chronological **order** 按年代順序排列的日期表.
in numerical **order** 按號碼順序.
in **order** of height 按高度順序.
These paintings are listed in **order** of estimated value. 這些繪畫作品按估價順序列於目錄中.
Someone's been in these files; they're not in **order** anymore. 有人動過這些文件夾, 它們的順序不對.

② Just give me a minute to put the conference room in **order**. 請給我一點時間整理會議室.
The school's furnace isn't in good working **order**. 那間學校的暖氣爐運作不正常.
Order has finally been restored following days of rioting. 暴動的日子過後終於恢復了平靜.
There was no **order** in the lives of the Bosnian people. 波士尼亞人生活不平靜.
The chair called the meeting to **order**. 主席要求全體與會者肅靜.
Everything is in **order**. 一切都很正常.
Are your certificates in **order**? 你們的執照是合法的嗎?
Damn! The computer is out of **order**. 可惡! 電腦故障了.
In **order** to save time we're going to fly instead of driving. 為了節省時間, 我們將不開車而改搭飛機.
Alice exercises in **order** to lose weight. 愛麗絲運動是為了減肥.
There will be a simultaneous interpretation in **order** that you may follow the proceedings against you. 為了讓你瞭解你被告的訴訟程序, 我們將進行同步口譯.

③ If you don't obey **orders** you'll be punished. 如果你不服從命令就會受到處罰.
My boss gave **orders** that the work should be started immediately. 我的老闆下令那項工作要馬上開始進行.
The police were under **orders** to block off the street. 警方奉命封鎖那條街道.
No logging on this land by **order** of the Department of the Interior. 根據內政部的命令, 此地禁止砍伐木材.
An export **order** to Taiwan has just been received. 一張向臺灣出口的訂貨單才剛剛收到.
Can I take your **order**? 請問你要點甚麼菜?
They repaired the earthquake damage in short **order**. 他們馬上就修復地震所造成的破壞.
My father gave the bookseller an **order** for the new Spanish dictionary. 我父親在書店訂購了那本新出的西班牙語字典.
That particular travel-guide is out of stock, but it's on **order**. 那本詳細的旅遊手冊已經賣光了, 不過我們已經訂貨了.
Isn't there a shop that tailors suits to **order**? 有能訂做整套西裝的服裝店嗎?

④ higher **orders** 上流社會.
military **orders** 軍人階級.
the Franciscan **order** 聖芳濟修道會.
The physicist has qualifications of a high **order**. 那位物理學家的能力是一流的.

⑤ Give me some time to **order** my thoughts. 請給我一點時間整理我的思緒.
I had to strictly **order** my workday to get finished on time. 為了能準時完成, 我必須嚴格掌控我的工作時間.

⑥ The teacher **ordered** silence. 老師命令我們肅靜.
Generals don't ask; they **order**. 將軍們從不請求, 他們只下命令.
The doctor **ordered** me to stay in bed. 醫生囑咐我要臥床休息.
The troops were **ordered** to stand ready for attack. 軍隊接到了準備進攻的命令.
My mother **ordered** a special cake from the baker's. 我母親在麵包店訂了一個特製的蛋糕.
Are you ready to **order**, sir? 先生, 您已經決定好要點甚麼菜了嗎?
You can't **order** me around. We're equal partners in this thing. 不要一直使喚我做這個做那個的, 在這件事情上我們是平等的合夥人.

[片語] **by order of** 根據~的命令. (⇨ [範例] ③)
call ~ to order 命令~肅靜; 叫~遵守秩序. (⇨ [範例] ②)
in good working order 處於正常工作的良好狀態. (⇨ [範例] ②)
in order ① 整齊地, 井然有序地. (⇨ [範例] ①) ② 處於適宜狀態, 狀況良好. (⇨ [範例] ②) ③ 順利地, 沒有妨礙地. (⇨ [範例] ②) ④ 符合規定的, 合法的. (⇨ [範例] ②)
in order that 為了, 以便. (⇨ [範例] ②)
in order to 為了. (⇨ [範例] ②)
in poor working order 狀況不佳.
in short order 立刻, 馬上. (⇨ [範例] ③)
made to order 訂做的, 訂製的: a suit **made to order** 訂做的西裝.
on order 已經訂購 (但尚未到貨). (⇨ [範例] ③)
[美] **on the order of**/ [英] **of the order of** 與~相似, 大約: Their house would go for **on the order of** $350,000. 他們家的房子大約要賣35萬美元.
order ~ about/**order ~ around** 要人這個做那個, 指使 (人) 做這個做那個. (⇨ [範例] ⑥)
out of order ① 不按順序的. ② 故障. (⇨ [範例] ②)

[參考] 文化勳章英語作 the Order of Cultural Merit, 其中的 order 原來僅限用於 ④ 的「並列的集團」, 表示「獲得榮譽的傑出人士團體」, 即一開始時是指「獲得勳章的人們」, 後來 order 也用來表示勳章本身. 英國的最高勳位 the Order of the Garter (嘉德勳位) 就是

orange 是「橘子」嗎?

【Q】把中文的「橘子」譯成英語時不見得總是用 orange 這個字,這是為甚麼呢?

【A】將「橘子」譯成 orange,或者是把 orange 譯成「橘子」雖不能算錯,但也並不完全正確。這是因為中文的「橘子」與英語的 "orange" 雖說是同類的水果,但形狀和特性不盡相同,給人的印象也不一樣的緣故。

從美國進口的 orange 大小與壘球差不多,且皮厚不能用手剝,必須用水果刀切開,而我們的「橘子」則不用刀子,只要用手剝皮就行。

因此,如果將「大家一邊看電視一邊吃橘子」這句話譯成 We had oranges while enjoying TV together,其給人的印象就大不相同。由中文我們想到的是裝在果籃裡的一大堆「橘子」,又因為東亞地區橘子的產季多在冬天,故這個中文句子也可能讓人同時聯想到「冬天」。

但是,我們從譯出的英文句子能聯想到的情景卻只是大家正在吃用水果刀切開後(裝在果盤裡)的橘子,並沒有季節感。

由此可見,在中國或在其他英語系國家,在翻譯實際上形狀和性質或給人印象不一樣的物品名稱時必須特別注意。

要將中文的「橘子」譯成英語時,有以下幾個譯法可供選擇:

mandarin orange/mandarin

原產於中國、小而扁平的深橙色橘子,曾長期外銷到英國。這種橘子的特點是皮薄易剝,果肉甘甜。 mandarin 是指中國清朝 (1616-1912) 時的高官,其官服的顏色與這種橘子相似,故有此名。

tangerine

產於非洲北部摩洛哥的港口城市丹吉爾 (Tangier),並從這裡出口至英國,屬於 mandarin 的一種,與日本的溫州橘子類似。

Satsuma orange/Satsuma

產於日本的溫州橘子,亦可作 Satsuma 和 satsuma。 Satsuma 是「薩摩」,即現在的鹿兒島縣。溫州橘是從薩摩傳到英國的,故在英國亦用此名,以其「耐霜 (frost-resistant)」而廣為人知。

還有, tangerine 是 mandarin 的一種,而

Satsuma 有時也會被當作 tangerine 的別名,故這3個名稱經常被混為一談,所以才出現 orange 這個字,做為以上3種品種的統稱。

順帶一提,為甚麼「產於日本」的橘子會叫做「溫州橘」?

溫州是中國浙江省的港口城市名,而溫州橘子主要是指產於日本和歌山縣(古代的紀州)、中部地區《特指古代的駿河(靜岡縣)地區、鹿兒島縣(古代的薩摩)》等地的橘子,是在日本原產的品種,因其味甘美,故被日本人當作優良品種培育至今。可是為甚麼以「溫州」這一中國的地名來命名呢? 雖然原因並不明確,但有以下的說法:

中國的「溫州」自古以來就是有名的茶葉與橘子的集散地,在古代日本對溫洲這個地方也是耳熟能詳。有某段時期,在日本原產的橘子樹結出了甘美可口的果實,再者,紀州、駿河以及薩摩都是氣候溫暖的地方,於是「這裡的橘子真好吃」、「味道一點也不比那有名的『溫州』橘子差!」等等對日本橘子的讚美紛紛出現,再加上為了提高知名度,便將這種橘子命名為「溫州橘」。

總之,在翻譯時要根據實際情況來選擇最合適的字,千萬不要認為「橘子=orange」,翻譯時最重要的是要準確地表達出其特徵及給人的印象。

此外,翻譯時還有許多水果和蔬菜的名字須要特別注意。

例如茄子 (eggplant),美國的茄子與中國的茄子有很大不同。美國的茄子大如大蘋果,圓滾滾的,烹調的方法也不一樣。雖品種皆屬「茄子」,但性質完全不同。為了加以區別,一般在美國茄子之前加上「美國」二字而譯成「美國茄子」,以便與中國的「茄子」區別。

又, pear 的譯文為「西洋梨」,為甚麼要特意加上「西洋」二字呢? 這是因為它雖同樣是梨,但味道和形狀都與中國的梨不一樣的緣故。

西洋梨不是球形而是像個不倒翁,口感粗糙,不是直接做水果食用,而是經過烹煮或加入燉菜中食用。

0

同時指受勳者與勳章。

複數 **orders**

活用 *v.* **orders**, **ordered**, **ordered**, **ordering**

orderliness [ˋɔrdɚlɪnɪs] *n.* 整齊,井然有序,遵守秩序: The Taiwanese pride themselves on the **orderliness** of their way of life. 臺灣人為自己井然有序的生活方式感到自豪。

orderly [ˋɔrdɚlɪ] *adj.* ① 整齊的,有秩序的。② 守秩序的,守規律的。

範例 ① My grandmother likes the house clean and **orderly**. 我的祖母喜歡家裡收拾得清潔整齊。

② I've never seen such an **orderly** class. 我從來沒有見過那麼守紀律的班級。

活用 *adj.* **more orderly**, **most orderly**

ordinal [ˋɔrdnəl] *n.* 序數《亦作 ordinal number》。

參考 相對於表示數量的 one、two、three 等基數 (cardinal number), ordinal number 為表示順序的 first、second、third 等的序數。4以上的序數字尾通常為 -th。

♦ **òrdinal númber** 序數。

複數 **ordinals**

ordinance [ˋɔrdnəns] *n.* 布告; 法令,條例: the **ordinances** of the City Council 市議會條

例.

複數 ordinances

ordinarily [`ɔrdn͵ɛrəlɪ] adv. 一般地，通常，大概.

範例 She behaves **ordinarily** for a five-year-old. 以一個5歲的孩子來說，她的舉動與一般孩子無異.

Ordinarily I wouldn't go by train, but I will tomorrow because road works are starting. 我通常不坐火車外出的，可是明天得坐，因為道路開始要整修了.

活用 adv. more ordinarily, most ordinarily

***ordinary** [`ɔrdn͵ɛrɪ] adj. 普通的，平常的，一般的.

範例 a very **ordinary** meal 一頓很家常的便餐.

What do **ordinary** people really think about this scandal? 一般人會怎麼看待這件醜聞呢？

Everyone raves about her art work but I think it's quite **ordinary**. 大家都大力稱讚她的藝術作品，可是我卻覺得它很普通.

It was an **ordinary** sort of day until the incident happened. 事件發生之前，那一天與平時並沒有甚麼兩樣.

片語 in the ordinary way 平常，通常；按照慣例: **In the ordinary way** Mr. Jones goes jogging but today he's swimming. 通常瓊斯先生會去慢跑，可是今天他去游泳.

out of the ordinary 不尋常的，異常的；例外的: Her new hairstyle is certainly **out of the ordinary**. 她的新髮型太特別了.

I will give him something **out of the ordinary** on his birthday. 他生日當天我要送他一件不一樣的禮物.

活用 adj. more ordinary, most ordinary

ordnance [`ɔrdnəns] n. 槍砲類，武器；軍需品.

***ore** [or] n. 礦，礦石，礦砂: iron **ore** 鐵礦.

複數 ores

***organ** [`ɔrgən] n. ① 風琴. ② 器官. ③ 機關.

範例 ① Who plays the **organ** in that church? 誰在那個教堂裡彈風琴？

② The heart is the **organ** which pumps blood throughout the body. 心臟是將血液輸送到全身的器官.

③ The Legislature Yuan shall be the highest **organ** of state power, and shall be the sole lawmaking **organ** of the state. 立法院是國家權力的最高機關，也是國家唯一的立法機關.

參考 ① 風琴的種類有向管子送進空氣使共鳴發出聲音的管風琴 (pipe organ)、使空氣衝擊金屬簧片而發出聲音的簧風琴 (reed organ)、電子風琴 (electronic organ) 以及搖動手柄演奏音樂的手搖風琴 (barrel organ) 等.

➡ **充電小站** (p. 897)

複數 organs

organdy/organdie [`ɔrgəndɪ] n. 一種細而薄的棉織紗布.

organic [ɔr`gænɪk] adj. ① 有機體的，有機的，

生物 (性的). ② 器質性的，器官的. ③ 重要的，根本的，必須的.

範例 ① **organic** chemistry 有機化學.

organic food 有機食品.

② an **organic** disease 器官性疾病.

③ His part is **organic** to this drama. 他的角色在這部戲劇中很重要.

organically [ɔr`gænɪklɪ] adv. 有機地: My sister loves **organically** grown vegetables. 我姊姊喜歡有機耕種的蔬菜.

organisation [͵ɔrgənə`zeʃən] =n. 〖美〗 organization.

organise [`ɔrgən͵aɪz] =v. 〖美〗 organize.

organiser [`ɔrgən͵aɪzɚ] =n. 〖美〗 organizer.

organism [`ɔrgən͵ɪzəm] n. ① 有機體，生物. ② 有機組織體: Our society is a complex **organism**. 我們的社會是一個複雜的有機組織體.

複數 organisms

organist [`ɔrgənɪst] n. 風琴演奏者: Betty is a church **organist**. 貝蒂是教堂的風琴手.

複數 organists

***organization** [͵ɔrgənə`zeʃən] n. 組織，構成；機構，組織單位；組織工作.

範例 UNESCO is a subordinate **organization** of the UN. 聯合國教育科學文化組織是聯合國的一個附屬組織.

There are no student **organizations** in our school. 我們學校沒有學生會.

This is a non-profit **organization**. 這是一個非營利組織.

A charity **organization** offered help to those who lost their houses in the earthquake. 某慈善團體向在地震中失去房子的人們伸出援手.

Many hoped for the **organization** of a new ambitious political party. 許多人都希望有抱負的新政黨能夠成立.

OPEC stands for the **Organization** of Petroleum Exporting Countries. OPEC 表示石油輸出國組織.

We are busy with the **organization** of a conference. 我們正忙於會議的準備工作.

參考 〖英〗 organisation.

複數 organizations

***organize** [`ɔrgən͵aɪz] v. ① 組織，構成. ② 團結；組成工會.

範例 ① His goal was to **organize** the strongest baseball team in Taiwan. 他的目標是組織一支臺灣最強的棒球隊.

Three new political parties were **organized** this spring. 今年春天有3個新政黨成立了.

The guitar club **organized** a concert in the gym. 吉他俱樂部在體育館舉行演奏會.

I cannot **organize** my thoughts well when I am nervous. 我一緊張就會思路不清.

Could you help me **organize** these reference books? 你能幫我整理這些參考書嗎？

② Many taxi drivers **organized** for better

充電小站

器官 (organ)

① bladder　膀胱
② diaphragm　橫膈膜
③ gall bladder　膽囊
④ gullet/esophagus　食道
⑤ heart　心臟
⑥ large intestines/bowels　大腸
⑦ small intestines/bowels　小腸

⑧ kidney　腎臟
⑨ liver　肝臟
⑩ lungs　肺
⑪ rectum　直腸
⑫ stomach　胃
⑬ windpipe/trachea　氣管

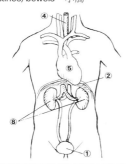
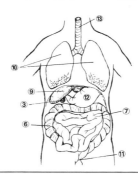

working conditions. 許多計程車司機為了爭取更好的工作條件而組成工會.
參考 〖英〗organise.
活用 v. **organizes, organized, organized, organizing**

organizer [ˋɔrgənˌaɪzɚ] n. 組織者，創立者；主辦人： He is one of the **organizers** of this year's teachers' conference. 他是今年教師會議的主辦人之一.
參考 〖英〗organiser.
複數 **organizers**

orgy [ˋɔrdʒɪ] n. ① 縱情狂歡的集會，性愛派對. ② 縱情狂歡，無節制，放蕩.
複數 **orgies**

orient [ˋɔrɪˌɛnt] n. ①〔the O~〕東方(各國)《地中海的東方；亞洲，特指東亞》.
——v. ② 使朝向東方. ③ 確定特定方向，定位，定向. ④ 使適應.
範例 ① Many brilliant pearls were brought from the **Orient** to Europe. 許多燦爛奪目的珍珠從東方被帶到了歐洲.
② They take care to have the chief altar properly **oriented** when they build a church. 他們在建造教堂時都會小心注意，務必使主祭壇朝正東方向.
③ The new building is **oriented** towards the south. 那棟新大樓坐北朝南.
④ Immigrants should **orient** themselves to their new surroundings. 移民們應該讓自己適應新的環境.
參考 耶穌・基督的誕生地耶路撒冷在倫敦的東方，因此在修建教堂時會使主祭壇朝東. 後來延伸出「將事物置於正確方向，使適應」的

意思. orientation (定向，定位；方向)、orienteering (越野定向賽跑；定向運動) 也是相關單字.
☞ ① ↔ Occident.
字源 拉丁語的 orient (初升的太陽).
活用 v. **orients, oriented, oriented, orienting**

***oriental** [ˌɔrɪˋɛntl] adj. ① 東方(人、風格)的： Do you find **Oriental** languages difficult? 你認為東方語言困難嗎?
——n. ②〔O~〕東方人，亞洲人.
複數 **orientals**

***orientation** [ˌɔrɪɛnˋteʃən] n. 定向，定位；適應；(對新進人員等的)指導，訓練： an **orientation** course 新生訓練；新進人員研習.

orifice [ˋɔrəfɪs] n. (耳、口、鼻、管子、煙囪等的)孔，洞.
複數 **orifices**

***origin** [ˋɔrədʒɪn] n. 起始，開始，起源.
範例 The **origins** of civilization are still unknown. 文明的起源依然是個謎.
Would you mind explaining the **origin** of Homo sapiens again? 你介意再說明一次人類的起源嗎?
Natasha is of Russian **origin**./Natasha is Russian by **origin**. 娜塔莎生於俄國.
Kowtow is a word of Chinese **origin**. Kowtow 這個詞源自中文.
片語 **by origin** 出生於～地. (⇨ 範例)
複數 **origins**

***original** [əˋrɪdʒənl] adj. ① 最初的，原來的. ② 獨創性的；新奇的，新穎的.

0

——*n.* ③ 原物，原版；原文．

範例 ① Who were the **original** inhabitants of Taiwan? 臺灣最原始的居民是誰？

The **original** design was better than the present one. 最初的設計比現在的設計優良．

This is the first time I have ever read an English novel in the **original**. 這是我第一次讀英文原文小說．

② That is a very **original** idea. 那是一個頗有創意的點子．

③ This is a copy of the Mona Lisa. The **original** is in the Louvre. 這是蒙娜麗莎的複製品，真品在羅浮宮．

♦ **original sin** 原罪《基督教指人類與生俱來之罪，源於《聖經》中亞當與夏娃背叛上帝一事》．

活用 *adj.* ② **more original，most original**

複數 **originals**

*****originality** [ə,rɪdʒə`næləti] *n.* 獨創性；創造力，創作力；新穎，奇特．

範例 He has great **originality** in writing. 他在寫作上有非凡的獨創性．

His writing shows great **originality**. 他的文章頗具新意．

His idea was lacking in **originality**. 他的想法缺乏創意．

*****originally** [ə`rɪdʒənlɪ] *adv.* ① 原來地，本來地；最初地．② 獨創性地，新穎地．

範例 ① My family **originally** came from Germany in the latter half of the nineteenth century. 我的家族最初在19世紀後半期來自德國．

Originally, the word was taken from Latin. 那個字最初是從拉丁語來的．

② He used to write **originally**. 他以前寫作頗具獨創性．

活用 *adv.* ② **more originally，most originally**

*****originate** [ə`rɪdʒə,net] *v.* (使)開始，始於，產生．

範例 I hear that life **originated** in the sea. 據說生命起源於海洋．

It is said that paper **originated** in China. 據說紙源於中國．

That TV series **originated** from a movie. 那個電視連續劇改編自一部電影．

The theory **originated** with him. 這個理論是由他創始的．

Who **originated** that kind of clothing? 是誰最先發明那種衣服的？

參考 originate in 之後接表示「場所」的語句；originate from 之後接表示「事物」的語句；originate with 之後接表示「人，文化」的語句．

活用 *v.* **originates，originated，originated，originating**

oriole [`ɔrɪ,ol] *n.* ① 金鶯．② 黃鸝．

參考 ① ② 都是長有黃色與黑色等醒目羽毛的黃鸝屬鳥類．① 多棲息於美洲大陸的熱帶地區．

➡ (充電小站) (p. 101)

複數 **orioles**

*****ornament** [*n.* `ɔrnəmənt；*v.* `ɔrnə,mɛnt] ① 裝飾品，飾物．② 增加光彩或值得驕傲的人〔物〕．

——*v.* ③ 裝飾，修飾．

範例 ① There are many little **ornaments** on the mantelpiece. 壁爐臺上擺了許多小裝飾品．

② The opera house is an **ornament** to the city. 那個歌劇院是這個城市的驕傲．

③ The table was **ornamented** with flowers. 桌子上擺著花．

複數 **ornaments**

活用 *v.* **ornaments，ornamented，ornamented，ornamenting**

ornamental [,ɔrnə`mɛntl] *adj.* 裝飾(用)的．

活用 *adj.* **more ornamental，most ornamental**

ornate [ɔr`net] *adj.* (裝潢、文體等)過分裝飾的，華麗的：I don't like the author's **ornate** style of writing. 我不喜歡那個作者矯飾的文體．

活用 *adj.* **more ornate，most ornate**

ornithologist [,ɔrnə`θɑlədʒɪst] *n.* 鳥類學家．

複數 **ornithologists**

ornithology [,ɔrnə`θɑlədʒɪ] *n.* 鳥類學．

*****orphan** [`ɔrfən] *n.* ① 孤兒．

——*v.* ② 使成為孤兒．

範例 ① a war **orphan** 戰爭孤兒．

② I was **orphaned** at five by the civil war. 我五歲時因為美國南北戰爭而成了孤兒．

複數 **orphans**

活用 *v.* **orphans，orphaned，orphaned，orphaning**

orphanage [`ɔrfənɪdʒ] *n.* 孤兒院．

複數 **orphanages**

*****orthodox** [`ɔrθə,dɑks] *adj.* 正統的：I taught him the **orthodox** way of dancing. 我教他正統的舞蹈．

♦ **the Òrthodox Chúrch** 希臘正教，東正教．

活用 *adj.* **more orthodox，most orthodox**

orthodoxy [`ɔrθə,dɑksɪ] *n.* 《正式》正統(性)，正統的信仰．

複數 **orthodoxies**

orthopaedic/orthopedic [,ɔrθə`pidɪk] *adj.* (骨科)整形外科的．

orthopaedics/orthopedics [,ɔrθə`pidɪks] *n.* (骨科)整形外科．

oscillate [`ɑsl,et] *v.* 振動，擺動．

範例 A pendulum **oscillates**. 鐘擺擺動．

I kept **oscillating** between whether to go or to stay behind. 去留之間，我猶豫不決．

活用 *v.* **oscillates，oscillated，oscillated，oscillating**

oscillation [,ɑsl`eʃən] *n.* 振動，擺動，搖擺：Can you see the **oscillation** of the pointer of the compass? 你可以看見指南針指針的擺動嗎？

複數 **oscillations**

osier [`oʒɚ] *n.* 柳樹，柳條.
複數 **osiers**

ostensible [ɑs`tɛnsəbl] *adj.* 虛偽的，表面的:
The **ostensible** reason for her canceling the concert was a cold. 她取消音樂會表面上的理由是感冒了.

ostensibly [ɑs`tɛnsəblɪ] *adv.* 表面上，乍看:
He married her **ostensibly** for love, but really for money. 他跟她結婚表面上是為了愛，其實是為了錢.

ostentation [ˌɑstən`teʃən] *n.* 炫耀，賣弄，誇示.

ostentatious [ˌɑstən`teʃəs] *adj.* 炫耀的，賣弄的，誇示的: an **ostentatious** lifestyle 炫耀的生活方式.

ostracize [`ɑstrəˌsaɪz] *v.* 排斥，驅逐，開除:
He was **ostracized** from the club for his shameful conduct. 他因為可恥的行徑而被那個俱樂部除名了.
參考 [英] ostracise.
活用 *v.* ostracizes, ostracized, ostracized, ostracizing

ostrich [`ɔstrɪtʃ] *n.* ① 鴕鳥. ② 逃避現實者.
複數 **ostriches**

† **other** [`ʌðɚ] *adj.*, *pron.*

原義	層面	釋義			
		adj.	範例	*pron.*	範例
同類事物中剩餘的	固定的	2個	剩餘的，另外的，第二個的 ①		另一個 ④
		3個以上	其餘的，另外的 ②		其餘的，另外的 ⑤
	不固定的		其他的 ③		其他的 ⑥

——*adj.* ⑦ [the ~] 前幾 (週、天等) 的.
範例 ① He held her hand with one hand and waved proudly with the **other** one. 他一隻手拉著她的手，另一隻手則得意地擺動著.
Joe lives on the **other** side of the street. 喬住在這條街的另一邊.
I go to Taipei every **other** week. 我每隔一週上臺北一次.
② Sally is here, but the **other** girls are still out in the yard. 莎莉在這裡，其他的女孩還在院子裡.
Why are you alone? Where are the **other** five boys? 為甚麼你一個人？其他5個男孩到哪裡去了？《亦作 the five other boys》
③ You can't go by car, but there are plenty of **other** ways of getting there. 你不能開車去，還有其他方式可以去那裡.
Not Emily but some **other** girl came. 艾蜜麗

沒有來，倒是來了其他的女孩.
She had no **other** coat than that. 她沒有其他件大衣.
In **other** words, Dave wants to decline the invitation. 換句話說，戴夫想要婉拒邀請.
She likes music, among **other** things. 在其他喜好中，她尤其喜歡音樂.
④ One is an artificial diamond and the **other** is a real one. 一個是人工鑽石，另一個是天然鑽石.
The twins are so much alike that people cannot tell one from the **other**. 那對雙胞胎長得非常像，旁人分不出來.
They love each **other**. 他們彼此相愛.
⑤ These three pairs of shoes are mine; the **others** are my son's. 這3雙鞋子是我的，其他是我兒子的.
Jane's here now. Where are the **others**? 珍現在在這裡，其他人在哪裡？
⑥ He always tried to do good to **others**. 他總是親切待人.
I don't like this hat. Do you have any **others**? 我不喜歡這頂帽子，你還有別的帽子嗎？
She loves to decorate her room with various flowers: tulips, roses, irises and **others**. 她喜歡用各式各樣的花點綴自己的房間，像是鬱金香、玫瑰、鳶尾花和其他種類的花.
Some believe in UFOs and **others** do not. 有人相信幽浮的存在，也有人不相信.
Some of them are yellow; **others** are orange. 其中有一些是黃色的，其他是橘色的.
⑦ the **other** afternoon 前幾天下午.
I met Henry the **other** day. 前幾天我遇見亨利.
片語 ***every other*** 每隔一個的 (⇨ 範例 ①):
every other month 每隔一個月.
on the other hand 另一方面 (☞ hand).
one after the other 一個接一個地，陸續地 (☞ one).
other than 除了～之外: I keep more pets **other than** this dog. 除了這隻狗，我還養其他寵物.
There is nothing to eat **other than** potatoes. 除了馬鈴薯之外沒有別的食物可以吃.
She could do nothing **other than** burst into tears. 她只能嚎啕大哭，別無他法.
some time or other 改天 (☞ time).
the other way around/the other way round 相反 (☞ way).
♦ **the óther wòrld** 來世，另一個世界.
☞ another (另一個，別的)

* **otherwise** [`ʌðɚˌwaɪz] *adv.*, *conj.*

原義	層面	釋義	範例
用其他方法	狀態	*adv.* 用其他方法，不同地	①
	事實	*adv.* 在其他方面	②
	條件	*conj.* 不然，否則	③

範例 ① He seems to think **otherwise**. 他好像有不同的想法.

You need a key. It can't be opened **otherwise**. 你必須要有鑰匙, 否則你打不開.

The head office must be notified in writing by fax or **otherwise**. 我們必須用傳真或其他書面的方法通知總公司.

See that restaurant? It has all kinds of Oriental food, Japanese, Chinese and **otherwise**. 看到那家餐館了嗎? 它那裡有各式各樣的東方食物, 像是日本、中國及其他東方國家的食物.

I thought it was ancient Incan pottery, but I discovered **otherwise**. 我以為那是古代印加文化的陶器, 後來發現不是.

② It's a bit chilly, but **otherwise** pretty nice. 除了有點冷之外, 其他方面都蠻好的.

③ Study hard now, **otherwise** you'll be sorry. 你現在要認真念書, 不然你會後悔的.

I rushed to the station, **otherwise** I'd have missed the train. 我當時急忙趕到車站, 否則我就趕不上火車了.

片語 **~ and otherwise** ~及其他, ~等等. (⇒ 範例 ①)

~ or otherwise ① 或者用其他方式. (⇒ 範例 ①) ② 是否: I don't care if she's poor **or otherwise**. 我不在乎她是否貧窮.

otter [ˋɑtɚ] n. ① 水獺. ② 水獺毛皮.

[otter]

複數 **otters**

ouch [autʃ] interj. 哎喲 《表示突感疼痛時發出的聲音》.

†**ought** [ɔt] aux. ① 應該. ② 一定, 理應. ③ 本該~才好. ④ 一定已經 《後接動詞時用〈to＋原形動詞〉的形式》.

範例 ① He **ought** to see a doctor. 他應該去看醫生.

You **ought** not to eat between meals. 你不應該在兩餐之間吃東西.

"**Ought** I to go?" "Yes, I think you **ought** to." 「我該該去嗎?」「是的, 我認為你應該去.」

We **ought** to leave early with this snow, **ought**n't we? 下雪了, 我們應該早一點離開嗎?

You **ought** to obtain a visa before going abroad. 你應該在出國之前先辦好簽證.

② It **ought** to be cloudy tonight. 今晚應該是陰天吧.

It's 9:00. Sandy **ought** to have arrived at the airport now. 現在9點了, 桑迪一定已經到達機場了.

③ You **ought** to have done it. 你本來應該把那件事做完的.

She told him he **ought** not to go. 她對他說他本來不應該去的. (🔌 充電小站) (p. 833)

④ He said I **ought** to be hungry. 他說我一定已

經餓了. ((🔌 充電小站) (p. 833))

oughtn't [ˋɔtnt] 《縮寫》＝ought not.

*****ounce** [auns] n. 盎斯 《重量單位》.

參考 盎斯常衡 (avoirdupois ounce) 為 1/16 磅常衡 (avoirdupois pound), 約為 28 公克, 用本義時略作 oz. 量貴金屬的盎斯常衡 (troy ounce) 為 1/12 磅金衡 (troy pound), 約為 31 公克, 本義略作 oz.t.

複數 **ounces**

†**our** [aur] pron. 我們的 《we 的所有格》.

範例 This is **our** house. 這是我們的家.

Our school stands on the hill. 我們的學校位在山丘上.

Our Mary won the prize! 我們家的瑪麗得獎了!

He insisted on **our** paying right now. 他堅持要我們馬上付款.

♦ **Our Father** 《基督教的》天父, 上帝; 主禱文.

Our Lady 聖母瑪麗亞.

➡ (充電小站) (p. 834)

†**ours** [aurz] pron. 我們的 《we 的所有格代名詞》.

範例 "Is this your car?" "No. This car belongs to the Fischers; that one's **ours**." 「這是你們的車嗎?」「不是, 這是費雪家的, 那輛才是我們的.」

While the Smiths brought their children with them on vacation, we sent **ours** to summer camp. 史密斯一家帶著孩子去度假, 我們則把孩子送到夏令營去.

Mr. Brown is a friend of **ours**. 布朗先生是我們的朋友.

➡ (充電小站) (p. 834)

†**ourselves** [aurˋsɛlvz] pron. 我們自己, 我們本身 《we 的反身代名詞》.

範例 We admitted to **ourselves** that we had been completely defeated. 我們承認自己徹底輸了.

We washed **ourselves** in cold water. 我們用冷水洗了澡.

We **ourselves** went there./We went there **ourselves**. 我們自己去了那裡.

We were left in the room by **ourselves**. 我們把自己留在房間裡.

We built our house by **ourselves**. 我們自己蓋了房子.

片語 **by ourselves** ① 只有我們自己. (⇒ 範例) ② 全靠我們自己地, 我們獨自地. (⇒ 範例)

to ourselves 被我們獨占: My mother and I had the whole house **to ourselves** after my father left us. 父親走了以後, 房子就成了我和我母親的.

oust [aust] v. 驅逐, 逐出: The athlete was **ousted** from the world of sports forever. 那個選手被永遠逐出了體育界.

活用 v. **ousts**, **ousted**, **ousted**, **ousting**

†out [aut] *adv.*

原義	層面	釋義	範例
外	平時的場所，應該在的場所	在外，在外面，顯現，出現	①
	平時的數量，應有的數量	到期，用盡，消失	②
	平時的狀態，應有的狀態	離開，在休息	③
	平時的程度	極度地，徹底地，從頭到尾地	④

——*prep.* ⑤ 向~之外.

範例 ① Father is **out**. 父親外出了.
He is **out** in the garden. 他現在在院子裡.
The roses are **out**. 玫瑰花開了.
The book will be **out** soon. 那本書即將出版.
Let's eat **out** this evening. 我們今天晚上到外面用餐吧.
② Our supply of water is **out**. 我們的水用光了.
He promised to come back before the semester is **out**. 他說好會在這學期結束前回來.
Please turn the light **out**. 請關掉電燈.
Black jeans are **out** this year. 今年不再流行黑色牛仔褲.
③ I put my shoulder **out**. 我的肩膀臼了.
Pearson's secretary is **out** because she has the flu. 皮爾遜的祕書得了流行性感冒，所以沒來上班.
The amusement park is full of kids because school is **out**. 學校放假，兒童樂園裡到處是小孩.
④ I am tired **out**. 我累得精疲力盡.
We talked it **out**. 我們徹底地討論了那個問題.
Let's hear her **out**. 讓我們聽她把話說完.
The teacher called **out** our names. 老師大聲地喊了我們的名字.
⑤ He went **out** of the house. 他走到房子外面去了.
He was looking **out** the window. 他向窗外望去.
片語 **all out** 竭盡全力，全力以赴：The mayor is going **all out** to get re-elected. 那個市長為了競選連任而竭盡全力.
from out to out 從一端到另一端.
on the outs with 與~意見不一致：I'm **on the outs with** him. 我與他意見不一致.
out and about (病人痊癒後) 能起身到室外走動：Soon he was **out and about**. 很快他就可以起身到室外走動了.
out and away 突出地，遠遠超過地：He is **out and away** the best runner in our class. 他

是我們班上跑得最快的人.
out for 一心想，力圖要：He's an aspiring young actor who is **out for** fame and fortune. 他是個懷有雄心壯志的年輕演員，一心想追求名聲和財富.
out loud 大聲地，出聲地：Read **out loud**. 請大聲念.
out of ~ ① 由~向外，離開：She went **out of** the house. 她離開了這棟房子.
② 從~中，由，出於：Choose and answer one **out of** the three questions below. 從下面的3個問題中選擇一個回答.
He helped her **out of** kindness. 他出於好心幫助她.
The house was made **out of** stone. 那棟房子是用石頭蓋的.
③ 缺少，用光：We're **out of** soy sauce. 我們把醬油用光了.
Out with ~! 把~拿出來，把~趕出去：**Out with** the racists! 把種族歧視者趕出去!
the ins and outs of 詳情，內幕，來龍去脈：He knows **the ins and outs of** politics. 他瞭解政治運作的內幕.

*outbreak [`aut͵brek] *n.* 爆發.
範例 We were very surprised at the **outbreak** of war. 我們對戰爭的爆發感到震驚.
After the war, there was an **outbreak** of a plague. 戰後爆發一種傳染病.
複數 **outbreaks**

*outburst [`aut͵bɝst] *n.* 破裂；爆發，爆炸.
範例 a sudden **outburst** of rage 突然爆發的憤怒.
outbursts of gunfire 砲彈的爆炸.
字頭 out (向外) ＋ burst (爆炸).
複數 **outbursts**

outcast [`aut͵kæst] *n.* 被驅逐的人；被遺棄者：Such violent criminals should be **outcasts**. 像這樣暴力的罪犯應該被社會所驅逐.
複數 **outcasts**

*outcome [`aut͵kʌm] *n.* 結果.
範例 We were disappointed at the **outcome** of the general election. 我們對大選的結果感到失望.
What was the **outcome** of your exams? 你考試的結果怎麼樣?
The incident led to a most unusual **outcome**. 這個事件的結果很不尋常.
複數 **outcomes**

outcrop [`aut͵krɑp] *n.* (礦脈、岩石等的) 露出，露頭.
複數 **outcrops**

outcry [`aut͵kraɪ] *n.* 抗議聲，吶喊：There was a great **outcry** about the inadequate bus service. 人們紛紛對公車服務不佳提出抗議.
複數 **outcries**

outdated [͵aut`detɪd] *adj.* 過時的，落伍的：**outdated** ideas 落伍的想法.
活用 *adj.* **more outdated**, **most outdated**

outdid [͵aut`dɪd] *v.* outdo 的過去式.

***outdo** [aut`du] v. 勝過，優於，戰勝．
〔範例〕 My cousin **outdoes** me in every subject.
我堂弟每一個科目都比我強．
He **outdid** himself in volleying. 他空中踢球的
技巧比以前好多了．
〔活用〕 v. **outdoes**, **outdid**, **outdone**,
outdoing
outdone [aut`dʌn] v. outdo 的過去分詞．
***outdoor** [`aut,dor] adj.〔只用於名詞前〕戶外
的，野外的，露天的．
〔範例〕 **outdoor** sports 戶外運動．
We need to buy some more **outdoor**
Christmas lights. 我們還得買一些戶外用的聖
誕燈泡．
☞ ↔ indoor
***outdoors** [`aut`dorz] adv. ① 在 (向) 戶外，在
(向) 室外，在野外．
——n. ②〔the ~〕戶外，室外．
〔範例〕 ① The concert was held **outdoors**. 這場
音樂會在戶外舉行．
② Children love the **outdoors**. 孩子們喜歡到
戶外去．
☞ ↔ indoors
***outer** [`autɚ] adj.〔只用於名詞前〕外的，外側
的，離開中心的．
〔範例〕 **outer** clothes 上衣．
Many science fiction movies are about strange
creatures from **outer** space. 許多科幻電影都
是有關來自外太空的未知生物．
The stadium is in an **outer** suburb of Venice.
這個體育場在威尼斯市的郊區．
♦ **òuter spáce** (大氣層外的) 外太空．
☞ ↔ inner
outermost [`autɚ,most] adj.〔只用於名詞
前〕最外側的，最遠的．
outfield [`aut`fild] n.〔the ~〕(棒球等的) 外
野，外野手〔亦作 outfielder〕．
outfielder [`aut`fildɚ] n. (棒球等的) 外野手．
〔複數〕 **outfielders**
***outfit** [`aut,fit] n. ① 一套用具，全套裝備，一
套．② (在一起工作的) 一群人．
——v. ③ 裝備，配備．
〔範例〕 ① A friend of mine lost his skiing **outfit** last
year. 我的一個朋友去年弄丟了一套滑雪用
具．
③ The party was **outfitted** with the latest
equipment. 這一群人配有最新的裝備．
〔複數〕 **outfits**
〔活用〕 v. **outfits**, **outfitted**, **outfitted**,
outfitting
outflank [aut`flæŋk] v. 包圍 (敵人的) 側翼；
以機智取勝: The company was completely
outflanked and destroyed. 這個步兵連遭到
敵人側面襲擊且被全部消滅．
〔活用〕 v. **outflanks**, **outflanked**, **outflanked**,
outflanking
outgoing [aut`goɪŋ] adj. ①〔只用於名詞前〕
即將外出〔離去〕的，即將離職的．② 好交際
的，外向的：和善的．

① the **outgoing** president 即將卸任的總
統．
② The landlady was an **outgoing** woman. 這個
女房東是位和善的婦人．
〔活用〕 adj. ② **more outgoing**, **most outgoing**
outgoings [aut`goɪŋz] n.〔作複數〕〔英〕支出，
開支，費用．
outgrew [aut`gru] v. outgrow 的過去式．
outgrow [aut`gro] v. 長得比~大〔高〕；長大
而穿不下 (衣服等)；(隨時間而) 沒有脫離．
〔範例〕 The boy **outgrew** his father. 那個男孩長
得比父親高．
He **outgrew** his old suit. 他長大了，舊衣服
不能穿了．
He was not able to **outgrow** his stubborn
racism to the end of his life. 他一生都沒能擺
脫他頑固的種族優越感．
〔活用〕 v. **outgrows**, **outgrew**, **outgrown**,
outgrowing
outgrown [aut`gron] v. outgrow 的過去分詞．
outing [`autɪŋ] n. 出遊，遊覽；散步，遠足．
〔範例〕 We'd better postpone the **outing** to the
theater. 我們要去劇場的事最好延期．
We went on an **outing** to the lake. 我們到湖
邊去玩了．
〔複數〕 **outings**
outlaid [aut`led] v. outlay 的過去式、過去分
詞．
outlandish [aut`lændɪʃ] adj. 異樣的，奇特
的，稀奇古怪的: I don't believe it. That's the
most **outlandish** thing I've ever heard. 我不
相信，那是我聽過最奇怪的事．
〔活用〕 adj. **more outlandish**, **most
outlandish**
outlaw [`aut,lɔ] n. ① 不法之徒，罪犯．
——v. ② 宣布~為非法，宣布~為犯罪．
〔複數〕 **outlaws**
〔活用〕 v. **outlaws**, **outlawed**, **outlawed**,
outlawing
outlay [n. `aut,le; v. aut`le] n. ① 支出，開支，
經費．——v. ② 花費，支出．
〔範例〕 ① **outlay** for national defense 國防經費．
〔複數〕 **outlays**
〔活用〕 v. **outlays**, **outlaid**, **outlaid**, **outlaying**
***outlet** [`aut,lɛt] n. ①〔美〕電源插座，插口〔英〕
power point). ② 出口，排水口. ③ 銷路，市
場；特約經銷處．
〔範例〕 ① Make sure there are enough **outlets** in
the office for our computers before you rent it.
租辦公室之前你要確定是否有足夠的電源插
座供我們的電腦使用．
② He played tennis as an **outlet** for his tension.
他藉著打網球來排遣他的緊張情緒．
③ I bought it at an electrical goods **outlet**. 這是
我在電氣用品特約經銷店買的．
〔複數〕 **outlets**
***outline** [`aut,laɪn] n. ① 輪廓，外形；大綱，概
要，要點．
——v. ② 畫輪廓．

[範例] ① I drew an **outline** of her face in my notebook. 我在筆記本上畫了她臉部的輪廓. His lecture gave us a brief **outline** of African history. 他的演講讓我們對非洲歷史有了粗略的概念.

② The teacher **outlined** a map of Europe on the blackboard. 老師在黑板上畫了歐洲地圖的輪廓. Could you **outline** your schedule for us, please? 能請你跟我們大概描述一下你的計畫嗎?

[複數] **outlines**
[活用] v. **outlines**, **outlined**, **outlined**, **outlining**

***outlive** [aʊt`lɪv] v. 比~活得更久. [範例] Ben **outlived** his wife by eight years. 班比他妻子多活了8年. The former president had **outlived** his fame. 前任總統上了年紀就失去了往昔的名聲.
[活用] v. **outlives**, **outlived**, **outlived**, **outliving**

***outlook** [`aʊt,lʊk] n. ① 景色. ② 展望, 前景, 前途. ③ 見解, 想法, 觀點.
[範例] ① My room has an **outlook** on the lake. 從我的房間看得見湖.
② The economic **outlook** seems very good for next year. 明年的經濟前景似乎很被看好.
③ The artist had a negative **outlook** on life. 這個藝術家對人生的看法很悲觀.
[複數] **outlooks**

outlying [`aʊt,laɪɪŋ] adj. 〔只用於名詞前〕遠離中心的, 偏遠的, 偏僻的.

outnumber [aʊt`nʌmbɚ] v. 數量上超過.
[範例] The girls **outnumber** the boys in this department. 這個系女生要比男生多. We were **outnumbered** five to one. 我們以1:5的比例占少數.
[活用] v. **outnumbers**, **outnumbered**, **outnumbered**, **outnumbering**

outpatient [`aʊt,peʃənt] n. 門診病人.
[複數] **outpatients**

outpost [`aʊt,post] n. 前哨; 前哨部隊; 前哨基地.
[複數] **outposts**

***output** [`aʊt,pʊt] n. ① 生產量, 出產額: The factory has an **output** of two million tins a year. 這家工廠一年能生產二百萬個罐頭. ② (電力的) 輸出功率. ③ (電腦的) 輸出.
☞ ② ③ ↔ input
[複數] **outputs**

***outrage** [`aʊt,redʒ] n. ① 殘暴, 暴行, 殘虐的行為. ② 盛怒, 極度的憤怒.
——v. ③ 極為憤怒, 使極度憤怒.
[範例] ① The way some prisoners of war were treated was an **outrage** against humanity. 有些戰俘遭受了違反人性的暴行.
② The public felt a sense of **outrage** at the murder. 人們對這個謀殺事件極為憤怒.
③ People were **outraged** at the government's

repeated tax increases. 人們對政府屢次增稅感到極度憤怒.
[複數] **outrages**
[活用] v. **outrages**, **outraged**, **outraged**, **outraging**

***outrageous** [aʊt`redʒəs] adj. ① 蠻橫無禮的; 奇怪的, 異常的. ② 殘暴的, 粗暴的; 令人無法忍受的.
[範例] ① He often surprises us with his **outrageous** behavior. 他蠻橫無禮的行為經常讓我們感到吃驚.
② The recent rise in prices is just **outrageous**. 最近物價的上漲簡直令人無法忍受.
[活用] adj. **more outrageous**, **most outrageous**

outrageously [aʊt`redʒəslɪ] adv. 令人震驚地, 毫無道理地: Mr. Fletcher **outrageously** declared he would use his church donation money for gambling. 福萊柴爾先生令人震驚地宣稱他將把捐贈給教會的錢用來賭博.
[活用] adv. **more outrageously**, **most outrageously**

outran [aʊt`ræn] v. outrun 的過去式.

outright [adv. `aʊt`raɪt; adj. `aʊt,raɪt] adv. ① 完全地, 徹底地. ② 明確地, 清楚地. ③ 當場.
——adj. ④ 完全的, 徹底的. ⑤ 明確的, 清楚的.
[範例] ① Bill's idea was rejected **outright**. 比爾的意見被斷然駁回.
② She pointed out my errors **outright**. 她明白地指出我的錯誤.
③ The victim was killed **outright**. 受害者當場死亡.
④ **outright** pursuit of the crime 對犯罪事件的徹底追查.
⑤ Tom gave an **outright** refusal to do any extra work. 湯姆斷然拒絕加班.

outrun [aʊt`rʌn] v. ① 比~跑得快, 比~跑得更遠. ② 超過, 超出.
[範例] ① George **outran** Jim in the race. 比賽中喬治比吉姆跑得快.
② Their appetite for living in the fast lane **outran** their ability to pay for it. 追求享樂生活的欲望使他們入不敷出.
[活用] v. **outruns**, **outran**, **outrun**, **outrunning**

outset [`aʊt,sɛt] n. 開始, 開頭.
[範例] At the **outset** of his ski vacation, he twisted his ankle and could not enjoy himself. 他在他的滑雪假期一開始就扭傷了腳踝, 而無法好好享受. I told you that at the **outset**! 那件事我一開始就跟你說過了!
[片語] **at the outset** 一開始. (⇨ [範例])
from the outset 從一開始: He has been involved with the project **from the outset**. 他從一開始就參與了這項計畫.

***outside** [adv., adj., n. `aʊt`saɪd; prep.

aʊt`saɪd] adv. ① 向外，在外面，在戶外.
——adj. ② 外部的. ③ 最高的，最大限度的. ④
極少的，輕微的，微弱的.
——prep. ⑤ 在~外面，向~之外.
——n. ⑥ 外，外面，外部.
[範例] ① I went **outside** for some fresh air. 我走
到外面呼吸新鮮空氣.
Many children want to play inside rather than
outside. 許多孩子比較喜歡在室內玩耍.
② We can do it without any **outside** help. 我們
就是不接受外部支援也可以做下去.
③ The **outside** estimate for a new bridge is one
billion dollars. 這座新橋的造價估計最高可達
10億美元.
④ We may have an **outside** chance of winning.
我們贏得勝利的機會渺茫.
⑤ Please go **outside** the room. 請到房間外面
去.
⑥ On the **outside** she's very calm; inside she's
a nervous wreck. 表面上她很平靜，其實她很
緊張.
[片語] **at the outside** 至多，充其量: I expect
ten people will come **at the outside**. 我想最
多會來10個人.
outside of 在~之外，除~以外的: **Outside
of** that, there is nothing to worry about. 除此
之外沒有甚麼事好擔心的.
[參考] outside 與 out: go out 一般表示要去很遠
的地方，而 go outside 表示出去不遠的地方.
[複數] **outsides**
outsider [aʊt`saɪdə] n. ① 局外人，外人；工
會〖政黨〗以外人；門外漢. ② 無獲勝機會的
馬，無獲勝機會的人.
[範例] ① As you haven't adopted any of their
ways, you're treated as an **outsider**. 因為你
沒有採取他們的作法，所以被當成了外人.
② I can't believe that **outsider** won the race. 我
不敢相信那匹沒有獲勝希望的馬居然贏了.
[複數] **outsiders**
outsize [`aʊt,saɪz] adj. 特大的: We have all
sizes of suits for men: small, medium, large,
and **outsize**. 本店有所有尺寸的男士服裝，
包括小號、中號、大號及特大號.
*__outskirts__ [`aʊt,skɝts] n. 〔the ~, 作複數〕郊
外，郊區，邊緣: Our house is in the **outskirts**
of Boston. 我們家在波士頓郊外.
outspoken [`aʊt`spokən] adj. 直言不諱的，
直率的，不客氣的: The old critic was noted
for his **outspoken** remarks. 那位老評論家以
直言不諱的評論而出名.
[活用] adj. **more outspoken**, **most
outspoken**
*__outstanding__ [`aʊt`stændɪŋ] adj. ① 傑出的，
優秀的，顯著的. ② 未解決的，未解決的.
[範例] ① an **outstanding** student 優秀的學生.
He is **outstanding** as a mathematician. 他
是個傑出的數學家.
② a long **outstanding** problem 長期未解決的
問題.

[活用] adj. **more outstanding**, **most
outstanding**
outstandingly [`aʊt`stændɪŋlɪ] adv. 顯著
地，醒目地，突出地.
[活用] adv. **more outstandingly**, **most
outstandingly**
outstretched [aʊt`strɛtʃt] adj. 向外伸開的，
向外張開的: He lay on the bed with arms and
legs **outstretched**. 他在床上躺成一個大字.
outstrip [aʊt`strɪp] v. 超過，勝過: His
company **outstripped** its rivals in selling
computers. 他公司的電腦銷售額超過了競爭
對手.
[活用] v. **outstrips**, **outstripped**,
outstripped, **outstripping**
outward [`aʊtwəd] adj.〔只用於名詞前〕① 外
側的，外部的，表面上的. ② 往外的，向外
的.
——adv. ③ 在外側，向外側《〖英〗outwards》.
[範例] ① Her **outward** appearance was calm, but
we don't know if she really was. 她表面上看
起來很平靜，但我們不知道那是不是真的.
② The **outward** trip was much more eventful
than the one coming back. 旅途中發生的事
比歸途時還多.
③ This window opens **outward**. 這扇窗向外
開.
outwardly [`aʊtwədlɪ] adv. 外表上，表面上:
The boy remained **outwardly** calm standing in
front of the principal. 那個男孩站在校長面前，
外表保持鎮定.
outwards [`aʊtwədz] adv. 在外，向外，外表
上《亦作 outward》.
outweigh [aʊt`we] v. 比~重，比~重要，勝
過.
[範例] My sister **outweighs** me by six kilograms.
我姊姊比我重6公斤.
Safety **outweighs** all other considerations. 安
全比其他事更重要.
[活用] v. **outweighs**, **outweighed**,
outweighed, **outweighing**
outwit [aʊt`wɪt] v. 智取，表現得比~聰明: The
escaped prisoner **outwitted** the police. 那名
越獄的逃犯比警察高明.
[活用] v. **outwits**, **outwitted**, **outwitted**,
outwitting
oval [`ovl] n. ① 橢圓形，卵形.
——adj. ② 橢圓形的，卵形的: an **oval** face 蛋
形臉.
♦ the **Oval Office**《美國》總統辦公室.
[複數] **ovals**
ovary [`ovərɪ] n. 卵巢；(植物的)子房.
[複數] **ovaries**
ovation [o`veʃən] n. 熱烈鼓掌，熱烈歡迎，喝
采: a standing **ovation** 站起來熱烈地鼓掌.
[複數] **ovations**
*__oven__ [`ʌvən] n. 烤箱，烤爐.
[範例] Microwave **ovens** are less expensive than
before. 微波爐比以前便宜.

This bread is hot from the **oven**. 這個麵包剛出爐。

複數 **ovens**

† **over** [`ovə`] prep., adv. ① 在～之上，覆蓋，遮蓋；從～的一端到另一端，從頭到尾；搭在～之上；通過。② 在那邊，在那裡，向那邊，結束。

範例 ① She put on a coat **over** her sweater. 她在毛衣外面穿上一件外套。

Ashes from the fire fell all **over** the fields. 田裡到處都是灰燼。

He was lying on the floor with a magazine **over** his face. 他拿雜誌蓋住臉躺在地上。

The moon was **over** the tree. 月亮高掛在那棵樹上。

He ruled **over** the country for a long time. 他統治那個國家很長一段時間。

He fell **over** some rocks in the dark. 黑暗之中他被石頭絆倒了。

She won a stunning victory **over** all the other candidates. 她贏過其他的候選人，取得壓倒性的勝利。

His book ranges **over** a wide variety of topics in ballet. 他的書涵蓋了芭蕾舞的各個話題。

There's still a lot of ill feeling here **over** the decision to put a garbage incinerator nearby. 對於決定在這一帶興建垃圾焚化爐一事，仍然有許多不滿。

It is no use crying **over** spilt milk. 《諺語》覆水難收。

I argued with him **over** the matter. 我和他就那件事爭論起來。

The building sank gradually **over** the years. 那棟大樓多年來一直慢慢往下沉。

The office workers were tied to their desks **over** the weekend. 職員們整個週末都埋首於工作之中。

He is going to do research in sociology **over** a five-year period. 他打算花5年的時間研究社會學。

The value of π is less than 22/7 and greater than 223/71. 圓周率的值小於22/7大於223/71. (22/7讀作 twenty-two **over** seven，223/71讀作 two hundred twenty-three **over** seventy-one. 「圓周率」為 the ratio of the circumference of a circle to the diameter，亦寫作 π)

He fell **over**. 他跌倒了。

The chairs fell **over** when the house shook. 房子搖晃時椅子都倒了。

The sun was directly **over**. There were no shadows. 日正當中，我們腳下連一點影子也沒有。

He was covered with dust all **over**. 他全身沾滿了灰塵。

Paint this wall white all **over**. 把這面牆全部塗成白色。

The car turned **over** in an accident. 這輛車在一場意外事故中翻車。

My mother turned **over** the pancakes. 我媽媽把煎餅翻面。

Please turn **over**. 請翻到下一頁。《告訴讀者文章內容接下一頁時，可寫在頁尾，略作 P.T.O.》

An airplane flew **over**, heading north. 一架飛機從我們頭頂飛過，向北飛去。

The professor is going **over** our papers now. 那位教授正在批改我們的作業。

He plastered movie posters on walls all **over** the city. 他在這個城市的牆上到處貼滿電影海報。

I talked with him about it **over** the telephone. 我和他在電話裡談論了那件事。

They stayed in contact with each other **over** the radio. 他們用無線電互相保持聯繫。

I'll think it **over**. 我要好好想一想。

Try it **over**. 重試一次。

I've read this magazine **over**. 我已經把這本雜誌從頭到尾看了一遍。

The secretary looked the papers **over**. 那位祕書將那些文件看了一遍。

I had to do the work **over** again myself. 那份工作我得自己再重做一遍。

He hit the boy **over** and **over** again. 他再三地痛打那個男孩。

the world **over** 世界各地。

I saw several bridges **over** the river. 我看見河上有好幾座橋。

I went **over** the bridge. 我走過了這座橋。

The boy jumped **over** a small stream. 那個男孩跳過了小溪。

He climbed **over** the high mountain in five hours. 他花了5個小時才爬過那座高山。

Silver naturally tarnishes **over** time. 白銀會隨著時間流逝而逐漸失去光澤。

② What country is **over** the horizon? 地平線的另一邊會是甚麼國家呢？

My house is **over** this river. 我家在這條河的對面。

The sun was setting **over** the gulf. 夕陽在海灣裡落下。

He is **over** in Africa. 他遠在非洲。

He has gone **over** to Africa. 他已到了遙遠的非洲。

I'll take you **over** to the hotel. 我會帶你去那家旅館。

Here. Pass this money **over** the counter. 請把這些錢交到櫃檯。

What was happening **over** there? 那裡發生了甚麼事？

Look at the elephants **over** there. 你看那邊的大象。

Perhaps he'll come **over** later. 他也許隨後就到。

Over fifty people were present at the party. 有50多人參加了那場晚會。

He is **over** eighty. 他已經80多歲了。

This theater is only open to people **over** 18.

18歲以上者方可進入本劇場.

I've been in Taiwan for **over** one month now. 我來臺灣已經超過一個月了.

We need as many as we can find—it's quantity **over** quality this time. 我們有多少要多少，這次是量重於質.

She is **over** me in the general accounting department. 她在會計處是我的上司.

I've paid my bills and have five hundred dollars left **over**. 我結帳後還剩下500元.

Let's talk **over** a cup of coffee. 我們一邊喝咖啡一邊說話吧.

They're chatting **over** lunch. 他們一邊吃午飯一邊聊天.

She got **over** her illness rapidly. 她的病很快就好了.

School is **over** at 3:15. 學校3點15分放學.

Negotiations are **over**—the deal is all sewed up. 談判結束，交易全部完成.

It's all **over** with him. 他已經走投無路了.

片語 ***all over*** 遍及，到處；渾身．(⇨ 範例 ①)
all over with ~已經完了，~不行了．(⇨ 範例 ②)
left over 剩下的．(⇨ 範例 ②)
over again 再次，從頭做起．(⇨ 範例 ①)
over and above 除了~之外，加上．
over and over/over and over again 反覆地，再三地，屢次地，一再地．(⇨ 範例 ①)
over there 在對面，在那邊．(⇨ 範例 ②)

overall [n. `ovɚ͵ɔl; adj. `ovɚ͵ɔl; adv. ͵ovɚ`ɔl] n. ① 〔~s〕工裝褲，〖英〗工作服，罩衫.
——adj. ② 全體的，全部的.
——adv. ③ 一般地，大體上，全體地.
範例 ② the **overall** length 全長.
What is the **overall** cost of renovating the house? 房子整修的全部費用是多少?
③ **Overall**, prices are stable. 整體看來，物價還算穩定.
複數 **overalls**

overate [͵ovɚ`et] v. overeat 的過去式.

overawe [͵ovɚ`ɔ] v. 威嚇，懾服.
活用 v. **overawes**, **overawed**, **overawed**, **overawing**

overbalance [͵ovɚ`bæləns] v. (使) 失去平衡，跌倒: Don't stand up or you'll **overbalance** the boat. 別站起來，那會使小船失去平衡.
活用 v. **overbalances**, **overbalanced**, **overbalanced**, **overbalancing**

overbearing [͵ovɚ`bɛrɪŋ] adj. 專橫的，傲慢的，盛氣凌人的.
活用 adj. **more overbearing**, **most overbearing**

overboard [`ovɚ͵bord] adv. 自船上到水中: Robert got drunk and fell **overboard**. 羅伯特喝醉了，還從船上落入水中.

*****overcame** [͵ovɚ`kem] v. overcome 的過去式.

overcast [͵ovɚ`kæst] adj. 多雲陰暗的，陰沉的，昏黑的.
範例 The sky became **overcast** after an hour or so. 大約過了一個小時，天空就變得陰沉沉的.
His face was **overcast** with grief. 他的臉因悲傷而顯得陰鬱.
活用 adj. **more overcast**, **most overcast**

overcharge [`ovɚ`tʃɑrdʒ] v. ① 索價過高，敲竹槓: The barman **overcharged** me for a glass of whiskey. 那名酒保為了一杯威士忌向我敲竹槓. ② 充電過度；過量裝載，負荷過重.
活用 v. **overcharges**, **overcharged**, **overcharged**, **overcharging**

overcoat [`ovɚ͵kot] n. 大衣，外套: Take off your **overcoat**. 脫掉大衣.
複數 **overcoats**

‡**overcome** [͵ovɚ`kʌm] v. 戰勝，擊敗，征服，克服.
範例 Jack **overcame** all difficulties and became the world champion. 傑克克服了所有難關，並且成為世界冠軍.
She was **overcome** with fatigue and fell asleep. 她累到精疲力竭而睡著了.
活用 v. **overcomes**, **overcame**, **overcome**, **overcoming**

overcrowd [͵ovɚ`kraud] v. 使過度擁擠，擁塞，塞得過滿.
範例 I don't like to ride an **overcrowded** tram every day. 我討厭搭那每天都擁擠不堪的電車.
The town is getting **overcrowded**. 那個鎮已經人口過多了.
活用 v. **overcrowds**, **overcrowded**, **overcrowded**, **overcrowding**

overdid [`ovɚ`dɪd] v. overdo 的過去式.

overdo [`ovɚ`du] v. ① 過分，使用過度，誇張: The love scenes in that film were **overdone**. 那部電影的情愛場面太過火了. ② 烘烤過頭，烹煮過度.
活用 v. **overdoes**, **overdid**, **overdone**, **overdoing**

overdone [`ovɚ`dʌn] v. overdo 的過去分詞.

overdose [n. `ovɚ͵dos; v. `ovɚ`dos] n. (藥物的) 過量，服藥過量.
——v. ① 使服藥過量，配藥過量.
複數 **overdoses**
活用 v. **overdoses**, **overdosed**, **overdosed**, **overdosing**

overdraft [`ovɚ͵dræft] n. 透支，透支額〖提取超過存款餘額的款項〗.
複數 **overdrafts**

overdraw [`ovɚ`drɔ] v. ① 透支 (存款). ② 誇張，誇大.
活用 v. **overdraws**, **overdrew**, **overdrawn**, **overdrawing**

overdrawn [`ovɚ`drɔn] v. ① overdraw 的過去分詞.

——*adj.* ② 透支的.

活用 *adj.* **more overdrawn**, **most overdrawn**

overdrew [`ovə`dru] *v.* overdraw 的過去式.

overdue [`ovə`dju] *adj.* 過期的, 誤點的, 延遲的: The train is two hours **overdue**. 火車誤點了兩個小時.

活用 *adj.* **more overdue**, **most overdue**

***overeat** [`ovə`it] *v.* 吃得過多: You shouldn't **overeat** if you want to keep a good figure. 你若想保持好身材, 就不能暴飲暴食.

活用 *v.* **overeats**, **overate**, **overeaten**, **overeating**

overeaten [`ovə`itṇ] *v.* overeat 的過去分詞.

***overflow** [*v.* `ovə`flo; *n.* `ovə`flo] *v.* ① 溢出, 滿出, 氾濫, 充滿, 洋溢. ——*n.* ② 氾濫, 溢出, 外溢, 過剩. ③ 排水管.

範例 ① The bath was **overflowing** and in it the toy duck was floating. 浴缸裡的水滿了出來, 裡面還漂浮著一隻玩具鴨. The river **overflows** its banks every year. 那條河每年都潰堤氾濫. The crowd **overflowed** into the street from the theater. 人潮從戲院湧到了大街上. His heart **overflowed** with joy. 他心中洋溢著喜悅之情.

活用 *v.* **overflows**, **overflowed**, **overflowed**, **overflowing**

overgrown [`ovə`gron] *adj.* ① 〔不用於名詞前〕繁茂的, 長滿的. ② 〔只用於名詞前〕生長過度的, 長得太快的.

範例 ① Turn to the right, and you can see the stone walls **overgrown** with vines. 向右一轉你就能看見長滿藤蔓的石牆. ② My husband is just like an **overgrown** baby. 我先生就像是個大孩子.

活用 *adj.* **more overgrown**, **most overgrown**

overhand [`ovə`hænd] *adj.*, *adv.* 舉手過肩的〔地〕, 上肩投球的〔地〕.

overhang [*n.* `ovə`hæŋ; *v.* `ovə`hæŋ] *n.* ① 突出物, (屋頂, 陽臺等) 懸垂. ——*v.* ② 懸垂, 伸出, 突出. ③ 迫近, 逼近, 威脅.

範例 ① Look at the man standing on the **overhang** of the cliff. 快看那個站在懸崖邊那塊突出岩石上的男人. ② Be careful of the **overhanging** branch. 小心那突出的樹枝. ③ All kinds of dangers were **overhanging** them. 所有的危險正在向他們逼近.

複數 **overhangs**

活用 *v.* **overhangs**, **overhung**, **overhung**, **overhanging**

overhaul [*v.* `ovə`hɔl; *n.* `ovə`hɔl] *v.* ① 徹底檢查, 分解檢查, 檢修. ② 追上, 趕上. ——*n.* ③ 徹底的檢查, 分解檢查, 檢修.

活用 *v.* **overhauls**, **overhauled**, **overhauled**, **overhauling**

複數 **overhauls**

***overhead** [*adv.* `ovə`hɛd; *adj.* `ovə`hɛd] *adv.* ① 在頭頂上, 在空中, 在高處, 在樓上. ——*adj.* ② 在頭頂上的, 上面的, 高架的.

範例 ① A lot of kites were flying **overhead**. 好多風箏在空中飛舞. ② an **overhead** railroad 高架鐵路.

overheads [`ovə`hɛdz] *n.* 〔作複數〕企業一般管理費用, 經常費用: A street-seller has no **overheads**. 路邊攤販不需要負擔一般的管理費用.

***overhear** [,ovə`hɪr] *v.* 偶然聽到, 偷聽: I accidentally **overheard** your conversation. 我無意中聽到你們的談話.

活用 *v.* **overhears**, **overheard**, **overheard**, **overhearing**

overheard [,ovə`hɜd] *v.* overhear 的過去式、過去分詞.

overhung [,ovə`hʌŋ] *v.* overhang 的過去式、過去分詞.

overjoyed [`ovə`dʒɔɪd] *adj.* 非常高興的, 欣喜若狂的: My daughter was **overjoyed** to get the concert ticket. 我女兒非常高興能拿到音樂會的票.

活用 *adj.* **more overjoyed**, **most overjoyed**

overland [`ovə`lænd] *adv.* ① 由陸路, 經陸地, 在陸上. ——*adj.* ② 陸路的, 陸上的.

範例 ① We traveled **overland** from Chicago to L.A. 我們由陸路從芝加哥到洛杉磯. ② I like the **overland** journey better than flying. 比起搭飛機, 我更喜歡在陸上旅行.

overlap [*v.* ,ovə`læp; *n.* `ovə`læp] *v.* ① 部分重疊, 部分重複. ——*n.* ② 重疊, 重複 (部分), 部分相同, 畫面重疊.

範例 ① The roof tiles are laid so that they **overlap** each other. 鋪在屋頂的瓦片有部分互相重疊. If our vacations **overlap**, we can go somewhere together. 如果我們的假期能有幾天重疊, 我們就能一起去玩. ② There is some **overlap** in your argument, I guess. 我想你的論點有部分重複.

活用 *v.* **overlaps**, **overlapped**, **overlapped**, **overlapping**

複數 **overlaps**

overload [*v.* `ovə`lod; *n.* `ovə`lod] *v.* ① 裝載過重, 負擔過重, 充電過量, 使超過負荷. ——*n.* ② 超載, 過重負載, 過度負荷.

範例 ① The dump truck was **overloaded**. 那輛垃圾車裝載過重. Too much electricity flowing through a circuit will **overload** it. 太多電流流經電路會使其超過負荷.

活用 *v.* **overloads**, **overloaded**, **overloaded**, **overloading**

複數 **overloads**

***overlook** [,ovə`luk] *v.* ① 俯瞰, 俯視, 瞭望.

② 漏看，忽略；寬恕.

範例 ① My study **overlooks** the seashore. 從我的書房可以俯視海岸.

② Mr. Smith **overlooked** three spelling mistakes in my essay. 史密斯先生沒有發現我的論文中有3處拼字錯誤.

I'll **overlook** your fault just this once. 這一次我就原諒你.

活用 v. **overlooks**, **overlooked**, **overlooked**, **overlooking**

overlord [ˋovɚˏlɔrd] n. (封建時代的) 君主.

複數 **overlords**

***overnight** [ˋovɚˏnaɪt] adv. ① 整夜地，通宵地. ② 突然，忽然，一夜之間.

——adj. ③ 過夜的，只供一宿的，短期宿營用的. ④ 突然的，一夜之間的.

範例 ① He stayed at his aunt's **overnight**. 他在阿姨家過夜.

② The singer became famous **overnight**. 那位歌手一夜之間成名.

③ an **overnight** journey 在外住宿一晚的旅行.

an **overnight** bag 小旅行包.

④ an **overnight** success 突如其來的成功.

overpower [ˏovɚˋpaʊɚ] v. 打敗，戰勝，壓倒.

活用 v. **overpowers**, **overpowered**, **overpowered**, **overpowering**

overproduction [ˋovɚprəˋdʌkʃən] n. 生產過剩：The **overproduction** of potatoes resulted in a decline in their price. 馬鈴薯生產過剩導致價格下跌.

overran [ˏovɚˋræn] v. overrun 的過去式.

overrate [ˋovɚˋret] v. 評價過高，高估：Her latest film was **overrated**. 她新創作的電影被評價得過高.

活用 v. **overrates**, **overrated**, **overrated**, **overrating**

overridden [ˏovɚˋrɪdn] v. override 的過去分詞.

override [ˏovɚˋraɪd] v. ① 凌駕，超過：A prompt cease-fire must **override** all other considerations. 比起其他任何問題最優先的應該是馬上停戰. ② 忽視，不理會，使無效.

活用 v. **overrides**, **overrode**, **overridden**, **overriding**

overriding [ˏovɚˋraɪdɪŋ] adj. 首要的.

overrode [ˏovɚˋrod] v. override 的過去式.

overrule [ˏovɚˋrul] v. 駁回，否決，推翻：The boss **overruled** my decision. 老闆否決了我的決定.

活用 v. **overrules**, **overruled**, **overruled**, **overruling**

***overrun** [ˏovɚˋrʌn] v. ① 蔓延，長滿，聚集. ② 超過，超越.

範例 ① Moss **overran** the ground in the rain forest. 熱帶雨林的地面上長滿了苔蘚.

② The river **overran** its banks. 河水氾濫了.

Don't **overrun** your allotted time. 你不要超過規定時間.

活用 v. **overruns**, **overran**, **overrun**, **overrunning**

oversaw [ˏovɚˋsɔ] v. oversee 的過去式.

***overseas** [ˏovɚˋsiz] adv. ① 去海外，在海外，去國外，在國外.

——adj. ② 海外的，國外的.

範例 ① Today a lot of Taiwanese travel **overseas**. 現在有許多臺灣人都去海外旅行.

students **overseas** 海外留學生.

② We need a vast **overseas** market for our goods. 我們的商品需要龐大的海外市場.

overseas students 外國留學生.

***oversee** [ˏovɚˋsi] v. 監督，監視.

活用 v. **oversees**, **oversaw**, **overseen**, **overseeing**

overseen [ˏovɚˋsin] v. oversee 的過去分詞.

overseer [ˋovɚˏsiɚ] n. 監工，工頭，監督人員.

複數 **overseers**

overshadow [ˏovɚˋʃædo] v. ① 使變暗，使蒙上陰影. ② 使失去光彩，使相形見絀，使黯然失色.

範例 ① The threat of war **overshadowed** our lives. 戰爭的威脅讓我們的生活蒙上陰影.

② The star player **overshadowed** his teammates. 那位明星選手讓他的隊友黯然失色.

活用 v. **overshadows**, **overshadowed**, **overshadowed**, **overshadowing**

overshoot [ˏovɚˋʃut] v. 偏離 (目標等)，越過，超過：**overshoot** the mark 偏離靶心.

活用 v. **overshoots**, **overshot**, **overshot**, **overshooting**

overshot [ˏovɚˋʃat] v. overshoot 的過去式，過去分詞.

oversight [ˋovɚˏsaɪt] n. ① 疏忽，遺漏：Not including your name on the list was a mere **oversight**. 你的名字沒有登記在名單上只是一時的疏忽. ② 監視，監督.

複數 **oversights**

***oversleep** [ˋovɚˋslip] v. 睡過頭：He **overslept** this morning and was late for work. 他今天早上睡過頭，因此上班遲到了.

活用 v. **oversleeps**, **overslept**, **overslept**, **oversleeping**

overslept [ˋovɚˋslɛpt] v. oversleep 的過去式，過去分詞.

overspread [ˏovɚˋsprɛd] v. 彌漫，覆蓋，布滿.

範例 A flush of joy **overspread** Tom's face. 湯姆滿臉喜悅之色.

The island was **overspread** with grass. 那個島嶼布滿了青草.

活用 v. **overspreads**, **overspread**, **overspread**, **overspreading**

overt [oˋvɝt] adj. 公開的，公然的，明顯的.

活用 adj. **more overt**, **most overt**

***overtake** [ˏovɚˋtek] v. 追上，趕上，超過；突

然侵襲.

範例 The police soon **overtook** the speeding car. 警察很快就追上了那輛超速的汽車.

He was **overtaken** by terror. 他感到了一陣恐慌.

活用 v. **overtakes, overtook, overtaken, overtaking**

overtaken [͵ovəˋtekən] v. overtake 的過去分詞.

overthrew [͵ovəˋθru] v. overthrow 的過去式.

***overthrow** [͵ovəˋθro] v. ① 打倒, 推翻, 顛覆. ② (棒球、板球的) 暴投, 失投.
——n. ③ 打倒, 顛覆. ④ (棒球、板球的) 暴投, 失投.

範例 ① Typhoon Nari **overthrew** a great number of trees in Taipei. 納莉颱風把臺北市的許多樹都吹倒了.

The government was **overthrown** in the revolution. 政府在那場革命中被推翻了.

② It's the third time that he **overthrew** the ball in this game. 他在這場比賽中已經是第3次暴投了.

③ I had nothing to do with the **overthrow** of the government. 我與政府被推翻一事毫無關聯.

④ The **overthrow** gave us a victory. 由於暴投, 我們獲得了勝利.

參考「上肩投球」的英語為 overhand pitch.

活用 v. **overthrows, overthrew, overthrown, overthrowing**

複數 **overthrows**

overthrown [͵ovəˋθron] v. overthrow 的過去分詞.

overtime [ˋovə͵taɪm] n. ① 加班, 超時. ② 〖美〗(比賽的) 延長時間 (〖英〗extra time).
——adv. ③ 超過規定時間外地, 加班地.

範例 ① I usually do twenty hours' **overtime** a month. 我通常每個月加班20個小時.

③ I had to work **overtime** against my will. 我被迫加班工作.

片語 **work overtime to** 加班工作, 額外勞動做. (⇨ 範例 ③)

overtly [oˋvɝtlɪ] adv. 公開地, 公然地, 明顯地.

活用 adv. **more overtly, most overtly**

overtone [ˋovə͵ton] n. 〔常~s〕(詞語的) 含意, 寓意, 弦外之音.

複數 **overtones**

overtook [͵ovəˋtuk] v. overtake 的過去式.

overture [ˋovətʃə] n. ① 序曲, 序章. ②〔~s〕建議, 提議 (指為達到協議而提出): We made peace **overtures** to the enemy. 我們向敵人提出了和談的建議.

複數 **overtures**

***overturn** [͵ovəˋtɝn] v. 弄倒, 推翻, 使顛覆; 翻倒.

範例 The sentence was **overturned** by the Supreme Court. 那項判決被最高法院推翻了.

All the furniture **overturned** in the earthquake.

這次地震把家具全弄倒了.

活用 v. **overturns, overturned, overturning, overturning**

overweight [ˋovə͵wet] adj. 超重的, 過重的: I was **overweight** and out of shape. 我的體重過重, 體型也不良.

字源 over (超過) + weight (重量).

活用 adj. **more overweight, most overweight**

***overwhelm** [͵ovəˋhwɛlm] v. 擊敗, 壓倒.

範例 The enemy **overwhelmed** our army. 敵軍擊敗了我軍.

He was **overwhelmed** by grief. 他沉浸在悲傷之中.

The Finance Minister was **overwhelmed** with various questions. 對接二連三的質詢, 財政部長無言以對.

活用 v. **overwhelms, overwhelmed, overwhelmed, overwhelming**

overwhelming [͵ovəˋhwɛlmɪŋ] adj. (數量、勢力) 壓倒性的: An **overwhelming** majority voted against the proposal. 壓倒性的多數對提案投反對票.

活用 adj. **more overwhelming, most overwhelming**

***overwork** [ˋovə͵wɝk] v. ① (使) 工作過度, (使) 過度勞累.
——n. ② 過度勞累, 過度工作.

範例 ① He became ill because he continued to **overwork** himself. 他因為持續工作過度而生病.

I hope you're not **overworking** your employees. 我希望你沒有讓你的員工工作過量.

② **Overwork** caused the salesman to have a nervous breakdown. 過度勞累導致那個推銷員神經衰弱.

活用 v. **overworks, overworked, overworked, overworking**

overwrought [ˋovəˋrɔt] adj. 過於緊張的; 非常激動的.

活用 adj. **more overwrought, most overwrought**

***owe** [o] v. 欠; 蒙受~的恩惠; 懷有 (情感等); 負有~的義務.

範例 I **owe** NT$100 to my sister./I **owe** my sister NT$100. 我欠我姊姊新臺幣100元.

I **owe** my present position to my uncle. 多虧了我的叔父, 我才有今天的地位.

I **owe** him thanks. 我對他懷有感激之情.

I **owe** it to him to support him for the rest of his life. 支助他度過餘生是我的義務.

活用 v. **owes, owed, owed, owing**

***owing to** [ˋoɪŋtu] prep. 由於: They missed the conference **owing to** heavy traffic. 他們因為塞車而錯過了會議.

owl [aul] n. 貓頭鷹 《被當作睿智的象徵》: The **owl** hooted. 貓頭鷹嗚嗚地叫.

片語 **as blind as an owl** 全盲的.

as thoughtful as an owl 深思熟慮的.
複數 owls

*＊**own** [on] *v.*

原義	層面	釋義	範例
擁有	具體事物	擁有	①
	抽象事物	承認,承認是自己的	②

——*adj.* ③ 自己的.
——*pron.* ④ 屬於自己的事物,自己.

範例 ① Who **owns** this car? 這車子是誰的?
② My sister **owned** to having made mistakes. 我妹妹承認她錯了.
The defendant **owned** that he had struck his friend. 被告承認他打了他的朋友.
The old man **owned** up to his past misdeeds. 那個老人完全承認自己過去的罪行.
I never **own** myself to be a loser. 我絕不承認自己是失敗者.
③ My niece makes all her **own** dresses. 我姪女的衣服都是她自己做的.
This is my **own** room. 這是我的房間.
This is a job of my **own** choice. 這是我自己選的工作.
My brother finished the work in his **own** way. 我的弟弟用他自己的方法把工作做完了.
Everybody has his **own** troubles. 每個人都有自己的煩惱.
I am my **own** master. 我是自己的主人.
④ This room is my **own**. 這個房間是我自己的.
His picture has a charm of its **own**. 他的畫作有其獨特的魅力.
You have to do your homework on your **own**. 你必須自己做家庭作業.
Julia is finally coming into her **own** in the music world. 茱麗亞終於在音樂界闖出自己的天地.

片語 *come into ～'s own* 發揮自己的本領〔能力〕. (⇨ 範例 ④)
hold ～'s own 堅持自己的立場;(病患)堅持與病魔對抗: Don't worry; she can **hold**

her **own** in an argument. 不用擔心,在辯論中她一定能堅持自己的立場.
of ～'s own ① 自己所有的: Richard has a house **of his own**. 理查擁有自己的房子. ② 獨自的. (⇨ 範例 ④)
on ～'s own 一個人地,獨自地,靠自己的力量地. (⇨ 範例 ④)
own up 徹底承認,坦誠. (⇨ 範例 ②)
活用 *v.* owns, owned, owned, owning

owner [`onɚ] *n.* 所有者,物主: Who is the **owner** of this yacht? 這艘遊艇是誰的?
複數 owners

ownership [`onɚˌʃɪp] *n.* 所有權: the **ownership** of the building 這棟大樓的所有權.

*＊**ox** [ɑks] *n.* 公牛《特指經過閹割,供食用及作役畜用》.
複數 oxen

oxen [`ɑksn] *n.* ox 的複數形.

Oxford [`ɑksfɚd] *n.* ① 牛津大學. ②〔o～s〕繫帶的男用淺口便鞋《亦作 Oxford shoes》.
複數 ② oxfords

oxidation [ˌɑksə`deʃən] *n.* 氧化.

oxide [`ɑksaɪd] *n.* 氧化物: carbon di**oxide** 二氧化碳 (CO_2).
複數 oxides

oxidize [`ɑksəˌdaɪz] *v.* (使)氧化.
參考 英 oxidise.
活用 *v.* oxidizes, oxidized, oxidized, oxidizing

oxygen [`ɑksədʒən] *n.* 氧《非金屬元素,符號 O》.

oyster [`ɔɪstɚ] *n.* 蠔,牡蠣《被當作情慾、沉默等的象徵》.
片語 *as close as an oyster* 守口如瓶的.
♦ **óyster bèd** 牡蠣養殖場.
óyster cùlture 牡蠣養殖.
複數 oysters

ozone [`ozon] *n.* ① 臭氧《氧的同位素,化學式為 O_3,是一種發出特有臭味的有毒氣體,被用於漂白及消毒等》. ② (海邊等的) 新鮮空氣.
♦ **ózone làyer** 臭氧層《圍繞在地球上方臭氧濃度極高的大氣層,能吸收太陽的紫外線》.

P p p

簡介字母 P 語音與語義之對應性

/p/ 在發音語音學上列為清聲雙唇塞音 (voiceless bilabial stop). 發音方式是先緊閉雙唇，氣流完全阻塞，提升軟顎，封閉鼻腔，然後突放雙唇，壓縮在口腔內的氣流突然逸出，而產生一種不振動聲帶的爆破音.

(1) 發 [p] 音時，雙唇緊閉，氣流完全阻塞於口腔內；換言之，將氣流包在口腔內，發音者之雙頰因而鼓起，因此具有「包圍」(enclosing) 之本義:

pail　n. 水桶《包水》
pajamas　n. 睡衣褲《包身體》
palace　n. 宮殿《包王室》
pants　n. 褲子《包腿》
parcel　n. 小包裹《包郵寄物》
peel　n. 水果皮《包果肉》
pitcher　n. 水壺《包水》
pond　n. 池塘《包水》
pillory　n. 頸手枷《古代的刑具，將犯人的脖子和雙手夾在木板間》
parish　n. 教區《包信徒》

pavilion　n. 大型帳蓬《包休息者》
pod　n. (豌豆的)豆莢《包豌豆》
purse　n. 錢包《包錢》
backpack　n. 背包《包日用品》

(2) 發 [p] 音時，先緊閉雙唇，然後突放雙唇，因不振動聲帶，力量似乎不足，彷彿雙唇僅僅在一起互相拍打而已，因此可引申為「拍打」. 注意比較 [p] 和 [b]: [b] 因振動聲帶，力竭聲嘶，互相扭打.

pace　v. 以緩慢的步划前進《腳步拍打地面》
pat　v. 輕拍《表示親密或稱許》
paddle　v. (用腳或手) 嬉戲 (拍水)
patter　v. (雨等) 啪嗒啪嗒地響《雨水拍打屋頂或路面》
pet　v. 愛撫
pick　v. (用手指或尖細器具) 掏，扒，剔(牙)，挖(鼻孔)
ping　v. 發出乒聲
pound　v. 砰砰地敲打
punch　v. 用力擊打〔拍打〕

P

P《縮略》＝parking (停車)《交通標誌》.
p./p《縮略》＝① page (頁). ② piano (弱音的). ③ penny, pence (便士): 60**p** 60便士《讀作 sixty pence; 口語上讀作 sixty p》.
〔參考〕① pages 略作 pp.

****pace** [pes] *n.* ① 步伐，步法，步調. ② 一步，步幅.
——*v.* ③ 踱步，來回走動. ④ 步測，用步伐測量. ⑤ (為賽跑選手等) 定速度.
〔範例〕① The doctor walked at a good **pace**. 那位醫生以優美的步伐走路.
I cannot keep **pace** with you. 我跟不上你的步伐.
She set the **pace** for the others. 她的步調比其他人快.
② He walked eight **paces** and looked back. 他走了8步後回頭看了一下.
③ The actor was **pacing** up and down. 那個演員在那裡踱來踱去.
④ The boy **paced** off the distance. 那個男孩步測那段距離.
⑤ My trainer **paced** me on a bicycle. 我的教練騎著自行車為我定速度.
〔片語〕***keep pace with*** 跟上～的步伐，與～的步調一致. (⇨〔範例〕①)
put ～ through ～'s pace 察看～的步態，測試～的能力: He **put** the horse **through its**

paces. 他察看了一下那匹馬的步態〔跑步能力〕.
〔複數〕**paces**
〔活用〕*v.* **paces, paced, paced, pacing**
pacemaker [ˋpesˏmekɚ] *n.* ① 領跑者，前導者〔車〕. ② 示範者. ② (電子) 心律調整器《調整心跳節奏，使之保持正常、規律》.
〔複數〕**pacemakers**
****pacific** [pəˋsɪfɪk] *adj.* ① 和平的，愛好和平的；寧靜的. ② 〔P～〕太平洋 (沿岸) 的.
——*n.* ③ 〔P～〕太平洋.
〔參考〕最早乘船周遊世界的葡萄牙航海家麥哲倫 (Ferdinand Magellan) 於1520年在南美大陸南端的海峽 (即現在的麥哲倫海峽) 遭遇惡劣天氣，脫險後在大海航行了約100天，發現這片大海十分寧靜平穩，遂命其名為太平洋. pacific 源自拉丁語的 pāx，與 peace (和平) 同字源.
♦ **the Pacific Ócean** 太平洋.
〔活用〕*adj.* ① **more pacific, most pacific**
pacification [ˏpæsəfəˋkeʃən] *n.* ① 和解，和約. ② 鎮壓，平定；綏靖，媾和.
pacifism [ˋpæsɪfˏsɪzəm] *n.* 和平主義〔思想〕，反戰主義〔思想〕.
pacify [ˋpæsəˏfaɪ] *v.* 使平靜，使鎮定；平定，鎮壓，使恢復和平.
〔範例〕The mother **pacified** the screaming baby.

那位母親安撫了她哭鬧的嬰孩.
The army **pacified** the island. 軍隊平定了那個島嶼.

活用 v. pacifies, pacified, pacified, pacifying

***pack** [pæk] v. ① 包裝, 裝綑, 打包; 塞滿, 裝填; 擠滿, 聚集於.

——n. ② 包裹, 行李, 背包; 一箱, 一包, 一群.

範例 ① **Pack** your bags by yourself. 你自己去打包行李.

My brother and I **packed** our old clothes into boxes. 哥哥和我把我們的舊衣服裝進箱子裡.

She **packed** me some leftovers from the party for lunch. 她把晚會上剩下的食物打包讓我當午餐.

Most students in my class bring a **packed** lunch to school every day. 我們班上大部分的學生每天都帶便當去學校.

About five thousand people **packed** into the auditorium and listened to the professor's speech. 約有5,000人擠入禮堂聽那位教授演講.

A lot of events are **packed** into the three days of the summer festival. 許多節目被緊湊地安排進夏日節慶的3天時間裡.

② We don't sell meat by the gram here. Please buy a **pack**. 這裡的肉不零售, 請選購整盒裝的.

This **pack** of grapes looks fresh. 這盒葡萄看起來挺新鮮.

I bought two **packs** of sandwiches for my lunch at the convenience store. 我在便利商店買了兩盒三明治當午餐.

I saw a **pack** of wolves running through the pasture. 我看見一群狼跑過那個牧場.

片語 **pack in** 停止 (工作等), 戒除 (壞習慣等): The library will be closed in ten minutes. So let's **pack** our work **in** and go home. 再過10分鐘圖書館就要閉館了, 我們放下手邊的工作回家吧.

She couldn't put up with her nasty boss, and so she **packed** her job **in**. 她無法忍受她那卑劣的老闆, 於是便辭掉了工作.

pack it in (要他人) 放棄, 停止 (使別人感到不愉快的事): I am tired of hearing your excuses. **Pack it in**. 你的辯解我已經聽夠了, 你該閉嘴了!

pack off 趕走, 攆走, 匆匆地打發 (特指為避免麻煩): His parents **packed** him **off** to work. 他的父母打發他快去工作.

pack up ① 結束 [完成] 工作: As I am the only one who is left in the office today, I will **pack up** early. 今天留在辦公室的就我一個人, 所以我會盡早把工作做完. ② 辭職, 放棄: I feel like going right back to the boss and telling him that I will **pack up** the job if I don't get a raise. 我想馬上去找老闆, 告訴他如果

不給我加薪, 我就辭職.

♦ **páck ànimal** 馱獸《牛、馬等》.

活用 v. packs, packed, packed, packing

複數 packs

***package** [ˋpækɪdʒ] v. ① 打包, 包裝; 裝箱.

——n. ② 一包 (東西), 包裹;(包裝用的) 箱 [盒] 子; 成套的東西.

範例 ① She **packaged** up all her clothes and put them in the trunk of the car. 她把所有衣服打包放進汽車的行李箱.

These gifts will be **packaged** and tied up neatly. 這些禮品會被整齊地包裝並綑綁起來.

② I received a large **package** of books from the publishing company. 我收到那家出版公司寄來的一大包書.

Packages of cassette tapes were on sale at the appliance store. 那家電器行正在拍賣一盒一盒的錄影帶.

How much does a **package** of cigarettes cost now? 現在一包香菸多少錢?

♦ **páckage dèal** 整批交易.

páckage tòur 套裝旅遊《由旅行社包辦, 代理一切行程及食宿費用的旅行; 亦作 package holiday》.

活用 v. packages, packaged, packaged, packaging

複數 packages

packer [ˋpækɚ] n. 包裝者, 包裝機器, 打包機; 包裝業者; 從事罐頭或食品包裝業的人: My husband is a **packer** at a meat plant. 我先生在肉品工廠做包裝工作.

packet [ˋpækɪt] n. ① (將東西裝在一起的) 小容器. ② 一小細, 一小疊. ③《口語》一大筆錢.

範例 ① I saw a cigarette **packet** on your desk. I thought you quit smoking. 你的桌子上有一包香菸. 我以為你已經戒菸了.

② Can you buy me a **packet** of envelopes when you go to the stationery store? 你去文具店時能幫我買一小疊信封嗎?

③ The repair of my car cost a **packet**. 修那輛車花了我一大筆錢.

複數 packets

packing [ˋpækɪŋ] n. ① 包裝, 打包. ② 包裝材料.

範例 ① It is too late to start your **packing** the night before you leave. 臨出發前的晚上才打包行李就太遲了.

② The price of these year-end gifts includes **packing**, but not delivery. 這些年終禮品的價格包含包裝材料費, 但不包括運費.

pact [pækt] n. 公約, 協定, 盟約, 條約; 約定, 合約: They made a **pact** to meet here again one year later. 他們約定一年後再度在這裡見面.

複數 pacts

***pad** [pæd] n. ① 墊狀物, 墊子, 護墊. ② 便條

本，便箋本．③（打）印臺，印色盒．④（火箭、
飛彈等的）發射臺，發射架．
——v. ⑤ 裝填，裝墊，填塞．
[範例] ① This **pad** takes the pain out of kneeling.
這個墊子可以使人跪著時膝蓋不會痛．
② a writing **pad** 便條本，便箋本．
④ a launch **pad** 發射臺．
⑤ Why don't you **pad** the shoulders to create a
different shape? 你何不利用墊肩來作不同的
塑型？
[複數] **pads**
[活用] v. **pads**, **padded**, **padded**, **padding**

[pad]

padding [`pædɪŋ] n. 做墊子的材料，填充物；
（話、文章等中的）贅語，贅述．
[範例] The freight elevator has **padding** on the
walls. 運貨電梯的四面貼著一層填充墊．
There was too much **padding** in his speech.
他的演說贅述太多了．

***paddle** [`pædl] n. ①（獨木舟、小船等的）槳．
② 槳狀攪拌器，攪拌棒．③（桌球的）球拍．④
（在淺水中）踏水玩耍，戲水．
——v. ⑤ 用槳划，（在水面）划水．⑥（在淺水
中）踏水玩耍，戲水．⑦[美]（以手、尺等）拍
打，抽打．
[範例] ① This canoe is propelled by a
double-bladed **paddle**. 這艘獨木舟靠兩端有
划水板的槳前進．
② He mixed flour and eggs with a **paddle**. 他用
攪拌棒把麵粉和雞蛋混合在一起．
⑤ Rachel **paddled** back to shore in only 5
minutes. 瑞秋在5分鐘以內就划回了岸邊．
⑥ "Where are the kids?" "They're **paddling**
over there in the water." 「孩子們到哪裡去
了？」「在那邊玩水呢．」
[複數] **paddles**
[活用] v. **paddles**, **paddled**, **paddled**,
paddling

paddle-steamer [`pædl͵stimɚ] n. 明輪（蒸
汽）船《船體的兩側或後方設有明輪
(paddle-wheel)》．
[複數] **paddle-steamers**

[paddle-steamer]

paddock [`pædək] n. ① 小牧場《供遛馬或馴
馬用的空地，通常位於馬廄附近》．② 圍場
《進行賽馬之前供觀眾觀看出賽馬匹狀況及
檢視鞍具等的地方》．
[複數] **paddocks**

paddy [`pædɪ] n. 稻田，水田．
♦ **páddy wàgon** [口語][美] 囚車．
[複數] **paddies**

padlock [`pæd͵lɑk] n. ① 掛鎖，扣鎖．
——v. ② 用掛鎖鎖上．
[複數] **padlocks**
[活用] v. **padlocks**, **padlocked**, **padlocked**,
padlocking

paediatrician [͵pidɪə`trɪʃən] = n.
pediatrician.

paediatrics [͵pidɪ`ætrɪks] = n. pediatrics.

pagan [`pegən] n. 異教徒《原為猶太教、基督
教、伊斯蘭教的信徒用來指非自己教派的人
的說法》；沒有宗教信仰的人．
[複數] **pagans**

***page** [pedʒ] n. ① 頁，一頁《紙的一面》；（報紙
的）版．②（旅館等的）男侍，服務生．
——v. ③ 標上頁碼（於～）．④ 叫（喊）~的名
字．
[範例] ① Tom turned the **pages** of the atlas. 湯姆
翻看地圖集．
Look at the picture on **page** 40. 請看第40頁
的照片．
Open your books to **page** 20. 打開書本第20
頁．
Who ripped out this **page**? 是誰把這一頁撕
走了？
Jack likes the sports **page** of the newspaper.
傑克喜歡看報紙的體育版．
The event added another brilliant **page** to the
history of the country. 那個事件在該國的歷
史上增添了光輝的另一頁．
④ I didn't hear anyone **page** me. 我沒聽見有人
叫我．
[參考] ① 表示書籍頁數時，單頁作 p.，兩頁以上
作 pp.：**p.** 16（第16頁），**pp.** 14-17（14頁到
17頁）．② 為在旅館或俱樂部等接待客人的
服務人員．[英] 指幫客人傳遞留言或提行李
的人；[美] 指國會議員的隨員或侍從，而一般
旅館或夜總會的雜役叫作 bellhop．
[複數] **pages**
[活用] v. **pages**, **paged**, **paged**, **paging**

***pageant** [`pædʒənt] n. ① 露天劇《以歷史、傳
統、宗教事件為內容》．② 壯觀華麗的遊行
（隊伍）．
[複數] **pageants**

pageantry [`pædʒəntrɪ] n. ① 盛大壯觀的場
面，華麗的排場《表演》．② 虛飾，華而不實．

pagoda [pə`godə] n.（佛教或印度教寺院的）
寶塔．
[複數] **pagodas**

***paid** [ped] v. pay 的過去式、過去分詞．

***pail** [pel] n. 桶，水桶，一桶（的量）：a **pail** of
water 一桶水．

P

複數 **pails**

＊**pain** [pen] *n.* ① (肉體上的) 疼痛. ② (精神上的) 痛苦, 苦惱. ③〔~s〕辛苦, 費力.

——*v.* ④ (使) 痛苦; (使) 苦惱, (使) 痛心〔難過〕.

範例 ① a severe **pain** 劇烈的疼痛, 劇痛.

a sharp **pain** 劇痛.

Tom felt a burning **pain** in his stomach. 湯姆感到胃裡一陣灼痛.

I'm suffering from a dull **pain** in my back. 我的背部正隱隱作痛.

This medicine will kill **pain** without any bad side effects. 這種藥能止痛而且沒有任何不良的副作用.

② Jack's bad behavior caused his mother great **pain**. 傑克的不良行為使得他母親甚為苦惱.

This task is a **pain** in the neck. 這項任務真叫人頭痛.

③ Emily is at **pains** to translate the poem into correct Chinese. 艾蜜麗正費勁地把那首詩譯成精確的中文.

I got nothing for my **pains**. 我辛苦一場卻一無所得.

Jane took great **pains** in training her dog. 珍為訓練她的狗花了不少力氣.

④ My son's conduct **pains** me deeply. 我兒子的行為令我十分苦惱.

片語 **a pain in the neck** 令人煩惱的理由, 令人苦惱的人〔事物〕. (⇨ 範例 ②)

複數 **pains**

活用 *v.* **pains, pained, pained, paining**

pained [pend] *adj.* 感情受到傷害的, 憂慮的, 心緒不佳的: Betty looked slightly **pained** after she read the letter. 貝蒂讀了那封信後看起來有點苦惱.

活用 *adj.* **more pained, most pained**

＊**painful** [`penfəl] *adj.* ① 感到疼痛的, 劇痛的. ② 痛苦的; 費力的, 辛苦的, 艱難的.

範例 ① I had a **painful** cut on my thumb. 我拇指上的割傷很痛.

② I won't do such a **painful** task again. 我再不做那麼費力的工作了.

活用 *adj.* **more painful, most painful**

painfully [`penfəlɪ] *adv.* 痛苦地; 費力地: John listened **painfully** as his parents argued. 約翰痛苦地聽著父母爭吵.

活用 *adv.* **more painfully, most painfully**

painless [`penlɪs] *adj.* ① 沒有痛苦的, 不痛的. ② 輕鬆的, 不費力的, 容易的.

範例 ① **painless** childbirth 無痛分娩.

② We'll show you a **painless** way of learning English in this book. 這本書能教你輕輕鬆鬆學會英語的方法.

painstaking [`penz,tekɪŋ] *adj.* 小心的, 用心的, 辛勤的, 認真的: We carried out **painstaking** research into the cause of his death. 我們對於他的死因認真做了調查.

活用 *adj.* **more painstaking, most painstaking**

＊**paint** [pent] *n.* ① 油漆, 塗料. ② 顏料. ③ 口紅, 彩妝.

——*v.* ④ 塗油漆 (於~). ⑤ (用顏料) 畫 (畫). ⑥ 化妝, 塗口紅.

範例 ① a can of **paint** 一罐油漆.

luminous **paint** 夜光漆.

Wet **Paint** 油漆未乾《告示》.

② a box of **paints** 一盒顏料.

a tube of **paint** 管裝顏料.

④ I **painted** the wall white. 我將牆漆成白色.

⑤ I **paint** a portrait 畫肖像畫.

⑥ She **painted** her lips thickly. 她用口紅將嘴唇抹得通紅.

片語 ***paint the town red*** (去酒吧等) 狂歡.

參考 用鉛筆, 鋼筆, 蠟筆等畫底線或描圖時用 draw.

複數 **paints**

活用 *v.* **paints, painted, painted, painting**

painter [`pentɚ] *n.* ① 畫家. ② 油漆匠〔工〕. ③ 纜索, 繫繩《用來將船繫在岸邊或其他的大船上》.

複數 **painters**

＊**painting** [`pentɪŋ] *n.* ① 繪畫技巧, 繪畫藝術. ② 繪畫, 畫圖. ③ 塗油漆, 上色.

範例 ① a **painting** in oil 油畫《亦作 an oil painting》.

a water-color **painting** 水彩畫.

② He went to Paris to study **painting**. 他赴巴黎學習繪畫.

複數 **paintings**

＊**pair** [pɛr] *n.* ① 一對, 一雙, 一組 (☞ 參考).

——*v.* ② 使成對, 使成雙, 配對; 成為配偶, 成為夫婦.

範例 ① a **pair** of shoes 一雙鞋.

a **pair** of glasses 一副眼鏡.

a **pair** of trousers 一條褲子.

a **pair** of scissors 一把剪刀.

two **pairs** of socks 兩雙襪子.

a **pair** of dancers 一對舞伴.

the newly married **pair** 一對新婚夫婦.

The students played the game in **pairs**. 學生們兩人一組進行那個遊戲.

② Mr. Smith **paired** Al and Sue in doubles. 史密斯先生將艾爾與蘇配對參加雙打.

Salmon **pair** in the autumn. 鮭魚在秋天交配.

Mr. McDonald tried to **pair** Susan off with Tom. 麥克唐納先生想要使蘇珊和湯姆結為夫婦.

片語 ***in pairs*** 兩個一組, 成雙成對. (⇨ 範例 ①)

pair off (使男女) 配對〔結成佳偶〕. (⇨ 範例 ②)

參考 因為眼鏡, 剪刀, 褲子等雖然整體上是指一件物品, 但其中鏡片, 剪刀刃及褲管等都各有兩個, 所以必須用 a pair of ~.

➡ 充電小站 (p. 915), (p. 1139), (p. 535)

複數 **pairs**

活用 *v.* **pairs, paired, paired, pairing**

pajama [pə`dʒæmə] *adj.* 睡衣 (褲) 的: Where

反義字 (antonym)

What is the opposite of "long"? (long 的反義字是甚麼？) 的回答是 It is "short". 日常生活中隨處可見像這樣表示反義的「成對」字，如以下所列：

bad (壞的)—good (好的)
heavy (重的)—light (輕的)
dirty (髒的)—clean (乾淨的)
late (晚的)—early (早的)
strong (強的)—weak (弱的)
thin (薄的)—thick (厚的)
up (向上)—down (向下)
on (跟著)—off (離開)
in (在內)—out (在外)
over (在上)—under (在下)

但是，前面所舉的例子 "short"，與其相對應的除了 long，還有 tall.

short (短的；個子矮的)—long (長的), tall (個子高的)

類似的狀況還有以下這些字：

old (舊的；年老的)—new (新的), young (年輕的)

cold (寒冷的，涼的), cool (涼爽的，涼的)—warm (溫暖的，溫熱的), hot (熱的，炎熱的)

dark (暗的；顏色濃的), dull (顏色模糊的；暗淡的，陰暗的)—bright (閃爍的；鮮明的), light (明亮的；顏色淡的)

slow (慢的)—quick, fast, rapid (快的)

narrow (窄的；心胸狹窄的)—wide (寬的), broad (寬的；心胸寬廣的)

由此可見，每組反義字並非都是 1 對 1 的，也有 1 對 2、1 對 3 的。

那麼，下面的括弧裡該加入甚麼字呢？

father： mother＝brother： (　　　)

應該加 sister. father—mother 與 brother—sister 雖然都是成對的一組，但因性質不同，不能說它們互為反義字。

同樣，male—female, future—past, along—across 也與反義字不一樣。

另外，還有像 north—south, east—west, right—left 等等，可以說是成對的字、也可以說是互為反義字的字組。

---

are my **pajama** trousers? 我的睡褲在哪裡？

♦ **pajáma pàrty** 〖美〗睡衣派對《規定參加者須穿著睡衣出席的聚會，例如美國 10 多歲的女孩子常在朋友家穿睡衣通宵談心；亦作 slumber party》.

pajamas [pəˋdʒɑməz] n. 〔作複數〕睡衣《〖英〗pyjamas》.

〖範例〗He stood at the door in **pajamas**. 他穿著睡衣站在門口。

Don't forget to take a pair of **pajamas** with you. 不要忘了帶套睡衣。

〖參考〗pajamas 是指由上衣和褲子組成一套的睡衣，所以作複數。 睡衣的上半身稱為 a pajama top 或 a pajama jacket，下半身則稱為 pajama bottoms 或 pajama trousers.

*__pal__ [pæl] n. ① (親近的) 好友，夥伴。
——v. ② 成為好友(up).

〖範例〗This taxi driver is my drinking **pal**. 這位計程車司機是我的酒友。

② I **palled** up with another surfer. 我與另一位衝浪好手成為好友。

〖複數〗pals

〖複數〗v. pals, palled, palled, palling

*__palace__ [ˋpælɪs] n. ① 宮殿，宮廷；(大主教等的) 公邸。 ② 深宅大院，豪華宅邸。 ③ (百貨公司等的) 大型娛樂場，豪華建築物。

〖範例〗① Buckingham **Palace** 白金漢宮。

② The Duke doesn't live in a house; he lives in a **palace**. 那位公爵並非住在一般的房子裡，而是住在一棟豪華宅院裡。

〖複數〗palaces

palatable [ˋpælətəbl̩] adj. ① 味美的，可口的。 ② 舒適的，愉快的，宜人的；可 (令人) 接受

的。

〖範例〗① This soup is **palatable**. 這道湯很可口。

② Our boss did not find our plan at all **palatable**. 我們的上司根本不接受我們的計畫。

〖活用〗adj. more palatable, most palatable

palate [ˋpælɪt] n. ① 上顎《口腔內的上部》。 ② 味覺。 ③ 喜好，品味；鑑賞力。

〖範例〗② This spaghetti does not please my **palate**. 這種義大利麵不合我的口味。

③ This film was too depressing for my **palate**. 這部電影過於沉悶，我不喜歡。

〖複數〗palates

palatial [pəˋleʃəl] adj. 像宮殿般的，宏偉壯麗的，華美的： a **palatial** hotel 宏偉壯麗的旅館。

〖活用〗adj. more palatial, most palatial

*__pale__ [pel] adj. ① (臉色) 蒼白的，面無血色的。 ② (顏色) 淡的；(光線) 微弱的。
——v. ③ (使) 變得蒼白。 ④ (使) 顏色變淡。
——n. ⑤ (柵欄的) 樁。 ⑥ 界限，範圍。

〖範例〗① When he saw the monster, the boy turned **pale** with fear. 一看到那隻怪物，那個男孩嚇得臉色發白。

Your sister looks **pale** today. 你妹妹今天臉色看起來很蒼白。

② Her dress was **pale** blue. 她的洋裝是淡藍色的。

③ The president's face **paled** at the news. 聽到那個消息，總統變得面無血色。

⑤ I need more **pales** here. 我這裡還需要更多樁子。

⑥ You went a bit beyond the **pale** using my car

every day. 你每天都用我的車，是過分了點.

片語 ***beyond the pale*** (言行等)越軌，失當.
(⇨ 範例 ⑥)

活用 *adj.* **paler**，**palest**

活用 *v.* **pales**，**paled**，**paled**，**paling**

複數 **pales**

paleness [`pelnɪs] *n.* (臉色的)蒼白，面無血色；(顏色的)暗淡；(光的)微弱.

palette [`pælɪt] *n.* 調色板〔盤〕《畫畫時用來放顏料、調色》.

複數 **palettes**

palisade [,pælə`sed] *n.* ① 柵欄，護欄《用堅固的木樁打入地面排列而成，過去用於防禦》. ②〔~s〕《美》懸崖，絕壁《沿河流或海岸而立》.
——*v.* ③ 用柵欄圍起.

複數 **palisades**

活用 *v.* **palisades**，**palisaded**，**palisaded**，**palisading**

pall [pɔl] *n.* ① 棺罩，柩衣《罩在棺材上的天鵝絨織布》；棺材. ② 幕，布幔.
——*v.* ③ 變得乏味，厭倦，(興趣)變淡.

範例 ① The coffin was covered with a black **pall**. 那個靈柩被用黑色柩衣覆蓋著.
② A **pall** of volcanic ashes overspread the sky. 火山灰如同黑暗的罩幕籠罩著天空.
③ My interest in baseball began to **pall**. 我對棒球的興趣開始愈來愈淡薄.

複數 **palls**

活用 *v.* **palls**，**palled**，**palled**，**palling**

pallbearer [`pɔl,bɛrə] *n.* 扶靈柩的人，抬棺的人.

複數 **pallbearers**

pallet [`pælɪt] *n.* ① 草墊《直接鋪在地板上》. ② (木製的)移動式托板《貨架》《可用升降機裝卸貨物或重物》. ③《陶藝工匠用的》抹子，抹刀.

範例 ① A **pallet** is usually filled with stems of crops. 草墊裡通常裝有稻草.
② Some twenty **pallets** of goods were stacked in the warehouse. 那個倉庫裡堆放了大約20個托板的貨物.
③ Potters use **pallets** for shaping their works. 陶藝工匠用抹刀給作品作造型.

複數 **pallets**

*****pallid** [`pælɪd] *adj.* 蒼白的：When I saw her yesterday, she looked **pallid** and sickly. 我昨天看見她時，她臉色蒼白，一臉病容.

活用 *adj.* **more pallid**，**most pallid**

pallor [`pælə] *n.* 蒼白.

*****palm** [pɑm] *n.* ① 手掌，手心. ② 椰子，棕櫚《椰子科植物，主要分布於熱帶地區》. ③ 椰子葉，棕櫚葉；掌狀葉. ④ 勝利，光榮，榮譽《源於過去將椰子或棕櫚的葉子作為勝利的象徵》.
——*v.* ⑤ 藏在手掌裡；偷. ⑥ 用欺騙的手段(將東西)硬塞或強賣給別人(off).

範例 ① What are you holding in your **palm**? 你手裡拿的是甚麼東西？

② The street was lined with **palms**. 那條街道的兩旁栽種著棕櫚樹.
③ The **palm** is the symbol of victory. 棕櫚(葉)是勝利的象徵.
④ Jack had to give the **palm** to his enemy. 傑克不得不把勝利讓給對手.
⑤ The magician **palmed** the card. 那位魔術師將撲克牌藏在手心.
⑥ Don't **palm** off such trash as an antique. 不要硬把那樣的爛東西當成(珍貴)古物一樣騙人購買.
The man tried to **palm** off a fake Monet on me. 那個男子想騙我買假的莫內作品.《莫內(Claude Monet)是法國印象派畫家》

片語 ***have an itching palm*** (官員等)貪圖賄賂.

palm off 騙人購買，用欺騙手段硬塞或強賣給別人. (⇨ 範例 ⑥)

♦ **pálm òil** 棕櫚油《從油棕櫚樹 (oil palm) 的果實提取》.

Pàlm Súnday 棕櫚主日《復活節 (Easter) 前的禮拜日；紀念耶穌進入耶路撒冷，該日民眾以棕櫚枝為他鋪路慶祝》.

複數 **palms**

活用 *v.* **palms**，**palmed**，**palmed**，**palming**

palmer [`pɑmə] *n.* 朝聖者《中世紀時赴巴勒斯坦的朝聖者返鄉時手持棕櫚枝 (palm branch) 以作為聖地 (Holy Land) 的象徵，故名》.

複數 **palmers**

palmist [`pɑmɪst] *n.* 手相家：The **palmist** read my palm. 那位手相家替我看手相.

複數 **palmists**

palmistry [`pɑmɪstrɪ] *n.* 手相術，手相學.

參考 指根據手掌上掌紋的長短、起伏等來推算出人的性格、命運及未來. 手相術的起源不詳，在《吠陀經》出現以前可能興起於印度，而後傳到其他地區，在西元前3000年以前流行於中國、西藏、波斯、埃及和美索不達米亞等地，在古希臘也一度相當盛行，16世紀吉普賽人 (Gypsy) 傳入歐洲的手相術可能也是來自於他們的故土印度. 中世紀時人們利用手相術來搜捕女巫，致使手相術一度為人所鄙棄，但於文藝復興時期則再度流行起來，而ून盛運動時期則再次衰落，19世紀時又於民間復興.

palpitation [,pælpə`teʃən] *n.* 心悸，顫動，心跳《因興奮、激動、恐懼等因素而造成》.

複數 **palpitations**

palsy [`pɔlzɪ] *n.* 痙攣，麻痺.

pamper [`pæmpə] *v.* 嬌寵，縱容；驕縱：Mary **pampers** her children. 瑪麗很寵孩子.

活用 *v.* **pampers**，**pampered**，**pampered**，**pampering**

*****pamphlet** [`pæmflɪt] *n.* (簡單裝訂的)小冊子.

參考 單頁、可折疊的傳單稱為 leaflet.

複數 **pamphlets**

*****pan** [pæn] *n.* ① 鍋，平底鍋《鍋底較淺，平底，

一般沒有蓋子). ②（天平的）秤盤. ③ 淘盤《淘金等》. ④ 表示「全，總，泛」之意《多拼作 pan-).
——v. ⑤ 用鍋烹調. ⑥ 淘金，淘洗（礦砂等). ⑦ 嚴厲批評. ⑧（為攝取全景）上下、左右移動（鏡頭).

[pans]

範例 ① a frying **pan** 平底煎鍋.
pots and **pans** 鍋類，烹飪鍋具.
片語 **pan out well** 進展順利，成功.
複數 **pans**
活用 v. pans, panned, panned, panning

Panama [ˋpænəˏmɑ] n. 巴拿馬《☞ 附錄「世界各國」).
♦ the Ìsthmus of Pànama 巴拿馬地峽.
the Pànama Canál 巴拿馬運河.

pancake [ˋpænˏkek] n. ① 薄煎餅《主要供作早餐，通常由平底煎鍋 (frying pan) 做成，故名). ② 平降著陸〔墜落〕《亦作 pancake landing). ③（化妝用的）粉餅《壓製成薄煎餅狀的粉底霜等；亦作 pancake makeup；源自商標 Pan-Cake).
片語 **as flat as a pancake** 非常平坦的.
♦ páncake lánding 平降著陸《飛機著陸時因過早拉平而失速平墜落地，由機尾先著陸).
páncake mákeup（化妝用的）粉餅.
複數 **pancakes**

panda [ˋpændə] n. ① 大熊貓. ② 小熊貓《浣熊科動物，毛皮呈赤褐色，尾長，活動於喜瑪拉雅山東南部一帶).
♦ pánda càr《英》巡邏車，警車《☞ 充電小站 (p. 977)).
複數 **pandas**

pandemonium [ˏpændɪˋmonɪəm] n. 大混亂，騷亂的場面〔場所).

pander [ˋpændɚ] v. 拉皮條；迎合〔煽動〕（下級階層等的）欲望、興趣等；誘人（入壞事）作惡 (to): Our teacher is always **pandering** to the principal. 我們老師總是拍校長的馬屁.
活用 v. panders, pandered, pandered, pandering

Pandora [pænˋdorə] n.（希臘神話中的）潘朵拉.
♦ Pandòra's bóx 潘朵拉的盒子《裝有各種災禍及罪惡；源初眾神之主宙斯 (Zeus) 在派遣他所製成的人類第一個女性潘朵拉 (Pandora) 下凡時，她違命將盒子打開，所有災禍全都跑出來散落在人間，只有「希望」留在盒子裡).

*pane [pen] n. 窗玻璃，玻璃片: We found several broken **panes** after the earthquake. 地震之後我們發現了幾塊破碎的窗玻璃.
複數 **panes**

*panel [ˋpænl] n. ①（門窗的）方格，鑲板，嵌板《鑲嵌在牆壁或天花板上，稍低於四周的邊

框). ②（汽車、飛機等的）面板，儀錶板，控制面盤《亦作 control panel). ③ 畫板，畫在畫板上的畫. ④ 討論小組，委員會《為進行研究或審議等)；參賽問答小組《電視、廣播節目中參加問答比賽的小組；組內的成員稱作 panelist). ⑤ 陪審員，陪審員名單. ⑥ 鑲嵌在衣服上的雜色布料〔飾條〕；鑲片.
——v. ⑦ 以格子板裝飾，鑲板於；在衣服等綴上雜色飾條.
片語 **be on the panel** 討論小組的一員，擔任陪審員.
♦ pánel discùssion 公開討論會.
複數 **panels**
活用 v.《美》panels, paneled, paneled, paneling/《英》panels, panelled, panelled, panelling

paneling [ˋpænlɪŋ] n. 嵌板，鑲板.
參考《英》panelling.

panelist [ˋpænlɪst] n.（公開）討論小組等的成員.
參考《英》panellist.
複數 **panelists**

*pang [pæŋ] n.（突來的）劇痛；痛苦，苦惱，苦悶，憂慮.
範例 I felt a sudden sharp **pang** in my back. 我感到背上一陣劇痛.
Seeing all the poor people left him with a **pang** of sorrow and guilt. 看著那些可憐的人，他心裡感到悲傷和內疚.
複數 **pangs**

*panic [ˋpænɪk] n. ① 恐慌，驚慌，恐懼.
——v. ② 驚惶失措，(使)驚慌.
範例 ① The mother got into a **panic** when she found her baby was missing. 當那個母親發現自己的孩子不見時，她陷入驚慌之中.
② Let's not **panic**. Let's be calm and file out in an orderly fashion. 不要驚惶，鎮靜下來，我們依序出去吧.
Thunder often **panics** my dogs. 我家的狗兒們一聽見雷聲就害怕.
複數 **panics**
活用 v. panics, panicked, panicked, panicking

panic-stricken [ˋpænɪkˏstrɪkən] adj. 驚惶失措的，恐慌的，驚慌的: The **panic-stricken** audience rushed to the doors. 驚惶失措的聽眾紛紛湧向出入口.

pannier [ˋpænjɚ] n. ① 馱籃《掛在馬、驢等身體兩側的（成對）籃子，用來裝載貨物). ② 貨箱《掛在摩托車、自行車等兩側的（成對）箱子).
複數 **panniers**

panorama [ˏpænəˋræmə] n.（景觀等的）全景，(事件等的)全貌，概觀，全景.
範例 The hill commands a fine **panorama** of the bay. 從那座山上可以清楚地看見海灣的全景.
I saw a **panorama** of life in prewar Taiwan in this museum. 這座博物館（的展出）讓我一窺戰前的臺灣生活全貌.

[複數] **panoramas**

panoramic [ˌpænə`ræmɪk] *adj.* 全景的，全貌的；不斷展開的，遼闊的：This point provides a **panoramic** view of the whole city. 從這裡可以看見整座城市的全景。

[活用] *adj.* **more panoramic**, **most panoramic**

pansy [`pænzɪ] *n.* 三色紫羅蘭，三色堇.

[複數] **pansies**

***pant** [pænt] *v.* ① 喘氣，氣喘吁吁，上氣不接下氣地跑〔說〕. ② 渴望，殷切盼望.

——*n.* ③ 喘氣，喘息；氣喘.

[範例] ① Tom was **panting** from running too fast. 湯姆跑得太快了，氣喘吁吁的.

David ran home and **panted** out that Dawn had broken her leg. 大衛跑回家，氣喘吁吁地說唐摔斷腿了.

② The people in the country are **panting** for liberty. 該國國民渴望自由.

[活用] *v.* **pants**, **panted**, **panted**, **panting**

[複數] **pants**

pantaloon [ˌpæntl`un] *n.* ①〔~s〕長褲. ②〔P~〕老丑角《默劇中又老又笨的男性》.

[參考] 原為16世紀義大利即興喜劇的登場角色潘塔隆內 (Pantalone). 潘塔隆內是一個又瘦又老、穿著緊身長褲和拖鞋、戴眼鏡的威尼斯商人. 此角色後來成為定型的代表人物，指又老又常受騙卻貪婪成性的人；在現代的默劇中則與丑角搭檔演出. pantaloons 原指類似馬褲的褲子，後來指類似緊身褲的褲子，最後又用來泛指褲子，現在一般泛指褲子的 pants 即為 pantaloons 所演變而來.

[複數] **pantaloons**

panther [`pænθə] *n.* ① 豹《亦作 leopard；特指黑豹》. ②〖美〗美洲豹《指美洲獅 (cougar, puma)，美洲虎 (jaguar) 等大型貓科動物》.

[複數] **panthers**

panties [`pæntɪz] *n.* 〔作複數〕《女性或兒童所穿的》短褲《用作內衣襯褲》.

pantomime [`pæntəˌmaɪm] *n.* ① 啞劇，默劇. ②〖英〗兒童劇《聖誕節時演出，以有趣的歌舞形式來呈現傳統故事等》. ③《無言的》手勢，肢體動作.

[複數] **pantomimes**

pantry [`pæntrɪ] *n.* ① 食品室，食品貯藏室，食品架，餐具室，餐具架.

[複數] **pantries**

pants [pænts] *n.* 〔作複數〕① 褲子，女用長褲《由 pantaloons 而來》. ②〖英〗內褲，短褲《男用》，襯褲《女用內衣》，童褲.

[範例] ① These **pants** are very nice. 這件褲子很不錯.

I want a new pair of **pants**. 我要一件新褲子.

pantyhose [`pæntɪˌhoz] *n.* 〔作複數〕〖美〗《女孩、婦女穿的》緊身褲襪《亦作 pantihose；〖英〗tights》.

papa [`pɑpə] *n.* 爸爸《〖英〗過去為幼兒用語；〖美〗則為父親對孩子稱自己時的口語說法》，通常多用 cad, daddy）.

[複數] **papas**

papacy [`pepəsɪ] *n.* ①〔the ~〕羅馬教宗的權威及地位. ② 羅馬教宗的任期.

[複數] **papacies**

papal [`pepl] *adj.* 羅馬教宗的，教宗制度的，羅馬天主教會的.

papaya [pə`paɪə] *n.* 木瓜（樹）.

[複數] **papayas**

***paper** [`pepə] *n.* ① 紙. ② 報紙. ③〔~s〕文件，證明書，資料. ④ 試題，試卷，答案卷；論文，研究報告（書）.

——*v.* ⑤ 用紙包起來〔包裝〕；《在牆上》貼壁紙；掩飾《困難等》；《劇場等》散發免費入場券.

[範例] ① Bring me some sheets of **paper**, will you? 拿幾張紙給我，好嗎？

Being very environmentally conscious, Kelly didn't use gift-wrap; she used brown **paper** from a grocery bag. 凱莉很有環保意識，她不用禮品包裝紙，用的是雜貨店的牛皮紙.

《brown paper 是一種未經漂白、較為粗糙的褐色紙，一般製成紙袋，用來裝日常雜貨等，也就是俗稱的「牛皮紙」》

Be sure to take off **paper** clips before making photocopies. 要影印之前務必將《紙上的》迴紋針拿掉.

② Have you read today's **paper**? 你看過今天的報紙了嗎？

③ Important **papers** were stolen. 重要文件被偷了.

It's the law to have your **papers** on you at all times. 法律規定要隨身攜帶身分證.

④ The professor is going over our **papers** now. 那位教授現在正在審閱我們的試卷.

⑤ I'm going to **paper** my room this afternoon. 今天下午我要給房間貼壁紙.

[片語] **on paper** 在紙上，在理論上.

♦ **páper clip** 紙夾，迴紋針.

páper tíger 紙老虎《虛張聲勢、外強中乾的人物》.

[複數] **papers**

[活用] *v.* **papers**, **papered**, **papered**, **papering**

paperback [`pepəˌbæk] *n.* 平裝本，平裝書《封面以普通紙張裝訂的書》.

[範例] I bought a **paperback** to read on the plane. 我買了一本平裝書在飛機上看.

The novel has appeared in **paperback**. 那本小說以平裝本的形式問世.

He wants to be a **paperback** writer. 他想成為一名平裝書作家.

[參考] 精裝本（的書）稱為 hardcover.

[複數] **paperbacks**

paprika [pæ`prikə] *n.* 紅甜椒粉《微辣的紅色粉末狀調味品》.

papyri [pə`paɪraɪ] *n.* papyrus 的複數形.

papyrus [pə`paɪrəs] *n.* ① 莎草《生長於尼羅河 (the Nile) 流域的水生植物，在古埃及時代用於造紙》. ② 莎草紙. ③《寫在莎草紙上的》古文書.

代抄本.

複數 ③ **papyruses/papyri**

par [pɑr] n. ① 標準，水準. ②（高爾夫球的）標準桿（數）. ③ 票面價值，面值《有價證券的價值與票面金額相等》.

範例 ① Not telling the whole truth is on a **par** with lying. 不將實情全部說出來就等於是撒謊.

Mary's singing hasn't been up to **par** recently. 瑪麗最近唱歌的功力在水準之下.

Mary got sick last night and is feeling below **par**. 瑪麗昨晚生病了，現在還是覺得不太舒服.

② The tenth hole is a **par** four. 第10洞的標準桿（數）是4桿.《☞ **參考**》

All the competitors played the course under **par**. 所有的參賽者全都以低於標準桿的桿數打完了比賽.

Michael went around the course in six below **par**. 麥克以低於標準桿6桿（的成績）打完了比賽.

③ Unless you're hard up for money, wait and sell the stock above **par**. 除非你缺錢缺得兇，不然就等股票漲到超過票面價值時再賣.

片語 **below par** ① 身體狀況不如平時. (⇨ **範例** ①) ② 低於一般水準. (⇨ **範例** ②)

not up to par ① 身體狀況不如平時. ② 低於一般水準. (⇨ **範例** ①)

on a par 同等的，同位的，同價的. (⇨ **範例** ①)

par for the course 意料之中的，不出所料的. 果然的: And then the computer went down—which is **par for the course**. 隨後電腦果然出了毛病.

under par ① 身體狀況不如平時. ② 低於一般水準. ③ 低於標準桿數. (⇨ **範例** ②)

參考 ① par 由高爾夫球道上的各個洞來決定，洞的距離、難度不同，par 也會不一樣，一般為3桿或5桿. 擊球桿數比標準桿愈少愈好，比 par 少1桿稱為 birdie，少2桿稱為 eagle，少3桿稱為 albatross；相反地，多1桿稱為 bogey，多2桿稱為 double bogey，多3桿稱為 triple bogey.

***parable** [ˋpærəbl] n. (短篇) 寓言，比喻 (故事)《含有道德意義及宗教訓示的短篇故事，特指《聖經》中耶穌所用的比喻》: My grandfather often speaks in **parables**. 我祖父講話常用比喻.

複數 **parables**

parachute [ˋpærəˌʃut] n. 降落傘.

複數 **parachutes**

***parade** [pəˋred] n. ① 校閱，閱兵式；遊行示威，遊行隊伍；(許多人排隊的) 行列. ② 炫耀，誇示.

——v. ③ (進行) 遊行，閱兵，校閱 (軍隊等). ④ 炫耀，誇耀，賣弄，誇示.

範例 ① There'll be a **parade** down Fifth Avenue today. 今天在第五大道有遊行活動.

The army is on **parade** this afternoon. 今天下午將舉行陸軍的閱兵式.

Several new fashions were on **parade** at the film festival. 那場電影節活動展示了幾種新的創作風格.

② Don Juan made a **parade** of his love affairs. 唐璜到處炫耀自己的風流韻事.

③ The team **paraded** through town celebrating their victory. 那支隊伍為慶祝勝利在鎮上遊行.

The base commander **paraded** his troops on Memorial Day. 那位基地司令官在陣亡將士紀念日校閱部隊.

④ My uncle is always **parading** his knowledge of French. 我叔叔總是在賣弄他的法語知識.

複數 **parades**

活用 v. **parades**, **paraded**, **paraded**, **parading**

***paradise** [ˋpærəˌdaɪs] n. ①〔P～〕天堂，天國. ②〔P～〕伊甸園《the garden of Eden 的別名》. ③ 樂園，美好之地.

範例 ① I really hope to go to **Paradise** when I die. 我真的希望死後能上天堂.

③ New York is a concert-goer's **paradise**. 紐約是音樂會愛好者的樂園.

複數 **paradises**

***paradox** [ˋpærəˌdaks] n. ① 似非而是（的言論），弔詭《表面上聽來似乎矛盾或不合理，實際上卻表達某種真理》. ② 自相矛盾〔不合常理〕的話〔狀態，事物〕.

範例 ① More politics, less corruption in government is a **paradox**. 政府在政治上貢獻愈多則腐敗愈少，這真是弔詭.

② It's a **paradox** that water should be so cheap in the desert. 在沙漠裡水居然那麼便宜，真是不合常理.

複數 **paradoxes**

paradoxical [ˌpærəˋdaksɪkl] adj. 似非而是的，詭辯的，自相矛盾的.

活用 adj. **more paradoxical**, **most paradoxical**

paradoxically [ˌpærəˋdaksɪklɪ] adv. 似非而是地.

活用 adv. **more paradoxically**, **most paradoxically**

paraffin [ˋpærəfɪn] n. ① 石蠟《分餾石油而提煉出來的蠟，可用於製蠟燭和防水紙等》. ②〖英〗煤油〖〖美〗kerosene》.

範例 ② That's an old-fashioned heater that uses **paraffin** as its fuel. 那是用煤油作燃料的老式暖爐.

They used **paraffin** lamps for lighting. 他們用煤油燈照明.

paragon [ˋpærəˌgan] n. 完美的模範〔典型，榜樣〕.

複數 **paragons**

***paragraph** [ˋpærəˌgræf] n. ① (文章的) 段落. ② (報紙、雜誌等的) 短篇 (新聞)，短評.

參考 段落的開頭一般要縮格書寫 (indent)，且第1句話即是該段的主題句 (topic sentence).

複數 **paragraphs**

parakeet [`pærə,kit] *n.* 長尾鸚鵡《鸚鵡科的小型鸚鵡》.

複數 **parakeets**

***parallel** [`pærə,lɛl] *adj.* ① 平行的. ② 類似的，相似的；對應的.
——*n.* ③ 平行. ④ 類似，相似；相似物，匹敵者，對應（者）；類似的事物. ⑤（電路的）並聯.
——*v.* ⑥（與~）平行. ⑦ 相等，匹敵；類似，相似；對應.

範例 ① Power lines usually run **parallel** to major roadways. 供電線路一般多與幹線道路平行架設.
② Mrs. Crowley's experiences in public life are **parallel** to yours. 克羅里夫人公務員生涯的經歷與你的差不多.
③ The boat was on a **parallel** with the horizon. 那艘船以與地平線平行的路線前進.
④ The introduction of Chinese into Japanese through kanji is an interesting **parallel** to the introduction of French into English through the invasion of 1066. 中文以漢字的形式融入日語與法語透過1066年的入侵而融入英語是一個有趣的對應情況.《「1066年的入侵」指諾曼人從瀕臨英吉利海峽的法國西北部諾曼第地區攻入並征服英格蘭一事》
⑤ The spread of this disease is without **parallel**. 這種病的蔓延情況不是其他疾病可比擬的.
⑥ The road **parallels** the river. 那條路與河流平行.
⑦ Mr. Cooper's son's life **paralleled** his own. 庫伯先生兒子的人生與他自己的很相似.

複數 **parallels**
活用 *v.* **parallels, paralleled, paralleled, paralleling**

parallelogram [,pærə`lɛlə,græm] *n.* 平行四邊形.
複數 **parallelograms**

Paralympics [,pærə`lɪmpɪks] *n.* 國際殘障奧運會《亦作 the Paralympic Games》.

***paralyse** [`pærə,laɪz] ＝*v.*〖美〗paralyze.

paralysis [pə`rælə,sɪz] *n.* paralysis 的複數形.

paralysis [pə`ræləsɪs] *n.* 麻痺，癱瘓，中風.
範例 cerebral **paralysis** 腦性麻痺.
moral **paralysis** 道德敗壞.
複數 **paralyses**

paralytic [,pærə`lɪtɪk] *adj.* ① 麻痺的，癱瘓的. ②〖英〗爛醉如泥的.
——*n.* ③ 麻痺患者，癱瘓的人，中風患者.
活用 *adj.* **more paralytic, most paralytic**
複數 **paralytics**

***paralyze** [`pærə,laɪz] *v.* (使) 麻痺，(使) 癱瘓，(使) 癱瘓；使無力.
範例 Al is **paralyzed** in both legs. 艾爾的雙腿癱瘓了.
A strike by train workers **paralyzed** the city today. 今天鐵路工人的罷工使城市 (交通) 陷於癱瘓.

參考〖英〗paralyse.
活用 *v.* **paralyzes, paralyzed, paralyzed, paralyzing**

***paramount** [`pærə,maʊnt] *adj.* 最高的，最高級的，最重要的，至上的.
範例 Education is of **paramount** importance in creating peace. 要創造和平，教育是首要之務.
It should be **paramount** not to harm the environment. 不破壞環境應該是首要之務.

paranoia [,pærə`nɔɪə] *n.* 偏執狂《一味妄想的精神疾病》，被害妄想症.

paranoid [`pærə,nɔɪd] *n.* ① 偏執狂患者.
——*adj.* ②（患）偏執狂的.
複數 **paranoids**

parapet [`pærəpɪt] *n.* ① 扶手，欄杆《在陽臺、屋頂、橋樑等之上》. ② 胸牆《戰壕 (trench) 前防彈的土牆或城牆上的城垛》.
複數 **parapets**

[parapet]

paraphernalia [,pærəfə`nelɪə] *n.* 隨身用品，裝備，工具；fishing **paraphernalia** 一套釣具.

***paraphrase** [`pærə,frez] *v.* ① 釋義，意譯，解釋.
——*n.* ② 釋義，意譯，解釋.
範例 ① **Paraphrase** these sentences. 請解釋這些句子.
② a **paraphrase** of this poem 這首詩的意譯.
活用 *v.* **paraphrases, paraphrased, paraphrased, paraphrasing**
複數 **paraphrases**

parasite [`pærə,saɪt] *n.* 寄生蟲，寄生植物.
範例 Lucy studies human **parasites**. 露西在進行有關人體寄生蟲的研究.
You're a **parasite** on society. 你是社會的寄生蟲.
複數 **parasites**

parasitic [,pærə`sɪtɪk] *adj.* ① 寄生的. ② 由寄生蟲引起的.
範例 ① **parasitic** plant 寄生植物.
② **parasitic** disease 由寄生蟲引起的疾病.
活用 *adj.* **more parasitic, most parasitic**

parasol [`pærə,sɔl] *n.* 陽傘《亦作 sunshade》.
複數 **parasols**

paratrooper [`pærə,trupɚ] *n.* 傘兵.
複數 **paratroopers**

paratroops [`pærə,trups] *n.*〔作複數〕傘兵部隊，空降部隊.

paratyphoid [,pærə`taɪfɔɪd] *n.* 副傷寒《由腸傷寒引起的輕度傳染病》.

***parcel** [`pɑrsl] *n.* ① 郵包，包裹. ②（土地的）一塊地.
——*v.* ③ 打包，包成包裹 (up). ④ 分開，分配 (out).

P

〔範例〕① Could anyone take this **parcel** to the main post office today? 今天誰能把這個包裹送到郵政總局?
③ I **parceled** up wedding gifts for Sue. 我把要送給蘇的結婚禮物包好了.
④ Let's **parcel** out the pizza. 大家來分配披薩吧.
〔片語〕***part and parcel*** (不能從整體分開的) 重要部分: Memorization is **part and parcel** of learning. 背誦是學習的重要部分.
♦ **párcel pòst** 包裹郵件.
〔複數〕**parcels**
〔活用〕 v. **parcels, parceled, parceled, parceling**/〔英〕 **parcels, parcelled, parcelled, parcelling**

parched [partʃt] adj. 極其乾燥的; (穀物) 炒過的.
〔範例〕It is impossible to grow crops in the **parched** desert. 要在極其乾燥的沙漠中種植農作物是不可能的.
I have been running for almost two hours on end and I'm thirsty. 我差不多連續跑了兩個小時, 口非常渴.
Do you eat **parched** beans in your country? 在貴國你們吃炒豆嗎?
〔活用〕adj. **more parched, most parched**

parchment [partʃmənt] n. ① 羊皮紙: The original is written on **parchment** and is found in the National Gallery. 原稿是寫在羊皮紙上的, 在國立美術館可以看到. ② 寫在羊皮紙上的文件.
〔複數〕**parchments**

*****pardon** [pardn] n. ① 原諒, 寬恕, 赦免.
—— v. ② 原諒, 寬恕, 赦免.
〔範例〕① John asked for Mary's **pardon**. 約翰請求瑪麗的原諒.
A thousand **pardons** for disturbing you at this hour. 這麼晚來打擾你, 實在是萬分抱歉.
I beg your **pardon**—what did you say? 對不起, 你剛才說甚麼?
The King granted him a **pardon** on account of his youth. 國王考慮到他還年輕, 便赦免他了.
② Such a serious offense should not be **pardoned**. 這樣的重罪是不能寬恕的.
Pardon me for asking, but where are you from? 冒昧地請問你是哪裡人?
The death-row inmate was **pardoned** just one hour before execution. 那個死刑犯在臨刑前1個小時被赦免了.
〔片語〕***I beg your pardon./Pardon me.*** ① 對不起《對小事表示道歉的說法》. (⇨ 〔範例〕①)
② 請再說一遍《記得要提高語尾語調. 亦作 Pardon?》: "How old is Meg?" "**I beg your pardon?**" "I said, how old is Meg?" 「梅格幾歲了?」「請再說一遍.」「我是問梅格幾歲了?」
③ 對不起, 請原諒《用於對陌生人打招呼時

或表示不同意對方的意見等時》: **I beg your pardon**, but could you direct me to the Sun Hotel? 對不起, 請問去陽光旅館該怎麼走?
I beg your pardon, but you are wrong. 對不起, 是你錯了.
〔複數〕**pardons**
〔活用〕 v. **pardons, pardoned, pardoned, pardoning**

pare [pɛr] v. 去掉 (外皮): Give me the knife. I'll **pare** this apple. 請把刀子遞給我. 我要削這個蘋果.
〔片語〕***pare down*** 減少, 縮減, 壓縮: You had better **pare down** your living expenses. 你最好縮減一下你的生活開支.
〔活用〕 v. **pares, pared, pared, paring**

*****parent** [pɛrənt] n. 父或母《表示父母和祖先時作 parents》.
〔範例〕They will become **parents** next year. 明年他們就要為人父母了.
Emily is living with her **parents**. 艾蜜麗和她父母同住.
a development that was to become the **parent** of many a labor-saving device 成為許多省力裝置之根本的技術開發.
our first **parents** 人類的始祖《即亞當 (Adam) 與夏娃 (Eve)》.
a **parent** bird 母鳥.
a **parent** company 總公司, 母公司.
♦ **pàrent-téacher associàtion** PTA《家長教師聯誼會》.
〔複數〕**parents**

parentage [pɛrəntɪdʒ] n. 出身, 身世: Judy is a girl of unknown **parentage**. 茱蒂是一個身世不明的女孩.

*****parental** [pə`rɛntl] adj. 〔只用於名詞前〕父母親的, 做父母的, 似父母的: You must obtain **parental** approval to join the camp. 你必須得到父母親的同意才能參加露營.

parentheses [pə`rɛnθə͵siz] n. parenthesis 的複數形.

parenthesis [pə`rɛnθəsɪs] n. ① 插句, 插入語. ② 圓括弧《( ) 的一邊; ☞ brace (大括弧), bracket (括弧)》.
〔範例〕② in **parentheses** 括在圓括弧裡.
close the **parentheses** 用圓括弧括上.
〔參考〕① 所謂插入句是指為了說明和注釋而插入句中的語句. 在口語中前後停頓 (pause), 最後用上升語調結尾. 在書面上通常是前後加逗號 (,)、括弧或破折號 (—). 例如: This, I hope, will be useful to you. 這個, 我想, 對你會有用的.
〔複數〕**parentheses**

Paris [pæris] n. ① 巴黎《法國首都》. ② 帕里斯《希臘神話中特洛伊的王子, 因為他搶走了斯巴達王子之妻海倫 (Helen) 而引發了特洛伊戰爭 (Trojan War)》.

parish [pærɪʃ] n. ① 教區, 教區內的居民《一個教區有一個教堂及一個牧師》. ② 〔美〕(路易斯安那 (Louisiana) 州的) 郡《州 (state) 之下

的行政區). ③〖英〗行政教區《郡 (county) 以下的行政區》.

複數 **parishes**

parishioner [pə`rɪʃənɚ] *n.* 教區居民.

複數 **parishioners**

Parisian [pə`rɪʒən] *n.* ① 巴黎人.
——*adj.* ② 巴黎的, 巴黎人的.

複數 **Parisians**

***park** [pɑrk] *n.* ① 公園, 遊樂場所《park 通常指面積大的, 只有廣場大小的多稱作 square》. ② 〖英〗庭園《鄉下宅邸周圍的大院子》. ③ 比賽場, 球場. ④ 〖英〗停車場.
——*v.* ⑤ 停車. ⑥ 放置, 放在.

範例 ① Yellowstone National **Park** 黃石國家公園.
My father jogs in the **park** every morning. 我父親每天早晨都在公園裡慢跑.
③ a ball **park** 棒球場.
④ a car **park** 停車場.
⑤ Don't **park** the car in this street. 不要在這條街上停車.

片語 **park ~self** 先懷~安頓下來, 暫時坐下.

參考 原為貴族為進行狩獵而劃定的土地, 到了近代對一般公眾開放, 遂成了「公園」之意.

複數 **parks**

活用 *v.* **parks, parked, parked, parking**

parka [`pɑrkə] *n.* ① 帶有兜帽的毛皮大衣. ②〖美〗有兜帽的防風雨短外衣.

複數 **parkas**

parking [`pɑrkɪŋ] *n.* 停車.
♦ **párking lòt**〖美〗停車場《〖英〗car park》.
párking mèter 停車計時器《安裝在路邊的計時器; 放入一定金額的硬幣後會顯示允許停車的時間, 如計時器顯示時間已到, 則視為違規停車》.

parley [`pɑrlɪ] *n.* ① 談判, 會談, (在戰場上進行的)和平談判.
——*v.* ② 談判, 會談, 進行和談.

範例 ① hold a **parley** with the enemy 與敵人進行和談.
a cease-fire **parley** 停火談判.
② **parley** with one's leaders for an exchange of prisoners 就交換俘虜問題與敵方的首領進行談判.

複數 **parleys**

活用 *v.* **parleys, parleyed, parleyed, parleying**

***parliament** [`pɑrləmənt] *n.* 議會, 國會《英國、義大利指國會時作 Parliament; 美國作 Congress, 日本作 the Diet; 略作 Parl.》.

範例 convene a **parliament** 召開議會.
dissolve a **parliament** 解散國會.
Parliament is now sitting. 國會正在開會當中.
The measure will have to go before **Parliament**. 那項法案必須經國會通過.

片語 **enter Parliament/go into Parliament**〖英〗成為下議院議員.

stand for Parliament〖英〗參加下議院議員競選.
♦ **the Hóuses of Pàrliament** (英國的) 議會《由上議院 (the House of Lords) 與下議院 (the House of Commons) 組成》.

字源 parliament 是「交談 (parlia)＋地方 (ment)」之意.

複數 **parliaments**

[the Houses of Parliament]

parliamentary [,pɑrlə`mɛntərɪ] *adj.* 議會的, 國會的, 由議會制定的: **parliamentary** government 議會政治.

***parlor** [`pɑrlɚ] *n.*〖美〗店, 店鋪.

範例 a beauty **parlor** 美容院.
an icecream **parlor** 冰淇淋店.
a funeral **parlor** 葬儀社.

參考〖英〗parlour.

複數 **parlors**

***parlour** [`pɑrlɚ]＝*n.*〖美〗parlor.

parochial [pə`rokɪəl] *adj.* ① 教區的. ② 只考慮地區事務的, 狹隘的: You still have **parochial** views. 你至今仍抱著狹隘的想法.
♦ **paróchial schòol**〖美〗教會學校《指天主教等宗教團體辦的中、小學》.

活用 *adj.* ② **more parochial, most parochial**

parochially [pə`rokɪəlɪ] *adv.* 狹隘地.

活用 *adv.* **more parochially, most parochially**

parody [`pærədɪ] *n.* ① (模仿名作家或音樂作品的) 諷刺詩文或音樂作品. ② 拙劣的模仿.
——*v.* ③ 模仿 (某作者或作品) 而作諷刺詩文, 拙劣地模仿: **parody** a style 拙劣地模仿某種文體.

複數 **parodies**

活用 *v.* **parodies, parodied, parodied, parodying**

parole [pə`rol] *n.* 誓言; 假釋.

片語 **on parole** 獲准假釋地.

複數 **paroles**

活用 *v.* **paroles, paroled, paroled, paroling**

parquet [pɑr`ke] *n.*〖美〗(劇場) 一樓正廳的座席.

parrot [`pærət] *n.* ① 鸚鵡《鸚鵡目之鳥類總稱, 是饒舌、溫順的象徵》. ② 應聲蟲, 人云亦云者, 學舌者.
——*v.* ③ 鸚鵡學舌, 機械性地模仿他人.

片語 *play the parrot* 模仿他人說話.

複數 **parrots**

活用 *v.* **parrots**, **parroted**, **parroted**, **parroting**

parry [`pærɪ] *v.* ① 擋開，閃避（攻擊、問題等），支吾其詞，搪塞.
——*n.* ② （對於攻擊、問題等的）擋開，閃避，支吾，搪塞.

範例 ① The robber tried to strike me, but I **parried** his blow. 那個搶匪想要打我，但是我避開了他的攻擊.

The actress **parried** an embarrassing question about her boyfriend. 那個女演員迴避了有關她男友的尷尬問題.

② I cannot put up with your poor **parry** any longer. 我再也不能忍受你那拙劣的搪塞之詞了.

活用 *v.* **parries**, **parried**, **parried**, **parrying**

複數 **parries**

parsley [`parslɪ] *n.* 荷蘭芹，香芹《水芹科植物》.

parsnip [`parsnəp] *n.* 防風草《水芹科栽培植物，根可供食用》，防風草的根.

複數 **parsnips**

parson [`parsn] *n.* 牧師，教區牧師《特指英國國教會、新教各派》.

複數 **parsons**

parsonage [`parsnɪdʒ] *n.* 教區牧師的住宅.

複數 **parsonages**

*part [part] *n.* ① 部分，片段，部.
——*v.* ② （使）分開，分手.

範例 ① This **part** of the school has been rebuilt. 學校的這一部分是重新改建的.

Which **part** of the town do you live in? 你住在鎮上的哪個地區?

He spent the latter **part** of his life travelling all over the world. 他用後半生的時間去環遊世界.

A cent is a 100th **part** of a dollar. 1美分是1美元的100分之1.

My dog is **part** Akita and **part** Shiba. 我的狗是秋田犬與柴犬的混血.

The second **part** of this drama will be more exciting than the first. 這齣戲劇的第二部一定會比第一部更有趣.

He is going to sing the bass **part** of this song. 他將演唱這首歌的低音部.

Audrey Hepburn played the **part** of the princess in *Roman Holiday*. 奧黛莉·赫本在《羅馬假期》中飾演公主的角色.

One of her ancestors played a leading **part** in this country's independence. 她的一位祖先是這個國家的獨立運動領導人物之一.

Lots of people took **part** in Children's Day activities. 許多人參加了兒童節的活動.

For my **part**, I would rather have remained behind. 就我個人而言，我不想太引人注意.

This story is, for the most **part**, dry and uninteresting. 這個故事大部分都很枯燥乏味.

The continuing recession is due in **part** to the exchange rate. 持續的不景氣部分是因為匯率造成的.

Out of concern on the **part** of the police, bomb-sniffing dogs were used. 根據警方的意見，炸彈偵察犬出動了.

John took what Mary said in good **part**. 約翰欣然接受瑪麗的話.

My dad always takes my brother's **part**. 我父親總是偏袒我弟弟.

② She kept sobbing after they **parted**. 他們分手之後，她不停地啜泣.

The clouds **parted** and the moonlight came through. 雲散去後，月光灑了下來.

I **parted** from my friend in front of the theater. 我在劇場前和朋友告別了.

The call to arms **parted** many from their families. 徵兵使得許多人被迫離開家人.

We **parted** company after dinner. 我們晚餐後就告別了.

The girl refused to **part** with her puppy. 那個女孩拒絕放棄她的小狗.

片語 *for my part* 就個人而言. (⇒ **範例** ①)

for the most part 大部分，大多，很大的程度上. (⇒ **範例** ①)

in part 部分地，有幾分. (⇒ **範例** ①)

on ~'s part/on the part of ~ 在~方面，~方面的. (⇒ **範例** ①)

part company ① 分手，告別，絕交. (⇒ **範例** ②) ② 意見不一致.

part of ~的一部分. (⇒ **範例** ①)

part with 與~分手，賣掉，放棄. (⇒ **範例** ②)

play a part 扮演角色，起作用. (⇒ **範例** ①)

take ~ in good part 欣然接受. (⇒ **範例** ①)

take part in 參與，參加. (⇒ **範例** ①)

take the part of ~/take ~'s part 袒護，偏袒. (⇒ **範例** ①)

♦ **pàrt of spéech** 詞類《將字按功能分類，共有名詞、代名詞、形容詞、動詞、副詞、介系詞、連接詞、感嘆詞等8種》.

複數 **parts**

活用 *v.* **parts**, **parted**, **parted**, **parting**

*partake [pə`tek] *v.* ①《正式》吃，喝; We are eating brunch; will you **partake**? 我們正在吃早午餐，你要不要吃一點? ② 參加，參與.

活用 *v.* **partakes**, **partook**, **partaken**, **partaking**

partaken [pə`tekən] *v.* partake 的過去分詞.

*partial [`parʃəl] *adj.* ① 一部分的，部分的，局部的. ② 不公平的，偏袒的，偏向一方的. ③ 偏愛的，特別喜歡的.

範例 ① I have made a **partial** payment on my new car. 我已經付了買新車的部分款項.

② Teachers should not be **partial** to any one of their students. 老師不應偏袒任何一個學生.

③ I'm very **partial** to fruit. 我特別喜歡吃水果.

活用 adj. ② ③ **more partial, most partial**

***partiality** [par`fæləti] n. ① 不公平，偏袒，偏向. ② 偏愛：He has a **partiality** for fast cars. 他偏愛速度快的車.

partially [`parʃəlı] adv. ① 部分地. ② 偏袒地.

活用 adv. ② **more partially, most partially**

participant [pa`tɪsəpənt] n. 參與者，參加者：There are more **participants** in this event than we expected. 這場比賽的參加者遠比我們預期的還要多.

複數 **participants**

***participate** [pa`tɪsə,pet] v. 參與，參加 (in).

範例 All nations should **participate** in the Earth Summit. 所有的國家都應該參加全球高峰會議.

Some popular singers **participated** in the charity concert. 有一些流行歌手參與這次慈善音樂會.

Professional athletes were allowed to **participate** in the 1992 Summer Olympics. 1992年的夏季奧運會允許職業運動員參賽.

活用 v. **participates, participated, participated, participating**

participation [pa,tɪsə`peʃən] n. 參與，參加.

範例 Many nations withdrew their **participation** in the Summer Olympics in Moscow, protesting the Russian invasion of Afghanistan. 許多國家為了抗議蘇聯入侵阿富汗，決定不參加在莫斯科所舉辦的夏季奧運會.

Many teachers' **participation** in this conference would be appreciated. 如果能邀請很多老師參加這個研討會就好了.

participle [`partəsəpl] n. 分詞《動詞的變化形態，可分成現在分詞與過去分詞；☞ (充電小站) (p. 925)》.

複數 **participles**

***particle** [`partɪkl] n. 微粒，粒子，微量.

範例 **Particles** of dust on the lens did not appreciably affect the photo. 沾在鏡頭上的灰塵微粒沒有對照片產生明顯的影響.

There is not a **particle** of originality in your report. 你的報告一點創意也沒有.

an elementary **particle** (物理學的)基本粒子.

複數 **particles**

***particular** [pa`tɪkjələ] adj. ① 獨特的，特有的，特定的，特殊的. ② 特別的，不尋常的. ③ 挑剔的，難以取悅的. ④ 詳盡的，詳細的. ——n. ⑤ 細節，詳情.

範例 ① Why did he use that **particular** machine? 為甚麼他要使用那臺特殊的機器呢？

I don't like his **particular** way of talking. 我不喜歡他特有的說話方式.

I have nothing **particular** to do today. 我今天沒有甚麼特別的事要做.

② Please pay **particular** attention to his advice. 請你要特別注意他的忠告.

③ He is very **particular** about his food. 他對食物非常挑剔.

④ I wrote down a **particular** account of the accident. 我寫了那起意外事故的詳細報告.

⑤ This translation is exact in every **particular**. 這篇譯文在每個細節處都寫得很精確.

I want to know the full **particulars** of her wedding. 我想知道有關她婚禮的詳情.

片語 **go into particulars** 詳細敘述，詳盡描述.

in particular 特別地，尤其：I like this book **in particular**, although the others are very interesting too. 雖然其他書也很有趣，但我特別喜歡這一本.

活用 adj. ③ ④ **more particular, most particular**

複數 **particulars**

***particularly** [pa`tɪkjələlı] adv. 特別地，尤其.

範例 This is a nice place to live, **particularly** in winter. 這裡很適合居住，尤其是冬天.

"Are you fond of classical music?" "No, not **particularly**." 「你喜歡古典音樂嗎？」「不，不怎麼喜歡.」

活用 adv. **more particularly, most particularly**

parting [`partɪŋ] n. ① 分別，離別. ② 分岔點，分界處〔點〕. ③ (頭髮的)分邊線. ——adj. ④ 離別的，臨別的.

範例 ① Doug and Ann's **parting** was full of tears. 道格與安在嗚咽中離別.

② the **parting** of the Tamshui River 淡水河的分岔點.

④ **parting** word 臨別的話.

片語 **the parting of the ways** 分歧點：Our relationship has reached **the parting of the ways**. 我們之間的關係到了該結束的時候.

複數 **partings**

partisan [`partəzn] n. ① (對主義、黨派、信念等的)強硬支持者，同志. ② 游擊隊員《武裝起來進行戰鬥的民眾》. ——adj. ③ (對特定的主義、黨派、人等的)堅決支持的，偏袒的，偏向的.

參考 亦作 partizan.

複數 **partisans**

活用 adj. **more partisan, most partisan**

partition [pa`tɪʃən] n. ① 隔牆，隔板. ② 分割，分割而成的部分. ——v. ③ 分割，隔開，將全部分成數個部分.

範例 ① We divided the room in two with a glass **partition**. 我們用玻璃隔牆將那個房間分成兩個部分.

② In the end the three major powers agreed on a **partition** of the region into 3 zones. 最後那3個大國決議將該地區分割成3個區域.

③ The janitor **partitioned** the conference room. 那個管理人員就將會議室區隔開來.

複數 **partitions**

「分詞構句」的複雜性

【Q】有一個將Living near the school, I go there by bike. 代換成Because I live near the school, I go there by bike. 的問題。如果寫成 Though I live near the school, ... 是否可以呢?

【A】Living near the school, I go there by bike. 這個句子既可表示 Because I live near the school, ... 也可表示 Though I live near the school, ..., 但兩者意思不同。看似簡單的代換問題,其實是頗令人頭疼的。

像Living near the school, I go there by bike. 這樣的表達方式稱為「分詞構句」。但此種表達方式絕不是為作為代換問題而存在的。

Living 表示「居住的狀態」。因此, Living near the school, I go there by bike. 一句表示「我住在學校附近,我騎自行車上學」的意思。這種說法總讓人覺得有些語意不明。的確,這種說法確實是有些曖昧不明。如果沒有「因為我住在學校附近」或「雖然我住在學校附近」這樣的前後關係,意義就不明確。前後關係不清卻硬要人去做代換是沒有任何意義的。這是由於語言會因表達方式不同,意義就不一樣的緣故。

我們再看一下其他範例:
She said good-bye, waving her hand.
「她揮手說再見」即「她一邊揮手一邊說再見」的意思。那麼,為了更明確地表示 waving her hand 的部分,是否可以用 because 和 though 來代換呢?似乎不可以。那用 while 怎麼樣?
She said good-bye, while she waved her hand.
這樣意思就變成「她揮手的時候說再見」,意思似乎有些不通。看來不能這樣代換。

【活用】 v. **partitions**, **partitioned**, **partitioned**, **partitioning**

partizan [`pɑrtəzn] =n., adj. partisan.

*__partly__ [`pɑrtlɪ] adv. 部分地,有幾分地,某種程度上: He is **partly** to blame. 他在某種程度上應該受到責備。

partner [`pɑrtnɚ] n. ① 合夥人,合作者,合股人〔一起做事的夥伴〕。
—— v. ② 與~合作〔合夥〕,做~的夥伴,做~的搭檔

【範例】① Quickly, everyone, find your dance **partner**. 各位,請儘快找到自己的舞伴。
Bonnie and Clyde were infamous **partners** in crime. 邦妮和克萊德是惡名昭彰的犯罪夥伴。
Brian was made a full-fledged **partner** in the law firm. 布萊恩成為那家法律事務所具有充分資格的合夥人。
② John **partnered** Mary in tennis. 約翰與瑪麗搭檔打網球。
Steve was **partnered** up with Ben. 史蒂夫與班成了合作夥伴。

【片語】 **partner up** 使成為夥伴〔搭檔〕. (⇨ 範例②)

【複數】 **partners**
【活用】 v. **partners**, **partnered**, **partnered**, **partnering**

partnership [`pɑrtnɚʃɪp] n. 合夥關係,合作關係,合作,合股,合營公司。
【範例】 The **partnership** between Toyota and GM is running smoothly, I hear. 我聽說豐田公司與通用汽車公司有良好的合作關係。
We founded this charity in **partnership** with IBM. 這個慈善事業是我們與 IBM 共同設立的。

【片語】 **in partnership with** 與~合作〔合夥〕. (⇨ 範例)

partook [pɚ`tuk] v. partake 的過去式。

partridge [`pɑrtrɪdʒ] n. 松雞,鷓鴣《雉科獵鳥》。

【複數】 partridges/partridge

*__part-time__ [ˌpɑrt`taɪm] adj. ① 按鐘點的,非全日的,兼職的。
—— adv. ② 按鐘點地,非全日地,兼職地。

[partridge]

【範例】 ① Margaret is my **part-time** secretary. 瑪格麗特是我的兼職祕書。
I'm looking for a **part-time** job. 我正在找兼差的工作。
② Half of the women here work **part-time**. 這裡的婦女有一半是在兼差。
☞ full-time (全日的,專職的;按全日地,專職地)

*__party__ [`pɑrtɪ] n. ① 集會,聚會,宴會,晚會。② 政黨,團體,一夥人。③ 當事人。
【範例】 ① a birthday **party** 生日宴會。
We have a **party** next Sunday. 我們下星期日要舉辦晚會。
② The socialist **parties** seem to be losing support in almost all the developed countries. 社會黨在已開發國家似乎已失去了人們的支持。
He is one of the **party** leaders. 他是那個政黨的領導人之一。
an opposition **party** 在野黨,反對黨。
the ruling **party**/the government **party** 執政黨。
③ A **party** of tourists came into the cathedral. 一群遊客進入了那座大教堂。
He is a member of the rescue **party**. 他是救難隊的成員。
④ The two **parties** are going to have peace talks. 兩造當事人決定進行和談。

【複數】 parties

*__pass__ [pæs] v.

原義	層面	釋義	範例
（使）通過	人，事物	（使）通過，經過，超過，過去，走過	①
		交，交給，被交給，轉移	②
	時間	度過	③
	話語	說，宣告	④

——*n.* ⑤ 通過. ⑥ 許可，許可證，通行證，入場券. ⑦（球等的）傳球. ⑧ 山路，山上的隘口.

範例 ① We counted the railroad cars as they **passed**. 每次有火車通過時我們就數車廂數.
Shoppers **passed** from counter to counter. 來購物的顧客經過一個又一個櫃檯.
The truck **passed** us. 那輛卡車從我們面前經過.
Most buses to the airport **pass** by the baseball stadium. 去機場的公車大多數都要經過那個棒球場.
The parade **passed** along Fifth Avenue. 遊行隊伍通過了第五大道.
Pass the cord through the hole to the other side. 把細繩從那個孔穿到另一個側.
This would **pass** even Einstein's comprehension. 這（種事）連愛因斯坦也無法理解.
The Lower House **passed** the tax bill. 下議院通過了那項稅務法案.
The bank **passed** my application for a loan. 那家銀行同意我的貸款申請了.
I **passed** my entrance examination. 我通過了入學考試.
Too much time had **passed** since they last spoke. 他們很久沒講話了.
The storm finally **passed**. 那場暴風雨終於過去了.
The rain **passed** off. 雨停了.
The concert should **pass** off smoothly with all this extra security. 有這些加強的安全警備措施，音樂會肯定能順利地進行.
Our old friend **passed** away. 我們的老朋友去世了.
Daly **passed** on during the night. 戴利在那天夜裡去世了.
② **Pass** this money over the counter. 請將這些錢交到櫃檯.
Could you **pass** on a message to the director? 我可以請你向局長轉達我的留言嗎?
These assignments will be **passed** out at the end of class. 這些作業會在下課前發給大家.
The quarterback managed to **pass** the ball to number 61. 那個四分衛總算順利地把球傳給了61號.
The evening glow soon **passed** from orange to deep purple. 晚霞很快就從橙色變成了深紫色.

The fortune **passed** into Paul's hands. 那筆財產轉移到了保羅手中.
The tradition is **passed** down from generation to generation. 這個傳統是世代相傳的.
③ They **passed** several hours on the beach. 他們在海邊度過了好幾個小時.
④ Who **passed** that rude remarks? 到底是誰說了那麼沒禮貌的話?
The judge **passed** judgement on the convicted felon. 法官向那個被判有罪的重刑犯宣告了判決.
⑤ The plane made a couple of **passes** over the airfield; then it landed. 那架飛機在通過機場上空兩次之後降落了.
There were three **passes** and seven fails. 有3個人合格，7個人不合格.
⑥ No **pass**, no admission. 無通行證者禁止入內.
I won two **passes** to the concert. 我得到了兩張那場音樂會的（免費）入場券.
⑦ Number 42, Alan Gates, made a **pass** to the forward. 42號的艾倫·蓋茲將球傳給了前鋒.
⑧ Let's head them off at the **pass**. 我們就去山入隘口逮住他們吧.

片語 ***make a pass at*** （特指男子）甜言蜜語地勾引.
pass away 終止，消失，死，去世.（⇨ 範例 ①）
pass by ① 通過旁邊，超過，經過，通過.（⇨ 範例 ①）② 漠視，忽視，不理會，放過: The town council chose to **pass** it **by**. 鎮議會決定不理會此事.
pass for/pass as 被當作，被誤以為是: This actor could **pass for** a high school kid. 那個演員很可能被當作一個念中學的小毛頭.
pass off ① 停止，結束，消失.（⇨ 範例 ①）② 經過，（事物）順利地進行.（⇨ 範例 ①）③ 使通過，冒充，矇騙: Mary is trying to **pass** herself **off** as a victim of the whole affair. 瑪麗硬說她是整個事件中的受害者.
pass on ① 傳給，傳達，交給.（⇨ 範例 ②）② 去世，死亡.（⇨ 範例 ①）
pass out ① 昏過去，失去知覺: The heat down in the subway has caused 3 people to **pass out**. 有3個人由於地鐵內的熱度而昏了過去. ② 分發，交給.（⇨ 範例 ②）
pass over 忽視，不理會，放過: We cannot **pass over** his remark. 我們不能忽視他的意見.
pass up 錯過，放棄，拒絕: Who was it who **passed up** the throne to marry an American divorcee? 是誰為了與一個離了婚的美國女子結婚而放棄了王位?《答案是英國國王愛德華八世，他為了和兩度離婚的美國女子辛普森女士結婚而放棄了王位，被封為溫莎公爵 (Duke of Windsor)》

活用 *v.* passes, passed, passed, passing
複數 passes

*****passable** [`pæsəbl] *adj.* ①（路或河）可通行

的，可渡過的．② 還好的，還不錯的．
[範例] ① The mountain roads are not **passable**
during winter. 那些山路冬天無法通行．
② The food here isn't great, but it's **passable**.
這裡的食物雖非特別可口，但還不錯．
☞ ① ↔ impassable
[活用] adj. ② more passable, most passable

*****passage** [`pæsɪdʒ] n. ① 通道，走廊．② 通行，
通過，經過．③ 旅行．④（文章或樂曲的）一
節，一段．
[範例] ① My room is just along the **passage**. 我
的房間正好在走廊邊上．
② **Passage** through the crowd proved difficult.
要穿過擁擠的人群可真不容易．
The **passage** of the bill surprised all of us. 我
們都對那項提案的通過感到很驚訝．
③ We had a pleasant **passage** on the ship. 我
們乘船作了一次愉快的旅行．
④ The kidnapper read a **passage** from *the
Bible* before he killed the boy. 綁匪在殺害那
個男孩之前讀了一段《聖經》．
[複數] **passages**

passageway [`pæsɪdʒ,we] n. 通道，走廊《亦
作 corridor》．
[複數] **passageways**

passé [pæ`se] adj. 過時的，舊式的: Those
fashions are so **passé**; how can you wear
them? 那些款式已經過時了，你怎麼能穿呢?
[活用] adj. more passé, most passé

*****passenger** [`pæsṇdʒɚ] n. ① 乘客，旅客．②
〖英〗（團體、組織中）不做事的人，冗員．
[範例] ① a **passenger** boat 客船．
② There are no **passengers** here, my son.
Everyone does his fair share of work. 我的孩
子，這裡可沒有閒人．每個人都在做他們分
內的工作．
[複數] **passengers**

*****passer-by** [`pæsɚ`baɪ] n. 行人，過路人．
[複數] **passers-by**

*****passion** [`pæʃən] n. ① 熱情，激情．② 暴怒，
盛怒．③ 情慾．④〔the P~〕（基督的）受難和
死亡．
[範例] ① John has a **passion** for music. 約翰熱
愛音樂．
Billy could not control his **passion**. 比利無法
控制住自己的激情．
② Jane's letter put me into a **passion**. 珍的信
使我十分憤怒．
♦ **Pássion plày**（基督的）受難劇．
Pàssion Súnday 耶穌受難日《復活節前兩
週的星期天》．
Pássion Wèek 受難週《從 Passion Sunday
開始的一週; 亦作 Holy week》．

*****passionate** [`pæʃənɪt] adj. ① 熱情洋溢的，
充滿激情的，熱烈的．② 易發怒的，性情暴
躁的．
[範例] ① John's **passionate** speech moved the
audience very much. 約翰熱情洋溢的演講深
深地感動了聽眾．

Fred is a **passionate** conductor. 佛瑞德是一
位熱情奔放的指揮家．
[活用] adj. more passionate, most
passionate

passionately [`pæʃənɪtlɪ] adv. ① 深情地，
熱情地，熱烈地: Michael played the sonata
very **passionately**. 麥克深情地彈奏了那支
奏鳴曲．② 勃然大怒地．
[活用] adv. more passionately, most
passionately

*****passive** [`pæsɪv] adj. ① 消極的，被動的，順從
的．
—— n. 〔the ~〕被動語態《亦作 passive
voice; ☞（充電小站）(p. 929)》．
[範例] ① Chinese students are more **passive** in
class than American students. 課堂上中國學
生比美國學生被動．
We had a **passive** audience for the last
concert. 上次音樂會的聽眾沒有任何反應．
His face showed **passive** obedience. 他的臉
上表現出被動的服從．
[參考] ② 下面的句子就是被動語態: He was
scolded severely by the teacher.（他被老師狠
狠地訓了一頓．）
☞ active（主動的，積極的）
♦ **pàssive smóking** 被動吸菸《被動地吸入二
手菸》．
the pàssive vóice 被動語態．
[活用] adj. more passive, most passive

passively [`pæsɪvlɪ] adv. 消極地，被動地，順
從地: The House of Councilors **passively**
passed every bill that had been passed by the
House of Representatives. 參議院原封不動
地通過了眾議院通過的所有法案．
[活用] adv. more passively, most passively

passiveness [`pæsɪvnɪs] n. 消極性，被動性:
We cannot stand the **passiveness** of the
government any more. 我們已經無法忍受政
府的消極被動．

Passover [`pæs,ovɚ] n. 踰越節《猶太教紀念
自己的祖先逃離埃及而獲得自由的節日》．

*****passport** [`pæs,port] n. 護照，通行證; 手段．
[範例] get a **passport** 獲得護照．
When did you apply for a **passport**? 你是甚麼
時候申請護照的?
She thought that money was a **passport** to
happiness. 她認為錢才是獲得幸福的手段．
[複數] **passports**

password [`pæs,wɝd] n. ①（夥伴間祕密商定
的）口令．②（電腦的）密碼，指令．
[複數] **passwords**

*****past** [pæst] adj. ① 過去的，早已過去的，以
前的．② 剛過去的，不久之前的，前任的．
—— prep.，adv. ③ 超過，通過，越過．
—— n. ④ 過去，往事．⑤ 過去式《亦作 past
tense; ☞（充電小站）(p. 929)》．
[範例] ① He apologized for his **past** remarks. 他
為他以前的言論道歉．

The time for talking about it is **past**. 談論那件事的時機早已過去了。

In the sentence "She took it," the verb is in the **past** tense. "She took it," 這個句子中的動詞用的是過去式。

② I've been sick for the **past** week. 我上週一直覺得不舒服。

I am a **past** president of the club. 我是那個俱樂部的前任會長。

③ It's **past** seven o'clock. 現在已經超過7點了。

The river flows **past** the city. 那條河流經該城市。

That level of geometry would be **past** the comprehension of a 6th grader. 那種程度的幾何學恐怕超過了六年級學生的理解能力。

The parade marched **past**. 那個遊行隊伍走了過去。

④ In the **past** people walked in straw sandals or went barefoot. 過去,人們穿著草鞋或是光著腳走路。

⑤ The **past** of the verb "make" is "made". make 的過去式是 made。

♦ **pàst párticiple** 過去分詞《動詞的變化形態之一;☞ 充電小站 (p. 931)》。

pàst pérfect 過去完成式《〈had＋過去分詞〉的表達方式;亦作 the past perfect tense》。

pàst ténse 過去式《用於敘述過去的動詞形態,亦作 past》。

☞ present (現在)、future (未來)。

複數 **pasts**

pasta [`pɑstə] n. 義大利麵食《如義大利麵、通心粉》。

複數 **pastas**

*****paste** [pest] n. ① 漿糊。② 麵糰;醬。

——v. ③ 用漿糊黏貼。

範例 ① Use some **paste**. 用些漿糊。

② chili **paste** 辣椒醬。

③ She **pasted** paper on the wall. 她用漿糊把紙黏在牆上。

複數 **pastes**

活用 v. pastes, pasted, pasted, pasting

pastel [pæs`tɛl] n. ① 粉蠟筆。② 粉蠟筆畫;輕淡色彩: a **pastel** portrait 粉蠟筆肖像畫。

複數 **pastels**

pasteurisation [ˌpæstərə`zeʃən] =n. 《美》 pasteurization.

pasteurise [`pæstəˌraɪz] =v. 《美》 pasteurize.

pasteurization [ˌpæstərə`zeʃən] n. (巴斯德發明的)低溫殺菌法。

參考 《英》 pasteurisation.

pasteurize [`pæstəˌraɪz] v. 進行低溫殺菌。

參考 《英》 pasteurise.

活用 v. pasteurizes, pasteurized, pasteurizing

pastille [pæ`stil] n. 糖錠。

複數 **pastilles**

*****pastime** [`pæsˌtaɪm] n. 消遣,娛樂,嗜好: His only **pastime** is reading. 他唯一的娛樂是讀書。

複數 **pastimes**

pastor [`pæstɚ] n. 牧師《《英》指非國教會或非天主教的牧師》。

複數 **pastors**

*****pastoral** [`pæstərəl] adj. ① 田園生活的,田園的: Beethoven's sixth symphony is called the **Pastoral** Symphony. 貝多芬的第六交響曲被稱作田園交響曲。② 適於畜牧的。③ 牧師的。

——n. ④ 牧歌,田園詩。

字源 拉丁語的 pāstrāl (牧羊人的)。牧師的工作是將基督徒引領至神的面前,而由於基督徒被喻作羊,所以牧師好比是牧羊人,因而產生了③的意義。

活用 adj. more pastoral, most pastoral

複數 **pastorals**

pastry [`pestrɪ] n. ① (用油、麵粉等做成的)酥皮。② 酥皮點心。

複數 **pastries**

*****pasture** [`pæstʃɚ] n. ① 牧草;牧場。

——v. ② 放牧。③ 吃草。

範例 ① The cattle are out in the **pasture**. 那些牛在牧場上。

② They are **pasturing** their sheep on the hill. 他們在山丘上放羊。

複數 **pastures**

活用 v. pastures, pastured, pastured, pasturing

pasty [adj. `pestɪ; n. `pæstɪ] adj. ① 蒼白的,無血色的: The boy always has a **pasty** complexion. 那個男孩的臉色總是蒼白的。② 漿糊似的,黏糊糊的。

——n. ③ 《英》餡餅《以肉、蔬菜、乳酪等為餡》。

活用 adj. pastier, pastiest

複數 **pasties**

*****pat** [pæt] v. ① 輕拍。

——n. ② 輕拍。③ 輕拍聲。④ 小塊。

——adj. ⑤ 適當的,適時的。

——adv. ⑥ 適當地,及時地,立即。

範例 ① Someone **patted** me on the shoulder. 有人輕拍了我的肩膀。

② The girl gave the cat a **pat**. 那個女孩輕拍那隻貓。

④ Put the **pats** of dough on a baking tray. 把麵糰放在烤盤上。

⑤ Tom gave a **pat** reply to the question. 湯姆對那個問題做了適當的回答。

⑥ Susan knows the song **pat**. 蘇珊完全記住那首歌。

片語 have ～ down pat/have ～ off pat/have ～ pat/know ～ off pat/know ～ pat 完全記住。(⇨ 範例 ⑥)

活用 v. pats, patted, patted, patting

複數 **pats**

patch [pætʃ] n. ① 補釘,補片;眼罩。② 碎片,斑點。③ 一小塊地。

——v. ④ 補綴;縫補。

範例 ① a coat with **patches** on the elbows 肘部有補釘的夾克。

———— 充電小站

被動語態 (passive voice)

【Q】若把 All the students respect that teacher. 改寫成 That teacher is respected by all the students. 請問這兩句話的意思完全一樣嗎？
【A】語言的表達方式不同則意思就不一樣。因此，這兩句話的意思當然不同。

All the students respect that teacher. 意思是「所有學生都尊敬的是那位老師」，為強調 that teacher 的表達方式。

相反地，That teacher is respected by all the students. 意思是「那位老師受到所有學生的尊敬」，by all the students 是特地想做新的附加說明的部分。

下面是不能做簡單代換的例子：
A beaver builds a dam.
「海狸是會築水壩的動物」，這是就海狸的習性下定義的句子。
A dam is built by a beaver.
「水壩是由海狸所築的」，是就水壩下定義的句子，但是這個定義句的內容不符合實際，因為

水壩未必都是由海狸築的。水壩的定義可以說成：
A dam is a wall or bank built to keep back water.
下面再舉一個例子：
I saw a big parade. The parade was led by a horse. The horse was white.
（我看到了一個盛大的遊行隊伍。走在遊行隊伍最前面的是一匹馬。那匹馬是白色的。）
每句話的末尾都提供了新的訊息。
我們再把第二句話改寫成非被動語態來看看。
I saw a big parade. A horse led the parade. The horse was white.
第二個句子是說「一匹馬走在遊行隊伍的最前面」，即新的訊息在句子的前面。這在英語裡面是不自然的，是有點彆扭的句子。為了強調「一匹馬」的部分必須以重音來讀A horse.

從以上的例子不難看出，為了表達某一事物有時應該用被動語態，有時則不能用被動語態。

———— 充電小站

表達「距離感」的「過去式」

【Q】母親對孩子說「你該睡覺了」，這句話用英語說是
It is time you went to bed.
本來是「從現在起你該睡覺了」，可是為甚麼要用過去式的 went 呢？
【A】這是個很有道理的問題。一般來說，went 是用於像下面 (1) 句那樣敘述過去的事。
(1) You went to bed at 10:00 last night.
「你昨晚10點睡覺。」
現在把問題中出現的句子當作 (2) 句。
(2) It is time you went to bed.
「你該睡覺了。」
到底 (1) 句中的 went 與 (2) 句中的 went 之間有甚麼關聯呢？兩個 went 的共同點又是甚麼呢？
那就是與現實的「距離」。
(1) 句中的 went 表示時間上與現實的「距離」，即表示過去。時間上與現實的「距離」必須是朝過去的方向，因為這裡並沒有任何表示「未來」的字眼。
另一方面，(2) 句中的 went 是表示心情上的與現實的「距離」。讓我們來考慮一下母親對孩子說 (2) 句時的情形。母親希望孩子上床睡覺，可是孩子卻還貪玩，所以她帶著「平常這時候他已經睡了」的想法，說 It is time you went to

bed.
You go to bed at 10:00.
↓
You went to bed at 10:00 last night.
↓
It is 10:00.
↓
It is time you went to bed.
went 一直被稱作「過去式」。可是，如果過於拘泥於「過去」的話就無法理解像 (2) 句那樣的句子。因此，是否可以把它理解為「距離感的過去式」呢？
讓我們以「距離」這種理解方式來重新檢視過去一直被稱作與現在事實相反的假設語氣句子。
If I were you, I would try again.
If I were you, 中用 were 來表達「我若是你的話」，這與事實相反，即和現實有距離的狀態。
I would try again. 表示「我會再試一次」，即表示意志，這個意志帶有「我若是你的話」這個「距離」條件。因此不用 will 而是用 would。
I wish I could speak Chinese.
句中以 could 表示「不會說中文」的事實，與心裡希望「如果會說一定很有意思」這兩者之間的「距離」。

P

He wears a **patch** over his right eye. 他右眼戴著眼罩。
② a cat with a white **patch** on its neck 頸部有一塊白色斑點的貓。
④ I'm sorry I didn't have time to **patch** the hole

in your jeans. 對不起，我沒有時間幫你補牛仔褲上的洞。
patch bits of cloth together 拼補布片。
patch a fence 修補圍牆。
[片語] **be not a patch on** 比不上，遠不如：I

am not a patch on you at golf. 打高爾夫球我遠不如你.

in patches 有些部分: This poem is good **in patches**, but I don't like all of it. 這首詩有些部分還不錯, 但整體上我並不喜歡.

patch up ① 修補: Jane wore her favorite pair of **patched up** blue jeans. 珍穿著那條她最喜歡的帶補叮藍色牛仔褲. ② 修理, 治傷: Go **patch up** that leaky roof now. 快去修理那漏水的屋頂. ③ 平息 (爭吵); 協調: Have they **patched up** their quarrel yet? 他們停止爭吵了嗎?

strike a bad patch 《口語》『英』倒楣, 遭到不幸.

〔複〕 **patches**

〔活用〕 v. **patches**, **patched**, **patched**, **patching**

patchwork [`pætʃ,wɜ˞k] n. (用雜色布片拼綴而成的) 拼綴物: A **patchwork** of farms graces the local landscape. 由不同顏色拼綴而成的農田為當地的景色增添光彩.

〔複〕 **patchworks**

pate [pet] n. 頭頂, 頭: a bald **pate** 禿頭.

〔複〕 **pates**

*****patent** [`pætnt] n. ① 專利, 專利權; 專利品.
——adj. ② 專利的, 明顯的.
——v. ③ 取得專利.

〔範例〕 ① He got a **patent** for his invention. 他的發明得到了專利.
He didn't know his **patent** would run out the next month. 他不知道自己的專利權下個月就要失效了.
② **patent** medicine 專利藥品.
It's **patent** that dogs like chasing cats. 狗喜歡追貓是很明顯的.
③ When was this device first **patented**? 這項發明最初取得專利是甚麼時候?

♦ **pàtent léather** (黑色的) 漆皮.

〔複〕 **patents**

〔活用〕 v. **patents**, **patented**, **patented**, **patenting**

patently [`petntlɪ] adv. 明顯地, 顯然地: He was **patently** lying. 他顯然在說謊.

*****paternal** [pə`tɜ˞nl] adj. ① 父親的, 像父親的. ② 溫情主義的. ③ 父系的, 父方的.

〔範例〕 ② **paternal** love 父愛.
③ My **paternal** grandmother was a singer. 我的奶奶曾經是一位歌手.

〔活用〕 adj. ① ② **more paternal**, **most paternal**

paternally [pə`tɜ˞nlɪ] adv. 像父親似地, 父親般地.

〔活用〕 adv. **more paternally**, **most paternally**

paternity [pə`tɜ˞nətɪ] n. 父道; 父性; 父系.

*****path** [pæθ] n. ① 小路, 小道. ② 通道, 路線.

〔範例〕 ① a garden **path** 庭院裡的小路.
Drug use is a **path** to self-destruction. 吸食毒品是自取滅亡.
② If someone gets in your **path**, politely ask

them to step aside. 如果有人擋住了你的路, 你應該客氣地請他們讓開.
Their flight **path** will take them directly overhead. 他們的飛機航線將搭載他們直入雲霄.

〔複〕 **paths**

*****pathetic** [pə`θɛtɪk] adj. ① 可憐的, 令人難過的. ② 拙劣的.

〔範例〕 ① The dog gave a long **pathetic** cry. 那狗不停地發出哀鳴.
② Chris made a stupid **pathetic** joke. 克里斯出了一個既愚蠢又拙劣的玩笑.

〔活用〕 adj. **more pathetic**, **most pathetic**

pathetically [pə`θɛtɪklɪ] adv. 可憐地, 悲慘地.

〔活用〕 adv. **more pathetically**, **most pathetically**

pathologist [pæ`θɑlədʒɪst] n. 病理學家.

〔複〕 **pathologists**

pathology [pæ`θɑlədʒɪ] n. 病理學《研究疾病的原因及發展過程》.

*****pathos** [`peθɑs] n. 哀傷, 悲愴: The music is full of **pathos**. 那支樂曲充滿了悲愴性.

pathway [`pæθ,we] n. 小路, 小徑, 人行道《亦作 path》: They walked along the garden **pathway**. 他們沿著庭院的小路走去.

〔複〕 **pathways**

*****patience** [`peʃəns] n. ① 耐性, 耐心, 忍受, 容忍. ② 一種單人玩的紙牌遊戲《亦作 solitaire》.

〔範例〕 ① **Patience** is the best remedy./**Patience** is the best medicine. 《諺語》忍耐是最好的藥.
I have no **patience** with my nosy neighbors. 我無法忍受那些愛管閒事的鄰居.
I am out of **patience** with what you are doing./ I have no **patience** with what you are doing. 我無法容忍你的所作所為.
He is a man of great **patience**. 他是一個很有耐心的人.
She worked with **patience**. 她工作很有耐心.

*****patient** [`peʃənt] adj. ① 忍耐的, 有耐性的, 耐心的.
——n. ② 病人.

〔範例〕 ① Be **patient** with your wife. 對你太太要有耐性.
② The doctor examined the **patient**. 醫生給病人看病.

〔活用〕 adj. **more patient**, **most patient**

〔複〕 **patients**

patiently [`peʃəntlɪ] adv. 有耐性地, 耐心地: Jack waited for Jane **patiently**. 傑克耐心地等待珍.

〔活用〕 adv. **more patiently**, **most patiently**

patio [`patɪ,o] n. ① 陽臺. ② 內院, 天井.

〔複〕 **patios**

[patio]

———— 充電小站 ————

過去分詞 (past participle)

【Q】written 是 write 的過去分詞, 而 wrote 是過去式, 這裡就有了一個問題, 就是 written 與 wrote 有甚麼關係呢? 因為兩者都帶有「過去」一詞。

【A】英語中動詞變化形態共有6種, write 的變化如下:

原形	現在式	過去式	過去分詞	現在分詞
write	write writes	wrote	written	writing

▶ do, does, did, ing 的作用

我們先來看現在式的 write, 這個 write 實際上是由原形的 write 與 do 一起構成的, 即 do+write → write。另外, writes 為 does+write → writes。過去式即 did+write → wrote, 並且在疑問句和否定句時, 其 do, does 及 did 分開成 Do you write poems? (你作詩嗎?) 或 Does she write poems? (她作詩嗎?) 或 I did not write that letter. (我沒有寫那封信。) 的形式。

現在分詞由原形加 ing 而成。writing 表示「正在寫, 正在寫的時候」, 現在分詞與 do, does 及 did 無關。

▶「過去分詞」這一說法

過去分詞雖用了「過去」一詞但與 did 無關, 實際上該給過去分詞起個甚麼名稱呢, 許多文法學家傷透了腦筋, 這是因為過去分詞兼有「完成」與「被動」兩方面的含義。如果只表示「完成」的話, 可以稱之為「過去分詞」, 但是因其又有「被動」的意思, 所以也有學者稱之為「完成被動分詞」。尤其令人頭痛的是「完成」與「被動」的意思並非同樣各占50%, 而是有時側重「完成」, 有時側重「被動」, 因此過去分詞有「被寫, 正在被寫, 寫了或寫著」等意思。

另外, 雖然過去分詞這一名稱有上述問題, 但本辭典仍然使用人們常使用的「過去分詞」這一說法。所謂「分詞」就是「原本是動詞但也有形容詞功能的字」。

下面讓我們將「現在分詞」與「過去分詞」作一下比較, 我們以 boil 為例。

boiled water 意為「被燒開了的水」。
boiling water 意為「正燒開的水」。

▶「過去式」與「過去分詞」

過去分詞這一說法還有一個麻煩的問題, 這問題不在 written, 而在 painted。written 的過去式是 did+write → wrote, 拼法與發音都不一樣, 所以可以立刻看明白 (或聽明白)。與此相反, painted 的過去式與過去分詞的拼法和發音完全一樣。下面我們做成與 write 同樣的表來看一下。

原形	現在式	過去式	過去分詞	現在分詞
paint	paint paints	painted	painted	painting

只看 painted 絕對看不出它是否加入了 did。那麼是不是任何時候都不可能加以區分呢? 情況並非如此, 我們可以根據它放在句子中的甚麼位置來分辨。

下面來說明一下使用「過去分詞」的主要場合:

(1) 用在名詞之後: This is a painting **painted** by Van Gogh. (這是梵谷畫的畫。)《用於名詞 painting 之後, 另外, 這個 painting 不是現在分詞, 而是由現在分詞發展而成的名詞》

(2) 與 is, am, are, was, were, be, been, being 等搭配使用: This painting was **painted** by van Gogh. (這幅畫是梵谷畫的。)《與 was 搭配》

(3) 與 has, have, had, having 等搭配: He has **painted** three paintings. (他畫了3幅畫。)《與 has 搭配, 強調「完成」之意》

(4) 用於分詞構句 (根據例句的具體情況使用 filled「被充滿, 充滿了, 滿著」, 不用 did+fill → filled, 而是用 filled): **Filled** with anger, he dashed out of the room. (他勃然大怒, 衝出了房間。)《Filled with anger 是分詞構句》

與 (1) 的名詞直接搭配時, 有時不是用於名詞之後, 而是用於名詞之前: I ate two **boiled** eggs for breakfast. (我早餐吃了兩個水煮蛋。) 這個 boiled 與 did+boil → boiled 不一樣。

另外, 過去分詞被用於名詞之前的例子不多。

---

patriarch [`petrɪˌɑrk] n. ① 家長, 族長, 長老. ② (早期基督教會的) 主教, (羅馬天主教的) 大主教《地位僅次於羅馬教宗 (the Pope)》.
複數 **patriarchs**

patriarchal [ˌpetrɪˈɑrkl] adj. 家長的, 族長的, 父權制度的, 男人統治下的.
活用 adj. **more patriarchal, most patriarchal**

patrician [pəˈtrɪʃən] n. ① 貴族.
—adj. ② 貴族的, 貴族似的: a **patrician** manner 貴族似的舉止.
複數 **patricians**

活用 adj. **more patrician, most patrician**

*__patriot__ [`petrɪət] n. 愛國者.
複數 **patriots**

*__patriotic__ [ˌpetrɪˈɑtɪk] adj. 有愛國心的, 愛國的.
活用 adj. **more patriotic, most patriotic**

*__patriotism__ [`petrɪˌtɪzəm] n. 愛國心.

patrol [pəˈtrol] n. ① 巡邏, 巡查: Officer Smith is on **patrol** now. 史密斯警員現在正在巡邏. ② 巡邏隊, 巡邏者. ③ (童子軍的) 小隊.
—v. ④ 巡邏, 巡查.
複數 **patrols**

[活用] v. **patrols**, **patrolled**, **patrolled**, **patrolling**

*__patron__ [`petrən] n. ① 贊助人，保護人. ② 主顧，顧客.

[範例] ① Mr. Baker is known as a **patron** of the arts. 貝克先生是一個有名的藝術贊助人.
② The President is one of our regular **patrons**. 那位總統是我們的老主顧之一.

◆ **pàtron sáint** 守護聖徒，守護神《基督教中保護人、城市又國家的聖徒，如愛爾蘭的 St. Patrick，英格蘭的 St. George》.

[複數] **patrons**

*__patronage__ [`petrənɪdʒ] n. ① 資助，贊助，惠顧，光顧. ② 常客，老主顧.

patronize [`petrən͵aɪz] v. ① 資助，贊助，惠顧，光顧. ② 以施恩的態度對待.

[參考] [英] patron se.

[活用] v. **patronizes**, **patronized**, **patronized**, **patronizing**

patter [`pætə] v. ① 發出啪嗒啪嗒〔嘩啦嘩啦〕的聲音.
——n. ② 啪嗒啪嗒〔嘩啦嘩啦〕的聲音. ③ 行話.

[範例] ① Rain **pattered** on the windowpane. 雨落在窗玻璃上發出嘩啦嘩啦的聲音.
③ That salesman has his **patter** down pat. 那位推銷員完全記住了行話.

[活用] v. **patters**, **pattered**, **pattered**, **pattering**

[複數] **patters**

*__pattern__ [`pætən] n. ① (紙) 型，圖案，花樣，模式. ② 樣品，樣本，模範.
——v. ③ 模仿，仿製.

[範例] ① a **pattern** for a dress/a dress **pattern** 服裝的紙型.
the **patterns** of cloth/cloth **patterns** 布的花樣.
Do you have other flowered **patterns**? 你有沒有其他的花紋圖案?
a television of the latest **pattern** 最新型的電視機.
the behavior **patterns** of young men in big cities 大城市青年的行為模式.
② This shop is a **pattern** of what a good shop should be. 這家商店是一家好商店應有形象的榜樣.
Her husband is a **pattern** of manly virtues. 她的丈夫是男子美德的模範.
③ He **patterned** his layout after mine. 他仿照我的設計.
pattern something on a design 仿照一種設計製作某物.

[複數] **patterns**

[活用] v. **patterns**, **patterned**, **patterned**, **patterning**

patty [`pætɪ] n. ① 小餡餅. ② 肉餅. ③ 扁圓形糖果.

[複數] **patties**

Paul [pɔl] n. ① 男子名. ② 聖保羅《亦作 St.

Paul，基督的門徒之一》.

paunch [pɔntʃ] n. 肚子，大肚子.

[複數] **paunches**

pauper [`pɔpə] n. 窮人，貧民: He lost his fortune and died a **pauper**. 他失去了財產，最後在窮困潦倒中死去.

[複數] **paupers**

*__pause__ [pɔz] n. ① 中止，停止，停頓. ② 延長符號《(⌒)，標在音符上，表示停止較久的符號》.
——v. ③ 中止，停頓.

[範例] ① We resumed work after a short **pause**. 短暫休息後我們又繼續工作.
③ He **paused**, looked around, and then continued with his work. 他停下來，環顧四周，接著又繼續工作.
The news anchor **paused** and swallowed before announcing the terrible news. 那位新聞主播停頓一下，嚥了口水，然後播報了一則可怕的消息.

[複數] **pauses**

[活用] v. **pauses**, **paused**, **paused**, **pausing**

*__pave__ [pev] v. 鋪 (路).

[範例] Most streets are **paved** with asphalt. 幾乎所有的街道都被鋪上柏油.
The student exchange program will **pave** the way to mutual understanding between the two nations. 交換學生的計畫將開闢兩國間相互瞭解之路.

[活用] v. **paves**, **paved**, **paved**, **paving**

*__pavement__ [`pevmənt] n. ① [美] 鋪設道路，鋪設路面. ② [英] 人行道《[美] sidewalk》: Always walk on the **pavement**, never in the street. 任何時候都要走人行道，不能走車道.

◆ **pávement àrtist** [英] 街頭畫家《用粉筆在人行道上作畫; [美] sidewalk artist》.

[複數] **pavements**

pavilion [pə`vɪljən] n. ① (博覽會的) 展示館. ② [英] 大帳篷《運動會、園遊會等用》.

[複數] **pavilions**

[pavilion]

*__paw__ [pɔ] n. ① (動物的) 腳掌. ② 人的手.
——v. ③ 用前爪抓. ④ 粗魯地觸摸.

[範例] ① The cat touched the ball of wool with its **paw**. 那隻貓用前爪抓毛線球.
③ The horse **pawed** the ground. 那匹馬用前蹄踢地面.

[複數] **paws**

[活用] v. **paws**, **pawed**, **pawed**, **pawing**

pawn [pɔn] n. ① 典當，抵押; 抵押品. ② (西

洋棋的）兵，卒；爪牙．

——v. ③ 典當，抵押；擔保．

[範例] ① My ring is in **pawn**. 我的戒指拿去典當了．

③ He **pawned** his computer to buy food until he could get work. 在找到工作之前，他把電腦當了去買食物．

[片語] **in pawn** 典當中，抵押中.（⇨ [範例] ①）

[複數] **pawns**

[活用] v. **pawns**, **pawned**, **pawned**, **pawning**

pawnbroker [`pɔn,brokɚ] n. 典當商，當鋪老闆：The **pawnbroker** refused to sell me back my watch at the agreed price. 當鋪老闆拒絕按商定價格讓我把手錶贖回．

[複數] **pawnbrokers**

pawnshop [`pɔn,ʃɑp] n. 當鋪．

[複數] **pawnshops**

pawpaw [`pɔpɔ] n. ① 木瓜樹《亦作 papaya》．② 巴婆樹《產於北美溫帶地區的果樹》．

[複數] **pawpaws**

***pay** [pe] v. ① 付．② 付清；划算；補償；報答．

——n. ③ 工資；報應．

[範例] ① She **paid** the bill. 她付了帳單．

I am **paid** by the day. 我是領日薪．

I will **pay** you all my debts tomorrow. 明天我將把我向你借的錢全部還給你．

Did you **pay** for this watch? 這只手錶你付錢了嗎？

I **paid** him 50 dollars for that dictionary./I **paid** 50 dollars to him for that dictionary. 我付給他50美元買那本辭典．

My monthly salary is **paid** into the bank. 我的月薪都存入銀行．

Taxi drivers should **pay** more attention to the safety of their passengers. 計程車司機應更加注意乘客的安全．

I **paid** him a visit yesterday./I **paid** a visit to him yesterday. 昨天我去拜訪他．

② The teaching profession does not **pay** well. 教師這一職業待遇不好．

Honesty sometimes does not **pay**./It sometimes does not **pay** to be honest. 誠實有時會吃虧．

It will **pay** you to do the work well. 做好那項工作肯定對你有好處．

My part-time job **pays** me 100 dollars a day. 我兼差一天有一百美元的收入．

The terrorist will **pay** with his life. 那個恐怖分子將賠上性命．

You'll have to **pay** for your idle life some day. 你將來有一天一定會為你的游手好閒付出代價．

You'll **pay** dearly for saying that. 你將會為說那種話付出很大的代價．

Money cannot **pay** for the loss of time. 失去的時間是無法用金錢來補償的．

③ He gets his **pay** each Friday. 他每週五領薪

水．

The pubs get full when people get their **pay** packets. 當人們拿到薪水袋時，酒吧裡總是客滿．

[片語] **in the pay of** 受僱於，被收買：This man is **in the pay of** the enemy. 這個男子被敵人所收買．

pay back ① 償還：I'll **pay back** my debts tomorrow. 我明天將償還借款．② 報復：I'll **pay** you **back** for what you did to me! 你對我所做的一切，我一定要報復．

pay down ① 付現：He **paid** one thousand dollars **down** for the used car. 他用1,000美元的現金買那輛舊車．② 付頭款，付訂金：I'll **pay** ten percent **down** for this machine. 我將支付這臺機器一成的訂金．

pay off ① 付清：It will take five years for me to **pay off** my debts. 還清債務將花去我5年的時間．② 資遣：I'll **pay** him **off** and dismiss him from this job. 我將資遣他讓他捲鋪蓋走人．③ 收買．④ 報復．

pay out 支付巨款：We **paid out** a lot of money to the politician. 我們給那個政客一大筆錢．

pay ~'s way 自食其力：He **paid his way** through college. 他靠自己打工賺錢讀完大學．

pay up 付清，繳清：I have **paid up** my taxes. 我繳清了稅款．

◆ **páy pàcket** 薪水袋.（⇨ [範例] ③）

páy phòne 公共電話．

[活用] v. **pays**, **paid**, **paid**, **paying**

payable [`peəbl] adj.〔不用於名詞前〕應付的，可支付的．

[範例] The electricity bill is **payable** on the 25th. 電費應於25日繳交．

I received a cheque **payable** to me. 我接到了付給我的支票．

payday [`pe,de] n. 發薪日．

[複數] **paydays**

payee [pe`i] n. 受款人．

[複數] **payees**

***payment** [`pemənt] n. ① 支付，繳納．② 支付額．③ 報酬；報復；補償．

[範例] ① **Payment** of the Smith account is overdue. 史密斯家的帳單過了繳納期限．

② I make monthly **payments** on the car. 我按月支付車款．

③ In **payment** for their dedication and hard work they received a citation. 他們接受表彰作為他們奉獻與努力工作的回報．

[複數] **payments**

pay-off [`pe,ɔf] n. ① 支付（日）．② 報酬；報復；報應．③ 結局；高潮：the Lockheed **pay-off** scandal 洛克希德賄賂醜聞．

[複數] **pay-offs**

PC [`pi,si]〔縮略〕＝① personal computer（個人電腦）．② politically correct（政治正確）．③〖英〗Police Constable（警察）：PC Johnson 強

森警員.

﹝複數﹞① 的 PC`s/PCs

PE [ˊpi,i]《縮略》＝physical education (體育).

pea [pi] *n.* 豌豆；green **peas** 青豌豆.

﹝片語﹞ *as like as two peas in a pod* 一模一樣的，酷似的.

﹝複數﹞ **peas**

***peace** [pis] *n.* ① 和平，寧靜，安寧，和睦. ② 和約.

﹝範例﹞ We hope we`ll enjoy **peace** forever. 我們希望擁有永久性的和平.

Who disturbed the **peace** of the household? 是誰擾亂了這個家庭的寧靜?

All I want is **peace** of mind. 我想要的是心靈的平靜.

② the **Peace** of Paris 巴黎和約.

﹝片語﹞ *hold ~`s peace* 保持沉默.

make peace 調停.

make ~`s peace with... ~與…和好.

♦ the **Péace Còrps** 和平工作團《美國派往低度開發國家的技術人員》.

péace pipe 和平菸斗《北美印第安人藉由相互傳菸斗以表示友好》.

peaceable [ˊpisəbḷ] *adj.* 愛好和平的，平靜的，和睦的.

﹝活用﹞ *adj.* **more peaceable, most peaceable**

***peaceful** [ˊpisfəl] *adj.* ① 和平的，寧靜的，安靜的. ② 愛好和平的.

﹝範例﹞ ① I saw my grandfather`s **peaceful** face. 我看見了祖父那安詳的面容.

② We discussed the **peaceful** use of atomic energy. 我們討論原子能的和平用途.

﹝活用﹞ *adj.* **more peaceful, most peaceful**

peacefully [ˊpisfəlɪ] *adv.* 和平地，平靜地，寧靜地：The old man ended his life **peacefully**. 那位老人平靜地結束他的一生.

﹝活用﹞ *adv.* **more peacefully, most peacefully**

peacefulness [ˊpisfəlnɪs] *n.* 平靜，寧靜：the **peacefulness** of nature 大自然的寧靜.

peach [pitʃ] *n.* ① 桃子，桃樹. ② 桃紅色. ③ 討人喜歡的人〔物〕.

﹝複數﹞ **peaches**

peacock [ˊpi,kɑk] *n.* ① 雄孔雀. ② 愛炫耀者，虛榮的人.

﹝片語﹞ *as proud as a peacock* 非常傲慢的.

play the peacock 誇耀.

﹝複數﹞ **peacocks**

peahen [ˊpi,hɛn] *n.* 雌孔雀.

﹝複數﹞ **peahens**

***peak** [pik] *n.* ① 山頂，最高點，尖端. ② 帽舌.

——*v.* ③ 達到頂點，到達高峰.

﹝範例﹞ ① snow-covered **peaks** 大雪覆蓋的群峰

We reached the **peak** of this mountain. 我們到達了這座山的山頂.

She was at the **peak** of her flourishing career. 她正處在她輝煌人生的頂峰.

Avoid **peak** hours of traffic. 避開交通尖峰.

the **peak** of the roof 屋頂.

② He wore a white cap with a red **peak**. 他戴著一頂紅色帽舌的白帽子.

③ Prices **peaked** in July and then began to fall. 7月份的物價達到了最高峰，然後開始下降.

﹝複數﹞ **peaks**

﹝活用﹞ *v.* **peaks, peaked, peaked, peaking**

peaked [pikt] *adj.* 有帽舌的，尖的：a **peaked** cap 有帽舌的帽子.

***peal** [pil] *n.* ①（鐘的）響聲. ② 洪亮的響聲，隆隆聲.

——*v.* ③（鐘）鳴響. ④ 隆隆作響.

﹝範例﹞ ① We heard the **peal** of the bells in the town. 我們聽見城裡的鐘聲.

② The audience broke out into a **peal** of laughter. 聽眾們哄堂大笑.

③ The bells **pealed** out. 鐘噹噹作響.

④ A loud clap of thunder **pealed** overhead. 頭頂響起了巨大的雷聲.

﹝複數﹞ **peals**

﹝活用﹞ *v.* **peals, pealed, pealed, pealing**

peanut [ˊpinət] *n.* ①（落）花生《《英》groundnut)：Mr. Carter was a **peanut** farmer. 卡特先生是種植花生的農場主人. ②〔~s〕小額的錢.

♦ **pèanut bútter** 花生醬.

﹝複數﹞ **peanuts**

***pear** [pɛr] *n.* 梨，梨樹.

﹝複數﹞ **pears**

pearl [pɝl] *n.* ① 珍珠. ② 珍品，美人.

﹝範例﹞ ① Lucy always wears a necklace of **pearls**. 露西總是戴著珍珠項鍊.《珍珠項鍊亦作pearls)

an artificial **pearl**/an imitation **pearl** 人造珍珠.

a cultured **pearl** 養殖珍珠.

pearl earrings 珍珠耳環.

pearls of dew 露珠.

② Sarah is a **pearl** among women. 莎拉是女中豪傑.

﹝片語﹞ *cast pearls before swine* 明珠暗投.

♦ **pèarl bárley** 珍珠麥.

pèarl bútton 珍珠鈕扣.

péarl dìver 潛水採珠人.

péarl fìshery 採珠業.

pèarl gréy 珍珠色.

Pèarl Hárbor 珍珠港《位於美國夏威夷州歐胡島的軍港，1941年12月7日遭日本海軍襲擊》.

﹝複數﹞ **pearls**

pearly [ˊpɝlɪ] *adj.* 珍珠似的；飾以珍珠的：**pearly** teeth 珍珠似的牙齒.

﹝活用﹞ *adj.* **pearlier, pearliest**

***peasant** [ˊpɛznt] *n.* ① 小農，農夫. ②《口語》鄉下人《表示輕蔑》.

﹝參考﹞ ① 在小片土地上自己耕作或者租地耕作者，指昔日歐洲的農民及現在發展中國家的小規模自耕農和農場工人.

﹝複數﹞ **peasants**

P

peasantry [ˋpɛzn̩trɪ] n. 〔the ~〕農民.

peat [pit] n. 泥炭《沼澤地的植物經碳化而成，被用作燃料和肥料》.

***pebble** [ˋpɛbl̩] n. ① 小圓石《經水流長期沖擊和摩擦呈圓形或橢圓形》. ② 水晶，水晶製透鏡.
〔片語〕**~ be not the only pebble on the beach** ~並非獨一無二.
〔複數〕**pebbles**

pecan [pɪˋkɑn] n. 胡桃.
〔複數〕**pecans**

***peck** [pɛk] v. ① 啄. ② 輕輕地吻.
——n. ③ 啄；啄痕. ④ 輕吻. ⑤ 配克《計量單位，約9公升》.
〔範例〕① Look! A woodpecker is **pecking** the tree. 看，啄木鳥在啄樹.
② Jim **pecked** Ann on the cheek. 吉姆輕吻了安的臉頰.
③ The bird took **pecks** at its food. 那隻鳥在啄食.
④ John blushed when Mary gave him a **peck** on the cheek. 約翰被瑪麗輕吻了一下臉頰，臉都紅了.
⑤ The professor has a **peck** of troubles. 那位教授有許多麻煩.
〔片語〕**a peck of** 許多的. (⇨ 〔範例〕⑤)
〔活用〕v. **pecks, pecked, pecked, pecking**
〔複數〕**pecks**

peckish [ˋpɛkɪʃ] adj. 〔英〕飢餓的：The boy was feeling rather **peckish**. 那個男孩覺得有點餓.
〔活用〕adj. **more peckish, most peckish**

***peculiar** [pɪˋkjuljɚ] adj. ① 奇怪的，不尋常的，古怪的. ② 特有的，獨特的.
〔範例〕① Kate was wearing **peculiar** old pants. 凱特穿著一條古怪的老式褲子.
How **peculiar** that this resort doesn't have a swimming pool. 這個旅遊勝地居然沒有游泳池，真是奇怪.
This stuff tastes **peculiar**, I don't think Susan will like it. 這個食物有怪味，我想蘇珊不會喜歡的.
② a flavor **peculiar** to natto 納豆特有的氣味.
The kiwi is a species of bird **peculiar** to New Zealand. 鷸鴕是紐西蘭特有的一種鳥類.
〔活用〕adj. **more peculiar, most peculiar**

***peculiarity** [pɪˏkjulɪˋærətɪ] n. 獨特之處，特點；特有的事物.
〔範例〕The lack of a writing system was a **peculiarity** of this advanced society. 缺乏書寫系統是這個先進社會的特徵.
All people have their own **peculiarities**—their own way of doing things. 任何人都有其自己的特色，即自己的做事方式.
This wine is a **peculiarity** of the region. 這種葡萄酒是本地的特產.
〔複數〕**peculiarities**

***peculiarly** [pɪˋkjuljɚlɪ] adv. ① 奇怪地，古怪地. ② 特別地.

① After a bottle of wine, he behaved most **peculiarly**. 喝光了一瓶葡萄酒之後，他的行為變得非常地古怪.
② a **peculiarly** difficult question 特別難的問題.
〔活用〕adv. **more peculiarly, most peculiarly**

pecuniary [pɪˋkjunɪˏɛrɪ] adj. 金錢上的，財政的：**pecuniary** condition 財政狀態.

pedagogic [ˏpɛdəˋgɑdʒɪk] adj. 教育學的，教授法的.

pedagogy [ˋpɛdəˏgodʒɪ] n. 教育學，教授法.

***pedal** [ˋpɛdl̩] n. ① 踏板.
——v. ② 踩踏板；踩踏板而行.
〔範例〕① John's too short. His feet don't reach the **pedals**. 約翰太矮了，他的腳踩不著踏板.
② He **pedaled** hard up the hill. 他拼命地踩著踏板上山.
〔複數〕**pedals**
〔活用〕v. 〔美〕**pedals, pedaled, pedaled, pedaling/** 〔英〕**pedals, pedalled, pedalled, pedalling**

pedant [ˋpɛdn̩t] n. 賣弄學問的人，學究.
〔複數〕**pedants**

pedantic [pɪˋdæntɪk] adj. 賣弄學問的，學究的，迂腐的.
〔活用〕adj. **more pedantic, most pedantic**

peddle [ˋpɛdl̩] v. 沿街叫賣：Mary used to **peddle** the flowers she grew in her garden at different markets in the area. 瑪麗過去將院子裡栽種的花拿到本地的各種市場販賣.
〔活用〕v. **peddles, peddled, peddled, peddling**

peddler [ˋpɛdlɚ] n. ① 小販《〔英〕pedlar》. ② 〔英〕毒販.
〔複數〕**peddlers**

pedestal [ˋpɛdɪstl̩] n. 基座.
〔片語〕**knock ~ off ~'s pedestal** 使威信掃地.
put ~ on a pedestal/set ~ on a pedestal 崇拜，尊敬.
〔複數〕**pedestals**

‡**pedestrian** [pəˋdɛstrɪən] n. ① 行人，步行者.
——adj. ② 乏味的：a **pedestrian** speech 乏味的演說.
◆ **pedèstrian cróssing** 〔英〕行人穿越道《亦作 zebra crossing；〔美〕crosswalk》.
〔複數〕**pedestrians**
〔活用〕adj. **more pedestrian, most pedestrian**

pediatrician [ˏpidɪəˋtrɪʃən] n. 小兒科醫生.
〔參考〕亦作 paediatrician.
〔複數〕**pediatricians**

pediatrics [ˏpidɪˋætrɪks] n. 〔作單數〕小兒科.
〔參考〕亦作 paediatrics.

pedigree [ˋpɛdəˏgri] n. ① 血統，門第. ② 家譜.
〔範例〕① a family of **pedigree** 名門.
I traced back the **pedigree** of my family. 我探查自己的家世.
〔複數〕**pedigrees**

pedlar [`pɛdlɚ] =n.〖美〗peddler.

pee [pi] v. ① 小便.

——n. ① 小便.

〖活用〗v. pees, peed, peed, peeing

peek [pik] v. ① 偷看, 窺視.

——n. ② 偷看, 窺視.

〖範例〗① Don't **peek** through the hole. 不要從洞裡偷看.

② Quick! Let's take a **peek** at the list before the teacher comes back. 快! 趁老師還沒回來之前偷看那張表.

〖活用〗v. peeks, peeked, peeked, peeking

peekaboo [,pikɚ`bu] n. 躲貓貓.

*__peel__ [pil] v. ① 削皮, 剝皮. ② 脫皮; 剝落.

——n. ③ (水果) 皮.

〖範例〗① The girl **peeled** a banana. 那個女孩剝去香蕉皮.

The man **peeled** the bark off the tree. 那個男子剝去那棵樹的樹皮.

② The paint is **peeling** off my house. 我房子的油漆開始剝落.

③ "What is this?" "It is banana **peel**." 「這是甚麼?」「那是香蕉皮.」

〖活用〗v. peels, peeled, peeled, peeling

〖複數〗peels

*__peep__ [pip] v. ① 偷看, 窺視. ② 唧唧叫.

——n. ③ 偷看, 窺視. ④ 唧唧聲.

〖範例〗① The girl **peeped** through the curtains. 那個女孩透過窗簾向外偷看.

The moon began to **peep** out. 月亮慢慢升起.

③ We had a **peep** at the construction site through a hole in the fence. 我們從圍牆的洞偷看建築工地.

The boy came home at the **peep** of dawn. 那個男孩在天快亮時回到家.

〖活用〗v. peeps, peeped, peeped, peeping

〖複數〗peeps

*__peer__ [pɪr] v. ① 凝視 (at, into).

——n. ② 貴族. ③ 同等的人, 同輩, 同儕.

〖範例〗① Jack **peered** at the cat in the bush. 傑克凝視著樹叢中的貓.

Don't **peer** into her room. 不要盯著她的房間看.

② a life **peer** 一代貴族.

③ In English he never had his **peer**. 在英語方面沒人比得上他.

〖活用〗v. peers, peered, peered, peering

〖複數〗peers

peerage [`pɪrɪdʒ] n. ① 〔the ~〕貴族, 貴族階級. ② 貴族的地位.

〖範例〗① He was raised to the **peerage**. 他被列入貴族階級.

② He was given a **peerage**. 他被冊封為貴族.

➡ 〖充電小站〗(p. 385)

〖複數〗peerages

peeress [`pɪrəs] n. 貴族的夫人; 女貴族.

〖複數〗peeresses

peerless [`pɪrlɪs] adj. 無與倫比的, 無可匹敵的.

peevish [`pivɪʃ] adj. 易怒的, 脾氣暴躁的: The babysitter didn't know what to do with the **peevish** child. 那個臨時保姆不知如何對待那個脾氣暴躁的小孩.

〖活用〗adj. more peevish, most peevish

*__peg__ [pɛg] n. ① 釘子, 掛釘;〖英〗曬衣夾 (亦作 clothes peg;〖美〗clothespin). ② 傳球.

——v. ③ 用釘子固定, 用樁固定. ④ 投擲 (球).

〖範例〗① Do you have some wooden or plastic **pegs**? 你有沒有一些木製或塑膠的曬衣夾?

He hung his coat on a **peg** in the wardrobe. 他把外套掛在衣櫥的掛釘上.

③ Brian **pegged** the blanket to the ground. 布萊恩用椿將毛毯固定在地上.

〖片語〗**take ~ down a peg** 挫 ~ 的銳氣: Failing the test will **take** her **down a peg**. 考試不及格將挫挫她的銳氣.

♦ **pég lèg** 義肢.

〖複數〗pegs

〖活用〗v. pegs, pegged, pegged, pegging

Pekingese [,pikɪŋ`iz] adj. ① 北京的.

——n. ② 北京人; 北京話; 北京狗.

〖參考〗亦作 Pekinese.

〖複數〗Pekingese/② Pekingeses

pelican [`pɛlɪkən] n. 鵜鶘.

〖複數〗pelicans

pellet [`pɛlɪt] n. ① 小球; 小藥丸. ② 子彈.

〖範例〗① It was just a **pellet** of paper. 那不過是一球紙團.

② A box of lead **pellets** set off the metal detector. 金屬探測器偵測到裝有鉛彈的箱子.

〖複數〗pellets

pelmet [`pɛlmɪt] n.〖英〗短帷 (用以遮蔽窗簾上的金屬配件;〖美〗valance).

〖複數〗pelmets

pelt [pɛlt] v. ① 連續投擲. ② (雨或雪) 猛降. ③ 快速奔跑.

——n. ④ (有毛動物的) 生皮, 毛皮.

〖範例〗① The crowd **pelted** stones at the police./ The crowd **pelted** the police with stones. 人群不停地向警察投擲石塊.

The newly married couple were **pelted** with questions. 那對新婚夫婦被接二連三地提問.

② The rain **pelted** down. 雨嘩啦嘩啦地下著.

③ The children came **pelting** down the hill. 孩子們飛快地從山上跑了下來.

〖片語〗**full pelt** 全速地.

〖活用〗v. pelts, pelted, pelted, pelting

〖複數〗pelts

pelves [`pɛlviz] n. pelvis 的複數形.

pelvic [`pɛlvɪk] adj. 骨盆的.

pelvis [`pɛlvɪs] n. 骨盆.

〖複數〗pelvises/pelves

*__pen__ [pɛn] n. ① 筆, 鋼筆. ② 寫作; 著述. ③ 圍欄, 檻, 圈.

——v. ④ 寫. ⑤ 關進圍欄.

〖範例〗① He signed his name with a gold **pen**.

用金筆簽名.
write in **pen** 用筆寫.

② Instead of fighting back with her fists, she fought back with her **pen**. 她不是用拳頭，而是用筆墨進行反擊.

The **pen** is mightier than the sword. 《諺語》文勝於武.

③ The farmer had a **pen** of chickens. 那個農場主人養了一欄雞.

④ Tom **penned** this story during his stay in Hawaii. 湯姆在夏威夷期間寫了這個故事.

⑤ I'm going to **pen** myself up in my room and not come out till I find a solution. 我要把自己關在房裡直到想出解答為止.

♦ **pén náme** 筆名.
　pén pàl〖美〗筆友〈〖英〗pen friend〉.

〖複數〗**pens**

〖活用〗v. **pens, penned, penned, penning**

penal [ˋpin!] adj. ① 刑罰的; 刑事的. ②〖英〗苛刻的, 嚴厲的.

〖範例〗① **penal** code 刑法.
　the British **penal** system 英國的刑法制度.

② a **penal** fine 苛刻的罰款.

〖活用〗adj. ② **more penal, most penal**

penalize [ˋpin!͵aɪz] v. 使不利; 處罰; 宣告有罪.

〖範例〗They **penalize** you for sloppiness. 因為你的草率, 所以他們才處罰你.

Three of us were **penalized** 10 points for handing the paper in late. 我們之中有3個人因遲交報告而被扣10分作為懲罰.

The football team was **penalized** five yards. 那支橄欖球隊被判後退5碼.

〖參考〗〖英〗**penalise**.

〖活用〗v. **penalizes, penalized, penalized, penalizing**

*penalty [ˋpɛn!tɪ] n. 懲罰, 處罰; 刑罰; 不利條件.

〖範例〗The death **penalty** has not been abolished in Japan. 在日本死刑尚未廢除.

He paid a **penalty** of $100 for speeding. 他因超速支付了100美元的罰金.

Such a crime is forbidden under **penalty** of a $10,000 fine, 5 years in jail, or both. 這種犯罪行為是被禁止的, 違反者要被處以一萬美元罰款或監禁5年, 或者兩種處罰併用.

What's the **penalty** for touching the ball with your hands in soccer? 足球賽中如果手接觸到球會受到甚麼處罰?

Scotland scored its second goal on a **penalty**. 蘇格蘭隊靠罰球得了第二分.

〖片語〗**under penalty of/on penalty of** 違者處以～刑. (⟹〖範例〗)

♦ **pénalty kick** (足球) 罰球.

〖參考〗體育比賽中的 penalty 一般指「犯規一方將被扣分或者被處以其他不利處罰」. penalty kick 指足球比賽中防守一方在罰球區內犯規時, 給與進攻一方的罰球機會. 此時, 除罰球者與守門員之外, 其他人不得進入罰球區.

〖複數〗**penalties**

penance [ˋpɛnəns] n. 懺悔, 以苦行贖罪: I will do sincere **penance** for my crime. 對我的罪行我表示由衷的懺悔.

〖複數〗**penances**

*pence [pɛns] n. 便士〈penny 的複數形〉.

*pencil [ˋpɛns!] n. ① 鉛筆. ② 鉛筆狀物; 眉筆, 口紅筆.
　—— v. ③ 用鉛筆寫〔畫〕.

〖範例〗① Please write with a **pencil**. 請用鉛筆寫.
　write in **pencil** 用鉛筆寫.

② an eyebrow **pencil** 眉筆.

③ He **penciled** her portrait. 他用鉛筆畫了她的肖像.

〖複數〗**pencils**

〖活用〗v. **pencils, penciled, penciled, penciling**/〖英〗**pencils, pencilled, pencilled, pencilling**

pendant [ˋpɛndənt] n. 垂飾〈項鍊或手環上垂掛的飾物〉.

〖複數〗**pendants**

pendent [ˋpɛndənt] adj. 懸垂的, 懸而未決的.

〖範例〗**pendent** lamp 吊燈.
　pendent cliffs 懸崖.

*pending [ˋpɛndɪŋ] adj. ① 待解決的, 懸而未決的. ② 即將發生的.
　—— prep. ③ 直到, 在～期間.

〖範例〗① The issue is still **pending**. 那個問題尚未解決.

② **pending** dangers 迫在眉睫的危險.

*pendulum [ˋpɛndʒələm] n. 鐘擺, 搖動之物.

〖範例〗The baby watched the **pendulum** swing. 那個嬰兒看著鐘擺在擺動.

The **pendulum** is swinging back against socialism. 事態正向著不利於社會主義的方向發展.

a **pendulum** clock 有鐘擺的時鐘.

He is a **pendulum**: he is always changing his mind. 他是一個搖擺不定的人, 總是朝三暮四的.

〖複數〗**pendulums**

*penetrate [ˋpɛnə͵tret] v. ① 進入, 貫穿, 滲入, 滲透. ② 看穿, 看透, 識破. ③ 意思說得通.

〖範例〗① The arrow **penetrated** the mark. 那支箭射中了標靶.

The sweet odor of incense **penetrated** the entire third floor. 香料的香氣彌漫著整個3樓.

New ideas began **penetrating** the collective mind of the student body. 新的想法滲透入全體學生的心中.

② Night-vision goggles **penetrate** the dark. 夜視鏡可以在夜間看清物體.

She soon **penetrated** his disguise. 她馬上識破了他的偽裝.

〖活用〗v. **penetrates, penetrated, penetrated, penetrating**

penetrating [ˋpɛnə͵tretɪŋ] adj. ① 敏銳的,

銳利的. ② (聲音) 響亮的，尖銳的；刺骨的.

[範例] ① a **penetrating** glance 敏銳的目光.

② a **penetrating** voice 尖銳的聲音.

a **penetrating** wind 刺骨的寒風.

[活用] adj. **more penetrating, most penetrating**

penetration [ˌpɛnəˋtreʃən] n. ① 貫穿，滲透. ② 洞察力.

penguin [ˋpɛngwɪn] n. 企鵝.

[複數] **penguins**

penicillin [ˌpɛnɪˋsɪlɪn] n. 盤尼西林，青黴素.

*__**peninsula**__ [pəˋnɪnsələ] n. 半島: the Iberian Peninsula 伊比利半島.

[複數] **peninsulas**

peninsular [pəˋnɪnsələ] adj. 半島 (狀) 的.

penis [ˋpinɪs] n. 陰莖.

[複數] **penises**

penitence [ˋpɛnətəns] n. 後悔，懺悔: Tom offered generous assistance as a **penitence** for his sin. 湯姆提供了慷慨的援助，作為對自己過失的懺悔.

penitent [ˋpɛnətənt] adj. ① 後悔的: John is **penitent** for his sins. 約翰對自己的過失感到後悔.

——n. ② 懺悔者，贖罪苦修者.

[活用] adj. **more penitent, most penitent**

[複數] **penitents**

penitentiary [ˌpɛnəˋtɛnʃərɪ] n. 〖美〗監獄.

[複數] **penitentiaries**

penknife [ˋpɛnˌnaɪf] n. 小刀.

[複數] **penknives**

penmanship [ˋpɛnmənˌʃɪp] n. 書法，筆跡.

pennant [ˋpɛnənt] n. ① (船上用的) 信號旗；三角旗. ② 〖美〗錦旗.

[複數] **pennants**

penniless [ˋpɛnlɪs] adj. 一文不名的，貧窮的.

[活用] adj. **more penniless, most penniless**

pennon [ˋpɛnən] n. (中世紀騎士長矛上的) 三角旗，燕尾旗.

[複數] **pennons**

*__**penny**__ [ˋpɛnɪ] n. ① 〖英〗便士〖英國貨幣單位，略作 p〗. ② 〖英〗一便士的硬幣. ③ 〖美〗一分銅幣.

[範例] ① This paper costs 50 **pence**. 這份報紙 50 便士.

A **penny** saved is a **penny** earned. 《諺語》省一文便賺一文.

Take care of the **pence**, and the pounds will take care of themselves. 《諺語》小事注意，大事自成.

② She gave me my change in **pennies**. 她找給我一些銅幣.

[片語] *a pretty penny* 一大筆錢.

ten a penny/two a penny 〖英〗不稀奇的，極便宜的.

turn an honest penny 正當地掙錢.

[參考] 1971 年以前，12 便士為 1 先令 (shilling)，20 先令為 1 英鎊 (pound)，現在是 100 便士為 1 英鎊.

◆ **pénny arcàde** 〖美〗遊樂場《〖英〗amusement arcade》.

[複數] ① **pence**/② ③ **pennies**

*__**pension**__ [ˋpɛnʃən] n. ① 退休金，養老金.

——v. ② 發給退休金，發給養老金.

[範例] ① an old-age **pension**/a retirement **pension** 養老金/退休金.

We live on a **pension**. 我們靠養老金生活.

They retired on a **pension** last year. 他們去年領養老金退休了.

[片語] *pension off* 發給養老金使其退休；使報廢: One way to deal with unemployment is to **pension off** the firm's older workers. 解決失業問題的方法之一就是發給高齡員工養老金讓他們退休.

It's time this car was **pensioned off**. 這輛車該報廢了.

[複數] **pensions**

[活用] v. **pensions, pensioned, pensioned, pensioning**

pensionable [ˋpɛnʃənəbl] adj. 有領退休金資格的: We are of **pensionable** age. 我們到了有領退休金資格的年齡了.

pensioner [ˋpɛnʃənə] n. 領養老金者.

[複數] **pensioners**

pensive [ˋpɛnsɪv] adj. 沉思的，憂傷的，哀愁的: The lady had a **pensive** smile on her face. 那位婦女臉上浮現出憂傷的笑容.

[活用] adj. **more pensive, most pensive**

pensively [ˋpɛnsɪvlɪ] adv. 沉思地，憂傷地，哀愁地.

[活用] adv. **more pensively, most pensively**

pentagon [ˋpɛntəˌgɑn] n. ① 五角形. ② 五角大廈《位於美國維吉尼亞州的美國國防部辦公大樓，其建築物呈五角形》；美國國防部.

[參考] ② 亦作 Pentagon.

[複數] ① **pentagons**

[Pentagon]

pentagonal [pɛnˋtægənl] adj. 五角形的.

pentathlon [pɛnˋtæθlən] n. 五項全能運動.

➡ (充電小站) (p. 1381)

[複數] **pentathlons**

Pentecost [ˋpɛntɪˌkɔst] n. ① 五旬節《猶太教踰越節 (Passover) 後的第 50 天，為猶太人的收穫節》. ② 聖靈降臨節《基督教復活節後的第 7 個星期日，亦作 Whitsunday》.

penthouse [ˋpɛntˌhaʊs] n. 閣樓《大樓屋頂的高級住宅》.

[發音] 複數形 penthouses [ˋpɛntˌhaʊzɪz].

penultimate [pɪˋnʌltəmɪt] adj. 〔只用於名詞

前〕倒數第二個的: the **penultimate** month of the year 一年的倒數第二個月.

penury [ˋpɛnjərɪ] *n.* 貧窮: Lack of education and skills will surely lead to **penury**. 未受教育和缺乏技術一定會導致貧窮.

***people** [ˋpip!] *n.*

原義	層面	釋義	範例
人	不限定的	人們，世人，人	①
	一般的	百姓，平民	②
	同一國家、同一血統的	國民，民族	③
	同一家庭的	家人	④

——*v.* ⑤《正式》使住滿; 使密布.

範例 ① There were 300 **people** at the party. 有300人參加那個晚會.

People who live in the south of the country cook it in a different way from **people** in the north. 住在那個國家南部的人和住在北部的人烹飪方法不同.

the Spanish speaking **people** in the world 世界上講西班牙語的人.

People say that the president was assassinated. 聽說那個總統被暗殺了.

② Do you know any politicians who are respected by the **people**? 你知道有哪些政治人物為人民所尊敬?

③ a hard-working **people** 勤勞的民族.

the **peoples** of Asia 亞洲各民族.

④ He spends most of his holidays with his **people**. 他幾乎所有的假期都和家人一起度過.

參考 ①②④ 作複數，② 要加 the.

片語 **go to the people** 親近民眾爭取選票.

複數 ③ **peoples**

活用 *v.* **peoples**, **peopled**, **peopled**, **peopling**

pep [pɛp] *n.* ① 精力，活力，精神.

——*v.* ② 激勵，鼓勵.

範例 ① Paul was full of **pep**. 保羅精力充沛.

We got a **pep** talk from the coach. 教練對我們精神講話.

② All my friends **pepped** me up. 朋友們都為我打氣.

♦ **pép píll** 興奮劑.

pép tàlk 激勵的話語，精神講話.

活用 *v.* **peps**, **pepped**, **pepped**, **pepping**

***pepper** [ˋpɛpɚ] *n.* ① 胡椒粉.

——*v.* ② 撒胡椒粉. ③ 連珠砲似地提問.

範例 ① put **pepper** on the steak 在牛排上撒胡椒粉.

black **pepper** 黑胡椒.

white **pepper** 白胡椒.

red **pepper** 辣椒.

Chinese **pepper** 蜀椒.

♦ **grèen pépper** 青椒.

活用 *v.* **peppers**, **peppered**, **peppered**, **peppering**

peppermint [ˋpɛpɚ͵mɪnt] *n.* ① 薄荷《紫蘇科薄荷屬多年生草本植物，有香氣可提取薄荷油》. ② 薄荷油. ③ 薄荷糖《加有薄荷的糖果，亦作 mint》.

複數 **peppermints**

***per** [pɚ] *prep.* ① 每. ② 經，由; 按照.

範例 ① I can type 70 words **per** minute. 我每分鐘能打70個字.

The secretary is paid 350 dollars **per** week. 那個祕書週薪是350美元.

This car gets about 10 miles **per** liter. 這輛車每公升 (汽油) 能跑10哩.

It costs 4,000 dollars **per** annum. 每年要花4,000美元.

income **per** capita 每個人的收入.

② **per** rail 經由鐵路.

片語 **as per**《口語》按照，根據: The job was executed faithfully **as per** instructions. 那件工作已經按照指示確實做完了.

as per usual 一如往常: Tom was late **as per usual**. 湯姆又遲到了.

♦ **per ánnum** 每年.

per cápita 每人.

♦ **per** cent (百分之幾)

perambulator [pɚˋæmbjə͵letɚ] *n.*《正式》《英》嬰兒車《亦作 pram;《美》baby carriage》.

複數 **perambulators**

***perceive** [pɚˋsiv] *v.* 察覺，發覺: The psychoanalyst **perceived** a change in her patient's attitude. 那位精神分析醫生察覺到她的病人態度的變化.

活用 *v.* **perceives**, **perceived**, **perceived**, **perceiving**

***percent/per cent** [pɚˋsɛnt] *n.* 百分之 (幾).

範例 Five **percent** of the pupils are always absent. 有百分之五的學生經常缺席.

We agree 100 **percent** with you. 我們百分之百地同意你.

字源 per (每) + cent (100).

複數 **percent/per cent**

***percentage** [pɚˋsɛntɪdʒ] *n.* 百分比，比例.

範例 a high **percentage** of protein 高比例的蛋白質.

A large **percentage** of young couples are DINKs. 大部分的年輕夫婦是頂客族.《DINKs 為 Double Income No Kids 的縮略》

What **percentage** of deaths is due to cancer? 死於癌症的比例是多少?

複數 **percentages**

perceptible [pɚˋsɛptəb!] *adj.* 可以察覺到的，感覺得到的: The foul odor of the garbage dump is **perceptible** even at this distance. 垃圾堆的臭味即使在這麼遠的地方也聞得到.

活用 *adj.* **more perceptible**, **most**

perceptible

perceptibly [pɚ`sɛptəblɪ] *adv.* 可以察覺到地，感覺得到地.
活用 *adv.* **more perceptibly**, **most perceptibly**

***perception** [pɚ`sɛpʃən] *n.* ① 感覺，知覺. ② 理解力，洞察力.
範例 ① His answer showed his keen **perception** of the real nature of the problem. 他的回答顯示他對那個問題的本質有敏銳的認識.
② The policeman has poor **perception**. 那個警察有些遲鈍.
複數 **perceptions**

perceptive [pɚ`sɛptɪv] *adj.* 感覺敏銳的，有洞察力的: Sue is a **perceptive** woman. 蘇是一個感覺敏銳的人.
活用 *adj.* **more perceptive**, **most perceptive**

perceptively [pɚ`sɛptɪvlɪ] *adv.* 憑藉敏銳的感覺: He walked throughout the island, **perceptively** observing the growth of plants. 他走遍了那個島嶼，憑藉敏銳的感覺觀察植物的生長.
活用 *adv.* **more perceptively**, **most perceptively**

P ***perch** [pɝtʃ] *n.* ① 棲木；高位. ② 鱸魚《鱸類的淡水魚》.
——*v.* ③ 棲息.
複數 **perches**/② **perch**
活用 *v.* **perches**, **perched**, **perched**, **perching**

percolate [`pɝkə,let] *v.* 過濾，滲透，將（咖啡）濾出.
範例 Water **percolates** through sand. 水滲透過沙子.
She is **percolating** some coffee. 她正在濾煮一些咖啡.
活用 *v.* **percolates**, **percolated**, **percolated**, **percolating**

percolator [`pɝkə,letɚ] *n.* 過濾式咖啡壺.
複數 **percolators**

percussion [pɚ`kʌʃən] *n.* ① 衝撞，撞擊. ② 叩診. ③ 打擊樂器《亦作 percussion instrument》.

percussionist [pɚ`kʌʃənɪst] *n.* 打擊樂器演奏者.
複數 **percussionists**

perdition [pɚ`dɪʃən] *n.* 毀滅；地獄.

peremptory [pə`rɛmptərɪ] *adj.* 強制的，不容反抗的；專橫的.
活用 *adj.* **more peremptory**, **most peremptory**

perennial [pə`rɛnɪəl] *adj.* ① 永久的，長期的. ②（植物）多年生的.
——*n.* ③ 多年生植物.
活用 *adj.* ① **more perennial**, **most perennial**
複數 **perennials**

perennially [pə`rɛnɪəlɪ] *adv.* 長期地，永久地.

***perfect** [*adj.* `pɝfɪkt; *v.* pɚ`fɛkt] *adj.* ① 完美的；完美無瑕的；完全的.
——*v.* ② 使完美無瑕；使改善.
範例 ① The mathematics teacher drew a **perfect** circle without using a compass. 那位數學老師並沒有使用圓規就畫了一個正圓.
Her Spanish is **perfect**. 她的西班牙語說得很棒.
My grandmother still has a **perfect** set of teeth. 我的祖母現在仍有一口完整的牙齒.
He is a **perfect** fool. 他是一個不折不扣的傻瓜.
She is **perfect** for the role. 她扮演那個角色是最合適不過了.
② He has **perfected** the way he makes omelets. 他改善了煎蛋捲的製作方法.
The linguist **perfected** his theory at last. 那位語言學家最後使他的理論完美無瑕.
活用 *v.* **perfects**, **perfected**, **perfected**, **perfecting**

***perfection** [pɚ`fɛkʃən] *n.* 完美，完備，完善.
範例 She always aims at **perfection**. 她總是在追求完美.
He sang the song to **perfection**. 他完美地唱了那首歌.

perfectionist [pɚ`fɛkʃənɪst] *n.* 完美主義者.
複數 **perfectionists**

***perfectly** [`pɝfɪktlɪ] *adv.* 完全地；完美地.
範例 You are **perfectly** right. 你說得完全正確.
This skirt fits me **perfectly**. 這條裙子我穿正合適.
He speaks Cantonese **perfectly**. 他的廣東話說得很棒.

perforate [`pɝfə,ret] *v.* 打洞，穿孔.
範例 I **perforated** the lid of the jar so that the beetle could breathe in it. 為了讓甲蟲能在瓶中呼吸，我在瓶蓋上打了洞.
We don't have a cage, so let's use a **perforated** box instead. 因為沒有鳥籠，所以打了洞的箱子代替.
When you print out, use this paper. It is **perforated**. 列印時請用這種紙，因為這紙有齒孔.
活用 *v.* **perforates**, **perforated**, **perforated**, **perforating**

perforation [,pɝfə`reʃən] *n.* ① 齒孔. ② 穿孔，貫穿.
範例 ① There were no **perforations** in a sheet of the first stamps printed. 最初印刷出的整版郵票上沒有齒孔.
Please tear off the application form along the **perforation**. 請沿著齒孔將申請書撕下.
複數 **perforations**

***perform** [pɚ`fɔrm] *v.* ① 履行，做，執行. ② 表演，演奏. ③（機器等）運行.
範例 ① I will **perform** an operation this afternoon. 今天下午我要（給病人）動手術.

② Sue **performed** a waltz in the ballroom. 蘇在舞廳跳了一曲華爾茲。

③ This snowplow **performs** very well. 這臺剷雪車性能很好。

活用 *v.* **performs, performed, performed, performing**

***performance** [pəˋfɔrməns] *n.* ① 履行，實行。 ② 表演，演出，演奏: The afternoon **performance** begins at 3 o'clock. 那場午後的演出3點鐘開始。 ③ 行為；表現。

複數 **performances**

performer [pəˋfɔrmə] *n.* ① 表演者，演奏者: Henry is the best **performer** in the troupe. 亨利是劇團中最出色的演員。 ② 執行者，履行者。

複數 **performers**

***perfume** [*n.* ˋpɜfjum; *v.* pəˋfjum] *n.* ① 香味，香氣，芳香。 ② 香水，香料。

——*v.* ③ 灑香水，彌漫香味。

範例 ① A **perfume** of roses filled the garden. 院子裡充滿了玫瑰的芳香。

The **perfume** of baked cookies reminded me of my grandmother. 烤餅的香味使我想起了奶奶。

② My sister always sprays **perfume** over her dress when she goes out. 我姊姊出門時總要在衣服上灑香水。

③ Apple blossoms **perfumed** the air. 空氣中彌漫著蘋果花的香味。

The lady left a **perfumed** handkerchief on the table. 那位婦人將灑了香水的手帕留在桌上。

複數 **perfumes**

活用 *v.* **perfumes, perfumed, perfumed, perfuming**

perfunctory [pəˋfʌŋktərɪ] *adj.* 草率的，敷衍的: He gave her a **perfunctory** kiss. 他敷衍地吻了她一下。

活用 *adj.* **more perfunctory, most perfunctory**

***perhaps** [pəˋhæps] *adv.* 大概，也許，可能。

範例 ① **Perhaps** he'll come over later. 他大概晚點會到。

"Will he come?" "**Perhaps**." 「他會來嗎?」「也許會來。」

Could you **perhaps** give me a hand? 或許你能幫助我吧?

***peril** [ˋpɛrəl] *n.* 《正式》危險: The climbers knew they would face many **perils**. 登山者知道他們面臨著許多危險。

複數 **perils**

***perilous** [ˋpɛrələs] *adj.* 《正式》危險的，冒險的: The **perilous** journey was over. 那次冒險旅行結束了。

活用 *adj.* **more perilous, most perilous**

perimeter [pəˋrɪmətə] *n.* 周圍，周邊，周長。

複數 **perimeters**

***period** [ˋpɪrɪəd] *n.* ① 期間；時期，時代。 ② 節，堂。 ③ 月經。 ④ 句點，縮寫點。

範例 ① She didn't go to school for a short

period. 她有一段時間沒上學。

The war continued over a 3-year **period**. 那場戰爭持續了3年。

Many companies have a three month trial **period**. 許多公司有3個月的試用期。

I like the pictures of Picasso's early **period**. 我喜歡畢卡索早期的畫。

Dinosaurs lived on the earth during the Jurassic **period**. 恐龍生活在侏羅紀的地球上。

② We have four **periods** of English a week. 我們每週有4節英文課。

③ She is having **period** pains. 她現在經痛。

複數 **periods**

periodic [͵pɪrɪˋɑdɪk] *adj.* 〔只用於名詞前〕週期性的，定期的: He has **periodic** bouts of illness. 他患有週期性發作的疾病。

***periodical** [͵pɪrɪˋɑdɪkl] *n.* ① 期刊，雜誌。

——*adj.* ②〔只用於名詞前〕定期的，週期性的。

範例 ① a weekly **periodical** 週刊。

② I make **periodical** visits to my doctor. 我定期接受體檢。

複數 **periodicals**

periodically [͵pɪrɪˋɑdɪklɪ] *adv.* 定期地，週期性地: We **periodically** held meetings during the year. 我們在那一年間定期地召開會議。

peripheral [pəˋrɪfərəl] *adj.* ① 周圍的，外圍的: **peripheral** device 周邊設備。 ② 較不重要的，瑣碎的。

——*n.* ③（電腦的）周邊設備。

活用 *adj.* **more peripheral, most peripheral**

複數 **peripherals**

periphery [pəˋrɪfərɪ] *n.* ① 周圍，外圍。 ② 旁系，非主流派。

複數 **peripheries**

periscope [ˋpɛrə͵skop] *n.* 潛望鏡《用於從潛水艇中觀察外部情況》。

複數 **periscopes**

***perish** [ˋpɛrɪʃ] *v.* ① 死亡，毀滅。 ② 毀壞；(品質、機能等) 降低。

範例 ① Hundreds of people **perished** when the volcano erupted. 那次火山爆發造成好幾百人死亡。

Scores of children have **perished** from hunger in Africa. 在非洲許多孩子死於飢餓。

"It's your turn to get married." "**Perish** the thought!" 「下回輪到你結婚了。」「別開玩笑了。」

② My jeans **perished** through repeated washing. 由於一再洗滌，我的牛仔褲洗壞了。

活用 *v.* **perishes, perished, perished, perishing**

perishable [ˋpɛrɪʃəbl] *adj.* ①（食物等）易腐壞的，易壞的。

——*n.* ②〔~s〕易（腐）壞之物。

範例 ① Eggs are **perishable**. 雞蛋容易壞。

Raw fish is **perishable** food. 生魚是易腐壞的食物。

② A refrigerator keeps **perishables**. 電冰箱可保存易腐壞的食物。

【複數】 **perishables**

perjure [ˋpɝdʒɚ] v. 作偽證《用 ~ oneself 形式》.

【活用】 v. **perjures**, **perjured**, **perjured**, **perjuring**

perjury [ˋpɝdʒrɪ] n. 偽證, 偽證罪.

【複數】 **perjuries**

perk [pɝk] v. ① 振作, 活躍起來 (up): The depressed child **perked** up when his mother arrived. 由於母親的到來, 那個沮喪的孩子又活躍起來了.

——n. ②〔~s〕工資外的福利.

【活用】 v. **perks**, **perked**, **perked**, **perking**

【複數】 **perks**

perky [ˋpɝkɪ] adj. ① 活潑的, 快活的. ② 傲慢的.

【活用】 adj. **perkier**, **perkiest**

perm [pɝm] n. ①《口語》燙髮.

——v. ②《口語》燙（髮）: My sister had her hair **permed**. 我姊姊燙了頭髮.

【參考】 permanent wave 縮略而成.

【複數】 **perms**

【活用】 v. **perms**, **permed**, **permed**, **perming**

permanence [ˋpɝmənəns] n. 永久, 永遠, 持久性.

__permanent__ [ˋpɝmənənt] adj. 永久的, 永遠的, 永存的.

【範例】 **permanent** peace 永久的和平.

a **permanent** tooth 恆齒.

♦ **pèrmanent wáve** 燙髮

permanently [ˋpɝmənəntlɪ] adv. 永久地, 永遠地: He was **permanently** deprived of the right. 他被終身剝奪那項權利.

permeate [ˋpɝmɪˌet] v.《正式》彌漫, 充滿, 普及; 滲透.

【範例】 The odor **permeated** the building. 那種氣味彌漫著整棟大樓.

Toxic waste **permeated** through the soil making it unsafe for farming. 有毒廢棄物滲入土壤給農業耕作帶來危險.

Corruption **permeated** every level of his administration. 貪污現象已充斥他的政府的各個層級.

【活用】 v. **permeates**, **permeated**, **permeated**, **permeating**

permeation [ˌpɝmɪˋeʃən] n.《正式》彌漫, 充滿, 普及; 滲透.

permissible [pɚˋmɪsəbl] adj. 可容許的: Is smoking **permissible** in this house? 這個房間容許抽菸嗎?

__permission__ [pɚˋmɪʃən] n. 許可, 允許.

【範例】 You can't use this room without **permission**. 未經許可你不能使用這個房間.

I went out with your **permission**. 我是得到你的同意才出去的.

You should ask for **permission** first. 你應該先取得許可.

The teacher gave me **permission** to leave. 那位老師允許我離開.

permissive [pɚˋmɪsɪv] adj. 寬容的, 許可的: a **permissive** atmosphere 寬容的氣氛.

【活用】 adj. **more permissive**, **most permissive**

permissiveness [pɚˋmɪsɪvnɪs] n. 寬容; 許可.

__permit__ [v. pɚˋmɪt; n. ˋpɝmɪt] v. ① 許可, 容許, 允許.

——n. ② 許可; 許可證.

【範例】 ① The law doesn't **permit** the sale of alcohol on Sunday in Pennsylvania. 在賓夕法尼亞州法律禁止在星期日販賣酒類.

The boss won't **permit** you to go to London with him./The boss will **permit** your going to London with him. 老闆會同意你和他一起去倫敦.

There will be a picnic on Saturday if our budget **permits**. 如果預算允許的話, 我們準備星期六去郊遊.

② a building **permit** 建築執照.

a fishing **permit** 釣魚許可證.

【活用】 v. **permits**, **permitted**, **permitted**, **permitting**

【複數】 **permits**

pernicious [pɚˋnɪʃəs] adj. 有害的, 致命的: Drugs have a **pernicious** influence on society. 毒品對社會產生有害的影響.

【活用】 adj. **more pernicious**, **most pernicious**

__perpendicular__ [ˌpɝpənˋdɪkjəlɚ] adj. ① 垂直的, 直立的.

——n. ② 垂直; 垂直線.

【範例】 ① This wall isn't **perpendicular** to the floor. 這面牆壁與地板不垂直.

② I pushed the flagpole back to the **perpendicular**. 我把旗竿推回到垂直狀態.

__perpetual__ [pɚˋpɛtʃʊəl] adj. 永久的, 不斷的.

【範例】 He was tired of her **perpetual** talking on the phone. 他對她那說個不停的電話感到厭煩.

First love creates a **perpetual** memory. 初戀創造永久的回憶.

perpetually [pɚˋpɛtʃʊəlɪ] adv. 永久地, 不斷地.

【範例】 She complains **perpetually**. 她不斷地抱怨.

She's **perpetually** answering phones. 她不斷地接電話.

perpetuate [pɚˋpɛtʃʊˌet] v. 使永存, 使不朽.

【範例】 Her new CD will **perpetuate** her fame as a great singer. 她新發行的雷射唱片將使她那偉大歌手的聲名永存.

They erected a statue of him to **perpetuate** the memory of a great writer. 為了永遠紀念那位偉大的作家, 他們為他建造一座雕像.

【活用】 v. **perpetuates**, **perpetuated**, **perpetuated**, **perpetuating**

perpetuation [pɚˌpɛtʃʊˋeʃən] n. 永久, 永

存：Some people believe in the **perpetuation** of spirits. 有人相信靈魂會永遠存在.

***perplex** [pə`plɛks] v. 困擾，使困惑，使混亂.

範例 I was **perplexed** by the sudden change of the schedule. 行程表的突然改變使我很困惑.
We were **perplexed** about what to answer. 我們不知該如何回答才好.

活用 v. **perplexes**，**perplexed**，**perplexed**，**perplexing**

perplexed [pə`plɛkst] adj. 困惑的，混亂的，不知所措的.

活用 adj. **more perplexed**，**most perplexed**

***perplexity** [pə`plɛksətɪ] n. 困惑，混亂：He gave no reply in **perplexity**. 他感到困惑，甚麼也沒有回答.

複數 **perplexities**

***persecute** [`pɝsɪ͵kjut] v. ① 迫害. ② 困擾.

範例 ① Jews have been unjustly **persecuted** through the ages. 猶太人在很長的時期內一直受到不公平的迫害.
② He was **persecuted** with silly questions. 他被愚蠢的問題所困擾.

活用 v. **persecutes**，**persecuted**，**persecuted**，**persecuting**

persecution [͵pɝsɪ`kjuʃən] n. 迫害：We should not turn our eyes away from the history of **persecutions** endured by their race. 我們不能不正視他們那個民族遭到迫害的歷史.

複數 **persecutions**

persecutor [`pɝsɪ͵kjutə] n. 虐待者，迫害者：Their **persecutors** should have been punished more severely. 迫害他們的人應該受到嚴懲.

複數 **persecutors**

***perseverance** [͵pɝsə`vɪrəns] n. 毅力，堅持：In spite of many setbacks, her **perseverance** kept her going. 儘管遭到許多挫折，但她仍堅持不懈.

persevere [͵pɝsə`vɪr] v. 堅持，不屈不撓：The colonists **persevered** and eventually gained independence. 殖民地居民不屈不撓，終於獲得獨立.

活用 v. **perseveres**，**persevered**，**persevered**，**persevering**

Persia [`pɝʒə] n. 波斯《1935年1月1日改稱伊朗》.

發音 亦作 [`pɝʃə].

Persian [`pɝʒən] n. ① 波斯人，波斯語.
——adj. ② 波斯的.

發音 亦作 [`pɝʃən].

複數 **Persians**

persimmon [pə`sɪmən] n. 柿子（樹）.

複數 **persimmons**

***persist** [pə`zɪst] v. ① 固執，堅持. ② 持續，存留.

範例 ① He **persisted** in continuing this project. 他堅持要繼續這項計畫.
② The heavy rain **persisted** into the next morning. 大雨一直持續到第二天早晨.

活用 v. **persists**，**persisted**，**persisted**，**persisting**

persistence [pə`zɪstəns] n. 固執，堅持.

***persistent** [pə`zɪstənt] adj. 固執的，堅持的；持續的.

範例 A **persistent** rumor annoyed Jane. 持續不斷的謠言困擾著珍.
Jack was most **persistent** about escorting me to the party. 傑克堅持要陪我去參加那個晚會.

活用 adj. **more persistent**，**most persistent**

persistently [pə`zɪstəntlɪ] adv. 頑固地，固執地，堅持地.

活用 adv. **more persistently**，**most persistently**

***person** [`pɝsn] n. ① 人. ②（文法的）人稱. ③ 身體，外貌.

範例 ① Mary is a very musical **person**. 瑪麗是一個有音樂才華的人.
Who is that young **person**? 那個年輕人是誰?
I like Bill as a **person**. 我喜歡作為一個常人的比爾.
② the first **person** 第一人稱.
the second **person** 第二人稱.
the third **person** 第三人稱.
③ Passengers are not allowed to carry aboard any weapons on their **persons**. 乘客不得攜帶任何武器上飛機.

片語 **in person** 親自，直接地：You should go and speak to the school principal **in person**. 你應該親自去跟校長談談.
in the person of 叫作 ～ 的人：The movement had a good supporter **in the person of** the mayor. 那項運動有個忠實的支持者即市長.

參考 person 的複數形為 persons，但一般多用 people.

◆ **person-to-person call** 〖美〗指名通話《在指名受話人接電話後開始計費》.

複數 **persons**

personable [`pɝsnəbl] adj. 英俊的，有風度的.

活用 adj. **more personable**，**most personable**

personage [`pɝsnɪdʒ] n. ① 名人，顯要. ②（戲劇中的）人物，角色.

複數 **personages**

***personal** [`pɝsnl] adj. ① 個人的，私人的. ② 親自的. ③ 關於個人的. ④ 身體的，容貌的，姿態的.

範例 ① This is my **personal** opinion. 這是我個人的意見.
This matter is purely **personal**. 這個問題純屬個人.
② The chief of police made a **personal** visit to the scene of the accident. 警察局長親自來到那起意外事故現場.
③ The letter I got yesterday was marked "**Personal**". 我昨天接到的信上面寫著「親

啟」二字.

It degrades you to make **personal** remarks. 針對個人進行批評會有損你的風度.

This decision doesn't involve anything **personal**. 這個決定不含任何個人相關事項.

♦ **pérsonal còlumn** (報紙的) 個人消息欄.

pèrsonal éffects 隨身物品.

pèrsonal prónoun 人稱代名詞.

pèrsonal próperty 動產.

活用 adj. ③ **more personal, most personal**

***personality** [,pɝsṇˋælətɪ] n. ① 個性，人格. ② 名流，名人.

範例 ① Susie has a strong **personality**. 蘇西個性很強.

They don't get along because their **personalities** clash. 他們因個性不合而無法相處.

② a TV **personality** 電視名人.

複數 **personalities**

***personally** [ˋpɝsṇlɪ] adv. ① 親自地. ② 就個人而言. ③ 作為一個人地. ④ 針對個人地.

範例 ① The president answered her letter **personally**. 總統親自回信給她.

② **Personally** I like this plan. 就我個人而言，我喜歡這個計畫.

③ Mike is **personally** very likable, but when it comes to business he's almost ruthless. 麥克本人非常討人喜歡，但一談到工作，他幾近冷酷無情.

④ Please don't take this **personally**, but I don't like the way you teach. 不要認為這是針對你個人，我是不喜歡你的教法而已.

personification [pɝ,sɑnəfəˋkeʃən] n. ① 化身，典型：Mrs. Hill is the **personification** of curiosity. 希爾太太是好奇心的化身. ② 擬人法，人格化，擬人.

複數 **personifications**

personify [pɝˋsɑnə,faɪ] v. ① 代表，成為化身. ② 擬人化.

範例 ① Ann **personifies** goodwill./Ann is goodwill **personified**. 安是善意的化身.

② Flowers are **personified** in this story. 這個故事中花被擬人化了.

活用 v. **personifies, personified, personifying**

***personnel** [,pɝsṇˋɛl] n. ① 職員，人員，隊員. ② 人事部《亦作 personnel department》.

範例 ① Our **personnel** are courteous and helpful. 我們的職員不僅有禮貌而且很稱職. We're suffering from a shortage of **personnel**. 我們正苦於員工不足.

參考 ① 強調一個個職員時便用單數，但有時也用複數；將所有職員看作一個整體時便單數.

***perspective** [pɝˋspɛktɪv] n. ① 透視畫，透視法. ② 觀

[perspective]

點，看法. ③ 展望；遠景；前景.

範例 ① Who was the first person to draw in **perspective**? 最先用透視法畫畫的人是誰?

② We have to see things in the right **perspective**. 我們必須以正確的觀點來觀察事情.

She never gets matters into **perspective**. 她從來沒有透徹地瞭解問題.

③ They have no **perspective** on events. 他們無法預料事態的發展.

複數 **perspectives**

perspiration [,pɝspəˋreʃən] n. 汗；流汗：There were drops of **perspiration** on her forehead. 她的額頭上有汗珠.

***perspire** [pɝˋspaɪr] v. 流汗：My father **perspires** heavily. 我父親直冒汗.

活用 v. **perspires, perspired, perspired, perspiring**

***persuade** [pɝˋswed] v. ① 說服. ② 使相信，勸.

範例 ① We **persuaded** him out of doing what he had planned. 我們說服他停止他的計畫.

I **persuaded** her to go to the party. 我說服她去參加宴會.

Can you **persuade** your father into lending us the car? 你能說服你父親把車借給我們嗎?

② I **persuaded** her of his innocence./I **persuaded** her that he was innocent. 我使她相信他是無辜的.

I **persuaded** him that he should do something for the poor family. 我勸他必須為貧困的家庭做點事.

片語 **persuade ～ into...** 說服～做…. (⇨ 範例 ①)

活用 v. **persuades, persuaded, persuaded, persuading**

***persuasion** [pɝˋsweʒən] n. ① 說服，說服力. ② 信念，確信. ③ 教派；宗教信仰.

範例 ① **Persuasion** is better than force. 《諺語》說服勝於暴力.

He gave in to our **persuasion**. 他被我們說服了.

② It is my **persuasion** that they don't really like us. 我確信他們實際上不喜歡我們.

③ people of various religious **persuasions** 各種宗教信仰的人.

複數 ③ **persuasions**

persuasive [pɝˋswesɪv] adj. 有說服力的.

範例 a **persuasive** speaker 說話有說服力的人.

His arguments are quite **persuasive**. 他的論點相當有說服力.

活用 adj. **more persuasive, most persuasive**

persuasively [pɝˋswesɪvlɪ] adv. 有說服力地：He talks about politics **persuasively**. 他很有說服力地談論政治.

活用 adv. **more persuasively, most persuasively**

pert [pɝt] adj. ① 冒失的，無禮的. ② 活潑的.

時髦的：Lucy wore a **pert** straw hat. 露西戴了一頂時髦的草帽.

活用 *adj.* **perter, pertest**

pertain [pəˋten] *v.*《正式》適合；屬於；關係到.

範例 Working hard does not **pertain** to the old. 老年人不適合辛苦工作.

problems **pertaining** to urban renewal 關係到都市更新的問題.

活用 *v.* **pertains, pertained, pertained, pertaining**

pertinent [ˋpɝtṇənt] *adj.*《正式》有關的，關係到的：Well, I think politics is **pertinent** to this debate about society. 是的，我認為政治與這次社會問題的討論有關係.

活用 *adj.* **more pertinent, most pertinent**

perturb [pəˋtɝb] *v.*《正式》煩擾，擾亂，使不安.

活用 *v.* **perturbs, perturbed, perturbed, perturbing**

peruse [pəˋruz] *v.* 精讀：I **perused** the newspaper, looking for news of the accident. 我精讀報紙以尋找那起意外事故的新聞.

活用 *v.* **peruses, perused, perused, perusing**

pervade [pəˋved] *v.*《正式》彌漫，遍布.

範例 The scent of roses **pervaded** the garden. 庭園裡彌漫著玫瑰花的芳香.

Thoughts of running away from home **pervaded** her mind. 離家出走的想法充斥她的心中.

活用 *v.* **pervades, pervaded, pervaded, pervading**

pervasive [pəˋvesɪv] *adj.*《正式》遍布的，彌漫的：the **pervasive** influence of the church 教會無所不在的影響力.

活用 *adj.* **more pervasive, most pervasive**

perverse [pəˋvɝs] *adj.* 彆扭的，乖僻的；反常的，變態的.

範例 Tom takes a **perverse** delight in refusing any proposal we make. 湯姆拒絕我們的任何提議並從中感到一種變態的快感.

It would be **perverse** to reject the idea. 拒絕那個想法是反常的.

活用 *adj.* **more perverse, most perverse**

perversely [pəˋvɝslɪ] *adv.* 乖僻地，任性地：John **perversely** insists on using an outmoded economic model. 約翰任性地主張採用過時的經濟模式.

活用 *adv.* **more perversely, most perversely**

perversion [pəˋvɝʒən] *n.* ① 曲解，歪曲：Your speech was full of **perversions** of the facts. 你的演講充滿著對事實的曲解. ② 變態.

複數 **perversions**

perversity [pəˋvɝsətɪ] *n.* 乖僻的行為；乖僻.

pervert [*v.* pəˋvɝt; *n.* ˋpɝvɝt] *v.* ① 歪曲，曲解；濫用.

——*n.* ② 變態者.

範例 ① These TV programs are **perverting** the minds of high school students. 這些電視節目會使高中生墮落.

The scientist **perverted** my report to support his argument. 那位科學家濫用我的研究報告來支持他的論點.

② He was considered to be a **pervert**. 他被認為是個變態者.

活用 *v.* **perverts, perverted, perverted, perverting**

複數 **perverts**

pessimism [ˋpɛsə,mɪzəm] *n.* 悲觀，悲觀主義，厭世主義 (☞ ↔ optimism).

pessimist [ˋpɛsə,mɪst] *n.* 悲觀論者，厭世者.

複數 **pessimists**

*__pessimistic__ [,pɛsəˋmɪstɪk] *adj.* 悲觀的，厭世的.

活用 *adj.* **more pessimistic, most pessimistic**

pest [pɛst] *n.* ① 害蟲，有害的動物. ② 麻煩製造者：That cat is the neighborhood **pest**. 那隻貓是這一帶的麻煩製造者.

複數 **pests**

pester [ˋpɛstə] *v.* 糾纏：Mike **pestered** his sister to take him to the park with her. 麥克糾纏他姊姊要她帶他去公園.

活用 *v.* **pesters, pestered, pestered, pestering**

pesticide [ˋpɛstə,saɪd] *n.* 殺蟲劑.

複數 **pesticides**

pestilence [ˋpɛstl̩əns] *n.* 瘟疫，流行病《亦作 plague》.

pestilent [ˋpɛstl̩ənt]/**pestilential** [,pɛstl̩ˋɛnʃəl] *adj.* ① 瘟疫的，有害的. ② 難纏的.

活用 *adj.* **more pestilent, most pestilent/more pestilential, most pestilential**

pestle [ˋpɛsl̩] *n.* 杵，研磨棒：These spices are to be ground up with a **pestle** and mortar. 這些香料必須用研磨棒和研缽磨碎.

複數 **pestles**

*__pet__ [pɛt] *n.* ① 寵物. ② 受寵愛的人〔物〕.

——*v.* ③ 寵愛，喜愛. ④《口語》愛撫.

範例 ① Do you have any **pets**? 你有沒有養寵物呢？

② Billy is the teacher's **pet**. 比利是老師的得意門生.

③ The policeman **petted** the little monkey. 那個警察喜愛那隻小猴子.

複數 **pets**

活用 *v.* **pets, petted, petted, petting**

*__petal__ [ˋpɛtl̩] *n.* 花瓣 (☞ 充電小站 (p. 487)).

複數 **petals**

Peter [ˋpitə] *n.* ① 男子名. ② 彼得《基督的門徒之一》.

peter [ˋpitə] *v.* 逐漸消失 (out)：The tyre tracks **petered** out into the woods. 輪胎的痕跡消失

在森林之中．

活用 *v.* **peters, petered, petered, petering**

petite [pə`tit] *adj.* 嬌小的: This dress is suitable for a **petite** woman. 這件衣服適合身材嬌小的女人．

字源 法語的 petite（嬌小的）．

活用 *adj.* **more petite, most petite**

*****petition** [pə`tɪʃən] *n.* ① 請願; 請願書．

——*v.* ② 請願, 請求．

範例 ① We submitted a **petition** to the management for higher wages. 我們向資方提出請願要求加薪．

② People **petitioned** the king for the young man's release. 人們要求國王釋放那個年輕人．

複數 **petitions**

活用 *v.* **petitions, petitioned, petitioned, petitioning**

petrify [`pɛtrə͵faɪ] *v.* 使嚇呆: When I saw the tiger, I was **petrified** with fear. 看到那隻老虎, 我嚇呆了．

活用 *v.* **petrifies, petrified, petrified, petrifying**

petrol [`pɛtrəl] *n.* 〖英〗汽油 (〖美〗gas, gasoline): We have to fill up the car with **petrol** at the **petrol** station. 我們必須到加油站加油．

*****petroleum** [pə`trolɪəm] *n.* 石油 (天然碳氫化合物的總稱, 經精煉可製成汽油 (gas, gasoline, petrol), 煤油 (kerosene, paraffin), 柴油 (light oil), 重油 (heavy oil) 等)．

petticoat [`pɛtɪ͵kot] *n.* 襯裙 (穿在裙子裡面的貼身內衣)．

複數 **petticoats**

pettiness [`pɛtɪnɪs] *n.* 瑣碎; 器量小．

*****petty** [`pɛtɪ] *adj.* 不足道的, 器量小的．

範例 It's a case of a **petty** argument that escalated into a family feud. 這是一個由小小的口角擴大成家庭不和的例子．

My father was a **petty** shopkeeper. 我的父親是一家小商店的老闆．

It is **petty** of him not to lend me his bicycle. 他不肯把腳踏車借給我, 真是小氣．

♦ **pétty cásh** 小額現金．

pétty òfficer (海軍的) 下士．

活用 *adj.* **pettier, pettiest**

petulance [`pɛtʃələns] *n.* 易怒, 暴躁: Aunt Betty sometimes shows **petulance** like a little child. 貝蒂姑姑有時像個小孩似的使性子．

petulant [`pɛtʃələnt] *adj.* 性急的, 易怒的: He is a **petulant** and arrogant man. 他是一個既暴躁又傲慢的人．

活用 *adj.* **more petulant, most petulant**

petulantly [`pɛtʃələntlɪ] *adv.* 不高興地, 生氣地．

活用 *adv.* **more petulantly, most petulantly**

petunia [pə`tjunjə] *n.* 牽牛花．

複數 **petunias**

pew [pju] *n.* (教會內的) 長椅; 椅子: Take a

pew. 請坐．

複數 **pews**

pewter [`pjutɚ] *n.* 白鑞 (一種錫合金): **pewter** ware 白鑞製品．

PG [`pi͵dʒi] 〖縮略〗= 〖英〗parental guidance (需父母陪同觀賞的電影)．

pH [`pi͵etʃ] *n.* 氫離子濃度值 (其值為0-14, 7為中性, 7以下為酸性, 7以上為鹼性)．

phalli [`fælaɪ] *n.* phallus 的複數形．

phallic [`fælɪk] *adj.* 陰莖的, 陽物的．

phallus [`fæləs] *n.* 陰莖的形象, 陰莖．

複數 **phalluses/phalli**

*****phantom** [`fæntəm] *n.* 幽靈, 幻影．

複數 **phantoms**

Pharaoh [`fɛro] *n.* 法老 (古代埃及國王的尊稱)．

複數 **Pharaohs**

pharmaceutical [͵fɑrmə`sjutɪkl] *adj.* 製藥的, 藥學的．

pharmacist [`fɑrməsɪst] *n.* 藥劑師．

複數 **pharmacists**

pharmacy [`fɑrməsɪ] *n.* ① 配藥, 製藥． ② 藥學． ③ 藥房．

複數 **pharmacies**

*****phase** [fez] *n.* ① 階段, 時期． ② 方面．

——*v.* ③ 分階段實施．

範例 ① The new weapon is still in the research **phase**. 那種新武器仍處於研究階段．

Relations between the two countries have entered into a new **phase**. 那兩國的關係已進入一個新階段．

② We discussed all **phases** of the program. 我們討論了那個計畫的所有層面．

③ The government decided to **phase** the introduction of the heavy new tax. 政府決定分階段引進新的重稅．

片語 **in phase** 同步地, 一致地．

out of phase 不一致地．

phase in 逐步採用 〔引進〕: The new system was **phased in**. 新的系統被逐步採用．

phase out 逐步廢止 〔淘汰〕: The old type of streetlamp has been **phased out**. 舊式的路燈被逐步淘汰了．

複數 **phases**

活用 *v.* **phases, phased, phased, phasing**

Ph.D./PhD [`pi͵etʃ`di] 〖縮略〗= Doctor of Philosophy (博士學位): He has a **PhD** in chemistry. 他有化學博士學位．

複數 **Ph.D.'s/Ph.D.s/PhDs**

pheasant [`fɛznt] *n.* ① 雉． ② 雉肉．

複數 **pheasants/pheasant**

phenomena [fə`nɑmənə] *n.* phenomenon 的複數形．

phenomenal [fə`nɑmənl] *adj.* 非凡的, 驚人的: Tom has a **phenomenal** memory. 湯姆有著驚人的記憶力．

活用 *adj.* **more phenomenal, most phenomenal**

phenomenally [fə`nɑmənlɪ] *adv.* 驚人地

phenomenally large shop 大得驚人的商店.
活用 *adv.* **more phenomenally**, **most phenomenally**
*__phenomenon__ [fə`nɑmə,nɑm] *n.* ① 現象.
② 特殊的事物〔人〕.
範例 ① An aurora is a magnificent natural **phenomenon**. 極光是一種壯觀的自然現象.
② He was a **phenomenon** in the business world. 他是一位商界的不凡人物.
複數 **phenomena**/② **phenomenons**
phial [`faɪəl] *n.* 小瓶子《裝香水、藥水的玻璃製品，亦作 vial》.
複數 **phials**
Philadelphia [,fɪlə`dɛlfjə] *n.* 費城《美國賓夕法尼亞州的一個城市，1776年在此地發表獨立宣言》.
philanthropist [fə`lænθrəpɪst] *n.* 慈善家，博愛主義者.
複數 **philanthropists**
philharmonic [,fɪlɑ`mɑnɪk] *adj.* 愛好音樂的: the Boston **Philharmonic** Orchestra 波士頓交響樂交響樂團.
Philip [`fɪlɪp] *n.* 男子名.
Philippine [`fɪlə,pin] *adj.* 菲律賓的.
♦ **the Philippine Íslands** 菲律賓群島.
參考 「菲律賓人」為 Filipino.
Philippines [`fɪlə,pinz] *n.* 菲律賓《☞ 附錄「世界各國」》.
Philistine [fə`lɪstɪn] *n.* ① 腓力斯人《從西元前1200年起住在巴勒斯坦西部壓迫以色列人的好戰非猶太種族》. ②〔p~〕市儈，無教養的人.
複數 **Philistines**
*__philosopher__ [fə`lɑsəfɚ] *n.* 哲學家，深思熟慮者.
複數 **philosophers**
philosophic/philosophical
[,fɪlə`sɑfɪk(l)] *adj.* ① 哲學的，哲學上的. ② 達觀的.
範例 ① **philosophic** studies 哲學研究.
a **philosophical** system 哲學體系.
② He has a **philosophical** attitude towards everything. 他對任何事都以達觀的態度看待.
活用 *adj.* ② **more philosophic**, **most philosophic/more philosophical**, **most philosophical**
philosophize [fə`lɑsə,faɪz] *v.* 哲學性思考〔論述〕(about): **philosophize** about love 對愛作哲學性的思考.
參考 〖英〗 philosophise.
活用 *v.* **philosophizes**, **philosophized**, **philosophized**, **philosophizing**
*__philosophy__ [fə`lɑsəfɪ] *n.* ① 哲學. ② 人生觀.
③ 基本原理. ④ 達觀.
範例 ① deductive **philosophy** 演繹哲學.
inductive **philosophy** 歸納哲學.
a doctor of **philosophy** 哲學博士《略作

Ph.D., 指醫學、法學、神學領域以外的博士學位》.
② a sound **philosophy** of life 健全的人生觀.
③ the **philosophy** of language 語言的原理.
④ She accepted her fate with **philosophy**. 她以達觀的態度接受自己的命運.
字源 拉丁語的 philo (愛)＋sophia (智慧)＋y.
複數 **philosophies**
phlegm [flɛm] *n.* ① 痰. ②〖正式〗冷靜.
phlegmatic [flɛg`mætɪk] *adj.* 〖正式〗冷靜的.
活用 *adj.* **more phlegmatic**, **most phlegmatic**
phobia [`fobɪə] *n.* 恐懼症.
複數 **phobias**
Phoenicia [fə`nɪʃə] *n.* 腓尼基《西元前一個繁榮的商業國，位於今敘利亞 (Syria)、黎巴嫩 (Lebanon)、以色列 (Israel) 一帶》.
Phoenician [fə`nɪʃən] *n.* ① 腓尼基人，腓尼基語. ② 腓尼基的.
——*adj.* ② 腓尼基的.
複數 **Phoenicians**
*__phone__ [fon] *n.* ① 電話；電話機.
——*v.* ② 打電話.
範例 ① When I opened the door, the **phone** was ringing. 我打開門時電話響了.
I got a **phone** call from him last night. 我昨天晚上接到他的電話.
Does she have a **phone** in her room? 她的房間裡有電話嗎?
He is on the **phone** now. 他正在打電話.
He talked to her by **phone**. 他跟她通電話.
May I use your **phone**? 我可以借用一下你的電話嗎?
② He was out when she **phoned**. 她打電話來時, 他不在家.
Who **phoned** the police? 是誰打電話給警方?
He **phoned** her the news immediately. 他馬上打電話告訴她那個消息.
I **phoned** in the poll results to network headquarters. 我打電話將投票結果通知聯絡網總部.
片語 *on the phone* 正在打〔接〕電話. (⇨ 範例 ①)
♦ **phóne bòok** 電話簿.
phóne bòoth 公共電話亭《〖英〗 phone box》.
phóne càrd 電話卡.
phóne nùmber 電話號碼.
參考 telephone (電話) 之縮略.
複數 **phones**
活用 *v.* **phones**, **phoned**, **phoned**, **phoning**
*__phonetic__ [fo`nɛtɪk] *adj.* 語音的，語音學的: **phonetic** symbol 音標《亦作 phonetic sign》.
♦ **Internàtional Phonètic Álphabet** 國際音標《由國際語音學協會制定的音標，以拉丁字母的小寫為主，略作 IPA》.
phonetically [fo`nɛtɪkl̩ɪ] *adv.* 語音學地.

phonetics [fə`nɛtɪks] n. ①〔作單數〕語音學. ②〔作複數〕(某種語言的)語音.

phoney [`fonɪ] =adj. phony.

phonograph [`fonə‚græf] n.《美》唱機, 留聲機《亦作 record player, gramophone》.
[複數] **phonographs**

phony [`fonɪ] adj. ① 假的, 偽造的.
——n. ② 假貨, 贋品.
[參考] 亦作 phoney.
[活用] adj. **phonier**, **phoniest**
[複數] **phonies**

phosphate [`fɑsfet] n. ① 磷酸鹽. ②〔~s〕磷肥.
[複數] **phosphates**

phosphorescence [‚fɑsfə`rɛsns] n. 磷光.

phosphorescent [‚fɑsfə`rɛsnt] adj. 發出磷光的, 磷光性的.

phosphorus [`fɑsfərəs] n. 磷《非金屬元素, 符號 P》.

*__photo__ [`foto] n. 照片《photograph 的縮略》.
[複數] **photos**

photocopy [`foto‚kɑpɪ] n. ① 影印.
——v. ② 影印.
[複數] **photocopies**
[活用] v. **photocopies**, **photocopied**, **photocopied**, **photocopying**

photogenic [‚fotə`dʒɛnɪk] adj. 上鏡頭的, 適於拍照的.
[活用] adj. **more photogenic**, **most photogenic**

*__photograph__ [`fotə‚græf] n. ① 照片《亦作 photo》.
——v. ② 照相, 拍照. ③ 呈現在照片上.
[範例] ① I often took **photographs** of my son. 我經常給我兒子拍照.
I don't like to have my **photograph** taken. 我不喜歡拍照.
enlarge a **photograph** 放大照片.
develop a **photograph** 沖洗照片.
print a **photograph** 沖洗照片.
② The police **photographed** the accident scene. 警方將事故現場拍了下來.
③ My daughter **photographs** well. 我的女兒很上鏡頭.
[字源] 希臘語的 photo (光)＋graph (描).
[複數] **photographs**
[活用] v. **photographs**, **photographed**, **photographed**, **photographing**

photographer [fə`tɑgrəfə] n. 攝影師, 照相師: a press **photographer** 報社的攝影記者.
[複數] **photographers**

photographic [‚fotə`græfɪk] adj. 攝影的, 攝影用的; 照相般的, 照片的: a **photographic** laboratory 照片沖印室.
a **photographic** memory 驚人的記憶.
with **photographic** accuracy 如照片般精確地.

*__photography__ [fə`tɑgrəfɪ] n. 拍照, 攝影術: No **Photography** 禁止拍照《告示》.

photosynthesis [‚fotə`sɪnθəsɪs] n. 光合作用.

phrasal [`frezl] adj. 片語的.

*__phrase__ [frez] n. ① 片語《文法用語, 指由兩個以上的字或詞結合而成的短語》. ② 慣用語, 成語. ③ 措辭. ④ 樂句《音樂中由數個小節構成的旋律單位》.
——v. ⑤ 闡述, 表達. ⑥ 分成樂句.
[範例] ① a noun **phrase** 名詞片語.
a verb **phrase** 動詞片語.
an adverbial **phrase** 副詞片語.
② a set **phrase** 成語.
③ Jim likes to use long, winding **phrases** to impress and sometimes confuse his listeners. 為了使人印象深刻, 吉姆喜歡用冗長且捲彎抹角的措辭, 但有時會使他的聽眾感到困惑.
⑤ The ambassador **phrased** his responses to be as ambiguous as possible. 那位大使辭語的回答盡可能模稜兩可.
[片語] **a turn of phrase** 措辭, 表達方式.
turn a phrase 善於辭令.
♦ **phráse bòok**《外語的》常用語手冊《供海外旅遊者使用》.
➡ [充電小站] (p. 949)
[複數] **phrases**
[活用] v. **phrases**, **phrased**, **phrased**, **phrasing**

phraseology [‚frezɪ`ɑlədʒɪ] n. 表達方式, 措辭.

physic [`fɪzɪk] n. 瀉藥.
[複數] **physics**

*__physical__ [`fɪzɪkl] adj. ① 身體的, 肉體的. ② 物質上的, 物質的. ③〔只用於名詞前〕物理的, 物理學的. ④ 粗野的.
——n. ⑤ 健康檢查《亦作 physical examination, physical checkup》.
[範例] ① Athletes must be in excellent **physical** condition when they compete. 運動選手比賽時身體狀況必須良好.
② the **physical** world 物質世界.
a **physical** property 物質的特性.
[片語] **get physical** ① 動手動腳. ② 發生肉體關係.
☞ ① ↔ mental, ② ↔ spiritual
♦ **phỳsical chémistry** 物理化學.
phỳsical educátion 體育《略作 PE》.
phỳsical geógraphy 自然地理學.
[複數] **physicals**

physically [`fɪzɪklɪ] adv. ① 身體上, 肉體上. ② 按自然法則地; 完全地.
[範例] ① A boy gave his seat to the **physically** handicapped man. 有一個男孩讓位給那個身體殘障者.
② Your plan is **physically** impossible. 你的計畫是絕對不可能實現的.

*__physician__ [fə`zɪʃən] n. 醫生, 內科醫生《☞ surgeon (外科醫生)》: You should consult your family **physician**. 你應該向你的家庭醫生求診.

充電小站

片語 (phrase)

【Q】文法中有「片語」這樣一個字，請說明一下。

【A】(1) I like swimming in the pool.
（我喜歡在游泳池裡游泳。）

句中的 in the pool 意為「在游泳池裡」，我們有時把這種由兩個以上的字組成，表達某種意思的結構稱為「片語」。

I like swimming in the pool. 表達一個完整的意思，但是因這句話中包括主詞 I 與動詞 like，所以它不能稱為「片語」，這是因為「片語」不能同時包括「主詞＋動詞」。

那麼，(1) 中哪個是片語呢? 其中的 the pool、in the pool 及 swimming in the pool 都是片語。

(2) My father gets up at six every morning.
（我父親每天早晨6點鐘起床。）

(2) 中的哪一部分是片語呢?

my father、gets up、at six、every morning 及 at six every morning 都是片語。

(3) Tom is a teacher of English.
（湯姆是英文老師。）

(3) 中的 a teacher、of English 及 a teacher of English 是片語。

[複數] **physicians**

physicist [ˋfɪzəsɪst] *n.* 物理學家.

[複數] **physicists**

physics [ˋfɪzɪks] *n.* 〔作單數〕物理學.

physiognomy [ˌfɪzɪˋɑgnəmɪ] *n.* ① 面相術. ② 相貌. ③ 地勢.

[發音] 亦作 [ˌfɪzɪˋɑnəmɪ].

[複數] **physiognomies**

physiological [ˌfɪzɪəˋlɑdʒɪk!] *adj.* 生理學〔上〕的.

[活用] *adj.* **more physiological**, **most physiological**

physiologist [ˌfɪzɪˋɑlədʒɪst] *n.* 生理學家.

[複數] **physiologists**

physiology [ˌfɪzɪˋɑlədʒɪ] *n.* 生理學，生理機能.

physiotherapist [ˌfɪzɪoˋθɛrəpɪst] *n.* 物理治療師.

[複數] **physiotherapists**

physiotherapy [ˌfɪzɪoˋθɛrəpɪ] *n.* 物理治療《不用藥品，靠按摩、運動等進行治療》.

physique [fɪˋzik] *n.* 體格: Your brother has a fine **physique**. 你的哥哥有個好體格.

[複數] **physiques**

pi [paɪ] *n.* 圓周率，π.

pianist [pɪˋænɪst] *n.* 鋼琴家.

[發音] 亦作 [ˋpɪənɪst].

[複數] **pianists**

***piano** [pɪˋæno] *n.* ① 鋼琴. ② 弱音.
——*adj.*, *adv.* ③ 弱音的〔地〕《略作 p》.

[範例] ① She plays the **piano** every day. 她每天彈鋼琴.

He played Chopin on the **piano**. 他用鋼琴彈了一支蕭邦的曲子.

[參考] piano 是義大利語 pianoforte（強與弱）之縮略. 鋼琴問世前的鍵盤樂器無法控制音的強弱，18世紀前半期鋼琴的出現解決了這個問題，故取此名.

☞ ② ③ ↔ forte

[複數] **pianos**

piazza [pɪˋæzə] *n.* ① 廣場《義大利城市中四周被建築物圍繞的地方》. ② 〔美〕陽臺.

[複數] **piazzas**

[piazza]

P

piccolo [ˋpɪkəˌlo] *n.* 短笛《比長笛短小的銅管樂器》.

[複數] **piccolos**

****pick** [pɪk] *v.*

原義	層面	釋義	範例
摸到	從複數中	選擇，選出	①
	花、果實等	摘，採	②
	附著物	掘，挖，啄，吃，剔	③
	鎖	撬開	④
	別人的東西	偷，扒	⑤
	樂器的弦	彈，撥	⑥
	吵架	找碴	⑦

——*n.* ⑧ 選擇，選出之物. ⑨ 精華，最優秀的人〔物〕. ⑩ 收穫量. ⑪ 尖的工具; 十字鎬; （吉他等的）撥子《亦作 plectrum》.

[範例] ① Ann **picked** the colors. 安選好了色調.

Pick whichever one you want. 喜歡哪個就選哪個.

Mary will **pick** out the dress that suits her best, I'm sure. 我確定瑪麗會選最適合她的衣服.

② We **picked** strawberries in the greenhouse. 我們在溫室裡摘草莓.

Dennis **picked** enough flowers to give to two

girls. 丹尼斯摘了足夠的花送給兩個女孩.

③ Don't **pick** your nose. 不要挖鼻孔.

I stood there for 5 minutes **picking** lint off my coat. 我在那裡站了5分鐘挑掉外套上的線頭.

Jack just **picked** at his food without eating much. 傑克只吃了一點點食物.

The chicken is **picking** at a string hanging from the fence post. 那隻雞在啄圍欄椿上掛著的繩子.

After **picking** the meat off the bones, we can use them to make a broth. 剔掉肉的骨頭可以用來煮湯.

④ A burglar got into my room by **picking** the lock. 竊賊是靠開門鎖後進入我的房間的.

⑤ "Someone **picked** my pocket!" Bill gasped. 比爾喘著氣說:「我的錢被偷走了!」

⑥ **Pick** up an upbeat tune on your banjo. 用你的班卓琴彈一首歡樂的曲子.

⑦ Bill is trying to **pick** a fight with you. 比爾故意要跟你打架.

⑧ You can have your **pick** of any one of them. 他們之中你選哪個都行.

⑨ The **pick** of the litter of five puppies was a female. 5隻小狗中最討人喜歡的是這隻小母狗.

⑩ Our **pick** of strawberries weighed 6 pounds. 我們摘了6磅的草莓.

片語 **pick at** 啄. (⇨ 範例 ③)

pick off ① 摘去. (⇨ 範例 ③) ② 依次瞄準射殺: Police sharp shooters **picked off** the hostage takers one by one. 警方的狙擊手們瞄準劫持人質者, 並將其一一射殺.

pick on 欺負, 挑剔: Stop **picking on** my brother. 不要欺負我弟弟.

pick out ① 選出. (⇨ 範例 ①) ② 分辨: I can't **pick** him **out** of the crowd. 我無法在這群人中認出他來. ③ 根據記憶彈出 (樂曲): I can't play well at all. I can barely **pick out** a tune as simple as "Happy Birthday." 我彈不好, 憑記憶只勉強能彈出像「生日快樂」這樣簡單的曲子.

pick up ⊙ 拾起, 整理: I **picked up** my bag. 我拾起我的手提包.

I'm going to **pick up** your pictures from the convenience store on the way home. 我在回家的路上到便利商店把你的照片拿回來.

I'll **pick** you **up** at the station and we'll go together. 我會到車站接你, 然後我們一起去.

Dad wants us to **pick up** our toys before company arrives. 爸爸要我們在客人到來之前把玩具收拾好.

② 獲得, 偶然找到手: Ron **picked up** a rare volume of Hemingway autographed by the author. 朗偶然地得到一本有海明威簽名的珍貴書籍.

He **picked up** cholera abroad. 他在國外得了霍亂.

At night we can **pick up** broadcasts in French from Quebec. 我們晚上可以聽到魁北克的法語廣播.

③ 恢復, 振作起來: The flu put me in bed for a week, but I'm **picking up** again now. 我因流行性感冒臥病在床一個禮拜, 但現在已經康復了.

④ 學會: David **picked up** some Italian when he lived in Milan. 大衛住在米蘭時, 學會了一些義大利語.

⑤ 重新開始.

活用 v. picks, picked, picked, picking

複數 picks

***picket** [`pɪkɪt] n. ① 糾察隊, 糾察員. ② 木椿, 尖椿.

—— v. ③ 設置糾察員. ④ 用尖椿圍起來.

範例 ① The **pickets** persuaded the workers not to enter the factory. 糾察隊說服工人不要進入工廠.

② She put a **picket** fence around her house. 她在房子周圍用尖椿圍了起來.

③ The workers **picketed** the office. 工人在公司前設置了糾察員.

④ He **picketed** the lawn. 他在草地上築了柵欄.

♦ **picket line** 糾察線.

複數 pickets

活用 v. pickets, picketed, picketed, picketing

***pickle** [`pɪkl] n. ① 泡菜. ② 醃汁. ③ 困境: I'm in a pretty **pickle**. 我陷入困境.

—— v. ④ 醃.

參考 泡菜是將蔬菜或水果用鹽或醋等調味料醃製而成; 在《美》使人首先想到的是醃黃瓜, 而在《英》使人想到的是醃洋蔥, 通常夾在三明治或漢堡中食用.

複數 pickles

活用 v. pickles, pickled, pickled, pickling

pickled [`pɪkld] adj. ① 醃過的. ②《口語》〔不用於名詞前〕酩酊的.

活用 adj. ② more pickled, most pickled

pickpocket [`pɪk͵pakɪt] n. 扒手.

字源 pick (竊取) + pocket (口袋).

複數 pickpockets

***picnic** [`pɪknɪk] n. ① 野餐. ② 愉快的事; 輕鬆的工作.

—— v. ③ 去野餐, 去郊遊.

範例 ① Will you go on a **picnic** with us? 你能跟我們一起去野餐嗎?

We had a **picnic** in the yard last Sunday. 上個星期天我們在院子裡野餐.

② It's no **picnic**. 那可不是一件輕鬆的工作.

➡ 充電小站 (p. 951)

複數 picnics

活用 v. picnics, picnicked, picnicked, picnicking

***pictorial** [͵pɪk`torɪəl] adj. ① 有圖的, 有照片的.

—— n. ② 畫報, 畫刊.

野餐 (picnic)

英語的 picnic 主要是指在野外進餐，在英國有時也把帶到野外去的食物叫作 picnic.
現在，不只是把三明治等帶到野外，燒烤野宴活動 (barbecue) 也愈來愈多，在美國甚至把在自家院子裡做菜吃叫作 picnic.

範例 ① a **pictorial** book 圖畫書.
a **pictorial** record 圖畫記錄.
② a **pictorial** weekly 畫報週刊.
複數 **pictorials**

picture [`pɪktʃ⊃] n. ① 畫，肖像畫；照片；電影《亦作 motion picture, movie》；圖像；畫面；形象. ②〔the ~〕情況，狀況.
——v. ③ 繪畫，描寫.
範例 ① draw a **picture** 畫畫.
paint a **picture** 畫畫.
sit for a **picture** 讓人畫像.
picture postcards 風景明信片.
May I take a **picture** here? 我可以在這裡拍照嗎?
No **Pictures** 禁止拍照《告示》.
You came out very pretty in this **picture**. 妳在這張照片中被拍得很漂亮.
I saw the **picture**. 我看了那部電影.
go to the **pictures** 去看電影.
Can you form a **picture** of what I am saying? 對於我說的話，你能想像出一個畫面嗎?
Kate is the **picture** of her grandmother. 凱特和她奶奶長得一模一樣.
He is the very **picture** of misery. 他的樣子十分悲苦.
② Do you get the **picture**? 你瞭解情況了嗎?
You see only part of the **picture**. 你只看到實際情況的一部分.
③ The artist tried to **picture** Paradise. 那位畫家試圖描繪出天堂的情景.
Can you **picture** yourself flying in the air? 你能想像自己在天空飛時的樣子嗎?
複數 **pictures**
活用 v. **pictures**, **pictured**, **pictured**, **picturing**

picturesque [,pɪktʃə`rɛsk] adj. ① 如畫的；有趣的，別致的. ② 生動的，逼真的.
範例 ① I'm going to study German in a **picturesque** Swiss village. 我將在一個美麗如畫的瑞士村莊學德語.
② A **picturesque** description helped us to understand what they had been through. 生動的描寫有助於我們瞭解他們曾經歷的事情.
活用 adj. **more picturesque**, **most picturesque**

pidgin [`pɪdʒɪn] n. 洋涇濱語《由兩種以上的語言混合而成的語言》.
複數 **pidgins**

pie [paɪ] n. 餡餅《用麵粉做皮，中間包有肉和水果烤成的點心》，〖美〗奶油餅.

範例 a **piece** of apple **pie** 一片蘋果派.
Does anyone want some more pork **pie**? 還有誰需要豬肉餡餅?
片語 **as easy as pie/easy as pie** 非常簡單的，輕而易舉的：Italian pronunciation is **easy as pie**. 義大利語的發音非常簡單.
pie in the sky 空中樓閣，渺茫的事：He says he will get a well-paid job, but it's just **pie in the sky**. 他說要找個薪水高的工作，但那不過是作白日夢.
♦ **pie chart** 圓餅圖.
複數 **pies**

piebald [`paɪ,bɔld] adj. ① 斑點的，斑紋的.
——n. ② 有黑白斑紋的馬.
複數 **piebalds**

*piece [pis] n.

原義	層面	釋義	範例
片	構成一個整體的	碎片，零件，棋子	①
	不可數名詞的單位	一塊，一個，一片，一根，一支	②
	特定的單位	工作量	③
	創作的	作品，報導	④
	金錢	硬幣	⑤

——v. ⑥ 拼湊，縫合 (together).
範例 ① He tore the photo into small **pieces**. 他把那張照片撕得粉碎.
This set of china has 144 **pieces**. 這套瓷器由144件組成.
He cherishes the ivory chess **pieces** his grandfather gave to him. 他珍愛祖父給他的象牙西洋棋.
② I've got a **piece** of information that you might be interested in hearing. 我有一個也許你會感興趣的消息.
Give me a **piece** of cake. 給我一塊蛋糕.
There were only two **pieces** of chalk in this classroom. 這間教室裡只有兩支粉筆.
I had three **pieces** of toast this morning. 今天早上我吃了3片土司.
④ He wrote a **piece** for his favorite singer. 他為他所喜歡的歌手寫了一首歌.
I went to see a new **piece** at the theater. 我去劇場看了一齣新戲.
I was surprised to see the **piece** in the newspaper about Mr. Simon's marriage. 我在

報紙上看到了西門先生結婚的消息吃了一驚.
⑤ Would you change one pound to 10p **pieces**? 你能幫我把1英鎊換成10便士的硬幣嗎?
⑥ **piece** together the facts and find out the truth 綜合事實找出真相.
She **pieced** together the broken plate. 她將打破的盤子拼在一起.

片語 **in one piece** ① 完整無損地, 完好地.
②《口語》平安地, 未受傷地: She came out of the wreck **in one piece**. 她從瓦礫中平安無事地走了出來.
in pieces 破碎.
of a piece 同樣的.
piece by piece 一個一個地, 一點一點地.
to pieces 破碎地: The poster had been ripped **to pieces**. 那張海報已被撕成碎片.

複數 **pieces**
活用 v. **pieces**, **pieced**, **pieced**, **piecing**

piecemeal [`pis,mil] adv. ① 一點一點地, 斷斷續續地.
——adj. ② 一點一點的, 斷斷續續的.
範例 ① work done **piecemeal** 需要一點一點做的工作.
② a **piecemeal** account 斷斷續續的說明.

*__pier__ [pɪr] n. ① 棧橋, 碼頭. ② 橋墩, 支柱.
複數 **piers**

*__pierce__ [pɪrs] v. 刺, 刺透, 刺破, 穿孔.
範例 The man **pierced** my right arm with a knife. 那個男子用小刀刺傷我的右臂.
The arrow **pierced** the dog. 箭射中了那隻狗.
The fisherman **pierced** a hole in the ice. 那個漁夫在冰上打了一個洞.
Helen has **pierced** ears. 海倫穿了耳洞.
The cold north wind **pierced** her to the bone. 她感到北風刺骨.
Her cry **pierced** the quiet air. 她的叫聲打破了寂靜.
The detective **pierced** the mystery. 那個偵探看穿了祕密.
活用 v. **pierces**, **pierced**, **pierced**, **piercing**

piercing [`pɪrsɪŋ] adj. 刺骨的, 刺透的, 敏銳的, 有洞察力的.
範例 a **piercing** wind 刺骨的寒風.
a **piercing** look 敏銳的目光.
活用 adj. **more piercing**, **most piercing**

piercingly [`pɪrsɪŋlɪ] adv. 刺骨地, 敏銳地.
活用 adj. **more piercingly**, **most piercingly**

*__piety__ [`paɪətɪ] n. 虔誠, 虔敬: **Piety** is the reason Tim goes to church, not because his parents force him to. 提姆是出於虔誠而去教會, 不是父母逼他去的.
☞ ↔ impiety, adj. pious

*__pig__ [pɪg] n. ① 豬, 《美》小豬. ② 豬肉《亦作 pork》. ③ 骯髒的人; 貪吃的人. ④ 警察.
片語 **a pig in a poke** 亂買.
bleed like a pig 血流如注.

make a pig of ~self 狼吞虎嚥.
Pigs might fly. 無奇不有.
♦ **pig iron** 生鐵《含碳量在2-5%的鐵, 硬而脆, 用於煉鋼 (steel) 或鑄造》.
➡ 充電小站 (p. 953)
複數 **pigs**

pigeon [`pɪdʒən] n. 鴿子; 鴿肉: a carrier **pigeon** 信鴿.
複數 **pigeons**

pigeonhole [`pɪdʒən,hol] n. ① 鴿巢. ② 文件架, 分類架.
——v. ③ 放入分類架.
複數 **pigeonholes**
活用 v. **pigeonholes**, **pigeonholed**, **pigeonholing**

pigeon-toed [`pɪdʒən,tod] adj. 腳趾向內彎的, 內八字的.

piggy [`pɪgɪ] adj. 豬的, 似豬的.
♦ **piggy bank** 撲滿.

piggyback [`pɪgɪ,bæk] n. ① 背.
——adv. ② 在肩〔背〕上.
——v. ③ 依附.
範例 ① Father often gave me a **piggyback**. 父親經常把我背在背上.
② The boy rode **piggyback** on his father. 那個男孩騎在父親肩上.
③ That film simply **piggybacked** on the novel's success. 那部電影只是借助於小說的成功.
複數 **piggybacks**
活用 v. **piggybacks**, **piggybacked**, **piggybacked**, **piggybacking**

pigment [`pɪgmənt] n. ① 顏料. ② 色素.
複數 **pigments**

pigmy [`pɪgmɪ] = n., adj. pygmy.

pigtail [`pɪg,tel] n. 辮子.
複數 **pigtails**

pike [paɪk] n. ① 矛, 槍. ② 梭子魚. ③《美》高速公路《亦作 turnpike》.

[pike]

複數 **pikes**/② **pike**

pilchard [`pɪltʃəd] n. 沙丁魚《產於西歐沿岸》.
複數 **pilchards**

*__pile__ [paɪl] n. ① 堆, 一大堆. ② 大建築物. ③ 絨毛. ④ 《~s, 作複數》痔瘡.
——v. ⑤ 堆積, 堆滿. ⑥《口語》蜂擁.
範例 ① He put the shells in a **pile**. 他將貝殼堆成堆.
He has **piles** of things to do. 他有一大堆工作要做.
⑤ We **piled** chairs in the corner of the room. 我們把椅子堆在房間的角落.
I **piled** dictionaries onto the desk. 我把辭典堆在桌上.
He **piled** the table with plates. 他把盤子堆在桌上.
The snow **piled** up on the roof. 雪堆積在屋頂上.
Debts **piled** up. 債臺高築.

———————— 充電小站)

豬 (pig/hog)

【Q】英國人和美國人對於豬有甚麼印象?

【A】英國人和美國人有在房子的後院養豬的習慣。

豬等同於貪婪、下流、貪吃,這是一般人對豬的印象,其他的食用動物,如雞、羊、牛等除供食用之外,還可提供蛋、羊毛、牛奶等,而豬除食用外沒有別的用途,故給人這種印象。

例如,不肯把自己的東西借給別人者被稱作 pig,走在路中間不管別人者被稱作 road hog.

美國用 hog,英國用 pig 作為豬的統稱,但因為牠是人類身邊的動物,故其名稱還被具體地做如下區分:

swine hog,pig,sow,boar 的統稱

sow	母豬
boar	未閹割的公豬
hog	經閹割的公豬
porker	食用豬
gilt	(未生產過的)小母豬
shoat	斷奶的小豬
piglet	小豬

順便介紹一下,豬肉為 pork,哼哼叫為 grunt,哼叫聲為 oink,吱吱叫為 squeal.

此外,使用了 pig 的表達方式有以下幾種:

pigboat 潛水艇

cast pearls before swine 明珠暗投

---

⑥ The boys **piled** on the bus. 那些男孩湧進了公車.

片語 ***make a pile*** 賺錢: Paul **made a pile** in the futures market. 保羅在期貨市場上賺了大錢.

pile it on 誇張,誇大.

♦ **pile driver** 打樁機.

複數 ①②④ **piles**

活用 v. **piles**, **piled**, **piled**, **piling**

pileup [`paɪl,ʌp] n. 連環車禍.

複數 **pileups**

pilfer [`pɪlfɚ] v. 偷竊: He **pilfered** the money from his mother. 他偷了母親的錢.

活用 v. **pilfers**, **pilfered**, **pilfered**, **pilfering**

pilgrim [`pɪlgrɪm] n. 朝聖者《為信仰前往聖地朝拜者》.

♦ **the Pilgrim Fáthers** 新教徒移民《1620年乘五月花號 (the Mayflower) 抵達今麻薩諸塞州的普里茅斯,創立最早殖民地的102個英格蘭新教徒,為美國建國的祖先.》

複數 **pilgrims**

pilgrimage [`pɪlgrəmɪdʒ] n. 朝聖: We made a **pilgrimage** to the Vatican. 我們去梵蒂岡朝聖了.

複數 **pilgrimages**

pill [pɪl] n. ① 藥丸《粉末為 powder,藥片為 tablet,藥水為 liquid medicine》. ②〔the ～〕口服避孕藥.

範例 ① I sometimes take a sleeping **pill**. 我偶爾吃安眠藥.

② Women take the **pill** as a means of birth control. 女性服用口服避孕藥作為避孕的方法.

片語 ***a bitter pill*** 不得不做的苦事,不得不忍受的屈辱.

sugar the pill 《美》使容易被人接受《《英》sweeten the pill》.

複數 **pills**

pillage [`pɪlɪdʒ] n. ① 掠奪,搶劫.

——v. ② 掠奪,搶劫.

範例 ① **Pillage** of the town was what they had in mind. 他們企圖掠奪那個城鎮.

② The village was **pillaged** by the enemy army. 那個村莊被敵軍洗劫了.

活用 v. **pillages**, **pillaged**, **pillaged**, **pillaging**

pillager [`pɪlɪdʒɚ] n. 掠奪者,搶劫者.

複數 **pillagers**

***pillar** [`pɪlɚ] n. 柱子,支柱.

範例 Beach houses are built up on **pillars** to protect against the storm surge of hurricanes. 海邊的房子為防颶風所引起的巨浪而被建在柱子上.

He was a **pillar** of the team. 他是隊上的支柱.

片語 ***from pillar to post*** (漫無目的)四處奔走: Police went around **from pillar to post** asking if anyone had seen the missing boy. 警方到處打聽是否有人看到那個失蹤的男孩.

♦ **pillar bòx** 《英》郵筒《圓柱形的,亦作 《美》mailbox》.

複數 **pillars**

pillion [`pɪljən] n. ① (摩托車等的)後座.

——adv. ② 騎在後座.

複數 **pillions**

pillory [`pɪlərɪ] n. ① 枷《將犯人的脖子和手夾在木板之間的刑具》.

——v. ② 示眾. ③ 使受辱.

複數 **pillories**

活用 v. **pillories**, **pilloried**, **pilloried**, **pillorying**

***pillow** [`pɪlo] n. ① 枕頭.

——v. ② 把(頭)枕在,做～的枕頭: She is now **pillowing** her head on her arm. 她現在正把頭枕在手臂上.

複數 **pillows**

活用 v. **pillows**, **pillowed**, **pillowed**, **pillowing**

pillowcase [`pɪlo,kes] n. 枕套《亦作 pillowslip》.

複數 **pillowcases**

pillowslip [`pɪlo,slɪp] n. 枕套《亦作 pillowcase》.

複數 **pillowslips**

***pilot** [`paɪlət] n. ① 領航員. ② 飛行員, 駕駛員. ③ 領導人.
——v. ④ 領航. ⑤ 駕駛. ⑥ 指導, 帶領.
——adj. ⑦〔只用於名詞前〕試驗性的.

範例 ① Mark Twain was a **pilot** of a steamboat when he was young. 馬克・吐溫年輕時是一位汽船領航員.
② Jim is a chief **pilot** of an airline. 吉姆是航空公司的機長.
③ Gandhi was a great **pilot** of India. 甘地是印度偉大的領導人.
⑥ The man **piloted** us through the dense woods to his hut. 那個男子把我們從森林深處帶到他的小房子.

參考 船出入港口時, 熟悉水深與航線並能使船安全航行的人稱為 pilot (領航員), 藉此產生了駕駛飛機、帶路、領導人之意.

♦ **pílot làmp** 指示燈.
　pilot light (瓦斯器具等的) 點火苗《亦作 pilot burner》; 指示燈.
　pílot òfficer〖英〗空軍少尉.

複數 **pilots**
活用 v. **pilots, piloted, piloted, piloting**

pimple [`pɪmpl] n. 粉刺.
複數 **pimples**
pimply [`pɪmplɪ] adj. 多粉刺的.
活用 adj. **more pimply, most pimply**
PIN [pɪn]《縮略》＝Personal Identification Number (個人密碼).
複數 **PIN's/PINs**

***pin** [pɪn] n. ① 別針, 飾針, 釘. ②〖美〗胸針. ③ (保齡球的) 木瓶.
——v. ④ 用針別住, 使不能動.
範例 ① a hair **pin** 簪.
　a safety **pin** 安全別針.
　a tie-**pin** 領帶夾.
　a drawing **pin** 圖釘.
　She fastened the photo to the wall with a **pin**. 她將那張照片用釘子固定在牆上.
④ He **pinned** the card to the bulletin board. 他把那張卡片釘在布告欄上.
　She **pinned** the badge to her coat. 她把徽章別在外套上.
　She was **pinned** down by a fallen post. 她被傾倒的柱子壓得動彈不得.
片語 **pins and needles**《口語》手腳發麻刺痛: I got **pins and needles** in my feet from sitting cross-legged for so long. 盤坐的時間太長了, 我的腿感到發麻刺痛.

複數 **pins**
活用 v. **pins, pinned, pinned, pinning**

pinafore [`pɪnəˌfor] n. (小孩的) 圍兜; (女性的) 無袖套衫.

[pinafore]

複數 **pinafores**

pincers [`pɪnsɚz] n. 〔作複數〕① 鉗子: a pair of **pincers** 一把鉗子. ② (螃蟹等的) 螯.
pinch [pɪntʃ] v. ① 掐, 捏, 夾. ② 擠壓, 緊. ③ 折磨, 使苦惱. ④《口語》偷. ⑤《口語》逮捕, 抓住.
——n. ⑥ 掐, 捏. ⑦ 一撮. ⑧ 困境, 窮苦.

範例 ① Mother **pinched** my arm. 母親掐了我的手臂.
　The driver **pinched** her finger in the door. 那個司機被車門夾到了手指.
② His shoes **pinch** his feet. 他的鞋太緊了.
③ My father is **pinched** for time. 我的父親苦於沒有時間.
④ The girl **pinched** some money from my desk. 那個女孩偷走我桌子裡的錢.
⑤ Yesterday he got **pinched** for theft. 他昨天因偷竊被捕.
⑥ Jill kicked my leg, so I gave her a **pinch** in return. 吉兒踢了我的腿, 所以我掐了她作為報復.
⑦ We need a **pinch** of salt. 我們需要一撮鹽.
⑧ If it comes to the **pinch** you'll have to get a second job. 如果生活有困難, 你就得再找一份工作.

片語〖美〗**in a pinch**/〖英〗**at a pinch** 必要時, 萬不得已時.

♦ **pínch hìtter** 代打者.
活用 v. **pinches, pinched, pinched, pinching**
複數 **pinches**

pinch-hit [`pɪntʃˌhɪt] v. 代替, 代打.
活用 v. **pinch-hits, pinch-hit, pinch-hit, pinch-hitting**

pine [paɪn] n. ① 松樹《亦作 pine tree》. ② 松木.
——v. ③ 渴望, 想念. ④ 憔悴, 消瘦.
範例 ③ Mary **pined** for home. 瑪麗想家.
　Tom is **pining** to see Jane. 湯姆渴望見到珍.
④ Jane has **pined** away after her husband's death. 珍在丈夫去世後變得憔悴.

♦ **píne còne** 松果.
　píne nèedle 松葉.
複數 **pines**
活用 v. **pines, pined, pined, pining**

pineapple [`paɪnˌæpl] n. ① 鳳梨. ②《口語》手榴彈.
參考 因形狀似松果, 故名.
複數 **pineapples**

ping-pong [`pɪŋˌpɑŋ] n. 乒乓球, 桌球《原作 table tennis, 且為商標名 Ping-Pong》.

pinion [`pɪnjən] n. ① 鳥翼的尖端部分, 羽毛. ② 小齒輪.
——v. ③ 剪掉翅. ④ 綁住手腳.
複數 **pinions**
活用 v. **pinions, pinioned, pinioned, pinioning**

****pink** [pɪŋk] n. ① 粉紅色, 淡紅色. ② 石竹. ③ 極致, 最佳狀態. ④ (政治上) 左傾的人.
——adj. ⑤ 粉紅色的, 淡紅色的. ⑥ 左傾的.
範例 ③ My grandparents are in the **pink** of

health. 我的祖父母非常健康.
⑤ I like **pink** roses. 我喜歡粉紅色的玫瑰花.
[參考] ④ ⑥ 因一般將共產主義喻為紅色 (red),故用粉紅色表示有左傾思想.
[複數] **pinks**
[活用] adj. **pinker**, **pinkest**

pinking shears [ˋpɪŋkɪŋˏʃɪrz] n. 〔作複數〕 鋸齒剪刀.

***pinnacle** [ˋpɪnəkl̩] n. ①
小尖塔. ② 頂點, 頂峰:
This composer reached
the **pinnacle** of fame in
the late eighteen
hundreds. 這位作曲家
在 19 世紀末達到他名
聲的頂峰.
[複數] **pinnacles**

[pinnacle]

pinpoint [ˋpɪnˏpɔɪnt] n.
① 針尖, 一點點, 瑣碎
之物.
──adj. ② 極小的, 一點
點的. ③ 精密的, 正確
的.
──v. ④ 正確地表示, 正確地決定.
[範例] ③ **pinpoint** destruction by missiles 飛彈造
成的準確破壞.
④ The fire brigade and the police tried to
pinpoint the cause of the fire. 消防隊和警方
試圖確定火災的原因.
The student **pinpointed** the mountain on the
map. 那個學生在地圖上精確地指出那座山
的位置.
[複數] **pinpoints**
[活用] v. **pinpoints**, **pinpointed**, **pinpointed**,
pinpointing

pinstripe [ˋpɪnˏstraɪp] n. 細條紋的衣服.
[複數] **pinstripes**

pinstriped [ˋpɪnˏstraɪpt] adj. 細條紋的.

pint [paɪnt] n. ① 品脫 (液量與乾量的單位, 略
作 pt.). ② 一品脫的容器. ③ 〔英〕一品脫啤
酒: Shall we have a **pint**? 我們來一品脫啤酒
怎麼樣?
[參考] 計量液量的品脫 (liquid pint), 〔美〕約為
0.473公升, 〔英〕約為0.568公升, 與1/8加侖
(gallon) 相等. 乾量的品脫 (dry pint) 〔美〕約為
0.550公升, 〔英〕約為0.568公升.
➡ (充電小站) (p. 783)
[複數] **pints**

pin-up [ˋpɪnˏʌp] n. ① 掛在牆上的美女照片.
② (美女照片上的) 美女模特兒.
[複數] **pin-ups**

***pioneer** [ˏpaɪəˋnɪr] n. ① 開拓者, 拓荒者, 先
驅, 先鋒, 倡導者.
──v. ② 開拓, 開闢, 倡導; 成為先鋒 (in).
[範例] ① Rich is destined to become a **pioneer** in
the field of genetic engineering. 理奇注定成
為遺傳工程學領域的先驅.
It was the **pioneer** spirit that led people across
the continent in search of a better life. 就是拓

荒者的精神引導人們橫越大陸尋找另一種更
好的生活.
② The USA **pioneered** in travel to the moon. 美
國成了登月旅行的先驅.
[參考] 原為在大隊之前負責開路的步兵之意, 後
發展為「開闢道路, 開拓及作先驅者」等義.
[複數] **pioneers**
[活用] v. **pioneers**, **pioneered**, **pioneered**,
pioneering

***pious** [ˋpaɪəs] adj. ① 虔誠的, 虔敬的. ② 偽善
的.
[範例] ① He is a very **pious** person, as befits a
minister. 他是一個十分虔誠的人, 與其牧師
身分很相稱.
② Be careful of his **pious** attitude. 小心他那偽
善的態度.
[☞] n. piety
[活用] adj. **more pious**, **most pious**

piously [ˋpaɪəslɪ] adv. ① 虔誠地, 虔敬地. ②
偽善地.
[活用] adv. **more piously**, **most piously**

pip [pɪp] n. ① (蘋果、橘子的) 種子. ② (電話鈴
聲、廣播報時等的) 嗶聲: Put the coin into the
telephone when you hear the **pips**. 當聽到嗶
聲時, 就往電話機裡投幣. ③ (紙牌、骰子的)
點.
[複數] **pips**

***pipe** [paɪp] n. ① 管. ② 菸斗.
──v. ③ 以管子輸送. ④ 吹哨子召集 (船員).
⑤ 滾邊.
[範例] ① a gas **pipe** 瓦斯管.
a water **pipe** 自來水管.
a sewage **pipe** 下水道.
The workers buried the **pipes** under the road.
工人們把管線埋在馬路底下.
② Do you smoke a **pipe**? 你吸菸斗嗎?
③ Water will soon be **piped** to every home in the
village. 不久水就會用管子輸送到村子的每個
家庭.
[片語] **pipe down** 《口語》壓低聲音; 靜下來.
put that in your pipe and smoke it 好
好想一想.
[複數] **pipes**
[活用] v. **pipes**, **piped**, **piped**, **piping**

pipeline [ˋpaɪpˏlaɪn] n. 輸送管線.
[片語] **in the pipeline** 在途中, 正在進行中.
[複數] **pipelines**

piper [ˋpaɪpɚ] n. 吹笛人: There will be a **piper**
playing bagpipes at the funeral. 在葬禮上會有
一位吹笛人吹風笛.
[複數] **pipers**

piping [ˋpaɪpɪŋ] n. ① 管, 導管. ② 笛聲; 吹笛.
③ (鳥) 尖銳的鳴聲. ④ (衣服的) 滾邊.
──adv. ⑤ 滾燙的.
[範例] ④ We danced to the **piping** of a flute. 我們
隨著長笛聲翩翩起舞.
⑤ The first course was **piping** hot soup. 第一道
菜是熱騰騰的湯.

piquancy [ˋpikənsɪ] n. ① 開胃, 辛辣. ② 痛

快.

piquant [ˋpikənt] *adj.* ① 開胃的，辛辣的. ②
痛快的: a **piquant** remark 痛快的批評.
[活用] *adj.* **more piquant，most piquant**

piquantly [ˋpikəntlɪ] *adv.* 開胃地，辛辣地；
痛快地.
[活用] *adv.* **more piquantly，most piquantly**

pique [pik] *n.* ① (因自尊心受損而) 憤怒，慍
怒，不滿: Peter flew out of the room in a fit of
pique. 彼德因自尊心受損而跑出房間.
── *v.* ② 傷害~的自尊心，激怒.
[活用] *v.* **piques，piqued，piqued，piquing**

piqued [pikt] *adj.* 因自尊心受損而感到憤怒
的: Peter was **piqued** by Mary's indifference.
彼德因瑪麗的冷淡，自尊心受到傷害而感到
不悅.
[活用] *adj.* **more piqued，most piqued**

piracy [ˋpaɪrəsɪ] *n.* ① 海盜行為. ② 侵犯著作
權，盜版.
[複數] **piracies**

piranha [pəˋrɑnjə] *n.* 食人魚.
[複數] **piranhas**

***pirate** [ˋpaɪrət] *n.* ① 海盜；海盜船. ② 侵犯著
作權者，盜印者.
── *v.* ③ 做海盜；掠奪. ④ 侵犯著作權: a
pirated edition 盜版.
[複數] **pirates**
[活用] *v.* **pirates，pirated，pirated，pirating**

pirouette [ˏpɪruˋɛt] *n.* ① (芭蕾舞的) 趾尖旋
轉.
── *v.* ② 以趾尖旋轉，旋轉.
[複數] **pirouettes**
[活用] *v.* **pirouettes，pirouetted，pirouetted，**
pirouetting

piss [pɪs] *n.* ①《口語》小便，撒尿.
── *v.* ②《口語》小便，撒尿.
[片語] ***piss away*** 揮霍，浪費.
piss off ① 滾開: **Piss off** and leave me
alone! 滾開，不要管我! ② 使焦躁，使厭煩.
[活用] *v.* **pisses，pissed，pissed，pissing**

pistachio [pɪsˋtɑʃɪˏo] *n.* 阿月渾子樹 (一種長
在乾燥地區的堅果類小樹).
[複數] **pistachios**

pistil [ˋpɪstl] *n.* 雌蕊 (☞ stamen (雄蕊)).
[複數] **pistils**

pistol [ˋpɪstl] *n.* 手槍: He aimed the **pistol** and
fired. 他以手槍瞄準射擊.
[複數] **pistols**

piston [ˋpɪstn] *n.* ① 活塞. ② (銅管樂器的) 音
栓.
[複數] **pistons**

***pit** [pɪt] *n.* ① 坑；陷阱. ② 礦坑. ③ (the ~s) (賽
車場上的) 檢修站，補給站. ④ (身體的) 凹
陷處；麻子. ⑤ 管弦樂團席 (歌劇舞臺上比舞
臺略低的樂隊席，亦作 orchestra pit). ⑥
(the ~s) 最差. ⑦《美》核 (櫻桃、桃子等的種
子，亦作 stone). ⑧ (the ~)《英》(劇場的) 正
廳後座.
── *v.* ⑨ 有痘痕，有麻子. ⑩《美》去核.

[範例] ① Go out and dig a **pit** for all this garbage.
出去挖個坑把這些垃圾埋掉.
② I drank a lot after working all day down the **pit**.
在礦坑內工作了一整天之後，我去痛飲一番.
④ the **pit** of the stomach 心窩.
⑥ The coffee she makes is the pits. 她泡的咖啡
最差了.
⑨ a **pitted** face 麻臉.
[片語] ***pit ~ against...*** 競爭.
[複數] **pits**

***pitch** [pɪtʃ] *v.* ① 投，扔，擲. ② 搭 (帳篷)，紮
(營). ③ 調音. ④ 上下顛簸. ⑤ 向前倒，
傾斜.
── *n.* ⑦《英》(足球等的) 球場 (《美》field). ⑧
投，擲. ⑨《英》(擺地攤的) 場地，場所. ⑩
程度，頂點，高度. ⑪ 音調. ⑫ 顛簸. ⑬ 傾
斜度. ⑭ 瀝青. ⑮ 松脂，松香.
[範例] ① The boy **pitched** the newspaper onto
the porch. 那個男孩把報紙扔在走廊上.
Pitch a fast ball. 投快速球.
② We **pitched** our tent in a field. 我們在野外搭
起了帳篷.
③ This string needs to be **pitched** a bit higher.
這根弦的音需要再調高一些.
④ The airplane **pitched** violently. 那架飛機猛
烈地上下顛簸.
⑥ The roof **pitches** sharply. 那個屋頂傾斜得
很厲害.
⑦ a football **pitch** 足球場.
The hooligans invaded the **pitch** when the
match ended. 那場比賽一結束，狂暴的球迷
就湧進了球場.
⑧ a wild **pitch** 暴投.
⑩ The baby cried at the highest **pitch** of its
voice. 那嬰兒放聲大哭.
⑪ The piano was out of **pitch**. 那臺鋼琴的音走
調了.
⑬ a roof with a steep **pitch** 坡度陡峭的屋頂.
[片語] ***pitch in*** ① 努力工作. ② 援助.
pitch into 大吃.
pitch out (投手) 故意投壞球.
♦ **pitched báttle** 激戰，決戰.
pítch pìpe 調音笛.
[活用] *v.* **pitches，pitched，pitched，pitching**
[複數] **pitches**

pitch-black [ˏpɪtʃˋblæk] *adj.* 漆黑的.

pitcher [ˋpɪtʃɚ] *n.* ① 水罐 (《英》jug). ② 投手，
投擲者.
[範例] ① a **pitcher** of milk 一罐牛奶.
Pitchers have ears.《諺語》隔牆有耳.
② Who played as a **pitcher** today? 今天投手是
誰?
a losing **pitcher** 敗戰投手.
a winning **pitcher** 勝利投手.
a starting **pitcher** 先發投手.
♦ **pítcher plànt** 囊葉植物 (其葉子如水瓶般呈
袋狀，可消化落入其中的小蟲，如豬籠草).
pitcher's pláte 投手板.

[複數] **pitchers**

pitchfork [`pɪtʃ͵fɔrk] n. ① 乾草叉.
　　━v. ② 叉擲（乾草）. ③ 強行推入.
[範例] ① Use this **pitchfork** to lift the hay. 用這把乾草叉舉起乾草.
　　③ Your father **pitchforked** me into his firm without preparing me. 我未做好心理準備, 你父親就強行把我安排到他的公司.
[複數] **pitchforks**
[活用] v. **pitchforks**, **pitchforked**, **pitchforking**

piteous [`pɪtɪəs] adj. 令人同情的, 可憐:
The starving puppies gave **piteous** cries. 那些飢餓的小狗發出了可憐的叫聲.
[活用] adj. **more piteous**, **most piteous**

piteously [`pɪtɪəslɪ] adv. 可憐地.
[活用] adv. **more piteously**, **most piteously**

pitfall [`pɪt͵fɔl] n. 陷阱, 誘惑: This test has some **pitfalls**. 這次考試有幾處陷阱.
[複數] **pitfalls**

pith [pɪθ] n. ① 髓. ② 精華, 核心.

pithy [`pɪθɪ] adj. ① 簡潔的, 有力的. ② 髓的, 有髓的.
[活用] adj. **pithier**, **pithiest**

pitiable [`pɪtɪəbl] adj. 可憐的, 悲慘的.
[活用] adj. **more pitiable**, **most pitiable**

pitiably [`pɪtɪəblɪ] adv. 可憐地, 悲慘地.
[活用] adv. **more pitiably**, **most pitiably**

pitiful [`pɪtɪfəl] adj. ① 可憐的, 悲慘的: The wild animals lived in a **pitiful** condition. 野生動物生活於悲慘的狀態下. ② 可鄙的.
[活用] adj. **more pitiful**, **most pitiful**

pitifully [`pɪtɪfəlɪ] adv. 可憐地, 悲慘地: Sue got **pitifully** discouraged. 蘇灰心喪氣令人同情.
[活用] adv. **more pitifully**, **most pitifully**

pitiless [`pɪtɪlɪs] adj. 無情的, 無同情心的: The king was a **pitiless** tyrant. 那個國王是一個無情的暴君.
[活用] adj. **more pitiless**, **most pitiless**

pitilessly [`pɪtɪlɪslɪ] adv. 無情地, 無同情心地.
[活用] adv. **more pitilessly**, **most pitilessly**

pittance [`pɪtn̩s] n. 少量的津貼, 微薄的收入: He earns a **pittance** as a construction worker. 他是一個建築工人, 只賺取微薄的收入.
[複數] **pittances**

pity [`pɪtɪ] n. ① 憐憫, 同情. ② 遺憾.
　　━v. ③ 憐憫, 同情.
[範例] ① Don't you have any **pity** for the poor child? 你不同情那個可憐的孩子嗎?
The Browns adopted the child out of **pity**. 布朗家因同情而收養那個小孩.
For **pity**'s sake, shut your mouth. 行行好, 住口吧!
② It's a great **pity** that you can't come to the concert tonight. 今晚你不能來參加音樂會真是遺憾.

The **pity** is that you didn't know that Tom had already gone. 遺憾的是你不知道湯姆已經離開了.
③ The boy is to be much **pitied**. 那個男孩太可憐了.
[片語] **more's the pity** 《口語》很遺憾.
take pity on 同情.
[複數] **pities**
[活用] v. **pities**, **pitied**, **pitied**, **pitying**

pivot [`pɪvət] n. ① 軸; 中心點.
　　━v. ② 旋轉.
[範例] ① Greg is the **pivot** of the soccer team. 格列哥是那支足球隊的中心人物.
② Take two steps and then **pivot** right. 向前走兩步, 然後向右轉.
[複數] **pivots**
[活用] v. **pivots**, **pivoted**, **pivoted**, **pivoting**

pizza [`pitsə] n. 披薩.
[複數] **pizzas**

pl. 《縮略》＝① plural（複數）. ② place（場所）.

placard [`plækɑrd] n. 布告, 海報; 門牌.
[複數] **placards**

placate [`pleket] v. 安撫.
[活用] v. **placates**, **placated**, **placated**, **placating**

place [ples] n., v.

原義	層面	釋義	範例
地點	某一空間	n. 場所, 地點	①
	合適的	n. 居所; 合適地點	②
	取決於同其他間的關係	n. 立場; 地位; 順序; 本分	③
	部分的	n. 地方	④
	數字的	n. 位	⑤

原義	層面	釋義	範例
給以位置	處於某地	v. 放置, 配置	⑥
	在記憶中	v. 想起	⑦

[範例] ① This is the **place** where he died. 這裡是他死去的地方.
This plant grows in a dark and cool **place**. 這種植物生長在陰暗涼爽的地方.
What **place** do you come from? 你是哪裡人?
He visited the **place** often. 他以前常去那裡.
I couldn't find an empty **place** on the bus. 那輛公車上沒有空位.
② Come and stay at my **place**. 可以來我家住.
Everything is in its **place** on the shelf. 每樣東西都放在架子上的固定位置.
③ It's not the principal's **place** to tell teachers how to teach. 告訴教師如何教學並非校長的

簡介輔音群 pl- 的語音與語義之對應性

pl- 是由清聲雙唇塞音 (voiceless bilabial stop) /p/ 與邊音 (lateral) /l/ 組合而成，聽起來彷彿物體落入水中所產生拍擊水面的「撲通聲」.

(1) 本義可表示「物體撲通落入水中或沉重拍擊地面的動作」:

plangent （波浪拍擊之）轟隆聲的
plash （水）發出拍擊聲，飛濺
plod 沉重地行走，吃力地行走
plop 撲通一聲落下
plump 撲通一聲坐下；突然沉重地落下
plunger 跳水者，潛水者
plunk 撲通落下

plough 用犁耕田；衝破（水面）
pluvious 多雨的
plummet 快速落下；(物價、名望等) 驟然下跌
plumb 用鉛錘測定（深度）

(2) 指人的聲望、財力、病情等突然撲通落下，跌入萬丈深淵，隱喻其陷入困境，因此引申之意為「陷入苦境」:

plunge 陷入（某種狀態如哀愁、絕望等）
plague 瘟疫，傳染病
plight 苦境，困難處境

工作.

If I were in your **place**, I would do the same. 假如我處在你的立場，我的做法也會和你一樣.

He has lost his **place**. 他失業了.

He's getting promoted to a higher **place** in his firm. 他將在公司裡獲得晉升.

④ It looks like you cut your arm in three **places**. 你好像在手臂上割破了3處.

I dropped the book and lost my **place**. 書掉下去後，我不知道我讀到哪裡了.

⑤ 9.765 is written to three decimal **places**. 9.765寫到小數點下3位.

⑥ He **placed** a vase on the table. 他把花瓶放在桌子上.

This **places** me in the difficult position of deciding who gets laid off and who doesn't. 這使我處在不知道要解僱誰的困境中.

My father **places** a great deal of importance on reading. 我父親認為讀書非常重要.

He **placed** his three sons in powerful positions. 他把他的3個兒子安置在有力的位置上.

⑦ I'm sure I've seen her before, but I can't **place** her. 我以前確實見過她，但想不起來她是誰.

片語 **all over the place** ① 到處. ② 亂七八糟地.

give place to 讓位於，被取代: Records **gave place to** compact discs. 唱片已被雷射唱片所取代.

go places 成功.

in place 在適當的位置；適當地.

in place of 代替: **In place of** talking about Monet, we're going to the Metropolitan Museum to see some of his work. 與其談論莫內，不如去大都會美術館欣賞他的作品.

in the first place 第一，首先.

out of place 不在適當的位置，不適當的.

put ~ in ~'s place 使有自知之明.

take place 發生: When did the Second World War **take place**? 第二次世界大戰是甚麼時候爆發的?

take the place of ~/take ~'s place 取

代: The lamp **takes the place of** the sun in this experiment. 在這個實驗中，燈代替了太陽.

➡ 充電小站 (p. 959)，(p. 961)，(p. 963)

複數 **places**

活用 v. **places, placed, placed, placing**

placid [`plæsɪd] adj. 沉著的，安靜的.

範例 Taffy is a **placid** dog. She almost never barks at anyone. 太妃是一隻很安靜的狗，她幾乎對誰都不叫.

We saw a sailboat floating on the **placid** surface of the lake. 我們見到平靜的湖面上漂著一艘帆船.

活用 adj. **more placid, most placid**

placidly [`plæsɪdlɪ] adv. 沉著地，安靜地: The lions were drowsing **placidly** on the grass. 那些獅子在草地上安靜地打著盹.

活用 adv. **more placidly, most placidly**

plagiarise [`pledʒə,raɪz] = v. 美 plagiarize.

複數 **plagiarisms**

plagiarism [`pledʒə,rɪzəm] n. 剽竊.

plagiarize [`pledʒə,raɪz] v. 剽竊.

參考 英 plagiarise.

活用 v. **plagiarizes, plagiarized, plagiarizing**

plague [pleg] n. ① 鼠疫，瘟疫. ② 災難.

——v. ③ 使苦惱，煩擾.

範例 ① The Great **Plague** of London claimed about 70,000 lives. 倫敦大瘟疫奪走了7萬人的生命.

② How can we clear the **plague** of rats out of the town? 如何才能清除這個城鎮中猖獗的老鼠呢?

③ Don't **plague** me with requests for money. 別以要錢來煩我.

♦ **the Grèat Plágue** 大瘟疫《1664年至1665年在倫敦流行的鼠疫》.

複數 **plagues**

活用 v. **plagues, plagued, plagued, plaguing**

plaice [ples] n. 鰈.

複數 **plaice/plaices**

plaid [plæd] n. ① 格子花呢的披肩《蘇格蘭高地

充電小站

地名的起源 (1)

▶ **英國的地名**
英國有許多非常古老的地名，字源也很複雜，混入了拉丁語、塞爾特語、日耳曼語系的法語及其他多種語言。

Britain (不列顛)
源於在盎格魯撒遜人以前居住在大不列顛島上的塞爾特語系的民族 Briton.

England (英格蘭)
源於5世紀入侵不列顛島的日耳曼系民族中的 Angles (盎格魯人)，而 Angle-land (盎格魯人的土地) 則成了現在的 England.

London (倫敦)
字源不詳，一種說法為源自塞爾特語的 londo- (荒地)，另一種說法為源自羅馬人把這個城市稱為 Londinium.

Birmingham (伯明罕)
「Beorma 人的居住地」之意. -ham 相當於現代英語的 home (居住地) 或 hem (被圍起來的地方).

Manchester (曼徹斯特)
Man- 源自拉丁語的 Mancunium，其意被認為有可能是 breast (胸)，用來指近處的山丘. -chester 為駐有羅馬軍隊的「有城牆城市」，-caster, -cester 亦為同意.

Stratford-upon-Avon (斯特拉福)
因莎士比亞的故鄉而聞名，Strat 源自拉丁語 via strata (經鋪設的街道)，-ford 為「淺灘」之意. Stratford 意為「經鋪設的街道渡過淺灘處」，upon-Avon 按字面意為「艾馮河畔」.

Oxford (牛津)
「牛」渡過的「淺灘」之意，中文寫作「牛津」.

Portsmouth (樸資茅斯)
按字面為 port (港) 的 mouth (入口).

Canterbury (坎特伯里)
Canter 為「Kent (州) 的人們」，bury 為「城堡」，即「坎特人的城堡」之意.

Gloucester (格洛斯特)
Glou 為「bright＝明亮的」，-cester 為「有城牆城市」.

Cambridge (劍橋)
意為 Cam (劍河) 上所架的橋，中文寫作「劍橋」.

Kingston (京斯敦)
King's town，王城.

Derby (德比)
源於斯堪的那維亞語，Der 為 deer (鹿)，-by 為「村」.

Lincoln (林肯)
Lin 為塞爾特語，意為 pool (水窪)，-coln 為拉丁語，意為 colony (殖民地).

Cornwall (康瓦耳郡)
英格蘭西南端的郡，有 Corn 為部族名之說. 此外，有人認為源自意為 horn (角) 的塞爾特語 corn(u) 一字，取其此郡所在的半島形狀. wall 為 Welsh，即與威爾斯相同，意為「外人，外國人」，因為在英格蘭中被看作是與英格蘭最不密切的地區.

Avon (艾馮河)
流經英格蘭中部，塞爾特語中意為「河」. 艾馮河的意思則成了「河川」.

Thames (泰晤士河)
人們認為可能是塞爾特語，意為「暗的」.

Dover (多佛海峽)
為塞爾特語，意為 waters (水).

Wales (威爾斯)
原意「外人，外國人」，可能在英格蘭人眼中，威爾斯人是外人的緣故，在威爾斯語中，將自己稱作 Cymry (同胞).

Cardiff (加地夫)
威爾斯的首府，在威爾斯語中作 Caerdydd，Car 是「城堡」，diff 是 Taff 河，意為「水」.

Ireland (愛爾蘭)
蓋爾語中作 Eire (愛爾蘭)，意思不詳. 一說意為「西方的」，的確愛爾蘭位於不列顛島以西. 另一說表示與 ire (憤怒) 有關.

Belfast (貝爾法斯特)
北愛爾蘭首府，在塞爾特語中意為「淺沙灘」.

Scotland (蘇格蘭)
在9世紀以前亦指愛爾蘭，是拉丁語 Scotia 後加 land，字源與意義不詳；古羅馬名雅稱為 Caledonia，意為「森林」.

Edinburgh (愛丁堡)
蘇格蘭首府，Edin 似源自7世紀築城於城市的 Edwin 王之名，-burgh 為「城堡」，即為「愛德溫王的城堡」之意.

Glasgow (格拉斯哥)
為塞爾特語，意為 green hollow (綠谷).

人穿的一種傳統服裝，一般披在左肩上》. ② 格子布.
複數 plaids
＊**plain** [plen] *adj.* ① 清楚的，明白的. ② 不加修飾的，樸素的. ③ 單調的，平常的. ④〔只用於名詞前〕十足的.
——*adv.* ⑤《口語》完全地. ⑥ 清楚地.
——*n.* ⑦ 平原. ⑧ 平針.
範例 ① Could you explain the meaning of this sentence in **plain** English? 能否用淺顯易懂

的英語來說明這句子的意思?
It is **plain** to me that the woman has some skeletons in her closet. 我非常清楚那個女人的家醜.
② I was ashamed of my **plain** dress at the party. 在那場晚會上我為自己簡樸的禮服感到羞恥.
You should put your résumé in a **plain** envelope. 你應該將你的履歷表裝進素色的信封裡.
The man spoke in **plain** words. 那個男子話說

得很坦白.
To be **plain** with you I just can't afford it. 坦白地跟你說，我沒時間做那件事.
plain yogurt 原味優格.
③ In the park there were about fifty policemen in **plain** clothes. 那個公園裡大約有50名便衣警察.
④ It's just **plain** foolishness to climb the mountain in winter without enough preparation. 沒有充分的準備就想在冬天攀登那座山真是愚蠢.
⑤ That's just **plain** stupid! 那真是愚蠢!
片語 **to be plain with you** 坦白地跟你說.
(⇨ 範例 ②)
♦ **plàin sáiling** 一帆風順.
活用 adj. ① ② ③ ⑥ **plainer, plainest**

*plainly [`plenlɪ] adv. ① 清楚地，明白地. ② 顯然地. ③ 樸素地，坦率地.
範例 ① The hole in my pants was **plainly** visible. 我褲子上的洞看得很清楚.
The chemist **plainly** explained how the new drug worked. 那位化學家清楚地說明新藥有何作用.
② **Plainly,** your sister knows the truth. 顯然地，你姊姊知道真相.
③ The Prime Minister spoke **plainly** about the chances of war breaking out. 首相坦率地談論開戰的可能性.
Mary dresses very **plainly**. 瑪麗穿著樸素的衣服.
活用 adv. **more plainly, most plainly**

plainness [`plennɪs] n. ① 明白. ② 樸素.

plainspoken [`plen`spokən] adj. 直言不諱的.
活用 adj. **more plainspoken, most plainspoken**

plaintiff [`plentɪf] n. 原告: The **plaintiff** claims the defendant struck her on the head with a vase. 原告說被告用花瓶打她的頭.
☞ defendant (被告)
複數 **plaintiffs**

plaintive [`plentɪv] adj. 悲傷的，哀怨的: In a **plaintive** voice Mr. Lin begged the judge for mercy. 林先生哀怨地乞求法官大發慈悲.
活用 adj. **more plaintive, most plaintive**

plaintively [`plentɪvlɪ] adv. 悲傷地，哀怨地.
活用 adv. **more plaintively, most plaintively**

plait [plet] n. ① 髮辮，辮子: Susie wears her hair in a **plait**. 蘇西把頭髮編成辮子. ②(衣服的)褶(亦作 pleat).
—v. ③ 編(頭髮、草帽等). ④ 使(布等)成褶，褶疊.
參考 ① ②〖美〗braid.
複數 **plaits**
活用 v. **plaits, plaited, plaited, plaiting**

*plan [plæn] n. ① 計畫，方案. ② 平面圖，設計圖.

—v. ③ 計畫，打算做. ④ 設計.
範例 ① I told them of my **plan** to make big money. 我告訴他們我賺大錢的計畫.
Have you made any **plans** for the summer vacation? 你的暑假計畫做好了嗎?
Here is my **plan** for the campaign. 這是我的競選活動計畫.
② I saw the **plans** for the new library. 我看了新圖書館的平面圖.
③ I **planned** a picnic for this weekend. 我計畫本週末去郊遊.
What do you **plan** to do with this money? 你打算用這筆錢做甚麼?
④ How do you **plan** a Chinese garden? 你如何設計中國式庭園?
片語 **go according to plan** 按照計畫進行.
複數 **plans**
活用 v. **plans, planned, planned, planning**

*plane [plen] n. ① 飛機. ② 水準，水平. ③ 平面. ④ 刨子. ⑤ 懸鈴木.
—adj. ⑥ 平坦的，平面的.
—v. ⑦ 刨平.
範例 ① a passenger **plane** 客機.
a cargo **plane** 貨機.
He went to Los Angeles by **plane**. 他搭飛機去洛杉磯.
The **plane** crashed shortly after take-off. 那架飛機起飛後不久就墜毀了.
② Let's keep this discussion on a **plane** that laymen can understand. 讓我們在一般人也能明白的程度上進行討論.
③ an inclined **plane** 斜面.
⑥ a **plane** figure 平面圖.
⑦ She **planed** the board. 她將木板刨平了.
複數 **planes**
活用 v. **planes, planed, planed, planing**

*planet [`plænɪt] n. 行星〖圍繞太陽公轉的天體，本身不發光〗.
➡ 充電小站 (p. 965)
複數 **planets**

planetarium [ˌplænə`tɛrɪəm] n. 天象儀.
複數 **planetariums**

planetary [`plænəˌtɛrɪ] adj.〔只用於名詞前〕行星的: a **planetary** orbit 行星的軌道.

*plank [plæŋk] n. ① 厚板. ②(政黨綱領的)條款.
範例 ① a **plank** bench 厚板長椅.
② The abolition of the death penalty is one of the three main **planks** of their policy. 廢除死刑是他們政策的3個要點之一.
參考 鋪有 plank 的地面稱作 planking.
複數 **planks**

plankton [`plæŋktən] n. 浮游生物.

*plant [plænt] n. ① 植物，花草. ② 工廠; 設備; 機械.
—v. ③ 種植，播種; 放置.
範例 ① **plants** and animals 動植物.
annual **plants** 一年生植物.
garden **plants** 園藝植物.

地名的起源 (2)

▶ 美國的地名
美國地名的由來也是多樣化的，有的取自原住民的語言，有的是以英國人為首的歐洲移民帶來的，特別是來自西班牙語和法語的地名.

America (美洲)
源自1501年來到南美大陸的義大利探險家 Amerigo Vespucci (阿美利哥・韋斯普奇) 的名字.

Anchorage (安克拉治)
「anchor (拋錨)」之意.

Boston (波士頓)
源自位於英格蘭中部的同名城市，英格蘭的波士頓有大教堂，古時被稱作 Saint Botolph's Town，美國的這個城市也為清教徒所建，被稱作 Puritan City.

Chicago (芝加哥)
來自阿爾貢金語 che-cagou (表示「洋蔥，大蒜」之意). 據說從前這一帶是溼地，充滿了刺鼻的氣味.

Cleveland (克利夫蘭)
來自1796年建築此城市的 Moses Cleaveland (摩西・克利夫蘭) 之名.

Detroit (底特律)
來自於法語中意為「海峽」一詞的 detroit.

Honolulu (檀香山)
夏威夷語中意為「受保護港，避難港」.

Houston (休士頓)
德克薩斯州東南部的港口城市，源於 Sam Houston (山姆・休士頓) 的名字.

Las Vegas (拉斯維加斯)
西班牙語中意為「肥沃的土地」，原為沙漠綠洲.

Los Angeles (洛杉磯)
此地名亦為西班牙語，譯成英語為 the angels，意為「天使們」.

Manhattan (曼哈頓)
浮在紐約灣上的一個島，在原住民語言中意為 island mountain.

Milwaukee (密爾瓦基)
在印第安語中意為「美麗的土地」.

Minneapolis (明尼亞波利)
印第安語中意為「水」一字 minne 和希臘語中「城市」一字 polis 合在一起而成的名稱.

New York (紐約)
開始時這個城市被荷蘭移民稱作 Nieuw Amsterdam (New Amsterdam). 其後，得到這片土地的英國人以約克公爵的名字，將其命名為 New York.

Philadelphia (費城)
在希臘語中意為「兄弟愛」，命名者為此城的建設者 William Penn (威廉・佩恩)，他對原住民很友好，同時也說服殖民者發揮友好精神.

Pittsburgh (匹茲堡)
以英國政治家 William Pitt the Younger (威廉・彼特) 的名字命名，-burgh 為「城堡」之意.

San Francisco (舊金山)
在西班牙語中意為「聖方濟」之意，為方濟神父所命名.

St. Louis (聖路易)
為頌揚法王路易15世及其守護聖人路易9世而命名.

Rio Grande (格蘭特河)
在西班牙語中 Rio 意為「河」，Grande 意為「大」.

I'm growing some **plants** in the window-boxes. 我用窗邊的花箱栽種了些花草.
② They built a new chemical **plant** on the river. 他們在河邊建了一間新的化學工廠.
We have our own power **plant** in this factory. 我們這間工廠有自用的發電設備.
③ Where are you going to **plant** those sunflowers? 你打算把那些向日葵種在哪裡?
The rice-farmer **planted** 100 acres last year. 那個稻農去年種植100英畝.
The median strip of the motorway was **planted** with trees. 高速公路的中央分隔島種了樹木.
The propaganda **planted** the seeds of doubt in people's minds. 那個宣傳在人們的心中種下了懷疑的種子.
Ken stood with his feet **planted** wide apart. 肯張開雙腿站著.
Policemen **planted** cocaine in his car so they could bust him. 警察在他的車裡放了古柯鹼，所以才能逮捕他.
[片語] **plant out** 移植到外面: When the seeds have grown in their box, **plant** them **out** in the garden. 種子在箱子裡長大後，應該移植到院子裡.

♦ **plánt lòuse** 蚜蟲.
[複數] **plants**
[活用] v. **plants, planted, planted, planting**
plantain [ˋplæntɪn] n. ① 芭蕉，烹調用的香蕉. ② 車前草.
[複數] **plantains**
*__plantation__ [plænˋteʃən] n. ① 農場《種植咖啡、棉花、橡膠等單一作物的大農場，通常在熱帶地區》. ② 造林地.
[複數] **plantations**
planter [ˋplæntɚ] n. ① 農場主人. ② 播種機. ③《美》花盆.
[範例] ① a tea **planter** 茶農.
② a corn **planter** 玉米播種機.
[複數] **planters**
plaque [plæk] n. ① 匾額，飾板《嵌在建築物或碑上以說明其來由》. ② 牙垢.
[複數] ① **plaques**
plasma [ˋplæzmə] n. ① 血漿. ② 等離子體《在超高溫下，由於原子核和電子分離激烈運動

而產生的電的中性氣態）.

***plaster** [ˋplæstɚ] *n.* ① 灰泥. ② 石膏. ③ 橡皮膏；膏藥.
—*v.* ④ 塗以灰泥. ⑤ 塗抹.
範例 ① The ceiling was coated with **plaster**. 天花板塗上了灰泥.
② His broken leg was in **plaster**. 他斷掉的腿打上了石膏.
③ a waterproof **plaster** 防水膏藥.
④ She **plastered** the walls. 她在牆上塗抹了灰泥.
⑤ He **plastered** movie posters on walls all over the city. 他在整個城市的牆上貼滿了電影海報.
♦ **plàster of Páris** 熟石膏.
複數 **plasters**
活用 *v.* **plasters, plastered, plastered, plastering**
plasterer [ˋplæstərɚ] *n.* 泥水匠.
複數 **plasterers**
***plastic** [ˋplæstɪk] *n.* ① 塑膠.
—*adj.* ② 塑膠的. ③ 可塑造的；易塑的；人造的.
範例 ① **Plastics** are used a lot in today's world. 塑膠製品在當今世界上大量使用.
② a **plastic** cup 塑膠杯.
a **plastic** bag 塑膠袋.
plastic explosive 塑膠炸藥.
This fork is **plastic**. 這支叉子是用塑膠做的.
③ The fire victim needs **plastic** surgery. 那場火災的受害者需要做整形手術.
I hate her **plastic** smiles. 我討厭她那做作的微笑.
♦ **plàstic árts** 造形藝術.
plàstic móney 信用卡.
plàstic súrgery 整形外科, 整形手術.
複數 **plastics**
***plate** [plet] *n.* ① 盤子. ② 一盤, 一份. ③ 餐具. ④ 金屬板, 電鍍板. ⑤ 板塊構造.
—*v.* ⑥ 鍍. ⑦ 鋪上金屬板.
範例 ① a soup **plate** 湯碟.
② a **plate** of beef and vegetables 一盤牛肉炒青菜.
The dinner cost 100 dollars a **plate**. 那一份晚餐花了100美元.
③ a fine piece of **plate** 一件精美的餐具.
④ a steel **plate** 鋼板.
⑥ silver-**plated** spoons 鍍銀的湯匙.
⑦ A ship usually has a **plated** hull. 船通常有金屬板的船身.
片語 **on ~'s plate** 工作待處理：I have too much **on my plate** to help you. 我很想幫你, 可是我有很多工作要做.
參考 ① ② 亦作 dish.
複數 **plates**
活用 *v.* **plates, plated, plated, plating**
***plateau** [plæˋto] *n.* ① 高原, 高地. ② 學習高原, 停滯期：The temperature reached a **plateau** at 2:30 pm. 氣溫至午後2點半以後

就不再升高.
複數 **plateaus/plateaux**
***plateaux** [plæˋtoz] *n.* plateau 的複數形.
***platform** [ˋplæt,fɔrm] *n.* ① 講臺. ② 月臺. ③ 政綱.
範例 ① The speaker was nervous on the **platform**. 那位演說者在講臺上很緊張.
② The last train to London is now at **Platform** One. 往倫敦的末班列車現在在第1月臺.
③ The Republican Party **platform** is based on reducing both taxes and the size of government. 共和黨黨綱的基本原則為減稅及縮小政府規模.
參考 比周圍高出的一塊地方稱作 platform, 美國的車站除大城市外幾乎都沒有 platform, 乘客都是在與鐵路高度相同的地方上下車, 這時「第1月臺」亦稱 Track One.
複數 **platforms**
plating [ˋpletɪŋ] *n.* (金、銀等的) 電鍍；金屬薄板.
platinum [ˋplætnəm] *n.* 鉑, 白金 (一種柔軟, 富延展性, 不易氧化的金屬, 符號 Pt).
♦ **plàtinum blónde** 有淡金黃色頭髮的女人.
platitude [ˋplætə,tjud] *n.*《正式》老生常談, 陳腔濫調.
複數 **platitudes**
Plato [ˋpleto] *n.* 柏拉圖《希臘哲學家, 427?–347 B.C.).
platonic [pleˋtɑnɪk] *adj.* 精神上的.
活用 *adj.* **more platonic, most platonic**
platoon [pləˋtun] *n.* 排.
➡ 充電小站 (p. 801)
複數 **platoons**
platter [ˋplætɚ] *n.* 大盤子.
複數 **platters**
platypus [ˋplætəpəs] *n.* 鴨嘴獸《一種產於澳大利亞的哺乳類動物).
複數 **platypuses**
***plausible** [ˋplɔzəbl] *adj.* 似乎有理的；花言巧語的.
範例 a **plausible** theory 似乎講得通的理論.
Getting to and from the city in 2 hours is **plausible**. 往返那座城市要兩個小時, 這話似乎可信.
He is a **plausible** liar. 他是一個花言巧語的說謊者.
活用 *adj.* **more plausible, most plausible**
plausibly [ˋplɔzəblɪ] *adv.* 似乎有理地, 好像真實地：He argued very **plausibly**. 他煞有介事地展開討論.
活用 *adv.* **more plausibly, most plausibly**
***play** [ple] *v.*

原義	層面	釋義	範例
娛樂	遊戲, 體育	*v.* 玩, 比賽	①
	聲音, 圖像, 戲劇	*v.* 演奏, 表演, 播放	②

P

充電小站

地名的起源 (3)

▶ 加拿大的地名

Canada (加拿大)

在原住民的語言中意為「村子」，當1535年布列塔尼探險家 Jacques Cartier (雅克‧卡蒂爾) 向當地人詢問該地名時，當地人指著附近的村落說「加拿大 (kanata)」(village)，故得其名．

Montreal (蒙特婁)

源於 Jacques Cartier 用法語 Mont Real (王族之山) 命名．

Ottawa (渥太華)

原住民的語言中意為「交易，商人」．

Toronto (多倫多)

18世紀時名為 York，1834年改成此名，在印第安語中意為「人們集合的地方」．

▶ 澳大利亞的地名

Australia (澳大利亞)

源自拉丁語 Terra Australis (南方之地)．

Canberra (坎培拉)

據說在原住民的語言中意為「集合的地方」，另一說來自兩個山丘，意為「女性的胸部」．

Melbourne (墨爾本)

源自英國首相墨爾本(Melbourne)．

Sydney (雪梨)

由當時發現此地的英國殖民地大臣雪梨子爵 (Viscount Sydney) 的名字而來．

▶ 紐西蘭的地名

New Zealand (紐西蘭)

因發現此地的荷蘭人亞伯‧塔斯曼 (Abel Tasman) 之出生地 Zeeland 州而得名．Zee 意為「大海」．

Auckland (奧克蘭)

源自建城當時的總督的朋友稱號為 Earl of Auckland．

Christchurch (基督城)

以籌建此城市的領導者之畢業學校宿舍「Oxford 大學的 Christ Church」而命名．

Wellington (威靈頓)

源自支持此城建設的英國人 Duke of Wellington 之名．

| 娛樂 | 角色，模仿 | v. 扮演 | ③ |
| | 動作 | v. 晃動，閃耀 | ④ |

——v. ⑤ 使朝向；使照射．
——n. ⑥ 遊戲．⑦ 比賽，動作．⑧ 戲劇．⑨ 行為．⑩ 運轉；鬆動．

[範例] ① The children went out to **play**. 孩子們出去玩了．
She should have more time to **play** with her friends. 她應該要有更多時間和朋友一起玩．
Let's **play** baseball. 我們去打棒球吧．
Who wants to **play** tennis with me? 有誰想和我打網球?
Let's **play** a trick on your brother. 我們來開開你弟弟的玩笑．
We **played** the Angels last night. 我們昨晚和天使隊比賽．

② He **plays** the guitar. 他彈吉他．
Hamlet is **playing** at the National Theatre. 《哈姆雷特》在國家劇院上演．
Let's **play** the video of our concert. 我們來播放音樂會的錄影帶吧．
There is jazz **playing** in the background. 背景音樂中有播放爵士樂．
Could you **play** the new CD, please? 能請你播放新的雷射唱片嗎?

③ **Play** like you don't know anything about it. 你就裝作對那件事一無所知．
Attacked by a bear, Bill managed to **play** dead. 遭到熊襲擊時，比爾設法裝死．
A designated hitter **plays** an important part in baseball games. 指定打擊者在棒球比賽中扮演重要的角色．
You're not **playing** fair. 你沒有光明正大地比賽．

④ He saw the moonlight **playing** on the waves. 他看見月光在波浪中搖曳．

⑤ Quickly the watchtower guards **played** their floodlights on the courtyard. 瞭望塔的守衛迅速地將探照燈轉向院子．

⑥ All work and no **play** is no fun. 光是工作而沒有遊玩太沒意思了．
We heard the happy sound of children at **play**. 我們聽到孩子們遊戲時發出的嬉鬧聲．

⑦ The athlete made a tricky **play**. 那位選手做了一個巧妙的動作．

⑧ Shakespeare wrote many great **plays**. 莎士比亞寫了很多偉大的劇作．

⑨ We brought all our energy into **play** to win. 為了獲勝，我們全力以赴．

⑩ There's way too much **play** in the clutch. 離合器太鬆了．

[片語] ***at play*** 在遊玩．(⇨ [範例] ⑥)
bring ~ into play 利用．(⇨ [範例] ⑨)
in play (比賽中的球) 未出界的；安全的．
out of play (比賽中的球) 出界的；出局的．
play about with/play around with 玩弄．
play along 虛與委蛇．
play at ① 玩 ~ 遊戲：The children were **playing at** being pirates. 孩子們在玩海盜遊戲．② 玩票，不認真地做：Ryan only **played at** running his own business, knowing he had his inheritance to fall back on. 賴安知道有繼承的財產可依靠，所以只是玩票性地經營著公司．
play back 播放：He videotaped the TV program and then **played back** the first half.

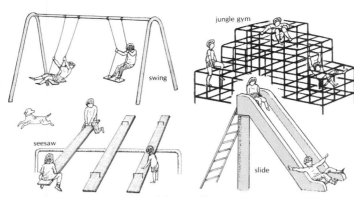

jungle gym

swing

seesaw

slide

[playground]

他把電視節目錄下來，然後播放前半段.

play down 淡化: They tried unsuccessfully to **play down** their historic, crushing defeat in the elections. 他們設法淡化在選舉中所遭遇到的歷史性慘敗，但是卻徒勞無功.

play it by ear 隨機應變地處理.

play on 利用，抓住弱點: Try to **play on** her sympathy when you ask to be excused. 你想讓她寬恕你，就要利用她的同情心.

play up ① 提高～的重要性. ②『英』製造麻煩，調皮搗蛋: The boys were **playing up** this morning. 那些男孩今天早上非常調皮.

♦ **pláying càrd** 紙牌.

➡ 充電小站 (p. 967)

活用 *v.* plays, played, played, playing

複數 plays

playback [`ple,bæk] *n.* 重播，倒帶《特指剛完成的錄音或錄影》.

複數 playbacks

playbill [`ple,bɪl] *n.* ①『美』戲碼節目單. ② 戲劇海報.

複數 playbills

playboy [`ple,bɔɪ] *n.* 紈袴子弟，尋歡作樂的（有錢）人.

複數 playboys

player [`pleɚ] *n.* ① 比賽者，選手. ② 演員，演出人員. ③ 演奏者. ④ 雷射唱片播放機.

範例 ① Tom is a good tennis **player**. 湯姆是一個出色的網球選手.

② He is a stage **player**. 他是一個舞臺演員.

③ They need a trumpet **player** in that band. 那個樂隊需要一個喇叭手.

④ Show me a CD **player**. 請把雷射唱片播放機拿給我看看.

複數 players

playful [`plefəl] *adj.* ① 愛玩耍的，開朗的. ② 開玩笑的，淘氣的.

範例 ① Look at my **playful** dog. 看我那愛玩耍的狗.

Your husband is as **playful** as a child on weekends. 你的先生到週末就玩得像小孩子一樣.

② She gave me a **playful** glance. 她淘氣地瞥了我一眼.

活用 *adj.* more playful, most playful

playfully [`plefəlɪ] *adv.* 開玩笑地，歡快地.

活用 *adv.* more playfully, most playfully

playfulness [`plefəlnɪs] *n.* 詼諧，歡快.

***playground** [`ple,graʊnd] *n.* 運動場，遊樂場.

複數 playgrounds

playgroup [`ple,grup] *n.*『英』私立托兒所《為鄰里的學齡前兒童所設》.

複數 playgroups

playhouse [`ple,haʊs] *n.* ① 劇場. ② 兒童的遊戲房.

複數 playhouses

playmate [`ple,met] *n.* (兒童時代的) 玩伴.

複數 playmates

playoff [`ple,ɔf] *n.* 決賽，冠軍爭奪戰.

複數 playoffs

playpen [`ple,pɛn] *n.* 嬰幼兒的遊戲圍欄.

複數 playpens

plaything [`ple,θɪŋ] *n.* 玩具，玩物.

複數 playthings

playwright [`ple,raɪt] *n.* 劇作家，編寫劇本的人.

複數 playwrights

plaza [`plæzə] *n.* ① 公共廣場,（特指在西班牙語系國家的）市場. ② 購物中心.

複數 plazas

***plea** [pli] *n.* ① 請求，懇求. ② 理由，藉口. ③（法律上的）抗辯，訴訟.

範例 ① There was a worldwide response to the country's **plea** for famine relief. 那個國家請求救濟饑荒，並且得到世界各地的回應.

② Mr. Chang asked not to be transferred to Pingtung on the **plea** of having a wife and four children in Kaohsiung. 張先生以妻子和4個孩子在高雄為理由，請求不要調派到屏東.

行星 (planet)

圍繞太陽公轉 (revolution) 的行星有以下9個：

1. **Mercury**（水星）
源自羅馬神話中的麥丘里，相當於希臘神話中的赫米斯，擔當使者職務且跑得很快的神，剛在傍晚出現，不知甚麼時候又在早晨出現，mercurial 一字形容為易變，變化無常。

2. **Venus**（金星）
源自羅馬神話中愛與美的女神維納斯，相當於希臘神話中的愛芙羅黛蒂，以作為晨星 (the morning star) 和黃昏星 (the evening star) 而出名。
晨星亦被稱作 Phosphor（磷），Lucifer（明亮的東西）。此外，黃昏星亦被稱作 Hesperus（西方的星），在中國稱作「太白金星」。

3. **Earth**（地球）

4. **Mars**（火星）
火星看起來火紅，也許會令人聯想到血，因而以羅馬神話中的戰神馬爾斯命名，相當於希臘神話中的愛力士。

5. **Jupiter**（木星）
由於木星在行星中體積最大，因此以統治天的神朱彼德命名，朱彼特相當於希臘神話中的

6. **Saturn**（土星）
其名源自羅馬神話中的農神賽騰，相當於希臘神話中的克洛諾斯，為宙斯之父。

7. **Uranus**（天王星）
希臘神話中的尤拉納斯是克洛諾斯的父親，宙斯的祖父，宇宙最初的統治者。

8. **Neptune**（海王星）
奈普頓為海神，相當於希臘神話中的波賽頓。

9. **Pluto**（冥王星）
源自希臘神話中的普魯托，相當於羅馬神話中的黑底斯，也有人說冥王星是一個比想像中更為暗的星，因此用冥府之神的名字命名。
在英語中使用其名稱開頭的字母記憶順序如下：

My very educated mother just served us nine pickles.（我那很有教養的母親只拿給我們9根醃黃瓜。）
1979年至1999年間，海王星和冥王星的順序發生交替，冥王星變得距太陽更近，這一現象是由於這兩顆行星公轉的軌道不同而產生的。

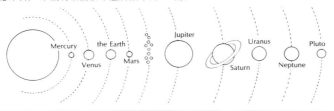

③ My client wants to enter a **plea** of "not guilty." 我的委託人希望提出無罪抗辯。
複數 **pleas**

***plead** [plid] v. ① 懇求。② 辯解，以~為藉口。③ 申訴，辯護。
範例 ① The girl **pleaded** with her father to buy the doll. 那個女孩懇求她父親買洋娃娃。
She **pleaded** with the Lord for her baby's life. 她乞求神救她的寶寶一命。
② You can't **plead** you're having dinner with your wife. I know she's out of town. 你別推諉說你和妻子正在吃晚餐，我知道她現在不在鎮上。
③ She's **pleaded** temporary insanity. 她辯說是一時的精神錯亂。
He's going to **plead** innocent. 他打算宣稱無罪。
I want a better lawyer to **plead** my case. 我想找一個更好的律師替我（的案子）辯護。
活用 v. **pleads, pleaded, pleaded, pleading/pleads, pled, pled, pleading**

***pleasant** [`plɛznt] adj. ① 開心的，令人愉快的。② 和藹的，討人喜歡的。

範例 ① We had a **pleasant** time. 我們度過了愉快的時光。
It's quite **pleasant** day, isn't it? 今天是一個愉快的日子，是吧？
② You should be **pleasant** today. 今天你要和顏悅色。
☞ ↔ unpleasant
活用 adj. **more pleasant, most pleasant/pleasanter, pleasantest**

pleasantly [`plɛzntlɪ] adv. ① 愉快地，快樂地。② 和藹地。
範例 ① We spent the evening **pleasantly**. 我們那天晚上過得很愉快。
② "Take it easy," she said **pleasantly**. 她和藹地說：「別緊張。」
活用 adv. **more pleasantly, most pleasantly**

pleasantry [`plɛzntrɪ] n. ① 俏皮話，幽默，詼諧，玩笑。② 社交場合上輕鬆逗趣的話。
複數 **pleasantries**

****please** [pliz] v. ① 使高興，使滿意，取悅。② 喜歡；想做。

——adv. ③ 請《使用於祈使句等》.

[範例] ① The movie **pleased** the audience. 那部影片讓觀眾看得很開心.

It **pleases** me to hear good music. 聽到優美的音樂讓我心情愉快.

② You may do as you **please**. 你喜歡怎麼做就怎麼做.

Eat as much as you **please**. 你想吃多少就吃多少.

③ **Please** tell me the truth. 請告訴我事情的真相.

Will you **please** open the door? 請你把門打開好嗎?

"More coffee?" "**Please**." 「還要咖啡嗎?」「好的, 謝謝.」

[片語] *if you please*《正式》煩請; 如果你願意的話: Take it home with you, **if you please**. 如果你想要的話, 你可以把它帶回家.

please ~self《口語》隨自己的意願: I'd like you to stay a bit longer, but **please yourself**. 我希望你再多待一會兒, 你自己決定吧.

☞ ① ↔ displease

[活用] *v.* **pleases**, **pleased**, **pleased**, **pleasing**

pleased [plizd] *adj.* 喜悅的, 滿意的, 愉快的, 高興的.

[範例] She was **pleased** with the birthday present. 她對生日禮物很滿意.

Are you **pleased** about his coming? 你對他的到來感到高興嗎?

No one was **pleased** to hear that Carol had won the beauty contest. 聽到卡蘿贏得選美比賽后冠的消息, 沒有人感到高興.

[活用] *adj.* **more pleased**, **most pleased**

pleasing [ˋplizɪŋ] *adj.* 宜人的; 令人滿意的, 討人喜歡的, 愉快的.

[範例] He's a **pleasing** young man, and good looking too. Why not call him? 他是一個討人喜歡的年輕人, 而且長得英俊. 打個電話給他如何?

It is **pleasing** to talk to a lot of new friends. 能和很多新朋友交談非常愉快.

[活用] *adj.* **more pleasing**, **most pleasing**

pleasurable [ˋplɛʒrəbl] *adj.*《正式》愉快的, 開心的.

[活用] *adj.* **more pleasurable**, **most pleasurable**

pleasurably [ˋplɛʒrəblɪ] *adv.* 開心地, 愉快地.

[活用] *adv.* **more pleasurably**, **most pleasurably**

***pleasure** [ˋplɛʒɚ] *n.* ① 高興, 快樂, 愉快, 滿足. ② 愉快的事, 喜事, 令人滿足的事物.

[範例] ① She smiled with **pleasure**. 她笑得很開心.

We get a lot of **pleasure** watching sunsets at the beach. 在海邊看日落讓我們心情愉悅.

That bully takes great **pleasure** in picking on little boys. 那個惡霸以欺負小孩為樂.

② Taking care of his family is his main **pleasure**. 照顧家人是他最大的滿足.

It gives him great **pleasure** to see children enjoying themselves. 看到孩子們玩得很開心, 他也樂在其中.

[片語] *It is a pleasure./It is my pleasure./My pleasure*. 不要緊, 不用客氣.

take pleasure in 以~為樂, 喜歡做. (⇨ [範例] ①)

The pleasure is mine.《正式》這是我的榮幸, 不用客氣: "Thank you for taking part in our program." "**The pleasure is mine.**" 「謝謝你來參加我們的節目.」「不用客氣.」

with pleasure ① 高興地: I will help you **with pleasure**. 我很樂意幫你忙. ②《回答時使用》好的, 我很樂意: "Would you lend me something to write with?" "**With pleasure.**" 「你能不能借我支筆寫些東西?」「我很樂意.」

[複數] **pleasures**

pleat [plit] *n.* (衣服的) 褶, 褶襇, 褶狀皺起物《亦作 plait》.

——*v.* ② 打褶: a **pleated** skirt 褶裙.

[複數] **pleats**

[活用] *v.* **pleats**, **pleated**, **pleated**, **pleating**

plebeian [plɪˋbiən] *n.* ①《古羅馬的》平民. ② 老百姓, 一般大眾《表示輕蔑》.

——*adj.* ③ 平民的, 庶民的, 粗俗的: **plebeian** tastes 粗俗的品味.

[複數] **plebeians**

[活用] *adj.* **more plebeian**, **most plebeian**

plebiscite [ˋplɛbəˏsaɪt] *n.* 公民投票: The government is going to hold a **plebiscite** on that issue. 政府即將針對那個議題進行公民投票.

[複數] **plebiscites**

plectrum [ˋplɛktrəm] *n.* (吉他等的) 撥子《亦作 pick》.

[複數] **plectrums**

pled [plɛd] *v.* plead 的過去式、過去分詞.

***pledge** [plɛdʒ] *n.* ① 誓約, 諾言. ② 抵押 (物), 信物.

——*v.* ③ 承諾, 保證.

[範例] ① The boyscouts made a **pledge** to always be honest. 童子軍隊員們宣誓永遠誠實.

My father has made a **pledge** that he won't drink any alcohol for a month. 父親發誓一個月不喝酒.

Agents of the CIA are under **pledge** of secrecy concerning their activities. 美國中央情報局的探員宣誓為自己的情報活動守密.

② Joe left his ID card as a **pledge**, when he borrowed a bike. 喬在借腳踏車時以身分證作抵押.

He gave her a bracelet as a **pledge** of his love. 他送給她一只手鐲作為愛情的信物.

③ Union leaders **pledged** to get the highest wage hike possible. 工會的領導者們承諾將盡力爭取最高的工資調漲.

Prom goers **pledged** that they wouldn't drink

遊戲道具

【Q】中國有「打紙牌」、「轉陀螺」、「拋接球」等遊戲，英國也有相同的遊戲嗎？

【A】英國確實沒有「打紙牌」的遊戲，但是也有「轉陀螺」. 陀螺歷史悠久，在14世紀的歐洲就已經出現了. 古代亞洲的陀螺由海螺殼、葫蘆、堅果、竹子或石頭製成. 中國空竹也算是一種陀螺，于拿破崙時代傳入歐洲，風行一時.

而在英語中也有「陀螺」一詞，稱作 **top**.「轉陀螺」是 spin a top，可以說 Tom is spinning a top.（湯姆在轉陀螺）. 此外，用細繩抽打陀螺使其加速旋轉，稱作 whip a top. whip 意為「用鞭子抽打」.

如果認為只有中國有「拋接球遊戲」那就大錯特錯了，因為全世界都有. 當然英語中也有此遊戲，稱作 **cup-and-ball**，其中確有「杯」和「球」.「湯姆在玩拋接球遊戲」用英語表達為 Tom is playing cup-and-ball.

「翻線遊戲」是指將一條細繩的兩端連在一起成環狀來進行遊戲. 英語中稱之為 **cat's-cradle**（貓的搖籃）. 這種「貓的搖籃」是「翻線遊戲」中最簡單的形狀. 取其具有代表性的形狀命名，於是此遊戲稱作 cat's-cradle.

「珍恩和珍在玩翻線遊戲」可以說 June is playing cat's-cradle with Jane.

「沙包遊戲」的英語為 **beanbag**，bean 為「豆子」，bag 為「袋子」，即是指裝入豆子的袋子，「梅在玩沙包遊戲」這句話用英語說為 May is playing beanbags.

其次還有「玻璃彈珠遊戲」，英語作 **marble**. marble 原意為「大理石」，從前是用大理石做彈珠，現在主要使用玻璃，也有用陶或瓷做的.「孩子們在彈玻璃彈珠」的英語為 The children are playing marbles.

玩法是將彈珠擺成圓形或擺成一排，用較大顆的彈珠 (shooter) 去彈撞. 以拇指 (thumb) 和食指 (forefinger) 拿著彈珠再用拇指使力將它彈出，此時手指的關節 (knuckle) 至少有一個觸到地面，稱作 knuckle down.

在彈珠遊戲中用「彈」的動作，而英語中卻沒有相應的動詞.

其次是「踩高蹺」. 中國的高蹺是用竹子做，但最近有使用合成樹脂等. 英語中高蹺稱作 **stilts**，「湯姆在踩高蹺」這句話用英語表達為 Tom is walking on stilts.

「鞦韆」的英語為 **swing**.「你家的小男孩在盪鞦韆」這句話用英語說為 Your boy is swinging in the swing. 或者說 Your boy is riding on the swing. swing 意為「搖動」或「搖動之物」.

至於「蹺蹺板」的英語為 **seesaw**.「玩蹺蹺板」用英語表達為 play at seesaw 或 play seesaw.

據說 seesaw 一字原出自伐木工人 (sawyer) 的吆喝聲. 工人用鋸子鋸樹時身體前後晃動，口中唱著 seesaw 開頭的一首歌. 孩子們玩蹺蹺板時因身體上下晃動，所以模仿伐木工人唱「Seesaw....」這首歌.

此外，seesaw 一字的 saw 意為「鋸」. 因此吆喝聲應為 sawsaw，但在英語中為避免同音重複的傾向，所以以前面的音發生變化而成 seesaw. 同樣發生音的變化的字有表示門鈴聲的 ding-dong，大浪飛濺聲的 splish-splash，形容驢叫聲的 hee-haw，狗的叫聲 bow-wow 等.

最後還有「跳繩遊戲」. 跳繩在《美》為 jump rope，《英》為 skip rope.「肯正在玩跳繩」這句話可說成 Ken is jumping rope now. 或是 Ken is skipping rope now. 還有，跳繩用的「繩」在《美》為 **jump-rope**，《英》**skipping-rope**.

P

---

alcohol. 參加舞會的學生許諾不喝酒.
The new members of Parliament **pledged** themselves to work together across party lines. 新科議員們保證跨黨派合作.

複數 **pledges**

活用 v. **pledges**，**pledged**，**pledged**，**pledging**

plenipotentiary [͵plɛnəpəˋtɛnʃərɪ] adj. ① 被授予全權的: an ambassador extraordinary and **plenipotentiary** 特命全權大使.
——n. ② 全權大使，全權代表《被授予所有權限跟外國代表進行交涉的政府代表》.

複數 **plenipotentiaries**
plenteous [ˋplɛntɪəs] adj. 豐富的，富裕的.

活用 adj. **more plenteous**，**most plenteous**
***plentiful** [ˋplɛntɪfəl] adj. 豐富的，很多的.

範例 Fresh drinking water is **plentiful** in this part of the country. 在國內這個地區有相當豐沛而潔淨的飲用水.
The video rental store has a **plentiful** supply of French movies. 那家錄影帶出租店內的法國片多而齊全.
This island is **plentiful** in orchids and other rare tropical flowers. 這座島上有很多蘭花和其他罕見的熱帶花卉.

活用 adj. **more plentiful**，**most plentiful**
plentifully [ˋplɛntɪfəlɪ] adv. 豐富地，很多地.

活用 adv. **more plentifully**，**most plentifully**
***plenty** [ˋplɛntɪ] n. ① 很多，充足，豐富.

——adv. ② 很多地，充分地.

範例 ① "Would you like some more ice cream?"

"No, thanks. I've had **plenty**."「你還要冰淇淋嗎?」「謝謝, 不用了. 我已經吃很多了.」
We've got **plenty** of money. 我們有足夠的錢.
I gave my dog **plenty** to eat. 我給我的狗很多食物.
There was time in **plenty** for everyone. 每一個人都有充足的時間.
In the land of **plenty** one wants for nothing. 富裕國家的人民衣食無缺.
② Sam says your chili is **plenty** spicy enough for him. 山姆說你的辣椒對他來說夠辣.
片語 ***in plenty*** 很多地, 充分地. (⇨ 範例 ①)
plenty of 很多的, 足夠的. (⇨ 範例 ①)
參考 plenty of 一般用於肯定句, 否定句中用 many 或 much, 疑問句中則用 enough.

pliability [ˌplaɪə`bɪlətɪ] *n*. ① 柔軟性. ② 老實, 順從.

pliable [`plaɪəbl] *adj.* ① 柔軟的, 柔韌的. ② 老實的, 順從的.
活用 *adj.* **more pliable, most pliable**

pliers [`plaɪəz] *r*.〔作複數〕鉗子, 鑷子: a pair of **pliers** 一把鉗子〔鑷子〕.

*****plight** [plaɪt] *n*. ① 困境.
——*v.* ②〔正式〕宣誓, 訂婚.
範例 ① We were horrified by the **plight** of seagulls harmed by the oil spill. 看到海鷗因石油外洩而遇害的慘狀, 我們都感到膽顫心驚.
② The girl **plighted** herself to a vicar. 那個女孩和教區的牧師訂婚了.
複數 **plights**
活用 *v.* **plights, plighted, plighted, plighting**

plimsoll [`plɪmsl] *n*.〔英〕(單隻) 膠底帆布鞋(〔美〕sneaker): a pair of **plimsolls** 一雙膠底帆布鞋.
複數 **plimsolls**

plinth [plɪnθ] *n*.〈建築上〉柱基,(圓柱、雕像等的) 底座.
複數 **plinths**

*****plod** [plɑd] *v.* ① 以沉重的腳步行走. ② 埋頭苦幹 (away).
範例 ① The boys **plodded** along the road with great effort. 那些男孩非常吃力地以沉重的腳步在路上行走.
② Paul **plodded** away at his lessons. 保羅埋頭苦讀.
活用 *v.* **plods, plodded, plodded, plodding**

plodder [`plɑdə] *n*. 埋頭苦幹的人.
複數 **plodders**

*****plot** [plɑt] *n*. ① 陰謀, 計謀. ②(小說、劇本等的) 情節. ③ 小區域, 小塊土地《為了使用而劃分出來的土地區塊》. ④〔美〕(建築的) 平面圖.
——*v.* ⑤ 計畫, 密謀. ⑥ 繪製 (地圖、表格等), 劃入, 標示~於…. ⑦ 構思 (小說、劇本等).
範例 ① A **plot** to kill the queen was uncovered. 一場策劃殺害女王的陰謀被揭穿了.

③ a building **plot** 建築用地.
I grow barley on this **plot** of land. 我在這塊土地上種植大麥.
⑤ They were **plotting** to kill the rich man. 他們計畫殺害那個富豪.
⑥ Tom **plotted** down our ship's position on the chart. 湯姆把我們船的位置標示在航海圖上.
複數 **plots**
活用 *v.* **plots, plotted, plotted, plotting**

plotter [`plɑtə] *n*. 密謀者: The arrest of the **plotters** surprised us. 我們對密謀者被捕感到吃驚.
複數 **plotters**

plough [plaʊ] ＝*n.*, *v.*〔美〕plow.

ploughman [`plaʊmən] ＝*n.*〔美〕plowman.
♦ **plóughman's lúnch**〔英〕農夫的午餐；在小酒店吃的簡單午餐《通常包括麵包、乳酪和醃黃瓜, 多在小酒店裡邊喝啤酒邊吃. 亦作 ploughman's》.
複數 **ploughmen**

*****plow** [plaʊ] *n*. ① 犁《農耕用具》. ②〔the P~〕北斗七星；大熊星座.
——*v.* ③ 耕, 犁地. ④ 奮力前進, 努力工作.
範例 ① Tractors pulled **plows**. 曳引機拉犁耕地.
③ The old people **plowed** the field every day. 那些老人們每天都會犁地.
This field **plows** easily. 犁這塊地不會很費力.
④ The boat **plowed** through the rough waves. 那艘船衝破巨浪奮勇向前.
He **plowed** through the long novel. 他好不容易才讀完那本冗長的小說.
參考〔英〕plough.
複數 **plows**
活用 *v.* **plows, plowed, plowed, plowing**

plowman [`plaʊmən] *n*. 農夫, 鄉下人.
參考〔英〕ploughman.
複數 **plowmen**

ploy [plɔɪ] *n*. 手段, 詭計.
複數 **ploys**

*****pluck** [plʌk] *v.* ① 扯, 摘, 拔. ② 彈撥 (弦樂器).
——*n.* ③ 勇氣.
範例 ① Lucy **plucked** her graded answer sheet from the teacher's hand. 露西從老師手中把她那評完分的考卷扯了過去.
In this orchard, we can **pluck** as many cherries as we like. 在這個果園裡, 櫻桃可以任意採摘.
Dave quickly **plucked** the pheasant and started to cook it. 戴夫俐落地拔光雉雞的羽毛, 然後開始烹調.
② It's very strange, the way she **plucks** her harp. 她彈撥豎琴的方法真的很奇怪.
③ He succeeded in sailing the boat alone across the Pacific. He must have a lot of **pluck**. 他成功地獨自駕駛小艇橫渡太平洋. 他一定是非常勇敢.
片語 ***pluck up courage*** 鼓起勇氣: I can't

pluck up enough **courage** to tell her that I love her. 我沒有勇氣對她說我愛她.

[活用] v. **plucks**, **plucked**, **plucked**, **plucking**

plucky [`plʌkɪ] adj. 有勇氣的, 大膽的.

[活用] adj. **pluckier**, **pluckiest**

**plug [plʌg] n. ① (電器用品的) 插頭, 插座. ② 栓, 塞子. ③《口語》廣告, 宣傳.
——v. ④ 塞住, 堵住. ⑤《口語》大肆宣傳.

[範例] ① She put the **plug** in the outlet. 她把插頭插進插座.

② He pulled the **plug** out of the bathtub drain. 他拔掉浴缸排水口的塞子.

③ He gave his new book a **plug** on television. 他在電視上宣傳自己的新書.

④ She **plugged** up the hole with paper. 她用紙把洞塞住.

⑤ She has been **plugging** her new song on TV. 她在電視上反覆宣傳她的新歌.

[片語] **plug away** 刻苦耐勞, 辛苦努力: He is **plugging away** at his English lessons. 他努力研讀英語課程.

plug in 插上插頭: He **plugged in** the refrigerator. 他把冰箱的插頭插上了.

[複數] **plugs**

[活用] v. **plugs**, **plugged**, **plugged**, **plugging**

plum [plʌm] n. ① 李子, 李子樹. ② 深紫色. ③《口語》好差事: This job is a real **plum**. 這個工作真是個好差事.

[複數] **plums**

plumage [`plumɪdʒ] n. 羽毛.

**plumb [plʌm] n. ① 鉛錘; 測鉛《用於測垂直方向的工具, 亦作 plummet]》.
——adj. ② 垂直的.
——adv. ③ 準確地. ④《口語》『美』完全地.
——v. ⑤ 測量深度. ⑥ 探索. ⑦ 施行配管工程.

[範例] ② This pole is **plumb**. 這根柱子是垂直的.

③ The bullet hit **plumb** in the centre. 子彈準確地打到中心.

④ He is **plumb** crazy. 他完全瘋了.

⑤ They **plumbed** the lake. 他們測量了湖水的深度.

⑥ The scientists are trying to **plumb** the mysteries of the universe. 科學家們試著探索宇宙的奧祕.

[複數] **plumbs**

[活用] v. **plumbs**, **plumbed**, **plumbed**, **plumbing**

plumber [`plʌmə] n. 鉛管工人.

[複數] **plumbers**

plumbing [`plʌmɪŋ] n. 配管: The **plumbing** has yet to be completely installed. 管線尚未安裝完成.

plume [plum] n. ① 羽

[plume]

毛, 羽飾. ②（煙、雲的）柱.
——v. ③ 飾以羽毛. ④（鳥用喙）整理羽毛.

[範例] ① the **plume** of a peacock 孔雀羽毛.
The girl wore a hat with a **plume**. 那個女孩戴著用羽毛裝飾的帽子.

② a **plume** of smoke 煙柱.

④ The canary **plumed** its feathers. 金絲雀梳理自己的羽毛.

[片語] **plume ~self** 打扮; 炫耀.

[複數] **plumes**

plummet [`plʌmɪt] n. ① 鉛墜, 測鉛《亦作 plumb]》.
——v. ② 垂直落下.

[複數] **plummets**

[活用] v. **plummets**, **plummeted**, **plummeted**, **plummeting**

**plump [plʌmp] adj. ① 圓胖的, 豐滿的.
——v. ②（使）豐滿. ③ 突然落下.

[範例] ① a **plump** baby 圓胖的嬰兒.

② He **plumped** up the pillows. 他把枕頭拍得膨鬆鼓起.

③ He **plumped** down on the grass. 他撲通一聲坐在草地上.
She **plumped** the box down on the floor. 她撲通一聲把那個箱子放到地上.

[片語] **plump for** 選擇: She finally **plumped for** the purple dress rather than the grey one. 她最後選擇穿紫色的那件禮服, 而不是灰色的那件.

plump up 使膨鬆鼓起. (⇨ [範例] ②)

[活用] adj. **plumper**, **plumpest**

[活用] v. **plumps**, **plumped**, **plumped**, **plumping**

**plunder [`plʌndə] v. ① 掠奪, 盜取.
——n. ② 掠奪; 掠奪品.

[範例] ① The mob **plundered** every shop in the town. 暴徒洗劫了那個城鎮所有的商店.
The palace was **plundered** of its treasures by burglars. 宮殿裡的寶物被竊賊偷走了.

② Who should be blamed for the **plunder**? 誰該為那次掠奪負責任呢?
The basement was full with their **plunder**. 地下室到處都是他們偷來的東西.

[活用] v. **plunders**, **plundered**, **plundered**, **plundering**

plunderer [`plʌndərə] n. 掠奪者.

[複數] **plunderers**

**plunge [plʌndʒ] v. ① 伸入, 跳進. ②（船）上下晃動.
——n. ③ 衝入, 跳入.

[範例] ① The baby **plunged** his hand into hot water. 那個嬰兒把手伸進熱水中.
He **plunged** into debt. 他陷入債務中.
She **plunged** into the pool. 她跳進了游泳池.
They were **plunged** into despair. 他們陷入了絕望.
He **plunged** all his money into gambling. 他把所有的錢都拿去賭.

P

The car **plunged** off the cliff. 那輛汽車從懸崖上翻落.

③ He took a **plunge** into the pool. 他跳進了游泳池.

[片語] **take the plunge** 毅然決然地從事.

[活用] *v.* **plunges**, **plunged**, **plunged**, **plunging**

[複數] **plunges**

plunger [`plʌndʒɚ] *n.* ① 排水管清潔器. ② (抽水機的) 活塞. ③ [[美]] 賭徒.

[複數] **plungers**

plural [`plurəl] *adj.* ① 複數的.

——*n.* ② 複數, 複數形 (略作 pl.).

[☞] singular (單數的; 單數)

➡ [充電小站] (p. 971)

[複數] **plurals**

plurality [plu`rælətɪ] *n.* ① 複數, 多數. ② 相對多數 (不過半數的最高得票數).

** **plus** [plʌs] *prep.* ① 加, 加上.

——*n.* ② 加號; 有利的條件.

——*adj.* ③ 加的, 正的.

[範例] ① Seven **plus** eight is fifteen. 7+8=15. The man has ambition **plus** intelligence. 那個男子除了野心之外還具有智慧.

② You have to put a **plus** here. 你這裡必須加個加號.

Your experience can be a **plus** in this job. 你的經驗對這項工作而言會是個有利條件.

③ a **plus** sign 加號.

the **plus** pole 正極.

The student got a grade of B **plus**. 那個學生得了 B⁺的成績.

[☞] ↔ minus

[複數] **pluses/plusses**

plush [plʌʃ] *n.* ① 絲絨 (天鵝絨的一種, 用於做窗簾等).

——*adj.* ② [[口語]] 豪華的.

[活用] *adj.* **plusher**, **plushest**

Pluto [`pluto] *n.* 冥王星.

plutonium [plu`tonɪəm] *n.* 鈽 (放射性元素, 符號 Pu).

** **ply** [plaɪ] *v.* ① 努力 (工作). ② 不停地勸說. ③ (船、車等定期) 往返.

——*n.* ④ (織物的) 層. ⑤ (繩、線等的) 股.

[範例] ① He **plies** his trade in the fish market. 他賣力地在魚市場做生意.

② **Plying** a lady with alcohol could be considered as a kind of sexual harassment. 強迫女性喝酒或許會被看成是一種性騷擾.

③ The ferry boat **plies** between Tamshui and Pali. 渡輪在淡水和八里之間往返.

④ "What **ply** is this wool?" "It's three-**ply**." 「這個毛織品是幾層的?」「是3層的.」

[活用] *v.* **plies**, **plied**, **plied**, **plying**

plywood [`plaɪ͵wʊd] *n.* 合板.

** **p.m./P.M./pm/PM** [`pi`ɛm] [[縮略]] = (拉丁語) post meridiem (= after midday, 下午).

[範例] 3:30 **p.m.** 下午3點30分.

7 **P.M.** 下午7點.

[參考] p.m.原意是「在正午 (midday) 之後 (after)」, 因而不可放在表示時刻的數字前, 一定要像例句那樣放在後面.

pneumatic [nju`mætɪk] *adj.* ① 氣動的. ② 充氣的.

[範例] ① a **pneumatic** brake 氣動煞車.

② a **pneumatic** tyre 充氣輪胎.

pneumatically [nju`mætɪklɪ] *adv.* 氣動地.

pneumonia [nju`monjə] *n.* 肺炎: John caught **pneumonia**. 約翰得了肺炎.

p.o./po [`pi͵o] [[縮略]] =① post office (郵局). ② [[英]] postal order (郵政匯票) ([[美]] money order).

poach [potʃ] *v.* ① 偷獵, 偷捕. ② 侵入. ③ 剽竊; 挖角. ④ 把 (蛋) 打破放入熱水中煮.

[範例] ① The men were severely punished for **poaching** deer. 那個男子因偷獵鹿而遭到嚴厲處罰.

② Don't **poach** on my preserves again. 別再侵入我的禁獵區.

③ The company in question is accused of **poaching** the design. 那家備受議論的公司因盜用設計圖而被起訴.

We are trying to **poach** some of their best players. 我們想把他們最優秀的幾個運動員挖角過來.

④ **Poached** eggs are his specialty. 水煮荷包蛋是他的拿手菜.

[活用] *v.* **poaches**, **poached**, **poached**, **poaching**

poacher [`potʃɚ] *n.* ① 偷獵者, 偷捕者; 侵入者. ② 水煮荷包蛋用的鍋.

[複數] **poachers**

P.O. Box [`pi͵o `baks] [[縮略]] = Post Office Box (郵政信箱).

[參考] 亦作 POB, PO Box.

[複數] **P.O. Boxes**

** **pocket** [`pakɪt] *n.* ① 口袋. ② 金錢, 財力, 荷包. ③ 孤立的小塊地區, 孤立的小團體. ④ 氣袋.

——*adj.* ⑤ 小型的, 方便攜帶的.

——*v.* ⑥ 放入口袋. ⑦ 侵吞.

[範例] ① Ted put the key into his coat **pocket**. 泰德把那把鑰匙放入他的外套口袋.

My bag has lots of **pockets**. 我的袋子有很多夾層.

② Bob paid the bill out of his own **pocket**. 鮑伯自掏腰包付了帳.

A luxury car is definitely beyond my **pocket**. 以我的收入絕對買不起高級轎車.

③ There are **pockets** of poverty in large cities. 大城市中存在著貧困地區.

④ a **pocket** dictionary 袖珍字典.

⑤ Western businessmen **pocket** business cards they receive; Japanese businessmen put them in business card holders. 歐美商人把收到的名片放到口袋裡, 而日本商人則將其放到名片夾裡.

⑦ If your expense account is 80 dollars and you

複數 (plural)

【Q】英語名詞複數的表示方法似乎有很多種，請說明一下．

【A】名詞的複數可用拼法和發音來表示．首先講講拼法，其中有規則性和不規則性拼法以及單複數同形的情況．

▶ 規則性拼法

(1) 加 -s《最普通的形式》.
　dog → dogs
　friend → friends
　girl → girls

(2) 以 -s, -x, -z, -ch, -sh 結尾的字加 -es.
　class → classes
　box → boxes
　buzz → buzzes
　church → churches
　dish → dishes

(3) 以 -o 結尾，其前面是母音的字加 -s.
　bamboo → bamboos
　radio → radios

(4) 以 -o 結尾，其前面是子音的字，通常加 -es，但也有例外.
　hero → heroes
　potato → potatoes
　（例外）piano → pianos

(5) 以 -y 結尾，其前面是子音的字將 -y 改成 -i 後加 -es.
　army → armies
　family → families
　lady → ladies

(6) 以 -y 結尾，其前面是「母音」的字加 -s.
　day → days
　key → keys
　boy → boys
　guy → guys

(7) 最後的發音為 [f] 的單字將 -f 或 -fe 改成 -v 後加 -es，但亦有例外.
　half → halves
　shelf → shelves
　knife → knives
　wife → wives

（例外）chief → chiefs

▶ 不規則拼法

(8) 「母音」發生變化.
　foot → feet
　goose → geese
　tooth → teeth
　louse → lice
　mouse → mice
　man → men
　woman → women
　this → these
　that → those

(9) 後面加 -(r)en.
　child → children
　ox → oxen

(10) 單複數拼法相同.
　sheep, carp, Japanese

▶ 發音

(11) 發音以 [s] [z] [ʃ] [tʃ] [ʒ] [dʒ]（這些音稱為齒擦音）結尾的單字加 -s, -es 時發音為 [ɪz].
　horses [`hɔrsɪz], causes [`kɔzɪz], dishes [`dɪʃɪz], churches [`tʃɝtʃɪz], pages [`pedʒɪz]
　（例外）houses [`hauzɪz]

(12) 最後的發音為齒擦音以外的「有聲子音（伴隨聲帶振動的子音）」和最後的發音為母音的單字加 -s, -es 時，發音為 [z].
　beds [bɛdz]（[dz] 非 [d] [z]，而疊成一個音），rings [rɪŋz], pools [pulz], jeans [dʒinz], doors [dorz], cows [kauz], days [dez], bamboos [bæm`buz], ladies [`ledɪz]

(13) 最後的發音為齒擦音以外的「無聲子音（不伴隨聲帶振動的子音）」的單字加 -s 時，發音為 [s].
　books [buks], maps [mæps], months [mʌnθs], hits [hɪts]（[ts] 非 [t] [s]，而發成一個音）

(14) (7)的 -f(e) → -ves 發音為 [vz].
　halves [hævz], shelves [ʃɛlvz], knives [naɪvz]

P

spend only 70, you can't **pocket** the difference. 支出帳目是80美元，即使只用了70美元，其差額也不能放入自己的荷包.

[片語] ***have ~ in...'s pocket*** 把～占為己有.

in each other's pockets （兩人）總是一起.

in pocket 有錢的，賺錢的: How can we still be **in pocket** after that loss, dear? 喂，那筆生意虧損之後，我們手中怎麼還會有錢呢?

out of pocket 賠錢的: Many fishermen are now **out of pocket** due to the oil spill. 由於石油外洩，很多漁民都蒙受損失.

◆ **pócket mòney** 零用金，《英》零用錢《《美》allowance》.

[複數] **pockets**
[活用] *v.* **pockets**, **pocketed**, **pocketed**, **pocketing**

pocketbook [`pɑkɪt͵buk] *n.* ① 《美》女用手提包. ② 《英》筆記本. ③ 《美》袖珍書.
[複數] **pocketbooks**

pocketknife [`pɑkɪt͵naɪf] *n.* 折疊式小刀.
[複數] **pocketknives**

pockmarked [`pɑk͵mɑrkt] *adj.* 有痘痕的:
the **pockmarked** surface of the moon 有凹痕的月亮表面.
[活用] *adj.* **more pockmarked**, **most pockmarked**

pod [pɑd] *n.* ① （豌豆等的）莢. ② （飛機的）吊

艙《機翼下方用以放置燃料、引擎、武器等的流線型容器》.

複數 **pods**

podgy [`pɑdʒɪ] adj. 矮胖的.

活用 adj. **podgier**, **podgiest**

[pod]

***poem** [`po·ɪm] n. 詩: compose a **poem** 作詩.

複數 **poems**

***poet** [`po·ɪt] n. 詩人: **Poets** are born, not made. 詩人是天生的, 而不是後天造就的.

♦ **pòet láureate** 桂冠詩人《由國家或王室從全國選拔出來的詩人, 任務是在全國慶典時作詩祝賀》.

複數 **poets**

***poetic** [po`ɛtɪk] adj. 詩的; 詩人的.

範例 a **poetic** drama 詩劇.

a **poetic** description of the scene 詩一般的風景描寫.

Shakespeare's **poetic** genius 莎士比亞作詩的才能.

♦ **poètic jústice** 詩的正義《文學作品中表現出的善有善報、惡有惡報的思想》.

poètic lícense 詩的破格《為了達到某種效果而容許在文法、形式上破例》.

活用 adj. **more poetic, most poetic**

***poetical** [po`ɛtɪkl] adj. ① 以詩的形式書寫的: the **poetical** works of Shakespeare 莎士比亞的詩作. ② 詩的.

活用 adj. ② **more poetical, most poetical**

***poetry** [`po·ɪtrɪ] n. ① 詩, 詩歌. ② 詩意.

範例 ① **Poetry** is different from prose. 詩不同於散文.

② He told a story full of **poetry**. 他說的故事充滿詩意.

poignancy [`pɔɪnənsɪ] n. 辛辣; 痛切.

poignant [`pɔɪnənt] adj.《正式》辛辣的; 強烈的; 令人心痛的.

範例 She said a **poignant** farewell to her son. 她心痛地向兒子告別.

poignant sarcasm 尖銳的諷刺.

活用 adj. **more poignant, most poignant**

poignantly [`pɔɪnəntlɪ] adv. 痛切地; 辛辣地.

活用 adv. **more poignantly, most poignantly**

point [pɔɪnt] n. ① 尖端, 點; 要點; 地點; (成績的) 分; 特質; 效果; 意思.

——v. ② 指出; 對準.

範例 ① Those scissors had a sharp **point**. 那把剪刀的尖端很銳利.

I showed the police officer the **point** in the river where I had found the body. 我把在那條河發現屍體的地點指給警察看.

What's the boiling **point** at the top of Mt. Fuji? 在富士山山頂的沸點是多少度?

My professor says this could be a turning **point** in history. 我的教授說這會成為歷史上

的轉捩點.

When we read out 1.23, we say "one **point** two three." 我們讀1.23時說成 "one point two three".

Paul's grade **point** average was good enough to get him into graduate school. 保羅的平均學業成績好到可以進入研究所.

Mathematics is my strong **point**. 數學是我的特長.

I don't get it; what's your **point**? 我聽不懂, 你的重點是甚麼?

Stop talking so much and get to the **point**. 不要說那麼多, 說重點.

There's no **point** in fixing such an old car. 那樣舊的車修理也沒意思.

The **point** is he isn't qualified. 重點是他不具備資格.

The girl was at the **point** of tears. 那個女孩眼看就要哭了.

The fact that the test was hard is beside the **point**. 說那考試太難就離題了.

Kathy carried her **point** with wit. 凱西運用機智說服他人.

Bob gives me **points** at golf. 鮑伯在高爾夫球比賽中讓分給我.

Speaking of tax evasion, here's a case in **point**. 說起逃稅, 這裡有個適當的例子.

This is acceptable from my **point** of view. 依我的看法, 這可以接受.

Mr. Williamson makes a **point** not to do business with friends. 威廉森先生主張不和朋友有生意上的往來.

Ben made his **point** without offending anyone. 班在不得罪任何人的情況下, 說服別人相信他的論點.

They were on the **point** of calling off the game when the rain let up. 他們才剛要取消比賽, 雨就停了.

I didn't really have enough experience for the job, but they stretched a **point** in my favor. 實際上我並沒有足夠的經驗可以應付那份工作, 但是他們卻對我特別破例處理.

Your suggestion is concise and very much to the **point**. 你的建議很簡潔扼要.

His behavior was unruly to the **point** of insubordination. 他的行為真是無法無天, 簡直是要造反了.

② The girl **pointed** at him and said, "He's a thief." 那個女孩指著他說:「他是小偷.」

A compass needle **points** to the north. 指南針的針指向北方.

The hunter **pointed** his gun toward the bear. 那個獵人把槍瞄準那隻熊.

Sergeant Jones **pointed** out some inconsistencies in my story. 瓊斯中士指出我的敘述中幾處前後矛盾的地方.

This accident **points** up the importance of wearing seat belts. 這起意外事故說明了繫安全帶的重要性.

點 (point) 和線 (line)

【Q】在數學中，表示點時經常說「點 *p*」，為甚麼不用 a，b，c，而用 p 呢？
【A】p 是 point 的第一個字母．有時用 *l* 來表示線，也就是 line 的第一個字母．
　　下面將與「點」和「線」有關的詞歸納如下以供參考：
▶ 點 **point**
　　小數點　decimal point
　　中　點　central point
▶ 線 **line**

線　段	segment	
直　線	straight line	
切　線	tangent，tangent line	
曲　線	curve	
拋物線	parabola	
中　線	central line	
對稱軸	line of symmetry	
實　線	solid line	
點虛線	dotted line	
虛　線	broken line	

The DNA evidence **points** unmistakably towards the defendant. 檢驗去氧核糖核酸的證據顯示明白地指向被告．
[片語] *at the point of* 正在~之際，就要~之時．(⇨ [範例] ①)
beside the point/off the point 離題的．(⇨ [範例] ①)
carry ~'s point 實現~的主張；達到目的．(⇨ [範例] ①)
give ~ points/give points to ~ 讓分給，勝過．(⇨ [範例] ①)
in point 適合的．(⇨ [範例] ①)
in point of 就~而言．
make a point of 重視，堅持，一定要做．
make ~'s point 充分說明自己的論點．(⇨ [範例] ①)
on the point of 正要，剛要．(⇨ [範例] ①)
point out 指出．(⇨ [範例] ②)
point up 強調．(⇨ [範例] ②)
strain a point/stretch a point 當作破例處理．(⇨ [範例] ①)
to the point 得要領的，切題的，適切的．(⇨ [範例] ①)
to the point of 到~的程度．(⇨ [範例] ①)
♦ **décimal pòint** 小數點《亦作 point》．
túrning pòint 轉捩點，(病情等的)危險期．(⇨ [範例] ①)
➡ (充電小站) (p. 973)
[複數] **points**
[活用] *v.* **points，pointed，pointed，pointing**
point-blank [ˋpɔɪntˋblæŋk] *adj.* ① 直射的，近距離發射的． ② 坦白的，斷然的：a **point-blank** refusal 直截了當的拒絕．
——*adv.* ③ 直射地． ④ 坦白地，斷然地．
pointed [ˋpɔɪntɪd] *adj.* ① 尖的，突出的． ② 辛辣的，嚴厲的，尖銳的．
[範例] ① a **pointed** nose 尖鼻子．
② She made two **pointed** comments. 她提出兩個尖銳的批評．
[活用] *adj.* **more pointed，most pointed**
pointedly [ˋpɔɪntɪdlɪ] *adv.* 辛辣地，尖銳地．
[活用] *adv.* **more pointedly，most pointedly**
pointer [ˋpɔɪntɚ] *n.* ① 指示物《用於指示圖表》，(鐘錶、秤等的)針，指針． ② 指示犬《一種短毛獵犬》． ③ 暗示，提示．

[pointer]

[複數] **pointers**
pointless [ˋpɔɪntlɪs] *adj.* 無意義的，不適當的．
[活用] *adj.* **more pointless，most pointless**
*poise [pɔɪz] *v.* ① 使平衡，擺姿勢．
——*n.* ② 平穩，平衡，沉穩． ③ 身體的姿勢，姿態．
[範例] ① The man **poised** a vase on his head. 那個男子把花瓶平衡地頂在頭上．
He was **poised** for a quick return of the ball. 他立刻做好要接回球的姿勢．
She seemed quite **poised**. 她顯得相當鎮定．
② One needs **poise** to be a graceful dancer. 一個舞姿優美的舞者需要有很好的平衡感．
③ She received the compliment with the **poise** of a true lady. 她以真正貴婦人的姿態接受讚美．
[活用] *v.* **poises，poised，poised，poising**
*poison [ˋpɔɪzn] *n.* ① 毒，毒害，毒藥．
——*v.* ② 下毒，毒死． ③ 危害．
[範例] ① The patient ingested a lethal amount of **poison**. 那個患者服用了足以致命的毒藥劑量．
deadly **poison** 致命的毒藥．
the **poison** of racism 種族歧視的毒害．
② The waitress who was really a hired assassin **poisoned** his wine. 實際上是受雇殺人的女服務生在他的葡萄酒裡下毒．
The king was **poisoned**. 國王被毒死了．
③ Money will **poison** your friendship. 金錢會危害到你們的友誼．
[複數] **poisons**
[活用] *v.* **poisons，poisoned，poisoned，poisoning**
*poisonous [ˋpɔɪznəs] *adj.* ① 有毒的，有毒的． ② 令人討厭的，惡意的．
[範例] ① a **poisonous** gas 有毒氣體．
a **poisonous** snake 毒蛇．
This story is **poisonous** to children. 這個故事對兒童們有負面的影響．

[活用] *adj.* **more poisonous, most poisonous**

poisonously [`pɔɪznəslɪ] *adv.* ① 有毒地，有害地．② 充滿惡意地．

[活用] *adv.* **more poisonously, most poisonously**

***poke** [pok] *v.* ① 戳，捅，推．② 伸出去，突出去，捅入．
——*n.* ③ 戳，捅．撥弄．

[範例] ① I **poked** him in the ribs with my elbow to attract his attent on. 為了引起他的注意，我用手肘輕碰他的肋骨一下．

He **poked** a hole in the newspaper with a pencil. 他用鉛筆在報紙上戳一個洞．

Behave yourself and stop **poking** at your salad. 規矩一點，別撥弄你的沙拉了．

Why are you **poking** about in my bag? 你為甚麼翻我的包包？

② The driver **poked** his head out of the window and yelled at me. 那個司機從車窗裡探出頭來對我大喊．

③ Give the fire a **poke**, will you? 麻煩撥弄一下炭火，可以嗎？

[片語] ***poke fun at*** 拿～開玩笑，嘲弄: He is always **poking fun at** me. 他總是拿我開玩笑．

poke ~'s nose into... 干預～的事; 插嘴於．

[活用] *v.* **pokes, poked, poked, poking**
[複數] **pokes**

poker [`pokɚ] *n.* ①（火爐用的）撥火棒，火鉗．② 撲克牌．

[片語] ***as stiff as a poker***（態度舉止）拘謹的，生硬的．

[參考] 撲克牌為一種紙牌遊戲，玩的時候每人發5張牌．5張牌的組合有固定的等級順序，最高者將獲得全部的賭注．撲克牌有2種，draw poker 指第一次下注後，各自手中的5張牌可適當換發，然後再重新下注．stud poker 先面向下發1張牌，再面向上發4張牌，每次發牌後可作拼賭．

♦ **póker fáce** 面無表情的臉《源自撲克牌遊戲中，為了不使對方猜到自己手中的牌而不露聲色》．

➡ (充電小站) (p. 975)
[複數] **pokers**

Poland [`polənd] *n.* 波蘭《☞ 附錄「世界各國」》．

***polar** [`polɚ] *adj.* 〔只用於名詞前〕① 極地的，北極的，南極的．② 磁極的，帶磁性的．③ 截然對立的，完全相反的．

[範例] ① Adventurous people dream of **polar** expeditions. 愛好冒險者夢想去極地探險．

③ These school rules are **polar** opposites: one is rigid, the other is flexible. 這些校規截然相反，一個很嚴苛，另一個卻很寬鬆．

♦ **pòlar béar** 北極熊，白熊《棲息在北極地區，體長超過2公尺的熊科動物》．

Polaris [po`lɛrɪs] *n.* 北極星《亦作 the Pole Star, the North Star》．

polarisation [ˌpolərə`zeʃən] =*n.* 〖美〗polarization.

polarise [`poləˌraɪz] =*v.* 〖美〗polarize.

polarity [po`lærətɪ] *n.* ① 極性．②（主張、性格等的）對立，正好相反，兩個極端: the **polarity** of polar climate and tropical climate 極地和熱帶地區氣候兩個極端．

[複數] **polarities**

polarization [ˌpolərə`zeʃən] *n.* ①（物理的）極化，偏光．② 對立，分裂．

[參考] 〖英〗polarisation.
[複數] **polarizations**

polarize [`poləˌraɪz] *v.* ① 使有極性，使（光）產生偏振現象．② 使兩極化，使分化: The issue **polarized** public opinion. 社會大眾對這個議題意見分歧．

[參考] 〖英〗polarise.
[活用] *v.* **polarizes, polarized, polarized, polarizing**

***pole** [pol] *n.* ① 柱，竿，桿，支柱．② 極，極地．③ 電極，磁極．④ 兩個極端，完全相反．⑤ 〔P～〕波蘭人．
——*v.* 用竿子撐．

[範例] ① a utility **pole** 電線桿．
a tent **pole** 帳篷支架．
a flag **pole** 旗桿．

② the North **Pole** and the South **Pole** 北極和南極．

③ the positive **pole** and the negative **pole** 陽極和陰極．

④ They are **poles** apart in their approaches to problem solving. 他們在解決問題的方法上截然相反．

⑥ He **poled** the punt up the river. 他用竿子撐著河底使平底船向上游前進．

♦ **the Póle Stàr** 北極星《亦作 the polestar, the North Star》．

póle-vàult 撐竿跳．

[複數] **poles**
[活用] *v.* **poles, poled, poled, poling**

***police** [pə`lis] *n.* 〔作複數〕① 警方，警察．② 保安隊，警備隊．
——*v.* ③ 警備，（以公權力）管理，維持治安．

[範例] ① I'll call the **police**. 我要打電話叫警察．
The **police** are investigating the matter. 警方正在調查那一個事件．

Several **police** are on guard at the gate. 那個門口有好幾名警察在值勤．

The lost child was taken to the **police** station. 那個迷路的小孩被帶到警察局．

a **police** officer 警察．

I have a clean **police** record. 我在警察局沒有前科．

② the railway **police** 鐵路警備隊．

③ We cannot **police** the whole area. 我們無法在整個地區配置警力．

♦ **políce bòx** 派出所．

police cónstable 〖英〗警員《略作 PC》．

P

（充電小站）

撲克牌的牌值 (hands of poker)

【Q】撲克牌的「牌值」有幾種? 在英語中分別叫作甚麼呢?

【A】撲克牌的「牌值 (hand)」有9種, 從大到小排列如下:

① 同花大順 (royal flush): 指 A-K-Q-J-10同花色的5張牌.

② 同花順 (straight flush): 指5張同花色且點數連續的牌 (如 J-10-9-8-7等).

③ 鐵枝 (four of a kind): 指4張同點數的牌, 再加1張其他點數的牌形成5張牌.

④ 葫蘆 (full house): 同點數3張外加同點數2張.

⑤ 同花 (flush): 5張同花色的牌 (點數不必連續, 如連續則為 ②).

⑥ 5張順牌 (straight): 5張點數連續的牌 (不必同一花色, 如同一花色則為 ②).

⑦ 3條 (three of a kind): 5張牌中3張同點數, 另外2張分別為其他點數 (這2張如同點數則為 ④).

⑧ 雙對子 (two pairs): 5張牌中, 2對同點數外加1張其他點數的牌.

⑨ 單對子 (one pair): 1對同點數外加3張雜牌.

---

police còurt [美] 治安法庭《輕度犯罪的即決法庭》.

police dòg 警犬.

police stàtion 警察分局.

➡ （充電小站） (p. 977)

[活用] v. **polices, policed, policing**

policeman [pə`lismən] n. 警察《正式用語作 police officer, 口語稱呼時用 officer》.

[範例] a traffic **policeman** 交通警察.

Many **policemen** were on watch there. 那裡有很多警察在值勤.

[複數] **policemen**

policewoman [pə`lis,wumən] n. 女警察.

[複數] **policewomen**

*__policy__ [`pɑləsɪ] n. ① 政策, 方針. ② 手段, 計謀, 策略. ③ 保險單.

[範例] ① a foreign **policy** 外交政策.

a business **policy** 營業方針.

② Honesty is the best **policy**. 《諺語》誠實為上策.

③ a fire insurance **policy** 火災保險單.

a life insurance **policy** 人壽保險單.

[複數] **policies**

polio [`polɪ,o] n. 小兒麻痺症, 脊髓灰質炎《poliomyelitis 的縮寫》.

Polish [`polɪʃ] adj. ① 波蘭的, 波蘭人 (語) 的.

——n. ② 波蘭語.

*__polish__ [`pɑlɪʃ] v. ① 擦光, 擦亮; 推敲 (文章等); 使精湛.

——n. ② 擦拭. ③ 亮光劑, 鞋油. ④ 光澤; 精湛, 完美.

[範例] ① My mother always **polishes** my father's shoes before he leaves for work. 我母親在我父親上班前總是會把他的鞋子擦拭光亮.

The teacher told us to **polish** up our essays a bit before we turn them in. 老師告訴我們在交文章之前要再稍加推敲一下.

This actress gave us a **polished** performance on stage. 這名女演員在舞臺上展現了精湛的演技.

Lenses **polish** easily with this special leather. 用這種特殊的皮革擦拭, 鏡片會擦得很亮.

② I have to give the silverware a **polish**. 我必須擦拭銀製餐具.

③ Mom, where did you put the shoe **polish**? 媽媽, 鞋油放在哪裡?

④ My father's car always has a **polish**. 我父親的車總是閃閃發亮.

His speech had a lot of **polish**. 他的演說很精采.

[片語] **polish off** 迅速地完成.

[活用] v. **polishes, polished, polished, polishing**

[複數] **polishes**

*__polite__ [pə`laɪt] adj. 客氣的, 有禮貌的, 文雅的.

[範例] Her offer met with a **polite** refusal. 她的提議被婉拒了.

You should be **polite** to your elders. 對長輩要有禮貌.

[活用] adj. **more polite, most polite/politer, politest**

*__politely__ [pə`laɪtlɪ] adv. 客氣地, 有禮貌地, 文雅地.

[活用] adv. **more politely, most politely**

*__politeness__ [pə`laɪtnɪs] n. 恭敬, 彬彬有禮, 文雅.

*__politic__ [`pɑlə,tɪk] adj. 明智的, 精明的: It would be **politic** to tell the truth to everyone. 把真相說出來是明智的.

[活用] adj. **more politic, most politic**

*__political__ [pə`lɪtɪkl] adj. ① 政治的, 與政治有關的, 政治上的. ② 關心政治的, 熱中政治的.

[範例] ① **political** action 政治活動.

a **political** prisoner 政治犯.

for **political** reasons 因為政治因素.

a **political** campaign 選舉活動.

② a **political** animal 熱中政治的人.

politically [pə`lɪtɪklɪ] adv. 政治上.

[範例] The case was settled **politically**. 那個事件以政治方式解決了.

[片語] **politically correct** 政治上正確的, 不帶歧視的《指不傷害弱勢團體情感的言辭, 有時也反諷地含有「主觀主義」或「過度反應」之意; 略作 PC》.

P

*politician [ˌpɑləˋtɪʃən] *n.* 政治人物，政客.
　範例 a middle-of-the-road **politician** 中間派的政治人物.
　He is a corrupt **politician**. 他是一個腐敗的政客.
　參考 與 statesman 不同，politician 在『美』用於指稱「以黨的利益和私利為目的的政客」，有貶抑之意.
　複數 **politicians**

*politics [ˋpɑləˌtɪks] *n.* ① 政治. ② 政策，方針. ③〔作複數〕政見. ④〔作單數〕政治學《亦作 political science》.
　範例 ① enter **politics** 進入政界.
　Let's discuss **politics**. 我們來討論一下政治吧.
　② The two nations follow the same **politics**. 那兩個國家採取相同的策略.
　play **politics** 玩弄政治手腕.
　③ differ in **politics** 政見不同.
　What are your **politics**? 你的政見為何?

polka [ˋpolkə] *n.* 波爾卡舞《起源於波西米亞民間，為一種活潑的雙人舞》.
　複數 **polkas**

poll [pol] *n.* ① 投票，投票數. ②〔the ~s〕投票所. ③ 民意調查.
　——*v.* ④ 投票; 得票. ⑤ 對～進行民意調查.
　範例 ① What were the results of the **poll**? 那次開票結果如何?
　It was the lowest **poll** in 10 years. 這是10年來投票率最低的一次.
　lead the **poll** 得票數最高.
　② go to the **polls** 去投票所.
　③ A recent **poll** shows a change in public opinion. 最近的民調顯示出輿論的改變.
　④ I **polled** for the nonparty candidate. 我把票投給那位無黨籍候選人.
　He **polled** over sixty percent of the votes. 他的得票率高達60%以上.
　⑤ We **polled** the village on the matter of constructing a new expressway. 我們對村民做了一個關於建造新高速公路的民意調查.
　◆ **polling booth** (投票所的) 圈票處《『美』voting booth》.
　複數 **polls**
　活用 *v.* **polls, polled, polled, polling**

pollen [ˋpɑlən] *n.* 花粉.
　◆ **pollen count** 空中飄浮的花粉數《作花粉熱患者指引之用途》.

pollinate [ˋpɑləˌnet] *v.* (植物) 授粉.
　活用 *v.* **pollinates, pollinated, pollinated, pollinating**

pollination [ˌpɑləˋneʃən] *n.* 授粉 (作用).

pollutant [pəˋlutənt] *n.* 污染源，污染物質:
　The question is how to dispose of these **pollutants**. 問題是如何處理這些污染物質.
　複數 **pollutants**

pollute [pəˋlut] *v.* 污染，弄髒，毒害.
　範例 The sea has been **polluted** by chemical waste from the factory. 海水被那家工廠排放

的化學廢棄物污染了.
　We should restrict the showing of films that **pollute** the minds of the young. 我們應該限制放映毒害青少年心靈的電影.
　活用 *v.* **pollutes, polluted, polluted, polluting**

pollution [pəˋluʃən] *n.* ① 污染. ② 污染物質.
　範例 ① We should make every effort to reduce environmental **pollution**. 我們應該竭盡全力減少環境污染.
　The problem of noise **pollution** is getting serious in this area. 這個地區的噪音污染問題愈來愈嚴重.
　water **pollution** 水污染.
　air **pollution** 空氣污染.

polo [ˋpolo] *n.* ① 馬球. ② 水球《亦作 water polo》.
　參考 ① 指兩隊各4名運動員騎在馬背上用木槌 (polo mallet) 擊打木球入對方球門的比賽; 據說西元前曾流行於波斯，19世紀傳入英國，現在流行於英國、美國、阿根廷等地.
　◆ **polo neck** (可翻褶) 高圓領《亦作 turtleneck》.
　polo shirt 馬球衫.

[polo]

poltergeist [ˋpoltɚˌgaɪst] *n.* 喜歡吵鬧惡作劇的鬼.
　複數 **poltergeists**

polyester [ˋpɑlɪˌɛstɚ] *n.* 聚酯.

polyethylene [ˌpɑlɪˋɛθəˌlin] *n.* 聚乙烯《『英』polythene》.

polygamous [pəˋlɪgəməs] *adj.* 一夫多妻的.

polygamy [pəˋlɪgəmɪ] *n.* 一夫多妻; 一夫多妻制《☞ monogamy (一夫一妻)》.

polygon [ˋpɑlɪˌgɑn] *n.* 多角形: a regular **polygon** 正多邊形.
　複數 **polygons**
　➡ 充電小站 (p. 979)

polyhedron [ˌpɑlɪˋhidrən] *n.* 多面體.
　複數 **polyhedrons**
　➡ 充電小站 (p. 979)

polytechnic [ˌpɑlɪˋtɛknɪk] *n.* 工藝學校《英國培養各種專門技術人員的專科學校》.
　複數 **polytechnics**

polythene [ˋpɑləˌθin] *n.* 『英』聚乙烯《『美』polyethylene》.

pomegranate [ˋpɑmˌgrænət] *n.* 石榴; 石榴樹.

警察 (police) —— 機構、職位、警車的顏色

▶ 美國的警察

警察的機關分為幾種，其管轄各不相同.
(1) 管轄城市的市警察 (city police)
(2) 管轄縣的縣警察 (county police)
(3) 管轄州的州警察 (state police) 《在南部和中西部很多州有公路巡邏警察 (highway patrol) 擔負著州警的職責》
(4) 擔當調查跨州犯罪和國際犯罪，以及貪污、間諜等行為的聯邦調查局 (FBI＝the Federal Bureau of Investigation)

警察被稱作 policeman、policewoman，但最近不分男女統稱為 police officer，或單獨使用 officer 一字. 其職位因市、州而異，下面僅為一例：

inspector	（巡官）
deputy inspector	（助理巡官）
captain	（副巡官）
lieutenant	（警察副隊長）
sergeant	（小隊長）
police officer/patrolman	（巡警）

FBI 的調查員稱作 G-man，這是 Government man 的縮寫.
美國的報警號碼是911.
巡邏車的顏色因市和州而異，和臺灣相同的

白色和黑色的車 (black-and-white) 最多，也有淺藍色和褐色的車. 沒有標誌的警車稱作 unmarked car，巡邏車 (patrol car) 在美國亦作 squad car、cruise car、cruiser、prowl car.

▶ 英國的警察

在英國沒有國家警察，只有各自治體的警察. 警察的職位在各自治體多少有些不同，但主要的職位如下：

chief superintendent	（高級警官）
superintendent	（警官）
chief inspector	（警長）
inspector	（副警長）
sergeant	（小隊長）
constable	（警員）

在英國，也把 constable（警員）稱作 bobby，這是 Robert 的暱稱. 這個稱呼來自於1829年發布倫敦警察令 (Metropolitan Police Act)，改革警察制度的內務大臣羅伯特‧皮爾 (Sir Robert Peel) 的名字. 他後來還擔任過首相.
英國的報警號碼是999.
在英國，警車的白黑顏色與熊貓的毛色相似，因而也被稱作 panda car 或 panda，但首都倫敦的警車為淺藍色. 無標誌警車稱作 area car，也稱作 Z car.

P

複數 **pomegranates**

***pomp** [pɑmp] *n.* 壯觀，華麗: It was a ceremony full of **pomp** and tradition. 那是一個充滿華麗與傳統的典禮.

pomposity [pɑm`pɑsətɪ] *n.* 傲慢，誇大.
複數 **pomposities**

pompous [`pɑmpəs] *adj.* 傲慢的，誇大的.
範例 a **pompous** manner 傲慢的態度.
a **pompous** speech 誇大的演說.
活用 *adj.* **more pompous, most pompous**

poncho [`pɑntʃo] *n.* 斗篷《南美原住民穿的外套，在一塊布中央開領口，頭從中央套入》.
複數 **ponchos**

***pond** [pɑnd] *n.* 池塘《指人工構築的池塘》: There are several ducks in the **pond**. 那個池塘裡有好幾隻鴨子.
➡ (充電小站) (p. 707)
複數 **ponds**

***ponder** [`pɑndɚ] *v.* 仔細考慮，沉思: The ambassador **pondered** our offer. 那位大使仔細考慮了我們的建議.

[poncho]

活用 *v.* **ponders, pondered, pondered, pondering**

ponderous [`pɑndərəs] *adj.* 《正式》沉重的，笨重的: The **ponderous** body of a blue whale would easily collapse this stage. 那隻笨重的藍鯨會輕易地把這座舞臺壓垮.

活用 *adj.* **more ponderous, most ponderous**

ponderously [`pɑndərəslɪ] *adv.* 沉重地，笨重地.
活用 *adv.* **more ponderously, most ponderously**

pontoon [pɑn`tun] *n.* ① 浮舟. ② 充氣浮筒《位於水上飛機的底部》.
♦ **póntoon bridge** 浮橋《☞ bridge 插圖》.
複數 **pontoons**

***pony** [`ponɪ] *n.* ① 矮種馬《背高1.5公尺以下》. ② 小型馬. ③《口語》《美》翻譯本參考書.
複數 **ponies**

ponytail [`ponɪ‚tel] *n.* 馬尾《一種髮型》.
複數 **ponytails**

poodle [`pudl] *n.* 貴賓狗《一種觀賞狗》.
複數 **poodles**

***pool** [pul] *n.* ① 水窪，水池. ② 游泳池《亦作 swimming pool》. ③ 共同資金，賭資. ④ 共用設施. ⑤ 落袋撞球. ⑥〔the ~s〕《英》足球賭博. ——*v.* ⑦ 共同出資.

[poodle]

範例 ① The **pools** left by the rain froze overnight. 下雨形成的水窪一夕之間就結成冰了.
He was found lying in a **pool** of his own blood. 他被發現躺在自己的血泊中.

② Don't go in the **pool** with your contact lenses on. 不要戴著隱形眼鏡進入游泳池.

③ We don't have enough money in the **pool** for a three-day trip to Hong Kong. 我們沒有足夠的錢去香港旅遊3天.

④ Five of the employees formed a car **pool** for the commute into the city. 有5個員工共乘汽車通勤至城裡上班.《car pool 指住在附近的幾個人集合在一起乘車通勤上下班的方式》

⑦ The kids **pooled** their money and bought their parents a silver picture frame for their wedding anniversary. 那些孩子們共同出錢買了一個銀製的相框作為他們父母親結婚紀念日的禮物.

複數 **pools**

活用 v. **pools**, **pooled**, **pooled**, **pooling**

poop [pup] n. ① 艉樓《船尾上高出一塊的甲板》. ②《口語》無用的人. ③《口語》《美》內幕消息.
——v. ④《美》(使) 筋疲力竭.

複數 ① **poops**

活用 v. **poops**, **pooped**, **pooped**, **pooping**

** **poor** [pur] adj.

原義	層面	釋義	範例
貧乏	財力	貧困的, 貧窮的	①
	質和量	缺乏的, 缺少的; 糟糕的	②
	技能	拙劣的, 差的	③
	運氣	可憐的, 悲慘的	④

範例 ① He is too **poor** to buy enough food for his family. 他窮到連給家人買足夠的食物都買不起.
The new tax will hurt the **poor**. 那項新稅將會傷害到窮人.

② That country is **poor** in natural resources. 那個國家缺少天然資源.
My grandmother is in **poor** health. 我的祖母身體狀況不佳.

③ I'm a very **poor** swimmer. 我不太會游泳.
He is **poor** at baseball. 他不擅長打棒球.

④ The **poor** old man had lost both his sons in the war. 那個可憐的老人在戰爭中失去他的兩個兒子.

☞ ① ② ↔ rich, n. poverty

♦ **pòor relátion** 地位最低或最不重要的人或物.
pòor white 窮苦的白人《特指美國南部的白人》.

活用 adj. ① ② ③ **poorer**, **poorest**

* **poorly** [`purlɪ] adv. ① 貧窮地. ② 貧乏地, 不足地. ③ 拙劣地, 差勁地.
——adj. ④《英》身體不舒服的.

範例 ① He was **poorly** dressed. 他衣著寒酸.
② Part-timers are always **poorly** paid. 兼差者常只拿到很少的工資.

③ Mary did **poorly** in math this quarter. 瑪麗這個學期數學成績不好.
④ Steve is feeling **poorly** with a hangover today. 史蒂夫今天因為宿醉而身體不舒服.

活用 adv., adj. **more poorly**, **most poorly/poorlier**, **poorliest**

poorness [`purnɪs] n. 拙劣, 不足.

pop [pɑp] v. ① 發出砰的響聲. ② 冷不防地行動.
——n. ③ 流行音樂. ④ 砰的一聲. ⑤《美》爸爸; 大叔. ⑥ 汽水《亦作 soda, soda pop》.

範例 ① The balloon **popped** when Tommy hit it with a dart. 湯米用飛鏢把氣球砰一聲射破了.
You can blow up a paper bag and then **pop** it. 你可將紙袋吹鼓起來, 然後砰地一聲讓它破掉.
He **popped** his gun at the enemy. 他對著敵人開了一槍.
The lid of the box **popped** open. 那個箱子的蓋子砰地一聲打開了.

② I **popped** out of bed. 我突然從床上彈起.
I just **popped** in to tell you what I remembered. 我只是進來跟你說我記得的事.
She **popped** her cape on. 她猛然披上了披肩.
Mr. Brown **popped** a question at me. 布朗先生突然向我發問.
You **popped** another button off your shirt. Time to go on a diet. 你的襯衫鈕扣啪地一下又掉了一個. 你該減肥了.
Our baby was very pleased when she found pictures **popped** up from the children's book. 我們的寶寶看見突然出現於兒童讀物上的圖畫非常高興.

③ I like **pop** music better than classical music. 比起古典音樂, 我更喜歡流行音樂.

④ The champagne cork came out with a loud **pop**. 香檳的軟木塞砰地發出很大聲響掉了出來.

⑤ **Pop** and I used to go swimming. 爸爸和我以前常去游泳.

片語 **pop off** 突然死去: Old man Jenkins **popped off** the other day. 詹金斯老先生前幾天突然死去.

pop the question 求婚: He finally **popped the question** after a long silence. 沉默好一會兒之後, 他終於求婚了.

pop up 突然出現.

♦ **pòp árt** 普普藝術《1960年代流行的前衛藝術運動》.

活用 v. **pops**, **popped**, **popped**, **popping**

複數 **pops**

popcorn [`pɑp,kɔrn] n. 爆米花.

* **pope** [pop] n. 羅馬教宗.

範例 His Holiness the **Pope** came here to bless us. 羅馬教宗蒞下來到這裡為我們祝福.
Pope John Paul II 教宗若望·保祿二世.

——————————— 充電小站

多角形 (polygon)

【Q】聽說「三角形」在英語中作 triangle, 它和演奏音樂時使用的「三角鐵」有甚麼關係呢?
【A】打擊樂器「三角鐵」的形狀為三角形, 因此被稱作 triangle. 另外,「三角板」也被稱作 triangle (〖英〗set square). 其中 tri 是「三」, angle 是「角」的意思.
下面是各種三角形:
正三角形　equilateral triangle
等腰三角形　isosceles triangle
直角三角形　right(-angled) triangle

斜邊　hypotenuse
底　base
高　altitude
邊　side
頂點　apex/vertex
直角　a right angle
銳角　an acute angle

鈍角　an obtuse angle
20度角　an angle of 20 degrees
四角形稱作 quadrilateral. quadri 是「四」, lateral 是「側」, 也就是「邊」的意思. 直譯過來就是「四邊形」.
正方形　square
長方形　rectangle
菱　形　rhombus/lozenge
平行四邊形　parallelogram
梯　形　〖美〗trapezoid,〖英〗trapezium
對角線　diagonal
五角形稱作 pentagon, penta 意為「五」, gon 為「～角形」. 正五角形為 regular pentagon, regular 意為「規則的」, 不規則時則為 irregular, 如 irregular pentagon 為不等邊五角形.
六角形是 hexagon, hexa 是「六」; 八角形是 octagon, octa 是「八」, 而 October 是「10月」, 原意指「第8個月」.
多角形 (polygon) 的角不斷增多到無限則變成圓, 英語中稱作 circle, 其圓若稍變形則成了橢圓, 稱作 ellipse 或 oval.
另外, 多角形稱作 polygon, poly 是「多」的意思.

——————————— 充電小站

多面體 (polyhedron)

【Q】埃及的金字塔為 pyramid, 光學實驗使用的三稜鏡為 prism, 圓柱體為 cylinder, 但 pyramid, prism, cylinder 原來都是甚麼意思呢?
【A】pyramid 指「角錐」, prism 指「角柱」, cylinder 指「圓柱」.
在我們身邊有各式各樣的「立體」. 下面就介紹一下這些立體的英語說法:
角　柱　prism
三角柱　triangular prism (底面為三角形)
四角柱　rectangular prism (底面為長方形)
立方體　cube
角　錐　pyramid
三角錐　triangular pyramid
四角錐　rectangular pyramid (底面為長方形)
　　　　square pyramid (底面為正方形)
圓　柱　cylinder
圓　錐　cone

球　體　sphere
半球體　hemisphere

「冰淇淋甜筒」中的「甜筒」作 cone, 即「圓錐」, 冰淇淋甜筒的確是圓錐形.
「多面體」稱作 polyhedron, poly 意為「多」, hedron 為「～面體」之意.
體積為 volume, 表面積為 total surface area, 此外,「高, 寬, 深, 長」分別為 height, width, depth, length.

P

複數 **popes**
poplar [ˋpɑplɚ] n. ① 白楊樹《楊屬落葉喬木》. ② 白楊木.
複數 **poplars**
poppy [ˋpɑpɪ] n. 罌粟; 罌粟色.
複數 **poppies**
populace [ˋpɑpjəlɪs] n. 〔the ～〕民眾, 全體居民.

****popular** [ˋpɑpjəlɚ] adj. ① 受歡迎的. ② 〔只用於名詞前〕大眾化的, 普遍的.
範例 ① This song is **popular** among young people. 這首歌受年輕人喜歡.
Mr. Baker is a good politician but he isn't **popular**. 貝克先生是一個優秀的政治家, 但不得人心.

Fred is **popular** with girls. 佛瑞德很討女孩們的喜歡.
② **popular** songs 流行歌曲.
the **popular** vote 全民投票.
We sell jewels at **popular** prices. 我們以大眾化的價格出售寶石.
☞ ① ↔ unpopular
活用 *adj.* **more popular, most popular**

popularise [`pɑpjələˏraɪz] =*v.* 〔美〕popularize.

***popularity** [ˏpɑpjə`lærətɪ] *n.* 受歡迎; 普及性, 流行; 名氣.
範例 The actor has established his **popularity**. 那個演員已建立了自己的聲望.
The scandal destroyed my **popularity**. 那件醜聞毀了我的聲望.

popularize [`pɑpjələˏraɪz] *v.* 使通俗化, 使大眾化.
活用 *v.* **popularizes, popularized, popularized, popularizing**

popularly [`pɑpjələˏlɪ] *adv.* 大眾化地: My brother's name is William, but he's **popularly** known as Bill among his friends. 我哥哥名叫威廉, 可是在朋友間通用比爾這個稱呼.
活用 *adv.* **more popularly, most popularly**

populate [`pɑpjəˏlet] *v.* (使)居住: a densely **populated** area 人口稠密地區.
活用 *v.* **populates, populated, populated, populating**

***population** [ˏpɑpjə`leʃən] *n.* ① 人口; 群數. ②(某一地區的)全體居民.
範例 ① What is the **population** of Taiwan? 臺灣的人口有多少?
Our city has a large **population**. 我們的都市人口眾多.
America's car **population** is expanding every year. 美國汽車的數量逐年增加.
複數 **populations**

***populous** [`pɑpjələs] *adj.* 人口眾多的.
活用 *adj.* **more populous, most populous**

porcelain [`pɔrslɪn] *n.* 瓷器(白色半透明, 質地密實的燒製物; 亦作 china).
範例 This vase is made of **porcelain**. 這個花瓶是瓷做的.
Jane has a lot of precious **porcelain**. 珍擁有很多珍貴的瓷器.
a piece of **porcelain** 一件瓷器.

***porch** [pɔrtʃ] *n.* ① 入口處, 門廊: The host met us on the **porch**. 主人在門廊迎接我們. ② 〔美〕陽臺(亦作 veranda).
複數 **porches**

porcupine [`pɔrkjəˏpaɪn] *n.* 豪豬 (〔美〕hedgehog).
♦ **pórcupine fish** 針魨.
複數 **porcupines**

***pore** [por] *v.* ① 專心閱讀 (over): The boy **pored** over the biography of Nikolai Lenin. 那男孩專心閱讀了尼古拉・列寧的傳記.
——*n.* ② 毛孔, 氣孔.

活用 *v.* **pores, pored, pored, poring**
複數 **pores**

***pork** [pork] *n.* 豬肉.
➡ 充電小站 (p. 981)

porn [pɔrn] *n.*(口語)色情文學(pornography 之縮略).

pornographic [ˏpɔrnə`græfɪk] *adj.* 色情文學的.

pornography [pɔr`nɑgrəfɪ] *n.* 色情文學(亦作 porn).

porous [`porəs] *adj.* 能滲透的, 多孔的.
範例 This material is **porous**, so moisture will escape. 這種材料具滲透性, 因此水分會流出.
These **porous** theories just don't hold water. 這些漏洞百出的理論站不住腳.
活用 *adj.* **more porous, most porous**

porpoise [`pɔrpəs] *n.* 鼠海豚(圓鼻頭, 群居).
複數 **porpoises**

***porridge** [`pɔrɪdʒ] *n.* 麥片粥(將蔬菜和穀粒用水或牛奶煮稠而成).
範例 a bowl of **porridge** 一碗麥片粥.
Save your breath to cool your **porridge**. 〔諺語〕不白費口舌.

***port** [port] *n.* ① 港口, 港市(亦作 seaport). ② 左舷(船和飛機的左側, 右側為 starboard). ③ 汽門.
——*v.* ④ 左轉舵.
範例 ① make **port** 進港.
leave **port** 出港.
a naval **port** 軍港.
The ships in **port** were destroyed by the bombing. 在港口內的船舶遭到了轟炸.
Any **port** in a storm. 〔諺語〕急不暇擇.
♦ **pòrt of cáll** 停靠港.
pòrt of éntry 進口港.
複數 **ports**
活用 *v.* **ports, ported, ported, porting**

***portable** [`portəbl] *adj.* ① 便於攜帶的, 手提式的: a **portable** computer 手提電腦.
——*n.* ② 手提式用品.
活用 *adj.* **more portable, most portable**
複數 **portables**

portage [`portɪdʒ] *n.* ①(兩條水路間的)陸上運輸, 運費. ② 運送路線.
複數 **portages**

portal [`portl] *n.*(高大壯觀的)門, 正門.
複數 **portals**

portend [por`tɛnd] *v.*(正式)成為～的前兆, 預示: The Old Farmer's Almanac says lots of acorns falling from oak trees **portend** a severe winter. 《舊農業年鑑》上記載, 如果有大量的橡樹果實從橡樹落下, 就預示會有寒冬.(The Old Farmer's Almanac 為美國有關農業的著名年鑑)
活用 *v.* **portends, portended, portended, portending**

portentous [por`tɛntəs] *adj.* ① 不祥的, 有凶兆的, 怪異的. ② 傲慢的, 自負的.

充電小站

豬肉 (pork)

豬肉根據部位不同而稱呼各異.

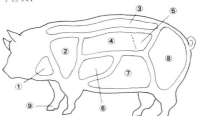

① jowl　　　頰肉
② shoulder　　肩肉
③ fatback　　背部裡脊肉 (醃肉)
④ loin　　　脊背肉
⑤ tenderloin　　腰部軟肉

⑥ spareribs　　排骨肉
⑦ flank　　　腰窩肉
⑧ ham　　　後腿肉
⑨ foot　　　豬腳

範例 ① There was a **portentous** event on that day. 那天發生了一件怪異的事.
② His speech was a little **portentous**. 他的演說有點自負.

活用 *adj.* **more portentous, most portentous**

porter [ˋpɔrtɚ] *n.* ① 搬運工《在車站、旅館為客人搬運行李的人》. ②〖美〗(火車臥鋪、餐車的)服務生. ③〖英〗門房,看門人《站立於旅館、醫院、學校等出入口處; 〖美〗doorman》.

範例 ① Let a **porter** carry your baggage. 讓搬運工搬你的行李.
③ a hotel **porter** 旅館的看門守衛.

複數 **porters**

portfolio [portˋfolɪ͵o] *n.* ① 公事包, 文件夾. ② 藝術作品集. ③ 部長的職位. ④ 有價證券及其目錄.

範例 ③ Mr. Carter holds the finance **portfolio** now. 卡特先生現在擔任財政部長一職.
④ My financial advisor doubled my **portfolio**`s worth. 投資顧問使我的有價證券價值變成2倍.

複數 **portfolios**

porthole [ˋport͵hol] *n.* (船的)舷窗, (飛機的)機窗.

複數 **portholes**

portico [ˋportɪ͵ko] *n.* (有圓柱支撐屋頂的)門廊, 柱廊.

複數 **porticoes/porticos**

***portion** [ˋporʃən] *n.* ① 部分, 一份, (食物的)一人份. ②〖正式〗命運.
——*v.* ③ 分成~份, 分配, 分割.

範例 ① I've read this **portion** of the book. 我已經讀了書的這一部分.
The woman cut the cake in eight small **portions**. 那個女子把蛋糕分成8小份.

We ordered three **portions** of fish. 我們點了3份魚.
③ The watermelon was **portioned** out among the eight children. 那個西瓜分給了8個小孩.

複數 **portions**

活用 *v.* **portions, portioned, portioned, portioning**

portly [ˋpɔrtlɪ] *adj.* 肥胖的, 身材魁偉的.

活用 *adj.* **portlier, portliest**

portmanteau [portˋmænto] *n.* (皮製對開的) 旅行皮箱.

複數 **portmanteaus/portmanteaux**

***portrait** [ˋportret] *n.* ① 肖像, 人物像. ② (使用言辭的) 描述, 描寫.

範例 ① a **portrait** of my grandmother 祖母的肖像.
② a **portrait** of my village life 我們村莊生活的描述.

發音 亦作 [ˋportrɪt].

複數 **portraits**

portray [porˋtre] *v.* ① 描繪, 描寫. ② 飾演, 扮演.

範例 ① In this painting the Duke is **portrayed** seated on a horse. 在這幅畫中, 公爵被描繪成騎馬的姿態.
② My favorite actor **portrays** King Richard III in tonight's movie. 我最喜歡的演員在今晚的電影中扮演理查三世.

活用 *v.* **portrays, portrayed, portrayed, portraying**

portrayal [porˋtreəl] *n.* ① 描寫. ② 演出.

複數 **portrayals**

***Portugal** [ˋportʃəgl] *n.* 葡萄牙《☞ 附錄「世界各國」》.

***Portuguese** [͵portʃəˋgiz] *n.* ① 葡萄牙人, 葡萄牙語.
——*adj.* ② 葡萄牙的.

複數 **Portuguese**

***pose** [poz] *v.* ① 擺姿勢，使~擺好姿勢． ② 偽裝，裝模作樣． ③ 拿出，提出（問題、要求等）．

——*n.* ④ 姿態，姿勢． ⑤ 裝腔作勢，故作姿態．

範例 ① The girl **posed** for a painting. 那個女孩擺好姿勢，供人作畫．

The photographer **posed** the woman for a portrait. 攝影師為了拍攝人像，幫那個女子擺好姿勢．

② Nobody knows what she really thinks. She's always **posing**. 沒有人知道她真正在想甚麼．她總是偽裝自己．

I **posed** as a doctor. 我假裝成醫師．

③ The outcome **poses** an interesting question. 那個結果引發了一個有趣的問題．

④ The chairman sat in a relaxed **pose**. 主席以輕鬆的姿勢坐著．

⑤ Your air of surprise is only a **pose**. 你驚訝的模樣只是裝腔作勢而已．

活用 *v.* **poses, posed, posed, posing**

複數 **poses**

posh [pɑʃ] *adj.* ① 豪華的；別緻的． ② 上流階層的；裝模作樣的．

範例 ① a **posh** wedding 豪華的婚禮．

a **posh** hat 別緻的帽子．

② a **posh** accent 裝模作樣的說話方式．

活用 *adj.* **posher, poshest/more posh, most posh**

****position** [pə`zɪʃən] *n.* ① 位置，地點；（運動的）守備位置，職務． ② 立場，處境，身分，職位． ③ 姿勢．

——*v.* ④ 放置．

範例 ① I can't see the hospital from this **position**. 從我這個位置看不到那家醫院．

He can play any **position** on the football team. 他在足球隊裡可以踢任何一個位置．

Every crewman took his **position**. 全體船員各就各位．

The table is out of **position**. Put it back in its right **position**, would you? 那桌子的位置不正，你能不能把它擺正？

② The mayor was in a very difficult **position**. 那位市長陷困境．

The minister took the **position** that the death penalty should be abolished. 那位部長抱持著死刑應該廢除的立場．

I was not in a **position** to argue. 我沒有發表議論的立場．

The businessman rose from **position** to **position**. 那個貿易公司的職員不斷地升遷．

My sister got a **position** as a lecturer. 我妹妹獲得了講師的職位．

③ You can't lie in a comfortable **position** in this small bed. 你在這麼小的床上無法以舒服的姿勢躺下．

④ First of all, he **positioned** the TV set in front of his chair. 他把電視機放到自己椅子的前面．

片語 **in position** 在適當的位置．

out of position 在不適當的位置，位置不正地．

複數 **positions**

活用 *v.* **positions, positioned, positioned, positioning**

***positive** [`pɑzətɪv] *adj.* ① 確實的，明確的． ② 積極的，肯定的，有信心的． ③（數學的）正的，（物理、醫學的）正極的，陽性的，（攝影的）正片的． ④（文法的）原級的． ⑤ 完全的，十足的．

——*n.* ⑥（攝影的）正片． ⑦（文法的）原級．

範例 ① "Are you sure you saw the man enter the store?" "**Positive**."「你確實看見那個男子進去店裡嗎？」「確實看見了．」

② You definitely need a **positive** attitude to do well in a job interview. 為了在就業面試中能夠順利，你絕對需要積極的態度．

Be **positive**. Don't let things get you down. 你要有信心，不要被擊倒．

③ a **positive** number 正數．

a **positive** charge 正電荷．

a **positive** conversion（醫學的）陽轉．

a **positive** print（攝影的）正片．

⑤ The boxer's victory is a **positive** miracle. 那個拳擊手的獲勝完全是一個奇蹟．

☞ ② ③ ⑥ ↔ **negative**

活用 *adj.* ② **more positive, most positive**

複數 **positives**

positively [`pɑzətɪvlɪ] *adv.* ① 確實地，絕對地． ② 積極地，肯定地． ③ 完全，實在． ④ 帶正電荷地．

範例 ① Richard said **positively** that he would come, but he didn't. 理查的確說過要來，但是他並沒有來．

③ Your wife is **positively** beautiful. 你的妻子實在太漂亮了．

④ **positively** charged 以正電荷帶電．

活用 *adv.* ② **more positively, most positively**

***possess** [pə`zɛs] *v.* ① 持有，擁有，具備． ②（被~）纏身，控制，支配．

範例 ① He **possesses** a lot of supermarkets all over the country. 他在全國擁有很多家超級市場．

He doesn't **possess** the talent necessary for a professional musician. 他不具備專業音樂家所需的才能．

② She is **possessed** with the desire to be famous. 她被想出名的欲望纏身．

What **possessed** the child to commit suicide? 那個孩子被甚麼困擾而想要自殺呢？

片語 **be possessed of** 擁有．

活用 *v.* **possesses, possessed, possessed, possessing**

***possession** [pə`zɛʃən] *n.* ① 持有，所有物． ② 被支配〔牽絆〕的狀態．

範例 ① the illegal **possession** of drugs 非法持有毒品．

I have some rare stamps in my **possession**.
我擁有一些珍貴的郵票。
We lost all our **possessions** in the fire. 我們
在那場火災中失去了全部財產。
[片語] *in possession of* 擁有.
[複數] **possessions**
possessive [pə`zɛsɪv] *adj.* ① 占有欲強烈的.
② 所屬的,（文法的）所有格的.
——*n.* ③（文法的）所有格.
[範例] ① a **possessive** father who resents his
daughter's boyfriends 對女兒的男朋友充滿敵
意,占有欲極強的父親.
② **possessive** rights 擁有的權利.
[參考] ③ 以下畫線的部分為所有格的例子：
my book（我的書）/his father（他的父
親）/your name（你的姓名）/Jack's house（傑
克的房子）
♦ **possèssive cáse**（文法的）所有格《☞
[充電小站]（p. 834）
[活用] *adj.* ① **more possessive**, **most
possessive**
[複數] **possessives**
possessively [pə`zɛsɪvlɪ] *adv.* 占有欲強烈
地;據為己有地.
[活用] *adv.* **more possessively**, **most
possessively**
possessor [pə`zɛsɚ] *n.* 占有者,所有者： He
is the **possessor** of a rich voice. 他的聲音洪
亮.
[複數] **possessors**
*possibility [,pasə`bɪlətɪ] *n.* 可能性,可能.
[範例] There isn't much **possibility** of your
success. 你成功的可能性不大.
Is there a **possibility** of her getting out of the
hospital by next Friday? 她下星期五之前有可
能出院嗎?
This house is not so expensive if you see the
possibilities for improvement. 如果你預見到
未來可能的發展,這棟房子並不算貴.
[複數] **possibilities**
possible [`pasəbl] *adj.* ① 可能的,可能
存在的,可能發生的.
——*n.* ② 可能性;候選人.
[範例] ① It is **possible** for him to build a house in
three weeks. 3個星期內建一棟房子對他而
言是可能辦到的.
It is **possible** that she does not know your
name. 她有可能不知道你的名字.
The young man took advantage of every
possible chance. 那個年輕人善用每一個可
能的機會.
He found it **possible** to open the safe without
a key. 他發現那個保險櫃不用鑰匙就可以打
開.
The teacher spoke as slowly as **possible**. 老
師盡可能放慢說話速度.
If **possible**, would you tell me the answers to
the test? 如果可能的話,能否把那個考試的
答案告訴我?

Mr. Kuan is a **possible** choice for manager.
關先生是經理一職的可能人選.
② Give me a list of **possibles** for the post. 請把
那個職位的可能人選名單拿給我.
[片語] *as ~ as possible* 盡可能.（⇨ [範例] ①）
if possible 如果可能的話.（⇨ [範例] ①）
[☞] ① ↔ impossible
[複數] **possibles**
*possibly [`pasəblɪ] *adv.* ① 也許,可能,或許.
② 設法;盡可能;無論如何.
[範例] ① **Possibly** he knows her son. 也許他認
識她的兒子.
Paul may **possibly** have cancer. 保羅可能患
有癌症.
"Will she pass the examination?" "**Possibly**."
「她考試能及格嗎?」「也許吧.」
② Please come here as soon as you **possibly**
can. 請盡快趕過來.
Could you **possibly** lend me NT$5,000
dollars? 你能不能想辦法借給我新臺幣5,000
元?
I cannot **possibly** finish my homework before
four. 我無論如何都無法在4點鐘之前完成作
業.
possum [`pasəm] *n.* 負鼠《面臨危險時會裝
死》：The boy played **possum**. 那個男孩裝
睡.
[片語] *play possum* 裝睡,裝死,裝糊塗.
[參考] 同 opossum.
[複數] **possums**
*post [post] *n.* ① 柱,樁;標竿《賽馬的起點,終
點標和國境等標識》. ② 地位,職位,工作.
③ 崗位,哨位《士兵、警察等在執行任務時所
在的地點》,駐地. ④《英》郵政,郵件,一次
收集、投遞的郵件. ⑤ 郵筒,信箱;郵局.
——*v.* ⑥ 貼出,公布. ⑦ 宣布,通知. ⑧ 部署,
安排,設置（崗哨等）. ⑨《英》投遞,郵寄.
[範例] ① For twenty miles of fence 11,640 **posts**
are needed. 搭建20哩的柵欄需要11,640根
木樁.
The horses are at the starting **post**. 那些參賽
的馬匹到了起跑的位置.
② The president remained at his **post** after the
trial. 那個總經理在判決後還保留原職.
Mary got a **post** on the board of directors. 瑪
麗在理事會中謀得一職.
③ The soldiers remained at their **posts** until just
before their front was broken. 那些士兵們在
前線即將被攻破之時仍堅守著各自的崗位.
④ There is a lot of **post** today. 今天有很多郵
件.
I've missed the last **post**. 我錯過了最後的收
遞時間.
⑤ Will you take this letter to the **post**? 你能不能
把這封信拿到郵局?
⑥ The names of those who pass the entrance
exam are **posted** over there. 入學考試錄取
名單公布在那邊.
Post no bills. 禁止張貼.

P

⑦ The soldier was **posted** as missing. 那個士兵被宣告失蹤.

⑧ The detective **posted** two policemen at the door of the room. 那個刑警在房間的門口部署了兩名警員.

Jim got his wish. He got **posted** to Tokyo. 吉姆如願已償地被派到東京.

⑨ I **posted** the letter for my father. 我幫父親投遞了那封信.

〖參考〗④ ⑨ ＝〖美〗mail.

♦ **póst òffice** ① 郵局. ②〔the P~ O~〕〖英〗郵政總部.

〖複數〗**posts**

〖活用〗v. **posts, posted, posted, posting**

****postage** [`postɪdʒ] n. 郵資, 郵費: What is the **postage** on this letter? 這封信要多少郵資?

♦ **póstage dùe** 郵資不足.
póstage frèe 免郵資.
póstage stàmp 郵票〖亦作 stamp〗.

****postal** [`postl] adj. 郵政的.

♦ **póstal càrd**〖美〗政府發行的明信片.
póstal chàrges 郵費.
pòstal órder〖英〗郵政匯票〖〖美〗money order〗.

postbox [`post͵baks] n.〖英〗郵筒〖〖美〗mailbox〗.

〖複數〗**postboxes**

postcard [`post͵kard] n. 明信片, 風景明信片〖亦作 post card;〖英〗postal card〗: She sent me a **postcard** from France. 她從法國寄了一張明信片給我.

〖複數〗**postcards**

postcode [`post͵kod] n.〖英〗郵遞區號〖〖美〗zip code〗.

〖複數〗**postcodes**

postdate [͵post`det] v. ①（在支票上）填寫比實際晚的日期. ② 發生於～之後.

〖活用〗v. **postdates, postdated, postdated, postdating**

poster [`postə] n. 海報: hang a **poster** on the wall 在牆上懸掛海報.

♦ **póster còlor/póster pàint** 廣告顏料.

〖複數〗**posters**

****posterior** [pas`tɪrɪə] adj. ① 後面的, 後部的.

——n. ②〔~s〕臀部, 屁股: The father slapped his son's **posteriors**. 那個父親打了他兒子的屁股.

☞ ↔ ① prior（時間上較早的）, anterior（空間上在前面的）.

〖複數〗**posteriors**

posterity [pas`tɛrətɪ] n. 後裔, 後代子孫: The natural environment should be preserved for **posterity**. 我們應該為後代子孫保留自然環境.

postern [`postən] n. 後門, 邊門, 便門〖後面的小出入口〗.

〖複數〗**posterns**

postgraduate [post`grædʒʊɪt] adj. ① 大學畢業後的, 研究所的〖〖美〗graduate〗.

——n. ② 研究生.

〖複數〗**postgraduates**

posthumous [`pastʃuməs] adj. ① 死後的, 死後出版的: **posthumous** fame 死後的名聲. ② 在父親死後出生的.

posthumously [`pastʃuməslɪ] adv. 死後地.

postman [`postmən] n.〖英〗郵差〖〖美〗mail carrier, mailman〗.

〖複數〗**postmen**

postmark [`post͵mark] n. ① 郵戳.

——v. ② 蓋郵戳.

〖範例〗① The **postmark** read "London." 郵戳上印著「倫敦」.

② This postcard of Waikiki Beach was **postmarked** "Los Angeles." 這張威基基海灘的風景明信片上蓋著洛杉磯的郵戳.

〖複數〗**postmarks**

〖活用〗v. **postmarks, postmarked, postmarked, postmarking**

postmaster [`post͵mæstə] n. 郵局局長〖女性作 postmistress〗.

♦ **the pòstmaster géneral** 郵政管理局局長〖複數作 the postmasters general〗.

〖複數〗**postmasters**

postmistress [`post͵mɪstrɪs] n. 女性的郵局局長.

〖複數〗**postmistresses**

postmortem [post`mɔrtəm] adj. ① 死後發生的, 死後進行的: a **postmortem** examination 驗屍.

——n. ② 驗屍, 屍體解剖. ③ 事後的剖析, 檢討會.

〖複數〗**postmortems**

****postpone** [post`pon] v. 延期, 延緩.

〖範例〗The baseball game has been **postponed** until next Sunday because of the rain. 那場棒球比賽因雨順延至下星期日.

I am **postponing** making a decision about my future. 我對自己的未來遲遲不作決定.

〖活用〗v. **postpones, postponed, postponed, postponing**

postponement [post`ponmənt] n. 延期, 延緩.

〖複數〗**postponements**

****postscript** [`pos͵skrɪpt] n. ① 附筆〖在書信署名後又加寫的內容; 略作 P.S.〗. ② 附錄, 附記, 跋〖在書或論文正文後補充的部分〗.

〖複數〗**postscripts**

****posture** [`pastʃə] n. ① 姿勢.

——v. ② 裝出～的樣子, 裝模作樣.

〖範例〗① My first grade teacher always insisted on good **posture** in class. 我一年級時的老師上課時總是要求我們坐姿端正.

The boxer took a defensive **posture**. 那個拳擊選手擺出了防禦的姿勢.

② He likes to **posture** as a good student. 他喜歡裝出一副好學生的樣子.

〖複數〗**postures**

〖活用〗v. **postures, postured, postured,**

posturing

postwar [ˌpost`wɔr] *adj.* 戰後的《☞ ↔ prewar》.

posy [`pozɪ] *n.* 小花束.

[複數] **posies**

***pot** [pɑt] *n.* ①（陶器、玻璃、金屬等製成的）深鍋、罐、瓶、盆、壺、缽、圓筒狀容器. ② 一壺的量. ③ 一次賭注的總數；巨款. ④ 馬桶，室內用便器. ⑤《口語》大麻.
── *v.* ⑥ 裝入容器中. ⑦ 栽種於花盆中. ⑧ 打獵.
[範例] ① **pots** and pans 炊事用具.
a flower **pot** 花盆.
an ink **pot** 墨水瓶.
a stew **pot** 燉煮用的深底鍋.
a watering **pot** 噴水壺.
The **pot** calls the kettle black.《諺語》五十步笑百步.
② I'd like a **pot** of tea. 我要一壺茶.
③ Bob bet the **pot** with only three of a kind. 鮑伯手中為3張同點數的牌，卻押下了全部的賭注.《three of a kind 為撲克牌 (poker) 中牌值的一種》
⑦ You should **pot** these seedlings before they get too big. 你要在籽苗長得太大以前，就把它們移植到花盆裡.
[片語] **go to pot** 墮落，毀滅.
take pot luck 隨手選擇；吃便飯.
[複數] **pots**
[活用] *v.* **pots, potted, potted, potting**

potash [`pɑˌtæʃ] *n.* 鉀鹼，碳酸鉀《用於肥料等》.

potassium [pə`tæsɪəm] *n.* 鉀《金屬元素，符號 K》: **potassium** cyanide 氰化鉀.

***potato** [pə`teto] *n.* 馬鈴薯.
[範例] baked **potatoes** 烤馬鈴薯.
mashed **potatoes** 馬鈴薯泥.
[片語] *a hot potato* 燙手山芋.
♦ **potáto chìps**《美》洋芋片.
potáto crísps《英》洋芋片.
[參考]《美》與甘薯 (sweet potato) 特殊區別時作 white potato 或 Irish potato.
[複數] **potatoes**

***potent** [`potn̩t] *adj.* 強有力的，效力強的，濃烈的.
[範例] **potent** arguments 強而有力的論點.
a **potent** drink 烈酒.
This drug is very **potent**. 這個藥非常有效.
[活用] *adj.* **more potent, most potent**

potentate [`potn̩ˌtet] *n.* 統治者，有權勢的人.
[複數] **potentates**

***potential** [pə`tɛnʃəl] *adj.* ①〔只用於名詞前〕可能(性)的，潛在(性)的. ── *n.* ② 潛力，可能性. ③ 電位.
[範例] ① a **potential** danger 潛在的危險.
potential parents 今後有可能成為父母親的人.
a **potential** disaster 可能發生的災害.

② a young player with great **potential** 非常具有潛力的年輕運動員.

potentiality [pəˌtɛnʃɪ`ælətɪ] *n.* 可能性，潛在性，有潛力的事物.
[複數] **potentialities**

potentially [pə`tɛnʃəlɪ] *adv.* 潛在地，有可能地.

potion [`poʃən] *n.* 一劑《毒品或毒藥等》,（一次分量的）藥水.
[複數] **potions**

potter [`pɑtɚ] *n.* ① 陶工，陶藝家.
── *v.* ②《英》閒逛，無所事事《《美》putter》.
♦ **pòtter's whéel** 陶輪.
[複數] **potters**
[活用] *v.* **potters, pottered, pottered, pottering**

***pottery** [`pɑtɚɪ] *n.* ① 陶器《以黏土為原料燒製而成的器物，有別於瓷器 (china, porcelain)》. ② 陶器工廠，陶器工作坊. ③ 製陶(術).
[範例] ① I bought a nice piece of **pottery** in Chichi. 我在集集買了一件非常棒的陶器.
② There are several **potteries** in the city. 這個城市有好幾處陶器工廠.
③ This Indian tribe has kept alive their **pottery** tradition. 這個印第安部落一直保持著他們的製陶傳統.
[複數] **potteries**

pouch [pautʃ] *n.* ① 錢袋；小袋《放菸絲等用的皮製袋子》；郵袋《亦作 mailbag》. ② 袋狀物；(袋鼠腹部的)腹袋；眼袋.
── *v.* ③ 裝入口袋中，使成袋狀.
[複數] **pouches**
[活用] *v.* **pouches, pouched, pouched, pouching**

poultice [`poltɪs] *n.* 膏藥，溼敷劑.
[複數] **poultices**

***poultry** [`poltrɪ] *n.* ①〔作複數〕家禽《雞、鴨、鵝等》. ②〔作單數〕家禽的肉，雞肉.
[範例] ① **Poultry** are easy to raise, don't you think? 你不認為家禽易飼養嗎?
② **Poultry** is enjoying a new found popularity these days due to a concern about cholesterol. 因為膽固醇的關係，最近雞肉重新受到人們的歡迎.

pounce [pauns] *v.* ① 突然襲擊，猛撲過去 (on).
── *n.* ② 突襲，猛撲.
[範例] ① The tiger **pounced** on the deer. 那隻老虎突然朝鹿猛撲過去.
② With a swift **pounce**, the eagle seized the rabbit. 藉由突然的猛撲，那隻老鷹捉住兔子.
[活用] *v.* **pounces, pounced, pounced, pouncing**

***pound** [paund] *n.* ① 磅《重量單位，略作 lb.》.《參考》② 英鎊《英國的貨幣單位；1鎊等於100便士 (pence)，符號為£》. ③ 認領欄《臨時放置走失的狗或貓之場所》，拖吊場《放置扣押的汽車之場所》.
── *v.* ④ 打碎，碾碎. ⑤ (反覆猛烈地)擊打，

P

敲打，跳動．

【範例】① sell butter by the **pound** 奶油以磅計價．
② The **pound** has fallen against the dollar. 英鎊對美元的價格下跌．
④ Jack took the rocks and **pounded** them into tiny bits. 傑克取來石塊，並且將它們敲碎．
⑤ The sound of waves **pounding** against the shore lulls me to sleep. 波浪拍打海岸的聲音使我入睡．
His heart **pounded** wildly with fear. 他的心臟因為恐懼而激烈地跳動．

♦ **póund càke** 『美』磅 蛋 糕（『英』Madeira cake，原以奶油、麵粉、砂糖各1磅製成的蛋糕）．

【參考】① 磅為度量衡制的質量單位．日常使用的一般磅為16盎司 (ounces)，約454公克；稱貴金屬的金衡磅為12盎司，約373公克．② 1971年2月以前的舊制中，240便士 (pence) ＝20先令 (shillings)＝1鎊．

【複數】**pounds**
【活用】v. **pounds**, **pounded**, **pounded**, **pounding**

***pour** [por] v. ① 注入，投入．② 流，流出．③ （大雨）傾盆而下．
【範例】① The waiter **poured** tea into my cup. 那位服務生幫我倒茶．
Would you **pour** me another cup of coffee? 能不能再來一杯咖啡？
Pour another cup of green tea for me, please. 請再給我一杯綠茶．
He was never reluctant to **pour** money into his son's education. 他為了兒子的教育不惜金錢．
② The tears **poured** down her cheeks. 眼淚順著她的臉頰流下來．
Many people **poured** into Disneyland during the summer months. 很多人在夏季期間湧至迪斯尼樂園．
Complaints from citizens **poured** out against the mayor. 市民的不滿大量湧向市長．
Smoke was **pouring** out from the volcanic crater. 煙霧從那個火山口滾滾冒出來．
Tens of thousands of people **poured** out of Tokyo Dome after the ball game. 上萬人在那場棒球比賽結束後從東京巨蛋棒球場湧出．
③ It **poured** all day yesterday. 昨天傾盆大雨下了一整天．
It never rains but it **pours**. 《諺語》禍不單行．
【活用】v. **pours**, **poured**, **poured**, **pouring**

pout [paut] v. ① 噘嘴，板著臉．
——n. ② 噘嘴，板著臉．
【範例】① The boy **pouted** his lips. 那個男孩噘起嘴唇．
② The girl went into a **pout**. 那個女孩噘著嘴巴．
【活用】v. **pouts**, **pouted**, **pouted**, **pouting**
【複數】**pouts**

***poverty** [`pɑvɚtɪ] n. ① 貧窮，貧困．② 缺乏，不足．

【範例】① In this country a lot of people are still living in **poverty**. 這個國家還有很多人生活在貧困之中．
Poverty drove the student to steal the money. 貧窮使得那個學生偷錢．
② Her new novel shows **poverty** of insight into human nature. 她的新小說缺乏對人性的洞察力．
☞ adj. poor

poverty-stricken [`pɑvɚtɪ͵strɪkən] adj. 被貧困所壓垮的，極端貧困的．

P.O.W./POW [`pi͵o`dʌbljju] 《縮略》＝ prisoner of war (戰俘)．
【複數】**P.O.W.s/POWs**

***powder** [`paudɚ] n. ① 粉，粉末．② 火藥．
——v. ③ 撒粉，擦粉．④ 使成粉，使成粉末狀．
【範例】① curry **powder** 咖哩粉．
baking **powder** 發酵粉．
soap **powder** 肥皂粉．
He ground the coffee beans into **powder**. 他把咖啡豆磨成粉．
② Keep your **powder** dry. Anything can happen anytime. 你要小心，不知甚麼時候會發生事情．
③ The cook **powdered** the cakes with confectioner's sugar. 那位廚師在蛋糕上撒了一層糕餅店用的糖粉．
Snow **powdered** the woods. 森林裡積了一層薄薄的雪．
④ **powdered** milk 奶粉．
【片語】**keep ~'s powder dry** 以防萬一，時時做好準備．（⇒【範例】②）
♦ **pówder ròom** 女用化妝室．
【複數】**powders**
【活用】v. **powders**, **powdered**, **powdered**, **powdering**

powdery [`paudərɪ] adj. 粉的，粉狀的，滿是粉的．
【活用】adj. **more powdery**, **most powdery**

***power** [`pauɚ] n. ① 力，動力，權力，能力，影響力．② 有影響力的人，大國．③ （數學的）次方，冪．
——v. ④ 提供動力．⑤ 拿出力氣．
【範例】① Too often politicians use their **power** to enrich themselves instead of doing good for the country. 有很多政客不是用他們的權力來為國家謀福利，而是藉由它來使自己變得更富裕．
In the US each governor has the **power** to call out the National Guard in his or her state. 在美國，州長有權在自己州內調動國民兵．
Fathers seem to be losing **power** over their families. 父親似乎漸漸失去對家人的影響力．
Hydroelectric dams turn the **power** of moving water into electricity. 水力發電廠把水流的動力變成電力．
The doctors did everything in their **power** to save the man's life. 醫生們盡全力挽救那個男子的生命．

He is losing his **powers**. 他的體力日漸衰弱.
The **power** was out in the city for two hours.
那個城市停電兩個小時.
I don't have high **power** binoculars. 我沒有高
倍數的雙筒望遠鏡.
② He is a big **power** in the mass media. 他是大
眾傳播媒體中具有影響力的人物.
Seven **powers** held a summit. 7大國召開了
高峰會議.
③ 4 to the **power** of 3 is 4×4×4. 4的3次方是
4×4×4.
④ The aircraft is **powered** by three jet engines.
那架飛機靠著3具噴射引擎帶動.
[片語] *do ~ a power of good* 對~起很大作
用; 有益於. His holiday will do him **a power of good**.
休假對他會很有用的.
the powers that be 當局, 當權者.
♦ **pówer líne** 輸電線.
pówer plànt 發電廠.
pówer pòint『英』電源插座《『美』outlet》.
pówer stàtion 發電站.
pówer stèering 動力方向盤裝置《使車輛
方向盤操作輕便的裝置》.
[複數] **powers**
[活用] *v.* **powers, powered, powered,
powering**
***powerful** [`pauɚfəl] *adj.* ① 強有力的, 強健
的. ② 有效力的.
[範例] ① She is a **powerful** swimmer. 她是一個
游泳健將.
the most **powerful** government in Europe 在
歐洲最強有力的政府.
② a **powerful** drug 效果非常好的藥.
[活用] *adj.* **more powerful, most powerful**
powerfully [`pauɚfəlɪ] *adv.* 強有力地, 有效
地: His father **powerfully** influenced him. 他
的父親對他有非常大的影響力.
[活用] *adv.* **more powerfully, most
powerfully**
powerless [`pauɚlɪs] *adj.* 無力的, 無能的; I
was **powerless** to help him. 我無法幫助他.
[活用] *adj.* **more powerless, most powerless**
powerlessly [`pauɚlɪslɪ] *adv.* 無力地.
[活用] *adv.* **more powerlessly, most
powerlessly**
pp./pp《縮略》=① pages (頁): pp. 24-26 從
24 頁到 26 頁《讀作 pages twenty-four to
twenty-six》. ②《義大利語》pianissimo (極弱
音). ③ past participle (過去分詞).
P.R./PR [`pi͵ɑr]《縮略》= ① proportional
representation (比例代表制). ② public
relations (公關活動).
practicable [`præktɪkəbl] *adj.* 可實行的: Is it
practicable to control population growth? 控
制人口增長是可行的嗎?
[活用] *adj.* **more practicable, most
practicable**
practicably [`præktɪkəblɪ] *adv.* 可實行地,
實用地.

[活用] *adv.* **more practicably, most
practicably**
***practical** [`præktɪkl] *adj.* 實際的, 實用的.
[範例] She doesn't have enough **practical**
experience. 她的實際經驗不足.
It's a very **practical** invention indeed. 那個發
明的確很實用.
a **practical** man 現實的人.
The children put salt in the sugar bowl as a
practical joke. 那些孩子們惡作劇地把鹽放
到糖缽裡.
[片語] *for all practical purposes* 實際上.
♦ **pràctical jóke**《伴隨實際行動的》惡作劇.
[活用] *adj.* **more practical, most practical**
practicality [͵præktɪ`kælətɪ] *n.* 實用性, 實際
的事例.
[複數] **practicalities**
***practically** [`præktɪklɪ] *adv.* ① 實際上, 實質
上, 事實上. ② 實事求是地, 實用地, 站在
實際的立場上.
[範例] ① There is **practically** no such thing as a
perfect man or woman. 不管是男是女, 實際
上並沒有十全十美的人.
My summer vacation is **practically** over. 我的
暑假幾乎已經結束了.
② The new Congress promises to deal with the
nation's problems more **practically**. 新的國
會承諾站在更為實際的立場上處理國家的問
題.
[活用] *adv.* ② **more practically, most
practically**

***practice** [`præktɪs] *n., v.*

原義	層面	釋義			
			n.	範例	*v.*	範例
實行	想法	實行, 實踐	①		實行, 實踐	⑤
	固定的事物	習慣, 風俗	②			
	掌握的技術	練習	③		練習	⑥
	醫業、律師業	業務, 工作	④		工作, 開業	⑦

[範例] ① He put the plan into **practice**. 他實行了
那項計畫.
Lots of things sound good in theory but don't
work in **practice**. 很多事情理論上聽起來很
好, 但實際上並不可行.
② The **practice** of animal sacrifice horrifies
many people. 對於把動物當作祭品這種風
俗, 很多人都感到毛骨悚然.
It is his **practice** to get up early. 早起是他的
習慣.
③ It needs a lot of **practice** to be really good at

簡介輔音群 pr- 的語音與語義之對應性

pr- 是由清聲雙唇塞音 (voiceless bilabial stop) /p/ 與齒齦捲舌音 /r/ 組合而成. p 的發音部位在雙唇, 而雙唇又居於所有發音部位的最前端 (the most forward position), 現與發音費力的強音 r 結合, 更增強 p 向前移位, 向前戳刺. 例如 pre-, pro- 'before, forward'(前方, 向前); prim-, prin- 'first, foremost'(第一的, 主要的, 最前的, 最先的).

(1) 本義表示「向前移位、向前戳刺」:
president 總統
premier 首相, 總理
prodigy 天才, 奇才
prophet 先知, 預言者
professor 教授
provost (美國大學的)教務長;(蘇格蘭的)市長
primate (羅馬天主教的)首席主教
primer 入門書
prime 最重要的, 主要的
prince 王子, 太子
principal n. (中、小學的)校長; adj. 主要的, 第一的

prior (時間、順序等)在前的, 在先的
prick (用尖的東西)扎, 刺, 戳;(用踢馬刺)策馬前進
prod 刺, 戳; 驅策
prong (用叉子)刺;(用耙子)耙開(泥土等)
prog (用叉子等)戳, 刺
pry 窺探, 刺探《特指對不相干的事》

(2) 各方面表現傑出, 在職位上才有向前移位的可能, 可是這些傑出人士很容易驕傲、自負, 很容易矯柔造作、矯首昂視, 更愛挑剔、愛吹噓, 所以也很容易令人討厭, 因此引申之意都含有負面的內涵 (bad connotation):
prance (人)神氣地走, 昂首闊步而行
prate 嘮嘮叨叨地講; 吹噓
preen (人)打扮整齊, 打扮漂漂亮亮
prank 打扮, 裝飾; 炫耀(自己)
priggish 愛嘮叨的, 愛挑剔的
prim 一本正經的, 拘謹的《特指對婦女》
proud 傲慢的, 自負的
prudish (女子對性方面)過分拘謹的; 假正經的

the piano. 沒有大量的練習是無法把鋼琴學好的.
Practice makes perfect.《諺語》熟能生巧.
④ The lawyer had a **practice** in London. 那個律師曾在倫敦執業.
⑤ If you don't **practice** what you preach, you lose credibility. 如果你只會說教而不實行, 你將會失去信譽.
It was illegal to **practice** any religion in that country. 在那個國家, 傳教是違法的.
⑥ He **practices** playing tennis every day. 他每天都在練習打網球.
⑦ She **practices** medicine. 她開業當醫生.
[片語] **in practice** ① 熟練的. ② 實際上. (⇒ [範例] ①)
out of practice 疏於練習的: I'm **out of practice** at playing the piano. 我疏於彈鋼琴.
[參考] v. 《英》practise.
[複數] **practices**
[活用] v. **practices, practiced, practiced, practicing**
practiced [`præktɪst] adj. 熟練的, 有經驗的.
[範例] a **practiced** liar 說謊大王.
He is **practiced** in teaching. 他對教學很有經驗.
[參考] 《英》practised.
[活用] adj. **more practiced, most practiced**
practise [`præktɪs] =v. 《美》practice.
practised [`præktɪst] =adj. 《美》practiced.
practitioner [præk`tɪʃənɚ] n. 開業醫師, 執業律師: a general **practitioner** 一般的開業醫師《通常指家庭醫師, 可以進行內科和簡單的外科處置》.

[複數] **practitioners**
pragmatic [præg`mætɪk] adj. ① 實用的, 實際的. ② 實用主義的.
[活用] adj. **more pragmatic, most pragmatic**
pragmatism [`prægmə,tɪzəm] n. 實用主義, 務實的作法.
***prairie** [`prɛrɪ] n. 大草原, 牧場《特指北美遼闊而肥沃的草原地帶》.
♦ **práirie dòg** 草原犬鼠《生活在北美大草原的一種松鼠科動物》.
[複數] **prairies**
***praise** [prez] v. ① 誇獎, 讚賞, 稱讚, 讚揚.
——n. ② 讚賞, 誇獎. ③ 讚美.
[範例] ① The head of the Red Cross **praised** its volunteers for the lives they saved. 紅十字會的總裁稱讚他們自願參與救助生命.
The policewoman **praised** the young girl. 那位女警誇獎那個年輕女孩.
Praise God in the highest. 盛讚上帝吧.
② Trying to save the drowning girl was a deed worthy of **praise**. 試著營救那個溺水女孩的行為值得稱讚.
③ It was a poem written in **praise** of freedom. 那是一首為了讚美自由而寫的詩.
[活用] v. **praises, praised, praised, praising**
praiseworthy [`prez,wɝðɪ] adj. 值得讚賞的, 值得稱讚的.
[字源] praise (讚賞)＋worthy (值得).
[活用] adj. **more praiseworthy, most praiseworthy**
pram [præm] n. 《英》嬰兒車《perambulator 的縮寫; 《美》baby carriage》.

複數 **prams**

prance [præns] v. 蹦跳，騰越；(人)神氣地走，昂首闊步而行.

範例 The horses were **prancing** up and down in the field. 那些馬在原野上騰越.
The boys are **prancing** about with joy. 那些男孩興高興得蹦蹦跳跳.

活用 v. **prances**, **pranced**, **pranced**, **prancing**

prank [præŋk] n. 開玩笑，惡作劇：Pupils like to play **pranks** on their teachers. 學生們喜歡對他們的老師惡作劇.

複數 **pranks**

prate [pret] v. 嘮叨，喋喋不休：He's **prating** on again about his escapades in China. 他又在喋喋不休地講他在中國的冒險經歷.

活用 v. **prates**, **prated**, **prated**, **prating**

prattle [`prætl] v. 閒聊，胡扯：The children **prattled** on about their presents. 那些孩子們不停地提到禮物的事.

活用 v. **prattles**, **prattled**, **prattled**, **prattling**

prawn [prɔn] n. 對蝦，明蝦《比 shrimp (小蝦) 稍大》：a **prawn** cocktail 沙拉明蝦《開胃菜》.

複數 **prawns**

*__**pray**__ [pre] v. ①(向上帝)祈禱，禱告. ② 祈求，懇求. ③《古語》求求你，請你.

——adv. ③《古語》求求你，請你.

範例 ① Kneel down and **pray** to God. 跪下來向上帝禱告吧.
The poor man **prayed** for God's mercy. 那個可憐的男子祈禱上帝發慈悲.
We **prayed** that we would not be caught by the watchdogs. 我們祈禱別被那些看門狗發現.
② They earnestly **prayed** for rain. 他們一心一意地祈求下雨.
③ **Pray** don't leave me alone here. 求求你，別把我一個人扔在這裡.

♦ **práying mántis** 螳螂《亦作 mantis》.

活用 v. **prays**, **prayed**, **prayed**, **praying**

*__**prayer**__ [prɛr; ③ `pre·ɚ] n. ① 祈禱，禱告，祈求. ② 祈禱文，禱告詞. ③ 祈禱者.

範例 ① The boy said a **prayer** for the recovery of his mother. 那個男孩祈求他母親身體康復.
Chris knelt down in **prayer**. 克里斯跪下來祈禱.
The people were at **prayer** in the chapel. 那些人正在禮拜堂做禱告.
② The people recited **prayers** for the dead. 那些人為死者誦讀祈禱文.
Don't forget to say your **prayers** before you go to bed. 睡覺前不要忘記做禱告.

♦ **práyer bòok** 祈禱書《教堂或家庭中寫有禱告詞的書籍，用於做禱告》.

複數 **prayers**

*__**preach**__ [pritʃ] v. ①(神職人員)佈道，傳教，勸誡. ② 說教(to).

範例 ① The minister **preached** the Gospel to us. 那位牧師向我們傳福音.
The leader **preached** against violence. 那位領導人勸誡說要反對暴力.
② Don't **preach** to me about such trivialities. 別因那些瑣事向我說教.

活用 v. **preaches**, **preached**, **preached**, **preaching**

preacher [`pritʃɚ] n. 說教者，牧師.

複數 **preachers**

preamble [`priæmbl] n. 開場白，前言，序文.

複數 **preambles**

precarious [prɪ`kɛrɪəs] adj.《正式》不穩定的，不可靠的：The stability of the region is in a **precarious** state. 那個地區的穩定處於不可靠的狀態.

活用 adj. more **precarious**, most **precarious**

precariously [prɪ`kɛrɪəslɪ] adv.《正式》不穩定地，不可靠地.

活用 adv. more **precariously**, most **precariously**

*__**precaution**__ [prɪ`kɔʃən] n. 警惕，預防：You must take **precautions** against fire. 你必須預防火災.

複數 **precautions**

precautionary [prɪ`kɔʃən‚ɛrɪ] adj. 警惕的，預防的：You should take **precautionary** measures. 你應該採取預防措施.

*__**precede**__ [pri`sid] v. 先於，優於.

範例 Lightning **precedes** thunder. 先看到閃電，再聽到雷鳴.
Mr. Green **precedes** Mr. Brown in the party. 格林先生在黨內比布朗先生重要.

活用 v. **precedes**, **preceded**, **preceded**, **preceding**

precedence [pri`sidns] n. 優先，領先：Safety takes **precedence** over all other considerations. 安全性優先於所有其他考量因素.

*__**precedent**__ [`prɛsədənt] n. 先例，前例：The judge set a **precedent** with her decision. 那名法官在她的判決當中開了一個先例.

複數 **precedents**

preceding [pri`sidɪŋ] adj. [只用於名詞前]先行的，前面的：That is clearly mentioned in the **preceding** paragraph. 那一點在前段中已經講得很明白了.

☞ ↔ following

*__**precept**__ [`prisɛpt] n. 訓誡，訓示：Example is better than **precept**.《諺語》身教勝於言教.

複數 **precepts**

precinct [`prisɪŋkt] n. ① 場內，院內，園內《學校或教堂用牆圍起來的內側》. ②《美》(公共的)區域，《英》(特定的)地區. ③ [~s]附近，周圍.

範例 ① the **precincts** of the old college 舊大學的校園.
② an election **precinct** 選區.
a police **precinct** 警察管區.

③ These **precincts** really bustle with shoppers around Christmas time. 在聖誕節時這附近到處都是購物人潮.

範例 **precincts**

***precious** [`prɛʃəs] *adj.* 貴重的, 珍貴的.
範例 Gold, silver, and platinum are **precious** metals. 金、銀、白金都是貴金屬.
Nothing is more **precious** than life. 沒有比生命更寶貴的了.
His son is very **precious** to him. 他非常寶貝他的兒子.
◆ **prècious métal** 貴金屬.
prècious stóne 寶石《亦作 gem》.
活用 *adj.* **more precious, most precious**

***precipice** [`prɛsəpɪs] *n.* 絕壁, 懸崖.
範例 He looked down from the edge of the **precipice**. 他從懸崖邊上往下看.
The shipbuilding industry of the country stands on the edge of a **precipice**. 那個國家的造船工業瀕臨危機.
複數 **precipices**

precipitate [prɪ`sɪpə,tet] *v.* ① 使突然落下; 促成. ②(使) 凝結.
——*adj.* ③ 突然的, 急速的.
——*n.* ④ 凝結物, 沉澱物.
範例 ① The boat overturned and **precipitated** us into the lake. 那艘小艇翻了, 我們都掉進湖裡.
The news **precipitated** me into despair. 那個消息把我推向絕望.
One small error **precipitated** the disaster. 一個小失誤促成了大災難.
③ a **precipitate** fall 突然落下.
a **precipitate** illness 急性病.
④ If you mix these two chemicals, a blue **precipitate** will form. 把這兩種化學藥品混在一起會形成藍色的凝結物.
活用 *v.* **precipitates, precipitated, precipitated, precipitating**
活用 *adj.* **more precipitate, most precipitate**
複數 **precipitates**

precipitation [prɪ,sɪpə`teʃən] *n.* ① 降水, 降水量. ② 沉澱. ③ 倉卒, 輕率.
範例 ① **Precipitation** is a deposit on the earth of hail, mist, rain, sleet or snow. 降水是指雹、霧、雨、霰或雪在地上的沉澱物.
③ We must not act with **precipitation**. 我們不可以輕率地採取行動.
複數 ① **precipitations**

precipitous [prɪ`sɪpətəs] *adj.* ①《正式》陡峭的. ② 倉促的.
活用 *adj.* **more precipitous, most precipitous**

précis [pre`si] *n.* ① 大意, 提要.
——*v.* ② 提出要點.
發音 ① 單複數同形, 但發音為 [pre`siz].
複數 **précis**
活用 *v.* **précises, précised, précised,**

précising

***precise** [prɪ`saɪs] *adj.* 準確的, 精確的; 嚴謹的.
範例 Your answer is very **precise**. 你的回答很準確.
The **precise** time of departure will not be revealed. 出發的明確時間尚未公布.
He is **precise** in following his father's instructions. 他嚴謹地遵從父親的指示.
活用 *adj.* **more precise, most precise**

***precisely** [prɪ`saɪslɪ] *adv.* ① 準確地, 精確地. ② 的確.
範例 ① She can't remember **precisely** what he said. 她無法精確地記住他說的話.
He appeared **precisely** at seven. 他7點整出現.
② "So you mean I have to get out immediately?" "**Precisely**." 「那麼, 你的意思是要我立刻滾出去嗎?」「完全正確.」

preciseness [prɪ`saɪsnɪs] *n.* 準確性, 精確性.

***precision** [prɪ`sɪʒən] *n.* 準確, 精確: This experiment has to be carried out with **precision**. 這個實驗必須精確地執行.
◆ **precísion gàuge** 精密測量儀器.
precísion instrument 精密器具.

preclude [prɪ`klud] *v.* 妨礙; 排除.
範例 His busy schedule **precluded** him from seeing the sights of the city. 他的行程排得滿滿的, 所以未能去參觀那個城市.
Your translation is so exact as to **preclude** any possibility of misinterpretation. 你的翻譯很準確, 所以完全不可能產生誤解.
活用 *v.* **precludes, precluded, precluded, precluding**

precocious [prɪ`koʃəs] *adj.* 早熟的, 發育過早的.
範例 **Precocious** children can be more difficult to deal with than other children. 早熟的孩子比其他的孩子更難纏.
Mozart's **precocious** musical talent was without equal. 莫札特少年老成的音樂才能無人能比.
活用 *adj.* **more precocious, most precocious**

precociously [prɪ`koʃəslɪ] *adv.* 早熟地, 發育過早地.
活用 *adv.* **more precociously, most precociously**

precociousness [prɪ`koʃəsnɪs] *n.* 早熟.

preconception [,prikən`sɛpʃən] *n.* 先入之見, 成見.
複數 **preconceptions**

predator [`prɛdətɚ] *n.* ① 食肉動物. ② 掠奪成性的人.
複數 **predators**

predatory [`prɛdə,torɪ] *adj.* ① 食肉的. ② 掠奪成性的.
範例 ① **predatory** birds 猛禽類.

② **predatory** merchants 損人利己的商人們.
[活用] adj. ② **more predatory**, **most predatory**

***predecessor** [ˌprɛdɪˋsɛsɚ] n. ① 前任. ② 前身.
[範例] ① She asked her **predecessor** for advice. 她向前輩徵求建議.
② This model is far better than its **predecessor**. 這個模型比原先的好多了.
☞ ↔ successor
[複數] **predecessors**

predicament [prɪˋdɪkəmənt] n. 困境: The scandal put him in a **predicament**. 那件醜聞把他逼入困境.
[複數] **predicaments**

predicate [n. ˋprɛdɪkɪt; v. ˋprɛdɪˌket] n. ① 述語, 謂語.
—— v. ② 斷定. ③ 使基於, 使取決於.
[範例] ② It would be unwise to **predicate** that he was murdered when so little evidence was found. 沒有掌握足夠的證據就斷定他是被謀殺的, 這是不明智的.
③ Success is usually **predicated** on effort. 成功通常取決於努力.
[參考] ① 為畫線部分: My father is a doctor. (我爸爸是醫生.) / I saw a shooting star last night. (我昨晚看見了流星.)
[複數] **predicates**
[活用] v. **predicates**, **predicated**, **predicated**, **predicating**

predicative [ˋprɛdɪˌketɪv] adj. (文法的) 述語的《此類的形容詞, 本辭典以「C不用於名詞前」表示》.
[活用] adj. **more predicative**, **most predicative**

***predict** [prɪˋdɪkt] v. 預測, 預言.
[範例] No one **predicted** that the lights would fall. 誰也沒預料到燈竟會掉下來.
Nostradamus **predicted** that the end of the world would come in July 1999. 拿斯特拉得馬斯曾預言世界末日會在1999年7月到來.
[活用] v. **predicts**, **predicted**, **predicted**, **predicting**

predictable [prɪˋdɪktəbl] adj. 可預測的, 可預料的.
[範例] Your disappointment was **predictable**. 你的失望是可預料的.
The Socialist Party's **predictable** rejection of the consumption tax was not forthcoming. 沒有出現預料中社會黨對消費稅的反對.
[活用] adj. **more predictable**, **most predictable**

prediction [prɪˋdɪkʃən] n. 預測: Your **predictions** rarely come true. 你的預測很少實現.
[複數] **predictions**

predispose [ˌprɪdɪsˋpoz] v. 《正式》使傾向於, 造成 ～ 的因素: Poverty sometimes **predisposes** us to crime. 貧窮有時促使我們

犯罪.
[活用] v. **predisposes**, **predisposed**, **predisposing**

predisposition [ˌprɪdɪspəˋzɪʃən] n. 《正式》傾向, 特性.
[複數] **predispositions**

predominance [prɪˋdɑmənəns] n. 優勢, 卓越: There is a **predominance** of liberals in the mainstream American media. 在美國主流媒體中自由主義者占有優勢.

***predominant** [prɪˋdɑmənənt] adj. 占有優勢的, 主要的; 顯著的.
[範例] The **predominant** influence in Mary's life was Catholicism. 天主教信仰對瑪麗的人生產生顯著的影響.
This economic model was **predominant** during the latter half of the 19th century. 這個經濟模式在19世紀後期占有優勢.
The **predominant** feature of the local landscape is the Eldorado mountain range. 當地風景的主要特色是黃金國山脈.
[活用] adj. **more predominant**, **most predominant**

predominantly [prɪˋdɑmənəntlɪ] adv. 主要地, 占有優勢地: Quebec's population is **predominantly** French-speaking. 魁北克省的居民主要是講法語.
[活用] adv. **more predominantly**, **most predominantly**

predominate [prɪˋdɑməˌnet] v. 占有優勢, 支配.
[範例] Economic growth **predominates** the outlook for next year. 經濟成長支配著對明年的展望.
The steel industry **predominates** over all others in the Pittsburgh area. 在匹茲堡地區, 煉鋼業比其他產業都占有優勢.
The socially conservative faction of the party is beginning to **predominate**. 那個政黨的社會保守派開始占有優勢.
[活用] v. **predominates**, **predominated**, **predominated**, **predominating**

preeminence [prɪˋɛmənəns] n. 優秀, 傑出: Everyone admits the **preeminence** of the professor in point of law. 有關法律方面每個人都承認那位教授的傑出地位.

preeminent [prɪˋɛmənənt] adj. 優秀的, 傑出的.
[範例] The US is **preeminent** in the field of space exploration. 美國在太空探險領域很傑出.
Of all the buildings in Chicago, the Sears Tower is **preeminent**. 在芝加哥所有大樓中, 西爾斯大樓最突出.
[活用] adj. **more preeminent**, **most preeminent**

preeminently [prɪˋɛmənəntlɪ] adv. 卓越地.
[活用] adv. **more preeminently**, **most preeminently**

preen [prin] v. 用嘴整理 (羽毛); (人) 打扮整

齊，打扮漂漂亮亮．

[片語] **preen ~self** ① 打扮；梳理羽毛．② 得意洋洋．

[活用] v. **preens**, **preened**, **preened**, **preening**

prefabricate [prɪ`fæbrə,ket] v. 預先製造；預先裝配：a **prefabricated** house 組合式房屋．

[活用] v. **prefabricates**, **prefabricated**, **prefabricated**, **prefabricating**

prefabrication [prɪ,fæbrə`keʃən] n. 預先製造；預先裝配．

*****preface** [`prɛfɪs] n. ① 序，前言．

——v. ② 給~寫序，給~作開場白．

[範例] ① The author wrote a **preface** to her book after writing the main body. 那位作家在她那本書的正文寫完後寫序．

② He always **prefaces** his speech with some jokes. 他總是以玩笑作為他演講的開場白．

[複數] **prefaces**

[活用] v. **prefaces**, **prefaced**, **prefaced**, **prefacing**

prefect [`prifɛkt] n. ① 級長《在英國公立學校中管理低年級學生的紀律委員》．② (日本、法國等的) 省長，行政長官．

[複數] **prefects**

*****prefecture** [`prifɛktʃɚ] n. (日本、法國等的) 省，府，縣．

[範例] Kanagawa **Prefecture** (日本的) 神奈川縣．

Kyoto **Prefecture** (日本的) 京都府．

[字源] 長官 (prefect) 的辦事處．

[複數] **prefectures**

*****prefer** [prɪ`fɝ] v. ① 更喜愛．② 提出 (控告)．

[範例] ① Of all colors I **prefer** purple. 在所有顏色中我最喜歡紫色．

Which do you **prefer**, milk or juice? 牛奶和果汁你比較喜歡哪一樣？

The students **prefer** baseball to judo. 比起柔道，那些學生們更喜歡棒球．

I **preferred** not to eat the oysters. 我寧可不吃牡蠣．

The girl **prefers** to watch television rather than to read. 比起讀書，那個女孩更喜歡看電視．

I **prefer** my steak rare. 我喜歡半熟的牛排．

I **prefer** you to use this dish. 我希望您使用這個盤子．

She **preferred** that her husband stay with her. 她希望丈夫和她在一起．

② The singer **preferred** charges against her manager. 那位歌手對她的經紀人提出告訴．

[活用] v. **prefers**, **preferred**, **preferred**, **preferring**

preferable [`prɛfrəbl] adj. 更令人滿意的，更好的．

[範例] It is **preferable** that you finish the work by Friday. 希望你在星期五之前完成工作．

A suit and tie is **preferable** when interviewing for a job. 求職面試時最好穿西裝打領帶．

preferably [`prɛfrəblɪ] adv. 最好，更好：We

want a secretary, **preferably** a pretty girl. 我們想要一名祕書，最好是個可愛的女孩子．

*****preference** [`prɛfrəns] n. ① 偏愛．② 優惠．

[範例] ① I have a **preference** for fruit. 我偏愛水果．

Which is your **preference** among these three songs? 這3首歌你比較喜歡哪一首？

② Father has his **preference** of seats. 父親有權優先選擇座位．

[複數] **preferences**

preferential [,prɛfə`rɛnʃəl] adj. 〔只用於名詞前〕優先的，有優先權的：The hotel gives **preferential** booking privileges to us. 那家旅館讓我們有優先預約的特權．

[活用] adj. **more preferential**, **most preferential**

prefix [`pri,fɪks] n. ① 字首《加在字之前，有構成新字的功能》．② 尊稱《Mr.，Dr.等》．

[參考] 以下畫線部分為字首：**dis**honest (不誠實的)，**un**happy (不幸的)，**re**build (重建)．

➡ [充電小站] (p. 993), (p. 995)

pregnancy [`prɛgnənsɪ] n. 懷孕：This is my wife's fifth **pregnancy**. 這是我太太第5次懷孕．

♦ **prégnancy tèst** 驗孕．

[複數] **pregnancies**

pregnant [`prɛgnənt] adj. ① 懷孕的，妊娠的．② 充滿的，豐富的．③ 意義深長的．

[範例] ① Sue is five months **pregnant**. 蘇已懷孕5個月．

My mother is **pregnant** with her seventh child. 我母親懷了第7個孩子．

③ There came a **pregnant** pause when the actor admitted that he was gay. 那個演員承認是同性戀後，出現了一陣難以言喻的沉默．

[活用] adj. **more pregnant**, **most pregnant**

prehistoric/prehistorical [,priɪs`tɔrɪk(l)] adj. ① 史前的．② 舊式的，過時的．

prehistory [pri`hɪstrɪ] n. 史前學，史前時期．

[字源] pre (先於~的) + history (歷史)．

prejudge [pri`dʒʌdʒ] v. 預先判斷．

[活用] v. **prejudges**, **prejudged**, **prejudged**, **prejudging**

prejudgement/prejudgment [pri`dʒʌdʒmənt] n. 預先判斷．

[參考] 〖英〗prejudgement．

[複數] **prejudgments**

*****prejudice** [`prɛdʒədɪs] n. ① 偏見，先入之見．② 損害，不利．

——v. ③ 使有偏見．④ 損害，不利．

[範例] ① He has a **prejudice** against Christians. 他對基督徒持有偏見．

② I will do nothing to the **prejudice** of my friends. 我不做對朋友不利的事．

③ Mark's first impression **prejudiced** him in favor of the nation. 馬克的第一印象使他喜歡上那個國家．

④ Your words **prejudiced** my chances for

充電小站

字首 (prefix) (1)

▶ 有關數量的字首

mono-: 1
  monorail（單軌鐵路）, **mono**tone（單調）

solo, soli-: 1
  solo（獨奏）, **solo**ist（獨奏者）, **soli**tary（獨自的）, **soli**tude（孤獨）

uni-: 1
  uniform（制服）, **uni**cycle（單輪車）

bi-: 2
  bicycle（腳踏車）, **bi**lingual（雙語的）, **bi**weekly（每兩週的）, **bi**annual（一年兩次的）, **bi**llion（10⁹＝10億。以 thousand (1,000) 為底數再乘兩次 thousand. 1,000×1,000²）

du-: 2
  duplicate（複製的）, **du**al（雙重的）, **du**et/**du**o（二重奏，二重唱）

tri-: 3
  triangle（3角形）, **tri**cycle（3輪車）, **tri**o（3重奏，3重唱）, **tri**pod（3腳架）, **tri**llion（10¹²＝1兆, 1,000×1,000³）

quadr-, quadri-, quart-: 4
  quadrangle, **quadri**lateral（四角形，四邊形）, **quadr**uplet（4胞胎之一）, **quart**et（4重奏，4重唱）, **quart**erfinal（1/4決賽）, **quadr**illion（10¹⁵＝1,000兆, 1,000×1,000⁴）

tetra-: 4
  tetrapod（4腳混凝土塊，4腳體）, **tetra**gon（4角形）, **tetra**hedron（4面體）

quin-: 5
  quintet（5重奏）, **quin**tuplet（5胞胎之一）, **quin**tillion（10¹⁸＝1,000×1,000⁵）

pent-, penta-: 5
  pentagon（5角形）, **penta**hedron（5面體）

hex-, hexa-: 6
  hexagon（6角形）, **hexa**hedron（6面體）

sex-: 6
  sextet（6重奏）, **sex**tuplet（6胞胎之一）, **sex**tillion（10²¹＝1,000×1,000⁶）

hept-, hepta-: 7
  heptagon（7角形）, **hepta**hedron（7面體）

sept-, septi-: 7
  septet（7重奏，7重唱）, **sept**illion（10²⁴＝1,000×1,000⁷）

oct-, octa-, octo-: 8
  octave（8度音，8度音程）, **octa**gon（8角形）, **octo**hedron（8面體）, **octo**pus（章魚）, **oct**et（8重奏，8重唱）, **oct**illion（10²⁷＝1,000×1,000⁸）

non-, nona-: 9
  nonet（9重奏，9重唱）, **non**illion（10³⁰＝1,000×1,000⁹）, **nona**gon（9角形）, **nona**hedron（9面體）

dec-, deca-: 10
  decade（10年間）, **deca**meter（10公尺）, **deca**thlon（10項全能）, **deca**gon（10角形）, **deca**hedron（10面體）, **deca**pod（10足類）, **dec**imal（10進位的）, **dec**illion（10³³＝1,000×1,000¹⁰）

deci-: 1/10
  deciliter（1/10公升）, **deci**meter（1/10公尺）

cent-, centi-: 一百，百分之一
  century（一百年間）, **cent**（一美元的百分之一）, **centi**pede（百足蟲＝蜈蚣）, **centi**meter（百分之一公尺）, **centi**liter（百分之一公升）

hect-, hecto-: 100
  hectare（一百公畝）, **hecto**liter（一百公升）

kilo-: 一千
  kilogram（一千公克）, **kilo**watt（一千瓦）

milli-: 一千，千分之一
  millimeter（千分之一公尺）, **milli**gram（千分之一公克）, **milli**pede（千隻腳 → 馬陸）

mega-:
  ① 一百萬
  megaton（一百萬噸）, **mega**hertz（兆赫）
  ② 大的
  megaphone（擴音器）, **mega**lopolis（都會區）

micro-:
  ① 百萬分之一
  micron（百萬分之一公尺）, **micro**second（百萬分之一秒）
  ② 小的
  microcomputer（微電腦）, **micro**organism（微生物）, **micro**phone（麥克風）, **micro**scope（顯微鏡）

multi-: 很多的
  multicolored（多顏色的）, **multi**racial（多民族的）

▶ 半，準

hemi-: 半
  hemisphere（半球）

demi-: 半
  demitasse（小型咖啡杯）, **demi**god（半神半人）

semi-: 半
  semitone（半音）, **semi**circle（半圓）, **semi**conductor（半導體）, **semi**final（準決賽）
  semicolon（分號）, **semi**tropical（亞熱帶的）, **semi**professional（半職業性的）
  semi-quaver（quaver〔8分音符〕的一半，16分音符）, **demi-semi-**quaver（32分音符）
  hemi-demi-semi-quaver（64分音符）

P

---

success. 你的話使我成功的機會遭受折損.

活用 v. **prejudices, prejudiced,**
prejudiced, prejudicing
prejudicial [ˌprɛdʒəˈdɪʃəl] adj. 有害的: Too

much drinking is **prejudicial** to health. 飲酒過量有害健康.

〔活用〕 adj. **more prejudicial**, **most prejudicial**

prelate [`prɛlɪt] n. 高級教士《主教 (bishop)，大主教 (archbishop)，紅衣主教 (cardinal)》.

〔複數〕 **prelates**

***preliminary** [prɪ`lɪmə͵nɛrɪ] adj. ① 初步的，預備的.

——n. ② 準備. ③ 預賽.

〔範例〕 ① **preliminary** experiments 初步實驗.

a **preliminary** round 預賽.

We must carry out these **preliminary** requirements before we can proceed. 在著手之前，我們必須實行這些事先的要求.

② Getting Grandma's approval is a necessary **preliminary** to our marriage. 我們結婚之前必須先徵求奶奶的同意.

③ He did well to get through the **preliminaries**. 他順利地通過預賽.

〔複數〕 **preliminaries**

prelude [`prɛljud] n. ① 前奏；前奏曲. ② 前兆.

〔範例〕 ② Her father's death was the **prelude** to her misfortunes. 父親的去世是她不幸的前兆.

The black clouds were the **prelude** to a storm. 烏雲是暴風雨的前兆.

〔複數〕 **preludes**

premarital [pri`mærətl] adj. 婚前的.

***premature** [͵primə`tjʊr] adj. 過早的.

〔範例〕 a **premature** conclusion 過早的結論.

the singer's **premature** death at the age of 26 那名歌手26歲英年早逝.

The baby was five weeks **premature**. 那個嬰兒早產了5個星期.

〔活用〕 adj. **more premature**, **most premature**

prematurely [͵primə`tjʊrlɪ] adv. 過早地：

The baby was born **prematurely**. 那個嬰兒早產.

〔活用〕 adv. **more prematurely**, **most prematurely**

***premier** [`primɪɚ] adj. ① 首要的：It is of **premier** importance to this region that the factory not shut down. 對這個地區來說，那家工廠不關閉是最重要的事. ② 最早的，最先的.

——n. ③ 總理，首相.

〔發音〕 亦作 [prɪ`mɪr].

〔複數〕 **premiers**

premiere [prɪ`mɪr] n. ① 首演，首映.

——v. ② 首演.

〔參考〕 亦作 **premières**.

〔複數〕 **premieres**

〔活用〕 v. **premieres**, **premiered**, **premiered**, **premiering**

premiership [prɪ`mɪr͵ʃɪp] n. 首相的職位〔任期〕：The economic recession was the most

serious crisis in the four years of his **premiership**. 經濟不景氣是他4年首相任期內最重大的危機.

〔複數〕 **premierships**

***premise** [`prɛmɪs] n. ① 前提. ② 〔~s〕宅地.

〔範例〕 ① the major **premise** 大前提.

the minor **premise** 小前提.

② These **premises** are private. 這些宅地是私人的.

Keep off the **premises**. 禁止入內.

〔複數〕 **premises**

***premium** [`primɪəm] n. ① 額外費用. ② 保險費.

〔範例〕 ① During Golden Week airfare to Hawaii is at a **premium**. 黃金假期去夏威夷，機票比較貴.

premium ice cream 高檔的冰淇淋.

② We pay monthly **premiums** on our life insurance policies. 我們的人壽保險單是月付保險費.

〔片語〕 **at a premium** ① 超過票面價值的. ② 供應不足的，高價的. (⇨〔範例〕①)

put a premium on 重視.

〔複數〕 **premiums**

premonition [͵primə`nɪʃən] n.《正式》(不祥的) 預感.

prenatal [pri`netl] adj. 〔只用於名詞前〕《美》產前的《《英》antenatal》.

preoccupation [pri͵ɑkjə`peʃən] n. ① 全神貫注，入迷，對~有高度興趣. ② 全心投入的事.

〔範例〕 ① Excessive **preoccupation** with sex at his age isn't healthy. 過度的性幻想在他那種年齡是不健康的.

② Mary's present **preoccupation** is how to get John interested in her. 瑪麗現在滿腦子所想的都是如何讓約翰對她感興趣.

〔複數〕 **preoccupations**

preoccupy [pri`ɑkjə͵paɪ] v. 使專心於：He is **preoccupied** with thoughts of fame and fortune. 他心裡想的全是名聲和財富.

〔活用〕 v. **preoccupies**, **preoccupied**, **preoccupied**, **preoccupying**

prep [prɛp] adj. ① 準備的，預備的《preparatory 的縮寫》. ②《縮略》= preposition (介系詞).

***preparation** [͵prɛpə`reʃən] n. ① 準備，預備. ② 調製物《藥、化妝品等》.

〔範例〕 ① You can't do your job right without **preparation**. 沒有事先準備，你的工作不會順利的.

She is busy making **preparations** for the wedding. 她忙著準備婚禮.

She studied all night in **preparation** for the examination. 她為了準備考試而徹夜念書.

② a new **preparation** for growing hair 生髮的新配方.

〔片語〕 **in preparation for** 以備，作為~的準備. (⇨〔範例〕①)

〔複數〕 **preparations**

━━━━ 充電小站 ━━━━

字首 (prefix) (2)

▶ 其他的字首

a-:
　① 構成形容詞、副詞
　asleep (睡著的)、**a**live (活著的)、**a**shore (在海岸)
　②(或 **an-**) 表示否定
　atypical (非典型的)、**a**moral (超道德的)、**an**archy (無政府狀態)

aero-: 空氣的，空中的
　aerobics (有氧健身運動)、**aero**plane (飛機)、**aero**batics (特技飛行表演)

ambi-: 雙方的
　ambiguous (模稜兩可的)、**ambi**valence (愛恨交織的矛盾心理)

ante-: 在~之前的，比~前面的
　antenatal (出生前的)、**ante**cedent (先行的，先例)

anti-: 反對，對抗，防止
　antinuclear (反核的)、**anti**climax (虎頭蛇尾)、**anti**pathy (反感)、**anti**freeze (防凍劑)

astro-: 星的，宇宙的
　astronomy (天文學)、**astro**naut (太空人)、**astro**logy (占星術)

audi-, audio-: 聽的，聲音的
　auditorium (聽眾席，禮堂)、**audi**ence (聽眾，觀眾)、**audi**tion (試聽)、**audio**-visual (視聽的)

auto-: 自己的，自身的
　autobiography (自傳)、**auto**graph (親筆簽名)、**auto**matic (自動的)、**auto**mobile (汽車)

bio-: 生命的
　biology (生物學)、**bio**graphy (傳記)、**bio**rhythm (生物韻律)

co-: 共同地，互相地
　coexistence (共存)、**co**education (男女合校)、**co**operation (合作)

de-: 分離，消除，減少
　depress (削弱，使沮喪)、**de**grade (降低價值)、**de**merit (缺點)

dis-: 〔表示否定〕
　disagree (不一致)、**dis**advantage (不利)、**dis**loyal (不忠實的)、**dis**honest (不誠實的)

en-, em-: 〔構成動詞〕
　enclose (圍繞)、**en**large (使變大)、**em**body (具體化)、**em**power (授權)

fore-: 之前的，預先，前面部分的
　forehead (前額)、**fore**see (預見)、**fore**front (最前線)

geo-: 地球的，土地的
　geography (地理)、**geo**metry (幾何學)、**geo**logy (地質學)

hetero-: 其他的，相異的
　heterogeneous (不同種類的)、**hetero**dox (異端的)

homo-: 同種類的
　homogeneous (同性質的，同種類的)、**homo**genize (均質化)、**homo**sexual (同性戀的)、**homo**nym (同音異義字)

il-, im-, in-, ir-:
　① 〔表示否定〕
　illegal (非法的)、**im**possible (不可能的)、**in**active (不活躍的)、**ir**regular (不規則的)
　② 在裡面
　illuminate (使明亮)、**im**port (進口)、**in**clude (包含)、**ir**rigate (灌溉)

inter-: 中間，互相地
　international (國際的)、**inter**rupt (中斷)、**inter**view (採訪)

mid-: 中央的，中間的
　midnight (午夜)、**mid**summer (盛夏，夏至時節)、**mid**way (中途的)、**mid**point (中點)

mis-: 壞的，錯誤的
　misprint (印錯)、**mis**judge (做出錯誤判斷)、**mis**take (錯誤)

non-: 〔表示否定〕
　nonstop (直達的)、**non**sense (無意義的事或言行)、**non**fiction (非小說類寫實文學)

post-: ~之後的，後面的
　postwar (戰後的)、**post**script (附筆，附記)、**post**pone (延期)

pre-: 以前的，預先
　prewar (戰前的)、**pre**pay (預付)、**pre**judice (成見)、**pre**pare (準備)

re-: 再次，回復
　recover (恢復)、**re**form (重新編制)、**re**duce (還原，減少)、**re**pair (修復)

sub-: 下面的，其次的，下屬的
　submarine (海底下的，潛水艇)、**sub**way (地下鐵)、**sub**title (副標題，說明字幕)、**sub**mit (服從)、**sub**stance (本質)

super-: 上方，超越，過度
　superman (超人)、**super**star (超級巨星)、**super**sonic (超音速的)、**super**vise (監督)、**super**market (超級市場)

tele-: 連接遠處；由電力運作的
　television (電視)、**tele**phone (電話)、**tele**scope (望遠鏡)

ultra-: 超過，極端地
　ultrasound (超音波)、**ultra**violet (紫外線)

un-:
　① 〔表示否定〕
　unhappy (悲傷的)、**un**fortunately (不幸地)、**un**believable (難以置信的)、**un**truth (虛偽)
　② 〔接動詞表示反方向動作〕
　unlock (開鎖)、**un**tie (解開)、**un**fold (展開)、**un**do (復原)

P

***preparatory** [prɪ`pærə͵torɪ] adj. 〔只用於名詞前〕準備的，預備的: **preparatory** training 預備訓練.

「比較」 ***preparatory to*** 作為~的準備，在~之前: He studiəd hard **preparatory to** the examinations. 他為了準備考試而用功讀書.

◆ **prepáratory schòol** 預備學校《『美』為進入大學而做準備的寄宿私立高中; 『英』為升入私立中學 (public school) 而對8歲至13歲兒童實行應考準備的私立小學，多備有宿舍; 兩者皆亦作 prep school》.

***prepare** [prɪ`pɛr] v. 準備，使準備好.

「範例」 She **prepared** for the party. 她為那場晚會作準備.

He is busy **preparing** his lecture. 他忙著準備他的演講.

I **prepared** a room for my guest./I **prepared** my guest a room. 我為客人準備了房間.

The teacher **prepared** the students for the final examinaticn. 那位老師使學生們為期末考試作準備.

He **prepared** himself for death. 他做好了死亡的準備.

I was **prepared** for the worst. 我做了最壞的打算.

She is **prepared** for anything to happen. 她已經準備好要面對任何情況了.

I'm **prepared** to do whatever is necessary. 所有必須做的事，我都準備好了.

She **prepared** supper for us. 她為我們準備晚餐.

「活用」 v. prepares, prepared, prepared, preparing

preposition [͵prɛpə`zɪʃən] n. 介系詞《置於名詞、代名詞前》.

「參考」 以下畫底線部分為介系詞: A bird is flying in the sky. (鳥在天上飛.) /The book on the desk is mine. (桌子上的書是我的.) /The boy hid behind the curtain. (那個男孩躲到窗簾後面.)

prepositional [͵prɛpə`zɪʃənl] adj. 介系詞的.

preposterous [prɪ`pastrəs] adj. 違背常理的，荒謬的: What a **preposterous** story! 多麼荒謬的故事啊!

「活用」 adj. more preposterous, most preposterous

preposterously [prɪ`pastrəslɪ] adv. 違背常理地，荒謬地: This is a **preposterously** high price. 那個價錢貴得離譜.

「活用」 adv. more preposterously, most preposterously

prerogative [prɪ`ragətɪv] n. 特權，特別待遇: It is the **prerogative** of the head of the household to sit at the head of the table. 坐在上座是家長的特權.

「複數」 prerogatives

presage [n. `prɛsɪdʒ; v. prɪ`sedʒ] n. ①《正式》

前兆; 預感.

—— v. ②《正式》成為~的前兆: Economic conflicts can **presage** war. 經濟糾紛也可能會成為戰爭的前兆.

「複數」 presages

「活用」 v. presages, presaged, presaged, presaging

Presbyterian [͵prɛzbə`tɪrɪən] n. ① 長老會教徒.

—— adj. ② 長老教會的.

◆ **the Prèsbytèrian Chúrch** 長老教會《基督教的分支之一》.

「複數」 Presbyterians

preschool [pri`skul] adj. ① 學齡前的.

—— n. ②《美》幼稚園《亦作 nursery school》.

「複數」 preschools

***prescribe** [prɪ`skraɪb] v. ①《醫生》開處方. ②《正式》規定，指揮，命令.

「範例」 ① The doctor **prescribed** some pills for my headache. 醫生為我開了一些頭痛的藥.

② The law **prescribes** one year behind bars for first-offense car theft. 法律規定汽車竊盜的初犯者要判刑一年.

You have no right to **prescribe** how others should behave. 你沒有權力指揮別人該怎麼做.

「活用」 v. prescribes, prescribed, prescribed, prescribing

***prescription** [prɪ`skrɪpʃən] n. ① 處方，藥方. ② 規定，指示.

「範例」 ① I got this drug by **prescription**. 這藥是按處方抓的.

Lowering taxes is a **prescription** for boosting a sagging economy. 減稅是提振低迷經濟的處方.

「複數」 prescriptions

***presence** [`prɛzn̩s] n. 存在，出席; 儀態，風度.

「範例」 No one noticed the **presence** of Miss White at the party. 在那場晚會上沒有人注意到懷特小姐的存在.

The **presence** of the governor was much appreciated by the townsfolk. 州長的出席受到居民的熱烈歡迎.

He is a man of great **presence**. 他是一個風度翩翩的男子.

A psychic said she could feel the **presence** of a spirit, but no one believed her. 靈媒說她能感應到靈魂的存在，可是沒有人相信她.

Don't talk about abortion in the **presence** of Lucy./Don't talk about abortion in Lucy's **presence**. 不要在露西的面前談論墮胎.

Thank goodness, Tom had the **presence** of mind to grab all our passports and wallets when he heard the fire alarm. 謝天謝地. 當湯姆聽到火災警報時，他很鎮定地把我們的護照和錢包抓在手上.

「比較」 ***presence of mind*** 冷靜，沉著. (⇒ 「範例」)

[複數] presences

*present [adj., n. `prɛznt; v. prɪ`zɛnt]
adj. ①〔不用於名詞前〕存在的，
出席的，出現的. ②〔只用於名詞前〕現在的，
當前的. ③（文法的）現在式的.
——n. ④ 禮物. ⑤〔the ~〕現在，當今.
——v. ⑥ 贈送，呈獻. ⑦ 呈現，提出，陳述. ⑧
介紹，引見.

[範例] ① He was **present** at the meeting. 他出席
了那場會議.

All the boys **present** were surprised at the
news. 在場的所有男孩對那個消息都感到吃
驚.

His tragic accidental death is **present** in my
mind. 他悲劇性的意外死亡至今我仍記得.

② the **present** problem 當前的問題.

Betty's **present** financial situation isn't good.
貝蒂目前的經濟狀況不佳.

④ a birthday **present** 生日禮物.

Here is a **present** for you. 這是給你的禮物.

⑤ the past, the **present**, and the future 過去，
現在和未來.

There is no time like the **present**.《諺語》機不
可失.

He is, at **present**, in London. 他現在在倫敦.

I don't want any more at **present**. 我現在不要
了.

For the **present** there is no hope of his
recovery. 他目前沒有康復的希望.

⑥ He **presented** a silver cup to the winner./He
presented the winner with a silver cup. 他贈
送銀製獎杯給那位優勝者.

⑦ Some politicians sometimes **present** smiling
faces to the world. 有些政客會在世人面前擺
出笑臉.

He **presented** a petition to the government.
他向政府提交了請願書.

She **presented** her views to her teacher. 她
向老師陳述了她的意見.

⑧ May I **present** Mr. Smith to you? 容我為你介
紹史密斯先生.

[片語] at present 目前，現在. (⇨ **[範例] ⑤**)

for the present 暫時，目前. (⇨ **[範例] ⑤**)

present ~self 出現，呈現，(想法等)浮現:
A good idea **presented** itself. 腦海中浮現一
個好點子.

He **presented** himself at court for trial. 他在
法院審判時現身了.

He **presented** himself as a candidate in the
general election. 他是那次大選中的候選人.

◆ **prèsent párticiple** 現在分詞.

the prèsent pérfect 現在完成式《以
〈have/has＋過去分詞〉的形式表示過去進行
的動作或過去的狀態持續至現在》.

prèsent ténse 現在式《用以表示現在的事
情或事實陳述》.

[複數] presents

**[活用] v. presents, presented, presented,
presenting**

presentable [prɪ`zɛntəbl] adj. 上得了檯面
的，像樣的，體面的.

[範例] We have to make the house **presentable**
before putting it on the market. 房子在出售
前，我們必須把它打掃乾淨.

A **presentable** young man from Smithtown
got the job. 一個來自史密斯城，相貌堂堂的
年輕人得到那份工作.

**[活用] adj. more presentable, most
presentable**

presentably [prɪ`zɛntəblɪ] adv. 體面地.

**[活用] adv. more presentably, most
presentably**

presentation [͵prɛzn`teʃən] n. ① 贈送，授
予. ② 展示，發表，演出，外觀.

[範例] ① the **presentation** of the Academy
Awards 金像獎的頒發.

② The **presentation** of local musical talent
takes place every weekend right here. 每個週
末在這裡都有當地音樂家的演奏〔表演〕.

the **presentation** of the new car 新車展示會.

[發音] 亦作 [͵prizɛn`teʃən].

[複數] presentations

present-day [`prɛznt͵de] adj. 現代的，今日
的: **present-day** English 現代英語.

*presently [`prɛzntlɪ] adv. ① 不久，一會兒. ②
現在，目前.

[範例] ① He will be here **presently**. 他一會兒就
到了.

② This vending machine is **presently** out of
service. 這臺自動販賣機現在停用了.

preservation [͵prɛzɚ`veʃən] n. ① 保存. ②
保護.

[範例] ① Many old buildings in Kyoto are in a good
state of **preservation**. 日本京都有很多古老
建築保存良好.

② This area is designated as a wildlife
preservation area. 這個地區被指定為野生
動物保護區.

preservative [prɪ`zɝvətɪv] adj. ① 有保存作
用的，防腐的.
——n. ② 防腐劑，有保存作用之物.

[範例] ① A sour plum in a lunch box is said to
serve a **preservative** function. 據說飯盒裡放
顆酸梅有防腐作用.

② These foods contain **preservatives**. 這些食
物含有防腐劑.

[複數] preservatives

*preserve [prɪ`zɝv] v. ① 保持（狀態、性質等）.
② 保存；保護；維持.
——n. ③〔常~s〕蜜餞，果醬. ④（受保護的）
地區，領域.

[範例] ① The object of having school children read
these books is to **preserve** a certain level of
morality. 讓學童讀這些書的目的是要讓他們
保持一定的道德水準.

② A doctor's duty is to **preserve** a patient's life.
醫生的義務是維持病患的生命.

③ A hungry bear found a jar of **preserves** in my

house. 一隻飢餓的熊在我家發現一罐果醬.
④ Politics is still a male **preserve** in Korea. 政治在韓國依然是男人的領域.
[活用] v. **preserves**, **preserved**, **preserved**, **preserving**
[複數] **preserves**

preserver [prɪˋzɝvɚ] n. 保護者，禁獵區管理員.
[範例] He is one of the **preservers** of the Mah-jong tradition. 他是麻將傳統保存會的一員.
Preservers watch over the game reserve to stop hunters from hunting. 禁獵區管理員看守禁獵區以制止獵人狩獵.
[複數] **preservers**

***preside** [prɪˋzaɪd] v. 掌管，管轄，主持.
[範例] Who is **presiding** at this meeting? 誰來主持這個會議?
preside over a funeral service 主持葬禮.
[活用] v. **presides**, **presided**, **presided**, **presiding**

presidency [ˋprɛzədənsɪ] n. ① 首長的職位《總統、總經理等》. ② 首長的任期《總統、總經理等》.
[範例] ① Will he go after the **presidency**? 他會角逐總統的職位嗎?
② His **presidency** was a troubled one. 他擔任總統期間風波不斷.
[複數] **presidencies**

***president** [ˋprɛzədənt] n. ①〔常 P~〕總統. ②（團體的）會長，領導人.
[範例] ① **President** Kennedy 甘迺迪總統.
Mr. **President** 總統閣下.
the **President** of France 法國總統.
② She ran for **president** of the student council. 她參加競選學生會會長.
the **president** of a chemical company 化學藥品公司的總經理.
the **president** of the Board of Trade 貿易委員會的會長.
➡ (充電小站) (p. 999)，(p. 1001)
[複數] **presidents**

presidential [͵prɛzəˋdɛnʃəl] adj. ① 總統的：a **presidential** election 總統選舉. ②（團體的）領導人的，首長的.

***press** [prɛs] v.

原義	層面	釋義	範例
按、壓	用力地	按，按住	①
	使出汁	搾，榨，擠壓	②
	使平整	壓平，熨平	③
	向前突出地	湧進，推進	④
	在精神上	強加，強迫	⑤

——n. ⑥（用力地）按，熨平，緊握. ⑦ 榨汁機，壓榨機. ⑧ 印刷機，印刷廠，出版機構. ⑨〔the ~〕新聞媒體，新聞界.

[範例] ① **Press** the doorbell. 請按門鈴.
He **pressed** the button to start the machine. 他按壓按鈕來啟動那臺機器.
She **pressed** her hands against the hood of the car to warm them. 她為了取暖把雙手按在汽車的引擎蓋上.
② Here they **press** olives to make olive oil. 這裡的人壓搾橄欖做成橄欖油.
The best oranges are eaten. The others are **pressed** to make juice. 品質最佳的橘子直接食用，其餘的橘子則榨成果汁.
③ Look! I found a daisy **pressed** in the pages of this dictionary. 你看! 這本辭典裡夾著一朵雛菊.
I have to **press** my shirts. 我必須熨平我的襯衫.
④ When the crowd began **pressing** against the barriers, reinforcements were brought in. 當群眾開始擠向護欄時，支援部隊就被派來了.
It looks like they're not giving up; they're **pressing** on. 看起來他們並沒有放棄，還是一直向前推進.
⑤ **Pressing** the matter on her just after her mother's death is not a good idea. 在她母親剛去世之際就把擔子強壓在她身上並不是一個好主意.
They **pressed** me for a decision. 他們逼迫我做出決定.
My parents **pressed** me into going to college after high school. 父母強迫我在高中畢業後要上大學.
⑥ He gave her hand a meaningful **press** to show his support. 他意味深長地緊握她的手表示支持.
This tablecloth really needs a good **press**. 這塊桌布真的需要好好熨一熨.
The **press** of politics in Washington D.C. kept the senator from returning to his home state. 華盛頓繁忙的政治活動讓那位參議員無法回到他家鄉.（D.C. 為 the District of Columbia（哥倫比亞特區）的縮略，指美國首都 Washington）
⑦ a wine **press** 葡萄榨汁機.
⑧ The book is in **press**. 那本書正在印刷中.
⑨ His death was reported in the **press**. 他去世的消息被刊登在報章雜誌上.
The **press** is not kind to the Royal Family. 新聞媒體對王室家族毫不留情.
The Prime Minister will answer all of your questions at a televised **press** conference this evening. 首相在今晚電視轉播的記者招待會上將會回答你們所有的問題.
[片語] **press on** ① 推進.（⇨ [範例] ①）② 強制推行，強迫給與.

♦ **préss cònference** 記者招待會《亦作 news conference》.
préss relèase 新聞稿.
[活用] v. **presses**, **pressed**, **pressed**, **pressing**

充電小站

美國總統 (1)

　　美利堅合眾國 (the United States of America) 獨立於1776年7月4日，之後每年都要慶祝「獨立紀念日 (Independence Day)」，這一天也被稱為 the Fourth of July.

　　雖說1776年美利堅合眾國獲得了獨立，但事情並非那麼簡單，美國和英國之間發生了多次激烈的戰鬥，戰爭結束於1783年，最後簽訂「凡爾賽條約 (Treaty of Versailles)」，英國終於承認殖民地美國的獨立.

　　1787年5月25日在 Philadelphia 召開憲法會議，George Washington 擔任會議主席，9月17日通過憲法，之後陸續得到各州的批准 (ratify). 1788年於 New York 召開第一次聯邦會議，進而於1789年進行第一次總統選舉，選出

George Washington 為首任總統，美國因此正式成立了.

　　美國的總統既是政府的首長，同時也是國家元首，可以說創造了總統為國家元首的政治制度. 現在有很多國家以總統為國家元首，都是模仿美國.

　　現在的美國總統 George Walker Bush 是第43任總統，因為 Grover Cleveland 曾擔任第22任及第24任總統，故有42位總統，在這42位總統中，在任期間病逝的有4位，遭暗殺的有4位，40歲到50歲之間擔任總統的有5位. 還有擔任3屆以上的第32任總統 Roosevelt，進入第2屆時因醜聞而被迫卸任的第37任總統 Nixon，在美國總統史上都是罕見的人物.

任	姓名	生卒年	任期	所屬政黨
1st	Washington, George	1732-1799	1789-1797	—
	在擔任第3屆時辭退.			
2nd	Adams, John	1735-1826	1797-1801	Federalist
3rd	Jefferson, Thomas	1743-1826	1801-1809	Democrat Republican
	獨立宣言的起草人.			
4th	Madison, James	1751-1836	1809-1817	Democrat Republican
5th	Monroe, James	1758-1831	1817-1825	Democrat Republican
6th	Adams, John Quincy	1767-1848	1825-1829	Independent Federalist
	第二任總統 John Adams 之子.			
7th	Jackson, Andrew	1767-1845	1829-1837	Democrat
8th	Buren, Martin Van	1782-1862	1837-1841	Democrat
9th	Harrison, William Henry	1773-1841	1841	Whig
	1840年被選為總統，1941年4月病逝，享年68歲，在位31天.			
10th	Tyler, John	1790-1862	1841-1845	Whig
	1840年被選為副總統，因 Harrison 病逝而接任總統.			
11th	Polk, James Knox	1795-1849	1845-1849	Democrat
	卸任後的6月病逝.			
12th	Taylor, Zachary	1784-1850	1849-1850	Whig
	任職期間的1850年7月去世，任職16個月.			
13th	Fillmore, Millard	1800-1874	1850-1853	Whig
	1848年被選為副總統，因 Taylor 去世而接任總統.			
14th	Pierce, Franklin	1804-1869	1853-1857	Democrat
15th	Buchanan, James	1791-1868	1857-1861	Democrat
16th	Lincoln, Abraham	1809-1865	1861-1865	Republican
	the American Civil War 開始於1861年4月12日，結束於1865年5月26日，這一年的4月14日正在 Ford's Theater 看戲時遭槍擊，於第2天逝世.			
17th	Johnson, Andrew	1808-1875	1865-1869	Democrat
	1864年被選為副總統，因 Lincoln 去世而接任總統.			
18th	Grant, Ulysses Simpson	1822-1885	1869-1877	Republican
	the American Civil War 北軍的將軍.			
19th	Hayes, Rutherford Birchard	1822-1893	1877-1881	Republican
20th	Garfield, James Abram	1831-1881	1881	Republican
	上任後的1881年6月遭槍擊，同年9月去世.			
21st	Arthur, Chester Alan	1830-1886	1881-1885	Republican
	1880年被選為副總統，因 Garfield 去世而接任總統.			
22nd	Cleveland, Grover	1837-1908	1885-1889	Democrat
23rd	Harrison, Benjamin	1833-1901	1889-1893	Republican

P

[複數] presses

pressing [`prɛsɪŋ] adj. 緊迫的，迫切的，緊急的：Pressing family matters prevent him from participating in after-school activities. 家庭的緊急狀況使他無法參加課後活動.

[活用] adj. **more pressing, most pressing**

pressure [`prɛʃ⋋] n. ① 壓力；壓迫.
── v. ② 壓迫.

[範例] ① He felt a **pressure** on his shoulder and turned to see a bloody hand there. 他覺得肩上有壓力，回頭一看，竟然是一隻血手搭在上面.

Atmospheric **pressure** helps to predict weather. 氣壓對天氣預測有幫助.

Salt raises blood **pressure**. 鹽使血壓上升.

The more **pressure** you put on him, the more he rebels. 你愈是對他施壓，他愈是反抗.

The **pressures** of everyday life can get you down. 日常生活的各種壓力會使你感到頹喪.

The **pressure** of work and school finally made her crack. 她終究因為工作和就學的壓力而崩潰.

She's under **pressure** to marry a man she doesn't even know. 她被迫與一個素不相識的男子結婚.

We need someone who works well under **pressure**. 我們需要一個能在壓力下做好工作的人.

② I don't want to be **pressured** to part from her. 我不想被迫與她分手.

We shouldn't **pressure** him into making a hasty decision. 我們不應該向他施壓，要他倉促做出決定.

[片語] **under pressure** 被迫，在壓力下. (⇨ [範例] ①)

♦ **préssure còoker** 壓力鍋.

[複數] **pressures**

[活用] v. **pressures, pressured, pressured, pressuring**

pressurize [`prɛʃəraɪz] v. 加壓.

[參考] 〖英〗pressurise.

[活用] v. **pressurizes, pressurized, pressurized, pressurizing**

prestige [`prɛstidʒ] n. 威望，聲望：The mayor's love affair caused a great scandal and he lost his **prestige**. 那位市長的風流韻事成了一大醜聞，使得他威望盡失.

prestigious [prɛs`tɪdʒəs] adj. 有威望的，有聲望的：This high school is one of Taiwan's most **prestigious** schools. 這所高中是臺灣最負盛名的學校之一.

[活用] adj. **more prestigious, most prestigious**

presumably [prɪ`zuməblɪ] adv. 大概，可能.

[範例] The climber is **presumably** dead. 那位登山者大概已死了.

You will come here tomorrow, **presumably**. 你明天可能會來這裡.

presume [prɪ`zum] v. ① 推測，推定. ②《正式》敢於，膽敢.

[範例] ① Mr. Wang, I **presume**? 你是王先生吧？

Mr. Lin is **presumed** innocent. 林先生被認定是無辜的.

We **presume** that your son is still alive. 我們推測你的兒子仍活著.

② May I **presume** to ask you some questions? 我可以冒昧問你一些問題嗎？

[活用] v. **presumes, presumed, presumed, presuming**

presumption [prɪ`zʌmpʃən] n. ① 推測，推定. ②《正式》冒昧.

[範例] ① On the **presumption** that lots of people would come, we brought two dozen extra folding chairs. 可能有很多人來，所以我們額外帶來24張折疊椅.

② The student in question had the **presumption** to tell his teacher how he should teach the class. 那問題學生竟敢告訴老師該如何教學.

[複數] **presumptions**

presumptuous [prɪ`zʌmptʃuəs] adj. 冒昧的，放肆的，傲慢的：Your wife is **presumptuous**. 你太太很傲慢.

[活用] adj. **more presumptuous, most presumptuous**

presuppose [,prisə`poz] v. 以～作為前提，假定：His future plans **presupposed** that he would graduate from university. 他未來的計畫是以大學畢業為先決條件.

[活用] v. **presupposes, presupposed, presupposing**

presupposition [,prisʌpə`zɪʃən] n. 假定，前提.

[複數] **presuppositions**

pretence [prɪ`tɛns] = n. 〖美〗pretense.

pretend [prɪ`tɛnd] v. ① 假裝. ② 自稱.

[範例] ① Jill is **pretending** to be sick to get out of going to school. 吉兒裝病以逃避上學.

I **pretended** not to know what was going on. 我裝作不知道發生甚麼事.

Let's **pretend** we're astronauts./Let's **pretend** to be astronauts. 我們假裝是太空人.

② That crazy old man **pretends** to the Swedish throne. 那個瘋狂的老人自稱是瑞典國王.

Bella **pretends** to supernatural psychic powers. 貝拉自稱具有超能力.

[活用] v. **pretends, pretended, pretended, pretending**

pretense [prɪ`tɛns] n. 假裝，虛飾.

[範例] Sophia doesn't really feel sick; it's just **pretense**. 蘇菲亞並非真的生病，只是假裝的.

Those corrupt old politicians made a **pretense** that they received no bribes. 那些腐敗的老政客裝出沒有接受賄賂的樣子.

P

充電小站

美國總統 (2)

24th	Cleveland, Grover	1837-1908	1893-1897	Democrat

與第22任總統為同一個人.

25th	McKinley, William	1843-1901	1897-1901	Republican

1901年9月遭槍擊，一週後去世.

26th	Roosevelt, Theodore	1858-1919	1901-1909	Republican

玩具熊 Teddy Bear 名字中的 Teddy 即出自總統 Theodore 的
曬名 (nickname).

27th	Taft, William Howard	1857-1930	1909-1913	Republican
28th	Wilson, Woodrow	1856-1924	1913-1921	Democrat

第一次世界大戰 (1914-1918)

29th	Harding, Warren Gamaliel	1865-1923	1921-1923	Republican
30th	Coolidge, Calvin	1872-1933	1923-1929	Republican

1920年被選為副總統，Harding 去世後接任總統，1924年再
次當選.

31st	Hoover, Herbert Clark	1874-1964	1929-1933	Republican
32nd	Roosevelt, Franklin Delano	1882-1945	1933-1945	Democrat

1939年第二次世界大戰開始，他打破了「不連任3屆」的局面
而連任到第4屆，並在任內的1945年4月病逝. 這一年的8月
第二次世界大戰結束.

33rd	Truman, Harry S	1884-1972	1945-1953	Democrat

1944年被選為副總統，Roosevelt 去世後接任總統，1948年
再次當選.

34th	Eisenhower, Dwight David	1890-1969	1953-1961	Republican

第二次世界大戰時的將軍.

35th	Kennedy, John Fitzgerald	1917-1963	1961-1963	Democrat

1963年11月22日於德克薩斯州的 Dallas 遭暗殺.

36th	Johnson, Lyndon Baines	1908-1973	1963-1969	Democrat

1964年美軍介入越戰開始， Johnson 在1960年選舉中任副
總統，Kennedy 去世後接任總統，1964年再次當選.

37th	Nixon, Richard Milhous	1913-1994	1969-1974	Republican

1973年越戰結束，Nixon 於第二屆的1972年再次當選，但因
水門事件 (Watergate) 而於1974年8月9日辭職，是第一個在
任期中辭職的總統.

38th	Ford, Gerald Rudolph	1913-	1974-1977	Republican

1973年被選為副總統，因 Nixon 辭職而接任總統.

39th	Carter, James Earl	1924-	1977-1981	Democrat
40th	Reagan, Ronald Wilson	1911-	1981-1989	Republican

1937年開始為好萊塢電影演員，自1947年起擔任約10年的
電影演員工會的主席，1966年任加州州長，在1980年的總統
選舉中擊敗 Carter 當選，1984年再次競選，時年73歲，為
美國歷史上年紀最大的總統.

41st	Bush, George Herbert Walker	1924-	1989-1993	Republican

與伊拉克 (Iraq) 為敵，開始了波灣戰爭.

42nd	Clinton, William Jefferson	1946-	1993-2001	Democrat
43rd	Bush, George Walker	1946-	2001-	Republican

第41任總統 George Herbert Walker Bush 之子.

P

Henry made a **pretension** to be a black belt in
judo. 亨利假裝成柔道黑帶高手.
I make no **pretense** of being a good actor. 我
不認為自己是甚麼優秀演員.
The two men got into the old woman's house
under the **pretense** of being telephone
repairmen. 那兩個男子裝扮成電話修理工
人，進入那個老婦人的家中.
片語 **by false pretenses/under false**
pretenses 以虛假的藉口: You say Father
Donnelly got these documents **under false**
pretenses? 你是說唐納利神父是藉由說謊
才把這些文件弄到手嗎?
on the pretense of/under the
pretense of 以～為藉口. (⇨ 範例)
參考 『英』pretence.
複數 **pretenses**
pretension [prɪˈtɛnʃən] n. ① 矯飾，虛飾. ②

要求，主張．

範例 ① She has no **pretensions**, in spite of being a famous singer and song writer. 她是一個著名的歌手兼作詞家，但完全沒有自大的樣子．

② He makes no **pretensions** to skill as a translator. 他不因為具有譯者的本事而驕傲．

複數 **pretensions**

pretentious [prɪˋtɛnʃəs] adj. 矯飾的；自負的．

範例 We stayed in a **pretentious** hotel. 我們住進了一家名不副實的旅館．

They say that writer is **pretentious**. 據說那位作家很自負．

活用 adj. **more pretentious, most pretentious**

pretentiously [prɪˋtɛnʃəslɪ] adv. 虛有其表地；自負地．

活用 adv. **more pretentiously, most pretentiously**

pretentiousness [prɪˋtɛnʃəsnɪs] n. 虛飾；自負．

pretext [ˋpritɛkst] n. 藉口：Tom did not come on the **pretext** of illness. 湯姆以生病為藉口而沒來．

複數 **pretexts**

P **prettily** [ˋprɪtɪlɪ] adv. 漂亮地，可愛地，愉快地："Hello!", she said **prettily**. 她愉快地說：「你好！」

活用 adv. **more prettily, most prettily**

prettiness [ˋprɪtɪnɪs] n. 漂亮，可愛．

‡**pretty** [ˋprɪtɪ] adj. ① 漂亮的，可愛的．

——adv. ② 頗，相當．

範例 ① The girl has a **pretty** room. 那個女孩有一個漂亮的房間．

You look much **prettier** in this dress. 你穿這件衣服顯得漂亮多了．

② It is **pretty** cold today. 今天很冷．

It is **pretty** late now. I'm afraid I must be leaving. 時間已經很晚了，我該回去了．

片語 **sitting pretty** 富裕的：Her grandmother died and left her enough to be **sitting pretty**. 她奶奶去世之後留給她夠多的遺產，所以她很富裕．

活用 adj. **prettier, prettiest**

‡**prevail** [prɪˋvel] v. 盛行；佔上風；說服．

範例 Great joy **prevailed** when their beloved king recovered from illness. 深受人們愛戴的國王康復後，民間洋溢著莫大的喜悅．

A belief in werewolves still **prevails** in some parts. 相信有狼人的想法在某些地區仍廣為流傳．

Truth will **prevail** over falsehood in the end. 最後真實將勝過虛偽．

We **prevailed** upon her to come with us. 我們說服她跟我們一起來．

活用 v. **prevails, prevailed, prevailed, prevailing**

prevailing [prɪˋvelɪŋ] adj. 《正式》佔優勢的；流行的．

範例 the **prevailing** opinion 主流意見．

Green is the **prevailing** color in his room. 他房間的主要顏色是綠色．

活用 adj. **more prevailing, most prevailing**

prevalence [ˋprɛvələns] n. 《正式》普及，流行．

‡**prevalent** [ˋprɛvələnt] adj. 流行的，普遍的，盛行的．

範例 The disease was **prevalent** in Africa ten years ago. 這種病10年前在非洲曾流行過．

Platform shoes are a **prevalent** fashion among kids these days. 厚底鞋是最近年輕人之間的一種流行．

活用 adj. **more prevalent, most prevalent**

‡**prevent** [prɪˋvɛnt] v. ① 阻擋．② 防止．

範例 ① The rain **prevented** the tennis match from taking place. 因為下雨，那場網球比賽延期了．

The storm **prevented** me from arriving on time./The storm **prevented** me arriving on time. 那場暴風雨使我無法準時到達．

② Fastening seat belts sometimes **prevents** death in traffic accidents. 繫安全帶有時可防止在交通事故中死亡．

活用 v. **prevents, prevented, prevented, preventing**

preventable [prɪˋvɛntəbḷ] adj. 可預防的，可防止的：It is reported that the landslide was **preventable**. 據說那場坍方是可以預防的．

活用 adj. **more preventable, most preventable**

‡**prevention** [prɪˋvɛnʃən] n. 防止，預防．

範例 **Prevention** of crime is getting more and more important in today's society. 在現今的社會裡，預防犯罪愈來愈重要了．

The **prevention** of illness is better than its cure.《諺語》預防勝於治療．

複數 **preventions**

preventive [prɪˋvɛntɪv] adj. ① 〔只用於名詞前〕預防的：I'm going to talk about some **preventive** measures against AIDS. 我將談論一些愛滋病的預防方法．

——n. ② 預防藥品；預防措施．

活用 adj. **more preventive, most preventive**

複數 **preventives**

preview [n. ˋpriˏvju; v. priˋvju] n. ① 預演，試映，預展．② 事前宣傳，預告片．

——v. ③ 試映，試演．④ 預告．

複數 **previews**

活用 v. **previews, previewed, previewed, previewing**

‡**previous** [ˋpriviəs] adj. ① 〔只用於名詞前〕以前的，先前的．② 〔不用於名詞前〕過早的．

範例 ① I have no **previous** experience of planning a house. 我從來沒有設計房子的經驗．

When I went to see James on Saturday, I found that he had left for Scotland the **previous** day. 星期六我去拜訪詹姆斯時，才知道他在前一天去了蘇格蘭。

② It would be **previous** to assume that you will be chosen. 你認定會當選未免為時過早。

片語 ***previous to*** 先於．

***previously** [`priviəsli] adv.* 以前，事前：The chairmanship was **previously** held by Mr. White. 懷特先生以前曾擔任主席的職位．

prewar [pri`wɔr] *adj.* 戰前的 (☞ ↔ postwar)．

***prey** [pre] *n.* ① 餌，捕獲物．② 捕食；煩惱．
── *v.* ③ 捕食 (on, upon). ④ 煩惱 (on, upon).

範例 ① Mice are the **prey** of cats. 老鼠是貓的獵物．
He is **prey** to paranoid delusions. 他受妄想症所擾．

② The hawk is a bird of **prey**. 鷹是猛禽類．

③ Owls **prey** on rodents and other small animals. 貓頭鷹捕食齧齒類動物和其他小動物．

④ Worries **preyed** on his mind. 他有心事．

活用 *v.* **preys, preyed, preyed, preying**

***price** [praɪs] *n.* ① 價格；物價；代價．
── *v.* ② 定價．③ 詢問價格．

範例 ① What's the **price** of this camera with tax? 這架照相機含稅是多少錢？
Toilet paper was sold at a high **price** after the oil crisis of 1973. 1973年石油危機後，衛生紙被以高價賣出．
Prices are rising. 物價正在上漲中．
They will have to pay a high **price** for leading an idle life. 他們將為懶惰的生活付出很大的代價．

② The vase was **priced** at $1,500. 那個花瓶定價1,500美元．

③ The tourist is **pricing** carpets. 那位觀光客在詢問地毯的價格．

片語 ***at a price*** 以高價；付出極大的代價．
at any price 不惜任何代價：We want peace **at any price**. 我們不惜任何代價也要得到和平．

複數 **prices**

活用 *v.* **prices, priced, priced, pricing**

priceless [`praɪslɪs] *adj.* ① 無價的：**priceless** jewels 無價的寶石．② 《口語》極可笑的．

活用 *adj.* **more priceless, most priceless**

***prick** [prɪk] *v.* ① 刺，戳．② 刺痛，刺傷；使痛苦．
── *n.* ③ 刺，刺痕．④ 刺痛．

範例 ① She **pricked** her finger with a needle while she was sewing. 她在縫衣服時被針刺到手指．
Prick some holes in the plastic wrap before you warm the rice in the microwave. 用微波爐熱飯之前，你在塑膠包裝上戳一個洞．

② Doesn't your sunburnt skin **prick**? 你那曬紅的皮膚不覺得刺痛嗎？

An overwhelming sense of guilt **pricked** my conscience. 一股莫大的罪惡感刺痛我的良心．

③ Can you see the **prick** in my finger? 你能看到我手指扎傷的痕跡嗎？

④ I felt a sharp **prick** when I got the shot in my arm. 手臂上注射時，我感到非常刺痛．

片語 ***prick up ～'s ears*** ① (動物) 豎起耳朵：The horse's ears were **pricked up** straight. 那匹馬的耳朵豎了起來．② (人) 豎耳傾聽：All the hostages **pricked up their ears** when the President began to address them. 當總統向那些人質喊話時，他們都豎耳傾聽．

活用 *v.* **pricks, pricked, pricked, pricking**

複數 **pricks**

prickle [`prɪkl] *n.* ① (動、植物的) 刺，針．② 刺痛感．
── *v.* ③ (使) 感到刺痛．

範例 ① Do you know why a cactus is covered with **prickles**? 你知道仙人掌為甚麼長滿刺嗎？

② I felt the **prickle** of the label in the collar. 衣領上的標籤使我感到刺痛．

③ I felt my body **prickle** after I walked through those bushes. 走過那片灌木叢之後，我身上感到一陣刺痛．

複數 **prickles**

活用 *v.* **prickles, prickled, prickled, prickling**

prickly [`prɪklɪ] *adj.* ① 多刺的．② 刺痛的．③ 《口語》易生氣的．

範例 ① I'd like **pricklier** cactuses. 我喜歡比較多刺的仙人掌．

② I don't like the **prickly** feel of the material. 我不喜歡那種布料刺刺的感覺．

③ You'd better not talk to him. He's a little **prickly** today. 你最好別跟他說話，他今天有點暴躁．

活用 *adj.* **pricklier, prickliest**

***pride** [praɪd] *n.* ① 驕傲，尊嚴，自尊心．② 傲慢，自負．
── *v.* ③ 自滿，自負．

範例 ① He takes **pride** in his learning. 他對自己的學識感到自豪．
His **pride** kept him from accepting charity. 他的自尊心不允許自己接受施捨．
That politician has too much **pride**. 那位政治人物自尊心太強了．
This teacher was the **pride** of our school. 我們學校以這位老師為榮．

② His **pride** was immensely diminished by the scandal. 他的自負被那件醜聞徹底摧毀了．
Pride goes before a fall. 《諺語》驕者必敗．

③ She **prides** herself on her ability to cook a good steak. 她以會做美味的牛排而自豪．

片語 ***pride ～self on.../pride ～self upon...*** 以～自豪．(➪ 範例 ③)

☞ *adj.* **proud**

活用 *v.* **prides, prided, prided, priding**

***priest** [prist] n. 牧師，僧侶，神職人員.
[複數] **priests**

priesthood [`prist·hʊd] n. ① 神職，僧職: My son entered the Buddhist **priesthood**. 我兒子入了佛門. ② 神職人員.

priestly [`pristlɪ] adj. 神職人員的.

prim [prɪm] adj. 一本正經的，古板的，拘謹的.
[活用] adj. **primmer**, **primmest**

prima [`primə] adj. 主角級的.
♦ **prima dónna** 首席女歌手《歌劇中的第一女主角》.

primarily [`praɪ͵mɛrəlɪ] adv. 首要地，主要地: It is **primarily** my responsibility to see that it's done on time. 我的主要責任是確保這件事能夠按時完成.
[發音] 亦作 [`praɪmərəlɪ].

***primary** [`praɪ͵mɛrɪ] adj. ① 首要的，主要的；根本的. ②(教育) 初等的，初級的；原始的.
——n. ③[美] 初選.
[範例] ① What is your **primary** aim in life? 你人生的首要目標是甚麼?
This is a matter of **primary** importance. 這是最重要的事項.
What is the **primary** meaning of this word? 這個字的原義是甚麼?
② Their civilization is still in its **primary** stage. 他們的文明還處在原始階段.
③ win a presidential **primary** 在總統初選中獲得勝利.
♦ **primary áccent** 主重音.
primary cólor 原色.
[複數] **primaries**

primate [`praɪmɪt] n. ① 大主教《指天主教或英國國教某一地區的主教》，首席主教. ② 靈長類動物.
[複數] **primates**

***prime** [praɪm] adj. ① 第一的，首要的；最上等的.
——n. ② 全盛時期，顛峰期. ③ 質數《亦作 prime number》.
——v. ④ 事先通知，事先做準備.
[範例] ① His **prime** wish is to see the Emperor. 他最大的願望是見到那位皇帝.
This matter is of **prime** importance. 這個問題是最重要的.
This is **prime** beef. 這是最上等的牛肉.
The **prime** minister will speak to the nation on television this evening. 那位首相今晚要在電視上對全國民眾發表演說.
② The actor is in his **prime**. 那位演員正處於顛峰時期.
She is past her **prime**. 她已過了全盛時期.
He died through overwork in the **prime** of life. 他壯年時因過勞而死.
④ He **primed** his gun. 他把他的槍裝上子彈.
prime a pump 給幫浦加水.
♦ **prime mínister** 總理，首相《☞ (充電小站) (p. 1005)》.
prime númber 質數.

prìme tíme 黃金時段《電視等收視率最高的時間》.
[複數] **primes**
[活用] v. **primes**, **primed**, **primed**, **priming**

primer [`praɪmɚ; ③ `prɪmɚ] n. ① 塗底料，塗底漆. ② 導火線，雷管. ③ 入門書，初級讀本: When I need to review French I use my **primer** from middle school. 我用中學時的初級讀本來複習法語.
[複數] **primers**

primeval [praɪ`mivl̩] adj. 地球初期的，原始的，太古的.
[範例] **primeval** oceans 地球初期的大海.
primeval forests 原始森林.

***primitive** [`prɪmətɪv] adj. ① 原始的，太古的. ② 幼稚的，簡單的；原始性的.
——n. ③ 原始人. ④ 文藝復興以前的藝術家，風格樸實的藝術家.
[範例] ① **Primitive** man lived in harmony with nature. 原始人與大自然和平共存.
② They made fire in a **primitive** way. 他們以原始的方法生火.
[活用] adj. **more primitive**, **most primitive**
[複數] **primitives**

primitively [`prɪmətɪvlɪ] adv. ① 最初地，基本地. ② 原始地.
[活用] adv. **more primitively**, **most primitively**

primrose [`prɪm͵roz] n. ① 櫻草，報春花. ② 櫻草色，淺黃色.
[複數] **primroses**

*‡**prince** [prɪns] n. ① 王子，親王，皇太子. ②(小國的) 國王，君主. ③(英國以外的) 公爵.
[範例] ① **Prince** Charles 查爾斯王子.
the **prince** of poets 詩壇的第一號人物.
② the **Prince** of Monaco 摩納哥國王.
③ **Prince** Bismark 俾斯麥公爵.
[片語] **as happy as a prince** 非常幸福的.
live like a prince 生活奢華.
[參考] the Prince of Wales 指的是英國王室的皇太子，只稱號在第一王子成年時授予. 據考源自於14世紀初，愛德華一世 (Edward I, 1239-1307) 征服威爾斯 (Wales) 時，授予自己在威爾斯滯留期間出生的第一王子 the Prince of Wales 的稱號.
♦ **Prince Álbert** [美] 男子雙排扣長禮服.
Prince Chárming 理想中的男子，白馬王子.
prince cónsort 夫君《女王或女皇的丈夫，通常無國王的地位》.
the Prince of Dárkness 魔鬼，撒旦.
the Prince of Péace 耶穌·基督.
the Prince of Wáles 英國皇太子，威爾斯王子.
prince róyal 皇太子.
[複數] **princes**

princely [`prɪnslɪ] adj. ① 王子的，王子般的，堂皇的，高雅的. ②(數量)相當多的，奢華的.

元首

【Q】在國際會議中，有總統、首相和國王等各種人物出席，其中誰最大呢？

【A】這個問題很難回答，若以「大」即「地位高」的想法來回答：首先，在國際會議中，坐在最上席的是皇帝 (emperor)，其次是國王 (king)、總統 (president)，首相 (prime minister) 坐最末席。

這一順序只是依照慣例，並無明確的根據。如有兩位以上的國王在場時，則以在位期間的長短及年齡決定順序。

此外，首相除了 prime minister 之外，也被稱作 premier。德國和奧地利的首相稱作 chancellor。

範例 ① He looked very **princely** at the party. 他在那個晚會上顯得非常高雅.
② a **princely** gift 豪華的禮品.
活用 adj. ② **more princely**, **most princely**

*princess [`prɪnsɪs] n. ① 公主，親王夫人. ② 王妃，妃《王子的妻子》. ③ (小國的) 王妃. ④ (英國以外的) 公爵夫人.
♦ **the Princess of Wáles** 英國皇太子妃.
princess róyal 第一公主.
複數 **princesses**

principal [`prɪnsəpl] adj. ① 主要的，最重要的.
——n. ② 校長，學院院長. ③ 主角，主導者. ④ 本金. ⑤ 本人《相對於代理人》.
範例 ① The little girl is the **principal** character in the story. 那個小女孩是故事中的主角.
④ **principal** and interest 本金和利息.
複數 **principals**

principality [͵prɪnsə`pælətɪ] n. 公國《prince (君主) 統治的國家》.
參考《英》將威爾斯 (Wales) 稱作 the Principality.
複數 **principalities**

*principally [`prɪnsəplɪ] adv. 主要地.

**principle [`prɪnsəpl] n. ① 原理，原則. ② 主義，方針，(道德上的) 信念. ③ 〔~s〕倫理.
範例 ① the Archimedean **principle** 阿基米德原理.
They are quite different in shape but work on the same **principle**. 它們形狀雖然不同，但以相同的原理運作.
Everybody agrees to the plan in **principle**, but nobody knows how to realize it. 大家原則上贊同那個方案，但誰也不知道如何去實現.
② Although it went against his **principles**, Tom joined the strike. 湯姆違背自己的理念，參加了那次罷工.
I refused on **principle** to be the leader of the party. 我基於自己的信念拒絕當那個團體的領導者.
片語 **in principle** 大體上，原則上. (⇨ 範例 ①)
on principle 按照原則地. (⇨ 範例 ②)
複數 **principles**

**print [prɪnt] v. ① 印刷，刊登. ② 用印刷體寫. ③ 印 (模印、花紋)，沖洗 (照片、底片).
——n. ④ 鉛字，印刷文字. ⑤ 印刷業，印刷品. ⑥ (按壓而成的) 印花，指紋，痕跡. ⑦ (照片的) 沖洗，複印. ⑧ 複製畫，版畫.
範例 ① The newspaper **printed** my letter to the editor. 那份報紙刊載了我的投稿.
② Please **print** your name and address. 請用印刷體寫上你的姓名和地址.
③ Beautiful pictures are **printed** onto the fabric by hand in this factory. 這家工廠以手工將漂亮的畫印在布料上.
④ The **print** in this book is too small. 這本書的字體太小了.
⑤ I'm going to wear this rose **print** to the party. 我要穿這件印有玫瑰花圖案的衣服去參加那個晚會.
He has left his **prints** on the pistol. 他在那把手槍上留下了指紋.
Rabbits left their **prints** in the snow as they ran along. 兔子跑走時，在雪地上留下了腳印.
⑦ Betty sent **prints** of her baby to her relatives. 貝蒂把嬰兒的照片送給親戚.
片語 **in print** 正在印刷的，買得到的:
Sheldon's new novel is now **in print**. 謝爾登的新小說目前正在印刷中.
Jackson's first novel is still **in print**. 傑克森的第一本小說現在還買得到.
out of print 絕版的: Carter's first novel is **out of print**. 卡特的第一本小說已經絕版了.
print out (文字處理機或電腦的) 輸出，列印.
活用 v. **prints**, **printed**, **printed**, **printing**
複數 **prints**

printer [`prɪntɚ] n. ① 印刷業者，印刷工人. ② 印表機，印刷機.
範例 ① a **printer**'s devil 印刷廠的學徒.
② Something is wrong with this **printer**. 這臺印表機有點故障.
複數 **printers**

printing [`prɪntɪŋ] n. ① 印刷，印刷術. ② 印刷數量，刷. ③ 印刷體，印刷體文字.
範例 ① **Printing** was invented in China. 印刷術是在中國發明的.
a **printing** office 印刷廠.
a **printing** press 印刷機.
② A thousand copies are to be made in the first **printing** of this book. 這本書的第一版決定印刷一千本.
This is the third **printing** of the dictionary. 這是這本辭典的第3刷.
複數 **printings**

printout [`prɪnt͵aʊt] *n.* (電腦的)輸出，列印．
[複數] **printouts**

***prior** [`praɪə] *adj.* ① 在先的，在前的，優先的：
You should obtain **prior** permission to attend
this ceremony　你應該事先取得出席這個典
禮的許可．
——*n.* ② 大修道院副院長，小修道院院長．
[片語] ***prior to*** 在～之前，優先於：This was
planned **prior to** receiving your suggestions.
這是在接到你的提案之前所做的計畫．
[複數] **priors**

***priority** [praɪ`ɔrətɪ] *n.* 優先，優先的事物．
[範例] More **priority** will be given to repairing
bridges．橋樑的修理會優先處理．
Price control has **priority** over other policies.
物價的管制優先於其他政策．
Increased efficiency is our first **priority**．我們
把提高效率擺在第一優先．
[片語] **give priority to** 使優先．(⇨ [範例])
have priority over 優先於．(⇨ [範例])
[複數] **priorities**

priory [`praɪərɪ] *n.* 小修道院．
[複數] **priories**

prism [`prɪzəm] *n.* ① 三稜鏡．② 角柱．
[複數] **prisms**

***prison** [`prɪzṇ] *n.* 監獄，拘留所．
[範例] He was sent to **prison** for murder．他因為
殺人罪被關進監獄．
He was released from **prison** after five years.
5年後，他從監獄被釋放了．
He tried in vain to break out of **prison**．他企圖
越獄，但失敗了．
[參考] prison 是拘留、拘押、監禁犯人的地方．如
果重點不是指建築物，而是針對其功能時，
例如 He was sent to prison.（他被關進監獄
了），則之前不加 a 或 the.
♦ **prison càmp** 戰俘集中營．
[複數] **prisons**

***prisoner** [`prɪznə] *n.* 犯人，俘虜．
[範例] Mary was a political **prisoner**．瑪麗是一個
政治犯．
The **prisoner** was released on parole．那個犯
人獲得了假釋．
He was kept **prisoner** by the enemy soldiers.
他被敵軍俘虜了．
He is a **prisoner** to drugs．他成了毒品的俘
虜．
♦ **prísoner of wàr** 戰俘《略作 P.O.W.，
POW》．
[複數] **prisoners**

***privacy** [`praɪvəsɪ] *n.* ① 隱私（權）《不受他人
干涉的權利》．② 祕密，私下．
[範例] ① We should put up a fence so we can
have some **privacy**．我們應該築起一道圍牆，
這樣就可以有一些隱私權．
My mother doesn't respect my **privacy**．我的
母親不尊重我的隱私權．
② The truth was kept in strict **privacy**．那件事
情的真相被嚴密保密．

***private** [`praɪvɪt] *adj.*

原義	層面	釋義	範例
非公開的事物	所有	個人的，個人性質的，私人的	①
	經營、歸屬	私立的，民間的	②
	事情	祕密的，不公開的	③
	地點	隱密的	④

——*n.* ⑤ (階級最低的)士兵．
[範例] ① This is my **private** opinion．這是我個人
的意見．
Bob wanted a **private** room．鮑伯希望有個屬
於自己的房間．
"**Private**．No Trespassing."「私人用地，禁止
入內．」
② a **private** school 私立學校．
a **private** citizen 普通市民．
③ This letter is strictly **private**．這封信必須嚴格
保密．
Let's keep this matter **private**．這件事我們就
保守祕密吧．
④ There's a **private** spot over there where we
can discuss this．那邊有個隱密的地點，我們
可以在那裡談論這件事．
[片語] **in private** 祕密地：Peter showed me the
papers **in private**．彼德祕密地給我看了那份
文件．
♦ **private detéctive** 私家偵探《亦作 private
eye》．
private énterprise 私人企業．
private párts 陰部．
[⇦] *adj.* ↔ public
[活用] *adj.* ①④ **more private，most private**
[複數] **privates**

privateer [͵praɪvə`tɪr] *n.* ① (戰時取得許可攻
擊敵船的民間武裝)私掠船《出現於19世紀
中葉之前》．② 私掠船的船員〔船長〕．
[複數] **privateers**

privately [`praɪvɪtlɪ] *adv.* 祕密地，不為人知
地，個人地，私下地．
[活用] *adv.* **more privately，most privately**

privation [praɪ`veʃən] *n.* (生活必需品的)不
足，缺乏，窮困：The Great Depression was
a time of **privation**．經濟大恐慌是一個生活
必需品匱乏的時期．
[複數] **privations**

privatization [͵praɪvətaɪ`zeʃən] *n.* ① 民營
化．② 私有化．
[參考]〖英〗privatisation．

privatize [`praɪvə͵taɪz] *v.* ① 民營化．② 私有
化．
[參考]〖英〗privatise．
[⇦] ① ↔ nationalize
[活用] *v.* **privatizes，privatized，privatized，
privatizing**

***privilege** [`prɪvlɪdʒ] *n.* 特權，優惠．

範例 We enjoy the **privilege** of freedom of speech. 我們享有言論自由的特權．
the **privilege** of birth 名門的特權．
grant a **privilege** to him 給與他優惠．

複數 **privileges**

privileged [`prɪvlɪdʒd] *adj.* 享有特權的，特權的: the **privileged** classes 特權階級．

活用 *adj.* **more privileged**, **most privileged**

privy [`prɪvɪ] *adj.* 暗中參與的: John is **privy** to the plot. 約翰暗中參與他那項陰謀．

♦ the **Privy Cóuncil** 樞密院《由英國國王任命的諮詢委員會》．
Privy Cóuncillor 樞密院顧問．

***prize** [praɪz] *n.* ① 獎金，獎品．② 捕獲物，戰利品．
──*adj.* ③ 獲獎的，得獎的．④ 作為獎品的．⑤《口語》極棒的．
──*v.* ⑥ 高度評價．⑦ 撬開．

範例 ① Gao Xingjian won the Nobel **Prize** for literature in 2000. 高行健獲得2000年諾貝爾文學獎．
③ You are one of the **prize** winners. 你是其中一位得獎者．
④ I lost the **prize** cup. 我把那座獎杯弄丟了．
⑤ Your daughter is a **prize** idiot. 你女兒真是個大笨蛋．
⑥ He **prizes** his car above everything else. 他喜愛他的車勝於一切．
⑦ The vampire **prized** the new coffin open with a lever. 那個吸血鬼用槓桿撬開那副新棺材．

複數 **prizes**

活用 *v.* **prizes**, **prized**, **prized**, **prizing**

pro [pro] *n.* 職業，職業選手，專家《professional 的縮寫》．

範例 Tom is a golf **pro**. 湯姆是一位職業高爾夫球選手．
Jim is a **pro** golfer. 吉姆是一位職業高爾夫球選手．

複數 **pros**

***probability** [͵prɑbə`bɪlətɪ] *n.* ① 預計，可能性．②《數學的》機率．

範例 ① The **probability** is that the general election will be held in September. 那場大選預計在9月份舉行．
Is there any **probability** of her success? 她有可能成功嗎？
What are the **probabilities**? 有哪些可能性？
② The **probability** of the coin showing heads is 50%. 硬幣出現正面的機率是百分之五十．

複數 **probabilities**

***probable** [`prɑbəbl] *adj.* ① 可預見的，有可能的．
──*n.* ② 有可能的事，可預見的人．

範例 ① It is **probable** that she will win the race for governor. 她有可能在那場州長選舉中獲勝．
It is highly **probable** that she will get married next month. 她很有可能會在下個月結婚．

He is the **probable** winner. 他可能會獲勝．
Snow is **probable**. 可能會下雪．

活用 *adj.* **more probable**, **most probable**

複數 **probables**

***probably** [`prɑbəblɪ] *adv.* 或許，大概．

範例 She will **probably** be late. 她很有可能會遲到．
"Will you come next Tuesday?" "**Probably**." 「下星期二你會來嗎？」「應該會吧．」

活用 *adv.* **more probably**, **most probably**

probation [pro`beʃən] *n.* ①《資格、適應性、能力等的》審查，試用期，見習期．② 察看，觀護; 察看期間; 緩刑．

範例 ① You will be employed as a regular staff member after two months **probation**. 經過兩個月的試用期，你就能受聘為正式員工．
② a **probation** officer 監視緩刑犯的觀護員．
The accused was sentenced to a year's **probation**. 那個被告被判緩刑一年．

複數 **probations**

probe [prob] *v.* ① 深入探察，探究，探索．
──*n.* ② 調查．③《外科用的》探針．④ 探測衛星，太空探測器《亦作 space probe》．

範例 ① The newspaper reporter **probed** into the motivation for the murder. 那報社記者深入探究那起謀殺案的動機．
The doctor will **probe** the patient's intestines with a very small camera. 醫生會用小型探視鏡看那個病患的腸子．
② The reporter stopped the **probe** into the activities of smugglers after receiving a death threat. 那名記者受到死亡的威脅後，便停止對那些走私活動的調查．
④ a lunar **probe** 月球探測器．

活用 *v.* **probes**, **probed**, **probed**, **probing**

複數 **probes**

***problem** [`prɑbləm] *n.* 問題，難題．

範例 solve a **problem** 解決問題．
work out a mathematics **problem** 解一道數學問題．
Bullying at school is now a serious **problem**. 恃強欺弱在現今校園中是個嚴重的問題．
a **problem** child 問題兒童．
a health **problem** 健康問題．

片語 **No problem**. 沒問題．

複數 **problems**

problematic/problematical [͵prɑblə`mætɪk(l)] *adj.* 有問題的，未解決的，難處理的．

活用 *adj.* **more problematic**, **most problematic/more problematical**, **most problematical**

***procedure** [prə`sidʒɚ] *n.* 手續，程序，過程．

範例 legal **procedure** 訴訟程序．
boarding **procedures** 搭乘手續．
Candidates who follow these **procedures** are sure to succeed. 依循這些程序的候選人一定會當選．

P

What's the proper **procedure** for requesting a pardon? 請求赦免的適當程序為何?

複數 **procedures**

****proceed** [prə`sid] v. ① 前進，繼續進行. ② 產生，出自，由來 (from). ③ 起訴，進行訴訟程序.

範例 ① The Royal Couple **proceeded** along the street. 那對王室夫婦沿著那條街繼續前進.
Proceed with your explanation. 請你繼續說明.

② Nervousness often **proceeds** from a lack of practice. 緊張往往是由於練習不足.
Plague often **proceeds** from wars. 戰爭往往會帶來瘟疫.

③ The police decided not to **proceed** against him. 警方決定不對他進行起訴.

活用 v. **proceeds**, **proceeded**, **proceeded**, **proceeding**

proceeding [prə`sidɪŋ] n. ① 進行，行動，一系列的程序. ② 〔~s〕控訴，訴訟程序. ③ 〔~s〕會議記錄，決議記錄，會報.

範例 ① The sudden blackout interrupted the **proceeding**. 那次突然的停電阻礙了進度.

② The **proceedings** against Mr. Jones will go ahead as scheduled. 對瓊斯先生的訴訟程序將按預定行程進行.

③ The **proceedings** were closed to the public. 這份會議記錄不對外公開.

複數 **proceedings**

proceeds [pro`sidz] n.〔作複數〕收益，收入：
Proceeds from the bake sale will go to victims of the typhoon. 那次義賣自製點心的收入將會捐贈給那場颱風的受害者.（bake sale 為出售自製糕餅的一種慈善活動）

****process** [`prɑses] n. ① 過程，進行，程序. ② 訴訟程序.
——v. ③ 加工，處理.

範例 ① Who invented the **process** of making paper? 是誰發明紙張的製造方法?
The building is now in the **process** of reconstruction. 那棟大樓正在改建中.

③ **processed** cheese 加工乳酪.
The data will be **processed** by the computer. 這些資料將會以電腦處理.

複數 **processes**

活用 v. **processes**, **processed**, **processed**, **processing**

****procession** [prə`sɛʃən] n. ① 列，行列. ② 列隊行進.

範例 ① The kindergarten children walked in a **procession** through the streets. 那些幼稚園的小朋友們排成一列在路上行走.

② The wedding **procession** will start at that church. 那個婚禮的隊伍將從那座教堂出發.

複數 **processions**

processional [prə`sɛʃənl] adj. 行列的，列隊行進時的，行進用的：They were singing **processional** chants. 他們正唱著遊行聖歌.

processor [`prɑsɛsɚ] n. 加工者，處理者：(電

腦的）處理器.

複數 **processors**

****proclaim** [pro`klem] v. 宣告，宣布，聲明.

範例 India **proclaimed** its independence in 1947. 印度於1947年宣告獨立.
Japan **proclaimed** war against China. 日本曾向中國宣戰.
They **proclaimed** him to be a traitor to his country./They **proclaimed** that he was a traitor to his country. 他們宣稱他是國家的叛徒.
The state of his clothes **proclaimed** his poverty. 他的衣著顯示了他的貧窮.
His conduct **proclaims** that he is a workaholic. 他的行為表明了他是一個工作狂.

活用 v. **proclaims**, **proclaimed**, **proclaimed**, **proclaiming**

****proclamation** [ˌprɑklə`meʃən] n. 宣布，公布，聲明，宣言：the **proclamation** of peace 和平宣言.

複數 **proclamations**

procrastinate [pro`kræstəˌnet] v. 拖延，耽擱，延擱.

活用 v. **procrastinates**, **procrastinated**, **procrastinated**, **procrastinating**

****procure** [pro`kjur] v. ①《正式》(經由努力) 獲得，取得. ② 拉皮條，做淫媒.

範例 ① He **procured** us a rare book by E. A. Poe./He **procured** a rare book by E. A. Poe for us. 他為我們取得了愛倫坡的珍本.

活用 v. **procures**, **procured**, **procured**, **procuring**

prod [prɑd] n. ① 戳，刺. ② 激勵，驅策. ③（追趕家畜用的）棍，棒.
——v. ④ 戳，刺；激勵，促使.

範例 ① He gave the toad a **prod** with his umbrella. 他拿兩傘戳那隻蟾蜍.

② His wife's words became a **prod** for him to complete the novel. 他太太的話激勵他完成了那本小說.

④ Do not **prod** the birds in the cage. 別戳那個鳥籠裡的鳥兒.
The deadline **prodded** him to finish the manuscript. 截稿日期的到來，促使他趕緊完成那份手稿.

複數 **prods**

活用 v. **prods**, **prodded**, **prodded**, **prodding**

****prodigal** [`prɑdɪgl] adj. ① 浪費的，放蕩的，揮霍的；豐富的.
——n. ② 浪費者，浪子，敗家子.

範例 ① My father was a **prodigal** spender. 我父親曾經是一個揮霍無度的人.
The **prodigal** wildlife of the nature preserve amazed us. 那個自然保護區裡大量的野生動物令我們驚嘆不已.

複數 **prodigals**

prodigious [prə`dɪdʒəs] adj. 驚人的，異常

的，巨大的：He is a man of **prodigious** memory. 他具有驚人的記憶力.

活用 adj. **more prodigious**, **most prodigious**

prodigiously [prə`dɪdʒəslɪ] adv. 驚人地，非比尋常地：What a **prodigiously** fat man! 真是個驚人的大胖子.

活用 adv. **more prodigiously**, **most prodigiously**

prodigy [`prɑdədʒɪ] n. 奇蹟，奇特的現象；天才，神童.

範例 a **prodigy** of nature 大自然的奇觀.
an infant **prodigy** 神童.

複數 **prodigies**

****produce** [v. prə`djus; n. `prɑdjus] v. ① 製造，生產，出產. ② 出示，提出.
——n. ③ 產品.

範例 ① It is cheaper to **produce** goods in Mainland China. 在大陸製造產品成本較低.
The factory near my house **produces** canned seafood. 我家附近的工廠生產海鮮罐頭.
Taiwan **produces** good rice. 臺灣出產優質稻米.
Arabian countries **produce** a huge amount of oil every year. 阿拉伯國家每年生產大量的石油.
This great success was **produced** not only by his own hard work but also by his wife's constant support. 這次盛大的成功不只出自於他自身的努力，還仰仗他太太不斷的支持.
It was decided that Spielberg would direct the movie and Lucas would **produce** it. 那部電影決定由史匹柏執導，由盧卡斯製作.
② The conductor asked me to **produce** my ticket. 那位車掌請我出示車票.
③ A lot of fresh garden **produce** is sold at the morning market. 早市裡有販售許多新鮮的農產品.

活用 v. **produces**, **produced**, **produced**, **producing**

producer [prə`djusɚ] n. ① 生產者，製造者. ②（電影、電視劇等的）製片，舞臺監督.

範例 ① Kuwait is one of the world's leading oil **producers**. 科威特是世界上主要的石油生產國之一.
② George Lucas is a heavyweight **producer**. 喬治‧盧卡斯是一位重量級的電影製片.
A **producer**'s work is to manage the money and schedules in making a movie. 電影製片的工作是管理製作電影的經費和進度.

複數 **producers**

****product** [`prɑdəkt] n. ① 產品，製品. ②（數學的）積〔兩個或兩個以上的數相乘所得的結果〕.

範例 ① The major **products** of this area are rice and apples. 這個地區主要的農作物是稻米和蘋果.
This victory is the **product** of hours of hard training. 這次勝利是長期嚴格訓練的成果.

複數 **products**

****production** [prə`dʌkʃən] n. ① 製造，生產；產量，產品. ② 出示，提出.

範例 ① This year's rice **production** has been severely damaged by the lack of sunshine. 今年稻米的生產因日照不足而損失慘重.
The **production** of compact cars has been increasing recently. 小型汽車的產量近年來持續增加.
The decrease in oil **production** will influence the world economy. 石油產量的減少會影響世界經濟.
As a dramatist, he did not get a penny for his first several **productions**. 身為劇作家，最初的幾部作品他一毛錢也沒拿到.
② Entry requires **production** of your ID card. 入場請出示身分證明.

複數 **productions**

****productive** [prə`dʌktɪv] adj. 有生產力的，生產性的，產生～的，多產的.

範例 This company owes its success to its **productive** workers. 這家公司的成功歸功於能幹的職員.
Fishery was quite **productive** in this town ten years ago. 10年前，這個城鎮的漁業十分發達.
This **productive** land is good for agriculture. 這片肥沃的土地很適合發展農業.
He is a **productive** writer, and all his writings sell well. 他是一位多產的作家，而且他所有的作品都很暢銷.
The educational process isn't instantly **productive**, but in the long run it is much more **productive** than you might expect. 雖然教育的過程無法立竿見影，但長久看來，其成效遠超乎你的期望.
I am very glad that I have participated in this **productive** meeting. 我非常高興參加了這次成果豐碩的會議.
Hasty work is **productive** of mistakes. 草率行事容易產生錯誤.
That long discussion was not **productive** of any good solution. 那次冗長的討論並沒有產生任何有效的解決方案.

活用 adj. **more productive**, **most productive**

productively [prə`dʌktɪvlɪ] adv. 有生產力地，生產性地：The problem was discussed **productively**. 大家針對那個問題進行具有建設性的討論.

活用 adv. **more productively**, **most productively**

productivity [,prodʌk`tɪvətɪ] n. 多產性，生產性，生產力：The use of machines led to an increase in agricultural **productivity**. 機械的使用導致農業生產力提高.

****profane** [prə`fen] adj. ① 褻瀆神聖的，不敬的. ② 世俗的，凡俗的，非宗教的.

——v. ③ 褻瀆，玷污.

範例 Don't use such **profane** language. 不要使用褻瀆的語言.

③ Those punks **profaned** the national flag by burning it. 那些不良少年放火燒國旗以玷污它.

活用 adj. **more profane**，**most profane**

活用 v. **profanes**，**profaned**，**profaned**，**profaning**

profanity [prə`fænətɪ] n. 褻瀆神聖，不敬；不敬的語言: Don't use **profanity**, especially in a church. 不要使用褻瀆的語言，尤其是在教堂裡.

複數 **profanities**

*__**profess**__ [prə`fɛs] v. ① 明確地表示，聲稱. ② 假裝，佯稱，自稱. ③ 表明信仰，信奉.

範例 ① The man **professed** that he had no connection with the murder. 那個男子聲稱他和那件謀殺案沒有任何關聯.

The suspect **professed** his innocence. 那名嫌犯聲稱自己是清白的.

② My brother **professed** to know nothing about it. 我哥哥裝出一副對此事毫無所知的樣子.

③ The nurse **professed** Christianity. 那名護士信奉基督教.

活用 v. **professes**，**professed**，**professed**，**professing**

professed [prə`fɛst] adj. ①〔只用於名詞前〕公開表示的，公然宣稱的，公然的. ② 假裝的，自稱的.

範例 ① Peter is a **professed** anarchist. 彼得公然宣稱他是無政府主義者.

② a **professed** sincerity 假認真.

*__**profession**__ [prə`fɛʃən] n. ①（具專業知識、技術的）職業. ②〔the ～〕同行，同業. ③ 聲稱，宣告，表明，信仰表白.

範例 ① Mr. Smith is a doctor by **profession**. 史密斯先生的職業是醫生.

What **profession** do you aspire to? 你想從事甚麼職業？

② The medical **profession** is in turmoil. 醫界正陷入一片騷動.

③ He made **professions** of his love for her. 他表明了對她的愛.

複數 **professions**

*__**professional**__ [prə`fɛʃənl] adj. ① 專業的，職業性的，專門職業的. ② 專門的，高水準的，內行的.

——n. ③ 專家，專業人員，職業運動員.

範例 ① He's a **professional** man—he's a doctor. 他是個專業人士，他是一位醫生.

Please give me your **professional** advice. 請你給我專業的建議.

professional education 專業教育

② Agassi is a **professional** tennis player. 阿格西是一位職業網球選手.

Where did you acquire such **professional** skills? 你是在哪裡學會這些專業技術？

Especially for an interview, a **professional**

appearance is definitely required. 尤其在面試中，絕對要表現出一副內行的模樣.

③ My uncle is a golf **professional**. 我叔叔是一位職業高爾夫球選手.

☞ ②③ ↔ amateur

活用 adj. ② **more professional**，**most professional**

複數 **professionals**

professionalism [prə`fɛʃənl͵ɪzm] n. 職業特性；專業技術；專家氣質.

*__**professor**__ [prə`fɛsɚ] n.（大學的）教授.

範例 Dr. Watts is a **professor** of physics at Stanford University. 瓦茲博士是史丹佛大學的物理學教授.

Professor John Brown 約翰・布朗教授《略作 Prof. John Brown》.

複數 **professors**

professorial [͵profə`sorɪəl] adj. 教授的，教授似的，教授模樣的.

活用 adj. **more professorial**，**most professorial**

proffer [`prɑfɚ] v. 提供，提出.

範例 Listen to advice from an elder whenever it is **proffered**. 任何時候長輩提出忠告，你都要洗耳恭聽.

Tom **proffered** his assistance with the campaign. 湯姆表示願意幫忙進行助選活動.

活用 v. **proffers**，**proffered**，**proffered**，**proffering**

proficiency [prə`fɪʃənsɪ] n. 精通，熟練: Her **proficiency** in English is wonderful. 她的英語能力十分驚人.

*__**proficient**__ [prə`fɪʃənt] adj. 熟練的，精通的，擅長的: She is **proficient** in English. 她精通英語.

活用 adj. **more proficient**，**most proficient**

*__**profile**__ [`profaɪl] n. ① 側影，側面像. ②（側面的）輪廓，（人物）素描. ③ 人物簡介，小傳.

——v. ④ 畫～的輪廓，寫～的人物簡介.

範例 ① Tom drew Mary's **profile**. 湯姆描繪出瑪麗的側影.

The police photographer took the picture of the suspect in **profile**. 警方的攝影師拍下那個嫌犯的側照.

③ Have you read the **profile** of that novelist in the newspaper? 你讀過報紙上那位小說家的介紹了嗎？

④ The famous pop star was **profiled** in this magazine. 這本雜誌刊載了那位著名流行歌手的人物介紹.

複數 **profiles**

活用 v. **profiles**，**profiled**，**profiled**，**profiling**

*__**profit**__ [`prɑfɪt] n. ① 利潤，盈利，收益.

——v. ② 獲益 (from).

範例 ① She made a **profit** of five hundred dollars on the deal. 她在那筆交易中賺了500美元.

The boy makes a **profit** of five New Taiwan

dollars on every hot dog he sells. 那個男孩每賣出一支熱狗就賺新臺幣5元.

He sold his house at a big **profit**. 他賣掉自己的房子，賺了一大筆錢.

I studied psychology to my **profit**. 研讀心理學使我受益匪淺.

② A successful person **profits** from his experience. 成功者能從經驗中獲益.

[複數] profits

[活用] v. profits, profited, profited, profiting

***profitable** [ˋprɑfɪtəb!] adj. 有利的，可賺錢的，有益的.

[範例] It is more **profitable** to export the products to Europe. 將那些產品出口到歐洲更有利可圖.

They had a **profitable** discussion. 他們進行了一場有意義的討論.

[活用] adj. more profitable, most profitable

profitably [ˋprɑfɪtəblɪ] adv. 獲利地，有益地，有利地：She invested the money very **profitably**. 她把那筆錢拿來做相當有利的投資.

[活用] adv. more profitably, most profitably

profiteer [ˌprɑfəˋtɪr] n. ① 謀取暴利者《趁物資短缺時以高價出售謀取暴利的人》.

——v. ② 謀取暴利，獲得不正當的利益.

[複數] profiteers

[活用] v. profiteers, profiteered, profiteered, profiteering

***profound** [prəˋfaʊnd] adj. 深的，深遠的，深奧的，深沉的.

[範例] Mr. Smith is a man of **profound** knowledge. 史密斯先生是一個學識淵博的人.

This is so **profound** that I must think long and hard about it. 這太深奧了，我必須花時間好好想一想.

The woman fell into a **profound** sleep. 那個女人陷入酣睡中.

[活用] adj. profounder, profoundest

profoundly [prəˋfaʊndlɪ] adv. 深深地，深切地，非常地：She was **profoundly** disturbed by the photo of her missing boy. 看到她失蹤兒子的照片，她心情非常激動.

[活用] adv. more profoundly, most profoundly

***profuse** [prəˋfjus] adj. ① 大量的，豐富的. ② 〔不用於名詞前〕毫不吝惜的，慷慨的，揮霍的.

[範例] ① There was **profuse** condemnation of the raid from all quarters. 那次的攻擊行動，引來四面八方大量的譴責.

② Paul was **profuse** in acknowledging his debt of gratitude. 保羅不停地感謝他的恩情.

[活用] adj. more profuse, most profuse

profusely [prəˋfjuslɪ] adv. 大量地，充分地，過度地：He was bleeding **profusely** when the police reached the scene. 當警方趕到現場時，他正大量出血.

[活用] adv. more profusely, most profusely

profusion [prəˋfjuʒən] n. 大量，豐富；奢侈，揮霍：There was a **profusion** of flowers around her grave. 她的墳墓四周擺滿了大量的花.

progenitor [proˋdʒɛnətɚ] n. 始祖，祖先，前輩.

[複數] progenitors

progeny [ˋprɑdʒənɪ] n. 子孫，後裔：Her numerous **progeny** is all well./Her numerous **progeny** are all well. 她為數眾多的子孫們都過得不錯.

***program** [ˋprogræm] n. ① 計畫，安排《指詳細制定的學習活動、例行活動等計畫》. ② 節目，演出節目. ③ 節目單《印有介紹演奏會、戲劇表演、運動比賽節目或演出者的印刷品》. ④ 電腦程式.

——v. ⑤ 計畫，預定. ⑥ 設計（電腦的）程式.

[範例] ① You must carry out the **program** you started. 你必須完成自己制定的計畫.

a business **program** 商業計畫.

a study **program** 研究計畫.

② What's your favorite TV **program**? 你最喜歡的電視節目是甚麼？

We have no symphony on the **program** tonight. 今晚的演出節目裡沒有交響樂曲.

③ They sell the **programs** at the entrance of the theater. 劇院的入口處有販售節目單.

[參考] ①②③⑤〔英〕programme.

♦ **prògramed léarning** 循序式學習《按某一教學程序進行自學》.

prógraming làngùage（電腦的）程式語言.

[複數] programs

[活用] v. programs, programed, programed, programing/programs, programmed, programmed, programming

programer [ˋprogræmɚ] =n. programmer.

***programme** [ˋprogræm] =n., v. 〔美〕 program.

programmer [ˋprogræmɚ] n. （電腦的）程式設計者《亦作 programer》.

[複數] programmers

***progress** [n. ˋprɑgrɛs; v. prəˋgrɛs] n. ① 前進，進步，進行，進展.

——v. ② 前進，進步，進行，進展.

[範例] ① The police officers made slow **progress** toward the house. 那些警察朝那棟房子緩慢地前進.

She has made remarkable **progress** in Spanish. 她的西班牙語有了明顯的進步.

The investigation is now in **progress**. 那項調查目前正在進行中.

② We **progressed** 20km without a break. 我們持續前進了20公里，沒有休息.

Recently he has **progressed** in German. 最近他的德語進步了.

The construction was **progressing** steadily.

那項建築工程正不斷地進行著.

片語 **in progress** 在進行中.(⇨ 範例 ①)

活用 v. **progresses**, **progressed**, **progressing**

progression [prə`grɛʃən] n. ① 前進,進行; 進步. ②(數學的)級數.

範例 ① I saw the well-ordered **progression** of the army. 我看到那支部隊井然有序地前進.

② an arithmetic **progression** 等差級數.

a geometric **progression** 等比級數.

複數 **progressions**

***progressive** [prə`grɛsɪv] adj. ① 前進的,進行的. ②(想法等)進步的. ③(文法)進行式的.

——n. ④ 進步論者.

範例 ① It is natural to suffer **progressive** loss of sight in old age. 上了年紀之後,視力逐漸減退是很自然的.

② **progressive** ideas 進步的想法.

活用 adj. ② **more progressive**, **most progressive**

複數 **progressives**

progressively [prə`grɛsɪvlɪ] adv. 逐漸地,漸漸地: Things got **progressively** better with him. 事態對他愈來愈有利.

***prohibit** [pro`hɪbɪt] v. 禁止,禁用.

範例 Smoking is strictly **prohibited** in this theater. 這個電影院裡嚴格禁止吸菸.

Boys and girls are **prohibited** from drinking alcohol. 未成年人禁止飲酒.

Typhoon Nali **prohibited** all take-offs and landings at CKS Airport for ten hours. 納莉颱風造成中正國際機場的飛機有10個小時完全不能起降.

活用 v. **prohibits**, **prohibited**, **prohibited**, **prohibiting**

***prohibition** [,proə`bɪʃən] n. ① 禁止,禁令: **Prohibition** of alcohol to minors isn't 100% effective. 對未成年人施行的禁酒令並未達到百分之百的成效. ②〔P~〕〖美〗禁酒法施行時期(1919–1933).

複數 **prohibitions**

prohibitive [pro`hɪbɪtɪv] adj. ① 禁止的. ② 昂貴到買不起的.

活用 adj. ② **more prohibitive**, **most prohibitive**

***project** [n. `prɑdʒɛkt; v. prə`dʒɛkt] v. ① 伸出,突出. ② 發射,發出,提出. ③ 放映,投射. ④ 計畫,打算. ⑤ 預計.

——n. ⑥(具體的)計畫,方案. ⑦ 研究課題.

範例 ① Old shops on the main street have roofs which **project** over the sidewalk. 大街上的老店鋪,其屋頂伸展到人行道上方.

Beavers have **projecting** front teeth. 海狸有向前突出的前齒.

The top of the mountain **projects** above the cloud. 那座山的山頂聳入雲端.

② You must learn to **project** your voice if you want to be a good teacher. 如果你想要成為

一位好老師,你必須學會發出宏亮清晰的聲音.

The pilot **projected** a missile at the flying saucer. 那名飛行員朝那架飛碟發射了一枚飛彈.

I like those newly elected politicians, because they **project** themselves. 我很喜歡那些新出爐的政治人物,因為他們能夠清楚地提出自己的想法.

His idea was well **projected** in this novel. 他的想法在這篇小說中充分地表達出來了.

③ Our geography teacher **projected** slide pictures of African countries onto the screen. 我們的地理老師將非洲各國的幻燈片投射到銀幕上.

When no one is in the doorway of an elevator, a light at one end **projects** a beam on an electric eye at the other side, and then the door closes. 當電梯門口沒人時,位於一側的燈將光線投射到另一側的電眼上,然後電梯門就會關閉.

The shadow of a huge monster was **projected** on the curtain. 有一隻龐大怪物的影子映在那面窗簾上.

④ After the new dam was **projected**, the people living there started moving away. 當那座新水庫規劃好之後,住在那裡的人們便開始撤離.

The president's **projected** visit to Japan was canceled because of some urgent domestic problem. 那位總統訪日的計畫因國內的緊急狀況而取消.

⑤ The population of this city is **projected** to rise to 300,000 in ten years. 這個城市的人口預計10年後將增加到30萬人.

⑥ The school's next **project** is to rebuild a gymnasium. 那所學校的下一個計畫是重建那座體育館.

⑦ Professor Brown and others are doing a **project** on Chinook culture. 布朗教授和其他人在從事有關契努克族文化的研究課題.

活用 v. **projects**, **projected**, **projected**, **projecting**

複數 **projects**

projectile [prə`dʒɛktl] n. ① 發射物《子彈、火箭等》.

——adj. ② 發射用的: a **projectile** weapon 飛行武器.

發音 亦作 [prə`dʒɛktɪl].

複數 **projectiles**

projection [prə`dʒɛkʃən] n. ① 突起(部分). ② 發射,投射,放映. ③ 計畫,規劃. ④ 預測.

範例 ① This **projection** on your femur is definitely abnormal. 你大腿骨上的突起部分明顯地異常.

② slide **projection** 幻燈片放映.

複數 **projections**

projector [prə`dʒɛktɚ] n. 放映機.

複數 projectors

proletarian [,prolə`tɛrɪən] adj. ① 無產階級的，勞動階級的.
——n. ② 無產階級者，勞動階級者.

複數 proletarians

proletariat [,prolə`tɛrɪət] n. 無產階級，勞動階級.

proliferate [pro`lɪfə,ret] v. (使) 增殖，激增.

活用 v. **proliferates**, **proliferated**, **proliferated**, **proliferating**

proliferation [pro,lɪfə`reʃən] n. 增殖，擴散，激增，快速增長.

****prolific** [prə`lɪfɪk] adj. 多產的；豐富的；作品多的.

範例 Cockroaches are very **prolific** under all conditions. 蟑螂在任何環境下都能迅速地繁衍後代.
Ku Ling is a **prolific** writer. 苦苓是一位多產的作家.
This city is **prolific** of crime. 這個城市的犯罪率很高.

活用 adj. **more prolific**, **most prolific**

prologue/prolog [`prolɔg] n. ① 前言，序幕，開場白. ② (事件的) 開端，前兆.

範例 ① The first 18 sections of Chapter 1 of *John's Gospel* are considered to be a philosophical **prologue**.《約翰福音》的第一章前18節被認為是哲學性的前言.
② The Stamp Act crisis was a **prologue** to the American Revolution. 印花稅法事件是美國獨立戰爭的前奏.
☞ ↔ epilogue

複數 prologues/prologs

****prolong** [prə`lɔŋ] v. 延長，拖延.

範例 We **prolonged** our stay in the cottage until the end of August. 我們把停留在那棟別墅的時間延長到8月底.
Disobeying the doctor's orders will only **prolong** the illness. 不聽從醫生的指示只會使病情拖延而已.

活用 v. **prolongs**, **prolonged**, **prolonged**, **prolonging**

prolongation [,prolɔŋ`geʃən] n. 延長 (部分).

複數 prolongations

prom [pram] n. ①《口語》『美』(高中、大學等的) 舞會. ②『英』散步道，散步場所.

參考 promenade 的縮寫.

複數 proms

promenade [,pramə`ned] n. ① 散步，行進. ② 散步道，散步場所: Our town has a **promenade** at the beach. 我們鎮上沿著海岸有一條散步道. ③『美』舞會《由高中、大學學生主辦，亦作 prom》.
——v. ④ 散步，行進.

♦ **pròmenade cóncert** 逍遙音樂會《聽眾可以走動或站立在交響樂隊前欣賞的音樂會；因為開始時是在公園等地舉行，聽眾可以自由走動，故取此名；源自於英國夏季舉行的

古典音樂演奏會》.

複數 promenades

活用 v. **promenades**, **promenaded**, **promenaded**, **promenading**

****prominence** [`pramənəns] n. ① 突出，突出部分，突出的狀態，顯著. ② 強調的語句. ③ 紅焰《太陽表面的氣體》.

範例 ① The young actress is rising to **prominence**. 那個年輕女演員的聲望扶搖直上.
The newspaper gave **prominence** to the accident. 報紙針對那件意外事故做了特別報導.

複數 prominences

****prominent** [`pramənənt] adj. ① 突起的；卓越的，著名的. ② 耀眼的，顯著的.

範例 ① The man has a **prominent** forehead. 那個男子額頭很高.
Her father is a **prominent** political figure. 她的父親是一位著名的政治人物.
② The Space Needle is the most **prominent** building in Seattle.「太空針」是西雅圖最引人注目的建築物.

活用 adj. **more prominent**, **most prominent**

prominently [`pramənəntlɪ] adv. 顯著地，突出地.

活用 adv. **more prominently**, **most prominently**

promiscuity [,pramɪs`kjuətɪ] n.《正式》雜交，濫交.

promiscuous [prə`mɪskjuəs] adj. 隨便的，不分對象的，雜交的.

活用 adj. **more promiscuous**, **most promiscuous**

promiscuously [prə`mɪskjuəslɪ] adv. 隨便地，不分對象地.

活用 adv. **more promiscuously**, **most promiscuously**

****promise** [`pramɪs] v. ① 允諾. ② 有可能.
——n. ③ 諾言. ④ 可能.

範例 ① He **promised** to help me./He **promised** that he would help me. 他答應要幫我.
The manager **promised** me a bonus./The manager **promised** a bonus to me. 那位經理答應要發獎金給我.
② Look! There's a ring around the moon. It **promises** to be rainy tomorrow. 你看! 有月暈. 明天可能會下雨.
③ make a **promise** 承諾
Will he keep his **promise**? 他會遵守諾言嗎?
He broke his **promise** to keep the matter secret from my wife. 他違背了不跟我妻子說那件事的諾言.
④ a young writer of **promise** 一位有前途的年輕作家.

♦ **the Pròmised Lánd** 應許之地《《舊約聖

經》中，上帝答應給亞伯拉罕 (Abraham) 和他的後裔之土地；指迦南 (Canaan) 之地，表示「帶來幸福之地」.

活用 v. promises, promised, promised, promising

複數 promises

promising [`prɑmɪsɪŋ] *adj.* 有希望的，有前途的.

範例 a **promising** student 一個有前途的學生.
The weather looks **promising**. 天氣可望好轉.

活用 *adj.* more promising, most promising

promontory [`prɑmən͵torɪ] *n.* 岬，海角:
There used to be a lighthouse at this **promontory**. 在這個海角從前有座燈塔.

複數 promontories

***promote** [prə`mot] *v.* ① 提升，使晉級. ② 促進，增進,(宣傳)擴展. ③ 籌劃，創辦.

範例 ① She was **promoted** to manager of the sales department last year. 她去年晉升為業務部經理.
This summer he was **promoted** to the fourth grade. 今年夏天他升上4年級.
② We should **promote** trade with Asian countries. 我們應該促進與亞洲各國間的貿易.
She believes being a vegetarian **promotes** health. 她相信成為素食主義者會增進健康.
③ Who **promoted** the boxing match? 是誰主辦那場拳擊比賽?

活用 *v.* promotes, promoted, promoted, promoting

promoter [prə`motɚ] *n.* ① 促進者，獎勵者，推進者. ② 發起人，贊助人，主辦人，演出的承辦人，出資人.

複數 promoters

***promotion** [prə`moʃən] *n.* ① 提升，晉級. ② 促進，振興；推銷，促銷.

範例 ① **Promotion** here is based on seniority and merit. 在這裡晉升是根據資歷和考績.
② We made the new product for sales **promotion**. 我們為此項新產品促銷.

複數 promotions

***prompt** [prɑmpt] *adj.* ① 敏捷的，迅速的，即時的.
——*v.* ② 激勵，促使. ③(提詞員)提示，提詞.
——*adv.* ④ 準時地，正好.
——*n.* ⑤(提詞員的)提示，提詞. ⑥(電腦的)提示《出現時可從鍵盤輸入指令》.

範例 ① We expect a **prompt** reply. 我們希望得到立即的答覆.
She is always **prompt** to criticize others. 她老是當場批評別人.
They were very **prompt** in their response. 他們立即回應.
② The Cold War **prompted** them to develop nuclear weapons. 冷戰促使他們發展核武.
The final design was **prompted** mostly by esthetic considerations. 最後的設計主要是考

慮了種種審美觀點後決定的.
③ She stands off-stage and **prompts** the actors if they forget their lines. 她站在後臺，幫忘記臺詞的演員們提詞.
④ We start at eight o'clock **prompt**. 我們8點鐘準時出發.
⑤ I forgot my lines and needed a **prompt**. 我忘了臺詞，不得不請人提詞.

活用 *adj.* prompter, promptest

活用 *v.* prompts, prompted, prompted, prompting

複數 prompts

prompter [`prɑmptɚ] *n.* 提詞員〔設備〕.

複數 prompters

***promptly** [`prɑmptlɪ] *adv.* 敏捷地，迅速地，即時地: When the power went out, we **promptly** turned on the emergency generator. 停電時，我們迅速地開動緊急發電機.

活用 *adv.* more promptly, most promptly

promptness [`prɑmptnɪs] *n.* 敏捷，迅速:
Our staff always respond with **promptness** and courtesy. 我們的職員總是敏捷而有禮貌地回應.

***prone** [pron] *adj.* ① 有～傾向的，易於～的. ② 俯臥的.

範例 ① People in rich countries are **prone** to this disease. 富裕國家的人們容易得這種疾病.
② Jack was lying **prone** on the floor. 傑克俯臥在地板上.

活用 *adj.* ① more prone, most prone

prong [prɔŋ] *n.*(叉子、鹿角等的)尖頭，尖端.

複數 prongs

pronoun [`pronaʊn] *n.* 代名詞.

參考 下列例句中畫底線者為代名詞:
This is John. (這是約翰.)
He is my friend. (他是我的朋友.)
We go to the same school. (我們上同一所學校.)
It is a private school that stands in a park. (那是一所位於公園裡的私立學校.)

→ 充電小站 (p. 1015)

複數 pronouns

***pronounce** [prə`naʊns] *v.* ① 發音. ② 宣告，聲稱.

範例 ① How do you **pronounce** this word? 這個字怎麼發音?
The "b" in "lamb" and the "k" in "know" are not **pronounced**. lamb 的 b 和 know 的 k 不發音.
② The judge **pronounced** a death sentence on the criminal. 那位法官判那個罪犯死刑.
He **pronounced** the picture to be genuine./
He **pronounced** that the picture was genuine. 他聲稱那幅畫是真跡.
The judge **pronounced** against the accused. 那位法官做出對被告不利的判決.
Each politician was asked to **pronounce** for or against the plan. 每個政治人物都被要求針

代名詞

Tom likes Betty. 「湯姆喜歡貝蒂.」
Betty likes Tom. 「貝蒂喜歡湯姆.」
　　請看以上兩個句子. Tom 無論位於 likes 這個動詞之前還是之後, 形式都不會發生變化. Betty 的形式同樣也不會發生變化.
I love you. 「我很喜歡你.」
You love me. 「你很喜歡我.」
　　在上面兩個句子中, you 位於 love 這個動詞之前還是之後形式都不會發生變化. 但是位於動詞前的 I, 在位於動詞之後就變成了 me.
　　上面所說的「位於動詞之後」, 更準確地說應該是「位於非動詞之前的位置」. 這是因為存在以下的例句:
Come with me. 「跟我一起來.」
　　在上幾個代名詞中, 動詞前 (主格) 與非動詞前

（受格）之形式發生變化的只有以下5組:

	動詞前	非動詞前
我	I	me
我們	we	us
你 (們)	you	
他	he	him
她	she	her
那個	it	
他們	they	them

對那項計畫發表贊成或反對的意見.
pronounce upon a subject 針對某個主題發表意見.
[活用] *v.* **pronounces**, **pronounced**, **pronounced**, **pronouncing**
pronounced [prəˋnaʊnst] *adj.* 明確的, 顯著的, 明顯的: He is a man of **pronounced** opinion. 他是一個有明確看法的男子.
[活用] *adj.* **more pronounced**, **most pronounced**
pronouncement [prəˋnaʊnsmənt] *n.* 宣言, 聲明, 決定, 判決.
[複數] **pronouncements**
***pronunciation** [prə‚nʌnsɪˋeʃən] *n.* 發音, 發音法.
[範例] He has good **pronunciation**. 他的發音很棒.
　　She had difficulty with the **pronunciation** of his name. 要讀出他的名字, 她有困難.
　　Her **pronunciation** is improving. 她的發音在逐漸改善中.
[複數] **pronunciations**
***proof** [pruf] *n.* ① 證明, 證據, 證物. ② 推敲, 試驗, 驗算. ③ 校樣, 樣張. ④ 標準酒精度 《表示酒精成分的單位; 100標準酒精度, 〖美〗為50%, 〖英〗為57.1%》.
——*adj.* ⑤ 不能穿透的, 耐久性的.
——*v.* ⑥ 使不能穿透, 使具有耐久性.
[範例] ① There is no **proof** that I am guilty. 沒有任何證據證明我有罪.
④ This bourbon is eighty-six **proof**. 這種波旁威士忌為86標準酒精度.
⑤ This wall is **proof** against fire. 這面牆壁具有耐火性.
☞ *v.* **prove**
[複數] **proofs**
[活用] *v.* **proofs**, **proofed**, **proofed**, **proofing**
proofread [ˋpruf‚rid] *v.* 校對.

[發音] 過去式、過去分詞與原形動詞拼法相同, 但發音為 [ˋpruf‚rɛd].
[活用] *v.* **proofreads**, **proofread**, **proofread**, **proofreading**
proofreader [ˋpruf‚ridə-] *n.* 校對員.
[複數] **proofreaders**
prop [prɑp] *n.* ① 支柱, 支撐. ② 小道具 《property 的縮寫》. ③ 螺旋槳 《propeller 的縮寫》.
——*v.* ④ 支持, 支撐.
[範例] ① We need two more **props** for the shed. 我們還需要兩根支柱來搭建這間小屋.
　　They lost the **prop** of the home. 他們失去了家裡的支柱.
② Who is in charge of **props**? 誰負責道具?
④ We usually **prop** our bicycles against the wall here. 我們通常都把自行車靠在這面牆.
　　It is very important for this country to **prop** up agriculture. 對這個國家來說, 維持農業是非常重要的.
[複數] **props**
[活用] *v.* **props**, **propped**, **propped**, **propping**
***propaganda** [‚prɑpəˋgændə] *n.* 宣傳 (活動) 《指有組織地傳播某一特定的主張或思想》: Communist **propaganda** influenced her thinking. 共產主義的宣傳影響了她的思想.
***propagate** [ˋprɑpə‚get] *v.* ① 繁殖. ② 傳播, 宣傳.
[範例] ① Cacti don't need much water to **propagate**. 繁殖仙人掌不需要很多水分.
② Environmentalists used cheap radio commercials to **propagate** their ideas. 環境保護主義者以廉價的無線電廣告宣傳他們的思想.
[活用] *v.* **propagates**, **propagated**, **propagated**, **propagating**
propagation [‚prɑpəˋgeʃən] *n.* ① 繁殖:
Propagation is difficult in these conditions.

在這樣的條件下繁殖很困難. ② 普及.

propel [prə`pɛl] v. 推動, 推進.

[範例] He **propelled** the boat by rowing. 他把船向前划.

This plane is **propelled** by two engines. 這架飛機靠兩具引擎飛行.

Bob was **propelled** by ambition. 鮑伯被野心所驅使.

♦ **propélling pèncil** 自動鉛筆 (《美》mechanical pencil).

[活用] v. propels, propelled, propelled, propelling

propeller [prə`pɛlə] n. (飛機、汽船等的) 螺旋槳, 推進器.

[複數] propellers

propensity [prə`pɛnsətɪ] n. 《正式》傾向, 癖好: My grandmother has a **propensity** to exaggerate. 我的奶奶喜歡誇大其辭.

[複數] propensities

*__proper__ [`prapə] adj. ① 適合的, 適宜的, 適當的. ②〔只用於名詞後〕本來的, 嚴格意義上的. ③《正式》〔不用於名詞前〕固有的, 特有的.

[範例] ① Are you doing it the **proper** way? 你是用適當的方法去做那件事情嗎?

This is the **proper** place for camping. 這個地方適合露營.

Such behaviour isn't quite **proper**. 那樣的舉止不是很有禮貌.

It is **proper** that he should think so./It is **proper** for him to think so. 他這樣想是理所當然的.

She didn't wear **proper** clothes for the dance. 她沒穿舞會的正式服裝.

② They live in Taipei **proper**, not in one of its suburbs. 他們住在臺北市, 而不是在郊區.

③ This is a custom **proper** to this village. 這是這個村子固有的風俗.

This weather is **proper** to England. 這種氣候是英格蘭所特有的.

♦ **próper nóun** 專有名詞

➡ (充電小站) (p. 1017)

[活用] adj. ① more proper, most proper

*__properly__ [`prapəlɪ] adv. ① 正確地, 適當地; 完全地. ② 有禮貌地.

[範例] ① She can't pronounce his name **properly**. 她無法正確地讀出他的名字.

He always does his work **properly**. 他總是把工作做得很好.

properly speaking/to speak **properly** 嚴格地說.

She **properly** refused his offer. 她完全拒絕了他的建議.

② We should behave **properly**. 我們應該舉止合宜.

[活用] adv. more properly, most properly

*__property__ [`prapətɪ] n. ① 財產, 資產, 所有物. ② 地產, 房地產. ③ 所有; 所有權. ④ 特性, 特徵. ⑤ 道具《亦作 prop》.

[範例] ① She is a woman of **property**. 她是一個擁有財產的女子.

The house and furniture are my **property**. 這棟房子和家具是我的財產.

This dictionary is my personal **property**, not the common **property** of all the office staff. 這本辭典是我個人的財產, 不是全體職員共有的.

② He has a small **property** in the country. 他在鄉下有一小塊地產.

④ One of the **properties** of diamond is its hardness. 鑽石的特徵之一是它的硬度.

[複數] properties

*__prophecy__ [`prafəsɪ] n. 預言: The palmist's **prophecy** was that she would be a great violinist. 那個手相家預言她會成為一名偉大的小提琴家.

[複數] prophecies

*__prophesy__ [`prafə,saɪ] v. 預言: The woman **prophesied** that there would be another war. 那個女子預言還會有另一場戰爭.

[活用] v. prophesies, prophesied, prophesied, prophesying

*__prophet__ [`prafɪt] n. ① 預言者, 預言家. ②〔the P~〕穆罕默德 (Mohammed)《伊斯蘭教創始人》. ③ (主張的) 提倡者, 宣傳者.

[片語] **a prophet of doom** 災難的預言者.

[複數] prophets

prophetess [`prafɪtɪs] n. 女預言家.

[複數] prophetesses

prophetic [prə`fɛtɪk] adj. 預言的, 預言性的; 預言者的.

[活用] adj. more prophetic, most prophetic

propitious [prə`pɪʃəs] adj. 順利的; 適合的: It was not really a **propitious** moment to raise the subject of his pay rise. 他提起加薪話題的時機真不恰當.

[活用] adj. more propitious, most propitious

*__proportion__ [prə`porʃən] n. ① 比, 比例. ②〔~s〕規模, 大小.

[範例] ① The **proportion** of sheep to humans on this island is twenty to one. 這個島上羊跟人類的比例是20比1.

A large **proportion** of the estate is wooded land. 這片土地大部分是森林地.

Salary goes up in **proportion** to how long one has worked here. 在這裡薪資是照工作年資增加.

[片語] **in proportion to** 與~成比例. (⇨ [範例])

out of proportion to/out of proportion with 與~不成比例: His pay is **out of proportion to** his hard work. 他的工資與他辛苦的工作不成比例.

[複數] proportions

proportional [prə`porʃənl] adj. 成比例的, 相稱的: Alimony will be **proportional** to income. 贍養費與收入成比例.

♦ **propórtional representátion** 比例代表制.

【充電小站】

出自人名的字

【Q】英語中也有由人名變成普通名詞的字嗎？
【A】英語中也有，下面介紹幾個例子：

bloomers（燈籠褲）
　　1849年美國女權主義者 Mrs. Bloomer 所設計．

cardigan（開襟式毛衣）
　　1855年克里米亞戰爭中揚名的英國 Cardigan 伯爵喜歡穿的一種毛衣．

leotard（連身緊身衣）
　　1838年出生的法國空中雜技演員 Jules
Léotard 第一次穿．

saxophone（薩克斯風）
　　比利時樂器製作家 Antoine Joseph Sax（1814–1894）製作的一種樂器．

sandwich（三明治）
　　18世紀熱中於紙牌遊戲的 Sandwich 伯爵為了能邊玩邊吃而想出的一種食物．

boycott（抵制）
　　出自1880年左右受愛爾蘭佃農排斥的英格蘭土地管理人 Charles Boycott 的名字．

---

proportionate [prə`porʃənɪt] *adj.* 平衡的，成比例的：His outgo is **proportionate** to his income. 他的支出與收入平衡．

proportioned [prə`porʃənd] *adj.* 勻稱的．

*****proposal** [prə`pozl] *n.* ① 提議． ② 求婚．
　[範例] ① The **proposals** presented by both sides are very similar indeed. 雙方的提議實在非常相似．
　　His **proposal** was rejected out of hand. 他的提議當場遭到拒絕．
　　The **proposal** to refurbish the dormitory was unanimously accepted. 改建宿舍的提議全體一致通過．
　② Tom waited for just the right moment to make his **proposal**. 湯姆在等待適當的時機求婚．
　[複數] **proposals**

*****propose** [prə`poz] *v.* ① 提議；推薦． ② 打算．
③ 求婚．
　[範例] ① John **proposed** something radically different. 約翰提議的是完全不相干的事．
　　Who **proposed** leaving early? 誰建議要早點離開？
　　I **propose** that we open up negotiations immediately. 我建議立即展開談判．
　　It's the best man's duty to **propose** the toast to the newlyweds. 提議舉杯祝賀新人是伴郎的責任．
　　Mr. Smith officially **proposed** Stan Larson for treasurer. 史密斯先生正式推薦斯坦·拉森為會計．
　② I **propose** to change the site of the conference. 我打算改變開會會議的地點．
　③ Brian **proposed** to me at our favorite restaurant last night. 昨晚布萊恩在我們最喜歡去的餐廳向我求婚．
　[活用] *v.* **proposes**, **proposed**, **proposed**, **proposing**

*****proposition** [ˏprɑpə`zɪʃən] *n.* ① 提議． ② 問題；工作． ③ 主題；（邏輯學的）命題；（數學的）定理．
　[範例] ① David made a sound business **proposition**. 大衛提出進行安全交易的建議．
　　We talked about the **proposition** to merge all
day. 我們就合併的建議談了一整天．
　② That's a ridiculous **proposition**. 那是一個荒謬的問題．
　　This hotel is not a money-making **proposition**. 這家旅館並非賺錢的事業．
　③ We discussed the **proposition** that money is the root of evil. 我們就「金錢是萬惡之源」這一命題進行討論．
　[複數] **propositions**

*****proprietary** [prə`praɪəˏtɛrɪ] *adj.* ① 所有權的；所有人的． ② 專利的；專賣的．
　[範例] ① Mrs. Johnson's son stood at the front door welcoming his guests with a **proprietary** manner. 強森夫人的兒子以一家之主的模樣站在大門口迎接客人．
　　proprietary rights 所有權．
　[活用] *adj.* **more proprietary**, **most proprietary**

proprietor [prə`praɪətə] *n.*《正式》所有者．
　[複數] **proprietors**

propriety [prə`praɪətɪ] *n.* ① 妥當；禮貌． ② [the ~ies] 禮節．
　[範例] ① The **propriety** of the plan is questionable at best. 那項計畫的適當性充其量也是有問題的．
　② He always observes the **proprieties**. 他總是謹守禮節．
　[複數] **proprieties**

propulsion [prə`pʌlʃən] *n.* 推進，推進力：jet **propulsion** 噴射推進．

prosaic [pro`zeɪk] *adj.* 散文的；乏味的，平凡的：The president made a **prosaic** speech. 總統發表了一場乏味的演說．
　[活用] *adj.* **more prosaic**, **most prosaic**

proscribe [pro`skraɪb] *v.*《正式》禁止：Smoking in public places will be totally **proscribed** in the near future. 在公共場所吸菸即將於不久的將來全面禁止．
　[活用] *v.* **proscribes**, **proscribed**, **proscribed**, **proscribing**

*****prose** [proz] *n.* 散文；散文體．
　[範例] Newspapers are written in **prose**. 報紙是用散文體書寫的．
　　prose work 散文作品．

***prosecute** [`prasɪ͵kjut] v. ① 起訴，告發. ② 進行.

範例 ① The man was **prosecuted** for murder. 那名男子因為殺人而被起訴.

② We decided to **prosecute** the investigation. 我們決定進行那項調查.

活用 v. **prosecutes, prosecuted, prosecuting**

***prosecution** [͵prasɪ`kjuʃən] n. ① 起訴，告發. ② 〔the ~〕原告，檢察當局 (☞ the defense (辯方)). ③ 進行.

範例 ① The **prosecution** against the thief began. 針對那個竊賊的起訴開始了.

② Who was asked to appear for the **prosecution**? 誰被要求出庭擔任檢察官?

複數 **prosecutions**

prosecutor [`prasɪ͵kjutɚ] n. 原告；檢察官: The **prosecutors** decided to drop the case against me. 那些檢察官們決定撤回對我的訴訟.

複數 **prosecutors**

***prospect** [`praspɛkt] n. ① 風景；展望，前景. ② 可能的客戶；有希望的人選. ——v. ③ 探勘.

範例 ① The building commands a fine **prospect**. 那棟大樓的視野非常好.

The **prospects** for success don't look good at all. 看來完全沒有成功的希望.

The student has the **prospect** of going to China. 那個學生希望去中國.

② The businessman met four likely **prospects** last week. 那個商人上星期會見了4名可能的客戶.

③ They are **prospecting** for gold here. 他們在這裡探勘黃金.

複數 **prospects**

活用 v. **prospects, prospected, prospected, prospecting**

prospective [prə`spɛktɪv] adj. 預期的；有希望的: If I think someone is a **prospective** customer, I turn on the charm. 如果我認為某個人有希望成為我的客戶的話，我會想辦法吸引他.

prospector [`praspɛktɚ] n. 探勘者.

複數 **prospectors**

prospectus [prə`spɛktəs] n. 說明書，計畫書.

複數 **prospectuses**

***prosper** [`praspɚ] v. 繁榮，成功.

範例 He is **prospering** in business. 他的生意興隆.

Mangroves **prosper** in this area. 這個地區有很多紅樹林.

活用 v. **prospers, prospered, prospered, prospering**

***prosperity** [pras`pɛrətɪ] n. 繁榮，成功.

***prosperous** [`prasparəs] adj. 繁榮的，成功的，順利的.

範例 a **prosperous** business 興隆的生意.

a **prosperous** wind 順風.

活用 adj. **more prosperous, most prosperous**

prostitute [`prastə͵tjut] n. ① 妓女；男妓. ——v. ② 賣身；出賣才能.

複數 **prostitutes**

活用 v. **prostitutes, prostituted, prostituting**

prostitution [͵prastə`tjuʃən] n. 賣淫.

***prostrate** [`prastret] adj. ① 平躺的；俯臥的. ② 精疲力竭的；沮喪的. ——v. ③ 使匍匐，使俯臥. ④ 使疲憊；使沮喪.

範例 ① The champion was laid **prostrate** by a blow. 那個冠軍被一拳擊倒.

② The soldiers were **prostrate** with the heat. 那些士兵們因酷暑而疲憊不堪.

③ They must **prostrate** themselves on the ground to show obedience to their master. 為了顯示對主人的順從，他們必須俯臥在地.

④ The factory workers were all **prostrated** by overwork. 那些工廠的工人們都因工作過度而疲憊不堪.

活用 v. **prostrates, prostrated, prostrated, prostrating**

prostration [pra`streʃən] n. ① 俯臥，拜倒. ② 疲勞；沮喪.

範例 ① The servant apologized to his master with many **prostrations**. 那個僕人一次又一次的拜倒向他的主人謝罪.

② He suffers from nervous **prostration**. 他患了神經衰弱.

複數 **prostrations**

protagonist [pro`tægənɪst] n. ① 重要人物，領導者. ② 主角.

複數 **protagonists**

***protect** [prə`tɛkt] v. 保護.

範例 To prevent skin cancer, **protect** your skin from ultraviolet rays. 為了防止皮膚癌，你得保護皮膚不要受紫外線照射.

The main objective of our organization is to **protect** the rights of employees. 我們組織的主要目標是保護員工的權利.

Taiwan is criticized by foreign countries for **protecting** its agricultural products. 臺灣因保護本國的農產品而遭到世界各國批評.

活用 v. **protects, protected, protected, protecting**

***protection** [prə`tɛkʃən] n. ① 保護. ② 保護者，保護物. ③ 貿易保護 (制度).

範例 ① We need to give **protection** to wild bears. 我們必須保護野熊.

The presidential parade proceeded under the **protection** of the police. 那次總統閱兵在警方的保護下進行.

② Put on this helmet as a **protection** against falling rocks. 為了防止落石，請戴上這頂鋼盔.

③ The government favors **protection** as far as agriculture is concerned. 就農業而言，政府

支持貿易保護制度.

複數 **protections**

protective [prə`tɛktɪv] adj. ①〔只用於名詞前〕保護性的. ②〔不用於名詞前〕呵護的.

範例 ① Wear a **protective** mask when you spray chemicals on the crops. 在農作物上噴灑農藥時，你要戴防護口罩.
② Nowadays parents tend to be too **protective** toward their children. 現在的父母傾向於過度呵護小孩.

♦ **protéctive** **còloring/protéctive coloràtion**（動物的）保護色.

活用 adj. ② **more protective, most protective**

protector [prə`tɛktə] n. ① 守護者，保護者. ② 保護裝置.

複數 **protectors**

protectorate [prə`tɛktərɪt] n. 保護國，保護領地.

複數 **protectorates**

protégé [`protə͵ʒe] n. 被保護者；門生.

複數 **protégés**

protein [`protiɪn] n. 蛋白質.

複數 **proteins**

*__protest__ [n. `protɛst；v. prə`tɛst] n. ① 抗議，抗議書.
——v. ② 抗議；主張，斷言.

範例 ① We must join the **protest** against the lockout. 我們必須參加反對關閉工廠的抗議.
I will write to the manager in **protest** against the dismissal. 我將寫信給那個經理以抗議解雇.
Tom accepted our plan under **protest**. 湯姆不情願地接受我們的計畫.
② People **protested** strongly against the bill. 人們強烈地抗議那一項法案.
The accused **protested** his innocence. 那個被告堅稱自己無罪.

片語 **under protest** 不情願地. (⇨ 範例 ①)

複數 **protests**

活用 v. **protests, protested, protested, protesting**

Protestant [`prɑtɪstənt] n. ① 新教徒.
——adj. ② 新教徒的.
➡ 充電小站 (p. 207)

複數 **Protestants**

protestation [͵prɑtəs`teʃən] n. 聲明，斷言：
He makes a **protestation** of his innocence. 他聲明自己無罪.

複數 **protestations**

protester [prə`tɛstə] n. 抗議者，持異議者.

複數 **protesters**

protocol [`protə͵kɑl] n. ① 外交禮儀. ② 條約草案，議定書.

複數 **protocols**

proton [`protɑn] n. 質子.

複數 **protons**

protoplasm [`protə͵plæzəm] n. 原生質.

prototype [`protə͵taɪp] n. 原型，典型.

複數 **prototypes**

protract [pro`trækt] v. 延長，拖延：His remarks always serve only to **protract** a meeting. 他的意見老是使會議延長.

活用 v. **protracts, protracted, protracted, protracting**

protractor [pro`træktə] n. 量角器.

複數 **protractors**

protrude [pro`trud] v.《正式》伸出，突出.

範例 The broken bone **protruded** through the skin. 那根折斷的骨頭穿破皮膚突了出來.
the protruding fangs of Dracula 吸血鬼德古拉突出的尖牙.

活用 v. **protrudes, protruded, protruded, protruding**

protrusion [pro`truʒən] n. ①《正式》突出. ②《正式》突出物.

複數 **protrusions**

protuberance [pro`tjubərəns] n.《正式》突起，隆起；突出物.

複數 **protuberances**

*__proud__ [praʊd] adj. ①〔不用於名詞前〕自豪的，有自尊心的，驕傲的，得意的. ②〔只用於名詞前〕輝煌的.

範例 ① The man was poor but he was too **proud** to accept charity. 那個男子很窮，但因自尊心太強使他無法接受施捨.
Tom is very **proud** of his grandparents. 湯姆以他的祖父母為榮.
I'm very **proud** to be your partner. 能成為你的夥伴，我感到十分榮幸.
Jack is **proud** of his new car. 傑克因為他的新車而感到得意.
② It was a **proud** day for me when my son won first prize. 兒子得第一名的那天，對我而言是值得誇耀的一天.

片語 **do ~ proud** 盛情款待：They **do** me **proud** every time I visit. 每次我去拜訪，他們都盛情款待我.

☞ n. pride

活用 adj. **prouder, proudest**

*__proudly__ [`praʊdlɪ] adv. ① 自豪地，得意地. ② 驕傲地，傲慢地.

活用 adv. **more proudly, most proudly**

*__prove__ [pruv] v. ① 證明. ② 證實；查證.

範例 ① I **proved** that my wife was innocent. 我證明我太太是無辜的.
The police can't **prove** he did it. 警方無法證明是他做了那件事.
Mr. White **proved** himself to be an able dentist. 懷特先生證明自己是一名有才幹的牙醫.
② The rumor **proved** false. 那個傳聞證實是錯的.
My new secretary has **proved** to be a very capable man. 我的新祕書證實是個很有能力的人.

☞ n. proof

活用 v. **proves, proved, proved,**

P

proving/proves, proved, proven, proving

***proven** [ˋpruvən] v. prove 的過去分詞.

***proverb** [ˋprɑvɝb] n. ① 諺語: A **proverb** is a well-known saying that gives good and sometimes not-so-good advice. 所謂的諺語即眾所周知的言詞，它教給人們有益但有時並非十分重要的忠告. ②〔P~s, 作單數〕箴言《舊約聖經》中的一書.

片語 **as the proverb goes** 正如諺語中所說.

複數 **proverbs**

proverbial [prəˋvɝbɪəl] adj. ① 諺語的. ②〔只用於名詞前〕諺語中所說的. ③ 出名的, 眾所周知的.

***provide** [prəˋvaɪd] v. ① 提供, 供給. ② 準備, 預防. ③ 扶養. ④ 規定.

範例 ① Vegetables **provide** fiber for us./ Vegetables **provide** us with fiber. 蔬菜提供我們纖維.

This package tour **provides** you with every meal. 這次團體旅行提供每一餐的伙食.

How many people can your hotel **provide** accommodations for? 你的旅館能住多少人?

This library is **provided** with ramps for wheelchairs. 這個圖書館設有輪椅用的斜坡.

② Everyone should **provide** for his or her old age. 任何人都應該為自己的老年做好準備.

We cannot completely **provide** against natural disasters. 我們對於自然災害還不能完全預防.

③ He had to **provide** for five children. 他必須扶養5個孩子.

④ The school dress code **provides** that students should wear white socks. 在那所學校的服裝規定中，學生要穿白色的襪子.

Freedom of speech is **provided** for in our Constitution. 言論自由是我們憲法所規定的.

活用 v. **provides, provided, provided, providing**

provided [prəˋvaɪdɪd] conj. 若是, 在~的條件下: You can have this job **provided** you are computer literate. 如果你會使用電腦，就可以從事這項工作.

providence [ˋprɑvədəns] n. 天意, 天命; 上帝: Let us leave the matter to **providence**. 那件事我們讓上帝決定吧.

provider [prəˋvaɪdɚ] n. 供應者, 養家活口的人: Now that his father is dead, he is the family's only **provider**. 因為父親去世，他成了家中唯一的經濟支柱.

複數 **providers**

providing [prəˋvaɪdɪŋ] conj. 假如, 以~為條件: I'll go on a picnic **providing** it doesn't rain. 如果天不下雨的話，我就去野餐.

***province** [ˋprɑvɪns] n. ① 省《澳大利亞、加拿大、中國等的行政區域》, 行政區, 地區. ②〔the ~s〕鄉下, (大城市以外的) 地方. ③ 範圍, 領域.

範例 ① She comes from the **province** of

Quebec. 她來自魁北克省.

Jehol was a historical **province** of China. 熱河是中國歷史上的一個省.

③ That is outside my **province**. 那不是我的專業領域.

複數 **provinces**

***provincial** [prəˋvɪnʃəl] adj. ① 省的, 地方的. ② 鄉下的, 鄉村氣息的. ③ 鄉土味的, 粗野的.

——n. ④ 地方上的人, 出身於地方的人. ⑤ 鄉下人, 粗魯的人.

範例 ① the **provincial** court 地方法院.

② **provincial** customs 鄉下特有的習俗.

③ They ridicule such **provincial** people in Paris. 在巴黎, 這麼粗野的人會被嘲弄.

④ Mr. James is a **provincial**. 詹姆斯先生是一個出身於地方的人.

⑤ I can't stand him because he is such a **provincial**. 他是一個很粗野的人，所以我無法忍受他.

活用 adj. ③ **more provincial, most provincial**

複數 **provincials**

***provision** [prəˋvɪʒən] n. ① 供應, 供應量. ② 預備, 準備. ③〔~s〕糧食, 貯藏品. ④ 條款, 規定.

——v. ⑤《正式》向~供應糧食.

範例 ① The **provision** of a site for the new school building is not so difficult. 那間新校舍用地的供應並沒有那麼困難.

② The fishermen had made no **provision** for the typhoon. 那些漁民們對於那個颱風沒有預先作準備.

Is our **provision** of oil plentiful? 我們的石油儲備豐富嗎?

③ We'll die when we run out of **provisions**. 等到糧食耗盡，我們就會死掉.

④ The **provisions** of the contract say that the debtor must pay back a certain amount of money each year. 根據那份合約的規定，債務人每年必須償還一定的金額.

⑤ We are **provisioned** for two months. 我們儲存了2個月的糧食.

複數 **provisions**

活用 v. **provisions, provisioned, provisioned, provisioning**

provisional [prəˋvɪʒənl] adj. 臨時的, 暫時的.

範例 a **provisional** appointment 臨時的約會.

a **provisional** government 臨時政府.

All the travel arrangements are **provisional**. 所有的旅遊計畫都還是暫定的.

provisionally [prəˋvɪʒənl̩ɪ] adv. 臨時地, 暫時地: The meeting has **provisionally** been set for July 6. 那次會議暫定在7月6日.

provocation [ˌprɑvəˋkeʃən] n. 挑釁, 刺激, 激怒.

範例 Tom's arrogant attitude was **provocation** to his classmates. 湯姆傲慢的態度激怒了他

P

的同學.

Mike gets furious at the slightest **provocation**. 麥克被微不足道的刺激給激怒.

複數 **provocations**

provocative [prə`vakətɪv] *adj.* 挑釁的、刺激性的、引起~的: John made **provocative** remarks about his enemies. 約翰對敵人說了一些挑釁的言論.

活用 *adj.* **more provocative**, **most provocative**

provocatively [prə`vaktɪvlɪ] *adv.* 挑釁地、挑逗地: She sat and crossed her legs **provocatively**. 她坐著、雙腿挑逗地交疊在一起.

活用 *adv.* **more provocatively**, **most provocatively**

*__**provoke**__ [prə`vok] *v.* ① 激起 (某種感情)、引誘、引導. ② 挑撥、激怒、煽動.

範例 ① The baby-talk **provoked** a smile. 那個幼兒的牙牙學語引人發笑.

Your thoughtless remark **provoked** a fight. 你輕率的言論引起了一場爭吵.

② You **provoked** me to shout. 是你惹得我大聲叫嚷.

活用 *v.* **provokes**, **provoked**, **provoked**, **provoking**

provoking [prə`vokɪŋ] *adj.* 令人生氣的、惹人發怒的: How **provoking**! 真令人生氣!

活用 *adj.* **more provoking**, **most provoking**

prow [prau] *n.* ① 船首、船頭 (亦作 bow). ② (飛機的) 機首.

複數 **prows**

prowl [praul] *v.* ① 四處尋覓、徘徊 (為了覓食、偷竊等).

——*n.* ② 徘徊.

範例 ① The dentist saw someone **prowling** about in the yard. 那個牙醫看見有人在院子裡鬼鬼祟祟地徘徊.

② The no-good bum is on the **prowl** again looking for a car to steal. 那個品行不良的流浪漢又到處遊蕩、尋找車子下手偷竊.

活用 *v.* **prowls**, **prowled**, **prowled**, **prowling**

*__**proximity**__ [prak`sɪmətɪ] *n.* 附近、接近: Many of the town's historical buildings lie in **proximity** to the station. 那個鎮上具有歷史性的建築物大多集中在車站附近.

proxy [`praksɪ] *n.* 代理、代理人、委託書: vote by **proxy** 代理投票.

♦ **proxy vote** 代理投票.

複數 **proxies**

prude [prud] *n.* 故作拘謹的人、故作淑女的女人.

複數 **prudes**

*__**prudence**__ [`prudns] *n.* 謹慎、節儉: **Prudence** is required when investing for your future. 為了將來向投資時、必須謹慎小心.

You should spend your money with **prudence**. 你應該節省開支.

*__**prudent**__ [`prudnt] *adj.* 審慎的、精明的: It's not **prudent** to make our decision now. 現在作決定並不明智.

活用 *adj.* **more prudent**, **most prudent**

prudently [`prudntlɪ] *adv.* 審慎地、精明地: The final decision should be made more **prudently**. 作出最後決定時、應該更加謹慎.

活用 *adv.* **more prudently**, **most prudently**

prudish [`prudɪʃ] *adj.* 故作淑女的、裝模作樣的.

活用 *adj.* **more prudish**, **most prudish**

prune [prun] *v.* ① 刪除 (多餘部分)、修剪 (樹枝等).

——*n.* ② 梅子乾、李子乾.

範例 ① **Prune** this lengthy essay. 刪去這篇冗長文章的多餘部分.

Farmers started to **prune** the apple trees. 農夫們開始修剪那些蘋果樹的雜枝.

The author **pruned** the last paragraph from the manuscript. 那個作者將最後一段從原稿中刪掉了.

You need to **prune** your body of some fat. 你需要減肥了.

② I like **prunes** better than raisins. 比起葡萄乾、我比較喜歡梅子乾.

活用 *v.* **prunes**, **pruned**, **pruned**, **pruning**

複數 **prunes**

Prussia [`prʌʃə] *n.* 普魯士 《為1871年德意志帝國的前身》.

Prussian [`prʌʃən] *n.* ① 普魯士人、普魯士語.

——*adj.* ② 普魯士的.

♦ **Prussian blue** 深藍色、靛藍.

複數 **Prussians**

*__**pry**__ [praɪ] *v.* ① 撬開、用槓桿撬起. ② 窺視、刺探 (into).

範例 ① The policeman **pried** the door open and entered the room. 那個警察撬開門進到房間裡.

② My wife is always **prying** into other people's affairs. 我太太老是喜歡刺探別人的私事.

活用 *v.* **pries**, **pried**, **pried**, **prying**

P.S./PS [`pi`ɛs] 《縮略》=① postscript (附筆、後記). ② [美] public school (公立學校).

*__**psalm**__ [sam] *n.* ① 聖歌、聖詩 (詩篇 (the Psalms) 中的歌或詩). ② [the P~s, 作單數] 詩篇.

參考 詩篇是《舊約聖經》中的一卷、由150篇聖歌、聖詩和禱告文構成、亦作 the Book of Psalms.

複數 **psalms**

pseudonym [`sjudə,nɪm] *n.* 筆名、假名.

複數 **pseudonyms**

pshaw [ʃɔ] *interj.* 哼、呸 (表示輕蔑、厭惡、不耐煩等).

Psyche [`saɪkɪ] *n.* ① 賽姬 《希臘神話中伊洛斯 (Eros) 所愛戀的美少女、其靈魂被人格化》.

② 〔p～〕靈魂，精神.
複數 **psyches**

psychedelic [ˌsaɪkəˋdɛlɪk] *adj.* 產生幻覺的，陶醉的，恍惚的.
活用 *adj.* **more psychedelic，most psychedelic**

psychiatric [ˌsaɪkɪˋætrɪk] *adj.* 精神醫學的，精神病治療的

psychiatrist [saɪˋkaɪətrɪst] *n.* 精神病醫生，精神病學者.
複數 **psychiatrists**

psychiatry [saˋkaɪətrɪ] *n.* 精神病學，精神病治療法.

psychic [ˋsaɪkɪk] *adj.* ① 超自然的，易受靈魂作用的. ② 心靈現象的. ③ 精神的.
——*n.* ④ 巫師，靈媒.
範例 ① She predicted the accident in detail. She must be **psychic**. 她連那起意外事故的細節都預測到了，她一定有超能力.
② a **psychic** research 心靈現象的研究.
③ **psychic** disorders 精神異常.
活用 *adj.* ① **more psychic，most psychic**
複數 **psychics**

psychoanalyse [ˌsaɪkoˋænlˌaɪz] =*v.* 〖美〗psychoanalyze.

psychoanalysis [ˌsaɪkoəˋnæləsɪs] *n.* 精神分析，精神分析療法.
參考 由奧地利的佛洛伊德 (Freud) 創建的理論，以深層心理學理論為基礎.

psychoanalyst [ˌsaɪkoˋænlɪst] *n.* 精神分析學者，精神分析醫生.
複數 **psychoanalysts**

psychoanalyze [ˌsaɪkoˋænlˌaɪz] *v.* 作精神分析，實行精神分析療法.
參考 〖英〗psychoanalyse.
活用 *v.* **psychoanalyzes，psychoanalyzed，psychoanalyzing**

psychological [ˌsaɪkəˋlɑdʒɪkl] *adj.* ① 心理學上的，心理學性質的. ② 精神上的，心理上的.
範例 ① **psychological** studies on human behavior 人類行為的心理學研究.
② **psychological** effect 心理上的效果.

psychologist [saɪˋkɑlədʒɪst] *n.* 心理學家.
複數 **psychologists**

*__psychology__ [saɪˋkɑlədʒɪ] *n.* ① 心理學. ② 心理，心理狀態.
範例 ① I major in **psychology**. 我主修心理學.
social **psychology** 社會心理學.
child **psychology** 兒童心理學.
② He was interested in the study of the **psychology** of mob violence. 他對集體暴力的心理研究頗感興趣.
mob **psychology** 群眾心理.

psychopath [ˋsaɪkəˌpæθ] *n.* 精神病患者，性格異常者.
複數 **psychopaths**

psychopathic [ˌsaɪkəˋpæθɪk] *adj.* 精神病的，患有精神病的.

P.T.A./PTA [ˋpiˌtiˋe] 〈縮略〉=Parent-Teacher Association (家長教師聯誼會).

p.t.o./P.T.O./PTO [ˋpiˋtiˋo] 〈縮略〉= please turn over (請看背面).

pub [pʌb] *n.* 〖英〗酒店，酒吧《亦作 public house》.
複數 **pubs**

puberty [ˋpjubɚtɪ] *n.* 青春期: reach the age of **puberty** 到了青春期的年齡.

pubic [ˋpjubɪk] *adj.* 〔只用於名詞前〕陰部的.

*__public__ [ˋpʌblɪk] *adj.* ① 公眾的，公共的. ② 公立的，社會的. ③ 公然的，公開的，眾所周知的.
——*n.* ④ 民眾，公眾. ⑤ ～人士，特定的一群人《偏愛某一事物的一群人》.
範例 ① **Public** opinion is against the new law. 公眾輿論反對那條新的法律.
Are you coming by car or by **public** transport? 你是開車還是乘坐大眾交通工具來的?
② a **public** holiday 公定假日.
③ a **public** scandal 眾所周知的醜聞.
The news was made **public** in a few days. 那個消息在數天後就公開了.
④ The museum is open to the **public**. 那座博物館開放給一般大眾參觀.
You should not say that word in **public**. 你不應該當眾說出那個字.
⑤ The play is loved by the theater-going **public**. 那齣戲受到戲劇愛好者的喜愛.
♦ **pùblic affáirs** 公務.
pùblic convénience 〖英〗公共廁所.
pùblic hóuse 〖英〗酒店，酒館.
pùblic opínion 輿論.
pùblic relátions 公共關係《略作 P.R.》.
pùblic schóol ① 〖美〗公立學校. ② 〖英〗公學《指私立中學，通常為寄宿制，學生來源多為上流家庭13～18歲的男孩，11～18歲的女孩》.
pùblic spéaking 演說 (法)，(當眾的) 演說技巧. ↔ private
活用 *adj.* ③ **more public，most public**

*__publication__ [ˌpʌblɪˋkeʃən] *n.* ① 發表，公布，發布. ② 出版，發行. ③ 出版品，發行物.
範例 ① **publication** of the exam results 考試結果的公布.
② The publisher suspended the **publication** of the book. 那家出版社中止了那本書的發行.
③ Do you have the list of new **publications**? 你有那些新書的目錄嗎?
複數 **publications**

publicise [ˋpʌblɪˌsaɪz] =*v.* 〖美〗publicize.

publicist [ˋpʌblɪsɪst] *n.* ① 公關人員. ② 政治評論家，政論記者.

*__publicity__ [pʌbˋlɪsətɪ] *n.* ① 公眾的注意，名聲，眾所周知的狀態. ② 宣傳，公關.
範例 ① She married him just to gain **publicity**. 她嫁給他只是為了想出名.

We hope to avoid **publicity**. 我們希望能避開公眾的注意.

publicize [`pʌblɪ‚saɪz] v. 發表, 宣布, 宣傳.
〔參考〕〖英〗publicise.
〔活用〕v. **publicizes**, **publicized**, **publicized**, **publicizing**

publicly [`pʌblɪklɪ] adv. ① 公然地, 公開地. ② 以政府〔國家〕名義地.
〔範例〕① The actor **publicly** announced his engagement to the actress. 那個演員公開宣布和那名女演員訂婚的消息.
② These theaters are **publicly** funded. 這些劇場得到政府的資助.
〔活用〕adv. ① **more publicly**, **most publicly**

*publish [`pʌblɪʃ] v. ① 出版, 發行. ② 發表, 公開.
〔範例〕① The book will be **published** in May. 那本書預定在5月份出版.
② News of the dictator's death was not **published** for several days. 那位獨裁者的死訊被封鎖了好幾天.
〔活用〕v. **publishes**, **published**, **published**, **publishing**

publisher [`pʌblɪʃɚ] n. 出版社, 發行者.
〔複數〕**publishers**

puck [pʌk] n. ① 〔P~〕喜歡惡作劇的精靈《英國民間故事中喜歡惡作劇的小妖精》. ② 冰球《冰上曲棍球所使用的橡皮製圓盤》.
〔複數〕**pucks**

pucker [`pʌkɚ] v. ① 起皺褶, 起皺紋; 嘟嘴巴.
——n. ② 皺褶, 皺紋.
〔範例〕① The teacher **puckered** his brows when he found out Jack was late again. 當那位老師發現傑克又遲到後, 他皺起了眉頭.
The little boy **puckered** up his lips when he didn't get what he wanted. 那個小男孩沒有得到自己想要的東西, 就以嘟著嘴巴.
This shirt **puckers** easily at the shoulders. 這件襯衫的肩膀部位很容易起皺褶.
② Every night, before going to bed, I iron out the **puckers** on my pants. 我每天晚上睡覺前都用熨斗把褲子的皺褶熨平.
〔活用〕v. **puckers**, **puckered**, **puckered**, **puckering**
〔複數〕**puckers**

*pudding [`pʊdɪŋ] n. ① 布丁《口感滑軟的點心》: The proof of the **pudding** is in the eating. 《諺語》空言不如實證. ② 〖英〗飯後甜點.
〔參考〕中文的「布丁」是 pudding 的一種, 應作 caramel custard 或 custard pudding. 所謂的 pudding 泛指加入穀類, 水果, 蛋或蔬菜和肉類等製成的鬆軟點心或菜肴.
〔複數〕**puddings**

puddle [`pʌdl̩] n. 水坑: The ground was full of **puddles**, but they continued the match. 雖然運動場滿是積水, 他們還是繼續進行比賽.
〔複數〕**puddles**

pudgy [`pʌdʒɪ] adj. 矮胖的.
〔活用〕adj. **pudgier**, **pudgiest**

pueblo [`pwɛblo] n. ① 〔P~〕培布洛族《美國西南部的印第安人》. ② 培布洛部落《指用土坯 (adobe)、石頭等搭蓋而成的印第安部落》.
〔複數〕**pueblos**

Puerto Rico [‚pwɛrtə`riko] n. 波多黎各《位於美國東南部, 西印度群島中央的島嶼, 首都在聖胡安 (San Juan)》.

*puff [pʌf] n. ① 一吹《香菸的》抽一口. ② 鬆脹物, 腫起物. ③ 化妝用粉撲《亦作 powder puff》. ④ 泡芙《一種把餡餅皮烤得鬆軟, 內夾奶油等的點心》.
——v. ① 吹氣. ⑤ 喘息. ⑦ 使膨脹; 使得意.
〔範例〕① A **puff** of wind blew out the candles. 一陣風吹來, 把蠟燭吹熄了.
My father took a **puff** on his cigarette. 父親吸了一口菸.
② There are **puffs** of cloud in the sky. 天空中飄浮著一團一團的雲.
③ Mary put powder on her face with a **puff**. 瑪麗用粉撲在臉上擦粉.
④ I'd like to have some cream **puffs**. 我要一些奶油泡芙.
⑤ The fight started after Bill **puffed** smoke in George's face. 比爾朝喬治的臉上吹了一口菸之後, 他們就開始吵起來了.
⑥ The old man **puffed** up the steep slope. 那個老人氣喘吁吁地爬著陡坡.
⑦ I prefer **puffed** sleeves. 我偏好燈籠袖.
The extravagant praise **puffed** up your ego. 過度的誇獎使你飄飄然了.
〔片語〕**out of puff** 喘不過氣地.
puff and blow 喘氣.
puff out ① 使膨脹. ② 吹熄《蠟燭等》.
〔複數〕**puffs**
〔活用〕v. **puffs**, **puffed**, **puffed**, **puffing**

puffin [`pʌfɪn] n. 海鴨《在海港和島嶼懸崖營巢的海雀科海鳥, 身體矮胖, 喙大而平》.
〔複數〕**puffins**

puffy [`pʌfɪ] adj. ① (風) 一陣一陣吹的. ② 膨脹的, 浮腫的. ③ 喘息的.
〔範例〕① A strong **puffy** wind was blowing. 吹來一陣強風.

[puffin]

② My mother made me a dress with **puffy** sleeves. 母親做了一件燈籠袖的衣服給我.
③ Charlie was **puffy** after the climb. 查理爬上山後氣喘吁吁.
〔活用〕adj. **puffier**, **puffiest**

*pull [pʊl] v. ① 拉, 拔, 拖 (倒), 取得 (錢財, 成績等).
——n. ① 拉, 拖, 划 (船等), 拉力, 牽引力. ③ (門的) 把手, 纜繩. ② 門路, 特殊關係.
〔範例〕① Jack's job was to **pull** a cart. 傑克以前的工作是拉人力車.
Pull your chairs up close and listen to this fascinating story. 把你的椅子拉近些, 聽聽這

個非常有趣的故事.

The dentist **pul'ed** the tooth. 牙醫師把那顆牙拔掉了.

Your task today is to **pull** up weeds in the garden. 你今天的工作是拔除庭院裡的雜草.

She **pulled** a face and turned away. 她皺著眉頭離開了.

I'm not **pulling** your leg—it's really true. 我沒有騙你, 那是千真萬確的事.

All the buildings were **pulled** down. 那些大樓全被拆毀了.

He **pulls** down a lot of money for what he does. 他從工作中賺了很多錢.

I hope he **pulls** through all right. 我希望他能順利度過難關.

If we all **pull** together, we can do it. 如果我們同心協力, 我們就能辦到.

② Rockets must attain sufficient velocity to escape the earth's gravitational **pull**. 火箭必須達到足夠的速度, 才能擺脫地心引力.

④ Mr. Brown got his present job by the **pull** of his father. 布朗先生靠父親的特殊關係才得到現在的職位.

[片語] **pull apart** 拉開: John **pulled** the fighting boys **apart**. 約翰把那些正在打架的男孩拉開.

pull away (汽車等)開走: As the traffic lights changed, my taxi **pulled away**. 紅綠燈一變, 我所乘坐的計程車就向前開走了.

pull back (軍隊)退卻, 使撤退: Napoleon's troops **pulled back** because of the heavy snow. 拿破崙的軍隊因大雪而撤退了.

pull in ① (火車等)進站, (汽車等)靠邊停車: The Tzu-Chiang Express **pulled in** to Chungli Station. 那班自強號火車抵達了中壢站. ② 拉進去. ③ 吸引. ④ 獲得(金錢).

pull off ① 順利地完成, 做成: All the boys **pulled off** their underwear in the locker room. 那些男孩們都在更衣室脫掉內衣.

pull out ① 出發, 駛離: The MRT train **pulled out** of Taipei Main Station. 那班捷運列車駛離臺北車站. ② 抽出, 找出.

pull through ① (從重傷等中)活存下來 [得救]; (使)度過難關. (⇨ [範例] ①)② (使)克服萬難而完成 [成功].

pull up (汽車)停止, 使(車)停下: Please **pull up** at Taipei Main Station. 請在臺北車站停車.

[活用] v. **pulls, pulled, pulled, pulling**
[複數] **pulls**

pullet [ˋpʊlɪt] n. (未滿1歲的)小母雞.
[複數] **pullets**

pulley [ˋpʊlɪ] n. 滑車, 滑輪.
[複數] **pulleys**

Pullman [ˋpʊlmən] n. 普耳曼式客車《美國發明家喬治‧普耳曼 (George M. Pullman) 設計的豪華臥鋪車廂或高級餐車車廂, 當時供有錢人使用, 並租借給鐵路公司; 亦作 Pullman

car》.
[複數] **Pullmans**

pullover [ˋpʊl͵ovɚ] n. 無領無扣的衣服, 套衫《指從頭部套穿的毛衣或汗衫等》.
[複數] **pullovers**

pulp [pʌlp] n. ① 果肉. ② 糊狀物, 泥狀物. ③ 紙漿《造紙的原料》. ④ 低俗的雜誌《通常含有色情、暴力等內容》.
——v. ⑤ (使)成漿狀, (使)成糊狀 [泥狀].
[範例] ① A banana is mainly **pulp** except for its skin. 香蕉除了皮之外大部分是果肉.
② You should not cook vegetables to a **pulp**. 你不應該把蔬菜煮糊了.
[片語] **beat ~ to a pulp** 把~痛打一頓.
reduce ~ to a pulp/reduce ~ to pulp (精神上)把~擊垮.
[活用] v. **pulps, pulped, pulped, pulping**

***pulpit** [ˋpʊlpɪt] n. ① (教堂內的)佈道壇, 講壇. ② [the ~] 神職人員(傳道士、牧師等). ③ 傳道, 說教.
[複數] **pulpits**

[pulpit]

pulsate [ˋpʌlset] v. 搏動, 有節奏地跳動; 振動, 顫動.
[範例] Tom could feel his blood **pulsating** with excitement. 湯姆能感覺到自己的血液因興奮而顫動.
You can hear the **pulsating** timpani at the beginning of this symphony. 你可以在這首交響曲的開頭部分聽到定音鼓按照節奏振動的聲音.
[活用] v. **pulsates, pulsated, pulsated, pulsating**

pulsation [pʌlˋseʃən] n. ① (心臟等的)搏動, 脈動: You can feel the **pulsation** of blood in your jugular vein. 你可以感覺到頸靜脈中血液的搏動. ② 振動, 跳動.
[複數] **pulsations**

***pulse** [pʌls] n. ① 脈搏; 搏動, 振動; 動向, 傾向. ② 節拍, 節奏. ③ 豆類.
——v. ④ 搏動, 跳動, 振動.
[範例] ① The doctor took my **pulse**. 那個醫生替我量脈搏.
We went on stage with quickened **pulses**. 我們心跳加速地走上舞臺.
The prime minister ignored the **pulse** of the nation. 那個首相無視民意.
She stirred his **pulses** as no one ever had before. 以前從來沒有人能像她那樣令他心動.
④ My heart **pulsed** fast with excitement. 我的心臟因興奮而快速跳動.
[複數] **pulses**
[活用] v. **pulses, pulsed, pulsed, pulsing**

pulverize [ˋpʌlvə͵raɪz] v. 使成粉狀; 摧毀, 擊敗(對手等).

範例 To make this paste, you have to **pulverize** peanuts first. 要做這種醬，你必須先把花生搗碎．

He **pulverized** his opponent in the debate yesterday. 他在昨天的辯論中擊敗了對手．

參考 〖英〗pulverise．

活用 v. **pulverizes, pulverized, pulverizing**

puma [`pjumə] n. 美洲獅《亦作 cougar》；美洲獅毛皮．

複數 **pumas**

*pump [pʌmp] n. ① 幫浦. ② (一隻) 無帶輕便鞋 (〖英〗輕軟的平底舞鞋，〖美〗無帶淺口女鞋).
——v. ③ 用幫浦打水〔抽水〕．④ (大量且不斷地) 流出，射出．⑤ (像幫浦般) 上下跳動，(使)上下擺動．⑥ 投入 (資金、心力等)．

範例 ① The heart is a **pump** that makes blood flow throughout the body. 心臟就像幫浦一樣，使血液在人體內流動．

I don't know how to operate a gas **pump**. 我不知道如何使用汽油幫浦．

③ **Pump** water from the well into the pail. 用幫浦從那口井裡打水盛入水桶裡．

We **pumped** the pond dry. 我們把那個池塘裡的水全都抽乾了．

④ The blood was **pumping** from the wound in her left arm. 她左臂的傷口不斷地冒出血來．

⑤ My heart was **pumping** with nervousness. 我緊張得心怦怦地跳．

Politicians **pump** hands like that when they're campaigning. 政治人物們在競選活動期間得像那樣頻頻與人握手．

⑥ She has **pumped** a lot of money into the business. 她在那項事業中投入了大筆資金．

片語 **pump up** (給輪胎) 打氣，充氣: It will take forever to **pump up** your car tires with a bicycle pump. 用自行車的打氣筒給汽車輪胎打氣要花非常久的時間．

複數 **pumps**

活用 v. **pumps, pumped, pumped, pumping**

pumpkin [`pʌmpkɪn] n. 南瓜．

參考 萬聖節前夕 (Halloween) 應景的裝飾品「南瓜燈籠」(jack-o'-lantern) 是將南瓜挖空、裡面點上蠟燭而製成的．

複數 **pumpkins**

pun [pʌn] n. ① 俏皮話，雙關語，詼諧語《同字異義或同音異義的字詞或用語等》．
——v. ① 說俏皮話，說雙關語．

參考 ① 例如: We must all hang together or we shall hang separately. (我們必須團結一致 (hang)，不然的話就會被分別絞死 (hang).)《美國獨立運動時期班傑明·富蘭克林 (Benjamin Franklin) 向國民呼籲團結的演說中所講的話》．

複數 **puns**

活用 v. **puns, punned, punned, punning**

*punch [pʌntʃ] v. ① (用拳頭) 猛擊，毆打．②

(用打孔機) 打孔．
——n. ③ (用拳頭擊打的) 一拳．④ 魄力，氣勢．⑤ 打孔機，穿孔機．⑥ 潘趣酒《在葡萄酒中加入果汁、糖、水等調製而成的飲料》．

範例 ① I **punched** his face./I **punched** him in the face. 我朝他的臉揍了一拳．

He **punched** me on my arm. 他往我的手臂打了一拳．

② No one **punches** your subway ticket anymore. It's done automatically by machine now. 已經沒有人 (用剪票器) 剪地鐵車票了，現在都是用機器自動處理．

③ The bully landed a **punch** on his nose. 那個流氓朝他的鼻子打了一拳．

④ His novel lacked **punch**. 他的小說氣勢不足．

⑥ fruit **punch** 水果甜酒．

片語 **beat ~ to the punch** 先發制人．
pull ~'s punches 手下留情．

♦ **púnching bàg** 〖美〗(練習拳擊用的) 沙袋 (〖英〗punch ball)．
púnch line (文章、笑話等的) 妙句，關鍵句．

活用 v. **punches, punched, punched, punching**

複數 **punches**

*punctual [`pʌŋktʃuəl] adj. 按時的，準時的，守時的: She is never **punctual** for appointments. 她從不準時赴約．

活用 adj. **more punctual, most punctual**

punctuality [ˌpʌŋktʃu`ælətɪ] n. 守時；一絲不苟，嚴謹．

*punctuate [`pʌŋktʃu͵et] v. ① (給文章、句子) 加標點．② 多次打斷，不時打斷．

範例 ① In the English composition class, you will also learn how to **punctuate** sentences. 在英文作文課中，你還會學習到如何給句子加標點．

② Our meeting was **punctuated** by telephone calls. 我們的會議多次被電話鈴聲打斷．

活用 v. **punctuates, punctuated, punctuated, punctuating**

punctuation [ˌpʌŋktʃu`eʃən] n. 標點 (法)，加標點《為使文章容易閱讀或使意義更為明確而加註的各種符號；亦指此符號的體系》．

♦ **punctuátion màrk** 標點符號 (☞ 充電小站 (p. 1027), (p. 1029))．

*puncture [`pʌŋktʃɚ] n. ① (刺或穿的) 孔，(輪胎等的) 洩氣．
——v. 刺孔，刺穿；(使) 洩氣，(使) 刺破；刺傷 (人等)．

範例 ① His car had three **punctures** last year. 他的汽車去年被洩了3次氣．

② These tires **puncture** easily. 這些輪胎容易被刺破．

The teacher **punctured** her ego. 那個老師刺傷了她的自尊心．

複數 **punctures**

活用 v. **punctures, punctured, punctured,**

puncturing

pungent [`pʌndʒənt] *adj.* ①（氣味、味道等）刺鼻的，刺激性的．②（言辭、批評等）辛辣的，尖酸刻薄的．

範例 ① The **pungent** odor of urine permeates the air in this city. 這個城市的空氣中，充滿刺鼻的尿味．

I love the **pungent** aroma of garlic. 我喜歡大蒜的味道．

② He wrote a **pungent** critique of the play. 他為那齣戲劇寫了一篇尖刻的劇評．

pungent criticism 尖刻的批評．

活用 *adj.* **more pungent**, **most pungent**

***punish** [`pʌnɪʃ] *v.* ① 懲罰，處罰．② 使遭到痛擊．

範例 ① The teacher **punished** Tom for being late. 那個老師因為湯姆遲到而處罰他．

Driving while drunk should be severely **punished**. 酒後駕車應該受到嚴厲懲罰．

② The boxing champion **punished** the young challenger. 那位拳擊冠軍擊垮了那名年輕的挑戰者．

活用 *v.* **punishes**, **punished**, **punished**, **punishing**

***punishment** [`pʌnɪʃmənt] *n.* ① 懲罰，處罰．② 痛擊，粗暴的對待．

範例 ① The teacher inflicted **punishment** on the students who had cheated on the examination. 那個老師處罰了那些在考試中作弊的學生們．

It is right that he should receive a **punishment** for the crime. 他應該為那項罪行接受懲罰．

♦ **càpital púnishment** 死刑．
còrporal púnishment 體罰．

複數 **punishments**

punitive [`pjunətɪv] *adj.* ①〖正式〗刑罰的，懲罰性的：**Punitive** laws in this country are comparatively strict. 這個國家的刑法比較嚴厲．②〖正式〗（課稅等）苛刻的．

活用 *adj.* **more punitive**, **most punitive**

punk [pʌŋk] *n.* ① 龐客（族）《指反既成的社會價值觀且打扮奇特的年輕人，出現於1970-80年代，其特徵為反社會、反體制；打扮、行為等皆追隨龐客族的年輕人則稱作 punk rocker》；〖美〗小流氓，小混混．② 龐滾樂《亦作 punk rock》．

複數 **punks**

punt [pʌnt] *n.* ① 平底船《用篙撐著河底前進》．②（將球）凌空抛踢《在橄欖球、美式足球等比賽中，將自手中抛出的球在未落地之前踢出》．
——*v.* ① 用篙撐著（平底船）前進，用平底船載．④（將球）凌空抛踢．

[punt]

複數 **punts**

活用 *v.* **punts**, **punted**, **punted**, **punting**

punter [`pʌntɚ] *n.*《口語》〖英〗賭客，下賭注者．

複數 **punters**

puny [`pjunɪ] *adj.* 微弱的，弱小的：What a **puny** boy he is! 他是一個多麼瘦弱的小男孩啊！

活用 *adj.* **punier**, **puniest**

pup [pʌp] *n.* 幼犬，小狗《亦作 puppy》，（海豹的）幼仔．
♦ **púp tènt** 小帳篷．

複數 **pups**

pupa [`pjupə] *n.* 蛹．

複數 **pupae/pupas**

pupae [`pjupi] *n.* pupa 的複數形．

***pupil** [`pjupl] *n.* ①〖美〗小學生．② 學生，弟子．③ 瞳孔．

範例 ① There are about 800 **pupils** in this school. 這所學校有800名左右的學生．

② She was my **pupil** at college. 她是我在大學授課的學生．

He teaches piano at a school and has some private **pupils** as well. 他在學校教授鋼琴，此外還個別教幾個學生．

參考 ①〖美〗一般指小學生，中學生以上稱為 student；〖英〗小學、中學、高中學生均稱 pupil，而 student 僅指大學及專科學校的學生．② 的意義則強調「接受老師（個別）指導或教授」，與年齡和學校種類無關．
➡ 充電小站 (p. 229)

複數 **pupils**

puppet [`pʌpɪt] *n.* ① 木偶《牽線木偶或布袋木偶》．② 傀儡，走狗，受人操縱者：a **puppet** government 傀儡政府．

參考 以細線操縱的牽線木偶亦作 marionette，以手指操縱的布袋木偶亦作 glove puppet．

[puppet]

複數 **puppets**

puppy [`pʌpɪ] *n.* ① 小狗．② 狂妄自大的年輕人《毛頭小子》．
♦ **púppy lòve**《青春期》青澀短暫的愛情，稚愛．

複數 **puppies**

***purchase** [`pɝtʃəs] *v.* ① 購買；（努力）獲得，取得．
——*n.* ② 購買；購置品，買下的東西．③ 著力點．

範例 ① Paul **purchased** a thousand shares in the company he worked for. 保羅買進他所工作的公司1,000股的股票．

The electronics firm was **purchased** by a foreign conglomerate. 那家電子公司被一家外商聯合企業收購了．

② The date of **purchase** was February second. 購買日期為2月2日．

Your **purchases** will be delivered to you tomorrow. 你所購買的東西明天會送至你府上．

充電小站

標點法 (punctuation)〈1〉

▶ 撇號，省略符號 (') (apostrophe)
➡ 充電小站 (p. 59)
▶ 冒號 (:) (colon)
① 具體說明前面的字、句等
範例 He loved his family: the wife and the two sons. (他愛他的家人：太太和兩個兒子．)
② 表示會話的說話人
範例 Mary: Hi, John! How are you? (瑪麗：嗨，約翰！你好嗎？)
John: I'm fine. Thank you. (約翰：我很好，謝謝．)
▶ 逗號 (,) (comma)
① 介紹人時使用
範例 John, this is Mary. Mary, this is John. (約翰，這是瑪麗．瑪麗，這是約翰．)
② 置於 Yes，No，Oh 等後面
範例 Are you a junior high school student?
—Yes, I am. (你是國中生嗎？是的，我是．)
③ 平列語句時使用
範例 We went to New York, Washington, D.C., and Chicago. (我們去了紐約、華盛頓和芝加哥．)
④ 表示子句和子句之間的停頓處
範例 When I got up, it was five. (我起床的時候，時間是5點．)
⑤ 用於句子中加入插入字或插入句時
範例 That man, although he is old, has a strong body. (那個男子雖然年事已高，但身體還是很硬朗．)
⑥ 用於附加問句之前
範例 John is a nice guy, isn't he? (約翰是個好人，不是嗎？)
⑦ 用於句子中加入的會話句或引用字句
範例 Mary said, "Good morning." (瑪麗說道：「早安．」)
▶ 破折號 (—) (dash)
① 歸納前面敘述的內容，代替冒號或分號
範例 Men were shouting, women were screaming, children were crying—it was chaos. (男人們咆哮著，女人們尖叫著，孩子們哭喊著，真是一片混亂．)
② 用於敘述所追加的內容或過後才想到的事情
範例 He knew nothing at all about it—or so he said. (他完全不知道那件事，他是這麼說的．)
③ 表示說話中斷
範例 "Pass me—I mean, would you mind passing me the salt, please?" (給我，我是說，請你把鹽遞給我好嗎？)
▶ 驚嘆號 (!) (exclamation mark/ 〖美〗exclamation point)
通常用於句末，表示強烈的憤怒、驚奇或喜悅等情緒．

範例 What a beautiful day! (天氣多麼棒啊!)
▶ 句號 (.) (period/full stop)
① 用於句子結束時
範例 You have a nice car. (你有一輛好車．)
② 用於縮略字
範例 11 p.m. (下午11點)
Jan. (1月)
Mon. (星期一)
U.S.A. (美國)
▶ 連字號 (-) (hyphen)
① 用來表示從21至99的數
範例 twenty-one (21)
② 連接兩個以上的字而構成複合字
範例 anti-Nazi (反納粹)
mother-in-law (婆婆，岳母)
③ 用於句子隔行必須斷字時
範例 Peter had to work from Monday to Saturday. (彼德必須從星期一工作到星期六．)
④ 用數字表示「從～到～」時
範例 pp. 13-28 (從第13頁到第28頁)
▶ 問號 (?) (question mark)
① 用於疑問句之後
範例 Is this your bag? (這是你的包包嗎？)
You have a cold? (你感冒了嗎？)
參考 不用於間接疑問句句末：He asked if I liked it. (他問我是否喜歡它．)
② 用於表示不確實的內容
範例 Shakespeare was born in 1564 (?). (莎士比亞生於1564年 (?).)
▶ 引號 (' ') (" ") (quotation marks)《〖英〗多用單引號 (' ')，〖美〗多用雙引號 (" ")》
① 用於直接引用某人說的話
範例 "Have a nice day," he said. (他說:「祝你今天愉快．」)
He shouted, "Yes!" (他大叫道:「沒錯!」)
② 對不熟悉的新字、俗語或某個特定字的特殊提示
範例 The word "word processor" was new to me then. (當時「文字處理機」對我來說是個新詞．)
③ 表示文學作品的標題或電視、廣播節目名稱等
範例 Shakespeare's *Hamlet* (莎士比亞的「哈姆雷特」)
I was watching *Super Sunday*. (我當時正在看「超級星期天」．)
④ 在引用句中還含有引用句時，一個用單引號，另一個用雙引號
範例 He said, 'Have you ever heard this saying "Time is money"? ' (他說:「你曾聽過『時間就是金錢』嗎?」)

③ Little **purchase** on the rock face made it very difficult to climb. 那片岩面上幾乎沒有可著力

的地方，攀登起來很困難．
活用 *v.* **purchases**, **purchased**,

purchased, purchasing

複數 purchases

purchaser [`pɜtʃəsə] n. 買主，購買者：a purchaser of the house 那棟房子的買主.

複數 purchasers

*pure [pjʊr] adj. ① 純淨的，澄清的；純正的；純潔的. ②《口語》〔只用於名詞前〕完全的，僅僅的.

範例 ① The water was pure enough to drink. 那水純淨得可以飲用.
This sweater is made of pure wool. 這件毛衣是純羊毛製的.
Your sister is pure in heart. 你的妹妹是一個心地純潔的人.
② The accident was due to carelessness, pure and simple. 那件意外事故完全是因為不小心而造成的.
I learned the fact by pure chance. 我完全是在偶然的機會下才瞭解事實的.

片語 pure and simple 完全的，不折不扣的. (⇨ 範例 ②)

活用 adj. purer, purest

puree [pju`re] n. ① 泥狀食品.
——v. ② 把～煮成泥狀.

參考 亦作 purée.

複數 purees

活用 v. purees, pureed, pureed, pureeing

*purely [`pjʊrlɪ] adv. 純粹地；完全地：It happened purely by accident. 那件事情會發生完全是個意外.

活用 adv. more purely, most purely

purgative [`pɜgətɪv] n. 瀉藥.

複數 purgatives

purgatory [`pɜgəˌtorɪ] n. ① 煉獄《在羅馬天主教中，指犯罪的人死後其靈魂要進入天國之前必須通過種種痛苦難以贖罪的場所》；煉獄般的狀態. ② 苦難，受難.

複數 purgatories

*purge [pɜdʒ] v. ①(使)淨化；清除(異己)；洗刷(罪名等)；通便.
——n. ② 淨化，清除，肅清；瀉藥.

範例 ① He went to confession to purge his sins. 他為了滌罪而懺悔.
We should purge undesirable members from our party. 我們應該把不受歡迎的黨員驅逐出黨.
② The new leader carried out a purge of disloyal members. 那位新的領導人肅清了不忠貞的成員.

活用 v. purges, purged, purged, purging

複數 purges

purification [ˌpjʊrəfə`keʃən] n. 淨化，洗淨.

purifier [`pjʊrəˌfaɪə] n. 淨化器，淨化劑《用於空氣、水或血液等》.

複數 purifiers

*purify [`pjʊrəˌfaɪ] v. 使純淨，使潔淨，洗淨；使純潔.

範例 The scientist invented a good way to purify the air. 那位科學家發明了一種淨化空氣的好

方法.
The purpose of the religious ceremony is to purify people of their sins. 那個宗教儀式的目的是要淨化人們的罪過.

活用 v. purifies, purified, purified, purifying

purist [`pjʊrɪst] n. 純粹主義者《在語言或藝術中，強調尊重傳統的正確性，反對攙雜外來的東西，特指強調語文絕對「純正」，在文法、措辭、修辭風格、發音等方面要求絕對精確》.

複數 purists

Puritan [`pjʊrətn] n. ① 清教徒《16-17世紀興起於英國，屬新教中的一派：反對天主教，提倡簡化宗教儀式和嚴格的道德觀》.
——adj. ② 清教徒的：Tom's Puritan beliefs didn't allow him to enjoy a luxurious life. 湯姆的清教徒信仰不允許他過奢侈的生活.

複數 Puritans

puritanical [ˌpjʊrə`tænɪkl] adj. (宗教上、道德上) 嚴格的，清教徒似的：Jack has a puritanical distaste for alcohol. 傑克對酒精有著一種清教徒似的憎惡感.

活用 adj. more puritanical, most puritanical

purity [`pjʊrətɪ] n. 純粹，純正；純淨，潔淨.

purl [pɜl] n. ① 反針編織，環線鑲邊.
——v. ② 用反針編織，用環線鑲邊.

複數 purls

活用 v. purls, purled, purled, purling

*purple [`pɜpl] adj. ① 紫色的.
——n. ② 紫色(的東西). ③〔the ~〕帝位，高位《源自羅馬皇帝、高官或樞機主教等身分顯要的人皆穿紫色的衣服》.

範例 ① Tom turned purple with rage. 湯姆氣得臉色發紫.
③ You were born to the purple. 你出身顯貴.

活用 adj. purpler, purplest

purport [n. `pɜport；v. pə`port] n. ① 要旨，大意；目的，意圖.
——v. ② 聲稱，主張，意指.

範例 ① The purport of this passage is beyond all of us. 這一段的主旨我們所有人都不懂.
② This report purports to be official but is really private. 這份報告聲稱是正式的，其實是非正式的.

活用 v. purports, purported, purported, purporting

*purpose [`pɜpəs] n. ① 目的；決心. ② 效果.
——v. ③ 打算，決意.

範例 ① For what purpose did she visit that country? 她拜訪那個國家的目的是甚麼?
You can have this copy free for academic purposes. 如果是出於學術上的目的，這份影印本免費送給你.
She went to India for the purpose of studying philosophy. 她去印度的目的是為了研究哲學.
She dropped the vase on purpose. 她故意把那個花瓶弄掉.

充電小站

標點法 (punctuation)〔2〕

▶ 分號《;》(semicolon)
① 用來分隔句子中相對應的子句
範例 We have brought with us cups, a pack of milk, a water, a kettle; but we have not forgotten to bring a few good books. (我們帶了杯子、一罐牛奶、水及水壺,也沒忘了帶幾本好書。)
② 用於不使用連接詞連接句子和句子時
範例 I am out of work; I need financial help. (我沒有工作,需要財援。)
▶ 斜線《/》(slash)
① 用於選讀並列的兩個字中的某一個時
範例 Take a pen and/or a pencil with you. (你帶支筆或鉛筆吧。)
② 表示詩行的斷開處
範例 Shakespeare's famous lines, "Under the greenwood tree/Who loves to lie with me…"

(莎士比亞有名的詩句: 在綠林之下/誰欲與我共眠…)
▶ 圓括號《( )》(parentheses)
① 用於提示追加內容或說明時
範例 He was born in the city of Taipei (Taiwan). (他出生於臺灣臺北市。)
② 提示參考其他地方時
範例 He has already said that (see page 3). (他已經那樣說過了。(參見第3頁))
③ 條列書寫時
範例 The points are (1) to get up at 5, (2) take the 5:20 train and (3) get there at 6. (要點有 (1) 5點起床, (2) 搭5點20分的火車, 以及 (3) 於6點到達那裡。)
▶ 斜體 (italics)
➡ 充電小站 (p. 677)

---

② The doctors tried to save the little girl's life to no **purpose**. 那些醫生們試圖挽救那個小女孩的生命,但沒有成功.
③ I'm **purposing** a visit to China. 我打算去拜訪中國.
片語 **on purpose** 故意地. (⇨ 範例 ①)
複數 **purposes**
活用 v. **purposes, purposed, purposed, purposing**
purposeful [`pɝpəsfəl] *adj.* 有目的的; 堅決的.
活用 *adj.* **more purposeful, most purposeful**
purposely [`pɝpəslɪ] *adv.* 故意地, 特意地.
purr [pɝ] v. ① (貓滿足地) 發呼嚕聲, (機器) 發出轟鳴聲. ② 發出滿足的低吟聲.
——n. ③ (貓的) 呼嚕聲, (機器的) 轟鳴聲.
範例 ① The cat **purred** on my lap. 那隻貓坐在我的膝上發出呼嚕聲.
The toy car **purred** around the pool directed by remote control. 那臺玩具汽車在遙控器的操縱下, 發出轟鳴聲繞著游泳池轉圈.
② The girl **purred** her satisfaction. 那女孩以低哼聲表示滿意.
活用 v. **purrs, purred, purred, purring**
複數 **purrs**
*****purse** [pɝs] *n.* ① (主要指女用) 小錢包《折疊式的錢包稱作 wallet》. ②〖美〗女用手提包. ③ 金錢, 財力, 財源. ④ 懸賞金; 捐款.
——v. ⑤ 嘟起 (嘴巴), 皺起 (眉頭).
範例 ① My grandmother always forgets where she left her **purse**. 我奶奶老是忘記把錢包放在哪裡.
③ That watch is beyond my **purse**. 那只手錶我買不起.
The public **purse** can't afford such a large project. 那筆公費無法負擔那麼大的工程.

④ The promotor put up a $1,000 **purse** for the winner. 那位主辦者拿出1,000美元作為優勝者的獎金.
They create a **purse** for the poor and homeless. 他們為貧窮及無家可歸的人募款.
⑤ Mrs. Davis **pursed** her lips in disapproval. 戴維斯夫人因為不同意而嘟起了嘴.
片語 **hold the purse strings** 掌管金錢.
loosen the purse strings 出手大方.
tighten the purse strings 緊縮開支.
複數 **purses**
活用 v. **purses, pursed, pursed, pursing**
purser [`pɝsɚ] *n.* (船、飛機的) 事務長.
複數 **pursers**
*****pursue** [pɚ`su] v. ① 追趕; 追求; 使煩惱. ② 從事, 繼續 (工作、研究等).
範例 ① The police have been **pursuing** the kidnapper for two months. 警方追捕那名綁匪已花了兩個月時間.
It is natural for an actress to **pursue** fame. 女演員追求名聲是很自然的.
The painter was **pursued** by anxieties as the exhibition drew near. 隨著那次展覽會的迫近, 那位畫家被不安所擾.
② He decided to **pursue** his studies at college. 他決定繼續升大學.
活用 v. **pursues, pursued, pursued, pursuing**
pursuer [pɚ`suɚ] *n.* 追趕者; 追求者: The **pursuer** lost sight of her and gave up the chase. 追蹤她的人因找不到她而放棄追蹤.
複數 **pursuers**
*****pursuit** [pɚ`sut] *n.* ① 追蹤; 追求. ② 繼續; 研究; 工作; 娛樂.
範例 ① The **pursuit** of the criminal continued for six months after that. 對那名犯人的追蹤在那之後持續了半年.

The family went to America in **pursuit** of a better life. 為了追求更好的生活，那一家人去了美國.

② He devoted h s life to literary **pursuits**. 他一生致力於研究文學.

Gardening is cne of my favorite **pursuits**. 園藝是我喜愛的娛樂之一.

[複數] **pursuits**

purvey [pə`ve] v. 提供 (食物)：Who **purveys** food to the army? 誰提供食物給軍隊？

[活用] v. **purveys**, **purveyed**, **purveyed**, **purveying**

purveyor [pə`veə] n. 供應商；承辦者.

[複數] **purveyors**

pus [pʌs] n. 膿.

**push [puʃ] v. ① 推，推進；按；強加 (想法)；(排除困難) 前進. ② 接近；催促. —n. ③ 推；努力.

[範例] ① **Push** this button to rewind the tape. 按這個鈕倒帶.

When you open this door, **push** it；don't pull it. 開這扇門時用推的，不要用拉的.

Push the door open, please. 請把門推開.

You must **push** your ideas to get the support of many people. 你必須說服多數人來支持你的想法.

We **pushed** against the wind to find the missing party. 我們逆風前去尋找失蹤的那一行人.

John **pushed** through the crowd to get on the bus. 約翰為了搭上那輛公車從人群中擠過去.

② The family **pushed** him to try for the job. 家人催他去應徵那個工作.

③ The officer gave the door a hard **push**. 那名警官重重地推了一下門.

It took a big **push** to complete the bridge on time. 要如期完成那座橋必須相當努力.

[片語] **push ahead** 繼續進行：We must **push ahead** with our plan to build a theater. 我們必須繼續進行建造劇場的計畫.

push in 插入隊伍中：Don't **push in**. All of us are waiting n line. 不許插隊，大家都在排隊.

push over 推倒.

when it comes to the push 在緊要關頭.

♦ **púsh bùtton** 按鈕.

[活用] v. **pushes**, **pushed**, **pushed**, **pushing**

[複數] **pushes**

pushbike [`puʃ,baɪk] n. 《口語》〖英〗腳踏車：The doctor is on his rounds on an old **pushbike**. 那位醫生騎著一輛舊腳踏車迴診.

[複數] **pushbikes**

pushchair [`puʃ,tʃɛr] n. 〖英〗折疊式嬰兒車 (《美》stroller).

[複數] **pushchairs**

pusher [`puʃə] n. ① 推的人 [物]. ② 好出風

頭的人：He's such a **pusher**! 他真是一個好出風頭的人！ ③ 販毒者.

[複數] **pushers**

pushy [`puʃɪ] adj. 愛出風頭的；一意孤行的.

[活用] adj. **pushier**, **pushiest**

puss [pus] n. 貓.

[複數] **pusses**

pussy [`pusɪ] n. 貓咪.

♦ **pússy willow** 水楊.

[複數] **pussies**

:put [put] v.

原義	層面	釋義	範例
移向某一位置	某地點	提出；放，安置，加上	①
	某狀態		②
	涉及金錢	賭博；投資	③
	造成負擔，影響之處	使承擔；歸因	④
	語言的表達	說明，表達	⑤
	記錄	寫，記錄	⑥
	某標準	估計	⑦
	船	(使) 前進	⑧
	投擲	投	⑨

[範例] ① You're going to have a quiz, so **put** your notebooks in your desks. 要小考了，請把你們的筆記本收到桌子裡.

Where did I **put** my glasses? 我把眼鏡放到哪裡去了？

I began to **put** aside 100 dollars every month. 我開始每月儲蓄100美元.

Put all the toys away in that box. 把玩具全都收到那個盒子裡.

Betty **put** her CDs back on the shelf. 貝蒂把她的雷射唱片放回那個架子上.

It's five thirty now, but my watch says five forty-five. I have to **put** it back by fifteen minutes. 現在是5點30分，可是我的錶是5點45分，我必須往回撥15分鐘.

It was so funny she couldn't **put** the comic book down. 那本漫畫書太有趣了，所以她無法放下它.

Put me down at Times Square. 在時代廣場讓我下車.

The trees at the school gate have **put** forth their leaves. 校門口的那些樹長出樹葉了.

In Britain, people **put** the clocks forward in March. 在英國的3月，人們把鐘向前撥快.

When we move to the new building, we are going to **put** 10 more computers in. 我們搬入那棟新大樓時，將會再安裝10臺電腦.

Paul **put** a bar of chocolate into the blender. 保羅在那臺榨汁機裡放進一條巧克力.

Please **put** me off at Taipei Main Station. 請在

臺北車站讓我下車.

Jim **put** a new button on his jacket. 吉姆在他的夾克上加了一個新鈕扣.

Put your fingers on your wrist, and you can feel your pulse. 把手指按在你的手腕上, 就能感覺到自己的脈搏.

May I **put** the bird out of the cage? 我可以把那隻鳥從籠子裡放出來嗎?

Will you **put** out a pillow for me? 能不能幫我拿個枕頭?

The newcomer **put** out his hand to show friendship. 那個新人伸出手來表示友好.

We are going to **put** these posters up at the train station. 我們將把這些海報貼在那個火車站裡.

The government decided to **put** up a large library for handicapped people. 政府決定為殘障人士建造一座大型圖書館.

First we have to **put** up the tent. 首先我們必須搭起帳篷.

② **Put** yourself at ease. This is an informal inquiry. 放輕鬆, 這是個非正式的詢問.

Why don't you **put** your problems aside for a while? It's no use talking about them now. 你為何不把你的問題暫時放一邊? 現在談也沒有用.

The coup d'état was soon **put** down. 那場政變不久就被鎮壓下去了.

Mr. Johnson **put** forth a great idea for a new product. 強森先生提出一個關於新產品的絕妙想法.

A lot of proposals were **put** forward at the conference. 很多提案在那個會議中被提出來了.

Bill was **put** forward for membership on the student council. 比爾被推舉為學生會的成員.

He was **put** in prison for 25 years and he turned out to be innocent. 他被關在牢裡25年, 結果證明他是無罪的.

Put yourself in her position. 站在她的立場想一想.

Dad **put** his videotapes in order yesterday. 爸爸昨天整理了他的錄影帶.

The communications satellite was **put** into orbit. 那個通訊衛星進入了軌道.

The news of his mother's death **put** him off his game. 母親去世的消息使他無心於比賽.

He **put** all the lights off. 他關掉所有的燈.

The program has already started! **Put** the television on right away. 那個節目已經開始了, 請馬上打開電視.

Just **put** these shoes on, please. 請穿一下這雙鞋子.

I can do everything by myself; I can **put** on my shirt, I can **put** on my cap and I can **put** on my socks! 我可以自己做每件事, 我會穿襯衫, 會戴帽子, 也會穿襪子.

You forgot to **put** on make-up, didn't you? 你忘了化妝, 不是嗎?

He seems to have **put** on weight since he got married. 他結婚以後好像變胖了.

The girl is **putting** on a sad face, but I know she really doesn't care. 那個女孩裝出很悲傷的樣子, 但我知道她根本不在乎.

Our class will **put** *Rashomon* on at the school festival. 我們班將會在校慶時演出《羅生門》.

She **put** out the fire. 她把火熄滅了.

Our company has **put** out more than three million VCRs. 我們公司生產了300多萬臺錄影機.

He **put** his shoulder out when he hit the ground. 他撞到地上時, 肩部脫臼了.

He asked the operator to **put** him through to Mr. Watson. 他要求接線生幫他接通華特森先生.

My parents wanted to **put** me through university. 我父母想讓我上大學.

Put the children to bed; it's ten o'clock. 讓孩子上床睡覺; 已經10點了.

The president **put** up a plan to increase taxes. 那位總統提出了增稅的方案.

People **put** up a lot of objections to the plan. 人們強烈地反對那個計畫.

③ Ben **put** all his money on the horse. 班把他所有的錢都賭在那匹馬上.

The company promised to **put** money into the project. 那家公司允諾投資該計畫.

④ She **put** the mistake down to her carelessness. 她把那個錯誤歸咎於自己的不小心.

Larry **put** in an application for the job. 賴利應徵了那項工作.

I've **put** enough time into preparing for the exam. 我已花了夠多的時間來準備那次考試.

They have **put** pressure on me to stand up to the guy. 他們對我施加壓力, 要我反抗那個人.

The wizard **put** a spell on the girl and she fell asleep. 那名男巫師對那個女孩施了魔法後, 她就睡著了.

I'd like to **put** a few questions to the panelists. 我想向那個專門小組的成員提幾個問題.

The purpose of our group is to **put** an end to sexual discrimination. 我們團體的宗旨是為了消除性別歧視.

⑤ **Put** the Chinese sentences into English. 把那些中文句子譯成英文.

It was really a disaster—I don't know how else to **put** it. 這真是一場災難, 除此之外我不知道該怎麼形容.

To **put** it straight, you are fired. 說明白點, 你被解雇了.

Let me **put** it this way. 讓我這樣說吧.

⑥ **Put** your answers in the brackets. 在括弧中填入答案.

He did **put** your address down in his

notebook. 他確實把你的住址記在他的筆記本上.

⑦ I'd like to **put** her among the best movie stars of the nineties. 我想把她評為90年代最出色的影星之一.

She **put** his age at forty or so, but he is actually sixty-three. 她估計他的年齡為40歲左右, 可是他實際上是63歲.

Those earrings look very nice. I **put** them at about 200 dollars. 那對耳環太漂亮了, 我估計它們價值約200美元左右.

He **puts** basketball before everything else. 他重視籃球勝過一切.

I don't like him because he is always **putting** people down. 我不喜歡他, 因為他老是貶低別人.

⑧ The ship **put** about because of the storm. 因為那場暴風雨, 那艘船改變了方向.

The crew **put** the lifeboat about to save another man in the sea. 那些船員們為了救海中的另一個人而改變了救生艇的方向.

The tanker **put** in at Keelung for repairs. 那艘油輪因修理而停靠在基隆.

Columbus **put** out to sea from Palos, Spain. 哥倫布從西班牙的帕洛斯出海.

⑨ **put** the shot 擲鉛球.

[片語] **put about** ① 散布(謠言). ②(船)改變方向. (⇨ 範例 ⑧)

put ～ above.../put ～ before... 比起⋯把～看得更有價值. (⇨ 範例 ⑦)

put across 使接受; 使理解.

put aside ① 忽視. ② 暫放一邊. (⇨ 範例 ②)③ 儲存.

put away ① 收起, 整理. (⇨ 範例 ①)② 暫放一邊.

put back ① 放回原處. (⇨ 範例 ①)② 撥慢(時間); 延誤. (⇨ 範例 ①)③ 延期: The ceremony was **put back** a week. 那個典禮延期一週.

put ～ before.../put ～ above... 比起⋯把～看得更有價值. (⇨ 範例 ⑦)

put by 儲蓄; 暫放一邊.

put down ① 放下, 讓乘客下車. (⇨ 範例 ①)② 鎮壓. (⇨ 範例 ②)③ 寫下. (⇨ 範例 ⑥)④ 歸因於 (to). (⇨ 範例 ④)⑤ 貶低. (⇨ 範例 ⑦)⑥ 殺死: I had to **put** my dog **down**. 我必須殺死我的狗. ⑦(飛機)著陸.

put forth ① 發(芽). (⇨ 範例 ①)② 提出. (⇨ 範例 ②)

put forward ① 提出. (⇨ 範例 ②)② 推薦. (⇨ 範例 ②)③ 撥快(時間); 加快. (⇨ 範例 ①)④ 提前(日期): They have **put forward** the concert by a month? I can't believe it! 他們把那場音樂會提前一個月了? 真難以相信!

put in ① 放進; 安裝(設備). (⇨ 範例 ②)② 申請, 提出. (⇨ 範例 ④)③ 插進. ④ 花費(時間), 投入(勞力): I can't wait for the summer vacation! I'm going to **put in** a lot of time swimming. 真迫不及待暑假的到來! 我將花

許多時間在游泳上. ⑤(船)進港. (⇨ 範例 ⑧)

put in for 申請: She has never **put in for** a part-time job. 她從來沒有應徵過兼差的工作.

put off ① 延期, 拖延: The rain won't let up. We'll have to **put** the picnic **off** until tomorrow. 看來雨不會停了, 我們得把郊遊延到明天. ② 使分心. (⇨ 範例 ②)③ 使討厭. ④ 讓～下車. (⇨ 範例 ①)⑤ 關掉(電燈). (⇨ 範例 ②)⑥(船)出航.

put on ① 穿上, 戴上. (⇨ 範例 ②)② 假裝. (⇨ 範例 ②)③ 演出, 上演. (⇨ 範例 ②)④ 開(燈等). (⇨ 範例 ②)⑤《口語》捉弄.

put out ① 拿出. (⇨ 範例 ①)② 熄滅(火). (⇨ 範例 ②)③ 生產. (⇨ 範例 ②)④ 發表. 使生氣: I was **put out** by her response. 我對她的反應很不高興. ⑥ 脫臼. (⇨ 範例 ②)⑦(棒球)使出局. ⑧(船)出航. (⇨ 範例 ⑧)

put over ① 使理解. ② 完成. ③《美》拖延.

put ～ over on... ① 使深信. ② 欺騙.

put through ①(電話)接通. (⇨ 範例 ②)② 完成. (⇨ 範例 ②)

put together 裝配, 組合.

put up ① 建造. (⇨ 範例 ①)② 打(傘). (⇨ 範例 ①)③ 提高(價格). (⇨ 範例 ②)④ 提出. (⇨ 範例 ②)⑤ 住宿, 留宿: Nancy asked Lucy to **put** her **up** for the night. 南西求露西讓她借宿一晚. You drank too much, dear. You can **put up** at my house tonight. 你喝多了, 今晚住我家吧. ⑥ 提名, 推薦. ⑦ 貯藏(食物).

put ～ up to... 唆使～做: It's not his fault, Mr. Smith. I **put** him **up to** the prank. 不是他的錯, 史密斯先生, 是我唆使他惡作劇的.

put up with 容忍: You should **put up with** him. 你應該容忍他.

[活用] v. **puts**, **put**, **put**, **putting**

putrefaction [ˌpjutrəˋfækʃən] n. 腐敗; 腐爛

putrefy [ˋpjutrəˌfaɪ] v.(使)腐爛,(使)腐敗.

[活用] v. **putrefies**, **putrefied**, **putrefied**, **putrefying**

putrid [ˋpjutrɪd] adj. ① 腐爛的, 發出臭味的. ② 討厭的.

[活用] adj. **more putrid**, **most putrid**

putt [pʌt] v. ① 推擊《在高爾夫球場的果嶺上把球推向洞口》.
——n. ② 推擊入洞.

[活用] v. **putts**, **putted**, **putted**, **putting**
[複數] **putts**

putter [ˋpʌtɚ] v. ① 閒逛, 悠閒地度過《英》potter》: He spends summer mornings **puttering** about on the beach. 他在那片海灘悠閒地度過夏季的早晨.
——n. ②(高爾夫球的)推桿. ③ 打推桿的人.

[活用] v. **putters**, **puttered**, **puttered**, **puttering**

複數 **putters**

putty [ˋpʌtɪ] *n.* 油灰《接合劑》: **Putty** is used for fixing glass in window frames. 油灰被用來把玻璃固定到窗框上.

***puzzle** [ˋpʌzl] *n.* ① 難題; 謎. ② 益智環.
　──*v.* ③ 使傷腦筋, 使為難; 苦思 (over).
範例 ① We can not explain this **puzzle** of how life began. 我們無法解釋生命是如何開始這個謎.
② a crossword **puzzle** 縱橫字謎, 填字遊戲.
a jigsaw **puzzle** 拼圖.
③ The question has **puzzled** me. 那個問題使我傷腦筋.
Tom **puzzled** over the easiest way to solve the problem. 湯姆苦思最簡單的方法來解決那個問題.

複數 **puzzles**
活用 *v.* **puzzles, puzzled, puzzled, puzzling**

PVC [ˋpiˏviˋsi] 《縮略》= polyvinyl chloride (聚氯乙烯).

pygmy [ˋpɪgmɪ] *n.* ①〔P~〕侏儒. ② 矮人; 矮小的動物.
　──*adj.* ③ 侏儒的; 極小的.
參考 亦作 pigmy.

複數 **pygmies**

pyjamas [pəˋdʒæməz] = *n.* 〖美〗pajamas.

pylon [ˋpaɪlɑn] *n.* ①（高壓電線的）鐵塔. ②（飛機的）目標塔.

複數 **pylons**

pyramid [ˋpɪrəmɪd] *n.* ① 角錐. ②〔P~〕金字塔《古埃及國王的墳墓》. ③ 角錐狀物.

複數 **pyramids**

pyre [paɪr] *n.*（火葬用的）柴堆.

複數 **pyres**

python [ˋpaɪθɑn] *n.* 蟒蛇; 巨蛇.

複數 **pythons**

P

Q, q

Q Q q q q

簡介字母 qu 語音與語義之對應性

由於 /k/ 的發音位置在軟顎，而 /w/ 的發音位置在雙唇，二者相距甚遠，要在瞬間完成 /kʷ/ 的發音，唇舌的動作勢必要快。因此，/kʷ/ 具有「快速」之本義。因受1066年征服英國的諾曼人所講的法語之影響，其 qu 的組合替代了古英語的 cw 或 kw.

(1) 本義表示「快速、急速」:
quicken v. 使快速，加快
quaff v. 痛飲，狂飲
quirk v. 急轉；n. (命運的) 驟變

(2) 動作快速的人通常充滿著生命力與活力，因此引申為「活潑的、活躍的」:
quick adj. 《古語》活著的；活潑的，活躍的；懷孕的
the quick and the dead 生者與死者
a woman quick with child 進入胎動期的孕婦
queen n. 《古語》有生育能力的婦女 (one

who 'give life to')
quip n. 妙語，俏皮話

(3) 動作快速如地震，常常在人心中產生顫動、驚慌不安等感覺，因而引申為「顫動、驚慌不安」:
quake v. 震動；(因恐懼等) 發抖
quaver v. (聲音) 顫動
quiver v. 渾身直打哆嗦
quarrel v. 爭吵
querulous adj. 愛抱怨的
quack n. 庸醫
quench v. 滅 (火)；解 (渴)
quell v. 平息；鎮制 (叛亂等)
quail v. 畏縮
quash v. 平息；鎮壓 (叛亂等)
qualms n. 不安，疑慮
quandary n. 困惑，左右為難

Q [kju] 《縮略》=question (問題).
[複數] Q's/Qs

Q.C./QC [`kju`si] 《縮略》=① quality control (品管). ② Queen's Counsel (王室法律顧問).
[複數] ② Q.C.'s/Q.C.s/QC's/QCs

quack [kwæk] v. ① (鴨子等) 呱呱叫.
──n. ② (鴨子的) 呱呱叫聲. ③ 冒牌醫生.
[範例] ① The ducks **quacked** as we approached. 我們一靠近，鴨子就呱呱叫了起來.
② The duck let out a **quack** and then took off. 那隻鴨子呱呱叫著，飛了起來.
[活用] v. **quacks, quacked, quacked, quacking**
[複數] **quacks**

quad [kwɑd] n. ① 角形，4邊形. ② 方院，方形中庭 (大學裡等被建築物圍起的庭院). ③ 4胞胎，4胞胎之一.
[參考] ① ② 為 quadrangle 的縮略，③ 為 quadruplet 的縮略，皆為口語.
[複數] **quads**

quadrangle
[`kwɑdræŋgl] n. ① 4角形，4邊形. ② 方院，中庭.
[參考] 亦作 quad.
[複數] **quadrangles**

quadrant [`kwɑdrənt]
n. ① 1/4圓. ② 1/4圓周. ③ 象限 《座標平面

的1/4》. ④ 象限儀 《測量天體高度的儀器；在航海中用於測定方位》.
[複數] **quadrants**

quadrilateral [ˌkwɑdrə`lætərəl] n. 4邊形.
[複數] **quadrilaterals**

quadruped [`kwɑdrəˌpɛd] n. 4足動物.
[複數] **quadrupeds**

quadruple [`kwɑdrupl] adj., adv. ① 4倍的；由4部分構成的: a **quadruple** alliance 4國同盟.
──v. ② 4倍.
──v. ③ (使) 成為4倍.
[活用] v. **quadruples, quadrupled, quadrupled, quadrupling**

quadruplet [`kwɑdruˌplɪt] n. 4胞胎，4胞胎之一 《亦作 quadruplets.
[複數] **quadruplets**

quaff [kwæf] v. 《正式》狂飲，一口氣喝光: We **quaffed** beer in celebration. 我們將啤酒一飲而盡以示祝賀.
[發音] 亦作 [kwɑf].
[活用] v. **quaffs, quaffed, quaffed, quaffing**

quagmire
[`kwægˌmaɪr] n. 沼澤地，溼地，泥沼；困境，絕境.
[複數] **quagmires**

quail [kwel] n. ① 鵪鶉.

[quadrant]

[quail]

② 鵪鶉肉.
——v. ③ 畏縮，膽怯.
[複數] quails/quail
[活用] v. quails, quailed, quailed, quailing

***quaint** [kwent] adj. 古老而別緻的，古雅的；奇特而有趣的：There are some **quaint** little houses along the street. 沿著這條街有幾棟古雅別緻的小房子.
[活用] adj. quainter, quaintest

quaintly [`kwentlɪ] adv. 奇特地，古雅別緻地：The building was **quaintly** old-fashioned. 那棟大樓古雅而別緻.
[活用] adv. more quaintly, most quaintly

***quake** [kwek] v. ① 搖晃，震動；顫抖：The boy **quaked** with fear. 那男孩嚇得發抖.
——n. ②〔口語〕地震.
[活用] v. quakes, quaked, quaked, quaking
[複數] quakes

Quaker [`kwekɚ] n. 教友派教徒，貴格會教徒.
[參考] 17 世紀（1667 年）由英國的福克斯 (George Fox) 創建的公誼會 (the Society of Friends)，為基督教的一派，其教徒即俗稱的教友派教徒或貴格會教徒. 此教派注重精神勝過形式，信仰「內心之光」，主張非暴力，教徒聚會的大部分時間在靜默中進行. 據傳 "Quaker" 之名可能來自於福克斯的教諭「聽到上帝的話而震動 (tremble at the word of Lord)」.
[複數] Quakers

qualification [,kwɑləfə`keʃən] n. ① 資格，條件. ② 資格證明（書），執照，合格證書.
[範例] ① What are the **qualifications** for this job? 做這項工作所必須具備的資格是甚麼？
I can only answer yes with a **qualification**. 我只能有條件地同意.
② a dental **qualification** 牙醫執照.
[複數] qualifications

qualified [`kwɑlə,faɪd] adj. ① 有資格的，合格的，有能力勝任的，符合條件的. ②（有）附帶條件的，有限制的.
[範例] ① a **qualified** teacher 合格教師.
Nurses are not **qualified** to perform operations. 護士沒有資格替人動手術.
② **qualified** approval 附加條件的同意.

***qualify** [`kwɑlə,faɪ] v. ① 使具有資格，取得資格，使合格. ② 限定；使減輕，斟酌.
[範例] ① Her experience **qualifies** her for teaching English. 她的經驗使她有資格教授英語.
She **qualified** as a lawyer this year. 她今年取得了律師資格.
② The President **qualified** what he said the day before. 總統修正了他前幾天的言論.
[活用] v. qualifies, qualified, qualified, qualifying

qualitative [`kwɑlə,tetɪv] adj. 質的，性質（上）的.

***quality** [`kwɑlətɪ] n. ① 品質，性質；質量. ②

特質，特性；優質，優秀.
[範例] ① This time we're looking for **quality** instead of quantity. 這次我們不是追求數量，而是追求品質.
We only sell bags of the best **quality**. 我們只出售最高品質的提包.
FM sound **quality** is better than AM. 調頻的音質優於調幅.
② The **quality** of sugar is sweetness. 糖的特性是甜.
Curtis has many good **qualities**. 柯蒂絲有很多優點.
[複數] qualities

qualm [kwɑm] n. ① 不安，良心的責備，內疚. ② 噁心，暈眩.
[範例] ① The man had no **qualms** about breaking the law. 那個男子對於犯法一點都不會感到良心不安.
② I felt **qualms** of seasickness. 我感到暈船，噁心.
[複數] qualms

quandary [`kwɑndrɪ] n. 困惑，無所適從，為難：I'm in a **quandary** about which job to select. 我拿不定主意該選擇哪個工作.
[複數] quandaries

quantitative [`kwɑntə,tetɪv] adj. 量的，數量的；（化學）定量的.

***quantity** [`kwɑntətɪ] n. ① 量. ② 總量；大量，多數.
[範例] ① There's a large **quantity** of grain in storage. 有大量的穀物存量.
We need as many as we can find—it's **quantity** over quality this time. 我們能找到多少就要多少，這次是量先於質.
a known **quantity** 已知量，已知數.
an unknown **quantity** 未知量，未知數.
We have had large **quantities** of rain this fall. 今年秋天雨量甚多.
② It is usually cheaper to buy goods in **quantity**. 大量購買物品通常比較便宜.
[複數] quantities

quarantine [`kwɔrən,tin] n. ① 隔離，（為預防傳染病）檢疫：Unlike Hawaii, Florida does not have a six-month **quarantine** for dogs. 佛羅里達州不像夏威夷州那樣會對狗進行6個月的隔離檢疫.
——v. ② 隔離（病患等），檢疫（船隻等）.
[參考] quarantine 在義大利語中為「40」之意，這是由於從前船隻的檢疫期規定為40天之故.
[活用] v. quarantines, quarantined, quarantining

***quarrel** [`kwɔrəl] n. ① 爭吵，失和，口角. ② 抱怨，不滿；造成失和〔口角〕的原因.
——v. ③ 爭吵，發生口角. ④ 抱怨，責難，發牢騷.
[範例] ① I had a **quarrel** with my wife about coming home late last night. 我昨晚因晚歸而和妻子吵了一架.
The bitter **quarrel** between the brothers lasted

four years. 那些兄弟之間的嚴重失和持續了4年.

② I have no **quarrel** with him. 我對他沒有任何怨言.

③ Only a fool **quarrels** with a fool. 只有笨蛋才會和笨蛋吵架.

④ A bad workman **quarrels** with his tools. 《諺語》自己笨怪刀鈍；善書者不擇筆.

片語 ***have no quarrel with*** 不會抱怨, 對～沒有怨言. (⇨ 範例②)

pick a quarrel with 向～找碴〔挑釁〕.

參考 扭在一起的「打架」作 fight.

複數 **quarrels**

活用 v. **quarrels, quarreled, quarreled, quarreling/**〔英〕**quarrels, quarrelled, quarrelling**

***quarrelsome** [`kwɔrəlsəm] adj. 愛吵架的；牢騷多的: The **quarrelsome** man seemed never to be satisfied. 那個愛發牢騷的男子（對任何事）好像從不滿意.

活用 adj. **more quarrelsome, most quarrelsome**

quarry [`kwɔrɪ] n. ① 採石場, 礦場. ② 獵物；受到追逐〔追蹤〕的人或動物.

—— v. ③ 採石, 挖掘（礦石等）；尋求〔探求〕（知識、真相等）.

複數 ① **quarries**

活用 v. **quarries, quarried, quarried, quarrying**

quart [kwɔrt] n. ① 夸脫（液量單位；略作 qt.）. ② 1夸脫（容量）的容器.

參考 1夸脫相當於2品脫 (pints). 測量液體容量的液量夸脫 (liquid quart) 等於〔美〕約0.95升, 〔英〕約1.14升；測量穀物等的乾量夸脫 (dry quart) 等於〔美〕約1.1升, 〔英〕約1.14升 (☞ 充電小站 (p. 783)).

字源 源自拉丁語 quartus (1/4)《1加侖 (gallon) 的1/4》.

複數 **quarts**

****quarter** [`kwɔrtɚ] n. ① 1/4. ② 1刻鐘（1小時的1/4, 即15分鐘）. ③ 25美分硬幣, 25美分《1美元的1/4》. ④ 1季, 季度, 3個月《1年的1/4》, (4學期制學校的) 學期. ⑤ 弦（月球公轉的1/4週期）. ⑥ 1/4肢體《包括1隻腿在內的大型4足動物身體部分》. ⑦1節, 1/4場比賽《籃球等整場比賽時間的1/4》. ⑧ 方位, 方向. ⑨ (都市的) 地區, ～街. ⑩〔~s〕住處, 宿舍. ⑪ (對敵人等的) 寬恕, 饒命.

—— v. ⑫ (使) 分成4部分〔4等分〕. ⑬ (為軍隊或工人等) 提供住所, (使) 宿營.

範例 ① a **quarter** of a mile 1哩.

three **quarters** of a century 3/4世紀.

② a **quarter** past ten/a **quarter** after ten 10點1刻, 10點15分.

a **quarter** to ten/a **quarter** of ten 差1刻10點, 9點45分.

⑧ from every **quarter**/from all **quarters** 從四面八方.

⑨ the Jewish **quarter** 猶太（人）區.

the student **quarter** 學生區.

the residential **quarter** 住宅區.

the manufacturing **quarter** 工廠區, 工業區.

⑪ beg for **quarter** 求饒.

片語 ***at close quarters*** 接近地, 逼近地.

♦ **quárter dày** 季度結帳日《每個季度的第一天》.

quárter hòrse 用於1/4哩比賽的短距離賽馬.

quárter nòte 〔美〕4分音符《〔英〕crotchet》.

quárter rèst 〔美〕4分休止符.

複數 **quarters**

活用 v. **quarters, quartered, quartered, quartering**

quarterback [`kwɔrtɚˌbæk] n. 四分衛《美式足球比賽中指揮進攻的重要球員》.

複數 **quarterbacks**

quarterfinal [`kwɔrtɚˌfaɪnl] n. 半準決賽.

複數 **quarterfinals**

quarterly [`kwɔrtɚlɪ] adj., adv. ① 每季度的〔地〕, 按季的〔地〕, 一年4次的〔地〕.

—— n. ② 季刊, 一年分4期的刊物.

複數 **quarterlies**

quartermaster [`kwɔrtɚˌmæstɚ] n. ① (陸軍的) 補給官《負責管理、補充部隊所需的食物、制服、日用品等》. ② (海軍的) 舵手《負責掌舵及信號》.

複數 **quartermasters**

quartet/quartette [kwɔr`tɛt] n. 4重奏, 4重唱；4重奏曲, 4重唱曲；4重奏樂團, 4部合唱團: We played a Mozart string **quartet**. 我們演奏了一曲莫札特的弦樂4重奏.

參考 獨奏為 solo, 2重奏為 duet, 3重奏為 trio, 5重奏為 quintet.

複數 **quartets/quartettes**

quartz [kwɔrts] n. 石英《為二氧化矽的結晶體, 其中以水晶 (crystal) 最為純淨, 呈6角柱形, 上下為6角錐；一般廣泛用於工業中, 如玻璃原料、光學鏡頭、石英振盪器、裝飾品等》: a **quartz** clock 石英鐘.

quash [kwɑʃ] v. ① 廢止, 使無效, 撤銷（法令、判決、決定等）. ② 鎮壓, 平定（暴動等）.

範例 ① The supreme court **quashed** the former decision. 最高法院撤銷了先前的判決.

② The government army **quashed** the rebel forces. 政府軍鎮壓了叛亂軍隊.

活用 v. **quashes, quashed, quashing**

quaver [`kwevɚ] v. ① (聲音) 顫抖.

—— n. ② 8分音符.

範例 ① The girl was singing in a **quavering** voice. 那個女孩用顫音唱歌.

② Extreme nervousness put a **quaver** in the tenor's voice. 那位男高音由於極度緊張而聲音發顫.

活用 v. **quavers, quavered, quavered, quavering**

複數 **quavers**

***quay** [ki] n. 碼頭, 泊岸, 埠頭《用於裝卸貨物》.

[複數] **quays**

queasy [`kwizɪ] *adj*. 想要嘔吐的，噁心的：I felt **queasy** on the rolling and pitching boat. 我在前後左右搖晃的船上感到想吐.
[活用] *adj*. **queasier, queasiest**

***queen** [kwin] *n*. ① 女王，女皇. ② 王后《國王之妻》. ③ (紙牌或西洋棋的) 皇后 (☞ (充電小站) (p. 679)).
[範例] ① **Queen** Elizabeth II of England was born in 1926. 英國女皇伊莉莎白二世出生於 1926 年.《Queen Elizabeth II 讀作 Queen Elizabeth the Second》
Linda was a high school beauty **queen**. 琳達曾是高中的選美皇后.
Billie Holiday is the **queen** of jazz singers. 比莉・赫麗黛是爵士歌手之后.
② The King and the **Queen** lived happily ever after. 國王和王后一直過著幸福快樂的日子.
③ Joe won the card game with three **queens**. 喬在那場紙牌比賽中以3張皇后獲勝.
The **queen** is the most powerful chess piece. 皇后在西洋棋的棋子中最大.
♦ **quèen ánt** 蟻后.
quèen bée 后蜂，女王蜂.
quèen móther 皇太后《現任國王或女王的母親》.
Quèen's Cóunsel 王室法律顧問《☞ (充電小站) (p. 285)》.
Quèen's Énglish 標準〔純正〕英語《上流社會的英國人使用的英語；亦作 King's English》.
☞ king (國王)
[複數] **queens**

***queer** [kwɪr] *adj*. ① 奇怪的，古怪的，異常的. ② 同性戀者的，同性戀的.
[範例] ① The man was wearing very **queer** glasses. 那個男子戴著一副非常奇怪的眼鏡.
This wine has a **queer** taste—don't drink it. 這個葡萄酒有怪味道，別喝了.
There is something **queer** about him. 那個傢伙有點古怪.
Pete's got a **queer** way of thinking. 彼特的思考方式很古怪.
Everyone who ate the fish is feeling **queer**. 吃了那條魚的人身體都覺得不舒服.
[活用] *adj*. ① **queerer, queerest**

queerly [`kwɪrlɪ] *adv*. 奇怪地，奇妙地，樣子古怪地：Don spoke **queerly**, as if he wasn't feeling at all like himself. 唐說話的樣子很奇怪，好像完全不像平常的他.
[活用] **more queerly, most queerly**

quell [kwɛl] *v*. 鎮壓，壓制 (暴動等)：The troops were sent to **quell** the riot. 軍隊被派去鎮壓暴動.
[活用] *v*. **quells, quelled, quelled, quelling**

***quench** [kwɛntʃ] *v*. 熄滅 (火苗等)，消除〔克制〕(欲望等)；解渴.
[範例] The fire fighters struggled to **quench** the fire. 消防隊員奮力撲滅火勢.

The runner **quenched** his thirst with a glass of orange juice. 那個跑者喝了一杯橘子汁解渴.
[活用] *v*. **quenches, quenched, quenched, quenching**

query [`kwɪrɪ] *n*. ① 問題，疑問. ② 問號 (?).
——*v*. ③ 抱持疑問，提出疑問；質疑，表示疑問.
[範例] ① I have a **query** about the experiment. 我對那個實驗有疑問.
② The editor put a lot of **queries** in the margins of my manuscript. 那位編輯在我草稿的空白處打了很多問號.
③ The reporters **queried** whether the information was true or not. 記者們質疑那個消息的真假.
[複數] **queries**
[活用] *v*. **queries, queried, queried, querying**

***quest** [kwɛst] *n*. (長期的) 探求，探察，探索.
[範例] the **quest** for truth 對真理的探求.
Our researchers are working in **quest** of a cure for cancer. 我們的研究人員正在進行癌症治療的研究.
John's **quest** for gold was in vain. 約翰的金礦探察工作是白費功夫.
[片語] **in quest of** 尋求. (⇨ [範例])
[複數] **quests**

***question** [`kwɛstʃən] *n*. ① 問題，疑問，難題；疑問句.
——*v*. ② 提出問題. ③ (表示) 懷疑.
[範例] ① Any **questions**? 有 (任何) 問題嗎?
That's a good **question**. 那是一個好問題.
I asked him some **questions** about grammar. 我問了他幾個文法問題.
The **question** of war reparations is a difficult one. 戰後賠償事宜是個難題.
To be or not to be; that is the **question**. 是生還是死，那是問題所在.《莎士比亞 (Shakespeare) 的劇作《哈姆雷特》(Hamlet) 中的臺詞》
Is this the gun in **question**? 就是這把槍有問題嗎?
Swimming in Antarctica is out of the **question**. 要在南極游泳是不可能的.
His reputation is beyond **question**. 他的名聲無庸置疑.
The U.N.'s role has been called into **question** recently. 最近聯合國的角色 (定位) 受到了質疑.
Tax reform has lately come into **question**. 稅制改革最近成了 (各方討論的) 議題.
There is no **question** of his having eaten the last piece of cake. 不用懷疑，是他吃了最後一塊蛋糕.
He is without **question** the best tennis player. 毫無疑問，他是最佳的網球選手.
Put a **question** mark at the end of the sentence. 在句子結尾打上問號.
Let's leave that a **question** mark. 我們把那個

問題先 (暫時) 擱著吧.

② **Question** your teacher until you`re satisfied with the answer. 請向老師發問, 直到回答讓你滿意為止.

③ They **questioned** Tom`s honesty. 他們質疑湯姆的誠實.

Tom`s honesty was **questioned**. 湯姆的誠實受到質疑.

[片語] **beyond question/beyond all question** 確定無疑, 毫無疑問. (⇨ [範例] ①)

call ~ into question 對~抱持疑問. (⇨ [範例] ①)

come into question 成為問題. (⇨ [範例] ①)

in question 有問題的. (⇨ [範例] ①)

open to question 可懷疑的: The decision is **open to question**. 那個決定是可以懷疑的.

out of the question 不值得考慮的, 完全不可能的. (⇨ [範例] ①)

There is no question of 完全沒有~的可能性, ~不容置疑. (⇨ [範例] ①)

without question 毫無疑問. (⇨ [範例] ①)

♦ **quéstion màrk** 問號 《?; ☞ (充電小站) (p. 433)》.

quéstion màster 〖英〗益智節目主持人.

☞ ↔ answer

➡ (充電小站) (p. 1039), (p. 1041)

[複數] **questions**

[活用] v. **questions**, **questioned**, **questioned**, **questioning**

questionable [`kwɛstʃənəbl] adj. 不確定的, 可疑的; 有問題的; 靠不住的.

[範例] The future is always **questionable**. 將來的事總是無法確定.

It is **questionable** whether he will be reelected chairman. 他能否再次當選主席值得懷疑.

That is a **questionable** solution to the problem. 那個問題的解法很可疑.

Mary certainly had a **questionable** reputation. 瑪麗的名聲的確值得懷疑.

[活用] adj. **more questionable**, **most questionable**

questionably [`kwɛstʃənblɪ] adv. 不確定地, 值得懷疑地; 靠不住地.

[活用] adv. **more questionably**, **most questionably**

questionnaire [ˌkwɛstʃən`ɛr] n. (意見) 調查表, 問卷 (調查): Fill out the **questionnaire**. 填寫調查表.

[複數] **questionnaires**

queue [kju] n. ①〖英〗列 (排隊等待的人龍或車陣隊伍等; 亦作 line).

——v. 〖英〗排隊 (亦作 line up).

[範例] ① There was a long **queue** outside the stadium. 運動場外排起了長長的隊伍.

Don`t jump the **queue**. 不要插隊.

② People are **queueing** to buy concert tickets.

人們為購買音樂會的票而排隊.

[複數] **queues**

[活用] v. **queues**, **queued**, **queued**, **queueing/queues**, **queued**, **queued**, **queuing**

quibble [`kwɪbl] n. ① (對小事) 吹毛求疵; 推託 (之辭); 藉口, 遁辭.

——v. ② 吹毛求疵; 推託搪塞, 支吾其詞.

[範例] ① I agreed with his argument in general, though I had a few **quibbles** about some of the details. 大體上我同意他的論點, 但對於一些細節我還是有一點意見.

② He is always **quibbling** over little things. 他總是為小事而吹毛求疵.

[複數] **quibbles**

[活用] v. **quibbles**, **quibbled**, **quibbled**, **quibbling**

‡**quick** [kwɪk] adj. ① 迅速的, 快速的, 敏捷的.

——adv. ② 迅速地, 快速地.

——n. ③ 感覺敏感的部位《指甲下的活肉等》要害, 痛處.

[範例] ① a **quick** journey 走馬看花的旅行.

She`s **quick** to learn./She`s **quick** at learning. 她學習速度快.

I was **quick** to point out a flaw in her argument. 我快速地指出了她論辯上的漏洞.

Let me have a **quick** look at your report. 我來翻閱一下你的報告吧.

It will be **quicker** to walk than to take a taxi. 步行會比搭計程車快.

② He came as **quick** as lightning. 他一眨眼就到了.

♦ **quick-témpered** 易怒的, 急性子的.

☞ ↔ slow

[活用] adj., adv. **quicker**, **quickest**

‡**quicken** [`kwɪkən] v. 加快, 變快; 變得有活力, 復甦.

[範例] We **quickened** our pace because it was getting dark. 天黑了, 我們加快了腳步.

When she caught a glimpse of him, her heart **quickened**. 當瞥到他的身影時, 她的心跳加速.

[活用] v. **quickens**, **quickened**, **quickened**, **quickening**

‡**quickly** [`kwɪklɪ] adv. 迅速地, 快地: You typed that **quickly**. 你打字很快.

[活用] adv. **more quickly**, **most quickly**

quickness [`kwɪknɪs] n. 快速, 迅速; 機靈: He has great **quickness** of mind. 他腦筋動得很快.

quicksand [`kwɪkˌsænd] n. 流沙 《含水的厚沙, 陷入之後愈掙扎愈無法擺脫》; 陷阱, 危險狀態.

[參考] **quick** 原本是「活著」之意.

[複數] **quicksands**

quicksilver [`kwɪkˌsɪlvɚ] n. 水銀 (☞ mercury).

quid [kwɪd] n. 《口語》〖英〗(貨幣單位的) 鎊.

充電小站

疑問句 (question) 的表示方法

(1) 使用 is，am，are；was，were 作疑問句時要把 is，am，are；was，were 放在句首.
　　You **are** a high school student.
　　Are you a high school student?
　　「你是高中學生嗎?」

(2) 使用 can，could；may，might；must，will，would；shall，should 作疑問句的時候也要把它們放在句首.
　　Tom **will** come to the party.
　　Will Tom come to the party?
　　「湯姆會來參加晚會嗎?」

(3) 使用 has，have；had 作疑問句的方法有兩種，一種是把 has，have；had 放在句首，即使用〈has，have；had＋過去分詞〉的形式.
　　You **have** finished your homework.
　　Have you finished your homework?
　　「你作業做完了嗎?」
　　下面的說法常在『英』使用:
　　Jane **has** a dog.
　　Has Jane a dog?
　　「珍有養狗嗎?」
　　另一種是將助動詞 has，have；had；does，do；did 放在句首.
　　Jane **has** a dog.
　　Jane (**does** have) a dog.
　　Does Jane have a dog?

(4) 在使用上述以外的動詞作疑問句時，把助動詞 does，do；did 放在句首 (☞ 充電小站 (p. 257)).

You **go** to school by bicycle.
You (**do** go) to school by bicycle.
Do you go to school by bicycle?
「你騎腳踏車上學嗎?」
Your father **plays** golf.
Your father (**does** play) golf.
Does your father play golf?
「你父親打高爾夫球嗎?」
You **caught** the train.
You (**did** catch) the train.
Did you catch the train?
「你趕上火車了嗎?」

(5) 在以上的 (1)-(4) 中進而使用 how，what，when，where，which，who，whose，why 等帶 wh- 的字時，把這些字放在句首.
Mary **bought** some bread.
Mary (**did** buy) what?
What **did** Mary buy?
「瑪麗買了些甚麼?」
You **want** this one.
You (**do** want) which?
Which **do** you want?
「你想要哪一個?」
That girl **is** Emily.
That girl **is** who?
Who **is** that girl?
「那個女孩是誰?」
但是，當 who 或 what 等作主詞時，有時不出現 does，do；did (☞ 充電小站 (p. 1041)).

複數 quid

＊＊quiet [`kwaɪət] adj. ① 安靜的，清靜的；平穩的；(人) 文靜的，溫和的. ——n. ② 安靜，清靜；平穩；文靜. ——v. ③ 安靜下來，使安靜；使平緩.

範例 ① Be **quiet**! I can't hear the radio. 安靜一下! 我聽不到廣播.
I thought Mary was a **quiet** girl, so I was astonished to see her get so angry. 我一直認為瑪麗是一個溫和的女孩，所以看到她那樣發怒我很吃驚.
He may have domestic problems. I'll have a **quiet** word with him. 他的家庭也許有問題，我會私下和他談談.
② He yelled for **quiet**, but no one heard him. 他高喊肅靜，可是沒有人聽見.
the **quiet** of the woods 森林的寂靜.
live in peace and **quiet** 過和平寧靜的生活.
③ The whole classroom **quieted** down. 教室內變得鴉雀無聲.

片語 **on the quiet** 悄悄地.
☞ ① ↔ noisy, loud
活用 adj. **quieter**，**quietest**
活用 v. **quiets**，**quieted**，**quieted**，**quieting**

quieten [`kwaɪətn] v. 變得安靜，使平靜: The girls were shouting, but they soon **quietened** down when the teacher entered the classroom. 女孩們喊叫著，但老師一進入教室便立刻安靜下來.
活用 v. **quietens**，**quietened**，**quietened**，**quietening**

＊quietly [`kwaɪətlɪ] adv. 平靜地，安靜地.
範例 This photocopier works **quietly**. 這臺影印機聲音很小.
They lived **quietly** in a little village. 他們在一個小農村裡平靜地生活.
活用 adv. **more quietly**，**most quietly**

quietness [`kwaɪətnɪs] n. 肅靜，平靜，安穩: the **quietness** of the chapel 教堂的安靜.

quill [kwɪl] n. ① 鳥的羽毛《翅膀和尾部長而硬的部分》；羽莖，翎管. ② 羽毛筆《亦作 quill pen》. ③《豪豬等的》刺.
複數 **quills**

quilt [kwɪlt] n. ① 被子，羽毛被《內裝羽毛等縫製而成》，床罩.
——v. ② 縫入多層棉布等褥墊，縫出線條圖案或花樣: a **quilted** jacket 棉襖夾克.
複數 **quilts**
活用 v. **quilts**，**quilted**，**quilted**，**quilting**

quin [kwɪn] *n.* 〖英〗5 胞 胎， 5 胞 胎 之 一
《quintuplet 的縮略》．
〖複數〗**quins**

quince [kwɪns] *n.* 榲桲 (的果實、樹)《屬薔薇
科，結黃色果實，香味很濃，用於製作果醬》．
〖複數〗**quinces**

quinine [ˋkwaɪnaɪn] *n.* 奎寧《治療瘧疾的特效
藥》：**Quinine** is used to reduce fever. 奎寧用
於解熱．

quint [kwɪnt] *n.* 〖美〗5 胞 胎， 5 胞 胎 之 一
《quintuplet 的縮略》．
〖複數〗**quints**

quintet/quintette [kwɪnˋtɛt] *n.* 5 重 奏
(曲)，5重唱(曲)；5重奏〔唱〕樂團．
〖複數〗**quintets/quintettes**

quintuplet [ˋkwɪntəplɪt] *n.* 5胞胎，5胞胎之一
—《〖美〗quint；〖英〗quin》．
〖發音〗亦作 [kwɪnˋtuplɪt]．
〖複數〗**quintuplets**

quip [kwɪp] *n.* ① 妙語，俏皮話．
——*v.* ② 說俏皮話，口出妙語．
〖活用〗*v.* **quips**， **quipped**， **quipped**，
quipping

quit [kwɪt] *v.* ①《口語》放棄，停止；辭去(工
作)；離開；償還(債務)．
——*adj.* 〔不用於名詞前〕了結的，擺脫了的．
〖範例〗① He **quit** his job because of illness. 他因
病辭掉了工作．
She has **quit** smoking. 她已戒菸了．
The President **quit** the room in anger. 總統生
氣地離開房間．
② She was **quit** of all her debts. 她清償了所有
債務．
〖活用〗*v.* **quits**， **quit**， **quit**， **quitting/quits**，
quitted， **quitted**， **quitting**

quite [kwaɪt] *adv.*

原義	程度	釋義	範例
強調後面出現的形容詞	強	完全，徹底，非常	①
	中等	相當，很	②

〖範例〗① The gas tank is **quite** empty. 那個瓦斯
桶完全空了．
Judy lives in **quite** another place. 茱蒂完全生
活在另外一個地方．
I **quite** agree with you on that point. 在那點上
我完全贊成你的意見．
It's **quite** the best weather so far. 到目前為止
這是最好的天氣．
She's not **quite** finished painting yet. 她還沒
完全塗完油漆〔畫完畫〕．
"It's much too expensive." "**Quite**!"「太貴
了.」「可不是嘛!」
"Is the cake done?" "Not **quite**."「蛋糕做好
了嗎?」「不，還沒好.」

That was **quite** a party. You should have been
there. 那個晚會棒極了，你要是在場就好了．
② That film was **quite** nice， but the book was
much better. 那部電影相當不錯，但是那本
書更好．
This part of the city is **quite** run down， but it
has a certain charm. 城裡的這個地區相當蕭
條，但也具有某種魅力．
I **quite** like it， but I can't afford it. 我頗中意這
個，但買不起．
She's **quite** a beauty， isn't she? 她長得相當
漂亮，不是嗎?
Quite a few sea otters have migrated over
here. 相當多的海獺遷移到這裡．
〖片語〗***quite the thing*** 正在流行的．
quite a few 相當多的．(➪ 〖範例〗②)
quite a little 相當多的．
quite something 不尋常的，了不起的．

quiver [ˋkwɪvɚ] *v.* ① 顫
抖，使發抖，震動．
——*n.* ② 顫抖，震動．③
箭筒，箭囊《放箭用》．
〖範例〗① A little girl was
quivering in the cold.
一個小女孩冷得發抖．
② The performance sent
a **quiver** of excitement
through the audience.
那場演出使觀眾興奮得顫抖．
〖活用〗*v.* **quivers**， **quivered**， **quivered**，
quivering
〖複數〗**quivers**

[quiver]

quiz [kwɪz] *n.* ① 小測驗，小考．②《廣播、電視
等節目中的》智力競賽，答題競賽．
——*v.* ③ 進行測驗，提出疑問．
〖範例〗① The teacher gives a ten-minute **quiz**
every Friday. 老師每週五進行10分鐘的小考．
② That's a popular **quiz** program. 那是一個受
歡迎的益智節目．
③ I **quiz** my students every two weeks. 我每兩
週給學生們進行一次測驗．
〖複數〗**quizzes**
〖活用〗*v.* **quizzes**， **quizzed**， **quizzed**，
quizzing

quizzical [ˋkwɪzɪkḷ] *adj.* 探詢的，好奇的《帶有
嘲弄的味道》：a **quizzical** look 好奇的表情．
〖活用〗*adj.* **more**
quizzical， **most**
quizzical

quizzically [ˋkwɪzɪklɪ]
adv. 探詢般地，好奇
地．
〖活用〗*adv.* **more**
quizzically， **most**
quizzically

quoit [kwɔɪt] *n.* ①《擲環
套樁遊戲的》圈環．②
〔~s，作單數〕擲環套
樁遊戲．

[quoit]

who 等作主詞的疑問句 (wh-question)

【Q】如將 Tom cooks dinner. 改為疑問句時，則變為 Does Tom cook dinner? 曾經學過說造疑問句時必須借助於 do, does, did. 但在以 who 為主詞說「誰來做飯?」時，不能說 Who does cook dinner? 而必須說成 Who cooks dinner? 即在疑問句中主詞是 who, what 等時，不用 do, does, did, 這是為甚麼呢?

【A】首先，讓我們確認一下疑問句是如何構成的吧.

(1) Tom cooks dinner.

此句中的 cooks 實際上是由 cook 這一原形 (root form) 和 does 合成的. (1) 呈如下的形式:

（下面在句子 (1.1) 後面的卡片上寫有 does, 但只能見到 s）

    ↓

(1.1) Tom [cook] [s] dinner.

要把這個句子變為疑問句時，把在原形 cook 後面的 does 的卡片拿到句首.

(2) [Does] Tom [cook] dinner?

在書寫的時候，最後要加上問號 (question mark).

接著，我們好好觀察一下句子 (2). Tom 位於 Does 和 cook 之間. 換一種說法的話，即由於 Tom 的緣故而使 Does 和 cook 分開. 那麼，如果將 Tom 的位置改變到句子開頭處會怎樣呢?

(1.2) Tom [does] [cook] dinner?

結果會使 does 和 cook 相鄰. 這樣一來，如 (1.1) 那樣，does 將隱藏在 cook 的後面 (但表面上只能見到 s).

下面，讓我們把 (2) 中的 Tom 換成 who 看一看.

(3) [Does] who [cook] dinner?

但在英語中，who, what, which, when, where, why, how 這7個字在疑問句中必須放在句首，因此成為以下的形式:

(3.1) Who [does] [cook] dinner?

這樣 does 和 cook 就又相鄰了. 結果 does 就隱藏在 cook 的背後 (但在表面上能看到 s).

（下面的句子 (3.2) 中背後的卡片上寫著 does, 但只能見到 s）

    ↓

(3.2) Who [cook] [s] dinner?

這樣就結束了關於 Who cooks dinner? 這樣的句子中可不借助 do, does, did 理由的說明.

但其實上，從一開始就借助了 do, does, did.

(4) We cook dinner.

(5) We cooked dinner.

(4) 的 cook 是原形的 cook 和 do 的合成 (但 do 隱藏在原形的背後).

(5) 的 cooked 是原形的 cook 和 did 的合成 (但 did 隱藏在原形的背後).

這樣的句子中一開始就存在 do, does, did. 「造疑問句時借助 do, does, did」的說法是錯誤的. 所以應該說「在疑問句中，原形背後隱藏著的 do, does, did 則顯露在表面. 但原形和 do, does, did 相鄰時，do, does, did 仍然隱藏在原形背後」.

以下僅供參考. 有時也使用如 (1.2) 的 Tom does cook dinner. 或 (3.1) 的 Who does cook dinner? 那樣 does 不隱藏在原形背後的說法. 這是強調「是做飯」的說法. 目的在強調「湯姆不是做甚麼別的，而是做飯」和「是誰要做飯，而不是做甚麼別的」. 這時 does 的發音要特別重.

[複數] **quoits**

quota [ˋkwotə] n. 配額，限額，限量；名額.

[範例] Only one worker didn't fulfill his daily **quota**. 只有一名工人沒有完成一天的定額. There's a **quota** on how many logs may be exported each year. 每年的木材出口量有一定限額.

[複數] **quotas**

*__quotation__ [kwoˋteʃən] n. ① 引用. ② 引文，引用句. ③ 報價，估價；時價，行情.

[範例] ① There's a difference between American and British **quotation** marks. 美國和英國的引號有所區別.

② There were a lot of **quotations** from Shakespeare in his speech. 他的談話中有很多引自莎士比亞的句子.

③ That car dealer's **quotation** was the lowest for that model. 那個汽車銷售員對那款車的報價最便宜.

♦ **quotátion màrks** 引號 (☞ 充電小站 (p. 1027)).

[複數] **quotations**

*__quote__ [kwot] v. ① 引用 (句子等)，引證. ② 報~的價格，估價.

——n. ③ 引語，引用句；引號.

[範例] ① Our principal likes to **quote** famous people. 我們校長喜歡引用名人的話.

② The salesperson **quoted** me a million NT dollars for the new car. 推銷員向我開出那輛新車的報價是100萬臺幣.

③ This book is a collection of famous historical **quotes**. 這本書收集了歷史上著名的引用語.

[參考] 用文字書寫時作 It was a "big success." 而用口頭傳遞時則作 It was a, quote, big success, unquote./It was a, quote, big success, quote unquote./It was a quote, unquote, big success. 有時也用雙手的食指和中指模仿引號形狀的手勢來表示.

[活用] v. **quotes, quoted, quoted, quoting**

[複數] **quotes**

quotient [ˋkwoʃənt] n. ① 商《除式的結果》. ② 指數.

[複數] **quotients**

R ʀ ɾ r

簡介字母 R 語音與語義之對應性

/r/ 在發音語音學上列為濁聲舌尖接近齒齦的流音 (voiced dental and alveolar liquid)，發 [l] 音的時候，氣流是從舌頭的兩邊通過，但發 [r] 音的時候，氣流卻從舌尖的中央部分通過。[r] 出現在元音之前，雙唇微微撮攏成圓形，舌尖接近齒齦，有時會後捲 (retroflex)，並且提升軟顎，封閉鼻腔，振動聲帶，接著氣流從舌尖的中央部分通過，舌位也滑向後接元音之舌位。發 [l] 音時，牽動了15條肌肉，但發 [r] 音時，舌微捲，費力較大，牽動了18條肌肉，因此發音時 [r] 比 [l] 費力。Fónagy (1963) 曾以匈牙利語做實驗，發現 [r] 帶有「粗野的、好鬥的、有男子氣概的、發隆隆聲的、更費力的」(wild, pugnacious, manly, rolling, harder) 之特性。

(1) 本義表示「發出濁重隆隆聲的動作，如隆隆作響、怒吼、咆哮等」：
rage　v. 發怒;(風、浪、疾病等) 猖獗，肆虐
rail (at)　v. 怒叱，申斥
rant　v. 大聲喊叫，叫嚷
rasp　v. 發出刺耳聲，發出擦刮聲
rate　v. 怒斥，嚴責
rattle　v. 咔嗒咔嗒地響
rave　v. 呼嘯，咆哮，怒號
roar　v. (猛獸) 怒吼，咆哮;(群眾) 吵嚷
rumble　v. (雷聲、砲聲) 隆隆地響;(肚子) 咕咕地叫
rustle　v. (紙、樹葉、絲等) 發出沙沙聲
注意：一年十二個月，除了最炎熱的四個月份 (May, June, July and August) 之外，其餘八個月份的字母都含有 r，難道只是純屬巧合嗎? 這可能與北方呼嘯而來的刺骨寒風有關。

(2) 本義指「動作粗野、卑劣、放肆者，所做的動作經常造成別人的傷害」：
rabble　n. 烏合之眾
rake　n. 浪子，酒色之徒
ragamuffin　n. 流浪兒，衣衫襤褸的髒孩子
rascal　n. 流氓，惡混，無賴
rebel　n. 造反者，反叛者
renegade　n. 叛教者，叛黨者
reprobate　n. 墮落的人，無賴漢
reptile　n. 卑劣的人，搗蛋鬼
robber　n. 強盜，搶奪者
rogue　n. 惡棍，流氓，騙徒
rook　n. (用賭博等) 詐騙的人

rowdy　n. 粗漢，喧鬧的人
ruffian　n. 兇漢，惡混，歹徒

(3) 本義指「粗野、卑劣、放肆者所做的違法行為 (lawless behavior)，如搶劫、強暴、蹂躪、毀壞、襲擊、鬧事等」：
raid　v. 突襲，侵入
rampage　v. 狂暴地衝動
ransack　v. 搶劫，掠奪
rape　v. 強暴;《古語》強取
ravage　v. 破壞，蹂躪
raven　v. 掠奪，搶劫
ravish　v. 《古語》強奪; 使銷魂
raze　v. 把 (城市、建築物等) 拆毀，夷平
rend　v. 《古語》強奪;(用力) 撕裂，扯破
rig　v. (用欺騙等不正當手段) 操縱; 壟斷; 舞弊
riot　v. 參加暴動，騷亂
rip (off)　v. 搶奪; 敲詐
rive　v. 撕裂，扯開; 使 (心等) 破碎
rob　v. 搶奪，搶劫
rummage　v. 翻箱倒櫃地搜尋

本義也可以適用於下列有負面內涵 (bad connotation) 的形容詞：
rabid　adj. 患有狂犬病的; 瘋狂的
raffish　adj. 放蕩的，輕浮的
ragged　adj. 凹凸不平的;(衣服) 襤褸的
rancorous　adj. 懷有仇恨的
rancid　adj. (油脂、奶油等) 變味的
rapacious　adj. 強奪的; 貪婪的
rickety　adj. 不牢靠的，搖晃的; 走路蹣跚的
rocky　adj. 搖晃的，不穩的; 無法站穩的，暈眩的
rank　adj. (味道、氣味等) 惡臭的，刺鼻的
rash　adj. 魯莽的，粗率的
raucous　adj. (聲音) 粗啞的，刺耳的
ravenous　adj. 貪婪的; 極餓的
raw　adj. 生的; 生硬的; 粗糙的
ribald　adj. (言行) 粗野的，下流的
rotten　adj. (東西) 腐爛的;(天氣) 討厭的
rough　adj. (行為) 粗暴的;(天氣) 惡劣的; (手摸起來) 粗糙的
rude　adj. 無理的，粗魯的
rugged　adj. 粗糙不平的

rabbi [ˋræbaɪ] n. (猶太教的) 法學專家; 拉比《對猶太老師、學者的尊稱》.　　[複數] **rabbis**

*****rabbit** [ˋræbɪt] n. ① 兔《體型較小，住在洞穴

裡). ②『美』野兔《亦作 hare，體長大耳長). ③ 兔肉；兔的毛皮.
——*v.* ④ 獵兔. ⑤《口語》『英』喋喋不休.

[片語] *as timid as a rabble* 極為膽小的.
breed like rabbits (兔子似地)生很多孩子.

♦ **rábbit bùrrow** 兔穴.
　rábbit hùtch 兔籠.
　rábbit wàrren 養兔場；通道複雜的建築物〔場所〕.

[複數] **rabbits**

[rabbit]

[活用] *v.* **rabbits, rabbited, rabbited, rabbiting**

rabble [`ræbl] *n.* 烏合之眾，暴民；(the ~) 下層社會.

[範例] He considered the crowd mere **rabble**. 他認為那一群人只是烏合之眾.
In his younger days, he was a **rabble** rouser. 他年輕時是一個煽動群眾者.

rabid [`ræbɪd] *adj.* ① 患狂犬病的. ② 瘋狂的，偏激的.

[範例] ① a **rabid** dog 瘋狗.
② a group of **rabid** racists 一群瘋狂的種族歧視者.

[活用] *adj.* ② **more rabid, most rabid**

rabies [`rebiz] *n.* 狂犬病.

raccoon [ræ`kun] *n.* ① 浣熊《生活在北美森林地帶的小型哺乳動物). ② 浣熊的毛皮.

♦ **raccóon dòg** 貉.

[複數] ① **raccoons/raccoon**

[raccoon]

*race [res] *n.* ① 賽跑；競賽，比賽. ②〔the ~s〕賽馬. ③ 急流；(事件等的)進行；人生旅程. ④ 種族，民族.
——*v.* ⑤ 競爭，賽跑. ⑥ 疾駛，迅速移動，快速運送.

[範例] ① A marathon is a long-distance foot **race** over 42.195km. 馬拉松是一項全長超過42.195公里的長距離賽跑.
He came in first in the 400-meter **race**. 他在400公尺比賽中奪得第一個到達終點.
The two of them are in a **race** for the office of governor. 他們二人正在競選州長.
② Ron took his friends to the **races** and they all won. 朗帶朋友們去賽馬，他們都贏了.
③ My uncle's **race** is nearly run. 我伯伯的壽命將盡.
④ There are laws that forbid discrimination on the basis of one's **race**. 法律禁止種族歧視.
the yellow **races** 黃色人種.
the Germanic **race** 日耳曼民族.
⑤ The three candidates are **racing** for the presidency. 3位候選人在競選總統職位.

I'll **race** you to the station. 我和你賽跑到車站.
Jill doesn't **race** her horse anymore because it's too old. 吉兒不讓她的馬再參加賽馬，因為牠太老了.
⑥ We **race** to the bus stop every morning. 我們每天早上都急急忙忙地衝到公車站.
An ambulance **raced** across midtown towards New York Hospital. 一輛救護車疾駛過市中心，前往紐約醫院.
The doctors removed the heart and **raced** it by helicopter to a waiting recipient. 醫生們一取出心臟，便用直升機將它快速送到等待換心的病患那裡.

♦ **ráce mèet**『美』賽馬大會.
　ráce mèeting『英』賽馬大會.

[複數] **races**

[活用] *v.* **races, raced, raced, racing**

racecourse [`res,kors] *n.* 跑道，『英』賽馬場的跑道(『美』racetrack).

[複數] **racecourses**

racehorse [`res,hɔrs] *n.* 賽馬用的馬.

[複數] **racehorses**

racer [`resɚ] *n.* 參加比賽的動物或工具，參加比賽者.

[複數] **racers**

racetrack [`res,træk] *n.* 跑道，『美』賽馬場的跑道.

[複數] **racetracks**

*racial [`refəl] *adj.* 種族的，有關種族的：racial discrimination 種族歧視.

racially [`refəlɪ] *adv.* 種族地.

racism [`resɪzəm] *n.* 種族主義，種族歧視(主義).

racist [`resɪst] *n.* ① 種族主義者，種族歧視者.
——*adj.* ② 種族歧視〔主義〕的.

[複數] **racists**

[活用] *adj.* **more racist, most racist**

*rack [ræk] *n.* ① 置物架，行李架，支架. ②(古代施酷刑用的)肢刑架；痛苦. ③ 齒條《藉著齒輪的相互咬合，將圓周運動和直線運動作相互轉換的棒狀機械零件》.
——*v.* ④ 折磨，使痛苦，施酷刑.

[範例] ① a magazine **rack** 雜誌架.
He washed the dishes and put them in a **rack** to dry. 他洗完盤子，放到架子上晾乾.
② The farmers are on the **rack** now that their crops have been washed away. 農民們現在極為痛苦，因為農作物都被水沖走了.
④ I **racked** my brains and still couldn't come up with anything. 我絞盡腦汁還是甚麼都想不到.
I was **racked** with pain from a terrible toothache. 劇烈的牙痛讓我非常痛苦.

[片語] *go to rack and ruin* 毀滅，流於荒廢：
The country **went to rack and ruin** after the war. 那個國家在戰爭後毀滅了.

[複數] **racks**

[活用] *v.* **racks, racked, racked, racking**

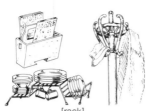

[rack]

[racket]

*racket [`rækɪt] n. ① (網球、羽毛球等的）球拍。② 一隻球拍形雪鞋《因其形狀像網球拍而得名，亦作 snowshoe）。③ 噪音，喧囂。④《敲詐、走私等》非法獲利，詐騙，勒索。⑤《口語》職業，工作，生意。

範例 ① Swing your **racket** this way. 你要這樣揮動球拍。

③ There was such a **racket** that I couldn't sleep. 由於非常吵鬧，我無法睡覺。

⑤ What **racket** are you in? 你從事甚麼行業？

複數 ①②④⑤ **rackets**

racketeer [,rækɪt`ɪr] n. 進行非法勾當者《勒索、走私者等》。

racy [`resɪ] adj. ① 生動的，活潑的。② 粗鄙的，下流的。③（酒等）有獨特風味的，富有特色的。

活用 adj. **racier, raciest**

*radar [`redɑr] n. 雷達，無線電探測器: There are enemy aircraft on the **radar** screen. 敵機的影像出現在雷達螢幕上。

參考 為 radio detecting and ranging 的縮略。

複數 **radars**

radiance [`redɪəns] n. 光輝，光芒，閃爍: I saw a **radiance** in her eyes. 我看見她的雙眼閃爍著光芒。

*radiant [`redɪənt] adj. ① 光芒四射的，光輝燦爛的；容光煥發的。②〔只用於名詞前〕放射的，輻射的。

範例 ① The watch is decorated with many **radiant** diamonds. 這支手錶鑲有許多燦爛奪目的鑽石。

She gave me a **radiant** smile and accepted my proposal. 她笑容燦爛地接受我的求婚。

I am very happy to see your **radiant** face. 看到你容光煥發，我非常高興。

② **radiant** energy 輻射能。
radiant heat 輻射熱。

活用 adj. **more radiant, most radiant**

radiantly [`redɪəntlɪ] adv. 充滿喜悅地；明亮地: He smiled **radiantly** at me. 他充滿喜悅地對我微笑。

活用 adv. **more radiantly, most radiantly**

*radiate [`redɪ,et] v. ① 放射，發散；流露。②

放射狀延伸。

範例 ① Energy in the form of light, heat, and radiation **radiates** from the sun. 光、熱、放射線等形式的能量均來自太陽。

Kate **radiated** happiness. 凱特流露出幸福的光芒。

② Roads **radiate** from the city center. 道路從市中心呈放射狀延伸。

活用 v. **radiates, radiated, radiated, radiating**

*radiation [,redɪ`eʃən] n. 放射；放射物；放射線。

♦ **radiation sickness** 輻射病，放射線中毒《會有白血球細胞減少等症狀》。

複數 **radiations**

radiator [`redɪ,etɚ] n. ①（暖氣用的）散熱器，暖氣裝置。②（汽車、飛機的）冷卻裝置，冷卻器。

複數 **radiators**

radical [`rædɪkl] adj. ① 根本的，本質的，徹底的。② 激進的，偏激的。
——n. ③ 激進主義者。④（數學）根號；（化學）基。

範例 ① We need **radical** improvements in the old system. 我們對舊的體制要從根本上改良。

② George is a **radical** politician. 喬治是一位激進的政治人物。

活用 adj. **more radical, most radical**

複數 **radicals**

radically [`rædɪklɪ] adv. 根本地，徹底地。

活用 adv. **more radically, most radically**

radii [`redɪ,aɪ] n. radius 的複數形。

*radio [`redɪ,o] n. ① 無線電，無線電通訊，無線廣播，廣播電臺。② 收音機，無線電接收器。
——v. ③ 用無線電通訊〔傳送〕。

範例 ① The news was broadcast by **radio**. 這則新聞是由廣播電臺播出的。

I heard it on the **radio**. 我是從廣播上聽到此消息的。

He works in **radio** as an announcer. 他在廣播電臺當播音員。

Certain types of **radio** waves can be picked up very far away. 某些無線電波可以在很遠的地方被接收到。

② Could you turn the **radio** off? 你能關掉收音機嗎？

③ The ship **radioed** for help. 那艘船利用無線電求救。

複數 **radios**

活用 v. **radios, radioed, radioed, radioing**

radioactive [,redɪo`æktɪv] adj. 放射性的，有輻射能的。

範例 **radioactive** rays 放射線。

radioactive waste 放射性廢料。

活用 adj. **more radioactive, most radioactive**

radioactivity [,redɪ,oæk`tɪvətɪ] n. 輻射能。

radiographer [,redɪ`ɑgrəfɚ] n. 放射線技師。

|複數| **radiographers**

radiography [ˌredɪˈɑɡrəfɪ] *n.* 放射線〔X光〕照像術.

radish [ˈrædɪʃ] *n.* 小蘿蔔.

|複數| **radishes**

radium [ˈredɪəm] *n.* 鐳《金屬元素，符號 Ra》.

radius [ˈredɪəs] *n.* 半徑: There are five lakes within a **radius** of four miles. 在半徑4哩的範圍內有5個湖.
➡ (充電小站) (p. 211)

|複數| **radii/radiuses**

RAF/R.A.F. [ˈɑrˈeˈɛf]《縮略》= Royal Air Force (英國皇家空軍).
➡ (充電小站) (p. 799)

raffle [ˈræfl] *n.* ①公益抽獎活動《為慈善目的而進行的小規模抽獎，可中獎品或獎金》: I won a bicycle in the **raffle**. 我參加公益抽獎，中了一臺自行車.
——*v.* ② 提供公益抽獎所需獎品; 參加抽獎.

|複數| **raffles**

|活用| *v.* **raffles, raffled, raffled, raffling**

raft [ræft] *n.* ① 筏子，竹筏. ② 救生艇《亦作 life raft》. ③《口語》《美》一大堆，大量《用 a ~ of 形式》.
——*v.* ④ 用木筏載運，乘筏而行.
|範例| ① Provisions were brought across the river by **raft**. 糧食是用筏運過河來的.
③ A **raft** of letters and phone calls poured into the TV station. 大量的信件和電話湧進電視臺.

|複數| **rafts**

|活用| *v.* **rafts, rafted, rafted, rafting**

rafter [ˈræftɚ] *n.* 椽《支撐屋頂的斜樑》.

|複數| **rafters**

*__rag__ [ræg] *n.* ① 破布，碎布. ②[~s]破舊的衣服. ③ 風格低俗的報紙，雜誌. ④[英]狂歡會《大學生為募集慈善基金而進行的活動》. ⑤[英] 玩笑，惡作劇. ⑥ 散拍樂《旋律中採用很多切分音的樂曲，為 ragtime 的縮略》.
——*v.* ⑦[英] 嘲笑，戲弄，惡作劇. ⑧《口語》訓斥，責罵.
|範例| ① Mike cleaned his bike with a **rag**. 邁克用破布擦自行車.
② The homeless woman was dressed in **rags**. 這位無家可歸的女子穿著破舊的衣服.
③ Why do you read that worthless **rag**? 你為甚麼要讀那些無聊的報紙?
⑦ Ken's classmates **ragged** him about his baggy trousers. 肯的同學們嘲笑他寬鬆的褲子.

|片語| ***from rags to riches/rags to riches*** 從赤貧到巨富.

|複數| **rags**

|活用| *v.* **rags, ragged, ragged, ragging**

*__rage__ [redʒ] *n.* ① 盛怒，憤怒.
——*v.* ③ 發怒. ③《狂風、疾病等》肆虐，橫行.
|範例| ① The teacher was red in the face and in a **rage**. 老師氣得滿臉通紅.
Laura was trembling with **rage**. 蘿拉氣得渾身

發抖.
② The master **raged** at his servant. 主人對僕人發怒.
③ The storm **raged** over the island for 24 hours. 暴風雨在島上肆虐了24小時.

|複數| **rages**

|活用| *v.* **rages, raged, raged, raging**

*__ragged__ [ˈrægɪd] *adj.* ① 破舊的，破爛的. ② 衣衫襤褸的. ③ 高低不平的; 不整齊的.
|範例| ① The boy wore a **ragged** coat. 那個男孩穿著破舊的外套.
② There were numbers of **ragged** men sleeping in the underpass. 有很多衣衫襤褸的人睡在地下道裡.
③ The girl was standing on the **ragged** cliff. 那個女孩站在高低不平的懸崖上.
The crew rowed **ragged** strokes. 隊員們划槳划得不一致.

|活用| **more ragged, most ragged**

raggedly [ˈrægɪdlɪ] *adv.* 破破爛爛地，高低不平地，參差不齊地.

|活用| *adv.* **more raggedly, most raggedly**

ragtime [ˈrægˌtaɪm] *n.* 散拍樂《在旋律中突出強調切分音節奏(弱、強、弱)的音樂，為爵士樂的先驅; 亦作 rag》.

*__raid__ [red] *n.* ① 突襲，襲擊;(警察的)搜捕.
——*v.* ② 突襲，襲擊;(警察)搜捕.
|範例| ① They made a **raid** on the enemy's camp. 他們突襲敵人的營地.
As a result of the **raid**, eleven people were arrested for possession of illegal firearms. 警察搜捕的結果，有11人因非法持槍被捕.
② Three robbers **raided** the bank. 3個強盜洗劫了銀行.

|複數| **raids**

|活用| *v.* **raids, raided, raided, raiding**

raider [ˈredɚ] *n.* 突擊者，侵入者.

|複數| **raiders**

*__rail__ [rel] *n.* ① 軌道，鐵軌. ② 橫木，扶手，欄杆.
——*v.* ③ 責罵，抱怨. ④ 用欄杆〔柵欄〕圍起來.
|範例| ① A little boy dropped his stuffed animal down onto the **rails**. 小男孩把填充動物玩偶掉落在鐵軌上.
I advise you to travel by **rail** in Japan. 在日本旅行，我建議你搭乘火車.
The train went off the **rails**. 列車出軌了.
Michael has gone slightly off the **rails** since his divorce. 邁可自從離婚後就變得有些反常.
② a towel **rail** 毛巾架.
a curtain **rail** 窗簾架.
This staircase is very steep—hold the **rail** when you go down. 這個樓梯非常陡，下樓時請抓緊扶手.
③ Jane is always **railing** against the government. 珍一直在抱怨政府.

|片語| ***off the rails*** 出軌; 精神錯亂. (⇒ |範例| ①)

|複數| **rails**

〔活用〕 v. **rails, railed, railed, railing**

railing [ˋrelɪŋ] n. ① 扶手，欄杆，柵欄: The boy leaned on the **railings**. 那個男孩靠在欄杆上. ② 責罵；抱怨，牢騷.

〔參考〕① 扶手、柵欄寫作 rail. railing 有時指構成扶手等的單個橫木，所以用於表示扶手整體時，有時也用其複數形 railings.

〔複數〕 **railings**

***railroad** [ˋrelˏrod] n. ①〔美〕鐵路，軌道，鐵道；鐵路公司（〔英〕railway）.
——v. ②〔美〕用鐵路運輸.
〔範例〕① They're building a new **railroad** to the south. 他們正在建造通往南方的新鐵路.
a **railroad** station 火車站.
〔複數〕 **railroads**
〔活用〕 v. **railroads, railroaded, railroaded, railroading**

***railway** [ˋrelˏwe] n.〔英〕鐵路，鐵道；鐵路公司（〔美〕railroad）.
〔複數〕 **railways**

raiment [ˋremənt] n.（詩語的）衣服，服裝.

***rain** [ren] n. ① 雨；〔the ~s〕雨季.
——v. ② 下雨. ③（如雨點般）落下；傾瀉.
〔範例〕① A light **rain** is expected in the afternoon. 預計午後會有綿綿細雨.
I was caught in the **rain** and got soaked. 我被雨淋得渾身都溼透了.
We have had a lot of **rain** this month. 這個月下了很多雨.
It looks like **rain**. 好像要下雨了.
The teacher received a **rain** of questions. 老師受到如雨般大量的詢問.
The **rains** last for three months in this part of India. 在印度這個地區，雨季持續3個月.
② It's **raining** now. 現在正在下雨.
③ Confetti **rained** down on the astronauts in their ticker-tape parade. 在盛大的歡迎遊行中，彩色紙片如雨點般撒向太空人.
〔片語〕 **rain cats and dogs** 下傾盆大雨.
〔英〕 **rain off/**〔美〕 **rain out** 因雨停止〔順延〕.
rain or shine 不論晴雨；無論如何.
♦ **ráin fòrest** 熱帶雨林.
➡〔充電小站〕(p. 1469)
〔複數〕 **rains**
〔活用〕 v. **rains, rained, rained, raining**

***rainbow** [ˋrenˏbo] n. 彩虹: A **rainbow** is hanging over the fountain. 噴泉上方出現一道彩虹.
〔參考〕在英語中，並不認為彩虹一定要分為7色. 問及彩虹由甚麼顏色組成時，很多人會回答「多種顏色」. 英語中彩虹的顏色從外向內分別是 red, orange, yellow, green, blue, indigo, violet, 但常略去 indigo, 視其為6色.
〔複數〕 **rainbows**

raincoat [ˋrenˏkot] n. 雨衣.
〔複數〕 **raincoats**

raindrop [ˋrenˏdrɑp] n. 雨滴，雨點.
〔複數〕 **raindrops**

rainfall [ˋrenˏfɔl] n. 降雨；降雨量《在一段時間內，某區域降雨的總量》.
〔範例〕We had a heavy **rainfall** yesterday. 昨天下了一場大雨.
London has an annual **rainfall** of about 60cm. 倫敦的年平均降雨量約為60公分.
〔複數〕 **rainfalls**

rainstorm [ˋrenˏstɔrm] n. 暴風雨.
〔複數〕 **rainstorms**

***rainy** [ˋrenɪ] adj. 下雨的，多雨的；被雨淋溼的.
〔範例〕The game will be postponed in case of **rainy** weather. 如果遇到雨天，比賽將延期.
Singapore is a **rainy** country. 新加坡是一個多雨的國家.
There were fallen leaves on the **rainy** pavement. 被雨淋溼的路面上落葉片片.
You should save up for a **rainy** day. 你應該存些錢，以防萬一.
〔片語〕 **against a rainy day/for a rainy day** 未雨綢繆，以備不時之需. (➡〔範例〕)
➡〔充電小站〕(p. 1469)
〔活用〕 adj. **rainier, rainiest**

***raise** [rez] v. ① 舉起，提高；籌集（資金等）；提出（意見等）；撤銷（禁令等）.
② 引起，喚起. ③ 養育；培育，種植.
——n. ④〔美〕加薪；漲價（〔英〕rise）.
〔範例〕① If you have any questions, **raise** your hand. 如果你有任何問題，請舉手.
Why do you **raise** your voice at me? 你為甚麼大聲對我說話？
No voices were **raised** in protest against the reduction of interest rates. 對於降低利率，沒有出現任何反對意見.
The owner of my apartment said that the rent would be **raised** from next month. 我所住公寓的房東說從下個月起提高房租.
Our charity concert has **raised** more than one million dollars. 我們舉辦的慈善音樂會募集到超過100萬美元的資金.
We **raised** money for the earthquake victims. 我們為地震受災者募款.
I wish to **raise** an objection to your proposal. 我想對你的提議提出反駁.
The government finally **raised** the ban against the import of foreign books. 政府終於廢除進口外國圖書的禁令.
② The magician's mistake **raised** a laugh. 魔術師的失誤引起一陣大笑.
③ We'd like to **raise** our children in the countryside. 我們想在鄉下養育我們的孩子.
Linda was **raised** in Taipei. 琳達是在臺北長大的.
We **raise** herbs in our garden. 我們在庭院裡栽種藥草.
④ Let's demand a substantial **raise**. 我們應該要求真正的加薪.
〔活用〕 v. **raises, raised, raised, raising**

[複數] **raises**

raiser [`rezɚ] n. ① 引起者；籌募者. ② 飼養者，栽培者.

[範例] ① Mr. Major is a good fund **raiser**. 梅傑先生很會籌募資金.
They arrived after the curtain **raiser** but before the main event. 他們到達時開場戲已經結束，但趕上了主戲.
② Her uncle is a cattle **raiser**. 她叔叔是養牛的.
♦ **cúrtain ràiser** 開場戲《在主戲之前的短劇》. (⇨[範例] ①)

[複數] **raisers**

*__raisin__ [`rezṇ] n. 葡萄乾：**raisin** bread 葡萄乾麵包.

[複數] **raisins**

rake [rek] n. ① 耙子；浪子，酒色之徒.
——v. ②（用耙子）扒. ③ 探聽；搜尋.
[範例] ① **Rakes** are used for making the soil level or gathering up leaves. 耙子用於平整地面或扒攏落葉.
② I was asked to **rake** up the leaves. 有人叫我用耙子扒攏落葉.
Rake the front yard. 用耙子打掃前院.
③ We **raked** the classifieds for an affordable apartment but couldn't find one. 我們搜尋報紙上的分類廣告，看看是否有租得起的公寓，但都沒找到.

[rake]

[片語] *__rake in__ 大賺一筆.
*__rake it in__ 撈進大筆錢.
*__rake out__ 搜出.
*__rake up__ ① 扒攏. (⇨[範例] ②) ② 翻出，重提：Don't **rake up** my past mistakes again. 不要再翻出我過去的錯誤.

[複數] **rakes**

[活用] v. **rakes, raked, raked, raking**

rake-off [`rek͵ɔf] n.《口語》回扣《特指不當或非法取得的利益》.

[複數] **rake-offs**

*__rally__ [`rælɪ] v. ① 集合，集結，召集. ② 重振.
——n. ③ 重新集結；重整旗鼓；恢復. ④ 大會，集會. ⑤（網球的）連續對打. ⑥ 拉力賽《在普通公路上進行的汽車競賽》.
[範例] ① The team **rallied** and finally won the game. 組成一支參賽隊伍，最後贏得比賽.
② I hope Tom will **rally** from the shock of his mother's death. 我希望湯姆從失去母親的打擊中恢復過來.
③ Our team made a wonderful **rally** at the end of the game. 在比賽的最後，我們的團隊巧妙地挽回了敗勢.
④ The students' **rally** was held on campus. 學生大會在校園裡召開.

[活用] v. **rallies, rallied, rallied, rallying**

[複數] **rallies**

RAM [ræm]《縮略》=Random Access Memory（隨機存取記憶體）.

ram [ræm] n. ①（未閹割的）公羊. ② [the R~]牡羊座，牡羊座的人《[充電小站] (p. 1523)》. ③ 攻城槌《用於撞破城門，亦作 battering ram》. ④ 撞錘.
——v. ⑤ 撞擊，猛擊.
[片語] *__ram down__ 打入.
*__ram home__ 迫使接受，反覆灌輸.

[複數] **rams**

[活用] v. **rams, rammed, rammed, ramming**

*__ramble__ [`ræmbl] v. ① 閒逛. ② 漫談，隨筆. ③（草木）蔓延.
——n. ④ 閒逛，漫步，散步.
[範例] ① The students **rambled** around the city. 學生們在城市裡漫步.
② My grandmother **rambled** on about the days of her youth. 祖母漫談她的年輕往事.
④ The professor went for a **ramble** through the forest. 教授在森林裡散步.

[活用] v. **rambles, rambled, rambled, rambling**

[複數] **rambles**

rambling [`ræmblɪŋ] adj. ①（說話）不連貫的. ② 凌亂的；蔓生的. ③ 閒逛的，漫步的.
——n. ④ [~s]毫無組織的話. ⑤ 閒逛，漫步.
[範例] ① The mayor made a **rambling** speech. 市長的演說毫無組織.
② This building is full of **rambling** passages. 這棟建築到處都是凌亂無序的通道.

[活用] adj. **more rambling, most rambling**

[複數] ④ **ramblings**

ramp [ræmp] n. ① 坡道，斜面. ② 交流道《高速公路出入口處的斜路》.

[複數] **ramps**

[ramp]

rampage [n. `ræmpedʒ; v. ræm`pedʒ] n. ① 狂暴：go on the **rampage**/go on a **rampage** 橫衝直撞；暴跳如雷.
——v. ② 橫衝直撞；狂怒.

[複數] **rampages**

[活用] v. **rampages, rampaged, rampaged, rampaging**

rampant [`ræmpənt] adj. ① 激烈的. ②〔只用於名詞後〕（動物）用後腳站立的.

[範例] ① Soccer fever was **rampant** during the World Cup. 世界盃掀起了瘋狂的足球熱.
② There is a lion **rampant** in our crest. 我們的徽章上有一頭用後腳站立的獅子.
[活用] adj. ① **more rampant**, **most rampant**

rampart [`ræmpɑrt] n.
壁壘, 城牆《為護衛城堡而在其周圍堆起的土牆或石壁》.
[複數] **ramparts**

ramshackle
[`ræmʃækl] adj. (房子、馬車等)搖搖欲墜的.

[rampart]

[活用] adj. **more ramshackle**, **most ramshackle**

*****ran** [ræn] v. run 的過去式.

ranch [ræntʃ] n. 牧場, 大農場《指美國西部及加拿大的寬廣牧場》.
[範例] a cattle **ranch** 牧牛場.
a fruit **ranch** 大的果園.

[ranch house]

♦ **ránch hòuse** ① 牧場式住宅《屋頂傾斜度小的平房》. ② 牧場主人的住宅.
[複數] **ranches**

rancher [`ræntʃɚ] n. ① 牧場主人, 農場主人. ② 農場工人.
[複數] **ranchers**

rancid [`rænsɪd] adj. 腐臭的.
[活用] adj. **more rancid**, **most rancid**

rancor [`ræŋkɚ] n.《正式》憎恨, 積怨《英》rancour): He was beside himself with rage and **rancor**. 他因憤怒和憎恨而發狂.

*****random** [`rændəm] adj. ① 隨意的, 隨機的; 漫無目的的.
—— n. ② 隨意, 隨機; 漫無目的.
[範例] ① Here is a **random** selection from today's hottest hits. 這是從現今最受歡迎的暢銷曲中隨意選出的.
The arrangement of the goods seemed completely **random**. 商品的陳列看起來很雜亂無章.
[片語] **at random** 隨意地, 漫無目的地: There are seven cards on the table. Please choose three **at random**. 桌上有7張卡片, 請隨意挑選3張.
♦ **rándom áccess mèmory**(電腦的)隨機存取記憶體《縮略為 RAM》.
ràndom sámpling 隨機抽樣.
[活用] adj. **more random**, **most random**

*****rang** [ræŋ] v. ring 的過去式.

*****range** [rendʒ] n. ① 範圍, 區域; 列, 行. ② 爐《烹飪用》. ③ 射擊場; 牧場.
—— v. ④ 排列. ⑤ (在某範圍內)上下移動. ⑥ 徘徊.
[範例] ① That shop has a wide **range** of computers, and you can find some in your price **range**. 那家店有各式各樣的電腦, 你可以找到在你的預算範圍內的電腦.
The girl was shot at close **range**. 那個女孩在近距離內遭到槍擊.
The enemy were already out of the **range** of our guns. 敵人早已在我們的射程之外.
This task is within the **range** of his responsibility. 這項任務在他的責任範圍內.
We must go over this mountain **range**. 我們必須越過這座山脈.
④ New products are **ranged** neatly in the shop window. 新產品整齊地擺設在櫥窗裡.
⑤ Our three children **range** in age from three to seven. 我們3個孩子最大的7歲, 最小的3歲.
His book **ranges** over a wide variety of environmental problems. 他的書廣泛涉及環境問題.
[複數] **ranges**
[活用] v. **ranges**, **ranged**, **ranged**, **ranging**

ranger [`rendʒɚ] n. ① 森林巡邏員《亦作 forest ranger》. ②《美》巡警. ③《美》突擊隊員《《英》 commando).
[複數] **rangers**

*****rank** [ræŋk] n. ① 階級, 等級. ② 高位, 顯貴. ③〔~s〕軍隊. ④ 排, 行列.
—— v. ⑤ 位於, 列於.
—— adj. ⑥ 蔓延的, 叢生的. ⑦ 惡臭的, 臭味的; 令人不快的.
[範例] ① Her songs are popular with people of all **ranks**. 她的歌廣受各階層人士的喜歡.
② Men and women of **rank** are expected to set an example for others to emulate. 有身分地位的人被期待為他人樹立榜樣.
③ The enemy mowed down almost all of our **ranks** in an hour. 敵人在一個小時的時間就把我軍幾乎掃射擊斃.
④ The second taxi in the **rank** is driven by a friend of mine. 這一排的第2臺計程車是由我的朋友所駕駛.
⑤ Disneyland **ranks** at the top of tourist spots in California. 迪士尼樂園在加州是最好的觀光地點.
This list **ranks** cities according to how dirty the air is. 這張表格把城市按空氣污染程度排列.
⑥ a **rank** growth of weeds 雜草蔓延的程度.
♦ **the ránk and fíle** 士兵; 群眾.
[複數] **ranks**
[活用] v. **ranks**, **ranked**, **ranked**, **ranking**
[活用] adj. ⑥ ⑦ **ranker**, **rankest**

ranking [`ræŋkɪŋ] n. 順序, 等級.
[複數] **rankings**

rankle [`ræŋkl] v. 使人心痛: The bitter wartime

memories still **rankle** with me. 戰時的痛苦回憶仍使我痛心不已.

活用 v. **rankles, rankled, rankled, rankling**

ransack [ˋrænsæk] v. ① 仔細遍尋. ② 掠奪, 搶劫.

範例 ① The police **ransacked** the office for the document. 警方搜遍辦公室尋找那份文件.
② The house was **ransacked** of all its valuables. 這個家的貴重物品都被搶走了.

活用 v. **ransacks, ransacked, ransacked, ransacking**

ransom [ˋrænsəm] n. ① 贖金. ② 贖身, 贖回.
—— v. ③ (用贖金) 贖身, 贖回.

範例 ① We can't pay such a large **ransom**. 我們無法支付那麼大筆的贖金.
The kidnappers held the rich man to **ransom**. 綁匪為了贖金挾持了那個富翁.

複數 **ransoms**

活用 v. **ransoms, ransomed, ransomed, ransoming**

rant [rænt] v. ① 怒吼, 大聲喊叫.
—— n. ② 怒吼, 大聲喊叫.

片語 **rant and rave** 大聲叫嚷.

活用 v. **rants, ranted, ranted, ranting**

複數 **rants**

*__rap__** [ræp] n. ① 敲擊 (聲). ② 責備, 斥責. ③ 饒舌音樂 (合著節拍念歌詞; 亦作 rap music).
④ 喋喋不休. ⑤ 處罰, 罪責. ⑥ 些微.
—— v. ⑦ 敲擊. ⑧ 責備, 斥責. ⑨ 唱饒舌歌.
⑩ 喋喋不休.

範例 ① I gave several **raps** on the door. 我敲了好幾次門.
⑤ Philip took the **rap** for the murder. 菲力普背負殺人的罪名.
⑥ Nobody cares a **rap** about preserving the old bridge. 沒有人對保存這座古橋表示一點關心.
⑦ The speaker **rapped** loudly on the table. 那位演講者重重地敲打著桌子.
⑧ The coach **rapped** out directions. 教練用嚴厲的口氣下達指示.

片語 **a rap on the knuckles/a rap over the knuckles** 斥責, 懲罰 (源於體罰小孩時敲打其手指關節).

beat the rap 〔美〕逃過懲罰.

複數 **raps**

活用 v. **raps, rapped, rapped, rapping**

rape [rep] v. ① 強姦.
—— n. ② 強姦. ③ 破壞 (環境、場所). ④ 油菜.

活用 v. **rapes, raped, raped, raping**

複數 ② ③ **rapes**

*__rapid__** [ˋræpɪd] adj. ① 快速的: There has been a **rapid** improvement in your test scores. 你的考試成績進步很多.
—— n. ② 〔~s, 作複數〕急流.

♦ **ràpid tránsit** 捷運.

活用 adj. **more rapid, most rapid/rapider, rapidest**

複數 **rapids**

*__rapidity__** [rəˋpɪdətɪ] n. 速度; 迅速: The mayor expressed shock over the **rapidity** of the increase in the crime rate. 市長對犯罪率的迅速增加感到震驚.

*__rapidly__** [ˋræpɪdlɪ] adv. 迅速地: a **rapidly** developing country 正在快速發展的國家.

活用 adv. **more rapidly, most rapidly**

rapier [ˋrepɪɚ] n. 細長的雙刃劍.

複數 **rapiers**

[rapier]

rapine [ˋræpɪn] n. 掠奪.

rapt [ræpt] adj. 著迷的; 全神貫注的.

範例 Jack was **rapt** in thought. 傑克陷入沉思中.
The children gazed at the marionette with **rapt** attention. 孩子們看木偶看得入神.

活用 adj. **more rapt, most rapt**

*__rapture__** [ˋræptʃɚ] n. 《正式》歡天喜地, 欣喜若狂: Your face was shining with **rapture**. 你當時面露欣喜之色.

片語 **in raptures** 欣喜若狂: Our principal was **in raptures** about the miraculous victory of our football team. 校長對於我們足球隊奇蹟般的勝利感到興高采烈.
Tom was **in raptures** over his success. 湯姆對自己的成功欣喜若狂.

go into raptures/fall into raptures 狂喜: They **went into raptures** over the news that their only son had passed the entrance exam. 他們對獨生子通過入學考試而欣喜若狂.

複數 **raptures**

rapturous [ˋræptʃərəs] adj. 狂喜的: The guitarist won **rapturous** applause. 那位吉他手贏得熱烈掌聲.

活用 adj. **more rapturous, most rapturous**

*__rare__** [rɛr] adj. ① 稀有的, 罕見的. ② (肉) 半熟的.

範例 ① It is **rare** that she makes such a mistake. 她很少犯這樣的錯誤.
Oxygen is **rare** at 15,000 feet. 在1萬5千呎的高度, 氧氣稀薄.
We have had **rare** fun tonight. 我們今晚難得這麼高興.

活用 adj. **rarer, rarest/more rare, most rare**

*__rarely__** [ˋrɛrlɪ] adv. 甚少; 罕見地.

範例 Don't worry. Surprise inspections **rarely** happen. 不必擔心, 突襲檢查很少發生.
Tom **rarely** misses a football game. 湯姆很少錯過足球比賽.
Rarely do the Berkeleys dine out. 柏克萊一家人很少在外用餐.

活用 adv. **more rarely, most rarely**

raring [ˋrɛrɪŋ] adj. 〔不用於名詞前〕急切的, 渴望的.

rarity [ˋrɛrətɪ] n. ① 稀有, 難得. ② 珍品.

範例 ① The **rarity** of this Native American pottery makes it very valuable. 印第安人的陶器很稀

R

有，所以非常有價值．
② These stamps are **rarities**. 這些郵票是珍品．
複數 **rarities**

***rascal** [`ræsk!] *n.* ① 淘氣鬼． ② 流氓，惡棍．
範例 ① Her favorite cat was a little **rascal**. 她最愛的貓是個淘氣鬼．
② The famous **rascal** was finally caught by the London police. 那個惡名昭彰的流氓終於被倫敦警方抓到了．
複數 **rascals**

***rash** [ræʃ] *adj.* ① 輕率的，急躁的，魯莽的．
——*n.* ② 出疹子． ③ 連續發生《常用 a ~ of 形式》．
範例 ① Don't do anything **rash** in a bit of anger. 不要因為些許的怒氣而做出魯莽的事．
In a **rash** moment I said we'd help the Jenkins this weekend. 我隨口就說這個週末我們要去詹金家幫忙．
② My daughter has broken out in a **rash**, doctor. 醫生，我的女兒出疹子了．
③ a **rash** of accidents 接二連三的事故．
活用 *adj.* **rasher**, **rashest**
複數 ② **rashes**

rasher [`ræʃɚ] *n.* 燻肉薄片．
複數 **rashers**

rashly [`ræʃlɪ] *adv.* 輕率地：The Prime Minister **rashly** concluded that the Chancellor of the Exchequer leaked the information. 首相輕率地斷定財政大臣洩露了情報．
活用 *adv.* **more rashly**, **most rashly**

rashness [`ræʃnɪs] *n.* 輕率，急躁，魯莽．

rasp [ræsp] *v.* ① 摩擦；用銼刀銼． ② 發出刺耳聲；使焦急．
——*n.* ③ 粗銼刀． ④ 用銼刀銼的聲音．
範例 ① The cat's tongue **rasped** my hand. 貓用舌頭舔了我的手．
② The sound of fingernails scratching on a blackboard **rasped** in my ears. 我聽到指甲刮黑板發出刺耳的聲音．
活用 *v.* **rasps**, **rasped**, **rasped**, **rasping**
複數 **rasps**

raspberry [`ræz͵bɛrɪ] *n.*
① 覆盆子． ② 紫紅色．
③ 咂舌聲《表示輕蔑》．
片語 **blow a raspberry at** 嘲笑．
複數 **raspberries**

[raspberry]

***rat** [ræt] *n.* ① 老鼠《比mouse 大》：**Rats** carry nasty diseases. 老鼠傳播骯髒的疾病． ② 叛徒，變節者．
——*v.* ③ 背叛 (on).
片語 **like a drowned rat** 渾身溼透．
smell a rat 感到可疑．
♦ the **rát ràce** 激烈的競爭．
複數 **rats**
活用 *v.* **rats**, **ratted**, **ratted**, **ratting**

***rate** [ret] *n.* ① 率，比率． ② 速度；進度． ③ 費

用． ④ 等級．
——*v.* ⑤ 評估，評價，值得．
範例 ① The divorce **rate** has hit a plateau. 離婚率處於平穩狀態．
② She drove at a steady **rate** all the way from Taipei to Kaohsiung. 她以平穩的速度從臺北一直開到高雄．
③ a telephone **rate** 電話費．
⑤ The judges **rated** the contestant a perfect 10. 評審們給那位參賽者滿分10分．
Your co-workers **rate** you very highly. 你的同事們對你的評價很高．
片語 **at any rate** 無論如何，不管怎樣．
複數 **rates**
活用 *v.* **rates**, **rated**, **rated**, **rating**

†**rather** [`ræðɚ] *adv.* 某種程度地；更確切地說；寧可，倒不如．
範例 It's **rather** cold today. 今天蠻冷的．
These gloves are **rather** too small. 這副手套太小了．
I would **rather** swim in the sea than in a pool. 我寧可到海邊也不要在游泳池裡游泳．
"Come to the theater with us." "I'd **rather** not."「和我們一起去戲院吧．」「我還是不要去好了．」
I'd **rather** not go in the rain. 我不想冒著雨去．
"Let's take the Smiths to dinner." "I'd **rather** we didn't."「我們帶史密斯一家人一起去吃晚餐吧．」「我可不想這麼做．」
It's going to cost a thousand dollars **rather** than six hundred. 要花費的何止是600元，而是1,000元．
The children should be blamed **rather** than the parents. 該被責怪的是那群小孩，而非他們的父母．
Father called me late last night, or **rather** early this morning. 父親昨夜很晚打電話來，更確切地說，是今天早晨打來的．
The first place we visited was the National Concert Hall—or **rather** the National Theater. 我們首先參觀了國家音樂廳，不，應該是國家劇院．《對口誤的更正》
片語 **would rather** 寧願，與其~寧可．(⇒)

ratification [͵rætəfə`keʃən] *n.* 批准，認可．
複數 **ratifications**

ratify [`rætə͵faɪ] *v.* 批准，認可，確認：The treaty must be **ratified** by the parliaments of all signatory countries. 此條約必須由所有簽署國認可．
活用 *v.* **ratifies**, **ratified**, **ratified**, **ratifying**

rating [`retɪŋ] *n.* ① 級別，等級；評價，估價．
② 〔~s〕收聽率，收視率．
複數 **ratings**

***ratio** [`reʃo] *n.* 比，比率，比例：The **ratio** of males to females was three to two. 男女比例是3比2.
➡ 充電小站 (p. 1051)

━━━ 充電小站 ━━━

圓周率 π

【Q】為甚麼在數學中「圓周率」用 π 來表示? 「圓周率」的英語怎麼說?

【A】「圓周率」的英語為 the ratio of the circumference of a circle to its diameter，其中 ratio 是「比率」, circumference 是「圓周」, circle 是「圓」, diameter 是「直徑」, 連起來就是「圓的圓周與直徑之比率」. 英語中並沒有像「圓周率」這樣的簡短說法.

希臘語中「圓周」寫作 περιφερεια，所以 π 是這個字的第一個希臘字母. 在英語中 π 也讀作「拍」.

▶ 3.1416

下面介紹一個方便記憶圓周率近似值 (approximate value) 3.1416的英語句子:

Yes, I have a number.

第一個字 Yes 有3個字母，所以第一個數字是3. 後面的逗號 (,) 換成小數點 (decimal point) (.). 接下來是 I, 只有一個字母表示數字1, have 有4個字母表示數字4, a 表示數字 1, 最後的 number 6個字母表示數字6, 連起來就是 3.1416.

|複數| **ratios**

*__ration__ [ˋræʃən] _n._ ① (供給物) 的定額〔定量〕, 配給量.
——_v._ ②(物資缺乏時的) 配給, 定量發放: The children were **rationed** to a bowl of gruel a day. 孩童每天限量配給一碗粥. ③ 定額配給; 限制.

|複數| **rations**

|活用| _v._ **rations**, **rationed**, **rationed**, **rationing**

*__rational__ [ˋræʃənl] _adj._ 理性的, 理智的; 合理的.
|範例| Steve is a pretty **rational** guy. 史蒂夫是個很理智的人.
Your argument was **rational**. 你的辯解很合理.
♦ **ràtional númber** 有理數《可以寫成分數形式的數》.

|活用| _adj._ **more rational**, **most rational**

rationalization [ˌræʃənlɪˋzeʃən] _n._ 合理化, 理性化《數學的》有理化.
|參考|〖英〗rationalisation.

|複數| **rationalizations**

rationalize [ˋræʃənlˌaɪz] _v._ 使合理化, 使顯得合理《數學上》使有理化.
|範例| He tried to **rationalize** his foolish behavior. 他試著讓他愚蠢的行為顯得合理.
The president of the company **rationalized** the factory. 這家公司總裁對工廠進行了合理化的改革.
|參考|〖英〗rationalise.

|活用| _v._ **rationalizes**, **rationalized**, **rationalized**, **rationalizing**

rationally [ˋræʃənlɪ] _adv._ 理性地, 合理地, 通情達理地: Let's talk about this problem **rationally**. 我們理性地來討論這個問題吧.

|活用| _adv._ **more rationally**, **most rationally**

*__rattle__ [ˋrætl] _v._ ① 發出嘎嘎聲響. ② 喋喋不休. ③ 使驚惶失措, 使窘迫不安.
——_n._ ④ 嘎嘎聲; 喋喋喧鬧聲. ⑤ 撥浪鼓《可發出嘎啦聲的幼兒玩具》.
|範例| ① I heard a cart **rattle** along the street. 我聽到一輛手推車在路上嘎啦嘎啦地前進.

The storm **rattled** the window. 暴風吹得窗戶嘎嘎作響.
② The salesman **rattled** off his pitch. 推銷員喋喋不休地宣傳.
③ Tom looked severely **rattled**. 湯姆看起來非常驚恐不安.
④ The **rattle** of hail on the roof woke me up. 冰雹砸到屋頂的劈啪聲把我吵醒了.

|活用| _v._ **rattles**, **rattled**, **rattled**, **rattling**

|複數| **rattles**

rattlesnake [ˋrætlˌsnek] _n._ 響尾蛇《棲息在南北美洲大陸的毒蛇, 振動其尾端會發出聲響》.

[rattlesnake]

|複數| **rattlesnakes**

ratty [ˋrætɪ] _adj._ ① 老鼠的, 像老鼠的, 多鼠的. ② 〖美〗襤褸的, 破舊的. ③ 〖英〗易怒的, 暴躁的.

|活用| _adj._ **rattier**, **rattiest**

raucous [ˋrɔkəs] _adj._ 粗啞的, 聲音沙啞的, 刺耳的: the **raucous** cries of crows 烏鴉粗啞的叫聲.

|活用| _adj._ **more raucous**, **most raucous**

raucously [ˋrɔkəslɪ] _adv._ 沙啞地, 刺耳地; 吵雜地.

|活用| _adv._ **more raucously**, **most raucously**

*__ravage__ [ˋrævɪdʒ] _v._ ① 破壞, 毀壞. ② 劫掠.
——_n._ ③〔~s〕破壞後的殘跡; 損害, 災害.
|範例| ① The tidal wave following the earthquake **ravaged** the island. 地震引起的海嘯沖毀了那座小島.
② The village was **ravaged** by the invading army. 那個村莊遭到侵略軍隊的掠奪.
③ Hiroshima revived from the **ravages** of the atomic bomb. 廣島從原子彈的破壞中復興了.

|活用| _v._ **ravages**, **ravaged**, **ravaged**, **ravaging**

|複數| **ravages**

rave [rev] _v._ (大聲) 叫喊, 怒吼, 咆哮.
|範例| The injured man **raved** about lax safety standards. 那名傷者大聲嚷嚷, 直說安全標

The player **raved** at the judge. 那名運動員對裁判大聲咆哮.

♦ **ráve nótices/ráve revíews** 極力的稱讚, 大肆褒揚的評論.

[活用] v. **raves, raved, raved, raving**

ravel [`rævl] v. 解開, 拆開; 糾結, 使糾纏.

[活用] v. **ravels, raveled, raveled, raveling/** 〖英〗**ravels, ravelled, ravelled, ravelling**

raven [`revən] n. 渡鴉, 大烏鴉《比 crow 大》.

[複數] **ravens**

ravenous [`rævənəs] adj. 極餓的; 貪婪的: The dog was **ravenous** for food. 那隻狗餓得發昏.

[活用] adj. **more ravenous, most ravenous**

ravenously [`rævənəslɪ] adv. 極餓地; 貪婪地: The girl looked **ravenously** at the food. 小女孩貪婪地望著那些食物.

[活用] adv. **more ravenously, most ravenously**

ravine [rə`vin] n. 峽谷, 山谷《狹窄的深谷》.

[複數] **ravines**

raving [`revɪŋ] adj. ①〔只用於名詞前〕狂暴的, 瘋狂的; 胡言亂語的.

——adv. ② 瘋狂地, 猛烈地.

——n. ③〔~s〕胡言亂語; 狂亂.

[範例] ① They had the **raving** tiger anesthetized before capturing it. 捕捉那隻兇猛的老虎之前, 他們先替牠打了麻醉劑.

② You must be **raving** mad to set out in such a storm. 下這麼大的暴風雨還要出去, 你一定是瘋了.

③ I tried to make sense of the **ravings** he was uttering in his fever. 我設法理解他發燒時說的胡言亂語.

[複數] **ravings**

ravish [`rævɪʃ] v. ①《古語》搶奪, 掠奪. ② 使陶醉, 使狂喜, 使著迷: We were **ravished** by the beautiful scenery of the Alps. 我們陶醉在阿爾卑斯山的美景中.

[活用] v. **ravishes, ravished, ravished, ravishing**

ravishing [`rævɪʃɪŋ] adj. 令人陶醉的, 迷人的: How **ravishing** Mary was in that snow-white wedding dress! 當時穿著那件雪白色結婚禮服的瑪麗看起來多麼迷人.

[活用] adj. **more ravishing, most ravishing**

****raw** [rɔ] adj. ① 生的, 天然的, 未加工的. ② 擦破皮的, 疼痛的. ③ 溼冷的, 寒風刺骨的. ④ 不熟練的, 毫無經驗的, 不成熟的.

[範例] ① The Japanese likes to eat fish **raw**. 日本人喜歡生吃魚肉.

Many countries import **raw** sugar from Cuba. 有許多國家從古巴進口粗糖.

What kind of **raw** materials are there in Indonesia? 印尼有何種天然原料?

The coach believed the new team members to be excellent **raw** material. 那位教練相信新隊員都是優秀的可塑之材.

② Her skin is **raw** from the shoulder strap. 肩上的肩帶把她的皮膚擦破了.

③ It`s good to stay in on a **raw** night like this. 像這樣溼冷的夜晚, 能待在屋子裡真好.

④ That`s another one of his **raw** judgements. 那又是他另一個不成熟的判斷.

[片語] **in the raw** 自然的; 赤裸的: They swam **in the raw**. 他們裸泳.

touch ~ on the raw 觸及~的痛處〔弱點〕.

♦ **ráw déal** 不公平的待遇.

ràw matérial 原料, 素材; 資源.(⇨ [範例] ①)

[活用] adj. ② ③ ④ **rawer, rawest**

****ray** [re] n. ① 光線, 射線, 光束. ② 魟魚, 鱝魚《生活在深海呈寬扁狀的魚》.

[範例] ① the **rays** of the sun 陽光.

I long to see a **ray** of hope in this nightmare. 但願在這場惡夢中能看見一線希望.

♦ **ánode ráy** 陽極射線.

cáthode ráy 陰極射線.

ìnfrared ráy 紅外線.

ùltraviolet ráy 紫外線.

[複數] **rays**

rayon [`reən] n. 人造絲, 人造纖維.

raze [rez] v. 徹底破壞, 摧毀, 消除: The village of St. Quentin was **razed** in the war. 聖昆田村在戰爭中受到徹底破壞.《St. Quentin 是法國北部的工業城市, 1871 年成為普法戰爭的戰場》

[活用] v. **razes, razed, razed, razing**

****razor** [`rezɚ] n. 剃刀: I shave with an electric **razor**. 我用電動刮鬍刀刮鬍子.

[複數] **razors**

R.C./RC 〖縮略〗① ＝Red Cross(紅十字會). ② ＝Roman Catholic(羅馬天主教會的, 羅馬天主教徒).

Rd. 〖縮略〗＝Road(~路).

re [re] n. 全音階第 2 音.

➡ 充電小站 (p. 831)

re- pref. 屢, 再, 重新; 恢復, 復原: **re**produce 再生產; **re**turn 返回.

[參考] 可加於動詞及其衍生字之前, 但有時為了與已存在的其他字相區別, 中間加入連字號(-): **re**cover(恢復) **re**-cover(重新覆蓋) / **re**creation(消遣) **re**-creation(改造).

****reach** [ritʃ] v. ① 達到, 抵達; 達成. ② 伸手, 延伸.

——n. ③ 可及的範圍, 搆得著的距離〔區域〕.

[範例] ① When the train **reached** Taipei Station, he got off it. 火車抵達臺北車站時他下了車.

The information had not yet **reached** the police then. 當時警方尚未掌握該項情報.

We need an extension cord to **reach** the outlet. 我們還需要一條延長線才能接到插座.

I couldn`t **reach** them by telephone so I wrote them a letter. 我無法以電話聯絡上他們, 所以寫了信.

R

② The man **reached** for the doorknob, turned it, opened the door and left. 那名男子伸手握住門把，轉動它，開門走了出去。
③ Keep this medicine out of the **reach** of children. 此藥品請存放在小孩拿不到的地方。
Janet's dream is within her **reach**. 珍妮特的夢想是可以達到的。
The politician couldn't escape the **reach** of the law. 那名政客未能逃脫法網。
|片語| **beyond ～'s reach** 在～搆不到之處；在～能力範圍之外.
in reach of ～/in ～'s reach ～搆得著的；～能力所及的. (⇨ |範例| ③)
out of the reach of ～/out of ～'s reach 在～搆不到之處；～能力所不及的. (⇨ |範例| ③)
within ～'s reach ～搆得著的；～能力所及的.
|活用| v. reaches, reached, reached, reaching
|複數| reaches
*react [rɪˋækt] v. ① 反應，起（化學）反應；反對 (against). ② 相互影響，起作用.
|範例| ① How did the audience **react** to his performance? 觀眾對他的表演有甚麼反應？
The eye **reacts** to light. 眼睛對光有反應.
The students **reacted** against what their teacher suggested. 學生們反對老師的提案.
Iron **reacts** with oxygen to produce iron oxide. 鐵與氧起化學反應生成氧化鐵.
② A poor crop **reacts** on the price of food. 農作物歉收會影響食品價格.
|活用| v. reacts, reacted, reacted, reacting
*reaction [rɪˋækʃən] n. 反應；反作用；反動，反抗.
|範例| What was his **reaction** hearing he had a son? 聽到兒子出生的消息，他有甚麼反應？
His idleness is a **reaction** against his strict parents. 他的怠惰是對他那嚴厲的父母的一種反抗.
The reform was hindered by the forces of **reaction**. 改革受到反動勢力的阻撓.
The teacher explained to us how an acid **reaction** occurs. 老師向我們解釋酸性反應是如何產生的.
|複數| reactions
reactionary [rɪˋækʃənˏɛrɪ] adj. ① 反動的，保守的: The **reactionary** forces are getting more and more influential. 反動勢力愈來愈有影響力.
——n. ② 反動分子，保守分子.
|活用| adj. more reactionary, most reactionary
|複數| reactionaries
reactor [rɪˋæktɚ] n. 核子反應爐《亦作 nuclear reactor》.
|複數| reactors
*read [rid] v. 讀，看，閱讀；朗讀；讀到而獲知，讀懂，理解；讀起來是，寫著.

|範例| I want to **read** some detective stories. 我想讀一些偵探小說.
I **read** in today's newspaper that there was a big earthquake in the northern Pacific. 我從今天的報紙上得知北太平洋發生了大地震.
My mom used to **read** me fairy tales when I was a kid. 小時候媽媽常念童話故事給我聽.
Our teacher often **reads** poems aloud to us. 老師常常大聲朗誦詩篇給我們聽.
It's difficult to **read** his mind. 他的心思很難理解.
I can't **read** music. 我看不懂樂譜.
The thermometer **reads** 34 degrees Celsius. 溫度計顯示攝氏34度.
His prose style **reads** well. 他的散文風格很有趣.
|片語| **read between the lines** 體會言外之意.
read up/read up on 研讀，攻讀.
♦ **rèad-only mémory** （只供讀取資料的）電腦唯讀記憶體《略作 ROM》.
|發音| 過去式、過去分詞的寫法與原形 read 相同，但發音為 [rɛd].
|活用| v. reads, read, read, reading
readable [ˋridəbl] adj. 易讀的；可讀的，可判讀的，清晰的.
|範例| Sheldon's new book is fairly **readable**. 謝爾登的新書非常容易讀.
Her handwriting is very **readable**. 她寫的字清晰易辨.
|活用| adj. more readable, most readable
*reader [ˋridɚ] n. ① 讀者，讀（書、報紙等）的人；愛讀書的人. ② 讀本，讀物. ③ 『英』（大學的）講師；『美』（大學教授的）助教. ④ （決定原稿是否可出版的）審稿人，校對員.
|範例| ① David is a great **reader**. 大衛是個非常愛讀書的人.
A happy new year to all our **readers**. 祝所有讀者新年快樂.
Are you a newspaper **reader**? 你常看報紙嗎？
② The children's **reader** was filled with interesting stories. 這本兒童讀物有許多有趣的故事.
③ He is a **reader** in linguistics at the University of Birmingham. 他是伯明罕大學的語言學講師.
④ A **reader** reads manuscripts and judges their fitness for publication. 審稿人須審閱原稿並決定其是否適合出版.
|複數| readers
readership [ˋridɚˏʃɪp] n. 讀者人數；讀者群；讀者階層: Which newspaper has the largest **readership**? 哪份報紙的讀者人數最多？
*readily [ˋrɛdɪlɪ] adv. ① 樂意地，欣然地. ② 容易地.
|範例| ① I **readily** accepted the invitation to the party. 我愉快地接受了這次聚會的邀請.
② These types of assets can **readily** be turned

into cash. 這種資產可以很容易地轉換為現金.

[活用] *adv.* **more readily**, **most readily**

readiness [ˋrɛdɪnɪs] *n.* ① 準備就緒, 準備好(的狀態). ② 意願, 樂意. ③ 迅速, 容易.

[範例] ① The fire fighters are in a state of **readiness**. 消防人員已準備就緒.
② The Foreign Minister stated his country's **readiness** to resume peace talks. 外交部長表明了重新開始和平談判的意願.
③ **readiness** of speech 說話的流暢.

reading [ˋridɪŋ] *n.* ① 讀書, 閱讀; 朗讀. ② 讀物, 讀本. ③ (計量儀器等的) 刻度標記.

[範例] ① Betty is very fond of **reading**. 貝蒂非常喜歡讀書.
silent **reading** 默讀.
oral **reading** 誦讀.
He goes to the **reading** room of the British Museum every Friday. 每個禮拜五他都會去大英博物館裡的閱覽室.
② This collection of short stories makes good **reading** for children. 這本短篇故事集是優良兒童讀物.
③ What's the temperature **reading** for this morning? 今天早晨的氣溫是幾度?
♦ **réading ròom** 閱覽室.

[複數] **readings**

readjust [͵riəˋdʒʌst] *v.* 重新調整, 重新整理, 重新適應.

[範例] Will you **readjust** the TV set? 你能再調整一下電視機嗎?
It takes time to **readjust** to work after a long illness. 久病之後需要時間重新適應工作.

[活用] *v.* **readjusts**, **readjusted**, **readjusted**, **readjusting**

readjustment [͵riəˋdʒʌstmənt] *n.* 重新調整, 重新整理, 重新適應.

[範例] After two minor **readjustments** we'll be ready to go. 兩次小小的重新調整後, 我們就可以出發了.
A period of **readjustment** is needed after a long period in zero gravity. 長期處於失重狀態之後, 需要一段重新適應的時間.

[複數] **readjustments**

ready [ˋrɛdɪ] *adj.* ① 準備好的, 做好心理準備的. ② 即時可用的, 手邊的. ③ [只用於名詞前] 迅速的, 立即的, 敏捷的.
——*v.* ④ 使準備好, 做好準備.

[範例] ① Fire and ambulance services are always **ready**, 24 hours a day. 消防和救護工作一天24小時隨時準備待命.
"Are you **ready** yet?" said the impatient husband. 丈夫不耐煩地問:「妳準備好了沒?」
The soldiers were **ready** for death. 士兵們已做好赴死的準備.
Bob is always **ready** to help. 鮑伯總是樂於助人.
With those clouds, it looks **ready** to rain. 看

這些雲的樣子, 好像就要下雨了.
② Always keep your dictionaries **ready**. 手邊隨時準備好字典.
③ Thank you for your **ready** reply to my letter. 謝謝你很快給我回信.
④ **Ready** yourself for a quiz any time next week. 請準備好下週隨時進行的小考.

[片語] **at the ready** 處於隨時可用的狀態.
get ready for ～/make ready for ～ 準備開始做～: I am **getting ready for** the exam. 我正準備開始考試.
ready ～self for... 做好～的準備. (⇨ [範例] ④)
Ready, set, go! /**Get ready, get set, go**! / [英] **Ready, steady, go**! 各就各位, 預備, 跑!《田徑比賽等的起跑口令, 也可將 Ready 換成 On your marks》.
ready to hand 近在手邊, 立即可用.
♦ **rèady móney/rèady cásh** 現金, 現款.

[活用] *adj.* **readier**, **readiest**

[活用] *v.* **readies**, **readied**, **readied**, **readying**

ready-made [ˋrɛdɪˋmed] *adj.* ① 已做好的, 現成的. ② 正好的, (現成) 可用的.

[範例] ① I prefer making my own clothes to buying **ready-made** ones. 比起買現成的衣服, 我偏好自己動手做.
② The rain was a **ready-made** excuse for canceling the picnic. 下雨正好成為取消野餐的藉口.

real [ˋriəl] *adj.* ① 真正的, 真實的, 真的.
——*adv.* ② [美] 真正地, 實在, 非常.

[範例] ① The **real** reason no one showed up is unknown. 沒有人到場的真正理由不得而知.
She has a **real** talent for music. 她具有真正的音樂才華.
in **real** life 在實際人生中.
Real incomes have stagnated. 實際所得並沒有增加.
Is your jacket **real** leather? 你的夾克是真皮的嗎?
Only a **real** fool would do such a thing. 只有真正的傻瓜才會做出那種事.
② I'm **real** sorry. 我非常抱歉.

[片語] **for real** 千真萬確地, 確實地: They were going at it **for real**. 他們確實已經著手做那件事了.
No, I'm not kidding! She was arrested **for real**. 我不是在開玩笑! 她真的被逮捕了.
♦ **réal estàte** 不動產《土地、建築物等不能移動的財產》.

[活用] *adj.* **more real**, **most real/realer**, **realest**

realisation [͵riələ`zeʃən] =*n.* [美] realization.

realise [ˋriə͵laɪz] =*v.* [美] realize.

realism [ˋriəl͵ɪzəm] *n.* ① 現實主義. ② 寫實主義《作品中以藝術表現反映現實》. ③ (哲學) 實在論《認為事物獨立於主觀和觀念而存在

的理論).

realist [`riəl͵ɪst] n. ① 現實主義者, 注重實際的人. ② 寫實主義的藝術家. ③(哲學)實在論者.

複數 **realists**

realistic [͵riə`lɪstɪk] adj. ① 現實主義的, 現實的, 務實的. ② 寫實主義的, 寫實的, 逼真的.

範例 ① John is a **realistic** person whose advice I listen to. 約翰是個實際的人, 我聽從他的建議.

② a **realistic** novel 寫實主義小說.

活用 adj. **more realistic**, **most realistic**

*__**reality**__ [rɪ`ælətɪ] n. 現實, 事實; 真實感.

範例 Richard doesn't want to face **reality**. 理查不想面對現實.

His dream of being President became a **reality**. 他想當總統的夢想成真了.

He looks like a businessman, but in **reality** he is a professor. 他看起來像個商人, 實際上卻是大學教授.

This account depicts life in rural Zaire with such **reality**. 這份報告真實地描寫了薩伊的鄉村生活.

Lots of people believe in the **reality** of ghosts. 很多人相信鬼的存在.

複數 **realities**

*__**realization**__ [͵riələ`zeʃən] n. ① 領悟, 理解. ② 實現, 成為事實.

範例 ① My **realization** that I was wrong came much later. 過了很久之後我才瞭解自己錯了.

② People in 1969 saw the **realization** of President Kennedy's dream of landing men on the moon. 甘迺迪總統對於人類登陸月球的夢想在1969年真實地呈現在世人眼前.

參考[英] **realisation**.

*__**realize**__ [`riə͵laɪz] v. ① 實際感受, 領悟, 察覺. ② 實現, 使成為事實.

範例 ① Do you **realize** what time it is? 你注意到現在幾點了嗎?

Finally the panel **realized** their so-called solution wouldn't work. 委員們終於瞭解到他們所謂的解決之道是沒有用的.

② At last she **realized** her long cherished dream of becoming prime minister. 她終於實現了當首相的夙願.

參考[英] **realise**.

活用 v. **realizes**, **realized**, **realized**, **realizing**

*__**really**__ [`riəlɪ] adv. ① 確實, 真地. ② 實際上.

範例 ① Did he **really** say such a thing? 他真的說了那樣的話嗎?

It's a **really** hot day. 真是個大熱天.

I **really** don't know what to do. 我真的不知道該怎麼辦才好.

"I heard on the news a hurricane is coming this way." "**Really**? You're not kidding?" 「我看報紙上說, 颶風正向這邊移動.」「真的嗎? 你不是在開玩笑吧?」

② They played catch in the park even though they were **really** not allowed to. 他們並沒有真正得到同意就在公園裡玩投接練習.

*__**realm**__ [rɛlm] n. ① 王國, 領地; 勢力範圍. ② 領域, ～界.

範例 ① Camelot was the center of King Arthur's **realm**. 卡默洛特是亞瑟王王國的中心.

King John of England gave his **realm** the Magna Carta in 1215. 英國的約翰王在1215年向自己的王國頒布大憲章.

② Great advances in the **realm** of science were made in the 19th century. 19世紀科學領域有大幅的進展.

複數 **realms**

*__**reap**__ [rip] v. 收穫, 收割; 獲得.

範例 All the farmers are busy **reaping** winter wheat. 所有農民們正忙著收割冬麥.

The team has just **reaped** the rewards of hard training—they've won the championship! 那支隊伍的嚴格訓練總算得到回報, 因為他們贏得了冠軍!

活用 v. **reaps**, **reaped**, **reaped**, **reaping**

reaper [`ripɚ] n. 收穫的人, 收割的人; 收割機.

複數 **reapers**

reappear [͵riə`pɪr] v. 再出現, 復發: He disappeared into the bush and **reappeared** a moment later. 他消失在灌木叢中, 稍後又立刻再度現身.

活用 v. **reappears**, **reappeared**, **reappeared**, **reappearing**

*__**rear**__ [rɪr] n. ① 後部, 背面, 後方. ② 臀部. ——adj. ③ 後部的. ——v. ④ 養育, 飼育. ⑤ 昂起(頭、頸等). ⑥(馬等動物)用後腿站立.

範例 ① The **rear** of the plane is the smoking section. 飛機的後方是吸菸席.

Restrooms are in the **rear** of the library. 廁所在圖書館的後面.

Use someone you can count on to bring up the **rear**. 找一個可靠的人殿後.

② May slapped him on the **rear**, chuckling delightedly. 梅開心地咯咯笑著, 拍了一下他的屁股.

③ There's something wrong with the **rear** wheels of my car. 我車子的後輪有點問題.

④ Wolves **reared** in captivity can't survive in the wild. 關在籠子裡飼養的狼在野外無法生存.

⑤ The tiger **reared** its head. 老虎昂起了頭.

⑥ The bear **reared** with a threatening roar. 熊發出威嚇的吼聲, 用後腿站了起來.

片語 ***bring up the rear*** 跟在後面, 殿後. (⇔ 範例 ①)

♦ **rèar ádmiral** (海軍的)少將 《☞ 充電小站 (p. 797)》.

複數 **rears**

活用 v. **rears**, **reared**, **reared**, **rearing**

＊reason [`rizṇ] n. ① 理由，原因. ② 理性，道理；判斷力.

——v. ③（理性地）思考，判斷，推論，推理. ④ 講道理，說服.

範例 ① There is every **reason** to believe that he is telling the truth. 有充分的理由證明他說的是實話.

What are your **reasons** for studying Japanese? 你學習日語的原因是甚麼?

② When Henry gets like this, he won't listen to **reason**. 在這種情況下，亨利甚麼也聽不進去.

The poor old man has lost his **reason**. 可憐的老人已失去了辨別的能力.

③ How can you **reason** clearly when you're drunk? 喝醉的時候，你怎麼可能清晰地思考?

The investigator **reasoned** that the man's wife could have done it. 調查人員推論可能是那個男人的妻子所為.

When one **reasons** from the general to the specific, it is called deduction. 從一般事物到特定事例的推理過程稱為演繹法.

④ You can't **reason** with that guy. 你說服不了那個傢伙的.

片語 **beyond all reason** 超乎常理的，不可理喻的.

bring ~ to reason 使～明辨事理.

by reason of《正式》由於，因為: Flight 309 was canceled **by reason of** an approaching typhoon. 309班次飛機因正在接近中的颱風而被取消了.

in reason 合理的，合理的範圍內.

listen to reason/hear reason 接受理性的建議，聽從道理. (⇨ 範例 ②)

stand to reason 理所當然；合乎道理: It **stands to reason** that such a big earthquake would cause considerable damage. 發生那麼大的地震當然會帶來很大的損失.

within reason 合情合理地: I'll do anything **within reason** to help you get into this college. 為了幫助你進入這所大學，只要是合理的事我都可以做.

with reason 有充分的理由: Matt got kicked out **with reason**. 麥特被解雇是有原因的.

複數 **reasons**

活用 v. **reasons**, **reasoned**, **reasoned**, **reasoning**

＊reasonable [`riznəbḷ] adj. ① 合乎道理的，合情合理的；通情達理的. ② 恰當的，相當的，合理的.

範例 ① Our teacher is always very **reasonable**. 我們的老師一向很明理.

That's a **reasonable** request. 這是合理的要求.

② a **reasonable** price 合理的價格.

That's a **reasonable** number of sheep for one farmer to handle. 那是一個農民可經管的適

當羊群數.

活用 adj. **more reasonable**, **most reasonable**

reasonableness [`riznəblnıs] n. ① 合情合理（的事）；通情達理. ② 適當（的事）.

reasonably [`riznəblı] adv. ① 合乎情理地，合理地. ② 相當地.

範例 ① Ken **reasonably** decided not to go. 肯合乎情理地決定不去了.

② It's a **reasonably** large studio. 那是一間相當大的廣播室.

活用 adv. **more reasonably**, **most reasonably**

reasoning [`riznɪŋ] n. 推理，推論，（理性的）思考過程.

reassurance [͵riə`ʃurəns] n. ① 再保證；確信，放心. ② 鼓勵的話，安慰的話.

範例 ① He needs your **reassurance** before he invests that kind of money. 他在進行那項投資之前，需要先得到你的保證.

② Her **reassurances** weren't enough to calm his nerves. 她的一番鼓勵並不足以安撫他的焦慮.

複數 **reassurances**

reassure [͵riə`ʃur] v. 使放心，再保證.

範例 The checkup **reassured** me about my health. 這次的體檢讓我對自己的健康狀況感到放心.

I **reassured** myself by checking with my stockbroker. 有了股票經紀人的確認，我才能感到放心.

I **reassured** John that the work was on schedule. 我向約翰保證工作正按計畫進行.

活用 v. **reassures**, **reassured**, **reassured**, **reassuring**

rebate [`ribet] n. 回扣，折扣；返還: a tax **rebate** 退稅.

複數 **rebates**

rebel [n., adj. `rɛbḷ; v. rɪ`bɛl] n. ① 叛逆者，反抗者，叛軍.

——adj. ② 叛逆的.

——v. ③ 反叛，反抗.

範例 ① **Rebels** are advancing on the capital. 叛軍正向首都逼近.

② There's something attractive about his **rebel** spirit. 他叛逆的個性有其吸引人之處.

③ The peasants **rebelled** against the new tax and burned the palace down. 農民們反抗徵收新稅並燒毀了宮殿.

The students **rebelled** against being confined to the school grounds during lunchtime. 學生們反對午餐時間不得離開校園的規定.

複數 **rebels**

活用 v. **rebels**, **rebelled**, **rebelled**, **rebelling**

＊rebellion [rɪ`bɛljən] n. ① 叛亂，謀反. ② 不服從，反抗.

範例 ① A **rebellion** at home distracted the King from problems in his colonies. 國內的叛變讓

國王無暇顧及殖民地的問題.

② There was a public **rebellion** against the old, cruel custom. 那項殘酷的舊習俗引起民眾的反抗.

【複數】 **rebellions**

rebellious [rɪˋbɛljəs] *adj.* ① 叛逆的, 反抗的.
② 難以對付的, 桀驁不馴的.

【範例】① The sect was often **rebellious** during the civil war. 那支分隊在內戰時期常進行謀反.

② The teacher ignored the **rebellious** girl. 老師沒有理睬那個桀驁不馴的女孩子.

【活用】 *adj.* ② **more rebellious**, **most rebellious**

rebirth [riˋbɝθ] *n.* 再生, 復活.

rebound [rɪˋbaʊnd] *v.* ① 反彈, 彈回; 恢復, 回升; 重新振作.
——*n.* ② 彈回; 反彈, 反動; 籃板球.

【範例】① He kicked the ball and it **rebounded** from the wall. 他踢球, 球打在牆壁上彈了回來.

The economy **rebounded** in the third quarter. 經濟發展在第3季有了回升.

② The little girl tried to catch the ball on the **rebound**. 小女孩想要接住彈回來的球.

【活用】 *v.* **rebounds**, **rebounded**, **rebounded**, **rebounding**

【複數】 **rebounds**

rebuff [rɪˋbʌf] *n.* ① 斷然拒絕.
——*v.* ② 斷然拒絕; 擊退.

【範例】① Liz's **rebuff** indicated she wasn't interested. 麗茲斷然拒絕表示她沒有興趣.

② Kate **rebuffed** the offer of marriage. 凱特斷然拒絕了求婚.

【複數】 **rebuffs**

【活用】 *v.* **rebuffs**, **rebuffed**, **rebuffed**, **rebuffing**

rebuild [riˋbɪld] *v.* 重建.

【範例】He **rebuilt** his house after the earthquake. 他在地震過後重建自己的房子.

A fifteen-game winning streak **rebuilt** the team's hope that they might top their division. 15連勝使該隊又重新燃起贏得地區冠軍的希望.

Russia desperately needs Japan's help to **rebuild** its economy. 俄羅斯急需日本援助以重振經濟.

【活用】 *v.* **rebuilds**, **rebuilt**, **rebuilt**, **rebuilding**

rebuilt [riˋbɪlt] *v.* rebuild 的過去式、過去分詞.

rebuke [rɪˋbjuk] *v.* ① 訓斥, 指責.
——*n.* ② 譴責, 訓斥, 指責.

【範例】① The judge **rebuked** the defendant for disturbing the court. 法官斥責被告擾亂法庭秩序.

② The student received a **rebuke** from the teacher for being late. 那位學生因遲到而遭到老師的訓斥.

【活用】 *v.* **rebukes**, **rebuked**, **rebuked**, **rebuking**

【複數】 **rebukes**

recall [rɪˋkɔl] *v.* ① 回想起, 使～想起. ② 召回, 使歸返. ③ 〖美〗罷免《經過投票將公職人員免職》.
——*n.* ④ 回憶, 記憶能力. ⑤ 召回, 喚回. ⑥ 〖美〗罷免.

【範例】① I **recalled** the accident. 我回想起那件意外事故.

② The ambassador was **recalled** from Madrid. 大使從馬德里被召回.

④ The boy had total **recall**. 那個男孩有驚人的記憶力.

⑤ The man got a letter of **recall**. 那名男子收到召回令.

【活用】 *v.* **recalls**, **recalled**, **recalled**, **recalling**

【複數】 **recalls**

recapitulate [͵rikəˋpɪtʃə͵let] *v.* 扼要重述, 摘要: The spokesman **recapitulated** what both governments agreed to. 發言人扼要重述兩國政府所達成的協議.

【活用】 *v.* **recapitulates**, **recapitulated**, **recapitulated**, **recapitulating**

recapitulation [͵rikə͵pɪtʃəˋleʃən] *n.* 重述要點, 概括.

【複數】 **recapitulations**

recapture [riˋkæptʃɚ] *v.* 奪回, 收回; 再次經歷, 再現.

【範例】This music **recaptures** the feeling of our European vacation. 這段音樂讓我們在歐洲度假時的感覺又再次浮現.

The fox got out of its cage but was **recaptured** ten minutes later. 那隻狐狸跑出籠子, 但是10分鐘後就被抓回去了.

【活用】 *v.* **recaptures**, **recaptured**, **recapturing**

recede [rɪˋsid] *v.* 退去, 後退, (記憶) 淡去.

【範例】The flood waters finally **receded**. 洪水終於退了.

His hair has **receded** a bit. 他的頭髮有點禿.

My childhood is gradually **receding** from my memory. 我孩提時代的記憶正在漸漸淡忘中.

☞ *n.* recession

【活用】 *v.* **recedes**, **receded**, **receded**, **receding**

receipt [rɪˋsit] *n.* ① 收據. ② 接收, 收到. ③ 〔～s, 作複數〕收入, 收益.

【範例】① You can't return goods without a **receipt**. 沒有收據就不能退貨.

② I am in **receipt** of your letter and résumé. 我收到了你的信和履歷表.

【片語】 **be in receipt of** (商業) 已經收到. (⇨【範例】②)

【複數】 **receipts**

receive [rɪˋsiv] *v.* 接受, 領受; 遭受; 接待, 迎接; 接到.

【範例】He **received** his doctor's degree from National Taiwan University in 1985. 國立臺灣大學在1985年授予他博士學位.

R

He **received** a serious injury to his legs in the skiing accident. 在那次的滑雪事故中，他的雙腿受到重傷。

He **received** radiation therapy for his cancer. 他接受放射線抗癌治療。

We **received** our visitors at the gate. 我們在大門口迎接客人。

Does he **receive** guests on Sundays? 他星期天會招待客人嗎？

Your new composition will be warmly **received** by the critics. 你的新曲子一定會得到評論家的好評。

Did you **receive** any letters yesterday? 昨天你有收到任何信嗎？

What time did you **receive** the call from your father? 你在幾點的時候接到你父親的電話？

I have **received** not a few complaints about you from your neighbors. 我從你的鄰居那裡聽到不少對你的抱怨。

Your proposal was **received** by the board of directors. 理事會接受了你的提案。

☞ *n.* receipt，reception

活用 *v.* **receives，received，received，receiving**

receiver [rɪ`sivɚ] *n.* ① 電話聽筒，接收機。② 收受者。

範例 ① He put the **receiver** to his ear and said, "Aloha Travel Company." 他把話筒貼近耳朵說：「這裡是阿羅哈旅遊公司。」

② In grammar the object in a sentence is the **receiver** of the action. 在文法中，句中的受詞是動作的接受者。

複數 **receivers**

＊**recent** [`risn̩t] *adj.* 最近的，近來的。

範例 He talked about his **recent** findings in the experiment. 他講述了實驗的最新發現。

This is the most exciting novel of **recent** years. 這是近幾年來最緊張刺激的小說。

活用 *adj.* **more recent，most recent**

＊**recently** [`risn̩tlɪ] *adv.* 最近，近來。

範例 I've **recently** started doing aerobics. 我最近開始做有氧運動。

Recently I got two letters from her. 最近我收到她寄的兩封信。

活用 *adv.* **more recently，most recently**

receptacle [rɪ`sɛptəkl̩] *n.* 容器，器皿。

複數 **receptacles**

＊**reception** [rɪ`sɛpʃən] *n.*

原義	層面	釋義	範例
接受	行為	接受〔收〕，接納，招待	①
	儀式	歡迎會，招待會	②
	場所	（旅館等的）接待處，服務臺	③

範例 ① Her calm **reception** of the bad news surprised us. 她面對壞消息時的冷靜應對讓我們感到很吃驚。

His mind is not open to the **reception** of new ideas. 他的頭腦不能接受新的想法。

The Browns gave us a warm **reception**. 布朗一家熱情地迎接我。

His film received a hostile **reception** from the critics. 他的電影不被評論家看好。

A girl's **reception** in high society takes place at a debutante ball. 年輕女子參加為初入社交界女子所辦的舞會而被上流社會所接納。《debutante 指首次進入社交界的女性》

The play met with a cold **reception** from the critics. 這齣劇遭到評論家們的冷落。

TV **reception** is poor around here. 這附近的電視收訊狀況不太好。

② We will hold a **reception** for the new-comers tomorrow. 新職員的歡迎會將在明天舉行。

a wedding **reception** 結婚喜宴。

③ I got my key at **reception**. 我從服務臺拿到了鑰匙。

☞ *v.* receive

♦ **recéption dèsk**（旅館的）櫃檯，接待處。

recéption ròom 會客室；（醫院的）候診室。

複數 **receptions**

receptionist [rɪ`sɛpʃənɪst] *n.*（公司、旅館等處的）接待員。

複數 **receptionists**

receptive [rɪ`sɛptɪv] *adj.* 感受力強的，易接受的：He is not **receptive** to new ideas. 他不易接受新的想法。

活用 *adj.* **more receptive，most receptive**

＊**recess** [rɪ`sɛs] *n.* ① 休息，休假，休會。② 凹進處。③〔~es〕深處，幽深處，角落。—— *v.* ④ 休息，休會。⑤ 使凹進去。

範例 ① The Parliament is in **recess**. 國會正休會中。

② We put a cupboard in the **recess** of the kitchen. 我們把櫥櫃放在廚房的凹處。

③ Fear of death lies in the **recesses** of my heart. 在我心深處潛藏著對死亡的恐懼。

④ The meeting **recessed** for ten minutes. 會議休會10分鐘。

⑤ The builders **recessed** this window following my orders. 建築工人按照我的吩咐把窗戶縮進去。

複數 **recesses**

活用 *v.* **recesses，recessed，recessed，recessing**

recession [rɪ`sɛʃən] *n.* ① 經濟衰退：His business was going well in spite of the **recession**. 他的生意做得很好，沒有受到經濟衰退的影響。② 後退，退場。

複數 **recessions**

＊**recipe** [`rɛsəpɪ] *n.* ① 烹調法，（食物的）做法。② 祕訣，祕方。

範例 ① Please tell me the **recipe** for this cake. 請告訴我這種蛋糕的做法。

② What's the **recipe** for a happy marriage? 幸福的婚姻生活祕訣是甚麼？

[複數] **recipes**

***recipient** [rɪˋsɪpɪənt] *n.* 接受者：Dr. Lee was the **recipient** of a Nobel prize for chemistry. 李博士曾經是諾貝爾化學獎的得主。

[複數] **recipients**

reciprocal [rɪˋsɪprəkl] *adj.* 相互的，互惠的：**reciprocal** help 互相幫助。

reciprocally [rɪˋsɪprəklɪ] *adv.* 相互地，互惠地。

***recital** [rɪˋsaɪtl] *n.* ① 獨奏會，獨唱會。②（詩歌等的）朗誦。③ 詳述，詳細說明。

[範例] ① Bunin gave a Chopin **recital**. 布寧舉辦了一場蕭邦作品獨奏會。

③ The judge gave a long **recital** of the charges against the accused. 法官對被告遭起訴給與冗長而詳細的說明。

[複數] **recitals**

***recitation** [ˏrɛsəˋteʃən] *n.* ① 背誦，朗誦。② 背誦文，朗誦文。③ 列舉，詳述。

[範例] ① We have a **recitation** contest today. 我們今天有朗誦比賽。

give a **recitation** of poetry 詩歌朗誦。

② a book of **recitations** 朗誦文集。

③ the **recitation** of our names and numbers 列舉我們的名字和號碼。

[複數] **recitations**

***recite** [rɪˋsaɪt] *v.* ① 背誦，朗誦。② 詳細說明，列舉陳述。

[範例] ① Can you **recite** Lincoln's Gettysburg address? 你能背誦林肯在蓋茨堡的演說嗎？

② He began to **recite** his adventures. 他又開始講起他的冒險故事了。

You have to **recite** all the names of the U.S. Presidents. 你必須列舉出歷任美國總統的名字。

[活用] *v.* **recites**，**recited**，**recited**，**reciting**

***reckless** [ˋrɛklɪs] *adj.* 不計後果的，魯莽的。

[範例] John is **reckless** when he's with his friends. 約翰只要與朋友們在一起，就會做出不計後果的事。

Mary was arrested for **reckless** driving. 瑪麗因開車莽撞而被逮捕。

Mary is **reckless** of danger. 瑪麗不顧及危險。

[活用] *adj.* **more reckless**，**most reckless**

recklessly [ˋrɛklɪslɪ] *adv.* 不顧一切地，魯莽地：John **recklessly** went to a dangerous part of town. 約翰不顧一切地闖進鎮上的危險地帶。

[活用] *adv.* **more recklessly**，**most recklessly**

recklessness [ˋrɛklɪsnɪs] *n.* 不計後果，魯莽，莽撞。

***reckon** [ˋrɛkən] *v.* ① 數，計算。② 估計，猜想。

[範例] ① The boy is **reckoning** the days to his birthday. 那個男孩正指數著今天離他生日還有多少天。

Ellie Lai is **reckoned** to be one of the greatest flutists in Taiwan. 賴英里是臺灣屈指可數的優秀長笛演奏家之一。

The professor is very busy. Don't **reckon** on his help. 那位教授很忙，別指望他的幫助。

This politician is a man to **reckon** with. 這位政治家是個不可小看的人物。

② I **reckon** that you will pass the examination. 我猜想你會通過考試。

[片語] **reckon on** 指望。(⇨ [範例] ①)
reckon with 把～考慮在內。(⇨ [範例] ①)

[活用] *v.* **reckons**，**reckoned**，**reckoned**，**reckoning**

reckoning [ˋrɛkənɪŋ] *n.* ① 計算：By grandpa's **reckoning**, his grandma was born in 1865. 根據爺爺的計算，爺爺的奶奶是1865年出生的。② 算帳；報應。③ 船位測定。

[複數] **reckonings**

reclaim [rɪˋklem] *v.* ① 收回，恢復。② 開墾。③ 回收，再利用。④ 使改邪歸正。

[範例] ① He **reclaimed** his health after a long vacation in the Swiss Alps. 他到瑞士阿爾卑斯山休長假之後恢復了健康。

Where should I go to **reclaim** my baggage? 我到哪裡去取回我的行李？

② This farming land was **reclaimed** from a lake. 這片農田是填湖造地而來的。

③ His garage **reclaims** metal from old cars. 他的汽車修理廠回收廢車金屬。

④ He is completely **reclaimed** from alcoholism. 他完全改掉了酗酒的壞習慣。

[活用] *v.* **reclaims**，**reclaimed**，**reclaimed**，**reclaiming**

reclamation [ˏrɛkləˋmeʃən] *n.* ① 填海造地。②（廢棄物的）回收利用。

[範例] ① The **reclamation** of the Netherlands is famous. 荷蘭的填海造地很有名。

The **reclamation** of the coastal area led to the development of this port. 沿海地區的填海造地導致這個港口的發展。

② The **reclamation** of resources from discarded materials will be essential in the near future. 不久的將來，從廢棄物中回收可利用資源將是必須的。

recline [rɪˋklaɪn] *v.* 倚，靠，躺，（使）（座椅）向後傾斜。The girl **reclined** against the tree. 那個女孩斜靠在樹上。

[活用] *v.* **reclines**，**reclined**，**reclined**，**reclining**

recluse [ˋrɛklus] *n.* 隱居者，隱士。

[複數] **recluses**

recognisable [ˋrɛkəgˏnaɪzəbl] =*adj.* 〖美〗recognizable。

***recognise** [ˋrɛkəgˏnaɪz] =*v.* 〖美〗recognize。

***recognition** [ˏrɛkəgˋnɪʃən] *n.* 認知，承認，認可。

[範例] That lady gave me a look of **recognition**, but I don't know her. 那位女子看來好像認識我，但我不認識她。

My hometown has changed beyond **recognition**. 我的故鄉變得不認得了.

The new government has not yet received **recognition** from the U.S. 這個新政府尚未得到美國的承認.

recognizable [ˋrɛkəgˌnaɪzəbl] *adj.* 可辨認的, 可認出的: I found an old picture barely **recognizable** as my grandfather. 我發現了一張勉強可認出是我祖父的舊照片.

參考 [英] recognisable.

活用 *adj.* **more recognizable**, **most recognizable**

*****recognize** [ˋrɛkəgˌnaɪz] *v.* 承認, 認可, 知道.

範例 I **recognized** your daughter by her voice. 我聽聲音就知道那是你的女兒.

Everyone **recognizes** your artistic ability. 大家都認同你的藝術才能.

Our government does not **recognize** the Democratic People's Republic of Korea. 我國政府尚未承認朝鮮民主主義人民共和國.

The athlete **recognized** that he was beaten. 這個選手認輸了.

參考 [英] recognise.

活用 *v.* **recognizes**, **recognized**, **recognized**, **recognizing**

recoil [rɪˋkɔɪl] *v.* ① 退縮, 畏縮: The policeman **recoiled** at the sight of the cobra. 看到眼鏡蛇, 那個警察就畏縮不前. ②（槍, 砲發射時）產生後座力.

——*n.* ③（槍, 砲發射時產生的）後座力.

活用 *v.* **recoils**, **recoiled**, **recoiled**, **recoiling**

*****recollect** [ˌrɛkəˋlɛkt] *v.* (正式) 記得, 想起.

範例 Do you **recollect** his phone number? 你記得他的電話號碼嗎?

I **recollect** hearing your song then. 我記得當時聽過你唱的歌.

I can't **recollect** how to open this box. 我不記得怎麼開這只箱子.

The detective **recollected** that he had seen the girl somewhere before. 那名刑警想起以前好像在哪裡見過那個女子.

活用 *v.* **recollects**, **recollected**, **recollected**, **recollecting**

*****recollection** [ˌrɛkəˋlɛkʃən] *n.* 記憶（力）, 回憶.

範例 The aide to the President said she had no **recollection** of having said that. 副總統說她不記得說過那樣的話.

We have many happy **recollections** of our homestay. 我們有許多寄住在外國人家裡時的快樂回憶.

複數 **recollections**

*****recommend** [ˌrɛkəˋmɛnd] *v.* ① 推薦, 推舉, 勸告. ② 使受歡迎.

範例 ① John **recommended** this dictionary to me. 約翰向我推薦這本辭典.

I **recommended** you as a good nurse. 我推薦你為優良護士.

Kevin **recommended** me for the new post. 凱文推薦我擔任這個新職位.

Our travel agent **recommended** we fly first class. 旅行社建議我們搭頭等艙.

Meg **recommended** that I give up smoking./ Meg **recommended** my giving up smoking./ Meg **recommended** me to give up smoking. 梅格勸我戒菸.

② This inn has charm and warmth to **recommend** it. 這家小旅館特有的魅力和溫馨使它受歡迎.

Hawaii's tropical weather, physical beauty, and friendly people **recommend** it to travelers. 夏威夷以其熱帶性氣候, 美麗的自然景觀, 和藹可親的居民而深受遊客們的歡迎.

活用 *v.* **recommends**, **recommended**, **recommended**, **recommending**

*****recommendation** [ˌrɛkəmɛnˋdeʃən] *n.* 推薦, 推薦信, 勸告.

範例 I read this book on the **recommendation** of my professor. 我因教授的推薦而讀了這本書.

Rick came back on my **recommendation**. 瑞克聽從我的勸告回來了.

Brian spoke in **recommendation** of his brother. 布萊恩稱讚他的弟弟.

Mr. Brown wrote a **recommendation** for Tom. 布朗先生為湯姆寫了一封推薦信.

The city council agreed to make a **recommendation** to the president. 市議會一致同意給總統寫勸告信.

複數 **recommendations**

*****recompense** [ˋrɛkəmˌpɛns] *v.* ① 報答, 酬謝. ② 賠償, 償還.

——*n.* ③ 報酬, 酬謝. ④ 補償, 賠償.

範例 ① The king **recompensed** the soldier for his bravery. 國王酬謝了那位勇敢的士兵.

② Steve will be **recompensed** for the cost of the damage by the insurance company. 史蒂夫所受的損失由保險公司賠償.

③ My father was awarded a medal in **recompense** for his meritorious service in education. 我的父親因為在教育界有傑出貢獻而被授予獎章.

④ The parents received five million NT$ as a **recompense** for their son's death in the accident. 那對父母因為他們的兒子在事故中死亡而獲得500萬元臺幣的補償.

活用 *v.* **recompenses**, **recompensed**, **recompensed**, **recompensing**

*****reconcile** [ˋrɛkənˌsaɪl] *v.* 使和解, 調解.

範例 After two years Betty and Sue were **reconciled**. 兩年之後, 貝蒂與蘇和好了.

Helen **reconciled** herself to working hard to save money for school. 海倫為了賺取學費, 只好拚命工作.

Jim can't **reconcile** his new lifestyle with his old religion. 吉姆無法協調新的生活方式與過

去宗教信仰之間的關係.

[片語] **be reconciled to** ∼/**reconcile oneself to** ∼ 只好接受，只好同意. (⇨ [範例])

[活用] v. **reconciles, reconciled, reconciled, reconciling**

*__reconciliation__ [ˌrɛkənˌsɪlɪ`eʃən] n. 和解，調解.

[範例] There was a slight hope of **reconciliation** between the husband and wife. 他們夫婦之間有一絲和解的希望.

Reconciliation of the suspect's story and the facts was impossible. 嫌疑犯所說的與事實不符.

reconnaissance [rɪ`kanəsəns] n. 偵察，勘察.

[複數] **reconnaissances**

reconnoiter [ˌrikə`nɔɪtɚ] v. 偵察，勘察: The soldiers **reconnoitered** the area. 士兵們勘察了那個地區.

[參考] [英] reconnoitre.

[活用] v. **reconnoiters, reconnoitered, reconnoitered, reconnoitering**

reconsider [ˌrikən`sɪdɚ] v. 重新考慮；重新審議.

[活用] v. **reconsiders, reconsidered, reconsidered, reconsidering**

*__reconstruct__ [ˌrikən`strʌkt] v. 重建，改建，復原.

[範例] It took ten years for the government to **reconstruct** the country's economy. 政府花了10年的時間重整國家經濟.

The detective **reconstructed** the murder from the few clues given to him. 那位偵探從一點點線索著手，直到重建整個殺人過程.

There is a project to **reconstruct** the ruined castle. 有一項復原這個荒廢城堡的計畫.

[字源] re (再次) + construct (建造).

[活用] v. **reconstructs, reconstructed, reconstructed, reconstructing**

*__reconstruction__ [ˌrikən`strʌkʃən] n. 重建，復原，重建之物.

[範例] the building under **reconstruction** 重建中的建築物.

economic **reconstruction** 經濟重建.

[複數] **reconstructions**

*__record__ [n. `rɛkɚd; v. rɪ`kɔrd] n. ① 記錄，記錄文件，檔案. ② 唱片《亦作 disc》.

—v. ③ 記錄，錄音，錄影.

[範例] ① John's high school **record** is excellent. 約翰在高中時的成績非常優秀.

That swimmer holds three world **records**. 那位游泳選手保有3項世界記錄.

You can read the **records** of that period in the City Library. 你可以從市立圖書館查閱當時的檔案.

The earthquake took a **record** toll of lives. 那次地震所造成的死亡人數創了記錄.

② She collects Beatles **records**. 她在收集披頭四合唱團的唱片.

It's a pity that **record** players are disappearing from shops. 遺憾的是，電唱機逐漸從商店裡消失.

③ More and more information is being **recorded** on computers. 愈來愈多的訊息被記錄在電腦中.

♦ **récord plàyer** 電唱機.

[複數] **records**

[活用] v. **records, recorded, recorded, recording**

recorder [rɪ`kɔrdɚ] n. ① 八孔豎笛. ② 記錄裝置《錄音機、錄影機等》.

[範例] ① You play the **recorder** by putting your fingers over different holes. 演奏豎笛要用手指按著不同的笛孔.

② a tape **recorder** 錄音機.

a video **recorder** 錄影機.

[參考] 表示錄影機的英語如下: video recorder/ videotape recorder/video cassette recorder 《略作 VCR》.

[複數] **recorders**

recording [rɪ`kɔrdɪŋ] n. 錄音，錄影.

[範例] The **recording** of this music was done in London. 這首曲子的錄音是在倫敦進行的.

A new **recording** of *Madame Butterfly* is now available on CD. 現在可以買得到新錄製的《蝴蝶夫人》電影原聲帶 CD 版.

[複數] **recordings**

recount [v. rɪ`kaunt; n. `riˌkaunt] v. ① 講述《故事等》. ② 重數.

——n. ③ 重數.

[範例] ① The pilot **recounted** his experience. 那個飛行員講述了自己的經歷.

② Please **recount** the votes. 請重新計票.

③ The candidate, who lost by a narrow margin, demanded a **recount**. 那個以些微差距落選的候選人要求重新計票.

[活用] v. **recounts, recounted, recounted, recounting**

[複數] **recounts**

recoup [rɪ`kup] v. 補償《損失等》，重新獲得《失去的東西》.

[活用] v. **recoups, recouped, recouped, recouping**

*__recourse__ [`rikors] n. 依靠，靠山.

[範例] He got his money back without **recourse** to a lawyer. 他沒有靠律師就把錢要回來了.

The workers had no other **recourse** but strike action. 工人沒有別的辦法，只好罷工.

[複數] **recourses**

*__recover__ [rɪ`kʌvɚ] v. 恢復；重新獲得，找回.

[範例] Your daughter will **recover** if you follow my orders. 你若按照我的指示去做，你的女兒就會恢復健康.

Steve is **recovering** from a bad cold. 史蒂夫正從重感冒中逐漸康復.

Emi **recovered** consciousness when they

used smelling salts on her. 當他們讓艾美嗅過鹽的同時，她恢復了知覺.

Inspector Clouseau **recovered** the diamond single-handedly. 克勞佐巡官一個人獨力地找回了鑽石.

[活例] v. **recovers**, **recovered**, **recovered**, **recovering**

*__recovery__ [rɪ`kʌvərɪ] n. ① 恢復. ② 重新獲得，找回.

[範例] ① Ronald made a quick **recovery** with the help of modern medicine. 羅納德在現代醫學的幫助下恢復得非常快.

② **Recovery** of the stolen painting is the top priority. 首先要做的是找回被偷的畫.

*__recreation__ [ˌrɛkrɪ`eʃən] n. 消遣，娛樂：For most the weekend is a time for **recreation**, not work. 對於很多人來說，週末是消遣的時間而不是工作的時間.

♦ recreátion gròund 運動場.
recreátion ròom 娛樂室.
[複數] **recreations**

__recruit__ [rɪ`krut] n. ① 新兵. ② 新會員，新人.
——v. ③ 徵募新兵，吸收新會員，招募. ④ 補充（新人等）.

[範例] ③ The French Club is **recruiting** new members now. 法語俱樂部正在招募新會員.

④ The rebel army was **recruited** from the poor and unemployed. 叛軍從窮人與失業者中補充新兵.

[複數] **recruits**
[活例] v. **recruits**, **recruited**, **recruited**, **recruiting**

__recruitment__ [rɪ`krutmənt] n. 徵募新兵，招募新人，補充.

__rectangle__ [`rɛktæŋgl] n. 長方形《☞ 充電小站 (p. 979)》.
[複數] **rectangles**

__rectangular__ [rɛk`tæŋgjələ] adj. 長方形的.

__rectify__ [`rɛktə͵faɪ] v. ① 矯正. ② 蒸餾，精製.
③ 整流《將交流電變為直流電》.
[活例] v. **rectifies**, **rectified**, **rectified**, **rectifying**

__rector__ [`rɛktə] n. ①《天主教的》修道院院長；學院院長. ②《英國國教的》教區牧師.
[複數] **rectors**

__rectory__ [`rɛktərɪ] n. 牧師住宅《教區牧師 (rector) 及其家屬居住的房子》.
[複數] **rectories**

__rectum__ [`rɛktəm] n. 直腸《☞ 充電小站 (p. 897)》.
[複數] **rectums**

__recuperate__ [rɪ`kjupə͵ret] v. ① 恢復健康：He is **recuperating** from injury at work. 他正從工作傷害中恢復健康. ② 收回，挽回.
[活例] v. **recuperates**, **recuperated**, **recuperated**, **recuperating**

__recuperation__ [rɪ͵kjupə`reʃən] n. 恢復健康，回收.

*__recur__ [rɪ`kɝ] v. ① 反覆出現. ② 重現，返回.

[範例] ① 1 divided by 3 is 0.3 **recurring**. 1除以3等於0.3循環.

His cancer is likely to **recur**. 他的癌症好像又復發了.

② Let's **recur** to the starting point. 我們重新回到起點吧.

Their first meeting often **recurred** to her. 他們第一次見面的情景時常出現在她的腦海中.

[活例] v. **recurs**, **recurred**, **recurred**, **recurring**

*__recurrence__ [rɪ`kɝəns] n. 復發，反覆.

[範例] He knew of the possibility of a **recurrence** of his cancer. 他知道自己的癌症有復發的可能性.

The frequent **recurrence** of her old backache made her quit her temporary job. 由於以前腰痛的毛病頻頻復發，她只好不打零工了.

[複數] **recurrences**

__recurrent__ [rɪ`kɝənt] adj. 復發的，反覆出現的，週期性的.

[範例] His illness is likely to be **recurrent**. 他的病好像又復發了.

He is troubled with **recurrent** nightmares. 他因為反覆做惡夢而感到苦惱.

__recycle__ [rɪ`saɪkl] v. 再生，再利用：We gather and **recycle** newspaper. 我們回收舊報紙.

[活例] v. **recycles**, **recycled**, **recycled**, **recycling**

*__red__ [rɛd] adj. ① 紅的. ② 共產主義的，激進的.
——n. ③ 紅，紅色. ④ 共產主義者. ⑤《the ~》赤字.

[範例] ① Tom turned **red** with shame. 湯姆羞得臉都紅了.

George's face was **red** with rage. 喬治氣得臉都紅了.

The murderer stood by the body with **red** hands. 雙手沾滿鮮血的殺人犯站在屍體旁邊.

We rolled out the **red** carpet for the King of Thailand. 我們鋪紅地毯迎接泰國國王.

② a **red** revolution 共產主義革命.

③ Cathy was dressed in **red**. 凱西穿著一身紅衣.

⑤ The company is in the **red**. 這家公司虧損.
We can't get out of the **red**. 我們無法擺脫赤字.

[片語] **see red** 發怒《源於牛一看到鬥牛士手持紅布條就很激動的現象. 又有人認為，這是源於發怒的人看甚麼都呈紅色》.

♦ rèd blóod cèll 紅血球.
rèd cárd 紅牌《在足球比賽中，裁判驅逐嚴重犯規者下場時所出示的紅色牌子》.
rèd cárpet 紅地毯《為了迎接貴賓而鋪設》.（⇨ 範例 ①）
rèd cént《美》一分銅幣《呈紅色》.
the Rèd Créscent 紅新月會《伊斯蘭教國家的國際救援組織，相當於「紅十字會」》.
the Rèd Cróss 紅十字會.
the rèd énsign 英國商船旗.

R

rèd flág 紅旗《危險信號、象徵革命的旗幟》.

Rèd Índian 印第安人《對美國原住民 (native American) 的蔑稱》.

rèd líght 紅燈.

rèd pépper 紅辣椒.

rèd rág（鬥牛士用的）紅布；惹人生氣之物.

the Rèd Séa 紅海.

rèd tápe 官樣文章，官僚氣息《源於用紅色帶子裝訂公文》: I hate all the **red tape** whenever I renew my visa. 每當更換簽證時，我就對那種官僚氣息感到厭煩.

➡ 充電小站 (p. 233)

活用 adj. **redder, reddest**

複數 **reds**

redbreast [`rɛd͵brɛst] n. 知更鳥《亦作 robin》.

複數 **redbreasts**

redden [`rɛdn] v.（使）臉紅.

範例 ① Cathy's face **reddened** with anger. 凱西氣得臉紅了.

② Anger **reddened** Cathy's face. 生氣使得凱西滿臉通紅.

活用 v. **reddens, reddened, reddened, reddening**

reddish [`rɛdɪʃ] adj. 帶有紅色的，微紅的: James has **reddish** brown hair. 詹姆士有一頭褐色略帶紅色的頭髮.

*__redeem__ [rɪ`dim] v. ① 買回，贖回. ② 彌補，挽救. ③ 履行. ④ 兌換.

範例 ① Kate **redeemed** her engagement ring from the pawn shop. 凱特從當鋪贖回她的結婚戒指.

② The **redeeming** feature of big cities is that there are plenty of jobs. 大城市唯一的好處在於有很多工作機會.

Perfect weather wasn't able to **redeem** a picnic marred by fighting. 大好天氣也未能彌補因吵架所而被弄得一團糟的郊遊.

That dessert **redeemed** an otherwise awful dinner. 那道甜點挽救了本來很糟糕的晚餐.

③ I **redeemed** my pledge and sent in a hundred dollars. 我按照承諾寄了1,000美元.

④ You may **redeem** this coupon for a free meal on weekdays only. 你只有在平常才可以憑此優待券免費用餐.

活用 v. **redeems, redeemed, redeemed, redeeming**

*__redemption__ [rɪ`dɛmpʃən] n. 彌補，挽救: Ken's acting career is beyond **redemption**. 肯的演藝生涯已告結束.

redhead [`rɛd͵hɛd] n. 紅頭髮的人.

複數 **redheads**

redheaded [`rɛd`hɛdɪd] adj. 紅頭髮的.

redhot [`rɛd`hɑt] adj. ① 燒得火紅的，熾熱的: **redhot** iron 燒得火紅的鐵. ②（話題）熱門的,（消息）最新的.

redouble [ri`dʌbl] v. 加倍，加強: If the police **redouble** their efforts, he's sure to be caught. 如果警察加倍努力，一定可以抓到他.

活用 v. **redoubles, redoubled, redoubled, redoubling**

redress [v. rɪ`drɛs; n. `ridrɛs] v. ① 革除（弊病），糾正.

——n. ②（弊病的）革除，糾正. ③ 賠償.

範例 ② Social wrongs must be **redressed**. 社會弊病必須鏟除.

③ I will seek **redress** for the damage to my car. 我打算要求賠償車子的損失.

活用 v. **redresses, redressed, redressed, redressing**

*__reduce__ [rɪ`djus] v. ① 減少，縮減. ② 使成為（某種狀態）. ③（化學上）還原;（數學上）約分. ④ 使服從.

範例 ① The finance minister promised to **reduce** taxes. 財政部長承諾要減稅.

I must **reduce** my weight to get into that skirt. 為了能穿上那條裙子，我必須減重.

I bought the bag at a **reduced** price. 我以低價買了那只皮包.

② Every building in the area was **reduced** to rubble. 這個地區的每棟建築物都變成瓦礫.

We can **reduce** our arguments to two main points. 我們的主張可簡化為兩個要點.

The out-of-work executive was **reduced** to selling newspapers on a street corner. 那位失業的管理員已淪落至街頭賣報紙.

③ **Reduce** the fraction. 約分這個分數.

活用 v. **reduces, reduced, reduced, reducing**

*__reduction__ [rɪ`dʌkʃən] n. ① 縮減，減少，降價. ② 變形;（數學的）約分;（化學的）還原.

範例 ① The two countries agreed to the **reduction** of nuclear weapons. 兩國同意削減核武.

② The **reduction** of the entire issue to one question isn't possible—it's too complicated. 所有問題化為一個問題是不可能的，這太複雜了.

複數 **reductions**

redundancy [rɪ`dʌndənsɪ] n. ① 多餘；重複. ②《英》被解雇者；冗員.

範例 ① Express your idea without **redundancy**. 不要重複表達你的想法.

② There were a lot of **redundancies** in the recession. 不景氣時有許多人被遣散.

複數 **redundancies**

redundant [rɪ`dʌndənt] adj. ① 多餘的，重複的. ②《英》剩餘的；被裁員的.

範例 ① Your essay has a few **redundant** paragraphs. 你的論文有一些多餘的段落.

② Thousands of workers were made **redundant** in the car industry. 汽車業中有數千名工人被遣散.

redwood [`rɛd͵wud] n. ① 紅杉《產於美國加州的巨木》. ② 紅杉木.

複數 **redwoods**

*__reed__ [rid] n. ① 蘆葦: I used a **reed** as a snorkel. 我用蘆葦當作潛水呼吸管. ②（樂器

的）簧片.

[片語] *a broken reed* 不可靠的人.

♦ **réed instrument** 簧樂器《單簧管 (clarinet)，雙簧管 (oboe)》.

réed òrgan 簧風琴，腳踏式風琴.

[複數] **reeds**

reedy [`ridɪ] *adj.* ① 蘆葦叢生的. ② 蘆葦似的. ③ 聲音尖細的.

[活用] *adj.* **reedier**，**reediest**

reef [rif] *n.* ① 暗礁：The tanker was wrecked on a **reef**. 油輪觸礁失事了. ② 縮帆部分.

——*v.* ③ 收帆.

[複數] **reefs**

reek [rik] *n.* ① 惡臭，臭味.

——*v.* ② 發出惡臭，帶有氣味：The case **reeked** of the Mafia. 這個事件頗有黑手黨的味道.

[活用] *v.* **reeks**，**reeked**，**reeked**，**reeking**

***reel** [ril] *n.* ① 捲軸，捲盤《用於捲起磁帶、底片、釣魚線等的軸、盤》. ②（電影片的）一捲.

——*v.* ③ 捲，繞. ④ 滔滔不絕地說 (off). ⑤ 跟蹌，搖晃.

[範例] ① Tom wound his **reel** to pull in the fish. 湯姆捲起捲軸把魚釣上來.

The large **reel** of wire is very heavy. 大的鐵絲捲盤非常重.

② This is a long movie—it comes on four **reels**. 這部電影很長，共有4捲電影片.

③ Carl **reeled** in the fishing line when he felt a tug on it. 卡爾覺得有拉力時，便捲起釣魚線.

Reel in the cord, please. 請捲起繩子.

I **reeled** off the hose. 我捲收軟管.

④ Emily **reeled** off all the facts. 艾蜜麗滔滔不絕地說出了全部真相.

⑤ Jack came **reeling** up the street. 傑克從街上踉蹌而來.

[複數] **reels**

[活用] *v.* **reels**，**reeled**，**reeled**，**reeling**

reelect [ˌriə`lɛkt] *v.* 重選，改選：Mr. Brown was **reelected** to Parliament. 布朗先生再次當選國會議員.

[活用] *v.* **reelects**，**reelected**，**reelected**，**reelecting**

reelection [ˌriə`lɛkʃən] *n.* 改選，重選：Senator Smith's **reelection** isn't a sure thing this time. 史密斯參議員這次能否再次當選還很難說.

[複數] **reelections**

reenter [ri`ɛntɚ] *v.* 再次進入.

[範例] The space shuttle will **reenter** the earth's atmosphere in 5 minutes. 太空梭5分鐘後將再次進入大氣層.

Workers may not **reenter** the work place after closing time. 工人在下班後不能再次進入工作場所.

[活用] *v.* **reenters**，**reentered**，**reentered**，**reentering**

refectory [rɪ`fɛktərɪ] *n.*（修道院的）餐廳.

[複數] **refectories**

***refer** [rɪ`fɝ] *v.* ① 詢問；查詢 (to). ② 提交，交付.

[範例] ① Try to read a book without **referring** to your dictionary for every unfamiliar word. 看書時試著不要一遇到不懂的字就查閱字典.

Which poem are you **referring** to? 你指的是哪一首詩？

② Miss White **referred** me to an eye doctor. 懷特小姐吩咐我去看眼科醫生.

Let's **refer** the dispute to the court. 把糾紛交付給法院處理.

[活用] *v.* **refers**，**referred**，**referred**，**referring**

referee [ˌrɛfə`ri] *n.* ① 裁判，仲裁人. ②《英》身分保證人.

——*v.* ③ 裁判，仲裁.

[範例] ① The **referee** did not notice the foul. 裁判沒有注意到犯規.

③ The game will be **refereed** by six men from a neutral town. 這場比賽將由來自中立的城鎮的6位男子擔任裁判.

[複數] **referees**

[活用] *v.* **referees**，**refereed**，**refereed**，**refereeing**

***reference** [`rɛfərəns] *n.* ① 參照，參考. ② 參考文獻. ③ 言及，提及. ④ 證明書；證明人. ⑤ 關係.

[範例] ① I'll give you this list of books for future **reference**. 我把這個書目交給你作為未來的參考.

I often go to the university library to use their **reference** books. 我經常去大學的圖書館使用他們的參考書.

② A list of **references** comes at the end of an article. 參考文獻的目錄列在論文的最後.

③ Father made no **reference** to his disease in his last letter. 父親在上次的信中，一句也沒提到自己的病情.

④ The company wants a **reference** from your school. 公司想要一份你的學校開出的證明.

⑤ With **reference** to your letter dated March 3, we would like to send you our new product on a trial basis. 關於你3月3日的來信，我們打算以試用原則，將新產品寄給你.

♦ **réference bòok** 參考書.

[複數] **references**

referenda [ˌrɛfə`rɛndə] *n.* referendum 的複數形.

referendum [ˌrɛfə`rɛndəm] *n.* 公民投票：The people decided in a **referendum** to deny welfare benefits to illegal aliens. 人民透過公民投票決定，對於非法滯留的外國人不給與社會福利.

[複數] **referenda/referendums**

refill [*v.* ri`fɪl；*n.* `ri_fɪl] *v.* ① 再填充，補充.

——*n.* ② 再補充（的部分）.

[範例] ① Shall I **refill** your glass? 再給你斟點好嗎？

② Would you like a **refill**? 再來一杯怎麼樣？

R

I must get some **refills** for my fountain pen. 我必須買些鋼筆用的填充墨水.

活用 v. **refills**, **refilled**, **refilled**, **refilling**
複數 **refills**

*__refine__ [rɪ`faɪn] v. 使文雅; 精煉.

範例 Crude oil is **refined** after it is imported. 原油在進口後精煉.

She **refined** her manners further after she got married. 結婚後, 她的舉止更加文雅.

活用 v. **refines**, **refined**, **refined**, **refining**

refined [rɪ`faɪnd] adj. 優雅的, 文雅的.

範例 That **refined** lady is Jack's wife. 那位優雅的女士是傑克的妻子.

I much admire his **refined** style of writing. 我非常欽佩他那優雅的寫作風格.

活用 adj. **more refined**, **most refined**

refinement [rɪ`faɪnmənt] n. 文雅, 高雅; 精緻.

範例 A woman of great **refinement** is not always a good wife. 非常高雅的女人未必就是好妻子.

He wants to add as many **refinements** to his car as possible. 他盡可能想在車內多加裝些精巧裝備.

複數 **refinements**

refinery [rɪ`faɪnərɪ] n. 精煉廠: He is working at a sugar **refinery**. 他在一家糖廠工作.

複數 **refineries**

*__reflect__ [rɪ`flɛkt] v. ① 反射, 反映. ② 反省.

範例 ① The lake was **reflecting** the sunlight. 湖水反射著日光.

Does the report **reflect** their real opinion? 這篇報導能夠反映他們真正的意見嗎?

② You should **reflect** on what you have done. 你該反省一下你所做的事.

活用 v. **reflects**, **reflected**, **reflected**, **reflecting**

*__reflection__ [rɪ`flɛkʃən] n. ① 反射; 映像; 反映. ② 深思熟慮.

範例 ① Jane looked at her **reflection** in the mirror for a long time. 珍長時間看著鏡中的自己.

② After **reflection**, Jack decided not to go on to college. 經過深思熟慮之後, 傑克決定不上大學了.

複數 **reflections**

reflective [rɪ`flɛktɪv] adj. ① 反映的; 反射的. ② 沉思的, 熟慮的: There was a long **reflective** silence before he spoke. 經過長時間的沉默, 他終於開口了.

活用 adj. **more reflective**, **most reflective**

reflector [rɪ`flɛktə-] n. ① 反射鏡. ② 反射望遠鏡.

範例 ① A **reflector** glows when light shines on it. 反射鏡遇到光線就發光.

② This school has a 15-inch **reflector** with a focal length of 15 feet. 這所學校有一臺焦距15呎, 口徑15吋的反射望遠鏡.

複數 **reflectors**

reflex [`riflɛks] n. 反射作用; 反射運動; 反應能力.

範例 That is the normal **reflex** action of babies while sleeping. 那是睡眠中的嬰兒正常的反射運動.

That sumo wrestler has excellent **reflexes**. 那位相撲選手具有極好的反應能力.

複數 **reflexes**

reflexive [rɪ`flɛksɪv] adj. ① 反射作用的; 反射的. ② 反身用法的.

參考 以下畫線的部分為〈反身用法〉:

You can dry yourself with this towel. (你可以用這條毛巾擦身子.)

I enjoyed myself at the party. (我在聚會上玩得很開心.)

*__reform__ [rɪ`fɔrm] v. ① 改善, 改正, 改革. ② (使)改過自新.
——n. ③ 改善, 改正, 改革.

範例 ① School disciplinary procedures have been **reformed**. 學校修改了懲戒程序.

The people want the welfare system to be **reformed**. 人民希望改善福利制度.

② John has completely **reformed** himself. 約翰完全改過自新了.

You'll go to prison if you don't **reform**. 如果你不改過自新就得坐牢.

③ These **reforms** in the tax system are very popular. 這些稅制的改革很受歡迎.

♦ **refórm schòol** 感化院, 少年感化院.

活用 v. **reforms**, **reformed**, **reformed**, **reforming**

複數 **reforms**

*__reformation__ [,rɛfə`meʃən] n. ① 改善, 改革. ② 改過自新. ③ [the R~] 宗教改革.

範例 宗教改革是指1517年由路德提出《95條論綱》而引起的西歐宗教運動, 並產生了新教, 由天主教中分離出來.

複數 **reformations**

reformer [rɪ`fɔrmə-] n. 改革者, 改良者.

複數 **reformers**

refract [rɪ`frækt] v. 使折射.

活用 v. **refracts**, **refracted**, **refracted**, **refracting**

refraction [rɪ`frækʃən] n. 折射(作用).

refrain [rɪ`fren] n. ① (詩歌的)疊句.
——v. ② 忍耐, 節制, 克制: Please **refrain** from smoking in the car. 車內請勿吸菸.

複數 **refrains**

活用 v. **refrains**, **refrained**, **refrained**, **refraining**

*__refresh__ [rɪ`frɛʃ] v. 恢復精神, 提神.

範例 I felt **refreshed** in the cold air. 冷空氣使我精神振作.

Let's **refresh** ourselves with a cup of tea. 我們喝杯茶提神.

The article **refreshed** my memory about the case. 這篇報導喚起我對這事件的記憶.

活用 v. **refreshes**, **refreshed**, **refreshed**, **refreshing**

refresher [rɪˋfrɛʃɚ] *n.* ① 進修課程《亦作 refresher course》. ② 使恢復精神的人《物》.
♦ **refrésher còurse** 進修課程.
複數 **refreshers**

refreshing [rɪˋfrɛʃɪŋ] *adj.* 清爽的；提神的： You can enjoy the **refreshing** breeze coming from the lake. 你可以享受湖面吹來的清爽微風.
活用 *adj.* **more refreshing, most refreshing**

***refreshment** [rɪˋfrɛʃmənt] *n.* ① 恢復精神. ② 提神之物. ③ 茶點.
範例 ① You need mental **refreshment**. 你需要恢復精神.
② Working out is a good **refreshment** after a day's work. 結束一天的工作後，運動可以恢復疲勞.
複數 **refreshments**

refrigerate [rɪˋfrɪdʒə‚ret] *v.* 使冷卻；冷凍.
活用 *v.* **refrigerates, refrigerated, refrigerating**

refrigeration [rɪ‚frɪdʒəˋreʃən] *n.* 冷藏；冷凍；冷卻： **Refrigeration** is a way of preserving food. 冷藏是保存食物的方法之一.

refrigerator [rɪˋfrɪdʒə‚retɚ] *n.* 冰箱, 冷藏室《亦作 fridge;《美》icebox》.
複數 **refrigerators**

refuel [riˋfjuəl] *v.* 補充燃料： Our plane landed at Taipei for **refueling**. 我們的飛機為了加油降落臺北.
活用 *v.* **refuels, refueled, refueled, refueling/《英》refuels, refuelled, refuelling**

***refuge** [ˋrɛfjudʒ] *n.* ① 避難；庇護；保護. ② 避難所；《英》（馬路中央的）安全島《《美》safety island》. ③ 可依靠的人《物》；慰藉物.
範例 ① The runaway soldiers took **refuge** in the forest. 逃兵們逃進森林避難.
The Red Cross cooperated in giving **refuge** to the victims of the earthquake. 紅十字會協力保護地震受災者.
② There used to be a mountain **refuge** for climbers near here. 從前這附近有一間登山者的避難所.
③ He found **refuge** in alcohol after he failed in business. 生意失敗後，他在酒中找到慰藉.
複數 **refuges**

***refugee** [‚rɛfjʊˋdʒi] *n.* 難民，流亡者： The number of **refugees** from South East Asia is increasing. 來自東南亞的難民在增加中.
複數 **refugees**

refund [*v.* rɪˋfʌnd; *n.* ˋri‚fʌnd] *v.* ① 退還；償還.
——*n.* ② 退款；償還.
範例 ① If the concert is cancelled, all money will be **refunded**. 如果音樂會被取消，所有費用將退還.
② I'd like to get a **refund** on this computer. It seems to be broken. 我想退還這臺電腦，它

好像壞了.
活用 *v.* **refunds, refunded, refunded, refunding**
複數 **refunds**

***refusal** [rɪˋfjuzl] *n.* 拒絕： He gave her a flat **refusal**. 他斷然拒絕了她.
片語 **the first refusal** 優先購買權.
複數 **refusals**

***refuse** [*v.* rɪˋfjuz; *n.* ˋrɛfjus] *v.* ① 拒絕.
——*n.* ② 垃圾，廢物.
範例 ① He **refused** her offer flatly. 他斷然拒絕她的請求.
We were **refused** entry. 我們被拒絕入場.
She **refused** to marry him. 她拒絕跟他結婚.
Out of safety concerns they **refused** permission for Air Force One to land. 為了安全考量，他們拒絕了空軍一號的著陸.《Air Force One 為美國總統的專機》
♦ **réfuse collèctor** 收垃圾的人.
réfuse dùmp 垃圾堆；垃圾場.
☞ ① ↔ accept, *n.* refusal
活用 *v.* **refuses, refused, refused, refusing**

refute [rɪˋfjut] *v.* 駁斥，反駁： The doctor **refuted** the false accusation. 醫生反駁了這個誣告.
活用 *v.* **refutes, refuted, refuted, refuting**

***regain** [rɪˋgen] *v.* 收回；恢復： He slowly **regained** consciousness. 他漸漸恢復了知覺.
片語 **regain ～'s feet** 重新站起.
活用 *v.* **regains, regained, regained, regaining**

***regal** [ˋrigl] *adj.* 國王的，似帝王的；莊嚴的；堂皇的： A **regal** carriage drawn by horses took Cinderella to the ball. 灰姑娘乘著富麗堂皇的馬車來到了舞會.
活用 *adj.* **more regal, most regal**

regalia [rɪˋgelɪə] *n.* 禮服： The Queen was in full **regalia**. 女王穿著一身禮服.

regally [ˋriglɪ] *adv.* 似帝王地；堂皇地： The participants marched **regally** into the arena. 參加者像帝王般地走進了競技場.
活用 *adv.* **more regally, most regally**

***regard** [rɪˋgɑrd] *v.* ① 認為，視為；注視. ② 留心.
——*n.* ③ 擔心；關心. ④ 關聯. ⑤ 敬意；尊敬. ⑥〔～s〕問候，致意.
範例 ① That picture is **regarded** as Picasso's best. 這幅畫被視為是畢卡索最好的作品.
Mrs. Jones **regarded** him with interest. 瓊斯夫人很有興趣地注視著他.
③ He drinks with no **regard** for health. 他不顧健康喝酒.
④ In this **regard** I agree with you. 有關這一點，我贊成你的看法.
⑤ Mary has a high **regard** for Mr. Leonard. 瑪麗非常尊敬李奧納多先生.

R

⑥ Please give my best **regards** to your wife. 請代我向你夫人問好.
片語 *as regards* ~ 關於.
活用 *v.* regards, regarded, regarded, regarding
複數 ⑥ regards

****regarding** [rɪ`ɡɑrdɪŋ] *prep.*《正式》關於: We received a call **regarding** the missing girl. 我們接到了有關失蹤少女的電話.

****regardless** [rɪ`ɡɑrdlɪs] *adv.* 不管, 不顧: I'll buy that computer **regardless** of the cost. 不管價格如何, 我要買那臺電腦.

****regatta** [rɪ`ɡætə] *n.* 划船比賽: A **regatta** is being held on the River Thames today. 划船比賽今天正在泰晤士河舉行.
字源 源於義大利語的 regatta (競爭), 原指威尼斯貢多拉船夫們的划船比賽.
複數 regattas

regency [`ridʒənsɪ] *n.* 攝政政治; 攝政期間; 攝政地位.
複數 regencies

regeneration [rɪ,dʒɛnə`reʃən] *n.* 復甦; 復活; 復興.
範例 They achieved their goal of economic **regeneration**. 他們達成了經濟復甦的目標. The **regeneration** of the company will be successful. 公司的重建一定會成功.

regent [`ridʒənt] *n.* ① 攝政. ②〖美〗(大學等的) 董事.
──*adj.* ③〔只用於名詞後〕攝政的: the Prince **Regent** 攝政王.
♦ **Régent Strèet** 攝政大街《位於倫敦市中心的商業街, 1811年至1820年, 喬治四世代替患病的喬治三世攝政時修建的大街》.
Règent's Párk 攝政公園《位於倫敦市北方的公園, 1811年為攝政王而設計》.
複數 regents

reggae [`rɛɡe] *n.* 雷鬼《源於牙買加的一種音樂, 第2、4節拍帶有其鮮明的特徵》.

regime [rɪ`ʒim] *n.* 制度, 體制; 政權.
範例 the ancient **regime** 舊制度. a Communist **regime** 共產主義政權.
複數 regimes

regiment [*n.* `rɛdʒəmənt; *v.* `rɛdʒə,mɛnt] *n.* ① 團. ② 一大群.
──*v.* ③ 嚴格管理.
範例 ① an infantry **regiment** 一個步兵團.
② a **regiment** of ants 一大群螞蟻.
③ My work schedule is highly **regimented**. 我每天的工作進度管理得非常嚴格.
➡ 〖充電小站〗(p. 801)
複數 regiments
活用 *v.* regiments, regimented, regimented, regimenting

regimental [,rɛdʒə`mɛntl] *adj.* ① 團的.
──*n.* ②〔~s〕軍服.
範例 ① **regimental** colors 團旗.
② They appeared in full **regimentals**. 他們穿著一身軍服出現.

複數 **regimentals**

****region** [`ridʒən] *n.* ① 地帶; 地區; 地方. ② 領域; 範圍; 層. ③ (身體的) 部位.
範例 ① a tropical **region** 熱帶. the arctic **regions** 北極地區.
② the **region** of science 科學領域.
片語 *in the region of* 在~附近, 大約: The moving expenses will be **in the region of** one thousand dollars. 搬家費用大約是1,000美元.
複數 regions

regional [`ridʒənl] *adj.* 地區的; 地方的: **regional** accents 方言.

****register** [`rɛdʒɪstə] *n.* ① 登記簿, 註冊簿. ② 收銀機《亦作 cash register》. ③ (音樂中的) 音域.
──*v.* ④ 記錄; 登記; 註冊. ⑤ 掛號. ⑥ 顯露.
範例 ① The hotel **register** is at the front desk. 住宿登記簿在櫃檯. Andy is listed on the e-mail **register**. 安迪註冊擁有電子信箱.
② I used to work at the cash **register**. 我以前是收銀員.
③ The lower **register** of John's voice has a remarkable quality. 約翰低音域的聲音是他的顯著特質.
④ Have you **registered** for the fall semester yet? 你秋季學期已註冊了嗎?
You have to be **registered** to vote. 你必須登記後才能投票.
⑤ I'd like to have this parcel **registered**. 這個包裹我想寄掛號.
⑥ Mary **registered** surprise at my remark. 瑪麗聽了我的話之後露出驚訝的神色.
♦ **règistered létter** 掛號信.
règistered máil 掛號郵件.
règistered núrse 合格護士《縮寫為 R.N.; 〖充電小站〗(p. 367)》.
règistered trádemark 註冊商標《用®表示》.
複數 registers
活用 *v.* registers, registered, registered, registering

registrar [`rɛdʒɪ,strɑr] *n.* 登記員, 戶籍員; 註冊主任: At some colleges, **registrars** are in charge of exams, keeping records, and admitting new students. 有些大學的註冊主任負責考試、各項記錄的管理以及新生的入學許可.
複數 registrars

registration [,rɛdʒɪ`streʃən] *n.* 登記; 註冊; 登記證; 登記人數: **Registration** of the new students takes place tomorrow. 新生註冊明天進行.
♦ **règistrátion fèe**〖英〗掛號費.
règistrátion nùmber 汽車牌照號碼.
複數 registrations

****regret** [rɪ`ɡrɛt] *n.* ① 遺憾; 後悔; 悲哀.
──*v.* ② 遺憾, 悔恨, 惋惜.

範例 ① To his deep **regret**, the President cannot attend the opening ceremony. 總統非常遺憾，他無法出席開幕式。

I have no **regrets** at having told the truth. 我不後悔說出了真相。

The students expressed their deep **regret** at their friend's sudden death. 學生們對他們朋友的猝死表示深沉的悲傷。

② It is to be much **regretted** that our demands are not supported by the public. 很遺憾，我們的要求沒有得到大眾的支持。

I sincerely **regret** what I have done. 我打從心裡悔恨過去的所作所為。

The death of your wife is **regretted** by all your neighbors. 鄰居們都對於你妻子的死感到很惋惜。

複數 **regrets**

活用 *v.* **regrets**, **regretted**, **regretted**, **regretting**

regretful [rɪˋgrɛtfəl] *adj.* 遺憾的，後悔的.

範例 You could tell she wasn't happy with the decision by the **regretful** look on her face. 從她遺憾的表情可以看出，她對那個決定不滿意。

I'm **regretful** for not having told the truth. 我後悔沒有說出真相。

活用 *adj.* **more regretful**, **most regretful**

regrettable [rɪˋgrɛtəbl] *adj.* 可惜的，令人遺憾的：Your behavior to our guests was most **regrettable**. 你對待我們客人的態度太令人遺憾了。

活用 *adj.* **more regrettable**, **most regrettable**

regrettably [rɪˋgrɛtəblɪ] *adv.* 可惜地，令人遺憾地：**Regrettably**, it is hardly possible to see the star without an astronomical telescope. 真遺憾，沒有天文望遠鏡根本就看不到那顆星星。

活用 *adv.* **more regrettably**, **most regrettably**

***regular** [ˋrɛgjələ-] *adj.* ① 定期的，固定的. ② 有規律的，規則的. ③ 整齊的. ④ 正式的，正規的. ④ 完全的，徹底的.

——*n.* ⑤ 正規兵；主力隊員；常客.

範例 ① We have two **regular** examinations a year. 我們一年有2次定期考試。

I've had no **regular** work for two months. 我已經2個月沒有固定工作了。

② keep **regular** hours 生活作息規律

She has **regular** white teeth. 她有一口潔白整齊的牙齒。

③ I am a **regular** nurse working in this hospital. 我是在這所醫院工作的正式護士。

Don't worry, he's a **regular** bus driver—he's fully qualified and licensed. 不必擔心，他是合格的公車司機，他具有充分的資格和合格執照。

活用 *adj.* ① ② **more regular**, **most regular**

複數 **regulars**

regularity [ˏrɛgjəˋlærətɪ] *n.* ① 規律性：He sends money to his elderly parents every month with **regularity**. 他每個月都會固定寄錢給年邁的雙親。 ② 整齊，端正，勻稱。 ③ 正規。

複數 **regularities**

***regularly** [ˋrɛgjələ-lɪ] *adv.* 規律地，定期地；整齊地。

活用 *adv.* **more regularly**, **most regularly**

***regulate** [ˋrɛgjəˏlet] *v.* ① 限制，制約，控制。 ② 調節，調整。

範例 ① The government **regulates** immigration. 政府限制移民入境。

The WTO will **regulate** world trade. 世界貿易組織將掌理世界貿易。(the WTO 為 the World Trade Organization（世界貿易組織）的縮略)

② A computer **regulates** this array of radio telescopes. 由一臺電腦調節這一排無線電天文望遠鏡。

活用 *v.* **regulates**, **regulated**, **regulated**, **regulating**

***regulation** [ˏrɛgjəˋleʃən] *n.* ① 規則，規定；法規；限制。

——*adj.* ②〔只用於名詞前〕正規的，規定的。

範例 ① We should obey traffic **regulations**. 我們必須遵守交通規則。

According to **regulations**, he retired at 65 years old. 他按照定於65歲退休。

Duty-free imports are subject to **regulation**. 免稅進口物品屬於限制對象。

② In professional sports, **regulation** equipment is required. 專業的運動比賽必須使用規定的器材和服裝。

Carlos was thrilled with the present—a **regulation** soccer ball. 卡洛斯得到這份禮物興奮不已，因為那是一顆正規比賽所使用的足球。

複數 **regulations**

rehabilitate [ˏriəˋbɪləˏtet] *v.* ① 使（病患）復原；使（罪犯）重新做人. ② 使復興，修復，使復原。

範例 ① The doctors tried to **rehabilitate** the wounded girl. 醫生們努力幫助受傷的女孩復原。

Whenever possible we should **rehabilitate** criminals. 我們應該盡量讓罪犯有重新做人的機會。

② How can we **rehabilitate** slum areas? 我們要如何重建貧民區？

活用 *v.* **rehabilitates**, **rehabilitated**, **rehabilitated**, **rehabilitating**

rehabilitation [ˏriəˏbɪləˋteʃən] *n.* ① 復健，恢復名譽. ② 修復。

***rehearsal** [rɪˋhɜ-sl] *n.* 預演，排練：put a play into **rehearsal** 排演一齣戲。

複數 **rehearsals**

rehearse [rɪˋhɜ-s] *v.* 預演，排練，排演。

範例 Dad is **rehearsing** his speech for a wedding reception. 父親正在練習婚禮上的

致詞.

The surprise attack on that fort was meticulously **rehearsed**. 突襲那座要塞是經過縝密演練的.

Mr. West is **rehearsing** his students for a new mixed chorus. 威斯特先生正讓學生們排練新的混聲合唱曲.

活用 v. **rehearses**, **rehearsed**, **rehearsed**, **rehearsing**

***reign** [ren] n. ① 統治(時期), 執政, 在位期間.
——v. ② 統治, 支配.

範例 ① the **reign** of Queen Elizabeth I 女王伊莉莎白一世的在位期間.

the **reign** of Communism in Poland 波蘭的共產黨執政時代.

② How long did Emperor Showa of Japan **reign**? 日本的昭和天皇在位多少年?

複數 **reigns**

活用 v. **reigns**, **reigned**, **reigned**, **reigning**

reimburse [ˏriɪm`bɝs] v.《正式》償還, 退還; 賠償: The insurance company **reimbursed** me for the damage to my car. 保險公司賠償了我汽車的損失.

活用 v. **reimburses**, **reimbursed**, **reimbursed**, **reimbursing**

reimbursement [ˏriɪm`bɝsmənt] n. 償還, 退還; 賠償.

複數 **reimbursements**

***rein** [ren] n. ① 繮繩《☞ 充電小站 (p. 611)》.
——v. ② 駕馭, 統治, 支配.

範例 ① He pulled on the **reins**. 他拉緊了繮繩.

Mr. Ward no longer holds the **reins** of power. 沃德先生已經沒有實權了.

② The government tried to **rein** in inflation. 政府試圖要控制通貨膨脹.

片語 **give ～ free rein/give free rein to ～** 放任, 給～自由: He **gives** his sons **free rein**, but keeps his daughters at home. 他放任兒子們自由自在, 卻把女兒們關在家裡.

keep a tight rein on 嚴格控制: The Federal Government is trying to **keep a tight rein on** inflation. 聯邦政府正努力嚴格控制通貨膨脹.

複數 **reins**

活用 v. **reins**, **reined**, **reined**, **reining**

reincarnate [ˏriɪn`kɑrnet] v.《正式》賦予新的肉體, 化身為.

活用 v. **reincarnates**, **reincarnated**, **reincarnated**, **reincarnating**

reincarnation [ˏriɪnkɑr`neʃən] n. ① 靈魂的再生, 靈魂轉世說. ② 轉世; 化身, 再生.

複數 **reincarnations**

reindeer [`ren‚dɪr] n. 馴鹿.

複數 **reindeer**

***reinforce** [ˏriɪn`fors] v. 加強, 增強, 補充, 增援(軍隊、人力等).

範例 The bridge needs **reinforcing**. 那座橋需要加固.

His theory was **reinforced** by the results of

the experiment. 實驗的結果使他的理論更加鞏固.

As the war became fierce, the army was **reinforced**. 隨著戰爭日益激烈, 軍隊戰力更加強化.

♦ **rèinforced cóncrete** 鋼筋混凝土.

活用 v. **reinforces**, **reinforced**, **reinforced**, **reinforcing**

reinforcement [ˏriɪn`forsmənt] n. ① 加固, 強化; 強化物. ②〔～s〕援軍, 增援部隊.

範例 ① The floor needs some **reinforcement**. 地板需要加固一下.

② Our soldiers are getting tired. When will we get **reinforcements**? 我們的士兵已經開始累了, 增援部隊何時會到?

複數 **reinforcements**

reinstate [ˏriɪn`stet] v.《正式》使復原, 使復位: He was **reinstated** as sales manager. 他恢復銷售經理的職位.

活用 v. **reinstates**, **reinstated**, **reinstated**, **reinstating**

reinstatement [ˏriɪn`stetmənt] n. 復位, 復職, 復權.

reiterate [ri`ɪtə‚ret] v. 重複, 反覆: The politician **reiterated** that he had nothing to do with the crime. 那位政治人物一再重申他與這樁犯罪毫無關聯.

活用 v. **reiterates**, **reiterated**, **reiterated**, **reiterating**

reiteration [ri‚ɪtə`reʃən] n. 重複, 反覆.

範例 I'm tired of the **reiteration** of the same old arguments. 我對反覆討論同樣的老問題已經厭煩了.

Our teacher emphasizes a point by constant **reiteration**. 我們的老師利用不斷的重複來強調重點.

複數 **reiterations**

***reject** [v. rɪ`dʒɛkt; n. `ridʒɛkt] v. ① 拒絕, 駁回, 否決; 淘汰; 排斥.
——n. ② 被拒絕的人; 被淘汰之物, 不合格產品; 落選者.

範例 ① John flatly **rejected** our proposal. 約翰斷然拒絕了我們的提議.

Many candidates were **rejected**. 很多應試者都被淘汰了.

The patient's body **rejected** the transplanted liver. 那位患者的身體對移植的肝臟出現了排斥反應.

② These **rejects** are 80% off. 這些瑕疵品以2折出售.

活用 v. **rejects**, **rejected**, **rejected**, **rejecting**

複數 **rejects**

rejection [rɪ`dʒɛkʃən] n. 拒絕, 否決: I've had so many **rejections**; I've given up looking for work. 好多次都沒有被錄用, 我已經放棄求職的念頭了.

複數 **rejections**

***rejoice** [rɪ`dʒɔɪs] v.《正式》高興, 歡喜, 喜悅.

[範例] The entire nation **rejoiced** at the good news. 全國上下都為那個好消息而高興.

The people **rejoiced** in their independence. 人民為獨立而歡喜.

I **rejoiced** when I heard about Mary's success. 聽到瑪麗成功的消息我很高興.

John **rejoiced** that Mary succeeded. 約翰對瑪麗的成功感到高興.

[片語] *rejoice in* 受惠，享有. (⇨ [範例])

rejoice in the name of 擁有〔被冠以〕～的名號: This **rejoices in the name of** the Golden Gate Bridge. 這座橋有金門大橋之稱.

[活用] v. **rejoices, rejoiced, rejoiced, rejoicing**

rejoicing [rɪ`dʒɔɪsɪŋ] n. ① 欣喜，歡樂. ② 〔~s〕慶祝，歡慶.

[範例] ① The birth of a child is a time for great **rejoicing**. 小孩的誕生是大喜的時刻.

② There were great **rejoicings** when war was averted. 當戰爭得以避免時，人們都大肆慶賀.

[複數] **rejoicings**

rejoin [rɪ`dʒɔɪn] v. ① 再次加入（團體、組織等）. ② 回答，回應.

[範例] ① He left the army once, but decided to **rejoin** it. 他曾經離開軍隊，後來決定再次加入伍.

② "You're no good at English, are you?" "And you're no good at math, are you?" he **rejoined**. 「你的英語不怎麼樣，是吧?」他回應道:「那麼，你的數學好像也不怎麼樣，對吧?」

[活用] v. **rejoins, rejoined, rejoined, rejoining**

rejuvenate [rɪ`dʒuvə,net] v. 使年輕，使恢復活力.

[活用] v. **rejuvenates, rejuvenated, rejuvenated, rejuvenating**

rejuvenation [rɪ,dʒuvə`neʃən] n. 返老還童，恢復活力.

*****relapse** [rɪ`læps] v. ① 故態復萌，再次惡化. ——n. ② 故態復萌，復發.

[範例] ① "Why did he steal the money?" "I'm afraid he has **relapsed** into his old habits." 「他為甚麼偷錢?」「恐怕他是故態復萌.」

He stopped smoking for a while, but **relapsed**. 他曾經戒菸一陣子，但又故態復萌了.

② Tom had a **relapse** three years after his cancer operation. 湯姆的癌症在手術3年後又復發了.

[活用] v. **relapses, relapsed, relapsed, relapsing**

[複數] **relapses**

*****relate** [rɪ`let] v. ① (使) 有關聯. ② (使) 保持良好關係. ③ 敘述，講述.

[範例] ① We have enough evidence to **relate** these two incidents. 我們有足夠的證據可將這兩件事串連起來.

High blood pressure is closely **related** to diseases of adulthood. 高血壓與成人疾病有密切的關聯.

② As human beings, we must **relate**. 同為人類，我們應當友好相處.

③ Shelley **related** the story of *Pilgrimage to the West*. 雪莉講述了《西遊記》的故事.

The anthropologist **related** some common characteristics of child care throughout the world. 那位人類學家講述了有關全世界育兒的共同特點.

[活用] v. **relates, related, related, relating**

related [rɪ`letɪd] adj. 有關係的，相關的; 有血緣關係的.

[範例] Environmental degradation and **related** problems are the topics today. 今天的主題是環境惡化及其相關的問題.

Ron and Brian are **related** to each other——they're brothers. 朗和布萊恩有血緣關係，他們是兄弟.

:**relation** [rɪ`leʃən] n. ① 關係，關聯. ② 血親，親屬.

[範例] ① There is a close **relation** between smoking and lung cancer. 吸菸與肺癌有密切的關聯.

The witness's testimony bears no **relation** to the case. 證人的證詞與本案沒有關聯.

The **relations** between India and Pakistan are strained at best. 印度和巴基斯坦的關係處於最高度的緊張狀態.

Ann's salary is high in **relation** to others of her age. 與同齡的人相比，安的薪資算是高的了.

Only one question was asked in **relation** to the new tax plan. 只有一個提出的問題和新稅計畫有關.

② She is a **relation** by marriage, not by blood. 她不是血緣關係，是姻親關係.

[片語] *in relation to ～/with relation to ～* ① 涉及，與～相關的. (⇨ [範例] ①) ② 關於. (⇨ [範例])

[複數] **relations**

*****relationship** [rɪ`leʃənʃɪp] n. 關係，關聯; 親戚關係; 交情.

[範例] Can you say there is no **relationship** between violence in the media and crime in society? 你能說社會犯罪與媒體中的暴力沒有關係嗎?

Officer Smith has a good **relationship** with the people where he walks his beat. 史密斯巡警與他轄區的居民關係良好.

The book is about the **relationship** between a boy and his dog. 這本書寫的是一位男孩和他的狗之間的友誼.

"What's your **relationship** to him?" "He's my uncle." 「你和他是甚麼關係?」「他是我叔叔.」

[複數] **relationships**

‡**relative** [`rɛlətɪv] *n.* ① 親戚《☞ 充電小站 (p. 455)》.

——*adj.* ② 相關的；相對的.

範例 ① I didn't know we had so many **relatives**. 我不知道我們有這麼多親戚.

② Beverly does her job with **relative** ease. 貝佛莉做起工作來比較輕鬆.

The court's decision weighs the **relative** importance of national security and freedom of speech. 該判決衡量了國防與言論自由的重要性之間的相對關係.

Rent here is **relative** to the season. 當地的租金隨季節而變.

♦ **rèlative ádverb** 關係副詞.

rèlative prónoun 關係代名詞.

複數 **relatives**

***relatively** [`rɛlətɪvlɪ] *adv.* 比較地，相對地.

範例 The operation of a PC is **relatively** easy. 個人電腦的操作比較簡單.

It's **relatively** inexpensive for Taipei. 那在臺北算是比較便宜的.

Relatively speaking, this is a minor event in the history of Iran. 相對而言，那在伊朗的歷史上只是一個小事件.

***relativity** [,rɛlə`tɪvətɪ] *n.* 相對性；相對論.

‡**relax** [rɪ`læks] *v.* ① 休息，（使）放鬆. ② 鬆動，鬆開；放寬.

範例 ① Just sit down and **relax**. 坐下來休息一下吧.

After the class the teacher **relaxed** by having a cup of coffee. 下課後那位老師喝杯咖啡放鬆一下.

Music and whisky **relaxed** her. 音樂和威士忌讓她放鬆.

I am feeling **relaxed**. 我覺得很放鬆.

② Allan **relaxed** his grasp on her arm. 亞倫鬆開了握著她胳臂的手.

The regulations should be **relaxed**. 限制應該要放寬.

Rules regulating students' life have been **relaxing**. 限制學生生活的校規正逐漸放寬.

活用 *v.* **relaxes, relaxed, relaxed, relaxing**

relaxation [,rilæks`eʃən] *n.* ① 消遣，輕鬆. ② 放寬，緩和.

範例 ① For Beverly painting is a means of **relaxation**. 對貝佛莉來說，畫畫是一種消遣.

② The students demanded a general **relaxation** in their school regulations. 學生們要求全面放寬校規.

複數 **relaxations**

***relay** [rɪ`le] *n.* ① 交替，人員替換；接替者. ② 繼電器，轉播裝置. ③ 轉播. ④ 接力賽跑《亦作 relay race》.

——*v.* ⑤ 轉播.

範例 ① A new **relay** of workers is badly needed —these men are exhausted. 工作人員必須進行輪班替換，這些人都已精疲力盡了.

Telephone operators work in **relays** around the clock. 電話接線生要24小時輪班工作.

④ We won the 400m **relay**. 我們在400公尺接力賽中獲勝.

⑤ We're going to **relay** this concert live from ABC Hall. 這場音樂會將從 ABC 大廳進行現場轉播.

This performance of Taiwanese opera is now being **relayed** directly from the National Theater. 這場歌仔戲演出正從國家劇院直接轉播中.

♦ **rélay ràce** 接力賽跑.

rélay stàtion 轉播站.

複數 **relays**

活用 *v.* **relays, relayed, relayed, relaying**

***release** [rɪ`lis] *v.* ① 釋放，放開；解除，免除. ② 公開，發布.

——*n.* ③ 釋放；解除，免除. ④ 公開，發布.

範例 ① The hostages were finally **released** after three months' confinement. 經過3個月的監禁後，人質終於獲釋.

They **released** the bear with a transmitter on it. 他們給那隻熊戴上無線電發射器後放走了牠.

The drunken man would not **release** his grip on her hand. 那名喝醉酒的男人不想放開她的手.

He was **released** from military service because of illness. 他因病被免除了兵役.

② The Pentagon **released** the news of the U.S. Navy's attack on the island early this morning. 五角大廈〔美國國防部〕今天清晨公布了美國海軍攻擊那座島嶼的消息.

③ The **release** of their leader gave them hope for the future. 領導者的獲釋帶給了他們未來的希望.

After the war, I had such a feeling of **release**. 戰爭結束後，我有一種強烈的解脫感.

I obtained a **release** from my duty during the festival. 在節慶期間我不必工作.

④ According to the government press **release**, the President is getting better. 根據政府發布的新聞稿，總統的病情正逐漸好轉.

片語 ***on general release*** 〔英〕（電影）上演，上映: His new movie will be **on general release** next month. 他的新電影將在下個月公開上映.

活用 *v.* **releases, released, released, releasing**

複數 **releases**

***relegate** [`rɛlə,get] *v.* 使降級，使喪失地位，貶謫: The team was **relegated** to the minor league. 這個球隊降級為小聯盟球隊.

活用 *v.* **relegates, relegated, relegated, relegating**

relent [rɪ`lɛnt] *v.* 變得溫和；（風等）減弱，緩和.

範例 The President promised socialized health care but later **relented**. 總統曾承諾建立社會健康醫療制度，但後來卻改變態度了.

relentless [rɪ`lɛntlɪs] *adj.* 不留情面的，無情的，猛烈的.

範例 The critic's attack was **relentless**. 那位評論家的批評毫不留情.

relentless rain 猛烈的大雨.

活用 *adj.* **more relentless, most relentless**

relentlessly [rɪ`lɛntlɪslɪ] *adv.* 不留情面地，無情地，猛烈地.

活用 *adv.* **more relentlessly, most relentlessly**

relevance [`rɛləvəns] *n.* ① 關聯，關聯性. ② 適當，妥當.

relevant [`rɛləvənt] *adj.* 相關的；適宜的.

範例 You should collect all the **relevant** data. 你應該收集一切相關的資料.

The secretary prepared all the papers **relevant** to the matter. 祕書準備了所有相關的文件.

I see you have a **relevant** qualification for teaching English to non-native speakers. 我發現你具有適合的資格來教授不是以英語為母語的人英文.

活用 *adj.* **more relevant, most relevant**

relevantly [`rɛləvəntlɪ] *adv.* ① 相關地. ② 適當地，妥當地.

活用 *adv.* **more relevantly, most relevantly**

reliability [rɪ͵laɪə`bɪlətɪ] *n.* 可靠性；耐用度.

reliable [rɪ`laɪəbl] *adj.* 可靠的，值得信賴的.

範例 Is this report **reliable**? 這份報告可信嗎？

Miss Hsu is a **reliable** secretary. 許小姐是值得信賴的祕書.

活用 *adj.* **more reliable, most reliable**

reliably [rɪ`laɪəblɪ] *adv.* 確實地，可信地：The prosecution says that DNA evidence will **reliably** point to the accused. 檢察當局指稱 DNA 鑑定的證據確切地指向被告.

活用 *adv.* **more reliably, most reliably**

reliance [rɪ`laɪəns] *n.* 信賴，相信；依靠，依賴.

範例 We have placed great **reliance** on computers. 我們非常依賴電腦.

the country's **reliance** on foreign aid 該國對國外援助的依賴.

reliant [rɪ`laɪənt] *adj.* 信賴的，依賴的：Our professor says that we should not be so **reliant** on the United Nations. 教授說我們不應該過分依賴聯合國.

活用 *adj.* **more reliant, most reliant**

relic [`rɛlɪk] *n.* ① 遺跡，遺物. ② 聖骨，聖物(聖人、殉教者的遺骸、遺物). ③ 紀念物，紀念品.

範例 ① The pyramids are amazing **relics**. 金字塔是令人驚嘆的(古文明)遺跡.

Your ideas are mere **relics** of the past. 你的想法只不過是過去殘存的遺風.

複數 **relics**

relief [rɪ`lif] *n.* ① 放心，安心；減輕，緩和；消遣，調劑. ② 救援，救援物資；接替者. ③ 浮雕.

範例 ① She breathed a sigh of **relief** when her husband returned safely. 丈夫平安歸來後，她安心地嘆了一口氣.

To my great **relief**, my parents were both saved. 我的父母雙雙獲救，我感到欣慰極了.

This medicine will bring quick **relief** from pain. 這種藥能迅速減輕疼痛.

Mrs. Smith's going to night school is a **relief** from taking care of her kids and husband. 史密斯太太上夜校對她照顧孩子和丈夫繁忙的生活來說是一種調劑.

② He works for the **relief** of homeless people. 他為援助無家可歸的人而工作.

The government decided to send **relief** to the earthquake victims. 政府決定運送救援物資給地震受災者.

The guard's **relief** has not yet arrived. 交接的衛兵還沒有到達.

③ Skyscrapers stood in sharp **relief** against the evening sky. 摩天大樓清晰地浮現在夕陽薄暮中.

片語 **on relief** 接受(公眾等的)救濟：The family is not **on relief** any longer. 這戶人家已經不再接受救濟了.

♦ **relief màp** 立體地圖.

relief pítcher 救援投手.

複數 **reliefs**

relieve [rɪ`liv] *v.* ① 減輕，紓解；使放心，使輕鬆，寬慰. ② 救援；替換，換班. ③ 解職，解雇.

範例 ① This medicine will **relieve** your headache. 這種藥能減輕你的頭痛.

He **relieved** his anger by taking strenuous exercise. 他以做劇烈運動來發洩怒氣.

She was **relieved** that her son's fever broke. 兒子退燒使她放心多了.

No medicine could **relieve** him of his pain. 沒有藥能減輕他的疼痛.

② What time can you **relieve** me? 你甚麼時候能和我換班？

③ May I **relieve** you of your bag? 我能替妳拿包包嗎？

I was **relieved** of my office for no good reason. 我莫名奇妙地被解雇了.

片語 **relieve ～'s feelings** 發洩情緒：You need to **relieve your feelings** at times. 你需要偶爾發洩一下情緒.

relieve ～self 大小便.

活用 *v.* **relieves, relieved, relieved, relieving**

religion [rɪ`lɪdʒən] *n.* ① 宗教. ② 信仰，宗教生活. ③ 信條.

範例 ① the Christian **religion** 基督教.

② Freedom of **religion** should never be violated. 信仰自由絕不可侵犯.

③ Generosity to the poor is a **religion** with

Jack. 傑克以扶弱濟貧為信念.

複數 **religions**

***religious** [rɪˋlɪdʒəs] adj. ① 宗教的,宗教上的. ② 篤信宗教的,虔誠的. ③ 周到的,嚴謹的,審慎的.

範例 ① **religious** music 宗教音樂.

② Tom is a **religious** man. 湯姆是個篤信宗教的人.

活用 adj. ② ③ **more religious, most religious**

religiously [rɪˋlɪdʒəslɪ] adv. ① 篤信地,虔誠地. ② 周到地,嚴謹地,審慎地: The boys observed the rule **religiously**. 男孩們嚴格地遵守規定.

活用 adv. **more religiously, most religiously**

relinquish [rɪˋlɪŋkwɪʃ] v. 《正式》放棄,讓出.

範例 The duke **relinquished** his claim to the throne. 公爵放棄了王位繼承權.

The captain **relinquished** the controls to his co-pilot. 船長讓副駕駛執行操作.

活用 v. **relinquishes, relinquished, relinquishing**

***relish** [ˋrɛlɪʃ] n. ①（食物等的）滋味,香味,風味; 享受,品嚐. ② 興趣,愛好,嗜好. ③ 調味料,佐料.

——v. ④ 期待,喜好. ⑤ 品嚐,品味.

範例 ① John drank up the wine with **relish**. 約翰津津有味地喝著葡萄酒喝光.

② Doug has a **relish** for exterminating cockroaches. 道格有殺蟑螂的嗜好.

③ Jim ate the hot dog with **relish**. 吉姆吃了有加佐料的熱狗.

④ I don't **relish** going back to work on Monday. 我星期一不想回到工作崗位.

Brian **relishes** the idea of getting red envelopes. 布萊恩對收壓歲錢充滿期待.

⑤ John **relished** wine. 約翰品嚐了葡萄酒.

片語 **with relish** ① 津津有味地.（⇨ 範例 ①）

② 感興趣地: Mary was reading a mystery **with relish**. 瑪麗興致勃勃地讀著推理小說.

複數 **relishes**

活用 v. **relishes, relished, relished, relishing**

relocate [riˋloket] v. 重新安置,遷移至新地點.

範例 We are going to **relocate** next week. 我們下週要搬家.

A lot of Taiwanese firms are **relocating** to the mainland China. 很多臺灣企業正向中國大陸遷移.

活用 v. **relocates, relocated, relocated, relocating**

reluctance/reluctancy [rɪˋlʌktəns(ɪ)] n. 不情願,勉強.

範例 The politician has shown extreme reluctance to explain his action to the media. 這位政治家堅拒向媒體說明他採取的行動.

The police released the suspect with

reluctance. 警察很不情願地釋放了嫌犯.

片語 **with reluctance** 勉強地.（⇨ 範例）

***reluctant** [rɪˋlʌktənt] adj. 不願意的,勉強的,厭煩的.

範例 John is very **reluctant** to get involved with the police. 約翰非常討厭與警察打交道.

John gave his **reluctant** consent. 約翰勉勉強強同意了.

活用 adj. **more reluctant, most reluctant**

reluctantly [rɪˋlʌktəntlɪ] adv. 厭煩地,勉強地,不情願地.

範例 Rachel **reluctantly** said she would go. 瑞秋不情願地說她會去.

Reluctantly, the President has declined to speak at your college's commencement. 雖然不願意,但總統還是婉拒了在你們大學的畢業典禮上演講.

活用 adv. **more reluctantly, most reluctantly**

***rely** [rɪˋlaɪ] v. 信賴,依賴,依靠 (on, upon).

範例 Officer Fischer can be **relied** upon. 費雪警官值得信賴.

I am **relying** on you to come here tomorrow. 我相信你明天會來這裡.

The old man **relied** on his daughter for everything. 那位老人一切都依靠女兒.

活用 v. **relies, relied, relied, relying**

remade [riˋmed] v. remake 的過去式、過去分詞.

***remain** [rɪˋmen] v. ① 繼續保持（某種狀態）; 依舊,剩下,留下; 還必須做.

——n. ②〔~s〕剩餘,殘留物; 遺體,遺物.

範例 ① Though I told them to wait, only a few students **remained** after school. 我叫學生們留下來,但放學後只剩下幾個人.

Nothing **remained** of the hospital after the fire. 大火將那家醫院燒得一乾二淨.

A great many things **remain** to be done before the hospital is reopened. 醫院重新開幕前還有很多的事情要處理.

Not knowing what to say, he **remained** silent. 因為不知道說甚麼好,他只好保持沉默.

He **remained** sitting at his desk. 他依然坐在桌子前.

The results of the experiments **remained** a secret. 實驗結果依舊是個祕密.

It **remains** to be seen whether he will be appointed prime minister or not. 他是否能被提名為首相,現在還不得而知.

② Give the **remains** of the meal to the dog. 把剩下的食物餵狗吧.

His remains lie in his family tomb. 他的遺體安放在他的家族墓地裡.

活用 v. **remains, remained, remained, remaining**

複數 **remains**

***remainder** [rɪˋmendɚ] n. 剩餘,剩下的人〔物〕;（數學的）餘數.

R

範例 I ate the **remainder** of dinner before bed. 我在睡覺前吃了剩餘的晚餐.

You have worked well today, and you are free to take the **remainder** of the day off. 你今天做得很好，剩下的時間你可以休息了.

複數 **remainders**

remake [ri`mek] v. ① 重做，再造，修改. ② （電影）重新拍攝.

活用 v. **remakes, remade, remade, remaking**
複數 **remakes**

*remark [ri`mark] n. ① 意見，感想，評論.
——v. ② 講述，評論，談起.

範例 ① Susie took his **remarks** seriously. 蘇西認真地接受了他的意見.

The mayor's offhand **remark** was reported in the newspaper. 市長突發的感想被刊登在報紙上.

② John **remarked** that he was against the plan. 約翰說他反對那項計畫.

複數 **remarks**
活用 v. **remarks, remarked, remarked, remarking**

*remarkable [ri`markəbl] adj. 引人注目的，顯著的，值得注意的: Notre Dame Cathedral is **remarkable** for its stained glass windows. 巴黎聖母院以其彩繪玻璃窗著稱.

活用 adj. **more remarkable, most remarkable**

remarkably [ri`markəblı] adv. 非常; 值得注意地，顯著地: Our science teacher is a **remarkably** boring man. 我們的自然老師是個非常乏味的人.

活用 adv. **more remarkably, most remarkably**

remedial [ri`midɪəl] adj. 治療的，矯正（用）的，補救（用）的; (教育)補習的: **remedial** classes for slower children 為學習緩慢的孩童開設的補習課程.

*remedy [`rɛmədɪ] n. ① 治療; 療法，矯正方法，補救方法.
——v. ② 治療; 修補，矯正.

範例 ① Do you know a good **remedy** for a cold? 你知道治感冒的良藥嗎?

I finally found a **remedy** for my grief over my wife's death in constant hard work. 我終於發現治療喪妻之痛的唯一辦法就是拚命地工作.

② A great deal has been done to **remedy** the evil. 為了糾正此弊端，我們已做了很多的努力.

複數 **remedies**
活用 v. **remedies, remedied, remedied, remedying**

**remember [rɪ`mɛmbɚ] v. ① 想起，回想起; 記住. ② 致意，轉達問候. ③ 餽贈，送~禮物.

範例 ① I **remember** my wife's birthday. 我記得我太太的生日.

I suddenly **remembered** your name when I got home. 回到家時我突然想起你的名字.

Do you **remember** how to open this safe? 你記得怎麼打開這個保險箱嗎?

I **remember** reading this book before. 我記得以前讀過這本書.

Remember to turn off the gas when you leave home. 外出時記得關掉瓦斯.

The man has four daughters if I **remember** correctly. 如果我沒記錯的話，那個人有4個女兒.

② Please **remember** me to your husband. 請代我向妳丈夫問好.

③ My uncle always **remembers** me on my birthday. 我生日那天，叔叔總是會送禮物給我.

➡ 充電小站 (p. 1075)

☞ ① ↔ forget

活用 v. **remembers, remembered, remembered, remembering**

*remembrance [rɪ`mɛmbrəns] n. ① 記憶，回憶. ② 紀念; 紀念物.

範例 ① The driver has no **remembrance** of the accident. 司機不記得這場意外事故.

② We planted the tree as a **remembrance** of our marriage. 我們種了這棵樹作為結婚的紀念.

複數 **remembrances**

*remind [rɪ`maɪnd] v. 提醒，使想起，使注意到.

範例 You **remind** me of your late mother. 你使我想起你過世的母親.

I was **reminded** of my appointment. 有人提醒我有場約會.

Remind me to take the medicine. 提醒我要吃藥.

活用 v. **reminds, reminded, reminded, reminding**

reminder [rɪ`maɪndɚ] n. 喚起記憶之物〔人〕; (商業的)催單: The boy hadn't returned the book, so the library sent him a **reminder**. 那個男孩還沒還書，所以圖書館寄給他一張催還通知單.

複數 **reminders**

reminisce [ˌrɛmə`nɪs] v. 想起，追憶: The politician **reminisced** about his youth. 那位政治家回想起年少輕狂.

活用 v. **reminisces, reminisced, reminisced, reminiscing**

*reminiscence [ˌrɛmə`nɪsns] n. 追憶，回憶，〔~s〕回憶錄，懷舊談: Young people won't listen to your **reminiscences** of the war. 年輕人不會想聽你回憶戰爭的故事.

複數 **reminiscences**

reminiscent [ˌrɛmə`nɪsnt] adj. 回憶的，懷舊的; 使人回想的.

範例 The ex-president talked in a **reminiscent** tone. 前總統用回憶的口吻述說.

You are **reminiscent** of your mother when

充電小站

V-ing 與 to-V 的差別

【Q】a. Do you remember locking the door?
b. Do you remember to lock the door?
上述2個句子中 a 句譯為「你記得你鎖上門了嗎?」，b 句譯為「你記得要鎖門嗎?」。這樣的句子在翻譯時該如何區別呢?

【A】remember 的原義是「記得」。a 和 b 的翻譯之所以不同，是由於 locking 和 to lock 的形態和作用不同。locking 表示「lock 此動作正在進行的狀態」，to lock 表示「將要做 lock 的動作」。

因此 a 句表示「你記得門上鎖的狀態嗎?」，也就是「你記得你鎖上門了嗎?」的意思。

b 句表示「你記得要去鎖門嗎?」，也就是「別忘了鎖門」的意思。

再舉其他的例子:
c. I stopped reading.
d. I stopped to read.

c 句中 stop 的動作是 reading，因此 c 句表示「中斷正在讀書的狀態」，即「中途停止閱讀」。

d 句中雖然不知道 stop 是甚麼動作，但表示 stop 正在進行的動作，然後轉向 read 這個動作。所以 d 句表示「停止某動作而轉向閱讀」的意思。

I stopped writing to read.
這一句就是「結束書寫狀態，轉向閱讀」，即

「停止書寫，開始閱讀」的意思。

我們再看看 start 接 V-ing 和 to-V 的用法:
e. I started running.
f. I started to run.

兩句均可譯為「開始跑」，但實際上意思並不相同。

e 句表示「開始跑的狀態」。此句中 start 和 running 兩個動作緊密相連，已開始的 running 這個動作很穩定，所以 e 句表示跑的動作會持續一段時間。

而 f 句表示「開始了某一動作(如抬腿)，然後起跑」。在 f 句中，剛開始跑的狀態也有可能馬上停止。

最後看看 try (試試看) 的用法:
g. Try eating tofu.
h. Try to eat tofu.

在 g 句中讓聽者「試試看」的是「正在吃豆腐的狀態」。在還未吃之前就先想像正在吃的狀態，所以 g 句表示「你可以吃吃看豆腐(你也願意嘗試嘗)」。

h 句表示「試圖努力做某事(如動嘴)，然後吃豆腐」，即「你就嘗嘗看豆腐(儘管你可能吃不下去)」的意思。

---

she was young. 妳使人想起妳母親年輕時的模樣.

活用 *adj.* **more reminiscent**, **most reminiscent**

remission [rɪˋmɪʃən] *n.* ①《正式》(罪刑、債務、租稅等的)免除，赦免. ②《正式》寬恕，饒恕. ③(疾病等的)緩和，好轉.

範例 ① Carl got a year's **remission** for good behavior. 卡爾因為表現良好得以減刑一年.
② Betty prayed for the **remission** of her sins. 貝蒂祈求上帝寬恕她的罪過.
③ His illness was in **remission** then. 那時他的病情好轉.

複數 **remissions**

remit [rɪˋmɪt] *v.* ①《正式》匯款，匯寄. ②《正式》免除，赦免; 減輕，減緩.

範例 ① Jim **remitted** his creditor 50,000 dollars. 吉姆匯款5萬元給他的債權人.
Please **remit** the money today. 請於今日把款項匯過來.
② The boy's school fees were **remitted**. 那個男孩的學費全免.

活用 *v.* **remits**, **remitted**, **remitted**, **remitting**

remittance [rɪˋmɪtn̩s] *n.* 匯款，匯款額.
Please make a prompt **remittance**. 請馬上把錢匯來.

複數 **remittances**

****remnant** [ˋrɛmnənt] *n.* ① 殘餘，遺物. ② 零頭布料，零星東西.

範例 ① We fed the **remnants** of our meal to the dog. 我們把剩下的食物拿來餵狗.
That car is one of many **remnants** of his former pride. 那輛車是他昔日的豐功偉業之一.
② She went to a **remnant** sale with her daughter. 她和女兒去了清倉賤賣的拍賣場.
They sell **remnants** of cloth at half price at that shop. 那家店正以半價拋售零頭布料.

複數 **remnants**

remodel [rɪˋmɑdl̩] *v.* 改變形貌，改裝，改造.

範例 We will have our kitchen **remodeled** next year. 我們打算明年改建廚房.
It took the tailor only two days to **remodel** my old suit. 裁縫師只花了2天就把我的舊套裝改好了.

活用 *v.* **remodels**, **remodeled**, **remodeled**, **remodeling**/**remodels**, **remodelled**, **remodelled**, **remodelling**

remonstrance [rɪˋmɑnstrəns] *n.* 抗議; 忠告，告誡: The city government built a new garbage processing plant near the park in spite of all the residents' **remonstrances** against it. 市政府不顧全體居民的抗議，在公園附近興建了一座新的垃圾處理廠.

複數 **remonstrances**

remonstrate [rɪˋmɑnstret] *v.* 抗議，反對; 忠告: We **remonstrated** with the French government about their nuclear testing. 我們抗議法國政府進行核子試爆.

R

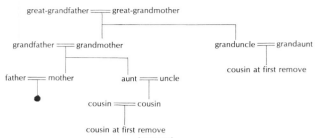

[remove]

活用 v. **remonstrates, remonstrated, remonstrated, remonstrating**

***remorse** [rɪˋmɔrs] n. 懊悔，良心的譴責．

範例 The defendant shows no signs of **remorse**. 被告沒有顯現出半點悔意．

without **remorse** 無情地．

remorseful [rɪˋmɔrsfəl] adj. 後悔的，懊悔的：

a **remorseful** mood 深感懊悔的心情．

活用 adj. **more remorseful, most remorseful**

remorseless [rɪˋmɔrslɪs] adj. 毫無悔意的；無情的，殘忍的；不停的，無休止的．

範例 The **remorseless** supervisor ordered all the work to be done again. 那位無情的上司下令所有的工作全部重做．

the **remorseless** noise of heavy traffic 大量交通帶來不停的噪音．

活用 adj. **more remorseless, most remorseless**

***remote** [rɪˋmot] adj. 遙遠的，偏遠的，遠離的．

範例 The outpost is too **remote** to get to overland. 那個邊境地區太偏遠了，無法經由陸路抵達．

TV comes to this **remote** village by satellite only. 在這個偏遠的村莊只能透過衛星收看電視．

in the **remote** past 在很久以前．

Kelsey's way of thinking is **remote** from that of the other students. 凱爾西的想法與其他學生相距甚遠．

Mary had a **remote** look in her eyes. 瑪麗的目光漠然．

There is only the **remotest** chance of winning. 幾乎沒有獲勝的機會．

♦ **remòte contról** 遙控，遙控器．

活用 adj. **remoter, remotest**

remotely [rɪˋmotlɪ] adv. 遠離地《用來加強否定的敘述》：Carol had nothing **remotely** to do with it. 卡蘿與此事毫無關聯．

活用 adv. **more remotely, most remotely**

remoteness [rɪˋmotnɪs] n. 遠離，疏遠：Mr. Jones lost in the last election due to his **remoteness** from the people. 瓊斯先生因為與人民疏遠，所以在上次的選舉中落選了．

removal [rɪˋmuvl] n. ① 移動；去除；免職．② 《正式》移居，遷移．

範例 ① snow **removal** 除雪．

Removal from your post is inevitable. 你被免職是無法避免的．

② **removal** to Hawaii 移居夏威夷．

複數 **removals**

***remove** [rɪˋmuv] v. ① 移動；除去，除掉；免職．② 移居，遷移．

——n. ③ 相隔，距離；等親．

範例 ① The dry cleaner **removed** the stain from the shirt. 乾洗店把那件襯衫上的污垢除去了．

Please **remove** your hat when in this house. 在這間屋裡請脫下帽子．

I **removed** your name from the list. 我把你的名字從名單上刪除了．

She **removed** the refrigerator from the kitchen to the next room. 她把冰箱從廚房移到隔壁的房間裡．

The congressman was **removed** for taking bribes. 那位國會議員因受賄而遭免職．

② The family **removed** from Manchester to Liverpool. 這一家人從曼徹斯特移居到利物浦．

③ Talk like that is only one **remove** from treason. 說那些話與背叛行為只有一線之隔．

活用 v. **removes, removed, removed, removing**

複數 **removes**

removed [rɪˋmuvd] adj. 遠離的，隔開的；~ 等親的．

範例 The final design is far **removed** from the first draught. 最後的設計與最初的草圖有很大的差異．

a first cousin once **removed** 堂〔表〕兄妹之子．

remunerate [rɪˋmjunə͵ret] v. 給報酬《常用被動》：You'll be properly **remunerated** for your hard work. 對於你的勤奮工作，我們會給與適當的報酬．

活用 v. **remunerates, remunerated, remunerating**

remuneration [rɪ͵mjunəˋreʃən] n. 報酬：He received a small **remuneration**. 他得到一點點的報酬．

R

remunerative [rɪˋmjunɚ͵retɪv] adj. 有報酬的；划算的：She got a highly **remunerative** job. 她得到一份報酬非常優渥的工作.

[活用] adj. **more remunerative**, **most remunerative**

*renaissance** [͵renəˋzɑns] n. ① [the R~] 文藝復興 (時期). ② 復興；復活.

[範例] ① The **Renaissance** was an age when men believed in their ability to achieve great things. 文藝復興時期是人類相信具有能力完成偉業的時代.

② There is a **renaissance** of the kabuki play in Japan these days. 最近歌舞伎在日本復興起來.

rename [riˋnem] v. 重新命名，改名.

[活用] v. **renames**, **renamed**, **renamed**, **renaming**

*rend** [rend] v. 撕開；強奪；使分離，使分裂.

[範例] The hijacker **rent** the little boy from his mother. 那個劫機犯把小男孩從他母親身邊搶走了.

Korea was **rent** into two parts after World War II. 韓國在第二次世界大戰後一分為二.

A sharp cry **rent** the air. 尖銳的叫聲劃破天際.

[活用] v. **rends**, **rent**, **rent**, **rending**

*render** [ˋrendɚ] v. ① 使成為. ② 表現；演奏，演出. ③ 提供，給與；提出. ④ 熬煉 (脂肪).

[範例] ① The cold weather **rendered** the rice crop worthless. 寒冷的天氣使稻米的收成很差.

The appearance of a ghost **rendered** him speechless. 幽靈的出現讓他說不出話來.

② I have never heard a piano concerto **rendered** so beautifully. 我還沒聽過鋼琴協奏曲彈奏得這麼好的.

His poems have been **rendered** into several languages. 他的詩作被翻譯成多國語言.

③ Civil servants are expected to **render** the public a service./Civil servants are expected to **render** a service to the public. 公務員應該為民服務.

We should **render** honor to those who fought for freedom. 我們應當向為自由而戰的人表示敬意.

If you try to **render** evil for evil, things will not change. 如果你試圖以牙還牙，事情是不會改變的.

The committee **rendered** a report to Parliament in compliance with its request. 委員會聽從要求向國會提出報告.

[活用] v. **renders**, **rendered**, **rendered**, **rendering**

rendering [ˋrendərɪŋ] n. ① 描寫；表演，演奏. ② 翻譯，譯文.

[範例] ① The actor gave a wonderful **rendering** of the part of Hamlet. 那個演員將哈姆雷特這個角色詮釋得很絕妙.

② Have you read an English **rendering** of this novel yet? 你讀過這部小說的英譯本了嗎?

[參考] 亦作 rendition.

[複數] **renderings**

rendezvous [ˋrɑndə͵vu] n. ① (事先約定的) 約會，聚會. ② 聚會地點 [時間]. ③ 經常聚會的地方.

—— v. ④ 聚會，集合.

[範例] ① Let's make a **rendezvous**. 我們見個面吧.

I have a secret **rendezvous** with the president tonight. 今晚我與會長有個祕密約會.

③ The Viper Room is a **rendezvous** for Hollywood actors and actresses. 蛇屋是好萊塢演員經常聚會的地方.

[發音] 複數形的拼法與單數形相同，但發音為 [ˋrɑndə͵vuz]；第三人稱單數形的拼法為 rendezvouses，發音是 [ˋrɑndə͵vuz].

[複數] **rendezvous**

[活用] v. **rendezvouses**, **rendezvoused**, **rendezvoused**, **rendezvousing**

rendition [renˋdɪʃən] n. ① 表演，演奏. ② 翻譯，譯文.

[參考] 亦作 rendering.

[複數] **renditions**

renegade [ˋrenɪ͵ged] n. 叛教者，叛徒；脫黨者.

[複數] **renegades**

*renew** [rɪˋnju] v. ① 更新. ② 重新開始.

[範例] ① Will you **renew** the water in the bathtub? 你能更換浴盆的水嗎?

I must **renew** my driver's license. 我必須更換駕照.

All this talk has **renewed** my interest in history. 這些話使我再次燃起對歷史的興趣.

② After lunch they **renewed** negotiations. 午餐後他們重新協商.

[活用] v. **renews**, **renewed**, **renewed**, **renewing**

renewable [rɪˋnjuəbl] adj. 可更新的.

renewal [rɪˋnjuəl] n. 更新，復活：License **renewals** are handled over there. 在那邊更新執照.

[複數] **renewals**

*renounce** [rɪˋnauns] v. 放棄；宣布斷絕關係.

[範例] The dictator **renounced** the use of torture against his own people. 那位獨裁者宣布放棄對人民施行拷問.

He **renounced** his son. 他宣布與兒子斷絕關係.

[活用] v. **renounces**, **renounced**, **renounced**, **renouncing**

renovate [ˋrenə͵vet] v. 修復，修繕：They are **renovating** the old temple. 他們正在修復古寺.

[活用] v. **renovates**, **renovated**, **renovated**, **renovating**

renovation [͵renəˋveʃən] n. 修復，修繕.

[複數] **renovations**

*renown** [rɪˋnaun] n. 名望，聲譽：The man

R

won **renown** as a jockey. 他以騎師身分贏得盛名.

renowned [rɪ`naʊnd] *adj.* 有名的: Lucy is **renowned** as a cellist. 露西是有名的大提琴家.

活用 *adj.* **more renowned**, **most renowned**

***rent** [rɛnt] *n.* ① 租金，出租費.
——*v.* ② 租借. ③ 出租. ④ rend 的過去式、過去分詞.

範例 ① a house for **rent** 出租的房子.
Rents in Taipei are high. 臺北的房租很貴.
We let the house to a young man at a **rent** of 50 dollars a week. 我們以每週50美元的租金把房子租給了一個年輕人.
What's the **rent** on the room? 這個房間的租金是多少?
How much is the **rent** on this computer? 這臺電腦的出租費是多少?
② Do you own or **rent** their beach house? 那間海灘別墅是他們的還是租的?
We **rented** a car in Australia. 我們在澳洲租了一輛車.
③ Mr. Webb **rents** this land to us for 5,000 dollars a year. 韋布先生以一年5,000美元的價格把這塊地租給我們.
Jim **rents** out motorbikes by the day in Hawaii. 吉姆在夏威夷按日出租摩托車.
This apartment **rents** for 200 dollars a week. 這間公寓以每週200美元出租.

片語 **for rent** 出租. (⇨ 範例 ①)
♦ **rént-a-càr** 出租汽車.
複數 **rents**
活用 *v.* ②③ **rents**, **rented**, **rented**, **renting**

rental [`rɛntl] *n.* ① 租金；租用的套房〔公寓，汽車〕.
——*adj.* ② 租賃的.

範例 ① I have to pay a telephone **rental** of 80 pounds a year. 我一年要付80英鎊的電話租金.
The monthly **rental** of this garage is $700. 這個車庫的每月租金是700美元.
The car is a **rental** and can't be bought. 這輛車是出租用的，不賣.
② That **rental** agency lists more than 500 apartments and homes. 那家租賃公司列有500間以上的公寓和住宅的清單.

複數 **rentals**

renunciation [rɪ,nʌnsɪ`eʃən] *n.* 放棄；棄權：the **renunciation** of war 放棄戰爭.
複數 **renunciations**

reopen [ri`opən] *v.* 重新打開；重新開始：School **reopens** in September in America. 美國學校的新學年於9月份開始.
活用 *v.* **reopens**, **reopened**, **reopened**, **reopening**

reorganization [,riɔrgənə`zeʃən] *n.* 重組.
範例 The **reorganization** of the Cabinet was one of the biggest news items this year. 內閣重組是今年最大的新聞之一.

The **reorganization** of the trading company has been successful so far. 到目前為止，這家貿易公司的改組是成功的.
複數 **reorganizations**

reorganize [ri`ɔrgə,naɪz] *v.* 重組，改組.
範例 The chorus group **reorganized** its members. 這合唱團對成員進行了重組.
The son **reorganized** his father's company. 兒子重組了父親的公司.
活用 *v.* **reorganizes**, **reorganized**, **reorganizing**

rep [rɛp] *n.* ① 代表. ② 推銷員《亦作 sales rep》. ③ 定期換演劇目的劇團〔戲院〕《☞ repertory》.
參考《口語》① ② 是 representative 的縮略，③ 是 repertory 的縮略.
複數 **reps**

***repaid** [rɪ`ped] *v.* repay 的過去式、過去分詞.

***repair** [rɪ`pɛr] *v.* ① 修理，修補.
——*n.* ② 修理，修補.

範例 ① Construction workers started to **repair** the breakwater. 建築工人開始修補這道防波堤.
If your CD player broke down, which would you prefer, having it **repaired** or buying a new one? 如果你的 CD 音響壞了，你是要修理它，還是買新的?
Bill tried to **repair** the damage he did to his friend's car. 比爾想修補被他損壞的朋友的車.
This TV is too old to **repair**. 這臺電視機太舊了，無法修理.
② The government tried to carry out **repairs** to the damaged nuclear reactor. 政府想對受損的核子反應爐進行修補.
This old bridge requires costly **repairs**. 這座舊橋需要花費許多錢修理.
This clock is beyond **repair**. 這個鐘已經無法修理了.
Your car is in good **repair**. Which garage did you take it to? 你的車修理得很好，你是到哪家修車廠修理的?
This road is under **repair**, so please make a detour as directed. 這條路正在修補，請按指示改道.

片語 **beyond repair** 無法修理. (⇨ 範例 ②)
repair to 前往，赴：City people **repair to** the country for the summer. 都市裡的人常在夏天前往鄉下.
under repair 正在修理中. (⇨ 範例 ②)
活用 *v.* **repairs**, **repaired**, **repaired**, **repairing**
複數 **repairs**

***reparation** [,rɛpə`reʃən] *n.* 賠償，補償.
範例 The court ruled that ABC Co. must make **reparation** for the environmental damage it caused. 法庭判決 ABC 公司要補償環境帶來的損害.
The matter of war **reparations** is difficult. 戰

爭的賠款問題是個難題.

[複數] **reparations**

repast [rɪ`pæst] n.《正式》餐；(一餐的) 食物.

[複數] **repasts**

***repatriate** [ri`petrɪ͵et] v. 遣返, 遣返回國：
The refugees were **repatriated** to their
country. 難民被遣送回他們的國家.

[活用] v. **repatriates**, **repatriated**,
repatriated, **repatriating**

repatriation [͵ripetrɪ`eʃən] n. 遣送回國；歸
國.

***repay** [rɪ`pe] v. 償還；報答.

[範例] She **repaid** him 3,000 dollars. 她償還他
3,000美元.

I will **repay** her next Sunday. 我打算下個星期
日還錢給他.

How can I ever **repay** you for your kindness?
我怎樣才能報答你的仁慈呢?

[活用] v. **repays**, **repaid**, **repaid**, **repaying**

repayment [rɪ`pemənt] n. 償還；報答.

[複數] **repayments**

repeal [rɪ`pil] v. ① 廢除；撤銷.

——n. ② 廢除；撤銷.

[範例] ① That party tried to **repeal** the
consumption tax. 那個政黨想廢除消費稅.

② The **repeal** of the law was enacted by the
legislature. 這個法案被立法院廢除了.

[活用] v. **repeals**, **repealed**, **repealed**,
repealing

***repeat** [rɪ`pit] v. ① 反覆, 重複.

——n. ② 重播, 重演. ③ 重複, 反覆.

[範例] ① The teacher made his students **repeat**
the word after him. 老師讓學生跟著他重複念
那個單字.

He **repeated** that he had not been there. 他
反覆說當時他不在那裡.

The last three figures **repeat**. 最後的3個數字
重複.

History **repeats** itself. 歷史總是一再重演.

② There will be a **repeat** of this program on
Friday. 這個節目將於星期五重播.

She will give a **repeat** performance next
month. 她會在下個月再次演出.

[活用] v. **repeats**, **repeated**, **repeated**,
repeating

repeated [rɪ`pitɪd] adj. 重複的, 再三的：He
was fired for his **repeated** failures. 他因再三
的失敗而被解雇.

repeatedly [rɪ`pitɪdlɪ] adv. 重複地, 再三地.

[範例] The child learned to read by seeing the
words **repeatedly**. 那個孩子再三地看過之
後, 會讀那些字了.

He **repeatedly** failed to pass the exam. 他屢
次考試都不及格.

***repel** [rɪ`pɛl] v. ① 擊退；拒絕；排斥. ② 使厭
惡, 使反感.

[範例] ① We are ready to **repel** an enemy attack.
我們已做好擊退敵人入侵的準備.

He **repelled** the suggestion that the title be

changed. 他拒絕了更改題目的建議.

I wonder why north magnetic poles **repel** each
other. 我很好奇為甚麼磁鐵的 N 極會互相排
斥呢.

② His way of talking **repels** me. 他的說話方式
令我厭惡.

[活用] v. **repels**, **repelled**, **repelled**,
repelling

repellent [rɪ`pɛlənt] adj. ① 令人不快〔厭惡〕
的. ② 驅除 (害蟲) 的；防水的.

——n. ③ 驅蟲劑；防水劑.

[範例] ① The smell in the room was really
repellent. 那個房間的氣味實在難聞.

② Is this coat water-**repellent**? 這件外套是防
水的嗎?

③ You should use an insect **repellent** when
you're in the jungle. 在叢林中你應該要使用
驅蟲劑.

[活用] adj. ① **more repellent**, **most repellent**

[複數] **repellents**

***repent** [rɪ`pɛnt] v. 後悔, 悔悟；悔改.

[範例] I **repented** of my sins. 我後悔我所犯的過
錯.

Don **repented** lying to his girlfriend. 唐後悔向
女朋友說謊.

Jill **repented** her harsh words. 吉兒後悔她說
了尖刻的話.

Those who have much to **repent** of should do
so. 那些做過很多應悔改之事的人必須這麼
做.

[活用] v. **repents**, **repented**, **repented**,
repenting

repentance [rɪ`pɛntəns] n. 後悔, 悔改.

Mary showed great **repentance** for her sins.
瑪麗相當悔恨自己的過錯.

repentant [rɪ`pɛntənt] adj. 後悔的, 悔恨的：
Grace is truly **repentant** of all her
wrong-doing. 葛莉絲非常後悔她做過的所有
壞事.

[活用] adj. **more repentant**, **most repentant**

repercussion [͵ripɚ`kʌʃən] n. (事件等的)
影響, 回響；反彈；回聲；(光的) 反射.

[複數] **repercussions**

repertoire [`rɛpɚ͵twar] n. (可隨時上演的)
演出劇目；演奏曲目.

[複數] **repertoires**

repertory [`rɛpɚ͵torɪ] n. ① 演出劇目, 演奏
曲目. ② 固定劇目輪演制〔指一個劇團每隔
固定期間就輪流演出幾個固定劇目的方式；
亦作 rep)：a **repertory** company 定期演出固
定劇目的劇團.

[複數] **repertories**

repetition [͵rɛpɪ`tɪʃən] n. 重複, 反覆, 背誦.

[範例] Let there be no **repetition** of this. 不要重
複這樣的事.

His paper is full of **repetition** and
unnecessary rhetoric. 他的論文充滿了重複
的內容和不必要的辭藻.

One way to learn a foreign language is through

repetition and drills. 學習外語的方法之一就是不斷的背誦和練習.

複數 **repetitions**

repine [rɪ`paɪn] v. 不滿，抱怨 (at): Prince Albert **repined** at his great misfortune. 亞伯特王子抱怨自己的諸多不幸.

活用 v. **repines**, **repined**, **repined**, **repining**

* **replace** [rɪ`ples] v. ① 替換，代替，取代. ② 放回.

範例 ① He **replaced** the old chairs with new ones. 他用新椅子替換了舊椅子.

Ann **replaced** Sue as captain. 安取代蘇當上隊長.

② He **replaced** the dictionary on the shelf. 他把字典放回架上.

活用 v. **replaces**, **replaced**, **replaced**, **replacing**

replacement [rɪ`plesmənt] n. ① 代替，更換，替換. ② 替代者；替代物.

範例 ① These old chains are in need of **replacement**. 這些舊鍊子需要更換了.

② They need a **replacement** for the nurse who retired last week. 他們需要一位護士接替上週退休的護士.

複數 **replacements**

replay [rɪ`ple] v. ① 重新比賽. ② 重新播放.

——n. ③ 重新比賽. ④ 重新播放.

活用 v. **replays**, **replayed**, **replayed**, **replaying**

複數 **replays**

replenish [rɪ`plɛnɪʃ] v. 再裝滿，補充: We have fully **replenished** our stock of food. 我們已補充了足夠的儲糧.

活用 v. **replenishes**, **replenished**, **replenished**, **replenishing**

replete [rɪ`plit] adj. 充滿的，足夠的；吃飽喝足的.

範例 **Replete** with the evening meal, I fell asleep in my big armchair. 晚餐吃飽喝足後，我在大扶手椅上睡著了.

The chef's kitchen is **replete** with every spice you can imagine. 主廚的廚房裡充滿著各種你想像得到的調味料.

活用 adj. **more replete**, **most replete**

replica [`rɛplɪkə] n. 臨摹，摹寫；複製品.

複數 **replicas**

** **reply** [rɪ`plaɪ] n. ① 回答，答覆.

——v. ② 回答，答覆.

範例 ① I telephoned and left a message, but there was no **reply**. 我打過電話留言，但沒有回覆.

A prompt **reply** to our letter is requested. 收到信後，請立即回覆.

② "Are you going to make a cake?" "Yes," she **replied**. 「你要做蛋糕嗎?」她回答:「是的.」

I don't **reply** to silly questions. 我不回答愚蠢的問題.

複數 **replies**

活用 v. **replies**, **replied**, **replied**, **replying**

* **report** [rɪ`port] v. ① 報告；公布. ② 報到. ③ 報導.

——n. ④ 報告 (書). ⑤ 報導.

範例 ① **Report** briefly on the activities of your club. 簡短報告一下你們俱樂部的活動.

The salesman **reported** that they had found a market for their new product. 那個推銷員報告說他們找到了新產品的市場.

The pilot **reported** the left engine to be on fire and shut it down. 飛行員報告說左邊引擎起火，然後關掉它.

You should **report** any theft to the police. 你應向警察局報告任何行竊案.

② The boss told me to **report** by 8 a.m. 老闆叫我上午8點前報到.

③ The newspapers **reported** on the funeral of the great statesman. 報紙報導了那位偉大政治家的葬禮.

Ten people were **reported** killed or injured in the traffic accident. 據報導，這起交通意外事故有10人傷亡.

④ Give an accurate **report** of what you saw. 將你所見做一個正確的報告.

Let me make an interim **report** of the investigation. 我來對這次調查做臨時報告.

The **report** is due on Friday next week. 在下星期五前提出報告.

⑤ The newspaper **report** turned out to be a made-up story. 這則新聞報導竟然是編造的故事.

參考 學生提交的學期報告稱為 term paper 或 paper.

♦ **repórt càrd** 〖美〗成績單.

活用 v. **reports**, **reported**, **reported**, **reporting**

複數 **reports**

reportedly [rɪ`portɪdlɪ] adv. 據報導，據說: That politician is **reportedly** very ill. 據說那位政治家病重.

reporter [rɪ`portɚ] n. ① 記者，通訊員. ② 報告人.

範例 ① My uncle is a newspaper **reporter**. 我叔叔是一位新聞記者.

② All the **reporters** at the conference were young and energetic. 會議中的報告人都很年輕且精力充沛.

複數 **reporters**

* **repose** [rɪ`poz] n. ① 休息，睡眠.

——v. ② 休息，睡覺. ③ 把~寄託於；放置.

範例 ① The baby looked happy in its **repose**. 安睡中的嬰兒看起來很幸福.

② Some people **reposed** on benches in the square. 有幾個人在廣場的長凳上休息.

③ The Labour Party **reposed** too much confidence in their candidate. 工黨對其黨內

R

的候選人過度自信.

[活用] *v.* **reposes**, **reposed**, **reposed**, **reposing**

***represent** [ˌrɛprɪˋzɛnt] *v.* ① 表示，表現；扮演. ② 代表.

[範例] ① The green lines on this map **represent** expressways. 這張地圖中的綠線表示高速公路.

In mathematics x **represents** an unknown quantity. x 在數學上表示未知數.

The actor is too young to **represent** Hamlet. 那位演員太年輕了，不能扮演哈姆雷特.

② Daniel **represents** our class. 丹尼爾代表我們班.

[活用] *v.* **represents**, **represented**, **representing**

***representation** [ˌrɛprɪzɛnˋteʃən] *n.* ① 表現，表達，表示. ② 代表.

[範例] ① This abstract painting is a **representation** of deep sorrow. 這幅抽象畫表現了深沉的悲傷.

② Hundreds of thousands of Koreans who were born in Japan have no **representation** in the Diet. 不計其數出生於日本的韓國人在日本國會中沒有代表.

[片語] **make representations to** 向～陳情，向～抗議: Some left-wing radicals **made representations to** the government about welfare spending. 有些左派激進分子就福利支出的問題向政府提出抗議.

[複數] **representations**

***representative** [ˌrɛprɪˋzɛntətɪv] *adj.* ① 表達的，表示的；代表性的，典型的. ② 代表的，代理的.

——*n.* ③ 代表人《亦作 rep》；[R～]《美》眾議院議員. ④ 推銷員，業務代表《亦作 rep》.

[範例] ① This picture is **representative** of life in the 16th century. 這幅圖片呈現了16世紀的生活.

Our English teacher is a **representative** American. 我們的英文老師是典型的美國人.

② The Parliament must be **representative** of popular will. 國會應代表民意.

③ Our nation sent **representatives** to the conference. 我國派代表出席會議.

Yesterday I met a **representative** from Nantou. 我昨天見到了一位南投的議員.

♦ **the Hòuse of Represéntatives**《美國、日本的》眾議院.

[活用] *adj.* ① **more representative**, **most representative**

[複數] **representatives**

repress [rɪˋprɛs] *v.* 壓抑；制止，鎮壓.

[範例] He could not **repress** a desire to smoke. 他再也壓抑不住想吸菸的欲望.

It took only two days to **repress** the rebellion. 只花兩天就鎮壓住那個叛亂了.

[活用] *v.* **represses**, **repressed**, **repressed**, **repressing**

repressed [rɪˋprɛst] *adj.* 被壓抑的: He found drinking an outlet for his **repressed** feelings. 他發現喝酒可以發洩被壓抑的情緒.

[活用] *adj.* **more repressed**, **most repressed**

repression [rɪˋprɛʃən] *n.* 抑制，壓制；被壓抑的事物《情感、欲望等》.

[範例] His **repression** of his emotions has caused his neurosis. 對情緒造成了他的壓抑官能症.

They opposed the government's **repression**. 他們反抗政府的壓制.

[複數] **repressions**

repressive [rɪˋprɛsɪv] *adj.* 壓制的，抑制的: The government adopted an extremely **repressive** policy. 政府採取了極端的壓制政策.

[活用] *adj.* **more repressive**, **most repressive**

reprieve [rɪˋpriv] *v.* ① 暫緩執行《特指死刑》. ② 暫時減輕.

——*n.* ③ 刑罰的暫緩執行，緩刑. ④ 暫時減輕〔緩和〕.

[活用] *v.* **reprieves**, **reprieved**, **reprieved**, **reprieving**

[複數] **reprieves**

reprimand [ˋrɛprəˌmænd] *v.* ① 譴責，斥責，懲戒.

——*n.* ② 訓斥，譴責，懲戒.

[範例] ① The teacher **reprimanded** the student for cheating. 老師斥責那名學生考試作弊.

② The legislator received a severe **reprimand**. 那位立法委員受到嚴厲的懲戒.

[活用] *v.* **reprimands**, **reprimanded**, **reprimanded**, **reprimanding**

[複數] **reprimands**

reprint [*n.* ˋriˌprɪnt; *v.* riˋprɪnt] *n.* ①《不修訂的》再版，加印.

——*v.* ②《不修訂的》再版，加印.

[複數] **reprints**

[活用] *v.* **reprints**, **reprinted**, **reprinted**, **reprinting**

reprisal [rɪˋpraɪzl] *n.* 復仇，報復.

[複數] **reprisals**

***reproach** [rɪˋprotʃ] *n.* ① 譴責，責備. ② 恥辱.

——*v.* ③ 譴責，責備.

[範例] ① Your words are worthy of **reproach**. 你的言論應該受到譴責.

② This polluted lake is a **reproach** to our modern way of life. 這個被污染的湖是我們現代生活的恥辱.

③ The politician was **reproached** by the students for being out of touch with the country. 那位政客因不關心國事而受到學生們的譴責.

[複數] **reproaches**

[活用] *v.* **reproaches**, **reproached**, **reproached**, **reproaching**

***reproduce** [ˌriprəˋdjus] *v.* 重現；繁殖；複製.

R

範例 Can you **reproduce** the taste of that soup? 你能重現那道湯的滋味嗎？

Rabbits **reproduce** prolifically. 兔子大量繁殖。

We can't **reproduce** this essay without permission from the writer. 未經作者同意我們不能轉載這篇評論。

This photograph will **reproduce** perfectly. 這張照片可以沖洗得很漂亮。

活用 v. **reproduces**, **reproduced**, **reproduced**, **reproducing**

reproduction [ˌriprəˋdʌkʃən] n. 再生，重現；複製，複製品

範例 We were amazed at the CD player's perfect **reproduction** of original sounds. 我們對那臺 CD 音響能如此完美地重現原音感到很吃驚。

I can't believe this is just a **reproduction**. 我很難相信這只是個複製品。

We learned about human **reproduction** in biology class. 在生物課裡，我們學習了有關人類繁衍的知識。

複數 **reproductions**

reproductive [ˌriprəˋdʌktɪv] adj. 再生的；生殖的: There is a picture of the female **reproductive** organs on page 17. 在17頁有女性生殖器官的圖。

reproof [rɪˋpruf] n. 《正式》責備，譴責，訓斥: You cannot escape **reproof**. 你無法逃避譴責。

複數 **reproofs**

***reprove** [rɪˋpruv] v. 《正式》責備，譴責，訓斥: The teacher **reproved** the students for their laziness. 老師訓斥了學生們的懶惰。

活用 v. **reproves**, **reproved**, **reproved**, **reproving**

reptile [ˋrɛptl̩] n. 爬蟲類動物。

複數 **reptiles**

發音 亦作 [ˋrɛptɪl]。

reptilian [rɛpˋtɪlɪən] adj. (像)爬蟲類的。

***republic** [rɪˋpʌblɪk] n. 共和國，共和政體。

字源 拉丁語的 res (物，事情)＋publica (普通人)，即「人民的國家」之意。

複數 **republics**

***republican** [rɪˋpʌblɪkən] adj. ① 共和國〔政體〕的；共和主義的。②〔R～〕〔美〕共和黨的。——n. ③ 共和主義者。④〔R～〕〔美〕共和黨員。

範例 ① France has a **republican** form of government. 法國政府採共和體制。

③ He calls himself a **republican**. 他自稱是共和主義者。

♦ the Repúblican Pàrty〔美〕共和黨。

複數 **republicans**

repudiate [rɪˋpjudɪˌet] v. ① 否認，否定。② 拒絕。

範例 ① I **repudiate** any suggestion that I knew anything about it. 我否認任何認為我知道內情的說法。

② King Solomon **repudiated** their explanation. 所羅門王拒絕接受他們的辯解。

活用 v. **repudiates**, **repudiated**, **repudiated**, **repudiating**

repugnance [rɪˋpʌgnəns] n. 厭惡，反感: She turned her face away in **repugnance**. 她轉過頭去以示厭惡。

repugnant [rɪˋpʌgnənt] adj. 令人厭惡的: Killing even in war is **repugnant** to the priest. 即使是在戰爭中殺人也會使那位牧師感到厭惡。

活用 adj. **more repugnant**, **most repugnant**

***repulse** [rɪˋpʌls] v. ① 擊退；拒絕。② 使厭惡。——n. ③ 擊退；拒絕，否決。

範例 ① They should have **repulsed** the enemy by now. 現在他們應該已經擊退敵人了。

She **repulsed** his offer of marriage. 她拒絕了他的求婚。

③ After several **repulses** they finally succeeded in taking the castle. 被擊退好幾次之後，他們終於攻下了城堡。

His proposal for peace met with a **repulse**. 他的和平建議遭到拒絕。

活用 v. **repulses**, **repulsed**, **repulsed**, **repulsing**

複數 **repulses**

repulsion [rɪˋpʌlʃən] n. ① 反感，厭惡。② (物理的)斥力，排斥作用〔具有同種電荷或同種磁極的物體間的作用力〕。③ 擊退；拒絕。

範例 ① I can't help feeling **repulsion** for caterpillars. 我對毛毛蟲總是感到厭惡。

② magnetic **repulsion** 磁推斥力。

repulsive [rɪˋpʌlsɪv] adj. ① 令人厭惡的，令人不悅的。② (物理)排斥的。

範例 ① Chewing with your mouth open is **repulsive**. 張大嘴巴咀嚼食物真令人反感。

② **repulsive** forces 排斥力。

活用 adj. ① **more repulsive**, **most repulsive**

reputable [ˋrɛpjətəbl̩] adj. 聲譽良好的: His father is a **reputable** dentist. 他父親是著名的牙科醫生。

活用 adj. **more reputable**, **most reputable**

***reputation** [ˌrɛpjəˋteʃən] n. 名氣，名聲，聲望。

範例 He has a good **reputation** as an oboist. 他是個聲名遠播的雙簧管吹奏家。

The President has a **reputation** for giving long-winded speeches. 總統以長篇大論的演講著名。

複數 **reputations**

***repute** [rɪˋpjut] n. 《正式》名聲: Peter is a man of high **repute**. 彼德是個風評很好的人。

reputed [rɪˋpjutɪd] adj. 名聲好的；普遍認為的。

範例 Chef Duval is **reputed** to be the best chef in the world. 廚師杜瓦爾是公認世界第一的廚師。

Mrs. Thompson is the **reputed** author of this book. 湯普森夫人據說是這本書的作者。

reputedly [rɪˋpjutɪdlɪ] adv. 據說: It's

(充電小站)

請求別人做某事時

英語中「我有一個請求」的說法有以下幾種：
May I ask you a favor?
Will you do me a favor?
I'm sorry to bother you, but would you do me a favor?
I'm sorry to trouble you, but could you do me a favor?

There is something I would like to ask of you.
I would like you to do something for me.
以上所有的句子都使用了表示說話者心情的 may、will、would、could。
值得注意的是，請求別人做某事時，不能像 I want you to… 那樣使用 want，這是非常不禮貌的。

---

reputedly the most healthy food in the world. 據說那是世界上最健康的食品。

*request [rɪ`kwɛst] n. ① 要求，請求（之事）；點播的曲目。
——v. ② 要求，請求．
[範例] ① The bank turned down my **request** for a loan. 銀行拒絕我的貸款請求。
His **request** was granted. 他的要求獲准了。
We will send you an application form on **request**. 我們會根據你的要求，把申請表寄給你。
I had my **request** granted. 我的申請通過了。
Now, we'll play a **request** from Janet Miles. 現在，我們將播放珍妮特·邁爾斯點播的曲目。
The writer is in great **request** on TV. 那位作家是電視臺爭相邀請的紅人。
② The residents **requested** that the plan be changed. 居民們要求變更這計畫。
It is **requested**, but not required. 這是「請求」不是「命令」。
You are **requested** not to smoke here. 不要在這裡吸菸。
[片語] **at ~'s request/at the request of ~** 應~的要求：The President's visit to Hualien was postponed **at his request**. 應總統的要求，花蓮訪問之旅延期了。
by request 依照請求。
make a request 請求，要求：Japan **made a** strong **request** that nuclear tests be stopped. 日本強烈要求停止核子試爆。
on request 一旦有要求馬上就~。(⇨ [範例]①)
◆ **requést stòp** [英]（公車等）招手即停車《只有當乘客招呼時才停靠的站點》。
➡ (充電小站) (p. 1083)
[複數] **requests**
[活用] v. **requests, requested, requested, requesting**

requiem [`rikwɪəm] n. 安魂曲《弔唁死者時演奏的樂曲》。
[複數] **requiems**

*require [rɪ`kwaɪr] v. 要求，規定。
[範例] The law **requires** seat belts to be worn at all times. 法律規定任何時候都要繫好安全帶。
The situation **requires** our immediate action.

我們有必要馬上採取行動。
They **required** me to show my ID when I picked up the tickets. 買票時，他們要求我出示身分證。
Students are **required** to do their best. 學生被要求要全力以赴。
[活用] v. **requires, required, required, requiring**

requirement [rɪ`kwaɪrmənt] n. 必需品，必要條件，要求。
[範例] The victims' main **requirements** are food and shelter. 受災戶最首要的必需品是食物和住所。
If you don't meet the **requirement** this time, you can try again next year. 如果這次你不能符合要求，你可以明年再試一次。
[複數] **requirements**

*requisite [`rɛkwəzɪt] adj. ① 必備的：He doesn't have the **requisite** qualifications for this job. 他不具備此項工作所必要的資格。
——n. ② 必需品，必要條件。
[複數] **requisites**

requisition [ˌrɛkwə`zɪʃən] n. ①（書面形式的）要求；（政府、軍方的）徵用。
——v. ② 徵用，徵發；（有權力依據的）要求。
[複數] **requisitions**
[活用] v. **requisitions, requisitioned, requisitioned, requisitioning**

requite [rɪ`kwaɪt] v.《正式》報答，酬謝；復仇。
[範例] The King **requited** the soldier's self-sacrifice. 國王犒賞自我犧牲的士兵。
The traitor was **requited** with death. 那個背叛者死於報復。
[活用] v. **requites, requited, requited, requiting**

reran [ri`ræn] v. rerun 的過去式。

rerun [ri`rʌn] v. ① 重映，重播。
——n. ② 重映，重播。
[活用] v. **reruns, reran, rerun, rerunning**
[複數] **reruns**

*rescue [`rɛskju] v. ① 拯救，救助；（使免於破壞而）保護。
——n. ② 援救，救出。
[範例] The climbers were **rescued** from the summit by helicopter. 登山者被直升機從山頂上救了下來。
We need to **rescue** the environment from

pollution. 我們要保護環境不受污染.

② I'm sure that my father will come to our **rescue**. 我很肯定父親一定會來救我們.

The **rescue** party consists of ten people. 援救隊由10個人組成.

活用 *v.* **rescues, rescued, rescued, rescuing**

複數 **rescues**

＊**research** [*n.* ˋrisɜtʃ; *v.* rɪˋsɜtʃ] *n.* ① 研究，調查.

——*v.* ② 研究，調查.

範例 ① The scientists are doing **researches** into drugs manufactured in outer space. 科學家們正在研究於大氣層外製造的藥品.

The police carried out **research** into the causes of the explosion. 警方深入調查爆炸的原因.

② The student is **researching** AIDS. 那個學生正在研究愛滋病.

複數 **researches**

活用 *v.* **researches, researched, researched, researching**

researcher [rɪˋsɜtʃɚ] *n.* 研究員，調查員.

複數 **researchers**

＊**resemblance** [rɪˋzɛmbləns] *n.* 相似之處，類似處.

範例 There is some **resemblance** between the two sisters. 那兩個姊妹有些相似之處.

Your handwriting shows a strong **resemblance** to your teacher's. 你的筆跡和老師的非常相似.

複數 **resemblances**

＊**resemble** [rɪˋzɛmbl] *v.* 相似，和～相像.

範例 He closely **resembles** his father in looks and character. 他無論是長相還是性格都和他父親非常神似.

Some say that the present economic situation **resembles** that of the US in the 1930s. 有人說現在的經濟狀況與1930年代的美國非常相似.

活用 *v.* **resembles, resembled, resembled, resembling**

＊**resent** [rɪˋzɛnt] *v.* (對事、狀況等) 憤怒，生氣，感到不悅.

範例 Mary **resents** the way John treats her when his friends are around. 瑪麗對朋友在場時約翰對待自己的態度感到生氣.

John **resents** having to report what he has done to his father every day. 約翰討厭必須每天向父親報告做過的事.

活用 *v.* **resents, resented, resented, resenting**

resentful [rɪˋzɛntfəl] *adj.* 生氣的，不悅的.

範例 By the **resentful** look on his face, I'd say he's not happy about it. 從他憤怒的表情來看，我認為他不喜歡那樣.

Why is Fred **resentful** of your success? 為甚麼佛瑞德對你的成功感到生氣?

活用 *adj.* **more resentful, most resentful**

resentment [rɪˋzɛntmənt] *n.* 憤怒，不滿:

Resentment over whose idea was accepted made the atmosphere at work tense. 對各方建議的取捨而產生的不滿讓工作的氣氛很緊張.

複數 **resentments**

＊**reservation** [ˌrɛzɚˋveʃən] *n.* ① 預約，訂位. ② 條件，限制; 保留; 疑慮. ③ 保留地，禁獵區.

範例 ① I asked the travel agency to make all the **reservations** for my trip. 我請旅行社幫我預訂所有旅程中的事項.

② I accepted that plan with **reservations**. 我有條件地接受了那項計畫.

He had some **reservations** about the truth of their story. 他對他們所述故事的真實性存有疑慮.

③ That area is an Indian **reservation**. 那個區域是印第安保留區.

複數 **reservations**

＊**reserve** [rɪˋzɜv] *v.* ① 保留，預約. ② 保留 (權利等). ③ 暫緩，保留 (判斷、判決等). ——*n.* ④ 儲備. ⑤ 後備部隊，候補選手. ⑥ 限制，條件; 保留. ⑦ 拘謹，謹慎，自制. ⑧ 特別保留地.

範例 ① These seats are **reserved** for today's special guests. 這些座位是保留給今天的特別來賓的.

These parking places are **reserved** for handicapped drivers. 這些停車位是殘障人士專用的.

② All rights **reserved**. 版權所有.《表示具有著作權的表達方式》

③ The judges **reserved** their judgement. 法官們暫緩了判決.

④ The amount of gold **reserves** in that area is unknown. 那個區域的黃金儲藏量無法測知.

Every company has to maintain a **reserve** fund. 每一家公司都必須要有準備金.

⑤ The Royal Naval Volunteer **Reserve** 英國皇家義勇海軍.

The **reserves** were called up after some players were injured in a soccer game. 在足球比賽中有隊員受傷之後，候補隊員就被調上場.

⑥ I put a **reserve** price on my car when I put it up for sale. 當我賣車的時候，我設定了了最低價格.

⑦ A Japanese lady tends to behave with **reserve** until she knows the other party very well. 日本女性在尚未瞭解對方之前，舉止行為傾向於謹慎.

⑧ a wild life **reserve** 野生動物保護區.

a game **reserve** 禁獵區《這裡的 game 是獵物之意》.

片語 *in reserve* 保留的，預備的: I have some money **in reserve** for emergencies. 我預存了一些錢以供緊急使用.

without reserve ① 毫無保留地，無所顧慮

地：He can talk about anything **without reserve**. 他可以無所顧慮地談天說地。② 無條件地：The couple accepted the offer **without reserve**. 那對夫婦無條件地接受了提議。

[活用] v. reserves, reserved, reserved, reserving

[複數] reserves

reserved [rɪˋzɝvd] adj. ① 保留的，保存的。② 預約的，預訂好的。③ 拘謹的，內向的。

[範例] ② **reserved** seats on a train 火車的預訂座位。

③ She is too **reserved** to be popular. 她過於拘謹，所以不太受歡迎。

He has a **reserved** nature. 他生性內向。

[活用] adj. ③ more reserved, most reserved

*reservoir** [ˋrɛzɚˌvɔr] n. ① 蓄水池，儲藏所。② （知識、財富等的）儲藏：a **reservoir** of wealth 財富的儲備。

[複數] reservoirs

reset [riˋsɛt] v. ① 重新設置，（機器、電腦等）重新開機。② 重新鑲嵌。

[活用] v. resets, reset, reset, resetting

*reside** [rɪˋzaɪd] v. 居住；存在；（權利、權力等）歸屬於。

[範例] The writer **resides** in Taitung. 那位作家住在臺東。

Sovereignty **resides** with the people. 主權在民。

[活用] v. resides, resided, resided, residing

*residence** [ˋrɛzədəns] n. ①《正式》居所，宅邸。② 居住，居留，駐紮。

[範例] ① an official **residence** 公宅，官邸。

② We took up **residence** in Orange County. 我們以前定居在橘郡。

There are over 600 students in **residence** here. 有600名以上的學生居住在這裡。

[複數] residences

*resident** [ˋrɛzədənt] adj. ① 居住的，進駐的，駐紮的。

——n. ② 居住者，長期居住者。③ 住院實習醫師（實習生 (intern) 經過畢業實習之後，在醫院一邊工作一邊接受專門訓練的醫師）。

[範例] ① **resident** students 寄宿生。

② foreign **residents** 外籍居留者。

[複數] residents

residential [ˌrɛzəˋdɛnʃəl] adj. ① 有關居住的，由居住引起的。② 住宅的，住宅用的：a **residential** district 住宅區。

residual [rɪˋzɪdʒuəl] adj. 剩餘的，殘留的：There's still a **residual** odor of burnt rice in the kitchen. 廚房裡還殘留有米飯的燒焦味。

residue [ˋrɛzəˌdju] n. 殘餘物，殘留物；剩餘財產：There was a **residue** of calcium on my skin after I swam in Lake Mead. 在密德湖游泳之後，我的皮膚上殘留了鈣化物。

[複數] residues

*resign** [rɪˋzaɪn] v. 辭掉，退出，放棄。

[範例] The Prime Minister has **resigned**. 首相辭職了。

He refused to **resign** his post. 他拒絕辭職。

[片語] **resign oneself to ~** 聽從，接受；委身於：You must **resign yourself to** the fact that you will never be a great painter. 你必須接受你無法成為偉大畫家的事實。

He has **resigned** himself to his wheelchair. 他委身於輪椅之中。

[活用] v. resigns, resigned, resigned, resigning

*resignation** [ˌrɛzɪgˋneʃən] n. ① 辭職，辭呈。② 死心；順從，甘心忍受。

[範例] ① They had the choice between **resignation** and dismissal, and they chose the former. 面對辭職和解雇，他們選擇了前者。

She had to hand in her **resignation**. 她不得不提交辭呈。

② She had to accept her fate with **resignation**. 她不得不死心接受命運。

[複數] resignations

resigned [rɪˋzaɪnd] adj. 逆來順受的，死心的，無奈的。

[範例] He is **resigned** to his bitter fate. 他對於殘酷的命運逆來順受。

He showed a **resigned** expression. 他顯示出無奈的表情。

resilience [rɪˋzɪlɪəns] n. ① 彈力，彈性。② 恢復力。

resilient [rɪˋzɪlɪənt] adj. ① 有彈力的。② 有恢復力的，立即恢復的。

[活用] adj. more resilient, most resilient

resin [ˋrɛzn] n. ① 樹脂。② 合成樹脂。

[複數] resins

*resist** [rɪˋzɪst] v. ① 抵抗，反抗。② 經得起，忍住，抗拒。

[範例] ① People resisted government oppression. 人們抵抗政府的鎮壓。

The criminal didn't **resist** being arrested. 那個犯人遭逮捕時沒有抵抗。

② I couldn't **resist** laughing when I saw his disguise. 當我看到他的化裝時忍不住笑了。

The boy couldn't **resist** the temptation to look into the room. 那個男孩經不起想窺視房間的誘惑。

This is made of glass that **resists** heat. 這是用耐熱玻璃製成的。

[活用] v. resists, resisted, resisted, resisting

*resistance** [rɪˋzɪstəns] n. ① 抵抗，反抗；抵抗力。②（空氣的）阻力；電阻；電阻器。③（被占領國的）地下反抗運動，反抗運動。

[範例] ① The mob put up strong **resistance** to the police. 群眾對警察進行強烈的抵抗。

There is growing **resistance** to the construction of a new airport. 反對建設新機場的呼聲愈來愈高。

This medicine helps to improve **resistance** to disease. 這種藥有助於改善對疾病的抵抗

R

力.

② These small holes are for reducing air **resistance**. 這些小孔是用於減少空氣阻力.

[複數] **resistances**

resistant [rɪˋzɪstənt] adj. ① 抵抗的, 反抗的.
② 有抵抗力的, 有耐性的.

[範例] ① Old people are more **resistant** to change than young people. 老年人比年輕人對於變化更具抵抗性.

② Please show me some heat-**resistant** ovenware. 請拿幾個耐熱的烤箱用器皿給我.

[活用] adj. **more resistant**, **most resistant**

*__resolute__ [ˋrɛzə‚lut] adj. 堅決的, 果斷的.

[範例] The rebels are **resolute** in their determination to gain independence. 反抗者堅決要爭取獨立.

Mr. Jones is **resolute** when it comes to defending civil rights. 一談到擁護公民權的問題, 瓊斯先生的態度就非常堅決.

John was **resolute** in making his case. 約翰堅持自己的主張.

Be **resolute** and don't give up. 你要果斷, 不要放棄.

[活用] adj. **more resolute**, **most resolute**

resolutely [ˋrɛzə‚lutlɪ] adv. 堅決地, 斷然地:
Tom **resolutely** refused to work for the government. 湯姆斷然地拒絕當公務員.

[活用] adv. **more resolutely**, **most resolutely**

resoluteness [ˋrɛzə‚lutnɪs] n. 堅決, 果斷《亦作 resolution》.

*__resolution__ [‚rɛzəˋluʃən] n. ① 決心, 決議. ② 溶解, 分解. ③ 解決. ④ 堅決, 果斷.

[範例] ① My father made a **resolution** to stop smoking. 我父親下定決心要戒煙.

a **resolution** against casino gambling 反對賭場賭博的決議.

② the **resolution** of white light into its spectral colors 將白色光分解為七色光譜.

[複數] **resolutions**

*__resolve__ [rɪˋzɑlv] v. ① 決定, 作出決議. ② 溶解, 分解. ③ 解決.
——n. ④ 決心, 果斷.

[範例] ① I **resolved** to spend my vacation in Hawaii. 我決定在夏威夷度假.

It was **resolved** that the old factories should be dismantled. 那些舊工廠已經決定要拆了.

② White light is **resolved** by a prism into a spectrum of colors. 白色光被三稜鏡分解為七色光譜.

③ The problem was finally **resolved**. 那個問題終於解決了.

[活用] v. **resolves**, **resolved**, **resolved**, **resolving**

[複數] **resolves**

resonance [ˋrɛznəns] n. 共鳴, 回響.

resonant [ˋrɛznənt] adj. 共鳴的, 回響的; 宏亮的.

[範例] From far away we heard the **resonant** sound of Big Ben chiming. 從遠處傳來英國倫

敦國會大廈回響的鐘聲.

a **resonant** voice 宏亮的聲音.

a **resonant** hall 回響的大廳.

[活用] adj. **more resonant**, **most resonant**

*__resort__ [rɪˋzɔrt] n. ① 度假勝地. ② 依賴, 求助; 依賴之人, 求助之物.
——v. ③ 求助, 訴諸 (to).

[範例] ① Sun Moon Lake is a popular summer **resort**. 日月潭是人們喜歡的夏日度假勝地.

② As a last **resort** you can use my old clunker. 一旦有緊急情況, 你可以用我這輛破車.

③ Mahatma Gandhi taught people never to **resort** to violence. 聖雄甘地教導人們, 絕不可訴諸武力.

[片語] **as a last resort/in the last resort** 一旦有情況發生時, 作為最後的手段. (⇨ [範例] ②)

[複數] **resorts**

[活用] v. **resorts**, **resorted**, **resorted**, **resorting**

resound [rɪˋzaund] v. 共鳴, 回響; 傳遍.

[範例] The concert hall **resounded** with applause. 掌聲響徹整個音樂廳.

The sound of the horn **resounded** through the mountains. 號角聲在山間回響.

His valor **resounded** throughout the country. 他的英勇傳遍全國.

[活用] v. **resounds**, **resounded**, **resounded**, **resounding**

resounding [rɪˋzaundɪŋ] adj. 共鳴的, 回響的; 令人矚目的: a **resounding** victory 令人矚目的勝利.

*__resource__ [rɪˋsors] n. ① 資源, 資產. ② 支柱, 依靠. ③ 機智, 臨機應變之才能.

[範例] ① This country is rich in natural **resources**. 這個國家天然資源豐富.

energy **resources** 能源.

② In a tight situation humor is his best **resource**. 在困境中, 幽默是他最好的依靠.

[片語] **leave ~ to ~'s own resources** 讓~任其所為, 讓~獨力解決.

[複數] **resources**

resourceful [rɪˋsorsfəl] adj. 充滿機智的: a **resourceful** man 一個充滿機智的男子.

[活用] adj. **more resourceful**, **most resourceful**

resourcefully [rɪˋsorsfəlɪ] adv. 足智多謀地, 機智地, 巧妙地.

[活用] adv. **more resourcefully**, **most resourcefully**

*__respect__ [rɪˋspɛkt] v. ① 尊重, 尊敬.
——n. ② 尊重, 敬意; 關心, 問候. ③ (某一) 點, 方面.

[範例] ① You must **respect** the rights of other people. 必須尊重他人的權利.

I **respect** Dr. Sun Yat-sen. 我尊敬國父孫中山先生.

② My brother has great **respect** for that old man. 我哥哥對那個老人懷有敬意.

Give my **respects** to Paul. 代我向保羅問好。

③ I cannot agree with him in this **respect**. 我在這一點上不贊同他。

[活用] v. **respects, respected, respected, respecting**

[複數] **respects**

‡**respectable** [rɪ`spɛktəb!] adj. 體面的，正派的，不錯的。

[範例] My neighbor is a **respectable** man. 我的鄰居是個正派的人。

A **respectable** lady would never do such a thing. 正派的女人是不會做那種事情的。

Tom has a **respectable** income. 湯姆有不錯的收入。

[活用] adj. **more respectable, most respectable**

respectably [rɪ`spɛktəblɪ] adv. 體面地，正派地。

[活用] adv. **more respectably, most respectably**

respectful [rɪ`spɛktfəl] adj. 表示敬意的，懷有敬意的，尊重的。

[範例] He is **respectful** of the elderly. 他對老人懷有敬意。

She wore a **respectful** black dress to the funeral. 她穿著表示弔唁之意的黑色服裝去參加葬禮。

[活用] adj. **more respectful, most respectful**

respectfully [rɪ`spɛktfəlɪ] adv. 表示敬意地：

The people stood **respectfully** when the judge entered the courtroom. 當法官走進法庭時，人們恭敬地站了起來。

Yours **respectfully/Respectfully** yours 謹上，敬上。

[活用] adv. **more respectfully, most respectfully**

respecting [rɪ`spɛktɪŋ] prep. 關於：

Respecting that matter, I'd rather not say anything. 關於那件事，我甚麼都不想說。

‡**respective** [rɪ`spɛktɪv] adj. 各自的。

[範例] When the teacher came in, the students took their **respective** seats. 老師一進來，學生們便各自回到自己的座位。

The boys returned to their **respective** homes. 男孩們各自回家。

respectively [rɪ`spɛktɪvlɪ] adv. 分別地，各自地：John and Paul went to New York and Chicago **respectively**. 約翰和保羅分別去了紐約和芝加哥。

respiration [ˌrɛspə`reʃən] n. 《正式》呼吸，呼吸作用：**Respiration** is a chore when you have asthma. 當你氣喘時，呼吸會很困難。

respite [`rɛspɪt] n. 停止，中斷：The firemen fought the fire all day without **respite**. 消防隊員一整天為的地進行滅火。

resplendent [rɪ`splɛndənt] adj. 耀眼的，燦爛的：The young man was **resplendent** in his best suit. 那個穿上他最好的西裝的年輕人顯得非常耀眼。

[活用] adj. **more resplendent, most resplendent**

resplendently [rɪ`splɛndəntlɪ] adv. 耀眼地，燦爛地。

[活用] adv. **more resplendently, most resplendently**

‡**respond** [rɪ`spand] v. ① 回答，回應，響應。② 反應。

[範例] ① Tom **responded** to my question first. 湯姆第一個回答我的問題。

Please **respond** at your earliest convenience. 請你方便時給與答覆。

The kidnapper wouldn't **respond** to the appeal by the boy's mother. 那個綁架者沒有回應男孩母親的請求。

The princess **responded** to me with a smile. 公主給了我一個微笑。

② Our dog **responds** well to any training. 我們的狗對於任何訓練都能有很好的反應。

His cancer is **responding** to treatment. 他的癌症對治療有反應。

[活用] v. **responds, responded, responded, responding**

‡**response** [rɪ`spans] n. ① 答覆，回答。② 反應，反響。

[範例] ① I knocked on the door, but there was no **response**. 我敲了門，但沒有回應。

Their **response** to our request was immediate. 對於我們的要求，他們迅速答覆。

② Stimulus usually goes with **response**. 通常有刺激就會有反應。

The students showed little **response** to the principal's speech. 學生們對於校長講的話幾乎沒有反應。

The TV drama received many **responses** from the viewers. 這齣電視劇引起觀眾們很多回響。

[片語] **in response to** 對～的答覆，對～的反應：The actress laughed **in response to** the reporter's silly question. 那位女演員對於記者的愚蠢問題，不由得笑了出來。

➡ [充電小站] (p. 1089)

[複數] **responses**

‡**responsibility** [rɪˌspansə`bɪlətɪ] n. 責任，職責。

[範例] Have you no sense of **responsibility**? 你難道沒有任何責任感嗎？

He should take full **responsibility** for his mistake. 他應該對自己的錯誤負全部的責任。

A leftwing extremist group claimed **responsibility** for the bombing of the bank. 左翼激進分子聲稱對銀行爆炸案負責。

a position of great **responsibility** 身居要職。

[片語] **on ～'s own responsibility** 自行負責地，自作主張地。

[複數] **responsibilities**

‡**responsible** [rɪ`spansəb!] adj. 負有責任的，負責的。

[範例] The driver was **responsible** for the accident. 司機對這起事故負有責任。
I'm **responsible** to the P.R. department for researching advertising rates. 我在公關部門負責廣告費的調查。
Smoking is said to be **responsible** for lung cancer. 據說吸菸會導致肺癌。
☞ ↔ irresponsible
[活用] adj. **more responsible, most responsible**

responsibly [rɪˋspɑnsəblɪ] adv. 負責地，可靠地。
[活用] adv. **more responsibly, most responsibly**

responsive [rɪˋspɑnsɪv] adj. 敏感的，敏銳的。
[範例] Mothers are **responsive** to the needs of their children. 母親對於自己的孩子需要甚麼非常清楚。
The brakes on my bike are too **responsive**. 我的腳踏車煞車過於敏銳。
[活用] adj. **more responsive, most responsive**

rest [rest] n. ① 休息。② (樂譜的) 休止符。③ 臺，架。④ [the ~] 剩餘。
——v. ⑤ (使) 休息。⑥ 仍處於~的狀態，仍保持~的狀態。⑦ 放置，擱置。
[範例] ① You need a **rest**. 你需要休息。
The machine is at **rest**. 那臺機器處於停止狀態。
The medicine gave the sick man a short **rest** from pain. 這種藥減緩了病人少許的疼痛。
② A quarter **rest** is two times as long as an eighth **rest**. 4分休止 (符) 是8分休止 (符) 的兩倍長。
③ Use this box as a **rest** for your telescope. 把這個箱子當作你望遠鏡的架子。
④ Sue spent the **rest** of her vacation in hospital. 蘇剩餘的休假時間是在醫院度過。
Six of us are here. The **rest** went swimming. 我們有6個人在這裡，其他人去游泳了。
These sneakers cost NT$3,000; the **rest** all cost less. 這雙運動鞋是新臺幣3,000元，但其他的就沒有這麼貴。
⑤ "Try to **rest**," the doctor said. 醫生說：「請休息一下。」
May his soul **rest** in peace. 願他的靈魂安息。
Rest your arms—you've been holding that for so long. 你讓手臂休息一下吧，你拿著它好久了。
The sleigh **rested** at the cliff's edge. 那個雪橇停在懸崖邊上。
⑥ He **rests** a hero in the minds of most people. 在大部分人的心目中，他仍然是個英雄。
Rest assured the criminal will be caught. 請放心，犯人一定會抓到。
⑦ The ladder is **resting** against the wall. 那個梯子靠在牆上。
The little girl **rested** her head on her mother's

shoulder. 那個小女孩把頭靠在母親的肩上。
The decision **rests** with the committee. 結論取決於委員會。
[片語] **at rest** 休息中，停止中，靜止中。(⇨ [範例] ①)
set ~'s mind at rest/set ~'s fears at rest 使安心。
♦ **rést ròom** 公廁，洗手間。
[複數] ① ② ③ **rests**
[活用] v. **rests, rested, rested, resting**

restaurant [ˋrestərənt] n. 餐館，餐廳。
[字源] 源自法語的 restaurer (使恢復)。
[複數] **restaurants**

restful [ˋrestfəl] adj. 安靜的，寧靜的。
[活用] adj. **more restful, most restful**

restitution [ˌrestəˋtjuʃən] n. 《正式》歸還，退還，償還，賠償。

restive [ˋrestɪv] adj. ① 焦躁不安的，不安定的。② 反抗的，倔強的。
[活用] adj. **more restive, most restive**

restively [ˋrestɪvlɪ] adv. 不安地，倔強地。
[活用] adv. **more restively, most restively**

restless [ˋrestlɪs] adj. 無法休息的；焦躁不安的，心神不定的。
[範例] People spent a **restless** night after the earthquake. 地震之後，人們度過一個無眠之夜。
I was **restless** and didn't get much sleep. 我焦躁不安，沒有睡好。
[活用] adj. **more restless, most restless**

restlessly [ˋrestlɪslɪ] adv. 無法休息地，心神不定地。
[活用] adv. **more restlessly, most restlessly**

restoration [ˌrestəˋreʃən] n. ① 復原，恢復，回歸，歸還。② 修復之物，復原之物。③ [the R~] 王政復辟 (指英國歷史上1660年查理 (Charles) 二世即位帶來的王政復辟)。
[範例] ① the **restoration** of peace 恢復和平。
the **restoration** of the stolen ring to its owner 把被偷的戒指歸還給失主。
② a **restoration** of a monument 紀念碑的修復。
[複數] ① ② **restorations**

restorative [rɪˋstorətɪv] adj. ①《正式》有助於恢復體力的，能恢復體力的。
——n. ②《正式》滋補品，促進健康的食品，有助於恢復體力之物。
[活用] adj. **more restorative, most restorative**
[複數] **restoratives**

restore [rɪˋstor] v. 放回 (原位)，恢復，復原。
[範例] The professor **restored** the English-Chinese dictionary to the shelf. 那位教授把英漢辭典放回書架上。
The company **restored** her to her former position. 那家公司恢復她的職位了。
This medicine has **restored** my mother's health. 這個藥使母親恢復健康。
The money was **restored** to its rightful owner. 那筆錢回到它合法的所有人手中。

R

充電小站

應聲附和

英語中「應聲附和」稱為 response. 用得最多的表達方式是 uh-huh，中文書寫就是「嗯哼」這樣的感覺. 不過這種語氣無法用文字準確表達，所以還是透過問老師，或者看外國電影來確認.

此外「Is that so?」「是嗎？」，"Really?"「真的嗎？」，"I see."「我明白」，"Right."「當然」等也是常用的應聲附和的表達方式.

另外，還有透過重複對方所說的話來應聲附和. 例如，如果某個人說 "My house is very large."，那麼就以「是嗎？」這個意義應聲附和說 "It

is?" 或 "Is it?"，it 是指 my house，而且無論 "It is?" 或 "Is it?" 意思都相同.

同樣，對於 "He went to London this summer." 可以回答 "He did?" 或 "Did he?"，對於 "I like soccer." 可以回答 "You do?" 或 "Do you?".

還有像 "It is." 這樣沒有問號的，這就像「是啊！」一樣，既然沒有問號，也就相對地增強了確定的語氣.

活用 v. restores, restored, restored, restoring

*restrain [rɪ`stren] v. 《正式》抑制.

範例 I could not restrain my anger. 我沒能抑制住怒氣.

I can't restrain myself from smoking. 我戒不了菸.

活用 v. restrains, restrained, restrained, restraining

restrained [rɪ`strend] adj. 克制的，自制的，有節制的: a restrained attitude 拘謹的態度.

活用 adj. more restrained, most restrained

*restraint [rɪ`strent] n. 抑制，約束.

範例 You acted with restraint in an emotional situation. 在情緒衝動的情況下，你謹慎地採取行動.

The principal showed restraint when dealing with a problem student. 那位校長在處理問題學生時，態度顯得拘謹.

There are restraints as to what the armed forces are allowed to do. 軍隊所能夠做的事情是有約束的.

片語 under restraint 被拘押中，被監禁中.

複數 restraints

*restrict [rɪ`strɪkt] v. 限制.

範例 Freedom of speech should not be restricted. 言論自由不應該被限制.

The children are restricted to two hours of TV a day. 那些孩子被限制一天只能看2個小時的電視.

The stadium restricts smoking to certain areas. 那個體育館限制只能在指定地點吸菸.

活用 v. restricts, restricted, restricted, restricting

*restriction [rɪ`strɪkʃən] n. 限制.

範例 The law put severe restrictions on businesses affecting public morals. 法律對於影響公共道德的行業加以嚴格的限制.

They may use the computers with almost no restrictions. 也許他們會毫無限制地使用電腦.

複數 restrictions

restrictive [rɪ`strɪktɪv] adj. 限制的，限定的.

活用 adj. more restrictive, most restrictive

*result [rɪ`zʌlt] n. ① 結果.

—— v. ② 產生. ③ 導致 (in).

範例 ① I checked the soccer results on TV. 我看電視確認了足球賽的結果.

His illness is the result of too much junk food. 他的病是因為吃太多垃圾食物的結果.

The newscaster announced the results of the competition. 新聞播報員報導了比賽的結果.

"What is the result of 100 divided by 25?" "That's a piece of cake. 4."「100除以25是多少？」「很簡單，是4.」

② Her exhaustion resulted from lack of sleep. 她的疲勞是因睡眠不足引起的.

③ The car accident resulted in the death of the driver. 那起車禍造成司機死亡.

Their dispute resulted in war. 他們的爭論導致了戰爭.

片語 as a result 結果: It snowed a lot last night. As a result, the trains can't run today. 昨夜下了很多雪，結果今天火車開不了了.

as a result of 由於: He was late for school as a result of the snow. 由於下雪，他上學遲到.

with the result that 結果是: The laboratory mice were fed fatty foods with the result that they gained weight. 實驗用的老鼠因餵了脂肪過多的食物，結果體重增加了.

without result 徒勞地，無效地: He brainstormed without much result. 他徒勞地苦思.

複數 results

活用 v. results, resulted, resulted, resulting

resultant [rɪ`zʌltnt] adj. 產生～結果的: The resultant savings of buying at wholesale will enable you to buy even more. 批發購買所剩下的存款能讓你買更多的貨.

résumé [`rɛzu`me] n. ① 摘要，概論. ② 〖美〗履歷表.

複數 résumés

*resume [rɪ`zum] v. ① 重新開始. ② 恢復，重新占用.

範例 ① We'll stop talking now and resume at

three o'clock. 我們先敲到這裡，3點鐘再重新開始。

The negotiators **resumed** their discussion. 談判者重新開始他們的討論。

The kindergarten teacher began to **resume** reading the story. 幼兒園老師又開始講起故事了。

② Could you please **resume** your seats? 請你回到座位上好嗎？

活用 v. **resumes, resumed, resumed, resuming**

resumption [rɪˋzʌmpʃən] n. 重新開始，繼續：The Japanese government is calling for a **resumption** of commercial whaling. 日本政府正要求重新開始商業捕鯨。

resurrect [ˏrɛzəˋrɛkt] v. ① 恢復使用。②（使死者）復活。③ 挖出，挖掘。

範例 ① They tried to **resurrect** miniskirts. 他們試著使迷你裙重新流行起來。

Old customs are being **resurrected**. 舊的習慣重新恢復使用。

② It is impossible to **resurrect** the dead. 根本不可能讓死者復活。

③ The police **resurrected** the body to perform yet another autopsy. 警方為了再進行一次驗屍，把屍體挖出來。

活用 v. **resurrects, resurrected, resurrected, resurrecting**

*__resurrection__ [ˏrɛzəˋrɛkʃən] n. ①（死者的）復活，生還。②〔the R~〕耶穌復活。③ 復活；復興；重新流行。

範例 ② "Who believes in the **Resurrection** of Jesus?" "I do." 「誰相信耶穌復活？」「我相信。」

③ Some people are looking forward to a **resurrection** of Jazz Festivals. 有些人期待恢復爵士音樂節。

resuscitation [rɪˏsʌsəˋteʃən] n. 復活；復甦。

*__retail__ [ˋritel] n. ① 零售。

——v. ② 零售；被零售。

範例 ① Wholesale prices are cheaper than **retail**. 批發價比零售價便宜。

Stores buy goods wholesale and sell them **retail**. 商店按批發價購入商品，然後將其零售。

② Supermarkets **retail** goods from many places. 超級市場零售來自各地的商品。

These rulers **retail** at one dollar. 這些尺以1美元零賣。

活用 v. **retails, retailed, retailed, retailing**

retailer [ˋriteˏlɚ] n. 零售商：She entered the business world as a toy **retailer**. 她以玩具零售商的身分進入商界。

複數 **retailers**

*__retain__ [rɪˋten] v. ① 保留，保持，維持。② 記得，記住。③ 雇用；聘請。

範例 ① Water **retains** heat much longer than air. 水比空氣更能長時間保持熱度。

Though she is 90, she still **retains** the use of

all her faculties. 她雖年近90，但身體機能仍好。

② She **retains** a clear memory of her schooldays. 她對學生時代的事記得很清楚。

③ She is **retaining** a lawyer to handle the matter. 她聘請了律師處理這件事。

☞ n. retention

活用 v. **retains, retained, retained, retaining**

retainer [rɪˋtenɚ] n. ① 保持者。② 律師聘請費。③ 打折房租《不使用期間的租金通常有折扣優惠》。④ 僕人；家臣。

範例 ① Plants are the primary **retainers** of soil. 植物主要可以保持土壤不流失。

She uses glass jars as **retainers** for growing herbs. 她使用玻璃瓶培育藥草。

② A lawyer's **retainer** is high. 律師聘請費很高。

Steve is on **retainer** to their company. 史蒂夫在他們公司擔任律師顧問。

④ I was a **retainer** to their family for forty years. 我在他們家幫傭40年了。

複數 **retainers**

retaliate [rɪˋtælɪˏet] v. 報復，報仇。

範例 He is waiting for a chance to **retaliate** for what was done to him. 他正伺機報復別人對他所做的一切。

If they attack us, we will **retaliate** at once. 如果他們攻擊我們，我們將立刻報復。

活用 v. **retaliates, retaliated, retaliated, retaliating**

retaliation [rɪˏtælɪˋeʃən] n. 報復，報仇：The terrorists killed a policeman in **retaliation** for the arrest of one of their members. 恐怖分子殺害警察，以報復警方逮捕他們的一位成員。

retaliatory [rɪˋtælɪəˏtorɪ] adj. 報復的，報仇的：The President decided to take **retaliatory** measures. 總統決定採取報復措施。

retard [rɪˋtɑrd] v. 延緩，妨礙。

範例 ① This drug **retards** the growth of tumors. 這種藥延緩腫瘤的生長。

Bob was mentally **retarded**. 鮑伯是智障。

活用 v. **retards, retarded, retarded, retarding**

retch [rɛtʃ] v. 噁心，作嘔。

活用 v. **retches, retched, retched, retching**

retention [rɪˋtɛnʃən] n. ① 保持；保有。② 記憶（力）。

retentive [rɪˋtɛntɪv] adj. ① 有保持力的；保持的。②（記憶力）強的；記憶好的。

範例 ① **retentive** soil 能保持水分的土壤。

② He is thought to have the most **retentive** memory in our class. 他在我們班被認為是記憶力最強的。

活用 adj. **more retentive, most retentive**

reticence [ˋrɛtəsn̩s] n. 沉默寡言；拘謹：Enthusiasm for the subject made him break out

of his normal **reticence**. 出於對這個主題的
強烈興趣，他打破了平日的沉默．
reticent [`rɛtəsnt] *adj.* 寡言的，緘默的．
范例 The witness is **reticent** to come forward to
identify the guilty party. 那位目擊者不想站出
來指認犯人．
Mary's mother was a **reticent** woman. 瑪麗的
母親是個沉默寡言的女人．
活用 *adj.* **more reticent**, **most reticent**
retina [`rɛtnə] *n.* 視網膜．
複數 **retinas/retinae**
retinae [`rɛtn,i] *n.* retina 的複數形．
retinue [`rɛtn,ju] *n.* (王侯、貴族的) 侍從，隨
扈：The President's **retinue** is arriving the day
before he does. 總統的隨扈比他早一天到
達．
複數 **retinues**
*****retire** [rɪ`taɪr] *v.* ① (使) 退休． ② 退下，離去．
③ 《正式》就寢．
范例 ① My grandfather **retired** at the age of
sixty-one. 祖父在61歲退休．
He will be **retired** when he turns 60. 一到60
歲，他就要退休．
② My sister **retired** to her room after dinner. 姊
姊晚餐後便回到自己的房間．
The troops **retired** to their former position. 部
隊退到先前的位置．
The pitcher **retired** the batter in three pitches.
投手用3球就使打擊者出局．
③ My grandmother usually **retires** at ten. 祖母
平時10點就寢．
活用 *v.* **retires**, **retired**, **retired**, **retiring**
retired [rɪ`taɪrd] *adj.* 退休的．
范例 My father is **retired** now. 我的父親現在退
休了．
The **retired** professor enjoyed fishing every
day. 那位退休教授每天享受著釣魚的樂趣．
retirement [rɪ`taɪrmənt] *n.* ① 退休． ② 隱居．
范例 ① He took early **retirement**. 他提前退休
了．
We had seven **retirements** this year. 今年有
7個人退休．
② He enjoyed a long and happy **retirement**. 他
過著長久而幸福的隱居生活．
複數 **retirements**
retiring [rɪ`taɪrɪŋ] *adj.* ① 內向的，保守的． ②
退休的．
范例 ① a **retiring** girl 內向的女孩．
② **retiring** age 退休年齡．
活用 *adj.* ① **more retiring**, **most retiring**
*****retort** [rɪ`tɔrt] *v.* ① 頂嘴；反駁． ② 反擊．
——*n.* ③ 反擊；頂嘴．
范例 ① "No!" she **retorted**. 她頂嘴說：「不！」
He **retorted** that he would decide the matter
by himself. 他反駁說，由他自己決定那件事．
② He skillfully **retorted** the insult. 他巧妙地反
擊了對他的侮辱．
③ The witty entertainer had a **retort** for every
comment. 那位機智的藝人反駁了每個意見．

活用 *v.* **retorts**, **retorted**, **retorted**,
retorting
複數 **retorts**
retrace [rɪ`tres] *v.* 折返；回顧．
范例 He **retraced** his way to the camping site to
find his lost knife. 他折返露營地尋找丟失的
刀子．
The detective **retraced** the sequence of
events. 刑警追溯事件的經過．
活用 *v.* **retraces**, **retraced**, **retraced**,
retracing
retract [rɪ`trækt] *v.* 縮進；撤回．
范例 A tortoise can **retract** its head. 烏龜可以
將牠的頭縮進去．
Bill was forced to **retract** his statement. 比爾
被迫收回自己所說的話．
活用 *v.* **retracts**, **retracted**, **retracted**,
retracting
retractable [rɪ`træktəbl] *adj.* 可縮回的；可
取消的．
retraction [rɪ`trækʃən] *n.* 縮進；撤回．
複數 **retractions**
*****retreat** [rɪ`trit] *v.* ① 退卻；後退；撤退．
——*n.* ② 退卻；後退． ③ 藏匿處；避難所． ④
靜修 (期間)．
范例 ① The 24th Battalion **retreated** in the face
of superior forces. 第24營面對佔優勢的軍隊
而退卻了．
Mr. Wang **retreats** to the peace and quiet of
his country home on weekends. 王先生每到
週末便來到鄉下的家，過著平靜的生活．
② The general ordered a **retreat**. 將軍命令撤
退．
③ He returned from his summer **retreat**. 他從
避暑地回來了．
活用 *v.* **retreats**, **retreated**, **retreated**,
retreating
複數 **retreats**
retribution [,rɛtrə`bjuʃən] *n.* 《正式》天譴，報
應．
retrieval [rɪ`trivl] *n.* ① 取回；恢復；修補． ②
檢索．
范例 ① The **retrieval** of the stolen painting put
an end to the mystery. 因取回了那幅被盜的
畫，終於解開了謎．
The situation is now beyond **retrieval**. 形勢已
無法挽回．
② The **retrieval** of that piece of information from
the computer was impossible. 從電腦上檢索
那項訊息是不可能的．
retrieve [rɪ`triv] *v.* 取回；找回；檢索．
范例 Fortunately, the army **retrieved** the plane
and bodies from the mountains. 軍隊很幸運
地從山上找回了飛機和屍體．
This agency attempts to **retrieve** drug users
from addiction and put them back into society.
這個機構嘗試將毒品吸食者從毒癮中拯救出
來，使其重回社會．
Our company is on the verge of bankruptcy,

R

but we still manage to **retrieve** the situation. 我們公司雖然瀕臨破產，但我們仍試著補救現狀。

He did everything to **retrieve** his reputation. 他為了挽回名譽做了一切努力。

It takes some time to **retrieve** information stored in this computer. 檢索儲存在這臺電腦中的訊息需要花點時間。

活用 v. retrieves, retrieved, retrieved, retrieving

retrograde [`rɛtrə‚gred] adj. 倒退的；逆行的：I think his policy is a **retrograde** step. 我認為他的政策是倒退了一步。

活用 adj. more retrograde, most retrograde

retrogression [‚rɛtrə`grɛʃən] n. 《正式》倒退；後退.

retrospect [`rɛtrə‚spɛkt] n. 回顧，追憶：in **retrospect** 回顧.

retrospective [‚rɛtrə`spɛktɪv] adj. ① 回顧的，懷舊的. ② (法律) 溯及既往的.

——n. ③ 回顧展.

複數 retrospectives

**return [rɪ`tɝn] v. ① 回來；回到；歸還.

——n. ② 回來；歸還. ③ 〖英〗來回票〔亦作 return ticket；〖美〗round-trip ticket〗. ④ 報告 (書)，申報 (表). ⑤ 利潤. ⑥ (球的) 回擊.

範例 ① Jim **returned** from San Diego to Omaha. 吉姆從聖地牙哥回到了奧馬哈.

The pain has **returned** to my left arm. 我的左臂又疼起來了.

The little girl **returned** to consciousness. 那個小女孩恢復了知覺.

The police **returned** the boat to its rightful owner. 警察把小船還給了合法的所有者.

The Canadian authorities **returned** the fugitive to the U.S. 加拿大當局把逃亡者送回美國.

The President **returned** the Prime Minister's visit. 總統對首相的來訪做了回訪.

They promise these investments will **return** at a high rate. 他們保證這些投資可以得到很高的報酬率.

② The safe **return** of the soldiers pleased us all. 士兵們安全的歸來，使我們大家都感到高興.

The librarian demanded the **return** of the book. 圖書館員要求還書.

③ Four **returns** to London, please. 請給4張到倫敦的來回票.

④ There are no errors on your income tax **return**. 你的所得稅申報表沒有錯誤.

⑤ He got a **return** of three percent on the investment. 他在投資中得到了3%的利潤.

片語 **in return** 作為回報.

◆ **retúrn màtch** 再次比賽.

retúrn tícket 來回票〔〖美〗round-trip ticket〕.

活用 v. returns, returned, returned, returning

複數 returns

returnable [rɪ`tɝnəb!] adj. 可退還的，可退回的.

reunion [ri`junjən] n. 重聚；再結合.

範例 We have a family **reunion** every New Year. 我們每年新年全家都團聚在一起.

Let's hold an alumni **reunion**. 我們開一個同學會吧.

複數 reunions

reunite [‚riju`naɪt] v. 使團聚；使重聚；使再結合.

範例 The two **reunited** after long years of separation. 兩人分隔很久後再次相聚.

He was finally **reunited** with his families after the war. 他在戰後終於與家人團聚.

活用 v. reunites, reunited, reunited, reuniting

reuse [ri`juz] v. 再利用，再使用.

活用 v. reuses, reused, reused, reusing

Rev./Rev (縮略) =Reverend 對神職人員的尊稱：the Rev. John Smith 約翰·史密斯牧師.

*reveal [rɪ`vil] v. ① 顯示，展現. ② 洩露，揭露.

範例 ① The doctor did not **reveal** the patient's hopeless condition to Lisa. 醫生沒有向麗莎說明病人已毫無希望的情況.

He **revealed** that he was married. 他顯出他已經結婚.

② A Sunday paper **revealed** that he had wanted to marry his niece. 星期天的報紙揭露他曾想與他姪女結婚.

活用 v. reveals, revealed, revealed, revealing

revel [`rɛv!] v. 喜悅；狂歡：We **revel** in hearing about people overcoming injustice. 聽到那些戰勝不法人士的故事真令人高興.

活用 v. revels, reveled, reveled, reveling/〖英〗revels, revelled, revelled, revelling

*revelation [‚rɛv!`eʃən] n. ① 洩露，揭露；揭發. ② 啟示，天啟.

範例 ① We listened to her strange **revelations** about her past. 我們傾聽她透露有關她過去的奇妙事情.

② the **Revelation**《啟示錄》《新約聖經》中的一卷，亦作 Revelations, the Apocalypse).

複數 revelations

revelry [`rɛvlrɪ] n. 飲酒狂歡.

複數 revelries

*revenge [rɪ`vɛndʒ] v. ① 報復，報仇.

——n. ② 復仇，報仇；報仇的機會.

範例 ① I will **revenge** myself on those who bullied me. 我要報復欺負我的那些傢伙.

He killed the man to **revenge** his dead brother. 他殺了那個男子為他死去的哥哥報仇.

② They are still trying to take their **revenge** on their enemy. 他們仍試著找他們的敵人報仇.

He set fire to the warehouse in **revenge** for his dismissal. 他放火燒了倉庫以作為他被解僱的報復.

We can have another game to give you your

revenge if you want to. 如果你願意的話，我們可以再比一次，給你一個報仇的機會.

活用 v. **revenges**, **revenged**, **revenged**, **revenging**

***revenue** [ˋrɛvəˏnju] n. 歲入，收入: The government gets a lot of **revenue** from North Sea oil. 政府從北海石油中得到巨額收入.

複數 **revenues**

reverberate [rɪˋvɝbəˏret] v.《正式》反應，回響；反射.

活用 v. **reverberates**, **reverberated**, **reverberated**, **reverberating**

reverberation [rɪˏvɝbəˋreʃən] n. 反應，回響；反射.

複數 **reverberations**

revere [rɪˋvɪr] v.《正式》崇敬，尊敬: The people in the village **revered** the old man. 村民都很崇敬那位老人.

活用 v. **reveres**, **revered**, **revered**, **revering**

***reverence** [ˋrɛvrəns] n. ①《正式》崇敬，尊敬: The people feel **reverence** for the king. 人民很尊敬那位國王.

——v. ②《正式》崇敬，尊敬.

活用 v. **reverences**, **reverenced**, **reverenced**, **reverencing**

reverend [ˋrɛvrənd] adj. ① 可敬的，應受尊敬的. ②〔the R~〕牧師: the **Reverend** Kevin Smith 凱文・史密斯牧師.

參考 有時省略為 the Rev. Kevin Smith.

活用 adj. **more reverend**, **most reverend**

***reverent** [ˋrɛvrənt] adj. 恭敬的，虔誠的: These children have a **reverent** attitude towards their elders. 這些孩子對長者態度恭敬.

reverently [ˋrɛvrəntlɪ] adv. 恭敬地，虔誠地.

reversal [rɪˋvɝsl] n. 倒轉，逆轉: In a **reversal** of fortune the factory workers got their jobs back. 命運出現逆轉，工廠工人找回了工作.

複數 **reversals**

***reverse** [rɪˋvɝs] n. ① 顛倒，相反；逆轉；失敗，不幸.

——adj. ② 顛倒的，相反的；逆轉的.

——v. ③ 使顛倒；逆轉.

範例 ① The coal mining industry has suffered some **reverses** in recent times. 煤礦工業這些年營運狀況不佳.

You can't shift into **reverse** when the car is moving forward. 汽車行進時不能打倒車檔.

This hostile takeover is the **reverse** of what was expected. 此一充滿敵意的接管與預期的完全相反.

What is on the **reverse** of one cent coin? 1分美元硬幣的背面是甚麼?

② No radio station does the top 10 countdown in **reverse** order. 任何廣播電臺無不以倒數方式公布前10位.

③ Restructuring the company will **reverse** the decline in profits. 公司重組後將會扭轉收益下

滑的局面.

The government **reversed** its policy on agricultural subsidies. 政府對農業補助金的政策急轉直下.

Michael **reversed** the car through the garage door. 麥可從車庫門口開始倒車.

Reverse the TV so we can see it in the kitchen. 把電視轉過來，這樣我們在廚房也能看到.

複數 **reverses**

活用 v. **reverses**, **reversed**, **reversed**, **reversing**

reversible [rɪˋvɝsəbl] adj. ① 可反轉的；（衣服）可兩面翻穿的: a **reversible** coat 可兩面翻穿的外套.

——n. ② 可兩面翻穿的衣服.

複數 **reversibles**

revert [rɪˋvɝt] v. 〔只用於下列片語〕恢復，重返.

片語 **revert to** 回到，恢復: Nancy **reverted to** her old ways and started drinking again. 南西故態復萌，又開始酗酒了.

活用 v. **reverts**, **reverted**, **reverted**, **reverting**

***review** [rɪˋvju] v. ① 再調查；詳查. ② 評論. ③ 檢閱. ④〖美〗複習 (〖英〗revise).

——n. ⑤ 再調查. ⑥ 評論. ⑦ 檢閱. ⑧〖美〗複習 (〖英〗revision).

範例 ① The students **reviewed** the data. 學生們詳查了資料.

② The professor **reviewed** the new book for the magazine. 教授在雜誌上評論了那本新書.

③ The prime minister will **review** the fleet next Friday. 首相將在下星期五檢閱艦隊.

④ Let's **review** this lesson. 我們複習這一課吧.

⑤ Environmental regulations will come under **review** starting Monday. 星期一將開始對環境條例進行檢討.

⑥ William read a **review** of his book in the newspaper. 威廉從報紙上讀到了對自己的書的評論.

⑦ The army held a **review** of its forces yesterday. 軍隊昨天舉行了閱兵.

⑧ The student finished the **review** of the lesson. 學生結束了這一課的複習.

活用 v. **reviews**, **reviewed**, **reviewed**, **reviewing**

複數 **reviews**

reviewer [rɪˋvjuɚ] n. (新書、電影、戲劇等的) 評論家.

複數 **reviewers**

revile [rɪˋvaɪl] v.《正式》謾罵，辱罵: The corrupt politician was **reviled** by the public. 那名腐敗的政客受到大眾的唾罵.

活用 v. **reviles**, **reviled**, **reviled**, **reviling**

***revise** [rɪˋvaɪz] v. ① 修正，修訂. ②〖英〗複習 (〖美〗review).

範例 ① After reading the book, the scientist

R

revised his opinion. 讀了這本書後，那位科學家修正了自己的看法。

We must **revise** this dictionary. 我們必須修訂這本字典。

② George **revised** his chemistry notes for the examination. 喬治為了準備考試而複習化學筆記。

[活用] v. revises, revised, revised, revising

revision [rɪ`vɪʒən] n. ① 修正，修訂；修訂版。②〖英〗複習〖美〗review）。

[範例] ① Any dictionary requires **revision** every fifth year or so. 任何一本字典大約每5年都需要修訂一次。

② John's doing some **revision** for his finals in physics. 約翰正在為物理期末考做複習。

[複數] revisions

*revival [rɪ`vaɪvl] n. ① 再生，復活，復興。②（戲劇、電影等的）重新上演〔上映〕。

[範例] ① Inflation may start to rise again with the **revival** of trade. 隨著貿易的復甦，通貨膨脹也許會再次爆發。

② He likes old films and goes to **revival** film festivals every year. 他喜歡看老電影，每年也都會參加懷舊電影節。

[複數] revivals

*revive [rɪ`vaɪv] v. ①（使）復活，復興。②（戲劇、電影等的）重新上演〔上映〕。

[範例] ① This rose will **revive** if you water it well. 如果你好好澆水，這朵玫瑰花會活過來的。

Music of the 1970's has **revived** recently. 1970年代的音樂最近又開始流行了。

The doctors **revived** the woman who had fainted. 醫生們使這名昏厥的女子清醒過來。

[活用] v. revives, revived, revived, reviving

revoke [rɪ`vok] v. 取消，撤回，廢除。

[範例] Her driver's license was **revoked** for drunken driving. 她的駕照因酒後駕車被吊銷了。

The legislators **revoked** the law. 立法委員們廢除了那項法規。

[活用] v. revokes, revoked, revoked, revoking

*revolt [rɪ`volt] v. ① 造反，反抗，叛亂。② 反感，厭惡。

──n. ③ 造反，反抗，暴動。

[範例] ① The French once **revolted** against a harsh government. 法國人曾反抗過嚴苛的政府。

The workers **revolted** and went on strike. 工人們群起造反，繼而開始罷工。

② We were **revolted** by the terrible accident. 我們對那起可怕的意外事故感到很不舒服。

③ The **revolt** against the British lasted 8 years. 這場對英國的抗爭持續了8年。

[活用] v. revolts, revolted, revolted, revolting

[複數] revolts

revolting [rɪ`voltɪŋ] adj. 令人作嘔的，令人不悅的，令人厭惡的。

[範例] The **revolting** odor caused the people to flee. 那令人作嘔的臭味使人們紛紛走避。

John's behavior is **revolting**. 約翰的行為令人厭惡。

[活用] adj. more revolting, most revolting

*revolution [ˌrɛvə`luʃən] n. ① 革命；大變動，大改革。② 旋轉；（天文）公轉。

[範例] ① The Russian **Revolution** broke out in 1917. 俄國革命於1917年爆發。

There's going to be a **revolution** in the design and manufacture of computers according to this article. 根據這篇報導，電腦的設計和生產將有重大改革。

② This old record is played at 78 **revolutions** per minute. 這張舊唱片以每分鐘78轉的速度播放。

the **revolution** of the earth round the sun 地球環繞太陽的公轉。

[複數] revolutions

*revolutionary [ˌrɛvə`luʃənˌɛrɪ] adj. ① 革命的；革命性的，大改變的。

──n. ② 革命者，革命論者。

[範例] ① Edison's inventions were quite **revolutionary**. 愛迪生的許多發明都具有革命性的意義。

② The government expelled the **revolutionaries** from the country. 政府把革命人士驅逐出境。

◆ the Revolùtionary Wár ① 美國獨立戰爭《擺脫英國統治的獨立戰爭 (1775-1783)》。②〔~s〕革命戰爭《大革命後的法國與英國、奧地利、普魯士等歐洲各國之間的一系列戰爭 (1792-1802)》。

[活用] adj. more revolutionary, most revolutionary

[複數] revolutionaries

revolutionize [ˌrɛvə`luʃənˌaɪz] v. 引起革命，徹底改變：The use of nuclear energy will **revolutionize** modern life. 核能的使用將使現代生活產生巨大變革。

[參考]〖英〗revolutionise。

[活用] v. revolutionizes, revolutionized, revolutionized, revolutionizing

*revolve [rɪ`volv] v. 旋轉，轉動，繞轉。

[範例] The moon **revolves** around the earth. 月球繞地球旋轉。

A wheel **revolves** around an axle. 車輪以輪軸為中心轉動。

My thoughts **revolved** around her. 我一心只想著她。

Sue was **revolving** a ring on her finger. 蘇轉動著戴在她手指上的戒指。

This control **revolves** the telescope to the desired position. 這個控制裝置可使望遠鏡轉動到你想要的位置上。

[活用] v. revolves, revolved, revolved, revolving

revolver [rɪ`volvɚ] n. 左輪手槍，轉動式連發手槍。

[複數] **revolvers**

revue [rɪˋvju] *n.* 時事諷刺劇《一種包含歌曲、舞蹈、時局諷刺的喜劇表演》.

[複數] **revues**

revulsion [rɪˋvʌlʃən] *n.* 厭惡, 反感;(情感的)劇變: When she saw him, she turned away in **revulsion**. 她一看到他便厭惡地轉過頭去.

*****reward** [rɪˋwɔrd] *n.* ① 獎賞, 報酬, 酬金.
——*v.* ② 給與獎賞, 報答.
[範例] ① There is a $1,000 **reward** for finding Mrs. Stevenson's missing cat. 如果找到史蒂文生夫人走失的貓, 就有1,000美元的酬金.
② Our teacher **rewarded** us for our help. 老師給我們獎賞以答謝我們的幫忙.

[複數] **rewards**

[活用] *v.* **rewards**, **rewarded**, **rewarded**, **rewarding**

rewarding [rɪˋwɝdɪŋ] *adj.* 有益的, 有回報的.

[活用] *adj.* **more rewarding**, **most rewarding**

rewind [riˋwaɪnd] *v.* (錄音帶、錄影帶等的)倒帶, 回帶.

[活用] *v.* **rewinds**, **rewound**, **rewound**, **rewinding**

rewound [riˋwaʊnd] *v.* rewind 的過去式、過去分詞.

*****rewrite** [riˋraɪt] *v.* ① 重寫, 改寫: I want you to **rewrite** this report by tomorrow. 我希望你在明天以前把這份報告改寫好.
——*n.* ② 重寫, 改寫.

[活用] *v.* **rewrites**, **rewrote**, **rewritten**, **rewriting**

[複數] **rewrites**

*****rewritten** [riˋrɪtn] *v.* rewrite 的過去分詞.

*****rewrote** [riˋrot] *v.* rewrite 的過去式.

Rex [rɛks] *n.* 國王, 君主《統治者的正式稱呼, 寫在名字之後》: George **Rex** 喬治王.

rhapsody [ˋræpsədɪ] *n.* ① 狂想曲. ② 狂熱的言辭〔詩文〕; 狂喜.

[複數] **rhapsodies**

rhetoric [ˋrɛtərɪk] *n.* ① 修辭學《研究有效表達詞句的學問》, 修辭法. ② 華麗的辭藻, 浮誇的言詞.

➡ (充電小站) (p. 1097)

rhetorical [rɪˋtɔrɪkl] *adj.* ① 修辭學的, 修辭上的. ② 辭藻華麗的, 浮誇的.

[範例] ① **rhetorical** question 修辭性問句.《利用疑問句形式來加強語氣, 但不需回答的句子: Who wants wars? (誰想要戰爭?) 意即 Nobody wants wars.》
② a **rhetorical** speech 一場辭藻華麗的演說.

[活用] *adj.* ② **more rhetorical**, **most rhetorical**

rheumatic [ruˋmætɪk] *adj.* ① 風溼症的. ② 患風溼症的: a **rheumatic** old man 患風溼症的老人.
——*n.* ③ 風溼症患者.

[活用] *adj.* ② **more rheumatic**, **most rheumatic**

[複數] **rheumatics**

rheumatism [ˋrumə͵tɪzəm] *n.* 風溼症《引起關節、肌肉疼痛的一種疾病》.

Rhine [raɪn] *n.* 〔the ~〕萊茵河《發源於瑞士境內的阿爾卑斯山, 為西歐最長的河流》.

rhino [ˋraɪno] *n.* 犀牛《rhinoceros 的縮略》.

[複數] **rhinos/rhino**

rhinoceros [raɪˋnɑsərəs] *n.* 犀牛《亦作 rhino》.

[複數] **rhinoceroses/rhinoceros**

rhombi [ˋrɑmbaɪ] *n.* rhombus 的複數形.

rhombus [ˋrɑmbəs] *n.* 菱形《☞ 充電小站》(p. 979)》.

[複數] **rhombuses/rhombi**

rhubarb [ˋrubɑrb] *n.* ① 大黃《一種植物, 其葉柄可食》. ② 大黃根《可作瀉藥》. ③ 爭吵, 爭論.

*****rhyme** [raɪm] *n.* ① 韻, 韻腳《指兩個以上尾音相同的單字, 如 light, night, kite 等. 用於詩句的行末, 使其押韻》. ② 同韻字. ③ 詩, 韻文.
——*v.* ④ (使)押韻.
[範例] ② "Sing" is a **rhyme** for "thing." sing 與 thing 是同韻字.
③ a nursery **rhyme** 童謠.
④ "Tear" **rhymes** with "fear." tear 與 fear 押韻.
➡ (充電小站) (p. 1099)

[複數] **rhymes**

[活用] *v.* **rhymes**, **rhymed**, **rhymed**, **rhyming**

*****rhythm** [ˋrɪðəm] *n.* 節奏, 韻律; 週期性變動: This song is played in quick **rhythm**. 這首歌是以快板演奏.

♦ **rhythm and blúes** 節奏藍調《美國黑人音樂之一, 由爵士樂加上強烈的節奏, 是搖滾樂的前身. 縮略為 R&B》.

[複數] **rhythms**

rhythmic/rhythmical [ˋrɪðmɪk(l)] *adj.* 有節奏的, 有韻律的; 週期性的: I can feel the **rhythmic** beating of my heart. 我可以感覺到心臟規律地跳動.

[活用] *adj.* **more rhythmic**, **most rhythmic/ more rhythmical**, **most rhythmical**

rib [rɪb] *n.* ① 肋骨; 肋骨狀之物. ② 排骨肉, 帶骨的肉塊《☞ 充電小站》(p. 109)》.
——*v.* ③ 取笑, 嘲笑.
[範例] ① Paul broke three of his **ribs** in the accident. 保羅在意外事故中斷了三根肋骨. Can you see the **ribs** of the leaf? 你看得見這片葉子的葉脈嗎?
③ The boys **ribbed** him for wearing a pink shirt. 男孩們取笑他穿了一件粉紅色襯衫.

[複數] **ribs**

[活用] *v.* **ribs**, **ribbed**, **ribbed**, **ribbing**

*****ribbon** [ˋrɪbən] *n.* ① 緞帶《打字機等的》色帶; 勳章的緞帶. ② 帶狀物.

[範例] ① She likes to wear a **ribbon** in her hair. 她喜歡在頭上綁條緞帶.
a typewriter **ribbon** 打字機的色帶.

② Jane tore her handkerchief to **ribbons**. 珍把手帕撕成一條條的.
複數 **ribbons**

rice [raɪs] *n.* 稻, 米; 飯.
範例 white **rice** 白米.
brown **rice** 糙米.
boiled **rice** 米飯.
a **rice** field 稻田.

*** rich** [rɪtʃ] *adj.* ① 有錢的, 富裕的; 豐富的. ② 昂貴的, 華麗的.
範例 ① He's **rich** enough to buy this island. 他富有到可以買下這座島.
Rich folks don't live in this part of town. 有錢人不住在城裡的這一區.
Iraq is **rich** in oil. 伊拉克盛產石油.
We expect a **rich** harvest this autumn. 我們期待今年秋天的豐收.
Edith has a **rich**, sultry voice. 愛迪絲的聲音宏亮、有魅力.
Rome is a city **rich** in history. 羅馬是一個豐富史蹟的城市.
a **rich** diet 營養豐富的飲食.
a **rich** purple 深紫色.
② She has a lot of **rich** jewels. 她有許多昂貴的珠寶.
Beautiful, **rich** tapestries hang on the walls. 牆上掛著華麗的掛毯.
片語 **rich and poor** 不論貧富.
☞ ① ↔ poor
活用 *adj.* **richer**, **richest**

Richard [`rɪtʃəd] *n.* 男子名《暱稱 Dick, Rich 等》.
➡ 充電小站 (p. 687)

riches [`rɪtʃɪz] *n.* 財富, 財產: Some of the family's **riches** were donated to charity. 該家族的部分財產已捐贈給慈善機構.

richly [`rɪtʃlɪ] *adv.* 富裕地, 華麗地; 充分地.
範例 The deluxe suites of Grand Formosa Hotel are **richly** furnished. 晶華酒店的豪華套房裝飾得十分華麗.
I will reward you **richly**, if you help us find the missing diamond necklace. 如果你能幫我們找回遺失的鑽石項鍊, 我一定會重重地賞你.
活用 *adv.* **more richly**, **most richly**

richness [`rɪtʃnɪs] *n.* ① 豐富, 富裕, 充裕. ② 貴重, 華麗.

Richter scale [`rɪktə͵skel] *n.* 芮式地震分級標準.

rick [rɪk] *n.* ① 乾草堆, 稻草堆.
——*v.* ② (將乾草等) 堆積成堆. ③ (頸、關節等) 輕微扭傷《《英》wrick》.
複數 **ricks**
活用 *v.* **ricks**, **ricked**, **ricked**, **ricking**

rickets [`rɪkɪts] *n.* 佝僂病, 軟骨症《一種因缺乏維生素 D 而無法吸收鈣和磷、進而導致骨頭彎曲的疾病》.

rickety [`rɪkɪtɪ] *adj.* 搖搖晃晃的, 搖搖欲墜的.
範例 a **rickety** table 搖搖晃晃的桌子.
a **rickety** hut 搖搖欲墜的小屋.
活用 *adj.* **more rickety**, **most rickety**

ricochet [͵rɪkə`ʃe] *v.* ① (子彈、石頭等因撞到某物體而) 彈飛, 彈起.
——*n.* ② 彈飛, 彈起.
活用 *v.* **ricochets**, **ricocheted**, **ricocheted**, **ricocheting**
複數 **ricochets**

*** rid** [rɪd] *v.* 使擺脫, 清除; 免除.
範例 He tried to **rid** the kitchen of cockroaches. 他試圖把蟑螂趕出廚房.
Finally, she **rid** herself of her trouble. 她終於擺脫了麻煩.
She was glad to be **rid** of fever. 她很高興燒退了.
I got **rid** of the tree stump in the backyard. 我清除了後院的樹樁.
片語 **be/get rid of** 去除, 擺脫. (⇨ 範例)
rid ~ of... 使~免除…的狀態. (⇨ 範例)
活用 *v.* **rids**, **rid**, **rid**, **ridding/rids**, **ridded**, **ridded**, **ridding**

riddance [`rɪdn̩s] *n.*《口語》擺脫, 解脫: He has gone at last. Good **riddance**. 他終於離開了, 這下總算解脫了.

ridden [`rɪdn̩] *v.* ride 的過去分詞.

*** riddle** [`rɪdl̩] *n.* ① 謎, 謎語; 難題: Jack's character is a **riddle** to me. 傑克這個人對我來說是個謎. ②(篩穀物、泥土、砂石等的) 粗篩《細網篩稱為 sieve》.
——*v.* ③ 出謎; 解謎. ④ 篩, 過篩. ⑤(用子彈等) 把 (人、船等) 打得千瘡百孔.
➡ 充電小站 (p. 1101)
複數 **riddles**
活用 *v.* **riddles**, **riddled**, **riddled**, **riddling**

*** ride** [raɪd] *v.* ① 搭乘, 騎, 乘坐而行, 搭載. ② 騎馬, 騎馬而行. ③ 行進. ④(在水面) 漂浮; 懸在空中, 乘風而行. ⑤《口語》嘲弄.
——*n.* ⑥ 騎乘, 乘車; 騎馬. ⑦(遊樂場的) 乘坐裝置. ⑧(特指森林中) 騎馬用的道路.
範例 ① The policeman was **riding** on a bicycle. 那名警察正騎著一輛腳踏車.
I **rode** on a train but she **rode** in a taxi. 我是搭火車, 但她搭計程車.
The professor is going to **ride** the 11:20 train to Berlin. 那位教授打算搭11點20分的火車前往柏林.
I will **ride** her to the railroad station. 我會開車送她到車站.
He **rode** his son on his shoulders. 他讓兒子騎在自己的肩膀上.
The kite was **riding** on the wind. 風箏乘風而飛.
His promotion **rides** on your decision. 他是否能晉升, 全憑你的決定.
The boy was **ridden** with fear of failure. 那個男孩處於害怕失敗的恐懼中.
② The actor can't **ride**. 那位演員不會騎馬.
They **rode** the desert. 他們騎馬越過沙漠.
③ This ship **rides** very smoothly. 這艘船非常穩地行進.

(充電小站)

比喻

【Q】在中文裡，比喻對不明事理的人講道理或徒費口舌時可以說「對牛彈琴」，英語中也有這樣的比喻嗎?

【A】沒錯，英語裡也有很多，其中也有與中文相同的比喻。例如「像雪一樣潔白」的英語是 as white as snow.

不過也有許多與中文不同的表達方式:

as different as chalk and cheese (就像白堊岩和乳酪一樣不同)

雖然白堊岩和乳酪的顏色、形狀相似，發音也都以 [tʃ] 開頭，但它們的性質與價值完全不同。英語中常用這兩者來比喻「似是而非的東西」。相反地，有時也說 as much alike as chalk and cheese (像白堊岩和乳酪一樣相似).

cry wolf (狼來了)

比喻「發假警報驚動他人，虛張聲勢」。源自《伊索寓言》中放羊男孩的故事。他覺得大喊 "Wolf!" (狼來了!) 來騙人很有趣，卻因此失去信用。

a wolf in sheep's clothing (披著羊皮的狼)

此比喻也是源自《伊索寓言》。故事敘述一隻狼如何披著羊皮巧妙地混進羊群，因此用來比喻「偽君子，騙子」。

crocodile tears (鱷魚的眼淚) 指「假哭，假慈悲」。源自鱷魚邊吃獵物邊流淚的古老傳說。

the last straw (最後一根稻草) (☞ straw [片語])

指「最後導致失敗的因素，最後的一擊」。源自諺語 "It is the last straw that breaks the camel's back." (若負荷已達極限，即使加上的是一根稻草，也會壓斷駱駝的背!).

sell like hot cakes (賣得像烤餅一樣快)

指「賣得很快，暢銷」之意。因烤餅是美國人過節時常吃的食物，因而產生這種表達方式.

a wet blanket (浸溼的毯子)

比喻「掃興的人，潑冷水的人」。這是從拿溼毯子遮蓋火焰滅火所引出的比喻.

out of the blue (來自晴空的)

即「出乎意料地，突然地」之意。萬里晴空突然閃電打雷是極罕見之事，因此有出乎意料之意.

Achilles' heel (阿奇里斯的腳踝)

指「唯一致命的弱點」。阿奇里斯是古希臘詩人荷馬 (Homer) 所撰寫的長篇史詩《伊里亞德》(Iliad) 中的勇士。為了使他全身刀槍不入，其母親將他浸在冥河中，但手握住的腳踝部分沒有浸溼。後來在特洛伊戰爭中，阿奇里斯因腳踝中箭而身亡.

bell the cat (為貓繫鈴)

表示「挺身擔當危險之事」。源自《伊索寓言》中，老鼠們想在貓的脖子上繫上鈴鐺，以方便預知貓的行蹤，但沒有老鼠敢執行這個危險的任務.

off the cuff (不加袖口)

表示「未經準備地，即席地」之意。源自講話時，會事先把要點寫在襯衫袖口 (cuff) 上的習慣.

feel ~'s ears burning (耳朵發熱)

指「有人在背後做負面的議論」。源自於被談論者的耳朵會發熱.

a white elephant (白象)

白象在古暹羅 (泰國) 極為罕見，所以白象出生便歸國王所有。但白象會豢養，飼養的開銷很大，所以國王就把白象交給自己不喜歡的臣子飼養，使其不堪負荷而破產。因此該句表示「累贅，大而不當之物」.

sour grapes (酸葡萄)

在《伊索寓言》中，狐狸因吃不到樹上的葡萄便酸溜溜地告訴別人那些葡萄是酸的，因此用來比喻「因得不到而貶低該物」.

throw ~ to the lions (把~扔給獅子)

比喻「毫不在乎地犧牲已無利用價值的人」。源自古羅馬時期，人們當眾把囚犯、罪犯扔給獅子作餌搶食之事.

blacklist (黑名單)

指「列有危險人物或應受懲罰者的名單」。源自中世紀牛津和劍橋兩所大學記載學生不軌行為用的黑皮名冊.

a rule of thumb (用拇指測量)

比喻「大致估算，憑經驗測量」。源自早期一般人認為在釀造啤酒時，熟練的釀造業者可以用拇指估測溫度.

on ~'s soapbox (站在肥皂箱上)

指「作熱情的演說」。源自過去人們把裝肥皂的大木箱當作街頭演說所用的講臺.

R

---

④ The ship was **riding** at anchor out in the harbor. 那艘船停泊在港口。

⑥ I took a long bus **ride** to the lake. 我搭了好久的公車來到湖邊。

Could you give me a **ride** to the station? 你可以載我到車站嗎?

She bought a 10-**ride** book. 她買了一本10張的回數票。

The old bus gave us a rough **ride**. 那輛舊公車坐起來很不舒服。

[片語] **ride out** 度過，克服 (困難等): The company **rode out** the recession. 那家公司度過了不景氣。

take ~ for a ride 欺騙: John took Paul for **a ride**. 約翰欺騙了保羅。

[活用] *v.* rides, rode, ridden, riding

[複數] rides

rider [ˋraɪdɚ] *n.* ① 騎馬 (車) 者; 乘車者。② (聲明、文書等的) 附加條款，附言。

[複數] riders

*****ridge** [rɪdʒ] *n.* ① 隆起; 山脊; 屋脊; 田壟。

——*v.* ② 使隆起。

[範例] ① He headed for the peak along the mountain **ridge**. 他沿著山脊邁向山頂。

the **ridge** of the nose 鼻梁．

複數 **ridges**

活用 v. **ridges**，**ridged**，**ridged**，**ridging**

***ridicule** [`rɪdɪ͵kjul] n. ① 嘲弄，嘲笑．

——v. ② 嘲弄，嘲笑．

範例 ① I was always the target of **ridicule**．我過去總是被當作嘲笑的對象．

② Our boss **ridiculed** my advertising plans．我們的上司嘲笑我的宣傳計畫．

活用 v. **ridicules**，**ridiculed**，**ridiculed**，**ridiculing**

***ridiculous** [rɪ`dɪkjələs] adj. 荒唐的，可笑的：That's a **ridiculous** question．那是個荒唐的問題．

活用 adj. **more ridiculous**，**most ridiculous**

ridiculously [rɪ`dɪkjələslɪ] adv. 荒唐地，可笑地：The price of housing in Taipei is **ridiculously** high．臺北的房價高得離譜．

活用 adv. **more ridiculously**，**most ridiculously**

rife [raɪf] adj.〔不用於名詞前〕① 橫行的，盛行的，流行的．② 充滿的，充斥的．

範例 ① Crime and violence are **rife** in big cities．大城市經常發生犯罪和暴力事件．

② The academic world was **rife** with jealousy．學術界充滿著嫉妒．

活用 adj. **rifer**，**rifest**

***rifle** [`raɪfl] n. ① 來福槍，步槍．

——v. ②（為偷盜而）仔細搜索；搶劫：The thief was caught **rifling** through the drawers．竊賊在搜尋抽屜時被抓．

複數 **rifles**

活用 v. **rifles**，**rifled**，**rifled**，**rifling**

rifleman [`raɪflmən] n. 步槍手．

複數 **riflemen**

rift [rɪft] n. 裂縫，裂口，縫隙；隔閡．

範例 He found little yellow flowers in the **rifts** in the rocks．他在岩石的裂縫中發現黃色的小花．

Nobody could heal the **rift** between the two families．沒人能修復這兩個家庭之間的隔閡．

複數 **rifts**

rig [rɪg] v. ① 作弊，非法操縱．② 裝備，配備．

——n. ③ 裝備，用具，裝置．

範例 ① They **rigged** the election to make sure they won．他們非法操縱選舉以確保勝選．

② He **rigged** his motorcycle with a sidecar．他在他的摩托車旁裝配了側車．

③ The oil **rigs** looked like huge animals．鑽油設備看起來像隻巨大的動物．

片語 **rig out** 裝扮，穿戴：The magician was **rigged out** in queer clothes．那位魔術師穿著奇裝異服．

rig up 匆匆湊成，臨時趕造：We **rigged up** a bridge with logs and vines．我們用原木和藤蔓匆匆搭起一座橋．

活用 v. **rigs**，**rigged**，**rigged**，**rigging**

複數 **rigs**

rigging [`rɪgɪŋ] n. 索具；船具《帆、桅、繩索等》．

*<big>**right**</big> [raɪt] adj.，adv.

原義	層面	釋義	範例
符合	道德，事實	adj.，adv. 對的〔地〕，正確的〔地〕	①
	選擇	adj.，adv. 適當的〔地〕	②
	原定目標	adj.（進展）順利的，良好的	③
	角度	adj. 直角的	④
	加強語氣	adv. 恰好，正好；完全地，直到最後	⑤
		adv. 馬上，立刻	⑥
		adv. 非常，極	⑦
右	方向	adj.，adv. 右邊的，向右地	⑧
	政治思想	adj. 右派的，右翼的	⑨

——n. ⑩ 正確性；正當的行為；對；是．⑪ 權利．⑫ 右．⑬ 右派，右翼．

——v. ⑭ 改正；糾正．

範例 ① It's not **right** to tell lies．撒謊是不對的．

You were **right** to report the matter to the police．你向警察報告那件事是對的．

He guessed **right**．他猜對了．

"Is this yours?" "Yes，that's **right**."「這是你的嗎?」「是的，沒錯．」

"Ken，you go first." "**Right**."「肯，你先走．」「好的．」

② You are expected to be in the **right** place at the **right** time．你必須在適當的時候出現在適當的地方．

③ The concert was a success．Everything went **right**．音樂會很成功，一切順利．

Are you all **right**? 你還好吧?

④ A **right** triangle has one **right** angle．直角三角形有一個直角．

The x-axis and the y-axis intersect at **right** angles．x 軸和 y 軸垂直相交．

⑤ Dad told me to look him **right** in the eye．爸爸要我看著他的眼睛．

My house stands **right** on the shore．我家恰好在岸邊．

⑥ I'll be **right** back．我馬上回來．

⑧ Most people write with their **right** hand．大多數人用右手寫字．

Turn **right**，and you'll see a bridge．向右轉你就會看到一座橋．

⑩ He's old enough to know the difference

韻 (rhyme)　　IT'S A SMALL WORLD　Words and Music by Richard M. Sherman And Robert B. Sherman
© 1963 by WONDERLAND MUSIC COMPANY, INC. Copyright Renewed. All Rights Reserved.
International Copyright Secured. Rights for Japan controlled by Yamaha Music Foundation.

Twinkle, twinkle, little <u>star</u>
How I wonder what you <u>are</u>!
Up above the world so <u>high</u>,
Like a diamond in the <u>sky</u>.
這是童謠《小星星》的開頭部分。第1行的
star 和第2行的 are 都有 [ɑr] 的尾音，而第3行
的 high 和第4行的 sky 都有 [aɪ] 這個尾音。像
這樣將結尾含有相同尾音的字整齊排列於詩的
行末，即為韻。

It's a Small World
It's a world of laughter, a world of tears;
It's a world of hopes and a world of fears.
There's so much that we share
That it's time we're aware.
It's a small world after all.

It's a small world after all.
It's a small world after all.
It's a small world after all.
It's a small, small world.
你知道這首兒歌哪個字和哪個字押韻
(rhyming) 嗎？它們是 tears 和 fears，share 和
aware.
為了記住英文字母而經常唱的英文字母歌
(ABC song)，也是有押韻的。
A　B　C　D　E　F　<u>G</u>
H　I　J　K　L　M　N　O　<u>P</u>
Q　R　S　T　U　<u>V</u>
W　X　Y　<u>Z</u>
行末字母 G, P, V, Z 都含有[i]這個尾音。

between **right** and wrong. 他已到了能夠辨別
是非的年齡。
⑪ She claimed a **right** to her uncle's
inheritance. 她要求有繼承叔叔遺產的權利。
You have no **right** to say that. 你沒有權利說
那種話。
⑫ Turn to the **right**. 向右轉。
⑬ The **right** is in opposition to the bill. 右派反
對那項法案。
The **right** is now in power. 現在右派掌權。
[片語] **by right of** 根據，由於。
by rights 根據正當權利，按理說: Brian got
only half of the reward. **By rights** he should
have gotten all of it. 布萊恩只得到報酬的一
半，按理說，他應該得到全部報酬。
in ～'s own right 與生俱來的權利: He is a
duke **in his own right**. 他生來就是公爵。
in the right 有道理的，對的: I have to
agree with the person **in the right**, and that's
Ron. 我必須贊成對的一方，那就是朗。
put right/set right 糾正；矯正: **Put** the
clock **right**. 把鐘調準。
We tried to **put** him **right** about men and
women being equal. 我們想糾正他對男女平
等的錯誤想法。
put ～ to rights ① 整頓。② 使恢復正常。
Right./Right you are./Right oh. 你說
的對; 遵命; 是: "Let's order Chinese."
"**Right you are.**" 「我們點中國菜吧!」「好
啊!」
right away 馬上，立刻: Leave **right away**,
or you'll miss the train. 馬上出發，否則會趕
不上火車的。
right now ① 現在: I'm not busy **right now**.
我現在不忙。② 馬上: Do it **right now**. 馬上
做那件事。
♦ **right àngle** 直角。
　right of wáy 通行權。

[☞] ①②③⑩ ↔ wrong，⑧⑨⑫⑬ ↔ left
[活用] adj., adv. **more right**, **most right**
[複數] **rights**
[活用] v. **rights**, **righted**, **righted**, **righting**
righteous ['raɪtʃəs] adj. ① 正直的，正當的。
② 當然的。
[範例] ① Annie always acts in a **righteous**
manner. 安妮的舉止總是很得體。
I can't believe the **righteous** monk accepted a
bribe. 我無法相信那位正直的和尚竟然接受
賄賂。
② The audience showed a **righteous** anger at
the poor performance. 觀眾對那拙劣的表演
感到憤慨。
[活用] adj. **more righteous**, **most righteous**
righteously ['raɪtʃəslɪ] adv. 正直地，公正地:
The judge supported justice **righteously**. 法
官公正地維護了正義。
[活用] adv. **more righteously**, **most
righteously**
righteousness ['raɪtʃəsnɪs] n. 正直，公正:
His **righteousness** was known throughout the
land. 國人盡知他的正直。
rightful ['raɪtfəl] adj. 〔只用於名詞前〕正當的，
合法的。
[範例] The lost purse was returned to its **rightful**
owner. 遺失的錢包回到了合法所有人的手
中。
We struggle to find a **rightful** place in the
world. 我們努力尋找自己在這個世界上應有
的位置。
rightfully ['raɪtfəlɪ] adv. 正當地，合法地; 理
所當然地: **Rightfully**, the firstborn son
succeeded to the throne. 長子理所當然地繼
承了王位。
rightfulness ['raɪtfəlnɪs] n. 正當性: The
rightfulness of the act was questioned. 那項
法令的正當性受到懷疑。

R

right-hand [`raɪt`hænd] *adj.*〔只用於名詞前〕① 右側的，向右方的；(用)右手的. ② 最信賴的.
範例 ① There's a hole in the **right-hand** pocket of my pants. 我褲子右側的口袋破了個洞.
Most cars in Japan have **right-hand** drive. 日本的大多數車輛都是右側駕駛.
He is left-handed，but plays **right-hand** golf. 他是左撇子，但卻以右手打高爾夫球.
a **right-hand** glove 右手手套.
② Ralph is my **right-hand** man. 拉爾夫是我最信賴的人.

right-handed [`raɪt`hændɪd] *adj.* ① 慣用右手的；用右手做的. ② 向右轉的；順時針方向的.
──*adv.* ③ 用右手.
範例 ① Our team has three **right-handed** pitchers. 我們隊裡有3個右投手.
③ Dick swings **right-handed** as well as left. 迪克揮棒可以左右開弓.

*__rightly__ [`raɪtlɪ] *adv.* ① 正直地，正當地. ② 正確地. ③ 理所當然地. ④ 確定地.
範例 ② Her birthday is March 12th，if I remember **rightly**. 如果我沒記錯的話，她的生日是3月12日.
③ John **rightly** apologized for his wrongdoing. 約翰理所當然地為自己的罪行道歉.
④ I can't **rightly** tell where I lost my pencil case. 我不清楚是在哪裡丟掉鉛筆盒.
活用 *adv.* **more rightly，most rightly**

rightness [`raɪtnɪs] *n.* ① 正當；公正. ② 正確(性). ③ 妥當.
範例 ① We hac a heated discussion on the **rightness** of euthanasia. 我們就安樂死的正當性做了激烈的討論.
② The **rightness** of his memory is surprising. 他記憶力的正確性相當驚人.
③ I question the **rightness** of pink paint for the outer wall. 我懷疑外牆塗粉紅色油漆是否妥當.

*__rigid__ [`rɪdʒɪd] *adj.* 堅硬的；僵直的；古板的；嚴格的.
範例 The wheel is **rigid** from the subfreezing temperature. 因氣溫降到零度以下，方向盤變緊了.
Her body was **rigid** with fear. 她因恐懼而全身僵直.
He is **rigid** in how he looks at boy-girl relationships. 他對男孩女孩間的關係看法死板.
rigid school regulations 嚴格的校規.
活用 *adj.* **more rigid，most rigid**

rigidity [rɪ`dʒɪdətɪ] *n.* 堅硬；僵直；嚴格；死板.
rigidly [`rɪdʒɪdlɪ] *adv.* 堅硬地；古板地；嚴格地：My father was **rigidly** opposed to the Left. 我父親堅決地反對左派.
活用 *adv.* **more rigidly，most rigidly**

rigor [`rɪgɚ] *n.* 嚴厲；(氣候)嚴酷；嚴密(性)〔《英》rigour〕.
範例 John was subjected to the full **rigors** of boot camp. 約翰在新兵訓練基地受到嚴厲的訓練.
the **rigor** of a scientific proof 嚴密的科學證據.
the **rigors** of winter 冬天的嚴酷.
複數 **rigors**

rigorous [`rɪgrəs] *adj.* 嚴格的；嚴酷的；嚴密的.
範例 **rigorous** discipline 嚴格的紀律.
a **rigorous** winter 嚴冬.
These machines have to undergo a **rigorous** safety inspection. 這些機器必須接受嚴密的安全檢查.
活用 *adj.* **more rigorous，most rigorous**

rigour [`rɪgɚ] ＝*n.*《美》rigor.

rile [raɪl] *v.*《口語》激怒，使惱怒.
活用 *v.* **riles，riled，riled，riling**

rill [rɪl] *n.* 小河，小溪.
複數 **rills**

*__rim__ [rɪm] *n.* ① 邊框，邊緣.
──*v.* ② 鑲邊，加框.
範例 ① The basketball hit the **rim** of the basket and bounced off. 籃球打到籃框邊緣彈了出來.
② Trees **rimmed** the pool. 樹木圍繞著游泳池.
活用 *v.* **rims，rimmed，rimmed，rimming**

rind [raɪnd] *n.* (樹木、水果、醃肉、乳酪的)皮，外皮：Put a piece of lemon **rind** into the cocktail. 在雞尾酒裡加一片檸檬皮.
複數 **rinds**

*__ring__ [rɪŋ] *n.* ① 環；圈；戒指. ②(圓形的)比賽場地. ③ 一夥，一幫. ④ 響聲；口氣. ⑤《英》打電話(《美》call).
──*v.* ⑥ 環繞，圍成圈；畫圈. ⑦ 響，鳴；使發出響聲. ⑧ 聽起來像. ⑨《英》打電話(《美》call).
範例 ① Everybody，sit in a **ring**. 大家圍坐成一圈.
Oak trees form a **ring** around the pond. 橡樹環繞著池塘形成了一個圓.
rings of a tree 樹的年輪.
a rubber **ring** 橡皮圈.
She never takes her wedding **ring** off. 她從不摘下結婚戒指.
an engagement **ring** 訂婚戒指.
③ a **ring** of gangsters 一幫歹徒.
④ Can you hear the **ring** of church bells? 你能聽到教堂的鐘聲嗎?
The story had a **ring** of truth to it. 那個故事給人真實的感覺.
⑤ I'll give you a **ring** tomorrow. 我明天打電話給你.
⑥ Security guards **ringed** the stadium. 安全人員包圍了體育館.
Ring the points that interest you. 在你有興趣的地方畫圈.
⑦ The telephone is **ringing**. 電話鈴響了.

謎語 (riddle)

【Q】有一則謎語叫做「看上在下，看下在上，答一字」，答案是一，因為「上」字中「一」在下，「下」字中「一」在上。

那麼在英語中有沒有這樣的謎語呢？

【A】當然有。在英語中謎語叫做 riddle，riddle 原是與 read 相關的字。雖然 read 是閱讀之意，但為了解謎，還要思考，這才是 read。

下面介紹一則出自古希臘神話的著名謎語：

有一個叫做斯芬克斯 (Sphinx) 的怪獸，但這個 Sphinx 與埃及金字塔的 Sphinx（獅身人面像）不是同一個。怪獸 Sphinx 長著女人的頭和胸、獅子的身體、有翼及蛇尾，斯芬克斯在古埃及底比斯 (Thebes) 附近的大岩石上，讓過往的行人猜謎，若猜錯就會被牠吃掉，所以人們很懼怕牠，但是有一個人解開了這個謎，這個人就是伊迪帕斯 (Oedipus)。

斯芬克斯所出的謎語是：「甚麼動物早晨走路靠四條腿，中午走路兩條腿，晚上走路三條腿？(What animal is it that in the morning goes on four feet, at noon on two, and in the evening upon three?)」伊迪帕斯回答說：「答案是人，因為人在孩提時靠四肢爬行，長大後直立行走，衰老時要依靠拐杖 (Man, who in childhood creeps on hands and knees, in manhood walks erect, and in old age goes with the aid of a staff.)」

▶ 一般的謎語

還有與斯芬克斯的謎語不同，以日常事物作為話題的謎語。

① Why is an island like the letter T?（島為甚麼與字母 T 相似？）

　It's in the middle of water.（因為都在水的中央。）《water 的中間字母是 t》

② What is the longest letter in the English language?（最長的英文字是甚麼？）

　Smiles. There is a mile between its first and last letter.（是 smiles，因為首尾字母相隔1哩）

③ What time is it when the clock strikes thirteen?（鐘敲13響時是何時？）

　It is time to repair it.（該修理時。）

④ Why do swallows fly south?（燕子為何飛向南方？）

　It is too far to walk.（走路太遠了。）

⑤ Why does a flamingo stand on one foot?（火鶴為何靠一隻腳站著？）

　If he'd lift the other, he'd fall down.（如果牠再舉起另一隻腳就會摔倒。）

⑥ Why did Tommy leave New York?（湯米為甚麼離開紐約？）

　He couldn't bring it with him.（因為他帶不來。）

⑦ What is the first of January?（1月的開頭是甚麼？）

　J.（是 J.）《正統的回答是 The New Year's Day.》

R

The woods **rang** with the song of cuckoos. 森林中回響著布穀鳥的叫聲。

Your words are **ringing** in my heart. 你的話在我心中回響。

Someone **rang** the door buzzer. 有人按了門鈴。

The clock **rang** the hour. 時鐘報時了。

⑧ Your explanations **ring** false. 你的辯解聽起來像說謊。

⑨ Please **ring** up the doctor. 請打電話給醫生。

[片語] **form a ring** ① 圍成圈。② 用拇指和食指圍成環《表示 O.K.的手勢》。

ring a bell 使想起來：That name doesn't **ring a bell**. 我對那個名字沒有印象。

ring back〖英〗回電話。

ring in〖英〗打電話給。

ring off〖英〗掛斷電話。

ring out（鐘聲等）迴盪，鳴響。

ring up ① 將金額輸入收銀機中。②〖英〗打電話。(⇨[範例]⑨)

run rings around/run rings round 遠優於：Cathy can **run rings around** me in tennis. 凱西的網球打得比我好。

♦ **ríng fínger** 無名指。

ring ròad〖英〗環狀公路《不經過市中心；〖美〗beltway》。

[複數] **rings**

[活用] v. ① **rings, ringed, ringed, ringing**/⑦⑧⑨ **rings, rang, rung, ringing**

ringed [rɪŋd] adj. ① 戴戒指的；已婚的；已訂婚的。② 有環的，環狀的。

ringleader [ˋrɪŋˏlidɚ] n. 主謀，罪魁禍首。

[複數] **ringleaders**

ringlet [ˋrɪŋlɪt] n.（長垂的）鬈髮。

[複數] **ringlets**

ringside [ˋrɪŋˏsaɪd] n.（拳擊場等的）前排座位，場邊觀眾席。

[複數] **ringsides**

rink [rɪŋk] n. 溜冰場。

[複數] **rinks**

rinse [rɪns] v. ① 漱口；沖洗，清洗。

——n. ① 漱口；沖洗。③ 潤絲精。

[範例] ① Have you **rinsed** out these shirts? 這些襯衫洗過了嗎？

The barber **rinsed** the shampoo well from my hair. 那位理髮師把我頭髮上的洗髮精沖洗乾淨。

After you brush your teeth, **rinse** out your mouth. 刷完牙後請漱口。

② She gave her mouth a quick **rinse** after brushing. 她刷牙後立即漱口。

[活用] v. **rinses, rinsed, rinsed, rinsing**

[複數] **rinses** *n*.

***riot** [ˋraɪət] *n*. ① 暴動，騷亂．② 引人發笑的人〔事〕．

——*v*. ③ 發生暴動，騷動．④(植物)生長茂盛．

[範例] ① The politician's remarks nearly caused a **riot**. 那位政治家的言論險些引起暴動．

After the soccer game, there was a **riot**. 足球比賽後發生了騷亂．

My garden is a **riot** of color in spring. 一到春天，我們院子裡五彩繽紛．

② That comedian is a **riot**! 那位喜劇演員真是滑稽．

③ After the game, the hooligans **rioted**. 比賽結束後，球迷們便開始騷動起來．

④ Weeds are **rioting** in my garden. 我家院子裡雜草叢生．

[片語] ***read the riot act*** 命令停止吵鬧: The teacher **read the riot act** to the misbehaving students. 老師對那些不規矩的學生提出警告．

run riot 撒野，到處胡鬧；叢生: The prisoners **ran riot** over the poor food. 囚犯們因伙食太差而胡鬧起來．

The insects **ran riot** all over the rice field. 蟲子在整個稻田裡快速繁衍．

♦ **ríot pòlice** 鎮暴警察．

ríot shìeld (警察鎮壓暴徒時使用的) 警盾．

[複數] **riots**

[活用] *v*. **riots**, **rioted**, **rioted**, **rioting**

riotous [ˋraɪətəs] *adj*. ① 暴動的，騷亂的: The man was found guilty of **riotous** behavior. 那個男子因暴亂的行為而判定有罪．② 放肆的，放縱的．

[活用] *adj*. **more riotous**, **most riotous**

riotously [ˋraɪətəslɪ] *adv*. 暴動地，喧鬧地，放縱地: The natives of the exotic island danced **riotously**. 住在那座頗具異國情調島上的原住民盡情地跳舞．

[活用] *adv*. **more riotously**, **most riotously**

R.I.P./RIP [ˋɑrˋaɪˋpi] 《縮略》= (拉丁語) Requiescat in pace./Requiescant in pace. (安息吧.)《墓碑上的題字，英語之意為 Rest in peace》.

***rip** [rɪp] *v*. ① 扯破，撕裂．② 扯下．③ 急速移動，直闖．

——*n*. ④ 撕裂；撕裂處，裂口．

[範例] ① As the strong wind blew, the flag **ripped**. 旗子被狂風吹破了．

He **ripped** corrugated cardboard into pieces. 他把波紋紙板撕成碎片．

I couldn't wait to read the letter and **ripped** it open. 我等不及要看信，所以就撕開了信封．

② Feeling hot, Clark **ripped** his shirt off. 因為覺得很熱，克拉克一把扯掉襯衫．

We **ripped** the old carpet off the floor. 我們把舊地毯從地板上掀起來．

④ Who made a **rip** in this curtain? 窗簾上的裂口是誰弄的?

Mother sewed up a **rip** in my pants. 母親縫補

我褲子上的裂縫．

[片語] ***rip off*** ① 敲竹槓: Many Taiwanese tourists have been **ripped off** at gift shops abroad. 很多臺灣遊客在國外的禮品店被敲竹槓．② 揭開(覆蓋物等). (⇨ [範例] ②) ③《口語》搶劫，偷竊．

rip up ① 撕碎: As soon as I received the failure notice, I **ripped** it up. 我一接到不合格的通知，便把它撕得粉碎．② 取消(計畫，約定等): Our plan to visit America was **ripped up**. 我們的訪美計畫取消了．

♦ **ríp còrd** (降落傘的)開傘索，(放出氣球內氣體的)拉索《下降時用》.

[活用] *v*. **rips**, **ripped**, **ripped**, **ripping**

[複數] **rips**

***ripe** [raɪp] *adj*. 成熟的．

[範例] The persimmons are **ripe**. 柿子熟了．

The time is **ripe** to put the plan into action. 實行計畫的時機到了．

[活用] *adj*. **riper**, **ripest**

***ripen** [ˋraɪpən] *v*. (使) 成熟．

[範例] The bananas have **ripened**. 香蕉熟了．

The tropical sun **ripens** the bananas. 熱帶的陽光使香蕉成熟．

[活用] *v*. **ripens**, **ripened**, **ripened**, **ripening**

ripeness [ˋraɪpnɪs] *n*. 成熟．

***ripple** [ˋrɪpl] *n*. ① 波紋，漣漪，波狀物．

——*v*. ② 產生波紋，泛起漣漪；像漣漪似地傳開．

[範例] ① There are **ripples** on the water from the wind. 水面被風吹起了漣漪．

What caused these **ripples** on the sands? 沙地上的波紋是如何形成的?

You could feel a **ripple** of delight coming from the audience. 你可以感受到聽眾們綿延不絕的欣喜．

② The lake **rippled** gently. 湖面上泛起微微的波瀾．

A sense of unease **rippled** through the auditorium. 不安的感覺在觀眾席中蔓延．

[複數] **ripples**

[活用] *v*. **ripples**, **rippled**, **rippled**, **rippling**

***rise** [raɪz] *v*. ① 上升，升高；晉升: (麵糰) 發酵變得蓬鬆．② 起床；起立，起來；聳立．③ 變大；發生，發源，興起．④ 接受 (to).

——*n*. ⑤ 升起，上升．⑥《英》加薪《美》raise》.

⑦ 上坡．

[範例] ① Black smoke is **rising** from the tanker. 黑煙從油輪向上冒升．

The sun **rose** from the sea. 太陽從海上升起．

The river **rises** after heavy rainfall. 大雨之後，河流水位上升．

Prices of vegetables **rose** because of bad weather. 由於天氣不好，蔬菜的價格上升了．

The temperature will **rise** to 30 degrees Celsius today. 今天的氣溫將會上升到攝氏30度．

George **rose** rapidly in the company. 喬治在公司裡快速晉升．

She **rose** from working as a waitress to head of the restaurant in five years. 她在5年內從一名女侍晉升為餐館的負責人.

The CD I'm talking about is **rising** sharply in the charts. 我所說的那張唱片在音樂排行榜上的排名急劇上升.

His voice **rose** when he scolded his son. 他罵兒子的時候聲音會提高.

Add baking powder to the dough to make it **rise**. 在麵糰裡加發粉使其發酵膨脹.

② Janet **rises** very early. 珍妮特非常早起.

When she finished her performance, all the audience **rose** to give her a standing ovation. 她的演出一結束,觀眾們全體起立,向她報以熱烈的掌聲.

The people **rose** up against tyranny. 人民群起反對暴政.

The Eiffel Tower **rises** 300 meters./The Eiffel Tower **rises** to a height of 300 meters. 艾菲爾鐵塔矗高300公尺.

③ The wind is **rising**. 起風了.

The Yang-tze River **rises** in Qinghai. 長江發源於青海省.

Boos **rose** from the spectators. 觀眾間傳出噓聲.

Doubts about his alibi **rose** within my mind. 我開始懷疑他的不在場證明.

His voice **rose** when he beat everyone else in a new video game. 他在新版的電玩遊戲中擊敗了所有人,因此他振奮不已.

④ Charlie **rose** to the bait of money and committed a crime. 查理被金錢所誘而犯罪.

⑤ Nobody predicted the great **rise** in oil prices. 誰也沒有預測到石油價格會大幅度上漲.

I bought a house when house prices were on the **rise**. 我在房價上漲時買了一間房子.

This book tells a story about the **rise** and fall of the ABC company. 這本書講述 ABC 公司的興衰.

His **rise** to power was the result of herculean efforts. 他會坐擁權力是艱辛努力的結果.

⑥ John asked for a **rise** in salary. 約翰要求加薪.

⑦ We climbed the **rise** for a while and found a beautiful view at the top. 我們爬了好一會兒的山坡後就看到山頂美麗的景色.

[片語] **get a rise out of/take a rise out of** 故意惹~生氣.

give rise to 導致,引起: That accident **gave rise to** his hatred of motorbikes. 那件事故導致他痛恨摩托車.

on the rise 在上升中. (⇨ [範例] ⑤)

rise above 超越,戰勝,克服: He **rose above** his shyness and became a movie star. 他克服羞怯的毛病,成為一名電影明星.

rise to ~'s feet 站起來.

[活用] v. **rises, rose, risen, rising**

[複數] **rises**

***risen** [ˋrɪzn] v. rise 的過去分詞.

****risk** [rɪsk] n. ① 危險,冒險,風險. ② 被保險人,被保險物.

──v. ③ 冒著危險,冒險做.

[範例] ① I'm looking for a way to invest my money without taking a big **risk**. 我正在尋找不必冒大風險的投資方法.

We must execute the mission at any **risk**. 無論冒甚麼樣的危險我們都必須完成這項任務.

He didn't want to run the **risk** of losing his job. 他不想冒失去工作的風險.

② Since she's got heart disease, she is not a good **risk** for life insurance. 因為她患有心臟病,所以不是人壽保險公司理想的被保險人.

③ You should not **risk** your health by overdrinking. 你不應該過量飲酒,不顧健康.

Let's not **risk** losing our fortune. 我們還是不要冒失去財產的風險.

[片語] **at ~'s own risk** 自擔風險: You can touch these articles **at your own risk**. 這裡的物品可以觸摸,但發生問題要自行負責.

[複數] **risks**

[活用] v. **risks, risked, risked, risking**

risky [ˋrɪskɪ] adj. 危險的,冒險的: This project is too **risky**. 這個計畫太冒險了.

[活用] adj. **riskier, riskiest**

***rite** [raɪt] n. 儀式,典禮: funeral **rites** 葬禮.

[複數] **rites**

ritual [ˋrɪtʃʊəl] adj. ① 儀式的.

──n. ② 儀式;(固定的)習慣: Mrs. Smith goes through a **ritual** of looking at herself in the mirror before going out. 史密斯夫人有外出前必照鏡子的習慣.

[複數] **rituals**

***rival** [ˋraɪvl] n. ① 對手,競爭者,敵手.

──v. ②《正式》競爭,對抗.

[範例] ① a business **rival** 商場上的競爭對手

The President Lions and the Brother Elephants were **rivals** for the championship. 統一獅隊和兄弟象隊是爭奪冠軍的對手.

The great pyramids of Egypt have no **rival** as ancient feats of engineering. 埃及金字塔是古代建築工程中數一數二的偉業.

② The two companies **rivaled** each other to dominate the market. 兩家公司相互競爭,意圖主導市場.

➡ (充電小站) (p. 229)

[複數] **rivals**

[活用] v. **rivals, rivaled, rivaled, rivaling/**[英] **rivals, rivalled, rivalled, rivalling**

***rivalry** [ˋraɪvlrɪ] n. 競爭(關係),對抗: There used to be a strong **rivalry** between the two cities. 過去這兩個城市間存在著很強的競爭關係.

[複數] **rivalries**

****river** [ˋrɪvɚ] n. 河.

[範例] My father fishes in the **river** on Sundays. 我父親每個星期天會在河邊釣魚.

The town is at the mouth of the **River** Thames.

這個城鎮位於泰晤士河的入海口.《泰晤士河
亦作 the Thames》
The Mississippi **River** is the longest in the
United States. 密西西比河是美國最長的河.
《密西西比河亦作 the Mississippi》
My wife wept a **river** of tears. 我的妻子淚流
不止.
[複數] **rivers**
riverbed [ˋrɪvɚˌbɛd] n. 河床.
[複數] **riverbeds**
riverside [ˋrɪvɚˌsaɪd] n. ① 河畔, 河邊.
　　　——adj. ② 河邊的.
[範例] ① We spent a lovely afternoon at a café on
the **riverside**. 我們在河邊的咖啡館度過了
一個美好的下午.
② The **riverside** hotel is well-known. 河畔邊的
那家旅館很有名.
[複數] **riversides**
rivet [ˋrɪvɪt] n. ① 鉚釘. ③
　　　——v. ② 用鉚釘固定. ③
吸引住, 使集中注意
力: Everyone was
riveted by their
performance. 大家都
被他的表演吸引住了.
[複數] **rivets**
[活用] v. **rivets, riveted,
riveted, riveting**
[rivet]
rivulet [ˋrɪvjəlɪt] n. 小河, 小溪.
[複數] **rivulets**
R.N./RN [ˋɑrˋɛn]《縮略》= ① Royal Navy《英國
皇家海軍》. ② Registered Nurse《合格護士》.
roach [rotʃ] n. ① 蟑螂《cockroach 的縮略》. ②
擬鯉《一種屬於鯉科魚類》.
[複數] ① **roaches**/② **roach**
*__**road**__ [rod] n. ① 道路, 街道, ～路. ②〔～s〕停
泊地, 下錨處《港口中船隻停泊的地方》.
[範例] ① a **road** map of Connecticut 康乃狄克州
的公路地圖.
a main **road** 主要道路.
Chou-Shan **Road** 舟山路.
Newton opened a new **road** to understanding
the world around us. 牛頓開創了一個新視野,
讓世人瞭解周遭的世界.
Are we on the right **road** to success? 我們是
在邁向成功的路上嗎?
[片語] **by road** 由陸路.
hit the road 出發, 啟程.
on the road 在～途中, 在旅途中; 巡迴演
出中.
take to the road ① 出門旅行. ② 浪跡天
涯.
◆ **róad hòg** 妨礙交通的駕駛, 橫衝直撞的司
機.
róad mètal 鋪路用的碎石《煤渣》.
róad sènse 路感《司機、路人安全通過的感
覺能力》.
róad shòw《戲劇、音樂等的》巡迴演出《亦
作 roadshow》.

róad sìgn 路標.
róad tèst ① 道路試車《測試車輛性能》. ②
實地行車考核《檢驗駕駛人的適應能力和駕
駛技術》.
róad wòrks《英》修路工程.
rùle of the róad 交通規則, 海路規則《其中
指定有車輛或船隻相遇時, 應該靠左右哪一
側行駛》.
[複數] **roads**

[road sign]

roadblock [ˋrodˌblɑk] n. (道路上的) 路障,
障礙物《用於阻斷交通; 亦作 road block》.
[複數] **roadblocks**
*__**roadside**__ [ˋrodˌsaɪd] n. ① 路邊, 路旁.
　　　——adj. ② 路邊的.
[範例] ① Leave your car by the **roadside**. 請把車
子停在路邊.
② a **roadside** hotdog stand 路旁賣熱狗的攤
子.
roadster [ˋrodstɚ] n. 雙座敞篷車《可乘坐2人
的敞篷汽車》.
[複數] **roadsters**
roadway [ˋrodˌwe] n. 車道《道路 (road) 中央
車輛通行的部分; 人行道稱為 sidewalk,
pavement》: Tons of potatoes were dumped on
the **roadway** when a truck overturned. 有一
輛卡車翻倒了, 大量的馬鈴薯掉落在車道上.
[複數] **roadways**
roadwork [ˋrodˌwɝk] n. 長跑訓練.
roadworthy [ˋrodˌwɝði] adj. (車輛) 適於在
道路上行駛的.
[活用] adj. **more roadworthy, most
roadworthy**
*__**roam**__ [rom] v. 漫步, 閒逛: The couple **roamed**
about downtown. 那2個人在鬧區附近閒逛.
[活用] v. **roams, roamed, roamed, roaming**
roan [ron] adj. ① (馬、牛) 雜色毛的.
　　　——n. ② 雜色毛的馬.
[複數] **roans**
*__**roar**__ [ror] v. ① 吼叫, 咆哮, 大聲喊叫. ② 轟鳴,
響起.
　　　——n. ③ 吼叫聲, 咆哮聲, 叫嚷聲. ④ 轟鳴,

喧鬧.

範例 ① The lion wouldn't stop **roaring**. 那隻獅子不停地吼叫.

② The hall **roared** with laughter. 大廳裡響起了笑聲.

③ The **roar** of a lion frightened the boy. 獅子的吼叫聲嚇到那個男孩了.

④ The train passed with a **roar**. 火車轟隆隆地駛過.

活用 v. **roars, roared, roared, roaring**
複數 **roars**

roaring [`rorɪŋ] adj. ① 咆哮的, 轟鳴的; 活躍的, 興旺的.
——n. ② 吼叫聲; 喧囂.

範例 My voice was drowned out by the **roaring** waves. 我的聲音被呼嘯的浪濤聲淹沒了.

Our shop is doing a **roaring** trade. 我們的商店生意興隆.

◆ **the ròaring fórties** 咆哮西風帶《指位於南北緯40-50度之間的強風巨流海域》.

*roast [rost] v. ① 烤, 燒, 炒《豆類、咖啡等》.
②《口語》《美》嚴厲批評; 嘲弄.
——n. ③ 烘烤的肉塊.
——adj. ④ 烘烤的, 炒的.

範例 ① The chicken is **roasting** nicely. 雞肉烤得恰到好處.

roast coffee beans 炒咖啡豆.

The boys **roasted** themselves over the fire. 男孩們烤火取暖.

③ Mom is preparing an enormous **roast** for dinner tonight. 今天的晚餐媽媽準備了一大塊烤肉.

④ **roast** beef 烤牛肉.

➡ 充電小站 (p. 273)

活用 v. **roasts, roasted, roasted, roasting**
複數 **roasts**

*rob [rɑb] v. ① 搶奪, 竊取《用 rob ~ of... 形式》.
② 剝奪, 奪取.

範例 ① A group of boys **robbed** the old woman of her purse. 一群男孩搶了那位老婦人的手提包.

I was **robbed** of my watch in the park. 我在公園被搶了手錶.

Two masked men **robbed** the bank. 2個蒙面男子搶劫了銀行.

② The shock **robbed** him of his thoughts. 那個打擊讓他無法思考.

The shock **robbed** her of her judgement. 因為受到打擊, 她失去了判斷能力.

活用 v. **robs, robbed, robbed, robbing**

robber [`rɑbɚ] n. 強盜, 盜賊: The bank **robber** has not been arrested yet. 銀行搶匪還沒有抓到.

複數 **robbers**

robbery [`rɑbərɪ] n. 搶劫, 搶案: There were two **robberies** in this city last month. 這個城市上個月發生了2起搶案.

複數 **robberies**

*robe [rob] n. ① 長袍, 罩衣《長而寬鬆的外衣, 如浴袍(bathrobe)、晨袍(dressing gown)等》. ② 禮服, 法衣, 官服《作為級別或職業標誌的寬鬆長服》. ③《美》蓋毯, 覆蓋物.
——v. ④ 使~穿上禮服, 使~穿上衣物.

範例 The queen was dressed in royal **robes**. 女王穿上了王袍.

④ The princess was **robed** in white. 公主穿著白色的禮服.

複數 **robes**
活用 v. **robes, robed, robed, robing**

Robert [`rɑbɚt] n. 男子名《暱稱 Bob, Bobby 等》.

➡ 充電小站 (p. 687)

*robin [`rɑbɪn] n. ①《英》歐鴝, 知更鳥《為英國的國鳥, 因胸部呈紅色, 所以亦作 robin redbreast, redbreast》. ②《美》鶇.

[robin]

複數 **robins**

robot [`robət] n. ① 機器人. ② 像機器人般的人《動作機械化, 沒有感情、意志》.

複數 **robots**

*robust [ro`bʌst] adj. 強壯的; 堅定的.

範例 a **robust** young man 健壯的年輕人.

a **robust** faith 堅定的信念.

活用 adj. **more robust, most robust/robuster, robustest**

robustly [ro`bʌstlɪ] adv. 強壯地, 堅定地: "Go away," he said **robustly**. 他堅定地說: 「走開!」

活用 adv. **more robustly, most robustly**

robustness [ro`bʌstnɪs] n. 強壯, 堅定.

*rock [rɑk] n. ① 岩, 岩石. ② 晃動, 搖擺. ③ 搖滾, 搖滾樂, 搖滾舞蹈《亦作 rock music, rock'n'roll》.
——v. ④ 輕搖, 搖晃; 使震撼.

範例 ② I felt the gentle **rock** of the boat. 我感覺到小船輕微的晃動.

④ The mother **rocked** her baby to sleep. 母親輕搖嬰兒使其入睡.

He **rocked** himself back and forth in the chair. 他坐在椅子上前後搖晃.

The news of President Kennedy's assassination **rocked** the whole America. 甘迺迪總統被暗殺的消息驚動了全美國.

The city near the epicenter was **rocked** by the strong earthquake. 接近震央的那個城市因強烈地震而晃動.

He felt the whole building **rock**. 他感覺整棟建築物都在晃動.

I saw the boat **rocking** on the waves. 我看到船在浪中搖晃.

片語 **on the rocks** ① 觸礁, 岌岌可危. ②《威士忌》加冰塊.

rock the boat 引起事端.

◆ **ròck bóttom** 最低點.

róck càke 岩皮餅《加入葡萄乾等乾果做成,

R

表面粗糙的糕點）.

róck sàlt 岩鹽.

rócking chàir 搖椅（『美』rocker）.

複數 **rocks**

活用 v. **rocks**, **rocked**, **rocked**, **rocking**

rocker [`rɑkə] n. ① 搖軸, 搖桿（裝配在家具的下面, 可使其搖動的部位）. ② 『美』搖椅. ③ 搖滾樂歌手, 搖滾樂迷. ④ 搖滾樂曲.

片語 *off ~'s rocker*（口語）發瘋的: You gave that [rocking chair] homeless man NT$10,000 dollars? Are you **off your rocker**? 你給了那個無家可歸的人臺幣1萬元? 你是不是瘋了?

複數 **rockers**

rocket [`rɑkɪt] n. ① 火箭. ② 流星煙火（亦作 skyrocket）. ③ 芝麻菜, 紫花南芥（油菜科植物, 可供觀賞和食用）.

——v. ④ 急速上升. ⑤ 快速突進, 急速移動.

範例 ① The **rocket** exploded after its launch. 火箭發射後爆炸了.

④ The price of rice has **rocketed**. 米的價格暴漲.

複數 **rockets**

活用 v. **rockets**, **rocketed**, **rocketed**, **rocketing**

rock'n'roll [`rɑkən`rol] n. 搖滾（樂）（指1950年代的搖滾樂, 是現代搖滾的基礎）; 搖滾舞.
➡ 充電小站 (p. 107)

*****rocky** [`rɑkɪ] adj. ① 多岩石的, 岩石般的; 堅硬的. ② 不安定的, 不穩定的, 動搖的.

範例 ① The road to the temple is very **rocky**. 通往那座廟的道路有很多碎石.

② A **rocky** relationship like theirs won't last. 像他們那樣不牢靠的關係是無法持久的.

♦ **the Ròcky Móuntains** 落磯山脈（北美洲西部自阿拉斯加延伸至墨西哥的大山脈; 亦作 the Rockies）.

活用 adj. **rockier**, **rockiest**

*****rod** [rɑd] n. 棍棒, 竿; 杖; 鞭子.

範例 an iron **rod** 鐵棍.

curtain **rods** 窗簾桿.

I went fishing with **rod** and line. 我拿著釣竿和釣線去釣魚.

Spare the **rod** and spoil the child.（諺語）孩子不打不成器.

複數 **rods**

*****rode** [rod] v. ride 的過去式.

rodent [`rodṇt] n. 齧齒類動物（老鼠、兔子等）.

複數 **rodents**

rodeo [`rodɪ,o] n. ① 牛仔競技表演會（牛仔騎著野馬、表演套繩索等的競技表演會）. ② （為了烙印或清點數目而）驅集牛群.

複數 **rodeos**

roe [ro] n. ① 獐（原產於歐洲、亞洲的小型鹿; 亦作 roe deer）. ② 魚卵, 魚子（可食用）.

複數 **roe/roes**

roger [`rɑdʒə] interj. 是, 好; 收到了（用於回答電子通訊）.

rogue [rog] n. ① 惡棍, 騙子, 流氓. ② 調皮鬼, 淘氣鬼（親暱語）.
——adj. ③ 違法的, 不正當的. ④（野生動物）離群索居的.

範例 ① Don't buy anything from him—he's a **rogue**. 別向他買任何東西, 他是個騙子.

② Oh, you little **rogue**! 噢, 你這個小淘氣鬼!

③ The police arrested two internationally famous **rogue** traders. 警察逮捕了2名國際上赫赫有名的違法貿易商.

④ The **rogue** wolf frequented lowland farms. 那隻脫隊的狼常常出沒於低地的農場.

The **rogue** politician didn't follow the party line. 那位行事孤僻的政治家沒有遵從黨的方針.

♦ **rògues' gállery**（警察的）罪犯照片檔案簿.

複數 **rogues**

roguish [`rogɪʃ] adj. ① 不誠實的; 無賴的. ② 淘氣的, 調皮搗蛋的.

範例 ① He was a **roguish** fellow and few trusted him. 他是個不誠實的人, 幾乎沒有人相信他.

② I don't like those **roguish** kids hanging around the house. 我不喜歡那些調皮搗蛋的小孩在我家四周閒蕩.

活用 adj. **more roguish**, **most roguish**

*****role** [rol] n. ①（演員扮演的）角色. ② 作用, 任務, 職務.

範例 ① Your **role** will be Popeye, and she'll be Olive. 你演的角色是卜派, 她演奧莉薇.

Several actors played two **roles** in the play. 在那齣劇中, 有數位演員一人分飾兩角.

She had the title **role** in the movie. 她在那部電影中飾演主角.

He had a minor **role** but played it well. 雖然他演的是小角色, 但演得非常好.

② Oil plays a crucial **role** in world economics. 石油對於世界經濟有決定性的作用.

♦ **róle mòdel** 楷模, 榜樣.

róle plày/róle plàying 角色扮演（針對不同角色進行模擬表演, 用於心理療法、語言教學、遊戲等）.

複數 **roles**

*****roll** [rol] v. ①（使）滾動,（使）轉動. ② 蜷縮, 捲起, 捲成一團. ③ 壓平, 輾平（路面、草地等）. ④ 左右搖晃, 使搖晃, 顛簸. ⑤（雷、鼓等）發出隆隆聲.
——n. ⑥ 捲狀物, 一卷. ⑦ 名冊, 目錄, 卷軸. ⑧ 晃動, 轉動, 起伏. ⑨ 轟鳴, 雷鳴.

範例 ① The little girl's ball **rolled** down the driveway. 那個小女孩的球滾到車道上了.

The pig **rolled** in the mud. 那隻豬在泥漿裡打滾.

The woman **rolled** the barrel to her house. 那個女子把木桶滾回家.

Tom **rolled** his eyes in amazement at the sight

of his mother playing basketball. 湯姆看到母親在打籃球，吃驚得直瞪眼。

The young man was **rolling** in luxury. 那名年輕人過著奢侈的生活。

Subscriptions for the concert **rolled** in. 不斷有人預約這場音樂會。

The years **rolled** by. 歲月流逝。

A **rolling** stone gathers no moss.《諺語》滾石不生苔，轉業不聚財。《rolling 作形容詞性》

② He **rolled** up the carpet. 他把地毯捲起來。

The student **rolled** the paper into a ball. 學生把那張紙揉成一團。

She **rolled** me a cigarette. 她捲了一根菸給我。

The boy **rolled** himself up in a blanket. 男孩把自己裹在毯子裡。

③ Several students were **rolling** the field in preparation for the game. 為了迎接比賽，有好幾個學生正在把運動場地壓平。

④ The little boat **rolled** heavily in the waves. 小船在海浪中劇烈搖晃。

The storm **rolled** our ship badly. 暴風雨使我們的船劇烈搖晃。

⑤ Thunder **rolled** in the distance. 雷聲在遠處隆隆作響。

⑥ I need a **roll** of toilet paper. 我需要一卷衛生紙。

He bought a cake **roll**. 他買了一條蛋糕捲。

⑦ The teacher called the **roll**. 老師點了名。

⑧ The **roll** of the ship made her sick. 船身晃動使她感到不舒服。

⑨ The **roll** of thunder woke him from his sleep. 雷鳴聲把他從睡夢中驚醒了。

[片語] ***call the roll*** 點名. (⇨ [範例]⑦)

roll back 推回；(經由管制) 使 (物價) 回降。

roll in ① 滾滾而來，大量湧來，蜂擁而至。 (⇨ [範例]①) ② 上床，就寢。

roll out (把捲著的東西) 展開，攤平。

roll up ① 捲，捲起來。(⇨ [範例]②) ② 到來，(坐車) 抵達: Roll up! Roll up! 歡迎光臨！

♦ **róll càll** 點名。

[活用] v. **rolls**, **rolled**, **rolled**, **rolling**

[複數] **rolls**

***roller** [ˋrolɚ] n. ① 滾動之物；滾輪，滾筒，壓路機。② 髮捲。③ 大浪，巨浪。

[範例] ① He was wearing a pair of **roller** skates. 他穿著一雙輪式溜冰鞋。

② I can't believe women come to the supermarket in **rollers**. 我真不敢相信，竟然有女人頭戴著髮捲來超級市場。

③ The Atlantic **rollers** surged in. 大西洋的大浪洶湧而來。

♦ **róller còaster** 雲霄飛車。

róller skàte 輪式溜冰鞋。

róller tòwel 滾帶式毛巾。

[複數] **rollers**

roller-skate [ˋrolɚ͵sket] v. 穿輪式溜冰鞋溜冰: Roller-skating is popular among young

people. 年輕人正盛行輪鞋溜冰。

[活用] v. **roller-skates**, **roller-skated**, **roller-skated**, **roller-skating**

rolling [ˋrolɪŋ] adj. ① 起伏的: **rolling** hills 綿延起伏的山丘。② 搖晃的；滾動的，轉動的。

♦ **rólling mìll** 輾壓機，輾壓廠。

rólling pìn 擀麵棍。

rólling stòck (所有的) 車輛《集合名詞；包括機車、客車、貨車等》。

rólling stòne 滾石 (☞ roll [範例]①)。

ROM [rɑm]《縮略》＝Read-Only Memory (唯讀記憶體)《電腦中一種只供讀取資料的記憶裝置》。

Roman [ˋromən] n. ① (古代或現代的) 羅馬人。② [r~] 羅馬字；正體。

——adj. ③ 羅馬的。④ [r~] 羅馬字體的，正體的。

[範例] ① Julius Caesar was a **Roman**. 凱撒大帝是羅馬人。

The **Romans** were a practical people. 羅馬人是務實的民族。

When in Rome, do as the **Romans** do.《諺語》入境隨俗。

② Print these headlines in italics, not in **roman**. 這個標題要用斜體印刷，不要用正體。

③ **Roman** architecture was first inspired by Greek buildings. 古羅馬建築最初是受到古希臘建築的影響。

The **Roman** alphabet is used in English and many other languages. 英語和很多其他語言都使用羅馬字母。

Sixteen in **Roman** numerals is XVI. 16以羅馬數字表示為 XVI。

④ Most printing is of the **roman** or plain type. 大部分的印刷都使用正體，也就是一般字體。

♦ **Ròman cándle** 羅馬煙火筒《為長筒形，能噴出火球、火花等》。

Ròman Cátholic 羅馬天主教的；羅馬天主教徒。

the Ròman Cátholic Chúrch 羅馬天主教會。

the Ròman Émpire 羅馬帝國《始自西元前27年，西元395年分裂為東西兩帝國》。

Ròman nóse 高鼻樑的鼻子，鷹鉤鼻。

Ròman númeral 羅馬數字 (☞ 充電小站) (p. 1109)。

[複數] **Romans**

***romance** [roˋmæns] n. ① 虛構故事〔小說〕，傳奇《以虛構的冒險、愛情等為題材，遠離現實》。② 浪漫的氣氛〔事件，生活〕。③ 戀愛，羅曼史。

[範例] ① Gone With The Wind is a great **romance**.《飄》是一個很棒的愛情故事。

A **romance** is a story of love, adventures, etc. that helps people to escape from their own dull lives. 傳奇小說是有關愛情、冒險等的故事，能幫助讀者擺脫乏味的生活。

② There is an air of **romance** about here. 這裡充滿了浪漫的氣氛。

Let's travel around in search of **romance**. 我

們一起四處旅行找尋浪漫吧.
Anne is a girl ful of **romance**. 安妮是個充滿
幻想的女孩.
③ How is your **romance** with Cathy going? 你
和凱西的羅史進展如何?
〔參考〕① 的原意是以 Romance language（羅曼
語）寫的作品. 中世紀的歐洲, 教會及學術領
域用的是拉丁語, 而騎士, 愛情等故事都是
以口語性的羅曼語撰寫的, 因此冒險及戀愛
等傳奇故事被稱為羅曼史.
〔複數〕**romances**

*****romantic** [roˋmæntɪk] *adj.* ① 傳奇性的, 小說
般的. ② 幻想的, 浪漫的, 不切實際的. ③
〔只用於名詞前〕浪漫派的, 浪漫主義的.
——*n.* ④ 浪漫的人. ⑤ 浪漫主義者.
〔範例〕② This castle has a **romantic** atmosphere.
這座城堡富有浪漫的氣氛.
Judy has **romantic** thoughts about becoming
a pop star. 茱蒂有想成為一名流行歌手的浪
漫想法.
③ the **Romantic** Movement 浪漫主義運動《18
世紀末到19世紀初於歐洲興起的文藝運動》.
Wordsworth is one of the **Romantic** poets. 華
茲華斯是浪漫派詩人之一.
〔活用〕*adj.* ② **more romantic**, **most romantic**
〔複數〕**romantics**

romantically [roˋmæntɪklɪ] *adv.* 空想地, 浪
漫地.
〔活用〕*adv.* **more romantically**, **most
romantically**

romanticism [roˋmæntəˏsɪzəm] *n.* 浪漫主
義.

*****Rome** [rom] *n.* (義大利首都) 羅馬, (古代的)
羅馬市, 羅馬帝國.
〔範例〕**Rome** was not built in a day. 《諺語》羅馬
不是一天造成的.
All roads lead to **Rome**. 《諺語》條條大路通羅
馬.

romp [rɑmp] *v.* ① (兒童等) 嬉鬧玩耍, 蹦蹦跳
跳. ② 輕易地完成, 輕鬆取勝.
——*n.* ③ 嬉戲, 喧鬧的遊戲.
〔範例〕① The mother let her children **romp** about
in the house. 母親任憑孩子在家裡蹦蹦跳跳.
② Jim **romped** through his English test. 吉姆輕
鬆通過了英文考試.
③ The boys had a **romp** in the basement. 男孩
們在地下室嬉戲喧鬧.
〔活用〕*v.* **romps**, **romped**, **romped**, **romping**
〔複數〕**romps**

*****roof** [ruf] *n.* ① 屋頂, 頂部, 最高處.
——*v.* ② 蓋屋頂, 像屋頂似地遮蓋.
〔範例〕① Our house has a red **roof**. 我們的房子
有紅色的屋頂.
The Himalayas are called the **roof** of the
world. 喜馬拉雅山脈被稱為世界屋脊.
I have no **roof** over my head. 我無家可歸.
We live under the same **roof**. 我們住在同一
個屋簷下.
The price of land went through the **roof**. 地價

② We usually **roof** a house with tiles. 我們通常
用瓦片來搭蓋屋頂.
〔片語〕**go through the roof** ① (價格) 飛漲,
急劇上升. (⇨ 範例 ①) ② 勃然大怒.
hit the roof 勃然大怒.
raise the roof (因喝采、怒言、慶賀等) 大
聲喧鬧.
♦ **róof gàrden** 屋頂花園.
〔複數〕**roofs**
〔活用〕*v.* **roofs**, **roofed**, **roofed**, **roofing**

roofing [ˋrufɪŋ] *n.* 蓋屋頂, 蓋屋頂的材料.

rooftop [ˋrufˏtɑp] *n.* 屋頂的外層, 房頂上面.
〔複數〕**rooftops**

rook [rʊk] *n.* ① 禿鼻烏鴉.
——*v.* ② 詐騙, 敲詐.
〔複數〕**rooks**
〔活用〕*v.* **rooks**, **rooked**, **rooked**, **rooking**

rookie [ˋrʊkɪ] *n.* 新手, 新兵, 新人 (選手).
〔複數〕**rookies**

*****room** [rum] *n.* ① 房間, 室. ② 地方, 空間;
機會.
——*v.* ③ 〖美〗寄宿, 租房子住.
〔範例〕① You must clean your **room**. 你必須打掃
房間.
Rooms for Rent. 房間出租.
The whole **room** laughed at his joke. 他的笑
話令整個房間的人大笑.
② Your wardrobe takes up too much **room**. 你
的衣櫃太占空間了.
Will you make a little **room** for me? 你可以騰
出一點空間給我嗎?
The train was so crowded that there was no
room to move. 那輛火車擠得連移動一下的
空間都沒有.
There's no **room** for doubt. 沒有懷疑的餘地.
♦ **ròom and bóard** 供膳食的出租房間.
róoming hòuse 〖美〗(不供膳食的) 出租宿
舍 (《英》lodging house); 供膳食的出租房間為
boarding house).
róom sèrvice 客房服務《在飯店等處將食
物等送到客房的服務》.
〔複數〕**rooms**
〔活用〕*v.* **rooms**, **roomed**, **roomed**, **rooming**

roomful [ˋrumˏfʊl] *n.* 滿屋子, 滿室的人.
〔複數〕**roomfuls**

roommate [ˋrumˏmet] *n.* 同住一屋的人, 室
友.
〔複數〕**roommates**

roomy [ˋrumɪ] *adj.* 寬廣的, 寬敞的: a **roomy**
cabin 寬敞的船艙.
〔活用〕*adj.* **roomier**, **roomiest**

Roosevelt [ˋrozəˏvɛlt] *n.* 羅斯福.
〔➡ 充電小站〕(p. 1001)

roost [rust] *n.* ① (鳥的) 棲木, 鳥巢. ② 雞舍.
——*v.* ③ 棲息.
〔片語〕**at roost** 歸巢; 就寢.
come home to roost 自食惡果.
rule the roost 掌權.

充電小站

羅馬數字

【Q】在數字中除了數學上使用的1，2，3…以外，還有I, II, III…這樣的寫法。I為一豎所以表示1，II為兩豎所以表示2，但為甚麼5是V，10是X呢？

【A】1，2，3這樣的數字 (numeral) 英語稱為 Arabic numeral (阿拉伯數字)。而I, II, III 這樣的數字，則稱為 Roman numeral (羅馬數字)。

「阿拉伯數字」是在阿拉伯人學習印度的數學後不久（西元8世紀左右）傳到歐洲的。而「羅馬數字」是古羅馬人參考部分古希臘的數字表示法發明的。

「羅馬數字」中使用的數字有以下7種：

  I   V   X   L   C   D   M
(1) (5) (10) (100) (500) (1,000)

I 表示「一根手指」。

10原來是用10條斜線表示，寫成//////////，為表示它是一個整體就寫成 ///////////，由於相交的斜線很像 X，所以決定用 X 表示10。而5是10的一半，所以取 X 的上半部 V 來表示。

再看看100的寫法。100原寫作 ⊖，後來聯想到拉丁語中（古羅馬的語言是拉丁語）表示100的字 centum，便改用第一個字母 C 來表示。而表示50的 L 則由 ⊖ 上半部的半圓變形而成。不過 L 的起源還有另一種說法，就是在古希臘語中，字母 X 的舊形表示50，後來漸漸變形成為 L。

接著看看1,000。此數字原來寫作 (I)，也寫作 ①，據說這是源於表示1,000的古希臘字母 Φ，也寫成 CIⓄ。後來人們聯想到拉丁語中表示1,000之意的 mille，便改用 M 來表示。而表示500的 D，則是取 ① 右邊的半圓。

▶ 用羅馬數字表示數的方法

羅馬數字中 IV 表示4，因 V 的左邊有 I，表示「5減1」。相反地，如果 I 在右邊則表示「5加1」，所以 VI 就是6。以此類推，VII 為7，VIII 為8。

接著是9。9可看作「10減1」，所以是 IX。明白了這個原理，就知道 XI, XII, XIII 讀作甚麼了。

那 XIV 表示甚麼呢？我們容易將 XI 讀作11，但應該這後面還有比 I 大的 V，在這種情況下 I 是歸屬於 V 的。因此 XIV 就是「X+(V−I)」，表示14。

羅馬數字是以5為單位來劃分，也有人以「5進制」來加以說明。由於以5作為劃分單位，所以50 (L)，500 (D) 的用法也相同。XL 為「L−X」，

所以是40，LXX 為「L+X+X」是70，CD 為「D−C」是400，DCCC 為「D+C+C+C」也就是800。

10的倍數 X, C, M 也與此相同。X 我們已做了說明，那麼 XIX 是多少呢？「X+(X−I)」是19。那麼 XC 呢？「C−X」是90，CIX 為「C+(X−I)」也就是109。

以上說明了羅馬數字的讀法，請試讀下列各數：

(1)VIII   (2)XVII   (3)XLI
(4)LXXXIV (5)CCXLIV (6)CDXLII
(7)DLXVIII (8)MLXVI (9)MCMXCIX

答案是：(1)8，(2)17，(3)41，(4)84，(5)244，(6)442，(7)568，(8)1,066，(9)1,999。

請想一想，我們每天使用的「阿拉伯數字」比起羅馬數字方便多了，而且一看就懂。為甚麼變得如此方便呢？原因之一就是發明了用零（寫成數字是「0」）定位的方法。這種定位觀念始於印度。

羅馬數字中沒有表示「零」的字母，所以讀起來很困難。

▶ 也使用小寫字母

「羅馬數字」從它的產生來看，原則上使用大寫。有人認為，古羅馬時代並無「小寫字母」（「小寫字母」出現於8世紀左右）。

「羅馬數字」的表示方法至今仍在使用。而且也使用如下的小寫字母書寫：

(1)viii   (2)xvii   (3)xli
(4)lxxxiv (5)ccxliv (6)cdxlii
(7)dlxviii (8)mlxvi (9)mcmxcix

讀讀看，答案如下：(1)8，(2)17，(3)41，(4)84，(5)244，(6)442，(7)568，(8)1,066，(9)1,999。

▶「一萬」以上數字的表示方法

古羅馬人也知道「一萬」以上的數字，畢竟他們曾集結數萬大軍征服過歐洲各地。

1,000用 CIⓄ 表示，10,000就是 CCIⓄⓄ，100,000則為 CCCIⓄⓄⓄ。但是這種表示方法非常繁瑣。例如，要表示20,000就要寫成

CCIⓄⓄCCIⓄⓄ

這樣非常麻煩，於是人們想出使用「括號線 (vinculum)」來表示「一萬」以上的數字。如下：

CIⓄCIⓄCIⓄCIⓄCDXXIV

這是22,424。

R

複數 **roosts**
活用 v. **roosts, roosted, roosted, roosting**
rooster [ˋrustɚ] n. 公雞（〖英〗cock）.
複數 **roosters**
＊**root** [rut] n. ① 根，根部；根源。② 根《數學中用 √ 表示》。③ 字根。
——v. ④（使）生根。⑤ 翻尋。⑥ 支持，聲援(for).
範例 ① the **root** of a tree 樹根。
　　This rosebush has finally taken **root**. 這棵玫

瑰樹終於生根了.
　the **root** of a tooth 牙根.
　the **roots** of the hair 髮根.
　We have to get to the **root** of the problem. 我們必須追溯到這個問題的根.
　It's not money that's the **root** of all evil—it's greed. 萬惡之源不是金錢，是貪婪.
　We trace our **roots** to England, Germany, Scotland, and France. 我們的祖先可從英格蘭、德國、蘇格蘭一直追溯到法國.

② The square **root** of 9 equals 3. 9的平方根等於3.

④ Do daphnes **root** easily? 月桂樹容易生根嗎?

I'm having no luck **rooting** these plants. 不幸的是，我未能使這些植物生根.

Do you think democracy has **rooted** in Taiwan? 你認為民主政治在臺灣生根了嗎?

Their belief in freedom of speech is deeply **rooted**. 言論自由的信念深植於他們的心中.

David was **rooted** to his chair watching the sumo championship bout. 大衛一動不動地坐在椅子上，觀看相撲的冠軍爭奪戰.

[片語] **by the root/by the roots** 從根本上，徹底地.

root and branch 徹底地，完全地.

root for 支持，聲援.

root out ① 根除. (⇨ [範例] ①)

take root 生根. (⇨ [範例] ①)

♦ **róot bèer** 根汁飲料《以植物根作成》.

róot cròps/róot vègetables 根菜類農作物.

[參考] ∛27＝3 讀作 The cube root of 27 equals 3. ∜16＝2 讀作 The fourth root of 16 equals 2. 4 次方根以上的一般讀作 the *n*th root of *x*. 不過 *n* 為 2 時，讀作 the square root，*n* 為 3 時讀作 the cube root.

➡ [充電小站] (p. 1111)

[複數] **roots**

[活用] v. **roots, rooted, rooted, rooting**

***rope** [rop] n. ① 繩，索，纜. ② 束，串. ③〔~s〕方法，祕訣.
——v. ④ 用繩索捆綁，用繩索繫住.

[範例] ① Cowboys use **ropes** to lasso cattle. 牛仔用套索捕牛.

② a **rope** of pearls 一串珍珠.

③ I'm new to the job. I need someone to show me the **ropes**. 我對這個工作不熟悉，需要有人告訴我祕訣.

④ The sheriff **roped** his horse to the hitching post. 郡長把馬拴在柱子上.

Police **roped** off the crime scene. 警察用繩索把犯罪現場圍起來.

[片語] **rope in** 拉（人）入夥，誘入: Mary was **roped in** to do some fund raising on the phone. 瑪麗在電話中被說服參加了募款活動.

rope off 用繩索圍起來. (⇨ [範例] ④)

[複數] **ropes**

[活用] v. **ropes, roped, roped, roping**

rosary [ˋrozərɪ] n. ① 念珠《羅馬天主教徒念玫瑰經時使用》. ② 念珠祈禱.

[複數] **rosaries**

***rose** [roz] n. ① 薔薇（花），玫瑰（花）. ② 玫瑰色.
——v. ③ rise 的過去式.

[範例] ① No **rose** without a thorn.《諺

[rosary]

語》世上沒有完全的幸福.

② **rose** in her cheeks 她粉紅色的臉頰.

[片語] **a bed of roses** 安逸的生活.

come up roses 進展順利.

not all roses 不盡如意.

♦ **the Wàrs of the Róses** 薔薇戰爭《為了繼承王位在蘭卡斯特 (Lancaster) 家族（紅玫瑰徽章）和約克 (York) 家族（白玫瑰徽章）間展開的戰爭 (1455－1485)》.

[複數] **roses**

rosebud [ˋroz͵bʌd] n. 玫瑰花苞，薔薇花苞.

[複數] **rosebuds**

rosemary [ˋroz͵mɛrɪ] n. 迷迭香《紫蘇科的常綠灌木，其葉可用於做香水》.

[複數] **rosemaries**

rosette [roˋzɛt] n. ① 玫瑰花結，玫瑰花形飾物: The winner of the competition was given a red **rosette**. 比賽的優勝者得到了玫瑰花形的飾品. ② 花形雕飾.

[複數] **rosettes**

roster [ˋrɑstɚ] n. 值勤人員名單《[英] rota》.

[複數] **rosters**

rostra [ˋrɑstrə] n. rostrum 的複數形.

rostrum [ˋrɑstrəm] n. 演講臺，講壇.

[複數] **rostrums/rostra**

rosy [ˋrozɪ] adj. ① 玫瑰色的；紅潤的. ② 樂觀的，充滿希望的.

[範例] ① **rosy** cheeks 紅潤的臉頰.

② **rosy** views 樂觀的想法.

a **rosy** future 充滿希望的未來.

[活用] adj. **rosier, rosiest**

***rot** [rɑt] v. ① (使) 腐爛.
——n. ② 腐爛. ③《口語》[英] 胡說.

[範例] ① The apples have **rotted**. 蘋果腐爛了.

Water **rots** wood. 水使木頭腐爛.

The dictatorial government began to **rot** and decay. 獨裁的政府開始腐敗衰弱.

② The old temple is suffering from **rot**. 這座古寺正腐爛當中.

③ Don't talk **rot**! 不要胡說!

[活用] v. **rots, rotted, rotted, rotting**

rota [ˋrotə] n. [英] 值勤人員名單《[美] roster》.

[複數] **rotas**

rotary [ˋrotərɪ] adj. ① 旋轉的《亦作 rotatory》.
——n. ② [美] 圓環《亦作 traffic circle; [英] roundabout》. ③ 迴轉式機械.

[複數] **rotaries**

rotate [ˋrotet] v. ① 旋轉；循環. ② 輪流.

[範例] ① The earth **rotates** once every 24 hours. 地球每24小時旋轉一週.

The automobile mechanic **rotated** the wheel slowly. 那個汽車技工慢慢地轉動車輪.

② Volleyball players don't play the same position during a match; they **rotate** from one to another. 排球選手在比賽中不能只在同一位置，要不斷輪換.

The students **rotate** in cleaning their classroom. 學生輪流打掃教室.

[活用] v. **rotates, rotated, rotated, rotating**

根與冪

【Q】我們把$5^2＝25$讀作「5的2次方等於25」，那麼英語該怎麼說呢？

相對地，$\sqrt{25}$我們讀作「根號25」。而這裡所說的「根」就是英語的 root 嗎？

【A】這個「根」正是英語 root 的譯義。

▶ 平方

英語中$\sqrt{25}$讀作 the square root of 25. 也就是說，我們把 square 譯為「平方」，root 譯為「根」，就成了「25的平方根」。

不過 square 在英語中亦指「正方形」，而正方形的面積是邊長 (side) 的「2次方」。這個「2次方」我們也稱為「平方」。

於是5^2就讀作 five squared，$5^2＝25$ 就是 Five squared is equal to twenty-five. ^{2} 讀作 squared.

接著說明面積 (area) 的說法。例如$16cm^2$，讀作16 square centimeters. 16讀作 sixteen，^{2} 是 square（平方），cm 是 centimeters（公分）。

▶ 立方

「立方」也就是「3次方」。「立方體」在英語中稱為 cube. 將立方體的稜 (edge) 長「3次方」就是它的體積。

因此2^3就讀作 two cubed，^{3} 讀作 cubed.

相對地，$\sqrt[3]{8}$ 就是 the cube root of 8. ^{3} 讀作 cube，$\sqrt{\ }$ 讀作 root. $\sqrt{\ }$ 實際上是由字母 r 變形而來的。

再來是體積 (volume) 的說法。例如$8cm^3$，也就是「8 立方公分」，英語讀作 8 cubic centimeters. ^{3} 讀作 cubic. 順便說明一下，cubic centimeters 有時取 cubic 的 c 和 centimeters 的 c，寫作 cc，$8cm^3$ 也就成為8cc.

▶ 4次方以上

那麼「4次方」以上的該怎麼說呢？例如$2^4＝16$ 讀作 Two to the fourth power is equal to sixteen. ^{4} 是 to the fourth power，有時省略 power，只說 to the fourth. power 在中文裡稱為「冪」。

與2^4相反的是$\sqrt[4]{16}$，也就是「16開4次方」，答案是2，用英語說就是 The fourth root of 16 is equal to 2.

最後介紹「根」和「冪」的英語說法。即「a 的 n 次方根」和「a 的 n 次方」。

$\sqrt[n]{a}$　the nth root of a (a 的 n 次方根)
a^n　　 a to the nth power (a 的 n 次方)

---

rotation [roˋteʃən] n. ① 旋轉，轉動；自轉。② 輪流；輪作。

範例 ① the **rotation** of an engine 引擎轉動。

the **rotation** of the earth 地球自轉。

② The surgeons performed operations in **rotation**. 外科醫生輪流進行手術。

片語 *in rotation* 輪流地。(⇨ 範例 ②)

☞ revolution（公轉）

複數 **rotations**

rotatory [ˋrotəˏtɔrɪ] adj. 旋轉的；轉動的.

rote [rot] n. 機械的方法.

片語 *by rote* 機械地.

rotor [ˋrotə] n.（發電機的）轉子；（直升機的）旋轉翼。

複數 **rotors**

***rotten** [ˋrɑtn] adj. ① 腐壞的，腐敗的。②《口語》令人討厭的；令人不愉快的.

範例 ① Don't eat this **rotten** banana. 不要吃這根腐壞的香蕉。

You are **rotten** to the core. 你已經腐敗到了極點。

② What **rotten** weather! 真是令人討厭的天氣。

活用 adj. **more rotten**，**most rotten**

rouble [ˋrubl] n. 盧布《俄國的貨幣單位》。

參考 亦作 ruble.

複數 **roubles**

rouge [ruʒ] n. ① 口紅，胭脂。② 鐵丹，紅鐵粉《用於研磨金屬及玻璃》。

——v. ③ 擦胭脂，塗口紅。

活用 v. **rouges**，**rouged**，**rouged**，**rouging**

***rough** [rʌf] adj. ① 粗糙的；粗暴的。②《口語》艱難的。

——adv. ③ 粗糙地；粗暴地。④ 在室外；露宿。

——n. ⑤ 深草區《高爾夫球場球道以外未經修剪雜草的區域》。⑥ 暴徒。⑦ 草圖，草稿。

——v. ⑧ 弄粗糙；弄亂；粗暴以對。

範例 ① I drove slowly along a **rough** road. 我慢慢行駛在凹凸不平的路上。

Don't use **rough** language with a lady. 不要對女士使用粗暴的語言。

A cat's tongue is **rough** to the touch. 貓的舌頭摸起來很粗糙。

He shut the door in a **rough** way. 他粗暴地關上門。

Don't be so **rough** with the vase. 不要粗手粗腳地拿這個花瓶。

He had a **rough** flight to Amsterdam. 他搭乘往阿姆斯特丹的飛機搖晃得很厲害。

The weather is **rough**. 天氣不好。

a **rough** idea 大略的想法。

a **rough** calculation 概算。

For today just make a **rough** draft. Leave the final copy for tomorrow. 今天大致寫個草稿，最後定稿留到明天。

② In the 19th century, life was **rough** in the American West. 19世紀，美國西部的生活很艱難。

He had a **rough** time. 他曾有一段苦日子。

③ That soccer team is notorious for playing **rough**. 那支足球隊球風粗暴是出了名的。

④ The young men enjoyed sleeping **rough** on the beach. 年輕人享受了在海邊露營的樂趣。

⑤ The golfer hit his ball off in the **rough**. 那位高爾夫選手將球打到了深草區。

R

⑥ The police could do little against the **roughs** in the street. 警察對街上的那些暴徒束手無策.

⑧ A blast of wind **roughed** up my hair. 一陣強風弄亂了我的頭髮.

片語 ***rough and ready*** 粗糙但可應急的.

rough in 草擬.

rough it 過著艱苦的生活：You had better **rough it** for a bit. 你需要過一下艱苦的生活.

rough out 草擬.

rough up ① 弄亂.(⇨ 範例 ⑧) ② 毆打.

take the rough with the smooth 好壞一起接受：We have to **take the rough with the smooth**. 我們最好是好壞一起接受.

活用 *adj.*, *adv.* ③ **rougher**, **roughest**

複數 **roughs**

活用 *v.* **roughs**, **roughed**, **roughed**, **roughing**

roughage [`rʌfɪdʒ] *n.* 纖維食品.

roughen [`rʌfən] *v.* 變粗糙：Constant washing of dishes **roughened** the girl's hands. 經常地洗盤子使那個女孩的手都變粗了.

活用 *v.* **roughens**, **roughened**, **roughened**, **roughening**

****roughly** [`rʌflɪ] *adv.* ① 粗魯地, 粗暴地. ② 概略地, 大約地.

範例 ① Don't treat the computer **roughly**. 不要粗暴地使用電腦.

② The trip costs **roughly** 1,000 dollars. 這次旅行大約需要1,000美元.

活用 *adv.* **more roughly**, **most roughly**

roughness [`rʌfnɪs] *n.* 粗糙, 粗暴：The measure of friction depends on the **roughness** of the two surfaces and the force with which they are pressed together. 摩擦力的大小是由兩個表面的粗糙程度及施加的壓力所決定.

roulette [ru`lɛt] *n.* 輪盤賭.

[roulette]

****round** [raund] *adj.* ① 圓的；圓形的；球形的. ② 完整的；沒有尾數的.

——*n.* ③ 圓形物；環. ④ 巡迴. ⑤（比賽的）一回合. ⑥ 輪唱. ⑦（彈藥的）一發.

——*v.* ⑧ 使成圓形；繞行.

——*prep.*, *adv.*

原義	層面	釋義	範例
在周圍	場所	*prep.* 在～周圍, 在～附近, 在～四周	⑨
		adv. 周圍, 到處, 轉向	⑩
	時 間, 數量	*prep.* 左右, 大約	⑪

範例 ① Look at that **round** table. 你看那張圓形的桌子.

We're talking about that little girl with **round** cheeks. 我們正在談論那個圓臉的小女孩.

② The panda weighed in at a **round** hundred kilograms. 這隻熊貓重整整100公斤.

It'll cost you $100 in **round** figures. 這將花你100美元左右.

④ The doctor made his **rounds** of the village. 那位醫生在村子裡做了巡迴醫療.

⑤ He gave up the match after the fourth **round**. 第4回合結束後, 他就放棄了比賽.

⑧ She **rounded** her lips and threw me a kiss. 她圓起了嘴送我一個吻.

Jim's eyes **rounded** with surprise. 吉姆嚇得瞪圓了眼睛.

When he **rounded** the corner, he ran over a cat. 他彎過轉角時, 壓到了一隻貓.

⑨ The children sat **round** the teacher. 孩子們圍坐在老師的周圍.

She looked **round** the room. 她朝房間四處看了看.

⑩ The pupils gathered **round**. 學生們聚集在四周.

The news went **round** instantly that the prime minister had been arrested for bribery. 總理受賄被捕的消息頃刻間傳遍各處.

Turn **round** and look at me. 回過頭來看我.

⑪ I arrived **round** noon. 我在中午左右到的.

I had to pay **round** £200. 我必須支付大約200英鎊.

片語 ***all round*** 四處, 到處：The campers are cooking dinner on their campfires **all round** the campsite. 露營者在營地四周升起營火煮晚餐.

all the year round 一年到頭：It's warm in Guam **all the year round**. 關島一年到頭都是暖和的.

do the rounds ① 巡邏, 巡迴. ② 傳開；蔓延.

go the rounds ① 蔓延；傳開：A vicious rumor about George is **going the rounds** on campus. 有關喬治的惡毒傳聞在校園中傳開. ② 巡迴, 巡邏：The policeman **went the rounds** of the town. 警察在城裡巡邏.

in the round 從各個角度來看：That is a famous theater-**in-the-round**. 那是個有名的圓形劇場.

make the rounds 巡迴：The night watchman **makes the rounds** of the place every hour. 夜警每小時巡迴一次那個地方.

round about ① 附近的, 周圍的：All the ski resorts **round about** are packed with skiers. 附近所有的滑雪場都擠滿了滑雪的人. ② 轉向. ③ ～左右：They met **round about** midnight. 他們在午夜左右見了面. ④ 繞道：Some of them went to the place **round about**. 他們其中的一些人繞道去了那個地方.

round down 以四捨五入法捨去.

round off ① 使成圓形；使得圓滑：The corners of the table were **rounded off** for the

sake of the baby. 為了嬰兒，那張桌子的四角
都被弄成了圓形。 ② 完成；使完美： Let's
round off the evening with a cappuccino
down at the corner. 讓我們在轉角處喝一杯
卡布奇諾咖啡來結束今晚的活動。
round out ① 使變圓形。 ② 完成。 ③ 豐滿：
Her figure is beginning to **round out**. 她的體
型開始變胖。
round up ① 四捨五入。 ② 聚攏： Richard
rounded up some friends to help me. 理查找
來一些朋友幫我。
♦ **round figure/round number** 估計數。
round trip〖美〗來回旅行，〖英〗周遊。
〖活用〗adj. ① ② **rounder, roundest**
〖複數〗**rounds**
〖活用〗v. **rounds, rounded, rounded,
rounding**
roundabout [ˋraʊndəˌbaʊt] adj. ① 繞道的；
迂迴的；委婉的： Mary told me the news in a
roundabout way. 瑪麗以委婉的方式告訴我
那個消息。
——n. ② 繞道。 ③〖英〗旋轉木馬《☞ merry-
go-round》。 ④ 圓環《〖美〗rotary, traffic circle》。
〖活用〗adj. **more roundabout, most
roundabout**
〖複數〗**roundabouts**

[roundabout]

rounders [ˋraʊndəz] n.〔作單數〕一種類似棒
球的球戲。
round-shouldered [ˋraʊndˋʃoldəd] adj.
肩向前屈的： Sit up straight, or you'll be
round-shouldered. 坐直，否則你會駝背的。
roundup [ˋraʊndˌʌp] n. ① 驅集；搜捕。 ② 綜
合報導。
〖複數〗**roundups**
***rouse** [raʊz] v. ① 喚醒，叫醒。 ② 鼓舞。
〖範例〗① The bell **roused** the boy. 那個男孩被鈴
聲吵醒了。
The guard was **roused** by the noise. 那個守
衛被噪音驚醒了。
② Your words **roused** my courage. 你的話使我
鼓起了勇氣。
〖活用〗v. **rouses, roused, roused, rousing**
rout [raʊt] n. ① 潰散，潰敗。
——v. ② 擊敗，擊潰。
〖範例〗① We put the enemy to **rout**. 我們擊潰了
敵人。

② In 1805, the English navy **routed** the
Spanish-French fleet in the battle of Trafalgar.
1805年，英國海軍在特拉法加角擊敗了西班
牙一法國聯合艦隊。
〖片語〗*rout out* 趕出。
〖複數〗**routs**
〖活用〗v. **routs, routed, routed, routing**
***route** [rut] n. ① 路，路線；〖美〗~號線。
——v. ② 運送。
〖範例〗① Which **route** did you follow? 你走的是
哪條路？
a bus **route** 公車路線。
② They **route** data via satellite. 他們透過衛星
傳送數據。
〖複數〗**routes**
〖活用〗v. **routes, routed, routed, routing**
***routine** [ruˋtin] n. ① 例行工作，慣例。
——adj. ② 例行的；老套的。
〖範例〗① Mary never grumbled about her
household **routine**. 瑪麗從未對例行的家事
抱怨過。
We do our work according to **routine**. 我們按
慣例工作。
② Most people do **routine** work every day. 幾
乎所有人都在做例行的工作。
〖複數〗**routines**
〖活用〗**more routine, most routine**
***rove** [rov] v. 漫遊；流浪；(眼睛)環顧。
〖範例〗The girls **roved** through the streets. 那些女
孩在大街上流浪。
Jim's eyes **roved** around the lab until he found
the guilty party. 吉姆環顧實驗室，終於發現
了罪犯。
〖活用〗v. **roves, roved, roved, roving**
rover [ˋrovə] n. 漫遊者；流浪者。
〖複數〗**rovers**
****row** [ro; ③ raʊ] n. ① 列，排。 ② 划船。 ③ 爭吵。
——v. ④ 划，划船。 ⑤ 划船運送。
〖範例〗① His wife was in the third **row**. 他的妻子
在第3排。
Put the glasses in neat **rows** over on that
table. 把杯子整齊排列在那張桌子上。
② After having lunch at the campsite, they went
for a **row** on the lake. 在營地吃過午餐後，他
們到湖中划船。
④ She is good at **rowing**. 她划船划得很好。
Let's **row** across this river. 我們划過這條河
吧。
He **rowed** the lifeboat. 他划了救生艇。
⑤ His great grandfather's job was to **row** people
and goods to that island. 他曾祖父的工作是
將人和貨物用船運送到那座島上。
〖片語〗*in a row* 連續地： I won five games **in a
row**. 我連續贏得5場比賽。
♦ **rowing boat**〖英〗划艇《〖美〗rowboat》。
〖複數〗**rows**
〖活用〗v. **rows, rowed, rowed, rowing**
rowboat [ˋroˌbot] n.〖美〗划艇，小船《〖英〗
rowing boat》。

〔複數〕**rowboats**

rowdily [`raʊdɪlɪ] adv. 粗暴地，喧鬧地．

〔活用〕adv. **more rowdily**, **most rowdily**

rowdiness [`raʊdɪnɪs] n. 粗暴．

rowdy [`raʊdɪ] adj. (人、態度等) 粗暴的，吵鬧的．

〔活用〕adj. **rowdier**, **rowdiest**

*__royal__ [`rɔɪəl] adj. 〔只用於名詞前〕① 國王的，王室的，皇家的．② 欽定的，王權管轄的．
——n. ③〔the ~s〕王族，皇族．

〔範例〕① There is no **royal** road to learning. 《諺語》學無坦途．
The grounds of the **royal** palace are off limits to the public. 王宮的庭院普通人禁止入內．
The wrestler was dressed in a **royal** way. 那個摔角選手打扮成王室風格．
② The **Royal** Academy of Arts was founded in 1768 by George III. 英國皇家藝術學院是由喬治三世於1768年創設的．
③ Wherever the **royals** go, she follows them with a camera. 王族所到之處，她都帶著照相機跟著．

♦ **róyal róad** 坦途，捷徑．

〔複數〕**royals**

royalist [`rɔɪəlɪst] n. 保皇主義者：A **royalist** always sides with the monarch. 保皇主義者總是支持君主．

〔複數〕**royalists**

royally [`rɔɪəlɪ] adv. 國王般地；莊嚴地；富麗堂皇地：The reception hall was decorated **royally**. 歡迎會場裝飾得富麗堂皇．

*__royalty__ [`rɔɪəltɪ] n. ① 版稅，專利使用費．② 王位，王權．③ 王威，王者風範．④ 王族．

〔範例〕① How much do you get in **royalties**? 你賺了多少版稅？
④ The **royalty** here have wide popular support. 這裡的王室廣受民眾支持．

〔複數〕**royalties**

r.p.m./rpm [`ɑr,pi`ɛm] 《縮略》= revolutions per minute (發電機等每分鐘～轉)：3,000 **r.p.m.** 每分鐘3,000轉．

R.S.V.P./RSVP [`ɑr,ɛs`vi,pi] 《縮略》=〔法〕Répondez s'il vous plaît. (煩請回覆)(寫在書信、請帖等上面，在英語中為 Respond if you please. 之意).

*__rub__ [rʌb] v. ① 擦，揉，搓，摩擦，磨．
——n. ② 擦，揉，摩擦．③ 障礙，困難．④ 譏諷，挖苦．

〔範例〕① The girl **rubbed** her eyes. 那個女孩揉了揉眼睛．
My left shoe **rubs** at the heel. 我左腳的鞋會磨腳跟．
I **rubbed** all the windows clean. 我把所有的窗戶都擦乾淨．
② Give my aching shoulders a quick **rub**, would you, darling? 親愛的，請你幫我揉一揉疼痛的肩膀好嗎？
Give the silver a good **rub**. 好好擦一擦銀製餐具．

③ The **rub** is that only members can go to the big events. 問題是，只有會員才能參加大型活動．

〔片語〕**rub along** 友好相處．
rub it in 反覆提起不愉快的事．
rub ~ the wrong way 惹惱～．
rub up ① 擦亮．② 溫習，在知識上精益求精：I will **rub up** my French. 我打算加強我的法語．

〔活用〕v. **rubs**, **rubbed**, **rubbed**, **rubbing**

〔複數〕**rubs**

*__rubber__ [`rʌbɚ] n. ① 橡膠．②〔英〕橡皮擦《〔美〕eraser》．③〔口語〕〔美〕保險套．

〔範例〕① Tires are made of **rubber**. 輪胎是由橡膠製成．
rubber gloves 橡膠手套．
a **rubber** band 橡皮筋．

〔複數〕**rubbers**

*__rubbish__ [`rʌbɪʃ] n. 垃圾，破爛；無價值之物；廢話．

〔範例〕a **rubbish** heap 垃圾堆．
Rubbish! 胡說八道！

rubbishy [`rʌbɪʃɪ] adj. 無價值的；無聊的．

rubble [`rʌbl] n. ① 碎石．② 殘磚瓦礫．

rubdown [`rʌb,daʊn] n. ① 磨光，磨平．②〔美〕按摩，摩擦身體．

〔複數〕**rubdowns**

ruble [`rubl] = n. rouble.

ruby [`rubɪ] n. ① 紅寶石，紅玉《紅色透明的寶石，為7月的誕生石》．② 紅寶石色，深紅色．
➡ 〔充電小站〕(p. 125)

〔複數〕**rubies**

rucksack [`rʌk,sæk] n. 背囊，帆布背包《亦作knapsack》．

〔複數〕**rucksacks**

rudder [`rʌdɚ] n. 舵，(航空) 方向舵．

〔複數〕**rudders**

ruddy [`rʌdɪ] adj. 氣色好的，紅潤的：The boy had a **ruddy** face. 那個男孩的氣色很好．

〔活用〕adj. **ruddier**, **ruddiest**

*__rude__ [rud] adj. ①〔只用於名詞前〕未加工的，原始的；簡單的．②〔只用於名詞前〕粗暴的，嚴酷的；突然的．③ 無禮的，粗魯的．

〔範例〕① a **rude** custom 原始的風俗．
rude cotton 原棉 (一般用 raw cotton)．
They used such **rude** tools back then. 他們以前使用這樣簡陋的工具．
John made a **rude** sketch of the car. 約翰畫了一張簡單的汽車草圖．
② It was a **rude** awakening when Sean came out of the closet. 當尚恩坦承同性戀身分時，我頓時感到幻滅．
③ This **rude** behavior won't be tolerated. 這種無禮的行為是不被容忍的．
It's **rude** to push people out of your way. 把別人從你要走的路上推開是很無禮的．
It was very **rude** of Carl to borrow your car without asking. 卡爾很沒禮貌，沒有事先問你

就擅自借用你的車.
Don't be **rude** to your aunt. 不要對姑媽無禮的.
John is a very **rude** man. 約翰是個粗魯的人.
活用 *adj.* ② ③ **ruder, rudest**

*rudely [`rudlɪ] *adv.* ① 突然地, 粗暴地. ② 無禮地.
範例 ① My image of her was **rudely** shattered.
她在我心目中的形象突然破滅.
I was **rudely** awakened by my neighbors fighting next door. 我被隔壁鄰居的吵架聲驚醒.
Dad **rudely** took the photos from me. 父親粗暴地從我這裡搶走了照片.
② He **rudely** interrupted my speech. 他無禮地打斷了我的演講.
"Get lost!" Matt said **rudely**. 馬特粗暴地說:「走開!」
活用 *adv.* **more rudely, most rudely**

rudeness [`rudnɪs] *n.* ① 簡陋. ② 粗野. ③ 無禮, 沒有教養: He seemed not to notice her **rudeness**. 他似乎沒有注意到她的無禮.

*rudiment [`rudəmənt] *n.* ① [the ~s] 基本原理, 基礎. ② [the ~s] 發端, 萌芽. ③ 退化器官.
範例 ① the **rudiments** of algebra 代數學的基本原理.
② the **rudiments** of a cold 感冒的發端.
複數 **rudiments**

rudimentary [,rudə`mɛntərɪ] *adj.* ① 初步的, 基本的. ② 未充分發育的.
範例 ① I have only a **rudimentary** knowledge of physics. 我對物理只有基本的知識.
② **rudimentary** life forms 原始生物.
活用 *adj.* **more rudimentary, most rudimentary**

rue [ru] *v.* 《正式》後悔: The man **rued** having missed his chance. 這個男子後悔失去機會.
活用 *v.* **rues, rued, rued, ruing**

rueful [`rufəl] *adj.* 悲哀的, 令人同情的.
範例 a **rueful** look 悲哀的眼神.
a **rueful** story 令人心酸的故事.
活用 *adj.* **more rueful, most rueful**

ruefully [`rufəlɪ] *adv.* 後悔地: The woman cried **ruefully**. 這位女子懊惱地哭了.
活用 *adv.* **more ruefully, most ruefully**

ruff [rʌf] *n.* ① (環繞在鳥獸頸部的) 環狀羽毛, 頸毛. ② 輪狀褶領 (流行於16世紀).
複數 **ruffs**

[ruff]

ruffian [`rʌfɪən] *n.* 《正式》惡棍, 暴徒.
複數 **ruffians**

ruffle [`rʌfl] *v.* ① 弄皺, 弄亂; (鳥) 豎起羽毛.
── *n.* ② 褶飾. ③ 波動, 漣漪.
範例 ① Wind **ruffled** the amber fields of grain. 黃色的糧田被風吹成了波浪狀.
Why do birds **ruffle** their feathers? 為甚麼鳥

要豎起羽毛?
He's getting **ruffled** about his in-laws' coming. 因為岳父母要來, 所以他很慌亂.
② How much is this skirt with the **ruffle**? 這條帶有褶邊的裙子多少錢?
活用 *v.* **ruffles, ruffled, ruffled, ruffling**
複數 **ruffles**

[ruffle]

*rug [rʌg] *n.* ① 小地毯, 墊子. ② 《英》(蓋膝的) 厚毯.
參考 ① 用毛皮或厚編織物製成的小塊鋪設物, 可覆蓋地板的一部分並兼作裝飾, 鋪滿整個地板的稱為 carpet.
複數 **rugs**

rugby [`rʌgbɪ] *n.* 橄欖球 (亦作 rugby football, rugger): American football developed from the English game of **rugby**. 美式足球是由英國的橄欖球比賽發展而來.
參考 始於 Rugby 私立學校的體育運動.
➡ 充電小站 (p. 1117)

*rugged [`rʌgɪd] *adj.* ① 粗糙的, 高低不平的, 崎嶇的. ② 狂暴的, 艱難的.
範例 ① a **rugged** mountain 高低起伏的山.
a **rugged** coast 蜿蜒曲折的海岸.
rugged features 粗獷的相貌.
② **Rugged** weather forced the postponement of the search. 惡劣的天氣迫使搜索行動延期.
活用 *adj.* **more rugged, most rugged**

ruggedly [`rʌgɪdlɪ] *adv.* 粗糙地, 凹凸不平地.
活用 *adv.* **more ruggedly, most ruggedly**

ruggedness [`rʌgɪdnɪs] *n.* 粗糙, 凹凸不平.

rugger [`rʌgɚ] *n.* 《口語》《英》橄欖球.

*ruin [`ruɪn] *n.* ① 荒廢, 毀滅. ② [~s] 廢墟, 殘骸. ③ 毀滅的原因.
── *v.* ④ 破壞, 使荒廢; 葬送.
範例 ① The old temple has fallen into **ruin**. 那座古寺荒廢了.
② We walked around the castle **ruins**. 我們繞著城堡廢墟而行.
Our plans are in **ruins**. 我們的計畫失敗了.
Our school building was in **ruins** as a result of the earthquake. 因為地震, 我們的校舍成了廢墟.
③ Drinking was your father's **ruin**! 酗酒毀了你父親!
④ You will **ruin** your prospects if you continue to be so foolish. 如果繼續這樣愚蠢下去, 你會自毀前途.
His complaints **ruined** the evening for everyone. 他的抱怨破壞了大家的夜晚.
複數 **ruins**
活用 *v.* **ruins, ruined, ruined, ruining**

ruinous [`ruənəs] *adj.* ① 導致毀滅的, 破壞性的: Air pollution is **ruinous** to old buildings. 空氣污染對古建築物具有破壞性. ② 荒廢的, 荒蕪的.

活用 *adj.* ① **more ruinous**，**most ruinous**

‖rule [rul] *n.*

原義	層面	釋義	範例
標準	行為、活動的	規定，習慣	①
	治理的	控制，統治	②
	測量長度的	《正式》尺	③

——*v.* ④ 支配，控制，統治。⑤ 裁決，裁定。

範例 ① It is against the **rules** to bring comic books to school. 帶漫畫書到學校是違反規定的。

There's a **rule** that the last one home locks up. 規定最後回家的人要鎖門。

It is my **rule** to go to bed at eleven. 我習慣在11點就寢。

We make it a **rule** never to drink and drive. 我們絕不酒後開車。

② These islands used to be under British **rule**. 英國曾經統治過這些島嶼。

Your King's **rule** doesn't extend this far. 貴國國王的統治權管不到這麼遠。

③ A **rule** is an implement to measure things or draw straight lines. 尺是丈量物體、畫直線的工具。

④ His craving for power **rules** his life. 對權力的渴望支配著他的人生。

The King **ruled** with justice. 那個國王公正地統治國家。

⑤ The court **ruled** that he could visit his son once a week. 法院裁決，他可以一週見兒子一次。

DNA evidence **ruled** out Johnson as a suspect. 透過 DNA 鑑定，排除了強森是嫌犯的可能性。

片語 *as a rule* 通常，一般來說：As a rule, I don't have breakfast. 我通常不吃早餐。

bend the rules/stretch the rules 放寬規定，通融。

make it a rule to ~/make a rule of ~ing 有～的習慣。(⇨ 範例 ①)

rules and regulations 詳細的各項規定。

rule off 畫線隔開，區分。

rule out 駁回，排除在外。(⇨ 範例 ⑤)

複數 **rules**

活用 *v.* **rules**，**ruled**，**ruled**，**ruling**

ruler [`rulɚ] *n.* ① 支配者，統治者。② 尺。

範例 ① He was a just **ruler** of his kingdom. 他曾是其領地上公正的統治者。

② When you draw a line, use a **ruler**. 畫線時請用直尺。

複數 **rulers**

ruling [`rulɪŋ] *adj.* ① 主要的；統治的，支配的。

——*n.* ② 判定，裁決。

範例 ① Freudian psychoanalysis was the **ruling** method back then. 當時佛洛伊德的精神分析法具有主導地位。

② The judge gave his **ruling**. 法官宣布判決。

複數 **rulings**

rum [rʌm] *n.* ① 蘭姆酒《用糖蜜或甘蔗製成的烈酒》。②《美》一般的酒。

rumba [`rʌmbə] *n.* 倫巴舞，倫巴舞曲《一種源於古巴的舞蹈和舞曲》。

複數 **rumbas**

rumble [`rʌmbl] *v.* ① (打雷或行車) 發出隆隆聲，轆轆地行駛。

——*n.* ② (打雷或車輛的) 隆隆聲，轆轆聲。

範例 ① The cart **rumbled** along the rough road. 運貨馬車轆轆地行駛在凹凸不平的道路上。

② I heard a distant **rumble** of thunder. 我聽到遠處打雷的隆隆聲。

活用 *v.* **rumbles**，**rumbled**，**rumbled**，**rumbling**

複數 **rumbles**

ruminate [`rumə‚net] *v.* ① (牛等) 反芻。② 沉思，反覆思考：The minister **ruminated** on the problem of the economic sanctions. 部長反覆思考經濟制裁的問題。

活用 *v.* **ruminates**，**ruminated**，**ruminated**，**ruminating**

rummage [`rʌmɪdʒ] *v.* ① 翻找。

——*n.* ② 翻找，搜尋。③ 廢棄的雜物。

範例 ① Someone has **rummaged** through my things. 有人翻找過我的東西。

② I had a **rummage** in my closet. 我翻過衣櫃了。

♦ **rúmmage sàle** 清倉拍賣《《英》jumble sale》。

活用 *v.* **rummages**，**rummaged**，**rummaged**，**rummaging**

‖rumor [`rumɚ] *n.* ① 謠言，傳聞。

——*v.* ② 謠傳。

範例 ① **Rumors** are a kind of social noise. 謠言是一種社會噪音。

Rumor has it that John and Lisa will marry. 傳聞說約翰和莉莎要結婚了。

② It is **rumored** that John and Lisa will marry. 謠傳約翰和莉莎要結婚了。

參考 《英》rumour.

複數 **rumors**

活用 *v.* **rumors**，**rumored**，**rumored**，**rumoring**

‖rumour [`rumɚ] ＝*n.*，*v.*《美》rumor.

rump [rʌmp] *n.* ① 臀部，屁股。② 殘餘物。

♦ **rùmp stéak** 臀肉牛排《用牛的臀部肉製成的牛排》。

➡ 充電小站 (p. 109)

複數 **rumps**

rumple [`rʌmpl] *v.* 弄亂，弄皺。

範例 She **rumpled** my hair. 她弄亂了我的頭髮。

a **rumpled** shirt 弄皺的襯衫。

活用 *v.* **rumples**，**rumpled**，**rumpled**，**rumpling**

rumpus [`rʌmpəs] *n.* 喧鬧，爭論，爭吵：The

充電小站

源自地名的字

【Q】英語中也有由地名轉化而來的字嗎？
【A】有. 例如, china (瓷器) 因為是在中國 (China) 製造的, 所以國名直接轉為名詞. 還有, japan (漆器) 也是源於日本 (Japan).

此外, 還可舉出以下諸例:

rugby (英式橄欖球)
這是 1823 年由位於倫敦西北部名為拉格比的私立學校 (Rugby School) 內一群男孩在踢足球時的一個偶然玩法產生出的體育運動, 以這個學校的校名命名.

badminton (羽毛球)
這項運動雖然產生於印度, 但將其傳到英國波福公爵的莊園 Badminton, 故得此名.

cashmere (山羊絨)
這是使用位於印度北部 Kashimir 地區的山羊毛織成的紡織品.

jeans (牛仔褲)
使用的是義大利城市熱那亞 (Genoa) 出品的布料, 借用法文中「熱那亞的」(jene) 之拼法而構成.

jersey (緊身運動套衫)
這個字實際上指的是針織的, 有伸縮性的布料, 因為產於英吉利海峽的 Jersey 島, 故由此命名.

tuxedo (無尾小禮服)
因在紐約 Tuxedo Park 的一個田園俱樂部的晚餐會上穿用, 故得此名.

peach (桃子)
字源是來自表示「波斯蘋果」的拉丁字 persicum malum. 之後 persicum 演變成 persica → persche → peche → peache, 最後變成 peach.

eau de Cologne (古龍水, 花露水)
eau 在法語中表示「水」, Cologne 是德國科隆 (Köln) 的法語名, de 相當於英語的 of, 連在一起意為「科隆的水」. 因1709年在科隆製成而得此名.
英語中有時只說 cologne 或 cologne water.

酒、食物中也有很多源於產地的名字.

champagne (香檳酒)
原產於法國東北部的香檳地區 (Champagne).

cognac (白蘭地)
產於法國西南部的科涅克地區 (Cognac).

sherry (雪利酒)
原產於西班牙南部城市黑瑞斯 (Jerez), 古稱赫瑞茲 (Xerez).

bourbon (波旁威士忌)
原產於美國肯塔基州的波旁郡.

Cheddar (巧達乾酪)
原產於英國薩默塞特的巧達.

還有像秋田犬、土佐犬一樣用地名表示的犬名.

Saint Bernard (聖伯納犬)
原為飼養在瑞士阿爾卑斯山聖伯納修道院的大型救難犬.

Airedale (艾爾谷犬)
原產於英國北約克夏山的艾爾谷.

Skye (斯開㹴)
原產於蘇格蘭西北部的斯開島.

R

---

opposition party kicked up a **rumpus** in the Parliament. 在野黨在國會中引起一陣混亂的爭辯.

run [rʌn] *v.*

原義	層面	情況	釋義	範例
（連續地）移動，使移動	人或交通工具	以一定的速度	跑，奔；行駛，開車載送	①
	事物；活動	在一定的範圍內	持續，延伸，繼續；通過，瀏覽；浮現	②
		正常地	運行，運轉；進行	③
	組織；生意		經營，管理	④
	候選人	為贏得選舉	競選	⑤
	液體	不斷地	流，使流淌；（顏色）滲出	⑥
	作品；節目	在媒體上	登載，播放	⑦
	——	進入某種狀態	趨向	⑧
	非法之物	暗中地	運送，走私	⑨
	衣物	出現破洞	綻線，脫線	⑩

——*n.* ⑪ 跑步, 快跑. ⑫ 路線, 行程. ⑬ 持續; 連續的演出. ⑭（棒球、板球的）分. ⑮ 使用的自由, 出入的自由. ⑯（對物品的）強烈需求, 搶購. ⑰ 趨勢, 動向. ⑱ 綻線, 脫線. ⑲〔the ~s〕拉肚子.

範例 ① Linda **runs** faster than Kate. 琳達跑得比凱特快.
He **ran** in the 100-meter dash. 他參加100公尺短跑比賽.
He **ran** to the station to catch the last train. 他衝到車站趕最後一班火車.
The man **ran** up to the second floor. 那個男子跑上2樓.
I usually **run** a mile in five minutes. 我通常5分

鐘跑1哩.

I'm going to **run** the 1,500 meters tomorrow.
我明天參加1,500公尺賽跑.

The school marathon will be **run** next Sunday.
校內馬拉松比賽將在下個星期天開跑.

He always **runs** errands for our teacher—he's
the teacher's pet. 他總是替老師跑腿, 他真
是老師的寵兒.

She **ran** for her life when bullets started flying.
當子彈開始四處亂竄時, 她就拼命地跑.

The buses **run** every ten minutes. 公車每10
分鐘一班.

Trains **run** every thirty minutes between this
town and the capital. 這個城鎮和首都之間每
隔30分鐘就有一班火車.

The animals **run** free in this safari park. 在這
座野生動物園裡動物們可以自由地奔跑.

He **ran** to the living room to watch his favorite
program. 他跑到客廳看自己最喜歡的節目.

She **ran** after the cat to stop it from going into
the street. 她追著貓不讓牠到大街上去.

The greedy do nothing but **run** after money.
貪心的人只是汲汲於利.

He **ran** away from the monster. 他逃離了妖
怪.

Don't **run** away from the problem. 不要逃避
問題.

Lucy **ran** away with Johnny. 露西和強尼私奔
了.

A dog was **run** over by a car. 一隻狗被車輾
過.

He **ran** his horse to the north. 他騎馬奔向北
方.

They **ran** their boat onto the rocks. 他們的小
船觸礁了.

Hop in the car; I'll **run** you to the theater. 上
車, 我送你去戲院.

② The musical *West Side Story* **ran** for five
years in Paris. 音樂劇《西城故事》在巴黎持
續上演了5年.

This road **runs** along the seashore. 這條路沿
著海岸延伸.

Ivy **runs** all over the walls. 常春藤爬滿了牆.

The contract has three years to **run**. 這紙合約
有3年的效期.

The story **runs** that he became king. 這個故
事由他當了國王繼續講起.

Dad **ran** a wire into my bedroom so I could
have my own phone. 爸爸把電話線延長到我
的房間好讓我有自己的電話.

His eyes **ran** over the report. 他瀏覽了那份報
告.

He **ran** his eyes over the plan. 他瀏覽了那張
設計圖.

She always **runs** her fingers through her hair
when she makes a mistake. 每當她做錯事時,
總是用手指梳理頭髮.

Deep anxiety about his future has been
running through his mind. 他的內心總是縈

繞著對未來深深的不安.

③ My old watch is still **running** well. 我的舊錶
仍然很準.

What should I do in order to **run** this computer
program? 我怎樣才能使這套電腦程式運作
呢?

My car is new; I don't want to **run** it on this
road full of potholes. 我的車是新的, 我不想
把它開到這樣坑坑洞洞的路上.

This university **runs** a course for English
teachers every summer. 這所大學在每年夏
天為英語教師舉辦課程.

④ We **run** a software company. 我們經營一家
軟體公司.

⑤ Mr. Hill will **run** for Governor next year. 希爾
先生將參加明年的州長選舉.

⑥ This river **runs** through our city. 這條河流經
我們的城市.

Sweat is **running** down my back. 汗從我背上
流下.

Do you want me to **run** water into the kettle?
你想要我在壺裡加水嗎?

I'll **run** a hot bath for you. 我會為你放熱水洗
澡.

I don't like spring. My nose **runs** because of
hay fever. 我不喜歡春天, 我會因花粉熱而流
鼻涕.

The tap is **running**. 水龍頭的水在流.

The floor was **running** with blood. 地板上淌
滿了血.

I'm sure this shirt was bluer; the color must
have run in the wash. 這件襯衫的顏色應該
更藍才對, 一定是洗過褪色了.

⑦ The weekly magazine **runs** a monthly column
about love. 這份週刊每個月刊登一次愛情專
欄.

That movie theatre is now **running** *Citizen
Kane*. 那家電影院正在上映《大國民》.

⑧ Money is **running** short. 錢快用完了.

I'm **running** short of money. 我快沒錢了.

We are **running** low on food. 我們的糧食不
足.

Feelings against the bill **ran** high. 對這項法案
的反感情緒高漲了起來.

This river **runs** dry in the dry season. 這條河
到了旱季就會乾涸.

We have just **run** into trouble. Can you help
us? 我們遇到了困難, 你能幫助我們嗎?

Your license is about to **run** out. 你的執照快
過期了.

The fuel seems to be **running** out. 燃料似乎
用完了.

Now we're **running** out of time. See you next
week. 時間到了, 我們下週見.

⑨ He tried to **run** drugs into the country, but got
caught. 他想帶毒品入境該國, 但被抓住了.

⑩ My pantyhose often **run**. 我的褲襪常常脫
線.

⑪ My mother goes for a **run** in the park every

morning. 我母親每天早上去公園跑步.
Everyone broke into a **run** when they noticed the singer. 當看到那位歌手時，大家突然跑了過去.

⑫ He is going to take a **run** to Taipei to go shopping. 他打算去臺北購物.

Her first flight as a flight attendant was on the Rome-London **run**. 她當空姐的第一次執勤航班就是飛羅馬—倫敦航線.

It's about a two-hour **run** by car to the next town. 開車到鄰鎮大約需要2個小時.

⑬ *The Phantom of the Opera* is having a long **run** both in the West End and on Broadway. 《歌劇魅影》正在倫敦西區和百老匯兩地長期公演.

We had a **run** of rainy days this summer. 今年夏天陰雨連綿.

⑭ He hit a three-**run** homer in the ninth inning. 他在第9局擊出了一支3分全壘打.

⑮ My aunt gave me the **run** of her house during her vacation. 我姑媽允許我在她度假期間自由地使用她的房子.

⑯ There was a big **run** on toilet paper because of erroneous information. 錯誤的消息使眾人大量搶購衛生紙.

⑰ He did nothing to change the **run** of events. 他對事件的演變完全不插手干預.

⑱ Oh, I have a **run** in one of my stockings. 哎喲，我的襪子有一隻脫線了.

[片語] *in the long run* 從長遠看；終究: The training was very hard, but **in the long run** it made me stronger both physically and mentally. 訓練雖然很辛苦，但從長遠看來卻增強了我的身心能力.

in the short run 短期內.

on the run ① 奔跑. ② 逃跑: The robbers are **on the run**. 強盜們正在逃亡中.

run across ① 偶然遇到，邂逅: I **ran across** Sally in a bar last night. 我昨晚在酒吧巧遇莎莉. ② 跑著越過.

run after 追趕. (⇨ [範例] ①)

run along 離開.

run away 逃跑. (⇨ [範例] ①)

run away with ① 與～一起逃走〔私奔〕. (⇨ [範例] ①) ② 受感情驅使. ③ 輕易相信.

run down ① 跑下來.
② 用盡，耗盡；(電池) 沒電: We were very upset when the car battery **ran down**. 當車上的蓄電池沒電時，我們非常著急.
The government has successfully **run down** the nuclear energy program. 政府成功地縮減了核能計畫.
He worked really hard and **ran** himself **down**. 他拼命地工作，而身體累垮了.
③ 撞倒: A truck **ran down** the little boy. 一輛卡車撞到了一個小男孩.
④ 貶低，毀謗: I don't like him. He's always **running down** my talent as an actor. 我不喜歡他，他總是貶低我當演員的才能.

⑤ 查出.

run in ① 順便拜訪. ② 插入. ③ 試開新車.

run into ① 撞上. ② 偶然遇見: "I just **ran into** Tim!" "Tim who?" 「我剛剛碰到了提姆!」「哪個提姆?」③ 使陷入. (⇨ [範例] ⑧)

run off ① 逃跑: She **ran off** as the door opened. 門一開她就逃跑了. ② 印行: We **ran off** twenty copies of the poster. 我們印了20張海報. ③ 舉行決賽.

run on (不停地) 繼續跑；喋喋不休；(時間等) 流逝.

run out 用完；期滿. (⇨ [範例] ⑧)

run out on 棄置，拋棄: He **ran out on** his wife and children. 他拋妻棄子.

run over ① (車) 輾過. (⇨ [範例] ①) ② 溫習，瀏覽: He **ran over** his memos again and again. 他一遍又一遍地溫習備忘錄. ③ 溢出，洋溢.

run through ① 粗略過目；排練: Now I'd like to **run through** his idea first. 我首先想約略地知道他的想法.
We're going to **run through** the balcony scene in ten minutes. 我們10分鐘後彩排陽臺場景.
② 浪費，揮霍: He **ran through** all his money in two years. 他在兩年內將所有的錢揮霍殆盡.
③ 遍布. (⇨ [範例] ②)
④ 貫穿.

run to 達到: This book is boring and **runs to** more than one thousand pages. 這本書很無聊，而且超過1,000頁.

run up ① 上漲，增加: I **ran up** a huge telephone bill because of frequent international calls. 接二連三的國際電話使我的電話費大增. ② 趕製: I left the wedding veil in my house, so I **ran up** another one with lace curtains. 我把結婚頭紗忘在家裡，於是用蕾絲窗簾趕製了一個. ③ 升 (旗): We **run up** the school flag every morning. 我們每天早上升校旗.

run up against 碰到，遭遇: The new airport plan **ran up against** local opposition. 新機場的計畫遭到當地民眾的反對.

[活用] *v.* **runs, ran, run, running**

runaway [ˋrʌnəˌwe] *n.* ① 逃亡者；逃亡；私奔.
——*adj.* ② 逃亡的；私奔的；無法控制的；飛漲的，壓倒性的.
[範例] ① The police were unable to find any of the **runaways**. 警方無法找到任何逃亡者.
② Her first novel was a **runaway** success. 她的第一本小說 (創作) 大獲成功.
[複數] **runaways**

rundown [ˋrʌnˌdaʊn] *adj.* ① 荒廢的；筋疲力盡的；(鐘錶) 停止的.
——*n.* ② 《口語》概要報告. ③ 衰退.
[範例] ① This castle is getting **rundown**. 這座城

堡荒廢了.

② We need a **rundown** on the present financial situation in Russia. 我們需要俄羅斯財政現況的概要報告.

[活用] adj. **more rundown**, **most rundown**

[複數] **rundowns**

rung [rʌŋ] v. ① ring 的過去分詞.

——n. ②(梯子的)橫木, 梯級;(椅子等的)橫木. ③ 階層, 等級: He started on the lowest **rung** of the firm and climbed up to the top. 他從公司的最基層做起, 並且爬到了最高職位.

[複數] **rungs**

runner [`rʌnɚ] n. ① 賽跑者, 奔跑者. ② 信差; 跑腿者. ③ 滑板. ④ 走私者. ⑤(植物的)匍匐莖.

[範例] ① He is a well-known long-distance **runner**. 他是一個有名的長跑選手.

[runner]

② Tom started as a **runner** for a law firm. 湯姆是從擔任法律事務所的外勤職員起家的.

[複數] **runners**

runner-up [ˌrʌnɚ`ʌp] n. 亞軍; 亞軍隊伍: Our rugby football team was a **runner-up** to Paul's team. 我們的橄欖球隊在保羅的隊伍之後, 屈居第二.

[複數] **runners-up**

running [`rʌnɪŋ] adj. ① 奔跑中的. ② 運轉的. ③ 流動的.

——adv. ④ 連續地.

——n. ⑤ 跑, 賽跑. ⑥ 經營, 管理.

[範例] ① The earthquake derailed a **running** car. 地震使得行駛中的列車脫軌了.

Have you seen that long-**running** musical *Cats*? 你看過那齣長期上演的音樂劇《貓》嗎?

② The **running** costs of this new machine are very low. 這部新機器運轉所需的經費非常低.

③ This carpet has a very beautiful **running** pattern. 這張地毯有非常美麗的連續圖案.

④ It has been raining for nine days **running**. 已經連續下了9天的雨了.

⑤ **Running** the marathon is the first step to becoming a good long-distance runner. 參加馬拉松是成為優秀長跑選手的第一步.

[片語] **in the running** ① 參加賽跑. ② 有獲勝的希望.

out of the running ① 未參加賽跑. ② 無勝算, 沒有獲勝的機會.

♦ **rùnning cómmentary** 實況轉播.

rúnning màte 競選夥伴.

runny [`rʌnɪ] adj. ① 多水分的. ② 流鼻涕的; 流眼淚的.

[活用] adj. **more runny**, **most runny**

run-of-the-mill [ˌrʌnəvðə`mɪl] adj. 普通的, 平凡的: I can't believe that this **run-of-the-mill** story can be a best-seller. 我

無法相信這種平凡的故事竟然會成為暢銷書.

[活用] adj. **more run-of-the-mill**, **most run-of-the-mill**

runway [`rʌnˌwe] n. 飛機跑道.

[複數] **runways**

rupee [ru`pi] n. 盧比《印度、巴基斯坦等國的貨幣單位》.

[複數] **rupees**

rupture [`rʌptʃɚ] n. ① 破裂; 決裂, 斷絕. ② 疝氣.

——v. ③(使)破裂;(使)決裂; 斷絕.

[範例] ① the **rupture** of a gas pipe 瓦斯管破裂.

③ Trade imbalance may cause our relations with that country to **rupture**. 貿易不平衡也許會導致我國與那個國家絕裂.

[片語] **rupture ~self** 引發疝氣: He **ruptured** himself trying to move the piano. 他想要移動鋼琴時引發了疝氣.

[複數] **ruptures**

[活用] v. **ruptures**, **ruptured**, **ruptured**, **rupturing**

❋**rural** [`rʊrəl] adj. 鄉村的, 田園的, 農村的.

[範例] We prefer the quiet of a **rural** area. 我們比較喜歡恬靜的鄉村.

The painter is famous for painting **rural** scenes. 那位畫家以描繪田園風光著稱.

The **rural** home was simple and nice. 那間鄉間房舍簡樸舒適.

☞ urban (都市的)

ruse [ruz] n. 策略, 計謀.

[發音] 亦作 [rɪuz].

[複數] **ruses**

❋**rush** [rʌʃ] v. ① 急進; 催促. ② 突襲, 猛衝. ③(美式足球)持球跑陣, 持球衝鋒.

——n. ④ 匆忙, 急迫, 蜂擁而至. ⑤ 突襲, ⑥ 毛片《將拍攝的底片沖洗後未經剪輯的影片》. ⑦ 燈心草.

[範例] ① When she saw him eating her hamburger, she felt the blood **rush** to her head. 她看到他正在吃她的漢堡, 氣得血衝向頭頂.

You should not **rush** into marriage. 你不應該急著結婚.

Don't **rush** me or I'll make a mistake. 不要催我, 那樣容易出錯.

Please **rush** this work. 請快做這項工作.

② Fans **rushed** the stage. 歌迷們衝到舞臺上.

Young girls **rushed** to the singer who came out of the greenroom. 年輕女孩們湧向從演員休息室出來的歌手.

④ The people made a **rush** for the emergency exit. 人們蜂擁到緊急出口處.

Excuse me, I'm in a **rush**. 對不起, 我很忙.

This is a **rush** job. 這是急件的工作.

He told me the story with a **rush** of enthusiasm. 他熱心地一口氣向我講述了那個故事.

There's a **rush** of customers after six p.m. 下

午6點以後顧客蜂擁而至.
What normally takes one hour takes one and a half at **rush** hour. 平時只需一小時, 而尖峰時段需要一個半小時.

片語 *in a rush* 匆忙地. (⇨ 範例 ④)
with a rush 一下子; 突然. (⇨ 範例 ④)

♦ **rúsh hòur** 尖峰時間.

活用 v. **rushes, rushed, rushed, rushing**

複數 **rushes**

rusk [rʌsk] *n.* 脆餅乾.

複數 **rusks**

russet [ˋrʌsɪt] *n.* ① 紅褐色.
—— *adj.* ② 紅褐色的.

複數 **russets**

Russia [ˋrʌʃə] *n.* 俄羅斯《☞ 附錄「世界各國」》.

Russian [ˋrʌʃən] *n.* ① 俄羅斯人; 俄羅斯語.
—— *adj.* ② 俄羅斯(人, 語)的.

複數 **Russians**

*rust** [rʌst] *n.* ① 銹.
—— *v.* ②(使)生銹;(使)退步,(使)荒廢.

範例 ① The hinge was covered with **rust**. 絞鍊生銹了.
② The pipe **rusted** up. 那гор管子生銹了.
Wind from the sea **rusts** iron. 海風使鐵生銹.
Don't let your ability **rust**. 不要荒廢你的才能.

活用 v. **rusts, rusted, rusted, rusting**

*rustic** [ˋrʌstɪk] *adj.* ① 鄉村的; 鄉村特色的; 質樸的; 粗野的.
—— *n.* ② 鄉下人.

範例 ① We like that **rustic** village. 我們喜歡那個鄉村.
Sue likes **rustic** art, but I think it's too simple and artless. 蘇喜歡質樸的藝術品, 但我認為那太過於簡單且缺乏藝術性.
I don't like that **rustic** fellow. 我不喜歡那個粗野的傢伙.
② I met that **rustic** in a village and will never forget him. 我在一個鄉村遇見那個鄉下人, 我永遠不會忘記他.

複數 **rustics**

*rustle** [ˋrʌsl] *v.* ①(使)發出沙沙聲,(使)沙沙作響. ②〖美〗偷(牛等).
—— *n.* ③ 沙沙聲.

範例 ① The **rustling** of a silk skirt told the

detective it was a woman, or a man in drag. 偵探根據絲裙發出的沙沙聲研判那是一個女子或男扮女裝者.
A gentle breeze **rustled** the leaves. 樹葉被微風吹得沙沙作響.

片語 *rustle up* 急忙準備: Jane **rustled** up something to eat. 珍急忙準備好食物.

活用 v. **rustles, rustled, rustled, rustling**

複數 **rustles**

rustproof [ˋrʌst‚pruf] *adj.* 防銹的.

*rusty** [ˋrʌstɪ] *adj.* 生銹的; 生疏的, 荒廢的.

範例 a **rusty** knife 生銹的刀子.
My Spanish is rather **rusty**. 我的西班牙語相當生疏了.
I am **rusty** in German. 我的德語退步了.

活用 adj. **rustier, rustiest**

rut [rʌt] *n.* ① 轍痕. ② 慣例, 常規.

範例 ① The wagon made deep **ruts** in the road. 運貨馬車在道路上留下了深深的轍痕.
② If you're in such a **rut**, why don't you do something about it? 如果你陷入一成不變的老套中, 為甚麼不做點事改變它?

rutabaga [‚rutəˋbegə] *n.* 蕪菁甘藍《〖英〗swede》.

複數 **rutabagas**

ruthless [ˋruθ‚lɪs] *adj.* 冷酷的, 無情的.

範例 A few **ruthless** ranchers control the southwestern part of the state. 少數冷酷的牧場主人控制著這個州的西南部.
Ruthless ambition got him to the top in only two years. 冷酷無情的野心使他僅花了兩年的時間就爬到最高職位.
Bill is **ruthless** with those who are disloyal. 比爾對不忠誠的人是絕不留情的.

活用 adj. **more ruthless, most ruthless**

ruthlessly [ˋruθlɪslɪ] *adv.* 冷酷地, 無情地: The puppet government punishes resistance **ruthlessly**. 傀儡政權毫不留情地懲罰抵抗者.

活用 adv. **more ruthlessly, most ruthlessly**

-ry *suff.* ～物, ～事, ～地方《構成名詞》: slavery 奴隸制度; jewel**ry** 珠寶; bake**ry** 麵包店.

*rye** [raɪ] *n.* ① 黑麥. ② 黑麥威士忌《用黑麥釀成的威士忌; 亦作 rye whisky》. ③ 黑麥麵包《亦作 rye bread》.

S s s

簡介字母 S 語音與語義之對應性

/s/ 在發音語音學上列為清聲齒齦擦音 (voiceless alveolar fricative). 發音方式是不振動聲帶, 雙唇微微張開, 舌尖上提, 跟上齒齦接觸, 舌葉下凹成一條孔道, 或舌尖置於下排門齒之後, 但二者並不完全阻塞, 留下窄縫, 然後讓氣流從那隙縫中擠出去而產生本義「嘶嘶」的摩擦聲.

(1) 本義表示「嘶嘶」或「吸食吮汁」的摩擦聲:
sibilance　*n.* 齒擦音; 發嘶音
hiss　*v.* (漏出蒸氣、瓦斯等時) 發出嘶嘶聲
sizzle　*v.* (油鍋煎炒等時) 發出嘶嘶聲
simmer　*v.* (用文火) 慢煮; 發出慢慢的煮沸聲
slurp　*v.* 出聲地吃〔喝〕
sip　*v.* 一點一點地喝, 啜飲
suck　*v.* 吸吮
siphon　*v.* 用虹吸管吸取
sup　*v.*《古語》吃晚餐;(小口小口) 啜, 用湯匙喝

(2) 在聲譜儀上, 嘶嘶聲的能量多集中於高頻區 (4000赫茲以上) 而非低頻區, 彷彿煤氣、瓦斯嘶嘶地從破管子漏出, 飄向高空, 使 [s] 音具有輕飄飄而非低沉 (a slight, shallow sound) 的特性. 君子不重則不威, 因此以 s 為首的字詞, 在語義上常具有負面的內涵 (negative connotation), 辭義朝貶義 (pejoration) 的方向演變:
silly　*adj.* 古英語原指「幸福的 (happy), 有福的 (blessed)」, 現已貶降為「笨的, 愚蠢的 (foolish)」.
simple　*adj.* 古法語原指「出身低微的, 地位低下的 (humble)」, 現已貶降為「頭腦簡單的, 蠢的 (uneducated, ignorant, stupid)」.

sinister　*adj.* 拉丁語原指「左邊的 (left-hand)」, 因為羅馬預言家認為「左邊」為「不吉祥, 運氣不佳」, 故貶化為「不吉利的, 不祥的, 凶兆的 (unlucky, ominous, portentous)」.
spinster　*n.* 中古英語原指「從事紡織的女子」, 現已貶降為「老處女」.
sullen　*adj.* 拉丁語原指「孤獨的, 獨自的 (alone, solitary)」, 現已貶降為「慍怒的, 鬱鬱寡歡的 (gloomy, dismal)」.
surly　*adj.* 中古英語原指沒有爵士身分卻擺出一副上流人士架子的人, 即「像個爵士 (sire 或 sir) 模樣的」, 也就是說「目中無人的, 傲慢的 (imperious, haughty)」. 由於以前識字的人不多, sirly 常誤拼為 surly, 原來的字義也消失了. 現已貶降為「(人、行為等) 粗魯的, 脾氣壞的 (rude, bad-tempered)」.
sad　*adj.* 古英語原指「滿足的 (sated)」, 現已貶降為「悲傷的, 哀傷的 (unhappy, sorrowful, sad)」.
scene　*n.* 拉丁語原指「古羅馬劇院的舞台 (theatrical stage)」, 現已貶降為「發脾氣, 當眾吵鬧 (a loud or bitter quarrel)」.
seamy side　*n.* 中古英語原指「露出毛糙線縫的衣服襯裏」, 現已貶降為「(生活等的) 陰暗面」.
seedy　*adj.* 中古英語原指「多種子的」, 現已貶降為「破舊的, 襤褸的」.
soapy　*adj.* 古英語原指「(似) 肥皂的」, 現已貶降為「討好的, 諂媚的」.

S《縮略》=① South (南). ② Southern (南方的).

$/S *n.* 美元《貨幣單位 dollar, dollars 的縮略符號, 寫在數字之前》: $9.95 9元95分《讀作 nine ninety-five 或 nine dollars ninety-five cents》.

-'s *suff.* ① ~的《名詞的所有格字尾, 其後有時接名詞有時不接》. ② ~店, ~的家.
範例 ① my father's car 我父親的車.
② I went to the barber's yesterday. 我昨天去了那家理髮店.
I met her at David's. 我在大衛家見過她.
參考 本辭典在片語中使用的~'s 為①之意, 但它包括的代名詞有 my, your, his, her, our, their (其後接名詞).

Sabbath [`sæbəθ] *n.* [the ~] 安息日.
參考 基督教為星期日, 猶太教為星期六, 伊斯蘭教為星期五. 各教派皆規定此日不進行工作等活動.

sabbatical [sə`bætɪkl] *n.* 學術研究人員帶薪的長期休假.
複數 **sabbaticals**

saber [`sebɚ] *n.* 軍刀, (擊劍用的) 長劍.
參考《英》**sabre**.
複數 **sabers**

[saber]

sable [`sebl] *n.* ① 黑貂. ② 黑貂皮.
複數 **sables**

sabotage [`sæbə͵taʒ] n. ① 破壞行動《蓄意損毀機器、產品等行為》.
—— v. ② (蓄意地) 破壞, 妨礙.
範例 ① Communications were disrupted by widespread **sabotage**. 通訊因廣為分布的破壞活動而被迫中斷.
② The construction of a nuclear power station was **sabotaged** by an antinuclear group. 核電廠的興建受到反核團體的阻撓.
字源 源於法國人在勞資糾紛中用 sabot (木鞋) 破壞機器.
活用 v. **sabotages**, **sabotaged**, **sabotaged**, **sabotaging**
saboteur [͵sæbə`tɝ] n. 妨礙生產者, 破壞者.
複數 **saboteurs**
sabre [`sebɚ]＝n. [美] saber.
sachet [sæ`ʃe] n. ① 試用包, 散裝包《裝少量的糖、洗髮精、咖啡粉等》: a **sachet** of sugar 一小包糖. ② 香包.
複數 **sachets**
***sack** [sæk] n. ① 大袋; 一袋. ② 解雇, 開除. ③ 洗劫, 掠奪. ④《口語》床.
—— v. ⑤ 裝入袋中. ⑥ 解雇, 開除. ⑦ 洗劫, 掠奪.
範例 ① There is a **sack** of oats in the barn. 那穀倉裡有一袋燕麥.
② She got the **sack** for poor work. 她因工作表現不佳而被解雇.
③ The **sack** of the city lasted two days. 那個城市被洗劫了兩天.
⑥ He was **sacked** for incompetence. 他因為能力不足而被解雇.
⑦ The soldiers **sacked** the city. 那些士兵們洗劫了那個城市.
片語 **get the sack** 被解雇. (⇔ 範例 ②)
give ~ the sack 開除.
複數 **sacks**
活用 v. **sacks**, **sacked**, **sacked**, **sacking**
sacrament [`sækrəmənt] n. ① 聖禮, 聖典《基督教的一系列儀式, 如洗禮、聖餐、婚姻等》. ② (the ~) 聖餐麵包, 聖體.
複數 **sacraments**
sacramental [͵sækrə`mɛntl] adj. ① 聖禮的, 聖典的, 聖餐的. ② 神聖的.
***sacred** [`sekrɪd] adj. ① 宗教的, 宗教上的, 奉獻的, 祭祀的. ② 神聖不可侵犯的, 莊嚴的.
範例 ① **sacred** music 宗教音樂.
a temple **sacred** to the gods 奉獻給眾神的寺院.
♦ **sàcredców** 不可侵犯《批評》的人或物.
活用 adj. **more sacred**, **most sacred**
sacredly [`sekrɪdlɪ] adv. 神聖地, 不可侵犯地, 莊嚴地.
活用 adv. **more sacredly**, **most sacredly**
sacredness [`sekrɪdnɪs] n. 神聖, 不可侵犯, 莊嚴.
***sacrifice** [`sækrə͵faɪs] n. ① 供奉, 獻祭, 犧牲 (的行為). ② 祭品. ③ (棒球的) 犧牲打.

—— v. ④ 供奉, 獻祭, 祭祀, 犧牲. ⑤ 擊出犧牲打使 (跑者) 進壘.
範例 ① Your parents made many **sacrifices** to send you to college. 為了讓你上大學, 你的父母做了許多犧牲.
④ The police officer ended up **sacrificing** his life to save the child from drowning. 那名警察為搶救那個溺水的小孩而犧牲了生命.
片語 **sell at a sacrifice** 賤價出售.
♦ **sàcrifice búnt** 犧牲短打, 犧牲觸擊.
sàcrifice flý 高飛犧牲打.
sàcrifice hít 犧牲打.
複數 **sacrifices**
活用 v. **sacrifices**, **sacrificed**, **sacrificed**, **sacrificing**
sacrificial [͵sækrə`fɪʃəl] adj. 犧牲的, 祭祀的, 獻祭的: a **sacrificial** lamb 獻祭的羔羊.
sacrilege [`sækrəlɪdʒ] n. 褻瀆神聖之事, 褻瀆行為: It is a **sacrilege** to destroy historic buildings. 破壞古代建築是不敬的行為.
複數 **sacrileges**
sacrilegious [͵sækrɪ`lɪdʒəs] adj. 褻瀆神聖的, 褻瀆聖物的.
活用 adj. **more sacrilegious**, **most sacrilegious**
****sad** [sæd] adj. ① 悲傷的, 可悲的, 嚴重的, 可嘆的, 令人悲痛的. ② (顏色) 黯淡的, 不鮮豔的.
範例 ① John was **sad** at the news. 聽到那個消息, 約翰很悲傷.
He was **sad** to see his mother go. 看見母親離開, 他很傷心.
sad eyes 悲傷的眼神.
It is **sad** that she should have done such a thing. 她做出那種事真是可悲.
The boy made a **sad** mistake. 那個男孩犯了一個嚴重的錯誤.
② a **sad** color 晦暗的顏色.
活用 adj. **sadder**, **saddest**
sadden [`sædn] v. 使悲傷: The country was deeply **saddened** by President Kennedy's assassination. 甘迺迪總統遇刺使該國國民深感悲傷.
活用 v. **saddens**, **saddened**, **saddened**, **saddening**
saddle [`sædl] n. ① 馬鞍, (自行車、摩托車等的) 座墊. ② (羊、鹿等的) 帶骨脊肉.
—— v. ③ 套上馬鞍. ④ 使負擔, 使承擔.
範例 ① She put a **saddle** on her horse. 她為她的馬套上了馬鞍.
My bicycle **saddle** was stolen. 我的腳踏車座墊被偷了.
② a **saddle** of deer 鹿的帶骨脊肉.
③ He **saddled** his horse in only 38 seconds. 他只用了38秒就為他的馬套上馬鞍.
④ They **saddled** him with responsibility. 他們把責任推給他.
片語 **saddle ~ with...** 使負起. (⇔ 範例 ④)
複數 **saddles**

[活用] *v.* **saddles**, **saddled**, **saddled**, **saddling**

saddlebag [`sædl͵bæg] *n.* 鞍袋，車袋《安裝於馬鞍兩側或腳踏車、摩托車等車座後面的袋子》.

[複數] **saddlebags**

sadism [`sædɪzəm] *n.* 性虐待狂，虐待狂.

sadist [`sædɪst] *n.* 性虐待狂者，虐待狂者.

[複數] **sadists**

sadistic [sæ`dɪstɪk] *adj.* 性虐待狂的，虐待狂的.

[活用] *adj.* **more sadistic**, **most sadistic**

***sadly** [`sædlɪ] *adv.* ① 可悲地，悲傷地，悲慘地. ② 令人悲痛的是，遺憾的是. ③ 非常地，嚴重地.

[範例] ① John shook his head **sadly**. 約翰傷心地搖搖頭.

② **Sadly**, we've lost our beloved Frank. 令人悲痛的是，我們失去了親愛的法蘭克.

③ If you think you can negotiate effectively from a position o² weakness, you're **sadly** mistaken. 如果你認為處於弱勢還能順利進行交涉的話，那你就大錯特錯了.

[活用] *adv.* **more sadly**, **most sadly**

***sadness** [`sædnɪs] *n.* 悲傷，悲哀：**Sadness** filled her heart. 她的心中充滿悲傷.

s.a.e. [`ɛs͵e`i] [縮 略] ＝stamped addressed envelope《附有回郵及收信人姓名、地址的信封》/self-addressed envelope《寫上自己姓名、地址的信封，以供對方回信》.

[複數] **s.a.e.s**

safari [sə`farɪ] *n.* 狩獵旅行《主要指在非洲以狩獵和觀察野生動物等為目的的旅行》；狩獵隊：I want to go on **safari** some day. 改天我想參加狩獵旅行.

[複數] **safaris**

safe [sef] *adj.* ① 安全的，沒有危險的，平安無事的，(棒球的) 安全上壘的.
——*n.* ② 保險箱，保險櫃.

[範例] ① This river is **safe** to swim in. 這條河很安全，可以在裡面游泳.

A report on TV said that the lost children returned **safe**. 電視報導說那群迷路的孩子已經平安歸來.

The **safest** place for money is in a bank, right? 銀行是最沒風險的存錢場所，對吧？

We are **safe** from the thunderstorm here. 我們在這裡可以躲避雷雨.

It's **safe** to say that Nick is the fastest runner in school. 尼克可以說是學校裡跑得最快的人.

The runner was **safe** at second. 那名跑者安全上了二壘.

② a fireproof **safe** 防火保險箱.

[片語] *be on the safe side* 為了慎重起見，以防萬一：Let's bring two flashlights to **be on the safe side**. 為了保險起見，我們帶兩支手電筒去吧.

safe and sound 平安地，安然無恙地：They returned from their trip **safe and sound**.

他們平安地旅行回來了.

♦ **sàfe séx** 安全性行為《通常指有使用保險套》.

[活用] *adj.* **safer**, **safest**

[複數] **safes**

safeguard [`sef͵gard] *n.* ① 保全裝置，防衛措施《手段》.
——*v.* ② 保護，防護.

[範例] ① a **safeguard** against fires 防火裝置.

② This treaty **safeguards** our country's interests. 這項條約能保護我國的利益.

[複數] **safeguards**

[活用] *v.* **safeguards**, **safeguarded**, **safeguarded**, **safeguarding**

safekeeping [`sef`kipɪŋ] *n.* 保管，保護.

***safely** [`seflɪ] *adv.* ① 安全地，平安無事地. ② 確切地，無妨地.

[範例] ① The airplane landed **safely**. 那架飛機安全地著陸了.

② I may **safely** say that Michael isn't going to show up for the meeting. 我可以確切地說，麥克不會出席那場會議.

[活用] *adv.* **more safely**, **most safely**

***safety** [`seftɪ] *n.* 安全，平安：the **safety** of the expedition is in doubt. 那支遠征隊是否平安無事還無法確定.

[片語] *in safety* 平安地，安全地：They traveled all the way to the moon and back in **safety**. 他們一路航行到月球，然後平安地歸來.

play for safety 不冒險，謹慎行事.

♦ **sáfety bèlt** 安全帶.

sáfety pìn 安全別針.

sáfety vàlve ①（鍋爐等的）安全閥. ②（感情等的）發洩方式.

saffron [`sæfrən] *n.* ①（植物）藏紅花《一種秋天開花的番紅花 (crocus)》. ② 藏紅花精《由藏紅花雌蕊的黃色柱頭乾燥而成的橘黃色染料或香料》. ③ 橘黃色.

[複數] **saffrons**

sag [sæg] *v.* ① 下沉，下陷，下垂，鬆弛，低落，下跌.
——*n.* ② 下沉，下陷，下垂，鬆弛，低落，下跌.

[範例] ① The branches **sagged** down under the weight of the ice left by the snowstorm. 那場暴風雪後留下的冰雪壓得那些樹枝向下低垂.

Their spirits **sagged** when they realized there was no room for them on the boat. 當他們知道自己因客滿而不能上那艘船時，心情變得十分低落.

② The seat has a slight **sag**. 那個座位中間有些微的凹陷.

[活用] *v.* **sags**, **sagged**, **sagged**, **sagging**

saga [`sagə] *n.* ① 中世紀北歐的英雄故事和傳說. ② 長篇冒險〔歷史〕故事《敘述某家族或某社會歷代故事的小說》.

[複數] **sagas**

***sagacious** [sə`geʃəs] *adj.*《正式》睿智的，明

智的，聰明的，機敏的：The chairperson
made a **sagacious** decision. 那位主席做出
了一個明智的決定.

[活用] *adj.* **more sagacious, most sagacious**

***sagacity** [sə`gæsətɪ] *n.*《正式》睿智，聰明，機
敏.

***sage** [sedʒ] *n.* ① 賢人，哲人，聖人. ② 鼠尾草
《可作藥材及調味料》.
——*adj.* ③ 賢明的，深思熟慮的，經驗豐富的.
[範例] ① A **sage** is a person who is well-known for
his or her wisdom. 所謂賢人就是以其真知灼
見而聞名的人.
③ **sage** advice 明智的忠告.
[複數] **sages**
[活用] *adj.* **sager, sagest**

sago [`sego] *n.* 西米，西穀《一種由西穀椰子的
髓髓製成的澱粉，用於布丁等食物》.

***said** [sɛd] *v.* say 的過去式、過去分詞.

*·**sail** [sel] *n.* ① 帆，（風車等的）翼，帆狀物. ② 帆
船，船. ③ 航海，航行，乘船旅行.
——*v.* ④ 航海，航行，乘船前往，駕（船）. ⑤
啟航. ⑥ 輕快地前進，順利地進行，輕易地
通過.
[範例] ① Hoist the **sail**. 揚帆.
Lower the **sail**. 下帆.
We saw a ship in full **sail**. 我們看到一艘張滿
帆的船.
③ The ship set **sail** for Hawaii. 那艘船啟航前往
夏威夷.
④ We **sailed** to San Francisco. 我們搭船前往
舊金山.
Can you **sail** a boat? 你會駕船嗎？
⑤ The ship **sails** tomorrow. 那艘船明天啟航.
⑥ We saw an eagle **sailing** through the sky. 我
們看見一隻老鷹在空中翱翔.
Mary **sailed** through the examination. 瑪麗輕
而易舉地通過考試.
[片語] ***sail in*** 進港.
sail into 攻擊；幹勁十足地開始進行.
sail through 輕易地通過.（⇨ [範例] ⑥）
set sail 啟航.（⇨ [範例] ③）
take in sail 收帆.
under sail 揚著帆，航行中.
[複數] **sails**
[活用] *v.* **sails, sailed, sailed, sailing**

sailboat [`sel͵bot] *n.*
《美》帆船（《英》 **sailing
boat**）.
[複數] **sailboats**

sailing [`selɪŋ] *n.* ① 帆
船競賽，駕帆船運動.
② 航行，出航，啟航.
♦ **sáiling bòat/sáiling
shìp** 帆船.
[複數] ② **sailings**

*·**sailor** [`selɚ] *n.* ① 船員，
水手，海員，航海者.
② 水兵. ③ 乘船者.
[範例] ③ a good **sailor** 不暈船的人.

boom
keel
[sailboat]

a bad **sailor** 會暈船的人.
[複數] **sailors**

*·**saint** [sent] *n.* ① 聖人，聖徒. ② 道德崇高的
人，聖人般的人. ③ 聖《略作 St.，加在聖徒
的名字前》：St. Paul 聖保羅. ④ 死者，進天
國的人.
——*v.* ⑤ 列為聖徒，視為聖人.
[參考] 基督教中，特指天主教會讚揚過其生前品
德及虔誠信仰的人.
♦ **Sàint Bernárd** 聖伯納犬《亦作 St.
Bernard》.
sáint`s dày 聖徒紀念日.
[複數] **saints**
[活用] *v.* **saints, sainted, sainted, sainting**

saintly [`sentlɪ] *adj.* 聖徒般的，聖潔的，品德
崇高的.
[活用] *adj.* **saintlier, saintliest**

*·**sake** [sek] *n.* 緣故，原因《表示利益、目的、理
由等》.
[範例] I`m going to live by the beach for the **sake**
of my health. 為了身體的健康，我打算到海
邊居住.
I fought not for my country`s **sake** but for my
own. 我不是為國家而戰，而是為自己而戰.
He argues for the **sake** of arguing. 他為了爭
論而爭論.
[片語] ***for God`s sake/for goodness sake/
for heaven`s sake/for pity`s sake*** ①
看在老天的分上，千萬，務請：**For God`s
sake**, help him—you`re a doctor. 看在老天
的分上，請你救救他，你是醫生啊. ② 究竟，
到底：What do you want me to do, **for God`s
sake**? 你到底要我做甚麼？
[複數] **sakes**

*·**salad** [`sæləd] *n.* 沙拉.
[範例] fruit **salad** 水果沙拉.
potato **salad** 馬鈴薯沙拉.
fix a **salad** 調拌沙拉.
♦ **sálad bàr** 沙拉吧《在西餐廳等場所可以自
由選擇取用沙拉的餐臺》.
sálad bòwl 沙拉缽《拌盛沙拉的碗》.
sálad dàys 少不更事的時期，沒有人生經
驗的青年時代.
sálad drèssing 沙拉醬.
sálad òil 沙拉油.
[複數] **salads**

salamander
[`sælə͵mændɚ] *n.* 鯢，
蠑螈《兩棲類動物》.
[複數] **salamanders**

salami [sə`lɑmɪ] *n.* 義大
利臘腸.

salaried [`sælərɪd] *adj.* 領
薪水的，有薪水的.
[範例] **salaried** workers 靠薪水生活的工人.
the **salaried** classes 領薪階級.

[salamander]

*·**salary** [`sælərɪ] *n.* (定期領取的) 薪水，薪資.
[範例] a **salary** increase 加薪.
Harry is on a very good **salary** in his present

S

job. 哈利現在的工作薪水很高.

Mr. Bill earns a **salary** of sixteen thousand pounds a year. 比爾先生一年的薪水有1萬6千英鎊.

The company pays good **salaries**. 那間公司的薪資優渥.

[複數] **salaries**

***sale** [sel] *n.* 買賣, 交易, 出售, 拍賣, 銷路.

[範例] The **sale** of our house took only two weeks. 我家的房子只花兩個星期就賣掉了.

The law forbids the **sale** of alcohol to minors. 法律禁止販售酒類給未成年者.

These items aren't for **sale**; they're for display and demonstration only. 這些物品為非賣品, 僅供展示和宣傳之用.

A new type of cellphone will go on **sale** this coming fall. 有一款新型手機預定今秋上市.

The department store is having a bargain **sale** now. 那家百貨公司正在舉行特價拍賣.

I got this shirt on **sale**; it was very cheap. 這件襯衫是我在大拍賣時買的, 非常便宜.

There is a **sale** of old paintings in that store. 那間店在拍賣古畫.

There's always a ready **sale** for air-conditioners in Florida. 冷氣機在佛羅里達州的銷路一直都很好.

[片語] **for sale** 出售的, 待售的. (⇨ [範例])

on sale ① 出售的, 上市的. ② 廉價的, 特價出售的. (⇨ [範例])

♦ **sáles slip** 〖美〗售貨單, 售貨收據 (〖英〗 receipt).

sáles tàx 貨物稅, 營業稅.

[複數] **sales**

salesclerk [`selz͵klɝk] *n.* 〖美〗店員, 售貨員 (〖英〗 shop assistant).

[複數] **salesclerks**

***salesman** [`selzmən] *n.* ① (男)店員, 售貨員. ② (男)推銷員: Mr. Smith is an insurance **salesman**. 史密斯先生是一名保險推銷員.

[參考] 男售貨員為 salesman, 女售貨員為 saleswoman, 有時並不用 man 或 woman, 改說 salesperson.

[複數] **salesmen**

salesperson [`selz͵pɝsn̩] *n.* ① 店員, 售貨員. ② 推銷員.

[複數] **salespeople/salespersons**

saleswoman [`selz͵wumən] *n.* ① (女)店員, 售貨員. ② (女)推銷員.

[複數] **saleswomen**

salient [`seliənt] *adj.* 《正式》顯著的, 突出的, 重要的: The **salient** points of her speech are summed up in this paper. 她演講的重點都歸納在這份報告裡.

[活用] *adj.* **more salient**, **most salient**

saline [`selaɪn] *adj.* ① 含鹽的, 鹹的: a **saline** lake 鹹水湖.

——*n.* ② 鹽水.

saliva [sə`laɪvə] *n.* 唾液, 口水.

sallow [`sælo] *adj.* ① 病黃色的, 氣色不好的:

He looked **sallow** and unhealthy. 他看起來氣色不好, 身體也不健康.

——*n.* ② 黃華柳; 黃華柳細枝.

[活用] *adj.* **sallower**, **sallowest**

[複數] **sallows**

sally [`sælɪ] *n.* ① 突擊, 突圍. ② 妙語, 俏皮話, 詼諧話.

——*v.* ③ 出擊, 突擊, 突圍 (forth).

[範例] ① We made a **sally** at the risk of our lives. 我們冒著生命危險, 做孤注一擲的突擊.

② His **sally** was received with laughter. 他的俏皮話博得了一陣笑聲.

③ The two brothers **sallied** forth in search of female companionship. 那兩兄弟鼓起勇氣, 開始與女孩子交朋友.

[活用] *v.* **sallies**, **sallied**, **sallied**, **sallying**

salmon [`sæmən] *n.* ① 鮭, 鮭魚. ② 鮭魚肉: smoked **salmon** 燻鮭魚.

[複數] **salmon/salmons**

salon [sə`lɑn] *n.* ① (服飾, 美容等的)商店. 名流社交聚會, 招待會 (18世紀法國上流婦女流行在家中大廳定期舉辦的名流聚會). ③ (大宅邸中的)客廳, 大廳.

[範例] ① a beauty **salon** 美容院.

a shoe **salon** 鞋店.

[複數] **salons**

***saloon** [sə`lun] *n.* ① (輪船, 旅館等的)大廳, 交誼廳. ②〖英〗轎車 (〖美〗 sedan). ③〖英〗(酒店的)特別室, 高級酒吧 (亦作 saloon bar). ④〖美〗酒吧, 酒館 (1870-1900廣泛存在於美國, 現在一般稱作 bar, tavern, club, café 等).

♦ **saloón bàr** 酒店的特別室, 高級酒吧 (消費比 public bar (一般酒吧) 還要高.

saloón càr ①〖英〗(火車的)頭等車廂. ②〖英〗轎車.

[複數] **saloons**

***salt** [sɔlt] *n.* ① 鹽, 食鹽, 藥用鹽.

——*v.* ② 加鹽, 撒鹽, 用鹽醃製.

[範例] ① Could you pass me the **salt**, please? 請把鹽遞給我好嗎?

You are the **salt** of the earth. 你是社會的中堅. 《新約聖經馬太福音》第5章第13節）

Why do you rub **salt** into my wounds? 你為甚麼要讓我痛上加痛呢?

[片語] *in salt* 撒了鹽的, 加上鹽的, 用鹽醃的.

salt away 積蓄 (錢財), 用鹽醃製以儲藏.

the salt of the earth 社會的楷模, 社會的中堅 (⇨ [範例] ①)

♦ **róck sàlt** 岩鹽.

sált mine 岩鹽坑, 岩鹽產地.

sált pàn 鹽田, 鹽場.

sáltshàker 〖美〗(餐桌用的)鹽罐 (〖英〗 saltcellar).

táble sàlt 餐桌上的調味鹽.

[活用] *v.* **salts**, **salted**, **salted**, **salting**

saltpeter [`sɔlt`pitɚ] *n.* 硝石 (用於製造火藥, 火柴等).

【參考】〔英〕saltpetre.

saltwater [`sɔlt͵wɔtɚ] *adj.* 〔只用於名詞前〕鹽水的，海產的，海水的．

salty [`sɔltɪ] *adj.* ① 含鹽的，有鹹味的，鹹的．② 機智的，辛辣的，尖銳的：**salty** remarks 尖銳的言論．
【活用】*adj.* **saltier, saltiest**

salutary [`sæljə͵tɛrɪ] *adj.* 有益（身心健康）的，有好處的：Disappointment in love was a **salutary** experience to him. 失戀對他來說是有益身心的體驗．
【活用】*adj.* **more salutary, most salutary**

*__salutation__ [͵sæljə`teʃən] *n.* ① 〔正式〕問候，致意，敬禮（通常用 greeting）：He raised his hand in **salutation**. 他舉手致意．② （信函開頭的）稱呼《如書信開頭的 Dear Sir, Dear Miss Smith 等》，演說開頭的問候語．
【複數】**salutations**

*__salute__ [sə`lut] *v.* ① 問候，致意，行禮，打招呼，敬禮．
——*n.* ② 問候，致意，敬禮．③ 禮砲．
【範例】① They **saluted** each other by raising their hats. 他們互相舉帽致意．
They **saluted** the general as he passed. 那位將軍經過時，他們向他敬禮．
② In Japan, a **salute** comes in the form of a bow. 在日本，互相致意時採用鞠躬的方式．
③ give a six-gun **salute** 鳴放6響禮砲．
【活用】*v.* **salutes, saluted, saluted, saluting**
【複數】**salutes**

salvage [`sælvɪdʒ] *n.* ① 海難援助，（沉船的）打撈（作業），（從災害中對財貨的）搶救．② 打撈上來〔搶救出〕的物品．
——*v.* ③ （從失事船隻、火災等中）搶救出，打撈（沉船）．
【範例】① a **salvage** company 沉船打撈公司．
② He sold the **salvage** from the wreck. 他把從那艘沉船中打撈出來的物品賣掉了．
③ They could not **salvage** any of their furniture from the earthquake. 他們連一件家具也沒辦法從那次地震中搶救出來．
【活用】*v.* **salvages, salvaged, salvaged, salvaging**

*__salvation__ [sæl`veʃən] *n.* 救助，救濟；（宗教上的）拯救，救贖：The light in the woods proved to be the **salvation** of the lost children. 已經證實是樹林裡的燈光救了那些迷路的孩子們．

♦ **the Salvàtion Ármy** 救世軍《1865年英國牧師威廉‧布思 (William Booth) 組織的傳教團體；該團體採用軍隊編制，在世界各國進行教育及社會福利等事業》．
【複數】**salvations**

salve [sæv] *n.* ① 軟膏，膏藥．
——*v.* ②〔正式〕安慰，緩和（痛苦），慰藉．③ 打撈（沉船），從災害中搶救（財貨）《亦作 salvage》．
【範例】① My mother spread **salve** on the wound. 我媽媽在那個傷口上塗上軟膏．

② I need someone to **salve** my wounded feelings. 我需要有人來安慰我受創的心靈．
【複數】**salves**
【活用】*v.* **salves, salved, salved, salving**

salver [`sælvɚ] *n.* （金屬）托盤《用來端送食物、信件、名片等》．
【複數】**salvers**

salvo [`sælvo] *n.* ① （槍砲、炸彈的）齊射，齊發，齊投．② （齊聲發出的）掌聲，喝采．
【複數】**salvos/salvoes**

Sam [sæm] *n.* 男子名《Samuel 的暱稱》．

†**same** [sem] *adj., adv.* ① 〔the ~〕同一的〔地〕，相同的〔地〕，同樣的〔地〕，不變的〔地〕．
——*pron.* ② 同樣的事物．
【範例】① The witnesses both said the **same** thing. 那兩個證人說法一致．
"Is this the **same** car you had in Paris?" "No, it's a different one." 「這與你在巴黎開的是同一輛車嗎?」「不，這是另外一輛．」
This is the **same** dictionary that you wanted. 這就是你想要的那本辭典．
Put back that book on the **same** shelf it was on. 請把那本書放回原來的書架上．
I've rented the **same** car as you have. 我租了一輛與你的車相同的車．
The patient is much the **same** today. 那名病患今天的情況和往常沒甚麼兩樣．
Mexican food, Spanish food—it's all the **same** to me. 墨西哥菜和西班牙菜對我而言是一樣的．
They started on orienteering at the **same** time. 他們在越野識途比賽中同時出發．
These are the very **same** fingerprints left at the scene of the crime. 這些指紋與留在那個犯罪現場的指紋完全一樣．
Driving takes longer than flying, but at the **same** time it's cheaper and we can see the countryside. 開車不如坐飛機快，但開車較便宜且途中可以觀賞鄉村風景．
"Where's my school bag?" "It's in the **same** place you left it." 「我的書包在哪裡?」「就在你原來放的地方．」
Women don't usually think the **same** as men do. 女人的想法通常不同於男人．
"Sun" and "son" are pronounced the **same**. sun 和 son 發音一樣．
It's not in a great location but we rented the flat all the **same**. 儘管不是甚麼好地點，但我們還是租了那間公寓．
② I'll do the **same** for you some day. 我總有一天會報答你．
"I'd like a slice of blueberry pie." "The **same** for me." 「我要一片藍莓派．」「我也來一片．」
The **same** might be said about Tom. 同樣的事或許也可以適用於湯姆．
"Merry Christmas, Ron." "**Same** to you." 「聖誕快樂，朗．」「我也同樣祝福你．」
【片語】 ***all the same*** ① 完全一樣，無所謂．(⇒

範例 ①) ② 照樣，仍然. (⇨ 範例 ①)

at the same time 同時. (⇨ 範例 ①)

just the same ① 完全一樣. ② 仍然，照樣：He is often rude, but I like him **just the same**. 他經常很粗魯，但我仍然喜歡他.

much the same 幾乎一樣《亦作 about the same》. (⇨ 範例 ①)

one and the same 完全一樣：It turns out your friend and my friend are **one and the same**. 原來你的朋友和我的朋友是同一個人.

same again/the same again 再來一杯：Same again, please. 請再來一杯.

same here 我也一樣："I'm too tired to go jogging." "**Same here**."「我太累了，所以不去慢跑了.」「我也一樣.」

same to you 我也同樣祝福你. (⇨ 範例 ②)

the very same 就是那個. (⇨ 範例 ①)

sameness [`semnɪs] *n.* 千篇一律；沒有變化；相同.

範例 His family all had a certain **sameness** to their build. 他的家人體格多少有些相似.

I'm tired of the **sameness** of the work I do. 我的工作太單調，令我厭煩.

***sample** [`sæmpl] *n.* ① 樣品；樣本.

——*v.* ② 試吃，試喝；抽樣檢查〔調查〕.

範例 ① free **samples** of shampoo 洗髮精的免費試用品.

a **sample** of cloth I want to buy 我想買的布料樣品.

This article contains **sample** quotes from last night's conference. 這篇文章含有昨晚會議中發言的一部分.

We asked a random **sample** of students about their lives. 我們向隨機選出的學生提出關於他們生活上的問題.

② On our excursion, we **sampled** wine from the region. 旅行時，我們試喝了那個地區的葡萄酒.

After **sampling** the pleasures of living in the desert southwest, he quit his job and moved out here. 在體驗了西南部沙漠生活的樂趣後，他辭掉工作移居到這裡.

We **sampled** the student body on what they thought of the school lunch. 為了瞭解學生對學校午餐的看法，我們對所有學生進行抽樣調查.

複數 **samples**

活用 *v.* **samples**, **sampled**, **sampled**, **sampling**

sampler [`sæmplə] *n.* ① 樣品檢驗員. ② 刺繡樣品. ③ 選集；集粹.

複數 **samplers**

sanatoria [ˌsænə`torɪə] *n.* sanatorium 的複數形.

sanatorium [ˌsænə`torɪəm] *n.* 休養所，療養院.

參考 亦作 sanitarium.

複數 **sanatoriums/sanatoria**

sanctify [`sæŋktə‚faɪ] *v.* ① 使神聖化；淨化. ② 使正當；認可.

範例 ① One must **sanctify** one's spirit before entering this temple. 進入這座寺廟前，必須淨化自己的心靈.

② This custom is **sanctified** by tradition. 這個習俗得到傳統的認可.

活用 *v.* **sanctifies**, **sanctified**, **sanctified**, **sanctifying**

sanctimonious [ˌsæŋktə`monɪəs] *adj.* 偽裝的；裝腔作勢的：a **sanctimonious** person 裝腔作勢的人.

活用 *adj.* **more sanctimonious**, **most sanctimonious**

sanctimoniously [ˌsæŋktə`monɪəslɪ] *adv.* 偽裝地；裝腔作勢地.

活用 *adv.* **more sanctimoniously**, **most sanctimoniously**

***sanction** [`sæŋkʃən] *n.* ① 許可，批准. ② 承認；贊成. ③〔~s〕制裁. ④ 約束力.

——*v.* ⑤ 許可，批准；認可.

範例 ① We need the **sanction** of the authorities to enter this building. 我們需要得到當局的許可才可以進入這棟大樓.

③ We should apply **sanctions** against an aggressor country. 我們應該制裁侵略國.

④ What do you think the best moral **sanction** is? 你認為最有效的道德約束力是甚麼?

⑤ The school board does not **sanction** the use of corporal punishment on delinquent students. 教育委員會不准許對行為不良的學生實行體罰.

複數 ③ **sanctions**

活用 *v.* **sanctions**, **sanctioned**, **sanctioned**, **sanctioning**

sanctity [`sæŋktətɪ] *n.* 神聖；崇高：the **sanctity** of human life 人類生命的可貴.

複數 **sanctities**

***sanctuary** [`sæŋktʃʊ‚ɛrɪ] *n.* ① 避難所，庇護所，保護區. ② 庇護，保護. ③ 聖所；至聖所；內殿.

範例 ① This island is a bird **sanctuary**. 這個島是鳥類保護區.

② Whenever his sons began to argue, John sought **sanctuary** in his study. 只要兒子們一開始吵架，約翰就逃進他的書房.

複數 **sanctuaries**

***sand** [sænd] *n.* ① 沙；沙地；沙漠.

——*v.* ② 鋪沙子. ③ 用砂紙磨.

範例 ① She got **sand** in her shoes while walking on the beach. 在海邊散步時，她的鞋子進了沙.

The **sands** of time are running out. 剩下的時間不多了.

② He **sanded** the road. 他往路上鋪沙子.

③ He **sanded** the chair. 他用砂紙磨那把椅子.

♦ **sánd dúne** 沙丘.

複數 **sands**

活用 *v.* **sands**, **sanded**, **sanded**, **sanding**

sandal [ˋsændḷ] *n.* 涼鞋 《☞ 充電小站 (p. 1177)》: Take off your **sandals**. 脫下你的涼鞋.
[複數] **sandals**

sandbag [ˋsændˏbæg] *n.* 沙袋.
[複數] **sandbags**

sandbox [ˋsændˏbɑks] *n.* 《美》沙坑《供孩子玩的; 《英》sandpit》.
[複數] **sandboxes**

sandpaper [ˋsændˏpepɚ] *n.* ① 砂紙.
——*v.* ② 用砂紙磨.
[範例] ① He used three grades of **sandpaper** on the desk—coarse, medium, and then fine—before varnishing it. 他在給桌子上漆前使用粗、中、細3種砂紙磨它.
② She **sandpapered** the board to make it smoother. 她用砂紙把那塊木板磨得更光滑.
[活用] *v.* **sandpapers**, **sandpapered**, **sandpapering**

sandstone [ˋsændˏston] *n.* 砂岩《由0.05–2公釐的岩石碎片及礦物顆粒堆積而成的岩石, 為建築材料之一》.

sandwich [ˋsændwɪtʃ] *n.* ① 三明治.
——*v.* ② 夾在中間, 使緊貼在一起.
[範例] ① ham **sandwiches** 火腿三明治.
② My car was **sandwiched** between two trucks. 我的車被夾在兩輛卡車之間.
[參考] 將肉和蔬菜放在一片麵包之上稱為 open sandwich《單片三明治》.
♦ **sándwich bòard** 掛在廣告員前後的夾板式廣告牌.
sándwich còurse《英國大學教育中》到工廠實習的課程.
sándwich màn 夾板廣告員《身體前後掛著廣告板的廣告員》.
[字源] Earl of Sandwich (1718–1792)不願為了吃飯而中斷賭局, 便將肉夾在麵包上邊吃邊賭, 據說此字即源於此.
[複數] **sandwiches**
[活用] *v.* **sandwiches**, **sandwiched**, **sandwiching**

sandy [ˋsændɪ] *adj.* ① 沙的; 沙質的; 多沙的. ② 沙色的, 淡褐色的.
[範例] ① a **sandy** beach 沙灘.
sandy hands 沾滿沙子的手.
② His hair is **sandy** blonde. 他有淡褐色的金髮.
[活用] *adj.* **sandier**, **sandiest**

sane [sen] *adj.* ① 神志清楚的. ② 健全的; 穩健的; 明智的; 正確的.
[範例] ① I don't think he is **sane**. 我認為他神志不清.
② Bob's judgments are always **sane**. 鮑伯的判斷總是正確的.
[活用] *adj.* **saner**, **sanest**

sanely [ˋsenlɪ] *adv.* 神志清楚地; 健全地; 明智地: The government **sanely** decided not to give in to the terrorists' demands. 政府明智地決定不答應恐怖分子的要求.

[活用] *adv.* **more sanely**, **most sanely**

San Francisco [ˏsænfrənˋsɪsko] *n.* 舊金山, 三藩市《美國西海岸的一個城市》.

sang [sæŋ] *v.* sing 的過去式.

sanguine [ˋsæŋgwɪn] *adj.* 樂觀的; 自信的; 臉色紅潤的.
[範例] a **sanguine** outlook on life 樂觀的人生觀.
The race-car driver was **sanguine** about his chances for success. 那位賽車手對自己是否能獲勝滿懷信心.
[活用] *adj.* **more sanguine**, **most sanguine**

sanitaria [ˏsænəˋtɛrɪə] *n.* sanitarium 的複數形.

sanitarium [ˏsænəˋtɛrɪəm] *n.* 療養院.
[參考] 亦作 sanatorium.
[複數] **sanitariums/sanitaria**

sanitary [ˋsænəˏtɛrɪ] *adj.* ①《公共》衛生的; 衛生方面的. ② 乾淨的, 清潔的.
[範例] ① **sanitary** science 公共衛生學.
② The cup was not **sanitary**. 那個杯子不乾淨.
[活用] *adj.* ② **more sanitary**, **most sanitary**

sanitation [ˏsænəˋteʃən] *n.* ① 公共衛生. ② 衛生設備; 下水道設備.

sanity [ˋsænətɪ] *n.* 心智正常, 神志清醒.

sank [sæŋk] *v.* sink 的過去式.

Santa Claus [ˋsæntɪˏklɔz] *n.* 聖誕老人《亦作 Father Christmas》.
[參考] 傳說是由4世紀聖尼古拉 (St. Nicholas) 的名字而來.

sap [sæp] *n.* ① 樹液. ② 活力, 精力. ③ 傻瓜.
[複數] ③ **saps**

sapling [ˋsæplɪŋ] *n.* 樹苗.
[複數] **saplings**

sapphire [ˋsæfaɪr] *n.* ① 青玉, 藍寶石《一種寶石, 是氧化鋁的結晶, 以藍而透明者最為貴重; ☞ 充電小站 (p. 125)》. ② 蔚藍色.
[複數] **sapphires**

sarcasm [ˋsɑrkæzəm] *n.* 譏諷, 諷刺, 挖苦: "It was a good idea to tell me that you didn't like my dress," she said with **sarcasm**. 她挖苦地說:「你告訴我你不喜歡我的連身裙, 這真是個好主意.」
[複數] **sarcasms**

sarcastic [sɑrˋkæstɪk] *adj.* 譏諷的, 諷刺的, 挖苦的.
[活用] *adj.* **more sarcastic**, **most sarcastic**

sardine [sɑrˋdin] *n.* 沙丁魚.
[片語] *packed like sardines* 擁擠不堪的.
[複數] **sardines**

sardonic [sɑrˋdɑnɪk] *adj.* 輕蔑的; 諷刺的; 嘲笑的: He gave me a **sardonic** smile. 他嘲笑我.
[活用] *adj.* **more sardonic**, **most sardonic**

sari [ˋsɑrɪ] *n.* 紗麗《印度婦女用來裹身的絲綢》.
[複數] **saris**

sarong [səˋrɔŋ] *n.* 沙龍《馬來西亞人穿的布裙》.
[複數] **sarongs**

sash [sæʃ] *n.* ① 飾帶; 肩帶. ② 窗框《亦作 window sash》.

♦ **sásh window** 上下開關的窗戶.

複數 **sashes**

Sat./Sat 《縮略》＝Saturday（星期六）.

*sat [sæt] v. sit 的過去式、過去分詞.

Satan [`setṇ] n. 撒旦, 惡魔.

satanic [se`tænɪk] adj. ① 惡魔的, 撒旦的. ② 兇惡的, 惡魔般的: a **satanic** man 兇惡的人.

活用 adj. ② **more satanic**, **most satanic**

satchel [`sætʃəl] n. 書包: a school **satchel** 書包.

複數 **satchels**

sate [set] v. 使充分滿足, 使膩: I feel **sated** after that substantial dinner. 吃完那頓豐盛的晚餐, 我感到很飽.

活用 v. **sates**, **sated**, **sated**, **sating**

*satellite [`sætḷ͵aɪt] n. 衛星.

[satchel]

範例 a communications **satellite** 通訊衛星.

launch a **satellite** 發射衛星.

How many natural **satellites** does Jupiter have? 木星有幾顆天然衛星?

片語 **by satellite** 以人造衛星.

♦ **sàtellite bróadcasting** 衛星廣播.

sátellite city 衛星城市《亦作 satellite》.

sátellite stàte 衛星國, 附庸國《亦作 satellite》.

sátellite stàtion 太空站.

➡ 充電小站 (p. 1131)

複數 **satellites**

satin [`sætṇ] n. ① 緞.

——adj. ② 緞的; 有光澤的.

*satire [`sætaɪr] n. 諷刺; 諷刺文學: a **satire** on life in the Roman Empire 對羅馬帝國生活的諷刺.

複數 **satires**

satirical [sə`tɪrɪkl] adj. 諷刺的, 挖苦的.

活用 adj. **more satirical**, **most satirical**

satirist [`sætərɪst] n. 諷刺家; 好挖苦別人者.

複數 **satirists**

*satisfaction [͵sætɪs`fækʃən] n. ① 滿足, 滿意. ② 令人滿意的事物. ③（借款的）償還.

範例 Mary's success gave her father a lot of **satisfaction**. 瑪麗的成功使她的父親感到十分滿意.

He smiled at his little girl with **satisfaction**. 他滿意地對著他的小女兒微笑.

All the students did their homework to their teacher's **satisfaction**. 那些學生都做完了作業, 他們的老師感到很滿意.

Mr. Lin's son's acceptance at Harvard Law School was a great **satisfaction** to him. 兒子被哈佛大學法學院錄取, 林先生感到十分滿足.

② the **satisfaction** of public demand 滿足大眾的要求.

片語 **give** ～ **satisfaction/give**

satisfaction to ～ ① 使滿足〔滿意〕.（⇨ 範例 ①）② 給與～賠償.

in satisfaction of 作為～的補償.

to the satisfaction of ～ **/to** ～**'s satisfaction** 令～滿意的是.（⇨ 範例 ①）

複數 **satisfactions**

satisfactorily [͵sætɪs`fæktrəlɪ] adv. 令人滿意地, 如願地: The patient is recovering **satisfactorily**. 那個病人正順利地復原中.

活用 adv. **more satisfactorily**, **most satisfactorily**

:**satisfactory** [͵sætɪs`fæktərɪ] adj. 滿意的, 令人滿意的: The results of the last election were very **satisfactory**. 上次選舉的結果非常令人滿意.

活用 adj. **more satisfactory**, **most satisfactory**

:**satisfy** [`sætɪs͵faɪ] v. ① 使滿足〔滿意〕. ② 使確信. ③ 償還（借款）, 履行（義務）.

範例 ① Such a small sandwich won't **satisfy** a man's hunger. 這麼小的三明治無法滿足一個男子飢餓時的需求.

Steve **satisfied** his hunger with a T-bone steak. 史蒂夫吃了一塊丁骨牛排填飽肚子.

I'm **satisfied** with my new car. 我對這輛新車很滿意.

$x=2$ **satisfies** the equation $x^2=4$. $x=2$ 滿足方程式 $x^2=4$.

We weren't able to **satisfy** the directors with our explanation. 我們的說明無法滿足那些理事們.

② I'm **satisfied** that you stayed outside the fray. 我相信你沒有參與那次爭吵.

③ **satisfy** an obligation 履行義務.

片語 **satisfy** ～**self** 感到滿足〔滿意〕; 確信: After she **satisfied herself** that there were no more worthy job applicants, she cut short the interview session. 在確認已經沒有合適的求職者後, 她提前結束了那場面談會議.

satisfy the examiners 〖英〗（在大學考試中）取得及格分數.

活用 v. **satisfies**, **satisfied**, **satisfied**, **satisfying**

saturate [`sætʃə͵ret] v. ① 浸透; 使溼透. ② 使充滿; 使飽和.

範例 ① **Saturate** the fish in the mixture of oil and herbs. 將那條魚浸在油和藥草的混合液中.

While jogging, his shirt became **saturated** with sweat. 慢跑時, 他的襯衫因流汗而溼透了.

② The car market is **saturated**. 汽車市場已經飽和了.

活用 v. **saturates**, **saturated**, **saturated**, **saturating**

saturation [͵sætʃə`reʃən] n. 浸透, 飽和: The number of tourists reached **saturation** point. 觀光客人數已達到飽和點.

Saturday [`sætə͵de] n. 星期六《略作 Sat.》: There is no school on **Saturday. 星期六學校

(充電小站)

衛星 (satellites)

衛星是指沿行星周圍的軌道旋轉的天體. satellite 這個字源於拉丁語的 satelle (侍者, 隨從, 同伴), 地球的衛星是月亮.

▶ 行星反其衛星

地球 (Earth) 的衛星:
　Moon

火星 (Mars) 的衛星:
　Phobos, Deimos.

木星 (Jupiter) 的衛星:
　Metis, Adrastea, Amalthea, Thebe, Io, Europa, Ganymede, Callisto, Leda, Himalia, Lysithea, Elara, Ananke, Carme, Pasiphae, Sinope.

土星 (Saturn) 的衛星:
　Epimetheus, Janus, Mimas, Enceladus,

Tethys, Calypso, Telesto, Dione, Rhea, Titan, Hyperion, Iapetus, Phoebe, Atlas, Helene, Prometheus, Pandora, Pan.

天王星 (Uranus) 的衛星:
　Miranda, Ariel, Umbriel, Titania, Oberon, Cordelia, Ophelia, Bianca, Cressida, Desdemona, Juliet, Portia, Rosalind, Belinda, Puck.

海王星 (Neptune) 的衛星:
　Triton, Nereid, Naiad, Thalassa, Despina, Galatea, Larissa, Proteus.

冥王星 (Pluto) 的衛星:
　Charon

水星 (Mercury) 與金星 (Venus) 沒有衛星.

不上課.
➡ (充電小站) (p. 813)
複數 **Saturdays**

Saturn [`sætən] *n.* ① 農神《古羅馬農耕之神》. ② 土星《從太陽算起第6顆行星, 直徑約為地球的9.5倍, 質量約為地球的95倍; 土星的光環由無數的冰粒組成, 沿赤道上空公轉》.
➡ (充電小站) (p. 965), (p. 835)

satyr [`sætə] *n.* ① 森林之神《上半身為人, 下半身為羊》. ② 色狼, 好色之徒.
複數 **satyrs**

***sauce** [sɔs] *n.* ① 調味汁. ② 增加趣味之物. ③ 無禮 (之言).
範例 ① put **sauce** on meat 往肉上面倒調味汁.
　Hunger is the best **sauce**. 《諺語》飢不擇食.
　What's **sauce** for the goose is **sauce** for the gander. 《諺語》適用於甲方者, 亦適用於乙方.
② the **sauce** of an extramarital affair 婚外情的刺激.
③ None of your **sauce**! 不可無禮!
　What **sauce**! 真沒禮貌!
參考 以下是各式各樣的調味汁: Worcestershire sauce (烏斯特郡辣醬油), chili sauce (辣椒醬), cranberry sauce (小紅莓醬), curry sauce (咖哩醬), mint sauce (薄荷醬), soy sauce (醬油), tartar sauce (塔塔醬), tomato sauce (番茄醬), white sauce (白醬汁).
複數 **sauces**

saucepan [`sɔs,pæn] *n.* 燉鍋.
複數 **saucepans**

***saucer** [`sɔsə] *n.* (咖啡杯或花盆等的) 托碟.
範例 a cup and **saucer** 一套杯碟.
　a flying **saucer** 飛碟.
複數 **saucers**

saucily [`sɔsɪlɪ] *adv.* 魯莽地, 無禮地.

[saucepan]

活用 *adv.* **more saucily, most saucily**.

saucy [`sɔsɪ] *adj.* ① 魯莽的, 無禮的. ② 聰明的, 慧黠的. ③ 下流的, 以性來開玩笑的, 猥褻的.
範例 ① Ann is a **saucy** child. 安是一個粗魯的孩子.
② On my version of Mona Lisa, I painted a **saucy** smile. 我在自己畫的蒙娜麗莎像上畫了一個慧黠的微笑.
活用 *adj.* **saucier, sauciest**

sauna [`saunə] *n.* 芬蘭式蒸汽浴, 三溫暖.
複數 **saunas**

saunter [`sɔntə] *v.* ① 散步, 漫步, 閒逛.
——*n.* ② 散步, 漫步, 閒逛.
範例 ① I **sauntered** along the street, not knowing what to do or where to go. 我沿著那條街閒逛, 不知道該做甚麼, 也不知道該去哪裡.
② The editor had a **saunter** in the park. 那位編輯在公園裡散步.
活用 *v.* **saunters, sauntered, sauntered, sauntering**

sausage [`sɔsɪdʒ] *n.* 香腸, 臘腸: a string of **sausages** 一串香腸.
字源 拉丁語的 salsus (鹽醃的食物).
複數 **sausages**

***savage** [`sævɪdʒ] *adj.* ① 兇猛的, 殘酷的, 粗野的. ②〔只用於名詞前〕野蠻的, 未開化的.
——*v.* ③ (動物) 亂咬, 攻擊. ④ 嚴厲批評, 抨擊.
——*n.* ⑤ 野蠻人, 未開化之人.
範例 ① The dog's bark grew loud and **savage**. 那隻狗的吠叫聲變得又大聲又兇猛.
　A **savage** criticism of the mayor's budget proposal was carried in several newspapers. 好幾份報紙上都刊登了對市長所提預算案嚴厲的批評.
② a **savage** tribe 原始部落.
　The **savage** scenery on our safari was

breathtaking. 我們在狩獵旅行中所見到的荒涼景色令人嘆為觀止.

③ A sheep was **savaged** by wolves. 一隻羊被狼群攻擊.

④ The Times' most prominent columnist **savaged** all of the debate's participants. 《時代雜誌》最著名的專欄作家嚴厲批評那次討論會的所有參與者.

⑤ The shipwrecked boys lived like **savages** on a South Pacific island. 那些遭遇船難的男孩們在南太平洋的一座島嶼上過著野人般的生活.

活用 adj. savager, savagest/more savage, most savage

活用 v. savages, savaged, savaged, savaging

複數 savages

savagely [`sævɪdʒlɪ] adv. 野蠻地;殘酷地;兇猛地: The cruel man **savagely** beat the ox when it refused to move. 當那頭牛不想動的時候, 那個殘酷的男子就很殘暴地打牠.

活用 adv. more savagely, most savagely

savagery [`sævɪdʒrɪ] n. ① 兇暴, 殘忍, 野蠻, 蠻荒狀態. ② 殘忍行為, 野蠻行徑.

範例 ① Ann drew back at the **savagery** in John's voice. 安被約翰兇暴的聲音嚇得倒退好幾步.
Paul whipped the horse with **savagery**. 保羅狠狠地抽打那匹馬.
live in **savagery** 生活在蠻荒狀態.

② the **savageries** of war 戰爭中的殘忍行為.

複數 savageries

savanna/savannah [sə`vænə] n. 大草原《特指美國南部熱帶、亞熱帶地區的無樹大草原》.

複數 savannas/savannahs

**save [sev] v. ① 救, 救助, 挽救. ② 節省, 節約, 儲蓄. ③ (在電腦中) 儲存, 保存.
——prep. ④ 除了～之外.

範例 ① That courageous man **saved** a child from the fire. 那個勇敢的男子從大火中救出一個小孩子.

② You can **save** money by walking to work. 你可以利用走路去上班來省錢.
I have to **save** enough to go to Europe. 我必須存到足夠的錢才能去歐洲.
I **saved** myself a lot of work by using a computer. 我藉由使用電腦節省了很多精力.

④ All **save** him went to the concert. 除了他之外, 所有的人都去那場音樂會了.
He answered all the questions **save** one. 有一個問題他沒有回答, 其他的都回答了.

片語 **save for** 除了～之外: There was no good place for eating **save for** one restaurant. 只有一家餐廳是飲食的好地方.
save up 節省, 儲蓄.

活用 v. saves, saved, saved, saving

saver [`sevə] n. (在銀行等) 存款者.

複數 savers

saving [`sevɪŋ] adj. ① 能補救的, 可彌補的. ② 節儉的, 節約的; 可節省的.
——n. ③ 節儉, 節約. ④ 存款, 儲蓄. ⑤ 救助.

範例 ① Her **saving** grace is a sense of humor. 她的長處是有幽默感.

② The machine is a labor-**saving** device. 這臺機器是一項省力裝置.

③ Staying at the hotel on weekdays means a **saving** of several hundred dollars. 在非假日住旅館意味著可節省數百元.

④ My wife keeps her **savings** at the Post Office because the interest is rather high. 我的太太把存款存在郵局, 因為那裡的利息高.

♦ **sávings bànk** 儲蓄銀行.

複數 savings

*savior [`sevjə] n. ① 救助者, 救濟者. ② 〔the S~〕救世主, 基督.

參考 〖英〗saviour.

複數 saviors

*saviour [`sevjə] =n.〖美〗savior.

*savor [`sevə] n. ① 風味, 興趣, 趣味, 意味.
——v. ② 品味, 品嘗. ③ 有～味道 (of).

範例 ① The soup of the day has a fine **savor** of basil and chives. 今天的湯有九層塔和細香蔥的香味.
The mayor's remarks had a **savor** of contempt. 那個市長的評語帶有輕蔑的意味.
Life has lost its **savor** for him and so he doesn't have the will to live. 他的生活變得索然無味, 所以他也失去了活下去的意願.

② She **savored** every bite. 她每一口都細細品嘗.

③ That lawmaker's response **savors** of hypocrisy. 那個立法委員的回答中有點偽善的感覺.

參考 〖英〗savour.

活用 v. savors, savored, savored, savoring

savory [`sevərɪ] adj. 有風味的, 美味可口的: The **savory** smell of roasting turkey greeted us as we arrived at the feast. 一到那個宴會, 我們就聞到一股烤火雞的香味.

參考 〖英〗savoury.

活用 adj. more savory, most savory

*savour [`sevə] =n.〖美〗savor.

savoury [`sevərɪ] =adj.〖美〗savory.

*saw [sɔ] n. ① 鋸子.
——v. ② see 的過去式. ③ 用鋸子鋸開. ④ 拉鋸般前後移動.

範例 ① He cut the board with the **saw**. 他用鋸子把那塊木板鋸斷.

③ The gardener **sawed** off the lower branches. 那個園丁把那些較低的樹枝鋸掉.
She **saws** well. 她很會使用鋸子.
This wood **saws** easily. 這種木材可以很容易地鋸開.

④ She **sawed** at the steak with the knife. 她用那把刀子切開牛排.

[複數] **saws**

[活用] *v.* ③ ④ **saws, sawed, sawed, sawing/ saws, sawed, sawn, sawing**

sawdust [`sɔ,dʌst] *n.* 鋸屑.

sawmill [`sɔ,mɪl] *n.* 鋸木廠.

[複數] **sawmills**

sawn [sɔn] *v.* saw 的過去分詞.

saxophone [`sæksə,fon] *n.* 薩克斯風《亦作 sax》.

[複數] **saxophones**

**say [se] *v.* ① 說, 述說, (用語言、文字等) 表達.

——*n.* ②《口語》發言權.

[範例] ① Bill **said**, "**Say** hello to your parents." 比爾說: 「請代我向你父母問好.」

"I have some shopping to do," she **said**. 她說: 「我要去買點東西.」

"This problem should be solved by the end of this month," **said** our president. 我們的總裁說: 「這個問題必須在這個月底前解決.」

"Hurry up, John," mother **said**, "or you'll be late for school." 「約翰, 快點」, 母親說, 「不然你上學就要遲到了.」

"Study hard," he **said** to his students, "and you will succeed." 「你們要用功學習」, 他對他的學生們說, 「這樣你就會成功.」

What did you **say** to her? She was mad. 你對她說了甚麼? 她氣得快瘋了.

I'd like to **say** a few words about our club activities. 我想就我們的社團活動說幾句話.

She **said** a prayer before going to bed. 她在就寢之前祈禱.

The clock started striking twelve o'clock. "I have to go," she **said** to herself. 12點的鐘聲開始敲了起來. 她心中暗想: 「我該回去了.」《雖然用 say, 但並不是指說出聲》

They **say** that this is the most beautiful town in the world. 據說這裡是世界上最美麗的城鎮.《這裡的 they 不是指特定的人, 而是指「一般人」》

Miss Brown is **said** to be an excellent English teacher. 聽說布朗小姐是一位十分出色的英語教師.

The name of this nation is Oesterreich in German, which means "east land." It is **said** that the English language twisted this into Austria. 這個國家的名稱在德文為 Oesterreich, 即「東方之國」的意思, 而在英語中則轉變為 Austria.《Oesterreich (奧地利), oester 相當於 east, reich 相當於 land》

The newspaper **says** that more than 5,000 people died in the earthquake. 報紙報導那次地震的死亡人數超過5,000人.

The weather forecast **says** that tomorrow there will be heavy rain in the northern part of Taiwan. 天氣預報明天北臺灣會有大雨.

The sign **says** "Pedestrians And Bicycles Prohibited." 標誌牌上寫著「禁止行人與腳踏車通行」.

Let's **say** you got a million dollars. What would you do with it? 假如你得到100萬美元, 你會拿來做甚麼?

What would you **say** to a cup of coffee? 來一杯咖啡怎麼樣?

"Oh, what miserable weather!" "You can **say** that again." 「多麼討厭的鬼天氣呀!」「你說得一點也沒錯.」

Professor Brown speaks Chinese, to **say** nothing of English. 布朗教授會講中文, 英語就更不用說了.

Can I see you this afternoon, **say** around three? 今天下午我可以見你嗎? 大約3點鐘如何?

It goes without **saying** that we are all grateful for your help. 無庸置疑地, 我們都十分感謝你的幫助.《句中的 it goes without saying that 的表達方式原為法語的 il va sans dire que 的直譯》

② Citizens should have a much greater **say** in the newly proposed tax system. 市民對這次新提出的稅制應該要有更大的發言權.

[片語] *it is said that* 據說, 聽說. (⇨ [範例] ①)

say to ~self 自言自語; 心中暗想. (⇨ [範例] ①)

that is to say 換句話說: Our school festival will be held next Friday, **that is to say**, on May 9. 我們的校慶將在下星期五舉行, 也就是5月9日.

they say that 大家都說, 據說. (⇨ [範例] ①)

to say nothing of 更不用說. (⇨ [範例] ①)

You can say that again. 你說得一點也沒錯; 我同意你. (⇨ [範例] ①)

What would you say to ~? 你認為~怎麼樣? (⇨ [範例] ①)

[發音] 第三人稱單數現在式 says 的發音為 [sez].

[活用] *v.* **says, said, said, saying**

*saying [`seɪŋ] *n.* 格言, 諺語: There is a **saying** that time and tide wait for no man. 有句諺語說: 「歲月不待人.」

[複數] **sayings**

scab [skæb] *n.* ① (傷口的) 痂. ②《口語》破壞罷工的人.

[複數] **scabs**

scabbard [`skæbəd] *n.* (刀、劍等的) 鞘.

[複數] **scabbards**

scaffold [`skæfld] *n.* ① 鷹架《建築工地進行高處作業時所使用的工作臺》. ② 斷頭臺, 絞刑架《執行絞刑之用》.

[複數] **scaffolds**

scaffolding [`skæfldɪŋ] *n.* 鷹架; 鷹架材料《圓木、鐵管、木板等》.

scald [skɔld] *v.* ① (被熱水、蒸氣等) 燙傷 (on, with). ② 把 (牛奶等) 加熱至接近沸點.

——*n.* ③ (熱水等造成的) 燙傷.

[範例] ① She **scalded** her tongue on hot milk. 她的舌頭被熱牛奶燙傷了.

③ The best remedy for **scalds** is cooling. 對燙傷的最好治療是冷卻.

【活用】v. **scalds**, **scalded**, **scalded**, **scalding**
【複數】**scalds**
*scale [skel] n.

原義	層面	釋義	範例
刻度	量度事物的	刻度，等級，級別	①
	與實物相較	縮尺，比例尺	②
	表示大小的	規模，程度	③
	音樂	音階	④
	數學	～進位制	⑤

——n. ⑥ 秤，天平；體重計. ⑦〔the S～s〕天秤座，天秤座的人《亦作 the Balance》. ⑧ 鱗片，鱗狀物，鱗屑.
——v. ⑨ 按比例放大〔縮小〕；衡量. ⑩ 測量重量，有～的重量. ⑪ 刮掉魚鱗，剝皮. ⑫ 脫落，剝落. ⑬ 攀登.

【範例】① This ruler has a metric **scale**. 這把尺上有公制的刻度.
This **scale** is accurate. 這個刻度是正確的.
The **scale** of wages in this office ranges from NT$100 to NT$200 dollars per hour. 這個辦事處的工資是每小時新臺幣100元至200元不等.
② This map's **scale** is one inch to a thousand miles. 這張地圖的縮尺是1吋比1,000哩.
③ His business is carried out on a large **scale**. 他做的生意規模很大.
④ She practiced **scales** on the piano. 她利用那架鋼琴做音階練習.
⑤ the decimal **scales** 10進位制.
⑥ She weighs herself on the **scales** every morning. 她每天早上都用那個體重計測量體重.
The butcher weighed the turkey on the **scales**. 那個肉販用秤秤量火雞肉.
a **scale** used for weighing gold 用來測量黃金重量的天平.
⑧ I'll scrape the **scales** off this fish. 我來刮掉這條魚的鱗片.
The paint is coming off in **scales**. 那油漆成鱗狀剝落.
⑨ Wages are **scaled** according to experience and ability. 薪水依經驗和能力作衡量.
⑩ The wrestler **scales** 180 pounds. 那個摔角選手重180磅.
⑪ You have to **scale** a fish before filleting it. 你在切魚之前要先把魚鱗刮掉.
⑫ The lacquer has begun to **scale** badly. 那塗料開始嚴重剝落.
⑬ We **scaled** the wall by climbing a rope. 我們使用繩索攀爬那面牆.
【片語】***scale down*** 縮小規模: The army is **scaling down** its operations in this area. 那支部隊正在縮小在這個地區的運作規模.

scale up 增加.
the scales fall from ～'s eyes 恍然大悟，從迷惑中醒悟.
➡ (充電小站)(p. 535), (p. 1523)
【複數】**scales**
【活用】v. **scales**, **scaled**, **scaled**, **scaling**

scallop [`skɑləp] n. ① 扇貝，海扇貝. ② 貝殼《亦作 scallop shell》；扇貝狀淺盤. ③ 波紋皺邊，扇形邊《裝飾衣領、袖口等》.
——v. ④ 用扇形花邊裝飾. ⑤ 用奶油〔乳酪〕燒烤食物.

[scallop]

【參考】亦作 scollop.
【複數】**scallops**
【活用】v. **scallops**, **scalloped**, **scalloped**, **scalloping**

scalp [skælp] n. ① 頭皮. ② 戰利品《源於從前部分美洲印第安人從敵人屍體上剝下帶著頭髮的頭皮作為戰利品》.
——v. ③ 剝下頭皮. ④〖美〗轉賣獲利《將買到的東西高價賣出以獲得差額利潤》: Some men were **scalping** the tickets in front of the theater. 有一些男子在戲院前賣黃牛票.
【複數】**scalps**
【活用】v. **scalps**, **scalped**, **scalped**, **scalping**

scalpel [`skælpəl] n. 外科用手術刀.
【複數】**scalpels**

scaly [`skelɪ] adj. ① 有鱗的，鱗狀的. ② 有水垢的.
【活用】adj. **scalier**, **scaliest**

scamp [skæmp] n. 小淘氣，調皮鬼.
【複數】**scamps**

scamper [`skæmpɚ] v. 飛快地跑；活蹦亂跳: The rabbits **scampered** away into the bushes. 那隻兔子蹦蹦跳跳地躲進灌木叢裡.
【活用】v. **scampers**, **scampered**, **scampered**, **scampering**

scan [skæn] v. ① 凝視，審視. ② 瀏覽. ③ 照韻律讀詩〔吟詩〕. ④〔用掃描器〕掃描.
——n. ⑤ 凝視，審視，細查. ⑥ 掃描.
【範例】① I **scanned** the sea, looking for their yacht. 我仔細地凝視海面，尋找他們的遊艇.
② I **scan** the newspaper every morning. 我每天早上都會瀏覽一下報紙.
【活用】v. **scans**, **scanned**, **scanned**, **scanning**
【複數】**scans**

*scandal [`skændl] n. ① 醜聞，醜事，醜行. ② 恥辱，丟臉，不光采. ③（對醜聞的）反感，憤慨，震驚. ④ 誹謗，中傷，流言蜚語.
【範例】① Due to the **scandal**, the president had to resign. 由於那件醜聞，那位總裁不得不辭職.
② The mayor's misconduct is a **scandal** to our city. 市長的不法行為是本市的恥辱.
④ talk **scandal** 中傷.

複數 scandals

scandalize [`skændl̩ˌaɪz] v. 使反感，使震驚，使憤慨．

範例 She **scandalized** her neighbors by sunbathing on the lawn in the nude. 她光著身子在草坪上曬太陽讓鄰居很反感．

I am **scandalized** by his rudeness. 我對他的無禮感到很反感．

參考 〖英〗scandalise．

活用 v. **scandalizes, scandalized, scandalized, scandalizing**

scandalous [`skændləs] adj. 可恥的，不像話的．

範例 a **scandalous** act 可恥的行為．

It's **scandalous** to take money intended for charity for one's own personal use. 把要用於慈善事業的錢挪作私用真是太不像話了．

活用 adj. **more scandalous, most scandalous**

scant [skænt] adj. 貧乏的，缺乏的，不足的，少量的．

範例 He pays **scant** attention to what others think of him. 他不太在乎別人怎麼看他．

a **scant** supply of food 糧食的匱乏．

活用 adj. **scanter, scantest/more scant, most scant**

scantily [`skæntlɪ] adv. 不足地，匱乏地；吝嗇地．

範例 **scantily** paid workers 低薪工人．

活用 adv. **more scantily, most scantily**

scanty [`skæntɪ] adj. 缺乏的，少量的，不足的．

範例 a **scanty** crop of wheat 少量的小麥收成．

Money is always **scanty** just before payday. 發薪日的前幾天總是覺得錢不夠用．

活用 adj. **scantier, scantiest**

scapegoat [`skep͵got] n. 頂罪者，代罪羔羊《源自《聖經》中背負著人的罪惡而被驅逐於荒野的山羊的故事》：I was made the **scapegoat** for anything bad that my little brother had done. 我小弟所做的壞事統統都被推到我身上．

複數 **scapegoats**

scar [skɑr] n. ① 傷疤，傷痕，創傷．

——v. ② 留下傷痕．

範例 ① The man had a **scar** on his left arm. 那個男子的左手臂上有一道傷疤．

The **scars** of war remain. 戰爭的創傷仍在．

② The wound on my right leg **scarred** over. 我右腿上的傷留下了傷疤．

複數 **scars**

活用 v. **scars, scarred, scarred, scarring**

scarce [skɛrs] adj. 缺乏的，不足的；稀有的，罕見的．

範例 Water became **scarce**. 水變得不夠用了．

Genuine Roman coins are very **scarce**. 真正的羅馬時代錢幣非常罕見．

片語 **make ~self scarce**（特指為了避開麻煩而）悄悄離開：Whenever the authorities appear, Paula **makes herself scarce**. 每當主管機關的人來到時，寶拉就會避開．

活用 adj. **scarcer, scarcest**

scarcely [`skɛrslɪ] adv. ① 幾乎不，簡直不．② 剛剛，勉強．

範例 ① I could **scarcely** believe my ears. 我簡直不敢相信自己的耳朵．

I can **scarcely** remember where we were last evening. 我幾乎想不起來昨天晚上我們在哪裡．

There is **scarcely** any food left. 幾乎沒有剩下任何食物．

② He earns **scarcely** enough money to support his family. 他賺的錢勉強可以養家．

He became a billionaire when he was **scarcely** thirty. 他剛滿30歲時，就成了億萬富翁．

片語 **scarcely ~ when/scarcely ~ before** 剛要~的時候：He had **scarcely** gone when it started to rain. 他剛要走的時候就下起雨來了．

Scarcely had the boat docked **when** it began to sink. 那艘船剛到碼頭就開始往下沉．《用這個片語時如果以 Scarcely 開頭，接在 Scarcely 之後的子句要倒裝》

scarcity [`skɛrsətɪ] n. 不足，缺乏：the **scarcity** of medicine 醫療用品匱乏．

複數 **scarcities**

scare [skɛr] v. ① 使害怕，使恐懼．

——n. ② 恐懼，害怕，驚恐．

範例 ① He'll **scare** the children if they see him in that mask. 若是看到他戴著那張面具，那些孩子們一定會被他嚇到．

She is **scared** of snakes. 她怕蛇．

I am **scared** that I might be laid off. 我擔心會被解雇．

The man **scared** the dog away. 那個男子把那隻狗嚇跑了．

If you make a loud noise, you can **scare** the wild cat out the back. 如果你發出很大的聲響，你就能把那隻野貓從後面趕出去．

Public announcements **scared** them all into leaving the beach. 官方的公告嚇得他們都離開了那個海灘．

A mobster **scared** her out of talking to the police. 流氓威脅她不許報警．

The sound of a rattlesnake **scared** me stiff. 響尾蛇發出的聲音嚇得我動彈不得．

John **scares** easily. 約翰很容易害怕．

② She gave him a **scare**. 她嚇了他一跳．

片語 **scare up**（口語）〖美〗辛辛苦苦地湊集（錢、人手等），東拼西湊：John managed to **scare up** some money. 約翰好不容易才湊集了一些錢．

活用 v. **scares, scared, scared, scaring**

複數 **scares**

scarecrow [`skɛr͵kro] n. ① 稻草人：There's one **scarecrow** for every one quarter square mile. 每1/4平方哩立著一個稻草人．② 衣衫襤褸的人．

參考 使害怕 (scare)＋烏鴉 (crow).
複數 **scarecrows**

scarf [`skɑrf] n. 圍巾，披巾，領巾：a woolen **scarf** 毛織圍巾.
複數 **scarfs/scarves**

*** scarlet** [`skɑrlɪt] n. ① 深紅色，緋紅色.
——adj. ② 深紅色的，緋紅色的.

♦ **scàrlet féver** 猩紅熱《一種紅血球遭溶血性鏈球菌感染所引起的疾病，主要症狀有發炎、皮膚上出現點狀紅疹》.

scàrlet létter 紅字《17世紀美國以此作為通姦罪 (adultery) 的恥辱標記，且直接把第一個字母 A 佩掛在通姦者胸前》.

scary [`skɛrɪ] adj. 可怕的，引起恐慌的《亦作 scarey》：The little girl hated the **scary** ghost story. 那個小女孩討厭可怕的鬼故事.
活用 adj. **scarier, scariest**

*** scatter** [`skætɚ] v. ① 分散，撒，散播，播（種）.
——n. ② 零星散布的東西，稀稀落落的狀態.

範例 ① When the crazy man fired at the crowd, they **scattered** in fright. 當那個發瘋的男子向人群開槍時，他們嚇得四處逃散.
The farmers **scattered** seeds on their fields. 那些農夫們在自己的田裡播種.
After the rain, the groundkeepers **scattered** the ground with sand. 那場雨停了之後，那些場地維修人員在運動場鋪沙子.
Branches of our company are **scattered** all over the world. 我們的分公司散布在世界各地.
Tanks **scattered** the demonstrators. 坦克車驅散了那個遊行隊伍.

② The **scatter** of applause discouraged the singer. 稀稀落落的掌聲使得那個歌手深感失望.
活用 v. **scatters, scattered, scattered, scattering**

scatterbrain [`skætɚ,bren] n.《口語》散漫的人，心浮氣躁的人，粗心的人，注意力不集中的人.
字源 scatter（分散）＋brain（頭腦）.
複數 **scatterbrains**

scatterbrained [`skætɚ,brend] adj.《口語》散漫的，注意力不集中的，心浮氣躁的.
活用 adj. **more scatterbrained, most scatterbrained**

scavenge [`skævɪndʒ] v.（從廢棄物中）收集，找尋（有用的東西）：A homeless cat was **scavenging** for food in the garbage. 一隻流浪貓在那堆垃圾中找食物.
活用 v. **scavenges, scavenged, scavenged, scavenging**

scavenger [`skævɪndʒɚ] n. 食腐肉的動物《鬣狗、禿鷹等》，揀食廢棄物的人.
複數 **scavengers**

scenario [sɪ`nɛrɪ,o] n. 提綱，腳本，電影劇本：I don't know what kind of **scenario** he has in mind. 我不知道他在構思一個甚麼樣的劇本.

複數 **scenarios**

*** scene** [sin] n. ① 場，場面；現場；場景；風景. ② ～界，（特定的）活動範圍. ③（在人前）發脾氣，吵鬧，醜態.

範例 ① The next **scene** takes place in the main character's apartment. 下一個場景是主角的公寓.
The Queen appears in the third **scene**. 那位女王將在第3場登臺.
The police arrived on the **scene** at 1:46. 警方在1點46分趕到那個犯罪現場.
There is no love **scene** in this movie. 這部電影中沒有愛情場面.
I can imagine my children playing in an idyllic pastoral **scene**. 我可以想像我的孩子們在風和日麗的田園風景中嬉戲的身影.

② This group is a newcomer on the rock **scene**. 這個團體是搖滾樂界的新成員.
片語 **behind the scenes** 在幕後，暗中地.
複數 **scenes**

*** scenery** [`sinərɪ] n. ① 風景，景觀. ② 舞臺背景，舞臺布置.

範例 ① The novelist loves the beautiful **scenery** of Iraq. 那個小說家喜歡伊拉克美麗的風景.
② The **scenery** itself was abstract art. 舞臺背景本身就是抽象的藝術.

*** scenic** [`sinɪk] adj. ① 風光明媚的，景色優美的. ② 舞臺背景的，舞臺布置的.
範例 ① a **scenic** spot 景色優美的地方.
② a **scenic** artist 舞臺背景畫家.
活用 adj. ① **more scenic, most scenic**

*** scent** [sɛnt] n. ① 氣味，香味，芳香. ② 嗅覺. ③ 香水.
——v. ④ 聞出，嗅出（氣味）. ⑤ 使充滿香味，使散發香味.

範例 ① This rose has a sweet **scent**. 這朵玫瑰花散發出芳香.
The hunting dogs followed the fox's **scent**. 那些獵犬追蹤那隻狐狸的氣味.
The FBI is on the **scent** of a lone computer hacker. 聯邦調查局掌握了一個單獨的電腦駭客的線索.《FBI 是 Federal Bureau of Investigation 的縮略》

② Dogs have a keen **scent**. 狗有敏銳的嗅覺.
④ The hounds **scented** out the fox. 那些獵犬嗅出了那隻狐狸的氣味.
⑤ The air was **scented** with a hint of lilac. 空氣中隱約散發著紫丁花香.
片語 **on the scent** 嗅到氣味的；掌握線索的.（⇨ 範例 ①）
複數 **scents**
活用 v. **scents, scented, scented, scenting**

scepter [`sɛptɚ] n. ① 權杖《象徵國王或女王的王權》. ②〔the ～〕王權，王位.
參考《英》sceptre.
複數 **scepters**

sceptic [`skɛptɪk] ＝adj. 《美》[scepter]

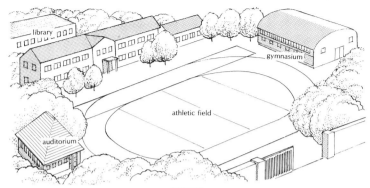

[school]

skeptic.

sceptical [ˋskɛptɪkl] =adj. 〖美〗skeptical.

scepticism [ˋskɛptəˏsɪzəm] =n. 〖美〗skepticism.

sceptre [ˋsɛptə] =n. 〖美〗scepter.

＊schedule [ˋskɛdʒʊl] n. ① 預定，計畫，計畫表. ② 表，一覽表.
　　——v. ③ 預定，計畫，事先安排.
　　〖範例〗① We have no **schedule**—we are going to wing it. 我們沒有甚麼計畫，到時候視情況而定.
　　have a very heavy **schedule** 計畫安排得滿滿的.
　　② a salary **schedule** 薪資表.
　　a price **schedule** 價格表.
　　③ The baseball game is **scheduled** for tomorrow. 那場棒球比賽預定明天舉行.
　　The train is **scheduled** to arrive at six. 那班火車預定6點鐘到達.
　　〖片語〗**according to schedule** 根據預定計畫地，按照預定計畫地.
　　ahead of schedule 比預定計畫早地.
　　behind schedule 比預定計畫晚地.
　　on schedule 按預定計畫地，準時地.
　　〖發音〗〖英〗亦作 [ˋʃɛdʒʊl].
　　〖複數〗**schedules**
　　〖活用〗v. **schedules**, **scheduled**, **scheduled**, **scheduling**

＊scheme [skim] n. ① 計畫，方案. ② 陰謀，詭計.
　　——v. ③ 陰謀，企圖，圖謀.
　　〖範例〗① We have a **scheme** for making millions overnight. 我們有一個能在一夜之間賺好幾百萬的方案.
　　② He revealed their **scheme** to assassinate the president. 他洩漏了他們要暗殺總統的陰謀.
　　③ He **schemed** to smuggle the guns into Taiwan. 他企圖走私那批槍枝到臺灣.
　　〖複數〗**schemes**
　　〖活用〗v. **schemes**, **schemed**, **schemed**,

scheming

schizophrenia [ˏskɪzəˋfrɪnɪə] n. 精神分裂症.

schizophrenic [ˏskɪzəˋfrɛnɪk] adj. ① 患精神分裂症的.
　　——n. ② 精神分裂症患者.
　　〖複數〗**schizophrenics**

＊scholar [ˋskɑlə] n. ① 學者《特指人文科學與古典文學的學者；科學家為 scientist》，有學問的人，博學的人. ② 領獎學金的學生，公費生. ③《古語》學生，學子: a dull **scholar** 理解力差的學生.
　　〖複數〗**scholars**

scholarly [ˋskɑləlɪ] adj. 學者類型的，有學者風度的，學究的；勤奮好學的，學識淵博的.
　　〖活用〗adj. **more scholarly**, **most scholarly**

＊scholarship [ˋskɑləˏʃɪp] n. ① 學識. ② 獎學金.
　　〖範例〗① wide and thorough **scholarship** 淵博的學識.
　　② I've won a **scholarship** to this school. 我在這所學校得到了獎學金.
　　〖複數〗② **scholarships**

＊school [skul] n. ① 學校；上課時間. ②（大學的）學院. ③ 流派，學派. ④（魚、鯨等海洋動物的）群.
　　——v. ⑤ 教育. ⑥ 培養，訓練.
　　〖範例〗① an elementary **school** 小學《〖英〗a primary school》.
　　a junior high **school** 國中.
　　a senior high **school** 高中.
　　Our **school** is on the hill. 我們的學校在那座小山丘上.
　　Which **school** do you go to? 你在哪一所學校上學?
　　He is old enough for **school**./He is old enough to go to **school**. 他已經到了該上學的年齡.
　　I go to **school** by bus. 我搭公車去上學.
　　We have no **school** on Sunday./There is no

school on Sunday. 我們星期日不用上學.
School begins at 8:30. 學校8點30分開始上課.
School is over at three. 學校3點鐘放學.
a **school** library 學校圖書館.
The new teacher is liked by the whole **school**. 那位新任教師受到全校學生的歡迎.
② the law **school** 法學院.
the medical **school**/the **school** of medicine 醫學院.
③ the Dutch **school** of painting 荷蘭畫派.
④ a **school** of fish 魚群.
Whales swim in **schools**. 鯨魚成群地游著.
⑤ He was well **schooled**. 他受過良好的教育.
⑥ You must **school** yourself in proper etiquette. 你要培養自己的禮貌.

[片語] **after school** 放學之後: We played baseball **after school**. 放學之後, 我們跑去打棒球.
at school 在學校, 在課堂上, 在求學中: What did you learn **at school**? 你在學校學了甚麼?
He is away **at school** in England. 他遠在英國讀書.
in school 〖美〗在學校, 在課堂上, 在求學中.
leave school ① 畢業: When did you **leave school**? 你甚麼時候畢業? ② 輟學, 退學.
of the old school 舊式的, 守舊的: She is a woman **of the old school**. 她是一個守舊的婦女.
out of school 在校外的, 畢業的.
[參考] 就學校的「教育」功能而言時, 不加冠詞:
School is over at three. (⇨ [範例] ①)
就學校的「校舍」而言時, 加冠詞:
Our **school** is on the hill. (⇨ [範例] ①)
♦ **schòol yéar** 學年.
[複數] **schools**
[活用] v. **schools**, **schooled**, **schooled**, **schooling**

schoolbook [`skul͵bʊk] n. 教科書《亦作 textbook》.
[複數] **schoolbooks**

schoolboy [`skul͵bɔɪ] n. (特指小學或國中的)男學生, 男孩: **Schoolboys** should wear uniforms. 男學生必須穿制服.
[複數] **schoolboys**

schoolchild [`skul͵tʃaɪld] n. 學童, 小學生.
[發音] 複數形 schoolchildren [`skul͵tʃɪldrən].

schoolgirl [`skul͵gɝl] n. (特指小學或國中的)女學生, 女孩.
[複數] **schoolgirls**

schoolhouse [`skul͵haʊs] n. (小規模的)校舍.
[發音] 複數形 schoolhouses [`skul͵haʊzɪz].

schooling [`skulɪŋ] n. 學校教育, (函授教育的)授課: He never had any **schooling**. 他根本沒受過學校教育.

schoolmaster [`skul͵mæstɚ] n. ① 男老師.

② 男校長.
[複數] **schoolmasters**

schoolmate [`skul͵met] n. 同學, 校友: Her **schoolmates** bullied her. 她的同學們欺負她.
[複數] **schoolmates**

schoolmistress [`skul͵mɪstrɪs] n. ① 女老師. ② 女校長.
[複數] **schoolmistresses**

schoolroom [`skul͵rum] n. 教室《亦作 classroom》.
[複數] **schoolrooms**

schoolteacher [`skul͵titʃɚ] n. (特指國小或國中的)學校教師.
[複數] **schoolteachers**

schoolwork [`skul͵wɝk] n. 學校作業.

schoolyard [`skul͵jɑrd] n. 校園, (學校的)操場.
[複數] **schoolyards**

schooner [`skunɚ] n. ① 縱帆式帆船《兩桅以上的帆船》. ② 〖美〗大型篷蓋馬車《拓荒時代用於橫越大平原; 亦作 prairie schooner》. ③ 大啤酒杯, 大玻璃杯.
[複數] **schooners**

*__science__ [`saɪəns] n. ① 科學, ~學科, 自然科學. ② 技巧, 技術.
[範例] ① He is a man of **science**. 他是一個科學家.
Fewer and fewer students are studying **science**. 專門研究科學的學生愈來愈少.
Are you interested in natural **science**? 你對自然科學有興趣嗎?
historical **science** 歷史學.
political **science** 政治學.
Medical **science** is making progress toward helping such patients. 醫學正朝著挽救這種病患的方向進步.
② the **science** of self-defence 防身術.
♦ **science fíction** 科幻小說《略作 SF》.
[複數] **sciences**

*__scientific__ [͵saɪən`tɪfɪk] adj. ① 科學上的, 有關科學的. ② 科學性的, 精密的. ③ 有系統的.
[範例] ① **scientific** studies 科學研究.
② These methods are not only not very **scientific**, but they're downright sloppy. 這些方法不僅不夠科學, 而且太草率了.
[活用] adj. ② ③ **more scientific**, **most scientific**

*__scientist__ [`saɪəntɪst] n. 科學家, 自然科學家.
[複數] **scientists**

*__scissors__ [`sɪzɚz] n. 〔作複數〕剪刀.
[範例] She bought a new pair of **scissors**. 她買了一把新剪刀.
These **scissors** cut well. 這把剪刀很利.
➡ [充電小站] (p. 1139)

scoff [skɔf] v. ① 嘲笑, 嘲弄, 譏諷 (at). ② 猛吃, 狼吞虎嚥地吃.
——n. ③ 嘲笑, 嘲弄, 譏諷; 笑柄.

充電小站

〔作複數〕的字（scissors 等）

【Q】scissors（剪刀）〔作複數〕. 在說 These scissors cut well.（這把剪刀很利.）時，顯然是指一把剪刀. 那兩把剪刀以上時，該怎麼說呢？

【A】「剪刀」是由兩個部分組成的，並且每個部分都有 handle, shank, blade, edge, 這兩個部分由 pivot 固定後就可以用來剪東西. 因為剪刀是由兩個部分組成的，所以只有 scissors 複數形，沒有 scissor 單數形. 「一把剪刀」是 scissors, 因為原來就是複數形，當然〔作複數〕.

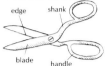

那麼「兩把以上的剪刀」該怎麼說呢？還是用 scissors. 因此你所提出的問題 These scissors cut well. 可以說是「一把剪刀」，也可以說是「兩把以上的剪刀」.

想明確說「一把剪刀」時，可加上表示「一對」之意的 pair 形成 a pair of scissors. 「這把剪刀（一把）很利」是

① This pair of scissors cuts well.

① 句中要注意的是，因為用了 pair 這一單數形主詞，所以動詞也用 cuts (does＋cut)這一單數形. 那麼「這3把剪刀都很利」該怎麼說呢？

② These three pairs of scissors cut well.

對應於 ② 句中的 three pairs 這一複數形主詞，動詞也就用 cut (do＋cut)這樣的複數形.

▶〔作複數〕的工具

scissors 是由兩個部分組成的，其每個「部分」都是缺一不可的，因此一般作複數形. 此外，還有一些沒有單數形的字，就像「剪刀」一樣用來夾或剪東西的工具. 如 sugar tongs（方糖夾），shears（大剪刀），pliers（鉗子），nail clippers（指甲剪），pincers（拔釘鉗），nippers（剪鉗），tweezers（小型手術鉗），forceps（鑷子）等都是同樣性質的字.

說到「夾」，那麼「筷子」也是用於夾食物的，兩支為一雙. 因此，「一雙筷子」說成 a pair of chopsticks. 不過與「剪刀」不同的是它由分開的兩支組成的，所以「一支筷子」說成 a chopstick. 也就是說，這個字也有單數形.

那麼「眼鏡」又怎麼樣呢？眼鏡為 glasses, 由右眼鏡片和左眼鏡片組成的，缺一不可. 因此，眼鏡一字為複數形，沒有單數形；而 sunglasses（太陽眼鏡）當然也一樣.

音樂中使用的 castanets（響板）也是如此；而 cymbals（鐃鈸）情況也差不多，也有單數形，為 a cymbal.

此外，「圓規」英文為 compasses, 也是個〔作複數〕的字，「一副圓規」說成 a pair of compasses. 不過，最近人們把「一副圓規」開始說成 a compass. 因此，「3副圓規」有 three pairs of compasses 與 three compasses 兩種說法.

▶〔作複數〕的衣服

「褲子」英語說成 pants或trousers, 沒有〔單數形〕.

③ These pants are a little too long for me.

③ 句意為「對我來說，這褲子有點太長」，僅靠本句無法知道是幾件褲子.

④ This pair of pants is a little too long for me.

⑤ These two pairs of pants are a little too long for me.

④ ⑤ 這樣就知道是幾件褲子了.

那麼，pants 和 trousers 為甚麼是〔作複數〕的字呢？這是因為褲子有兩條褲管，因此出現了 pair 這一說法.

正因如此，像褲子類的說法都是〔作複數〕的字. 如：overalls〔美〕工作褲（〔英〕dungarees），shorts（短褲），bell-bottoms（喇叭褲），jeans（牛仔褲），knickers（燈籠褲），briefs（貼身緊身褲），sleepers（兒童睡衣），rompers（背心連褲童裝），tights（緊身衣，褲襪）等都是同樣性質的字.

還有，穿在腳上的 socks（短襪），stockings（長統襪），anklets（至腳踝的短襪）都是由左右兩隻組成，所以「一雙襪子」說成 a pair of socks, 但是，如果說 ⑥ My sock is missing., 則表示「我的一隻襪子不見了」的意思. 其他如 shoes（鞋），boots（長統靴），還有 skis（滑雪屐）和skates（溜冰鞋）也都一樣. 另外，戴在手上的 gloves（手套）和mittens（連指手套）也一樣.

範例 ① No one **scoffed** at me. 沒有人嘲笑過我.

② The boy **scoffed** all the pancakes. 那個男孩狼吞虎嚥地把那些薄煎餅全都吃光了.

③ The scientist was the **scoff** of the world. 那個科學家成了世人的笑柄.

活用 v. **scoffs, scoffed, scoffed, scoffing**

複數 **scoffs**

＊**scold** [skold] v. 叱責，責罵：The woman **scolded** her daughter for telling a lie. 那個婦人因女兒說謊而責罵她.

活用 v. **scolds, scolded, scolded,**

scolding

scone [skon] n.〔英〕（小而鬆軟的）圓形麵包（〔美〕biscuit）.

複數 **scones**

scoop [skup] n. ① 鏟子，杓子，大湯匙，（外科手術用的）刮刀. ② 一杓（的量），一鏟（的量），賺大錢. ③ 特別報導，獨家新聞.

—— v. ⑤ 鏟起，舀出，挖出，刮出. ⑥ 賺大錢.

⑦ 搶先報導，搶先於.

範例 ② How much is a **scoop** of ice cream？ 一球冰淇淋多少錢？

⑤ We had to **scoop** water out of the boat. 我們

不得不舀出那艘小船裡的水.

⑦ The paper **scooped** the news. 那份報紙搶先報導那則消息.

We **scooped** rival papers. 我們搶在對手之前做獨家報導.

[複數] **scoops**

[活用] v. **scoops**, **scooped**, **scooped**, **scooping**

scooter [ˋskutɚ] n. ① 小型摩托車, 速克達《雙腿併攏乘坐的小型機車》. ② 踏板車《一隻腳踩在踏板上, 另一隻腳蹬地滑行的兒童車》.

[複數] **scooters**

***scope** [skop] n. ① 範圍. ② 餘地, 機會.

[範例] ① Old English is beyond even his **scope** of understanding. 古英文超出他的理解範圍.

② There's plenty of **scope** for creativity at my new job. 我這份新工作很有機會發揮創造力.

***scorch** [skɔrtʃ] v. ① 燒焦, 烤焦. ② 使枯萎, 使乾枯. ③《口語》(汽車等) 疾駛, 飛馳.

——n. ④ 燒焦, 烤焦, 焦痕. ⑤(植物的) 枯黃, 乾枯.

[範例] ① The young man **scorched** the handkerchief with the iron. 那個年輕人用熨斗把那條手帕燙焦了.

This hamburger is **scorched** on one side and barely cooked on the other. 這個漢堡一面烤焦了, 另一面卻幾乎沒烤.

When she came back, the soup was **scorching**. 她回來時, 那鍋湯已經燒焦了!

② Vegetation in the region was **scorched** from too much sun and not enough water. 由於日照猛烈和水分不足, 那個地區的植物都枯萎了.

③ The driver **scorched** down the road at 100 kilometers an hour. 那個駕駛以100公里的時速在公路上飛馳.

[活用] v. **scorches**, **scorched**, **scorched**, **scorching**

[複數] **scorches**

***score** [skor] n. ① 得分, 分數, 得分記錄. ② 總譜《歸納所有樂部、聲部曲譜的樂譜》. ③ 理由; 點. ④《正式》20. ⑤〔~s〕多數, 許多.

——v. ⑥ 得分, 得 (分數), 獲得 (勝利、成功等). ⑦ 記錄比賽的得分, 記分, 給 (考卷) 打分數. ⑧ 作曲, 譜曲. ⑨ (用刀子等) 加刻痕, 加截痕.

[範例] ① The final **score** of the rugby match was fifty-nil. 那場橄欖球比賽的最後比數是50:0.

Sue got a **score** of ninety on the math test. 蘇在那次數學考試中得了90分.

② a copy of the **score** of the symphony 那交響樂曲的總譜的副本.

③ Oh, there's no need to concern yourself on that **score**. 關於那一點你不必擔心.

④ Four **score** and seven years ago, our fathers brought forth upon this continent a new nation. 87年前, 我們的祖先在這個大陸上建立了一

個新的國家.《美國第16任總統林肯在蓋茨堡演說中 (1863年) 開頭所說的話》

⑤ I've received **scores** of letters today. 我今天收到了許多信.

⑥ The Lions **scored** 7 runs in the first inning. 獅隊在第一局得了7分.

Alan **scored** the highest marks on the test. 亞倫在那次考試中得到了最高分.

The young writer **scored** with his first book. 那個年輕作家的第一本書獲得了好評.

You've **scored** a real hit with this production, sir. 先生, 你這次的演出非常成功.

⑦ I **scored** at the baseball game. 我為那場棒球賽記分.

⑨ The cardboard was **scored** to make it easier to fold. 為了方便折疊, 那種厚紙板上刻有截痕.

[片語] ***know the score*** 瞭解事情的真相.

score out/score through (用橫線) 畫掉, 刪去.

[參考] 源於古北歐語的 skor (刻痕, 截痕). ④ 源於古時候收羊人數家畜時, 每數20隻便在木棒上刻一個記號. 另外, ④ 作複數時也用 score, 不加 s.

[複數] ①②③ **scores**/④ **score**

[活用] v. **scores**, **scored**, **scored**, **scoring**

scorer [ˋskorɚ] n. ① 記分員. ② 得分者.

[複數] **scorers**

***scorn** [skɔrn] n. ① 輕蔑, 鄙視, 藐視; 嘲弄的對象, 笑柄.

——v. ② 輕蔑, 鄙視, 藐視.

[範例] ① Our boss rejected my proposal with **scorn**. 我們的上司以輕蔑的態度否定我的提案.

Your wife is the **scorn** of your neighbors. 你的太太成了左鄰右舍的笑柄.

② The ambassador was **scorned** for his drunken behavior. 那位大使因酒後失態而遭到鄙視.

[活用] v. **scorns**, **scorned**, **scorned**, **scorning**

scornful [ˋskɔrnfəl] adj. 輕蔑的, 嘲弄的, 譏笑的: My girlfriend gave me a **scornful** look. 我的女朋友以輕蔑的眼神看了我一眼.

[活用] adj. **more scornful**, **most scornful**

scornfully [ˋskɔrnfəlɪ] adv. 輕蔑地: look at him **scornfully** 輕蔑地看著他.

[活用] adv. **more scornfully**, **most scornfully**

scorpion [ˋskɔrpɪən] n. ① 蠍子. ②〔the S~〕天蠍座, 天蠍座的人《[☞] 充電小站 (p. 1523)》.

[複數] **scorpions**

[scorpion]

Scot [skɑt] n. 蘇格蘭人.

[複數] **Scots**

Scotch [skɑtʃ] n. ① 蘇格蘭人, 蘇格蘭語. ② 蘇格蘭威士忌《亦作 Scotch whisky》.

——adj. ③ 蘇格蘭的.

＊Scotland [`skɑtlənd] *n.* 蘇格蘭《大不列顛島北半部，語言、文化與英格蘭有很大差異，首府為愛丁堡 (Edinburgh)》.

♦ **Scòtland Yárd** 倫敦警察廳；蘇格蘭警場《首都警察廳總部的通稱，為其舊址所在地的街名》.

＊Scottish [`skɑtɪʃ] *n.* ① [the ~] 蘇格蘭人《指全體；一個蘇格蘭人為 a Scot》；蘇格蘭語.
——*adj.* ② 蘇格蘭的.

scoundrel [`skaʊndrəl] *n.* 惡棍，無賴.
[複數] **scoundrels**

scour [skaʊr] *v.* ① 搜尋；四處奔走. ② 擦，磨；擦亮. ③ 沖洗，沖刷；侵蝕.
——*n.* ④ 擦洗，沖洗；沖刷.
[範例] ① He **scoured** the town for the lost cat. 為了尋找那隻走失的貓，他在鎮上四處奔走.
② She **scoured** out the dirty pan. 她刷亮那個髒鍋子.
[活用] *v.* **scours**, **scoured**, **scoured**, **scouring**

scourer [`skaʊrə] *n.* (用以刷洗鍋具的) 刷具.
[複數] **scourers**

scourge [skɝdʒ] *n.* ① 鞭子. ② 天譴，禍端：the **scourge** of war 戰禍. ③ 煩惱的根源.
——*v.* ④ 鞭笞，鞭打；懲罰. ⑤ 折磨.
[複數] **scourges**
[活用] *v.* **scourges**, **scourged**, **scourged**, **scourging**

scout [skaʊt] *n.* ① 偵察；偵察兵. ② 發掘新人者，球探，星探. ③ 男〔女〕童子軍的一員.
——*v.* ④ 偵察，到處尋找 (about, around).
[範例] ③ The young soldiers are on the **scout** now. 那些年輕的士兵現在正在偵察中.
④ They are **scouting** around for enemy troops. 他們正在偵察敵軍的動靜.
She **scouted** about for a good restaurant. 她到處尋找一家好的餐館.
[片語] *on the scout* 在偵察中. (⇨ [範例] ①)
[複數] **scouts**
[活用] *v.* **scouts**, **scouted**, **scouted**, **scouting**

scow [skaʊ] *n.* 大型平底船.
[複數] **scows**

scowl [skaʊl] *v.* ① 皺眉頭 (about)；怒目而視 (at).
——*n.* ② 不快的面容，怒容，陰沉的臉色.
[範例] ① What is the teacher **scowling** about? 那個老師為甚麼皺眉頭?
The policeman **scowled** at the driver he pulled over. 那個警察對著被攔下來的司機怒目而視.
[活用] *v.* **scowls**, **scowled**, **scowled**, **scowling**
[複數] **scowls**

scrabble [`skræbl̩] *v.* 《口語》翻找 (about)：She **scrabbled** about in a box for her earrings. 她在箱子中翻找她的耳環.
[活用] *v.* **scrabbles**, **scrabbled**, **scrabbled**, **scrabbling**

scram [skræm] *v.* 《口語》滾開，出去：Tell the lad to **scram**. 叫那個傢伙滾開.
[活用] *v.* **scrams**, **scrammed**, **scrammed**, **scramming**

＊scramble [`skræmbl̩] *v.* ① 攀登，爬. ② 互相爭奪. ③ 攪拌；使雜亂無章. ④ 改變頻率. ⑤ 使緊急出動.
——*n.* ⑥ 攀登. ⑦ 爭先恐後，爭奪. ⑧ 緊急出動. ⑨ 摩托車越野賽.
[範例] ① The young man **scrambled** up the rock. 那個年輕人爬上了那塊岩石.
② They were **scrambling** to get out of the room. 他們爭先恐後地想離開那個房間.
The girls **scrambled** for the pretty doll. 那些女孩互相爭奪那個可愛的洋娃娃.
③ I don't like **scrambled** eggs. 我不喜歡炒蛋.
④ This device **scrambles** a telephone message. 這個裝置可以改變通話的頻率.
⑥ What a **scramble** it was getting up to the top of the hill! 爬上那座小山的山頂真是辛苦!
⑦ There's always a **scramble** for seats at general admission concerts. 不對號入座的音樂會總是有爭奪座位的現象.
[活用] *v.* **scrambles**, **scrambled**, **scrambled**, **scrambling**
[複數] ⑧ ⑨ **scrambles**

＊scrap [skræp] *n.* ① 破片，小片，碎屑. ② (報導的) 剪報. ③ 碎屑，廢物，剩飯. ④ 吵架，打架.
——*v.* ⑤ 廢棄，拋棄；取消. ⑥ 吵架，打架.
[範例] ① Tom wrote down my address on a **scrap** of paper. 湯姆在碎紙片上記下我的地址.
② Which newspaper is this **scrap** from? 這份剪報是從甚麼報紙上剪下來的?
③ We feed the **scraps** to our pigs. 我們把那些剩下的飯菜拿去餵豬.
♦ **scráp hèap** 垃圾堆.
scráp pàper 〖英〗便箋《〖美〗scratch paper》.
[複數] **scraps**
[活用] *v.* **scraps**, **scrapped**, **scrapped**, **scrapping**

scrapbook [`skræp͵bʊk] *n.* 剪貼簿.
[複數] **scrapbooks**

＊scrape [skrep] *v.* ① 磨；擦；刮. ② 擦過；勉強通過. ③ 湊集.
——*n.* ④ 刮；擦；刮擦的聲音. ⑤ 擦痕；刮痕；擦傷. ⑥ 困境，麻煩.
[範例] ① The cook **scraped** the scales off the fish. 那個廚師刮掉了那條魚的鱗片.
She **scraped** the mud off her shoes on the door mat. 她在門口的腳踏墊上擦掉她鞋子上的泥.
He **scraped** off the old paint before painting the wall. 在往那面牆上塗油漆之前，他刮掉了舊油漆.
Yesterday I **scraped** my car against a guardrail. 昨天我的汽車刮到了護欄.
② The bus **scraped** through the narrow street. 那輛公車勉強通過了那條狹窄的街道.

She just **scraped** through the examination. 她勉強通過了那次考試.

③ He managed to **scrape** some money together. 他設法湊到一些錢.

They **scraped** up one million dollars. 他們湊到了一百萬美元.

④ The door opened with a **scrape**. 打開那扇門時發出了摩擦的聲音.

⑤ The boy got a **scrape** on his elbow. 那個男孩把肘部擦傷了.

⑥ They got into a **scrape** with the police. 他們被警方追得走投無路.

片語 *scrape a living* 勉強維持生計: They **scraped** a living as street musicians. 他們靠當街頭音樂家勉強維持生計.

活用 v. **scrapes**, **scraped**, **scraped**, **scraping**

複數 **scrapes**

scraper [`skrepɚ] n. 刮刀: a paint **scraper** 刮掉油漆用的刮刀.

複數 **scrapers**

scrappy [`skræpɪ] adj. 碎屑的, 剩餘的; 片段的, 不連貫的.

範例 We ate a **scrappy** meal. 我們吃了一頓剩菜剩飯.

I received a **scrappy** report from Tom. 我從湯姆那裡拿到了一份支離破碎的報告.

活用 adj. **scrappier**, **scrappiest**

***scratch** [skrætʃ] v. ① 抓, 抓破, 抓傷; 搔; 刮. ② 刪掉, 抹掉; 取消.

——n. ③ 抓, 抓傷; 搔; 刮擦聲.

——adj. ④ 東拼西湊的, 臨時做成的.

範例 ① The cat **scratched** the baby. 那隻貓抓傷了那個嬰兒.

He **scratched** his name on the wall with a nail. 他用釘子在那面牆上刻了自己的名字.

He **scratched** his back. 他搔自己的背.

He **scratched** the paint off the wall. 他刮掉那面牆上的油漆.

② The writer **scratched** the third sentence. 那個作者刪掉了第3句.

The horse was **scratched** two hours before the race. 那匹馬在那場比賽前兩個小時退出.

③ The cat gave itself a **scratch**. 那隻貓搔自己的身體.

He got **scratches** on his arms and legs when he went through the bushes. 他通過那片灌木叢時, 手臂和腿都被擦傷了.

片語 *from scratch* 從頭開始, 從零開始: They started **from scratch**. 他們從頭開始.

up to scratch 處於良好狀態的: His performance was not **up to scratch** last night. 昨晚他的演出不是很成功.

♦ **scrátch pàd** 〖美〗便條簿.
scrátch pàper 〖美〗便箋, 便條紙.

活用 v. **scratches**, **scratched**, **scratched**, **scratching**

複數 **scratches**

scratchy [`skrætʃɪ] adj. 潦草的, 亂塗的; 粗糙的.

範例 **scratchy** handwriting 潦草的字跡.
a **scratchy** sweater 一件粗糙的毛衣.

活用 adj. **scratchier**, **scratchiest**

scrawl [skrɔl] v. ① 潦草地書寫; 亂塗.

——n. ② 潦草的字跡; 塗鴉.

範例 ① We **scrawled** our names on the blackboard. 我們在那塊黑板上潦草地寫上我們的名字.

② I can't read your **scrawl**. 我看不懂你潦草的字跡.

活用 v. **scrawls**, **scrawled**, **scrawled**, **scrawling**

複數 **scrawls**

***scream** [skrim] v. ① 尖叫, 喊叫.

——n. ② 尖叫聲. ③ 滑稽的人〔事〕.

範例 ① The woman **screamed** for help. 那個女子發出尖叫聲求救.

The students **screamed** with laughter at the teacher's joke. 聽了那個老師講的笑話, 那些學生們都捧腹大笑.

The wind **screamed** through the skyscrapers. 風在那些棟摩天大樓之間呼嘯吹過.

② I heard a **scream** of pain coming from the next cell. 我聽見從隔壁牢房傳來的痛苦尖叫聲.

活用 v. **screams**, **screamed**, **screamed**, **screaming**

複數 **screams**

screech [skritʃ] v. ① 尖叫.

——n. ② 尖叫聲.

範例 ① "Let me go!" a woman **screeched**. 有一個女子尖叫著:「放開我!」

The taxi **screeched** to a halt. 那輛計程車戛然煞住.

② The boy's **screech** awoke all the family. 那個男孩的尖叫聲把家裡的人都吵醒了.

I heard a **screech** of brakes in front of my house. 我在我家門前聽見了一陣刺耳的煞車聲.

活用 v. **screeches**, **screeched**, **screeched**, **screeching**

複數 **screeches**

***screen** [skrin] n. ① 隔板; 屏風; 幕; 幔; 紗窗. ② 畫面; 銀幕. ③ 篩子.

——v. ④ 阻擋, 阻隔; 遮蓋. ⑤ 包庇, 庇護, 掩護. ⑥ 審查, 篩選. ⑦ 上映, 放映.

範例 ① Please put a **screen** around me, so I can get dressed. 請在我周圍圍上屏風, 以便我可以換衣服.

We have a **screen** of bamboos to keep out the sunlight. 我們有一片用來遮陽的竹林.

② I looked at the pictures on the **screen**. 我凝視著那個銀幕上的影像.

④ Tom **screened** his eyes with his hand. 湯姆用一隻手遮住眼睛.

⑥ The Ministry of Education **screens** school textbooks in Taiwan. 在臺灣, 教科書由教育

部審查.

⑦ The old film will be **screened** again. 那部舊電影又將上映了.

♦ **scréen àctor** 電影演員.
scréen àctress 電影女演員.
scréen sàver 螢幕保護程式.
scréen tèst 試鏡.

複數 **screens**
活用 v. **screens, screened, screened, screening**

screenplay [`skrin,ple] n. 電影劇本.
複數 **screenplays**

***screw** [skru] n. ① 螺絲; 螺絲釘; 螺栓. ② 螺旋槳. ③ 旋轉.
——v. ④ 用螺絲釘固定. ⑤ 擰緊; 旋進; 榨取.
範例 ① She used **screws** instead of nails to make a bookcase. 她做書架時沒用釘子, 而是用螺絲釘.
He gave the **screw** another turn. 他把那個螺絲釘又旋了一圈.
④ She **screwed** down the cover of the case. 她用螺絲釘把那個箱蓋固定住.
⑤ She **screwed** the bulb into the socket. 她把那個燈泡旋進了燈座.
He **screwed** juice out of a lemon. 他榨了檸檬汁.
片語 ***screw up*** ① 鼓起勇氣: She **screwed up** her courage and opened the door. 她鼓起勇氣, 打開那扇門. ② 弄得一塌糊塗: The traffic accident **screwed up** our trip. 那場車禍把我們的旅行弄得一塌糊塗.
複數 **screws**
活用 v. **screws, screwed, screwed, screwing**

screwdriver [`skru,draɪvɚ] n. 螺絲起子, 螺絲刀.
複數 **screwdrivers**

***scribble** [`skrɪbl] v. ① 潦草地寫, 快速地寫; 塗鴉.
——n. ② 潦草書寫; 潦草的字跡.
範例 ① Someone **scribbled** a message on this napkin, but I can't read it. 有人在餐巾上潦草地寫了些甚麼, 但我看不懂.
No **Scribbling** 禁止塗鴉.
② meaningless **scribbles** 無意義的塗鴉.
活用 v. **scribbles, scribbled, scribbled, scribbling**
複數 **scribbles**

scribe [skraɪb] n. ① 書籍抄寫者, 書記員. ② 學者.
複數 **scribes**

***script** [skrɪpt] n. ① (電影等的) 腳本, 劇本. ② 字體; 書寫體. ③ 文字; 字母表.
——v. ④ 寫腳本, 寫劇本.
範例 ① a film **script** 電影劇本.
② The word was written in italic **script**. 那個字是用斜體字寫的.
③ I can't read the line printed in Arabic **script**. 我看不懂用阿拉伯文印刷的那一行字.

the phonetic **script** 語音文字.
複數 **scripts**
活用 v. **scripts, scripted, scripted, scripting**
➡ 充電小站 (p. 1145)

scriptural [`skrɪptʃərəl] adj. 《聖經》的, 基於《聖經》的.

Scripture [`skrɪptʃɚ] n. ① 〔the ~s〕(基督教的)《聖經》. ② 〔s~s〕(基督教以外的宗教) 聖典: Buddhist **scriptures** 佛經.
複數 **Scriptures**

scriptwriter [`skrɪpt,raɪtɚ] n. 編劇, 劇作家.
複數 **scriptwriters**

scroll [skrol] n. ① (紙、羊皮紙的) 卷軸; 寫成卷軸的書籍. ② 渦卷形裝飾.
——v. ③ (電腦螢幕等) 上下〔左右〕捲動.
複數 **scrolls**
活用 v. **scrolls, scrolled, scrolled, scrolling**

scrounge [skraʊndʒ] v. 偷取, 騙取: He **scrounged** a soft drink off his friend. 他偷取了朋友的汽水.
活用 v. **scrounges, scrounged, scrounged, scrounging**

scrounger [`skraʊndʒɚ] n. 行竊者, 詐騙者.
複數 **scroungers**

***scrub** [skrʌb] v. ① 用力洗, 用力擦. ② 取消.
——n. ③ 擦洗; 洗淨. ④ 灌木叢, 矮樹叢.
範例 ① Mary **scrubbed** the dirt off the wall. 瑪麗用力擦洗那面牆上的污垢.
② We must **scrub** our shopping plans. 我們必須取消我們的購物計畫.
③ Give the pan a good **scrub**. 把那個鍋子好好刷一下.
♦ **scrúb brùsh** 硬毛刷, 地板刷 《亦作 scrubbing brush》.
活用 v. **scrubs, scrubbed, scrubbed, scrubbing**

scruff [skrʌf] n. ① 後頸部, 頸背: take him by the **scruff** of the neck 揪住他的後頸部. ② 《口語》不整潔的人, 邋遢的人.
複數 **scruffs**

scruffy [`skrʌfɪ] adj. 不整潔的, 破舊的, 寒酸的: You look **scruffy**. 你看起來很寒酸.
活用 adj. **scruffier, scruffiest**

scrum [skrʌm] n. ① (橄欖球的) 並列爭球. ② 擁擠的人群: a **scrum** of reporters 擠成一團的記者.
複數 ① **scrums**

scruple [`skrupl] n. ① 良心的譴責; 顧忌, 猶豫.
——v. ② 受良心的譴責; 躊躇, 猶豫.
範例 ① Mr. White is a man with no **scruples**. 懷特先生是個毫無顧忌的人.
② He does not **scruple** to betray his friends. 他毫不愧疚地背叛自己的朋友.
複數 **scruples**
活用 v. **scruples, scrupled, scrupled, scrupling**

S

scrupulous [`skrupjələs] *adj.* ① 有良心的，正直的，是非分明的. ② 周密的，仔細的，一絲不苟的.

[範例] ① A more **scrupulous** man would have given the money back. 比較有良心的人就會把那筆錢還回去.
ABC Co. wasn't entirely **scrupulous** in the way it handled this contract. ABC 公司在處理這個合約時，並不完全是公正的.
② Al pays **scrupulous** attention to company policy. 艾爾非常注意公司的政策.
Doctors and nurses must be **scrupulous** about hygiene. 醫生和護士必須講究衛生.
a **scrupulous** report of the car crash 對那次撞車事故的周密記錄.

[活用] *adj.* **more scrupulous**, **most scrupulous**

scrupulously [`skrupjələslɪ] *adv.* ① 有良心地. ② 周密地，嚴謹地.

[範例] ① There has been a lot of pressure on politicians to conduct themselves **scrupulously**. 政治家們承受著嚴正行為要有良心的巨大壓力.
② The girl kept her room **scrupulously** clean. 那個女孩把她房間的每個角落都打掃得乾乾淨淨.

[活用] *adv.* **more scrupulously**, **most scrupulously**

scrutinize [`skrutn̩‚aɪz] *v.* 詳細調查；仔細觀察: The scientist **scrutinized** the stone with a microscope. 那位科學家用顯微鏡仔細觀察那塊石頭.

[參考] [英] scrutinise.
[活用] *v.* **scrutinizes**, **scrutinized**, **scrutinized**, **scrutinizing**

*****scrutiny** [`skrutn̩ɪ] *n.* 詳細審查，細察: Government should be open to public **scrutiny**. 政府應該接受公眾的詳細審查.

[複數] **scrutinies**

scuba-diving [`skubə‚daɪvɪŋ] *n.* 配戴水肺潛水.

scud [skʌd] *v.* ① 疾馳；飛掠.
——*n.* ② 疾馳；飛掠.

[範例] ① The yacht is **scudding** along before the wind. 那艘遊艇正乘風疾馳著.
Clouds were **scudding** across the sky. 雲彩掠過天空.

[活用] *v.* **scuds**, **scudded**, **scudded**, **scudding**
[複數] **scuds**

scuff [skʌf] *v.* ① 曳足而行. ② 磨損，磨破；磨薄.
——*n.* ③ 曳足而行. ④ 磨損處. ⑤ 拖鞋.

[範例] ① The little girl **scuffed** in her mother's high heels. 那個小女孩穿著母親的高跟鞋曳足而行.
② My shoes are **scuffed** up. 我的鞋底磨破了.

[活用] *v.* **scuffs**, **scuffed**, **scuffed**, **scuffing**
[複數] **scuffs**

scuffle [`skʌfl] *n.* ① 扭打，格鬥: He was injured in a **scuffle**. 他在扭打中受了傷.
——*v.* ② 扭打，格鬥.

[複數] **scuffles**
[活用] *v.* **scuffles**, **scuffled**, **scuffled**, **scuffling**

*****sculptor** [`skʌlptɚ] *n.* 雕刻家.

[複數] **sculptors**

*****sculpture** [`skʌlptʃɚ] *n.* ① 雕刻，雕刻技術；雕刻品.
——*v.* ② 雕刻.

[範例] ① You can see a lot of famous paintings and **sculptures** in that museum. 在那個美術館中，你能看到許多有名的繪畫和雕刻品.
② The marble statue was **sculptured** about 2,000 years ago. 那座大理石雕像大約是在2,000年前雕刻而成的.

[複數] **sculptures**
[活用] *v.* **sculptures**, **sculptured**, **sculptured**, **sculpturing**

scum [skʌm] *n.* ① 浮渣；泡沫；浮垢. ② 渣滓: the **scum** of the earth 人渣.

[複數] ② **scum**

scurry [`skɝɪ] *v.* ① 疾走，慌張地跑.
——*n.* ② 急速奔跑.

[範例] ① Two chipmunks **scurried** out of the wood pile. 兩隻花栗鼠從那堆木材堆裡竄了出來.
② She heard the **scurry** of feet outside. 她聽見外面有急速奔跑的腳步聲.

[活用] *v.* **scurries**, **scurried**, **scurried**, **scurrying**

scurvy [`skɝvɪ] *n.* ① 壞血病.
——*adj.* ②《古語》卑鄙的，卑賤的.

[範例] ① A lack of vitamin C causes **scurvy**. 缺乏維他命 C 會引起壞血病.
② Ben is a **scurvy** fellow. 班是個卑鄙的傢伙.

[活用] *adj.* **scurvier**, **scurviest**

scuttle [`skʌtl] *v.* ① 倉皇跑走 (away). ②（在船底）鑿孔使（船）沉沒.

[範例] ① The boys **scuttled** away when they saw the cobra. 那群男孩一看見那條眼鏡蛇就倉皇逃走.
② At last the captain ordered his men to **scuttle** the ship. 最後，那位船長命令船員們在船底鑿孔使船沉沒.

[活用] *v.* **scuttles**, **scuttled**, **scuttled**, **scuttling**

scythe [saɪð] *n.* ①（割草用的長柄）大鐮刀.
——*v.* ② 用大鐮刀割.

[範例] ① He used a **scythe** to cut the long grass. 他用大鐮刀割那些長草.
② I **scythed** the grass down. 我用大鐮刀割草.

[scythe]

[複數] **scythes**
[活用] *v.* **scythes**, **scythed**, **scythed**,

充電小站

書寫體

首先，讓我們來看一下甚麼是書寫體．所謂書寫體就是指手寫的文字．書寫體與打字和鉛字不同，每個人都有其特徵與愛好．

書寫體大致可分為 (1) 楷體、(2) 行書、(3) 草書3種．其中最容易讀的是楷體，行書因稍向右傾斜，所以書寫方便，草書則除了署名外很少使用．

楷體
A B C D E F G H I J K L M N O P Q R S T U V W X Y Z
a b c d e f g h i j k l m n o p q r s t u v w x y z

行書
A B C D E F G H I J K L M N O P Q R S T U V W X Y Z
a b c d e f g h i j k l m n o p q r s t u v w x y z

草書
𝒜ℬ𝒞𝒟ℰℱ𝒢ℋℐℐ𝒦ℒℳ𝒩𝒪𝒫𝒬ℛ𝒮𝒯𝒰𝒱𝒲𝒳𝒴𝒵
a b c d e f g h i j k l m n o p q r s t u v w x y z

scything

*__sea__ [si] *n.* 海，海洋，大海.

範例 I like swimming in the **sea**. 我喜歡在海裡游泳.

We will spend our holidays by the **sea**. 我們打算在海邊度假.

a calm **sea** 平靜的大海.

His luggage was sent by **sea**. 他的行李是由海運寄來的.

The North **Sea** is east of Great Britain. 北海在英國的東方.

The speaker got nervous and tense when she saw the **sea** of faces out in the auditorium. 那名演說者一看見無數的臉孔聚集在禮堂便感到緊張.

The living room was a **sea** of flames. 那間客廳成了一片火海.

The **sea** water runs into this lake. 海水流進這個湖泊.

I'm all at **sea** since losing my job. 自從我失業之後，便全然不知所措.

My father went to **sea** when he was 18. 我父親18歲時當了船員.

Mt. Jade is 3,952 meters above **sea** level. 玉山海拔3,952公尺.

片語 **at sea** ① 在海上，在海上航行中．② 困惑的，茫然的，不知所措的.(⇨ 範例)

by sea 由海路，乘船.(⇨ 範例)

go to sea 當船員；出航，出海.(⇨ 範例)

put to sea/put out to sea 出航，出海.

♦ **séa anèmone** 海葵.

séa hòrse 海馬.

séa lèvel 海平面.

séa lìon 海獅.

séa ùrchin 海膽.

複數 **seas**

__seabed__ [`si͵bɛd] *n.* 〔the ~〕海底.

複數 **seabeds**

__seaboard__ [`si͵bord] *n.* 海岸，海濱沿岸地區；

the eastern **seaboard** of the USA 美國東海岸.

複數 **seaboards**

__seacoast__ [`si͵kost] *n.* 海岸，沿岸.

複數 **seacoasts**

__seafaring__ [`si͵fɛrɪŋ] *adj.* ①《正式》航海的；航海業的.

——*n.* ②《正式》航海；航海業.

__seafood__ [`si͵fud] *n.* 海產食品，海鮮.

複數 **seafoods**

__seafront__ [`si͵frʌnt] *n.* 濱海步道，濱海公路；沿岸地區，海濱地帶: I walked along the **seafront**. 我沿著濱海步道散步.

字源 sea (海) + front (前).

複數 **seafronts**

__seagull__ [`si͵gʌl] *n.* 海鷗《亦作 gull》.

複數 **seagulls**

*__seal__ [sil] *n.* ① 印章，圖章，璽．② 封印，封蠟，封條，封鉛，封條紙；貼紙；封口，封蓋．③ 標誌，象徵．④ 海豹，海狗．⑤ 海豹毛皮.

[seal]

——*v.* ⑥ 蓋章，蓋印，簽印．⑦ 封緘，加封印，密封．⑧ 確認，保證，證明.

範例 ① How long has the **seal** of England been the way it is? 現今英國國璽的圖案已使用多久了?

② He broke the **seal** on the envelope. 他拆開了那個信件的封口.

a Christmas **seal** 聖誕貼紙.

③ the **seal** of quality 品質標誌《表示產品品質優良的印記》.

④ The **seal** caught the ball on its nose. 那隻海豹用鼻子接住了球.

⑤ These boots are made of **seal**. 這雙長靴是用海豹皮做成的.

⑥ The contract was signed and **sealed**. 那份合約已經簽名並蓋章了.

⑦ **seal** a letter 將信封好.

My lips are **sealed**. 我甚麼也不能說.

Vacuum packaging **seals** in freshness. 真空密封包裝能保持新鮮.

The police have **sealed** off the street where the gunman is hiding. 警方已經封鎖那名持槍歹徒藏匿的街道.

He **sealed** up the drawer so that it couldn't be opened. 他把那個抽屜貼上封條, 以防被人打開.

⑧ They **sealed** their agreement with a toast. 他們用乾杯來表示達成協議.

[片語] **put ~'s seal to.../set ~'s seal to...** 在~蓋章, 批准, 同意, 保證, 證明.

under the seal of secrecy 約定嚴守祕密, 約定守口如瓶.

seal in 封入, 封在裡面. (⇨[範例]⑦)

seal off 封鎖; 密封. (⇨[範例]⑦)

[複數] **seals**

[活用] v. **seals, sealed, sealed, sealing**

*__seam__ [sim] n. ①(衣服等的)接縫, 縫合處,(木板間的)接合處. ② 傷痕; 皺紋. ③ 薄層《兩地層間的礦物薄層》.

——v. ④ 縫合, 接合.

[範例] ① Stockings used to have **seams**. 過去的長統襪都有接縫.

③ a coal **seam** 煤層.

④ The man's face was **seamed** with a wound. 那個男子的臉上留下一道傷痕.

[複數] **seams**

[活用] v. **seams, seamed, seamed, seaming**

seaman [`simən] n. ① 水手, 船員, 海員. ② 水兵.

[複數] **seamen**

seamanship [`simən,ʃɪp] n. 航海術, 船舶駕駛技術.

seaport [`si,port] n. 海港城市.

[複數] **seaports**

sear [sɪr] v. ① 烤, 煎; 燒焦, 燒灼. ② 使枯萎; 使憔悴; 使麻木.

——adj.《正式》乾枯的, 枯萎的.

[範例] ① The man tried to **sear** the wound with a hot iron. 那個男子試著用烙鐵燒灼傷口.

③ The leaves became **sear** in the hot dry weather. 那些樹葉因天氣乾熱而枯萎了.

[活用] v. **sears, seared, seared, searing**

*__search__ [sɝtʃ] v. ① 尋找, 搜尋, 探索, 調查.

——n. ② 尋找, 搜尋, 探索, 調查, 研究.

[範例] ① The man **searched** everywhere for the lost film. 那個男子四處尋找那卷遺失的底片.

The police **searched** my house without a warrant. 警方沒有持搜索狀就搜查我家.

The detective **searched** his pockets for coins. 那名警探檢查他的口袋看看是否有硬幣.

② Sophie moved to Australia in **search** of a quiet life. 蘇菲為了尋求寧靜的生活而移居澳洲.

[片語] **in search of** 尋找, 尋求. (⇨[範例]②)

search me《口語》我不知道, 我怎麼知道:

"Where's today's paper?" "**Search me.**"「今天的報紙在哪裡?」「我不知道!」

search out 找出, 找到.

[活用] v. **searches, searched, searched, searching**

[複數] **searches**

searching [`sɝtʃɪŋ] adj. 仔細的, 徹底的; 銳利的: The police officer gave me a **searching** look. 那名警官以銳利的眼光看了我一眼.

[活用] adj. **more searching, most searching**

searchlight [`sɝtʃ,laɪt] n. 探照燈.

[複數] **searchlights**

seashell [`si,ʃel] n. 貝殼.

[複數] **seashells**

seashore [`si,ʃor] n. 海岸, 海邊, 海濱: The policeman found some old bags that had been washed up on the **seashore**. 那名警察發現有幾個舊手提袋被沖上岸邊.

seasick [`si,sɪk] adj. 暈船的: I got **seasick**. 我暈船了.

[活用] adj. **more seasick, most seasick**

*__seaside__ [`si,saɪd] n. 海邊, 海濱, 海岸: The scientist lives at the **seaside**. 那位科學家住在海邊.

*__season__ [`sizn] n. ① 季, 季節, 時期, 流行期, 盛產期.

——v. ② 給~調味; 使增添趣味. ③ 使適應, 使習慣; 使(木材)乾燥.

[範例] ① The four **seasons** are spring, summer, autumn and winter. 4個季節分別為春、夏、秋、冬.

Peaches are now in **season**. 現在正是桃子的盛產期.

The baseball **season** starts in April. 棒球季從4月份開始.

② The cook **seasoned** the chicken with pepper. 那個廚師用胡椒為雞肉調味.

The professor **seasoned** his conversation with humor. 那位教授的幽默為他的談話增添趣味.

③ He **seasoned** the wood in the open air. 他把那塊木材放在室外使之乾燥.

♦ **sèason tícket**(交通工具、比賽、表演等的)定期票, 季票.

[複數] **seasons**

[活用] v. **seasons, seasoned, seasoned, seasoning**

seasonable [`siznəbl] adj. 季節的; 應時的, 適時的, 及時的.

[範例] **seasonable** weather 符合季節的天氣.

seasonable advice 及時的勸告.

[活用] adj. **more seasonable, most seasonable**

seasonal [`siznəl] adj. 限於~季節的, 季節性的, 因季節而異的.

[範例] **seasonal** laborers 季節性勞工.

seasonal diseases 季節病.

[活用] adj. **more seasonal, most seasonal**

seasoning [`sizn̩ɪŋ] n. ① 加味, 調味. ② 調

second 與「秒」

【Q】second 意為「第二的」，但 second 還有「秒」之意．「第二的」與「秒」有甚麼關聯嗎？還是根本沒有任何關聯？

【A】答案是「有關聯」．
　　second 確實意為「第二的」．現在我們先來確認一下 minute 的意思．minute 是將 hour 分成「minute（微小的）單位（1/60）」．表示「分」之意的 minute 與表示「微小的」之意的 minute 雖然發音不同，但原為同一個字．接著將 minute 分成（更）minute（微小的）的單位（1/60），就稱作 second minute（第二小的）．後來因 second minute 太長而省略 minute，變成 second．

味料，香料，佐料．③ 適應，習慣：（木材的）乾燥．

範例 ① There is not enough **seasoning** in the sausage. 這個香腸調味不足．

② Humor is the **seasoning** of a good speech. 幽默能使演說妙趣橫生．

複數 **seasonings**

****seat** [sit] n. ① 座位．② 議席，席次．③（衣服的）臀部部位．④ 所在地，中心地．

——v. ⑤ 使坐下，使就座．

範例 ① Please take a **seat**. 請坐．

give ~'s **seat** to an old man 讓座給老人．

Book two **seats** for the concert. 請預定兩個那場音樂會的座位．

Please fasten your **seat** belt. 請繫上安全帶．

② The conservative party lost many **seats** in the election. 保守黨在那次選舉中失去了許多席次．

③ the **seat** of the trousers 褲子的臀部部位．

④ a **seat** of learning 學術中心．

⑤ We **seated** ourselves at the table. 我們在那張桌子前坐下來．

Please be **seated**. 請坐．

The new concert hall **seats** 1,500. 那個新的音樂廳可容納1,500人．

片語 **by the seat of ~'s pants** 憑直覺，憑經驗．

◆ **sáfe séat** 必定當選的席次．

séat bèlt（汽車、飛機等的）安全帶《亦作 safety belt》．

複數 **seats**

活用 v. **seats, seated, seated, seating**

seaward [`siwəd] adj., adv. 向海的〔地〕，朝海的〔地〕：He was standing looking **seaward**. 他站在那裡向海望去．

參考 adv. 亦作 seawards.

字源 sea（海）＋ward（朝著）．

seawards [`siwədz] adv. 向海地《亦作 seaward》．

seaweed [`si,wid] n. 海草，海藻．

複數 **seaweeds**

seaworthy [`si,wɝðɪ] adj.（船）適於航海的，耐風浪的．

活用 adj. **seaworthier, seaworthiest**

secateurs [`sɛkə,tɝz] n.〔作複數〕（修剪花木用的）剪枝刀，修枝剪：a pair of **secateurs** 一把修枝剪．

secede [sɪ`sid] v.（從政黨等團體中）退出，脫離(from)：South Carolina was the first state to **secede** from the union during the Civil War era. 南卡羅來納州是南北戰爭時期最先脫離聯邦政府的州．

活用 v. **secedes, seceded, seceded, seceding**

secession [sɪ`sɛʃən] n. ①（從政黨等團體中的）退出，脫離．②『美』（導致南北戰爭的）南方11州脫離聯邦政府《亦作 Secession》：The **secession** of southern states created the Confederate States of America. 南方諸州脫離聯邦政府創立美利堅邦聯．

複數 **secessions**

***seclude** [sɪ`klud] v.《正式》使隔絕，使退隱．

範例 I want to **seclude** my children from bad influences. 我想讓我的孩子們與不良的影響隔絕．

He **secluded** himself in the library all day. 他整天把自己關在那個圖書館裡．

活用 v. **secludes, secluded, secluded, secluding**

secluded [sɪ`kludɪd] adj. 與世隔絕的，退隱的，隱居的．

範例 The poet lives **secluded** from the world. 那位詩人過著與世隔絕的生活．

The artist lived in a **secluded** country house. 那位藝術家住在一棟與世隔絕的鄉間房屋裡．

活用 adj. **more secluded, most secluded**

seclusion [sɪ`kluʒən] n. 隔離，隱居，退隱：The ex-president now lives in **seclusion**. 前任總統現在過著隱居的生活．

****second** [`sɛkənd] adj., adv. ① 第二的〔地〕，第二次的〔地〕，第二個的〔地〕．

——n. ② 第二．③（時間、角度的）秒《☞ 充電小站 (p. 1147)》．④ 副手，幫手，助手，輔助者．

——v. ⑤ 支持，幫助，贊同，贊成．⑥（拳擊時）當助手．

範例 ① That boy running in the **second** lane is Andy. 跑在第二跑道上的那個男孩就是安迪．

The child asked for a **second** helping of rice. 那個孩子又要了一碗飯．

Habit is **second** nature.《諺語》習慣乃第二天性．

He is **second** to none in basketball. 他的籃球技術是首屈一指的.

Los Angeles is the **second** largest city in the United States. 洛杉磯是美國第二大城市.

In the marathon he came in **second** to Johnson. 在那場馬拉松賽跑中,他繼強森之後第2個到達終點.

First, find the cause of the problem. **Second**, figure out a solution. 第一,先找出問題的原因. 第二,想出解決的辦法.

② He was the **second** to come. 他是第二個到的.

"What is the date today?" "Today is April **2nd**." 「今天是幾號?」「是4月2號.」《2nd 是 second 的數字表達方式. 有時表示日期不用 2nd 而是用2,如 April 2. 日期的2nd 或2讀作 the second 或 second》

③ It is 25 minutes 50 **seconds** past three. 現在是3點25分50秒.

I'll give you 30 **seconds** to answer this question. 我給你30秒的時間回答這個問題.

He won the 100-meter dash with a time of 12 **seconds** flat. 他以12秒整的成績贏得那次100公尺賽跑冠軍.

She swam the 200-meter individual medley in a new record of 2:12.64. 她在200公尺個人混合賽中,游出2分12秒64的新記錄. 《2:12.64 讀作 two minutes twelve point six four **seconds**》

Wait here. I'll be back in a **second**. 你在這裡等一下,我馬上就回來. 《此處表示「瞬間,片刻」之意》

The measure of this angle is 40°35′42″. 這個角度的大小是40度35分42秒. 《40°35′42″ 讀作 forty degrees thirty-five minutes forty-two **seconds**》

Lat. 35°22′14″ N 北緯35度22分14秒. 《讀作 latitude thirty-five degrees twenty-two minutes fourteen **seconds** north》

④ She was an excellent **second** to me. 她是我最好的幫手.

⑤ "Will anyone **second** this motion?" "I **second**." 「有人支持這項動議嗎?」「我支持.」

片語 **at second hand** 間接地,間接得知地.

be second only to 僅次於: John's grade is **second only to** David's. 約翰的成績僅次於大衛.

be second to none 不亞於任何人,首屈一指. (⇨ 範例 ①)

second thought/second thoughts 進一步考慮,重新考慮: On **second thought**, I will go. 重新考慮之後,我決定要去.

♦ **sècond báse** (棒球的)二壘.

sècond cláss ① 二等、二級、二流. ②『美』第二類郵件《報紙、雜誌等定期刊物》,『英』普通郵件《相對於 first class (快件)》.

sècond cóusin 遠房表〔堂〕兄弟姊妹.

sècond flóor 『美』二樓,『英』三樓 (☞

充電小站 (p. 415)).

sécond hànd (鐘錶的)秒針《second 為秒, hand 指鐘錶的針; 分針為 minute hand, 時針為 hour hand》. ② 用過的, 中古的, 二手的.

sécond nàme ① 姓. ② 別名.

sècond náture 第二天性,(根深蒂固的)習慣.

the sècond pérson (文法的)第二人稱.

複數 **seconds**

活用 v. **seconds, seconded, seconded, seconding**

***secondary** [`sɛkən͵dɛrɪ] adj. ① 第二的, 第二位的; 次要的. ②(學校、教育)中等的.

範例 ① a **secondary** infection of unknown origin 原因不明的第二次感染.

Everything else is **secondary** to not defaulting on the loan. 與及時償還借款比較起來,其他一切都是次要的.

② **secondary** education 中等教育《介於 primary education (初等教育) 與 higher education (高等教育) 之間》.

♦ **sécondary schòol** 中等學校《完成 primary education (初等教育) 之後,進入大學或就業之前就讀的學校. 相當於『美』high school; 『英』grammar school, public school, comprehensive school》.

second-class [`sɛkənd`klæs] adj. ① 二流的,(等級)二等的. ②『美』(郵件)第二類的《報紙、雜誌等定期刊物》. ③『英』普通郵件的《相對於 first-class (快件的)而言》.

——adv. ④ 二等地、乘坐二等車《艙》地. ⑤『美』(郵件)用第二類地. ⑥『英』用普通郵件地.

範例 ① a **second-class** pianist 二流的鋼琴家. a **second-class** carriage 二等車廂.

② a **second-class** matter 『美』第二類郵件.

③ a **second-class** letter 『英』平信《快件作 a first-class letter》.

④ I travelled **second-class**. 我乘二等車〔船〕旅行.

seconder [`sɛkəndɚ] n. 附議者,贊成者,支持者.

複數 **seconders**

secondhand [`sɛkənd`hænd] adj., adv. ① 用過的〔地〕,中古的〔地〕,二手的〔地〕,經營舊貨的〔地〕. ②間接的〔地〕,間接聽到的〔地〕,第二手的〔地〕《亦作 at second hand》.

範例 ① I found this map at a **secondhand** bookstore. 我在舊書店發現這張地圖.

a **secondhand** bicycle 二手腳踏車,中古腳踏車.

My brother bought a car **secondhand**. 我哥哥買了一輛二手車.

② I don't trust Tom's **secondhand** report. 我無法相信湯姆所取自第二手資料的報告.

We know of the news **secondhand**. 我們間接地得知那個消息.

參考 亦作 second hand.

***secondly** [ˋsɛkəndlɪ] *adv.* 第二，其次：I have two reasons for buying the car: firstly, it is not expensive, and **secondly**, its milage is still low. 我買那輛車有兩個原因：第一是價錢不高，第二是里程數還很低.

secondment [sɪˋkɑndmənt] *n.* 〖英〗臨時的調動或調任《暫時離開原來的工作單位去做其他工作或進修等》：He is on **secondment** to the University of Michigan. 他臨時被調派到密西根大學.

〖複數〗**secondments**

second-rate [ˋsɛkəndˋret] *adj.* 二流的，劣等的.

〖活用〗　*adj.* **more second-rate**, **most second-rate**

***secrecy** [ˋsikrəsɪ] *n.* 祕密；嚴守祕密.

〖範例〗**Secrecy** is important to our plans. 嚴守祕密對我們的計畫來說十分重要.
I relied on her **secrecy**, but it was a big mistake. 我原本相信她會嚴守祕密，但是卻大錯特錯.
She sent the documents to him in **secrecy**. 她偷偷地把那些文件交給他.

〖片語〗**in secrecy** 私下地，暗中地，祕密地. (⇨〖範例〗)

***secret** [ˋsikrɪt] *adj.* ① 祕密的，私下的，機密的，不公開的，守口如瓶的. —*n.* ② 祕密，機密. ③ 神祕，奧祕，謎. ④ 祕訣，訣竅.

〖範例〗① She became a **secret** smoker after her father died. 父親死後，她開始偷偷地抽菸.
She is very **secret** about her private life and none of her friends knows about her family. 她對私生活守口如瓶，連朋友們也不知道她家人的情況.
James Bond is a fictitious British **secret** agent. 詹姆斯・龐德是杜撰的英國情報員.
He works for the **secret** service and often travels around the world. 他為那個情報機關工作，常常遊走世界各國.
That was a top **secret** experiment that nobody knew about. 那是最高機密的實驗，沒有半個人知道.
② Paul is very indiscreet, and can never keep a **secret**. 保羅非常輕率，他絕對無法保守祕密.
③ The **secret** of how life on earth began is still unknown. 生命如何誕生的奧祕依舊成謎.
④ The **secret** of health is exercise and balanced diet. 運動和均衡的飲食是健康的祕訣.
One of the **secrets** of his success is that he never mixes business with pleasure. 他成功的祕訣之一就是決不把娛樂與工作混為一談.

〖片語〗**in secret** 私下地，暗中地，祕密地：The two leaders met **in secret**. 那兩位首長祕密地會晤.
in the secret 知道祕密的，瞭解內情的：Is your brother **in the secret**? 你哥哥知道內情嗎？

♦ **sècret ágent** 情報人員，間諜，密探.
the sècret sérvice 情報機構，特務工作局.
tòp sécret 最高機密.

〖活用〗*adj.* **more secret**, **most secret**
〖複數〗**secrets**

secretarial [ˌsɛkrəˋtɛrɪəl] *adj.* 〔只用於名詞前〕① 祕書（工作）的，書記的，文書的：There is a **secretarial** course at this college. 這所大學有文書課程. ②〖英〗大臣的；〖美〗部長的.

***secretary** [ˋsɛkrəˌtɛrɪ] *n.* ① 祕書. ② 書記，書記官，祕書長，幹事. ③〖美〗部長《department（部）的首長》；〖英〗大臣《新設部會的首長一般用 minister》. ④ 寫字檯《〖英〗bureau》.

〖範例〗① Jane is **secretary** to the president. 珍是那位總經理的祕書.
Jane is a **secretary** to the president. 珍是那位總經理的祕書之一.
② the First **Secretary** of the British Embassy 英國大使館的總書記.
Mr. Smith is the chief **secretary** of our union. 史密斯先生是我們工會的書記長.

♦ **sècretary-géneral** 祕書長，總書記《複數為 secretaries-general》.
the Sècretary of Státe ①〖美〗國務卿. ②〖英〗國務大臣.

〖複數〗**secretaries**

secrete [sɪˋkrit] *v.* ① 分泌. ② 隱藏，隱匿.

〖範例〗① The stomach **secretes** gastric juices. 胃會分泌胃液.
A sweat gland **secretes** sweat when the body is hot. 身體熱的時候，汗腺就會分泌汗水.
② He **secreted** the money in a secret bank account under a secret name. 他以匿名把那筆錢存入祕密的銀行戶頭裡.

〖活用〗*v.* **secretes**, **secreted**, **secreted**, **secreting**

secretion [sɪˋkriʃən] *n.* ①〔正式〕隱藏，隱匿. ② 分泌（作用），分泌物：hormone **secretion** 荷爾蒙分泌.

〖複數〗**secretions**

secretive [sɪˋkritɪv] *adj.* 隱瞞的；守口如瓶的；寡言的；神祕的.

〖範例〗The child is so **secretive** that his classmates don't know him well. 那個小孩很神祕，同學們對他不甚瞭解.
He is a **secretive** person. 他是一個寡言的人.

〖活用〗*adj.* **more secretive**, **most secretive**

secretively [sɪˋkritɪvlɪ] *adv.* 暗中地，偷偷地：He ran away from school **secretively**. 他偷偷地從學校溜走.

〖活用〗*adv.* **more secretively**, **most secretively**

***secretly** [ˋsikrɪtlɪ] *adv.* 祕密地，私下地，偷偷地.

〖範例〗I **secretly** kept a diary. 我偷偷地寫日記.
Secretly, just between you and me, I hope

she fails the entrance exam. 我倆之間私底下說就好，我希望她無法通過入學考試.

sect [sɛkt] *n.* 分派；宗派，黨派，學派.

複數 **sects**

sectarian [sɛk`tɛrɪən] *adj.* ① 分派(間)的；黨派意識強烈的；思想狹隘的，偏執的.

——*n.* ② 分離派教會的信徒；派系意識強的人.

複數 **sectarians**

***section** [`sɛkʃən] *n.* ① 部分，部門；(書籍的)節，段落，剖面.

——*v.* ③ 分割，區分.

範例 ① Please cut this pie into seven equal **sections**. 請把這塊餡餅切成同等分的7小塊.

the planning **section** 企劃部門.

Chapter 3, **Section** 4 第3章第4節.

② a cross **section** 橫切面.

③ He **sectioned** the room off into office spaces. 他把那個房間分割成辦公的小隔間.

複數 **sections**

活用 *v.* **sections**, **sectioned**, **sectioned**, **sectioning**

sectional [`sɛkʃənl] *adj.* ① 組合式的. ② 部門的，局部的，部分的. ③ 剖面的，斷面的.

範例 ① a **sectional** sofa 組合式沙發.

② narrow, **sectional** interests 狹隘的地域利益.

③ a **sectional** view of a dam 水壩的剖面圖.

sectionalism [`sɛkʃənl,ɪzəm] *n.* 地方主義，派系主義，宗派主義.

sector [`sɛktɚ] *n.* ① 部門，領域. ② 戰鬥地區，扇形戰區. ③ 扇形(☞ 充電小站 (p. 211)).

範例 ① the public **sector** 公營企業領域.

the private **sector** 私營企業領域.

the service **sector** 服務部門.

複數 **sectors**

secular [`sɛkjəlɚ] *adj.* ① 世俗的，現世的，塵世的，非宗教的：Beethoven composed both sacred and **secular** music. 貝多芬既創作宗教音樂，也創作非宗教音樂. ②(僧侶)修道院外的，入世的.

——*n.* ③ 俗人. ④ 修道院外的教士〔僧侶〕.

活用 *adj.* ① **more secular**, **most secular**

複數 **seculars**

***secure** [sɪ`kjur] *adj.* ① 安全的，安心的；堅固的，穩定的；(門、窗等)緊閉的.

——*v.* ② 使安全；使穩定，使牢固；擔保. ③ 《正式》獲得，得到.

範例 ① Homes on beachfront property are now **secure** against the approaching hurricane. 那個正在逼近的颶風目前對沿海地區的住戶並沒有造成威脅.

I feel **secure** in this building. 在這棟大樓裡，我感到很安心.

The hospital stands on a **secure** foundation. 那家醫院建立在牢固的地基上.

I want a **secure** job with good pay. 我想找一

份收入高而且穩定的工作.

The doors and windows were **secure**. 那些門窗都關緊了.

② The city was **secured** with fortified walls and other defenses. 那個城市處於加固城牆和其他防禦設施的保衛之中.

Freedom of speech is guaranteed but not **secured** by the Constitution. 憲法賦予言論自由，但並非全然保障.

He **secured** the door. 他把那扇門關緊.

③ My aunt **secured** three seats for the World Cup final. 我姑媽拿到3張世界盃決賽的票.

活用 *adj.* **securer**, **securest/more secure**, **most secure**

活用 *v.* **secures**, **secured**, **secured**, **securing**

securely [sɪ`kjurlɪ] *adv.* 安全地，確實地；堅固地，牢靠地.

活用 *adv.* **more securely**, **most securely**

***security** [sɪ`kjurətɪ] *n.* ① 安全，安全性. ② 警備，保護措施. ③ 擔保，抵押；抵押品；保證金，押金.

範例 ① This building lacks **security**. 這棟大樓缺乏安全性.

② Strict **security** was in force. 嚴密的保護措施當時正在執行中.

③ My father borrowed money on the **security** of his estate. 我父親以他的地產作抵押貸款.

♦ the Security Council (聯合國的)安全理事會.

複數 **securities**

sedan [sɪ`dæn] *n.* 《美》箱型小轎車《不隔開駕駛座與後部座位，可乘坐4-6人的小型汽車》.

複數 **sedans**

sedate [sɪ`det] *adj.* ① 沉著的，鎮定的，平靜的.

——*v.* ② 給~服用鎮靜劑.

活用 *adj.* **more sedate**, **most sedate**

活用 *v.* **sedates**, **sedated**, **sedated**, **sedating**

sedately [sɪ`detlɪ] *adv.* 沉著地，鎮定地，平靜地.

活用 *adv.* **more sedately**, **most sedately**

sedation [sɪ`deʃən] *n.* (特指藥物的)鎮靜作用.

sedative [`sɛdətɪv] *adj.* ① 有鎮靜作用的.

——*n.* ② 鎮靜劑.

複數 **sedatives**

sedentary [`sɛdn,tɛrɪ] *adj.* 坐著的，久坐的；定居的，不遷徙的.

範例 I'm bored with the **sedentary** job of a bookkeeper. 我對那成天坐著的簿記員工作已經厭煩了.

sedentary statue 坐姿的雕像.

sedentary birds 定居的鳥類.

活用 *adj.* **more sedentary**, **most sedentary**

sedge [sɛdʒ] *n.* 莎草(一種澤地植物).

sediment [`sɛdəmənt] *n.* 沉積物，沉澱物.

複數 **sediments**

sedition [sɪˈdɪʃən] *n.* 擾亂治安，煽動：John was convicted of **sedition**. 約翰因擾亂治安被判有罪。

seduce [sɪˈdjus] *v.* 引誘，誘惑；唆使。

範例 John **seduced** many young girls. 約翰勾引許多年輕女孩。

The prospect of fame and fortune **seduced** Alex into trying his hand at acting. 對於名聲和財富的渴望，使得亞歷士走上戲劇之路。

活用 *v.* **seduces**, **seduced**, **seduced**, **seducing**

seduction [sɪˈdʌkʃən] *n.* 誘惑，迷惑；魅力，吸引力。

範例 The girl's **seduction** in the book was portrayed differently in the movie. 那本書中該女子的誘惑行為和電影中所呈現的不同。

the **seduction** of country life 鄉間生活的魅力。

複數 **seductions**

seductive [sɪˈdʌktɪv] *adj.* 有魅力的，吸引人的：**Seductive** scenes of clear water beaches and lush tropical vegetation enticed the couple to take a vacation there. 海水清澈的海灘和繁茂的熱帶植物，如此明媚的風光吸引那對情侶到那裡度假。

活用 *adj.* **more seductive**, **most seductive**

**see [si] *v.*

原義	層面	釋義	範例
看	用眼睛	看，看見	①
	（看）人	見（醫師），會面	②
	經考慮	知道，理解，發覺	③
	為證實或確認	確認，證實，察看	④
	想	考慮，視為，發現	⑤
	照顧，照料	照料，安排，處理	⑥

範例 ① Can you **see** the smoke over there? 你看得到那裡的煙嗎?

I **saw** the ball game on TV. 我在電視上看了那場棒球賽。

I looked around in the school yard, but I **saw** nobody. 我環顧校園，沒看見任何人。

See page 50. 請參照第50頁。

When I looked up, I **saw** a tall man dashing out of the store. 我一抬頭就看見一個高個子的男子從那家商店裡跑了出來。(☞ 充電小站 (p. 1153))

The man was **seen** dashing out of the store. 有人看見那個男子從那家商店裡跑出來。

I was looking out of the window, and I **saw** a tall man pass by the post office and enter the store. 我從窗戶往外看，看到一個高個子的男子走過郵局進了那家商店。(☞ 充電小站 (p. 1153))

The man was **seen** to enter the store. 有人看見那個男子走進那家商店。

He did not live to **see** his theories accepted by the Pope. 他尚未親眼見到自己的理論被教宗所接受就辭世了。

We **saw** around Windsor Castle. 我們參觀了溫莎城堡。

I don't know her name, but I've **seen** her around. 我不知道那位女士的姓名，但我常看見她。

They are going to New Zealand to **see** the sights of Rotorua and Waitomo. 他們要去紐西蘭參觀羅多路瓦和威特摩的風景。

Seeing is believing. (諺語) 眼見為憑。

You cannot **see** the wood for the trees. 你是見樹不見林。(指拘泥於細節而未能看清整體)

I closed the curtains; I was afraid someone could **see** in while I was dressing. 我拉上了窗簾，因為我不想讓別人看見我在換衣服。

We **saw** the last of the storm around 9 o'clock. 9點鐘左右，那場暴風雨平息了。

That year **saw** quite a lot of natural disasters. 那年，自然災害頻頻發生。

This suit has **seen** better days. 這套服裝已經很舊了。

He can't **see** beyond the end of his nose. 他的眼光短淺。

We can't wait to **see** the back of them. 我們等不及要看到他們趕快離開。

There was no one there; she must have been **seeing** things. 那裡一個人也沒有，她大概是在做夢吧。

Seeing that you are going to college in England, I advise you to study British history before you leave Taiwan. 既然你要去英國讀大學，我建議你離開臺灣之前要先研究一下英國歷史。

② You look pale. You should go and **see** your family doctor. 你的臉色蒼白。你應該去找你的家庭醫生看一看。

Mr. Smith wants to **see** you now. 史密斯先生現在想要見你。

I'm too sick to **see** anyone today. 我今天很不舒服，不想見任何人。

See you! 再見!

See you later. 待會兒見。

See you tomorrow. 明天見。

I'll be **seeing** you. 改日再見。(告別時的客套話，亦可省略 I'll 只說 Be seeing you.)

I've been **seeing** a lot of May recently. 我最近經常看見梅。

I've **seen** nothing of May recently. 我最近都沒有看到梅。

③ "Please dial 106 whenever you want me." "Oh, I **see**." 「有事找我請打106。」「我知道了。」(旅館等的服務員告知顧客的話)

Do you **see** wnat I mean? 你明白我的意思嗎?

I **saw** that he was not very happy with the job. 我知道他對那份工作不太滿意.

I can **see** why John is absent today. 我知道約翰今天為甚麼沒上班.

The detective **saw** that the door hadn't been locked. 那個警探發覺那扇門沒上鎖.

④ Mom always tells me to **see** that my room is straightened up before I leave. 母親總是交代我外出前一定要整理好我的房間.

He went out of the room to **see** if the door was locked. 他走出房間, 確認那扇門是否鎖好了.

You don't believe me! OK. **See** for yourself. 你不相信我! 好, 那你就自己去證實一下吧.

⑤ I don't **see** his boldness as a merit. 我不認為他的大膽是一項長處.

California was **seen** as the land of opportunity. 加州被視為是一塊充滿機會的土地.

We'd better wait and **see**. 我們最好靜候以觀.

Let me **see**...when did I call you last? 讓我想想, 我上次打電話給你是甚麼時候?

"Can we go to Disneyland, Mom?" "I'll **see**." 「媽媽, 我們可以去迪士尼樂園嗎?」「我考慮一下.」

⑥ We went to the airport to **see** Henry off. 我們去那個機場為亨利送行.

Shall I **see** you to your house? 我能送你回家嗎?

Please **see** the guests in when they arrive. 那些客人到的時候, 請帶他們進來.

I **saw** Mr. and Mrs. Tailor out. 我目送泰勒夫婦離開.

We'll **see** ourselves out. 不用送我們了.《出席聚會的客人婉拒主人送行時的話》

The principal himself **saw** us around the school. 那位校長親自帶領我們參觀學校.

Daddy has gone to **see** about getting tickets for us for that ball game. 父親出去幫我們買那場棒球賽的門票.

We'd better **see** about lunch. 我們最好準備午餐.

片語 **Long time no see**.《口語》好久不見.

see for ~self 自己確認, 自己證實. (⇨ 範例 ④)

see off 送行. (⇨ 範例 ⑥)

see things 產生幻覺. (⇨ 範例 ①)

see through 看穿, 識破: I learned to **see through** my wife. 我已經學會看透我妻子的想法.

see to 處理, 安排: Don't worry—I'll **see to** it. 你不用擔心, 這件事我會處理.

see to it that 安排, 照料, 處理: I'll **see to it that** breakfast is ready by the time you finish your bath. 我會在你洗完澡之前準備好早餐.

seeing that/seeing as 既然, 由於. (⇨ 範例 ①)

活用 v. **sees, saw, seen, seeing**

****seed** [sid] n. ① 種子. ② 種子選手. ③〔作單數〕子孫. ——v. ④ 播種. ⑤ 結子. ⑥ 去掉水果的核〔子〕. ⑦ 把運動選手分等級《刻意分級, 以避免優秀選手在初賽時就相遇》.

範例 ① The old man sowed flower **seeds** in the field. 那位老人在那片田裡播下花的種子.

Your comment sowed the **seeds** of doubt in his mind. 你的話讓他心生疑慮.

③ the **seed** of Abraham 亞伯拉罕的子孫.

④ He **seeded** corn in the field. 他在那片田裡播下玉米種子.

He **seeded** his field with corn. 他在自己的田裡播下玉米種子.

⑤ Do you know when sunflowers **seed**? 你知道向日葵甚麼時候結子嗎?

⑥ The woman **seeded** a watermelon. 那個女子去掉西瓜的籽.

片語 **go to seed** 過了開花的盛期, 凋謝, 衰退: Mr. Smith **went to seed** after his wife died. 史密斯先生在他太太去世後就變得很憔悴.

複數 **seeds**

活用 v. **seeds, seeded, seeded, seeding**

seedling [ˋsidlɪŋ] n. 由種子培育成的苗木.

複數 **seedlings**

seedy [ˋsidɪ] adj. ① 多子的. ②《口語》不體面的, 寒酸的, 破爛的. ③《口語》不適的, 精神不佳的.

範例 ① I don't like a **seedy** watermelon. 我不喜歡多子的西瓜.

② We stayed at a **seedy** hotel in London. 我們住在倫敦一家破爛的旅館裡.

③ I feel a bit **seedy** today. 今天我有點不舒服.

活用 adj. **seediest**

****seek** [sik] v. ①《正式》尋找, 尋求, 追求. ②《正式》試圖, 設法.

範例 ① My brother is **seeking** employment. 我哥哥正在找工作.

He is too proud to **seek** professional advice. 他的自尊心不允許他尋求專家的忠告.

Jake is **seeking** his fortune in real estate. 傑克試圖在不動產上賺一筆.

The reason they did it is not far to **seek**. 馬上就會明白他們那麼做的理由.

We are **seeking** for more exact information on the political bribery. 我們正在搜尋關於那個政治行賄事件更確切的資料.

② We **sought** to solve the problem. 我們試圖解決那個問題.

片語 **seek out** 找出, 搜出: She **sought** him **out** and asked him to get back to school. 她找到他, 並要求他回到學校.

活用 v. **seeks, sought, sought, seeking**

****seem** [sim] v. 看起來好像, 似乎.

範例 The bride **seems** to be happy./The bride **seems** happy. 那個新娘看起來好像很幸福.

充電小站

感官動詞＋受詞＋原形動詞或現在分詞

【Q】一般都將 I saw Bob cross the street. 譯成「我看見鮑伯過馬路」，而將 I saw Bob crossing the street. 譯成「我看見鮑伯正在過馬路」，但是到底是意思上有區別呢？還是翻譯上必須區別其文字上的差異？

【A】這兩句在意思上是有區別的。

首先，我們將以上兩句話加以比較看看。

I saw Bob cross the street.

I saw Bob crossing the street.

不同的地方只有 cross 與 crossing，因此在比較兩個句子的不同時，首先必須要弄清楚 cross 與 crossing，即原形動詞與現在分詞意思上的區別。

現在分詞的基本意思是「某一動作已經開始，正在進行中，但尚未結束」。因此

I saw Bob crossing the street.

是說 Bob 正在過馬路，但尚未走到對面。

I saw Bob cross the street.

則是說看見 Bob 從開始過馬路到過完馬路的整個過程。

She **seems** surprised. 她好像很驚訝。

He **seemed** like a lawyer of wide experience. 他看起來像是一個經驗豐富的律師。

Things are not always what they **seem**. 事情並不一定就像表面那樣。

It **seemed** as if he would recover. 他看起來好像會康復。

It **seems** that he is telling the truth. 他說的好像是真的。

It **seems** to me that something is wrong with my car. 我覺得我的車子好像有點問題。

[活用] v. **seems**, **seemed**, **seemed**, **seeming**

seeming [`simɪŋ] adj. 外表上的，表面上的：Her **seeming** friendliness encouraged him. 她表面上的友善鼓舞了他。

※**seemingly** [`simɪŋlɪ] adv. 外表上，表面上：Seemingly there are no hostile feeling between the two countries. 表面上，那兩國之間沒有任何敵對的氣氛。

seemly [`simlɪ] adj. 得體的，適宜的：That's not a **seemly** thing for a well-educated young man to say. 那不是一個有教養的年輕人應該說的話。

[活用] adj. **seemlier**, **seemliest/more seemly**, **most seemly**

***seen** [sin] v. see 的過去分詞。

seep [sip] v. 滲出，滲漏：Gas **seeped** out of the pipe. 瓦斯從那條管子漏出來。

[活用] v. **seeps**, **seeped**, **seeped**, **seeping**

seepage [`sipɪdʒ] n. 滲出；滲出物；滲出量。

seer [`siɚ] n. 預言家；觀察者。

[複數] **seers**

seesaw [`si,sɔ] n. ① 蹺蹺板，蹺蹺板遊戲。② 上下搖動。

——v. ③ 玩蹺蹺板。④ 交替地上下〔前後〕搖動。

[範例] ① play on the **seesaw** 玩蹺蹺板。

② I watched through the window the **seesaw** of the tree tops in the storm. 我透過窗戶看見樹梢在那場暴風雨中搖擺。

④ Public opinion **seesawed** for two years, not knowing which side to believe. 由於不知道該相信哪一方，輿論在兩年間搖擺不定。

[複數] **seesaws**

[活用] v. **seesaws**, **seesawed**, **seesawed**, **seesawing**

seethe [sið] v. 翻騰，騷動。

[範例] Red hot lava **seethed** in the crater. 火紅的熔岩在那個火山口中翻騰。

The people were **seething** with discontent. 那些人因不滿而騷動起來。

[活用] v. **seethes**, **seethed**, **seethed**, **seething**

segment [`sɛgmənt] n. ① 部分；分割；切片。② 弧形。③ 線段。

——v. ④ 分開；分割成部分。

[範例] ① a **segment** of an orange 一片柳橙。

② A **segment** is a part of a circle cut off by a line which crosses it. 弧形就是指直線將圓切割而成的一部分。

③ A **segment** is a part of a line or curve between two points. 線段是指直線或曲線上兩點間的部分。

➡ (充電小站) (p. 211), (p. 973)

[複數] **segments**

[活用] v. **segments**, **segmented**, **segmented**, **segmenting**

segregate [`sɛgrɪ,get] v. 分離，隔離；實施種族隔離政策。

[範例] These patients are **segregated** from others in the hospital. 這些病人被與醫院的其他病人隔離。

There are a lot of **segregated** schools in this country. 這個國家有許多實行種族隔離政策的學校。

[活用] v. **segregates**, **segregated**, **segregated**, **segregating**

segregation [,sɛgrɪ`geʃən] n. 分離，隔離：racial **segregation** 種族隔離。

seismic [`saɪzmɪk] adj. 地震的：a **seismic** wave 震波。

※**seize** [siz] v. 抓住，捕獲；查封，扣押，沒收。

[範例] The policeman **seized** the young man by the collar. 那名警察抓住了那個年輕人的衣領。

You must **seize** every chance you get. 你必須抓住每個機會。

A fever **seized** the girl. 那個女孩發燒了.

His vast estates were **seized** from him for not paying taxes. 因為沒繳稅, 他龐大的地產被查封了.

片語 **seize on/seize upon** 襲擊; 抓住; 把握住: She **seized on** my suggestion. 她採納我的建議.

seize up 停止轉動.

活用 v. **seizes, seized, seized, seizing**

seizure [ˋsiʒɚ] n. ① 抓獲, 捕獲. ② 發作, 迸發, 中風.

複數 **seizures**

＊**seldom** [ˋsɛldəm] adv. 不常, 很少, 難得.

範例 I **seldom** take a taxi. 我很少搭計程車.

It is **seldom** that he drinks whiskey. 他難得喝威士忌.

活用 adv. **more seldom, most seldom**

＊**select** [səˋlɛkt] v. ① 選擇, 挑選, 選拔.

——adj. ② 〔只用於名詞前〕精選的, 挑選出來的, 最好的.

範例 ① I **selected** two CDs from this month's offerings. 我從本月發行的雷射唱片中挑選了兩張.

These wines were especially **selected** for first class passengers. 這些葡萄酒是為頭等艙的乘客特別挑選的.

② a **select** hotel 最好的旅館.

活用 v. **selects, selected, selected, selecting**

＊**selection** [səˋlɛkʃən] n. ① 選擇, 挑選. ② 被挑選出來的人〔物〕; 精選品; 選集; 精萃.

範例 ① Brian made his own **selection** of books. 布萊恩自己選書.

The **selection** of a new treasurer took no time at all. 選擇一位新會計完全不花時間.

His **selection** as employee surprised no one. 沒有人對他被選為員工感到吃驚.

natural **selection** 自然淘汰, 天擇.

② **selections** from classical masterpieces 古典名著選集.

This shop has a wide **selection** of beer from around the world. 在這家店裡, 來自全世界的啤酒應有盡有.

複數 **selections**

selective [səˋlɛktɪv] adj. 精選的; 有選擇眼光的; 挑剔的; He is very **selective** about food. 他對食物很挑剔.

活用 adj. **more selective, most selective**

＊**self** [sɛlf] n. ① 自身; 自我. ② 私心, 私欲, 私利.

範例 ① Just be your own **self**. 只要做好你自己.

Her former **self** was completely gone, replaced by a caring, giving person. 她已完全不再是以前的她了, 而變成一個樂於助人的人.

② That man always thinks of **self**. 那個男子總是想著自己的利益.

複數 **selves**

self-centered [ˋsɛlfˋsɛntɚd] adj. 自我中心的, 自私的, 利己的: his **self-centered** attitude 他自我中心的態度.

參考 〖英〗 self-centred.

活用 adj. **more self-centered, most self-centered**

self-confident [ˋsɛlfˋkɑnfədənt] adj. 充滿自信的, 有自信心的.

活用 adj. **more self-confident, most self-confident**

self-conscious [ˋsɛlfˋkɑnʃəs] adj. 有自我意識的; 害羞的; 怕難為情的: I'm too **self-conscious** to be a movie star. 我怕難為情, 所以當不了電影明星.

活用 adj. **more self-conscious, most self-conscious**

self-consciousness [ˋsɛlfˋkɑnʃəsnɪs] n. 自我意識; 害羞.

self-contained [ˌsɛlfkənˋtend] adj. ① 自給自足的; 獨立的: A cruise liner is like a floating, **self-contained** city. 大型遊艇就像是漂浮在海上的獨立城市. ② 沉默寡言的; 超然的.

self-control [ˌsɛlfkənˋtrol] n. 自制: Tom lost his **self-control** and cried aloud. 湯姆失去自制而大聲喊叫.

self-defense [ˌsɛlfdɪˋfɛns] n. 自衛: The man struck the robber in **self-defense**. 為了自衛, 那個男子毆打那個搶匪.

參考 〖英〗 self-defence.

self-employed [ˋsɛlfɪmˋplɔɪd] adj. 自家經營的, 自營的.

self-evident [ˋsɛlfˋɛvədənt] adj. 不言自明的, 不言而喻的.

活用 adj. **more self-evident, most self-evident**

self-government [ˋsɛlfˋgʌvɚmənt] n. 自治: People in the colony wanted **self-government**. 殖民地的人民追求自治.

self-importance [ˌsɛlfɪmˋpɔrtns] n. 自負, 自大.

self-important [ˌsɛlfɪmˋpɔrtnt] adj. 妄自尊大的, 自大的, 傲慢的.

活用 adj. **more self-important, most self-important**

self-indulgent [ˌsɛlfɪnˋdʌldʒənt] adj. 任性的, 放縱的.

活用 adj. **more self-indulgent, most self-indulgent**

self-interest [ˋsɛlfˋɪntərɪst] n. 私利, 利己主義.

＊**selfish** [ˋsɛlfɪʃ] adj. 自我中心的, 自私的; 任性的: It was **selfish** of me to eat all of the cake. 我吃了所有的蛋糕, 真是自私.

活用 adj. **more selfish, most selfish**

selfishly [ˋsɛlfɪʃlɪ] adv. 自私地; 任性地.

selfishness [ˋsɛlfɪʃnɪs] n. 自我中心, 自私, 任性.

self-made [ˋsɛlfˋmed] adj. 〔只用於名詞前

self-possessed [ˌsɛlfpəˈzɛst] *adj.* 冷靜的，沉著的．

活用 *adj.* **more self-possessed**, **most self-possessed**

self-respect [ˌsɛlfrɪˈspɛkt] *n.* 自尊（心）．

self-righteous [ˈsɛlfˈraɪtʃəs] *adj.* 自以為是的，自命清高的．

活用 *adj.* **more self-righteous**, **most self-righteous**

self-sacrifice [ˈsɛlfˈsækrəˌfaɪs] *n.* 自我犧牲，奉獻．

selfsame [ˈsɛlfˈsem] *adj.* 完全相同的，同一的：This is the **selfsame** ring that was stolen from the jeweler. 這是從珠寶商那裡偷來的是同一只戒指．

self-service [ˈsɛlfˈsɝvɪs] *n.* 自助式：In a **self-service** restaurant, you must serve yourself. 在自助餐廳，你得自己取用食物．

self-sufficient [ˌsɛlfsəˈfɪʃənt] *adj.* 自給自足的；自立的．

活用 *adj.* **more self-sufficient**, **most self-sufficient**

****sell** [sɛl] *v.* ① 賣；出賣．② 經銷，銷售．③ 推銷，宣傳．

範例 ① I **sold** my motorbike to Jim for $500. 我以500美元將我的摩托車賣給了吉姆．

Pears are **sold** at 20 pence apiece. 梨子每個賣20便士．

Will you **sell** me your guitar? 你能把你的吉他賣給我嗎？

Excuse me, do you **sell** phonecards here? 抱歉，請問你這裡賣電話卡嗎？

The bank foreclosed on the farm and is **selling** off the land and machinery. 銀行對那家農場行使抵押權，並廉價賣出其土地與機器．

Tickets for the concert are **sold** out. 那場音樂會的門票賣光了．

The Smiths **sold** up their business and moved to Utah. 史密斯家賣掉了他們的商店，而移居猶他州．

The police **sold** themselves to the gang leaders. 警方被那個幫派的頭頭們收買了．

The politician **sold** his soul for power. 那個政客為了權力，出賣自己的靈魂．

② We hope this dictionary will **sell** well. 我們希望這部辭典暢銷．

Her picture **sold** for two thousand dollars. 她的畫賣了2,000美元．

③ He **sold** me the idea that I could win the election. 他向我灌輸我會在選舉中獲勝的想法．

Most people are **sold** on the idea that less government regulation is a good thing. 大多數人都接受政府限制愈少愈好的想法．

These products are so good, they practically **sell** themselves. 這些產品非常好，它們本身就是最好的宣傳．

I failed to **sell** myself at the job interview. 在那

次求職面試中，我自我推銷失敗．

片語 ***sell off*** 廉價出售．(⇒ 範例 ①)

sell out 賣完，售完．(⇒ 範例 ①)

sell ~self ① 自我宣傳，推銷自己．(⇒ 範例 ③) ② (為了金錢等) 出賣自己．(⇒ 範例 ①)

sell up 關門歇業，全部賣掉．(⇒ 範例 ①)

活用 *v.* **sells**, **sold**, **sold**, **selling**

seller [ˈsɛlɚ] *n.* ① 賣者，賣方．② 暢銷物品：a best **seller** 暢銷書．

複數 **sellers**

Sellotape [ˈsɛləˌtep] *n.* 〖英〗 透明膠帶 (〖美〗 Scotch tape)．

semantic [səˈmæntɪk] *adj.* 語義的，與語義有關的，語義學的．

semantics [səˈmæntɪks] *n.* 〔作單數〕語義學．

semaphore [ˈsɛməˌfor] *n.* ① 手旗信號，旗語：send a message by **semaphore** 打旗語，用手旗發信號．② 臂板信號機，信號．

——*v.* ③ 用旗語傳遞訊息．

複數 **semaphores**

活用 *v.* **semaphores**, **semaphored**, **semaphored**, **semaphoring**

semblance [ˈsɛmbləns] *n.* 相似，類似；外表，樣子．

範例 There wasn't even a **semblance** of justice in his court. 他的審判中完全沒有一點公正．Put on a **semblance** of happiness for our guests, please. 為了我們的客人，請你裝出愉快的樣子．

semen [ˈsimən] *n.* 精液．

semester [səˈmɛstɚ] *n.* 學期．

複數 **semesters**

semicircle [ˈsɛməˌsɝkl] *n.* 半圓．

複數 **semicircles**

semicolon [ˈsɛməˌkolən] *n.* 分號 (☞ 充電小站 (p. 1029))．

複數 **semicolons**

semidetached [ˌsɛmədɪˈtætʃt] *adj.* ① 半獨立式的．

——*n.* ② 〖英〗半獨立式住宅．

[semidetached]

semifinal [ˌsɛməˈfaɪnl] *n.* 準決賽 (☞ final (決賽))．

複數 **semifinals**

seminar [ˈsɛməˌnɑr] *n.* 研討會，研究班；研究班課程．

[複數] **seminars**

seminary [ˋsɛməˌnɛrɪ] *n.* 神學院.

[字源] 拉丁語的 seminarium (苗床).

[複數] **seminaries**

semolina [ˌsɛməˋlinə] *n.* 粗的小麥粉《製作通心粉、布丁的原料》.

*****senate** [ˋsɛnɪt] *n.* ① 〔the S～〕上議院, 參議院《美國、加拿大、奧地利等國的國會》. ② (古羅馬的) 元老院. ③ (大學等的) 評議會.

[複數] **senates**

*****senator** [ˋsɛnətɚ] *n.* ① 上議院議員, 參議院議員: There are 435 congressmen in the House and 100 **senators** in the Senate. 下議院有435名議員, 上議院有100名議員. ② (古羅馬的) 元老院議員. ③ (大學等的) 評議員.

[複數] **senators**

senatorial [ˌsɛnəˋtorɪəl] *adj.* 上〔參〕議院的; 上〔參〕議院議員的; 元老院的; 評議會的: **senatorial** d strict 上議院議員選區.

*****send** [sɛnd] *v.*

原義	層面	釋義	範例
使移動	物	寄, 寄出, 送到	①
	人	送, 派, 派遣	②
	口信	聯絡, 傳達	③
	使人、物處於某種狀態	使處於	④
		使陶醉, 使傾倒	⑤

[範例] ① I **sent** John a picture of my family. 我把全家人的照片寄給了約翰.
A lot of people **sent** relief goods off to the earthquake disaster area. 許多人向那個地震災區寄出救援物資.
Our sandwiches will be **sent** up here soon. 我們的三明治馬上就會送到.
A pulsar is an older star that **sends** out regular pulses of radio waves. 脈衝星就是按一定間隔發出無線電波的古恆星.
The volcano was **sending** up lots of ash and smoke. 那座火山噴出大量的灰和煙.
The border dispute **sent** oil prices up. 那次邊境紛爭使得石油價格上漲.
This relaxation of government controls on foreign trade will **send** farm-product prices down. 這次政府放寬對外貿的限制, 將會使農產品價格下跌.
Aunt and Uncle **send** their love. 叔叔和嬸嬸要我向大家問好.
The glass was completely broken so I **sent** it back. 那個玻璃杯完全碎了, 所以我把它寄回去.
② I **sent** my son away to a vocational high school. 我讓我的兒子到遠方去讀職業學校.
We will **send** our children off to their grandparents this summer. 今年夏天, 我們打算送孩子們去他們的祖父母家.

I'm sorry I can't come to the party. Can I **send** my wife instead? 很抱歉, 我無法出席那場晚會, 可以讓我太太代我去嗎?
She **sent** her son to fetch a chair for me. 她要她兒子去拿一張椅子給我.
The government **sent** out rescue parties to the area stricken by the big fire. 政府向遭受大火襲擊的災區派遣了救援隊.
③ **Send** for a doctor! Quick! 去請醫生來! 快!
I'd like you to **send** for word-processor paper. 我想請你去訂購文字處理機的印表紙.
I'll **send** away for this new dictionary. 我要訂購這本新辭典.
We should **send** word that his father is in critical condition. 我們必須傳達他父親病危的消息.
④ His cheeky remarks **sent** me mad. 他那無禮的話快把我氣瘋了.
The big earthquake **sent** all the boarders flying out of the dormitory. 那次大地震使得那些住宿生全都從宿舍裡跑出來了.
⑤ His performance always **sends** me! 他的演奏總是使我陶醉.
[片語] ***send away*** 送到遠方. (⇨ [範例] ②)
send away for/send off for/send out for 訂購. (⇨ [範例] ③)
send back 寄回, 退回, 送回. (⇨ [範例] ①)
send down 使下降. (⇨ [範例] ①)
send for ① 請, 叫. (⇨ [範例] ③) ② 訂購. (⇨ [範例] ③)
send in 寄, 送: **Send in** your application form by the end of this month. 你的申請表這個月底前務必寄出.
send off ① 送出, 寄出. (⇨ [範例] ①) ② 派 (人) 去, 派遣. (⇨ [範例] ②) ③ (足球賽中因犯規) 勒令退場.
send on 轉送, 轉寄: I will **send on** all your post to your new address. 我將把你所有的郵件轉寄到你的新地址.
send out ① 派 (人) 去, 派遣. (⇨ [範例] ②) ② 發出 (信號、光、聲音等). (⇨ [範例] ①) ③ 發出, 寄出: I **sent out** all the invitations this morning. 我今天早上已經把那些請帖全都寄出去了.
send up ① 使上升, 提高. (⇨ [範例] ①) ② 交給; 傳送. (⇨ [範例] ①)
send word 傳達消息, 通知消息. (⇨ [範例] ③)
[活用] *v.* **sends, sent, sent, sending**

senile [ˋsinaɪl] *adj.* 年老的, 衰老的, 高齡的.

[活用] *adj.* **more senile, most senile**

senility [səˋnɪlətɪ] *n.* 年老, 衰老, 高齡.

*****senior** [ˋsinjɚ] *adj.* ① 年長的, 年老的, 高齡的. ② 比較大的《通常略作 Sen., Sr. 等; 用於名詞之後以表示同名的父子〔學生〕中年紀較大者》. ③ 高年級的; 上級的; 前輩的, 資深的. ④ 最高級的; 最高年級的.
——*n.* ⑤ 年長者; 前輩; 上司. ⑥ 最高年級生.
[範例] ① He is a year **senior** to me./He is a year

my **senior**. 他比我大一歲.

② John Smith, **Sr.** 老約翰・史密斯.

③ **Senior** students are allowed to go off school grounds for lunch. 高年級學生被允許可以離校吃午餐.

He is a **senior** officer. 他是一個資深的軍官.

④ the **senior** class 最高年級班.

⑤ She is my **senior** by three years./She is three years my **senior**. 她比我大3歲.

He was my **senior** at the National Taiwan University by two years. 他是我在臺灣大學時大我兩屆的學長.

⑥ He is now a **senior** at Lincoln High School. 他現在是林肯高中的最高年級生.

♦ **sènior cítizen** 高齡者.

sènior hígh schòol 〖美〗高中《junior high school 之上2至4年制的學校, 亦作 senior high, high school》.

〖複數〗 **seniors**

seniority [sin`jɔrətɪ] *n.* 年長; 前輩; 上級; 老資格; 資歷.

〖範例〗 They sat according to **seniority**. 他們按年齡順序就座.

She became principal by simple **seniority**. 她單憑資歷當上了校長.

señor [sen`jɔr] *n.* ① ～先生《用於男子的姓或名字前》. ② 先生, 閣下.

〖參考〗源自西班牙語, 相當於英語的 Mr. 或 sir.

〖複數〗 **señores**

señora [sen`jɔrə] *n.* ① ～夫人, ～太太《用於女子的姓或名字前, 表示這個女子已經結婚》. ② 太太, 夫人.

〖參考〗源自西班牙語, 相當於英語的 Mrs. 或 madam.

〖複數〗 **señoras**

señorita [ˌsenjə`ritə] *n.* ① ～小姐《用於女子的姓或名字前, 表示這個女子尚未結婚》. ② 小姐; 令嬡.

〖參考〗源自西班牙語, 相當於英語的 Miss.

〖複數〗 **señoritas**

*****sensation** [sen`seʃən] *n.* ① 感覺, 知覺. ② 轟動; 引起轟動的事物; 重大事件.

〖範例〗① A strange **sensation** came over me. 我有一種奇怪的感覺.

I have lost all **sensation** in my legs. 我的雙腿完全失去了知覺.

a pleasant **sensation** like being tickled with a feather 好像是被羽毛拂弄的舒服感.

② His new theory caused a great **sensation**. 他的新理論造成大轟動.

The First Lady's lies created a great **sensation**. 那位總統夫人的謊言引起軒然大波.

〖複數〗 **sensations**

*****sensational** [sen`seʃənl] *adj.* ① 引起轟動的; 聳人聽聞的. ②《口語》極好的; 驚人的.

〖範例〗① It was a **sensational** piece of news. 那是一則聳人聽聞的消息.

② Oh, this new design is just **sensational**. 啊,

這項新設計實在太棒了.

〖活用〗 *adj.* **more sensational, most sensational**

*****sense** [sens] *n.* ① 感覺, 意識. ② 辨別力, 判斷力; 常識. ③ 意義, 道理.

—— *v.* ④ 感覺到, 意識到.

〖範例〗① Dogs have a keener **sense** of smell than humans do. 狗有著比人更敏銳的嗅覺.

My brother is always getting lost. He has no **sense** of direction. 我弟弟總是迷路, 他根本沒有方向感.

I think a salesman needs to have a **sense** of humor to be successful. 我認為一個推銷員要成功必須要具備有幽默感.

Jane felt a **sense** of security in his arms. 珍在他的懷抱中覺得有安全感.

I don't know why, but I had this **sense** that someone was following me. 不知為甚麼, 我當時感覺有人在跟蹤我.

When I came to my **senses**, I was lying on the sofa. 我清醒過來時, 發現自己躺在沙發上.

② I hope they have enough **sense** to buy insurance. 我希望他們有足夠的判斷力購買保險.

Don't cross against a red light. Use your common **sense**! 不要闖紅燈, 這是常識.

Nothing anyone can say will bring him to his **senses**. He's flipped out. 不管別人說甚麼他都聽不進去, 因為他已經失去理智了.

You sold your car? You must be out of your **senses**. 你把車賣了? 你一定是瘋了.

③ The **sense** of the word is not clear without any context. 沒有上下文, 那個字的意思就無法確定.

This so-called translation doesn't make any **sense**. 這篇所謂的譯文完全辭不達意.

There's a lot of **sense** in what John is saying. 約翰說的話很有道理.

It doesn't make **sense** to make such a hasty decision. 要做出這麼倉促的決定真是不合理.

Can you make **sense** of this silly poem? 你明白這首歪詩的意思嗎?

In a **sense**, both theories were right. 就某種意義而言, 兩方說法都是正確的.

Enough of your gibberish. Talk **sense**, would you? 真受夠了你的胡言亂語, 你就不能講點道理嗎?

④ We **sensed** danger and turned back. 我們察覺到危險就折回來了.

The comedian **sensed** some hostility coming from the audience. 那名喜劇演員感覺到來自觀眾的敵意.

This is an apparatus that **senses** the presence of toxic gases. 這就是可以探測毒氣的裝置.

〖片語〗 ***bring ～ to ～'s senses*** 使恢復知覺; 使醒悟, 開導. (⇒〖範例〗②)

come to ～'s senses 恢復理智, 清醒過來. (⇒〖範例〗①)

in a sense 就某方面來說，就某種意義而言．(⇨ 範例 ③)

make sense 有意義，說得通，有道理．(⇨ 範例 ③)

make sense of 理解，瞭解．(⇨ 範例 ③)

out of ～'s senses 神智不清的．(⇨ 範例 ②)

talk sense 說得有理，講道理．(⇨ 範例 ③)

複數 senses

v. senses, sensed, sensed, sensing

senseless [`sɛnslɪs] adj. ① 沒有感覺的，失去知覺的，不省人事的． ② 無意義的；無知的，愚蠢的．

範例 ① The little girl fell **senseless** to the ground. 那個小女孩昏倒在地上．

② A **senseless** act of violence marred the festivities. 一件愚蠢的暴行把那個慶祝活動弄得一塌糊塗．

活用 adj. ② **more senseless, most senseless**

senselessly [`sɛnslɪslɪ] adv. ① 無意識地，無知覺地． ② 無意義地；愚蠢地: They had **senselessly** destroyed the original. 他們極為愚蠢地將原作毀掉了．

senselessness [`sɛnslɪsnɪs] n. ① 無知覺，無意識，麻木． ② 蠢事；無意義的事．

***sensibility** [ˌsɛnsə`bɪlətɪ] n. 鑑賞力；感受力；感覺；敏感；情感．

範例 He has a fine **sensibility** to music. 他對音樂有敏銳的鑑賞力．

She has the **sensibility** of a poet. 她具有詩人的感受力．

The drug lessened the patient's **sensibilities** to pain. 這種藥能減低那個病患對疼痛的感覺．

My skin has lost its **sensibility**. 我的皮膚失去了感覺．

The man offended her **sensibilities**. 那個男子傷害了她的感情．

He is a person of strong **sensibilities**. 他是一個感情極為細膩的人．

複數 sensibilities

***sensible** [`sɛnsəbl] adj. ① 明智的，明理的，通情達理的；有見識的；(服裝等)實用的． ② 顯著的，明顯的． ③〔不用於名詞前〕感覺的，察覺到的．

範例 ① It was **sensible** of you to buy life insurance. 你買人壽保險是明智的．

These are **sensible** clothes for camping. 這些是適合露營穿的衣服．

② There is a **sensible** tension in the air. 空氣中彌漫著緊張的氣氛．(in the air 原義為「在空中」，引申為「在場的所有人都明白」)

③ She is **sensible** of having made a mistake. 她察覺到自己做錯了．

活用 adj. **more sensible, most sensible**

sensibly [`sɛnsəblɪ] adv. ① 顯著地，明顯地． ② 明智地，理智地，通情達理地: You are expected to behave **sensibly** at all times. 任

何時候你都應該理智行事．

活用 adv. **more sensibly, most sensibly**

***sensitive** [`sɛnsətɪv] adj. ① 易感受到的，敏感的；微妙的，細膩的；神經質的，反應靈敏的． ② 需小心處理的，需極度謹慎的，棘手的．

範例 ① The baby has **sensitive** skin. 嬰兒的皮膚很敏感．

She gave a **sensitive** portrayal of Mary Stuart. 她細膩地詮釋了瑪麗・斯圖亞特這個角色．《Mary Stuart 是伊莉莎白一世的表妹，因為參與暗殺伊莉莎白一世的計畫，而於1587年被斬首》

Alice is very **sensitive** to other people's opinions of her. 愛麗絲很在意別人對自己的評價．

This thermometer is very **sensitive** to changes in temperature. 這個溫度計對於氣溫的變化非常敏感．

The stock market is very **sensitive** to events like war, terrorism and the like. 股票市場對於戰爭、恐怖活動等事件非常敏感．

② Workers in **sensitive** positions must have security clearance. 在機要部門工作的人必須持有特別許可證．《security clearance 是准許進入某處處理機密事務的特別許可證》

Apologizing for the war was the most **sensitive** diplomatic subject. 為戰爭行為道歉是最棘手的外交問題．

♦ **sénsitive pàper** 感光紙．

sénsitive plànt 含羞草．

活用 adj. **more sensitive, most sensitive**

sensitivity [ˌsɛnsə`tɪvətɪ] n. ① 敏感，感受性，敏感性． ② 神經過敏． ③(機器、收音機等的)靈敏度，(底片的)感光度．

複數 sensitivities

sensor [`sɛnsə] n. 感應器《能對熱、光、溫度等產生反應的測試儀器》．

複數 sensors

sensory [`sɛnsərɪ] adj.〔只用於名詞前〕感覺的，知覺的: **sensory** nerves 感覺神經．

sensual [`sɛnʃʊəl] adj. ① 感官的，官能的，性感的． ② 好色的，耽於肉慾的．

範例 ① His search for **sensual** pleasure got him into trouble. 追求感官愉悅使他惹上麻煩．

She has **sensual** lips. 她的嘴唇很性感．

② He was a very **sensual** person. 他是一個非常好色的人．

活用 adj. **more sensual, most sensual**

sensuous [`sɛnʃʊəs] adj.《正式》感覺上的，訴諸感官的: I find his music very **sensuous**. 我覺得他的音樂非常悅耳動聽．

活用 adj. **more sensuous, most sensuous**

***sent** [sɛnt] v. send 的過去式、過去分詞．

***sentence** [`sɛntəns] n. ① 句子． ② 判決，宣判；徒刑．

—— v. ③ 判決，宣判，判刑．

範例 ① a declarative **sentence** 直述句．

an interrogative **sentence** 疑問句．

Look at the **sentence** at the top of page 2. 請看第2頁第一個句子.

② The judge passed a **sentence** of death on him. 那位法官對他宣判死刑.

She was given a **sentence** of ten years. 她被判10年有期徒刑.

a life **sentence** 無期徒刑.

③ The murderer was **sentenced** to death. 那個殺人犯被判處死刑.

[片語] **under sentence of** 被判處～刑: She is **under sentence of** death. 她被判處死刑.

[複數] **sentences**

[活用] v. **sentences, sentenced, sentenced, sentencing**

***sentiment** [ˋsɛntəmənt] n. ① 情感, 感情, 情緒, 情操. ② 感傷, 重感情, 多愁善感. ③ 意見, 感想.

[範例] ① He is a man of deep religious **sentiments**. 他是一個極富宗教情操的人.

Sentiment is stronger than logic. 《諺語》情感勝過理智.

Reason can sometimes be misguided by **sentiment**. 有時理智會被情緒所誤導.

② The principal's speech was full of **sentiment**. 那位校長的演講充滿了感傷.

There is no place for **sentiment** in business. 做生意是不講情面的.

③ I think you know my **sentiments** on this. 我想, 你應該知道我對此事的感想.

[複數] **sentiments**

***sentimental** [ˌsɛntəˋmɛntl] adj. ① 感傷的, 感情脆弱的, 多愁善感的. ② 感情上的, 心情上的.

[範例] ① She is getting **sentimental** in her old age. 上了年紀後, 她變得愈來愈感傷了.

He likes **sentimental** love stories. 他喜歡感傷的愛情小說.

She is a **sentimental** girl. 她是一個多愁善感的女孩.

② This watch is valuable to me for **sentimental** reasons. 由於感情上的因素, 這支手錶對我來說很珍貴.

[活用] adj. **more sentimental, most sentimental**

sentimentality [ˌsɛntəmɛnˋtælətɪ] n. 感傷, 感情脆弱, 多愁善感: There is too much **sentimentality** in his performance. 他的演出太過感傷了.

sentimentally [ˌsɛntəˋmɛntlɪ] adv. 感傷地, 感情上地, 感情用事地.

[活用] adv. **more sentimentally, most sentimentally**

sentinel [ˋsɛntənl] n. 《古語》哨兵, 步哨, 看守.

[複數] **sentinels**

sentry [ˋsɛntrɪ] n. 哨兵, 步哨.

[複數] **sentries**

Sep./Sep 《縮略》＝September (9月).

***separate** [v. ˋsɛpəˌret; adj., n. ˋsɛpərɪt] v. ①

(使)分開,(使)分離, 區隔, 區別.

——adj. ② 分開的, 分離的, 個別的, 獨立的.

——n. ③〔～s〕上下可分開穿的套裝.

[範例] ① The teacher **separated** the students into two groups. 那個老師把學生分成兩組.

The River Uruguay **separates** Uruguay from Argentina. 烏拉圭河分隔烏拉圭與阿根廷.

They use mercury to **separate** gold from sand. 他們利用水銀使金礦和沙子分離.

I **separated** from his group. 我離開了他的小組.

Oil **separates** from water. 油和水無法混合.

② She cut the cake into six **separate** pieces. 她把那個蛋糕切成6塊.

His shop is quite **separate** from his house. 他的商店離他家很遠.

Don't mix the two **separate** problems. 不要把那兩個不同的問題混為一談.

[活用] v. **separates, separated, separated, separating**

[複數] **separates**

separately [ˋsɛprɪtlɪ] adv. 個別地, 單獨地, 分開地: He and his wife arrived **separately**. 他與他太太個別抵達.

***separation** [ˌsɛpəˋreʃən] n. 分離, 分開, 脫離, 離別; 分開處.

[範例] They discussed the **separation** of church and state. 他們討論了教會與國家分離的問題.

He met his sister after a **separation** of four years. 時隔4年, 他又見到了姊姊.

New Haven is a point of **separation** where one part of the train goes to Boston and the other to Hartford. 紐哈芬是火車開往波士頓和哈特福特的分岔點.

[複數] **separations**

sepia [ˋsipɪə] n. 烏賊墨顏料《由烏賊的墨汁提煉而成》; 烏賊墨色, 深褐色.

Sept./Sept 《縮略》＝September (9月).

***September** [sɛpˋtɛmbɚ] n. 9月份, 9月《略作 Sep., Sep, Sept., Sept》.

[範例] The school year begins in **September** in the United States. 在美國, 9月份為一學年的開始.

Our school brass band will have a concert on **September** 15. 我們學校的銅管樂隊將在9月15日舉行演奏會. 《September 15 讀作 September (the) fifteenth》

➡ (充電小站) (p. 817)

septic [ˋsɛptɪk] adj. ① 腐敗性的. ② 敗血性的.

sepulcher [ˋsɛplkɚ] n. 《古語》墓, 墳墓; 基地.

[參考] 《英》sepulchre.

[複數] **sepulchers**

sepulchral [səˋpʌlkrəl] adj. ① 墳墓的; 埋葬的. ② 陰沉的, 陰森的.

[範例] ① a **sepulchral** monument 墓碑.

② a **sepulchral** look 陰沉的表情.

[活用] adj. ② **more sepulchral, most**

sepulchral

sequel [`sikwəl] *n.* ① (小說、電影等的) 續篇, 續集. ② 結果, 結局, 後果.

範例 ① Mr. McCourt wrote a **sequel** to *Angela's Ashes*. 麥克特先生寫了《天使的灰燼》的續集.
② Famine has often been the **sequel** of war. 饑荒經常是戰爭帶來的後果.
Her action had an unfortunate **sequel**. 她的行為造成了不幸的後果.

複數 **sequels**

*__sequence__ [`sikwəns] *n.* ① 一連串的事物, 連續發生的事物. ② 順序, 次序, 關聯, 連貫.

範例 ① He described the **sequence** of events. 他描述了一連串發生的事件.
② I'd like you to describe all the events of that murder in **sequence**. 請你按照順序描述一下那起謀殺案的所有情況.
Please keep the numbered cards in **sequence**; don't mix them up. 請你把那些號碼牌按照順序排好, 不要弄亂了.

複數 **sequences**

sequester [sɪ`kwɛstə] *v.* 使退隱, 使隔離:
The jury was **sequestered** in order to insure a fair trial. 為了保證審判的公正, 陪審團須與外界隔離.

活用 *v.* **sequesters**, **sequestered**, **sequestered**, **sequestering**

sequin [`sikwɪn] *n.* (裝飾衣服用的) 小亮片 《亦作 spangle》.

複數 **sequins**

sera [`sɪrə] *n.* serum 的複數形.

serenade [ˌsɛrə`ned] *n.* 小夜曲 《夜間在情人窗外歌唱 [演奏] 的曲子》.

複數 **serenades**

*__serene__ [sə`rin] *adj.* 安詳的, 沉著的, 平靜的, 寧靜的, 風和日麗的.

範例 a **serene** look 安詳的神情.
a **serene** smile 溫和的微笑.
On a **serene** summer evening George proposed to Linda. 在一個寧靜的夏日夜晚, 喬治向琳達求婚了.

活用 *adj.* **more serene**, **most serene/serener**, **serenest**

serenely [sə`rinlɪ] *adv.* 寧靜地, 安詳地, 平靜地, 風和日麗地: Mr. Redford spoke **serenely** of the day when a neighbor saved his life. 雷德福先生平靜地陳述那天鄰居救了自己一命的事.

活用 *adv.* **more serenely**, **most serenely**

*__serenity__ [sə`rɛnətɪ] *n.* 晴朗, 平靜, 寧靜, 沉著.

serf [sɝf] *n.* ① 農奴 《中世紀歐洲最低階層的農民, 隸屬於農地, 和土地一起被買賣》. ② 奴隸, 境遇如奴隸的人.

複數 **serfs**

serge [sɝdʒ] *n.* 嗶嘰 《一種毛織布料》: a blue **serge** dress 藍色的嗶嘰禮服.

sergeant [`sɑrdʒənt] *n.* ① (軍隊的) 軍士, 士官, 中士. ② (警察的) 小隊長, 警官.

➡ 充電小站 (p. 801), (p. 977)

複數 **sergeants**

serial [`sɪrɪəl] *adj.* ① 連續的, 接連的, 分期連載的.
—— *n.* ② 連續劇, 影集, 連載小說, 定期刊物.

範例 ① A new **serial** story will begin in next month's issue. 有一個新的連載故事將於下個月開始發行.
The bank knows the **serial** numbers of the stolen money. 那家銀行知道被盜鈔票的連號號碼.
② He's the star of a popular TV **serial**. 他是一齣頗受歡迎的電視連續劇的明星.

複數 **serials**

serialize [`sɪrɪəˌlaɪz] *v.* 連載, 連播, 連映.

範例 He's **serializing** a love romance in a monthly magazine. 他在月刊上連載他的愛情小說.
He's **serializing** his biography on the radio. 他在廣播中連續播出他的自傳.

參考 『英』serialise.

活用 *v.* **serializes**, **serialized**, **serialized**, **serializing**

*__series__ [`sɪrɪz] *n.* (同類事物的) 連續, 接連, 一系列, 叢書, 系列作品.

範例 A tournament is a **series** of matches. 錦標賽是指一連串的比賽.
She made a **series** of brilliant scientific discoveries. 她有著一連串輝煌的科學發現.
After a **series** of unsuccessful attempts, he has at last passed his driving test. 經過一連串嘗試失敗之後, 他終於通過了駕駛資格考試.
Ian Flemming wrote the 007 spy **series**. 伊恩·弗萊明寫了007間諜小說系列. 《007讀作 double-oh-seven》
We watched the Japan **Series** on TV. 我們看了電視播放的日劇.
a **series** circuit 串聯電路.

複數 **series**

*__serious__ [`sɪrɪəs] *adj.* ① 認真的, 嚴肅的, 當真的. ② 重大的, 重要的, 嚴重的.

範例 ① Let's have a **serious** talk about music. 我們來認真地談一談音樂吧.
He was **serious** about his work. 他把自己的工作看得很認真.
Are you **serious**? 你是認真的嗎?
② She made a **serious** mistake about it. 她在那件事情上犯了嚴重錯誤.
He is suffering from a **serious** disease. 他患了重病.

活用 *adj.* **more serious**, **most serious**

*__seriously__ [`sɪrɪəslɪ] *adv.* ① 認真地, 嚴肅地, 當真地. ② 重大地, 嚴重地.

範例 ① Don't take things too **seriously**. 看待事情不要太過嚴肅.
Do you **seriously** want to go to Africa? 你當真要去非洲?
Seriously now, what are you planning to do

after graduation? 現在說正經的，畢業後你打算做甚麼？

We must take the situation **seriously**. 我們必須嚴肅地看待目前的事態。

② He was **seriously** injured in the traffic accident. 他在那次車禍中受了重傷。

活用 *adv.* **more seriously**, **most seriously**

seriousness [`sɪrɪəsnɪs] *n.* ① 認真，當真，嚴肅: in all **seriousness** 十分認真地，嚴肅地。② 嚴重性，重要性。

***sermon** [`sɜmən] *n.* ① 佈道，講道。②《口語》說教，責備，訓誡。

範例 ① preach a **sermon** 講道。

② He gave his son a **sermon** on good behavior. 他就守規矩一事對兒子說教。

♦ the **Sèrmon** on the **Móunt** 登山寶訓《基督在西奈山上對群眾的訓示》。

複數 **sermons**

serpent [`sɜpənt] *n.* ①《正式》蛇《指比 snake 大且有毒的蛇》。② 陰險的人，狡猾的人。

複數 **serpents**

serrated [`sɛretɪd] *adj.* 鋸齒狀的，有鋸齒的。

serum [`sɪrəm] *n.* ① 血清。② 漿液，淋巴液。

複數 **serums/sera**

****servant** [`sɜvənt] *n.* 僕人，傭人。

範例 We can't afford a **servant** anymore. 我們再也請不起傭人了。

She is a domestic **servant**. 她是一名家僕。

He is a civil **servant**. 他是一名公務員。

複數 **servants**

****serve** [sɜv] *v.* ① 服務，為～工作，效力於，服(刑)。② 招待，上菜，端出食物。③ 對～有用，適合，達到(目的)。④ 發球。——*n.* ⑤ 發球。

範例 ① Tokyo is well **served** by subways. 東京的地鐵十分發達。

How long have you **served** in the army? 你服了幾年兵役？

He **served** fifteen years for murder. 他因殺人而服刑15年。

My father has **served** the company loyally for more than 30 years. 我父親在那家公司忠心耿耿地工作了30多年。

② She **served** me coffee. 她端給我一杯咖啡。

Are you being **served**? 請問你已經點菜了嗎？《店員向客人確認的用語》

Serve the soup with bread. 麵包和湯一起端上。

③ This room **serves** as a guest bedroom. 這間房間當作客房。

His new proposal doesn't **serve** our purpose. 他的新提議並不合我們的目的。

活用 *v.* **serves**, **served**, **served**, **serving**

複數 **serves**

server [`sɜvɚ] *n.* ① 侍候者，服務者。②《球賽中的》發球人。③《盛食物的》托盤，盤子；用來分盛食物的湯匙、叉子等餐具: a pair of salad **servers** 兩個沙拉盤。④ 助祭《天主教神父主持彌撒時的助手》。⑤ 網路伺服器。

複數 **servers**

****service** [`sɜvɪs] *n.* ① 服務，招待；盡力，效勞；有用的事，起作用，幫助。② 工作，職務，任務，兵役。③ 公共設施，公共事業;《交通工具的》行駛，航班，班次。④ 服務業《不事生產，只提供住宿、娛樂及運輸等服務的事業》。⑤ 禮拜，儀式。⑥《網球等的》發球，發球權。⑦《餐具的》一套。——*v.* ⑧ 維修，檢修。⑨ 償還(債務)，支付(利息)。

範例 ① She participated actively in any social **service**. 她積極參與各種社會服務。

You should consider the product and after-sales **service** as well. 你應該考慮產品品質及其售後服務。

We got very good **service** at that restaurant. 那家餐廳的服務非常周到。

The store has a twenty-four-hour **service**. 那家商店24小時營業。

He has done me a good **service**. 他幫了我很多忙。

I need the **service** of a mechanic. 我需要一位技工幫我檢修。

I took my car for a **service**. 我把車子送去維修了。

He renders his **services** at a high cost to himself. 為了做好工作，他付出了很大的代價。

② He wants to work in the diplomatic **service**. 他想到外交部工作。

My son entered government **service**. 我兒子當了公務員。

He entered the **service** three years ago. 他在3年前入伍。

His father died in **service** in Viet Nam. 他父親在越南執行軍務時陣亡了。

③ It was only a few weeks ago that the company started a telephone **service** around here. 僅在幾個星期前，那間公司才開始在這一帶安裝電話設施。

Normal bus **services** will be restored next Monday. 下星期一公車的行駛將恢復正常。

There is an hourly train **service** in this town. 這個城鎮每隔一小時有一班火車。

④ The nation's economy mostly depends on **service** industries. 該國的經濟主要仰賴服務業。

⑤ There will be a burial **service** for the deceased on 9th November. 該往生者的葬禮將於11月9日舉行。

⑥ Now it's your **service**. 該你發球了。

She lost her **service** game. 她輸掉了發球局。

⑦ My mother bought a new tea **service**. 我母親買了一套新茶具。

⑧ He had his car **serviced** two days ago. 他兩天前把車子送去維修。

⑨ The man was no longer able to **service** his loans. 那名男子已經無力還債了。

片語 *at ~'s* **service** 隨時提供～服務，聽任～

差遣: If you need a short-term loan, we're **at your service**. 如果你需要短期貸款，請儘管吩咐.

press ~ into service （緊急情況下）強行使用: Just after the disastrous earthquake, they **pressed** every available car and truck **into service**. 在那場悲慘的地震之後，他們強行徵用了所有的汽車和卡車.

see service （衣服）穿舊的: This overcoat has **seen** good **service**. 這件外套已經穿很久了.

♦ **cìvil sérvice** 政府行政機關; 行政事務.
líp sèrvice 口頭上的好意，假奉承.
róom sèrvice 客房服務《飯店等送酒菜到客房的服務》.
sérvice àrea ① （電視、廣播的）播送區域，（自來水、electricity 力的）供給地區. ② 休息站《高速公路沿線附設加油站、餐館、廁所等設施的休息場所》.
sérvice chàrge （旅館等的）服務費.
sérvice èlevator 〖美〗業務用電梯.
sérvice life 使用年限.
sérvice stàtion 加油站; （電器產品、瓦斯器具、汽車等）維修處，服務站.
sérvice wire （電線的）支線.

〖複數〗 **services**
〖活用〗 v. **services**, **serviced**, **serviced**, **servicing**

serviceable [ˋsɝvɪsəbl] adj. ① 實用的，耐用的，堅固的. ② 有用的，方便的: a **serviceable** tool with many uses 有許多用途的方便工具.
〖活用〗 adj. **more serviceable**, **most serviceable**

serviette [ˌsɝviˋɛt] n. 〖英〗餐巾《亦作 napkin》.
〖複數〗 **serviettes**

servile [ˋsɝvl] adj. ① 奴隸的，奴隸制的，奴隸般的，卑賤的，卑屈的. ② 唯命是從的，無自主性的，沒有主見的.
〖範例〗 ① He is susceptible to **servile** flattery. 他很容易聽信卑屈的諂媚話.
② He's been so **servile** for so long that I don't think he has any opinions of his own. 他一直是唯命是從，所以我不認為他會有自己的見解.
〖發音〗 亦作 [ˋsɝvaɪl].
〖活用〗 adj. **more servile**, **most servile**

servitude [ˋsɝvəˌtjud] n. ① 奴隸狀態. ② 勞役，強制勞動: penal **servitude** 拘役《有3年至終身等的強制勞動刑罰》.

sesame [ˋsɛsəmɪ] n. 芝麻.
♦ **òpen sésame** 「芝麻開門」的咒語，強有力的手段，王牌《源於《天方夜譚》中阿里巴巴與40大盜故事中，強盜打開山洞之門時所用的咒語 Open Sesame!（芝麻開門!）》.

*__**session**__ [ˋsɛʃən] n. ① 召開會議，會議. ②（大學的）學期，學年，授課時間. ③（為特定活動而舉行的）集會，活動，活動期間.
〖範例〗 ① Congress is now in **session**. 國會正在

召開中.
That **session** of Congress seemed more acrimonious. 那次國會會議上的爭辯似乎更加激烈.
② The summer **session** of our school starts in May. 我們學校的夏季班從5月份開始.
③ At a recording **session**, you should be quiet. 錄音時，你最好安靜一點.
Let's move on to the question-and-answer **session**. 我們下面進行問題與解答.
〖複數〗 **sessions**

*__**set**__ [sɛt] v.

原義	層面	釋義	範例
適應，（使）適合	使處於某場所，使處於其狀態	放，豎立，配置，使接觸，鑲嵌，置於（某狀態）（天體）落下	①
	使成為整齊的狀態	整理，整頓，調整，整齊，齊全	②
	使新	決定，制定，樹立，創造	③
	使承擔義務	指定，出（試題），使做	④
	使成為固體狀態	（使）凝固	⑤
	使成為音樂	譜曲	⑥

——n. ⑦ 一套，一組. ⑧（電視、收音機的）接收器. ⑨ 夥伴，階層，~族. ⑩（網球等的）一盤，一局. ⑪ 舞臺裝置，布景，道具. ⑫（數學的）集合.
——adj. ⑬ 規定的，既定的，預定的. ⑭ 不動的，凝滯的. ⑮ 堅決的，頑固的. ⑯ 定型的，老套的. ⑰ 準備好的.
〖範例〗① She **set** a glass on the table. 她把玻璃杯放在那張桌子上.
He always **sets** guards around himself. 他總是在自己身邊安排警衛.
The farmer **set** a ladder against the wall. 那個農夫把梯子靠在牆上.
The child **set** fire to his home. 那個孩子放火燒了自己的家.
That bonesetter **sets** a broken bone well. 那位接骨醫生接骨技術很好.
She **set** a diamond in a gold ring. 她把鑽石鑲嵌在一只金戒指上.
They **set** the prisoners free. 他們釋放了那些囚犯.
Everyone wants to **set** his own mistakes right. 每個人都想改正自己的錯誤.
His words **set** her thinking. 他的話令她深思.
The noise **set** the baby crying. 那個噪音把嬰兒嚇哭了.
His smile **set** her heart at ease. 他的微笑使她安心.

The announcement **set** the strikers on a rampage. 那項聲明使得那些參加罷工的人們起而暴動。

The sun rises in the east and **sets** in the west. 太陽從東方升起，從西方落下。

The moon is **setting** over the sea. 月亮正要落入大海。

② I **set** my watch by the time signal on the radio. 我根據廣播報時校準自己的錶。

She **set** her hair easily. 她很輕易地梳理好自己的頭髮。

Could you **set** the table, please? 你能把餐具擺好嗎?

I **set** the teeth of this saw every week. 我每個禮拜都要銼這把鋸子的鋸齒。

The peaches have **set** well this year. 今年桃子結實纍纍。

This suit **sets** badly. 這套西裝不合身。

③ They **set** the wedding day./They **set** the date for the wedding. 他們決定了婚禮的日期。

The old man **set** a high price on the old vase. 那個老人給那只舊花瓶定了高價。

As a sculptor, what value do you **set** on him? 身為一個雕刻家，你給與他甚麼評價?

My father **set** us a good example./My father **set** a good example for us. 父親給我們樹立了好榜樣。

You are **setting** a bad example for children. 你成了孩子們的壞榜樣。

The novel is **set** in Paris. 那部小說的場景是在巴黎。

He **set** a new world record for the high jump. 他創下了跳高的世界新紀錄。

④ Our teacher **set** us three books to read during the summer vacation. 老師指定了我們在暑假中要讀的3本書。

It is not easy to **set** a good examination. 出一份好的試題並不容易。

Set a thief to catch a thief.《諺語》以賊捕賊；以毒攻毒。

⑤ The glue didn't **set** properly. 膠還沒有完全凝固。

Let's **set** the milk for cheese. 我們讓那些牛奶凝固來做乳酪吧。

⑥ He **set** that poem to music. 他為那首詩譜了曲。

⑦ a **set** of golf clubs 一套高爾夫球桿。

⑧ a radio **set** 無線電接收機，收音機。

She bought a new television **set**. 她買了一臺新的電視機。

⑨ the racing **set** 一起賭馬的夥伴。

the jet **set** 噴射機族。

⑩ We won the first **set** of the game. 我們拿下了那場比賽的第一盤。

⑬ He wants everyone to come at the **set** time. 他希望所有人都能夠準時到。

the **set** rules 既定的規律。

⑭ **set** eyes 呆滯的眼神。

She endured his scolding with **set** teeth. 她咬

著牙忍受他的叱責。

⑮ He is absolutely **set** on marrying her. 他下定決心要娶她為結婚。

She is a woman of **set** opinions. 她是一個固執己見的女子。

⑯ a **set** phrase 成語，慣用語。

⑰ We were all **set** to start on our journey. 我們都準備好要外出旅行了。

Get ready, get **set**, go! 各就各位! 預備! 開始!

[片語] **set about** ① 著手做，開始做: He **set about** his homework after supper. 晚餐後，他開始做家庭作業。

How do you **set about** building an airplane? 你是怎麼開始製造飛機的?

② 攻擊，進攻，襲擊: The three robbers **set about** the traveler. 那3名強盜襲擊了那個旅客。

set ~ against... 使敵對: The issue **set** neighbor **against** neighbor in the village. 這個問題使得那個村子裡的鄰居之間產生了敵對的情緒。

set aside ① 保留，儲存: He **set aside** enough money for his children's education. 他為孩子們的教育儲了足夠的錢。 ② 無視，不顧，不考慮; 撤銷 (判決等)。

set back 延遲，妨礙; 撥慢 (鐘錶): He **set back** his watch. 他將手錶撥慢。

set down ① 把~放下; 使 (飛機) 著陸，使 (乘客) 下去: I **set** the vase **down** gently. 我把那只花瓶輕輕地放下。 ② 記錄，記下: Harry **set down** his thoughts in writing. 哈利將自己的想法寫下來。

set in ① 開始: The rainy season has **set in**./It has **set in** to rain. 進入雨季了。 ② 開始吹向岸邊; (潮水) 上漲: A strong wind **set in**. 猛烈的風開始向岸邊吹來。

set off ① 出發，開始: He **set off** for home. 他踏上了歸途。 ② 燃放，發射: The children gathered on the river bank to **set** the fireworks **off**. 那些孩子們聚集在河堤上燃放煙火。

set ~ on... 唆使~襲擊…: They **set** the dogs **on** the bear. 他們放那些狗去襲擊那隻熊。

set out ① 出發，出外旅行: They **set out** on a camping trip. 他們出發去露營了。 ② 開始做，決心要做: **Setting out** in business is no picnic. 開始著手做生意決不是一件容易的事。 ③ 陳列，擺放: The T-shirts are already **set out** on the display table. 那些T恤已經擺在陳列架上。 ④ 移植，栽種: **Set** the cabbage plants **out** one feet apart. 每隔1呎栽種一棵甘藍菜。 ⑤ 敘述，說明: The mayor **set out** his plan in simple English. 那位市長用簡單明瞭的英語說明了自己的計畫。

set out to 決心做，打算做: I **set out to** write an essay on an entirely new way of life. 我想就一種全新的生活方式寫一篇論文。

set to 開始 (工作，吃，打架等); 開始起勁

地做: It's time to **set to** work. 該開始工作了.
set up ① 豎起, 安裝, 組裝, 設置: Do you know how to **set up** scaffolding? 你知道鷹架怎麼組裝嗎?
②(使)自立;(使)開業;(使)開始: He **set** his son **up** in the car rental business. 他資助兒子做汽車租賃生意.
She **set up** as a doctor. 她開業行醫.
③ 設立, 成立, 創立, 創建: They **set up** a fund for ethnic minorities. 他們設立了少數民族基金.
set up home/**set up** house 成家.
set up shop 開始經商, 開業.
④ 引起: The wage hikes will **set up** inflation. 工資的提高會引起通貨膨脹.
⑤ 使振作起來.
set ~self up as/set ~self to be... 自稱是, 以~自居.
♦ **sét-square** 三角尺《亦作 triangle》.
[活用] v. **sets, set, set, setting**
[複數] **sets**

setback [ˋsɛt͵bæk] n. ①(對進步、發展等的)妨礙, 倒退, 挫折, 失敗;(疾病的)復發: The peace talks suffered a severe **setback** after the incident. 那次事件之後, 和平談判倒退了一大步. ② 階梯形內縮外牆《高層建築為了採光、通風、遠離大馬路等, 外牆逐漸內縮成階梯形).

[setback]

[複數] **setbacks**

settee [sɛˋti] n. 小型沙發, 長椅.
[複數] **settees**

setter [ˋsɛtɚ] n. ① 賽特犬《一種獵犬》. ②〔用於複合字〕安裝者, 排字者, 擺放者;作曲者. ③(排球的)二傳手, 舉球員.

[setter]

[複數] **setters**

setting [ˋsɛtɪŋ] n. ① 環境,(故事等的)場景, 背景. ② 調節, 調節裝置. ③(寶石的)鑲嵌. ④ 曲子, 配樂. ⑤(日、月的)沉落, 落下.
[範例] ① This story has its **setting** in ancient Taipei. 這個故事的背景是昔日的臺北.
② This freezer has only two temperature **settings**. 這臺電冰箱的溫度調節只有兩檔.
③ the **setting** of a gem 寶石的鑲嵌.
④ Schubert's **setting** of a Goethe poem 舒伯特為哥德的詩譜寫的曲子.
⑤ the **setting** of the sun 日落.
[複數] **settings**

settle [ˋsɛtl] v. (使)定居;解決;使穩定, 使緩和;決定.
[範例] English colonists **settled** up and down the eastern seaboard. 英國的殖民者們在東海岸各地定居.
We have to **settle** this problem. 我們必須解決這個問題.

She had trouble **settling** her new hat on her head. 她花了很長的時間才戴好她的新帽子.
I need something to **settle** my stomach. 我需要某樣東西來緩和我的胃痛.
He got married and **settled** down. 他結婚成家了.
We **settled** for the house on the corner. 我們暫且將就著在街角處的那棟房子住了下來.
We've **settled** on June 12th as our wedding day. 我們的婚禮定在6月12日.
settle down ① 安身, 安定下來. (⇨ [片語]) ② 定居. ③ 坐下.
settle for 忍受, 將就. (⇨ [範例])
settle on 決定. (⇨ [範例])
settle with ① 與~和解. ② 向~償還借款.
[活用] v. **settles, settled, settled, settling**

settlement [ˋsɛtlmənt] n. ① 殖民地. ② 殖民, 定居. ③ 解決, 決議.
[範例] ① There used to be a **settlement** of about 2,000 French on that island. 那個島嶼上曾經有一塊殖民地住著2,000個左右的法國人.
② land not open to **settlement** 尚未開放殖民的土地.
③ A just **settlement** would really help matters. 公正的決議才真正有助於事情的解決.
[複數] **settlements**

*
settler [ˋsɛtlɚ] n. 移居者, 開拓者, 殖民者: **Settlers** spread out across the continent. 開拓者們分散在整個大陸.
[複數] **settlers**

setup [ˋsɛt͵ʌp] n. ① 組織, 機構. ②《口語》作假, 捏造. ③(排球等的)作球.
[複數] **setups**

*
seven [ˋsɛvən] n. 7.
[範例] Lesson **Seven** 第7課.
Seven is a lucky number. 7是一個吉利的數字.
a boy of **seven** 一個7歲的男孩.
It is **seven** now. 現在是7點.
Seven of us are for the plan. 我們之中有7個人贊成那個計畫.
seven apples 7個蘋果.
We are **seven** in all. 我們一共是7個人.
She turned **seven** on her last birthday. 過上一個生日時, 她7歲了.
[複數] **sevens**

*
seventeen [͵sɛvənˋtin] n. 17.
[範例] page **seventeen** 第17頁.
sweet **seventeen** 豆蔻年華.
a **seventeen**-page report 一份17頁的報告.
[複數] **seventeens**

seventeenth [͵sɛvənˋtinθ] n. ① 第17(個). ② 1/17.
[範例] ① the **seventeenth** chapter 第17章.
the **seventeenth** of August/August the **17th** 8月17日.

② two **seventeenths** 2/17.
[複數] **seventeenths**
＊**seventh** [ˋsɛvənθ] *n.* ① 第7（個）．② 1/7.
  [範例] ① the **seventh** President 第7任總統．
    the **seventh** of January/January the **7th** 1月7
    日．
  ② one **seventh** 1/7.
    two **sevenths** 2/7.
  [複數] **sevenths**
seventieth [ˋsɛvəntɪɪθ] *n.* ① 第70（個）．②
  1/70.
  [複數] **seventieths**
＊**seventy** [ˋsɛvəntɪ] *n.* ① 70．②〔～ies〕70至79
  歲的時期，70年代《亦作70s》．
  [範例] ① Seven times ten is **seventy**. 7乘10等於
    70.
    This dictionary cost **seventy** dollars. 這本辭
    典要70美元．
    He is **seventy** now. 他現年70歲．
  ② She is in her **seventies**. 她年過七旬．
    It happened in the nineteen **seventies**./It
    happened in the 19**70's**. 那件事情發生於
    1970年代．
  [複數] **seventies**
sever [ˋsɛvɚ] *v.*《正式》切斷，斷絕，分開．
  [範例] Someone **severed** the telephone line. 有
    人切斷了那條電話線．
    After the flood, the road was **severed** at
    several places. 那場洪水過後，有多處道路
    被沖毀．
    Our country **severed** diplomatic relations with
    your country. 我們國家與你們國家斷絕了外
    交關係．
    The rope suddenly **severed** and the burglar
    fell to the ground. 由於那條繩索突然斷了，
    那名竊賊摔到地上．
  [活用] *v.* **severs**, **severed**, **severed**,
    severing
†**several** [ˋsɛvrəl] *adj.* ① 幾個的，數個的，
    幾人的，數個人的．②《正式》
    分別的，各自的，各式各樣的．
    —*pron.* ③〔作複數〕幾件東西，數個，數人．
  [範例] ① She gave me **several** books. 她給我幾
    本書．
    Several people went out to see the traffic
    accident. 有幾個人出去看那場車禍．
  ② **Several** men, **several** minds.《諺語》各人有
    各人的想法．
  ③ **Several** of the windows are broken. 那些窗
    戶有幾扇已經壞了．
    Several of them are not coming. 他們有幾個
    人不打算來了．
＊**severe** [səˋvɪr] *adj.* ① 嚴厲的，嚴格的，嚴酷
    的，劇烈的，嚴重的．② 樸素的，簡樸的，簡
    潔的．
  [範例] ① Miss Wilkins is **severe** in disciplining her
    students. 威爾金茲小姐對學生的管教很嚴
    格．
    The President spoke about the crisis in a

severe voice. 那位總統以嚴厲的聲音就該次
危機發表談話．
Mrs. Jones imposed **severe** punishments on
the girls involved. 瓊斯太太對於那些參與其
中的女孩們給於嚴厲的處罰．
It's a sharp, **severe** pain. 那真是劇烈的疼
痛．
Livestock often die in a **severe** winter. 家畜在
嚴酷的冬天經常會凍死．
The review board was **severe** in its appraisal
of the last candidate. 那個覆審委員會對最後
一位候選人的評估十分嚴格．
We suffered a **severe** defeat. 我們遭到慘敗．
The drought was so **severe** for farmers that
many of them went out of business. 那次乾旱
對農民來說是如此嚴酷，以致於他們之中有
許多人因此離開了農業．
Storm after storm brought **severe** flooding to
the Midwest. 不斷來襲的暴風雨為中西部地
區帶來嚴重的洪水氾濫．
② **severe** dress 樸素的衣著．
  a **severe** style 簡潔的文體．
  [活用] *adj.* **severer**, **severest**/**more severe**,
    most severe
＊**severely** [səˋvɪrlɪ] *adv.* ① 嚴格地，嚴厲地，嚴
    重地，非常地．② 簡樸地，樸實地，簡潔地．
  [範例] ① The bad boy was **severely** punished. 那
    個壞男孩受到嚴厲的處罰．
    My mother is **severely** ill in bed. 我母親因為
    重病而臥床．
    The typhoon **severely** damaged my house. 那
    次颱風為我家帶來嚴重的破壞．
  ② She dressed herself very **severely**. 她穿著
    非常樸素的衣服．
  [活用] *adv.* **more severely**, **most severely**
＊**severity** [səˋvɛrətɪ] *n.* ① 嚴厲，嚴格，嚴重．②
    艱辛，困頓．③ 簡潔，簡樸．
  [範例] ① the **severity** of the punishment 懲罰的
    嚴厲．
    The first guest speaker addressed the
    audience with **severity**. 第一位來賓以嚴厲的
    口吻對那群聽眾講話．
    The doctor finally realized the **severity** of the
    disease. 那個醫生終於察覺到這種疾病的嚴
    重性．
  ② the **severities** of life 人生的困頓，生活的艱
    辛．
  ③ I like the **severity** of his style. 我喜歡他簡樸
    的生活方式．
  [複數] **severities**
＊**sew** [so] *v.* 縫，縫製，縫補，縫合．
  [範例] I **sewed** a dress. 我縫製了一件洋裝．
    My father taught me how to **sew**. 我父親教我
    如何縫製衣服．
    He **sewed** a button on his coat. 他在外套上
    縫了一顆鈕扣．
    The surgeon **sewed** up the wound. 那位外科
    醫生縫合了那個傷口．
  [片語] **sew up** ① 縫，縫合，縫合．(⇨ [範例]) ②

順利完成: Negotiations are over—the deal is all **sewed up**. 談判結束，所有的交易都談妥了.

[活用] *v.* sews, sewed, sewn, sewing/sews, sewed, sewed, sewing

sewage [`sjuɪdʒ] *n.* (下水道的) 污水，污物.
♦ **séwage dispósal** 污水處理.

sewer [`sjuə] *n.* 下水道，下水管.
[複數] **sewers**

sewing [`soɪŋ] *n.* 裁縫，縫紉，縫製的衣物: I like cooking but I hate **sewing**. 我喜歡烹飪，但很討厭縫紉.
♦ **séwing machìne** 縫紉機.

***sewn** [son] *v.* sew 的過去分詞.

***sex** [sɛks] *n.* ① 性，性別. ② 性交，性行為.
——*v.* ③ 鑑別性別.
[範例] ① the male **sex** 男性.
the female **sex** 女性.
What **sex** is your new baby? 你剛出生的寶寶是男孩還是女孩?
② George had **sex** with Mary. 喬治與瑪麗做過愛.
There's too much **sex** these days on TV and in movies. 最近的電視節目和電影充斥著太多與性有關的內容.
③ Your job will be to **sex** three-day old chicks. 你的工作是鑑別破殼3天後的雛雞之性別.
[複數] **sexes**
[活用] *v.* sexes, sexed, sexed, sexing

sexism [`sɛksɪzəm] *n.* (特指對女性的) 性別歧視，性別歧視主義.

sexist [`sɛksɪst] *n.* ① 性別歧視主義者，歧視女性者.
——*adj.* ② 性別歧視的，性別歧視主義的: **sexist** language 性別歧視的語言.
[複數] **sexists**

sextant [`sɛkstənt] *n.* 6分儀《以測量天體間的角度來測定所在位置之小型觀測儀器》.
[複數] **sextants**

sexton [`sɛkstən] *n.* 教堂司事《擔任敲鐘、挖掘墓穴等工作》.
[複數] **sextons**

sexual [`sɛkʃuəl] *adj.* ① 性的，性方面的，有關性交的. ② 男女的，由性別決定的.
[範例] ① **sexual** desire 性慾.
② **sexual** organs 生殖器.
③ **sexual** equality 男女平等.
♦ **sèxual hárassment** 性騷擾.
sèxual íntercourse 性交.

sexuality [ˌsɛkʃuˈælətɪ] *n.* 性徵; 性慾.

sexually [`sɛkʃuəlɪ] *adv.* ① 性行為地. ② 性方面地. ③ 性別上地.

sexy [`sɛksɪ] *adj.* ① 有魅力的，性感的，煽情的. ②《口語》引人注目的，迷人的: a **sexy** new car 引人注目的新車.
[活用] *adj.* sexier, sexiest

SF [ˈɛsˈɛf] (縮略) ＝science fiction (科幻小說).

shabbily [`ʃæblɪ] *adv.* 寒酸地，襤褸地; 卑鄙地，下流地: a **shabbily** dressed woman 衣衫襤褸的女子.
[活用] *adv.* more shabbily, most shabbily

***shabby** [`ʃæbɪ] *adj.* ① 破舊的，襤褸的，寒酸的. ② 卑劣的，下流的，卑鄙的.
[範例] ① The woman wore a **shabby** old hat. 那個女子戴著一頂破爛的舊帽子.
He lives in a **shabby** house. 他住在破舊的房子裡.
② She got money from him through a **shabby** trick. 她用卑鄙的手段騙了他的錢.
[活用] *adj.* shabbier, shabbiest

shack [ʃæk] *n.* 簡陋的小屋，小木屋.
[複數] **shacks**

shackle [`ʃækl] *n.* ① 手銬，腳鐐; 束縛.
——*v.* ② 戴上手銬，戴上腳鐐.
[範例] ① He's very dangerous—keep him in **shackles** at all times. 他十分危險，要隨時讓他戴著手銬.
At last they were freed from the **shackles** of slavery. 他們終於從奴隸制度的桎梏下得到了解放.
② He is **shackled** at the wrists. 他的手腕被銬上手銬.
Those women are **shackled** by old customs. 那些女子被舊的習俗束縛著.
[複數] **shackles**
[活用] *v.* shackles, shackled, shackled, shackling

***shade** [ʃed] *n.* ① 陰涼處，蔭. ② 遮簾，罩. ③ 色調，濃淡. ④ 細微差異. ⑤《口語》極小，些微. ⑥《口語》〔~s〕太陽眼鏡. ⑦〔~s〕暮色; 陰暗.
——*v.* ⑧ 遮蔽; 為~遮住陽光. ⑨ 慢慢地變化.

[a shade]
[b shadow]

[範例] ① The boys rested in the **shade** of the trees by the street. 那些男孩在路旁的樹蔭下休息.
② Mr. Walters told his secretary to pull down the window **shades**. 華爾特斯先生要他的祕書放下百葉窗.
③ All **shades** of blue were used in the picture. 那幅畫中使用了所有藍色色調.
④ Replacing this word with that one gives it a different **shade** of meaning. 用那個字替換這個字，意義上就會產生細微的差異.
⑤ That tie is a **shade** too loud for a business meeting. 那條領帶對於商業會議來說有點過於豔麗.
⑧ His house is **shaded** by a big building. 他的房子被一棟大樓遮住了.
⑨ The evening glow **shaded** from yellow into orange. 晚霞慢慢地從黃色變成橘色.
[複數] **shades**
[活用] *v.* shades, shaded, shaded, shading

shading [`ʃedɪŋ] *n.* ① 遮蔽; 遮光. ② 描影法，明暗法. ③ 細微變化.

[複數] **shadings**

*****shadow** [ˋʃædo] *n.* ① 影，影子．

——*v.* ② 遮蔽，以陰影籠罩．③ 跟蹤，尾隨．

[範例] ① When I turned right, I saw the witch's **shadow** on the wall. 我往右轉時，看見牆上有女巫的影子．

My puppy follows me like a **shadow**. 我的小狗如影隨形地跟著我．

The house now lay in **shadow**. 那棟房子現在被陰影所籠罩．

Evening **shadows** crept across the front lawn. 暮色不知不覺地籠罩了前面的草坪．

Coming events cast their **shadows** before. 事情發生之前總有些徵兆．

② The tall building **shadows** his house. 那棟高樓擋住了他的房子．

③ The suspect felt someone **shadowing** him. 那個嫌犯感覺到有人在跟蹤他．

♦ **shàdow cábinet** 影子內閣《在野黨計畫在取得政權後組成的內閣》．

[複數] **shadows**

[活用] *v.* **shadows, shadowed, shadowed, shadowing**

shadowy [ˋʃædəwɪ] *adj.* 影子般的，模糊的；渺茫的；謎一般的．

[範例] a **shadowy** outline 模糊的輪廓．

a **shadowy** hope 渺茫的希望．

[活用] *adj.* **shadowier, shadowiest/more shadowy, most shadowy**

*****shady** [ˋʃedɪ] *adj.* ① 成蔭的．② 陰涼的．③《口語》可疑的，不清不白的，見不得人的．

[範例] ① a **shady** tree 成蔭的樹．

② a **shady** spot 陰涼的地點．

③ He does **shady** business. 他在做見不得人的生意．

[活用] *adj.* ② ③ **shadier, shadiest**

shaft [ʃæft] *n.* ① 軸；手柄，柄．② 豎坑；通道《電梯通過的垂直空間》．

[範例] ① a propeller **shaft** 螺旋槳的軸．

a **shaft** of light 一束光．

the **shaft** of the arrow 箭柄．

the **shaft** of the golf club 高爾夫球桿的柄．

② a mine **shaft** 礦坑的豎井．

a lift **shaft** 電梯的通道．

[複數] **shafts**

shaggy [ˋʃægɪ] *adj.* 蓬亂的，毛茸茸的；長毛垂披的；起絨毛的．

[範例] a **shaggy** beard 蓬亂的鬍鬚．

a **shaggy** dog 一隻長毛垂披的狗．

a **shaggy** rug 起絨毛的地毯．

[活用] *adj.* **shaggier, shaggiest**

*****shake** [ʃek] *v.* ① 搖晃，搖動，搖擺，搖落；顫抖；震動；使動搖．

——*n.* ② 搖動；震動；搖擺，搖落；顫抖．

[範例] ① **Shake** the can well before you open it. 開罐之前要先好好搖一搖．

He **shook** his head to my proposal. 他對我的建議搖了搖頭．

The kids tried to **shake** the tree. 那些孩子們

試著搖動那棵樹．

Why do you always **shake** so much pepper on your eggs? 你為甚麼總要在蛋上面灑那麼多胡椒？

He **shook** apples from a tree. 他把蘋果從樹上搖了下來．

Every time he slams the door shut, this house **shakes**. 他每次砰地把門關上時，這棟房子就震動一下．

She was **shaking** with rage. 她氣得發抖．

He was badly **shaken** by the news of his father's death. 聽到父親去世的消息，他受到很大的刺激．

② The girl said "No" with a **shake** of the head. 那個女孩搖了搖頭說：「不！」

I gave my purse a **shake**, but nothing fell out. 我搖了搖錢包，可是甚麼也沒掉出來．

I begin to get the **shakes** just thinking about the accident. 我只要一想起那次意外事故就渾身發抖．

[片語] ***shake down*** ① 適應，習慣於．② 詐騙．③ 嚴格搜查．

shake hands/shake ～'s hand 握手： I **shook hands** with Mr. Brown. 我和布朗先生握了手．

shake ～'s head 搖頭．(⇨ [範例] ①)

shake off 震落；抖掉；擺脫；治癒(疾病)．

shake out 抖掉(灰塵)．

shake up 改組；改造： The new president will **shake up** the company. 那位新總裁一定會大力整頓公司．

[活用] *v.* **shakes, shook, shaken, shaking**

[複數] **shakes**

shaken [ˋʃekən] *v.* shake 的過去分詞．

shaker [ˋʃekɚ] *n.* ① 攪拌器；(調製雞尾酒的)搖杯；桌上用的佐料瓶．②〔S～〕震顫教徒．

[參考] 震顫教徒是18世紀末從英國傳入美國的基督教派教徒，原作 Shaking Quaker (震顫教派教徒)，據說是由於宗教的興奮而全身顫抖，遂有此名．主張禁慾、共同生活和否定私有財產．

[複數] **shakers**

*****Shakespeare** [ˋʃek͵spɪr] *n.* 莎士比亞《William Shakespeare，1564-1616，英國劇作家及詩人，著有《哈姆雷特》、《馬克白》等等）．

shake-up [ˋʃek͵ʌp] *n.* 大改組，大革新： Many people realize the importance of a political **shake-up**. 許多人瞭解到政治革新的重要．

[複數] **shake-ups**

shakily [ˋʃekɪlɪ] *adv.* 顫抖著，搖晃地： The old lady stood up **shakily**. 那位老婦人搖搖晃晃地站了起來．

[活用] *adv.* **more shakily, most shakily**

shaky [ˋʃekɪ] *adj.* 搖動的，搖晃的；顫抖的；不穩定的．

[範例] I was nervous and a bit **shaky** at the starting line. 我在起跑線上因緊張而身體有點發抖．

Don't sit on that old chair. It's very **shaky**. 不

要坐在那把舊椅子上，它搖晃得很厲害．
The prime minister's position is very **shaky** at present．那個首相現在的地位很不穩固．

活用 *adj.* **shakier, shakiest**

shale [ʃel] *n.* 頁岩，泥板岩．

†**shall** [(強) `ʃæl; (弱) ʃəl] *aux.* 將要，會，應，必須，一定．

範例 I **shall** be twenty-eight tomorrow. 我明天就28歲了．
"**Shall** I carry your bag?" "Yes, please." 「我來替你拿手提包好嗎？」「那就拜託了．」
Shall we see you next Monday? 我們下週一能再見到你嗎？
"**Shall** we go out this evening?" "Yes, let's." 「我們今晚出去走走嗎？」「好啊．」
"Let's go for a drive, **shall** we?" "No, let's not." 「我們開車出去兜風好嗎？」「不要．」
The enemy **shall** not pass. 決不讓敵人通過．
We **shall** overcome. 我們必須克服困難．
I **shall** go, rain or shine. 不管下雨還是晴天，我都要去．
We **shall** be leaving this evening. 我們今晚要出發．
The principal has decided that I **shall** stay in school. 那位校長決定將我留在學校．
She **shall** have a computer on her birthday. 她生日時送她一臺電腦吧．
I **shall** have finished the essay by Friday. 我要在星期五之前完成那篇論文．
We **shan't** be late again. 我們保證不再遲到了．

片語 **Shall I ~?** 我～好嗎? (⇒ 範例)
Shall we ~? 我們～好嗎? (⇒ 範例)

活用 *aux.* **should** 《過去式，沒有過去分詞》

shallot [ʃə`lɑt] *n.* 紅蔥頭．

複數 **shallots**

***shallow** [`ʃælo] *adj.* ① 淺的，膚淺的．
── *n.* ② 〔the ~s〕淺灘．
── *v.* ③ 變淺．

範例 ① This river is **shallow**. 這條河很淺．
This lake is **shallowest** here. 這個湖在這裡最淺．
Cross the stream where it is **shallowest**. 你應該從河水最淺的地方過河．
The onion soup was served in a **shallow** dish. 那份洋蔥湯被裝在淺盤中端了上來．
Enough of your **shallow** arguments! 你那膚淺的爭論，我已經聽夠了！
Your wife is a **shallow** woman. 你太太是一個膚淺的女人．
② Their boat is stuck in the **shallows**. 他們的船陷在那片淺灘中．
③ The Bristol channel **shallows** at this point. 布里斯托海峽在這裡變淺．

活用 *adj.* **shallower, shallowest**
複數 **shallows**
活用 *v.* **shallows, shallowed, shallowed, shallowing**

***sham** [ʃæm] *n.* ① 假冒者，騙子；偽造品，仿製品；虛假；欺騙．
── *adj.* ② 〔只用於名詞前〕虛假的，假裝的；模擬的；仿製的．
── *v.* ③ 假裝，裝作．

範例 ① The cease-fire agreement was a **sham**; either side kept bearing arms. 停戰協定只是個騙局，雙方依然隨時準備戰鬥．
Her interest in my work was a **sham**; it was me she was after. 她關心我的工作是假裝的；她真正感興趣的是我．
Nancy said she was an art expert, but she was really just a **sham**. 南西說她是個藝術專家，但實際上她是個冒牌貨．
② **sham** sympathy 虛假的慰問．
sham jewellery 仿冒的寶石．
③ She was **shamming** sleep. 她在裝睡．
He's not an aristocrat; he's just **shamming**. 他不是貴族，他只是假裝的．

複數 **shams**
活用 *v.* **shams, shammed, shammed, shamming**

shamble [`ʃæmbl] *v.* 跟蹌而行: The way you **shambled** down the road we thought you were drunk. 看你跟蹌走下那條路的樣子，我們以為你喝醉了呢．

活用 *v.* **shambles, shambled, shambled, shambling**

shambles [`ʃæmblz] *n.* 〔作單數〕屠宰場，流血場面；狼藉: The hurricane left the neighborhood a **shambles**. 那場颶風將附近颳得一片狼藉．

*****shame** [ʃem] *n.* ① 羞愧，羞恥．② 恥辱，不名譽．③ 倒楣的事；令人遺憾的事．
── *v.* ④ 使感到羞恥；羞辱；使羞愧；使蒙羞．

範例 ① I am filled with **shame** thinking about what I did. 一想到自己的所作所為，我感到十分羞愧．
Their yacht puts our boat to **shame**. 他們的遊艇使我們的小船相形見絀．
John has no **shame**. 約翰毫無羞恥心．
② Your actions have brought **shame** to our organization. 你的行為玷污了我們組織的名聲．
Alan is a **shame** to his family. 艾倫是他家的恥辱．
③ It's a **shame** to let this food to go to waste. 你白白浪費這食物，真是太不應該了．
It's a **shame** you can't come to this sumo tournament. 你無法來看這場相撲比賽，真是遺憾．
What a **shame**! 真是遺憾！
④ John **shamed** Mary in front of her classmates. 約翰在瑪麗的同學面前羞辱她．
It **shames** me to say it, but I purposely misled you. 真不好意思，我是故意騙你的．
The board of trustees **shamed** me into resigning. 那個董事會羞辱我，迫使我辭職．
Anne was **shamed** out of her lying ways. 安羞愧得不再說謊了．

[片語] **put ~ to shame** 使蒙羞，使相形見絀.
(⇨[範例] ①)
Shame on you! 你真可恥!
[活用] v. **shames**, **shamed**, **shamed**,
shaming

shamefaced [`ʃem͵fest] adj. 害羞的，感到
羞愧的: a **shamefaced** look 害羞的表情.
[活用] adj. **more shamefaced**, **most**
shamefaced

*__shameful__ [`ʃemfəl] adj. 可恥的; 丟臉的; 不
體面的; 不道德的.
[範例] **shameful** behavior 可恥的行為.
shameful treatment of their ambassador to
our country 他們的大使對我國不體面的對
待.
It is **shameful** of you to break your word. 你不
守信用，真是可恥.
[活用] adj. **more shameful**, **most shameful**

shamefully [`ʃemfəlɪ] adv. 可恥的是，丟人
的是: Maintenance of the castle has been
shamefully neglected. 可恥的是，那座城堡
的維護被疏忽了.
[活用] adv. **more shamefully**, **most**
shamefully

shameless [`ʃemlɪs] adj. 不知羞恥的，厚顏
無恥的; 猥褻的.
[範例] a **shameless** liar 無恥的說謊者.
a **shameless** grab for power 無恥的權力鬥
爭.
[活用] adj. **more shameless**, **most**
shameless

shampoo [ʃæm`pu] n. ① 洗髮精. ② 洗髮;
give ~ a **shampoo** 洗~的頭髮.
——v. ③ 洗 (頭髮).
[複數] **shampoos**
[活用] v. **shampoos**, **shampooed**,
shampooed, **shampooing**

shamrock [`ʃæmrɑk] n. 酢漿草 《一種三葉
草，愛爾蘭的國花》.
[複數] **shamrocks**

shank [ʃæŋk] n. ①《古語》脛《從膝 (knee) 至腳
踝 (ankle) 的部分》. ② 柄，軸，幹.
[範例] ② A knife or a sword has a **shank** that
connects with the handle. 刀和劍都帶有供手
握的柄.
The **shank** of the key was bent. 那把鑰匙彎
了.
[複數] **shanks**

shan't [ʃænt]《縮略》=shall not: Shall I go, or
shan't I? 去還是不去?

shanty [`ʃæntɪ] n. ① 簡陋的小屋. ② 船歌《亦
作 chanty, chantey》.
[複數] **shanties**

*__shape__ [ʃep] n. ① 形，形狀; 姿態; 身影; 外形
形式; 樣子. ②《口語》狀態.
——v. ③ 塑造，成形.
[範例] ① It has the **shape** of a star. 那件物品呈
星形.
Ha was a con man in the **shape** of a

salesman. 他是一個假裝成推銷員的騙子.
Our new business is finally taking **shape**. 我
們的新生意終於有了眉目.
My hat is out of **shape**. 我的帽子變形了.
This is not a good investment in any **shape** or
form. 不管採取甚麼形式，這都不能說是適
宜的投資.
This sure is a funny **shape** for a bear's paw
print. 這個形狀真的很奇怪，一點也不像是熊
的腳印.
His wife has a slender **shape**. 他的太太身材
修長.
Didn't you see a strange **shape** outside the
window? 你沒有看到那扇窗戶外面有一個可
疑的人影嗎?
② I'm in good **shape**. 我很健康.
Our company is in pretty bad **shape**. 我們公
司的狀況相當糟.
③ The boy **shaped** snow into a house. 那個男
孩用雪堆了一間房子.
My brother **shaped** his course in life early. 我
哥哥很早就決定了自己的人生道路.
That cloud over there has **shaped** into a duck.
遠處的那片雲變成了鴨子的形狀.
Our team is **shaping** up well. 我們的隊伍進
展順利.
[片語] **in any shape or form** 無論如何也
(不). (⇨[範例] ①)
in shape 健康的，身體狀況良好的. (⇨[範例]
②)
out of shape ① 變形的. (⇨[範例] ①) ② 身
體狀況不佳的.
shape up ① 進展順利. ② 行為正當.
[複數] **shapes**
[活用] v. **shapes**, **shaped**, **shaped**, **shaping**

shapeless [`ʃeplɪs] adj. 無形的; 變了形的;
混亂的: a **shapeless** old coat 一件變了形的
舊外套.
[活用] adj. **more shapeless**, **most shapeless**

shapely [`ʃeplɪ] adj. 姿態優美的，勻稱的:
Once she had **shapely** legs. 她曾經有過勻
稱的雙腿.
[活用] adj. **shapelier**, **shapeliest/more**
shapely, **most shapely**

**__share__ [ʃɛr] v. ① 分享; 分擔; 分攤，分配.
——n. ② 分配; 分擔. ③ 股; 股份; 股票.
[範例] ① Everyone in the house **shares** the same
kitchen. 家中任何人都可以共用廚房.
Will you share your dictionary with me? 我可
以與你共用你的辭典嗎?
I don't **share** their view about future city life.
我不贊成他們對於未來城市生活的意見.
Mary and I **share** a birthday. 瑪麗和我的生日
是同一天.
The couple **shared** in good times and bad. 那
對夫婦禍福同享.
We **shared** the pizza between the three of us.
我們3個人平分了那片披薩.
The spoils of victory were **shared** out equally.

優勝的獎品被平分給大家了.
Don't be selfish—we must **share** and **share** alike. 不要那麼自私，我們大家必須平分.
Will you **share** your experience with us? 你可以與我們分享你的經驗嗎？
You can **share** your problems with us. 你可以與我們分擔你的問題.

② You've had more than your **share** of cake. 你吃掉的蛋糕比你分的那份多.
I accept my **share** of responsibility. 我也有一份責任.
The investigators are sure wind shear had a **share** in the plane's crash. 那些調查人員確信風剪是那次飛機墜毀的原因之一.
Let's go **shares** on lunch, shall we? 我們一起分攤午餐的費用，好嗎？

③ My uncle owns ten thousand **shares** in the company. 我叔父擁有那家公司一萬股的股份.
Share prices rose a little today. 今天的股價上漲了一些.

片語 **go shares** 均攤，均分，共同負擔.（⇨ 範例 ②）

share and share alike 均分.（⇨ 範例 ①）

share out 分配.（⇨ 範例 ①）

活用 v. **shares**, **shared**, **shared**, **sharing**
複數 **shares**

shareholder [ˋʃɛr͵holdɚ] n. 股東《亦作 **stockholder**》.
複數 **shareholders**

shark [ʃɑrk] n. ① 鯊魚. ② 放高利貸者《亦作 **loan shark**》；騙子. ③ 專家；能人.
複數 **sharks**/ʃ **shark**

**sharp [ʃɑrp] adj. ① 銳利的，鋒利的；尖的；清晰的；劇烈的；敏銳的. ② 升半音的. ③《口語》穿著漂亮的；帥氣的.
——adv. ④ 整點，準時. ⑤ 敏銳地；急劇地. ⑥ 升高半音地.
——n. ⑦（音樂的）升半音；升半音符號《♯》.
範例 ① I need a **sharp** knife. 我需要一把鋒利的刀子.
The actress has a **sharp** nose. 那個女演員鼻子尖尖的.
The road makes a **sharp** left turn there. 那條路在那裡向左急彎.
The photo was not very **sharp**. 那張照片不太清楚.
When he lifted the heavy box, he felt a **sharp** pain in his back. 他提起那個沉重的箱子時，感到背部一陣劇烈的疼痛.
Your daughter is very **sharp**; she saw right through me. 你的女兒非常精明，她完全看透了我.
This sauce has a **sharp** taste. 這種醬汁很辣.

② D **sharp** 升 D 調.

④ The baseball game started at 6 o'clock **sharp**. 那場棒球比賽6點鐘準時開始.

⑤ The truck turned **sharp** to the right. 那輛卡車猛然地向右轉.

活用 adj., adv. ① ③ ④ ⑤ **sharper**, **sharpest**
複數 **sharps**

*sharpen [ˋʃɑrpən] v. 使銳利，變得尖銳；使增強.
範例 The boys **sharpened** the pencils. 那些男孩們削尖了那些鉛筆.
The secretary's voice **sharpened** as she became excited. 那位祕書興奮時，聲音會變得尖銳.
A glass of wine **sharpened** his appetite. 一杯葡萄酒讓他食欲大增.
活用 v. **sharpens**, **sharpened**, **sharpened**, **sharpening**

sharpener [ˋʃɑrpənɚ] n. 磨、削的人〔工具〕：a pencil **sharpener** 削鉛筆機.
複數 **sharpeners**

*sharply [ˋʃɑrplɪ] adv. 尖銳地；劇烈地；突然地：She looked at me **sharply**. 她用銳利的眼神看我.
活用 adv. **more sharply**, **most sharply**

sharpness [ˋʃɑrpnɪs] n. 尖銳；急速；鮮明.

*shatter [ˋʃætɚ] v. ① 變得粉碎，打碎，粉碎. ②《英》使極度疲勞.
範例 The glass **shattered** on the floor. 那個玻璃杯掉在地上，摔得粉碎.
The boy threw a stone at your house and it **shattered** a window. 那個男孩往你家拋石頭，打碎了一扇窗戶.
Our hopes were **shattered** when we lost the game. 那場比賽的失敗，粉碎了我們的希望.
He was **shattered** by the news. 他被那個消息擊垮了.

② She felt **shattered** after walking six hours. 走了6個小時之後，她感到筋疲力竭.
活用 v. **shatters**, **shattered**, **shattered**, **shattering**

*shave [ʃev] v. ① 刮鬍鬚〔臉〕；修剪（草坪等）. ② 刨削. ③ 掠過，擦過，勉強通過.
——n. ④ 修面，剃鬍. ⑤ 掠過，倖免.
範例 ① He **shaved** himself. 他刮了鬍子.
He **shaved** his mustache off. 他剃掉髭鬚.
She **shaved** her legs. 她刮掉腿上的汗毛.
He **shaves** every morning. 他每天早上刮鬍子.
He **shaved** me bald. 他把我剃成光頭.

② He **shaved** the board. 他刨削那塊木板.

③ The truck just **shaved** the gate. 那輛卡車勉強通過柵門.

④ Give me a **shave**. 請幫我刮鬍子.

⑤ She had a narrow **shave**. 她僥倖脫險.
活用 v. **shaves**, **shaved**, **shaved**, **shaving**/ **shaves**, **shaved**, **shaven**, **shaving**
複數 **shaves**

shaver [ˋʃevɚ] n. 刮鬍刀.
複數 **shavers**

shaven [ˋʃevən] v. shave 的過去分詞.

shaving [ˋʃevɪŋ] n. ① 刮臉，修面，剃鬍. ②〔~s〕刨屑，削下的薄片：pencil **shavings** 鉛筆屑.

♦ **sháving brùsh** 修面刷.
sháving crèam 刮鬍膏.
複數 **shavings**

shawl [ʃɔl] *n.* 披巾，披肩.
複數 **shawls**

†**she** [(強)`ʃi; (弱) ʃɪ] *pron.* ① 她《第三人稱單數女性主格》
——*n.* ② 女性；雌.
範例 ① Look at this. It is my grandmother. **She** is a college student. 你看，這是我奶奶. 她當時是一個大學生.《給人看照片並加以說明的情況》
Your aunt teaches flower arrangement, doesn't **she**? 你的姑媽在教插花，是吧？
② Is that puppy a he or a **she**? 那隻小狗是公的還是母的？
參考 (1)指在場的女性時說 she 是很失禮的: This is Ms. Mary Jones. Mary teaches gymnastics at a high school. 這位是瑪麗・瓊斯女士，瑪麗在高中教體操.《第二句中若用 she 代替 Mary 會比較不禮貌》(2)對動物有時也用 she: A hen cackles when she lays an egg. 母雞生蛋時會咯咯地叫. (3)對國家、城市或小汽車、船、飛機以前也曾用過 she，但現在很少用，而是用 it.
☞ her

sheaf [ʃif] *n.* ①一束，一捆《特指收割後捆在一起的穀物》
範例 a **sheaf** of letters 一束書信.
a **sheaf** of wheat 一捆小麥.
複數 **sheaves**

shear [ʃɪr] *n.* ①〔~s〕大剪刀《用於修剪樹枝或剪羊毛》
——*v.* ②剪斷，修剪；削減，剝奪.
範例 ① a pair of **shears** 一把大剪刀.
② We **shear** the sheep in spring. 我們在春天剪羊毛.
Setback after setback **sheared** him of his will to go on. 一次又一次的失敗，削弱了他再繼續下去的意志.
After the revolution, the president was **shorn** of all his power. 在那次革命之後，總統被剝奪了一切權力.
複數 **shears**
活用 *v.* **shears, sheared, sheared, shearing/shears, sheared, shorn, shearing**

sheath [ʃiθ] *n.* ①（劍、工具等的）鞘，護套: She put the knife back in its **sheath**. 她將那把刀插回刀鞘裡. ②《口語》《英》保險套.
複數 **sheaths**

sheathe [ʃið] *v.* 收入鞘中；覆蓋，包住.
範例 He **sheathed** his sword. 他將刀收入刀鞘.
She **sheathed** her hands in gloves. 她戴上手套.
活用 *v.* **sheathes, sheathed, sheathed, sheathing**

***shed** [ʃɛd] *v.* ①脫落，脫去；散發；流（眼淚、血等）.
——*n.* ②小屋，棚屋；牲畜棚.
範例 ① These trees **shed** their leaves in fall. 這些樹木一到秋天就落葉.
The boy **shed** tears when he heard the news. 聽到那則消息，那個男孩掉下了眼淚.
This research will **shed** new light on astrophysics. 這項研究將為天體物理學增添光彩.
The young man **shed** his clothes and jumped into the pool. 那個年輕人脫下衣服，跳進游泳池裡.
② a cattle **shed**（特指牛的）家畜棚.
a bicycle **shed** 腳踏車棚.
活用 *v.* **sheds, shed, shed, shedding**
複數 **sheds**

she'd [(強) ʃid; (弱) ʃid] 《縮略》=① she would. ② she had.
範例 ① She said **she'd** join us. 她說她願意加入我們.
② **She'd** been in Italy before the war broke out. 開戰前，她就一直在義大利.

sheen [ʃin] *n.* 光輝，光彩，光澤: The lady's hair has a beautiful golden **sheen**. 那位女士的頭髮有美麗的金色光澤.

***sheep** [ʃip] *n.* ①羊. ②羊皮《亦作sheepskin》. ③懦弱的人；愚蠢的人.
範例 ① You can see a flock of **sheep** in the meadow. 你可以看到那片草地上有一群羊.
Sheep bleat. 羊咩咩地叫.
③ The people in this country seem to be **sheep**—they'll do anything they're told to do by the authorities. 這個國家的人似乎都是些懦夫，對有關當局的話唯命是從.
片語 **black sheep** 害群之馬，敗家子: He is the **black sheep** of our family. 他是我們家的敗家子.
separate the sheep from the goats 區別好人與壞人.
參考 公羊為 ram，母羊為 ewe，小羊為 lamb. 其毛為 wool，肉為 mutton.
複數 **sheep**

sheepdog [`ʃipdɔg] *n.* 牧羊犬《亦作shepherd dog》.
複數 **sheepdogs**

sheepish [`ʃipɪʃ] *adj.* 羞怯的，靦腆的: look **sheepish** 看起來很靦腆.
活用 *adj.* **more sheepish, most sheepish**

sheepskin [`ʃip,skɪn] *n.* ①羊皮. ②羊皮製的衣服. ③羊皮紙. ④《口語》畢業證書《因為最早是用羊皮紙製成的》.
複數 **sheepskins**

***sheer** [ʃɪr] *adj.* ①〔只用於名詞前〕完全的. ②陡峭的，（幾乎）垂直的. ③極薄的，幾乎透明的.
——*adv.* ④十足地，全然地. ⑤垂直地，陡峭地.
——*v.* ⑥突然改變方向；避開 (away).
範例 ① Your argument was a **sheer** waste of

time. 你們的爭論完全是浪費時間.
② a **sheer** cliff 陡峭的懸崖.
③ **sheer** stockings 幾乎透明的長統襪.
④ The car ran **sheer** into the wall. 那輛汽車猛然地撞上牆上.
⑤ The cliff rises **sheer** from the water. 那個懸崖垂直地聳立在水面上.
⑥ The car **sheered** away from me by inches. 那輛車在距離我幾吋的地方緊急轉向避開.
〔活用〕 *adj.*, *adv.* **sheerer**, **sheerest**
〔活用〕 *v.* **sheers**, **sheered**, **sheered**, **sheering**

***sheet** [ʃit] *n.* ① 床單, 被單. ② 紙狀物, 薄片. ③ 一張《用於紙狀物的數量單位》. ④ 一大片, 一整片. ⑤ 印刷品. ⑥ 帆腳索《調節帆的位置的索、鏈等》.
——*v.* ⑦ 給~鋪上床單, 用被單覆蓋. ⑧ (雨等)傾盆而下.
〔範例〕① My mother changes the **sheets** every week. 我母親每週換一次被單.
② A **sheet** of plastic covered the ground. 塑膠薄板覆蓋著那地面.
③ Give me a **sheet** of paper. 給我一張紙.
④ The rain began to come down in **sheets** late in the night. 到了深夜, 開始下起傾盆大雨.
⑧ The rain **sheeted** against the windshield. 雨猛烈地打在汽車的擋風玻璃上.
〔片語〕 ***pale as a sheet*** 臉色蒼白的.
♦ **shéet ànchor** ① (航海) 備用大錨. ② 緊急時可依靠的人〔事物, 方法〕.
shéet glàss 玻璃薄板, 平板玻璃.
shéet líghtning 片狀閃電《因雲的反射而產生大片閃光》.
shéet mètal 金屬薄板.
shéet mùsic (未裝訂的)單張樂譜.
〔複數〕 **sheets**
〔活用〕 *v.* **sheets**, **sheeted**, **sheeted**, **sheeting**

sheikh/sheik [ʃik] *n.* (阿拉伯人、伊斯蘭教徒的) 酋長, 家長《對長老或團體首領的敬稱》.
〔複數〕 **sheikhs/sheiks**

***shelf** [ʃɛlf] *n.* ① 板架, 架子. ②(懸崖的)岩棚; 暗礁, 淺灘.
〔範例〕① Please put the jar on the top **shelf**. 請把那個罐子放在最上層的架子上.
The dictionary is on the bottom **shelf**. 那本辭典在最下層的架子上.
〔片語〕 ***on the shelf*** 被束之高閣的, 被擱置的, 乏人問津的: Our plan was left **on the shelf**. 我們的計畫被擱置.
〔參考〕① shelf 指只有一層的架子, 有好幾層的架子為其複數形的 shelves.
〔複數〕 **shelves**

***shell** [ʃɛl] *n.* ① 貝殼. ②(蛋、果實等的)殼;(建築物的)骨架, 框架. ③ 砲彈, 榴彈; 彈殼.
——*v.* ④ 去殼, 剝掉莢. ⑤ 砲轟, 轟炸.
〔範例〕① Do you collect **shells**? 你收集貝殼嗎?
② crack a walnut **shell** 敲開胡桃殼.

Only the **shell** of the building is up. 只有大樓的骨架完成了.
He never comes out of his **shell**. 他一直不肯改變羞怯的個性.
③ They fired two **shells** at the enemy. 他們向敵人發射了兩發砲彈.
④ These nuts **shell** easily. 這種堅果很容易去殼.
⑤ The city was heavily **shelled** for three days. 那個城市連續3天遭到猛烈的轟炸.
〔片語〕 ***shell out*** 不情願地付錢.
〔複數〕 **shells**
〔活用〕 *v.* **shells**, **shelled**, **shelled**, **shelling**

she'll [(強) ʃil; (弱) ʃil] (縮略) = she will: I hope **she'll** succeed. 我希望她會成功.

shellac/shellack [ʃəˋlæk] *n.* ① 蟲膠塗料《清漆的原料, 由紫膠蟲的分泌物製成》.
——*v.* ② 塗蟲膠塗料. ③《口語》《美》徹底打敗: They gave our team a real **shellacking**. 他們將我們的隊伍打得落花流水.
〔活用〕 *v.* **shellacs**, **shellacked**, **shellacked**, **shellacking**

shellfish [ˋʃɛl͵fɪʃ] *n.* 有殼的水生動物《貝、蝦、蟹等》.
〔複數〕 **shellfish/shellfishes**

***shelter** [ˋʃɛltɚ] *n.* ① 避難, 保護, 遮蔽. ② 避難所, 隱蔽處.
——*v.* ③ 保護, 庇護. ④ 避難.
〔範例〕① We took **shelter** from the rain in the café. 我們在那家咖啡廳避雨.
② Some houses have fallout **shelters**. 有些人家中有原子塵遮蔽處.
③ a **sheltered** industry 受保護的產業.
④ During the storm, they **sheltered** in the school. 暴風雨期間, 他們去那所學校避難.
〔複數〕 **shelters**
〔活用〕 *v.* **shelters**, **sheltered**, **sheltered**, **sheltering**

shelve [ʃɛlv] *v.* ① 放在架上, 擺在架上. ② 裝殼架子於. ③ 擱置, 延期. ④ 逐漸傾斜.
〔範例〕① The librarian **shelved** the new books. 那位圖書館館員將新書上架.
② I have a **shelved** cupboard in my room. 我的房間裡有個裝有架子的壁櫥.
③ We **shelved** our holiday plans. 我們將休假的計畫延期了.
〔活用〕 *v.* **shelves**, **shelved**, **shelved**, **shelving**

***shepherd** [ˋʃɛpɚd] *n.* ① 牧羊人. ② 指導者; 牧師.
——*v.* ③ 牧(羊). ④ 引導, 指導, 帶領: We **shepherded** the children into the bus. 我們把那些孩子帶上公車.
♦ **the Gòod Shépherd** 耶穌・基督.
shépherd dòg 牧羊犬.
〔複數〕 **shepherds**
〔活用〕 *v.* **shepherds**, **shepherded**, **shepherded**, **shepherding**

shepherdess [ˋʃɛpɚdɪs] *n.* 牧羊女.

複數 **shepherdesses**

sherbet [`ʃɝbɪt] *n.* ① 果汁奶凍《在果汁中加入牛奶、蛋白、明膠所製成的冷凍甜點;『英』sorbet》. ②『英』果汁粉《可直接食用或加水製成果汁》.

複數 **sherbets**

sheriff [`ʃɛrɪf] *n.* ①『美』郡保安官《由民選產生，主管郡 (county) 內治安、司法的執法官員，具有司法權與警察權》. ②『英』郡長.

複數 **sheriffs**

sherry [`ʃɛrɪ] *n.* 雪利酒《原產於西班牙的烈性白葡萄酒》.

複數 **sherries**

she's [(強) `ʃiz; (弱) ʃɪz]《縮略》= ① she is. ② she has.

範例 ① **She's** my wife. 她是我的太太.
② **She's** been ill since last summer. 她從去年夏天就一直生病到現在.
She's got a new job. 她得到一份新工作.

*****shield** [ʃild] *n.* ① 盾牌，盾形物；保護物，防禦物.
——*v.* ② 保護，庇護，防禦.

範例 ① The policeman protected himself with a **shield**. 那個警察用盾牌保護自己.
The hijacker used one of the passengers as a **shield**. 那個劫機犯以其中一名乘客作掩護.
The winner got a trophy and a **shield**. 那個優勝者得到一份獎品和一面獎牌.
② Mr. King **shielded** his son with his body. 金先生用自己的身體保護他的兒子.
Sunglasses **shield** your eyes from the sun. 太陽眼鏡能保護眼睛免受陽光刺激.

複數 **shields**
活用 *v.* **shields**, **shielded**, **shielded**, **shielding**

*****shift** [ʃɪft] *v.* ① 轉移，移動，改變，變換.
——*n.* ② 轉移，變化. ③ 輪班制的組別. ④《古語》手段；變通. ⑤《電腦、打字機等的》字型切換鍵《亦作 shift key》.

範例 ① She **shifted** her baby from her left arm to her right. 她把嬰兒從左臂換到右臂抱著.
The politician **shifted** the blame to his secretary. 那個政治人物把責任推給他的祕書.
She **shifted** about uncomfortably in her chair. 她很不舒服地在椅子上動來動去.
The left fielder **shifted** his position a little to the left. 那名左外野手將防守位置稍向左移動.
The driver **shifted** out of second into third gear. 那名司機將2檔切換成3檔.
The wind **shifted** from south to south-southeast. 風向從南轉變為南東南.
② One of the biggest problems in that country is the **shift** of population from the country to the city. 人口從農村向城市的轉移是那個國家面臨的重大問題之一.
There was a **shift** in the wind. 風向變了.
③ We work in six-hour **shifts**. 我們按照6小時輪班制工作.

She is on the night **shift** today. 她今天上夜班.
④ She tried every **shift** to get him to notice her. 為了引起他的注意，她用盡各種手段.
We must make **shift** with mom's small income. 我們必須靠母親微薄的收入設法過日子.

片語 **make shift** 設法應付，湊合. (⇨ 範例 ④)
***shift for ～self** 自謀生計: She had to **shift for herself** after leaving home. 離家之後，她必須自謀生計.

♦ **shift kèy** 字型切換鍵《電腦和打字機等用於切換大小寫字體時的按鍵》.

活用 *v.* **shifts**, **shifted**, **shifted**, **shifting**
複數 **shifts**

shiftless [`ʃɪftlɪs] *adj.* 懶散的，得過且過的.

shifty [`ʃɪftɪ] *adj.*《口語》機敏的，詭詐的，不可靠的: a **shifty** man 一個不可靠的男子.

活用 *adj.* **shiftier**, **shiftiest**

shilling [`ʃɪlɪŋ] *n.* ① 先令《英國、愛爾蘭等的舊貨幣單位，當時1先令＝1/20鎊 (pound)＝12便士 (pence). 在英國此貨幣單位於1971年廢止，相當於後來的5便士；略作 s.》. ② 先令《現在肯亞、烏干達、索馬利亞、坦尚尼亞所使用的基本貨幣單位》.

複數 **shillings**

shimmer [`ʃɪmɚ] *v.* ① 閃爍，閃閃發光.
——*n.* ② 閃光，微光.

範例 ① The streetlamps **shimmered** on the river. 那些路燈的亮光在河面上閃爍.
② The diamond had a wonderful **shimmer**. 那顆鑽石閃著美麗的光芒.

活用 *v.* **shimmers**, **shimmered**, **shimmered**, **shimmering**

shin [ʃɪn] *n.* ① 外脛，脛骨，(牛的) 小腿肉.
——*v.* ② 敏捷地攀爬.

範例 ① Jane kicked me in the **shin**. 珍踢了我的脛骨.
② Ted **shinned** up and down the tree. 泰德敏捷地在那棵樹上爬上爬下.

複數 **shins**
活用 *v.* **shins**, **shinned**, **shinned**, **shinning**

*****shine** [ʃaɪn] *v.* ① 閃耀，照射，大放異彩. ② 擦亮.
——*n.* ③ 光輝，光澤，光彩.

範例 ① The sun is **shining** brightly now. 現在太陽正明亮地照耀著.
When I gave the little girl some cookies, her face **shone** with joy. 當我給那個小女孩一些餅乾時，她的臉上閃耀著喜悅之色.
Your son **shines** in science. 你的兒子在科學方面表現出色.
The policeman **shone** a flashlight into the room. 那名警察用手電筒照了照室內.
② I **shined** my shoes this morning. 我今天早上把鞋子擦亮了.
③ There's a **shine** of glory in his eyes. 他的眼中閃耀著榮譽的光芒.

活用 *v.* ① **shines**, **shone**, **shone**, **shining**/
② **shines**, **shined**, **shined**, **shining**

radio antenna
lifeboat stack radar
life buoy mast
bow
stern
rudder
propeller porthole anchor

[ship]

shingle [ˋʃɪŋɡl] *n.* ① 屋頂板，棚板. ② 小圓石《海岸邊的圓形石子，比碎石子 (gravel) 大》. ③〔~s〕(醫學上的) 帶狀皰疹.
——*v.* ④ 用屋頂板鋪屋頂.
片語 **hang out ~'s shingle/hang up ~'s shingle**（醫師、律師等）掛牌開業.
複數 **shingles**
活用 *v.* **shingles, shingled, shingled, shingling**

shiny [ˋʃaɪnɪ] *adj.* 有光澤的，發光的: a **shiny** new coin 閃閃發亮的新硬幣.
活用 *adj.* **shinier, shiniest**

-ship *suff.* 加在名詞之後構成表示狀態、身分、職位、關係、技能等意的抽象名詞: friend**ship** 友誼; sportsman**ship** 運動家精神; member**ship** 會員資格.

***ship** [ʃɪp] *n.* ① 船. ② 太空船; 飛船，飛機.
——*v.* ③ 用船運送，輸送. ⑤ 乘船; 以船員身分工作. ⑥ 把~裝上船; 給船安裝（槍杆等）; 雇用（船員）. ⑦ 灌進（海水）.
範例 ① Exported cars are sent by **ship**. 出口的汽車用船運送.
③ I **shipped** my car to Australia. 我把我的汽車用船運往澳洲.
④ Oranges are **shipped** by plane. 橘子用飛機運送.
⑤ Our boat **shipped** water. 我們的船進水了.
參考 ship 一般是指大型的船，比較小型的船稱作 boat, 由於船被視作陰性，所以可以使用 she 作人稱代名詞.
複數 **ships**
活用 *v.* **ships, shipped, shipped, shipping**

shipbuilding [ˋʃɪpˏbɪldɪŋ] *n.* 造船，造船業，造船技術.

shipment [ˋʃɪpmənt] *n.* ① 出貨，裝船. ② 裝載的貨物: The **shipment** arrived after a short delay. 在短暫的延誤之後，那批貨物運到了.
複數 **shipments**

shipper [ˋʃɪpɚ] *n.* 海運業者.
複數 **shippers**

shipping [ˋʃɪpɪŋ] *n.* ① 船舶（泛指所有的船隻）. ② 海運; 裝船，運送.
範例 ① This port is open to all **shipping**. 這個港口對所有船舶開放.
② My father is engaged in the **shipping** business. 我的父親從事海運業.

shipshape [ˋʃɪpˏʃep] *adj.* 整齊的，井然有序的: Keep everything **shipshape**. 請保持每樣東西井然有序.
活用 *adj.* **more shipshape, most shipshape**

***shipwreck** [ˋʃɪpˏrɛk] *n.* ① 船舶失事，船難. ② 失事船隻，沉船.
——*v.* ③ (使) 遭受海難; 使破滅.
範例 ① We suffered a **shipwreck** and lost all our treasure. 我們遇到船難並失去了所有的寶物.
③ The Titanic was **shipwrecked** off the Banks of Newfoundland. 鐵達尼號在紐芬蘭外海發生海難.
複數 **shipwrecks**
活用 *v.* **shipwrecks, shipwrecked, shipwrecking**

shipyard [ˋʃɪpˏjɑrd] *n.* 造船廠.
複數 **shipyards**

shirk [ʃɝk] *v.* 逃避（責任等）; 懈怠: Don't **shirk** your responsibilities. 你不能逃避你的責任.
活用 *v.* **shirks, shirked, shirked, shirking**

shirker [ˋʃɝkɚ] *n.* 逃避責任的人; 怠惰的人.
複數 **shirkers**

***shirt** [ʃɝt] *n.* 襯衫.
片語 **in ~'s shirt sleeves** 脫去上衣，穿著襯衣.
keep ~'s shirt on 耐著性子不生氣: Keep your shirt on! 你不要發火嘛!
lose ~'s shirt 失去一切，賠得精光.
put ~'s shirt on...《口語》賭上所有的錢.
複數 **shirts**

shirty [ˋʃɝtɪ] *adj.*《口語》不高興的，生氣的.
活用 *adj.* **more shirty, most shirty**

shit [ʃɪt] *v.* ① 大便，排泄.
——*n.* ② 糞便. ③ 胡說八道，沒有價值的東西，混蛋.
——*interj.* ④ 可惡《表示憤怒或灰心、沮喪等不快情緒》.
參考 表示粗俗的說法.
活用 *v.* **shits, shat, shat, shitting**
複數 **shits**

***shiver** [ˋʃɪvɚ] *v.* ① 顫抖，哆嗦.
——*n.* ② 顫抖，哆嗦，寒顫. ③ 破片，碎片.

範例 ① The players were **shivering** in the cold. 那些選手們冷得直發抖.
② A **shiver** ran down my back. 我打了個寒顫.
③ The cup broke into **shivers**. 那只玻璃杯砸成了碎片.
活用 v. **shivers**, **shivered**, **shivered**, **shivering**
複數 **shivers**

shoal [ʃol] n. ① (魚) 群. ② 淺灘, 沙洲.
範例 ① The diver found a **shoal** of sardines. 那個潛水員發現了沙丁魚群.
Shoals of tourists crowd St. Mark's Plaza in Venice nearly year-round. 幾乎一年到頭都有成群的觀光客湧入威尼斯的聖馬克廣場.
複數 **shoals**

*** shock** [ʃɑk] n. ① 打擊, 震驚; 衝擊, 震動; 電擊. ② 亂髮, 蓬亂的頭髮. ③ 稻草堆, 禾束堆《為使禾草晾燥, 將其捆堆交錯豎立而成》.
—— v. ① 打擊, 衝擊; 使震驚; 使憤慨.
範例 ① Mary was speechless with **shock**. 瑪麗深感震驚而說不出話.
Peter passed out from **shock**. 彼德因受到撞擊而失去知覺.
That **shock** was caused by static electricity. 那次電擊是由靜電引起的.
I got a **shock** from the TV set. 我一摸那臺電視機就觸電了.
Revelations of these atrocities were a great **shock** to us all. 這種慘無人道的行為被揭露後, 我們都深感震驚.
We felt the **shock** of the earthquake at around 2 A.M. 半夜兩點左右, 我們感覺到地震的震動.
It was a bit of a **shock**. 那真有點嚇人.
② She's got a **shock** of gray hair, doesn't she? 她有一頭蓬亂的白髮, 不是嗎?
④ I was **shocked** by your outrageous behavior. 我對你那蠻橫不講理的行為感到震驚.
That remark **shocked** her into silence. 那批評使她震驚得一句話也說不出來.
Don't touch that wire! You could get badly **shocked**. 不要碰那條電線! 你會觸電的.
The mass murder **shocked** the nation. 那起大規模殺人事件震驚全國.
Who wouldn't be **shocked** by such a thing? 有誰不會對這種事感到憤怒?

♦ **shóck absòrber** (機車、汽車等的) 避震器, 緩衝器.
shóck trèatment/shóck thèrapy (醫學上的) 電擊療法《精神病治療法》.
shóck tròops 奇襲部隊, 突擊隊.
複數 **shocks**
活用 v. **shocks**, **shocked**, **shocked**, **shocking**

shocking [ˈʃɑkɪŋ] adj. 令人震驚的, 駭人聽聞的; 可惡的; 糟透的.
範例 **shocking** news 令人震驚的消息.
I've got a **shocking** story to tell you. 我有一件駭人聽聞的事要告訴你.

It's **shocking** that some people still think like that. 現在還有人會那麼想真是令人震驚.
♦ **shòcking pínk** (豔麗鮮明的) 粉紅色.
活用 adj. **more shocking**, **most shocking**

shod [ʃɑd] v. shoe 的過去式、過去分詞.

shoddy [ˈʃɑdɪ] adj. 廉價的, 粗糙的, 劣質的; 卑劣的, 卑鄙的: a **shoddy** trick 卑鄙的手段.
活用 adj. **shoddier**, **shoddiest**

*** shoe** [ʃu] n. ① (一隻) 鞋. ② 馬蹄鐵; 馬蹄《亦作 horseshoe》. ③ (雪橇的) 金屬滑行部分; (車輪的) 煞車, 制動器.
—— v. ①《正式》使穿鞋, 為 (馬) 釘蹄鐵.
範例 ① He has new **shoes** on./He's wearing new **shoes**. 他穿著一雙新鞋.
Wipe your **shoes** first. 先擦擦你的鞋.
I bought two pairs of **shoes** at that store. 我在那家店買了兩雙鞋.
That is where the **shoe** pinches. 這就是問題的癥結所在.
② This horse needs a new **shoe**. 這匹馬需要換新的馬蹄鐵.
④ These kids certainly are well **shoed** for cold weather. 這些孩子們都穿著適於寒冷氣候的鞋子.
片語 **in ~'s shoes** 代替, 站在~的立場: I wouldn't be **in your shoes** for a million dollars. 即使給我100萬, 我也不想代替你.
➡ 充電小站 (p. 1177)
複數 **shoes**
活用 v. **shoes**, **shod**, **shod**, **shoeing/shoes**, **shoed**, **shoed**, **shoeing**

shoehorn [ˈʃu,hɔrn] n. 鞋拔.
複數 **shoehorns**

shoelace [ˈʃu,les] n. 鞋帶《亦作 lace》.
範例 tie a **shoelace** 繫鞋帶.
untie a **shoelace** 解開鞋帶.
複數 **shoelaces**

shoemaker [ˈʃu,mekɚ] n. 鞋匠, 修鞋者, 製鞋者.
複數 **shoemakers**

shoestring [ˈʃu,strɪŋ] n. ①《美》鞋帶《《英》shoelace》. ② 很少的錢: David's on a **shoestring** budget and can't afford to buy his brother a birthday present. 大衛快沒錢了, 因此買不起他弟弟的生日禮物.
複數 **shoestrings**

*** shone** [ʃon] v. shine 的過去式、過去分詞.

shoo [ʃu] interj. ① 噓《驅趕動物的聲音》.
—— v. ② 發噓聲來驅趕 (away): He **shooed** the chickens away from the barn. 他發出噓聲把那些雞趕出穀倉.
活用 v. **shoos**, **shooed**, **shooed**, **shooing**

*** shook** [ʃʊk] v. shake 的過去式.

*** shoot** [ʃut] v. ① 射擊 (箭、子彈等), 開槍發射; 投擲; 提出 (疑問). ② 飛速通過, 疾馳, 穿過. ③ 投籃, 射門. ④ 拍照, 拍攝. ⑤ 發芽.
—— n. ⑥ 嫩芽, 幼苗. ⑦ 射擊, 狩獵. ⑧ (電

影的）拍攝.

範例 ① The hunter **shot** a wild boar with his rifle. 那名獵人用來福槍射殺了一頭野豬.

He **shot** three enemy soldiers. 他射死了3名敵兵.

The kidnapper **shot** the hostage dead and then **shot** himself. 那名綁匪在槍殺了人質之後也開槍自殺了.

He **shot** at the tiger, but missed it. 他對那隻老虎開了槍，但沒打中.

She **shot** an arrow at the mark. 她對準那個靶子射了一箭.

When I came home late, my mother **shot** me an angry glance. 我太晚回到家，媽媽生氣地看了我一眼.

The student **shot** questions at the professor. 那個學生接二連三地向那位教授提出問題.

Don't move, or I'll **shoot**. 不許動，不然我就開槍.

The critic **shot** down the painter's work. 那個評論家把那位畫家的作品說得一無是處.

I'll be **shot** if he is right. 如果他是對的，我就不得好死.

② The little boy **shot** out of the house. 那個小男孩從家裡衝了出來.

A sharp pain **shot** through my left shoulder. 我感到左肩一陣劇烈的疼痛.

My son has **shot** up lately. 最近我兒子突然長高許多.

③ The player missed a good chance to **shoot** a goal. 那名選手錯過了射門的好機會.

④ They **shot** this scene in Siberia. 他們在西伯利亞拍攝這個場景.

⑤ Fresh green leaves **shoot** out in spring. 一到春天，就會長出嫩綠的新芽.

⑥ a bamboo **shoot** 竹筍

⑦ They went on a deer **shoot**. 他們去獵鹿了.

片語 ***shoot at*** 瞄準～射擊，對準. (⇨ 範例 ①)
shoot down ① 打落，擊落. ②（爭論中）駁倒，否決. (⇨ 範例 ①)

◆ **shòoting stár** 流星.

活用 v. shoots, shot, shot, shooting
複數 shoots

**shop [ʃɑp] n. ① 商店. ② 工作處，工作室，辦事處，工廠. ③ 行話，關於生意〔工作〕的話題.

——v. ④ 買東西，購物，逛（商店）.

範例 ① My father keeps a flower **shop**. 我父親經營一家花店.

We will set up a coffee **shop** in this town. 我們準備在這個鎮上開一家咖啡店.

They shut up the toy **shop** last month. 那家玩具店上個月關門歇業了.

② a repair **shop** 修理廠.

③ We cannot help talking **shop**. 我們忍不住又談起了工作的話題.

④ I prefer to **shop** along this street. 我比較喜歡在這條街上買東西.

My mother goes **shopping** every Sunday. 我

母親每到星期天就出去購物.

片語 ***set up shop*** 開店，開業.
shut up shop 停業，歇業；（打烊時）關店.

◆ **shóp assistant** 〖英〗店員《〖美〗salesclerk》.
shóp hòurs 營業時間.
shòp stéward（工會的）部門委員，工廠代表.

➡ 充電小站 (p. 1179)

複數 shops
活用 v. shops, shopped, shopped, shopping

shopkeeper [ˈʃɑpˌkipɚ] n. 〖英〗零售商人，店主《〖美〗storekeeper》.
複數 shopkeepers

shoplift [ˈʃɑpˌlɪft] v. 在商店裡行竊.
活用 v. shoplifts, shoplifted, shoplifted, shoplifting

shoplifter [ˈʃɑpˌlɪftɚ] n. 在商店裡行竊的人.
複數 shoplifters

shopper [ˈʃɑpɚ] n. 購物者.
複數 shoppers

shopping [ˈʃɑpɪŋ] n. 購物；所購買的物品：Shall I carry your **shopping**? 我來幫你拿你買的東西吧.

**shore [ʃor] n. ①（河、湖、海的）岸.
——v. ②（以支柱）支撐，加強.

範例 ① We swam to an island about a mile from the **shore**. 我們游到一個距離海岸1哩的島上.

Let's take a walk along the **shore** of the lake. 我們到湖邊散散步吧.

Most of the crew are enjoying their holiday on **shore**. 大部分的船員都在岸上歡度假日.

② These guys are going to **shore** up this old building with some wooden supports. 這些人打算用木頭支撐這棟老建築.

片語 ***on shore*** 登陸，在陸上. (⇨ 範例 ①)

複數 shores
活用 v. shores, shored, shored, shoring

shorn [ʃorn] v. shear 的過去分詞.

**short [ʃort] adj., adv.

原義	衡量基準	釋義	範例
未達標準	長度、高度、距離、時間	短的，矮的，近的，短暫地，突然	①
	量（金額、重量等）	少的，不足的，缺乏；少，不夠	②
	語言	冷淡的〔地〕，不多言的	③

——n. ④ 簡稱. ⑤〔~s〕〖美〗短褲，運動短褲，（男、女）四角內褲《〖英〗underpants，但僅指男用四角褲》. ⑥（電路的）短路〔亦作 short circuit〕. ⑦（棒球的）游擊手（位置）《亦作 shortstop》.

範例 ① have a **short** memory 記性不好.

充電小站

鞋 (shoe)

【Q】鞋筒多高的鞋才叫 boot 呢?

【A】你應該是問 boot 與 shoe 的差別吧, 這在英國和美國是不一樣的. 首先我們按鞋筒的高度來分類.

(a) 高度不及腳踝的短鞋.
(b) 高過腳踝的鞋, 即覆蓋 "foot" 部分的鞋.
(c) 鞋筒高至能覆蓋小腿肚的鞋.

就以上3種鞋, 在英國 (a) 叫作 shoe, 而 (b) 叫作 boot. 在美國 (a) 和 (b) 都叫作 shoe, (c) 才叫作 boot.

有必要特別區分 (a) 與 (b) 時, 分別稱作 low shoe/high shoe.

(a)〖英〗shoe/〖美〗shoe (low shoe)
(b)〖英〗boot/〖美〗shoe (high shoe)
(c)〖英〗boot/〖美〗boot

此外還有下列各種鞋類的詞語:

clog: 木底鞋, 或是整個用木頭製成的鞋. 如荷蘭的木鞋.

moccasin: 原為北美洲原住民穿的鹿皮軟鞋. 現在指與其相似的軟皮鞋.

overshoe: 可套穿在鞋外的橡膠鞋, 用來防寒、防水及擋泥, 亦作 rubber boot. 在英國則稱作 wellington 或 wellington boot.

pump: 無鞋帶或金屬扣的低跟女用皮鞋, 跳舞或搭配晚禮服時穿用.

sandal: 涼鞋. 原為古希臘羅馬人穿用的皮革製涼鞋. 現指鞋底以皮帶固定於腳底的涼鞋、平底鞋.

slip-on: 不需鞋帶和穿扣, 可方便穿 (to slip on) 脫的鞋.

sneaker: 膠底運動鞋.

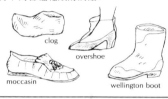

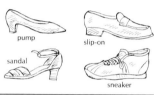

He is **shorter** than his wife. 他比他太太矮.

During her short days in America, Lucy made friends with many Americans. 在美國短暫停留期間, 露西交了許多美國朋友.

She looks younger with her hair **short**. 她剪短髮看起來比較年輕.

She had her hair cut **short**. 她把頭髮剪短了.

This skirt is too **short** on me. 這條裙子我穿起來太短了.

Beth is **short** for Elizabeth. Beth 是 Elizabeth 的簡稱.

CD is **short** for "compact disc." CD 是 compact disc 的簡稱.

② Food is now in **short** supply. 現在食物供不應求.

This bag is **short** by 100 grams. 這袋東西的重量少了100公克.

Economic development has fallen far **short** of government goals. 經濟發展遠遠落後於政府預期的目標.

He's **short** of breath. He ran too fast. 他上氣不接下氣, 因為他跑得太快了.

I think your son is a little **short** on prudence. 我認為你兒子不夠謹慎.

They've been snowed up for more than a week. They're very likely running **short** of food. 他們已經被大雪困了一個多禮拜, 恐怕存糧不足.

All the refugees there go **short** of food. 那裡的難民都缺乏糧食.

When the massive earthquake hit my country, we were traveling in Thailand. It was nothing **short** of sheer luck. 我國發生大地震時, 我們正在泰國旅行; 這完全是不幸中的大幸.

The ball landed 10 yards **short** of the cup. 那顆球落在距離球洞10碼的地方.

③ She's been **short** with me recently. 最近她對我很冷淡.

④ Elizabeth is often called Beth for **short**. Elizabeth 通常簡稱為 Beth.

The European Union is usually called the "EU" for **short**. 歐洲聯盟通常簡稱為 EU.

In **short**, we can't go now. 簡而言之, 我們現在不能去.

The **short** of it is that we can't go now. 也就是說我們現在不能去.

片語 *cut short* ① 截短, 削減. (⇨ 範例 ①) ② 使中斷, 阻止, 打斷: The couple **cut short** their stay in Oahu and went back home. 那對夫妻提前從歐胡島回來了.

go short 短少, 缺乏. (⇨ 範例 ②)

fall short 沒達到, 不夠. (⇨ 範例 ②)

for short 簡稱, 略作. (⇨ 範例 ④)

in short 簡而言之, 總之. (⇨ 範例 ④)

nothing short of 簡直就是, 幾乎是. (⇨ 範例 ②)

run short 不夠, 缺乏, 不足, 用光. (⇨ 範例 ②)

short for ~的簡稱. (⇨ 範例 ①)

short of 短缺, 缺乏. (⇨ 範例 ②)

short on 缺乏（智慧、品質等）．(⇨ 範例 ②)
stop short ① 突然停止． ② 打消～念頭．
(⇨ stop)

♦ **shòrt círcuit**（電路的）短路．
shòrt cút 近路，捷徑．
shòrt-hánded 人手不足的．
shòrt list〖英〗決選名單《通過初選留待最後評議的名單》．
shòrt shríft 無情的對待．
shòrt síght ① 近視． ② 目光短淺，無遠見．
shòrt-spóken 唐突的，不客氣的．
shòrt stóry 短篇小說．
shòrt témper 性急，易怒．
shòrt wáve（通訊的）短波．

☞ ① ↔ long，tall
活用 *adj.* **shorter**，**shortest**
複數 **shorts**

*shortage [ˈʃɔrtɪdʒ] *n.* 匱乏，缺乏，不足．
範例 Bad weather in Brazil has caused a **shortage** of coffee．巴西的氣候不良導致咖啡短缺．
a housing **shortage** 住宅不足．
A **shortage** of coal and oil is the main problem．煤炭和石油的匱乏就是最主要的問題．
複數 **shortages**

shortbread [ˈʃɔrtˌbrɛd] *n.* 油酥餅《加入大量奶油的鬆脆酥餅》．

short-circuit [ˌʃɔrtˈsɝkɪt] *v.* 使（電路）短路．
活用 *v.* **short-circuits**，**short-circuited**，**short-circuited**，**short-circuiting**

§ *shortcoming [ˈʃɔrtˌkʌmɪŋ] *n.* 缺點，短處；不足，短缺：It's easy to overlook someone's **shortcomings** when you're in love with that person．戀愛的時候，往往容易忽視對方的缺點．
複數 **shortcomings**

*shortcut [ˈʃɔrtˌkʌt] *n.* 近路，捷徑：We'll take the **shortcut**．我們會抄捷徑．
複數 **shortcuts**

*shorten [ˈʃɔrtn] *v.* （使）變短，縮短．
範例 She **shortened** her hair．她把頭髮剪短了．
The days are **shortening** towards winter．愈接近冬天，白天就愈短．
活用 *v.* **shortens**，**shortened**，**shortened**，**shortening**

shortening [ˈʃɔrtnɪŋ] *n.* ① 縮短，縮減． ② 油脂《為了使糕點酥脆而加入的奶油、豬油等》．

shorthand [ˈʃɔrtˌhænd] *n.* 速記：The reporter took notes in **shorthand**．那個記者用速記法做了記錄．

short-list [ˈʃɔrtˌlɪst] *v.*〖英〗列入決選名單．
活用 *v.* **short-lists**，**short-listed**，**short-listed**，**short-listing**

short-lived [ˈʃɔrtˈlaɪvd] *adj.* 短命的，短暫的，曇花一現的，一時的．
範例 a **short-lived** success 一時的成功．
It makes me sad to think of our **short-lived**

marriage．一想到我們短暫的婚姻，我就感到傷心．
活用 *adj.* **more short-lived**，**most short-lived**

*shortly [ˈʃɔrtlɪ] *adv.* ① 不久，立刻，馬上． ② 簡潔地，簡短地． ③ 冷淡地，怠慢地，無禮地，唐突地．
範例 ① Mr. Wilkins will arrive here **shortly**．威爾金茲先生馬上就會到達這裡．
We started **shortly** after lunch．我們午餐後不久就出發了．
② to put it **shortly** 簡單地說．
③ "I'll do it," she answered **shortly**．她冷淡地回答：「我來做．」
活用 *adv.* **more shortly**，**most shortly**

shortness [ˈʃɔrtnɪs] *n.* 短；不足，匱乏，缺乏；冷淡．

short-sighted [ˈʃɔrtˈsaɪtɪd] *adj.* ① 近視的，近視眼的《亦作 near-sighted》． ② 無遠見的，目光短淺的．
範例 ① My brother is **short-sighted**．我哥哥有近視．
② This is a **short-sighted** plan．這是一個沒有遠見的計畫．
活用 *adj.* **more short-sighted**，**most short-sighted**

short-tempered [ˈʃɔrtˈtɛmpəd] *adj.* 性急的，急性子的，易怒的．
活用 *adj.* **more short-tempered**，**most short-tempered**

short-term [ˈʃɔrtˌtɝm] *adj.* 〔只用於名詞前〕短期的：a **short-term** plan for economic development 短期經濟發展計畫．
活用 *adj.* **more short-term**，**most short-term**

shortwave [ˈʃɔrtˌwev] *n.* （通訊的）短波．

*shot [ʃɑt] *v.* ① shoot 的過去式，過去分詞．
——*n.* ② 射擊，發射． ③ 槍彈，砲彈，子彈；鉛球． ④ 射擊手，射手． ⑤ 投籃，射門，一擊，一揮，踢． ⑥ 快照，攝影，拍攝；（電影、電視的）鏡頭． ⑦ 推測，猜測；試圖，嘗試． ⑧（酒的）一杯，（藥的）一劑，（注射的）一針．
——*adj.* ⑨〖口語〗破爛的，破舊的． ⑩ 變色紡織法的（使布料隨觀看角度不同而變化顏色），織成雜色的． ⑪〖口語〗〖英〗擺脫～的． ⑫〖正式〗充滿～的．
範例 ② She heard two **shots**．她聽到兩聲槍響．
The hunter took a **shot** at the rabbit．那個獵人瞄準那隻兔子開了一槍．
The plane was out of **shot**．那架飛機在射程之外．
③ Two **shots** still remain in his body．他的體內還殘留兩顆子彈．
Two **shots** passed through the wall．兩發子彈穿透了那面牆壁．
He threw the **shot** farther than last time．他推鉛球推得比上次遠．
④ He is a good **shot**．他是一個優秀的射手．
⑤ A wall is not allowed when a penalty **shot** is

充電小站

商店 (shop)

麵包店	bakery/baker's shop	家具店	furniture store
理髮店	barber's/barber's shop/barbershop	禮品店	gift shop
書店	bookstore/bookshop	食品雜貨店	grocery store
肉鋪	butcher shop/butcher's shop	美容院	hairdresser's
相機店	camera shop	五金店	hardware store
車行	car shop	酒類經銷店	liquor store
洗衣店	cleaner's	當鋪	pawnshop
服裝店	clothes shop	寵物店	pet shop
便利商店	convenience store	藥局	pharmacy
糖果店	confectionery/confectioner's	照相館	photo studio
化妝品店	cosmetic shop	米店	rice shop
陶瓷器店	crockery shop	鞋店	shoe shop
百貨公司	department store	修鞋店	shoe repair shop
藥房	drugstore	舊書店	secondhand bookstore
電器行	electric goods shop/appliance store	體育用品店	sports goods shop
鮮魚店	fish store/fishmonger's	文具店	stationer's
花店	florist's	超級市場	supermarket
水果店	fruit store/fruit shop	玩具店	toy shop

being taken. 罰球時不許設人牆.

⑥ The photographer took a close **shot** of the mantis. 那個攝影師對那隻螳螂拍攝特寫.

⑦ He made a good **shot** at the examination. 他猜中了那次的試題.

⑧ The driver took a **shot** of whiskey when he got home. 那個司機回家後, 喝了一杯威士忌.

⑨ This bus is **shot**. 這輛公車太破舊了.

⑪ I want to get **shot** of this old car and buy a new one. 我想把這輛舊車說再見, 再買輛新的.

⑫ Her French letter was **shot** through with errors. 她的法語書信中盡是錯誤.

[片語] **get shot of/be shot of** 擺脫; 完成. (⇨ [範例] ⑪)

shot through with 充滿~的. (⇨ [範例] ⑫)

♦ **the shót pùt** 推鉛球.

[複數] **shots**

shotgun [ˋʃɑt͵gʌn] *n.* 散彈槍, 獵槍.

[複數] **shotguns**

†**should** [(強) ˋʃʊd; (弱) ʃəd] *aux.* ① 應該, 必須, 一定會, 一定要. ② shall 的過去式.

[範例] ① You **should** hold the bowl with both hands. 你應該用雙手拿那個碗.

If you leave now, you **should** catch the train. 如果現在出發, 一定會趕上那班火車.

If you see any strangers, you **should** call the police. 如果看到陌生人, 一定要打電話給警方.

You **should**n't say things like that to your wife. 你不應該跟你太太說那種事.

"I'm spending the winter in Miami." "That **should** be nice." 「今年冬天我將在邁阿密度過.」「那一定會很不錯.」

It is very odd that he **should** do that. 他竟然

會做出那種事, 真是奇怪.

I **should** help her if she asks me to. 如果她求我的話, 我一定會幫忙.

If I **should** die, who would weep for me? 萬一我死了, 有誰會為我哭泣呢?

Do you think I **should** go and see the doctor? 你認為我是否應該去看醫生?

Should you be interested, I'll send you a copy of my book. 如果你感興趣的話, 我就送你一本我的書.《Should you be interested 是 If you should be interested 的另一種說法》

I insist that he **should** do that. 我堅持他應該做那件事.

I **should** have finished this work by tomorrow. 我明天之前要做完這項工作.

I **should** have phoned Ed this morning. 今天早上我必須打電話給艾德.

If you had helped me at that time, I **should** have succeeded. 那時候如果你能幫我, 也許我會成功.

According to the map, the road going east to the ski resort **should** be a toll road. 根據那幅地圖, 面向東邊滑雪場的那條公路應該是收費公路.

It is unfortunate that he **should** have been there the moment the earthquake struck. 地震發生時他剛好在那裡, 真是不幸.

I **should**n't have trusted that man. 我不應該信任那個男子.

② I asked him if I **should** let him alone. 我問他是否可以將他單獨留下.

I told him that I **should** be twenty years old next month. 我對他說下個月我就20歲了.

****shoulder** [ˋʃoldɚ] *n.* ① 肩, 肩膀. ② 肩膀肉. ——*v.* ③ 擔在肩上; 肩負, 承擔. ④ 用肩推開前進.

範例 ① She looked over her **shoulder**. 她回頭看了一眼.

He was giving his son a ride on his **shoulders**. 他讓兒子騎在肩上.

He shrugged his **shoulders** with a look of resignation on his face. 他神情無奈地聳了聳肩.

The responsibility rests on your **shoulders**. 你肩負著責任.

③ He **shouldered** his pack and began to walk. 他扛起行李, 開始步行.

shoulder a task 承擔任務.

④ He **shouldered** his way through the crowd. 他用肩膀擠開人群向前走.

片語 *have broad shoulders* 可擔當重任.

shoulder to shoulder ① 並肩地. ② 同心協力地.

straight from the shoulder 坦率地, 直接地, 單刀直入地.

♦ **shóulder bàg** 有肩帶的女用手提包.

shóulder-bláde 肩胛骨.

複數 **shoulders**

活用 v. **shoulders, shouldered, shouldering**

shouldn`t [ˋʃʊdn̩t] (縮略) =should not.

should've [ˋʃʊdəv] (縮略) =should have.

**shout [ʃaʊt] v. ① 呼喊, 喊叫; 大聲說.

——n. ② 大聲, 喊叫, 喊叫聲.

範例 ① He **shouted** to passers-by for help. 他向路人呼救.

She **shouted** his name. 她大聲叫他的名字.

He **shouted** that he was quitting. 他大叫說他要辭職.

Don't **shout** at me. 不要對我大喊大叫.

Jack **shouted** for joy when his girlfriend accepted his proposal. 當女友接受他的求婚時, 傑克高興得叫了起來.

He **shouted** to me to come down right away. 他大聲對我說要我馬上下來.

② She let out a **shout** of alarm. 她驚叫起來.

片語 *shout down* 喝倒采: His protestations were **shouted down**. 他的抗議被喝倒采.

shout ~self hoarse 喊到聲嘶力竭.

活用 v. **shouts, shouted, shouted, shouting**

複數 **shouts**

shove [ʃʌv] v. ① 撞開, 推開.

——n. ② 推, 撞.

範例 ① Who **shoved** the table into the corner? 誰把那張桌子推到牆角?

The police were **shoving** the crowd aside. 警方把群眾推到一旁.

Stop **shoving**! 不要推!

Somebody **shoved** the envelope under the door. 有人把那個信封塞到門下.

② I gave the door a good **shove**. 我用力推了一下門.

片語 *shove around* 任意驅使~做這做那.

shove off 離岸; 離開.

活用 v. **shoves, shoved, shoved, shoving**

複數 **shoves**

shovel [ˋʃʌvl] n. ① 鐵鍬; 鏟子; 挖土機.

——v. ② 用鏟子鏟, 用鏟子開挖.

範例 ① She removed the snow on the roof with a **shovel**. 她用鏟子鏟下屋頂上的雪.

He operated the diesel **shovel**. 他操縱那臺柴油挖土機.

② He **shoveled** the potatoes into the sack. 他用鏟子將那些馬鈴薯裝進袋中.

They **shoveled** a path through the snow. 他們用鐵鍬在那片雪地上開出了一條路.

複數 **shovels**

活用 v. **shovels, shoveled, shoveled, shoveling/** 〔英〕 **shovels, shovelled, shovelled, shovelling**

**show [ʃo] v. ① 露出, 顯現; 表現, 表示; 表明. ② 帶領.

——n. ③ 節目, 演出, 展示會. ④ 表面, 外觀.

範例 ① He **showed** his stamp collection to the class. 他給全班同學看他收集的郵票.

The class was **shown** his stamp collection. 全班同學都看了他收集的郵票.

Let me **show** you some pictures of my baby. 給你看一些我寶寶的照片.

What do you have in your pocket? **Show** it to me. 你口袋裡裝的是甚麼? 給我看看.

Your shirt-tail is **showing**, dear. 親愛的, 你的襯衫下襬露出來了.

She put on thick make-up but the scar **showed** through. 雖然她化了濃妝, 但那道疤還是露了出來.

She never **shows** herself unless she's elegantly dressed. 除非她打扮得很漂亮, 否則她不會在眾人面前露面.

A white dress **shows** dirt easily. 白色衣服上的污垢很顯眼.

They are now **showing** Harry Potter at that movie theater./Harry Potter is now being **shown** at that movie theater. 那家電影院現在正在上映《哈利波特》.

Tom **showed** anger at her words. 湯姆對她的話表現出憤怒.

Sally has **shown** signs of improvement in playing the piano. 莎莉彈奏鋼琴的技巧有很大進步.

The moonlight **showed** up his ugly face. 月光映出他醜陋的面孔.

Ben didn't **show** much interest in the new video game. 班對那個新的電玩遊戲不怎麼感興趣.

He **showed** himself to be a selfish man./He **showed** himself a selfish man. 他的表現顯示出他是一個自私的人.

His behavior towards women **shows** how sexist he is. 他對女性的舉止表現出他是如何地歧視女性.

Will you **show** me the way to the nearest post

office? 你能告訴我離這裡最近的郵局怎麼走嗎?

Could you **show** me how to open this door? 你能告訴我怎麼打開這扇門嗎?

This map **shows** tomorrow's weather conditions. 這張圖顯示著明天的天氣狀況.

The photo **shows** a panda eating bamboo shoots. 這張照片拍的是熊貓吃竹筍的情景.

The clock **showed** five to ten when I left there. 我離開那裡時, 時間是9點55分.

Our investigation **shows** that ten percent of the people are for the plan. 我們的調查顯示有10％的人贊成那個計畫.

A farmer is **shown** in silhouette in this picture. 這幅畫畫的是一個農夫的剪影.

② I'll **show** you around this city tomorrow. 明天我帶你逛一逛這個城市.

She **showed** me to the door when I left home. 我離開家時, 她送我到門口.

③ a motor **show** 汽車展.

a fashion **show** 時裝展.

an air **show** 航空展.

a stage **show** 舞臺演出.

a chat **show** 訪談節目.

I went to New York this summer vacation and saw some **shows** on Broadway. 這個暑假, 我到紐約看了一些百老匯的演出.

She took me to the **show** of her paintings at a small gallery. 她帶我去一個小型的美術館看她的個人畫展.

Our company's new products are on **show** at the toy fair. 我們公司的新產品正在那場玩具展中展出.

④ They shook hands in a **show** of friendship. 他們互相握手表示友好.

These little decorative bars of soap are just for **show**. 這些裝飾用的小香皂純粹是觀賞用的.

Stewart was very angry, but he put on a **show** of calmness. 斯圖亞特雖然很生氣, 但還是裝出一副冷靜的樣子.

片語 **for show** 為了炫耀, 為了裝門面, 為了好看. (⇨ 範例 ④)

make a show of/put on a show of 賣弄, 裝出～的樣子. (⇨ 範例 ④)

on show 展示中, 展示中. (⇨ 範例 ③)

show ～ around/show ～ round 帶領～參觀. (⇨ 範例 ②)

show off 炫耀, 賣弄: He was **showing off** his new motorcycle to all his friends. 他向他所有的朋友炫耀他的新摩托車.

I don't like her. She's always **showing off**. 我不喜歡她, 因為她老是愛炫耀.

show ～ to the door 送到門口. (⇨ 範例 ②)

show the way ① 指路. (⇨ 範例 ①) ② 示範.

show up ① 出席, 出現; 顯眼 (⇨ 範例 ①): Then the uninvited guest **showed up**. 然後那

個不速之客出現了. ② 使感到羞恥.

♦ **shòw and téll** 展示和講述《讓學童將自己的珍奇物品帶到教室並向其他學童加以說明的一種教育方法》.

shów bùsiness 演藝圈, 娛樂界《亦作 showbiz》.

shów-jùmping (馬術的) 超越障礙比賽.

shów wìndow 櫥窗.

活用 v. shows, showed, shown, showing/ shows, showed, showed, showing

複數 shows

showbiz [`ʃo͵bɪz] n. 演藝圈, 娛樂界《show business 的縮略》.

showcase [`ʃo͵kes] n. ① 陳列櫃. ② 陳列的場所, 讓人觀看的場所, 使人展現自己的機會.

──v. ③ 展示, 展現.

複數 showcases

活用 v. showcases, showcased, showcasing

showdown [`ʃo͵daʊn] n. 攤牌: It's time for a **showdown** with the chairman of the party. 到了該和黨主席攤牌的時候了.

複數 showdowns

***shower** [`ʃaʊɚ] n. ① 陣雨, 驟雨. ② 淋浴; 淋浴設備. ③《美》禮品贈送會《特指為即將結婚或分娩的女性舉辦, 源自大量贈送禮品之意》. ④ (口語)《英》酎厭的人.

──v. ⑤ 下陣雨. ⑥ 如下雨般降落. ⑦ 淋浴.

範例 ① The boy was caught in a **shower**. 那個男孩遇上了陣雨.

a **shower** of praise 大量的讚美.

a **shower** of presents 大批的禮物.

② Did you take a **shower**? 你淋浴了嗎?

⑤ It started to **shower**. 下起陣雨了.

⑥ The reporters **showered** questions on the minister. 那些記者們接二連三地向部長提出問題.

⑦ I've **showered** twice today. 今天我洗過兩次澡.

♦ **shówer bàth** 淋浴 (間)《亦作 shower》.

複數 showers

活用 v. showers, showered, showered, showering

showery [`ʃaʊrɪ] adj. 陣雨的.

活用 adj. more showery, most showery/showerier, showeriest

showman [`ʃomən] n. ① 節目主持人. ② 表演者: Gordon was a great **showman**. 高登是一個偉大的表演者.

複數 showmen

***shown** [ʃon] v. show 的過去分詞.

show-off [`ʃo͵ɔf] n. 愛炫耀的人, 自吹自擂的人: He is regarded as a **show-off**. 大家都認為他是一個愛炫耀的人.

複數 show-offs

showroom [`ʃo͵rum] n. 陳列室, 展覽室.

複數 showrooms

showy [`ʃoɪ] adj. 豔麗的, 鮮豔的; 刺眼的:

This dress is too **showy** for me. 這件衣服對我而言太鮮艷了.
活用 adj. **showier**, **showiest**

***shrank** [ʃræŋk] v. shrink 的過去式.

shrapnel [`ʃræpnəl] n. ① 榴霰彈. ② 榴霰彈的破片.

shred [ʃred] n. ① 碎片.
——v. ② 切碎, 撕碎.
範例 ① My son tore today's paper to **shreds**. 我兒子把今天的報紙撕成了碎片.
There are **shreds** of truth in what people say. 人們說的話裡總有一些事實.
② She **shredded** the carrot. 她把那根胡蘿蔔切碎.
➡ 充電小站 (p. 273)
複數 **shreds**
活用 v. **shreds**, **shredded**, **shredded**, **shredding**

shrew [ʃru] n. ① 潑婦, 悍婦. ② 地鼠.
複數 **shrews**

***shrewd** [ʃrud] adj. 精明的, 敏銳的, 聰明的.
範例 a **shrewd** lawyer 精明的律師.
a **shrewd** observation 敏銳的觀察.
a **shrewd** choice 聰明的選擇.
活用 adj. **shrewder**, **shrewdest**

shrewdly [`ʃrudlɪ] adv. 精明地, 敏銳地, 聰明地: The detective looked at the suspect **shrewdly**. 那位刑警敏銳地看了那個嫌犯一眼.
活用 adv. **more shrewdly**, **most shrewdly**

***shriek** [ʃrik] v. ① 發出尖叫, 驚叫, 喊叫.
——n. ② 尖叫聲.
範例 ① "Help." the drowning child **shrieked**. 那個溺水的孩子喊叫著:「救命啊!」
The girls **shrieked** with laughter. 那些女孩們尖聲大笑.
活用 v. **shrieks**, **shrieked**, **shrieked**, **shrieking**
複數 **shrieks**

***shrill** [ʃrɪl] adj. ① 尖叫的, 尖聲的; 高聲的, 激烈的; 刺耳的.
——v. ② 尖叫, 發出尖叫聲, 發出尖銳刺耳的聲音.
範例 ① A **shrill** cry for help echoed in the courtyard. 那個院子裡傳來求救的尖叫聲.
That lathe makes a **shrill** sound. 那臺車床發出尖銳刺耳的聲音.
② "Stop." the policewoman **shrilled**. 那名女警尖叫著說:「站住!」
活用 adj. **shriller**, **shrillest**
活用 v. **shrills**, **shrilled**, **shrilled**, **shrilling**

shrillness [`ʃrɪlnɪs] n. (聲音的) 尖銳.

shrilly [`ʃrɪlɪ] adv. 尖聲地, 尖銳地.
活用 adv. **more shrilly**, **most shrilly**

shrimp [ʃrɪmp] n. ① 小蝦. ② 小個子 (的人).
——v. ③ 捕捉小蝦.
複數 **shrimps**
活用 v. **shrimps**, **shrimped**, **shrimped**, **shrimping**

***shrine** [ʃraɪn] n. ① 神殿, 神社. ② 聖地, 殿堂. ③ 神龕.
範例 ① a Shinto **shrine** 神道神社.
② Vienna, the **shrine** of music 音樂的聖地維也納.
複數 **shrines**

***shrink** [ʃrɪŋk] v. (使) 收縮.
範例 I think these socks **shrank** in the wash. 我想這雙襪子是洗過之後縮水的.
Our workforce is **shrinking**. 我們的勞動人口正在減少.
She **shrank** from the bulldog. 她被那隻牛頭犬嚇得縮成一團.
活用 v. **shrinks**, **shrank**, **shrunk**, **shrinking/shrinks**, **shrunk**, **shrunk**, **shrinking/shrinks**, **shrunk**, **shrunken**, **shrinking**

shrinkage [`ʃrɪŋkɪdʒ] n. 縮小; 減少; 低落: a **shrinkage** in the budget 預算的減少.

shrivel [`ʃrɪvl] v. (使) 枯萎, 捲縮, 皺縮.
範例 A lack of rain has **shriveled** all the flowers. 雨量不足使得那些花都枯萎了.
The flowers **shriveled** up due to a lack of rain. 因為雨量不足, 那些花都枯萎了.
This plant's leaves **shrivel** in the cold. 這種植物在寒冷時葉子會枯萎.
活用 v. 〖美〗**shrivels**, **shriveled**, **shriveled**, **shriveling**/ 〖英〗**shrivels**, **shrivelled**, **shrivelled**, **shrivelling**

shroud [ʃraʊd] n. ① 覆蓋屍體的白布. ② 覆蓋物. ③ (船的) 護桅索《為固定桅杆而連結船身兩側和槍杆的繩索》.
——v. ④ 覆蓋, 掩蓋.
範例 ② The inner structure of the society is enveloped in a **shroud** of secrecy. 那個團體的內部結構被神祕的氣氛籠罩著.
④ The village was **shrouded** in darkness. 那個村子被夜幕籠罩著.
複數 **shrouds**
活用 v. **shrouds**, **shrouded**, **shrouded**, **shrouding**

***shrub** [ʃrʌb] n. 灌木, 矮樹.
複數 **shrubs**

shrubbery [`ʃrʌbərɪ] n. 灌木叢.
複數 **shrubberies**

***shrug** [ʃrʌg] v. ① 聳 (肩).
——n. ② 聳肩.
範例 ① He **shrugged** with indifference. 他冷漠地聳了聳肩.
He **shrugged** his shoulders and said, "So what?" 他聳聳肩說:「那又怎麼樣?」
② The lawyer looked at me with a **shrug**. 那個律師聳聳肩, 看了我一眼.
活用 v. **shrugs**, **shrugged**, **shrugged**, **shrugging**
複數 **shrugs**

***shrunk** [ʃrʌŋk] v. shrink 的過去式、過去分詞.

***shrunken** [`ʃrʌŋkən] v. shrink 的過去分詞.

shuck [ʃʌk] v. ①〖美〗剝皮; 去殼.

——*n.* ② 皮，殼.

[活用] *v.* **shucks, shucked, shucked, shucking**

[複數] **shucks**

*****shudder** [ˈʃʌdə] *v.* ① 發抖，戰慄.

——*n.* ② 顫抖，戰慄.

[範例] ① Paul **shuddered** when he saw the cobra. 保羅看見那條眼鏡蛇時嚇得發抖.

② The sight of the dead body gave me the **shudders**. 看見屍體使我不禁戰慄.

[活用] *v.* **shudders, shuddered, shuddered, shuddering**

[複數] **shudders**

shuffle [ˈʃʌfl] *v.* ① 使到處移動；洗牌；弄混. ② 拖著腳(走). ③ 挪動，移動.

——*n.* ④ 混雜. ⑤ 曳足. ⑥ 洗牌.

[範例] ① Shall I **shuffle** the cards? 我來洗牌好嗎？

Be careful not to **shuffle** the papers together. 小心不要把那些文件弄混了.

② The soldier **shuffled** his feet. 那個士兵拖著腳走.

④ The old gentleman gave the cards a good **shuffle**. 那位老紳士把牌洗得很乾淨.

⑤ He stopped running and began to walk with a **shuffle**. 他停止跑步，開始曳足而行.

[活用] *v.* **shuffles, shuffled, shuffled, shuffling**

[複數] **shuffles**

shun [ʃʌn] *v.* 避開：When he lost everything, he was **shunned** by all his friends. 當他失去了一切，所有的朋友都躲著他.

[活用] *v.* **shuns, shunned, shunned, shunning**

shunt [ʃʌnt] *v.* ① 轉移. ② 使(列車)轉軌.

[範例] ① He **shunted** the conversation toward more amusing topics. 他將那段談話轉移到更有趣的話題上.

She was **shunted** off to the branch office. 她被降職到那家分公司.

[活用] *v.* **shunts, shunted, shunted, shunting**

*****shut** [ʃʌt] *v.* ① 關，閉，合. ② 禁閉；夾住.

[範例] ① He **shut** the garage by remote control. 他用遙控器關上那間車庫.

The door **shut**, and the bus began to move. 車門關上，然後那輛公車開走了.

He was fired because the factory **shut** down. 他因工廠關閉而被解雇了.

The recent depression made him **shut** down his toy factory. 最近的不景氣導致他關閉他的玩具工廠.

Shut your mouth! 閉嘴！

Shut your textbook and tell us the outline of the story. 請闔上你的教科書，告訴我們那個故事的概要.

He **shut** his eyes to his wife's infidelity. 對於妻子的不貞，他視而不見.

② He **shut** himself in his room to make a new plan. 為了制定新計畫，他把自己關在房間裡.

The writer **shut** himself up in a hotel room to write a story for a monthly magazine. 那位作家為了撰寫月刊雜誌的稿子，將自己關在旅館的房間裡.

The husband **shut** his pocket money up in one of his books. 那個丈夫將他的零用錢夾在他其中一本書裡.

He **shut** his toe in the door. 他的腳被門夾到了.

[片語] ***shut away*** (與外界)隔離，關閉：He was **shut away** in the locker by a group of students. 他被一群學生關在那間更衣室裡.

shut down 停止活動，停業，關閉，停工. (⇨ [範例] ①)

shut ~ in ① 把~關起來，監禁. (⇨ [範例] ②)

② 將~圍住：Girls' dormitories in Taiwan tend to be **shut in** by high walls. 臺灣的女生宿舍有被高牆圍繞的傾向.

shut off ① 關閉(瓦斯、自來水等)；擋住(聲音、光等)：To turn off the stove, he **shut off** the gas. 為了減掉爐火，他關閉瓦斯.

Don't forget to **shut off** the gas before going to bed. 睡覺前不要忘記關閉瓦斯.

② 使遠離，隔離：Political leaders tend to **shut** themselves **off** from their enemies. 政治領袖們有排斥政敵的傾向.

shut out ① 排除在外：The crowd was **shut out** from the scene of the accident. 群眾被攔在那個意外事故現場之外. ② 使對方不能得分，使慘敗：Michael **shut out** the other team with two hits. 麥克擊出兩支安打，使得對手慘敗.

shut up ① (使)關閉，(使)歇業：They couldn't help **shutting up** their vegetable shop because of the depression. 由於不景氣，他們不得不關閉他們的蔬果商店. ② 關閉，封閉. ③ 使閉嘴，使沉默：The teacher made her students **shut up**. 那個老師讓學生們安靜.

[活用] *v.* **shuts, shut, shut, shutting**

shutdown [ˈʃʌtˌdaʊn] *n.* 臨時關閉，停業，停工：The toy factory's **shutdown** was a blow to the town's economy. 那家玩具工廠的關閉對該鎮的經濟是一個打擊.

[複數] **shutdowns**

shutter [ˈʃʌtə] *n.* ① 窗板，百葉窗；(照相機的)快門.

——*v.* ② 關上窗板(百葉窗). ③ 安裝窗板.

[範例] ① She opened the **shutters** at ten. 她10點鐘時打開那扇窗板.

The photographer quickly pressed the **shutter**. 那名攝影師迅速地按下快門.

shutter speed 快門速度.

② The shops of the street were all **shuttered**. 那條街上的商店都放下百葉窗.

[複數] **shutters**

[活用] *v.* **shutters**，**shuttered**，**shuttered**，**shuttering**

shuttle [`ʃʌtl] *n.* ① 短距離固定往返班次． ② 太空梭 《亦作 space shuttle》．③ （紡織機的）梭子． ④（羽毛球的）球《亦作 shuttlecock》．

[shuttle]

——*v.* ⑤ 往返輸送〔行駛〕

[範例] ① He sometimes takes a **shuttle** flight between Boston and New York． 他偶爾會搭乘往返波士頓與紐約之間的短程飛機．
⑤ These buses **shuttle** between the airport and the station． 這些公車在機場與車站之間往返行駛．

[複數] **shuttles**
[活用] *v.* **shuttles**，**shuttled**，**shuttled**，**shuttling**

shuttlecock [`ʃʌtl͵kɑk] *n.*（羽毛球的）球：She failed to hit the **shuttlecock**． 她漏接了那個羽毛球．

[複數] **shuttlecocks**

＊**shy** [ʃaɪ] *adj.* ① 害羞的，怕生的，靦腆的．②（動物等）易受驚嚇的． ③ 不足的，缺乏的．
——*v.* ④ 因害怕而後退，畏縮．

[範例] ① She is a **shy** girl． 她是一個害羞的女孩．
John is too **shy** to talk to a stranger． 約翰過分靦覥，不敢和陌生人說話．
Tom is **shy** with girls． 湯姆在女孩面前會害羞．
She's **shy** about singing in front of others． 她不好意思在別人面前唱歌．
Ann is **shy** of strangers． 安怕見到陌生人．
He was **shy** of asking girls out for dinner． 他不敢邀請女孩共進晚餐．
I'm **shy** of gambling for fear of getting hooked and losing a lot of money． 我不敢賭博，因為怕自己會上癮而輸掉很多錢．
Once bitten， twice **shy**．《諺語》一朝被蛇咬，10年怕草繩．
② Deer are very **shy** animals． 鹿是很怕生的動物．
Squirrels and chipmunks are too **shy** to get close to． 松鼠和花栗鼠都是很膽小的動物，很難接近．
③ It looks like they're 10 votes **shy** of a victory． 看來他們會以10票之差敗選．
We're **shy** on ice; would you go buy some? 冰不夠用了，你能不能再去買一些？
④ The horse **shied** at the stream， refusing to jump over it． 那匹馬在河邊嚇得直往後縮，拒絕跳過河．

[片語] ***fight shy of*** 逃避，討厭：Kids these days **fight shy** of doing homework． 孩子們最近都不願意做家庭作業．

♦ **cámera-shỳ** 討厭照相的．
wórk-shỳ 討厭工作的．

[活用] *adj.* ① ② **shyer**， **shyest/shier**， **shiest**
[活用] *v.* **shies**， **shied**， **shied**， **shying**

shyly [`ʃaɪlɪ] *adv.* 羞怯地，膽怯地：Mary kissed John **shyly**． 瑪麗羞怯地吻了約翰一下．
[活用] *adv.* **more shyly**， **most shyly**

shyness [`ʃaɪnɪs] *n.* 害羞， 靦覥， 膽怯：overcome ～'s **shyness** 克服膽怯．

Siberia [saɪ`bɪrɪə] *n.* 西伯利亞《俄羅斯聯邦中部到東部地區》．

sic [sɪk] *v.* 命令（狗）去攻擊．
[活用] *v.* **sics**， **sicked**， **sicked**， **sicking**

＊**sick** [sɪk] *adj.*

原義	層面	釋義	範例
不舒服	身體	生病的	①
	腹部	噁心的，令人作嘔的	②
	心情	厭煩的，厭倦的	③

[範例] ① She visits her **sick** mother once a week． 她每星期去探望生病的母親一次．
My sister is **sick** in bed． 我的妹妹臥病在床．
My father got **sick** yesterday． 我父親昨天生病了．
② He began to feel **sick** when he drank his third glass． 喝到第3杯時，他開始感到噁心．
His speech made me **sick**． 他的演說讓我嘔．
He got **sick** in the hall before he could reach the toilet． 他還沒走到盥洗室，就在走廊吐了．《嘔吐的委婉表達方式》
③ The soldiers were **sick** of war， but kept fighting． 儘管那些士兵們對戰爭已經厭倦了，但還是繼續奮戰．

[參考] ① 亦作 ill．

♦ **síck bày**（船內）病房，（學校等的）醫務室．
síck lèave 病假．
síck pày（因病休息時由雇主支付的）病假津貼．
síckròom 病房．

[活用] *adj.* **sicker**， **sickest**

sicken [`sɪkən] *v.* 生病； 使作嘔， 使厭惡．
[範例] Last month my cat **sickened** and died． 我的貓上個月生病死了．
The smell of garlic **sickens** me． 大蒜的氣味令我作嘔．
The girl is **sickening** for the flu． 那個女孩患了流行性感冒．
The woman soon **sickened** of her new husband． 那個女子很快就對她的新丈夫感到厭煩了．

[活用] *v.* **sickens**， **sickened**， **sickened**， **sickening**

sickle [`sɪkl] *n.*（割草用的）鐮刀：He is cutting grass with his **sickle**． 他正在用鐮刀割草．

[複數] **sickles**

sickly [`sɪklɪ] *adj.* ① 體弱多病的，有病容的，虛弱的． ② 令人厭煩的，令人作嘔的．

[sickle]

範例 ① Tom was a **sickly** child. 湯姆是一個體弱多病的孩子.

When I saw John yesterday, his face had a **sickly** color. 昨天我碰見約翰時, 他的氣色不太好.

② This milk has a **sickly** taste. 這牛奶有一股令人作嘔的怪味道.

活用 *adj.* **sicklier, sickliest**

****sickness** [`sɪknɪs] *n.* 疾病, 噁心, 嘔吐: **Sickness** prevented him from coming to the party. 因為生病, 他沒來參加那場晚會.

複數 **sicknesses**

****side** [saɪd] *n.* ① 邊, 側邊, 方面. ② 旁邊, 腰窩, 山腰. ③(圖形的) 邊.

——*v.* ④ 支持.

範例 ① We drive on the right **side** of the road in Taiwan. 在臺灣我們靠右行駛.

Which **side** do you support? 你支持哪一方?

Those politicians are on the dove **side**. 那些政治家都是和平派.(《➾ the hawk side 外交政策採強硬手段的一派》)

We are going to take his **side**. 我們打算要支持他.

You can see a portrait of Sun Yat-sen on the obverse **side** of a NT$100 bill. 你可以在新臺幣100元鈔票的正面看到孫中山的肖像.

Let's reconsider the case from all **sides**. 讓我們對那件案例作全面的考量.

He'll be helping me on the entertainment **side**. 在娛樂表演方面他會協助我.

Faithfulness is only one **side** of her character. 忠誠只不過是她性格的其中一面.

Everybody has his weak **side**. 每個人都有他的弱點.

He was on the small **side** for a football player then. 他的身高對於當時的足球選手來說偏矮.

The unemployment rate will be on the low **side** next year. 失業率明年會降低.

I often put on my undershirt wrong **side** out. 我經常把汗衫穿反了.

The boat rolled from **side** to **side** because of the storm. 由於暴風雨, 那艘船左右劇烈搖擺.

He is my uncle on my mother's **side**. 他是我舅舅.

He is still this **side** of forty. 他還不到40歲.

There were many trees planted on the other **side** of the river. 那條河的對岸栽種了很多樹.

There is only one gas station on the other **side** of town. 在小鎮的另一頭只有一座加油站.

"No **side**!" 「比賽結束!」《源自橄欖球比賽時, 比賽一結束則不再有對方、我方的區別》

② the man sitting at her **side** 坐在她旁邊的男子.

He went around to the garage at the **side** of the house. 他繞了一圈, 走到那棟房子的車庫.

She looked young by the **side** of her former classmates. 與過去的同學們相較, 她顯得年輕.

I feel a slight pain in my right **side**. 我右邊的腰窩有點疼.

The doctor told him to lie down on his right **side**. 那位醫生要他側身向右躺下.

The cottage is on the **side** of the hill. 那間農舍在那座小山的山腰上.

③ A pentagon has five **sides**. 五角形有5個邊.

The opposite **sides** of a parallelogram are the same length. 平行四邊形的對邊等長.

④ She always **sides** with the poor. 她總是站在窮人那一邊.

片語 *at ~'s side/at the side of/by ~'s side/by the side of* 在~旁邊, 與~比較. (➾ 範例 ②)

from side to side 左右地. (➾ 範例 ①)

let the side down 使親友們〔隊友們, 夥伴們〕丟臉: He will never **let the side down**. 他絕不會令夥伴們失望.

on all sides/on every side 到處, 全面地.

on the right side of ~ 未滿~歲: He's **on the right side of** thirty. 他未滿30歲.

on the side ① 兼職地, 業餘地: I'm working **on the side** as a salesclerk in a convenience store. 我在便利商店當兼職的店員. ② 附加的.

on the wrong side of ~ 超過~歲.

put ~ on one side/put ~ to one side 暫時擱置~.

side by side 並肩地, 互相協助: The children were walking **side by side**. 那些孩子們肩並肩地走著.

take ~'s side/take the side of/take sides with 支持, 站在一方. (➾ 範例 ①)

the other side 相反的一側, (距離自己) 最遠的地方. (➾ 範例 ①)

this side 在這一側, 跟前. (➾ 範例 ①)

♦ **síde dísh** 小菜, 配菜《相對於主菜而言的配菜, 例如沙拉 (salad); 亦作 side order》.

síde drúm 小鼓《內側裝有響弦 (snare); 亦作 snare drum》.

síde effèct 意外狀況; (藥的) 副作用.

síde èntrance 側門.

síde hòrse (體操的) 鞍馬《背上有兩個半圓環把手 (pommel); 亦作 pommel horse, horse》.

síde ìssue 與正題無關的問題, 次要問題.

síde stèp ① 橫跨一步. ②(跳舞的) 側跨步.

síde strèet 巷道.

síde whìskers 長絡腮鬍.

複數 **sides**

活用 *v.* **sides, sided, sided, siding**

sideboard [`saɪd͵bord] *n.* ① 餐具櫃《裝在餐廳牆壁上, 用來擺餐具、餐巾等》. ②〔~s〕《英》鬢角《亦作 sideburns》.

複數 **sideboards**

sideburns [`saɪd͵bɜ˞nz] *n.*〔作複數〕鬢角，鬢毛.

sidelight [`saɪd͵laɪt] *n.* ① 間接說明，附帶資料. ②〖英〗(汽車等的) 側燈 (〖美〗parking light).
〔複數〕**sidelights**

sideline [`saɪd͵laɪn] *n.* ① (球賽的) 邊線，界線. ②〔~s〕界線外區域 (觀眾或候補隊員所在的區域). ③ 副業，兼職: He writes for a monthly as a **sideline**. 他兼職為月刊雜誌撰稿.
——*v.* ④〖口語〗退出比賽.
〔複數〕**sidelines**
〔活用〕*v.* **sidelines, sidelined, sidelined, sidelining**

sidereal [saɪ`dɪrɪəl] *adj.*〔只用於名詞前〕根據恆星測定的.
〔範例〕a **sidereal** day 恆星日 (約23小時56分4.09秒).
a **sidereal** year 恆星年 (約365天6小時9分9.54秒).

sidestep [`saɪd͵stɛp] *v.* ① 橫跨一步. ② 迴避 (問題、責任等).
〔活用〕*v.* **sidesteps, sidestepped, sidestepped, sidestepping**

sidetrack [`saɪd͵træk] *n.* ① (鐵路的) 側線. ② 離題.
——*v.* ③ (使火車等) 轉入側線. ④ 使離題: That teacher is easily **sidetracked** by a student's question. 那個老師很容易因回答學生的問題而偏離主題.
〔複數〕**sidetracks**
〔活用〕*v.* **sidetracks, sidetracked, sidetracked, sidetracking**

****sidewalk** [`saɪd͵wɔk] *n.*〖美〗人行道 (〖英〗pavement): Some people are playing jazz on the **sidewalk**. 那條人行道上有一些人在演奏爵士樂.
♦ **sidewalk àrtist**〖美〗街頭畫家 (〖英〗pavement artist).
〔複數〕**sidewalks**

sideways [`saɪd͵wez] *adv.* ① 偏向一側地，歪斜地.
——*adj.* ② 偏向一側的，歪斜的.
〔範例〕① He's good at throwing **sideways**. 他善於側投.
② He shot me a **sideways** glance. 他斜睨了我一眼.

siding [`saɪdɪŋ] *n.* ① (鐵路的) 側線，旁軌. ②〖美〗(木造房屋外壁上的) 壁板.
〔複數〕① **sidings**

sidle [`saɪdl] *v.* 悄悄地靠近.
〔範例〕He **sidled** up to her. 他悄悄地接近她.
He **sidled** out of the room. 他偷偷地走出那個房間.
〔活用〕*v.* **sidles, sidled, sidled, sidling**

****siege** [sidʒ] *n.* 圍攻，包圍.
〔範例〕The town has been under **siege** by the revolutionary forces for more than two months. 那個城鎮已經被革命軍包圍兩個多月了.
Reporters laid **siege** to the house of the corrupt politician. 記者們將那個貪污政客的家團團圍住.
〔片語〕*lay siege to* 圍攻.
〔複數〕**sieges**

sierra [sɪ`ɛrə] *n.* (由尖聳的群山所組成的) 山脈，山巒.
〔複數〕**sierras**

siesta [sɪ`ɛstə] *n.* (西班牙、拉丁美洲各國習慣上的) 午睡.
〔複數〕**siestas**

sieve [sɪv] *n.* ① 篩子，濾網.
——*v.* ② 篩，過濾，篩分.
〔範例〕① The cook put the sauce through the **sieve**. 那位廚師用濾網過濾調味汁.
She has a memory like a **sieve**. 她非常健忘.
② He **sieved** the flour to remove the lumps. 為了去掉小麵糰，他用篩子篩那些麵粉.
She **sieved** out the smaller stones from the larger ones. 她用篩子篩掉那些大石子中的小石子.
〔片語〕*have a memory like a sieve* 記性極差. (⇨〔範例〕①)
〔複數〕**sieves**
〔活用〕*v.* **sieves, sieved, sieved, sieving**

****sift** [sɪft] *v.* ① 篩選，過濾. ② 篩撒. ③ 詳細調查，仔細研究.
〔範例〕① **Sift** the flour with the baking powder. 把麵粉與發酵粉一起用篩子篩.
② Mother **sifted** some sugar on the cake. 母親在蛋糕上篩撒了一些糖粉.
③ Tom **sifted** through all the letters to find the one from his former girlfriend. 為了找出前女友的那封信，湯姆翻遍了所有的信.
〔活用〕*v.* **sifts, sifted, sifted, sifting**

****sigh** [saɪ] *v.* ① 嘆氣，嘆息.
——*n.* ② 嘆氣，嘆息，吐氣.
〔範例〕① Hearing the news, the man **sighed** with relief. 聽到那個消息，那個男子鬆了一口氣.
② I let out a **sigh** of relief when I heard about it. 聽到那件事時，我鬆了一口氣.
〔活用〕*v.* **sighs, sighed, sighed, sighing**

****sight** [saɪt] *n.* ① 視覺，視力. ② 景觀，景色. ③〔the ~s〕名勝. ④ 瞄準. ⑤ 可笑的景象〔情況〕. ⑥ 很多，大量.
——*v.* ⑦ 看見.
〔範例〕① I have good **sight**. 我的視力很好.
It was his first **sight** of the Leaning Tower of Pisa. 這是他第一次看見比薩斜塔.
The tower is still in **sight**. 還可以看得見那座塔.
② The sunrise was a beautiful **sight**. 那次日出真是個美景.
③ Mt. Ali is one of the **sights** of Taiwan. 阿里山是臺灣的名勝之一.
④ The hunter had the bear in his **sights**. 那個獵人瞄準了那頭熊.
⑤ You're quite a **sight** in this dress. 你穿這件

充電小站

手語 (sign language)

【Q】請問手語在全世界都是一樣的嗎？
【A】不一樣．手語主要是自然產生的，所以會因各地區不同的表達方式而異．再者，語言不同，手語也會產生很大的差異．

另外，也有人編製世界通用的手語，稱為國際手語 (Gestuno)，是由世界聾啞人士聯合編製，用於國際會議的手語．國際手語辭典也已經出版了，但日常很少有人使用．

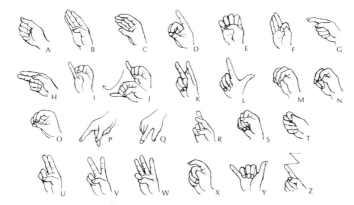

衣服看起來很可笑．

⑦ After four long months, we **sighted** land. 經過漫長的4個月，我們終於看到陸地了．

片語 *at first sight* 乍見，一見就: **At first sight** I recognized she was Mary's sister. 我一眼就看出她是瑪麗的妹妹．

at sight/on sight 見到就立刻: He began playing the music **at sight**. 他看了一眼曲譜，就馬上開始演奏那支樂曲．

catch sight of 看見: She **caught sight of** him in the supermarket. 她在那家超級市場看見他．

in sight 在可以見到的範圍內. (⇨ 範例 ①)

know ～ by sight 與～只是認得: I **know** her **by sight**, but I have never had a chance to talk to her. 我認得她，但還沒有和她說話的機會．

lose sight of 看不見；忘記: I **lost sight of** him in the crowd. 我和他在人群中走散了．

out of sight 消失，看不見: The train went **out of sight**. 那班火車駛離視線了．

複數 **sights**

活用 *v.* **sights, sighted, sighted, sighting**

sightseer [ˋsaɪtˏsiə] *n.* 觀光者，遊客．

複數 **sightseers**

**sightseeing [ˋsaɪtˏsiɪŋ] *n.* 觀光．

範例 We spent a few days **sightseeing** in Paris. 我們花了幾天的時間在巴黎觀光．

The couple went **sightseeing** in Europe. 那對夫妻去歐洲觀光旅行了．

**sign [saɪn] *n.* ① 徵兆，跡象；示意；標誌，符號；暗示．

——*v.* ② 簽字，示意，用手勢指示．

範例 ① Decreasing barometric pressure is a **sign** of bad weather coming. 氣壓下降是天氣變壞的徵兆．

My father shows **signs** of senility. 我的父親出現痴呆的症狀．

There's no **sign** of them having been here. 沒有跡象顯示他們曾來過這裡．

Nodding is a **sign** of consent. 點頭是表示同意．

traffic **signs** 交通號誌．

What is your **sign** of the zodiac? 你是甚麼星座?

He gave me a **sign** to hide. 他示意要我躲起來．

② **sign** a check for US$50 在50美元的支票上簽字．

Would you **sign** here, please? 請在這裡簽名．

片語 *sign away ～* 簽名轉讓．

sign for ～ 簽收: **Sign for** this registered letter, please. 請你簽收這封掛號信．

sign in 登記名字，簽到．

sign on 簽定受雇合約，簽約工作: Will you **sign on** for two months? 你願意簽約工作兩個月嗎?

sign out ① 簽名登記外出. ② 簽名借出．

sign up (簽約) 參加，報名: I **signed up** for the art course. 我報名參加了那場美術講座．

♦ **sign language** 手語 (☞ 充電小站) (p. 1187)．

複數 **signs**

活用 *v.* **signs, signed, signed, signing**

*signal [`sɪgnḷ] n. ① 信號，暗號，標誌，手勢.
──v. ② 發出信號，示意.
[範例] ① a stop signal 停止的信號.
a traffic signal 交通號誌.
A flare is a signal for help. 閃光信號是求救的信號.
② Jack signaled to a truck to stop. 傑克示意要卡車停車.
A long beep signals the top of the hour. 一個長嗶聲代表一個小時的整點.
[複數] signals
[活用] v. signals, signaled, signaled, signaling/ 〖英〗 signals, signalled, signalled, signalling

signatory [`sɪgnə,torɪ] n. 署名者，簽署者，簽約國: Most nations are signatories of this treaty./Most nations are signatories to this treaty. 幾乎所有國家都是此條約的簽署國.
[複數] signatories

*signature [`sɪgnətʃɚ] n. ① 署名，簽名. ② (音樂的) 符號.
[範例] ① She put her signature on the contract. 她在那個合約上簽了名.
② a key signature 調號.
a time signature 拍號.
[參考] 名人的「簽名」作 autograph.
[複數] signatures

signet [`sɪgnɪt] n. 印鑑，圖章，印章.
[複數] signets

*significance [sɪg`nɪfəkəns] n. 《正式》意義，含義；重要性.
[範例] What is the significance of that gesture? 那個手勢有甚麼含義?
Mr. Chen is a man of significance. 陳先生是一個重要人物.

*significant [sɪg`nɪfəkənt] adj. 有意義的，意義深遠的；值得注意的；重要的，重大的.
[範例] His background and behavior were significant to his being awarded custody of his children. 他的背景與品行對於他能否得到孩子的監護權有很大的影響.
There isn't going to be a significant price increase. 物價將不會有明顯的上漲.
Give 0.01235 to 3 significant figures. 請用3位有效數字來表示0.01235. 《答案是先將1235四捨五入為124，然後轉換成124×10⁻⁴》
[活用] adj. more significant, most significant

significantly [sɪg`nɪfəkəntlɪ] adv. 有某種意味地，相當地，相當程度地；意義深遠地: Wireless communications were significantly affected by the sunspots. 太陽黑子對無線通訊有很大的影響.
[活用] adv. more significantly, most significantly

*signify [`sɪgnə,faɪ] v. 意味；(用記號、身體動作等) 表示，示意.
[範例] Do you know what the sign ″ signifies? It is

a ditto mark, which signifies "the same thing again". 你知道 "″" 這個記號表示甚麼嗎? 這是同上的記號，表示「如上所述」的意思. 《ditto 的字源是義大利語「已經說過了」之意. 先將 ditto 略寫為 do，後來 d 和 o 變成小點，成了記號 (″)》
Mrs. Wells signified her bid with a hand gesture. 威爾斯夫人作手勢示意出價.
[活用] v. signifies, signified, signified, signifying

signor [`sinjor] n. ① ～先生，～閣下. ② 紳士，男士.
[參考] 源於義大利語，相當於英語的 Mr. 或稱謂用的 sir. 略作 Sig.
[發音] 複數形 signori [sin`jorɪ].

signpost [`saɪn,post] n. 路標，指示標記.
[複數] signposts

*silence [`saɪləns] n. ① 寂靜，安靜；沉默，無言.
──v. ② 使沉默，使安靜.
[範例] ① A squawk of a gull broke the silence. 海鷗的叫聲打破了寂靜.
Silence! 安靜!
a man of silence 沉默寡言的男子.
Speech is silver, silence is golden. 《諺語》雄辯是銀，沉默是金.
Cooper put his opponents to silence by showing the report. 古柏出示了報告書，使他的反對者無言以對.
After ten years` silence, she sent me a letter. 音訊中斷了10年之後，她寄給我一封信.
She left her husband in silence. 她默默地離開了她的丈夫.
② Mr. Nicholson silenced his students by rapping his pointer on the blackboard. 尼克森先生拿教鞭輕敲黑板，讓學生們安靜下來.
[片語] in silence 默默地，安靜地. (⇔ [範例] ①)
put ～ to silence/reduce ～ to silence 使啞口無言，使無言以對. (⇔ [範例] ①)
[複數] silences
[活用] v. silences, silenced, silenced, silencing

silencer [`saɪlənsɚ] n. 消音器，消音裝置.
[參考] 安裝於手槍或汽車排氣管上. 〖美〗汽車的消音器作 muffler.
[複數] silencers

*silent [`saɪlənt] adj. 安靜的，寂靜的，無聲的，沉默的，寡言的.
[範例] On a silent night we watched the earth eclipse the moon. 我們在一個寧靜的夜晚觀賞月蝕.
He was a silent man. 他是一個沉默寡言的人.
The "h" in "honest" is silent. honest 中的 h 不發音.
She remained silent on that issue. 她對那件事閉口不談.
The old castle was as silent as a graveyard. 那座古老的城堡像墓地般一片死寂.

[片語] **as silent as the grave** 像墓地般一片死寂，寂靜無聲．

♦ **silent film** 默片，無聲電影．

the silent majórity (政治上) 沉默的多數《指政治上被認為是多數派的一般民眾》．

[活用] *adj.* **more silent, most silent/silenter, silentest**

***silently** [`saɪləntlɪ] *adv.* 沉默地，安靜地，無聲地: He left the room **silently**. 他悄悄地走出那個房間．

[活用] *adv.* **more silently, most silently**

***silhouette** [ˌsɪlʊ`ɛt] *n.* ① 剪影，側影，(黑色) 輪廓像，輪廓．
—— *v.* ② 呈現輪廓，畫成黑色輪廓像．

[範例] ① A **silhouette** of a child appeared on the curtain. 一個小孩的輪廓映在那幅窗簾上．
② Her figure was **silhouetted** against the sun setting over the bay. 海灣對面西沉的夕陽襯托出她的身影．

[複數] **silhouettes**

[活用] *v.* **silhouettes, silhouetted, silhouetting**

silica [`sɪlɪkə] *n.* 二氧化矽，矽土《化學式是 SiO_2，除了構成石英 (quartz) 之外，還能與其他元素結合成岩石或沙》．

♦ **sílica gél** 矽凝膠《乾燥劑》．

silicon [`sɪlɪkən] *n.* 矽《非金屬元素，符號 Si》．

♦ **sílicon chíp** 矽晶片《用來印製積體電路的矽片》．

Silicon Válley 矽谷《美國舊金山郊外的高級電子產業集中區》．

***silk** [sɪlk] *n.* ① 絲，生絲，絲綢，蠶絲．②〔~s〕絲綢服裝，絲製品．

[範例] ① Sarah's wedding dress was made of **silk**. 莎拉的結婚禮服是絲綢製的．
raw **silk** 生絲．
silk stockings 絲質長襪．
② The lady was dressed in **silks**. 那位婦人身上穿著絲綢服裝．

♦ **silk hát** 絲質大禮帽．

Sílk Ròad 絲路《古代自中國通往西方的商路》．

[複數] ② **silks**

silken [`sɪlkən] *adj.*《正式》絲綢的，像絲一般的，絲綢般柔軟的，有光澤的，光滑的．

silkworm [`sɪlk͵wɝm] *n.* 蠶．

[複數] **silkworms**

silky [`sɪlkɪ] *adj.* ① 絲綢般的；柔軟有光澤的，光滑的．②(動作、聲音等)輕柔的，柔媚的．

[活用] *adj.* **silkier, silkiest**

sill [sɪl] *n.* 門檻，窗臺《窗框下的橫木；亦作 windowsill》．

[複數] **sills**

****silly** [`sɪlɪ] *adj.* 愚蠢的，愚昧的，糊塗的，傻的．

[範例] The reporters asked the actress a lot of **silly** questions. 那些記者們向那位女演員問了許多愚蠢的問題．
How **silly** of her! She left her ticket at home. 她真是糊塗！居然把入場券放在家裡．

Don't be **silly**. 不要胡說八道!

[活用] *adj.* **sillier, silliest**

silo [`saɪlo] *n.* ① (用於貯藏穀物、牧草等的) 圓筒形穀倉．② 地下飛彈發射井《貯藏與發射飛彈的地下建築物》．

[複數] **silos**

silt [sɪlt] *n.* ① (河底的) 淤泥．
—— *v.* ② (淤泥) 阻塞，堵塞: the mouth of the river **silted** up with sand 被泥沙堵塞的河口．

[活用] *v.* **silts, silted, silted, silting**

***silver** [`sɪlvɚ] *n.* ① 銀《金屬元素，符號 Ag》．② 銀幣．③ 銀製餐具《用銀或似銀的金屬製成的餐刀、叉子、湯匙等》．④ 銀色，銀白色．
—— *v.* ⑤ 鍍銀，使成銀色．

[範例] ① a **silver** spoon 銀湯匙．
② a handful of **silver** 一把銀幣．
③ clean the **silver** 擦拭銀製餐具．
④ **silver** hair 銀髮，白髮．

♦ **the Sílver Áge** 白銀時代《古希臘、羅馬神話中次於 the Golden Age (黃金時代) 的時代》．

silver birch 白樺樹《亦作 paper birch》．

silver fóil 銀箔《亦作 silver paper; 薄的銀箔稱作 silver leaf》．

silver fóx 銀狐．

silver júbilee 《如登基等重要事件的》25週年紀念．

silver líning 光明的一面，光明的前景《逆境中存有的希望．源於諺語 Every cloud has a silver lining. (每一片烏雲都有銀色的背襯；有苦必有樂)》．

silver páper 銀箔紙，錫〔鋁〕箔紙《亦作 silver foil》．

silver pláte 銀製餐具，鍍銀器具．

silver scréen 銀幕，電影．

[活用] *v.* **silvers, silvered, silvered, silvering**

silversmith [`sɪlvɚ͵smɪθ] *n.* 銀匠．

[複數] **silversmiths**

silverware [`sɪlvɚ͵wɛr] *n.* 銀製餐具，銀製品: The **silverware** descended from our ancestors. 這些銀製餐具是我們的祖先留下來的．

silvery [`sɪlvərɪ] *adj.* ① 似銀的，銀白色的．②《正式》聲音響亮清脆的．

[範例] ① **silvery** hair 銀髮．
② **silvery** bells 聲音清脆的鈴．

[活用] *adj.* ② **more silvery, most silvery**

****similar** [`sɪmələ] *adj.* ① 類似的，有共同之處的，同類的．② 相似的．

[範例] ① The Chinese characters "未" and "末" are very **similar**. 中文字的「未」與「末」看起來差不多．
The father and the son look **similar**. 那對父子長得很像．
My taste in music is **similar** to yours. 我對音樂的喜好和你相似．
② **Similar** triangles have equal angles. 相似三角形就是3個角角度相同的三角形．

[活用] *adj.* **more similar, most similar**

similarity [ˌsɪməˈlærətɪ] *n.* 類似，相似；類似點，相似之處.

範例 **similarity** of character 性格上相似之處.
Can you tell the **similarities** and differences between the British English and the American English? 你能辨別英式英語和美式英語的相同與不同之處嗎？

複數 **similarities**

similarly [ˈsɪmələ‐lɪ] *adv.* 類似地，同樣地.

範例 One of my English friends asked me why the young Japanese women were dressed so **similarly**. 我的一個英國朋友問我，為甚麼日本的年輕女子都穿著相似.
Shelly had a flat tire on the way and I **similarly** had a problem getting here. 雪莉的車在途中爆胎，且我在來這裡的路上也遇到相同的問題.
Men were required to wear tuxedoes and women, **similarly**, evening gowns. 男士要穿晚禮服，女士同樣也要穿晚禮服.

活用 *adv.* **more similarly**, **most similarly**

simile [ˈsɪməˌlɪ] *n.* 直喻，明喻《如 as white as snow（像雪一樣白）中用了 as，直接將某物比喻成他物的說法；☞ metaphor（隱喻）》.

複數 **similes**

simmer [ˈsɪmə‐] *v.* ①（使保持或接近沸點地）以文火煮，燉.

——*n.* ② 徐徐沸騰的狀態，（感情等）即將爆發的狀態.

範例 ① The soup has been **simmering** for 5 minutes. 湯已經用文火燉了5分鐘.
The people were **simmering** with anger. 那群人心裡滿腔憤怒.

片語 **simmer down** 冷靜下來，平靜下來：
Simmer down, John. 約翰，你冷靜點.

活用 *v.* **simmers**, **simmered**, **simmered**, **simmering**

*simple [ˈsɪmpl] *adj.* ① 簡單的，單純的，單一的，容易的. ② 樸素的，簡樸的，坦率的. ③ 完全的，純粹的.

範例 ① a **simple** problem 一個簡單的問題.
The letter was written in **simple** English. 那封信是用簡單的英語寫成的.
The drill press is **simple** to operate. 那臺鑽床操作容易.
The job is not as **simple** as I expected. 那份工作並不像我想的那麼簡單.
A hammer is one of the **simplest** tools. 鐵槌是最簡單的工具之一.
Who would be so **simple** as to believe such stupid advice? 有誰會天真到相信那愚蠢的建議呢？
She is as **simple** as a child. 她就像小孩子一樣單純.
② a **simple** design 樸素的設計圖案.
Peter's taste in decor is very **simple**. 彼德喜歡簡樸的室內裝潢.
She loves a **simple** life. 她喜歡簡樸的生活.
The President answered all the questions in a **simple**, open manner. 那位總統對所有的問

題都以坦率、開放的態度作了回答.
③ It is the **simple** truth. 那是絕對的事實.
a **simple** case of stealing 純粹是一起竊盜案件.
I'm watching this for the **simple** reason that there's nothing else on. 我會看這個節目，純粹是因為沒有其他節目可以看.
I am just a **simple** shopkeeper. 我只不過是一個小店主.

♦ **simple-minded**（頭腦）簡單的，單純的.
simple séntence 簡單句《單一主語和單一述語形成的句子》.

活用 *adj.* ① ② **simpler**, **simplest**

*simplicity [sɪmˈplɪsətɪ] *n.* ① 簡單，簡易. ② 樸素，簡樸，簡潔. ③ 純真，天真，單純，耿直.

範例 ① This is **simplicity** itself; how can you screw up? 這件事其實是很簡單的，你怎麼會搞砸了呢？
② This room is decorated with elegant **simplicity**. 這個房間的裝潢樸實，有格調.
③ The paintings have been done with childlike **simplicity**. 那幅畫的畫風似孩童般天真無邪.

simplification [ˌsɪmpləfəˈkeʃən] *n.* 簡化，簡單化；簡化〔單純化〕的事物：For brevity's sake a **simplification** is needed. 有必要簡化以達到簡潔的目的.

複數 **simplifications**

simplify [ˈsɪmpləˌfaɪ] *v.* 使簡單化，使單純化，使變得簡易.

範例 We need to **simplify** these regulations. 我們必須將這些規則簡化.
You can't **simplify** the code—it'll be too easy to break. 你不能簡化那個密碼，那樣會很容易被破解.

活用 *v.* **simplifies**, **simplified**, **simplified**, **simplifying**

*simply [ˈsɪmplɪ] *adv.* ① 簡單地，簡明地，樸素地，簡樸地. ② 僅僅，只不過. ③ 完全（地），絕對（地）.

範例 ① The detective solved all the problems quite **simply**. 那位刑警非常輕易地就解決了所有問題.
Will you explain the policy as **simply** as you can? 可以請你盡可能簡單地說明一下這項政策嗎？
To put it **simply**, the new tax system means that ordinary workers will take home less salary. 簡而言之，新稅制將會減少一般勞工的實際收入.
I live **simply** on my meager income. 我依靠自己微薄的收入簡樸地過生活.
② I bought this guitar **simply** because it is the same kind my favorite guitarist uses. 我會買把吉他，僅僅是因為我最喜歡的吉他演奏家也是用這種吉他.
③ It's **simply** delicious. 味道好極了.
I **simply** can't understand her. 我完全無法瞭解她.
I **simply** refuse to go with him. 我絕對不願意

跟他一起去.

You **simply** must come to my office. 請你務必到我的辦公室一下.

活用 adv. ① **more simply**, **most simply**

simulate [`sɪmjə,let] v. 假裝，冒充，裝作，模仿.

範例 She **simulated** sorrow. 她裝出悲傷的樣子.

This computer can **simulate** what's done in a wind tunnel. 這臺電腦可以模擬出風洞的情境.

a **simulated** diamond 假鑽石.

a **simulated** take-off of a spaceship 太空船的模擬發射.

活用 v. **simulates**, **simulated**, **simulated**, **simulating**

simulation [,sɪmjə`leʃən] n. ① 模仿，假裝，裝出的樣子. ② 模擬，模擬實驗《依據過去的資料預測今後的動向或弄清某種原因的方法》: a computer **simulation** of a whirlwind 用電腦進行的龍捲風模擬實驗.

複數 **simulations**

***simultaneous** [,saɪml`tɛnɪəs] adj. 同時的，同時發生的，同時進行的，同步的.

範例 **simultaneous** interpretation 同步翻譯.

The start of the war was almost **simultaneous** with the announcement. 宣戰的同時戰爭幾乎就爆發了.

***simultaneously** [,saɪml`tɛnɪəslɪ] adv. 同時地: The two foxes disappeared **simultaneously**. 那兩隻狐狸同時消失了.

***sin** [sɪn] n. ① (宗教、道德上的) 罪，罪惡.
—— v. ② 犯罪，違背.

範例 ① Who can honestly say he has not committed any **sins**? 有誰能問心無愧地說自己沒犯過任何罪?

Lying and cheating are great **sins**. 說謊和欺騙是很大的罪惡.

② She **sinned** against public decency. 她違反了公共秩序.

參考 crime 指法律上的罪，sin 指宗教、道德上的罪. 例如對朋友說謊是犯了 sin，將失去朋友的信任; 但不能說是犯了 crime，也不會因此被警察逮捕.

♦ **original sin** 原罪《基督教認為人與生俱有的罪; ☞ 充電小站 (p. 1193)》.

複數 **sins**

活用 v. **sins**, **sinned**, **sinned**, **sinning**

†**since** [sɪns] prep., conj., adv.

原義	從何時起	釋義	範例
自 ~ 以 來	過去的某一時間點	prep., conj. 從~以來，自~以來，~以後	①
		adv. 從那時起，後來，之後	②
	某種狀態	conj. 因為，既然	③

範例 ① Much time has passed **since** World War II ended. 從二次世界大戰結束到現在，已經過了很長一段時間.

We have had a hard time **since** arriving here. 自從到這裡以後，我們吃盡了苦頭.

Three years have passed **since** Bob wrote to me last. 從鮑伯最後一次寫信給我到現在，已經過了3年了.

My mother has been sick ever **since** that earthquake. 我母親自從那場地震以來一直生病.

② He came to the party, but we have not met **since**. 他出席了那場宴會，在那之後我再也沒見過他.

Julie got divorced last year but has **since** remarried. 茱莉去年離婚，之後又結婚了.

③ **Since** you can't come today, I'll find someone else. 既然你今天不能來，我再找別人吧.

片語 **ever since** 其後一直. (⇨ 範例 ①)

***sincere** [sɪn`sɪr] adj. 誠實的，衷心的，出自真心的，誠摯的.

範例 **sincere** friends 忠實的朋友.

The President wasn't **sincere** when he said that. 那位總統說那些話時，並非出自真心.

a **sincere** apology 由衷的道歉.

The senator would like you to accept his **sincerest** condolences. 那位參議員對你表示由衷的弔慰.

活用 adj. **sincerer**, **sincerest/more sincere**, **most sincere**

***sincerely** [sɪn`sɪrlɪ] adv. 誠實地，真誠地，由衷地，真心地.

範例 That Senator answered the question quite **sincerely**. 那位參議員十分誠實地回答那個問題.

John thanked Mary **sincerely**. 約翰真心地感謝瑪麗.

We **sincerely** hope you'll get well soon. 我們由衷地希望你早日康復.

片語 **Sincerely/Sincerely yours/Yours sincerely** 敬上《書信結尾用語》.

活用 adv. **more sincerely**, **most sincerely**

***sincerity** [sɪn`sɛrətɪ] n. 誠意，誠懇，真摯.

範例 I doubt their **sincerity**. 我懷疑他們的誠意.

This note was written with **sincerity**. 這份記錄寫得很認真.

In all **sincerity**, we did all we could. 我們誠心誠意地竭盡全力.

a man of **sincerity** 誠懇的人.

sine [saɪn] n. (數學的) 正弦《略作 sin》.
➡ 充電小站 (p. 1319).

***sinew** [`sɪnju] n. ① 腱《連接肌肉與骨骼的結締組織; 亦作 tendon》. ② 體力，精力，活力. ③〔~s〕原動力; 資金.

範例 ② a man of **sinews** 身體壯的人.

③ We need the **sinews** of war. 我們需要軍費.

複數 **sinews**

sinewy [ˋsɪnjəwɪ] *adj.* 多腱的； 強而有力的，
結實的．
範例 This meat is **sinewy**. 這塊肉有很多筋．
My brother has a strong, **sinewy** frame. 我哥
哥的體格強壯結實．
活用 *adj.* **more sinewy, most sinewy**

sinful [ˋsɪnfəl] *adj.* 有罪的，罪孽深重的．
範例 Man is **sinful**. 人是罪孽深重的．
Some say gambling is **sinful**. 有人說賭博是
一種罪惡．
活用 *adj.* **more sinful, most sinful**

sing [sɪŋ] *v.* 唱，唱歌．
範例 Every morning birds come to my garden
and **sing** merrily. 每天早晨，小鳥都飛到我的
花園裡歡聲歌唱．
Do you **sing** lullabies to your baby? 你會對你
的寶寶唱搖籃曲嗎？
Let's **sing** a song of Christmas. 我們來唱一
首聖誕歌曲吧．
Mary **sings** every day after school. 瑪麗每天
放學後都會練唱．
片語 ***sing out*** 大聲說，大聲喊．
sing up 更大聲地唱．
☞ *n.* song
活用 *v.* **sings, sang, sung, singing**

sing.《縮略》＝singular（單數的）

Singapore [ˋsɪŋgəˌpor] *n.* 新加坡《☞ 附錄
「世界各國」》．

singe [sɪndʒ] *v.*（微微地）燒焦，燙焦: Watch
out! You're **singeing** your hair! 小心！你快
要把頭髮燙焦了！
活用 *v.* **singes, singed, singed, singeing**

singer [ˋsɪŋɚ] *n.* 歌手，歌唱家，唱歌的人．
範例 a popular **singer** 流行歌手．
He is a good **singer**. 他的歌唱得很好．
♦ **singer-sóngwriter** 歌手兼詞曲創作家．
複數 **singers**

singing [ˋsɪŋɪŋ] *n.* 歌唱，歌聲．

single [ˋsɪŋgl] *adj.* ① 只有一個（人）的，單身
的；單人用的，《英》one-way的．② 單身漢．④ 單人房《亦作 single
room》．⑤〔~s〕（網球、桌球等的）單打．⑥
（棒球的）一壘安打《亦作 base hit》．⑦ 單曲
唱片．⑧《英》單程票．⑨ 一美元紙幣，一英
鎊紙幣．
—— *v.* ⑩ 選出（out）．
範例 ① When I saw him yesterday, he did not
say a **single** word. 昨天我見到他時，他連一
句話也沒說．
a **single** room in a hotel 旅館的單人房．
My brother is still **single**. 我的哥哥現在還是
單身．
② a **single** ticket 單程票．
⑩ Daniel was **singled** out for ridicule. 丹尼爾被
選出來嘲弄．
♦ **single béd** 單人床．
single fígures 一位數．
single file 一列縱隊．

single róom 單人房．
síngles bàr 單身酒吧《單身漢去的酒吧》．
複數 **singles**
活用 *v.* **singles, singled, singled, singling**

single-handed [ˋsɪŋglˋhændɪd] *adj.*, *adv.*
單獨的〔地〕，一個人的〔地〕: He succeeded
in a **single-handed** climb of K2. 他一個人成
功地攀登 K2．

single-minded [ˋsɪŋglˋmaɪndɪd] *adj.* 聚精
會神的，一心一意的: Bob is very
single-minded about getting into graduate
school. 鮑伯一心一意地要考研究所．
活用 *adj.* **more single-minded, most
single-minded**

singly [ˋsɪŋglɪ] *adv.* 各自地，一個一個地，單獨
地．
範例 You can go there **singly** or in groups. 你可
以單獨去那裡或跟大家一起去．
Misfortunes never come **singly**.《諺語》禍不單
行．

singsong [ˋsɪŋˌsɔŋ] *n.* 單調，呆板，死板: He
made a speech in a **singsong** voice. 他以呆
板的腔調演講．

singular [ˋsɪŋgjələ] *adj.* ① 罕見的，與眾不同
的，非凡的，卓越的．② 奇妙的，奇特的，奇
怪的．③ 單數的，單數形的．
—— *n.* ④ 單數，單數形．
範例 ① Your son is a man of **singular** talent. 你
的兒子有卓越的才能．
② That model is **singular** in the way she walks.
那個模特兒走路的樣子很奇特．
③ "Datum" is the **singular** form of "data".
datum 是 data 的單數形．
④ The **singular** of "geese" is "goose". geese
的單數形是 goose．
參考 ③④ 略作 sing.
☞ ③④ plural（複數的，複數）
➡（充電小站）(p. 1195)
活用 *adj.* ①② **more singular, most singular**
複數 **singulars**

singularity [ˌsɪŋgjəˋlærətɪ] *n.*《古語》奇妙，奇
特，奇怪．
複數 **singularities**

singularly [ˋsɪŋgjələlɪ] *adv.* ① 卓越地，非凡
地．②〔古語〕奇妙地，奇特地，奇怪地．
範例 ① My wife is a **singularly** intelligent
woman. 我的妻子是一個頂聰明的女子．
② The poet was **singularly** dressed. 那個詩人
的穿著很奇特．
活用 *adj.* ② **more singularly, most
singularly**

sinister [ˋsɪnɪstə] *adj.* 不祥的，不吉利的；邪
惡的，陰險的: a **sinister** look 陰險的表情．
活用 *adj.* **more sinister, most sinister**

sink [sɪŋk] *v.* ①（使）沉沒，（使）陷入．② 挖
掘．
—— *n.* ③ 水槽，洗碗槽；《美》洗臉臺．
範例 ① Wood usually does not **sink**, but this
piece does. 木頭通常會浮在水面上，但是這

充電小站

罪 (sin)

【Q】我讀書的時候看過罪有兩種說法，一種是 sin，另一種是 crime。此外還看過 sin 有 the original sin (原罪) 和 the seven deadly sins (7大罪狀) 的說法，我看了譯文仍不能完全理解，請告訴我到底是甚麼意思。

【A】sin 與 crime 在中文裡用一個「罪」即可表達，但在英語中要分成兩種說法。一種是殺人或竊盜等要受法律制裁的罪，這種「罪」在英語中為 crime；另一種是不一定與法律有關，但與宗教上的道德觀、倫理觀有關，這種「罪」在英語中為 sin。

基督教認為，當一個人在自由地做出決斷時，必定有一股力量束縛其意志，並引導其走向罪惡的淵藪。人生來就有，並且終生受其影響的這種罪就稱為 the original sin (原罪)。

這個 the original sin 源於《舊約聖經》的創世記中亞當與夏娃的故事。

上帝耶和華 (Jehovah) 在創造了天與地之後，接著又造出了最早的人類亞當 (Adam) 與夏娃 (Eve)，並讓他們住進伊甸園 (the Garden of Eden, Paradise)。上帝允許他們摘食所有樹上的果實，但禁止他們摘食辨別善惡的智慧樹

實。這種樹的果實被稱為禁果 (forbidden fruit)。亞當與夏娃一直嚴守著這個指示，但最後終於禁不住邪惡狡猾的蛇的誘惑，偷吃了禁果，因此觸怒了上帝，亞當與夏娃就此被逐出伊甸園，背負起各自的痛苦。

上帝並沒有創造罪惡，但從此世界上就出現了罪惡。人類直到現在仍然背負著這種原罪 (the original sin)。

另外，在基督教中將那種明知不好，但仍故意違背上帝教誨的情況稱為罪 (sin)。不僅僅是行為，想法與語言等也可以成為罪。在這種罪之中，就關係到自己生活方式本質的重大事項，明知故犯者就是大罪 (the deadly sins)。基督教中將大罪定為以下7項：

傲慢 (pride)，貪婪 (covetousness)，好色 (lust)，憤怒 (anger)，貪吃 (gluttony)，嫉妒 (envy)，懶惰 (sloth)

這就是7大罪狀 (the seven deadly sins)。受到誘惑或感覺到誘惑並不是好事，只有接受這種誘惑之機會。因此，基督教告誡人們要避開受誘惑的機會，努力戰勝誘惑。

種木頭會沉入水中。

The submarine **sank** in deep water. 那艘潛水艇潛入深海了。

His boots **sank** deep into the mud. 他的長統靴深陷泥中。

The oil tanker was **sunk** by a torpedo. 那艘油輪被魚雷擊沉了。

The rainwater **sinks** into the ground. 那些雨水滲入地裡。

The building **sank** gradually over the years. 那棟大樓隨著歲月逐漸下陷。

He **sank** all his money into a lottery. 他把他所有的錢都花在樂透彩券上。

As soon as she came home, she **sank** back into her favorite chair. 她一回到家，就坐在她最喜愛的那個椅子上。

Her heart **sank** when she heard the news. 聽到那個消息時，她的心情變得消沉。

The temperature **sank** to 2°C last night. 昨晚氣溫降到攝氏2度。

They **sank** the posts into the ground. 他們把那些柱子打入地下。

Sink or swim, the kids are going to try. 那些孩子們決定孤注一擲試試看。

② She **sank** a well with her brother. 她和哥哥一起挖了一口井。(⇨ 範例 ①)

片語 ***sink or swim*** 孤注一擲，不管成敗如何。

活用 v. **sinks, sank, sunk, sinking**

複數 **sinks**

sinner [`sɪnɚ] n. (宗教、道德上的) 罪人。

複數 **sinners**

sinus [`saɪnəs] n. (人體內的) 穴，腔，副鼻竇。

複數 **sinus/sinuses**

* **sip** [sɪp] v. ① 啜飲，小口地喝。
——n. ② (喝) 一口。

範例 ① The boy **sipped** hot milk. 那個男孩小口地喝熱牛奶。

② She took a **sip** of coffee. 她喝了一口咖啡。

活用 v. **sips, sipped, sipped, sipping**

複數 **sips**

siphon [`saɪfən] n. ① 虹吸管《利用壓力差將液體吸到別處》；吸管。② 虹吸瓶；碳酸水瓶。
——v. ③ 用虹吸管吸；用吸管吸：She **siphoned** petrol out of the tank into the bottle. 她用虹吸管將汽油從汽油槽吸到那個瓶子裡。

參考 亦作 syphon。

複數 **siphons**

活用 v. **siphons, siphoned, siphoned, siphoning**

* **sir** [`sɝ] n. ① 閣下，先生，客官，老爺《用於對男性的尊稱》。②〔S~〕〖英〗~ 爵士《用於從男爵 (baronet)，爵士 (knight) 的姓名之前的敬稱》。

範例 ① Yes, **sir**. 是的，遵命。
Dear **Sir**, 敬啟者《寫信給公司等的開頭語》。
Dear **Sirs**, 諸君《寫信給團體或公司等的開頭語》。

② **Sir** Isaac Newton 艾薩克・牛頓爵士。

複數 **sirs**

sire [saɪr] n. ① 種畜，種馬。②《古語》陛下。
——v. ③ 當種馬；使產 (子)。

複數 **sires**

活用 v. **sires, sired, sired, siring**

siren [ˋsaɪrən] *n.* ① 警報器，警笛：Have you heard the noon **siren**? 你有聽到正午的警報嗎？ ②〔S～〕(希臘神話中的) 賽倫．③ 蛇蠍美人，妖婦：歌聲美妙的女歌手．

〔參考〕② 傳說中西西里島附近有個以美妙歌聲誘惑過往船隻使之遇難的半人半鳥的女海妖．

〔複數〕**sirens**

sirloin [ˋsɜ.lɔɪn] *n.* 沙朗〔牛上腰部的肉，供作牛排；☞ 充電小站 (p. 109)〕．

〔複數〕**sirloins**

**sister [ˋsɪstə] *n.* ① 姊姊，妹妹，姊妹．② 女友，女伴．③ 修女．④〖英〗護士長．

〔範例〕① How many **sisters** do you have? 你有幾個姊妹？

May and Lucy are **sisters**. 梅與露西是姊妹．

May is Lucy's **sister**. 梅是露西的姊姊〔妹妹〕．

San Francisco is a **sister** city of Taipei. 舊金山是臺北的姊妹市之一．

② Let's stand together, **sisters**! 姊妹們，讓我們一起站起來吧!

③ **Sister** Ann 安姊妹《亦作招呼語》．

④ a night **sister** 夜班護士長．

〔參考〕① 中文的「姊姊」與「妹妹」有明確區別，但英語中一般都用一個字 sister (姊妹) 表示，沒有區別．需特別加以區別時，「姊姊」用 an older sister，an elder sister 或 a big sister 表示，「妹妹」用 a younger sister 或 a little sister 表示．②③④ 亦作招呼語，但 ① 不能用作招呼語．

☞ brother (兄弟)

〔複數〕**sisters**

sisterhood [ˋsɪstə.hud] *n.* ① 姊妹身分，姊妹關係．② (女性之間的) 夥伴意識，姊妹情誼．③ 修女會．④ 婦女團體．

〔複數〕**sisterhoods**

sister-in-law [ˋsɪstərɪn.lɔ] *n.* 姑，姨，嫂，弟媳，妯娌《由於婚姻關係而產生的姊妹；☞ 充電小站 (p. 455)〕．

〔複數〕**sisters-in-law**

sisterly [ˋsɪstəlɪ] *adj.* 姊妹的，姊妹般的，情同姊妹的．

〔活用〕*adj.* **more sisterly, most sisterly**

**sit [sɪt] *v.* ① 坐，坐著，(使) 就座，使坐下．② (在議會、委員會中) 擁有席位，任要職．③ (議會、委員會等) 召開，開會．④ 位於 (在) (某一場所)；(不用而) 擱置，閒置．⑤〖英〗參加考試．⑥ (衣、帽等) 合身，合適．

〔範例〕① Grandpa likes **sitting** in his rocking chair. 爺爺喜歡坐在他的搖椅上．

The couple were **sitting** on a bench under the elm. 那對夫婦當時正坐在那棵榆樹下的長椅上．

John **sat** at his desk writing letters for hours. 約翰坐在書桌前寫了幾個小時的信．

The children **sat** around the Christmas tree and sang Christmas songs. 那群孩子們圍著聖誕樹坐下，然後唱聖誕歌曲．

He walked down the aisle and **sat** next to her. 他從那條走道走過去，坐在她的身邊．

They **sit** there chattering noisily all afternoon. 他們整個下午就坐在那裡大聲地說個沒完．《語氣中含有他們無事可做，在那裡浪費時間的意思》

Please **sit** down, all of you. 各位，請就座．

The two countries are going to **sit** down and talk the trade agreement over. 那兩個國家將坐下來，就貿易協定進行談判．

"**Sit**!"「坐下!」《給狗的命令，絕對不可用於對人》

How many crows are **sitting** on that branch? 那邊的樹枝上有幾隻烏鴉?

Look! My dog is **sitting** on its hind legs. 看! 我的狗蹲坐著呢!

These hens are **sitting** on their eggs. 這些母雞都在抱窩孵蛋呢．

Before she gets up, she usually **sits** up in bed and reads a newspaper for about half an hour. 她在起床之前，通常都會坐在床上看30分鐘左右的報紙．

She **sat** her grandmother down in the armchair by the window. 她扶著祖母坐在窗邊的那把扶手椅上．

Sit yourself down, Susie. 蘇西，妳請坐．

She **sat** her grandmother up in bed. 她把祖母從床上扶起來坐好．

② He was elected to **sit** on the House of Representatives. 他被選為眾議院議員．

My father **sits** on the municipal board of education. 我的父親是市府教育委員．

③ Congress is **sitting** now. 現在國會正在開會．

The board of directors **sits** twice a month. 那個理事會每個月召開兩次．

④ Our school **sits** on the hill in the north of the city. 我們的學校位於該城市北部的小山丘上．

"Do you know where my bike is?" "It was **sitting** by that bench over there last time I saw it."「你知道我的腳踏車在哪裡嗎?」「剛才我還看見它就在那邊的長椅旁．」

⑤ I have to **sit** some entrance exams in February. 我2月份必須參加幾次入學考試．

⑥ That jacket **sits** very well on you. 那件夾克你穿起來很合身．

〔片語〕 ***sit around/sit about*** (無所事事地) 度過 (時間)：We just **sat around** for hours talking about black holes. 我們談著黑洞的話題，不知不覺之中就過了好幾個小時．

sit back ① 穩穩地坐在 (椅子上)．② 悠閒，滿不在乎，不採取行動，袖手旁觀：Please **sit back** and read the magazines here. I won't be long. 請隨便看看這裡的雜誌，我馬上就回來．

sit down 坐下，就座．(⇨ 範例 ①)

sit down and ～ 坐下來專心地做．(⇨ 範例 ①)

充電小站

第三人稱單數現在式

【Q】英語文法中有這樣一個規則,「當動詞為現在式,主詞為第三人稱單數時,要在動詞上加 s 或 es」. 這一規則通常稱為「第三人稱單數現在式」. 為甚麼要有這樣麻煩的規則呢?

【A】這一規則看起來很麻煩,但換一個角度來看,其實它並不算麻煩.

英語的現在式有兩種, 關於這個問題在 充電小站「動詞的變化 (conjugation)」中做過說明.

(1) speaks ← speak does

(2) speak ← speak do

(1) 的 speaks 是由 does 與原形的 speak 一起構成的, (2) 的 speak 是由 do 與原形的 speak 一起構成的.

另外, 根據英語文法, 主詞若是單數則為 (1) 的形式, 主詞若是複數則為 (2) 的形式. 但是, 當主詞為 I (我) 的時候與主詞為 you (你一個人) 的時候例外, 為 (2) 的形式. 現在用表格歸納如下:

主詞	動詞的現在式	
單數	加上 does 的形式	
複數	加上 do 的形式	
I, you	加上 do 的形式	← 例外

因為主詞是 I (我) 和 you (你一個人) 時是單數, 按照規則自然就成為加上 does 的形式, 然而並非如此, 但這兩個就成了例外.

正因為這樣, 所以你可以不用記「第三人稱單數現在式」這個規則, 只要記住加上 does 的形式和加上 do 的形式以及 I 與 you 例外就可以了.

▶ does 與原形動詞的組合方式

構成 does 加原形動詞的形式時, 有時在原形動詞之後只加 s, 有時在原形動詞之後加 es. 例如:

(a) speaks ← speak does

(b) washes ← wash does

現在我來說明一下甚麼時候加 s, 甚麼時候加 es. 這很簡單, 原形動詞的最後一個發音為 [s], [z], [ʃ], [ʒ], [tʃ], [dʒ] 時加 es, 其他情況則是加 s.

拼寫時也一樣, 但當原形動詞的最後一個字母原本就是 e 的時候, 這個 e 與 es 的 e 將合而為一. 例如:

(c) judges ← judge does

judge 是以 [dʒ] 音結尾的, 所以加上 es 就可以了, judge 最後一個字母是 e, 所以這個 e 與 es 的 e 合而為一, 就成了 judges 的形式.

sit ~ down 使入座, 讓~坐下. (⇨ 範例 ①)
sit ~self down 坐下, 坐. (⇨ 範例 ①)
sit for ~ 去~地方臨時照顧小孩: I sat for Mr. and Mrs. Smith yesterday evening. 我昨天去史密斯夫婦家替他們臨時照顧小孩了?
sit in on 旁聽: Could I **sit in on** the conference? 我可以旁聽那個會議嗎?
sit in 參加靜坐, 進行靜坐抗議.
sit in for ~ 代理~出席 (會議等): Who is **sitting in for** Ms. Helen Smith at this annual conference? 誰代表海倫史密斯女士出席這次年度會議?
sit on ① (在議會、委員會等) 擁有席位, 任要職. (⇨ 範例 ②) ② 將 (信件、投訴函等) 擱置, 壓下: The mayor has just been **sitting on** our petition. 那位市長對我們的請願置之不
sit ~ out/sit through ~ 一直堅持到~的最後 [結束]: The performance was awfully boring, but we had to **sit it out**. 儘管那場演奏極其無聊, 我們還是得耐著性子聽完.
sit up ① (在床上) 坐起, 從躺著的狀態坐起來. (⇨ 範例 ①) ② 端坐, 坐直, 坐正: **Sit up** straight, everybody! 請大家坐直! ③ 很晚還不睡, 熬夜: Children should not **sit up**! 小孩子不能熬夜.

sit ~ up 使端坐, 使坐直, 使坐正. (⇨ 範例 ①)
sit up for ~ 不睡覺等~回來: I'll be home rather late, so don't **sit up for** me. 今晚我會晚一點回來, 你不用等我.
[活用] *v.* sits, sat, sat, sitting
*****site*** [saɪt] *n.* ① 用地, 預定地. ② 遺跡, (事件等發生的) 現場, 場所, 地點.
——*v.* 使成為~的預定地.
[範例] ① My parents bought a good **site** for a house. 我父母買了一塊適於蓋住宅的用地.
② Our city has several historic **sites**. 我們市內有幾處歷史遺跡.
[複數] sites
[活用] *v.* sites, sited, sited, siting
sit-in [`sɪtɪn] *n.* (抗議、請願時的) 靜坐.
[複數] sit-ins
sitting [`sɪtɪŋ] *n.* ① (規定的) 用餐時間《因為人多而不能同時用餐時》. ② 坐, 入座, 就座. ③ 會議期間, 會期; (會議等的) 召開, 開會.
——*adj.* ④ 現任的.
[範例] ① Lunch is served in two **sittings**. 午餐分兩梯次供應.
② I finished the job at a single **sitting**. 我一口氣就把那項工作做完了.
④ defeat a **sitting** member in an election 在選

舉中打敗現任的議員.

♦ **sitting ròom**〖英〗起居室，客廳《〖美〗living room》.

[複數] **sittings**

situate [`sɪtʃʊ,et] v. 《正式》置於某處: The governor has decided where to **situate** the new high school. 那位主管官員已經決定那所新高中的校址.

[活用] v. **situates**, **situated**, **situated**, **situating**

situated [`sɪtʃʊ,etɪd] adj. ①〔只用於名詞前〕位於～的. ②〔不用於名詞前〕處於～狀態.

[範例] ① The hospital is **situated** on a hill. 那家醫院位於山坡上.

② My house is conveniently **situated**. 我家所處的位置很方便.

Financially she was badly **situated**. 她的經濟狀況窘迫.

***situation** [,sɪtʃʊ`eʃən] n. ① 位置，場所，環境. ② 立場，處境，形勢. ③《正式》職務，職業，工作.

[範例] ① His office is in a convenient **situation**. 他的辦事處所處地點便利.

② I'm now in a very difficult **situation**. 我現在處境艱困.

What is the political **situation** in your country? 你們國家的政治形勢如何?

③ **Situations** Wanted. 求職，找工作.

[複數] **situations**

***six** [sɪks] n. 6.

[片語] **at sixes and sevens** 亂七八糟的，雜亂的: The kitchen was **at sixes and sevens** after the party. 那場宴會後，廚房亂七八糟.

it is six of one and half a dozen of the other 半斤八兩，不相上下，差不多: "Which one should we get?" "Does it matter? It's just **six of one and half a dozen of the other**, isn't it?" 「我們該拿哪個呢?」「有差別嗎? 反正都差不多，不是嗎?」

♦ **six-fóoter** 身高6呎 (約1.8公尺) 的人. **síx-pàck** 6罐《瓶》裝的包裝.

[複數] **sixes**

sixpence [`sɪkspəns] n. 6便士，6便士的銀幣《使用於英國，1971年後相當於2.5便士，1980年停止使用》.

[複數] **sixpences**

***sixteen** [sɪks`tin] n. 16 《☞ (充電小站) (p. 1197)》.

♦ **swèet sixtéen** 豆蔻年華.

[複數] **sixteens**

sixteenth [sɪks`tinθ] n. ① 第16 (個). ② 1/16.

[範例] ① three **sixteenths** 3/16.

② a **sixteenth** note 16分音符.

[複數] **sixteenths**

***sixth** [sɪksθ] n. ① 第6 (個). ② 1/6: five **sixths** 5/6.

♦ **sixth sénse** 第6感，直覺.

[複數] **sixths**

sixtieth [`sɪkstɪθ] n. ① 第60 (個). ② 1/60.

[複數] **sixtieths**

***sixty** [`sɪkstɪ] n. ① 60. ② 60到69歲;〔~s〕60年代: These are songs which were popular in the nineteen **sixties**. 這些都是1960年代流行的歌曲.

[複數] **sixties**

sizable [`saɪzəbl] = adj. sizeable.

***size** [saɪz] n. ① 尺寸，尺碼，號. ② 膠水《用於紙的止滲、紡織品的上光、箔的上膠等》.

——v. ③ 量～的尺寸; 按大小分類. ④ 塗膠水，上膠，上漿.

[範例] ① The precious stone he found in her room was about the **size** of a golf ball. 他在她的房間裡發現的寶石有高爾夫球般大小.

What's your shoe **size**? 你的鞋子尺碼是多少?

His hometown is a town of some **size**. 他的故鄉是一個很大的城鎮.

size eight boots 8號的長統靴.

jumbo-**size** peanuts 特大的花生米.

[片語] **size up** 判斷，評價，評估: After **sizing up** the situation, we decided to call it quits. 評估形勢之後，我們決定暫停該計畫.

That's about the size of it. 真相大致如此.

♦ **life síze** 與實物同等大小.

[複數] **sizes**

[活用] v. **sizes**, **sized**, **sized**, **sizing**

sizeable [`saɪzəbl] adj. 相當大的《亦作 sizable》: We obtained a **sizeable** pay increase in the latest session of negotiations. 在最近的談判中，我們獲得大幅度的加薪.

[活用] adj. **more sizeable**, **most sizeable**

sizzle [`sɪzl] v. ① (油炸時) 發出嘶嘶聲: The bacon was **sizzling** in the frying pan. 那塊培根肉在煎鍋中發出嘶嘶聲. ② (油炸的) 嘶嘶聲.

[活用] v. **sizzles**, **sizzled**, **sizzled**, **sizzling**

***skate** [sket] n. ① (一隻) 溜冰鞋，輪式溜冰鞋. ② 鰩魚.

——v. ③ 溜冰.

[範例] ① I want a pair of **skates**. 我想要一雙溜冰鞋.

③ We went **skating** on Sunday. 我們星期天去溜冰.

[片語] **get ~'s skates on/put ~'s skates on**〖英〗趕快: Get your skates on, or we'll be late again. 快點! 不然我們又要遲到了.

[複數] **skates**/② **skate**

[活用] v. **skates**, **skated**, **skated**, **skating**

skateboard [`sket,bɔrd] n. 滑板.

[複數] **skateboards**

skater [`sketɚ] n. 溜冰的人.

[複數] **skaters**

skein [sken] n. ① 捲成軸狀的線束. ② 飛行中的鳥群.

[範例] ① a **skein** of wool 一捆毛線.

sixteen 與 sixty

【Q】英語中16是 sixteen, 60是 sixty. 其發音很難區分. teen 與 ty 在意思上有何差別?

【A】英語中的 teen 意思是「加上10」, 因此, sixteen 就是6＋10.

sixty 的 ty 是「乘以10」的意思, 所以 sixty 是6×10.

▶ **teen 與 ty** 的比較

下面, 我們將 teen 與 ty 做比較:

13與30: thirteen 是3 (thir)＋10, thirty 是3 (thir)×10. 另外, thir 原來是 three, three 的 ee 變成 i, 變成 thri, 可以看成是 r 與 i 顛倒位置變成 thir.

14與40: fourteen 是4 (four)＋10, forty 是4 (for)×10. 同樣是表示4, 可以是 four, 也可以是 for, 發音相同.

15與50: fifteen 是5 (fif)＋10, fifty 是5 (fif)×10. 5本應為 five, 這種說法中是 five 的 ve 變成 f.

16與60: 已經說明過了.

17與70: seventeen 是7＋10, seventy 是7×10.

18與80: eighteen 是8 (eight)＋10 (teen), eighty 是8 (eight)×10 (ty). eight 的 t 與 teen、ty 的 t 重複, 所以只保留1個 t.

19與90: nineteen 是9＋10, ninety 是9×10.

▶ **11 與 12, 以及20**

11是 eleven, 12是 twelve, 按照上面的說法本應為 oneteen, twoteen, 但英語沒有這兩個字.

eleven 原為「10多1」, twelve 是「10多2」之意, 可以認為是受「12進位法」的影響所致.

20說成 twenty. 這是2 (twen)×10的意思. twen 一字現在已經沒有了, 但現在有 twins (雙胞胎) 和 between (兩者之間) 中的 tween 可以認為是 twen 一字的遺留.

---

② a **skein** of geese 一群飛雁.

[複數] **skeins**

*__**skeleton**__ [ˋskɛlətṇ] n. ① 骨骼, 骨架, 骸骨. ② (房子的) 骨架; 梗概, 概況.

[範例] ① She dieted herself to a **skeleton**. 她減肥減到皮包骨.

② What is the **skeleton** of this house made of? 這房子的骨架是甚麼材質的?

[片語] ***skeleton in the closet/ [英] skeleton in the cupboard*** 家醜《亦作 family skeleton》.

♦ **skéleton kèy** 萬能鑰匙.

[複數] **skeletons**

skeptic [ˋskɛptɪk] n. 多疑的人, 懷疑論者.

[參考] [英] sceptic.

[複數] **skeptics**

*__**skeptical**__ [ˋskɛptɪkḷ] adj. 多疑的, 懷疑的: Our son is **skeptical** about everything. 我們的兒子對任何事都表示懷疑.

[參考] [英] sceptical.

[活用] adj. **more skeptical, most skeptical**

skepticism [ˋskɛptəˌsɪzəm] n. 懷疑論, 懷疑的態度.

[參考] [英] scepticism.

*__**sketch**__ [skɛtʃ] n. ① 素描, 寫生圖, 草圖. ② 梗概, 概要. ③ 小品文, 短篇; 短劇.

——v. ④ 素描, 寫生. ⑤ 概略地說明 (out).

[範例] ① He made a **sketch** of the mountain. 他畫了那座山的素描.

② The article began with a **sketch** of life in the nineteen fifties. 那篇報導從1950年代生活的概況開始介紹.

④ I'd like to **sketch** the animals in the zoo. 我想畫那個動物園裡的動物寫生.

⑤ He **sketched** out his proposal for collecting recyclables. 他概略地說明收集可回收物的提案.

[複數] **sketches**

[活用] v. **sketches, sketched, sketched, sketching**

sketchy [ˋskɛtʃɪ] adj. 概要的, 粗略的, 不完全的: a **sketchy** plan 粗略的計畫.

[活用] adj. **sketchier, sketchiest**

skew [skju] adj. 傾斜的, 歪的.

——n. ② 傾斜, 彎曲.

[片語] ***on the skew*** 歪斜的, 扭曲的.

skewer [ˋskjuɚ] n. ① 串肉籤, 烤肉叉.

——v. ② 把～串成一串.

[複數] **skewers**

[活用] v. **skewers, skewered, skewered, skewering**

__ski__ [ski] n. ① 滑雪板. ②〔用於名詞前〕滑雪《運動項目中的滑雪為 skiing》.

——v. ③ 滑雪.

[範例] ① You can rent **skis** here. 你可以在這裡租借滑雪板.

② Bernard is a **ski** instructor. 伯納德是一位滑雪教練.

③ Vicky went **skiing** in Switzerland. 維琪去瑞士滑雪.

My favorite pastime is **skiing**. 我最喜歡的休閒活動就是滑雪.

[複數] **skis**

[活用] v. **skis, skied, skied, skiing**

skid [skɪd] v. ① 側滑, 打滑.

——n. ② 側滑, 打滑. ③ (使重物滑動的) 滑行墊木, 枕木. ④ (飛機滑行用的) 滑橇.

[範例] ① The bus **skidded** over the cliff. 那輛公車側滑掉下了山崖.

② His car went into a **skid** at the hairpin curve and rolled over 3 times. 他的車在那條 U 字形彎路上側滑, 翻轉了3圈.

Our marriage is on the **skids**. 我們的婚姻已經岌岌可危.

片語 **on the skids** 衰微的, 走下坡的. (⇨ 範例 ②)

♦ **skíd chàin** 車輪防滑鏈, 胎鏈.

skíd màrks (車輪打滑時留在路上的) 滑痕.

skíd rów 〖美〗城市中失業者和酗酒者聚居的貧窮髒亂街區.

活用 v. **skids, skidded, skidded, skidding**

複數 **skids**

skier [`skɪə] n. 滑雪者, 滑雪選手.

複數 **skiers**

skiing [`skɪɪŋ] n. 滑雪(ski 指滑雪板, 滑雪運動作 skiing).

****skilful** [`skɪlfəl] = adj. 〖美〗skillful.

skilfully [`skɪlfəlɪ] = adv. 〖美〗skillfully.

****skill** [skɪl] n. 技術, 技巧; 熟練; 能力.

範例 sing with **skill** 歌唱得很好.

Tom shows great **skill** in skiing. 湯姆滑雪技術非常純熟.

Laid-off workers were forced to learn new **skills**. 暫時被解雇的工人被迫學習新技術.

In language study, it is important to develop four **skills**: listening, speaking, reading, and writing. 學習外語重要的是要培養聽、說、讀、寫4方面的能力.

複數 **skills**

skilled [skɪld] adj. ① 熟練的. ② 需要熟練技術的, 技術性的.

範例 ① a **skilled** workman 熟練的工匠.

He is **skilled** in handiwork. 他擅長於做手工藝品.

活用 adj. **more skilled, most skilled**

skillet [`skɪlɪt] n. ① 長柄平鍋〖亦作 frying pan〗. ②〖英〗長柄燉鍋(通常附有支架).

複數 **skillets**

****skillful** [`skɪlfəl] adj. 熟練的, 巧妙的, 有技巧的.

範例 a **skillful** cook 技術高超的廚師.

Nowadays young girls are not **skillful** at doing housework. 現在的年輕女孩不太會做家事.

參考 〖英〗skilful.

活用 adj. **more skillful, most skillful**

skillfully [`skɪlfəlɪ] adv. 熟練地, 巧妙地: He drove **skillfully** through the crowded street. 他在那條擁擠的馬路上熟練地開車.

參考 〖英〗skilfully.

活用 adv. **more skillfully, most skillfully**

****skim** [skɪm] v. ① 撈起, 撇去 (表面上的漂浮物). ② 掠過, 擦過 (表面); 滑動般前進. ③ 粗略地過目.

範例 ① When the broth boils, **skim** it clean. 肉湯煮沸後, 請撈起浮沫.

We **skim** the cream off the milk. 我們從牛奶中撇去奶油.

② The stone **skimmed** over the water. 那塊石頭從水面飛掠而過.

③ I **skimmed** through the newspaper before going out. 出門前我粗略地看了一下報紙.

♦ **skìm mílk** 脫脂牛奶, 脫脂奶粉.

活用 v. **skims, skimmed, skimmed, skimming**

****skin** [skɪn] n. ① 皮膚, 肌膚. ② 皮, 表皮. ——v. ③ 剝皮, 去皮, 削皮. ④ 擦破皮膚.

範例 ① She has fair **skin**. 她皮膚白皙.

Wool is itchy to my **skin**. 毛衣讓我皮膚發癢.

I got wet to the **skin** in a shower. 陣雨淋得我全身都溼透了.

② She uses banana **skins** in home remedies? You're kidding. 她在自己配的藥中加了香蕉皮? 你一定是在開玩笑吧.

③ You **skin** it. I'll cook it. 你削皮, 我做菜.

片語 **skin and bone/skin and bones** (口語) 骨瘦如柴的.

by the skin of ~'s teeth (口語) 好不容易地, 僥倖地: We got away **by the skin of our teeth**. 我們好不容易才逃了出來.

have a thick skin 感覺遲鈍.

save ~'s skin 擺脫困境, 安全脫身.

skin ~ alive 嚴厲斥責.

under the skin 在內心裡.

♦ **skin-dìver** 潛潛者, 潛泳者.

skín-dìving 浮潛, 潛泳 (使用潛水呼吸管 (snorkel)、蛙鞋 (flippers) 等簡單裝備所進行的潛水運動).

複數 **skins**

活用 v. **skins, skinned, skinned, skinning**

skin-deep [`skɪn`dip] adj. 〔不用於名詞前〕表面的.

範例 My wounds are only **skin-deep**. 我受的只是一點皮肉傷.

Jack's joy was only **skin-deep**. 傑克的高興只是表面的.

skinflint [`skɪn͵flɪnt] n. 吝嗇的人.

複數 **skinflints**

skinhead [`skɪn͵hɛd] n. 光頭族 (剃成光頭, 喜歡鬧事的年輕男子).

複數 **skinheads**

skinner [`skɪnə] n. ① 毛皮商人. ② 騙子.

複數 **skinners**

skinny [`skɪnɪ] adj. 骨瘦如柴的, 極瘦的: He was tall and **skinny**. 他又高又瘦.

活用 adj. **skinnier, skinniest**

skintight [`skɪn`taɪt] adj. 貼身的, 緊身的: I don't like **skintight** jeans. 我不喜歡緊身牛仔褲.

****skip** [skɪp] v. ① 跳躍. ② 跳過; 省略; 跳級. ③ 匆匆離去, 逃離 (out). ——n. ④ 跳躍, 跳. ⑤ 跳讀, 省略, 略過. ⑥ 〖英〗(用來裝建築材料等的) 大型容器.

範例 ① The winner was **skipping** about for joy. 那位勝利者欣喜雀躍.

The thief **skipped** over the brook and ran away. 那個竊賊跳過那條小溪逃跑了.

Her speech **skipped** around. 她的談話雜亂無章.

She is **skipping** rope in the yard. 她正在院子裡跳繩.

② Many readers **skip** over the preface. 許多讀者都會省略過序文不讀．

Stephen **skipped** Mr. Williams' class this morning. 史蒂芬今天早上蹺了一堂威廉斯先生的課．

Seven students were **skipped** into the ninth grade. 有7個學生跳級升入9年級．

③ Don't try to **skip** out without paying, buddy. 老兄，你休想不付錢就溜掉．

④ We counted. It takes 12 **skips** from one end of the hall to the other. 我們數了一下，從大廳的一頭到另外一頭要跳12步．

[片語] **skip it** 別提了；別介意；不用客氣．

♦ **skípping ròpe** [英] 跳繩用的繩子《[美] jumping rope；☞ (充電小站) (p. 967)》.
skip ròpe [美] 跳繩用的繩子．

[活用] v. skips, skipped, skipped, skipping
[複數] skips

skipper [`skɪpɚ] n. 《口語》船長，機長；(球隊的)隊長．

[複數] skippers

skirmish [`skɝmɪʃ] n. ① 小衝突，小爭論．
——v. ② 發生小衝突．

[範例] ① He was shot dead in a **skirmish** with the guerrillas. 他在與那些游擊隊員的小衝突中被射殺了．

② The two countries' armies have been **skirmishing** along the border for years. 那兩國的軍隊在邊境上多年來一直都有小規模衝突發生．

[複數] skirmishes

[活用] v. skirmishes, skirmished, skirmished, skirmishing

skirt [skɝt] n. ① 裙子，裙狀物．②〔~s〕外圍，周圍，城郊，郊外《亦作 outskirts》．
——v. ③ 環繞，圍繞；迴避．

[範例] ① Nancy likes to wear a short **skirt**. 南西喜歡穿短裙．

The boy hid behind his mother's **skirt**. 那個男孩躲在他母親的裙子後面．

② The old man lived on the **skirts** of the town. 那個老人住在城郊．

③ The highway **skirts** the forest. 那條公路沿著那個森林的邊緣繞行．

The musician **skirted** the issue of whether or not he inhaled marijuana at the press conference. 那位音樂家在記者會上對他是否吸大麻的問題避而不答．

[複數] skirts

[活用] v. skirts, skirted, skirted, skirting

skit [skɪt] n. 滑稽短劇，幽默小品．

[複數] skits

skittle [`skɪtl] n. ①〔~s，作單數〕9柱戲《英國一種類似保齡球的遊戲；亦作 ninepins》. ② 9柱戲的柱靶．

[複數] skittles

skulk [skʌlk] v. 偷偷摸摸地移動，躲藏：He found her **skulking** under the table. 他發現她躲藏在桌子下面．

[活用] v. skulks, skulked, skulked, skulking

*__skull__ [skʌl] n. ① 頭蓋骨． ② 頭腦，腦筋：He has a thick **skull**. 他的頭腦很遲鈍．

♦ **a skùll and cróssbones** 骷髏圖案《由骷髏頭和兩根交叉的大腿骨組成，是過去海盜旗的符號，現在用於標示有毒物品》.

[複數] skulls

skunk [skʌŋk] n. ① 臭鼬． ② 臭鼬的毛皮． ③《口語》討厭的傢伙．

[複數] skunks

*__sky__ [skaɪ] n. ① 天空． ② 天國，天堂．

[範例] The **sky** was crystal blue all day long. 天空一整天都呈現一片水藍．

The **sky** has darkened. 天空變得陰暗起來．

An airplane is flying high up in the **sky**. 飛機高高地飛在天空中．

② My wife is in the **sky**. 我的妻子現在在天堂裡．

[片語] **The sky's the limit**. 《口語》沒有止境．

♦ **ský-blúe** 天藍色，淡藍色．
ský-blúe 天藍色，淡藍色．
ský-dìver 高空跳傘者．
ský-dìving 高空跳傘運動．
ský-hígh 極高的．

[複數] skies

skylark [`skaɪˌlɑrk] n. 雲雀《亦作 lark》.

[複數] skylarks

skylight [`skaɪˌlaɪt] n. 天窗，採光窗．

[複數] skylights

skyline [`skaɪˌlaɪn] n. 地平線，天際線《天空映襯下的市街、山脈等的輪廓》.

[複數] skylines

skyscraper

[`skaɪˌskrepɚ] n. 超高層建築，摩天大樓．

[skylight]

[參考] skyscraper 的例子有芝加哥的 Sears Tower (西爾斯大廈，443公尺)，Amoco Building (美國阿莫寇石油公司大樓，346公尺)，John Hancock Center (約翰·漢考克大樓，343.5 公尺)，紐約的 Empire State Building (帝國大廈，381公尺)等．

[複數] skyscrapers

slab [slæb] n. 厚板，厚片．

[範例] a **slab** of stone 厚石板．

a **slab** of bread 一片厚片麵包．

[複數] slabs

*__slack__ [slæk] adj. ① 鬆弛的，鬆懈的，散漫的，惰怠的，不活躍的．
——n. ② 鬆弛，鬆弛部分；懈怠，懶散． ③〔~s〕寬鬆的長褲． ④ 煤末，煤屑．
——v. ⑤ 放鬆，使鬆懈，緩和．

[範例] ① a **slack** knot 鬆弛的繩結．

a **slack** rope 鬆弛的繩子．

The rope hung **slack**. 那條繩子鬆弛地下垂著．

The young man was **slack** at his work. 那個年輕人做事馬馬虎虎．

簡介輔音群 sl- 的語音與語義之對應性

sl- 是由清聲齒齦擦音 (voiceless alveolar fricative) /s/ 與邊音 (lateral) /l/ 組合而成。[l] 是所有輔音中最輕、發音最不費力的音，其音質具有鬆弛 (looseness) 的特性，而 [s] 具有輕飄飄的特性，現與 [l] 組合成 sl-，其中 [s] 是加強 [l] 的鬆弛性。動作若呈現出鬆弛狀態，多半是指慢吞吞的 (slow)、懶懶的 (not very active) 或草率的 (awkward) 之動作。

(1) 本義表示「鬆弛、緩慢、草率」：
甲. 形容詞
slack　鬆弛的，倦怠的，緩慢的
slapdash　草率的，馬虎的
sleazy　(紡織品、衣服等)質料薄而脆的
slatternly　邋遢的
slipshod　穿著拖鞋的；懶散的，草率的
slight　(東西)脆弱的
sloppy　(工作等)草率的
slothful　慢吞吞的，怠懶的
slovenly　(服裝工作等)草率的，馬虎的
slow　(緩)慢的
sluggish　(流水等)緩慢的；怠懶的
乙. 動詞
slabber (＝slobber)　流口水，垂涎
slaver　流口水，垂涎《動作緩慢》
sleep　睡覺《身體各部位活動緩慢》
slumber　睡眠，停止活動
slog　步履艱難地行進
slouch　無精打采地站〔坐，走〕
slubber　草率從事，匆匆處理
slump　垂頭彎腰地走〔坐〕

slur　草率地辦，含糊地發音
丙. 名詞《表示質地鬆弛之物或個性懶散的人》
slag　礦渣，熔渣
slattern　邋遢懶散的女人
sleet　霰《夾帶著雨的雪》
slop　(道路的)積水，泥濘
slime　(河底等的)淤泥
sloth　怠懶，懶散
slough　泥沼，沼澤
sludge　泥濘，雪泥
slush　泥濘，雪泥
slut　邋遢的女人

(2) 質地鬆弛之物，容易滑動，甚至有滑動現象，因此可引申為含有「滑動」之意味：
slide　滑，使滑動
slip　滑溜，滑落
slither　滑動，滑行
slink　溜走，潛逃
slick　光滑的，滑溜的
sleek　(毛皮或頭髮)光滑的
slippery　(路面、地板等)滑溜的，容易滑的
sly　狡猾的，狡詐的
slope　坡，斜面
slant　傾斜，歪斜
sled　『美』(兒童用的)小型雪車
sledge　『英』(供人乘坐的)雪車
sleigh　(用馬拖拉的)雪橇

The rainy season makes me feel **slack**. 一到梅雨季節，我就會覺得很懶散。

The boy came at a **slack** pace. 那個男孩慢吞吞地走過來。

Business is **slack** these days. 最近生意蕭條。

② There was too much **slack** in the line and it got caught in the propeller. 那條繩索太鬆而纏到螺旋槳了。

③ a pair of **slacks** 一條寬鬆的長褲。

⑤ Stop **slacking** and get back to work! 別偷懶，快回去工作！

[活用] adj. slacker, slackest
[複數] ③ slacks

[活用] v. slacks, slacked, slacked, slacking

slacken [`slækən] v. 放鬆，使鬆弛；放慢速度；減弱。

[範例] The sailors **slackened** the ropes. 那些船員們放鬆繩索。

The government will not **slacken** the pace of radical reform. 政府不願放慢激進改革的腳步。

The rain began to **slacken**. 雨勢開始變小了。

[活用] v. slackens, slackened, slackened, slackening

slackness [`slæknɪs] n. 鬆弛，鬆懈，怠慢；蕭條，不景氣。

slag [slæg] n. 礦渣，熔渣《冶鍊金屬時產生的殘渣，可再利用做水泥等的原料》.

slain [slen] v. slay 的過去分詞。

slake [slek] v. 《正式》解除 (口渴等)；滿足 (欲望等)：The gentlemen **slaked** their thirst with beer. 那群男士們喝啤酒解渴。

[活用] v. slakes, slaked, slaked, slaking

slam [slæm] v. ① 砰地關上 (門等)。② 砰地放下；重擊；猛烈抨擊 (報紙用語)。③ 猛踩 (煞車等)。
── n. ④ 砰然一聲，猛力關閉聲。

[範例] ① He heard the door **slam** behind him. 他聽見身後砰地一聲關上了。

She got mad and **slammed** the door in my face. 她火大地拒絕我的請求。

② He **slammed** the money on the table and walked out angrily. 他把錢用力丟在桌上，然後就生氣地走了出去。

He **slammed** the ball over the net. 他用力地把球擊過網。

The door **slammed** shut. 那扇門砰地一聲關上了。

Stewardesses **slammed** the cut in wages. 空姐們大力抨擊減薪。《報紙的標題》

③ She **slammed** the brakes on and the car came to a stop. 她猛然踩住煞車，車子就停下來了.
④ The door to the cellar shut with a loud **slam**. 通往那個地下室的門砰地一聲關上了.
片語 ***slam the door in ~'s face/slam the door on ~*** 拒絕. (⇨ 範例 ①)
slam on the brakes/slam the brakes on 猛踩煞車. (⇨ 範例 ③)
♦ **grànd slám** ① 全勝，大滿貫. ② 滿貫全壘打.
slám dùnk (籃球的) 灌籃.
活用 *v.* **slams, slammed, slammed, slamming**
複數 **slams**

***slander** [ˋslændɚ] *n.* ① (語言上的) 誣蔑，中傷，誹謗.
——*v.* ② 中傷，誹謗.
範例 ① The young man sued the journalist for **slander**. 那個年輕人控告那名記者誹謗.
② The woman was **slandered** at the press conference. 那名女子在那場記者會上遭到中傷.
複數 **slanders**
活用 *v.* **slanders, slandered, slandered, slandering**

slanderous [ˋslændrəs] *adj.* 造謠中傷的，誹謗性的.
活用 *adj.* **more slanderous, most slanderous**

slang [slæŋ] *n.* ① 俚語，俗語；(某階層特有的) 通用語，行話，專門語，黑話.
——*v.* ② 辱罵，說~的壞話.
範例 ① a **slang** word 俚語.
"Pot" is **slang** for "marijuana". pot 是 marijuana 的俚語.
② The old man is **slanging** the boys who broke his living room window. 那個老伯正在咒罵那群打破他家客廳窗戶的男孩.
參考 ① 指口語上較粗俗的詞語. 原為罪犯間所說的黑話，現在指特定的領域、團體中使用的各種通用語、行話. 俚語是為了追求新鮮、個性或趣味而產生的表達方式，所以一旦失去新鮮感便不再使用，變化極快，其中與性及毒品有關的詞語最多.
活用 *v.* **slangs, slanged, slanged, slanging**

***slant** [slænt] *v.* ① 歪斜，(使) 傾斜.
——*n.* ② 斜坡，傾斜，斜面，偏向.
範例 ① The roof **slants** upwards from left to right. 那片屋頂由左往右向上傾斜.
Her reporting is **slanted**. 她的報導有點偏頗.
② There's a noticeable **slant** to the bedroom floor. 那間臥室的地板有明顯的傾斜.
活用 *v.* **slants, slanted, slanted, slanting**
複數 **slants**

***slap** [slæp] *n.* ① 掌摑，掌擊.
——*v.* ② 掌摑，拍打；啪一聲放下；發出啪嗒聲.
範例 ① He gave her a **slap** on the cheek because she was so naughty. 他賞她一記耳光，因為她太不聽話了.
② If you do it again I'll **slap** you across the face. 你再這麼做，我就賞你一巴掌.
I **slapped** another coat of paint on in just 15 minutes. 我只花了15分鐘就啪嗒啪嗒地重刷了一遍油漆.
片語 ***slap ~ on the back*** (表示親熱地) 拍打~的背.
複數 **slaps**
活用 *v.* **slaps, slapped, slapped, slapping**

slapdash [ˋslæpˏdæʃ] *adv.* ① 魯莽地，草率地，馬馬虎虎地.
——*adj.* ② 魯莽的，草率的，馬馬虎虎的.
範例 ① do ~'s work **slapdash** 馬馬虎虎地做事.
② in a **slapdash** way 以草率的作法.
活用 *adv., adj.* **more slapdash, most slapdash**

slapstick [ˋslæpˏstɪk] *n.* 粗俗的滑稽劇，鬧劇.

slap-up [ˋslæpˏʌp] *adj.* 《口語》〔只用於名詞前〕『英』豐盛的；上等的.

slash [slæʃ] *v.* ① 深砍，揮砍；割開，割破；削減；開衩.
——*n.* ② 揮砍，砍；刀痕. ③ 斜線《/》. ④ (衣服上的) 開衩.
範例 ① She **slashed** a seat cover on the bus. 她割破了那輛公車上的椅套.
He **slashed** at the tall grass with a scythe. 他用大鐮刀割掉那些長草.
She **slashed** him on the arm with a knife. 她拿刀子砍傷了他的手臂.
They **slashed** the welfare budget by 10%. 他們削減了百分之十的福利預算.
We **slashed** our way through the bush. 我們在樹叢中一邊開路一邊前進.
a **slashed** sleeve 開衩的袖子.
③ three **slash** five 3/5.
活用 *v.* **slashes, slashed, slashed, slashing**
複數 **slashes**

slat [slæt] *n.* (金屬或木頭的) 細長薄板《如百葉窗等用的橫薄板》: This Venetian blind has ten **slats**. 這扇百葉窗上有10條薄板.
複數 **slats**

***slate** [slet] *n.* ① 黏板岩《一種細粒的變質岩》，(蓋屋頂用的) 石板，(舊時的) 寫字石板. ② (黨內的) 候選人名單.
——*v.* ③ 用石板鋪蓋 (屋頂). ④『美』預定. ⑤『英』嚴厲地批評.
範例 ① Three **slates** were blown off the roof last night. 昨天晚上，那個屋頂上的3塊石板被風颳走了.
They started with a clean **slate**. 他們孑然一身，又重新開始了.
③ His house is **slated**. 他家的屋頂是用石板鋪成的.
④ She is **slated** to come tomorrow. 她打算明

天過來.

He is **slated** to become chairperson in April. 他預定在4月份成為主席.

⑤ The critics **slated** her new novel. 那些評論家嚴厲地批評她的新小說.

片語 ***start with a clean slate*** 重新開始. (⇨

範例 **slates**

活用 v. **slates, slated, slated, slating**

****slaughter** [`slɔtɚ] n. ① (大規模的)屠殺, 殘殺, 屠宰.

——v. ② (大規模地)屠殺, 殘殺, 屠宰.

範例 ① The border area was a site of terrible **slaughter**. 那個邊境地區成了可怕的屠殺場.

② Many whales and dolphins were **slaughtered** for commercial gain. 許多鯨魚和海豚因商業利益而遭到大量屠殺.

The Lakers **slaughtered** the 76ers. 湖人隊將七六人隊打得落花流水.

複數 **slaughters**

活用 v. **slaughters, slaughtered, slaughtering**

slaughterhouse [`slɔtɚ͵haʊs] n. 屠宰場.

發音 複數形 slaughterhouses [`slɔtɚ͵haʊzɪz].

****slave** [slev] n. ① 奴隸.

——v. ② 辛苦地工作, (像奴隸般)拼命地工作.

範例 ① A lot of people in that area were sold as **slaves**. 該地區有許多人被當作奴隸賣掉.

Lots of urban dwellers are **slaves** to fashion. 許多都市人都在拼命地趕時髦.

② The boy **slaved** away cleaning the park. 那個男孩辛苦地打掃那個公園.

字源 在日耳曼人的長期統治下, 斯拉夫人到中世紀初期一直被當作奴隸對待. 因此拉丁語中指斯拉夫人的 Sclavus 就演變成「奴隸」的意思.

複數 **slaves**

活用 v. **slaves, slaved, slaved, slaving**

****slavery** [`slevərɪ] n. ① 奴隸身分. ② 奴隸制度.

範例 ① The captured were sold into **slavery**. 那些俘虜被賣掉成了奴隸.

② Our ancestors campaigned for the abolition of **slavery**. 我們的祖先曾發起廢除奴隸制度的運動.

****slay** [sle] v. 殺害, 殘殺: Tourists **Slain** by Terrorists 觀光客遭恐怖分子殺害. 《報紙的標題》

活用 v. **slays, slew, slain, slaying**

slayer [`sleɚ] n. 殺人者, 殺人犯, 兇手.

複數 **slayers**

****sled** [slɛd] n. ① 『美』雪橇.

——v. ②『美』滑雪橇, 乘雪橇; 用雪橇運送.

[sled]

範例 ① He carried the bags on a **sled**. 他用雪橇運送那些行李.

② The children **sledded** down the slope. 那些

孩子們乘雪橇滑下斜坡.

參考 『英』sledge.

複數 **sleds**

活用 v. **sleds, sledded, sledded, sledding**

sledge [slɛdʒ] n. ①『英』雪橇. ② (用於打樁或碎石的)長柄大槌《亦作 sledgehammer》.

——v. ③『英』乘雪橇; 用雪橇運送.

範例 ② The boys slid down the hill on a small **sledge**. 那些男孩們乘小雪橇從山丘上滑下去.

③ He **sledged** down the slope. 他乘雪橇滑下那斜坡.

They **sledged** the food to the camp. 他們用雪橇將食物送到那個營地.

參考 『美』運送人或物的大型雪橇.

複數 **sledges**

活用 v. **sledges, sledged, sledged, sledging**

sledgehammer [`slɛdʒ͵hæmɚ] n. (用於打樁或碎石的)長柄大槌《亦作 sledge》.

複數 **sledgehammers**

****sleek** [slik] adj. ① 滑順有光澤的, 光滑的.

——v. ② 使滑順有光澤, 使光滑.

範例 ① **sleek** hair 光滑的頭髮

② She **sleeked** her hair. 她梳理了頭髮.

活用 adj. **sleeker, sleekest**

活用 v. **sleeks, sleeked, sleeked, sleeking**

*****sleep** [slip] v. ① 睡, 睡覺. ② 可供~住宿.

——n. ③ 睡眠, 睡覺.

範例 ① Mary **slept** twelve hours last night. 瑪麗昨晚睡了12個小時.

The baby **slept** like a log. 那個小嬰兒睡得很熟.

The writer **sleeps** in this graveyard. 那位作家長眠於此墓園.

The scientist **slept** off his headache. 那位科學家睡了一覺後, 頭就不痛了.

The student **slept** away the better part of the day. 那名學生睡掉了美好時光.

I'll **sleep** on your offer. 我會認真地考慮一下你的建議.

I **slept** a sound sleep. 我睡得很熟.

② This hotel **sleeps** two hundred. 這家旅館可住200人.

③ The new manager didn't have a good **sleep** last night. 那位新來的經理昨晚沒睡好.

My husband often talks in his **sleep**. 我丈夫常常說夢話.

The princess went to **sleep** just after she ate the apple. 那個公主吃了那顆蘋果後, 很快就睡著了.

片語 ***go to sleep*** ① 睡著, 入睡. ② (手腳等)麻木.

put ~ to sleep 使入睡, 以藥物讓~安詳地死去.

sleep away 藉睡眠打發時間. (⇨ 範例 ①)

sleep in 睡過頭, 睡懶覺.

sleep like a log 熟睡. (⇨ 範例 ①)

sleep off 用睡眠治癒. (⇨ 範例①)

sleep on 考慮一個晚上，延遲到隔天再做決定. (⇨ 範例①)

♦ **sléeping bàg** 睡袋.

sléeping càr (鐵路的) 臥鋪車.

活用 v. **sleeps**, **slept**, **slept**, **sleeping**

sleeper [ˋslipɚ] n. ① 睡眠者. ② 臥鋪車. ③ 〖英〗(鐵軌的) 枕木. ④ (人、書、戲劇、商品等) 突然大受歡迎者, 大爆冷門之物.

範例 ① He is a heavy **sleeper**. It is hard to wake him up. 他是一個不容易醒來的人, 要叫醒他很難.

② She booked a **sleeper**. 她預定了臥鋪車的位子.

複數 **sleepers**

sleepily [ˋslipɪlɪ] adv. 昏昏欲睡地, 想睡地: "What's up?" the policeman asked me **sleepily**. 那個警察昏昏欲睡地問我:「發生了甚麼事?」

活用 adv. **more sleepily**, **most sleepily**

sleepless [ˋsliplɪs] adj. 睡不著的, 失眠的.

範例 The thief had a **sleepless** night. 那個小偷一夜沒睡.

He's depressed and **sleepless**. 他精神沮喪得睡不著覺.

活用 adj. **more sleepless**, **most sleepless**

*****sleepy** [ˋslipɪ] adj. ① 想睡的, 睏倦的, 昏昏欲睡的. ② 寂靜的, 不活潑的.

範例 ① When you called me last night, I was very **sleepy**. 昨天晚上你來電時, 我睏得要命.

② My hometown is a **sleepy** village. 我的家鄉是一個寂靜的村莊.

活用 adj. **sleepier**, **sleepiest**

sleet [slit] n. ① 霰.

—— v. ② 降霰.

範例 ① Toward midnight the rain turned to **sleet**. 接近子夜時, 雨變成了霰.

② When I left home, it was **sleeting**. 我離開家時, 外頭正在降霰.

活用 v. **sleets**, **sleeted**, **sleeted**, **sleeting**

*****sleeve** [sliv] n. ① 衣袖, 袖子. ② 〖英〗(唱片的) 封套 (〖美〗jacket). ③ (機械的) 套筒, 套管.

範例 ① I have a red dress with long **sleeves**. 我有一件長袖的紅色洋裝.

Tom rolled up his **sleeves**. 湯姆捲起了衣袖.

片語 ***have...up ~'s sleeve/keep...up ~'s sleeve*** 已經暗中準備好: I **have** a plan **up my sleeve**. 我已經暗中準備好一個計畫.

♦ **sléeve links** 袖扣 (亦作 cuff links).

複數 **sleeves**

*****sleigh** [sle] n. ① 雪車, 大雪橇 (通常由馬拉, 可供人乘坐).

—— v. ② 乘雪橇前往.

範例 ① The **sleigh** was drawn by eight reindeer. 那輛雪橇由8隻馴鹿拉著.

[sleigh]

② They **sleighed** through to the village. 他們乘雪橇去那個村子了.

複數 **sleighs**

活用 v. **sleighs**, **sleighed**, **sleighed**, **sleighing**

sleight [slaɪt] n. 〔只用於下列片語〕手法的熟練、狡詐.

片語 ***sleight of hand*** 戲法; 詭計; 手法熟練: The magician's **sleight of hand** is so great that you cannot see his hand himself! 那位魔術師的戲法是如此巧妙, 你根本看不見他的手!

複數 **sleights**

*****slender** [ˋslɛndɚ] adj. ① 修長的, 苗條的, 纖細的. ② 些微的, 微少的, 微薄的.

範例 ① a **slender** woman 苗條的女子.

a **slender** bottle 細長的瓶子.

② The chess player won the game by a **slender** margin. 那名西洋棋選手以些微的優勢贏得了那場比賽.

活用 adj. **slenderer**, **slenderest/more slender**, **most slender**

slenderness [ˋslɛndɚnɪs] n. 苗條, 纖細; 微少.

*****slept** [slɛpt] v. sleep 的過去式、過去分詞.

slew [slu] v. slay 的過去式.

slice [slaɪs] n. ① 薄片, 一片. ② (薄的) 切刀, 刮刀. ③ 右 [左] 曲球 (高爾夫球等朝著與擊球的手臂相同方向作弧線擊出的球). ④ 削球, 切球.

—— v. ⑤ 切成薄片, 薄薄地切下. ⑥ 擊出曲球, 削球, 切球.

範例 ① The cat ate a **slice** of ham. 那隻貓吃了一片火腿.

He cut the kiwi into **slices**. 他把那顆奇異果切成薄片.

She got a **slice** of the profits. 她分到了一份紅利.

⑤ I **sliced** a lemon. 我將檸檬切成薄片.

She **sliced** a piece off the ham. 她薄薄地切下一片火腿.

♦ **fish slice** ① 煎魚鍋鏟. ② (餐桌上分切魚用的) 分魚刀.

複數 **slices**

活用 v. **slices**, **sliced**, **sliced**, **slicing**

slick [slɪk] adj. ① 有光澤的, 光滑的. ② 能說善道的, 口齒伶俐的; 靈巧的, 巧妙的, 流利的.

—— v. ③ 使有光澤, 使光滑.

範例 ① **slick** hair 油亮的頭髮.

a **slick** icy road 結冰易滑的道路.

② a **slick** salesman 能說善道的推銷員.

③ She **slicked** down her hair. 她把頭髮梳得滑溜溜的.

活用 adj. **slicker**, **slickest**

活用 v. **slicks**, **slicked**, **slicked**, **slicking**

*****slid** [slɪd] v. slide 的過去式、過去分詞.

slide [slaɪd] v. ① 滑, 滑行, 滑動, 滑落.

—— n. ② 滑, 滑行, 滑動; (棒球的) 滑壘. ③ 滑梯. ④ (顯微鏡用的) 載玻片; 幻燈片.

範例 ① Children are **sliding** on the ice. 孩子們在那片冰上滑著玩.
The window didn't **slide** easily. 那扇窗戶不容易滑動.
The spoon **slid** out of her hand. 那支湯匙從她手中滑落.
A snake **slid** into her room. 一條蛇悄悄地溜進她的房間.
He **slid** the glass across the table. 他把那只玻璃杯推到桌邊.
My mother has **slid** into the habit of smoking. 我母親不知不覺染上了吸菸的習慣.
Let it **slide**. 那件事就順其自然吧.
② The bus went into a **slide** on the icy corner. 那輛公車在那個結冰的轉角處打滑了.

片語 **let ~ slide** 聽其自然, 任～陷入. (⇨ 範例 ①)

♦ **slíde fàstener** 〖美〗拉鍊.
slíde projèctor 幻燈機.
slíding dóor 拉門 (可左右滑動的門).

活用 v. **slides, slid, slid, sliding**
複數 **slides**

****slight** [slaɪt] adj. ① 少量的, 微小的, 輕微的. ② 纖細的, 苗條的, 瘦小的.
——v. ③ 輕蔑, 輕視, 冷落.
——n. ④ 輕蔑, 輕視, 冷落.

範例 ① a **slight** pain 輕微的疼痛.
a **slight** mistake 小小的錯誤.
There will be a **slight** delay in issuing the government's new proposals. 政府新方案的公布將會稍微延後.
I didn't care for Robert in the **slightest**. 我一點也不喜歡羅伯特.
② He's **slight** and sickly. 他長得很瘦弱.
③ He felt **slighted**. 他覺得受到冷落.
④ I think they took your remark as a **slight** on their work. 我認為他們把你的話當成對他們工作的輕蔑.

片語 **not ~ in the slightest** 一點也不, 完全不. (⇨ 範例 ①)

活用 adj. **slighter, slightest**
活用 v. **slights, slighted, slighted, slighting**
複數 **slights**

****slightly** [`slaɪtlɪ] adv. ① 一點點, 稍微地, 輕微地, 稍稍地. ② 苗條地, 纖細地, 瘦小地.

範例 ① The Sheraton is **slightly** cheaper than the Hilton. 喜來登旅館比希爾頓旅館稍微便宜一些.
He got **slightly** hurt in the accident. 在那起意外事故中, 他受了一點傷.
She's still **slightly** hung over. 她仍有少許醉意.
② He is a **slightly** built young man. 他是一個身材修長的年輕人.

活用 adv. **more slightly, most slightly**

slightness [`slaɪtnɪs] n. ① 輕微, 些微. ② 苗條, 纖細.

slim [slɪm] adj. ① 苗條的, 纖細的. ② 微少的,

不充分的, 微薄的.
——v. ③ 減重, 瘦身, 使苗條; 削減.

範例 ① She does aerobics to stay **slim**. 她做有氧運動來保持苗條身材.
② Your chances of success are **slim**. 你成功的機會很渺茫.
③ You should **slim** down more. 你應該繼續減肥.

活用 adj. **slimmer, slimmest**
活用 v. **slims, slimmed, slimmed, slimming**

slime [slaɪm] n. 黏滑物; (蝸牛等的) 黏液.

slimness [`slɪmnɪs] n. 苗條.

slimy [`slaɪmɪ] adj. ① 黏滑的, 泥濘的. ② 諂媚的, 巴結的; 鄙俗的.

範例 ① The professor slipped on the **slimy** steps. 那位教授在那個滑溜的樓梯上滑倒了.
② I hate **slimy** politicians. 我最討厭那些巴結諂媚的政客.

活用 adj. **slimier, slimiest**

***sling** [slɪŋ] v. ① 投擲, 拋出, 扔. ② 吊, 懸掛.
——n. ③ (醫療用的) 三角巾, 吊腕帶. ④ 吊索, 吊繩, 吊具; (背或抱嬰兒用的) 背帶.

[sling]

範例 ① The drunken man **slung** a stone at the dog. 那名醉漢向那隻狗扔石頭.
He used to **sling** drunken customers out of his club. 他過去常將喝醉的客人趕出他的俱樂部.
② The hammock was **slung** up between the two trees. 那個吊床被吊在那兩棵樹之間.

活用 v. **slings, slung, slung, slinging**
複數 **slings**

slink [slɪŋk] v. 溜走, 偷偷地離開: The boy **slunk** away to his room. 那個男孩偷偷地溜回他的房間.

活用 v. **slinks, slunk, slunk, slinking**

***slip** [slɪp] v. ① 滑, 滑倒, 滑落. ② (使) 滑動. ③ 下跌, 下降, 衰退. ④ 放開, 解開; 掙脫.
——n. ⑤ 滑, 滑倒, 失足, 摔跤. ⑥ 失誤. ⑦ 下跌, 下降, 衰退. ⑧ 女襯裙, 女襯衣. ⑨ (一張) 紙條, 紙片.

範例 ① Susan **slipped** on a banana peel. 蘇珊踩到香蕉皮滑倒了.
An empty box **slipped** off the trunk. 有一個空箱子從那個後車廂滑落了.
His name **slipped** from her mind. 她想不起他的名字.
The actor let **slip** a good chance. 那個演員錯過了一個好機會.
He let it **slip** that they had nuclear missiles on their submarine. 他不小心說出他們的潛水艇載有核彈的事.
She often **slips** in her grammar. 她常犯文法錯誤.
Every student **slipped** up on the third

question. 所有學生第3題都答錯了.

② She **slipped** out of his arms and ran into the kitchen. 她掙脫了他的手跑進廚房.

The boy **slipped** into his pajamas. 那個男孩迅速地換上睡衣.

My father **slipped** an NT$500 bill into my hand. 我父親悄悄地將一張新臺幣500元的鈔票塞進我手中.

Time **slips** by. 時光不知不覺地流逝.

③ Dictionary sales of our company have **slipped**. 我們公司的字典銷售量下滑了.

④ She **slipped** her dog from the leash. 她幫她的小狗解開了鍊子.

The monkey **slipped** its collar and ran away. 那隻猴子掙脫頸圈逃跑了.

⑤ The president had a **slip** on the stage. 那位會長在講臺上摔了一跤.

⑥ Bob made a **slip** in spelling. 鮑伯犯了一個小小的拼字錯誤.

⑨ The detective found a **slip** of paper under the table. 那名警探在餐桌底下發現一張紙片.

a sales **slip** 售貨單.

片語 **give ~ the slip** 躲開，逃開，甩掉.

let slip/let ~ slip ① 錯過 (⇨ 範例 ①) ② 說溜嘴，不小心說出. (⇨ 範例 ①)

slip up 失誤，出差錯. (⇨ 範例 ①)

♦ **slip ròad** 《英》(高速公路出入口的) 交流道 (《美》ramp).

參考 汽車因下雨等「打滑」不用 slip 而是用 skid.

活用 v. slips, slipped, slipped, slipping
複數 slips

*__slipper__ [`slɪpɚ] n. (一隻) 室內便鞋，拖鞋: Where are your bedroom **slippers**? 你的寢室拖鞋在哪裡?

參考 slipper 指用柔軟的材料做成的鞋，也指可以輕易地穿、脫的舞鞋.

複數 slippers

*__slippery__ [`slɪprɪ] adj. ① 滑的，滑溜溜的. ② 不可靠的，不可信的.

範例 ① The roads were wet and **slippery**, so she drove carefully. 那些路又溼又滑，所以她小心翼翼地開車.

② a **slippery** salesman 不可信的推銷員.

活用 adj. slipperier, slipperiest/more slippery, most slippery

slip-up [`slɪp͵ʌp] n. 小錯誤.

複數 slip-ups

slit [slɪt] v. ① 割破；縱切.

——n. ② 狹長的切口；裂縫.

範例 ① They **slit** the bag open with a knife. 他們用刀子割開了那個袋子.

She **slit** open the letter. 她割開了那封信.

He **slit** wood into strips to make a fire. 他把木頭劈成了細條用來生火.

② A little boy went inside a narrow **slit** in the rock. 一個小男孩鑽進了那塊岩石的狹窄裂縫.

She made a **slit** in the skirt. 她在那條裙子上

開了衩.

活用 v. slits, slit, slit, slitting
複數 slits

slither [`slɪðɚ] v. 《口語》滑動，滑行: I **slithered** across the icy road. 我滑著穿過那條結冰的馬路.

活用 v. slithers, slithered, slithered, slithering

sliver [`slɪvɚ] n. 碎片，裂片.

複數 slivers

slog [slɑg] v. ① 猛擊. ② 艱難地行走，拚命地前進，努力地做.

——n. ③ 猛擊. ④ 吃力的工作.

範例 ① The boxer **slogged** his opponent in the third round and got a knockdown. 那個拳擊手在第3回合給與對手猛擊並將他打倒.

② **slog** through the snow 在大雪中艱難地行進.

She **slogged** away at her tedious work. 她努力地做那沉悶的工作.

活用 v. slogs, slogged, slogged, slogging
複數 slogs

*__slogan__ [`slogən] n. 口號，標語: "From the Cradle to the Grave" is a **slogan**. 「從搖籃到墳墓」是一個口號.

複數 slogans

sloop [slup] n. 單桅帆船 (只有一根桅杆的帆船).

複數 sloops

slop [slɑp] v. ① 溢出，濺出，灑. ② 在泥濘中行走.

——n. ③ (淡而無味的) 流質食物. ④ 溢出的水. ⑤ 殘湯剩飯. ⑥ 稀泥.

範例 ① The boy **slopped** juice on the table. 那個男孩把果汁濺在餐桌上.

The lady **slopped** the table with beer. 那位女士把啤酒濺在餐桌上.

② The little girls **slopped** about on the beach. 那些小女孩在海邊走來走去.

④ **slops** from the coffee cup 從咖啡杯溢出來的咖啡.

片語 **slop about/slop around** 漫不經心地走來走去. (⇨ 範例 ②)

活用 v. slops, slopped, slopped, slopping
複數 slops

*__slope__ [slop] n. ① 坡，斜面；傾斜，坡度.

——v. ② (使) 傾斜.

範例 ① A slight **slope** ran up from the beach to the guesthouse. 從海邊到那家旅館是一個緩坡.

The ball rolled down the **slope** and into the stream. 那顆球沿著斜坡滾進了那條小河.

The **slope** of the roof is not steep. 那個屋頂的坡度不陡.

The garden **slopes** down towards the river. 那個庭園向著河流的方向傾斜.

複數 slopes

活用 v. slopes, sloped, sloped, sloping

sloppily [`slɑpɪlɪ] adv. 邋遢地；馬虎地，草率

地.

活用 *adv.* **more sloppily**, **most sloppily**

sloppiness [`slɑpɪnɪs] *n.* 邋遢; 馬虎, 草率.

sloppy [`slɑpɪ] *adj.* ① 《口語》不整潔的, 邋遢
的; 馬虎的, 草率的; 傷感的. ② 《口語》水
分多的, 溜溜的.

範例 ① a **sloppy** romantic story 一個傷感的愛
情故事.

② **sloppy** mashed potatoes 稀的馬鈴薯泥.

活用 *adj.* **sloppier**, **sloppiest**

slosh [slɑʃ] *v.* (液體) 濺起; 在泥水中行走, (在
容器中) 嘩啦嘩啦地滾動; 攪動.

範例 The children were **sloshing** water
everywhere. 那些孩子們弄得到處都是水.

I **sloshed** along in the mud for hours. 我在泥
水中走了好幾個鐘頭.

活用 *v.* **sloshes**, **sloshed**, **sloshed**,
sloshing

slot [slɑt] *n.* ① 細長的孔, 溝槽. ② 《口語》位置,
地位; 時段.

—— *v.* ③ 開溝槽, 開細長的孔. ④ 《口語》嵌入.

範例 ① He put a coin in the **slot**. 他將硬幣投入
那個投幣口.

② Sports reporting gets two five-minute **slots**
per hour. 一小時裡有兩個5分鐘的時段可以
插播體育新聞.

♦ **slót machine** ① 《美》吃角子老虎 《英》 fruit
machine). ② 《英》自動販賣機 《美》 vending
machine).

複數 **slots**

活用 *v.* **slots**, **slotted**, **slotted**, **slotting**

sloth [sloθ] *n.* ① 懶惰, 怠惰. ② 樹獺 (一種南
美洲的哺乳動物).

複數 **sloths**

slouch [slautʃ] *v.* ① 《口語》彎著腰, 彎著腰走;
俯首.

—— *n.* ② 彎著腰的姿勢. ③ 笨手笨腳的人.

範例 ① He **slouched** in the chair, folding his
arms. 他兩臂交叉, 彎著腰坐在那張椅子上.

② The professor walked with a **slouch**. 那位教
授彎著腰走著.

③ Your brother is no **slouch** at billiards. 你哥哥
撞球打得很好.

活用 *v.* **slouches**, **slouched**, **slouched**,
slouching

複數 **slouches**

slough [*n.* slau; *v.* slʌf] *n.* ① 泥潭地, 沼澤地;
泥沼.

—— *v.* ② 擺脫; 蛻皮.

範例 ① He was in a **slough** of despair, not
knowing what to do. 他陷於絕望的深淵中,
不知如何是好.

② The child **sloughed** off all ties with her
adoptive parents. 那個孩子斷絕了她與養父
母的所有關係.

複數 **sloughs**

活用 *v.* **sloughs**, **sloughed**, **sloughed**,
sloughing

slovenly [`slʌvənlɪ] *adj.* 邋遢的; 草率的, 馬

虎的.

範例 Jack showed up at the audition looking
slovenly. 傑克衣冠不整地參加了那場試鏡.

slovenly people 草率的人.

The boss is getting fed up with your **slovenly**
reports. 老闆對你那草率的報告已經漸漸厭
煩了.

活用 *adj.* **more slovenly**, **most slovenly**

:slow [slo] *adj.* ① 遲的, 慢的. ② 遲到的. ③
死氣沉沉的, 沒有生氣的, 乏味的.

—— *adv.* ④ 遲地, 緩慢地, 慢慢地.

—— *v.* ⑤ 放慢, 變慢, 減慢.

範例 ① His watch was ten minutes **slow**. 他的
錶慢了10分鐘.

Tom is **slow** at figures. 湯姆拙於計算.

He is a **slow** learner. 他學東西很慢.

② The guests were **slow** to arrive. 那些客人很
晚才到.

③ Business is **slow** today. 今天的生意不佳.

④ The driver went **slow** so that we could enjoy
the wonderful scenery. 那個司機開得很慢,
所以我們可以欣賞那美麗的風景.

⑤ The train **slowed** as it approached the
bridge. 那班火車接近那座橋時降低了速度.

Slow the car down. 降低車速.

Slow down; we're in a residential zone. 開慢
一點, 我們進入住宅區了.

♦ **slòw mótion** 慢動作.

活用 *adj.*, *adv.* **slower**, **slowest**

活用 *v.* **slows**, **slowed**, **slowed**, **slowing**

slowly [`slolɪ] *adv.* 慢慢地: Would you speak a
little more **slowly**? 你能說得慢一點嗎?

➡ 充電小站 (p. 1207)

活用 *adv.* **more slowly**, **most slowly**

slowness [`slonɪs] *n.* 緩慢, 遲鈍.

sludge [slʌdʒ] *n.* ① 淤泥, 沉澱物. ② 半融的

雪.

slug [slʌg] *n.* 蛞蝓.

複數 **slugs**

sluggish [`slʌgɪʃ] *adj.* 怠惰的; 遲緩的, 緩慢
的; 性能不佳的.

範例 He was a **sluggish** student in his high
school days. 他在高中時是一個懶惰的學生.

We crossed a **sluggish** stream. 我們渡過了
一條水速緩慢的溪流.

Business is **sluggish**. 生意蕭條.

I always feel **sluggish** in the morning. 我每天
早晨總是打不起精神.

活用 *adj.* **more sluggish**, **most sluggish**

sluice [slus] *n.* ① 閘門 (亦作 sluice gate).

—— *v.* ② 沖洗 (out): I **sluiced** out the
cowshed. 我沖洗了那間牛舍. ③ 以水渠引
水.

複數 **sluices**

活用 *v.* **sluices**, **sluiced**, **sluiced**, **sluicing**

slum [slʌm] *n.* 貧民窟, 貧民區: Most of the
immigrants lived in the **slums**. 那些移民大部
分都住在貧民區.

複數 **slums**

充電小站

-ly 的字（形容詞與副詞）

【Q】有的形容詞可以直接作副詞，有的後面必須加 ly 變成副詞，有的加了 ly 之後意義發生變化，這是為甚麼？請加以說明。

【A】例如 fast 作用有二：① 說明事物的作用（形容詞），② 說明動作、樣態的作用（副詞）。

① Bob is a **fast** runner. （鮑伯是一個跑得快的跑者。）

② Bob runs **fast**. （鮑伯跑得快。）

有這兩種作用的字有 bright, clean, deep, hard, long, loud, slow 等。

slow 後面加 -ly 而成 slowly，也有 ② 說明動作、樣態的作用。

Drive **slow**. （必須慢速駕駛。）

Drive **slowly**. （必須慢慢地駕駛。）

與 slowly 比較，slow 只能用於表示動作的字之後。

那麼，hard 與 hardly 情況如何呢？

③ John studies **hard**.

④ John **hardly** studies.

④ 中 hardly 也有「說明動作及樣態的作用」，其意思是甚麼呢？③ 是「約翰努力學習」之意，而 ④ 是「約翰學習有困難」，所表示的內容完全不一樣。同樣，late 與 lately，dear 與 dearly，high 與 highly，near 與 nearly 等所表示的內容也不一樣。

Mary came home **late**. （瑪麗很晚才回家。）

Mary came home **lately**. （瑪麗最近回家。）

This car cost me **dear**. （這輛車花了我不少錢。）

I love my wife **dearly**. （我深愛著我太太。）

I threw the ball **high** into the air. （我把那顆球高高地拋向空中。）

That party was **highly** enjoyable. （那個宴會上玩得很愉快。）

My brother lives **near**. （我弟弟住得很近。）

This bus is **nearly** full. （這輛公車幾乎滿了。）

****slumber** [`slʌmbɚ] v. ①《正式》睡。
——n. ②《正式》睡眠。

範例 ① He **slumbered** over his book. 他看著書就睡著了。

② The mother fell into a deep **slumber**. 那位母親進入了夢鄉。

活用 v. **slumbers, slumbered, slumbered, slumbering**

複數 **slumbers**

slummy [`slʌmɪ] adj. 貧民窟的，骯髒的。

活用 adj. **slummier, slummiest**

slump [slʌmp] v. ① 猛然落下，急速落下。
——n. ② 暴跌，蕭條；狀況不良，失常。

範例 ① Suddenly the singer **slumped** to the floor. 那個歌手突然倒在地上。

The company's shares have **slumped** today. 那家公司的股票今天暴跌。

② The economic **slump** came to an end at last. 經濟蕭條終於結束了。

The golfer was in a **slump**. 那個高爾夫球選手狀況不佳。

活用 v. **slumps, slumped, slumped, slumping**

複數 **slumps**

****slung** [slʌŋ] v. sling 的過去式、過去分詞。

slunk [slʌŋk] v. slink 的過去式、過去分詞。

slur [slɝ] v. ① 含糊地說。② 標上連音符。③ 中傷，誹謗。
——n. ④ 含糊的發音。⑤ 連音符（⌒, ⌣）。⑥ 中傷，誹謗。

範例 ① By her **slurred** speech and staggering I'd say she's drunk. 從她含糊不清的話語和步履蹣跚看來，我敢說她是喝醉了。

③ They repeatedly **slurred** our group. 他們一次又一次地中傷我們的團體。

⑥ The chairman took my words as a **slur** on his reputation. 那個主席認為我的話是對他名聲的誣蔑。

活用 v. **slurs, slurred, slurred, slurring**

複數 **slurs**

slush [slʌʃ] n. ① 半融的雪。② 無病呻吟的文學作品。

slut [slʌt] n. 放蕩的女人；邋遢的女人。

複數 **sluts**

sluttish [`slʌtɪʃ] adj. 邋遢的；放蕩的，行為不檢的。

活用 adj. **more sluttish, most sluttish**

****sly** [slaɪ] adj. ① 狡猾的。② 頑皮的，淘氣的。

範例 ① It was very **sly** of you to take advantage of the situation like that. 你利用那樣的情況，可真夠狡猾的。

She is as **sly** as a fox. 她像狐狸一樣狡猾。

the **slyest** boxing promoter of our time 當代最狡猾的拳擊賽主辦者。

② He made a **sly** reference to my drinking habits. 他半開玩笑地提及我酗酒的毛病。

a **sly** look 一副頑皮的樣子。

He played a **sly** trick on his friend. 他淘氣地捉弄了他的朋友。

片語 *on the sly* 偷偷地：Are you going to do that **on the sly**, or openly? 你是要偷偷地還是公然地做那件事？

活用 adj. **slier, sliest/slyer, slyest/more sly, most sly**

slyly [`slaɪlɪ] adv. ① 偷偷地：Bill **slyly** rearranged the cue cards. 比爾偷偷地重新排列出場演員的臺詞提示卡。② 頑皮地；狡猾地。

活用 adv. **more slyly, most slyly**

slyness [`slaɪnɪs] n. ① 狡猾。② 頑皮，淘氣。

smack [smæk] n. ① 風味，味道；香味。② 跡象。③ 掌摑聲。④ 咋舌；咂嘴。

——v. ⑤ 有～傾向 (of). ⑥ 摑；拍擊；咋舌；咂嘴.

——adv. ⑦ 啪一聲地；直接地，正面地.

範例 ① This wine has a **smack** of the cask to it. 這種葡萄酒帶有木桶味.

② This plan has a **smack** of daring typical of you. 這個計畫有你特有的勇氣.

④ I got a **smack** from my sister. 我被姊姊摑了一記耳光.

Tom gave me a **smack** on the lips. 湯姆啪地吻了我的嘴唇.

⑤ This sauce **smacks** of saffron. 這種調味汁有番紅花的味道.

⑥ The whip **smacked** the floor. 那條鞭子啪地抽打在地板上.

We **smacked** our lips over the juicy steak. 那多汁的牛排令我們咂嘴.

⑦ The car ran **smack** into the wall. 那輛汽車正面撞向那面牆壁.

複數 **smacks**

活用 v. **smacks**, **smacked**, **smacked**, **smacking**

*__small__ [smɔl] adj. 小的，小型的；少的，微少的.

範例 I was born in a **small** village. 我生於一個小村莊.

He is **smaller** than his sister. 他個子比他妹妹矮小.

Don't bother about such a **small** mistake. 不要為這麼小的錯誤煩心.

My father was a **small** shopkeeper. 我父親曾經是一家小型商店的店主.

You have only a **small** amount of time. 你只有一點時間了.

In weather like this it's no **small** wonder they had an accident. 在這樣的天氣裡，他們竟然會發生車禍.

America has no **small** interest in Middle Eastern oil. 美國對中東的石油頗為關心.

After **small** talk, we have nothing to say to each other. 閒聊後，我們就沒話可說了.

片語 *__a small world__* 世界可真小: Fancy meeting you here! It's **a small world**! 真想不到會在這裡碰上你，這世界可真小啊!

__feel small__ 自慚形穢.

__in a small way__ 小規模地.

__no small__ 不少的，相當大的. (⇨ 範例)

__the small hours__ 後半夜，深夜: We worked into **the small hours**. 我們一直工作到深夜.

♦ **smàll chánge** 零錢.

smàll létter 小寫字母 (☞ capital letter (大寫字母)).

smàll tàlk 聊天，閒談. (⇨ 範例)

活用 adj. **smaller**, **smallest**

__smallness__ [ˈsmɔlnɪs] n. 器量小；貧乏.

__smallpox__ [ˈsmɔlˌpɑks] n. 天花.

*__smart__ [smɑrt] adj. ① 機靈的，伶俐的；聰明的. ② (服裝等) 時髦的，漂亮的，高雅的，整齊的. ③ 活潑的，輕快的. ④ 劇烈的，強烈的.

——v. ⑤ 刺痛，刺痛，痛苦.

——n. ⑥ 劇痛，刺痛，痛苦.

範例 ① She is **smart** at math. 她的數學很棒.

She is **smart** in her dealings. 她善於買賣.

A **smart** salesman does not talk too much. 聰明的推銷員是不會多說話的.

② She has a **smart** hat. 她有一頂時髦的帽子.

He looks **smart** in his new jacket. 他穿上新夾克看起來很帥.

They had lunch at a **smart** restaurant. 他們在一間很高雅的餐館吃午餐.

③ He walked with **smart** steps. 他用輕快的步伐走路.

④ The patient had a **smart** pain in the stomach. 那個病人感到胃部劇痛.

He gave me a **smart** blow on the head. 他猛然在我頭上打了一拳.

⑤ The cut still **smarted**. 那個傷口還很痛.

He **smarted** from the insult. 他對該項侮辱感到憤慨.

⑥ The constant **smart** of the burn kept him awake all night. 燒傷的劇痛使他整個晚上都睡不著.

活用 adj. **smarter**, **smartest**

活用 v. **smarts**, **smarted**, **smarted**, **smarting**

__smartly__ [ˈsmɑrtlɪ] adv. ① 漂亮地，整潔地. ② 活潑地，輕快地. ③ 劇烈地，猛烈地.

範例 ① a **smartly** dressed gentleman 穿著整齊的紳士.

② He walked **smartly**. 他輕快地走著.

③ He hit the bucket **smartly** with a hammer. 他用鐵鎚猛烈地敲那個水桶.

活用 adv. **more smartly**, **most smartly**

__smartness__ [ˈsmɑrtnɪs] n. ① 機智. ② 時髦. ③ 輕快. ④ 劇烈，猛烈.

*__smash__ [smæʃ] v. ① 猛擊；粉碎；砸碎.

——n. ② 猛撞；粉碎；殺球.

範例 ① He **smashed** me on the nose. 他打了我的鼻子.

He **smashed** the window to pieces. 他把那扇窗戶打得粉碎.

The cup fell and **smashed** into pieces. 那只杯子摔成碎片.

His car **smashed** into a wall. 他的車撞上牆壁.

We **smashed** up their defenses. 我們粉碎了他們的防守.

John **smashed** Bill 7-0. 約翰以7:0大勝比爾.

② Two people were killed and three were injured in the **smash**. 那次相撞中2死3傷.

The glass fell to the floor with a **smash**. 那只玻璃杯掉在地上碎了.

♦ **smàsh hít** 大成功，轟動.

活用 v. **smashes**, **smashed**, **smashed**, **smashing**

複數 **smashes**

smash-up [`smæʃ͵ʌp] *n.* 猛烈相撞.
[複數] **smash-ups**

smattering [`smætərɪŋ] *n.* 一知半解的知識:
He knows a **smattering** of French. 他略懂一點法語.
[複數] **smatterings**

smear [smɪr] *v.* ① 塗抹, 弄髒, 玷污.
——*n.* ② 污跡. ③ 中傷, 誹謗.
[範例] ① She **smeared** butter on the bread. 她在那塊麵包上塗抹奶油.
He **smeared** his shirt with paint. 他的襯衫沾到油漆了.
Lipstick may **smear** on the coffee cup. 口紅也許會沾在咖啡杯上.
His right thigh was **smeared** with blood. 他的右大腿上盡是血.
② There was a **smear** of black from the charcoal on his shirt. 他的襯衫被木炭弄黑了.
♦ **sméar attáck** 誹謗, 中傷, 詆毀.
sméar tèst 抹片檢查《為了確定子宮頸癌所做的檢查》.
[活用] *v.* **smears**, **smeared**, **smeared**, **smearing**
[複數] **smears**

**smell [smɛl] *v.* ① 嗅出, 聞到 (氣味). ② 散發氣味, 有氣味.
——*n.* ③ 香味; 氣味.
[範例] ① I can't **smell** because I've got a cold. 我因為感冒而聞不出味道.
I **smell** something burning. 我聞到一股燒焦味.
The rats seemed to **smell** the earthquake the night before it happened. 那些老鼠好像在那場地震發生的前一天晚上就察覺到地震的跡象.
Don't strike a match if you **smell** gas. 如果你聞到瓦斯味, 千萬不要點火柴.
I **smelled** danger when we came to the bridge. 我們來到那座橋邊時, 我感受到危險.
② His breath **smelt**. 我聞到他的氣息.
The room **smelt** of cigarettes. 那個房間裡有菸味.
This flower **smells** sweet. 這朵花散發出香味.
③ A dog's sense of **smell** is keen. 狗的嗅覺很靈敏.
What's this **smell**? 這是甚麼味道?
[片語] **smell out** 嗅出, 察覺到: The police dogs **smelt out** the thief. 那些警犬察覺到有小偷.
smell a rat 感到可疑, 覺得有蹊蹺: The man who has always opposed us suddenly wants to help us! I **smell a rat**. 那個老是跟我們作對的男子突然說要幫我們? 我覺得事有蹊蹺.
[活用] *v.* **smells**, **smelled**, **smelled**, **smelling/smells**, **smelt**, **smelt**,

smelling
[複數] **smells**

smelly [`smɛlɪ] *adj.* 臭的, 發出惡臭的: **smelly** socks 臭襪子
[活用] *adj.* **smellier**, **smelliest**

smelt [smɛlt] *v.* ① smell 的過去式、過去分詞.
② 熔化, 精煉: We **smelt** copper here. 我們在這裡煉銅.
[活用] *v.* ② **smelts**, **smelted**, **smelted**, **smelting**

**smile [smaɪl] *v.* ① 微笑, 莞爾, 露出笑容.
——*n.* ② 微笑, 笑臉.
[範例] ① She **smiled** happily when she got first prize. 獲得頭獎時, 她愉快地笑了.
The baby **smiled** at her mother. 那個嬰兒一看到她的母親, 臉上就露出了笑容.
The little boy **smiled** at the story. 聽了那個故事, 那個小男孩微微一笑.
The weather **smiled** on them. 他們碰上了好天氣.
He tried to **smile** his grief away. 他想用笑容來驅走悲傷.
② The students welcomed the new teacher with a **smile**. 那些學生們用笑臉迎接那位新來的老師.
The winner was all **smiles**. 那個獲勝者笑容滿面.
➡ [充電小站] (p. 1211)
[活用] *v.* **smiles**, **smiled**, **smiled**, **smiling**
[複數] **smiles**

smirk [smɝk] *v.* ① 得意地笑, 傻笑 (at): I felt as if I had done something wrong when she **smirked** at me. 她得意地對我笑的時候, 我還以為是我做錯了甚麼事.
——*n.* ② 得意的笑, 傻笑.
[活用] *v.* **smirks**, **smirked**, **smirked**, **smirking**
[複數] **smirks**

smite [smaɪt] *v.* 猛擊, 打倒.
[範例] He **smote** the ball into the light stands. 他猛力地一擊, 把球打到那個照明燈座上.
A feeling of guilt **smote** his heart. 罪惡感使他的良心受到譴責.
I was **smitten** with her at first sight. 我對她一見鍾情.
[活用] *v.* **smites**, **smote**, **smitten**, **smiting/**
[美] **smites**, **smote**, **smote**, **smiting**

smith [smɪθ] *n.* ① 鐵匠, 鍛工. ②〔用於複合字〕金屬工匠: goldsmith 金匠; coppersmith 銅匠.
[複數] **smiths**

smithy [`smɪθɪ] *n.* 鐵匠鋪.
[複數] **smithies**

smitten [`smɪtn] *v.* smite 的過去分詞.

smock [smɑk] *n.* 罩衫, 工作服《婦女、孩子、畫家等為防止弄髒衣服, 會在衣服上套上罩衫或工作服. 歐洲農民的 smock, 胸部通常有獨特的刺繡, 這種刺繡叫作 smocking》.

複數 **smocks**

***smog** [smɑg] *n.* 煙霧《工廠的煤煙、廢氣等像霧一樣籠罩著天空》: photochemical **smog** 光化煙霧.

字源 smoke（煙）＋fog（霧）.

***smoke** [smok] *n.* ① 煙，煙狀物. ② 吸菸；（一根）菸.

——*v.* ③ 吸菸，抽菸. ④ 冒煙，吐煙，噴煙，起煙. ⑤ 燻，燻製.

範例 ① There is no **smoke** without fire. 《諺語》無風不起浪.

Your dreams went up in **smoke**. 你的夢想像煙一樣消失了.

② She has never had a **smoke**. 她不曾吸過菸.

He loves a **smoke** after lunch. 他喜歡午餐後抽一根菸.

③ I don't **smoke**. 我不吸菸.

The young man **smoked** a cigar. 那個年輕人抽了一根雪茄.

④ The volcano was **smoking**. 那座火山在噴煙.

⑤ He **smoked** the salmon. 他燻製了那條鮭魚.

♦ **smóked gláss** 磨沙玻璃，毛玻璃.

複數 **smokes**

活用 *v.* **smokes**, **smoked**, **smoked**, **smoking**

smoker [`smokɚ] *n.* ① 吸菸者，抽菸的人: a heavy **smoker** 菸癮重的人，老菸槍. ② 可吸菸的車廂.

複數 **smokers**

smokescreen [`smok͵skrin] *n.* 煙幕《用於掩蓋真相或本意》: They laid down a **smokescreen**. 他們施放了煙幕.

複數 **smokescreens**

smoking [`smokɪŋ] *n.* 吸菸，抽菸.

範例 **Smoking** is dangerous to your health. 吸菸有害健康.

No **smoking** 禁止吸菸.

smoky [`smokɪ] *adj.* 冒煙的，多煙的，煙霧彌漫的，如煙的.

範例 a **smoky** room 煙霧彌漫的房間.

a **smoky**-blue shirt 藍灰色的襯衫.

活用 *adj.* **smokier**, **smokiest**

smolder [`smoldɚ] *v.* （木柴等）無火焰地冒煙，悶燒.

範例 Some embers are **smoldering** in the fireplace. 餘燼在那個壁爐裡悶燒.

Her hatred for him still **smolders** after their divorce. 離婚之後，她對他的怨恨依然在心中鬱積.

參考 〖英〗smoulder.

活用 *v.* **smolders**, **smoldered**, **smoldered**, **smoldering**

***smooth** [smuð] *adj.* ① 光滑的，平滑的，平坦的，平靜的，平穩的.

——*v.* ②（使）變平滑，（使）變平坦，（使）變平靜，（使）變平穩.

範例 ① This cloth feels **smooth**. 這塊布料手感

很平滑.

Her start in business was not **smooth**. 她的生意開始時並不順利.

The sea was **smooth**. 海面風平浪靜.

② The girl **smoothed** down her skirt. 那個少女撫平了她的裙子.

At last her anger **smoothed** down. 她的怒氣總算平息了.

片語 ***smooth away*** 排除，減輕.

smooth over 掩蓋，掩飾；消除，解決.

活用 *adj.* **smoother**, **smoothest**

活用 *v.* **smooths**, **smoothed**, **smoothed**, **smoothing**

***smoothly** [`smuðlɪ] *adv.* 平滑地，流暢地，平穩地，順利地: The plane landed **smoothly** at the airport. 那架飛機平穩地降落在機場上.

活用 *adv.* **more smoothly**, **most smoothly**

smoothness [`smuðnɪs] *n.* 平滑，流暢，平穩，順利.

smorgasbord [`smɔrgəs͵bɔrd] *n.* 瑞典式自助餐.

複數 **smorgasbords**

smote [smot] *v.* smite 的過去式，〖美〗過去分詞.

***smother** [`smʌðɚ] *v.* ① 完全覆蓋，完全包住；使窒息，使呼吸困難.

——*n.* ② 濃霧.

範例 ① He quickly **smothered** the fire with a blanket. 他迅速用毛毯將火撲滅了.

Three skiers were **smothered** by the snowslide. 有3個滑雪者被那次雪崩所活埋.

London is now **smothered** in fog. 倫敦現在完全被霧籠罩著.

The victim's father tried to **smother** his anger. 那個受難者的父親試著抑制住憤怒.

He **smothered** his wife with kisses. 他親得他太太幾乎喘不過氣來.

活用 *v.* **smothers**, **smothered**, **smothered**, **smothering**

smoulder [`smoldɚ]＝*v.* 〖美〗smolder.

smudge [smʌdʒ] *n.* ① 污跡，污點，污斑，污漬.

——*v.* ② 弄髒，玷污；毀損.

範例 ① He got a **smudge** of chocolate on his face. 他的臉上黏有巧克力的污跡.

② I **smudged** my name when I folded the letter. 我摺那封信時把簽名弄髒了.

複數 **smudges**

活用 *v.* **smudges**, **smudged**, **smudged**, **smudging**

smug [smʌg] *adj.* 自以為是的，自鳴得意的，沾沾自喜的.

範例 a **smug** optimist 自以為是的樂天派分子.

Winning the debate put a **smug** smile on his face. 那場辯論比賽獲勝使得他的臉上露出得意的笑容.

活用 *adj.* **smugger**, **smuggest/more smug**, **most smug**

***smuggle** [`smʌgl] *v.* 走私，偷偷地帶進〔

充電小站

笑

【Q】將「笑」譯成英語時，因笑法不同而有 smile 或 laugh 等不同形式，請說明一下英語的「笑」.

【A】首先我們來確認一下 smile 與 laugh 的區別. 用嘴角微笑是 smile，因此照相時人們常說 "Smile!" 與此相反，張開嘴哈哈大笑且伴隨身體動作以表示喜悅或滿足感時用 laugh. 例如，用於 "He made a good joke, and so everybody laughed." 等場合.

張大嘴巴露出牙齒地笑為 grin，會給人天真無邪的感覺. 例如 "She grinned cheerfully at me." 等.

一個人「咯咯地」笑用 chuckle. 例如看到一個小孩子搖搖晃晃地走著時，"I chuckled at the child toddling there."

對於小事「咯咯地」傻笑時為 giggle. 當學生出).

為無所謂的小事發笑時，老師就會警告說 "Stop giggling, children!" 另外，「嘿嘿」傻笑、假笑時用 simper，「哈哈地」傻笑或痛快地大笑時用 guffaw.

因蔑視他人而偷偷地笑或嘲笑時說 snigger 或 snicker 及 titter. 例如 "She sniggered at his mistakes." 等. 給人譏笑的感覺時用 sneer. 此外，嘲笑人時所用的動詞還有：jeer, scoff, ridicule, deride.

smile　　　　grin　　　　laugh

範例 A great number of guns were **smuggled** in by a gang. 大量槍枝被幫派集團走私入境. The man was arrested when he tried to **smuggle** a knife into Congress. 那個男子試圖把刀子偷偷帶入國會時被逮捕正著.

活用 v. **smuggles, smuggled, smuggled, smuggling**

smuggler [ˋsmʌglɚ] n. 走私者，從事走私的人：This ship was used by **smugglers** in the last century. 這艘船在上個世紀曾被用於走私.

複數 **smugglers**

smugly [ˋsmʌglɪ] adv. 自以為是地，自鳴得意地，沾沾自喜地："I was right and you were wrong," he said **smugly**. 他自鳴得意地說：「我是對的，而你是錯的.」

活用 adv. **more smugly, most smugly**

smugness [ˋsmʌgnɪs] n. 自以為是，自鳴得意，沾沾自喜.

smut [smʌt] n. ① 小污跡，小污垢，煤煙，煤灰. ②《口語》卑劣物，下流話，猥褻的表達方式：**smut** talk 下流話.

複數 **smuts**

smutty [ˋsmʌtɪ] adj. ① 骯髒的，帶有污垢的. ②《口語》猥褻的，下流的.

範例 ① a girl with a **smutty** face 一個臉上髒兮兮的女孩.

② **smutty** books 黃色書刊.

活用 adj. **smuttier, smuttiest**

*__snack__ [snæk] n. ① 點心，零食，小吃.
——v. ② 吃點心，吃零食，吃小吃.
♦ **snáck bàr** 小吃店，速食餐館.

複數 **snacks**

活用 v. **snacks, snacked, snacked, snacking**

snag [snæg] n. ① 意外的障礙，障礙物. ②（衣服的）鉤破，鉤破處.

——v. ③（使）鉤破. ④《美》迅速抓住.

範例 ① We hit a **snag** while carrying out the plan. 我們在實行那項計畫時，遇到一個意外的障礙.

③ My stocking got **snagged**. 我的長統襪被鉤破了.

複數 **snags**

活用 v. **snags, snagged, snagged, snagging**

snail [snel] n. 蝸牛；動作緩慢的人.

片語 ***at a snail's pace*** (似蝸牛般)緩慢地.

複數 **snails**

*__snake__ [snek] n. ① 蛇：The **snake** slithered away. 那條蛇向遠處爬去. ② 冷酷的人，陰險的人.

——v. ③ 蜿蜒，蛇行.

片語 ***snake in the grass*** 潛伏的敵人.
snake ~'s way 蜿蜒前進.

複數 **snakes**

活用 v. **snakes, snaked, snaked, snaking**

*__snap__ [snæp] v. ① 猛力折斷，啪地一聲折斷；突然崩潰. ②（使）迅速移動. ③ 咬，咬住；嚴厲申斥，謾罵；迅速接受. ④ 拍快照.

——n. ⑤ 猛力折斷的聲音(啪等). ⑥ 迅速移動時的聲音(咻等). ⑦ 咬，咬住. ⑧ 快照《亦作 snapshot》. ⑨ 精力，活力. ⑩（衣服的）按扣，子母扣. ⑪《口語》輕鬆的工作.

——adj. ⑫ 當下的，迅速的，突然的，冷不防的.

範例 ① The chopstick suddenly **snapped**. 那支筷子突然啪地一聲折斷了.

The boy **snapped** a twig in half. 那個男孩將小樹枝啪地一聲折成兩段.

The rope **snapped**. 那條繩索啪地一聲斷了.

He **snapped** under pressure. 由於強大的壓力，他突然崩潰了.

② He **snapped** his whip. 他啪地抽了一下鞭子.

簡介輔音群 sn- 的語音與語義之對應性

sn- 是由清聲齒齦擦音 (voiceless alveolar fricative) /s/ 與齒齦鼻音 (alveolar nasal) /n/ 組合而成，其中 /s/ 是增強與鼻子有關的動作或聲音。

(1) 本義表示「與鼻子有關的動作或聲音」：
snarl （狗等）露齒而吠
sneeze 打噴嚏
sniff 咻咻地聞，用鼻子吸氣
snooze 打瞌睡
snore 打鼾，打呼
snort （馬等）噴鼻息
snuff 自鼻孔用力吸入 (空氣、氣味等)；(動詞) 嗅，聞
snuffle 作出呼呼鼻聲，用鼻音講

(2) 為了不易被人察覺，說話者有時用鼻子而不用嘴巴發聲，象徵該動作暗中、秘密地 (secretly) 進行，而唸 sn- 為首的字詞時，會很自然地皺起鼻子，因此該動作有輕蔑之意。引申之意為「秘密地、輕蔑地」：
snoop 窺探
snitch 偷，竊取
sneak 鬼鬼祟祟地行動，偷偷進入
snide 譏諷的
sniffy 冷漠對人的
snotty 傲慢無禮的
snub 冷落 (晚輩等)
snare （捕捉動物的）陷阱
snob 諂上傲下的人
sneer 嘲笑，譏笑
snigger (=snicker) 竊笑，暗笑
snail 蝸牛；動作緩慢的人
snake （如蛇般）陰險的人
snow 雪《下雪比下冰雹 (hail)、下雨 (rain) 的聲音小，似乎是在暗中進行》

The doll **snapped** its eyes open. 那個洋娃娃猛然睜開眼睛.
He **snapped** the gas on. 他啪地開了瓦斯.
The door **snapped** shut. 那扇門啪地一聲關上了.
③ "Get out of here!" he **snapped**. 他怒聲吼道:「滾出去!」
The dog **snapped** at a stranger. 那隻狗猛撲過去, 一口咬住陌生人.
She **snapped** at his proposal. 她立刻接受他的求婚.
④ He **snapped** his family against Niagara Falls. 他以尼加拉大瀑布為背景, 為家人拍了一張快照.
⑤ The pencil broke with a **snap**. 那支鉛筆啪地一聲斷了.
⑦ The dog made a **snap** at the meat. 那隻狗一口咬住了那塊肉.
⑨ Your dance routine doesn't have much **snap** to it today. 你今天的舞步沒甚麼精神.
⑪ It'll be a **snap** to fix that. 修理那個東西對我來說只是小事一件.
⑫ a **snap** reply 立即的回答.

[片語] **snap ~'s fingers** ① 啪地彈響指: He **snapped his fingers** to attract my attention. 為了引起我的注意, 他啪地彈了一個響指. ② 輕蔑, 瞧不起.

snap ~'s head off/snap ~'s nose off 頂撞, 粗暴地打斷~的話, 對~咆哮.

snap out of it《口語》振作起來, 打起精神.

snap to it/snap it up 趕緊行動, 趕快開始.

snap up 搶購, 爭奪, 攫取: His original paintings were **snapped up** by collectors at high prices. 他的繪畫原作被收藏家們以高價買走了.

[活用] v. **snaps**, **snapped**, **snapped**, **snapping**

[複數] **snaps**

snappy ['snæpɪ] adj. ① 時髦的, 漂亮的. ② 敏捷的, 快速的.
[範例] ① a **snappy** dresser 穿著時髦的人.
② a **snappy** worker 做事俐落的人.
[片語] **make it snappy/look snappy** 趕快: **Make it snappy**—the meter is running. 快一點! 計費表在走呢.《這裡的 meter 是指 taxi's meter》
[活用] adj. **snappier**, **snappiest**

snapshot ['snæp.ʃɑt] n. 快照《亦作 snap》: We took some **snapshots**. 我們拍了幾張快照.
[複數] **snapshots**

***snare** [snɛr] n. ① 圈套《用繩子或鐵絲做成的環》.
——v. ② 用圈套捕捉, 使陷入圈套.
[範例] ① She set some **snares** for rabbits. 她設圈套捕捉兔子.
The fox's foot was caught in a **snare**. 那隻狐狸的腿被圈套套住了.
The idiot fell right into my **snare**. 那個大傻瓜直接落入我的圈套.
② He **snared** a badger. 他用圈套捉住一隻貛.
Curses! **Snared** by my own words! 該死! 我真是自作自受!
♦ **snáre drùm** 響弦鼓《為了增大響聲, 在鼓的下方加上金屬弦; 亦作 side drum》.
[複數] **snares**
[活用] v. **snares**, **snared**, **snared**, **snaring**

snarl [snɑrl] v. ① 狂吠, 大聲吼叫. ② (使) 纏結, (使) 混亂.
——n. ③ 咆哮, 吼聲. ④ 混亂, 纏結.
[範例] ① The dog **snarled** at the policeman. 那隻狗對著那個警察狂吠.
② The traffic was terribly **snarled** and we couldn't move an inch. 交通極度混亂, 我們寸步難行.

③ The clerk answered in an angry **snarl**. 那個店員生氣地大聲吼叫著回答.
[活用] v. **snarls**, **snarled**, **snarled**, **snarling**
[複數] **snarls**

snarl-up [`snɑrl͵ʌp] n. 混亂, 交通堵塞.
[複數] **snarl-ups**

*****snatch** [snætʃ] v. ① 搶奪, 奪取, 抓住, 抓起.
——n. ② 搶奪, 奪取. ③ 片刻, 片段.
[範例] ① That boy has **snatched** my purse. 那個男孩搶走了我的手提包.
The brothers are **snatching** each other's sweets. 那兩兄弟在爭搶彼此的點心.
The salesman **snatches** a bite to eat between sales. 那個推銷員趁推銷的空檔匆匆忙忙地吃飯.
The monkey **snatched** at my banana, but missed. 那隻猴子想搶我的香蕉, 但沒有搶到.
The actor **snatches** at every opportunity for fame. 為了出名, 那個演員不放過任何機會.
② make a **snatch** at a purse 搶奪手提包.
③ I overheard a **snatch** of their conversation. 我偶然地聽到他們對話的片段.
[片語] **snatch at** 搶奪, 抓住. (⇨ [範例] ①)
[活用] v. **snatches**, **snatched**, **snatched**, **snatching**
[複數] **snatches**

*****sneak** [snik] v. ① 偷偷地走, 偷偷地行動. ②《口語》偷竊, 偷. ③《口語》《英》(學生向老師) 告密.
——n. ④《英》告密者.
[範例] ① Ron **sneaked** up behind Tom and scared him. 朗從後面偷偷地接近湯姆嚇唬他.
The thief **sneaked** out through the back door. 那個小偷從後門偷偷地溜走了.
He **sneaked** out of danger. 他巧妙地擺脫了危險.
② The girl **sneaked** a cookie from the kitchen. 那個女孩從廚房裡偷偷地拿了一塊小餅乾.
♦ **snéak thief** 小偷.
[活用] v. **sneaks**, **sneaked**, **sneaked**, **sneaking**/《美》**sneaks**, **snuck**, **snuck**, **sneaking**
[複數] **sneaks**

sneaker [`snikɚ] n. (單隻的) 膠底運動鞋.
[複數] **sneakers**

sneaking [`snikɪŋ] adj. 〔只用於名詞前〕鬼鬼祟祟的, 偷偷摸摸的, 暗中的; 說不出口的.
[範例] I have a **sneaking** suspicion about him. 我對他暗自有些懷疑.
He has a **sneaking** longing for my sister. 他暗戀我姊姊.

*****sneer** [snɪr] v. ① 嘲笑, 冷笑 (at).
——n. ② 嘲笑, 冷笑.
[範例] ① My boss **sneered** at my idea. 我的老闆嘲笑我的計畫.
② John looked at Mary with a **sneer**. 約翰用嘲笑的目光看了瑪麗一眼.

[活用] v. **sneers**, **sneered**, **sneered**, **sneering**
[複數] **sneers**

sneeze [sniz] v. ① 打噴嚏.
——n. ② 噴嚏.
[範例] ① Cover your mouth or turn your head when you **sneeze**. 打噴嚏的時候, 你應該搗住嘴巴或是轉過頭去.
② The lady tried to hold back a **sneeze**. 那位女士試著想要忍住噴嚏.
[活用] v. **sneezes**, **sneezed**, **sneezed**, **sneezing**
[複數] **sneezes**

snicker [`snɪkɚ] v. 竊笑, 嗤嗤地笑.
[活用] v. **snickers**, **snickered**, **snickered**, **snickering**

sniff [snɪf] v. ① 嗅, 用鼻子吸氣, 吸鼻涕. 對～嗤之以鼻 (at).
——n. ③ 嗅氣味, 吸鼻涕. ④ 哼鼻子聳肩膀《表示輕蔑的動作》.
[範例] ① The dog **sniffed** at the shoes. 那隻狗嗅了嗅那雙鞋的氣味.
② The director **sniffed** at your scenario. 那個導演根本瞧不起你的電影腳本.
③ The poet took a **sniff** of the daffodil. 那位詩人嗅了嗅那朵水仙花的香味.
[活用] v. **sniffs**, **sniffed**, **sniffed**, **sniffing**
[複數] **sniffs**

snigger [`snɪgɚ] v. ①《英》竊笑, 偷笑.
——n. ②《英》竊笑, 偷笑.
[活用] v. **sniggers**, **sniggered**, **sniggered**, **sniggering**
[複數] **sniggers**

snip [snɪp] v. ① 咔嚓一聲剪斷, 剪掉 (off).
——n. ② 剪斷. ③ 剪下的部分, 碎片. ④ 剪口, 剪痕. ⑤ 〔～s〕平頭剪《用於剪金屬薄片》. ⑥《口語》《英》減價商品, 廉價商品.
[範例] ① He **snipped** off the ends of the string. 他咔嚓剪掉那條繩子的兩端.
② She made a **snip** in the paper. 她咔嚓地將那張紙剪開.
③ **snips** of thread 剪掉的線頭.
⑥ This bag is a **snip** at twenty pounds. 這個手提袋是我花20鎊買的減價商品.
[活用] v. **snips**, **snipped**, **snipped**, **snipping**
[複數] **snips**

snipe [snaɪp] n. ① 鷸 (一種鳥類, 喙直而長, 棲息於沼澤地區).
——v. ② 狙擊, 伏擊.
[複數] **snipes/snipe**
[活用] v. **snipes**, **sniped**, **sniped**, **sniping**

sniper [`snaɪpɚ] n. 狙擊手.
[複數] **snipers**

[snipe]

snippet [`snɪpɪt] n. 碎片, 小片段: He got a **snippet** of information about the new product.

他知道那項新產品的片段訊息.
複數 **snippets**

snivel [ˋsnɪvl] v. ① 抽噎地哭，抽鼻子. ② 哭
訴: If you fail，don't **snivel**. 即使你失敗，也
不要哭訴.
活用 v. 〖美〗 **snivels**，**sniveled**，**sniveled**，
sniveling/〖英〗 **snivels**，**snivelled**，
snivelled，**snivelling**

snob [snɑb] n. 勢利小人；自以為是的人.
複數 **snobs**

snobbery [ˋsnɑbərɪ] n. 勢利；勢利者的言行.
複數 **snobberies**

snobbish [ˋsnɑbɪʃ] adj. 妄自尊大的；勢利的.
活用 adj. **more snobbish**，**most snobbish**

snooker [ˋsnukɚ] v. ①〖口語〗妨礙；使處於困
境.
——n. ② 司諾克《一種撞球遊戲》.
活用 v. **snookers**，**snookered**，**snookered**，
snookering
複數 **snookers**

snoop [snup] v. 四處查探，窺探.
活用 v. **snoops**，**snooped**，**snooped**，
snooping

snooze [snuz] v. ① 打瞌睡，小睡: My
grandfather **snoozes** around three every
afternoon. 我祖父每天下午3點左右都要小睡
一下.
——n. ② 打瞌睡，小睡.
活用 v. **snoozes**，**snoozed**，**snoozed**，
snoozing

*snore [snor] v. ① 打鼾.
——n. ② 鼾聲.
範例 ① My father **snores** noisily. 我父親的鼾聲
很吵.
② I recorded your **snores**. 我錄下了你的鼾聲.
活用 v. **snores**，**snored**，**snored**，**snoring**
複數 **snores**

snorkel [ˋsnɔrkl] n. ① 潛水呼吸管，（潛水艇
的）通氣管.
——v. ② 使用呼吸管潛水.
複數 **snorkels**
活用 v. **snorkels**，**snorkeled**，**snorkeled**，
snorkeling/〖英〗 **snorkels**，**snorkelled**，
snorkelled，**snorkelling**

snort [snɔrt] v. ① 噴鼻息，哼鼻子.
——n. ② 噴鼻息，哼鼻子.
範例 ① The horse **snorted** and kicked the man.
那匹馬噴鼻息且踢了那個男子.
The students **snorted** at the teacher's
answer. 那些學生們對那個老師的回答直哼
鼻子.
活用 v. **snorts**，**snorted**，**snorted**，**snorting**
複數 **snorts**

snout [snaut] n. 口鼻部.
複數 **snouts**

snow [sno] n. ① 雪.
——v. ② 下雪；被雪困住. ③ 被壓垮.
範例 ① About ten centimeters of **snow** fell on
New York last night. 紐約昨天夜裡下了約10

公分厚的雪.
This is the heaviest **snow** that we have had this
year. 這是今年最大的一場雪.
The **snow** has melted. 雪融化了.
② It is **snowing** outside. 外面在下雪.
People in Fairbanks were **snowed** in at home
for a week last winter. 費爾班克斯的人們去
年冬天被雪困在家中一個星期.
③ Right now I'm **snowed** under with homework.
我現在要做的家庭作業一大堆.
片語 **snowed in/snowed up** 被雪困住的.
(⇨ 範例 ②)
snowed under 被雪覆蓋的；被壓倒的，被
徹底打敗的. (⇨ 範例 ③)
♦ **snów blind** 雪盲的.
snów-càpped 頂部被雪覆蓋的.
snów tíre/snów tỳre 雪地防滑輪胎.
snòw-whíte 雪白的.
Snów Whíte 白雪公主《《格林童話》中一女
主角之名》.
➡ 充電小站 (p. 1469)
複數 **snows**
活用 v. **snows**，**snowed**，**snowed**，**snowing**

snowball [ˋsno‚bɔl] n. ① 雪球.
——v. ② 如滾雪球般增加. ③ 擲雪球.
範例 ① They enjoyed a **snowball** fight. 他們喜
歡打雪仗.
② His problems **snowballed**. 他的問題如雪球
般愈滾愈大.
複數 **snowballs**
活用 v. **snowballs**，**snowballed**，
snowballed，**snowballing**

snowdrift [ˋsno‚drɪft] n. 雪堆: The kennel
was buried in a **snowdrift**. 那個狗窩被埋在
雪堆裡.
複數 **snowdrifts**

snowdrop [ˋsno‚drɑp]
n. 雪花蓮《石蒜科球莖
植物，早春時開小白
花》.
複數 **snowdrops**

snowfall [ˋsno‚fɔl] n. 降
雪；降雪量: We had a
heavy **snowfall** last
night. 昨晚下了大雪.
複數 **snowfalls**

[snowdrop]

snowflake [ˋsno‚flek]
n. 雪花，雪片: **Snowflakes** were melting on
the sidewalk. 那條人行道上的雪花漸漸融化
了.
複數 **snowflakes**

snowman [ˋsno‚mæn] n. 雪人: build a
snowman 堆雪人.
複數 **snowmen**

snowmobile [ˋsno‚mobil] n. 雪上摩托車.
複數 **snowmobiles**

snowplough [ˋsno‚plau] ＝n.〖美〗snowplow.

snowplow [ˋsno‚plau] n. 雪犁，鏟雪機.
參考 〖英〗snowplough.

複數 **snowplows**

snowshoe [`sno͵ʃu] *n.* 雪鞋: a pair of **snowshoes** 一雙雪鞋.

複數 **snowshoes**

snowstorm [`sno͵stɔrm] *n.* 暴風雪: A heavy **snowstorm** disrupted road, rail and air traffic up and down the east coast. 強烈的暴風雪使得東海岸各地的公路、鐵路及航班中斷.

複數 **snowstorms**

***snowy** [`snoɪ] *adj.* ① 下雪的, 多雪的. ② 雪白的; 似雪的.

範例 ① It was **snowy** last night. 昨晚有下雪.
② The girl has **snowy** skin. 那個女孩有著雪白的肌膚.

活用 *adj.* **snowier, snowiest**

snub [snʌb] *v.* ① 冷淡地對待; 怠慢; 不理睬.
——*n.* ② 冷淡的對待.
——*adj.* ③ (鼻子) 扁平的, 塌的.

範例 ① I made an offer, but she **snubbed** me. 我向她求職, 但被她冷冷地拒絕了.
② The boy was deeply hurt by the **snubs** of the other children. 其他孩子冷淡的對待使那個男孩深受傷害.
③ a **snub** nose 塌鼻子.

活用 *v.* **snubs, snubbed, snubbed, snubbing**

複數 **snubs**

snuck [snʌk] *v.* sneak 的過去式、過去分詞.

snuff [snʌf] *n.* ① 鼻菸: The doctor tried to take some **snuff**, but his wife stopped him. 那個醫生要吸鼻菸, 但被他太太制止了.
——*v.* ② 熄滅. ③『英』死亡. ④ 嗅出.

活用 *v.* **snuffs, snuffed, snuffed, snuffing**

***snug** [snʌg] *adj.* ① 舒適的. ② (衣服) 合身的.

範例 ① She was asleep in a **snug** chair by the fire. 她在那個爐火旁舒適的椅子上睡著了.
He is **snug** in bed now. 他現在正舒服地睡著.
② This jacket is **snug**. 這件夾克很合身.

活用 *adj.* **snugger, snuggest**

snuggle [`snʌgl] *v.*《口語》貼近, 挨近: The young couple **snuggled** down to watch a movie. 那一對年輕夫婦依偎著看電影.

活用 *v.* **snuggles, snuggled, snuggled, snuggling**

snugly [`snʌglɪ] *adv.* 舒適地, 舒服地; 整齊地.

活用 *adv.* **more snugly, most snugly**

†**so** [so] *adv.* ① 那樣, 那麼, 這樣, 這麼, 如此. ② 正是, 正如所說. ③ 那麼地. ④ 非常, 極, 很. ⑤ 因此, 所以.
——*conj.* ⑥ 因此, 所以.
——*n.* ⑦ 全音階第5音.

範例 ① Don't hold your chopsticks **so**. 不要那樣拿筷子.
"She's one of the best singers in Taiwan." "I don't think **so**." 「她是臺灣最優秀的歌手之一.」「我不這麼認為.」
"I've caught a cold." "**So** I see." 「我感冒了.」「好像是.」

Don't run **so** fast. 不要跑這麼快.
The man was about **so** tall. 那個男子大概這麼高.
I've never met **so** clever a boy. 我從未見過那樣聰明的男孩.
"Will it be fine tomorrow?" "I hope **so**." 「明天會是晴天嗎?」「但願如此.」
Is he really ill? **So**, send for the doctor. 他真的生病了嗎? 那樣的話, 馬上去請醫生.
First, fold a square piece of paper in two to make a right triangle, **so**, and be sure to press it into the correct shape. 首先把正方形的紙對折成一個直角三角形, 就這樣, 用力按使之成為正確的形狀.
I was tired and **so** were my students. 我累了, 我的學生也一樣.
Frank likes cats and **so** does his sister. 法蘭克喜歡貓, 他的妹妹也一樣.
"Jim can swim very fast." "**So** can I." 「吉姆可以游得很快.」「我也可以.」
She is not old as she looks. 她實際年齡並沒有看起來那麼大.
I cannot run **so** fast as my sister. 我沒辦法跑得像我姊姊那麼快.
He spoke very slowly **so** we could take notes on his lecture. 他講課講得很慢, 所以我可以記筆記.
Put the vase on that shelf **so** it won't get broken. 把那只花瓶放在那個架子上以免打破.
It was **so** hot that we went swimming in the sea. 因為非常熱, 所以我們到海裡游泳.
This novel is **so** rewritten that children can enjoy it. 這本小說改寫成這樣, 讓孩子們也能讀.
I left home early **so** as to catch the first train. 我為了搭上第一班火車, 很早就出門了.
Let's hurry up **so** as not to be late for the party. 我們得快一點, 以免晚會遲到.
The girl was **so** kind as to take me to the station. 那個女孩好心地帶我到車站.
② "Jim is very lazy." "**So** he is." 「吉姆非常懶惰.」「確實如此.」
"You studied very hard, didn't you?" "**So** we did." 「你們非常用功, 不是嗎?」「的確.」
"There are some swans in this lake." "**So** there are." 「這個湖裡有一些天鵝.」「的確有.」
③ Susie is coming to our party. If you join us, **so** much the better. 蘇西要來參加我們的晚會, 如果你也來的話, 那就太好了.
④ I'm **so** sorry. 非常抱歉!
Thank you **so** much for your kindness. 非常感謝你的仁慈.
The children were **so** excited to see the big top for the first time. 那些孩子們第一次看到大陀螺時非常興奮.
⑤ **So** you don't have any plans for the summer vacation. 所以你沒有任何暑假計畫.

So, that man is a murderer! 因此那個男子就
是殺人犯.

⑥ He was tired, **so** he went to bed earlier than
usual. 他因為累了, 所以比平時早睡.

I heard a strange noise, **so** I walked up to the
window and looked out. 我聽到奇怪的聲音,
於是走到窗前往外看.

片語 **~ or so** 左右: I hear that he contributed
ten thousand dollars **or so** to the institute. 我
聽說他捐1萬美元左右給那個協會.

so as to 以便. (⇨ 範例 ①)

so ~ as to... 以致. (⇨ 範例 ①)

so be it 就這樣吧: If you really want to buy
the new computer, then **so be it**! 如果你真
的想買那臺新電腦, 那就買吧.

so much for 到此為止: **So much for**
today. Bye-bye, everyone! 今天就到此為止,
各位明天見.

So long! 再見!《關係親密者間分手時的寒
暄語, 模仿希伯來語中意思為 peace 的
shalom 而造的字》

so that ~ 因此: I was caught in a shower,
so that I got wet to the skin. 我遇上了陣雨,
因此淋成落湯雞.

so ~ that.../so ~ ... ① 如此~以致. (⇨
範例 ①) ② 以便. (⇨ 範例 ①)

so that ~ can.../so ~ can... 為了能夠.
(⇨ 範例 ①)

So what? 那又怎樣: Yes. I do drink every
day. **So what**? 是的, 我的確每天喝酒, 那
又怎樣?

§ ***soak** [sok] v. ① 浸泡; 浸漬. ② 滲透, 吸收.
——n. ③ 浸泡, 浸漬. ④《口語》狂飲.

範例 ① The boy **soaked** his bread in the milk.
那個男孩把麵包浸在牛奶中.

She **soaked** the label off the bottle. 她把那個
瓶子上的標籤泡軟取下.

He let the socks **soak** in water. 他把那些襪子
浸泡在水裡.

Jonny got **soaked** in the rain. 強尼被那場雨
淋得溼透了.

She **soaked** herself in chess. 她埋首於西洋
棋.

She's **soaking** in a bubble bath at the
moment. 當時她正在洗泡泡澡.

② Rain **soaked** through her shoes. 雨水滲入
她的鞋裡.

The significance of his words gradually
soaked into her head. 她漸漸明白他所說的
話之重要性.

A sponge **soaks** up water. 海綿會吸水.

She used a towel to **soak** up the blood. 她用
毛巾吸掉那些血.

③ Give the meat a good **soak** in wine before
cooking. 烹調前, 把那塊肉好好地浸在酒中.

片語 ***soak off*** 泡軟取下. (⇨ 範例 ①)

soak out 浸洗掉: He **soaked out** the stain.
他把那個污漬浸洗掉.

soak up 吸收. (⇨ 範例 ②)

活用 v. **soaks**, **soaked**, **soaked**, **soaking**
複數 **soaks**

so-and-so [`soən͵so] n. 某某人, 某某事《用
於因忘記或不瞭解而說不出, 或因不想明說
而故意不說時》.

範例 Mr. **So-and-so** 某某先生.

say **so-and-so** 云云.

He's a dirty **so-and-so**. 他是一個卑鄙的傢
伙.

複數 **so-and-sos/so-and-so's**

§***soap** [sop] n. ① 肥皂.
——v. ② 用肥皂洗, 抹肥皂.

範例 ① a cake of **soap**/a bar of **soap** 一塊肥
皂.

toilet **soap** 香皂.

liquid **soap** 液體皂.

② He was **soaping** himself when I opened the
door of the bathroom. 當我打開那間浴室的
門時, 他正在用肥皂擦洗身體.

♦ **sóap búbble** 肥皂泡.

sóap dìsh 肥皂盤.

sóap òpera 肥皂劇《源自過去贊助廠商多
為肥皂公司所致》.

sóap pòwder 肥皂粉.

活用 v. **soaps**, **soaped**, **soaped**, **soaping**

soapy [`sopɪ] adj. (似)肥皂的; 討好的.

範例 She washed her hands well in **soapy**
water. 她用肥皂水好好地洗了手.

This cheese tastes **soapy**. 這塊乳酪嘗起來
有肥皂味.

活用 adj. **soapier**, **soapiest**

***soar** [sor] v. 高漲; 翱翔.

範例 A hawk **soared** high up into the sky. 老鷹
在高空翱翔.

The temperature **soared** to 38°C. 氣溫上升
到攝氏38度.

Our spirits **soared** when we heard the news.
我們一聽到那則消息都精神百倍.

The pavilion **soars** 150 meters into the air. 那
座展覽館以150公尺的高度高高聳立著.

活用 v. **soars**, **soared**, **soared**, **soaring**

***sob** [sɑb] v. ① 嗚咽; 啜泣.
——n. ② 嗚咽; 啜泣.

範例 ① The girl **sobbed** bitterly. 那個女孩猛烈
地抽噎.

The baby **sobbed** itself to sleep. 那個嬰兒哭
著睡著了.

"Nobody loves me," **sobbed** the little girl. 那
個小女孩啜泣著說:「沒有人愛我.」

② The boy's **sobs** stopped. 那個男孩停止了啜
泣.

活用 v. **sobs**, **sobbed**, **sobbed**, **sobbing**
複數 **sobs**

***sober** [`sobɚ] adj. ① 未醉的. ② 嚴肅的, 冷靜
的. ③ 素雅的; 暗淡的.
——v. ④ 使嚴肅; (使) 醒酒.

範例 ① Drunk or **sober**, Mike's a funny guy. 無
論喝醉與否, 麥克都是一個有趣的人.

You must stay **sober** to take the wheel. 開車

不喝酒.

② John is very **sober** in his outlook on life. 約翰
的人生觀非常嚴肅.

lead a **sober** life 過著節制的生活.

a man of **sober** judgement 冷靜判斷的男子.

a **sober** criticism 穩健的批評.

③ Kate wore a **sober** dress. 凱特穿著素雅的
衣服.

a hat of **sober** gray 暗灰色的帽子.

④ Tom still hasn't **sobered** down after all this
time. 經過這次，湯姆依然沒變得比較沉著.

Get him out of here until he **sobers** up. 在他
醒酒之前，別讓他進到這裡來.

A cold shower and some coffee should **sober**
you up. 洗個冷水澡再喝些咖啡可以使你醒酒.

活用 *adj.* **soberer, soberest/more sober,
most sober**

活用 *v.* **sobers, sobered, sobered,
sobering**

soberly [`sobəlɪ] *adv.* ① 未醉地. ② 嚴肅地,
冷靜地. ③ 樸素地.

範例 ② "I wrecked the car," Gary said **soberly**.
蓋瑞冷靜地說:「我把汽車弄壞了.」

③ She always dresses **soberly**. 她總是穿著樸
素.

活用 *adv.* **more soberly, most soberly**

sobriety [sə`braɪətɪ] *n.* ① 沒醉; 戒酒: At
certain checkpoints, drivers must pass a
sobriety test. 在特定的檢查站, 駕駛人必須接
受酒測. ② 嚴肅.

so-called [`so`kɔld] *adj.* 〔只用於名詞前〕所謂
的.

範例 His **so-called** truth is a lie. 他所謂的事實
是一個謊言.

these **so-called** progressive scholars 這些所
謂進步的學者.

soccer [`sakə] *n.* 英式足球〔〖英〗football〗.
➡ 充電小站 (p. 1219)

sociable [`soʃəbl] *adj.* 好交際的; 融洽的.

範例 David is always very polite and **sociable**.
大衛總是很有禮貌且好交際.

a **sociable** atmosphere 融洽的氣氛.

活用 *adj.* **more sociable, most sociable**

sociably [`soʃəblɪ] *adv.* 社交上地; 融洽地.

活用 *adv.* **more sociably, most sociably**

social [`soʃəl] *adj.* ① 社會的. ② 社交性的. ③
群居的.

——*n.* ④ 聯誼會.

範例 ① The 1960s were a period of **social**
change in America. 1960年代是美國社會變
化的時期.

Death from overwork is one of our **social**
problems. 過勞死是我們的社會問題之一.

Social security benefits are not only for the
elderly. 社會保障津貼不限於老人.

② a **social** gathering 社交聚會.

My sister has an active **social** life. 我姊姊過
著活躍的社交生活.

③ Bees are **social** insects. 蜜蜂是群居的昆

蟲.

♦ **sòcial scíence** 社會學; 社會科學.

sòcial secúrity 社會保障.

sòcial sérvice ① 社會服務. ②〔~s〕社會
事業.

sócial stùdies 社會學科.

sócial wòrker 社工人員.

活用 *adj.* ② ③ **more social, most social**

複數 **socials**

socialism [`soʃəlˌɪzəm] *n.* 社會主義 (運動).

socialist [`soʃəlɪst] *n.* ① 社會主義者;〔S~〕
社會黨黨員.

——*adj.* ② 社會主義者的; 社會黨 (黨員) 的:
His views are **socialist**. 他的意見傾向社會主
義.

複數 **socialists**

socialize [`soʃəˌlaɪz] *v.* ① 交往; 交際. ② 使
社會化.

活用 *v.* **socializes, socialized, socialized,
socializing**

socially [`soʃəlɪ] *adv.* ① 社會上. ② 社交上.

範例 ① Drinking and driving should not be
socially acceptable. 酒後駕車不應該被社會
所接受.

② Ali is a colleague of mine, but I don't see him
socially. 阿里是我的同事, 但我在社交場合
見不到他.

活用 *adv.* **more socially, most socially**

society [sə`saɪətɪ] *n.* ① 社會. ② 社團; 協會.
③ 交往; 交際. ④ 社交界.

範例 ① a civilized **society** 文明社會.

The United States is a multi-racial **society**. 美
國是一個多種族的社會.

Society must punish lawbreakers to keep
order. 社會必須懲罰犯法者以維持秩序.

Society's attitude toward women has been
changing recently. 最近社會對於女性的態度
正在轉變.

② My sister belongs to the English Speaking
Society. 我姊姊是英語會話社的一員.

Mr. Brown is a member of the Royal **Society**
for the Protection of Birds. 布朗先生是皇家鳥
類保護協會的成員.

③ That poet avoids the **society** of others. 那位
詩人迴避與他人的交際.

④ High **society** came out to support the charity
ball. 上流社會界挺身支持那場慈善舞會.

複數 **societies**

sociological [ˌsoʃɪə`ladʒɪkl] *adj.* 社會學的,
社會學上的.

sociologist [ˌsoʃɪ`alədʒɪst] *n.* 社會學家.

複數 **sociologists**

sociology [ˌsoʃɪ`alədʒɪ] *n.* 社會學.

sock [sak] *n.* (一隻) 短襪, 襪子《指長度在膝蓋
以下的襪子; 長度超過膝蓋的襪子稱作
stockings》: I'll take three pairs of **socks** for
this trip. 這次旅行我打算帶3雙短襪.

Ann sat on the sofa in her **socks**. 安穿著短襪
坐在沙發上.

片語 **pull ~'s socks up** 加緊努力.

複數 **socks**

socket [`sakɪt] n. (插東西用的) 孔，承口，插座；(解剖的) 窩，腔.

範例 an eye **socket** 眼窩.

a lightbulb **socket** 燈泡用的插座.

He put the plug into the electric **socket**. 他把那個插頭插進插座.

複數 **sockets**

sod [sad] n. ① 草皮，草地；(移植用的方塊) 草皮.

──v. ② 用草皮覆蓋，植草皮.

片語 **under the sod** 被埋葬的.

複數 **sods**

活用 v. sods, sodded, sodded, sodding

soda [`soda] n. ① 蘇打汽水 (亦作 soda water)，汽水，『美』(加味的) 碳酸飲料 (亦作 soda pop). ② 碳酸氫鈉，蘇打粉 (亦作 baking soda).

範例 ① cream **soda** 冰淇淋汽水《加入香草精的蘇打汽水》.

Three **sodas**, please. 請給我3罐汽水.

♦ **sóda fòuntain** ①『美』(商店、餐廳的) 冷飲販賣部《亦供應點心、冰淇淋等》. ② 汽水供應器.

sóda pòp『美』(加味的) 汽水 (亦作 soda).

sóda wàter 蘇打汽水，汽水 (亦作 soda).

複數 **sodas**

sodden [`sadn] adj. 浸溼的，溼透的.

範例 **sodden** earth 浸溼的地面.

My clothes were **sodden** with sweat. 我的衣服被汗水浸溼了.

sodium [`sodɪəm] n. 鈉《金屬元素，符號 Na》.

sofa [`sofə] n. 沙發.

複數 **sofas**

soft [sɔft] adj.

原義	層面	釋義	範例
柔軟的	物質，觸覺	柔軟的，柔滑的，柔和的	①
	印象	溫和的，溫柔的，寬厚的，和藹的，文靜的	②
	肌肉	鬆弛的	③

──adj. ④ 無酒精成分的. ⑤ (水) 軟性的. ⑥ 頭腦簡單的，愚蠢的. ⑦ 輕鬆的.

──adv. ⑧ 柔軟地，安靜地，溫柔地

範例 ① The ground is **soft** after the rain. 地面在下過雨後變得鬆軟.

soft ground 鬆軟的地面.

Her skin was as **soft** as velvet. 她的皮膚像天鵝絨般柔滑.

She was standing in the **soft** light of a candle. 她站在柔和的燭光中.

② a **soft** climate 溫和的氣候.

Her voice grew **softer**. 她的聲音變得更輕柔.

The girl has a **soft** heart. 那個女孩心腸很軟.

Mr. King is too **soft** with his students. 金先生對學生太寬厚了.

⑤ **Soft** water is good for laundering clothes. 軟水適合用來洗濯衣物.

⑥ He has gone **soft** in the head. 他頭腦變簡單了.

♦ **sóft cóal** 生煤，煙煤.

sòft drínk (不含酒精的) 軟性飲料《如果汁、汽水等，特指碳酸飲料》.

sóft gòods 紡織品.

sòft lánding (太空船的) 緩慢降落.

sòft pálate 軟顎.

sóft pèdal (鋼琴的) 弱音踏板.

sòft shóulder (公路兩側的) 路肩.

活用 adj., adv. softer, softest

softball [`sɔft͵bɔl] n. ① 壘球運動. ② 壘球.

複數 **softballs**

soften [`sɔfən] v. ① 軟化，使變軟. ② 減輕，舒緩；使柔和；變溫柔.

範例 ① Butter soon **softens** on toast. 奶油放到烤麵包片上立刻就變軟了.

② The baby's smile **softened** her grief. 那個嬰兒的笑容減輕了她的悲傷.

活用 v. softens, softened, softened, softening

soft-hearted [`sɔft`hartɪd] adj. 心腸軟的，仁慈的.

活用 adj. more soft-hearted, most soft-hearted

softly [`sɔftlɪ] adv. 柔軟地，輕輕地，輕柔地，溫柔地.

活用 adv. more softly, most softly

softness [`sɔftnɪs] n. 柔軟，溫柔，寬大.

software [`sɔft͵wɛr] n. 軟體《電腦使用的程式系統》.

sogginess [`sagɪnɪs] n. 淋溼，溼透.

soggy [`sagɪ] adj. ① 浸水的，溼透的. ② 潮溼的.

範例 ① **soggy** clothes 溼透的衣服.

② The crackers have gone **soggy**. 那些鞭炮已經受潮了.

活用 adj. soggier, soggiest

soil [sɔɪl] n. ① 土，土壤. ②《正式》國家，土地.

──v. ③ 弄髒，變髒，污損.

範例 ① rich **soil** 沃土.

What kind of plants can grow in sandy **soil**? 甚麼植物能生長在沙地上呢?

② foreign **soil** 異鄉.

③ Wash your **soiled** hands. 去洗洗你那雙髒手.

He put the **soiled** sheets into the washing machine. 他把那件弄髒的床單扔進洗衣機.

A white coat **soils** easily. 白色外套很容易髒.

I wouldn't **soil** my hands with smuggling. 我不願因走私而弄髒雙手.

複數 **soils**

活用 v. soils, soiled, soiled, soiling

sojourn [`sodʒɝn] n. ① 旅居，逗留.

足球 (soccer)

【Q】足球也稱作英式足球，但是哪個說法正確呢？

【A】兩種說法都正確。在英國等國家，一般說的足球就是指英式足球，因為報紙標題都喜歡用短語，所以就使用足球一字。足球這個運動項目的正式名稱為「association football（協會式英式足球）」，其中的 soc 加上 -er 即構成 soccer 一字。

這裡所說的協會是指 1863 年在倫敦成立的 the Football Association（足球協會），並確定足球成為現代運動比賽項目。在此之前，足球已是英國國內廣為流行的娛樂活動。

足球協會制定規則，不准用手觸球。但也有另一派主張可以用手觸球。這派人馬於 1871 年成立 the Rugby Football Union（橄欖球協會），進而推動橄欖球運動，其規則早於 1846 年就已成形。

世界杯冠軍隊

世界杯足球賽是由 FIFA（Fédération Internationale de Football Association——法語）主辦的，1930 年於烏拉圭舉行第一屆比賽，共 13 隊參加。

世界杯足球賽決賽記錄

年	日期	冠軍隊	比分	亞軍隊	舉辦地	觀賽人數
1930	July 30	Uruguay	4-2	Argentina	Uruguay	90,000
1934	July 10	Italy	2-1	Czechoslovakia	Italy	55,000
1938	June 19	Italy	4-2	Hungary	France	65,000
1942		因第二次世界大戰停辦				
1946		因第二次世界大戰停辦				
1950	July 16	Uruguay	2-1	Brazil	Brazil	199,854
1954	July 4	West Germany	3-2	Hungary	Switzerland	60,000
1958	June 29	Brazil	5-2	Sweden	Sweden	49,737
1962	June 17	Brazil	3-1	Czechoslovakia	Chile	68,679
1966	July 30	England	4-2	West Germany	England	93,802
1970	June 20	Brazil	4-1	Italy	Mexico	107,412
1974	July 7	West Germany	2-1	Holland	West Germany	77,833
1978	June 25	Argentina	3-1	Holland	Argentina	77,000
1982	July 11	Italy	3-1	West Germany	Spain	90,080
1986	June 29	Argentina	3-2	West Germany	Mexico	114,580
1990	July 8	West Germany	1-0	Argentina	Italy	73,603
1994	July 17	Brazil	0-0	Italy	U.S.A.	94,194
			PK 3-2			
1998	July 13	France	3-0	Brazil	France	80,000
2002	June 30	Brazil	2-0	Germany	Korea/Japan	69,029

——v. ② 旅居，逗留.

[範例] ① During my **sojourn** in London, I saw Princess Diana by chance. 我旅居倫敦時，偶然見到黛安娜王妃.

② He **sojourned** with his family in New York for 2 months. 他和家人在紐約逗留了兩個月.

[複數] **sojourns**

[活用] v. **sojourns**, **sojourned**, **sojourned**, **sojourning**

sol [sol] n. 全音階第 5 音《亦作 so, soh; [☞ [boilerplate]充電小站[/boilerplate]] (p. 831)》.

solace [ˋsɑlɪs] n. ① 安慰，慰藉.

——v. ② 安慰，撫慰.

[範例] ① She found **solace** in her friendship with Anne. 她在與安的友誼中找到了慰藉.

The phone call from their grandchildren was a **solace** to them. 孫子們打來的電話對他們來說是一種安慰.

② Rachel **solaced** herself with a drive in the country. 瑞秋在鄉間開車兜風散心.

[活用] v. **solaces**, **solaced**, **solaced**, **solacing**

*__solar__ [ˋsolɚ] adj.〔只用於名詞前〕太陽的，太陽的作用引起的.

[範例] **solar** eclipses 日蝕.

People will use much more **solar** energy in the next century. 下個世紀人們將會利用更多太陽能.

♦ **sòlar báttery/sòlar céll** 太陽能電池《將陽光轉變為電能的裝置》.

sòlar cálendar 陽曆.

sólar hòuse 太陽能住宅《可利用太陽能供應冷暖氣以調節室溫的住宅》.

the sólar sỳstem 太陽系《太陽和以其為中

心運行的行星所構成的天文體系).

sòlar yéar 太陽年《地球繞太陽一圈所需的時間．365及5小時48分46秒》.

☞ lunar (月亮的)

***sold** [sold] v. sell 的過去式、過去分詞.

solder [`sadɚ] n. ② 焊料《錫和鉛的合金，用以焊接金屬》.
——v. ② 焊接: She **soldered** the two pieces of metal together. 她把那兩片金屬焊在一起.

活用 v. **solders**, **soldered**, **soldered**, **soldering**

***soldier** [`soldʒɚ] n. ① 士兵，軍人.
——v. ② 當兵，從軍.

範例 ① Seven **soldiers** were killed in the battle. 有7名士兵死於那場戰役.
The boys are playing **soldiers**. 那些男孩們在玩軍隊遊戲.
② My grandfather **soldiered** in World War II. 我爺爺參加過第二次世界大戰.

片語 **soldier on** (不怕困難地) 堅持下去，繼續努力: Despite all the difficulties, he **soldiered on**. 儘管困難重重，他依然堅持下去.

複數 **soldiers**

活用 v. **soldiers**, **soldiered**, **soldiered**, **soldiering**

***sole** [sol] adj. ①〔只用於名詞前〕唯一的，單獨的.
——n. ② 腳底. ③ 鞋底《不含鞋跟部分》. ④ 鰈魚.
——v. ⑤ (給鞋) 裝底.

範例 ① He was the **sole** survivor of the battle. 他是那場戰役唯一的倖存者.
⑤ I had my shoes **soled**. 我換了鞋底.

複數 **soles**/④ **sole**

活用 v. **soles**, **soled**, **soled**, **soling**

***solely** [`sollɪ] adv. 單獨地，單單地，僅.

John married Mary **solely** for money. 約翰和瑪麗結婚只是為了錢.
He is **solely** responsible for the accident. 那起意外事故他要一個人負責.

***solemn** [`saləm] adj. 莊嚴的，莊重的；嚴肅的；正式的.

範例 a **solemn** oath 正式的宣誓.
Solemn Mass (天主教的) 大彌撒《有焚香、奏樂等儀式的完整彌撒》.
The anniversary was commemorated with **solemn** ceremonies. 那個紀念日以莊嚴的儀式來慶祝.
Solemn dress, usually black, is worn at funeral services. 莊重的禮服通常為黑色，在葬禮時穿.
The soldiers had **solemn** looks on their faces. 那些士兵們面帶嚴肅的表情.

活用 adj. **more solemn**, **most solemn**/**solemner**, **solemnest**

solemnity [sə`lɛmnətɪ] n. ① 莊嚴；嚴肅；認真. ② 儀式，祭典.

範例 ① The priest gave the last rites with

solemnity. 那位牧師嚴肅地舉行那場臨終儀式.
A feeling of **solemnity** persisted in Karen's heart for days. 一種嚴肅之情在凱倫心裡盤旋了數日.
② The new King was crowned with all the proper **solemnities**. 經過了所有的正式儀式之後，那個新國王登上了王位.

複數 **solemnities**

***solemnly** [`saləmlɪ] adv. 莊嚴地；嚴肅地；認真地: Kevin **solemnly** vowed to seek vengeance on the men who killed his father. 凱文認真地發誓要向殺死父親的人復仇.

活用 adv. **more solemnly**, **most solemnly**

***solicit** [sə`lɪsɪt] v. 懇求，請求，央求.

範例 The beggar **solicited** alms. 那名乞丐乞求施捨.
Former colonies **solicited** aid from the U.K. 舊殖民地曾懇求英國提供援助.
The fishermen **solicited** the government for relief. 那些漁民們請求政府提供救濟.

活用 v. **solicits**, **solicited**, **solicited**, **soliciting**

solicitor [sə`lɪsətɚ] n. ①《英》事務律師《☞ 充電小站》(p. 715). ②《美》(市、鎮等的) 法務官. ③《美》兜攬生意的外務員，遊說者.

♦ **solicitor géneral** 《複數作 **solicitors general**》①《美》司法部次長，《英》副檢察長 (Attorney General (《美》司法部長；《英》總檢察長)). ② (某些州的) 司法部長.

複數 **solicitors**

solicitude [sə`lɪsə,tjud] n. 掛念，憂慮，擔憂: Brian's **solicitude** for you must have told you something about him. 布萊恩對你的掛念一定讓你對他多瞭解一些了吧.

***solid** [`salɪd] adj. ① 結實的，牢固的，堅固的；固態的. ② 實心的. ③〔只用於名詞前〕純質的，純粹的. ④ 連續性的，緊密相連的. ⑤ 立體的，立方的.
——n. ⑥ 固體，固態物. ⑦ 立方體.

範例 ① **solid** fuel 固體燃料.
He was a young man of **solid** build. 他是一個體格壯碩的年輕人.
The villagers were **solid** against the development of their village. 那些村民們一致反對村子的開發.
② a **solid** iron bar 實心鐵棍.
③ a **solid** gold spoon 純金的湯匙.
④ They discussed the problem for three **solid** hours. 他們針對那個問題整整討論了3個小時.

活用 adj. ① **solider**, **solidest**

複數 **solids**

solidarity [,salə`dærətɪ] n. 團結，一致: People showed national **solidarity** in the face of war. 面臨戰爭時，人們表現出對國家的向心力.

solidify [sə`lɪdə,faɪ] v. (使) 凝固，使一致.

範例 It will take an hour for this jelly to **solidify**. 這個果凍需要1個小時才會凝固.

The bombing **solidified** public opinion and anger. 那起轟炸事件使得興論一致憤怒.

活用 *v.* **solidifies, solidified, solidified, solidifying**

solidity [sə`lɪdətɪ] *n.* (物體的) 固態；堅固，堅實，實心.

solidly [`sɑlɪdlɪ] *adv.* 堅固地，堅實地.

活用 *adv.* **more solidly, most solidly**

***solitary** [`sɑlə‚tɛrɪ] *adj.* ① 唯一的，單獨的. ② 孤立的；(地點) 荒涼的. ③ 孤僻的，孤獨的.

範例 ① There wasn't a single, **solitary** hotel with a vacancy. 沒有一家旅館有空房間.

② a **solitary** walk 獨自散步.

The poet lives in a **solitary** village. 那位詩人居住在一個偏僻的村莊.

♦ **sòlitary confínement** 單獨監禁.

活用 *adj.* ② ③ **more solitary, most solitary**

***solitude** [`sɑlə‚tjud] *n.* 孤獨，獨居：The old man lives in **solitude**. 那個老人過著獨居生活.

solo [`solo] *n.* ① 獨奏 (曲)，獨唱 (曲).

——*adj.* ② 單獨進行的，單獨的.

——*adv.* ③ 獨自一人地，單獨地.

範例 ① She played the piano **solo**. 她彈了那一首鋼琴獨奏曲.

② He hit a **solo** homer in the last inning. 他在最後一局打出了一分全壘打.

A **solo** flight is out of the question. You don't have enough experience. 單獨飛行根本不可能，你的經驗還不夠.

③ Lindbergh is the first person who flew non-stop and **solo** across the Atlantic. 林白是第一個不著陸單人飛越大西洋的人.

複數 **solos**

soloist [`so‚lo·ɪst] *n.* 獨奏者，獨唱者.

複數 **soloists**

Solomon [`sɑləmən] *n.* 所羅門王 (西元前10世紀賢明的以色列國王，以其智慧著稱).

solstice [`sɑlstɪs] *n.* 至 (太陽距離赤道最南或最北時).

範例 summer **solstice** 夏至.

winter **solstice** 冬至.

複數 **solstices**

solubility [‚sɑljə`bɪlətɪ] *n.* 可溶性，溶解性 [度].

soluble [`sɑljəbl] *adj.* 可溶的，易溶的：Salt is **soluble** in water. 鹽可溶於水.

活用 *adj.* **more soluble, most soluble**

***solution** [sə`luʃən] *n.* ① 解決；解決辦法. ② 溶解. ③ 溶液.

範例 ① There is no **solution** to the desertification problem. 沙漠化問題沒有解決的辦法.

Did you find the **solution** to the riddle? 你找出那個謎題的解答了嗎?

② Lake Mead holds a lot of calcium in **solution**. 有很多的鈣溶解於米德湖中.

③ a sugar **solution** 糖水.

複數 **solutions**

solvable [`sɑlvəbl] *adj.* 可解答的，可解決的.

活用 *adj.* **more solvable, most solvable**

****solve** [sɑlv] *v.* 解答，解決：It is difficult to **solve** this problem. 這個問題很難解決.

活用 *v.* **solves, solved, solved, solving**

solvency [`sɑlvənsɪ] *n.* ① (債務的) 支付能力，償付能力. ② 溶解力.

solvent [`sɑlvənt] *adj.* ① 有支付能力的. ② 有溶解力的，溶解的.

——*n.* ③ 溶劑. ④ 解決辦法.

範例 ① I won't be **solvent** till I get paid. 我在領薪水之前無力支付.

③ Is this **solvent** strong enough to remove this old paint? 這種溶劑強到可以使舊漆脫落嗎?

複數 **solvents**

***somber** [`sɑmbɚ] *adj.* 昏暗的，陰沉的，暗淡的.

範例 He has been working in his **somber** study. 他一直在昏暗的書房裡用功讀書.

The woman had a **somber** expression on her face. 那個女子表情陰鬱.

參考 [英] sombre.

活用 *adj.* **more somber, most somber**

somberly [`sɑmbɚlɪ] *adv.* 昏暗地，陰沉地，暗淡地.

參考 [英] sombrely.

活用 *adv.* **more somberly, most somberly**

somberness [`sɑmbɚnɪs] *n.* 昏暗，陰沉.

參考 [英] sombreness.

***sombre** [`sɑmbɚ] =*adj.* [美] somber.

sombrely [`sɑmbɚlɪ] =*adv.* [美] somberly.

sombreness [`sɑmbɚnɪs] =*n.* [美] somberness.

†**some** [(強) `sʌm；(弱) səm] *adj., pron.*

原義	作用	釋義	範例
某 範 圍 的	表示數量	*adj., pron.* 若干的，少許的，一些的	①
	非特定對象	*adj.* 某一的，某個的；大約	②

範例 ① I went out to buy **some** chocolates. 我出去買了一些巧克力.

If you have **some** money to spare, you should buy the book. 如果你有多餘的錢，你應該買那本書.

May I have **some** more cookies? 我可以再要一些餅乾嗎?

I need **some** time to finish this work. 我需要一點時間來完成這項工作.

"Were there any mistakes in my English composition?" "Yes, there were **some**." 「我的英文作文有錯誤嗎?」「嗯，有一些。」

I have a lot of foreign friends. **Some** are white and **some** are black. 我有許多外國朋友. 一些是白人，一些是黑人.

② Sophie is talking with **some** friend over the phone. 蘇菲正在和某個朋友講電話.

She will visit her aunt **some** time next week.
下星期她會找個時間拜訪她阿姨。

Let's drink **some** other time. 我們改天再一起喝吧。

I will work for the United Nations **some** day. 總有一天我要進聯合國工作。

I must get a driver's license in **some** way or other. 我必須想辦法取得駕照。

Some thirty of our class came to the reunion. 我們班大約有30人參加那場同學會。

片語 ***some more*** 再多一些。(⇨ 範例 ①)
some ~ or other 某一。(⇨ 範例 ②)
some other time 下次，改天。(⇨ 範例 ②)
some time ① 相當一段時間。(⇨ 範例 ①)
② 某一天，某個時候。(⇨ 範例 ②)

†**somebody** [ˋsʌmˌbɑdɪ] *pron.* ① 有人，某人。
——*n.* ② 重要人物，大人物。
範例 ① **Somebody** wants to see you. 有人想見你。

Somebody left this bag on the train. 有人把這個包包忘在那班火車上。

Somebody else should do the work. 應該另外找個人做那份工作。

② I want to be **somebody** when I grow up. 我長大後想成為大人物。

參考 ① 意義雖與 someone 相同，但 somebody 在口語上更常使用。另外，因承接 somebody 之名詞的「性別」和「數目」不明，所以相呼應的代名詞可用 he、she 或 they 等。

someday [ˋsʌmˌde] *adv.* 有朝一日，來日。
Someday you may be a millionaire. 有朝一日你也許會成為百萬富翁。

*****somehow** [ˋsʌmˌhaʊ] *adv.* 以某種方法，設法；總算，好歹；不知為甚麼地。
範例 **Somehow** my brother managed to land the plane safely. 我哥哥總算使那架飛機安全著陸了。

I can earn my living **somehow**. 我可以想辦法賺到自己的生活費。

Somehow I forgot his name. 不知為甚麼，我忘記了他的名字。

†**someone** [ˋsʌmˌwʌn] *pron.* 某人，有人。
範例 **Someone** has broken my toy. 有人把我的玩具弄壞了。

If you need directions, just ask **someone**. 若需要指示，你就問問別人。

There's **someone** knocking at the door. 有人在敲門。

somersault [ˋsʌməˌsɔlt] *n.* ① 筋斗，空翻：
The boy did a **somersault**. 那男孩翻了一個筋斗。

——*v.* ② 翻筋斗，空翻。
複數 **somersaults**
活用 *v.* **somersaults**, **somersaulted**, **somersaulting**

†**something** [ˋsʌmθɪŋ] *pron.* ① 某些，某物，某事（☞ 充電小站 (p. 1223)）。② 某種程度的認知〔特質〕。
——*n.* ③ 某物，某事。④ 重要的人〔事，物〕，

不平凡的人。
——*adv.* ⑤ 有些，稍微。
範例 ① I want **something** cold to drink. 我想要喝點冷飲甚麼的。

There is **something** noble about him. 他有一些高貴之處。

He was thinking of **something** else. 他在想其他的事。

Something told me that you'd get fired. 我有預感你會被解雇。

② I know **something** about him. 我對他略有所知。

③ a wonderful **something** 某件令人吃驚的事。
There is **something** in what you say. 你說的話頗有道理。

④ John is **something** in the art department. 約翰在那個美術系是個出名的人。

It may be nothing to you, but it's **something** to me. 也許那對你來說不算甚麼，但對我來說很重要。

⑤ It cost **something** around NT$900. 它值新臺幣900元左右。

片語 ***have something to do with*** 與～有關。

make something of ① 活用，利用：I'm going to **make something of** my travels around the world. 我打算讓環遊世界的經驗派上用場。② 重視。

or something 諸如此類：He is a reporter **or something**. 他是一個記者之類的。
He is ill **or something**. 他是生病了或是有其他事。

see something of 經常見到。

something like ① 有點像：You look **something like** the doctor. 你有點像那個醫生。② 大約，大概。③ 了不起的，出色的：He was **something like** a statesman. 他曾經是一個了不起的政治家。

something of 有點，某種程度的：He was **something of** a painter. 他以前也算是個畫家。

The administration's actions started **something of** a student uprising. 那個政府施行的政策引起了學生小小的暴動。

something or other 某事，某物。

*****sometime** [ˋsʌmˌtaɪm] *adv.* ① 某個時候，改天。
——*adj.* ②《正式》從前的。
範例 ① I saw her **sometime** last month. 上個月的某一天我見到了她。

I will call on you **sometime** next year. 明年找個時間我去拜訪你。

② a **sometime** professor at National Taiwan University 前臺灣大學教授。

†**sometimes** [ˋsʌmˌtaɪmz] *adv.* 偶爾，有時候。
範例 He **sometimes** tells lies. 他偶爾會說謊。
Sometimes I play the guitar. 我有時候會彈吉他。

充電小站

〈something＋形容詞〉的詞序

【Q】「甚麼好吃的東西」用英語說是 something delicious, something 是「甚麼」, delicious 是「好吃的」. 但是甚麼不能說成 delicious something 呢?

還有 something 中含有 some, 為甚麼不作 -things 的形式呢?

【A】首先回答第2個問題. some 的確有「一些的」含義.

I have some miniature cars. (我有一些汽車模型.) 中的 some 就是此意.

此外, some 還有「(語意模糊的) 某個~」的含義. 比如 We visited some town in California. (我們參觀了加州的某個城鎮.) 中的 some 即是此意. 同樣地, some 也用於表示 somebody (某人, 有人), someone (某人, 有人), somewhere (某地點, 某處), some day (〔將來的〕某一天, 某個時候), sometime (〔將來的〕某一天, 某個時候) 等 (和 sometime 很相似的字還有 sometimes, 這時的 some 是「一些的」之意, 因此 -times 的形式即為「一些時候→偶爾」).

下面回答第1個問題. 「甚麼好吃的東西」說成 something delicious, 而不是 delicious something, 這是為甚麼呢?

在很早以前曾說 some delicious thing, 即「某個 (some) 好吃的 (delicious) 東西 (thing)」. 但是後來 some 和 thing 連在一起, 成了 something, 意為「(未清楚指示的) 某物」. 那麼在 something 後加 delicious 的順序要怎麼解釋呢? 因為本來是 some delicious thing, 所以 delicious

不可能出現在 some 前面, 這樣一來就更不能放在其中間, 所以結果 delicious 就被放到後面, 變成 something delicious.

▶ 絕對不能說 delicious something 嗎?

絕對不說 delicious something 嗎? 其實並非如此.

語言的使用在很多情況下只能說「那種說法是一般說法」或「通常那樣說」, 也就是說還是有例外存在的.

請看下面的文章:

Come over here, everyone! I've made something delicious for Jimmie. Here it is. What do you think this delicious something is? Yes! It's a birthday cake. Happy birthday, Jimmie!

各位過來這裡! 我為吉米做了好吃的東西. 就是這個東西. 你們認為這個好吃的東西是甚麼呢? 是的, 這是生日蛋糕. 祝你生日快樂, 吉米!

說完 "something delicious" 之後又問「那個 delicious 東西」是甚麼呢? 像這種情況, 在先說 something delicious, 然後又對「那個 something delicious」加以說明時, 經常使用 delicious something 的說法.

另外, 在使用 delicious something (something delicious) 那樣的說法時, something 中多含有「重要的、特別的東西」的語氣. 在上面的例子中, this delicious something 也含有「這個好吃的、特別的 (我做的) 東西」的語氣.

Even Homer **sometimes** nods. 《諺語》智者千慮, 必有一失.

➡ 充電小站 (p. 879)

***somewhat** [`sʌm͵hwɑt] *adv.* 稍微, 有點, 在某種程度上.

[範例] He is **somewhat** taller than most of his classmates. 他個子比班上大部分同學高一些.

The play I directed was **somewhat** of a success. 我所導演的戲在某種程度上算是成功了.

***somewhere** [`sʌm͵hwɛr] *adv.* 到某處, 在某處.

[範例] I know I have left my glasses **somewhere**, but I don't remember where. 我知道我把眼鏡放在某處, 可是記不得到底在哪.

The police should search **somewhere** else, not my house. 警方應該要搜查一下其他地方, 而不是我家.

I read **somewhere** that people in some countries eat worms. 我在甚麼地方讀過某些國家的人民會吃蟲.

My father came home **somewhere** around 8 o'clock. 我父親8點鐘左右回家.

The refugees need **somewhere** between 1,000 and 2,000 tons of grain. 那些難民需要1,000噸到2,000噸左右的穀物.

[片語] ***get somewhere*** 有所進展.

***son** [sʌn] *n.* 兒子; (男性的) 後裔.

[範例] This is my oldest **son**. 這是我的大兒子.

Ted is his father's **son**. 泰德長得和他父親一模一樣.

the **sons** of Adam 人類.

son of man 人《複數作 sons of men》.

Son of God 耶穌・基督.

Son of Man 人子.

♦ **sòn of a bítch** 混蛋, 孬種《對男性的辱罵之詞》.

[複數] **sons**

***sonata** [sə`nɑtə] *n.* (音樂的) 奏鳴曲: Tom recorded all of Beethoven's 32 piano **sonatas**. 湯姆把貝多芬的32首鋼琴奏鳴曲全部錄下來.

[複數] **sonatas**

***song** [sɔŋ] *n.* ① 歌. ② 唱歌.

[範例] ① Jane sang her favorite **song**. 珍唱了她最喜歡的歌.

Can you hear the **song** of the wind? 你有聽見風在唱歌嗎?

② Tom was filled with joy and burst into **song**. 湯姆滿心歡喜，突然唱起歌來．

片語 **for a song** 非常便宜地．

複數 **songs**

songbird [`sɔŋ,bɝd] *n.* 鳴鳥《叫聲優美的鳥；亦作 songster》.

複數 **songbirds**

songster [`sɔŋstɚ] *n.* ① 歌手，歌曲作者. ② 鳴鳥《亦作 songbird》.

複數 **songsters**

songwriter [`sɔŋ,raɪtɚ] *n.* （流行音樂的）作詞家，作曲家．

複數 **songwriters**

sonic [`sɑnɪk] *adj.* 聲音的，聲波的，音速的.

son-in-law [`sʌnɪn,lɔ] *n.* 養子，女婿.

複數 **sons-in-law**

__sonnet__ [`sɑnɪt] *n.* 14行詩《一種定型詩》.

複數 **sonnets**

sonny [`sʌnɪ] *n.* 寶寶《主要用於直接稱呼》.

sonorous [sə`norəs] *adj.* 鏗鏘的，嘹亮的: His **sonorous** speech deeply impressed the audience. 他鏗鏘有力的演說讓那群聽眾印象深刻．

活用 *adj.* **more sonorous**, **most sonorous**

*__**soon**__* [sun] *adv.* 立刻，馬上；不久．

範例 Do we have to leave so **soon**? 我們必須那麼早離開嗎?

It's going to start snowing **soon**. 快要開始下雪了．

As **soon** as I saw the accident, I called 119. 我一看到那起事故發生，就立刻打電話給119.《臺灣的報案電話為119，911是美國的救護車及警察的電話號碼，而英國為999》

You're here too **soon** for the party. 你們太早來舞會了吧．

How **soon** will you answer my question? 你甚麼時候才會回答我的問題呢?

Alice got to CKS airport **sooner** than I expected. 愛麗絲比我預期早到中正機場．

No **sooner** had the supervisor left the room than the whiskey bottle came out. 那位管理人才剛剛離開房間，那瓶威士忌就馬上拿出來了.《比較 the supervisor had left the room 和 the whiskey bottle came out 哪個比較先發生時，只能說「早的程度為0」，即「同時」之意．但因為 the supervisor had left the room 中使用了 had left 這一過去完成式，因此可知道當時在場的人是確認管理人的身影完全看不到了，才把威士忌拿出來》

片語 *as soon as* 一～就…．（⇨ 範例）

as soon as possible 儘早地，儘快地: I'll let you know **as soon as possible**. 我會儘快通知你．

no sooner ~ than... 一～就…．（⇨ 範例）

sooner or later 遲早，早晚: He will face the truth **sooner or later**. 他遲早要面對那個事實．

➡ 充電小站 (p. 1225)

活用 *adv.* **sooner**, **soonest**

*__**soot**__* [sut] *n.* ① 煤煙，黑煙. ——*v.* ① 用煤煙弄髒，使滿是煤煙．

活用 *v.* **soots**, **sooted**, **sooted**, **sooting**

*__**soothe**__* [suð] *v.* 撫慰，使平靜，緩和．

範例 A good martini will **soothe** your nerves. 好的馬丁尼會使你的情緒鎮定．

Albert tried to **soothe** his girlfriend by saying sweet words. 艾伯特試圖用甜言蜜語安撫女朋友．

This cream will help to **soothe** your sunburn. 這種乳霜可以舒緩你的曬傷．

活用 *v.* **soothes**, **soothed**, **soothed**, **soothing**

soothingly [`suðɪŋlɪ] *adv.* 撫慰似地．

活用 *adv.* **more soothingly**, **most soothingly**

sooty [`sutɪ] *adj.* 滿是煤煙的，被煤煙弄髒的: They washed their **sooty** hands. 他們把滿是煤煙的雙手洗一洗．

活用 *adj.* **sootier**, **sootiest**

sophisticated [sə`fɪstɪ,ketɪd] *adj.* ① 老練的，知識豐富的. ② 精巧的，精密的.

範例 Our science teacher has a **sophisticated** sense of humor. 我們的理科老師有很老練的幽默感．

② It's the most **sophisticated** machine of its kind. 這是同型機器中最精巧的．

活用 *adj.* **more sophisticated**, **most sophisticated**

sophistication [sə,fɪstɪ`keʃən] *n.* ① 複雜，考究: The story line and the interplay among the characters show much **sophistication**. 那個故事的脈絡和人物間的互動都展現出許多精妙之處. ② 精通世故.

*__**sophistry**__* [`safɪstrɪ] *n.* 詭辯；詭辯法.

複數 **sophistries**

sophomore [`safm,or] *n.* 《美》（4年制高中、大學的）2年級學生.

參考 美國的4年制大學及高中裡，1年級學生稱作 freshman，3年級學生稱作 junior，4年級學生稱作 senior. 此外，因4年制高中從小學算起相當於9-12年級學生，所以高中學生 sophomore 相當於臺灣的「高中1年級學生」.

複數 **sophomores**

soppy [`sapɪ] *adj.* ① 溼透的. ②《口語》《英》過於多愁善感的.

活用 *adj.* **soppier**, **soppiest**

soprano [sə`præno] *n.* ① 女高音《女聲或童聲的最高音域》. ② 女高音歌手.

複數 **sopranos**

sorcerer [`sɔrsərɚ] *n.* 巫師，魔術師.

複數 **sorcerers**

sorceress [`sɔrsərɪs] *n.* 女巫.

複數 **sorceresses**

sorcery [`sɔrsərɪ] *n.* 魔法，魔術，巫術.

*__**sordid**__* [`sɔrdɪd] *adj.* 骯髒的；悲慘的；卑鄙的.

範例 John lived in a **sordid** little house. 約翰住在一間骯髒的小房子裡.

充電小站

soon

【Q】 "as soon as" 為甚麼是表示「一～就…」之意？

另外，"hardly ~ before (when)…" 和 "no sooner ~ than" 也表示相同的意思，請說明一下。

【A】 As soon as I got home, it started to rain.
（我才剛到家，就開始下起雨來了。）

為甚麼 as soon as 會是「一～就…」的意思呢？如果考慮一下 as ~ as 和 soon 的涵義，問題就不會那麼難回答。as ~ as 意為「在～方面大致相同」，soon 意為「不久，立刻」，所以 as soon as 即為「時間大致相同」的意思。那麼甚麼和甚麼「時間大致相同」呢？上述句子中有 I got home 和 it started to rain，這兩項即是比較的內容，也就是我到家的時間和開始下雨的時間「大致相同」。

因此 as soon as 意思則變成了「一～就…」。

雖然 as soon as 常被說成是「慣用語」，其實並非唯一慣用的。

在相同意義的說法中還有 "hardly ~ before (when)…" 和 "no sooner ~ than…"。讓我們一

起來看這兩個說法為甚麼意思會是「一～就…」吧。

"hardly ~ before (when)…" 用法如下：
John had hardly gone to bed before (when) the telephone rang suddenly.

意思為「約翰剛要睡覺，電話就突然響了」，句中的 before 也可以改成 when。

如果這句話按字面解釋，意思是「電話突然響之前，約翰幾乎還沒有睡」，也就是說，剛想睡覺，但在睡覺之前電話響了而不能睡，其意義與「正要去睡覺時電話就響了」相同。

與此類似的說法還有 "scarcely ~ when"，因為 scarcely 和 hardly 意義幾乎相同，所以此片語意思也相同。

下面再看一看 "no sooner ~ than…"。
I had no sooner started to read a book than my wife began to sing.

sooner 意為「比較早」，但是前面接 no，所以意為「比較~早的程度為 0」，即為「同樣早」，上面例句的意思為「我剛想讀書」和「我妻子唱歌」的時間是一致的。

What John did was a rather **sordid** act. 約翰的所作所為相當卑鄙。

活用 *adj.* **more sordid, most sordid**

sordidly [ˋsɔrdɪdlɪ] *adv.* 骯髒地；卑鄙地。

活用 *adv.* **more sordidly, most sordidly**

sordidness [ˋsɔrdɪnɪs] *n.* 骯髒；卑鄙。

***sore** [sor] *adj.* ① 疼痛的，感到疼痛的。② 生氣的，不愉快的。

——*n.* ③ 傷痛。

範例 ① The singer had a **sore** throat. 那個歌手喉嚨痛。

The lady played the piano with a **sore** heart. 那位女士帶著悲傷的心情彈奏鋼琴。

I'm **sore** from working out at the gym. 我在健身房裡練得全身酸痛。《work out 為「鍛鍊身體，練習」之意》

② My brother is **sore** at you. 我哥哥在生你的氣。

活用 *adj.* **sorer, sorest**

複數 **sores**

sorely [ˋsorlɪ] *adv.* 《正式》非常：She was **sorely** in need of rest. 她非常需要休息。

活用 *adv.* **more sorely, most sorely**

soreness [ˋsornɪs] *n.* 疼痛。

***sorrow** [ˋsaro] *n.* ① 悲傷，悲歡，傷心事；後悔，遺憾。

——*v.* ②《正式》感到悲傷。

範例 ① We share in your **sorrow**. 我們對你的悲傷感同身受。

There are many joys and **sorrows** to married life. 婚姻生活中有許多喜悅和悲傷。

He seems to show great **sorrow** for what he did. 他好像對自己的所作所為非常後悔。

sorrow for sin 為罪過而悔恨。

② John **sorrowed** over his father's death. 約翰為他父親的去世感到悲傷。

片語 ***drown ~'s sorrows*** 借酒消愁。

to ~'s sorrow 令～悲傷的是：**To her sorrow,** her cat has been run over by a car. 令她悲傷的是，她的貓被一輛汽車輾過。

複數 **sorrows**

活用 *v.* **sorrows, sorrowed, sorrowed, sorrowing**

***sorrowful** [ˋsarofəl] *adj.* 悲傷的，令人傷心的，不幸的。

範例 She has a pathetic, **sorrowful** look on her face. 她的臉上露出一副悲慘、傷心的表情。

Mary was giving me **sorrowful** looks. 瑪麗對我露出了悲傷的表情。

活用 *adj.* **more sorrowful, most sorrowful**

sorrowfully [ˋsarofəlɪ] *adv.* 憂傷地，悲痛地："I can't help you," she said **sorrowfully.** 她憂傷地說：「我幫不了你的忙。」

活用 *adv.* **more sorrowfully, most sorrowfully**

****sorry** [ˋsɔrɪ] *adj.*

原義	層面	釋義	範例
痛心的	因覺得愧對對方	抱歉，對不起	①
	因事情不順利	感到遺憾的	②
	因同情不幸	感到可憐、同情	③
	因狀況嚴重	慘重的，悲慘的	④

範例 ① I'm **sorry** I broke your window. 我很抱歉打破你的窗戶.
She's not really **sorry**. Look at her smiling. 她並非真心感到抱歉, 你看她還在笑.
"The coffee maker's broken." "**Sorry**?" "I said the coffee maker's broken." 「那個咖啡壺打破了.」「甚麼?」「我是說那個咖啡壺打破了.」《用於沒聽清楚對方的話時》
② I'm **sorry** to say that the launch of the space rocket wasn't a success. 很遺憾那次太空火箭發射失敗了.
③ I am so **sorry** about his misfortune. 我為他的不幸感到同情.
I feel **sorry** for you. 我為你感到可憐.
I'm **sorry** that she has been dismissed. 我對她被解雇感到同情.
④ The family is in a **sorry** state. 那個家庭處於悲慘的處境.
➡ 充電小站 (p. 1227)

活用 adj. **sorrier**, **sorriest**

****sort** [sɔrt] n. ① 種類, 類別.

——v. ② 分類, 區分.

範例 ① I like this **sort** of peach best. 我最喜歡這種桃子.
Gesture is a **sort** of language. 手勢也是一種語言.
I have never seen this **sort** of frog. 我從沒看過這種青蛙.
He is not the **sort** of man to tell a lie. 他不是那種會撒謊的人.
I did nothing of the **sort**. 我沒做那種事.
It takes all **sorts** to make a world. 《諺語》人世間無奇不有.
② They **sorted** apples by size. 他們將蘋果依大小分類.

片語 a **sort** of ~ 一種~的, 可說是~的. (⇨ 範例 ①)
of a sort/of sorts 較差的, 勉強的: a musician **of a sort** 勉強算是音樂家的人.
sort of 有幾分, 稍微: She was **sort of** angry. 她有點生氣.
sort out ① 挑選出. ② 解決 (問題): I visited his office to **sort out** some personal affairs. 我到他的辦公室去解決一些私事. ③ 使 (情緒) 安穩: After breaking up, Sam went up into the mountains to **sort out** his feelings. 分手之後, 山姆為了恢復情緒而去登山.

複數 **sorts**

活用 v. **sorts**, **sorted**, **sorted**, **sorting**

SOS [`ɛs,o`ɛs] n. 遇難信號, 求救信號: send out an **SOS** 發出求救信號.

參考 SOS 的 Morse Code (摩斯電碼) 為 (···———···), 在危急時是最容易發出的電碼組合.

複數 **SOS's/SOSs**

soufflé [su`fle] n. 蛋奶酥 《一種由麵粉和蛋白混合其他材料烘焙而成的甜點》: I made a chocolate **soufflé**. 我做了一個巧克力蛋奶

酥.

複數 **soufflés**

****sought** [sɔt] v. seek 的過去式、過去分詞.

****soul** [sol] n. ① 靈魂, 精神; 氣魄. ② 本質, 中心, 精髓. ③ 人. ④ 靈魂音樂 《亦作 soul music》.
——adj. ⑤ 美國黑人的, 黑人文化的.

範例 ① He's an artist who puts his **soul** into his work. 他是一位能將靈魂注入作品中的藝術家.
We prayed for the **souls** of the dead. 我們為死者的靈魂祈禱.
Our teacher has no **soul**. 我們老師毫無氣魄.
② Equality is the **soul** of the movement. 平等是這個運動的精髓.
③ a kind **soul** 好心的人.
⑤ **soul** food 美國南方黑人常吃的食物.

♦ **sóul mùsic** 靈魂音樂 《由美國黑人宗教音樂和藍調發展出來的現代音樂, 能表達出強烈的感情》.

複數 **souls**

soulful [`solfəl] adj. 充滿感情的, 深情的: Have you ever heard such **soulful** music? 你聽過這樣深情的音樂嗎?

活用 adj. **more soulful**, **most soulful**

soulfully [`solfəlɪ] adv. 充滿感情地: The singer sang **soulfully**. 那位歌手深情地唱著歌.

活用 adv. **more soulfully**, **most soulfully**

soulless [`sollɪs] adj. 無精打采的, 沒感情的.

活用 adj. **more soulless**, **most soulless**

****sound** [saund] n. ① 音, 聲音, 聲響, 音量. ② 海峽, 海灣.
——v. ③ 聽起來; 發音, 發出聲音, 鳴聲, 響. ④ 測 (水深); 探詢.
——adj. ⑤ 牢固的, 健全的; 堅實的; 充分的; 可靠的, 正確的.
——adv. ⑥ 深深地; 酣睡地.

範例 ① Don't make a **sound**. 別發出聲音.
Not a **sound** was heard in the house. 那間房子裡寂靜無聲.
Sound travels at about 330 meters per second in air. 聲音在空氣中以每秒約330公尺的速度傳播.
the **sound** of footsteps 腳步聲.
sound pollution 噪音污染.
The troops marched within **sound** of the guns. 那支部隊朝傳來槍聲的地點前進.
The report has a false **sound**. 那份報告好像是捏造的.
a **sound** effect 音效.
Glenn Miller succeeded in creating his own **sound**. 格倫・米勒成功地創造出他獨特的樂聲.
③ That **sounds** awful. 那聽起來很可怕.
Sounds good! 聽起來不錯!
This may **sound** queer, but it's true. 這聽起來也許有點怪, 但這是真的.
This instrument **sounds** strange. 這個樂器發聲

充電小站

對不起，抱歉 (sorry)

【Q】表示「對不起」除了用 "I'm sorry." 之外，還有哪些說法呢？它們表達的意思都相同嗎？

【A】表示道歉的說法除了 "I'm sorry." 之外還有 "Excuse me." excuse 是「原諒」之意，因此 "Excuse me." 是「請原諒我」的意思。

此外還有 "Excuse us." 的說法，當然這句話所表示的是「請原諒（我們）」。

另外一種較少見的說法是 "Excuse you". 這是當孩子想睡覺而不與訪客打招呼時母親對孩子說的話，其意為「你去請求原諒」，換成英語就是「Say 'Excuse me'」。這也是一種道歉的表達方式。

但 "I'm sorry." 和 "Excuse me." 這兩種說法稍有不同。"I'm sorry." 的說法更為客氣、有誠意，例如弄壞別人的東西時最好說 "I'm sorry"。相反地，如果在晚會中想提早離開或想叫住

行人問路時，說 "Excuse me." 較為恰當。如果在以上場合使用 "I'm sorry."，對方會吃驚地想：「這個人對我做了甚麼? 」

當然若真的覺得做了對不起對方的事情時，既可用 "I'm sorry."，亦可用 "Excuse me."。

反過來，當別人向你道歉時，你可以回答 "That's OK."，"That's all right." 或 "No problem." 等。

但是有時也有雙方皆說 "Excuse me." 的情況。例如在路上互相碰撞時就是如此。不過雙方說法稍有不同，需要注意。請看下面說明：

A: Excuse me.↗

B: Excuse me.↘

後表示道歉的人要把 me 說得重些，其涵義為「（表示道歉的）應該是我」。

音很怪。

His voice **sounds** as if he has a cold. 他的聲音聽起來好像感冒了。

His explanation **sounds** all right. 他的解釋聽起來沒錯。

The bell **sounded**. 鐘聲響了。

Don't **sound** your horn so often. 你不要那麼常按喇叭。

④ We **sounded** the lake. 我們測量了那個湖的深度。

⑤ My grandmother is still **sound** in mind and body for her age. 依我奶奶的年紀來看，她的身心都還很健康。

He has a **sound** opinion on politics. 他對政治有正確可靠的看法。

The boy had a **sound** sleep. 那個男孩睡得很甜。

She gave him a **sound** beating. 她狠狠打了他一頓。

A **sound** mind in a **sound** body.《諺語》健全的心靈寓於健康的身體。(☞ 充電小站 (p. 807)》

sound teeth 健康的牙齒。

a **sound** company 可靠的公司。

⑥ The baby was **sound** asleep. 那個嬰兒睡得很熟。

She sleeps **sound**. 她正在酣睡中。

片語 ***sound off*** 高談闊論，肆無忌憚地說，自吹自播：He **sounds off** about our ever growing government every now and then. 他時常針對我們不斷擴充的政府高談闊論。

➡ 充電小站 (p. 1229)

複數 **sounds**

活用 v. **sounds**, **sounded**, **sounded**, **sounding**

活用 adj., adv. **sounder**, **soundest**

soundly [`saundlɪ] adv. 健全地；堅實地；充分地；狠狠地：Father scolded us **soundly**.

父親把我們狠狠地訓了一頓。

活用 adv. **more soundly**, **most soundly**

soundness [`saundnɪs] n. 健全；堅實，穩固。

soundtrack [`saund͵træk] n. 聲帶《電影底片的錄音部分》；電影原聲帶：The **soundtrack** is already out. 那個電影原聲帶已上櫃販售了。

參考 「聲帶」原指電影膠片邊緣部分錄進的影片對話、音響效果及音樂等的 track 音軌。後來逐漸指錄製的臺詞、音響效果和音樂本身，進而專指音樂；亦作 sound track。

複數 **soundtracks**

****soup** [sup] n. ① 湯。

——v. ② 增加（引擎等的）馬力；《口語》使變得更有趣、更吸引人。

範例 ① eat **soup**（用湯匙）喝湯。

drink **soup**（直接用碗）喝湯。

thin and thick **soups** 清湯和濃湯。

片語 ***from soup to nuts***《美》自始至終，從頭到尾《soup 為用餐的開始，nuts 為餐後甜點的堅果》。

in the soup 在困境中，處於進退兩難的境地。

參考 ① 大致上可分為 potage（濃湯）和 consommé（清湯）。

◆ **sóup kitchen**（為貧窮者和災民提供食物的）免費餐廳。

複數 **soups**

活用 v. **soups**, **souped**, **souped**, **souping**

****sour** [saur] adj. ① 酸的。② 不高興的。

——v. ③（使）變酸。

範例 ① This rice has a **sour** taste. 這飯有酸味。

This milk has gone **sour**. 這牛奶變酸了。

Do you like **sour** apples? 你喜歡吃酸蘋果嗎？

He says he didn't want to enter that college, but that's just **sour** grapes. 他說他不想進那所大學，其實是酸葡萄心理。(☞ ◆ sour grapes》

② She looked **sour** last night. 她昨晚看起來心

情不好.

③ The milk **soured** overnight. 那牛奶一個晚上就變酸了.

♦ **sòur grápes** 酸葡萄《源自 *Aesop's Fables*《伊索寓言》中狐狸吃不到高掛的葡萄就說它是酸的》.

活用 *adj*. sourer, sourest

活用 *v*. sours, soured, soured, souring

****source** [sors] *n*. ① 源, 根源, 原因. ② 水源, 水源地. ③ 出處, 消息來源.

範例 ① Could you please find the **source** of the trouble with this word processor? 可以請你幫我查查這臺文字處理機故障的原因嗎?
I have to find the **source** of the rumor. 我必須找出那個謠言的來源.

② Where is the **source** of the Yellow River? 黃河的源頭在哪裡?

③ According to government **source**, there will be tax cuts in a few months. 根據政府的消息來源, 幾個月後將實行減稅.

複數 sources

sourly [`saʊrlɪ] *adv*. ① 酸酸地. ② 不高興地, 乖戾地: "What are you laughing at?" my father said **sourly**. 我父親不高興地說:「你在笑甚麼?」

活用 *adv*. more sourly, most sourly

sourness [`saʊrnɪs] *n*. ① 酸, 酸度, 酸味: the **sourness** of green apples 青蘋果的酸味. ② 不高興.

****south** [saʊθ] *n*., *adj*., *adv*. 南, 南方, 南部, 向南的〔地〕.

範例 The birds are flying towards the **south**. 那群鳥向南方飛去.
South winds blow north. 南風向北吹.
The army marched **south**. 那支軍隊向南前進.

♦ the **Dèep Sóuth** 南方腹地《指位於美國南部特別保守的喬治亞、阿拉巴馬、密西西比、路易斯安那等州》.

sòuth by éast 正南偏東《略作 SbE》.

sòuth by wést 正南偏西《略作 SbW》.

the **Sòuth Póle** 南極.

the **Sòuth Sea Íslands** 南太平洋諸島.

southeast [ˌsaʊθ`ist] *n*., *adj*., *adv*. 東南, 東南部, 向東南的〔地〕.

範例 Our house faces **southeast**. 我們的房子朝向東南.
Los Angeles is about 300 miles **southeast** of San Francisco. 洛杉磯位於舊金山東南方約300哩處.

♦ **Sòutheast Ásia** 東南亞.

southèast by éast 東南偏東《略作 SEbE》.

southèast by sóuth 東南偏南《略作 SEbS》.

southeastern [ˌsaʊθ`istən] *adj*. 東南的: The ship went sailing in a **southeastern** breeze. 那艘船乘著東南方吹來的微風航行.

southerly [`sʌðəlɪ] *adj*., *adv*. 南的〔地〕, 南向的〔地〕, 偏南的〔地〕, 從南方來的〔地〕:

The ship made its way **southerly** to Singapore. 那艘船向南航行至新加坡.

***southern** [`sʌðən] *adj*. 南的, 南部的: the **Southern** States《美國》南方諸州.

♦ the **Sòuthern Cróss** 南十字(星)座.

southerner [`sʌðənə] *n*. ① 南部人, 南方人. ②〔S~〕美國南部人.

複數 southerners

***southward** [`saʊθwəd] *adj*., *adv*. 向南的〔地〕: We flew **southward** in search of sunshine and warmer weather. 我們飛向南方, 尋找陽光和溫暖的氣候.

southwards [`saʊθwədz] *adv*. 向南地.

southwest [ˌsaʊθ`wɛst] *n*., *adj*., *adv*. 西南, 西南部, 向西南的〔地〕.

範例 The wind is blowing to the **southwest**. 風朝西南吹去.
The poet was buried in the **southwest** corner of the churchyard. 那位詩人埋葬在那座教堂墓地的西南角.
Winchester is sixty-five miles **southwest** of London. 溫徹斯特位於倫敦西南65哩.

♦ **southwèst by sóuth** 西南偏南《略作 SWbS》.

southwèst by wést 西南偏西《略作 SWbW》.

southwestern [ˌsaʊθ`wɛstən] *adj*. 西南的: the **southwestern** coast of the island 那個島的西南海岸.

***souvenir** [ˌsuvə`nɪr] *n*. 紀念品, 紀念物: This is a **souvenir** of my wedding. 這是我結婚的紀念品.

複數 souvenirs

***sovereign** [`savrɪn] *n*. ① 君主, 元首, 掌權者.
——*adj*. ② 擁有主權的, 自主的, 獨立的. ③ 最高的, 至上的.

範例 ① The British **sovereign** once controlled colonies all over the world. 那位英國國王曾統治遍及世界各地的殖民地.

② **Sovereign** power 主權.
Is Taiwan a **sovereign** state? 臺灣是一個獨立自主的國家嗎?

③ The people's will is **sovereign** in this matter. 這件事情以民意至上.

複數 sovereigns

***sovereignty** [`savrɪntɪ] *n*. ① 主權, 統治權: The **sovereignty** of this nation is in danger. 這個國家的主權岌岌可危. ② 獨立國家, 主權國家.

複數 sovereignties

****Soviet** [`sovɪɪt] *adj*. 前蘇聯(政府)的.

♦ the **Sòviet Únion** 蘇聯, 蘇維埃社會主義共和國聯邦《the Union of Soviet Socialist Republics 的縮略, 於1991年解體; ☞ CIS《獨立國家國協》》.

***sow** [*v*. so; *n*. saʊ] *v*. ① 播種, 栽種.
——*n*. ②(已長大成熟的)母豬.

範例 ① We **sow** wheat in autumn. 我們在秋天

充電小站

英語發音與其意義

【Q】英語發音與其意義有關嗎?
【A】據說以英語為母語的人，若聽到 strip, stripe, stroke, strap, string, streak 等字，會自然而然地聯想到「長，薄，直，細，延伸」等意.

此外，表示水滴的 drip 和 drop 中，drop 表示大水滴. 而表示金屬聲響的 clang 和 clink 相比，clang 表示較大的聲音.

首先請試著發下面的音:
(1) prick (一戳)
　　stick (扎，刺)
　　pick (捅)
　　pike (矛頭)
　　spike (釘鞋)
　　quick (敏捷)
(2) pillow (枕頭)
　　slow (緩慢的)
　　lullaby (搖籃曲)
　　willow (垂柳)
　　mellow (熟軟的)

(1) 的字都給人一種尖銳的印象，而 (2) 的字都帶一種安穩的感覺，你覺得呢? (1) 的字其 k 音非常尖銳，而 (2) 的字的 l 音聽起來較柔軟.

再看看其他的例子.
(3) 以 sn- 開頭的字多以鼻音形成其意.
　　snarl ((狗) 吠)
　　sneer (冷笑，嘲笑)
　　sneeze (打噴嚏)
　　sniff (嗅)
　　sniffle (吸鼻涕)
　　snigger, snicker (竊笑)
　　snivel (吸鼻涕，抽噎)
　　snore (打鼾)
　　snort (噴鼻息，發哼鼻聲)
　　snuff (用鼻子吸)

此外，snail (蝸牛)，snake (蛇)，sneak (偷偷地行動)，snoop (窺探) 等會給人一種黏黏的、慢吞吞的印象.
(4) wr- 有扭動、旋轉的感覺.
　　writhe (扭動身體)
　　wreathe (纏繞)
　　wriggle (蠕動，扭動)
　　wrangle (爭論)
　　wrench (擰轉，扭)
　　wring (擰，絞)
　　wrong (不正確的，歪的)
　　wrist (手腕)
　　wry (扭曲的)
　　wrinkle (皺紋，皺摺)
(5) fl- 有輕飄飄的感覺.
　　fly (飛)
　　float (浮)
　　flutter (飄動)

　　flip (輕拍，輕彈)
　　flap (飄動，拍動)
　　flop (撲落)
　　flag (旗)
　　flake ((雪等的) 薄片)
　　flit (輕飛)
　　fluff ((呢絨等的) 絨毛，柔毛)
(6) cl- 表示喀嚓聲或乒乓聲.
　　clash (發出嘡嘡聲)
　　click (發出滴答聲)
　　clap (啪啪地鼓掌)
　　clank (刀刃或鏈條鏗鏘作響)
　　clatter (發出咔噠咔噠聲)
　　clack (嘩啪作響)
　　clang (發出叮噹聲)
　　clink (發出叮噹〔叮鈴〕聲)
　　clunk (發出咚的一聲)
(7) gl- 表示閃耀之意.
　　glare (閃閃發光)
　　glass (玻璃)
　　gleam (閃爍)
　　glimmer (一閃一閃地發光)
　　glitter (閃耀)
　　gloss (光澤，光潤)
　　glow (燃燒般的光芒)
(8) sp- 有水勢猛烈的感覺.
　　spray (噴灑)
　　splash (濺起水等)
　　spit (吐口水)
　　sprinkle (灑水)
　　splatter (濺起水等)
　　spill (使液體溢出)
　　spring (泉水，湧出的水)
(9) -sh 含有急劇動作之意.
　　flash (突然一閃)
　　dash (猛衝)
　　crash (相撞)
　　bash (猛擊)
　　thrash (鞭打)
　　smash (打碎)
　　slash (揮砍)
　　push (推)
　　gush (噴出，迸出)
　　rush (湧向)
　　splash (水濺起)
(10) st- 含停止之意.
　　stop (停止)
　　stay (中止)
　　still (靜止不動)
　　stand (站立)
　　stable (穩固的)
　　station (設置，駐紮)
　　steady (穩定的，堅定的)

播種小麥.　　　　　　　　　　Father **sowed** the yard with grass. 父親在那

個院子裡種草.

Poverty **sowed** the seeds of revolution. 貧困
撒下了革命的種子.

活用 *v.* **sows, sowed, sown, sowing/
sows, sowed, sowed, sowing**

複數 **sows**

sown [son] *v.* sow 的過去分詞.

soy/soya [sɔɪ(ə)] *n.* 大豆；醬油.

♦ **sóy sáuce** 醬油.

soybean [`sɔɪˏbin] *n.* 大豆.

參考 亦作 soyabean.

複數 **soybeans**

spa [spɑ] *n.* 礦泉，溫泉；溫泉浴場，礦泉療養
地.

複數 **spas**

＊**space** [spes] *n.* ① 空間，空白，場所. ② 太空
《亦作 outer space》. ③ 時間；(時間的) 間距.
④ (五線譜的) 線間.

——*v.* ⑤ 隔開，空出一定間距.

範例 ① There is a **space** of only two feet
between the two buildings. 那兩棟建築物的
間隔只有兩呎.

This sofa takes up a lot of **space**. 這個沙發很
占空間.

Leave more **space** between the desks. 把那
些桌子的間隔再拉大一點.

There is no **space** in this park where you can
play baseball. 這個公園裡沒有可以讓你們打
棒球的場地.

The road is bad for a **space** of 5km. 那條道路
有5公里的路況不佳.

② It is impossible for me to travel through
space. 太空旅行對我來說根本不可能.

③ He will be back within the **space** of three
months. 他3個月內會回來.

④ This eighth note should be in the first **space**,
not on the first line. 這個8分音符應該在第一
線間，而不是第一線上.

⑤ The trees are evenly **spaced**. 這些樹木間隔
相等.

♦ **spáce àge** 太空時代.
spáce bàr (鍵盤上的) 空白鍵.
spáce flìght 太空飛行.
spáce scìence 太空科學.
spáce shùttle 太空梭.
spáce stàtion 太空站.
spáce sùit 太空衣《亦作 spacesuit》.
spáce tràvel 太空旅行.

複數 **spaces**

活用 *v.* **spaces, spaced, spaced, spacing**

spacecraft [`spesˏkræft] *n.* 太空船.

複數 **spacecraft**

spaceship [`spesˏʃɪp] *n.* 太空船.

複數 **spaceships**

spacious [`speʃəs] *adj.* 寬敞的，寬闊的：a
spacious church 寬敞的教堂.

活用 *adj.* **more spacious, most spacious**

spaciousness [`speʃəsnɪs] *n.* 寬敞，寬闊.

spade [sped] *n.* ① 鍬，鏟. ②(紙牌中的)黑桃.

範例 ① He dug down three feet with a **spade**.
他用鏟子挖了3呎深.

② She had the ace of **spades** in her hand. 她手
中握有黑桃 A.

片語 **call a spade a spade** 直言不諱，實話
實說：She is not afraid to **call a spade a
spade**. 她無所畏懼地實話實說.

➡ 充電小站 (p. 1231)

複數 **spades**

spaghetti [spə`gɛtɪ] *n.* 義大利麵.

Spain [spen] *n.* 西班牙《☞ 附錄「世界各國」》.

＊**span** [spæn] *n.* ① 期間. ② 長度，(兩點間的)距
離，跨距《橋墩或拱形建築支柱間的距離》. ③
指距《將手指張開從拇指尖到小指尖的距
離》.

——*v.* ④ 跨越，橫跨. ⑤ 架橋.

範例 ① We have supplies that will last just a short
span of time. 我們的儲糧只能再維持一段很
短的時間.

The **span** of a man's life is about seventy or
eighty years. 人的一生大約70年到80年.

② The **span** of this bridge is about 300m. 這座
橋全長大約300公尺.

The bridge has a **span** of seventy yards. 那座
橋的橋墩距離為70碼.

③ Life is but a **span**. 人生苦短.

④ A long bridge **spans** the river. 有一座長橋橫
跨那條河.

My favorite philosopher's life **spanned** almost
the whole of a century. 我最喜歡的那位哲學
家，他的一生幾乎跨越了整個世紀.

片語 **spick and span** 嶄新的；整潔的.

複數 **spans**

活用 *v.* **spans, spanned, spanned,
spanning**

spangle [`spæŋgl] *n.* ① 亮片. ② 發光物.

——*v.* ③ 使閃爍發光；鑲上發光的亮片.

範例 ① Many **spangles** were sewn on the
dress. 那件禮服縫上很多亮片.

③ We saw the grass **spangled** with dewdrops.
我們見到草地因露珠而閃閃發光.

複數 **spangles**

活用 *v.* **spangles, spangled, spangled,
spangling**

＊**Spaniard** [`spænjəd] *n.* 西班牙人.

複數 **Spaniards**

spaniel [`spænjəl] *n.* 獚《一種長毛垂耳的矮腳
狗》.

複數 **spaniels**

＊**Spanish** [`spænɪʃ] *n.* ① 西班牙語；西班牙人
《一個西班牙人作 a Spaniard》.

——*adj.* ② 西班牙語的.

spank [spæŋk] *v.* ① 用巴掌打臀部：She
spanked his disobedient son. 她那不聽話的
兒子被她打屁股.

——*n.* ② 摑打，拍打.

活用 *v.* **spanks, spanked, spanked,
spanking**

複數 **spanks**

充電小站

紙牌的圖形

據說紙牌在9世紀時產生於中國或印度。不久紙牌便傳入歐洲，因時代與地區的差異，其繪圖與樣式也發生了變化，到了16世紀在法國已有現在這樣的紙牌。

♣的圖形（梅花）在法語中讀作 trèfle [`trɛfl]，其義為三葉草，在英語中讀作 club，其義為「棍棒」。

♠的圖形（黑桃）在法語中讀作 pique [pik]，其義為「長矛」，在英語中讀作 spade，其義為「劍」。這是受義大利語 spada 的影響。

♥的圖形（紅心）在法語中讀作 coeur [kœ:r]，其義為「心臟」，在英語中也同樣是「心臟」的 heart。

♦的圖形（方塊）在法語中讀作 carreau [ka`ro]，其義為「正方形」，所以在英語中演變為寶石中的鑽石，即 diamond。

---

spanking [`spæŋkɪŋ] *n.* 拍擊: I gave my naughty son a sound **spanking**. 我那淘氣的兒子被我狠狠地打了一頓。
〔複數〕 **spankings**

spanner [`spænə] *n.* 〔英〕扳手《〔美〕wrench》.
〔複數〕 **spanners**

spar [spɑr] *n.* ① 圓材〔用於船的桅杆等〕.
——*v.* ② 〔拳擊比賽中〕擊打. ③ 爭吵.
〔複數〕 **spars**
〔活用〕*v.* **spars, sparred, sparred, sparring**

＊**spare** [spɛr] *v.* ① 讓與；捨不得用. ② 節省. ③ 寬恕.
——*adj.* ④ 多餘的，備用的.
——*n.* ⑤ 備用品.
〔範例〕Can you **spare** me a little time?/Can you **spare** a little time for me? 你能騰出點時間給我嗎？
He **spared** no expense. 他不惜花費.
④ a **spare** tire 備胎.
I usually listen to music in my **spare** time. 我有空的時候通常會聽音樂.
spare money 多餘的錢.
〔片語〕**enough and to spare** 綽綽有餘.
spare ~self 不肯出力.
spare ~'s feelings 不傷~的感情.
〔活用〕*v.* **spares, spared, spared, sparing**
〔複數〕 **spares**

spareribs [`spɛr͵rɪbz] *n.* 〔作複數〕帶肉的豬排骨.

sparing [`spɛrɪŋ] *adj.* 節約的.
〔範例〕Be **sparing** with the peanut butter—there isn't much left. 花生醬節省著用，剩下不多了.
That teacher is rather **sparing** in his praise. 那個老師吝於誇獎人.
〔活用〕*adj.* **more sparing, most sparing**

sparingly [`spɛrɪŋlɪ] *adv.* 節省地: Caviar is expensive—eat it **sparingly**. 魚子醬很貴，省點吃.
〔活用〕*adv.* **more sparingly, most sparingly**

＊**spark** [spɑrk] *n.* ① 火花，火星. ② 微量.
——*v.* ③ 散出火星. ④ 導火線 (off).
〔範例〕① **Sparks** are flying out of the blast furnace. 那座熔礦爐正在往外冒火星.
A **spark** started the fire, an official said. 有一位官員說，冒出的火花引起了火災.

My son has a **spark** of genius. 我的兒子才氣縱橫.
② He does not have a **spark** of interest in science. 他對科學毫無興趣.
③ Something **sparked** in the room. 那個房間裡有東西迸出火花.
④ Your words **sparked** off the trouble. 你的話引起了糾紛.
♦ **spárk plùg** （內燃機的）火星塞.
〔複數〕 **sparks**
〔活用〕*v.* **sparks, sparked, sparked, sparking**

＊**sparkle** [`spɑrkl] *v.* ① 閃爍.
——*n.* ② 閃爍，閃閃發光.
〔範例〕① The sea was **sparkling** in the sun. 大海在陽光下閃閃發光.
The professor's lectures **sparkled** with humor. 那位教授的講課幽默風趣.
② the **sparkle** of a diamond 鑽石閃耀的光芒.
♦ **spárkling wine** 汽泡酒.
〔活用〕*v.* **sparkles, sparkled, sparkled, sparkling**
〔複數〕 **sparkles**

sparrow [`spæro] *n.* 麻雀: **Sparrows** are chirping outside. 麻雀在外面吱吱叫.
〔複數〕 **sparrows**

sparse [spɑrs] *adj.* 稀疏的，稀少的.
〔範例〕**sparse** hair 稀疏的頭髮.
a **sparse** audience 稀少的聽眾.
〔活用〕*adj.* **sparser, sparsest**

sparsely [`spɑrslɪ] *adv.* 稀疏地，稀少地: a **sparsely** populated area 人煙稀少的地區.
〔活用〕*adv.* **more sparsely, most sparsely**

sparseness [`spɑrsnɪs] *n.* 稀疏，稀少.

spartan [`spɑrtn] *adj.* 斯巴達式的；剛毅的.
〔活用〕*adj.* **more spartan, most spartan**

spasm [`spæzəm] *n.* ① 痙攣. ② 發作: Jane had a **spasm** of laughter. 珍突然一陣大笑.
〔複數〕 **spasms**

spasmodic [spæz`mɑdɪk] *adj.* ① 痙攣（性）的. ② 突然發作的，間歇性的.
〔範例〕① I have a **spasmodic** pain in my arm. 我覺得我的手臂有抽搐性的疼痛.
② Tom makes **spasmodic** efforts at studying. 湯姆的學習忽冷忽熱.
〔活用〕*adj.* **more spasmodic, most**

S

spasmodic

spasmodically [spæzˋmɑdɪklɪ] *adv.* 間歇性地: I heard a child sobbing **spasmodically**. 我聽到一個孩子時斷時續的啜泣聲.

|活用| *adv.* **more spasmodically**, **most spasmodically**

spat [spæt] *n.* ① 爭吵，口角. ② 拍打. ③ 鞋罩.
——*v.* ④ spit 的過去式、過去分詞.

|範例| ① Mom and dad had a **spat** over my girlfriend again. 父母親又為我的女朋友而吵起來.
③ a pair of **spats** 一副鞋罩.

|複數| **spats**

spate [spet] *n.* 氾濫；〖英〗洪水；迸發.

|範例| a **spate** of angry words 迸發怒言.
The river is in **spate**. 那條河水氾濫成災.

|複數| **spates**

spatial [ˋspeʃəl] *adj.* 《正式》空間的: the **spatial** relationships between objects 物體間的空間關係.

spatially [ˋspeʃəlɪ] *adv.* 空間上.

spatter [ˋspætə] *v.* ① 濺起（液體等）；濺污；紛落.
——*n.* ② 濺；飛濺之物.

|範例| ① The white car **spattered** him with mud and zoomed away. 那輛白色的汽車濺了他一身泥，然後飛馳而過.
He **spattered** grape juice on his shirt. 他把葡萄汁濺在自己的襯衫上.
Some blood **spattered** on the wall. 有些血濺在牆壁上.

|活用| *v.* **spatters**, **spattered**, **spattered**, **spattering**

|複數| **spatters**

spatula [ˋspætʃələ] *n.* 刮刀.

|複數| **spatulas**

spawn [spɔn] *n.* ① 卵.
——*v.* ② 產（卵）；產生.

|活用| *v.* **spawns**, **spawned**, **spawned**, **spawning**

∗∗speak [spik] *v.* ① 說話，講話. ② 表示.

|範例| ① Mary was so shocked she could hardly **speak** for a while. 瑪麗受到很大的打擊，好一陣子說不出話來.
Please **speak** slowly. 請慢慢說.
Mr. Lin **spoke** in Taiwanese. 林先生講臺語.
Mr. Jones **spoke** about global warming. 瓊斯先生談論有關全球暖化現象的問題.
I'm afraid of **speaking** to a large audience. 我害怕在眾多聽眾面前演說.
Actions **speak** louder than words.《諺語》事實勝於雄辯.
You should **speak** the truth. 你應該說實話.
He can **speak** several languages. 他會講好幾種語言.
② His eyes **spoke** of anger. 他的眼中露出了憤怒.

|片語| *generally speaking* 一般而言:

Generally speaking, children learn foreign languages more easily than adults. 一般而言，小孩比大人更容易學習外語.
frankly speaking 坦白地說: **Frankly speaking**, I can't agree with your opinion. 坦白地說，我不能同意你的意見.
so to speak 可以說: Tom is, **so to speak**, a grown-up boy. 湯姆可以說是一個大孩子了.
speak for 辯護: Why didn't you **speak for** her? 你為甚麼不為她辯講呢?
speak ill of 說壞話: Don't **speak ill of** others behind their back. 不要在背後說別人的壞話.
speak of ① 談到: That fashion was much **spoken** of in the Victorian Era. 那個流行式樣在維多利亞時期成為重要話題. ② 表示.（⇨
|範例| ②）
speaking of 談到，說到: **Speaking of** dogs, how are yours? 說到狗，你家的狗還好嗎?
speak out 大膽地說出: The time has come for us to **speak out**. 該是我們說清楚的時候了.
speak up 大聲地說: Will you **speak up**? I can't hear very well. 你說大聲點好嗎? 我聽不太清楚.
speak well of 講好話: All his classmates **speak well of** him. 他的同班同學都誇他.
strictly speaking 嚴格地說: **Strictly speaking**, what he did was against the rules. 嚴格地說，他的所作所為是違反規定的.

☞ *n.* speech

|活用| *v.* **speaks**, **spoke**, **spoken**, **speaking**

speaker [ˋspikə] *n.* ① 說話者，講話者. ②（眾議院的）議長. ③ 揚聲器，擴音器.

|範例| ① He is a fluent **speaker** of English. 他英語講得很流利.
Let me introduce today's first **speaker**. 讓我介紹一下今天第一位主講人.
② Mr. **Speaker**, I don't agree with the Prime Minister. 議長先生，我不贊同首相.
③ Move the left **speaker** a little forward. 把左邊的擴音器往前移一點.
a built-in **speaker** 內建式擴音器.

|複數| **speakers**

speaking [ˋspikɪŋ] *adj.* ① 說話的；講～語的.
——*n.* ② 說話.

|範例| ① Australia is an English-**speaking** country. 澳大利亞是講英語的國家.
I'm not on **speaking** terms with Ms. White. 我和懷特女士不和.

spear [spɪr] *n.* ① 矛；魚叉.
——*v.* ② 用矛刺，用魚叉叉.

|範例| ① He thrust the **spear** into the lion. 他將矛刺向那頭獅子.
She caught a fish with a **spear**. 她用魚叉捕魚.
② I **speared** the deer. 我用矛刺鹿.

複數 spears
活用 v. spears, speared, speared, spearing

spearhead [`spɪr,hɛd] n. ① 矛頭. ② 先鋒.
——v. ③ 帶頭，站在最前線.
範例 ② The actor was the **spearhead** of the fight-cancer campaign. 那個演員帶頭參加那個抗癌運動.
③ His group **spearheaded** the movement. 他的小組帶領那項活動.
複數 spearheads
活用 v. spearheads, spearheaded, spearheaded, spearheading

spearmint [`spɪr,mɪnt] n. 綠薄荷《原產於歐洲的一種紫蘇科草，用於口香糖添加物》.

special [`spɛʃəl] adj. ① 特殊的，專門的.
——n. ② 廉價品. ③ 特殊的人〔物〕.
範例 ① a **special** train 特別加開的火車.
She is a very **special** friend. 她是一個非常特別的朋友.
What are your **special** interests? 你對甚麼特別感興趣?
My mother only wears these shoes on **special** occasions. 我母親只有在特殊場合才穿這雙鞋.
The monthly magazine issues a **special** edition every autumn. 那份月刊每年秋季都會發行特刊.
This article is based on a report from our **special** correspondent in South Africa. 這篇文章是根據南非特派員傳回來的報導.
He is against the idea that children with **special** educational needs should go to **special** schools. 對於需要特殊教育的孩子應該進特殊學校的這個想法，他表示反對.
Take **special** care driving in the snow. 在雪中開車要特別小心.
I have nothing **special** to do this evening. 我今晚沒有甚麼特別的事要做.
a **special** hospital 專門醫院.
What is her **special** field of study? 她研究的專業領域是甚麼?
② There is a **special** on tea this week./Tea is on **special** this week. 本週紅茶特價.
③ I saw the all-night television **special** on the election. 我看了一整夜的選舉特別節目.
What`s your today`s **special**? 今天有甚麼特別的菜色?
Specials did the work the regulars couldn`t. 一般員工做不了的事由專家來做.
片語 **on special** 正在特價中. (⇨ 範例 ②)
♦ **spècial delivery** 限時專送.
spècial effécts 特效.
spécial schòol 特殊學校《為身心殘疾者設立的學校》.
活用 adj. more special, most special
複數 specials

specialisation [ˌspɛʃəlaɪ`zeʃən] =n. 〖美〗specialization.

*specialise [`spɛʃəl,aɪz] =v. 〖美〗specialize.
specialised [`spɛʃəl,aɪzd] =adj. 〖美〗specialized.

specialist [`spɛʃəlɪst] n. ① 專家. ② 專科醫生.
範例 ① He is a **specialist** on Middle East affairs. 他是中東問題的專家.
② Dr. Green is an eye **specialist**. 格林醫師是一位眼科醫生.
複數 specialists

speciality [ˌspɛʃɪ`ælətɪ] n. ① 專門，專長. ② 特產，名產.
參考 亦作 specialty.

specialization [ˌspɛʃəlaɪ`zeʃən] n. ① 專門化，特殊化. ② 專業領域.
參考 〖英〗specialisation.
複數 specializations

*specialize [`spɛʃəl,aɪz] v. 專攻，專研; 使特殊化.
範例 This student **specializes** in computer technology. 這個學生專研電腦科技.
She is a researcher **specializing** in AIDS. 她是愛滋病的專門研究人員.
The shop **specializes** in sportswear. 那家商店是運動服的專賣店.
參考 〖英〗specialise.
活用 v. specializes, specialized, specialized, specializing

specialized [`spɛʃəl,aɪzd] adj. ① 專業的. ② 特殊用途的.
範例 ① **specialized** knowledge 專業知識.
② **specialized** tools 特殊用途的工具.
參考 〖英〗specialised.
活用 adj. more specialized, most specialized

*specially [`spɛʃəlɪ] adv. 特別地.
範例 The whole meal was good, and the dessert was **specially** good. 整頓飯都很好吃，飯後甜點特別好吃.
"Do you like that teacher?" "Not **specially**." 「你喜歡那位老師嗎?」「不是特別喜歡.」
I got up early **specially** to see you off. 我特別早起是為了送你.
She made the cake **specially** for their wedding anniversary. 她為了結婚紀念日特地製作了蛋糕.
參考 亦作 especially.

specialty [`spɛʃəltɪ] n. ① 專門，專長. ② 特產，名產.
範例 ① Lisa`s **specialty** is social anthropology. 麗莎的專長是社會人類學.
Her **specialty** is curry and rice. 她的拿手菜是咖哩飯.
② Marine products are a **specialty** of this village. 海產是這個村子的特產.
The tofu ice cream for dessert is the **specialty** of the house. 飯後甜點豆腐冰淇淋是這家店的特製品.
參考 〖英〗speciality.

S

複數 **specialties**

*__species__ [`spiʃɪz] *n.* 種: *The Origin of Species* was written by Darwin in the 19th century.《物種原始》是19世紀達爾文寫的.

複數 **species**

*__specific__ [spɪ`sɪfɪk] *adj.* ① 明確的. ② 特定的, 特有的.
——*n.* ③〔~s〕細節. ④ 特效藥.

範例 ① The doctor gave the nurses **specific** instructions. 那位醫生給護士們明確的指示.
Be more **specific** about what you want to study in university. 更明確指出你在大學想學甚麼.
There they found the fossil of a footstep; the right footstep of a child aged 5 to 7, to be **specific**. 他們在那裡發現了足跡的化石, 具體地說, 是5歲到7歲間孩子的右腳足跡.
② Everybody has his own **specific** task to complete. 每個人都有自己特定要完成的任務.
There is no **specific** compensation for this sort of damage. 對於這類損害沒有特定的補償.
This distemper is **specific** to certain kinds of dogs. 這種犬瘟熱只有特定的狗才會染上.
③ They started talking about **specifics** after having agreed on the general principles. 原則大致底定之後, 他們開始談論細節.
④ Quinine is a **specific** for malaria. 奎寧是治療瘧疾的特效藥.

活用 *adj.* more specific, most specific
複數 **specifics**

__specifically__ [spɪ`sɪfɪklɪ] *adv.* ① 特別地. ② 明確地. ③ 具體地.

範例 ① X-rated movies are intended **specifically** for an adult audience. X 級電影是特別被設定給成年觀眾觀看的.
② The doctor **specifically** told him not to drink. 醫生明確地告訴他不可以喝酒.
③ She has been to several cities in California, **specifically** San Francisco, Los Angeles, Oakland and San Diego. 她去過加州的幾個城市, 具體地說有舊金山、洛杉磯、奧克蘭、聖地牙哥等.

__specification__ [ˌspɛsəfə`keʃən] *n.* ① 設計書, 說明書, 明細表. ② 列舉, 詳述.

範例 ① **specifications** for a garage 車庫的設計書.
② the **specification** of details 列舉細節.
There was no **specification** of the type of experience required in the want ad. 那則徵人廣告上沒有特別載明所需經歷的種類.

複數 **specifications**

__specify__ [`spɛsəˌfaɪ] *v.* 詳細記載, 具體指定.

範例 The regulations don't **specify** what kind of uniform is required. 那些規則並沒有具體指定該穿何種制服.
Do I have to take this medicine at a **specified** time? 我必須在規定的時間用這藥物嗎?

活用 *v.* **specifies, specified, specified, specifying**

*__specimen__ [`spɛsəmən] *n.* 樣本; 實例; 典型; 標本;(醫學檢查用的)抽樣.

範例 a **specimen** of Gothic architecture 哥德式建築的典型.
stuffed **specimens** 剝製的標本.
a blood **specimen** 血液採樣.

複數 **specimens**

*__speck__ [spɛk] *n.* 小 (污) 點, 斑點.

範例 The plane became a **speck** in the distance. 那架飛機在遠處形成一個小點.
He found a few **specks** of paint on the carpet. 他發現地毯上有一些油漆的污點.
She had a **speck** of something in her right eye. 她的右眼跑進一粒灰塵.
There wasn't a **speck** of humor in that comedy. 那齣喜劇中沒有絲毫的幽默.

複數 **specks**

__speckle__ [`spɛkl] *n.* ① 斑點, 污點.
——*v.* ② 沾上污點, 使有斑點.

複數 **speckles**
活用 *v.* **speckles, speckled, speckled, speckling**

__speckled__ [`spɛkld] *adj.* 有斑點的, 有污點的:
a **speckled** bird 帶有斑點的鳥.

*__spectacle__ [`spɛktəkl] *n.* ① 景象; 壯觀. ②(豪華的)演出, 展示. ③〔~s〕眼鏡(☞ 充電小站 (p. 535)).

範例 ① The scene of the car crash was a horrible **spectacle**. 那起撞車事故的現場是一片可怕的景象.
This evening's sunset was a beautiful **spectacle** of color. 今晚的日落色彩絢爛, 景象壯觀.
② The royal wedding was a once-in-a-lifetime **spectacle**. 王室婚禮是極為難得一見的場面.
③ She wears **spectacles**. 她戴著眼鏡.

複數 **spectacles**

__spectacular__ [spɛk`tækjələ˞] *adj.* ① 壯觀的, 富麗堂皇的, 值得一看的.
——*n.* ② 場面壯觀的演出〔事件〕.

範例 ① The sunrise is **spectacular**—come and see! 日出太壯觀啦, 快來看!
② a TV **spectacular** 豪華電視節目.

活用 *adj.* **more spectacular, most spectacular**
複數 **spectaculars**

__spectacularly__ [spɛk`tækjələ˞lɪ] *adv.* 壯觀地, 華麗地.

*__spectator__ [`spɛktetə˞] *n.* 觀眾, 參觀者, 旁觀者: The **spectators** got out of control at the baseball game. 觀眾在那場棒球比賽中失控.

複數 **spectators**

__specter__ [`spɛktə˞] *n.* ① 令人不安的東西. ② 幽靈, 亡靈.

參考 [英] spectre.
複數 **specters**

充電小站

轉述別人話語的表達方式

請看以下 May 和 Ken 在電話裡的交談：
May: Hello.
Ken: Hello，May. This is Ken. Can you come and see me in ten minutes?
May: I'm afraid I can't.
要轉述 Ken 所說的話，可用以下的說法：
① Ken said to May，"Can you come and see me in ten minutes?"
② Ken asked May if she could come and see him in ten minutes.
③ Ken asked May to come and see him soon.
④ Ken said that he wanted to see May soon.
⑤ Ken wanted May to come to see him at once.
此外還有多種表達方式。例如要表示 Ken 的語氣非常強烈，可使用命令(order)表達如下：

⑥ Ken ordered May to come to see him at once.
⑦ Ken ordered that May (should) come to see him at once.
如果要表示婉轉的語氣，可使用請求 (request)表達如下：
⑧ Ken requested May to come to see him at once.
⑨ Ken requested May to see him.
也可以使用 tell：
⑩ Ken told May to come to see him at once.
要轉述別人的話有以上多種說法。但是要注意上下文，才能確切地表達。重要的是將別人的話用自己的語言，加上自己的解釋和歸納完整表達。

---

spectra [`spɛktrə] *n.* spectrum 的複數形.
spectre [`spɛktə] = *n.* 『美』specter.
spectroscope [`spɛktrə,skop] *n.* 分光器.
　[複數] **spectroscopes**
spectrum [`spɛktrəm] *n.* ① 光譜《用三稜鏡分析光而得到的連續7彩色帶》. ② 變動的範圍, 範圍.
　[複數] **spectra/spectrums**
***speculate** [`spɛkjə,let] *v.* ① 思索; 推測 (about). ② 投機 (on).
　[範例] ① The girl **speculated** about the meaning of life. 那個女孩思索人生的意義.
　② Don't **speculate** on foreign exchange. 不要從事外匯的投機買賣.
　[活用] *v.* **speculates, speculated, speculating**
***speculation** [,spɛkjə`leʃən] *n.* ① 思索; 推測: My response is only **speculation**. 我的回答僅僅是推測. ② 投機.
　[複數] **speculations**
speculative [`spɛkjə,letɪv] *adj.* ① 推測的; 經過思索的. ② 投機性的.
　[範例] ① **speculative** thought 推測性的思考.
　② **speculative** buying of platinum 白金的看漲買進.
　[活用] *adj.* **more speculative, most speculative**
speculator [`spɛkjə,letə] *n.* 投機者.
　[複數] **speculators**
***sped** [spɛd] *v.* speed 的過去式、過去分詞.
***speech** [spitʃ] *n.* ① 言語, 言論; 語言能力. ② 說話方式, 談話; 方言. ③ 演說, 發言. ④ 口語.
　[範例] ① freedom of **speech** 言論自由.
　lose ~'s **speech** 說不出話.
　Speech sets us apart from other animals. 語言能力讓我們人類異於其他動物.
　② We knew from her **speech** that she was

Australian. 從她的談話, 我們知道她是澳洲人.
　His **speech** is difficult to make out. 他的話很難理解.
　the **speech** of the common people 一般人的說法.
　the native **speech** of London 倫敦方言.
　③ The president is going to give a **speech** on safety in the workplace. 總經理將發表一場關於工作場所安全的演說.
　make an opening **speech** 作開幕致辭.
　④ The phrase "let me see" is more used in **speech** than in writing. 「讓我想一想」這個說法比較常用於口語, 而少用於文字書寫.
　♦ **spéech clínic** 語言矯正所.
　spéech commùnity 言語群體.
　spéech dày 『英』授獎演講日《在學年結業日舉行, 包括授獎儀式和來賓致辭》.
　spèech thérapy 語言障礙矯正.
　[☞] *v.* speak
　➡ (充電小站) (p. 1235)
　[複數] **speeches**
speechless [`spitʃlɪs] *adj.* 不會說話的, 無言的, 無法用語言表達的.
　[範例] She was **speechless** with anger. 她憤怒得講不出話來.
　I was seized by **speechless** fear and just screamed. 無法言喻的恐懼向我襲來, 我卻只能尖叫.
***speed** [spid] *n.* ① 快速; 速度.
　—— *v.* ② 急行; 加速; 超速.
　[範例] ① Safety is more important than **speed**. 安全比速度更重要.
　More haste, less **speed**. 《諺語》欲速則不達.
　I drove at a **speed** of 60 kilometers per hour. 我以時速60公里的速度開車.
　The **speed** of light is equal to that of radio waves. 光速等於無線電波的速度.

You must keep within the **speed** limit, 60 kilometers per hour, around here. 在這一帶你要保持在速限為時速60公里以下行駛.

The **speed** limit of this sports car is 180 kilometers per hour. 這輛賽車的最高速度為時速180公里.

② We **speeded** along the highway bound for our hometown. 我們在通往故鄉的高速公路上快速行駛.

The car **sped** up as it went downhill. 下坡時車速加快了.

He was fined for **speeding**. 他因為超速而罰款.

Sir, you were **speeding**. You were doing 75 miles per hour. 先生, 你超速了, 你的時速是75哩.

片語 **speed up** 加速. (⇨ 範例 ②)

♦ **spéed skàting** 溜冰速度比賽.

spéed limit ① 速度限制. ② 最高速度.

活用 v. **speeds**, **speeded**, **speeded**, **speeding/speeds**, **sped**, **sped**, **speeding**

speedily [`spidlɪ] adv. 快速地, 即刻, 馬上: The problem was **speedily** settled. 那個問題馬上得到解決.

活用 adv. **more speedily**, **most speedily**

speedometer [spɪ`dɑmətɚ] n. 速度計: My car has a tachometer as well as a **speedometer**. 我的汽車不僅裝有速度計, 還裝有轉速計.

複數 **speedometers**

****speedy** [`spidɪ] adj. 快速的, 馬上的, 立即的. 範例 We're happy about his **speedy** recovery. 我們很高興他迅速康復.

I got a **speedy** answer to my question from the judge. 那位法官立刻回答了我的問題.

活用 adj. **speedier**, **speediest**

****spell** [spɛl] v. ① 拼寫, 念出~的拼法. ② 意味. ——n. ③ 期間, 一段時間. ④ 魔法, 魔力, 魅力.

範例 ① How do you **spell** your name? 你的名字怎麼拼?

R-u-s-s-i-a **spells** Russia. 俄羅斯拼作 R-u-s-s-i-a.

Spell out Oct. 寫出 Oct. 的拼寫字母.

② Getting caught **spells** expulsion from school. 如果被捉到就會受到開除學籍的處分.

③ We experienced a record-breaking dry **spell** this summer. 今年夏天我們遭到了史無前例的乾旱.

The old gentleman had a coughing **spell**. 那位老紳士一陣咳嗽.

④ The old witch cast a **spell** on the prince and turned him into a frog. 那個老巫婆對王子施了魔法, 把他變成青蛙.

The young man was completely under her **spell**. 那個年輕人完全被她迷住了.

活用 v. **spells**, **spelled**, **spelled**, **spelling/spells**, **spelt**, **spelt**, **spelling**

spellbound [`spɛl,baʊnd] adj. 被施魔法的, 被迷住的: Her magnificent voice held her listeners **spellbound**. 她美妙的聲音使聽眾著迷.

***spelling** [`spɛlɪŋ] n. ① 拼寫, 拼讀. ② 拼法.

範例 ① What's the **spelling** of "miscellaneous"? miscellaneous 這個字怎麼拼?

My kid is good at **spelling**. 我的孩子很會拼字.

② The **spelling** of English words often reflects the medieval pronunciation. 英語的拼法經常可以反映中世紀的發音.

♦ **spélling bèe** 拼字比賽.

spélling bòok 拼字課本.

spélling pronunciàtion 拼字發音《按拼法逐字發音》.

複數 **spellings**

***spelt** [spɛlt] v. spell 的過去式、過去分詞.

****spend** [spɛnd] v. 花費, 消耗.

範例 Ill gotten, ill **spent**. 《諺語》不義之財, 揮霍得快.

Kate **spends** most of her money on clothes. 凱特把她大部分的錢都花在衣服上.

He **spent** the afternoon in the library. 他下午都待在圖書館.

She **spend** the latter part of her life teaching flower arrangement to young girls. 她以教授年輕的女孩插花度過後半輩子.

I **spent** all my energy on this project. 我為這項計畫使盡了全力.

活用 v. **spends**, **spent**, **spent**, **spending**

spendthrift [`spɛnd,θrɪft] n. 揮霍者, 浪費者.

複數 **spendthrifts**

***spent** [spɛnt] v. spend 的過去式、過去分詞.

sperm [spɝm] n. 精子, 精液.

複數 **sperm/sperms**

spew [spju] v. 噴出, 冒出; 嘔吐.

活用 v. **spews**, **spewed**, **spewed**, **spewing**

sphere [sfɪr] n. ① 球, 球形, 球體. ② 範圍, 領域.

範例 ① a heavenly **sphere** 天體.

The earth is a **sphere**. 地球是球體.

② a **sphere** of activity 活動範圍.

He is active in many **spheres**. 他活躍於許多領域.

複數 **spheres**

spherical [`sfɛrɪkl] adj. 球的, 球形的, 球面的.

活用 adj. **more spherical**, **most spherical**

sphinx [sfɪŋks] n. 斯芬克斯《古代東方傳說中的怪物》.

參考 在埃及, 其頭部為人或羊, 脖子以下為獅身, 伸出前爪呈臥姿. 埃及吉薩的巨大斯芬克斯像 (the Sphinx)高約20公尺, 長約73.5公尺. 希臘的斯芬克斯像 (the Sphinx) 是女性頭部、帶翼的獅身怪物, 常在路上叫行人猜謎,

猜不出者就被吃掉，後來伊底帕斯猜出其謎底，斯芬克斯隨即自殺《☞ 充電小站 (p. 377)，(p. 1101)》．

複數 **sphinxes**

[sphinx]

***spice** [spaɪs] *n.* ① 香料，調味料；趣味，風味．
——*v.* ② 加香料，調味．

範例 There is too much **spice** in this cake. 這個蛋糕香料加太多了．
His speech lacks the **spice** of humor. 他的演說缺乏幽默．

② Bob **spiced** the roast beef with horseradish. 鮑伯用辣根調味烤牛肉．
He **spiced** his speech with various quotations. 他旁徵博引使演說增添趣味．

參考 spice 的原料是植物的莖、皮、葉等，其中主要種類有胡椒 (pepper)、大蒜 (garlic)、芥末 (mustard)、豆蔻 (nutmeg)、肉桂 (cinnamon)、五香粉 (allspice)、麝香草 (thyme)、辣椒粉 (paprika)、丁香 (clove)、乾月桂樹葉 (bay leaves)．

複數 **spices**

活用 *v.* **spices, spiced, spiced, spicing**

spick-and-span [ˋspɪkənˋspæn] *adj.* 嶄新的；整潔的: Mother likes to keep the kitchen **spick-and-span**. 母親喜歡保持廚房整潔．
參考 亦作 spick and span．

spicy [ˋspaɪsɪ] *adj.* ① 加有香料的，辣味的．② 辛辣的，犀利的: **spicy** remarks 犀利的短評．
活用 *adj.* **spicier, spiciest**

***spider** [ˋspaɪdɚ] *n.* 蜘蛛: This is a poisonous **spider**. 這是一隻有毒的蜘蛛．
複數 **spiders**

spidery [ˋspaɪdərɪ] *adj.* 蜘蛛般的，細長的: **spidery** writing 細長潦草的字跡．
活用 *adj.* **more spidery, most spidery**

spike [spaɪk] *n.* ① 尖釘，尖狀金屬物，(釘在釘鞋底的)鞋釘．② [~s] 釘鞋．③ (排球的)扣球．④ 穗．
——*v.* ⑤ 用大長釘釘；釘入鞋釘．⑥ (排球的)扣球．

範例 ① The wall surrounding the compound is topped with **spikes**. 那個場地的圍牆上方裝有尖釘．
② a pair of **spikes** 一雙釘鞋．
③ The first line of defense is to attempt to stop the **spike** from using the block. 前排的防守球員務必要設法利用攔網阻止扣球．
④ **spikes** of barley 大麥的穗．
⑤ Those shoes are **spiked**. 那些鞋子裝有鞋釘．
⑥ **Spiking** is the game's most dramatic

offensive maneuver. 扣球是比賽中最能扭轉情勢的進攻戰術．
複數 **spikes**
活用 *v.* **spikes, spiked, spiked, spiking**

spiky [ˋspaɪkɪ] *adj.* 尖的，有刺的；易怒的．
範例 a **spiky** rose stem 帶刺的玫瑰花莖．
a **spiky** young man 易怒的年輕人．
活用 *adj.* **more spiky, most spiky/spikier, spikiest**

***spill** [spɪl] *v.* ① 溢出，潑出；摔下(馬)．②《口語》洩露．③《正式》流(血)．
——*n.* ④ 溢出，潑出．⑤ 溢出物．⑥ (點火用的)木頭，紙團．

範例 ① The waitress **spilled** grape juice on my white shirt. 那位女服務生把葡萄汁灑在我的白襯衫上．
Beer **spilled** from the glass. 啤酒從玻璃杯中溢出來．
The horse **spilled** the jockey. 那匹馬把騎士甩了下來．
It is no use crying over **spilt** milk.《諺語》覆水難收．
The game was over and the people **spilled** out from the stadium into the streets. 那場比賽結束後，人們從體育場湧向街道上．
② It was his secretary who **spilled** the beans. 洩露祕密的是他的祕書．
③ Too much blood had been **spilled** because of the war. 戰爭造成死傷慘重．
⑤ The waiter cleaned up the wine **spills** on the table. 那位男服務生清理潑灑出來的酒．

片語 ***spill the beans*** 洩密．(⇨ 範例 ②)
活用 *v.* **spills, spilled, spilled, spilling/spills, spilt, spilt, spilling**
複數 **spills**

***spilt** [spɪlt] *v.* spill 的過去式、過去分詞．

***spin** [spɪn] *v.* ① 旋轉，轉動．② (使)紡成紗．
——*n.* ③ 旋轉．④ 兜風．

範例 ① Don't touch that **spinning** top. 別觸摸那個旋轉的陀螺．
She **spun** her swivel chair. 她轉動著旋轉座椅．
My head was **spinning**. 我覺得頭暈．
② **spin** cotton into thread 把棉花紡成紗．
spin thread out of cotton 用棉花紡成紗．
Silkworms **spin** cocoons. 蠶吐絲結繭．
③ The tennis player put a **spin** on the ball. 那個網球選手打了一個旋轉球．
④ Let's take a **spin** in my car. 我們坐我的車去兜一圈吧．

片語 ***spin out*** 延長，拖長: He **spun out** the time by talking forever. 他話說得沒完沒了，拖延了時間．

♦ **spín-òff** 副產品；續集．
活用 *v.* **spins, spun, spun, spinning**

spinach [ˋspɪnɪtʃ] *n.* 菠菜．

spinal [ˋspaɪnl] *adj.* 脊骨的，脊柱的．
♦ **spínal còlumn** 脊柱．
spínal còrd/spínal màrrow 脊髓．

spindle [ˋspɪndḷ] *n.* ① 紡錘《紡紗時使其搓捻用的桿》: She twisted the wool round the **spindle** and formed it into a long thread. 她在紡錘上搓捻羊毛, 紡出一條長紗. ② 軸, 主軸, 軸桿.

複數 **spindles**

spindly [ˋspɪndlɪ] *adj.* 紡錘狀的, 細長的: **spindly** legs 細長的腿.

活用 *adj.* **spindlier, spindliest**

spine [spaɪn] *n.* ① 脊骨, 脊柱. ②（動、植物的）刺, 刺毛. ③ 書背.

複數 **spines**

spineless [ˋspaɪnlɪs] *adj.* ① 無脊椎的. ② 無刺的. ③ 沒勇氣的, 沒骨氣的.

活用 *adj.* ② **more spineless, most spineless**

spinner [ˋspɪnɚ] *n.* ① 紡織工. ② 紡織機器.

複數 **spinners**

spinning [ˋspɪnɪŋ] *n.* 紡織, 紡織業.

spinster [ˋspɪnstɚ] *n.*（年齡很大的）未婚女子《☞ bachelor《單身男子》》.

複數 **spinsters**

*****spiral** [ˋspaɪrəl] *n.* ① 螺旋, 漩渦. ② 螺旋彈簧. ③ 螺. ④（物價、工資等的）螺旋狀行進.
—— *adj.* ⑤ 螺旋狀的.
—— *v.* ⑥ 呈螺旋狀, 以螺旋狀行進.

範例 ④ an inflationary **spiral** 惡性通貨膨脹《物價與工資互相攀升的惡性循環》.
⑤ a **spiral** staircase 螺旋狀樓梯.

複數 **spirals**

活用 *adj.* **more spiral, most spiral**

活用 *v.* **spirals, spiraled, spiraled, spiraling/**《英》**spirals, spiralled, spiralled, spiralling**

*****spire** [spaɪr] *n.* 尖頂, 尖塔《尖塔 (steeple) 的尖端部分, 亦可表示 steeple 之意》.

複數 **spires**

*****spirit** [ˋspɪrɪt] *n.* ① 精神; 心; 真意. ② 靈魂, 亡靈. ③（具有精神象徵的）人物. ④ 精力, 活力; 勇氣, 決心. ⑤ 心境, 情緒. ⑥ 酒精. ⑦〔~s〕烈酒.
—— *v.* ⑧ 拐走.

[spire]

範例 ① You don't understand the **spirit** of the law. 你不懂法律的精神.
the sporting **spirit** 運動精神.
The **spirit** is willing to go, but the flesh is weak.《諺語》心有餘而力不足.
② The boy claimed to have seen a **spirit**. 那個男孩聲稱他看到鬼魂.
③ The late president was one of the greatest **spirits** of the day. 已故總統是當代最偉大的人物之一.
④ John is in no **spirit** to complete the task. 約翰沒有完成那項工作的決心.
a man of **spirit** 充滿活力的人.
⑤ Paul was in high **spirits**. 保羅正在興奮煥發.

Jane helped me in a giving **spirit**. 珍以付出的心情幫助我.
⑥ a **spirit** lamp《英》酒精燈.
⑦ I drink beer but no **spirits**. 我喝啤酒, 但不喝烈酒.
⑧ The child has been **spirited** away. 那個孩子被拐走了.

複數 **spirits**

活用 *v.* **spirits, spirited, spirited, spiriting**

spirited [ˋspɪrɪtɪd] *adj.* 精神飽滿的: a **spirited** horse 一匹生氣勃勃的馬.

活用 *adj.* **more spirited, most spirited**

*****spiritual** [ˋspɪrɪtʃʊəl] *adj.* ① 精神的, 精神上的. ② 宗教上的.
—— *n.* ③ 黑人靈歌.

範例 ① **spiritual** comfort 精神上的慰藉.
② **spiritual** songs 聖歌.

活用 *adj.* ① **more spiritual, most spiritual**

複數 **spirituals**

spiritually [ˋspɪrɪtʃʊəlɪ] *adv.* 精神上地.

活用 *adv.* **more spiritually, most spiritually**

*****spit** [spɪt] *v.* ① 吐出; 口出（惡言等）. ②（雨）漸瀝地下, （雪）紛紛地落. ③（油脂等）發出嘶啪聲.
—— *n.* ④ 唾液. ⑤ 烤肉叉. ⑥ 沙洲.

範例 ① Don't **spit** in the room. 不要在室內吐痰.
The boy **spat** out candy. 那個男孩把糖果吐了出來.
The gun **spat** bullets. 那把槍射出子彈.
The boy **spat** curses at the teacher. 那個男孩出言咒罵老師.
② It is **spitting** with rain now. 現在正飄著綿綿細雨.
③ Do I hear bacon **spitting** in the frying pan? 我好像聽到培根在煎鍋裡嘶啪作響.

活用 *v.* **spits, spit, spit, spitting/spits, spat, spat, spitting**

複數 ⑤ ⑥ **spits**

spite [spaɪt] *n.* ① 怨恨, 惡意: The students broke the windows out of **spite**. 那些學生們惡意砸碎窗戶.
—— *v.* ② 惡意對待, 刁難.

片語 **in spite of** 儘管: We played baseball **in spite of** the snow. 儘管下雪, 我們還是去打棒球.

活用 *v.* **spites, spited, spited, spiting**

spiteful [ˋspaɪtfəl] *adj.* 有惡意的, 懷恨的.

活用 *adj.* **more spiteful, most spiteful**

*****splash** [splæʃ] *v.* ① 濺, 潑（液體）. ② 濺起水花前進. ③ 大肆地報導.
—— *n.* ④ 濺（液體）, 潑濺聲; 潑濺物.

範例 ① Jenny's daughter **splashed** water on her. 珍妮的女兒把水潑到她身上.
A taxi **splashed** my jacket with mud. 有一輛計程車把泥水濺到我的夾克上.
Just let me **splash** on a little cologne. 讓我灑點古龍水吧.
Splashing cold water on your face can help

revive you. 用冷水拍拍臉能幫你恢復精神.

② They **splashed** their way across the river. 他們涉水渡過那條河.

③ *The Independent* **splashed** the story all over the front page. 《獨立報》在頭版大肆報導了那件事.

④ A sea lion dived into the sea with a **splash**. 有一隻海獅噗通地跳進大海.

片語 ***make a splash*** 引起轟動: The singer **made a splash** at his charity concert. 那位歌手在慈善演唱會中引起轟動.

splash out 〔英〕揮霍 (金錢).

活用 *v.* **splashes**, **splashed**, **splashed**, **splashing**

複數 **splashes**

splatter [`splæta-] *v.* (泥、水等) 濺起, 潑濺.

活用 *v.* **splatters**, **splattered**, **splattered**, **splattering**

spleen [splin] *n.* ① 脾臟 (位於胃的左側, 昔日被認為是控制感情的器官). ② 壞脾氣, 怒氣: Why do you vent your **spleen** upon me so? 你為甚麼對我發那麼大的脾氣?

複數 **spleens**

*****splendid** [`splɛndɪd] *adj.* ① 壯麗的, 華麗的. ② 極好的, 很棒的.

範例 ① There is some **splendid** stained glass in the church. 那個教堂裝有華麗的彩色玻璃.

② We had a **splendid** time by the sea. 我們在海邊度過了一段美好的時光.

活用 *adj.* **more splendid**, **most splendid**

splendidly [`splɛndɪdlɪ] *adv.* 漂亮地, 壯麗地, 出色地, 極好地: Mary dressed **splendidly**. 瑪麗打扮得非常漂亮.

活用 *adv.* **more splendidly**, **most splendidly**

*****splendor** [`splɛnda-] *n.* ① 壯麗, 華麗. ② 光輝, 光彩.

範例 ① We admired the **splendor** and beauty of the nature there. 我們對那裡大自然的壯麗和優美十分讚賞.

the **splendors** of the palace 宮殿的豪華.

② the **splendor** of jewels 寶石的光輝.

參考 〔英〕splendour.

複數 **splendors**

*****splendour** [`splɛnda-] = *n.* 〔美〕splendor.

splice [splaɪs] *v.* ① 捻接 (兩條繩索末端); 接合 (底片、錄音帶等). ② 使結婚.

——*n.* ③ 接合, 接合處.

活用 *v.* **splices**, **spliced**, **spliced**, **splicing**

複數 **splices**

splint [splɪnt] *n.* (固定骨折處的) 夾板: Tom's arm is still in **splints**. 湯姆的手臂還用夾板固定著.

複數 **splints**

splinter [`splɪnta-] *n.* ① (木材、玻璃等細而尖的) 碎片, 裂片.

——*v.* ② (使) 裂開, 分裂.

範例 ① He got a **splinter** in his finger. 有根木片刺進了他的手指.

② This wood **splinters** easily. 這木頭很容易裂開.

♦ **splínter gròup** 分裂出來的團體.

複數 **splinters**

活用 *v.* **splinters**, **splintered**, **splintered**, **splintering**

split [splɪt] *v.* ① 劈開, 裂開, 分裂, 分開, 分離.

——*n.* ② 裂口, 裂縫; 分割, 分裂.

範例 ① I **split** logs into firewood in my spare time. 我抽空把圓木劈成了木柴.

The lightning **split** the tree. 那棵樹被雷劈開了.

Ted and Sam **split** the profits between them. 泰德和山姆兩人瓜分利益.

Let's **split** the cost of the petrol between us. 油錢我們一起分攤吧.

The rice issue has **split** the party. 稻米問題導致那個政黨分裂.

The children **split** into four groups for the game. 那些孩子們分成4組玩遊戲.

② Could you mend the **split** in my coat? 請你幫我縫補外套上的裂縫好嗎?

a **split** of a party 政黨分裂.

片語 ***split on*** 告發, 出賣 (共犯等).

split ~'s sides 捧腹大笑.

split up 分手, 決裂.

♦ **split sécond** 一瞬間.

活用 *v.* **splits**, **split**, **split**, **splitting**

複數 **splits**

splitting [`splɪtɪŋ] *adj.* 裂開似的, 劇痛的: I have a **splitting** headache. 我的頭痛得要裂開似的.

splutter [`splʌta-] *v.* ① 發出嗶啪的聲音, 噴濺涶沫. ② 氣急敗壞地說, 語無倫次地講.

——*n.* ③ 嗶啪聲; 語無倫次.

範例 ① We coughed and **spluttered** in the smoke. 我們在煙霧中不停地咳嗽、噴口水.

② She **spluttered** in embarassment. 她因困窘而語無倫次.

③ the **splutter** of the campfire 營火嗶啪作響.

活用 *v.* **splutters**, **spluttered**, **spluttered**, **spluttering**

複數 **splutters**

*****spoil** [spɔɪl] *v.* ① 損壞, 破壞, 搞砸; 變質, 腐壞. ② 溺愛, 寵壞.

——*n.* ③ [~s] 掠奪物, 戰利品; 收集物.

範例 ① She **spoiled** the stew by boiling it too long. 她把那道燉菜煮得太久而搞砸了.

He **spoiled** the party with his rudeness. 他的無禮破壞了那場晚會的氣氛.

The new road completely **spoiled** the scenery of the village. 那條新道路完全破壞了村莊的景色.

Dinner will **spoil** if you don't come immediately. 如果你不馬上過來, 晚餐就會被搞砸了.

The food will **spoil** soon if you don't put it in the refrigerator. 食物如果不放到冰箱裡, 很

快就會變質.

② The boy is terribly **spoilt**. 那個男孩被寵壞了.

He **spoiled** his kids, buying them everything they asked for. 他很寵愛孩子們, 孩子們想要甚麼他都會買給他們.

③ The pirates divided up the **spoils**. 海盜們把那些贓物瓜分了.

[片語] *spoiling for* 一心想: They are **spoiling for** a fight. 他們一心想要打架.

[活用] v. **spoils**, **spoiled**, **spoiled**, **spoiling/spoils**, **spoilt**, **spoilt**, **spoiling**

[複數] **spoils**

spoilsport [`spɔɪl,spɔrt] n. 掃興的人, 煞風景的人: Don't be such a **spoilsport**! 別掃大家的興!

[複數] **spoilsports**

*__spoilt__ [spɔɪlt] v. spoil 的過去式、過去分詞.

*__spoke__ [spok] v. ① speak 的過去式.
——n. ②(車輪的) 輻, 輻條.
[片語] *put a spoke in ～'s wheel/put a spoke in* 阻撓～的計畫.

[複數] **spokes**

*__spoken__ [`spokən] v. ① speak 的過去分詞.
——adj. ② 口頭的, 口語的: **spoken** language 口語.

*__spokesman__ [`spoksmən] n.(男) 發言人, (男) 代言人《代表某團體說話的人》.

[複數] **spokesmen**

spokesperson [`spoks,pɝsən] n. 發言人, 代言人.

[複數] **spokespeople/spokespersons**

spokeswoman [`spoks,wumən] n. 女發言人, 女代言人.

[複數] **spokeswomen**

*__sponge__ [spʌndʒ] n. ① 海綿. ② 海綿動物. ③ 海綿蛋糕《亦作 sponge cake》.
——v. ④ 用海綿擦拭. ⑤ 吸收; 依賴～過日子; 敲詐, 揩油: Pete **sponged** five bucks off me. 彼特向我敲詐五美元.
♦ **spónge càke** 海綿蛋糕.

[複數] **sponges**

[活用] v. **sponges**, **sponged**, **sponged**, **sponging**

spongy [`spʌndʒɪ] adj. 海綿狀的: **spongy** bread 海綿狀的麵包.

[活用] adj. **spongier**, **spongiest**

*__sponsor__ [`spɑnsɚ] n. ① 發起人; 贊助者; 保證人.
——v. ② 主辦, 贊助, 提供(廣播、電視節目等).
[範例] ① The **sponsor** of tonight's show is Ford. 今晚表演的贊助者是福特公司.
I'm looking for **sponsors** for my marathon run on behalf of the Save the Earth campaign. 我正在尋找能支持我為「拯救地球運動」而跑的馬拉松長跑的贊助人.
We couldn't find a **sponsor** for John. 我們找不到人作約翰的保證人.

② This soccer team is **sponsored** by an airline. 這支足球隊由某航空公司提供贊助.
Our English speech contest is **sponsored** by a newspaper. 我們的英語演講比賽由某報社提供贊助.

[複數] **sponsors**

[活用] v. **sponsors**, **sponsored**, **sponsored**, **sponsoring**

spontaneity [,spɑntə`niətɪ] n. 自發性, 自然發生.
[範例] His remarks lacked **spontaneity**. 他的發言很不自然.
Improvisation requires **spontaneity**. 即興表演需要自然流露.

*__spontaneous__ [spɑn`tenɪəs] adj. 自發性的, 自然發生的.
[範例] **Spontaneous** laughter broke out in the auditorium. 觀眾席上突然爆出不由自主的笑聲.
Jeff's response was completely **spontaneous**. 傑夫的反應極其自然.
spontaneous generation of a new form of life 新式生物的自生.
the **spontaneous** growth of high-tech industries 高科技產業的自然發展.
a **spontaneous** reaction characteristic of someone who really thinks on his feet 能迅速思考者所特有的自然反應.

[活用] adj. **more spontaneous**, **most spontaneous**

spontaneously [spɑn`tenɪəslɪ] adv. 自發地, 自然地.
[範例] The girls decided **spontaneously** to go to the beach. 那些女孩們主動決定去海邊.
The boy's frail condition cleared up **spontaneously** without any medication. 那男孩虛弱的體質不經任何藥物治療便自然恢復了.

[活用] adv. **more spontaneously**, **most spontaneously**

spool [spul] n. ①(絲線或電線的) 線軸, (底片等的) 捲軸. ②一捲(線).
[範例] ① The **spools** of the tape recorder slowly turned. 錄音機的捲軸慢慢轉動.
② five **spools** of tape 5捲錄音帶.

[複數] **spools**

*__spoon__ [spun] n. ① 湯匙, 調羹. ②一匙, 一匙的量.
——v. ③ 用湯匙舀取.
[範例] ① We eat soup with a **spoon**. 我們用湯匙喝湯.
② Please give me a **spoon** of sugar. 請給我一匙糖.
③ The nurse **spooned** food into his mouth. 那位護士用湯匙將食物送入他口中.

[複數] **spoons**

[活用] v. **spoons**, **spooned**, **spooned**, **spooning**

spoon-fed [`spun,fɛd] v. spoon-feed 的過去

式、過去分詞.

spoon-feed [`spun,fid] v. ① 用湯匙餵食. ② 過度寵愛；填鴨式教學.

[活用] v. **spoon-feeds**, **spoon-fed**, **spoon-fed**, **spoon-feeding**

spoonful [`spun,ful] n. 一匙，一匙的量《亦作 spoon》: a **spoonful** of sugar 一匙糖.

[複數] **spoonfuls**

sporadic [spo`rædɪk] adj. ① 偶爾發生的，時有時無的：**sporadic** attacks 偶發的攻擊. ② 零星的，分散的.

[活用] adj. **more sporadic**, **most sporadic**

sporadically [spor`rædɪklɪ] adv. ① 偶爾發生地，時有時無地. ② 零星地，分散地.

[活用] adv. **more sporadically**, **most sporadically**

spore [spor] n. 孢子，芽孢.

[複數] **spores**

＊sport [sport] n. ① 體育運動，運動. ② [～s]〖英〗體育競賽，運動會. ③ 娛樂，消遣，遊戲，玩笑. ④ 具有運動員精神的人.
——adj. ⑤ 運動的，運動用的《亦作 sports》.
——v. ⑥ 玩耍，嬉戲 (about). ⑦ 炫耀，誇示.
[範例] ① Do you like **sport**? 你喜歡運動嗎?
Boxing is an exciting **sport**. 拳擊是一項刺激的運動.
winter **sports** 冬季運動.
② School **sports** were postponed. 學校的運動會延期了.
③ It is good **sport** to go fishing. 釣魚是很好的消遣.
I only made the remark in **sport**. 我只不過是開玩笑才那麼說的.
The boy wore black lipstick for **sport**. 那個男孩開玩笑地塗上黑色唇膏.
④ Be a **sport**! 要有運動員精神!
⑥ See the dolphins **sporting** about in the bay? 你看到海豚在海灣嬉戲了嗎?
⑦ He **sported** his new suit. 他炫耀自己的新套裝.
♦ **spórts càr** 跑車.
[複數] **sports**
[活用] v. **sports**, **sported**, **sported**, **sporting**

sporting [`sportɪŋ] adj. ① 運動的，有關體育運動的，愛好運動的. ② 有運動家風度的；公正的.
[範例] ① Jack is famous in the **sporting** world. 傑克在體育界極負盛名.
② Though he lost the match, he praised the winner in a **sporting** way. 他雖然輸了比賽，但很有運動家風度地讚揚獲勝者.
Why don't you give your opponent a **sporting** chance? 你何不給對手公平的機會?
[活用] adj. **more sporting**, **most sporting**

＊sportsman [`sportsmən] n. 愛好運動的人，運動員，有運動家風度的人《不計較勝負、行事光明磊落的人；女性作 sportswoman》: John is a real **sportsman**. 約翰是一個十足的運動員.

[複數] **sportsmen**

＊sportsmanship [`sportsmən,ʃɪp] n. 運動家風度，運動員精神〔品德〕.

sportswear [`sports,wɛr] n. ① 運動服. ② 寬鬆的便服.

sportswoman [`sports,wumən] n. 女運動員.

[複數] **sportswomen**

＊spot [spat] n. ① 地點，場所. ② 斑點，污漬，污點. ③〖英〗少許，少量. ④《廣播或電視節目間所插入的》簡短新聞〔節目，廣告〕.
——v. ⑤ 發現. ⑥ 弄髒，沾污，沾上污漬. ⑦ 配置，部署.
[範例] ① This is the very **spot** where he was killed. 這裡正是他被殺的地點.
He was looking for a **spot** to fish. 他正在尋找釣魚的場所.
Every man has his weak **spot**. 每個人都有弱點.
When I gave him a present, he opened it on the **spot**. 我送他禮物，他當場就把禮物打開了.
② His dog is white with black **spots**. 他的狗是帶有黑斑點的白狗.
There were some ink **spots** on his shirt. 他的襯衫沾到了一些墨水.
World War II is a big **spot** in Japan's history. 第二次世界大戰是日本歷史上的大污點.
a sun **spot** 太陽黑子.
③ She had a **spot** of tea. 她喝了一點點茶.
④ an interview **spot** 專訪節目.
⑤ I **spotted** my wife in the crowd. 我在人群中發現我的妻子.
⑥ The boy **spotted** his shirt with sauce. 那個男孩的襯衫沾到了調味料.
The scandal seriously **spotted** her reputation. 那件醜聞使她的聲譽嚴重受損.
White clothes **spot** easily. 白色衣服容易弄髒.
⑦ Officers were **spotted** along the street. 那條街沿途部署了警察.
[片語] **in a spot** 處於困境的，為難的: Now he is really **in a spot**. 現在他實在是處境為難.
on the spot 當場地. (➪ [範例] ①)
♦ **spòt cásh** 現款.
spòt chéck 抽樣檢查，抽查.
[複數] **spots**
[活用] v. **spots**, **spotted**, **spotted**, **spotting**

spotless [`spatlɪs] adj. 無污點的，潔淨的，潔白的.
[範例] His wife keeps the house **spotless**. 他的妻子把家裡保持得乾乾淨淨.
a **spotless** reputation 無懈可擊的名聲.
[活用] adj. **more spotless**, **most spotless**

spotlight [`spat,laɪt] n. ① 聚光燈，矚目的焦點.
——v. ② 使突出，使受矚目.
[範例] ① He directed a **spotlight** on the singer. 他把聚光燈照向那位歌手.

② This book **spotlighted** the problem of environmental pollution. 這本書突顯出環境污染的問題.

複數 **spotlights**

活用 *v.* **spotlights**, **spotlighted**, **spotlighted**, **spotlights/spotlights**, **spotlit**, **spotlit**, **spotlighting**

spotlit [`spɑt,lɪt] *v.* spotlight 的過去式、過去分詞.

spotty [`spɑtɪ] *adj.* ① 有斑點的, 多斑點的, 斑駁的; 〖美〗(工作等)時好時壞的. ②〖口語〗〖英〗長粉刺的, 發疹子的.

活用 *adj.* **spottier**, **spottiest**

spouse [spaʊs] *n.* 配偶: Fill in your **spouse**'s name, please. 請填入配偶的姓名.

發音 亦作 [spaʊz].

複數 **spouses**

spout [spaʊt] *v.* ① 噴出, 噴射出. ② 滔滔不絕地說, 喋喋不休, 高談闊論.
——*n.* ③ (水壺等的)嘴, 出水口, 噴水孔. ④ 噴出, 噴流.

範例 ① Have you ever seen a whale **spout** water? 你看過鯨魚噴水嗎?
② Ed **spouted** his opinion before the class. 艾德滔滔不絕地向全班談論他的看法.

片語 ***up the spout*** 〖口語〗〖英〗處境困難的; 絕望的.

活用 *v.* **spouts**, **spouted**, **spouted**, **spouting**

複數 **spouts**

sprain [spren] *v.* ① 扭傷: The basketball player **sprained** his ankle. 那個籃球選手扭傷了腳踝.
——*n.* ② 扭傷.

活用 *v.* **sprains**, **sprained**, **sprained**, **spraining**

複數 **sprains**

****sprang** [spræŋ] *v.* spring 的過去式.

sprawl [sprɔl] *v.* ① 敞開四肢躺臥. ② 雜亂地蔓延, 沒有規劃地延伸.
——*n.* ③ 伸開四肢躺臥. ④ 蔓延, 不規則擴散.

範例 ① When I opened the door, the secretary was **sprawling** on the sofa. 我開門時, 祕書正懶洋洋地躺在沙發上.
② Suburbs **sprawl** out in all directions. 郊區雜亂無章地四處擴張.
③ And there she was, lying in a **sprawl** on the floor. 她就在那裡四肢敞開地躺在地板上.
④ Urban **sprawl** is a consequence of overpopulation. 城市雜亂無章地擴展起因於人口過剩.

活用 *v.* **sprawls**, **sprawled**, **sprawled**, **sprawling**

****spray** [spre] *n.* ① 飛沫, 浪花; 噴霧器. ②(帶有花、葉的)小樹枝, 小樹枝狀裝飾物, 樹枝狀花樣.
——*v.* ③ 潑灑, 噴灑, 濺起浪花.

範例 ① The boys got wet with sea **spray**. 那些

男孩們被浪花濺溼了.
a perfume **spray** 香水噴霧器.
③ The waves **sprayed** us. 那些浪花潑灑在我們身上.
He **sprayed** paint on the wall. 他在那面牆壁上噴漆.

複數 **sprays**

活用 *v.* **sprays**, **sprayed**, **sprayed**, **spraying**

****spread** [sprɛd] *v.* ① 展開, 伸展, 張開, 攤開.
——*n.* ② 擴展, 延伸; 範圍, 幅度;(報紙、雜誌上的)跨版〔頁〕廣告〔報導〕. ③ 豐盛的料理, 佳餚. ④ 塗抹在麵包上的東西(奶油、果醬等).

範例 ① The eagle **spread** its wings. 那隻老鷹展開雙翅.
He **spread** the carpet on the floor. 他在地板上鋪地毯.
I **spread** butter on the toast. 我把奶油塗在烤土司上.
She **spread** the toast with butter. 她在烤土司上塗了奶油.
Please **spread** out—there's plenty of room. 再攤開些, 還有很多空間.
This city **spreads** six kilometers to the east. 這個城市向東延伸了6公里.
The Pacific Ocean **spreads** out before us. 太平洋展現在我們面前.
This paint **spreads** easily. 這種油漆很容易擴散.
The rumor **spread** quickly. 那個謠言很快就傳開了.
A smile **spread** over her face. 她的臉上展露著微笑.
Their trip **spread** over three weeks. 他們的旅行延續了3個星期.
② The wings of this bird have a **spread** of two meters. 這隻鳥雙翅展開寬達兩公尺.
Our ages cover a **spread** of twenty years. 我們的年齡相差20歲.
The **spread** of this disease is a serious problem. 這種疾病的蔓延是一個嚴重的問題.
a two-page **spread** 橫跨兩頁的廣告.

片語 ***spread out*** 擴展, 散開, 展開, 散布. (⇨ 範例 ①)

spread ~self ① 伸展四肢. ② 誇耀, 喋喋不休, 高談闊論. ③ 故作大方.

活用 *v.* **spreads**, **spread**, **spread**, **spreading**

複數 **spreads**

spread-eagle [`sprɛd,igl̩] *v.* 伸展著四肢躺下: The drunken man lay **spread-eagled** on the floor. 那個酒醉的男子四肢張開地躺在地板上.

[spread-eagle]

[活用] *v.* spread-eagles, spread-eagled, spread-eagled, spread-eagling

spree [spri] *n.* 縱情狂歡，歡鬧：She went on a spending **spree**. 她痛快地狂歡了一番.

[複數] sprees

***sprig** [sprɪg] *n.* (帶花、葉的) 小樹枝，樹枝狀花紋裝飾：a **sprig** of mistletoe 槲寄生樹的小樹枝.

[複數] sprigs

sprightliness [`spraɪtlɪnɪs] *n.* 輕快，活潑：I like the **sprightliness** of my grandmother's step. 我喜歡奶奶輕快的腳步.

sprightly [`spraɪtlɪ] *adj.* 輕快的，活潑的，生氣勃勃的：Mrs. Smith is quite **sprightly** for a woman of seventy years. 身為70歲的女性，史密斯夫人看起來生氣勃勃.

[活用] *adj.* sprightlier, sprightliest

****spring** [sprɪŋ] *n.* ① 春天，春季. ② 彈簧，發條. ③ 彈起，彈性，彈力. ④ 泉，水源，泉源：根源，起源.
——*v.* ⑤ 跳，跳躍，彈跳；裂開，折斷. ⑥ 跳出，出現，湧現，萌生.

[範例] ① He will come home next **spring**. 明年春天他將會回家.
We spent last **spring** in Paris. 去年春天我們在巴黎度過.
the **spring** of life 人生的春天《青春年華》.
② The toy car runs on a **spring**. 那輛玩具車靠發條驅動.
The **spring** of my watch is broken. 我的手錶發條壞了.
③ He went over the fence with a **spring**. 他跳過那個柵欄.
④ The mountain **spring** has run dry. 那個山泉乾涸了.
mineral **springs** 礦泉.
⑤ He **sprang** out of bed. 他跳下床.
I **sprang** to my feet. 我忽然站起來.
He **sprang** up from his seat. 他從座位上跳起來.
The wolf **sprang** at my throat. 野狼朝我的喉嚨飛撲過來.
The branch **sprang** back. 那根樹枝彈了回來.
The lid **sprang** open. 那個蓋子突然彈開.
⑥ Where did you **spring** from? 你是從哪裡蹦出來的?
This error **sprang** from my carelessness. 這個錯誤是我粗心大意造成的.
He **springs** from an old family. 他出身於一個古老的家族.
Strange thoughts **sprang** up in my mind. 奇妙的想法突然浮現在我心中.
Convenience stores are **springing** up all over the city. 市內各地陸續出現了便利商店.

[片語] ***spring to mind*** 浮現心中.
spring up 湧現. (⇨ [範例] ⑥)
♦ **spring róll** 春捲.

[複數] springs

[活用] *v.* springs, sprang, sprung, springing

springboard [`sprɪŋ,bord] *n.* 跳板；出發點.

[複數] springboards

spring-clean [,sprɪŋ`klin] *n.* ① 大掃除.
——*v.* ② 徹底打掃：**spring-clean** a house 徹底打掃房子.

[活用] *v.* spring-cleans, spring-cleaned, spring-cleaned, spring-cleaning

springtime [`sprɪŋ,taɪm] *n.* 春天，春季：These flowers bloom in the **springtime**. 這些花在春天盛開.

springy [`sprɪŋɪ] *adj.* 有彈性的，輕快的：He walked with a **springy** step. 他走路很輕快.

[活用] *adj.* springier, springiest

***sprinkle** [`sprɪŋkl] *v.* ① 撒；散布；撒上. ② 灑水. ③ 下小雨.
——*n.* ④ 少量. ⑤ 小雨.

[範例] ① Father **sprinkled** water on the flowers. 父親為那些花澆了水.
Mother **sprinkled** the salad with pepper. 母親在那份沙拉上撒了胡椒粉.
Your report was **sprinkled** with too many quotations. 你那份報告充滿太多的引用文句.
② I **sprinkled** the lawn yesterday. 昨天我為那片草坪澆了水.
③ It **sprinkled** last night. 昨晚下了小雨.

[活用] *v.* sprinkles, sprinkled, sprinkled, sprinkling

[複數] sprinkles

sprinkler [`sprɪŋklɚ] *n.* 灑水車；噴水裝置.

[複數] sprinklers

sprint [sprɪnt] *n.* ① 短距離賽跑；全速奔跑，全力衝刺.
——*v.* ② 全速奔跑 (away).

[範例] ① Tom won the 100-meter **sprint**. 湯姆在那次100公尺短跑中獲勝.
② Al **sprinted** away into the distance. 艾爾全力奔向遠處.

[複數] sprints

[活用] *v.* sprints, sprinted, sprinted, sprinting

sprinter [`sprɪntɚ] *n.* 短跑選手.

[複數] sprinters

sprite [spraɪt] *n.* 妖精.

[複數] sprites

***sprout** [spraut] *n.* ① 芽，新芽. ② [~s] 芽甘藍.
——*v.* ③ (使) 發芽；(使) 長出.

[複數] sprouts

[活用] *v.* sprouts, sprouted, sprouted, sprouting

spruce [sprus] *n.* ① 雲杉《常綠針葉樹》. ② 雲杉材.
——*adj.* ③ 打扮漂亮的，整潔的.
——*v.* ④ 打扮漂亮 (up).

[複數] spruces

[活用] *adj.* sprucer, sprucest/more spruce,

most spruce

活用 v. **spruces**, **spruced**, **spruced**, **sprucing**

*****sprung** [sprʌŋ] v. spring 的過去分詞.

*****spun** [spʌn] v. spin 的過去式、過去分詞.

*****spur** [spɝ] n. ① 馬刺. ② 激勵. ③（動物的）刺.
——v. ④ 激勵，刺激.

範例 ① Ed dug his **spurs** into his horse's sides. 艾德用馬刺刺馬的側腹.
② The fans gave **spurs** to the baseball players. 球迷們給那些棒球選手們鼓勵.
④ The coach **spurred** the boxer to fight harder. 那位教練激勵那個拳擊手努力搏鬥.

複數 **spurs**

活用 v. **spurs**, **spurred**, **spurred**, **spurring**

spurious [`spjʊrɪəs] adj. 假的.

範例 a **spurious** signature 假簽名.
spurious logic 似是而非的邏輯.

活用 adj. **more spurious**, **most spurious**

spurn [spɝn] v. 拒絕: Sally **spurned** all offers of help. 莎莉拒絕提供任何援助.

spurt [spɝt] v. ①（使）噴出; 衝刺.
——n. ② 噴出; 衝刺.

範例 ① Water **spurted** from the pipe. 水從那根管子噴出來.
The geyser **spurts** water every ninety minutes. 這個間歇泉每隔90分鐘噴水一次.
The runner suddenly **spurted**. 那個跑者突然衝刺.
② The old pipe gave off a **spurt** of oil. 油從那根老舊的管子噴出來.
I study in **spurts**—on the bus, or during TV commercials, for example. 我拼命用功, 比如利用在公車上或電視廣告的時間.

活用 v. **spurts**, **spurted**, **spurted**, **spurting**

複數 **spurts**

sputter [`spʌtɚ] v. ① 發嗶啪聲. ② 急急忙忙地說.
——n. ③ 嗶啪聲.

範例 ① The engine started, but soon began **sputtering**, and then died. 那個引擎發動後不久即發出嗶啪聲, 然後便熄火了.
Interest in the cause **sputtered** out. 對那起訴訟事件的關注逐漸消退了.
② I was shocked and **sputtered**, "What do you mean?" 我感到震驚且急促地說:「你是甚麼意思?」

活用 v. **sputters**, **sputtered**, **sputtered**, **sputtering**

複數 **sputters**

*****spy** [spaɪ] n. ① 間諜.
——v. ② 暗中調查, 祕密監視. ③ 發現.

範例 ① a foreign **spy** 外國間諜.
② He was arrested for **spying** on military installations. 他因刺探軍事設施而被逮捕.
She has a nasty habit of **spying** into her friends' affairs. 她有一個令人討厭的習慣, 就

是愛窺探朋友的隱私.
We should **spy** out the land before we enter into a contract with them. 我們和他們簽合約前, 應該暗中調查一下那塊土地.
③ He **spied** them encamped beyond the river. 他發現他們在那條河的對岸紮營.

活用 v. **spies**, **spied**, **spied**, **spying**

squabble [`skwɑbl] v. ① 爭吵: What are your children **squabbling** about now? 你的孩子們在吵甚麼?
——n. ② 爭吵, 口角.

活用 v. **squabbles**, **squabbled**, **squabbled**, **squabbling**

複數 **squabbles**

squad [skwɑd] n. 小組, 分隊;（軍隊的）班(☞ 充電小站 (p. 801)).

範例 a **squad** of policemen 警察小隊.
The Olympic **squad** will be named next Monday. 奧林匹克選手代表團的名單將於下週一確定.
a **squad** of troops 軍隊的班.
♦ **squád càr** 〖美〗巡邏車.

複數 **squads**

squadron [`skwɑdrən] n.（空軍的）飛行中隊;（陸軍的）騎兵中隊: a **squadron** of bombers 轟炸機飛行中隊.

複數 **squadrons**

squalid [`skwɑlɪd] adj. 骯髒的; 卑鄙的.

活用 adj. **more squalid**, **most squalid**

squalidly [`skwɑlɪdlɪ] adv. 骯髒地; 卑鄙地.

活用 adv. **more squalidly**, **most squalidly**

squall [skwɔl] n. ① 疾風《常夾帶雨或雪》. ② 啼哭.
——v. ③ 啼哭, 尖聲哭叫.

範例 ① The boat was caught in a **squall**. 那艘小艇遇上了疾風.
③ Can you stop that kid from **squalling**? 你能不能讓那個孩子停止哭鬧?

複數 **squalls**

活用 v. **squalls**, **squalled**, **squalled**, **squalling**

squalor [`skwɑlɚ] n. 骯髒; 卑鄙.

squander [`skwɑndɚ] v. 揮霍, 浪費: She **squandered** all her savings betting on horseraces. 她的積蓄全都在賭馬上輸光了.

活用 v. **squanders**, **squandered**, **squandered**, **squandering**

:**square** [skwɛr] n. ① 正方形. ② 廣場. ③ 平方.
——adj. ④ 正方形的. ⑤ 平方的. ⑥ 結清的. ⑦ 整齊的; 直角的. ⑧ 一致.
——v. ⑧ 呈square. ⑨ 結清. ⑩ 一致.

範例 ① Every side of a cube is a **square**. 立方體的每一面都是正方形.
② Times **Square** 時代廣場《位於紐約》.
Trafalgar **Square** 特拉法加廣場《位於倫敦》.
③ 16 is the **square** of 4. 16是4的平方.

The **square** of the hypotenuse of a right triangle is equal to the sum of the **squares** of its other two sides. This is the theorem of Pythagoras. 直角三角形斜邊的平方等於另兩邊的平方和，這是畢氏定理．

④ a **square** table 正方形的桌子．

⑤ 49 **square** feet 49平方呎

The **square** root of 9 is equal to 3. 9的平方根等於3．

⑥ Here's the hundred dollars I owe you, Brian. Now we're **square**. 布萊恩，這是我向你借的100美元，這樣我們的帳就結清了．

⑧ If you **square** 10, you get 100. 10與10相乘得到100．

Ten **squared** is equal to one hundred. 10的平方等於100．

πr^2 is read as "pi r **squared**". πr^2讀作 "pi r squared"．《表示圓面積的公式，π 為圓周率，r 為半徑 (radius)》

♦ **squáre dànce** 方塊舞《4對男女站成4角跳的民間舞蹈》

squáre róot 平方根．

複數 **squares**

活用 *adj.* ④⑥⑦ squarer, squarest

活用 *v.* squares, squared, squared, squaring

squarely [`skwɛrlɪ] *adv.* ① 成直角地．② 直截了當地；正面地：I faced the difficult problem **squarely**. 我直接面對那個難題．③ 正直地，公正地．

squash [skwɑʃ] *v.* ① 壓碎，壓扁．② 擠進；塞進．

——*n.* ③ 擁擠．④ 壁球．⑤『英』果汁汽水．⑥ 南瓜 (類)．

範例 ① Someone stepped on my hat and **squashed** it. 有人把我的帽子踩扁了．

Oh, no! The bread got **squashed** by the watermelon. 糟了！麵包被那個西瓜壓扁了．

Hundreds of migrating land crabs were **squashed** by vehicular traffic. 數百隻遷移中的陸蟹被來往的車輛壓碎了．

He was **squashed** by her sarcastic remark. 他對她諷刺的話無言以對．

② Don't all try to **squash** into the elevator together. 大家不要一起往電梯裡擠．

I can't believe this big, fat man tried to **squash** in between us! 我真不敢相信這個個子大又胖的男子硬要往我們中間擠．

She **squashed** all her clothes into the suitcase. 她把衣服全都塞進了那只手提箱．

③ 6 people in this car is a **squash**. 6個人坐這輛車太擠了．

④ Shall we play **squash** this afternoon? 今天下午我們去打壁球好嗎？

⑤ a glass of orange **squash** 一杯橙汁汽水．

活用 *v.* squashes, squashed, squashed, squashing

複數 **squashes**

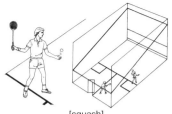

[squash]

squat [skwɑt] *v.* ① 蹲．② 擅自占據．

——*n.* ③ 蹲踞．④ 被非法占據的空房子．

——*adj.* ⑤ 矮胖的．

範例 ① They **squatted** down under the tree and smoked. 他們蹲在那棵樹下抽菸．

② Five young men have been **squatting** in the empty house for four weeks. 5個年輕人擅自占住那間空房子4個星期．

④ The artist lives in a **squat** in Berlin. 那個畫家擅自占住在柏林的一間空房子中．

⑤ That ugly, **squat** building is a hospital. 那棟醜陋的矮小建築物是一所醫院．

活用 *v.* squats, squatted, squatted, squatting

複數 **squats**

活用 *adj.* squatter, squattest

squatter [`skwɑtɚ] *n.* 擅自占住者．

複數 **squatters**

squaw [skwɔ] *n.* ①（印第安人的）女人，妻子．②（口語）『美』妻子，老婆．

複數 **squaws**

squawk [skwɔk] *v.* ①（鴨子）呱呱叫．② 大聲抱怨．

——*n.* ③ 呱呱的叫聲．④ 大聲的抱怨：I can't put up with your **squawks**. 我受不了你的抱怨聲．

活用 *v.* squawks, squawked, squawked, squawking

複數 **squawks**

squeak [skwik] *v.* ①（老鼠等）吱吱叫．② 嘎吱作響．③ 勉強通過．

——*n.* ④（老鼠等的）吱吱聲．⑤ 嘎吱聲．

範例 ② Someone opened the **squeaking** window. 有人打開那扇嘎吱作響的窗戶．

③ Bill **squeaked** through chemistry with a D. 比爾以 D 的成績勉強通過了化學考試．

活用 *v.* squeaks, squeaked, squeaked, squeaking

複數 **squeaks**

squeaky [`skwikɪ] *adj.* （聲音）短而尖銳的：The little girl talked in a **squeaky** voice. 那個小女孩以尖銳的聲音說話．

活用 *adj.* squeakier, squeakiest

squeal [skwil] *v.* ①（豬等）發出長而尖的叫聲．② 發出嘎吱聲：The tyres **squealed**. 那些輪胎發出嘎吱聲．③ 密告．

——*n.* ④（豬等的）長而尖的叫聲．⑤ 嘎吱聲．

參考 比 squeak 更長而刺耳的聲音．

S

[活用] v. **squeals**, **squealed**, **squealed**, **squealing**
[複數] **squeals**

squeamish [`skwimɪʃ] adj. 過於拘謹的；神經質的: That violent film is totally not for **squeamish** people. 那部暴力電影根本不適合神經質的人觀看.
[活用] adj. **more squeamish**, **most squeamish**

squeamishly [`skwimɪʃlɪ] adv. 神經質地.
[活用] adv. **more squeamishly**, **most squeamishly**

squeamishness [`skwimɪʃnɪs] n. 神經質.

*****squeeze** [skwiz] v. ① 緊抱，緊握. ② 搾. ③ 擠過，擠進.
——n. ④ 擁抱，握手. ⑤ 搾；搾出的汁. ⑥ 擁擠. ⑦ 困境.
[範例] ① He **squeezed** her hands between his. 他緊握她的雙手.
② Would you **squeeze** a lemon for me? 你幫我搾個檸檬好嗎?
He **squeezed** the water out of the sponge. 他從那塊海綿中擠出水來.
I managed to **squeeze** the last bit of toothpaste out of the tube. 我勉強把剩下的牙膏從那支牙膏管裡擠出來.
We must **squeeze** some more money out of the bank. 我們必須從那家銀行再借出一些錢來.
③ A boy **squeezed** on to the crowded train. 有一個男孩擠上了那班擁擠的火車.
The children **squeezed** under the gate and into the yard. 那些孩子們從門下面鑽到院子裡.
④ The mother gave her child an affectionate **squeeze**. 那個母親給她的孩子一個深情的擁抱.
⑤ I'd like a **squeeze** of lemon in my tea. 我想在我的紅茶裡搾一點檸檬汁進去.
⑦ Getting into a size six dress will be a tight **squeeze**. 穿6號尺寸的衣服就會太緊.
♦ **squéeze pláy** (棒球的) 強迫取分戰術.
[活用] v. **squeezes**, **squeezed**, **squeezed**, **squeezing**
[複數] **squeezes**

squelch [skwɛltʃ] v. ① 發出喀嗒聲行走: He heard someone **squelching** along on that rainy night. 他在那個雨夜聽到喀嗒的行走聲.
——n. ② 喀嗒聲.
[活用] v. **squelches**, **squelched**, **squelched**, **squelching**
[複數] **squelches**

squid [skwɪd] n. 烏賊.
[複數] **squid/squids**

squint [skwɪnt] v. ① 瞇著眼看. ② 斜視.
——n. ③ 一瞥. ④ 斜視.
[範例] ① She **squinted** at the sun. 她瞇著眼睛看太陽.
③ He had a **squint** at the scoreboard. 他看了

一下記分牌.
④ He has a bad **squint**. 他有嚴重的斜視.
[活用] v. **squints**, **squinted**, **squinted**, **squinting**
[複數] **squints**

squire [skwaɪr] n. ① 〖英〗大地主. ② 〖美〗治安官.
[複數] **squires**

squirm [skwɝm] v. 蠕動；扭動身體: The patient was **squirming** on the bed with pain. 那個病人因疼痛而在床上扭動著身體.
[活用] v. **squirms**, **squirmed**, **squirmed**, **squirming**

squirrel [`skwɝəl] n. ① 松鼠. ② 松鼠的毛皮.
[複數] **squirrels**

squirt [skwɝt] v. ① 噴灑，噴出.
——n. ② 噴灑，噴出.
[範例] ① She **squirted** water at him with her water pistol. 她用水槍向他噴水.
Water **squirted** from a hole in the pipe. 水從那根管子的破洞中噴了出來.
② He gave the machine a couple of **squirts** of oil. 他為那臺機器注了好幾次油.
[活用] v. **squirts**, **squirted**, **squirted**, **squirting**
[複數] **squirts**

St. 《縮略》= ① street (～大街). ② saint (聖) 《加在聖人、聖者或使徒名字前的敬稱》: **St.** Valentine 聖華倫泰.

*****stab** [stæb] v. ① 刺.
——n. ② 刺，刺痛.
[範例] ① Caesar was **stabbed** to death. 凱撒被刺死了.
He **stabbed** the minister in the chest with a knife. 他用刀刺那個大臣的胸部.
The old man **stabbed** at the earth with his stick. 那個老人用他的手杖戳地面.
I can't believe you, of all people, **stabbed** me in the back. 我難以相信，在所有人當中偏偏是你背叛了我.
② The murderer felt a **stab** of guilt. 那個殺人犯受到良心的譴責.
[片語] **stab ～ in the back** 背叛. (⇨ [範例] ①)
have a stab at/make a stab at 試圖做: I'll **have a stab at** it. 我來試一下吧.
[活用] v. **stabs**, **stabbed**, **stabbed**, **stabbing**
[複數] **stabs**

stabilisation [ˌsteblə`zeʃən] = n. 〖美〗 stabilization.

stabilise [`stebl͵aɪz] = v. 〖美〗 stabilize.

stabiliser [`stebl͵aɪzɚ] = n. 〖美〗 stabilizer.

*****stability** [stə`bɪlətɪ] n. 穩定，穩固: political **stability** 政治的穩定.

stabilization [ˌsteblə`zeʃən] n. 穩定，穩固.
[參考] 〖英〗 stabilisation.

stabilize [`stebl͵aɪz] v. 使穩定: The president's new policy **stabilized** prices. 那位總統的新政策穩定了物價.
[參考] 〖英〗 stabilise.

stabilizer [`stebl͵aɪzɚ] *n.* 使穩定的人〔物〕;
穩定裝置; 穩定劑.
参考〖英〗stabiliser.
複數 stabilizers

*****stable** [`stebl] *adj.* ① 穩定的, 穩固的.
——*n.* ② 馬廄. ③(~s, 作單數)賽馬.
——*v.* ④ 關進馬廄.
範例 ① This stool is not very **stable**. 這把凳子
不太穩固.
He seldom gets angry. He is a man of **stable**
character. 他很少生氣, 他是一個穩重的男子.
参考 由 ② 的意義衍生, 將同班, 同校, 同製片
廠所屬的同伴稱作 stablemate.
活用 *adj.* stabler, stablest/more stable,
most stable
複數 stables
活用 *v.* stables, stabled, stabled, stabling

*****stack** [stæk] *n.* ① 堆. ② 大量. ③ 書架. ④ 煙囪.
——*v.* ⑤ 堆積, 堆起. ⑥(洗牌時)作弊.
範例 ① a **stack** of wood 一堆木柴.
② a **stack** of money 大量的錢.
④ Mary looked up at the tall factory **stacks**. 瑪
麗仰望那家工廠高高的煙囪.
⑤ The sink was **stacked** with dirty dishes. 那個
水槽裡堆滿了髒盤子.
複數 stacks
活用 *v.* stacks, stacked, stacked,
stacking

stadia [`stedɪə] *n.* stadium 的複數形.

*****stadium** [`stedɪəm] *n.* 體育場〖四周設有觀眾
席〗. The city is building a new **stadium** for the
Olympic Games. 那個城市正在為奧林匹克運
動會興建新的體育場.
複數 stadiums/stadia

*****staff** [stæf] *n.* ① 全體職員, 員工. ② 杖; 支柱.
③(音樂的)五線譜.
——*v.* ④ 提供〔配置〕職員.
範例 ① We have an excellent teaching **staff** at
this college. 這所大學擁有優秀的教職員工.
All the **staff** in this hotel speak good English.
這家旅館的員工英語都講得很好.
Some **staff** members had to work overtime.
有些員工必須加班.
My uncle is on the **staff** of the university. 我叔
叔是那所大學的職員.
Mr. White is in a **staff** meeting and won't be
able to see you right now. 懷特先生正在開職
員會議, 現在無法見你.
② The only sign of the shepherd was his **staff**.
牧羊人的惟一標誌是他的手杖.
Our morals are the **staff** of our movement. 支
撐我們從事社會運動的是我們的道德.
③ The set of five lines on which music is written
is called a **staff**. 寫樂譜的5條一組的線被稱
作五線譜.
④ Our hospital is **staffed** by the best doctors
and nurses in the state. 我們醫院擁有全州最

好的醫生和護士.
活用 staffs/② staves
活用 *v.* staffs, staffed, staffed, staffing

stag [stæg] *n.* ① 公鹿. ②〖英〗為獲利而認購新
股票的人. ③〖美〗(在晚會上)不帶女伴的男
子.
複數 stags

*****stage** [stedʒ] *n.* ① 舞臺. ② 階段, 時期. ③ 旅
程. ④(火箭的)節.
——*v.* ⑤ 上演, 舉行.
範例 ① The king enters **stage** left. 那個國王從
舞臺右側出場.
She wants to go on the **stage**. 她想當演員.
② Our plan is in its early **stages** now. 我們的計
畫現在處於初步階段.
③ We traveled by long **stages**. 我們旅行了一
段很長的路程.
④ The rocket has three **stages**. 那個火箭是三
節式的.
⑤ The union **staged** a 72-hour strike. 那個工
會舉行了72小時罷工.
♦ **stáge fríght** 怯場.
stàge léft 舞臺右側《從觀眾席看》.
stàge ríght 舞臺左側《從觀眾席看》.
複數 stages
活用 *v.* stages, staged, staged, staging

stagecoach [`stedʒ͵kotʃ] *n.* 驛馬車: Mr.
Smith and his wife traveled by **stagecoach**.
史密斯先生和他的妻子乘驛馬車旅行.
参考 源自起點和終點間設有一些站 (stage).
複數 stagecoaches

[stagecoach]

*****stagger** [`stægɚ] *v.* ① 蹣跚, 搖搖晃晃地移動.
② 使錯開.
——*n.* ③ 蹣跚, 搖晃地移動.
範例 ① The drunk **staggered** along the street.
那個醉漢搖搖晃晃地走在街上.
The event **staggered** his resolution. 那件事
動搖了他的決心.
② The committee suggested **staggering** lunch
hours. 那個委員會提議錯開午餐時間.
活用 *v.* staggers, staggered, staggered,
staggering
複數 staggers

stagnant [`stægnənt] *adj.* 不流動的, 停滯的.
範例 The river dried up into **stagnant** pools this
summer. 今年夏天那條河流乾涸, 形成一些
不流動的水坑.
How can we put some life back into our
stagnant shipbuilding industry? 怎樣才能使
我國停滯不前的造船業恢復生機呢?
活用 *adj.* more stagnant, most stagnant

stagnate [`stægnet] *v.* 不流通, 停滯: The
economy continued to **stagnate** in spite of

measures to stimulate it. 儘管採取了對策來
刺激經濟，但經濟仍繼續停滯不前.

[活用] *v.* **stagnates**, **stagnated**, **stagnated**,
stagnating

stagnation [stæg`neʃən] *n.* 不流通，停滯；
（經濟）蕭條：Industrial **stagnation** caused a
loss of jobs. 產業發展的停滯造成失業.

staid [sted] *adj.* （服裝、工作態度等）樸素的；
嚴謹的，死板的.

[範例] Mary's taste in decor is **staid**. 瑪麗對於裝
潢的品味很樸素.
a **staid** old conservative 死板的老保守派.

[活用] *adj.* **more staid**, **most staid**

*__**stain**__ [sten] *n.* ① 污漬，污點. ② 染料，著色劑.
——*v.* ③ 弄髒，沾上污點；玷污. ④ 染色；把
（玻璃）燒上彩花.

[範例] ① He has **stains** of coffee on his coat. 他
的外套上有咖啡的污漬.
His father is a man without a **stain** on his
reputation. 他的父親是一個名聲清白的人.
③ Her hands are **stained** with paint. 她的手被
油漆弄髒了.
He **stained** his white shirt with tea. 他的白襯
衫沾到了茶.
The coffee **stained** her dress. 她的洋裝沾到
了咖啡.
This cloth won't **stain** easily. 這塊布不易髒.
④ They **stained** the leather dark brown. 他們把
那塊皮革染成深褐色.

♦ **stàined gláss** 有色玻璃，彩色玻璃.

[複數] **stains**

[活用] *v.* **stains**, **stained**, **stained**, **staining**

stainless [`stenlɪs] *adj.* 無污點的；不生鏽的：
He bought a set of **stainless** steel knives. 他
買了一套不銹鋼的刀具組.

♦ **stàinless stéel** 不銹鋼《為了防止生鏽或變
色而加入鉻的鋼鐵》.

[活用] *adj.* **more stainless**, **most stainless**

*__**stair**__ [stɛr] *n.* ① 樓梯的一級. ②〔~s〕樓梯.

[參考] 因為樓梯是由很多級構成，所以稱作
stairs；一段樓梯稱作 a flight of stairs.

[複數] **stairs**

*__**staircase**__ [`stɛr,kes] *n.* 樓梯《包括扶手
(handrail) 在內的整體》.

[複數] **staircases**

handrail
landing
flight
step
newel post
[staircase]

stairway [`stɛr,we] *n.* （特指室外的）樓梯.

[複數] **stairways**

*__**stake**__ [stek] *n.* ① 樁. ② 火刑柱，〔the ~〕火刑.
③（賭博等的）賭注，獎金. ④ 利害關係.
——*v.* ⑤ 釘樁子. ⑥ 用樁子固定〔支撐〕. ⑦ 拿
~作賭注.

[範例] ① We drove **stakes** into the ground to mark
our land. 我們在地面上打樁子以標示土地.
③ Tom lost his **stake** in that race. 湯姆在那一
場比賽中輸掉了賭注.
⑥ You must **stake** up that young willow. 你必須
為那棵小柳樹加個支柱.
⑦ I've **staked** my life on this enterprise. 我把我
的一生都賭在這項事業上了.

[片語] *at stake* 在賭注中，瀕臨危險的：My
honor is **at stake**. 我的名譽受到威脅.
pull up stakes 搬家；離職.

[複數] **stakes**

[活用] *v.* **stakes**, **staked**, **staked**, **staking**

*__**stale**__ [stel] *adj.* 不新鮮的；陳舊的.

[範例] The boy gave bits of **stale** bread to birds by
the pond. 那男孩拿不新鮮的麵包渣餵那些
池邊的鳥.
This cake is **stale**. 這個蛋糕不新鮮.
The air in this room is so **stale**. 這個房間裡的
空氣很污濁.
His jokes are **stale** and dull. 他的笑話既老套
又無趣.

[活用] *adj.* **staler**, **stalest**

stalemate [`stel,met] *n.* ①（西洋棋）無棋可
走. ② 僵局，僵持狀態：The Taiwan-US trade
negotiations are at a **stalemate**. 中美貿易交
涉正處於僵持狀態.
——*v.* ③ 使無棋可走；使陷於僵局.

[複數] **stalemates**

[活用] *v.* **stalemates**, **stalemated**,
stalemated, **stalemating**

staleness [`stelnɪs] *n.* 不新鮮，走味.

*__**stalk**__ [stɔk] *v.* ① 闊步走. ② 悄悄靠近.
——*n.* ③ 莖，稈.

[範例] ① The man **stalked** out of the room. 那個
男子闊步走出房間.
② The challenger approached the champion like
a tiger **stalking** its prey. 那名挑戰者以老虎
靠近獵物的方式悄悄接近冠軍選手.
Plague **stalked** through the whole Europe. 瘟
疫悄悄地蔓延整個歐洲.
③ The **stalk** at its base is two centimeters in
diameter. 這根莖在根部的直徑為2公分.

[活用] *v.* **stalks**, **stalked**, **stalked**, **stalking**

[複數] **stalks**

*__**stall**__ [stɔl] *n.* ① 畜舍；小隔間. ② 售貨攤，攤位.
③ 神職者〔聖歌隊〕席位. ④〔~s〕〔英〕正廳
前排座位. ⑤（飛機的）失速.
——*v.* ⑥（引擎等）熄火，停. ⑦ 藉故拖延.

[範例] ① The ladies' room has 5 **stalls**. 那間女廁
內有5個小隔間.
② a market **stall** 市場的攤位.
⑥ My car was **stalled** in deep snow. 我的汽車

在深雪中拋錨了．
⑦ Stop **stalling** and get in the car．別再拖延了，快上車．
複數 **stalls**
活用 v. **stalls, stalled, stalled, stalling**
stallion [`stæljən] n. 種馬．
複數 **stallions**
stalwart [`stɔlwət] adj. ① 強壯的，強健的．
——n. ②（特指政黨的）忠實支持者．
範例 ① a **stalwart** fighter 一個強壯的戰士．
② a conservative **stalwart** 保守黨的忠實支持者．
活用 adj. **more stalwart, most stalwart**
複數 **stalwarts**
stamen [`stemən] n. 雄蕊（☞ pistil（雌蕊））.
➤ 充電小站 (p. 487)
複數 **stamens**
stamina [`stæmənə] n. 持久力，精力，耐力：
You need great **stamina** to work in this office．在這家公司工作需要很強的耐力．
*__stammer__ [`stæmə] v. ① 結結巴巴地說．
——n. ② 口吃．
範例 ① The mayor often **stammered**．那位市長經常結巴．
② My daughter speaks with a **stammer**．我的女兒說話會結巴．
活用 v. **stammers, stammered, stammered, stammering**
**__stamp__ [stæmp] v. ① 踩踏，跺腳，重步走．② 蓋印，蓋上印記．③ 銘記（回憶等）．④ 貼郵票．
——n. ⑤ 郵票．⑥ 印章，印記，郵戳．⑦ 踩踏．⑧ 特徵，性質．
範例 ① Bob **stamped** his feet in excitement．鮑伯興奮地直跺腳．
② I have to **stamp** all these documents before noon．我必須在中午之前把所有的文件都蓋上印章．
④ Your letter hasn't been **stamped**．你的信沒貼郵票．
⑤ Tom has collected a lot of foreign **stamps**．湯姆收集了很多外國郵票．
⑥ We put the date on the documents with a rubber **stamp**．我們用橡皮章在那些文件上蓋日期．
The **stamp** on the postcard tells us when and where it was posted．明信片上的郵戳標示出投寄的時間和地點．
活用 v. **stamps, stamped, stamped, stamping**
複數 **stamps**
stampede [stæm`pid] n. ①（動物）成群逃竄；人群湧至．
——v. ②（使）逃竄；蜂擁而至；因驚慌而快速地做．
範例 ① There was a **stampede** to buy the new video game．出現了購買新電玩遊戲的大量人潮．
② A lot of young girls **stampeded** to the record

shop to buy his new album．很多年輕女孩湧向唱片行，想要買他的新專輯．
Don't be **stampeded** into a decision．不要匆忙地下決定．
The thunder **stampeded** the cattle．那陣雷聲嚇得牛群四處逃竄．
複數 **stampedes**
活用 v. **stampedes, stampeded, stampeded, stampeding**
stance [stæns] n. ①（擊球者的）站姿．② 姿態，態度．
複數 **stances**
stanch [stæntʃ] v. 阻止～流出；止血：He **stanched** the blood with a cloth．他用布止血．
參考 亦作 staunch．
活用 v. **stanches, stanched, stanched, stanching**
*__stand__ [stænd] v. ①（使）站立，（使）立著；起立；排隊；支持．② 停住，停留，不流通．③ 持續，保持；處於～狀態．④ 高度為，溫度為．⑤ 持～立場．⑥ 容忍，忍耐．⑦ 請客．⑧《英》當～候選人，競選（for）《《美》run)．⑨（航海的）航向～方向．
——n. ⑩ 陳列處，～架，～座．⑪ 售貨攤，攤子．⑫ 觀眾席，看臺．⑬ 停留．⑭ 立場．⑮ 證人席《亦作 witness box》．⑯（計程車的）停車處．
範例 ① Can you **stand** on your hands? 你會倒立嗎？
She was **standing** in front of the house．她站在那棟房子前面．
We **stood** in line for hours, but we couldn't get the tickets．我們排隊排了好幾個小時，但還是買不到票．
The Statue of Liberty **stands** on Liberty Island in New York Harbor．自由女神像矗立在紐約港的自由島上．
Stand at ease!（口令的）稍息！
Stand at attention!（口令的）立正！
Everybody in the courtroom **stood** when the judge came in．當那位法官進來時，法庭內的所有人員全體起立．
I **stood** waiting for a bus．我站著等公車．
They **stood** him up on the chair and gave him a big hand．他們讓他站在椅子上，並且向他報以熱烈的掌聲．
We **stand** up for the president．我們支持總統．
She **stood** up to her husband．她對丈夫予以反擊．
He **stood** his trophy on the top shelf．他把獎杯立在最上層的架子上．
Stand the mirror against the wall．把那面鏡子掛在牆上．
② No **Standing**．禁止停車．
The car **stood** at the intersection and waited for other cars to pass．那輛汽車停在十字路口，等其他汽車通過．

③ The old school rule will **stand** until the end of this month. 舊校規在本月底前有效.

Let the dough **stand** for another ten minutes. 把那塊生麵糰再擱置10分鐘.

Those apartment houses **stood** empty for years. 那些公寓空了好多年了.

Since the last exam, Tom **stands** third in his class. 自從上一次考試, 湯姆就保持在班上第3名.

We **stand** to gain a lot of power and influence if this deal goes through. 如果這項交易可以談成, 我們將會獲得很大的勢力和影響力.

④ He **stands** six feet two. 他的身高為6呎2吋.

The thermometer **stood** at three degrees below zero this morning. 今天早上的溫度是零下3度.

⑤ She **stands** against the plan. 她反對那項計畫.

I'll **stand** with you no matter what happens. 不論發生甚麼事, 我都站在你這一邊.

⑥ He couldn't **stand** the pain in his leg. 他忍受不了腿的疼痛.

I can't **stand** it! Why do you always sing at night? 我受不了了! 你怎麼總是在夜裡唱歌?

I can't **stand** to touch a caterpillar. 我無法忍受去觸摸毛毛蟲.

My father says he can't **stand** making a speech at a wedding ceremony. 我父親說他最受不了在結婚典禮上致辭.

She can't **stand** her husband making noises while eating noddles. 她無法忍受丈夫吃麵條時發出聲音.

⑦ You have only NT$20? OK, I'll **stand** you lunch. 你只有新臺幣20元? 好吧, 我請你吃午餐.

⑧ Ms. Anderson is going to **stand** for mayor. 安德森女士即將競選市長.

⑩ a music **stand** 樂譜架.

an umbrella **stand** 傘架.

You left your coat on the **stand** in my room, didn't you? 你是不是將你的外套遺忘在我房間的衣架上了?

⑪ a news **stand** 報攤.

a hamburger **stand** 賣漢堡的小吃攤.

⑬ The soldiers made a **stand** near the valley. 那些士兵們在山谷附近住了一夜.

⑭ I'll support his **stand** on this matter. 關於這個問題, 我會支持他的立場.

[片語] *as things stand* 按照現狀.

stand a chance 有希望, 有機會.

stand around 站著不動, 呆立.

stand aside ① 讓開, 避開. ② 袖手旁觀.

stand back 向後退, 退縮.

stand by ① 待在～身邊; 遵守 (諾言等):

Even if you are in trouble, I will **stand by** you. 即使你遇到困難, 我也會待在你身邊.

I said yes, I would **stand by** my word. 我說可以, 我就會做到.

② 作好準備, 待命: Over 100 people were standing by for the audition. 有超過100人在等待參加試鏡.

③ 袖手旁觀.

stand down 從證人席退下來; 退出競選.

stand for ① 代表, 象徵: U.S.A. **stands for** the United States of America. U.S.A.表示the United States of America 的意思. ② 支持, 擁護. ③ 容忍, 容許. ④ 〖英〗當～候選人. (⇨ 範例 ⑧)

stand in for 代替, 代理.

standing on ～'s head 倒立的; (行為、言語等) 古怪的.

stand on ～'s own feet (經濟上) 自力更生.

stand out ① 明顯; 傑出: Look at those girls dressed in yellow! They really **stand out** in a crowd. 你看那些穿黃衣服的女孩們! 她們在人群裡面真顯眼.

As a judo fighter, she **stands out** from all the others. 身為一名柔道選手, 她比其他人突出.

② 堅持到底.

stand to reason 合乎道理, 理所當然.

stand trial 接受審判.

stand up ① 起立, 站立, 使直立. (⇨ 範例 ①)② 經久耐用, 經得起. ③ 〖口語〗對～失約: I **stood** him **up**. 我讓他白等了.

♦ **stánd-in** 替身演員, 臨時演員.

[活用] *v.* **stands**, **stood**, **stood**, **standing**

✱**standard** [`stændəd] *n.* ① 標準. ② 水平, 水準. ③ (有象徵意義的) 旗幟. ④ 經典流行歌曲.

——*adj.* ⑤ 標準的. ⑥ 有權威性的.

[範例] ① Taiwan **Standard** Time 臺灣標準時.

an international **standard** 國際標準.

There has been a corruption of ethical **standards** among Taiwan politicians. 臺灣政治人物的道德標準處於墮落狀態.

② The **standard** of living in Taiwan is still lower than in the US. 臺灣的生活水準仍然比美國低.

The school sets high **standards** for its students. 那所學校為其學生設立高標準.

Her singing did not reach the **standard** required to pass the audition. 她的歌唱技巧沒有達到試鏡要求的水準.

Her ability as an actress is not up to **standard**. 她的能力沒有達到一個演員該有的水準.

③ He raised the **standard** of revolt against the government. 他揚起了那面反抗政府的旗幟.

⑤ so-called **standard** English 所謂的標準英語.

a tatami mat of **standard** size 標準尺寸的榻榻米 (通常為90公分×180公分).

The **standard** unit of weight for the Chinese medicine is tael. 測量中藥重量的標準單位是「兩」.

⑥ This is one of the **standard** textbooks on economics. 這本書是經濟學領域中頗具權威的教科書之一.

片語 **below standard/not up to standard** 沒有達到標準的. (⇨ 範例 ②)

◆ **stándard làmp** 〖英〗落地燈 (〖美〗floor lamp).

stàndard tíme 標準時《一個國家或地區共同使用的時間. 英國為格林威治標準時 (Greenwich Time), 在美國本土則按經度分為太平洋標準時 (Pacific Time), 山地標準時 (Mountain Time), 中部標準時 (Central Time), 東部標準時 (Eastern Time) 等4個標準時, 西部比東部各晚1小時. 美國除本土之外還有阿拉斯加—夏威夷標準時 (Alaska-Hawaii Time)》.

[standard lamp]

複數 **standards**

活用 adj. ⑤ **more standard, most standard**

standardize [`stændɚˏaɪz] v. 標準化, 使規格統一: The mass media such as radio and television help **standardize** speech in many countries. 在很多國家中, 像廣播和電視這一類的媒體都有助於推行標準語.

參考 〖英〗standardise.

活用 v. **standardizes, standardized, standardized, standardizing**

standby [`stændˏbaɪ] n. ① 備用的物品〔人〕. ②（機場等的）候補乘客.

複數 **standbys**

standing [`stændɪŋ] n. ① 地位, 名聲. ② 持續存在的狀態.

——adj. ③〔只用於名詞前〕站立的, 固定的, 長期存在的.

範例 ① Bob's social **standing** was very high. 以前鮑伯的社會地位非常高.

Ken's father is a scientist of high **standing**. 肯的父親是一位名望高的科學家.

② Unemployment is a problem of many years' **standing**. 失業是一個持續多年的問題.

③ a **standing** broad jump 立定跳遠.

standing water 不流動的水.

That Billy can't walk and chew gum at the same time is a **standing** joke around here. 比利不能一邊走路一邊嚼口香糖這件事是這一帶的老笑話.《can't walk and chew gum at the same time 由「連兩個簡單的動作都不能同時做」而轉為「完全沒用的人」之意》

You have a **standing** invitation to come and stay with us. 隨時歡迎你來和我們一起住.

◆ **stànding órder** ① 長期訂單. ②〖英〗（從銀行帳戶）自動扣款的委託手續.

stànding ovátion 起立鼓掌.

複數 **standings**

standoff [`stændˏɔf] n. ① 冷淡, 冷漠. ② 僵持狀態; (比賽的) 平手, 和局.

複數 **standoffs**

standoffish [stænd`ɔfɪʃ] adj. 冷淡的, 冷漠的, 不友善的.

活用 adj. **more standoffish, most standoffish**

*** standpoint** [`stændˏpɔɪnt] n. 觀點, 立場: Let's look at this problem from another **standpoint**. 讓我們從其他觀點來看這個問題吧.

複數 **standpoints**

*** standstill** [`stændˏstɪl] n. 停止, 停頓.

範例 She brought the car to a **standstill**. 她讓那輛車停了下來.

The traffic was at a **standstill**. 交通陷於停頓狀態.

Production at the factory has come to a **standstill**. 那家工廠的生產停頓了.

stank [stæŋk] v. stink 的過去式.

stanza [`stænzə] n. (詩的) 節《一首詩的一部分, 通常由4行以上的押韻句所組成》.

複數 **stanzas**

staple [`stepl] adj. ①〔只用於名詞前〕主要的, 重要的, 慣用的.

——n. ② 主要產品, 主要用品, 主要食品. ③ U 形釘《用於固定電線或裝釘文件》, 釘書針.

——v. ④ 用 U 形釘固定, 用釘書針裝訂.

[staple]

範例 ① **staple** foods 主食.

② Coffee is the **staple** of Brazil. 咖啡是巴西的主要產品.

④ The card was **stapled** to the price list. 那張卡片被用釘書針釘在價目表上.

複數 **staples**

活用 v. **staples, stapled, stapled, stapling**

stapler [`steplɚ] n. 釘書機.

參考 「釘書機」是取自發明者 Benjamin Hotchkiss 的名字而成的商標名.

複數 **staplers**

*** star** [stɑr] n. ① 星, 恆星 (☞ 充電小站 (p. 263)). ② 星號, 星級《表示旅館、飯店等的等級》. ③ 明星, 有名的人物. ④ 命運, 運氣《左右命運的》星宿.

——v. ⑤ (使) 主演, 擔任主角. ⑥ 加上星號.

範例 ① The sky was clear and full of **stars**. 天空萬里無雲, 滿是星星.

All **stars** either explode or get small and stop shining. 所有的恆星不是爆炸就是變小而停止發光.

② Brown's is a four-**star** restaurant. 布朗餐廳是四星級餐廳.

③ I want to be a film **star**. 我想當電影明星.

④ I was born under a lucky **star**. 我是在良辰吉時出生的.

Could you read my **stars** to me? 你可以幫我算命嗎?

⑤ The actor is going to **star** in the play. 那名演員即將在那齣戲中擔任主角.

The movie, **starring** Harrison Ford, was a great hit. 哈里遜福特主演的那部電影非常成功.

片語 *see stars*（頭部經撞擊後）眼冒金星，目眩.

♦ **stár sìgn** 星座（zodiac（12星座圖）的劃分之一）.

the Stàr-Spangled Bánner 美國國歌；美國國旗.

the Stàrs and Strípes 星條旗〔美國國旗〕.

➡ 充電小站 (p. 1253)

[Stars and Stripes]

複數 **stars**

活用 v. **stars, starred, starred, starring**

starboard [`star,bord] n. ① 右舷〔面向船首或機首時的船身或機身右側；左側為 port〕.
──v. ② 向右舷轉舵,（把舵）向右轉.

活用 v. **starboards, starboarded, starboarded, starboarding**

starch [startʃ] n. ① 澱粉,澱粉類,澱粉類食品（穀類、豆類、薯類等）. ②（漿衣用的）漿.
──v. ③ 漿（衣服）: **Starch** this shirt, please. 請把這件襯衫上漿.

複數 **starches**

活用 v. **starches, starched, starched, starching**

starchy [`startʃɪ] adj. ① 澱粉類的,澱粉質的. ② 上過漿的,漿硬的. ③ 古板的,拘謹的.

活用 adj. **starchier, starchiest**

stardom [`stardəm] n. 明星的地位〔身分〕.

*✲**stare** [stɛr] v. ① 凝視,盯著看.
──n. ② 凝視,注視,瞪.

範例 ① The tourists **stared** at the pyramid in wonder. 那些遊客吃驚地盯著金字塔看.
A tall man was **staring** into the house. 一個高大的男子正凝視著那棟房子.
I **stared** the stranger up and down. 我上下打量那個陌生人.
② He gave me a cold **stare**. 他冷漠地盯著我看.

片語 *stare down/stare out* 瞪（人）使其移開目光,盯著（人）使其感到難為情.

活用 v. **stares, stared, stared, staring**

複數 **stares**

starfish [`star,fɪʃ] n. 海星.

複數 **starfish/starfishes**

stark [stark] adj. ① 赤裸裸的,照實的. ②〔只用於名詞前〕完全的,不折不扣的.
──adv. ③ 完全地,十足地.

範例 ① **stark** facts 赤裸裸的事實.
② **stark** madness 完全瘋狂.
③ **stark** naked 一絲不掛的.

活用 adj. ① **starker, starkest**

starlet [`starlɪt] n. ① 小星星. ② 剛嶄露頭角的年輕女演員.

複數 **starlets**

starlight [`star,laɪt] n. 星光.

starling [`starlɪŋ] n. 椋鳥.

複數 **starlings**

starry [`starɪ] adj. 充滿星星的,繁星點綴的: I enjoyed the **starry** winter sky. 我飽覽了冬天繁星密布的天空.

活用 adj. **starrier, starriest**

*✲**start** [start] v. ① 出發,啟程,發動,使運轉. ② 著手,（使）開始. ③（因吃驚而）突然移動,嚇一跳.
──n. ④ 出發. ⑤（比賽的）先跑權,優勢,有利的立場. ⑥ 開端,開始,著手. ⑦ 驚跳,驚起.

範例 ① There is something wrong. The engine won't **start**. 不知道哪裡出了毛病,那個引擎無法發動.
Let's **start** home before it gets dark. 趁天還沒黑之前,我們快回家吧.
Tomorrow morning, we are going to **start** out at 6. 我們明天早上6點出發.
The first train didn't **start** on time that morning. 那一天早上,首班火車沒有準時出發.
② School **starts** at 9. 學校9點鐘開始上課.
This building **started** out as the private property of a foreign diplomat. 這棟建築物原本是一位外國外交官的私人財產.
Class **started** off with a pop quiz. 一開始上課就舉行了臨時小考.
It's a shame that you're just **starting** your homework at the very end of summer vacation. 到了暑假的尾聲你才開始寫作業,真是不像話.
My uncle **started** a new business in Austria. 我叔叔在奧地利創業.
The writer has just **started** on a third book. 那位作家剛剛開始動筆寫第3本書.
David and Connie **started** up a small restaurant in Montana. 大衛和康妮在蒙大拿開了一家小餐館.
After he retired from work, he **started** growing flowers as a hobby. 退休後,他開始以蒔花為嗜好.
It **started** to snow about half an hour ago. 大約30分鐘前開始下雪.
③ He **started** when he was called from behind in the dark. 黑暗中有人從背後喊他,他嚇了一跳.
Seeing a cobra crawling on the ground, she **started** back. 看到眼鏡蛇在地上爬,她嚇得直往後躲.
She **started** up at a shocking scene in the horror movie. 看到恐怖電影的駭人鏡頭,她嚇得跳起來.
④ It's snowing. We had better make an early **start**. 下雪了,我們最好早點出發.
⑤ The coach gave me a **start** of ten points in a practice match, but he still beat me. 教練在練習賽中讓我10分,但他還是打贏我.
⑥ The **start** of his life is rather miserable. 他人生的最初階段相當悲慘.
From the **start**, he was a star on the basketball team. 從一開始,他就是那支籃球隊的主將.
You got a good **start** in work. 你的工作起步頗為順利.

充電小站

恆星 (star)

star 可指恆星、行星、彗星等所有在天空中閃爍的星星，有時僅指 fixed star (恆星). 另外也有指非恆星的例子，如 the morning star (晨星) 和 the evening star (黃昏星)，而「流星」稱作 a shooting star 或 a falling star.

star 通常指的是 fixed star，所以可以說 The sun is a star. (太陽是恆星). 同樣 sun 一字也用於 fixed star 之意，因此可以說 There are great many suns in the sky. (天空中有很多恆星).

人們也為 star 取了各式各樣的名字. 中國有名的「牛郎星」和「織女星」在英語中分別稱為 Altair 和 Vega，是由阿拉伯語轉化而成的拉丁語名稱.

「北斗7星」不是一顆星的名字，而是大熊星座中7顆星的集合名稱，英語將其稱作 the Dipper (長柄杓)，the Big Dipper 或 the Plough (犂). 金牛座中有個昴星團，英語稱作 the Pleiades. 因為金牛座的7顆星是希臘神話中 Atlas (亞特拉斯) 的7個女兒，所以英語也稱其為 the Seven Sisters.

有固定名稱的 star 約有200多個，但從整體來看數量很少.

▶ 天狼星 (Sirius)

有固定名稱的 fixed star 中最明亮、最出名的要算是 Canis Major (大犬星座) 中的天狼星了. Sirius 在拉丁語中意為「炙熱物，閃耀之物」. 因為是大犬星座的主星，故又取名為 the Dog Star.

這顆星非常耀眼. 7月上旬至中旬當太陽即將升起時，它會出現在東方的天空，此時期稱為 dog days. 有人相信這時天狼星和天狼星的熱量相互結合，所以這也是一年中最熱的時候. 古埃及人將太陽和天狼星幾乎同時出現在東方天空的這一時期 (稱作 the heliacal rising of Sirius) 當作一年的開始.

▶ 明亮恆星的排行榜

下面舉出從地球上觀察最為明亮的前20顆恆星. 按其 apparent visual magnitude (可見亮度) 的順序排列如下:

順序	名稱		意義	所屬星座	亮度
1	Sirius	天狼星	炙熱發光物	大犬星座	-1.47
2	Canopus	老人星	特洛伊戰爭中為希臘部隊引導航道的勇士	船底星座	-0.73
3	Rigil Kentaurus	半人馬星	半人馬的腿	半人馬星座	-0.33
4	Arcturus	大角	熊的看護者	牧夫星座	-0.06
5	Vega	織女星	落鷹	天琴星座	0.04
6	Rigel	參宿七	巨人的左腿	獵戶星座	0.08
7	Capella	五車二	小母羊	御夫星座	0.09
8	Procyon	南河三	在狗的前面	小犬星座	0.34
9	Achernar	水委一	河的盡頭	波江星座	0.47
10	Beta Centauri	半人馬星座的β星	一	半人馬星座	0.59
11	Altair	牛郎星	天鷹	天鷹星座	0.77
12	Betelgeuse	參宿四	巨人的腋下	獵戶星座	0.81
13	Aldebaran	畢宿五	追隨者	金牛星座	0.86
14	Spica	角宿一	穀穗	室女星座	0.96
15	Antares	心宿二	阿瑞斯的反抗者	天蠍星座	1.08
16	Pollux	北河三	性情溫和的	雙子星座	1.15
17	Fomalhaut	北落師門	魚嘴	南魚星座	1.16
18	Beta Crucis	南十字星座的β星	一	南十字星座	1.24
19	Deneb	天津四	母雞的尾巴	天鵝星座	1.26
20	Regulus	軒轅十四	獅子的腿	獅子星座	1.36

The **start** of the examination had to be delayed because of heavy snow. 因為大雪，所以不得不延遲那場考試開始的時間.
The **start** of a new factory led to higher employment. 有一家新工廠開工，使得就業機會增加.
⑦ She woke up with a **start**. She must have had a nightmare or something. 她突然驚醒，一定是做了惡夢.
[片語] **at the start** 起初，一開始: She sounded very honest **at the start**, but later she turned out to be a great liar. 一開始她看起來很誠實，

結果後來才知道她是一個大騙子.
for a start 首先.
from start to finish 自始至終，從頭到尾: We watched the game **from start to finish**. 我們從頭到尾看了那場比賽.
get started 開始做，開始.
start in 《口語》開始.
start off ① 開始. (⇨ 範例 ②) ② 開始工作: My grandfather **started off** as a typographer. 我爺爺一開始是個排字人員.
start on 著手做. (⇨ 範例 ②)
start out ① 出發，啟程. (⇨ 範例 ①) ②《口

語》開始做. (⇨ 範例 ②)

start over 重新開始.

start up ① 驚起. (⇨ 範例 ③) ② 開始 (經商等) (⇨ 範例 ②); 發動. ③ 出現: Once they got married, a lot of trouble **started up** between them. 一結婚, 他們之間就出現許多問題.

to start with ① 首先: "Why did you all elect him the new captain?" "Well, **to start with**, he is the best leader among us." 「你們為甚麼都選他當新隊長?」「嗯, 首先, 他是我們之中最棒的領導者.」② 最初: To correspond with my friend in America, I wrote by hand **to start with**, then changed to the word processor. 我和美國朋友之間的通信一開始是用手寫, 後來改用文字處理機.

♦ **stárting blòck** (徑賽用的) 起跑架.
 stárting gàte (賽馬等用的) 起跑門.
 stárting pìtcher (棒球的) 先發投手.
 stárting pòint 起點, 出發點.

活用 v. starts, started, started, starting
複數 starts

starter [`stɑrtə] n. ① 參賽馬, 參賽選手, 起跑者. ② 起跑發令員. ③ 起動器, 起動裝置. ④ 〔~s〕(一連串事物的) 第一項, 第一點. ⑤ 第一道菜.

範例 ① Of 8 **starters**, only 3 finished the race. 8匹賽馬中只有3匹跑完了全程.
There were only five **starters** in the last race. 只有5名跑者進入了決賽.
② She did not see the **starter**'s signal. 她沒看見那名起跑發令員的信號.
③ He pushed the **starter** but his very old car didn't start. 他按下起動器, 但是他的老爺車無法發動.
⑤ I had salad and soup for **starters**. 我首先吃了沙拉和湯.
Would you like orange juice or soup as a **starter**? 你想先喝柳橙汁, 還是先喝湯?

片語 **for starters** 首先. (⇨ 範例 ⑤)
複數 starters

＊**startle** [`stɑrtl] v. 使吃驚, 使驚嚇.
範例 You **startled** me! I didn't hear you come in. 你嚇了我一跳! 我沒聽見你進來呀.
We were **startled** by the news. 那個消息令我們大吃一驚.
活用 v. startles, startled, startled, startling

startling [`stɑrtlɪŋ] adj. 驚人的, 令人吃驚的:
startling news 令人吃驚的消息.
活用 adj. more startling, most startling

＊**starvation** [stɑr`veʃən] n. 餓死, 飢餓, 饑荒:
Thirty thousand people died from **starvation** in the country. 在那個國家有3萬人死於饑荒.

＊**starve** [stɑrv] v. (使) 挨餓.
範例 In the drought, half a million people **starved** to death. 那場旱災中有50萬人餓死.

I am **starving**. 我快餓死了.
The prisoner was **starving** for knowledge. 那名囚犯求知若渴.
The boy is **starved** of affection. 那個男孩極需要愛.
The police **starved** the radicals into surrender. 警方斷絕那些激進分子的糧食, 迫使其投降.
活用 v. starves, starved, starved, starving

※**state** [stet] n. ① 狀態, 情況, 形勢. ② 國家, 國, 州 《在美國等國家, 各州擁有近似於獨立國家的行政機能》.
——v. ③ 陳述, 闡明.
範例 ① The solid **state** of water is ice. 水的固態是冰.
The president declared a **state** of emergency. 總統宣布緊急狀況.
He enjoys a better **state** than he used to. 他的狀況比以前更好了.
She was in a poor **state** of health. 她的健康狀況不佳.
She has been in a nervous **state** lately. 她最近變得有點神經質.
His room was in quite a **state**. 他的房間非常凌亂.
② an independent **state** 獨立國家.
a welfare **state** 福利國家.
a police **state** 警察國家.
Germany is a modern industrial **state**. 德國是現代化工業國家.
Oregon is her native **state**. 俄勒岡州是她的出生地.
Sacramento is the **state** capital of California. 沙加緬度是加州首府.
There are six **states** and one territory in Australia. 澳洲有6個州和1個自治區.
③ **State** your purpose for being here. 請說明你來這裡的目的.
I **stated** my opinion clearly. 我清楚地闡述自己的意見.
You have only to do as **stated** above. 你只要按照以上所說的去做就可以了.
I went to see the doctor on the **stated** date. 我在指定的日期去看醫生.
The minister **stated** that he would visit Canada next month. 那位部長正式聲明, 下個月他將訪問加拿大.

片語 ***in state*** 正式地, 堂皇地, 隆重地, 盛裝地: The royal family marched **in state** in celebration of the King's birthday. 為了慶祝國王的生日, 王室家族隆重地遊行.

♦ **stàte flówer** 〔美〕州花 《例如夏威夷州的州花是 hibiscus (木槿)》.
 stàte guést 國賓.
 stàte sécret 國家機密.
 stàte vísit 官方訪問.

複數 states
活用 v. states, stated, stated, stating

＊**stately** [`stetlɪ] adj. 威嚴的, 堂皇的, 莊嚴的:

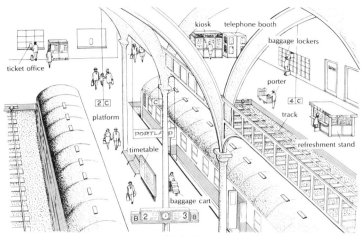

[station]

The priest moved at a slow and **stately** speed.
那位牧師以緩慢而莊嚴的步伐前進.

活用 adj. **statelier, stateliest**

*__statement__ [ˋstetmənt] n. ① 聲明，陳述，闡述；敘述的事情. ② (銀行等的) 收支結算表.

範例 ① The Queen issued no **statement** on the matter. 女王對那件事沒有發表任何聲明.
make false **statements** 作虛假的陳述.
a joint **statement** 共同聲明.
His **statement** proved false. 結果證實他的陳述是虛構的.
② My bank **statement** must be in error. 我的銀行帳戶結算表一定是弄錯了.

複數 **statements**

__stateroom__ [ˋstetˌrum] n. ① (船、火車等的) 特等艙，特別包廂. ② (宮殿等的) 大廳，儀式廳.

複數 **staterooms**

*__statesman__ [ˋstetsmən] n. 政治家: Many people say he was a great **statesman**. 許多人都說他曾經是一位偉大的政治家.

➡ 充電小站 (p. 1257)

複數 **statesmen**

__statesmanship__ [ˋstetsmənˌʃɪp] n. 政治才能，政治手腕.

__stateswoman__ [ˋstetsˌwʊmən] n. 女政治家.

參考 複數形 stateswomen [ˋstetsˌwɪmən].

__static__ [ˋstætɪk] adj. ① 靜態的，靜止的.
——n. ② 靜電，天電 (大氣中存在的電磁波，會干擾電視或無線電電波); 收音機的雜音.
③ 靜電 (亦作 static electricity).

♦ **stàtic electrícity** 靜電.

活用 adj. **more static, most static**

**__station__ [ˋsteʃən] n. ① 火車站，車站. ② (政府機關的) 署，局，所. ③ (軍隊的) 駐防地; 基地. ④ 位置，崗位.

——v. ⑤ 部署; 派駐.

範例 ① a train **station**/a railroad **station**/a railway **station** 火車站.
a terminal **station** 終點站.
a freight **station**/a goods **station** 貨站.
a **station** platform 月臺.
Can you tell me the way to Taipei Main **Station**? 請教一下去臺北火車站怎麼走?
My friend saw me off at Taipei Main **Station**. 我的朋友在臺北火車站為我送行.
② a police **station** 警察署.
a fire **station** 消防署.
a TV **station** 電視臺.
a power **station** 發電站.
a research **station** 研究所.
a gas **station**/a petrol **station** 加油站.
a pay **station** 〖美〗公共電話亭.
③ a naval **station** 軍港.
④ Keep your **station**! 堅守崗位.
He has been out of **station** for about an hour.
他離開崗位一小時左右.
They were told to take their **stations** quickly.
他們被告知立刻各就各位.
⑤ The soldiers were **stationed** in Europe. 那些士兵被駐紮歐洲.
The police were **stationed** inside the building.
那棟大樓裡部署了警察.

參考 ① 沒有屋頂的公車站作 stop.

♦ **státion brèak** 〖美〗暫停播出節目以供插播電臺名稱或商業廣告的時間.

státion hòuse 〖美〗警察署.

státion wàgon 〖美〗旅行車 (可將車後方座位折疊，從車後面裝卸貨物的車; 〖英〗estate

[station wagon]

car).

複數 stations

活用 v. stations, stationed, stationed, stationing

*stationary [`steʃənˌɛrɪ] adj. 停止的，不動的，靜止的：His car crashed into a stationary truck. 他的汽車撞上一輛靜止的卡車.

♦ stàtionary frónt 滯留鋒
stàtionary órbit 固定軌道
stàtionary sátellite 靜止衛星
stàtionary státe 靜止狀態.

*stationery [`steʃənˌɛrɪ] n. 文具；信箋.

範例 She works in the stationery department of this store. 她在這家店的文具部門工作.
He wrote the letter on hotel stationery. 他用飯店的信紙寫那封信.

statistical [stə`tɪstɪkl] adj. 統計的.

statistician [ˌstætəˈstɪʃən] n. 統計學家；統計員.

複數 statisticians

*statistics [stə`tɪstɪks] n. ①〔作複數〕統計. ②〔作單數〕統計學.

範例 ① recent divorce statistics 最近的離婚統計.
The government's statistics can be interpreted in several ways. 政府的統計可做多種的解釋.

statuary [`stætʃʊˌɛrɪ] n. 雕像：The museum has a fine collection of Greek statuary. 那座美術館裡有精緻的希臘雕像收藏品.

*statue [`stætʃʊ] n. 像，雕像：On the Liberty Island I'd like to see the statue of Liberty. 在自由島上，我想看自由女神像.

♦ the Stàtue of Líberty 自由女神像《位於美國紐約灣內》.

複數 statues

statuette [ˌstætʃʊˈɛt] n. 小雕像.

複數 statuettes

*stature [`stætʃɚ] n. ① 身高. ②(高)水準；名聲.

範例 ① She is short of stature. 她身材矮小.
He is six feet in stature. 他身高6呎.
② Not many men are of great moral stature. 很少人有高尚的品德.

*status [`stetəs] n. 地位，身分.

範例 Doctors have a very high status in Taiwan. 醫生在臺灣社會地位很高.
Robert bought a Mercedes as a status symbol. 羅伯特買了賓士汽車作為身分的象徵.
The Pentagon is preparing a news conference to discuss the status of the conflict. 美國國防部預備召開記者招待會，商討那個衝突的狀況.

♦ the stàtus quó 現狀.

*statute [`stætʃʊt] n. ① 法令；成文法. ② 規則.

複數 statutes

statutory [`stætʃʊˌtorɪ] adj. 法令的，法定的：依照法令的：statutory control of wages 工資的法令管制.

staunch [stɔntʃ] adj. ① 可靠的，忠實的；牢固的.

── v. ② 止血.

範例 ① a staunch friendship 可靠的友情.
Paul is the staunchest supporter of the team. 保羅是那個隊伍最忠實的支持者.
a staunch patriot 忠實的愛國者.

參考〖美〗stanch.

活用 adj. stauncher, staunchest

staunchly [`stɔntʃlɪ] adv. 忠實地；牢固地：The foreman chose a staunchly conservative neighborhood to move to. 那個工頭選擇搬進保守色彩濃厚的地區.

活用 adv. more staunchly, most staunchly

stave [stev] n. ① 五線譜《亦作 staff》. ② 桶板. ③ 棍，棒.

── v. ④ 穿孔，破洞. ⑤ 避開；延遲 (off).

範例 ④ The side of the boat was staved in somehow. 不知甚麼原因，那艘船的船身破了一個洞.
⑤ The governor might stave off the difficult decision until June. 那位州長也許會把這個困難的決定延至6月份.

複數 staves

活用 v. staves, staved, staved, staving/④ staves, stove, stove, staving

*stay [ste] v. ① 停留；維持 (某狀態). ② 逗留. ③ 暫緩，延期.

── n. ④ 逗留. ⑤ 支柱；支索.

範例 ① Because of a heavy rain, they stayed in the house all day. 因為下大雨，他們整天待在家裡.
Can I stay here for a moment? 我可以在這裡待一會兒嗎?
Stay away from that dog! It'll bite. 離那隻狗遠一點，牠會咬人.
If you sell them at such high prices, customers will stay away. 如果你賣那麼貴的話，顧客們就不會來了.
Tom was so kind that he stayed behind and helped me. 湯姆非常好心地留下來幫我的忙.
Why should I stay in? It's Friday evening! 為甚麼我非要待在家裡呢? 這可是星期五晚上!
I'm thinking of staying in teaching. 我在考慮是不是要繼續留下來教書.
Bill stays out every Saturday night. 比爾每週六晚上都不在家.
Stay awake, or you'll freeze to death. 保持清醒，否則你會凍死的.
There are many ways to stay young. 保持年輕的方法有很多種.
Stay tuned. 請鎖定這個頻道.
I'm glad we've stayed friends. 我很高興我們能繼續作朋友.
Stay! 別動!《對狗等發出命令時使用》
② The King stayed in a hotel in Taipei. 那位國王下榻在臺北的旅館.

充電小站

首相、總統、政治家

Adams (John Adams) 亞當斯: 美國政治家 (1735-1826), 第2任總統 (1797-1801), 獨立戰爭的領導人.

Bismark (Otto von Bismark) 俾斯麥: 德國政治家 (1815-1898), 新德意志帝國的首任宰相, 有 Iron Chancellor (鐵血宰相) 之稱.

Brutus (Marcus Junius Brutus) 布魯圖: 古羅馬將軍、政治家 (85?-42 B.C.), 刺殺 Caesar (凱撒) 者之一.

Carter (James Earl Carter, Jr.) 卡特: 美國政治家 (1924-), 第39任總統 (1977-1981), 暱稱 Jimmy.

Castro (Fidel Castro) 卡斯楚: 古巴政治家 (1926-), 古巴總理 (1959-).

Chou En-lai 周恩來: 中國政治家 (1898-1976), 中國共產黨的領導人、總理 (1949-1976).

Churchill (Sir Winston Leonard Spencer Churchill) 邱吉爾: 英國軍人、政治家、作家 (1874-1965), 首相 (1940-1945, 1951-1955).

Cromwell (Oliver Cromwell) 克倫威爾: 英國軍人、政治家 (1599-1658), Puritan Revolution (清教徒革命) 的領袖, 與保王黨對抗進而處死國王查理一世, 其後創建了 the Commonwealth of England (英倫共和國), 並擔任 Protector (護國公) (1653-1658).

de Gaulle (Charles de Gaulle) 戴高樂: 法國軍人、政治家 (1890-1970), 法蘭西第五共和國總統 (1959-1969).

Eisenhower (Dwight David Eisenhower) 艾森豪: 美國軍人、政治家 (1890-1969), 第34任總統 (1953-1961).

Franklin (Benjamin Franklin) 富蘭克林: 美國政治家、外交官、作家、物理學家 (1706-1790).

Gandhi (Mohandas Karamchand Gandhi) 甘地: 印度宗教、政治領袖 (1869-1948), 印度獨立運動的領導人, 有 Mahatma Gandhi (聖雄甘地) 之稱.

Gandhi (Indira Gandhi) 甘地: 印度政治家 (1917-1984), 總理 (1966-1977, 1980-1984).

Gorbachev (Mikhail Sergeyevich Gorbachev) 戈巴契夫: 俄國政治家 (1931-), 蘇聯共產黨總書記 (1985-1990).

Hitler (Adolf Hitler) 希特勒: 德國獨裁者 (1889-1945), 為 the Nazis (納粹黨) 的領導人, 推行獨裁政治.

Ho Chi Minh 胡志明: 越南政治家 (1890-1969), 領導越南的獨立運動, 之後擔任越南民主共和國總統 (1954-1969).

Jefferson (Thomas Jefferson) 傑佛遜: 美國政治家 (1743-1826), 第3任總統 (1801-1809), the Declaration of Independence (美國獨立宣言) 的起草人.

Kennedy (John Fitzgerald Kennedy) 甘迺迪: 美國政治家 (1917-1963), 第35任總統 (1961-1963), 在位期間, 於德州的達拉斯遭到暗殺.

Lenin (Vladimir Ilyich Lenin) 列寧: 俄國政治家 (1870-1924), 俄國革命的領袖, 亦稱作 Nikolai Lenin.

Lincoln (Abraham Lincoln) 林肯: 美國政治家 (1809-1865), 第16任總統 (1861-1865), 曾頒布 the Emancipation Proclamation (解放宣言). 以 the Gettysburg Address (蓋茨堡演說) 而聞名.

Mao Tse-tung 毛澤東: 中國政治家 (1893-1976), 中國共產黨主席 (1945-1976).

Monroe (James Monroe) 門羅: 美國政治家 (1758-1831), 第5任總統 (1817-1825), 曾提倡 the Monroe Doctrine (門羅主義).

Mussolini (Benito Mussolini) 墨索里尼: 義大利獨裁者 (1883-1945), 第二次世界大戰時任義大利總理, 1945年被處死.

Nehru (Jawaharlal Nehru) 尼赫魯: 印度政治家 (1889-1964), 印度獨立後的首任總理 (1947-1964).

Nixon (Richard Milhous Nixon) 尼克森: 美國政治家 (1913-1994), 第37任總統 (1969-1974).

Pitt (William Pitt) 庇特: 英國政治家 (1708-1778), 首相 (1766-1768), 通稱 the Elder Pitt (老庇特).

Pitt (William Pitt) 庇特: 英國政治家 (1759-1806), 首相 (1783-1801, 1804-1806), 通稱 the Younger Pitt (小庇特).

Reagan (Ronald Reagan) 雷根: 美國政治家 (1911-); 原為好萊塢演員; 第40任總統 (1981-1989).

Roosevelt (Franklin Delano Roosevelt) 羅斯福: 美國政治家 (1882-1945), 第32任總統 (1933-1945), 曾施行新政 (the New Deal).

Roosevelt (Theodore Roosevelt) 羅斯福: 美國政治家 (1858-1919), 第26任總統 (1901-1909), 曾調停日俄戰爭.

Stalin (Joseph Stalin) 史達林: 俄國政治領袖 (1879-1953), 蘇聯共產黨總書記 (1922-1953) 及總理 (1941-1953).

Thatcher (Margaret Thatcher) 柴契爾: 英國政治家 (1925-) 及首相 (1979-1990).

Truman (Harry S. Truman) 杜魯門: 美國政治家 (1884-1972), 第33任總統 (1945-1953), 在位期間決定向廣島和長崎投下原子彈, 結束了第二次世界大戰.

Washington (George Washington) 華盛頓: 美國政治家 (1732-1799), 首任總統 (1789-1797), 曾在美國獨立戰爭中擔任總指揮.

She is going to **stay** with her friend in New York. 她打算住在紐約的朋友那裡.

We **stayed** the night at a cottage. 我們在別墅裡過了一夜.

③ She **stayed** her judgement. 她暫時下不了判斷.

④ Did you enjoy your **stay** in San Francisco? 你在舊金山玩得開心嗎?

[片語] *stay on* 留任.

stay out ① 不在家. (⇨ [範例] ①) ②《口語》不參與.

stay put 留在原地不動.

stay up 熬夜: He **stayed up** late last night because he really wanted to listen to that radio program. 他昨夜一直熬夜到很晚, 因為他非常想聽那個廣播節目.

[活用] v. **stays, stayed, stayed, staying**

***steadfast** [ˋstɛd͵fæst] adj. 堅定的, 不動搖的.

[範例] The student studied with **steadfast** concentration. 那個學生全神貫注地學習.

My father is **steadfast** to his principles. 我的父親堅守自己的原則.

a **steadfast** friend 忠實的朋友.

[活用] adj. **more steadfast, most steadfast**

steadfastly [ˋstɛd͵fæstlɪ] adv. 堅定地, 不動搖地: The challenger **steadfastly** refused to yield. 那位挑戰者斷然拒絕屈服.

[活用] adv. **more steadfastly, most steadfastly**

***steadily** [ˋstɛdɪlɪ] adv. 穩固地, 堅定地.

[範例] It rained **steadily** all afternoon. 整個下午不停地下雨.

His health was getting **steadily** better. 他的身體漸漸好轉.

[活用] adv. **more steadily, most steadily**

steadiness [ˋstɛdɪnɪs] n. 穩定; 堅定.

***steady** [ˋstɛdɪ] adj. ① 穩定的, 牢固的.

——v. ② (使) 穩定; 鎮定.

——n. ③《口語》固定的情人.

[範例] ① My grandfather's steps are **steady**. 我爺爺的腳步很穩.

Hold this board **steady**. 把這塊板子按牢些.

This bookshelf is not **steady**. 這個書架不穩.

Her brother was a **steady** young man. 她哥哥是一個穩重的年輕人.

At this point you need to earn a **steady** income. 在這個時候, 你需要有一份穩定的收入.

I do not have a **steady** girl. 我沒有固定的女朋友.

Slow and **steady** wins the race.《諺語》欲速則不達.

John and Mary are going **steady**. 約翰和瑪麗成了情侶.

② His brothers **steadied** the ladder. 他的兄弟們扶穩了梯子.

A glass of brandy **steadied** his nerves. 一杯白蘭地使得他的情緒穩定下來.

[片語] *go steady* 只與同一異性交往, 成為情

侶. (⇨ [範例] ①)

Steady on. 鎮定!

[活用] adj. **steadier, steadiest**

[活用] v. **steadies, steadied, steadied, steadying**

[複數] **steadies**

steak [stek] n. 牛排: "How would you like your **steak**?" "Rare, please." 「你的牛排要幾分熟?」「請給我3分熟.」

[參考] 牛排基本上有 rare (3分熟), medium (5分熟), well-done (全熟) 3種, 此外還有處於 rare 和 medium 之間的 medium-rare 等.

[複數] **steaks**

steakhouse [ˋstek͵haʊs] n. 牛排館《亦作 steak house》.

[參考] 複數形 steakhouses [ˋstek͵haʊzɪz].

****steal** [stil] v. ① 偷竊. ② 偷偷地做; 盜壘.

——n. ③ 偷竊; 盜壘. ④ 便宜貨.

[範例] ① The man was arrested for **stealing**. 那個男子因為偷竊被捕.

My bicycle was **stolen**; I forgot to lock it. 我的腳踏車被偷了; 我忘了上鎖.

He **stole** a kiss from the young lady. 他偷吻了那個年輕女子.

She **stole** a glance at the gentleman in the mirror. 她從那面鏡子裡偷看那位男士.

② My father **stole** into the house last night. 我父親昨晚偷偷地進了家門.

④ This is a real **steal** at only $20. 這個東西只賣20美元, 真是便宜.

[活用] v. **steals, stole, stolen, stealing**

[複數] **steals**

stealth [stɛlθ] n. 祕密; 暗中進行.

[範例] Outwitting your opponent requires **stealth**. 要智取敵人需要暗中進行.

Special forces liberated the hostages by **stealth**. 特種部隊祕密地解救了那些人質.

[片語] *by stealth* 祕密地. (⇨ [範例])

stealthily [ˋstɛlθɪlɪ] adv. 偷偷地, 暗中地.

[活用] adv. **more stealthily, most stealthily**

stealthy [ˋstɛlθɪ] adj. 偷偷的, 暗中的: The speaker took a **stealthy** look at his manuscript. 那個演說者偷偷地看了原稿一眼.

[活用] adj. **stealthier, stealthiest**

****steam** [stim] n. ① 蒸汽; 熱氣.

——v. ② 冒熱氣. ③ 藉蒸汽推進〔行駛〕. ④ 蒸.

[範例] ① The machine was run by **steam**. 那臺機器靠蒸汽運轉.

Steam rose from the cup. 蒸汽從那個杯子裡冒出來.

The government is pushing full **steam** ahead with its economic reform plans. 政府竭盡全力推行經濟改革計畫.

The damaged ship reached the port under its own **steam**. 那艘受損的船隻靠自身的動力抵達了港口.

② The kettle was **steaming** on the stove. 那個水壺在爐子上冒著熱氣.

③ The ship **steamed** up the river into the jungle. 那艘船藉蒸汽溯河進入了那片叢林.

④ I **steamed** the potatoes. 我蒸了那些馬鈴薯.

片語 **full steam ahead** 全速前進地. (⇨ 範例 ①)

steam up 使生霧.

under ~'s own steam 靠自身的力量. (⇨ 範例 ①)

♦ **stéam bòiler** 蒸汽爐.
stéam èngine 蒸汽機.
stéam lòcomotive 蒸汽火車頭.
stéam pòwer 蒸汽動力.

活用 v. **steams, steamed, steaming**

steamboat [`stim,bot] n. 汽船.
複數 **steamboats**

steamer [`stimɚ] n. ① 汽船, 輪船. ② 蒸器; 蒸籠.
複數 **steamers**

steamship [`stim,ʃip] n. 輪船.
複數 **steamships**

steed [stid] n. 馬.
複數 **steeds**

***steel** [stil] n. ① 鋼, 鋼鐵.
——v. ② 使堅硬.
範例 ① **Steel** is used for making buildings. 鋼鐵被用來建造大樓.
This bookcase is made of **steel**. 這個書架是由鋼鐵製成的.
② He **steeled** himself to jump out of the second floor window. 他下定決心要從2樓窗口跳下去.
Tom **steeled** himself for rejection. 湯姆硬起心腸拒絕.
♦ **stéel bànd** 鋼鼓樂隊《使用油桶為樂器的打擊樂樂隊, 發源於加勒比海地區》.
stéel mill 製鋼廠.
stèel wóol 鋼絲絨.
活用 v. **steels, steeled, steeled, steeling**

***steep** [stip] adj. ① 陡峭的, 險峻的; 過高的.
——v. ② 浸泡.
範例 ① He came rolling down the **steep** hill. 他從那座陡峭的山丘上滾下來.
These prices are too **steep** for us. 這些價格對我們來說太貴了.
② I **steeped** the fish in vinegar. 我把那條魚浸在醋裡.
The boy's life was **steeped** in crime. 那個男孩滿身罪惡.
活用 adj. **steeper, steepest**
活用 v. **steeps, steeped, steeped, steeping**

steeple [`stipl] n. 尖塔.
複數 **steeples**

steeplechase [`stipl,tʃes] n. ① 障礙賽馬《無障礙的比賽作 flat race》. ② 障礙賽跑.

複數 **steeplechases**

steeplejack [`stipl,dʒæk] n. (尖塔或煙囪的) 修理工.
複數 **steeplejacks**

steeply [`stipli] adv. 急遽地, 陡峭地: The price of vegetables has risen **steeply**. 蔬菜的價格急遽上升.
活用 adv. **more steeply, most steeply**

steepness [`stipnis] n. 急遽, 陡峭.

***steer** [stir] v. ① 掌舵, 駕駛; 操縱.
——n. ② (閹割過的) 食用小公牛.
範例 ① We **steered** for the harbor. 我們掌舵駛向那個港口.
Fred **steered** his car round the corner. 弗雷德駕車繞過轉角.
This car **steers** easily. 這輛車易於駕駛.
Tom **steered** the conversation onto his favorite subject. 湯姆把那段對話導向自己喜歡的話題.
片語 **steer clear of** 避開.
♦ **stéering committee** 程序委員會.
stéering gèar 掌舵裝置.
stéering whèel (汽車的) 方向盤; (船的) 舵.
活用 v. **steers, steered, steered, steering**
複數 **steers**

stein [stain] n. (陶製的) 啤酒杯.
字源 德語的 Stein (石頭).
複數 **steins**

***stem** [stem] n. ① 莖, 幹. ② 莖狀部. ③ (語言學的) 語幹. ④ 船首. ⑤ 家譜, 家系.
——v. ⑥ 產生; 源於 (from). ⑦ 阻止.
範例 ⑤ the **stem** of a pipe 菸斗的柄.
the **stem** of a wineglass 酒杯的杯腳.
⑥ Cleo's depression **stems** from marital problems. 克立歐的沮喪來自婚姻問題.
片語 **from stem to stern** ① 從船首到船尾. ② 完全地.
複數 **stems**
活用 v. **stems, stemmed, stemmed, stemming**

stench [stentʃ] n. 惡臭.
複數 **stenches**

stencil [`stensl] n. ① 模板; 蠟紙.
——v. ② 用蠟紙印刷.
複數 **stencils**
活用 v. **stencils, stenciled, stenciled, stenciling/ stencils, stencilled, stencilling**

[stencil]

***stenographer** [stə`nɑgrəfɚ] n. 〖美〗速記員 (〖英〗shorthand typist).
複數 **stenographers**

***stenography** [stə`nɑgrəfi] n. 〖美〗速記 (〖英〗shorthand).

*## step [step] n. ① 腳步. ② 腳步聲. ③ 腳印. ④ 晉級; 臺階. ⑤ 手段. ⑥ 舞步.

——v. ⑦ 行走，行進. ⑧ 踏，踩 (on).

範例 ① The boy took a **step** forward. 那個男孩向前邁了一步.

Watch your **step**. 注意你的腳步.

② We heard **steps** at the door. 我們聽到門口的腳步聲.

③ The police found the kidnapper's **steps** in the yard. 警方在院子裡發現了那名綁匪的腳印.

④ This flight of stairs has fifteen **steps**. 這段樓梯有15個臺階.

He went up another **step** in the ranks. 他的級別又升了一級.

⑤ You should take **steps** to prevent such accidents. 你必須採取手段防止這樣的意外事故.

⑥ Let's dance with more lively **steps**. 讓我們以更輕快的舞步跳舞.

⑦ A man **stepped** down from the bus. 一個男子從那輛公車上走下來.

Tom **stepped** aside for a lady. 湯姆靠邊讓讓一個婦女通過.

Why don't you **step** in for a glass of beer? 你過來喝杯啤酒怎麼樣?

⑧ Don't **step** on my foot. 別踩我的腳.

片語 **be one step ahead** 領先一步.

step aside 靠邊. (⇨ 範例 ⑦)

step by step 逐漸地.

step down 辭職.

step in ① 過訪. (⇨ 範例 ⑦) ② 介入.

step up 增加.

watch ~'s step ① 小心走路. (⇨ 範例 ①) ② 小心行事.

複數 **steps**

活用 v. **steps, stepped, stepped, stepping**

stepfather [`stɛpˌfɑðɚ] n. 繼父《母親再婚的對象》.

複數 **stepfathers**

stepladder [`stɛpˌlædɚ] n. 四腳梯.

複數 **stepladders**

stepmother [`stɛpˌmʌðɚ] n. 繼母《父親再婚的對象》.

複數 **stepmothers**

steppe [stɛp] n. 〔the ~s〕大草原.

stepping-stone [`stɛpɪŋˌston] n. ① 踏腳石. ② 進身之階: My husband thinks of his present job as a useful **stepping-stone** to a post of greater importance. 我丈夫想把現在的工作當作謀取更高職位的臺階.

複數 **stepping-stones**

stereo [`stɛrɪo] n. ① 立體聲，立體音響，立體音響設備.

——adj. ② 立體聲的，立體音響的: **stereo** broadcasting 立體聲廣播.

複數 **stereos**

stereotype [`stɛrɪəˌtaɪp] n. ① 刻板印象，固定觀念: This **stereotype** of my people has persisted too long. 國人的這一固定觀念由來已久. ② 鉛版，鉛版印刷.

——v. ③ 用鉛版印刷; 使定型.

複數 **stereotypes**

活用 v. **stereotypes, stereotyped, stereotyped, stereotyping**

*__sterile__ [`stɛrəl] adj. ① 不孕的; 無籽的. ② 無菌的. ③（土地等）不毛的，貧瘠的. ④ 內容貧乏的，枯燥無味的.

範例 ① My sister is **sterile**. 我的姊姊不能生育.

② We needed **sterile** instruments for the wounded. 對於傷患我們需要使用無菌器具.

④ The professor gave a **sterile** lecture. 那位教授講課枯燥無味.

sterility [stə`rɪlətɪ] n. ① 不孕. ② 無菌狀態. ③（土地）貧瘠的狀態. ④ 貧乏，枯燥無味.

sterilize [`stɛrəˌlaɪz] v. ① 使不孕. ② 殺菌，消毒.

範例 ① I had my dog **sterilized**. 我把我的狗結紮了.

② These instruments are **sterilized**. 這些器具已經經過殺菌處理.

參考 〖英〗 **sterilise**.

活用 v. **sterilizes, sterilized, sterilized, sterilizing**

sterling [`stɝlɪŋ] n. 英國貨幣.

*__stern__ [stɝn] adj. ① 嚴格的，嚴厲的; 嚴肅的.

——n. ② 船尾.

範例 ① Our teacher is **stern** with us. 我們的老師對我們很嚴格.

The chief of police looked **stern** on TV. 那位警察局長在電視上看起來很嚴肅.

Henderson always comes to the office with a **stern** look. 韓德森來上班時，總是表情嚴肅.

The Justice Department began using **sterner** measures last month. 司法部上個月開始採用更為嚴格的措施.

☞ ② ↔ bow

活用 adj. **sterner, sternest**

複數 **sterns**

sternly [`stɝnlɪ] adv. 嚴格地，嚴厲地: The President said **sternly**, "We must do more to protect the environment." 總統嚴厲地說:「為了保護環境，我們必須做得更多.」

His father looked at him **sternly**. 他父親嚴厲地看著他.

活用 adv. **more sternly, most sternly**

stethoscope [`stɛθəˌskop] n. 聽診器.

複數 **stethoscopes**

stew [stju] v. ①用文火煮〔燉，煨，燜〕. ②《口語》使焦慮.

——n. ③ 燉煮的菜肴. ④ 焦急不安.

範例 ① **stewed** fruit 用文火煮的水果.

③ beef **stew** 燉牛肉.

④ I was in a **stew** waiting 3 hours for my girlfriend to get here. 我焦慮不安地等女朋友來等了3個小時.

片語 **stew in ~'s own juice** 《口語》自作自受.

➡ 充電小站 (p. 273)

活用 v. **stews, stewed, stewed, stewing**

複數 **stews**

steward [`stjuwəd] *n.* ①（客船、火車、飛機上的）男服務員。②（聚會、活動等的）幹事，籌備人員。③ 管家，管理人。

複數 **stewards**

stewardess [`stjuə·dɪs] *n.*（客船、火車、飛機上的）女服務員。

參考 指飛機上的「空中小姐」，如意指不分男女的服務員，通常使用 flight attendant（機艙服務員）。

複數 **stewardesses**

***stick** [stɪk] *n.* ① 棒子，棍子，棒狀物。
——*v.* ② 黏，黏住，張貼；固定。困住。③ 刺，戳，扎；伸出 (out)。

範例 ① You can roast your hot dog on the end of a **stick** like this. 你可以把熱狗像這樣固定在棒子的尖端烤。
She beat her daughter with a **stick**. 她用棍子打女兒。
The old woman walked with a **stick**. 那個老太太拄著拐杖走路。
You need **sticks** to beat a drum. 打鼓需要鼓棒。
The terrorist has a **stick** of dynamite in his hand. 那個恐怖分子手裡拿著一管炸藥。
② This glue doesn't **stick** very well. 這個膠水不黏。
The candy **stuck** to the roof of my mouth. 那顆糖黏在我的上顎。
Little Ronny **stuck** his plastic toy back together. 小朗尼把自己的塑膠玩具黏回原狀。
You didn't **stick** the stamps on like I asked you to do. 你沒有按照我的要求貼上郵票。
Go **stick** these posters all over town. 去把這些海報貼滿整個城鎮。
The drawer is **stuck** again. 這個抽屜又卡住了。
The idea **stuck** in my mind. 那個想法深植於我的腦海中。
He gave me the nickname "string bean" and it **stuck**. 他替我取了個「四季豆」的綽號，後來大家都那麼叫我。
Our car was **stuck** in the traffic. 我們的車子塞在路上。
③ I had difficulty in **sticking** the meat with my fork. 我用叉子叉肉有困難。
She **stuck** out her tongue. 她伸出舌頭。

片語 *stick around* 在旁邊等。
stick at 竭盡全力做：You must **stick at** your studies if you want to pass the exam. 你想通過考試就必須竭盡全力用功讀書。
stick by 持續給與支持：My friends **stick by** me when I needed them. 我的朋友在我需要他們時沒有背棄我。
stick to ① 堅持：No matter what he does, he **sticks to** it. 他不管做甚麼事都能堅持到底。② 固守（想法等）。③ 黏住。
stick together 團結，合作；保持友誼：They have **stuck together** for twenty years.

他們共同合作20年了。
stick up for 為～辯護。

複數 **sticks**

活用 *v.* **sticks, stuck, stuck, sticking**

sticker [`stɪkə] *n.* ① 黏貼式標籤，貼紙。② 堅持不懈的人。

複數 **stickers**

sticky [`stɪkɪ] *adj.* ① 黏的，黏性的。②《口語》棘手的，為難的。③《口語》〔不用於名詞前〕不情願的。

範例 ① The girl's hands were **sticky** with jam. 那女孩的手黏黏的，都是果醬。
② He came to a **sticky** end. 他未得善終。
He's in a **sticky** situation. 他進退兩難。
③ She was **sticky** about lending him her dictionary. 她很不情願借他字典。

片語 *come to a sticky end/meet a sticky end* 不得善終，死於非命。(⇨ 範例 ②)

活用 *adj.* **stickier, stickiest**

***stiff** [stɪf] *adj.* ① 硬的，僵硬的；不靈活的。② 困難的，激烈的；(酒) 烈性的。
——*adv.* ③《口語》很，非常。
——*n.* ④《口語》屍體。⑤ 頑固的人。

範例 ① The go-cart was **stiff** from lack of use. 那臺幼兒學步車幾乎沒在用，所以不太靈活。
The old woman had a **stiff** neck. 那個老太太脖子僵硬。
The meat is frozen **stiff**. 那塊肉凍得硬硬的。
The Queen's wave and other gestures were very **stiff**. 那位女王揮手及其他動作都很不靈活。
② This manual is **stiff** reading. 這本手冊非常難讀。
Competition is so **stiff** that he will be lucky to get a place. 競爭很激烈，他要是能夠得到一項職務就算很幸運了。
He likes **stiff** drinks. 他喜歡喝烈酒。
③ He was bored **stiff**. 他覺得非常無聊。

活用 *adj.* **stiffer, stiffest**

複數 **stiffs**

stiffen [`stɪfən] *v.* （使）變硬；（使）強硬。

範例 He **stiffened** the collar with starch. 他加漿把領子漿硬。
The body **stiffens** after death. 死後身體會變得僵硬。
The girls **stiffened** their attitude at his severe criticism. 那些女孩們的態度因他嚴厲的批評而變得強硬。

活用 *v.* **stiffens, stiffened, stiffened, stiffening**

stiffly [`stɪflɪ] *adv.* ① 堅硬地。拘謹地。② 嚴格地，苛刻地。

活用 *adv.* **more stiffly, most stiffly**

stiffness [`stɪfnɪs] *n.* ① 堅定；僵硬；拘謹。② 嚴厲。

***stifle** [`staɪfl] *v.* ① （使）窒息，透不過氣。② 抑制。

範例 ① The smoke **stifled** the fire fighters. 煙使

得那些消防隊員呼吸困難.
We **stifled** in that elevator for 30 minutes. 我們被關在電梯裡30分鐘，因而感到呼吸困難.

② The young lady tried to **stifle** her laughter. 那個年輕女子想忍住笑.

活用 v. **stifles, stifled, stifled, stifling**

stigma [`stɪgmə] n. ① 污點，恥辱: There's a **stigma** attached to homosexual behavior in most cultures. 在大多數文化中，同性戀行為被認為是不光彩的. ② 柱頭《雌蕊尖端受粉的部分》.

複數 **stigmas**

stile [staɪl] n. 梯磴《用來跨越牧場上的柵欄，家畜無法通過》.

複數 **stiles**

[stile]

†**still** [stɪl] adv. ① 還，仍然. ② 儘管～還是….
——adj. ③ 平靜的，靜止的. ④〔只用於名詞前〕(酒)不起泡的.
——v. ⑤《正式》(使)平靜，(使)安靜.
——n. ⑥ 沉靜，寂靜. ⑦ 靜物攝影照片. ⑧ 蒸餾器，酒精蒸餾製造廠.

範例 ① The boy ate four hamburgers, but he was **still** hungry. 那男孩吃了4個漢堡，但還是覺得餓.
My wife loves you **still**. 我的妻子仍然愛著你.
I paid him one million dollars, but he demanded **still** more money. 我付給他100萬美元，可是他還要求更多.
John visited George to borrow a videotape. But he had **still** another reason. He wanted to see George's sister. 約翰到喬治家借錄影帶. 可是他還有其他目的，就是想見喬治的妹妹.

② He is hungry; he **still** he does not eat. 儘管他肚子餓，他還是不吃飯.
I am awfully busy tomorrow, but I **still** want to see you. 雖然我明天會非常忙碌，可是我還是想見你.

③ The lake was **still**. 那個湖面很平靜.
Keep **still** while I cut your hair. 我幫你剪頭髮時請不要動.
Still waters run deep.《諺語》靜水深流；大智若愚.

⑤ The news of her resignation **stilled** my nerves. 她辭職的消息使我心情平靜下來.

⑥ The vampire appeared in the **still** of the night. 在那夜晚的寂靜中，吸血鬼出現了.

♦ **still life** 靜物；靜物畫《複數作 still lifes》.

活用 adj. **stiller, stillest**
活用 v. **stills, stilled, stilled, stilling**
複數 **stills**

stillbirth [`stɪl,bɝθ] n. 死產；死胎.
複數 **stillbirths**

stillborn [`stɪl`bɔrn] adj. 死產的.

stillness [`stɪlnɪs] n. 寂靜，靜止: A frog jumped in the pond and broke the **stillness** of the water. 一隻青蛙跳入那個池塘中，打破了水面的平靜.

stilt [stɪlt] n. ①（單隻）高蹺. ②（水上房屋等的）支柱.
範例 ① a pair of **stilts** 一副高蹺.
The boy walked along on **stilts**. 那男孩踩著高蹺走來走去.
② They live in a house on **stilts**. 他們住在用支柱架起的房子裡.
➡ 充電小站 (p. 967)
複數 **stilts**

stilted [`stɪltɪd] adj.（言語表達）做作的，不自然的.
範例 a **stilted** speech 做作的演說.
These sentences are **stilted**. 這些句子很不自然.
活用 adj. **more stilted, most stilted**

stimulant [`stɪmjələnt] n. 興奮劑，刺激物: Coffee is a **stimulant** because it contains caffeine. 咖啡中含有咖啡因，所以是刺激物.
複數 **stimulants**

stimulate [`stɪmjə,let] v. 刺激，激勵，激發；使振作.
範例 Steroids **stimulate** muscle growth. 類固醇會刺激肌肉生長.
Reports of UFO sightings **stimulated** our curiosity. 目擊飛碟的報導激起我們的好奇心.
They tried to **stimulate** the children with a system of rewards. 他們想用獎勵的方法去激勵那些孩子們.
The doctor's words **stimulated** the students to be more health conscious. 醫師的一番話使得那些學生們更加注意身體健康.
活用 v. **stimulates, stimulated, stimulated, stimulating**

stimulation [,stɪmjə`leʃən] n. 刺激，激勵: A young mind needs **stimulation**. 年輕人需要激勵.

stimuli [`stɪmjə,laɪ] n. stimulus 的複數形.

stimulus [`stɪmjələs] n. 刺激，激勵；刺激物.
範例 Scholarships provide an important **stimulus** to high school students to further their education. 獎學金是激勵高中學生進一步升學的重要因素.
The baby didn't respond to auditory **stimuli**. 那個嬰兒對聽覺刺激沒有反應.
複數 **stimuli**

sting [stɪŋ] v. ① 扎，刺，蜇. ② 刺痛，灼痛.
——n. ③ 刺，刺傷. ④ 劇痛，刺痛，痛苦.
範例 ① The boy was **stung** on the forehead by a bee. 那個男孩被蜜蜂蜇到額頭.
② I was deeply **stung** by his brutal remarks. 我被他殘忍的話深深刺痛.
My eyes are **stinging** from the smoke. 我的眼睛被煙燻得刺痛.
③ The **sting** doesn't hurt much but the poison kills. 被蜇到不覺得特別痛，但其毒素卻能致命.
④ This ointment takes the **sting** out of a burn.

這種軟膏可以消除燒傷的劇痛.

Getting a car for his 20th birthday took the **sting** out of getting dumped by his girlfriend. 他20歲生日時得到了一輛汽車，被女朋友拋棄的痛苦也因而拋諸腦後了.

[活用] v. **stings**, **stung**, **stung**, **stinging**
[複數] **stings**

***stingy** [`stɪndʒɪ] adj. 小氣的，吝嗇的；極少的.
[範例] Sam's big brother is very **stingy**. 山姆的大哥非常小氣.
He is **stingy** with his money. 他對錢很吝嗇.
He's **stingy** about sharing food. 他不想和別人分享食物.
Charlotte gave me a **stingy** amount of cake. 夏綠蒂給了我一點點蛋糕.
[活用] adj. **stingier**, **stingiest**

stink [stɪŋk] v. ① 發出惡臭，有異味. ②《口語》低劣.
——n. ③ 臭味. ④ 強烈的抱怨〔不滿〕.
[範例] ① The slaughter house **stank** in hot weather. 那個屠宰場因酷暑而發出臭味.
We found only a foul, **stinking** lavatory. 我們只找到一間骯髒、發臭的廁所.
You **stink** of garlic. 你有一股大蒜味.
② His table manners **stink**. 他的餐桌禮儀非常差勁.
③ There's a **stink** of rotten fish. 有一股腐魚的臭味.
④ She created a terrible **stink** about the new teacher. 她引起了大家對那位新老師嚴重的不滿.
[片語] ***raise a stink/kick up a stink/create a stink*** 引起不滿的騷動. (⇒[範例]④)
stink ~ out ①《英》使充滿臭氣: The smell of frying kippers **stank** the kitchen **out**. 煎鯡魚的味道充滿整個廚房. ②用臭氣驅趕: The smell of burnt fish **stank** us **out** of the apartment. 魚的燒焦味太臭了，所以我們都跑到公寓外面.
stink ~ up《美》使充滿臭味《《英》stink ~ out》.
[活用] v. **stinks**, **stank**, **stunk**, **stinking/stinks**, **stunk**, **stunk**, **stinking**
[複數] **stinks**

stint [stɪnt] v. ①〔常用於否定句〕吝惜 (on)；（特指數量上的）限制.
——n. ② 分配的工作，一段時間的工作.
[範例] ① We don't **stint** on wine around here. 我們這一帶對葡萄酒是不會吝惜的.
Being on a diet, she **stints** herself of sugary food. 因為正在減肥，所以她控制所吃甜食的量.
② Rachel's doing her **stint** in the kitchen. 瑞秋正在廚房做分配的工作.
Fred's two-year **stint** in Paris was fabulous. 弗雷德在巴黎那兩年的任務做得非常成功.
[片語] ***without stint*** 毫不吝嗇地: My folks complimented me **without stint**. 我的夥伴毫不吝嗇地稱讚我.

[活用] v. **stints**, **stinted**, **stinted**, **stinting**
[複數] **stints**

stipulate [`stɪpjə‚let] v. 講明，約定；（作為條件）要求.
[範例] These terms were **stipulated** in advance. 這些條件已經事先講明了.
The president **stipulated** that the islands should not be discussed. 總統講明了不討論那些島嶼的部分.
[活用] v. **stipulates**, **stipulated**, **stipulated**, **stipulating**

‡**stir** [stɜ] v. ① 攪拌，攪動，撥弄，激起. ② 移動，使微動. ——n. ③ 攪拌，攪動. ④ 混亂，騷動. ⑤（輕微的）動，活動，動靜.
[範例] ① He put sugar in his coffee and **stirred** it with a spoon. 他在咖啡裡加糖，再用湯匙攪拌.
She **stirred** sugar into her tea. 她在她的茶中加糖攪拌.
She **stirred** the fire with a poker. 她用撥火棒撥弄火.
His story **stirred** her imagination. 他的故事激發了她的想像力.
② Sarah didn't **stir** at all during her nap. 在打盹時，莎拉的身體一動也不動.
A slight wind **stirred** the leaves. 樹葉在微風中輕輕搖動.
③ He gave the chocolate milk a few **stirs**. 他稍稍攪拌一下那杯巧克力牛奶.
④ Her sudden resignation caused a great **stir**. 她突然辭職引起了很大的騷動.
⑤ "What's happening over there?" "Nothing, not a **stir**."「那裡發生了甚麼事?」「沒事，一點動靜也沒有.」
[片語] ***stir up*** 掀起（沙土等）；引起（麻煩等）.
[活用] v. **stirs**, **stirred**, **stirred**, **stirring**
[複數] **stirs**

stirring [`stɜrɪŋ] adj. 激勵人心的，令人激動的: Tom made a **stirring** speech. 湯姆發表了激勵人心的演說.
[活用] adj. **more stirring**, **most stirring**

stirrup [`stɜəp] n. 馬鐙《垂於馬鞍兩側，供騎士放腳的金屬環》.
[複數] **stirrups**

***stitch** [stɪtʃ] n. ① 一針，一縫. ② 縫法，織法. ③（極小的）布頭，線頭. ④（跑步或狂笑時的）側腹部疼痛.
——v. ⑤ 縫合.
[範例] ① I had seven **stitches** in my thigh. 我的大腿上縫了7針.
Mary dropped a **stitch** while she was knitting. 瑪麗在編織時漏了一針.
A **stitch** in time saves nine.《諺語》及時行事，事半功倍.
② My mother showed me a new **stitch**. 母親為我示範一種新的織法.
[片語] ***in stitches*** 捧腹大笑的: Tom had us in

S

stitches. 湯姆讓我們捧腹大笑.

複數 stitches

活用 v. stitches, stitched, stitched, stitching

*stock [stɑk] n. ① 儲存，儲備；存貨. ② 股票；(公司的) 資金. ③ 湯料，高湯. ④ 家畜. ⑤ 血統，家世，家系. ⑥ 主幹，根莖. ⑦ (接枝的) 臺木，母株. ⑧ 紫羅蘭. ⑨〔~s〕足枷(古時的刑具，特指鈐住犯人以示眾的足枷).

——adj. ⑩ 老套的，陳腐的.

——v. ⑪ 儲備；備貨；播 (種籽) 於.

範例 ① Do you have a large stock of food? 你有很多糧食儲備嗎?

He has a large stock of information. 他有大量的資訊.

Shoes of this size are out of stock. 這個尺寸的鞋子沒有存貨了.

② I bought stocks in several companies. 我買了好幾家公司的股票.

③ chicken stock 雞湯.

soup stock 高湯.

a stock cube 濃縮湯塊.

④ The man wanted to sell the farm with the stock. 那個男子想把農場和家畜一起賣掉.

⑤ a man of farming stock 一個農家出身的男子.

⑩ stock jokes 老掉牙的笑話.

⑪ My uncle's nursery is stocked with many kinds of roses. 我叔叔的苗圃裡種著好多種玫瑰.

The shop stocks imported magazines. 那家店備有進口雜誌.

片語 take stock 盤點，清點存貨.

♦ stóck còmpany 股份公司.

stóck exchànge 股票交易所.

stóck màrket 股市；股票交易所.

複數 stocks

活用 v. stocks, stocked, stocked, stocking

stockade [stɑk`ed] n. 防禦柵欄.

複數 stockades

stockbroker [`stɑk,brokɚ] n. 股票經紀人.

複數 stockbrokers

stockholder [`stɑk,holdɚ] n. 〖美〗股東(〖英〗shareholder).

複數 stockholders

stockily [`stɑkɪlɪ] adv. 矮胖地，粗壯地.

活用 adv. more stockily, most stockily

*stocking [`stɑkɪŋ] n. (一隻) 長統襪: He gave me a pair of silk stockings for my birthday. 我生日時，他送我一雙長統絲襪.

片語 in ~'s stockings/in ~'s stocking feet/in ~'s stockinged feet 不穿鞋，只穿襪子: Ted is six feet in his stockings. 泰德不穿鞋的身高為6呎.

參考 〖美〗pantyhose 是「帶三角褲的絲襪」，〖英〗作 tights，而一般長度在膝蓋以下的「(一隻) 襪子」作 sock.

複數 stockings

stockpile [`stɑk,paɪl] n. ① (物資、武器等的) 儲備.

——v. ② 儲備 (物資、武器等).

複數 stockpiles

活用 v. stockpiles, stockpiled, stockpiled, stockpiling

stock-still [`stɑk`stɪl] adj. 一動也不動的.

stocktaking [`stɑk,tekɪŋ] n. 〖英〗盤點庫存；業績評估.

stocky [`stɑkɪ] adj. 矮胖的，粗壯的: a stocky man 矮胖的男子.

活用 adj. stockier, stockiest

stodgy [`stɑdʒɪ] adj. ① (食物等) 濃膩的，易有飽脹感的. ② (文章等) 乏味的.

活用 adj. stodgier, stodgiest

stoic [`sto·ɪk] n. ① 禁慾主義者.

——adj. ② 禁慾的，自制的(亦作 stoical).

複數 stoics

活用 adj. more stoic, most stoic

stoical [`sto·ɪkl] adj. 禁慾的，自制的.

活用 adj. more stoical, most stoical

stoically [`sto·ɪklɪ] adv. 冷靜地，禁慾地.

活用 adv. more stoically, most stoically

stoicism [`sto·ɪ,sɪzəm] n. 禁慾主義.

參考 源於認為人的價值在於抑制自己的感情和慾望而聽憑命運安排的希臘斯多噶哲學 (Stoicism).

stoke [stok] v. ① 為~添加燃料；升火. ② 煽起~情緒.

範例 ① stoke up the fire with coal 往火裡添煤.

② stoke up ~'s anger 煽起~的憤怒.

活用 v. stokes, stoked, stoked, stoking

*stole [stol] v. ① steal 的過去式.

——n. ② (女性用) 披肩，長圍巾；聖帶(牧師用的披帶).

複數 stoles

*stolen [`stolən] v. steal 的過去分詞.

*stomach [`stʌmək] n. ① 胃；腹部，肚子. ② 食慾；慾望.

——v. ③ 忍受.

範例 ① I have a sour stomach. 我覺得反胃.

The boy lay on his stomach. 那男孩感到消化不良.

He came home on an empty stomach. 他餓著肚子回家.

Don't swim on a full stomach. 吃飽飯時不要游泳.

② I have no stomach for sweets today. 今天我不想吃飯後甜食.

③ I can't stomach seeing these bloody war scenes. 我無法忍受這些血腥的戰爭場面.

片語 turn ~'s stomach 使倒胃口: The gruesome crime-scene photos turned my stomach. 那些可怕的犯罪場面照片使我倒足胃口.

參考 雖然 belly 也表示肚子之意，但 stomach 較文雅.

複數 stomachs

活用 v. stomachs, stomached,

stomached, stomaching

stomachache [ˋstʌmək͵ek] *n.* 胃痛，腹痛：
I have a **stomachache** now. 我現在胃痛．
複數 **stomachaches**

stomp [stɑmp] *v.* 踩腳，頓足．
活用 *v.* **stomps, stomped, stomped, stomping**

✽**stone** [ston] *n.* ① 石頭． ②（果實的）核〔《美》pit〕． ③ 寶石《亦作 precious stone》． ④ 石《英國的重量單位，相當於14磅（約6.35公斤）》． ⑤ 墓碑《亦作 gravestone》． ⑥ 冰雹《亦作 hailstone》．
——*v.* ⑦ 投石塊；鋪石頭． ⑧ 去果核．
範例 ① a **stone** bridge 石橋．
a heart of **stone** 鐵石心腸．
The boy threw a **stone** at the cat. 那個男孩朝那隻貓丟石塊．
Stones from the streets had been ripped up by the rioters. 街道上的石塊被那些暴徒劈碎了．
⑦ Islamic law prescribes being **stoned** to death for adultery. 伊斯蘭教的法律規定，通姦者將被投以石塊至死．
片語 *leave no stone unturned* 千方百計．
rolling stone 時常改變住處或工作的人．
♦ **stòne-cóld** 冷透的．
stòne-déad 死透的．
stòne-déaf 全聾的．
stóne frùit 核果．
stóne pit 採石場．
stóne's thròw 一石之遙．
the Stóne Àge 石器時代《☞ the Bronze Age, the Iron Age》．
複數 **stones**
活用 *v.* **stones, stoned, stoned, stoning**

stoned [stond] *adj.* 〔不用於名詞前〕（因為酒或毒品而）神志恍惚的，喝醉的：I had finished the wine and I was **stoned**. 我喝完那杯葡萄酒後就醉了．
活用 *adj.* **more stoned, most stoned**

stoneware [ˋston͵wɛr] *n.* 粗陶器．

stony [ˋstonɪ] *adj.* 石頭的，多石的，石頭似的．
範例 a **stony** road 碎石路．
She kept a **stony** silence. 她像石頭似的沉默不語．
活用 *adj.* **stonier, stoniest**

✽**stood** [stud] *v.* stand 的過去式、過去分詞．

✽**stool** [stul] *n.* ① 凳子：a piano **stool** 鋼琴板凳． ② 腳凳《亦作 footstool》． ③ 糞便．
片語 *fall between two stools* 兩頭落空．
♦ **stóol pigeon** ① 媒鴿． ② 警方的線民．
複數 **stools**

✽**stoop** [stup] *v.* ① 彎腰；駝背． ② 淪落，墮落．

[stool]

——*n.* ③ 駝背． ④〔《美》〕門口的臺階．
範例 ① The carpenter **stooped** down to pick up a screwdriver. 那個木匠彎腰去撿螺絲起子．
The old man **stoops** from age. 那個老人因為上了年紀而駝背．
② The actress **stooped** to stealing. 那個女演員淪落到偷東西的地步．
③ Mr. Kennedy has a bad **stoop**. 甘迺迪先生駝背得很嚴重．
活用 *v.* **stoops, stooped, stooped, stooping**

✽**stop** [stɑp] *v.*

原義	層面	釋義	範例
（使）停止	運動中的事物	停止，停留，中斷	①
	即將運動的事物	阻止，阻塞，填塞	②

——*n.* ③ 停，停止． ④ 停車站；候車站． ⑤ 標點符號． ⑥（風琴的）音栓．
範例 ① The car **stopped** suddenly. 那輛汽車突然停住．
He **stopped** to listen. 他停下來聽．
We are running out of soy sauce. **Stop** off at the supermarket on your way back. 我們的醬油快用完了，你在回家的路上去超市一趟．
Al stopped a taxi. 艾爾叫了一輛計程車．
The rain has **stopped**. 雨停了．
The two children **stopped** quarreling. 那兩個孩子停止吵架．
I am going to **stop** in New York for a month. 我預計在紐約停留一個月．
② I cannot **stop** laughing at his funny face. 我忍不住笑他那滑稽的面孔．
Nobody can **stop** Tom from marrying May. 沒有人能阻止湯姆和梅結婚．
Stop up the crack on the window; it's cold in here. 把那扇窗戶的裂縫塞住；這裡很冷．
③ Let's put a **stop** to this nonsense. 我們別做這樣的傻事了．
We'll make a brief **stop** in Paris. 我們將在巴黎稍作停留．
④ I'm going to get off at the next **stop**. 我要在下一站下車．
⑤ This paragraph has many wrong **stops**. 這個段落有很多錯誤的標點符號．
I lost a point just for missing a full **stop**. 我只因為漏了一個句號而被扣一分．
⑥ The baseball players pulled out all the **stops** to win the championship. 那些棒球選手為了獲勝而竭盡全力．
片語 *cannot stop ～ing* 停不下來，控制不住．（⇒ 範例 ②）
put a stop to 阻止；停止．（⇒ 範例 ③）
pull out all the stops 竭盡全力，千方百計．（⇒ 範例 ⑥）《風琴的音栓用來調節空氣進入音管，若將此音栓全部拔掉，可使各個音

S

管發出的音色原樣呈現，因此 pull out all the stops 產生了「竭盡全力」之意）

stop at nothing 肆無忌憚，無所不為: The parents **stopped at nothing** to get back their kidnapped child. 那對父母為了要回被綁架的孩子而不顧一切.

stop by《口語》過訪: Be sure to **stop by** if you come to Taipei. 來臺北時一定要找我.

stop dead 突然停住: When I yelled at the cat, it **stopped dead**. 我向那隻貓大叫一聲，牠就突然停住了.

stop in ①《口語》『英』待在家，不外出. ②『美』過訪.

stop off/stop over 順路拜訪. (⇨ 範例 ①)

stop short 突然停住: I **stopped short** when I heard someone scream. 我聽到尖叫聲便突然停住.

stop up ① 填塞《孔、洞等》. (⇨ 範例 ②)②《口語》熬夜: Mother used to **stop up** late to help me do my homework. 母親曾熬夜幫我做作業.

♦ **stòp préss** 『英』（報紙印刷途中插入的）最新消息.

活用 *v.* **stops**, **stopped**, **stopped**, **stopping**

複數 **stops**

stopcock [`stap,kak] *n.* (自來水管等的) 活塞，調節旋栓，制水閥《亦作 cock》.

複數 **stopcocks**

stopgap [`stap,gæp] *n.* 臨時代替的人〔物〕: We'll have to rely on **stopgap** measures until we can draft new legislation. 在制定新的法律之前，我們必須依靠臨時替代的措施.

stoplight [`stap,laɪt] *n.* ① 煞車燈《亦作 brake light》. ② 停車燈.

複數 **stoplights**

stopover [`stap,ovɚ] *n.* 中途下車: His itinerary includes a three-day **stopover** in Honolulu. 他的旅途中要在檀香山停留3天.

複數 **stopovers**

*****stoppage** [`stapɪdʒ] *n.* ① 停止，停工；止付: The new school building was finally completed after many **stoppages** over contract disputes. 那棟新校舍因合約糾紛屢次中斷後，好不容易才建造完成. ② 罷工. ③ 阻塞. ④『英』扣除款.

複數 **stoppages**

stopper [`stapɚ] *n.* ① 救援投手. ② 塞子. 範例 ① Sasaki used to be one of the best **stoppers** in the world of baseball. 佐佐木曾是棒球界最棒的救援投手. ② Put the **stopper** in the drain before you fill the bath. 注滿浴缸前要塞好塞子.

複數 **stoppers**

stopwatch [`stap,watʃ] *n.* 馬錶.

複數 **stopwatches**

storage [`storɪdʒ] *n.* ① 儲藏；保管. ② 倉庫. ③ 保管費. ④（電腦的）儲存裝置. ⑤ 蓄電池.

*****store** [stor] *n.* ① 店，商店. ② 儲備. ③ 倉庫.

——*v.* ④ 儲存.

範例 ① I bought an umbrella at that **store**. 我在那家商店買了一把傘.

They do not sell liquor at the **store**. 那家商店不賣酒.

This is the largest department **store** in town. 這是城裡最大的百貨公司.

② We have a large **store** of blueberry preserves. 我們備有很多藍莓果醬.

I say we should keep plenty of potatoes in **store** for winter. 我說我們最好是儲存足夠的馬鈴薯以備過冬.

④ Look! That squirrel is busy **storing** nuts. 看! 那隻松鼠忙著儲存堅果.

片語 ***in store*** ① 儲備著. (⇨ 範例 ②)② 等待著: I have a surprise **in store** for Ed. 我有令艾德吃驚的消息.

複數 **stores**

活用 *v.* **stores**, **stored**, **stored**, **storing**

storehouse [`stor,haus] *n.* ① 倉庫. ②（知識等的）寶庫.

發音 複數形 storehouses [`stor,hauzɪz].

storekeeper [`stor,kipɚ] *n.* ①『美』店主，零售商人《『英』shopkeeper》. ② 倉庫管理員.

複數 **storekeepers**

storeroom [`stor,rum] *n.* 儲藏室.

複數 **storerooms**

storey [`storɪ] *n.*『美』story.

複數 **storeys**

stork [stork] *n.* 鸛: She received a visit from a **stork**. 她生了一個小孩.

複數 **storks**

[stork]

*****storm** [stɔrm] *n.* ① 風暴，暴風雨.

——*v.* ② 襲擊. ③ 橫衝直撞. ④ 怒吼.

範例 ① Crops were badly damaged by the **storm**. 農作物因那場暴風雨而嚴重受損.

The audience erupted with a **storm** of applause. 那群聽眾掌聲如雷.

The shocking news caused a **storm** of accusations. 那一則駭人的消息掀起一陣譴責的風暴.

② The guerrillas **stormed** the airport. 游擊隊襲擊了那個機場.

③ The mob **stormed** through the streets. 那群暴徒在馬路上橫衝直撞.

④ "Shut up!" he **stormed**. 他怒吼道:「住口!」

片語 ***a storm in a teacup***『英』小風波，內鬨《『美』a tempest in a teapot》.

take ~ by storm ① 攻占. ② 使神魂顛倒.

複數 **storms**

活用 *v.* **storms**, **stormed**, **stormed**, **storming**

*****stormy** [`stɔrmɪ] *adj.* ① 暴風雨的，有風暴的. ② 激烈的.

範例 ① a **stormy** day 暴風雨天．
a **stormy** sky 暴風雨的天空．
The doctor had to go out even in that **stormy** weather. 那位醫生即使在那種暴風雨的天氣也必須出診．
② We had a **stormy** argument about politics. 我們就政治做了激烈的辯論．
活用 *adj.* **stormier**, **stormiest**

story [`stɔrɪ] *n.* ① 話；故事；(故事的) 情節．② 報導．③ 來歷；傳聞．④ 謊話．⑤ (建築物的) 層．
範例 ① a true **story** 真實故事．
My mother told me a sad **story**. 母親告訴我一個悲慘的故事．
Nobody believes Judy's side of the **story**. 沒人相信茱蒂這一方的話．
Actually, she decided to leave Taiwan two years later, but that's another **story**. 事實上她決心兩年後離開臺灣，但那是另外一回事了．
It's the same old **story**. 這是常有的事．
the **story** of Snow White 白雪公主的故事．
The novel has very little **story**. 那部小說幾乎沒有情節．
② The cover **story** is about the economy. 那則封面故事是有關經濟．
Why did they try to cover up the **story**? 為甚麼他們想要把那篇報導壓下來？
③ The **story** goes that the old man isn't really senile. 據說那個老人並非真的老糊塗．
I met a woman with a **story**. 我遇到一位有來歷的女子．
④ Don't tell **stories**. 不要說謊話．
⑤ a house of three **stories** 3層樓的房子．
片語 *to make a long story short* 長話短說．
參考 ⑤ 〖英〗 storey．
字源 去除 history 的字首 hi 音而成．
複數 **stories**

stout [staʊt] *adj.* ① 堅固的；結實的．② 肥胖的．③ 勇敢的，頑強的．
——*n.* ④ 濃烈的黑啤酒．
範例 ① He wears **stout** shoes for mountain-climbing. 他穿著登山用的耐穿鞋子．
② He is a tall, **stout** man. 他是一個又高又胖的男子．
③ They offered a **stout** resistance to the enemy. 他們對敵人進行了頑強的抵抗．
活用 *adj.* **stouter**, **stoutest**
複數 **stouts**

stoutly [`staʊtlɪ] *adv.* 頑強地，堅決地：He **stoutly** insisted that it was not his fault. 他頑強地堅持那不是他的錯．
活用 *adv.* **more stoutly**, **most stoutly**

stove [stov] *n.* ① 火爐，(烹飪用的) 爐子．
——*v.* ② stave ④ 的過去式、過去分詞．
範例 ① The **stove** was burning well. 那個爐子的火正旺．

Let's turn on the **stove**. 我們打開爐子烹飪吧．
複數 **stoves**

stow [sto] *v.* 收藏，裝進，裝載．
範例 He **stowed** the boxes in the basement. 他把那些箱子收藏在地下室．
She **stowed** the suitcase with her skirts. 她把裙子裝進那只手提箱裡．
The ship was **stowed** with lobsters. 那艘船上裝載著龍蝦．
He **stowed** away the large pizza. 他吃下了那片大披薩．
片語 *stow away* ① 收藏；吃下．(⇨ 範例) ② 偷渡：They were caught trying to **stow away** on an American Airlines flight. 他們想搭乘美國航空公司的班機偷渡時被捉了．
活用 *v.* **stows**, **stowed**, **stowed**, **stowing**

stowaway [`stoˏwe] *n.* 偷渡者．
複數 **stowaways**

straddle [`strædl] *v.* ① 跨坐：sit **straddling** the fence 跨坐在籬笆上．② 持觀望態度．
活用 *v.* **straddles**, **straddled**, **straddled**, **straddling**

straggle [`strægl] *v.* ① 散開；零星地分布．② 落後；趕不上隊伍．
範例 ① After the concert, the people **straggled** off. 那場音樂會一結束，人們就散去了．
The slums **straggled** up the hill. 貧民窟零星分布於那座山丘上．
② Six runners are **straggling** in 30 minutes after the leader. 有6名跑者落後那名領先者30分鐘．
活用 *v.* **straggles**, **straggled**, **straggled**, **straggling**

straight [stret] *adj.* ① 直的．② 井井有條的．③ 誠實的．④ 連續的．⑤ 純的．⑥ 正經的．⑦ 〖口語〗非同性戀的．
——*adv.* ⑧ 一直線地．⑨ 誠實地，坦率地．
——*n.* ⑩ 直，直線；直線跑道．
範例 ① He used a ruler to draw a **straight** line. 他用尺畫了一條直線．
The picture on the wall was **straight**. 牆上的那幅畫掛得很正．
② She tried to put her life **straight**. 她試著把生活安排得井井有條．
③ Please give me a **straight** answer. 請給我一個直接的答案．
④ After 10 **straight** wins, the Cubs were still in second place. 10連勝後小熊隊仍是第2名．《the Cubs 是以美國伊利諾州 (Illinois) 芝加哥市 (Chicago) 為根據地的國家聯盟中部地區所屬棒球隊》
⑤ He usually drinks whiskey **straight**. 他通常喝純的威士忌．
⑥ a **straight** face 正經的臉孔．
⑧ Go **straight** on. 一直往前走．
⑨ Please tell it to me **straight**—what's wrong with you? 請坦白地告訴我，你怎麼了？
⑩ The runner tripped in the **straight**. 那位跑者

在那條直線跑道上跌倒了.

[片語] **go straight** 改邪歸正.

straight away/straight off 立即.

straight out 率直地.

♦ **stràight tícket** [美] 全部投同一政黨候選人的選票《如投給不同政黨候選人的選票作split ticket》.

[活用] *adj.* ① ② ③ ⑥, *adv.* ⑨ **straighter**, **straightest**

[複數] **straights**

straightaway [`stretə,we] *adv.* ① 立即, 馬上; I'll do it **straightaway**. 我馬上去做. ——*n.* ②[美] 直線.

[複數] **straightaways**

straighten [`stretn] *v.* ① 弄直, 使直. ② 整理.

[範例] ① He **straightened** his tie. 他把領帶弄直.

She **straightened** up. 她抬頭挺胸.

② I **straightened** my room. 我整理了我的房間.

[活用] *v.* **straightens**, **straightened**, **straightened**, **straightening**

straightforward [,stret`fɔrwəd] *adj.* 筆直的; 誠實的, 直率的: a **straightforward** answer 坦率的回答.

[活用] *adj.* **more straightforward**, **most straightforward**

straightness [`stretnɪs] *n.* 筆直.

****strain** [stren] *v.* ① 拉緊, 用力拉. ② 竭盡全力. ③ 使用過度; 扭傷. ④ 曲解; 濫用. ⑤ 過濾. ——*n.* ⑥ 緊張, 疲勞; 過勞; 品種. ⑧ 血統; 素質; 傾向. ⑨ 語氣, 語調; 旋律.

[範例] ① I **strained** at the rope to hoist the flag. 我拉緊繩子, 要把那面旗升起來.

You're **straining** my patience to the limit. 我再也忍受不了你了.

② He **strained** his ears to hear the conversation. 他豎起耳朵要聽那段對話.

The boy **strained** every muscle in lifting the box. 那個男孩竭盡全力要抬起那個箱子.

She sprang to her feet and **strained** her eyes to see the parade. 她跳起來睜大眼睛要看那場遊行.

③ You will **strain** yourself if you try to lift that heavy box. 如果你試著要搬起那個沉重的箱子的話, 你會扭傷.

④ I don't want to **strain** my authority like that. 我不想像那樣濫用職權.

⑤ This tea hasn't been **strained** well. 這茶沒有好好地過濾.

Could you **strain** the potatoes, please? 請把那些馬鈴薯濾乾好嗎?

He is **straining** off the water from the noodles in the kitchen. 他正在廚房濾乾那些麵條.

⑥ The rope snapped under the **strain**. 拉力使那條繩索啪地一聲斷了.

The stress and **strain** of city life got to him. 他承受著都市生活的壓力和緊張.

She found her new job a real **strain**. 她發覺她的新工作真的是個負擔.

a back **strain** 背部疼痛.

⑦ This new **strain** of the virus has proved resistant to all known drugs. 這一新品種病毒被證實對所有已知的藥物具有抗藥性.

⑧ The Fischer family has a **strain** of creativity. 費雪家族是具有創造力的血統.

⑨ This letter was written in a happy **strain**. 這封信是用快樂的語調寫的.

[活用] *v.* **strains**, **strained**, **strained**, **straining**

[複數] **strains**

strainer [`strenə] *n.* 濾網, 濾器: tea **strainer** 濾茶器.

[strainer]

[複數] **strainers**

****strait** [stret] *n.* ① 海峽. ②[~s] 困難, 窘迫, 困境.

[範例] ① The ship sank in the **Straits** of Dover. 那艘船在多佛海峽沉沒.

② Without food supplies they are in dire **straits**. 他們因為沒有食物供給而處境十分窘迫.

[複數] **straits**

straitjacket [`stret,dʒækɪt] *n.* 緊身衣; 約束, 束縛.

[複數] **straitjackets**

straitlaced [`stret`lest] *adj.* 極嚴謹的, 嚴格的: Aunt Clara is very **straitlaced**—she doesn't approve of Maurice at all. 克萊拉姑媽非常嚴格, 她完全不認同莫力斯.

[活用] *adj.* **more straitlaced**, **most straitlaced**

****strand** [strænd] *n.* ① 股, 縷. ②《正式》海濱, 岸邊. ——*v.* ③ 觸礁, 擱淺; 使進退不得.

[範例] ① The **strands** of the piece of string began to unravel. 那條繩子的股開始鬆了.

③ There is a whale **stranded** on the beach. 有條鯨魚被困在岸邊.

[strand]

I had engine trouble and I got **stranded** in the middle of the traffic. 由於引擎故障, 使得我在來往的交通車流中動彈不得.

[複數] **strands**

[活用] *v.* **strands**, **stranded**, **stranded**, **stranding**

*****strange** [strendʒ] *adj.* ① 異常的, 稀奇的, 奇異的, 奇怪的. ② 陌生的, 不熟悉的, 生疏的. ③〔不用於名詞前〕不習慣的.

[範例] ① The car started making a **strange** noise. 那輛車開始發出奇怪的聲音.

What a **strange** hat she is wearing! 她戴的帽子真稀奇!

I found Dali's paintings most **strange**. 我覺得達利的畫非常怪異.

On their way to the camping site, one of their

children said she felt **strange**. 在他們去營地的途中，有一個孩子說她覺得身體不舒服。
Strange to say, he was not sorry to have committed the murder. 說也奇怪，他並不後悔殺了人。
It's **strange** we haven't heard from him for such a long time. 這麼久都沒有他的消息，真是奇怪。
② A **strange** person offered me a ride. 有個陌生人想送我一程。
London is a place quite **strange** to me. 倫敦對我來說是一個完全陌生的地方。
③ I'm still **strange** to the job here. 我對這份工作還不習慣。
片語 **feel strange** ① 身體感到不適，覺得頭暈目眩。(⇨ 範例 ①) ② 感到不融洽。
strange to say 奇怪的是，說也奇怪。(⇨ 範例 ①)
活用 adj. **stranger**, **strangest**
strangely [`strendʒlı] adv. 奇怪的是，奇妙地，奇怪地。
範例 **Strangely**, I felt I had been there before though it was my first visit. 奇怪的是，雖然我是第一次到那裡，卻覺得好像以前去過似的。
He was so nervous he marched **strangely**. 他十分緊張，所以走路的樣子很奇怪。
He was very angry but spoke in a **strangely** calm voice. 他非常生氣，但說話的口氣卻異常平靜。
活用 adv. **more strangely**, **most strangely**
strangeness [`strendʒnıs] n. 不可思議，奇怪；奇妙；不習慣，不熟悉。
***stranger** [`strendʒɚ] n. ① 陌生人，外人，對～不熟悉〔沒經驗〕的人。
——adj. ② strange 的比較級。
範例 ① Our dog barks at **strangers**. 我家的狗會對陌生人吠叫。
We've met each other before, so we are not complete **strangers**. 我們以前曾見過，所以並非完全陌生。
He is no **stranger** to sorrow. 他歷經許多悲傷。
I'm a complete **stranger** here in this town. 我對這個城鎮一無所知。
複數 **strangers**
strangle [`stræŋgl] v. 勒死，扼殺，使窒息。
範例 I **strangled** her with my own hands. 我用自己的雙手勒死了她。
School regulations are **strangling** creativity. 校規扼殺了創造力。
活用 v. **strangles**, **strangled**, **strangled**, **strangling**
stranglehold [`stræŋgl͵hold] n. 阻礙，箝制，束縛。Fighting in the area has put a **stranglehold** on the distribution of food. 那個地區的戰爭使得糧食分配受到阻礙。
複數 **strangleholds**
***strap** [stræp] n. ① 皮帶，繩子，布繩。
——v. ② (用繩或帶) 繫牢，捆綁。

範例 ① She bought a blue dress with thin shoulder **straps**. 她買了一件細肩帶的藍色洋裝。
I need a new watch **strap**. 我得換個新錶帶。
② We're in for a rough landing. **Strap** yourself in. 我們即將著陸，著陸時機身會搖晃，請繫好安全帶。
複數 **straps**
活用 v. **straps**, **strapped**, **strapped**, **strapping**
strapping [`stræpıŋ] adj.《口語》〔只用於名詞前〕身材高大強壯的: a **strapping** youngster 高大強壯的年輕人。
strata [`stretə] n. stratum 的複數形。
stratagem [`strætədʒəm] n. 謀略，策略，計謀: The men adopted a new **stratagem** to get the land. 那群人採用新策略以取得那塊土地。
複數 **stratagems**
strategic [strə`tidʒık] adj. 策略上的，戰略上的，戰略上重要的。
strategically [strə`tidʒıklı] adv. 戰略地，在戰略上。
strategist [`strætədʒıst] n. 軍事家，戰略家。
複數 **strategists**
strategy [`strætədʒı] n. ① 兵法，戰術。② 戰略，策略。
複數 **strategies**
stratosphere [`strætə͵sfır] n. 〔the ～〕(氣象的) 平流層。
stratum [`stretəm] n. ① (地質的) 地層，層。② (社會的) 階層，階級。
範例 ① geological **strata** 地層。
② People from different social **strata** come to the festival every year. 每年都有來自社會各階層的人參加這場慶典。
複數 **strata**
***straw** [strɔ] n. ① 稻草，麥稈。② 吸管。
範例 ① a **straw** hat 草帽。
The house was thatched with **straw**. 那間房子的屋頂是用稻草覆蓋而成的。
A drowning man will catch at a **straw**.《諺語》溺水者連稻草都要抓；做最後的掙扎。
You spent it on beer?! That's the last **straw**! I'm not giving you any more money! 你把錢都花在啤酒上?! 實在令人忍無可忍，我不會再給你錢了！
② He drinks milk through a **straw**. 他用吸管喝牛奶。
片語 **the last straw** 忍耐的極限《The last straw breaks the camel's back.（壓斷駱駝脊背的最後一根稻草。）源自即使是再強健的駱駝，如果背上的負荷已達極限，只要再加上一根輕輕的稻草也會使其壓斷之意》。(⇨ 範例 ①)
複數 **straws**
strawberry [`strɔ͵bɛrı] n. ① 草莓。② 草莓色。
複數 **strawberries**
***stray** [stre] v. ① 走失，迷路；誤入歧途；離題

(from).

—— *adj.* ②〔只用於名詞前〕走失的，迷路的；偶爾的．

—— *n.* ③ 流浪狗〔貓〕；野狗〔貓〕；迷路者；流浪者．

範例 ① We **strayed** from the beaten path. 我們在那條被踩出來的小路上走失了．

He's **straying** from the question again. 他說著說著又離題了．

② a **stray** cat 流浪貓．

I was asleep when a **stray** customer wandered in. 某個不速之客逛進來時，我正在睡覺．

③ That one's a **stray** we found yesterday. 那是我們昨天見到的那隻走失的狗．

活用 *v.* **strays, strayed, strayed, straying**
複數 **strays**

***streak** [strik] *n.* ① 線條，條紋，線．② 傾向，氣質；生性．③ 一陣子，一段時間．

—— *v.* ④ 形成線條〔條紋〕；加上線條〔條紋〕．⑤ 飛奔，疾馳．⑥ 裸奔．

範例 ① He has **streaks** of gray in his black hair. 他有一些白頭髮．

② His son has a stubborn **streak** in him. 他的兒子生性有點固執．

③ She had a **streak** of bad luck. 她有一陣子運氣不佳．

④ Her face was **streaked** with blood. 她臉上留下了血痕．

⑤ I was surprised to see people **streak** across such heavy traffic. 看見有人在這麼擁擠的車潮中穿梭飛奔，我感到十分驚訝．

複數 **streaks**
活用 *v.* **streaks, streaked, streaked, streaking**

streaky [`strikɪ] *adj.* 有線條〔條紋〕的，有紋理的：a **streaky** bacon 五花醃肉．

活用 *adj.* **streakier, streakiest**

***stream** [strim] *n.* ① 小河，溪流．

—— *v.* ② 流動，流出．

範例 ① The children were playing in the **stream**. 那些孩子們在那條小河中玩耍．

Even a child can jump that small **stream**. 連小孩子都能跳過那條小溪．

There is always a steady **stream** of cars in this street. 這條路總是有川流不息的車輛．

A **stream** of passengers were flooding onto the platform. 乘車的人潮不斷湧進那個月臺．

My friend Robin always goes against the **stream**, not caring what others think. 我的朋友羅賓實不管別人怎麼想，總是背道而行．

When will those factories get back on **stream**? 那些工廠何時能重新開工呢？

② Blood was **streaming** from the wound. 血從那個傷口流出．

His eyes were **streaming** with tears. 他的雙眼不停地流淚．

The students **streamed** out of the lecture hall. 學生從那個講堂裡魚貫而出．

Her black hair **streamed** out in every direction. 她的黑髮四下飄曳．

片語 **on stream** 在生產中，在運作中．(⇨ 範例 ①)

複數 **streams**
活用 *v.* **streams, streamed, streamed, streaming**

streamer [`strimɚ] *n.* 旗旛，長條旗；(裝飾用的) 彩帶：He decorated the room with the **streamers** for the party. 他為了準備那場晚會而用彩帶裝飾那個房間．

複數 **streamers**

streamline [`strim,laɪn] *v.* ① 使成流線型．② 使簡化〔合理化〕，使提高效率．

範例 ① This is the newest **streamlined** racing car there is. 這是目前最新型的流線型賽車．

② The Prime Minister aimed to **streamline** his Administration. 那位首相想要使政府提高效率．

活用 *v.* **streamlines, streamlined, streamlined, streamlining**

****street** [strit] *n.* 街道，馬路；〔S~〕~街，~路《此意為街道名，亦包括沿街的建築物；略作 St.》．

範例 I met an old friend on the **street**. 我在那條路上遇見了一位老朋友．

the shops on the main **street** 主要大街上的商店《英 in the high street》．

I saw him run across the **street**. 我看見他跑過了那條街．

Go along this **street**, and you will find the theater on the left. 順著這條路走，你就會在左側看到那間戲院．

She told her little daughter to be careful crossing the **street**. 她告訴小女兒過馬路時要小心．

No. 221B, Baker **Street** 貝克街221號之 B《小說中 Sherlock Holms (福爾摩斯) 曾住過的地址》．

Wall **Street** 華爾街《紐約的金融大街》．

片語 **be on the streets** 流落街頭；做妓女，賣淫．

not in the same street as ~ 無法與~相比，與 ~ 相去甚遠：As a scholar, the professor was **not in the same street as** his father. 身為一名學者，那位教授無法與他的父親相比．

be streets ahead of 比~好得多，遠勝過：The pupil's memory **is streets ahead of** the others. 那位學生的記憶力遠勝過其他學生．

up ~'s street 適合~的興趣，為~的專長：Gardening is right **up John's street**. 園藝正是約翰的專長．

♦ **shópping strèet** 商店街．
strèet dòor 臨街的大門．
strèet làmp/strèet light 路燈．

複數 **streets**

***streetcar** [`strit,kɑr] *n.* 市區電車《英 tram》：He took a **streetcar** to the police station. 他

搭市區電車去警察局了.

複數 **streetcars**

***strength** [strɛŋθ] *n.* 力, 力氣, 力量; 強度; 強勢; 優勢.

範例 Bill has enough **strength** to carry it by himself. 比爾有足夠的力氣自己搬運那個東西.

John's wife is his **strength**. 約翰的妻子是他力量的源泉.

The scientist checked the **strength** of the light. 那位科學家檢測了那道光的強度.

I bought this CD on the **strength** of your review. 憑著你對這張 CD 的評價, 我把它買下來了.

片語 ***at full strength*** 全體動員地, 以全力.

in strength 很多地, 大量地.

on the strength of 憑藉, 依賴, 仰仗. (⇨ 範例)

發音 亦作 [strɛŋkθ].

☞ *adj.* strong

複數 **strengths**

***strengthen** [`strɛŋθən] *v.* 加強, 增強, 變強.

範例 You must **strengthen** your body. 你需要加強體力.

The rain **strengthened** gradually. 雨勢逐漸增強.

發音 亦作 [`strɛŋkθən].

活用 *v.* **strengthens, strengthened, strengthened, strengthening**

***strenuous** [`strɛnjʊəs] *adj.* 熱心的, 精力旺盛的, 勤奮的; 費力的.

範例 The scientist made **strenuous** efforts to improve the machine. 那位科學家費盡心力來改善那臺機器.

Your son is a **strenuous** worker. 你兒子是一個工作勤奮的人.

活用 *adj.* **more strenuous, most strenuous**

strenuously [`strɛnjʊəslɪ] *adv.* 勤奮地, 熱心地; 強烈地: The senator **strenuously** denied the fact. 那位參議員強烈否認那項事實.

活用 *adv.* **more strenuously, most strenuously**

****stress** [strɛs] *n.* ① 壓力; 壓迫; 緊張; 急迫. ② 重點, 強調; 重音.

——*v.* ③ 強調, 著重. ④ 用重音讀, 加重音.

範例 ① Do you know how much **stress** the roof can bear? 你知道這個屋頂能承受多大的壓力嗎?

Your headache may be caused by **stress**. 你的頭痛也許是精神壓力引起的.

② In our school, much **stress** is put on mental development. 我們學校把重心放在智育發展上.

In this word "statistics", the **stress** is on the second syllable. statistics 這個字的重音在第二音節.

③ The speaker **stressed** the importance of peace. 那位演說者強調和平的重要性.

④ **Stress** the first vowel. 讀第一個母音時要加

重音.

複數 **stresses**

活用 *v.* **stresses, stressed, stressed, stressing**

stressful [`strɛsfəl] *adj.* 緊張的, 充滿壓力的.

活用 *adj.* **more stressful, most stressful**

****stretch** [strɛtʃ] *v.* ① 伸, 伸出; 伸長, 擴展, 伸展; 拉直, 拉開.

——*n.* ② 伸, 伸展, 拉長, 延伸. ③ 一段時間, 一次, 一段綿延的距離. ④ 直線跑道.

範例 ① She **stretched** out her hand for the gun. 她伸手去拿那把槍.

The rule must not be **stretched**. 那項規定不可放寬.

Rubber **stretches** easily. 橡膠可輕易拉長.

The forest **stretched** for miles. 這片森林綿延數哩.

People **stretch** when they are tired. 人一疲勞就會伸懶腰.

The film festival will **stretch** over 10 days. 那個電影節將持續10幾天.

A policeman **stretched** a rope between the poles. 有一名警察在那兩根柱子間拉起一條繩子.

The painter **stretched** canvas on the frame. 那個畫家把畫布拉開放在畫架上.

② The cat woke up and gave a **stretch**. 那隻貓醒了, 並且伸了個懶腰.

There is not much **stretch** in this sweater. 這件毛衣沒甚麼彈性.

③ The guard had to stand for five hours at a **stretch**. 那個衛兵必須連續站5個小時.

He saw a **stretch** of road. 他看到了一條路.

片語 ***at a stretch*** 一口氣地, 連續地. (⇨ 範例 ③)

stretch a point 牽強附會, 通融.

活用 *v.* **stretches, stretched, stretched, stretching**

stretcher [`strɛtʃɚ] *n.* 擔架.

複數 **stretchers**

strew [stru] *v.* 撒, 撒落, 播撒.

範例 He **strewed** cards over the table. 他把紙牌撒在那張桌上.

Autumn leaves **strewed** the street. 那條街道上撒滿了秋葉.

活用 *v.* **strews, strewed, strewed, strewing/strews, strewed, strewn, strewing**

strewn [strun] *v.* strew 的過去分詞.

stricken [`strɪkən] *v.* ① strike 的過去分詞.

——*adj.* ②《正式》受打擊的, 遭受侵襲的.

範例 ② The governor visited the **stricken** area. 州長巡視了那個受災地區.

This is the patient **stricken** with an unidentified fever. 這就是那位發燒原因不明的病患.

活用 *adj.* **more stricken, most stricken**

****strict** [strɪkt] *adj.* ① 嚴格的, 嚴厲的. ② 嚴密的, 精確的; 完全的, 絕對的.

範例 ① He is a **strict** instructor. 他是一位嚴厲

的教練．
Susan is very **strict** with her kids. 蘇珊對自己
的孩子非常嚴格．
My dad's **strict** on good table manners. 我的
父親對餐桌禮儀要求嚴格．
② A **strict** translation gives a slightly different
meaning. 要是精確地翻譯，意思會稍有不
同．
In a **strict** grammatical sense, this is
unacceptable. 以精確的文法來看，這是無法
接受的．
I tell you this in **strict** confidence. 我告訴你的
這件事絕對要保密．
Strict secrecy surrounds their ceremonies
and rituals. 他們的祭典和儀式完全保密．
活用 adj. stricter, strictest

*strictly [`strɪktlɪ] adv. ① 嚴格地，嚴厲地．②
嚴密地；完全地．
範例 ① The general has his men **strictly** trained.
那位將軍嚴格地訓練部下．
Flash photography is **strictly** forbidden. 嚴禁
使用閃光燈拍照．
Strictly speaking, he wouldn't be allowed in
our school. 嚴格說來，我們學校不會准許他
入學．
② Parking is **strictly** reserved for patrons. 停車
場是顧客專用的．
活用 adv. more strictly, most strictly

strictness [`strɪktnɪs] n. ① 嚴格，嚴厲：The
strictness of their upbringing has had good
and bad effects. 嚴厲管教對他們產生的影響
有好有壞．② 嚴密．

stridden [`strɪdn] v. stride 的過去分詞．

stride [straɪd] v. 大步行走；跨越，跨過．
——n. ② 大步，闊步；步伐．
範例 ① The policeman **strode** away from the
house. 那名警察大步離開那間房子．
② purposeful **strides** 堅定的步伐．
片語 hit ～'s stride/get into ～'s stride 進
入狀況，上軌道．
make great strides 大有進展，進步顯著．
take...in ～'s stride/take ～ in stride 從
容地應付，輕鬆地解決．
活用 v. strides, strode, stridden, striding/
strides, strode, strode, striding
複數 strides

strident [`straɪdnt] adj. (聲音、表達方式等)
尖銳的，刺耳的．
活用 adj. more strident, most strident

*strife [straɪf] n. 爭吵，糾紛：family **strife** 家庭
糾紛．

*strike [straɪk] v.

原義	運用層面	釋義	範例
猛擊	人或物	打，敲，猛擊，撞擊，衝擊，打擊，碰撞，留下印象	①

	加害	襲擊，攻擊，侵襲；使感到	②
猛擊	浮現印象	突然感覺到，忽然想到，浮上心頭	③
	點火	點著 (火柴)，劃 (火柴)	④
	⑭ 硬幣等	鑄造	⑤

——v. ⑥ 罷工．⑦ 簽定 (契約等)，達成 (協
議)．⑧ 裝出，擺出 (某種姿勢或態度)．⑨ 拆
除，收起．⑩ 前進．
——n. ⑪ 罷工．⑫ 襲擊．⑬ 碰到，觸到，撞到．
⑭ (棒球的) 好球；(保齡球的) 全倒．
範例 ① He was so angry at the unfair treatment
that he **struck** the table with his fist. 受到不公
平的待遇，使他生氣到用拳頭猛敲桌子．
John **struck** Tom a few times on the face. 約
翰在湯姆臉上打了好幾下．
He had hardly spoken a word when he was
struck by his father. 他甚麼也沒說就被父親
揍了一頓．
Strike while the iron is hot. 《諺語》打鐵趁熱．
Nobody expected that such a frail-looking
boxer would **strike** his opponent senseless.
誰也沒想到那名看似柔弱的拳擊手竟然能擊
倒對手．
The sad news **struck** me dumb. 那個壞消息
使我說不出話來．
A stake was **struck** into the vampire's heart.
木樁刺進了那個吸血鬼的心臟．
The clock **struck** eight. 時鐘敲了8點．
"What time is it?" "11 has just **struck**." 「現在
幾點了？」「剛剛才敲過11點啊．」
The eruption of Mt. Vesuvius **struck** fear into
the inhabitants of Pompeii. 維蘇威火山的爆發
使龐貝城的居民感到驚恐．
The Titanic sank after **striking** an iceberg on
her maiden voyage to New York in 1912. 鐵達
尼號在1912年前往紐約的首航中，撞上冰山
後便沉沒了．
If you **strike** oil, you'll be a millionaire. 你如果
挖到石油，就會成為百萬富翁．
How does your new class **strike** you? 新班級
給你的印象如何？
What **strikes** me most about her is her
honesty. 她令我印象最深刻的就是她的誠
實．
The doctor **strikes** me as being a very
considerate person. 我覺得那位醫生是一個
設想非常周到的人．
② The children were **struck** silent by the lion's
roar. 那些孩子們聽到獅子大吼，立刻就安靜
下來．
My grandfather was **struck** by a heart attack.
我爺爺突然心臟病發作．
A big earthquake **struck** Taiwan in
September, 1999. 1999年9月，一場大地震

襲擊了臺灣.

The bank clerk was **stricken** with terror seeing a man wearing a ski mask. 那個銀行職員看見一名蒙面男子便心生恐懼.

Just after the math test, a fear of failing **struck** me. 數學考試一結束, 我感到很不安, 害怕會不及格.

The enemy's bombers **struck** our base. 敵人的轟炸機攻擊了我方基地.

③ A good idea **struck** me at that time. 那時, 我突然想到一個好主意.

It **struck** me that he had betrayed me. 我突然感覺到他背叛了我.

④ He **struck** a match and lit his cigarette. 他劃火柴點著了菸.

These damp matches won't **strike**. Give me a light, will you? 這些受潮的火柴點不著. 能向你借個火嗎?

⑤ Do you know how coins are **struck**? 你知道硬幣是怎麼鑄造的嗎?

⑥ The bus drivers are **striking** for a wage increase. 那些公車司機正在為提高工資而罷工.

⑦ He **struck** a bargain with the company. 他和那家公司簽定了合約.

⑧ The frustrated employees **struck** an attitude of defiance against their employer. 那些失望的員工對雇主採取反抗的態度.

So, she is a model. No wonder she is good at **striking** a pose. 原來她是一個模特兒, 難怪她這麼會擺姿勢.

⑨ After breakfast, we **struck** camp and started for our final destination. 吃完早餐後我們拔營, 然後朝最後的目的地出發.

⑩ Finding something like a shark fin approaching, we **struck** out towards the shore. 我們發現有個鯊魚鰭般的東西正在逼近, 便拼命地往岸邊游.

⑪ I had to take a train to get to work today because the bus drivers went on **strike**. 因為公車司機罷工, 我今天得搭火車上班.

⑫ The **strike** of Japanese planes at Pearl Harbor brought America into WW II. 日本軍機襲擊珍珠港, 美國因而捲入第二次世界大戰.

⑬ Three main gold **strikes** in North America between 1849 and 1897 attracted a lot of prospectors. 1849年至1897年間在北美發現的3個主要金礦吸引了很多探礦者.

⑭ I had two **strikes** against me. 我已經獲得兩好球了.

[片語] *have two strikes against* ① 獲得兩個好球. (⇨ [範例] ⑭) ②（口語）處於不利的情況. (⇨ [範例] ⑪)

on strike/out on strike 罷工中. (⇨ [範例] ⑪)

strike a bargain 達成協議. (⇨ [範例] ⑦)

strike a balance 保持平衡: It is hard to **strike a balance** between generosity and strictness in raising children. 在教養孩子上, 很難保持寬與嚴之間的平衡.

strike back 反擊.

strike home 擊中要害, 擊中目標: His criticism really **struck home**. 他的批評真是一針見血.

strike it rich 突然走運〔發財〕: I wonder how he **struck it rich**. 我想知道他是如何一夕致富.

strike off 砍掉（頭等）; 刪去: The name of the scandalous player was **struck off** the team's register. 那名鬧醜聞的選手從隊伍的名單中被除名了.

The king gave orders to **strike off** the monster's head. 國王命令將那隻怪物的頭砍掉.

strike on/strike upon 想出（計畫等）: I **struck on** a brilliant idea. 我想出了一個好辦法.

strike out ① 起程, 出發;（拼命地）前進. (⇨ [範例] ⑩) ② 刪除: Why don't you **strike out** the last paragraph? 把最後一段刪除如何? ③ 猛烈襲擊 (against, at): The small but fierce animals **struck out** at a big elephant. 那些體型小卻長凶猛的動物向一頭大象發動猛烈攻擊. ④（棒球上）使三振出局: My brother is proud of having **struck out** twenty batters in one game. 我哥哥對於他曾經一場比賽三振20名打擊者而感到自豪.

strike up 開始（演奏、友誼等）: I admire your facility in **striking up** acquaintances with foreigners. 我很佩服你結識外國人的能力.

♦ **strike-brèaker** 破壞罷工者.

strike pày 罷工津貼《工會補償工人因罷工而減少的收入》.

strike zòne（棒球的）好球帶《擊球的好球範圍》.

[活用] v. strikes, struck, struck, striking/ strikes, struck, stricken, striking

[複數] strikes

strikebound [`straɪkˌbaʊnd] adj. 因罷工而停頓的.

strikeout [`straɪkˌaʊt] n.（棒球的）三振出局.

[複數] strikeouts

striker [`straɪkɚ] n. ① 參加罷工者. ②（足球的）前鋒.

[範例] ① There was a serious clash between **strikers** and police around the gate of the factory. 在那間工廠的入口附近, 參加罷工者和警方發生激烈衝突.

② He is a good **striker**. 他是一名好前鋒.

[複數] strikers

striking [`straɪkɪŋ] adj. 顯著的, 突出的: The most **striking** thing about Jane is her red hair and big eyes. 珍最引人注意的是她的紅頭髮和大眼睛.

[活用] adj. more striking, most striking

strikingly [`straɪkɪŋlɪ] adv. 顯著地, 醒目地, 突出地: Mary is **strikingly** beautiful. 瑪麗非常地亮麗.

[活用] adv. more strikingly, most strikingly

*string [strɪŋ] n. ① 細繩，線，弦. ②〔the ~s〕弦樂器. ③（人、動物等的）一列，一隊.
—— v. ④ 用繩繫，用線串；（在樂器、弓上）裝弦. ⑤ 繃緊，使緊張.

範例 ① Please bind the parcel with this **string**. 請用這條細繩捆綁包裹.
A guitar has six **strings**. 吉他有6根弦.
Al pulled a few **strings** to get what he wanted. 為了得到想要的東西，艾爾暗中行動.
A **string** of theater-goers went around the corner. 要去戲院的人群繞過轉角排成一長串.
My aunt gave me the money with no **strings** attached. 我伯母無條件地給我那筆錢.
③ The first **string** practiced against the second **string**. 一軍以二軍為對手進行練習.
④ She **strung** some beads to make a necklace. 她把一些珠子串起來做成項鍊.
Can you **string** a guitar? 你會為吉他裝弦嗎？
⑤ He was **stringing** up before the interview. 他在那次面試前，情緒非常緊繃.

片語 **have ~ on a string** 操縱，支配: The girl **had** those men **on a string**. 那個女孩任意擺布那些男人.
with no strings attached 無條件地. (⇨ 範例 ①)
pull strings 在背後操縱，透過私人關係. (⇨ 範例 ①)
string along 欺騙~的感情.
string out 延伸，拖長.
♦ **stríng bàg** 網袋.
stríng bánd 弦樂隊.
stríng béan 〖美〗四季豆〖〖英〗 running bean〗.
stringed ínstrument 弦樂器.
stríng tíe 窄領帶〖在美國西部男士所配戴，由厚布條在衣領處打蝴蝶結而成〗.
複數 **strings**
活用 v. **strings, strung, strung, stringing**

stringy [`strɪŋɪ] adj. ① 線狀的，細繩狀的. ② 多纖維的；（肉）多筋的.
範例 ① You need a special shampoo for your **stringy** hair. 你頭髮太細了，要用特殊的洗髮精.
② **stringy** meat 多筋的肉.
活用 adj. **stringier, stringiest**

*strip [strɪp] v. ① 剝掉，除去；剝奪. ② 拆卸，分解.
—— n. ③ 細長物. ④ 裸露；脫衣舞. ⑤〖美〗繁華的街道.
範例 ① The young man **stripped** the bark from the tree. 那個年輕人把那棵樹的樹皮剝掉.
The mother **stripped** her son and put him in the bath. 那個母親脫光她兒子的衣服，然後讓他到浴室.
The dancer **stripped** off her clothes. 那個舞女脫光了衣服.
The club **stripped** them of all privileges for one month for bad behavior. 他們因為行為惡

劣，被那個俱樂部剝奪特權一個月.
② A team of mechanics **stripped** the engine down and cleaned every part of it. 技術人員小組拆卸了那臺引擎，並且徹底清理它.
③ a **strip** of paper 細長的紙片.
a **strip** of land 狹長的土地.
♦ **lánding strip** 機場跑道〖亦作 airstrip〗.
strip cartóon 〖英〗連環漫畫〖〖美〗 comic strip〗.
活用 v. **strips, stripped, stripped, stripping**
複數 **strips**

*stripe [straɪp] n. 條紋，線條，長條.
範例 Name an animal that has **stripes**. 請說出一種帶有條紋的動物.
He bought a yellow tie with purple **stripes**. 他買了一條帶有紫色條紋的黃色領帶.
複數 **stripes**

striped [straɪpt] adj. 有條紋的，有線條的: a red and white **striped** shirt 一件紅白條紋的襯衫.

stripper [`strɪpɚ] n. ① 清除工，剝離工；脫衣舞孃. ② 剝皮器，剝離器，剝離劑.
複數 **strippers**

striptease [`strɪp͵tiz] n. 脫衣舞.
複數 **stripteases**

stripy [`straɪpɪ] adj. 有條紋的: a **stripy** coat 有條紋的外套.
活用 adj. **stripier, stripiest**

＊strive [straɪv] v. 努力；力求，力爭 (for, after).
範例 I **strove** to raise the standard of living. 我努力提高生活水準.
They always **strive** for perfection. 他們一直都力求完美.
The courts are supposed to **strive** after truth and justice. 法院應該要力求真實與正義.
☞ n. strife
活用 v. **strives, strove, striven, striving/strives, strived, strived, striving**

＊striven [`strɪvən] v. strive 的過去分詞.
strode [strod] v. stride 的過去式、過去分詞.
＊stroke [strok] n. ① 敲打，一擊，一揮. ② 一次划槳；（球賽的）一擊；游法. ③ 一筆，筆畫. ④ 一件工作，一件事情. ⑤（疾病）發作；中風. ⑥ 輕撫.
—— v. ⑦ 撫摸. ⑧（球賽上）擊球.
範例 ① He received 10 **strokes** of a whip. 他挨了10下鞭子.
At the **stroke** of midnight, Mary left the party. 時鐘敲響午夜12點時，瑪麗離開了那場舞會.
The council dropped the idea at a **stroke**. 審議會立刻駁回那個計畫.
It was a **stroke** of luck that I passed the examination. 我能通過那場考試真的是意外的幸運.
② He rowed with a powerful **stroke**. 他划船划得非常有力.
He won the golf match by three **strokes**. 他在

那場高爾夫球比賽中以3桿之差獲勝.
That tennis player has a good backhand
stroke. 那個網球選手善於用反手抽球.
③ The word "dog" in Chinese is written with
eight **strokes**. "dog" 這個字的中文寫成8畫.
She writes with thin **strokes**. 她的字體很細.
④ She hasn't done a **stroke** today. 她今天一件
事情也沒做.
⑤ The governor's spokesman said that the
governor had had a **stroke**. 州長的發言人說
州長中風了.
⑥ The boy gave the cat a gentle **stroke**. 那個男
孩溫柔地撫摸那隻貓.
⑦ The lion tamer **stroked** the lion. 那位馴獸師
撫摸那隻獅子.
[片語] **at a stroke** 一口氣, 一舉. (⇨ [範例] ①)
[複數] **strokes**
[活用] v. **strokes**, **stroked**, **stroked**,
stroking

***stroll** [strol] v. ① 漫步, 散步.
——n. ② 漫步, 散步.
[範例] ① The couple **strolled** along the beach. 那
對情侶沿著海灘散步.
② We had a **stroll** after lunch. 我們午餐後去散
步.
[活用] v. **strolls**, **strolled**, **strolled**, **strolling**

stroller [`strolɚ] n. 〖美〗折疊式嬰兒推車〖〖英〗
pushchair〗.
[複數] **strollers**

***strong** [strɔŋ] adj. ① 強而有力的, 強烈
的; 堅固的; 有實力的, 擅長的;
健康的. ②〔只用於數字後〕(人數) ~ 人的.
[範例] ① He has not been very **strong** since his
illness. 自從生病以來, 他身體就不太健康.
Her honesty is her **strong** point. 誠實是她的
長處.
She is **strong** in English. 她擅長英語.
strong glass 強化玻璃.
strong wind 強風.
a **strong** drug 特效藥.
He is a **strong** believer in socialism. 他是一個
堅定的社會主義信徒.
There are many **strong** arguments against
smoking. 有許多反對吸菸的有力論據.
I want my coffee **strong**. 我要濃一點的咖啡.
② Our club is 100 **strong** and growing. 我們俱
樂部的會員有100名, 而且還在增加中.
[片語] **be still going strong** 仍然精力充沛,
老當益壯: My old watch **is still going
strong**. 我的舊手錶還在走.
☞ ↔ weak, n. strength
[活用] adj. ① **stronger**, **strongest**

strongbox [`strɔŋˌbɑks] n. 小型保險箱.
[複數] **strongboxes**

stronghold [`strɔŋˌhold] n. 堡壘, 要塞, 據
點.
[範例] His group was the last **stronghold** of
democracy. 他的團體曾是民主的最後堡壘.
We made an air raid on their **strongholds**. 我

們空襲他們的據點.
[複數] **strongholds**

***strongly** [`strɔŋlɪ] adv. 強烈地; 堅固地; 熱心
地.
[範例] He **strongly** advised me to leave soon. 他
強烈地建議我趕快離開.
This **strongly** built house can stand a
magnitude 4 to 5 quake. 這棟房子建造得很
牢固, 能承受4到5級的地震.
[活用] adv. **more strongly**, **most strongly**

***strove** [strov] v. strive 的過去式.

***struck** [strʌk] v. strike 的過去式、過去分詞.

structural [`strʌktʃərəl] adj. 結構上的, 構造
上的.
[範例] This building has a **structural** defect. 這棟
大樓有構造上的缺陷.
structural unemployment 結構性失業《因為
科技發達、產業結構變化等經濟整體變化所
引起的失業》.

structurally [`strʌktʃərəlɪ] adv. 結構上, 構
造上: This house is **structurally** sound. 這間
房子在結構上很牢固.

***structure** [`strʌktʃɚ] n. ① 構造, 結構. ② 構
造物, 建築物.
——v. ③ 使形成結構, 組織.
[範例] ① The **structure** of English is different from
that of Chinese. 英文和中文的結構不同.
the **structure** of the atom 原子的結構.
② The museum is a red brick **structure**. 那座
美術館是紅磚構成的建築物.
③ The lawyer **structured** his arguments very
carefully. 那位律師非常謹慎地組織自己的論
點.
[複數] **structures**
[活用] v. **structures**, **structured**, **structured**,
structuring

***struggle** [`strʌgl] v. ① 搏鬥, 奮鬥; 努力.
——n. ② 搏鬥, 爭鬥; 努力; 掙扎.
[範例] ① The priest **struggled** against injustice.
那位牧師為正義而戰.
The villagers **struggled** for years and years
before a benevolent king made life easier for
them. 那些村民們長期生活艱困, 直到一位
心地善良的國王改善其生活.
Mr. King **struggled** to master Russian. 金先
生努力精通俄語.
② There was a **struggle** when someone tried to
cut in line. 有人想插隊時發生了爭執.
The student solved the problem without a
struggle. 那個學生很輕鬆地解決了那一道
問題.
[活用] v. **struggles**, **struggled**, **struggled**,
struggling
[複數] **struggles**

strum [strʌm] v. (隨意地) 彈撥.
[活用] v. **strums**, **strummed**, **strummed**,
strumming

***strung** [strʌŋ] v. string 的過去式、過去分詞.

strut [strʌt] v. ① 神氣地行走: The peacock

strutted in front of the spectators with its feathers fanned out. 那隻孔雀把羽毛像扇子般展開，神氣地在那群參觀者面前走來走去。
——n. ② 昂首闊步。③（建築上的）支柱，支桿。

活用 v. struts, strutted, strutted, strutting
複數 struts

strychnine [`strɪknɪn] n. 番木鱉鹼《一種劇毒，少量可作藥用》。

Stuart [`stjuɚt] n. ① 男子名。②（英國的）斯圖亞特王室成員。

stub [stʌb] n. ①（樹、鉛筆等的）殘段。②（支票的）存根，票根。
——v. ③（將菸）捻熄，踩滅(out)。④（腳尖）踢到。

範例 ① a **stub** of a pencil 鉛筆頭。
a cigarette **stub** 菸蒂。
a **stub** of candle 蠟燭的殘段。
② He has lost his ticket **stub**. 他把票根弄丟了。
③ She **stubbed** out her cigarette. 她捻熄了菸蒂。
④ He **stubbed** his toe on a leg of the table. 他腳尖踢到那張桌子的桌腳。

複數 stubs
活用 v. stubs, stubbed, stubbed, stubbing

stubble [`stʌbl] n. ①（穀物的）殘株，殘梗。② 短鬚，短髮。

範例 ① They burned the **stubble** after they cut the wheat. 他們在收割完那些小麥後，就把殘株燒掉。
② He has two days of **stubble** on his face. 他臉上有兩天沒刮的鬍渣。

stubbly [`stʌblɪ] adj. 有短鬚的: a **stubbly** chin 留有短鬚的下巴。

活用 adj. more stubbly, most stubbly

*__**stubborn**__ [`stʌbɚn] adj. 倔強的，頑固的，不屈的，棘手的。

範例 I was a **stubborn** child. 我以前是一個倔強的孩子。
He is **stubborn** about not wearing dresses. 他堅決不穿正式服裝。
You can remove **stubborn** spots with this cleaner. 用這種洗潔劑，你連頑垢也能洗掉。
John took a **stubborn** stance. 約翰態度強硬。
My money problems proved to be quite **stubborn**. 我的財務問題十分棘手。
a **stubborn** fact 不容曲解的事實。

活用 adj. more stubborn, most stubborn

stubbornly [`stʌbɚnlɪ] adv. 頑固地，倔強地，不妥協地。

範例 Julie **stubbornly** refused to do any housework. 茱莉堅持拒絕做家事。
European unemployment **stubbornly** remains in double digits. 歐洲的失業率一直保持在兩位數。

活用 adv. more stubbornly, most stubbornly

stubbornness [`stʌbɚnɪs] n. 頑固，固執: Paul has a nasty streak of **stubbornness** in

him. 保羅固執得令人討厭。

stubby [`stʌbɪ] adj. 殘株的;（鬍鬚、頭髮等）短而硬的。

活用 adj. stubbier, stubbiest

stucco [`stʌko] n.（粉刷牆壁用的）灰泥。

複數 stuccoes/stuccos

*__**stuck**__ [stʌk] v. stick 的過去式、過去分詞。

stud [stʌd] n. ① 裝飾鈕扣《用於固定衣領或袖口的鈕扣》。② 飾釘，道釘《用來表示車道間隔的反光分道釘》; 雙頭螺栓;（輪胎等的）雪地釘;（耳飾的）耳針。
——v. ③ 裝飾釘於，鑲嵌，點綴: I bought my fiancée a ring **studded** with little diamonds. 我買了一個鑲著小鑽石的戒指給未婚妻。

複數 studs
活用 v. studs, studded, studded, studding

*__**student**__ [`stjudnt] n. ① 學生。② 研究人員，學者。

範例 ① My brother is a college **student**. 我哥哥是一個大學生。
He is a **student** at Harvard University. 他是哈佛大學的學生。
Ken is a very quick **student**. 肯是一個反應很快的學生。
Susan is a high school **student**. 蘇珊是一個高中生。
a medical **student** 醫學系學生。
② She is a great **student** of classical music. 她是研究古典音樂的大師。

參考 ①《美》指中學以上的學生，《英》student只限於指大學生和專科學校的學生，另外《美》的小學生和《英》的小學生、國中生、高中生作 pupil。

♦ stùdent cóuncil《美》學生自治會。
stùdent téacher 實習老師。
stùdent únion ① 學生活動中心。②《英》（大學的）學生社團。

複數 students

*__**studied**__ [`stʌdɪd] v. ① study 的過去式、過去分詞。
——adj. ② 矯揉造作的，故意的: The girl gave me a **studied** smile. 那個女孩不自然地對我笑了一下。

*__**studies**__ [`stʌdɪz] v. ① study 的第三人稱單數現在式。
——n. ② study 的複數形。

*__**studio**__ [`stjudɪ,o] n. ①（畫家、攝影師等的）工作室。②（電影的）攝影棚。③（電臺、電視臺等的）廣播室。

複數 studios

studious [`stjudɪəs] adj. ① 好學的。②《正式》〔只用於名詞前〕細心的。

範例 ① a **studious** boy 好學的男孩。
② We paid **studious** attention to everything the president said. 我們對於總統說的話都非常關切。

活用 adj. more studious, most studious

studiously [`stjudɪəslɪ] adv. 仔細地: The airport officer **studiously** examined my

baggage. 那位機場的工作人員仔細地檢查我的行李.
活用 *adv.* **more studiously, most studiously**

study [`stʌdɪ] *v.* ① 學習，讀書. ② 仔細研究，仔細調查，仔細端詳，充分考慮.
——*n.* ③ 學習，研究，學問，學科. ④ 研究論文；調查報告. ⑤ 書房，研究室. ⑥ (美術的)試畫，習作，練習. ⑦〔a ～〕典型，典範.
範例 ① I **studied** at Cambridge for two years. 我在劍橋大學讀了兩年.
Tom has been **studying** French for five years. 湯姆學了5年的法語.
I'm **studying** history under Dr. Horn. 我在霍恩博士的指導下研究歷史.
② He **studied** the shape of the wound. 他仔細研究那個傷口的形狀.
We **studied** the traffic conditions before we went driving. 我們在駕車外出前，仔細調查了交通狀況.
He **studied** her face for signs of weariness. 他仔細端詳她的臉，看看是否有疲勞的跡象.
The Government had to **study** the refugees' needs. 政府必須關心難民的需求.
③ The boy spent all the day in **study**. 那個男孩一整天都在念書.
Linguistics is a comparatively new **study**. 語言學是一門相當新的學科.
④ She wrote a **study** of French plays. 她寫了一篇關於法國戲劇的研究論文.
⑤ I visited Professor Salter in his **study**. 我到索爾特教授的研究室拜訪他.
⑥ a **study** of a flower 一朵花的素描習作.
⑦ Her face was a **study** then. 她的臉孔在當時是典型.
♦ **stúdy hàll**〖美〗(學校的)自習室；自習時間.
活用 *v.* **studies, studied, studied, studying**
複數 **studies**

***stuff** [stʌf] *n.* ① 東西，物質，素質，材料.
——*v.* ② 填塞，塞住，填充.
範例 ① What kind of **stuff** is this? 這是甚麼東西?
His room was full of old **stuff**. 他的房間放滿了舊東西.
That pitcher has good **stuff** in him. 那個投手具有良好的素質.
Here's the **stuff** you'll need to fix the porch. 這是你修理門廊所需要的材料.
② The boy **stuffed** apples into his bag. 那個男孩把蘋果塞進自己的包包.
The girl **stuffed** her bag with bananas. 那女孩把香蕉塞進自己的包包.
The young man **stuffed** himself with spaghetti. 那個年輕人用義大利麵填飽肚子.
His nose was **stuffed** up. 他鼻塞.
The turkey was **stuffed** with tomatoes and onions. 那隻火雞肚子裡被塞滿番茄和洋蔥.
a **stuffed** owl 製成標本的貓頭鷹.
片語 ***do ～'s stuff*** 發揮才能.
活用 *v.* **stuffs, stuffed, stuffed, stuffing**

stuffily [`stʌfɪlɪ] *adv.* 通風不好地；沉悶地.
活用 *adv.* **more stuffily, most stuffily**

stuffiness [`stʌfɪnɪs] *n.* 通風不好；沉悶.

stuffy [`stʌfɪ] *adj.* 不通風的；沉悶的；古板的.
範例 It's **stuffy** in this room. 這個房間不通風.
He's a **stuffy**, pompous old man. 他是一個古板傲慢的老人.
活用 *adj.* **stuffier, stuffiest**

***stumble** [`stʌmbl̩] *v.* ① 絆倒；結巴. ② 蹣跚而行 (along).
——*n.* ③ 絆倒；挫折.
範例 ① The young man **stumbled** over some rocks in the dark. 那個年輕人在黑暗中被石頭絆倒了.
This announcer often **stumbles** over his words. 這個播音員說話經常結巴.
② The old woman **stumbled** along. 那個老太太跌跌撞撞地行走.
③ With one little **stumble**, Peter got frustrated and gave up. 只是一次小小的挫折，彼德就灰心喪志地放棄了.
♦ **stúmbling blòck** 障礙，絆腳石.
活用 *v.* **stumbles, stumbled, stumbled, stumbling**
複數 **stumbles**

***stump** [stʌmp] *n.* ① 殘餘部分；殘株. ② (板球的) 柱.
——*v.* ③ 腳步沉重地走. ④《口語》使為難，難倒. ⑤ 遊說.
範例 ① a tree **stump** 樹樁.
the **stump** of a pencil 鉛筆的殘段.
③ She **stumped** out of the room in fury. 她勃然大怒，踏著沉重的腳步走出那個房間.
④ We were totally **stumped** and had no idea what to do. 我們完全被難倒了，不知道如何是好.
⑤ He is **stumping** around this state. 他正在這個州進行遊說.
片語 ***stump up*** 不情願地支付: My mother **stumped up** the money for my bicycle. 母親不情願地支付我買腳踏車的錢.
複數 **stumps**
活用 *v.* **stumps, stumped, stumped, stumping**

stumpy [`stʌmpɪ] *adj.* 粗短的: **stumpy** legs 粗短的腿.
活用 *adj.* **stumpier, stumpiest**

stun [stʌn] *v.* 使昏迷；使震驚.
範例 Carol **stunned** her attacker with a **stun** gun. 卡蘿用電擊棒將襲擊她的人打昏了.
The minister was **stunned** by the news. 部長聽到那則消息時嚇得目瞪口呆.
♦ **stún gùn** 電擊棒.
活用 *v.* **stuns, stunned, stunned, stunning**

***stung** [stʌŋ] *v.* sting 的過去式、過去分詞.

***stunk** [stʌŋk] *v.* stink 的過去式、過去分詞.

stunning [`stʌnɪŋ] *adj.* ① 極漂亮的，極出色的. ② 令人昏厥的，令人震驚的.

S

範例 ① Your dress is absolutely **stunning**. 你的禮服相當漂亮.

② One **stunning** blow knocked him senseless. 猛烈的一擊使他失去了知覺.

President Reagan won a **stunning** victory in 1984. 雷根總統在1984年獲得了壓倒性的勝利.

活用 adj. **more stunning**, **most stunning**

stunt [stʌnt] v. ① 妨礙.

——n. ② 特技; 引人注目的舉動.

範例 ① The flowers' growth was **stunted** by a lack of water. 水分不足阻礙了那些花卉的生長.

② A young man performed a **stunt**. 一個年輕人表演了特技.

♦ **stúnt màn** 特技演員.

活用 v. **stunts**, **stunted**, **stunted**, **stunting**

複數 **stunts**

stupefy [`stjupə,faɪ] v. 使失去知覺; 使昏昏沉沉; 使目瞪口呆.

範例 The strong sunshine **stupefied** him. 強烈的陽光使他昏昏沉沉的.

The president was **stupefied** by the opposition's overwhelming victory. 總統因在野黨的壓倒性勝利而感到驚愕.

活用 v. **stupefies**, **stupefied**, **stupefied**, **stupefying**

stupendous [stju`pɛndəs] adj. 驚人的; 巨大的.

範例 a **stupendous** discovery 驚人的發現.

John and Ann spent a **stupendous** day at the beach. 約翰和安在海邊度過了美好的一天.

活用 adj. **more stupendous**, **most stupendous**

stupendously [stju`pɛndəslɪ] adv. 驚人地; 巨大地: Einstein **stupendously** did the calculation in his head. 愛因斯坦用大腦完成了那驚人的計算.

＊**stupid** [`stjupɪd] adj. ① 愚蠢的. ② 無聊的, 乏味的.

範例 ① a **stupid** dog 愚蠢的狗.

It's **stupid** of you to spend all of your allowance on beer. 你可真蠢, 竟然把你所有的零用錢都用來買啤酒.

② a **stupid** book 乏味的書.

a **stupid** party 無聊的晚會.

活用 adj. **stupider**, **stupidest/more stupid**, **most stupid**

＊**stupidity** [stju`pɪdətɪ] n. ① 愚蠢. ② 愚蠢的言行.

範例 ① John's **stupidity** is going to get him in trouble. 約翰的愚蠢將會為他帶來麻煩.

② Her **stupidities** made me laugh. 她那愚蠢的言行使我很想笑.

複數 ② **stupidities**

stupidly [`stjupɪdlɪ] adv. 愚蠢地: The twins **stupidly** do whatever she says. 不管她說甚麼, 那對雙胞胎兄弟都愚蠢地照做.

活用 adv. **more stupidly**, **most stupidly**

stupor [`stjupɚ] n. 不省人事, 恍惚: In a drunken **stupor** Linda got on the wrong train. 琳達因為醉而不省人事而搭錯了火車.

複數 **stupors**

sturdily [`stɝdɪlɪ] adv. 堅固地, 堅定地.

範例 a **sturdily** built table 做得牢固的桌子.

Al **sturdily** denied that he had stolen the money. 艾爾堅決地否認他偷了那筆錢.

活用 adv. **more sturdily**, **most sturdily**

＊**sturdy** [`stɝdɪ] adj. 堅固的, 結實的, 健壯的.

範例 a tall and **sturdy** young man 一個高且健壯的年輕人.

sturdy furniture 堅固的家具.

活用 adj. **sturdier**, **sturdiest**

stutter [`stʌtɚ] v. ① 結巴, 口吃.

——n. ① 結巴, 口吃.

活用 v. **stutters**, **stuttered**, **stuttered**, **stuttering**

複數 **stutters**

sty [staɪ] n. ① 豬舍. ② 針眼: have a **sty** in ~'s eye 長針眼.

複數 **sties/②** **styes**

＊**style** [staɪl] n. ① 形式, 款式, 風格. ② 品味, 格調. ③ 稱呼.

——v. ④ 梳整髮型. ⑤ 稱呼.

範例 ① This dress is the newest **style**. 這件衣服是最新款式.

The artist liked the Egyptian **style** of living. 那位藝術家曾經喜歡埃及的生活方式.

The poet has a **style** of his own. 那位詩人有自己的風格.

② The doctor's speech had **style**. 那位醫生的談吐很有格調.

③ He wrote under the **style** of John Smith. 約翰‧史密斯是他的筆名.

④ My wife has her hair **styled** every Friday. 我太太每星期五梳整髮型.

⑤ She **styled** herself an artist. 她自詡為藝術家.

片語 **in style** ① 流行的. ② 華麗地.

out of style 過時的: His hat was out of **style**. 他的帽子過時了.

複數 **styles**

活用 v. **styles**, **styled**, **styled**, **styling**

stylish [`staɪlɪʃ] adj. 時髦的, 漂亮的: She has a lot of **stylish** dresses. 她有很多時髦的衣服.

活用 adj. **more stylish**, **most stylish**

stylist [`staɪlɪst] n. ① 設計師. ② 文體家.

複數 **stylists**

stylistic [staɪ`lɪstɪk] adj. 文體的, 樣式的: the **stylistic** difference between the two buildings 兩棟建築物間樣式的不同.

stylus [`staɪləs] n. 唱針; 鐵筆.

複數 **styluses**

suave [swɑv] adj. 文雅的, 彬彬有禮的.

範例 **suave** manners 文雅的態度.

Our tour guide was very **suave**. 我們的導遊非常有禮貌.

活用 *adj.* **suaver**, **suavest/more suave**, **most suave**

subconscious [sʌbˋkɑnʃəs] *adj.* ① 潛意識的, 下意識的.
——*n.* ② 潛意識, 下意識.
範例 ① You may have a **subconscious** wish to be a star. 也許在你的潛意識中, 你希望成為一個明星.
② Nobody really knows what goes on in the **subconscious**. 沒有人真正瞭解在潛意識中會發生甚麼事.

subconsciously [sʌbˋkɑnʃəslɪ] *adv.* 潛意識地, 下意識地.

subculture [ˋsʌb͵kʌltʃɚ] *n.* 次文化.
複數 **subcultures**

subdivide [͵sʌbdəˋvaɪd] *v.* ① 再分割, 再細分. ②〖美〗(將土地) 分成小塊.
活用 *v.* **subdivides**, **subdivided**, **subdivided**, **subdividing**

subdivision [͵sʌbdəˋvɪʒən] *n.* ① 再分割, 再細分. ②〖美〗分成小塊出售的土地.
複數 **subdivisions**

***subdue** [səbˋdju] *v.* 征服, 鎮壓; 抑制.
範例 A powerful invading force **subdued** the island's inhabitants. 強大的侵略軍隊鎮壓那個島上的居民.
Only his fiancée could **subdue** his anger. 只有他的未婚妻才能抑制住他的憤怒.
活用 *v.* **subdues**, **subdued**, **subdued**, **subduing**

***subject** [*n.*, *adj.* ˋsʌbdʒɪkt; *v.* səbˋdʒɛkt] *n.* ① 題目, 主題, 話題. ② 科目, 學科. ③ 主詞 (略作 S, subj.);(哲學的) 主觀. ④ 臣民. ⑤ 實驗的對象; 拍攝的對象. ⑥ 緣由.
——*adj.* ⑦ 從屬的, 受支配的. ⑧〔不用於名詞前〕易遭受的. ⑨〔不用於名詞前〕須取得; 根據.
——*v.* ⑩ 使臣服, 使受統治. ⑪ 使遭受.
範例 ① They were on the **subject** of literature. 他們當時在談論文學.
Her remarks were getting off the **subject**. 她的發言離題了.
They changed the **subject** suddenly when he entered the room. 當他進入那個房間時, 他們突然改變了話題.
② elective **subjects**/optional **subjects** 選修科目.
required **subjects**/compulsory **subjects** 必修科目.
What is your favorite **subject**? 你最喜歡的科目是甚麼?
④ the emperor's **subjects** 皇帝的子民.
British **subjects**/the Queen's **subjects** 英國國民.
⑤ The **subjects** for the experiment were all ten-year old boys. 那個實驗的測試對象都是10歲的男孩.
His honesty was a **subject** of praise. 他的誠

實成了稱讚的對象.
The artist asked his **subject** to change her pose. 那個畫家要模特兒改變姿勢.
⑦ a **subject** state 從屬國.
All of us are **subject** to the laws of our country. 我們都受到國家法律的支配.
⑧ These areas are **subject** to hurricanes. 這些地區易遭受颶風的襲擊.
He is **subject** to mood swings. 他易受情緒波動的影響.
Many teenagers are **subject** to acne. 很多10幾歲的青少年容易長粉刺.
If we ignore the order, we are **subject** to a fine of $100. 如果我們無視那項命令, 將被科以100美元的罰款.
⑨ This project is **subject** to Government approval. 這個計畫須取得政府的同意.
Subject to Weather Conditions. 根據天氣情況.
⑩ The country wanted to **subject** most of Europe to its rule. 那個國家曾想把大半個歐洲置於其統治之下.
⑪ The new sports car was **subjected** to various tests. 那輛新賽車接受了各種的測試.
The doctor **subjected** his body to X-rays. 那位醫生用 X 光照射他的身體.
My parents were **subjected** to great hardships in those days. 當時我的父母吃了很多苦.
♦ **súbject màtter** (論文等的) 內容, 主題, 題目.
複數 **subjects**
活用 *v.* **subjects**, **subjected**, **subjected**, **subjecting**

subjection [səbˋdʒɛkʃən] *n.* 服從; 從屬, 征服: These illegal immigrants were in complete **subjection** to their employers. 這些非法移民完全聽從雇主的命令.

***subjective** [səbˋdʒɛktɪv] *adj.* ① 主觀的. ② 主詞的; 主格的.
範例 ① The book gives a very **subjective** interpretation of Japan's motives in World War II. 那本書對於第二次世界大戰中日本的動機做了極主觀的解釋.
② **subjective** complement 主詞補語.
活用 *adj.* ① **more subjective**, **most subjective**

subjectively [səbˋdʒɛktɪvlɪ] *adv.* 主觀地.
活用 *adv.* **more subjectively**, **most subjectively**

subjectivity [͵sʌbdʒɛkˋtɪvətɪ] *n.* 主觀, 主觀性.

subjugate [ˋsʌbdʒə͵get] *v.* 征服, 使服從: The empire failed to **subjugate** the neighboring kingdom. 那個帝國無法征服其鄰國.
活用 *v.* **subjugates**, **subjugated**, **subjugated**, **subjugating**

subjunctive [səbˋdʒʌŋktɪv] *n.* 假設語氣.

[參考] 下面例句即假設語氣: If I were you, I wouldn't do such a thing.（如果我是你，我就不會做那種事。）

I wish I could go with you.（如果能跟你一起去就好了。）

♦ the subjùnctive móod 假設語氣.

*sublime [sə`blaɪm] adj. ① 雄偉的，崇高的，令人讚嘆的. ② 極端的.

[範例] ① sublime music 高尚的音樂.

sublime scenery 雄偉的景觀.

② sublime ignorance 極端的無知.

a sublime lack of understanding 極度的缺乏瞭解.

[活用] adj. ① sublimer, sublimest/more sublime, most sublime

sublimely [sə`blaɪmlɪ] adv. ① 崇高地，雄偉地，莊嚴地. ② 自大地，極度地.

[範例] ① The Reverend Thomas Bush played the organ sublimely. 湯瑪斯・布希牧師莊嚴地演奏管風琴.《Reverend 為表示神職人員的尊稱》

② Dennis sublimely invested his money without investigating the company in question. 丹尼斯對於那個有問題的公司沒做任何調查就自信滿滿地投資.

Peter is sublimely ignorant about politics. 彼德對政治是極度地無知.

[活用] adv. ① more sublimely, most sublimely

submarine [n. `sʌbməˌrin; adj. ˌsʌbmə`rin] n. ① 潛水艇.

──adj. ②〔只用於名詞前〕海底的.

[範例] ① a nuclear submarine 核子潛艇.

② a submarine tunnel 海底隧道.

a submarine volcano 海底火山.

♦ súbmarine sàndwich 潛水艇三明治.

[複數] submarines

submerge [səb`mɝdʒ] v. 潛入水中；使埋首於.

[範例] The submarine submerged just outside the bay. 那艘潛水艇就在那個海灣外潛入水中.

I was submerged in my studies. 我埋首苦讀.

[活用] v. submerges, submerged, submerged, submerging

*submission [səb`mɪʃən] n. ① 服從，順從. ② 提交；提議，提案，報告.

[範例] ① In submission to the king's wishes, the prince married a princess from an enemy country. 那個王子順從國王的願望，與敵國的公主結婚.

② Last-minute wrangling delayed the submission of our proposal. 由於最後關頭的爭論，使得我們的提案遲交了.

We encourage submissions from our readers. 我們鼓勵各位讀者提供建議.

[複數] submissions

submissive [səb`mɪsɪv] adj. 順從的，服從

的: I don't want a meek and submissive wife. 我不想要一個溫順又服從的妻子.

[活用] adj. more submissive, most submissive

submissively [səb`mɪsɪvlɪ] adv. 順從地.

submissiveness [səb`mɪsɪvnɪs] n. 順從.

*submit [səb`mɪt] v. ① 屈從，服從. ② 提交；建議.

[範例] ① John submitted to financial reality. 約翰屈服於財務的現實.

He's too stubborn to submit. 他冥頑不靈.

② I must submit an essay to my tutor by Monday. 我必須在星期一之前向指導教師提交報告.

[活用] v. submits, submitted, submitted, submitting

subordinate [adj., n. sə`bɔrdnɪt; v. sə`bɔrdnˌet] adj. ① 下級的，從屬的，次要的.

──n. ② 下級，部下；附屬物；(文法的)從屬子句.

──v. ③ 使居下位，使從屬.

[範例] ① Privates are subordinate to Sergeants. 士兵是在士官之下.

a subordinate position 從屬地位.

Profit is subordinate to safety. 安全重於獲利.

② Mr. Lake is good to his subordinates. 雷克先生對部下很仁慈.

③ John subordinated his needs to his children's. 約翰使孩子們的必需品優先於自己的.

♦ subòrdinate cláuse 從屬子句.

[參考] 以下畫線部分為從屬子句: When he was fifteen, he left home and went to New York.（15歲時，他離開故鄉去了紐約.）

Do you know where he is?（你知道他在哪裡嗎?）

[活用] adj. more subordinate, most subordinate

[複數] subordinates

[活用] v. subordinates, subordinated, subordinated, subordinating

*subscribe [səb`skraɪb] v. ① 捐(款). ② 訂購，訂閱. ③ 同意，贊成 (to). ④〔正式〕簽名.

[範例] ① The movie star subscribed a large amount of money to charities. 那位電影明星捐了很多錢給慈善機構.

② I subscribe to Rolling Stone. 我訂閱了《滾石》雜誌.

③ I don't subscribe to your opinion. 我不贊成你的意見.

[活用] v. subscribes, subscribed, subscribed, subscribing

subscriber [səb`skraɪbɚ] n. ① 捐款者. ② 訂閱者；電話用戶.

[範例] ② I'm a subscriber to a magazine published in the U.S. 我是美國發行的某一份雜誌之訂閱者.

充電小站

主詞 (subject)

【Q】英語的主詞指的是甚麼呢?

【A】下面各句中畫線的部分叫作主詞:

(1) Birds sing. (鳥唱歌.)

(2) My father gave me a nice present.
（我父親送給我一個很好的禮物.）

(3) It is rainy today. (今天是雨天.)

(4) To answer this question is easy.
（回答這個問題很簡單.）

(5) What Mary said is true.
（瑪麗所說的事情是真的.）

(6) There is a man at the door.

（門口有一個男子.）

英語的句子是由「主詞」和「動詞」組合而成.
有些句子如 (5) 在主詞之中還有主詞 (Mary),但
也有像下面這樣沒有主詞的句子:

Hurry up. (趕快.)

Don't tell a lie. (別說謊.)

Let's play catch. (我們玩接球吧.)

How wonderful! (多奇妙啊!)

Yes. (用於連接肯定的話或表示確認)

Thank you. (謝謝.)

Good morning. (早安.)

---

a telephone **subscriber** 電話用戶.

複數 **subscribers**

***subscription** [səb`skrɪpʃən] n. ① 捐款. ②
訂閱費; 訂閱. ③『英』(俱樂部的) 會費. ④
《正式》簽名.

範例 ② a **subscription** concert 預約制音樂會.
Your **subscription** will expire next month. 你
的訂閱下個月到期.

複數 **subscriptions**

***subsequent** [`sʌbsɪ,kwɛnt] adj. 隨後的, 後
來的.

範例 His **subsequent** statement cleared up the
doubt. 他隨後的聲明使疑問得以澄清.
the **subsequent** chapter 後面那一章.

片語 **subsequent to** 隨之發生的: The child
became sick **subsequent to** an injection. 那
個孩子在注射後感覺不舒服.

subsequently [`sʌbsɪ,kwɛntlɪ] adv. 後來,
隨後: Mr. Johnson had his license revoked
and **subsequently** went out of business. 強
森先生被吊銷執照, 之後就失業了.

subservient [səb`sɝvɪənt] adj. ① 屈從的, 奉
承的. ② 附屬的.

範例 ① a politician **subservient** to the
bureaucracy 唯官僚主義是從的政客.
② That is **subservient** to the main issue. 那件
事附屬於那個主題之下.

活用 adj. ① **more subservient**, **most
subservient**

***subside** [səb`saɪd] v. 消退; 下沉; 下陷.

範例 The floods **subsided**. 洪水退了.
The earthquake caused many buildings to
subside. 很多建築物因為那場地震而下陷.
The Vice-President **subsided** into the
armchair. 那位副總統慢慢地坐到她的扶手
椅上.
After she ate the cake, her anger **subsided**.
吃完蛋糕後, 她的怒氣平息了下來.

活用 v. **subsides**, **subsided**, **subsided**,
subsiding

subsidence [səb`saɪdṇs] n. 下沉; 平息: Her
anger underwent a quick **subsidence**. 她的
憤怒很快地平息了下來.

發音 亦作 [`sʌbsədəns].

複數 **subsidences**

subsidiary [səb`sɪdɪ,ɛrɪ] adj. ① 附屬的, 附帶
的.

──n. ② 子公司.

範例 ① a **subsidiary** stream 支流.
a **subsidiary** company 子公司.
② The company has several **subsidiaries** in the
neighboring areas. 那家公司在鄰近地區擁有
好幾家子公司.

複數 **subsidiaries**

subsidize [`sʌbsə,daɪz] v. 補助, 資助:
subsidized meals 接受補助的伙食.

參考 『英』subsidise.

活用 v. **subsidizes**, **subsidized**,
subsidized, **subsidizing**

subsidy [`sʌbsə,dɪ] n. 津貼, 補助金.

複數 **subsidies**

***subsist** [səb`sɪst] v.《正式》勉強餬口; 存在, 殘
存.

範例 The student **subsisted** on 200 dollars a
month. 那個學生以每個月200美元勉強過
活.
Many good customs still **subsist** among the
people. 人世間依然存在著許多良好的風俗.

活用 v. **subsists**, **subsisted**, **subsisted**,
subsisting

subsistence [səb`sɪstəns] n. 生存, 殘存, 生
活: **Subsistence** is all you could hope for in
such conditions. 在這種狀況下, 你只能指望
活命了.

***substance** [`sʌbstəns] n. ① 物質. ② 實質,
本質, 內容.

範例 ① a chemical **substance** 化學物質.
a solid **substance** 固體.
a liquid **substance** 液體.
a gaseous **substance** 氣體.
② This argument lacks **substance**. 這段議論
很空洞.
The President was saying in **substance** that
this policy cannot be sustained. 總統的大意
是說這個政策無法持續.

複數 **substances**

*substantial [səb`stænʃəl] adj. ① 相當的，重大的．② 實質的，真實的．③ 牢固的．
[範例] ① a substantial amount of money 相當多的錢．
There was a substantial degradation of the local environment. 本地環境嚴重惡化．
② My fears were not substantial. 我的擔心簡直是杞人憂天．
Some details need to be worked out, but we are in substantial agreement. 雖然還有一些細節需要解決，但我們實質上達成協議了．
③ The Browns' substantial old house stood up to the hurricane. 布朗家那牢固的舊房子經得起颶風的侵襲．
[活用] adj. more substantial, most substantial

substantially [səb`stænʃəlɪ] adv. ① 充足地，豐盛地．② 實質上，大體上．
[範例] ① Taiwan's GNP increased substantially during the 1960s. 臺灣的 GNP（國民生產毛額）在1960年代大幅成長．
② His theory is substantially the same as Jimmy's. 他的理論與吉米的理論實質上相同．
[活用] adv. more substantially, most substantially

substantiate [səb`stænʃɪ,et] v.《正式》(提出實據) 證實：I am going to substantiate my claim. 我要證實我的主張是對的．
[活用] v. substantiates, substantiated, substantiated, substantiating

§ substantiation [səb,stænʃɪ`eʃən] n.《正式》證實，證明．

*substitute [`sʌbstə,tjut] v. ① 代替，取代，替換《常用～ A with B 或～ B for A 形式）：代理 (for).
——n. ② 替代者，替代品．
[範例] ① Because she wanted to get slimmer, she substituted the sugar with an artificial sweetener./Because she wanted to get slimmer, she substituted an artificial sweetener for the sugar. 因為想減肥，所以她用人工甘味料代替一般的糖．
The deputy substituted for the chairperson who was ill. 那位副主席代理生病的主席．
② a substitute teacher 代課教師．
Saccharin was widely used as a sugar substitute. 糖精被廣泛地用作糖的替代品．
[活用] v. substitutes, substituted, substituted, substituting
[複數] substitutes

substitution [,sʌbstə`tjuʃən] n. 替換：The manager made two substitutions in the second half of the football game. 在那場足球比賽的後半段，那位教練替換了兩名球員．
[複數] substitutions

subterranean [,sʌbtə`renɪən] adj. 地下的：subterranean streams 地下水流．

subtitle [`sʌb,taɪtl] n. ① (電影的翻譯) 字幕．

② 副標題，小標題．
[複數] subtitles

*subtle [`sʌtl] adj. ① 微妙的，細微的，微弱的．② 敏感的，敏銳的．③ 巧妙的，精巧的．
[範例] ① There is a subtle difference in meaning between the two words. 這兩個字在意義上有細微的區別．
This flower has a subtle smell. 這朵花有一股淡淡的香味．
③ The boy told a subtle lie. 那個男孩巧妙地撒了一個謊．
[活用] adj. subtler, subtlest

subtlety [`sʌtltɪ] n. ① 微妙，精細．② 敏銳，敏感，巧妙．③ [～ies] 微妙之處，細微的區別．
[範例] ① The professor expounded his complex theory with great subtlety. 那位教授精細地解說他那複雜的理論．
③ He couldn't grasp the subtleties of my speech. 他無法理解我演說的微妙之處．
[複數] subtleties

subtly [`sʌtlɪ] adv. ① 細微地：These two words are subtly different. 這兩個字有細微的差別．② 敏銳地，微妙地，精巧地，巧妙地．
[活用] adv. more subtly, most subtly

*subtract [səb`trækt] v. 減，減去，減除，扣除．
[範例] Subtract 8 from 20 and you'll get 12. 20減8等於12．
Did you subtract the money I owe you? 你有扣除掉我欠你的錢嗎？
[活用] v. subtracts, subtracted, subtracted, subtracting

subtraction [səb`trækʃən] n. 減法；減去，扣除．
[複數] subtractions

*suburb [`sʌbɝb] n. [the ～s] 郊區：We live in the suburbs of New York. 我們住在紐約郊區．
[複數] suburbs

suburban [sə`bɝbən] adj. 郊區的：suburban life 郊區生活．

suburbia [sə`bɝbɪə] n. ① 郊區居民；郊外地區．② 郊區生活的習慣〔方式，態度〕．

subversion [səb`vɝʃən] n. (對政府或體制等的) 顛覆，打倒，推翻，破壞．

subversive [səb`vɝsɪv] adj. ① 企圖顛覆〔推翻〕(政府或體制等) 的，企圖破壞的：The newspaper is considered to be subversive. 那家報紙被視為是具有破壞性的．
——n. ② 危險人物，破壞分子，顛覆分子．
[活用] adj. more subversive, most subversive
[複數] subversives

subvert [səb`vɝt] v.《正式》推翻，破壞 (政府或體制等)：The intelligence agency once plotted to subvert the government of a foreign country. 情報局曾計畫要推翻某外國政府．
[活用] v. subverts, subverted, subverted, subverting

*subway [`sʌb,we] n. ① 〖美〗地鐵〖〖英〗

地鐵在美國是 subway，可是在英國為何？

【Q】如果想在倫敦搭乘地鐵，你會發現稱作 subway 的地方只是一條通道而已。難道 subway 指的不是地鐵嗎？

【A】在美國等地的確將地鐵稱作 subway。但是在英國 subway 指的是行人使用的地下通道，地鐵則稱作 underground 或 tube。另外，subway 還有地下道之意。

世界上最早的地鐵是於1863年1月10日開通

的蒸汽火車地鐵。因為當時的地鐵是在地面上挖溝，然後加以覆蓋使火車在裡面通行，所以僅稱為地下鐵道 (underground railways)。後來，發明直接在地下挖掘通道的施工方法，而使用這種施工方法修建的地鐵就被稱為 tube。

現在已無上述的區別，倫敦的地鐵一般稱作 Underground（U 為大寫字母），另外也暱稱 the tube。

---

underground)。②『英』(行人穿越馬路或鐵路時行走的) 地下道(『美』underpass)。

[範例]① a **subway** station 地鐵車站。

I go to the office by **subway**. 我搭地鐵去公司上班。

➡ 充電小站 (p. 1283), (p. 415)

[複數] **subways**

succeed [sək`sid] v. ① 成功，順利完成。② 繼任，繼承。

[範例]① I **succeeded** in becoming a professor. 我成功地當上教授。

She **succeeded** as an interior designer. 她成為一位成功的室內設計師。

② Kennedy **succeeded** Eisenhower as President in 1961. 甘迺迪繼艾森豪之後於1961年當上總統。

She has no child to **succeed** her. 她沒有小孩來繼承她。

The age of rock has **succeeded** the age of jazz. 搖滾時代承接了爵士時代。

He **succeeded** to the throne. 他繼承了王位。

[活用] v. **succeeds**, **succeeded**, **succeeded**, **succeeding**

success [sək`sɛs] n. ① 成功。② 成就，成功者；成功的事物；大受歡迎。

[範例]① She has a good chance of **success**. 她很有希望成功。

I wish you **success**. 祝你成功。

I tried to make him understand without much **success**. 我試著使他瞭解，但不怎麼成功。

② Dr. Norton was a **success** as a scholar. 諾頓博士是一名成功的學者。

Billy's last CD was a great **success**. 比利的上一張 CD 大受歡迎。

Mrs. Fischer finally made a **success** of her business. 費雪夫人終於創事業有成。

[片語] **make a success of** 順利完成，使成功。(➡ [範例]②)

◆ **succéss stòry** 成功〔成名〕的故事。

[複數] **successes**

successful [sək`sɛsfəl] adj. 成功的，順利的；大受歡迎的。

[範例] a **successful** businessman 成功的商人。

a **successful** concert 成功的演奏〔唱〕會。

a **successful** candidate 當選者，合格者。

I was **successful** in getting a job. 我順利地找

到工作。

She was **successful** in the examination. 她順利地通過那場考試。

[活用] adj. **more successful**, **most successful**

successfully [sək`sɛsfəlɪ] adv. 順利地，圓滿地，成功地：She **successfully** passed the test. 她順利地通過那場考試。

succession [sək`sɛʃən] n. ① 繼承，繼承權。② 連續，接續。

[範例]① Her son's **succession** as headmaster was not in any doubt. 由她兒子繼任校長一職是非常確定的。

If the queen dies, the **succession** passes to her son. 那位女王如果過世，繼承權將傳給她的兒子。

② New franchises opened up all over the state in quick **succession**. 新的加盟店接二連三地在那個州各地開業。

After four days of rain in **succession**, we finally had some sunshine. 連續下了4天雨後，我們終於見到了陽光。

[複數] **successions**

successive [sək`sɛsɪv] adj. 連續的，持續的，不斷的。

[範例] Our school basketball team won five **successive** games. 我們學校的籃球隊連續贏了5場比賽。

He was late for school on three **successive** days. 他連續3天上學遲到。

successively [sək`sɛsɪvlɪ] adv. 連續地，相繼地。

[範例] He was transferred to our high school in 2000 and took **successively** more responsible positions. 他於2000年轉任到我們高中，接著擔任了更重要的職務。

We played **successively** with more difficult teams. 我們相繼與更強的隊伍交鋒。

successor [sək`sɛsɚ] n. ① 後繼者，接班人，繼承人。② 後續的事物。

[範例]① Prince George is the **successor** to the throne. 喬治王子是王位繼承人。

Who will be appointed as the headmaster's **successor**?/Who will be appointed **successor** to the headmaster? 誰會成為校長的接班人呢？

複數 **successors**

succinct [sək`sɪŋkt] *adj.* 簡潔的，簡明的：a **succinct** explanation 簡潔的說明.

活用 *adj.* **more succinct, most succinct**

succinctly [sək`sɪŋktlɪ] *adv.* 簡潔地，簡明地.

活用 *adv.* **more succinctly, most succinctly**

succinctness [sək`sɪŋktnɪs] *n.* 簡潔，簡明.

succor [`sʌkɚ] *n.* 救援，援助：The organization will bring **succor** to the sick and wounded. 那個組織會給病人和傷患援助.

參考 〔英〕 **succour**.

succulent [`sʌkjələnt] *adj.* 多汁的，汁多味美的：a **succulent** steak 汁多味美的牛排.

活用 *adj.* **more succulent, most succulent**

succumb [sə`kʌm] *v.* 屈服，屈從 (to)：He finally **succumbed** to temptation and went out for a drink. 他最後還是禁不起誘惑，出去喝酒了.

活用 *v.* **succumbs, succumbed, succumbed, succumbing**

†**such** [sʌtʃ] *adj., pron.*

原義	層面	釋義	範例
那樣的	種類	*adj., pron.* 那樣的，那樣的人〔事，物〕	①
	程度	*adj.* 那樣的，那麼的，如此的	②

範例 ① John said he was sick and tired of working, or some **such** remark. 約翰說他已厭倦工作等諸如此類的話.

There is no **such** thing as a talking horse. 沒有像會說話的馬那樣的東西.

They will plant flowers **such** as roses and sunflowers. 他們將種植像玫瑰和向日葵那樣的花.

Captain Peters is a generous man and is known as **such**. 彼得斯船長是一個寬宏大量的人，並以此為人所知.

② I've never met **such** a beautiful girl as you. 我不曾見過像妳這麼漂亮的女孩.

She was **such** a kind girl as to lend me an umbrella. 她是一個很熱心的女孩，她把兩傘借給了我.

The thief struck him **such** a blow that he fell down on the floor. 那個小偷猛力一擊，使他倒在地上.

Bob sent his girlfriend flowers every day, **such** was his love for her. 鮑伯每天都送花給他的女朋友，他非常愛她.

Have you ever experienced **such** terribly hot weather? 你曾經遇過這麼熱的天氣嗎?

片語 **and such** 等等：I used to play baseball and basketball **and such** in high school. 我高中時代常打棒球和籃球等.

as such ① 像那樣，依其身分〔資格〕. (⇨

範例 ①) ② 本身：The name, **as such**, means nothing. 姓名本身並無任何意義.

such and such 《口語》某的：If you meet someone at **such and such** a place, make sure the other party knows where it is. 在某地點與某人會面時，要先確定對方也知道那個地方在哪裡.

such as ～ ① 像～那樣的. (⇨ 範例 ①) ② 那樣的：She is a woman **such as** is not commonly found. 她並非一般到處可見的女子.

It is an insult, but it is not **such as** to injure your reputation. 雖然那是侮辱，但並不是會傷害到你名譽的那一種.

such as it is 雖然是那樣的東西，雖然不怎麼樣，儘管微不足道.

***suck** [sʌk] *v.* ① 吸，吸入，吸收，吸吮.
——*n.* ② 吸，吸進，一吸，一吮.

範例 ① The young lady **sucked** apple juice through a straw. 那名年輕女子用吸管喝蘋果汁.

The vacuum **sucked** up the dust on the floor. 那臺吸塵器把地上的灰塵吸了進去.

The baby was **sucking** the bottle. 那個嬰兒正吸吮著奶瓶.

He was **sucking** on a cigar. 他當時正在抽雪茄.

The little boat was almost **sucked** up by a tornado. 那艘小船差點被龍捲風捲起來.

② One **suck** on a cigarette and he was hooked again. 只是吸了一口菸，他又上癮了.

活用 *v.* **sucks, sucked, sucked, sucking**
複數 **sucks**

sucker [`sʌkɚ] *n.* ① 吸吮者，尚在吃奶的嬰兒. ② 吸盤. ③ 《口語》容易受騙的人. ④ 〔美〕棒棒糖 (亦作 lollipop). ⑤ 亞口魚 (一種多產於北美的淡水魚，有突出的厚唇).

範例 ② How many **suckers** are there on one octopus arm? 章魚的一隻腳上有幾個吸盤?

A **sucker** holds it to the mirror. 有個吸盤把它黏在那面鏡子上.

③ I gave him the nickname **Sucker** because he believed every word I said. 我替他取了一個綽號叫「傻蛋」，因為他對我說的話都深信不疑.

複數 **suckers**

suckle [`sʌkl] *v.* 吸奶，餵奶.

活用 *v.* **suckles, suckled, suckled, suckling**

suction [`sʌkʃən] *n.* 吸，吸入；吸引，吸力，吸起：Fat was removed from her thighs by **suction**. 藉著吸力，脂肪從她的大腿內被移除了.

♦ **súction pùmp** 抽水機.

****sudden** [`sʌdn] *adj.* 突然的.

範例 A **sudden** change in the weather prevented us from going ahead. 天氣突然變化使我們無法前進.

The helicopter made a **sudden** turn to the

right. 那架直升機突然向右急轉.

[片語] ***all of a sudden*** 突然地: All of a sudden, the witch disappeared. 那個巫婆突然間消失了.

***suddenly** [`sʌdn̩lɪ] *adv.* 突然地, 出其不意地.

[範例] The train stopped **suddenly**. 那班火車突然停住了.

The rabbit **suddenly** ran away. 那隻兔子突然跑走了.

Suddenly the boy shouted in the bus. 那個男孩突然在公車裡大叫起來.

suddenness [`sʌdn̩nɪs] *n.* 突然, 忽然.

suds [sʌdz] *n.* 〔作複數〕(肥皂等的) 泡沫.

sue [su] *v.* 起訴, 控告; 請求 (for).

[範例] They promised to **sue** if we refuse to settle out of court. 如果我們不接受庭外和解, 他們就要起訴.

We **sued** the company for damages. 我們控告了那家公司, 要求賠償損失.

The weary enemy **sued** for peace. 筋疲力竭的敵方請求和解.

[活用] *v.* **sues, sued, sued, suing**

suede [swed] *n.* 麂皮《經處理變軟的小羊皮或小牛皮》.

suet [`suɪt] *n.* 牛脂, 羊脂, 動物的板油《取自腎臟及腰部附近的硬脂肪, 多用於烹調》.

***suffer** [`sʌfə·] *v.* ① 遭受, 經歷, 蒙受 (痛苦, 損害等). ② 忍受.

[範例] ① It was a quick death. He didn't **suffer** at all. 他突然過世, 完全沒遭受痛苦.

I'm **suffering** from rheumatoid arthritis. 我罹患類風溼性關節炎.

His brother **suffered** the same thing as he did. 他弟弟遭受了和他相同的打擊.

They **suffered** huge losses in the financial crisis. 他們在這次金融危機中蒙受了巨大損失.

Break the law and **suffer** the consequences. 犯法就得承受其後果.

[活用] *v.* **suffers, suffered, suffered, suffering**

sufferance [`sʌfərəns] *n.* 默許: John got to stay out late on **sufferance**. 約翰經默許得以晚歸.

sufferer [`sʌfərə·] *n.* 受苦者; 受害者; 患者: My wife is a **sufferer** from chronic back pain. 我太太是慢性背痛患者.

[複數] **sufferers**

suffering [`sʌfərɪŋ] *n.* 折磨, 受苦, 痛苦〔~s〕苦難, 災難.

[範例] The civil war caused widespread **suffering**. 那場內戰造成了民間疾苦.

They never forgot the **sufferings** caused by the earthquake. 他們從未忘記那次地震造成的災難.

[複數] **sufferings**

***suffice** [sə`faɪs] *v.* 使滿足; 充足, 足夠 (for).

[範例] Some crackers will **suffice** me, preferably with cheese. 我吃一些餅乾就滿足了, 如果

有乳酪的話更好.

A case of beer will **suffice** for the party. 那場晚會上有一箱啤酒就足夠了.

[片語] ***suffice it to say*** 只要說~就夠〔可以〕了: **Suffice it to say** the typhoon ruined our plans. 只要說那個颱風害了我們的計畫泡湯就可以了.

[活用] *v.* **suffices, sufficed, sufficed, sufficing**

sufficiency [sə`fɪʃənsɪ] *n.* 充足, 足夠的量: a **sufficiency** of food 充足的糧食.

***sufficient** [sə`fɪʃənt] *adj.* 充分的, 足夠的.

[範例] We need a reserve of oil **sufficient** for a prolonged crisis. 我們必須儲存足夠的石油以備長期危機.

The bank doesn't have **sufficient** funds to lend you what you need. 你所需要的金額, 那家銀行沒有足夠的資金可以借貸給你.

A week in France won't be **sufficient**. 在法國只待一個禮拜是不夠的.

***sufficiently** [sə`fɪʃəntlɪ] *adv.* 充分地, 足夠地.

[範例] The water supply is **sufficiently** clean—we can drink it. 那自來水夠乾淨, 我們可以直接飲用.

The bridge that collapsed hadn't been **sufficiently** reinforced. 那座坍塌的橋尚未充分補強結構.

suffix [`sʌfɪks] *n.* 字尾《如 kindness 的 -ness, wisely 的 -ly 等; [充電小站] (p. 1287), (p. 1289)》.

[複數] **suffixes**

***suffocate** [`sʌfə͵ket] *v.* (使) 窒息, (使) 呼吸困難, (使) 窒息而死.

[範例] Just a few minutes more and the boy would have **suffocated**. 如果再遲幾分鐘, 那個男孩就會窒息而死.

In this accident thirty-two people were **suffocated**. 在這起意外事故中, 有32人窒息死亡.

[活用] *v.* **suffocates, suffocated, suffocated, suffocating**

suffocation [͵sʌfə`keʃən] *n.* 窒息: The boy died of **suffocation** in the fire. 那個男孩在火災中窒息而死.

suffrage [`sʌfrɪdʒ] *n.* 選舉權, 參政權.

[範例] universal **suffrage** 普選權.

When did women get **suffrage** in your country? 你們國家的婦女何時獲得參政權?

***sugar** [`ʃʊgə·] *n.* ① 糖. ②《口語》親愛的, 心愛的《稱呼戀人的親密用語》.

── *v.* ③ 加糖, 加糖使變甜; 加糖衣. ④ 製楓糖 (off).

[範例] ① Do you take **sugar**? 你要加糖嗎?

How many **sugars** in your coffee? 你的咖啡要加幾塊糖?

Put some more **sugar** in it. 再放一些糖進去.

cube **sugar** 方糖.

granulated **sugar** 砂糖.

fruit **sugar** 果糖.

grape **sugar** 葡萄糖.

♦ **súgar bèet** (製糖用的) 甜菜.

súgar bòwl (餐桌上用的) 糖罐 (『英』 sugar basin).

súgar càne 甘蔗 (亦作 sugarcane).

súgar màple 糖楓 (其樹汁可作楓糖漿 (maple syrup) 的原料).

súgar tòngs 〔作複數〕方糖夾鉗.

複數 **sugars**

活用 *v.* **sugars**, **sugared**, **sugared**, **sugaring**

sugarless [`ʃʊgəlɪs] *adj.* 沒加糖的, 無糖的.

sugary [`ʃʊgərɪ] *adj.* ① 糖製的, 含糖的, 甜的. ② 討好的, 諂媚的.

活用 *adj.* **more sugary**, **most sugary**

***suggest** [səg`dʒɛst] *v.* ① 提議, 建議. ② 暗示, 聯想; 顯示, 顯露.

範例 ① I **suggested** a new plan to the board. 我向那個委員會提出一項新計畫.

She **suggested** that I call a friend of mine to help me. 她建議我打電話請我的朋友幫我.

② Her expression **suggested** jealousy. 她的表情顯示出內心的嫉妒.

The thought of winter **suggests** skiing and skating. 一想到冬天, 就令人聯想到滑雪和溜冰.

發音 亦作 [sə`dʒɛst].

活用 *v.* **suggests**, **suggested**, **suggested**, **suggesting**

***suggestion** [səg`dʒɛstʃən] *n.* ① 建議, 提議. ② 暗示, 啟發, 跡象.

範例 ① Your **suggestion** was rejected. 你的提議被否決了.

② You made a speech full of **suggestions**. 你的演講富有啟發性.

By the look on her face, there was no **suggestion** of pain. 從她臉上的表情看不出她有疼痛的跡象.

發音 亦作 [sə`dʒɛstʃən].

複數 **suggestions**

suggestive [sə`dʒɛstɪv] *adj.* ① 暗示的, 引起聯想的: Your wife's manner is **suggestive** of her career on the stage. 你太太的舉止顯示出她的舞臺經驗. ② 挑逗性的, 猥褻的.

發音 亦作 [sə`dʒɛstɪv].

活用 *adj.* **more suggestive**, **most suggestive**

suicidal [ˌsuə`saɪdl] *adj.* ① 自殺的, 自殺傾向的. ② (行動、政策等) 自殺性的, 自取滅亡的.

範例 ① The prisoner is **suicidal**. Keep a good watch on him. 那個犯人有自殺傾向, 你要好好注意他.

② It is **suicidal** to ignore my warning. 忽視我的警告等於就是自取滅亡.

***suicide** [`suə,saɪd] *n.* ① 自殺, 自殺行為. ② 自殺者.

範例 ① Hemingway committed **suicide** in 1961.

海明威於1961年自殺身亡.

It would be political **suicide** to dissolve the Lower House now. 現在要解散眾議院簡直是政治上的自殺行為.

② In Taiwan, a typical **suicide** hanged himself. 臺灣以前典型的自殺者會上吊.

複數 **suicides**

suit [sut] *v.* ① (使) 適合, 與～相配.

——*n.* ② 套裝, 一套衣服 (男裝包括上衣、褲子、外套, 女裝包括上衣、裙子). ③ ～服, ～裝 (由穿著的目的而定). ④ 訴訟 (亦作 lawsuit). ⑤ 同花色的一組紙牌 (由13張構成; ☞ 充電小站 (p. 679)).

範例 ① This software **suits** all my needs. 這個軟體正合我的需要.

Friday **suits** me best. 我星期五最方便.

That dress **suits** you perfectly. 那件衣服非常適合你.

You must **suit** dishes to your guests' taste. 你要使飯菜合於客人的口味.

② You must come to this party in a black **suit** with a bow tie. 你必須穿著黑色禮服並繫上領結來參加這場晚會.

③ All the students must come to the gym in a gym **suit**. 全體學生都應該穿著體育服到體育館.

④ They filed a damage **suit** against the airline. 他們對那家航空公司提出損害賠償的訴訟.

片語 *follow suit* 跟進: Even if China agrees with the US in its free trade policies, I doubt if other Asian nations will **follow suit**. 即使中國同意美國的自由貿易政策, 我認為其他的亞洲國家不一定會跟進.

suit ~self 按照自己的意願行事: **Suit yourself**! 隨便你!

活用 *v.* **suits**, **suited**, **suited**, **suiting**

複數 **suits**

***suitable** [`sutəbl] *adj.* 適當的, 合適的.

範例 shoes **suitable** for jogging 慢跑用的鞋子.

The students from Malaysia had to buy clothes **suitable** for winter weather. 那些從馬來西亞來的留學生必須買冬天穿的衣服.

None of the applicants was **suitable** for the job. 那些應徵者中沒有一個適合那份工作.

活用 *adj.* **more suitable**, **most suitable**

suitably [`sutəblɪ] *adv.* 適合地, 相稱地.

範例 Fred is not **suitably** dressed for the ceremony, I think. 我覺得弗瑞德的服裝不適合那個儀式.

When the students found out about the bombing, they were all **suitably** surprised. 知道那則轟炸消息時, 那些學生們非常驚訝.

suitcase [`sut,kes] *n.* 手提箱, 行李箱.

複數 **suitcases**

suite [swit] *n.* ① (附寢室、浴室等的) 套房. ② 一套家具. ③ 組曲.

複數 **suites**

suitor [`sutɚ] *n.* ① 原告, 起訴者; 請願者. ② (古語) 求婚者.

充電小站

字尾 (suffix)〔1〕

▶ 做～的人〔物品〕，有～特性的人〔物品〕

-an, -ian, -ean: 和～相關的人，來自～的人，專精～的人
American (美國人)，historian (歷史學家)，musician (音樂家)，grammarian (文法學家)，Christian (基督教教徒)，epicurean (美食家)

-ar: 做～的人
beggar (乞丐)，liar (說謊的人)，scholar (學者)

-er, -or: 做～的人，供～用途的物品；住～的人
footballer (足球運動員)，teacher (教師)，farmer (農夫)，computer (電腦)，heater (加熱器)，lighter (打火機)，mixer (攪拌器)，Londoner (倫敦人)，New Yorker (紐約人)，villager (村民)，actor (演員)，sailor (船員)，sensor (感應器)，word processor (文字處理機)，elevator (電梯)

-arian: 信奉～主義的人，～派的人
vegetarian (素食主義者)

-ator: 做～的人〔物品〕
narrator (敘述者)，generator (發電機)

-ee:
① 被～的人，處於～狀態的人
employee (雇員)，trainee (受訓者)
② 做～的人
absentee (缺席者)，refugee (避難者)

-eer: 從事～活動的人
mountaineer (登山者)，engineer (技師)

-ist: 做～的人，奉行～的人
tourist (旅行者)，pianist (鋼琴家)，biologist (生物學家)，novelist (小說家)

-ite:
① ～主義的人，～派的人
Trotskyite (托洛斯基派支持者)，Darwinite (達爾文主義者)
② 住～的人，屬於～的人
Tokyoite (東京人)，Israelite (以色列人)

-ster: 有～特質的人，從事～勾當的人
gangster (幫派分子，歹徒)，youngster (年輕人)，trickster (騙子)

▶ 其他

-able, -ible: 構成形容詞
① 適於～的
washable (可洗的)，drinkable (可飲用的)
② 具～特質的
knowledgeable (知識淵博的)，reasonable (合理的)

-age: 構成名詞
① 表示集合之意
baggage (行李)，storage (儲藏)，village (村莊)，assemblage (聚集)
② 表示狀態
marriage (婚姻)，bondage (被囚禁的身分)，blockage (封鎖)

-ary:
① 構成名詞
(a) 關於～的人〔物，場所〕
secretary (secret 知道 (祕密) 的人 → 祕書)，boundary (bound (邊界) 劃分的物 → 邊界線)，infirmary (infirm 為 (患者) 服務的場所 → 醫務室，醫院)
(b) 集合～之物〔場所〕
library (liber ((拉丁文的) 書) 的集合 → 圖書館)，dictionary (diction (語言) 的集合 → 辭典)
② 構成形容詞
customary (習慣性的)，elementary (基礎的)，secondary (次要的)，legendary (傳說的)

-cide: 構成「殺」之意的名詞
suicide (sui ((拉丁文的) 自己) ＋殺 → 自殺)，homicide (homo ((拉丁文的) 人) ＋殺 → 殺人)，insecticide (insect (蟲) ＋殺 → 殺蟲劑)，matricide (matri (母) ＋殺 → 弒母)

-en:
① 構成「～製的」之意的形容詞
golden (金色的)，wooden (木製的)，ashen (灰的)
② 構成「(使) 變得」之意的動詞
darken (使變暗)，soften (使變柔軟)，lighten (使變明亮)，enlighten (啟發)，harden (使變硬)，lengthen (加長)

-ese: 構成「～國的，～語的，～風格的」之意的名詞，形容詞
Taiwanese (臺灣的)，journalese (新聞文體)，Vietnamese (越南的)，Portuguese (葡萄牙的)

-ess: 構成陰性名詞
goddess (女神)，countess (伯爵夫人)，actress (女演員)，lioness (母獅)

-ette: 構成表示「小的～」的名詞
cassette (小的 case → 卡式匣)，cigarette (小的雪茄 → 香菸)，kitchenette (簡易廚房)

-ful:
① 構成「充滿，含～特質」之意的形容詞
delightful (非常高興的)，painful (艱苦的，痛苦的)，careful (謹慎的)，beautiful (美麗的)
② 構成表示「滿～容器的量」的名詞
spoonful (一匙的量)

-ish: 構成形容詞
① ～國的，～語的
British (英國的)，Swedish (瑞典的)
② 像～的
childish (孩子般的)，foolish (愚蠢的)，boyish (像男孩般的)
③ 稍微～的
blackish (發黑的)，smallish (略小的)

S

範例 ① Who was a **suitor** to the king? 向國王請願的人是誰?

② Dorothy turned down every **suitor**. 桃樂絲悉數拒絕了求婚者.

複數 **suitors**

sulfate [`sʌlfet] *n.* 硫酸鹽.

參考 〖英〗 **sulphate**.

複數 **sulfates**

sulfide [`sʌlfaɪd] *n.* 硫化物.

參考 〖英〗 **sulphide**.

複數 **sulfides**

sulfur [`sʌlfɚ] *n.* 硫《非金屬元素, 符號 S》.

參考 〖英〗 **sulphur**.

◆ **sùlfur dióxide** 二氧化硫.

sulfuric [sʌl`fjʊrɪk] *adj.* 含硫的.

參考 〖英〗 **sulphuric**.

◆ **sulfùric ácid** 硫酸.

sulfurous [`sʌlfɚəs] *adj.* 含硫的; (氣味或顏色) 硫磺般的.

參考 〖英〗 **sulphurous**.

活用 *adj.* **more sulfurous, most sulfurous**

sulk [sʌlk] *v.* ① 表情不悅, 生悶氣.

—— *n.* ② 慍怒, 不悅.

範例 ① Mary's **sulking** about not getting to be a cheerleader. 瑪麗因為沒當上啦啦隊長而在嘔氣.

Tom **sulked** because he wasn't given a big allowance. 湯姆因為沒拿到很多零用錢而生悶氣.

② She's going to have a fit of the **sulks** when she hears this. 若這件事傳到她耳中, 她恐怕會不高興吧.

活用 *v.* **sulks, sulked, sulked, sulking**

複數 **sulks**

sulky [`sʌlkɪ] *adj.* 慍怒的, 不悅的.

範例 Ann gets **sulky** when she doesn't get her way. 只要事情不順合己意, 安就會生氣.

Tom's been in a **sulky** mood all day long. 湯姆整天都不高興.

a **sulky** face 繃著的臉.

活用 *adj.* **sulkier, sulkiest/more sulky, most sulky**

*__**sullen** [`sʌlɪn] *adj.* ① 悶悶不樂的, 慍怒的. ② (天氣、聲音等) 陰沉的, 沉悶的.

範例 ① John became **sullen** over the death of his dog. 約翰因為他飼養的狗死掉而鬱鬱寡歡.

a **sullen** boy 繃著臉的男孩.

② The **sullen** sky depressed us all. 陰沉的天空使我們都提不起精神.

活用 *adj.* **more sullen, most sullen/sullener, sullenest**

sullenly [`sʌlɪnlɪ] *adv.* 不悅地, 悶悶不樂地: Michael **sullenly** told us he couldn't come to the party. 麥克悶悶不樂地告訴我們他不能出席那場晚會.

活用 *adv.* **more sullenly, most sullenly**

sullenness [`sʌlɪnnɪs] *n.* 慍怒, 生氣, 情緒消沉: I couldn't put up with my wife's

sullenness any more. 我再也無法忍受我妻子鬧脾氣了.

sulph- *pref.* = 〖美〗 sulf-.

sultan [`sʌltn] *n.* 蘇丹, 伊斯蘭教國家的君主. 參考 《可蘭經》上原指道德或宗教權威人士, 自 11世紀起成為伊斯蘭教徒統治者的稱號.

複數 **sultans**

sultana [sʌl`tænə] *n.* ① 蘇丹 (sultan) 的妻子〔母親, 女兒〕. ② 無籽葡萄乾《用於蛋糕等》.

複數 **sultanas**

*__**sultry** [`sʌltrɪ] *adj.* ① 灼熱的, 悶熱的. ② 熱情的; 性感的.

範例 ① a **sultry** afternoon 悶熱的下午.

② a **sultry** smile 熱情的笑容.

活用 *adj.* **sultrier, sultriest**

*__**sum** [sʌm] *n.* ① 總計. ② 金額. ③ 〔~s〕算術. ④ 要點, 概要, 概括.

—— *v.* ⑤ 合計. ⑥ 歸納, 概括.

範例 ① The **sum** of seven, ten and twelve is twenty-nine. 7、10與12的和是29.

② He needs a large **sum** of money. 他需要一大筆錢.

③ Tom is terrible at **sums**. 湯姆非常不擅長算術.

④ This is the **sum** of his opinion about Taiwan's political situation. 這是他對於臺灣政治局勢的簡略意見.

In **sum**, this project won't work. 總而言之, 這項計畫行不通.

⑤ I **summed** up bills at the store. 我計算了在那家店消費帳單的總和.

It **sums** up to NT$7,000. 合計為新臺幣7,000元.

⑥ **Sum** up what Premier said, if you can. 如果可以的話, 請把首相所說的話歸納一下.

複數 **sums**

活用 *v.* **sums, summed, summed, summing**

summarize [`sʌmə,raɪz] *v.* 概括, 概述, 摘要: We **summarized** what we had agreed to. 我們總結了我們所達成的協議.

參考 〖英〗 **summarise**.

活用 *v.* **summarizes, summarized, summarized, summarizing**

*__**summary** [`sʌmərɪ] *n.* ① 概要, 總結.

—— *adj.* ② 概要的, 簡略的. ③ (判決等) 即決的.

範例 ① in **summary** 簡言之.

The teacher told us to make a **summary** of this story. 那位老師要我們概述這個故事.

② He made a **summary** report on the conference. 他做了那次會談的概要報告.

③ **summary** punishment 即決處分.

複數 **summaries**

*__**summer** [`sʌmɚ] *n.* 夏, 夏季; (人生的) 壯年, 全盛期.

範例 He was born in the **summer** of 1975. 他出生於1975年的夏天.

We are going to America this **summer**. 我們

充電小站

字尾 (suffix)〔2〕

-ize（〔英〕**-ise**）：構成「使成為」之意的動詞
　organize（組織），**popularize**（使大眾化），
　criticize（批評），**Americanize**（使美國化）
-less：構成形容詞
　① 沒有～的
　hopeless（沒有希望的），**careless**（粗心的），**endless**（無限的），**painless**（無痛的）
　② 絕不～的，無法～的
　tireless（不知疲倦的），**countless**（數不清的）
-let：構成表示「小的～」的名詞
　booklet（小冊子），**leaflet**（傳單），**piglet**（小豬仔），**streamlet**（小河）
-like：構成「～一樣的，～一般的」之意的形容詞
　childlike（孩子般的），**homelike**（像自己家一樣的）
-ly：
　① 加在形容詞後構成副詞
　carefully（謹慎地），**slowly**（緩慢地）
　② 構成「一般的」之意的形容詞
　manly（有男子氣概的），**motherly**（母親般的）

③ 構成表示「固定時間」的形容詞、副詞
　hourly（每小時，每小時的），**daily**（每天，每天的）
-ment：構成表示「行為，結果」的名詞
　arrangement（整理），**government**（政府），**development**（發達，發展）
-ness：構成抽象名詞
　sadness（悲哀），**kindness**（親切），**goodness**（好處），**loudness**（響度）
-ship：構成名詞
　① 性質，狀態
　friendship（友誼），**partnership**（夥伴關係）
　② 技能，本領
　leadership（領導能力），**workmanship**（技術）
-some：構成「產生～的，易～的」之意的形容詞
　troublesome（棘手的），**fearsome**（可怕的），**quarrelsome**（愛爭吵的），**handsome**（易用手處理的 → 方便的 → 可觀的 → 英俊的）

今年夏天要去美國.
I will stay here during the **summer** vacation.
我暑假期間會待在這裡.

We used to catch fireflies on **summer** evenings. 我們以前都會在夏天的夜晚捉螢火蟲.

He is in the **summer** of life now. 他現在正處於人生的黃金時期.

♦ **ìndian súmmer** 小陽春《特指美國北部晚秋較溫暖的時候》.

súmmer schòol 暑期學校，暑期班.

súmmer tìme〔英〕夏令時間《將標準時間提前一小時；〔美〕daylight saving time》.

複數 **summers**

summerhouse
[`sʌmə‚haʊs] *n.* （花園、公園等的）涼亭.

複數 **summerhouses**

summery [`sʌmərɪ] *adj.* 夏季的，如夏季的：We're in for **summery** weather today. 今天真是酷熱的一天.

[summerhouse]

活用 *adj.* **more summery**，**most summery**

***summit** [`sʌmɪt] *n.* ① 最高點，頂點. ② 最高階層，元首級；高峰會議.

範例 ① the **summit** of Mount Jade 玉山山頂.
Now he has reached the **summit** of his success. 現在他已達到成功的顛峰.

② a **summit** meeting/a **summit** conference 高峰會議.

The Asian leaders are going to have a **summit** next month. 亞洲（各國）的領袖將在下個月舉行高峰會議.

複數 **summits**

***summon** [`sʌmən] *v.* 召喚，傳喚；召集；鼓起勇氣 (up).

範例 I was **summoned** by my boss to explain my mistake. 我被上司叫去解釋我犯的錯誤.

The former president was **summoned** to court on a charge of bribery. 前總統因涉嫌受賄而被傳喚.

I had to **summon** up all my courage to protect myself and my dogs from that alligator. 我必須鼓起我全部的勇氣，以保護自己和我的狗不被鱷魚傷害.

The president **summoned** a monthly meeting. 那個總經理召集每月的例行會議.

活用 *v.* **summons**，**summoned**，**summoned**，**summoning**

summons [`sʌmənz] *n.* ① 傳喚，召集；召集. —— *v.* ② 傳喚.

範例 ① He didn't wait for a **summons** from his boss—he barged right into his office. 他沒有等上司的傳喚，就自己闖進上司的辦公室.

② Tom was **summonsed** for drunk and disorderly conduct. 湯姆因酒醉擾亂公共秩序而被傳喚.

複數 **summonses**

活用 *v.* ② **summonses**，**summonsed**，**summonsed**，**summonsing**

sumptuous [`sʌmptʃʊəs] *adj.* 奢侈的，豪華的，昂貴的：We had a **sumptuous** lunch with champagne. 我們吃了一頓附香檳的豪華午餐.

活用 *adj.* **more sumptuous**, **most sumptuous**

Sun./Sun (縮略) ＝Sunday (星期日).

*＊**sun** [sʌn] *n.* ①〔the ～〕太陽. ② 日光，陽光；日照處. ③〔a ～〕恆星《亦作 star》.

—— *v.* ④ 曬太陽，做日光浴.

範例 ① The **sun** rises in the east and sets in the west. 太陽從東方升起，在西方落下.

The surface of the **sun** is about 6,000°C. 太陽表面的溫度約為攝氏6,000度.

② The **sun** does not shine into my room. 我的房間見不到陽光.

I want to catch some **sun**. 我想曬黑一些.

④ Arthur is **sunning** himself in the beach. 亞瑟在那片海灘上做日光浴.

片語 *a place in the sun* 向陽處；優越地位. *under the sun* 世界上：There is nothing new **under the sun**. 太陽底下沒有新鮮事.

複數 **suns**

活用 *v.* **suns**, **sunned**, **sunned**, **sunning**

sunbathe [ˈsʌnˌbeð] *v.* 做日光浴，曬太陽：A lot of people are **sunbathing** on the beach. 很多人在那片海灘上做日光浴.

活用 *v.* **sunbathes**, **sunbathed**, **sunbathed**, **sunbathing**

sunbeam [ˈsʌnˌbim] *n.* 陽光，日光：Sunbeams shone up from the setting sun on the horizon. 掛在地平線上的夕陽發出光芒照耀大地.

複數 **sunbeams**

Sunbelt [ˈsʌnbɛlt] *n.* 陽光帶《美國南部、西南部氣候溫暖的地區；亦作 Sun Belt》.

sunburn [ˈsʌnˌbɝn] *n.* 曬傷《☞ suntan (適當而健康的曬黑)》：They all got a **sunburn** at the beach. 他們全都在海灘上曬傷了.

複數 **sunburns**

sunburnt [ˈsʌnˌbɝnt] *adj.* 曬傷的：He was skinny and dirty with a **sunburnt** face. 他因為臉部曬傷，看起來消瘦而骯髒.

活用 *adj.* **more sunburnt**, **most sunburnt**

sundae [ˈsʌndɪ] *n.* 聖代《用冰淇淋、糖漿、果仁、水果等製成》.

複數 **sundaes**

*＊**Sunday** [ˈsʌnde] *n.* 星期日《略作 Sun.》.

範例 last **Sunday**/on **Sunday** last 上個星期日.

The ship will arrive on **Sunday**. 那艘船將於星期日抵達.

Where are you going next **Sunday**? 下個星期日你要去哪裡?

We go to church on **Sundays**. 我們星期日都會上教堂.

I leave for London on **Sunday** morning. 我星期日早晨出發前往倫敦.

She is a **Sunday** painter. 她是一個業餘的畫家.

She washes **Sundays**. 她固定星期日洗衣服.

片語 *Sunday best*《口語》禮拜服；最好的衣服：She went to the party in her **Sunday best**. 她穿著最好的衣服去參加那場晚會.

◆ **Súnday Schòol** 主日學校《基督教教會星期日以兒童為對象的宗教教育》.

➡ 充電小站 (p. 1291)，(p. 813)

複數 **Sundays**

sunder [ˈsʌndɚ] *v.*《正式》切斷，分開.

活用 *v.* **sunders**, **sundered**, **sundered**, **sundering**

sundial [ˈsʌnˌdaɪəl] *n.* 日晷儀《利用日影測定時刻的儀器》.

複數 **sundials**

sundown [ˈsʌnˌdaʊn] *n.*《美》日落《亦作 sunset》.

sundry [ˈsʌndrɪ] *adj.* ①《正式》種種的，各式各樣的：tomatoes, cucumbers and **sundry** other vegetables 番茄、黃瓜及各式各樣的其他蔬菜.

—— *n.* ②〔～ies〕各式各樣的東西，雜項，雜事.

片語 *all and sundry* 每個人，所有的人：He invited **all and sundry** to the party. 他邀請了所有人參加那個晚會.

sunflower [ˈsʌnˌflaʊɚ] *n.* 向日葵.

複數 **sunflowers**

***sung** [sʌŋ] *v.* sing 的過去分詞.

sunglasses [ˈsʌnˌglæsɪz] *n.*〔作複數〕太陽眼鏡：a pair of **sunglasses** 一副太陽眼鏡.

***sunk** [sʌŋk] *v.* sink 的過去分詞.

sunken [ˈsʌŋkən] *adj.* ①〔只用於名詞前〕沉沒的. ② 凹陷的，下陷的；低於樓面的.

範例 ① The diver found a **sunken** ship. 那個潛水夫發現了一艘沉船.

② The old lady had **sunken** eyes. 那個老婦人雙眼凹陷.

I asked the builder to put in a **sunken** living room. 我要求營造商增建一間低於樓面的客廳.

sunlight [ˈsʌnˌlaɪt] *n.* 陽光：in the **sunlight** 在陽光下.

sunny [ˈsʌnɪ] *adj.* ① 陽光充足的，陽光普照的. ② 開朗的，快活的，愉快的.

範例 ① a **sunny** house 陽光充足的房屋.

② a **sunny** smile 開朗的微笑.

◆ **sùnny-side úp**（只煎一面的）荷包蛋.

活用 *adj.* **sunnier**, **sunniest**

sunrise [ˈsʌnˌraɪz] *n.* 日出：I had breakfast before **sunrise**. 我在日出前吃了早餐.

複數 **sunrises**

sunroof [ˈsʌnˌruf] *n.*（汽車的）天窗.

複數 **sunroofs**

sunset [ˈsʌnˌsɛt] *n.* 日落，傍晚：The game was over at **sunset**. 那場比賽在日落時結束了.

複數 **sunsets**

sunshade [ˈsʌnˌʃed] *n.* 陽傘《亦作 parasol》；遮陽物，遮陽篷.

複數 **sunshades**

*＊**sunshine** [ˈsʌnˌʃaɪn] *n.* 陽光：I drew the

星期的表達方式

①「在星期～」on Sunday, on Monday, … Sunday, Monday, …《在星期的前面通常不加冠詞，但加介系詞 on，若省略，單獨當當副詞用》
試比較：
　a) We went to Tokyo Disneyland **on Sunday**.
　b) We went to Tokyo Disneyland **Sunday**.
　　我們在（上個）星期天去了東京迪士尼樂園。
　c) He is leaving Japan **on Friday**.
　d) He is leaving Japan **Friday**.
　　他將在（下個）星期五離開日本.
② last, next, every 等出現在星期之前，當副詞用時，前面不加 on；如果加 on，則把 next 或 last 置於星期之後.
試比較：
　a) I'm going to have a party **next Wednesday**.
　b) I'm going to have a party **on Wednesday next**. 我要在下個星期三開個派對.《前者語意的重點在 Wednesday, 因此這個詞唸

得較重、較為響亮；後者語意的重點在 next, 因此這個詞唸得較重》
　c) Tom dated with Nancy **on Wednesday last**.
　d) Tom dated with Nancy **last Wednesday**.
　　湯姆上個星期三與南西約會了.
③「於某個星期～」on a Sunday, on a Monday, …
　He went playing golf **on a Sunday**.
　《強調的是他是在某個星期天打高爾夫球，不是星期一, 星期二…等打高爾夫球》
④「強調每個星期～」on Sundays, on Mondays, …, Sundays, Mondays, …《每個星期幾的前面加 on, 但常省略, 單獨實當副詞用》
every Sunday, every Monday, …《在 every 前不加 on》
　Her husband cooks **on Sundays**.
　Her husband cooks **Sundays**.
　Her husband cooks **every Sunday**.
　她的丈夫每星期日〔每週日〕做飯.

---

curtains to let in the **sunshine**. 我拉開窗簾，讓陽光照進來.
字源 sun (太陽)＋shine (照耀).

sunspot [`sʌn͵spɑt] *n.* 太陽黑子《太陽表面的黑斑；因溫度較低，故看起來顏色較暗》.
複數 **sunspots**

sunstroke [`sʌn͵strok] *n.* 中暑.

suntan [`sʌn͵tæn] *n.* (適當而健康的)曬黑《☞ sunburn (曬傷)》.
複數 **suntans**

*****suntanned** [`sʌn͵tænd] *adj.* (皮膚)曬黑的，曬成古銅色的.
活用 *adj.* **more suntanned**, **most suntanned**

super [`supɚ] *n.* ①《口語》監督者，管理人.
──*adj.* ②《口語》最棒的，出色的，超級的: a **super** cook 頂級的廚師.
複數 **supers**

superb [su`pɝb] *adj.* 極好的，上等的，華麗的，精彩的.
範例 That movie was **superb**. 那部電影非常精彩.
a **superb** view 極美的景色.
a **superb** dinner 豐盛的晚餐.
活用 *adj.* **more superb**, **most superb**

superbly [su`pɝblɪ] *adv.* 極佳地，出色地，優秀地: a **superbly** edited anthology 編輯出色的文集.
活用 *adv.* **more superbly**, **most superbly**

superconductor [͵supɚkən`dʌktɚ] *n.* 超導體《電阻極小的金屬物體》.
複數 **superconductors**

*****superficial** [͵supɚ`fɪʃəl] *adj.* 表面的，膚淺的，淺薄的: I only have a **superficial**

knowledge of world history. 我只具有淺薄的世界史知識.
活用 *adj.* **more superficial**, **most superficial**

superficially [͵supɚ`fɪʃəlɪ] *adv.* 表面上，膚淺地，淺薄地: The panelists only **superficially** discussed the problem. 小組討論會的成員們只是膚淺地討論那個問題.
活用 *adv.* **more superficially**, **most superficially**

*****superfluous** [su`pɝfluəs] *adj.* 多餘的，不必要的.
範例 a **superfluous** warning 不必要的告誡.
Newscasters always give **superfluous** comments after Presidential addresses. 新聞播報員總是在總統演說後做一些多餘的評論.
活用 *adj.* **more superfluous**, **most superfluous**

superfluously [su`pɝfluəslɪ] *adv.* 多餘地，不必要地.
活用 *adv.* **more superfluously**, **most superfluously**

superhuman [͵supɚ`hjumən] *adj.* 超人的，超乎常人的，神靈的: **superhuman** endurance 超人的耐力.

superimpose [͵supərɪm`poz] *v.* 把～置於…之上；加上，附加: **superimpose** Chinese on the original soundtrack 在原聲帶上加上中文.
活用 *v.* **superimposes**, **superimposed**, **superimposing**

*****superintend** [͵suprɪn`tɛnd] *v.* 監督；管理: He **superintends** the factory workers. 他負責監督那些工廠工人.

[supermarket]

活用 *v.* **superintends**, **superintended**, **superintended**, **superintending**

***superintendent** [ˌsuprɪnˋtɛndənt] *n.* 監督者;(大樓的)管理員;長官, 所長, 校長, 部長;〖美〗警察局長;〖英〗高階警官.

複數 **superintendents**

***superior** [səˋpɪrɪɚ] *adj.* ① 優越的, 優秀的; 上級的; 優勢的. ② 傲慢的, 高傲的. ③ 超越的, 不受左右的.

——*n.* ④ 優秀的人; 上司; 前輩; 長輩.

範例 ① My products are **superior** to yours. 我的產品比你們的優良.
Who is your **superior** officer, private? 小兵, 你的長官是誰?
The enemy overwhelmed us with **superior** numbers. 敵人以人數的優勢擊敗我們.
② Our professor spoke to us in a **superior** tone. 我們的教授以高傲的語氣對我們說話.
③ He seems **superior** to normal human tendencies. 他似乎有超越一般人的傾向.
④ Do what your **superiors** tell you! 你要按照上級指示行事!

☞ ↔ inferior

♦ the **Fàther Supérior** 男性修道院院長.
the **Mòther Supérior** 女性修道院院長.

複數 **superiors**

***superiority** [səˌpɪrɪˋɔrɪtɪ] *n.* ① 優越, 優勢, 長處. ② 傲慢, 自負.

範例 ① Mary's **superiority** to others is no longer in question. 瑪麗比其他人優越已是不爭的事實.
② Mary had an air of **superiority** to him. 瑪麗對他態度傲慢.

♦ **superiórity còmplex** 自傲情結《心理學用語; 指自認為比他人更優秀、更重要》; 優越感.

☞ ↔ inferiority

superlative [səˋpɝlətɪv] *adj.* ① 最高的, 最好的;(文法上)最高級的.
——*n.* ②〔the ~〕(文法的)最高級. ③〔常~s〕

最高級的字.

範例 ① He played the piece of music with **superlative** skill. 他以最精湛的技巧彈奏那首曲子.
the **superlative** degree 最高級.
③ He spoke of the play in **superlatives**. 他極度讚賞那齣戲劇.

複數 **superlatives**

superman [ˋsupɚˌmæn] *n.* 超人, 能力非凡的人.

複數 **supermen**

***supermarket** [ˋsupɚˌmɑrkɪt] *n.* 超級市場.

複數 **supermarkets**

***supernatural** [ˌsupɚˋnætʃrəl] *adj.* 超自然的, 不可思議的《無法用自然常規解釋》.

活用 *adj.* **more supernatural**, **most supernatural**

supernova [ˌsupɚˋnovə] *n.* (天文的) 超新星.

發音 複數形 supernovae [ˌsupɚˋnovi].

複數 **supernovas/supernovae**

superpower [ˋsupɚˌpauɚ] *n.* 超級強國.

複數 **superpowers**

supersede [ˌsupɚˋsid] *v.* 替代, 取代, 接替.

範例 The typewriter has been **superseded** by the word processor. 打字機已被文字處理機取代了.
She will **supersede** you as chairperson. 她將接替你成為主席.

活用 *v.* **supersedes**, **superseded**, **superseding**

supersonic [ˌsupɚˋsɑnɪk] *adj.* 超音速的: a **supersonic** aircraft 超音速飛機.

superstar [ˋsupɚˌstɑr] *n.* 超級巨星, 大明星.

複數 **superstars**

***superstition** [ˌsupɚˋstɪʃən] *n.* 迷信, 迷信的習慣〔行為〕: I don't believe in any **superstitions**. 我不相信任何迷信.

➡ 充電小站 (p. 1293)

複數 **superstitions**

迷信 (superstition)

【Q】「13號又碰巧是星期五這天很不吉利」的說法是迷信，但為甚麼會產生這樣的說法呢？
【A】據說是因為基督被釘在十字架上處死的那一天是星期五，而在處死之前夕與12位門徒共進最後的晚餐 (the Last Supper)，參加的人數恰好是13人的緣故。因為13人與13日毫無關係，所以「13號的星期五」只不過是數字巧合的一種迷信而已。也許是因為我們每天在生活中都要使用語言，所以對語言產生的「感覺」十分敏感也是很自然的。在歐美，有許多旅館都沒有13號房間。義大利人摸彩抽籤時絕不用13這個數字。在巴黎，沒有一間房屋掛這個數字的門牌。如用餐時，人數剛好13人，那麼任何人都可以加入這一桌，湊足14人。由於上述原因，一般人都說「星期五不能外出旅行，如果那天是13號就更不行 (You should not start a trip on a Friday, especially if it is the 13th day of the month.).」

你知道在日本「4」這個數字不被人喜歡嗎？「4」發音作「し (shi)」，令人想到「死」。因此，有些日本旅館沒有「4號客房」，有的沒有「9號客房」，原因是「9」發音為「く (ku)」，令人聯想到「苦」。另外，據說在日本吃飯時，比如給客人上一塊或三塊「醃蘿蔔」被認為不好。因為一塊的發音與「欣人」相同，三塊的發音同「殺身」，所以聽起來感到不吉利。而兩塊視吉利，四塊也很吉利，因為其發音與「善」諧音。

以字源而言，superstition 是從拉丁文的動詞 superstāre 'stand over'（原義是 super「上面」，stāre「站立」），即「站在他物之上」衍生而成。即使科學昌明的現代，迷信仍站在科學之上，至今仍有人深信迷信。

---

superstitious [ˌsupəˋstɪʃəs] *adj.* 迷信的，受迷信左右的: My grandmother is not **superstitious**. 我的奶奶並不迷信.
活用 *adj.* **more superstitious**, **most superstitious**

superstore [ˋsupəˌstor] *n.* (通常位於郊區的) 超大型商場.
複數 **superstores**

*__**supervise**__ [ˌsupəˋvaɪz] *v.* 監督，指導，管理 (人、工作、工作場所等).
範例 My professor **supervised** my experiment. 我的教授指導我做實驗.
No one was **supervising** the boys when the accident happened. 那起意外事故發生時，並無任何人在場監督那群男孩.
活用 *v.* **supervises**, **supervised**, **supervised**, **supervising**

supervision [ˌsupəˋvɪʒən] *n.* 監督，指導，管理: Everything went smoothly under the **supervision** of Dr. Jones. 在瓊斯博士的監督下，一切進展順利.

supervisor [ˌsupəˋvaɪzə] *n.* 監督者，管理者; 督學.
複數 **supervisors**

supervisory [ˌsupəˋvaɪzərɪ] *adj.* 監督的，管理的.

*__**supper**__ [ˋsʌpə] *n.* 晚飯，晚餐，宵夜.
範例 What are we going to have for **supper**? 我們晚餐吃甚麼?
He is at **supper** now. 他現在正在吃晚餐.
We had a light **supper** after the party. 那場晚會後我們簡單地吃了宵夜.
My wife can prepare **supper** very quickly. 我太太可以非常迅速地煮好晚餐.
We had a poor **supper**. 我們吃了一頓很難吃的晚餐.
參考 supper 為一天中最豐盛的 dinner 之後的最後一餐，多為較簡單的飯菜. 在節日等時間，白天吃過 dinner 後，晚餐則為 supper; 如果晚餐是 dinner 時，宵夜則為 supper. 使用 supper 可不加定冠詞，但若指某一天特定的晚餐或晚餐種類等，必須加定冠詞或使用複數.

♦ **the Làst Súpper** 最後的晚餐《耶穌被釘上十字架的前一晚，與12門徒共進的晚餐》.
字源 sup (吃晚餐)＋er (做～的人).
複數 **suppers**

supplant [səˋplænt] *v.* 取代，篡奪 (地位等).
範例 TV **supplanted** radio in popularity. 電視代了收音機而大受歡迎.
The military junta **supplanted** the democratically elected parliament. 那個軍事政府取代了民選的國會.
活用 *v.* **supplants**, **supplanted**, **supplanted**, **supplanting**

supple [ˋsʌpl] *adj.* 易彎曲的，柔軟的，靈活的.
範例 the **supple** limbs of a panther 黑豹柔軟的四肢.
supple leather 柔軟的皮革.
活用 *adj.* **suppler**, **supplest**

*__**supplement**__ [*n.* ˋsʌpləmənt; *v.* ˋsʌpləˌmɛnt] *n.* ① 補充，增補，追加; 附錄. ——*v.* ② 補充，補足，追加.
範例 ① a **supplement** to a magazine 雜誌的附錄.
② The speaker **supplemented** his explanation with some data. 那位演講者引用一些數據來補充說明.
複數 **supplements**
活用 *v.* **supplements**, **supplemented**, **supplemented**, **supplementing**

*__**supplementary**__ [ˌsʌpləˋmɛntərɪ] *adj.* 補充的，增補的;(數學上)補角的.
範例 He had **supplementary** lessons. 他補了幾堂課.

An angle of 105° is **supplementary** to an angle of 75°. 105度角為75度角的補角.

♦ **sùpplementary bénefit** 〔英〕（政府支付的）生活補助金.

supplicant [ˋsʌplɪkənt] *n.* 懇求者.

複數 **supplicants**

supplication [͵sʌplɪˋkeʃən] *n.* 《正式》懇求: The King turned a deaf ear to their **supplication**. 那位國王不理會他們的懇求.

複數 **supplications**

supplier [səˋplaɪɚ] *n.* 供給者，供應商: If the computer is faulty, return it to the **supplier**. 如果那臺電腦有問題，就把它退還給供應商.

複數 **suppliers**

＊**supply** [səˋplaɪ] *v.* ① 提供，補給，供給《常用 ～ A with B 或 ～ B to A 形式》.

—*n.* ② 供給，補給；儲存（量），供應品〔量〕.

範例 ① The company **supplies** a uniform to each of its workers. 那家公司提供每位職員一套制服.

The power station **supplies** the district with electricity. 那間發電廠為那個地區提供電力.

② The **supply** of water is threatened; we have not had any rainfall for more than two months. 自來水的供給受到威脅，因為已經兩個多月沒下雨了.

Tomatoes are in short **supply** now. 現在番茄缺貨.

We have enough **supplies** of petrol. 我們有充足的石油存量.

The army rescued us just as our **supplies** of food ran out. 正當儲糧用光時，那支軍隊及時救了我們.

片語 **in short supply** 不足的，缺乏的. (⇨ 範例 ②)

☞ ↔ demand

活用 *v.* **supplies**, **supplied**, **supplied**, **supplying**

複數 **supplies**

＊**support** [səˋport] *v.* ① 支撐；支持，支援.

—*n.* ② 支持，擁護；支撐；支架，支柱.

範例 ① The chair could not **support** the wrestler, and it broke. 那張椅子無法支撐那名摔角選手而垮掉了.

I leaned against the wall to **support** myself. 我靠在那面牆上支撐身體.

I'm having trouble **supporting** my family. 我非常艱辛地維持家中的生計.

A lot of workers **supported** the candidate in the election. 很多勞工在那次選舉中支持那位候選人.

The party stopped **supporting** the Prime Minister. 那個黨不再支持首相了.

Which baseball team do you **support**? 你支持哪支棒球隊?

Mr. Adam **supported** me in my decision to study abroad. 亞當先生贊成我出國留學的決定.

② The shelf needs some more **supports**. 那個

棚架還需要幾根支架.

The church was a great **support** to me when I fell on hard times. 在我窮困潦倒時，教會成為我最大的依靠.

Due to a lack of financial **support**, the project has been cancelled. 由於缺乏財務上的支持，那項計畫被取消了.

He attracted some **support** from the sales department. 他在營業部門獲得了一些支持.

He spoke in **support** of gun control. 他發表了贊成槍枝管制的言論.

The old man has no means of **support**. 那位老人沒有生活上的依靠.

片語 **in support of** 贊成，支持. (⇨ 範例 ②)

活用 *v.* **supports**, **supported**, **supported**, **supporting**

複數 **supports**

supporter [səˋportɚ] *n.* ① 支持者，擁護者；球迷. ②（運動用的）繃帶，護帶.

範例 ① The party's **supporters** came out in force on election day. 那個政黨的支持者在投票那天大舉出動.

Some football **supporters** began fighting after the match. 一些足球迷在那場比賽結束後開始打起架來.

複數 **supporters**

＊**suppose** [səˋpoz] *v.* ① 以為，假定，推測，猜想；應該，理應. ②《正式》以～為前提.

範例 ① I **suppose** that he is wrong. 我認為他錯了.

How do you **suppose** the man came to know my address? 你想那個人是怎麼知道我的住址的呢?

Your brother was **supposed** to be dead. 你哥哥被認為已經死了.

You're **supposed** to ask questions in a question-answer period. 在問答時間，你應該要提出問題.

You were **supposed** to do the job earlier. 你應該提早做那件事.

It's **supposed** to rain today. 今天應該會下雨.

What's that **supposed** to mean? 那是甚麼意思?

You're not **supposed** to be here. Get out. Now! 你不該來這個地方，快點出去!

Suppose it snows, what will happen? 如果下雪的話會怎麼樣?

② Traveling **supposes** money. 有錢才能去旅行.

片語 **be supposed to** ① 應該. (⇨ 範例 ①) ② 打算. ③ 認為應該. (⇨ 範例 ①)

活用 *v.* **supposes**, **supposed**, **supposed**, **supposing**

supposed [səˋpozd] *adj.* 〔只用於名詞前〕認定的，假定的，被認為的，想像中的: He is the **supposed** author of this book. 他就是被認為是此書作者的人.

supposedly [sə`pozıdlı] *adv.* 根據推測，可能: This is **supposedly** the place where the old man dropped dead. 這裡很可能是那位老人突然去世的地方.

***supposing** [sə`pozıŋ] *conj.* 如果，倘若，假如: **Supposing** you won 1 million NT dollars in a lottery, what would you do with it? 假如你買樂透中了新臺幣一百萬元，你會用來做甚麼呢?

supposition [ˌsʌpə`zıʃən] *n.* 想像，推測; 假說，假設.
[範例] Your theory is based on **supposition**. 你的學說是基於推測.
The chemist conducted an experiment based on a **supposition**. 那位化學家根據假說進行了實驗.
[複數] **suppositions**

***suppress** [sə`prɛs] *v.* 壓制，忍住，隱瞞.
[範例] Opposition to the nuclear power plant couldn't be **suppressed**. 反對興建核能發電廠的聲浪是無法壓制住的.
The suspect is **suppressing** some evidence. 那個嫌犯在隱瞞某些證據.
He tried to **suppress** his hiccups. 他努力忍住不打嗝.
[活用] *v.* **suppresses**, **suppressed**, **suppressed**, **suppressing**

suppression [sə`prɛʃən] *n.* 鎮壓，壓抑，隱瞞.
[範例] **Suppression** of the rebellion cost many lives on both sides. 在那場叛亂的鎮壓中，雙方都死了很多人.
The patient's ulcer was probably due to the **suppression** of her emotional problems. 那位患者的潰瘍很可能是由於她壓抑感情問題所造成的.

supremacy [sə`prɛməsı] *n.* 優勢，優越，至上，霸權.
[範例] No one I know disputes the company's **supremacy** in airplane manufacturing. 我所認識的人當中，沒有任何人質疑那家公司在飛機製造上的優勢.
There still remains the dangerous notion of white **supremacy**. 白人至上這一危險的想法現在仍然存在.
How long did Ottoman **supremacy** in the Balkans last? 鄂圖曼帝國的霸權在巴爾幹半島持續多久的時間?

***supreme** [sə`prim] *adj.* 最高的，至高無上的，最大的.
[範例] the **supreme** command 最高司令部.
the **Supreme** Being 神.
Investing in that company is **supreme** stupidity. 投資那家公司是最愚蠢的事.
These soldiers made the **supreme** sacrifice fighting and dying for their country. 這些士兵為祖國奉獻生命，作戰而死.

◆ **the Suprême Court** ① 最高法院《指美國聯邦或州的最高法院》. ②《英》最高法院《在

法律上包括高等法院 (the High Court of Justice) 和檢察院 (Court of Appeal) 及刑事法院 (Crown Court)》.
➡ 充電小站 (p. 285)

supremely [sə`primlı] *adv.* 最大地，最高地: The patient was **supremely** happy with his recovery after the operation. 那個患者最大的滿足是在那次手術後能夠康復.

surcharge [*n.* `sɝˌtʃardʒ; *v.* sɝ`tʃardʒ] *n.* ① 額外費用，加重罰款. ② 超載，超重.
── *v.* 收取額外費用，課徵加重罰款.
[複數] **surcharges**
[活用] *v.* **surcharges**, **surcharged**, **surcharged**, **surcharging**

****sure** [ʃur] *adj.* ①〔不用於名詞前〕確信的，對～有信心的. ② 確實的，可靠的，肯定的.
── *adv.* ③ 確實地，的確. ④ 當然，當然可以，確實如此《用於肯定的回答》.
[範例] ① You can be **sure** of getting a job this time. 你要有信心，這次你能找到工作的.
I'm **sure** about it. 對於那件事情，我有信心.
Are you **sure** that you have done your best studying for the exam? 你確信你對這次考試已經做好萬全的準備了嗎?
I think so, but I'm not **sure**. 我是這麼想，可是我沒把握.
I'm not **sure** whether she's telling the truth or not. 我不知道她說的是不是實話.
Be **sure** to turn off the radio. 務必把收音機關掉.
At first the doctor was not **sure** whether or not his fever was due to food poisoning. 一開始，那位醫生弄不清楚他的發燒是不是食物中毒所引起的.
② When Kevin promises something, he's **sure** to do it. 凱文一旦答應，肯定會做到.
Our team is **sure** to win. 我們這一隊肯定會贏.
Grandpa's aching joints are a **sure** sign it's going to rain. 爺爺的關節一疼，就肯定要下雨了.
He has **sure** skills as a computer programmer. 身為一個電腦程式設計人員，他具有可靠的技術.
③ I **sure** am tired. 我確實筋疲力竭了.
"They have a beautiful home." "They **sure** do." 「他們有一個很漂亮的家.」「的確如此.」
④ "Can I have a glass of water?" "**Sure**." 「可以給我一杯水嗎?」「當然可以.」
[片語] **for sure** 的確，肯定地: She will come for **sure**. 她肯定會來.
make sure 確認，確定，確保: She **made sure** that the gas was off. 她確定瓦斯已經關好了.
Make sure you take enough money with you. 你務必要帶足夠的錢去.
Reporters should **make sure** of the facts before they write their articles. 記者在寫報導

之前應該確認事實.

sure enough 的確, 果然, 不出所料: The space shuttle was scheduled to lift off at 10 o'clock sharp, and **sure enough** it did. 那架太空梭預定在10點整發射, 果真如此.

sure of ~self 有信心的, 有把握的.

to be sure 的確: Tracy did have a valid point, **to be sure**. 崔西的想法的確有合理之處.

To be sure, it's a risky venture, but I'm willing to invest. 那的確是一項有風險的投機事業, 但我很樂意投資.

〔活用〕*adj.* **surer**, **surest**

＊**surely** [`ʃʊrlɪ] *adv.* ① 確定地, 無疑地, 必然地. ② 確實地, 穩當地, 安全地. ③ 當然可以, 當然.

〔範例〕① It will **surely** rain tomorrow. 明天肯定會下雨.

Surely Bill wouldn't do such a foolish thing. 比爾肯定不會做那種蠢事.

Surely you are joking. 你肯定是在開玩笑.

② Slowly but **surely** the cost of computers has been coming down. 電腦的成本緩慢而穩當地降了下來.

③ "Do you want to come with us to the movies?" "**Surely**." 「你想和我們一起去看電影嗎?」「當然.」

surety [`ʃʊrtɪ] *n.* ① 保證人: I'll stand **surety** for her. 我來當她的保證人. ② 擔保, 抵押: 保證金.

〔複數〕**sureties**

surf [sɝf] *n.* ① 拍岸的碎浪, 白色的浪花.

——*v.* ② 衝浪: Let's go **surfing**. 我們去衝浪吧.

〔複數〕**surfs**

〔活用〕*v.* **surfs**, **surfed**, **surfed**, **surfing**

＊**surface** [`sɝfɪs] *n.* ① 表面, (立體的) 面.

——*adj.* ②〔只用於名詞前〕表面的, 表面上的.

——*v.* ③ 浮出表面; 鋪 (路面). ④ 表面化, 公開化.

〔範例〕① This table top has such a smooth **surface**. 這個桌子的桌面非常光滑.

You have to dig below the **surface** to find the facts. 為了發掘事實真相, 你必須深入調查.

On the **surface** my brother is somewhat standoffish, but he's really a nice guy. 我弟弟表面上看來有些冷淡, 其實他是一個好人.

② a **surface** wound 外傷.

surface mail 陸路、水路郵件《相對於 air mail (航空郵件) 而言》.

surface kindness 表面上的熱情.

③ Just then a shark's fin **surfaced**, causing panic among the swimmers. 就在那個時候鯊魚的背鰭浮出了水面, 那些游泳的人們頓時變得驚慌失措.

〔複數〕**surfaces**

〔活用〕*v.* **surfaces**, **surfaced**, **surfaced**, **surfacing**

surfboard [`sɝf,bord] *n.* 衝浪板.

〔複數〕**surfboards**

surfeit [`sɝfɪt] *n.*《正式》過多; 飲食過量: Today's children are exposed to a **surfeit** of violence on television. 現在的孩子暴露於過多的電視暴力之中.

surfer [`sɝfɚ] *n.* 衝浪者, 衝浪選手.

surfing [`sɝfɪŋ] *n.* 衝浪, 衝浪運動.

surge [sɝdʒ] *n.* ① 巨浪, 波濤; 人潮; 洶湧.

——*v.* ② 洶湧而來 (over, up).

〔範例〕① A **surge** of people came close to the actor's car. 人潮湧向那位演員的座車.

There was a sudden **surge** in demand for electricity. 電力的需求遽增.

② A great wave **surged** over the boat. 大浪句那艘小船湧來.

When she was alone, sadness **surged** up in her. 她孤單的時候, 哀傷就湧上心頭.

〔活用〕*v.* **surges**, **surged**, **surged**, **surging**

＊**surgeon** [`sɝdʒən] *n.* ① 外科醫生《內科醫生為 physician; 〔參充電小站〕(p. 367)》. ② 軍醫.

◆ **surgeon general** 《複數為 surgeons general》①〔美〕軍醫處處長. ②〔美〕公共衛生局局長.

〔複數〕**surgeons**

surgery [`sɝdʒərɪ] *n.* ① 外科, 外科手術: The doctor says I need **surgery**. 那位醫生說我需要做外科手術. ② 手術室;〔英〕門診室. ③〔英〕門診時間; (議員或律師的) 接待時間.

〔複數〕**surgeries**

surgical [`sɝdʒɪkl] *adj.* ① 外科的, 外科用的. ②〔只用於名詞前〕外科治療用的, 整形用的. ③ 局部性的.

〔範例〕① a **surgical** operation 外科手術.

② **surgical** shoes 畸形矯正鞋.

surly [`sɝlɪ] *adj.* 乖戾的, 不友善的.

〔範例〕Why are you so **surly**? 你為甚麼如此不友善呢?

He was in a **surly** mood. 他情緒不佳.

a **surly** look 不友善的臉孔.

〔活用〕*adj.* **surlier**, **surliest**

surmise [sɚ`maɪz] *v.* ①《正式》推測.

——*n.* ②《正式》推測.

〔範例〕① Without any new information, we could only **surmise** that the climbers made it to the top. 因為沒有任何新的消息, 我們只能夠推測那些登山者抵達了山頂.

② His story is sheer **surmise**. 他的話只是推測之辭.

〔活用〕*v.* **surmises**, **surmised**, **surmised**, **surmising**

〔複數〕**surmises**

＊**surmount** [sɚ`maʊnt] *v.* ① 克服, 越過. ② 裝在～之上.

〔範例〕① These difficulties cannot be **surmounted**. 這些困難無法克服.

② The church steeple is **surmounted** by a cross. 那座教堂的尖塔上有一個十字架.

〔活用〕*v.* **surmounts**, **surmounted**,

surmounted, surmounting

*__surname__ [`sɝ‚nem] *n.* 姓《亦作 family name，last name; ☞《充電小站》(p. 837)》.

[複數] **surnames**

*__surpass__ [sɚ`pæs] *v.* 超越，勝過.

[範例] She **surpasses** her sister in mathematics. 她在數學上勝過她姊姊.

The beauty of the mountain **surpassed** description. 那座山美得無法用言語來形容.

[活用] *v.* **surpasses, surpassed, surpassed, surpassing**

__surplus__ [`sɝpləs] *n.* ① 剩餘，多餘. ②（貿易上的）盈餘，順差.

——*adj.* ③ 剩餘的，多餘的.

[範例] ① Dealers have a **surplus** of cars on their lots. 業者在空地上有一些多餘的汽車.

② a trade **surplus** 貿易順差.

③ If there were any **surplus** grain, we would give it to the needy. 如果有剩餘的糧食，我們會給需要的人.

☞ ② ↔ deficit

[複數] **surpluses**

**__surprise__ [sə`praɪz] *v.* ① 使震驚，使吃驚，使驚訝，使措手不及；突然襲擊.

——*n.* ② 震驚，吃驚，驚訝；令人驚訝的事物，出乎意料的事物.

[範例] ① Mary **surprised** John by going bungee jumping. 瑪麗去高空彈跳，使約翰感到驚訝.

It **surprised** me to hear that the man was still alive. 令我感到吃驚的是，那個男子居然還活著.

We were **surprised** at the news. 我們對那個消息感到震驚.

The news **surprised** no one. 沒有人對那個消息感到吃驚.

The Smiths **surprised** the burglars by coming through the back door. 史密斯一家人從後門進來，令那些小偷措手不及.

John **surprised** me with a romantic candlelight dinner for two. 約翰為我們兩人準備了浪漫的燭光晚餐，這是我料想不到的.

The police **surprised** the robbers when they got out of the bank. 警方在那些搶匪走出銀行時，突然襲擊他們.

② "You haven't eaten anything since yesterday?" said she in **surprise**. 她驚訝地說:「你從昨天開始就甚麼都沒吃嗎?」

A present for me? What a nice **surprise**! 這是送給我的禮物嗎? 真是太令人驚訝了!

To our **surprise**, hundreds of people called in response to the ad. 令我們吃驚的是，看到那個廣告之後有好幾百人打電話來.

a **surprise** party 驚喜派對《瞞著主角籌備，使其感到驚喜的派對》.

a **surprise** ending 出人意料的結局.

There was some **surprise** at the Prime Minister's remarks. 首相的發言有些出人意料.

The news took us all by **surprise**. 那個消息使我們全都大吃一驚.

It was a **surprise** to see my old girlfriend again. 我沒想到會與前女友再次相遇.

It may come as a **surprise** to you, but I've been in love ever since I met you. 你也許會感到吃驚，從我見到你的那個時候起我就一直喜歡著你.

Mom says she has a **surprise** for you. 媽媽說她要給你一個驚喜.

[片語] *take ~ by surprise* ① 使感到驚訝，使大吃一驚. (⇨ [範例] ②) ② 使措手不及；突然占領.

to ~'s surprise 令~驚訝的是. (⇨ [範例] ②)

[活用] *v.* **surprises, surprised, surprised, surprising**

[複數] **surprises**

__surprising__ [sə`praɪzɪŋ] *adj.* 令人驚訝的，出人意料的，不可思議的.

[範例] The missile hit its target with **surprising** accuracy. 那枚飛彈以驚人的準確性命中目標.

It's **surprising** how many people are fooled by her. 有多少人被她騙了啊，真是令人驚訝.

[活用] *adj.* **more surprising, most surprising**

__surprisingly__ [sə`praɪzɪŋlɪ] *adv.* 令人驚訝地，出乎意料地，不可思議地.

[範例] For an 18-year-old, his apartment is **surprisingly** clean. 以18歲的人來說，他的公寓乾淨得令人驚訝.

The dogs **surprisingly** didn't touch the meat. 那些狗出乎意料地沒有吃那塊肉.

[活用] *adv.* **more surprisingly, most surprisingly**

*__surrender__ [sə`rɛndɚ] *v.* ① 投降. ② 放棄；交給.

——*n.* ③ 投降. ④ 放棄；交給.

[範例] ① After being surrounded by the police, the bank robbers **surrendered**. 那些銀行搶匪被警方包圍之後投降了.

② We will never **surrender** our rights. 我們決不會放棄權利.

The king **surrendered** his castle to the enemy. 國王把他的城堡交給敵人.

She **surrendered** herself to despair. 她陷於絕望之中.

③ Japan's unconditional **surrender** to the Allies 日本對同盟國的無條件投降.

[活用] *v.* **surrenders, surrendered, surrendered, surrendering**

[複數] **surrenders**

__surreptitious__ [‚sɝəp`tɪʃəs] *adj.* 祕密的，鬼鬼祟祟的，偷偷摸摸的.

[範例] She gave him a **surreptitious** kiss. 她偷偷地吻了他.

That man was acting in rather a **surreptitious** manner. 那個男子的舉止有些鬼鬼祟祟.

The way she went out of the room was rather **surreptitious**. 她鬼鬼祟祟地走出那個房間.

〔活例〕 *adj.* **more** **surreptitious**, **most** **surreptitious**

***surround** [sə`raʊnd] *v.* ① 包圍，圍繞．
——*n.* ② 周圍，邊緣．
〔範例〕 ① Trees **surround** the lake. 樹木環繞著那個湖泊．
Taiwan is **surrounded** by the sea. 臺灣四面環海．
She is always **surrounded** by admirers. 她總是被崇拜者團團圍住．
He explained some of the dangers which **surround** us. 他就我們周圍的危險做了說明．
② Why did you vacuum the carpet and not the **surround**? 為甚麼你用吸塵器清理地毯而不清理四周呢？
〔活例〕 *v.* **surrounds**, **surrounded**, **surrounded**, **surrounding**
〔複數〕 **surrounds**

surrounding [sə`raʊndɪŋ] *adj.* 〔只用於名詞前〕周圍的，附近的: You should visit York and the **surrounding** countryside. 你應該拜訪一下約克及其周圍的鄉村地區．

surroundings [sə`raʊndɪŋz] *n.* 〔作複數〕周圍的狀況，環境．
〔範例〕 They live in comfortable **surroundings**. 他們生活在舒適的環境之中．
Many animals taken out of their natural **surroundings** show signs of depression. 在脫離自己棲息的自然環境時，許多動物會顯現出憂鬱的徵兆．

S

surveillance [sə`veləns] *n.* 監視，看守: The police kept the man under **surveillance**. 警方監視著那個男子．

***survey** [*v.* sə`ve; *n.* `sɜve] *v.* ① 眺望；環視；概述．② 調查，測量．
——*n.* ③ 眺望；環視；概論．④ 調查，測量．
〔範例〕 ① We **surveyed** the whole city from the top of the highest building. 我們從那棟最高的大樓樓頂眺望整個城市．
The professor **surveyed** the history of the industrial revolution. 那位教授概述了工業革命的歷史．
② You should get the house **surveyed** before buying it. 在買那棟房子之前，你最好找人調查一下．
③ A **Survey** of Taiwanese History 臺灣史概論．
④ Headquarters made a complete **survey** of the situation. 總公司徹底調查整個情況．
〔活例〕 *v.* **surveys**, **surveyed**, **surveyed**, **surveying**
〔複數〕 **surveys**

surveying [sə`veɪŋ] *n.* 測量，測量術．

surveyor [sə`veə] *n.* ① 測量員．②（不動產等的）鑑定人．③ 檢查官，監督官，監視人．④（海關的）稽查人員．
〔複數〕 **surveyors**

***survival** [sə`vaɪvl] *n.* ① 生存，存活．② 生存者，殘存者．

① There is no hope for their **survival**. 他們不可能存活．
② That rock band is a **survival** from the 1970s. 那個搖滾樂團是1970年代殘存下來的．
♦ **survival kit** 救生包．
〔複數〕 **survivals**

***survive** [sə`vaɪv] *v.* 殘存，倖免於，在～之後繼續活下來．
〔範例〕 The custom still **survives**. 那個習俗依然殘存著．
Paul **survived** the accident. 保羅在那起意外事故中死裡逃生．
Her husband **survived** her by eight years. 她的丈夫在她死後繼續活了8年．
〔活例〕 *v.* **survives**, **survived**, **survived**, **surviving**

survivor [sə`vaɪvə] *n.* 倖存者；殘留物．
〔複數〕 **survivors**

susceptibility [sə,sɛptə`bɪlətɪ] *n.* ① 敏感性，易受影響．② 〔~ies〕（脆弱的）感情．
〔範例〕 ① I have a **susceptibility** to the flu. 我很容易感染流行性感冒．
② Your words wounded his **susceptibilities**. 你說的話傷了他的感情．
〔複數〕 **susceptibilities**

susceptible [sə`sɛptəbl] *adj.* ① 敏感的，易受影響的．②《正式》可容許的，有餘地的．
〔範例〕 ① Your daughter is a **susceptible** girl. 你的女兒是一個很敏感的小孩．
Our son is **susceptible** to influenza. 我們的兒子很容易感染流行性感冒．
② This sentence is **susceptible** of being interpreted differently. 這個句子也可以解釋為其他意思．
〔活例〕 *adj.* **more** **susceptible**, **most** **susceptible**

***suspect** [*v.* sə`spɛkt; *n.*, *adj.* `sʌspɛkt] *v.* ① 懷疑，覺得可疑．② 察覺．③ 認為．
——*n.* ④ 嫌疑犯．
——*adj.* ⑤ 可疑的．
〔範例〕 ① The teacher **suspected** me of cheating. 那位老師懷疑我作弊．
The man was **suspected** of murdering his wife. 那個男子有殺害他太太的嫌疑．
I **suspect** that he is gay. 我懷疑他是同性戀．
I **suspect** him to be a spy. 我懷疑他是一個間諜．
② The boy **suspected** danger. 那個男孩察覺到有危險．
③ I **suspect** your mother is right. 我認為你的母親是對的．
④ He is a murder **suspect**. 他是一個殺人嫌犯．
⑤ Mr. White is a very **suspect** man. 懷特先生是一個很可疑的人．
〔活例〕 *v.* **suspects**, **suspected**, **suspected**, **suspecting**
〔複數〕 **suspects**
〔活例〕 *adj.* **more suspect**, **most suspect**

＊**suspend** [sə`spɛnd] v. ① 懸掛. ② 飄浮. ③ 暫時停止；使停職，使退學. ④ 延緩，暫不作出，暫時擱置.

[範例] ① Look at that beautiful lamp **suspended** from the ceiling. 你看那天花板上懸掛著漂亮的吊燈.

Let's **suspend** a rope from that tree. 我們就在那棵樹上懸掛一條繩索吧.

② A beam of sunlight lights up the particles of dust that are **suspended** in the air. 一束陽光映出懸浮在空中的塵粒.

③ Two soccer players were **suspended** in today's game. 有兩個球員在今天的比賽中被停賽.

He was **suspended** from school for violent behavior. 他因為暴力行為而遭到退學.

④ The trial was to be **suspended** while new evidence was submitted. 雖然提出了新的證據，但那場審判已經延期了.

You should **suspend** judgement until you have more information. 你在得到進一步的訊息之前，應該暫不作出判斷.

He was fined $500 with a **suspended** sentence. 他在緩刑的同時被罰款500美元.

[活用] v. **suspends**, **suspended**, **suspended**, **suspending**

suspenders [sə`spɛndɚz] n.〔作複數〕① 〔美〕(褲子的)吊帶 (〔英〕braces). ② 〔英〕吊襪帶 (〔美〕garters).

[範例] ① She bought him a pair of **suspenders** for his fifth birthday. 她在他5歲生日時，買給他一副褲子吊帶.

[suspenders]

② She used **suspenders** to hold up her stockings. 她使用吊襪帶拉住長統襪.

☞ [插圖] wear

＊**suspense** [sə`spɛns] n. 擔心，掛念；懸疑緊張；懸而未決.

[範例] We waited in **suspense** for the results of our entrance examination. 我們擔心地等待入學考試的結果.

Spielberg produced a lot of movies full of **suspense**. 史匹柏拍了許多充滿懸疑緊張的電影.

suspension [sə`spɛnʃən] n. ① 懸掛；懸浮. ② 暫停，延緩. ③ (汽車、火車等的)車體懸吊裝置 (連接車輪和車體部分，可減緩衝擊和震動，使車子順利行駛，如避震器和彈簧等).

[範例] ① The fibers were held in **suspension** in the liquid. 那些纖維懸浮在水溶液中.

② His political activities led to his **suspension** from his job./He was under **suspension** from his job because of his political activities. 他因為從事政治活動而遭受停職處分.

Tom's **suspension** was overturned. 湯姆的

退學處分被推翻了.

③ This car has good **suspension**. 這輛汽車的車體懸吊裝置很棒.

♦ **suspénsion bridge** 吊橋.

[複數] **suspensions**

＊**suspicion** [sə`spɪʃən] n. ① 懷疑，嫌疑. ② 一點點，稍微.

[範例] ① Don't look at me with **suspicion**! 不要用懷疑的眼光看我!

Your wife is under **suspicion**. 你的太太有嫌疑.

② The witness spoke with a **suspicion** of humor. 那位證人的話中帶著些許的幽默.

[複數] **suspicions**

＊**suspicious** [sə`spɪʃəs] adj. ① 懷疑的. ② 可疑的，多疑的.

[範例] ① The police are always **suspicious** of local gang members. 警方總是懷疑當地的幫派會鬧事.

② He has a **suspicious** character. 他生性多疑.

[活用] adj. **more suspicious**, **most suspicious**

suspiciously [sə`spɪʃəslɪ] adv. 懷疑地：The policeman looked at me **suspiciously**. 那個警察懷疑地看著我.

[活用] adv. **more suspiciously**, **most suspiciously**

＊**sustain** [sə`sten] v. ① 支撐，維持，使繼續. ② 遭受，蒙受.

[範例] ① This floor won't **sustain** the weight of the piano. 這個地板支撐不住鋼琴的重量.

His belief in justice **sustains** him. 他藉由對正義的信念支持下去.

These high calorie nutrition bars **sustain** me if I don't have time for lunch. 沒有時間吃午餐時，我就用這些高熱量的營養食品來保持體力.

The boring TV show couldn't **sustain** the children's interest. 那個乏味的電視節目無法引起那些孩子們的興趣.

The judge **sustained** the objection. 法官認可了那項異議.

② Two men and a woman **sustained** injuries in that accident. 有兩名男子和一名女子在那起意外事故中受傷.

[活用] v. **sustains**, **sustained**, **sustained**, **sustaining**

sustainable [sə`stenəbl] adj. 可維持的，可持續的：**sustainable** development 永續的開發 (不損害目前自然環境而進行的開發).

[活用] adj. **more sustainable**, **most sustainable**

sustenance [`sʌstənəns] n. ① 食物，營養(品). ② 生計，生活.

[範例] ① You can't get enough **sustenance** out of a hot dog. 你只吃一個熱狗是得不到充分的營養的.

The boy survived without **sustenance**. 那個

男孩沒有食物卻存活下來了.

swab [swɑb] *n.* ① (醫用) 消毒棉〔布〕, 棉球. ② (用棉花棒取下的) 化驗標本. ③ 拖把.
—— *v.* ④ 擦拭 (附在傷口或物體表面的東西): **swab** the blood off the wound 擦拭傷口流出來的血. ⑤ 用把把擦洗〔擦乾〕.
[複數] **swabs**
[活用] *v.* **swabs, swabbed, swabbed, swabbing**

swagger [`swæɡɚ] *v.* ① 大搖大擺地走, 昂首闊步.
—— *n.* ② 趾高氣揚的步態〔舉止〕.
[範例] ① The winner **swaggered** back to his house. 那個勝利者昂首闊步地走回家.
② He walks with a **swagger** when he knows the ladies are watching. 當他知道那些女士都在注視自己時, 便走得很傲慢.
[活用] *v.* **swaggers, swaggered, swaggering**

*****swallow** [`swɑlo] *v.* ① 吞下, 淹沒; 抑制, 忍住. ② 收回 (前言). ③ 默默地聽 (別人說話); 默默忍受.
—— *n.* ④ 吞, 嚥, 一口. ⑤ 燕子.
[範例] ① The snake **swallowed** the frog whole. 那條蛇把那隻青蛙整個吞了進去.
The flood **swallowed** up the town. 洪水完全淹沒了那個城鎮.
Julie tried to **swallow** her yawn. 茱莉試著忍住呵欠.
He **swallowed** his pride and admitted his mistake. 他放下自尊, 承認錯誤.
② The President **swallowed** his improper remarks. 總統撤回之前不當的言辭.
③ Donald **swallowed** my story. 唐納德安靜地聽我說話.
I can't **swallow** their insult. 我無法忍受他們的侮辱.
④ The driver took a **swallow** of beer. 那個司機喝了一口啤酒.
⑤ One **swallow** does not make a summer. (諺語) 一燕不成夏.《凡事不可貿然斷定》
[片語] ***swallow hard*** (因緊張或恐懼) 做吞嚥的動作: She **swallowed hard** and knocked on the door. 她嚥了嚥口水, 然後敲門.
[活用] *v.* **swallows, swallowed, swallowed, swallowing**
[複數] **swallows**

*****swam** [swæm] *v.* swim 的過去式.

*****swamp** [swɑmp] *n.* ① 沼澤地, 溼地.
—— *v.* ② 襲來, 淹沒; 使應接不暇, 使無法招架.
[範例] ① He fell into the **swamp** and drowned. 他陷入那個沼澤地淹死了.
② The TV station is **swamped** with complaints about last night's special. 對於昨晚特別節目的不滿, 那家電視臺應接不暇.
[複數] **swamps**
[活用] *v.* **swamps, swamped, swamped, swamping**

swampy [`swɑmpɪ] *adj.* 沼澤般的, 溼地的.
[活用] *adj.* **swampier, swampiest**

swan [swɑn] *n.* ① 天鵝.
—— *v.* ② 遊蕩, 閒逛.
[範例] ① The **swans** were swimming on the lake. 那些天鵝在湖面游著.
② He **swans** around doing nothing while his classmates study. 同學們在用功時, 他卻無所事事地閒逛.
♦ **swán sòng** (詩人、音樂家等的) 絕筆, 遺作.
[複數] **swans**
[活用] *v.* **swans, swanned, swanned, swanning**

swap [swɑp] *v.* ① (口語) 交換.
—— *n.* ② (口語) 交換, 交易. ③ (口語) 交換物.
[範例] ① He **swapped** his bike for her table. 他用腳踏車換她的桌子.
He **swapped** seats with his wife. 他和太太交換座位.
② They did a **swap**: Brian's CD player for Ron's camera. 他們兩人交換東西: 布萊恩的 CD 音響交換朗的照相機.
♦ **swáp mèet** [美] 舊物交換集會《進行舊物交換或買賣的集會》.
[活用] *v.* **swaps, swapped, swapped, swapping**
[複數] **swaps**

*****swarm** [swɔrm] *n.* ① 一群, 群集.
—— *v.* ② 成群, 成群地移動.
[範例] ① A **swarm** of bees attacked me. 一群蜜蜂攻擊我.
Swarms of photographers crowded around the famous actor. 眾多的攝影師圍著那位名演員.
Tourists come to the great waterfalls in **swarms**. 遊客們成群結隊地來到那個氣勢磅礡的瀑布.
② When the bell rang, the children **swarmed** out of the school. 鈴聲一響, 那些孩子們成群地湧出學校.
[片語] ***be swarming with*** 充滿 (移動的人潮或動物): The Tower of London **was swarming with** tourists. 倫敦塔擠滿了遊客.
[複數] **swarms**
[活用] *v.* **swarms, swarmed, swarmed, swarming**

swarthy [`swɔrðɪ] *adj.* (臉、皮膚等) 黝黑的: a **swarthy** face 黝黑的臉.
[活用] *adj.* **swarthier, swarthiest/more swarthy, most swarthy**

swat [swɑt] *v.* ① 拍打, 猛擊.
—— *n.* ② 拍打, 猛擊.
[活用] *v.* **swats, swatted, swatted, swatting**
[複數] **swats**

*****sway** [swe] *v.* ① 搖擺, 擺動, 動搖, 左右.
—— *n.* ② 搖擺, 擺動. ③ 影響力.
[範例] ① The old man **swayed** but didn't fall down. 那個老人身體搖搖晃晃, 但沒有倒下.

The audience **swayed** their bodies in time with the music. 那些聽眾隨著音樂擺動身體.

Don't be **swayed** by what that rag says. 你不要被那種三流小報的報導左右.

The First Lady's remarks **swayed** public opinion. 總統夫人的發言影響了輿論.

② The **sway** of the ship made her feel sick. 那艘船的搖晃讓她感到不舒服.

活用 v. **sways, swayed, swayed, swaying**

***swear** [swɛr] v. ① 咒罵. ② 發誓, 宣誓, 保證.

範例 ① Don't **swear** in front of the children! 不要在孩子們面前說髒話!

Derek **swore** at his girlfriend. 德瑞克對女朋友罵髒話.

② The lovers **swore** eternal love to each other. 那對戀人發誓永遠相愛.

Do you **swear** to tell the truth, the whole truth, and nothing but the truth? 你保證會說實話, 完全說實話, 並且只說實話嗎?

They **swore** me to secrecy. 他們要我發誓保守祕密.

I **swear** I didn't do it. 我發誓我沒做那種事.

He has **sworn** off gambling. 他發誓要戒賭.

I think I saw the burglar, but I can't **swear** to it. 我想我看到了那個小偷, 但我不能肯定.

片語 **swear by** 以~發誓; 絕對相信: My neighbor **swears by** acupuncture. She says she's never got ill. 我的鄰居非常信賴針灸治療, 她說她從沒有生病過.

swear in (使) 宣誓就職: The new President was **sworn in**. 新任總統宣誓就職了.

swear off 發誓不再. (⇨ 範例 ②)

swear to 保證. (⇨ 範例 ②)

參考 ① 指使用 By God!, Jesus Christ!, Damn!, Go to hell!, Lord! 等粗魯的言語, 英語中有很多這樣的話都和 God 有關.

活用 v. **swears, swore, sworn, swearing**

swearword [`swɛr,wɝd] n. 罵人的話, 髒話.

複數 **swearwords**

***sweat** [swɛt] n. ① 汗, 發汗 (狀態). ②〔~s〕〔美〕運動衫, 運動服.

——v. ③ (使) 出汗, 流汗.

範例 ① The runner was dripping with **sweat**. 那個跑步者在滴汗.

The girl was in a cold **sweat** over the examination. 那個女孩因擔心那場考試而直冒冷汗.

③ The exercise made us **sweat**. 做那項運動讓我們出汗.

The children **sweat** at their work all day long in slave-like conditions. 那些孩子們一整天都在被奴役狀態下汗流浹背地工作.

片語 **in a sweat** 大汗淋漓: The long run left him in a **sweat**. 他長跑之後大汗淋漓.

sweat it out ① 堅持到底. ② 做劇烈運動.

♦ **swéat pànts**〔美〕運動長褲.

swéat shìrt 運動衫《運動時穿的厚料長衫》.

swéat sùit (上衣和褲子一套的) 運動套裝.

活用 v. **sweats, sweated, sweated,**

sweating

sweater [`swɛtɚ] n. 毛衣《〔英〕jumper》: Tom was wearing his father's **sweater**. 湯姆穿著他父親的毛衣.

字源 sweat (使出汗) + er (物), 原指在做劇烈運動時, 使身體出汗的衣服.

複數 **sweaters**

sweaty [`swɛtɪ] adj. ① 出汗的, 發出汗臭的. ② 悶熱的.

範例 ① The boy washed his **sweaty** face. 那個男孩洗了一下出汗的臉.

② It was a **sweaty** day. 那是一個悶熱的日子.

活用 adj. **sweatier, sweatiest**

Swede [swid] n. 瑞典人.

複數 **Swedes**

swede [swid] n.〔英〕蕪菁甘藍《一種原產於瑞典的似蕪菁之硬根菜;〔美〕rutabaga》.

複數 **swedes**

Sweden [`swidn] n. 瑞典《☞ 附錄「世界各國」》.

Swedish [`swidɪʃ] adj. ① 瑞典的.

——n. ② 瑞典語, 瑞典人《一個瑞典人作 a Swede》.

***sweep** [swip] v. ① 清掃. ② 迅速除去《移動, 通過》. ③ 延伸, 擴展. ④ 大獲全勝.

——n. ⑤ 打掃, 清掃. ⑥ 揮動, 吹動. ⑦ 掃視, 環視. ⑧ 延伸, 範圍. ⑨ 曲線, 彎曲. ⑩ 壓倒性勝利. ⑪ (煙囪) 清掃工. ⑫ (航海的) 長槳.

範例 ① She's **sweeping** the floor. 她正在掃地.

He **swept** the room clean. 他把那個房間打掃乾淨.

This broom **sweeps** well. 這支掃把很好掃.

② They could not cross the river because the bridge had been **swept** away by the flood. 那座橋被洪水沖走了, 所以他們無法渡河.

The waves **swept** me off my feet. 我被海浪沖得站不穩.

He **swept** his comic books into his bag. 他迅速地把漫畫書收到書包裡面.

The scandal **swept** the whole country. 那個醜聞迅速地傳遍了全國.

The hurricane was **sweeping** across Florida at that time. 那個颶風當時正經過佛羅里達州.

He **swept** past her. 他迅速地從她身旁過去.

His eyes **swept** around the studio. 他環視了一下那個攝影室.

Mike **swept** into the room. 麥克迅速地走進了那個房間.

③ The plain **swept** away to the horizon. 那個平原一直延伸至地平線.

④ The KMT **swept** the election. 國民黨在那次選舉中大獲全勝.

⑤ The students gave the classroom a very good **sweep**. 那些學生們把教室清掃得非常乾淨.

⑥ He killed the man with a **sweep** of his sword. 他揮刀殺死了那名男子.

the **sweep** of the wind 一陣風吹過.

⑦ The police made a **sweep** of the fields. 警方

⑧ We saw the wide **sweep** of the meadows. 我們見到了那片廣闊無垠的牧草地.

The searchlight had a **sweep** of 500 meters. 那架探照燈照射的範圍為500公尺.

⑨ There is a beautiful cottage at the **sweep** of the road. 在這條路的轉彎處, 有座漂亮的別墅.

⑩ It was a clear **sweep** by her team. 她的小隊明顯地獲得了壓倒性勝利.

片語 ***sweep ~ off ~'s feet*** ① 使站不穩. (⇨ 範例 ②)② 使著迷: The young man **swept** the girl **off her feet**. 那個女孩迷上了那個年輕人.

活用 v. sweeps, swept, swept, sweeping
複數 sweeps

sweeper [`swipɚ] n. ① 打掃者, 清潔工. ② 吸塵器. ③ (足球的) 後衛《專門在守門員前面負責防守, 將險球踢出》.
複數 sweepers

sweeping [`swipɪŋ] adj. ① 廣泛的, 全面的. ② 粗略的, 大致的.
——n. ③ 掃除, 掃蕩. ④〔~s〕垃圾, 灰塵, 碎屑.
範例 ① He made a **sweeping** change in the program. 他將那個節目做了全面的變更.
② His **sweeping** generalization didn't stand up to scrutiny. 他那粗略的概論經不起細究.
活用 adj. more sweeping, most sweeping
複數 sweepings

*sweet [swit] adj.

原義	層面	釋義	範例
感到甜的	舌	甜的	①
	鼻、耳、目	令人愉快的, 感覺舒服的	②
	心	溫柔的, 可愛的, 親切的	③

——n. ④『美』糖果. ⑤『英』甜食, 飯後甜點. ⑥ 甜心, 親愛的《用於稱呼》.
範例 ① This is a **sweet** apple. 這顆蘋果很甜.
This coffee is too **sweet**. 這咖啡太甜了.
I like **sweet** wine. 我喜歡甜葡萄酒.
② The room was filled with the **sweet** smell of roses. 那個房間裡充滿了玫瑰花的香味.
She has a **sweet** voice. 她的聲音很悅耳.
Bessie is a **sweet** little girl. 貝西是一個可愛的小女孩.
③ Billy is very **sweet** to his girlfriend. 比利對女朋友很溫柔.
It's so **sweet** of you to come and see me! 謝謝你好心來看我!
④ Don't have too many **sweets**. 不要吃太多糖果.
⑤ Do you want a **sweet**? 你要一份甜點嗎?
片語 ***have a sweet tooth*** 喜歡吃甜食.
♦ **swéet còrn** 甜玉米.

swéet pèa 香豌豆.
swéet potàto 甘薯, 番薯.
活用 adj. sweeter, sweetest
複數 sweets

sweetbriar/sweetbrier [`swit͵braɪɚ] n. 多花薔薇 (一種野玫瑰).
複數 sweetbriars/sweetbriers

sweeten [`switn] v. ① (使) 變甜. ② 使感覺舒服, 緩和, 撫慰.
範例 ① Please **sweeten** my tea. 請給我的茶加點糖.
② I bought her a bunch of flowers to **sweeten** her up. 我買給她一束花來緩和她的情緒.
活用 v. sweetens, sweetened, sweetened, sweetening

sweetener [`switnɚ] n. (人工) 甘味料.
複數 sweeteners

sweetheart [`swit͵hɑrt] n. 戀人, 情人, 親愛的《用於稱呼》.
複數 sweethearts

*sweetly [`switlɪ] adv. 甜蜜地, 愜意地, 舒適地, 溫柔地, 可愛地.
範例 She sings **sweetly**. 她的歌聲很甜美.
She smiled **sweetly** at him. 她朝他溫柔地微笑.
活用 adv. more sweetly, most sweetly

sweetness [`switnɪs] n. 甜味; 愉快, 溫柔, 可愛.

*swell [swɛl] v. ① (使) 膨脹, (使) 增加.
——n. ② 膨脹, 隆起, 增大. ③ 浪濤, 浪潮. ④ (聲音的) 逐漸增強, 提高.
範例 ① Her injured ankle **swelled**. 她受傷的腳踝腫起來了.
The river **swelled** with the heavy rain. 大雨使得河水上漲.
Her eyes were quite **swollen** after weeping. 哭過之後, 她的眼睛相當浮腫.
The wind **swelled** his shirt. 他的襯衫被風吹得鼓起來了.
The membership **swelled** to 80. 會員增加至80人.
② a **swell** in population 人口膨脹.
the **swell** of her breasts 她豐滿的胸部.
活用 v. swells, swelled, swelled, swelling/ swells, swelled, swollen, swelling
複數 swells

swelling [`swɛlɪŋ] n. 腫脹, 膨脹: She had a **swelling** on her elbow. 她的手肘腫了起來.
複數 swellings

*swept [swɛpt] v. sweep 的過去式、過去分詞.

swerve [swɝv] v. ① 突然轉彎, 偏離, 脫離正軌.
——n. ② 偏離, 轉向.
範例 ① The bus **swerved** to the left to avoid a collision. 為了避免相撞, 那輛公車突然向左轉彎.
Unfortunately he **swerved** from the path of righteousness. 不幸的是, 他誤入歧途了.
② The car made a sudden **swerve** to the right.

那輛車突然向右轉彎.

[活用] v. **swerves**, **swerved**, **swerved**, **swerving**

[複數] **swerves**

*__swift__ [swɪft] adj. ① 快速的，即刻的.

——n. ② 褐雨燕《一種似燕子的小鳥，飛行迅速》.

[範例] ① He was a **swift** runner. 他跑得很快.

a **swift** river 水流快速的河.

a **swift** fleet 快速艦隊.

Don't make a **swift** decision about anything. 任何事情都不能遽下決定.

The senator gave a **swift** response to his challenger's accusation. 那位參議員對政敵的譴責做出立即的反應.

The hospital was **swift** to deny the rumors. 那家醫院立刻否認那個傳言.

[活用] adj. **swifter**, **swiftest**

[複數] **swifts**

*__swiftly__ [`swɪftlɪ] adv. 迅速地: The insurance agent **swiftly** completed all his appointments. 那位保險專員迅速地處理完他所有的預約.

[活用] adv. **more swiftly**, **most swiftly**

swiftness [`swɪftnɪs] n. 快速，敏捷: They occupied the city with dramatic **swiftness**. 他們在轉眼間占領了那個城市.

swill [swɪl] v. ① 沖洗; 大口地喝.

——n. ② 沖洗. ③ 殘羹剩飯，餿水.

[活用] v. **swills**, **swilled**, **swilled**, **swilling**

*__swim__ [swɪm] v. ① 游泳，使(動物等)游水. ②(在水中)浸泡; 暈眩.

——n. ③ 游泳.

[範例] ① Can you **swim**? 你會游泳嗎?

She **swam** across the Straits of Dover. 她游泳橫渡多佛海峽.

The girl **swimming** on her back is my sister. 那個游仰式的女孩是我的姊姊.

Can you **swim** breaststroke? 你會游蛙式嗎?

He's going to **swim** the 400 meters in the next race. 他將參加下一場的400公尺游泳比賽.

The cowboys **swam** their cattle across the river. 那些牛仔們讓牛群游水過河.

② His eyes **swam** with happy tears. 他眼中充滿了喜悅的淚水.

My head began to **swim** soon after drinking a couple of vodka. 我喝了幾杯伏特加之後，就感到頭暈目眩.

③ Let's go out for a **swim**. 我們去游泳吧.

[活用] v. **swims**, **swam**, **swum**, **swimming**

[複數] **swims**

swimmer [`swɪmɚ] n. 游泳者〔選手〕: My brother is a good **swimmer**. 我哥哥擅長游泳.

[複數] **swimmers**

swimming [`swɪmɪŋ] n. ① 游泳.

——adj. ② 游泳(用)的.

♦ **swimming bàth**〖英〗室內游泳池.

swimming còstume 泳裝《亦作 swimsuit, bathing suit》.

swimming pòol 游泳池.

swimming trùnks〔作複數〕〖英〗泳褲.

swimsuit [`swɪm‚sut] n. 泳裝.

[複數] **swimsuits**

swindle [`swɪndl̩] v. ① 騙取.

——n. ② 詐騙，欺詐.

[範例] ① Some con men **swindled** me out of a thousand dollars./Some con men **swindled** a thousand dollars out of me. 有幾個騙子騙走我1,000美元.

② This elderly couple are the victims of a common **swindle**. 這對老夫婦是典型詐騙手法的受害者.

[活用] v. **swindles**, **swindled**, **swindled**, **swindling**

[複數] **swindles**

swindler [`swɪndlɚ] n. 詐騙者，騙子.

[複數] **swindlers**

swine [swaɪn] n. ①《古語》〖英〗豬《☞ 充電小站 (p. 953)》: Do not cast pearls before **swine**. 《諺語》不要對牛彈琴. ② 討厭的傢伙.

[複數] **swine**/② **swines**

*__swing__ [swɪŋ] v. ① 搖擺，晃動; 突然轉身;(音樂等)節奏輕快地演奏. ② 懸吊，懸掛著擺動. ③ 揮打. ④ 盪鞦韆. ⑤ 被處以絞刑.

——n. ⑥ 鞦韆. ⑦ 搖擺，擺動; 振幅. ⑧ 輕快活潑的動作《步伐》. ⑨ 變化，變動. ⑩ 搖擺樂《一種1930年代中期流行的爵士樂》.

[範例] ① The hammock was **swinging** in the wind. 那張吊床在風中搖擺.

Our teacher **swung** round to say something to us. 我們老師突然轉過身來，要對我們說些甚麼.

The gate **swung** open by remote control. 那扇門用遙控器啪噠一聲打開了.

The band was **swinging** gaily down the street. 那個樂隊在街道上歡樂地行進.

This music really **swings**. 這首曲子節奏輕快.

② The little girl was **swinging** her basket as she walked. 那個小女孩邊走邊搖晃她手中的籃子.

A monkey was **swinging** by its tail from a tree. 有一隻猴子用尾巴懸掛在樹上.

Our party is **swinging** to the right. 本黨傾向保守.

③ The man **swung** at me. 那個人朝我打來.

The batter **swung** his bat at the curve ball. 那位打擊者揮棒打那個曲球.

④ Do you like **swinging**? 你喜歡盪鞦韆嗎?

⑤ The murderer may **swing** for his crime. 那個殺人犯也許會被處以絞刑.

⑧ The young lady walked with a **swing**. 那位年輕女士步伐輕快地走著.

⑨ We haven't had a big **swing** in prices this year. 今年的物價沒有出現大變動.

[片語] *__the swing of the pendulum__* ① 鐘擺的擺動. ② 興論的變化.

__in full swing__ 處於最高潮: The party was in

full **swing** and everyone was dancing. 那場晚會正處於最高潮，每個人都在跳舞.

♦ **swing bridge** 迴轉橋.

swing dóor 迴旋門《亦作 swinging door》.

活用 v. **swings, swung, swung, swinging**
複數 **swings**

swipe [swaɪp] n. ① 猛擊: I made a **swipe** at the fly with the newspaper, but missed. 我用報紙朝那隻蒼蠅猛打，但沒打到.
——v. ② 猛擊. ③ 偷竊.
複數 **swipes**
活用 v. **swipes, swiped, swiped, swiping**

swirl [swɜl] v. ①（使）產生漩渦.
——n. ② 漩渦.
範例 ① Dandelion seeds **swirled** in the air. 蒲公英的種子在空中旋轉.
She **swirled** the brandy around in her glass. 她搖晃酒杯中的白蘭地，使它產生漩渦.
② The driver saw a **swirl** of dust to his left. 那名司機在他的左側看到塵土的漩渦.
活用 v. **swirls, swirled, swirled, swirling**
複數 **swirls**

swish [swɪʃ] v. ① 發出咻咻聲.
——adj. ② 漂亮的，時髦的.
範例 ① The whip **swished** through the air. 那鞭子掠過空氣發出咻咻聲.
The curtains **swished** open. 窗簾咻地一聲拉開了.
② There is a very **swish** restaurant around here. 在這附近有一家非常漂亮的餐廳.
活用 v. **swishes, swished, swished, swishing**
活用 adj. **swisher, swishest**

*Swiss [swɪs] n. ① 瑞士人.
——adj. ② 瑞士的.
複數 **Swiss**

*switch [swɪtʃ] n. ① 開關. ② 轉換，變更. ③ 細軟枝條；鞭子.
——v. ④ 擺動. ⑤ 轉換，轉變.
範例 ① I felt for a light **switch** in the dark. 我在黑暗中以手觸摸著尋找燈的開關.
② Is there any **switch** in the train schedule? 火車時刻表有任何變更嗎?
⑤ Tom **switched** the conversation from that painful subject to something more pleasant. 湯姆把那段談話從傷心的話題轉移到比較愉快的事情上面.
片語 **switch off** 關掉開關: Please **switch off** the light. 請把那盞燈關掉.
switch on 打開開關: Please **switch on** the TV. 請打開那臺電視機.
switch over ① 轉變. ② 轉換.
複數 **switches**
活用 v. **switches, switched, switched, switching**

*Switzerland [ˈswɪtsələnd] n. 瑞士《☞ 附錄「世界各國」》.

swivel [ˈswɪvl] n. ① 旋轉接頭，轉環. ② 旋轉臺: a **swivel** chair 旋轉椅.

——v. ③（使）旋轉.
複數 **swivels**
活用 v. **swivels, swiveled, swiveled, swiveling/** 〖英〗**swivels, swivelled, swivelled, swivelling**

swollen [ˈswolən] v. ① swell 的過去分詞.
——adj. ② 膨脹的，腫大的: Paul rubbed his **swollen** ankle. 保羅揉搓他腫大的腳踝.
活用 adj. **more swollen, most swollen**

swoon [swun] v. ① 昏厥，昏倒: Jane **swooned** for joy. 珍欣喜若狂.
——n. ② 昏厥，昏倒.
活用 v. **swoons, swooned, swooned, swooning**
複數 **swoons**

swoop [swup] v. ① 猛撲，突襲.
——n. ② 猛撲，突襲.
範例 ① The eagle **swooped** down on the rabbit. 那隻老鷹猛撲向那隻兔子.
② The FBI made a devastating **swoop** on the mafia. 聯邦調查局對黑手黨發動了毀滅性的突襲.
活用 v. **swoops, swooped, swooped, swooping**
複數 **swoops**

*sword [sord] n. 刀，劍.
範例 The man was finally put to the **sword**. 那個男子最後被砍死了.
The pen is mightier than the **sword**. 《諺語》文勝於武.
片語 **put ~ to the sword** 殺死，砍死.
♦ **sword dance** 劍舞.
複數 **swords**

swordfish [ˈsord,fɪʃ] n. 旗魚.
複數 **swordfish/swordfishes**

[swordfish]

*swore [swor] v. swear 的過去式.

*sworn [sworn] v. ① swear 的過去分詞.
——adj. ② 經過宣誓的，盟誓的.
範例 ② **sworn** evidence 經過宣誓的證詞.
sworn enemies 不共戴天的仇敵.

*swum [swʌm] v. swim 的過去分詞.

*swung [swʌŋ] v. swing 的過去式、過去分詞.

sycamore [ˈsɪkə,mor] n. ① 懸鈴木《亦作 plane》. ② 懸鈴木材. ③ 大楓樹.
複數 **sycamores**

syllabication [sɪ,læbɪˈkeʃən] n. 音節劃分《充電小站》(p. 1305).

syllable [ˈsɪləbḷ] n. ① 音節. ② 一句話.
範例 ① The word "opera" has three **syllables**. opera 這個字有3個音節.
an open **syllable** 開音節.
a closed **syllable** 閉音節.
② Never utter a **syllable** of complaint. 發牢騷

充電小站

音節劃分 (syllabication) 的規則

【Q】英文單字之音節如何劃分? 請問有無規則可循?

【A】英文單字音節之多寡通常以該單字所含的元音之數目而定. 但是輔音的分配應如何劃分, 則是音節劃分研究之重點. 雖然音節劃分的規則相當複雜, 但仍可分為「語音學音節劃分法」、「印刷業者音節劃分法」、「字源式音節劃分法」等三種方式. 現逐一介紹如下, 以供參考.

一、語音學的音節劃分法

(1) 兩個元音相連而且唸兩個不同音的時候, 就在這兩個元音的中間劃分音節.
例如: re-cre-ate, id-i-ot, i-de-al, re-al-i-ty

(2) 兩個或兩個以上輔音相連, 而且唸不同音的時候, 就在第二個輔音的前面劃分音節.
例如: mem-ber, af-ter-noon, frus-trate, os-trich, de-mon-strate, pil-grim

(3) 兩個輔音相連唸一個音 (如 ch, gh, ph, th 等)的時候, 不能在中間劃分音節.
例如: teach-er, laugh-a-ble, phi-lo-so-phy, fa-ther-ly

(4) 唸重音的短元音後面接有一個輔音的時候, 就在這個輔音的後面劃分音節.
例如: tél-e-phone, ca-páci-ity, háb-it, so-lic-it, nóth-ing

(5) 在長元音、雙元音或不唸重音的短元音後面接有一個輔音的時候, 就在這個輔音前面劃分音節.
例如: daugh-ter, ba-sis, beau-tify, o-ver, de-cide, se-dúce

二、印刷業者音節劃分法

十九世紀中期, 義大利的印刷業者劃分音節的方式. 在義大利語中, 如果有兩個相同的輔音相連, 則將其輔音唸兩次, 因此義大利語的

話一句也不要說.

mezzo, 按上述音節劃分規則 (2), 應分成 mez-zo 兩個音節, 但在英語中, 並非如此, 如有兩個連續的相同輔音, 其發音與一個輔音相同. 英語本來輔音的讀法就跟義大利語輔音的讀法不一樣, 但英語卻模仿義大利語的讀法, 這種模仿義大利語的音節劃分法, 稱作「印刷業者音節劃分法」. 劃分的規則說明如下:

夾在元音與元音之間的兩個相同的輔音, 前一個輔音附著在前面的元音, 後一個輔音則附著在後面的元音.
例如: sum-mer, run-ner, rab-bit, sud-den, of-fer, bel-ly, cop-per, mes-sage, lit-tle

三、字源式音節劃分法

比如 messy, 其中的 ss 夾在元音的 e 和 y 之間, 按照印刷業者音節劃分法, 應劃分為 mes-sy, 而所有的辭典都劃分作 mess-y, 這是甚麼原因呢?

實際上, 這個單字是在字根 mess 後加字尾 y 構成的. 而如果將其劃分成 mes-sy 就離開了這個單字本來的意義 (將此稱作「字源」). 為了在劃分後仍能清楚呈現其原來的形式, 因此這個單字就被劃分成 mess-y.

又如 speaker, 其中的 ea 是發長元音, 因此它不會吸附其後的輔音, 所以這個單字的音節劃分應為 spea-ker. 但這個單字原本是由 speak 加字尾 er 構成的, 為了清楚表示其字源, 於是將其劃分成 speak-er.

這種考慮字首與字尾來進行音節劃分的方法稱作「字源式音節劃分法」. 簡言之, 字首 (prefix) 與字尾 (suffix) 原則上是在其前後劃分音節.

其他的例子如: teach-er, feel-ing, hard-er, cool-er, month-ly

➡ 充電小站 (p. 1307)

複數 **syllables**

syllabus [`sɪləbəs] n. 課程大綱.
複數 **syllabuses**

****symbol** [`sɪmbl̩] n. ① 象徵, 標誌. ② 符號.
範例 ① The snake in that story is the **symbol** of evil. 那個故事中的蛇是邪惡的象徵.
② "O" is a chemical **symbol** for oxygen. O 是氧氣的化學符號.
複數 **symbols**

***symbolic/symbolical** [sɪm`bɑlɪk(l̩)] adj.
① 象徵性的, 象徵的: The dove is **symbolic** of peace. 鴿子象徵著和平. ② 符號的.
活用 adj. ① **more symbolic**, **most symbolic/more symbolical**, **most symbolical**

symbolically [sɪm`bɑlɪklɪ] adv. 象徵性地, 符號上.

symbolize [`sɪmbl̩͵aɪz] v. ① 象徵. ② 使成為象徵.

範例 ① White **symbolizes** purity. 白色象徵純潔.
② How can we **symbolize** our idea on this flag? 怎樣使我們的想法成為象徵, 表現在這面旗上呢?
參考 〖英〗 symbolise.
活用 v. **symbolizes**, **symbolized**, **symbolized**, **symbolizing**

symmetric/symmetrical [sɪ`mɛtrɪk(l̩)] adj. 對稱的, 勻稱的: His body has symmetrical features. 他的身體很勻稱.

***symmetry** [`sɪmɪtrɪ] n. 對稱, 勻稱.
範例 The design lacks **symmetry**. 那個設計不協調.
A square has four lines of **symmetry**. 正方形有4條對稱軸.
複數 **symmetries**

***sympathetic** [͵sɪmpə`θɛtɪk] adj. ① 體諒人的, 有同情心的. ② 有同感的; 有善意的. ③ (生理學中)交感神經的; (物理學中)共振的.
範例 ① Joan is a sweet girl. She's always

sympathetic to my problems. 瓊是一個心地善良的女孩，總是對我的問題抱持同情心.
a **sympathetic** letter 慰問信.
② Only the vice-president was **sympathetic** to my proposal. 只有副總裁對我的提案表示贊同.
a **sympathetic** atmosphere 善意的氣氛.
[活用] adj. ① ② **more sympathetic, most sympathetic**

sympathetically [ˌsɪmpəˈθɛtɪklɪ] adv. ① 同情地．② 同感地；善意地.
[範例] ① John **sympathetically** patted Mary. 約翰同情地輕拍了瑪麗.
② That paper **sympathetically** reported the Prime Minister's plan. 那份報紙善意地報導了首相的計畫.
[活用] adv. **more sympathetically, most sympathetically**

sympathise [ˈsɪmpəˌθaɪz] =v. [美] sympathize.

sympathiser [ˈsɪmpəˌθaɪɚ] =n. [美] sympathizer.

*****sympathize** [ˈsɪmpəˌθaɪz] v. ① 同情 (with). ② 同感，共鳴，贊同 (with).
[範例] ① I **sympathize** with you, but there's nothing I can do. 我同情你，但我不能為你做些甚麼.
② Everyone **sympathized** with the anticolonialists. 大家都與那些反殖民主義者產生了共鳴.
[參考] [英] sympathise.
[活用] v. **sympathizes, sympathized, sympathizing**

sympathizer [ˈsɪmpəˌθaɪzɚ] n. ① 同情者．② 贊成者，支持者: members and **sympathizers** of the party 那個政黨的成員和支持者.
[參考] [英] sympathiser.
[複數] **sympathizers**

***sympathy** [ˈsɪmpəθɪ] n. ① 同情，體諒．② 同感，贊成.
[範例] ① The Governor expressed his **sympathy** in a personal letter. 那位州長在他的私人信件中表達了同情之意.
Mary cried with John in **sympathy**. 瑪麗因為同情約翰而哭了.
You have our deepest **sympathies**. 我們深感同情.
② The principal's **sympathies** are with the students. 那位校長與學生們有同感.
Mechanics carried out a strike in **sympathy** with the pilots' strike. 因為贊同飛行員的罷工，機械技工們加入罷工.
No one has any **sympathy** for your cause. 沒有人贊成你的主張.
[片語] **come out in sympathy** [英] 聲援罷工.
in sympathy with 贊成. (⇨ [範例] ②)
out of sympathy with 不贊成.

[複數] **sympathies**

symphonic [sɪmˈfɑnɪk] adj. 交響曲的，交響樂的.
♦ **symphonic poem** 交響詩.

*****symphony** [ˈsɪmfənɪ] n. 交響曲，交響樂: The orchestra played Beethoven's seventh **symphony**. 那個管弦樂團演奏了貝多芬的第7號交響曲.
[複數] **symphonies**

symposia [sɪmˈpozɪə] n. symposium 的複數形.

symposium [sɪmˈpozɪəm] n. 研討會，座談會.
[複數] **symposia/symposiums**

*****symptom** [ˈsɪmptəm] n. 症狀，徵兆.
[範例] The patient was developing the **symptoms** of diabetes. 那位病人出現了糖尿病的症狀.
The professor talked about a **symptom** of social change. 那位教授討論了社會變化的徵兆.
[複數] **symptoms**

symptomatic [ˌsɪmptəˈmætɪk] adj. 症狀的，徵兆的，表示～的.
[範例] The patient had the **symptomatic** high fever of malaria. 那個病人出現了瘧疾徵兆的高燒.
His refusal to attend the meeting is **symptomatic** of his disgust with us. 他拒絕出席那場會議，以表示對我們的厭惡.

synagogue [ˈsɪnəˌgɔg] n. 猶太教堂.
[複數] **synagogues**

synchronize [ˈsɪŋkrəˌnaɪz] v. (使) 時間一致，同時發生 [進行]: The two swimmers tried hard to **synchronize** their actions in the water. 那兩名游泳選手努力在水中保持動作一致.
[參考] [英] synchronise.
♦ **synchronized swimming** 水上芭蕾.
[活用] v. **synchronizes, synchronized, synchronized, synchronizing**

syndicate [n. ˈsɪndɪkɪt; v. ˈsɪndɪˌket] n. ① 企業聯合組織．② 通訊社.
——v. ③ 使成為聯合組織．④ 透過通訊社發表稿件.
[範例] ① a banking **syndicate** 銀行團.
a drug **syndicate** 毒品犯罪集團.
④ The big news was immediately **syndicated** all over the world. 那個重大新聞立即被傳送到全世界.
[複數] **syndicates**
[活用] v. **syndicates, syndicated, syndicated, syndicating**

syndrome [ˈsɪndrom] n. 症候群，綜合症狀.
[複數] **syndromes**

synonym [ˈsɪnəˌnɪm] n. 同義字 《略作 syn.》:
"Bill" and "check" can be **synonyms** in America. bill 和 check 在美國可以說是同義字.
☞ ↔ antonym

———— 充電小站 ————

音節 (syllable)

幾乎沒人能對音節提出一個令人滿意的定義。為了教學方便起見，音節可用語音的「響亮度」(sonority) 來下定義。也就是說，音節由一個至數個音段 (segment)，意即輔音 (consonant) 或元音 (vowel) 所組成，其中元音具有一個聲音響亮度的高峰。舉例說明一下：

音節具有層次結構 (hierarchical struture)，比如 pen 這個單字。e 表示 [ε] 這個元音，e 前面的 p 表示 [p] 這個輔音，e 後面的 n 表示 [n] 這個輔音。因此，pen 是由一個元音和其前後各有一個輔音所組成的字，即「一個音節的單字」。

換言之，[pεn] 分別由三個音段組成，具有 CVC 的型態，其中 VC (即 [εn]) 的組合很自然，但 CV (即 [pε]) 的組合則不然。現在下圖來表示這種層次關係：

pen [pεn]

S＝音節 (syllable)　O＝韻頭 (onset)
R＝韻 (rhyme)　N＝核心元音 (nucleus)
C＝韻尾 (coda)

那麼 old 又如何呢？o 表示 [o] 這個元音，o 前面並沒有輔音，即「有零個輔音」。o 後面的 l 表示 [l] 的輔音，d 表示 [d] 的輔音。因此，old 是由一個元音和其後兩個輔音所組成的字，與 pen 相同，是「一個音節的單字」。

接著再來看 screen 這個字。ee 雖然是兩個字母，但表示一個長元音 [i]。而在 ee 前面有 s [s]，c [k]，r [r] 等三個輔音，其後有 n [n] 一個輔音。所以，screen 是由一個元音和四個輔音所組成的字，仍然是「一個音節的單字」。

screen [skrin]

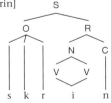

而 member 這個字有兩個元音。其中一個是 e，與 pen 的 e 相同；另一個是 er。er 是兩個字母，但表示一個元音 [ɚ]。因此，member 是「兩個音節的字」。其音節形式為 mem-ber，唸起來會產生兩個響亮度高峰。

而 telephone 這個字可劃分為 tel-e-phone，即「三個音節的字」。第一個音節為元音 e [ε] 加上前面的 t [t] 和後面的 l [l]；第二個音節只有一個元音 e [ə]；最後一個音節為 o 和字尾 e 合在一起表示 [o]，加上前面的 ph [f] 和後面的 n [n]。因此，整個字合在一起唸會產生 3 個響亮度高峰。

▶ 音節劃分的作用

像 mem-ber 和 tel-e-phone 這樣劃分音節有何意義呢？

在書寫英文時，若某個單字在某一行的最後擠不下時，不可以在音節劃分處以外的地方隔開另行起。例如：

> When I was reading the book, the te-lephone rang. It was a call from a me-mber of the tennis club.

像上面這樣劃分是不可以的，應該仿照下面這樣，按先前指示的音節劃分方法來做。

> When I was reading the book, the tele-phone rang. It was a call from a mem-ber of the tennis club.

在音節劃分處所使用的 (-) 符號稱為「連字號 (hyphen)」，在劃分後一定要寫上。否則，在這樣的情況下就得將那個單字整個移至下一行。如下面的例子：

> When I was reading the book, the telephone rang. It was a call from a member of the tennis club.

如此一來就沒有必要為一個單字需要在何處劃分音節而煩惱，而且這樣讀起來也更容易。

最後還有一點需要注意的是：就連兩個音節或兩個音節以上的單字都傾向於不分開，因此在書寫時「一個音節的單字」更不能分開。

複數 **synonyms**

synonymous [sɪˋnɑnəməs] *adj.* 同義的.
活用 *adj.* **more synonymous**, **most synonymous**

synopsis [sɪˋnɑpsɪs] *n.* 概要，大意，梗概.
發音 複數形 synopses [sɪˋnɑpˏsiz].

syntactic [sɪnˋtæktɪk] *adj.* 造句法的；按照造句法的；造句法上的.

syntax [ˋsɪntæks] *n.* 句法，造句法，句子結構.

synthesis [ˋsɪnθəsɪs] *n.* 合成，綜合：This aroma is a product of chemical **synthesis**. 這種香味是由化學合成產生的.
發音 複數形 syntheses [ˋsɪnθəˏsiz].

synthesizer [ˋsɪnθəˏsaɪzɚ] *n.* 電子合成樂器.
參考 英 synthesiser.
複數 **synthesizers**

synthetic [sɪn`θɛtɪk] *adj.* 合成的，綜合的.
範例 **synthetic** detergents 合成清潔劑.
synthetic resin 合成樹脂.

syphon [`saɪfən] ＝*v.*, *n.* siphon.

syringe [`sɪrɪndʒ] *n.* ① 注射器《亦作 hypodermic syringe》. ② 洗滌器，灌腸器.
——*v.* ③ 沖洗. ④ 注射，注入.
複數 **syringes**
活用 *v.* **syringes**, **syringed**, **syringed**, **syringing**

syrup [`sɪrəp] *n.* 糖漿；糖蜜.
發音 亦作 [`sɝəp].

***system** [`sɪstəm] *n.* ① 體系，制度，組織. ② 身體.
範例 ① the solar **system** 太陽系.
the digestive **system** 消化系統.
the metric **system** 公制.
the decimal **system** 10進位制.

the binary **system** 2進位制.
the feudal **system** 封建制度.
the monetary **system** 貨幣制度.
A lot of firms have adopted the eight-hour **system** in Taiwan. 在臺灣，很多公司採用8小時工作制.
② Alcohol is not always good for your **system**. 酒未必對身體有益.
複數 **systems**

***systematic/systematical**
[ˌsɪstə`mætɪk(l)] *adj.* 有系統的，有組織的：
systematic research 有系統的調查.
活用 *adj.* **more systematic**, **most systematic/more systematical**, **most systematical**

systematically [ˌsɪstə`mætɪklɪ] *adv.* 有系統地，有組織地.

簡介字母 T 語音與語義之對應性

/t/ 在發音語音學上列為清聲齒齦阻塞音 (voiceless alveolar stop). 發音的方式是雙唇微開, 不振動聲帶, 舌尖向上, 抵住上齒齦且閉住氣流, 當舌頭離開齒齦時, 閉住的氣流突然由口腔逸出, 而發出爆發音 [t].

(1) 發 [t] 音時, 舌頭必須向前, 抵住上齒齦. 很像人把手伸出去做「拉、拖、投、抱、摸、拴、捆、拿、撕、伸、搔」的動作. 因此本義表示「伸手做的動作」:

tug　*v.* 用力拉
tighten　*v.* 拉緊
tauten　*v.* 拉緊 (繩網等)
tow　*v.* 用繩拖引 (船、汽車); 拖曳
toss　*v.* 輕拋, 輕擲
tackle　*v.* 抓住 (小偷等); (橄欖球) 擒抱
tie　*v.* (用繩索、帶子等) 綑綁, 拴
tangible　*adj.* 可觸摸到的
contact　*v.* 接觸, 觸碰
attach　*v.* 繫上, 拴上
tether　*v.* 將 (牛、馬等) 以繩拴緊
tap　*v.* 輕拍, 輕敲, 輕打
take　*v.* (用手) 拿取, 抱, 握
tear　*v.* 撕裂, 扯破
tamper　*v.* 亂弄, 瞎弄
tender　*v.* (向某人) 提出, 提供
tip　*v.* 輕碰
touch　*v.* (用手等) 摸, 碰
tuck　*v.* (用手) 把～塞進
toil　*v.* 辛勞工作
tickle　*v.* 搔癢; 呵癢
titillate　*v.* 搔癢; 呵癢
tit for tat　以牙還牙, 一報還一報

(2) 發 [t] 音時, 舌頭必須向前, 抵住上齒齦, 這很像舌頭伸出去做「嘗味、試味」的動作, 也可能做「講話、講課、嘲笑」的動作. 因此本義也表示「伸舌頭做的動作」:

taste　*v.* 嘗, 品嘗
attempt　*v.* 嘗試, 試圖
test　*v.* 試驗, 測試
tempt　*v.* 《古語》嘗試, 試驗; 誘惑 (某人做壞事、行樂)
tang　*n.* 強烈的味道, 特有的味道
tentative　*adj.* 試驗性的, 暫時的
talk　*v.* 說話, 講話
tell　*v.* 說, 講, 告訴

tout　*v.* 招徠客戶, 兜售 (商品等)
tattle　*v.* 喋喋不休地說; 閒談
teach　*v.* 教, 教導
tutor　*v.* 以家庭教師身分教
tutelage　*v.* 教導, 監督
titter　*v.* 竊笑
tease　*v.* 取笑, 嘲笑
taunt　*v.* 譏嘲, 嘲弄

(3) 因為鐘、鈴等也有舌, 若上下左右搖晃, 也會使鐘、鈴等發生響聲, 因此衍生出引申之意「鐘、鈴等之聲響」:

ting (＝tinkle)　*v.* (鈴等) 發出叮噹聲
toll　*v.* 鳴 (晚鐘、喪鐘等); 敲鐘報 (時)
toot　*v.* (喇叭、笛子、號角等) 嘟嘟響
tattoo　*v.* (鼓等) 咚咚連敲聲

(4) 發 [t] 音時, 舌頭必須向前, 抵住上齒齦, 這很像腳伸出去做「走路、行走」的動作, 但腳的踩踏聲通常很沉重, 這與 [t] 的清脆音質 (a light sharp sound) 不協和, 造成走起路來跌跌撞撞. 本義表示「伸腳做的動作」:

totter　*v.* 蹣跚而行
toddle　*v.* (幼兒學步時) 蹣跚而行
teeter　*v.* 蹣跚而行
tumble　*v.* 跌跌撞撞地走
tend　*v.* (道路等) 通往, 通向
tour　*v.* 旅遊, 旅行

(5) 發 [t] 音時, 舌尖向上, 抵住上齒齦, 其發音位置具有尖端性 (sharp extremities), 因而引申之意為「尖端物或類似尖端物」:

tag　*n.* (寫有姓名、號碼、定價等的) 牌子, 標籤; 尾端
tail　*n.* (動物的) 尾巴
taper　*n.* 細蠟燭, (點火用的) 燭蕊; *v.* 變尖, 逐漸變小
teat　*n.* (哺乳類動物的) 奶頭
tine　*n.* (叉子等的) 齒
tip　*n.* 尖端
toe　*n.* 腳趾
tooth　*n.* 牙齒
top　*n.* 頂端, 上方
tower　*n.* 塔, 樓塔
turret　*n.* (城堡的) 高樓; (建築物的) 小塔, 角樓
tusk　*n.* (大象、山豬等的) 長牙

T [ti] *n.* 《T 字形之物》.

♦ **T̄-bone stèak** 丁骨牛排.

T̄-jùnction 丁字路口.
T̄-shírt 短袖圓領汗衫《亦作 tee-shirt》.
T̄-squáre 丁字尺.

ta [ta] *interj.*《口語》《英》謝謝《亦作 Thank you.》.

tab [tæb] *n.* ① （罐頭的）拉環. ② 掛牌，標籤，名條《掛於衣服或貼於檔案上》. ③ （衣服上的）垂片，垂飾;（防寒帽的）耳覆. ④ （飛機的）小尾翼《安裝於尾翼上可活動的小翼》. ⑤ 《口語》《美》帳單，帳目. ⑥ 定位鍵，定位裝置《打字機、文字處理機、電腦等設定游標移至某位置的功能，或是執行該功能的鍵；為 tabulator 的縮寫》.

範例 ① Pull the **tab** toward you and push it back to open the can. 把拉環拉向你然後推回去，就能打開那個罐子.
② I can't find "Home Economics" on the **tabs** in this loose-leaf notebook. 在這本活頁筆記簿中，我找不到標有「家政學」的標籤.
He sewed the name-**tab** into his sports shirt. 他把那個名條縫在他的運動衫上.

片語 **keep a tab on/keep tabs on** ① 記帳: Mother **keeps a tab on** daily expenses. 媽媽記錄每天的開銷. ② 監視，注意: The government **kept tabs on** the radicals. 政府監視著那群激進分子.

參考 ① 指帶子、布條、把手等用來拉或壓的東西；錄音帶的外殼也稱作 tab；圓形的把手稱作 knob，可旋轉的稱作 dial.

複數 **tabs**

[tab]

tabasco [təˋbæsko] *n.* 塔巴斯哥辣醬油《紅色辣椒製成的辛辣調味料，亦作 tabasco sauce，源自商標名 Tabasco》.

tabernacle [ˋtæbɚˏnækl] *n.* ① 〔the T~〕《聖經》聖幕《古代猶太人在旅行或遷移時使用的移動式神龕》. ② （摩門教和部分新教的）教堂，禮拜堂.
複數 **tabernacles**

*****table** [ˋtebl] *n.* ① 桌子，餐桌，臺. ② （餐桌上的）食物. ③ （圍坐餐桌的）一桌人，在座的人. ④ 表，一覽表，目錄. ⑤ 臺地，高原. ——*v.* ⑥ 列表. ⑦《英》提出（動議）. ⑧《美》擱置（提案）.

範例 ① a **table** lamp 檯燈.
My daughters set the **table** for me every day. 我的女兒們每天幫我擺好餐具.
The shoemaker was at his work **table**. 那位鞋匠在他的工作臺旁.
② My aunt often keeps a good **table**. 我阿姨經常享用佳餚.
③ My father's joke made the **table** laugh. 我父親的笑話使在座的人都笑了.

④ learn ~'s multiplication **tables** 學會九九乘法表.
a **table** of contents 目次.
⑦ The committee **tabled** an amendment. 那個委員會提出一項修正案.
⑧ It has been decided to **table** the plan until the fall. 已決定將那個計畫擱置到秋天.

片語 **at table/at the table** 正在用餐地: We were **at the table** when the bell rang. 門鈴響的時候，我們正在吃飯.
keep a good table 經常吃得好.（⇨ 範例 ②）
on the table ①《英》審議中. ②《美》（議案等）擱置地，暫不處理地.
turn the tables 扭轉局勢，轉敗為勝.
under the table 祕密地，私下地，偷偷地；賄賂地.

♦ **táble línen** 餐桌用布《如桌布、餐巾等》.
táble mànners 餐桌禮儀.
táble nàpkin 餐巾.
táble sàlt 放在餐桌上的鹽.
táble tàlk 用餐時的閒聊.
táble tènnis 乒乓球.

複數 **tables**
活用 *v.* tables, tabled, tabled, tabling

tablecloth [ˋteblˏklɔθ] *n.* 桌布.
複數 **tablecloths**

tablespoon [ˋteblˏspun] *n.* ① （餐桌上分用的）大湯匙. ② 一大湯匙的量《亦作 tablespoonful》.
複數 **tablespoons**

tablespoonful [ˋteblspunˏful] *n.* 一大湯匙的量《3倍茶匙 (teaspoon) 的量，約 14.8cc；亦作 tablespoon》: two **tablespoonfuls** of sugar 兩大湯匙的糖.
➡ 充電小站 (p. 273)
複數 **tablespoonfuls**

*****tablet** [ˋtæblɪt] *n.* ① 藥片: The doctor told me to take two **tablets** before every meal. 那位醫生囑咐我在每次用餐前服用兩個藥片. ② 牌，匾額《刻了字的平板；用金屬、石頭或木頭製成，鑲嵌於牆或紀念碑上》.
複數 **tablets**

tabloid [ˋtæblɔɪd] *n.* 小型報紙《大小約一般報紙的一半，通常報導新聞》.
複數 **tabloids**

*****taboo** [təˋbu] *n.*, *adj.* ① 禁忌(的)，忌諱(的). ——*v.* ② 禁止，避諱.
範例 ① Eating pork is **taboo** in some religions. 在某些宗教中，食用豬肉是一種禁忌.
a **taboo** subject 禁忌的話題.
複數 **taboos**
活用 *v.* taboos, tabooed, tabooed, tabooing

tabulate [ˋtæbjəˏlet] *v.* 列表，把~製成表: The scientist **tabulated** the results of the experiment. 那位科學家把實驗的結果製成表格.
活用 *v.* tabulates, tabulated, tabulated,

tabulating

tabulation [ˌtæbjəˈleʃən] n. 列表，製表；表格．

tabulator [ˈtæbjəˌletɚ] n. 製表人〔機〕；定位鍵《電腦等設定游標移至某位置的功能，或是執行該功能的鍵》．

[複數] **tabulators**

tachometer [təˈkɑmətɚ] n. 轉速計《測量引擎等運轉次數的儀器》．

[複數] **tachometers**

*__tacit__ [ˈtæsɪt] adj. 心照不宣的，無言的，沉默的．

[範例] a **tacit** understanding 默契．

The two countries had a **tacit** agreement to help each other in the face of outside aggression. 面對外來侵略時，這兩個國家有互相幫助的默契．

tacitly [ˈtæsɪtlɪ] adv. 心照不宣地，無言地，沉默地．

tack [tæk] n. ① 大頭釘，平頭釘．② (縫紉的)粗縫，假縫．③ 方針，策略．④ (船)搶風航行．

──v. ⑤ 用大頭釘釘住．⑥ 粗縫，以假縫縫製，暫時縫上．⑦ (船)搶風轉變航向．⑧ 附加(on).

[範例] ① a thumb **tack** 圖釘．

carpet **tacks** 地毯釘．

③ The governor is on the wrong **tack**. 那位州長的政策錯誤．

④ The yacht took a starboard **tack**. 那艘遊艇向右搶風航行．

⑤ The teacher **tacked** the notice to the wall. 老師把那份告示用大頭針釘在牆上．

⑥ **Tack** up the hem as best as you can. 你儘量將衣服褶邊暫時縫上．

⑦ The boat **tacked** its way back to harbor. 那艘小船搶風轉變航向回港．

⑧ This restaurant **tacks** on a 15% gratuity for parties of 10 and up. 這間餐廳對10人以上的團體加收15%的小費．

[片語] **be on the wrong tack** 航向錯誤，方針錯誤. (⇒ [範例] ③)

[複數] **tacks**

[活用] v. **tacks**, **tacked**, **tacked**, **tacking**

*__tackle__ [ˈtækl] n. ① (釣魚等的)用具．② 滑車《利用滑輪 (pulley) 與繩索 (rope) 組合牽引重物的裝置》．③ 擒抱《美式足球中為阻止對方進攻而抱住並扭倒敵方球員的動作，或是一般足球比賽中攔截敵方持球的動作》．

──v. ④ 攔截，擒抱；擒住，捕捉(小偷、強盜等)．⑤ (嚴肅而有效率地)處理，解決(問題等)．

[範例] ① I have fishing **tackle** for fresh and salt water fishing. 我有適合淡水和鹹水釣魚的釣具．

③ He made a good **tackle**. 他演出一記漂亮的攔截．

④ The security guard **tackled** one of the shoplifters. 安全警衛抓到了其中一名商店竊賊．

⑤ At the next meeting, we'll **tackle** our funding problem. 下次會議中，我們將要解決我們的資金問題．

[複數] **tackles**

[活用] v. **tackles**, **tackled**, **tackled**, **tackling**

*__tact__ [tækt] n. 機智，圓滑，老練《靈活處理事件的能力》：One needs **tact** in dealing with irate customers. 在對付發怒的顧客時需要機智．

tactful [ˈtæktfəl] adj. 機智的，圓滑的，老練的．

[活用] adj. **more tactful**, **most tactful**

tactfully [ˈtæktfəlɪ] adv. 機智地，巧妙地，圓滑地．

[活用] adv. **more tactfully**, **most tactfully**

tactic [ˈtæktɪk] n. ①〔常~s〕策略，手法．②〔常~s〕戰術，兵法：Brilliant **tactics** overcame superior firepower to win the battle. 想贏得戰爭，巧妙的戰術勝過強大的火力．

[參考] 複數形 tactics 既可作單數，也可作複數使用．

[複數] **tactics**

tactical [ˈtæktɪkl] adj. ① 戰術上的，兵法上的，戰術性的．② 善於籌劃的，長於策略的．

♦ **tàctical nùclear wéapon** 戰術性核子武器．

[活用] adj. ② **more tactical**, **most tactical**

tactless [ˈtæktlɪs] adj. 不機敏的，笨拙的，不圓滑的．

tactlessly [ˈtæktlɪslɪ] adv. 不機敏地，笨拙地，不圓滑地．

[活用] adv. **more tactlessly**, **most tactlessly**

tadpole [ˈtædˌpol] n. 蝌蚪．

[複數] **tadpoles**

taffeta [ˈtæfɪtə] n. 波紋綢，塔夫塔綢《以絲或人造絲織成的光亮而質料略硬的布綢，多用於衣服布料》．

taffy [ˈtæfɪ] n.《美》太妃糖《用糖加奶油、花生等加熱製成的糖果；《英》toffee》．

[複數] **taffies**

tag [tæg] n. ① (標示價格、號碼、地址等的)標籤，名牌．② 繩子或帶子末端的金屬或塑膠包頭．③ 引用語，陳腔濫調．④ 捉迷藏．⑤ (棒球的)刺殺．

──v. ⑥ 加標籤於．⑦ 附加，添加引用語．⑧ (棒球中)刺殺(跑者)．

[範例] ① a name **tag** 名牌．

a price **tag** 價格標籤．

a number **tag** 號碼牌．

a claim **tag** (行李的)寄存牌．

Toward the end of his term, the president gained a "lame duck" **tag**. 任期即將結束時，那位總統被貼上「瘸鴨」的標籤．《lame duck 指「瘸鴨，不會游泳的鴨子」；用來形容不再連任的政府官員等在任期結束前失去影響力的情況》．

④ The boys are playing **tag** now. 那群男孩正在玩捉迷藏的遊戲．

⑥ She **tagged** her bag with her name. 她在手

提包上附上自己的名牌.
This bag is **tagged** at NT$2,500. 這個手提包標價新臺幣2,500元.
⑦ She **tagged** her speech with a proverb. 她用一句諺語結束演講.

[片語] **play tag** 玩鬼捉人遊戲《捉迷藏中當鬼的人捉人之遊戲》. (⇨ [範例] ④)

tag along 尾隨, 跟隨: When he goes out, his son always **tags along** with him. 他出門時, 他兒子總是尾隨著他.

♦ **tág dày** 〖美〗街頭募捐日《源自捐款者能獲贈一張小標籤》.

tàg énd ① 尾端, 末端. ② 末尾, 尾聲.

tàg quèstion 附加問句《[☞] 充電小站 (p. 1313)》.

tág sàle (在自宅車庫舉行的) 舊物標價出售.

[複數] **tags**

[活用] v. **tags, tagged, tagged, tagging**

tail [tel] n. ① 尾巴. ② 似尾巴之物, 尾部. ③ 〔~s〕燕尾服《亦作 tailcoat》. ④ 隨員; 跟蹤者. ⑤ 〔~s〕(硬幣的) 反面《正面稱 heads》.
—— v. ⑥ 尾隨, 跟隨; 跟蹤.

[範例] ① The dog is wagging its **tail**. 那隻狗正搖著牠的尾巴.
the **tail** of a comet 彗星的尾部.
I was at the **tail** end of the queue. 我在那個隊伍的尾端.
④ Put a **tail** on the suspect tonight. 今晚派人跟蹤那名嫌犯.
⑤ Heads or **tails**? 正面還是反面?《丟銅板決定某事》

[片語] **on ~'s tail** 緊跟~地, 跟蹤~地.

tail off 逐漸消失〔變小, 變弱〕; (話等) 聲音停頓而終止.

turn tail 逃跑, 溜走.

with ~'s tail between ~'s legs (動物, 人等) 夾著尾巴逃跑地, 落荒而逃; 垂頭喪氣地.

♦ **tàil énd** 尾端, 末端.

táil wind 順風.

[複數] **tails**

[活用] v. **tails, tailed, tailed, tailing**

taillamp [`tel,læmp] n. (汽車等的) 尾燈《亦作 taillight》.

[複數] **taillamps**

tailless [`tellıs] adj. 無尾的: a **tailless** cat 無尾的貓.

taillight [`tel,laıt] n. (汽車等的) 尾燈《亦作 taillamp》.

[複數] **taillights**

tailor [`telɚ] n. ① 裁縫師, 成衣匠《主要指製作男裝者, 而製作女裝的稱作 dressmaker》.
—— v. ② 縫製 (衣服) 《(根據某要求, 目的) 使配合, 使適合.

[範例] ① I went to the **tailor**'s to be measured for a suit. 我去那家裁縫店量身訂做西裝.《a tailor's 即 a tailor's shop, 指裁縫店》
The **tailor** makes the man. 《諺語》佛靠金裝,

人靠衣裳.
② Jack's suit is well-**tailored**. 傑克的西裝剪裁合身.

[複數] **tailors**

[活用] v. **tailors, tailored, tailored, tailoring**

tailor-made [`telɚ`med] adj. ① (指衣服) 訂做的. ② (女裝) 訂製成男裝式樣的. ③ 完全適合的, 十分合適的.

[範例] ① Jim always wears a **tailor-made** suit. 吉姆總是穿著訂做的西裝.
③ Peter is **tailor-made** for this job. 彼德最適合做這份工作.

taint [tent] v. ① 使污染, 使腐敗.
—— n. ② 骯髒, 污點, 腐敗.

[範例] ① Such books will **taint** the young mind. 像這樣的書會污染年輕人的心智.
This juice is **tainted**. 這果汁變質了.
This chicken is **tainted** with salmonella. 這雞肉受到沙門氏菌的污染.
② The **taint** of corruption kept him from running for mayor. 由於貪污的污點, 他無法競選市長.
moral **taint** 道德腐敗.

[活用] v. **taints, tainted, tainted, tainting**

[複數] **taints**

Taiwan [`taɪ`wɑn] n. 臺灣.

:take [tek] v.

原義	層面	釋義	範例
(主動) 取得	物理性地	取, 拿, 抓	①
	奪取		②
	獲取		③
	接受	領取, 收到	④
	使進入體內	攝取, 吃 (藥)	⑤
	使用交通工具	搭乘	⑥
	移動, 搬運	帶走, 拿走 (從餐廳等) 把 (食物) 買回食用	⑦
	行動	做	⑧
	拍照	拍 (照片)	⑨
	事物	需要, 花費 (時間、金錢等)	⑩

—— n. ⑪ (電影、電視中連續拍攝的) 場景, 鏡頭. ⑫ 捕獲量; 漁獲量.

[範例] ① Mother **took** my hand as the road was slippery. 因為路滑, 媽媽拉住我的手.
He **took** two glasses from the cupboard and filled them with whisky. 他從那個壁櫥裡拿出兩個玻璃杯, 並倒滿威士忌.
The mother **took** the knife from her son. 那個母親從她兒子手中奪走那把小刀.

「附加問句」(tag question) 的語調

【Q】"You are hungry, aren't you?" 此句句末語調該上揚，還是下降呢?

【A】兩者皆可，但有感情上的差別．語調上揚時，是親切詢問對方的意思，說話者對於直述句裡所表達的內容比較沒有把握，中文可譯成「你肚子餓了，是嗎?」;語調下降時，有詰問對方的意思，說話者對於直述句裡所表達的內容比較有把握，中文可譯成「你肚子餓了，是吧?」

該原則基本上適用於所有疑問句． 例如，What is your name? 語調上揚，是親切詢問對方「你叫甚麼名字」，下降則變成詰問對方「你叫甚麼?」

所以，疑問句根據前後關係有兩種讀法．

You are hungry, aren't you? 這樣的問句在口語中經常出現，但實際上是由以下兩個句子連接而成: You are hungry. Aren't you?

如果用上揚語調詢問是「(我想)你肚子餓了，(難道你) 不餓嗎?」，語調下降則是「(我想)你肚子餓了，對吧?」．

再看其他的「附加問句」．

You see that building, don't you?

(,) 之前是「你看見那棟大樓」．(,) 之後，語調上揚的意思是「(你)有看見嗎?」; 語調下降則為「(你一定)看見了」．

You don't like carrots, do you?

(,) 之前是「你不喜歡胡蘿蔔」．(,) 之後，語調上揚的意思是「喜不喜歡呢?」; 語調下降則為「(你一定)不喜歡」．

如果 (,) 之前無 not，(,) 之後則有 not; 如果 (,) 之前有 not，(,) 之後則無 not．

但是也有在 (,) 前後都無 not 的句子．

Take a look, will you?

(,) 之前是「請看」．(,) 之後，語調上揚的意思是「你想看嗎?」; 語調下降則為「你一定要看一看」．

He **took** cigarettes out of his pocket. 他從口袋中拿出菸．

I **took** a mop to mop the floor. 我拿拖把來拖地．

Father **takes** cream and sugar in his coffee. 父親在他的咖啡中加入奶精和糖．

Mary **took** her baby in her arms. 瑪麗把她的孩子抱在懷裡．

Take a seat and make yourself comfortable. 找個位子坐下，並且放輕鬆．

The doctor **took** her pulse. 那位醫生替她量脈搏．

② The army **took** the city in a day. 那支軍隊在一天之內就奪取了那個城市．

If you **take** six from ten, you have four. 10減6等於4．

Take 5 away and what do you have left? 拿走5個以後，你還剩多少呢?

She had a tooth **taken** out this morning. 今天早上她拔了一顆牙．

Hot water will **take** stains out of woolen articles. 熱水可以去掉毛織品上的污漬．

He was **taken** from us by cancer last November. 去年11月，他因為癌症去世了．

His life was **taken** by cancer. 癌症奪走了他的性命．

She was **taken** by his charm. 她被他的魅力征服了．

He was **taken** with a feeling of superiority. 他被優越感沖昏頭了．

③ She **took** the first prize in the speech contest. 她在那場演講比賽中榮獲第一名．

He **took** what he liked most. 他拿他最喜歡的．

We will **take** two weeks' vacation this summer. 今年夏天我們將休假兩個星期．

John **took** an important position in his company. 約翰在他公司擔任要職．

I **took** Dr. Norton's class last semester. 上學期我修了諾頓博士的課．

My son **took** the exam and passed it last year. 我兒子去年參加那場考試並且通過了．

We must **take** every measure to keep order. 我們必須採取各種方法來維持秩序．

Bill **took** a job at a warehouse. 比爾在一間倉庫工作．

Our president **took** the chair at the committee. 我們的總裁當上了那個委員會的會長．

Is this seat **taken**? 這個座位有人坐嗎?

They **took** two tickets for the play. 他們拿到兩張那場比賽的票．

The name of David is **taken** from my father's side of the family. 大衛這個名字取自我的父系家族．

That passage was **taken** out of my book. 那一段是從我的書中截取出來的．

The policeman **took** him by the hand. 那個警察抓住他的手．

They were **taken** prisoner in the war. 他們在那場戰爭中成為俘虜．

He **took** no chances. 他絕不冒險〔從不投機〕．

Take every opportunity to study abroad. 你要抓住每一個可以出國留學的機會．

④ I won't **take** less than NT$300,000 for my car. 低於新臺幣30萬元我絕不賣我的車．

No one **took** me seriously any more. 再也沒有人把我的話當真．

Let's **take** our teacher for example. 以我們的老師為例．

Mr. Smith is away today, so will you **take** his class for him? 史密斯先生今天不在，你願意

幫他上課嗎?

He **took** the criticism calmly. 他冷靜地接受批評.

He **took** her smile to mean yes. 他把她的微笑視為同意.

She **took** a fancy to the little house. 她對那間小屋抱有好感.

The boss **took** an interest in my proposal. 老闆對我的建議很感興趣.

I don't think I can **take** any more of his rudeness. 我想我再也無法忍受他的無禮了.

I'll **take** full responsibility for anything that happens. 我將對任何發生的事情全權負責.

Don't **take** what he said for the truth. 不要認為他所說的都是事實.

My baby boy is often **taken** to be a girl. 我的小兒子經常被誤認為是小女孩.

Take it easy. 別緊張; 放輕鬆.

Mr. Chen, I **take** it? 是陳先生嗎?

The boss isn't **taking** it well about your calling in sick again. 老闆對你再次請病假很不高興.

You can **take** it from me that he has the ability to do it. 我可以向你保證他有能力做那件事.

I **take** it you don't like Mexican food. 我想你不喜歡吃墨西哥菜.

Our school will **take** 500 new students next year. 我們學校明年將招收500名新生.

How many liters can this bottle **take**? 這個瓶子能裝幾公升?

What kind of film does this camera **take**? 這臺相機裝甚麼樣的底片?

This bus **takes** 50 passengers. 這輛公車能承載50名乘客.

⑤ I **took** a lunch of fish and chips. 中餐我吃了魚和洋芋片.

Every morning she opens the window and **takes** a deep breath of fresh air. 每天早晨她都會打開窗戶, 深深地呼吸新鮮空氣.

Take this medicine before going to bed. 此藥請在睡前服用.

⑥ They **took** the shortest way home. 他們抄最近的路回家.

Which road should we **take** for Taichung? 我們該走哪一條路去臺中?

He **took** the wrong bus. 他搭錯公車.

She is going to **take** the 10:30 train to Boston. 她將搭乘10:30的火車前往波士頓.

⑦ Let's **take** the dog for a walk. 我們去遛狗吧.

I will **take** you to the movies tomorrow. 我明天帶你去看電影.

Diana **took** us around town to see the sights. 黛安娜帶我們到城裡四處觀光.

Dad, **take** me out to the ballgame. 爸爸, 帶我去看球賽.

I'll **take** you over to the hotel. 我會送你去旅館.

Someone **took** my hat by mistake. 有人拿錯了我的帽子.

Don't forget to **take** your umbrella with you. 別

忘了帶你的雨傘.

She **took** the problem to him. 她請他幫忙解決難題.

Three fishburgers to **take** out, please. 請給我3個魚肉堡, 外帶.

This book is not to be **taken** out of the library. 這本書不能外借.

This train will **take** you to Memphis. 這班火車將載你前往孟斐斯.

His business **takes** him to New York twice a year. 他因公每年要去紐約2次.

His natural ability **took** him to the top of his class. 他因天資聰穎而成為班上的頂尖人物.

This book **takes** me back to my childhood. 這本書讓我重溫童年時光.

⑧ The old man **took** a walk around town. 那個老人在城裡到處走走.

She usually **takes** a bath in the morning. 她通常早上洗澡.

The dye won't **take** in this condition. 在這種情況下, 染料不容易上色.

⑨ I **took** my baby's picture. 我幫小嬰兒拍照.

She had her picture **taken** by her husband this morning. 今天早上, 她丈夫幫她拍照.

⑩ It **took** us half an hour to drive from here to Peitou. 從這裡開車去北投花了我們半個小時.

The work **took** as much as three hours. 這項工作足足花了3個小時.

It **took** all her strength to move the safe. 搬移那個保險櫃耗盡了她所有的力氣.

How long does it **take** for you to master a foreign language? 你花了多少時間精通一門外語?

片語 **on the take** 《口語》受賄.

take after ① 與~相像: She **takes after** her mother. 她的容貌長得像她母親. ② 〖美〗追趕; 追隨: I **took after** the thief, but I couldn't catch him. 我緊追著那名小偷, 但是沒抓到他.

take against 〖英〗對抗; 不喜歡.

take ～ apart ① 拆開, 拆散. ② 嚴厲地批評.

take away ① 帶走, 拿走: 〖英〗外賣: Mother **took** all the dishes **away**. 媽媽把所有的盤子都收走了. ② 減去(數值、金額等). (⇒ 範例 ②)

take back ① 《口語》撤回, 收回(言語): I **take back** what I said about you the other day. 我收回之前對你的評論. ② 取回, 退還, 退貨: Mother **took back** the dress and exchanged it for another. 媽媽把那件衣服退回去另換一件.

take down ① 取下: He **took** the flag **down** after the assembly. 那場會議結束後, 他把旗子取了下來. ② 記下, 記錄: The doctor **took** my telephone number **down**. 那位醫生記下我的電話號碼. ③ 拆除, 拆卸(機械): The scaffolding was **taken down**. 鷹架被拆除了.

take effect 生效，見效：How soon does this medicine **take effect**? 這種藥要多久才會見效？

take ~ for... 把~當作…；把~誤認為…（⇨範例④）：He **took** her **for** her sister. 他把她錯認為是她姊姊。

take in ① 包括，包含：Our study **took in** all the Romance languages. 我們的研究包括所有羅曼斯語系的語言。 ② 承接~工作：You can earn extra money by **taking in** students. 你可以招收學生來賺取額外收入。 ③ 收穫，收入。 ④ 理解，吸收：He **took in** all the professor taught him. 他把教授所教的全部吸收進去了。 ⑤ 改小（衣服）：She had the waist **taken in**. 她請人把那件衣服的腰身改小。 ⑥《口語》參觀。 ⑦《口語》欺騙：She was **taken in** by his sweet talk and gave him some money. 她被他的甜言蜜語所蒙騙，而給了他一些錢。

take it ① 當作，相信（⇨範例④）② 忍受（困難、批評等）。（⇨範例④）

take it easy/take things easy 別緊張；放輕鬆。（⇨範例④）

take it or leave it 《口語》要就買，不要就拉倒。《沒有討價還價的餘地》

take it out on ~ 《口語》把氣出在~身上。

take no chances 不冒險，謹慎。（⇨範例③）

take off ① 起飛；突然離開：The plane **took off** at three o'clock. 那班飛機於3點鐘起飛。 ②（事業等）開始有所進展。 ③ 拿掉，脫下：He **took off** his dirty shirt. 他脫下他的骯髒衫。

The mother could not **take** her eyes **off** her child. 那個媽媽一直盯著她的孩子看。

Take off the cover. 拿掉蓋子。 ④ 休假：He **took** ten days **off** in August and went to Europe. 8月份他休假10天，去了歐洲。 ⑤ 取消，撤銷。 ⑥ 模仿。

take on ① 承擔（責任、工作等）：I refuse to **take on** any more work. 我拒絕再承擔任何工作。 ② 接納，雇用：The ship called at the harbor to **take on** passengers. 那艘船在港口停靠，搭載乘客。

I **took** him **on** as my assistant. 我雇用他當我的助理。 ③ 呈現，具有（特徵）：Mother's face **took on** an expression of surprise. 媽媽的臉上流露出驚訝的神色。 ④ 向~挑戰：I **took** him **on** at chess. 我和他比賽下棋。 ⑤《口語》悲傷，激動：Please don't **take on** so. 請你別這麼激動！

take...on ~self/take...upon ~self 負起責任，承擔：Nobody **took** it **upon himself** to make sure the office was locked up. 沒有人敢

確認辦公室是否上了鎖。

She **took** it **on herself** to call him. 她決定自己打電話給他。

take out ① 帶~出去。（⇨範例⑦）② 提（款），取出。（⇨範例①）③ 去掉，除去。（⇨範例②）④ 獲得，取得（保險、執照等）：I **took out** an insurance policy yesterday. 我昨天投保。 ⑤《口語》毀壞，殺死。

take ~ out of ~self 使忘記煩惱：A day at Disneyland **took** her **out of herself**. 在迪士尼樂園玩一天讓她忘記了煩惱。

take ~ out on... 發洩怒氣：She always **takes** her anger **out on** her child. 她總是把怒氣發洩在她的孩子身上。

take over ① 接收，接管：He made up his mind to **take over** his father's business. 他下定決心要接管他父親的事業。 ② 搶占，取代。 ③ 運送，伴隨。（⇨範例⑦）

Take that! 接招！

take to ~ ① 產生好感，開始喜歡：The children **took to** their new house right away. 孩子們立刻喜歡上他們的新家。 ② 逐漸習慣，上癮：She **took to** drink. 她耽溺於酒。 ③ 去，前往：**Take to** the shelter! 逃進避難處去！

take up ① 拿起，提起；吸收；接受：He **took up** his baggage and went away. 他拿起行李走了。

He is going to **take** this matter **up** with his father. 他將和父親討論這件事。

The flowers **took up** the water in the vase well. 那些花充分吸收花瓶裡的水。

I **took up** his invitation. 我接受了他的邀請。

The people **took up** his nonviolent movement. 人民支持他的非暴力運動。

This poor old boat just can't **take up** any more people. 那艘老舊的小船實在無法再多承載任何旅客了。 ② 開始做，產生興趣：He **took up** swimming for exercise. 他為了鍛鍊身體而開始學游泳。 ③ 繼續，再次開始：Let's **take up** where we left off. 讓我們從停下來的地方繼續吧。 ④ 填滿，占據（時間、場所等）：Every seat in the train was **taken up**. 那班火車上的位子都坐滿了。

This boring work **took up** most of my summer vacation. 這項無聊的工作占據了我暑假大部分的時間。

He is **taken up** with skiing. 他正熱中於滑雪。 ⑤ 改短尺寸：She **took up** the hem ten centimeters. 她把衣服的裙邊改短10公分。 ⑥ 打岔；指責：They **took** the politician **up** on his statement. 他們不等那名政客把話說完就開始批評。

take up with 《口語》與（可能給你不良影響的人）交往：I don't want you to **take up with** that fellow. 我不希望你和那個傢伙交往。

♦ **táke-òut**/〖英〗**táke-awày** 外賣的食物〔餐館〕。

☞ ⑦ ↔ bring

活用 *v.* **takes, took, taken, taking**

***taken** [`tekən] *v.* take 的過去分詞.

takeoff [`tek͵ɔf] *n.* ①(飛機等)起飛, 出發. ②(跳遠時的)起跳點. ③ 上揚的起點. ④《口語》(嘲弄性的)模仿.

範例 ① **Takeoffs** and landings are the most exciting parts of a flight. 飛機起飛和著陸是飛行中最令人興奮的時刻.

④ I did a **takeoff** of President Clinton. 我嘲諷地模仿柯林頓總統的樣子.

參考 亦作 take-off.

複數 **takeoffs**

takeover [`tek͵ovɚ] *n.* 接任, 接管, 接收(公司、事業等).

複數 **takeovers**

takings [`tekɪŋz] *n.* 〔作複數〕收入, 收益, 營業所得.

範例 the day's **takings** 日營業額.

These days' **takings** do not cover expenses. 近日的營業所得抵不過開銷.

talc [tælk] *n.* ① 滑石《製造爽身粉的原料》. ② 爽身粉《抑制出汗的粉末》.

talcum powder [`tælkəm͵paʊdɚ] *n.* 化妝用撲粉, 爽身粉《亦作 talc》.

***tale** [tel] *n.* ① 故事, 傳言. ② 謊言; 流言蜚語.

範例 ① fairy **tales** 神話.

She told me her **tale** of misery. 她告訴我她悲慘的身世.

Dead men tell no **tales**.《諺語》死人不會洩密.

② a tall **tale** 天大的謊言.

Don't tell **tales**. 不要搬弄是非〔散布謠言〕.

複數 **tales**

***talent** [`tælənt] *n.* ① 天資, 才能. ② 有才能的人, 人才.

範例 ① He has a **talent** for music. 他有音樂的天賦.

She has great artistic **talent**. 她極具藝術家的才能.

② We hired local **talent** to play as a warm-up band. 我們雇請當地人才作為開場演奏的樂團.

♦ **tálent còntest** 才藝比賽.

tálent scòut 人才發掘者, 星探《以發掘文藝、體育人才為職業》.

參考 「電視新秀」稱作 a TV personality, a TV entertainer 等.

複數 **talents**

talented [`tæləntɪd] *adj.* 有才能的: a very **talented** actor 非常優秀的男演員.

活用 *adj.* **more talented, most talented**

talisman [`tælɪsmən] *n.* 護身符, 驅邪物.

複數 **talismans**

****talk** [tɔk] *v.* ① 說話, 談論. ② 說閒話, 造謠.

——*n.* ③ 談話, 交談. ④〔~s〕商談, 會談. ⑤ 傳聞, 話題.

範例 ① We **talked** about the problem for several hours. 我們就這個問題討論了好幾個小時.

We **talked** that problem out yesterday. 昨天

我們討論出解決那個問題的方法了.

He is **talking** of living with a band of native Americans. 他正在談論他和一群美洲原住民住在一起的事.

I **talked** to her for an hour. 我和她談了一個小時.

I'll **talk** to him when he gets back. 他回來的時候, 我會和他談談.

I'm **talking** to you! 我在和你說話呢!《兩個人對話時, 說話者要對方認真聽》

Let's **talk** together for a few minutes. 讓我們一起聊幾分鐘吧.

She can **talk** French. 她會說法語.

He **talked** by using sign language. 他用手語交談.

He often **talks** politics at the table. 吃飯時, 他經常談論政治.

Can the baby **talk** yet? 這個嬰兒現在會說話了嗎?

He sometimes **talks** in his sleep. 他有時會說夢話.

Money **talks**.《諺語》金錢萬能.

② People will **talk**.《諺語》人言可畏.

③ We had a long **talk** about our future. 我們就我們兩人的未來談了很久.

He gave us a **talk** on mental health. 他為我們主講一場心理健康的座談.

④ The Prime Ministers met for **talks** on environmental problems. 那些首相們會面商談環境問題.

⑤ There's a lot of **talk** about the factory closing. 關於這家工廠倒閉, 有很多傳聞.

She is the **talk** of this town. 鎮上的人對她議論紛紛.《街談巷議》

片語 **be all talk** 說空話: He **is all talk**. 他只會說空話.

talk around/talk round ① 拐彎抹角地說: You're just **talking around** the matter. Just tell me yes or no. 你只是在顧左右而言他, 請告訴我是或不是. ② 說服, 勸說: The union leaders finally **talked** the rank and file **around**. 那些工會領導人終於說服了群眾.

talk away ① 繼續說話; 藉閒談消磨時間: They were still **talking away** at midnight. 午夜時分他們仍在閒談.

talk back 回嘴: Don't **talk back** to your mother. 不要跟你媽媽頂嘴.

talk big 吹牛, 說大話: He always **talks big**. 他老是說大話.

talk down ① 高聲壓倒, 駁倒. ②(透過無線電通訊)引導~著陸. ③ 譴責.

talk down to 以高姿態講話, 以言辭貶抑: Be careful not to **talk down to** the students. 小心不要用鄙視的口氣和學生講話.

talk ~ into... 說服~做…: She **talked** her husband **into** having a vacation in France. 她說服丈夫去法國度假.

talking of 談到, 至於: **Talking of** books, have you read *Gone with the Wind*? 談到書,

你是否讀過《飄》?《電影《亂世佳人》的原著）
talk out 徹底談論. (⇨ 範例 …)
talk ~ out of... 說服~不做 …: He **talked** his wife **out of** buying a new dress. 他說服他太太不要買新衣服.
talk over ① 商量，討論: I have something to **talk over** with you. 我要和你討論一些事情. ② 說服.
talk ~self hoarse 說話說到喉嚨嘶啞.
talk shop 三句不離本行，說行話.
talk through 談得透徹.
talk up 放聲說出來; 大肆吹捧.
♦ **tálk shòw** 脫口秀，訪談節目《《英》chat show》.

活用 v. **talks, talked, talked, talking**
複數 **talks**

talkative [ˋtɔkətɪv] *adj.* 愛說話的，好閒聊的: When he gets nervous, he becomes very **talkative**. 當他緊張的時候，他會變得非常愛說話.
活用 *adj.* **more talkative, most talkative**

talker [ˋtɔkɚ] *n.* ① 談話者. ② 健談者; 空談者.
範例 ① She is a good **talker**. 她很會說話.
② He is a mere **talker**. 他只不過是一個空談者.
複數 **talkers**

talkie [ˋtɔkɪ] *n.*《口語》有聲電影.
複數 **talkies**

talking-to [ˋtɔkɪŋˌtu] *n.*《口語》責罵，斥責: That boy needs a good **talking-to**. 那個男孩需要好好訓一頓.

**tall [tɔl] *adj.*

原義	層面	釋義	範例
高	比某標準高	個子高，高	①
	具有某高度	有~高	②
	感覺上	誇大的，過分的	③

範例 ① The girl is **tall** for her age. 以她的年齡來說，那個女孩算高了.
He is **taller** than I. 他比我高.
George is the **tallest** in his class. 喬治是他班上最高的.
That **tall** tower is Tower of Babel. 那座高塔叫作巴別塔.
② "How **tall** are you?" "I am six feet **tall**." 「你身高多少?」「我6呎高.」
"How **tall** is Tokyo Tower?" "It is 333 meters **tall**." 「東京塔有多高?」「333公尺.」
③ That's a **tall** tale. 那是一個天大的謊言.
活用 *adj.* ① **taller, tallest**

tallow [ˋtælo] *n.* 動物脂肪《用以製作肥皂、蠟燭等》.

tally [ˋtælɪ] *n.* ① 記錄，計分; 標籤，票據. ② 記錄「5」的記號《在臺灣用正字作記號》.

——*v.* ③ 符合，吻合 (with). ④ 計算 (up).
範例 ① He keeps a **tally** of what he spends. 他記下他的開銷.

[tally]

③ His story **tallied** with hers. 他講的故事和她講的吻合.
④ They **tallied** up the election returns. 他們計算那場選舉的開票結果表.
複數 **tallies**
活用 v. **tallies, tallied, tallied, tallying**

talon [ˋtælən] *n.*（猛禽的）爪.
複數 **talons**

tambourine [ˌtæmbəˋrin] *n.* 鈴鼓.
複數 **tambourines**

*tame [tem] *adj.* ①（指動物）馴服的，順從的; 平淡乏味的.
——*v.* ② 馴服（野生動物），駕馭.
範例 ① His **tame** secretary covers for him when he's out with his mistress. 當他和情婦一起外出時，他那順從的祕書會替他掩蓋事實.
This lion is so **tame** that it wouldn't hurt a fly. 那頭獅子很溫馴，牠甚至連一隻蒼蠅也不願傷害.
a **tame** party 乏味的宴會.
② Human beings will never **tame** nature. 人類絕對不可能控制自然.
Are there any animals that can't be **tamed**? 有無法被馴服的動物嗎?
There's no such thing as a **tamed** alligator, is there? 根本沒有被馴服的短吻鱷這類東西存在，是嗎?
活用 *adj.* **tamer, tamest**
活用 v. **tames, tamed, tamed, taming**

tamely [ˋtemlɪ] *adv.* 馴服地，順從地: The President **tamely** accepted not getting the newspaper's endorsement. 總統順從地接受不向新聞界尋求支持的建議.
活用 *adv.* **more tamely, most tamely**

tameness [ˋtemnɪs] *n.* 溫馴，順從.

tamer [ˋtemɚ] *n.* 馴獸師: a sea lion **tamer** 馴海獅者.
複數 **tamers**

tamper [ˋtæmpɚ] *v.* 竄改，擅自更改 (with): Someone has **tampered** with the seal. 有人擅自動過那個封條.
活用 v. **tampers, tampered, tampered, tampering**

tan [tæn] *v.* ① 使皮膚（健康地）曬黑. ② 鞣（革）《用單寧酸將動物皮製成皮革》.
——*n.* ③ 黃褐色，古銅色. ④ 曬黑後的膚色.
——*adj.* ⑤ 黃褐色的，古銅色的.《縮略》⑥ = tangent（切線）.
範例 ① Jane **tanned** in the hot summer sun. 珍在夏日豔陽下曬黑了.
④ You have a nice **tan**. 你的古銅膚色很漂亮.
活用 v. **tans, tanned, tanned, tanning**
複數 **tans**
活用 *adj.* **tanner, tannest**

tandem [ˋtændəm] *n.*
① 雙人協力車.
——*adv.*，*adj.* ② 一前
一後地〔的〕，縱列地
〔的〕.

片語 **in tandem** ① 一
前一後地，排成縱列
地： The dogs were
harnessed to the sled
in tandem. 那群狗前後串套在那臺雪車上.
② 共同地： The man and his wife run the inn **in
tandem**. 那個男人和他太太共同經營那家
小旅館. ③ 同時發生地.
複數 **tandems**

[tandem]

tang [tæŋ] *n.* 強烈的味道〔氣味〕，特殊的味道.
範例 a **tang** of irony 強烈的反諷.
There's a **tang** of lemon in this drink. 這種飲
料帶有強烈的檸檬味.
複數 **tangs**

tangent [ˋtændʒənt] *n.* ①（數學的）切線. ②
（數學的）正切（略作 tan）.
片語 **fly off at a tangent/go off at a
tangent/fly off on a tangent/go off
on a tangent** 突然改變思路〔話題〕： He
was talking about how to raise money but **flew
off on a tangent**. 他正在談論如何籌款，但
突然又改變了話題.
➡ 充電小站 (p. 1319)
複數 **tangents**

tangerine [ˋtændʒəˏrin] *n.* ① 橘子，柑橘（易
剝皮的小型橙橘）. ☞ 充電小站 (p. 895).
——*adj.* ② 橘紅色的.
複數 **tangerines**

tangible [ˋtændʒəbl] *adj.* 可觸知的；明確的，
確實的： The police need **tangible** evidence.
警方需要確實的證據.
活用 *adj.* **more tangible，most tangible**

tangibly [ˋtændʒəblɪ] *adv.* 可觸知地；明確地.
活用 *adv.* **more tangibly，most tangibly**

***tangle** [ˋtæŋgl] *v.* ①（使）糾纏，（使）混亂.
——*n.* ① 纏結，混亂.
範例 ① Tony **tangled** the rope into a big knot.
東尼把那條繩子糾纏成一個大結.
An overturned tractor-trailer **tangled** traffic. 有
一輛翻倒的牽引式拖車把交通搞得一團糟.
We got **tangled** in local politics. 我們捲入當
地的政治.
The fishing line got **tangled**. 釣魚線亂纏成一
團.
② She combed the **tangles** out of her hair. 她
梳理打結的亂髮.
Our request to get a liquor license is in a
tangle. 我們提出的酒類販賣執照申請目前
毫無進展.
片語 **in a tangle** 亂成一團的.（⇨ 範例 ②）
活用 *v.* **tangles，tangled，tangled，
tangling**
複數 **tangles**

tango [ˋtæŋgo] *n.* ① 探戈舞〔舞曲〕《起源於南

美的舞蹈、音樂》.
——*v.* ② 跳探戈舞.
複數 **tangos**
活用 *v.* **tangos，tangoed，tangoed，
tangoing**

tank [tæŋk] *n.* ① 槽，水槽，油槽. ② 戰車，坦
克.
範例 ① an oil **tank** 油箱.
a propane **tank** 丙烷罐.
She keeps some goldfish in a glass **tank**. 她
在玻璃缸中養了一些金魚.
② The **tank** rolled down the hill and into a
house. 坦克車從山上開下來，撞上一間房
屋.
參考 ② 第一次世界大戰時期英國製造的，在運
往歐洲大陸時為了保密而稱作 water tank（水
槽），因此得名.
♦ **tánk tòp** 無袖緊身短背心.
複數 **tanks**

tankard [ˋtæŋkəd] *n.*（有把手的）大啤酒杯.
複數 **tankards**

tanker [ˋtæŋkə] *n.* ① 油輪. ② 油罐車（亦作
tank truck）. ③ 空中加油機.
複數 **tankers**

tanner [ˋtænə] *n.* 製革工人.
複數 **tanners**

tantalize [ˋtæntlˏaɪz] *v.* 逗引；使倍覺可望而
不可即之苦： John **tantalized** the puppy with
a bone. 約翰拿一根骨頭逗弄那隻小狗.
參考 《英》tantalise；源自對 Tantalus 的懲罰.
活用 *v.* **tantalizes，tantalized，tantalized，
tantalizing**

tantrum [ˋtæntrəm] *n.* 發脾氣： Little Jim is in a
tantrum. 小吉姆在發脾氣.
複數 **tantrums**

***tap** [tæp] *v.* ① 輕叩，輕敲；彈落. ② 打開酒桶
的活嘴. ③ 開發（天然資源等），利用. ④ 竊
聽.
——*n.* ⑤ 輕敲；輕叩聲. ⑥ 水龍頭. ⑦ 竊聽器；
竊聽.
範例 ① Why did that stupid man **tap** his cigarette
ash onto the carpet? 為甚麼那個笨蛋把菸灰
彈在地毯上?
The boy **tapped** on the door. 那個男孩輕輕
叩門.
② He **tapped** the cask of wine. 他打開那酒桶
的活嘴.
③ They are thinking of ways to **tap** solar energy.
他們正設法利用太陽能.
④ The minister's telephone has been **tapped**.
那位部長的電話已被竊聽了.
⑤ Three quick **taps** means someone is coming.
3下輕快的敲門聲表示有人來了.
⑥ She turned the **tap** off. 她把水龍頭關掉.
⑦ The spy put a **tap** on his phone. 那名間諜在
他的電話上裝了竊聽器.
片語 **on tap**（指酒）裝在有活嘴的桶裡；可隨
時倒出飲用的，可隨時使用的： We have
mechanics **on tap** to deal with any problems.

充電小站

正切 (tangent)

【Q】充電小站 (p. 973) 說明點 (point) 與線 (line) 時，提到切線在英語中為 tangent，但這個 tangent 和數學三角函數中出現的正切有甚麼關係呢? 請順帶說明正弦和餘弦。

【A】正切在英語中為 tangent，如果是正切45°，則寫為 tan 45°，其值 (value) 為1。

要解釋這個的話，請看圖1。

1. 假設圖中圓的半徑為1，tan 45° 即為 y/x，其比率等於 y'/x'。因為 x'為1，tan 45° 的值與 y'長度的值相同。另外要注意 y'的線為圓的切線 (tangent)，所以 tan 45° 是角度為45°的切線長。

 圖 1

▶ sine

接下來看一下正弦，請看圖2。

2. 半徑長度仍然為1，正弦30°寫作 sin 30°，即為 y/r，值為0.5，因為 r 為1，所以 sin 30°的值與 y 長度的值相同。從 p 點到 q 點的線 (segment) 為該圓的弦。

 圖 2

弦寫作 chord，別稱為 sine，sin 30°的 sin 是 sine 的縮寫。

▶ secant

在看餘弦之前先說明一下正割，英語為 secant。正割45°寫作 sec 45°，請看圖3，圓半徑為1。所以 r/x 的值為 sec 45°，其值等於 r'/x'，為1.4142…。sec 45°的值與 r'

 圖 3

長度的值相同。

穿過圓的線為割線，英語為 secant。從 p 點到 q 點的部分為 secant，sec 45° 相當於該長度的一半，值為1.4142…。

▶ cosine, cotangent, cosecant

然後看餘弦，英語寫作 cosine，在數學中縮寫成 cos，其中 co 是 complement of (補充物) 的意思。請看圖4，sin θ 為 y/r，把它的朋友看作 x/r，名稱為 cosine，寫作 cos θ，相對於正弦，稱作餘弦。

 圖 4

tan θ 為 y/x，把它的朋友看作 x/y，名稱為 cotangent，寫作 cot θ，相對於正切，稱作餘切。

sec θ 為 r/x，把它的朋友看作 r/y，名稱為 cosecant，寫作 csc θ，相對於正割，稱作餘割。

以上的 sine，cosine，tangent，cotangent，secant，cosecant 6個總稱為三角函數。英語中稱作 trigonometric function，tri 為3，gon 為「～角形」，metric 具有測量之意，function 為「函數」。

▶ 為甚麼稱作「函數」

順便談談為甚麼 function 被稱作「函數」。這實際上是中文翻譯，function 中 func 的部分讀作「函」(中文發音相近)，tion 的部分讀作「數」(中文發音相近)，所以和 function 的意義無關，是按照「音譯」而成的。

這個說法似乎不太負責任，但英語中 function 是「功能」的意義，f(x)讀作 the function of x，意思是「x 的功能」。

我們隨時有技工來解決任何問題。

put a tap on ~'s phone 在某人的電話線上裝竊聽器。(⇨ 範例 ⑦)

♦ **táp-dàncing** 踢躂舞。
táp wàter 自來水。

活用 *v.* taps, tapped, tapped, tapping
複數 taps

tape [tep] *n.* ① 帶子; 錄音帶, 錄影帶。
── *v.* ② 用帶子捆。③ 錄音, 錄影。
範例 ① He recorded the program on video **tape**. 他把那個節目用錄影帶錄起來。

I made a **tape** of the interview. 我製作了那次訪談的錄音帶。

He breasted the **tape**. 他衝過終點。
② She **taped** up the bundles of letters. 她用帶子把信綁成一捆一捆。

The trainer **taped** up my elbow. 教練用繃帶纏住我的手肘。
③ He **taped** the program. 他把那個節目錄成錄影帶。

♦ **tápe dèck** 錄音座。
tápe mèasure 捲尺。
tápe recòrder 錄音機《亦作 tape-recorder》。

複數 tapes
活用 *v.* tapes, taped, taped, taping

taper [`tepɚ] *n.* ① 細蠟燭。② 燭蕊。
── *v.* ③ 逐漸變窄; 使尖細: **Taper** the trouser bottoms a little more. 再把褲腳稍微改窄一些。

片語 *taper off* 使逐漸減少; 逐漸變小: Jack's voice **tapered off**. 傑克的聲音逐漸變小。
複數 tapers
活用 *v.* tapers, tapered, tapered, tapering

tapestry [`tæpɪstrɪ] *n.* 掛氈; 織錦畫。
複數 tapestries

tapioca [ˌtæpɪ`okə] *n.* 樹薯粉《從熱帶出產的樹薯根製成的食用澱粉》。

taproot [`tæpˌrut] *n.* 主根。
複數 taproots

tar [tɑr] *n.* ① 焦油。
── *v.* ② 塗以焦油。
範例 ① coal **tar** 煤焦油。
a low **tar** cigarette 焦油含量低的香菸。
活用 *v.* tars, tarred, tarred, tarring

tarantula [tə`ræntʃələ] *n.* 毒蜘蛛《產於義大利南部 Taranto》。
複數 tarantulas

T

*__tardy__ [ˋtardɪ] _adj._ 緩慢的，延遲的．
　範例 The ambulance was rather __tardy__ in getting to the scene of the accident. 救護車非常慢才抵達那起意外事故的現場．
　I was often __tardy__ for school. 我常常上學遲到．
　活用 _adj._ __tardier__，__tardiest__
*__target__ [ˋtargɪt] _n._ 靶子，(譴責、批評、嘲笑等的) 目標．
　範例 We met our production __target__ last month. 上個月我們的生產已達到目標．
　The arrow missed the __target__. 那支箭沒有射中靶子．
　Liberalism has become the __target__ of bitter criticism in America. 在美國，自由主義已成為嚴厲批評的對象．
　複數 __targets__
__tariff__ [ˋtærɪf] _n._ ① 關稅． ② 價目表．
　範例 ① The government imposed a high __tariff__ on foreign cars. 政府對外國車課徵高額關稅．
　② I would like to see your __tariff__. 我想看一下你們的價目表．
　♦ __táriff bàrrier__ 關稅壁壘．
　複數 __tariffs__
__tarmac__ [ˋtarmæk] _n._ ① 碎石和瀝青的混合材料． ② 柏油碎石路面．
　參考 tarmacadam 的縮寫，來自商標 Tarmac.
　複數 __tarmacs__
__tarnish__ [ˋtarnɪʃ] _v._ ① (使) 晦暗，(使) 失去光澤；玷污．
　—— _n._ ② 晦暗；玷污．
　範例 ① Silver naturally __tarnishes__ over time. 銀會隨著時間自然失去光澤．
　Her reputation was soon __tarnished__. 她的名聲不久就被玷污了．
　活用 _v._ __tarnishes__，__tarnished__，__tarnished__，__tarnishing__
　複數 __tarnishes__
__tarot__ [ˋtæro] _n._ 塔羅牌《主要用於占卜，共有22張》．
__tarpaulin__ [tarˋpɔlɪn] _n._ 塗了焦油的防水帆布．
　複數 __tarpaulins__
*__tarry__ [ˋtærɪ] _v._ ①《古語》〖英〗停留，逗留．
　—— _adj._ ② 焦油的，塗有焦油的．
　範例 ① You must not __tarry__ on your way to school. 你不能在上學的途中逗留．
　I hope we can __tarry__ longer at this great hotel. 我希望我們能在這家豪華旅館住久一點．
　② His shoes were __tarry__. 他的鞋沾到了柏油．
　There were __tarry__ marks on his clothes. 他的衣服上有瀝青的污點．
　活用 _v._ __tarries__，__tarried__，__tarried__，__tarrying__
　活用 _adj._ __tarrier__，__tarriest__
__tart__ [tart] _adj._ ① 酸的． ② 辛辣的；(批評、回答、話語等) 尖酸刻薄的．
　—— _n._ ③ 果子餡餅；水果派．
　範例 ① a __tart__ apple 酸蘋果
　② a __tart__ reply 鋒利的回答．
　③ Have another slice of __tart__. 再來一片水果派．

plum __tart__ 李子餡餅．
　活用 _adj._ __tarter__，__tartest__/__more tart__，__most tart__
　複數 __tarts__
__tartan__ [ˋtartn] _n._ ① (特指蘇格蘭的) 格子呢或格子呢服裝． ② 方格花紋或圖案．
　複數 __tartans__
__tartar__ [ˋtartɚ] _n._ ①〔T~〕韃靼人． ② 兇悍的人；悍婦． ③ 牙結石． ④ 酒石《製造葡萄酒時的沉澱物》．
　複數 __tartars__
__tartly__ [ˋtartlɪ] _adv._ 辛辣地；冷嘲熱諷地；尖酸刻薄地：She __tartly__ pointed out that I owed her money. 她尖刻地指出我欠她錢．
　活用 _adv._ __more tartly__，__most tartly__
__tartness__ [ˋtartnɪs] _n._ ① 酸味：The __tartness__ of these apples is perfect for making my secret recipe applesauce. 這些酸蘋果是我製作蘋果醬的最佳原料，這是我的祕方． ② 尖酸，辛辣．
　複數 __tartnesses__
*__task__ [tæsk] _n._ 工作，勞役．
　範例 Butchering farm animals is an unpleasant __task__. 屠宰農場動物是一件不愉快的工作．
　This computer can do multiple __tasks__ simultaneously. 這臺電腦能同時做許多工作．
　片語 __take ~ to task__ 指責 (某人)：Sue __took__ her husband __to task__ for coming home late at night. 蘇指責她丈夫晚上太晚回家．
　♦ __tásk fòrce__ 特遣部隊；專案小組．
　複數 __tasks__
__taskmaster__ [ˋtæsk͵mæstɚ] _n._ 監工；嚴格的監督人：Our coach is a hard __taskmaster__. 我們的教練要求很嚴格．
　複數 __taskmasters__
__tassel__ [ˋtæsl] _n._ ① (衣服、旗子、窗簾等的) 流蘇． ② (玉蜀黍等的) 穗．
　—— _v._ ③ 摘去 (玉蜀黍的) 穗鬚．
　複數 __tassels__
　活用 _v._ __tassels__，__tasseled__，__tasseled__，__tasseling__/〖英〗__tassels__，__tasselled__，__tasselled__，__tasselling__
*__taste__ [test] _n._ ① 滋味． ② 品嘗． ③ 愛好《常與 for 連用》．
　—— _v._ ④ 有~味道． ⑤ 品嘗．
　範例 ① I like the __taste__ of garlic. 我喜歡大蒜的味道．
　All of a sudden, I lost my sense of __taste__. 我突然失去了味覺．
　② I gave Sally a __taste__ of my pie. 我讓莎莉嘗嘗我做的派．
　③ Tom has a __taste__ for mystery novels. 湯姆喜歡看偵探小說．
　The movie is not to my __taste__. 這部電影不合我的口味．
　④ This pudding __tastes__ sour. 這個布丁有酸味．
　This salad __tastes__ of garlic. 這種沙拉有大蒜

味.

That foreigner asked him what sashimi **tastes** like. 那個外國人問他生魚片是甚麼味道.

⑤ Mother asked me to **taste** the soup. 媽媽要我嘗一下那道湯.

[片語] **to taste** 隨口味地.

to ~'s taste 迎合~的口味. (⇨ [範例] ③)

[複數] **tastes**

[活用] v. **tastes, tasted, tasted, tasting**

tasteful [`testfəl] adj. 有鑑賞力的；高雅的: simple but **tasteful** dress 簡單但有品味的衣服.

[活用] adj. **more tasteful, most tasteful**

tastefully [`testfəlɪ] adv. 有鑑賞力地；高雅地.

[活用] adv. **more tastefully, most tastefully**

tasteless [`testlɪs] adj. ① 沒味道的. ② 粗俗的.

[範例] ① The soup was **tasteless** without salt. 那道湯不放鹽沒有味道.

② The house was full of **tasteless** furniture. 那棟房子裡塞滿了粗陋的家具.

[活用] adj. **more tasteless, most tasteless**

tastelessly [`testlɪslɪ] adv. ① 無味地. ② 不雅致地；粗俗地.

[活用] adv. **more tastelessly, most tastelessly**

tasty [`testɪ] adj. ① 味美的. ② 有趣的.

[範例] ① We enjoyed a **tasty** meal. 我們享受了一頓美食.

② I heard some **tasty** bits of gossip. 我聽到一些有趣的流言.

[活用] adj. **tastier, tastiest**

tat [tæt] ☞ tit [片語]

tatters [`tætɚz] n. 〔作複數〕破布；襤褸: We saw many children in **tatters**. 我們看見許多孩子衣衫襤褸.

tattoo [tæ`tu] n. ① 紋身，刺青. ② 歸營鼓，歸營號. ③ 軍隊的遊行.

——v. ④ 紋身，刺青.

[範例] ① He had a **tattoo** on his chest. 他胸部有刺青.

④ She has a dragon **tattooed** on her back. 她的背上刺有一條龍.

[參考] 墨刑和「紋身」不同，兩者都是用針刺入皮膚留下文字或圖案，但針對犯人的是墨刑，沒有犯罪的稱為「紋身」.

[複數] **tattoos**

[活用] v. **tattoos, tattooed, tattooed, tattooing**

*__taught__ [tɔt] v. teach 的過去式、過去分詞.

taunt [tɔnt] v. ① 辱罵，嘲笑: The children **taunted** me for being short. 那些孩子嘲笑我矮.

——n. ② 〔~s〕嘲弄，譏諷.

[活用] v. **taunts, taunted, taunted, taunting**

[複數] **taunts**

taut [tɔt] adj. (繩子) 拉緊的；(神經、臉部肌肉等) 緊張的.

[範例] The policemen pulled the rope **taut**. 警察們拉緊那條繩子.

The girl had a **taut** expression on her face. 那個女孩臉上呈現出緊張的神情.

[活用] adj. **tauter, tautest**

tautly [`tɔtlɪ] adv. 拉緊地；緊張地.

[活用] adv. **more tautly, most tautly**

tautness [`tɔtnɪs] n. 拉緊；緊張.

tautological [ˌtɔtḷ`ɑdʒɪkl̩] adj. 重複同義語的.

[活用] adj. **more tautological, most tautological**

tautology [tɔ`tɑlədʒɪ] n. 套套邏輯；同義語的重複〔例如 His story finally ended at last. (他的故事最後終於結束了.) 的 finally 和 at last〕.

[複數] **tautologies**

tavern [`tævɚn] n. ① 酒店，酒館. ② 客棧.

[複數] **taverns**

tawny [`tɔnɪ] adj. 黃褐色的.

[活用] adj. **tawnier, tawniest**

*__tax__ [tæks] n. ① 稅，稅金. ② 〔a ~〕負擔，重負《常與 on 連用》.

——v. ③ 徵稅. ④ 使負重擔. ⑤ 指責，責難《常用 be taxed with 形式》.

[範例] ① We pay income **tax** every month. 我們每個月繳交所得稅.

There should be a heavier **tax** on tobacco. 菸草稅應該再重一些.

② The high rent was a **tax** on her family. 高額房租是她家裡的負擔.

③ Yachts are heavily **taxed**. 遊艇被課以重稅.

④ This homework is **taxing** my brain. 這個家庭作業讓我大傷腦筋.

⑤ The defendant was **taxed** with perjury. 那個被告因作偽證而受到責難.

[片語] **after tax** 納稅後: Your wages will be 2,000 dollars before tax and 1,350 dollars **after tax**. 納稅前你的工資是2,000美元，納稅後則為1,350美元.

before tax 納稅前.

♦ **tax cut** 減稅.

tax evasion 逃稅.

tax return 納稅申報表.

[複數] **taxes**

[活用] v. **taxes, taxed, taxed, taxing**

taxable [`tæksəbl̩] adj. 應課稅的；可課稅的.

[範例] **taxable** articles 應課稅的物品.

Life insurance benefits are not **taxable**. 人壽保險金不用課稅.

*__taxation__ [tæks`eʃən] n. ① 徵稅，課稅: Most people are subject to **taxation**; few are free from it. 大多數人都必須納稅，只有極少數人不用納稅. ② 稅金；稅收.

tax-free [`tæks͵fri] adj. ① 免稅的.

——adv. ② 免稅地.

[範例] ① **tax-free** income 免稅所得.

② You can buy things **tax-free** at the airport. 你可以在機場免稅購買物品.

*__taxi__ [`tæksɪ] n. ① 計程車《亦作 taxicab, cab》.

──v. ② (飛機在跑道上) 滑行.

範例 ① Let's take a **taxi**. 我們搭乘計程車吧.
He hailed a **taxi**. 他叫了一輛計程車.
Could you call me a **taxi**? 你能幫我叫一輛計程車嗎?
She went to the station by **taxi**. 她搭乘計程車去車站.
② The jumbo jet **taxied** along the runway. 那架巨無霸噴射機在跑道上滑行.
♦ **táxi stánd** 計程車站 (《英》taxi rank).
複數 **taxis**
活用 v. **taxis, taxied, taxied, taxiing**

taxicab [`tæksɪ,kæb] n. 計 程 車 (亦 作 taxi, cab).
複數 **taxicabs**

taxpayer [`tæks,peə-] n. 納稅人: low-income **taxpayers** 低收入納稅人.
複數 **taxpayers**

TB [`ti,bi] (縮略) =tuberculosis (肺結核).

‡**tea** [ti] n. ① 茶, 紅茶 (發酵茶; 亦作 black tea).
② 《英》下午茶.
範例 ① make **tea** 沏茶
He drank two cups of **tea**. 他喝了2杯茶.
I like my **tea** strong. 我喜歡濃茶.
Please put some milk in my **tea**. 請在我的茶中加一些牛奶.
Waiter, three **teas**, please. 服務生, 請來3杯茶.
② She turned down my invitation to **tea**. 我邀請她來喝茶, 被她拒絕了.
When I dropped in, he was having **tea**. 當我順道拜訪他時, 他正在喝茶.
片語 **~'s cup of tea** 中意〔愛好〕的事物.
參考 ② 中有 afternoon tea 和 high tea 兩種.
afternoon tea 是指下午3點到5點喝紅茶並吃少量甜點; high tea 是指下午5點到6點有肉食的用餐.
♦ **gréen téa** 綠茶 (沒有發酵).
òolong téa 烏龍茶 (半發酵).
téa bàg 茶包 (亦作 teabag).
téa brèak 喝茶的休息時間.
téa càddy 茶葉罐 (亦作 caddy).
téa cèremony 茶道.
téa pàrty 茶會.
複數 **teas**

teabag [`ti,bæg] n. 茶包 (亦作 tea bag).
複數 **teabags**

‡**teach** [titʃ] v. ① 教, 教導. ② 使領悟.

範例 ① I **teach** English at this school. 我在這所學校教英語.
He **taught** us history last year./He **taught** history to us last year. 去年他教我們歷史.
She **taught** me how to drive. 她教我開車.
History **teaches** us that war is wrong. 歷史告誡我們戰爭是錯誤的.
He has been **teaching** for twenty years. 他已經教書教了20年.
She **teaches** for a living. 她以教書為生.

② I hope this experience has **taught** you something. 我希望這次的經驗能教會你一些東西.
片語 **teach school** 《美》在學校任教.
teach ~self 自學: I had to **teach myself** how to cook. 我必須自己學習烹飪.
♦ **téach-in** 校園專題討論會.
活用 v. **teaches, taught, taught, teaching**

‡**teacher** [`titʃə-] n. 教師.
範例 Our school has five English **teachers**. 我們學校有5位英文老師.
She is a primary school **teacher**./She is a **teacher** at a primary school. 她是一個小學老師.
He is a **teacher** of history at Lincoln High School. 他是林肯中學的歷史老師.
♦ **tèacher's pét** 老師的寵兒.
téachers còllege 《美》師 範 學 院 (《英》teacher-training college).
複數 **teachers**

teaching [`titʃɪŋ] n. ① 教學, 任教. ② 〔~s〕教義.
♦ **práctice tèaching** 教學實習, 試教.
複數 **teachings**

teacup [`ti,kʌp] n. 茶杯.
複數 **teacups**

teak [tik] n. 柚木 (產於泰國等地的馬鞭草科的落葉喬木); 柚木材 (用於家具及船舶).
複數 **teaks**

‡**team** [tim] n. ① 隊, 組, 團體.
──v. ② 協力 (up), 配合.
範例 ① He is a member of the school baseball **team**. 他是學校棒球隊的一員.
He is on our football **team**. 他是我們足球隊的一員.
The carriage is drawn by a **team** of horses. 這輛馬車由一組馬拉著.
② We are going to **team** up with them to rent a house for the winter. 我們將與他們合租一棟房屋避寒.
♦ **tèam spírit** 團隊精神.
複數 **teams**
活用 v. **teams, teamed, teamed, teaming**

teammate [`tim,met] n. 隊友.
複數 **teammates**

teamwork [`tim,wɜ-k] n. 團 隊 合 作: They won first prize through **teamwork**. 他們靠通力合作獲得第一名.

teapot [`ti,pɑt] n. 茶壺.
複數 **teapots**

‡**tear** [tɛr] ④ tɪr] v. ① 撕裂. ② 《口語》飛奔.
──n. ③ 破洞. ④ 眼淚.
範例 ① He **tore** his pants on the head of a nail. 他的褲子被釘子的尖端鉤破了.
They **tore** the flag to pieces. 他們把那面旗幟撕成碎片.
He **tore** the letter open. 他把那封信撕開.
This cloth **tears** easily. 這種布料容易撕破.
A drunken man **tore** the notice down. 一個醉

漢把那份公告撕下.

Our country was **torn** by civil war. 內戰把我們國家搞得四分五裂.

This neighborhood has been **torn** by drugs and violence. 毒品和暴力破壞了鄰近地區的安寧.

The book was so interesting that I couldn't **tear** myself away from it. 那本書很有趣, 因此我看得不忍釋手.

② He heard the bus coming and **tore** down the stairs. 他聽到公車快來了, 於是衝下樓去.

④ The students shed **tears** at their friend's death. 那些學生為他們朋友的死而傷心流淚.

The boy was in **tears** because he lost his bag. 那個男孩因為遺失書包而哭泣.

[片語] **tear and wear/wear and tear** 損耗, 消耗.

tear down 拆除: The old apartment was **torn down**. 那棟舊公寓被拆除了.

tear off ① 扯掉: He **tore off** his coat and wrapped her in it. 他脫下外套, 把她包住. ② 匆匆處理.

tear ~self away from... 忍痛離開. (⇒
[範例] ①)

♦ **téar gàs** 催淚瓦斯.

[活用] v. **tears, tore, torn, tearing**

[複數] **tears**

teardrop [ˋtɪr͵drɑp] n. 淚珠: A **teardrop** ran down her cheek. 一滴眼淚從她的臉頰滑落.

[複數] **teardrops**

tearful [ˋtɪrfəl] adj. 淚汪汪的, 流淚的; 悲哀的.

[範例] The boy answered in a **tearful** voice. 那個男孩帶著哭腔回答.

I heard the **tearful** news yesterday. 昨天我聽到那則悲哀的消息.

[活用] adj. **more tearful, most tearful**

tearfully [ˋtɪrfəlɪ] adv. 淚汪汪地, 流淚地: The girl looked at me **tearfully**. 那個女孩淚汪汪地看著我.

[活用] adv. **more tearfully, most tearfully**

*__tease__ [tiz] v. ① 欺負, 嘲弄; 央求. ②〖美〗使表面起毛.

——n. ③ 愛嘲弄他人者. ④ 嘲弄.

[範例] ① Stop **teasing** my cat, will you? 別逗我的貓了, 行嗎?

He **teased** her about her pimples. 他拿她的青春痘嘲弄她.

Don't be so serious. He was only **teasing**. 別那樣認真, 他只不過是在逗人罷了.

Bill **teased** his mother into buying a computer game. 比爾央求他的媽媽買電玩遊戲給他.

③ John is a terrible **tease**! 約翰可真愛取笑人!

[片語] **tease out** ① 梳理 (頭髮): It took her fifty minutes to **tease out** all the knots in her hair. 她花了50分鐘才梳理她頭髮上所有的結. ② 套出 (情報): I **teased** the information **out** of him. 我從他那裡套出那項情報.

[活用] v. **teases, teased, teased, teasing**

[複數] **teases**

teaser [ˋtizɚ] n. ① 愛嘲弄他人者. ② 難題: Tom lost the grand prize on a **teaser**. 湯姆因為一個難題而失去了那份大獎.

[複數] **teasers**

teaspoon [ˋti͵spun] n. ① 茶匙. ② 一茶匙的量《亦作 teaspoonful》.

[複數] **teaspoons**

teaspoonful [ˋtispun͵ful] n. 一茶匙的量《亦作 teaspoon, 為大湯匙 (tablespoon) 的1/3》: a **teaspoonful** of sugar 一茶匙的糖.

[複數] **teaspoonfuls**

teat [tit] n. 奶嘴, 乳頭《〖美〗nipple》.

[複數] **teats**

teatime [ˋti͵taɪm] n.〖英〗下午茶時間.

[複數] **teatimes**

*__technical__ [ˋtɛknɪk!] adj. ① 技術的. ② 專門的. ③ 工藝的, 技藝的.

[範例] ① These craftsmen have **technical** training. 這些工匠經過技術培訓.

② These articles are too **technical** for general readers. 這些文章對一般讀者而言太專門了.

③ a **technical** school 工藝學校.

technicality [͵tɛknɪˋkælətɪ] n. 專門性; 技術性細節; 術語.

[複數] **technicalities**

technically [ˋtɛknɪklɪ] adv. 技術上, 專業上.

technician [tɛkˋnɪʃən] n. 專家, 技術人員.

[複數] **technicians**

*__technique__ [tɛkˋnik] n. ① 手法, 技巧: teaching **technique** 教學技巧. ② 手法.

[複數] **techniques**

technological [͵tɛknəˋlɑdʒɪk!] adj. 科技的: **technological** development 科技的發展.

technologically [͵tɛknəˋlɑdʒɪklɪ] adv. 技術上: This plan is **technologically** possible, but costs too much. 這項計畫在技術上是可行的, 但耗資太過龐大.

technologist [tɛkˋnɑlədʒɪst] n. 科技專家.

[複數] **technologists**

technology [tɛkˋnɑlədʒɪ] n. 科技; 工藝.

[範例] We already have the **technology** to build atomic power plants. 我們已有建造原子能發電廠的技術.

The Massachusetts Institute of **Technology** 美國麻省理工學院.

[複數] **technologies**

teddy [ˋtɛdɪ] n. ① 玩具熊《teddy bear 的縮寫》. ②〔~ies〕(流行於1920年代的) 婦女連衫襯褲.

[字源] ① 是美國總統羅斯福 (Theodore Roosevelt) 姓名中 Theodore 的暱稱, 源自他在1902年在密西西比河流域打獵時, 饒了一隻小熊的命.

[複數] **teddies**

*__tedious__ [ˋtidɪəs] adj. 冗長乏味的, 令人厭煩的: a **tedious** lecture 冗長乏味的演講.

[活用] adj. **more tedious, most tedious**

tediously [`tidɪəslɪ] *adv.* 冗長乏味地，令人厭煩地：Brad **tediously** washed his clothes by hand. 布雷德厭煩地用手洗著他的衣服.
活用 *adv.* **more tediously**, **most tediously**

tee [ti] *n.* ①（高爾夫球的）球座. ②（冰上溜石、套圈等遊戲中有待擊中或套中的）目標.
——*v.* ③ 將球置於球座上.
♦ **tée-shirt** 短袖圓領汗衫《亦作 T-shirt》.
複數 **tees**
活用 *v.* **tees**, **teed**, **teed**, **teeing**

teem [tim] *v.* ① 充滿，富於 (with). ②（雨）傾盆而下.
範例 ① There are so many lakes **teeming** with fish around here. 這一帶許多湖泊裡都有很多魚.
② The rain has been **teeming** down for hours. 大雨一連下了好幾個小時.
活用 *v.* **teems**, **teemed**, **teemed**, **teeming**

teen [tin] *n.* ① 青少年《從13歲到19歲的年輕人，是 teenager 的縮寫》. ② [~s] 10幾歲.
範例 ① As a **teen** in the 60s, she says, she "provided many challenges" to her mother. 她說在60年代她10幾歲時，給媽媽惹了許多麻煩.
a **teen** idol 青少年偶像.
a **teen** magazine 青少年雜誌《以13歲到19歲的年輕人為對象》.
② All of the girls are in their **teens**. 那些女孩都只有10幾歲.
Bob spent his early **teens** in the village. 鮑伯13歲到15歲時是在鄉村度過的.
I was in my late **teens** when we moved here. 我們搬來這裡的時候，我還不到19歲.
複數 **teens**

-teen *suff.* 1~《構成13，14，15，16，17，18，19》：thir**teen** 13，nine**teen** 19.
參考 -teen 是「加10」的意思.

teenage [`tin͵edʒ] *adj.* 青少年的《從13 (thirteen) 歲到19 (nineteen) 歲，亦作 teenaged》：I have two **teenage** sons. 我有兩個10幾歲的兒子.

teenager [`tin͵edʒɚ] *n.* 青少年《從13歲到19歲的年輕人》.
複數 **teenagers**

teeter [`titɚ] *v.* 搖晃，搖擺：The drunk **teetered** along the street. 那個醉漢搖搖晃晃地在街上行走.
活用 *v.* **teeters**, **teetered**, **teetered**, **teetering**

****teeth** [tiθ] *n.* tooth 的複數形.

teethe [tið] *v.* 長牙：The baby cried all day because it was **teething**. 由於長牙，那個小嬰兒整天在哭.
♦ **téething ring** （幼兒長牙時磨牙齦用的）橡皮環.
活用 *v.* **teethes**, **teethed**, **teethed**, **teething**

tel/tel. 《縮略》＝telephone/telephone number（電話/電話號碼）.

telecast [`tɛlə͵kæst] *n.* ① 電視播放.
——*v.* ② 以電視播放.
複數 **telecasts**
活用 *v.* **telecasts**, **telecast**, **telecast**, **telecasting/telecasts**, **telecasted**, **telecasted**, **telecasting**

telecommunications [͵tɛləkə͵mjunə`keʃənz] *n.* 〔作複數〕電信.

****telegram** [`tɛlə͵græm] *n.* 電報《指被發出的電文》：She sent a **telegram** of congratulations to Tim. 她發賀電給提姆.
複數 **telegrams**

telegraph [`tɛlə͵græf] *n.* ① 電報（系統）；電報機.
——*v.* ② 打電報.
範例 ① a **telegraph** office/a **telegraph** station 電信局.
She sent the message by **telegraph**. 她用電報傳送訊息.
② I **telegraphed** her at 11:00. 我在11:00發電報給她.
He **telegraphed** her the bad news. 他發電報告訴她那則壞消息.
She **telegraphed** him to come back to headquarters. 她發電報叫他回總公司.
He **telegraphed** her that he had passed the examination. 他發電報告訴她，他已通過那場考試.
♦ **télegraph pòle/télegraph pòst** 電線桿.
複數 **telegraphs**
活用 *v.* **telegraphs**, **telegraphed**, **telegraphing**

telegraphic [͵tɛlə`græfɪk] *adj.* 電報的，電信的.
範例 a **telegraphic** code 電碼.
a **telegraphic** picture 傳真照片.

telepathic [͵tɛlə`pæθɪk] *adj.* 心靈感應的：The twin brothers must be **telepathic**. 這對雙胞胎兄弟一定能心靈感應.

telepathy [tə`lɛpəθɪ] *n.* 心靈感應.

****telephone** [`tɛlə͵fon] *n.* ① 電話；電話機.
——*v.* ② 打電話，以電話傳送.
範例 ① She spoke to him over the **telephone**. 她打電話跟他說.
May I use your **telephone**? 我可以借用你的電話嗎？
Suddenly the **telephone** rang. 電話突然響了.
You are wanted on the **telephone**. 有人打電話找你.
She bought a pink **telephone**. 她買了一臺粉紅色的電話機.
② I **telephoned** him last night. 昨晚我打電話給他.
Please **telephone** us at 2500-6600. 請打電話給我們，號碼是2500-6600.
He **telephones** to London twice a week. 他每週打兩次電話到倫敦去.
He **telephoned** her to come to his office. 他

打電話叫她去他的辦公室.

She **telephoned** the news to her mother. 她打電話告訴媽媽那則消息.

He **telephoned** her that he could not come to the party. 他打電話告訴她, 他無法參加那場宴會.

[參考] 亦作 phone.

♦ **télephone bòok** 電話簿《亦作 telephone directory》.

télephone bòoth 公共電話亭《〖英〗 telephone box》.

télephone exchànge 電話交換臺.

télephone nùmber 電話號碼.

télephone òperator 電話接線生.

télephone pòle 電話線桿.

[活用] *v.* telephones, telephoned, telephoned, telephoning

telephonist [təˋlɛfənɪst] *n.* 接線生.

[複數] **telephonists**

telescope [ˋtɛləˏskop] *n.* 望遠鏡.

[範例] a reflecting **telescope** 反射望遠鏡.

an astronomical **telescope** 天文望遠鏡.

He peered at the target through the **telescope**. 他透過那副望遠鏡凝視目標.

[複數] **telescopes**

telescopic [ˏtɛləˋskɑpɪk] *adj.* ① 望遠鏡的. ② 伸縮的, 套疊式的.

[範例] ① a **telescopic** lens 望遠鏡鏡頭.

② a **telescopic** aerial 伸縮天線.

televise [ˋtɛləˏvaɪz] *v.* 以電視播放: The marathon was **televised** live. 那場馬拉松賽跑在電視上實況轉播.

[活用] *v.* televises, televised, televised, televising

*****television** [ˋtɛləˏvɪʒən] *n.* ① 電視. ② 電視機.

[範例] ① What's on **television** tonight? 今晚有甚麼電視節目?

He watches too much **television**. 他電視看太多了.

I saw the tennis match on **television**. 我在電視上看了那場網球比賽.

She works in **television** as an announcer. 她在電視臺當播報員.

② She turned on the **television**. 她打開那臺電視.

Liquid-crystal display technology has made it possible to hang **televisions** on the wall. 液晶顯示技術使電視掛在牆上成為可能.

[參考] 縮略為 TV.

[複數] **televisions**

telex [ˋtɛlɛks] *n.* ① 電傳系統. ② 電傳; 打字機的電文.

——*v.* ③ 以電傳發出.

[範例] ① All **telexes** were destroyed in the big earthquake. 在這次大地震中, 所有的電傳系統都被毀壞了.

② A lot of **telexes** arrived at city government offices. 市政府辦公室收到許多電傳.

[複數] **telexes**

[活用] *v.* telexes, telexed, telexed, telexing

*****tell** [tɛl] *v.* ① 說, 告訴; 顯示; 分辨, 知道《與 can, could 連用, 用於否定句或疑問句》. ② 奏效; 影響; 洩露 (on).

[範例] ① Please **tell** me the truth. 請告訴我事實.

My grandfather **told** me about his life during the war. 爺爺告訴我他在戰爭期間的生活.

I used to **tell** my son fairy tales. 我以前常為兒子說童話故事.

The red lamp **tells** you if the machine is on or off. 那個紅燈顯示機器是否在運轉.

He **told** me that he would arrive at the station at six. 他告訴我他將於6點鐘到達車站.

A little bird **told** me that you're getting married to Elizabeth next month. 我從傳聞得知你將於下個月與伊莉莎白結婚.

The teacher **told** the students not to swim in the river. 那位老師告訴學生們不要在河裡游泳.

Can you **tell** the difference between a tortoise and a turtle? 你能區分陸龜和海龜嗎?

Nobody can **tell** Tom from his twin brother. 沒有人能分辨出湯姆和他的孿生兄弟.

Even their older brother has difficulty **telling** the two sisters apart. 甚至於她們的哥哥也很難分辨出她們兩姊妹.

I couldn't **tell** it was you on the phone. 在電話上, 我聽不出是你.

Who can **tell** what will happen in the future? 誰會知道將來會發生甚麼事?

It's impossible to **tell** which team will win the next game. 很難說下次比賽哪一隊會贏.

The girls did as they were **told**. 那些女孩照吩咐去做.

He **told** her about her work on the way to his office. 在去他辦公室的途中, 他告訴她有關她的工作.

Are you going to **tell** me how to do this? 你會告訴我如何做這件事嗎?

② I will never **tell** on you. 我不會去說你的閒話.

The stress is beginning to **tell** on her. 她開始覺得壓力逐漸影響到她的身體.

[片語] *A little bird told me that ~*. 我聽說, 我聽聞. (⇨ [範例] ①)

all told 總計: **All told**, there were twelve people killed in the accident. 那次意外事故中總計12人喪生.

Don't tell me ~! 不至於~吧: **Don't tell me** he's going home! 真不敢相信他要回家!

I can tell you/I tell you/let me tell you 我可以肯定地說, 我保證, 的確: It is wonderful invention, **I can tell you**. 我保證這是一個了不起的發明.

I'll tell you what. 《口語》你聽我說.

I'm telling you. 《口語》真的.

I told you! */I told you so*! 《口語》你看吧! 我跟你講過, 你就是不聽!

tell against 不利（某人）.

tell ～ apart 區別.（⇨ 範例 ①）

tell it like it is《口語》實事求是地說.

Tell me another.《口語》別開玩笑；我不信.《你再說別的給我聽聽》

tell off ① 《口語》責罵. ② 分派：They were told off for their special tasks. 他們被分派特殊任務.

tell on 洩露；產生影響；說（某人的）壞話.（⇨ 範例 ②）

tell time/tell the time 看鐘錶（指示的時間）；報時.

tell the world 公諸於世，揚言.

There is no telling 不可能知道，很難說：There's no telling what will happen next. 很難說接下來會發生甚麼事.

You're telling me!《口語》這還用你說！我早就知道了！

活用 v. tells, told, told, telling

teller [ˋtɛlɚ] n. ① 說話者. ② 出納員，收銀員《亦作 cashier》. ③（議會、選舉等的）計票員.

範例 ① a clever joke teller 很會講笑話的人.

② Tellers need speed and accuracy. 出納員需要速度和準確度.

複數 tellers

telltale [ˋtɛl͵tel] n. ① 洩露祕密的人，告密者，打小報告的人. ② 自動指示器，登錄器.

——adj.《只用於名詞前》洩露祕密的，遮掩不了的：The telltale look in his eyes gave him away. 他那欲蓋彌彰的眼神洩露了自己心裡有鬼.

複數 telltales

telly [ˋtɛlɪ] n.《口語》《英》電視.

複數 tellies

***temper** [ˋtɛmpɚ] n. ① 心情，情緒，性情. ② 發怒，脾氣. ③（鐵等的）硬度，彈性.

——v. ④ 緩和，調和，抑制. ⑤ 使（金屬）回火《為調節硬度而鍛鍊》.

範例 ① The doctor was in a bad temper. 那個醫生心情不好.

Brian's got a pretty mild temper. 布萊恩性情相當溫和.

② I was in a temper. 我當時正在發脾氣.

④ My words tempered his sorrow. 我的話減輕了他的悲傷.

片語 lose ～'s temper 發脾氣：I lost my temper at his insult. 我因他的侮辱而大發脾氣.

複數 tempers

活用 v. tempers, tempered, tempered, tempering

***temperament** [ˋtɛmpərəmənt] n. 氣質，性情，性格：Irene has the artistic temperament. 艾琳有藝術家的氣質.

複數 temperaments

temperamental [͵tɛmprəˋmɛntl] adj. ① 神經質的，衝動的，心情不定的. ② 本質的，氣質上的.

範例 ① Peter was so temperamental that he got fired. 彼德因情緒反覆無常而被解雇了.

② Robert has a temperamental dislike for heavy metal. 羅伯特生性討厭重金屬樂.

活用 adj. ① more temperamental, most temperamental

temperamentally [͵tɛmprəˋmɛntlɪ] adv. ① 神經質地，喜怒無常地. ② 性格上，氣質上.

範例 ① Pam behaved temperamentally and embarrassed herself again. 潘姆止喜怒無常，又再一次自取其辱.

② You are temperamentally unsuited to this job. 你在性格上不適合這項工作.

活用 adv. ① more temperamentally, most temperamentally

***temperance** [ˋtɛmprəns] n. ①《正式》（言行、飲食方面的）節制. ② 禁酒：a temperance society 禁酒團體.

***temperate** [ˋtɛmprɪt] adj. 溫和的；有節制的.

範例 a temperate disposition 溫和的性情.

a temperate climate 溫和的氣候.

temperate behavior 適度的行為.

He is temperate in eating. 他飲食有節制.

♦ the témperate zòne 溫帶.

活用 adj. more temperate, most temperate

***temperature** [ˋtɛmprətʃɚ] n. ① 溫度，氣溫，體溫. ②〔常 a ～〕發燒《亦作 fever》.

範例 ① You must keep meat at a low temperature. 你必須把肉放置在低溫處.

What's the temperature? 氣溫是幾度？

The mother took her baby's temperature. 那個媽媽幫嬰兒量體溫.

② He's got a temperature of 101˚F. 他體溫高達華氏101度.《101˚F 讀作 one hundred and one degrees Fahrenheit》

The patient is running a temperature. 那位病人發燒了.

片語 run a temperature（病人）發燒.（⇨ 範例）

複數 temperatures

***tempest** [ˋtɛmpɪst] n.《正式》暴風雨.

複數 tempests

tempestuous [tɛmˋpɛstʃʊəs] adj. 暴風雨的；激烈的，劇烈的.

範例 a tempestuous wind 狂風.

a tempestuous rage 暴怒.

活用 adj. more tempestuous, most tempestuous

tempi [ˋtɛmpɪ] n. tempo 的複數形.

***temple** [ˋtɛmpl] n. ① 廟，神殿，寺院. ② 教堂. ③ 太陽穴.

複數 temples

tempo [ˋtɛmpo] n.（音樂的）速度，拍子；進形速度：They danced in waltz tempo. 他們以華爾滋的拍子跳舞.

複數 tempos/tempi

***temporal** [ˋtɛmpərəl] adj. ① 世間的，世俗的，現世的：temporal pleasures 世俗的樂趣. ②

時間的.

temporarily [`tɛmpə,rɛrəlɪ] *adv.* 暫時地，一時地： The project was **temporarily** suspended. 那項計畫暫時被擱置了.

***temporary** [`tɛmpə,rɛrɪ] *adj.* ① 暫時的，臨時的.
——*n.* ② 臨時工.
範例 ① a **temporary** job 臨時工作.
temporary pleasures 一時的快樂.
複數 **temporaries**

***tempt** [tɛmpt] *v.* 誘惑.
範例 I **tempted** him with a gold necklace. 我用一條金項鍊誘惑她.
Low interest rates **tempted** the man into buying a new car. 低利率誘使那個男子買了一輛新車.
The warm sunshine **tempted** me to forget my homework. 溫暖的陽光使我忘記還有家庭作業.
I'm **tempted** to do that just to teach you a lesson. 我被慫恿去做那件事，只是為了教訓你一頓.
活用 *v.* **tempts, tempted, tempted, tempting**

***temptation** [tɛmp`teʃən] *n.* 誘惑，誘惑物.
範例 I can't resist the **temptation** of all those beaches and tropical weather. 我無法抗拒那些海灘和熱帶氣候帶給我的誘惑.
There are lots of **temptations** in big cities. 大城市裡存有許多誘惑.
John gave in to **temptation** and ate the whole box of chocolates. 約翰受不了誘惑而吃下那一整盒巧克力.
複數 **temptations**

tempter [`tɛmptə] *n.* ① 誘惑者，誘惑物. ② [the T~] 魔鬼.
複數 **tempters**

tempting [`tɛmptɪŋ] *adj.* 誘惑人的，迷人的，吸引人的.
範例 Ooooo. That pie looks and smells very **tempting**. 噢，那塊派看起來、聞起來都很誘人.
a **tempting** offer 誘人的提議.
活用 *adj.* **more tempting, most tempting**

****ten** [tɛn] *n.* 10.
片語 ***take ten*** 休息10分鐘，休息一會兒.
ten to one 十之八九，大概： **Ten to one** she will pass the test. 十之八九她會通過那場考試.
複數 **tens**

tenable [`tɛnəbl] *adj.* ① (理論、立場等) 站得住腳的，可辯護的. ② (職位等) 可保持的，可維持的.
範例 ① His political stance is no longer **tenable**. 他的政治立場站不住腳了.
② How long is his position as a lecturer **tenable** for? 他講師的職位能維持多久?
活用 *adj.* ① **more tenable, most tenable**

tenacious [tɪ`neʃəs] *adj.* 緊抓不放的；不屈不撓的；固執的；堅決的.
範例 The boy clutched his wallet in a **tenacious** grip. 那個男孩緊緊地抓住他的錢包.
They were **tenacious** in their negotiations for a wage hike. 他們在談判時堅決要求工資的提高.
活用 *adj.* **more tenacious, most tenacious**

tenacity [tɪ`næsətɪ] *n.* 不屈不撓；固執，偏強： With astonishing **tenacity**, she persuaded her parents to let her study at university. 她以驚人的堅持，說服了父母讓她上大學.

tenancy [`tɛnənsɪ] *n.* (土地、房屋等的) 租借；租用期間： a long-term **tenancy** agreement 長期租約.
複數 **tenancies**

***tenant** [`tɛnənt] *n.* 承租人，房客；佃農： The **tenants** revolted against the landlord. 那些佃農群起反抗地主.
複數 **tenants**

***tend** [tɛnd] *v.* ① (道路等) 走向，通往；傾向，趨向 (to, toward). ② 有做~的傾向，易於. ③ 照料，看護.
範例 ① The road **tends** to the wouth. 此路通往南方；此路向南延伸.
Frank's political views **tend** to the right. 富蘭克的政治觀點傾向右派.
My sister **tends** towards empty rhetoric. 我姊姊喜歡花言巧語.
② I **tend** to believe what she says. 我很容易相信她所說的.
It **tends** to get hot in the kitchen. 廚房總是比較熱.
③ My sister likes **tending** our dog and cat. 我姊姊喜歡照料我們的狗和貓.
活用 *v.* **tends, tended, tended, tending**

***tendency** [`tɛndənsɪ] *n.* 傾向，趨勢；癖好，習慣.
範例 The electronics market continues to show an upward **tendency**. 電子市場有持續上升的趨勢.
There is a growing **tendency** for women to get married later in life. 女性晚婚逐漸成為一種趨勢.
I have a **tendency** to overreact to what he says. 我對他所說的話容易反應過度.
Paul has athletic **tendencies**. 保羅有運動的天賦.
複數 **tendencies**

****tender** [`tɛndə] *adj.* ① 嫩的，脆弱的，纖弱的. ② 敏感的，一觸即痛的. ③ 親切的，善良的，溫柔的，體貼的.
——*n.* ④ 駁船，補給船. ⑤ 煤水車《為蒸汽火車運送煤、水》. ⑥ 投標 (買賣). ⑦ 提議.
——*v.* ⑧ 正式提出，提交；投標. ⑨ (為賠償而) 支付. ⑩ 提議.
範例 ① The pork chop was very **tender**. 那塊豬排很嫩.
a **tender** flower 一朵嬌嫩的花.

Sue experienced the ravages of war at the **tender** age of seven. 蘇在7歲那個幼小的年紀就經歷了戰禍.

② This bruise is still **tender**. 這塊瘀青碰到還會痛.

Jim's firing is a **tender** subject. 吉姆被解雇是一個敏感的話題.

③ She has a **tender** heart. 她心地善良.

a **tender** smile 親切的微笑.

He was very **tender** with his wife. 他對妻子非常溫柔.

⑥ **Tenders** will not be accepted this week. 本週不接受投標.

⑧ Due to the scandal, the minister **tendered** his resignation. 由於那個醜聞的緣故, 部長正式提交辭呈.

Several companies **tendered** for building the proposed bridge. 有好幾家公司投標承建那座計畫中的橋樑.

⑨ **Tender** the exact fare, please. 請繳交正確數額的費用.

活用 _adj._ **tenderer**, **tenderest**

複數 **tenders**

活用 _v._ **tenders**, **tendered**, **tendered**, **tendering**

tenderloin [`tɛndɚˌlɔɪn] _n._ (豬或牛的)腰部嫩肉.

[充電小站] (p. 981)

***tenderly** [`tɛndɚlɪ] _adv._ 溫柔地, 親切地, 體貼地: Helen smiled at me **tenderly**. 海倫親切地對我微笑.

活用 _adv._ **more tenderly**, **most tenderly**

tenderness [`tɛndɚnɪs] _n._ 溫柔, 親切, 愛情: her **tenderness** with the children 她對孩子們的關愛.

tendon [`tɛndən] _n._ 腱《聯結肌肉與骨頭的筋》; 亦作 sinew》: Achilles **tendon** 阿奇里斯腱.

複數 **tendons**

tendril [`tɛndrɪl] _n._ 卷鬚, 蔓.

複數 **tendrils**

tenement [`tɛnəmənt] _n._ ① 保有物, 享有物. ② 分租的房屋; 廉價公寓.

♦ **ténement hòuse** 廉價公寓《特指城市中貧民區的公寓 (apartment house); 亦作 tenement)》.

複數 **tenements**

***tennis** [`tɛnɪs] _n._ 網球.

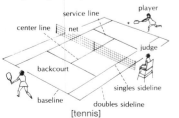

[tennis]

tenor [`tɛnɚ] _n._ ① 男高音《男聲的最高音部,

也指樂器相同的音域》; 男高音歌手; 次中音樂器. ② 要旨, 大意.

範例 ① I am going to sing the **tenor** in that cantata. 在那齣清唱劇中, 我將演唱男高音.

The audience was enchanted by the speaker's pleasant **tenor** voice. 觀眾們都陶醉在那位演講者悅耳男高音般的聲音中.

The **tenors** were on the left of the altos. 那些男高音歌手們位於女低音歌手們的左側.

② Can you describe the **tenor** of the lecture? 你能敘述一下那次演講的大意嗎?

複數 **tenors**

***tense** [tɛns] _adj._ ① 僵硬的, 繃緊的; 緊張的, 緊迫的.

——_v._ ② 拉緊, 繃緊; 緊張.

——_n._ ③ (文法中動詞的) 時態 (☞ [充電小站] (p. 1329)).

範例 ① The rope was **tense**. 這條繩子拉得很緊.

The situation was **tense** at the border. 那個邊界地區情勢緊張.

The announcer seems very **tense**. 那位播報員看起來很緊張.

② The young singer was **tensed** up on stage. 那名年輕歌手在舞臺上感到很緊張.

活用 _adj._ **tenser**, **tensest**

活用 _v._ **tenses**, **tensed**, **tensed**, **tensing**

複數 **tenses**

tensely [`tɛnslɪ] _adv._ 繃緊地; 緊張地.

活用 _adv._ **more tensely**, **most tensely**

tenseness [`tɛnsnɪs] _n._ 緊繃; 緊張.

tension [`tɛnʃən] _n._ ① 拉力; 緊張. ② (電學的) 電壓; (物理的) 張力.

範例 ① Too much **tension** will break the wire. 拉得太緊的話, 那條電線會斷.

He snapped under the **tension** that had been building all week. 在連續一週的緊張狀態下, 他體力不支病倒了.

The patient was suffering from nervous **tension**. 那名病患神經緊張.

There was political **tension** between the two countries. 那兩個國家之間政治情勢緊張.

② high **tension** wires 高壓電線.

複數 **tensions**

***tent** [tɛnt] _n._ 帳篷.

範例 Let's pitch the **tent** here. 我們在這裡搭帳篷吧.

an oxygen **tent** (醫學的)氧氣帳篷.

♦ **tént pèg** 帳篷椿《打入地下固定帳篷繩索之物》.

複數 **tents**

tentacle [`tɛntəkl] _n._ (動物的) 觸鬚, 觸角; (食蟲植物的) 觸毛.

複數 **tentacles**

tentative [`tɛntətɪv] _adj._ ① 試驗性質的; 暫時的. ② 躊躇的, 猶豫不決的.

範例 ① There are **tentative** plans, but nothing is certain. 有許多暫行的計畫, 但沒有一個是確

當過去式動詞添加新訊息時 (時態)

【Q】That man <u>knows</u> the earth <u>is</u> round.
「那個男子知道地球是圓的.」
我們一般學到的是, 上句中的 knows 可以改成 knew, 但是 is 不可以改成 was, 必須說成
That man <u>knew</u> the earth <u>is</u> round.
但是, 下句真的就不能成立嗎?
That man knew the earth was round.
【A】可以的.
　　That man <u>knew</u> the earth <u>was</u> round.
但是差別在於從這句話的語意看不出說話者是否認為「現在地球是圓的」, 只是在傳達「那個男子」在那個時間點知道「地球是圓的」的這件事情而已.
　　相反地

That man knew the earth is round.
說話者不僅將那個男子知道的 the earth is round 表達出來, 並且表明自己也認為「現在地球是圓的」.
　　再看看其他例子:
(1) Tom <u>knew</u> Mary was here.
(2) Tom <u>knew</u> Mary is here.
　　兩句都是「湯姆知道瑪麗在這裡」.
　　(1) 說 Mary <u>was</u> here 時, 瑪麗現在還在不在這裡並不清楚. 此句也無法得知說話者本人是否確定「瑪麗當時在這裡」.
　　相反地在 (2) 中, 現在瑪麗在這裡, 說話者正因為知道「現在瑪麗在這裡」, 所以才說 Mary <u>is</u> here.

定的.
The arrangement for the two countries to start peace talks is only **tentative**. 籌備這兩國間的和平談判僅僅是試探性的.
② The girl wore a **tentative** smile. 那個女孩露出羞怯的微笑.
活用 adj. more tentative, most tentative

tentatively [ˋtɛntətɪvlɪ] adv. 試驗性地, 暫時地; 躊躇地: The boy waved his hand **tentatively**. 那個男孩遲疑地揮揮手.
活用 adv. more tentatively, most tentatively

*tenth [tɛnθ] n. ① 第10 (個). ② 1/10: three **tenths** 3/10.
複數 tenths

tenuous [ˋtɛnjʊəs] adj. 纖細的, 薄弱的, 稀薄的.
範例 a **tenuous** threads of silk 綢緞的細絲.
He had only **tenuous** links with the intelligence agency. 他只和情報局保持些微的聯繫.
活用 adj. more tenuous, most tenuous

tenure [ˋtɛnjɚ] n. ① 任期: The **tenure** of the presidency is four years. 總統的任期是4年. ② 保有期間. ③ (不動產的) 保有; 保有權.

tepid [ˋtɛpɪd] adj. ① (液體等) 溫的. ② (態度等) 不熱情的, 不冷不熱的.
範例 ① **tepid** tea 溫茶.
② a **tepid** reception 不太熱情的接待.
活用 adj. ② more tepid, most tepid

tequila [təˋkilə] n. 龍舌蘭酒《墨西哥出產的烈酒》.
複數 tequilas

*term [tɝm] n. ① 期間, 期限; (學校的) 學期. ② 專門用語, 說法, 措辭. ③ [~s] 立場, 觀點. ④ [~s] 關係, 交誼. ⑤ [~s] 條件. ⑥ (數學的) 項.
——v. ⑦ 稱作.
範例 ① a short **term** contract 一份短期合約.

The president of France is elected by direct popular vote for a seven-year **term**. 法國總統是由直接民選產生, 其任期為7年.
Her **term** of office expired yesterday. 她的任期於昨天結束.
He was in prison for a **term** of 26 years. 他被關在獄中26年.
the spring **term** 春季學期.
at the end of **term** 學期末.
mid-**term** examinations 期中考.
When does the second **term** begin? 第二個學期何時開始?
The school year is divided into two **terms**. 一學年分為兩個學期.
② a business **term** 商業用語.
a technical **term** 專門用語.
a legal **term** 法律用語.
a medical **term** 醫學用語.
Children often learn abusive **terms** on TV. 孩子們通常從電視上學會罵人的話.
The doctor explained it in layman's **terms**. 那位醫生以通俗的話解釋.
She refused the invitation in no uncertain **terms**. 她堅決地拒絕邀請.
③ The professor thought about the matter in **terms** of economics. 那位教授從經濟學的觀點來思考那件事情.
That cheapskate thinks of everything in **terms** of money. 那個吝嗇鬼會從金錢的角度來考慮任何事物.
④ We are all on first-name **terms**. 我們的關係十分親近.《直呼其名表示關係親近》
⑤ They paid the money according to the **terms** of the contract. 他們依據合約的條件付款.
He bought our house on our **terms**. 他依我們的條件買下了我們的房子.
⑦ He **terms** himself an intellectual. 他自稱為知識分子.
The gassing was **termed** mass murder. 那次毒氣攻擊被稱作集體謀殺.

片語 ***bring ~ to terms*** 迫使~同意；使就範: My parents were finally **brought to terms** by my strong will. 最後，父母因為我堅定的意志而同意了．

come to terms/make terms ① 達成協議，和好: The two sisters finally **came to terms**. 那兩姊妹最後和好了． ② 妥協，讓步: You must **come to terms** with his depression. 你必須設法忍受他的消沉．

in no uncertain terms 清楚地；堅決地. (⇨ 範例 ②)

in terms of ~ ① 用~的字眼〔口吻〕. ② 從~的觀點，從~的角度. (⇨ 範例 ③)

♦ **térm insùrance** 定期人壽保險.
térm pàper 〖美〗期末報告.

複數 **terms**

活用 v. **terms, termed, termed, terming**

*terminal [ˋtɝmən!] adj. ① (每) 學期的，學期末的；定期的. ② (疾病等) 晚期的，末期的. ③ 末端的；終點的.
——n. ④ (機場的) 航站大廈；(火車、巴士等的) 終點；終點站. ⑤ 電極；(電池) 接頭；(電腦) 終端機.

範例 ① Have you finished your **terminal** examination? 你的期末考考完了嗎？

② Mr. Brown had **terminal** cancer and finally passed away. 布朗先生患了末期癌症，最後過世了．

③ I took the train to the **terminal** station. 我搭火車到終點站．

④ We promised to meet at the bus **terminal** and go to school together. 我們約定在公車終點站會合，然後一起去上學．

⑤ To access this computer system, you must type HELLO on the **terminal** keyboard and then press the RETURN key. 要進入這個電腦系統，你必須在鍵盤終端機鍵入 HELLO 然後按 RETURN 鍵.

複數 **terminals**

terminally [ˋtɝmənlɪ] adv. 每期 (末) 地；(疾病等) 末期地；末端地.

範例 The students are always tested **terminally**. 學生在學期末經常要接受測驗．
He was **terminally** ill when I visited him and died a few days later. 當我去拜訪他時，他已生命垂危，幾天後便去世了．

*terminate [ˋtɝmə‚net] v. (使) 結束；(使) 終結.

範例 The conference will **terminate** promptly at 5 o'clock. 那場會議將於5點整結束．
Ultraman **terminated** many violent monsters. 超人結束了許多兇猛怪獸的性命．

活用 v. **terminates, terminated, terminated, terminating**

termination [‚tɝməˋneʃən] n. ① 終止；結束；結局. ② 字尾.

範例 ① the **termination** of a pregnancy 墮胎.
At the **termination** of the time deposit he got one million dollars, of which 50,000 was

interest. 存款期滿後，加上利息5萬美元，他共可獲得100萬美元．

② You can change some verbs into nouns by adding the **termination** "-ion." 你可以在某些動詞後面加上字尾 "-ion" 即可變為名詞．

複數 **terminations**

termini [ˋtɝmə‚naɪ] n. terminus 的複數形.

terminology [‚tɝməˋnɑlədʒɪ] n. 術語，專門用語: scientific **terminology** 科學術語．

複數 **terminologies**

terminus [ˋtɝmənəs] n. 終點；終點站: I got off at the **terminus**. 我在終點站下車．

複數 **termini/terminuses**

termite [ˋtɝmaɪt] n. 白蟻.

複數 **termites**

*terrace [ˋtɛrɪs] n. ① 臺地. ② 平臺屋頂. ③ (足球場的) 臺階式看臺. ④ 連棟式住宅 (亦作 terrace house, terraced house).
——v. ⑤ 使成為梯田形: **terraced** fields 梯田.

[terrace]

♦ **tèrrace hóuse/tèrraced hóuse** 連棟式住宅 (〖美〗 row house).

複數 **terraces**

活用 v. **terraces, terraced, terraced, terracing**

[terraced house]

terrain [tɛˋren] n. 地形，地勢: This bike is for all **terrains**. 這輛腳踏車適用於所有地形．

複數 **terrains**

terrestrial [təˋrɛstrɪəl] adj. ① 地球的. ② 陸地的，陸棲的.

範例 ① **terrestrial** gravitation 地心引力.
② **terrestrial** animals 陸棲動物.

♦ **terrèstrial glóbe** 地球 (儀).

**terrible [ˋtɛrəb!] adj. 可怕的；劇烈的.

範例 a **terrible** accident 一起可怕的意外事故.
I had a **terrible** time convincing him. 我很難說服他.
What a **terrible** dinner! 這頓晚餐糟透了！
in a **terrible** hurry 非常匆忙地.

活用 adj. **more terrible, most terrible**

*terribly [ˋtɛrəblɪ] adv. 可怕地；極端地.

範例 She did **terribly** throughout the game. 在整場比賽中，她表現得很差.
John was **terribly** pleased to see Mary. 約翰看見瑪麗非常高興.

[活用] *adv.* **more terribly**, **most terribly**

terrier [`tɛrɪɚ] *n.* 㹴犬: a fox **terrier** 獵狐犬.
[複數] **terriers**

***terrific** [tə`rɪfɪk] *adj.* ① 厲害的, 非常的. ② 極端的.
[範例] ① He's driving the bus at a **terrific** speed. 他正以驚人的速度駕駛那輛公車.
The boys said they had a **terrific** time fishing at Seneca Lake. 那些男孩說他們在賽尼加湖釣魚度過了非常愉快的時光.《Seneca Lake 是紐約州 (New York) 中西部的大湖》
② a **terrific** spectacle 極美的風景.
[活用] *adj.* **more terrific**, **most terrific**

terrifically [tə`rɪfɪklɪ] *adv.* 厲害地, 非常地: John is **terrifically** bright. 約翰非常聰明.

***terrify** [`tɛrə,faɪ] *v.* 使恐怖, 使驚嚇.
[範例] Big dogs **terrify** me. 大狗令我害怕.
Everyone was **terrified** by the tornado. 每個人都被那個龍捲風嚇壞了.
Pat was **terrified** into going back home. 培特被嚇得回家去了.
[活用] *v.* **terrifies**, **terrified**, **terrified**, **terrifying**

territorial [,tɛrə`torɪəl] *adj.* ① 領土的, 土地的. ② 地區性的, 區域性的.
——*n.* ③ (英國的) 國防義勇軍士兵.
[範例] ① **territorial** air space 領空.
territorial waters 領海.
[活用] *adj.* ② **more territorial**, **most territorial**
[複數] **territorials**

***territory** [,tɛrə`torɪ] *n.* 領土, 領域.
[範例] These four islands are historically Japan's **territory**, aren't they? 這4座島嶼有史以來就是日本的領土, 不是嗎?
Much of Taiwan is mountainous **territory**. 臺灣大多數領土是山脈.
Egyptian history is beyond his **territory**. 埃及的歷史在他的知識範圍之外.
[複數] **territories**

***terror** [`tɛrɚ] *n.* ① 恐怖, 驚駭. ② 可怕的人〔物〕; 討厭鬼. ③ 恐怖主義.
[範例] ① They ran screaming in **terror**. 他們驚慌地尖叫跑開.
Peter has a **terror** of heights. 彼德怕高.
The invaders struck **terror** into the hearts of the people. 那些侵略者把恐懼深植於人民的心中.
The cult leader was a **terror** to the townsfolk. 那個宗派的領導者使市民感到恐懼.
② He is a real **terror**. 他真是一個討厭鬼.
[複數] **terrors**

terrorise [`tɛrə,raɪz] = *v.*〖美〗terrorize.

terrorism [`tɛrə,rɪzəm] *n.* 恐怖統治, 恐怖主義.

terrorist [`tɛrə,rɪst] *n.* 恐怖主義者, 恐怖分子.
[複數] **terrorists**

terrorize [`tɛrə,raɪz] *v.* 使恐怖, 使畏懼: All the people of the city were **terrorized** into leaving their homes. 那個城市裡所有的居民被迫離開家園.
[參考]〖英〗terrorise.
[活用] *v.* **terrorizes**, **terrorized**, **terrorized**, **terrorizing**

terse [tɝs] *adj.* 簡潔的: She made a **terse** reply. 她簡潔地回答.
[活用] *adj.* **terser**, **tersest**

tersely [`tɝslɪ] *adv.* 簡潔地.
[活用] *adv.* **more tersely**, **most tersely**

***test** [tɛst] *n.* ① 測驗, 試驗, 檢驗.
——*v.* ② 測驗; 考驗; 化驗.
[範例] ① We have a math **test** this afternoon. 今天下午我們有數學考試.
Our teacher gave us an oral **test** in English today. 今天老師對我們進行英文口試.
My brother has passed the driving **test**. 我弟弟已通過那場路考.
I had a blood **test**. 我驗了血.
You must take the English **test** to study in America. 你要到美國念書必須接受英語考試.
Edison's achievements have stood the **test** of time. 愛迪生的成就經得起時間的考驗.
Trouble is a **test** of character. 困難考驗人的性格.
A death in the family put his faith to the **test**. 家中一位親人的去世, 使他的信念面臨考驗.
② Engineers **tested** the new jet engine. 工程師們對那個新型噴射機引擎進行了測試.
Miss Jones **tested** us in math today. 今天瓊斯小姐對我們進行數學測驗.
I had my eyesight **tested** at the hospital. 我在醫院檢查視力.
It's going to be **tested** on laboratory animals. 它即將被用在實驗室中的動物身上以進行試驗.
These are **testing** times for our company. 對我們公司而言, 這是一段考驗的時期.
Technicians **tested** the house for radon gas. 專家們對這間屋子進行氡氣測試.
[片語] ***put ~ to the test*** 使受考驗. (⇨ [範例] ①)
stand the test of time 經得起時間的考驗. (⇨ [範例] ①)
♦ **tést bàn** 禁止核子試爆協定.
tést càse 判例.
tést drìve 試車.
tést flìght 試飛.
tést màtch (板球或橄欖球) 國際比賽.
tést pàper ① 試卷. ② 石蕊試紙.
tést pìlot 試飛員.
tést tùbe 試管.
[複數] **tests**
[活用] *v.* **tests**, **tested**, **tested**, **testing**

***testament** [`tɛstəmənt] *n.* ① 遺囑. ②〔the T~〕《聖經》《《新約聖經》為 *the New Testament*, 《舊約聖經》為 *the Old*

T

Testament). ③ 證據.

複數 **testaments**

tester [ˋtɛstɚ] *n.* ① 檢查者. ② 測試裝置.

複數 **testers**

testicle [ˋtɛstɪkl] *n.* 睪丸《男性生殖器》.

複數 **testicles**

***testify** [ˋtɛstə͵faɪ] *v.* 證實, 作證.

範例 One witness **testified** that she had seen the murder. 有一位目擊者作證說她目睹了那起謀殺案件.

Michael's boss **testified** to his integrity. 麥克的老闆證明他是誠實的.

So far there's one to **testify** for her and three against. 截至目前為止, 有1個人的證詞對她有利, 3個人的證詞對她不利.

活用 *v.* **testifies, testified, testified, testifying**

testimonial [͵tɛstəˋmonɪəl] *n.* ① 證明書, 推薦信, 獎狀. ② 紀念品; 感謝函.

範例 ① He asked his former employer to write him a **testimonial**. 他請求他的前雇主幫他寫封推薦信.

We often hear **testimonials** for something in TV commercials. 我們經常在電視廣告中聽到推薦的話.

② They gave her a watch as a **testimonial** for what she has done in the past thirty years. 他們送她一只錶, 感謝她30年來所做的一切.

♦ **testimónial gàme/testimónial màtch** 紀念賽.

複數 **testimonials**

***testimony** [ˋtɛstə͵monɪ] *n.* (法庭中見證人所作的)證詞; 證明, 表明《常與to連用》.

範例 The defense's first witness gave contradictory **testimony**. 辯方的第一證人做出相反的證詞.

A Nobel prize would certainly be **testimony** to your outstanding research. 諾貝爾獎的確表明了你的研究很傑出.

複數 **testimonies**

tether [ˋtɛðɚ] *n.* ① 繫繩, 繫鍊. ② (能力、資源等的)界限, 範圍: We are at the end of our **tether**. 我們已山窮水盡了.

—— *v.* ③ 拴住.

複數 **tethers**

活用 *v.* **tethers, tethered, tethered, tethering**

***text** [tɛkst] *n.* ①(與註解、插圖等相對的)正文, 本文. ② 原文. ③《聖經》的文句. ④ 教科書, 課本《亦作 textbook》.

範例 ① Books for children should have more pictures than **text**. 小孩子們看的書應該插圖多於文字.

② We would like to examine the **text** of the prime minister's speech. 我們想要檢視首相演說的原文.

④ a **text** on European history 有關歐洲歷史的教科書.

複數 **texts**

***textbook** [ˋtɛkst͵bʊk] *n.* 教科書, 課本: a science **textbook** 科學課本.

複數 **textbooks**

textile [ˋtɛkstl] *n.* 紡織品: In those days our main exports were woolen **textiles**. 過去我們主要的輸出品是羊毛紡織品.

複數 **textiles**

textual [ˋtɛkstʃʊəl] *adj.* 本文的, 原文的: **textual** analysis 文本分析.

texture [ˋtɛkstʃɚ] *n.* 質地; 觸感.

範例 This tofu has a firm **texture**. 這種豆腐質地緊密.

I love the **texture** of linen. 我喜歡亞麻布的觸感.

複數 **textures**

TGIF/T.G.I.F. [͵ti͵dʒi͵aɪˋɛf] (縮略) =Thank God It's Friday (感謝上帝, 今天已是星期五了).

複數 **TGIF's/TGIFs/T.G.I.F.'s**

-th *suff.* ① 接於基數後構成序數: fourth 第4; fifth 第5. ② 加在形容詞後構成名詞: truth 誠實; warmth 溫暖.

Thai [ˋtɑ·i] *n.* ① 泰國人; 泰國語.

—— *adj.* ② 泰國的.

複數 **Thais**

Thailand [ˋtaɪlənd] *n.* 泰國《☞ 附錄「世界各國」》.

Thames [θɛmz] *n.* 〔the ~〕泰晤士河《流經倫敦市區, 注入北海 (the North Sea)》.

†**than** [(強) ˋðæn; (弱) ðən] *prep., conj.* 比較, 超過.

範例 Tom is older **than** I am. 湯姆年紀比我大.

John is five years older **than** I am. 約翰比我大5歲.

Beth is more charming **than** beautiful. 貝絲與其說是美麗, 不如說是嫵媚.

Bob likes my cat better **than** me. 鮑伯喜歡我的貓勝於我.

Steve and Ben work better together **than** if they work separately. 史蒂夫和班一起工作比分開工作好.

I would rather practice the guitar **than** go fishing. 我寧願練習吉他也不願去釣魚.

How else can we cook **than** by fire up here in the woods? 在森林中除了生火, 我們還能採取甚麼方式煮東西?

I have no other friend **than** you. 除了你, 我沒有其他朋友.

參考 範例 第4句可以有兩種解釋, 在講「鮑伯比我更喜歡我的貓」時, 說 Bob likes my cat better than I do. 就不會引起誤解了.

****thank** [θæŋk] *v.* ① 感謝, 道謝.

—— *n.* ②〔~s〕謝意, 感謝.

範例 ① **Thank** you very much. 非常謝謝你.

Thank you for coming today. 謝謝你今天的光臨.

I **thanked** him for his kindness. 我感謝他的好意.

充電小站

表達感謝

表達感謝時，一般講 Thank you. 再加上 very much 或 so much 變成 Thank you very much. 或 Thank you so much. 會加深感謝的心情，不過女性較常用 Thank you so much.

Thank you. 是 I thank you. 的縮略，雖然以動詞開頭，但不是命令句，所以 thank 不是原形動詞，而是現在式。

另外些微地表示謝意時，可以說 Thanks. 也有人將其簡寫為 Thanx. 在 Thanks 後面可以加上 a lot，不過在表達些微謝意時加上表示「很，非常」之意的 a lot，似乎有點奇怪。

相反地，需講得比較正式時，有以下的表達方式：
I'm obliged to you.
I'm indebted to you.
但是多用於書面，對話中極少出現。

在對某個人或物表示感謝時，使用 for 這個介系詞．
Thank you for the letter.
「謝謝你的來信．」
Thank you for letting me know the news.
「謝謝你讓我知道那則新聞．」
回應時要說：
You're welcome.
Not at all.

在商店中，顧客和店員都會說「謝謝」，這時兩人都說 Thank you. 但說法有所不同。
A: Thank you.
B: Thank you.↘
這時 B 的話中加入了「哪裡，要謝謝你．」的心情。

表達感謝有許多方法，但最重要的是心意，如果是真心致謝，對方一定能理解。

I will **thank** you for not disturbing me while I'm studying. 你不在我讀書時吵我的話，我會很感激你的．
"Do you want some more coffee?" "No, **thank** you." 「你要再來一些咖啡嗎?」「不，謝謝．」
You have Nancy to **thank** for the trouble. 南西要為那個麻煩負責．
② The girl returned the bicycle with **thanks**. 那個女孩歸還了腳踏車並表示感謝．
Thanks a lot, Ken. It was a great help. 肯，多謝，你幫了很大的忙．
Thanks to your help, I was able to finish the task. 多虧你的幫忙，我才能完成那項任務．
Thanks to your rowdy friend they won't let us back into the disco. 由於你粗暴的朋友，那家迪斯可舞廳不歡迎我們再去光顧．
➡ 充電小站 (p. 1333)
[活用] *v.* **thanks**, **thanked**, **thanked**, **thanking**
[複數] **thanks**

*thankful [ˋθæŋkfəl] *adj.* 感謝的，感激的．
We should be **thankful** to be alive. 我們應該要感謝我們還活著．
The girls were **thankful** that they could go abroad. 這些女孩對於她們能出國很感激．
[活用] *adj.* **more thankful**, **most thankful**
thankfully [ˋθæŋkfəlɪ] *adv.* ① 欣慰地：
Thankfully, the rain stopped by noon. 令人欣慰的是，雨到中午就停了． ② 感謝地．
[活用] *adv.* ② **more thankfully**, **most thankfully**
thankless [ˋθæŋklɪs] *adj.* ① 不令人感謝的，吃力不討好的． ② 忘恩的．
[範例] ① Firing people is a **thankless** task. 解雇人是一項吃力不討好的工作．
② Your brother is a **thankless** fellow. 你的弟弟

是一個忘恩負義的傢伙．
[活用] *adj.* **more thankless**, **most thankless**
*thanksgiving [ˌθæŋksˋgɪvɪŋ] *n.* ① (特別是對神的) 感恩． ② 〔T～〕感恩節《亦作 Thanksgiving Day》：Turkey is the fixture for **Thanksgiving** dinner. 火雞是感恩節晚餐所必備的．
◆ **Thànksgíving Dày** 感恩節《美國、加拿大的假日，慶祝秋天的收穫，感激上帝的節日．在美國是 11 月的第 4 個星期四，在加拿大是 10 月的第 2 個星期一； 充電小站 (p. 603)，(p. 605)》．
[複數] **thanksgivings**
thankyou/thank-you [ˋθæŋk͵ju] *n.* 感謝．
[範例] a **thankyou** letter 一封感謝函．
The captain said his **thankyous** to his teammates. 那個隊長向他的隊員表示感謝之意．
[複數] **thankyous**

†that [ðæt] *pron.*, *adj.*, *adv.*, *conj.*

原義	層面		釋義	範例
說話者指較遠的單數之物，或者感覺比	存在於那裡的人或物		*pron.*, *adj.* 那，那個	①
	已經講述過的	事件或內容	*pron.* 那	②
		兩者中先講述的	*pron.* 前者	③
	程度		*adv.* 那樣地，那麼	④

原義	形式	釋義	範例
加入新訊息	名詞子句	*conj.* 接下來要講的	⑤
	說明前面的句子	*conj.* 那	⑥
	講述程度或緣由	*conj.* 像下面講述的那樣，如下所述	⑦

範例 ① **That** is my bicycle. 那是我的腳踏車.
This is not my bicycle. **That** is mine. 這不是我的腳踏車，那才是我的.
Is **that** your dictionary? 那是你的字典嗎?
Who is **that** gentleman over there? 那邊那位先生是誰?
Is **that** dictionary yours? 那本字典是你的嗎?
He heard over the telephone **that** voice which he knew very well. 他在電話上聽到他很熟悉的聲音.
Mr. Bowman? I don't know any man of **that** name. 鮑曼先生? 我不知道有誰叫那個名字.
② "She has gone to Australia." "I didn't know **that**."「她去了澳洲.」「我不知道那件事.」
She has never gone to Australia **that** I know of. 我知道她從未去過澳洲.
The climate of England is milder than **that** of Scotland. 英格蘭的氣候比蘇格蘭溫和.
③ She inherited great beauty and talent, this from her mother and **that** from her father. 她遺傳了母親的美貌和父親的才幹.
④ I can't walk **that** far. 我無法走那麼遠.
This job is not **that** easy. 這項工作沒有那麼簡單.
⑤ We all know **that** the earth looks like an orange. 我們都知道地球看起來像一顆柳橙.
The fact is **that** he has been cheating us. 事實是他一直在欺騙我們.
She was afraid **that** the dog would bite. 她害怕那隻狗會咬人.
It seems true **that** he is going to marry this June. 他將於今年6月結婚似乎是真的.
I'm happy **that** you are well. 我很高興你很健康.
Mars' atmosphere is quite different from Earth's in **that** 95.3% of it is carbon dioxide. 火星的大氣與地球的相去甚遠，因為火星上95.3%是二氧化碳.《地球大氣中的二氧化碳是0.325%》
⑥ Did you see the letters **that** came today? 你看見今天寄來的信件了嗎?
This is the only English dictionary **that** I have. 這是我唯一擁有的一本英文字典.
The last time **that** I saw him, he looked in good health. 我最後一次看見他時，他看起來很健康.
It was my cat **that** broke your vase. I'm sorry. 是我的貓打破你的花瓶，我很抱歉.

It was around 2,500 years ago **that** a solar calendar came into use. 大約在2,500年以前人們開始使用陽曆.
⑦ The doctor has so many patients **that** he is always busy. 這位醫生有許多病人，所以他總是很忙碌.
She was so impressed by the book **that** she decided to be a nurse. 她被那本書深深打動，於是她決心當一名護士.
You're not so busy **that** you can't come to our party, are you? 你不致於忙到無法來參加我們的晚會，是吧?
She is such a good teacher **that** all the students like her. 她是一位非常好的老師，因此所有的學生都喜歡她.
He studied hard so **that** he might pass the exam. 他很用功讀書，為了能通過那場考試.

片語 *and that* 而且: I advised him about this problem, **and that** several times! 我就這一問題向他提出建議了，而且是好幾次.
at that ① 在那一點上: I agree with you **at that**. 在那一點上，我和你意見一致. ② 而且: He has bought the new English dictionary, and a CD **at that**! 他不但買了這本新英文辭典，而且還買了一張與這本辭典有關的雷射唱片.
in that 既然，因為. (⇨ 範例 ⑤)
that is/that is to say 也就是說，即: Britain adopted the Gregorian calendar in 1752, **that is**, 170 years later than the calendar reform by Pope Gregorius XIII. 英國在1752年採用格列高利曆，也就是說在教皇格列高利13世提出改革曆法後170年才施行.《XIII 讀作 the Thirteenth》
That's about it. 就是那樣.
That's it. ① 正是那個. ② 就那樣決定了. ③ 就是那樣.
that's that 就是那樣: I won't eat durian, and **that's that**! 我不想吃榴槤，不用再說了!
with that 接著就: "We're looking forward to your visit," he said, and **with that** he drove away. 他說完「我們期盼著你的來訪」，就開車走了.

複數 **those**

thatch [θætʃ] *n.* ① (用於鋪蓋屋頂的) 茅草，稻草.
—— *v.* ② 用茅草鋪蓋屋頂: a **thatched** house 一間有茅草鋪蓋屋頂的房子.

[thatched house]

活用 *v.* **thatches**, **thatched**, **thatched**, **thatching**

that'll [ðætl]《縮略》= that will.

that's [ðæts]《縮略》= ① that is. ② that has.
範例 ① **That's** mine. 那是我的.
② **That's** been their problem. 那已成為他們的問題.

the 的發音

【Q】the book 的 the 是 [ðə]，the egg 的 the 發音為 [ðɪ]，為甚麼有2種發音呢？

【A】據說 the 在輔音前較易發出 [ðə] 的音；在元音前較易發出 [ðɪ] 的音。

the 的發音嚴格說不止2種。

the 在弱讀時，可以和後面的字連著念，根據後面的音，會發出介於 [ðə] 與 [ðɪ] 之間的音，有時可能會聽成 [ð]。

在 the United Kingdom 中的 "the" 如何發音呢？要強調「那個」英國有時發音為 [ðɪ]（[ðɪ] 之後稍微拉長元音），如果一個字一個字地讀 the—United—Kingdom 時，也讀作 [ðɪ:]，除此以外，大多發得很輕的 [ð]，和後面的 United Kingdom 連音。

**__thaw__ [θɔ] v. ① 解凍，融化；漸漸暖和。② (感情、態度等) 變得緩和〔融洽〕。

——n. ③ 冰雪融解時節。④ (關係、情緒等) 緩和。

範例 ① The snow was **thawing** on the roof. 那個屋頂上的雪正在融化。

The pond has **thawed** out. 那個池塘的結冰已經融化了。

The sun **thawed** the snow gradually. 陽光逐漸融化積雪。

The climbers **thawed** out by the fire. 那群登山者靠火取暖。

He **thawed** the meat before cooking it. 他在燉煮肉之前先解凍。

② They began to **thaw** after a few drinks. 喝過幾杯酒之後，他們變得很輕鬆自在。

Their hospitality **thawed** his hostility. 他們的熱情款待化解了他的敵意。

③ The **thaw** set in early that year. 那一年冰雪很早就融化了。

活用 v. thaws, thawed, thawed, thawing
複數 thaws

†**the** [ðə《後面接輔音開始的字》；ðɪ《後面接元音開始的字》] art.

作用	層面	釋義	範例
表示說話者與聽者之間已明白的事情	從前後關係知道的事	這，那	①
	具有某性質的人、物、事	～的人，～的物，～的事	②
	程度	最～	③

範例 ① Pass me **the** salt, please. 請把鹽遞給我。

Ken said that I ought to see **the** doctor. 肯說我必須去看醫生。

The sun is shining. **The** sky is blue. What a beautiful day! 陽光燦爛，天空湛藍，多好的天氣啊!

Matthew is **the** only Canadian in this school. 馬修是這所學校裡唯一的加拿大人。

We have a cat and two mice; **the** cat is black and **the** mice are white. 我們有1隻貓和2隻老鼠，貓是黑色的，老鼠是白色的。

This is my desk. That is my table. There are five Russian dolls on **the** table. There is a Spanish doll on **the** desk. 這是我的書桌，那是我的餐桌。餐桌上有5個俄羅斯玩偶，書桌上有1個西班牙玩偶。

Rome is **the** capital of Italy. 羅馬是義大利的首都。

She had **the** kindness to give me a ride to the station. 她好心開車送我去車站。

The information you gave me was very helpful. 你給我的那則訊息很有幫助。

Hsi-Men-Ding is **the** place for young people. 西門町是年輕人的地方。《如果不是 the place，而是 a place 的話，意味著另外還有許多同性質的地方》

They're both at home with me. Brian's by **the** pool and David's in **the** basement. 他們都在家陪我，布萊恩在游泳池旁，大衛在地下室。

That boy swimming in **the** third lane is my brother! 在第3水道游泳的那個男孩是我弟弟!

A lot of students had an interest in politics in **the** 1960s. 在1960年代，有許多學生對政治感興趣。《1960s 讀作 nineteen sixties》

You're **the** Charlie Chaplin? 你就是那個查理·卓別林?

② This bill will help **the** homeless and **the** disadvantaged. 這張鈔票將幫助無家可歸和貧窮的人。

The injured were brought to the hospital. 受傷的人被送進醫院。

The Chinese and Americans have different traditions and cultural backgrounds. 中國人和美國人有不同的傳統和文化背景。

The cactus grows in hot, dry areas. 仙人掌生長在炎熱乾旱的地方。

In order to prevent viral infections among cows, **the** diseased should be destroyed immediately. 為防止牛群間濾過性病毒的傳染，那些病牛應該立即殺死。

Don't want **the** impossible. 不要奢求不可能的事。

③ George is **the** tallest in his class. 喬治是他班上最高的。

I like spring **the** most./I like the spring the

best. 我最喜歡春天.
The more he got, **the** greedier he became.
他得到的愈多, 變得愈貪婪.
My dogs are mean to other dogs but I love them none **the** less. 我的狗對別的狗很壞,
但我仍然喜歡牠們.
"When do you want to repair your car?" "**The**
sooner, **the** better."「你想要甚麼時候修你的
車?」「愈早愈好.」
➡ 〔充電小站〕(p. 1335)

***theater** [ˋθiətɚ] n. ① 劇場, 戲院. ② 〔the ~〕
戲劇. ③ 重大事件發生的場所, 戰場. ④ 階
梯教室〔講堂〕. ⑤ 手術室《亦作 operating
theater》.
〔範例〕① I go to the **theater** once a month. 我每
個月去一次戲院.
an open-air **theater** 露天劇場.
② the modern American **theater** 現代美國戲
劇.
③ the Pacific **theater** of World War II 第二次世
界大戰太平洋戰區.
〔參考〕〔英〕theatre;〔美〕很多戲院名亦作 theatre.
♦ **théater-gòer** 戲院的常客.
➡ 〔充電小站〕(p. 1337)
〔複數〕**theaters**
***theatre** [ˋθiətɚ] = n.〔美〕theater.
theatrical [θiˋætrɪk!] adj. ① 劇場的; 戲劇的.
② 誇張的; 做作的.
—— n. ③ 〔~s〕戲劇演出.
〔範例〕① a **theatrical** company 劇團.
theatrical performances 戲劇表演.
② **theatrical** manners 做作的行為.
〔活用〕adj. ② **more theatrical**, **most
theatrical**
〔複數〕**theatricals**
***theft** [θɛft] n. 偷竊; 竊盜罪.
〔範例〕The man was arrested on suspicion of
theft. 那名男子因為有竊盜嫌疑而被捕.
She reported the **theft** of her bag to the
police. 她告訴警察她的手提包被偷了.
〔複數〕**thefts**

†**their** [ðɛr] pron.〔只用於名詞前〕他們的,
她們的, 牠〔它〕們的《they 的所有格》.
〔範例〕Three men came to see me, but they
wouldn't give **their** names. 有3個人來看我,
但是他們不願具名.
I have two nieces. Yesterday they asked me to
teach English to **their** friends. 我有2個姪女,
昨天她們要我教她們的朋友英語.
Mr. and Mrs. Smith took **their** children to the
art museum yesterday. 史密斯夫婦昨天帶他
們的孩子去美術館.
Tom and his sisters lost **their** parents in the
war. 湯姆和他的姊妹們在那場戰爭中失去他
們的父母.
"Do you know Mrs. Brown and her two sons?"
"Well, I know them by name, but I don't know
their address."「你知道布朗夫人和她的2個
兒子嗎?」「我只聽過他們的名字, 並不知道
他們的住址.」

I teach more than two hundred boys and girls.
Do I know **their** names? Of course, I do! 我
教導200多名的男孩和女孩. 我知道他們的
名字嗎? 我當然知道.
This is a dog. This is a monkey. This is a
pheasant. But Momotaro didn't know **their**
names. 這是一隻狗, 這是一隻猴子, 這是一
隻雉雞, 但是桃太郎不知道牠們的名字.
You see some boxes over there, don't you?
Bring **their** lids here. 你看見那邊的盒子了
嗎? 請把它們的蓋子拿到這邊來.
"Are those dolls?" "Yes. They're Barbie dolls.
Their name is well known to the world, I
think."「那些是玩偶嗎?」「是的, 它們是芭比
娃娃, 我想它們的名字是世界聞名的.」

†**theirs** [ðɛrz] pron. 他們的, 她們的, 牠〔它〕們
的《they 的所有代名詞; 用來代替對話者已經
瞭解的複數的人、物、事, 後面不接名詞》.
〔範例〕My brothers have a lot of miniature cars.
Look! These are all **theirs**! 我的兄弟們有許
多小汽車模型. 看! 這些都是他們的!
Mr. and Mrs. West? Yes, I know them. Is this
their house? No, it is ours. **Theirs** is over
there. 韋斯特夫婦? 是的, 我認識他們. 這
是他們的房子嗎? 不, 這是我的, 他們的在
那裡.
〔片語〕**~ of theirs** 他們的, 她們的, 牠〔它〕們
的: Mr. and Mrs. Hill have a number of country
houses. Look! This is a country house **of
theirs**. 希爾夫婦有許多棟鄉間別墅. 看, 這
是其中一棟.

†**them** [(強)ˋðɛm;(弱)ðəm] pron. 他們,
她們, 牠〔它〕們《they 的受格》.
〔範例〕Three men came to see me, but I didn't
know **them**. 有3個人來看我, 但我並不認識
他們.
I have two nieces. I took **them** to the zoo
yesterday. 我有2個姪女, 昨天我帶她們去動
物園.
"Where are Grandma and Grandpa?" "I saw
them strolling in the park."「爺爺和奶奶在哪
裡?」「我看見他們在公園散步.」
"I hear Mr. and Mrs. Smith and their daughters
are going to make a five-day trip to Japan."
"Yes. I ran into **them** at CKS Airport."「我聽
說史密斯夫婦和他們的女兒將去日本旅行5
天.」「對呀, 我恰巧在中正國際機場遇見他
們.」
"Do you know Mrs. Brown and her two sons?"
"Well, I know **them** by name."「你知道布朗
夫人和她的2個兒子嗎?」「我只聽過他們的
名字.」
I teach more than two hundred boys and girls.
I teach **them** English. 我教導200多名男孩和
女孩, 我教他們英語.
This is a dog. This is a monkey. This is a
pheasant. Momotaro went on adventure with
them. 這是一隻狗, 這是一隻猴子, 這是一

充電小站

劇場、戲劇

▶ 劇場 (theater/theatre)
　① 弧形天幕　cyclorama《舞臺後側方的弧形牆幕》
　② 舞臺　stage
　③ 前舞臺　forestage/apron
　④ 舞臺左側　the left side of the stage
　⑤ 舞臺右側　the right side of the stage
　⑥ 腳燈　footlight
　⑦ 布幕　curtain
　⑧ 樂隊席　orchestra pit
　⑨ 一樓正面座位　orchestra/stalls
　⑩ 包廂　box

　⑪ 頂層樓座　gallery
▶ 設備、裝置等
　燈光室　lighting room
　舞臺照明　stage lighting
　舞臺布景　stage setting
　舞臺道具　set piece
　大道具　(stage) setting
　小道具　props, (stage) properties, gadget
　控制室　control room
　後臺　greenroom
　售票處　box office

▶ 職責
　戲劇導演　director
　製作人　producer
　服裝師　theatrical costumer/theatrical dresser
　舞臺監督　stage director/stage manager
　演員　stage player/stage actor/stage actress
　劇評家　dramatic critic
　劇作家　dramatist/playwright
　幕後工作人員　sceneshifter
　管理小道具者　property man/prop man
　燈光師　lighting technician
▶ 其他
　音樂劇　musical play
　長期公演　long run of a play

　木偶劇　puppet show
　日場　matinee
　劇團　theatrical company/theatrical troupe
　戲劇俱樂部　drama club/dramatic club
　舞臺監督工作　stage direction/stage management
　舞臺效果　stage effect
　舞臺服裝　theatrical costumes
　舞臺轉播　stage relay/drama relayed from the stage/relay of a stage performance
　預演（穿著舞臺服裝的正式排演）　dress rehearsal
　戲劇化　dramatization
　劇評　stage review

隻雄雞，桃太郎帶著牠們去冒險.
Open that box. There are three vases in it.
Bring **them** here. 打開那個箱子，裡面有3個花瓶，把它們拿到這裡來.
"Are those dolls?" "Yes. They're Barbie dolls.
My grandmother takes good care of **them**."
「那些是玩偶嗎?」「是的. 它們是芭比娃娃.
我奶奶把它們保存得很好.」

*__theme__ [θim] *n.* ① 題目，主題. ②〖美〗(學校功課的) 作文.
　範例 ① The **theme** of the essay is world peace.
　這篇文章的主題是世界和平.
　variations on a **theme** by Haydn 海頓主題變

泰曲《Haydn (海頓)，奧地利作曲家》.
I love the **theme** from *Casablanca*. 我喜歡《北非諜影》的主題曲.
◆ **théme pàrk** 主題樂園《以某個主題而設立娛樂設施的遊樂場》.
　théme sòng 主題歌.
　複數 **themes**

†__themselves__ [ðəmˈsɛlvz] *pron.* 他們自己，它們本身《they 的反身代名詞》.
　範例 They should be ashamed of **themselves**.
　他們應該對自己感到慚愧.
　They killed **themselves** by taking poison. 他們服毒自盡.

They did the work **themselves**. 他們自己做那項工作。

The workers wanted to meet with the managers **themselves**. 那些工人想要自己和經理們面談。

†**then** [ðɛn] *adv.* ① 當時。② 然後，接著。③ 那麼。

——*adj.* ④〔the ~〕當時的。

[範例] ① I have not seen my grandmother since **then**. 從那之後，我就沒有看過奶奶了。

② First came John, **then** Nancy. 約翰第一個到，之後是南西。

We stayed in Paris and **then** went to London. 我們先住在巴黎，然後再到倫敦。

Let's call Mary first, and **then** there's Susan. 我們先給叫瑪麗，然後是蘇珊。

③ "Are you a student?" "No, I'm not." "What do you do **then**?" 「你是學生嗎?」「不，我不是。」「那麼你是從事甚麼行業?」

Until next week **then**, goodnight. 那麼下星期再見，晚安。

If one of the angles of a triangle is a right angle, **then** the area is half the product of the two sides at right angles. 如果三角形中有一個角是直角，那麼其面積是由直角兩邊線所構成矩形面積的一半。《直角三角形的面積為直角兩邊線乘積的一半》

I want to go out drinking, but **then** again I don't want to spend the money. 我想出去喝酒，但話又說回來，我不想花錢。

Well **then**, shall we start playing cards? 那麼，我們可以開始玩牌了嗎?

④ Police arrested the **then** mayor for bribery. 當時的市長因受賄被警方逮捕。

[片語] ***but then/but then again*** 但另一方面。（⇒ [範例] ③）

every now and then/now and then 有時候。

then and there/there and then 當場，立刻。

thence [ðɛns] *adv.*《正式》① 從那裡；從那時起。② 因此。

[範例] ① Mr. Carlson walked to the train station and **thence** took a train to Vienna. 卡爾森先生步行到火車站，再從那裡搭火車去維也納。

② The patient failed to take his medicine as prescribed, **thence** he fell ill again. 那個病人沒有按藥方指示服藥，因此又再次發病。

thenceforth [ˌðɛns'forθ] *adv.* 從那時起。

theologian [ˌθiə'lodʒən] *n.* 神學家。

[複數] **theologians**

theological [ˌθiə'lɑdʒɪkl] *adj.* 神學的: a **theological** college 神學院。

theology [θi'ɑlədʒɪ] *n.* ① 神學。② 宗教理論: Muslim **theology** 伊斯蘭教教義。

[複數] **theologies**

theorem [ˈθiərəm] *n.* ① 定理。② 原理，原則。

[複數] **theorems**

theoretical [ˌθiə'rɛtɪkl] *adj.* ① 理論的:

theoretical physics 理論物理學。② 推想的。

‡‡**theory** [ˈθiərɪ] *n.* 理論，學說。

[範例] According to Plato's **theories**, the human soul is immortal. 根據柏拉圖的理論，人的靈魂是不朽的。

Your plans are good in **theory**, but they won't work in practice. 你的計畫在理論上是可行的，但實際上行不通。

[複數] **theories**

therapeutic [ˌθɛrə'pjutɪk] *adj.* ① 治療的。② 有療效的。

[活用] *adj.* ② **more therapeutic**, **most therapeutic**

therapist [ˈθɛrəpɪst] *n.* 治療師: a physical **therapist** 物理治療師。

[複數] **therapists**

therapy [ˈθɛrəpɪ] *n.* 治療，療法: speech **therapy** 語言治療。

[複數] **therapies**

†**there** [ðɛr] *adv.* ① 在那裡，到那裡，那裡。② 你看。③ 表示存在不確定的人或物《在 there 後面加 is, are, was, were 表示「有」，「存在」之意; ☞ (充電小站) (p. 1339)》。

[範例] ① Sit **there**. 坐在那裡。

I have never been **there**. 我從未去過那裡。

I went to that island and found the people **there** were very kind. 我去過那座島，發現那裡的人都很友善。

What are you doing **there**? 你在那裡做甚麼?

There I find fault with your logic. 我在那裡發現你的邏輯錯誤。

I met John over **there** yesterday. 我昨天在那裡遇見約翰。

② **There** he comes! 你看，他來了!

There, **there**, don't cry. 好啦，別哭了。

③ **There** is a bug in my stew. 我的燉菜裡有一隻小蟲。

There is a bed, a table, and two chairs in that room. 那個房間裡有1張床、1張桌子和2張椅子。

There are some cakes left. 有留下一些蛋糕。

There was no one at the door. 門邊沒有人。

There used to be a stream in front of my house. 我的房子前面過去曾經有一條小河。

Long, long ago, **there** lived a king with his five daughters. 很久很久以前，那裡住著1個國王和他的5個女兒。

There's no telling what he's going to do. 不可能知道他將要做甚麼。

[片語] ***get there*** ① 達到目標。② 成功。

there again 但另一方面。

there and back 往返: It must be quite 20 miles, **there and back**, to Boston. 往返波士頓要20哩。

there you are/there you go ① 拿去吧: **There you are**, Tom, you take this cake. 給你，湯姆，這塊蛋糕你拿去。② 瞧你: **There you are**! You broke the flower vase. 瞧你! 那只花瓶打破了。

———— 充電小站

There is 句法

【Q】「There is 句法」——有這樣的講法，例如下面的句子:
① There is a doll on the shelf.（書架上有一個玩偶。）
　句子主詞是 a doll，is 是「是」的意義，而在句首的 there 並沒有特殊意義，僅僅是調整句子的形式。為甚麼在英語中有這種句子呢?
② A doll is on the shelf.
　這個句子好像不對。
【A】① 的 There is a doll on the shelf. 這個句子原來是這樣的:
③ On the shelf is a doll.
　採用像 ③ 這樣的講法是因為在英語中，互相交談的人在句子開始先講雙方已經瞭解的事實，（當然也包含「讀者」）第一次知道的事在最後說，這是一個規則。在 ③ 中間，on the shelf 中的 shelf 前已經有 the，「那書架」已經是話題了，對於聽者不是新的事實。相反地，a doll 是聽者第一次聽到的，是用「在書架上的玩偶呢」的方式讓對方瞭解新事實，使聽者理解「是嗎? 有玩偶啊」。
　因此 ② 的 A doll is on the shelf. 的句子不太好，因為開頭的 a doll 是第一次知道的，而最後的 on the shelf 是已經瞭解的事實。
　這樣使用 ③ 的句子更好吧。實際上像 ③ 這樣的句子也可在以下的場合使用:
④ Look at that desk and that shelf above it. *On the shelf* is a doll, and *under the desk* is a wastebasket.（看那張書桌和書桌上方的書架。書架上有一個玩偶，書桌下有一個廢紙簍。）
　首先是書桌和書架成為話題，接下來說明書架上及書桌下。
　不知從何時起，一般的句子從 on the shelf 開始講並不合適，確實在英語中常以人、物、this 或 that 這樣的字起始。像以 On the shelf 這樣開始的句子，除了 ④ 這樣特別的情形外，一般不用。所以 On the shelf is a doll. 的 on the shelf 被放到句子後面.

On the shelf　is a doll.

◻◻◻ is a doll　　on the shelf.

　雖然 on the shelf 可以放到後面，而 is 前面就空白了，但作為句子就不成立了。所以在那裡加入表示 on the shelf 這樣的「場所」的字，於是便填入 there.

◻ is a doll　　on the shelf.
There　is a doll　on the shelf.

　句子前面的 there 原本是「填補空白」的代用品，所以以其原來「在那裡」的意義失去了，發音也從原來清晰的 [ðɛr] 弱化了，還會出現以下的說法:
⑤ There is a doll there.（那裡有玩偶。）
⑥ There is a doll here.（這裡有玩偶。）
　兩個句子中 ⑤ 最後的 there 和 ⑥ 最後的 here 必須清晰發音。但是要傳達的還是 a doll，任一句子中發音最清楚的都是 doll，這和 ①、③ 是相同的。玩偶有兩個以上時，不用 is，而用 are.
⑦ There are some dolls on the shelf.
　請看下面的例子:
⑧ There is a notebook, a pen, and a flower vase on the desk.（書桌上有一本筆記本，一枝鋼筆和一個花瓶。）
　書桌上有3樣東西，但是不用 There are，而是用 There is，這是為甚麼呢? 因為在說了 There is a notebook. 之後，又說 There is a pen. 這樣子數書桌上一件件的東西。
　在 There 之後，也有接 is, are; was, were 以外的動詞。
⑨ There lived a king in the town.（那個城鎮裡曾住著一位國王。）
　也可以說 There was a king in the town. 但是用 lived 是明確表示「曾經住過」。

☞ here

thereabout [͵ðɛrəˋbaut] *adv.* 〖美〗在那附近《亦作 thereabouts》.

thereabouts [͵ðɛrəˋbauts] *adv.* 在那附近; 那時.
　範例 Tom lives in the Bronx or **thereabouts**. 湯姆住在布隆克斯附近.
　I saw her at 8 oˋclock or **thereabouts** last evening. 昨晚我在8點左右看見她.
　參考〖美〗thereabout.

thereafter [ðɛrˋæftɚ] *adv.*《正式》之後:
Thereafter we had to make do with powdered food rations. 之後我們只好將就吃些配給的粉狀食品.

thereby [ðɛrˋbaɪ] *adv.*《正式》因此: Brian got his pilotˋs license, **thereby** enabling him to start his own small airline. 布萊恩獲得飛機駕駛執照，因此可以成立他自己的小型航空公司.

thereˋd [ðɛrd]《縮略》= ① there would. ② there had.

*****therefore** [ˋðɛr͵for] *adv.* 因此.
　範例 This wineglass is expensive and **therefore** you should handle it with care. 這種玻璃酒杯很貴，因此使用時要小心.
　I donˋt know much about the world, **therefore** I want to go to as many countries as possible. 我對世界瞭解不多，因此我想盡可能多去一些國家.
　I think, **therefore** I am. 我思，故我在.

therein [ðɛrˋɪn] *adv.*《正式》在其中，在那裡: The couple couldnˋt have children and **therein** lay the cause of their unhappiness. 那對夫婦無法生孩子，這是他們不快樂的原因.

there'll [ðɛrl] 《縮略》＝there will.

thereof [ðɛrˋɑv] *adv.* 《正式》由此： All signatories to the treaty are beholden to the laws **thereof**. 那個條約的所有簽署國都蒙受規範的照顧.

there's [ðɛrz] 《縮略》＝① there is. ② there has.

範例 ① **There's** something strange about him. 他有些奇怪.

② **There's** been no rain for 30 days. 已經有30天沒下雨了.

thermal [ˋθɝml] *adj.* ① 熱的；熱量的. ② 燙的；溫泉的. ③ 保溫的.
——*n.* ④ 上升暖氣流.

範例 ① a **thermal** power station 火力發電廠.

② a **thermal** spring 溫泉.

③ **thermal** underwear 保暖內衣.

複數 **thermals**

thermometer [θəˋmɑmətɚ] *n.* 溫度計.

範例 This **thermometer** stands at 28°C./This **thermometer** reads 28°C. 這支溫度計顯示28°C. 《28°C 讀作 twenty-eight degrees centigrade 或 twenty-eight degrees Celsius》

Get me a clinical **thermometer**. I feel feverish. 給我一支體溫計，我覺得自己發燒了.

We don't have a Fahrenheit **thermometer** in our house. 我們家中沒有華氏溫度計.

複數 **thermometers**

thermos [ˋθɝməs] *n.* 熱水瓶《來自商標名 Thermos；〖美〗thermos bottle, 〖英〗thermos flask, vacuum bottle, vacuum flask》.

複數 **thermoses**

thermostat [ˋθɝmə͵stæt] *n.* 自動調溫器.

複數 **thermostats**

thesauri [θɪˋsɔraɪ] *n.* thesaurus 的複數形.

thesaurus [θɪˋsɔrəs] *n.* 類語辭典.

複數 **thesauruses/thesauri**

these [ðiz] *pron., adj.*

原義	層面	釋義	範例
指離說話者近或感覺近的複數之物	存在於這裡的人或物	*pron., adj.* 這些，這些的	①
	已經講述過的事物		②

範例 ① **These** are all my dictionaries. 這些都是我的字典.

These are hard times. 這些歲月真是艱難.

② **These** students are freshmen. 這些學生是大一新生.

Most of **these** stories were written by Jenkins. 這些故事大部分是詹金斯寫的.

Fewer people go out to the movies **these** days. 最近去看電影的人變少了.

theses [ˋθisiz] *n.* thesis 的複數形.

thesis [ˋθisɪs] *n.* ① 論點. ② 論文.

範例 ① There is no way this **thesis** can be proved right or wrong. 無法證明這個論點正確與否.

② a graduation **thesis** 畢業論文.

a master's **thesis** 碩士論文.

a doctoral **thesis** 博士論文.

複數 **theses**

†**they** [ðe] *pron.* ① 他們，她們，它們. ② 人們. ③ 《與～》有關的人們.

範例 ① Look at these boys. **They**'re all my classmates. 看這些男孩，他們都是我的同班同學.

"Your sisters are university students, aren't **they**?" "Yes. **They** go to the same university." 「你的姊妹們都是大學生，不是嗎？」「是的，她們進同一所大學.」

"Have John and Mary come back yet?" "No. **They**'re having a honeymoon in Britain." 「約翰和瑪麗已經回來了嗎？」「還沒，他們正在英國度蜜月.」

Look! That boy performing on the horizontal bar is Mike. Those girls playing table tennis are May and June. **They**'re my cousins. 看！那個正在平衡木上表演的男孩是麥可，那些正在打桌球的女孩是梅和瓊，他們都是我的堂兄妹.

"Bill and Beth haven't shown up yet." "No, and Henry hasn't either. **They** have never arrived on time for a party!" 「比爾和貝絲還沒有出席.」「是的，亨利也還沒到，他們從來沒有準時參加過晚會.」

There are twelve boys and eighteen girls in this class. **They** are all very good friends. 這個班上有12個男孩和18個女孩，他們都是很好的朋友.

This is a dog. This is a monkey. This is a pheasant. **They** worked under Momotaro. 這是一隻狗，這是一隻猴子，這是一隻雉雞，牠們由桃太郎指揮.

Open that box. There are jigsaw pieces in it. There are two thousand pieces. See? **They**'re American-made pieces. 打開那個盒子，裡面是拼圖，有兩千片，知道嗎？它們是美國製的.

Look at the crocodiles over there. A few minutes ago **they** were not on the shore. **They** were under the water. 看那邊的鱷魚，幾分鐘前，牠們在水中不在岸邊.

② **They** say that this is one of the most beautiful towns in Taiwan. 人們說這是臺灣最美的城鎮之一.

③ What language do **they** speak in Spain? 在西班牙他們說哪一種語言？

They began to sell computer games at a good bargain at that store. 他們開始在那家商店以便宜的價格賣電玩遊戲.

They are going to raise taxes. 他們將提高稅收.

☞ their, theirs, them

they'd [ðed] 《縮略》＝① they would. ② they

had.

[範例] ① I wish **they'd** stop making all that noise. 我希望他們能停止製造那種噪音.

② The veterans said **they'd** stayed in Japan for about a year. 那些老兵們說他們曾在日本待過大約一年.

they'll [ðel] 《縮略》=they will: **They'll** come back around five o'clock. 他們將在5點左右回來.

they're [ðer] 《縮略》=they are: **They're** sensitive to racism. 他們對種族歧視很敏感.

they've [ðev] 《縮略》=they have.

[範例] **They've** been dancing for two hours. 他們已經跳了兩個小時的舞.

They've got some fancy furniture. 他們得到了一些精緻的家具.

**thick [θɪk] adj.

原義	層面	釋義	範例
充滿的	厚度	厚的,粗的	①
	表示厚度	厚度為~的	②
	有密度	濃密的,密集的,濁的	③

④ 愚笨的;遲鈍的.

——n. ⑤ 最密集的地方,最厚的部分.

——adv. ⑥ 厚地,濃地.

[範例] ① I have never used such a **thick** dictionary. 我從未用過這麼厚的字典.

② "How **thick** is the ice?" "It's ten centimeters **thick**." 「冰有多厚?」「10公分厚.」

③ I like **thick** syrup. 我喜歡黏稠的糖漿.

He wore a **thick** beard. 他有濃密的鬍子.

The air was **thick** with smog. 空氣中瀰漫著濃濃的霧.

Blood is **thicker** than water.《諺語》血濃於水.

④ He's got a **thick** head. 他頭腦遲鈍.

⑤ the **thick** of his thumb 他拇指最厚的部位

⑥ She spread the butter **thick**. 她塗上厚厚的奶油.

[片語] **as thick as thieves** 非常親密: They are **as thick as thieves**. 他們非常親密.

in the thick of 正值激烈時.

thick and fast 頻頻地: Complaints came **thick and fast** about the noisy construction work. 頻頻有人抱怨那項建築工程的噪音.

through thick and thin 不顧艱難險阻,在任何情況下: We'll help each other **through thick and thin**. 不顧艱難險阻,我們將互相幫助.

☞ ↔ thin

[活用] adj., adv. **thicker**, **thickest**

thicken [ˋθɪkən] v. ①(使)變厚. ②(使)變濃,(使)密集,(使)變稠. ③(使)變複雜.

[範例] ② The fog is **thickening**. 霧漸漸變濃了. She **thickened** the soup by adding flour. 她在那道湯裡面加了麵粉使湯變濃.

③ The plot **thickened**. 情節變得複雜起來了.

[活用] v. **thickens**, **thickened**, **thickened**, **thickening**

*thicket [ˋθɪkɪt] n. 灌木叢: The fox hid in the **thicket**. 那隻狐狸躲在灌木叢裡.

[複數] **thickets**

thickly [ˋθɪklɪ] adv. ① 厚地. ② 濃地,稠密地. ③ 沙啞地;混濁不清地.

[範例] ① She sliced the cheese **thickly**. 她把那塊乳酪切得厚厚地.

③ "Good morning," Ted said **thickly**. 泰德帶著沙啞的聲音說:「早安.」

[活用] adv. **more thickly**, **most thickly**

thickness [ˋθɪknɪs] n. ① 厚度;層. ② 濃密.

[複數] **thicknesses**

thick-skinned [ˋθɪkˋskɪnd] adj. 臉皮厚的;感覺遲鈍的.

[活用] adj. **more thick-skinned**, **most thick-skinned**

*thief [θif] n. 小偷,盜賊.

[範例] The **thief** didn't leave any fingerprints or other marks. 那個小偷沒有留下任何指紋或其他痕跡.

The car **thief** was caught a week later. 那名偷車賊在一週後被逮捕.

[複數] **thieves**

thigh [θaɪ] n. 大腿,股.

[複數] **thighs**

thimble [ˋθɪmbl] n. 裁縫用頂針.

[複數] **thimbles**

[thimble]

**thin [θɪn] adj. ① 薄的,稀疏的. ② 瘦的,細的.

——adv. ③ 薄地,稀疏地;細地.

——v. ④(使)變薄,(使)稀疏;(使)變細.

[範例] ① The ice on the lake was very **thin**. 那個湖上的冰很薄.

The lady was in a **thin** silk dress. 這位女士身穿薄薄的絲質禮服.

The air was **thin** at the top of the mountain. 那個山頂上的空氣稀薄.

My father's hair is **thin**. 我爸爸的頭髮稀少.

The audience is **thin**. 觀眾寥寥可數.

This soup is **thin**. 這道湯很淡.

② I need a **thin** rope. 我需要一條細細的繩子.

He was **thin** after his illness. 病後他瘦了.

③ Please slice the bread **thin**. 請把那塊麵包切成薄片.

④ The cook **thinned** the soup by adding water. 那位廚師在湯裡面加了水使湯變淡.

The crowd **thinned** out a little. 群眾漸漸變少了.

[片語] **disappear into thin air** 消失得無影無蹤.

on thin ice 如履薄冰地.

thin down 瘦下來.

thin on top 頭頂變禿.

thin out 稀少了. (⇨ 範例 ④)
wear thin 持續不了.

☞ ① ② ③ ↔ thick

活用 *adj.*, *adv.* thinner, thinnest

活用 *v.* thins, thinned, thinned, thinning

**thing [θɪŋ] *n.* ① 物. ②〔~s〕事件，情況. ③〔the ~〕重要的事；適當之物. ④ 事物《後接形容詞》.

範例 ① What are those **things** on the floor? 地上那些是甚麼東西?

I am very fond of sweet **things**. 我非常喜歡甜食.

All the **things** I brought were stolen. 我帶來的所有東西都被偷了.

Let's pack our **things**. 讓我們把東西打包起來.

He took all his wet **things** off. 他脫下所有濕的衣物.

fishing **things** 釣魚用具.

There was not a living **thing** anywhere. 到處都沒有生物.

She's a sweet little **thing**. 她是一個可愛的小女孩.

There's another **thing** I want to discuss with you. 我想要與你商量另外一件事.

I had a lot of **things** to do today. 今天我有許多事要做.

Such **things** often happen. 這樣的事經常發生.

It's a good **thing** that I had enough money. 幸好我有足夠的錢.

② You take **things** too seriously. 你把事情看得太嚴重了.

Things have changed greatly. 情況大大地改變了.

③ The **thing** is not to be happy, but to do your best. 重要的不是為了高興，而是盡你所能.

Sunbathing is the **thing** among young girls. 日光浴在年輕少女中很流行.

片語 ***above all things*** 尤其.

all things considered 通盤考慮之後.

as things are/as things stand 根據目前的情勢.

do ~'s own thing 做自己喜歡的事.

for one thing ~, for another... 一方面，另一方面: **For one thing** we haven't got the money, **for another** we don't like the car. 一來我們沒有錢，二來我們不喜歡那輛車.

have a thing about 厭惡，害怕.

know a thing or two 精明.

make a thing of 從中獲利.

of all things 偏偏.

one thing after another 禍不單行地.

one thing ~ another 一回事，另一回事: Theory is **one thing** and practice is **another**. 理論是一回事，實踐又是另一回事.

複數 **things**

**think [θɪŋk] *v.* 想，思考，判斷.

範例 I **think** he's wrong. 我想他錯了.

"Where is your father?" "In the garden, I **think**." 「你父親在哪裡?」「我想他在花園.」

They all **thought** him a great poet./They all **thought** him to be a great poet./They all **thought** that he was a great poet. 他們都認為他是一位偉大的詩人.

We **thought** him strange./We **thought** him to be strange./We **thought** that he was strange. 我們覺得他很奇怪.

Earth was **thought** flat./Earth was **thought** to be flat./It was **thought** that Earth was flat. 地球過去曾被認為是平的.

I don't **think** it'll rain tomorrow. 我認為明天不會下雨.

I **thought** that he would go back to his country. 我曾認為他會重返祖國.

I **thought** it better not to tell her about losing the bill. 我想最好不要告訴她弄丟鈔票的事.

Who do you **think** she met at the party? 你想她在宴會上遇見了誰?

We **thought** to come home early. 我們想早點回家.

"Has he completed his new novel yet?" "I **think** so." 「他完成他的新小說了嗎?」「我想是的.」

"Has he completed his new novel yet?" "I don't **think** so."/"I **think** not." 「他完成他的新小說了嗎?」「我想還沒.」

What do you **think**? She's got a new job! 你知道嗎? 她得到一份新工作了!

Do you **think** in Chinese when you're speaking English? 當你說英語時是用中文思考嗎?

He is a **thinking** man. 他是一個愛思考的人.

Man is said to be a **thinking** animal. 人被稱為有思想的動物.

I never **thought** to see you on a movie screen. 我從未想過在電影銀幕上看見你.

Think before you accept his proposal. 在你接受他的建議之前要考慮一下.

Think about what you did. 想一下你曾經做過的事.

Powell has been **thinking** about running for the Presidency. 鮑威爾一直在考慮競選總統.

My father doesn't **think** of how old he is. 我父親從未考慮到他的年紀.

I **thought** as much. 我本來也是這麼想的.

He couldn't **think** which bus to take. 他不知道該搭哪輛公車.

I can't **think** why she did it. 我想不出她為甚麼要做那種事.

I could not **think** who that lady was. 我想不出那位女士是誰.

I'm trying to **think** what his address is. 我盡力在想他的住址.

片語 ***I think not***. 我想不是. (⇨ 範例)

think again 重新考慮.

think ahead 思索 (將來的事).

think aloud 自言自語.

think badly of ~/think ill of ~ 認為~不好: You mustn't **think ill of** him because he criticizes you severely. 你不能因為他嚴厲地批評你而討厭他.

think better of 重新評量: Selflessness makes people **think better of** you. 你的無私使得大家對你有新的評價.

I was going to resign but **thought better of** it. 我原本打算辭職, 但後來改變心意了.

think big 想做大事.

think highly of/think much of/think well of 高度評價: His new novel was **thought much of** at first. 最初, 他的新小說獲得高度的評價.

think little of 看輕, 低估: Many people **thought little of** the magazine. 許多人對那本雜誌嗤之以鼻.

think nothing of 不以為意, 輕視: Those kids **think nothing of** shoplifting. 那些小孩對於在商店裡行竊不以為意.

Think nothing of it. 不用客氣, 不要緊.

think of 思考: What did you **think of** that story? 你覺得那個故事怎麼樣?

Some tribes **think of** mountains as great spirits. 有些部落把山脈視為偉大的神靈.

I **thought of** buying you something but I didn't know what to get. 我曾想過買些東西給你, 但我不知道該買些甚麼.

I'm **thinking of** traveling abroad this summer. 我正在考慮今年夏天要出國旅行.

I remember her telephone number but I can't **think of** her address. 我記得她的電話號碼, 但我想不起來她的住址.

I couldn't **think of** any good ideas. 我無法想出任何好主意.

think out/think through 仔細考慮, 想出: You'd better **think out** all the possibilities. 你最好想出所有的可能性.

think over 仔細考慮: Father **thought** it **over** carefully before he accepted. 父親在他接受之前仔細地考慮過了.

think to ~self 暗想: Ten to one, I **thought to myself**, she'll never make it. 我心裡想, 她十之八九不會成功.

think twice 仔細考慮.

think up 《口語》想出; 發明: He **thought up** one excuse after another. 他想出一個又一個的藉口.

think well of 認為~好.

To think that 想一想: **To think that** dentists used to pull teeth without anesthetizing the patient. 想想看, 過去牙醫幫病人拔牙從不麻醉.

◆ **think-tànk** 智囊團.

活用 v. **thinks, thought, thought, thinking**

thinker [ˋθɪŋkɚ] n. 思考者, 思想家.

範例 a deep **thinker** 深思者.

Who's the greatest **thinker** of our age? 在我

們這個時代, 誰是最偉大的思想家?

複數 **thinkers**

thinking [ˋθɪŋkɪŋ] n. 思考, 思想.

範例 His way of **thinking** is stupid. 他思考的方式很愚蠢.

clear **thinking** 清晰的思考.

What's your attorney's **thinking** on this? 你的律師就這一點有甚麼想法?

片語 ***put on ~'s thinking cap/put ~'s thinking cap on*** 仔細考慮.

to my thinking/to my way of thinking 依我看來: He is, **to my way of thinking**, the best soccer player. 我認為他是最好的足球選手.

To my thinking, she is my unique woman. 我認為她是一個獨一無二的女子.

thinly [ˋθɪnlɪ] adv. 薄地, 稀疏地; 細地.

範例 Apply the adhesive **thinly**. 塗上薄薄的膠水.

This island is **thinly** populated. 這座島人口稀少.

活用 adv. **more thinly, most thinly**

thinness [ˋθɪnnɪs] n. 薄, 細.

thin-skinned [ˋθɪnˋskɪnd] adj. 敏感的, 神經過敏的: He is **thin-skinned**. 他很敏感.

活用 adj. **thinner-skinned, thinnest-skinned**

✲**third** [θɝd] adj., adv. ① 第3的〔地〕.

——n. ② 第3 (個). ③ 1/3.

範例 ① "What is the **third** month of the year?" "March is." 「一年的第3個月是幾月?」「是3月.」

"Who was the **third** president of the United States?" "Thomas Jefferson was." 「美國的第3任總統是誰?」「湯瑪斯・傑佛遜.」

She won the **third** prize in the speech contest. 她在那場演講比賽中獲得第3名.

Borneo is the **third** largest island in the world. 婆羅洲是世界第3大島.

Third, I'd argue that the tax system is unfair. 第3, 我堅持那種稅制不公平.

② Tom is the **third** from the left. 從左邊算起第3個是湯姆.

"What is the date today?" "It is November **3rd**." 「今天是幾月幾日?」「是11月3日.」

He came in **third** in the 400-meter dash. 他在那場400公尺賽跑中第3個到達.

③ One **third** of a yard is one foot. 1/3碼是1呎.

Nine multiplied by two **thirds** is equal to six. 9乘以2/3等於6.

◆ **third báse** (棒球的) 3壘.

third-cláss ①《美》第3類郵件. ② 3等的.

third párty 第3者:《美》第3黨.

the third pérson 第3人稱.

the Third Wórld 第3世界.

複數 **thirds**

third-rate [ˋθɝdˌret] adj. 3等的, 3流的, 劣等的.

*thirst [θɜˋst] *n.* ① 口渴. ② 渴望.
——*v.* ③《正式》渴望.
範例 ① More than three hundred people died of **thirst**. 超過300人渴死.
② The prisoner had a great **thirst** for knowledge. 那名囚犯求知若渴.
③ Our people **thirst** for independence. 我們的人民渴望獨立.
活用 *v.* thirsts, thirsted, thirsted, thirsting

**thirsty [ˋθɜstɪ] *adj.* ① 口渴的. ② 令人覺得口乾舌燥的. ③ 渴望的.
範例 ① I am **thirsty**. 我覺得口渴.
② Scraping barnacles off a boat is **thirsty** work. 從船身剝去藤壺是一項令人覺得口乾舌燥的工作.
③ The student is **thirsty** for knowledge. 那個學生渴求知識.
活用 *adj.* thirstier, thirstiest

**thirteen [θɜˋtin] *n.* 13.
參考 因為基督最後的晚餐人數為13人, 而且被處死於十字架上是13號星期五, 所以是基督教世界的不吉利數字.
複數 thirteens

thirteenth [θɜˋtinθ] *n.* ① 第 13 (個). ② 1/13.
範例 ① Friday the **thirteenth** is said to be an unlucky day. 13號星期五被認為是不吉利的日子.
② three **thirteenths** 3/13.
複數 thirteenths

thirtieth [ˋθɜtɪɪθ] *n.* ① 第30 (個). ② 1/30: seven **thirtieths** 7/30.
複數 thirtieths

*thirty [ˋθɜtɪ] *n.* ① 30. ② [~ies] 30多歲: He must be in his **thirties**. 他一定30幾歲了.
複數 thirties

†this [ðɪs] *pron.*, *adj.*, *adv.*

原義	晉面			釋義	範例
指離說話者近或感覺近的單數物	存在於此處的人、物			*pron.*, *adj.* 這, 這個	①
	即將講述的事				②
	已經講述的事	事件			③
		兩者中後講的內容		*pron.* 後者	④
	程度			*adv.* 這樣地, 僅此, 如此	⑤

範例 ① "Is **this** a word processor?" "No, it's a computer." 「這是文字處理機嗎?」「不, 它是電腦.」
After **this**, we have to start budgeting our money. 在這之後, 我們必須開始編列預算.
There are a lot of lakes in **this** state. 這個州有

許多湖.
I saw Mr. Jones **this** morning. 今早我見過瓊斯先生.
We had just a little rain **this** spring. 今年春天雨水很少.
This coming Tuesday is Angela's birthday. 接下來的星期二是安琪拉的生日.
I'll be in Taipei about **this** time tomorrow. 明天大約這個時候我會在臺北.
Who is **this** man? 這個男人是誰?
Mary, **this** is Mr. Scott. 瑪麗, 這是史考特先生.
This way, please. 這邊請.
② Do it like **this**. 照這樣做.
I'll just say **this**: I don't like her. 我只能說這一點: 我不喜歡她.
③ Who told you **this**? 誰告訴你這件事?
⑤ I've never been out **this** late before. 我從未這麼晚出去過.
I know **this** much, that he's never told a lie. 我只知道這麼一點, 他從未說謊.
片語 **at this** 見〔聞〕此: **At this**, he turned pale. 他聽完這句話, 臉色蒼白.
this and that 這個那個, 各式各樣: We were sitting on a bench talking about **this and that**. 我們當時正坐在板凳上說這說那的.
this, that and the other 各式各樣
複數 these

thistle [ˋθɪsl] *n.* 薊.
複數 thistles

Thomas [ˋtɑməs] *n.* ① 男子名《暱稱 Tom 或 Tommy》. ② 湯瑪斯《基督12使徒之一》.

thong [θɔŋ] *n.* ① 皮帶. ② 拖鞋.
複數 thongs

thorn [θɔrn] *n.* ① 刺: the **thorns** on a rose bush 玫瑰叢的刺. ② 帶刺的植物.

[thistle]

片語 **a thorn in ~'s flesh/a thorn in ~'s side** 苦惱的原因.
複數 thorns

thorny [ˋθɔrnɪ] *adj.* ① 多刺的. ② 棘手的.
範例 ① a **thorny** plant 多刺的植物.
② **thorny** issues 棘手的問題.
活用 *adj.* thornier, thorniest

*thorough [ˋθɜo] *adj.* ① 詳細的, 周到的. ② 徹底的, 完全的.
範例 ① A **thorough** investigation revealed nothing new. 一次詳細的調查並未透露甚麼新訊息.
Mary is very **thorough**. 瑪麗設想很周到.
② I have a feeling it's going to be a **thorough** waste of money. 我感覺這完全是在浪費錢.
活用 *adj.* ① **more thorough**, **most thorough**

thoroughbred [ˋθɜo‚brɛd] *adj.* ① 純種的.
——*n.* ② 純種動物. ③ 有教養的人.

複數 **thoroughbreds**

*****thoroughfare** [`θɝoˌfɛr] *n.* 街道，通路: Tom went down one of the busy London **thoroughfares**. 湯姆沿著倫敦一條繁華的街道走著．

片語 **No thoroughfare** 禁止通行，禁止進入．

複數 **thoroughfares**

*****thoroughly** [`θɝolɪ] *adv.* 徹底地，完全地．

範例 Have an accountant go over these figures **thoroughly**. 叫一名會計徹底核對這些數據．
I was **thoroughly** ashamed of myself. 我自覺十分慚愧．

活用 *adv.* **more thoroughly, most thoroughly**

thoroughness [`θɝonɪs] *n.* 完全，徹底；嚴密．

範例 scholarly **thoroughness** 學問的嚴密性．
She has done all the work calmly and with **thoroughness**. 她冷靜而徹底地完成所有的工作．

†**those** [ðoz] *pron., adj.*

原義	層面	釋義	範例
指離說話者遠或者感覺遠的複數之物	存在於那裡的人、物	*pron., adj.* 那些，那些的	①
	已經講述的事	*pron.* 那	②
	接下來說明的人們	*pron.* 人們	③

範例 ① **Those** are all my pupils. 那些是我的學生．
Those flowers are roses. 那些是玫瑰花．
There were no telephones in **those** days. 過去沒有電話．
I don't subscribe to **those** magazines that don't have subscription discounts. 我不訂閱那些不打折的雜誌．
② Southern states are having flooding problems, while **those** in the northeast are having a drought. 南部各州面臨水患，而東北各州則是旱災．
③ **Those** who wish to leave may do so now. 那些想離開的人現在可以走了．

†**though** [ðo] *conj., adv.* 雖然，儘管．

範例 **Though** it was rainy, Tom was not wearing his raincoat. 雖然下雨，湯姆沒穿雨衣．
I got a sunburn, **though** I put on lots of sunscreen. 儘管我抹了許多防曬油，但我仍被曬傷．
Though the guitarist was sick, he gave a superb performance. 儘管那名吉他手病了，他仍然做了精彩的表演．
Tired **though** I was, I gave up my seat to an old lady. 儘管我很疲倦，我仍將座位讓給一位老婦人．

They bought a luxurious, **though** affordable, house. 儘管他們買得起，但他們買的房子還是太奢華了．
She did her homework even **though** she didn't want to. 即使她不願意做作業，她還是做了．
Kevin will contribute to our campaign. He'll give only a few dollars **though**. 凱文將捐助我們的活動，儘管他只給幾美元．

片語 **as though** 好像: She talks **as though** she knew everything about the disaster. 她說得好像她知道那場災難的全部過程．
even though 即使．(⇒ 範例)

*****thought** [θɔt] *v.* ① think 的過去式、過去分詞．——*n.* ② 思想；體諒．

範例 ② What are your **thoughts** on this problem? 就這個問題你的看法如何？
The students acted without **thought**. 這些學生行事有欠考量．
I had no **thought** of killing your dog. 我無意殺死你的狗．
My brother studies ancient Greek **thought**. 我的弟弟研究古希臘思想．
This gift shows little **thought**. 可以看出這件禮物沒花甚麼心思．

複數 **thoughts**

*****thoughtful** [`θɔtfəl] *adj.* ① 富有思想的；深思熟慮的．② 體貼的．

範例 ① The student became **thoughtful** after reading his philosophy textbook. 那個學生在讀完哲學課本後，變得很有思想．
② Be **thoughtful** of others, especially in their time of need. 對別人體諒些，尤其在他們需要的時候．

活用 *adj.* **more thoughtful, most thoughtful**

thoughtfully [`θɔtfəlɪ] *adv.* ① 深思熟慮地．② 體貼地: This book **thoughtfully** lays out all the necessary steps to starting your own business. 這本書很體貼地列出了創業需要的所有步驟．

活用 *adv.* **more thoughtfully, most thoughtfully**

thoughtless [`θɔtlɪs] *adj.* 草率的；不體貼的．

範例 It was **thoughtless** of me not to bring you something for your birthday. 你過生日我沒有帶禮物給你，我真是考慮不周．
You are **thoughtless** of your husband's needs. 妳不關心妳丈夫的需要．

活用 *adj.* **more thoughtless, most thoughtless**

thoughtlessly [`θɔtlɪslɪ] *adv.* 草率地；不體貼地．

活用 *adv.* **more thoughtlessly, most thoughtlessly**

*****thousand** [`θauznd] *n.* 千；千個；千人．

範例 a **thousand**/one **thousand** 一千．
ten **thousand** 一萬．

fourteen **thousand** 一萬四千.

three hundred **thousand** 30萬.

Thousands of people died of starvation. 成千上萬的人餓死了.

This is one chance in a **thousand**. 這是千載難逢的機會.

片語 *a thousand and one* 無數的.

a thousand to one 必定的.

by the thousands 數以千計地，無數地.

♦ **Thòusand Ìsland dréssing** 千島沙拉醬.

複數 **thousand/thousands**

thousandth [ˈθauzndθ] *n.* ① 第 1,000（個）. ② 1/1,000. three **thousandths** 3/1,000.

複數 **thousandths**

thrall [θrɔl] *n.* 奴隸；束縛：The millionaire was in **thrall** to material wealth. 那個百萬富翁被物質財富所奴役.

複數 **thralls**

thrash [θræʃ] *v.* ① 鞭打，打；打敗. ② 猛烈擺動 (about).

範例 ① They used to **thrash** students as a punishment at the school. 在那所學校，他們過去常用鞭子鞭打學生作為懲罰.

The New York Mets were **thrashed** 9-0 by the Cincinnati Reds. 紐約大都會隊被辛辛那提紅人隊以9:0打得一敗塗地.

② The net broke and hundreds of mackerel were **thrashing** about on the deck. 魚網破了，好幾百條的鯖魚在甲板上跳來跳去.

片語 *thrash out* 徹底檢討：We need to **thrash out** the problem. 我們需要徹底檢討那個問題.

活用 *v.* **thrashes**, **thrashed**, **thrashed**, **thrashing**

thrashing [ˈθræʃɪŋ] *n.* 鞭打；擊敗.

範例 The Giants celebrated their 12-0 **thrashing** of the Lions. 巨人隊慶祝他們以12:0擊敗獅子隊.

His mom gave him a good **thrashing** for disobeying. 他媽媽因為他不聽話而狠狠地打了他一頓.

複數 **thrashings**

thread [θrɛd] *n.* ① 線；脈絡.
———*v.* ② 穿線. ③ 穿過.

範例 ① I need some black **thread** to sew on the mourning band. 我需要一些縫喪章的黑線.

A **thread** of light came through the window. 一線亮光透過窗戶照進來.

I can't follow the **thread** of his story. 我無法掌握他故事的脈絡.

② He could not **thread** a needle. 他無法穿針引線.

She **threaded** a pipe with wire. 她用鐵絲穿過一根管子.

③ They **threaded** their way through the crowd. 他們穿過那群人.

複數 **threads**

活用 *v.* **threads**, **threaded**, **threaded**, **threading**

threadbare [ˈθrɛdˌbɛr] *adj.*（衣服等）穿到掉線的，穿舊的；（笑話等）過時的，陳腐的.

範例 I wear only these **threadbare** clothes around the house. 我只在自家附近穿這些破舊的衣服.

a **threadbare** joke 老掉牙的笑話.

活用 *adj.* **more threadbare**, **most threadbare**

****threat** [θrɛt] *n.* ① 恐嚇，脅迫. ② 威脅. ③ 惡兆.

範例 ① Under **threat** of death, he paid up. 在死亡的脅迫下，他還清了錢.

They were empty **threats** that hurt no one. 他們只是虛張聲勢，不會傷害任何人.

Don't give in to the terrorists' **threats**, sir. 先生，不要屈服於恐怖主義者的恐嚇.

② We all see that incinerator as a **threat** to our health. 我們都認為那座焚化爐會威脅我們的健康.

a **threat** to public safety 對公共安全造成威脅.

That bank is under **threat** of closure. 那家銀行有關門的危險.

③ Heavy rain brought the **threat** of flooding. 大雨可能會帶來洪水氾濫.

複數 **threats**

***threaten** [ˈθrɛtn] *v.* ① 恐嚇，脅迫. ② 威脅. ③ 有惡兆，（壞事）迫近.

範例 ① Mary **threatened** that she would kill his mother. 瑪麗恐嚇說她將殺死他的母親.

Management **threatened** to fire all the workers. 資方脅迫要解僱所有的工人.

Students were **threatened** with disciplinary action. 學生們被懲戒行為所脅迫著.

② Pollution of all sorts **threatens** our well-being. 各種污染威脅著我們的幸福.

③ Those storm clouds **threatened** heavy rain and thunder. 那些暴風雲是下大雨和雷電的惡兆.

The plague is **threatening** to spread to neighboring countries. 瘟疫恐怕要蔓延到鄰近國家.

活用 *v.* **threatens**, **threatened**, **threatened**, **threatening**

threateningly [ˈθrɛtnɪŋlɪ] *adv.* 脅迫地；險惡地：A tiger bounded **threateningly** towards me. 一隻老虎威嚇地向我跳過來.

活用 *adv.* **more threateningly**, **most threateningly**

****three** [θri] *n.* 3.

♦ **thrèe Ď** 立體《讀作 three dimensions，three dimensional 的縮略，亦寫作 3-D》.

thrèe-diménsional 立體的，有立體感的.

thrèe-légged ràce 兩人3腳賽跑.

thrèe-quárter 3/4的.

the thrèe R's 讀、寫、算《指 reading,

writing, arithmetic 這3個字).

複數 **threes**

threefold [`θri`fold] *adj.*, *adv.* 3倍的〔地〕, 3
重的〔地〕.

threescore [`θri`skor] *n.*, *adj.*《古語》60
(的), 60歲(的): **threescore** and ten 70歲.

threesome [`θrisəm] *n.* 3人一組.

複數 **threesomes**

thresh [θrɛʃ] *v.* 打 (穀).

活用 *v.* **threshes**, **threshed**, **threshed**,
threshing

***threshold** [`θrɛʃold] *n.* 門檻, 入口, 開始.

範例 We stood at the **threshold**, afraid to go in.
我們站在那個入口, 不敢進去.

We are on the **threshold** of a new world
order. 我們處於世界新秩序的起點上.

♦ **thréshold of cónsciousness** 識閾

複數 **thresholds**

***threw** [θru] *v.* throw 的過去式.

thrice [θraɪs] *adv.*《古語》屢次地.

***thrift** [θrɪft] *n.* 節儉, 節約: **Thrift** is regarded by
many people as a virtue. 節儉被許多人視為
美德.

♦ **thríft shòp**〔美〕舊貨特價店.

thrifty [`θrɪftɪ] *adj.* 節儉的, 節約的: Jennie is
a **thrifty** housewife. 珍妮是一個節儉的家庭
主婦.

活用 *adj.* **thriftier**, **thriftiest**

***thrill** [θrɪl] *n.* ① 毛骨悚然的感覺, 震顫.

——*v.* ② 毛骨悚然, 震顫.

範例 ① I felt the **thrill** of victory as I crossed the
finish line. 當我衝過終線時, 我感受到勝利
的激動.

It's a ride full of **thrills**. 這是一次充滿刺激的
搭乘經驗.

② We were **thrilled** to hear about your
engagement. 聽到你訂婚, 我們感到很興
奮.

My little sister says she **thrilled** to the tale of
Snow White. 我妹妹說她被《白雪公主》的故
事感動了.

複數 **thrills**

活用 *v.* **thrills**, **thrilled**, **thrilled**, **thrilling**

thriller [`θrɪlə] *n.* 驚悚小說〔電影, 戲劇〕.

複數 **thrillers**

***thrive** [θraɪv] *v.* ① 成長茁壯. ② 繁盛.

範例 ① Hibiscus do not **thrive** in a cold climate.
芙蓉在寒冷的氣候中無法成長茁壯.

That actor has **thrived** on all the scandals
about him. 那個演員默默接受所有關於他的
誹謗而不斷進步.

② My brother's business is **thriving**. 我哥哥的
事業正蓬勃發展著.

活用 *v.* **thrives**, **thrived**, **thrived**, **thriving**/
thrives, **throve**, **thrived**, **thriving**/〔美〕
thrives, **throve**, **thriven**, **thriving**

thriven [`θrɪvən] *v.* thrive 的過去分詞.

***throat** [θrot] *n.* ① 喉嚨. ② 咽喉狀部分.

範例 ① I have a sore **throat**. 我喉嚨痛.

The speaker cleared his **throat**. 那位演講者
清了清嗓子.

② Tom held the **throat** of the vase. 湯姆握住那
只花瓶的瓶頸.

片語 **at each other's throat** 吵架的.

cut one another's throat 自相殘殺.

cut ~'s throat 自殺.

have a lump in ~'s throat 哽咽.

jump down ~'s throat 令~語塞.

ram...down ~'s throat 強迫~接受 (意
見).

stick in ~'s throat 難以接受.

thrust...down ~'s throat 強迫~接受.

複數 **throats**

***throb** [θrɑb] *v.* ① 鼓動, 悸動.

——*n.* ② 悸動, 震顫.

範例 ① The boy's right leg **throbbed** with pain.
那個男孩的右腿陣陣劇痛.

② Can you hear the **throb** of the factory
machinery? 你能聽見那間工廠的機器震動聲
嗎?

活用 *v.* **throbs**, **throbbed**, **throbbed**,
throbbing

複數 **throbs**

***throne** [θron] *n.* 王位, 王權; 帝王.

範例 King James I was on the **throne** then. 國王
詹姆斯一世當時在位.

He ascended the **throne**. 他登上了王位.

He betrayed the **throne**. 他背叛了國王.

複數 **thrones**

***throng** [θrɔŋ] *n.* ① 一大群人, 群眾; (東西的)
聚集.

——*v.* ② 擠進, 擠滿.

範例 ① A **throng** waited outside to see the body
lying in state. 為了看那具供人憑弔的遺體,
一大群人等候在外.

Throngs of city dwellers flocked to the movie.
市民成群結隊去看電影.

② Christmas shoppers **thronged** the
department store. 聖誕節的購物人潮擠進百
貨公司.

Ticket-holders **thronged** toward the entrance.
持票者湧向入口.

複數 **throngs**

活用 *v.* **throngs**, **thronged**, **thronged**,
thronging

throttle [`θrɑtl] *v.* ① 使窒息. ② 壓抑. ③ 使減
速 (back, down).

——*n.* ④ 節流閥.

範例 ③ The pilot **throttled** down the engine as
we approached the airport. 當我們接近機場
時, 駕駛員降低了引擎的速度.

④ The car drove away at full **throttle**. 那輛車子
以全速開走.

活用 *v.* **throttles**, **throttled**, **throttled**,
throttling

複數 **throttles**

†**through** [θru] *prep.*, *adv.*, *adj.*

T

原義	層面	釋義	範例
通過	場所	*prep.*, *adv.*, *adj.* 通過，透過	①
	時間	*prep.*, *adv.* 從頭到尾	②
	人、物	*prep.*, *adv.* 通過，由於	③
	工作、功能	*prep.*, *adv.* 結束，完成	④

範例 ① Our train went **through** the tunnel. 我們的火車穿過隧道.

She came in **through** the window. 她從那扇窗戶進來.

The bullet went straight **through** the wall. 子彈正好穿過那面牆.

I was wet **through**. 我渾身溼透了.

a **through** train 直達火車.

② He stayed single all **through** his life. 他終生未娶.

They worked at cleaning the beach the whole day **through**. 他們一整天都在清理海灘.

They danced **through** the night. 他們通宵跳舞.

The store will be closed Wednesday **through** Sunday. 這家商店將從星期三休息到星期天.

③ I met him **through** Bob. 我透過鮑伯與他認識.

She said some racist things **through** not knowing the delicate situation we were in. 她說了一些關於種族主義的事，全然不知我們所處的微妙狀態.

You are **through** now. Please go ahead. 現在你的電話接通了，請講.

I'll put you **through** to the manager right away. 我將立刻幫你接通經理的電話.

We learn many things **through** a newspaper. 我們從報紙上學到許多東西.

I looked **through** the telescope. 我透過那副望遠鏡觀看.

④ You and I are **through**. 你和我已經分手了.

Are you **through** with your homework? 你做完作業了嗎？

I think he is **through** with his work. 我想他已工作完畢了.

George failed last time, but he'll get **through** this year. 喬治上次考試不及格，今年他將會通過考試.

[片語] ***through and through*** 完全地，徹底地：He is a gentleman **through** and **through**. 他徹頭徹尾是一位紳士.

➡ 充電小站 (p. 1349)

throughout [θru`aut] *prep.*, *adv.*

原義	層面	釋義	範例
完全地穿過	場所	*prep.*, *adv.* 遍及，貫穿	①
	時間	*prep.*, *adv.* 始終，徹頭徹尾	②

範例 ① Panic spread **throughout** the town. 恐慌遍及整個城鎮.

The parched land was brown **throughout**. 那塊焦乾的土地完全變為褐色.

② The audience applauded **throughout** the show. 整場演出中觀眾一直在鼓掌.

Smoking was prohibited at the conference, but John smoked **throughout**. 會議中禁止抽菸，但約翰一直抽個不停.

throughway [`θru͵we] *n.* 〖美〗高速公路《亦作 thruway》.

變化 **throughways**

*****throve** [θrov] *v.* thrive 的過去式.

*****throw** [θro] *v.* ① 投，擲，拋，扔；將（光、影）投射 ②（快速）移動（身體或手腳）③〖口語〗使異常吃驚 ④〖口語〗開（會）⑤〖美〗故意輸掉.

—— *n.* ⑥ 投擲. ⑦ 射程. ⑧〖口語〗〔a ~〕一個.

範例 ① The boy **threw** a stone into the river. 那個男孩向河裡投了一塊石頭.

He can **throw** the ball about 90 meters. 他投球能投90公尺遠.

Throw me a towel, please./**Throw** a towel to me, please. 請拋給我一條毛巾.

The children were enjoying **throwing** snow balls at each other. 那群孩子們相互丟雪球，玩得很開心.

Mother **threw** me an angry look./Mother **threw** an angry look at me. 媽媽生氣地瞪了我一眼.

The skyscraper **threw** a shadow on the street. 那棟摩天大樓在街道上投下影子.

The policeman **threw** doubt on her statement. 那名警察對她的陳述表示懷疑.

An actor must be able to **throw** his voice to the back of the theater. 演員必須能夠讓劇場後排的觀眾聽見他的聲音.

Steve **threw** a punch that landed on Fred's nose. 史蒂夫在佛瑞德的鼻子上揍了一拳.

The latest proposal **threw** us all into confusion. 那個最新的提議使我們很困惑.

Mary **threw** herself on the ground crying and screaming. 瑪麗躺在地上又哭又叫.

Chris was **thrown** from his motorbike. 克里斯從摩托車上摔了下來.

These candles don't **throw** off enough light to read by. 這些蠟燭發出的光線很微弱，不適合在旁邊讀書.

In this scene you **throw** off your coat and begin yelling. 在這一幕，你脫掉外套，然後開始大叫.

Do you always **throw** out your junk mail without looking at it? 你經常不看一眼就扔掉你的垃圾郵件嗎？

Many people may be **thrown** out of work. 許多人可能會失業.

音素易位 (metathesis)

音素易位，就是指兩個音素的前後位置之互換，其目的是為了使音節的結構更為合適，可避免兩個相近的音太接近．音素易位可分為近接易位與遠接易位．

(1) 近接易位
相接的兩個音素之間沒有任何其他音素，它們相互交換位置，如 ax＞xa．

甲.「r」「i」易位而成「i」「r」：
如古英語中的「bridd」(幼鳥，幼禽) 變成了現代英語的「bird」；「thridda」(第3的，1/3的) 變成了「third」．

乙.「r」「o」易位而成「o」「r」：
如古英語中的「hros」(馬) 變成了現代英語的「horse」．

丙.「u」「r」易位而成「r」「u」：
如古英語中的「thurh」(穿過) 變成了現代英語的「through」．

丁.「p」「s」易位而成「s」「p」：
如古英語中的「clapse」(扣；鉤) 變成了現代英語的「clasp」．

詞根或詞首中的音素，前後也可以易位．

【例】
詞根	例子	易位情形
nutr/nurt	nurture 養育；教養 nutrition 營養	[rt＞tr]

詞首		
pro/por	portray 描繪；寫真 protrahere (拉丁文) portend 預知；預示 protendere (古拉丁文)	[ro＞or]

(2) 遠接易位
易位的兩個音素中間還有其他音素把它們隔開，ayx＞xya．

【例】
詞根	例子	易位情形
spec/skep	spectacle 景象，奇觀 skeptical 懷疑的	[pek＞kep]

(3) 首音誤置 (spoonerism)
英國牛津大學新學院 (New College) 院長史普納 (William A. Spooner, 1844–1930) 常犯首音誤置的毛病，把兩個或兩個以上的詞的首音互換位置，造成一些荒謬可笑的詞，大多因不小心偶然誤用所致．例如，他將 "our dear old queen"（我們可愛的老女王）說成 "our queer old dean"（我們古怪的老院長），將 "a half-formed wish"（不太成熟的希望）說成 "a half-warmed fish"（半溫的魚），將 "loving shepherd"（可愛的牧羊人）說成 "shoving leopard"（連推帶擠地走的豹）．有時也可指整個詞組的誤置，例如顧客向茶館女侍要 a glass bun and a Bath of milk，原句應是 a Bath bun and a glass of milk（一個巴斯圓麵包和一杯牛奶）．久而久之，spoonerism 也就變成「張冠李戴的口誤」之代名詞了．

其他的例子如下：
set of keys→ket of seas
a well oiled bicycle→a well boiled icicle
a troop of Boy Scouts→a scoop of Boy Trouts
snow and sleet→slow and sneet
kiss and cuddle→cuss and kiddle
You have missed all my history lectures and wasted a whole term.
→You have hissed all my mystery lectures and tasted a whole worm.
food in her mouth→mouth in her food
to bridge a gap→to gap a bridge

---

② Paul and Meg **threw** their arms around each other. 保羅和梅格擁抱在一起．
She **threw** on her clothes. 她匆匆穿上衣服．
The car was **thrown** into low gear. 那輛汽車被換成低速檔．

③ Your behavior really **threw** me. 你的行為使我異常吃驚．

⑥ What an excellent **throw**! 真是投得很棒的一球!
One **throw** of the dice and his pile of chips was gone. 擲了一下骰子，他的一堆籌碼都沒了．

⑦ It's just a stone's **throw** from here. 它離這裡只有擲一塊石頭那麼遠．

[片語] **throw about/throw around** ① 亂扔：Don't **throw** waste paper **about**. 不要亂扔紙屑． ② 揮動 (手腳)：He **threw** his arms **about** madly. 他瘋狂地揮動著手臂． ③ 浪費 (金錢)：Billy **throws** his money **around** to impress people. 比利亂花錢以引起人們的注意．

throw a fit《口語》大怒，大吃一驚．

throw away 拋棄；錯失；白費：Let's **throw** this old table **away**. 讓我們扔掉這張舊桌子．Buy cheap goods and you **throw** money **away**.《諺語》便宜沒好貨．
He **threw away** all his chances for getting a promotion. 他白白錯過了所有晉升的機會．
The doctor's advice was **thrown away** on his patient. 那位醫生對他病人的勸告都白費了．

throw back ① 擲回． ② 反射． ③ 使返回到：A month's absence **threw** him **back** in his studies. 一個月的缺席使他的課業落後了． ④ 使依靠 (on)《常用被動》：When the funds dried up, they were **thrown back** on their own resources. 當那筆資金用完後，他們只得自己設法過日子了．

throw down ① 灌下 (食物)：He **threw down** a mug of beer on his way home. 回家的路上他喝了一大杯啤酒． ② 推翻，摧毀． ③ 扔掉 (武器等)：**Throw down** your guns and come out with your hands up. 放下槍，舉起雙手走出來．

throw in ① 插入：The speaker **threw in**

some jokes to make his speech enjoyable. 那個演講者插入幾則笑話，使他的演講更有趣.
② 額外贈送: If you buy the doll, they'll **throw in** the case. 如果你買那個洋娃娃，他們將額外贈送盒子.

throw in with 《口語》〖美〗與～合作.

throw off ① 脫掉. (⇨ 範例 ①)
② 發出（光、熱等）. (⇨ 範例 ①)
③ 擺脫掉: He succeeded in **throwing off** the tackler. 他成功地甩掉那名攔截的球員.
I'm trying to **throw** this cold **off** before my trip. 我正在想辦法在旅行之前治好感冒.
④ 使驚慌失措.
⑤ 開始打獵.

throw on 匆匆穿上. (⇨ 範例 ②)

throw open 公開; 開放: The auditorium will be **thrown open** to the public tomorrow. 那座禮堂將於明天開放給大眾使用.

throw out 扔掉; 摒丟. (⇨ 範例 ①): The poor man couldn't **throw** the old shoes **out**. 那個窮人不能扔掉那雙舊鞋子.
He was **thrown out** by the bouncer. 他被那保鏢趕了出來.
The proposal was **thrown out** at the general meeting. 這項提議在大會上被否決.
② 放出（光、熱等）,（隨口）說出: The restaurant was **throwing out** a good smell. 那間餐廳裡飄出一股香味.
She **threw out** an idea but I didn't catch it. 她隨口說出了一個想法，但我沒聽見.

throw over 拋棄: I hear she **threw** him **over** two years ago. 我聽說兩年前她拋棄了他.

throw ～self at... ① 向人猛撲過去. ② 盡力討好.

throw ～self into... 投身於，埋首於: She **threw herself into** her studies. 她埋首用功.

throw ～self on.../throw ～self upon... 依賴. (⇨ 範例 ①)

throw together ① 偶然相遇: We were **thrown together** by fate. 命運使我們聚在一起. ② 倉促做: She had to **throw** the meal **together** right away. 她必須立即倉促做飯.

throw up ① 嘔吐: I felt like **throwing up**. 我想要吐. ② 拋棄; 推上（門、窗）. ③ 放棄. ④ 趕造.

活用 *v.* **throws, threw, thrown, throwing**
複數 **throws**

***thrown** [θron] *v.* throw 的過去分詞.

thrush [θrʌʃ] *n.* 畫眉鳥.
複數 **thrushes**

***thrust** [θrʌst] *v.* ① 插，戳; 迫使接受. ② 猛推，擠進.
——*n.* ③ 用力推，刺. ④ 批評. ⑤ 要點. ⑥ 推力.

範例 ① The teacher **thrust** his hands into his pockets. 那位老師把雙手推進口袋.
My brother **thrust** the task of washing the car on me. 我哥哥強迫我接受洗車的任務.

② We **thrust** our way through the crowd./We **thrust** through the crowd. 我們從人群中擠過去.
Sue **thrust** herself into our conversation. 蘇插進了我們的談話.
The reporter **thrust** herself forward to get the President's attention. 那名記者努力向前推擠以引起總統的注意.
③ The soldier was killed by a bayonet **thrust**. 那名士兵被刺刀刺死.
④ The **thrust** of his argument is that the government should decrease its expenditure. 他爭論的要點是政府必須減少開支.
⑤ Our company is planning a big **thrust** in genetic engineering. 我們公司將大力推動基因工程.

活用 *v.* **thrusts, thrust, thrust, thrusting**
複數 **thrusts**

Thu./Thu 《縮略》＝Thursday.

thud [θʌd] *n.* ① 砰地一聲: The girl fainted and fell to the floor with a **thud**. 這個女孩砰地一聲昏倒在地.
——*v.* ② 砰地一聲掉下.
複數 **thuds**
活用 *v.* **thuds, thudded, thudded, thudding**

***thumb** [θʌm] *n.* ① 拇指.
——*v.* ② 翹起拇指《以求搭便車》. ③（以拇指）翻閱.

範例 ① Tom raised his **thumb** to show victory. 湯姆豎起大拇指表示勝利.
You are all **thumbs**. 你真是笨手笨腳的.
Jane turned her **thumb** down to express disapproval to me. 珍把拇指朝下以表示反對我.
② The young man **thumbed** a lift to New York. 那個年輕人搭便車去紐約.
③ a well-**thumbed** magazine 一本被翻舊的雜誌.

片語 ***all fingers and thumbs/all thumbs*** 笨手笨腳的. (⇨ 範例 ①)

rule of thumb 根據經驗得來的法則; 約略的估量.

thumbs down 不好!《把拇指朝下以表示不同意或不滿意》

thumb ～'s nose at... 輕蔑，嘲弄《把拇指頂在鼻子上，並將其他四指張開的動作》: Mary **thumbed her nose at** me. 瑪麗嘲弄我.

thumbs up 好極了! 太好了!《表示勝利或滿意而豎起拇指》

thumb through 翻閱，查閱.

under ～'s thumb 受～支配.

◆ **thumb index**（辭典等的）拇指索引.
複數 **thumbs**
活用 *v.* **thumbs,**

[thumb index]

thumbed, thumbed, thumbing
thumbtack [ˋθʌm͵tæk] *n.* 『美』圖釘 (『英』 drawing pin).
複數 **thumbtacks**
thump [θʌmp] *n.* ① 重擊，重擊聲.
——*v.* ② 發出砰砰聲，砰砰地跳.
範例 ① I got a **thump** on my head. 我的頭部受到重擊.
② My heart **thumped**. 我的心臟砰砰地跳.
複數 **thumps**
活用 *v.* **thumps**, **thumped**, **thumped**, **thumping**
****thunder** [ˋθʌndɚ] *n.* ① 雷聲，轟鳴，怒吼，喊叫.
——*v.* ② 打雷，轟隆隆地響，怒吼，大聲喊叫.
範例 ① The **thunder** was sounding in the distance. 遠處傳來雷鳴聲.
We can hear the **thunder** of the guns. 我們可以聽到如雷鳴般的槍聲.
We greeted the actor with a **thunder** of applause. 我們以如雷的掌聲來歡迎那位演員.
② It **thundered** all night. 整晚雷聲隆隆.
He **thundered** out of the house. 他大聲喊叫衝出門外.
The train **thundered** through the tunnel. 那班火車隆隆地穿過隧道.
The teacher **thundered** against gambling. 那個老師高呼反對賭博.
片語 *look like thunder/have a face like thunder* 大發雷霆.
steal ∼'s thunder 竊取∼的想法，搶先制人出∼要說的事，先發制人.
☞ lightning (閃電)
複數 **thunders**
活用 *v.* **thunders**, **thundered**, **thundered**, **thundering**
thunderbolt [ˋθʌndɚ͵bolt] *n.* ① 雷電 (與閃電 (lightning) 同時發生)；雷擊. ② 晴天霹靂.
範例 ① That **thunderbolt** started a forest fire. 那陣雷電引起一場森林火災.
② The news that the American Yahoo company had incorporated the Taiwanese Kimo company was a **thunderbolt**. 美國雅虎公司購併臺灣奇摩公司的消息真是晴天霹靂.
複數 **thunderbolts**
thunderclap [ˋθʌndɚ͵klæp] *n.* 雷鳴.
複數 **thunderclaps**
thunderous [ˋθʌndərəs] *adj.* 雷聲似的，轟隆隆的；發出雷鳴般的吼叫聲. He let out a **thunderous** roar. 他發出雷鳴般的吼叫聲.
活用 *adj.* **more thunderous**, **most thunderous**
thunderstorm [ˋθʌndɚ͵stɔrm] *n.* 雷雨 (雷 (thunder) 與閃電 (lightning) 交加的暴風雨).
複數 **thunderstorms**
****Thursday** [ˋθɝzde] *n.* 星期四 (略作 Thu., Thur., Thurs.).
範例 It's **Thursday** today./Today is **Thursday**.

今天是星期四.
She came on **Thursday**. 她星期四到來.
I'll go shopping at the department store next **Thursday**. 我下星期四要去逛百貨公司.
The accident happened on **Thursday** morning. 那件意外事故發生在星期四早上.
The store is closed **Thursdays**. 那家商店每星期四休息.
➡ 充電小站 (p. 813)
複數 **Thursdays**
****thus** [ðʌs] *adv.* ① 因此，因而. ②《正式》如此，像這樣.
範例 ① She lay in the sun for hours without protection and **thus** got badly burned. 她毫無防護地在陽光下躺了好幾個小時，因此被嚴重灼傷.
The car's brakes hadn't been properly repaired and **thus** he hit the car in front of him. 那輛車的煞車沒有修好，因此他撞上前面的車.
② Ralph worked hard to get rid of his New York accent and spoke **thus** at his first big conference. 雷爾夫努力改掉他的紐約口音，如此才得以在他的第一次重大會議上發言. 《紐約口音中較明顯的特徵是 r-less，例如 car 的 r 不發音，讀作 [kɑ]. 甘迺迪 (Kennedy) 總統的紐約口音就很有名》
thwart [θwɔrt] *v.* ① 反對，阻撓: Our plans for tennis were **thwarted** by the bad weather. 我們打網球的計畫因為壞天氣而受阻.
——*n.* ② (船的) 座板.
活用 *v.* **thwarts**, **thwarted**, **thwarted**, **thwarting**
複數 **thwarts**
thyme [taɪm] *n.* ① 麝香草 (唇形科植物). ② 百里香 (香料).
thyroid [ˋθaɪrɔɪd] *n.* 甲狀腺 (亦作 thyroid gland).
複數 **thyroids**
ti [ti] *n.* 全音階第7音.
➡ 充電小站 (p. 831)
tiara [taɪˋerə] *n.* ① 飾有寶石的小皇冠 (女性的頭飾). ② 羅馬教宗的3重冠.

[tiara]
複數 **tiaras**
tick [tɪk] *n.* ① (鐘錶等的) 滴答聲. ② 核對記號 (√的記號). ③『英』瞬間. ④ 壁蝨. ⑤ 枕頭套，被套.
——*v.* ⑥ 滴答響；運轉. ⑦ 標上核對記號.
範例 ① I heard the **tick** of the clock clearly. 我清晰地聽到那個時鐘的滴答聲.
② A **tick** is used to mark something as correct. 核對記號被用來標明某事是正確的.
③ I'll be with you in a **tick**. 我馬上就來.
④ a dog **tick** 狗蝨.
⑤ We use a strong coarse fabric for the **tick** of a mattress. 我們使用耐磨的粗質布料來做床墊的套子.
⑥ The clock **ticked** off the time. 那個時鐘滴滴

答答地計時.

⑦ Will you **tick** each item on the list if it has arrived? 如果東西已經到達，你會在單子上逐項打勾嗎？

片語 **tick off** ①〖英〗責備，斥責：Our teacher **ticks** us **off** when we are late for school. 當我們上學遲到時，老師斥責我們. ②〖美〗激怒：Our teacher gets **ticked off** when we're late for school. 當我們上學遲到時，老師會被激怒.

tick over 空檔慢轉.

複數 **ticks**

活用 v. **ticks**, **ticked**, **ticked**, **ticking**

ticker [ˋtɪkɚ] n. ① 懷錶. ② 收報機〖在紙帶上打出股票行情等的接收裝置；〖英〗tape machine〗. ③〖口語〗心臟.

複數 **tickers**

***ticket** [ˋtɪkɪt] n. ① 票，入場券. ②〖美〗（政黨的）候選人名單.

範例 ① a one-way **ticket** 單程票.

a single **ticket**〖英〗單程票.

a round-trip **ticket**〖美〗來回票.

a return **ticket**〖英〗來回票.

a **ticket** agency 售票處.

a **ticket** counter 售票處.

a commutation **ticket** 通勤票.

a season **ticket**〖英〗季票.

a concert **ticket** 音樂會的入場券.

a lottery **ticket** 樂透彩券.

Admission by **ticket** only. 憑票入場.

How much is your speeding **ticket**? 你超速的罰單是多少錢？

② He ran on the Republican **ticket**. 他以共和黨的候選人參加競選.

複數 **tickets**

***tickle** [ˋtɪkl̩] v. ① 搔，使發癢. ② 使高興，使發笑.

——n. ③ 癢，癢的感覺.

範例 ① Brian **tickled** his daughter Sarah on the soles of her feet. 布萊恩搔他女兒莎拉的腳底，使她發癢.

My back **tickles**. 我的背部癢癢的.

② The children were **tickled** by the funny story. 那群孩子們被滑稽的故事逗得哈哈大笑.

③ There's a **tickle** in my throat which is making me cough. 我的喉嚨癢癢的，很想咳嗽.

活用 v. **tickles**, **tickled**, **tickled**, **tickling**

複數 **tickles**

tidal [ˋtaɪdl̩] adj. 潮汐的，受潮汐影響的：The **tidal** flow of water affects when boats come and go. 潮流會影響船隻進出.

♦ **tidal wáve** 海嘯，潮浪.

tidbit [ˋtɪdˏbɪt] n. （食物的）一口，一片；精緻少量的食物；有趣的新聞片斷.

參考〖英〗titbit.

複數 **tidbits**

***tide** [taɪd] n. ①（因為太陽和月亮的引力所引起的）潮，潮汐，潮流；形勢.

——v. ②（使）克服 (over).

範例 ① The **tide** comes in and goes out. 潮漲潮落.

You cannot see that rock at high **tide**. 漲潮時你看不見那塊岩石.

It is dangerous to swim here, for the **tides** are very strong. 在這裡游泳很危險，因為潮流很急.

The **tide** is against us. 形勢對我們不利.

I've decided to swim with the **tide** instead of rocking the boat. 我已決定順流游泳而下而不划船.

② A cash advance from my credit card will **tide** me over. 信用卡的預付現金將幫我度過難關.

複數 **tides**

活用 v. **tides**, **tided**, **tided**, **tiding**

tidemark [ˋtaɪdˏmɑrk] n. ① 漲潮時的最高點，潮水標. ② 殘留的污垢. ③〖口語〗身上沒洗乾淨的污垢.

複數 **tidemarks**

***tidings** [ˋtaɪdɪŋz] n.〖古語〗〔作複數〕消息，音信：The **tidings** came too late. 那個消息來得太遲了.

***tidy** [ˋtaɪdɪ] adj. ① 整齊的，整潔的；愛乾淨的. ② 相當可觀的，相當多的.

——v. ③ 收拾，整理.

範例 ① a **tidy** room 整整齊齊的房間.

a **tidy** housekeeper 愛乾淨的家庭主婦.

② a **tidy** income 相當可觀的收入.

③ It's time to **tidy** up; we're having company. 該收拾一下了，我們待會兒有客人.

活用 adj. **tidier**, **tidiest**

活用 v. **tidies**, **tidied**, **tidied**, **tidying**

***tie** [taɪ] n. ① 領帶（〖美〗necktie）. ② 繩索〖用以連結或綁東西〗. ③〔~s〕關係，情誼. ④ 束縛，約束；累贅. ⑤ 不分勝負，平手. ⑥ 連接符號〖音樂上連接音符的弧形符號（⌢或⌣）〗；繫樑〖建築上連接用〗；〖美〗（鐵路的）枕木〖〖英〗sleeper〗.

——v. ⑦ 綁，繫，連接. ⑧ 不分勝負，平手.

範例 ① Paul is wearing a blue **tie** today. 保羅今天戴了一條藍色的領帶.

② She unfastened the **ties** and took the boots off. 她鬆開鞋帶，脫掉靴子.

③ The two are bound by family **ties**. 那兩個人有家族關係.

④ Her pets can be a **tie** sometimes. 有時候寵物會成為她的累贅.

⑤ The result of the election was a **tie**. 那次競選的結果不分勝負.

⑦ The belt of this dress **ties** at the back. 這件洋裝的腰帶繫在背後.

Jerry **tied** his books with a piece of string. 傑瑞用一條繩子捆綁他的書.

He **tied** his pet dog to the gate. 他把他的寵物狗拴在大門上.

Tie your shoes in double knots. 綁鞋帶時請繫兩個結.

She **tied** a pretty knot. 她繫了一個漂亮的結.

My mother was **tied** to home when I was a young child. 當我是小孩時，媽媽被迫在家照顧我。

The office workers were **tied** to their desks over the weekend. 那些辦公人員週末要加班。

I'm **tied** down to my work. 我被工作綁住了。

⑧ The two teams were **tied** at 3-3. 那兩支隊伍打成3:3平手。《3-3讀作 three all》

Anne **tied** with Sue for first place. 安與蘇並列第一。

tie a record 平紀錄.

[片語] *tie down* 束縛，限制. (⇨ [範例] ⑦)

tie in (與～) 相配，(與～) 一致: Your story doesn't **tie in** with what he said yesterday. 你說的與他昨天講的不一致.

tie together 連結，配合.

tie up ① 束緊，綁牢.

② 使忙得不可開交；使無法挪用；阻塞: I was **tied up** at the office until ten o'clock last night. 昨晚我在辦公室一直忙到10點.

All his estate was **tied up** in oil. 他所有的財產都投資在石油上.

The demonstrators **tied up** traffic. 那些示威者阻塞交通.

③ 使收拾好，使準備就緒: His plans for going to college are all **tied up**. 他上大學的計畫準備就緒了.

♦ **tíe bèam** 繫樑.

tíe-brèak/tíe-brèaker (網球的) 搶7.

tíe clàsp/tíe clìp/tíe bàr 領帶夾.

[複數] **ties**

[活用] *v.* **ties, tied, tied, tying**

tier [tɪr] *n.* ① 段，列，層.

——*v.* ② 層層排列，層層堆積.

[範例] ① He slept in the lower **tier** of beds. 他睡在下鋪.

② a **tiered** skirt 百褶裙.

[複數] **tiers**

[活用] *v.* **tiers, tiered, tiered, tiering**

tiff [tɪf] *n.* (戀人、朋友間的) 小口角.

[複數] **tiffs**

***tiger** [`taɪgɚ] *n.* 老虎.

[複數] **tigers**

***tight** [taɪt] *adj.*, *adv.* 緊的〔地〕；牢固的〔地〕；(袋子等) 裝滿的〔地〕；銀根緊的〔地〕.

[範例] The string was **tight**. 那條繩子拉得很緊.

The cap of the bottle was too **tight** to get off. 那個瓶蓋太緊了，脫不下來.

His shirt was a bit too **tight**. 他的襯衫有點太緊了.

Money is **tight** now. 現在很缺錢.

She is in a **tight** corner now. 她現在正處於困境.

The minister had a **tight** schedule. 那個部長的行程排得很緊湊.

The suitcase was packed **tight**. 那個手提箱裝得滿滿的.

Please close your eyes **tight**. 請緊閉雙眼.

Just sit **tight**! Don't do anything until I get back. 坐在那裡別動！等我回來.

The father told his son to sleep **tight**. 父親叫他的兒子睡個好覺.

♦ **tight-lipped** 嘴唇緊閉的；不隨便說話的.

***tighten** [`taɪtn] *v.* 繃緊，繫緊，使緊；使牢固.

[範例] He **tightened** up the bolt. 他把那個螺絲釘拴緊.

The wet leather straps **tightened** as they dried in the sun. 溼皮帶在太陽底下曬乾會變得緊繃.

Her muscles **tightened** with terror. 她因為恐懼而肌肉緊繃.

[片語] *tighten* ～*s belt* 勒緊腰帶，省吃儉用: Almost everyone has had to **tighten his belt** in these tough economic times. 在經濟困頓的時代，幾乎每個人都不得不勒緊腰帶省吃儉用.

[活用] *v.* **tightens, tightened, tightened, tightening**

tightfisted [`taɪt`fɪstɪd] *adj.*《口語》吝嗇的.

[參考] 自己的財產緊緊 (tight) 抓住 (fisted) 的狀態，亦作 tight-fisted.

[活用] *adj.* **more tightfisted, most tightfisted**

tightly [`taɪtlɪ] *adv.* 繫緊地；牢固地.

[範例] The bag was **tightly** packed. 那個手提包裝得很滿.

a **tightly** fitting suit 一套非常合身的西裝.

[活用] *adv.* **more tightly, most tightly**

tightness [`taɪtnɪs] *n.* 繫緊；牢固；吃緊；匱乏.

tightrope [`taɪt,rop] *n.* 繃緊的繩索〔鋼索〕: The presidential candidate was walking a **tightrope**, trying to keep both conservatives and liberals happy. 那名總統候選人的處境為難，得努力讓保守黨與自由黨都感到高興.

♦ **tightrope wàlker** 走鋼索的特技演員.

[字源] tight (緊的) + rope (繩索).

[複數] **tightropes**

tights [taɪts] *n.* 〔作複數〕① 緊身衣. ②〔英〕褲襪《〔美〕pantyhose》.

tigress [`taɪgrɪs] *n.* 母老虎.

[複數] **tigresses**

***tile** [taɪl] *n.* ① 瓦片，瓷磚.

——*v.* ② 鋪瓦片，鋪瓷磚.

[範例] ① white bathroom **tiles** 浴室白色的瓷磚.

Every single roof **tile** was blown away. 所有的屋瓦都被吹走了.

② They **tiled** the floor of the kitchen. 他們把廚房鋪上地磚.

[複數] **tiles**

[活用] *v.* **tiles, tiled, tiled, tiling**

†**till** [tɪl] *prep.*, *conj.* ① 直到～時候《☞ until》.

——*v.* ② 耕耘，耕作.

——*n.* ③ 放現金的抽屜.

[範例] ① He works from morning **till** night. 他從早工作到晚.

I'll wait **till** ten o'clock. 我將等到10點.

They didn't return to the base camp **till** next morning. 他們直到第二天上午才返回營地.

It was not **till** evening that we got the news. 直到傍晚我們才獲知那個消息.

You need not wait **till** his return. 你不必等到他回來.

Let's wait **till** the rain stops. 我們就等到雨停吧.

We don't know the blessings of health **till** we get ill. 我們直到生病才知道健康的幸福.

The girl ran on and on, **till** she was out of breath. 那個女孩不停地跑, 直到上氣不接下氣.

[活用] v. tills, tilled, tilled, tilling

[複數] tills

tillage [ˋtɪlɪdʒ] n. 耕耘, 耕作.

tiller [ˋtɪlɚ] n. ① 耕耘者, 農夫. ② 舵柄.

[複數] tillers

*tilt [tɪlt] v. ① 傾斜, 傾倒. ② 刺, 攻擊.

——n. ③ 傾斜, 傾倒. ④ (馬上的) 長矛戰; 攻擊; 爭論.

[範例] ① The cart **tilted** toward the shoulder of the road. 那輛貨車翻倒在路旁.

Be careful not to **tilt** the tray. 小心別把那個盤子打翻了.

② The actor is learning to **tilt** for his part as a knight in a movie. 那位男演員正在學習如何用矛刺擊, 以便扮演電影裡的騎士角色.

He **tilted** at social injustices. 他抨擊社會不公正.

③ Cadets wear their caps at a downward **tilt** so you can barely see their eyes. 軍校學生們帽簷都壓得有點低, 所以你很難看見他們的眼睛.

④ He had a **tilt** at his father. 他批評他的父親.

She was running at full **tilt**. 她以全速奔跑.

[活用] v. tilts, tilted, tilted, tilting

[複數] tilts

*timber [ˋtɪmbɚ] n. ① 木材; 森林. ② 橫木, 樑.

[範例] ① a **timber** merchant 木材商人.

Timber used to be more plentiful. 以前木材較為充足.

They lived in **timber** cabins. 他們住在小木屋裡.

These trees will be turned into **timber**. 這些樹木將被砍伐成木材.

♦ the **timber line** (高山、極地的) 林木線.

**time [taɪm] n. ① 時刻. ② 時間; 節拍. ③ 時代. ④ ～次, ～倍.

——v. ⑤ 決定時間, 校準時間. ⑥ 計時.

[範例] ① What **time** is it? / What's the **time**? / What **time** do you have? 現在幾點鐘?

It is closing **time**. 這是關門的時間了.

What **time** should I leave home? 我應該甚麼時候出門呢?

He did not show up at the appointed **time**. 他沒有在約定的時間出現.

The little boy can't tell **time** yet. 那個小男孩還不會看錶.

② **Time** is money. 《諺語》時間就是金錢.

Time and tide wait for no man. 《諺語》歲月不待人.

Time flies. 《諺語》時光飛逝.

As **time** passed, she got used to her new circumstances. 隨著時間過去, 她對新環境已經適應了.

Time will show if he is right. 時間將會證明他是否正確.

The **time** difference between Taipei and London is 8 hours. 臺北與倫敦的時差是8小時.

She is still on Houston **time**. 她還處於休士頓時間.《還沒調整好時差》

It has been a long **time** since I last saw you. 好久不見了.

He came back in a week's **time**. 一個禮拜之後, 他回來了.

I didn't take so much **time** to do it. 我沒有花很多時間做那件事情.

I had no **time** to prepare my lessons. 我沒有時間預習功課了.

We have no **time** to lose. 我們沒有時間可以浪費了.

There is little **time** left before the train leaves. 那班火車即將開動.《剩下的時間不多了》

They set a **time** limit for each response. 他們限定每一題作答的時間.

Time is up. 時間到了.

Where have they been all this **time**? 這段時間他們一直在哪裡?

Her baby kept crying all the **time**. 她的孩子一直在哭.

The two of them were whispering all the **time** the professor was giving his lecture. 那個教授在上課的時候, 他們倆一直在竊竊私語.

I'll see you again at Christmas **time** next year. 明年聖誕節的時候, 我將再來看你.

At that **time** my father was ill in bed. 那個時候我父親臥病在床.

You may come any **time** you like. 你隨時都可以來.

It gets dark at this **time** of day in winter. 冬天, 在這個時候天就黑了.

The **time** will come when your dreams come true. 你夢想實現的那一刻會來臨的.

It's **time** for supper. 該吃晚飯了.

Now is the **time** to buy. 該是買進的時候了.

It's **time** for him to go to school. 他該上學了.

It's **time** you got married. 你該結婚了.

We had a good **time** at the party. 在那場晚會中, 我們玩得很高興.

I hear she had a hard **time** finding my house. 我聽說她費了很大的勁才找到我家.

The first **time** I saw him, he looked stubborn. 我第一眼看到他時, 他看起來很頑固.

Every **time** I called, it was busy. 每次我打電

話時總是占線.

She works part **time** at the bank. 她在那家銀行兼職.

The baby was born before its **time**. 這嬰兒早產.

Time now, please! 『英』對不起, 要打烊了.

His **time** was a little over one minute. 他花了1分多鐘.

They danced in slow **time**. 他們隨著慢節拍跳舞.

③ behind the **times** 落伍的, 老式的.

Times are changing very fast. 時代快速變換.

The painters of those **times** had hard **times** ahead of them. 以前畫家的日子過得很艱辛.

Magazine editors should keep up with the **times**. 雜誌編輯必須與時代潮流同步.

My aunt must have been popular with men in her **time**. 在我阿姨那個年代, 她一定很有異性緣.

Mr. White was vice-president of the company in my **time**. 我在那家公司的時候, 懷特先生是副董事長.

④ He goes to a cram school three **times** a week. 他每週去補習班3次.

He met her for the first **time** yesterday. 昨天他第一次遇到她.

This **time** I lost, but next **time** I'll beat you. 這次我輸了, 下次我會打敗你.

Four **times** five is equal to twenty. 4乘以5等於20.

This country is about twenty **times** larger than that one. 這個國家比那個國家大約大20倍.

He has three **times** as many books as I have. 他的藏書是我的3倍多.

⑤ The two companies **timed** their merger just right. 那兩家公司適時地合併了.

She **timed** her steps to the music. 她的舞步緊跟著音樂的節拍.

The President's address was well-**timed**. 總統的演講正合時機.

The bomb is **timed** to go off in one minute. 那個炸彈設定在1分鐘後爆炸.

⑥ He **timed** you in the race. 他計算你跑步的時間.

片語 **about time** 《口語》是時候了; 早該如此: At last he apologized to me—and **about time** too! 最後他向我道歉了, 其實早該如此.

against time 趕時間地, 分秒必爭地: We had to work **against time** yesterday. 昨天我們必須抓緊時間拼命工作.

ahead of time 提前地: He got to the office **ahead of time** this morning. 今天早上他提前到辦公室.

ahead of ～'s time/ahead of the times 超越時代地.

all in good time 終究地, 遲早地: Your dream will come true **all in good time**. 你的夢想遲早會成真.

all the time ① 一直. (⇨ 範例 ②) ② 經常, 總是: Things like that happen **all the time**. 像那樣的事經常在發生.

at all times 隨時, 永遠: She is ready for an emergency **at all times**. 她隨時做好應付緊急事件的準備.

at any time 在任何時候, 始終.

at a time 每次, 同時: He rushed up the stairs three **at a time**. 他上樓梯都是每次跨3級.

We have had many guests for days **at a time** lately. 最近幾天我們每次都有許多客人.

at one time ① 同時: That's a lot of food to eat **at one time**. 那些食物要同時吃的話算是很多. ② 曾經: We were the best friends **at one time**. 我們曾經是最好的朋友.

at the same time 同時: The two scientists reached the same conclusion **at the same time**. 那兩位科學家同時得出相同的結論.

He is sometimes rude, but, **at the same time**, he is a very able man. 有時他有些粗魯, 但是他也非常能幹.

at times 有時候: The orphan was very tough for his age, but shed tears **at times**. 這個孤兒比同齡的孩子倔強, 但也有時會哭泣.

before ～'s time ① 在～出生之前: Mary knows little about her uncle; he was killed in a car accident **before her time**. 瑪麗對她叔叔所知甚少, 他在她出生之前死於車禍. ② 提前. (⇨ 範例 ②)

behind time 遲到地; 遲誤地: She was **behind time** with her room rent. 她拖欠房租.

The next train is ten minutes **behind time**. 下班火車誤點10分鐘.

between times 有時, 偶爾.

by the time 在～時候之前: I'll be back **by the time** she gets here. 在她到這裡前, 我一定會回來.

for all time 永遠地, 無論何時地.

for a time 暫時地, 一度地: They were looking at each other **for a time**. 他們互看了一眼.

for the time being 目前這段時間, 暫時: This small apartment will do **for the time being**. 這個小公寓暫時還過得去.

from time to time 偶爾: She visited her aunt in hospital **from time to time**. 她偶爾會去醫院看姑媽.

gain time ① 拖延時間, 爭取時間. ② (鐘錶) 走得快.

half the time 幾乎總是; 一半時間: He solved the problem in **half the time**. 他在一半的時間內解決了那個問題.

have a lot of time for 《口語》崇拜, 喜歡.

have no time for 《口語》 (因為不喜歡而) 不願花時間: My step-mother **had no time for** me. 我的繼母對我不理不睬.

high time 時機, 機會: It is **high time** we taught these vandals a lesson they won't forget. 該是我們狠狠教訓這些藝術品破壞者的時候了，要使他們永生難忘。

in course of time 隨著時間過去，不久。

in good time ① 有時間，有空閒：We were **in good time** for our train. 我們有充足的時間趕火車。② 《口語》即刻，馬上。

in no time 立刻，很快：They will be here in **no time**. 他們馬上就到。

in ~'s own good time 《口語》在~方便〔準備好〕的時候。

in time ① 及時：You were just **in time** for the train. 你及時趕上那班火車。
He didn't send in his entry **in time**. 他來不及報名。
② 遲早地，到時候：He will come to see us **in time**. 他遲早會來看我們。
③ 和著節拍：He began to drum on the table lightly **in time** to the music. 他開始和著音樂的節拍輕擊桌面。

keep time ① 和著節拍演奏音樂；打節拍：The conductor **kept time** with his baton. 那個樂隊指揮用指揮棒打拍子。
② （鐘錶）走得準：This clock **keeps** good **time**. 這個時鐘很準。
This clock **keeps** bad **time**. 這個時鐘不準。

kill time 消磨時間：I **killed time** reading a magazine. 我閱讀雜誌來消磨時間。

lose no time in ~ing 趕緊做：John **lost no time in** returning to Alaska. 約翰火速趕回阿拉斯加。

lose time （鐘錶）走得慢。

make good time 進行得很快〔順利〕：We didn't **make good time** between Taipei and here. 從臺北到這裡，我們浪費了不少時間。

of all time 自古至今：I think this is the greatest book **of all time**. 我覺得這一本是史上最偉大的書。

once upon a time 從前，很久很久以前。

on time ① 按時，準時：The game began **on time**. 比賽按時進行。② 《口語》《美》以分期付款方式：He bought the computer **on time**. 他分期付款買那臺電腦。

out of time ① 不合時宜的。② 不合節拍的。

over time 慢慢地，隨著時間的過去：These ancient statues have decayed **over time**. 這些古老的雕像因年久而腐蝕。

pass the time of day （給~）問候〔請安〕。

some other time/some time or other 總有一天，遲早地。

take ~'s time 從容進行：**Take your time** and tell me about it in detail. 不要著急，詳細地告訴我。

take time 花時間，需要時間：The construction will **take time**. 建造這棟建築物需要時間。

take time off/take time out 抽空，挪出時間：He **took time out** to come and see me. 他抽空來看我。

the time of ~'s life 一生最快樂〔痛苦〕的

時光。

time after time/time and again/time and time again 屢次地，一再地：I called his name **time after time**. 我一再地叫他的名字。

with time 隨著時間流逝地：She will be able to understand that **with time**. 她以後會理解的。

♦ **time bòmb** 定時炸彈《亦作 time-bomb》.

time càpsule 時代文物儲放器《將代表當代的文獻、器物等埋藏起來以供後人瞭解的容器》.

time clòck 打卡鐘.

time-consùming 費時的.

time fràme 時間範圍，期限.

time immemórial 遠古，太古.

time killer 用以消磨時間的東西.

time làg 時滯，時差：兩相關事件間的時間間距.

time lìmit 時限，期限.

time lòck《美》定時鎖《到固定時間才打開的鎖》.

time machine 時光機《幻想中往返過去、未來的機器》.

time óff 短暫休息，空閒.

tìme-óut （比賽中的）暫停.

time scàle （事情發生或完成所需的）一段時間.

time shèet 考勤卡《用打卡鐘 (time clock) 記錄出勤時間》.

time signal （廣播的）報時信號.

time signature （樂譜的）拍子記號.

time swìtch （自動）定時開關.

time zòne 時區《使用同一標準時間 (standard time) 的地帶；大致沿經線15度將地球分成24個時區》.

[複數] **times**

[活用] *v.* **times, timed, timed, timing**

timekeeper [ˋtaɪmˌkipɚ] *n.* ① （體育競賽等）計時員。② 守時的人。

[複數] **timekeepers**

*timely** [ˋtaɪmlɪ] *adj.* 合時的，適時的，剛好趕上的。

[範例] His **timely** help saved my fortune. 他適時的幫助保全了我的財產。
His **timely** homerun excited them very much. 他及時的全壘打使他們非常興奮。

[活用] *adj.* **timelier, timeliest**

timer [ˋtaɪmɚ] *n.* 計時器《顯示設定時間的計時機器》.

♦ **fùll-tímer** 專職者。
pàrt-tímer 兼職者。

timetable [ˋtaɪmˌtebl] *n.* ① （火車、公車等的）時刻表；《英》（學校的）課程表《《美》schedule》.② 《計畫》預定表。
——*v.* ③《英》預定~的時間表。

[範例] ① Let's check the train's **timetable**. 我們確認一下火車時刻表吧。
② We have to carry out the plan according to the

timetable. 我們必須根據那個計畫預定表行事.

③ The sports program is **timetabled** for 3 o'clock. 那個體育節目定在3點鐘.

複數 **timetables**

活用 v. **timetables**, **timetabled**, **timetabled**, **timetabling**

***timid** [`tɪmɪd] adj. 膽小的, 怯弱的, 羞怯的.

範例 He is as **timid** as a rabbit. 他極為膽小.
Birds are **timid** animals. 鳥是膽小的動物.
a **timid** young girl 羞怯的年輕女孩.
He is **timid** with girls. 他在女孩子面前顯得很羞怯.

活用 adj. **timider**, **timidest/more timid**, **most timid**

timidity [tɪˋmɪdətɪ] n. 膽小, 膽怯, 羞怯: Tom's **timidity** prevented him from approaching girls. 湯姆很害羞, 不敢接近女孩子.

timidly [`tɪmɪdlɪ] adv. 膽小地, 羞怯地: John **timidly** asked for a raise. 約翰膽怯地要求加薪.

活用 adv. **more timidly**, **most timidly**

timing [`taɪmɪŋ] n. 時機, 間歇調整.

timpani [`tɪmpənɪ] n.〔作複數〕定音鼓組《一般由2個以上的定音鼓 (kettledrum) 構成》.

***tin** [tɪn] n. ① 錫《銀白色有光澤的金屬元素, 符號 Sn; 與銅 (copper) 的合金為青銅 (bronze), 用於武器或裝飾品》. ② 馬口鐵《亦作 tin plate》; 在鐵板上鍍錫, 用於罐頭或石油桶》. ③《英》罐頭《《美》can》;《做糕點、麵包的》模子.
——v. ④《英》做成罐頭《《美》can》. ⑤ 鍍錫.

範例 ② a **tin** box 一個鍍錫的盒子.
③ a **tin** of beef 一罐牛肉.
④ They **tin** asparagus in that factory. 他們在那家工廠將蘆筍製成罐頭.

♦ **tìn cán** 錫罐.
tìn éar《美》不懂音樂的人, 音痴.
tìn hát《軍人使用的》鋼盔.
tín òpener《英》開罐器《《美》can opener》.
tín plàte 馬口鐵《亦作 tin》.

複數 **tins**

活用 v. **tins**, **tinned**, **tinned**, **tinning**

tincture [`tɪŋktʃɚ] n. 酊劑《將藥溶於酒精的藥劑》: **tincture** of iodine 碘酊.

複數 **tinctures**

tinder [`tɪndɚ] n. 火種, 火絨; 易燃物.

tinfoil [`tɪn͵fɔɪl] n. 錫箔, 錫紙.

***tinge** [tɪndʒ] v. ① 沾染, 帶有一味道.
——n. ②《淡的》色調; ~的氣息.

範例 ① These tomatoes aren't ripe—they're still **tinged** with green. 這些番茄還沒熟, 它們仍帶有綠色.
His compliments were **tinged** with irony. 他的恭維中帶有諷刺.
② There's a **tinge** of red in the soil due to the iron content. 土壤中含有鐵, 所以略呈紅色.
A **tinge** of sadness was in her voice as she recounted what had happened. 當她重述發生的事情時, 她的聲音中有幾分傷感.

活用 v. **tinges**, **tinged**, **tinged**, **tingeing/tinges**, **tinged**, **tinged**, **tinging**

複數 **tinges**

tingle [`tɪŋgl] v. ① 疼痛, 感到刺痛. ② 感到激動〔興奮〕.

範例 ① My fingers were **tingling** with cold. 我的手指因寒冷而感到刺痛.
② The candidate's supporters **tingled** with excitement after they heard the news. 那個候選人的支持者聽到那則消息後感到很興奮.

活用 v. **tingles**, **tingled**, **tingled**, **tingling**

tinker [`tɪŋkɚ] n. ①《流動的》補鍋匠;《美》萬能工匠. ② 做事笨拙的工匠. ③ 粗拙的工藝.
——v. ④ 做補鍋匠. ⑤ 拙劣地修補 (with).

範例 ③ Fred had a **tinker** at a broken TV set and made it worse. 佛瑞德把壞掉的電視機修了一下, 卻反而更糟.
⑤ I had to **tinker** with my camera. 我必須自己修理我的照相機.

複數 **tinkers**

活用 v. **tinkers**, **tinkered**, **tinkered**, **tinkering**

tinkle [`tɪŋkl] v. ① 使發出叮噹聲.
——n. ② 清脆的撞擊聲.

範例 ① She **tinkles** the bell when dinner is ready. 當晚餐準備就緒時, 她就搖搖鈴.
② the **tinkle** of glasses 玻璃杯的撞擊聲.

活用 v. **tinkles**, **tinkled**, **tinkled**, **tinkling**

tinny [`tɪnɪ] adj. ① 錫的, 含錫的. ② 像敲馬口鐵的《聲音》. ③ 不值錢的.

活用 adj. **tinnier**, **tinniest**

tinsel [`tɪnsl] n. ① 閃亮的金屬片, 裝飾用的金屬絲. ② 華而不實之物.

***tint** [tɪnt] n. ① 淺色, 淡色.
——v. ② 微染.

範例 ① green with a bluish **tint** 綠色中帶有淺藍色.
② **tinted** lenses 變色鏡片.
His wife had her hair **tinted** orange. 他太太把頭髮染成橙色.

複數 **tints**

活用 v. **tints**, **tinted**, **tinted**, **tinting**

***tiny** [`taɪnɪ] adj. 極小的, 微小的.

範例 What a **tiny** baby! 好小的嬰兒啊!
The amount of the reward was **tiny**. 報酬額很小.

活用 adj. **tinier**, **tiniest**

***tip** [tɪp] n. ① 小費《亦作 gratuity》. ② 頂端, 尖端; 末端. ③ 祕訣; 祕密通知. ④《英》垃圾場. ⑤ 輕觸, 輕打.
——v. ⑥《使》傾斜, 《使》翻倒. ⑦ 傾倒. ⑧ 給小費. ⑨ 給~裝尖頭, 使掛在~的頂端. ⑩《英》預測~會成功. ⑪ 輕擊, 輕觸.

範例 ① Mr. Brown didn't leave a **tip**. He thought the waiter didn't deserve one. 布朗先生沒有給小費, 他認為那名服務生不應得到.
② a spear **tip** 長矛尖.

the **tip** of the nose 鼻尖.

③ Grandmother gave me a **tip** on how to get ink out of clothes. 奶奶教我如何去除衣服上墨水污點的小竅門.

⑤ He **tipped** his hat instead of waving. 他沒有揮手, 而是輕觸帽簷.

⑥ He **tipped** the reclining seat back. 他將那張躺椅向後傾斜.

The dog **tipped** over the tray. 那隻狗把盤子弄翻了.

The table **tipped** over in the wind. 那張桌子被風吹翻了.

⑦ He **tipped** out rubbish. 他倒垃圾.

⑧ I **tipped** the taxi driver. 我給那名計程車司機小費.

⑨ The king was proud of his gold-**tipped** spear. 那位國王以其金質尖頭的長矛為豪.

⑩ Which candidate are you **tipping** as the next mayor? 你認為哪一位候選人會成為下一任市長?

⑪ His bat **tipped** the ball. 他的球拍輕觸到球.

片語 **on the tip of ～'s tongue** 差點說出口的.

the tip of the iceberg 冰山一角.

tip down『英』下雨.

tip off 向～密告〔提供情報〕: The police were **tipped off** that the criminals were planning to blow up the building. 警方事先得到那些罪犯計畫炸毀那棟大樓的密報.

tip over 使翻倒. (⇨ 範例 ⑥)

tip the balance 使佔優勢 (for); 使居劣勢 (against).

tip the scales ① (拳擊比賽前選手量體重) 重量有 (at). ② 使佔優勢 (for); 使居劣勢 (against).

♦ **tip-òff**《口語》密報, 暗示.

複數 **tips**

活用 v. **tips, tipped, tipped, tipping**

tipple [`tɪpl] n.《口語》酒精飲料; 烈酒.

複數 **tipples**

tipsy [`tɪpsɪ] adj.《口語》微醉的.

活用 adj. **tipsier, tipsiest**

***tiptoe** [`tɪp,to] n. ① 腳尖.
—— v. ② 踮著腳走.

範例 ① I walked on **tiptoe** along the muddy road. 我踮著腳走在那條泥濘的路上.

② Mary **tiptoed** away from the sleeping baby. 瑪麗躡手躡腳地離開睡著的嬰兒.

片語 **on tiptoe** ① 踮著腳地. (⇨ 範例 ①) ② 期待地.

複數 **tiptoes**

活用 v. **tiptoes, tiptoed, tiptoed, tiptoeing**

tire [taɪr] v. ① (使) 疲倦. ② 使厭煩, 使厭倦.
—— n. ③ 輪胎, 車輪.

範例 ① The girl **tires** easily. What's wrong with her? 那個女孩很容易疲勞, 她怎麼了?

Running soon **tires** me these days. 最近我跑一會兒就感到疲倦.

② His long speech **tired** the audience. 他的長

篇大論讓聽眾厭煩極了.

③ The **tire** went flat. 那個輪胎洩了氣.

參考 ③『英』tyre.

活用 v. **tires, tired, tired, tiring**

複數 **tires**

***tired** [taɪrd] adj. ① 疲乏的, 疲倦的. ② 厭煩的, 厭倦的.

範例 ① I'm very **tired**. 我很疲倦.

The policeman had a **tired** look. 那名警察面帶倦容.

The girls were very **tired** from skating. 那些女孩們溜冰溜累了.

② I'm **tired** of studying. 我對讀書感到厭倦.

They are nothing but **tired**, old clichés. 它們只不過是陳腐、古老的陳腔濫調.

片語 **tired of** 對～感到厭倦的. (⇨ 範例 ②)

tired out 非常疲倦的.

活用 adj. **more tired, most tired**

tireless [`taɪrlɪs] adj. 不知疲倦的; 不厭倦的: You are a **tireless** worker. 你是一個不知倦的工人.

活用 adj. **more tireless, most tireless**

***tiresome** [`taɪrsəm] adj. ① 令人疲倦的; 無聊的. ② 討厭的, 麻煩的.

範例 ① a **tiresome** ceremony 令人厭倦的儀式.

② a **tiresome** child 討厭的小孩.

活用 adj. **more tiresome, most tiresome**

***tissue** [`tɪʃu] n. ① (細胞) 組織. ② 薄的織品. ③ 紙巾, 衛生紙. ④ 薄紙, 棉紙《用來包裝易碎物品; 亦作 tissue paper》.

範例 ① nervous **tissue** 神經組織.

② a shirt of silky **tissue** 絲質襯衫.

③ The woman bought a box of **tissues**. 那個婦人買了一盒紙巾.

♦ **tissue pàper** 薄紙, 棉紙《亦作 tissue》.

複數 **tissues**

tit [tɪt] n. ① 山雀. ②《口語》乳房, 乳頭.

片語 **tit for tat**《口語》以牙還牙: The two countries slapped tariffs on each other's exports **tit for tat**. 這兩個國家以牙還牙, 相互提高對方出口貨物的關稅.

Titan [`taɪtn] n. ① 泰坦《傳說在希臘神話中支配世界的12個巨人 (6男6女), 被宙斯 (Zeus) 打入黑暗世界》. ② 巨人, 巨物.

複數 **Titans**

titbit [`tɪt,bɪt] n.『英』(食物的) 一口, 一片; 精緻少量的食物; 有趣的新聞片斷.

參考『美』tidbit.

複數 **titbits**

titivate [`tɪtə,vet] v. 打扮, 裝飾.

活用 v. **titivates, titivated, titivated, titivating**

***title** [`taɪtl] n. ① 標題, 題名. ② 頭銜, 稱號. ③ 稱呼《加在姓名前表示男士、女士或小姐等, 如 Mr/Mr., Mrs/Mrs., Miss, Ms/Ms.》. ④ 冠軍 (頭銜). ⑤ 資格, 權利.
—— v. ⑥ 加標題於, 授予～職務.

範例 ① What is the **title** of the book? 這本書的

充電小站

「to＋原形動詞」

【Q】① I went to school <u>to play</u> tennis.
② I want <u>to play</u> tennis again.
③ But I have no time <u>to play</u> tennis.
同樣是 to play tennis，① 是「去打網球」，②
是「打網球這件事」，③ 是「打網球的」，為甚麼
to 有這麼多的意義？
【A】"to" 有「向～、到～」的意思，to school 的
to 和 to play tennis 的 to 功能相同。
所以 ① 是「我去學校，去打網球」，② 是我想
做 的 事 是「play tennis」，③ 是「對 於 "play

tennis"，我沒有時間」。
「to＋原形動詞」在 ① 中發揮副詞的作用，用
來補充說明到學校的目的。
「to＋原形動詞」在 ② 中發揮名詞的作用，因
為這裡的「to＋原形動詞」可譯成「網球（的
事）」。另外「to＋原形動詞」在 ③ 中被譯成「打
網球的」，發揮了形容詞的功能，說明沒有打網
球的時間。
「to＋原形動詞」不管在甚麼時候，以 "to" 的基
本意義來理解即可，就不會被不同的譯法混淆了。

書名是甚麼？
I made a speech under the **title** of "What is
Happiness?" 我以「幸福是甚麼」為題作演講.
② the **title** of Professor 教授的頭銜.
③ Ms in Ms Jane Brown is a **title**, which shows
Jane Brown is a woman but does not show
whether or not she is married. 珍·布朗女士
中的女士是一個稱謂，表明珍·布朗是一位
女性，但無法得知其是否已婚.
④ win the tennis **title** 獲得網球冠軍.
⑤ the **title** to the throne 王位繼承權.
Who has the **title** to this land? 誰擁有這座島
嶼的主權？
♦ **títle dèed** 所有權證書，地契.
　títle hòlder 冠軍保持者.
　títle pàge 書名頁；內封面.
　títle ròle 劇名角色.
　títle tràck 同名曲《CD 裡和專輯名稱相同的
　曲子》.
[複數] **titles**
[活用] v. **titles, titled, titled, titling**
titled [ˋtaɪtl̩d] adj. 有頭銜的，有爵位的.
titter [ˋtɪtɚ] v. ① 傻笑，偷笑: His wife **tittered**
when he stumbled at the door. 當他在門口絆
倒時，他太太在一旁偷笑.
　➡ n. ② 傻笑，偷笑.
➡ (充電小站) (p. 1211)
[活用] v. **titters, tittered, tittered, tittering**
[複數] **titters**
TNT [ˋtiˌɛnˋti] 《縮略》＝trinitrotoluene（黃色炸
藥）.
†to [（強）ˋtu；（弱）tə] prep.

原義	層面	釋義	範例
向 ～ 方 向	場所、時間	向，到，趨於	①
	人、物	對於	②
		比	③
	動作、狀態	到；為了	④
		向著 《(充電小站) (p. 1359)》	⑤

—adv. ⑥ 甦醒. ⑦ 關上.

[範例] ① The Philippines is **to** the south of Taiwan.
菲律賓在臺灣的南方.
I'm going **to** the library. 我正要去圖書館.
They took their children **to** the zoo. 他們帶孩
子去那個動物園.
This is the last train **to** London. 這是最後一班
去倫敦的火車.
He goes **to** and from the office by bus. 他上下
班搭公車.
She works from morning **to** night. 他從早上工
作到晚上.
It's a quarter **to** three. 現在是2點45分.
② Who gave the money **to** that boy? 誰給了那
個男孩錢？
Add 5 **to** 3 and you'll get 8. 5加3等於8.
The traffic light changed **to** green. 交通號誌
變為綠燈.
Did you reply **to** him? 你回答他了嗎？
The score was 5 **to** 3. 比數為5:3.
When she came **to** her senses, she was in a
hospital bed. 當她恢復知覺時，她已躺在醫
院病床上.
We danced **to** the music. 我們和著音樂跳舞.
This bicycle was made **to** order. 這輛腳踏車
是訂做的.
③ My word processor is inferior **to** yours. 我的
文字處理機不如你的好.
I prefer watching TV **to** reading such stuff. 要
我讀這些資料，我寧願看電視.
④ He must be frozen **to** death. 他一定會被凍
死.
To his great delight, he passed the entrance
exam. 令他高興的是，他通過了那場入學考
試.
Here's **to** your health! 祝你健康！
It was Jim who came **to** my rescue. 是吉姆來
解救我的.
Why don't you come down **to** dinner? 為何你
不下樓來吃晚飯？
⑤ She wanted **to** go abroad. 她想出國.
It is dangerous **to** go there alone. 單獨去那裡
很危險.
He worked hard **to** support his family. 他努力

T

工作以維持家計.
I want a pair of scissors **to** cut this cloth. 我要一把剪刀剪這塊布.

I feel very happy **to** be with you. 我和你在一起感到非常愉快.

I woke up **to** find myself in a strange place. 我醒來發現自己在一個陌生的地方.

⑥ He fainted, but soon came **to**. 他昏倒了，不過很快就甦醒過來.

⑦ She pushed the door **to**. 她關上了那扇門.

[片語] **to and fro** 來回地，往返地: The giant panda leisurely walked **to and fro** in the cage. 那隻大熊貓悠閒地在籠子裡走來走去.

toad [tod] *n.* 蟾蜍.
[複數] **toads**

toadstool [`tod͵stul] *n.* 毒蕈.
[複數] **toadstools**

*__toast__ [tost] *n.* ① 土司. ② 乾杯；乾杯的賀辭.
③〔the ~〕接受乾杯的人. ④ 烤. ⑤ 乾杯.
[範例] ① I ate two slices of buttered **toast** for breakfast. 我早餐吃了兩片奶油土司.
French **toast** 法式烤麵包.
milk **toast** 牛奶烤麵包.
② drink a **toast** to/give a **toast** to/propose a **toast** to 乾杯.
③ The actress was the **toast** of Broadway. 那個女演員在百老匯很受歡迎.
⑤ We **toasted** his health. 我們為他的健康乾杯.
[參考] 實際乾杯時講 Here's to ~/To ~ 或者只說 Cheers!
[字源] 乾杯的意義來自將烤麵包浸在裡面喝乾的說法.
[複數] **toasts**
[活用] *v.* **toasts, toasted, toasted, toasting**

toaster [`tostɚ] *n.* 烤麵包機.
[複數] **toasters**

tobacco [tə`bæko] *n.* ① 菸葉. ② 菸草.
[範例] ① Brandy and a pipe of **tobacco** after dinner was his great pleasure. 飯後喝一杯白蘭地及吸一口菸是他最大的快樂.
a mild **tobacco** 淡味的菸葉.
[複數] **tobaccos**

toboggan [tə`bɑgən] *n.*
① 平底雪橇.
——*v.* ② 乘雪橇滑行:
The boys were **tobogganing** in the deep snow. 那群男孩們在深雪中玩雪橇.
[複數] **toboggans**
[活用] *v.* **toboggans, tobogganed, tobogganed, tobogganing**

[toboggan]

*__today__ [tə`de] *n.* ① 今天. ② 現在.
[範例] ① "What day is it **today**?" "It is Tuesday **today**."「今天星期幾?」「是星期二.」
Do you think she will go shopping **today**? 你

覺得她今天會去購物嗎?
He came to Taiwan three years ago **today**. 3年前的今天他來到臺灣.
Today is Sunday./It is Sunday **today**. 今天是星期天.
Have you seen **today**'s newspaper? 你看到今天的報紙了嗎?
② In a way, life is not easier **today** than it was 100 years ago. 在某種程度上，今日的生活並不比100年前輕鬆.
They use horse-drawn carriages even **today**. 他們甚至如今還使用馬車.
He is one of great writers of **today**. 他是當今的偉大作家之一.

toddle [`tɑdl] *v.* ① 東倒西歪地走: My little son **toddles**, though he is only 8 months old. 儘管我的小兒子只有8個月大，他卻能搖搖晃晃地走. ②《口語》蹓躂，散步.
[活用] *v.* **toddles, toddled, toddled, toddling**

toddler [`tɑdlɚ] *n.* 蹣跚學步的孩子.
[複數] **toddlers**

*__toe__ [to] *n.* ① 腳趾，腳尖.
——*v.* ② 以腳趾踏觸.
[範例] ① a big **toe** 大趾頭.
a little **toe** 小趾頭.
I washed myself clean from head to **toe**. 我把自己從頭到腳洗乾淨.
[片語] **on ~'s toes** ① 用腳尖站立: The little girl stood **on her toes** to look out of the window. 那個小女孩踮著腳尖向窗外看. ② 緊張地.
toe the line/toe the mark ① 站在起跑線上. ② 服從.
tread on ~'s toe ① 踩~的腳尖. ② 傷害~的感情.
[複數] **toes**
[活用] *v.* **toes, toed, toed, toeing**

toenail [`to͵nel] *n.* 腳趾甲.
[複數] **toenails**

toffee/toffy [`tɔfɪ] *n.* 太妃糖(《美》taffy).

*__together__ [tə`gɛðɚ] *adv.* 一起，共同.
[範例] Bill, Susie, and Bob came **together**. 比爾、蘇西和鮑伯一起來.
Let's get **together** for dinner. 讓我們一起吃晚飯.
David, Brian, and Ron put **together** a proposal to save the remaining wetlands. 大衛、布萊恩和朗共同提出了一個拯救殘存沼澤地的建議.
Mr. Green spoke about his adventures for hours **together**. 格林先生一連講了幾個小時有關他的冒險故事.
Tom sent Mary some roses, **together** with a letter. 湯姆送給瑪麗一些玫瑰花和一封信.
[片語] **together with** 和，連同. (⇨ [範例])

togetherness [tə`gɛðɚnɪs] *n.* 集體感，集體意識: Their success through teamwork gave them a great sense of **togetherness**. 他們透

過團隊合作獲得的成功，使他們感受到偉大的集體意識。

toggle [`tɑgl] n. ① 套索釘. ② 套環裝置.
——v. ③ 裝套索釘.
複數 **toggles**
活用 v. **toggles**, **toggled**, **toggled**, **toggling**

***toil** [tɔɪl] v. ①《正式》辛勞 (at); 跋涉 (up, along).
——n. ② 辛勞，勞苦.
範例 ① She was **toiling** at her work. 她正辛苦地工作.
We **toiled** up a steep hill. 我們艱難地爬上陡峭的山丘.
② We had a good rest after hours of **toil**. 數小時的辛苦工作之後，我們好好地休息了一下.
活用 v. **toils**, **toiled**, **toiled**, **toiling**

***toilet** [`tɔɪlɪt] n. ① 廁所: Can you buy some **toilet** rolls when you go to the supermarket? 你去超市時，能買一些捲筒衛生紙嗎? ② 梳妝.
參考 toilet 因為比較接近「廁所」的意思，所以現在不太使用，取而代之的是家裡的 bathroom， 室外則稱作: rest room, washroom, men's room, women's room 等.
♦ **tóilet pàper** 衛生紙.
tóilet pòwder 化妝用粉; 爽身粉.
tóilet ròll 捲筒衛生紙.
tóilet sèt 一套化妝用具.
tóilet tràining 盥洗教育.
tóilet wàter 化妝水.
複數 **toilets**

toiletries [`tɔɪlɪtrɪz] n.《作複數》梳妝用具.

***token** [`tokən] n. ① 標記. ② 紀念品. ③ 代幣《〔英〕商品兌換券》.
——adj. ④〔只用於名詞前〕象徵性的.
範例 ① I gave him this book as a **token** of gratitude. 我謹以此書聊表對他的謝意.
② David's students gave him a photo album as a **token** of their appreciation. 大衛的學生們送給他一本相簿，以表達他們的感激之情.
③ a £10 book **token** 一張10英鎊的圖書禮券.
④ a **token** gesture of goodwill 親善的象徵性手勢.
片語 **by the same token** 基於同樣理由.
in token of 作為～的紀念: Mary sent Paul a gift **in token of** gratitude. 瑪麗送給保羅一件禮物以示感謝.
複數 **tokens**

***told** [told] v. tell 的過去式、過去分詞.

***tolerable** [`tɑlərəbl] adj. 可容忍的; 尚可的.
範例 Working conditions weren't very good, but they were **tolerable**. 工作環境不是很好，但他們能忍受.
Management drew up a **tolerable** retirement plan. 資方草擬了一份尚可的退休計畫.
活用 adj. **more tolerable**, **most tolerable**

tolerably [`tɑlərəblɪ] adv. 可容忍地; 相當地: I feel **tolerably** well today. 今天我感覺不錯.
活用 adv. **more tolerably**, **most tolerably**

tolerance [`tɑlərəns] n. ① 忍受，容忍. ② 寬容，雅量. ③（建築上的）公差，可容許的誤差.
範例 ① This heat is beyond **tolerance**. 這麼炎熱已令人無法忍受.
② The boss has no **tolerance** for careless mistakes. 那個老闆無法容忍不小心的錯誤.
tolerance towards new ways of thinking 包容新思維.
Show some **tolerance**, would you? 寬容點，行嗎?
複數 **tolerances**

tolerant [`tɑlərənt] adj. ① 寬容的，容忍的: The Smiths are **tolerant** of their kids' weird clothing. 史密斯夫婦能容忍他們孩子的奇裝異服. ② 有耐藥力的.
活用 adj. **more tolerant**, **most tolerant**

tolerantly [`tɑlərəntlɪ] adv. 容忍地.
活用 adv. **more tolerantly**, **most tolerantly**

***tolerate** [`tɑlə,ret] v. ① 容忍. ② 默許，寬容. ③ 有耐藥力.
範例 ① I won't **tolerate** your rude behavior. 我不會再忍受你的粗魯行為.
② The sergeant never **tolerates** his men's mistakes. 這位警官從來不默許他的士兵犯錯.
活用 v. **tolerates**, **tolerated**, **tolerated**, **tolerating**

toleration [,tɑlə`reʃən] n.《正式》容忍; 默許，寬容: With mutual **toleration**, they worked pretty well together. 由於相互寬容，他們在一起工作非常愉快.

***toll** [tol] v. ① 鳴（鐘），鳴鐘召集.
——n. ② 鳴鐘. ③ 通行費. ④ 代價，犧牲; 死傷人數. ⑤《美》長途電話費.
範例 ① The bell was **tolled** for the funeral. 喪鐘響了起來.
The bell **tolled** four. 鐘鳴報4時.
③ You have to pay a **toll** to take the expressway. 上高速公路你必須繳通行費.
④ The death **toll** went over 200. 死亡人數已超過200人.
片語 **take a toll/take its toll/take their toll** 造成重大損失.
♦ **tóll bàr**（繳交通行費之前放下的）橫木.
tóll brìdge 收費橋樑.
tóll càll 長途電話.
tòll-frée（電話）免付費的.
tóll ròad 收費道路.
活用 v. **tolls**, **tolled**, **tolled**, **tolling**
複數 **tolls**

tollbooth [`tol,buθ] n. 收費站.
複數 **tollbooths**

tollgate [`tol,get] n. 收費站.
複數 **tollgates**

Tom [tɑm] n. ① 男子名《Thomas 的暱稱》. ② 〔t~〕公貓《亦作 tomcat》; 雄性動物.
片語 **Tom**, **Dick**, **and Harry** 一般人.
♦ **pèeping Tóm** 偷窺者.

Tòm Thúmb 大拇指湯姆《童話中的主角》.
Uncle Tóm 湯姆叔叔 (Harriet Beecher Stowe 著的 *Uncle Tom's Cabin* 故事中的主角; 亦指討好白人的黑人).

tomahawk [`tɑmə,hɔk] *n.* 戰斧《美洲原住民 (Native Americans) 使用的工具或武器》.
複數 **tomahawks**

tomato [tə`meto] *n.* 番茄 (☞ 充電小站 (p. 1433)).
複數 **tomatoes**

****tomb** [tum] *n.* 基《立有墓碑 (tombstone), 內部 放有棺木 (coffin)》: from the womb to the **tomb** 從出生到死亡.
複數 **tombs**

tomboy [`tɑm,bɔɪ] *n.*《口語》頑皮女孩.
複數 **tomboys**

tombstone [`tum,ston] *n.* 基石, 基碑《亦作 gravestone》.
複數 **tombstones**

tomcat [`tɑm,kæt] *n.* 公貓《亦作 tom》.
複數 **tomcats**

****tomorrow** [tə`mɔro] *n.*, *adv.* 明天, 將來.
範例 It may rain **tomorrow**. 明天可能會下雨.
We are going to a party **tomorrow**. 明天我們將要去參加宴會.
Tomorrow is Sunday. 明天是星期天.
I'll see you at nine **tomorrow** morning. 明天上午9點見.
Don't put off till **tomorrow** what you can do today.《諺語》今日事今日畢.
Tomorrow never comes.《諺語》今日事今日畢.
I'll finish my homework by the day after **tomorrow**. 我將於後天完成我的作業.
tomorrow's world/the world of **tomorrow** 未來的世界.
My holiday starts **tomorrow** week. 我8天後開始放假.

tom-tom [`tɑm,tɑm] *n.* ① 手鼓. ② 咚咚的鼓聲.
範例 ① The drummer was beating the **tom-tom**. 那個鼓手敲著手鼓.
② The **tom-tom** of the band could be heard. 能夠聽見那個樂隊的擊鼓聲.
參考 ①「手鼓」是印度等地的樂器, 鼓身長, 用手敲擊.
複數 **tom-toms**

ton [tʌn] *n.* ① 噸《重量單位》. ② 噸《容量單位》. ③ 大量, 很多.
範例 ① This is a five-**ton** truck. 這是一輛載重5噸的卡車.
② The ship weighs 5,000 **tons**. 這艘船重5,000噸.
③ I bought **tons** of food to throw a party. 我為了宴客買了許多食物.
This book is **tons** better. 這本書好多了.
參考 ① 重量單位的噸, 除了公制的公噸 (metric ton) 之外, 還有英噸 (long ton) 和美噸 (short

ton). 1公噸等於1,000公斤, 1英噸等於2,240磅 (約1,016.047公斤), 1美噸等於2,000磅 (約907.185公斤). ② 容量單位的噸也有幾種: 測船的大小時1噸為100立方呎 (約2.83立方公尺); 用於貨物的噸, 根據貨物不同而不同, 如果是海上貨物或木材, 1噸為40立方呎 (約1.13立方公尺).
複數 **tons**

***tone** [ton] *n.* ① 聲音, 音調;《音樂中的》全音. ② 語氣; 格調. ③ 色調.
── *v.* ④ 使具~聲調. ⑤ 增強. ⑥ 調和.
範例 ① The melody is played in the deep **tone** of the cellos. 以大提琴低沉的聲音演奏那個旋律.
There is one **tone** between C and D. 在 C 和 D 調之間還有一個全音.
② Don't use that **tone** of voice with me! 不要用那種語氣跟我說話!
③ I like pictures in warm **tones**. 我喜歡暖色系的畫.
⑤ Proper exercise will **tone** your muscles without making them bigger. 適當的運動會增強你的肌肉, 但不會使肌肉變大.
片語 **tone down** 使變柔和: **Tone down** the rhetoric a bit. We don't want to make any enemies. 言辭稍微緩和些, 我們不想樹敵.
tone up 增強: Swimming will **tone up** your body. 游泳將會強健你的體魄.
♦ **tòne-déaf** 不能辨別音調的.
tóne lànguage 音調語言《用音調的高低來表示意義不一樣的語言, 如中文》.
tóne pòem 音詩《用音樂表現故事的作品; 亦作 symphonic poem》.
複數 **tones**
活用 *v.* **tones**, **toned**, **toned**, **toning**

toneless [`tonlɪs] *adj.* 沒有風格的, 單調的: Your **toneless** voice is putting me to sleep. 你平淡的聲音快使我睡著了.
活用 *adj.* **more toneless**, **most toneless**

tongs [tɔŋz] *n.* 〔作複數〕鉗子: ice **tongs** 冰塊夾.

***tongue** [tʌŋ] *n.* ① 舌, 舌肉. ② 語言; 口才.
範例 ① The boy licked the ice cream with the tip of his **tongue**. 那個男孩用舌尖舔了一下冰淇淋.

[tongs]

Fear kept us **tongue**-tied. 恐懼使我們張口結舌.
② My mother **tongue** is Chinese. 我的母語是中文.
Tom has a sharp **tongue**. 湯姆說話刻薄.
You have a ready **tongue**. 你很善辯.
Hold your **tongue**. 閉嘴!
片語 **bite ~'s tongue** 保持緘默.
get ~'s tongue around/get ~'s tongue round 正確說出 (詰屈聱牙的詞句).
tongue in cheek/with ~'s tongue in

~'s cheek/with tongue in cheek 挖苦地.

♦ **mòther tóngue/nàtive tóngue** 母語.

tòngue-in-chéek 挖苦的.

tóngue-tíed 張口結舌的. (⇨ 範例 ①)

[複數] **tongues**

tongue-twister [`tʌŋ͵twɪstɚ] n. 繞口令.

[參考] She sells seashells on the seashore. (她在海邊賣貝殼.)

[複數] **tongue-twisters**

tonic [`tɑnɪk] adj. ① 使人強壯的. ② (音樂的) 主調音的.

——n. ③ 補藥. ④ 蘇打水《亦作 tonic water》. ⑤ (音樂的) 主調音.

[範例] ① Swimming has a **tonic** effect. 游泳有健身效果.

③ a hair **tonic** 生髮水.

What's in this bottle of **tonic**? 這瓶補藥是甚麼?

♦ **tónic wàter** 奎寧水《加入奎寧的蘇打水》.

[複數] **tonics**

†tonight [tə`naɪt] n., adv. 今晚, 今夜.

[範例] It's warm **tonight**. 今晚很溫暖.

I heard it on **tonight**'s TV news. 我是從今晚的電視新聞中聽到那則消息.

What's on television **tonight**? 今晚有甚麼電視節目?

tonnage [`tʌnɪdʒ] n. ① (船舶裝貨的) 容積噸數: The ship has a **tonnage** of about 10,000. 這艘船的噸位大約是10,000噸. ② (一國所屬商船的) 總噸數.

[複數] **tonnages**

tonne [tʌn] n. 公噸《1,000公斤》.

[複數] **tonnes**

tonsil [`tɑnsl] n. 〔常 ~s〕扁桃腺.

[複數] **tonsils**

tonsillitis [͵tɑnsl`aɪtɪs] n. 扁桃腺炎.

†too [tu] adv. ① 也, 而且. ② 太, 過於. ③ 非常, 很.

[範例] ① Dolly Parton gave an extra concert yesterday. And it was free, **too**. 桃麗·帕頓昨天開了一場特別演唱會, 而且是免費的. 《Dolly Parton 是美國的流行歌手、作曲家、女演員》

"I used to live in Japan." "Hey, me **too**." 「我以前住在日本.」「真巧, 我也是.」

We're going to the party. Won't you come with us **too**? 我們要去參加那場晚會, 你也要跟我們一起去嗎?

② The shoes you bought me are a bit **too** small. 你買給我的鞋子有點太小.

You're talking **too** fast; slow down. 你說得太快了, 放慢一點.

We finished dinner **too** late to see the movie. 我們太晚吃完晚餐, 所以趕不上那場電影.

You cannot be **too** careful when it comes to your health. 談到你的健康時, 你愈注意愈好.

Don't store the floppy disc in **too** humid a place. 不要將磁片放在太潮溼的地方.

③ Ann looked **too** lovely in the new dress. 安穿這件新洋裝看起來美極了!

"You look ravishing." "Oh, you're **too** kind." 「你看起來真迷人.」「噢, 你太好心了.」

I'm only **too** glad to help. 我非常樂意幫忙.

The rumor that they are getting married is only **too** true. 關於他們倆結婚的傳言, 很遺憾是真的./關於他們倆結婚的傳言, 很高興是真的.

[片語] **cannot...too** ~ 無論…也不過分. (⇨ 範例 ②)

only too ~ ① 非常, 極. (⇨ 範例 ③) ② 遺憾的是. (⇨ 範例 ③)

too...to ~ 太…而不能~. (⇨ 範例 ②)

[參考] ①「~也」在使用 not 的句子 (否定句) 中, 不用 too, 而用 either. I'm not going to the party. My husband isn't either. (我不去參加那場晚會. 我丈夫也不去.) ② [片語] 中的 only too ~ 如最後的 [範例] 所顯示, 可以表達「令人喜悅」或是「令人遺憾」這兩種心情, 但是 only too ~ 在文字上是「非常」的意思, 「喜悅」或「遺憾」一定是說話者本身對事情的想法. 關於兩人的結婚一定有人認為「太好了」, 也有人覺得「真遺憾」.

[充電小站] (p. 1365)

***took** [tuk] v. take 的過去式.

***tool** [tul] n. ① 工具, 器具. ② 爪牙, 走狗《被當作工具使喚的人》.

——v. ③ 用工具加工. ④ 搭車前往. ⑤ (在工廠等) 裝設機械設備 (up).

[範例] ① a carpenter's **tools** 木匠工具.

Books are the **tools** of a scholar's trade. 書是學者憑藉的工具.

② The man is a **tool** of the drug smuggling syndicate. 那個男子是毒品走私集團的爪牙.

④ We **tooled** around the neighborhood in our car. 我們開車在附近繞了一下.

[複數] **tools**

[活用] v. **tools, tooled, tooled, tooling**

toot [tut] v. ① (喇叭等) 叭叭響; 吹喇叭: Someone is out front **tooting** his horn. 前方遠處有人在按喇叭.

——n. ① (喇叭等的) 叭叭聲.

[活用] v. **toots, tooted, tooted, tooting**

[複數] **toots**

***tooth** [tuθ] n. ① 牙齒. ② (梳子、鋸子、齒輪等的) 齒. ③ (食物的) 嗜好, 愛好.

[範例] ① Brush your **teeth** after meals. 飯後要刷牙.

My grandfather has false **teeth**. 我爺爺有假牙.

a baby **tooth**/a milk **tooth** 乳齒.

a permanent **tooth** 恆齒.

a wisdom **tooth** 智齒.

② A saw has **teeth**. 鋸子有齒.

③ Tom has a sweet **tooth**. 湯姆愛吃甜食.

[片語] **clench** ~'s **teeth** 咬緊牙關, 忍耐.

get ~'s teeth into... 致力於，認真處理.

in the teeth of 不管，不顧，冒著.

long in the teeth 上了年紀的.

show ~'s teeth 威脅；發怒.

tooth and nail 竭盡全力地，拼命地.

♦ **tóoth pòwder** 潔牙粉《牙膏稱作 toothpaste》.

複數 **teeth**

toothache [`tuθ,ek] *n.* 牙痛: Chocolates give me a **toothache**. 巧克力會使我牙痛.

複數 **toothaches**

toothbrush [`tuθ,brʌʃ] *n.* 牙刷.

複數 **toothbrushes**

toothpaste [`tuθ,pest] *n.* 牙膏: Jane squeezed **toothpaste** from the tube. 珍從軟管裡擠出牙膏.

複數 **toothpastes**

toothpick [`tuθ,pɪk] *n.* 牙籤.

複數 **toothpicks**

*top [tɑp] *n.* ① 頂端，頂部，最高點. ②〔the ~〕最高位，首席，第一. ③（瓶子、罐頭等的）蓋，栓;（車）頂，篷. ④〔口語〕上衣. ⑤（棒球的）上半局. ⑥ 陀螺.

——*adj.* ⑦ 最上面的，最高的，首席的.

——*v.* ⑧ 覆蓋~的頂端，加蓋於; 到達〔登上〕~之頂. ⑨ 超越，勝過.

範例 ① We climbed to the **top** of the mountain. 我們爬到那座山的山頂.

He often polishes the **top** of this table. 他經常把這張桌子的桌面擦得光亮.

Write your name at the **top** of the paper. 在那張紙上寫下你的名字.

I put my skis on the **top** of my car. 我把滑雪屐放在車頂上.

He shouted at the **top** of his voice. 他提高嗓門大喊.

② He is at the **top** of his class in English. 他在班上英語最好.

My song remains in the **top** ten. 我的歌仍維持在前10名.

A **top**-level meeting of Asian countries will be held here next month. 亞洲國家高層會議下個月將在此地舉行.

The **top**-secret document was discovered twenty years later. 那份最高機密文件20年後被發現了.

③ Please remove the **top** of this bottle. 請打開這個瓶蓋.

⑥ The child kept a **top** spinning. 這個孩子不停地打陀螺.

"Did you sleep well?" "Like a **top**, thank you." 「你有睡好嗎?」「睡得很熟，謝謝.」

⑦ He got **top** marks on the exam. 那次考試他得了最高分.

A truck passed by at **top** speed. 有一輛卡車全速通過.

⑧ Mt. Fuji was **topped** with snow. 白雪覆蓋了富士山頂.

When we **topped** the hill, we had a fine view.

我們登上那座山頂時，看到了美麗的風景.

⑨ He **tops** all the others in English. 他在英語方面勝過所有其他人.

片語 ***blow ~'s top*** 發脾氣，大發雷霆.

come out on top 成功; 獲得勝利.

from top to bottom 完全地，徹底地.

from top to toe 從頭到腳，完全地.

in top gear〖英〗(汽車)最高速行駛地(〖美〗in high gear).

on top ① 在上面.

② 在（其他事物）之上〔外〕: She was a beauty **on top** of everything. 她是一個大美人.

He came late and **on top** of that he was very drunk. 他遲到了，而且還喝醉如泥.

③ 成功，獲勝.

on top of the world 興高采烈地，得意洋洋地: I'm feeling **on top of the world** because he said he loves me. 他說他愛我，所以我高興極了.

top off 結束，完成: He **topped off** his dinner with coffee. 他喝完咖啡後就結束晚餐.

top out ① 達到巔峰〔最高點〕. ② 完成（大樓的）構造.

♦ **tòp dóg**〔口語〕勝利者，優勢者.

tòp hát 高頂大禮帽.

tòp-sécret 最高機密的. (⇨ 範例②)

☞ ↔ ①②④⑤ bottom

複數 **tops**

活用 *v.* **tops, topped, topped, topping**

topaz [`topæz] *n.* 黃晶，黃玉《氟和鋁的碳酸鹽化合物; 淡黃色透明，可作為寶石，是11月的誕生石; ☞ 充電小站》(p. 125)〗.

複數 **topazes**

topcoat [`tɑp,kot] *n.* ①（油漆等的）最外一層. ② 外套，大衣.

複數 **topcoats**

top-heavy [`tɑp,hɛvɪ] *adj.* 頭重腳輕的，不均衡的.

活用 *adj.* **more top-heavy, most top-heavy**

*topic [`tɑpɪk] *n.* 論題，話題，題目: We discussed current **topics**. 我們討論那些熱門話題.

複數 **topics**

topical [`tɑpɪkl] *adj.* 時事問題的; 話題的.

活用 *adj.* **more topical, most topical**

topless [`tɑplɪs] *adj.* 不穿上衣的,（女性）上空的.

♦ **tópless bàr** 上空酒吧.

topmost [`tɑp,most] *adj.* 最高的，最上面的: the **topmost** branches of a tree 樹上最高的樹枝.

topping [`tɑpɪŋ] *n.* 加在食物上的調味品《如調味醬、奶油等》.

複數 **toppings**

topple [`tɑpl] *v.* 搖搖欲墜，傾倒.

範例 The stack of dishes **toppled** over. 那一堆盤子倒了.

充電小站

too

【Q】關於 too 這個字的疑問:
　(1) Tom has a dog. He has a cat **too**.
　(2) Tom drives **too** fast.
　too 在 (1) 句中是「也」,在 (2) 句中是「太」,但是這兩個意義相差實在太大了,為甚麼有相差如此大的意義呢?

【A】too 的這兩個意義大約在 10 世紀就有了,也就是說,英國人以前就自然地把 too 分成兩種用法,他們並不認為這兩種字義有太大的區別。
　請看看句子 (1). 湯姆養了一隻狗,不僅如此,還有一隻貓。本來一隻狗就夠了,後來又有一隻貓,感覺是「超出足夠」。
　接著看看句子 (2). 湯姆開車開得「太快」,也就是開得快上加快。「快」已經夠了,再快就多餘了。too fast 指「超出」fast 的程度。
▶ 也有表示「非常足夠」之意
　too 表示「加於~」或「超出足夠」的意義,也

有以下的情況:
　(3) Thank you for your help. You`re **too** kind.
　(3) 句中的第一句是「謝謝你的幫忙」,第二句若譯成「你過於熱心」,就有「太熱心使人為難」之意。如果是「多餘的關心」,感覺就像「找麻煩」。而這裡的意義是「你太熱心了」,這裡的 too 有 very 或是「超出足夠」之意,也就是「你能幫我就很感激了,而你如此幫忙不是普通的 kind,而是非常的 kind」. 字的意義,要根據使用的情境和前後關係來確定。
▶ **too** 前的逗點
　在問題 (1) 句中的 too 前面有如下的逗點 (comma):
　Tom has a dog. He has a cat**,** **too**.
　表示「也」之意時,too 前的 comma 可加可不加。加逗點為正式用法,不加逗點則較為口語化。

充電小站

too...to ~ 的意義

【Q】I am too tired to walk any more. 意思是「我累得不能再走了」,「不能」應該講 cannot,但句子中沒有 cannot. 既然沒有 cannot,為甚麼翻譯成「不能」呢?

【A】I am too tired to walk any more. 這句的意義可以作如下分析:
　首先是 I am too tired. 其意為「我過於疲勞」(too 的基本意義請看 充電小站 "too").
　但是「過於疲勞」是以甚麼為標準呢? 是以體力為標準,也就是以 to walk any more 為標準.

　最後,I am too tired to walk any more. 之意即「想繼續再走,但是太疲勞了」,也就是「我累得不能再走了」。
▶ 也有「能~」的意思
　I`m only too happy to help. 此句的意思是「我很高興能幫忙」,絕對不是「我太高興而不能幫忙」。
　too happy 指「喜悅的心情超過其限度」,only 表示「僅僅這樣」,合起來就是「僅僅是太高興了」,接著就是幫忙 (to help) 了。

The scandal **toppled** the regime. 醜聞使那個政權垮臺。
[活用] v. **topples**, **toppled**, **toppled**, **toppling**

topsy-turvy [`tɑpsɪ`tɝvɪ] adj., adv. 亂七八糟的〔地〕,混亂的〔地〕: His room is all **topsy-turvy**. 他的房間亂七八糟。

*__torch__ [tɔrtʃ] n. ① 火把,火炬。②〔英〕手電筒(〖美〗flashlight).
[範例] ① How many runners carried the Olympic **torch**? 有多少運動員手持過那把奧運聖火? the **torch** of equality 平等之光。
② Where is the **torch**? 那支手電筒在哪裡?
[複數] **torches**

torchlight [`tɔrtʃˌlaɪt] n. 火炬,火炬之光: a **torchlight** procession 火炬遊行。

*__tore__ [tor] v. tear 的過去式.

*__torment__ [n. `tɔrmɛnt; v. tɔr`mɛnt] n. ① 痛苦,折磨,煩惱。② 令人苦惱的原因。
——v. ② 使痛苦,使煩惱; 折磨,欺負。
[範例] ① Mary has suffered the **torment** of divorce. 瑪麗深受離婚之苦。

John was in **torment** over which offer to accept. 約翰正在苦惱該接受哪項建議。
② Our landlord is a **torment** to us. 房東真令我們苦惱。
③ John **tormented** himself about his ability to do the job. 約翰對於自己做那項工作的能力感到苦惱。
Don`t **torment** that cat! 別欺負那隻貓!
[複數] **torments**
[活用] v. **torments**, **tormented**, **tormented**, **tormenting**

tormentor [tɔr`mɛntɚ] n. 令人痛苦的人〔物〕.
[複數] **tormentors**

*__torn__ [torn] v. tear 的過去分詞.

tornado [tɔr`nedo] n. 龍捲風,旋風《由低氣壓形成的空氣旋渦,能捲起房屋、汽車、家畜等,具破壞性,常發生於美國中西部》.
[複數] **tornadoes/tornados**

torpedo [tɔr`pido] n. ① 魚雷,水雷。
——v. ② 用魚雷攻擊: The aircraft carrier was **torpedoed**. 那艘航空母艦遭到魚雷攻擊。

|複數| **torpedoes**

|活用| v. **torpedoes, torpedoed, torpedoed, torpedoing**

***torrent** [ˋtɔrənt] n. 湍流，急流；傾盆大雨.

|範例| The rain was falling in **torrents**. 大雨滂沱. The press attacked her with a **torrent** of accusations. 新聞界以滔滔不絕的責難來攻擊她.

|複數| **torrents**

torrential [tɔˋrɛnʃəl] adj. 奔流似的，猛烈的: **Torrential** rain began to pour down. 暴雨開始傾盆而下.

torrid [ˋtɔrɪd] adj. ① (被太陽) 曬焦的，炎熱的，酷熱的. ② 熱情的，熱烈的.

|範例| ① a **torrid** desert 酷熱的沙漠. ② a **torrid** romance 熱情的羅曼史.

|活用| adj. **more torrid, most torrid**

torso [ˋtɔrso] n. 軀幹《脖子以下不包含4肢的人體部分》; 軀幹雕像.

|複數| **torsos**

tortoise [ˋtɔrtəs] n. 龜《棲於陸地或淡水中》.

|複數| **tortoises**

tortuous [ˋtɔrtʃʊəs] adj. 扭曲的，曲折的，彎曲的.

|範例| a **tortuous** path in the woods 森林裡的一條彎曲小徑. **tortuous** logic 迂迴曲折的邏輯.

|活用| adj. **more tortuous, most tortuous**

tortuously [ˋtɔrtʃʊəslɪ] adv. 扭曲地，曲折地，彎曲地.

|活用| adv. **more tortuously, most tortuously**

***torture** [ˋtɔrtʃə] n. ① 痛苦，苦惱. ② 拷問.
——v. ③ 使痛苦，折磨; 拷問.

|範例| ① Mary was suffering the **tortures** of jealousy. 瑪麗深受嫉妒的煎熬.
② No **torture** would make me speak. 任何嚴刑拷問都無法使我鬆口.
③ Our boat was **tortured** by storms and rough seas. 我們的小船遭到狂風暴雨和海浪的折磨.

|複數| **tortures**

|活用| v. **tortures, tortured, tortured, torturing**

torturer [ˋtɔrtʃərə] n. 拷問者，折磨者.

|複數| **torturers**

Tory [ˋtorɪ] n. ① [the T~ies] 保王黨《17世紀成立的英國政黨，支持國王和教會，與維新黨 (the Whig Party) 對立，為英國保守黨的前身; 亦作 the Tory Party》. ② (英國的) 保守黨《正式稱作 the Conservative Party》.

|複數| **Tories**

***toss** [tɔs] v. ① 扔，拋，擲. ② 搖動，搖擺，顛簸; 翻身. ③ 輕輕攪拌. ④ 猛然抬 (頭)《表達生氣、冷漠等情緒》.
——n. ⑤ 拋，擲. ⑥ 猛然抬起 (頭). ⑦ [the ~] 擲硬幣《猜硬幣的正反面來決定順序》.

|範例| ① I **tossed** an eraser to her. 我扔給她一塊橡皮擦.
John **tossed** Mary a kiwi. 約翰拋給瑪麗一顆

奇異果.
He **tossed** his bag onto the desk. 他把手提包扔到那張書桌上.
He **tossed** a coin and said to her, "Heads or tails?" 他拋起一枚硬幣，然後問她:「正面還是反面?」
② Our boat was **tossed** wildly by the stormy sea. 我們的小船在狂風暴雨的海上猛烈顛簸.
The boy was **tossing** in bed all night long. 那個男孩整晚在床上翻來覆去.
③ Let me show you how to **toss** a salad. 讓我示範給你看如何拌沙拉.
⑤ The two teams decided who would kick off by the **toss** of a coin. 那2支球隊透過擲銅板來決定由誰開球.
It is a **toss**-up whether she will pass the test. 她會不會通過那場考試，實在很難下定論.

|片語| ***toss off*** 輕而易舉地完成: She **tossed off** her homework in just thirty minutes. 她只花半個小時就毫不費力地做完家庭作業.

♦ **tóss-ùp** ①《英》投擲硬幣. ② 難以定奪的事.(⇨ |範例| ⑤)

|活用| v. **tosses, tossed, tossed, tossing**

|複數| **tosses**

tot [tɑt] n. ①《口語》小孩子. ②《英》(酒) 少量，一小杯.
——v. ③ 合計 (up).

|範例| ① a tiny **tot** 幼兒.
③ My debts **totted** up to one million dollars. 我的債務總計達到100萬元.

|複數| **tots**

|活用| v. **tots, totted, totted, totting**

****total** [ˋtotl] adj. ① 全體的，總數的. ② 完全的，徹底的.
——n. ③ 總數，全部.
——v. ④ 共計，總計.

|範例| ① the **total** number of casualties 傷亡總數.
The **total** cost of the ad was NT$100,000. 那個廣告的費用總計為新臺幣10萬元.
total war 總體戰.
② a **total** eclipse of the sun 日全蝕.
The meeting was a **total** waste of time. 那場會議完全是浪費時間.
③ The Tigers scored a **total** of 8 runs. 老虎隊總共得了8分.
That will cost you NT$1,260 in **total**. 總共花費你新臺幣1,260元.
④ His debts **totaled** five hundred thousand dollars. 他債務總數為50萬美元.
Our class expenses for the school festival have not been **totalled** yet. 我們班在校慶上的花費還沒有計算出來.

|片語| ***in total*** 總共地，合計地.(⇨ |範例| ③)

|複數| **totals**

|活用| v. **totals, totaled, totaled, totaling**/《英》**totals, totalled, totalled, totalling**

totalitarian [totælə`tɛrɪən] adj. ① 極權主義

的.
——n. ② 極權主義者.
[參考] 一黨專制，不允許其他想法的主義稱作極權主義.
[複數] **totalitarians**

totality [toˋtælətɪ] n. 全體，總數: We must investigate the matter in its **totality**. 我們必須調查整個事件.

totally [ˋtotlɪ] adv. 完全地，全部地，徹底地.
[範例] I **totally** agree with you about disarmament. 關於解除武器，我完全同意你.
I didn't **totally** forget about it. 我沒有完全忘記那件事.
I was **totally** unaware that anyone was watching. 我完全不知道有人在看.

tote [tot] v.《口語》運送.
♦ **tóte bàg** (女用的) 大手提包.
[活用] v. **totes, toted, toted, toting**

totem [ˋtotəm] n. 圖騰《北美原住民認為有神靈象徵的動、植物或其圖像》.
♦ **tótem pòle** 圖騰柱《北美原住民雕刻、彩繪圖騰像的柱子》.

totter [ˋtatɚ] v. 蹣跚，搖搖晃晃; (建築物等) 搖搖欲墜.
[範例] The drunk man **tottered** out of the door and threw up. 那個醉漢跟蹌地走出門外嘔吐.
During the earthquake the building **tottered** but didn't fall down. 在那次地震中，那棟建築物搖搖欲墜，但沒有倒下來.
[活用] v. **totters, tottered, tottered, tottering**

**touch [tʌtʃ] v. ① 接觸，碰到，達到. ② 觸動，使感動. ③ 使接觸; 損害. ④ 使帶有~色彩. ⑤ (船) 停靠 (港口). ⑥《口語》向~央求.
——n. ⑦ 碰觸，接觸; 潤飾. ⑧ 格調，風格. ⑨ 感覺，氣息. ⑩ 少許，少量. ⑪《英》界外《美式足球、橄欖球等邊線 (touchline) 的外側，或者有球員帶球或持球出了邊線》.
[範例] **Touch** these exhibits at your own risk. 觸摸這些展示品，後果自負.《可以觸摸，但如果出了事要自行負責之意》
He never **touches** liquor. 他滴酒不沾.
The president **touched** on the subject briefly at the press conference. 在那場記者會中，總統簡短地談及那個議題.
The thermometer **touched** 35°C yesterday. 昨天氣溫達到35°C.《35°C 讀作 thirty-five degrees Celsius 或是 thirty-five degrees centigrade》
Someone **touched** my shoulder from behind. 有人從我身後輕碰我的肩膀.
The plant has grown so much that it now **touches** the ceiling. 這棵植物長得很快，現在都碰觸到天花板了.
The town **touches** the sea to the north. 那個城鎮北部臨海.
No one can **touch** him as a soccer player. 作

為一名足球選手，沒人能比得上他.
This problem will **touch** our country. 這個問題將影響我們國家.
② We were all **touched** by her story. 我們都被她的故事所感動.
③ The rice crop was **touched** by the cold weather last year. 去年稻子受到寒冷天氣的摧殘.
④ My mother's hair was slightly **touched** with gray. 我母親的頭髮略帶灰白.
⑤ Our ship is going to **touch** on Kaohsiung tomorrow morning. 明天早晨我們的船將抵達高雄.
⑥ The boy **touched** his uncle for NT$20. 那個男孩向他叔叔要了新臺幣20元.
⑦ She felt a **touch** on her thigh. 她覺得有人摸她的大腿.
Did you get in **touch** with the police? 你聯絡警方了嗎?
Can you put me in **touch** with a good dentist? 你能幫我聯絡一位好的牙醫嗎?
They still keep in **touch** with each other. 他們仍彼此保持聯絡.
I've lost **touch** with him since then. 從那以後，我與他失去聯絡.
The leaders are out of **touch** with economic conditions. 那位領導者不瞭解經濟情勢.
His hand felt cold to the **touch**. 他的手摸起來很冷.
Julie has put the finishing **touches** to her painting. 茱莉已經在她的畫作上做了最後的潤飾.
⑧ The pianist is losing his **touch**. 那位鋼琴家失去了他對鋼琴的靈敏度.
⑨ She bought a piano with a light **touch**. 她買了一臺琴鍵輕巧的鋼琴.
This room has a feminine **touch**. 這個房間有女性的氣息.
⑩ The soup needs a **touch** of salt. 這道湯需要加點鹽.
I have a **touch** of fever this morning. 今天早上我有點發燒.
[片語] **get in touch with** 與~接觸，與~聯繫. (⇨ [範例] ⑦)
keep in touch with 與~保持聯繫. (⇨ [範例] ⑦)
lose touch with 與~失去聯繫. (⇨ [範例] ⑦)
out of touch 沒有聯繫地; 疏遠地. (⇨ [範例] ⑦)
put...in touch with~ 使…與~接觸，介紹…跟~認識. (⇨ [範例] ⑦)
touch and go 一觸即發，高度不穩定: It was **touch and go** for a while there, but we finally managed to do it. 那裡曾經有一段時間很不穩定，但最後我們還是掌控得很好.
touch down ① 使 (球) 達陣，使 (球) 觸地得分《☞ touchdown (達陣，觸地得分)》. ②（飛機）降落: Our plane **touched down** at

CKS Airport exactly at nine o'clock. 我們的飛機於9點整降落在中正機場.

touch in 加筆，潤色，添繪（細節部分）: Details in the painting will be **touched in** afterwards. 那幅圖畫中的細節部分隨後會再添繪.

touch off ① 引起: My new proposal **touched off** another heated discussion. 我的新建議引發了另一次熱烈的討論. ② 引燃; 發射.

touch on/touch upon 略為談到. (⇨ 範例 ①)

touch up 潤飾，修改: He **touched up** the photo a little. 他稍微修飾了那張照片.

Touch wood! 『英』真幸運!『美』knock wood, knock on wood).

♦ the còmmon tóuch 平易近人的性格.

tóuch fòotball 觸身美式足球《一種美式足球，用兩手觸碰 (touch) 持球隊員的身體以代替擒抱 (tackle)》.

tóuch pàper 導火紙.

活用 v. **touches**, **touched**, **touched**, **touching**

複數 **touches**

touchdown [ˋtʌtʃˌdaʊn] n. ① 達陣，觸地得分《美式足球、橄欖球的得分方法之一，持球越過對方球隊的球門線，或者在對方球門區奪得球，得分為6分》. ② （飛機等）降落; 降落的瞬間.

複數 **touchdowns**

touched [tʌtʃt] adj. 〔不用於名詞前〕①《口語》有些不正常的. ② 受感動的.

範例 ① He is **touched** in the head. 他頭腦有些不正常.

② I was very **touched** by the film. 我被那部電影深深感動.

活用 adj. **more touched**, **most touched**

touching [ˋtʌtʃɪŋ] adj. ① 感人的; 悲慘的.

——prep. ②《正式》關於.

範例 ① What a **touching** sight! 多麼感人的情景啊!

a **touching** incident 悲慘的意外事故.

② A peace agreement **touching** all issues was reached. 達成了一項涉及所有議題的和平協定.

活用 adj. **more touching**, **most touching**

touchline [ˋtʌtʃˌlaɪn] n. （美式足球、橄欖球的）邊線.

複數 **touchlines**

touchy [ˋtʌtʃɪ] adj. ① 易怒的，易受刺激的. ② 難應付的，棘手的.

範例 ① Don't be so **touchy**. 別那麼容易生氣.

② a **touchy** state of affairs in the party 黨內事務棘手的狀況.

活用 adj. **touchier**, **touchiest**

*****tough** [tʌf] adj. ① 堅韌的，堅硬的; 強健的. ② 堅決的，嚴厲的. ③ 困難的，困苦的.

——n. ④《口語》流氓，惡棍.

範例 ① That meat was so **tough**. 那塊肉非常堅

朝.

Her brother is a **tough** wrestler. 她弟弟是一名強健的摔角選手.

② Mrs. Smith is **tough** on her kids. 史密斯太太對她的孩子很嚴厲.

③ The boys had a **tough** time climbing the mountain. 那群男孩費了好大的勁才爬上那座山.

That's **tough** luck, old boy. 老兄, 你真倒楣.《old boy 是『英』對男性友人的親切稱呼》

活用 adj. **tougher**, **toughest**

複數 **toughs**

toughen [ˋtʌfn] v. ① （使）變堅韌; （使）變頑固. ②（使）變困難.

活用 v. **toughens**, **toughened**, **toughened**, **toughening**

toughness [ˋtʌfnɪs] n. ① 堅固; 倔強. ② 困難.

toupee [tuˋpe] n.（男性遮蓋禿頭用的）假髮.

複數 **toupees**

*****tour** [tʊr] n. ① 旅行，觀光; 巡迴演出.

——v. ② 旅行，觀光; 巡迴演出.

範例 ① They made a **tour** of the US. 他們到美國旅遊.

do a museum **tour** 參觀博物館.

This show will make a **tour** of major US cities. 這個節目將帶領我們遊覽美國主要的城市.

They are actors on **tour**. 他們是巡迴演出的演員.

The play went on **tour**. 那部戲劇在作巡迴演出.

② They are **touring** in Egypt./They are **touring** Egypt. 他們在埃及旅行.

He **toured** around the world. 他環遊世界.

片語 ***go on a tour*** 去旅行.

make a tour of 到~旅遊. (⇨ 範例 ①)

on tour 旅行中; 巡迴演出中. (⇨ 範例 ①)

♦ tóur òperator 『英』旅行社.

複數 **tours**

活用 v. **tours**, **toured**, **toured**, **touring**

tourism [ˋtʊrɪzəm] n. 旅遊，觀光事業: The economy has benefited from a boom in **tourism**. 經濟因繁榮的旅遊業而受益.

*****tourist** [ˋtʊrɪst] n. 觀光客，遊客.

範例 Where are all the **tourists**? 所有的觀光客在哪裡?

There are a lot of **tourist** hotels here. 這裡有許多旅館.

♦ tóurist clàss 經濟艙《輪船、飛機等的旅遊客艙》.

複數 **tourists**

*****tournament** [ˋtɝnəmənt] n. ① 競賽，錦標賽. ②（中古騎士的）馬上比武大會.

複數 **tournaments**

tourniquet [ˋtʊrnɪˌkɛt] n. 止血帶.

複數 **tourniquets**

tousle [ˋtaʊzl] v. 使蓬亂，弄亂: He looked at himself in the mirror, his eyes red and his hair **tousled**. 他照鏡子, 發現自己眼睛紅紅的,

且頭髮蓬亂.

tout [taʊt] v. ① 兜售，招攬顧客 (for). ②〖英〗賣（黃牛票）.

[範例] ① The salesman **touted** for custom. 那名售貨員招徠生意.

② He **touts** tickets for baseball games at the stadium. 他在體育場高價出售棒球賽門票.

[活用] v. **touts**, **touted**, **touted**, **touting**

tow [to] v. ① 曳，拖拉，牽引.

——n. ② 拖拉.

[範例] ① The ship was **towed** into the port. 這艘船被拖進港灣.

② I saw him walking with his family in **tow**. 我看見他正和他的家人在散步.

[片語] **in tow** 伴隨著，跟隨著. (⇨ [範例] ②)

[活用] v. **tows**, **towed**, **towed**, **towing**

[複數] **tows**

†**toward** [tord] prep. 向，面向；接近；對於，關於；為了.

[範例] He walked **toward** the door. 他向那扇門走去.

He stood with his back **toward** me. 他背向我站著.

Toward the end of the game it began to rain. 那場比賽快結束時，開始下雨.

He was kind **toward** my son. 他對我的兒子很友善.

Her attitude **toward** my question was somewhat strange. 她對我的問題的態度有些奇怪.

He saved something **toward** his retirement. 他為退休後的生活存了一些積蓄.

[參考] 亦作 towards.

†**towards** [tordz] prep. = toward (〖英〗較常用 towards).

***towel** [taʊl] n. ① 毛巾，手巾.

——v. ② 用毛巾擦拭 (off).

[範例] ① The baby was wrapped in a **towel**. 那個嬰兒被以毛巾裹著.

② We **towelled** off after swimming. 游泳後我們用毛巾擦乾身體.

[片語] **chuck in the towel/throw in the towel/toss in the towel** 《口語》投降《來自拳擊中承認我方選手輸而向場内扔毛巾要求中止比賽》.

[複數] **towels**

[活用] v. **towels**, **toweled**, **toweled**, **toweling**/ 〖英〗 **towels**, **towelled**, **towelled**, **towelling**

toweling/towelling [`taʊlɪŋ] n. 毛巾的布料 (〖英〗 towelling).

***tower** [taʊɚ] n. ① 塔，樓塔.

——v. ② 高聳，聳立.

[範例] ① That **tower** is called Coit Tower. 那座塔稱為科伊特塔.

② Great cliffs **towered** over the climbers. 高聳的懸崖屹立在那群登山者之上.

The basketball player **towered** over the gymnast. 那名籃球選手比那名體操選手高得多.

She **towers** above all the rest in speaking English. 她的英語說得比其他人都好.

♦ **tówer blòck** 〖英〗高樓，高樓街區.

[複數] **towers**

[活用] v. **towers**, **towered**, **towered**, **towering**

towering [`taʊrɪŋ] adj. 〔只用於名詞前〕高聳的；卓越的，傑出的；極大的.

[範例] **towering** skyscrapers 高聳的摩天大樓.

a **towering** achievement 傑出的成就.

He is in a **towering** rage now. 現在他極度憤怒.

***town** [taʊn] n. ① 城鎮，市鎮. ② 城鎮居民.

[範例] ① This is the **town** where my father was born. 這是我父親出生的城鎮.

Houston is a big **town**. 休士頓是一個大城市.

I went to **town** to look for an apartment. 我到城裡去找一間公寓.

Tomorrow I will leave **town**. 明天我將離開家鄉.

② The whole **town** is talking about the marriage of the prince. 整個城裡都在談論那位王子的婚禮.

[片語] **go to town** ① 進城，到城裡去. (⇨ [範例] ①) ② 以極大的精力〔熱情〕做 (on): John and Anne **went to town** on buying furniture. 約翰和安花了許多錢買家具. ③ 順利，成功: The professor really **went to town** with his new invention. 那位教授的新發明確實成功了.

out on the town 晚間到餐館〔酒店，戲院〕娛樂: That night they took me **out on the town**. 那天晚上他們帶我到城裡去娛樂一下.

♦ **tòwn céntre** 〖英〗鬧區，市中心區 (〖美〗 downtown).

tòwn cóuncil 〖英〗鎮議會.

tòwn cóuncillor 〖英〗鎮議會議員.

tòwn gás 〖英〗城市瓦斯.

tòwn háll 市政廳，鎮公所《一般兼有議事會堂等》.

tówn hòuse 新式城市住宅；〖美〗連棟房屋.

tòwn méeting 鎮民大會.

[複數] **towns**

townsfolk [`taʊnz,fok] n. 〔作複數〕城市居住者；〔the ~〕(特定城鎮的) 鎮民《亦作 townspeople》.

township [`taʊnʃɪp] n. (美國、加拿大的) 鎮區《隸屬於郡 (county)》.

[複數] **townships**

townspeople [`taʊnz,pipl] n. 〔作複數〕城市居住者；〔the ~〕(特定城鎮的) 鎮民《亦作 townsfolk》.

toxic [`taksɪk] adj. 有毒的，中毒的: **toxic** substances 有毒物質.

***toy** [tɔɪ] n. ① 玩具；把玩物. ②《供玩賞用的》小狗《亦作 toy dog》.

——v. ③ 玩弄，戲弄，擺弄 (with);《不是很認真

簡介輔音群 tr- 的語音與語義之對應性

tr- 是由清聲齒齦阻塞音 /t/ 與齒齦捲舌音 /r/ 組合而成．字母 t 的本義之一表示「走路不穩、蹦蹦而行」，但與強音 [r] 組合則可增強雙腳走路的穩定性．

(1) 本義表示「用穩當或沉重的腳步行走」：

trail　　（疲累地）拖著腳走
tramp　　用沉重的腳步走
traipse　　閒蕩《特指女性》
trample　　踐踏，踩爛，踩碎
trend　　v. 趨向；n.（道路、河流、山脈等的）方向，走向
trek　　做長途艱辛的旅行
tread　　行走，踩出（一條路）
trot　　快步走
trudge　　腳步沉重地走
trace　　（人、動物、事件等通過的）足跡，痕跡，行跡
track　　（人、動物等的）足跡，蹤跡；（車的）車轍；（船、飛機等的）航跡
traffic　　（人、車、船、飛機等的）交通來往，

交通量
trap　　陷阱，圈套
travel　　（長途）旅行
travail　　勞苦，辛勞《在1300年時 travel 指的是 travail "labour, fatigue"，可見當時旅行是很折磨人的）
trans-　　表示「越過、穿過等」的字首

(2) 腳的踩踏聲通常是沉重的，因為人在路上走，腳並非只是表面接觸路面而已，而是緊壓著路面，一步一腳印踏踏實實地行進，因此可引申為含有「誠實、可信」之意味：

troth　　忠實，誠實
betrothal　　訂婚婚約
trow　　《古語》信任，相信
truce　　休戰，停火
true　　真實的
truth　　真實，真理
trust　　信賴，信任
truism　　公理，明白的事
trunk　　樹幹《為大自然界緊壓著路面之物》

地）想 (with).

[範例] ① Bill got a lot of **toys** for his birthday. 比爾生日時收到許多玩具．

③ Quit **toying** with that pencil. 別再擺弄那支鉛筆了．

Brian **toyed** with the idea of becoming a stockbroker. 布萊恩胡思亂想，幻想成為證券經紀人．

[複數] toys

[活用] v. toys, toyed, toyed, toying

*trace [tres] v. ① 追蹤，跟蹤，發現～的痕跡．② 追溯．③ 描繪，寫（字）．
——n. ④ 痕跡，足跡．⑤ 少許，微量．⑥ 韁繩．

[範例] ① The police dog **traced** the smell of the thief. 那隻警犬循著那個小偷的氣味一路追蹤．

The police have **traced** her to Taichung. 警方追蹤她到臺中．

They **traced** out the site of an old castle./The site of an old castle was **traced** out. 他們找到古堡的位置．

② His fear of women **traces** back to a childhood experience. 他對女性的恐懼可以追溯到孩童時代的經驗．

He **traced** his family history back to the 15th century. 他將家族史追溯到15世紀．

③ He **traced** the old Chinese characters laboriously. 他費力地寫著古老的中國字．

④ There was no **trace** of her in the room and no lead to follow. 沒有跡象顯示她在屋內，也沒有線索可供追尋．

Some civilizations vanished without a **trace**. 有些文明消失得無影無蹤．

⑤ The police found **traces** of poison in the dead woman. 警方在那名死去的女子身上發現微

量毒物．

There was a **trace** of jealousy in her face. 她臉上顯出一絲妒忌的神色．

[活用] v. traces, traced, traced, tracing

[複數] traces

tracing [`tresɪŋ] n. 描圖，複寫圖．

[範例] I made a **tracing** of the map, so he could find my home. 我畫了一張地圖給他，所以他能找到我家．

He made a **tracing** of the diagram to take home with him. 他畫了一張圖表帶回家．

♦ **trácing pàper** 描圖紙，複寫紙．

[複數] tracings

*track [træk] n. ① 蹤跡，痕跡，路線．② 鐵軌，軌道．③ 跑道；徑賽運動．④（音樂帶的）音軌．
——v. ⑤ 追蹤．⑥（電影中）移動攝影．

[範例] ① There were deer **tracks** all over. 到處都是鹿的足跡．

The police are on the **track** of the criminal. 警方正在追蹤那名罪犯．

the **track** of a tornado 龍捲風的移動路徑．

② The train left the **tracks**. 那班火車出軌了．

The 8:30 train is on **Track** 4. 8:30的火車在4號軌道．

You are getting off the **track**. 你偏離主題了．

③ a running **track** 賽跑的跑道．

a **track** team 徑賽隊伍．

④ The second **track** on this side is my favorite. 這一面的第二首樂曲是我最喜歡的．

⑤ The hunter **tracked** the bear into the woods. 那個獵人追蹤著熊進入森林．

[片語] **cover ~'s tracks/hide ~'s tracks** 隱匿行蹤．

get off the track 《口語》離題．(⇨ [範例] ②)

in ~'s tracks 當場, 立刻: The burglar stopped **in his tracks** when he heard the siren. 當那名竊賊聽到警報聲時, 他當場作罷.

keep track of 保持聯繫.

lose track of 失去聯繫: I've **lost track of** most of my college friends. 我和大學裡的許多朋友都已經失去聯繫.

make tracks《口語》急著離開, 急忙出門.

on the track 在軌道上; 未離題地. (⇨ 範例 ①)

on track 順利地, 按照計畫地: Our plan is on track. 我們的計畫順利地進行.

track down 追捕到, 查到.

♦ **tràck and fìeld** 田徑運動(《英》athletics).

tràck evènt 徑賽項目(競走、跨欄等).

tràcking stàtion (人造衛星等的) 追蹤站.

tràck mèet 《美》田徑比賽大會(《英》athletic meet).

複數 tracks

活用 v. tracks, tracked, tracked, tracking

trackball [ˋtrækˏbɔl] n. 軌跡球〈安裝在電腦滑鼠上的滾動裝置, 可使游標移動〉.

複數 trackballs

tracker [ˋtrækɚ] n. 追捕者, 追蹤者〈根據足跡、氣味等線索來跟蹤的人或動物〉: The police couldn't find him without **tracker** dogs. 沒有警犬的幫忙, 警方不可能找到他.

複數 trackers

tracksuit [ˋtrækˏsut] n. 寬鬆而保暖的運動衣褲〈運動員練習時穿的保暖運動衣〉.

複數 tracksuits

**tract [trækt] n. ① 廣闊的區域. ② 管, 道, 束. ③ (表述意見的) 小冊子, 短文.

範例 ① Before us were **tracts** of thick grass. 我們面前是濃密的草原帶.

② The stomach is a part of the digestive **tract**. 胃是消化道的一部分.

複數 tracts

traction [ˋtrækʃən] n. ① 牽引; 牽引力: a **traction** engine 牽引機. ② (治療骨折等的) 牽引(療法). ③ (輪胎等的) 摩擦力.

tractor [ˋtræktɚ] n. 拖拉機, 牽引機: a farm **tractor** 農用牽引機.

複數 tractors

[tractor]

**trade [tred] n. ① 貿易, 交易, 買賣, 商業. ② (需專業技術的) 職業, 行業; 手工藝.

——v. ③ 交易, 貿易 (with). ④ 交換.

範例 ① Japan's **trade** with Southeast Asia has greatly increased recently. 最近日本與東南亞國家的貿易大幅增加.

Is **trade** in ivory illegal? 象牙買賣是違法的嗎?

They say **trade** is not very good in February and August in Korea. 他們說在韓國2月和8月商業不興盛.

My uncle is in the real estate **trade**. 我叔叔從事不動產買賣.

② My father is a carpenter by **trade**. 我父親的職業是木匠.

Most boys in this blue-collar town will learn a **trade**. 在這個藍領城鎮裡, 大多數的男孩將學習一門手藝.

Jack of all **trades** and master of none. 《諺語》樣樣通, 樣樣鬆.

③ America **trades** with the European Union. 美國和歐洲聯盟進行貿易.

Even now, tons of ivory are illegally **traded**. 即使是現在, 仍有好幾噸的象牙遭人非法交易.

My father works for a **trading** company. 我父親在一家貿易公司上班.

④ He had to **trade** his car for food. 他不得不以汽車換取食物.

She **traded** in her old computer for a new one. 她以舊電腦抵價買了一臺新的.

片語 *trade in* (以舊貨) 抵價購買 (新貨) (for). (⇨ 範例 ④)

trade off ① 交換 (for). ② 賣掉, 換掉 (against).

trade on/trade upon 利用, 濫用.

♦ **tráde nàme** 商品名稱; 商號.

tràde únion 《英》工會〈亦作 trades union, union;《美》labor union〉.

tráde wìnd 〔常 the ~s〕信風, 貿易風〈經年由東南或東北方吹向赤道的風〉.

tráding còmpany 貿易公司.

tráding pòst (未開發地區的) 貿易站, 商棧.

複數 trades

活用 v. trades, traded, traded, trading

trademark [ˋtredˏmɑrk] n. 註冊商標; (人或地點的) 特徵: John is wearing his Ray-Ban sunglasses that are his **trademark**. 約翰戴著雷朋太陽眼鏡, 那是他的特徵.

複數 trademarks

trader [ˋtredɚ] n. 商人, 貿易商: Many Frenchmen became fur **traders** when they settled in America. 許多法國人在定居美國時成了皮貨商人.

複數 traders

tradesman [ˋtredzmən] n. 零售商; 送貨人: I owe quite a lot of money to the local **tradesmen**. 我欠當地店主許多錢.

複數 tradesmen

**tradition [trəˋdɪʃən] n. 傳統, 慣例; 傳說; 代代相傳.

範例 The university has a long **tradition**. 這所大學有悠久的傳統.

It's long been a **tradition** for women to take their husband's name when they marry. 女子結婚要冠夫姓是由來已久的傳統.

The young couple did not follow the **tradition**. 這對年輕夫婦沒有遵循那個傳統.

複數 traditions

[traffic]

traditional [trə`dɪʃənl] *adj.* 傳統的；流傳的，
口耳相傳的.

[範例] Sushi is a **traditional** Japanese food. 壽司
是傳統的日本料理.

a collection of **traditional** fairy stories 民間神
話故事集.

[活用] *adj.* **more traditional, most traditional**

traditionally [trə`dɪʃənlɪ] *adv.* 傳統地；傳說
地.

[活用] *adv.* **more traditionally, most
traditionally**

***traffic** [`træfɪk] *n.* ① 交通. ② 非法交易.
——*v.* ③ 非法交易 (in).

[範例] ① There is a lot of **traffic** on this street. 這
條街上往來的車輛很多.

Fourth Street was closed to **traffic**. 第4街禁
止車輛通行.

a **traffic** accident 交通意外事故.

③ When he was young, he **trafficked** in guns.
他年輕時曾從事非法槍枝的買賣.

♦ **tráffic cìrcle**〖美〗圓環.

tráffic contròl 交通管制.

tráffic ìsland 安全島.

tráffic jàm 交通阻塞.

tráffic lìghts 交通號誌, 紅綠燈.

tráffic sìgnal 交通號誌.

tráffic wàrden〖英〗取締違規停車的交通警
察.

[複數] **traffics**

[活用] *v.* **traffics, trafficked, trafficked,
trafficking**

***tragedy** [`trædʒədɪ] *n.* ① 悲劇. ② 慘案, 悲慘
事件.

[範例] ① I went to see a classic Greek **tragedy**.
我去觀賞了一齣古典希臘悲劇.

② We can't forget the **tragedy** of the war. 我們
不能遺忘那場戰爭的悲慘.

[☞ ①] ↔ comedy

[複數] **tragedies**

***tragic** [`trædʒɪk] *adj.* ① 悲劇 (性) 的. ② 悲慘
的, 悲痛的.

[範例] ① a **tragic** actor 悲劇演員.

② There have been a lot of **tragic** events
recently. 最近發生了許多悲慘事件.

[活用] *adj.* ② **more tragic, most tragic**

tragically [`trædʒɪklɪ] *adv.* 悲劇性地；悲慘
地.

[活用] *adv.* **more tragically, most tragically**

***trail** [trel] *v.* ① 拖曳, 垂下. ② 跟蹤, 追蹤. ③
逐漸減弱 (away, off).

——*n.* ④ 痕跡, 足跡. ⑤ (踩踏出來的) 小徑.
⑥ 一串, 尾長而下垂之物.

[範例] ① David is **trailing** a big red wagon full of
newspapers behind him. 大衛身後拖著一輛
裝滿報紙的紅色貨車.

Your coat belt is **trailing** along on the dirty
floor. 你的衣帶拖在骯髒的地板上.

The losers were **trailing** along to the locker
room. 那群輸家拖著雙腳走向更衣室.

② The hunter **trailed** the bear. 那個獵人追蹤
著那隻熊.

It was the bottom of the seventh inning. The
Giants were **trailing** by four runs. 第7局下半,
巨人隊落後4分.

③ The patient's voice **trailed** away into
incoherent mumbling. 那個病人的聲音逐漸
減弱成語無倫次的喃喃聲.

④ The detective followed the **trail** of blood. 那
個警探跟著血跡走.

The hunter found a deer's **trail**. 那個獵人發
現鹿的足跡.

⑤ This **trail** leads to the top of the mountain. 這
條小徑通向山頂.

⑥ A **trail** of groupies followed the band

wherever they went. 無論那個樂團走到哪裡，總是有一群熱情的女歌迷跟隨著．

片語 **hot on ~'s trail** 緊跟在～的後面: The killer was **hot on his trail**. 那名殺人犯被跟蹤．

on the trail of 追蹤: The hunters were **on the trail of** the wounded grizzly. 那群獵人們正在追蹤那隻受傷的灰熊．

trail away/trail off (聲音)逐漸減弱. (⇨ 範例 ③)

活用 v. trails, trailed, trailed, trailing
複數 trails

trailer [`trelɚ] n. ① 拖車，尾車. ②(電影、電視節目的)預告片．

範例 ① They put the canoe on the **trailer** behind their car. 他們把那艘獨木舟放在車後的拖車上．

[trailer]

② Did you see the **trailer** for that film? 你看過那部電影的預告片嗎?

複數 trailers

*****train** [tren] n. ① 列車，火車，電車. ② 行列; 連續，一連串. ③(婚紗等服裝的) 拖裙.
——v. ④ 培養，訓練. ⑤ 對準，瞄準.

範例 ① an express **train** 快車.
a limited express **train** 特快車.
a local **train** 普通列車.
a passenger/**train** 旅客列車.
a freight **train** 貨物列車.
He took the 1:15 pm **train** to Paris. 他搭下午1:15的火車前往巴黎．
She changed **trains** in Taipei. 她在臺北換車．
He took the wrong **train**. 他搭錯火車．
She went to Berlin by **train**. 她搭火車去柏林．
② The volleyball player was followed by a **train** of girls. 那位排球選手的後面跟著一群女孩．
A cry from the street interrupted her **train** of thought. 街上傳來的叫聲打斷了她的思緒．
③ The bride was wearing a wedding dress with a **train**. 那位新娘穿著有拖裙的結婚禮服．
④ He **trained** the monkey to dance on the table. 他訓練這隻猴子在桌上跳舞．
She is **training** for the tournament. 她為了那場競賽正在接受訓練．
They were **trained** as counselors. 他們接受了顧問訓練．
⑤ The spy **trained** his binoculars on the building. 那名間諜將雙筒望遠鏡對準那棟大樓．

片語 **in train** 準備就緒地: Planning for the event is now **in train**. 那件事的計畫已準備就緒．

複數 trains
活用 v. trains, trained, trained, training

trainee [tre`ni] n. 受訓練者，實習生.
複數 trainees

trainer [`trenɚ] n. ① 指導員，教練，訓練師.

② 〔~s〕〖英〗 跑步用的運動鞋〖〖美〗 sneakers〗.
複數 trainers

training [`trenɪŋ] n. 訓練，練習，鍛鍊．

範例 The champion is still in **training**—he's not ready to fight yet. 那名冠軍選手仍在進行訓練，他還沒做好比賽的準備．
I'm now getting thorough **training** in selling financial services. 我正在接受完整的金融服務銷售訓練．

片語 **in training** ① 體能狀況良好的. ② 鍛鍊中. (⇨ 範例)
out of training ① 體能狀況不佳的. ② 停止鍛鍊中．

*****trait** [tret] n. 特性，特徵．

範例 national **traits** 民族性.
Your sense of humor is your best **trait**. 你的幽默感是你最棒的特點．

複數 traits

*****traitor** [`tretɚ] n. 叛徒，背信者，賣國賊: He was hanged as a **traitor** to his country. 他以賣國賊的罪名被絞死．

片語 **turn traitor** 成為叛徒．
複數 traitors

tram [træm] n.〖英〗電車; 礦車〖亦作 tramcar〗.
複數 trams

tramcar [`træm͵kar] n.〖英〗電車; 礦車〖亦作 tram〗.
複數 tramcars

*****tramp** [træmp] v. ① 腳步沉重地行走; 踐踏. ② 徒步旅行; 步行.
——n. ③ 踏步聲，沉重的腳步聲. ④ 徒步旅行. ⑤ 流浪者，飄泊者.

範例 ① I heard him **tramping** around in his room. 我聽到他在房間裡走來走去．
② The students **tramped** through the woods. 那些學生們徒步走過那片森林．
③ We can hear the **tramp** of soldiers marching along the street. 我們能聽到士兵沿街行進的腳步聲．
④ We were exhausted by a long **tramp** in hot weather. 在炎熱的天氣下，長途跋涉使我們筋疲力盡．

活用 v. tramps, tramped, tramped, tramping
複數 tramps

*****trample** [`træmpl] v. 踩壞，踐踏; 蹂躪; 蔑視 (on).

範例 The elephant **trampled** the bush. 那頭大象踩壞了灌木叢.
You should not **trample** on his feelings. 你不應該蔑視他的感情．

活用 v. tramples, trampled, trampled, trampling

trampoline [͵træmpə`lin] n. (體操用大型) 彈簧床．
複數 trampolines

trance [træns] n. 恍惚，失神: This book says that in a **trance** a person will do anything you tell him to do. 這本書指出，當一個人陷入恍惚狀態時，他會聽從你的指示做任何事.

複數 **trances**

*__tranquil__ [`træŋkwɪl] adj. 安靜的，平靜的，平穩的.

範例 He swam in a **tranquil**, slow-moving stream. 他在平靜、流動緩慢的小河裡游泳. Nancy led a **tranquil** life in the country. 南西在鄉下過著寧靜的生活.

活用 adj. **more tranquil**, **most tranquil**

__tranquility__ [træŋ`kwɪlətɪ] n. 安靜，平靜，寧靜: It's amazing. All these different animals live together in **tranquility**. 真不可思議，所有這些不同的動物生活在一起竟然相安無事.

參考 [英] tranquillity.

__tranquilize__ [`træŋkwɪ͵laɪz] v. 使安靜，使平靜；使（心情）安寧；變安靜，變平靜.

範例 Some music has a **tranquilizing** effect. 有些音樂具有安定作用. They **tranquilized** the bear and put it on the truck. 他們使那隻熊鎮靜下來，然後將牠裝進卡車.

參考 [英] tranquillize, tranquillise.

活用 v. **tranquilizes**, **tranquilized**, **tranquilizing**

__tranquilizer__ [`træŋkwɪ͵laɪzɚ] n. 鎮定〔靜〕劑: The doctor put Liz on **tranquilizers** after her mother died. 麗絲的母親過世後，那位醫生給她服用鎮靜劑.

參考 [英] tranquillizer, tranquilliser.

複數 **tranquilizers**

__tranquilli-__ = pref. [美] tranquili-.

__tranquilly__ [`træŋkwɪlɪ] adv. 安靜地，平靜地: The robber **tranquilly** said, "Give me your wallet." 那名搶匪鎮靜地說:「錢包給我.」

活用 adv. **more tranquilly**, **most tranquilly**

__trans-__ pref. ① 橫跨，超越，貫穿: **trans**atlantic 橫越大西洋的. ② 之間: **trans**-racial 民族間的. ③ 變化: **trans**form 改變.

__transact__ [træns`ækt] v. 處理（事務等）；進行（交易等）: His company refused to **transact** business with us. 他的公司拒絕與我們做生意.

活用 v. **transacts**, **transacted**, **transacted**, **transacting**

*__transaction__ [træns`ækʃən] n. 處理，辦理；買賣，交易.

範例 a business **transaction** 商業買賣. a cash **transaction** 現金交易.

複數 **transactions**

__transatlantic__ [͵trænsət`læntɪk] adj. 橫越大西洋的；大西洋彼岸的: a **transatlantic** flight 橫越大西洋的航線〔飛行〕.

參考 此單字亦表示隔著大西洋的歐洲與美國之間的關係.

__transceiver__ [træn`sivɚ] n. 收發兩用的無線電話機.

複數 **transceivers**

__transcend__ [træn`sɛnd] v. ①《正式》超越，超

出（經驗、理解力等的範圍）: You cannot **transcend** space and time. 你無法超越時空. ② 凌駕，勝過.

活用 v. **transcends**, **transcended**, **transcended**, **transcending**

__transcontinental__ [͵trænskɑntə`nɛntl̩] adj. 橫貫大陸的；在大陸另一邊的: a **transcontinental** railway 橫貫大陸的鐵路.

__transcribe__ [træn`skraɪb] v. ① 抄寫，謄寫. ② 轉錄（聲音等）；速記（演說等）. ③ 轉譯〔改寫〕成他種文字體系. ④ 改編（樂曲）.

範例 ② The secretary **transcribed** the president's speech. 那個祕書把董事長的演說速記下來.

③ The sentence was **transcribed** in phonetic symbols. 那個句子已用語音符號記錄下來.

活用 v. **transcribes**, **transcribed**, **transcribed**, **transcribing**

__transcript__ [`træn͵skrɪpt] n. ① 副本，抄本，謄本. ② 成績單，成績證明.

複數 **transcripts**

__transcription__ [træn`skrɪpʃən] n. ① 謄寫，抄寫. ② 抄本，副本，謄本. ③（廣播、電視的）錄影〔錄音〕播放. ④ 編曲.

複數 **transcriptions**

*__transfer__ [v. træns`fɝ; n. `trænsfɝ] v. ① 遷移，轉移；讓渡；轉調. —— n. ① 遷移，轉移；調任. ② 轉移的人〔物〕. ④ [美] 轉車（地點）；轉車證.

範例 ① The lawyer **transferred** his office from Hsintien to Chingmei. 那名律師將辦公室從新店遷往景美.

He was **transferred** to the Chicago Branch. 他被調任到芝加哥分公司.

Andy **transferred** to the subway at New York Station. 安迪在紐約車站轉乘地鐵.

The boy **transferred** from Yung-Chun to Chung-Cheng High School. 這個男孩從永春高中轉學到中正高中.

She **transferred** one of her houses to her granddaughter. 她把一棟房子讓渡給孫女.

② They discussed the **transfer** of the nuclear missile silos. 他們討論了核彈地下發射室的遷移問題.

My brother got a sudden **transfer** to the Tamshui Branch. 我弟弟突然被調往淡水分公司.

This is the gate for **transfer** passengers. 這是轉乘旅客的出入口.

④ I need a **transfer**. 我需要轉車.

活用 v. **transfers**, **transferred**, **transferred**, **transferring**

複數 **transfers**

__transferable__ [træns`fɝəbl̩] adj. 可轉移的；可讓渡的；可轉印的.

__transference__ [træns`fɝəns] n. ①《正式》遷移，轉移；調任；讓渡. ② 感情轉移《精神分析中，患者將從前受到壓抑的感情或情緒轉移到治療醫師身上》.

transfigure [træns`fɪgjɚ] v. 使變形；使改觀；改變容貌： Her face was **transfigured** with rapture. 她因狂喜而變得容光煥發．
[活用] v. **transfigures**, **transfigured**, **transfigured**, **transfiguring**

*__transform__ [træns`fɔrm] v. 使變形；改變（外貌、機能、用途等）；（物理中）轉換（能量）．
[範例] Sunlight is **transformed** into electricity with this device. 太陽光透過此裝置轉變為電能．
The witch **transformed** the boy into a frog. 那位巫婆將那個男孩變成一隻青蛙．
[活用] v. **transforms**, **transformed**, **transformed**, **transforming**

transformation [ˌtrænsfɚ`meʃən] n. 變形；變質；（數學的）變換．
[複數] **transformations**

transformer [træns`fɔrmɚ] n. 變壓器．
[複數] **transformers**

transfusion [træns`fjuʒən] n. 輸血．
[複數] **transfusions**

transgress [træns`grɛs] v.《正式》違背，違反，踰越： Eventually he **transgressed** nearly every societal norm. 最後他幾乎違反了所有的社會規範．
[活用] v. **transgresses**, **transgressed**, **transgressed**, **transgressing**

transgression [træns`grɛʃən] n. 違法，違犯，犯罪： These **transgressions** will not go unpunished. 這些違法行為將受到懲罰．
[複數] **transgressions**

transient [`trænʃənt] adj. ① 短暫的，一時的；無常的．② 暫時寄宿（旅館等）的．
——n. ③ 暫時寄宿者．
[範例] ① Don't indulge in **transient** pleasures. 不要沉迷於一時的快樂．
② Gypsies are **transient** residents. They'll move on sooner or later. 吉普賽人是暫居的民族，他們遲早會遷移．
[活用] adj. **more transient**, **most transient**
[複數] **transients**

transistor [træn`zɪstɚ] n. ① 電晶體《具有真空管作用的半導體整流、擴幅升器材，使用於電視、收音機等》．② 電晶體收音機《亦作 transistor radio》．
[複數] **transistors**

transit [`trænsɪt] n. ① 經過，通過，通行．② 運送，運輸．
[範例] ① The King gave the diplomat officially sanctioned **transit** throughout the land. 國王給那位外交官在國內通行的正式許可．
Transit across the desert could be dangerous. 穿越那個沙漠可能有危險．
② A horse died in **transit**. 有一匹馬在運送途中死了．
♦ **tránsit càmp** 臨時宿營地；臨時難民營．
tránsit pàssenger 過境旅客．

*__transition__ [træn`zɪʃən] n.《正式》轉變，變遷： He lectured on the **transition** from a feudal to a modern society. 他就封建社會到現代社會

的轉變發表演講．
[複數] **transitions**

transitional [træn`zɪʃənl] adj.《正式》變遷的，過渡期的．

transitive [`trænsətɪv] n., adj. 及物動詞《文法上亦作 transitive verb》；及物的．
[複數] **transitives**

*__translate__ [træns`let] v. ① 翻譯；解釋．② 轉化．
[範例] ① She can **translate** from Chinese into Japanese. 她能將中文翻譯成日文．
He **translated** the ambassador's speech into Chinese. 他將那位大使的演講譯成中文．
This novel doesn't **translate** well. 這本小說翻譯得不好．
We **translated** his silence as anger. 我們將他的沉默解釋為生氣．
② It is hard to **translate** our dreams into reality. 要實現我們的夢想很困難．
Let's **translate** the idea into action at once. 我們立刻將這個構想付諸行動吧．
[活用] v. **translates**, **translated**, **translated**, **translating**

*__translation__ [træns`leʃən] n. 翻譯；譯本，譯文．
[範例] The **translation** of poetry is difficult. 詩的翻譯是很困難的．
I read Tolstoy's works in **translation**. 我閱讀托爾斯泰作品的譯本．
[複數] **translations**

translator [træns`letɚ] n. 譯者，翻譯家；翻譯機．
[複數] **translators**

translucent [træns`lusnt] adj. 半透明的： **translucent** glass 半透明的玻璃．
[活用] adj. **more translucent**, **most translucent**

*__transmission__ [træns`mɪʃən] n. ① 傳送，傳達；（電視、廣播節目等的）轉播．②（汽車的）傳動〔變速〕裝置．
[範例] Someone interrupted the **transmission** of the secret message. 有人妨礙那則祕密訊息的傳達．
Last Wednesday I watched the live **transmission** of the soccer game from Liverpool. 上星期三我看了利物浦的足球賽實況轉播．
[複數] **transmissions**

*__transmit__ [træns`mɪt] v. 傳送，傳達；轉播（電視、廣播節目等）；傳染．
[範例] The message was **transmitted** by facsimile. 這則訊息是用傳真傳送．
Water **transmits** sound. 水可以傳送聲音．
A certain kind of mosquito **transmits** malaria. 有一種蚊子會傳染瘧疾．
The marathon was **transmitted** live to thirty countries. 有30個國家實況轉播那場馬拉松．
[活用] v. **transmits**, **transmitted**, **transmitted**, **transmitting**

transmitter [træns`mɪtɚ] *n*. 發報機，傳話器；傳送者，傳達者.
[複數] **transmitters**

transparency [træns`pɛrənsɪ] *n*. ① 透明，透明度. ② 幻燈片；透明畫〔圖案〕.
[複數] ② **transparencies**

****transparent** [træns`pɛrənt] *adj*. 透明的；明顯的；易被識破的.
[範例] **transparent** glass 透明的玻璃.
a **transparent** silk blouse 透明的絲質女襯衫.
a **transparent** lie 易看穿的謊言.
[活用] *adj*. **more transparent, most transparent**

transparently [træns`pɛrəntlɪ] *adv*. 透明地；明顯地.
[活用] *adv*. **more transparently, most transparently**

transpire [træn`spaɪr] *v*. ①（祕密、事件等）洩露，被發覺《常用 It ～s that 形式》. ②（使）蒸發，（使）散發.
[範例] ① It **transpired** that the governor had received bribes. 那名州長收受賄賂一事已為人所知.
Let's wait and see what will **transpire**. 我們就等著看會發生甚麼事.
② Plants take in CO_2 and **transpire** O_2. 植物吸收二氧化碳，釋放氧氣.
[活用] *v*. **transpires, transpired, transpired, transpiring**

transplant [*v*. træns`plænt; *n*. `trænsplænt] *v*. ① 移植；遷移.
——*n*. ② 移植手術. ③ 被移植的器官.
[範例] ① We **transplanted** the cherry tree into the front yard. 我們把那棵櫻桃樹移至前院.
The main office was **transplanted** to Boston. 總公司已遷移至波士頓.
It is difficult to **transplant** a heart. 心臟移植很困難.
② a heart **transplant** 心臟移植手術.
③ The **transplant** is being rejected by the patient's body. 那名病患的身體對移植的器官產生排斥.
[活用] *v*. **transplants, transplanted, transplanted, transplanting**
[複數] **transplants**

****transport** [*v*. træns`port; *n*. `trænsport] *v*. ① 運輸，運送. ②《正式》（因高興而）使著迷，使心蕩神馳.
——*n*. ③ 運輸；運輸〔交通〕工具《〖美〗 transportation》. ④（特指軍用的）運輸機，運輸船. ⑤《正式》（因喜悅、著迷等而）心蕩神馳.
[範例] ① The lobsters were **transported** by plane this morning. 那些龍蝦今天早晨以飛機運送.
② She was **transported** with joy to hear that her sister was alive. 聽到姊姊還活著，她欣喜若狂.
③ The **transport** of all those troops is a

logistical nightmare. 運輸所有那些部隊是後勤上的惡夢.
④ When it came to Hamburg, the **transport** was empty. 抵達漢堡時，那艘運輸船裡空無一物.
⑤ The chemist won the Nobel prize and was in **transports** of joy. 那位化學家獲得諾貝爾獎而喜不自勝.
[片語] *in a transport of ～/in transports of ～* 因～而忘我.（⇨ [範例] ⑤）
♦ **tránsport càfe**〖英〗供長途卡車司機用餐休息的路邊餐館（〖美〗 truck stop）.
[活用] *v*. **transports, transported, transported, transporting**
[複數] **transports**

***transportation** [ˌtrænspɚ`teʃən] *n*. ① 運輸，運送；運輸〔交通〕工具（〖英〗 transport）. ② 運費，交通費.
[範例] ① The **transportation** of missiles is a big problem. 飛彈的運送是一個大問題.
All **transportation** in the city stopped during the strike. 罷工時，那個城裡所有的運輸工具都停擺了.
mass **transportation** 大眾運輸.
② My company doesn't reimburse us for **transportation** to and from work. 我的公司並不償付我們上下班的交通費用.

transporter [træns`portɚ] *n*. 大型運輸車〔機〕.
[複數] **transporters**

transpose [træns`poz] *v*. ① 調換（位置、順序等），易位: If you **transpose** the "l" and "t" in "late", you get "tale". 將 "late" 中的 "l" 和 "t" 調換即為 "tale". ②（音樂的）變調，轉調.
[活用] *v*. **transpose, transposed, transposing**

transposition [ˌtrænspə`zɪʃən] *n*. ① 調換，易位；（數學的）移項. ②（音樂的）變調.
[複數] **transpositions**

transverse [træns`vɝs] *adj*. 橫斷的，橫向的: **transverse** wave 橫波《電磁波或地震的 S 波等》.

transversely [træns`vɝslɪ] *adv*. 橫斷地，橫向地，橫切地.

***trap** [træp] *n*. ① 圈套，陷阱. ② 雙輪輕便馬車. ③《口語》嘴，口.
——*v*. 設陷阱；（使）動彈不得.
[範例] ① A fox was caught in the **trap**. 有一隻狐狸掉入那個陷阱.
He set the **traps** for weasels around the hen house. 他在那個雞舍周圍設置圈套以捕捉黃鼠狼.
The smugglers were caught in a police **trap**. 那些走私者中了警察的圈套.
③ Shut your **trap**! 閉嘴!
④ We **trap** only in winter. 我們只在冬天設陷阱捕捉獵物.
There is a bus full of people **trapped** in the

rubble. 有一輛載滿人的公車被困在碎石子中.

How many of the miners are **trapped** down there? 有多少礦工被困在下面?

♦ **tráp dòor** (裝於地板、天花板、舞臺等的) 活動門, 地板門, 活動天窗.

〔複數〕**traps**

〔活用〕 v. **traps, trapped, trapped, trapping**

trapeze [træ`piz] n. (雜技、體操用的) 空中鞦韆.

〔複數〕**trapezes**

trapezium [trə`piziəm] n. 〖美〗不規則4邊形; 〖英〗梯形.

〔複數〕**trapeziums**

trapezoid [`træpə‚zɔɪd] n. 〖美〗梯形; 〖英〗不規則4邊形.

〔複數〕**trapezoids**

trappings [`træpɪŋz] n. 〔作複數用〕服飾, 裝飾〔用以誇示的象徵性物品〕: the **trappings** of royalty 皇家飾物.

trash [træʃ] n. ①〖美〗垃圾. ②(文學的) 劣作. ③〖美〗無用〔無價值〕的人《單複數同形》.

〔範例〕① When is the **trash** picked up? 甚麼時候收垃圾?

② How can you read that **trash**! 你怎麼讀那種爛作品!

③ Look at the kind of **trash** that frequent that nightclub. 看看那種常去夜總會的無用之人.

♦ **trásh càn** 〖美〗垃圾桶.

trashy [`træʃɪ] adj. 無用的, 無價值的, 低劣的: It's just another **trashy** tabloid. 它不過是另一份無聊的小報.

〔活用〕 adj. **trashier, trashiest**

trauma [`trɔmə] n. ① 精神上的創傷. ② 外傷.

〔發音〕亦作 [`traumə].

〔複數〕**traumas**

traumatic [trɔ`mætɪk] adj. 創傷的; 給與精神創傷的; 衝擊的: the deeply **traumatic** experience of the mother's suicide 因母親自殺而造成精神嚴重受創的經歷.

〔活用〕 adj. **more traumatic, most traumatic**

**travel [`trævl] v. ① 旅行, 遊歷. ②(口語) (食品等) 耐運輸. ③(為公司等) 出外推銷 (for); 四處兜售 (商品) (in). ④(口語) 快速前進, 急行. ⑤(帶球) 走步〔籃球的違例〕. ⑥(口語) 交往, 往來 (with).
—— n. ⑦ 旅行, 遊歷. ⑧[～s] 遊記. ⑨(人、車通過的) 來往數量, 交通流量. ⑩(機械等的) 運動, 移動.

〔範例〕① They **traveled** first class around the world last year. 去年他們坐頭等艙環遊世界.

Rita is planning to **travel** through South America this summer. 麗塔打算在今年夏天橫越南美.

I have never **traveled** abroad alone. 我從未獨自一人出國過.

How far do you **travel** to your school? 你去學校要走多遠?

Her mind **traveled** over the happy days of her childhood. 她回想起孩童時期的快樂時光.

The child's eyes **traveled** around the gym. 那個孩子掃視了這座體育館.

We learned light **travels** faster than sound. 我們知道光比聲音傳播得快.

Bad news **travels** fast. 《諺語》壞事傳千里.

② This kind of apple **travels** well. 這種蘋果經得起運輸.

③ Her husband **travels** for an automobile dealer. 她丈夫是一家汽車經銷商的外務員.

He **travels** in encyclopedias. 他到各處推銷百科全書.

④ How fast is this train **traveling**? 這班火車時速多少?

⑥ Paul **traveled** with Ann in those days. 那時保羅和安有來往.

⑦ Does **travel** broaden the mind? 旅行能開闊視野嗎?

Did you go to London during your **travels**? 你在旅行期間有到過倫敦嗎?

I enjoyed my **travels** in Europe. 我的歐洲之旅非常愉快.

a **travel** guidebook 旅遊指南

⑧ He wrote a number of interesting **travels**. 他寫了許多有趣的遊記.

*Gulliver's **Travels*** 《格列佛遊記》《英國作家強納森・斯威夫特 (Jonathan Swift) 的作品》.

⑨ There is a lot of **travel** between Taichung and Changhua. 臺中和彰化之間的交通流量很大.

☞ excursion, journey, tour, trip

♦ **trável àgency/trável àgent's/trável bùreau** 旅行社《〖英〗tour operator》.

trável àgent 旅行業者.

trável expènses 旅費.

trável sìckness 暈車 (船).

〔活用〕 v. **travels, traveled, traveled, traveling**/ 〖英〗**travels, travelled, travelled, travelling**

〔複數〕**travels**

traveled [`trævld] adj. ① 旅行過許多地方的, 富有旅行經驗的. ② 旅客多的.

〔範例〕① a widely **traveled** writer 見聞廣博的作家.

② a well **traveled** road 遊客眾多的道路.

a much **traveled** highway 交通流量大的高速公路.

〔參考〕〖英〗travelled.

traveler [`trævlə] n. ① 旅行者, 旅客, 遊客. ② 旅行推銷員, 外務員.

〔範例〕① a space **traveler** 太空旅行者.

a fellow **traveler** 遊伴.

She is a great **traveler**. 她是一位偉大的旅行家.

The **traveler** looked tired. 那位旅客看起來很疲倦.

Our beautiful beaches and low prices attract lots of **travelers**. 我們這裡美麗的海灘和低廉的價位吸引了許多遊客.

〔參考〕〖英〗traveller.

♦ **tráveler's chèck** 旅行支票《〖英〗traveller's cheque》.

〔複數〕**travelers**

travelled [`trævld]＝adj.〖美〗traveled.

traveller [`trævlɚ]＝n.〖美〗traveler.

*__traverse__ [`trævɚs] v. ① 橫貫，橫越，穿過.
——n. ② 橫貫，橫越，穿過. ③ Z 字形攀登；曲線行駛.

〔範例〕① Pioneers **traversed** the continent in covered wagons. 拓荒者們乘著有篷大馬車橫貫那片大陸.
A suspension bridge **traverses** the inlet. 有一座吊橋橫跨那個河灣.
② the **traverse** of a valley 山谷的貫穿.

〔活用〕 v. **traverses**, **traversed**, **traversed**, **traversing**

〔複數〕**traverses**

travesty [`trævɪstɪ] n. ① 滑稽的模仿；諧謔，嘲弄：This scandal is a national **travesty**. 這個醜聞成了全國的笑柄.
——v. ② 使滑稽化；戲劇化地模仿.

〔複數〕**travesties**

〔活用〕 v. **travesties**, **travestied**, **travestied**, **travestying**

trawl [trɔl] n. ①《海上漁船用的》拖網，曳網《亦作 trawl net》. ②〖美〗排鉤《亦作 trawl line》.
——v. ③ 用拖網〔排鉤〕捕魚.

〔複數〕**trawls**

〔活用〕 v. **trawls**, **trawled**, **trawled**, **trawling**

trawler [`trɔlɚ] n. 拖網漁船.

〔複數〕**trawlers**

*__tray__ [tre] n. 盤子，托盤；碟子.

〔範例〕a plastic **tray** 塑膠托盤.
a tea **tray** 茶盤.

〔複數〕**trays**

*__treacherous__ [`trɛtʃərəs] adj. ① 背叛的，不忠的. ② 靠不住的；變化莫測的；危險的.

〔範例〕① They thought they could trust him, but he was **treacherous**. 他們本以為可以信任他，但他卻不忠實.
② The boy lost his life in the **treacherous** currents. 那個男孩在危險的湍流中喪生.

〔活用〕 adj. **more treacherous**, **most treacherous**

treacherously [`trɛtʃərəslɪ] adv. 背叛地，不忠地.

〔活用〕 adv. **more treacherously**, **most treacherously**

treachery [`trɛtʃərɪ] n. 背叛，不忠：His **treachery** led to the death of many of his comrades. 他的背叛導致許多同伴喪生.

〔複數〕**treacheries**

treacle [`trikl] n.〖英〗糖蜜《精製砂糖過程中產生的黑色糖漿；〖美〗molasses》.

*__tread__ [trɛd] v. ① 踩，踏，行走，步行.
——n. ② 步行；腳步聲. ③《輪胎的》胎面；鞋底. ④《樓梯等的》踏板.

〔範例〕① **Treading** grapes turned my feet purple.

踩葡萄使我的腳變成紫色.
The man **trod** the streets looking for a mailbox. 這個人為了尋找郵筒而走遍大街小巷.
② Billy walked with a heavy **tread**. 比利腳步沉重地走著.

〔活用〕 v. **treads**, **trod**, **trodden**, **treading/treads**, **trod**, **trod**, **treading**

〔複數〕**treads**

treadle [`trɛdl] n.《縫紉機等的》踏板.

〔複數〕**treadles**

*__treason__ [`trizn] n. 叛逆，謀反，背叛：The spy, who was really a double agent, committed **treason** against his own country. 那個間諜實際上是雙面間諜，他背叛了自己的國家.

treasonable [`triznəbl] adj. 叛逆的；不忠的，背叛的：The corporal's **treasonable** act landed him in front of a firing squad. 因為叛國的罪行，那名下士遭到槍決.

*__treasure__ [`trɛʒɚ] n. ① 財寶；財富；貴重〔重要〕物品. ② 不可多得的人才；最心愛的人.
——v. ③ 珍藏；重視；銘記.

〔範例〕① This map shows where the **treasure** is buried. 這張地圖顯示那個寶物埋藏的位置.
This place is full of literary **treasures**. 這個地方有許多文學寶物.
② My accountant is a real **treasure**. 我的會計師是一個不可多得的人才.
③ I **treasure** the memories of our brief encounter. 我非常珍惜我倆短暫邂逅的回憶.

♦ **tréasure hòuse** 寶庫.
tréasure hùnt 尋寶.
tréasure tròve《泛指》貴重的發現物.

〔複數〕**treasures**

〔活用〕 v. **treasures**, **treasured**, **treasured**, **treasuring**

treasurer [`trɛʒrɚ] n. 會計，出納員.

〔複數〕**treasurers**

*__treasury__ [`trɛʒərɪ] n. 寶庫；精選集. 國庫；經費，資金，基金. ③〔T～〕《美國的》財政部《〔E～〕〖英〗exchequer》.

〔範例〕① This book is a **treasury** of Japanese folktales. 這本書是日本民間神話精選集.
② the club **treasury** 俱樂部基金.

〔複數〕**treasuries**

*__treat__ [trit] v. ① 對待；處理《事務》；視為. ② 治療. ③ 款待，請客. ④《以化學藥品等》.
——n. ⑤ 請客，作東，款待. ⑥ 令人欣喜的事物.

〔範例〕① Tom **treats** the dogs very well. 湯姆對那些狗很好.
Please **treat** the vase with care. 請小心處理那些花瓶.
The government **treated** the sharp fall of the NT dollar as an emergency. 政府把新臺幣快速貶值視為緊急事件.

T

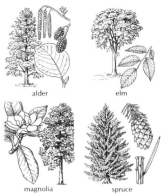

alder　　　　　elm　　　　　hawthorn　　　　hickory

magnolia　　　　spruce　　　　sycamore　　　　yew

[tree]

The TV program **treated** global warming in detail. 那個電視節目針對全球暖化現象做了詳細的討論.

Everybody **treated** her as a member of the family. 每個人都把她視為家中的一員.

The employer **treated** his workers like dirt. 那名雇主視員工如草芥.

② They are trying to find a new way to **treat** cancer. 他們正在努力尋找治療癌症的新方法.

My father is being **treated** for diabetes. 我父親正在接受糖尿病治療.

③ I'll **treat** you to dinner today. 今天我請你吃晚餐.

She decided to **treat** herself to a holiday in Italy. 她決定好好地到義大利度假.

④ This gate is specially **treated** against rust. 這扇門特別經過防銹處理.

⑤ This beer is my **treat**. 這罐啤酒我請客.

Wow, roast beef! What a **treat**! 哇, 烤牛排! 真棒的招待!

He took her to the zoo as a birthday **treat**. 他帶她去動物園, 作為對她生日的招待.

⑥ It was quite a **treat** to see my old friend. 能看到老朋友真令我高興.

片語 **treat ～ like dirt/treat ～ like a dog** 視～如草芥. (⇨ 範例①)

treat ～self to... 以～犒賞自己. (⇨ 範例③)

活用 v. treats, treated, treated, treating
複數 treats

*treatise [`tritɪs] n. (學術) 論文.
複數 treatises

*treatment [`tritmənt] n. ① 對待, 待遇; 處理; 討論. ② 治療, 治療法.

範例 ① I don't like his **treatment** of the Brothers in his new book on Taiwanese baseball history. 我不喜歡他在有關臺灣棒球史的新書中對待兄弟隊的態度.

The students complained of unfair **treatment** by their teacher. 那群學生抱怨老師的不公平待遇.

② The doctors tried every possible **treatment** to save the patient. 醫生們用盡所有可能的治療方法來挽救那名病患.

複數 treatments

*treaty [`tritɪ] n. (國家間的) 條約, 協定; (個人間的) 契約, 約定: Congress has to ratify the **treaty** before it can come into effect. 那個條約生效之前, 必須經過國會批准.

複數 treaties

treble [`trɛbl] adj. ① 3倍 [重] 的. ② 最高音部的.

——v. ③ (使) 變成3倍.

——n. ④ 最高音部, 最高音部的聲音; 『英』高音男童.

範例 ① He earns **treble** my income. 他賺的錢是我的3倍.

I had a **treble** whisky. 我喝了3倍量的威士忌.

③ The population of this city has **trebled** in the last ten years. 過去10年中這個城市的人口已增至3倍.

♦ **trèble clèf** 高音部記號.

活用 v. trebles, trebled, trebled, trebling
複數 trebles

*tree [tri] n. ① 樹, 樹木. ② 樹狀圖, 系統圖; 樹狀物.

範例 ① Don't climb this **tree**. 別爬這棵樹.

Let's plant the baby **trees** here. 我們在這裡種些樹苗吧.

They cut down those **trees** for timber. 他們砍倒那些樹製成木材.

The street was lined with ginkgo **trees**. 沿著那條街種植的是銀杏樹.

I saw a few persimmons on the **tree**. 我看見那棵樹上有幾顆柿子.

Can you hear a lot of cicadas singing in the **tree**? 你能聽見樹上有許多蟬正在鳴叫嗎?

Deciduous **trees** lose their leaves in winter,

while evergreen **trees** don't. 在冬季落葉樹落葉，而常青樹不落葉．

A **tree** is known by its fruit.《諺語》一個人可由其言行加以論斷.《出自《聖經馬太福音》第12章第33節》

② a family **tree** 家譜．

[片語] ***the top of the tree*** 最高位．

♦ **trée-climbing** 爬樹．
　　trée line 林木線．
　　trée ring 年輪．
　　trée sùrgeon 樹木外科醫生．
　　trée sùrgery 樹木外科手術．

[參考] tree 指「喬木」，「灌木」是 bush 或是 shrub. tree 是「生長的喬木」，被切下樹枝 (branch) 和細枝 (twig) 的樹幹 (trunk) 和大樹枝 (bough) 稱為原木 (log), log 經過處理成為［美］lumber 或者［英］timber，而用 tree, log, lumber 製成的木材稱作 wood.

[複數] **trees**

treetop [ˋtriˌtɑp] *n.* 樹梢．
[複數] **treetops**

trek [trɛk] *n.* ① 長途跋涉: They were to make a **trek** for the Nile. 他們預定徒步跋涉至尼羅河．
　　——*v.* ② 長途跋涉．
[複數] **treks**
[活用] *v.* treks, trekked, trekked, trekking

trellis [ˋtrɛlɪs] *n.* ① 格子，格子架《使常春藤 (ivy) 或葡萄藤 (grapevine) 攀緣的木架》．
　　——*v.* ② 用棚架支撐: **trellised** violets 攀附在棚架上的紫羅蘭．
[複數] **trellises**
[活用] *v.* trellises, trellised, trellised, trellising

[trellis]

tremble [ˋtrɛmbl̩] *v.* ① 發抖，顫抖．② 擔心，恐懼．
　　——*n.* ③ 發抖，顫抖．
[範例] ① They are all **trembling** with fear. 他們正因恐懼而顫抖．
They **trembled** at the sound of incoming artillery. 聽見大砲逼近的聲音，他們顫抖著．
A 4.1 earthquake caused downtown buildings to **tremble**. 一場4.1級的地震引起商業區的大樓震動．
② The mother was **trembling** for the safety of her children. 那個母親擔憂孩子們的安全．
I **tremble** to think what would happen if a great earthquake struck Taipei. 我想到如果一場大地震襲擊臺北會怎麼樣時，不禁感到恐懼．
③ A **tremble** in her voice betrayed her anxiety. 她顫抖的聲音顯示出她的焦慮．
[活用] *v.* trembles, trembled, trembled, trembling
[複數] **trembles**

tremendous [trɪˋmɛndəs] *adj.* ① 極大的，巨大的．② 極好的，精彩的．
[範例] ① **tremendous** mountains 巨大的山脈．
The band played at a **tremendous** volume. 那個樂隊以極大的音量演奏．
John is a **tremendous** story-teller. 約翰很會說故事．
② We saw a **tremendous** fireworks display. 我們觀看了一場精彩的煙火表演．
[活用] *adj.* **more tremendous, most tremendous**

tremendously [trɪˋmɛndəslɪ] *adv.* 可怕地；非常地: Alice will be **tremendously** pleased to hear that. 愛麗絲聽到那件事會非常高興的．

tremolo [ˋtrɛml̩ˌo] *n.* 顫音．
[複數] **tremolos**

tremor [ˋtrɛmɚ] *n.* 震動；顫抖；顫聲: Can you hear a **tremor** in Al's voice? 你能聽出艾爾顫抖的聲音嗎?
[複數] **tremors**

tremulous [ˋtrɛmjələs] *adj.*《正式》發抖的；怯懦的: Kathy couldn't hold her coffee cup with such a **tremulous** hand. 凱西的手顫抖得很厲害，無法端住咖啡杯．
[活用] *adj.* more tremulous, most tremulous

trench [trɛntʃ] *n.* ① 溝渠，壕溝．② 戰壕．
　　——*v.* ② 挖溝渠；掘戰壕．
♦ **trénch còat** 戰壕用的防水外套．
[複數] **trenches**
[活用] *v.* trenches, trenched, trenched, trenching

trencher [ˋtrɛntʃɚ] *n.* 大木盤《餐桌上切麵包用》．
[複數] **trenchers**

trend [trɛnd] *n.* 傾向，趨勢；流行．
[範例] There's a **trend** towards lower interest rates. 利率有下降的趨勢．
the **trend** in public opinion 輿論的傾向．
The latest **trends** in fashion are in this month's issue. 本月的月刊中有最新流行的款式．
The **trend** nowadays is shorter skirts. 現在流行短裙．
[片語] ***set the trend*** 創造時尚．
♦ **trénd-sètter** 領導潮流者．
[複數] **trends**

trendy [ˋtrɛndɪ] *adj.* ① 流行的．
　　——*n.* ② 趕時髦的人．
[範例] ① a **trendy** dress 時髦的服裝．
② All the local **trendies** were there. 當地所有趕時髦的人都在那裡．
[活用] *adj.* trendier, trendiest
[複數] **trendies**

trepidation [ˌtrɛpəˋdeʃən] *n.* 恐懼，驚惶，震顫: News of an airborne illness caused **trepidation** in the public. 空氣傳播疾病的消息在公眾中引起恐慌．

trespass [ˋtrɛspəs] *v.* ① 侵入；侵害 (on).
　　——*n.* ② 侵入；侵害．

T

充電小站

「～項比賽」(-athlon)

【Q】在奧運會項目中有10項運動，這是一種甚麼競賽呢?

【A】10項運動在英語中拼為 **decathlon**，deca- 表示「10」，athlon 表示「運動」，加起來就是「10項運動」了．這是田徑運動中的一種混合運動，共有10項（第一天為100公尺賽跑、3級跳遠、鉛球、跳高、400公尺賽跑，第二天為110公尺跨欄、鐵餅、撐竿跳、標槍、1,500公尺賽跑），一個人在兩天內完成項目後合計成績．據說是起源於古希臘的競技．

相對於男子的10項運動，女子有「7項運動」，英語稱作 **heptathlon**，hept- 表示「7」，其中包括第一天的100公尺賽跑、跳高、鉛球、200公尺賽跑，第二天的3級跳遠、標槍、800公尺賽跑．

而在奧運會中還有其他的 "～athlon" 運動，其中有夏季奧運會的5項運動 (pentathlon) 和冬季奧運會的2項運動 (biathlon)．pent- 是「5」，bi- 是「2」，所以各自由5項、2項運動構成．2項運動是針對夏季5項運動而設的，在20公里越野滑雪中途加入步槍射擊．

奧運會以外的鐵人3項運動 (triathlon) 也很有名，tri- 是「3」，是由3項運動組合而成，包括3.9公里游泳、179.2公里的自行車賽車、42.195公里的馬拉松，在一天內完成的殘酷比賽，也稱作鐵人競賽 (iron man race).

範例 ① No **trespassing**. 禁止入內．
They accused me of **trespassing** on their estate. 他們控告我侵入他們的土地．
It would be **trespassing** on your hospitality to stay one more night. 又要叨擾你一晚．
活用 v. **trespasses**, **trespassed**, **trespassed**, **trespassing**
複數 **trespasses**

trespasser [`trɛspəsɚ] n. 侵入者；侵害者．
複數 **trespassers**

tresses [`trɛsɪz] n. 〔作複數〕長髮: Jane's long **tresses** hung to her waist. 珍的長髮齊腰．

trestle [`trɛsl] n. 棧架，支架．
複數 **trestles**

[trestle]

tri- pref. 3《在名詞、形容詞之前》: **triangle** 3角形．
➡ 充電小站 (p. 993)

***trial** [`traɪəl] n. ① 審判，審問. ② 嘗試，考驗. ③ 磨難．
範例 ① a murder **trial** 謀殺案件的審判．
a criminal **trial** 刑事審判．
a case under **trial** 審判中的案件．
② give the new machine a **trial** 測試新機器．
a **trial** flight 試飛．
③ He always comes to my aid in times of **trial**. 在我受磨難時，他總是幫助我．
片語 **bring ~ to trial/put ~ on trial** 把~交付審判．
stand trial for 因～而受審．
♦ **trial and érror** 嘗試錯誤法．
tríal balòon 測風氣球．
trial rún 試車．
☞ v. try
複數 **trials**

triangle [`traɪˌæŋgl] n. ① 3角形；『美』3角板. ② 3角鐵．
範例 ① a right **triangle** 直角3角形．
one side of a **triangle** 3角形的一邊．
➡ 充電小站 (p. 979)
複數 **triangles**

triangular [traɪˋæŋgjələɚ] adj. 3角形的．
triathlon [traɪˋæθlɑn] n. 鐵人3項運動．
➡ 充電小站 (p. 1381)
複數 **triathlons**

tribal [`traɪbl] adj. 部落的，種族的: a **tribal** chief 部落首領．

***tribe** [traɪb] n. ① 種族，部落. ② 族，類《生物的分類，用於目 (order) 與屬 (genus) 之間》. ③ 一群，一夥．
範例 ① They found a lost **tribe** deep in the Amazon jungle. 在亞馬遜河叢林深處，他們發現一個被遺忘的部落．
③ a **tribe** of artists 一群藝術家．
複數 **tribes**

tribulation [ˌtrɪbjəˋleʃən] n.《正式》苦難，艱難．
複數 **tribulations**

tribunal [trɪˋbjunl] n. ① 法庭，法院. ② 裁判，批評．
範例 ① The case was dealt with by a **tribunal**. 那個案件由法院處理．
② Nothing is stronger than the **tribunal** of public opinion. 沒有甚麼比輿論的批評更加強大．
發音 亦作 [traɪˋbjunl].
複數 **tribunals**

tribune [`trɪbjun] n. ① 護民官；軍團指揮官. ② 民眾的領導者．
複數 **tribunes**

***tributary** [`trɪbjəˌtɛrɪ] n. ① 支流．
──adj. ② 納貢的；從屬的．
複數 **tributaries**

***tribute** [`trɪbjut] n. ① 頌詞. ② 感謝的象徵物. ③ 貢物．
範例 ① You deserve a large **tribute** of respect. 你應該得到莫大的尊敬．
② This award is a **tribute** to his efforts. 這個獎品是對他努力的獎賞．
③ The people used to pay annual **tribute** to the king. 過去人民每年要向國王進貢．
複數 **tributes**

***trick** [trɪk] n. ① 策略；惡作劇. ② 戲法. ③ 祕

訣. ④ 習慣，癖好. ⑤ 一局. ⑥ 舵手的值班時間.
——*adj.* ⑦ 欺詐的，騙人的. ⑧ 有訣竅的，特技的.
——*v.* ⑨ 欺騙. ⑩ 打扮.
範例 ① We could not figure out the **trick**. 我們無法瞭解那個策略.
The boys played a little **trick** on me. 那些男孩開了我一個小小的玩笑.
② Can you do any card **tricks**? 你會任何紙牌戲法嗎?
③ Grandma showed me the **trick** of getting out stains with club soda. 奶奶向我示範用蘇打水去污漬的祕訣.
④ Tom has a **trick** of repeating himself. 湯姆有重複說同樣的話的習慣.
⑦ There was a **trick** question on the test. 那個考試中有陷阱題.
⑨ We **tricked** Bill into opening the jack-in-the-box. 我們用詭計讓比爾打開那個玩偶盒.
⑩ Kate is **tricked** out in jewels. 凱特打扮得珠光寶氣.
片語 *do the trick* 達到目的.
Trick or treat! 不給糖就搗蛋！《在10月31日的萬聖節前夕 (Halloween)，兒童挨家挨戶索取糖果的用語》
複數 tricks
活用 *v.* tricks, tricked, tricked, tricking
trickery [`trɪkərɪ] *n.* 欺騙，詭計.
trickle [`trɪkl] *v.* ① 滴流；滴下；細細地流. ② 陸陸續續地走去.
——*n.* ③ 細流. ④ 一點點.
範例 ① I felt tears **trickle** down my cheeks. 我感覺到眼淚從臉頰滴落下來.
② The students **trickled** into the auditorium. 學生們陸續地進入那個大禮堂.
③ Coffee went into the pot in **trickles**. 咖啡一點一滴地流入壺中.
活用 *v.* trickles, trickled, trickled, trickling
複數 trickles
tricky [`trɪkɪ] *adj.* ① 微妙的；棘手的. ② 狡猾的，詭計多端的.
範例 ① This is a **tricky** lock. 這是一把難開的鎖.
② I won't vote for **tricky** politicians. 我不會把票投給詭計多端的政客.
活用 *adj.* trickier, trickiest
tricolor [`traɪˌkʌlɚ] *n.* ① 3色旗. ②〔the T~〕法國國旗《有藍、白、紅3種顏色》.
參考〖英〗tricolour.
複數 tricolors
tricolour [`traɪˌkʌlɚ] =*n.*〖美〗tricolor.
tricycle [`traɪsɪkl] *n.* 3輪車.
複數 tricycles
*****tried** [traɪd] *v.* ① try 的過去式、過去分詞.
——*adj.* ②〔只用於名詞前〕檢驗過的，可信賴的.
範例 ② a **tried** method 可信賴的方法.
a **tried** and true friend 可靠忠實的朋友.

a **tried** and true strategy 必勝的戰略.
*****tries** [traɪz] *v.* ① try 的第3人稱單數現在式.
——*n.* ② try 的複數形.
*****trifle** [`traɪfl] *n.* ① 瑣事. ②〔a ~〕少量，少許；一點錢. ③ 鬆糕《用雪利酒浸製而成》.
——*v.* ④ 輕視：玩弄 (with). ⑤ 浪費 (away).
範例 ① Don't waste your time and money on such **trifles**. 不要浪費時間和金錢在這些瑣事上.
② I'm a **trifle** puzzled. 我有點迷惑.
I paid only a **trifle** for the painting. 我只花了很少的錢買那幅畫.
③ She doesn't care for **trifle**. 她不喜歡吃鬆糕.
④ He **trifled** with public opinion and paid dearly. 他蔑視輿論，因此付出很大的代價.
Don't **trifle** with her feelings like that. 不要那樣玩弄她的感情.
⑤ How could you **trifle** away your money? 你怎麼能揮霍你的錢呢?
複數 trifles
活用 *v.* trifles, trifled, trifled, trifling
*****trifling** [`traɪflɪŋ] *adj.* ① 微不足道的. ② 輕浮的.
範例 ① a **trifling** misunderstanding 小誤會.
a **trifling** sum 少許的錢.
活用 *adj.* more trifling, most trifling
trigger [`trɪgɚ] *n.* ①（槍）扳機. ② 誘因.
——*v.* ③ 扣（扳機）；引起.
範例 ① The hunter pulled the **trigger**. 那個獵人扣了扳機.
③ Tom's indiscreet remark **triggered** a fight. 湯姆輕率的言論引起了一場爭鬥.
複數 triggers
活用 *v.* triggers, triggered, triggered, triggering
trilingual [traɪ`lɪŋgwəl] *adj.* 能說3種語言的.
trill [trɪl] *n.* ① 顫聲. ②（鳥的）鳴囀. ③（音樂、語音等的）顫音.
——*v.* ④ 用顫聲唱歌. ⑤（鳥）鳴囀.
複數 trills
活用 *v.* trills, trilled, trilled, trilling
trillion [`trɪljən] *n.* ① 一兆. ②《古語》〖英〗百萬兆.
複數 trillion/trillions
trilogy [`trɪlədʒɪ] *n.*（小說、戲劇、音樂等的）3部曲.
複數 trilogies
*****trim** [trɪm] *v.* ① 使整齊；修剪. ② 裝飾.
——*n.* ③ 調整. ④ 齊備. ⑤ 裝飾.
——*adj.* ⑥ 整齊的.
範例 ① Bill needs to **trim** his moustache. 比爾需要修鬍子了.
My father **trimmed** the trees in the garden. 我父親在院子裡修剪樹木.
The government **trimmed** the defense budget. 政府削減了國防預算.
② The hood is **trimmed** with mink. 那頂兜帽裝飾著貂皮.
③ I should do with a **trim**. 我該理頭髮了.

⑥ All aerobic instructors have **trim** bodies. 所有有氧運動的教練都有苗條的身材.

a **trim** garden 井然有序的花園.

活用 _v._ **trims, trimmed, trimmed, trimming**

複數 ⑤ **trims**

活用 _adj._ **trimmer, trimmest**

trimming [`trɪmɪŋ] _n._ ① 裝飾. ②〔~s〕配料. ③〔~s〕修剪下來的碎屑.

複數 **trimmings**

Trinity [`trɪnətɪ] _n._ ①〔the ~〕三位一體. ② 三一主日〔亦作 Trinity Sunday, 是聖靈降臨節 (Whitsunday) 的下個星期天, 是復活節 (Easter) 之後的第8個星期天〕.

參考 三位一體是基督教思想之一, 是聖父 (the Father), 聖子 (the Son), 聖靈 (the Holy Spirit) 的合體, 亦作 the Holy Trinity.

♦ **Trinity tèrm**〖英〗(大學的) 第3學期〖從4月到6月的夏季學期 (summer term), Oxford、Cambridge 等大學使用這個名稱〗.

複數 **Trinities**

trinket [`trɪŋkɪt] _n._ 小裝飾品; 不值錢的東西: John couldn't appease Mary with **trinkets** anymore. 約翰再也無法用小飾品滿足瑪麗了.

複數 **trinkets**

trio [`trio] _n._ ① 3重奏〔唱〕(曲); 3重奏團: A piano **trio** consists of a piano, a violin and a cello. 鋼琴3重奏由鋼琴、小提琴及大提琴組成. ② 3人一組, 3個一組.

參考 2重奏為 duo, 4重奏為 quartet.

複數 **trios**

***trip** [trɪp] _n._ ① 旅行. ② 跌倒.
──_v._ ③ (使) 跌倒 (up). ④ 輕快地跑. ⑤ 啟動開關.

範例 ① She took a **trip** to New York last month. 上個月她去紐約旅行.

May went on a **trip** to Taipei and Keelung. 梅曾經旅行至臺北和基隆.

It's a short **trip** to the station. 到那個車站的路途很短.

When I went to see him, he was away on a business **trip**. 當我去看他時, 他因公出差.

He made a **trip** to the supermarket this morning. 今天早上他去了一趟超市.

② The dancer had a bad **trip** on the stage. 那名舞者在舞臺上跌得很慘.

③ I **tripped** on a stone. 我被一塊石頭絆倒.

Apparently he got **tripped** up by an invisible wire. 很明顯的, 他被一條看不見的電線絆倒了.

The professor tried to **trip** up his students with misleading questions. 那位教授試著用易混淆的問題使學生犯錯.

I was **tripped** up by the second question. 我被第2題難倒了.

片語 **_trip up_** 使犯錯. (⇨ 範例 ③)

複數 **trips**

活用 _v._ **trips, tripped, tripped, tripping**

tripartite [traɪ`pɑrtaɪt] _adj._ 分成3部分的; 3者

間的: a **tripartite** agreement 3者間的協議.

tripe [traɪp] _n._ ① 牛胃. ②《口語》廢話: He spoke such **tripe**! 他盡說些廢話!

***triple** [`trɪpl] _adj._ ① 3倍的, 3重的.
──_n._ ② 3倍, 3重. ③ 3壘打.
──_v._ ④ 使成3倍. ⑤ 擊出3壘安打.

範例 ① a **triple** mirror 3面鏡.

④ I got a good new job and my salary **tripled**. 我得到一份很不錯的新工作, 薪水是原來的3倍.

♦ the **tríple jùmp** 3級跳遠.

複數 **triples**

活用 _v._ **triples, tripled, tripled, tripling**

triplet [`trɪplɪt] _n._ 3胞胎 (之一).

複數 **triplets**

triplicate [_v._ `trɪplə‚ket; _adj._, _n._ `trɪpləkɪt] _v._ ① 製成一式3份.
──_adj._ ② (文件等) 一式3份的.
──_n._ ③ 一式3份中的1份.

活用 _v._ **triplicates, triplicated, triplicated, triplicating**

複數 **triplicates**

tripod [`traɪpɑd] _n._ 3腳架: The camera was supported by the **tripod**. 那臺照相機被架在3腳架上.

複數 **tripods**

tripper [`trɪpɚ] _n._〖英〗(特指當天往返的) 遊客.

複數 **trippers**

trite [traɪt] _adj._ (言論、想法等) 司空見慣的, 陳腐的: a **trite** remark 陳腔濫調.

活用 _adj._ **more trite, most trite**

***triumph** [`traɪəmf] _n._ ① 勝利; 成就. ② 勝利的歡欣〔表情〕.
──_v._ ③ 戰勝, 打敗 (over).

範例 ① They achieved a great **triumph** over their foe. 他們擊敗敵人, 大獲全勝.

The game ended in a **triumph** for the All-Taiwan team. 比賽以全臺灣隊的勝利結束.

the **triumphs** of science 科學的重大成就.

② The children yelled in **triumph**. 那群孩子們高呼勝利.

③ **triumph** over fate 戰勝命運.

I **triumphed** over my rival. 我打敗了我的對手.

複數 **triumphs**

活用 _v._ **triumphs, triumphed, triumphed, triumphing**

triumphal [traɪ`ʌmfl] _adj._ 勝利的, 慶祝勝利的: a **triumphal** procession 凱旋的隊伍.

♦ **triùmphal árch** 凱旋門《主要指為了紀念古羅馬皇帝的功績而在廣場所建立的拱門形紀念碑, 或模仿此建造的紀念碑》.

活用 _adj._ **more triumphal, most triumphal**

***triumphant** [traɪ`ʌmfənt] _adj._ 勝利的; 得意洋洋的: speak in a **triumphant** tone 以得意洋洋的口吻說話.

活用 _adj._ **more triumphant, most**

triumphant

triumphantly [traɪˋʌmfəntlɪ] *adv.* 因勝利而驕傲〔得意〕地: "I've done it!" he exclaimed **triumphantly**. 他得意地叫道：「我已經完成了！」

活用 *adv.* **more triumphantly, most triumphantly**

*__trivial__ [ˋtrɪvɪəl] *adj.* ① 瑣碎的，微不足道的. ② 平凡的，單調的.

範例 Two thousand dollars is no **trivial** matter. 2,000美元不是小數目.

trivial everyday duties 每天單調的工作.

活用 *adj.* **more trivial, most trivial**

triviality [͵trɪvɪˋælətɪ] *n.* ① 瑣碎，瑣事. ② 平庸.

範例 ① Please don't bore the committee with **trivialities**. 請不要拿雞毛蒜皮之事來打擾委員會.

② The **triviality** of the subject discouraged us from studying it. 這門課的無足輕重使得我們無心學習.

複數 ① **trivialities**

trivially [ˋtrɪvɪəlɪ] *adv.* 細微地，瑣碎地；平凡地.

活用 *adv.* **more trivially, most trivially**

*__trod__ [trɑd] *v.* tread 的過去式、過去分詞.

*__trodden__ [ˋtrɑdn̩] *v.* tread 的過去分詞.

Trojan [ˋtrodʒən] *adj.* ① 特洛伊的.

——*n.* ② 特洛伊人.

片語 **work like a Trojan** 勤奮地工作.

♦ **the Tròjan hórse** ① 特洛伊木馬《特洛伊戰爭中希臘把軍隊藏在木馬中，被特洛伊人拖進城裡，因而攻破特洛伊城的故事》. ② 內部顛覆者.

複數 **Trojans**

troll [trol] *n.* ① (北歐神話中居住在山上或洞窟中具有魔力的) 巨人或侏儒.

——*v.* ② 用拖曳線釣魚；輪唱，輕快地唱.

複數 **trolls**

trolley [ˋtrɑlɪ] *n.* ①〔英〕手推車，小車《〔美〕一般作 cart, wagon》；〔美〕購物手推車. ②〔美〕電車《亦作 trolley car》. ③ 無軌電車《亦作 trolley bus》.

範例 ① a luggage **trolley** 運送行李的手推車.

a supermarket **trolley** 超市的購物手推車.

a tea **trolley**〔英〕茶具車《〔美〕tea wagon》.

♦ **trólley bùs**〔英〕無軌電車.

trólley càr〔美〕電車.

複數 **trolleys**

trombone [ˋtrɑmbon] *n.* 長號《一種銅管樂器》.

複數 **trombones**

trombonist [trɑmˋbonɪst] *n.* 長號吹奏者.

複數 **trombonists**

*__troop__ [trup] *n.* ① 一大群，隊. ②〔~s〕軍隊，部隊. ③ 騎兵隊.

——*v.* ④ 群集，成群結隊地行動.

範例 ① A **troop** of sightseers arrived in Taiwan.

有一群觀光客抵達臺灣.

② The **troops** marched along the river. 軍隊沿著那條河岸行進.

④ They all **trooped** into the room. 他們都進了屋內.

複數 **troops**

活用 *v.* **troops, trooped, trooped, trooping**

trooper [ˋtrupɚ] *n.* ① 騎兵《騎兵隊 (cavalry) 中階級最低的士兵》. ②〔美〕州警察.

片語 **swear like a trooper** 破口大罵.

複數 **troopers**

trophy [ˋtrofɪ] *n.* ① 獎品，優勝紀念品. ② 戰利品《戰爭或狩獵勝利的紀念品，例如敵方的軍旗、獵物的頭等》.

範例 ① Where are all your golf **trophies**? 你所有的高爾夫球獎杯在哪裡？

② I hung the deer's head on the wall as a **trophy** of the safari. 我把鹿頭掛在牆上作為狩獵的戰利品.

複數 **trophies**

*__tropic__ [ˋtrɑpɪk] *n.* ① 回歸線. ②〔the ~s〕熱帶，熱帶地區: Hawaii is in the **tropics**. 夏威夷在熱帶地區.

參考 回歸線是太陽能垂直照射到地面的界限，在南北半球各自夏至時，太陽在這條線的正上方，各位於北緯和南緯約23.26度；北回歸線是 the tropic of Cancer, 南回歸線是 the tropic of Capricorn, 而熱帶 (the tropics) 是介於這兩條線中間的區域.

複數 **tropics**

*__tropical__ [ˋtrɑpɪkl̩] *adj.* 熱帶的；(天氣) 溽熱的.

範例 Jungles are also called **tropical** rain forests. 叢林也被稱為熱帶雨林.

The piranha is a **tropical** fish. 食人魚是一種熱帶魚.

*__trot__ [trɑt] *n.* ① 疾走，小跑步. ②〔the ~s〕拉肚子.

——*v.* ③ 小跑步，快步行走.

範例 ① A **trot** is slower than a gallop. 小跑比跑慢.《gallop 是馬奔馳的快跑；☞ 充電小站 (p. 611)》

My brother is on the **trot** all the time. 我弟弟總是非常地忙碌.

② My sister has the **trots**. 我妹妹拉肚子.

③ A horse **trotted** up the lane. 有一匹馬在小徑上小跑.

The little girl **trotted** along behind her brother. 那個小女孩小跑步地跟在她哥哥身後.

活用 *v.* **trots, trotted, trotted, trotting**

troth [troθ] *n.*〔古語〕真實，忠實.

片語 **by my troth** 我保證〔發誓〕.

in troth 實在，的確.

plight ~'s troth 發誓；訂婚: The couple **plighted their troth** for eternity. 那對夫婦發誓相愛到永遠.

*__trouble__ [ˋtrʌbl̩] *n.* ① 苦惱，麻煩；紛爭，故障. ② 辛苦，費事.

——v. ③ 使煩惱，給～添麻煩．④ 麻煩～做…；費心．

範例 ① Tell me all your **troubles**. 告訴我你所有的煩惱．

I'm sorry I've given you so much **trouble**. 我很抱歉給你帶來這麼大的麻煩．

I'm so sorry my son has put you to so much **trouble**. 我兒子給你帶來這麼大的麻煩，我感到非常抱歉．

He has no **trouble** reading English. 他閱讀英語沒有困難．

I'm having a lot of **trouble** operating this computer. 我不太會操作這臺電腦．

There is continual **trouble** between the two countries. 那兩個國家間紛爭不斷．

What's the **trouble** with engine number three? 3號發動機出了甚麼問題？

The **trouble** was that our plane was grounded for five hours because of the engine **trouble**. 麻煩的是，我們的飛機因引擎故障而迫降停留了5個小時．

The country was in financial **trouble**. 那個國家陷於財政困難．

The loan shark is in **trouble** with the police. 那名放高利貸者與警方產生紛爭．

I told her to contact me whenever she gets into any **trouble**. 我告訴她，當她遇到麻煩時，隨時都可以與我聯絡．

He is always making **trouble** for his parents. 他老是給父母惹麻煩．

Buckle up when you drive; don't ask for **trouble**. 開車時要繫上安全帶，別自找麻煩．

② The little boy kindly went to the **trouble** of guiding me to the post office. 那個小男孩不嫌麻煩地帶我去郵局．

The principal took the **trouble** to show us around the school. 那個校長不厭其煩地帶領我們參觀學校．

I wouldn't like to put you to the **trouble** of meeting me at the airport. 我不想麻煩你去機場接我．

③ What's **troubling** you? 你怎麼了？

I have been **troubled** by an occasional headache. 我時常被頭痛所苦．

Stop **troubling** me with such stupid questions! 不要再拿那麼愚蠢的問題來煩我！

④ Don't **trouble**, thank you. 不必費心了，謝謝．

Don't **trouble** about my son. 不必為我的兒子費心．

Don't **trouble** to come. 不用特地過來．

I'm sorry to **trouble** you, but could you help me with my baggage? 麻煩你真抱歉，不過能否幫我拿一下行李？

Can I **trouble** you to pass the salt?/Can I **trouble** you for the salt? 能否麻煩你把鹽遞過來？

片語 **ask for trouble** 自找麻煩．(⇨ 範例 ①)

get into trouble/run into trouble 遇到麻煩，陷入困境．(⇨ 範例 ①)

go to the trouble of ～ing 特地做．(⇨

in trouble 處於不幸〔苦惱〕中．(⇨ 範例 ①)

in trouble with 和～產生紛爭．(⇨ 範例 ①)

make trouble for 給～製造麻煩，搗亂．(⇨ 範例 ①)

put ～ to trouble 給～添麻煩．(⇨ 範例 ①)

put...to the trouble of ～ing 麻煩～做．(⇨ 範例 ②)

take the trouble to ～ 不辭辛苦地做．(⇨ 範例 ②)

The trouble is that ～ 麻煩的是．(⇨ 範例 ①)

複數 **troubles**

活用 v. **troubles**, **troubled**, **troubled**, **troubling**

troublemaker [ˋtrʌblˏmekɚ] n. 惹是生非者，鬧事者．
複數 **troublemakers**

‡**troublesome** [ˋtrʌblsəm] adj. 麻煩的，煩人的；棘手的．

範例 a **troublesome** job 令人討厭的工作．

a **troublesome** child 讓人心煩的孩子．

活用 adj. **more troublesome**, **most troublesome**

trough [trɔf] n. ① 飼料槽，木槽．③ 凹處．③（氣象的）低壓槽．④簷槽，排水溝．

範例 ① a pig's **trough** 豬飼料槽．

② a **trough** on the ocean floor 海底盆地．

[trough]

複數 **troughs**

troupe [trup] n.（演員、雜技團等的）一班人．
複數 **troupes**

trouser [ˋtrauzɚ] adj. 褲子的．

範例 Fred rolled up his **trouser** legs. 佛瑞德捲起褲管．

a **trouser** press 褲子燙平器．

trousers [ˋtrauzɚz] n.〔作複數〕長褲《〖美〗一般作 pants》．

範例 I want a new pair of **trousers**. 我要一條新褲子．

These **trousers** are not permanent-press. 這件褲子不是防皺免燙的．

➡ 充電小站 (p. 1139)

trout [traut] n. 鱒魚；rainbow **trout** 虹鱒．
複數 **trout/trouts**

trove [trov] n.〖英〗（無主而）被發掘的實物．
複數 **troves**

trowel [ˋtrauəl] n. ①（水泥匠的）鏝刀，泥刀，抹子．②（園藝用的）小鏟子．
複數 **trowels**

Troy [trɔɪ] n. 特洛伊《在土耳其靠近連結黑海與地中海的達達尼爾海峽一側的古代城市，據說在此進行過特洛伊戰爭，遺跡由德國考古學家謝里曼 (1822–1890) 發現》．

truancy [`truənsɪ] *n.* 曠課，逃學.

truant [`truənt] *n.* 曠課者；逃避責任者.
[片語] ***play truant*** 逃學，曠課： Oh boy, you **played** truant again! 噢，你又逃學了!
[複數] **truants**

truce [trus] *n.* 停戰（協定）；中止，暫停： declare a **truce** 宣布停戰協定.
[複數] **truces**

***truck** [trʌk] *n.* ① 卡車，貨車（〖英〗lorry）. ② 〖英〗敞篷貨車. ③〖美〗交易品；供應市場的蔬果.
[範例] ① a **truck** driver 卡車司機.
a dump **truck** 垃圾車.
All the cargo has been loaded onto the **truck** as ordered. 所有的貨物都已經按照要求裝進卡車了.
They transport vegetables by **truck**. 他們用卡車運送蔬菜.
[片語] ***have no truck with*** 不與～打交道〔往來〕： I **have no truck with** people who do not keep their promises. 我不與不守信用的人打交道.
♦ **trúck fàrm** 〖美〗蔬果農場（〖英〗market garden）.
trúck fàrmer 〖美〗蔬果農場業者.
trúck fàrming 蔬果栽培業（在蔬果農場（truck farm）的農業）.
trúck stòp 〖美〗貨車休息站（特別為貨車司機提供服務，通常有餐廳、加油站等；〖英〗transport cafe）.
[複數] **trucks**

trucker [`trʌkɚ] *n.* 卡車司機.
[複數] **truckers**

***trudge** [trʌdʒ] *v.* ① 緩慢沉重地走，蹣跚地走.
——*n.* ② 長途跋涉.
[範例] ① My wife likes **trudging** around the department store; it is very exhausting. 我太喜歡逛百貨公司，真累人.
The old woman **trudged** to the hotel with her suitcase. 那位老婦人蹣跚地拎著手提箱去旅館.
② I'm not looking forward to the long **trudge** home. 我不希望一路疲憊地走回家.
[活用] *v.* **trudges**，**trudged**，**trudged**，**trudging**
[複數] **trudges**

****true** [tru] *adj.*

原義	層面	釋義	範例
與正確的東西一致	真實、事實	真的，確實的，符合的，正確的	①
	忠誠	誠實的，忠實的	②

[範例] ① It's a **true** story. 這是一個真實的故事.
Is it **true** you're moving abroad? 你將遷往國外，這是真的嗎?

He is a **true** artist. 他是一位真正的藝術家.
Brian is a **true** friend. 布萊恩是一個真正的朋友.
This is **true** of New York as well. 這在紐約也同樣適用.
a **true** copy 正確無誤的副本.
② Be **true** to your girlfriend. 對你的女朋友應該要誠實.
[片語] ***come true*** 實現： Finally my dream has **come true**. 我的夢想終於實現了.
out of true 位置不正的： The window is **out of true**. 這扇窗位置不正.
～'s true colors ～的本性〔真面目〕.
true to form/true to type 和往常一樣： **True to form**, he is late. 和往常一樣，他遲到.
true to life 逼真的，現實的： The picture is very **true to life**. 這幅畫非常逼真.
☞ ① ↔ false，*n.* truth
[活用] *adj.* **truer**，**truest**

***truly** [`trulɪ] *adv.* 真實地，確實地.
[範例] Most people **truly** respect the president. 大多數人的確尊敬總統.
Bob **truly** is a gifted boy. 鮑伯確實是一位天才.
[片語] ***Truly yours/Yours truly*** 敬上〔書信結尾用語〕.

trump [trʌmp] *n.* ① 王牌（亦作 trump card； ☞ (充電小站) (p. 679)）.
——*v.* ② 打出王牌；拿出絕招.
[範例] ① Hearts are **trumps**. 紅心是王牌.
He played a **trump**. 他打出一張王牌.
Stevenson was a bit rusty during practice but turned up **trumps** in the game. 訓練時史蒂文森有些笨拙，但比賽時卻成了黑馬.
[參考] trump 是從 triumph（勝利）而來的字.
[複數] **trumps**
[活用] *v.* **trumps**，**trumped**，**trumped**，**trumping**

trumpet [`trʌmpɪt] *n.* ① 小號，喇叭，喇叭形之物. ② 喇叭似的聲音，大象的叫聲.
——*v.* ③ 吹小號〔喇叭〕. ④（大象等）發出喇叭似的叫聲. ⑤ 到處宣揚〔吹噓〕.
[範例] ① My brother plays the **trumpet** in a brass band. 我弟弟在銅管樂隊中吹小號.
② We were startled at the **trumpet** of the elephant. 我們被那頭大象的吼叫聲嚇到了.
③ Someone **trumpeted** to wake us up. 有人吹喇叭叫醒我們.
⑤ Emily is always **trumpeting** the praise of her niece. 艾蜜麗到處吹噓讚揚她的姪女.
[片語] ***blow ～'s own trumpet*** 自吹自擂，吹牛.
[複數] **trumpets**
[活用] *v.* **trumpets**，**trumpeted**，**trumpeted**，**trumpeting**

trumpeter [`trʌmpɪtɚ] *n.* 小號吹奏者，喇叭手.
[複數] **trumpeters**

truncheon [ˋtrʌntʃən] *n.* ① 警棍《〖美〗一般作 billy；〖英〗baton》. ②（象徵權威的）權杖.
〖複數〗 **truncheons**

trundle [ˋtrʌndl̩] *v.* (用小車等) 推；(使) 滾動：
The deliveryman **trundled** a load of coal into the basement. 那個送貨員將一車煤炭費勁地推進地下室.

♦ **trúndle bèd** 有輪腳的矮床 (不用時可推入大床底下).

〖活用〗 *v.* **trundles**, **trundled**, **trundled**, **trundling**

***trunk** [trʌŋk] *n.* ① 樹幹. ② 軀幹, 軀幹部分. ③ 大旅行箱《比 suitcase 大而堅固》. ④〖美〗(汽車的) 行李箱《〖英〗boot》. ⑤ [~s] 泳褲. ⑥ 象鼻. ⑦ 主幹線.

[trundle bed]

〖範例〗① We carved our names on the **trunk** of a maple. 我們將名字刻在一棵楓樹的樹幹上.
② the **trunk** and limbs 軀幹與四肢.
⑤ Your swimming **trunks** have a hole in them. 你的泳褲上有一個破洞.
⑦ Several small rivers feed into the **trunk** of the Mississippi around here. 有許多小河在這一帶流進密西西比河主流.

♦ **trúnk lìne** (鐵路的) 幹線；(電話的) 長途線. **trúnk ròad** 〖英〗幹道.
〖複數〗 **trunks**

truss [trʌs] *n.* ① 托架, 構架《支撐屋頂、橋等, 以3角形為基本結構》. ②《醫學的》疝帶.
—— *v.* ③ 細綁, 紮住 (up)：**truss** up a chicken 把雞綁起來. ④ 以構架支撐.

♦ **trúss brìdge** 桁架橋《☞ bridge 〖插圖〗》.
〖複數〗 **trusses**
〖活用〗 *v.* **trusses**, **trussed**, **trussed**, **trussing**

***trust** [trʌst] *n.* ① 信任, 信賴, 信用；義務, 責任. ② 託管, 委託；信託品《財產》. ③ 信託基金機構《委託管理財產等》. ④ 托辣斯《為壟斷市場而結合的企業共同體》.
—— *v.* ⑤ 相信, 信任, 信賴. ⑥（因相信而）委託, 賒付 (to).

〖範例〗① She doesn't have much **trust** in the government. 她不大相信政府.
Put your **trust** in me. 你要對我有信心.
He is sure to fulfil his **trust**. 他一定會履行義務的.
He's in a position of great **trust**. 他擔任重要的職位.
The goods were supplied on **trust**. 這些貨物是賒購的.
She destroyed the **trust** that she had established. 她毀了自己建立起來的信用.
I have **trust** that he will pass the exam. 我相信他會通過考試.
② The orphans were put in their aunt's **trust**. 這些孤兒被委託給他們的阿姨.
Your inheritance will be held in **trust** until you're twenty-one. 你繼承的財產委託他人代

管, 直到你21歲才能使用.
③ My attorney helped us set up a **trust** in Ron's name. 我的律師幫我們以朗的名字設立一個信託基金會.
⑤ You shouldn't **trust** that liar. 你不應該相信那個騙子.
Trust my judgement! 相信我的判斷!
You can't **trust** the rush hour buses to run on time. 你不該相信尖峰時段的公車會準時發車.
I wouldn't **trust** him with my life. 我不放心把我的人生託付給他.
I **trust** you had a good time. 我相信你會玩得很高興.
Can we **trust** you to keep your word? 我們能相信你會信守諾言嗎?
Can you **trust** him for goods until Friday? 叫他看管財物直到星期五, 你放心嗎?
Everything will go well, I **trust**. 我相信一切都會很順利.
In God we **trust**. 我們相信上帝.《刻在美國貨幣上的口號》
I do **trust** you will win the game. 我確實相信你會贏得那場比賽.
⑥ This family heirloom is too precious to **trust** to anyone. 這個家族的傳家寶物太貴重了, 交託給任何人都不妥.
I didn't make any special efforts. I **trusted** to luck to get this position. 我不會特別努力的, 能不能得到此一職位就託付給運氣了.

〖片語〗 **take ~ on trust** (不經調查就) 完全相信.

♦ **trúst còmpany** 信託公司〔銀行〕.
trúst fùnd 委託基金《委託給信託公司等管理、運用的錢或財產》.
trúst tèrritory 託管地區《聯合國將某地區委託某國統治, 現在已經全部獨立》.
〖複數〗 **trusts**
〖活用〗 *v.* **trusts**, **trusted**, **trusted**, **trusting**

trustee [trʌsˋti] *n.* ① 受託人, 保管人《管理他人委託的財產》. ②（大學、公司等的）理事, 評議員：a board of **trustees** 理事會.
〖複數〗 **trustees**

trustful [ˋtrʌstfəl] *adj.* 信賴的, 容易相信的：the **trustful** nature of a dog 狗易於相信的天性.
〖活用〗 *adj.* **more trustful**, **most trustful**

trustfully [ˋtrʌstfəlɪ] *adv.* 深信不疑地, 信任地.
〖活用〗 *adv.* **more trustfully**, **most trustfully**

trusting [ˋtrʌstɪŋ] *adj.* 信任的, 信賴的：Mary is **trusting** of her children. 瑪麗信任她的孩子.
〖活用〗 *adj.* **more trusting**, **most trusting**

***trustworthy** [ˋtrʌst͵wɝðɪ] *adj.* 可信賴的, 可靠的, 確實的.
〖範例〗 She is a **trustworthy** secretary. 她是一個值得信賴的祕書.
It is doubtful that the information is

trustworthy. 這項資訊的可信度值得懷疑.

活用 adj. **more trustworthy**, **most trustworthy**

trusty [`trʌstɪ] adj.《古語》〔只用於名詞前〕可信賴的, 可靠的: Here's my **trusty** old shotgun. 這是我那支可靠的老式獵槍.

活用 adj. **trustier**, **trustiest**

＊**truth** [truθ] n. 真相, 真理, 真實(性).

範例 The **truth** is I don't know. 事實是我並不知情.

My dog ate my homework and that's the **truth**. 我的狗把我的家庭作業吃掉了, 這就是事實.

We learned the **truth** about the writer's life after her death. 那位作家死後, 我們得知有關她生活的真實情況.

To tell the **truth** I don't know anything about it. 老實說我對此事一無所知.

It's a fundamental **truth** of modern science. 這是現代科學的一項基本原理.

He said that there was no **truth** in what the press was saying. 他說新聞界從來不說真話.

片語 **in truth** 事實上, 的確.

to tell the truth/to tell you the truth 實際上, 老實說. (⇨ 範例)

發音 複數形 truths [truθs] 或 [truðz].

☞ adj. true

truthful [`truθfəl] adj. ① 合乎事實的, 確實的. ② 誠實的.

範例 ① a **truthful** account of the accident 那起意外事故的真實報導.

② a **truthful** girl 誠實的女孩

Respondents are usually more **truthful** when they are anonymous. 不具名的應答者通常更誠實可靠.

活用 adj. **more truthful**, **most truthful**

truthfully [`truθfəlɪ] adv. 誠實地, 真實地: Please answer **truthfully**—your good health depends on it. 請誠實作答, 良好的健康依賴於此.

活用 adv. **more truthfully**, **most truthfully**

truthfulness [`truθfəlnɪs] n. 真實, 誠信: We doubt the **truthfulness** of his statements. 我們懷疑他陳述內容的真實性.

＊**try** [traɪ] v. ① 嘗試, 做做看, 努力做. ② 磨練, 考驗. ③ 審理, 審判.

——n. ① 嘗試, 試圖, 努力. ② (橄欖球的) 觸地得分《帶球越過對方球門線後觸地, 得5分並有對球門射球的權利》.

範例 ① The pitcher **tried** hard to strike out the batter but couldn't. 投手拼命想讓那位打擊者三振, 但未能成功.

He **tried** to speak in English, but he could not. 他試圖用英語說, 但是說不出口. (⇨ 參考)

He **tried** speaking in English, but he could not make himself understood. 他試圖用英語說, 但沒人聽得懂. (⇨ 參考)

The boys **tried** using their new calculators as soon as they got them. 那些男孩們一拿到新

的計算機, 就先試用看看.

Roy **tried** walking his dogs off the leash only once. 羅伊僅嘗試過一次放開狗繩遛狗.《leash 是套在狗脖子上的鍊子、繩、皮帶等東西》

The girls **tried** hard not to laugh. 那些女孩們極力忍住不笑.

Do **try** and be on time. 請儘量準時.

Try not to forget to meet me on Tuesday. 儘可能別忘了星期二來看我.

My father **tried** his best. 我父親已經盡力了.

Peter is **trying** his hardest for a scholarship. 彼德盡最大努力爭取獎學金.

I **tried** the stew and liked it. 我嘗了一口燉肉就愛上它了.

He **tried** on the jacket for size. 他試穿一下夾克的大小.

He **tried** the door, but it was locked. 他試著推開那扇門, 可是它鎖著.

② Lifting that heavy box **tried** his back muscles. 背那麼重的箱子對他的背部肌肉是一大考驗.

The child's cry **tried** her patience. 孩子的哭喊使她忍無可忍.

③ He was **tried** for murder. 他因謀殺罪被判刑.

The new judge **tried** the case. 那位新法官審理那椿案件.

④ The plan is truly worth a **try**. 這個計畫的確值得一試.

She gave the perfume a **try**. 她試噴了一下香水.

Brian made it over the crossbar on the first **try**. 布萊恩第一次嘗試跳橫竿就獲得成功.《crossbar 是跳高 (high jump) 和撐竿跳 (pole vault) 的橫竿》

I've never hang-glided before, but I want to have a **try** at it. 我從未玩過懸掛式滑翔翼, 不過我想試一試.

You should make a **try** at learning more than one foreign language. 你應該試著不只學一種外語.

⑤ In order to score a **try**, a ball-carrier has to cross the goal line. 為了得分, 持球者必須越過對方球門線.

片語 **try for** 謀求, 爭取. (⇨ 範例 ①)

try it on《英》做壞事試試別人忍耐的程度.

try on 試穿. (⇨ 範例 ①)

try out 試用, 測試: Have you **tried out** his new car? 你有沒有試一下他的新車?

try out for 應徵: All my sons **tried out for** the football team and made it. 我所有的兒子都去應徵足球隊, 並且都加入球隊了.

參考 He tried to speak in English. 和 He tried speaking in English. 兩個句子中的第一句用了 to ~, 表示「設法」, 不清楚有沒有「實際做到」. 而第二句中用了 ~ing, 表示「努力實際做」.

☞ n. trial

♦ **trý squàre** (木工用的) 直角尺, 曲尺.

〔活用〕 v. **tries**, **tried**, **tried**, **trying**
〔複數〕 **tries**

trying [`traɪɪŋ] adj. 難堪的；勞累的；惱人的.
〔範例〕 a **trying** experience 痛苦的經驗.
He's a **trying** child—I'll never babysit for them again. 這個孩子真令人生氣, 我再也不幫忙帶他了.《for them (為他們) 的 them 是孩子的父母》
The President had a **trying** day with the press. 總統和新聞界度過了艱熬的一天.
〔活用〕 adj. **more trying**, **most trying**

tryout [`traɪˌaʊt] n. 選拔賽；試演.
〔複數〕 **tryouts**

****tub** [tʌb] n. ① 桶, 盆. ② 浴盆, 浴缸. ③ (紙、塑膠製的) 有蓋小盒子. ④ 行駛緩慢的舊船.
〔範例〕① I washed my clothes in the **tub**. 我在那個盆子裡洗衣服.
② After your bath you should empty the **tub** and clean it. 洗完澡之後, 你應該把浴盆的水倒掉並把它沖洗乾淨.
③ I put a **tub** of margarine in the basket. 我把一盒人造奶油放在籃子裡.
〔複數〕 **tubs**

tuba [`tjubə] n. 大號, 大喇叭《低音的大型銅管樂器》.
〔複數〕 **tubas**

tubby [`tʌbɪ] adj. 桶狀的；矮胖的: Who is that **tubby** man? 那個矮胖的男人是誰?
〔活用〕 adj. **tubbier**, **tubbiest**

****tube** [tjub] n. ① 管, 軟管. ②《英》地鐵《正式稱作 the underground;《美》subway》.
〔範例〕① Oxygen passes through this **tube**. 氧氣通過這根管子.
a rubber **tube** 橡膠管.
a test **tube** 試管.
a cathode-ray **tube** 陰極射線管.
the inner **tube** of a bicycle tire 自行車內胎.
a small **tube** of oil paint 一小管油畫顏料.
② She goes to school by **tube**. 她搭地鐵上學.
The subway system in London is called the **tube** or the underground. 倫敦的地鐵被稱為 the tube 或 the underground.
〔參考〕② 倫敦的地鐵多數是先將大型圓筒狀機械埋入地下, 反覆挖掘成圓形洞穴, 再進行建設. 這樣做成的通道是 tube 的形狀, 所以地鐵被稱為 tube.
〔複數〕 **tubes**

tuber [`tjubɚ] n. 塊莖, 球根.
〔複數〕 **tubers**

tuberculosis [tjuˌbɝkjəˈlosɪs] n. 結核病, 肺結核.

tubing [`tjubɪŋ] n. 管道, 管形材料: a roll of rubber **tubing** 一捲橡膠管.

tubular [`tjubjəlɚ] adj. 由管構成的, 管狀的: **tubular** steel 鋼管.

****tuck** [tʌk] v. ① 塞入；捲起, 摺疊；隱藏.
——n. ② (衣服的) 縫褶, 褶褶《為了裝飾或調節大小而使布按一定間隔縫起的皺褶》. ③《英》(給小孩的) 糕點.

① Tuck your shirt in—you look like a slob. 把襯衫塞進去, 你看起來很懶散.
She secretly **tucked** some money into her son's coat pocket. 她偷偷地將一些錢塞進兒子的外套口袋.
The maid **tucked** the edge of the sheet under the mattress. 那個女傭把床單的邊緣塞在床墊下.
He **tucked** up his sleeves before he washed his car. 洗車之前, 他先捲起袖子.
The coffee shop is **tucked** behind the church. 那家咖啡店在那座教堂後面.
② She made a **tuck** in her dress. 她在裙子裡加縫皺褶.
③ a **tuck** shop《英》糕餅糖果店.
〔活用〕 v. **tucks**, **tucked**, **tucked**, **tucking**
〔複數〕 **tucks**

Tue/Tue./Tues/Tues.《縮略》= Tuesday (星期二).

****Tuesday** [`tjuzde] n. 星期二《略作 Tue., Tues.》.
〔範例〕 It's **Tuesday** today./Today is **Tuesday**. 今天是星期二.
He came on **Tuesday**. 他星期二來過.
on **Tuesday** morning 在星期二早上.
He works **Tuesdays**. 他每週二工作.
〔☞〕(充電小站) (p. 813)
〔複數〕 **Tuesdays**

tuft [tʌft] n. ① (毛髮、羽毛、草的) 一束, 一叢. ② 樹叢, 草叢.
——v. ③ 叢生, 簇生.
〔複數〕 **tufts**
〔活用〕 v. **tufts**, **tufted**, **tufted**, **tufting**

tug [tʌg] v. ① 用力拉〔拖〕；奮鬥.
——n. ② 用力拖〔拉〕；奮鬥, 努力. ③ 拖船《亦作 tugboat》.
〔範例〕① Don't **tug** so hard that you break it. 不要拉得太用力, 會弄壞的.
The boy **tugged** at his mother's sleeve to get her attention. 那個男孩拉了拉他媽媽的袖子, 以引起她的注意.
② I gave a **tug** at the door, but it wouldn't open. 我用力拉了一下那扇門, 但打不開.
♦ **túg of wár** 拔河.
〔活用〕 v. **tugs**, **tugged**, **tugged**, **tugging**
〔複數〕 **tugs**

tuition [tjuˈɪʃən] n. ① 學費《亦作 tuition fee》. ② 授課, 教學: I have private **tuition** in the violin. 我請人單獨教授小提琴.

****tulip** [`tjuləp] n. 鬱金香.
♦ **túlip trèe** 百合樹《北美產的落葉喬木, 開類似鬱金香的黃色花》.
➡ (充電小站) (p. 487)
〔複數〕 **tulips**

****tumble** [`tʌmbl] v. ① 跌倒；翻滾；(建築物等) 倒塌. ② 匆忙地〔跟蹌地〕做. ③ 弄亂, 搞亂. ④ 恍然大悟 (to).
——n. ⑤ 摔跤, 跌倒. ⑥ 混亂.
〔範例〕① Our science teacher **tumbled** down the

stairs. 我們的理科老師從樓梯上跌下來.
The boy **tumbled** over a stone. 那個男孩被石頭絆倒.

② Fred **tumbled** into the kitchen for breakfast. 佛瑞德匆忙奔向廚房吃早餐.

③ The wind **tumbled** her hair. 風把她的頭髮吹亂了.

⑤ He had a nasty **tumble** on the ice. 他在冰上重重地摔了一跤.
He took a **tumble** and twisted his ankle. 他摔了一跤, 扭傷了腳踝.

⑥ The papers are all in a **tumble**. 所有的試卷都散亂了.

[片語] *tumble to* 恍然大悟: After a while, I **tumbled to** what he had said. 過了一會兒, 我才突然明白他所說的.

♦ **tùmble dríer/tùmble drýer** 滾筒式烘衣機.

[活用] v. tumbles, tumbled, tumbled, tumbling

[複數] tumbles

tumbler [ˋtʌmblɚ] n. ① 平底無柄的杯子. ② 雜技演員. ③（鎖的）制栓《鎖中轉動的金屬零件》; 齒輪轉換器《轉動傳動力的機械部分》.

[複數] tumblers

tummy [ˋtʌmɪ] n.《幼語》肚子.

♦ **túmmy bùtton** 肚臍.

[字源] stomach（肚子）的 -tom- 加上 y.

[複數] tummies

tumor [ˋtjumɚ] n. 瘤, 腫瘤.

[參考]《英》tumour.

[複數] tumors

*tumult [ˋtjumʌlt] n. 喧鬧, 暴動, 騷動.

[範例] I heard a great **tumult** from the ball park. 我聽到球場那邊傳來一陣騷動.
Two marriage proposals in one day! My mind is in a **tumult**. 一天兩次求婚! 我腦子一片混亂.

tumultuous [tjuˋmʌltʃʊəs] adj. 喧鬧的, 騷動的; 激烈的.

[範例] There were **tumultuous** crowds around the burning hotel. 那棟著火的旅館四周有騷亂的人群.
The singer received a **tumultuous** welcome. 那位歌手受到熱烈的歡迎.

[活用] adj. more tumultuous, most tumultuous

tumultuously [tjuˋmʌltʃʊəslɪ] adv. 騷亂地, 喧鬧地.

[活用] adv. more tumultuously, most tumultuously

tuna [ˋtunə] n. 鮪魚《亦作 tuna fish》.

[複數] tuna/tunas

tundra [ˋtʌndrə] n. 苔原, 苔原地帶《高緯度地區, 地表僅生長著苔類》.

*tune [tjun] n. ① 調子, 曲調. ② 和諧, 協調. ——v. ③ 調音; 調整（機器等）; 調（收音機）頻道.

[範例] ① The violinist played a sweet **tune**. 那個小提琴家演奏了一支悅耳的曲子.
The cellist played out of **tune**. 那個大提琴家演奏時走調了.

② The latest proposal is in **tune** with the times. 那項最新的提議與時代同步.

③ The members of the orchestra were **tuning** up. 管弦樂團的成員們正在調音.
Steve's in the driveway **tuning** up the car. 史蒂夫在馬路上調試那輛車.
Tune in to the news. 調到新聞頻道.

[片語] *change ~'s tune/sing another tune* 改變意見, 改變態度.

to the tune of ① 與~調和. ②（金錢）總額高達.

tune in 調到~頻道.（⇨ [範例] ③）

tune out 無視: Tom **tuned out** the interference. 湯姆無視阻撓.

[字源] tone.

♦ **túning fòrk** 音叉《用於樂器調音的叉狀器具》

[tuning fork]

[複數] tunes

[活用] v. tunes, tuned, tuned, tuning

tuneful [ˋtjunfəl] adj. 悅耳的, 曲調優美的: I wouldn't call rap **tuneful** music, would you? 我不會將饒舌歌稱作優美的音樂, 你呢?

[活用] adj. more tuneful, most tuneful

tunefully [ˋtjunfəlɪ] adv. 悅耳地, 曲調優美地.

[活用] adv. more tunefully, most tunefully

tuner [ˋtjunɚ] n. ① 調諧器《收音機、電視機可以調節選臺及調整聲音、影像的裝置》. ② 調音師: a piano **tuner** 鋼琴調音師.

[複數] tuners

tunic [ˋtjunɪk] n. ① 長及臀部的寬鬆女上衣. ②《英》（軍人、警官等的）短外衣.

[參考] 這是古希臘、羅馬人長至膝的短袖或無袖上衣, 腰間束皮帶. 現在用於指女用束腰外衣, 或者長度稍長至腰部以下的短外衣.

[tunic]

[複數] tunics

*tunnel [ˋtʌnl] n. ① 隧道. ——v. ② 挖隧道.

[範例] ① They built a **tunnel** under the channel. 他們在那個海峽底下建了一條隧道.

② The headline said, "Convicts **Tunnel** Out of Prison." 那個標題寫著:「罪犯挖地道越獄.」

[複數] tunnels

[活用] v. tunnels, tunneled, tunneled, tunneling/《英》tunnels, tunnelled, tunnelled, tunnelling

turban [ˋtɝbən] n. 包頭巾, 無簷帽《北非、南

亞地區伊斯蘭教男子所戴，包在頭上的頭巾，也被納入現代女性時裝中）．

[複數] **turbans**

turbine [ˋtɝˏbaɪn] *n.* 渦輪機《用氣體或液體的壓力使特殊轉輪運作，藉此產生動力》．

[發音] 亦作 [ˋtɝˏbɪn]．

[複數] **turbines**

turbofan [ˋtɝboˏfæn] *n.* 渦輪風扇發動機，渦輪引擎《利葉片轉動，產生風能》．

[複數] **turbofans**

turbojet [ˋtɝboˏdʒɛt] *n.* 渦輪噴射機《透過渦輪產生噴射氣流而獲得推進力的飛機》．

[複數] **turbojets**

turboprop [ˋtɝboˏprɑp] *n.* 渦輪螺旋槳式飛機《透過渦輪使螺旋槳轉動而獲得推進力的飛機》．

[複數] **turboprops**

turbulence [ˋtɝbjələns] *n.* ① 狂暴，動亂，騷動．②（水流、氣流等）湍流，亂流．

[範例] ① Even martial law couldn't put this political **turbulence** down. 即使是戒嚴令也無法平息這場政治動亂．

② **Turbulence** struck the plane. 亂流襲擊那架飛機．

turbulent [ˋtɝbjələnt] *adj.* ① 狂暴的，動亂的，騷動的．②（水流、氣流等）湍流的，不穩定的．

[範例] ① a **turbulent** mob 激動的暴民

I had many **turbulent** years after the war. 戰後我度過動亂的歲月．

② The waves are **turbulent**. 波濤洶湧．

[活用] *adj.* **more turbulent**, **most turbulent**

tureen [tuˋrin] *n.* 有蓋的湯鍋．

[tureen]

[複數] **tureens**

*****turf** [tɝf] *n.* ① 草地；〖英〗（移植用的）草皮．② 泥炭．③〖the ~〗賽馬運動；賽馬場．④《口語》（黑道幫派等的）地盤．

——*v.* ⑤ 用草皮覆蓋．

[片語] ***turf out*** 《口語》〖英〗趕走：The landlord **turfed out** anyone who didn't pay his rent. 那位地主趕走那些不繳租金的人．

[複數] **turfs/turves**

[活用] *v.* **turfs**, **turfed**, **turfed**, **turfing**

Turk [tɝk] *n.* 土耳其人．

[複數] **Turks**

Turkey [ˋtɝkɪ] *n.* 土耳其《☞ 附錄「世界各國」》．

*****turkey** [ˋtɝkɪ] *n.* ① 火雞（肉）．②《口語》失敗〔無用〕的人．

[範例] ① Thanksgiving without **turkey** isn't Thanksgiving. 沒有火雞的感恩節稱不上是感恩節．

We had **turkey** for dinner. 我們晚餐吃火雞．

[片語] ***talk turkey*** 《口語》直率地說．

[字源] 原來是葡萄牙人把經由土耳其 (Turkey) 引進到歐洲的西非幾內亞 (Guinea) 產的一種鳥

稱作此名字．美洲的火雞並非同一種動物，但以訛傳訛最後就這樣稱呼了．

[複數] **turkeys**

Turkish [ˋtɝkɪʃ] *adj.* ① 土耳其的．

——*n.* ② 土耳其語．

turmoil [ˋtɝmɔɪl] *n.* 騷亂，喧囂，混亂．

[範例] The government mobilized the army to calm the **turmoil**. 政府出動軍隊平息騷亂．

His mind was thrown into **turmoil** by his wife's death. 因為他太太死了，他腦海中一片混亂．

[複數] **turmoils**

*****turn** [tɝn] *v.*

原義	層面	釋義	範例
改變方向	改變所朝向的方向	轉變方向	①
	轉動	轉動，旋轉	②
	狀態、性質、內容	改變，轉變	③

④ 轉圈，使成圓形．

——*n.*

原義	層面	釋義	範例
改變方向	改變所朝向的方向	轉向，轉彎	⑤
	轉動	轉動，旋轉	⑥
	狀態、性質、內容	變化，轉變	⑦
	朝某個方向	性格；才能；傾向	⑧

⑨ 順序，輪流．⑩ 一件工作；持續一陣子的動作；一圈．⑪ 措辭，文體．

[範例] ① My father **turned** and waved. 我父親轉過身來，揮了揮手．

Let's **turn** and go home. 我們返回家吧．

Turn right here. 在這裡右轉．

Turn to the left at the second intersection. 在第2個交叉路口向左轉．

Chris **turned** his car into the car park. 克里斯把車轉向停車處．

Mother **turned** the omelette over very well. 媽媽很會煎蛋餅．

The smell **turned** my stomach. 那個氣味使我反胃．

My stomach **turned** when I saw all the blood and guts. 當我看見血和內臟時就感到一陣反胃．

We **turned** our eyes from the horrible car accident. 我們把目光從那起令人毛骨悚然的交通意外事故上移開．

My umbrella **turned** inside out in the storm. 在暴風雨中，我的傘外翻了．

A small boat **turned** upside down in the stormy

night. 在狂風暴雨的夜晚，一艘小船翻覆了.

He **turned** on his stomach. 他趴了下來.

The wind must have **turned** their ship from its course. 風必定已使他們的船隻偏離了航向.

The teacher tried to **turn** the conversation away from a particularly controversial subject. 那位老師儘量避免談論特別有爭議的主題.

While I was waiting I **turned** the pages of a car magazine. 我在等候時，翻看一本汽車雜誌.

All eyes in the hall **turned** toward him. 大廳裡所有的目光都轉向他.

His health **turned** for the better. 他的健康好轉了.

She **turned** her attention to the beautiful scenery. 她轉而注意優美的風景.

He **turned** his thoughts toward home. 他轉而思念故鄉.

The wind **turned** from the west to the north. 風向由西轉為北.

She **turned** her ankle and now it's all swollen. 她扭傷了腳踝，現在全腫起來了.

Nothing could **turn** him from his way of thinking. 沒有任何事能改變他的思維方式.

She **turned** to her friends for help. 她求助於朋友們.

He was **turned** out of his house. 他被趕出家門.

② The Ferris wheel **turns** very slowly. 摩天輪轉得很慢.

The earth **turns** around the sun. 地球繞著太陽轉.

Turn the wheel to the right slowly. 慢慢地將輪子轉到右邊.

He **turned** the key in the lock. 他在鎖中轉動鑰匙.

She **turned** the corner to the left. 她在轉角處左轉.

After **turning** the matter over in his mind, Ron decided to buy the ranch. 朗在反覆考慮後決定買下那座農場.

③ Water **turns** into vapor at 212°F. 水在華氏212度變為蒸氣.《212°F 讀作 two hundred twelve degrees Fahrenheit》

Her love **turned** to hate. 她的愛轉為恨.

Rain is **turning** to snow at this hour along the shore. 此時海岸沿線的雨開始變為雪.

The news have **turned** his face pale. 這則消息使他的臉色轉為蒼白.

I have **turned** fifty. 我已年逾50歲了.

It has just **turned** two o'clock. 剛好2點.

The fairy waved her wand and **turned** the pumpkin into a coach. 那個仙女揮動她的魔杖，將南瓜變成一輛馬車.

Please **turn** this passage into English. 請將這一段譯成英文.

He **turned** red with embarrassment. 他因為困窘而臉紅.

He was a journalist before he **turned** novelist. 他在成為小說家之前是一位記者.

Warm weather will **turn** milk bad. 溫暖的天氣會使牛奶變質.

④ She **turned** a cup on a potter's wheel. 她在陶輪上做了一個杯子.

The girl **turned** a neat circle on the ice. 那個女孩在冰上畫了一個完美的圓.

⑤ The car made a sudden **turn** to the right. 那輛車子向右急轉彎.

No Left **Turn**. 禁止左轉.

Take the first **turn** to the left. 在第一個轉彎處左轉.

The conversation took a new **turn**. 那次交談轉變了一個新話題.

The patient took a **turn** for the better. 那個病人的病情好轉了.

Let's meet at the **turn** in the road. 我們在那條路上的轉彎處會合吧.

I think my luck is finally on the **turn**. 我想最終我會時來運轉的.

Next year will be the **turn** of this century. 明年將是世紀之交.

⑥ Father gave a **turn** to the key in the lock. 父親用鑰匙在鎖裡轉了一下.

The plane made two **turns** in the air. 那架飛機在空中轉了兩圈.

⑦ That smoke alarm gave me a **turn**. 那個煙霧警報嚇了我一跳.

⑧ She is of an artistic **turn** of mind. 她有藝術家的天分.

He has a **turn** for mathematics. 他有數學才華.

⑨ It is my **turn** to sing. 輪到我唱了.

Her **turn** has come. 輪到她了.

Those who dislike others will in their **turn** be disliked by them. 那些不喜歡別人的人也會得到相同的回報.

⑩ We took a **turn** in the park. 我們在公園逛了一圈.

One good **turn** deserves another. 《諺語》善有善報.

⑪ I admired his witty **turn** of phrase. 我喜歡他機智的表達方式.

[片語] *at every turn* 到處; 經常: My father opposed me **at every turn**. 我父親經常反對我.

by turns 輪流地，交替地: My brothers drove the car **by turns**. 我的兄弟們輪流開車.

Brian gets talkative and reticent **by turns**. 布萊恩時而多話，時而沉默.

in ~'s turn 輪到～時. (⇨ [範例] ⑨)

in turn ① 依次地: The students in the classroom introduced themselves **in turn**. 那間教室裡的學生依次作了自我介紹. ② 反過來: You laugh at others' misery and you are laughed at by them **in turn**. 你嘲笑別人的不幸，反過來也會遭到別人的嘲笑.

on the turn 《口語》正在轉變的. (⇨ [範例] ⑤)

out of turn 不依次地; 不合時宜地: The leading actor said one of his lines **out of turn**. 那個男主角有一句臺詞沒有按順序說.

He often spoke **out of turn**, which annoyed everyone. 他說話不分場合, 經常激怒每個人.

take it in turns to ～ 依次, 輪流: They **took it in turns to** drive the car. 他們輪流開車.

take turns 輪流 (at): We **took turns** at watching the baggage. 我們輪流看管行李.

to a turn 《口語》剛好合適地, 恰好地: The roast was done **to a turn**. 那塊肉烤得恰到好處.

turn about 轉向: The officer shouted, "About turn!" and the soldiers **turned about** in one body. 軍官大叫「向後轉!」, 士兵們集體向後轉.《About turn! 為『英』的號令,『美』稱作 About face!》

turn against 反抗; 討厭: All the members **turned against** the manager. 所有的成員都討厭那位經理.

turn ～ against... 使～與 … 對 立: What **turned** you **against** your father? 甚麼使你與父親反目?

turn and turn about 輪流地: You should operate the computer **turn and turn about**. 你們應該輪流使用這臺電腦.

turn around/turn round (使) 轉身, (使) 轉向: She **turned around** when she felt somebody behind her. 當她感覺有人在她身後時, 她轉過身來.

The cannon **turned** 180° **around** and fired repeatedly. 大砲轉180度並且不停地發射.

The stock market finally **turned around** and started going up. 股市終於反轉, 並且開始上揚.

We couldn't **turn** him **around** and get him to agree to the proposal. 我們無法使他改變主意, 並且同意那項提議.

He will completely **turn** our company **around**, I'm sure. 我相信他將完全扭轉我們公司的形勢.

turn aside 避開: No one could **turn aside** his anger. 沒有人能避開他的怒火.

turn away 走開, (使) 離開; 轉過臉拒絕 (⇒ 範例 ①): When we saw the carnage at the Sarajevo marketplace on TV, we **turned away** in horror. 當我們在電視上看到發生在塞拉耶佛市場上的大屠殺時, 我們立刻嚇得轉過臉去.

How could you **turn away** from your family? 你怎麼能離開你的家呢?

People who didn't have reservations were **turned away**. 那些沒有預約的人被拒絕了.

Can you **turn** those refugees **away**? 你能將那些難民拒於門外嗎?

turn back 回歸原位, 回溯; 撥慢 (鐘錶); 折回來: We can't **turn back**. 我們不能打退

堂鼓.

Turn back to page 10. 翻回到第10頁.

I want to **turn back** the clock. 我想要時光倒流.

He **turned back** the corner of the page. 他摺起了那一頁的頁角.

turn down ① 拒絕: I invited him to the party and he **turned** me **down**. 我邀請他參加那個晚會, 他拒絕了. ② 調低 (音量、火勢等): I want to use the phone. Please **turn** the TV **down**. 我要打電話, 請將電視音量關小. ③ 摺疊: At good hotels, a maid comes to your room to **turn down** your bed while you're out having dinner. 在好的旅館裡, 當你出去吃晚餐時, 女服務生會進來整理床鋪.

turn in ① 向內摺〔彎〕: Her feet **turn in**. 她的腳成內八.

② 進入; 就寢: We **turned in** at the drugstore and had a rest for a while. 我們進入那間藥局休息一會兒.

My husband **turned in** at eleven and got up at seven. 我丈夫11點就寢, 7點起床.

③ 提出; 歸還; 引渡: You should **turn in** your essays this day next week. 下週的今天你必須繳交論文.

Applications must be **turned in** by 5 o'clock. 必須在5點前提出申請.

I **turned in** the skiing gear before leaving. 在離開前, 我歸還了滑雪用具.

If he doesn't **turn** himself **in** soon, we'll go after him. 如果他還不馬上自首, 我們將追捕他.

④ 達到: John **turned in** his best time. 約翰締造他的最佳成績.

turn off ① 關閉 (瓦斯、水、電等): Please **turn off** the lights when you go to bed. 當你上床睡覺時, 請關燈.

The water supply has been **turned off** for about a month. 斷水大約一個月了.

② 拐入旁路: The second witness will testify he saw the car **turn off** the highway at exactly 10:03 pm. 第二目擊證人將證實他看見那輛車就在下午10:03駛離高速公路.

③ 使厭煩: That movie **turned** me **off**. 那場電影使我感到厭煩.

The principal's long talk **turned** the students **off**. 校長的長篇大論使學生們感到厭煩.

turn on ① 打開 (瓦斯、水、電等): Would you mind **turning on** the light? It's getting dark. 你介意開燈嗎? 天快黑了.

Please **turn on** the TV. 請打開電視.

② 使變得興奮: That rock concert **turned** me **on**. 那場搖滾音樂會使我興奮不已.

③ 散發 (魅力等): Surrounded by handsome young men, my sister **turned on** her charm. 由於被許多英俊年輕的男子圍繞, 我妹妹散發著她的魅力.

④ 攻擊《亦作 turn upon》: Spot will not **turn on** his master. 小花不會攻擊牠的主人.

⑤ 依賴: The success of this project **turned on** his efforts. 這個計畫的成功有賴於他的努力.

turn out ① 關閉 (瓦斯、水、電等): Don't forget to **turn out** the lights when you leave. 當你離開時, 別忘了關燈.

② 出去; 出動; 生產; 培養: He **turned out** despite the heavy rain. 儘管下大雨, 他仍然出去.

Crowds of people **turned out** to watch the prince. 成群的人們出來看那位王子.

I have to **turn out** very early tomorrow morning. 明天早上我必須早起.

Those who don't pay their rent on time will be **turned out**. 那些不按時繳租金的人將被趕出去.

That factory **turns out** 10,000 computers a month. 那家工廠每個月生產10,000臺電腦.

This college has **turned out** thousands of excellent engineers. 這所大學已培養出成千上萬個傑出的工程師.

③ 結果為: His letter says everything **turned out** for the best. 他來信說一切都往好的方向發展.

How did the collective bargaining **turn out**? 那場集體交涉進行得如何?

His guess **turned out** to be true./His guess **turned out** true. 他的猜測證明是正確的.

It **turned out** that he was right after all. 結果他是對的.

As it **turned out**, the news was false. 結果證明這則消息是假的.

④ 打扮: She always **turns out** her children nicely. 她總是把孩子們打扮得漂漂亮亮.

She was always fashionably **turned out**. 她總是穿著時髦.

turn over ① 翻倒; 翻身; 使 (胃) 翻動 (⇨ 範例 ①): Now **turn over** the page and try to answer the questions there. 現在翻到次頁, 試著回答那些問題.

He **turned over** on his face in his sleep. 他臉朝下趴著睡.

The car ran into the fence and **turned over**. 那輛車子撞上籬笆, 翻覆了.

The sight of the accident **turned** our stomachs **over**. 看了那起意外事故, 讓我們感到噁心.

② 反覆考慮. (⇨ 範例 ②)

③ 交給, 移交: Please **turn** the key **over** to me when you leave. 當你離開時, 請把那支鑰匙交給我.

He **turned over** the store to his son. 他把店交給兒子打理.

The local police force **turned** him **over** to the FBI. 當地警方把他交給聯邦調查局.

④ 營業額達: The company **turns over** $200,000 a week. 那家公司一星期的營業額為200,000美元.

⑤ (使) 轉動: He **turned over** the engine and heard a funny noise. 他轉動引擎, 聽見古怪

的雜音.

turn round/turn around (使) 轉身.

turn to ~ ① 著手: Now let's **turn to** cleaning the room. 現在我們開始清掃那個房間吧! ② 求助於. (⇨ 範例 ①) ③ 翻 (書頁): **Turn to** page 20. 翻到第20頁.

turn up ① 增強 (音量、火勢等): He **turned up** the radio. 他將收音機音量調大.

② 上升; 捲起: Prices are **turning up** again. 價格再次上漲.

I can't stand these guys who **turn up** the collars of their polo shirts—it's so affected. 我無法忍受這些傢伙捲起馬球衫的領子, 實在太做作了.

③ (突然) 出現, 來到: Mr. Wang **turned up** at the station today. 王先生今天突然在車站出現.

My glasses still haven't **turned up**. 我的眼鏡仍未找到.

Something is sure to **turn up**. 機會終會來到.

④ 發掘出: They **turned up** fragments of an ancient earthenware pot in the park. 他們在那個公園挖掘到古代的陶器碎片.

The police have **turned up** a lot of information about the killer. 警方已經收集了許多有關那個殺人犯的資料.

♦ **túrn sìgnal**〖美〗方向燈 (〖英〗indicator).

[活用] v. **turns**, **turned**, **turned**, **turning**
[複數] **turns**

turnabout [ˋtɝnəˏbaʊt] n. 轉向: a sudden **turnabout** of policy on taxation 稅收政策的突然轉向.

turnaround [ˋtɝnəˏraʊnd] n. ① 周轉. ② 轉向. ③ 車輛倒車場.
[參考] 亦作 turnround.

turning [ˋtɝnɪŋ] n. ① 旋轉. ② 轉彎處: Take the first **turning** to the left, and you'll find the post office. 在第一個轉彎處左轉, 你就會發現郵局.
[複數] **turnings**

turnip [ˋtɝnəp] n. 蕪菁.
[複數] **turnips**

turnout [ˋtɝnˏaʊt] n. ① 出席者, 投票者. ② (口語) 裝束, 裝備. ③ 產量.
[範例] ① A high **turnout** is expected in Quebec's referendum on independence. 就獨立問題在魁北克舉行全民投票, 預計投票率會很高.
There was a good **turnout** at the farewell party. 出席告別會的人很多.
② a colourful **turnout** 五彩繽紛的裝束.
[複數] **turnouts**

turnover [ˋtɝnˏovɚ] n. ① 交易額; (商品) 周轉率. ② 人事變動率. ③ 捲酥. ④ 翻倒.
[範例] ① He is proud of a **turnover** of $5,000 a week. 他為一星期營業額達到5,000美元而自豪.
Large supermarkets have a rapid **turnover** of merchandise. 大型超市商品周轉很快.
② reduce the labor **turnover** 降低人事變動率.

〔複數〕**turnovers**

turnpike [`tɝn,paɪk] *n.* ① 〖美〗收費高速公路
《亦作 pike, turnpike road》. ②〖古語〗收費站.
〔複數〕**turnpikes**

turnround [`tɝn,raʊnd] *n.* ① (飛機的) 折返
準備. ② 轉向.
〔參考〕亦作 turnaround.

turnstile [`tɝn,staɪl] *n.*
十字轉門.
〔複數〕**turnstiles**

turntable [`tɝn,tebl] *n.*
(調換火車頭方向的) 轉
車臺;(電唱機的) 轉盤.
〔複數〕**turntables**

turnup [`tɝn,ʌp] *n.* ①
〖英〗翻摺《〖美〗cuff》. ②
《口語》〖英〗出乎意料的事.
〔複數〕**turnups**

[turnstile]

turpentine [`tɝpən,taɪn] *n.* 松節油.

turquoise [`tɝkwɔɪz] *n.* ① 土耳其玉《12月的
誕生石;☞〖充電小站〗(p. 125)》. ② 天藍色.
——*adj.* ③ 天藍色的.
〔複數〕**turquoises**

turret [`tɝɪt] *n.* ① 角樓. ②
砲塔.
〔複數〕**turrets**

turtle [`tɝtl] *n.* ① 海龜, 龜.
② 龜肉.
〔片語〕**turn turtle** 翻覆.
〔複數〕**turtles**

turtleneck [`tɝtl,nɛk] *n.* 套
頭高領毛衣《亦作 polo
neck》.
〔複數〕**turtlenecks**

[turret]

tusk [tʌsk] *n.* (象等的) 長牙.
〔複數〕**tusks**

tussle [`tʌsl] *v.* ① 扭打, 爭鬥.
——*n.* ② 扭打, 爭鬥.
〔範例〕① We used to **tussle** for one thing or
another. 以前我們曾為一些事情扭打.
② The man and his wife have a **tussle** every
Sunday. 那個男子和他的妻子每週日總要爭
吵.
After a long **tussle**, they made the government
admit their mistakes. 經過長期的爭論, 他們
使得政府容忍他們的錯誤.
〔活用〕*v.* **tussles, tussled, tussled, tussling**
〔複數〕**tussles**

tut [tʌt] *interj.* ① 嘖!
——*v.* (對~) 發出嘖聲.
〔範例〕① **Tut-tut**! I've lost my new pen. 嘖! 我丟
了一枝新鋼筆.
② My boss **tut-tutted** my inefficiency. 老闆對
我的低效率嘖嘖唸舌.
〔參考〕tut-tut 這樣疊加在一起使用的很多.
〔發音〕① 實際的咂舌並不發出 [tʌt] 的音, 這是將
舌尖貼在牙齦後部, 不呼吸時使舌頭發出響
聲, tut 是表示這個音的字.
〔活用〕*v.* **tuts, tutted, tutted, tutting**

***tutor** [`tutɚ] *n.* ① 家庭教師. ② (英國大學的)
指導教師. ③〖美〗助教《比講師 (instructor) 低
一級, 多由研究生兼任》.
——*v.* ④ 個別指導. ⑤〖美〗當家庭教師; 受家
庭教師教導.
〔範例〕① We can't afford a private **tutor** for our
son. 我們沒錢幫兒子請一個家庭教師.
④ Bob **tutored** the boy in English. 鮑伯是那個
男孩的英語家庭教師.
Karen is **tutoring** a kid in her neighborhood to
make some extra money. 凱琳當鄰居小孩的
家庭教師, 以掙些外快.
〔複數〕**tutors**
〔活用〕*v.* **tutors, tutored, tutored, tutoring**

tutorial [tu`tɔrɪəl] *adj.* ① 家庭教師的; 個別指
導的.
——*n.* ② (大學的) 個別指導時間.
〔複數〕**tutorials**

tutu [`tutu] *n.* 芭蕾舞裙.
〔複數〕**tutus**

tuxedo [tʌk`sido] *n.* (男士) 半正式晚禮服.
〔複數〕**tuxedos**

TV [`ti`vi] *n.* ① 電視; 電視節目. ② 電視機.
〔範例〕① What's on **TV** now? 現在電視上演甚麼?
② She bought a new **TV**. 她買了一臺新電視
機.
〔參考〕television.
♦ **TV dínner** 電視餐.
〔複數〕**TVs**

twang [twæŋ] *n.* ① 弦聲. ② 鼻音.
——*v.* ③ 撥弄琴弦.
〔範例〕① After just a few **twangs**, he stopped
playing. 他彈撥了一下就不彈了.
② She speaks with a **twang**. 她說話帶鼻音.
③ He **twanged** the guitar strings. 他撥動吉他
的弦.
〔複數〕**twangs**
〔活用〕*v.* **twangs, twanged, twanged,
twanging**

tweak [twik] *v.* ① 捏, 扭, 擰 (鼻子, 耳朵等):
She **tweaked** his nose playfully. 她捏著他的
鼻子玩.
——*n.* ② 捏, 扭, 擰.
〔活用〕*v.* **tweaks, tweaked, tweaked,
tweaking**
〔複數〕**tweaks**

tweed [twid] *n.* ① 斜紋軟呢《蘇格蘭所產用兩
種顏色以上的線織成的厚毛織品》. ② 〔~s〕
斜紋軟呢服.
〔複數〕**tweeds**

tweeter [`twitɚ] *n.* 小型高音揚聲器.
〔複數〕**tweeters**

tweezers [`twizɚz] *n.* 〔作複數〕鑷子, 小鉗
子, 拔毛鉗—a pair of **tweezers** 一把鑷子.

*#**twelfth** [twɛlfθ] *n.* ① 第12 (個). ② 1/12.
〔範例〕① They got married on the **twelfth** of June.
他們在6月12日結婚.
② five **twelfths** 5/12.
〔複數〕**twelfths**

簡介輔音群 tw- 的語音與語義之對應性

tw- 是由清聲齒齦阻塞音 /t/ 與雙唇滑音 /w/ 組合而成. 發 [t] 音時, 舌尖向上, 抵住上齒齦, 而發 [w] 音時, 雙唇突出composed合成圓形. 因此兩音合唸, 很像人把手伸出去觸摸 (touch) 某物, 並在拇指與食指之間, 撮、擠、捻、夾、扭、彈、轉 (pinch) 某物, 就如同把雙唇合成圓形.

(1) 本義表示「某物在拇指與食指之間, 做撮、擠、捻、夾、扭、彈、轉等的動作」:

twang (弦樂器)發弦聲, 使(絃樂器)砰然作響

tweak 捏, 抓, 擰(耳朵、鼻子等)

twiddle 轉動(手指),(用手)玩弄

twine 捻, 搓(線、繩等)

twirl 捻弄, 玩弄(鬍子、頭髮等); 使旋轉

twist 捻, 搓(線、繩等)

twit 嘲笑, 揶揄, 挖苦

twitch (肌肉等)抽動, 使痙攣《彷彿絃樂器的弦被彈》

twinge (身體、內心等的)劇痛, 刺痛《彷彿絃樂器的弦被彈》

twinkle (星等)閃爍《彷彿星星被扭到而發生「抽筋」現象》

(2) 某物在兩指(拇指與食指)之間做搓、擠、捻等動作, 因此衍生出引申之意「二、兩」:

two 二(個)

twain 《古語》＝two

twelve 十二(個)《源自古英語 twelf (＝two left), 其義為「數完了十, 還剩下二」》

twenty 二十(個)《源自古英語, 其義為「twice ten」》

twice 兩次

twin 雙胞胎之一

twine 兩股(或多股)的線, 捻線, 合股線

tweezers (有 two points 的) 鑷子, 拔毛鉗

twig 細枝, 嫩枝《源自古英語 twig "consisting of two"》

twill 斜紋布, 嗶嘰《源自古英語 twilic "having a double thread" (織物有兩條平行的斜紋線)》

---

*twelve [twɛlv] *n.* 12.

字源 古英語的 twelf (two left)《用手指數10之外, 還多了兩個》

複數 **twelves**

*twentieth [`twɛntɪɪθ] *n.* ① 第20(個). ② 1/20.

範例 ① The **twentieth** century saw two world wars. 20世紀經歷了兩次世界大戰.

② three **twentieths** 3/20.

複數 **twentieths**

*twenty [`twɛntɪ] *n.* ① 20. ②(~ies)(世紀的)20年代; (年紀的)20幾歲《亦作20s》.

範例 ① **Twenty** means "two times ten." 20等於2乘以10.

② in the nineteen **twenties** 在1920年代.

I would like to get married in my **twenties**. 我想在20幾歲時結婚.

字源 古英語的 twēgen (2)＋tig (×10).

複數 **twenties**

*twice [twaɪs] *adv.* ① 兩次地, 兩回地. ② 兩倍地.

範例 ① I have been to America **twice**. 我去過美國兩次.

I take a shower **twice** a day. 我一天洗兩次澡.

Opportunity seldom knocks **twice**. 《諺語》機不可失.

② **Twice** three is six. 3的兩倍是6.

This apartment is **twice** as expensive as mine —and it's the same size. 同樣大小, 這間公寓的價錢是我那間的兩倍.

Now you are **twice** the man you were. 你現在比以前強多了.

twiddle [`twɪdl] *v.* 玩弄, 把玩 (with): Don't **twiddle** with your knife. 不要玩小刀.

片語 **twiddle ~'s thumbs** ①（其他手指交叉）旋繞兩手的大拇指《消磨時間的動作》: I waited for her to finish shopping **twiddling my thumbs**. 我無聊地旋繞拇指, 等她買完東西. ②《口語》游手好閒, 無所事事: Don't **twiddle your thumbs** all day long. 不要成天無所事事.

活用 *v.* **twiddles**, **twiddled**, **twiddled**, **twiddling**

*twig [twɪg] *n.* 細枝, 小樹枝: The bird built a nest from **twigs**. 那隻小鳥用小樹枝搭了一個巢.

複數 **twigs**

*twilight [`twaɪ,laɪt] *n.* 黃昏, 薄暮; (全盛期後的)衰退期, 沒落期.

範例 I like going for a walk in the **twilight**. 我喜歡在黃昏時分散步.

She walked along the beach at **twilight**. 黃昏時分她沿著海濱散步.

I have reached the **twilight** years of my life. 我已處於人生的晚年.

*twin [twɪn] *n.* ① 雙胞胎之一; 成對之一; 極相似之人〔物〕. ② 〔the T~s〕雙子座, 雙子座的人《充電小站》(p. 1523)). ③ 雙人房《亦作 twin room》.

——*adj.* ④ 雙胞胎的; 成對的; 酷似的.

——*v.* ⑤ 使成對; 使結成姊妹市.

範例 ① The boy is a **twin**. 那個男孩是雙胞胎之一.

His hat is the exact **twin** of Bob's. 他的帽子和鮑伯的一模一樣.

④ Marian is my **twin** sister. 瑪麗安是我的孿生妹妹.

⑤ Our city is **twinned** with New York. 我們的城市和紐約結成姊妹市.

♦ **twin béd** 成對的單人床之一《一對相同的單人床之其中一張》.

twin róom（有兩張單人床的）雙人房《亦作 twin》.

twin tówn〖英〗姊妹市《〖美〗sister city》.

〖複數〗**twins**

〖活用〗v. **twins, twinned, twinned, twinning**

*__twine__ [twaɪn] v. ①（使）盤繞,（使）纏繞. ② 搓, 捻, 編織（線等）.

——n. ③ 捻線, 合股線, 麻線；麻繩.

〖範例〗① We took a path that **twined** up the north side of the mountain. 我們走那座山北面蜿蜒的小道.

He **twined** the cord around the pole. 他將細繩繞在那根棒子上.

② She **twined** the strings into a rope. 她把線搓捻成繩.

③ He tied up the package with **twine**. 他用麻繩將那個包裹捆起來.

〖活用〗v. **twines, twined, twined, twining**

twinge [twɪndʒ] n.（突然的一陣）劇痛, 劇痛.

〖範例〗a **twinge** from a bad tooth 一陣牙痛.

a **twinge** of conscience 良心的譴責.

〖複數〗**twinges**

*__twinkle__ [ˋtwɪŋkl] v. ① 閃爍, 閃耀. ②（舞者的）腳步快速移動.

——n. ③ 閃爍, 閃耀. ④ 瞬間.

〖範例〗① Mary's eyes **twinkled** in the moonlight. 瑪麗的雙眼在月光下閃爍.

② The pretty girl danced with **twinkling** feet. 那個漂亮的女孩踏著輕快的舞步.

③ We saw a **twinkle** of delight in Tom's eyes. 我們看到湯姆眼中閃過一絲喜悅.

〖活用〗v. **twinkles, twinkled, twinkled, twinkling**

〖複數〗**twinkles**

twirl [twɝl] v. ①（使）快速旋轉.

——n. ② 旋轉, 扭轉.

〖範例〗① The girl **twirled** her baton. 那個女孩轉動著她的指揮棒.

Streamers **twirled** down to the stadium floor. 彩帶垂到體育館的地板上.

② The dancer did a **twirl** on the floor. 那名舞者在地板上旋轉.

〖活用〗v. **twirls, twirled, twirled, twirling**

〖複數〗**twirls**

*__twist__ [twɪst] v. ① 扭, 擰；扭曲, 歪曲；纏繞, 曲折盤繞.

——n. ② 搓, 扭, 擰；旋轉, 扭傷. ③〔the ~〕扭扭舞《兩腳站立不動, 激烈扭動手臂和腰的舞蹈》.

〖範例〗① The wrestler **twisted** my arm. 那名摔角選手扭住我的手臂.

He **twisted** the string into a big knot. 他把那條繩子打了一個大結.

Twist the knob to the right. 將把手往右轉.

He **twisted** the cap off the jar. 他轉開了瓶蓋.

The player **twisted** his ankle. 那名選手扭傷了他的腳踝.

She **twisted** the paper into a makeshift baton. 她把那張紙捲起來做成一根臨時指揮棒.

He **twisted** a persimmon off the tree. 他從樹上摘下一顆柿子.

You have a **twisted** personality. 你的性格扭曲.

Her face was **twisted** with pain. 她的臉因疼痛而扭曲變形.

She **twisted** the scarf around her neck. 她把那條圍巾纏繞在脖子上.

② She gave a **twist** to his arm. 她扭了一下他的手臂.

There are many **twists** in the road. 路上有許多彎道.

This movie has a strange **twist** at the end. 這部電影的結尾有意外的發展.

〖活用〗v. **twists, twisted, twisted, twisting**

〖複數〗**twists**

twister [ˋtwɪstɚ] n. ①《口語》〖美〗龍捲風. ② 捻絲機. ③ 旋轉球.

〖複數〗**twisters**

twit [twɪt] n.《口語》嘲笑；責備.

〖複數〗**twits**

twitch [twɪtʃ] v. ① 使勁拉；抽動, 抽搐. ② 急速拉動.

——n. ③ 抽搐, 痙攣. ④ 急拉.

〖範例〗① The patient's face **twitched** with pain. 那個病人的臉部因疼痛而抽搐.

③ He felt a **twitch** in his arm. 他感到手臂一陣抽痛.

〖活用〗v. **twitches, twitched, twitched, twitching**

〖複數〗**twitches**

*__twitter__ [ˋtwɪtɚ] v. ①（鳥）鳴囀. ②（因興奮而）嘰嘰喳喳地說 (on).

——n. ③（鳥的）鳴囀. ④ 興奮；（因興奮而）顫抖的狀態.

〖範例〗① Some little birds were **twittering** in the trees. 有幾隻小鳥在樹上啾啾叫.

② They are just **twittering** on about their soap operas. 他們一直嘰嘰喳喳地討論著連續劇.

③ I heard the **twitter** of skylarks. 我聽見雲雀的叫聲.

④ The fans were all of a **twitter** waiting to see the pop star. 歌迷們緊張興奮地等著那個流行歌手見面.

〖活用〗v. **twitters, twittered, twittered, twittering**

****

*__two__ [tu] n. 2: **Two** and **two** makes four. 2加2等於4.《亦表示無庸置疑的道理》

〖片語〗**by twos and threes/in twos and threes** 三三兩兩地, 稀稀落落地: The students came to the small park **in twos and threes**. 學生們三三兩兩地來到那個小公園.

in two 兩部分地: Cut the apple **in two**. 把那個蘋果切成兩半.

put two and two together 根據所知來推斷: You weren't home. Then I heard about the party. I just **put two and two together** and here you are. 你不在家，然後我又聽說有個晚會，所以我推斷你在這裡，果然沒錯.
That makes two of us. 我也一樣.
Two can play at that game. 你那一招我也會；那已經不管用了.
♦ **twò-diménsional** 二度空間的，平面的.
twò-édged 雙刃的.
twò-fáced 兩面的；偽善的.
twò-píece（兩件式的）套裝.
twò-wáy〔只用於名詞前〕① 雙向通行的. ② （收音機等）收發兩用的.
複數 **twos**

twofold [`tu`fold] *adj.*, *adv.* 兩倍的〔地〕，雙重的〔地〕.

twopence [`tʌpəns] *n.*〖英〗① 兩便士. ② 兩便士銅幣.
複數 **twopences**

tycoon [taɪ`kun] *n.*（企業界的）鉅子，大亨: an oil **tycoon** 石油鉅子.
字源 來自日語的「大君，將軍」.
複數 **tycoons**

*°**tying** [`taɪɪŋ] *v.* tie 的現在分詞.

*°**type** [taɪp] *n.* ① 型，類型，種類. ② 榜樣，典型. ③ 鉛字，字體.
—— *v.* ④（按照類型）劃分，分類. ⑤ 打字.
範例 ① What **type** of music do you like? 你喜歡甚麼類型的音樂?
This is a new **type** of dictionary. 這是一本新式字典.
Tom is not my **type**. 湯姆和我不同類型.
② Paul Bunyan is the perfect **type** of hero in American folklore. 保羅·班揚是美國民間傳說中完美的英雄典型.
③ The headline is printed in larger **type**. 那個標題被用更大的鉛字排印出來.
④ The mainstream media **type** him a villain. 主流媒體將他歸類為惡徒.
⑤ Can you **type**? 你會打字嗎?
複數 **types**
活用 *v.* **types**, **typed**, **typed**, **typing**

typecast [`taɪp͵kæst] *v.*（根據演員的類型）分配角色: He is usually **typecast** as a lady's man. 他通常飾演喜歡與女人交際的男人.
活用 *v.* **typecasts**, **typecast**, **typecast**, **typecasting**

typewriter [`taɪp͵raɪtɚ] *n.* 打字機.
複數 **typewriters**

typhoid [`taɪfɔɪd] *n.* 傷寒《亦作 typhoid fever; 由傷寒桿菌透過食物進入腸道，產生發燒、致死的急性傳染病》.

typhoon [taɪ`fun] *n.* 颱風《形成於太平洋西部的暴風；☞ cyclone（颶風），hurricane（暴風）》: The **typhoon** is approaching Japan. 那個颱風正在接近日本.

字源 來自中文的「大風」.
複數 **typhoons**

typhus [`taɪfəs] *n.* 斑疹傷寒《亦作 typhus fever; 由蝨子傳染的細菌侵入體內，引起高燒、發疹等症狀的急性傳染病》.

*°**typical** [`tɪpɪkl] *adj.* 代表性的，典型的，象徵的; 特有的.
範例 a **typical** Taiwanese rainy season 典型的臺灣雨季.
This book is **typical** of her early writings. 這本書是她早期的代表作.
On a **typical** day in October it gets up to almost 28°C. 10月份的氣溫通常高達攝氏28度.《28°C 讀作 twenty-eight degrees Celsius》
It's **typical** of Jim to be late. 遲到是吉姆的特性.
"He just used me." "I told you so. He's just a **typical** man." 「他利用了我。」「我告訴過你，他就是這種人。」
活用 *adj.* **more typical**, **most typical**

typically [`tɪpɪklɪ] *adv.* 代表性地，典型地; 一般地，大體地.
範例 He shakes hands with a bow, which is **typically** Japanese. 他握手時鞠躬，這是日本人的典型.
Typically, she left her umbrella on a train. 通常她會把傘遺忘在火車上.
The application **typically** takes about three weeks to process. 申請書通常需要3個星期的時間來處理.
活用 *adv.* **more typically**, **most typically**

typify [`tɪpə͵faɪ] *v.* 代表，成為~的典型; 象徵.
範例 This house **typifies** the prevalent style throughout New England. 這棟房子是整個新英格蘭地區盛行的典型式樣.
A skull and crossbones **typifies** danger. 骷髏頭和兩根交叉骨頭的圖形象徵著危險.
活用 *v.* **typifies**, **typified**, **typified**, **typifying**

typist [`taɪpɪst] *n.* 打字員.
複數 **typists**

tyrannical [tɪ`rænɪkl] *adj.* 暴虐的，專橫的，殘暴的，專制的.
活用 *adj.* **more tyrannical**, **most tyrannical**

tyrannize [`tɪrə͵naɪz] *v.* 施行暴政，欺壓，壓制: The king **tyrannized** the people. 那位國王對人民施以暴政.
參考 〖英〗tyrannise.
活用 *v.* **tyrannizes**, **tyrannized**, **tyrannized**, **tyrannizing**

*°**tyranny** [`tɪrənɪ] *n.* 專制政治，暴政; 暴虐（行為）: The little boy escaped his father's **tyranny**. 那個小男孩逃離了父親的虐待.
複數 **tyrannies**

*°**tyrant** [`taɪrənt] *n.* 暴君，專制君主.
複數 **tyrants**

tyre [taɪr] ＝*n.*〖美〗tire.

U U u

簡介字母 U 語音與語義之對應性

/u/ 在發音語音學上列為高後圓唇音 (high back rounded vowel). 發 [u] 音時，雙唇突出撮合成圓形，牙床近於全合，舌後儘量抬高到接近軟顎，但不接觸軟顎的位置，便可發出像「嗚」的聲音．

注意：英語詞彙裡約有 3/4 都是外來語，借用法語、拉丁語、希臘語的詞彙特別多，研究字母語音與語義之對應性，有時必須考慮字源．比方說，借自拉丁語的字母 u，長音一律讀 [u] 音，短音一律讀 [ʊ] 音，但借入英語後，產生音變現象．下列例字中的字母 u 有些讀 [ʌ] 音，並非讀 [u] 音．

(1) 因雙唇突出撮合成圓形，故本義指「圓形或類似圓形之物」：

bud　n. 花蕾
bun　n. 小圓麵包
bubble　n. 泡泡，水泡
bulb　n. 球莖
bundle　n. 一捆
dumpling　n. 湯圓
rump　n. (動物的) 臀部

(2) 身體圓滾滾，引申為「肥胖、圓胖、腫脹」之意：

chubby　adj. (人、臉等) 圓胖的，豐滿的
dumpy　adj. 矮胖的
puffy　adj. 腫脹的，腫起的
turgid　adj. 腫脹的，浮腫的
protuberant　adj. 突出的，凸出的
plump　adj. 圓胖的，豐滿的
buxom　adj. (女性) 胸部豐滿的
bulge　n. 腫脹；(物體的) 鼓起或凸出之處
bump　n. (為碰撞所引起的) 腫塊
tumor　n. 腫瘤
thumb　n. 大拇指
tumefy　v. 使腫起

U [ju] n. U 字形，U 字形之物．
 ◆ **U-bend** U 形管《排水管等》．
　U-turn U 形轉彎，迴轉，(大) 逆轉．
udder [`ʌdɚ] n. (牛、山羊等雌性動物的) 乳房．
　複數 **udders**
UFO [ˌju`fo]《縮略》= unidentified flying object (不明飛行物體)．
　發音 亦作 [`jufo].
　複數 **UFOs/UFO's**
ugliness [`ʌglɪnɪs] n. 難看，醜陋；不愉快：
The **ugliness** of the area turned off many prospective home buyers. 那個地區太亂，讓有意在那裡買房子的人為之卻步．
***ugly** [`ʌglɪ] adj. 難看的，醜陋的；令人不愉快的，令人厭惡的；險惡的，危險的．
　範例 **ugly** houses 難看的房子．
　an **ugly** scene 令人不愉快的情景．
　an **ugly** wound 重傷．
　The weather is turning **ugly**. 天氣變差了．
 ◆ **ùgly dúckling** 醜小鴨《幼時被認為又醜又笨，但長大後變得很優秀的人；出自安徒生童話《醜小鴨》(The Ugly Duckling)》．
　活用 **uglier**, **ugliest**
UHF [ˌju͵ɛtʃ`ɛf]《縮略》= ultra-high frequency (超高頻)．
uh-huh [`ʌ͵hʌ] interj. (口語) 嗯，哦《對對方的談話表示理解、同意或肯定》："Did you know her?" "**Uh-huh**." 「你認識她嗎？」「嗯．」

U.K./UK [`ju͵ke]《縮略》= United Kingdom (聯合王國，英國)．
ukulele [ˌjukə`lelɪ] n. (夏威夷土著的) 四弦琴．
　複數 **ukuleles**
ulcer [`ʌlsɚ] n. 潰瘍：a stomach **ulcer** 胃潰瘍．
　複數 **ulcers**
ulster [`ʌlstɚ] n. 阿爾斯特大衣《一種有腰帶的寬鬆長大衣，男女皆可穿，原產於愛爾蘭的阿爾斯特 (Ulster) 地區》．
　複數 **ulsters**
ultimata [ˌʌltə`metə] n. ultimatum 的複數形．
***ultimate** [`ʌltəmɪt] adj. 最終的，終極的；極限的，最高級的，最大程度的．
　範例 My **ultimate** goal is financial independence. 我的終極目標是經濟獨立．
　He says that nuclear weapons are the **ultimate** deterrent. 他說核子武器是戰爭的終極抑制力量．
　Is the Rolls Royce the **ultimate** luxury car? 勞斯萊斯是最高級的豪華汽車嗎？
　This model is the **ultimate** in super-computers. 這款機型是超級電腦中的終極之作．
ultimately [`ʌltəmɪtlɪ] adv. 最終，最後，結果，終於：Responsibility **ultimately** lies with the chief executive officer of the company. 責任最後還是落在那家公司的負責人身上．
ultimatum [ˌʌltə`metəm] n. 最後通牒《在外

交協商中欲實施懲罰或報復之前向對方提出的最後警告）．

範例 An **ultimatum** will be issued to cease and desist. 要求停止的最後通牒即將發出．

I'm giving you an **ultimatum**: pay the rent or get out. 這是我給你的最後通牒：付錢，不然就滾蛋．

複數 **ultimata/ultimatums**

ultra- *pref.* 超，極端（☞ 充電小站 (p. 995)）．

ultrasonic [ˌʌltrə`sɑnɪk] *adj.* 超音波的．

ultraviolet [ˌʌltrə`vaɪəlɪt] *adj.* 紫外線的．

um [ʌm] *interj.* 嗯〈在語塞或說話遲疑時發出的聲音〉: **Um**, yeah, I think so. 嗯，沒錯，我想的．

umber [`ʌmbɚ] *n.* 深棕色，棕土色．

umbilical [ʌm`bɪlɪkl] *adj.* 臍帶的．

♦ **umbilical córd** 臍帶，命脈．

***umbrella** [ʌm`brɛlə] *n.* 傘，雨傘；保護傘．

範例 He put his **umbrella** up and hurried to the station. 他撐著傘趕往車站．

We'd better close our **umbrellas** here. 在這裡我們最好把傘收起來．

Won't you get under my **umbrella**? 和我共撐一把傘好嗎？

a collapsible **umbrella** 摺疊傘．

a beach **umbrella** 海灘遮陽傘．

They are under the nuclear **umbrella** of the US. 他們受美國的核武戰略保護．

參考 陽傘作 sunshade 或 parasol．

♦ **umbrélla stànd** 傘架．

字源 義大利語 ombra（蔭）＋ella（小的）．

複數 **umbrellas**

***umpire** [`ʌmpaɪr] *n.* ①（運動比賽的）裁判（referee 在比賽時需要移動位置，而 umpire 則留在固定的位置）．

——*v.* ② 擔任裁判．

範例 ① I acted as the chief **umpire**. 我當主審．

② Tom asked me to **umpire** the game. 湯姆要我擔任那場比賽的裁判．

複數 **umpires**

活用 *v.* umpires, umpired, umpired, umpiring

U.N./UN [`ju͵ɛn]《縮略》＝United Nations（聯合國）．

un- *pref.* ① 不～: **un**happy 不快樂的；**un**certain 不確定的；**un**fortunate 不幸的． ② 做相反的動作；使喪失某事物或動作原本的性質: **un**dress 脫去衣服；**un**fold 攤開．

***unable** [ʌn`ebl] *adj.*〔不用於名詞前〕不能的，不會的．

範例 She is **unable** to walk as fast as me. 她走路無法像我一樣快．

I was **unable** to finish my homework in time. 我未能及時完成作業．

unacceptable [ˌʌnək`sɛptəbl] *adj.* 不能接受的，不能允許的．

活用 *adj.* more unacceptable, most unacceptable

unaccompanied [ˌʌnə`kʌmpənɪd] *adj.* ①

沒有伴的；(物品) 無主的: **unaccompanied** bags 無主的手提包． ② 獨唱的；獨奏的；無人伴奏的．

unaccountable [ˌʌnə`kauntəbl] *adj.* ① 無法說明的． ② 認為無需說明的，無需負責的．

範例 ① **unaccountable** behavior 莫名其妙的舉止．

② He is **unaccountable** for this accident. 他對這件意外無需承擔任何責任．

活用 *adj.* more unaccountable, most unaccountable

unaccountably [ˌʌnə`kauntəblɪ] *adv.* 無法說明〔解釋〕地，莫名其妙地．

unaccustomed [ˌʌnə`kʌstəmd] *adj.* 不習慣的，未習慣的: I am **unaccustomed** to this job. 我還沒習慣這個工作．

活用 *adj.* more unaccustomed, most unaccustomed

unaffected [ˌʌnə`fɛktɪd] *adj.* ① 未受影響的． ② 自然的，樸素的，不矯飾的．

範例 ① The western area of the city was **unaffected** by the flood. 那個城市的西部地區未受洪水的影響．

② The driver was an **unaffected** native. 那位司機是一個純樸的當地人．

活用 *adj.* more unaffected, most unaffected

unaided [ʌn`edɪd] *adj.* 未受幫助的，無助的: Bacteria cannot be seen with the **unaided** eye. 用肉眼看不到細菌．

unanimity [ˌjunə`nɪmətɪ] *n.* 全體一致，全場一致: We reached **unanimity** after three hours of discussion. 經過3個小時的討論後，我們全體一致同意．

***unanimous** [ju`nænəməs] *adj.* 全體意見一致的，全場一致的．

範例 We are **unanimous** in our desire to move on. 我們全體一致希望繼續向前進．

The committee was **unanimous** in its condemnation of his actions. 委員會在譴責他的行動方面達成一致的意見．

He was elected President by a **unanimous** decision. 通過全體一致的決定，他被選為會長．

字源 拉丁語 un（一個的）＋animus（心）．

unanimously [ju`nænəməslɪ] *adv.* 全體一致地，全場一致地: The action was condemned **unanimously**. 那個行為受到大家的譴責．

unannounced [ˌʌnə`naunst] *adj.*, *adv.* 未告知的〔地〕，未宣布的〔地〕: He arrived **unannounced**. 他未告知就抵達了．

unanswerable [ʌn`ænsərəbl] *adj.* ① 無法回答的． ② 毫無疑問的，無可辯駁的．

unanswered [ʌn`ænsəd] *adj.* 未回答的，無回音的: **unanswered** letters 沒有回音的信．

unarmed [ʌn`ɑrmd] *adj.* 非武裝的，不拿武器的．

unashamed [ˌʌnə`ʃemd] *adj.* 厚顏無恥的，

不知羞恥的.

unasked [ʌn`æskt] *adj.* 未被提出的，未受要求的.

unattended [ˌʌnə`tɛndɪd] *adj.* 未受照顧的，被忽視的，無人理會的.

[範例] an **unattended** baby 未受照顧的嬰兒.

Don't leave your suitcase **unattended** at the station. 在車站時不要把手提箱放在一旁不管.

unattractive [ˌʌnə`træktɪv] *adj.* 沒有魅力的，不好看的.

[活用] *adj.* **more unattractive**, **most unattractive**

unavailable [ˌʌnə`veləbl] *adj.* 〔不用於名詞前〕無法獲得的; (人) 無法會面的:

Drinking-water is **unavailable** here. 在這裡無法取得飲用水.

unavoidable [ˌʌnə`vɔɪdəbl] *adj.* 無法避免的，不得已的: an **unavoidable** delay 不得已的遲到.

[活用] *adj.* **more unavoidable**, **most unavoidable**

*__**unaware** [ˌʌnə`wɛr] *adj.* 〔不用於名詞前〕未察覺到的，不知道的.

[範例] The terrorists were **unaware** of what was going on around them. 那些恐怖分子沒有察覺到自己的周圍發生了甚麼事.

I was **unaware** that your brother was such a good swimmer. 我不知道你哥哥游泳游得那麼棒.

*__**unawares** [ˌʌnə`wɛrz] *adv.* ① 粗心地. ② 出其不意地，意料之外地.

[範例] ① You must have left your book somewhere **unawares**. 你一定是粗心大意把書遺忘在甚麼地方.

② The man must have caught her **unawares**. 那個男子一定是出其不意地抓住她的.

unbalanced [ʌn`bælənst] *adj.* ① 不平衡的，失衡的. ② 心理不平衡的，精神錯亂的.

[範例] ① an **unbalanced** report on UN activities 針對聯合國活動所做的偏頗報導

② The jury judged that the accused had been **unbalanced** when he shot his wife. 陪審團判決被告在槍殺妻子時已經精神錯亂了.

[活用] *adj.* **more unbalanced**, **most unbalanced**

unbearable [ʌn`bɛrəbl] *adj.* 難以忍受的，不能容忍的: The heat was **unbearable**. 酷熱難耐.

[活用] *adj.* **more unbearable**, **most unbearable**

unbearably [ʌn`bɛrəblɪ] *adv.* 無法忍受地: The child is **unbearably** noisy. 那個孩子吵得讓人無法忍受.

[活用] *adv.* **more unbearably**, **most unbearably**

unbeatable [ʌn`bitəbl] *adj.* 難以戰勝的，無敵的.

unbecoming [ˌʌnbɪ`kʌmɪŋ] *adj.* 不合適的，

不合宜的; 不相稱的，不搭配的.

[範例] Your outburst is **unbecoming** of a senator. 你那樣的情緒爆發不像一個參議員所為.

It used to be **unbecoming** behavior for a woman to ask a man out on a date. 從前女性邀男性去約會被認為是不當的行為.

He wore an **unbecoming** tie. 他繫了一條不搭調的領帶.

This hairstyle is rather **unbecoming** on me. 這種髮型不太適合我.

[活用] *adj.* **more unbecoming**, **most unbecoming**

unbelievable [ˌʌnbə`livəbl] *adj.* 無法相信的，難以置信的.

[範例] What he said was **unbelievable**. 他的話令人難以置信.

The fish were swimming with **unbelievable** speed. 魚以令人難以置信的速度游動著.

[活用] *adj.* **more unbelievable**, **most unbelievable**

unbelievably [ˌʌnbə`livəblɪ] *adv.* 無法相信地，難以置信地.

[活用] *adv.* **more unbelievably**, **most unbelievably**

unbelieving [ˌʌnbə`livɪŋ] *adj.* 不相信的:

"Why wouldn't anyone do that?" he asked with an **unbelieving** look. 他懷疑地問道:「為甚麼沒有人去做呢?」

unbidden [ʌn`bɪdn] *adj.* 《正式》未受請求的，自發性的，不請自來的: an **unbidden** sigh 無意中發出的嘆息.

unbind [ʌn`baɪnd] *v.* 解開，鬆開(繩結等); 解放，釋放.

[活用] *v.* **unbinds**, **unbound**, **unbound**, **unbinding**

unborn [ʌn`bɔrn] *adj.* 還未出生的: the **unborn** generation 還未出世的一代.

unbound [ʌn`baʊnd] *v.* ① unbind 的過去式、過去分詞.

——*adj.* ② 未綁住的，無束縛的.

unbroken [ʌn`brokən] *adj.* 未壞的，未破損的，完整的; 未中斷的.

[範例] five **unbroken** dishes 5個完整的盤子.

unbroken rainy weather 接連下雨的天氣.

unbutton [ʌn`bʌtn] *v.* 解開鈕扣.

[活用] *v.* **unbuttons**, **unbuttoned**, **unbuttoned**, **unbuttoning**

uncalled-for [ʌn`kɔld͵fɔr] *adj.* (言行) 不適當的，不必要的，多此一舉的.

[活用] *adj.* **more uncalled-for**, **most uncalled-for**

uncanny [ʌn`kænɪ] *adj.* 神祕的，不可思議的，超乎尋常的.

[範例] **Uncanny** sounds came from the house. 從那間房子裡傳來神祕的聲音.

This thing's accuracy is **uncanny**. 這件東西的準確性真是超乎尋常.

Tom has an **uncanny** knack for picking good restaurants. 湯姆在尋找美味的餐廳方面具

有異於常人的才能.

活用 *adj.* **uncannier, uncanniest**

***uncertain** [ʌnˋsɝtn] *adj.* ① 不確定的, 不清楚的. ② 不穩定的, 變幻莫測的.

範例 ① The date of general election is **uncertain**. 大選的日期尚未確定.
I'm **uncertain** of her address. 我不清楚她的住址.
② Our English teacher has an **uncertain** temper. 我們的英文老師性情多變.

活用 *adj.* **more uncertain, most uncertain**

uncertainly [ʌnˋsɝtnlɪ] *adv.* 不確定地, 不清楚地.

活用 *adv.* **more uncertainly, most uncertainly**

uncertainty [ʌnˋsɝtntɪ] *n.* 不確定; 不可靠; 不穩定.

範例 The facts leave no room for **uncertainty**. 那些事實無庸置疑.
The **uncertainty** of the weather prevented us from going there. 我們因為天氣不穩定而沒去那裡.

複數 **uncertainties**

unchanged [ʌnˋtʃendʒd] *adj.* 未改變的, 原封不動的: The price per share is **unchanged**. 每股的價格沒有變動.

uncharitable [ʌnˋtʃærətəbl] *adj.* 無情的, 嚴厲的, 不寬厚的.

活用 *adj.* **more uncharitable, most uncharitable**

unchecked [ʌnˋtʃɛkt] *adj.* 不受控制的, 放任的, 未受阻止的: The use of drugs went **unchecked**. 毒品的使用已達泛濫狀態.

****uncle** [ˋʌŋkl] *n.* ① 叔父; 伯父; 舅舅; 姑丈; 姨丈. ② 叔叔; 伯伯《沒有親戚關係, 泛指兒童眼中的男性長輩》.

範例 ① I have four **uncles**. 我有4個叔叔.
George is my **uncle** on my mother's side. 喬治是我的舅舅.
Take me fishing, **Uncle** Ted. 帶我去釣魚吧, 泰德叔叔.
② **Uncle** *Tom's Cabin*《湯姆叔叔的小屋》《哈麗葉‧史托 (H. B. Stowe) 所著的小說》.

☞ aunt

♦ **Ùncle Sám** 美國政府; 美國人《此語的首字母與美國 (the United States) 的首字母相同; 在插畫中亦有以擬人化手法把美國畫成「山姆大叔」的模樣, 服裝是星條旗, 大禮帽上也畫有星星圖案, 而其瘦長的身體, 下巴上留著白色的鬍鬚亦為一項特徵》.

複數 **uncles**

unclean [ʌnˋklin] *adj.* ① 骯髒的, 不清潔的. ②（宗教、道德方面）不純潔的, 邪惡的; 不貞的.

範例 ① **unclean** water 髒水.
② **unclean** spirits 不純潔的靈魂.

活用 *adj.* ① **uncleaner, uncleanest/more unclean, most unclean**

unclear [ʌnˋklɪr] *adj.* ① 不明確的, 不清楚的.

② 沒有充分理解的, 沒有徹底明白的.

活用 *adj.* **more unclear, most unclear**

uncomfortable [ʌnˋkʌmfɚtəbl] *adj.* 不舒服的, 不愉快的, 不自在的.

範例 Sis looks **uncomfortable** wearing her new dress. 妹妹穿新洋裝好像渾身不自在.
the **uncomfortable** truth 令人不愉快的事實.
John felt **uncomfortable** talking about sex in front of his parents. 約翰在父母面前談到性的問題感到很不自在.

活用 *adj.* **more uncomfortable, most uncomfortable**

uncomfortably [ʌnˋkʌmfɚtəblɪ] *adv.* 不舒服地, 不愉快地, 不安地, 不自在地.

範例 The weather was **uncomfortably** warm. 天氣暖和得令人感到不舒服.
Mr. Turner **uncomfortably** accepted the nomination. 透納先生不安地接受了提名.

活用 *adv.* **more uncomfortably, most uncomfortably**

uncommon [ʌnˋkɑmən] *adj.* 罕見的, 稀少的, 不尋常的.

範例 an **uncommon** sight 罕見的情景.
Tornados are very **uncommon** in Taiwan. 龍捲風在臺灣非常罕見.
Ticks and fleas are not **uncommon** around here. 蝨子和跳蚤在這一帶很常見.
a singer of **uncommon** talent 才藝非凡的歌手.

活用 *adj.* **more uncommon, most uncommon**

uncommonly [ʌnˋkɑmənlɪ] *adv.* 極其地, 罕見地: They faced **uncommonly** difficult situations. 他們面臨了極其困難的處境.

uncompromising [ʌnˋkɑmprə‚maɪzɪŋ] *adj.* 不妥協的, 堅決的, 不讓步的.

範例 **Uncompromising** standards made this company number one. 絕對嚴格的品質標準使這家公司成為業界第一.
There's only one **uncompromising** advocate of tax reform among the candidates. 在候選人中堅決主張稅制改革的只有1人.

活用 *adj.* **more uncompromising, most uncompromising**

unconcern [‚ʌnkənˋsɝn] *n.* 不在乎, 不介意, 漠不經心: It's strange. He faces unemployment with apparent **unconcern**. 奇怪, 他看起來好像對失業並不在乎.

unconcerned [‚ʌnkənˋsɝnd] *adj.* ① 不在乎的, 不介意的, 漠不關心的, 漫不經心的. ② 無關的, 不相干的.

範例 ① Few are **unconcerned** with a higher gasoline tax. 幾乎沒有人對汽油稅的上漲不介意.
How can you be **unconcerned** about your future? 你怎麼能對自己的將來漠不關心呢?
② The student was **unconcerned** with the trouble. 那名學生與那場紛爭無關.
Her affairs are **unconcerned** with mine. 她的

事和我的事無關.

活用 *adj.* **more unconcerned**, **most unconcerned**

unconditional [ˌʌnkən`dɪʃənl] *adj.* 無條件的，無限制的: Japan's **unconditional** surrender in 1945 1945年日本的無條件投降.

unconquerable [ʌn`kɑŋkərəbl] *adj.* 無法征服的，不屈不撓的: an **unconquerable** will 不屈不撓的意志.

***unconscious** [ʌn`kɑnʃəs] *adj.* ① 神志不清的；無意識的，未察覺的.
——*n.* ② 無意識《指不知不覺、沒有意識到的心理活動》.
範例 ① He was **unconscious** the whole time. 他一直神志不清.
The visiting student from a country in Southeast Asia encountered **unconscious** racism in the small town in America. 那位來自東南亞國家的留學生在美國小鎮上遭到了無意識的種族歧視.
Matt was **unconscious** of having been rude. 麥特沒有察覺到自己的失禮.
活用 *adj.* **more unconscious**, **most unconscious**

unconsciously [ʌn`kɑnʃəslɪ] *adv.* 無意識地.
活用 *adv.* **more unconsciously**, **most unconsciously**

uncontrollable [ˌʌnkən`troləbl] *adj.* 不受控制的，制服不了的.

uncountable [ʌn`kauntəbl] *adj.* 不可數的.
♦ **uncòuntable nóun** 不可數名詞.

uncouth [ʌn`kuθ] *adj.* 粗野的，粗魯的，沒教養的.
範例 How can she date someone so **uncouth**? 她怎麼會跟如此粗野的人約會呢?
an **uncouth** fellow worker 粗魯的同事.
活用 *adj.* **more uncouth**, **most uncouth**

uncover [ʌn`kʌvɚ] *v.* ① 掀開覆蓋物，揭開蓋子，拿開，揭露，暴露.
範例 ① He **uncovered** the bird cage. 他把那個鳥籠上的蓋布掀開.
② The journalist **uncovered** their plot to overthrow the government. 那名記者揭露了他們顛覆政府的陰謀.
活用 *v.* **uncovers**, **uncovered**, **uncovered**, **uncovering**

uncut [ʌn`kʌt] *adj.* ① (寶石等) 未雕琢的. ② (書籍、電影等) 未刪改的，未刪剪的.

undaunted [ʌn`dɔntɪd] *adj.* 不畏懼的，無畏的，不屈服於困境的.
範例 John was **undaunted** by all the obstacles. 約翰無畏於所有有障礙.
Undaunted by the weather, they played on. 他們不在乎天氣，繼續進行比賽.
活用 *adj.* **more undaunted**, **most undaunted**

undecided [ˌʌndɪ`saɪdɪd] *adj.* 未決定的，未

下定決心的: I am **undecided** as to what to do after graduating from high school. 我還沒決定中學畢業後要做甚麼.
活用 *adj.* **more undecided**, **most undecided**

undeniable [ˌʌndɪ`naɪəbl] *adj.* 不能否認的，無庸置疑的: His talent for composing music is **undeniable**. 他作曲的才能是無庸置疑的.

†**under** [`ʌndɚ] *prep.*, *adv.*

原義	層面	釋義			
		prep.	範例	*adv.*	範例
下	場所	～之下，在～下，在～裡面；少於，低於	①	在～之下，向下	②
	數量		③	～以下	④
	狀態	處於～之下，在～之下，在～之中	⑤		

範例 ① Let's take a rest **under** that tree. 我們在那棵樹下休息一會兒吧.
Our boat went **under** the bridge at the same time yours did. 我們的船和你們的同時通過橋下.
It was very cold, so he wore a vest **under** his coat. 天氣非常冷，所以他在外套裡面穿了件背心.
What is that building **under** the hill? 山腳下的那棟建築是甚麼?
She kicked my leg **under** the table. 她在桌底下踢了我的腳.
The boy came out from **under** the bed. 那個男孩從床底下出來.
② The sun went **under**. 太陽下山了.
The ship went **under**. 那艘船沉了.
③ Smoking is not permitted to those **under** twenty. 未滿20歲的人不許抽菸.
You cannot buy a computer for **under** 10,000 NT dollars even at that discount shop. 即使是在那家折扣商店，沒有1萬元新臺幣也是買不到電腦的.
No one **under** eighteen is admitted. 未滿18歲者禁止入場.
He is still **under** twenty. 他還不滿20歲.
④ We have headphones for 15 dollars and **under**. 我們有出售15美元及15美元以下的耳機.
This garden is opened to children of eleven and **under** for free once a month. 這個庭園每月1次免費開放給11歲及11歲以下的兒童進入.
⑤ She has a staff of eight **under** her. 她手下有8名工作人員.
He studied biotechnology **under** Dr. Jones.

他在瓊斯博士的指導下攻讀生命工程學.
Our old school is **under** repair. 我們的舊校舍正在整修.

A new airport is **under** construction on a man-made island. 新機場正在人工島上建造當中.

Taiwan has been sheltered **under** the American nuclear umbrella since World War II. 臺灣自第二次世界大戰以來一直處於美國的核武戰略保護傘之下.

Taiwan was **under** Japanese rule for about 50 years. 臺灣大約有50年的時間受到日本的統治.

☞ ↔ over

underbrush [ˋʌndɚˏbrʌʃ] n. 灌木叢《在森林裡大樹下所生長的矮樹叢，亦作 undergrowth》: They lost the dogs in the **underbrush**. 他們在灌木叢中走失了狗.

undercarriage [ˋʌndɚˏkærɪdʒ] n. ①（汽車等的）底盤. ②（飛機的）起落架.
複數 **undercarriages**

undercharge [ˋʌndɚˋtʃɑrdʒ] v. 收費過低，要價過低，少收費用.
活用 v. **undercharges**, **undercharged**, **undercharging**

underclass [ˋʌndɚˏklæs] n. 下層社會，下層階級.
複數 **underclasses**

underclothes [ˋʌndɚˏkloz] n.《作複數》內衣，貼身衣物: change ~'s **underclothes** 換~的內衣.

underclothing [ˋʌndɚˏkloðɪŋ] n. 內衣，襯衣.

undercoat [ˋʌndɚˏkot] n. 底漆《用於保護或裝飾材料》.
複數 **undercoats**

undercover [ˏʌndɚˋkʌvɚ] adj. ①〔只用於名詞前〕暗中進行的，祕密的；從事間諜活動的.
——adv. ②暗中地，祕密地.
範例 ① **undercover** payments 暗中付款.
② He works **undercover** for the Agency. 他替情報局從事間諜工作.

undercurrent [ˋʌndɚˏkɝənt] n. 底流，（海洋的）潛流；（時勢等的）暗流: an **undercurrent** of violence in the big city 大城市中暴力的暗流.
複數 **undercurrents**

undercut [ˋʌndɚˋkʌt] v. ①以較（他人）低的價格出售；以較（他人）低的工資工作. ②削弱；使受損害. ③下旋削球《擊球時削球的下方，如網球的側旋球等》.
活用 v. **undercuts**, **undercut**, **undercut**, **undercutting**

underdeveloped [ˋʌndɚdɪˋvɛləpt] adj. 發展不完全的，低度開發的: **underdeveloped** countries 低度開發國家.

underdog [ˋʌndɚˏdɔg] n. 處於劣勢的人〔國家〕；（比賽等中）不被看好的人〔隊伍〕；（社會

不公平下的）犧牲者.
複數 **underdogs**

underdone [ˏʌndɚˋdʌn] adj. 未煮熟的，半生不熟的: an **underdone** lump of pork 一塊半生不熟的豬肉.
活用 adj. **more underdone**, **most underdone**

underestimate [v. ˋʌndɚˋɛstəˏmet; n. ˋʌndɚˋɛstəmɪt] v. ①評價過低，低估: We tend to **underestimate** our child's intelligence. 我們往往低估了自己孩子的智力.
——n. ②評價過低，低估.
活用 v. **underestimates**, **underestimated**, **underestimating**
複數 **underestimates**

underfoot [ˏʌndɚˋfut] adv. 在腳下: She was trampled **underfoot** by a wild horse. 她被一匹野馬踩在腳下.

undergo [ˏʌndɚˋgo] v. 經歷（苦難、考驗等），承受（痛苦等）；接受（檢查等）.
範例 This city has **undergone** many changes in the recent decade. 這個城市最近10年間歷經了許多變化.
Before the war they **underwent** military training. 戰前他們接受了軍事訓練.
She must **undergo** a battery of medical tests. 她必須接受一連串的醫療檢驗.
活用 v. **undergoes**, **underwent**, **undergone**, **undergoing**

undergone [ˏʌndɚˋgɔn] v. undergo 的過去分詞.

undergraduate [ˏʌndɚˋgrædʒʊɪt] n.（未取得學士學位的）大學生: This is a dorm for **undergraduates**. 這是提供給大學在校生的宿舍《dorm 為 dormitory 的縮寫》.
參考 意為大學尚未畢業的學生，用以區別（大學）畢業生 (graduate)、研究生等；亦作 undergraduate student，而研究生作 postgraduate 或 graduate.
複數 **undergraduates**

underground [adj., adv. ˋʌndɚˋgraʊnd; n. ˋʌndɚˏgraʊnd] adj. ①〔只用於名詞前〕地下的，隱藏的；祕密的.
——n. ②〔英〕地下鐵《亦作 tube;〔美〕subway》. ③（the ~）地下組織；地下活動.
——adv. ④在地下；暗中地，祕密地.
範例 ① an **underground** passage 地下道.
They formed an **underground** organization. 他們成立了一個地下組織.
② We went to the hall by **underground**. 我們搭乘地下鐵去那個會館.
④ Miners had to work **underground** fearing accidents such as cave-ins. 礦工必須在地下工作，時時擔心像礦坑崩塌之類的意外.
♦ the ùnderground ráilroad ① 地下鐵. ② 〔美〕地下鐵道《19 世紀南北戰爭 (Civil War) 前一個幫助美國南部的黑人奴隸逃往北部自由州 (free states) 或加拿大的祕密組織；其他

用的暗號多與鐵道有關).

undergrowth [ˋʌndɚͺgroθ] n. 灌木叢《亦作 underbrush》.

*__underlain__ [ͺʌndɚˋlen] v. underlie 的過去分詞.

*__underlay__ [v. ͺʌndɚˋle; n. ˋʌndɚͺle] v. ① underlie 的過去式.
——n. ② 襯墊《鋪於地毯下面》.
複數 **underlays**

*__underlie__ [ͺʌndɚˋlaɪ] v. 位於～之下；成為～的基礎.
範例 A series of faults **underlie** this valley. 這個山谷底下蘊涵一系列的斷層.
One central belief **underlies** all his theories. 有一個中心信念支撐著他所有的理論.
活用 v. **underlies**, **underlay**, **underlain**, **underlying**

underline [v. ͺʌndɚˋlaɪn; n. ˋʌndɚͺlaɪn] v. ① 畫底線. ② 強調《～的重要性》.
——n. ③ 底線.
範例 ① The important phrases were **underlined**. 那些重要的片語畫了底線.
② Bill **underlined** his approval by standing up and applauding. 比爾以起立鼓掌的方式來強調他的認同.
活用 v. **underlines**, **underlined**, **underlined**, **underlining**
複數 **underlines**

underlying [ͺʌndɚˋlaɪɪŋ] adj. 在下面的；潛在的: an **underlying** motive 潛在動機.

undermanned [ͺʌndɚˋmænd] adj. 人手不足的: The factory was seriously **undermanned**. 那家工廠人手嚴重不足.
活用 adj. **more undermanned**, **most undermanned**

undermine [ͺʌndɚˋmaɪn] v. ① 在～底下挖；侵蝕基礎. ② 逐漸損害《削弱》.
範例 ① The flood **undermined** the foundation of the apartment building. 那棟公寓的地基受到洪水的侵蝕.
This building has been **undermined** by a rise in the level of the groundwater. 由於地下水水位上升，這棟建築的地基受到侵蝕.
② Bad decisions by management **undermined** the new company. 管理部門錯誤的決定導致那家新公司根基動搖.
活用 v. **undermines**, **undermined**, **undermined**, **undermining**

*__underneath__ [ͺʌndɚˋniθ] prep. ① 在～下面，在～之下.
——adv. ② 在下面，在底部.
範例 ① It's hidden **underneath** the blanket. 它藏在那塊毛毯下面.
There must be something **underneath** his words. 他肯定是話中有話.
② He appears blunt but he is kind **underneath**. 他看起來很遲鈍，但內心卻很熱情.
參考 比 under 更強調「覆蓋著的，隱藏著的」之意.

undernourished [ͺʌndɚˋnɝɪʃt] adj. 營養不良的，營養失調的.
活用 adj. **more undernourished**, **most undernourished**

underpants [ˋʌndɚͺpænts] n. 〔作複數〕內褲，襯褲: a pair of **underpants** 一件內褲.
參考〖英〗專指男性的內褲、襯褲.

underpass [ˋʌndɚͺpæs] n. ①《高速公路或高架鐵道下面的》地面通道. ② 地下道《供行人專用；〖英〗subway》.
複數 **underpasses**

underprivileged [ˋʌndɚˋprɪvəlɪdʒd] adj. 《社會上》未充分享有權利的: socially **underprivileged** people 在社會上未充分享有權利的人們.
活用 adj. **more underprivileged**, **most underprivileged**

underrate [ͺʌndɚˋret] v. 評價過低，低估，忽視: I think that her part in the drama is sadly **underrated**. 我認為很可惜，她在劇中的角色被忽視了.
活用 v. **underrates**, **underrated**, **underrated**, **underrating**

undersea [ˋʌndɚͺsi] adj. 〔只用於名詞前〕海裡的，海底的: an **undersea** cable 海底電纜.

undershirt [ˋʌndɚͺʃɝt] n. 〖美〗貼身襯衣，汗衫《〖英〗vest》.
複數 **undershirts**

undershorts [ˋʌndɚͺʃɔrts] n. 〔作複數〕內褲《男性用》: a pair of **undershorts** 一件內褲.

undersigned [ͺʌndɚˋsaɪnd] adj. 〔只用於名詞前〕署名的《特指用於正式文件》.
片語 **the undersigned** 簽署者: We, the **undersigned**, believe that our views are supported nationwide. 我們這些簽署人相信我們的看法會得到全國的支持.

__understand__ [ͺʌndɚˋstænd] v. 理解，懂得，瞭解；聽說，以為；領會.
範例 I don't **understand** Spanish. Will you speak in English? 我不懂西班牙語，你可以講英語嗎?
My father never **understands** me. 我父親從未瞭解我.
What do you **understand** by "hobby"? 你認為「嗜好」是甚麼?
I **understand** how to operate this computer. 我知道如何操作這臺電腦.
I **understand** how she feels. 我瞭解她的心情.
I can't **understand** what he means. 我不懂他的意思.
I **understand** that you're going to Canada this summer. 聽說你今年夏天要去加拿大.
I can't **understand** his leaving school all of a sudden. 我不懂他為甚麼突然休學.
I **understand** her to say that she cannot come to our party. 我認為她是想說她不能來參加我們的晚會.

She isn't very good at English, but she said she could make herself **understood**. 她的英語不太行，但她說可以讓人聽懂她說的話。

They **understand** each other quite well. 他們對彼此頗為瞭解。

You have six sisters, I **understand**. 我知道你有6個姊妹。

"Richard is coming to study in our university." "So I **understand**." 「理查要來我們大學讀書了。」「好像是那樣。」

You are **understood** to be against our project. Is that right? 聽說你反對我們的計畫，是真的嗎?

It is **understood** that if we turn in an essay on air pollution to Mr. Smith we earn one credit in social studies. 聽說我們交一篇關於空氣污染的報告給史密斯老師就能拿到1個社會學科的學分。

[片語] *give ~ to understand...* 委婉地使瞭解: She **gave** me to **understand** she would fly to Singapore on June 1. 她委婉地向我告知她將於6月1日飛往新加坡。

make ~self understood 使他人瞭解(~的意思)。(⇨ [範例])

[活用] *v.* **understands**, **understood**, **understood**, **understanding**

understandable [ˌʌndɚˈstændəbl] *adj.* 可理解的，可懂的: Your English is perfectly **understandable**. 你的英語很容易理解。

[活用] *adj.* **more understandable**, **most understandable**

understanding [ˌʌndɚˈstændɪŋ] *n.* ① 理解; 理解力; 知識; 智力, 思維能力, 辨別力。

——*adj.* ② 有同理心的，明事理的，有洞察力的。

[範例] ① We have a clear **understanding** of the problem. 我們清楚瞭解問題所在。

This problem is beyond my **understanding**. 這個問題超乎我的理解範圍。

The two sides can't come to an **understanding**. 那兩派無法達成相互理解。

② The sergeant was very **understanding**. 那位中士非常通情達理。

Luckily, we have a very **understanding** teacher. 幸運的是，我們的老師非常通情達理。

[複數] **understandings**

[活用] *adj.* **more understanding**, **most understanding**

understate [ˌʌndɚˈstet] *v.* 輕描淡寫地陳述，保守地描述。

[範例] To **understate** is to say "not very good" instead of "awful" when it really is awful. 輕描淡寫地陳述即是把事實上「極糟糕」的事情說成「不太好」。

The government **understated** the damage caused by the war. 政府保守地公布了戰爭所造成的損失。

[活用] *v.* **understates**, **understated**, **understated**, **understating**

understatement [ˌʌndɚˈstetmənt] *n.* 輕描淡寫的陳述，含蓄的表達，低調的說法。

[複數] **understatements**

*understood** [ˌʌndɚˈstud] *v.* understand 的過去式、過去分詞。

understudy [ˈʌndɚˌstʌdɪ] *n.* ① 替身(演員)。

——*v.* ② 充當~的替身，練習當~的替身。

[複數] **understudies**

[活用] *v.* **understudies**, **understudied**, **understudied**, **understudying**

undertake [ˌʌndɚˈtek] *v.* ① 接受，承擔; 答應，保證。② 試圖，著手做。

[範例] ① He will **undertake** the task willingly. 他將會樂意接受那項工作。

She **undertook** to finish the job by April 15. 她答應在4月15日之前完成那項工作。

I can't **undertake** that you will make a profit. 我不能保證你能獲利。

Carrie and Jill plan to **undertake** another project. 凱瑞和吉兒著手計畫進行其他的事業。

② Bill **undertook** to get his party's nomination. 比爾出馬爭取該黨的提名。

[活用] *v.* **undertakes**, **undertook**, **undertaken**, **undertaking**

*undertaken** [ˌʌndɚˈtekən] *v.* undertake 的過去分詞。

undertaker [ˌʌndɚˈtekɚ] *n.* 承擔者; 事業家; 殯葬業者《亦作 funeral director》。

[複數] **undertakers**

undertaking [ˌʌndɚˈtekɪŋ; ② ˈʌndɚˌtekɪŋ] *n.* ① (負責承擔的)工作，事業; 許諾，保證。② 殯葬業。

[範例] ① To open a new store is a large **undertaking**. 開新店是一件負擔很大的工作。

She gave me an **undertaking** that she would pay the money back within two months. 她保證2個月之內就還我錢。

[複數] **undertakings**

undertone [ˈʌndɚˌton] *n.* ① 低聲，小聲。② (潛在的)意味，(隱約的)感覺; 底色。

[範例] ① They talked in an **undertone**. 他們低聲說話。

② I detected a sexist **undertone** in his words. 我聽出他的話中有性別歧視的意味。

[複數] **undertones**

*undertook** [ˌʌndɚˈtuk] *v.* undertake 的過去式。

undervest [ˈʌndɚˌvɛst] *n.*《英》內衣，(貼身)襯衣。

[複數] **undervests**

underwater [ˈʌndɚˈwɔtɚ] *adj.*, *adv.* 水面下的，水中(用)的; 在水中，在水面下: an **underwater** camera 水中攝影機。

underwear [ˈʌndɚˌwɛr] *n.* 內衣(類)，襯衣。

*__underwent__ [ˌʌndəˋwɛnt] *v.* undergo 的過去式.

__underworld__ [ˋʌndəˌwɝld] *n.* ① 〔the ～〕陰間，冥府〔希臘、羅馬神話中人死後靈魂所住的世界〕. ② 黑社會；社會的下層.
[複數] __underworlds__

__undesirable__ [ˌʌndɪˋzaɪrəbl] *adj.* ① 不受歡迎的，不合意的: This woman is __undesirable__ as a house guest. 我們都不歡迎這個女子到家裡來作客.
——*n.* ② 不受歡迎的人.
[活用] *adj.* __more undesirable__, __most undesirable__
[複數] __undesirables__

__undeveloped__ [ˌʌndɪˋvɛləpt] *adj.* 未開發的；不成熟的: the __undeveloped__ island 未開發的島嶼.
[活用] *adj.* __more undeveloped__, __most undeveloped__

*__undid__ [ʌnˋdɪd] *v.* undo 的過去式.

__undisputed__ [ˌʌndɪˋspjutɪd] *adj.* 無可爭辯的，理所當然的: He's the __undisputed__ heavy-weight champion of the world. 他確實是世界重量級冠軍.

__undisturbed__ [ˌʌndɪˋstɝbd] *adj.* 不被擾亂的，不受干擾的，安穩的: I want to listen to the music __undisturbed__. 我想不受干擾地聽音樂.
[活用] *adj.* __more undisturbed__, __most undisturbed__

__undivided__ [ˌʌndəˋvaɪdɪd] *adj.* 未分開的，完整的；集中的: The policeman gave his __undivided__ attention to me. 那個警察全神貫注地盯住我.

*__undo__ [ʌnˋdu] *v.* 恢復原狀，復原；拆開（包裹等）；解開，鬆開（繩結等）.
[範例] She __undid__ the package. 她拆開包裹.
You have to __undo__ the buckle first. 你必須先把扣環解開.
Your error __undid__ all our efforts. 你的失誤使我們的努力成了泡影.
Whoever __undid__ the Gordian knot would reign the whole East. 誰能解開戈爾迪烏斯結就能統治整個東方世界.《the Gordian knot 是古代位於小亞細亞弗里基亞王國 (Phrygia) 的國王戈爾迪烏斯 (Gordius) 所打的死結，據說這個死結任何人也解不開，而其馬頓 (Macedonia) 的亞歷山大大帝 (Alexander the Great) 則以利劍將其斬斷》
What's done cannot be __undone__.《諺語》覆水難收.《出自莎士比亞的戲劇《馬克白》(*Macbeth*) 的臺詞》
[活用] *v.* __undoes__, __undid__, __undone__, __undoing__

__undoing__ [ʌnˋduɪŋ] *n.* ① 解開，拆開；復原；取消. ② 毀滅（的原因）；墮落（的原因）.
[範例] ① The __undoing__ of the package was not easy. 要拆開那個包裹並不容易.
② Desire for fame was her __undoing__. 渴望名聲是她墮落的原因.

*__undone__ [ʌnˋdʌn] *v.* ① undo 的過去分詞.
——*adj.* 〔不用於名詞前〕② 解開的，鬆開的. ③ 沒做的，未完成的.
[範例] ② Her shoelace is __undone__. 她的鞋帶鬆開了.
③ The construction of the building remains __undone__. 那棟建築物的工程還未完成.

__undoubted__ [ʌnˋdautɪd] *adj.* 無庸置疑的，確實的: The book proved to be an __undoubted__ success. 那本書毫無疑問會大賣.

*__undoubtedly__ [ʌnˋdautɪdlɪ] *adv.* 無庸置疑地，確實地.
[範例] His report was __undoubtedly__ true. 他的報告的確是真的.
__Undoubtedly__, the secretary knows the code. 無庸置疑地，那個祕書知道密碼.

__undress__ [ʌnˋdrɛs] *v.* ① 脫去衣服，脫去～的衣服，（使）裸體.
——*n.* ②《正式》（幾近）裸體（狀態）. ③ 便裝，便服.
[範例] ① Brian __undressed__ baby Sarah and gave her a bath. 布萊恩脫去寶寶莎拉的衣服，替她洗澡.
The man __undressed__ himself. 那個男子脫掉衣服.
② The girl was running in a state of __undress__. 那個女孩在裸奔.
[活用] *v.* __undresses__, __undressed__, __undressed__, __undressing__

__undue__ [ʌnˋdju] *adj.* 〔只用於名詞前〕過分的，過度的；不必要的；不適當的.
[範例] He stormed out of the room in __undue__ haste. 他非常急促地衝出了房間.
Why is she showing __undue__ concern over him? 為甚麼她對他特別關心呢?

__undulate__ [ˋʌndjəˌlet] *v.*《正式》（使）波動，起伏，呈波浪狀態: the __undulating__ curves of her body turned him on. 她那凹凸有緻的身材曲線令他眼睛一亮.
[活用] *v.* __undulates__, __undulated__, __undulated__, __undulating__

__unduly__ [ʌnˋdjulɪ] *adv.* 過分地，過度地；不必要地；不適當地: These __unduly__ strict rules keep players from entering the contest. 這些過度嚴格的規則讓選手無法參賽.

__undying__ [ʌnˋdaɪɪŋ] *adj.* 〔只用於名詞前〕永無止境的，永遠的: He promised his __undying__ love for her. 他允諾永遠愛她.

__unearth__ [ʌnˋɝθ] *v.* （從地底）挖出，挖掘；揭發（祕密等）.
[範例] The archaeologists __unearthed__ three mummies. 考古學家們挖出了3具木乃伊.
The journalist __unearthed__ some new information. 那名記者披露了一些新消息.
[活用] *v.* __unearths__, __unearthed__, __unearthed__, __unearthing__

__unearthly__ [ʌnˋɝθlɪ] *adj.* ① 超自然的，神祕難測的；令人毛骨悚然的. ②《口語》（時刻等）不合情理的.

範例 ① That film has a lot of **unearthly** scenes of terror. 那部影片中有許多超自然的恐怖場景。

② On the farm I had to get up at an **unearthly** hour to start work. 在農場我必須很早就起床開始工作。

活用 adj. **unearthlier, unearthliest/more unearthly, most unearthly**

uneasily [ʌnˋizɪlɪ] adv. 擔心地，心神不寧地；拘謹地，不自在地。

範例 Everyone looked **uneasily** at the approaching storm clouds. 所有人都擔心地望著接近的暴風雲團。

Basil sat **uneasily** in the chairman's seat. 巴澤拘謹地坐在主席的座位上。

活用 adv. **more uneasily, most uneasily**

uneasiness [ʌnˋizɪnɪs] n. 擔心，不安；拘謹，不自在：**Uneasiness** about the outcome spoiled the day. 因擔心結果，白白浪費了那一天的時間。

****uneasy** [ʌnˋizɪ] adj. 不安的，心神不寧的；拘謹的，生硬的，不自在的。

範例 I felt **uneasy** about following your advice. 按照你的建議做我感到不安。

Sally spent an **uneasy** day at the hospital. 莎莉在醫院度過了心神不寧的一天。

Barry looked **uneasy** wearing a three-piece suit. 巴瑞穿上3件式的西裝看起來很拘謹。

See the **uneasy** smile on Bev's face? I don't think she wants to be here. 看見貝芙臉上不自然的微笑了嗎? 我認為她是不想待在這裡。

活用 adj. **uneasier, uneasiest**

uneconomic/uneconomical [ˌʌnikəˋnɑmɪk(l)] adj. 浪費的，不經濟的，不划算的。

活用 adj. **more uneconomic, most uneconomic/more uneconomical, most uneconomical**

uneducated [ʌnˋɛdʒəˌketɪd] adj. 未受過(完整)教育的，無學問的。

活用 adj. **more uneducated, most uneducated**

unemployed [ˌʌnɪmˋplɔɪd] adj. 失業的，沒有工作的。

範例 Half the town has been **unemployed** for 3 months now. 現在那個城鎮一半的人已經失業3個月了。

The ranks of the **unemployed** are shrinking. 失業人數正在減少。

unemployment [ˌʌnɪmˋplɔɪmənt] n. 失業(狀態)；失業人數；失業率。

範例 **Unemployment** can cause marital problems, especially when the unemployed is the husband. 失業往往會引發夫妻之間的問題，特別是當丈夫失業時。

Unemployment has leveled off at 5.5%. 失業率維持在5.5%。

♦ **unemplóyment bènefit** 失業救濟金《亦作 unemployment compensation》。

unending [ʌnˋɛndɪŋ] adj. 無休止的，無盡的，不停息的。

範例 He's tired of his wife's **unending** complaints. 他對於妻子無止盡的牢騷感到厭煩。

Her list of gripes seems **unending**. 她那一串的抱怨似乎沒完沒了。

unequal [ʌnˋikwəl] adj. ① 不平等的，不對稱的，不均衡的。②〔不用於名詞前〕非勢均力敵的；力不從心的。

範例 ① **unequal** pay (男女之間的)工資差額。

New York State got an **unequal** share of federal transportation subsidies. 紐約州得到的聯邦運輸補助金配額不相稱。

It was such an **unequal** contest that the champion knocked out the opponent just two minutes into the first round. 這是一場實力相差懸殊的比賽，冠軍選手在第1回合僅用2分鐘就將對手擊倒。

They are **unequal** in their ability to learn foreign languages. 他們學習外語的能力不相同。

② She felt **unequal** to the job. 她認為自己無法勝任那項工作。

☞ n. ① inequality

活用 adj. **more unequal, most unequal**

unequally [ʌnˋikwəlɪ] adv. 不平等地，不對稱地，不均衡地，不一樣地。

活用 adv. **more unequally, most unequally**

unerring [ʌnˋɝɪŋ] adj. 〔只用於名詞前〕無誤的，準確的：Joanne's **unerring** ability to judge character is a great asset to her as Human Resources Director. 瓊安能準確無誤地判斷人品是她擔任人力資源部門主管的最大長處。

UNESCO [juˋnɛsko] 〈縮略〉＝United Nations Educational, Scientific and Cultural Organization (聯合國教育科學文化組織)。

****uneven** [ʌnˋivən] adj. ① 不規則的，不平坦的；(水準等)參差不齊的。② 不平等的，不平衡的。

範例 ① His father is a man of **uneven** temper. 他父親是一個喜怒無常的人。

The patient's heart is beating at an **uneven** rate. 那位患者心律不整。

The road was **uneven**. 那條路不平坦。

♦ **unèven pàrallel bárs** (體操的)高低槓。

活用 adj. **unevener, unevenest/more uneven, most uneven**

unevenly [ʌnˋivənlɪ] adv. ① 高低不平地，不平坦地。② 參差不齊地，不規則地。③ 不平等地，不平衡地。

活用 adv. **more unevenly, most unevenly**

uneventful [ˌʌnɪˋvɛntfəl] adj. 太平無事的，平凡的，平淡乏味的。

活用 adj. **more uneventful, most uneventful**

****unexpected** [ˌʌnɪkˋspɛktɪd] adj. 意想不到的，意外的：**Unexpected** good fortune came

my way. 意想不到的好運落到我頭上了.

活用 *adj.* **more unexpected, most unexpected**

unexpectedly [ˏʌnɪk`spɛktɪdlɪ] *adv.* 意想不到地, 意外地, 突然地: Your old girlfriend showed up **unexpectedly**? How awful! 你的前任女友突然出現了? 真糟糕!

活用 *adv.* **more unexpectedly, most unexpectedly**

unfailing [ʌn`felɪŋ] *adj.* ① 無窮無盡的, 連綿不斷的. ② 可信賴的, 不負期待的.

範例 ① with **unfailing** interest 抱著無窮的興趣. ② an **unfailing** friend 可靠的朋友.

unfair [ʌn`fɛr] *adj.* ① 不公平的, 不公正的. ② 不正當的, 不誠實的.

範例 ① It's **unfair** of society to expect so much from children at such an early age. 社會對那樣年幼的孩童抱有太多的期望是不公平的. an **unfair** decision 不公平的裁定. ② an **unfair** player 不誠實的選手.

活用 *adj.* **unfairer, unfairest/more unfair, most unfair**

unfaithful [ʌn`feθfəl] *adj.* 不忠的, (愛情) 不專一的: I was once **unfaithful** to you. 我曾有過一次對你不忠.

活用 *adj.* **more unfaithful, most unfaithful**

unfamiliar [ˏʌnfə`mɪljɚ] *adj.* 不熟悉的, 不瞭解的, 陌生的.

範例 This town is quite **unfamiliar** to me. 我完全不瞭解這個城鎮. I am **unfamiliar** with economics. 我不懂經濟學.

活用 *adj.* **more unfamiliar, most unfamiliar**

unfasten [ʌn`fæsn̩] *v.* 解開, 鬆開: The passengers **unfastened** their seat belts. 那些乘客鬆開他們的安全帶.

活用 *v.* **unfastens, unfastened, unfastening**

***unfavorable** [ʌn`fevrəbl̩] *adj.* 不利的, 不適宜的; 不友善的; 反對的.

範例 This cold weather is **unfavorable** for playing baseball. 這麼冷的天氣不適合打棒球. **Unfavorable** reviews didn't hurt the movie. 負面的評論不影響那部電影.

參考 〖英〗unfavourable.

活用 *adj.* **more unfavorable, most unfavorable**

***unfavourable** [ʌn`fevrəbl̩] = *adj.* 〖美〗unfavorable.

unfeeling [ʌn`filɪŋ] *adj.* 冷漠的, 無情的; 無感覺的: It is **unfeeling** of you to leave him alone. 你把他一個人丟下, 真是無情.

活用 *adj.* **more unfeeling, most unfeeling**

unfinished [ʌn`fɪnɪʃt] *adj.* 未完成的, 未完工的, 未結束的: Why did you leave the painting **unfinished**? 為甚麼你沒把那幅畫畫完?

unfit [ʌn`fɪt] *adj.* ① 不適合的, 不宜的. ② (身體) 不健康的.

── *v.* ③ 使不適合; 使失去資格.

範例 ① This food is **unfit** even for cats and dogs. 這種食物甚至連貓和狗都不適合吃. Al is **unfit** to hold a responsible position. 艾爾不適合擔任負責人. ② Paul was **unfit** and finished last. 保羅身體狀況不佳, 最後一個完成. ③ Not having four-wheel drive **unfits** my vehicle for off-road driving. 我的車不是四輪傳動, 不適合越野駕駛.

活用 *adj.* **unfitter, unfittest**

活用 *v.* **unfits, unfitted, unfitted, unfitting**

unfold [ʌn`fold] *v.* ① (將摺疊物) 打開, 展開, 攤開. ② 公開 (計畫等), 披露 (消息等).

範例 ① She **unfolded** the handkerchief on the table. 她把手帕攤在桌子上. The condor **unfolded** its wings. 那隻禿鷹展開了翅膀. Suddenly a beautiful landscape **unfolded** before us. 美麗的風景突然展現在我們眼前. ② She **unfolded** the details of her plan. 她公開了計畫的細節.

活用 *v.* **unfolds, unfolded, unfolded, unfolding**

unforeseen [ˏʌnfor`sin] *adj.* 意料之外的, 意想不到的: **Unforeseen** train delays prevented him from getting here on time. 意外的火車誤點讓他無法準時到達這裡.

unforgettable [ˏʌnfɚ`gɛtəbl̩] *adj.* 難以忘懷的: The Grand Canyon is an **unforgettable** sight. 大峽谷的景色令人難以忘懷.

活用 *adj.* **more unforgettable, most unforgettable**

***unfortunate** [ʌn`fɔrtʃənɪt] *adj.* ① 運氣不佳的, 倒楣的, 不幸的. ② 不好的, 不恰當的; 令人遺憾的.

── *n.* ③ 倒楣的人, 不幸的人.

範例 ① an **unfortunate** man 運氣不佳的男子. She was **unfortunate** to lose her husband./It was **unfortunate** that she lost her husband. 她不幸失去了丈夫. an **unfortunate** enterprise 失敗的事業. ② He sometimes makes **unfortunate** remarks. 他有時會措辭不當.

活用 *adj.* **more unfortunate, most unfortunate**

複數 **unfortunates**

unfortunately [ʌn`fɔrtʃənɪtlɪ] *adv.* 不巧地; 遺憾地; 不幸地.

範例 **Unfortunately**, we arrived too late to catch the last train./It was unfortunate that we arrived too late to catch the last train. 不巧的是, 我們到得太晚而沒趕上末班火車. **Unfortunately** I have to cancel my class. 很遺憾, 我的課必須取消.

活用 *adv.* **more unfortunately, most unfortunately**

unfounded [ʌn`faʊndɪd] *adj.* 無事實根據的, 無憑無據的: an **unfounded** rumor 無憑

U

無據的謠言.

unfriendly [ʌn`frɛndlɪ] *adj.* 無親切感的，不友善的，不友好的，懷有敵意的: It is **unfriendly** of you not to ask us to sit with you. 你不要我們跟你坐在一起，真是太不友善了.

活用 *adj.* **unfriendlier**, **unfriendliest/more unfriendly**, **most unfriendly**

unfurl [ʌn`fɝl] *v.* 打開，展開 (船帆、旗幟等): She **unfurled** a map of the world. 她展開了一張世界地圖.

活用 *v.* **unfurls**, **unfurled**, **unfurled**, **unfurling**

ungainly [ʌn`genlɪ] *adj.* (動作等) 不優雅的，粗俗的，笨拙的.

範例 a very tall **ungainly** boy 一個身材高大、動作粗魯的男孩.

Pat looked **ungainly** on the dance floor. 派特在舞池裡看起來很笨拙.

活用 *adj.* **more ungainly**, **most ungainly/ ungainlier**, **ungainliest**

ungrateful [ʌn`gretfəl] *adj.* 無感謝之情的，忘恩負義的: Stella was so **ungrateful** last time that she wasn't invited back. 史黛拉上次太忘恩負義了，所以沒被回請.

活用 *adj.* **more ungrateful**, **most ungrateful**

unguarded [ʌn`gɑrdɪd] *adj.* 無人看守的；無防備的；粗心大意的，不謹慎的: an **unguarded** entrance 無人看守的入口.

unhappily [ʌn`hæpɪlɪ] *adv.* ① 悲傷地；不幸地，悲慘地. ② 遺憾地；不巧地.

範例 ① They sailed on **unhappily** after the deaths of six of the crew. 6名船員死後，他們悲傷地繼續航行.

② **Unhappily** for ski resort owners and skiers alike it didn't snow until January 15th. 滑雪勝地的經營者及滑雪者都對直到1月15日都沒有下雪的情況感到遺憾.

活用 *adv.* ① **more unhappily**, **most unhappily**

unhappiness [ʌn`hæpɪnɪs] *n.* 不幸，運氣不佳；不滿意，不快樂.

*__unhappy__ [ʌn`hæpɪ] *adj.* ① 不幸的；悲傷的. ② 不愉快的，不滿意的. ③ 不巧的；遺憾的. ④ 不適當的.

範例 ① John had an **unhappy** year at boarding school. 約翰在寄宿學校度過了不快樂的一年.

② The owner was **unhappy** with his employees' attitudes. 那位雇主對員工的態度不甚滿意.

③ an **unhappy** coincidence 不巧的偶然.

④ an **unhappy** remark 不當的發言.

活用 *adj.* **unhappier**, **unhappiest**

unharmed [ʌn`hɑrmd] *adj.* 未受傷的，未受損的: Miraculously they escaped **unharmed**. 他們奇蹟般地平安脫險.

unhealthy [ʌn`ɛlθɪ] *adj.* ① 有害健康的，不健康的. ②(身心、道德等)不健全的，病態的.

範例 ① We live in an **unhealthy** environment.

我們生活在有害健康〔不健康〕的環境中.

② an **unhealthy** interest in poisons 對毒品病態的興趣.

活用 *adj.* **unhealthier**, **unhealthiest**

unheard [ʌn`hɝd] *adj.* 聽不見的；未予理睬的，不予聽信的: The wishes of the minority go **unheard**. 少數團體的希望未得到理睬.

unheard-of [ʌn`hɝd‚ɑv] *adj.* 沒沒無聞的；前所未聞的，史無前例的.

範例 This book is written by an **unheard-of** author. 這本書是由一位沒沒無聞的作家所著.

This is an **unheard-of** price to pay for lunch. 這頓午餐的價格真是前所未見.

unholy [ʌn`holɪ] *adj.* 可怕的；不神聖的，不潔淨的；不虔誠的，不合理的.

活用 *adj.* **unholier**, **unholiest**

unhurt [ʌn`hɝt] *adj.* 未受傷的，未受損的: Thirty-two passengers were killed but the driver was **unhurt**. 有32名乘客送了命，而司機卻毫髮無傷.

UNICEF [`junɪ‚sɛf] 《縮略》 ＝United Nations International Children's Emergency Fund (聯合國兒童基金會).

unicorn [`junɪ‚kɔrn] *n.* 獨角獸.

參考 傳說中馬身獅尾、頭上長獨角的動物，據說其獨角可解毒；此獸亦為純潔的象徵.

複數 **unicorns**

[unicorn]

unicycle [`junɪ‚saɪkl] *n.* 單輪車 《亦作 monocycle》.

複數 **unicycles**

unidentified [‚ʌnaɪ`dɛntə‚faɪd] *adj.* 身分不明的，未經確認的；真相不明的.

範例 An **unidentified** man was found dead in the woods. 一個身分不明的男子被發現陳屍在那片森林中.

an **unidentified** flying object 不明飛行物體，幽浮《略作 UFO》.

unification [‚junəfə`keʃən] *n.* 統一，聯合；一體化，一致.

*__uniform__ [`junə‚fɔrm] *adj.* ① 一貫的，全都相同的；均一的，統一的.

——*n.* ② 制服《學生服、軍服等》；(成套的)運動服.

——*v.* ③ (使) 穿制服.

範例 ① We must keep this room at a **uniform** temperature. 我們必須使室內保持恆溫的狀態.

Everyone is wearing clothes of **uniform** pattern. 所有人都穿著款式相同的衣服.

The boxes are **uniform** in weight. 這些箱子的重量都相同.

② We have a school **uniform** in our school. 我們學校有校服.

He was in **uniform**./He wore a **uniform**. 他

穿著制服．
③ We shouldn't **uniform** students in black. 我們不應該讓學生穿黑色制服．

活用 *adj.* **more uniform, most uniform**

複數 **uniforms**

活用 *v.* **uniforms, uniformed, uniformed, uniforming**

***uniformity** [ˌjunəˋfɔrmətɪ] *n.* ① 一樣，均一（性），單一（性），統一（性）．② 不變，一定．

uniformly [ˋjunəˏfɔrmlɪ] *adv.* 均一地，均等地，同樣地，統一地: She usually distributes presents to her children **uniformly**. 她總是把禮物均等地分給孩子們．

unify [ˋjunəˏfaɪ] *v.* 使成一體，統一，聯合；使相同，使一致: Spain was **unified** in the 15th century. 西班牙於15世紀統一．

活用 *v.* **unifies, unified, unified, unifying**

unilateral [ˌjunɪˋlætərəl] *adj.* 片面的，單方面的；偏向一方的: **unilateral** disarmament 片面裁軍．

unimaginable [ˌʌnɪˋmædʒɪnəb!] *adj.* 無法想像的，想像不到的．

活用 *adj.* **more unimaginable, most unimaginable**

unimaginative [ˌʌnɪˋmædʒɪnətɪv] *adj.* 無想像力的；平凡的，平淡無趣的．

活用 *adj.* **more unimaginative, most unimaginative**

***unimportant** [ˌʌnɪmˋpɔrtn̩t] *adj.* 不重要的，微不足道的: Don't waste time by asking **unimportant** questions. 不要浪費時間問那些不重要的問題．

活用 *adj.* **more unimportant, most unimportant**

uninhabited [ˌʌnɪnˋhæbɪtɪd] *adj.* 無人居住的，無居民的，無人跡的: an **uninhabited** island 無人島．

uninjured [ʌnˋɪndʒɚd] *adj.* 未受傷害的: Her son returned home **uninjured**. 她的兒子平安地回家了．

unintelligible [ˌʌnɪnˋtɛlədʒəb!] *adj.* 難以理解的，難懂的．

活用 *adj.* **more unintelligible, most unintelligible**

uninterested [ʌnˋɪntərɪstɪd] *adj.* 不感興趣的，漠不關心的．

活用 *adj.* **more uninterested, most uninterested**

uninteresting [ʌnˋɪntərɪstɪŋ] *adj.* 無趣的，乏味的．

活用 *adj.* **more uninteresting, most uninteresting**

uninterrupted [ˌʌnɪntəˋrʌptɪd] *adj.* 不間斷的，連續不斷的；不受干擾的，沒有阻礙的．

範例 After two hours of **uninterrupted** rain, flood water approached our house. 連續不斷地下了2個小時的雨後，我們的房子就快要淹水了．

This room of our house commands an **uninterrupted** view of the whole town. 從我們家這個房間可以環視整個城鎮的全景．

uninvited [ˌʌnɪnˋvaɪtɪd] *adj.* 未受邀請的；不請自來的，多管閒事的．

***union** [ˋjunjən] *n.* ① 工會，同盟，協會．② 聯邦．③ 聯合，合為一體，團結．④ 一致，融洽．⑤《正式》結婚，婚姻．

範例 ① He refused to join the labor **union**. 他拒絕加入工會．

The Students' **Union** is holding elections today. 學生自治會今天進行選舉．

② the Soviet **Union** 蘇維埃聯邦，蘇聯《於1991年12月解體，正式名稱為 the Union of Soviet Socialist Republics（蘇維埃社會主義共和國聯邦）》．

③ They were joined in holy **union**. 他們神聖地團結在一起．

In **union** there is strength.《諺語》團結就是力量．

④ They live in perfect **union**. 他們非常融洽地生活著．

⑤ It was a happy **union** blessed by the Church. 那是在教堂祝福下的幸福婚姻．

♦ the **Union Jack**/『英』the **Union Jack** 聯合王國國國旗（即英國國旗；☞ 充電小站 (p. 841)）.

複數 **unions**

[the Union Jack]

***unique** [juˋnik] *adj.* 唯一的；特有的，獨特的，獨一無二的．

範例 a **unique** opportunity 唯一的機會．

a **unique** tradition found nowhere else 其他地方見不到的獨特傳統．

The polar bear is **unique** to the Arctic. 北極熊是北極特有的（動物）．

Each person is **unique**. 人各有獨特之處．

Your approach to solving problems is quite **unique**. 你解決問題的方法相當獨特．

uniquely [juˋniklɪ] *adv.* 少有地，獨特地；唯一地，單獨地．

unisex [ˋjunɪˏsɛks] *adj.*（服飾等）男女都適用的，不分男女的，（偏向）中性的．

unison [ˋjunəzn̩] *n.* ① 和諧，一致．② 同音，齊唱，同奏．

片語 *in unison* ① 一致地，一齊地: The whole class greeted me **in unison**. 全班同聲向我問好．② 齊唱地，同奏地，同聲齊唱〔齊奏〕地《合唱、合奏同一曲調》: The strings played the passage **in unison**. 弦樂部齊奏了那一段樂節．

***unit** [ˋjunɪt] *n.* ① 單位，構成單位；計量單位．② 小組，（組織內的）單位；部隊．③ 1（的數字），個位數．

範例 ① The gram is a **unit** of weight. 公克是重量單位．

The **units** of currency in Pakistan are "rupee" and "paisa." 巴基斯坦的貨幣單位是「盧比」和「派薩」.《1 rupee＝100 paisas》

The cell is the smallest **unit** of living things. 細胞是生物的最小單位.

This textbook has thirty **units**. 這本教材有30個單元.

The family is a **unit** of society. 家庭是社會的構成單位.

CPU is the abbreviation of "central processing **unit**." CPU 是「central processing unit（中央處理器）」的縮略.

② He is a member of the medical **unit**. 他是醫療單位的成員.

③ The number 365 has three hundreds, six tens, and five **units**. 365這個數字是由3個100、6個10和5個1所組成.

In the number 64, 6 is a ten and 4 is a **unit**. 在64這個數中，6是十位數，4是個位數.

♦ **ùnit círcle** 單位圓《半徑為一個單位長度的圓》.

複數 **units**

***unite** [ju`naɪt] *v.* ① （使）成一體，（使）結合，（使）聯結，（使）合併；（使）結婚. ② 兼備.

範例 ① West and East Germany were **united** in 1990. 西德和東德於1990年合併.

Gravel and cement **unite** with water and make concrete. 砂礫和水泥加水混合製成混凝土.

Let us **unite** against the common enemy. 讓我們團結一致以對抗共同的敵人.

United we stand, divided we fall.《諺語》團結則存，分裂則垮.

The plumber **united** the two pipes. 那個配管工人把兩根管子接在一起.

They were **united** in his hometown by the priest. 他們在他的故鄉透過牧師公證結為夫婦.

② She **unites** beauty and intelligence. 她才貌兼備.

活用 *v.* **unites**, **united**, **united**, **uniting**

united [ju`naɪtɪd] *adj.* 聯合的，團結一致的.

♦ **the United Kíngdom** 聯合王國，英國《☞附錄「世界各國」》.

the United Nátions〔作單數〕聯合國《略作 U.N. 或 UN；於1945年創建，總部設於紐約市；☞ the League of Nations》.

the United Státes/the United Stàtes of América〔作單數〕美利堅合眾國《美國的正式名稱；☞附錄「世界各國」》.

➡ 充電小站 (p. 1413)

***unity** [`junətɪ] *n.* 統一（性），整體（性）；融洽，一致，和諧.

範例 There is no **unity** in his conduct. 他的行為前後不一致.

This picture is lacking in **unity**. 這幅畫缺少整體性.

National **unity** is essential in time of war. 國家團結在戰時是絕對必要的.

They live in **unity** with each other. 他們彼此之間相處得很融洽.

複數 **unities**

Univ./Univ《縮略》＝University（大學）.

***universal** [ˌjunə`vɝsḷ] *adj.* 所有人共通的，普遍存在的，普遍的，一般（性）的，全體的.

範例 a **universal** language 世界共通的語言.

universal peace 世界和平.

a subject of **universal** interest 公共利害議題.

universal primary education 初等（義務）教育《國內所有學齡兒童所必須接受的教育》.

the threat of **universal** extinction （全）人類滅亡的威脅.

There was **universal** agreement on the need for improved roads. 改善道路的必要性獲得全民一致同意.

Food, clothing and shelter are **universal** needs. 食衣住三方面是人類生存所必需的.

universal gravitation 萬有引力.

Famine was **universal** that year. 那一年各地都發生了饑荒.

universal truth 普遍真理.

a **universal** rule 一般規律.

universal time 世界標準時《即格林威治標準時 (Greenwich Mean Time)》.

♦ **univèrsal jóint** 萬向接頭《連接兩個機械零件，可以使其向任何方向轉動》.

universally [ˌjunə`vɝsḷɪ] *adv.* 廣泛地，無一例外地，普遍地，（具有）共通（性）地.

範例 It is **universally** acknowledged that the Louvre is the world's greatest museum. 一般普遍認為羅浮宮是世界上最棒的美術館.

The federal government's regulations are not **universally** accepted. 聯邦政府的法規並沒有廣泛地被接受.

***universe** [`junə͵vɝs] *n.* 宇宙，萬象；全世界；（個人的）世界，領域.

範例 The **universe** is limitless. 宇宙是無限的.

Some say God created the **universe**. 有人說上帝創造了宇宙.

The whole **universe** knows it. 全世界的人都知道那件事.

She lives in her own **universe**. 她生活在自己的世界裡.

複數 **universes**

***university** [ˌjunə`vɝsətɪ] *n.* （綜合）大學.

範例 My brother is at **university**. 我哥哥在讀大學.

Mr. Brown is a **university** professor. 布朗先生是一位大學教授.

參考 設有學院 (college) 的綜合大學稱為 university，所以也有人將大學稱為 college，但嚴格來說，college 是指不屬於大學教學單位的專門教育機構或專科學院.

複數 **universities**

***unjust** [ʌn`dʒʌst] *adj.* 不公正的，不正當的，不公平的，不合理的.

範例 an **unjust** decision 不公正的裁定.

a very **unjust** relationship 非常不正當的關係.

活用 *adj.* **more unjust**, **most unjust**

unjustly [ʌn`dʒʌstlɪ] *adv.* 不公正地，不正當地，不公平地，不合理地.

活用 *adv.* **more unjustly**, **most unjustly**

充電小站

美國各州面積比較

州 (state)	面積 (area)〔單位：km² (百位數四捨五入)〕		
Alaska	1,500,000	Iowa	144,000
Texas	683,000	Wisconsin	144,000
California	406,000	Arkansas	136,000
Montana	376,000	North Carolina	135,000
New Mexico	311,000	Alabama	132,000
Arizona	291,000	New York	126,000
Nevada	283,000	Louisiana	122,000
Colorado	266,000	Mississippi	122,000
Wyoming	250,000	Pennsylvania	116,000
Oregon	249,000	Tennessee	108,000
Utah	217,000	Ohio	106,000
Minnesota	216,000	Virginia	104,000
Idaho	214,000	Kentucky	103,000
Kansas	211,000	Indiana	93,000
Nebraska	198,000	Maine	85,000
South Dakota	197,000	South Carolina	80,000
North Dakota	181,000	West Virginia	62,000
Oklahoma	179,000	Maryland	27,000
Missouri	178,000	Vermont	25,000
Washington	174,000	New Hampshire	24,000
Georgia	151,000	Massachusetts	21,000
Florida	150,000	New Jersey	20,000
Michigan	150,000	Hawaii	17,000
Illinois	144,000	Connecticut	13,000
		Delaware	5,000
		Rhode Island	3,000

*unkind [ʌn`kaɪnd] adj. 不親切的，不友善的：Mr. Bush was very unkind to us. 布希先生對我們很不友善.
[活用] adj. unkinder, unkindest
unkindly [ʌn`kaɪndlɪ] adv. 不友善地，惡意地，不親切地.
[活用] adv. more unkindly, most unkindly
unkindness [ʌn`kaɪndnɪs] n. 不親切，不友善，不親切的態度〔行為〕.

*unknown [ʌn`non] adj. ① 不瞭解的，未知的；無名的，不詳的.
——n. ② 未知的事物，無名的人. ③ 未知數（數學方程式中的 x, y 等）.
[範例] ① His music is unknown in these parts. 他的音樂在這一帶沒沒無名.
the Tomb of the Unknown Soldier 無名戰士墓（☞ 充電小站 (p. 1415)).
② The scientists ventured into the unknown. 科學家們大膽探究未知的事物.
[複數] unknowns
unlawful [ʌn`lɔfəl] adj. 不合法的，違法的：Driving under the influence of alcohol is unlawful. 酒醉駕車是違法的.
unleaded [ʌn`lɛdɪd] adj. (汽油等燃料) 無鉛的.
unlearned [ʌn`lɜnd] adj. 未學習過的，無知的；未受教育的：He is still unlearned in the ways of Washington politics. 他依然不瞭解華盛頓

的政治文化.
unleash [ʌn`liʃ] v. 解放，解開（繫著的東西）；釋放，發洩（情緒等）.
[範例] unleash the guard dogs 解開那隻警衛犬的項圈.
The manager unleashed his anger against the poor shop assistant. 經理將怒氣發洩到那個可憐的店員頭上.
[活用] v. unleashes, unleashed, unleashed, unleashing

*unless [ən`lɛs] conj. 除非（～的時候），若不～.
[範例] Unless it rains, I will go. 若沒下雨我就去.
Unless in uniform, he doesn't look like a policeman. 除非穿著制服，不然看不出他是一個警察.
[參考] 若要表示與現在事實相反的假設時則使用 if ~ not：If you were not my friend, this world would be a desert. 如果你不是我的朋友，這世界就成了沙漠.
It never would have happened if I had not met you. 若不是碰到你，就不會發生這樣的事了.

*unlike [ʌn`laɪk] adj. ① 不相像的，不相同的，相異的，不一樣的.
——prep. ② 不像，與～不一樣.
[範例] ① Do you say that this Buddhist statue is a copy of that one? No! They're quite unlike! 你說這尊佛像是那邊那尊的複製品嗎？ 不會

U

吧！它們完全不像啊！

② You are **unlike** your friends. 你和你的朋友們不一樣。

Unlike Los Angeles, New York doesn't have earthquakes. 不像洛杉磯，紐約沒有地震。

It is **unlike** you to say bad things of others. 說別人的壞話不像你會做的事。

[活用] *adj.* **more unlike, most unlike**

unlikely [ʌnˋlaɪklɪ] *adj.* 未必會發生的，不大可能的，不像會～的，不大有希望的。

[範例] Our team is **unlikely** to win./It is **unlikely** that our team will win. 我們的隊伍未必能贏。

A victory is **unlikely** but not impossible. 獲勝的希望不大，但並非不可能。

I met my uncle in the most **unlikely** place. 我在最意想不到的地方遇見我叔叔。

an **unlikely** endeavor 沒有（成功）希望的努力。

[活用] *adj.* **unlikelier, unlikeliest/more unlikely, most unlikely**

unlimited [ʌnˋlɪmɪtɪd] *adj.* 無限的，無邊無際的，極大的；無限制的，無條件的。

[範例] Look at the **unlimited** expanse of ocean. 看看那廣闊無際的大海。

Our time is not **unlimited**. 我們的時間有限。

unload [ʌnˋlod] *v.* ① 從～卸下貨物，卸除，卸貨。② 解除；傾吐；退出，取出。

[範例] ① We **unloaded** the cargo from the ship. 我們把貨物從船上卸下來。

The boys helped me **unload** the truck. 那些男孩幫我卸下卡車上的貨物。

After the concert the singer **unloaded** her problems onto her boyfriend. 演唱會結束後，那名歌手向男朋友傾吐煩惱。

② The policeman **unloaded** the gun. 那位警察取出那把手槍的子彈。

[活用] *v.* **unloads, unloaded, unloaded, unloading**

unlock [ʌnˋlɑk] *v.* 開（～的）鎖；(使) 表露，吐露。

[範例] He **unlocked** the lid of the box and opened it. 他開了那個盒蓋的鎖並打開它。

The key **unlocked** the safe. 用那把鑰匙打開了保險箱。

Finally he **unlocked** her heart. 他終於使她打開了心扉。

[活用] *v.* **unlocks, unlocked, unlocked, unlocking**

****unlucky** [ʌnˋlʌkɪ] *adj.* ① 運氣不佳的，不順利的。② 不吉利的，不祥的。

[範例] ① This was an **unlucky** year for me. 今年對我來說是倒楣的一年。

It was **unlucky** that she broke her leg. 她運氣不好摔斷了腿。

Owing to **unlucky** weather, the game was called off. 因天候不佳，比賽取消了。

② Some people believe that thirteen is an **unlucky** number. 有些人認為13是一個不吉利的數字。

unmarried [ʌnˋmærɪd] *adj.* 未婚的，單身的：Newton remained **unmarried** all his life. 牛頓終其一生未婚。

unmask [ʌnˋmæsk] *v.* 摘下面具；揭露 (真相等)：He made up his mind to **unmask** every hypocrisy in the world. 他下定決心要拆穿世間所有的偽善行為。

[活用] *v.* **unmasks, unmasked, unmasked, unmasking**

unmentionable [ʌnˋmɛnʃənəbl] *adj.* 說不出口的，不該說的，難以啟齒的：Sex needn't be **unmentionable** any longer. 性已經不再是難以啟齒的了。

unmistakable [͵ʌnməˋstekəbl] *adj.* 不會錯的，清楚明白的：That must be Mr. Scott. His walk is **unmistakable**. 那一定是史考特先生。他那走路的方式一看就知道。

unmistakably [͵ʌnməˋstekəblɪ] *adv.* 明確無誤地，明顯地：The main ingredient of this sauce is **unmistakably** tomatoes. 這種醬汁主要的原料很明顯是番茄。

unmoved [ʌnˋmuvd] *adj.* 〔不用於名詞前〕無動於衷的，平靜的，冷靜的；沒有感覺的，沒有同情心的：She remained **unmoved** when she heard the news. 她聽到那個消息時仍然很平靜。

[活用] *adj.* **more unmoved, most unmoved**

****unnatural** [ʌnˋnætʃərəl] *adj.* 違反自然的，不正常的，反常的；做作的。

[範例] Her hair is of an **unnatural** colour. 她的頭髮呈現一種不自然的顏色。

He died an **unnatural** death. 他死於非命。

I don't like Jane's **unnatural** way of walking. 我不喜歡珍做作的走路姿勢。

[活用] *adj.* **more unnatural, most unnatural**

unnecessarily [ʌnˋnɛsə͵sɛrəlɪ] *adv.* 不必要地，多餘地：an **unnecessarily** restrictive clause 非必要性的限定條款。

[活用] *adv.* **more unnecessarily, most unnecessarily**

****unnecessary** [ʌnˋnɛsə͵sɛrɪ] *adj.* 不必要的，多餘的，非必需 (品) 的。

[範例] It's **unnecessary** for sophomores to attend orientation events. 大二學生沒必要參加新生訓練。

unnecessary worry 不必要的擔心。

[活用] *adj.* **more unnecessary, most unnecessary**

unnerve [ʌnˋnɝv] *v.* 削弱信心〔能力〕，使喪失勇氣，使膽怯，使變得慌張：The accident **unnerved** the driver. 意外事故使那名司機變得驚慌失措。

[活用] *v.* **unnerves, unnerved, unnerved, unnerving**

unnoticed [ʌnˋnotɪst] *adj.* 未被察覺的：I got out of the house **unnoticed**. 我悄悄地走出那間房子。

unobserved [͵ʌnəbˋzɝvd] *adj.* ① (規則等)

無名戰士墓 (the Tomb of the Unknown Soldier)

無名戰士墓中最出名的是美國維吉尼亞州 (Virginia) 的阿靈頓國家公墓 (Arlington National Cemetery)，其中埋葬著第一次世界大戰 (World War I)、第二次世界大戰 (World War II)、韓戰 (the Korean War) 及越戰 (the Vietnam War) 中陣亡的士兵各一名，共計4名，而這4名士兵亦象徵著各次戰爭中陣亡的全體戰士。因埋葬著4名無名士兵的屍體，所以也稱作 the Tomb of the Unknowns (此時的 unknown 之意為「無名的人」)。

然而，現代科技無所不能。在1990年代，美

國人成功地利用 DNA 比對等最新科學技術來鑑定那些同樣身分不明、但未被選中葬入無名戰士墓的其他士兵遺骨，而後決定以同樣的方式，將葬在無名戰士墓中、象徵越戰全體陣亡戰士的該名士兵遺骨重新掘出以確認其身分。當然，該名陣亡士兵終於「身分大白」，其親人因而得以將他的遺骨領回、重新安葬在自己故鄉的墓園裡。所以，直到現在，越戰時期的陣亡士兵遺體全數獲得身分確認，而無名戰士墓裡的越戰士兵墓位亦是空的。

未被遵守的。② 未被察覺的，沒被注意到的。

[範例] ① This traffic law goes **unobserved** by most people. 這項交通規則大部分人都沒遵守。

② Tom got out of the room **unobserved**. 湯姆未被任何人察覺地走出房外。

unobtrusive [ˌʌnəb`trusɪv] *adj.* 矜持的，不唐突的，不引人注目的: **unobtrusive** newcomers 矜持的新人們。

[活用] *adj.* **more unobtrusive, most unobtrusive**

unoccupied [ʌn`ɑkjə͵paɪd] *adj.* 未被占用的，空著的: an **unoccupied** room 空房。

unofficial [ˌʌnə`fɪʃəl] *adj.* 非正式的，非官方的，非經官方確認〔認可〕的: I support an **unofficial** strike in this situation. 在這種情況下我贊成非正式罷工。

unpack [ʌn`pæk] *v.* 打開包裹〔箱子〕: When she got home, she **unpacked** her suitcase. 她一到家就打開她的手提箱。

[活用] *v.* **unpacks, unpacked, unpacked, unpacking**

unpaid [ʌn`ped] *adj.* 不支付薪水的，無報酬的；未支付的，未繳款的。

[範例] Mrs. Thompson took **unpaid** leave to care for her husband. 湯普森太太請了留職停薪假以照顧她先生。

I regularly do **unpaid** work for a charity. 我定期從事無薪的慈善工作。

an **unpaid** bill 未支付的帳單。

unparalleled [ʌn`pærə͵leld] *adj.* 無與倫比的，獨一無二的，無雙的。

[範例] misery **unparalleled** in human history 人類史上前所未有的慘狀。

Our research laboratory is **unparalleled** in the world. 我們的研究室舉世無雙。

unpleasant [ʌn`plɛznt] *adj.* 令人不愉快的，令人討厭的；不懷好意的，不友善的。

[範例] As a foreigner, I had an **unpleasant** experience in this country. 身為外國人，我在這個國家有著不愉快的經歷。

The smell was **unpleasant**. 那個味道很令人討厭。

Jim was **unpleasant** to me. 吉姆對我不懷好意。

[活用] *adj.* **more unpleasant, most unpleasant**

unpleasantly [ʌn`plɛzntlɪ] *adv.* 令人不愉快地，令人討厭地。

[活用] *adv.* **more unpleasantly, most unpleasantly**

unpleasantness [ʌn`plɛzntnɪs] *n.* ① 不愉快，不悅。② 不愉快的事，爭執。

[範例] ① **Unpleasantness** on Walter's part spoiled an otherwise great party. 令華特感到不悅的是，其他事情使得盛大的晚會搞砸了。

② Whenever the two team's supporters met up, there was some **unpleasantness**. 兩隊的支持者只要一碰頭就會發生爭執。

[複數] **unpleasantnesses**

unplug [ʌn`plʌg] *v.* 拔掉插頭；拔掉塞子。

[範例] He **unplugged** the coffee maker. 他拔掉了咖啡機的插頭。

an **unplugged** concert 以原聲樂器進行的演奏會《表示不使用擴音器或電子樂器》。

[活用] *v.* **unplugs, unplugged, unplugged, unplugging**

unpopular [ʌn`pɑpjələ] *adj.* 不受歡迎的，評價差的: Professor Johnson is **unpopular** with the students. 強森教授不受學生歡迎。

[活用] *adj.* **more unpopular, most unpopular**

unprecedented [ʌn`prɛsə͵dɛntɪd] *adj.* 前所未聞的，前所未有的，空前的。

[範例] environmental degradation on an **unprecedented** scale 前所未有的環境惡化程度。

The ruling of this court is **unprecedented**. 此一法院的判決首開先例。

unpredictable [ˌʌnprɪ`dɪktəbl] *adj.* 不可預測的，難以預料的: **unpredictable** weather 難以預料的天氣。

[活用] *adj.* **more unpredictable, most unpredictable**

unprepared [ˌʌnprɪ`pɛrd] *adj.* 未做準備的，未準備好的；沒有心理準備的。

[範例] They took the **unprepared** townsfolk by

surprise. 他們對完全沒有心理準備的市民發動突襲.

The President was **unprepared** for the question. 總統沒想到會有那個問題.

The President was **unprepared** to answer the question. 總統對那個問題毫無準備.

活用 *adj.* **more unprepared, most unprepared**

unprofitable [ʌn`prɑftəbl] *adj.* 無利益的, 徒勞的: an **unprofitable** transaction 不賺錢的交易.

活用 *adj.* **more unprofitable, most unprofitable**

unqualified [ʌn`kwɑləˌfaɪd] *adj.* ① 不具資格的, 沒有資格的, 不能勝任的. ② 無限制的, 無條件的.

範例 ① He was **unqualified** as a language teacher. 他不具備語言教師的資格.

② **unqualified** support 無條件的支持.

unquestionable [ʌn`kwɛstʃənəbl] *adj.* 無庸置疑的: The fact is **unquestionable**. 那個事實是無庸置疑的.

unquestionably [ʌn`kwɛstʃənəblɪ] *adv.* 無庸置疑地: He is **unquestionably** the best volleyball player in Taiwan. 他無疑是臺灣最佳的排球選手.

unravel [ʌn`rævl] *v.* 拆開; 解開 (謎團等); 解決 (困難等).

範例 It took him twenty minutes to **unravel** the tangled thread. 他花了20分鐘解開那糾纏在一起的線.

The detective **unraveled** the mystery of the case. 那位刑警解開了那件案子的謎團.

活用 *v.* **unravels, unraveled, unraveled, unraveling/** 〖英〗 **unravels, unravelled, unravelled, unravelling**

unreal [ʌn`rɪəl] *adj.* 不真實的, 非現實的; 虛構的, 想像中的.

範例 Main street seemed **unreal** with no one on it at high noon. 正午時分大街上一個人也沒有, 似乎不像真實世界.

This debate is getting **unreal**. 這場辯論變得不切實際.

活用 *adj.* **more unreal, most unreal**

unreasonable [ʌn`riznəbl] *adj.* 不講道理的, 非理性的; 不當的, 不合理的, 無理的.

範例 **unreasonable** attitude 非理性的態度.

unreasonable demand 不合理的要求.

活用 *adj.* **more unreasonable, most unreasonable**

unrest [ʌn`rɛst] *n.* 不滿; 憤怒; (社會的) 動盪, 動搖; (人心的) 不安.

範例 **Unrest** within the community brought about a referendum on the issue. 存在於社區中的不滿引發了針對那個議題所進行的公投.

There's no cure for juvenile **unrest**. 沒有方法能抑制青少年的叛逆.

unrestrained [ˌʌnrɪ`strend] *adj.* 壓抑〔控制〕不住的, 不受拘束的: **unrestrained**

anger 抑制不住的憤怒.

unroll [ʌn`rol] *v.* 攤開, 解開, 展開.

活用 *v.* **unrolls, unrolled, unrolled, unrolling**

unruly [ʌn`rulɪ] *adj.* 不守規矩的, 難以管理的, 難以駕馭的: **unruly** hair 難梳理的頭髮.

活用 *adj.* **unrulier, unruliest/more unruly, most unruly**

unsafe [ʌn`sef] *adj.* 不安全的, 危險的.

活用 *adj.* **unsafer, unsafest/more unsafe, most unsafe**

unsaid [ʌn`sɛd] *adj.* 未說出口的, 不講出來的: It's better **unsaid**. 少說為妙.

unsatisfactory [ˌʌnsætɪs`fæktrɪ] *adj.* 不夠充分的, 不能令人滿意的: We reached what I think is an **unsatisfactory** agreement. 我們達成了我不怎麼滿意的協議.

活用 *adj.* **more unsatisfactory, most unsatisfactory**

unsavory [ʌn`sevərɪ] *adj.* ① 氣味難聞的. ② (道德上) 不被承認的, 可憎的.

參考 〖英〗 unsavoury.

活用 *adj.* **more unsavory, most unsavory**

unscathed [ʌn`skeðd] *adj.* 〔不用於名詞前〕未受損傷的, 未負傷的: The submarine emerged **unscathed** from the deep sea. 潛水艇未受損害地從深海露出了身影.

活用 *adj.* **more unscathed, most unscathed**

unscrew [ʌn`skru] *v.* 旋鬆 (螺絲), 擰開 (蓋子等): He **unscrewed** the cap of the bottle. 他擰開了瓶蓋.

活用 *v.* **unscrews, unscrewed, unscrewed, unscrewing**

unscrupulous [ʌn`skrupjələs] *adj.* 昧著良心的, 無操守的, 行事為人不正派的.

範例 an **unscrupulous** salesman 奸商.

An **unscrupulous** politician will do anything to get elected. 寡廉鮮恥的政客為了當選甚麼事都做得出來.

活用 *adj.* **more unscrupulous, most unscrupulous**

unseat [ʌn`sit] *v.* ① (馬) 使人摔下, 使落馬. ② 使失去資格; 使下臺, 使失去職位: We should **unseat** such corrupt politicians. 我們應該把那些貪污舞弊的政客們趕下臺.

活用 *v.* **unseats, unseated, unseated, unseating**

unseen [ʌn`sin] *adj.* 看不見的: An **unseen** force guided him in hitting the target. 一股看不見的力量引導他命中目標.

unselfish [ʌn`sɛlfɪʃ] *adj.* 無私的, 不自私的, 不謀私利的.

活用 *adj.* **more unselfish, most unselfish**

unsettle [ʌn`sɛtl] *v.* 打亂, 使不穩定, 使動搖.

活用 *v.* **unsettles, unsettled, unsettled, unsettling**

unsettled [ʌn`sɛtld] *adj.* ① (局勢、天氣等) 不穩定的; (人) 不安的, 不定的. ② (問題等)

未處理的，未解決的；(協商等)未談妥的，未達成共識的．

活用 adj. ① more unsettled, most unsettled

unsightly [ʌn`saɪtlɪ] adj. 不好看的，不雅觀的：This **unsightly** monstrosity must come down. 這棟不雅觀的怪樓必須剷平．

活用 adj. unsightlier, unsightliest/more unsightly, most unsightly

unskilled [ʌn`skɪld] adj. ① (工人等)未受專業訓練的，不熟練的．② (工作等)不需特殊技術的．

範例 ① unskilled laborers 未受專業訓練的工人．

② low-paid unskilled jobs 不需特殊技術的低報酬工作．

unsociable [ʌn`soʃəbl] adj. 非社交性質的；不愛交際的，內向的．

活用 adj. more unsociable, most unsociable

unsound [ʌn`saʊnd] adj. (建築物等)不堅實的，不可靠的；(生理或心理)不穩定的，不健全的；(理論等)基礎薄弱的的: There is something unsound in his testimony. 他的證詞中有些地方不足以取信於人．

活用 adj. more unsound, most unsound/unsounder, unsoundest

unspeakable [ʌn`spikəbl] adj. 難以言喻的，說不出口的；極其惡劣的．

範例 She seems to be in unspeakable pain. 她似乎處於難以言喻的痛苦當中．

His conduct was unspeakable. 他的行為極其惡劣．

活用 adj. more unspeakable, most unspeakable

unstable [ʌn`stebl] adj. 不穩的，搖晃的；不規則的，不穩定的；(人)反覆無常的．

範例 This table is rather unstable. 這張桌子相當不穩．

My grandmother has an unstable pulse. 我的奶奶脈搏不整．

活用 adj. more unstable, most unstable/unstabler, unstablest

unsteady [ʌn`stɛdɪ] adj. 不穩定的，搖晃的:She was unsteady on her feet. 她走路跟跟蹌蹌的．

活用 adj. unsteadier, unsteadiest/more unsteady, most unsteady

unstuck [ʌn`stʌk] adj. 撕下的，鬆開的，脫落的: an unstuck stamp 撕下的郵票．

片語 **come unstuck** ① 鬆開，脫落．②《口語》失敗，受挫．

unsuccessful [ˌʌnsək`sɛsfəl] adj. 不成功的，失敗的: He tried to ask her out, but was unsuccessful. 他試著約她出來，但未成功．

活用 adj. more unsuccessful, most unsuccessful

unsuitable [ʌn`sutəbl] adj. 不適合的，不適當的，不適宜的．

範例 This area is unsuitable for human habitation. 這個地區不宜人居．

The committee picked out five popular comic magazines as the most unsuitable for children. 委員會選出了5種最不適合兒童閱讀的流行漫畫雜誌．

活用 adj. more unsuitable, most unsuitable

unsure [ʌn`ʃʊr] adj. 不可靠的；沒有把握的，沒有信心的．

範例 The government was unsure of its own stability. 政府對自身的穩定性沒有信心．

She was unsure of herself. 她沒有自信．

unsuspected [ˌʌnsə`spɛktɪd] adj. ① 想不到的，無法想像的: The presence of the terrorist in the building was unsuspected. 無法想像在那棟大樓裡會有恐怖分子. ② 未料想到的；不被懷疑的．

unsuspecting [ˌʌnsə`spɛktɪŋ] adj. 不懷疑的，信任的: The old gentleman came out of the house all unsuspecting. 那位老紳士毫無懷疑地走出房子．

unswerving [ʌn`swɝvɪŋ] adj. 堅定不移的，忠貞不渝的: unswerving belief in God 對上帝堅貞的信仰．

unthinkable [ʌn`θɪŋkəbl] adj. 難以想像的: The unthinkable happened. 難以想像的事情發生了．

untidy [ʌn`taɪdɪ] adj. ① 不整潔的，雜亂的．② 不修邊幅的，邋遢的．

範例 ① The room was so untidy; it looked like it hadn't been cleaned in a month. 那個房間非常雜亂，看樣子有一個月沒打掃了．

② She's too untidy to be his assistant. 她很邋遢，無法當他的助理．

活用 adj. untidier, untidiest/more untidy, most untidy

untie [ʌn`taɪ] v. 鬆開，解開(結)，打開(包裹等)．

範例 He untied his necktie. 他解開了領帶．

Someone untied your dog from the pole. 有人把你拴在柱子上的狗放走了．

She untied the parcel carefully. 她小心翼翼地打開那個包裹．

活用 v. unties, untied, untied, untying

†**until** [ən`tɪl] prep., conj. 直到，在～之前，到～為止《亦作 till》．

範例 Let's wait for her until two o'clock. 我們等她到2點吧．

You may have a vacation until Monday. 你可以放假到星期一．

The concert does not begin until six. 那場演奏會6點開始．

It was not until yesterday that I phoned the office. 直到昨天我才打電話進辦公室．

He lived in the country until he was ten. 他在10歲之前一直住在鄉下．

We don't know the blessing of health until we lose it./It is not until we lose our health that we know the blessing of it. 失去健康之後才懂得健康的可貴.

He walked on and on, **until** he came to a beautiful lake. 他不停地走, 終於到達一個美麗的湖泊.

untimely [ʌn`taɪmlɪ] *adj.* ① 不合時宜的, 不是時候的, 不合時機〔時令〕的. ② 過早的, 時候尚早的.

範例 ① It's an **untimely** subject for a wedding reception. 那個話題不適合在結婚喜宴上談. an **untimely** arrival 來得不是時候.

② His illness led to an **untimely** death at the age of 25. 他的病使他在25歲就英年早逝.

untiring [ʌn`taɪrɪŋ] *adj.* 孜孜不倦的, 不鬆懈的, 持續不衰的: This candidate's enthusiasm for the campaign is **untiring**. 這名候選人對選舉活動的熱情始終不減.

untold [ʌn`told] *adj.* ① 未說出的, 未透露的. ② 數不清的, 不可計量的, 無數的.

範例 ① The truth remained forever **untold**. 那個真相永遠不會被透露出來.

② The king possessed **untold** wealth. 那位國王擁有數不清的財富.

untouchable [ʌn`tʌtʃəbl] *n.* 賤民《在印度教社會階級制度中最下層的人; 亦作 Untouchable》.

複數 **untouchables**

untouched [ʌn`tʌtʃt] *adj.* 沒被碰過的, 未被觸摸過的, 保持原狀的: I left my salad **untouched**. 我的沙拉一口也沒吃.

untrained [ʌn`trend] *adj.* 未受訓練的; 沒教養的.

untried [ʌn`traɪd] *adj.* ① 未嘗試過的, 沒有實際經驗的; 未經檢驗〔考驗〕的. ②《法庭的案子》尚未審理的.

untrue [ʌn`tru] *adj.* ① 違反事實的, 錯誤的, 不實的. ② 不忠實的, 不誠實的.

範例 ① an **untrue** statement 不實的陳述. All these allegations are **untrue**. 所有的這些指控都是不實的.

② He knew his wife was **untrue** to him. 他知道妻子對他不忠.

untying [ʌn`taɪɪŋ] *v.* untie 的現在分詞.

unused [ʌn`juzd] *adj.* ① 未被使用過的, 未使用過的. ②〔不用於名詞前〕不習慣的, 少有經驗的 (to).

範例 ① He found three **unused** stamps in the drawer. 他在那個抽屜裡發現了3張未用過的郵票.

② She is **unused** to traveling alone. 她不習慣一個人旅行.

活用 *adj.* ② **more unused, most unused**

***unusual** [ʌn`juʒuəl] *adj.* 少有的, 罕見的, 奇異的; 與眾不同的, 獨特的.

範例 It is **unusual** for him to get up so early. 他這麼早起床真是少見.

He had an **unusual** name. 他有一個罕見的名字.

This vase is most **unusual** for 13th-century

pottery. 這個花瓶在13世紀的陶器中相當獨特.

She has an **unusual** ability to play the violin. 她在演奏小提琴方面具有獨特的才能.

活用 *adj.* **more unusual, most unusual**

unusually [ʌn`juʒuəlɪ] *adv.* 少有地, 罕見地, 非比尋常地, 異常地.

範例 **Unusually** for her, she wore a skirt today. 她今天穿了裙子, 真是罕見.

We had an **unusually** heavy rainfall for May. 5月份的降雨量異常地多.

It is **unusually** cold today. 今天格外地冷.

活用 *adv.* **more unusually, most unusually**

unveil [ʌn`vel] *v.* 揭去覆蓋物, 揭去面紗; 揭露 (祕密等).

範例 The minister **unveiled** the new statue. 部長揭去了這座新雕像的蓋布.

The new plan was **unveiled** at the meeting yesterday. 那項新計畫在昨天的會議上發表了.

活用 *v.* **unveils, unveiled, unveiled, unveiling**

unwary [ʌn`wɛrɪ] *adj.* 不注意的, 粗心的, 毫無警覺的.

活用 *adj.* **unwarier, unwariest/more unwary, most unwary**

unwelcome [ʌn`wɛlkəm] *adj.* 不受歡迎的, 討厭的, 令人不悅的.

範例 an **unwelcome** visitor 不速之客. **unwelcome** complications 燙手山芋.

活用 *adj.* **more unwelcome, most unwelcome**

unwholesome [ʌn`holsəm] *adj.* ① 有害健康的, 不健康的. ② 不健康似的.

範例 ① **unwholesome** food 有害健康的食物. **unwholesome** habits 不健康的習慣.

② an **unwholesome** look 不健康的臉色.

活用 *adj.* **more unwholesome, most unwholesome**

unwieldy [ʌn`wildɪ] *adj.*《龐大、笨重而》難以操作〔使用〕的, 難以搬動的;《組織等因結構龐大而》效率低的; 棘手的; 不實用的: an **unwieldy** long oar 難以操作的長槳.

活用 *adj.* **more unwieldy, most unwieldy**

***unwilling** [ʌn`wɪlɪŋ] *adj.* 不情願的, 非自願的, 勉強的; 不願意 (做~) 的.

範例 an **unwilling** contestant 非自願的參賽者. **unwilling** participation 勉強的參與. Management is **unwilling** to concede any more. 管理階層不願意再讓步.

活用 *adj.* **more unwilling, most unwilling**

unwillingly [ʌn`wɪlɪŋlɪ] *adv.* 勉強地, 不情願地: Mr. Beck **unwillingly** made an impromptu speech at the request of his supporters. 貝克先生應支持者之請勉強地發表了即席演講.

活用 *adv.* **more unwillingly, most unwillingly**

unwind [ʌn`waɪnd] *v.* 鬆開, 解開;《身心》鬆弛, 放鬆.

範例 The nurse **unwound** the bandage on his arm. 護士鬆開了他手臂上的繃帶.
A few drinks got him **unwound**. 幾杯黃湯下肚使他身心鬆弛了下來.
活用 v. **unwinds**, **unwound**, **unwound**, **unwinding**

unwise [ʌn`waɪz] *adj.* 不明智的，愚蠢的: It would be very **unwise** for you to go there alone. 你單獨去那裡實屬不智.
活用 *adj.* **unwiser**, **unwisest**

unworthy [ʌn`wɝðɪ] *adj.* ① 不值得的；不相稱的，不配的. ② 無價值的；不值一提的.
範例 ① I'm **unworthy** of such praise. 我並不值得那樣的讚美.
This piece is **unworthy** of the *New York Times*. 這篇報導不配登上《紐約時報》.
② an **unworthy** criticism 不值得一聽的批評.
活用 *adj.* **unworthier**, **unworthiest**

unwound [ʌn`waʊnd] *v.* unwind 的過去式、過去分詞.

unzip [ʌn`zɪp] *v.* 拉開拉鏈.
活用 *v.* **unzips**, **unzipped**, **unzipped**, **unzipping**

†**up** [ʌp] *adv.* ① 向上方，在上面，在上方；向北方. ② 向著說話者這邊. ③ 直立，起立；起床，起來. ④ 牢牢地；確實地；完全地，徹底地；到～(的水準〔程度〕). ⑤ 結束，完畢；消失.
——*prep.* ⑥ 向(～的)上方，往(～的)上方. ⑦ 沿著(道路等).
——*n.* ⑧ 向上，上升；上行，上坡.
範例 ① Look **up** at the stars in the sky. 抬頭看看天上的星星.
He sprang **up** from his seat. 他從座位上跳了起來.
The moon comes **up** at 10:43 p.m. today. 今天月亮在晚上10點43分升起.
He ran **up** to the second floor. 他跑上了2樓. "Where is Tony?" "I think he's **up** in his room." 「東尼在哪裡?」「我想他在樓上自己的房間裡.」(說話者在1樓，而東尼在樓上)
The volcano was sending **up** lots of ash and smoke. 那座火山噴出了大量的灰和煙.
An elevator is a machine that moves **up** and down in a tall building. 電梯是在高樓裡做上下移動的機械.
The temperature is going **up**. 溫度正在上升中.
The price of rice is slightly **up** this year. 今年的米價稍有上漲.
OK, I'll count **up** to three. One, two, ... 好，我數到3. 1、2、…. (數數時由大向小作 count down)
Will you speak **up**? I can't hear you. 再說大聲點好嗎? 我聽不見.
His English is not yet **up** to the advanced level. 他的英語還未達到高階的水準.
I picked him **up** at the station and drove him home. 我開車到車站接他並送他回家.

He lives **up** north. 他住在北方.(通常在地圖上北為上方，而南方作 down south)
Hands **up**! 手舉起來!
Up with the Dodgers! 道奇隊加油!
Somewhere over the rainbow way **up** high, there's a land that I heard of once in a lullaby. 在彩虹上方很高很高的某個地方，有一個我曾在搖籃曲中聽過的國度.(此為電影《綠野仙蹤》(The Wizard of Oz) 的主題曲「在彩虹的那一邊」(Over the Rainbow) 中的一段歌詞)
This is an **up** elevator. 這是上樓電梯.
② A little cat came **up** to me. 一隻小貓向我走來.
She walked **up** to the window and looked out. 她走向窗戶並向外張望.
He went **up** to Taipei and found success. 他來到臺北並獲得了成功.
The children pulled their chairs **up** close and listened to the very interesting story. 孩子們把椅子拉近，聆聽那十分有趣的故事.
We went further **up** into the forest. 我們更進一步朝森林裡前進.
Up to now, I've had no problem at all. 到現在為止我沒有任何問題.
③ She usually gets **up** early in the morning. 她早上通常起得早.
He got **up** from the sofa when I entered the room. 我走進房間時他從沙發上站起身來.
Why did you stay **up** late? 你為甚麼要熬夜呢?
We were **up** at four in the morning that day. We were going fishing. 我們那天早上4點鐘就起床了. 我們要去釣魚.
He will be **up** and about in a few days. 幾天內他就能下床走動了.
The new version of the operating system won't start on this computer. What should I do to have it **up** and running? 新版的作業系統無法在這臺電腦上啟動. 我應該怎樣才能使它正常運作呢?
Hi, David. What's **up**? 嗨，大衛，有甚麼事嗎?
④ Stand **up**, everybody. 全體起立!
Sit **up** straight, everybody. 大家也坐挺!
He set **up** a special fund for ethnic minorities. 他為少數民族設立了特別基金.
They are going to put **up** a library here. 他們將在這裡建一間圖書館.
The cabinet put **up** a plan to increase the consumption tax. 內閣提出了消費稅的增稅方案.
What do you want to be when you grow **up**? 你長大以後想做甚麼?
The room was comfortably warmed **up**. 這個房間變得既溫暖又舒適.
She summed **up** her speech. 她為演講作了總結.
Hurry **up**, Tom, or you'll be late for school. 湯姆，快點，你上學要遲到啦.

Cheer **up**! 加油!

Shut **up**! 閉嘴!

Lock **up** the house when you leave. OK? 離開時要把房門鎖好，知道嗎?

She tied the package **up** with strong string. 她用結實的繩子把那個包裹牢牢捆住.

He is always making **up** excuses. 他總是在編藉口.

He broke **up** with his girlfriend. 他和女朋友分手了.

Open **up**! This is the police! 開門! 我們是警察!

Please don't run. I can't catch **up** with you. 請不要用跑的，我跟不上你.

You don't have to dress **up**. It's just an informal party. 你不需要盛妝打扮，因為那是個非正式的聚會.

The man ended **up** in prison. 最後那個男子進了監獄.

⑤ Time is **up**. Put your pencils on the desks. 時間到了. 把鉛筆放在書桌上.

It's all **up** with them. 他們完蛋了.

⑥ John went **up** the stairs. 約翰上樓去了.

"Where is the tin of paint?" "It's **up** the ladder." 「油漆罐在哪裡?」「在梯子上面.」

We enjoyed a trip **up** the stream. 我們快樂地進行溯溪之旅.

⑦ I met him as I was walking **up** the road. 我走在那條路上時遇見了他.

There's a police station just **up** the street. 沿著這條街往前走有一間警察局.

⑧ The street is full of **ups** and downs. 那條路起伏不平.

His life was full of **ups** and downs. 他的人生起起落落.

[片語] *up against* 面對 (困境等): He was **up against** various difficulties those days. 他那時面對著種種的困難.

up and about/up and around (病癒後) 能下床走動的. (⇨ [範例] ③)

up and down 上上下下; 到處，來來回回: He was walking **up and down** the hall. 他在走廊上走來走去.

up and running 活動的，正常運作的. (⇨ [範例] ③)

up for 成為~的對象: This land is **up for** sale. 這片土地欲出售.

up to ① 達到，直到~為止. (⇨ [範例] ①) ② 取決於: "Should I do the dishes now?" "It's **up to** you." 「我應該現在去洗碗嗎?」「隨便你.」③ 忙於; 想做: What are you **up to** now? 你在搞甚麼名堂?

☞ ↔ down, ☞ upper (上方的), uppermost (最上面的)

♦ **ùp to dáte** 最新的《亦作 up-to-date》.

[複數] **ups**

up-and-coming [ˌʌpən`kʌmɪŋ] adj. 嶄露頭角的，前途無量的: an **up-and-coming** young businessman 嶄露頭角的青年實業家.

upbraid [ʌp`bred] v. 《正式》責罵，嚴厲訓斥，嚴厲譴責: The general **upbraided** his subordinates for not going by the book. 那位將軍責罵部下未按部就班行事.

[活用] v. **upbraids**, **upbraided**, **upbraided**, **upbraiding**

upbringing [`ʌpˌbrɪŋɪŋ] n. 養育，教養; 教育方法.

[複數] **upbringings**

upcoming [`ʌpˌkʌmɪŋ] adj. 〔只用於名詞前〕即將到來〔發生〕的，接下來的: the **upcoming** election 即將到來的選舉.

update [v. ʌp`det; n. `ʌpˌdet] v. ① 更新，刷新，使成為最新; 提供最新情報: The Congress is **updating** this law. 國會正在修訂這項法律.

——n. ② 最新情報，最新資訊.

[活用] v. **updates**, **updated**, **updated**, **updating**

[複數] **updates**

upheaval [ʌp`hivl] n. (政治、經濟等的) 變動，劇變，巨大騷動; (地表等的) 隆起: The prime minister's statement caused a political **upheaval**. 首相的聲明引起了一陣政治上的大騷動.

[複數] **upheavals**

upheld [ʌp`hɛld] v. uphold 的過去式、過去分詞.

uphill [`ʌp`hɪl] adj. ① 上坡的，向上的. ②〔只用於名詞前〕吃力的，艱困的.

——adv. ③ 往上坡，向上方.

[範例] ① This road here is all **uphill** between Cambridge and Norwood. 這條路從劍橋到諾塢之間都是上坡路段.

② They fought a long, **uphill** battle. 他們打了一場長期的苦戰.

③ We walked **uphill** for half an hour. 我們走了半個小時的上坡路段.

uphold [ʌp`hold] v. (從下方) 支撐; 支持，擁護，贊同; 裁定〔確定〕(判決等).

[範例] I can't **uphold** his policy. 我不贊同他的政策.

Nobody thinks the Supreme Court will **uphold** the lower court's decision. 沒有人認為最高法院會批准下級法院的判決.

[活用] v. **upholds**, **upheld**, **upheld**, **upholding**

upholster [ʌp`holstɚ] v. (替沙發、椅子等) 裝填充物並覆上布面〔皮面〕.

[活用] v. **upholsters**, **upholstered**, **upholstered**, **upholstering**

upholsterer [ʌp`holstərɚ] n. 家具裝飾用品商，室內裝潢業者.

[複數] **upholsterers**

upholstery [ʌp`holstrɪ] n. 家具的被覆物〔填充物〕《椅子等的彈簧、墊襯物及外面的被覆物等》，室內裝飾品; 室內裝潢業.

upkeep [`ʌpˌkip] n. ① 維持，保養. ② 維修〔保養〕費: The company can't afford the

upkeep of a private jet. 那家公司無力負擔私人噴射機的維修費。

upland [`ʌplənd] *adj.* ① 高地的，山地的: The **upland** tribes have been harder to subdue. 山地部落一直很難使其順服。
——*n.* 〔常 ~s〕高地，山地。

uplift [*v.* ʌp`lɪft; *n.* `ʌp͵lɪft] *v.* ① 使振奮；提高（地位等）；升起，舉起。
——*n.* ②（情緒上突然的）振奮；提高，舉起。（向上）提振。
範例 ① We feel **uplifted** by your sermon. 你的訓誡使我們精神為之振奮。
② The economy needs an **uplift**. 經濟需要向上提振。
活用 *v.* **uplifts, uplifted, uplifted, uplifting**

†**upon** [ə`pɑn] *prep.* 在～之上《通常與 on 同義，但較為正式》。
範例 A fly landed **upon** a book that was on the coffee table. 一隻蒼蠅停在咖啡桌上的一本書上。
Once **upon** a time there lived a beautiful princess in a castle. 很久很久以前，城堡裡住著一位美麗的公主。
We acted **upon** the order of our commander. 我們遵照指揮官的命令行動。
All eyes were **upon** the leader of the party. 所有的目光都朝向黨主席。
They put a price **upon** his head. 他們懸賞要取他的首級。
Christmas is almost **upon** us. 聖誕節馬上就要到了。
Upon arrival, the three of them were arrested. 他們3人一抵達就遭到逮捕。
Upon the Queen's entering the chamber, everyone stood up. 女王一進入議會會場，全體人員即刻起立。

***upper** [`ʌpɚ] *adj.* ① 上方的，上層的；上級的；上流的；上游的。
——*n.* ② 鞋幫，鞋面《鞋底以外蓋住腳背的部分》。
範例 ① Seats in the **upper** section are cheaper. 上方的座位較便宜。
the **upper** Amazon 亞馬遜河上游。
片語 ***the upper hand*** （統治地位等的）優勢。
♦ **ùpper árm** 上臂《☞ arm 插圖》。
ùpper cáse 大寫鉛字《指大寫英文字母》。
ùpper cláss 上流社會，上層階級。
ùpper déck 上甲板。
the Ùpper Chámber/the Ùpper Hóuse （兩院制議會的）上議院《如英國的上院 (the House of Lords)、美國的參議院 (the Senate) 等；☞ 充電小站 (p. 545)》。
字源 原為 up 的比較級。
複數 **uppers**

uppercut [`ʌpɚ͵kʌt] *n.* 上鉤拳。
複數 **uppercuts**

uppermost [`ʌpɚ͵most] *adj.* ① 最上面的；（價值等）最高的；最重要的。
——*adv.* ② 在最上面；最具價值〔重要性〕；首

先。
範例 ① The **uppermost** branches were bare. 最上面的樹枝變禿了。
These two priorities were **uppermost** in her mind. 這是她心目中最重要的兩個優先事物。
② The President's words came **uppermost** in many people's minds. 許多人最先想到的是總統的話。

upright [`ʌp͵raɪt] *adj.* ① 筆直的，直立的，垂直的。② 誠實的，正直的，公正的。
——*adv.* ③ 直立地，筆直地。
——*n.* ④ 直立之物；支柱；（足球等的）球門柱。⑤ 垂直〔直立〕狀態。⑥ 直立式鋼琴《亦作 upright piano》。
範例 ① He took an **upright** position. 他採取立正姿勢。
② He is known to be **upright** in his business. 他作生意以正直聞名。
③ Some chimps can walk **upright** on two feet. 有些黑猩猩能用兩條腿直立行走。
♦ **ùpright piáno** 直立式鋼琴《1800年由費城的霍金斯 (John Isaac Hawkins) 及1811年由英國倫敦的渥倫 (John Wornum) 所研發出來，直到1829年加以改良》。
活用 *adj.* ② **more upright, most upright**
複數 **uprights**

uprising [`ʌp͵raɪzɪŋ] *n.* 叛亂，暴動。
複數 **uprisings**

uproar [`ʌp͵ror] *n.* 騷亂，騷動；喧囂，吵鬧: The crowd went into an **uproar** when they heard the news. 群眾一聽到那個消息便騷動起來。

uproot [ʌp`rut] *v.* ①（將植物）連根拔除；根除，根絕。② 把～逐出家園。
範例 ① A lot of trees were **uprooted** by the tornado. 許多樹木被那場龍捲風連根拔起。
uproot a bad habit 根除惡習。
② Those **uprooted** from their homes became refugees. 那些被逐出家園的人成了難民。
活用 *v.* **uproots, uprooted, uprooted, uprooting**

***upset** [*v., adj.* ʌp`sɛt; *n.* `ʌp͵sɛt] *v.* ① 弄翻，打翻。② 使心煩意亂，使煩惱；使狼狽；打亂（計畫等）。
——*adj.* ③ 心煩意亂的，不安的；狼狽的。④ 弄翻的，傾倒的；（胃等）不適的，不舒服的。
——*n.* ⑤ 翻倒，傾覆；（比賽等的）意外結果。⑥（胃等的）不適。⑦ 心煩意亂，不安，煩惱。
範例 ① The baby **upset** its milk. 寶寶打翻了它的牛奶。
The huge waves **upset** their boat. 巨浪打翻了他們的小船。
The terrorist bombing **upset** their travel plans. 恐怖分子的爆炸行動打亂他們的旅行計畫。
② The cruel sight **upset** her. 那幅殘酷的情景使她心煩意亂。
③ He was very **upset** by the news. 他因為那個消息感到不安。
He was terribly **upset** about being late for the

interview. 他因為面試遲到而覺得十分狼狽.
④ an **upset** vase 打翻的花瓶.
Don't eat so many hotdogs; you'll get your stomach **upset**. 不要吃太多熱狗, 你的肚子會不舒服的.
Last night's drinking has given him an **upset** stomach. 昨天晚上喝多了, 使他的胃不舒服.
⑤ the **upset** of a sailboat 小型帆船的傾覆.
An unknown player's victory over the defending champion was quite an **upset**. 一個沒沒無名的選手擊敗了衛冕的冠軍選手, 真是出人意料.
⑥ He had a stomach **upset**. 他的胃不舒服.
⑦ My parents' divorce gave me quite an **upset**. 我父母親的離婚令我心煩.
活用 v. **upsets, upset, upset, upsetting**
活用 adj. **more upset, most upset**
複數 **upsets**

upshot [`ʌp͵ʃɑt] n. 結果, 結局; 結論: in the upshot 結果, 最後.

*upside [`ʌp͵saɪd] n. ① 上側, 上面, 上方. ② (事物) 好的方面, 正面的傾向; (股價等的) 上漲傾向.

upside-down [͵ʌp͵saɪd`daʊn] adj., adv. 上下顛倒的〔地〕, 翻轉的〔地〕; 混亂的〔地〕, 亂糟糟的〔地〕《亦作 upside down》.

upstage [`ʌp`stedʒ] adj., adv. ① 舞臺後方的〔地〕.
——v. ② 搶~的鏡頭, 使相形見絀.
範例 ① He stands **upstage** with a stick in his hand. 他一隻手拿著指揮棒站在舞臺後方.
② His wife always publicly **upstages** him. 他的妻子在眾人面前總是使他相形見絀.
活用 v. **upstages, upstaged, upstaged, upstaging**

*upstairs [adv. `ʌp`stɛrz; n. ʌp`stɛrz] adv. ① 往樓上; 在樓上.
——n. ②〔作單數〕樓上.
範例 ① Carry this suitcase **upstairs**. 把這個皮箱搬到樓上.
② How can he be **upstairs**? There is no **upstairs**. 他怎麼會在樓上呢? 這裡沒有樓上啊.
☞ ↔ downstairs

upstanding [ʌp`stændɪŋ] adj. ① 直立的, 挺拔的. ② 正直的, 誠實的, 品格端正的.
活用 adj. **more upstanding, most upstanding**

upstart [`ʌp͵stɑrt] n. (傲慢的) 暴發戶, 新貴.
複數 **upstarts**

upstream [`ʌp`strim] adv. ① 在上游; 往上游; 逆流而上.
——adj. ② 上游的; 逆流而上的.
範例 ① Night was closing in and I hurried **upstream**. 夜色逼近, 我趕緊往上游走.
② Andrew and Ryan camped at an **upstream** site. 安德魯和萊恩在河流上游的營地露營.
☞ ↔ downstream

*up-to-date [`ʌptə`det] adj. 最新的, 最新式的; 現代的, 尖端的.
範例 We have **up-to-date** computer technology. 我們擁有最新的電腦科技.
I'll keep you **up-to-date** with any news. 我會通知你任何最新的消息.
活用 adj. **more up-to-date, most up-to-date**

uptown [ʌp`taʊn] n., adj., adv.〖美〗住宅區; 郊區; (小城鎮的) 商業區.
複數 **uptowns**

upturn [n. `ʌp͵tɝn; v. ʌp`tɝn] n. ① 上升, 好轉, 提高.
——v. ② 使朝上方. ③ 翻轉, 傾覆.
範例 ① Stock prices are taking a sharp **upturn**. 股價急劇上揚.
Business is on the **upturn**. 業績正在好轉中.
② Her **upturned** face was fascinating in the moonlight. 她上揚的臉龐在月光下非常迷人.
③ an **upturned** boat 傾覆的小船.
複數 **upturns**
活用 v. **upturns, upturned, upturned, upturning**

*upward [`ʌpwəd] adv. ① 向上, 朝上. ② 超過, 多於, 自~以上.
——adj. ③ 向上的, 朝上的; 上升的.
範例 ① They started searching at the foot of the mountain and went **upward**. 他們開始在山腳下搜索, 然後再向上搜尋.
He looked **upward** to the top of the hill. 他朝山頂望去.
② **Upward** of 100,000 came to the demonstration. 超過10萬人參加了那次的示威遊行.
Only children 5 feet tall and **upward** can ride this roller coaster. 身高達到5呎以上的兒童才能乘坐這種雲霄飛車.
③ Business is on an **upward** slope. 業績呈上升趨勢.
Make an **upward** movement with your arms when you reach the top of the hill. 你登上山頂時, 把你的雙手舉起來.
片語 **upward of** ~以上, 多於. (⇨ 範例 ②) **and upward** (以反) 以上. (⇨ 範例 ②)
參考 adv. 亦作 upwards.
☞ ↔ downward

upwards [`ʌpwədz] adv. ① 向上, 朝上. ② 多於, 超過, 自~以上.
參考 亦作 upward.

uranium [ju`renɪəm] n. 鈾《鈾系金屬元素, 符號 U》.

*urban [`ɝbən] adj. 城市 (風格) 的, 都市 (風格) 的: **urban** life 都市生活.
☞ ↔ rural

urbanization [͵ɝbənaɪ`zeʃən] n. 城市化, 都市化.
參考〖英〗urbanisation.

urbanize [`ɝbən͵aɪz] v. 使城市化, 使都市化.
參考〖英〗urbanise.
活用 v. **urbanizes, urbanized, urbanized,**

urbanizing

urchin [ˋɝtʃɪn] *n.* 淘氣鬼，頑童.
- ♦ **séa ùrchin** 海膽.
- 複數 **urchins**

-ure *suff.* ① 接在動詞後構成名詞，表示「動作，結果，狀態」等：failure 失敗；exposure 暴露. ② 接在動詞後構成名詞，表示「具有〜功能的機構或團體」：legislature 立法機構.

*****urge** [ɝdʒ] *v.* ① 催促，鞭策；激勵；極力〔堅決〕主張.
—— *n.* ② 衝動，強烈的欲望.

範例 ① Leaders **urged** the demonstrators on with words of encouragement. 領導者用鼓勵的話語來激勵遊行示威群眾.
Hopefully the SWAT team will be able to **urge** the gunmen to give up. 希望特警隊能夠迫使那群持槍歹徒投降.
Republicans **urged** the President into accepting their budget. 共和黨力促總統接受他們的預算案.
My boss **urged** me not to quit. 老闆力勸我不要辭職.
He **urged** upon us the need for compassion. 他極力向我們強調同情的必要性.
Conservationists **urged** that we should all use less energy. 環境保護主義者堅決主張我們都應該減少能源的使用量.
② I have an **urge** to give her a piece of my mind. 我有一股想好好訓她一頓的衝動.
Mike felt an **urge** to kiss his wife. 麥克感到一股想親吻妻子的衝動.
活用 *v.* **urges**, **urged**, **urged**, **urging**
複數 **urges**

urgency [ˋɝdʒənsɪ] *n.* 緊急，急迫；堅決主張，執拗.

*****urgent** [ˋɝdʒənt] *adj.* ① 緊迫的，緊急的，重大的. ② 執拗的，堅決的，強烈的.

範例 ① Oh, it's not **urgent**. I'll call again tomorrow. 啊，那不急，我明天會再打來.
I must go to his office on an **urgent** matter. 我有急事必須去他的辦公室.
Those who are stuck on the mountain top are in **urgent** need of help. 那些困在山頂上的人急需要救援.
② Calls for your resignation are becoming more **urgent**, sir. 要求閣下辭職的呼聲變得更加強烈了.
活用 *adj.* **more urgent**, **most urgent**

urgently [ˋɝdʒəntlɪ] *adv.* ① 緊急地：He needs an operation **urgently**. 他需要緊急動手術. ② 執拗地，堅決地.
活用 *adv.* **more urgently**, **most urgently**

urinate [ˋjʊrəˏnet] *v.* 小便，排尿.
活用 *v.* **urinates**, **urinated**, **urinated**, **urinating**

urine [ˋjʊrɪn] *n.* 小便，尿：pass **urine** 小便，排尿.

urn [ɝn] *n.* ① 骨灰罈；壺，甕. ② (帶嘴的) 大茶壺.

複數 **urns**

†**US** [(強) ˋʌs；(弱) əs] *pron.* 我們 (we 的受格).

範例 Mr. and Mrs. Smith invited **us** to the dance. 史密斯夫婦邀請我們參加那場晚會.
She made **us** coffee. 她為我們泡咖啡.
Will you see **us** home? 你會送我們回家嗎？
Let **us** go there. 請讓我們去那裡.《與 Let's go there. (我們去那裡吧.) 意思不同》
Come with **us**. 跟我們一起來吧.
Mr. White explained to **us** why all the stars rise in the east and set in the west. 懷特先生向我們解釋為甚麼星星都是東升西落.
He cannot understand **us**. 他無法瞭解我們的意思.
It's not **us** that tried to upset your plan. 並不是我們想阻撓你的計畫.
Our grandparents arrived here much earlier than **us**. 爺爺奶奶比我們早很多到達這裡.
Do you mind **us** smoking in this room? 我們可以在這個房間裡吸菸嗎？
☞ **we**

U.S./US [ˋjuˋɛs] 《縮略》= United States (美國).

*****U.S.A./USA** [ˋjuˋɛsˋe] 《縮略》= United States of America (美國)《通常與 the 連用》.

usable [ˋjuzəbl] *adj.* 可使用的，便於使用的《亦作 useable》.
活用 *adj.* **more usable**, **most usable**

*****usage** [ˋjusɪdʒ] *n.* ① 使用 (方法)，用法. ② 習慣，慣例；(語言等的) 慣用法.

範例 ① This engine stands up well to everyday **usage**. 這具引擎經得起每天使用.
"Good day, mate." is a common Australian **usage**. "Good day, mate." (你好，老兄.) 這句話是澳洲的慣用語法.
複數 **usages**

*****use** [*v.* juz；*n.* jus] *v.* ① 用，使用；對待；利用，運用.
—— *n.* ② 使用，使用方法；利用. ③ 用途，功用. ④ 效用，有用. ⑤ 使用的能力〔自由，權利〕.

範例 ① "Can I **use** your telephone?" "Yes, of course." 「我可以使用你的電話嗎？」「當然可以.」
A hammer is **used** for driving in nails. 鎚子是用來釘釘子的.
Use your brain a little more. 多用一點腦筋吧.
Farmers have to **use** judgement in deciding when to plant their crops. 農民在決定何時插秧時必須發揮他們的判斷力.
They **use** a ton of sugar a month. 他們每個月用1噸的砂糖.
She **used** me like a child. 她把我當成孩子般對待.
② The mayor banned the **use** of firearms in the city. 那位市長禁止在市內使用槍械.
This room is in **use** until five o'clock. 這個房間可以使用到5點鐘.

When did the word "television" come into common **use**? 「電視」這個字是甚麼時候開始普遍使用的?

Put your energy to good **use**. 善用你的精力.

It's hard to learn the **use** of a personal computer in your sixties. 到60多歲時要學習使用個人電腦是很困難的.

③ Oil has many **uses**. 石油有許多用途.

Its chief **use** is the manufacture of iron. 它主要的用途是製鐵.

④ What is the **use** of keeping these old textbooks? 留著這些舊教科書有甚麼用處呢?

There will be no **use** in doing that. 那樣做是沒有用的.

⑤ He lost the **use** of his legs as a result of the traffic accident. 因為那起交通事故, 他的雙腿殘廢了.

The student was given the **use** of the computer for his research. 那名學生可以使用電腦作研究.

[片語] **bring ~ into use** 開始使用.

come into use 開始被使用. (⇨ [範例] ②)

could use/can use 想要, 需要: I **could use** something hot to eat. 我想要吃點熱的食物.

go out of use 不再使用, 廢棄: This old library has gone out of use. 這個舊圖書館已經停止使用了.

have no use for 用不著, 不需要; 討厭: We **have no use for** idle fellows. 我們不需要游手好閒的人.

I **have no use for** card games, golf, or anything like that. 我不喜歡像紙牌、高爾夫球或任何像那樣的活動.

in use 使用中. (⇨ [範例] ②)

It is no use ~ing/There is no use ~ing/There is no use in ~ing 做~是沒有用的. (⇨ [範例] ④): **It is no use getting** mad at him. 對他生氣是沒有用的.

It is no use crying over spilt milk. 《諺語》覆水難收.

make use of 利用, 使用: He encouraged his students to **make** full **use** of the facilities. 他鼓勵學生們充分利用學校設施.

make use of ~'s weaknesses 利用~的弱點.

of use 有用: Iron is **of** great **use**. 鐵很有用.

put ~ to use 使用, 利用. (⇨ [範例] ②)

use up ① 用光: We will **use up** the remaining oil. 我們將會用光剩下的石油. ② 耗盡: I was completely **used up**. 我完全沒有力氣了.

[活用] v. **uses**, **used**, **used**, **using**

[複數] **uses**

***used** [just; ② jɹzd] adj. ① 習慣於~的. ②〔只用於名詞前〕舊的, 用過的.

[範例] ① We are **used** to the rush hour. 我們習慣於上下班時的交通尖峰狀態.

She is **used** to getting up early. 她習慣早起.

He was not **used** to that kind of business. 他不習慣處理那種業務.

I soon got **used** to their way of living. 我很快地習慣了他們的生活方式.

I think the boy will get **used** to living in the country soon. 我想那個男孩將會很快地習慣農村生活.

② a **used** car 舊車.

used books 舊書.

used stamps 使用過的郵票.

used tickets 使用過的票.

used clothes 舊衣服.

[片語] **be used to** 習慣於. (⇨ [範例] ①)

become used to/get used to 習慣於. (⇨ [範例] ①)

[☞] ① ↔ unused, ② ↔ new, unused

[活用] adj. ① **more used**, **most used**

used to [ˈjustu; ˈjustə] aux. 常常, 以前經常, 以前曾《表示過去的習慣、狀態、事實等》.

[範例] I **used to** quarrel with my brother. 我以前經常和哥哥〔弟弟〕吵架.

There **used to** be a movie theater right here. 以前在這裡有一家電影院.

She is not the woman she **used to** be. 她已經不再是從前的她了.

We think we are richer than we **used to** be. 我們認為自己比以前更富裕了.

He does not eat out as often as he **used to**. 他不像以前那樣經常在外面吃飯. 《used to 的 to 可以省略》

He didn't **use to** smoke. 他以前不吸菸.

She **used to** be talkative, didn't she? 她以前很喜歡說話, 不是嗎?

[參考] 在疑問句或否定句中常使用 did ~ use to/ didn't use to.

***useful** [ˈjusfəl] adj. 有用的, 有益的.

[範例] This is a very **useful** dictionary. 這是一本非常有用的辭典.

This guidebook is **useful** to tourists. 這本旅行指南對遊客來說很有用.

She made herself very **useful** by doing the washing for her mother. 她替母親洗衣服, 幫了母親很大的忙.

a **useful** tool 有用的工具.

[片語] **come in useful** 派上用場.

make ~self useful 使自己變得有用. (⇨ [範例])

[活用] adj. **more useful**, **most useful**

usefully [ˈjusfəlɪ] adv. 有益地, 有用地.

[活用] adv. **more usefully**, **most usefully**

usefulness [ˈjusfəlnɪs] n. 有用, 有效, 有益.

***useless** [ˈjuslɪs] adj. 沒用的, 無益的, 無效的, 徒勞的.

[範例] **useless** information 沒用的訊息.

This computer is **useless** to me. 這臺電腦對我來說沒有用處.

U

This knife is **useless** for cutting meat. 這把小刀無法切肉.

We sometimes make **useless** efforts. 我們有時候會徒勞無功.

It is **useless** to complain of the cold. 光抱怨天氣冷是沒有用的.

What a **useless** fellow he is! 他真是一個沒有用的傢伙!

[活用] adj. **more useless, most useless**

uselessly [ˋjuslɪslɪ] adv. 徒勞地, 無益地.

[活用] adv. **more uselessly, most uselessly**

uselessness [ˋjuslɪsnɪs] n. 徒勞, 無益.

user [ˋjuzɚ] n. 使用者, 利用者; 用戶.

[範例] a dictionary **user** 辭典使用者.

telephone **users** 電話用戶.

♦ **ùser-friendly** 讓使用者感到方便的, 容易使用〔操作〕的.

[複數] **users**

* **usher** [ˋʌʃɚ] n. ① (教堂、戲院、婚宴等的) 引座員; [英] (法庭的) 法警.

—— v. ② 引導, 引領.

[範例] ② We were **ushered** to our seats. 我們被帶領到我們的座位.

The man who lit up a cigarette in the theater was quickly **ushered** out. 在戲院中點菸的那個男子立即被帶到外面.

A big snowstorm **ushered** in the Christmas holidays. 一場大暴風雪預告了聖誕假期的到來.

[片語] **usher in** 預告～的開始; 引進, 引～入內. (⇨ [範例] ②)

[複數] **ushers**

[活用] v. **ushers, ushered, ushered, ushering**

usherette [ˌʌʃəˋrɛt] n. (教堂、戲院等的) 女引座員.

[複數] **usherettes**

U.S.S.R./USSR [ˋjuˌɛsˌɛsˌɑr] 《縮略》= Union of Soviet Socialist Republics (蘇維埃社會主義共和國聯邦) (於1991年12月解體; ☞ CIS).

* **usual** [ˋjuʒʊəl] adj. ① 通常的, 平常的. ② 普遍的, 常見的.

[範例] ① Jack wore his **usual** blazer. 傑克穿著他平常穿的運動夾克.

Let's meet at the **usual** time. 我們按往常的時間見面吧.

As **usual**, Michelle was late. 像往常一樣, 蜜雪兒遲到了.

② Such bad luck is quite **usual** with drunks. 那樣的不幸在酒醉時是相當常見的.

As is **usual** with children, they soon got tired of the game. 對孩子來說, 很快地對遊戲感到厭倦是常有的事.

[片語] **as is usual with** 對～來說是常見的, 對～而言是平常的. (⇨ [範例] ②)

as usual 照例, 像往常一樣. (⇨ [範例] ①)

than usual 比平常: He came earlier **than usual**. 他比平常早來.

☞ ↔ unusual

* **usually** [ˋjuʒʊəlɪ] adv. 通常, 一般, 平常.

[範例] What do you **usually** do on Sundays? 星期天你通常都做甚麼?

Usually we stay at our workplace until 7:30. 我們通常7:30之前都待在工作的地方.

The train was more than **usually** crowded today. 今天的火車比平常擁擠.

usurp [juˋzɝp] v. 強奪, 篡奪, 霸占: It's his uncle who **usurped** the throne. 篡奪王位的是他的叔叔.

[活用] v. **usurps, usurped, usurped, usurping**

usurper [juˋzɝpɚ] n. 篡奪者, 霸占者: a **usurper** of the throne 篡奪王位者.

[複數] **usurpers**

* **utensil** [juˋtɛnsl] n. (家庭) 用品, 用具 (特指鍋子等廚房用具).

[範例] kitchen **utensils** 廚房用具.

writing **utensils** 文具.

[複數] **utensils**

uterus [ˋjutərəs] n. 子宮 (亦作 womb).

[複數] **uteruses**

utilisation [ˌjutləˋzeʃən] n. [美] utilization.

* **utilise** [ˋjutlˌaɪz] v. [美] utilize.

* **utility** [juˋtɪlətɪ] n. ① 有用; 有用的事物; 有益; 實用性. ② (水、電、瓦斯、電信等) 公共設施; 公營事業.

[範例] ① There's not much **utility** in having a car where there are no roads. 在沒有公路的地方有車也沒有用.

The **utility** of computers to science and business is tremendous. 電腦在科學和商務中的實用性很驚人.

a **utility** knife 萬用小刀.

② The rent is 350 dollars per month, **utilities** included. 每個月加上公共設施的租金是350美元.

Unregistered persons cannot use these **utilities**. 未登記者不可使用這些公共設施.

♦ **utility ròom** 器具存放室 (家庭中用來放置洗衣機、吸塵器等家居生活器具的房間).

[複數] **utilities**

utilization [ˌjutləˋzeʃən] n. 利用, 運用: There isn't enough **utilization** of the sun's clean, free energy in Florida. 佛羅里達州還未充分利用無污染且不需費用的太陽能.

[參考] [英] utilisation.

* **utilize** [ˋjutlˌaɪz] v. 利用, 運用.

[範例] A lot of countries are beginning to **utilize** solar energy. 很多國家已經開始利用太陽能.

You finally found a position where you can **utilize** all your talents and abilities. 你終於找到可以發揮自己所有才能的工作了.

[參考] [英] utilise.

[活用] v. **utilizes, utilized, utilized, utilizing**

* **utmost** [ˋʌtˌmost] adj. ① (只用於名詞前) 最大限度的, 極度的.

—— n. ② 最大限度, 極限.

範例 ① The ambassador handled the matter with the **utmost** tact. 那位大使極度巧妙地處理那件事情.

② The bureaucrats and politicians promised to do their **utmost** to turn the economy around. 那些官僚和政客承諾將全力以赴使經濟好轉.

utopia [juˋtopɪə] *n.* 理想國, 烏托邦, 理想社會.

字源 出自湯瑪斯‧摩爾爵士 (Sir Thomas More) 於1516年所著之《烏托邦》(*Utopia*) 一書中所描繪的理想國度. 另外, utopia 為希臘語 ou (not) 與 tópos (place) 的組合字, 意為「不存在的地方」.

複數 **utopias**

***utter** [ˋʌtə] *adj.* ①〔只用於名詞前〕完全的, 徹底的, 十足的.

——*v.* ② 說出, 發出 (聲音等).

範例 ① an **utter** lie 天大的謊言.

utter darkness 一片漆黑.

The man was an **utter** stranger to me. 我完全不認識那個男子.

To our **utter** amazement, the former actor was elected President. 令我們十分驚訝的是, 那名之前的演員竟然被選為總統.

② He **uttered** a strange sound and went back to sleep. 他發出奇怪的聲音, 然後又睡著了.

We all **uttered** a collective sigh of relief. 我們全都放心地鬆了一口氣.

The orphan child didn't **utter** a word all night. 那個孤兒整個晚上一句話也沒說.

活用 *v.* **utters**, **uttered**, **uttered**, **uttering**

utterance [ˋʌtərəns] *n.* ① 發聲, 發音; 說話.

② 發言, 表達.

範例 ① Just the **utterance** of her name brought tears to his eyes. 只要提及她的名字, 他的眼眶就充滿淚水.

② They criticized the minister's public **utterances**. 他們批評部長的公開發言.

複數 **utterances**

***utterly** [ˋʌtəlɪ] *adv.* 完全地, 徹底地.

範例 We were **utterly** unprepared for the long winter ahead. 對於即將到來的漫長冬天, 我們完全未做準備.

The entire nation **utterly** despised that corrupt politician. 全國人民徹底地蔑視那名貪污舞弊的政客.

U

V V v

簡介字母 V 語音與語義之對應性

/v/ 在發音語音學上列為齒齦濁擦音 (voiced labio-dental fricative). 發音方式是下唇向上移, 其內緣輕觸上齒, 同時振動聲帶, 音軟顎提升, 通往鼻腔的通道關閉, 大量的氣流進入口腔後, 從上齒下唇中間的縫隙摩擦逸出. 因吐氣很強, 所消耗的氣息 (breath) 比別的輔音多, 但響度卻很低, 與 /f/ 相同, 也可以稱為徒勞無功的虛音.

(1) 因為徒勞無功, 白費力氣 (wasted or misdirected effort), 因而本義表示「空、虛」:
in vain adv. 無效地
vainglorious adj. 虛榮心強的
vacant adj. (職位等) 空缺的; (房間、席位等) 空著的; (心靈或頭腦) 空虛的, 茫然的
vapid adj. (飲料等) 走了味的; 乏味的
void adj. (法律) 無效的; 空缺的
vacuous adj. (心靈) 空白的, 心靈空虛的
vanity n. 虛榮; 虛榮心; 浮華

vacuum n. 真空; (心靈的) 空白
vaunt v. 吹噓; 誇耀
evacuate v. 撤空, 撤離
vanish v. 消失不見

(2) 氣流從上齒下唇中間的縫隙摩擦逸出. 因摩擦生熱, 有熱就有活力、生命力, 因此可引申為「活力、生命力」(vitality):
vitamin n. 維他命
survivor n. 生存者
revival n. 復活, 再生
verve n. 精力, 活力
viagra n. 威而剛
vivacity n. 活潑; 朝氣
viable adj. (胎兒) 能生存的, (種子) 能生長的
vivid adj. 栩栩如生的
vital adj. 生命的, 有關生命的
verdant adj. 綠油油的; 青蔥的《綠色代表活力、生氣勃勃》

V/v [vi] n. ① V 字形, V 字形之物. ② 5《羅馬數字》.
  ◆ **V-nèck** V 字領, V 字領.
  V-sign V 字手勢《代表勝利或和平的手勢》.
v./V《縮略》＝① verb (動詞). ② (拉丁語) vide (請參照～). ③ volume (卷, 冊). ④ versus (～對～). ⑤ volt (伏特《電壓單位》).
*__vacancy__ [ˋvekənsɪ] n. ① 空缺, 缺額; 空位. ② 空虛 (的狀態), 空間.
  範例 ① I'm sorry, sir, there are no **vacancies**. 很抱歉, 先生, 這裡沒空房間了.
  A "No **vacancies**" sign is the worst thing a weary traveller without a reservation can see. 「客滿」的告示牌對疲憊而沒預訂房間的旅客來說是最不願意見到的.
  A **vacancy** in the advertising department has just come up. 廣告部門有一個職缺空出來了.
  ② I noticed the **vacancy** of his expression. 我注意到了他茫然若失的表情.
  複數 **vacancies**
*__vacant__ [ˋvekənt] adj. ① 空的, 無人 (使用) 的; 空缺的. ② 茫然若失的, 空虛的.
  範例 ① I heard there's a **vacant** apartment in this building. 聽說這棟大樓裡有空的公寓.
  The little sign on the airplane lavatory door said "**Vacant**." 飛機洗手間門上的小標誌寫著「無人使用」.

the "Situations **Vacant**" page 徵才廣告.
  ② He was staring into the distance with a **vacant** expression. 他一臉茫然若失地眺望著遠方.
  活用 adj. ② **more vacant**, **most vacant**
vacantly [ˋvekəntlɪ] adv. 失神地: She stared **vacantly** out of the window. 她失神地看著窗外.
  活用 adv. **more vacantly**, **most vacantly**
vacate [ˋveket] v. ①《正式》(從房間、場所等) 空出, 搬出; 退出: The police ordered the slum dwellers to **vacate** their places. 警方命令貧民區的住戶搬離. ② 辭職, 退出 (職務等).
  活用 v. **vacates**, **vacated**, **vacated**, **vacating**
**__vacation__ [veˋkeʃən] n. ① 假日, 休假, 休息日, 假期.
  ——v. ①《美》休假, 度假《《英》holiday》.
  範例 ① the summer **vacation** 暑假
  We'll take our **vacation** in August. 我們將於8月份休假.
  He has come from Poland on **vacation**. 他是從波蘭來度假的.
  ② He is **vacationing** in Egypt. 他正在埃及度假.
  片語 **on vacation** 休假中. (⇨ 範例 ①)
  發音 亦作 [vəˋkeʃən].

V

〖參考〗〖英〗大學或法庭正式進入休假期間稱作 vacation，但若僅指休假時，通常用 holiday；〖美〗二者皆用 vacation.

〖複數〗**vacations**

〖活用〗 v. **vacations**, **vacationed**, **vacationed**, **vacationing**

vaccinate [`væksn͵et] v. 接種疫苗，注射疫苗，進行預防接種: John was **vaccinated** against polio. 約翰注射了小兒麻痹疫苗.

〖活用〗 v. **vaccinates**, **vaccinated**, **vaccinated**, **vaccinating**

***vaccination** [͵væksn`eʃən] n. 接種疫苗，疫苗注射，預防接種.

〖複數〗**vaccinations**

vaccine [`væksin] n. 疫苗: a combined vaccine 混合疫苗.

〖發音〗亦作 [væk`sin].

〖複數〗**vaccines**

vacillate [`væsl͵et] v. 搖擺，搖晃; 猶豫 (不定): The chairman **vacillated** between two options. 主席為二者的選擇而猶疑不定.

〖活用〗 v. **vacillates**, **vacillated**, **vacillated**, **vacillating**

vacuum [`vækjuəm] n. ① 真空. ② 空虛，空白. ③ (電動) 吸塵器《亦作 vacuum cleaner》. —— v. ④ 《口語》用吸塵器打掃.

〖範例〗① Sound does not travel in a **vacuum**. 聲音在真空中無法傳遞.

Clean the carpet with the **vacuum** cleaner. 用吸塵器清理地毯.

② How can I fill the **vacuum** in my life created by the death of my wife? 我如何才能填補因妻子的死而導致我生活上的空虛呢?

④ She **vacuumed** the whole house. 她用吸塵器清理了整棟房子.

〖片語〗 ***in a vacuum*** 在真空中. (⇨ 〖範例〗①)

♦ **vácuum bòttle** 〖美〗保溫瓶《亦作 thermos; 〖英〗vacuum flask》.

vácuum cléaner 吸塵器《亦作 vacuum, cleaner》.

vácuum pácked 真空包裝的.

vácuum tùbe 真空管.

〖複數〗**vacuums**

〖活用〗 v. **vacuums**, **vacuumed**, **vacuumed**, **vacuuming**

vagabond [`vægə͵bɑnd] n. 《古語》流浪者，漂泊者.

〖複數〗**vagabonds**

vagary [və`gɛrɪ] n. 《正式》異想天開的想法，異常行為; 善變, (人生的) 反覆無常.

〖發音〗亦作 [ve`gɛrɪ].

〖複數〗**vagaries**

vagina [və`dʒaɪnə] n. 陰道《女性生殖器官的一部分》.

〖複數〗**vaginas**

vagrancy [`vegrənsɪ] n. 流浪; 流浪罪《在美國很多州的法律中，在街頭遊蕩、居無定所是一種犯罪行為》.

vagrant [`vegrənt] n. 流浪者，漂泊者.

〖範例〗The town has no shelters for **vagrants**. 那個城鎮沒有流浪者的安置所.

Will is leading a **vagrant** life. 威爾過著流浪的生活.

〖複數〗**vagrants**

‡**vague** [veg] adj. 模糊的，不清楚的，含糊的.

〖範例〗We saw the **vague** outline of the mountain in the distance. 我們遠遠地看到了那座山模糊的輪廓.

John was **vague** about what profession he would choose. 約翰還沒明確決定選擇甚麼樣的職業.

When he asked her how she got the money, she gave a **vague** answer. 當他問她如何弄到那筆錢時，她的回答含混不清.

I don't have the **vaguest** idea why he married her. 我根本搞不清楚他為甚麼要娶她.

〖活用〗 adj. **vaguer**, **vaguest**

vaguely [`veglɪ] adv. 模糊地，含糊地; 茫然地.

〖範例〗He looked **vaguely** around him and sat down. 他稍微環視一下周圍，然後坐了下來.

I **vaguely** remember something about an uninvited guest. 我隱隱約約對那位不速之客有點印象.

〖活用〗 adv. **more vaguely**, **most vaguely**

vagueness [`vegnɪs] n. 模糊，含糊不清.

***vain** [ven] adj. ① 徒勞的，枉然的. ② 自負的，自命不凡的.

〖範例〗① The robber made a **vain** attempt to get away. 盜匪企圖逃跑，但失敗了.

We tried in **vain** to persuade her to stay here a little longer. 我們勸她在這多待一會兒，但沒有用.

his **vain** plea for pity 他白費力氣祈求同情.

② a **vain** actress 自命不凡的女演員.

Jane is **vain** about her looks. 珍對自己的容貌頗自負.

〖片語〗 ***in vain*** 徒勞地，枉然地. (⇨ 〖範例〗①)

take the Lord's name in vain 濫用上帝的名義，輕侮上帝之名: You shouldn't **take the Lord's name in vain**. 你們不應該濫用上帝之名.《指不要將 God (上帝) 或 Jesus Christ (耶穌‧基督) 等名號輕率地在發誓中脫口而出; 出自《舊約聖經出埃及記 (Exodus)》第20章第7節》

☞ n. vanity

〖活用〗 adj. **vainer**, **vainest**

vainly [`venlɪ] adv. ① 徒勞地，白費地. ② 自命不凡地，自負地，驕傲地.

〖範例〗① I **vainly** tried to communicate with the base camp. 我試著和營區基地聯繫，但失敗了.

We **vainly** waited for the rain to stop. 我們等待雨停，但白等了.

② She **vainly** showed us the prize she won at the speech contest. 她驕傲地對我們炫耀演講比賽所得的獎品秀給我們看.

[活用] adv. **more vainly**, **most vainly**

valance [ˋvæləns] n. 短帷幔《掛在床沿、櫥架周圍或窗簾上端金屬掛桿的裝飾掛布》，[美]窗簾上端的裝飾短掛布.

[複數] **valances**

vale n. 《正式》山谷，溪谷《亦作 valley，常與地名連用》: the **Vale** of Evesham 埃維沙姆谷《Evesham 為英格蘭西部的地名》.

[複數] **vales**

valentine [ˋvælənˏtaɪn] n. ① 情人節卡片，情人節禮物《在2月14日情人節那天，為傳達愛意而送給親人、朋友、戀人等》. ② 《情人節的》情人: Be my **valentine**. 成為我的情人吧.

♦ **Válentine's Dày** 聖華倫泰節，情人節《原為紀念羅馬的基督教殉道者聖華倫泰 (Saint Valentine) 的日子; 2月14日當天為關係親密的人之間互相聯繫感情的良機》.

[複數] **valentines**

valet [ˋvælɪt] n. ① 僕役《為貴族照料日常事務的男僕》. ② 洗熨衣物服務人員《在旅館中為客人服務》; 泊車員《在飯店或餐廳門口代客停車等》.
—— v. ③[英] 清洗 (汽車).

[發音] t 不發音，而作 [ˋvæle]，亦作 [væˋle].

[複數] **valets**

[活用] v. **valets**, **valeted**, **valeted**, **valeting**

*__valiant__ [ˋvæljənt] adj. 勇敢的，果敢的.

[範例] a **valiant** deed 勇敢的行為.
They were all **valiant** in the war. 他們在戰爭中都很英勇.

[活用] adj. **more valiant**, **most valiant**

valiantly [ˋvæljəntlɪ] adv. 勇敢地: John **valiantly** fought for the world championship. 約翰勇敢地為世界冠軍頭銜而戰.

[活用] adv. **more valiantly**, **most valiantly**

*__valid__ [ˋvælɪd] adj. 正當的，有根據的; 有效力的，合法的.

[範例] That was the real reason, and it was a **valid** one. 那是真正的理由，而且是正當的理由.
a **valid** contract 有效的合約.
a pass **valid** for the entire season 整個季節都有效的入場券.
Your passport is no longer **valid**. 你的護照過期了.

[活用] adj. **more valid**, **most valid**

validate [ˋvæləˏdet] v. 使具有法律效力; 確認為正當，證實.

[範例] Both sides signed to **validate** the treaty. 雙方簽字使條約生效.
The council **validated** her allegation. 評議會確認她的陳述是合法.

[活用] v. **validates**, **validated**, **validated**, **validating**

validity [vəˋlɪdətɪ] n. 正確性，正當性; 合法性，效力.

[範例] I doubt the **validity** of those figures. 我對這些數字的正確性存疑.
the **validity** of our electoral process 我們選舉

程序的合法性.

*__valley__ [ˋvælɪ] n. 谷，山谷，溪谷; (河的) 流域.

[範例] The green **valley** is surrounded by gentle hills. 綠色山谷被平緩的丘陵所環繞.
The government is developing the Amazon **valley**. 政府正在開發亞馬遜河流域.
➡ (充電小站) (p. 707)

[複數] **valleys**

valor [ˋvælɚ] n. (特指戰爭中的) 勇猛，勇氣: The government gave him a medal for **valor**. 政府因他的勇猛而頒給他一枚勳章.

[參考] [英] valour.

*__valuable__ [ˋvæljʊəbl] adj. ① 貴重的，有價值的，昂貴的，寶貴的.
—— n. ②[~s] 貴重物品.

[範例] ① This picture is rather attractive, but not **valuable**. 這幅畫相當吸引人，但價值不高.
a **valuable** ring 昂貴的戒指.
valuable advice 寶貴的忠告.
He gave us **valuable** help. 他給了我們寶貴的協助.
② There are no **valuables** in the safe. 保險箱內沒有貴重物品.

[活用] adj. **more valuable**, **most valuable**

[複數] **valuables**

valuation [ˏvæljʊˋeʃən] n. 評估，評定; 估價.

[範例] Why do people refuse to take me at my own **valuation**? 大家為甚麼不接受我對自己的評價呢?
Mike requested a **valuation** on his condominium. 麥克請求為自己的公寓估價.
They put a high **valuation** on the house. 他們對那棟房子估價很高.

[複數] **valuations**

*__value__ [ˋvælju] n. ① 價值，價格. ②[~s] 價值觀，價值標準. ③ 值，數值《數學上》. ☞ (充電小站) (p. 421). ④ (用音符、休止符等表示的) 音的長度.
—— v. ⑤ 估價，評價; 珍視，尊重.

[範例] ① practical **value** 實用價值.
This sweater is good **value** at $20.00. 這件毛衣值得花20美元.
What's the **value** of this car in this condition? 以這輛車的狀況能估到多少價錢?
The government sets a higher **value** on keeping inflation down than on keeping unemployment down. 比起抑制失業率的攀升，政府更重視抑制通貨膨脹.
an invention of **value** 有價值的發明.
That information is of no **value**. 那項訊息毫無價值.
the **value** of land 地價.
② Mary instilled good **values** in her children. 瑪麗灌輸孩子們高尚的價值觀.
③ X's **value** is two thirds. X 的值為2/3.
Find the **value** of 3.14×5^2. 求3.14×5^2的值.
④ A dot written after a note indicates that the note is to be extended by half its **value**. 音符

後面所畫的點表示將那個音符的長度延長一半. (如 ♩. 的長度為 ♩ 的1.5倍)

⑤ The house was **valued** at £200,000. 那棟房子估價為20萬英鎊.

Do you **value** her as a friend? 你有把她當作朋友般尊重她嗎?

I have always **valued** your advice. 我一向都很重視你的建議.

[片語] *of no value* 無價值的. (⇨ [範例] ①)

of value 有價值的. (⇨ [範例] ①)

set a high value on/put a high value on 重視. (⇨ [範例] ①)

♦ **fàce válue** 票面價值《股票、公債、公司債券等有價證券所標記的價格, 但在交易中實際價格常與此價格不同》.

màrket válue 市場價格《在市場上由需求和供給關係所決定的商品價格》.

vàlue-àdded táx 增值稅《對物品或服務的生產、製造、流通、銷售等所有階段的過程中增加的價值所課的稅金, 亦作 value added tax; 略作 VAT》.

[複數] **values**

[活用] *v.* **values**, **valued**, **valued**, **valuing**

valueless [`væljʊlɪs] *adj.* 無價值的, 無用的:
A treaty is valueless without an enforcing mechanism. 一項條約如果沒有強制生效的機制的話毫無價值.

valve [vælv] *n.* ① 活門, 閥; 瓣膜. ②『英』真空管, 電子管《『美』tube》.

[範例] ① He failed to shut the **valve** of the tank. 他無法關上那蓄槽的閥.

The **valves** in your heart control the flow of blood. 心臟的瓣膜調節血液的流動.

[複數] **valves**

vampire [`væmpaɪr] *n.* 吸血鬼: a vampire bat 吸血蝙蝠.

[複數] **vampires**

van [væn] *n.* ①《運貨用的》箱型卡車, 貨車. ②『英』《鐵路的》行李車. ③《the ~》先鋒, 先遣部隊《在軍隊中部署在最前線的部隊, 或指艦隊中位於前導的軍艦》.

[van]

[範例] ① a furniture **van** 家具搬運車.

a police **van** 囚車.

② The train consists of three carriages and two **vans**. 那列火車由3節客車車廂和2節運貨車廂組成.

③ He led the **van** in beating back three enemy attacks. 他率領先鋒部隊3次擊退了敵人的進攻.

[複數] ① ② **vans**

vandal [`vændl] *n.* 肆意的破壞者《特指對公共財物、自然景觀等的破壞》.

[字源] Vandal (汪達爾人〔族〕)《為日耳曼民族的一個部族, 於西元4、5世紀進犯高盧、西班牙、北非等地並破壞、掠奪羅馬城》.

[複數] **vandals**

vandalism [`vændl͵ɪzəm] *n.*《對文化、藝術、公共財物、自然景觀等的》破壞行為, 野蠻行為.

vane [ven] *n.* ①《螺旋槳或風車的》葉片, 翼. ②風向標《亦作 weather vane》.

[複數] **vanes**

vanilla [və`nɪlə] *n.* 香草蘭《生長於熱帶美洲地區的一種蘭科蔓性植物, 從其豆中可提取香料; 俗稱香草》.

[複數] **vanillas**

*✲**vanish** [`vænɪʃ] *v.*《突然間》消失, 不見; 滅絕.

[範例] After the exams, his prospects of success **vanished**. 考試結束, 他及格的希望破滅了.

The burglar ran into the crowd and **vanished** from sight. 那個竊賊跑進人群中, 消失在眼前.

Many sorts of animals have now **vanished** from the earth. 現今有許多種類的動物從地球上消失.

The UFO we just saw **vanished** into thin air. 我們剛看到的幽浮瞬間消失得無影無蹤.

[活用] *v.* **vanishes**, **vanished**, **vanished**, **vanishing**

*✲**vanity** [`vænətɪ] *n.* ① 虛榮心; 自負. ②《正式》空虛, 無價值, 無意義. ③《美》梳妝臺《亦作 dressing table》.

[範例] ① **Vanity** drove him to spend a lot on clothing. 被虛榮心所驅使, 他花了很多錢買衣服.

② The **vanity** of our attempts discouraged us. 我們的嘗試成空, 使我們很洩氣.

☞ *adj.* vain

[複數] **vanities**

vanquish [`væŋkwɪʃ] *v.* 征服, 克服.

[活用] *v.* **vanquishes**, **vanquished**, **vanquishing**

vantage [`væntɪdʒ] *n.* ① 優勢, 有利位置, 視野佳的地方. ②『英』優勢分《網球比賽中平局 (deuce) 後贏得的第1分》.

[範例] ① a position of **vantage** 有利位置.

From her **vantage** point on the hill, she could see all the details of the house through her binoculars. 從山丘上的有利位置, 她可以用雙筒望遠鏡看到那棟房子的所有細微部分.

[複數] ② **vantages**

*✲**vapor** [`vepɚ] *n.* 蒸氣, 熱氣; 霧; 靄: Water becomes **vapor** when heated. 水加熱會變成蒸氣.

[參考]『英』vapour.

[複數] **vapors**

vaporize [`vepə͵raɪz] *v.* (使) 蒸發, (使) 汽化:
What causes water to **vaporize**? 甚麼導致水分蒸發?

[參考]『英』vaporise.

[活用] *v.* **vaporizes**, **vaporized**, **vaporized**, **vaporizing**

*✲**vapour** [`vepɚ] = *n.*『美』vapor.

*✲**variable** [`vɛrɪəbl] *adj.* ① 易變的, 變化的, 可

變的，不固定的．

——n. ② 發生變化之物，可變因素；(數學的)變數．

[範例] ① Spring weather is the most **variable**. 春天的天氣最易變．

Her temper is **variable**. 她情緒易變．

The actress's performances are very **variable**. 那名女演員的演出時好時壞．

The temperature is **variable**. The thermostat is over there. 溫度是會變化的，恆溫器在那邊．

② All the **variables** have been considered. 所有的變數都考慮到了．

When you are given the values of the **variables**, they can be substituted into the formula. 如果給了變數的值，就可以將其代入公式．

☞ ↔ constant, v. vary

[活用] adj. **more variable**, **most variable**

[複數] **variables**

variably [ˋvɛrɪəblɪ] adv. 易變地，變化地．

[活用] adv. **more variably**, **most variably**

variance [ˋvɛrɪəns] n. 差異，不一致，不符合．

[片語] **at variance with** 與~不符，與~不一致：What he does is **at variance with** what he says. 他言行不一．

[複數] **variances**

variant [ˋvɛrɪənt] adj. ①〔只用於名詞前〕稍有差異的，稍有不同的："Grey" is a **variant** spelling of "gray." grey 是 gray 的另一種拼法．

——n. ② 變種，變形；別體．

[複數] **variants**

*****variation** [ˏvɛrɪˋeʃən] n. 變化，變動，差異；變形(物)；變奏．

[範例] We have noticed that there is great **variation** between daytime high and nighttime low temperatures. 我們注意到白天的高溫和夜間的低溫差異很大．

David says that variation in the NT$ exchange rate affects his pocketbook. 大衛說新臺幣的匯率變動會影響到他的資金．

It is said that baseball is a **variation** of cricket. 據說棒球是由板球變形而來的．

[複數] **variations**

*****varied** [ˋvɛrɪd] adj. 各式各樣的，各種的，富於變化的．

[範例] The opinions of the panel members were **varied**. 參與公開討論的成員們意見不一．

Special holiday events will be many and **varied**. 特殊節日的活動會很多樣化．

I've had a **varied** career path. 我經歷過各式各樣的職業生涯．

[活用] adj. **more varied**, **most varied**

*****variety** [vəˋraɪətɪ] n. ① 品種，種類．② 多樣性，變化，各種．③ 綜藝節目《由包括歌曲、舞蹈、喜劇、雜耍等多種不同形式的演出所匯集而成的劇場或電視節目，亦作 variety show；〖美〗vaudeville》．

[範例] ① The brewery is introducing a new **variety** of ale. 那家釀酒廠正推出新種類的啤酒．

We grow a large **variety** of chrysanthemums in this garden. 我們在這座花園中培育許多品種不同的菊花．

② Her work lacked **variety**; she was either making photocopies or serving tea all the time. 她的工作欠缺變化，整天不是影印文件就是倒茶水．

The party was cancelled for a **variety** of reasons. 那場晚會因種種理由而取消了．

I got a **variety** of sweaters on my birthday. 我在生日那天收到了各式各樣的毛衣．

a wide **variety** of topics 多樣化的話題．

③ It's just another stupid **variety** show. 那不過是另一場愚蠢的雜耍罷了．

a famous **variety** actress 著名的綜藝女演員．

[片語] **a variety of** 各式各樣的．(⇨ [範例] ②)

♦ **variety store** 〖美〗雜貨鋪《販售各式各樣的廉價雜貨》．

[複數] ① ③ **varieties**

*****various** [ˋvɛrɪəs] adj. 各式各樣的，種種的，多樣的，方面的．

[範例] The insurance policies they sell are many and **various**. 那家公司出售各式各樣的保單．

For **various** reasons he didn't go there. 由於種種理由他沒去那裡．

There were heavy thunderstorms yesterday in **various** parts of the country. 昨天全國各地都出現了大雷雨．

variously [ˋvɛrɪəslɪ] adv. 多樣地，各式各樣地；以各種名字，以多種稱呼．

[範例] The cost of rebuilding has been **variously** estimated. 重建的費用是由多面向估算而來的．

The actor was **variously** described as a hero, a genius, and a drunk. 那名演員具有英雄、天才、酒鬼等多種稱呼．

varnish [ˋvɑrnɪʃ] n. ① 油漆，亮光漆．

——v. ② 塗漆，塗亮光漆．

[範例] ① The boy scratched the **varnish** on the desk with his nails. 那個男孩用指甲摳桌面的亮光漆．

② She **varnished** the table top. 她在桌子表面塗上亮光漆．

[活用] v. **varnishes**, **varnished**, **varnished**, **varnishing**

*****vary** [ˋvɛrɪ] v. 變更，變化，改變．

[範例] The prices of vegetables **vary** with the seasons. 蔬菜的價格因季節而變化．

Temperature **varies** from day to day in spring. 氣溫在春季每天各不相同．

She refused his proposal, because she didn't want to **vary** her way of life. 她拒絕了他的求婚，因為她不想改變自己的生活方式．

Stars **vary** in brightness and color. 星星的亮度和顏色各不相同．

Her opinion **varies** from his. 她的意見和他不

同.

活用 v. varies, varied, varied, varying

＊**vase** [ves] n. 花瓶,（裝飾用的）瓶: We saw some roses in the **vase**. 我們看到幾朵玫瑰花插在花瓶裡.

複數 **vases**

vassal [`væsḷ] n. ① 封臣,家臣《中世紀封建時代效忠於領主並受封領地》. ② 僕人; 附庸, 附屬者.

複數 **vassals**

＊**vast** [væst] adj. 廣大的, 廣闊的, 巨大的, 龐大的, 浩瀚的.

範例 the **vast** universe 浩瀚的宇宙.

a **vast** sum of money 巨額的金錢.

活用 adj. **vaster**, **vastest**

vastly [`væstlɪ] adv. 廣大地; 眾多地; 非常地: His English speaking skills were **vastly** improved. 他說英語的技巧大大地提高了.

vastness [`væstnɪs] n. 廣大, 巨大, 廣大（者）.

VAT [`vi,e`ti] 《縮略》＝value-added tax（增值稅）.

vat [væt] n. 大缸, 大桶《釀酒或皮革染色等用的容器》.

複數 **vats**

Vatican [`vætɪkən] n. 梵諦岡《☞ 附錄「世界各國」》.

vaudeville [`vodə,vɪl] n. 《美》綜藝節目, 綜藝演出《將歌曲、喜劇、舞蹈等各種不同形式的表演匯集在一起演出的綜合性節目》.

＊**vault** [vɔlt] n. ① 拱形屋頂, 拱形天棚《支撐天花板或屋頂的圓弧形結構》. ② 地下室, 地下貯藏室《用來存放食品或酒類等》;（銀行的）金庫,（家族的）墓穴《通常為教堂或墓地的地下室》. ③ 一躍《用手或竿支撐而做的跳躍動作》, 跳躍; 跳馬《體操》. ☞ pole-vault（撐竿跳）. （充電小站）(p. 885).

—v. ④ 跳上, 跳過, 跳躍.

範例 ② a wine **vault**（葡萄酒）酒窖.

④ The cowboy **vaulted** onto a horse. 那名牛仔一躍跳上了馬背.

複數 **vaults**

活用 v. **vaults**, **vaulted**, **vaulted**, **vaulting**

VCR [`vi,si`ɑr]《縮略》＝video cassette recorder（錄放影機）.

複數 **VCRs/VCR's**

veal [vil] n. 小牛肉《☞ calf（小牛）》.

vector [`vɛktɚ] n. ①（數學的）向量. ②（飛機的）航向. ③病菌的傳播媒介.

複數 **vectors**

veer [vɪr] v. ① 改變方向, 拐彎, 轉向. ②（向右）轉向《在北半球, 風向按此 → 東 → 南 → 西的方向變化, 在南半球則方向相反》.

—n. ③ 轉換方向.

範例 ① The truck **veered** to the right at the crossroads. 那輛卡車在十字路口向右拐彎. The road **veers** to the left three hundred meters ahead. 這條路在前方300公尺處向左轉.

Her topic **veered** around to ice cream. 她的

話題突然轉向了冰淇淋.

② The wind **veered** from west to north during the night. 風向在夜間由西轉北.

活用 v. **veers**, **veered**, **veered**, **veering**

複數 **veers**

＊**vegetable** [`vɛdʒtəbḷ] n. ① 蔬菜. ② 植物. ③ 植物人.

範例 ① fresh fruit and **vegetables** 新鮮蔬果.

live on **vegetables** 素食.

pickled **vegetables** 泡菜, 醬菜.

② Weather greatly affects animals and **vegetables**. 天氣對動物和植物會產生很大的影響.

♦ **the végetable kingdom** 植物界.
➡ （充電小站）(p. 1433)

複數 **vegetables**

vegetarian [,vɛdʒə`tɛrɪən] n. ① 素食主義者.
——adj. ② 素食主義者的; 吃素的.

複數 **vegetarians**

vegetate [`vɛdʒə,tet] v. 呆板單調地度日, 無所事事地生活: My son has been **vegetating** at home since the summer vacation began. 自暑假開始, 我兒子就在家裡無所事事.

活用 v. **vegetates**, **vegetated**, **vegetated**, **vegetating**

＊**vegetation** [,vɛdʒə`teʃən] n. 植物: There is little **vegetation** in Death Valley. 死亡谷幾乎沒有植物.《Death Valley 位於美國西部加州與內華達州州界附近, 為世界上最低、最乾旱的沙漠不毛之地》

vehemence [`viəməns] n. 猛烈, 激烈; 熱情, 熱烈: She attacked him with merciless **vehemence**. 她毫不留情地對他猛烈攻擊.

＊**vehement** [`viəmənt] adj. 猛烈的, 強烈的, 激烈的; 熱烈的.

範例 Mary made a **vehement** attack on her mother-in-law's character. 瑪麗對她繼母的性格做猛烈的攻擊.

He motioned me to leave the room with a **vehement** gesture. 他以強烈的手勢要我離開房間.

活用 adj. **more vehement**, **most vehement**

vehemently [`viəməntlɪ] adv. 激烈地, 熱烈地; 充滿熱情地: John and Mary were arguing about the matter **vehemently**. 約翰和瑪麗就那件事激烈地爭論起來.

＊**vehicle** [`viɪkḷ] n. ① 交通工具, 車輛. ② 表達手段, 媒介（物）.

範例 ① Buses and trucks are road **vehicles**. 公車和卡車是公路的交通工具.

The soldiers traveled in an armored **vehicle**. 士兵們乘坐裝甲車行進.

a space **vehicle** 太空船.

② Language is a **vehicle** of thought. 語言是思想的表達媒介.

複數 **vehicles**

＊**veil** [vel] n. ① 面紗, 罩紗《覆在頭部的薄紗》.
——v. ② 用面紗罩住, 遮蓋, 遮掩.

範例 ① The woman dropped a **veil** over her

是「蔬菜 (vegetable)」，還是「水果 (fruit)」?

【Q】tomato 是 vegetable，還是 fruit 呢?
【A】首先要考慮英語中 fruit 和 vegetable 的界線在哪裡?
vegetable 的定義
　　作為飯菜的一部分，與肉和魚一起擺出，為植物的部分或全部.
fruit 的定義
　　包括植物種子在內的部分，僅作飯後食品，或與甜食一起食用.
tomato
　　一種果實多汁的植物，其果實為 fruit，但常作為 vegetable 擺上飯桌.
　　答案似乎出來了，tomato 是水果也是蔬菜.

原因在於英語中 fruit 和 vegetable 的界線是以其經常的進食方式為標準劃定的. tomato 如果作為肉或魚的附菜吃的話，當然就是 vegetable 了.
　　在學習英語時也要注意這種差異，最重要的是不要做「水果」等於 fruit，「蔬菜」等於 vegetable 這樣機械的解釋.

face. 那位女子在臉上罩上了面紗.
The bridegroom lifted the **veil**. 新郎揭開了面紗.
The mountain was covered with a **veil** of mist. 那座山被一層霧靄所籠罩.
They raised money under the **veil** of charity. 他們以慈善之名行歛財之實.
② Clouds **veiled** the sun. 雲層遮住了太陽.
複數 **veils**
活用 v. **veils, veiled, veiled, veiling**
***vein** [ven] n. ① 靜脈 (↔ artery (動脈))，筋脈; 葉脈，礦脈. ② 性情，情緒; (性格等的) 傾向.
範例 ① The nurse injected a drug into my **vein**. 護士替我進行靜脈注射.
The plant has shiny, large, dark-green leaves with creamy-white stripes along the leaf **veins**. 這一植物的葉子為帶有光澤，顏色呈暗綠色的大型葉片，沿葉脈分布著乳白色的脈紋.
② Your sister has a **vein** of generosity. 你姊姊生性大方.
Her talk went on in that sentimental **vein**. 她以那種傷感的語調繼續說著.
複數 **veins**
***velocity** [və`lɑsətɪ] n. 速度: The **velocity** of light is about 300,000 kilometers per second. 光速約為每秒30萬公里.
複數 **velocities**
velvet [`vɛlvɪt] n. 絲絨，天鵝絨: This carpet is as smooth as **velvet**. 這塊地毯像絲絨一樣光滑.
velvety [`vɛlvɪtɪ] adj. ① 天鵝絨般的，柔軟的，光滑的. ② 醇厚的，口感好的: This wine is famous for its **velvety** taste. 這種葡萄酒以口感好而聞名.
活用 adj. **more velvety, most velvety**
vend [vɛnd] v. 《正式》出售，販賣 (土地、房屋等).
　　♦ **vénding machine** 自動販賣機.
活用 v. **vends, vended, vended, vending**
vendor [`vɛndɚ] n. ① (土地、房屋等的) 出售

人，賣方; (街頭) 小販. ② 自動販賣機《亦作 vending machine》.
範例 ① an ice-cream **vendor** 冰淇淋小販.
The local **vendor** of Coca-Cola wants to increase his market share. 當地的可口可樂經銷商欲擴大其市場占有率.
參考 亦作 vender.
複數 **vendors**
veneer [və`nɪr] n. ① 裝飾板，單層板 (做膠合板用). ② 外表上的虛飾: a thin **veneer** of culture 文化涵養上淺薄的虛飾.
—— v. ③ 貼裝飾板.
參考「膠合板」(或稱「夾板」) 在英語中作 plywood.
複數 **veneers**
活用 v. **veneers, veneered, veneered, veneering**
***venerable** [`vɛnərəbl] adj. ① 可敬的，德高望重的. ② 有來歷的; 神聖的.
範例 ① a **venerable** old man 可敬的長者.
② Mary comes from a **venerable** family. 瑪麗來自一個有來歷的家族.
the **venerable** ruins of the cathedral 神聖的大教堂廢墟.
活用 adj. **more venerable, most venerable**
***venerate** [`vɛnə‚ret] v. 尊敬，崇敬，尊重.
範例 The French **venerate** Joan of Arc. 法國人崇敬聖女貞德.
a **venerated** tradition 受尊重的傳統.
活用 v. **venerates, venerated, venerated, venerating**
veneration [‚vɛnə`reʃən] n. 尊敬，崇敬 (之情)，崇拜.
範例 The Chinese hold their ancestors in great **veneration**. 中國人對祖先有著很深的崇敬之情.
The Shroud of Turin is an object of religious **veneration**. 杜林聖衣是宗教崇拜的聖物.《the Shroud of Turin 是義大利杜林市聖喬凡尼·巴蒂斯塔大教堂 (S. Giovanni Battista) 內存放的屍衣〔裹屍布〕，據傳曾用來包裹耶穌

的屍體；亦作 Holy Shroud)》

Venetian [və`niʃən] n. ① 威尼斯人.
——adj. ② 威尼斯人的，威尼斯（式）的.

♦ **venètian blínd** 活動百葉窗《靠改變多張平行排列板片的角度來調節光的照射，此設計據說是於 17 世紀由威尼斯 (Venice) 開始的》.

[venetian blind]

*__**vengeance**__ [`vɛndʒəns] n.《正式》復仇（行為），報仇，報復: He sought **vengeance** upon them for his son's murder. 他要替遭到謀殺的兒子向他們尋仇.

[片語] **take vengeance on/take vengeance upon** 復仇: She took **vengeance on** him for his insult. 她因受到他的侮辱而對他報復.

with a vengeance 激烈地，猛烈地: It snowed **with a vengeance**. 雪下得很大.

vengeful [`vɛndʒfəl] adj. 意欲復仇的，意圖報復的，復仇心強烈的: a **vengeful** war 復仇戰.

[活用] adj. more vengeful, most vengeful

venison [`vɛnəzn] n. 鹿肉《☞ deer（鹿）》.

*__**venom**__ [`vɛnəm] n. 毒，毒液《蛇、蠍等的毒牙或毒刺中所含》；惡意，惡毒.

[範例] A cobra has **venom**. 眼鏡蛇有毒.
My wife gave me a look of **venom**. 我的妻子以惡毒的眼神看著我.

[複數] **venoms**

venomous [`vɛnəməs] adj.（蛇、蠍等）有毒的；（言行等）惡毒的.

[範例] a **venomous** spider 毒蜘蛛.
The man gave a **venomous** speech. 那名男子口出惡言.

[活用] adj. more venomous, most venomous

*__**vent**__ [vɛnt] n. ①（氣體或液體等進出用的）孔，通風孔，排氣孔〔管〕. ② 宣洩的途徑. ③（裙子的）開衩，（上衣的）衩《從背部中央或下擺的兩側開縫》.
——v. ④（為通風、排放液體等）開孔，設通氣孔. ⑤（使）發散，排出，給與宣洩管道.

[範例] ① The strange sound comes from the air **vent** in the ceiling. 從天花板上的通風孔傳來奇怪的聲音.
② Jack gave **vent** to his anger by getting blind drunk. 傑克喝得酩酊大醉以發洩積憤.

[複數] **vents**

[活用] v. vents, vented, vented, venting

ventilate [`vɛntḷˌet] v. ① 使通風，使空氣流通. ② 公開說明，公開談說〔討論〕.

[範例] ① This room needs to be **ventilated**. 這個房間需要通風.
② Jones **ventilated** his feelings of frustration on his boss. 瓊斯公開表明自己對上司的挫敗感.

[活用] v. ventilates, ventilated, ventilated,

ventilating

*__**ventilation**__ [ˌvɛntḷ`eʃən] n. 換氣，通風: Lack of **ventilation** causes headaches. 通風不足是導致頭痛的原因.

ventilator [`vɛntḷˌetɚ] n. 通風裝置，排氣裝置，通氣孔〔管〕.

[複數] **ventilators**

*__**venture**__ [`vɛntʃɚ] n. ① 有風險的事業，投機.
——v. ② 賭注，冒險，大膽地做.

[範例] ① They embarked on a risky **venture**. 他們開始從事投機事業.
② The explorers **ventured** further inland. 探險家們冒險進入內地.
Nothing **ventured**, nothing gained.《諺語》不入虎穴，焉得虎子.
He **ventured** all his money on the stock market. 他把所有的錢都下注在股票市場上了.
May I **venture** my opinion? 我能冒昧地發表一下意見嗎?

♦ **jòint vénture** 合資經營《指由兩個或兩個以上的商業團體共同出資經營、聯合管理、分享利潤以及分擔風險的企業經營方式》.

vénture càpital 風險資本《對於不知是否能成功的冒險性事業所投入的資本》.

[複數] **ventures**

[活用] v. ventures, ventured, ventured, venturing

venue [`vɛnju] n.（會議等的）會場；（運動比賽等的）舉辦場地；（犯罪的）案發地點；（犯罪的）審判地點.

[複數] **venues**

Venus [`vinəs] n. ① 維納斯《羅馬神話中掌管愛與美的女神》. ② 金星《距太陽最近的第2顆行星，距離地球很近，於晨間時稱為晨星〔啟明星〕(the morning star)，於黃昏時稱為黃昏星 (the evening star)；其表面平均溫度約 450℃ 以上》.

➡ 充電小站 (p. 965)

veranda/verandah [və`rændə] n. 陽臺，走廊《位於建築物1樓，通常以柱子支撐屋頂；《美》porch》.

[複數] **verandas/verandahs**

[veranda]

verb [vɝb] n. 動詞.

[參考] 下列例句中畫底線者為動詞:
My little sister <u>likes</u> cats very much.（我的小妹非常喜歡貓.）
We <u>played</u> tennis all yesterday afternoon.（昨天整個下午我們都在打網球.）
<u>Keep</u> your room neat and tidy.（把你自己的房間收拾整潔.）
I don't <u>think</u> it will <u>rain</u> today.（我想今天不會下雨.）

♦ **intrànsitive vérb** 不及物動詞.
phràsal vérb 動詞片語.

trànsitive vérb 及物動詞.
[複數] verbs
verbal [ˋvɝb!] *adj.* ① 口頭的. ② 用語言的, 言詞上的. ③ 動詞的.
[範例] ① a **verbal** explanation 口頭說明.
② It can often be difficult to give a **verbal** description of the taste of wine. 葡萄酒的味道往往難以用言語來表達.
verbally [ˋvɝblɪ] *adv.* 口頭上, 以口頭的形式, 以言語的形式: I will communicate your views **verbally** to the President, sir. 我會把你的意見以口頭的形式傳達給總統, 先生.
verbose [vɚˋbos] *adj.*《正式》話多的, 囉嗦的, 贅言的: Our principal is **verbose**. 我們校長很囉嗦.
[活用] *adj.* more verbose, most verbose
verbosity [vɚˋbɑsətɪ] *n.*《正式》言詞冗長, 囉嗦, 贅言.
verdant [ˋvɝdnt] *adj.*《正式》《土地等》翠綠的, 草木茂盛的: a **verdant** field 綠油油的田野.
[活用] *adj.* more verdant, most verdant
*__verdict__ [ˋvɝdɪkt] *n.* (陪審團的) 裁決; (具權威性的) 判斷, 意見, 看法.
[範例] The jury gave a **verdict** of not guilty. 陪審團裁定無罪.
The popular **verdict** was known months before the jury's. 輿論在陪審團做出裁定的幾個月前就下定論了.《the jury's 即為 the jury's verdict》
➡ (充電小站) (p. 285)
[複數] verdicts
*__verge__ [vɝdʒ] *n.* ① 邊, 邊際. ② 臨界線, 邊緣.
——*v.* ③ 接壤, 鄰接; 臨近.
[範例] ① We walked along the grass **verge**. 我們沿著草原邊行走.
② The news drove her to the **verge** of tears. 那個消息使她幾乎要哭出來了.
The family was on the **verge** of collapse. 那個家庭瀕臨破碎邊緣.
③ Michigan Avenue **verges** on Grant Park. 密西根大道與格蘭特公園相鄰接.
[片語] **on the verge of** 瀕於, 臨近, 幾乎要. (⇨ [範例] ②)
[複數] verges
[活用] *v.* verges, verged, verged, verging
verification [ˌvɛrəfəˋkeʃən] *n.* 確認, 證實: We will need **verification** before we can report this story. 我們要報導這件事之前需要先求證.
*__verify__ [ˋvɛrəˌfaɪ] *v.* 確認, 證實, 求證.
[範例] You can **verify** this information with Sergeant Smith. 對於這件訊息你可以向史密斯警官求證.
This theory has been **verified** by a lot of experimentation. 這項理論已透過許多實驗而證實.
[活用] *v.* verifies, verified, verified, verifying
verily [ˋvɛrəlɪ] *adv.*《古語》確實地, 真實地.
veritable [ˋvɛrətəb!] *adj.*〔只用於名詞前〕真

實的, 確實的.
[範例] **veritable** proof 確實的證據.
a **veritable** mountain of debts 不折不扣的債臺高築.
That Christmas dinner was a **veritable** feast. 那頓聖誕晚餐真是名副其實的饗宴.
verity [ˋvɛrətɪ] *n.* ①〔~ies〕真理. ② 真實, 真實性.
[範例] ① universal **verities** 普遍的真理.
scientific **verities** 科學真理.
the eternal **verities** 永恆的真理.
② the **verity** of that rumor 這個謠言的真實性.
[複數] verities
vermilion [vɚˋmɪljən] *n.* ① 朱紅色, 鮮紅色.
——*adj.* ② (塗成) 朱紅色的, (塗成) 鮮紅色的.
[複數] vermilions
vermin [ˋvɝmɪn] *n.*〔作複數〕有害的生物; (跳蚤或蝨子等) 害蟲; (社會的) 害蟲, 危害社會的人.
vernacular [vɚˋnækjələ] *adj.* ① 本國語的, 本地的; 方言的《相對於外國語、官方用語、文章用語而言》; 某地特有的, 民間的.
——*n.* ②〔the ~〕本國語; 方言; 日常用語.
[複數] vernaculars
versatile [ˋvɝsət!] *adj.* ① 多才多藝的. ② 用途廣泛的, 多功能的.
[範例] ① He is a very **versatile** musician who plays five instruments. 他是一位能演奏5種樂器、非常多才多藝的音樂家.
② Trees are a **versatile** resource. 樹木是一種用途廣泛的資源.
[發音] 亦作 [ˋvɝsətɪl].
[活用] *adj.* more versatile, most versatile
*__verse__ [vɝs] *n.* ① 韻文, 詩歌, 詩體. ② (詩的) 詩節, (歌詞的) 段《亦作 stanza》. ③《聖經》的) 節.
[範例] ① Her finest works are written in **verse**. 她的最佳作品是用韻文寫成的.
② He quoted a few **verses** from Keats. 他從濟慈的詩中引用了數節.
a poem of five **verses** 一首5節詩.
[複數] verses
versed [vɝst] *adj.*〔不用於名詞前〕精通的, 熟練的: He is well **versed** in China's politics. 他精通中國政治.
[活用] *adj.* more versed, most versed
*__version__ [ˋvɝʒən] *n.* ① 譯文, 版本. ② 說明, 見解, 解釋.
[範例] ① This is a modern English **version** of the Bible. 這是現代英文版的《聖經》.
I'd like to get my hands on a Chinese-language **version** of The Adventures of Tom Sawyer. 我想把《湯姆歷險記》的中文版弄到手.《Tom Sawyer 是美國作家馬克・吐溫 (Mark Twain) 的小說中的主角, 為一個頑皮、富有正義感的男孩》
② Every witness had a slightly different **version** of what had happened. 每一位目擊者對事發當時的說明都稍有不同.

〔複數〕**versions**

versus [`vɝsəs] *prep.* ~對~《表示比賽、討論、訴訟中對峙的雙方；略作 v./v 或 vs./vs.》.
〔範例〕an Oxford **versus** Cambridge regatta 牛津對劍橋的划船比賽.
the Supreme Court decision in Roe **vs.** Wade 最高法院對羅伊控告韋德一案的判決.

vertebra [`vɝtəbrə] *n.* ① 脊椎骨，椎骨. ②〔the ~e〕脊椎.
〔發音〕複數形 vertebrae [`vɝtə,bri].
〔複數〕**vertebrae/vertebras**

vertebrate [`vɝtə,bret] *adj.* ① 有脊椎的，脊椎動物的: **vertebrate** animals 脊椎動物.
——*n.* ② 脊椎動物.
〔複數〕**vertebrates**

vertex [`vɝtɛks] *n.* 頂點；角頂.
〔複數〕**vertexes/vertices**

*****vertical** [`vɝtɪkl] *adj.* ① 垂直的，直立的，豎的: The stripes were **vertical**, not horizontal. 那些條紋不是橫的，是直的.
——*n.* ② 垂直線，垂直面，垂直位置.
〔複數〕**verticals**

vertically [`vɝtɪklɪ] *adv.* 垂直地，直立地，縱向地.

vertices [`vɝtə,siz] *n.* vertex 的複數形.

vertigo [`vɝtɪ,go] *n.* 目眩，暈眩.

verve [vɝv] *n.*《正式》氣勢，活力，熱情.

†**very** [`vɛrɪ] *adv.* 很，非常，的確，真正是.
〔範例〕It is **very** hot tonight. 今天晚上非常熱.
My uncle gave me a **very** interesting book. 我叔叔送給我一本非常有趣的書.
Tom practices karate **very** hard. 湯姆非常努力地練習空手道.
I hope **very** much that you'll be able to come with your wife. 我非常希望你和你的太太一起來.
"Is it interesting?" "**Very.**"「有趣嗎?」「非常有趣.」
"Is the work difficult?" "Not **very**, but it is boring."「工作困難嗎?」「不是很難，但很無聊.」
This is the **very** best film I've seen this year. 這是我今年看過最好的一部電影.
This is the **very** last time I will help you. 這是我最後一次幫你了.
The **very** thought of her made me feel sick. 一想到她我就覺得噁心.
He is the **very** one she's been waiting for. 他才是她所等待的那個人.
They say my aunt saw a ghost in that **very** room. 聽說我阿姨就是在那個房間裡見到鬼的.
You should do the work this **very** minute. 你現在就應該做那件工作.
That dreadful accident happened under my **very** eyes. 那場可怕的意外就這樣在我眼前發生.
〔參考〕〔範例〕的最後4個例句 (the *very* one, that

very room, this *very* minute, my *very* eyes) 中，very 插在 the one, that room, this minute, my eyes 的 the, that, this, my 和名詞 (one, room, minute, eyes) 中間，分別強調 the one, that room, this minute, my eyes.

vesper [`vɛspɚ] *n.* ①〔V~〕黃昏星《傍晚時見到的金星 (Venus)，亦作 hesperus；通常用於詩中》. ②〔~s〕晚禱.
〔複數〕**vespers**

*****vessel** [`vɛsl] *n.* ①（大型的）船，大型船舶. ② 容器，器皿. ③（生物體內的）導管，脈管.
〔範例〕① a cargo **vessel** 貨船.
a fishing **vessel** 漁船.
a sailing **vessel** 帆船.
② drinking **vessels** 飲料容器，飲料罐.
③ a blood **vessel** 血管.
〔複數〕**vessels**

vest [vɛst] *n.* ① 男用背心《〔英〕在西裝內穿的背心作 waistcoat》. ②〔英〕汗衫，內衣《〔美〕undershirt》.
——*v.* ③ 給與，授予（權利等）: There is no freedom of speech **vested** in citizens in that country. 那個國家根本不給與公民言論自由.
♦ **vèsted ínterest** 既得利益《在組織或機構中的特殊私人利益或權益. ② 在退休金制度下員工領取退休金的權益. ③〔~s〕既得利益者，受益團體.
〔複數〕**vests**
〔活用〕*v.* **vests, vested, vested, vesting**

vestibule [`vɛstə,bjul] *n.* ① 玄關，門廳，大廳. ②〔美〕連廊《火車各車廂之間連接處供乘客通行的通道》.
〔複數〕**vestibules**

vestige [`vɛstɪdʒ] *n.* 殘跡，殘影，殘存物.
〔範例〕No **vestige** of the old school remains now. 現在那所舊學校的校址已空無一物.
After the earthquake, not a **vestige** of the church remained. 地震過後，那座教堂已杳無蹤跡.
There is not a **vestige** of truth in the statement of the witness. 那名證人的證言中沒有一絲絲真話.
He was so hungry that he ate the last **vestige** of curried rice off the plate. 他因飢餓至極，所以把盤子中的咖哩飯吃得一乾二淨.
Every human being has the **vestige** of a tail. 人類都有尾巴退化殘存的痕跡.
〔複數〕**vestiges**

vestment [`vɛstmənt] *n.*〔常 ~s〕祭服，禮服，法衣《神職人員或唱詩班等在做禮拜或教堂儀式時穿的衣服》.
〔複數〕**vestments**

vestry [`vɛstrɪ] *n.* ①（教堂的）祭服室《放置神職人員和唱詩班的祭服或禮拜等祭具的房間》. ② 教堂附屬辦公室《用於禮拜或集會及教堂辦公等》.
〔複數〕**vestries**

vet [vɛt] *n.* ①《口語》獸醫《〔美〕veterinarian,〔英〕veterinary surgeon》. ②〔美〕退伍軍人 (veteran

的縮略).
——v. ③〔口語〕診療（動物等）；詳細調查〔查核〕.
[複數] **vets**
[活用] v. **vets, vetted, vetted, vetting**
*veteran [`vɛtərən] n. ① 老練的人，經驗豐富的人，老手（☞ [參考]）. ②〔美〕退伍軍人，服過兵役者《亦作 vet；〔英〕ex-serviceman》. ③ 老舊之物.
[範例] ① My grandfather is a **veteran** of two world wars. 我的祖父是經歷過兩次世界大戰的沙場老將.
Mr. Baker is known as a **veteran** of political campaigns. 貝克先生以政治運動的老手而聞名.
That man is a **veteran** golfer. 那個人是高爾夫球老將.
② a **veterans'** association 退伍軍人協會.
③ This pipe of mine is a real **veteran**. 我的這個菸斗實在很老舊.
[參考] 意為在某一特殊領域，特別是在軍隊中累積了豐富經驗的年長者，但〔美〕「服過兵役的人」之意與年齡無關：一般表「熟練的人，行家」最好用 expert.
♦ **Véterans Dày** 退伍軍人節《11月11日，為美國的法定假日，紀念第一、第二次世界大戰的停戰及結束；☞ [充電小站] (p. 603)》.
[字源] 拉丁語 veteranus（老兵）.
[複數] **veterans**
veterinarian [ˌvɛtərəˋnɛrɪən] n. 獸醫.
[複數] **veterinarians**
veterinary [ˋvɛtərəˌnɛrɪ] adj. 〔只用於名詞前〕關於家畜（疾病）治療的，獸醫（學）的.
[範例] **veterinary** medicine 獸醫學.
a **veterinary** school 獸醫學校.
a **veterinary** surgeon 獸醫.
*veto [ˋvito] n. ①（政治、行政上的）否決權；否決，否認.
——v. ② 否決，否認；行使否決權.
[範例] ① The Permanent Members of the Security Council have a **veto** over any proposal. （聯合國）安全理事會的常任理事國對任何一個提案都擁有否決權.
He put his **veto** on the proposal. 他否決了那項提案.
② The president **vetoed** a tax increase. 總統否決了增稅案.
The police **vetoed** authorization for a demonstration. 警方否決了示威遊行許可.
➡ [充電小站] (p. 999)
[複數] **vetoes**
[活用] v. **vetoes, vetoed, vetoed, vetoing**
vex [vɛks] v. ① 使焦躁，使生氣. ② 使煩惱，使困擾.
[範例] ① Father is **vexed** at my idleness. 父親對我的懶散很生氣.
Miss Bell felt very much **vexed** with her students for their continuous chatter. 貝爾老師對學生們不停地聊天感到非常惱怒.

② Why are you **vexing** yourself about your family? 你為甚麼要為家人而煩惱呢?
[活用] v. **vexes, vexed, vexed, vexing**
vexation [vɛkˋseʃən] n. ① 焦躁，煩惱，困擾，生氣. ② 令人心煩〔生氣〕的原因.
[範例] ① **Vexation** caused me to lose my temper. 我氣得忍無可忍.
② Dealing with complicated tax forms is a **vexation** most people hate. 處理複雜的稅務文件令很多人大傷腦筋.
[複數] **vexations**
vexed [vɛkst] adj. ① 煩躁的，生氣的. ② 令人困擾的，傷腦筋的，棘手的.
[範例] ① a **vexed** frown 緊皺的眉頭.
② We live in **vexed** times. 我們生活在一個紛擾困惑的時代.
a **vexed** question 棘手的問題.
[活用] adj. **more vexed, most vexed**
VHF [ˋviˋɛtˋɛf]（縮略）＝very high frequency（超短波，超高頻）.
*via [ˋvaɪə] prep. 經由；透過，藉由：We flew to London **via** Brussels. 我們經由布魯塞爾飛往倫敦.
viability [ˌvaɪəˋbɪlətɪ] n. ①（計畫等）施行的可能性，可行性；（種子等的）生存能力：the commercial **viability** of solar power 太陽能運用在商業方面的可行性. ②（新生兒等的）生長發育能力.
viable [ˋvaɪəbl] adj. ① 能實行的，可成功的，可行的. ②（新生兒等）可生長的，能存活的.
[活用] adj. ① **more viable, most viable**
viaduct [ˋvaɪəˌdʌkt] n.（架在山谷上的）高架橋；高架公路，高架鐵路.
[複數] **viaducts**
vial [ˋvaɪəl] n.（用來盛放液體的）小瓶子《通常有蓋子；亦作 phial）：a **vial** of perfume 小香水瓶.
[複數] **vials**
vibrant [ˋvaɪbrənt] adj. ① 充滿活力的，有生氣的；（聲音）響亮的. ②（顏色、光線等）鮮豔的，令人目眩的.
[範例] ① She heard the **vibrant** notes of the violin. 她聽到了小提琴響亮的聲音.
He enjoyed the **vibrant** atmosphere of the city. 他享受那個城市充滿活力的氣氛.
② She was wearing a dress of **vibrant** colors. 她穿著顏色鮮豔的洋裝.
[活用] adj. **more vibrant, most vibrant**
vibraphone [ˋvaɪbrəˌfon] n. 電顫琴《一種敲擊後可發出電顫音的電子樂器》.
[複數] **vibraphones**
*vibrate [ˋvaɪbret] v. 震動，顫動；回響.
[範例] His house **vibrated** every time a train passed. 每當列車駛過時他的房子就會震動.
The quake **vibrated** the whole house. 整個房子因地震而震動.
My voice **vibrated** with excitement. 我的聲音因激動而顫抖.
My beeper **vibrates** as well. 我的傳呼機也會

震動.

活用 v. vibrates, vibrated, vibrated, vibrating

vibration [vaɪˋbreʃən] *n.* ① 震動, 顫動. ② 〔~s〕(從人、情境感應到的)心靈的感覺, 精神感應.

範例 ① The **vibration** of the traffic kept him awake all night. 車輛來來回回的震動聲響使得他徹夜難眠.

② The girl gave me good **vibrations**. 那個女孩給我的感覺很好.

複數 **vibrations**

vicar [ˋvɪkɚ] *n.* ① 教區牧師《英國國教會中負責特定教區或禮拜堂事務的牧師》. ② 〔美國〕聖公會的〕會堂牧師. ③〔天主教的〕代理主教. ④〔V~〕上帝的代理人《羅馬天主教中對教宗的稱呼》.

複數 **vicars**

vicarage [ˋvɪkərɪdʒ] *n.* 牧師宅邸《vicar (教區牧師)及其家屬的住所》.

複數 **vicarages**

*__vice__ [vaɪs] *n.* ① 邪惡, 罪惡; 不道德(行為). ② 惡習, 壞癖. ③ 老虎鉗《〔美〕vise; ☞ vise 插圖》.

——*prep.* ④〔常 ~-〕表示「作為(某一職務的)副職、副手、代理人」之意.

範例 ① The gangsters all led lives of **vice**. 幫派分子都過著道德敗壞的生活.

This world is filled with human **vices** such as greed and evil. 這個世界上充斥著貪婪和邪惡等人類的不道德行為.

② Mary's only **vice** is eating too much. 瑪麗唯一的壞癖是吃得太多了.

④ **vice**-president 副總統《亦可用於副校長、副理、副總裁、副董事長等重要職務》.

vice-chairperson 副議長, 副主席.

vice admiral 海軍中將《海軍將官的階級, 次於海軍上將 (admiral)》.

vice captain 副隊長, 副領隊.

☞ ① ② ↔ virtue

♦ **vice squad** 《警方的》特搜〔查緝〕小組《取締暴力、毒品、賣淫等犯罪行為》.

複數 ① ② ③ **vices**

vice versa [ˋvaɪsɪˋvɝsə] *adv.* 相反地; 反之亦然: He doesn't trust her, and **vice versa**. 他與她彼此互不信任.

viceroy [ˋvaɪsrɔɪ] *n.* (殖民地等的)總督《代理國王或女王統治本土以外的殖民地、領地者, 尤以大英帝國時期為盛》.

複數 **viceroys**

*__vicinity__ [vəˋsɪnətɪ] *n.* 鄰近, 近處, 附近; 大約, 約略.

範例 Is there a cheap hotel in this **vicinity**? 這附近有便宜的旅館嗎?

Last night a fire broke out in the **vicinity** of the sports arena. 昨晚運動場附近發生了火災.

This house cost in the **vicinity** of $150,000. 這個房子價值約15萬美元.

*__vicious__ [ˋvɪʃəs] *adj.* ① 兇惡的, 兇暴的; 邪惡

的, 惡意的, 壞心眼的. ② 不道德的, 墮落的. ③〔口語〕劇烈的, 猛烈的.

範例 ① a **vicious** dog 兇惡的狗.

a **vicious** killer 殘暴的殺人犯.

a **vicious**-looking sword 殺氣騰騰的劍.

We got some **vicious** E-mail in response to our article. 我們收到了幾封批評我們報導的惡毒電子郵件.

② a **vicious** life 道德墮落的生活.

③ a **vicious** headache 劇烈的頭痛.

♦ **vicious circle** 惡性循環.

活用 *adj.* **more vicious**, **most vicious**

viciously [ˋvɪʃəslɪ] *adv.* 兇惡地, 殘酷地, 惡意地, 懷有惡意地: The words flowed **viciously** out of John's mouth. 約翰口出惡言.

活用 *adv.* **more viciously**, **most viciously**

vicissitude [vəˋsɪsəˏtjud] *n.* (世事)變遷, 榮枯盛衰, (人世的) 變化無常: The **vicissitudes** of the stock market made investing difficult. 股市的變化無常使得投資變得困難.

複數 **vicissitudes**

*__victim__ [ˋvɪktɪm] *n.* 犧牲者, 受害者, 犧牲品, 祭品.

範例 The number of accident **victims** has been increasing. 意外事故的受害者人數在增加中.

Help didn't get to the earthquake **victims** for hours. 有好幾個小時地震受災者都得不到救援.

a murder **victim** 謀殺案的被害者.

The religious man offered a **victim** to God. 那名修道士向上帝供奉了祭品.

片語 *__fall victim to__ 成為犧牲品〔受害者〕: He **fell victim to** his own ambition. 他成了自己野心的犧牲品.

The Prime Minister **fell victim to** an assassin. 首相成了暗殺者的犧牲品.

複數 **victims**

victimization [ˏvɪktɪmaɪˋzeʃən] *n.* 犧牲; 欺凌《〔英〕victimisation》: The central situation in melodrama is **victimization** of helpless innocence by powerful evil forces. 通俗劇中主要的情節是無辜的弱者受盡強大的惡勢力欺淩.

victimize [ˋvɪktɪmˏaɪz] *v.* 使成為犧牲品, 使受欺凌; 凌虐, 欺騙.

範例 He tried to **victimize** the rich old woman. 他試圖欺騙那個有錢的老婦人.

They say women are **victimized** by law. 人們說婦女是法律的受害者.

In this drama, the title role, who has made himself dictator of a small island, continuously **victimizes** the natives, who finally rebel against him and make him flee into the jungle. 在這齣劇中的主角成了一個小島的獨裁者, 不斷地凌虐當地原住民, 但終遭居民起而叛變, 迫其逃至叢林中.

參考 〔英〕victimise.

[活用] v. victimizes, victimized, victimized, victimizing

*victor [`vɪktə] n. 勝者，獲勝者．
[範例] a victor in battle 戰勝者．
a victor at the polls 選舉的獲勝者．
[複數] victors

Victorian [vɪk`torɪən] adj. ① 維多利亞時代的，維多利亞風格的．
——n. ② 維多利亞時代的人〔事物〕.
[參考] 指英國女王維多利亞 (Queen Victoria) 在其執政時期 (1837-1901) 成功地推動了工業革命、擴大了帝國版圖，使英國人民對王室的崇拜達到高峰；當時的時代風潮是崇尚勤奮、在道德上因循保守．

*victorious [vɪk`torɪəs] adj. 勝利的，獲勝的.
[範例] the victorious team 得勝的隊伍．
We were victorious over the other team. 我們戰勝了其他隊伍．
The Allies were victorious in World War II. 在第二次世界大戰中同盟國取得了勝利.
We had victorious parades. 我們舉行勝利遊行.

victoriously [vɪk`torɪəslɪ] adv. 獲勝地，歡呼勝利地.

*victory [`vɪktrɪ] n. 勝利.
[範例] The Giants have had two defeats and four victories this week. 巨人隊本週的戰績為4勝2負.
She won a stunning victory over all the other candidates. 她以壓倒性的勝利擊敗了所有候選人.
In the third battle of the war we finally scored a victory. 在戰爭中的第3次戰役我們終於獲得了勝利.
The bill's passage is a victory for common sense. 那個法案的通過是良知判斷的勝利.
[複數] victories

video [`vɪdɪo] n. ① 錄影，錄影帶．②（電視）影像，畫面．
——v. ③ 錄影，拍攝成錄影帶.
[範例] ① She recorded his stage performance on video. 她把他在舞臺上的演出拍攝成錄影帶.
The police taped their confessions on video. 警方把他們的供詞拍攝成錄影帶.
He rented the video of Die Hard from a video rental shop. 他在錄影帶出租店租了《終極警探》的錄影帶.
I have no blank videos now. 我現在沒有空白錄影帶.
② video signals 影像訊號.
③ He failed to video the drama. 他沒有把那齣戲劇錄成錄影帶.
♦ vídeo arcàde 電動娛樂中心.
vídeo càmera 錄影機.
vìdeo cassètte 卡式錄影帶.
vídeo   cassètte   recòrder/vídeo
recòrder 卡式錄放影機《略作 VCR》.
vídeo dìsc 影像光碟.

vídeo gàme 電視遊樂器.
vídeo mònitor 電視錄影顯示器.
vídeo phòne 視訊電話.
vídeo tàpe recòrder 錄影機《亦作 videotape recorder；略作 VTR》.
[複數] videos
[活用] v. videos,   videoed,   videoed, videoing

videotape [`vɪdɪo,tep] n. ① 錄影帶.
——v. ② 用錄影帶錄影.
[複數] videotapes
[活用] v. videotapes,   videotaped, videotaped, videotaping

vie [vaɪ] v. 競爭，較量: The two boys vied for her attention. 那兩個男孩為引起她的注意而互相較量.
[活用] v. vies, vied, vied, vying

Viet Nam [,vjɛt`nɑm] n. 越南《亦作 Vietnam；☞ 附錄「世界各國」》.

Vietnamese [vi,ɛtnɑ`miz] n. ① 越南人；越南語.
——adj. ② 越南的；越南人〔語〕的.

*view [vju] n. ① 風景；視野，視線．② 眺望，見到，看見．③ 看法，觀點，見解.
——v. ④ 觀看，觀察；（基於某種觀點）看作，看待.
[範例] ① The house has a fine view. 那個房子的視野不錯.
Not a person was in view. 一個人影也看不到.
② Our view of the ocean is now blocked by a high rise. 現在高層樓房擋住了我們看見大海的視線.
It was my last view of the town. 那是我最後一次見到那個城鎮.
③ In the President's view, the investigation was a waste of time. 按總統的看法，那項調查是在浪費時間.
From a financial point of view, it was a bad move. 從財政的觀點上來看，那是一項不好的措施.
④ The tourists viewed the scenery with admiration. 遊客們讚嘆地觀看那片景色.
The locals view the new law as more unwarranted federal intrusion into their lives. 當地的居民把該項新法律視為聯邦對他們生活進一步的不當干涉行為.
[片語] in view 在看得到的地方，在視線裡.（⇨ [範例] ①）
on view 在展示中: Some paintings by van Gogh are on view at that art museum. 梵谷的畫正在那座美術館展出.《梵谷 (1853-1890) 為荷蘭畫家，全名為 Vincent van Gogh》
point of view 觀點，見解《亦作 viewpoint》.（⇨ [範例] ③）
[複數] views
[活用] v. views, viewed, viewed, viewing

viewer [`vjuə] n. ① 觀看者；（電視）觀眾．② 幻燈機《將幻燈片放大以便觀看用的機器》.

複數 **viewers**

viewfinder [ˌvjuˋfaɪndɚ] n. (照相機的) 取景器.

複數 **viewfinders**

＊**viewpoint** [ˋvjuˌpɔɪnt] n. 觀點，見解：From an educational **viewpoint**, the budget for the new fiscal year makes no sense. 從教育的觀點來看，新會計年度的預算毫無道理可言.

複數 **viewpoints**

＊**vigil** [ˋvɪdʒəl] n. 徹夜不眠，熬夜，守夜：Margaret's family held **vigil** by her bedside as she lay in a coma. 瑪格莉特處於昏迷狀態時，她的家人徹夜守在床邊照顧.

複數 **vigils**

vigilance [ˋvɪdʒələns] n.《正式》警戒：We need strength and **vigilance** to keep this new threat at bay. 為防患這種新的威脅於未然，我們需要更加強人力和警戒.

＊**vigilant** [ˋvɪdʒələnt] adj.《正式》警惕的，保持警戒的：Everyone is **vigilant** against burglars around here. 在這附近的每一個人都保持警戒，以防盜匪出沒.

活用 adj. **more vigilant**, **most vigilant**

vigilantly [ˋvɪdʒələntlɪ] adv. 警戒地，小心戒慎地.

活用 adv. **more vigilantly**, **most vigilantly**

＊**vigor** [ˋvɪgɚ] n. 生氣，活力，精神，體力；氣勢：After the operation, Mark lost a lot of his **vigor**, but he eventually got it all back. 手術後，馬克失去了許多體力，但後來就恢復了.

參考《英》vigour.

＊**vigorous** [ˋvɪgərəs] adj. 精力充沛的，充滿活力的；有魄力的：John is a **vigorous** youngster. 約翰是個精力充沛的年輕人.

活用 adj. **more vigorous**, **most vigorous**

vigorously [ˋvɪgərəslɪ] adv. 活潑地，精力旺盛地；有氣勢地，強而有力地.

活用 adv. **more vigorously**, **most vigorously**

＊**vigour** [ˋvɪgɚ] ＝ n.《美》vigor.

Viking [ˋvaɪkɪŋ] n. 維京海盜(8-10世紀為害歐洲北部及西海岸的北歐海盜，為斯堪的那維亞人之一族).

複數 **Vikings**

＊**vile** [vaɪl] adj. 卑劣的，邪惡的；骯髒的，下流的.

範例 a **vile** scheme 邪惡的企圖.
vile language 下流的語言，骯髒的話.

活用 adj. **viler**, **vilest**

vilely [ˋvaɪllɪ] adv. 卑劣地；骯髒地，下流地.

活用 adv. **more vilely**, **most vilely**

＊**villa** [ˋvɪlə] n. ① 別墅《特指南歐農村有寬敞院落的別墅》：Some famous movie stars have **villas** in the south of France. 一些著名的電影明星在法國南部擁有別墅. ②《英》(獨棟)住宅《位於郊外或鄉村》.

複數 **villas**

＊**village** [ˋvɪlɪdʒ] n. ① 村子，村莊. ② 村人，村民《集合名詞》.

範例 ① He was born and raised in a **village** near here. 他在這附近的村莊出生、長大.
There's a camera shop near the **village** square. 村子廣場附近有一家照相館.
② The whole **village** resented the pollution. 所有的村民都對那污染感到憤恨不已.

複數 **villages**

villager [ˋvɪlɪdʒɚ] n. 村人，村民：The **villagers** were against building a bypass nearby. 村民們反對在附近建設外環道路.

複數 **villagers**

＊**villain** [ˋvɪlən] n. ① 壞人，歹徒；(電影、小說中的)反派角色. ② 淘氣鬼，小壞蛋.

範例 ① How much of the time do you spend chasing **villains**? 你追捕歹徒需要花多久時間?
The CEO was the real **villain** of the piece. 總經理是事情真正的罪魁禍首.《CEO 是 chief executive officer 的縮寫》
② Clean up your room, you young **villain**! 把自己的房間整理好，你這個小鬼!

♦ **the villain of the piece** (事情的) 罪魁禍首，元兇.(⇨ 範例 ①)

複數 **villains**

villainous [ˋvɪlənəs] adj. 像惡棍的，惡劣的；糟糕的，令人討厭的.

範例 a **villainous** stockbroker 惡劣的股票經紀人.
villainous weather 糟糕的天氣.

活用 adj. **more villainous**, **most villainous**

vindicate [ˋvɪndəˌket] v. 證明清白，證明正確性.

範例 The facts **vindicated** the police chief completely. 那些事實完全證明了警察局長的清白的.
These results **vindicate** what Kelsey's been saying all along. 這些結果證明了凱勒西說的話一直是對的.
The decision to cancel the festivities was **vindicated** when the typhoon made a direct hit on the island. 颱風直襲那個島證明了取消慶祝活動是正確的.

活用 v. **vindicates**, **vindicated**, **vindicated**, **vindicating**

vindication [ˌvɪndəˋkeʃən] n. 證明清白，證明無辜；證實.

範例 They were hoping for **vindication** in court, but didn't get any. 他們希望在法庭上能證明自己的清白，但卻不被採信.
He has nothing he can say in **vindication** of himself. 他沒有任何可以為自己辯護的話.

vindictive [vɪnˋdɪktɪv] adj. 受報復心驅使的，報復性的.

範例 That went beyond punishment to being **vindictive**. 那樣做不單單是懲罰，而是報復.
vindictive taunts 報復性的嘲弄.

活用 adj. **more vindictive**, **most vindictive**

vindictively [vɪnˋdɪktɪvlɪ] adv. 報復性地，有報仇心地.

活用 *adv.* **more vindictively, most vindictively**

vindictiveness [vɪn`dɪktɪvnɪs] *n.* 耿耿於懷，報復(性).

***vine** [vaɪn] *n.* ① 葡萄藤《亦作 grapevine》. ② 藤蔓植物.
複數 **vines**

vinegar [`vɪnɪgɚ] *n.* 醋，食用醋.
字源 中期法語 vin(葡萄)+aigre(酸)的.
複數 **vinegars**

vineyard [`vɪnjɚd] *n.* 葡萄園《特指栽種供釀酒用的葡萄》.
複數 **vineyards**

vintage [`vɪntɪdʒ] *n.* ① 佳釀葡萄酒《亦作 vintage wine》;(葡萄酒的)釀造年份. ② 葡萄採收期, 葡萄酒釀製期;(某一年份供釀酒的)葡萄產量.
——*adj.* ③ (葡萄酒)特定年份釀造的. ④ 最盛期的, 黃金時期的; 最上等的, 品質最佳的. ⑤ 特定年代的; 典型的.
範例 ① The **vintage** of this wine is 1979. 這瓶葡萄酒的釀造年份是1979年.
I can't afford rare **vintage** wines. 我買不起珍釀的葡萄酒.
④ a **vintage** silent film 典型的默片.
This piece of music is **vintage** Beatles. 這首曲子是披頭四的經典傑作.
♦ **vintage cár** 〖英〗古董車《指於1919–1930年之間生產的汽車》.
vintage yéar 美酒佳釀年; 葡萄豐收年.
複數 **vintages**

vinyl [`vaɪnɪl] *n.* 乙烯基.
複數 **vinyls**

viola [vɪ`olə] *n.* 中提琴《比小提琴大的大型弦樂器, 其演奏方式同小提琴, 但音域比小提琴低5度》.
複數 **violas**

***violate** [`vaɪə‚let] *v.* 違背, 違反(法律、規定等); 侵犯, 冒犯; 強暴(婦女等); 褻瀆(神靈).
範例 Don't **violate** traffic rules. 不可違反交通規則.
This landlord openly **violates** the rights of his tenants. 這個房東公然侵害房客的權益.
活用 *v.* **violates, violated, violated, violating**

violation [‚vaɪə`leʃən] *n.* ① 違反; 違法行為. ② 侵害, 侵犯行為; 褻瀆(神靈). ③ 強暴.
範例 ① He was fined for a speeding **violations**. 他因超速而遭到罰款.
② The former generals were accused of serious **violations** of human rights called "crimes against humanity." 前任將軍們因所謂「違反人道罪行」的嚴重侵害人權行為而遭到起訴.
片語 **in violation of** 違反: Don't do business **in violation of** the law. 不可從事違法的商業活動.
複數 **violations**

***violence** [`vaɪələns] *n.* ① 劇烈, 猛烈, 暴烈.
② 暴力, 暴行.
範例 ① We were all shocked by the **violence** of his temper. 我們都被他的暴烈脾氣嚇到了.
the **violence** of a tsunami 海嘯的猛烈.
② **Violence** begets **violence**. 暴力導致暴力.
The escapee robbed two couples with **violence**. 越獄犯兇狠地襲擊了2對情侶.
The critics' comments did **violence** to the actor's reputation. 評論家們的評論有損那名演員的聲譽.
Your remarks do **violence** to the truth. 你的言論歪曲了事實.
片語 **with violence** 激烈地, 粗暴地; 以暴力方式. (⇨ **範例** ②)
do violence to ~ ① 對~暴力相向; 傷害. (⇨ **範例** ②) ② 歪曲(事實等). (⇨ **範例** ②)

***violent** [`vaɪələnt] *adj.* ① 劇烈的, 猛烈的, 激烈的. ② 暴力的, 兇暴的.
範例 ① They met a **violent** snowstorm while they were climbing down the cliff. 他們從懸崖攀爬下來時遇到了一場猛烈的暴風雪.
I have a **violent** headache. 我感到劇烈的頭痛.
He was in a **violent** temper. 他勃然大怒.
② **Violent** crimes by teenagers have been increasing. 青少年的暴力犯罪事件增加了.
活用 *adj.* **more violent, most violent**

***violently** [`vaɪələntlɪ] *adv.* ① 激烈地, 猛烈地.
② 粗暴地.
範例 ① It rained **violently** last night. 昨晚雨下得很大.
② Don't handle goods **violently**. 不要粗暴地拿取貨品.
活用 *adv.* **more violently, most violently**

***violet** [`vaɪəlɪt] *n.* ① 紫羅蘭. ② 紫羅蘭色.
——*adj.* ③ 紫羅蘭色的.

***violin** [‚vaɪə`lɪn] *n.* 小提琴: I play the first **violin** in an orchestra. 我是交響樂團的首席小提琴手.
複數 **violins**

violinist [‚vaɪə`lɪnɪst] *n.* 小提琴家, 小提琴演奏者: My sister is a poor **violinist**. 我姊姊不擅長拉小提琴.
複數 **violinists**

V.I.P./VIP [`vi`aɪ`pi] 〖縮略〗 =very important person(重要人士, 貴賓).
複數 **V.I.P.s/VIPs**

viper [`vaɪpɚ] *n.* ① 毒蛇; 蝮蛇. ② 壞心腸的人, 狠毒的人.
複數 **vipers**

virgin [`vɝdʒɪn] *n.* ① 處女, 處男. ② 〔the V~〕聖母瑪麗亞《亦作 the Virgin Mary》. ③〔the V~〕處女座, 處女座的人 《☞ **充電小站** (p. 1523)》.
——*adj.* ④〔只用於名詞前〕處女的; 未被玷污的, 純潔的; 嶄新的, 未開拓的: **virgin** snow 新雪.
♦ **the Virgin Máry** 聖母瑪麗亞《指處女瑪麗

亞生下基督一事，亦作 the Virgin，the Virgin Mother，the Blessed Virgin).

[複數] **virgins**

virginity [vəˋdʒɪnətɪ] *n.* 處女，貞操；純潔.

virile [ˋvɪrəl] *adj.* 似男性的；強有力的，精力旺盛的.

[活用] *adj.* **more virile，most virile**

virility [vəˋrɪlətɪ] *n.* 男子氣概，男人味；(男性的)生殖力.

virtual [ˋvɝtʃuəl] *adj.* 〔只用於名詞前〕事實上的，實際上的: You're a **virtual** slave working at these wages. 拿這樣的工資工作，你根本是個奴隸.

♦ **virtual reálity** 虛擬實境《利用電腦技術製造出來的自然世界的假想空間》.

virtually [ˋvɝtʃuəlɪ] *adv.* 事實上: He **virtually** lived in his office. 他事實上住在公司.

＊**virtue** [ˋvɝtʃu] *n.* 品德，美德；優點，長處.

[範例] a man of **virtue** 有德之人.

Among Juan Carlos' **virtues** are honesty and kindness. 胡安·卡洛斯的優點之中有正直和仁慈.

What are the **virtues** of preschool education? 學前教育的優點有哪些呢?

He studied in Canada on a scholarship by **virtue** of his high grades. 他因課業成績好而拿到獎學金在加拿大讀書.

[片語] **by virtue of/in virtue of** 由於(～的緣故)，憑藉(～理由). (⇨ [範例])

☞ ↔ **vice**

[複數] **virtues**

virtuoso [ˌvɝtʃuˋoso] *n.* 巨匠，大師《特指在音樂方面》.

[複數] **virtuosos**

＊**virtuous** [ˋvɝtʃuəs] *adj.* ① 有品德的，高尚的. ② 自以為是的，自命清高的.

[範例] ① Those who lead **virtuous** lives are pretty rare. 能高潔度日的人實屬罕見.

② He was smug about his **virtuous** self-depreciation. 他對自己自以為是的自貶感到洋洋得意.

☞ ① ↔ **vicious**

[活用] *adj.* **more virtuous，most virtuous**

virulent [ˋvɪrjələnt] *adj.* 有劇毒的，(疾病等)危險的；充滿敵意的，惡意的.

[範例] Those mosquitoes are particularly **virulent**. 那些蚊子特別危險.

virulent attacks from the media 媒體的惡意攻訐.

[活用] *adj.* **more virulent，most virulent**

virus [ˋvaɪrəs] *n.* 病毒，濾過性病毒《比細菌(bacteria) 更小的微生物，在生物細胞中寄生繁殖》: **virus** infections 病毒感染.

[複數] **viruses**

visa [ˋvizə] *n.* ① 簽證: an entry **visa** 入境簽證.
——*v.* ② (在護照上)簽證.

[複數] **visas**

[活用] *v.* **visas，visaed，visaed，visaing**

visage [ˋvɪzɪdʒ] *n.* 《正式》面容，容貌.

[複數] **visages**

viscount [ˋvaɪkaunt] *n.* 子爵《英國貴族的爵位之一，其地位在伯爵 (earl) 之下，男爵 (baron) 之上》.

➡ (充電小站) (p. 385)

[複數] **viscounts**

viscountess [ˋvaɪkauntɪs] *n.* ① 子爵夫人. ② 女子爵.

➡ (充電小站) (p. 385)

[複數] **viscountesses**

vise [vaɪs] *n.* 虎頭鉗: He used a **vise** to hold the piece of wood. 他用虎頭鉗夾住那片木板.

[參考]《英》vice.

[vise]

[複數] **vises**

visibility [ˌvɪzəˋbɪlətɪ] *n.* 可見性，能見度: **Visibility** is good. 能見度良好.

＊**visible** [ˋvɪzəbl] *adj.* 可以(用肉眼)看見的；可察覺到的，明顯的.

[範例] This star is **visible** to the naked eye. 這顆星星可以用肉眼看到.

The President sat through the speech with **visible** discomfort. 總統在整場演說之中明顯以不悅的表情坐著.

[活用] *adj.* **more visible，most visible**

visibly [ˋvɪzəblɪ] *adv.* 肉眼可見地，明顯地: Most of the athletes were **visibly** upset. 大部分選手都明顯感到不適.

[活用] *adv.* **more visibly，most visibly**

＊**vision** [ˋvɪʒən] *n.* ① 視力. ② 洞察力，遠見. ③ 幻想，幻象.

[範例] ① The doctor says I have 20/20 **vision**. 醫生說我的視力為 20/20. 《20/20 讀作 twenty-twenty; 20/20 vision 指可在距20呎處清楚看到編號20 般大小的文字的正常視力，相當於臺灣的1.0; 若能在距40呎處看清同樣大小文字的話，其視力作20/40 vision》

② Our country needs a leader with **vision**. 我國需要一位有遠見的領導人.

③ Dan said he had a **vision** in which he saw his dead father. 丹說他曾有過遇見過世父親的幻想.

[複數] **visions**

visionary [ˋvɪʒənˌɛrɪ] *adj.* ① 有先見之明的，有遠見的. ② 夢幻的，不切實際的.
——*n.* ③ 有遠見者；可預見未來的人；夢想者；不切實際者: True **visionaries** are often misunderstood by their own generations. 真正有遠見的人常常被自己同時代的人所誤解.

[活用] *adj.* **more visionary，most visionary**

[複數] **visionaries**

＊**visit** [ˋvɪzɪt] *v.* ① 視察；訪問，拜訪，(去～)作客；參觀，走訪.
——*n.* ② 訪問，拜訪；參觀，遊覽.

[範例] ① Some of Jane's cousins **visit** her in the summer for a week or so. 珍的幾個表兄弟姊

妹夏天會來探望她1週左右.

I was **visiting** in London in December. 我12
月份正在倫敦觀光.

Visiting hours go from 9 a.m. to 8 p.m. seven
days a week. 會客時間是上午9點到下午8
點, 每週7天.

Typhoons **visit** Taiwan every year. 臺灣每年
都有颱風.

The mayor **visited** ten public schools this
week. 市長本週視察了10所公立學校.

② Yesterday I had a **visit** from my second grade
teacher. 昨天我(小學)2年級的老師來看我.

The King of Spain paid a formal **visit** to
Buckingham Palace. 西班牙國王正式拜訪了
白金漢宮.

While on a **visit** to Paris, I broke my leg. 造訪
巴黎期間我摔斷了腿.

[片語] **go on a visit to/pay a visit to** 訪問,
拜訪. (⇔[範例]②)

visit with ①『美』在⋯的家作客. ② 聊天, 閒
談: Uncle David used to stay and **visit with** his
girlfriend. 大衛叔叔習慣去他女朋友那裡聊
天.

[活用] v. **visits, visited, visited, visiting**

[複數] **visits**

visitation [͵vɪzə`teʃən] n. 訪問, 視察.

[複數] **visitations**

*__visitor__ [`vɪzɪtɚ] n. 來訪者, 訪客.

[複數] **visitors**

visor [`vaɪzɚ] n. ① 護面, 面甲《騎士頭盔上遮
住臉部的部分, 可上下開合》. ② 帽簷《安全
帽等上面用來保護臉部的透明塑膠, 亦可上
下開合》. ③ 遮陽板《安裝在汽車的擋風玻璃
上, 可翻上或翻下, 亦作 sun visor》.

[visor]

[複數] **visors**

vista [`vɪstə] n. 展望;(往前望去的)景象, 前
景, 遠景.

[範例] a tree-lined **vista** 林蔭道的遠景.

You were a good teacher. You opened up new
vistas. 你是位開展了新前景的好老師.

[複數] **vistas**

*__visual__ [`vɪʒʊəl] adj. 視覺的, 憑藉視覺的, 與視
覺有關的.

[範例] **visual** instructions 視訊指令.

visual landing 目視著陸.

♦ **visual áid** 視覺輔助教材《幻燈片、掛圖等》.

visual árts 視覺藝術《繪畫、雕刻等》.

visualize [`vɪʒʊəl͵aɪz] v. 在心中描繪, 想像:
Stevenson, the director, is **visualizing** what
the scene will look like. 導演史蒂文生正在心
中描繪那一幕場景該如何呈現.

[參考]『英』visualise.

[活用] v. **visualizes, visualized, visualized,
visualizing**

visually [`vɪʒʊəlɪ] adv. 在視覺上, 透過視覺;
看起來, 外觀上.

[範例] The Congressman detailed his plan
visually with the use of a bar graph. 那位國會
議員利用具象的長條圖對他的計畫做了詳細
說明.

Visually this bag is more expensive than that
one. 這個手提包看起來比那一個貴.

*__vital__ [`vaɪtl] adj. ① 不可缺少的, 非常重要的,
絕對需要的. ② 攸關性命的, 致命的. ③ 生
動的, 有活力的, 充滿生氣的.

[範例] ① The military's help is **vital** to the success
of our diplomacy. 軍方的援助對於我們外交
上的成功是不可缺少的.

② The plant closing was a **vital** blow to the
community. 那家工廠的關閉對那個社區來說
是個致命的打擊.

③ The tour guide's **vital** and cheerful manner
made our trip all the more enjoyable. 那名觀
光導遊生動活潑的帶隊風格讓我們的行程變
得更加開心.

[活用] adj. ① ③ **more vital, most vital**

*__vitality__ [vaɪ`tælətɪ] n. 活力, 生命力: The
sergeant is a man of great **vitality**. 那名士官
是個活力充沛的人.

vitally [`vaɪtlɪ] adv. 致命地, 極其: It is **vitally**
important that the general be informed at all
times. 無論任何時候將軍都要能掌握軍情是
極其重要的.

[活用] adv. **more vitally, most vitally**

vitamin [`vaɪtəmɪn] n. 維他命, 維生素.

[範例] **vitamin** A 維他命 A, 維生素 A.

These vegetables are full of **vitamins**. 這些蔬
菜維生素很豐富.

vitamin pills 維他命丸.

vitamin deficiency 缺乏維生素.

[字源] 拉丁語 vita(生命)＋amine(胺基酸).

[參考] 生化家芬克(Casimir Funk)於 1912 年所
創, 因認為維生素為胺基酸類.

[複數] **vitamins**

vivacious [vaɪ`veʃəs] adj.(特指女性)活潑的,
有朝氣的, 生氣蓬勃的: a **vivacious** girl 一個
活潑有朝氣的女孩.

[活用] adj. **more vivacious, most vivacious**

vivaciously [vaɪ`veʃəslɪ] adv. 活潑地, 開朗
地: Laughing **vivaciously**, the princess
accepted the offer. 公主開朗地笑著接受了那
項請求.

[活用] adv. **more vivaciously, most
vivaciously**

vivacity [vaɪ`væsətɪ] n. 活潑, 開朗, 朝氣.

*__vivid__ [`vɪvɪd] adj. 鮮明的, 鮮豔的; 栩栩如生
的, 生動的.

[範例] The girl's dress was a **vivid** purple. 那個女
孩的洋裝是鮮豔的紫色.

The event was still **vivid** in his memory. 他對

那個事件記憶猶新.

The archaeologist unearthed a **vivid** description of life in ancient Babylonia. 那位考古學家挖掘出古代巴比倫王國生活的鮮明記述資料.《Babylonia 是位於幼發拉底河及底格里斯河流域的繁榮古王國》

活用 *adj.* **more vivid, most vivid**

vividly [ˋvɪvɪdlɪ] *adv.* 鮮明地: The scene remains **vividly** in her memory. 那幅情景鮮明地留在她的記憶中.

活用 *adv.* **more vividly, most vividly**

vivisection [ˌvɪvəˋsɛkʃən] *n.* 活體解剖, 活體實驗.

複數 **vivisections**

vixen [ˋvɪksn̩] *n.* 雌狐.

複數 **vixens**

viz./viz [vɪz]《縮略》＝（拉丁語）videlicet（即, 換言之）《因為相當於 namely, 故亦讀作 [ˋnɛmlɪ]》.

*∗**vocabulary** [vəˋkæbjəˌlɛrɪ] *n.* ① 詞彙, 字彙. ② 詞彙表, 單字表.

範例 ① His **vocabulary** is large. 他詞彙豐富. You can improve your **vocabulary** by watching more documentaries on TV. 你可以藉由看更多的電視記實節目來提高詞彙能力. Our Norwegian exchange student has a **vocabulary** of about 2,000 words in Chinese now. 在我們這裡的挪威交換學生目前掌握了2,000個左右的中文單字.

複數 **vocabularies**

*∗**vocal** [ˋvokl̩] *adj.* ①〔只用於名詞前〕聲音的, 與聲音相關的. ② 發言強硬的; 高聲的.

——*n.* ③ 聲樂.

範例 ① the **vocal** organs 發聲器官. a **vocal** message 口頭傳達, 口信. ② The Opposition was not very **vocal** in protesting. 在野黨並沒有發出太大的抗議聲.

♦ **vócal còrds** 聲帶《位於人類喉嚨裡面的器官, 藉由振動而發出聲音》.

活用 *adj.* ② **more vocal, most vocal**

複數 **vocals**

vocalist [ˋvokl̩ɪst] *n.* 歌唱家, 歌手, 聲樂家.

複數 **vocalists**

vocally [ˋvokl̩ɪ] *adv.* ① 用聲音, 發出聲音地; 以語言, 以口頭. ② 高聲發言地, 高聲地.

活用 *adv.* ② **more vocally, most vocally**

*∗**vocation** [voˋkeʃən] *n.* ① 天職, 使命感. ② 適應性. ③ 工作, 職業.

範例 ① To Paul, being a doctor is more than a career; it's a **vocation**. 對保羅來說, 當醫生不單單是一種職業, 而是天職. Hank's girlfriend persuaded him to forget his **vocation** to the priesthood. 漢克的女朋友說服他放棄當神職人員. ② You have such a **vocation** for swimming—you'd be a good lifeguard. 你對游泳很在行, 你會是個優秀的救生員. ③ Writing is my **vocation** and my sole source of

income. 寫作是我的工作, 也是我唯一的收入來源.

Tom feels lost—all his friends have found a **vocation**, but he hasn't. 湯姆感到失落, 他所有的朋友都找到了工作, 可是他卻沒有.

複數 **vocations**

vocational [voˋkeʃən̩l] *adj.* 職業的; 職業上需要的; 以職業為目的的.

範例 **vocational** guidance 就業輔導. **Vocational** computer classes are offered at this school. 這所學校設有職業電腦課程.

vociferous [voˋsɪfərəs] *adj.* 大聲喊叫的; 嘈雜的, 喧囂的.

範例 a **vociferous** crowd 嘈雜的群眾. **vociferous** demands 怒吼般的要求.

活用 *adj.* **more vociferous, most vociferous**

vodka [ˋvɑdkə] *n.* 伏特加《原產於俄國的一種用黑麥、玉米、馬鈴薯等為原料製成的無色蒸餾烈酒》.

複數 **vodkas**

*∗**vogue** [vog] *n.* 時尚, 流行, 流行之物.

範例 Bell bottoms were once in **vogue**. 喇叭褲曾經風行一時. There is a **vogue** for things ethnic at present. 現在正流行民族風. That hair style went out of **vogue** more than ten years ago. 那種髮型在10多年以前就過時了.

*∗**voice** [vɔɪs] *n.* ① 聲音, 音質; 發言（權）, 意見. ②（文法的）語態.

——*v.* ③ 講出, 發言. ④ 發出聲音,（使）有聲化.

範例 ① Emily spoke in a husky **voice**. 艾蜜麗說話聲音嘶啞. John cried for help at the top of his **voice**. 約翰放聲大叫求救. The singer is in good **voice** today. 那位歌手今天歌唱得很好聽. Jack raised his **voice** with anger. 傑克氣得提高了嗓門. Tom lowered his **voice**. 湯姆壓低了聲音. I had a cold and lost my **voice**. 我感冒了, 發不出聲音. Mr. Brown gave **voice** to his opinion. 布朗先生發表了意見. We have no **voice** in that matter. 關於那件事我們沒有意見. The king wouldn't listen to the **voice** of the people. 國王不想聽人們的意見. They disagreed in the past, but they were all of one **voice** this time. 他們以前意見不合, 但這次意見全部一致. ② the active **voice** 主動語態. the passive **voice** 被動語態.

片語 *find* ***voice in*** 在～中表明〔呈現〕: Your love of romance has **found voice in** your poetry. 你對浪漫的喜愛已呈現在你的詩中.

find ***～'s voice*** ①（因驚嚇而語塞後）終於

發出聲音. ② 找到~的風格.

♦ **vóice bòx** 喉頭《喉嚨的深處，位於喉節下方，有聲帶；醫學專業上稱作 larynx》.

複數 **voices**

活用 v. **voices, voiced, voiced, voicing**

*__void__ [vɔɪd] n. ① 巨大的空間，真空；空虛(感)；裂縫，空隙.
——adj. ② (契約等)無效的；空虛的；欠缺的.
——v. ③ 使無效；使虛無；使排泄《排尿、排便等》.

範例 ① The errant satellite disappeared into the **void**. 那個脫離軌道的人造衛星消失在宇宙中.
The ground began to shake and a sudden **void** opened up. 地面開始搖動，突然間地裂了.
The death of Stan's wife left a very painful **void** in his life. 妻子的過世在史丹的人生中留下了十分痛苦的空虛感.
② Kate's eyes were **void** of all interest. 凱特完全不感興趣.
An election without legal procedure is considered **void**. 不依合法程序進行的選舉是無效的.

複數 **voids**

活用 v. **voids, voided, voided, voiding**

vol./vol (縮略)＝volume(卷，冊)《用於系列書籍等，亦作 Vol., Vol》.

複數 **vols./vols**

volatile [ˋvɑlətl] adj. ① 揮發性的. ② 多變的，不穩定的，反覆無常的.

範例 ① This paint is **volatile**. 這種油漆是揮發性的.
② The situation in the country is dangerous and **volatile**. 那個國家的情勢危險而不穩定.

活用 adj. **more volatile, most volatile**

volcanic [vɑlˋkænɪk] adj. 火山的，由火山作用形成的；(性情等)火爆的.

範例 That island has been seeing **volcanic** activity recently. 那座島最近出現了火山活動.
Tracy has a **volcanic** temper. 崔西脾氣火爆.

*__volcano__ [vɑlˋkeno] n. 火山：The **volcano** erupted and spouted a great deal of lava. 那座火山爆發，噴出了大量熔岩.

♦ **àctive volcáno** 活火山.
dòrmant volcáno 休火山.
extìnct volcáno/dèad volcáno 死火山.

複數 **volcanoes/volcanos**

volley [ˋvɑlɪ] n. ① 一齊射擊，一齊開火；(質問等的)連珠砲；截擊《在網球等比賽中在球未著地時將其擊回》.
——v. ③ 一齊射擊，(槍砲等)齊發. ④ 以截擊方式(將球)擊回.

範例 The hunters fired a **volley** at the tiger. 獵人們一齊向那隻老虎開火.
The minister was subjected to a **volley** of questions by some reporters. 部長遭到一些記者連珠砲般的質詢.
② hit a ball on the **volley** 將球凌空截擊.

複數 **volleys**

活用 v. **volleys, volleyed, volleyed, volleying**

volleyball [ˋvɑlɪˌbɔl] n. 排球.
➡ 充電小站 (p. 885)

複數 **volleyballs**

volt [volt] n. 伏特《電壓單位；略作 v., v》.

複數 **volts**

voltage [ˋvoltɪdʒ] n. 電壓，伏特量.

複數 **voltages**

voluble [ˋvɑljəbl] adj. 滔滔不絕的，口若懸河的，口才流利的：Mr. White is well-known as a **voluble** spokesman. 懷特先生以身為口才流利的發言人而聞名.

活用 adj. **more voluble, most voluble**

volubly [ˋvɑljəblɪ] adv. 滔滔不絕地，口若懸河地，口才流利地.

活用 adv. **more volubly, most volubly**

*__volume__ [ˋvɑljəm] n. (物質的)量；音量；體積，容積；大量；(書籍的)卷，冊.

範例 The **volume** of traffic on the roads is huge in Bangkok. 曼谷道路的交通量非常龐大.
His actions speak **volumes** for the police's suspicions. 他的行為充分證明了警方的懷疑.
Turn down the **volume** on the radio, please. 請把收音機關小聲點.
This case has a **volume** of ten cubic meters. 這個箱子體積有10立方公尺.
When we say something is greater in **volume**, we mean it takes up more space. 當我們說某件東西體積愈大指的是它占有愈大的空間.
This encyclopedia has one **volume** for each letter of the alphabet, so there are twenty-six. 這部百科全書是按照英文字母的順序編排成冊的，因此一共是26冊.
This library has over 200,000 **volumes**. 這所圖書館藏書20萬冊以上.

片語 **speak volumes about/speak volumes for** 充分地證明〔說明〕. (⇨ 範例)

複數 **volumes**

voluminous [vəˋlumənəs] adj. ① (衣服等)寬鬆的，寬大的：She was wearing a **voluminous** white skirt. 她穿著一件寬鬆的白裙. ② (書籍等)大部頭的，(文件資料等)詳細龐雜的；(容器等)容量大的.

活用 adj. **more voluminous, most voluminous**

voluntarily [ˋvɑlənˌtɛrəlɪ] adv. 自發地，自願地，主動地：In Taiwanese classrooms, there are few students who express their ideas **voluntarily**. 在臺灣的課堂上，很少有學生會主動地發表意見.

*__voluntary__ [ˋvɑlənˌtɛrɪ] adj. 自發的，自願的，憑自由意志的，主動的.

範例 At Christmas time, charities need a lot of **voluntary** helpers. 聖誕節時義賣活動需要眾多的義工.
He made a **voluntary** confession to the

police. 他主動向警方自首.

The press placed **voluntary** restraints on itself for a couple of days when dealing with the kidnapping. 新聞界在那起綁架案件偵辦的幾天當中實施新聞自制.

***volunteer** [ˌvɑlənˋtɪr] n. ① 志願者, 自願參加者, 自願奉獻者; 志願兵.

──v. ② 自願, 自願申請, 主動提出.

範例 ① **Volunteers** delivered food supplies to the refugees. 義工們向難民發送糧食.

② I **volunteered** for weekend duty. 我自願在週末值班.

He **volunteered** to help the people. 他主動幫助那些人.

複數 **volunteers**

活用 v. **volunteers, volunteered, volunteered, volunteering**

voluptuous [vəˋlʌptʃʊəs] adj. 感官的,(耽於)情慾的;(女性)身材性感的;(感官上)愉悅的.

活用 adj. **more voluptuous, most voluptuous**

voluptuously [vəˋlʌptʃʊəslɪ] adv. 感官地, 耽於情慾地.

活用 adv. **more voluptuously, most voluptuously**

vomit [ˋvɑmɪt] v. ① 嘔吐, 反胃: Some policemen **vomited** at the scene of the terrible crime. 見到那駭人的犯罪現場, 幾個警察嘔吐了起來.

──n. ② 嘔吐物.

活用 v. **vomits, vomited, vomited, vomiting**

****vote** [vot] n. ① 投票, 投票表決, 投票權; 選票.

──v. ② 投票, 投票決定;(眾人)一致認為.

範例 ① John was chosen as chairperson by **vote**. 約翰經過投票被選為主席.

There were 234 **votes** in favor of the new tax bill, 308 against, and 2 were invalid. 對於新稅案, 234票贊成, 308票反對, 2票廢票.

We held an annual convention in order to take a **vote** on the new action program. 我們召開年度大會, 針對新的活動計畫進行投票表決.

We will have to put the matter to a **vote**. 我們必須對那個事件進行投票表決.

In Taiwan, people get the **vote** at the age of 20. 在臺灣, 20歲才有投票權.

② Which party are you going to **vote** for in the next general election? 在下次大選中你會投票給哪個黨呢?

The rank and file **voted** to go out on strike. 工會成員投票決定進行罷工.

This car was **voted** car of the year. 這輛車被公認為年度最優秀車種.

The proposal to build a nuclear power station was **voted** down by the local council. 建造核能發電廠的提案在地方議會上遭到否決.

That crafty politician will be **voted** out in the next election. 那個狡猾的政客將在下屆選舉中

將會落選.

The election reform package has already been **voted** through by both Houses. 一系列的選舉改革方案已經在兩院通過.

The House of Representatives **voted** Guam emergency funds to clean up the island after the typhoon. 眾議院表決通過了關島颱風災後的緊急整治基金.

片語 **put ~ to a vote/put ~ to the vote** 投票表決.(⇨ 範例 ①)

vote ~ down 否決.(⇨ 範例 ②)

vote ~ in（投票）選出.

vote ~ out 使落選.(⇨ 範例 ②)

vote ~ through 投票通過.(⇨ 範例 ②)

複數 **votes**

活用 v. **votes, voted, voted, voting**

voter [ˋvotɚ] n. 投票者, 選舉人; 有選舉權者, 選民: Many young **voters** cast their ballots in protest against the new tax bill. 很多年輕的選民投票反對新的稅制法案.

複數 **voters**

vouch [vautʃ] v. 保證, 擔保: I'll **vouch** for the quality of the report. I read it very carefully last night. 我可以保證那份報告書的品質, 昨天晚上我仔細閱讀過了.

片語 **vouch for** 保證.(⇨ 範例)

活用 v. **vouches, vouched, vouched, vouching**

voucher [ˋvautʃɚ] n. ① 優待券, 禮券: This **voucher** provides you free parking for six months. 用這張優待券你可以免費停車6個月. ② 收據.

複數 **vouchers**

vouchsafe [vautʃˋsef] v. 給與, 賜與: I can't believe you've **vouchsafed** me this information. 我真不敢相信你給了我這項情報.

活用 v. **vouchsafes, vouchsafed, vouchsafed, vouchsafing**

***vow** [vau] v. ① 發誓, 立誓.

──n. ② 誓言,（對神立下的）誓約.

範例 ① The soldier **vowed** that he would do everything ordered by his superiors. 那名士兵立誓執行上級的命令.

He **vowed** never to do such a thing again. 他發誓再也不做那種事.

② We all took a **vow** of silence on the matter. 我們全都發誓對那件事守口如瓶.

The wife made a **vow** never to separate from her husband. 老婆誓言絕不與丈夫分開.

活用 v. **vows, vowed, vowed, vowing**

複數 **vows**

vowel [ˋvauəl] n. 元音.

➡ 充電小站 (p. 1447)

複數 **vowels**

***voyage** [ˋvɔɪɪdʒ] n. ① 航海,（特指長途的）航行. ② 太空旅行. ③ [~s] 航海記, 遊記《通常作為書名》.

──v. ④《正式》航海,（海上）旅行.

充電小站

元音 (vowels) 與輔音 (consonants)

【Q】英語的發音有所謂「元音」和「輔音」，它們有何區別呢?

【A】英語的「元音」和「輔音」分別如下:

A. 短元音
(1) sit　　　的 i 所表示的 [ɪ] 音
(2) pen　　　的 e 所表示的 [ɛ] 音
(3) hat　　　的 a 所表示的 [æ] 音
(4) not　　　的 o 所表示的 [ɑ] 音
(5) sun　　　的 u 所表示的 [ʌ] 音
(6) book　　　的 oo 所表示的 [ʊ] 音

B. 長元音
(7) meet　　　的 ee 所表示的 [i] 音
(8) father　　　的 a 所表示的 [ɑ] 音
(9) car　　　的 ar 所表示的 [ɑr] 音
(10) Paul　　　的 au 所表示的 [ɔ] 音
(11) born　　　的 or 所表示的 [ɔr] 音
(12) moon　　　的 oo 所表示的 [u] 音
(13) bird　　　的 ir 所表示的 [ɝ] 音

C. 從一個元音平滑地向另一個元音變化的 (長) 元音
(14) rain　　　的 ai 所表示的 [e] 音
(15) bike　　　的 i-e 所表示的 [aɪ] 音
(16) oil　　　的 oi 所表示的 [ɔɪ] 音
(17) south　　　的 ou 所表示的 [aʊ] 音
(18) home　　　的 o-e 所表示的 [o] 音
(19) near　　　的 ear 所表示的 [ɪr] 音
(20) hair　　　的 air 所表示的 [ɛr] 音
(21) poor　　　的 oor 所表示的 [ʊr] 音

D. 發音非常弱的 (短) 元音
(22) about　　　的 a 所表示的 [ə] 音
(23) teacher　　　的 er 所表示的 [ɚ] 音
(24) tennis　　　的 i 所表示的 [ɪ] 音
以下是輔音:

E. 塞音
(1) pen　　　的 p 所表示的 [p] 音
(2) book　　　的 b 所表示的 [b] 音
(3) ten　　　的 t 所表示的 [t] 音
(4) desk　　　的 d 所表示的 [d] 音
(5) king　　　的 k 所表示的 [k] 音

F. 摩擦音
(6) fine　　　的 f 所表示的 [f] 音
(7) very　　　的 v 所表示的 [v] 音
(8) think　　　的 th 所表示的 [θ] 音
(9) this　　　的 th 所表示的 [ð] 音
(10) sun　　　的 s 所表示的 [s] 音
(11) zoo　　　的 z 所表示的 [z] 音
(12) shop　　　的 sh 所表示的 [ʃ] 音
　　nation　　　的 ti 所表示的 [ʃ] 音
(13) pleasure　　　s(ure) 所表示的 [ʒ] 音
(14) home　　　的 h 所表示的 [h] 音

G. 塞擦音
(15) chair　　　的 ch 所表示的 [tʃ] 音
(16) jet　　　的 j 所表示的 [dʒ] 音
(17) cats　　　的 ts 所表示的 [-tz] 音
(18) hands　　　的 ds 所表示的 [-ds] 音
(19) train　　　的 tr 所表示的 [tr-] 音
(20) drink　　　的 dr 所表示的 [dr-] 音

H. 鼻音
(21) milk　　　的 m 所表示的 [m] 音
(22) nine　　　的 n 所表示的 [n] 音
(23) king　　　的 ng 所表示的 [ŋ] 音

I. 邊音
(24) little　　　的 l 所表示的 [l] 音

J. 半元音
(25) yes　　　的 y 所表示的 [j] 音
(26) went　　　的 w 所表示的 [w] 音

V

範例 ① Jack made a **voyage** around the world. 傑克航海環遊世界.
② a **voyage** to the moon 月球之旅.
複數 **voyages**
活用 v. **voyages, voyaged, voyaged, voyaging**

voyager [ˋvɔɪ·ɪdʒɚ] n. 航海者, 海上旅行者.
複數 **voyagers**

vs./vs [ˋvɝ·səs] 《縮略》=versus (～對～)《亦作 v., v》.

VTR [ˋvi͵tiˋɑr] 《縮略》=videotape recorder (錄放影機).
複數 **VTRs/VTR's**

*__vulgar__ [ˋvʌlɡɚ] adj. 粗俗的, 低級的, 下流的; 通俗的, 大眾的.
範例 **vulgar** entertainment 大眾娛樂.
　　Patty showed up in **vulgar** clothing, shaming her family. 佩蒂穿著品味俗氣的服裝露面, 使家人蒙羞.
活用 adj. **more vulgar, most vulgar**

vulgarity [vʌlˋɡærətɪ] n. ① 下流, 低俗; 沒品味. ② 下流話, 粗俗行為.
複數 **vulgarities**

vulgarly [ˋvʌlɡɚ·lɪ] adv. 通俗地; 低俗地, 下流地.
活用 adv. **more vulgarly, most vulgarly**

vulnerability [͵vʌlnərəˋbɪlətɪ] n. 《正式》容易受傷, 脆弱.
複數 **vulnerabilities**

vulnerable [ˋvʌlnərəbḷ] adj. (身心) 容易受傷害的, 脆弱的; 無防備的, 易受攻擊的.
範例 She looks very **vulnerable**. 她看起來非常脆弱.
　　He was **vulnerable** to carnal pleasure. 他耽於肉體的快樂.
活用 adj. **more vulnerable, most vulnerable**

vulture [ˋvʌltʃɚ] n. ①

[vulture]

禿鷹, 兀鷹. ② 生性貪婪殘暴的人.

複數 **vultures**

參考 原指「兀鷹」、「食死屍的鳥」, 現借喻為 「(像兀鷹般) 貪得無厭的人; 掠奪或壓榨他人者」.

vying [ˈvaɪɪŋ] *v.* vie 的現在分詞.

V

W W w

簡介字母 W 語音與語義之對應性

/w/ 在發音語音學上列為濁聲雙唇或軟顎滑音 (voiced bilabial or velar glide). 發 [w] 音時, 雙唇成圓唇狀, 振動聲帶, 舌頭保持發 [u] 音時的前後位置, 然後把舌位往上抬高一些, 但不要與上顎發生摩擦, 便可以產生 [w] 音. 由於 /w/ 的發音部位較不確定, 有的語音學家認為發音部位在雙唇, 有的認為是在軟顎, 代表著這個語音的發音部位是在移動, 而非穩定的.

(1) 本義表示「不穩定、搖擺的動作」(unsteady, to-and-fro motion):

wade v. (在河、溪等) 涉水而行
waddle v. (似鴨、鵝般) 蹣跚而行
waft v. (香味、樂音、煙等) 飄送
wag v. 搖動 (尾巴等)
waggle v. 搖擺
wander v. 徘徊, 流浪
warp v. 使 (木板等) 彎翹, 使彎曲
welter v. (海浪等) 翻滾
wigwag v. 來回搖擺, 揮動

waver v. 搖擺; 猶豫不決
weave v. 織 (布等), 編 (籃子等); 曲折前進
weary v. 感到疲倦, 疲勞 (古英語其義為 "wander")
wind v. (道路、河流等) 彎曲, 蜿蜒
wiggle v. (身體、手腳等) 抽動, 移動
wobble v. (桌子、走路等) 搖晃; (情緒等) 動搖; (聲音等) 顫動

(2) 人若情緒不定, 一舉一動搖搖晃晃, 難免被視為怪異 (weird), 因此衍生出「怪異」之引申義:

witch n. 巫婆
wizard n. 男巫師
warlock n. 魔法師
wonder v. (自然界等的) 奇觀; 奇蹟
weird adj. 怪異的
wicked adj. 邪惡的, (存心) 不良的
wild adj. 野生的; 狂暴的; 任性的
wanton adj. 放肆的; 淫蕩的

W (縮略) =① watt, watts (瓦特). ② west, western (西方; 西方的).

wad [wɑd] n. 束, 團, 疊 (通常指棉花、紙等柔軟物).
範例 a **wad** of bills 一疊鈔票.
a **wad** of chewing gum 一小塊口香糖.
複數 **wads**

waddle [`wɑdl] v. ① 搖擺而行, 蹣跚而行:
Some penguins **waddled** up to the tourists for food. 那幾隻企鵝搖搖擺擺地走向觀光客要東西吃.
—n. ② 步履蹣跚.
活用 v. **waddles, waddled, waddled, waddling**

*wade [wed] v. 涉過, 蹚過 (小心越過河流、泥沼等處而不摔倒): We must **wade** across the stream. 我們必須涉水過那條河流.
片語 **wade in** (口語) 干涉, 強行介入: It wasn't your affair, but you **waded in** with your opinion. 那件事與你無關, 你卻要以自己的看法強行介入.
wade through 費力地讀; 辛苦地處理: The thought of **wading through** that boring report disgusts me. 一想到要處理那份無聊的報告, 我就感到厭煩.
活用 v. **wades, waded, waded, wading**

wafer [`wefɚ] n. ① 薄餅 (一種薄而脆的點心, 常與冰淇淋 (ice cream) 一起食用). ② 聖餅 《天主教儀式中, 聖餐時食用的圓形薄麵包》.
複數 **wafers**

waffle [`wɑfl] n. 鬆餅 (將牛奶、雞蛋、麵粉混合烘烤成有方格凸紋的糕點).
複數 **waffles**

*waft [wæft] v. (正式) 飄動, (使) 飄浮.
範例 The odor of garlic **wafted** up from the kitchen. 大蒜的氣味從廚房飄來.
The breeze **wafted** the scent of the roses to us. 玫瑰花的香氣隨微風飄向我們.
發音 亦作 [wɑft].
活用 v. **wafts, wafted, wafted, wafting**

*wag [wæg] v. ① 擺動 (身體的某部分), 搖擺.
—n. ② 搖擺. ③ 愛說俏皮話的人, 幽默風趣的人.
範例 ① The dog **wagged** its tail. 那隻狗搖著尾巴.
Your brother loves to **wag** his tongue. 你的哥哥非常喜歡閒聊.
② Scooper and Taffy greeted me with a **wag** of their tails. 司庫柏和泰菲搖著尾巴迎接我. 《Scooper 與 Taffy 兩者皆為狗的名字》
活用 v. **wags, wagged, wagged, wagging**
複數 **wags**

*wage [wedʒ] n. ① 工資 (多以週為單位發放). ② (~s, 作單數) 報應.
—v. ③ 進行, 展開 (戰爭、運動等).
範例 ① **Wages** are paid on Thursdays. 工資每週四發放.

W

What's the average **wage** in Taiwan? 臺灣的平均工資是多少?

② The possible **wages** of smoking is lung cancer. 罹患肺癌可能是吸菸所必須付出的代價.

③ The president pledged to **wage** war on drugs. 那位總統宣誓對毒品開戰.

[複數] **wages**

[活用] v. **wages**, **waged**, **waged**, **waging**

wager [ˋwedʒɚ] n. ① 打賭, 賭注.

——v. ② 打賭, 賭博.

[範例] ① We made a **wager** that he would win. 我們打賭他會贏.

Their **wager** was fifty dollars. 他們的賭注是50美元.

② I'll **wager** ten dollars that he will come. 我賭10美元他會來.

[複數] **wagers**

[活用] v. **wagers**, **wagered**, **wagered**, **wagering**

waggle [ˋwægl] v. 搖擺, 擺動.

[活用] v. **waggles**, **waggled**, **waggled**, **waggling**

*__wagon/waggon__

[ˋwægən] n. ① 載貨馬車, [英] 貨車. ② 手推車, 手推餐車. ③ [美] 旅行車.

[wagon]

[範例] ① They attacked the **wagon** and set it on fire. 他們襲擊那輛載貨馬車, 而且還放火燒了它.

② a dessert **wagon** 裝有甜點和水果的手推餐車.

[片語] **on the wagon** 戒酒的: My father has been **on the wagon** for six months. 我父親戒酒已有6個月.

off the wagon 放棄戒酒的: After his wife's death, he came **off the wagon**. 自從他的太太去世後, 他又喝起酒來了.

[複數] **wagons/waggons**

*__wail__ [wel] v. ① 痛哭, 嚎啕大哭, 悲鳴, 嗚咽.

——n. ② 痛哭聲, 哭嚎聲, 悲傷.

[範例] ① The little boy **wailed** with pain. 那個小男孩痛得放聲大哭.

Peter **wailed** over the death of his mother. 彼得為母親的去世而痛哭.

The wind **wailed** through the trees. 風聲嗚咽地穿過樹林.

② They could hear the **wail** of a baby. 他們可以聽到嬰兒的哭嚎聲.

[活用] v. **wails**, **wailed**, **wailed**, **wailing**

[複數] **wails**

*__waist__ [west] n. ① 腰, 腰部, 腰圍 (軀幹的細窄部分). ② 細窄部分; 中間部分.

[範例] ① This skirt is too big round the **waist**. 這條裙子的腰圍太大.

What is the size of your **waist**? 你的腰圍是多少?

[複數] **waists**

waistcoat [ˋwestˏkot] n. [英] 西裝背心 ([美] vest).

[複數] **waistcoats**

waistline [ˋwestˏlaɪn] n. 腰圍, 腰圍線: Your **waistline** is expanding. 你的腰圍愈來愈粗了.

[複數] **waistlines**

**wait [wet] v. ① 等候, 等待. ② 延遲, 使延緩. ③ 當服務生, 接待客人.

——n. ④ 等候的時間, 等待.

[範例] ① **Wait** a minute. 等一下.

Please **wait** until my mother comes back. 請等我母親回來.

John **waited** patiently for her in the rain. 約翰在雨中耐心地等候她.

I'm sorry to have kept you **waiting** so long. 讓你久等了, 對不起.

We **waited** in line for hours. 我們排隊等了好幾個小時.

I can't **wait** for Christmas vacation. 我十分盼望聖誕節假期的到來.

All the students were **waiting** for their new teacher to enter the classroom. 學生們都在等候新老師進教室.

We were **waiting** to see her. 我們等著要見她.

Time and tide **wait** for no man. 《諺語》歲月不待人.

We'd better **wait** and see. 我們最好靜觀其變.

Your breakfast is **waiting**. 你的早餐準備好了.

Hurry up! The taxi's **waiting** outside. 快點! 計程車在外面等著呢.

② You should do that right now—it can't **wait**. 你現在馬上就去做, 那件事可不能耽擱.

The press conference will have to **wait** until next week. 記者會恐怕必須要延遲到下週.

If you go to the party, we won't **wait** dinner for you. 如果你要去參加那個晚會的話, 我們就不等你吃晚飯了.

③ My boyfriend **waits** on tables in this restaurant./My boyfriend **waits** tables in this restaurant./[英] My boyfriend **waits** at tables in this restaurant. 我的男朋友在這家餐廳當服務生.

④ Because of the heavy rain, passengers at CKS International Airport faced a **wait** of two hours. 因為下大雨, 乘客在中正國際機場等了兩個小時.

[片語] **I can't wait**. 迫不及待, 盼望已久. (⇨ [範例] ①)

[英] **wait about/wait around** 專心等待, 長久地等待.

wait and see 觀察情況, 靜觀事情的發展 《不輕率行動》. (⇨ [範例] ①)

wait behind 單獨留下來等.

wait for it ① 〖英〗等一等，聽著《用於命令句》．② 〖口語〗〖英〗等著瞧．
wait in 〖英〗在家等候．
wait on/wait upon ① 當服務生；服侍，接待（客人）．(⇨ 〖範例〗③) ② 靜候（結果或事情的發生）．
wait out 一直等到～結束．
wait ~'s turn 等候輪到．
wait up ① 不眠地等待．② 停下來稍等《讓其他人趕上來》．
What are you waiting for? 你磨蹭甚麼？
〖活用〗*v.* **waits, waited, waited, waiting**
waiter [`wetɚ] *n.* (飯店等的)侍者，男服務生．
〖複數〗**waiters**
waiting [`wetɪŋ] *n.* 等候: No **Waiting**. 禁止臨時停車．《〖英〗交通標誌用語；〖美〗No Standing.》
♦ **wáiting gàme** 伺機而動的戰術．
wáiting list 等候者名單．
wáiting ròom (醫院的)候診室；(車站的)候車室．
waitress [`wetrɪs] *n.* (飯店等的)女侍者，女服務生．
〖複數〗**waitresses**
***wake** [wek] *v.* ① 醒來，睡醒，醒著，喚醒，(使)醒悟．
——*n.* ② 守靈．③ (物體)通過時所留下的痕跡．
〖範例〗① I **woke** up at eight this morning. 我今天早晨8點鐘醒來．
The detective **woke** up alone. 那個警探獨自一個人醒著．
Wake me up at six. 請在6點鐘的時候叫醒我．
This car accident **woke** Paul up to his drinking problem. 這次的交通事故使得保羅注意到自己飲酒的問題．
③ Our rowboat capsized in the speedboat's **wake**. 我們的小船因為划入那艘快艇的航線而翻船．
Financial ruin came in the **wake** of listening to bad advice. 因為聽從錯誤的建議而導致財政崩潰．
♦ **wáke-up càll** 喚醒電話《飯店中喚醒客人用的電話，不同於僅限於早晨喚醒客人起床的 morning call》．
〖活用〗 *v.* **wakes, woke, woken, waking/wakes, waked, waked, waking**
〖複數〗**wakes**
wakeful [`wekfəl] *adj.* 醒著的，未睡的，難以入眠的．
〖範例〗The boys are **wakeful** tonight. 那些男孩們今晚都醒著．
We spent a **wakeful** night. 我們度過了一個難以入眠的夜晚．
〖活用〗*adj.* **more wakeful, most wakeful**
waken [`wekən] *v.* 〖正式〗(使)醒來．
〖範例〗I was **wakened** by an earthquake. 我因為地震而醒來．

The man **wakened** to the smell of gas. 那個男子因為聞到瓦斯味而醒來．
〖活用〗 *v.* **wakens, wakened, wakened, wakening**
waking [`wekɪŋ] *adj.* 〔只用於名詞前〕醒著的，清醒的: He spends every **waking** minute thinking about her. 他醒著的時候，每分每秒都在想著她．
Wales [welz] *n.* 威爾斯《大不列顛島西南部的地區》．
***walk** [wɔk] *v.* ① 行走，走路，步行，(使)散步．② 步行帶走，推著走，推著搬運．③ (棒球中因投手投4壞球而)保送上壘．
——*n.* ④ 步行，走；走路方式；散步．⑤ 人行道，供散步的道路．⑥ 保送上壘．
〖範例〗① This baby cannot **walk** yet. 這個嬰兒還不會走路．
Walk. Don't run. 用走的，別跑．
The students **walked** four kilometers. 那些學生步行了4公里．
Our son usually **walks** to school. 我們的兒子平常走路上學．
The kids **walked** the neighborhood in their new clothes and pierced ears. 那些身穿新衣服、穿耳洞的小孩在附近走動．
John **walked** away with honors. 約翰輕而易舉地取得優等成績．
Mary **walks** all over her husband. 瑪麗欺侮她老公．
I **walked** the dog around. 我帶著狗四處蹓躂．
② The policeman **walked** the thief away. 警察帶走那個小偷．
The student **walked** his bicycle up the slope. 那個學生推著自行車走上斜坡．
④ It's only five minutes' **walk** from here to the department store. 從這裡到百貨公司步行僅需5分鐘．
The doctor went out for a **walk**. 醫生出去散步了．
〖片語〗***walk away*** ① 匆忙逃跑，掉頭而去．② 從容地向前走去，遙遙領先，輕易地擊敗．(⇨ 〖範例〗①) ③ (在事故中)毫髮無傷地脫險．
walk into ① (走路時)不小心碰上，走進，陷入．② 輕鬆上任，輕而易舉獲取(職務)．
walk off ① 突然離去．② 輕易地獲勝．③ 以散步消除．
walk of life 職業，階級，身分: The party was attended by people from all **walks of life**. 各行各業的人都出席了那場晚會．
walk on air 興高采烈．
walk out ① 離去，出去，退出．② 進行罷工《離開工作場所》．③ 領出．
walk over 輕易地擊敗；欺侮．(⇨ 〖範例〗①)
♦ **wálk-ìn** ① 空間足夠人行走的，可走入的，未經預約可進入的．② 可直接進入的大樓．
wálk-ùp 無電梯的大樓．
〖活用〗*v.* **walks, walked, walked, walking**
〖複數〗**walks**

W

walkaway [`wɔkə,we] *n.* 輕鬆獲勝，輕易贏得的比賽．
[複數] **walkaways**

walker [`wɔkɚ] *n.* ① 行人，步行者． ② 走路的輔助器．
[複數] **walkers**

walking [`wɔkɪŋ] *adj.* ① 步行的，行進中的；活的． ② 步行用的，散步用的．
[範例] ① Your brother is a **walking** dictionary. 你哥哥是一本活字典．
② I bought a pair of **walking** shoes. 我買了一雙散步用的鞋子．

walkout [`wɔk,aʊt] *n.* ① 罷工． ② 退場．
[複數] **walkouts**

walkover [`wɔk,ovɚ] *n.* ① 輕鬆獲勝． ② 不戰而勝．
[複數] **walkovers**

**wall [wɔl] *n.* ① 牆，牆壁． ② 圍牆，城牆，屏障，防護牆．
——*v.* ③ 用牆圍住，把～圍起來．
[範例] ① Hang the picture on the **wall**. 把這幅畫掛到牆上．
Walls have ears. 《諺語》隔牆有耳．
Lee is banging his head against a **wall**. 李正試圖做不可能的事．
They were surrounded by a **wall** of fire. 他們被火牆包圍了．
② A stone **wall** was built around the town. 那個城鎮四周築有石牆．
a sea **wall** 防波堤．
③ I visited an old **walled** town in Spain. 我在西班牙參觀了一座以城牆圍起來的古城．
[片語] **go to the wall** ① 破產，倒閉． ② 輸掉，失敗．
to the wall 走投無路的．
up the wall 憤怒的，瘋狂的．
◆ **Wàll Strèet** 華爾街《位於美國紐約的金融中心》．
wàll-to-wáll ① 鋪滿整個地板的． ② 充滿整個空間的，到處都有的，接連不斷的．
[複數] **walls**
[活用] *v.* **walls, walled, walled, walling**

wallaby [`wɑləbɪ] *n.* 沙袋鼠《一種袋鼠科的小型動物》．
[複數] **wallabies**

*wallet [`wɑlɪt] *n.* 錢包《放紙幣用的皮夾，多為皮革製成可摺疊的形狀； 也可以放硬幣的稱作 purse 或 coin purse》．
[複數] **wallets**

[wallet]

wallop [`wɑləp] *v.* ① 痛毆，猛擊，擊潰，打敗．
——*n.* ② 重擊，猛擊．
[活用] *v.* **wallops, walloped, walloped, walloping**
[複數] **wallops**

wallow [`wɑlo] *v.* ① 打滾． ② 沉溺《於歡樂等》． ③《船在波浪中》顛簸．
——*n.* ④ 翻滾，打滾． ⑤《動物喜歡》打滾的地方． ⑥ 墮落．
[範例] ① Three boys are **wallowing** in the mud. 3 個男孩在泥沼中打滾．
② Do not **wallow** in self-pity. 別自艾自憐．
③ The little boats **wallowed** in rough seas. 那些小船在波濤洶湧的大海中顛簸．
[活用] *v.* **wallows, wallowed, wallowed, wallowing**
[複數] **wallows**

wallpaper [`wɔl,pepɚ] *n.* ① 壁紙．
——*v.* ② 貼壁紙．
[範例] ① My wife chose floral **wallpaper** for the living room. 我太太為客廳選擇了花卉圖案的壁紙．
② We **wallpapered** the living room. 我們把客廳貼上了壁紙．
[複數] **wallpapers**
[活用] *v.* **wallpapers, wallpapered, wallpapered, wallpapering**

walnut [`wɔlnət] *n.* ① 核桃；核桃樹． ② 胡桃木． ③ 胡桃色．
[複數] **walnuts**

walrus [`wɔlrəs] *n.* 海象．
[複數] **walrus/walruses**

waltz [wɔlts] *n.* ① 華爾滋《兩人一組跳的3/4拍的舞蹈》，華爾滋舞曲，圓舞曲．
——*v.* ② 跳華爾滋． ③ 輕快地走．
[範例] ① We danced a **waltz** last night. 我們昨晚跳了一曲華爾滋．
The orchestra played a Viennese **waltz**. 那支管弦樂隊演奏了一首維也納圓舞曲．
② The dancers were **waltzing** around the room. 那些舞者在房間裡跳著華爾滋．
③ Tom **waltzed** out of the room. 湯姆輕快地走出房間．
[複數] **waltzes**
[活用] *v.* **waltzes, waltzed, waltzed, waltzing**

wan [wɑn] *adj.*《正式》無力的，蒼白的，無血色的： a **wan** smile 無力的微笑．
[活用] *adj.* **wanner, wannest**

wand [wɑnd] *n.* 魔棒，魔杖，短杖： The fairy waved her **wand**, and the pumpkin turned into a coach. 那個仙女魔杖一揮，就把南瓜變成馬車．
[複數] **wands**

*wander [`wɑndɚ] *v.* ① 徘徊，徬徨，流浪；混亂；迷路 (off)；脫離《主題》． ② 蜿蜒地延伸．
——*n.* ③ 徘徊，徬徨．
[範例] ① The mother **wandered** about the streets looking for her child. 那位母親在街上徘徊，尋找自己的孩子．
The children **wandered** about in the forest. 那些孩子在森林中漫步．
The climbers **wandered** off in the mountains. 那些登山客在山中迷路了．

My teacher **wandered** from the subject. 我的老師脫離了正題.

His mind began to **wander**. 他的精神開始錯亂了.

活用 v. **wanders**, **wandered**, **wandered**, **wandering**

wanderer [`wandərə] n. 徬徨者，流浪者.

複數 **wanderers**

wanderings [`wandrɪŋz] n. 〔作複數〕漂泊之旅，流浪.

***wane** [wen] v. ① 衰落，減弱，變小；(月亮) 虧缺.

——n. ② 衰退，減退；(月亮的) 虧缺.

範例 ① The empire **waned** in influence. 那個帝國的影響力減退了.

The moon waxes and **wanes** every month. 月亮每個月都盈虧交替.

② Sales of that product were on the **wane**. 那項產品的銷售額開始下滑.

片語 **on the wane** 在衰退中. (⇨ 範例 ②)

☞ ↔ wax

活用 v. **wanes**, **waned**, **waned**, **waning**

wangle [`wæŋgl] v. 《口語》巧妙地說服~做，花言巧語地騙到: I'll try to **wangle** one or two days off. 我試著想辦法弄一、兩天假.

活用 v. **wangles**, **wangled**, **wangled**, **wangling**

****want** [wɑnt] v. ① 想要，期望. ② 需要，缺少.

——n. ③ 需要，缺少. ④ 窮困，貧乏.

範例 ① The baby **wants** some milk. 那個嬰兒想要喝牛奶.

Jane **wanted** to be a teacher. 珍曾經想當老師.

He **wanted** her to be a good mother. 他期望她成為一個好母親.

I **want** you to come here again. 我想請你再來一趟.

What do you **want**? 你有甚麼事?

I don't **want** anything. 我甚麼也不想要.

This is exactly what I **wanted**. 這正是我想要的.

Do you **want** your steak well-done? 你想要全熟的牛排嗎?

You are **wanted** on our team. 你是我們隊上所需要的人.

Secretary **Wanted**. 招聘祕書.《徵人啟事；A secretary is wanted by us. 的縮略》

② This flower **wants** water. 這朵花需要澆水.

This CD player **wants** repairing. 這臺 CD 音響需要修理.

片語 **for want of** 因為缺少: For want of fresh water he had to walk five miles to a mountain stream. 因為缺少淡水，他必須步行5哩到山中的小溪取水.

in want of 需要.

want for 感到缺少.

參考 範例 ① I want you to come here again. 僅可用於對晚輩或下級；但若對象是長輩、上

級或關係不親密的人，這麼說是很失禮的. 最好改用 would like，說成 I would like you to come here again. (想請你再到這裡來一趟.)

♦ **wánt àd** 徵人啟事《求才的招聘廣告》.

活用 v. **wants**, **wanted**, **wanted**, **wanting**

複數 **wants**

wanting [`wɑntɪŋ] adj. 〔不用於名詞前〕缺少的.

活用 adj. **more wanting**, **most wanting**

***wanton** [`wɑntən] adj. ① 不當的，蠻橫無理的. ② 不貞的，淫亂的. ③ 任性的，為所欲為的.

範例 ① a **wanton** attack 不當的攻擊.

wanton pillaging 蠻橫的掠奪行為.

② a **wanton** look 淫蕩的眼神《具有調戲意味》.

John's wife was a lazy and **wanton** woman. 約翰的妻子是一個既懶惰又不貞潔的女人.

③ **wanton** behavior 任性的行為.

活用 adj. **more wanton**, **most wanton**

****war** [wɔr] n. ① 戰爭，抗爭.

——v. ② 發動戰爭，抗爭.

範例 ① The two nations have been at **war** for more than 10 years. 那兩個國家處於戰爭狀態已有10多年.

A **war** broke out between Iraq and Iran. 伊拉克和伊朗之間爆發了戰爭.

war and peace 戰爭與和平.

We lost the **war**. 我們戰敗了.

Scientists are carrying on a **war** against the disease. 科學家們繼續對抗那種疾病.

a **war** of words 打筆仗；口水戰《文字、語言上的對抗》.

a **war** of nerves 神經戰，心理戰.

♦ **wár bònnet** 戰盔《美洲印第安戰士所戴的羽毛帽子》.

the Wàr of Indepéndence (美國的) 獨立戰爭.

➡ 充電小站 (p. 1455), (p. 1457)

複數 **wars**

活用 v. **wars**, **warred**, **warred**, **warring**

warble [`wɔrbl] v. ① 鳴囀，以顫音唱歌: Some birds were **warbling** in the trees. 樹上有一些鳥在鳴叫.

——n. ② 鳴囀聲.

[war bonnet]

活用 v. **warbles**, **warbled**, **warbled**, **warbling**

warbler [`wɔrblə] n. 鳴囀的鳥，鳴禽《黃鶯、夜鶯等》.

複數 **warblers**

***ward** [wɔrd] n. ① 病房，病室《收容相同疾病的患者》；(監獄的) 牢房. ② 區，選區. ③ 被監護人，被保護人《監護人作 guardian》.

——v. ④ 躲開，避開 (off).

範例 ① a children's **ward** 兒童病房.

④ He wore garlic around his neck to **ward** off vampires. 他為了避免吸血鬼的攻擊而在脖

子上掛著一圈大蒜.
Good eating habits could **ward** off disease later in life. 正確的飲食習慣可避免日後的疾病.
複數 **wards**
活用 v. **wards, warded, warded, warding**
-ward *suff.* 朝～方向《構成形容詞、副詞》: home**ward** 往家的方向; back**ward** 朝後方; north**ward** 朝北方.
warden [`wɔrdn] *n.* 管理人, 看守人.
範例 a prison **warden** 典獄長.
My uncle is a **warden** at a youth hostel. 我的叔叔是青年旅館的管理人.
複數 **wardens**
wardrobe [`wɔrd,rob] *n.* ① 衣櫥. ② 服裝, 個人或劇團所擁有的全部服裝.
範例 ① I put my clothes in the **wardrobe**. 我把衣服收到衣櫥裡.
② She needs a new summer **wardrobe**. 她需要一件新的夏裝.
複數 **wardrobes**
-wards *suff.* 朝～方向《構成形容詞、副詞, 亦作 -ward》.
***ware** [wɛr] *n.* ① 商品, 貨物.
——*suff.* ② 特定種類的產品: table**ware** 餐具.
複數 **wares**
***warehouse** [`wɛr,haʊs] *n.* 倉庫《用來放置貨品》.
發音 複數形 warehouses [`wɛr,haʊzɪz].
***warfare** [`wɔr,fɛr] *n.* 戰爭, 戰鬥, 戰爭狀態: air **warfare** 空中戰鬥.
warhead [`wɔr,hɛd] *n.* (導彈、炸彈、魚雷等的)彈頭: a nuclear **warhead** 核子彈頭.
複數 **warheads**
warily [`wɛrəlɪ] *adv.* 小心地, 懷有戒心地: John eyed the woman **warily**. 約翰小心地看著那名女子.
活用 adv. **more warily, most warily**
warlike [`wɔr,laɪk] *adj.* ① 有敵意的, 好戰的. ② 戰爭的, 軍事的: **warlike** actions 軍事行動.
活用 adj. ① **more warlike, most warlike**
***warm** [wɔrm] *adj.*

原義	層面	釋義	範例
溫暖的	溫度	溫暖的, 暖和的	①
	心靈	熱誠的, 熱情的	②
	高漲的情感	熱烈的, 興奮的	③
	探索時產生的狀態	快要接近的, 接近正確答案	④

——*v.* ⑤ 加熱, (使)暖和, (使)溫暖. ⑥ 變得熱情, 產生好感, 活躍起來, 使興奮.

——*n.* ⑦ 加熱, 暖和, 溫暖. ⑧〔the ~〕暖和的地方.
範例 ① It was **warm**, but not hot, in the morning. 上午天氣暖和, 但並不熱.
Florida is much **warmer** than Connecticut. 佛羅里達比康乃狄克州溫暖得多.
These are the **warmest** gloves in the house. 這是家裡最暖和的手套.
Is brown a **warm** color like red and orange? 棕色像紅色和橘色那樣屬於暖色系嗎?
② He has a **warm** heart. 他有一副熱心腸.
They gave me a **warm** welcome. 他們熱情地歡迎我.
③ They grew **warmer** over the debate. 他們討論得愈來愈熱烈.
④ "Guess what her job is." "She's a dancer." "No, but you're **warm**." 「你猜她是做甚麼工作的?」「是舞者吧.」「並不是, 但答案很接近了.」
⑤ **Warm** yourself by the fire. 烤烤火取暖吧.
Mom's **warming** up the chili. 媽媽正把辣椒炒碎牛肉溫熱一下.
The sight of smiling children **warmed** his heart. 他看到孩子們微笑, 心裡溫暖了起來.
⑥ He began to **warm** up half way through the first page of his speech. 他從演講稿的第一頁中途就開始激動起來.
All the students in my class **warmed** to the new AET, Mary Smith. 我班上的學生都開始喜歡新的英語助教瑪麗‧史密斯.《AET 為 assistant English teacher (助理英語教師) 的縮略》
She **warmed** up to her new neighbor. 她對新鄰居表示友善.
⑧ Come into the **warm** of my home. 請進來我溫暖的家.
片語 **warm over** ① 重新加熱 (已冷的飯菜)《亦作 warm up》. ② 舊事重提, 炒冷飯.
warm to ~/warm towards ~ 對～變得熱情, 對～產生好感. (⇨ 範例 ⑥)
warm up ① 做熱身運動, 做準備活動. (使)暖和起來, (使)熱起來. (⇨ 範例 ⑤) ③ 重新加熱 (已冷的飯菜, 亦作 warm over). ④ 興奮起來, (使)活躍起來. (⇨ 範例 ⑥)
活用 adj. **warmer, warmest**
活用 v. **warms, warmed, warmed, warming**
warm-blooded [`wɔrm`blʌdɪd] *adj.* 溫血的《指某些動物的體溫固定, 不隨外界氣溫變化》; ☞ cold-blooded (冷血 的)》: **warm-blooded** animals 恆溫動物《如鳥類及哺乳類動物》.
warm-hearted [`wɔrm`hɑrtɪd] *adj.* 熱心的, 有同情心的; 友善的.
活用 adj. **more warm-hearted, most warm-hearted**
warmly [`wɔrmlɪ] *adv.* ① 暖和地, 溫暖地, 衷心地. ② 熱情地, 激動地.
範例 ① Billy was wrapped up **warmly** in a quilt.

戰爭、紛爭年表 (1)

年	英文名	中文名	關係國
586 B.C.	the Babylonian Captivity (-538 B.C.)	巴比倫囚虜	猶太
490	the Battle of Marathon	馬拉松戰役	希臘、波斯
480	the Battle of Salamis	薩拉米海戰	雅典、波斯
431	the Peloponnesian War (-404 B.C.)	伯羅奔尼撒戰爭	雅典、斯巴達
403	the Period of the Warring States (-221 B.C.)	戰國時期	中國
264	the First Punic War (-241 B.C.)	第一次布匿戰爭	羅馬、迦太基
73	the Slave Revolt of Spartacus	斯巴達奴隸起義	羅馬
31	the Battle at Actium	阿克提莫海戰	羅馬、埃及
755 A.D.	the Revolt of An Lushan	安史之亂	中國
1066	the Norman Conquest	諾曼征服	英國
1096	the Crusades (-1291)	十字軍	歐洲
1215	Genghis Khan occupied Beijing.	成吉思汗占領北京	蒙古、中國
1294	the Hundred Years' War (-1453)	百年戰爭	英國、法國
1358	the Jacquerie	扎克雷起義	法國
1381	the Peasants' Revolt	瓦特・太拉農民起義	英國
1402	the Battle of Ankara	安卡拉之戰	帖木兒、土耳其
1455	the Wars of the Roses (-1485)	薔薇戰爭	英國
1494	the Italian Wars (-1559)	義大利戰爭	法國、西班牙、德國
1524	the Peasants' War (-1526)	農民戰爭	德國
1562	the French Wars of Religion (-1598)	宗教戰爭	法國
1571	the Battle of Lepanto	雷潘托海戰	西班牙、土耳其
1572	the Saint Bartholomew's Day Massacre	聖巴托羅繆慘案	法國
1588	the defeat of the Spanish Armada	西班牙無敵艦隊戰敗	西班牙、英國
1618	the Thirty Years' War (-1648)	三十年戰爭	德國
1642	the Puritan Revolution	清教徒革命	英國
1652	the First Anglo-Dutch War (-1654)	第一次英荷戰爭	英國、荷蘭
1665	the Second Anglo-Dutch War (-1667)	第二次英荷戰爭	英國、荷蘭
1672	the Third Anglo-Dutch War (-1674)	第三次英荷戰爭	英國、荷蘭
1688	the Glorious Revolution	光榮革命	英國
1700	the Great Northern War (-1721)	北方戰爭	北歐
1701	the War of the Spanish Succession (-1714)	西班牙繼承權戰爭	西班牙
1740	the War of the Austrian Succession (-1748)	奧地利繼承權戰爭	奧地利
1756	the Seven Years' War (-1763)	七年戰爭	普魯士、奧地利
1757	the Battle of Plassey	普拉西之戰	孟加拉
1768	the Russo-Turkish War (-1774)	俄土戰爭	俄國、土耳其
1773	Pugachev's Rebellion (-1775)	普加喬夫起義	俄國
1775	The Maratha fought against the British. (-1782)	第一次馬拉塔戰爭	印度
	The American Revolution (-1783)	美國獨立戰爭	美國、英國
1780	the Fourth Anglo-Dutch War (-1784)	第四次英荷戰爭	英國、荷蘭
1789	the French Revolution (-1799)	法國革命	法國
1792	the French Revolutionary Wars (-1802)	法國革命戰爭	歐洲
1798	Napoleon's Egyptian Campaign	拿破崙遠征埃及	埃及、法國
1803	the Napoleonic Wars (-1815)	拿破崙戰爭	歐洲
	The Maratha fought against the British. (-1805)	第二次馬拉塔戰爭	印度
1805	the Battle of Trafalgar	特拉法爾加之戰	法國、英國
	the Battle of Austerlitz	奧斯特里茨之戰	法國、奧地利、俄國
1806	the Russo-Turkish War (-1812)	俄土戰爭	俄國、土耳其
1812	the Balkan Wars (-1913)	巴爾幹戰爭	土耳其、東歐各國
	the War between the U.S.A. and Britain (-1814)	英美戰爭	美國、英國
1817	The Maratha fought against the British. (-1818)	第三次馬拉塔戰爭	印度
1821	the Greek revolt against Turkish rule (-1829)	希臘獨立戰爭	希臘
1830	the July Revolution	七月革命	法國
1839	the First Opium War (-1842)	第一次鴉片戰爭	中國
1846	the Mexican War (-1848)	美墨戰爭	美國、墨西哥

W

比利暖和地裹在被子裡.
② We were welcomed **warmly**. 我們受到熱情的歡迎.

〔活用〕 *adv.* **more warmly, most warmly**

*__warmth__ [wɔrmθ] *n.* ① 溫暖, 暖和; 同情心. ② 熱烈, 熱心, 激動.

〔範例〕① The **warmth** of the room made me fall asleep. 那個房間裡很暖和, 使我睡著了.
She's pretty to look at, but she has no **warmth**. 她看起來很漂亮, 但卻沒有一點同情心.
② He urged us with **warmth** not to do such a risky thing. 他熱心地力勸我們不要做那種危險的事.

warm-up [`wɔrm͵ʌp] *n.* ① 準備活動, 熱身運動. ② (機器的) 開機預熱, 充分加溫.

〔複數〕 **warm-ups**

*__warn__ [wɔrn] *v.* 警告, 提醒, 事先告知.

〔範例〕I **warn** you. 你要注意了.
I am **warning** you. 你可要好好注意了.《語氣較上一句強烈》
He **warned** the children of the danger. 他事先提醒孩子們有危險.
They **warned** us not to cross the old bridge. 他們警告我們不要通過那座舊橋.
I **warned** him against entering the library./I **warned** him not to enter the library. 我警告他不要進去那座圖書館.
They **warned** her that she would be ill if she didn't diet. 他們警告她說, 若不控制飲食的話是會生病的.
The teacher **warned** the students of the test in physics. 老師事先告訴學生要考物理.

〔片語〕 ***warn away*** 警告~遠離.
warn ~ off... 警告 ~ 離 開 …: The light **warns** sailors **off** the rocks. 那個燈光在警告船員們遠離那些岩石.

〔活用〕 *v.* **warns, warned, warned, warning**

warning [`wɔrnɪŋ] *n.* ① 警告, 告誡, 警報, 提醒. ② 預告, 預兆, 徵候.

〔範例〕① He ignored the teacher's **warning**. 他無視於老師的告誡.
We are under a storm **warning**. 現在發布了暴風雨警報.
This accident is a **warning** to us. 這次意外是對我們的警告.
The policeman fired a **warning** shot at the robbers. 那個警察對強盜鳴槍示警.
② It started snowing without any **warning** at all. 沒有任何徵兆就下起雪來.
They attacked without **warning**. 他們毫無預警地突襲.

〔複數〕 **warnings**

warp [wɔrp] *v.* ① (使) 彎翹, 歪曲, 曲解. ② 用纜繩拉 (船隻).
——*n.* ③ 彎翹, 變形. ④ 〔the ~〕 (紡織品的) 經線 (☞ weft, woof (緯線)). ⑤ 纜繩《拉船用》.

① The board began to **warp** soon after it was put in. 那塊板子一裝上去就開始翹起來了.
The actor's rendition **warped** what the writer was trying to convey. 那個演員的表演歪曲了作者所要傳達的意思.
③ The old door has a **warp** in it. 那扇舊門變形了.

〔活用〕 *v.* **warps, warped, warped, warping**
〔複數〕 **warps**

*__warrant__ [`wɔrənt] *n.* ① 正當的理由; 權限. ② 搜索狀, 逮捕令, 拘票. ③ 保證, 保證人.
——*v.* ④ 給與正當的理由. ⑤ 保證.

〔範例〕① The Justice Department has no **warrant** for such a claim. 司法部無權做那樣的要求.
② Sergeant Johnson searched the suspect's house without a **warrant**. 強森警官沒有搜索狀就搜查了那名嫌犯的家.
④ The facts didn't **warrant** Mayor Dinkins' claim. 事實並未證明丁金斯市長的要求是基於正當理由.
Betsy's birthday party doesn't **warrant** redecorating the living room. 貝西辦生日宴會並不能作為重新裝潢客廳的正當理由.
⑤ I wouldn't buy from any store that doesn't **warrant** its goods. 我不去沒有品質保證的商店買東西.
I **warrant** Tom to be a reliable man. 我保證湯姆是一個可以信賴的人.
The rancher **warrants** that his cattle are a hardy breed. 那個牧場主人保證自己養的牛都具有吃苦耐勞的血統.
Not even the Education Ministry has found out the cause of bullying, I'll **warrant** you. 就算是教育部也找不出恃強欺弱的原因, 我可以向你保證.

♦ **wárrant òfficer**《美》(軍隊中的) 准尉《軍官的最低階級; ☞ (充電小站) (p. 797)》.

〔複數〕 **warrants**
〔活用〕 *v.* **warrants, warranted, warranted, warranting**

warranty [`wɔrəntɪ] *n.* (品質的) 保證, 保證書.

〔範例〕Of course there's a **warranty** on this TV. 這臺電視機當然附有保證書.
I hope the refrigerator is still under **warranty**. 我希望這臺冰箱還在保證期間內.

〔複數〕 **warranties**

warren [`wɔrɪn] *n.* ① 兔子的群居地, 養兔場《亦作 rabbit warren》. ② 雜亂無章的建築物; 容易使人迷路的地區.

〔複數〕 **warrens**

warring [`wɔrɪŋ] *adj.* 爭執中的.

warrior [`wɔrɪɚ] *n.* 〔古語〕戰士.

〔複數〕 **warriors**

*__warship__ [`wɔr͵ʃɪp] *n.* 軍艦, 戰艦.

〔複數〕 **warships**

wart [wɔrt] *n.* ① 小突起, 疣. ② 樹瘤.

〔片語〕 ***warts and all*** 原原本本地, 一五一十地:

充電小站

戰爭、紛爭年表 (2)

1848	the February Revolution	二月革命	法國
	the Revolutions of 1848	三月革命	德國
1850	the Taiping Rebellion (-1864)	太平天國起義	中國
1853	the Crimean War (-1856)	克里米亞戰爭	法國、俄國
1856	the Second Opium War (-1860)	第二次鴉片戰爭	中國
	the Anglo-French War (-1860)	英法戰爭	英國、法國
1857	the Indian Mutiny/the Sepoy Rebellion (-1859)	印度反英暴動	印度
1858	the War of Reform (-1861)	墨西哥內戰	墨西哥
1861	the American Civil War (-1865)	南北戰爭	美國
1866	the Austro-Prussian War/the Seven Week's War	普奧戰爭	普魯士、奧地利
1868	the Meiji Restoration	明治維新	日本
1870	the Franco-Prussian War (-1871)	普法戰爭	普魯士、法國
1878	the Second Afghan War (-1881)	第二次阿富汗戰爭	英國、阿富汗
1893	the First Sino-Japanese War (-1895)	中日甲午戰爭	日本、中國
1898	the Spanish-American War	美西戰爭	美國、西班牙
	the Boxer Uprising (-1900)	義和團起義	中國
1899	the South African War (-1902)	布爾戰爭	南非
1904	the Russo-Japanese War (-1905)	日俄戰爭	日本、俄國
1908	the Young Turk Revolution	青年土耳其黨革命	土耳其
1911	the Italo-Turkish War (-1912)	義土戰爭	義大利、土耳其
	the Revolution of 1911	辛亥革命	中國
1914	World War I (-1918)	第一次世界大戰	—
1917	the March Revolution	二月革命	俄國
	the November Revolution	十月革命	俄國
1926	the Northern Expedition (-1928)	北伐戰爭	中國
1931	the Second Sino-Japanese War	九一八事變	日本、中國
1936	the Spanish Civil War (-1939)	西班牙內戰	西班牙
1937	—	日本侵華戰爭	日本、中國
1939	the World War II (-1945)	第二次世界大戰	—
1941	the Pacific War (-1945)	太平洋戰爭	(日本向英美宣戰)
1942	the World War II Battle of Midway	中途島海戰	美國、日本
	the Battle of Stalingrad	史達林格勒保衛戰	德國、蘇聯
1944	the Normandy Invasion	諾曼第登陸	盟軍、德國
1947	the Cold War (-1989)	冷戰	美國陣營、蘇聯陣營
	the First Palestine War (-1949)	第一次巴勒斯坦戰爭	中東
	the First India-Pakistan War (-1949)	第一次印巴戰爭	印度、巴基斯坦
1950	the Korean War (-1953)	韓戰	南北韓、美國
1952	the Revolution of 1952	埃及革命	埃及
1954	the Vietnam War (-1975)	越戰	南北越、美國
1956	Suez-Sinai War	蘇伊士、西奈半島戰爭	中東
1962	the Cuban Missile Crisis	古巴導彈危機	古巴、美國、蘇聯
1965	the Second India-Pakistan War	第二次印巴戰爭	印度、巴基斯坦
1967	the Six-Day War	六日戰爭	中東
1971	the Third India-Pakistan War	第三次印巴戰爭	印度、巴基斯坦
1973	the October War (-1974)	十月戰爭	中東
1980	the Iran-Iraq War (-1988)	兩伊戰爭	伊朗、伊拉克
1991	the Persian Gulf War	波斯灣戰爭	伊拉克、多國部隊
1992	the Bosnia-Herzegovinian Civil War (-1995)	波士尼亞內戰	波士尼亞和赫塞哥維那

He told us everything about himself, **warts and all**. 他把自己所有的事都一五一十地告訴我們了.
範例 **warts**
wartime [ˋwɔr͵taɪm] *n.* 戰時: **wartime propaganda** 戰時的宣傳活動.

wary [ˋwɛrɪ] *adj.* 小心謹慎的, 慎重的, 懷有戒心的.
範例 The policeman had a **wary** look. 那名警官臉上帶著一副慎重的表情.
The secretary was **wary** of telling the truth. 那位祕書對於說出事實抱持著謹慎小心的態

度.

活用 *adj.* warier，wariest

†**was** [(強)`waz;(弱)wəz] *aux.* be 動詞的過去式《主詞為單數時使用，但是 you 除外》.

原義	層面	用法	範例
曾經存在	原樣	接名詞、形容詞等	①
	持續中	接現在分詞	②
	接受某動作	接過去分詞	③
	即將發生	接 to＋原形動詞	④

範例 ① I **was** a pitcher last year. 我去年曾是棒球投手.

It **was** cloudy yesterday. 昨天是陰天.

The plane **was** in the woods. 那架飛機在森林裡.

The problem **was** that he knew too much. 問題是他知道得太多了.

"**Was** she pretty?" "Yes，she **was**."「她很漂亮嗎?」「是的，她很漂亮.」

He **wasn't** there. 他不在那裡.

② It **was** raining heavily when I got up. 我起床時外面正下著大雨.

My friend **was** leaving for Hawaii the next day. 我的朋友隔天正出發去夏威夷.

The bench **was** being painted. 那條長板凳當時正在上漆.

"**Was** Roy taking a bath when I called him?" "No，he **wasn't**."「我打電話來的時候，羅伊在洗澡嗎?」「不，不是的.」

③ The lap-top **was** broken. 那臺筆記型電腦壞了.

I **was** surprised at the news. 那個消息令我大吃一驚.

Was the room already cleaned? 那個房間已經打掃過了嗎?

Smoking **was** not permitted there. 那裡禁止吸菸.

④ She **was** to be married the next year. 她決定第二年要結婚.

She went to the party，but she **was** not to be back late. 她去參加那場晚會，但不會太晚回來.

When **was** he to come? 他決定甚麼時候來?

➡ 充電小站 (p. 105)，(p. 673)

‡wash [waʃ] *v.* ① 洗，洗滌，洗刷，沖走，（水流、浪潮等的）沖擊，湧（上），拍打. ② 洗滌身體；洗手；洗臉. ③ 可以洗滌，耐洗. ④《口語》使相信，使理解.
—— *n.* ① 洗，洗滌，刷洗；洗手；洗臉；洗身體. ⑥《美》清洗的衣物《亦作 washing》. ⑦ 清潔劑. ⑧ 洗滌的場所. ⑨ 湧起的波浪，洶湧而來的浪潮.

範例 ① **Wash** your hands before eating. 吃飯要先洗手.

She **washes** every other day. 她每隔一天就清洗一次.

He always **washes** his car clean. 他總是把自己的車洗得乾乾淨淨.

They **washed** the dirty marks off the wall. 他們把牆壁上的污垢洗掉了.

The rain **washed** away the dust of the summer. 那場雨把夏季的塵土洗掉了.

The bridge was **washed** away by the flood. 那座橋被洪水沖走了.

He was **washed** overboard by a huge wave. 巨浪把他從甲板沖到海裡.

High waves **washed** over the rocks. 巨浪拍打在岩石上.

② He never **washes** himself in cold water. 他從來不用冷水洗澡.

③ Does this kind of cloth **wash** well? 這種布料耐洗嗎?

⑤ Will you give my car a **wash**? 可以幫我洗車嗎?

He sent his coat to the **wash**. 他把外套拿去洗了.

⑥ She was hanging the **wash** on the line. 她把洗好的衣服掛在晾衣繩上.

⑦ an eye **wash** 眼藥水.

⑨ I could hear the **wash** of the waves against the cliffs. 我能聽見洶湧的浪濤拍打懸崖的聲音.

片語 **come out in the wash** ① 水落石出，真相大白. ② 終究圓滿解決: Don't worry about it，it will all **come out in the wash**. 別擔心，最後總會圓滿解決的.

wash away 洗掉，沖走，洗清 (➪ 範例 ①): Betty's tears of remorse **washed away** her guilt. 貝蒂悔恨的淚水洗清了她的罪過.

wash down ① 洗掉，沖走. ② 徹底地洗洗: They **washed down** the car. 他們徹底地沖洗車子. ③ 吞嚥，喝進: He **washed down** the hamburger with coke. 他邊吃漢堡邊喝可樂.

wash off（從～）洗掉，沖掉. (➪ 範例 ①)

wash out ①（被）洗掉，使褪色: I don't know if the blood will **wash out** from the shirt. 我不知道襯衫上的血跡是否洗得掉.

a **washed-out** pair of jeans 一條褪色的牛仔褲.

②（被）沖走，沖刷，沖毀.

③ 使中止，(計畫、希望)落空: The football game was **washed out** this afternoon. 今天下午的橄欖球賽因兩停賽.

The unexpected emergency **washed out** his travel plans. 他的旅行計畫因為意外的緊急狀況而落空.

wash ～'s hands of... 與～斷絕關係，洗手不幹.

wash up ①《美》洗手；洗臉；洗身體: I'd like to **wash up** before dinner. 晚餐前我想先洗手.

②《英》洗（餐具）《《美》do the dishes》: We'll

wash up after dinner. 晚餐後由我們來洗碗盤.

③ 沖上陸地，沖上岸.

④ 使筋疲力竭；宣告終止；毀滅: You look all **washed up**. 你看起來像完全筋疲力竭了. He was all **washed up** as a politician. 他的政治生涯就此告終.

活用 *v.* **washes**, **washed**, **washed**, **washing**

複數 **washes**

washable [`wɑʃəbl] *adj.* 可以洗滌的，耐洗的: Is this shirt **washable**? 這件襯衫耐洗嗎?

washbasin [`wɑʃˌbesən] *n.* 臉盆，盥洗臺《〖美〗washbowl》.

複數 **washbasins**

washbowl [`wɑʃˌbol] *n.* 〖美〗臉盆，盥洗臺《亦作 washbasin》.

複數 **washbowls**

washer [`wɑʃɚ] *n.* ① 洗滌者，洗衣者，洗衣工. ② 洗衣機《亦作 washing machine》，清洗機: a dish-**washer** 洗碗機. ③ 墊圈，墊片《加在螺絲、螺帽間使之固定的圓形零件》.

[washer]

複數 **washers**

washing [`wɑʃɪŋ] *n.* ① 洗滌，洗衣物. ② 清洗的衣物《〖美〗wash》.

範例 ① He sometimes helps his mother do the **washing**. 他有時會幫媽媽洗衣服.

② She hung out the **washing** on the line to dry. 她把洗好的衣物晾在繩子上.

♦ **wáshing machìne** 洗衣機.

wàshing-úp 〖英〗(廚房中) 待洗的餐具，洗餐具.

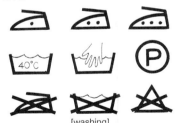

40°C

Ⓟ

[washing]

*****Washington** [`wɑʃɪŋtən] *n.* ① 華盛頓《美國首都；亦作 Washington, D.C.》. ② 華盛頓州《位於美國西北部，太平洋沿岸的一州》. ③ 華盛頓《喬治‧華盛頓 (George Washington)》.

充電小站 (p. 1257), (p. 999)》.

washout [`wɑʃˌaʊt] *n.* ① 重大失敗；被淘汰者. ② (洪水引起的) 沖毀，流失.

複數 **washouts**

washroom [`wɑʃˌrum] *n.* 〖美〗洗手間，廁所.

複數 **washrooms**

†**wasn't** [`wɑznt] 《縮 略》 = was not: That **wasn't** my fault. 那不是我的錯.

WASP/Wasp [wɑsp] 《縮 略》 = White Anglo-Saxon Protestant《盎格魯魯撒克遜族白人新教教徒》《指構成美國社會主流的白人中產階級》.

複數 **WASPs/Wasps**

wasp [wɑsp] *n.* 大胡蜂，黃蜂.

複數 **wasps**

wastage [`westɪdʒ] *n.* 消耗，損耗，浪費.

✱**waste** [west] *v.* ① 虛耗，浪費. ② 衰弱，荒蕪. —— *n.* ③ 白費，浪費. ④ 廢棄物，廢料. ⑤ [~s] 荒地，荒野；荒涼的景象. —— *adj.* ⑥ 荒蕪的，不毛的. ⑦ 廢棄的，廢料的，無用的.

範例 ① You are **wasting** your time. 你是在浪費時間.

Don't **waste** your money on the lottery. 別把錢浪費在樂透彩券上.

Helen's talents are **wasted** in her present job. 海倫的才能被埋沒在她目前的工作裡.

The water supply was being **wasted** day after day. 供水天天都被浪費掉.

Time is **wasting** too fast. 光陰飛逝.

② After Clara died, Donald began to **waste** away. 克萊拉去世後，唐納德變得憔悴了.

The country was **wasted** by war. 那個國家因戰爭而荒廢了.

③ The meeting was a complete **waste** of time. 那次集會完全是在浪費時間.

It is a **waste** of money to gamble. 賭博是在浪費錢財.

④ The river was thick with industrial **waste**. 那條河面上浮出厚厚的一層工業廢料.

Where do you put your kitchen **waste**? 你把廚房的垃圾扔到哪裡去?

⑥ The farm was all **waste**. 那座農場荒蕪了.

⑦ **waste** water 廢水.

片語 **go to waste/run to waste** 被糟蹋，被浪費.

***lay waste** 任其荒蕪.

♦ **waste away** 身體衰弱，憔悴. (⇨ 範例 ②)

♦ **wáste pipe** 排水管.

活用 *v.* **wastes**, **wasted**, **wasted**, **wasting**

複數 **wastes**

wastebasket [`westˌbæskɪt] *n.* 〖美〗廢紙簍《亦作 wastepaper-basket》.

複數 **wastebaskets**

wasteful [`westfəl] *adj.* 白費的，浪費的.

範例 Leaving all these lights on while we're out is **wasteful**. 我們外出時還讓這裡的燈全都開著真是浪費.

wasteful habits 揮霍的習性.

活用 *adj.* **more wasteful**, **most wasteful**

wastefully [`westfəlɪ] *adv.* 浪費地，不經濟地: We must not spend money **wastefully**. 我們不可以浪費錢.

活用 *adv.* **more wastefully**, **most wastefully**

wasteland [`westˌlænd] *n.* 荒原，未開墾的土地，荒廢的地區.

複數 **wastelands**

W

wastepaper-basket [`west͵pepɚ͵bæskɪt]
n. 廢紙簍 (《美》wastebasket).
[複數] **wastepaper-baskets**

*__watch__ [watʃ] *v.* ① 看, 注視, 凝視, 看守,
警戒, 注意, 提防.
──*n.* ② 戒備; 值班人員; 警衛人員. ③ 手錶;
懷錶.
[範例] ① The chimpanzee **watched** what she did
and imitated her. 那隻大猩猩看著她的動作
模仿她.
The boy **watched** the airplane until it
disappeared. 那個男孩一直注視著飛機, 直
到消失為止.
I like **watching** television. 我喜歡看電視.
Everybody **watched** to see what would
happen next. 每個人都睜大眼睛看著接下來
會發生甚麼事.
He **watched** his house burn. 他看著自己的
房子著燒掉.
His wife **watched** him go into the hotel. 他的
妻子看著他進入那家飯店.
The two police officers **watched** the house.
那兩名警察監控著那棟房子.
The three of them were being **watched** by the
police. 他們3個人正被警方監視著.
My dog **watched** my bag while I was
shopping. 我的狗在我購物時幫我看著背包.
Watch out! The man has a knife. 小心! 那個
男子有刀!
I will **watch** out while you are sleeping. 你睡
覺時我會小心戒備.
Watch your language. 說話要小心. 《勸戒對
方不要使用不當的言詞》
Watch your step when you get off. 下車時請
當心你的腳步.
② The authorities kept a close **watch** on the
activities of the suspect. 有關當局密切注意那
名嫌犯的行動.
The night **watch** did a good job handling that
emergency. 那組緊急事件夜間警衛處理得
很好.
③ It is seven fifty-four by my **watch**. 我的手錶
現在是7點54分.
[片語] ***keep a close watch on*** 密切監視. (⇨
[範例] ②)
on the watch 警戒著.
on watch 值班.
watch for 留意, 提防著.
Watch it! 注意!
watch out 小心, 戒備, 提防. (⇨ [範例] ①)
watch over 嚴密看守.
watch ~'s back 時時提高警覺.
watch ~self 自我克制, 謹慎.
[參考] ③ 指可攜帶的小型錶; 座鐘等不可攜帶的
鐘錶稱作 clock.
[活用] *v.* **watches**, **watched**, **watched**,
watching
[複數] **watches**

watchdog [`watʃ͵dɔg] *n.* ① 看門狗. ② 監視

者, 監察人員: a government **watchdog**
agency dealing with consumer fraud 政府處理
消費欺詐案件的監察機構.
[複數] **watchdogs**

watcher [`watʃɚ] *n.* 觀看的人; 值班者; 觀察
人《因興趣而觀察特定事物》: He is a bird
watcher. 他是一個賞鳥愛好者.
[複數] **watchers**

*__watchful__ [`watʃfəl] *adj.* 注意的, 警惕的: The
poet is always **watchful** of his health. 那位詩
人總是注意自己的健康.
[活用] *adj.* **more watchful**, **most watchful**

watchmaker [`watʃ͵mekɚ] *n.* 鐘錶匠.
[複數] **watchmakers**

watchman [`watʃmən] *n.* 看守人, 警衛, 夜
間警衛《亦作 night watchman》.
[複數] **watchmen**

watchword [`watʃ͵wɝd] *n.* 口令《亦作
password》; 標語, 口號: "Equal Rights for
Women" was their **watchword**. 「男女平權」
是他們的口號.
[複數] **watchwords**

*__water__ [`watɚ] *n.* ① 水. ②〔~s〕(大量的)
水, 水流, 海域, 領海.
──*v.* ③ 灌水, 澆水. ④ 加水稀釋. ⑤ (眼睛)
流淚. ⑥ 流口水.
[範例] ① Could you give me a glass of **water**? 可
以給我一杯水嗎?
When **water** freezes and becomes ice, it
expands. 水結成冰時會膨脹.
The swimmer dived into the **water**. 那個游泳
選手跳入水中.
Will you give me a glass of hot **water**? 可以給
我一杯熱開水嗎?
He jumped out of the bathtub because the
water was too hot. 他從浴缸跳了出來, 因為
水太燙了.
Mosquitoes lay their eggs in **water**. 蚊子將卵
產在水中.
Some millionaires spend money like **water**. 有
些百萬富翁花錢如流水.
② The **waters** of Lake Ontario flow into the St.
Lawrence River. 安大略湖的水流入聖羅倫斯
河.
Still **waters** run deep. 《諺語》靜水流深《大智
若愚》
③ He **watered** the shrubs. 他為那些灌木澆水.
④ His wife **watered** down his beer. 他太太把
他的啤酒用水稀釋了.
⑤ My eyes always **water** when I peel onions. 我
剝洋蔥時總是會流眼淚.
⑥ The sight of the steak made her mouth **water**.
看見牛排讓她流口水.
[片語] ***by water*** 坐船, 由水路: Supplies had to
be shipped **by water**. 補給物資必須由水路
運輸.
get into deep water 遇到麻煩.
get into hot water 陷入困境.
hold water 不漏水; 合理, 言之成理.

W

like water 像流水一樣，無止境地. (⇨ 範例 ①)

make water ① 小便. ②（船等）進水，漏水.

pass water 小便.

test the water/test the waters 試探.

water down 用水稀釋，削弱（原有的力量）. (⇨ 範例 ④)

water under the bridge 已經過去的事，無法挽回的過去.

♦ **frèsh wáter** 淡水《不含鹽分的水》.

hèavy wáter 重水《含重氫或重氧的水，被用作核子反應爐的中子減速劑、冷卻劑》.

high wáter 高水位，滿潮.

lòw wáter 低水位，退潮.

míneral wàter 礦泉水.

rùnning wáter/táp wàter 自來水.

the Wáter Bèarer/the Wáter Càrrier 水瓶座《亦作 Aquarius；☞ 充電小站 (p. 1523)》.

wáter bèd 水床《床墊裡裝有水》.

wáter bìrd 水鳥.

wáter bòttle 水瓶，水壺.

wáter bùffalo 水牛.

wáter clòset 廁所《略作 W.C.》.

wáter còoler 飲用水冷卻器.

wáter flèa 水蚤.

wáter gàte 水閘門.

wáter hàzard 水障礙區《高爾夫球場中的水坑或河》.

wáter ìce 果汁冰.

wáter jùmp 水坑《馬術比賽場所設的障礙之一》.

wáter lèvel 水位.

wáter lìly 睡蓮《亦作 waterlily》.

wáter màin 自來水總管道，供水總管道.

wáter mèter 水錶，水量計.

wáter mìll 水車磨坊《亦作 watermill》.

wáter pìstol 玩具水槍.

wáter plànt 水草.

wáter pòlo 水球.

wáter pòwer 水力《亦作 waterpower》.

wáter skì 滑水板.

wáter skìing/wáter-skiing 滑水.

wáter spòrt 水上運動《游泳、衝浪、划船等》.

wáter sùpply 供水，自來水，供水設備.

wáter tòwer 水塔.

wáter vàpor 水蒸氣.

wáter whèel 水車《亦作 water-wheel》.

複數 **waters**

活用 *v.* **waters**, **watered**, **watered**, **watering**

watercolor [`wɔtɚ͵kʌlɚ] *n.* ① 水彩《一種顏料》. ② 水彩畫.

參考 《英》watercolour.

複數 **watercolors**

watercourse [`wɔtɚ͵kors] *n.*（河流、人工運河等的）水道，水路.

複數 **watercourses**

watercress [`wɔtɚ͵krɛs] *n.* 水芹，水芥子《一種有辣味的蔬菜，通常用作佐料或拌沙拉生吃》.

***waterfall** [`wɔtɚ͵fɔl] *n.* 瀑布《亦作 fall》：The **waterfall** creates a mist and a rainbow. 那道瀑布造成霧氣和彩虹.

複數 **waterfalls**

waterfront [`wɔtɚ͵frʌnt] *n.* 臨水地區《與河、湖、海相接的土地》，河岸；濱海道路.

複數 **waterfronts**

waterlogged [`wɔtɚ͵lɔgd] *adj.* 浸水的，泡水的：The soccer field was **waterlogged**. 那座足球場浸水了.

活用 *adj.* **more waterlogged**, **most waterlogged**

Waterloo [͵wɔtɚ`lu] *n.* ① 滑鐵盧《比利時中部的村莊；1815年拿破崙 (Napoleon) 軍隊在此大敗，結束了拿破崙的百日政權；當時獲勝的是英國威靈頓 (Wellington) 指揮的聯軍》. ②（獲得巨大成功之後的）慘敗，大敗，決定性的打擊：He met his **Waterloo** in the election. 他在那次選舉中慘敗.

複數 ② **Waterloos**

watermark [`wɔtɚ͵mɑrk] *n.* ① 水位標記，（洪水等退後所留下的）水位痕跡. ② 水印，水印圖案.

複數 **watermarks**

watermelon [`wɔtɚ͵mɛlən] *n.* 西瓜.

複數 **watermelons**

***waterproof** [*adj.* `wɔtɚ`pruf；*n.*, *v.* `wɔtɚ͵pruf] *adj.* ① 防水的，經防水處理的.

——*n.* ② 防水產品；《英》防水衣，雨衣.

——*v.* ③ 作防水處理.

範例 ① Is this tent **waterproof**? 這頂帳篷是防水的嗎？

② The children were wearing **waterproofs** in the rain. 那些孩子們在雨中穿著雨衣.

複數 **waterproofs**

活用 *v.* **waterproofs**, **waterproofed**, **waterproofed**, **waterproofing**

watershed [`wɔtɚ͵ʃɛd] *n.* ① 分水嶺，分水線. ②《美》（河的）流域，分界線，分界線，轉捩點：Her two-year stay in Australia was a **watershed** in her life. 待在澳洲的兩年期間是她人生的轉捩點.

複數 **watersheds**

water-ski [`wɔtɚ͵ski] *v.* 滑水：I like water-skiing. 我喜歡滑水.

活用 *v.* **water-skis**, **water-skied**, **water-skied**, **water-skiing**

waterspout [`wɔtɚ͵spaut] *n.* ①（龍捲風在水面捲起的）水柱. ② 注水口，排水管，水流的出口.

複數 **waterspouts**

watertight [`wɔtɚ`taɪt] *adj.* ① 不透水的，防水的. ② 天衣無縫的，無懈可擊的.

範例 ① a **watertight** door 水門，水閘.

② a **watertight** alibi 無懈可擊的不在場證明.

活用 *adj.* **more watertight**, **most watertight**

W

waterway [`wɔtɚ,we] *n.* 水路，航道《穿越陸地的河川或運河等》.
複數 **waterways**

waterworks [`wɔtɚ,wɝks] *n.* ① 自來水設備，供水設備. ② 供水場，送水場.
複數 **waterworks**

watery [`wɔtərɪ] *adj.* ① 淡的，水分多的，滲水的，含水的. ②《顏色》淡的，淺的. ③《正式》〔只用於名詞前〕水中的.
範例 ① This soup is **watery**. 這道湯很淡.
The smoke made my eyes **watery**. 這煙燻得我流出了眼淚.
② a **watery** blue 淺藍.
③ The ship and her crew went to a **watery** grave. 那艘船連同船員一起葬身海底.
活用 *adj.* ① **waterier**, **wateriest**/**more watery**, **most watery**

watt [wɑt] *n.* 瓦特《功率、電力單位；略作 w, W》.
參考 ① 瓦特是以每秒1公尺的加速度，使1公斤的重物移動1公尺的功率. 當指電力時，為在1伏特的電位差下，1安培不變電流於1秒間流過時的電力.
字源 源自成功地改良蒸氣機的英國發明家詹姆斯·瓦特 (James Watt) 之名.
複數 **watts**

***wave** [wev] *n.* ① 波，波浪. ② 揮手.
——*v.* ③（使）起波浪，搖動，揮動. ④ 揮手，揮手示意.
範例 ① **Waves** are pounding the shore. 波浪正向海岸湧來.
The **waves** crashed against the rocks. 波浪拍擊岩石而浪花四濺.
The **waves** in her hair are not natural. 她頭髮的波浪鬈不是天生的.
In a **wave** of depression he lost his job. 在一片不景氣的浪潮中，他失業了.
sound **waves** 音波.
shock **waves** 衝擊波.
② The Queen gave the crowd a few **waves**. 那位女王向群眾揮了揮手.
③ Banners were **waving** in the breeze. 旗幟在微風中飄揚.
Everyone **waved** handkerchiefs in farewell. 道別時，每個人都揮著手帕.
④ The crowd **waved** at the president as he rode by. 那位總統乘車經過時，群眾朝他揮手致意.
He **waved** the dog away. 他揮手趕走了那隻狗.
Mike **waved** for silence. 麥克揮手表示要大家安靜.
I **waved** good-bye to her. 我向她揮手道別.
片語 **wave ～ aside** 拂去，駁回.
wave ～ down 揮手（使車）停下.
wave ～ off ①（向～）揮手告別. ② 揮手讓～不要靠近，揮手（使～）中斷，拂去.
♦ **lòng wáve** 長波.
mèdium wáve 中波.

Mèxican wáve 波浪舞《觀眾依次起立、坐下，使觀席呈波浪狀起伏的動作；亦作 wave》.
nèw wáve 新浪潮，新趨勢，新的一代.
shòrt wáve 短波.
複數 **waves**
活用 *v.* **waves**, **waved**, **waved**, **waving**

wavelength [`wev,lɛŋkθ] *n.*《音波、電波或光波的》波長：We are on the same **wavelength**. 我們意氣相投.
發音 亦作 [`wev,lɛŋθ].
複數 **wavelengths**

***waver** [`wevɚ] *v.* 搖擺，晃動，猶豫不決.
範例 The quake caused the boxes to **waver**, but they didn't fall. 這些箱子因為地震而搖搖晃晃，但並沒有掉下來.
David never **wavered** in supporting his wife. 大衛總是堅定地支持著他太太.
活用 *v.* **wavers**, **wavered**, **wavered**, **wavering**

wavy [`wevɪ] *adj.* 波浪狀的，捲曲的，起波浪的.
範例 "What is her hair like?" "It is **wavy**." 「她是甚麼樣的髮型?」「是鬈髮.」
The Ainu have round, dark brown eyes and **wavy** hair. 愛奴族眼睛圓圓的，呈深褐色，且頭髮捲曲.
活用 *adj.* **wavier**, **waviest**

wax [wæks] *n.* ① 蠟，蜜蠟. ② 耳垢.
——*v.* ③ 塗蠟，打蠟. ④ 增大;（月亮）漸圓.
範例 ① The **wax** fruit partially melted in the sun. 那個蠟製的水果模型因為受日光照射而有一部分融化了.
③ He **waxes** the floor once a week. 他每週給地板打一次蠟.
④ Senator Smith's influence **waxed** and waned and **waxed** again. 史密斯參議員的影響力時盛時衰.
The moon **waxes** and wanes every month.《諺語》月有陰晴圓缺，人有旦夕禍福.
☞ ④ ↔ wane
活用 *v.* **waxes**, **waxed**, **waxed**, **waxing**

waxen [`wæksn] *adj.* 蒼白的: a **waxen** face 蒼白的臉孔.

waxwork [`wæks,wɝk] *n.* ① 蠟像，蠟製工藝品. ②〔～s，單複數同形〕蠟像陳列館.
複數 **waxworks**

****way** [we] *n.* ① 路，通道，路線，路程. ② 方向，方面. ③ 做法，方式，辦法; 狀態，情況.
——*adv.* ④ 一直，很，遠遠地，大大地.
範例 ① Please tell me the shortest **way** to the station. 請告訴我去車站最近的路.
My aunt lives across the **way**. 我阿姨就住在馬路對面.
After graduation we went our separate **ways**. 畢業後我們就分道揚鑣了.
The invention paved the **way** for modern civilization. 那項發明為現代文明鋪路.

The hut gave **way** under the weight of the snow. 雪的重量使小木屋崩塌了.

The wire gave **way**. 那條鐵絲斷了.

Always give **way** to trucks. 切記不要和卡車爭道.

Listening to the music we gave **way** to tears. 聽了那音樂, 我們忍不住流下眼淚.

The clouds gave **way** to sunshine. 烏雲散去後, 陽光就露臉了.

Unfortunately the fields gave **way** to a shopping mall. 不幸的是, 那塊田地已經變成購物中心.

The teacher gave **way** to the students' request. 那位老師聽取學生們的要求.

take the easy **way** out 採取容易的解決方法, 專挑簡單的做.

There's no **way** the government would allow that. 政府絕對不可能允許那件事.

Clear the **way**! 讓開!

They stood in her **way**. 他們擋住了她的去路.

A fallen tree was in the **way** of my car. 一棵傾倒的樹木擋住我的汽車.

The young man made **way** for the old lady so she could get by. 那個年輕人讓路給老太太通過.

My father will fly to Zurich by **way** of Amsterdam. 我爸爸將會經由阿姆斯特丹飛往蘇黎士.

That politician leads the **way** in protectionism. 那位政治家是貿易保護主義的先鋒.

She can't see her **way** clear to traveling abroad this year. 看來她今年不可能去海外旅行了.

Will you go his **way**? 你要和他一起去嗎?

I want to make use of every chance that comes my **way**. 我想好好利用落在我頭上的每一個機會.

The little girl lost her **way** in the crowd. 那個小女孩在人群中迷了路.

Slowly we made our **way** through the deep snow. 我們在厚厚的雪堆中緩慢前進.

My brother has made his **way** in life. 我弟弟的努力獲得了成功.

She walked all the **way** to the hospital. 她一路步行到那家醫院.

He came all the **way** from New York to attend this meeting. 他為了出席這次的會議遠道從紐約趕來.《指會議是在距離紐約很遙遠的地方所舉行的》

There were so many different kinds of people at the party, ranging all the **way** from ordinary people to celebrities. 這場晚會的參加者真是形形色色, 從普通老百姓到名人都有.

I agree with him all the **way** about it. 對於那件事我完全贊同他的看法.

By the **way**, do you know that Tim has got married? 順便一提, 你知道提姆結婚了嗎?《指從先前持續的話題中岔開》

We ate lunch at that restaurant by the **way**. 我們途中在那家餐館吃午飯.《指從一直前進的方向岔開》

Her stubbornness stood in the **way** of her admitting defeat. 頑固的她無論如何也不承認失敗.

Father put me in the **way** of an opportunity to study abroad. 父親給了我出國留學的機會.

My sister is in the family **way**. 我姊姊懷孕了.

I met my old friend on my **way** to the post office. 我在去郵局的路上碰到了老朋友.

I met John on my **way** back. 我在回來的路上遇見約翰.

Spring is on the **way**. 春天就快來了.

Our next child is on the **way**. 我們的下一個孩子即將出世.

I hope body piercing is on the **way** out. 我希望在身體上穿洞的風潮會消退.

The village was far out of our **way**. 那個村子距離我們走的路線很遠.

Stay out of my **way** for about an hour. 請給我一個小時左右的空檔.

Your neighbors went out of their **way** to help me. 你的鄰居們特地來幫我忙.

Please get out of the **way**. 對不起, 請讓開.

This difficult homework is not out of the **way** yet. 這份困難的家庭作業還沒做完.

All the tables are out of the **way**. 所有的桌子都收好了.

The wedding was out of the **way**. 婚禮結束了.

He tried to get his wife out of the **way**. 他試圖要殺死妻子.

The flotilla was already under **way** when the order came in. 命令下達時, 那個艦隊已經啟航了.

Construction is under **way**. 工程已經開始.

My house is not a long **way** from here. 我家離這裡不遠.

Her birthday is a long **way** off. 她的生日還久呢.

His composition was still a long **way** from perfection. 他的文章根本談不上完美.

His skill in foreign languages will go a long **way** in advancing his career. 他的外語能力對他今後的事業發展將大有助益.

He can swim quite a **way**. 他能游相當遠的距離.

② This **way**, please. 這邊請.《為人帶路時的用語》

He did not know which **way** to look. 他不知道該往哪邊看.

Which **way** is your house? 你家在哪個方向?

He went to the post office by **way** of sending the parcel. 他為了寄包裹而到郵局去.

"Will you go with him?" "No **way**!" 「你要和他一起去嗎?」「怎麼可能!」

He looked the other **way** while his father walked toward him. 他對父親朝他這邊走來佯裝不知.

I thought the minivan caused the accident，but it was the other **way** around. 我以為是那輛小貨車肇事，但事實正好相反.《小貨車不是肇事者，而是受害者》

He is a poet in a **way**. 在某種意義上，他是一個詩人.

In no **way** are the two incidents related. 那兩個事件一點關聯也沒有.

That plan is very interesting in some **ways**. 那項計畫有些部分相當有意思.

③ He soon got used to the American **way** of life. 他不久就習慣了美國的生活方式.

You have to learn the **ways** of the world. 你必須懂得人情世故.

She couldn't go along with his **way** of thinking any more. 她不再認同他的想法.

I told my son to mend his **ways**. 我對兒子說要改善他的習慣.

I want to have my own **way**. 我想依自己的方式行事.

Let her have her **way** this time. 這次就讓她按照自己的想法去做吧.

He continued to go his own **way** in spite of our advice. 他無視於我們的忠告，繼續按照自己的想法行動.

She paid her own **way** throughout the journey. 她自己支付了那趟旅行的費用.

My **way** is the only **way**. 只有我的辦法是最妥當的.

Yes，that's the **way**. 是的，就是那麼做.

What is the best **way** to ski well? 要想滑雪滑得好，該怎麼做呢?

"Tom is not here." "That's always the **way** with him." 「湯姆沒來.」「他老是那樣.」

He didn't like the **way** his wife smiled. 他不喜歡他太太微笑的樣子.

I want to be able to cook well the **way** she does. 我想要像她那樣擅於烹飪.

Which do you want，a commitment or freedom? You can't have it both **ways**. 你想要責任還是自由呢? 你無法兩者兼得.

"Why did he fail?" "There are no two **ways** about it; he didn't study hard enough." 「他為甚麼會不及格?」「那還用說，因為他不夠用功嘛.」

Don't look at me that **way**. 別用那種眼神看我.

You should not say so even by **way** of a joke. 即使是開玩笑，你也不應該說那種話.

He got back in our good graces by **way** of an apology. 我們欣然接受他的道歉，並且讓他回到我們這裡來.

She spoke in such a **way** as to offend them. 她那樣子說話，讓他們很生氣.

Brian's pursuing an acting career in a big **way**. 布萊恩正狂熱地從事表演工作.

Catch balls in the same **way** as he does. 像他那樣子接球.

Do you have any advice in the **way** of a hotel to stay at? 你對住宿的飯店有任何建議嗎?

He led a pretty busy life one **way** and another. 他在各方面的生活都過得非常忙碌.

My brother finished college one **way** or another. 無論如何，我弟弟總算大學畢業了.

I'm going to get my money back one **way** or the other. 我打算設法要回我的錢.

My grandmother has a **way** with children. 我的祖母對於小孩子很有一套.

There is no **way** of knowing where she lives. 沒辦法知道她住在哪裡.

No **way** will I go with her. 我絕對不和她一起去.

Things must not have gone well the **way** she looks today. 看她今天的樣子，事情肯定進展得不是很順利.

Every man here is quite a good fellow in his **way**. 這裡的每一個男子都是各具特色的好人.

The idea seems to be a little out of the **way**. 那個主意似乎有點離譜.

My mother has not been in a good **way** since last year. 我母親自去年起身體狀況一直不佳.

Things have been in a bad **way**. 事情一直進展得不順利.

④ You can get big fish **way** down this river. 沿著這條河一直往下游走，你就可以釣到大魚.

She was **way** behind in her studies. 她的課業遠遠地落後.

That music was popular **way** back in 1960's. 那種音樂早在1960年代就很受歡迎.

He's a friend of my father's from **way** back. 他是我父親很久以前的朋友.

⟨片語⟩ **all the way** ① 一路上，一直到最後，完全，大老遠. (⇨ ⟨範例⟩ ①)

by the way ① 順便一提，可是. (⇨ ⟨範例⟩ ①) ② 在途中. (⇨ ⟨範例⟩ ①)

by way of ~ ① 經由~. (⇨ ⟨範例⟩ ①) ② 意在，為了. (⇨ ⟨範例⟩ ②) ③ 以~的一種方式，作為~. (⇨ ⟨範例⟩ ③)

come ~'s way 落在~頭上. (⇨ ⟨範例⟩ ①)

give way ① (建築物) 倒塌. (⇨ ⟨範例⟩ ①) ② (繩索等) 斷掉. (⇨ ⟨範例⟩ ①)

give way to ~ ① 讓路給~. (⇨ ⟨範例⟩ ①) ② 讓步，接受 (要求等). (⇨ ⟨範例⟩ ①) ③ 變成，由~取代. (⇨ ⟨範例⟩ ①)

go ~'s way 與~朝相同方向前進. (⇨ ⟨範例⟩ ①)

go a long way 大有助益. (⇨ ⟨範例⟩ ①)

have a way with 善於處理，適於. (⇨ ⟨範例⟩ ③)

in a way/in one way 在某種意義上，在某方面. (⇨ ⟨範例⟩ ①)

in no way/not in any way 一點也不，絕不. (⇨ ⟨範例⟩ ②)

in ~'s way 成為~的障礙，擋住~的去路. (⇨ ⟨範例⟩ ①)

in the way of ① 成為~的障礙，妨礙. (⇨

範例① ② 作為，在～方面. (⇨ 範例③)
lose ～'s way 迷路，迷失方向. (⇨ 範例①)
make ～'s way ① 前進. (⇨ 範例①) ② 成功《經過自己努力》. (⇨ 範例①)
make way 讓路；讓座. (⇨ 範例①)
no way ① 沒辦法，絕不. (⇨ 範例③) ② 豈有此理，不可能. (⇨ 範例②)
one way and another 從各方面來看. (⇨ 範例③)
one way or another 不管怎樣，設法. (⇨ 範例③)
one way or the other ① 設法. (⇨ 範例③) ② 無論如何，不管怎樣.
on ～'s way ① 在途中. (⇨ 範例①) ② 《從某場所》離開：I must be **on my way**. 我該告辭了.
on the way 接近. (⇨ 範例①)
on the way out ① 在要出去的途中. ② 過時，落伍. (⇨ 範例①)
out of ～'s way ① 離開. (⇨ 範例①) ② 特意. (⇨ 範例①)
out of the way ① 離開. (⇨ 範例①) ② 得到處理，結束. (⇨ 範例①) ③ 不尋常的，奇特的. (⇨ 範例③)
put ～ in the way of... 使能夠，使可以得到. (⇨ 範例①)
see ～'s way clear to ...ing 有可能做. (⇨ 範例①)
the other way around/the other way round 反過來，相反地. (⇨ 範例②)
there is no way ～ 絕對沒有，絕對不可能. (⇨ 範例①)
under way ① 《船》正在航行中. (⇨ 範例①) ② 《計畫、活動等》正在進行中. (⇨ 範例①)
ways and means ① 手段，方法：They've got **ways and means** of getting weapons. 他們有辦法弄到武器. ② 確保財源的方法，歲入：the **Ways and Means** Committee of the House of Representatives《美國的》眾議院歲入委員會.
♦ **wày ín** 入口《亦作 entrance, entry》.
　wày óut 出口《亦作 exit》；解決辦法.
　wày-óut《口語》離奇的，古怪的，前衛的.
　wáy tràin《美》《每站都停的》普通列車，慢車《亦作 local train》.
複數 **ways**
wayfarer [`we,fɛrɚ] n.《正式》《徒步》旅行者.
複數 **wayfarers**
waylaid [,we`led] v. waylay 的過去式、過去分詞.
waylay [,we`le] v. 伏擊；叫住.
活用 v. **waylays, waylaid, waylaid, waylaying**
wayside [`we,saɪd] n. 路邊，路旁：She stopped the car by the **wayside** to rest. 她把車停在路邊休息.
wayward [`wewɚd] adj. 倔強的，任性的：a **wayward** son 任性的兒子.

活用 adj. **more wayward, most wayward**
W.C./WC [`dʌbḷju,si]《縮略》＝water closet《廁所》.
參考 亦作 w.c. 或 wc.
複數 **W.C.'s/W.C.s/WC's/WCs**
†**we** [wi] pron. 我們《☞ 充電小站 (p. 1467)》.
範例 **We** study English at school. 我們在學校學習英語.
　We have bread and butter for breakfast. 我們早餐吃塗奶油的麵包.
　It is **we** who are responsible for the accident. 要為那起意外事故負責任的是我們.
　We are all mortal. 人終究難免一死.
　We should obey the law. 我們必須遵守法律.
　In Taiwan, **we** have a lot of rain in June. 臺灣6月份雨水很多.
　We had much snow last winter. 本地去年冬天下很多雪.
　We don't carry leather goods. 本店不賣皮革製品.
　We are obliged to question the soundness of the plan. 我們不得不質疑那項計畫的妥當性.
☞ us
*****weak** [wik] adj. 弱的，軟弱的，脆弱的，薄弱的，懦弱的；不牢固的；淡的.
範例 The old ladder is very **weak**. 那把舊梯子非常不牢固.
　I don't believe women are **weak**. 我絕對不認為女人是弱者.
　He is a man of **weak** character. 他是一個性格懦弱的男子.
　Jack is too **weak** to stand up for his principles. 傑克太過軟弱，以致於無法堅持自己的原則.
　She's good at English, but rather **weak** at mathematics. 她很擅長英語，但數學就相當差了.
　The report was rejected due to **weak** documentation. 因為文獻論證薄弱，所以這份報告被駁回.
　Would you like your coffee strong or **weak**? 你的咖啡想要濃的還是淡的?
♦ **the wéaker séx**《古語》弱勢性別《指女性》.
　wèak póint 弱點.
　wéak síde 弱側《指美式足球或籃球比賽中較少人防守之處》.
　wéak spòt 弱點，脆弱的部分.
☞ ↔ strong
活用 adj. **weaker, weakest**
*****weaken** [`wikən] v. 削弱，變弱，《使》脆弱：I'm afraid this news will **weaken** Jill's will to keep fighting. 這個消息恐怕會削弱吉兒繼續戰鬥的意志.
活用 v. **weakens, weakened, weakened, weakening**
weak-kneed [`wik`nid] adj. ① 膝蓋無力的. ② 軟弱的，膽怯的.
活用 adj. **more weak-kneed, most**

evening dress
frock coat
suit
trench coat
toggle
duffle coat
ulster
smock
overalls
pajamas/pyjamas
nightgown
slip
vest
trunks
dressing gown
pullover
jacket

[wear]

weak-kneed

weakling [`wiklɪŋ] n. 虛弱的人；懦弱的人；纖弱的生物.
[複數] **weaklings**

weakly [`wiklɪ] adv. ① 虛弱地，軟弱無力地；懦弱地；脆弱地.
——adj. ② 虛弱的，病弱的：a **weakly** old man 病弱的老人.
[活用] adv., adj. **weaklier, weakliest/more weakly, most weakly**

*__weakness__ [`wiknɪs] n. 虛弱；薄弱；弱點，缺點.
[範例] His **weakness** prevented him from going. 他因為太虛弱而沒有去.
A negative environmental impact is the plan's biggest **weakness**. 對環境的負面衝擊是那項計畫的最大缺點.
[片語] **have a weakness for** 非常喜歡：I **have a weakness for** a sexy French accent. 我非常喜歡性感的法語腔調.
[複數] **weaknesses**

*__wealth__ [wɛlθ] n. ① 財富,財產. ② 豐富,大量.
[範例] ① a man of **wealth** 富豪.
They are a family of great **wealth**. 他們是非常富有的家族.
② This man has a **wealth** of information on computers in his head. 這個人的〔腦子裡〕電腦知識很豐富.

*__wealthy__ [`wɛlθɪ] adj. ① 有錢的,富裕的. ② 富足的,豐富的.
[範例] ① a **wealthy** man 富豪.
The emperor and his family were very **wealthy**. 皇帝和他的家族非常富裕.
② These countries are **wealthy** in natural resources. 這些國家的天然資源很豐富.

[活用] adj. **wealthier, wealthiest**

wean [win] v. 使戒掉；使斷奶.
[範例] The man tried to **wean** his wife from smoking. 那個男子想讓他的妻子戒菸.
The mother **weaned** her baby at ten months. 那個母親讓她的嬰兒在出生後10個月斷奶.
[片語] **wean on ~** (成長過程)深受~的影響.
[活用] v. **weans, weaned, weaned, weaning**

*__weapon__ [`wɛpən] n. 武器, 兵器；手段.
[範例] conventional **weapons** 傳統武器《核子武器以外的武器》.
nuclear **weapons** 核子武器.
A strike is the worker's **weapon**. 罷工是工人的手段.
[複數] **weapons**

*__wear__ [wɛr] v. ① 穿，戴，佩，蓄著，帶著. ② 穿舊,(使)磨損,(使)磨掉. ③ 耐用,耐穿,耐久.
——n. ④ 衣服. ⑤ 穿著,反覆使用,穿舊,用舊,磨損. ⑥ 耐用,耐久.
[範例] ① What shall I **wear** for today's party? 今天的晚會我該穿甚麼好呢？
Mary doesn't want to **wear** glasses. 瑪麗不想戴眼鏡.
Mike is a tall, young man **wearing** a beard. 麥克是個高個子、蓄著鬍鬚的年輕人.
Does Judy **wear** her hair short? 茱蒂將頭髮剪短了嗎？
Try to **wear** a smile for the customers. 對顧客要面帶微笑.
② I have to buy a new jacket. The elbows of this jacket have **worn** thin. 我必須買一件新夾克. 這一件夾克的手肘部分已經磨薄了.
③ My shoes **wore** very badly. 我的鞋子非常不耐穿.

W

充電小站

we

【Q】我們學過 book 的複數是 books，child 的複數是 children．那麼，I 的複數是 we 嗎？
【A】不對．兩本以上的 book 是 books，兩個以上的 child 稱作 children．但 I 不可能會有兩個以上．因為 I 是某一個人使用英語時，用來指無可替代的、唯一的自己所使用的詞．

如果 we 不是 I 的複數的話，那麼 we 到底代表甚麼呢？ 其實 we 代表的是「I＋某人」，並且有以下 3 種情況：
(1)「I＋you」
此時的 we 是 I (說話者本身) 加上 you (聽話者對方)．
I am hungry. You look hungry too. Shall **we** go to the restaurant? (我餓了．你看起來好像也餓了．我們到餐館去，好嗎？)
因為 I 餓了，you 似乎也餓了，而邀其一起去．此時的 we 指的是「I＋you」．
(2)「I＋you＋某人」
You and Paul and I will be good friends if **we** try to. (只要我們願意，你、保羅和我肯定會成為好朋友．)
此時的 we 是「I＋you＋Paul」．
We had a lot of rain in Taiwan last summer. (去年夏天臺灣下了很多雨．)
you (談話的對象) 如果也是臺灣人的話，那

麼 we 為「I＋you＋其他所有的臺灣人」．
「I＋某人」的「某人」其範圍可依前後關係無限擴展．
We are the World.
當此例句中的 we 指「I＋you＋其他所有的地球人」，即「全人類」時，就是說「我們都是地球人」．
當然，此例句中的 we 不一定僅指「地球上的全人類」，依前後文的關係有可能指「地球上的全人類外的全部的蟑螂」，或是「地球上的全部生物」，甚至指「整個宇宙」．
(3)「I＋某人 (但不包括 you)」
此時的 we 是 I (說話者本身) 加上「you (聽話者對方) 以外的某人」．
We are right. You are wrong. (我們是對的．你們是錯的．)
此時的 we 與 you 相互對立．很明顯的，we 中不包括 you．
We had a lot of rain in Taiwan last summer. (去年夏天臺灣下了很多雨．)
與(2)的例句相同，我們可以從其他的前後關係來考慮．如果 you (談話的對象) 不是臺灣人的話，we 則是指「I＋其他所有的臺灣人」，即 we 是「不包括 you 在內的所有臺灣人」．

That dress has **worn** well, hasn't it? 那件洋裝真耐穿，不是嗎？
④ Leonard's shop deals in men's **wear** as well as sportswear and underwear. 李奧納多的店裡不僅賣運動服裝和內衣，而且還賣男裝．
⑤ This material is strong enough to resist **wear**. 這種材料經得起反覆使用．
My son needs a suit for formal **wear**. 我兒子需要一套正式的服裝．
This jacket is showing signs of **wear**. 這件夾克穿舊了．
brake **wear** 煞車的磨損．
[片語] **wear and tear** 磨損，損耗．
wear away 磨損，磨去：You can tell where we play baseball; the grass is **worn away**. 你應該可以看得出來我們在哪裡玩棒球，因為草皮都被磨光了．
The waves have **worn away** this huge cliff. 海浪磨損了這個巨大的峭壁．
wear down ① 削掉，削取．② 使厭煩，使精疲力盡．
wear off 磨去，磨損：The patterns on the carpet have **worn off**. 那塊地毯的花紋磨損了．
wear on ①(時間慢慢地)消逝；持續．② 使厭膩，使失去毅力《亦作 wear upon》．
wear ～ out 用盡，磨損，損耗，使用舊，使疲憊不堪：My shoes are **worn out**. 我的鞋子磨損了．
You worked so hard that you must be worn

out. 你這麼竭盡心力地工作，一定疲憊不堪吧．
[參考] 表示動作的「穿」、「戴」時作 put on.
[活用] v. **wears**, **wore**, **worn**, **wearing**
wearer [ˋwɛrɚ] n. 穿戴者，佩戴者，使用者．
[複數] **wearers**
wearily [ˋwɪərɪlɪ] adv. ① 疲倦地，疲乏地．② 膩煩地，無聊地．
[範例] ① John was walking **wearily**. 約翰疲倦地走著．
"Leave me alone," Ron said **wearily**, "I'm too tired to talk." 朗疲倦地說道：「讓我一個人靜一靜，我太累得不能說話了．」
[活用] adv. **more wearily**, **most wearily**
wearing [ˋwɛrɪŋ] adj. 令人疲倦的，令人筋疲力竭的．
[活用] adj. **more wearing**, **most wearing**
wearisome [ˋwɪrɪsəm] adj. ① 令人筋疲力竭的，令人疲倦的．② 令人厭煩的，極為無聊的．
[範例] ① a **wearisome** task 累人的工作．
② a **wearisome** day 極為無聊的一天．
[活用] adj. **more wearisome**, **most wearisome**
weary [ˋwɪrɪ] adj. ① 筋疲力竭的，疲勞的，疲憊不堪的．② 厭煩的，厭倦的．③ 令人厭煩的，令人疲倦的．
—— v. ④ (使)疲勞．⑤ (使)厭倦．
[範例] ① **weary** travellers 疲憊不堪的旅人．
Mary was **weary** from hard work. 瑪麗因為辛

苦工作而累得筋疲力竭.

② I am **weary** of all this arguing. 我對這場爭論感到厭煩.

I've grown **weary** of hearing your complaints. 我再也不想聽你發牢騷了.

③ a **weary** lecture 無聊的演講.

The passengers had a **weary** wait on the runway. 乘客們在跑道上等得不耐煩了.

④ Jane's cancer is in remission, but she still **wearies** easily. 珍的癌症雖已穩定下來, 但她現在仍然容易感到疲勞.

John is **wearied** to the point he can't think straight. 約翰累得無法認真思考問題.

⑤ Reporters **wearied** Senator Kennedy with questions for two hours. 記者們以長達兩小時的提問對甘迺迪參議員進行疲勞轟炸.

Robert **wearied** us with his idle chatter. 羅伯特那些無聊的話使我們感到厭煩.

Phil was starting to **weary** of listening to the sermon. 菲爾再也不想聽別人說教了.

[活用] adj. **wearier**, **weariest**

[活用] v. **wearies**, **wearied**, **wearied**, **wearying**

weasel [ˋwizl] n. ① 鼬鼠. ② 狡猾的人；告密者.

[複數] **weasels**

**weather [ˋwɛðɚ] n. ① 天氣, 氣象.

——v. ② 使風吹雨淋, 風化. ③ 穿過；度過；戰勝 (困難等).

[範例] ① The **weather** was good for February. 就2月份而言, 這樣的天氣算是不錯的了.

What is the **weather** like in Alaska this time of year? 阿拉斯加每年此時的天氣狀況如何?

The **weather** forecast says it will be cloudy tomorrow. 天氣預報說明天是陰天.

The team practices outdoors in good **weather** and works out indoors when it's bad. 球隊天氣好時在室外練習, 天氣不好時就在室內練習.

Willy and Peter go to school by bike in all kinds of **weather**. 不管天氣如何, 威利和彼德總是騎腳踏車上學.

We'll have a barbecue today, **weather** permitting. 如果天氣好的話, 我們打算今天舉辦野外烤肉.

② The statue has **weathered** badly. 那座雕像已經嚴重風化了.

③ The flight **weathered** the storm. 那架飛機安全地穿過暴風雨.

[片語] **in all kinds of weather/in all weathers** 不管天氣如何. (⇨ [範例] ①)

keep a weather eye open/keep ~'s weather eye open/keep a weather eye/keep ~'s weather eye 隨時注意著, 隨時警惕著: You should **keep a weather eye** on George. 你得隨時提防著喬治.

make heavy weather of 過度憂慮, 大驚小怪: The old lady **made heavy weather of**

writing a letter. 那位老太太把寫信當作是一件不得了的大事.

under the weather 不舒服的, 心情不好的, 身體不適的: I feel a bit **under the weather**. 我感到有些不舒服.

weather permitting 如果天氣好的話. (⇨ [範例] ①)

[參考] weather 指某一地區在特定時間內的天氣狀況, 而長期天氣狀況則用 climate.

♦ **wéather fòrecast** 天氣預報.

wéather màp 氣象圖.

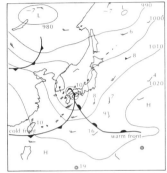

[weather map]

wéather sàtellite 氣象衛星.

wéather stàtion 氣象臺, 觀測站.

wéather vàne 風向標, 風向計.

➡ (充電小站) (p. 1469)

[複數] **weathers**

[活用] v. **weathers**, **weathered**, **weathered**, **weathering**

weather-beaten [ˋwɛðɚ͵bitn] adj. 被陽光曬傷的；受風雨侵蝕的.

[範例] The farmer looks **weather-beaten** after working so many years on the farm. 那個農夫在農場工作了許多年, 臉上看得出風吹日曬的痕跡.

A fisherman has a tanned and **weather-beaten** face. 漁夫有著一張黝黑而飽經風霜的臉.

Utah has a lot of beautifully shaped **weather-beaten** rocks in the desert. 猶他州的沙漠裡有許多受風雨侵蝕而形成的奇岩麗石.

[活用] adj. **more weather-beaten**, **most weather-beaten**

weathercock [ˋwɛðɚ͵kɑk] n. 雞形風向標, 風向計.

[複數] **weathercocks**

*weave [wiv] v. ① 織, 編, 編成. ② (使) 迂迴前進, 蜿蜒.

——n. ③ 織法, 編織法.

[範例] ① The woman **weaves** cloth on a loom every day. 那名女子每天用織布機織布.

The girls were **weaving** a carpet. 那些女孩們

W

充電小站

天氣 (weather)

天氣預報	weather forecast/weather report
晴朗	clear
晴天	fair, fine，sunny（陽光照耀）
晴	clear up
陰	cloudy/gloomy
雨	rain　　　　rainy
降雨	rainfall
大雨	heavy rain
小雨	light rain
毛毛雨	drizzle
陣雨，驟雨	shower/rain shower
霙	sleet
疾風，狂風	squall
傾盆大雨	downpour
暴風雨	rainstorm
局部性豪雨	local severe rain
酸雨	acid rain
雨滴	raindrop
彩虹	rainbow
雪	snow　　　snowy
降雪	snowfall
陣雪	snow shower
暴風雪	snowstorm
融雪	melting of snow/thaw
積雪深度	snow depth
初雪	first snow
積雪	continuous snow cover
霰	snow pellet/snow hail
雪晶	snow crystal
雪片，雪花	snowflake
冰針	ice needle/diamond dust
米雪	snow grain
雪水，半融化的雪，泥濘	slush
白霜	soft rime
冰柱	icicle
冰山	iceberg
冰河，冰川	glacier
流冰	drift ice
霧	fog　　　　foggy
薄霧	mist　　　misty
煙霧	haze　　　hazy
霜	frost　　　frosty
霜柱	frost columns，frost pillars
初霜	first frost
冰雹	hail
風	wind　　　windy（風大的）
悶熱	muggy, sticky（黏乎乎的）

It got muggier just after the typhoon.（颱風過後，天氣變得更悶熱了。）

雷雨	thunderstorm
閃電	lightning
颱風	typhoon
暴風雨	storm, tempest　強烈暴風雨
	cyclone　印度洋的颶風
	hurricane　加勒比海、墨西哥灣等的

颶風	typhoon　西太平洋上的颱風
	tornado　美洲中西部的龍捲風
有時	occasionally
間歇性降雨	intermittent rain
估計，預計	likely

Strong thunderstorm with heavy rain is likely in Beijing.（預計北京將有雨量充沛的大雷雨。）

| 後 | later |
| 局部地區 | partly |

The Taipei district today, the weather will be fair. In the afternoon it will be partly cloudy with occasional rain.（今天臺北地區晴，午後局部地區多雲有陣雨。）

| 氣溫 | temperature |

What's the temperature? —It's 20°C.
(It's twenty degrees centigrade./It's twenty degrees Celsius.)（氣溫是幾度？攝氏20度。）

最高氣溫	high
明天最高氣溫	tomorrow's high
	(the highest temperature/the maximum temperature)
最低氣溫	low
明天最低氣溫	tomorrow's low

Tomorrow's high will be 10°C, and the low, 3°C.（預計明天最高氣溫攝氏10度，最低氣溫攝氏3度。）

| 零下 | below zero |
| 濕度 | humidity |

The humidity is 75 percent now.（現在濕度是百分之七十五。）

濕度高	humid
濕度低，乾燥	dry
氣象圖	weather chart，weather map
氣壓	atmospheric pressure/barometric pressure/pressure
百帕	hectopascal/hPa

The barometer shows 965hPa.（氣壓計指數是965百帕。）

等壓線	isobar
高氣壓	high/high pressure/high atmospheric pressure
低氣壓	low/low pressure/low atmospheric pressure
氣壓槽	trough（← 飼料槽，水溝，谷）
風向	wind direction/the direction of the wind
風力	wind velocity/wind speed/the velocity of the wind
鋒面	front
暖鋒	warm front
冷鋒	cold front
滯留鋒	stationary front
囚錮鋒	occluded front

W

正在織地毯.
The material is **woven** from hemp. 那個布料是麻織成.
He **wove** straw into a hat. 他用稻草編成一頂帽子.
The writer **wove** his painful experiences into his novel. 那位作家將他的痛苦經歷寫進小說中.
The paper's ace reporter **wove** a story from several eyewitness accounts. 那家報社的頂尖記者將幾位目擊者的說明寫成一篇報導.
② The river **weaves** through the primeval forest. 那條河蜿蜒流過原始森林.
He **wove** his motorbike through traffic. 他騎著摩托車在車陣中穿梭.
③ a close **weave** 密織法.
[活用] v. **weaves, wove, woven, weaving/ weaves, wove, wove, weaving/ weaves, weaved, weaved, weaving**
[複數] **weaves**

weaver [`wivɚ] n. 紡織者, 編織者, 織工.
[複數] **weavers**

***web** [wɛb] n. ① 蜘蛛網《亦作 cobweb》. ② 蜘蛛網狀的東西, 網狀結構. ③(水鳥、青蛙等的)蹼.
[範例] ① The spider was spinning a **web**. 那隻蜘蛛正在結網.
② a complex **web** of alliances 複雜的結盟關係.
a complex **web** of lies 謊話連篇.
[複數] **webs**

webbed [wɛbd] adj. ① 有蹼的: **webbed** feet 蹼足. ② 蛛網狀的.

web-footed [`wɛb`fʊtɪd] adj. 蹼足的.

Wed./Wed《縮略》＝Wednesday（星期三）.

***wed** [wɛd] v. 結婚: I hear they **wed** on the bride's parents' anniversary. 我聽說他們在新娘父母的結婚紀念日那天結婚了.
[活用] v. **weds, wedded, wedded, wedding/weds, wed, wed, wedding**

we'd [(強)`wid; (弱) wɪd]《縮略》＝① we would. ② we had.
[範例] ① **We'd** be glad to come. 我們很高興能來.
② That was the worst thing **we'd** ever seen. 那是我們所見過最糟糕的事了.
We'd better go now. 我們最好現在去.

wedded [`wɛdɪd] adj. ① 已婚的, 結婚的. ② 〔不用於名詞前〕執著的, 沉湎的.
[範例] ① "Will you have this woman to be your **wedded** wife?" "I will." 「你願意娶這個女子為妻嗎?」「我願意.」
② The Libertarian Party is firmly **wedded** to abolishing the federal income tax and the I.R.S. 自由黨堅決要求廢除聯邦所得稅與國稅局.《自由黨是1971年在美國組成的政黨. 該黨主張完全的財產私有制與自由經濟, 認為國家不應干涉人們的私生活, 因此拒絕繳納所得稅; I.R.S. 是 Internal Revenue Service 的縮略, 〔美〕國稅局》

[活用] adj. ② **more wedded, most wedded**

***wedding** [`wɛdɪŋ] n. 結婚典禮, 婚禮: I have been invited to my niece's **wedding**. 我受邀參加我姪女的結婚典禮.
♦ **wédding annivèrsary** 結婚紀念日.
wédding càke 結婚蛋糕.
wédding rìng 結婚戒指.
➡ (充電小站) (p. 1471)
[複數] **weddings**

***wedge** [wɛdʒ] n. ① 楔子, 楔狀物. ② 楔形鐵頭球桿《一種高爾夫球桿; 鐵製, 擊球面角度大, 可使球飛行的距離縮短》.
── v. ③ 用楔子固定, 將楔形物塞入; 使擠入, 使塞入.

[wedge]

[範例] ① He drove a **wedge** into the log. 他將楔子塞入圓木.
a **wedge** of cheesecake 一塊楔形乳酪蛋糕.
③ She **wedged** the door open. 她把楔片塞在門下使門開著.
I **wedged** myself into the seat. 我硬把自己擠進座位.
[複數] **wedges**
[活用] v. **wedges, wedged, wedged, wedging**

wedlock [`wɛdlɑk] n. 《正式》結婚狀態, 婚姻.
[範例] a child born in **wedlock** 婚生子女.
a child born out of **wedlock** 非婚生子女.

***Wednesday** [`wɛnzde] n. 星期三《略作 Wed.》.
[範例] I will meet him on **Wednesday**. 我星期三會去見他.
on **Wednesday** morning 在星期三早晨.
He came here **Wednesday**. 他是星期三到這裡的.
➡ (充電小站) (p. 813), (p. 1291)
[複數] **Wednesdays**

wee [wi] adj. ①〔口語〕〔只用於名詞前〕很小的, 極小的. ②〔美〕〔只用於名詞前〕(時間) 非常早的.
── v. ③ 尿尿, 小便.
── n. ④ 尿, 小便.
[範例] ① a **wee** baby dog 一隻很小的小狗.
② We started in the **wee** hours of the morning. 我們一大早就開始進行了.
[片語] **a wee bit** 一丁點, 一點: She was a **wee bit** drunk. 她有一點醉了.
[活用] adj. **weer, weest**
[活用] v. **wees, weed, weed, weeing**
[複數] **wees**

***weed** [wid] n. ① 雜草. ② 藻類, 水草, 海草. ③〔口語〕〔英〕孱弱的人, 纖弱的人. ④〔口語〕香菸, 大麻.
── v. ⑤ 除去 (~的) 雜草, 清除, 剔除.
[範例] ① The garden was full of **weeds**. 那個院子裡長滿了雜草.
The **weeds** in your garden take nourishment

充電小站

結婚紀念日 (wedding)

【Q】聽說結婚第25年叫「銀婚」，第50年叫「金婚」，難道其他的年份就不用紀念了嗎？
【A】「銀婚」與「金婚」的英語為 Silver Wedding 和 Golden Wedding.
「紀念日」英語作 anniversary（源自拉丁文的表示「每年都回來的」之意的詞語）. 因此, 結婚紀念日說成 wedding anniversary.
下面舉出 wedding anniversaries:

第1年	Paper Wedding (紙婚)	
第2年	Cotton Wedding (綿婚)	
第3年	Leather Wedding (皮婚)	
第4年	Flower/Fruit Wedding（花婚 或 水果婚）	
第5年	Wooden Wedding (木婚)	
第6年	Iron/Sugar-candy Wedding（鐵婚或糖果婚）	
第7年	Woollen Wedding (羊毛婚)	
第8年	Bronze Wedding (青銅婚)	
第9年	Copper/Pottery Wedding（銅婚 或 陶器婚）	
第10年	Tin Wedding (錫婚)	
第11年	Steel Wedding (鋼鐵婚)	
第12年	Silk/Fine Linen Wedding（絲綢婚或細亞麻婚）	
第13年	Lace Wedding (束帶婚)	
第14年	Ivory Wedding (象牙婚)	
第15年	Crystal Wedding (水晶婚)	
第20年	China Wedding (瓷器婚)	
第25年	Silver Wedding (銀婚)	
第30年	Pearl Wedding (珍珠婚)	
第35年	Coral Wedding (珊瑚婚)	
第40年	Ruby Wedding (紅寶石婚)	
第45年	Sapphire Wedding (藍寶石婚)	
第50年	Golden Wedding (金婚)	
第55年	Emerald Wedding (祖母綠婚)	
第60年	Diamond Wedding (鑽石婚)	
第65年	Star Sapphire Wedding（星彩藍寶石婚）	

from the soil that your plants need. 你院子裡的雜草會吸取土壤中花草所需要的養分.
⑤ I **weed** the garden once every two weeks. 我每兩個星期給院子除草一次.
Natural law **weeds** out weak things. 自然法則會淘汰弱者.
片語 **weed out** 排除, 除掉. (⇨ 範例⑤)
複數 **weeds**
活用 v. **weeds, weeded, weeded, weeding**

weedy [ˋwidɪ] adj. ① 雜草叢生的. ②《口語》柔弱的, 纖弱的, 孱弱的.
範例 ① a **weedy** lawn 雜草叢生的草坪.
② a **weedy** young man 弱不禁風的年輕人.
活用 adj. **weedier, weediest**

**week [wik] n. 一星期, 一週, 7天.
範例 What day of the **week** is it today? 今天是星期幾?《也可以說成 What day is today?》
He will arrive next **week**. 他下週將會抵達.
We haven't heard from him for **weeks**. 我們有好幾個星期沒接到他的音信.
My mother has been sick for **weeks**. 我母親臥病在床已有好幾個星期.
I'll take a two-**week** holiday. 我將有兩個禮拜的假期.
Mr. Brown comes to our school every other **week**. 布朗先生每隔一週來我們學校一次.
I'll finish the work in a **week** or two. 我將在一、兩週內把這項工作完成.
Let's meet here again a **week** from today. 下個星期的今天我們仍在這裡見面.
I met Mr. Brown at the party today **week**. 上週的今天, 我在那個晚會上遇見布朗先生.

The five-day **week** is becoming usual in Taiwan. 一週工作5天在臺灣逐漸普及了.
Fire Prevention **Week** 防火週.
片語 **a week ago** 一週前.
a week ago ~ 從~起一週之前: The conference was held **a week ago** yesterday. 那次會議是在8天前召開的.
a week from ~/a week ~ 從~起一週之後: The conference will be held **a week from** Friday. 這次會議定於下週的星期五召開.
a week today/today week ① 下週的今天. (⇨ 範例) ② 上週的今天. (⇨ 範例)
by the week 按週: He is paid **by the week**. 他領週薪.
every other week/every second week 隔週. (⇨ 範例)
every week 每週.
for weeks 一連幾個星期. (⇨ 範例)
last week 上週.
next week 下週. (⇨ 範例)
the week after next 下下週.
the week before last 上上週.
week after week/week in week out 每星期.
week by week/from week to week 每週.
複數 **weeks**

weekday [ˋwikˏde] n. 平日.
範例 He is always busy on **weekdays**. 他平日總是很忙.
Are there **weekday** services in the church? 那個教會平日舉行禮拜嗎?
work **weekdays** 平日工作.
複數 **weekdays**

weekend [`wik`ɛnd] *n.* ① 週末.
——*v.* ② 度週末，週末旅行.
範例 ① What do you usually do on the **weekend**? 你週末通常做甚麼？
over the **weekend** 整個週末.
Have a nice **weekend**. 祝你有個愉快的週末.
a **weekend** sale 週末大減價.
I must work **weekends**. 我週末必須工作.
② They are **weekending** by the sea. 他們正在海邊度週末.
複數 **weekends**
活用 *v.* **weekends, weekended, weekended, weekending**

weekly [`wiklɪ] *adj.*, *adv.* ① 每週的〔地〕，一週一次的〔地〕.
——*n.* ② 週刊，週報.
範例 ① a **weekly** magazine 週刊雜誌.
She pays a **weekly** visit to her parents. 她每週去看望父母一次.
This magazine is published **weekly**. 這本雜誌每週發行一次.
He is paid **weekly**. 他領週薪.
② *Time* is a **weekly**.《時代》是週刊.
複數 **weeklies**

*__**weep** [wip] *v.* ①《正式》哭泣，流(淚). ② 流出.
——*n.* ③ 哭泣.
範例 ① The women **wept** at the news of the cave-in. 婦女們聽到坍方的新聞都哭了.
The girl **wept** bitter tears. 那個女孩流下傷心的眼淚.
② The wound **wept** pus. 那個傷口流出膿.
➡ 充電小站 (p. 299)
活用 *v.* **weeps, wept, wept, weeping**

weepy [`wipɪ] *adj.* 欲哭的，賺人熱淚的.
活用 *adj.* **weepier, weepiest**

weevil [`wivḷ] *n.* 象鼻蟲.
複數 **weevils**

weft [wɛft] *n.* 〔the ~〕緯線 (☞ warp (經線)).
複數 **wefts**

*__**weigh** [we] *v.* ① 重 (若干)，稱重量. ② 用秤稱；考慮. ③ 有很大的壓力. ④ 起錨.
範例 ① "How much do you **weigh**?" "I **weigh** 160 pounds." 「你體重多少？」「我體重160磅.」
I **weigh** less than I used to. 我的體重比以前輕了.
This accident **weighs** on his mind. 這起意外事故使他的心情變得沉重.
② I **weighed** myself on the scales. 我用體重計稱自己的體重.
He **weighed** out 100 grams of salt. 他稱出100公克的鹽.
You should **weigh** your words before you begin to speak. 你應該先斟酌字句後再發言.
He **weighed** his plan against mine. 他比較了他的計畫與我的計畫.
He **weighed** up the situation and decided on a course of action. 他斟酌情況後，決定行動的

方針.
③ The branches were **weighed** down by the snow. 那些樹枝被雪壓彎了.
He is **weighed** down with various cares. 他因各種煩惱而心情沉重.
片語 **weigh against** 比較，權衡. (⇨ 範例 ②)
weigh down 使沉重，使壓彎. (⇨ 範例 ③)
weigh in ① 在比賽前接受體重檢查. ② 援助，聲援.
weigh on 壓迫. (⇨ 範例 ①)
weigh out 秤出. (⇨ 範例 ②)
weigh ~'s words 斟酌字句. (⇨ 範例 ②)
weigh up 衡量，斟酌. (⇨ 範例 ②)
♦ **wéigh-in** 量體重.
wéighing machìne 磅秤.
活用 *v.* **weighs, weighed, weighed, weighing**

*__**weight** [wet] *n.* ① 體重，重量. ② 重擔. ③ 秤錘，砝碼. ④ 啞鈴.
——*v.* ⑤ 使載重，加以重壓.
範例 ① "What is the **weight** of this gold?" "It is about 100 grams in **weight**." 「這塊金子重量多少？」「重量約為100公克.」
She has put on **weight** recently. 最近她體重增加.
The doctor told me to watch my **weight**. 那位醫生要我注意體重.
She looks very tired under the **weight** of all that responsibility. 由於肩負著重的責任，她看起來十分疲倦.
His opinion carried a lot of **weight** with his friends. 他的意見對他的朋友很有影響力.
He is a man of **weight** in politics. 他是政壇的重要人物.
He always throws his **weight** around. 他總是作威作福.
My mother has been ill since last week; that is a **weight** on my mind. 我母親從上週起一直在生病，實在叫我擔心.
Jane offered me her help; she has taken a **weight** off my mind. 珍幫助我，才使我鬆了一口氣.
⑤ They **weighted** their fishing net. 他們在魚網上加了鉛錘.
The consumption tax is **weighted** against people in the lower income bracket. 消費稅對較低收入階層不利.
He was **weighted** down with many troubles. 許多的麻煩使他受不了.
片語 **by weight** 論重量，論斤：They sell meat only **by weight** in that store. 那家商店只論斤賣肉.
carry weight 有重要的意義. (⇨ 範例 ①)
gain weight 體重增加.
lose weight 體重減輕.
pull ~'s weight 盡本分.
put on weight 體重增加. (⇨ 範例 ①)
throw ~'s weight around/throw ~'s weight about 作威作福. (⇨ 範例 ①)

W

weight down 加以重壓. (⇨ 範例 ⑤)
♦ **wéight lìfting** 舉重《亦作 weightlifting》.
複數 **weights**
活用 v. **weights, weighted, weighted, weighting**

weightless [`wetlɪs] adj. ① 無重力的. ② 沒有重量的.
活用 adj. ② **more weightless, most weightless**

weighty [`wetɪ] adj. 重的, 有重量的.
範例 a **weighty** box 沉重的箱子.
a **weighty** problem 重要的問題.
a **weighty** statesman 有勢力的政治人物.
weighty responsibilities 重任.
活用 adj. **weightier, weightiest**

weir [wɪr] n. ① (河的) 堰. ② 魚梁.
複數 **weirs**

weird [wɪrd] adj. 怪異的, 奇異的, 難以理解的.
範例 **Weird** sounds were heard coming out of the abandoned house. 那棟空房子裡傳來怪異的聲音.
Lucy looks **weird**; there must be something wrong with her. 露西看起來有點怪, 一定發生了甚麼事.
活用 adj. **weirder, weirdest**

weirdly [`wɪrdlɪ] adv. 怪異地, 難以理解地.
活用 adv. **more weirdly, most weirdly**

weirdness [`wɪrdnɪs] n. 怪異, 奇怪.

welcome [`wɛlkəm] interj. ① 歡迎.
──n. ② 歡迎, 款待; 歡迎辭.
──adj. ③ 受歡迎的, 令人高興的. ④ 可隨意使用的.
──v. ⑤ 歡迎.
範例 ① **Welcome**! 歡迎!
Welcome home. 歡迎回家.
Welcome to Taiwan. 歡迎來臺灣.
② The villagers gave us a warm **welcome**. 那些村民們熱情地歡迎我們.
③ You are always **welcome** here. 你甚麼時候來都受歡迎.
You're **welcome** to come any time. 歡迎你隨時過來.
a **welcome** change 令人高興的改變.
④ You are **welcome** to my car. 你可以隨意使用我的車.
⑤ He **welcomed** my partnership with open arms. 他熱烈地歡迎我加入.
片語 *You're welcome./Welcome.* 不客氣; 不敢當.
複數 **welcomes**
活用 adj. **more welcome, most welcome**
活用 v. **welcomes, welcomed, welcomed, welcoming**

weld [wɛld] v. ① 銲接, 鍛接; 結合.
──n. ② 銲接; 接合點.
範例 ① He **welded** the steel plate to the top of the pole. 他將鋼板銲接在那根柱子的頂端.
We can't **weld** these different approaches into

one method. 我們不能將這些不同的作法結合成一種.
活用 v. **welds, welded, welded, welding**
複數 **welds**

welder [`wɛldɚ] n. 銲接工.
複數 **welders**

welfare [`wɛl،fɛr] n. ① 幸福, 福祉, 福利. ② 福利事業. ③ 《美》社會救濟.
範例 ① Everything mom and dad do is for our **welfare**. 父母親所做的一切都是為了我們的幸福.
② The government is aiming to make cuts in **welfare**. 政府打算削減福利事業.
③ John is on **welfare**. 約翰接受社會救濟.
♦ **wèlfare státe** 福利國家.
wélfare wòrk 福利事業.

well [wɛl] adv. ① 順利地, 恰當地, 充分地. ② 有理由地.
──adj. ③ 順利的, 適當的, 妥當的, 充分的, 很好的.
──interj. ④ 啊《表驚訝、讓步、預期等》.
──n. ⑤ 井; 泉. ⑥ 井孔, 樓梯井.
──v. ⑦ 湧出, 噴出 (up).
範例 ① She sings very **well**. 她歌唱得非常好.
How **well** does he speak Italian? 他的義大利語好到甚麼程度?
It is important to choose your words **well** when you speak in public. 在公共場合講話時, 選擇恰當的詞語很重要.
He can swim as **well** as his father. 他游泳游得很好, 一點也不亞於他父親.
Well done! 做得好!
I cannot very **well** give up smoking now. 我現在無法完全戒掉菸癮.
You would do **well** to stay at home. 你最好是待在家裡.
Everything is going **well** with me. 我一切順利.
I slept **well** last night. 昨晚我睡得很好.
You can **well** rely on him. 你可以完全信賴他.
The work is pretty **well** finished. 工作差不多做好了.
② You may **well** be proud of your son. 你有足夠的理由為你的兒子感到驕傲.
You might as **well** throw your money away as lend it to her. 你把錢借給她還不如扔掉.
③ "How are you, May?" "I'm quite **well**, thank you." 「梅, 妳好嗎?」「我很好, 謝謝.」
He will get **well** soon. 他很快就會復元.
Things are **well** with us. 我們一切都很順利.
We are very **well** as we are. 像現在這樣我們就很滿足了.
It is all very **well** for you to say so, but who will do it? 你這樣說固然可以, 可是誰來做呢?
It would be **well** to ask for a doctor's advice. 你最好請教醫生.
All is **well** that ends well. 《諺語》只要結果好一切都好.
④ **Well**, I'm not sure whether he's coming. 嗯,

W

我也不確定他到底來不來.

"Who met you at the station?" "**Well**, let me see. Yes. May, Jane, Tom, and Jim." 「誰到車站接你?」「嗯，讓我想想看，有梅、珍、湯姆和吉姆.」

Well! It's you, Jack! 啊! 是你呀，傑克!

"He passed the exam." "**Well**, **well**!" 「他通過考試了.」「啊! 真是想不到!」

Well, let's go home before dark. 好了，趁著天還沒黑，我們回家吧.

⑤ The village has only one **well**. 那個村莊只有一口井.

⑦ Tears **welled** up in her eyes. 她的眼中湧出了淚水.

A strong desire **welled** up within him. 他的心中產生了一個強烈的欲望.

片語 **as well** 同樣: He speaks English, and French **as well**. 他講英語，也講法語.

~ as well as... ① 和…一樣好. (⇨ 範例 ①)

② 不僅~而且: She gave us money **as well as** food. 她不僅給我們食物，而且還給我們錢.

I **as well as** you am to blame. 不僅是你不對，我也不對.

well up ① 熟悉的，精通的: He is **well up** in English literature. 他精通英國文學. ② 湧出. (⇨ 範例 ⑦)

♦ **wèll-advísed** 謹慎的.
wèll-bálanced 均衡的，正常的.
wèll-béing 幸福，福利《亦作 wellbeing》.
wèll-bréd 有教養的，《動物》品種優良的.
wèll-dóne 全熟的《亦作 well done》.
wèll-dréssed 穿著體面的.
wèll-éarned 應得的.
wèll-éducated 受過良好教育的.
wèll-estáblished 固定的，確立的.
wèll-fóunded 有充分根據的.
wèll-infórmed 博學多聞的，消息靈通的.
wèll-inténtioned 善意的，出於好意的.
wèll-knówn 有名的，眾所周知的.
wèll-méaning 善意的.
wèll-óff 富裕的.
wèll-páid 待遇很好的.
wèll-réad 博覽群書的.
wèll-róunded 各方面俱備的.
wèll-spóken 說話流利的.
wèll-tímed 正合時宜的.
wèll-to-dó 富裕的.
wéll-wisher 祝福者，祝賀者.

☞ ↔ ill

活用 adv., adj. **better**, **best**
複數 **wells**
活用 v. **wells**, **welled**, **welled**, **welling**

we'll [(強) `wil;(弱) wɪl] (縮略) =we will, we shall: **We'll** go to Paris next week. 我們下星期要去巴黎.

Welsh [wɛlʃ] adj. ① 威爾斯的，威爾斯人〔語〕的.

——n. ② 威爾斯人，威爾斯語.

welter [`wɛltə] n. (一團) 混亂，雜亂無章: a **welter** of complaints 滿腹牢騷.

welterweight [`wɛltə.wet] n. (拳擊) 次中量級選手.

➡ 充電小站 (p. 145)

複數 **welterweights**

wend [wɛnd] v.《古語》前進，(向~) 行進，去 (~): The parade **wended** its way to the graveyard. 那個遊行隊伍向墓園前進.

活用 v. **wends**, **wended**, **wended**, **wending**

*****went** [wɛnt] v. go 的過去式.

*****wept** [wɛpt] v. weep 的過去式、過去分詞.

†**were** [(強) `wɝ;(弱) wər] aux.《用於主詞為複數或 you, 就「過去的事物」進行敘述時》.

原義	層面	用法	範例
存在的	原本的	接名詞、形容詞等	①
	繼續的	接現在分詞	②
	接受某種行為的	接過去分詞	③
	即將發生的	接 to＋原形動詞	④

範例 ① When the big earthquake destroyed our town, we **were** only little children. 當那個大地震摧毀我們的小鎮時，我們都還只是小孩子.

Both of them **were** students when they got married. 他們倆結婚時都還是學生.

The people there **were** full of life and joy. 那裡的人們充滿著活力和喜悅.

"Where **were** you last night, John?" "I was at the party." 「約翰，昨天晚上你去哪裡?」「我去參加那個聚會.」

"**Were** you?" "Yes!" "No, you **weren't**. I was at the party, and I didn't see you." 「你有去嗎?」「有呀!」「不，你沒去. 我 (昨晚) 也去參加那個聚會，可是沒看到你.」

There **were** a lot of pretty flowers in the garden. (那時) 花園裡有許多美麗的花.

If I **were** you, I wouldn't do such a thing. 假如我是你，我就不會做那種事.

She treats her cats as if they **were** her children. 她對待自己養的貓就像自己親生的孩子一樣.

If he **were** hungry, he would eat some food. 如果他真的肚子餓，他會去吃東西.

② We **were** traveling in Europe at that time. 那時我們正在歐洲旅行.

"You **were** running in the corridor, **weren't** you?" 「你 (那時) 在走廊上奔跑，不是嗎?」

③ We **were** scolded by our principal. 我們被校

長責罵了.
These paintings **were** painted by van Gogh.
這些畫出自梵谷之手.

④ We **were** to start for London yesterday afternoon. 我們決定昨天下午動身前往倫敦.
If it **were** to rain tomorrow, how disappointed they would be! 如果明天下雨的話, 他們會多失望啊!

片語 *as it were* 可以說, 可謂: Betty is, **as it were**, a good girl. 貝蒂可以說是一個乖巧的女孩.

➡ 充電小站 (p. 105), (p. 673)

we´re [wɪr]《縮略》=we are: We´re all fine. 我們都很好.

weren´t [wɜnt]《縮略》= were not: We **weren´t** very busy this week. 這個星期我們不是很忙.

werewolf [`wɪr,wʊlf] n. 狼人.
複數 **werewolves**

*****west** [wɛst] n., adj., adv. 西, 西方, 西部; (風等) 從西邊吹來的, 西方的, 向西的; 向西方, 朝西方.

範例 We watched the sun setting in the **west**. 我們看著太陽西下.
The **west** sky grew crimson. 西方的天空逐漸轉成了深紅色.
My room faces **west**. 我的房間朝西.
The frontier went on moving to the **West**. (美國拓荒時期的) 邊境不斷地向西部擴展.
China was once isolated from the **West**. 過去中國曾經一度與西方國家隔離.《意指對西方國家進行閉關自守的鎖國政策》

參考 the West 有時可用來表示特定地區的西部. 例如在美國, the West 是指密西西比河 (the Mississippi) 以西的地方. 另外, 有時 the West 也可用來表示有別於共產國家的西方世界或西方資本主義諸國.

♦ **wèst by nórth** 西偏北《略作 WbN》.
wèst by sóuth 西偏南《略作 WbS》.
the Wèst Énd 倫敦西區《位於倫敦市中心的西區, 有國會大廈、政府機關、劇場、大型購物商場、高級飯店等》.

westerly [`wɛstəlɪ] adj., adv. 位於西方的, 來自西邊的; 朝西方, 向西方: The clouds were flowing **westerly**. 那些雲正向西邊飄去.

活用 adj., adv. **more westerly**, **most westerly**

****western** [`wɛstən] adj. ① 西方的, 西部的.
——n. ②《美》西部片.

範例 ① They speak a bit differently in the **western** part of this country. 在這個國家的西部, 人們說話的語法稍有不同.
Western culture seems to be almost everywhere, doesn't it? 西方文化似乎無所不在, 不是嗎?

Westerner/westerner [`wɛstənə] n. ①《美》(出身) 西部的人. ② 西洋人, 西方人.
複數 **Westerners/westerners**

westernize [`wɛstə,naɪz] v. 使西化, 使歐美

化.
活用 v. **westernizes**, **westernized**, **westernized**, **westernizing**

Westminster [`wɛst,mɪnstə] n. 西敏區《位於倫敦市内泰晤士河 (Thames) 北岸的自治區, 英國國會大廈 (the Houses of Parliament) 就是位於此, 故亦可指作英國議會, 此外還有白金漢宮 (Buckingham Palace)、海德公園 (Hyde Park) 等》.

♦ **Wèstminster Ábbey** 西敏寺《位於倫敦市西敏區内的哥德式大教堂, 英國歷代國王的加冕儀式皆於此舉行, 其中還包含國王及民族英雄等的墓地; 亦簡稱作 the Abbey》.

[Westminster Abbey]

****westward** [`wɛstwəd] adj., adv. 朝西的, 西方的; 向西方, 朝西方: The car drove on **westward** along the river. 車子沿著河岸繼續向西方開去.

westwards [`wɛstwədz] adv. 朝西方, 向著西方.

*****wet** [wɛt] adj. ① 潮溼的, 溼的. ②《口語》《英》軟弱的, 沒志氣的, 沒有自信的.
——n. ③ [the ~] 下雨, 雨天. ④ [the ~] 溼氣.
——v. ⑤ 弄溼, 使潮溼.

範例 ① The grass was still **wet** with dew. 那片草地仍然沾著溼露.
His cheeks were **wet** with tears. 他淚流滿面.
Wet Paint「油漆未乾」《告示》.
wet weather 雨天.
② Don't be so **wet**. 不要這麼軟弱.
③ They walked in the **wet**. 他們在雨中行走.
⑤ The nurse **wetted** the towel with water. 那位護士用水沾溼毛巾.
The boy **wet** his bed. 那個男孩尿床了.

片語 *all wet* ① 溼透的. ②《美》完全弄錯的.
get ~'s feet wet 開始進行, 著手行動.
mad as a wet hen 非常生氣的.
wet behind the ears 乳臭未乾的, 人生經驗尚淺的.

♦ **wèt blánket** ①(用於滅火的) 溼毛毯. ②《口語》掃興的人或物.
wét cèll 溼電池.

wèt dréam 夢遺.

wét nùrse 奶媽.

wét sùit (潛水或衝浪時穿的) 緊身橡膠潛水衣.

☞ ↔ dry

活用 adj. **wetter**, **wettest**

活用 v. **wets**, **wet**, **wet**, **wetting/wets**, **wetted**, **wetted**, **wetting**

we've [(強) `wiv; (弱) wɪv]《縮略》=we have.

範例 **We've** enough money to get the house. 我們有足夠的錢買那棟房子.

We've lived in this house for 30 years. 我們已經在這棟房子住30年了.

We've been working for 10 hours without a break. 我們已經不停地工作10個小時了.

whack [hwæk] v. ① 猛打, 重擊.

——n. ② 猛打, (砰砰, 咚咚等的) 重擊聲. ③ 試做, 嘗試. ④ 一份, 分配.

範例 ① She **whacked** the horse with the stick. 她用棍子猛打那匹馬.

③ He took a **whack** at the computer. 那部電腦他試用過了.

④ I finished my **whack** of the work. 我所分配到的那份工作我做完了.

片語 **have a whack at/take a whack at** ① 嘗試. (⇨ 範例 ③) ② 猛打.

out of whack《美》不正常的, 不順利的, 故障的: My motorbike is **out of whack**. 我的機車故障了.

活用 v. **whacks**, **whacked**, **whacked**, **whacking**

複數 **whacks**

whacked [hwækt] adj.《口語》《英》筋疲力竭的, 極度疲勞的: I'm **whacked**. 我已經筋疲力竭了.

whacking [`hwækɪŋ] adj., adv.《口語》《英》巨大的, 非常出色的; 非常, 極其.

範例 a **whacking** lie 彌天大謊.

a **whacking** great mansion 豪宅大院.

whale [hwel] n. ① 鯨魚.

——v. ② 捕鯨.

範例 ① a blue **whale** 藍鯨《世界上現存最大的動物》.

a sperm **whale** 抹香鯨.

Is the **whale** really an endangered species? 鯨魚真的是瀕臨滅絕的物種嗎?

Hunting **whales** is under a ban today. 現在禁止捕鯨.

片語 **have a whale of a time** 度過非常愉快的時光.

複數 **whales**

活用 v. **whales**, **whaled**, **whaled**, **whaling**

whaler [`hwelɚ] n. ① 捕鯨船. ② 捕鯨人, 捕鯨業者.

複數 **whalers**

*__wharf__ [hwɔrf] n. 碼頭, (船隻) 停泊處: the cargo on the **wharf** 碼頭上的貨物.

複數 **wharfs/wharves**

†__what__ [hwɑt] pron., adj.

原義	用法	釋義	範例
甚麼	詢問「是甚麼」	甚麼, 甚麼事	①
		甚麼樣的, 怎麼樣的	②
	說明「是甚麼」	甚麼人〔事, 物〕	③
		隨便哪個, 所有, 任何	④
	構成感嘆句《表示因無法說明是甚麼而感到吃驚》	多麼; 甚麼!	⑤

範例 ① **What** is that tall building? 那座高大的建築物是甚麼?

What do you think of this plan? 你認為這個計畫怎麼樣?

"**What** does she do?" "She is a nurse." 「她是做哪一行的?」「她是護士.」

What did you come here for? 你為甚麼來這裡呢?

What is the matter with Mr. Brown? 布朗先生怎麼了?

What does it help to weep over the man's death? 為那個男子的死而悲傷哭泣有甚麼用呢?

He told me **what** to do. 他告訴我該怎麼做.

What about this news? 這則新聞怎麼樣?

What about your homework? 你的功課做完了嗎?

What about going on a picnic this coming Sunday? 這個星期天我們去野餐怎麼樣?

What about taking a shower? 淋浴一下如何?

What do you say to singing a song together? 我們一起唱首歌怎麼樣?

What if I get another D in English? 如果我英語成績再得 D 該怎麼辦?

What if we go and see the sights of Kenting next Sunday? 下個星期天我們去墾丁觀光怎麼樣?

"Wait a minute, please." "**What** is it?" 「請稍等一下.」「有甚麼事嗎?」

I've never seen pandas. **What** are they like? 我從未見過熊貓, 牠們長甚麼樣子?

"**What** is Mr. Brown like?" "He's a very kind teacher." 「布朗先生是個怎樣的人?」「他是一個非常和藹的老師.」

What is it like to be on a space shuttle? 乘坐太空梭的感覺怎麼樣?

I know **what** you mean. 我知道你的意思.

"He broke his promise." "**What**?" 「他失約了.」「甚麼?」

② **What** flower do you like the most? 你最喜歡甚麼花?

What kind of camera did you buy? 你買了哪一種照相機?

What color was his jacket? 他的夾克是甚麼顏色?
What time will she come? 她幾點會來?
What day is today? 今天是星期幾?
③ **What** is important to you is also important to me. 對你重要的事，對我來說一樣重要.
The traveler sees only **what** interests him. 那名旅行者只看自己感興趣的東西.
What Galileo had stated proved to be true. 伽利略所陳述的事已被證明是真實的.
He is **what** is called a man of character. 他就是所謂人格高尚的人.
David is not **what** he was. 大衛不是從前的（那個）他了.
④ You may take **what** books you like. 你可以拿任何你所喜歡的書.
You can take **what** food I have in the kitchen. 凡是我廚房裡有的食物，你都可以拿.
Ben took **what** action he thought necessary. 班採取了他認為有必要的行動.
She did her best with **what** little strength she had. 她已盡了自己微薄之力.
⑤ **What** a cute baby it is! 多麼可愛的小寶寶啊!
What beautiful weather! 多麼好的天氣啊!
What an idea! 多麼棒的主意!/多麼愚蠢的想法?
What! Did you break the vase? 甚麼! 你打破了那個花瓶?
片語 **and what not/and what have you** 此外還有，～等等.
come what may 無論如何，不管發生甚麼事: **Come what may**, we must keep our presence of mind. 不管發生甚麼事，我們都必須保持冷靜.
I know what./I'll tell you what./Tell you what. 我有個好主意; 你聽我說.
no matter what 無論如何，無論發生甚麼事: I have to finish this composition by tomorrow, **no matter what**. 無論如何，我必須在明天之前完成這篇作文.
or what 還是有甚麼事呢?: Are you attending the contest, **or what**? 你是要去參加那場比賽，還是有甚麼事?
～ and [or] what have you 《口語》～等等.
So what? 那又怎麼樣? 那又有甚麼關係:
"You stay up late too often." "**So what**?" 「你太常熬夜了.」「那又怎麼樣?」
"I've broken a dish." "**So what**? It's just one of those things that happen." 「我打破了一個盤子.」「沒關係，常有的事.」
What about ～? ～怎麼樣? (⇨ 範例 ①)
What for? 為甚麼? 為了甚麼目的?: "We're going to see Mr. Lin." "**What for**?" 「我們正要去見林先生.」「為甚麼?」
What ～ for? 為甚麼? 為了甚麼目的? (⇨ 範例 ①)
What if ～? ① 如果～會怎麼樣呢? (⇨ 範例 ①) ② 即使～又有甚麼關係? (⇨ 範例 ①) ③ ～怎麼樣? (⇨ 範例 ①)

what is called/what you call 所謂的. (⇨ 範例 ③)
What is it? 甚麼? 甚麼事? (⇨ 範例 ①)
What is ～ like? ～是甚麼樣子? ～長得像甚麼? (⇨ 範例 ①)
A is to B what C is to D. A 與 B 的關係就像 C 與 D 的關係一樣: Cricket **is to** the English what baseball **is to** the Japanese. 板球與英國人的關係，就像棒球與日本人的關係一樣.
what it takes (獲得成功的) 必要條件《如雄心、才智、外貌、財富等》.
What of ～? ～的情況怎麼樣? ～怎麼了?: "The wind is blowing very hard." "**What of** it?" 「風好強啊!」「怎麼了?」
What's new? 近來如何?《問候語》
What's up? 怎麼了? 你好嗎?《問候語》
what's what 事情的真相，實際情況: She said she had seen the bridge fall down. She will tell us **what's what**. 她說她看見那座橋坍塌. 她會告訴我們到底是怎麼回事.
What though ～! 即使～又有甚麼關係!: **What though** I fail in the entrance exam! 即使我入學考試失敗又有甚麼關係!
what with 由於～等原因: **What with** the food shortage, hundreds of people died in the refugee camp. 由於糧食短缺等原因，數百人死於那個難民營.
what with ～ and what with.../what with ～ and... 因為～以及…的原因，由於～及…等: **What with** the food shortage **and** the plague, hundreds of people died in the refugee camp. 由於糧食不足和瘟疫，數百人死於那個難民營.

†**whatever** [hwɑtˋɛvɚ] *pron.*, *adj.* ① 任何～的事物，凡是～的東西，無論甚麼事〔物〕《亦作 no matter what》. ② 究竟是甚麼，到底怎麼了. ③ 絲毫的，任何的.
範例 ① Choose **whatever** you like. 選你喜歡的任何東西.
Wear **whatever** hat you please. 你高興戴哪一頂帽子都可以.
In **whatever** place a man may be, the spring will come to him. 有人在的地方就有活力.
Whatever happens, you must stay calm. 不管發生任何事，你都必須保持鎮定.
Whatever has a beginning also has an end. 凡事有始必有終.
② **Whatever** do you mean? 你到底是甚麼意思?
③ Our teacher has no sense of humor **whatever**. 我們老師一點都不幽默.

what's [hwɑts] 《縮略》＝① what is. ② what has.
範例 ① **What's** your name? 你叫甚麼名字?
② **What's** happened? 發生了甚麼事?

whatsoever [͵hwɑtsoˋɛvɚ] *pron.*, *adj.* ＝《強調》whatever.

＊**wheat** [hwit] *n.* 小麥.
範例 a field of **wheat** 小麥田.

簡介輔音群 wh- 的語音與語義之對應性

wh- [hw-] 是由喉擦音 /h/ 與雙唇滑音 /w/ 組合而成。發 [hw] 音時，雙唇突出撮合成圓形，中間留一小空間，氣流由此處流動出去，而造成類似吹熄蠟燭的「呼呼」聲。因此本義表示「與氣流流動有關的聲音或造成空氣流動的動作如揮、拂、打等」：

whiz　（箭、子彈等）掠過的颼颼聲
whisper　（風、樹葉等的）沙沙聲
wheeze　發出呼呼的喘息聲
whimper　啜泣聲，嗚咽聲

whoop　（百日咳患者等的）喘息聲
whistle　口哨；（風等的）咻咻聲
whine　（狗等的）哀鳴聲，咻咻聲
whack　（用棒）猛力敲打
whip　鞭打
whiff　（棒球等）揮棒落空
whirl　旋轉；（汽車等）疾駛
whir　（馬達等）呼呼地轉動
whisk　揮，拂（灰塵、蒼蠅等）
whish　咻咻〔呼呼〕地移動

---

grind **wheat** into flour 把小麥磨成麵粉.
This bread is made from **wheat**. 這個麵包是用小麥做成的.
♦ **whéat gèrm** 麥芽，小麥胚芽.

wheedle [ˋhwicl] v. 用甜言蜜語哄騙，用花言巧語騙取.

[範例] Mary **wheedled** him into buying her a mink coat. 瑪麗用甜言蜜語哄騙他為自己買一件貂皮大衣.
Mary **wheedled** some money out of John. 瑪麗用花言巧語騙走約翰一些錢.

[活用] v. **wheedles**, **wheedled**, **wheedled**, **wheedling**

＊**wheel** [hwil] n. ○ 車輪，輪子. ②（汽車的）方向盤（亦作 steering wheel）；（船的）舵輪. ③ 旋轉的部分，旋轉盤.
——v. ④（使）旋轉，迴旋；改變方向，轉身；用手推車. ⑤ 安裝車輪.

[範例] ① This truck has six **wheels**. 這輛卡車有6個輪子.
These suitcases are on **wheels**. 這些行李箱附有輪子.
② The driver swung the **wheel** left. 那個司機左轉方向盤.
John was at the **wheel** when the accident happened. 發生那起意外事故時，約翰正在開車.
④ The helicopter **wheeled** around to rescue the crew from the wrecked ship. 那架直升機為了拯救遇難船隻上的船員而在附近上空盤旋.
She **wheeled** round and aimed the revolver at him. 她轉過身並將左輪手槍對準他.
She **wheeled** the stroller down the sidewalk. 她推著嬰兒車走在人行道上.

[片語] **at the wheel/behind the wheel** 開車中，駕駛中.（⇨[範例] ②）
♦ **Férris whèel** 摩天輪（[英] big wheel）.
pótter's whéel 陶輪，拉坯輪（製作陶器時所使用的橫式輪盤）.
spàre whéel 備胎.
➡ (充電小站) (p. 1479), (p. 381)
[複數] **wheels**
[活用] v. **wheels**, **wheeled**, **wheeled**, **wheeling**

wheelbarrow [ˋhwil͵bæro] n. 獨輪手推車

（用來運砂石等）.
[複數] **wheelbarrows**
wheelchair [ˋhwil͵tʃɛr] n. 輪椅:
She spent the rest of her life in a **wheelchair**. 她在輪椅上度過餘生.
[複數] **wheelchairs**
wheeze [hwiz] v. ① 氣喘呼呼，喘息: He began to **wheeze** half way up to the mountain top. 他爬到半山腰就開始氣喘呼呼.
——n. ② 喘息聲；老掉牙的笑話，過時的故事.
[活用] v. **wheezes**, **wheezed**, **wheezed**, **wheezing**
[複數] **wheezes**
wheezy [ˋhwizɪ] adj. 發出喘息聲的，喘息的.
[活用] adj. **wheezier**, **wheeziest**
whelk [hwɛlk] n. 蛾螺（一種蛾螺科的海產腹足軟體動物，殼表面有螺旋紋，可食用）.
[複數] **whelks**
whelp [hwɛlp] n. 幼犬，食肉動物的幼獸（幼獅、幼狼、幼熊等）；《古語》狂妄的年輕人，小兔崽子.
[複數] **whelps**

[wheelbarrow]

＊**when** [hwɛn] adv., conj., pron.

原義	用法	釋義	範例
甚麼時候	詢問在甚麼時候（作疑問副詞）	甚麼時候?	①
	說明在甚麼時候（作連接詞）	～的時候，～時	②
		那時；一～就…	③
	說明在甚麼時候（作疑問代名詞或關係代名詞）	那時；甚麼時候	④

[範例] ① **When** is your birthday? 你的生日是甚麼時候?
When did they get married? 他們是甚麼時候

wheel（車輪與方向盤）

【Q】我一直以為 wheel 指的就是車輪，但聽說汽車上有另一種裝置也叫做 wheel。到底 wheel 指的是甚麼呢？

【A】汽車上除了車輪之外，「方向盤」亦稱為 wheel。

一定有人說「方向盤」不是 handle 嗎？英語中確實有 handle 這個字，但是它並不包含「汽車方向盤」這個釋義。

handle 這個字原義為「用手操作」和「用手操作的東西」。舉個我們身邊的例子，如傘、手提包等的「柄」、「把手」就是 handle。就汽車而言，車門把手就被稱為 handle（有時亦作 door handle）。此外，馬戲團中所說的 "handling" 指的是用手雜耍小圓球的意思。

汽車的方向盤當然也是需要「用手操作的東西」，但卻稱為 wheel 或 steering wheel。這是為甚麼呢？

原因就在於方向盤的形狀。實際上 wheel 是用來指「輪形」的字，而汽車的方向盤正是「輪形」，所以稱為 wheel。同樣地，船的舵輪也被稱為 steering wheel 或 wheel。此外，steering 的 steer 原指「掌舵」之意，用於海上航行的船隻，也用於陸上的汽車。

同樣是控制方向的裝置，為甚麼腳踏車的稱為把手 (handlebars)，而不稱為方向盤 (wheel) 呢？這主要是因為腳踏車的把手是「棒狀」。因此，將前面說明過的表示「用手操作」之意的 handle 與表示「棒狀」之意的 bar 組合在一起就成了 handlebars。腳踏車的把手分成左右兩邊，通常作 handlebars；若表示一邊時作 a handlebar。

Do you know **when** she is coming? 你知道她甚麼時候來嗎？

Tell us **when** to stop working. 請告訴我們甚麼時候停止工作。

② She was beautiful **when** she was young. 她年輕時很漂亮。

When you need help, you can rely on me. 你需要幫忙時可以來找我。

My dog always wags its tail **when** it sees me. 我的狗見到我時總是搖著尾巴。

Don't make noise **when** you are in the library. 當你在圖書館時請不要發出噪音。

I think a lot of living things still survive **when** human beings die away. 我認為人類滅絕的時候，許多生物仍會（繼續）存活下去。

How can I buy it **when** I have no money? 沒有錢時我怎麼能買那樣東西？

We have only five chairs, **when** we need seven. 我們需要7張椅子，可是只有5張。

She always wants more even **when** she's had enough. 就算東西已經夠多了，她也永遠不會滿足。

When in need, you can come to me. 有需要的時候可以來找我。

When writing English, I often consult the dictionary. 寫英文時我經常查閱字典。

③ Spring is **when** everything seems lively. 春天是個萬物彷彿都充滿生機的季節。

I remember the day **when** I met the President. 我還記得我見到總統的那一天。

They lived in an age **when** most people grew their own food. 他們生活在一個大多數人都要自己栽種糧食的年代。

I was about to go out **when** it began to snow. 我正要出門的時候，就下起雪來了。

My wife came back home **when** I was preparing supper. 我太太回來時，我正在準備晚餐。

I came back home last Sunday, since **when** it has been raining. 從我上個星期日回家後，就一直在下雨。

④ Till **when** can I borrow this book? 這本書我可以借到甚麼時候？

Since **when** has he worked for that company? 他是從甚麼時候開始去那家公司上班的？

Say **when**.《口語》請告訴我你需要多少；夠了請說一聲。《為他人倒飲料時，請對方告訴自己要倒多少的說法》

†**whenever** [hwɛn`ɛvɚ] conj., adv. ① 每當；不論甚麼時候《亦作 no matter when》。 ② 究竟甚麼時候。

範例 ① I listen to music **whenever** I feel sad. 每當我悲傷的時候就聽音樂。

Whenever that man says "To tell the truth," I suspect that he's about to tell a lie. 每當那個男子說「老實說」的時候，我就會懷疑他要說謊了。

Whenever you may call, you'll find her sitting by the window. 不論你何時去拜訪她，都會發現她坐在窗邊。

② **Whenever** did she marry him? 她到底是甚麼時候跟他結婚的啊？

†**where** [hwɛr] adv., conj., pron.

原義	用法	釋義	範例
甚麼地方	詢問在甚麼地方（作疑問副詞或疑問代名詞）	～到哪裡? ～在哪裡?	①
	說明在甚麼地方（作關係副詞或連接詞）	那裡，在那裡	②
		在～地方，在～處	③

範例 ① **Where** is my mother? 我媽媽在哪裡？

Where did you meet Judy? 你是在哪裡遇到茱蒂的?

Do you know **where** he lives? 你知道他住在哪裡嗎?

I asked her **where** to put the TV. 我問她要把電視機放在哪裡.

Where do you come from? 你是哪裡人?

② I don't know the place **where** I was born. 我不知道我是在哪裡出生的.

This is the office **where** I work. 這就是我工作的辦公室.

This is the point **where** I cannot agree with you. 在這一點上,我不能同意你的看法.

We went to the camp, **where** I met my neighbor Mr. Gordon. 我們去露營時,我在那裡遇到我的鄰居戈登先生.

He entered the room, **where** three men were waiting for him. 他進入那個房間,那裡有3個男子正在等他.

This is **where** a large castle used to stand. 這個地方曾經矗立著一座很大的城堡.

We came to **where** there was a river that prevented us from going on. 我們來到了河邊,河水擋住了我們的去路.

③ Take me **where** you found the stolen car. 帶我到你發現那輛失竊汽車的所在地.

Keep the bag **where** you can see it. 把那個手提包放在你看得見的地方.

Put the book back **where** it was. 把那本書放回原位.

whereabouts [ˋhwɛrəˏbauts] n. ① 所在地.
——adv. ② 在哪一帶《作疑問副詞》.
範例 ① Her present **whereabouts** is unknown. 她現在下落不明.
② **Whereabouts** in Taipei do you live? 你住在臺北的哪一帶?

†**whereas** [hwɛrˋæz] conj. 雖然,然而;而;鑑於,由於.

whereby [hwɛrˋbaɪ] adv. 《正式》憑藉,根據.

whereof [hwɛrˋɑv] adv. ①《關於》甚麼地方;《關於》誰;《關於》甚麼. ②《關於》那人《事,物,地方》.

where's [hwɛrz] 《縮略》=① where is. ② where has.
範例 ① **Where's** your gun? 你的槍在哪裡?
② **Where's** he parked the car? 他把車停在哪裡?

whereupon [ˏhwɛrəˋpɑn] conj. ① 在那上面,在其上. ② 因此,於是:Jim hit a home run, **whereupon** all of us cheered. 吉姆擊出了一支全壘打,因此我們大家高聲喝彩.

†**wherever** [hwɛrˋɛvɚ] conj., adv. ① 無論在哪裡,不管到哪裡;無論在甚麼情況下《亦作 no matter where》. ② 究竟〔到底〕在哪裡.
範例 ① **Wherever** there is plenty of sun and rain, plants grow luxuriantly. 只要有充足的陽光和雨水,無論在哪裡草木都會生長得很茂盛.
Wherever he goes, he always carries some

extra cash. 他不管去哪裡都會額外多帶一些現金.

wherewithal [ˋhwɛrwɪðˏɔl] n.〔the ~〕《必要的》資金,本錢;必須採取的手段:We don't have the **wherewithal** to start a new business. 我們沒有開創新事業的資金.

whet [hwɛt] v. ①《正式》磨《刀》. ② 增強,刺激,促進《食欲,欲望,好奇心等》.
——n. ③ 磨《刀等》. ④ 刺激物;開胃食物.
範例 ① He **whetted** his ax on the stone. 他用那塊石頭磨斧頭.
② The picture of the steak **whetted** his appetite. 那張牛排的照片促進了他的食欲.
活用 v. whets, whetted, whetted, whetting

†**whether** [ˋhwɛðɚ] conj. 是否《該》;不管是~還是…《表示不知道某事是否會發生》.
範例 Tom asked **whether** I was going or not. 湯姆問我要不要去.
Tell me **whether** he is at home. 告訴我他是否在家.《句尾可加 or not》
Bob wondered **whether** to choose this one. 鮑伯不知道是否該選這個.
I worry about **whether** I hurt her feelings. 我擔心自己是不是傷了她的感情.
The problem is **whether** you can be trusted or not. 問題在於你是否可以讓人信任.
Anne doesn't know **whether** she should get married now or wait. 安不知道是該現在結婚,還是該再等一等.
I didn't know **whether** to laugh or cry. 我感到哭笑不得.
It is questionable **whether** or not Bob will be in time for the last train. 鮑伯能否及時趕上最後一班火車還是個問題.《or not 亦可置於句尾》
Whether you like it or not, you have to do it. 不管你喜不喜歡,你都必須去做.
Whether rich or poor, all have to have shelter. 不論貧富,每個人都應該有棲身之所.

whetstone [ˋhwɛtˏston] n. ① 磨刀石. ② 激勵;刺激物.
複數 whetstones

whew [hwju] interj. 唷《表示吃驚,放心,疲勞等時所發出的類似口哨聲的聲音》.

whey [hwe] n. 乳清《在生產乳酪的過程中,從牛奶中除去凝乳 (curd) 後的水狀液體》.

†**which** [hwɪtʃ] pron., adj.

原義	用法	釋義	範例
哪一個	詢問是哪個(作疑問代名詞或疑問形容詞)	哪個;哪些	①
		哪個(人,物等)	②
	說明是哪個(作關係代名詞或關係形容詞)	它,那一個	③
		而那	④

範例 ① **Which** is larger, Earth or Mars? 地球和火星哪一個比較大?

Which of the horses runs the fastest? 那些馬當中,哪一匹跑得最快?

Which do you like the most of these flowers? 在這些花裡面,你最喜歡哪一種?

He asked the policeman **which** was the way to the theater. 他向那位警察詢問哪一條是去那家戲院的路.

Please advise me **which** to choose. 請告訴我該選哪一個.

② **Which** girl won the first prize? 哪個女孩贏得第一名?

Which season do you like best? 你最喜歡哪一個季節?

The teacher told him **which** book he should read. 那位老師告訴他該讀哪一本書.

She didn't know **which** way to go. 她不知道該走哪一條路.

③ Look at the house **which** stands on the hill. 看看那棟位在山丘上的房子.

This is the doll **which** she gave me. 這是她送給我的洋娃娃.

That is the house in **which** they live. 那就是他們住的房子.

He had little money with **which** to buy clothes. 他幾乎沒有錢可以買衣服.

He asked me a question, **which** was too difficult for me. 他問了我一個對我來說太困難的問題.

This novel, **which** was written about eighty years ago, is still widely read. 這部大約80年前寫的小說至今仍廣為人們所閱讀.

I bought the dictionary, **which** I found very useful. 我買了那本辭典,發現它很有用.

The mountain, the top of **which** was covered with snow, was Mt. McKinley. 那座山頂覆蓋著白雪的山是麥金利山.

She changed her mind, **which** made him very angry. 她改變了心意,這使得他非常憤怒.

It is the curriculum **which** has to be changed. 應該改變的是學校的課程.《強調置於 It is 之後的 the curriculum》

It was Bill's bicycle **which** the boy stole. 那個男孩偷的是比爾的腳踏車.《強調 Bill's bicycle》

④ We traveled together as far as Paris, at **which** place we parted. 我們一起旅行至巴黎,在那裡我們才分道揚鑣.

The patient was asleep, during **which** time the nurse was beside the bed. 那名病患睡著期間,那個護士待在他床邊.

The train might be late, in **which** case you may not make it to the show on time. 那班火車可能會誤點,這麼一來你也許會趕不上那場表演.

†**whichever** [hwɪtʃˋɛvɚ] *pron.*, *adj.* 任何一個;不管哪個;不管哪個都.

範例 You may take **whichever** you like. 你可以拿你喜歡的任何一樣.

Whichever of the roads you choose, you will reach the station. 不管你走哪一條路都可以到那個車站.

Pick **whichever** flower you like. 隨便挑一朵你喜歡的花吧.

Whichever party wins in this election, things won't change a bit. 不論哪個政黨在這次選舉中獲勝,事情也不會有任何改變.

whiff [hwɪf] *n.* ① 一股,一陣(風、氣味等). ② 吸入的一口(香菸等). ③〖美〗(棒球、高爾夫球的)揮棒〔揮桿〕落空.

——*v.* ④ 輕吹. ⑤ 輕輕噴出〔吸入〕(菸等). ⑥ (棒球、高爾夫球)揮棒〔揮桿〕落空.

範例 ① The wolf caught a **whiff** of prey in the air. 那匹狼嗅到了一股獵物的氣味.

② I had a **whiff**. 我吸了一口菸.

複數 **whiffs**

Whig [hwɪg] *n.* ①〖英〗維新黨黨員. ②〖美〗自由黨黨員.

參考 "Whig" 一名源出於17世紀反對皇室特權的英國政黨,為反對具天主教背景的約克公爵詹姆斯的王位繼承權而成立,與保王黨(the Tories)相對立. 到18世紀末其勢力逐漸衰退,從19世紀中期成為新崛起的自由黨的主要力量. 19世紀美國當時為反對傑克森總統的獨裁暴政,模仿英國成立了自由黨(the Whig Party). 但到了19世紀40年代末,因奴隸制度問題產生分裂而開始瓦解,之後成立共和黨.

複數 **Whigs**

†**while** [hwaɪl] *conj.* ① 在~期間,在~時,與~同時. ② 只要;雖然,儘管;然而.

——*n.* ③(一段)時間,一會兒(時間);期間.

——*v.* ④ 度過(空閒的時間),消磨(時間)(away).

範例 ① **While** I was napping, I had a strange dream. 午睡時,我做了一個奇怪的夢.

Make hay **while** the sun shines.《諺語》打鐵趁熱;機不可失.

You shouldn't speak **while** eating./You shouldn't speak **while** you are eating. 吃飯的時候不要說話.

② **While** he hates English, he gets good marks in it. 他雖然討厭英語,但英語成績很好.

Sam was poor, **while** his elder brother Roy was very rich. 山姆很窮,然而他哥哥羅伊卻很富有.

③ He kept us waiting for a long **while**. 他讓我們等了很久.

He left a **while** ago. 他離開一會兒了.

④ He **whiled** the whole day away reading. 她一整天都在讀書消磨時間.

She **whiled** away the hours of waiting by reading magazines. 她藉由翻閱雜誌來消磨等待的時間.

片語 *all the while* (做~時)一直,始終: He kept silent **all the while**. 他一直沉默不語.

between whiles 間或，不時，有時：My father visited us **between whiles**. 我的父親不時會來看我們．

in a little while 不久，馬上．

once in a while 有時，不時．

worth ~'s while 值得花時間（去做）：This work is **worth your while**. 這個工作值得你去做．

複數 **whiles**

活用 v. **whiles, whiled, whiled, whiling**

whim [hwɪm] n. 突發奇想，怪念頭，（一時的）心血來潮．

範例 He bought some flowers on a **whim**. 他一時心血來潮買了一些花．

George had a sudden **whim** to go downtown. 喬治突然想去市中心．

複數 **whims**

whimper [ˋhwɪmpɚ] v. ①（低聲）嗚咽，啜泣；抽抽地說話；抱怨；（狗等）悲嗥．

——n. ② 嗚咽聲，啜泣聲．

範例 ① The boy picked up the **whimpering** dog and took it home. 那個男孩撿到一隻嗚嗚叫的狗，並把牠帶回家．

"I want ice cream," the boy **whimpered**. 那個男孩抽泣地說：「我要吃冰淇淋．」

活用 v. **whimpers, whimpered, whimpered, whimpering**

複數 **whimpers**

whimsical [ˋhwɪmzɪkl] adj. 古怪的，離奇的，不尋常的：Most kids go through a phase when they wear **whimsical** clothes. 大多數孩子都會經歷愛穿奇裝異服的階段．

活用 adj. **more whimsical, most whimsical**

whine [hwaɪn] v. ① 哭哭啼啼，哭鬧；嘀咕，抱怨；（狗等）悲嗥．

——n. ② 嗚咽聲，哭泣聲．

範例 ① The dog **whined** at the door. 那隻狗對著門口嗚嗚叫．

Our teacher is always **whining** about our grades. 我們老師總是對我們的成績抱怨個沒完．

活用 v. **whines, whined, whined, whining**

複數 **whines**

whinny [ˋhwɪnɪ] v. ①（馬）嘶鳴．

——n. ②（馬）的嘶鳴聲．

活用 v. **whinnies, whinnied, whinnied, whinnying**

複數 **whinnies**

***whip** [hwɪp] v. ①（用鞭子）鞭打，抽打；猛打，重擊；擊敗；驅使，刺激．② 迅速而猛烈地移動，猛然奪走．③ 充分攪打，拌打，使（奶油等）起泡．④ 絞起，捲起（物品）《利用滑輪、繩索等滑具裝置 (tackle)》．⑤（用線等）纏繞，捲起（物件）；鎖縫（布邊等）．⑥（釣魚時）拋線投釣．

——n. ⑦（繩索狀的）鞭子．⑧（廚房用的）攪拌器．⑨ 以蛋白、奶油加上水果等混合攪拌泡製成的甜點．⑩ 黨鞭《在各議會中負責召集與籌劃有關投票或表決的事務》；發給同黨

議員須出席投票或表決會議的書面通知．⑪ 滑吊裝置《由繩索和滑輪所組成，可用來捲起或吊起笨重的物品》．

範例 ① The jockey **whipped** the horse up to full speed. 那個騎師以皮鞭策馬全速前進．

The rain **whipped** the windowpanes. 那陣雨猛烈地拍打著窗玻璃．

She sometimes **whips** her naughty son. 她有時會狠狠地揍她那頑皮的兒子一頓．

The Beatles **whipped** a lot of their fans into a frenzy. 披頭四使眾多歌迷的情緒狂熱了起來．

② The dog **whipped** up the stairs. 那隻狗飛快地跑上了樓梯．

He **whipped** out a pistol and shouted, "Freeze!" 他飛快地掏出手槍，喊道：「不許動！」

③ I like coffee with **whipped** cream. 我喜歡在咖啡裡加奶油．

⑦ He beat a slave with a **whip**. 他用皮鞭抽打一名奴隸．

⑨ strawberry **whip** 草莓蛋奶甜點．

片語 ***whip ~ on*** 用鞭子打來驅策，用鞭打使工作：The jockey **whipped** his horse **on**. 那個騎師策馬向前奔馳．

whip up ① 刺激，煽起，提高（情緒等）：His speech **whipped up** anti-American feelings in the audience. 他的演說激起了那群聽眾的反美情緒．②《口語》迅速地做（飯菜等）：I can **whip** you **up** something to eat. 我可以馬上幫你弄一些吃的東西．

♦ **whipping boy** 代人受過者，代罪羔羊．

whipping cream 發泡用奶油《經過攪拌發泡後的奶油則叫發泡奶油 (whipped cream)》．

活用 v. **whips, whipped, whipped, whipping**

複數 **whips**

whir [hwɝ] v. 發出低沉而有規律的聲音《蜜蜂的嗡嗡聲或馬達的呼呼聲等》：All the video cameras started to **whir** when the criminal appeared from the police station. 那個犯人一走出警察局，所有的攝影機就開始對著他拍了起來．

——n. ②（嗡嗡聲、呼呼聲等）低沉而有規律的聲響．

參考 《英》whirr．

活用 v. **whirs, whirred, whirred, whirring**

複數 **whirs**

***whirl** [hwɝl] v. ①（使）旋轉，（使）團團轉，（使）快速迴旋．②（車等）快速運行，迅速移動．

——n. ③ 旋轉，迴旋；漩渦．④ 紛亂，混亂，（一連串的）騷動．

範例 ① Snow flakes **whirled** in the wind. 雪花在風中飄舞．

The wind **whirled** the dead leaves about. 枯葉隨風飄舞．

After so many compliments, his head **whirled**. 被吹捧了一番之後，他有點暈頭轉向了．

② Brian **whirled** around the corner when he

heard his name called. 聽到有人喊自己的名字，布萊恩迅速地轉過街角走了過去.

They **whirled** down the highway at 85mph. 他們以時速85哩的速度在高速公路上奔馳.

The taxi **whirled** her to the port. 那輛計程車飛快地將她載到港口.

The wind **whirled** away her scarf. 那陣風吹走了她的圍巾.

③ He saw a **whirl** of smoke in the distance. 他看見了遠處的滾滾濃煙.

④ They had a **whirl** of meetings. 他們有一連串的會議.

[活用] *v.* **whirls, whirled, whirled, whirling**

[複數] **whirls**

whirlpool [`hwɝl͵pul] *n.* 渦，漩渦.

[字源] whirl (旋轉) ＋ pool (水坑).

[複數] **whirlpools**

whirlwind [`hwɝl͵wɪnd] *n., adj.* 旋風；匆忙的: We made a **whirlwind** trip through Europe. 我們匆匆忙忙地遊遍了歐洲.

[複數] **whirlwinds**

whirr [hwɝ] ＝*v.*, *n.* 〖美〗whir.

whisk [hwɪsk] *v.* ① 迅速拿〔帶〕走；拂 (off). ② 急忙揮動；急走. ③ 攪拌.

——*n.* ④ 一揮，一掃. ⑤ 攪拌器.

[範例] ① He **whisked** the dust off the table. 他揮去了桌上的灰塵.

Ralph **whisked** his wife off to the hospital. 拉爾夫馬上帶他妻子到醫院.

② He **whisked** out of the room without saying good-bye. 他連再見都沒說就急忙地走出了房間.

The horse **whisked** its tail to shoo flies away. 那匹馬為了趕走蒼蠅甩了一下尾巴.

[活用] *v.* **whisks, whisked, whisked, whisking**

[複數] **whisks**

whisker [`hwɪskɚ] *n.* ① (～s) 鬚，頰髭: My father wears **whiskers**. 我父親留著落腮鬍. ② (貓、鼠等的) 鬚.

[參考] 人、山羊的鬍鬚是 beard，髭鬚是 mustache.

[複數] **whiskers**

whiskey/whisky [`hwɪskɪ] *n.* ① 威士忌. ② 一杯威士忌.

[範例] ① Scotch **whiskey** 蘇格蘭威士忌.

whiskey and water 加水的威士忌.

② Two **whiskeys**, please. 請來兩杯威士忌.

[複數] **whiskeys/whiskies**

****whisper** [`hwɪspɚ] *v.* ① 低語，悄聲說；發出沙沙聲.

——*n.* ② 沙沙聲. ③ 耳語，悄悄話.

[範例] ① He **whispered** her so that no one else would hear. 他在她耳邊低語以防被人聽見.

Mary **whispered** something in Tom's ear. 瑪麗在湯姆耳邊小聲說著甚麼.

They were **whispering** about the scandal. 他們悄悄地談論著那件醜聞.

It is **whispered** that the mayor is going to

resign. 到處流傳著那位市長要辭職的消息.

The wind is **whispering** in the trees. 風在樹林中沙沙作響.

③ Don't talk in a **whisper**. 不許說悄悄話.

We heard a **whisper** that he was married. 我們聽說了他已經結婚的傳聞.

Whispers are going round that he will run for mayor. 到處流傳著他要參選市長的耳語.

[活用] *v.* **whispers, whispered, whispered, whispering**

[複數] **whispers**

****whistle** [`hwɪsl̩] *v.* ① 吹口哨，吹口哨示意. ② 鳴汽笛；(子彈等) 咻地飛去；(鳥) 鳴囀.

——*n.* ③ 口哨. ④ 哨子；警笛.

[範例] ① The boy was **whistling** merrily. 那個男孩高興地吹著口哨.

He can **whistle** any tune. 他能用口哨吹出任何曲子.

He **whistled** his dog to come back to him. 他吹口哨叫他的狗回來.

② A bullet **whistled** past his shoulder. 子彈咻地一聲飛過他的肩膀.

The train **whistled** before it started. 那班火車發車前鳴了汽笛.

Larks are **whistling**. 雲雀在鳴囀.

④ The policeman blew his **whistle** for the car to stop. 那位警察吹警笛要那輛車停下來.

[片語] **blow the whistle on** ① 向～鳴警笛，向～發出警告. ② 告密，揭露.

whistle for ① 吹口哨召喚: The boy **whistled for** his dog. 那個男孩吹口哨召喚他的狗. ② 想獲得而得不到: Paul wants the money back; he will have to **whistle for** it. 保羅想要回那筆錢，但他的指望恐怕會落空.

whistle in the dark 虛張聲勢.

wet ～'s whistle 喝杯酒.

♦ **whístle-stòp** ① 候選人在小城市的演說. ② 火車看到信號才停靠的小站. ③ 〖美〗不重要的小鎮.

[活用] *v.* **whistles, whistled, whistled, whistling**

[複數] **whistles**

whit [hwɪt] *n.* ① 少許，些微. ② (W～) 聖靈降臨節《復活節後的第7個星期日；亦作 Whitsun》.

[範例] ① His story had not a **whit** of truth to it. 他的話沒有一點是真的.

This corporation doesn't care a **whit** about its employees. 這家公司一點也不為員工著想.

****white** [hwaɪt] *adj.* ① 白色的. ② 蒼白的，無血色的. ③ 皮膚白色的，白人的. ④ 加了牛奶的. ⑤ 無惡意的；潔白的.

——*n.* ⑥ 白，白色；白色染料. ⑦ 白種人. ⑧ 蛋白. ⑨ 白衣.

[範例] ① The bride wore a dress **white** as snow. 那個新娘穿著雪白的禮服.

We expect a **white** Christmas this year. 我們期望今年有一個銀色的聖誕節.

a black and **white** film 黑白軟片.

② Ted turned **white** with fear. 泰德嚇得臉色發白.

③ There were many restaurants for only **white** people in this town. 這座城裡有許多只准白人進入的餐廳.

⑤ He'll do anything to keep the name of his company **white**. 他願意做任何事來保持公司名聲的清白.

a **white** lie 善意的謊言.

⑥ The cooks were dressed in **white**. 那些廚師穿著白袍.

⑧ the **white** of the eye 眼白.

♦ white **ánt** 白蟻《亦作 termite》.

white **bóok** 《美》白皮書.

white **élephant** 昂貴而無用之物《源自古代暹羅王將珍貴的白象賜給他所厭惡的臣子, 使其花費大量金錢而破產的故事》.

the white **énsign** 英國海軍旗.

the white **féather** 膽怯的證據.

white **flág** 白旗《表投降、停戰等的標誌》.

white **góld** 白金.

white **héat** 白熱.

white **hópe** 被寄予厚望者.

the White **Hòuse** 白宮《位於首都華盛頓 (Washington, D.C.), 有時也指美國政府》.

[White House]

white **màtter** (腦的)白質.

white **mèat** 白肉.

white **páper** 白皮書.

white **sàle** 白色布製品的特賣、出售.

white **sàuce** 白醬汁.

white **suprémacy** 白人至上主義.

white **tíe** ① 白色蝶形領結. ② 燕尾服.

☞ ↔ black

活用 adj. **whiter, whitest**

複數 **whites**

white-collar [ˋhwaɪtˈkɑlɚ] adj. 白領的《亦作 white collar》: a **white-collar** worker 白領階級者.

☞ ↔ blue-collar

Whitehall [ˋhwaɪtˈhɔl] n. 英國政府.

whiten [ˋhwaɪtn̩] v. 使變白, 把~漂白: He **whitened** his T-shirt. 他把自己的 T 恤漂白了.

活用 v. **whitens, whitened, whitened, whitening**

whiteness [ˋhwaɪtnɪs] n. 白, 純白.

whitewash [ˋhwaɪtˌwɑʃ] n. ① 石灰水. ② 掩飾, 掩蓋.

——v. ③ 塗上石灰水; 粉刷. ④ 掩飾, 掩蓋.

範例 ② The report was a **whitewash**. 那份報告掩飾了真相.

③ He **whitewashed** the ceiling. 他粉刷了天花板.

④ The governor **whitewashed** the problem. 州長掩飾了那個問題.

複數 **whitewashes**

活用 v. **whitewashes, whitewashed, whitewashed, whitewashing**

whiting [ˋhwaɪtɪŋ] n. ① 白堊, 白粉. ② 小鱈魚.

複數 **whitings/whiting**

whitish [ˋhwaɪtɪʃ] adj. 帶白色的, 蒼白的.

Whitsun [ˋhwɪtsn̩] n. 聖靈降臨節《復活節後的第7個星期日》.

Whitsunday [ˋhwɪtsn̩ˌde] n. 聖靈降臨節《復活節後的第7個星期日; 亦作 Whit》.

whittle [ˋhwɪtl̩] v. 削, 削成; 削減, 減少.

範例 The artist **whittled** a piece of wood into a tiger. 那個藝術家將木塊雕刻成老虎.

Jessie is **whittling** away his savings gambling. 賭博使得傑西的存款愈來愈少.

活用 v. **whittles, whittled, whittled, whittling**

whiz/whizz [hwɪz] n. ① 颼颼聲. ②《口語》名人, 專家.

——v. ③ 飛馳而過, 快速行駛: A car **whizzed** past us. 有一輛車子從我們面前飛馳而過.

複數 **whizes/whizzes**

活用 v. **whizes, whizzes, whizzed, whizzed, whizzing/whizzes, whizzed, whizzed, whizzing**

WHO [ˋdʌbljuˌeʧˋo]《縮略》= World Health Organization (世界衛生組織).

⁺**who** [(強) ˋhu; (弱) hu] pron.

原義	用法	釋義	範例
誰	詢問是誰	誰	①
	說明是誰	他(們), 她(們)	②

範例 ① **Who** lives in this house? 誰住在這棟房子裡?

Who won the first prize? 誰獲得第一名?

Who is that lady? 那位女士是誰?

Who did he call? 他打電話給誰?

Who is she looking for? 她正在找誰?

Do you know **who** he is? 你知道他是誰嗎?

Who do you think will get married next? 你認為接下來誰會先結婚呢?

Who do you think you are? 你以為你是誰?

② We saw people **who** were working in the fields. 我們看見人們在田裡工作.

There may be those **who** are against this plan. 也許有人反對這項計畫.

The woman **who** wrote this play has an excellent sense of humor. 寫這部劇本的女子

充電小站

who 的用法(1)

1. 詢問是誰 ···························「疑問代名詞」
2. 說明前面所述者是甚麼人 ·······「關係代名詞」

1. 用於疑問句.

A. 主詞
- (1) ⬚Tom⬚ lives in this house.
  ⬚湯姆⬚住在這棟房子裡.
- (2) Does ⬚Tom⬚ live in this house?
  ⬚湯姆⬚住在這棟房子裡嗎?
- (3) Does ⬚⬚ live in this house?
  ⬚⬚住在這棟房子裡嗎?
- (4) ⬚Who⬚ does live in this house?
  　　　↓
- (5) ⬚Who⬚ lives in this house?
  ⬚誰⬚住在這棟房子裡?

將(1)改成疑問句就成了(2), 而(3)中不知是誰住在那裡, 所以用 who 來詢問. 此時, 因 who 被置於句首, 所以就成了(4), 且 does live 重疊成 lives, 成了(5).

B. 補語
- (1) That lady is ⬚Mrs. White⬚.
  那位女士是⬚懷特太太⬚.
- (2) Is that lady ⬚Mrs. White⬚?
  那位女士是⬚懷特太太⬚嗎?
- (3) Is that lady ⬚⬚?
  那位女士是⬚⬚嗎?
- (4) ⬚Who⬚ is that lady?
  那位女士是⬚誰⬚?

將(1)改成疑問句就成了(2), 而(3)中不知道那位女士是誰, 所以用 who 來詢問. 此時, 因 who 被置於句首, 所以就成了(4).

C. 受詞
- (1) He called ⬚John⬚.
  他打電話給⬚約翰⬚.
- (2) Did he call ⬚John⬚?
  他打電話給⬚約翰⬚了嗎?
- (3) Did he call ⬚⬚?
  他打電話給⬚⬚了嗎.
- (4) ⬚Who⬚ did he call?
  他打電話給⬚誰⬚?

將(1)改成疑問句就成了(2), 而(3)中不知是給誰打了電話, 所以用 who 來詢問. 此時, 因 who 被置於句首, 所以就成了(4).
*C「受詞」的 who 偶爾也用 whom 代替.
★ A, B, C 的句子有時加入其他句子中成了間接子句, 此時間接子句的語序為「主詞＋動詞」.

A′ I don't know ⬚⬚. (1)
　　　Who lives in this house? (2)
I don't know ⬚who lives in this house?⬚ (3)
I don't know who lives in this house. (4)
- (1) 我不知道⬚⬚.
- (2) 　　　誰住在這棟房子裡?
- (4) 我不知道誰住在這棟房子裡.
在(1)的⬚⬚中加入了(2)就成了(3), 再去掉⬚⬚就成了(4).

B′ Tell me ⬚⬚. (1)
　　　Who is that lady? (2)
Tell me ⬚who is that lady?⬚ (3)
Tell me who that lady is. (4)
- (1) 請告訴我⬚⬚.
- (2) 　　　那位女士是誰呢?
- (4) 請告訴我那位女士是誰.
在(1)的⬚⬚中加入了(2)就成了(3), 再去掉⬚⬚就成了(4). 此時請注意 is 與 that lady 的位置互相對調.

C′ I want to know ⬚⬚. (1)
　　　Who did he call? (2)
I want to know ⬚who did he call?⬚ (3)
I want to know who he did call. (4)
I want to know who he called. (5)
- (1) 我想知道⬚⬚.
- (2) 　　　他打電話給誰?
- (5) 我想知道他打電話給誰.
在(1)的⬚⬚中加入了(2)就成了(3), 此時去掉⬚⬚就成了(4). 但 did 與 he 的位置互相對調, 且 did 與 call 重疊成 called, 所以就成了(5).

幽默感十足.
The foreigner **who** I spoke to was a famous football player. 我跟他打招呼的那個外國人是一位知名的足球選手.
I met Mr. Jones, **who** said nothing about the matter. 我見到了瓊斯先生, 他對那件事甚麼也沒說.
Mr. White has two daughters, **who** are already married. 懷特先生有兩個女兒, 她們都已經結婚了.
I gave it to Judy, **who** gave it to Betty, **who** gave it back to me. 我把它送給茱蒂, 茱蒂把它送給貝蒂, 而貝蒂又把它送還給我.
My father, **who** is seventy years old, plays

tennis with my son. 我父親70歲了, 他和我兒子打網球.
It is Tom **who** is to blame. 該受譴責的是湯姆.

♦ **whò's whó** 名人錄.
➡ 充電小站 (p. 1485), (p. 1487), (p. 1039), (p. 1041)

who'd [(強) ˋhud; (弱) hud] 《縮略》＝① who would. ② who had.
範例 ① **Who'd** want to go to war? 有誰願意去打仗?
② The teacher asked **who'd** broken the window. 那個老師問是誰打破了窗戶.

†**whoever** [huˋɛvɚ] *pron.* ① 無論是誰都, 無論是誰. ② 究竟是誰, 甚麼人.

W

範例 ① **Whoever** wants the book may have it. 凡是想要那本書的人都可以拿去.
Whoever may come here, I won't let him in. 無論是誰來這裡, 我都不會讓他進來.
I love Susie, **whoever** her father may be. 我喜歡蘇西, 不管她的父親是誰.
② **Whoever** broke the vase? 到底是誰打破了那個花瓶?

whole [hol] *adj.* ①〔只用於名詞前〕全體的, 所有的, 整個的. ② 完整的, 無缺的.
——*n.* ③ 全部, 整體.
範例 ① the **whole** world 全世界.
His **whole** family welcomed me. 他全家人都歡迎我.
The **whole** town was destroyed by the fire. 整個城鎮都被那場大火燒毀了.
She loved her husband with her **whole** heart. 她全心全意地愛她丈夫.
a **whole** day 一整天.
He stayed at the hotel for two **whole** weeks. 他在那家旅館整整待了兩個星期.
② The vase fell, but it was **whole**. 那個花瓶掉到地上, 可是卻完好無損.
He escaped with a **whole** skin. 他毫髮無傷地逃跑了.
I am glad that my son has returned from the expedition **whole**. 我很高興我那參加遠征隊的兒子平安地歸來.
③ He spent the **whole** of his money. 他花光了他所有的錢.
The universe is a **whole**. 宇宙是一個整體.
片語 **as a whole** 整體來看, 總體上: As a **whole**, the novel is well written. 整體來看, 那本小說寫得不錯.
a whole lot 很多地, 極度地.
go the whole hog/go whole hog 盡力而為, 全力以赴, 徹底地做.
on the whole 基本上, 大體上: His business was, **on the whole**, successful. 他的生意基本上是成功的.
♦ **whóle nòte**〖美〗全音符.
whóle nùmber ① 自然數《即正整數》. ② 自然數和零. ③ 整數.
whóle rèst〖美〗全休止符.
whóle stèp/whóle tòne 全音《半音的二倍音程》.
複數 **wholes**
whole-hearted [`hol`hartɪd] *adj.* 由衷的, 真摯的, 全心全意的: **whole-hearted** thanks 由衷的感謝.
活用 *adj.* **more whole-hearted, most whole-hearted**
whole-heartedly [`hol`hartɪdlɪ] *adv.* 由衷地, 真摯地.
活用 *adv.* **more whole-heartedly, most whole-heartedly**
wholesale [`hol,sel] *n.* ① 批發. ② 大量, 大批.

——*adj.* ③ 批發的. ④大量的.
——*adv.* ⑤ 批發地, 成批地, 以批發價. ⑥ 大量地.
——*v.* ⑦ 批發.
範例 ① **wholesale** prices 批發價.
② Because of the recession, there was a **wholesale** dismissal of blue and white collar workers. 由於景氣衰退, 大量的藍領與白領階級勞工都被解雇.
⑤ Why can't we get all our supplies **wholesale**? 我們為甚麼不能以批發價購買所有生活必需品呢?
wholesaler [`hol,selɚ] *n.* 批發商: They get their goods through **wholesalers**. 他們透過批發商購買商品.
複數 **wholesalers**
wholesome [`holsəm] *adj.* ① 有益健康的. ② 健全的; 有益 (身心) 的. ③ 健康的; 看起來健康的.
範例 ① **wholesome** food 有益健康的食品.
② a **wholesome** movie 有益身心的電影.
活用 *adj.* **more wholesome, most wholesome**
who'll [(強) `hul; (弱) hul]《縮略》＝who will, who shall.
範例 **Who'll** believe him? 誰會相信他呢?
Isn't there anyone **who'll** help me? 有誰能幫助我嗎?
wholly [`holɪ] *adv.* 完全地; 全部地; 徹底地.
範例 I was **wholly** ignorant of the fact. 我根本不知道真相.
I don't **wholly** agree with you. 我並不完全同意你的看法.
whom [hum] *pron.*

原義	用法		釋義	範例
誰	用於句子的受格	詢問是誰	誰	①
		說明是誰	那個人, 那些人	②

範例 ① **Whom** do you like best? 你最喜歡誰?
Whom are you talking about? 你在說誰?
With **whom** did you play tennis? 你跟誰打網球了?
② Is that the boy **whom** you spoke of the other day? 他就是你前幾天說過的那個男孩嗎?
The girl **whom** John married is a nurse. 與約翰結婚的那個女孩是一個護士.
I happened to meet John, **whom** I didn't recognize at once. 我碰巧遇到約翰, 一時沒有認出他來.
These new neighbors, to **whom** I was introduced yesterday, have come here from Tokyo. 這些新鄰居是從東京來的, 昨天有人介紹我們認識.
參考 表正式的用法. 另外, 關係代名詞 whom 為受格, 有時也可用 who 代替.
whoop [hup] *v.* ①（興奮時）高聲歡呼, 大聲

充電小站

who 的用法 (2)

2. 表示前面說到的人，作主詞用法．
We saw <u>people</u> <u>who</u> were working in the
　　　　（主詞） → （動詞）
fields．
　　who 指 people（人們），並且充當後面動詞
were 的主詞，who were working in the fields 一
起修飾 people．
★ a) 有逗號與 b) 沒有逗號時，有以下區別：
1 { a) She has two sons , who became doctors .
{ b) She has two sons who became doctors .
　　a) 她有兩個兒子，他們都是醫生．
who 的前面有逗號：說明「她有兩個兒子」之
後，進一步就兩個兒子（two sons）加以說明，即
一共有兩個兒子，他們都當了醫生．
　　b) 她有兩個當醫生的兒子．
who 的前面沒有逗號：說明「兩個兒子當醫
生」，這種說法含有另外還有沒當醫生的兒子
之意．
2 { a) Children , who learn easily , should
{ start school as early as possible .
{ b) Children who learn easily should start

school as early as possible .

　　a) 小孩子記性好，所以應該盡早上學．
　　who... 關係子句的前後有逗號：是想說「小孩
子應該盡早上學」，但說到「小孩子」(children)
時，針對小孩子是甚麼樣子加以說明．因此說
了「小孩子記性好，應該盡早上學」．
　　b) 記性好的孩子應該盡早上學．
　　who... 關係子句的前後沒有逗號：表示「甚麼
樣的孩子應該盡早上學呢？」的意思，答案是
「記性好的孩子」．
* a) 中 who 的用法有時叫作「補述用法」或「非
限定用法」，b) 中 who 的用法有時叫作「限定
用法」．
** 「非限定用法」在書面語言中常見，但在口語
中很少使用．口語中至少有90%屬於「限定用
法」．
*** 「非限定用法」用於口語時當然不知道是否
帶有逗號，但通常會在 who 之前停頓或改變
who... 部分的語調．

叫．
——n. ② (興奮時的) 歡呼聲，吶喊聲．
範例 ① The supporters **whooped** it up for the
home team. 那些球迷們為地主隊高聲歡呼．
② I heard the **whoops** of victory. 我們聽到勝利
的歡呼聲．
◆ **whóoping còugh** 百日咳《一種小孩子易感
染的疾病，症狀是痙攣性的連續咳嗽》．
活用 v. whoops, whooped, whooped,
whooping
複數 whoops
whopper [`hwɑpɚ] n. 龐然大物；彌天大謊．
複數 whoppers
whore [hor] n. 妓女．
複數 whores
who're [`hwɑ] 《縮略》 ＝who are: Who're you?
你們是甚麼人？
who's [(強) `huz; (弱) huz] 《縮略》 ＝① who
is. ② who has. ③ who does.
範例 ① Who's talking? 誰在說話？
② Who's eaten all the cake? 誰把蛋糕吃光了？
③ Who's he date with? 他是跟甚麼人交往？
† **whose** [huz] pron. 《關係代名詞 who,
which 的所有格》

原義	用法	釋義	範例
誰的	詢問是誰的	誰的	①
	說明是誰的	那個人的，那些人的	②

範例 ① **Whose** book is this? 這是誰的書？
I wonder **whose** jacket this is. 我不知道這是
誰的夾克．
Whose is this notebook? 這本筆記簿是誰的?
I don't care **whose** it is. 我不在乎它是誰的．
② I have a friend **whose** father is a doctor. 我有
一個朋友，他的父親在當醫生．
The house **whose** roof is red was built two
years ago. 那棟紅色屋頂的房子是兩年前建
的．
Mr. Jones, **whose** car I borrowed for this
journey, is a rich lawyer. 這次旅行把車借給
我的瓊斯先生是一個有錢的律師．
who've [huv] 《縮略》 ＝who have: Who've you
seen lately? 你最近見過誰了？
† **why** [`hwaɪ; ③ ④ waɪ] adv.

原義	用法		釋義	範例
甚麼原因	詢問是甚麼原因		為甚麼	①
	說明是甚麼原因		那個原因	②
	詢問是甚麼原因	表示驚訝	啊，哎呀，甚麼	③
		含糊其辭	喔，嗯，那麼	④

——n. ⑤ 理由，原因．
範例 ① **Why** were you late? 你為甚麼遲到？

W

"**Why** don't you go?" "Because I'm tired." 「你為甚麼不去?」「因為我累了.」

They asked him **why** he was so hasty. 他們問他為甚麼那麼匆忙.

This is **why** I came here. 這就是我到這裡來的原因.

② There is no reason **why** you should feel sorry. 你並不需要感到抱歉.

Poor marketing is the reason **why** the concert flopped. 宣傳不力是這次音樂會失敗的原因. (marketing 指從策劃到銷售的市場調查、廣告宣傳等的整個過程)

③ **Why**, that's nonsense! 甚麼? 那真是胡說八道!

That's your doctor? **Why**, he's the man who assaulted me! 那個人是你的醫生? 哎呀, 就是他襲擊我的呢!

④ "Is it true?" "**Why**, no, I don't think so." 「這是真的嗎?」「喔, 不, 我不這麼認為.」

片語 **Why don't you ~**? 為甚麼不~? ~有何不可? (⇨ 範例 ①): **Why don't you** ask him for advice? 你何不請他給你一些忠告?

Why not ~? 為甚麼不~? ~有何不可?: "My boss wouldn't give me a raise." "**Why not**?" 「我的老闆不會同意給我加薪的.」「為甚麼不會同意?」

"May I join you?" "**Why not**?" 「我可以加入你們的行列嗎?」「歡迎.」

Why not open our own restaurant, instead of working in someone else's? 我們何不自己開一間餐廳? 那樣就可以不用在別人的店裡工作了.

複數 **whys**

wick [wɪk] n. (蠟燭、油燈等的) 蕊.

複數 **wicks**

****wicked** [`wɪkɪd] adj. ① 邪惡的, 惡劣的, 不懷好意的, 不道德的. ② 調皮的, 淘氣的. ③ 《口語》出色的, 超棒的.

範例 ① a **wicked** man 壞人.

The prices in Tokyo are **wicked**. 東京的物價貴得驚人.

They were **wicked** to pick on Johnny like that. 他們那樣欺負小約翰, 真是太壞了.

② He had a **wicked** look in his eyes. 他的眼中浮現出調皮的神情.

活用 adj. **wickeder**, **wickedest/more wicked**, **most wicked**

wickedly [`wɪkɪdlɪ] adv. ① 邪惡地, 惡劣地, 不懷好意地. ② 調皮地: Mary smiled **wickedly**. 瑪麗調皮地微微一笑. ③ 嚴重地, 非常地.

活用 adv. **more wickedly**, **most wickedly**

wickedness [`wɪkɪdnɪs] n. 邪惡, 惡劣, 不懷好意, 不道德.

wicker [`wɪkɚ] n. (嫩枝、柳條等的) 編製品: a **wicker** basket 用嫩枝、柳條編製而成的籃子.

wicket [`wɪkɪt] n. ① 小門, 側門; 剪票口. ② (銀行、售票處等的) 窗口. ③ (板球的) 三柱門.

範例 ① Exit by the south **wicket**. 請從南邊側門出去.

② Please buy your tickets at this **wicket**. 請在這個窗口買票.

複數 **wickets**

****wide** [waɪd] adj., adv.

原義	層面		釋義	範例
有寬度的	有一定寬度的		有 ~ 的寬度, 寬~的	①
	比某一基準寬	寬度	寬廣的, 遼闊的; 張大的; 廣泛的	②
		範圍		③
	離確定的位置很遠地		張得很大地; 差得很遠地	④

範例 ① This river is 200 meters **wide**. 這條河寬200公尺.

The room is eight meters long and six meters **wide**. 這個房間長8公尺寬6公尺.

② The streets of New York are **wider** than those of Taipei. 紐約的街道比臺北的寬.

What is the **widest** river in the United States of America? 美國最寬的河是甚麼河?

The bird was flying over the **wide** seas. 那隻鳥在遼闊的大海上飛翔.

③ The girl faced the man with her eyes **wide** with surprise. 那個女孩見到那個男子, 吃驚地睜大眼睛.

He has a **wide** knowledge of world politics. 他對國際政治有廣泛的認識.

④ The door was left **wide** open. 那扇門大大地敞開著.

The arrow went **wide** of the target. 那支箭沒射中, 遠遠地偏離靶子.

It is not far **wide** of the mark to call his novel an essay. 把他的小說稱為散文也不為過.

片語 **wide awake** 十分清醒的; 精明的.

wide of the mark 偏離目標的, 遠離目標的. (⇨ 範例 ④)

活用 adj., adv. **wider**, **widest**

wide-eyed [`waɪd͵aɪd] adj. ① (因吃驚、天真、睡不著等而) 睜大眼睛的, 驚訝的. ② 質樸的, 單純的, 天真的.

****widely** [`waɪdlɪ] adv. ① 廣泛地, 廣大地. ② 大大地, 非常地.

範例 ① He is **widely** known as a Casanova. 他是個出了名的大情聖. (a Casanova 是指「與Casanova 一 樣 的 人」. Casanova (1725-1798) 是以冒險、浪蕩出名的義大利作家)

② The two countries are **widely** different in culture. 那兩個國家的文化差異很大.

活用 adv. **more widely**, **most widely**

widen [`waɪdn] v. 使寬廣, 變寬, 加寬, 擴大.

範例 They objected to **widening** this road. 他們

反對拓寬這條路.
This river begins to **widen** as it joins another river. 這條河與另一條河匯流後, 河面變寬了.
[活用] v. **widens**, **widened**, **widened**, **widening**

widespread [`waɪd`sprɛd] adj. 分布很廣的, 廣泛的, 普及的, 普遍的.
[範例] People were frightened by the **widespread** rumor of imminent attack. 人們因為到處傳言即將遭受攻擊而感到惶恐不安.
Orange groves are **widespread** in this country. 這個國家到處都有柑橘園.
[活用] adj. **more widespread**, **most widespread**

***widow** [`wɪdo] n. ① 未亡人, 寡婦, 遺孀.
——v. ② 使成為未亡人, 使失去伴侶.
[範例] ① a war **widow** 丈夫死於戰爭的寡婦.
a golf **widow** 高爾夫球寡婦《妻子因為丈夫熱中於打高爾夫球而被冷落在家, 與寡婦沒甚麼兩樣》.
☞ widower (鰥夫)
[複數] **widows**
[活用] v. **widows**, **widowed**, **widowed**, **widowing**

widower [`wɪdoɚ] n. 鰥夫《妻死未再娶的男子; ☞ widow (寡婦)》.
[複數] **widowers**

***width** [wɪdθ] n. ① 寬度, 廣度. ② 開闊, 廣博.
[範例] ① This river is of narrow **width**. 這條河很窄.
The bridge is 100 meters in **width**./The bridge has a **width** of 100 meters. 那座橋的寬度是100公尺.
② The **width** of his knowledge is remarkable. 他的知識相當廣博.
[複數] **widths**

wield [wild] v. 巧妙地使用, 揮舞; 行使, 運用; 掌握, 支配.
[範例] The emperor **wielded** supreme power in their country. 在他們的國家, 皇帝擁有最高權力.
The President's wife **wields** a lot of influence over him. 那位總統夫人對總統有很大的影響力.
The people attacked the enemy, **wielding** swords. 那些人們揮舞著劍向敵人發動攻擊.
[活用] v. **wields**, **wielded**, **wielded**, **wielding**

***wife** [waɪf] n. 妻子, 太太: Jane will make Jack a good **wife**. 珍一定會成為傑克的好妻子.
☞ husband (丈夫)
[複數] **wives**

wig [wɪg] n. 假髮: Judges wear **wigs** in court in some countries. 有些國家的法官在出庭時會戴假髮.
[複數] **wigs**

wiggle [`wɪgl] v. ① 搖動, 擺動: I can **wiggle** my ears and my nose at the same time. 我能讓我的耳朵和鼻子同時擺動.
——n. ② 搖動, 擺動.
[活用] v. **wiggles**, **wiggled**, **wiggled**, **wiggling**
[複數] **wiggles**

wigwam [`wɪgwɑm] n. 北美印第安人的圓形小屋《美國東北部的美洲原住民 (Native Americans) 所居住的半球形帳篷》.

[wigwam]

[複數] **wigwams**

***wild** [waɪld] adj.

原義	層面	釋義	範例
自然狀態下的	動物、植物	野生的, 自然生長的	①
	場所	自然狀態的, 荒涼的, 渺無人煙的	②
	自然現象	狂暴的, 猛烈的, 波濤洶湧的	③
	人	粗暴的, 狂野的, 受感情驅使的	④
	計畫、目標	胡亂的, 離譜的, 狂熱的	⑤

——n. ⑥〔the ~〕野生, 野生的狀態. ⑦〔the ~s〕荒野, 荒地, 未開墾之地.
[範例] ① Are those horses tame or **wild**? 那些馬是經過馴化的, 還是野生的?
② **Wild** mountains stood before us. 荒涼的群山聳立在我們面前.
③ The wind grew **wilder** and **wilder**. 風勢愈來愈猛烈.
④ He was a **wild** boy. 他是一個粗野的孩子.
He burst into **wild** laughter. 他突然狂笑起來.
She is **wild** with anger. 她氣得快要發狂.
She went **wild** with anger over the news. 她聽到那個消息後氣得發狂.
The news made us **wild** with joy. 那個消息令我們欣喜若狂.
He is **wild** about his new girlfriend. 他瘋狂地迷戀上他的新女友.
Betty is **wild** to see her boyfriend singing on stage. 貝蒂非常想看她男友在舞臺上唱歌的模樣.
⑤ The **wild** party went on till two in the morning. 那個狂熱的派對一直持續到凌晨兩點鐘.
I didn't know how tall Tokyo Tower was, so I made a **wild** guess of 400 meters. 因為我不知道東京鐵塔有多高, 所以我就胡亂瞎猜為400公尺.《東京鐵塔高333公尺》
⑥ They let four lions go into the **wild**. 他們把4頭獅子放回野地裡.
[片語] **go wild** ① 狂喜. ② 狂怒. (⇨[範例] ④)
run wild ① (植物) 亂長, 蔓生. ② 隨心所欲, 為所欲為: Stray dogs used to **run wild** here. 這裡曾是流浪狗的天下.

♦ **wíld càrd** ① (紙牌的) 萬能牌，鬼牌《可以代替任何牌，如鬼牌 (joker)》. ② (電腦的) 通用符號《能代替其他任何文字和符號，如*》. ③ 外卡資格《球類競賽中，為了防止某某球隊戰績優異卻無法進入決賽的缺憾，特別給與該球隊參加決賽的資格，以增加比賽的競爭性》.

[活用] *adj.* **wilder，wildest**

[複數] **wilds**

wildcat [ˋwaɪldˌkæt] *n.* ① 山貓，野貓. ② 急性子的人，脾氣暴躁的人.

♦ **wildcat stríke** 野貓罷工《未經工會同意而擅自舉行的罷工》.

[複數] **wildcats**

*****wilderness** [ˋwɪldɚnɪs] *n.* 莽原，荒野，曠野，未開化的地區.

[範例] the endless **wilderness** of Alaska 阿拉斯加一望無際的荒野.

The city has become a lawless **wilderness** of drugs and violence. 那座城市已經成為一個無法無天的地區，不但毒品泛濫，而且暴力橫行.

[複數] **wildernesses**

wildflower [ˋwaɪldˌflauɚ] *n.* 野花，野草.

[複數] **wildflowers**

wildlife [ˋwaɪldˌlaɪf] *n.* 野生生物《包括動、植物》.

*****wildly** [ˋwaɪldlɪ] *adv.* 粗暴地，狂野地，衝動地，發瘋似地.

[範例] Sharon screamed **wildly** about winning a car. 雪倫因為贏得一輛汽車而激動地尖叫.

I'm so **wildly** happy to be in love with you. 我能與你相戀，實在是太幸福了.

[活用] *adv.* **more wildly，most wildly**

wildness [ˋwaɪldnɪs] *n.* ① (場所等的) 未開化，荒廢，荒蕪. ② 粗暴，魯莽；發瘋.

wile [waɪl] *n.* [~s] 詭計，策略，計策: Mary was tricked by the con man's **wiles**. 瑪麗中了那個騙子的圈套.《con man 是指先取得對方信任然後再行詐騙的人》

[複數] **wiles**

*****wilful** [ˋwɪlfəl] ＝*adj.* [美] willful.

wilfully [ˋwɪlfəlɪ] ＝*adv.* [美] willfully.

†*****will** [wɪl] *aux.* ① 想要，打算. ② 將會.

——*n.* ③ 意志，決心. ④ 遺言，遺書.

——*v.* ⑤ 意圖，希望. ⑥ 遺贈.

[範例] ① We **will** find a cure for cancer. 我們決心要找到治療癌症的方法.

I **won't** go to the party. 我不想去參加那個晚會.

This door **won't** open. 這扇門怎麼也打不開.

Will you have some tea? 你想要喝點茶嗎?

Will you please stop talking? 請你不要再說話了，好嗎?

Won't you sit down? 你請坐.

Shut the door, **will** you? 可以請你把門關上嗎?《"will you?" 若用升調的話，表示「可以請你 (做) ~嗎?」的請求之意，用降調則表示「請你 (做) ~」的命令之意》

Shut the door, **won't** you? 可以請你把門關上嗎?《本句表示「請你 (做) ~」的請求之意》

I **will** have finished this by tomorrow. 我在明天之前就能把這件事情做完.

I'm sure she **will** have finished it by then. 我相信到那時她會把它做完的.

He **will** ask silly questions. 他會問一些愚蠢的問題.

People **will** stroll along the beach on summer evenings. 夏天的傍晚，人們會到海邊去散步.

② It **will** rain tomorrow. 明天將會下雨.

She **will** be sixteen next month. 她下個月就滿16歲了.

The ice **will** melt if the sun comes out. 太陽一出來，冰就會融化了.

That **will** be the taxi to take us to the airport. 那就是要載我們去機場的計程車.

This trunk **will** hold five large pieces of luggage. 這個後車箱能裝得下5大件行李.

When I get home, my wife **will** probably be watching TV. 我到家時，我太太大概會是在看電視.

They **will** have completed the bridge in two months. 在兩個月之內他們就能建好這座橋.

③ I don't think he has the **will** to live. 我認為他已經沒有活下去的意願了.

The soldiers fired at **will**. 那些士兵們胡亂地開槍.

Now you are free to stroll around the garden at **will**. 現在各位可以隨意地在這座庭園裡逛逛.

No one here bears you any ill **will**. 這裡沒有任何人對你懷有敵意.

Where there is a **will**, there is a way.《諺語》有志者，事竟成.

The students started performing the experiment with a **will**. 那些學生們認真地著手進行那項實驗.

④ My father made his **will** according to his lawyer's advice. 我父親按照律師的建議立了遺囑.

⑤ I **willed** my daughter to marry him. 我希望我的女兒嫁給他.

⑥ My uncle **willed** me this house. 我叔叔在遺囑中把這棟房子留給了我.

[片語] **at will** 隨意地，任意地. (⇨ [範例] ③)

Will you ~?／~, will you? 可以請你~嗎? (⇨ [範例] ①)

Won't you ~?／~, won't you? 你不想~嗎? (⇨ [範例] ①)

➡ (充電小站) (p. 1491), (p. 173)

☞ **would**

[複數] **wills**

*****willful** [ˋwɪlfəl] *adj.* ① 任性的，倔強的，固執的. ② [只用於名詞前] 故意的，存心的.

[範例] ① a **willful** child 任性的孩子.

② **willful** murder 蓄意謀殺.

[參考] [英] wilful.

[活用] *adj.* ① **more willful，most willful**

W

━━━━ 充電小站 ━━━━

will，shall，would，should 的縮略形

(一) 表示沒有縮略形

原形	縮略形	原形	縮略形
I will，I shall	I'll		
you will，you shall	you'll		
he will，he shall	he'll		
she will，she shall	she'll		
it will，it shall	it'll		
Tom will，Tom shall	Tom'll		
the dog will，the dog shall	the dog'll		
we will，we shall	we'll		
they will，they shall	they'll	will not	won't
Tom and May will，Tom and May shall	－	shall not	shan't
the dogs will，the dogs shall	－		
what will，what shall	what'll		
who will，who shall	who'll		
which will，which shall	－		
where will，where shall	where'll		
when will，when shall	－		
how will，how shall	－		
why will，why shall	－		
I would，I should	I'd		
you would	you'd		
you should	－		
he would	he'd		
he should	－		
she would	she'd		
she should	－		
it would	it'd		
it should	－		
Tom would	Tom'd		
Tom should	－		
the dog would，the dog should	－	would not	wouldn't
we would，we should	we'd	should not	shouldn't
they would	they'd		
they should	－		
Tom and May would，Tom and May should	－		
the dogs would，the dogs should	－		
what would，what should	－		
who would，who should	－		
which would，which should	－		
where would，where should	－		
when would，when should	－		
how would，how should	－		
why would，why should	－		

willfully [`wɪlfəlɪ] *adv.* 任性地，倔強地，固執地.
　　[參考]《英》wilfully.
　　[活用] *adv.* **more willfully，most willfully**
William [`wɪljəm] *n.* 男子名《暱稱 Will，Willie，Willy，Bill 等》.
***willing** [`wɪlɪŋ] *adj.* 願意的，樂意的；自願的，主動的，自發的.
　　[範例] I'm **willing** to help you if you admit you need help. 如果你需要幫助的話，我很樂意幫忙.
The CEO was **willing** to let Mr. White negotiate on his own. 那位總經理願意讓懷特先生單獨去參加談判.《CEO 是 chief executive officer 的縮略》
willing help 主動的援助.
　　☞ ↔ unwilling
　　[活用] *adj.* **more willing，most willing**
***willingly** [`wɪlɪŋlɪ] *adv.* 樂意地，欣然地，愉快

W

地.

範例 He accepted my invitation quite **willingly**. 他欣然地接受我的邀請.

"Do you want to come with me to the beach?" "Yes, **willingly**." 「你想和我一起去海邊嗎?」 「十分樂意.」

活用 adv. **more willingly**, **most willingly**

willingness [ˋwɪlɪŋnɪs] n. 樂意, 願意, 愉快; 願意主動做某事的心情, 意願: You must show your **willingness** to work hard, if you really want the job. 如果你真的想要那份工作, 你就應該表現出你會努力工作的意願.

willow [ˋwɪlo] n. ① 柳樹《亦作 willow tree》. ② 柳木《亦作 willow wood》.
♦ **willow pàttern** (畫在陶瓷器上的) 垂柳圖案.
複數 **willows**

willpower [ˋwɪl͵paʊɚ] n. 意志力, 自制力, 毅力.

wily [ˋwaɪlɪ] adj. 狡猾的, 奸詐的: a **wily** fox 狡詐的狐狸.
活用 adj. **wilier**, **wiliest**

win [wɪn] v. ① 獲勝, 取勝;(使)獲得, 贏得; (費力)達到; 說服(人).
——n. ② 勝利, 成功.

範例 ① Which side **won** the match? 那場比賽哪一方獲勝?

We **won** the game 5-0. 那場比賽我們以5:0獲勝.《5-0讀作 five to nothing》

We shall **win** this battle! 我們必將贏得這場戰役.

Let those who **win** laugh. 讓勝利者盡情歡笑吧.

The king failed to **win** the hearts of the people. 那個國王沒能贏得民心.

My sister **won** the first prize in the speech contest. 我姊姊在那場演講比賽中獲得了第一名.

Her everyday practice in English **won** her the first prize in the speech contest. 她每天練習英語, 所以能在那場演講比賽中獲得第一名.

② Last year our team had ten **wins** and eight losses. 去年我隊(的戰績為)10勝8負.

This is our first **win** over that team. 這是我們第一次贏那個隊伍.

片語 **win back** 贏回, 收回: **Win back** the champion flag this year, will you? 今年我們要贏回那面冠軍旗, 好不好?

win hands down 輕易地獲勝: We **won hands down** against that team. 我們輕而易舉地戰勝那個隊伍.

win out/win through 克服困難, 獲得成功: It's not an easy problem, but we're sure we'll **win through**. 這不是一個簡單的問題, 但我們確信我們最後一定能成功地解決.

win over 說服, 贏得～的支持: The king finally succeeded in **winning over** the hearts of the people. 那個國王最終終於成功地贏得了民心.

☞ ↔ lose

活用 v. **wins**, **won**, **won**, **winning**

wince [wɪns] v. ① 畏縮, 退縮;(因疼痛等)臉部肌肉抽搐.
——n. ② 畏縮, 退縮; 抽搐.

範例 ① The boy **winced** when he saw the hypodermic needle. 那個男孩一看到注射針就畏縮了.

② The student looked at me without a **wince**. 那個學生毫不畏縮地看著我.

活用 v. **winces**, **winced**, **winced**, **wincing**

winch [wɪntʃ] n. ① 絞車, 捲揚機;(機器的)搖柄, 曲柄.
——v. ② 用絞車吊起: They **winched** the wrecked boat from the sea. 他們用絞車將那艘遇難船隻從海底打撈起來.

複數 **winches**

活用 v. **winches**, **winched**, **winched**, **winching**

wind [wɪnd; ⑨ ⑬ waɪnd] n. ① 風, 氣流. ② 氣息, 呼吸; 呼吸能力. ③(腸胃中的)氣體《會導致打嗝或放屁》. ④〔the ~〕(管弦樂團中的)管樂器部(全體成員). ⑤ 風聲, 消息; 跡象. ⑥(隨風飄來的)氣味. ⑦ 空談, 空話. ⑧ 虛榮, 自負. ⑨ 纏繞, 轉動; 彎曲, 曲折.
——v. ⑩ 使呼吸困難. ⑪ 嗅到(獵物的氣味). ⑫ 使休息喘氣. ⑬ 捲起, 轉動; 纏繞; 曲折前進;(為鐘等)上發條.

範例 ① The **wind** blows hard here in January. 這裡1月的風很強.

A gust of **wind** blew the window open. 一陣強風把那扇窗戶吹開了.

The dog was trembling in a piercing **wind**. 那隻狗在刺骨的寒風中發抖.

It is an ill **wind** that blows nobody good.《諺語》此失則彼得.

② Climbing these stairs would take the **wind** out of anybody. 爬這些樓梯任誰都會累得喘不過氣來.

He stopped running to catch his **wind**. 他停下跑步來喘口氣.

③ Oh, your baby has broken **wind**! 啊, 你的寶寶放屁了!《此為委婉說法, 而 fart(屁; 放屁)為較低俗的說法》

I suffer from **wind**. 我腸胃脹氣, 很難受.

Let your baby get her **wind** up after you nurse her. 你餵寶寶喝完奶後, 要讓她打嗝.

④ Recorders and trumpets are **wind** instruments. 豎笛和小號是管樂器.

⑤ The secret agent got **wind** of a plan to assassinate the President. 那名情報人員聽到了有人計畫暗殺總統的風聲.

There is something in the **wind**, something bad is going to happen. 有風聲傳出即將發生某些不好的事情.

⑦ His promises are all **wind**. 他的承諾完全是空話一場.

⑨ We gave the handle another **wind**, but the door wouldn't open. 我們又轉了一下門把,

但那扇門就是打不開.

⑩ He was **winded** by the dash. 他跑得上氣不接下氣.

⑪ The dogs **winded** the fugitive right off the bat. 這些狗馬上嗅到了那些逃亡者的氣味.

⑬ The sailor **wound** the rope around the pole. 那個船員把纜繩纏繞在那根柱子上.

The nurse **wound** a bandage around my leg. 那位護士把繃帶纏在我的腳上.

The ivy **winds** around the tree. 那株常春藤纏繞在樹上.

The river **winds** through the jungle. 那條河在那片叢林中蜿蜒流過.

片語 ▶ wind [wɪnd]

break wind 放屁. (⇨ 範例 ③)

get the wind up/have the wind up 受驚嚇, 變得緊張, 畏縮害怕.

in the wind ① 迎風中, 受風中. ② ~即將發生, (正在) 醞釀中.

take the wind out of ~'s sails 使失去信心, 使~受挫氣餒《原意為佔去船的上風而妨礙其航行》: That **took the wind out of my sails.** 那使得我很氣餒.

▶ wind [waɪnd]

wind down ① 快要結束了, 逐漸結束. ② (人) 放鬆一下, 休息一下.

wind up ① 捲好, 捲起.

② 使 (活動等) 結束, 散會; 解散 (公司等): They **wound up** the festivities with fireworks. 他們以燃放煙火作為那個慶典的尾聲.

Our operations here are to **wind up** tomorrow. 我們在這裡的工作將於明天結束.

She **wound up** in jail. 她最終進了監獄.

♦ **wind ìnstrument** 管樂器, 吹奏樂器《木製的叫木管樂器 (woodwind), 黃銅製的叫銅管樂器 (brass wind 或 brass instrument)》.

wind tùnnel 風洞《物理實驗裝置之一, 用來形成人工氣流以測試新設備或機器, 如汽車或飛機模型等》.

複數 winds

活用 v. ⑩ ⑪ winds, winded, winded, winding/ ⑬ winds, wound, wound, winding

windbreaker [`wɪnd,brekɚ] n. 〖美〗防風夾克; [W~] (防風運動夾克) 商標名.

複數 windbreakers

windfall [`wɪnd,fɔl] n. ① 被風吹落的果實. ② (天上掉下來的) 意外之財, 意想不到的幸運, 意外獲得之物.

範例 ① We make applesauce with the **windfall**. 我們用那些被風吹落的蘋果做蘋果醬. 《applesauce 亦作 apple sauce》

② Tom got a **windfall** of one million dollars from his aunt. 湯姆意外地從他姑姑那裡得到一百萬美元.

複數 windfalls

winding [`waɪndɪŋ] adj. 捲繞的, 彎曲的; 蜿蜒曲折的: a **winding** road 蜿蜒曲折的路.

windlass [`wɪndləs] n. 捲揚裝置, 捲揚機; 起

重轆轤; (船的) 起錨機.

複數 windlasses

***windmill** [`wɪnd,mɪl] n. ① 風車, 風車房: Holland is famous for its **windmills**. 荷蘭以風車聞名. ② 玩具風車. ③ 假想敵《源自小說《唐吉訶德》(Don Quixote) 的故事, 其主角誤將風車當作巨人而與之戰鬥》.

複數 windmills

***window** [`wɪndo] n. ① 窗, 窗戶. ② (商店等的) 櫥窗, 陳列窗《亦作 shop window》. ③ (售票亭等的) 窗口. ④ (電腦的) 視窗.

範例 ① Please open the **windows**. 請打開窗戶. Someone looked at me through the **window**. 有人透過那扇窗戶看我.

The ball broke the **window**. 那顆球把窗戶打破了.

② We stopped to see the new summer dresses in the **window**. 我們停下來觀看櫥窗裡新上市的夏裝.

♦ **bày window** 凸窗.

Frènch window (向庭院開的) 落地窗《二扇一組的落地窗可以當門用, 並可由此出入院子》.

stórm window 〖美〗防雨窗, 防雪窗.

window bòx 植木箱, 花箱《放在窗口外側窗框下橫板上的長形木箱, 多用來栽種觀賞植物》.

window drèssing ① 櫥窗 (商品) 布置. ② 粉飾, 裝飾門面, 做假.

window ènvelope 透明窗口信封《信封正面有一透明的方塊, 可以看見收件人的姓名、地址》.

window sèat ① 窗邊的椅子《置於室內窗下的長椅子或長沙發》. ② (交通工具上的) 靠窗的座位.

window shàde 〖美〗百葉窗, 遮簾.

字源 古北歐語 (Old Norse) 的 vind (風) ＋auga (眼). 古代的窗戶只是為了通風或守望, 而在牆壁上開出如眼睛般大小的洞孔, 風由孔中吹入, 因而得名.

複數 windows

bay window

bow window

French window

sash window

[window]

windowpane [`wɪndo͵pen] *n.* 窗玻璃《亦作 window pane》.
　[複數] **windowpanes**

windowsill [`wɪndo͵sɪl] *n.* 窗沿, 窗臺《窗框 下的橫板; 亦作 window sill》: My mother set the window box on the **windowsill**. 我母親將 那個植木箱〔花箱〕放在窗臺上.
　[複數] **windowsills**

windpipe [`wɪnd͵paɪp] *n.* 氣管.
　[複數] **windpipes**

windscreen [`wɪnd͵skrin] *n.* 〖英〗(汽車的) 擋風玻璃(〖美〗windshield).
　[複數] **windscreens**

windshield [`wɪnd͵ʃild] *n.* 〖美〗(汽車的) 擋風玻璃(〖英〗windscreen).
　[複數] **windshields**

Windsor [`wɪnzɚ] *n.* ① 溫莎《位於倫敦西側的 城市》: the House of **Windsor** 溫莎王室 (1917年以後的英國王室, 其王宮名為溫莎 城堡 (Windsor Castle). 此一明顯帶有英格蘭 特色的名字, 是在第一次世界大戰反德氣氛 正濃時, 由英王喬治五世公告而改用此名, 不再使用日耳曼姓氏). ② 溫莎家族〔王室〕 的成員.
　[複數] ② **Windsors**

windsurf [`wɪnd͵sɝf] *v.* 玩風浪板, 進行風浪 板運動.
　[活用] *v.* **windsurfs**, **windsurfed**, **windsurfed**, **windsurfing**

windsurfer [`wɪnd͵sɝfɚ] *n.* ① 風浪板運動 員. ② 風浪板《一種裝有三角帆的小型衝浪 板》.
　[複數] **windsurfers**

windsurfing [`wɪnd͵sɝfɪŋ] *n.* 風浪板運動.

windswept [`wɪnd͵swɛpt] *adj.* ① 受到大風 席捲的; 被風颳的. ②(頭髮等) 被風吹亂的.
　[活用] *adj.* **more windswept**, **most windswept**

windward [`wɪndwɚd] *adj.*, *adv.* ① 迎風的 〔地〕. —*n.* ② 迎風, 向風.
　[範例] ① They sailed **windward**. 他們迎風航行. We beached on the **windward** shore of the little island. 我們把船拖到那個小島海邊迎風 的沙灘上.
　☞ leeward

windy [`wɪndɪ] *adj.* ① 迎風的; 有風的; 風勢猛 烈的, 颳風的, 受大風吹襲的. ② 廢話多的, 囉嗦的; 大吹大擂的, 浮誇的.
　[範例] ① on a **windy** day 颳風的日子. It was rather **windy** yesterday. 昨天風很大. a **windy** mountain top 風勢強勁的山頂. ② a **windy** statement 浮誇而毫無內容的說辭.
　[活用] *adj.* **windier**, **windiest**

wine [waɪn] *n.* ① 葡萄酒, 水果酒, 酒. ②(如 紅葡萄酒般的) 紫紅色, 深紅色, 深紫色. ③ (如酒般) 令人振奮〔陶醉〕的事物. —*v.* ④ 喝 (葡萄) 酒; 請人喝酒(☞ [片語] wine and dine).

[範例] ① red **wine** 紅 (葡萄) 酒. white **wine** 白 (葡萄) 酒. French **wines** (各種) 法國葡萄酒. **Wine** is made from grapes. 葡萄酒是用葡萄 釀造的. When **wine** is in, wit is out. 〖諺語〗杯酒下肚, 腦子糊塗.
　[片語] ***wine and dine*** (指上餐館) 以好酒好菜 款待 (客人).
　[參考] 紅葡萄酒是用紅皮葡萄連皮一起釀造而成 的, 在食用牛肉、羊肉等紅肉 (red meat) 時飲 用, 俗稱紅酒 (red wine), 飲用時不經冰鎮. 白葡萄酒則是以綠色或紅色的葡萄去皮釀造 而成, 在食用魚肉、雞肉等白肉 (white meat) 時飲用, 俗稱白酒 (white wine), 飲用時經冰 鎮.
　[複數] **wines**
　[活用] *v.* **wines**, **wined**, **wined**, **wining**

wineglass [`waɪn͵glæs] *n.* 葡萄酒杯《多為高 腳杯》.
　[複數] **wineglasses**

*****wing** [wɪŋ] *n.* ①(鳥、昆蟲、飛機、風車等的) 翼, 翅膀, 翼狀部分〔器官〕《如蝙蝠的, 翼膜》. ② 呈翼狀從中心伸出的部分, 廂房, 翼《由建 築物的主體向某方向伸出的部分》;〔the ~s〕 舞臺的側面《伸向舞臺兩側, 從觀眾席是看不 見的》;(空軍的) 飛行部隊, 兩翼部隊《呈翼狀 分布在大隊左右兩側的飛行中隊 (squadron)》. ③(橄欖球、足球等的) 邊鋒 (位 置), 側翼 (隊員)《分右邊鋒、右翼 (right wing) 和左邊鋒、左翼 (left wing)》. ④(政黨等的) ~ 派 (系), ~翼. ⑤〖口語〗〖英〗(汽車的) 擋泥 板. —*v.* ⑥ 飛行, 飛走. ⑦ 裝上翅膀〔翼〕. ⑧〖口 語〗〖美〗隨機應變《指因經驗不足或事先準備 不夠而臨場見機行事; 常用 ~ it 形式》.

[範例] ① The hawk spread its **wings**. 那隻鷹展開 了雙翼. Penguins have **wings** but they cannot fly. 企 鵝有翅膀, 但牠們不能飛. One of the hostages is standing on the left **wing** of the plane. 其中一個人質站在那架飛 機的左翼上. My grandfather took me under his **wing** until I grew up. 我祖父一直守護著我, 直到我長大 成人.
② The body was found in the right **wing** of the hotel. 那具屍體在那家旅館的右翼被發現. They are waiting in the **wings**. 他們正等待上 場/他們正在待命中.
③ He is the right **wing** of our team. 他是我們隊 上的右翼 (隊員).
④ She belongs to the left **wing** of the party. 她 在該黨中屬左派.
　[片語] ***in the wings*** 等待上場地, 待命中. (⇔ [範例] ②)
　take ~ under ...'s wing 保護, 庇護 (~於 …之下). (⇔ [範例] ①)
　take wing 飛起來, 飛走: The swans have

W

begun to **take wing**. 那些天鵝飛走了.
♦ **wíng chàir**（有翼狀靠背的）扶手椅.
wíng commànder〖英〗空軍中校《略作 W/Cdr》.
〖複數〗 **wings**
〖活用〗 v. **wings, winged, winged, winging**
wingspan [`wɪŋ͵spæn] n. 翼幅, 翼展〖展開翅膀時兩端之間的長度〗: a jumbo jet with an 80-meter **wingspan** 翼幅80公尺的巨無霸型噴射客機.
〖複數〗 **wingspans**

****wink** [wɪŋk] v. ① 眨眼, 眨眼示意. ② 閃爍, 明滅.
——n. ③ 眨眼, 眨眼示意; 閃爍. ④ 瞬間, 剎那, 一會兒.
〖範例〗① The secretary **winked** at me as he passed by. 那個祕書經過時向我眨眼示意.
② The Christmas lights on the church **winked** on and off. 那座教堂中的聖誕燈火閃爍著.
③ He gave me a **wink**. 他對我使眼色.
④ I did not get a **wink** of sleep last night. 昨晚我一夜沒睡.
〖片語〗 **wink at** ① 眨眼示意. (⇨〖範例〗①)② 假裝沒看見; 縱容: I can't **wink at** what you are doing. 我不能縱容你的所作所為.
wink away 眨掉（眼淚）.
〖活用〗 v. **winks, winked, winked, winking**
〖複數〗 **winks**

winner [`wɪnɚ] n. ① 勝利者, 優勝者, 獲得者. ② 成功的事物. ③ 決勝點, 決勝分數.
〖範例〗① the **winner** of the race 那場比賽的優勝者.
Nobel prize **winners** 諾貝爾獎得主.
☞ v. win
〖複數〗 **winners**

winning [`wɪnɪŋ] adj. ①〔只用於名詞前〕獲勝的, 贏的.
——n. ② 勝利, 獲勝. ③〔~s〕獎金, 賞金.
〖範例〗① the **winning** pitcher 勝利投手.
the **winning** number 中獎號碼.
〖複數〗 **winnings**

winnow [`wɪno] v. 簸去, 揚去（穀皮、米糠等）; 篩選, 選取.
〖活用〗 v. **winnows, winnowed, winnowed, winnowing**

****winter** [`wɪntɚ] n. ① 冬天, 冬季.
——v. ② 過冬.
〖範例〗① **Winter** has gone. 冬天過去了.
These plants bloom in **winter**. 這些植物在冬天開花.
We are having a cold **winter** this year. 今年冬天很冷.
We had much snow last **winter**. 去年冬天下了很多雪.
winter clothes 冬衣.
winter sports 冬季運動.
He painted this picture in the **winter** of his life.

這幅畫是他晚年的作品.
② I would like to **winter** in Florida this year. 今年我想在佛羅里達過冬.
〖複數〗 **winters**
〖活用〗 v. **winters, wintered, wintered, wintering**
wintertime [`wɪntɚ͵taɪm] n. 冬季, 冬天.
wintry [`wɪntrɪ] adj. 冬天的, 寒冷的; 蕭條的, 荒涼的; 冷漠的, 冷冰冰的《亦作 wintery》.
〖範例〗a **wintry** night 寒冷的夜晚.
a **wintry** smile 冷冷的微笑.
〖活用〗 adj. **more wintry, most wintry**

****wipe** [waɪp] v. ① 擦, 拭, 擦去, 抹去.
——n. ② 擦, 拭. ③ 擦拭物《毛巾、手帕、抹布等》.
〖範例〗① She **wiped** her hands with a towel. 她用毛巾擦手.
He **wiped** the table clean. 他將那張桌子擦乾淨.
I can't **wipe** the scene from my mind. 我忘不掉那個情景.
Chuck pulled out a handkerchief to **wipe** away his girlfriend's tears. 恰克掏出手帕來擦掉女友的眼淚.
② Could you give the window a **wipe**? 你可以擦那扇窗戶嗎?
〖片語〗 **wipe away** 擦掉, 抹去. (⇨〖範例〗①)
wipe off ① 擦掉, 擦拭. ② 洗刷（恥辱等）; 還清（債務等）.
wipe out ① 消去, 抹去; 洗刷; 徹底消滅, 毀滅: The nuclear bomb **wiped out** the city. 那個核彈毀滅了那座城市. ② 將內側擦乾淨. ③ 使筋疲力竭.
wipe up 擦拭乾淨, 擦掉: She **wiped up** the mud. 她擦掉了泥巴.
〖活用〗 v. **wipes, wiped, wiped, wiping**
〖複數〗 **wipes**

wiper [`waɪpɚ] n. 擦拭者; 抹布; 毛巾; 海綿.
〖複數〗 **wipers**

****wire** [waɪr] n. ① 鐵絲. ② 電線; 電話線. ③ 電報, 電匯.
——v. ④ 用鐵絲捆住, 用鐵絲固定, 裝上鐵絲. ⑤ 裝配電線〔電話線〕. ⑥ 打電報, 電匯.
〖範例〗① The only thing we have to bundle the newspapers together with is **wire**. 我們只有鐵絲可以用來捆綁那些報紙.
barbed **wire** 帶刺的鐵絲.
copper **wire** 銅線.
② A falling tree cut the telephone **wire**. 倒下的樹切斷了那條電話線.
③ She sent him money by **wire**. 她電匯錢給他.
④ She **wired** the three poles together. 她用鐵絲將那3根桿子捆在一起.
⑤ His house was **wired** for cable TV last year. 他家裡去年接了有線電視.
⑥ He **wired** her to meet him at Dulles International Airport at 11:00 on Tuesday. 他打電報給她, 叫她星期二11點時到杜勒斯國際機場接他.

W

Father **wired** me five hundred dollars. 父親電匯500美元給我.

片語 ***down to the wire*** 直到最後, 最終.

get ~'s wire crossed 誤解, 弄錯.

♦ **live wíre** ① 通電的電線. ② 精力充沛的人, 活躍的人.

wíre nètting 鐵絲網.

wire wóol 〖英〗鋼絲絨《用來研磨及擦亮金屬製品；〖美〗steel wool》.

複數 **wires**

活用 v. **wires, wired, wired, wiring**

wireless [`waɪrlɪs] n. 無線電, 無線電信；《古語》〖英〗收音機.

複數 **wirelesses**

wiring [`waɪrɪŋ] n. 電線線路: The **wiring** needs to be replaced. 這條線路必須更換.

wiry [`waɪrɪ] adj. ① 鋼絲般的, 硬的. ② 瘦而結實的: a **wiry** body 瘦而結實的身體.

活用 adj. **wirier, wiriest**

wisdom [`wɪzdəm] n. 智慧, 知識, 學識, 見識.

範例 Experience is the mother of **wisdom**.《諺語》經驗是智慧之母.

His parents had the **wisdom** to save money for their son's college tuition. 他的父母很有先見之明地為兒子的大學學費存了一筆錢.

This book contains much of the old **wisdoms**. 這本書裡包含許多前人的智慧.

♦ **wisdom tòoth** 智齒.

複數 **wisdoms**

wise [waɪz] adj. ① 聰明的, 賢明的, 有智慧的. ② 察覺的, 知道的, 知情的; 有學識的.

──v. ③《口語》(使) 察覺, 知道 (up).

──suff. ④ 如～似地, 在～方面.

範例 ① Old men are not always **wise**. 年紀大的人未必有智慧.

I think it **wiser** to save some money for a rainy day. 我認為存一些錢以備不時之需是明智之舉.

It was **wise** of you to quit your job. 你辭掉你的工作是明智的.

② John is **wise** in economics. 約翰在經濟學方面學識豐富.

We are **wiser** for your advice. 你的忠告讓我們增長見識.

③ I will **wise** her up about that. 我要把那件事告訴她.

She **wised** up to his infidelity. 她察覺到他的不忠.

④ clock**wise** 順時針.

片語 ***none the wiser/not any the wiser/no ~ any the wiser/no wiser*** 不知道的, 沒有察覺的.

wise to 知道的, 注意到的.

活用 adj. **wiser, wisest**

活用 v. **wises, wised, wised, wising**

wisely [`waɪzlɪ] adv. 聰明地, 賢明地, 明智地.

活用 adv. **more wisely, most wisely**

W

*:**wish** [wɪʃ] v. ① 希望, 期望, 但願, 祝福.

──n. ② 期望, 企求, 願望, 心願.

範例 ① I **wish** I were younger./I **wish** I was younger. 但願我能再年輕些.

I **wish** I didn't have any homework to do today. 我今天要是沒有家庭作業就好了.

I **wish** she could stop smoking. 她要是能戒菸就好了.

I **wish** Janet had been at our party yesterday evening. 我真希望珍妮特昨晚有來參加我們的晚會.

I **wish** the rain would stop. 但願這場雨會停.

I don't **wish** to interrupt you, but there's a special delivery letter for you. 我不想打擾你, 但這裡有一封給你的快遞信.

We all **wish** for permanent world peace. 我們都企盼世界永久和平.

Everything is perfect; what else could I **wish** for? 一切都很完美, 我還有甚麼可以挑剔的呢?

You may join us, if you **wish**. 如果願意的話, 你可以加入我們.

I **wish** you a Merry Christmas and a Happy New Year. 祝你聖誕快樂及新年快樂.

She sincerely **wishes** her children happiness. 她衷心地希望自己的孩子幸福.

② When will our **wish** for a permanent world peace be realized? 我們所希望的世界永久和平甚麼時候才能實現呢?

It is my sincere **wish** that there will be no war on the earth in the 21st century. 我衷心地希望在21世紀時, 地球上不會有戰爭.

Please send my best **wishes** to your family. 請代我向你的家人問好.

You should cross your fingers and make a **wish**. 你應該將你的手指交叉, 然後許個願.

The **wish** is father to the thought.《諺語》願望是思想之父.《源自莎士比亞戲劇《亨利四世》第二部:「你因為存著那樣的願望, 哈利, 所以才會產生那樣的想法.」》

活用 v. **wishes, wished, wished, wishing**

複數 **wishes**

wishbone [`wɪʃ͵bon] n. 如願骨《鳥胸上的叉骨, 據說兩人拉此 V 字形骨, 拉到較長的那一方能如願以償》.

複數 **wishbones**

wishful [`wɪʃfəl] adj. 期望的, 希望的, 渴望的.

♦ **wishful thínking** 如意算盤, 一廂情願的想法；(心理學的) 願望思維.

wisp [wɪsp] n. 小束, 一縷, 小而細長的東西.

範例 We saw **wisps** of smoke coming from the chimneys. 我們看見了縷縷炊煙從那煙囪升起.

Did you notice a **wisp** of a girl in the doorway? 你注意到站在門口那個纖弱的女孩嗎?

複數 **wisps**

*:**wistful** [`wɪstfəl] adj. 渴望的；依依不捨的, 留

戀的; 沉思的.

[範例] He looked at the car in the window with **wistful** eyes. 他用渴望的眼神看著櫥窗內的那輛車子.

She sat on the bed in a **wistful** mood. 她若有所思地坐在那張床上.

[活用] adj. **more wistful**, **most wistful**

wistfully [`wɪstfəlɪ] adv. 留戀地; 渴望地; 沉思地.

[活用] adv. **more wistfully**, **most wistfully**

****wit** [wɪt] n. ① 機智, 機靈. ② 富於機智者, 機靈的人. ③ [the ~, ~s] 智力, 理解力.

[範例] ① The one who makes a speech full of **wit** and humor will win the contest. 充滿機智與幽默的演講者將贏得那場比賽.

③ We should have had the **wits** to see the situation. 我們應該有看清時勢的才智.

[片語] **at ~'s wits' end** 不知所措的, 黔驢技窮的, 智窮才竭的.

out of ~'s wits 神智不清的, 驚慌失措的, 失去理智的.

to wit 也就是說, 亦即.

☞ adj. witty

[複數] **wits**

****witch** [wɪtʃ] n. 魔女, 女巫.

[參考] 想像中與魔鬼簽有契約, 使用魔法引起疾病、災害等加害於人的女巫, 被認為會騎著掃帚 (broomstick) 在天上飛. 另外也有替人治病等的好女巫, 叫作 a white witch, 反之叫作 a black witch, 而男巫叫作 wizard.

[witch]

♦ **witch-dòctor** 巫醫《在未開化社會以巫術為人治病者》.

witch-hùnt 搜捕女巫《原指中世紀時在歐洲進行的捕殺女巫行動, 現指對於反體制派的政治迫害》.

[複數] **witches**

witchcraft [`wɪtʃ͵kræft] n. 魔法, 魔術.

†**with** [wɪð] prep. ① 和~在一起, 在身邊. ② 與~一致, 與~同時 (發生). ③ 使用. ④ 對立, 對抗.

[範例] ① I am staying **with** my uncle. 我和叔叔一起生活.

Take an umbrella **with** you. 帶把傘去吧.

Do you know that boy **with** a camera? 你認識那個帶著照相機的男孩嗎?

What's the matter **with** you? 你到底是怎麼了?

She is in bed **with** a cold. 她因為感冒臥病在床.

He trembled **with** fear. 他因害怕而發抖.

"Will you come **with** us?" "**With** pleasure." 「你要跟我們一起來嗎?」「我很樂意.」

② I agree **with** you. 我贊同你的意見.

Are you still **with** me? 你仍然贊同我的意見

嗎?

I can see from your eyes you're still not **with** me. 我看你的眼神就知道你還是沒聽懂我的話.

Germany fought **with** Italy against the Allies. 德國與義大利聯合起來對抗盟軍.

They rise **with** the sun. 他們在太陽升起時起床.

Don't speak **with** your mouth full. 不要邊吃東西邊說話.

With that, he turned his back to me. 說完那話, 接著他就把背轉向我.

He sat reading a newspaper, **with** his dog nestled beside him. 他坐著看報紙, 而他的狗靠在身邊.

The children might become unruly **with** their father away. 父親若不在身邊, 那些孩子們可能會不守規矩.

③ Can you sharpen a pencil **with** a knife? 你會用小刀削鉛筆嗎?

He filled the glass **with** whiskey. 他在那個酒杯裡斟滿了威士忌.

The top of the hill was covered **with** snow. 那個山頂被積雪覆蓋著.

With your help, I could have succeeded. 有你的幫助, 我本來應該可以成功的.

④ I had a quarrel **with** my husband. 我跟丈夫起了口角.

Japan fought **with** the Allies in World War II. 在第二次世界大戰中, 日本與盟軍作戰.

He got very angry **with** his daughter. 他對自己的女兒非常生氣.

☞ without (~不在身邊)

withal [wɪð`ɔl] adv. 同時, 並且: His wife is clever and beautiful and honest **withal**. 他的妻子聰明、美麗並且誠實.

****withdraw** [wɪð`drɔ] v. 抽回, 提取; 撤出, 撤回; 取消.

[範例] The boy **withdrew** his hand from the ice. 那個男孩將手從那塊冰上面抽回.

The minister **withdrew** his statement the next day. 隔天, 那位部長收回了他的發言.

He **withdrew** his daughter from school. 他讓自己的女兒退學了.

She will **withdraw** all her money from the bank next week. 她下週將從那家銀行提出所有的錢.

They **withdrew** the troops from the country. 他們把軍隊從那個國家撤回.

Your name has been **withdrawn** from the waiting-list. 你的名字已從候補名單中被刪除了.

After dinner, we **withdrew** from his house. 晚飯後, 我們離開了他家.

At sixty-five, she **withdrew** from running the family business. 65歲時, 她就不再經營家族事業了.

[活用] v. **withdraws**, **withdrew**, **withdrawn**, **withdrawing**

W

withdrawal [wɪð`drɔəl] *n.* 收回，縮回；提取；撤銷，取消．

[範例] Mrs. King made a **withdrawal** from her account. 金太太從她的戶頭中提出存款．

The **withdrawal** of the company from Europe surprised all of us. 那家公司從歐洲撤出，我們都感到很驚訝．

♦ **withdráwal sýmptoms** 脫癮症狀《戒毒過程中產生的症狀，如盜汗、噁心、抑鬱等》．

[複數] **withdrawals**

*__withdrawn__ [wɪð`drɔn] *v.* ① withdraw 的過去分詞．

——*adj.* ② 沉思的；沉默寡言的，內向的．

[活用] *adj.* **more withdrawn**, **most withdrawn**

*__withdrew__ [wɪð`dru] *v.* withdraw 的過去式．

*__wither__ [`wɪðɚ] *v.* (使)乾枯，(使)枯萎，(使)凋謝．

[範例] The flowers **withered** in the heat. 那些花朵因為炎熱而枯萎了．

The hot sun **withered** the tulips. 烈日使那些鬱金香枯萎了．

The witness **withered** under all of the Senators' questions. 聽了參議員提出的所有問題後，那個證人垂頭喪氣，無言以對．

[活用] *v.* **withers**, **withered**, **withered**, **withering**

*__withheld__ [wɪð`hɛld] *v.* withhold 的過去式、過去分詞．

*__withhold__ [wɪð`hold] *v.* 保留，使不外露；抑制，制止．

[範例] He **withheld** from giving his consent to her marriage. 他拒絕同意她的婚事．

I would like to **withhold** judgement on this problem. 我不想在這個問題上做出判斷．

He couldn't **withhold** his laughter. 他忍不住笑了出來．

[活用] *v.* **withholds**, **withheld**, **withheld**, **withholding**

†**within** [wɪð`ɪn] *prep.*, *adv.* ① 在內部，向內部．在～之內．

[範例] ① The children were **within** the house. 孩子們在家裡．

We heard a strange sound from **within** the room. 我們聽見奇怪的聲音從那個房間裡傳出來．

Wait **within** because it is raining. 由於外面正在下雨，請在裡面等一等．

② The train will arrive **within** an hour. 那班火車將於一小時之內抵達．

The library is **within** five minutes' walk of the station. 那個圖書館位於離車站步行不到5分鐘路程的地方．

Stay **within** hearing distance of the house. 待在家裡叫你聽得到的地方．

She lives **within** her income. 她量入為出．

I will do everything **within** my power to help you. 我將盡我所能幫助你．

[片語] **within ~self** 在～的心中：He laughed at

her **within** himself. 他在心中嘲笑她．

†**without** [wɪð`aut] *prep.* ① 沒有，無．② 不；不做，不用．

[範例] ① I am **without** relatives. 我沒有親戚．

He went out **without** an umbrella. 他沒帶傘就出去了．

She went out **without** a hat on. 她沒戴帽子就出去了．

How do you use a pan **without** handles? 沒有握柄的鍋子要如何使用呢？

② He went away **without** saying goodbye. 他連一聲再見也沒說就走了．

He crept out of the house **without** his wife knowing it. 他趁妻子不注意時溜出了家門．

You can't look at the living room window **without** seeing the Empire State Building. 從客廳的窗子可以看見帝國大廈．《the Empire State Building 是一座位於美國紐約市 (New York City) 的辦公大樓，總高度為449公尺．它是1954年以前世界上最高的建築物．另外，Empire State 是紐約州的通稱》

I never go to McDonald's **without** eating French fries. 我去麥當勞時一定會吃薯條．

Can you draw a circle **without** a compass? 你能夠不用圓規畫圓嗎？

I can't do **without** my computer. 我不能沒有我的電腦．

Without water, we could not live. 如果沒有水，我們就無法生存．

Without your help, I would have failed in business. 如果沒有你的幫助，我的生意肯定會失敗．

[片語] **do without** 沒有～也行．(⇒ [範例] ②)

not ~ without ...ing/never ~ without ...ing 一～就必定…．(⇒ [範例] ②)

*__withstand__ [wɪθ`stænd] *v.* 耐得住，抵抗．

[範例] She **withstood** a lot of pressure. 她承受著許多的壓力．

They **withstood** the enemy's attack bravely. 他們勇敢地抵抗敵人的攻擊．

[活用] *v.* **withstands**, **withstood**, **withstood**, **withstanding**

*__withstood__ [wɪð`stud] *v.* withstand 的過去式、過去分詞．

*__witness__ [`wɪtnɪs] *n.* ① 目擊者；見證人；證人；連署人．② 證據；證言．

——*v.* ③ 目擊；作證．

[範例] ① There were no **witnesses** to the car accident last night. 昨晚的那起車禍沒有目擊者．

The court called three **witnesses** to testify. 法院傳喚3個證人出庭作證．

The prime minister signed the treaty in the presence of two **witnesses**. 首相在兩位連署人的面前簽署那個條約．

② The Pyramids are **witnesses** to the glory of ancient Egyptian Pharaohs. 金字塔是古埃及法老光榮的見證．

Mr. White gave **witness** on behalf of the

prosecution. 懷特先生代表檢方出庭作證.
Their emaciated bodies bore **witness** to the starvation that they had suffered as prisoners of war. 他們瘦弱的身體是他們當戰俘時挨餓的證據.

③ Did anyone **witness** the robbery last night? 有人目睹昨晚的搶劫嗎?
The last 50 years have **witnessed** remarkable destruction of the world's forests. 過去50年來，全世界的森林遭到了顯著的破壞.
He **witnessed** to having seen the murder last night. 他為目擊昨晚的謀殺案作證.

[片語] **bear witness** 作證, 作為證據. (⇨ [範例] ②)

♦ **wítness bòx**/[美]**wítness stànd** 證人席.

[複數] **witnesses**

[活用] v. **witnesses, witnessed, witnessed, witnessing**

witted [ˋwɪtɪd] adj. 有智慧的, 聰明的.

witty [ˋwɪtɪ] adj. 機智的; 詼諧的: It was a neat and **witty** play. 它是一部妙趣橫生的劇本.

[☞] n. wit

[活用] adj. **wittier, wittiest**

*****wives** [waɪvz] n. wife 的複數形.

wizard [ˋwɪzɚd] n. ① 男巫《[☞] witch (女巫)》; 魔術師; 高手: That boy is a **wizard** at chess. 那個男孩是西洋棋高手.

[複數] **wizards**

wizened [ˋwɪznd] adj. 滿是皺紋的, 乾枯的.

[範例] a **wizened** old man 滿臉皺紋的老人.
a **wizened** apple 乾枯的蘋果.

[活用] adj. **more wizened, most wizened**

wobble [ˋwɑbl] v. ①(使)搖晃; 顫抖.
——n. ② 搖晃; 顫抖.

[範例] ① My legs began to **wobble** as I grew weaker and weaker. 隨著身體愈來愈虛弱, 我的腿也開始站不穩.
Don't **wobble** the table. 別搖晃桌子.
The boy **wobbled** on his stilts. 那個男孩搖搖晃晃地踩著高蹺.
His voice sometimes **wobbled** while speaking. 他說話時聲音不時顫抖.

[活用] v. **wobbles, wobbled, wobbled, wobbling**

[複數] **wobbles**

wobbly [ˋwɑblɪ] adj. 搖晃的, 不穩的, 顫抖的: a **wobbly** bed 搖晃的床.

[活用] adj. **wobblier, wobbliest/more wobbly, most wobbly**

woe [wo] n. ① 悲哀, 悲痛, 苦惱. ②[~s] 災難, 苦難.

[範例] ① I could tell her heart was full of **woe**. 我看得出來她滿心悲痛.
② We invited John in and listened to his **woes**. 我們請來約翰聽他講述他的不幸.
financial **woes** 財政上的困難.

[複數] ② **woes**

woeful [ˋwofəl] adj. ① 悲慘的, 悲痛的. ② 可憐的.

[範例] ① a **woeful** situation 悲慘的狀況.
a **woeful** look 悲痛的神情.
② a **woeful** lack of resources 資源少得可憐.

[活用] adj. **more woeful, most woeful**

woefully [ˋwofəlɪ] adv. ① 悲傷地, 傷心地. ② 可憐地.

[範例] ① One day John came home and said woefully, "I've lost my job." 有一天, 約翰回到家就傷心地說:「我失去工作了!」
② Garbage collection these days is **woefully** inadequate. 最近垃圾的收集不夠完善.

[活用] adv. **more woefully, most woefully**

*****woke** [wok] v. wake 的過去式.

*****woken** [ˋwokən] v. wake 的過去分詞.

*****wolf** [wulf] n. ① 狼.
——v. ② 狼吞虎嚥.

[範例] ① We could hear the **wolves** howling. 我們可以聽見那些狼在嚎叫.
② He **wolfed** down a sandwich and returned to work. 他狼吞虎嚥地吃完三明治就回去工作了.

[片語] **a wolf in sheep's clothing** 披著羊皮的狼《源自《新約聖經馬太福音》第7章第15節, 比喻面善心惡的偽善者》.
cry wolf 謊報《源自《伊索寓言》中謊稱「狼來了!」的故事》.

[複數] **wolves**

[活用] v. **wolfs, wolfed, wolfed, wolfing**

*****woman** [ˋwumən] n. ① 女性, 婦女, 女子. ② 女人味, 女性的氣質.

[範例] ① a single **woman** 單身女子.
a married **woman** 已婚女子.
She is a **woman** of culture. 她是一個有教養的女子.
The **women** and children left the sinking ship first. 婦女和小孩首先撤離那艘沉沒中的船.
Women live longer than men in general. 一般來說, 女性比男性長壽.
a cleaning **woman** 清潔女工.
a **woman** writer 女作家.
three **women** drivers 3個女司機.
② There was little of the **woman** in Beth. 貝絲一點女人味也沒有.

♦ **wòman súffrage** 婦女參政權.

[☞] man (男人)

[複數] **women**

womanhood [ˋwumən‚hud] n. ① 女人味. ② 女性, 婦女.

womankind [ˋwumənˋkaɪnd] n. 婦女, 女性.

womanly [ˋwumənlɪ] adj. ① 似女人的, 有女人味的. ② 適合女性的.

[活用] adj. **womanlier, womanliest/more womanly, most womanly**

womb [wum] n. 子宮.

[複數] **wombs**

wombat [ˋwɑmbæt] n. (產於澳洲的) 袋熊.

[複數] **wombats**

*****women** [ˋwɪmɪn] n. woman 的複數形.

womenfolk [ˈwɪmɪnˌfok] *n.*〔作複數〕婦女.
〔參考〕亦作 womenfolks.

*****won** [wʌn] *v.* win 的過去式、過去分詞.

wonder [ˈwʌndɚ] *v.* ① 吃驚,感到驚奇,感到不可思議 (at). ② 想知道;懷疑;思考.
——*n.* ③ 驚訝;神奇的人〔事,物〕.

〔範例〕① I **wonder** at his anxiety. 我對他的焦慮感到不可思議.

That is not to be **wondered** at. 那不值得驚訝.

I don't **wonder** at John's refusing your offer./I don't **wonder** that John refused your offer. 我對約翰拒絕你的建議並不感到驚訝.

② I **wonder** about John's sanity. 我懷疑約翰的神智是否清楚.

The police were sure he had not killed himself and **wondered** about his wife having killed him. 警方確信他不是自殺,而懷疑是他的妻子殺了他.

I've been **wondering** about going to college. 我一直在考慮是否要上大學.

He was **wondering** which course he should take. 他在考慮該選修哪一門課.

I am **wondering** who to invite. 我正在考慮要邀請誰.

I **wonder** what really happened. 我想知道到底發生了甚麼事.

What are those children going to do next, I **wonder**. 我想知道那些孩子們接下來想做甚麼.

I **wonder** if it will rain tomorrow. 我想知道明天是否會下雨.

I **wonder** if I might borrow your coat. 我是否可以借用你的外套?

③ The immigrants gazed in **wonder** at the New York skyline. 那些移民們驚奇地凝視著紐約的空中輪廓線.

The astronaut's experiences filled us with **wonder**. 那位太空人的經驗使我們深感驚奇.

No **wonder** she succeeded in opening her own business. 難怪她自己開店會成功.

No **wonder** John refused your offer. 難怪約翰拒絕你的建議.

Moving out of that smoggy city has done **wonders** for my health. 搬出那個煙霧彌漫的城市對我的健康產生了驚人的效果.

A **wonder** lasts but nine days.《諺語》轟動一時為時不久.

Will she be just a nine-day **wonder**? 她會不會只是一位轟動一時的人物?

It is no **wonder** the two nations hate each other. 那兩國互相仇視一點也不奇怪.

He has been taken ill. No **wonder**—he has been working hard these many weeks. 他生病了,這一點也不奇怪,因為這幾個星期以來,他一直拼命地工作.

Mary refused our invitation, and no **wonder**.

瑪麗拒絕了我們的邀請一點也不奇怪.

It is a **wonder** that you don't know where your wife is. 你居然不知道你的太太在哪裡,真奇怪.

the Seven **Wonders** of the World 世界七大奇觀.

〔片語〕 ***and no wonder*** 不足為奇.(⇨〔範例〕③)

a nine days' wonder/a nine-day wonder 轟動一時但很快就被人遺忘的事.(⇨〔範例〕③)

do wonders/work wonders 創造奇蹟.(⇨〔範例〕③)

It is no wonder that ～/It is no wonder ～/No wonder ～ 難怪.(⇨〔範例〕③)

I wonder if ～/I am wondering if ～/I wondered if ～/I was wondering if ～ 我不知道是否可以～?(⇨〔範例〕②)

♦ **wónder drùg** 特效藥.

〔活用〕 *v.* wonders, wondered, wondered, wondering

〔複數〕 wonders

*****wonderful** [ˈwʌndɚfəl] *adj.* 不可思議的,驚人的;美妙的,極好的.

〔範例〕a **wonderful** story 驚人的故事.

Isn't it **wonderful** how they did the landscaping in this park? 他們綠化了這個公園,是不是很神奇呢?

She is in love with a **wonderful** boy. 她愛上一個非常棒的男孩子.

It is **wonderful** to see you again. 能再次見到你真好.

〔活用〕 *adj.* more wonderful, most wonderful

wonderfully [ˈwʌndɚfəlɪ] *adv.* 不可思議地,令人驚訝地,絕妙地.

〔範例〕 She was **wonderfully** gifted as a singer. 身為一位歌手,她有著非凡的才能.

The patient is getting **wonderfully** well. 那個病人復元(速度)之快令人吃驚.

〔活用〕 *adv.* more wonderfully, most wonderfully

wonderland [ˈwʌndɚˌlænd] *n.* 仙境,奇境.

〔複數〕 **wonderlands**

*****wont** [wʌnt] *adj.* ①〔不用於名詞前〕經常的,習慣的.
——*n.* ②《正式》習慣.

〔範例〕① He is **wont** to get up early. 他習慣早起.

He was **wont** to arrive at school late. 他上學經常遲到.

② He went to bed later than was his **wont**. 他比平時晚睡.

He appeared late at school, as was his **wont**. 像平常一樣,他上學又遲到了.

†**won't** [wont]《縮略》= will not: I **won't** go! 我不去!

woo [wu] *v.* ① 求婚,求愛. ② 招攬.

〔範例〕① The prince **wooed** a famous movie star. 那個王子向一位有名的電影明星求婚.

② The independent candidate **wooed** voters with a promise to cut taxes and reduce wasteful spending. 那位無黨籍候選人想以減稅和減少浪費性支出的承諾來爭取選民的支持.

[活用] v. **woos**, **wooed**, **wooed**, **wooing**

*wood [wʊd] n. ① 木材，木料《☞ tree [參考]》. ② 森林. ③ 木桿. ④ 木管樂器《亦作 woodwind》.

[範例] ① My desk is made of **wood**. 我的桌子是木製的.
Ebony is a hard **wood**. 黑檀木是一種硬木.
Put some more **wood** on the fire. 請往火裡加一些木柴.
② Peter takes a walk in the **woods** after lunch. 彼德午飯後會到森林中散步.
He cannot see the **wood** for the trees. 他只見樹不見林《見小不見大》.

[片語] **cannot see the wood for the trees** 只見樹不見林. (⇨ [範例] ②)
out of the wood/out of the woods 脫離危險.

[複數] **woods**

woodbine [`wʊd,baɪn] n. ①（原產於歐洲的）忍冬. ②〖美〗美國地錦《亦作 Virginia creeper》.

woodcarving [`wʊd,kɑrvɪŋ] n. 木雕.

[複數] **woodcarvings**

woodchuck [`wʊd,tʃʌk] n.（產於北美的）土撥鼠.

[複數] **woodchucks**

[woodchuck]

woodcock [`wʊd,kɑk] n. 山鷸.

[複數] **woodcock/woodcocks**

woodcutter [`wʊd,kʌtɚ] n. 樵夫.

[複數] **woodcutters**

[woodcock]

wooded [`wʊdɪd] adj. 多森林的: There are a lot of unique insects in this heavily **wooded** area. 在這個樹木茂盛的地區有許多獨特的昆蟲.

[活用] adj. **more wooded**, **most wooded**

wooden [`wʊdn] adj. ① 木（製）的. ② 笨拙的；不靈活的；無生氣的.

[範例] ① a **wooden** desk 木製的桌子.
② She gave a **wooden** smile. 她僵硬地對我微笑.

[活用] adj. ② **more wooden**, **most wooden**

woodland [`wʊd,lænd] n. 森林地帶: **woodland** creatures 森林地帶的生物.

[複數] **woodlands**

woodman [`wʊdmən] n. 伐木者；森林中的居民.

[複數] **woodmen**

woodpecker [`wʊd,pɛkɚ] n. 啄木鳥.

[woodpecker]

[複數] **woodpeckers**

woodsman [`wʊdzmən] n. 在林區工作的人；林區居民.

[複數] **woodsmen**

woodwind [`wʊd,wɪnd] n. 木管樂器.

[參考] 指管樂器 (wind instrument) 中原來用木材製作的樂器，如長笛 (flute)、雙簧管 (oboe)、單簧管 (clarinet)、低音管 (bassoon) 等，用黃銅製作的銅管樂器叫 brass wind 或 brass instrument.

[複數] **woodwinds**

woodwork [`wʊd,wɝk] n. ①〖英〗木工《〖美〗woodworking》. ② 木製品. ③（房子的）木造部分.

woodworking [`wʊd,wɝkɪŋ] n. 木工《〖英〗woodwork》.

woodworm [`wʊd,wɝm] n. 蛀木蟲.

[複數] **woodworms/woodworm**

woody [`wʊdɪ] adj. ① 樹木茂盛的，多樹的. ② 木質的.

[範例] ① a **woody** valley 樹木茂盛的山谷.
② **woody** fiber 木質纖維.

[活用] adj. **woodier**, **woodiest**

woof [wʊf] n. ①〔the ~〕緯線《☞ warp（經線）》. ② 嗚《狗的低吠聲》.

[複數] **woofs**

woofer [`wʊfɚ] n. 低音揚聲器.

[複數] **woofers**

*wool [wʊl] n. ① 羊毛；毛織品，毛料衣服. ② 毛線《亦作 knitting wool》. ③ 羊毛狀之物.

[範例] ① We get **wool** from Australia. 我們從澳洲取得羊毛.
You had better wear **wool** in this cold weather. 在這麼冷的天氣，你最好穿上毛料衣服.

[片語] **pull the wool over ~'s eyes** 欺騙.

woolen [`wʊlən] adj. ① 羊毛的，羊毛製的，毛織的.
——n. ②〔~s〕毛料，毛織品.

[範例] ① a **woolen** blanket 羊毛毯.
woolen manufactures 羊毛製品.

[參考]〖英〗woollen.

[複數] **woolens**

woolly [`wʊlɪ] adj. ① 羊毛的，似羊毛的. ② 不明確的，模糊的.
——n. ③〔口語〕〔~ies〕毛料內衣，毛料衣服.

[範例] ① a **woolly** coat 毛料上衣.
② a **woolly** idea 模糊的想法.
③ winter **woollies** 冬季穿的毛衣.

[參考]〖美〗wooly.

[活用] adj. **woollier**, **woolliest**

[複數] **woollies**

*word [wɝd] n. ① 語言，話，詞. ② 短語，言辭，談話.
——v. ③ 用言辭表達.

[範例] ① He told me the meaning of that English **word**. 他告訴我那個英文單字的意義.
She stared at his face without saying a **word**. 她一句話也不說地凝視著他的臉.
I'd like to say a few **words** of gratitude. 我想

說一些感謝的話.
Don't say a **word** about what you have seen here. 對於在這裡看到的事, 你一個字也不許說出去.
Do you know the **words** of this song? 你知道這首歌的歌詞嗎?
Can I have a few **words** with you? 我可以和你說幾句話嗎?
He is a man of few **words**. 他是一個沉默寡言的人.
I have no **words** to describe their miserable situation. 我無法形容他們悲慘的狀況.
Words cut more than swords.《諺語》言語比劍還銳利.
The **word** "disaster" was not too big a **word** for the scene. 用「災難」這個字來形容那個場面一點也不為過.
He always uses big **words**. 他老是說大話.
She told me that she loved me in so many **words**. 她直截了當地說她愛我.
It's hard to put what I felt into **words**. 我無法用言語表達我的感受.
He took the **words** out of my mouth. 他說出了我要說的話.
You have to weigh your **words** when you speak in public. 在公共場合講話時, 務必要斟酌你的用字.
His novels are, in a **word**, cheap romances. 總而言之, 他的小說都是些差勁的言情小說.
He is, in a **word**, self-centered. 總之, 他是一個自我中心的人.
He translated each sentence **word** for **word**. 他逐字翻譯每個句子.
She wrote down his speech **word** for **word**. 她將他的演講逐字記下.
② You can take my **word** for it. 你可以相信我的話.
Don't take him at his **word**. 不要相信他的話.
He never has a good **word** to say about conservative policies. 他決不會為保守的政策說一句好話.
Someone has to send **word** that we need more provisions. 必須有人傳話說我們需要更多的食物.
My daughter sent **word** that she was well. 我女兒來信說她一切都很好.
She left **word** that she would never come back. 她留話說她再也不回來了.
I'll bring **word** when supper is ready. 晚飯準備好之後, 我會告訴你們.
She is a woman of her **word**. 她是一個說話算話的人.
I'll pay you back next week, I give you my **word**. 下個星期我會把錢還你, 我保證.
He never breaks his **word**. 他從來不違背諾言.
He always keeps his **word**. 他總是遵守諾言.
My **word** is law in my home. 在我家, 我的話就是法律.

The general gave the **word** to retreat from the front. 那位將軍下令從前線撤退.
③ He carefully **worded** his thoughts at the press conference. 在那個記者招待會上, 他小心地提出自己的想法.
（片語）**as good as ~'s word** 言行一致的.
at a word 立即, 言下.
come to words 爭論.
from the word go 最初, 從一開始: She disliked me **from the word go**. 她從一開始就不喜歡我.
give... ~'s word 向~約定.（⇨ 範例 ②）
have words with ~ 與 ~ 爭 論: I **had words with** my wife about our daughter's education last night. 昨晚我和妻子就女兒的教育問題吵了一架.
in a word 一言以蔽之, 總而言之.（⇨ 範例 ①）
in other words 換句話說.
in so many words 一字不差地, 明確地.（⇨ 範例 ①）
put ~ into words 用言語表達.（⇨ 範例 ①）
take ~ at ~'s word 聽信~之言.（⇨ 範例 ②）
take ~'s word/take ~'s word for it 相信~的話.（⇨ 範例 ②）
take the words out of ~'s mouth 搶先說出~想說的話.（⇨ 範例 ①）
word by word 逐字地, 一字一字地.
word for word ① 逐字地, 一字一字地.（⇨ 範例 ①）② 按照所說〔寫〕的, 一字不差的.（⇨ 範例 ①）
♦ **the Wórd** 上帝之言;《聖經》; 福音.
wórd formátion 造字法.
wórd òrder 字序, 詞序.
wórd pròcessor 文字處理機.
（複數）**words**
（活用）*v.* **words, worded, worded, wording**
wording [ˈwɜˈdɪŋ] *n.* 措辭, 用字; 表達法: The **wording** of this sentence here isn't very clear. 這句話的措辭不是很明確.
wordy [ˈwɜˈdɪ] *adj.* 多話的; 冗長的: a **wordy** apology 冗長的道歉.
（活用）*adj.* **wordier, wordiest**
***wore** [wor] *v.* wear 的過去式.
:**work** [wɜˈk] *n.* ① 工作; 工作情況; 作用; 功用. ② 作品. ③〔~s〕機械裝置; 手工藝. ④〔~s〕製造廠, 工廠.
——*v.* ⑤ 勞動; 耕耘; 活動; 起作用; 操作; (使) 運轉; (使) 工作; (使) 順利進行. ⑥ 加工, (可) 被加工. ⑦ (使) 漸漸移動, (使) 逐漸朝 (某方向, 狀態) 移動.
（範例）① He goes to **work** by motorbike. 他騎摩托車上班.
I have a lot of **work** to do today. 我今天有許多工作要做.
Anyone can do such easy **work**. 這麼簡單的工作誰都能做.

How many days did it take to finish the **work**? 那項工作花了幾天完成?

You did good **work** in English! 你的英文成績不錯!

This strong liquor will begin to do its **work** in a few minutes. 這種烈酒很快就會起作用.

My sister is looking for **work**. 我姊姊正在找工作.

What kind of **work** does your father do? 你父親從事甚麼工作?

It was hard **work** getting to the top of the mountain. 爬上這座山的山頂可真不容易.

Your **work** has shown no improvement. 你的工作情況並沒有改進.

As soon as he graduated, he went to **work** in TV. 他一畢業就從事電視方面的工作.

All **work** and no play makes Jack a dull boy. 《諺語》只是用功而不玩耍, 聰明的孩子也變傻.

They were at **work** early in the morning. 他們一大早就開始工作了.

Father's mind was at **work** on the new project. 父親滿腦子都想著那個新計畫.

The influence of the former president was still at **work**. 前任董事長的影響力仍然存在.

They set to **work** rebuilding the bridge. 他們開始著手重建那座橋.

I set them to **work** rebuilding the bridge. 我讓他們重建那座橋.

② The Beatles left epoch-making **works** after them. 披頭四合唱團為後世留下劃時代的作品.《after them 是指「在披頭四合唱團自身之後」》

This hat is my own **work**. 這頂帽子是我自己做的.

Sand dunes are the **work** of sea and wind. 沙丘是大海與風造成的.

③ The **works** of this watch are marvelous. 這只手錶的機械裝置非常精巧.

She bought a ring of delicate **work** in Italy. 她在義大利買了一只工藝精美的戒指.

④ The steel **works** is shut down. 那間煉鋼廠被關閉了.

⑤ My sister **works** at a department store. 我姊姊在百貨公司上班.

He **works** for the post office. 他在郵局上班.

He **worked** hard to catch up with his friends. 他為了趕上朋友而拼命用功.

My mother **worked** for a living ten hours a day. 我母親為了生計一天工作10小時.

She is **working** on a problem in geometry. 她正在做一個幾何學的問題.

Her grandfather was enjoying **working** with clay. 她的祖父以做黏土藝品為樂.

His mind **worked** well that day. 那天他的腦筋十分靈活.

Does this TV **work** by remote control? 這臺電視機是用遙控器操作的嗎?

The family has **worked** this land since they came to this country. 那個家庭遷移到這個國家之後, 就一直在這塊土地上耕作.

This machine doesn't **work** any more. 這臺機器無法再運轉了.

The salesman **works** the Tainan area. 那個推銷員負責臺南地區.

Don't **work** off your frustrations on me! 別把你的挫折感發洩到我頭上.

They tried to **work** on us using threats and intimidation. 他們想威脅我們服從.《threats 與 intimidation 都是「威脅, 恐嚇」之意》

My father **worked** his way through college. 我父親半工半讀地念完了大學.

Father has **worked** off all his debts. 父親靠工作還清了借款.

He **worked** off his rent by cleaning the house. 他藉由打掃那棟房子來抵房租.

Will this new method **work**? 這個新方法會有效嗎?

He managed to **work** in the key in the dark. 他總算摸黑把鑰匙插了進去.

He **worked** it so that lots of slaves could escape from their merciless masters. 他幫助許多奴隸逃離了他們狠心的主人.

The farmer **works** his horse hard. 那個農夫讓他的馬拼命工作.

The slaves were **worked** to death. 那些奴隸們被迫工作過勞而死.

She told me how to **work** this sewing machine. 她教我如何操作這臺縫紉機.

It is believed that Christ **worked** many miracles. 人們相信耶穌展現了許多奇蹟.

⑥ They **work** vases in silver to sell as souvenirs. 為了當作紀念品販售, 他們將花瓶鑲上了白銀.

She was **working** a handkerchief with initials. 她在手帕上繡上姓名的起首字母.《一般都採用刺繡的方法將字母繡在手帕上》

The clay was **worked** up into various shapes. 黏土被塑造成各種形狀.

This metal **works** easily./This metal is easily **worked**. 這種金屬容易加工.

⑦ The soldiers **worked** in the mud. 那些士兵們在那片泥濘中緩慢前進.

She **worked** her way through the crowd. 她在人群中緩慢推進.

These screws **work** loose pretty easily. 這些螺絲釘很容易鬆動.

His face **worked** with emotion. 他的臉因激動而抽搐.

He **worked** the heavy stone out of the road. 他將那塊大石頭慢慢挪到路旁.

His words **worked** the crowd up into a frenzy. 他的話使得群眾陷入一陣狂熱.

She **worked** off her excess fat by jogging. 她用慢跑來消除身上多餘的脂肪.

片語 *at work* 在工作中(的). (⇨ 範例 ①)

in work 有工作的, 在職的: Is he **in work** now? 他現在有工作嗎?

out of work 失業的： He is **out of work** now. 他現在失業了.

set to work (使) 開始工作. (⇨ 範例 ①)

work off (努力) 除去, 消除. (⇨ 範例 ⑤ ⑦)

work on ~ ① 對~起作用, 影響. (⇨ 範例 ⑤) ② 從事, 致力. (⇨ 範例 ⑤)

work out ① 解決 (問題)；想出；做出. ② (使) 進展順利；達到〔實現〕(目的、結果等), 結果為；(金額) 計算出來為： Everything **worked out** well. 一切進展順利.

Finally we **worked out** a mutual agreement. 最後我們彼此達成了協議.

The cost hasn't been **worked out** yet. 那項費用問題尚未解決.

We must **work out** how we are going to get over this crisis. 我們必須想出該如何度過這次危機.

I'll give you five minutes to **work out** this problem. 我給你5分鐘來解這道題目.

I couldn't **work out** your handwriting. 我看不懂你寫的字.

We had lots of problems, but everything **worked out** in the end. 雖然我們有許多問題, 但最終都得以解決.

The travel expenses **work out** at NT$25,000 per person. 旅費為每人新臺幣25,000元.

His pay **worked out** to 800 pounds a month. 他的薪水為一個月800英鎊.

③ 練習, 訓練.

work over (口語) 狠狠地毆打 (人).

work ~'s way ① 半工半讀地完成學業. (⇨ 範例 ⑤) ② 費力 (慢慢地) 前進. (⇨ 範例 ⑦)

work up ① (憑努力) 逐漸建立, 完成： He **worked up** his notes into a report on the company. 他將自己的筆記整理成一份有關該公司的報告.

② 煽動 (感情等)；激起 (食欲、關心等)；慢慢達到： The music was **working up** to the climax. 那個音樂即將達到最高潮.

Swimming really **works up** an appetite. 游泳確實能激起食欲.

Don't get **worked up** about nothing. 不要無端興奮.

③ 發達, 成功： The manager **worked up** from the bottom. 那位經理是從最基層幹起的.

♦ **domèstic wórk** 家務事.

pùblic wórks 公共事業.

wórk càmp ① (宗教團體等的) 服務工作營. ② (收容犯人的) 戶外勞動營.

wórk clòthes 工作服.

wórk èthic 工作倫理《尊重工作、職業活動等的倫理價值》.

wórk fòrce 勞動力；勞動人口《亦作 workforce》.

wórk pèrmit (發給外國人的) 工作許可證.

wórk shèet ① 測驗卷. ② 作業記錄表.

wórk sòng 工作歌, 作業歌《一邊工作一邊唱的歌曲》.

wòrk-study prógram 工讀計畫《在高中、大學裡半工半讀》.

wórk sùrface (廚房的) 流理臺.

複數 **works**

活用 v. **works**, **worked**, **worked**, **working**

-work suff. ~ 工藝, ~ 工藝品, ~ 工作： needle**work** 針線活；wood**work** 木工藝品.

workaholic [ˌwɝkəˈhɔlɪk] n. 工作狂.

字源 work (工作) + alcoholic (酒精中毒者).

複數 **workaholics**

workbench [ˈwɝkˌbɛntʃ] n. (木匠、機械工等的) 工作臺, 作業臺： The carpenter at his **workbench** is my uncle. 工作臺前面的那個木匠是我叔叔.

複數 **workbenches**

workbook [ˈwɝkˌbʊk] n. ① 練習簿, 習作簿；工作手冊. ② 操作說明書.

複數 **workbooks**

workday [ˈwɝkˌde] n. ① 工作日, 上班日. ② 一天的工作時間： Our **workday** is eight hours. 我們一天工作8小時.

複數 **workdays**

worker [ˈwɝkɚ] n. ① 工作者, 工人, 工匠. ② 勞動的人, 工作〔學習〕的人. ③ 工蜂；工蟻.

範例 ① a factory **worker** 工廠工人.

an office **worker** 公司職員.

a research **worker** 研究員.

a social **worker** 社會工作者.

② She is a hard **worker**. 她是一個工作勤奮的人.

複數 **workers**

workforce [ˈwɝkˌfɔrs] n. 勞動力；勞動人口；(企業的) 全體員工.

複數 **workforces**

working [ˈwɝkɪŋ] n. ① 作用, 功效, 活動, 運作. ② 勞動, 工作. ③ 操作, 運轉, 啟動方法；經營, 營運. ④ [~s] (礦山、採石場等的) 採掘場, 工作現場.

——adj. ⑤ 工作的, 從事勞動的；工作用的. ⑥ 實際從事事務的. ⑦ 實用性的, 有實際作用的；基本的.

範例 ① Man can't understand the mysterious **workings** of nature. 人類無法理解自然界神祕的運作.

② farm **working** 農場工作.

③ He made a trial **working** of the machine. 他試著啟動那臺機器.

the **working** of a company 公司的營運.

the **working** of a computer 電腦的操作.

the **working** of the law 法律的運用.

⑤ the **working** population 勞動人口.

working clothes 工作服.

working conditions 工作條件〔情況〕.

Many students come from the **working** class. 許多學生都是工人階級出身.

They had their **working** hours shortened. 他們把上班時間縮短了.

You can't employ anyone who is below the legal **working** age. 你不能雇用未滿法定就業年齡的人.

He had a **working** lunch with the visiting minister. 他與來訪的那位部長一邊談工作一邊吃午餐.

⑥ a **working** committee 執行委員會.

⑦ This book aims to give a **working** knowledge of accounting. 這本書的主要目的在於教授實用性會計學知識.

He had a **working** knowledge of computers. 他懂得電腦的實用知識.

♦ **wòrking cápital** (公司經營所必需的) 流動資金, 營運資本.

wòrking cláss 工人階級.（⇨ 範例 ⑤）

wórking dày ① 工作日, 上班日. ② 一天的工作時間.

wòrking lúnch (討論工作的) 工作午餐.（⇨ 範例 ⑤）

wòrking majòrity (足夠使議案通過的) 多數.

wórking òrder (機器等) 運轉良好的狀態.

wórking pàpers (外國人的) 工作許可證.

wórking pàrty《英》(為提高生產的) 勞資共同委員會;（公司、政府等解決特定問題的) 專門委員會.

wórking wèek 每週工作時數.

複數 **workings**

workingman [`wɝkɪŋ,mæn] n. 工人, 工匠, 勞工.

複數 **workingmen**

workload [`wɝk,lod] n. 工作量.

複數 **workloads**

workman [`wɝkmən] n. 工匠, 工人: A bad **workman** blames his tools.《諺語》人笨怪刀鈍; 劣工尤器.

複數 **workmen**

workmanlike [`wɝkmən,laɪk] adj. 工匠似的, 手巧的, 技術精湛的.

範例 Mr. Kent did a very **workmanlike** job. 肯特先生的技術純熟精湛.

Arnold produced a very **workmanlike** wooden lamp. 阿諾做出一盞非常精巧的木燈.

活用 adj. **more workmanlike**, **most workmanlike**

workmanship [`wɝkmən,ʃɪp] n. ① 技術, 本領, 技巧, 工夫, 手藝. ② 工藝品, 製品.

範例 ① Father admired the vase of exquisite **workmanship**. 父親讚賞那只工藝精巧的花瓶.

② The bookcases are my **workmanship**. 這個書架是我的作品.

workout [`wɝk,aut] n.《口語》(體育運動的) 訓練, 練習: We did a light **workout** before the game. 我們在那場比賽前稍微練習了一下.

複數 **workouts**

workplace [`wɝk,ples] n. 工作場所.

複數 **workplaces**

workshop [`wɝk,ʃap] n. ① 工作場所, 工坊. ② 研討會, 討論會.

範例 ① There were various tools I had never seen in his **workshop**. 他的工作坊裡有各式各樣我從沒見過的工具.

② I attended a summer **workshop** in short story writing. 我參加了短篇小說創作的夏季研討會.

複數 **workshops**

work-shy [`wɝk,ʃaɪ] adj. 厭惡工作的, 懶於工作的《亦作 workshy》: My father is staying at home not because he's ill. 我父親待在家裡不是因為他不願工作, 而是因為他生病了.

活用 adj. **more work-shy**, **most work-shy**

workstation [`wɝk,steʃən] n. (電腦的) 工作站.

複數 **workstations**

work-to-rule [`wɝktə`rul] n.《英》依法 (怠工) 抗爭《在完全遵守規則的情況下消極怠工以降低生產效率的作法》.

複數 **work-to-rules**

**world [wɝld] n. ①〔the ~〕世界, 地球; 領域. ② 現世, 世間. ③〔常 a ~ 或 ~s〕大量, 多數.

範例 ① I will be the richest man in the **world**. 我將是世界上最富有的人.

This song is well-known all over the **world**. 這首歌舉世聞名.

All the **world** was shocked by the assassination. 全世界都對這起暗殺事件感到震驚.

You have the **world** before you. 大好前程正等著你.

The baby was all the **world** to its mother. 那個寶寶對它的母親來講就是一切.

It's a small **world**! 世界真小啊!

What will the **world** say? 外面的人會怎麼說呢?

You must go and see the **world**. 你必須出去見見世面.

the baseball **world** 棒球界.

the **world** of sport 運動界.

the fashionable **world** of Vienna 維也納的社交圈《Vienna 是奧地利 (Austria) 的首都 Wien 的英文名》.

Are there other **worlds** in space? 宇宙間還有其他的世界嗎?《指類似地球有動植物的世界》

② Mark is a man of the **world**. 馬克是一個熟知人情世故的人.

The **world** is your oyster. 你的前途無量.《指像牡蠣很快就會得到珍珠那樣的好東西, 源自莎士比亞《溫莎的風流娘兒們》》

The circus was out of the **world**! 那個馬戲團的表演真是精彩絕倫.

I have nothing in the **world** to ask you. 我從未求過你.《用 in the world 來強調「沒有求過你」》

What in the **world** are you doing? 你到底是在做甚麼呀?《用 in the world 來強調「你在做甚

麼」

③ I love Tom though he has a **world** of faults. 雖然湯姆有很多缺點，但是我愛他.

[片語] **all over the world** 在世界各地，全世界. (⇨ [範例] ①)

bring ~ into the world 生（孩子），產生.

come into the world 出生；問世.

for all the world ① 好像，簡直 (as if, like): He looked **for all the world** like he had seen a ghost. 他看起來簡直就像見了鬼似的. ② 不管發生甚麼事

have the world before ~ ~前途無量. (⇨ [範例] ①)

in the world ① 世界上. (⇨ [範例] ①) ② 究竟《強調用法》. (⇨ [範例] ②)

not for the world 怎麼也不，絕對沒有: I would **not** break my promise **for the world**. 我絕對不會違背我的諾言.

out of the world 絕妙的，精彩絕倫的. (⇨ [範例] ②)

set the world on fire 震撼世界，大出風頭.

think the world of 十分推崇〔欽佩，喜愛〕: Her parents **think the world of** their granddaughter. 她的父母十分喜愛他們的孫女.

worlds apart 有天壤之別的，完全不一樣的.

◆ **the Wòrld Bánk** 世界銀行《the International Bank for Reconstruction and Development（國際復興開發銀行）的通稱；略作 IBRD》.

wòrld-cláss 世界一流的，最優秀的.

the Wòrld Cóurt 國際法庭《聯合國 (the United Nations) 設立的司法機關，位於荷蘭 (the Netherlands) 的海牙 (the Hague)》.

the Wòrld Cúp 世界盃《足球、滑雪、田徑等世界錦標賽；☞ [充電小站] (p. 1219)》.

wòrld-fámous 世界有名的，舉世聞名的.

the Wòrld Héalth Organizàtion 世界衛生組織《略作 WHO》.

wòrld músic 世界音樂《吸收了民族音樂等的流行音樂》.

wòrld pówer 世界強國.

the Wòrld Séries 世界大賽《美國兩大職業棒球聯盟 (major league)「美國棒球聯盟 (the American League) 與國家棒球聯盟 (the National League)」的優勝隊之間爭奪總冠軍的一系列比賽》.

the Wòrld Tráde Organizàtion 世界貿易組織《統一制定國際貿易規章的國際機構；略作 WTO》.

Wòrld War Óne/the First World Wár 第一次世界大戰《1914-1918；One 亦作 I》.

Wòrld War Twó/the Sècond World Wár 第二次世界大戰《1939-1945；Two 亦作 II》.

the Wòrld Wide Wéb 全球資訊網《全球網際網路 (the Internet) 的檢索系統之一；略作 WWW》.

[複數] **worlds**

worldly [ˋwɝldlɪ] adj. 今世的，塵世的，世俗的.

[範例] He does not care about **worldly** pleasures. 他對塵世的享樂毫不在意.

worldly wisdom 處世的才能.

[活用] adj. **worldlier**, **worldliest/more worldly**, **most worldly**

worldwide [ˋwɝldˋwaɪd] adj. ① 世界的，世界性的.

——adv. ② 全世界地，世界性地.

[範例] ① The problem of environmental pollution is **worldwide**. 環境污染是世界性的問題.

② These products are sold **worldwide**. 這些產品行銷全世界.

***worm** [wɝm] n. ① 蟲，蠕蟲《指蚯蚓、水蛭、毛蟲及昆蟲 (insect) 等的幼蟲》.

——v. ② 爬行，使徐徐前進. ③ 逐漸進入；巧妙獲取. ④ 慢慢打探出.

[範例] The early bird catches the **worm**. 《諺語》早起的鳥兒有蟲吃.

Even a **worm** will turn. 《諺語》匹夫不可奪其志.

He was a **worm** to abandon his wife and family. 他要離棄妻子和家眷，真是豬狗不如.

③ She **wormed** her way into his affections. 她努力不懈，終於得到他的愛.

④ I **wormed** the secret out of him. 我用盡方法總算從他那裡探聽出那個祕密.

[複數] **worms**

[活用] v. **worms**, **wormed**, **wormed**, **worming**

wormy [ˋwɝmɪ] adj. ① 遭蟲蛀的，滿是蟲的. ② 像蟲的.

[活用] adj. **wormier**, **wormiest**

***worn** [worn] v. ① wear 的過去分詞.

——adj. ② 磨破的，磨爛的. ③ 憔悴的.

[範例] ② a **worn** shirt 磨破的襯衫.

③ She looks **worn** in the evening. 晚上的她看起來很憔悴.

[活用] adj. **more worn**, **most worn**

worn-out [ˋwornˋaʊt] adj. ① 磨損的，用舊的，破爛的. ② 筋疲力竭的，憔悴的.

[範例] ① Throw those **worn-out** shoes away. 把那雙舊鞋扔掉吧.

② You'll be too **worn-out** to help me after taking care of those children all day. 經過一整天照顧那些孩子之後，你一定已經筋疲力竭，沒辦法再幫我做甚麼事了吧.

[活用] adj. ② **more worn-out**, **most worn-out**

worried [ˋwɝɪd] adj. 擔憂的，煩惱的，為難的.

[範例] a **worried** look 擔憂的神情.

Todd looks very **worried** about his in-laws coming to dinner. 看起來托德對姻親來他家吃晚飯感到十分為難.

[活用] adj. **more worried**, **most worried**

**worry [ˋwɝɪ] v. ① (使) 擔心，(使) 不安，(使) 煩惱. ② (狗等) 啣著牙追趕;

撕咬.

——n. ③ 擔心, 擔憂, 不安, 煩惱.

[範例] ① Don't **worry**! 不必擔心!

There is nothing to **worry** about. 沒有甚麼好擔心的.

I am sorry if I **worried** you with my absence from school. 如果因為我沒上學給你添麻煩了, 我很抱歉.

Don't **worry** yourself about the examination. 你不必為那次考試的事擔心.

I am **worried** about your health. 我很為你的健康擔心.

I was **worried** that something might happen to you. 我擔心你會出甚麼事.

The reporters **worried** me with foolish questions. 那些記者們愚蠢的問題使我心煩.

Glen **worried** himself sick over getting a promotion at work. 格倫為工作上的晉升問題擔心得快生病了.

It **worries** me that my son is still out of a job. 我的兒子仍在失業, 真叫我發愁.

② The dog **worried** a flock of sheep. 那隻狗咧著牙追趕著羊群.

③ She was sick with **worry**. 她憂慮成疾.

He has a lot of **worries**. 他有許多煩惱.

We have no financial **worries** at the moment. 目前我們沒有財務上的困擾.

[片語] **I should worry**. 我一點也不在乎, 我根本不介意《字面意思為「我不得不擔心」, 但正如中文中戲謔的口氣說「對對, 是叫人擔心, 真叫人擔心」一樣, 實際上說的是另外一回事, 即一點也不擔心, 沒甚麼可擔心的》.

not to worry 別擔心: I missed the last bus, but **not to worry**—Jeff has offered to drive me home. 我沒有趕上末班公車, 但別擔心, 因為傑夫開車送我回去.

worry along/worry through 努力撐過, 設法應付.

[活用] v. **worries**, **worried**, **worried**, **worrying**

[複數] **worries**

****worse** [wɝs] adj., adv. ① 較〔更〕差的〔地〕, 較〔更〕壞的〔地〕《bad adj., ill adj., adv., badly adv. 的比較級》.

——n. ② 更壞〔糟〕的事.

[範例] ① My score is **worse** than yours. 我的分數比你的差.

Worse weather was expected. 根據預測天氣會變差.

The patient is much **worse** this morning. 今天上午, 那個病人的情況更糟了.

He played the piano at the concert **worse** than usual. 在那次演奏會上, 他的鋼琴彈得不如平時.

It is raining **worse** than ever. 雨下得更大了.

② I have **worse** to tell you. 我有更糟的消息要告訴你.

[片語] **for the worse** 變 壞, 更 不 好: His condition took a turn **for the worse**. 他的病

情進一步惡化了.

go from bad to worse 愈來愈糟, 每況愈下: Things **went from bad to worse**. 事態愈來愈嚴重.

none the worse for 仍舊, 儘管如此, 不受~所害: I like him **none the worse for** his faults. 儘管他有缺點, 但我仍舊喜歡他.

He is **none the worse for** a single failure. 單單一次失敗對他沒有影響.

the worse for wear 累得筋疲力竭的, 用得破舊不堪的.

to make matters worse/what is worse 更糟糕的是: It got dark, and **what was worse**, it began to rain. 天黑了, 更糟糕的是還下起雨來.

♦ **wòrse-óff** 處境艱難的; 更貧困的《亦作 worse off》.

☞ worst (最糟的)

worsen [`wɝsn] v. (使) 變得更壞, (使) 惡化.

[活用] v. **worsens**, **worsened**, **worsened**, **worsening**

***worship** [`wɝʃəp] n. ① 崇拜, 尊敬. ② 參拜, 禮拜.

——v. ③ 崇拜, 尊敬. ④ 膜拜, 參拜, 禮拜.

[範例] ① The people looked at me with eyes of **worship**. 那些人以尊敬的眼光看著我.

② We do not attend public **worship**. 我們不參加教會的禮拜.

③ John **worships** the President. 約翰很崇拜總統.

④ The president **worships** at the temple every year. 那位總裁每年都會去那個寺廟參拜.

[活用] v. **worships**, **worshiped**, **worshiped**, **worshiping**/〖英〗**worships**, **worshipped**, **worshipped**, **worshipping**

worshiper [`wɝʃəpɚ] n. 崇拜者, 參拜者, 禮拜者.

[參考] 〖英〗worshipper.

[複數] **worshipers**

worshipful [`wɝʃəpfəl] adj. ① 值得尊敬的, 尊貴的. ② 虔誠的, 虔敬的.

[範例] ① the **worshipful** Mayor Wellington 值得尊敬的威靈頓市長.

② **worshipful** regard 虔誠的心情.

worshipper [`wɝʃəpɚ]＝n. 〖美〗worshiper.

***worst** [wɝst] adj., adv. ① 最壞的〔地〕, 最差的〔地〕《bad adj., ill adj., adv., badly adv. 的最高級》.

——n. ② 最壞, 最壞的事態.

[範例] ① The student was the **worst** in the class. 那個學生在班上是最差的.

This is the **worst** earthquake we've had in ten years. 這是本地10年來所經歷過最可怕的地震.

His allergy is **worst** in spring. 他的過敏症在春天最嚴重.

Tom played baseball **worst** of all the boys. 湯姆是那些男孩中棒球打得最差的.

② The **worst** has happened to me. 最糟糕的事

情發生在我身上了.

片語 *at ~'s worst* 在~最壞的情況下.

at worst/at the worst 不管在多壞〔糟〕的狀況下: **At the worst**, the whole world will be destroyed. 最壞的情況是全世界被毀滅.

do ~'s worst 不擇手段地使壞, 使出最惡劣的手段: Let him **do his worst**. He can't hurt us. 他有甚麼手段儘管使出來好了, 他傷害不了我們.

if the worst comes to the worst/if worst comes to the worst/if worst comes to worst 如果最壞的事發生.

the worst of it ① 最糟的是: **The worst of it** is that now she doesn't trust me. 最糟的是她現在不相信我. ② 最糟糕的部分.

worst of all 最壞的是.

☞ worse (更壞的)

*worth [wɜθ] *adj.* ① 有~的價值的, 值得~的, 值得做. ② 擁有~財產的.

——*n.* ③ 價值. ④ 值~的分量.

範例 ① The historic palace is well **worth** a visit. 那個歷史上有名的宮殿非常值得一遊.

I am not coming to the party. It is not **worth** it. 我不去參加那個舞會, 它不值得一去.

His new CD is **worth** listening to. 他的新雷射唱片值得一聽.

It is **worth** your while to go and see the movie. 那部電影值得你去看.

Seeing the movie is **worth** while. 那部電影值得一看.

How much is your car **worth** to you? 你認為你的汽車值多少錢?

This dictionary is **worth** fifty dollars. 這本辭典值50美元.

What is **worth** doing is **worth** doing well. 《諺語》值得做的事就應該做好.

Any English teacher **worth** his salt knows that "did" and "go" combine to form "went." 任何一個稱職的英文老師都應該知道 did 與 go 結合就成了 went.《句中的 salt (鹽) 指從雇主那裡得到的報酬; 源自古羅馬時代受雇者領到的不是工資而是鹽; 另外, salary (工資, 薪資) 的字源是 salt》

A good doctor is **worth** his weight in gold. 好醫生極其難能可貴.《指「具有相當於他體重的黃金的價值」之意》

② When he died, he was **worth** one million pounds. 他去世時擁有一百萬英鎊的財產.

③ What is the **worth** of this painting? 這幅畫值多少錢?

The new computer software he has developed is of great **worth**. 他開發的那個新電腦軟體非常有價值.

④ I'd like to have a dollar's **worth** of this coffee. 請給我這種咖啡1美元的分量.

The hurricane cid millions of dollars' **worth** of damage. 這個颶風造成的損失相當於幾百萬美元.

片語 *for all ~ is worth* 竭盡全力地, 拼命地

I told him to play **for all he was worth**. 我告訴他要盡全力比賽.

for what it is worth 不管是否有價值: **For what it is worth**, my suggestion is that we should ask Janet to join us for our project to be successful. 暫且先不論好壞, 為了我們計畫的成功, 我建議請珍妮特加入.

worth it 值得的. (⇨ **範例** ①)

worth ~'s salt 稱職的, 值得雇用的. (⇨ **範例** ①)

worth ~'s weight in gold 非常有用的, 非常有價值的. (⇨ **範例** ①)

worth while/worth ~'s while 值得花時間〔精力〕去做的. (⇨ **範例** ①)

*worthless [ˈwɜθlɪs] *adj.* 沒價值的, 無用的, 不足取的.

範例 That book is **worthless** to me. 那本書對我沒甚麼用處.

John was **worthless** as a painter. 約翰是一個很差勁的畫家.

活用 *adj.* **more worthless**, **most worthless**

worthwhile [ˈwɜθˈhwaɪl] *adj.* 值得花費時間的, 值得努力去做的: A relaxing trip to the countryside is always **worthwhile**. 一趟鄉間的放鬆之旅, 在任何時候都是值得的.

字源 worth (有~的價值的) ＋ while (時間).

*worthy [ˈwɜðɪ] *adj.* ① 適合的, 足以做~的. ② 有價值的, 值得尊敬的, 出色的.

——*n.* ③ 重要工傑出〕人物, 名士.

範例 ① He is a **worthy** challenger of the champion. 他有向冠軍挑戰的資格.

He is not **worthy** of her love. 他根本就不值得她愛.

She was **worthy** of filling his shoes. 她是他合適的接班人.《fill ~'s shoes 原義為「將自己的腳正好穿進~的鞋」, 引申用以表示「接~的班」之意》

② a **worthy** opponent 可敬的對手.

a **worthy** gentleman 值得尊敬的紳士.

③ local **worthies** 當地的名人.

活用 *adj.* **worthier**, **worthiest**

複數 **worthies**

†**would** [(強) ˈwʊd; (弱) wəd] *aux.* ① 想要~, 打算要《過去的狀態》. ② 一定會, 將會《過去的狀態》. ③ 想做, 打算做《委婉的請求或假設情境》. ④ 認為一定是《說話者的主觀判斷》. ⑤ 做《過去的習慣》.

範例 ① Yes. I said I **would** beat him. 是的, 我說過我要揍他一頓.

The student **wouldn't** do his homework. 那個學生不肯做家庭作業.

I told him not to but he **would** do it. 我告訴他不要做那件事, 但他一定要做.

I **would** have come if it had not rained. 如果沒下雨, 我就會來.

I **would** have bought the car but it was a bit too expensive. 我本來想買那輛汽車, 可是價錢太貴了.

The team used to practice on this field. They

W

簡介輔音群 wr- 的語音與語義之對應性

wr- 是由雙唇滑音 /w/ 與齒齦捲舌音 /r/ 組合而成. 發 [w] 音時, 雙唇圓皺, 其音較弱 (effortless sound). 發 r 這個強音 (firm sound), 舌頭有點捲曲, 與 [w] 音組合則增強雙唇的圓皺度, 其發音之嘴形將集「歪、扭、捲、曲、皺」之大成, 故本義表示「歪、扭、捲、曲、皺」:《注意: 中古英語的輔音群 wr-, 起首的 [w] 音在早期現代英語裡已成為啞音》

試比較:
| 中古英語 | wrong | [wrɔːŋg] |
| 早期現代英語 | | [rɔːŋg] |

wrap　包, 纏繞
wreathe　扭曲, 盤繞

wrench　(用力)扭轉
wrestle　摔角; 扭打
wrest　(用力)扭去, 搶掉
wriggle　扭動(身體);(蚯蚓等)蠕動
wrinkle　使起皺折
wring　擰乾(溼的衣物)
writhe　(痛疼痛而)扭動身體
wrangle　起口角, 起爭執
wrong　錯誤的, 罪惡的《古英語其義為 "wring"》
wry　扭歪的
wrist　腕《此處能扭、能轉》

---

would even play on Sundays.　那個球隊總是在這個球場練球, 星期日也不例外.
John said she'**d** sit there for hours.　約翰說她在那裡坐了好幾個小時.
I told you I'**d** have finished that by Friday.　我告訴過你, 我要在星期五之前做完那件事.
② The climbers had reached 5,000 meters. Soon they **would** see the summit.　那些登山者已經到達了5,000公尺高處, 他們很快就能看見山頂了.
The weatherperson said it **would** be fine tomorrow.　天氣預報員說明天將會是晴天.
If I had met him again, I **would** have recognized him.　如果我再見到他, 我一定會馬上認出他.
③ I **would** do that for you.　為了你, 我會做那件事.
Would you pass me the salt?　你能把鹽遞給我嗎?《比 Will you pass me the salt? 更客氣的說法》
Wouldn't you come with us?　你不和我們一起去嗎?《比 Won't you come with us? 更客氣的說法》
I **would** like a cup of coffee.　我想要一杯咖啡.
I'**d** like to be a pianist.　我想成為一個鋼琴家.
Would you like to see my pictures?　你想看我的照片嗎?
I **would** hurry if I were you.　如果我是你的話, 我會馬上去.
If I were you, I **would** dump him.　如果我是你的話, 我會把他甩了.
If you **would** take a seat for a moment, I'll see if he is in.　請坐下稍待片刻, 我去看看他有沒有在裡面.《比 If you take a seat for a moment, I'll see if he is in. 更客氣的說法》
④ I'**d** be happy to go with you.　我很樂意和你一起去.
The phone rings! That **would** be Jeremy!　電話鈴響了! 應該是傑瑞米!
"Someone telephoned you last night." "That **would**'ve been Jeremy."「昨天晚上有人打電話給你.」「大概是傑瑞米吧.」

⑤ That's just like Ed—he **would** leave his baggage anywhere.　那肯定是艾德, 因為他總是把他的行李隨處亂放.
She **would** be late just when you need her not to be.　她總是在你不希望她遲到的時候遲到.
[片語] **would like ～** ① 想, 希望.(⇨ [範例] ③)② 想做.(⇨ [範例] ③)
Wouldn't you ～? 可以請你～嗎? (⇨ [範例] ③)
would rather ～ 寧可, 寧願: I'd rather go shopping.　我寧願去買東西.
Would you ～? 可以請你～嗎? (⇨ [範例] ③)
(充電小站) (p. 929), (p. 173), (p. 1083)

would-be [`wud͵bi] *adj.* 〔只用於名詞前〕打算成為～的, 自稱～的.
[範例] a **would-be** millionaire 未來的百萬富翁.
His **would-be** information was worthless.　他所謂的情報沒有價值可言.

wouldn't [`wʊdnt] 《縮略》 =would not: **Wouldn't** you do that for me? 你可以為我做那件事嗎?

***wound** [wund; ② waund] *v.* ① 傷害, 損害. ② wind ⑬ 的過去式、過去分詞.
——*n.* ③ 傷, 負傷;(精神上的) 創傷.
[範例] ① The young soldier was **wounded** in the right leg.　那個年輕的士兵右腿受傷了.
Your cruel words **wounded** her.　你冷酷無情的話傷害了她.
③ I received a bad **wound** in the left arm.　我的左臂受了重傷.
Just the accusation is a **wound** to his honor and pride.　那個指控傷害了他的名譽和自尊.
[活用] *v.* ① **wounds**, **wounded**, **wounded**, **wounding**
[複數] **wounds**

***wove** [wov] *v.* weave 的過去式、過去分詞.
***woven** [`wovən] *v.* weave 的過去分詞.
wow [waʊ] *interj.* 哇《表示喜悅、驚訝、痛苦等》.

wrangle [`ræŋgl] *v.* ① 爭吵, 爭論 (over).
——*n.* ② 爭吵, 爭論.
[範例] ① They **wrangled** over the conditions of the agreement.　他們爭論那個協議的條件.

W

② a **wrangle** about a will 遺書所引發的爭吵.
活用 v. **wrangles**, **wrangled**, **wrangled**, **wrangling**
複數 **wrangles**

***wrap** [ræp] v. ① 包, 裹, 纏繞.
——n. ② 包裹物, 覆蓋物, 纏繞物;〔~s〕祕密.
範例 ① He **wrapped** his gift with colored paper. 他把禮物用彩紙包了起來.
They **wrapped** the rescued child in a blanket. 他們將那個獲救的孩子用毛毯裹了起來.
The boy **wrapped** himself in his father's coat. 那個男孩穿著他父親的大衣.
A bandage was **wrapped** around her wrist. 她的手腕上纏著繃帶.
Fog **wrapped** the top of the building. 那棟大樓的屋頂籠罩在霧中.
The event is **wrapped** in mystery. 那個事件完全是個謎.
② The general's death was meant to have been kept under **wraps** for days. 那個將軍的死訊被保密了好幾天.
片語 ***keep under wraps*** 保密. (⇨ 範例 ②)
wrap up ① 包裹起來. ② 完成, 解決.
活用 v. **wraps**, **wrapped**, **wrapped**, **wrapping**
複數 **wraps**

wrapper [`ræpɚ] n. 包裹物, 包裝紙: the **wrapper** of a book 書皮.
複數 **wrappers**

wrapping [`ræpɪŋ] n. 包裝紙, 包裝用的材料.
範例 She undid the **wrappings** of the gift. 她拆開那個禮物的包裝紙.
Computers need a lot of protective **wrapping** for shipment. 運送電腦需要很多保護性的包裝材料.
複數 **wrappings**

***wrath** [ræθ] n. 盛怒, 憤怒.
範例 She incurred her father's **wrath** for shoplifting. 她在商店偷竊使她父親十分生氣.
I believe in the **wrath** of God. 我相信天譴.

wrathful [`ræθfəl] adj. 盛怒的, 憤怒的: a **wrathful** look 憤怒的表情.
活用 adj. **more wrathful**, **most wrathful**

wreak [rik] v. 施加 (憤怒、報復等), 使遭受 (損害、打擊等).
範例 Some of the gang **wreaked** revenge on their enemies. 有些幫派分子向他們的敵人施加報復.
Hurricane Andrew **wreaked** havoc on south Florida and Louisiana. 安德魯颶風使佛羅里達南部和路易斯安那州陷入一片混亂. (Hurricane Andrew 在1992年襲擊美國)
活用 v. **wreaks**, **wreaked**, **wreaked**, **wreaking**/ **wreaks**, **wrought**, **wrought**, **wreaking**

[wreath]

***wreath** [riθ] n. ① (用植物編成

的) 飾環, 冠: a **wreath** of flowers 花環. ② (煙、雲等的) 漩渦, 圈.
發音 複數形 wreaths [riðz] 或 [riθs].

wreathe [rið] v. ① 用花環裝飾, 包圍, 籠罩. ② 把~做成花環. ③ 盤繞, 纏繞.
範例 ① The coffin was **wreathed** with flowers. 那個靈柩上有花覆蓋裝飾著.
The hills were **wreathed** in mist. 那些山丘被霧籠罩著.
② **wreathe** daisies 用雛菊做成花環.
③ She **wreathed** her arms around his neck. 她用雙臂摟住他的脖子.
活用 v. **wreathes**, **wreathed**, **wreathed**, **wreathing**

***wreck** [rɛk] n. ① 遇難的船隻; 失事的飛機; 撞毀的車輛; 事故的殘骸. ② 遇難, 失事, 『美』車禍. ③ 破壞, 損壞. ④ 累壞〔身體不健康〕的人.
——v. ⑤ (使) 遇難. ⑥ 破壞, 使破滅.
範例 ① Can you see any people on the **wreck**? 你能看見遇難的船隻上有任何人嗎?
A hiker found the **wreck** of the helicopter. 一個徒步旅行者發現了那架失事直升機的殘骸.
④ Anybody would be a **wreck** after a day with those little brats. 只要和那群小鬼一起待上一天, 任何人都會被搞得筋疲力竭.
⑤ The ship was **wrecked** off the coast of Peru. 那艘船在祕魯的外海遇難了.
⑥ The heavy rain **wrecked** our weekend tour. 那場大雨讓我們的週末旅行泡湯了.
複數 **wrecks**
活用 v. **wrecks**, **wrecked**, **wrecked**, **wrecking**

wreckage [`rɛkɪdʒ] n. 殘骸; 破滅.

wren [rɛn] n. 鷦鷯《雀科鳥類》, 似鷦鷯的小鳥.
複數 **wrens**

***wrench** [rɛntʃ] v. ① (猛) 擰, 扭, 擰下; 扭傷; 曲解.
——n. ② 擰, 扭; 扭傷. ③ 『美』扳鉗, 扳手《『英』 spanner》; 活動扳手《亦作 monkey wrench》. ④ 離別的悲痛.

[wrench]

範例 ① He **wrenched** the box open. 他擰開了那個盒子.
She **wrenched** a persimmon from the branch. 她從樹枝上摘下一個柿子.
He **wrenched** the key from her grasp. 他從她手中奪下緊緊握著的鑰匙.
② He tried to open the door with a **wrench** of the handle. 他擰轉把手, 試著打開那扇門.
She gave her ankle a **wrench** walking through the woods. 她在森林中行走時扭傷了腳踝.
④ It was a terrible **wrench** for me to see him off. 為他送別令我感到十分悲痛.
活用 v. **wrenches**, **wrenched**, **wrenched**, **wrenching**

[複數] **wrenches**

wrest [rɛst] v. 摔取，摔下，扭下，(猛力地) 奪取。The policeman **wrested** the gun from the robber's hand. 那個警察從搶匪手中奪下了手槍。
[活用] v. **wrests, wrested, wrested, wresting**

***wrestle** [ˋrɛsl̩] v. ① 扭打在一起，按倒；摔角。② 與～搏鬥〔較量〕，設法解決 (問題等)。
——n. ③ 扭打，摔角；奮鬥，苦鬥。
[範例] ① "What's all that noise?" "It's the kids **wrestling** in the living room." 「那是甚麼吵鬧的聲音？」「是孩子們在客廳玩摔角。」
I bet you I could **wrestle** an alligator in the water. 我跟你打賭，我能在水中打倒鱷魚。
② He was **wrestling** with a difficult problem. 他正設法解決一個困難的問題。
[參考]「相撲 (sumo)」亦作 wrestle。
[活用] v. **wrestles, wrestled, wrestled, wrestling**
[複數] **wrestles**

wrestler [ˋrɛslɚ] n. 摔角選手：a sumo **wrestler** 相撲力士。
[複數] **wrestlers**

wrestling [ˋrɛslɪŋ] n. 格鬥；摔角。
♦ **árm wrèstling** 腕力比賽。
proféssional wréstling 職業摔角比賽。

***wretch** [rɛtʃ] n. ① 可憐的人，悲慘的人。② 卑鄙的傢伙，無恥之徒。
[範例] ① The government could try helping those poor homeless **wretches** to help themselves. 政府可以試著幫助那些可憐、無家可歸的難民自力更生。
② You **wretch**! What have you done this time? 你這傢伙！這次你又做了甚麼?
[複數] **wretches**

***wretched** [ˋrɛtʃɪd] adj. ① 悲慘的；不能忍受的，粗糙的。② 令人討厭的，卑劣的。
[範例] ① **wretched** slums 悲慘的貧民窟。
I feel **wretched** about not having helped when I could have. 對於我可以幫忙卻沒有幫忙一事，我感到很難過。
a **wretched** meal 難吃的飯菜。
His house was **wretched**. 他的房子很簡陋。
② He is a **wretched** tyrant! 他是一個可惡的暴君！
[活用] adj. ① **wretcheder, wretchedest/ more wretched, most wretched**

wretchedly [ˋrɛtʃɪdlɪ] adv. ① 悲慘地。② 非常地，極為，很。
[範例] ① Three stowaways lived **wretchedly** in the ship's cargo hold for two months. 有3名偷渡客一直可憐地躲在那艘船的貨艙中長達2個月之久。
② John looked **wretchedly** ill. 約翰看起來病得不輕。
[活用] adv. ① **more wretchedly, most wretchedly**

wriggle [ˋrɪgl̩] v. ① 蠕動著前進，扭動身體，掙

扎。② 設法擺脫 (out of)。
——n. ③ 蠕動，扭動。
[範例] ① The eel **wriggled** out of my fingers. 那條鰻魚蠕動著從我的手指溜掉。
She **wriggled** in her seat. 她在座位上動來動去。
② The governor **wriggled** out of difficulty. 那位州長設法擺脫困境。
[活用] v. **wriggles, wriggled, wriggled, wriggling**
[複數] **wriggles**

***wring** [rɪŋ] v. ① 擰，絞，榨出，擰出。② 緊握；猛擰，扭斷。
——n. ③ 擰，絞。
[範例] ① I **wrung** out the wet clothes. 我擰乾那件溼衣服。
He **wrung** the water out of her swimsuit. 他把她的泳衣擰出水來。
The police **wrung** a confession from the murderer. 警方設法使那個殺人犯招供。
② She **wrung** her friend's hand. 她緊緊地握著朋友的手。
Get out of here or I'll **wring** your neck! 滾出去，不然我就扭斷你的脖子！
It **wrung** her heart to see starving children. 看到挨餓的孩子們，她就感到椎心之痛。
③ I gave the wet shirt a good **wring**. 我把那件溼襯衫用力擰乾。
[活用] v. **wrings, wrung, wrung, wringing**

***wrinkle** [ˋrɪŋkl̩] n. ① 皺紋，皺摺。②《口語》好主意，妙計。
——v. ③ 使起皺紋，出現皺紋。
[範例] ① She is beginning to get **wrinkles** around her eyes. 她的眼睛周圍開始出現了皺紋。
He ironed out the **wrinkles** in his shirt. 他用熨斗把他襯衫上的皺摺燙平。
② The old man knows all the **wrinkles**. 那位老人知道許許多多的妙計。
③ He **wrinkled** up his forehead. 他皺起眉頭。
This cloth **wrinkles** easily. 這種布容易起皺摺。
[複數] **wrinkles**
[活用] v. **wrinkles, wrinkled, wrinkled, wrinkling**

wrinkly [ˋrɪŋklɪ] adj. 皺紋多的，易起皺紋的。
[活用] adj. **wrinklier, wrinkliest/more wrinkly, most wrinkly**

***wrist** [rɪst] n. 手腕《手 (hand) 與臂 (arm) 之間的關節部分》。
➡ [插圖] hand
[複數] **wrists**

wristwatch [ˋrɪst͵watʃ] n. 手錶《手腕 (wrist) 上戴的錶 (watch)，亦作 watch》。
[複數] **wristwatches**

writ [rɪt] n. 票，令狀。
[片語] **writ large** 一目了然的。
[複數] **writs**

*_***write** [raɪt] v. ① 寫，寫字，寫作，寫曲。② 寫信。

W

範例 ① **Write** your name and address here, please. 請在這裡寫上你的名字和住址．

He **wrote** us a letter as soon as he reached Chicago. 他一到芝加哥就寫了一封信給我們．

The children are learning to **write**. 那些孩子們正在學寫字．

The writer began **writing** at the age of thirty. 那位作家30歲的時候開始寫作．

Mozart **wrote** his first symphony at the age of eight. 莫札特8歲時寫下他生平第一首交響曲．

② **Write** to me in more detail about your plans for the vacation. 請寫信詳細告訴我你假期的計畫．

He **wrote** me that he was having a good time in Paris. 他寫信告訴我說他在巴黎過得很愉快．

片語 **write back** 回信：Jimmy writes a letter to me every day, but I don't **write back** very often. 吉米每天寫一封信給我，但我很少回信給他．

write down 寫下來，記錄：I **wrote down** her telephone number in my notebook. 我將她的電話號碼寫在我的筆記本上．

write in ① 寫入，記入．② 發信，投書：I'm going to **write in** for tickets ahead of time. 我打算提前投書索票．

write off ①（從帳上）勾銷．② 被視為無價值：The enterprise was **written off** as a tax loss. 那個企業被視為是在浪費納稅人的錢．③『英』使（車輛等）嚴重受損．

write out 仔細寫出，謄寫：The text of his speech had been **written out** by hand. 他的演講底稿是用手工謄寫的．

write up 歸納成完整的文章，寫成文稿：Write your report **up** by this coming Friday. 請在這個星期五之前將你的報告寫完．

活用 v. **writes, wrote, written, writing**

write-off [`raɪt͵ɔf] n. ①（帳本上的）註銷．② 嚴重破損之物；沒有用的人．

複數 **write-offs**

writer [`raɪtɚ] n. 書寫者，記錄者；作家；記者．

範例 a popular **writer** 暢銷作家．

Dickens was a famous English **writer**. 狄更斯是一個有名的英國作家．

He is a good **writer**. 他文章寫得很好./他是一個優秀的作家．

複數 **writers**

write-up [`raɪt͵ʌp] n. （正面的）評論，報導．

複數 **write-ups**

writhe [raɪð] v. 痛苦地扭動：The patient **writhed** in pain. 那個病患疼得直打滾．

活用 v. **writhes, writhed, writhed, writhing**

writing [`raɪtɪŋ] n. ① 書寫，執筆，著述．② 筆跡．③ 書寫物，文書，文件，著作，作品．④ 文體．

範例 ① reading and **writing** 閱讀和寫作．

② His **writing** is difficult to read. 他的筆跡難以辨認．

③ He asked for a guarantee in **writing**. 他要求書面形式的保證．

the **writings** of Dickens 狄更斯的作品．

♦ **writing-paper** 便條紙．

複數 **writings**

***written** [`rɪtn] v. ① write 的過去分詞．
——adj. ② 被寫成文字的，書面的，成文的．

範例 ② a **written** examination 筆試．

written language 文字語言．

written law 成文法．

***wrong** [rɔŋ] adj., adv.

原義	層面	釋義	範例
不符，不合適	於事實、道德	adj., adv. 錯誤的〔地〕，不正確的，不合適的	①
	選擇		
	於正常的狀態	adj. 狀況不好的	②

——n. ③ 不正當的行為，錯事，壞事，邪惡．

範例 ① It's **wrong** to steal. 偷竊是不對的．

It was **wrong** of me to break my word. 沒有遵守諾言是我不好．

The clock is **wrong**; it is two minutes slow. 那個鐘不準，它慢了2分鐘．

Sorry, you have the **wrong** number. 抱歉，你打錯電話了．

What's **wrong** with riding my motorbike to school? 騎我的摩托車上學有甚麼不對？

How come you're wearing your shirt **wrong** side out? 你怎麼把襯衫穿反了？

You've spelt the word **wrong**. 那個字你拼錯了．

Don't get me **wrong**. 不要誤解我．

Something went **wrong** with the motor. 那個馬達出了點毛病．

I did my best and still failed—where did I go **wrong**? 我盡力了，可是仍然失敗：我甚麼地方做錯了呢？

We have to make up for what we have done **wrong**. 我們必須彌補我們的過失．

This is the **wrong** time to buy a house. 現在不是買房子的時機．

The absent are always in the **wrong**.《諺語》不在場的人肯定是錯的．

② There's something **wrong** with my word processor. 我的文字處理機出了點問題．

What's **wrong** with you? 你怎麼了？

③ It's not easy to tell right from **wrong**. 分辨是非並沒有那麼簡單．

You did him a terrible **wrong**. 你實在是誤會他了．

The king can do no **wrong**.《諺語》國王是不會有錯的．《意為國王是根據內閣的意見並求得內閣的同意行事的，所以國王是沒有責任的》

片語 **get ~ wrong** 誤解，誤會. (⇨ 範例 ①)
go wrong ① 弄錯，出錯. (⇨ 範例 ①) ② 不順利，失敗. (⇨ 範例 ①)
in the wrong 錯誤的，不正當的. (⇨ 範例 ①)
What's wrong with ~? ① ～怎麼了? (⇨ 範例 ②) ② ～有問題嗎? ～有甚麼不對? (⇨ 範例 ①)
wrong side out (將衣服等) 裡朝外地翻過來. (⇨ 範例 ①)
複數 **wrongs**

wrongdoer [`rɔŋ`duɚ] n. 做壞事的人，罪犯，壞人.
複數 **wrongdoers**

wrongdoing [`rɔŋ`duɪŋ] n. 壞事，惡行，犯罪.
複數 **wrongdoings**

wrongful [`rɔŋfəl] adj. 非法的，不正當的；壞的.

wrongfully [`rɔŋfəlɪ] adv. 非法地，不正當地.

*__wrongly__ [`rɔŋlɪ] adv. 錯誤地，不正當地，非法地.
範例 He was **wrongly** accused of hacking his way into the military computer. 他被誣告入侵軍方的電腦.
My name was **wrongly** spelt. 我的名字被拼錯了.
Mrs. Grimm **wrongly** believes the system is to blame. 格林女士誤認為是那個系統出了問題.

*__wrote__ [rot] v. write 的過去式.

wrought [rɔt] v. ① 《古語》work 的過去式、過去分詞. ② wreak 的過去式、過去分詞.
——adj. ③ 經過加工的；精製的，精巧的.
♦ **wròught íron** 鍛鐵，熟鐵《幾乎不含碳及其他雜質》.

*__wrung__ [rʌŋ] v. wring 的過去式、過去分詞.

wry [raɪ] adj. 〔只用於名詞前〕(表情、笑容等) 扭曲的，歪斜的；諷刺性的，挖苦的: He made a **wry** face at her behavior. 對於她的行為，他愁眉苦臉.
活用 adj. **wrier, wriest/wryer, wryest**

wryly [`raɪlɪ] adv. 愁眉苦臉地，歪斜地；故意挖苦地.
活用 adv. **more wryly, most wryly**

WWI 《縮略》=World War I (第一次世界大戰)《I 讀作 One》.

WWII 《縮略》=World War II (第二次世界大戰)《II 讀作 Two》.

WWW 《縮略》=the World Wide Web (全球資訊網).

X [ɛks] *n.* ① 表示未知數、未知的人或物等符號. ② 10《羅馬數字》. ③ 表示錯誤的記號. ④ 親吻的符號《通常寫在書信的結尾，如 Love, Katy xxx》.
——*v.* ⑤ 以 x 記號刪除，畫掉 (out).
♦ **X-ing** 十字路口《crossing 的縮略，亦作 XING，Xing》.
X-ràted X 級的，色情的，只限成人的《用於電影等的分級制度》.
➡ 充電小站 (p. 1109)
[複數] ① x`s/xs
[活用] *v.* x`s, x`d, x`d, x`ing/x`s, x-ed, x-ed, x-ing/xs, xed, xed, xing

xenophobia [ˌzɛnəˋfobɪə] *n.* 對外國人或陌生人的恐懼或憎惡，排外，仇外，外國人恐懼症: **xenophobia** fed by excessive patriotism 由極端的愛國心所引起的排外或仇外.

xerox [ˋzɪrɑks] *n.* ① 影印本. ② 影印機.
——*v.* ③ 影印.
[參考] 原為「全錄公司」(Xerox Corp.) 的商標名，源自 xerograph (靜電複印術) 一字，為全世界最大的影印機公司.
[複數] **xeroxes**
[活用] *v.* **xeroxes, xeroxed, xeroxed, xeroxing**

Xmas [ˋkrɪsməs] *n.* 聖誕節.
[參考] 為 Christmas 的縮略，常用於廣告和聖誕賀卡，源自表示基督 (Christ) 的希臘字母字首 X. 切記，X'mas 是錯誤的用法.

X-ray [ˋɛksˋre] *n.* ① X 射線，X 光. ② X 光檢查，X 光片.
——*v.* ③ 拍 X 光片，用 X 光檢查或治療.
[範例] ③ The doctor **X-rayed** my chest and found a tumor. 醫生為我做胸部 X 光檢查，結果發現一顆腫瘤.
[複數] **X-rays**
[活用] *v.* **X-rays, X-rayed, X-rayed, X-raying**

xylophone [ˋzaɪləˌfon] *n.* 木琴.
[字源] xylo (木質) + phone (音).
[複數] **xylophones**

簡介字母 Y 語音與語義之對應性

/y/ 在發音語音學上列為濁聲硬顎滑音 (voiced palatal glide)，因具有元音及輔音的雙重性，有時候也稱為半元音 (semivowel) 或半輔音 (semiconsonant)．發 [j] 音時，振動聲帶，舌頭保持發 [i] 音時的位置，然後把舌位往上抬高一些，使貼近硬顎，但不要使硬顎發生摩擦，便可以產生英語的 yes 開頭之 y [j] 音．

(1) [j] 介乎元音與輔音的中間，出現在元音之前時，具有輔音的特性；出現在元音之後時，具有元音性質．由此觀之，該音尚未老化定型 (fossilized)，可能近朱者赤，近墨者黑，尚具有曲折變形之潛能 (latent power)，頗似壓縮的彈簧，蓄勢待發，因此本義為「有改變的潛能」：

youth   n. 青年，青春時期；活力
young   adj. 年輕的；活潑的
yolk   n. 蛋黃
yeast   n. 發酵粉；酵母（菌）

(2) 舌位往上抬高一些，頗似壓縮的彈簧，忽然往上彈，因此可引申出「突如其來的嘴部動作」：

yap   v. (小狗以尖短聲) 尖叫
yawn   v. 打呵欠
yell   v. 大聲叫喊，嘶喊
yelp   v. (狗等) 吠叫
yodel   v. 用真假嗓音交替地唱〔叫喊〕
Yuletide   n. 聖誕節假期《原義為 time to yell with joy》
yum-yum   interj. 邊吃邊讚賞之聲

注意：許多今日以 y 為首的英語詞彙在古英語裡都是以 g 為首，即以 y 取代古英語 g＝[y]．
試比較：

現代英語	古英語
year	gear
yell	gellan
yes	gése
yet	giet
yelp	gielpan

¥/Y [jɛn] n. 日圓《日本貨幣單位 yen 的縮略符號，寫於數字之前》：¥2,000 2,000日圓．

y [waɪ] n. ① (數學中) 表示未知數的第2個符號，第2未知數．《縮略》② ＝yard, yards (碼)．
[複數] ① y`s/ys

-y suff. ① 充滿～的，類似～的，由一構成的《加在名詞之後構成形容詞》：cloudy 多雲的，陰天的；sleepy 想睡的；hairy 多毛的．② ～的狀態，～的性質《加在動詞或形容詞之後構成名詞》：honesty 誠實；delivery 遞送．③ 加在人或動物的單音節字尾，以示親暱：daddy 爸爸；Johnny 強尼《(約翰 (John) 的暱稱)》．

yacht [jɑt] n. 遊艇，快艇《娛樂用的豪華船艇》；(比賽用的) 小型帆船．
[字源] 源自中世紀荷蘭語 jaght (追獵船)．
[複數] yachts

yam [jæm] n. 山芋；〖美〗小番薯《亦作 sweet potato》．
[複數] yams

yank [jæŋk] v. ① 用力猛拉．
——n. ② 用力猛拉．
[範例] ① He yanked at a rope. 他用力猛拉繩索．
He was yanked out of the bed. 他被人從床上猛拉起來．
[活用] v. yanks, yanked, yanked, yanking
[複數] yanks

Yankee [ˋjæŋkɪ] n. ①〖美〗指美國北部〔東北部〕各州的人《特指新英格蘭地區的人》．②《口語》美國佬．
[複數] Yankees

yap [jæp] v. ① (小狗) 狂吠．②《口語》嘮叨 (at)：Our boss yapped at me for a long time. 我們老闆對我嘮叨了很久．
——n. ③ (狗的) 狂吠聲．④《口語》嘮叨．
[活用] v. yaps, yapped, yapped, yapping
[複數] yaps

＊yard [jɑrd] n. ① 庭院《通常有草坪或鋪著石塊》．② 作業場所，堆置場《用於複合字》．③ 碼《長度單位，約91.44公分或3呎 (feet)；略作 y 或 yd》．④ 立方碼．⑤ 帆桁．
[範例] ① Kevin is playing basketball in the yard. 凱文正在院子裡打籃球．
② a railroad yard 鐵路調車場．
a lumber yard 堆木場．
③ Give him an inch and he'll take a yard.《諺語》得寸進尺．
[片語] by the yard 按碼地；冗長地．
♦ yárd gòods〖美〗按碼出售的織布．
yárd sàle〖美〗門前大拍賣《在自家院子廉售已不需要之物》．
→ [充電小站] (p. 521), (p. 783)
[複數] yards

yardstick [ˋjɑrd͵stɪk] n. ① 碼尺《一碼長度的尺》．② (比較) 判斷的標準：Growth in membership is a good yardstick of our club's progress. 會員人數增加表示我們俱樂部發

展狀況良好.

複數 **yardsticks**

***yarn** [jɑrn] *n.* ① (紡織用的) 紗, 捻線. ② (旅者的) 冒險故事, 捏造的故事: Spin us a good **yarn**, please. 請說個精彩的冒險故事.

[yarn]

片語 ***spin a yarn*** 講述冒險故事, 捏造故事.

複數 **yarns**

yaw [jɔ] *v.* (船、飛機等) 偏離航線; 左右搖擺前進.

活用 *v.* **yaws, yawed, yawed, yawing**

***yawn** [jɔn] *v.* ① 打呵欠. ② (裂縫、深淵等) 裂開, 敞開.
—— *n.* ③ 呵欠. ④《口語》乏味的人〔事〕.

範例 ① The teacher stared at the student who was **yawning** widely. 那位老師瞪著那個正張大嘴巴打呵欠的學生.
② A crevasse **yawned** at our feet. 我們腳下有一條大裂縫.
③ The woman answered with a **yawn**. 那個女人打著呵欠回答.
④ His lecture was a big **yawn**. 他的課實在太乏味了.

活用 *v.* **yawns, yawned, yawned, yawning**

複數 **yawns**

yd《縮略》= yard, yards (碼).

yea [je] *adv.* ①《古語》的確, 誠然.
—— *n.* ② 贊成, 肯定. ③ 投贊成票 (者).

☞ ↔ nay

複數 **yeas**

yeah [jɛə] *adv.* ① 表示肯定的說法. ② 回答召喚〔命令〕. ③ 表示贊同別人的話. ④ 促請對方說下去.

參考 是 yes 的口語說法.

****year** [jɪr] *n.* 年, 一年; 年度; 年齡.

範例 There are 366 days in a leap **year**. 閏年有366天.《閏年 (leap year) 的2月有29天, 故有366天》
"What **year** is this?" "It is 2002." 「現在是哪一年?」「是2002年.」
Happy New **Year**! /A Happy New **Year**! 新年快樂!
Our university is going to have its 100th anniversary the **year** after next. 後年我們大學將舉行100週年校慶.
My son will be 25 **years** old next **year**. 我兒子明年就滿25歲了.
This five-**year**-old girl is missing! 這個5歲女童失蹤了!
She played the part of a thirty-**year**-old—she is almost ninety! 她扮演30歲的角色, 其實她現年將近90歲了!
We will never forget his betrayal in a million **years**. 我們永遠不會忘記他背叛我們.
He is two **years** younger than my father. 他比我父親小2歲.

My uncle looks young for his **years**. 我叔叔看起來比實際年齡年輕.
A boy of his **years** will do such foolish things. 他那個年齡的男孩都會做這種愚蠢的事.
It is **years** since I met her last. 從我上一次見到她到現在已經好多年了.
I've known him for **years**. 我認識他好多年了.
The mountains here are the most beautiful at this time of the **year**. 這裡的山地在每年的這個時候最美.
She was the president of the student council during her senior **year** of high school. 她在高三那年擔任學生會會長.
In the United States, the new school **year** begins in September. 美國的新學年是9月份開始.

片語 ***all the year round/all year round*** 一整年, 一年到頭: Tourists visit the island **all the year round**. 那座海島一整年都有遊客到訪.
a year ago today 去年的今天.
a year ago yesterday 去年的昨天.
a year from today 明年的今天.
a year from tomorrow 明年的明天.
by the year 按年地, 論年地: You can rent this house **by the year**. 你可以按年租借這棟房子.
every other year 每隔一年.
fiscal year/financial year 會計年度: the fiscal year 2002/the 2002 **fiscal year** 2002會計年度.
for years 連續幾年, 多年來. (⇨ 範例)
in a million years 永遠. (⇨ 範例)
last year 去年.
leap year 閏年《平年為 common year》. (⇨ 範例)
next year 來年, 明年. (⇨ 範例)
school year/academic year 學年. (⇨ 範例)
the year after next 後年. (⇨ 範例)
the year before last 前年.
this year 今年.
year after year 年復一年地.
year by year 每年, 逐年.
year in, year out/year in and year out 一年到頭, 總是: That old man boasts of his grandson **year in and year out**. 那位老人總是在誇耀他的孫子.
~-year-old ~歲的 (人). (⇨ 範例)

複數 **years**

yearbook [ˋjɪr͵bʊk] *n.* 年鑑, 年報;《美》畢業紀念冊.

複數 **yearbooks**

yearling [ˋjɪrlɪŋ] *n.* 一歲的動物; (特指) 未滿2歲的賽馬.

複數 **yearlings**

yearly [ˋjɪrlɪ] *adv., adj.* 每年一次 (的), 每年 (的).

Y

範例 a **yearly** checkup 每年的健康檢查.

His **yearly** income is twenty thousand dollars.
他的年收入是2萬美元.

I visit my grandparents **yearly**. 我每年拜訪爺
爺奶奶1次.

***yearn** [jɝn] v.《正式》渴望，企盼.

範例 They **yearned** for true independence. 他
們渴望真正的獨立.

He **yearned** to be a space shuttle pilot. 他渴
望成為一個太空梭飛行員.

活用 v. **yearns**，**yearned**，**yearned**，
yearning

yearning [`jɝnɪŋ] n.《正式》渴望，嚮往.

複數 **yearnings**

yeast [jist] n. 酵母 (菌)，發酵粉: They use
yeast in making beer. 他們用酵母菌製造啤
酒.

複數 **yeasts**

***yell** [jɛl] v. ① 大聲叫喊，吼叫.
—— n. ② 叫喊聲，吼叫;《美》(啦啦隊的) 加油
聲.

範例 ① I **yelled** with terror. 我害怕得大叫.
She **yelled** out for help. 她大聲求救.

② She let out a **yell** seeing a snake wriggling
near her foot. 她因為看到正在腳下蠕動的蛇
而大聲尖叫.

活用 v. **yells**，**yelled**，**yelled**，**yelling**

複數 **yells**

***yellow** [`jɛlo] adj. ① 黃色的. ② 黃種人的. ③
(報章雜誌等) 煽情的，聳動的. ④ 膽小的，
怯懦的.
—— n. ⑤ 黃色; 黃色顏料; 蛋黃.
—— v. ⑥ 變黃，使泛黃.

範例 ① A buttercup is a **yellow** wild flower. 金鳳
花是黃色的野花.

② Do you know that dark-eyed **yellow** girl? 你
認識那個黑眼睛、黃皮膚的女孩嗎?

③ the **yellow** press 黃色報刊.

⑥ The leaves **yellow** in fall. 秋天裡樹葉變黃.

♦ **yèllow cárd** 黃牌《足球等裁判警告犯規的
選手所出示的卡片》.

yéllow féver 黃熱病《由蚊蟲傳染，嚴重時
會併發黃疸病，甚至死亡》.

yéllow jàck (檢疫時懸掛的) 黃旗; 黃熱病.

yéllow jàcket《美》黃蜂.

yéllow pàges 按行業分類編排的電話簿.

the Yèllow Ríver 黃河《位於中國大陸北部
的大河》.

活用 adj. **yellower**，**yellowest**

複數 **yellows**

活用 v. **yellows**，**yellowed**，**yellowed**，
yellowing

yellowish [`jɛloɪʃ] adj. 帶黃色的，泛黃的.

yelp [jɛlp] v. 叫喊; (狗等) 吠叫: Our puppy
yelps when a stranger comes near it. 我家的
小狗一有陌生人走近就會吠叫.

活用 v. **yelps**，**yelped**，**yelped**，**yelping**

yen [jɛn] n. ① 日圓《日本的貨幣單位; 略作 Y
或 ¥》. ② 渴望，強烈的願望.

複數 ① **yen**

yeoman [`jomən] n. ① 自耕
農; 自由農民，鄉紳《英國中
世紀後期擁有自有土地的地
主，地位介於中上階級
(gentry) 與工人之間》. ②《古
語》(貴族的) 侍從，英國國
王的衛兵.

♦ **Yèoman of the Guárd** 英
國王室的禁衛兵，倫敦塔的
守衛.

複數 **yeomen**

[Yeoman of
the Guard]

†**yes** [jɛs] adv. ① 表示肯定的
說法. ② 回答召喚或命
令等. ③ 憶起剛剛忘記的
事. ④ 促請對方說下去.
—— n. ⑤ 贊成，同意.

範例 ① "Is this your dictionary?" "**Yes**, it is."
「這是你的辭典嗎?」「是的.」

"Hello? Is this 845634?" "**Yes**."「喂，請問這
支電話號碼是845634嗎?」「是的.」

"Don't you drink coffee?" "**Yes**, I do.「你不
喝咖啡嗎?」「不，我喝.」

"Would you like a cup of coffee?" "**Yes**,
please."「你要來一杯咖啡嗎?」「好的，請給
我一杯.」

"Be sure to mail those letters, John." "**Yes**,
yes."「記得寄那些信，約翰.」「是的，我知
道.」("Yes, yes."此一回答中含有「別囉嗦」
之意》

"Did you enjoy the party, May?" "Well, **yes**
and no."「梅，那場聚會愉快嗎?」「馬馬虎虎
啦.」

I hope your parents will say **yes** to your
marriage. 我希望你們的父母會同意你們的
婚事.

② "George!" "**Yes**, Mom."「喬治!」「甚麼事?
媽媽.」

"What do you think, Bob?" "**Yes**, well, I
agree."「你覺得如何? 鮑伯.」「是的，很好.
我贊成.」

③ What was I going to mention? Oh, **yes**, that
rumor. 我要說甚麼? 哦，對了，關於那件傳
聞.

We will reform welfare and, **yes**, reduce
taxes. 我們要改革福利制度，對了，還要減
稅.

④ "I went to America last week." "**Yes**?"「我上
個星期去美國.」「真的? 然後呢?」

"**Yes**?" "Ten 30-cent stamps, please."「請問
有甚麼事?」「請給我10張30美分的郵票.」

⑤ The vote tally is: 16 **yeses**, 10 noes and 2
abstentions. 票數是16票贊成，10票反對，2
票棄權.

♦ **yés-màn** 唯唯諾諾的人.

yès-nó quèstion "yes-no" 疑問句《要用
yes 或 no 回答的疑問句》.

➡ 充電小站 (p. 1519)

複數 **yeses**

＊yesterday [ˋjɛstɚˏde] n., adv. 昨天.

範例 **Yesterday** was a holiday. 昨天是假日.
The news was reported in **yesterday**'s newspaper. 那個消息出現在昨天的報紙上.
Why were you away from work the day before **yesterday**? 你前天怎麼沒來上班?
I haven't eaten anything since **yesterday**. 從昨天起我就沒有進食了.
a thing of **yesterday** 昨天發生的事.
yesterday afternoon 昨天下午.
She came to Taiwan **yesterday**. 她昨天到臺灣.
I wasn't born **yesterday**, you know. 別騙人了, 我又不是3歲小孩.
It was hot **yesterday**, wasn't it? 昨天可真熱呀, 不是嗎?
only **yesterday** 僅僅昨天.
片語 **the day before yesterday** 前天. (⇨ 範例)
複數 **yesterdays**

†yet [jɛt] adv. ① 還, 尚; 遲早, 不久; 更加.
② 已經《用於肯定的疑問句》. ③ 然而, 但是.
——conj. ④ 然而, 但是.
範例 ① It was not dark **yet**. 天還沒有黑.
There is **yet** some hope. 還有希望.
"Haven't they paid you **yet**?" "No, not **yet**." 「他們還沒付錢給你嗎?」「是的, 還沒有.」
Sylvia hasn't finished balancing the books **yet**, but she says she will by four o'clock. 西維亞尚未結清帳簿, 但她說4點鐘以前會完成.
We'll be get there **yet**. 我們不久會到那裡.
They have **yet** to decide when to start the new enterprise. 他們還沒有決定甚麼時候開始新的事業.
I have **yet** much to say about him. 關於他, 我還有很多話要說.
I'm sorry to trouble you **yet** again, but could you tell me how to use this computer? 我很抱歉要再次麻煩你, 你能教我如何使用這臺電腦嗎?
He talked to his son **yet** more softly. 他更加溫柔地跟他的兒子講話.
② Has she come **yet**? 她已經來了嗎?
③ He is rich, but **yet** he is lonely. 他雖然富有, 卻很孤獨.
At last he got a job, and **yet** he was not satisfied. 他終於找到一份工作, 但是他並不滿意.
片語 **and yet** 但是. (⇨ 範例 ③)
as yet 到目前為止, 迄今: I have not as **yet** found her address. 迄今我還不知道她的地址.
but yet 但是. (⇨ 範例 ③)
have yet to 還沒有, 尚未. (⇨ 範例 ①)
not yet 還沒有, 尚未. (⇨ 範例 ①)
yet again 再次. (⇨ 範例 ①)
yet more ～ 更加. (⇨ 範例 ①)

yew [ju] n. ① 紫杉《常栽種在基地的常綠喬木; 亦作 yew tree》. ② 紫杉木《家具材料》.
複數 **yews**

Yiddish [ˋjɪdɪʃ] n. 意第緒語《東歐、美國等地猶太人所使用的語言, 以希伯來文書寫, 為德語、斯拉夫語等的混合語》.

＊yield [jild] v. ① 出產, 生產; 產生, 帶來《利益等》. ②《正式》屈服, 投降 (to). ③ 凹陷, 倒塌. ④ 交出, 讓與, 讓出;《美》讓路.
——n. ⑤ 生產量, 收穫量; 收益, 利潤.
範例 ① Our land **yields** lots of natural resources. 我們的土地出產許多天然資源.
② Don't **yield** to pressure. 不要屈服於壓力.
③ The bridge was **yielding** under a convoy of trucks. 那座橋被一隊卡車壓得凹陷下去.
④ You have to **yield** the right of way to ambulances. 你必須讓路給救護車.
⑤ We had a drastic decrease in the **yield** of rice last year. 我們去年稻米的收成很差.
活用 v. **yields, yielded, yielded, yielding**
複數 **yields**

Y.M.C.A./YMCA [ˋwaɪˏɛmˏsiˋe] 《縮略》 = Young Men's Christian Association (基督教青年會)《1844年在倫敦成立的宗教慈善團體》.
複數 **Y.M.C.A.'s/ Y.M.C.A.s/ YMCA's/ YMCAs**

yodel [ˋjodl] n. ① 岳得爾調《用真聲假嗓音交替的唱法》.
——v. ② 用真假聲交替唱歌.
複數 **yodels**
活用 v. **yodels, yodeled, yodeled, yodeling/ 《英》 yodels, yodelled, yodelled, yodelling**

yoga [ˋjogə] n. 瑜珈, 瑜珈修行.

yogurt [ˋjogɚt] n. 優酪乳, 優格《亦作 yoghourt, yoghurt》.
複數 **yogurts**

yoke [jok] n. ① 牛軛; 束縛, 羈絆. ②《同軛的》一對《用軛繫在一起的家畜》. ③ 軛狀扁擔. ④ 抵肩《上衣上端連接頸肩的布》.
——v. ⑤ 用軛套在一起, (使) 結合.

[yoke]

範例 ① He put a **yoke** on the two reindeer. 他用軛套住2隻馴鹿.
She threw off the **yoke** of marriage. 她擺脫了婚姻的束縛.
② three **yoke** of oxen 3對套在一起的牛.
⑤ He **yoked** the two oxen together. 他把2頭牛用牛軛套在一起.
複數 ① ③ ④ **yokes**/② **yoke**
活用 v. **yokes, yoked, yoked, yoking**

yolk [jok] n. 蛋黃《亦作 yellow》.
參考 蛋白作 white.
複數 **yolks**

yonder [ˋjɑndɚ] adj., adv. 那邊的, 在那邊.
範例 Go to **yonder** village. 去那邊的村莊.

Y

充電小站

yes 與 no

【Q】(1) "Is that your bike?" "**Yes**，it is."
(2) "Isn't that your bike?" "**Yes**，it is."
yes 的意思為「是」，no 的意思為「不」. (1)的 yes 意思為「是」，但 (2) 的 yes 似乎為「不」的意思，請說明這種用法.

【A】以上問題解釋如下：
包含有 not 的否定疑問句和命令句的回答中，yes 為「不」，no 為「是」.

例 1. "Can't you come with me?" "**Yes**，I can."
「你不能跟我一起去嗎?」「不，我能去.」

例 2. "Don't make a mistake." "No，I won't."
「你別出錯.」「是的，我不會.」

由此看來 yes 和 no 都有「是」與「不」兩個意思，這樣豈不是容易產生混淆?
實際上，yes 與 no 的用法如下：
▶ yes 是表示肯定的意思.
▶ no 是表示否定的意思.
因此 yes 的後面必定是肯定句，no 的後面必定是否定句. yes 與 no 只是語氣上的加強. 例如下面例句："Can't you come with me?" 的回答，可以只說 "I can."
相反地，"Can't you come with me?" 的回答，有時只說 "Yes." 而省略 I can 也可以，並不會影響原來的意思；no 的情況也一樣.
總之，yes 或 no 的使用要視回答者真正語意要或不要〔是或不是〕而定.

Yonder stands an oak. 那邊有一棵橡樹.

†**yore** [jɔr] *n.* 〔只用於下列片語〕往昔.
片語 ***in days of yore*** 過去，昔日.
of yore 從前的，昔日的.

†**you** [ju] *pron.* 你，你們.

範例 **You** are a high school student, aren't **you**?
你是一個高中生，不是嗎?
Are **you** all her friends? 你們都是她的朋友嗎?
Would **you** like some more tea? 你還要再來一些茶嗎?
We respect **you**. 我們尊敬你.
I'll give **you** anything **you** like. 我可以給你任何你喜歡的東西.
I want **you** all to come with me. 我希望你們都能和我一起去.
Can I go with **you**? 我可以跟你一起去嗎?
Do **you** go to Taipei Station? 你有到臺北車站嗎?《乘客詢問公車司機》
Do **you** sell 30-cent stamps? 你們有賣30分的郵票嗎?
I can't hear **you**. 我聽不見你所說的話.
You shouldn't judge a person by his appearance. 你不應該以貌取人.
You never know when **you** will die. 你根本不知道你甚麼時候死.
Do **you** speak English in Canada? 在加拿大你們說英語嗎?
Do **you** have much snow here? 你們這裡經常下雪嗎?

參考 與中文的「您」、「你」不同，you 跟人際關係的程度或尊卑貴賤無關. 但打招呼時不能說 "You!"，因為這樣很不禮貌.
➡ 充電小站 (p. 1520)

you'd [ˈjud]《縮略》= ① you would. ② you had.
範例 ① **You'd** go into shock if you knew what really happened. 如果你知道真正發生了甚麼事，你一定會感到震驚.
② **You'd** gone out when I called you yesterday. 昨天我打電話給你時，你已經出門了.

you'll [ˈjul]《縮略》= you will, you shall: **You'll** like it if you try. 如果你試一試，一定會喜歡它.

‡**young** [jʌŋ] *adj.* ① 資歷淺的；初期的；年輕的，年幼的，年紀小的.
——*n.* ②〔作複數〕幼獸. ③〔the ~，作複數〕青年，年輕人.
範例 ① Who's that **young** man sitting next to your daughter? 坐在你女兒旁邊的那位年輕人是誰?
She is three years **younger** than I. 她比我小3歲.
This is my **youngest** child. 這是我最小的孩子.
He looks **young** for his age. 他看起來比實際年齡小.
Young Marx was very ambitious. 年輕時的馬克思非常有抱負.
He is **young** in experience. 他的資歷尚淺.
The night is still **young**. 夜未央.
② Cuckoos do not feed their **young**. 布穀鳥不餵食雛鳥.
片語 ***young and old*** 老老少少，不分老幼.
young at heart 心境年輕的.
♦ **young adúlts** 年輕人，青年《特指非年齡上的年輕》.
young blóod 血氣方剛的年輕人；新血.
☞ ↔ old
活用 *adj.* **younger**, **youngest**

youngish [ˈjʌŋɪʃ] *adj.* 較年輕的；相當年輕的.

***youngster** [ˈjʌŋstɚ] *n.* 年輕人，青少年；孩童.
複數 **youngsters**

†**your** [jʊr] *pron.* 你的，你們的《you 的所有格》.

Y

充電小站

you

【Q】you 有兩個意思，即指「你」和「你們」，但是在英語中單複數的區別相當嚴格，那為甚麼 you 可同時作單複數用呢？ 這樣能清楚地表達語意嗎？

【A】這個問題，可作以下3點說明：

(1) 過去的英語中，「你」為 thou，而「你們」為 ye，但是到了12、13世紀時 thou 與 ye 逐漸沒有區別。 到了17世紀，這2個字就變成了 you (you 為 ye 的變形)。

(2) 雖然 you 可作「你」及「你們」，但我們可以根據前後文來判斷作哪一種解釋。

(3) 為甚麼 thou 與 ye 後來沒有區別了呢？ 因為 thou 是明確地指對方一個人，語感使人稍覺生硬，所以就用表示複數的 ye 來緩和語感。 開始時只對尊長和不太熟悉的人使用 ye，後來亦使用於其他人身上。 而 thou 則只在對晚輩、下屬或表示輕蔑、親暱的意思時使用。 到了後來 thou 和 ye 都不再使用，就演變成 you 一個字。

you 主要有以下4種用法：

①〈指在場的特定一人〉
You are right, May.（梅，妳是對的.）

②〈指在場2個以上的人〉
Are **you** all hungry?（你們的肚子都餓了吧?）

③〈指特定區域的所有人〉
Did **you** have a lot of rain in Taichung last summer?（去年夏天臺中的雨下得很多嗎?）

④〈指普遍的任何人〉
"What do **you** do if you don't know the meaning of a word?" "**You** look it up in a dictionary."（「如果你不明白一個單字的意思時，你該怎麼辦?」「你應該查字典。」）

範例 I found **your** pen under the desk. 我在書桌底下找到你的鋼筆.

Where is **your** school? 你們的學校在哪裡?

Your sisters are still young, aren't they? 你的姊妹們還很年輕，是吧?

You can't change **your** nature. 人的本性是不會改變的.《對本例句的內容表示同意的時候可說"No, you can't."（是的，你不能）. 主詞不用 we 而用 you》

This is **your** snow festival, isn't it? 這就是你們所說的雪祭，對吧?

發音 與 you're 發音相同，所以 your students（你的學生們）與 You're students.（你們是學生.）無法單從發音加以區別.

➡ 充電小站 (p. 834)

you're [jur] 《縮略》 = you are: **You're** Mrs. Bush, aren't you? 你是布希太太嗎?

†**yours** [jurz] *pron.* 你的（東西），你們的（東西）《you 的所有格代名詞》.

範例 This bike is **yours**, isn't it? 這輛腳踏車是你的，不是嗎?

These notebooks are **yours**. 這些筆記本是你的.

Is that house **yours**? 那棟房子是你的嗎?

My car is smaller than **yours**. 我的車子比你的小.

Is she a friend of **yours**? 她是你的朋友嗎?

Sincerely **yours**, 敬上《書信的結尾語，用於署名前一行》.

片語 ~ **of yours** 你的，你們的.（➪ 範例）

充電小站 (p. 834)

†**yourself** [jur`sɛlf] *pron.* 你自己《you 的反身代名詞》；〔用於 be 之後〕你正常情況《指健康等》

範例 You **yourself** know who wrote that letter, don't you? 你自己知道那封信是誰寫的，不是嗎?

Do it **yourself**. 自己動手做.

How did you hurt **yourself**? 你是怎麼受傷的?

Are you washing **yourself** in such cold water? 你用這麼冷的水洗澡嗎?

You will be **yourself** again soon. 你很快就會康復的.

Are you going to live in that cottage all by **yourself**? 你想要一個人住在那間小屋裡嗎?

Can you carry the baggage by **yourself**? 你能自己拿那個行李嗎?

Keep this book of your father's for **yourself**. 你要自己保存你父親的這本書.

You don't know where your bag is, Tom? I don't care. Look for it for **yourself**. 湯姆，你不知道你的手提包在哪裡嗎? 這與我無關，你自己找吧.

片語 **by yourself** 靠你自己.（➪ 範例）
for yourself 為你自己.（➪ 範例）

發音 亦作 [jə`sɛlf].

➡ 充電小站 (p. 834)

†**yourselves** [jur`sɛlvz] *pron.* 你們自己《you

的反身代名詞）：Ask **yourselves** what you can do for your country. 你們要問問自己到底能為國家做些甚麼.《引自美國第35任總統甘迺迪 (John F. Kennedy) 總統就職演說》

[發音] 亦作 [jɚ`sɛlvz].

***youth** [juθ] *n.* ① 年輕，青春. ② 青春時代，青年時期；初期. ③ 年輕人，青少年.

[範例] ① He has kept his **youth** well. 他保養得很好.

② He was an actor in his **youth**. 他年輕時是一個演員.

③ The police arrested three **youths** yesterday. 警方昨天逮捕了3個年輕人.

youth crimes 青少年犯罪.

The **youth** of today are not interested in the old traditions. 現在的年輕人對於古老的傳統不感興趣.

♦ **yóuth hòstel** 青年旅館.

[複數] **youths**

***youthful** [`juθfəl] *adj.* 年輕的，青年的；朝氣蓬勃的.

[範例] The students are full of **youthful** ambitions. 學生們心中懷抱著遠大的抱負.

My uncle is old, but he is full of **youthful** vigor. 我的叔父雖然上了年紀，但依然朝氣蓬勃.

[活用] *adj.* **more youthful**, **most youthful**

youthfully [`juθfəlɪ] *adv.* 朝氣蓬勃地；像青年地.

[活用] *adv.* **more youthfully**, **most youthfully**

youthfulness [`juθfəlnɪs] *n.* 年輕；朝氣.

you've [juv]《縮略》＝you have: **You've** never read this, have you? 你還沒讀過這個，是吧?

yo-yo [`jojo] *n.* 溜溜球.

[複數] **yo-yos**

yuan [ju`ɑn] *n.* 元《臺灣的貨幣單位》.

[複數] **yuan**

yule [jul] *n.*《古語》聖誕節，聖誕假期《亦作 yule-tide》.

yummy [`jʌmɪ] *adj.*《口語》可口的，好吃的.

[活用] *adj.* **yummier**, **yummiest/more yummy**, **most yummy**

yuppie/yuppy [`jʌpɪ] *n.* 雅痞《1980年代美國大都市的高薪族，皆為年輕菁英》.

[字源] 源自young urban professional.

[複數] **yuppies**

Y.W.C.A./YWCA [`waɪ`dʌbḷju`si`e]《縮略》＝Young Women's Christian Association（基督教女青年會）.

[複數] **Y.W.C.A.'s/ Y.W.C.A.s/ YWCA's/ YWCAs**

Y

Z Z z

簡介字母 Z 語音與語義之對應性

/z/ 在發音語音學上列為濁聲齒齦擦音 (voiced alveolar fricative). 發 [z] 音時，振動聲帶，雙唇微張開，舌尖上提，跟上齒齦接觸，舌葉下凹成一條孔道，或舌尖置於下排門齒之後，但二者並不完全阻塞，留下窄縫，然後讓氣流從那縫隙中擠出去而產生本義「嗞嗞」的摩擦聲.

(1) 摩擦會產生熱而「嗞嗞」的摩擦聲很像水滴滴在賣鐵板燒的鐵板上，聞其聲會有熱或活力的感覺，因此具有「熱、活力」的引申之意：

sizzle　v. (煎、炸食物時) 發出嗞嗞聲
zap　n. 活力，朝氣
zeal　n. 熱心，熱中

zoo　n. 動物園《動物具有充沛的活力與精力》
zealot　n. 狂熱者，狂熱分子
zestful　adj. 熱心的
zip　n. 精力，元氣

(2) 嗞嗞的摩擦聲又像機車快速的飆車聲，因此又可引申為「快速的聲音」：

zap　v. 快速移動
zip　n. (子彈的) 尖嘯聲；撕布聲
zoom　v. (飛機) 陡直地上升；(價值、費用等) 飛漲，猛增
whiz　v. (飛機、子彈、箭等) 作颼颼或隆隆聲飛馳而過
blizzard　n. 突如其來的大侵襲；(暴風雪等的) 湧至

Z [zi] *n.* 英文字母的第26個字母；Z 字形之物.
〖片語〗 *from A to Z* 自始至終；完全地.
〖複數〗 **Z`s/Zs**

zap [zæp] *v.* ① (迅速地) 猛打，攻擊；殺死. ② 快速前進，快速移動. ③ (用遙控器) 快速轉換電視頻道.
——*n.* ④ 精力，活力.
〖活用〗 *v.* **zaps, zapped, zapped, zapping**
〖複數〗 **zaps**

***zeal** [zil] *n.* 熱忱，熱心，熱中.
〖範例〗 Dale has great **zeal** for gymnastics. 戴爾十分熱中於體操.
He worked with **zeal**. 他滿懷熱忱地工作.

zealot [ˋzɛlət] *n.* 狂熱者，狂熱信徒.
〖複數〗 **zealots**

***zealous** [ˋzɛləs] *adj.* (對主義、運動、工作等) 熱心的；熱中的，狂熱的.
〖範例〗 Mary is a **zealous** feminist. 瑪麗是一個狂熱的女權主義者.
He is **zealous** in helping the disabled. 他對於幫助殘障人士十分熱心.
She is **zealous** to get a gold medal. 她一心一意地想要得到金牌.
〖活用〗 *adj.* **more zealous, most zealous**

zebra [ˋzibrə] *n.* 斑馬.
♦ **zèbra cróssing** 〖英〗行人穿越道，斑馬線 (〖美〗 crosswalk；☞ 充電小站 (p. 977)).
〖複數〗 **zebra/zebras**

zenith [ˋzinɪθ] *n.* ① 天頂《觀測地點正上方的天

[zebra crossing]

空). ② 頂點，顛峰；最高潮.
〖範例〗 ② The moon is almost at its **zenith**. 月亮幾乎升到最高點.
The TV drama reached its **zenith**. 那齣電視劇的劇情達到了最高潮.
〖複數〗 **zeniths**

***zero** [ˋzɪro] *n.* ① (數字的) 零；(溫度計等) 零度. ② 無；最低點.
——*v.* ③ 瞄準，集中注意力 (in).
〖片語〗 *zero in on* 把 (槍砲等) 對準目標，集中注意力於.
〖參考〗 0 有以下讀法：(1) 電話號碼、建築物號碼、房間號碼等讀作 [o]．〖美〗zero,〖英〗nil, oh 或 nought: My phone number is 12-3045. (我的電話號碼是12-3045.) (讀作 one two three oh four five). (2) 比賽的分數用 nothing,〖美〗 zip,〖英〗nil. 網球中作 love.
♦ **zèro grávity** (物理的) 無重力，失重.
zéro hòur 預定開始行動〔作戰〕的時刻，(火箭等) 發射時刻.
〖複數〗 **zeros/zeroes**
〖活用〗　*v.*　**zeros,　zeroed,　zeroed, zeroing/zeroes,　zeroed,　zeroed, zeroing**

***zest** [zɛst] *n.* ① 熱情，強烈的興趣. ② 風味，趣味；刺激性. ③ (為食物增添風味的) 檸檬〔柳橙〕皮.
〖範例〗 ① The student worked with **zest**. 那個學生滿懷熱情地努力學習.
Children are full of **zest** for life. 孩子們對人生充滿熱情.
② The possibility of danger gives **zest** to the adventure. 遭遇危險的可能性為冒險增添了

充電小站

12宮 (Zodiac)

太陽一年之中行經天空的路線稱為「黃道」. 人們以黃道上星座的名稱表示太陽所在的位置. 但每個星座的大小不同, 太陽滯留在較大的星座之時間也就較長. 因此, 人們將春分那天太陽所處的位置定為0度, 並將黃道按30度角分成12等分, 定出了12宮.

以下12宮的名稱是依照太陽移動的順序所作的排列:

	拉丁語名稱	中文名稱	英文名稱
1	Aries	白羊宮	the Ram
2	Taurus	金牛宮	the Bull
3	Gemini	雙子宮	the Twins
4	Cancer	巨蟹宮	the Crab
5	Leo	獅子宮	the Lion
6	Virgo	處女宮	the Virgin
7	Libra	天秤宮	the Balance/the Scales
8	Scorpio	天蠍宮	the Scorpion
9	Sagittarius	人馬宮	the Archer
10	Capricorn	摩羯宮	the Goat
11	Aquarius	寶瓶宮	the Water Bearer/the Water Carrier
12	Pisces	雙魚宮	the Fishes

正如大家常說「我是~座」一樣, 人們用12宮來表示自己的出生時期, 也就是出生時太陽所處的星座的位置 (一般認為該季節的夜裡, 太陽處於可見星座之相反方向的星座位置). 但

是, 現在的12宮與實際星座並不一致. 西元前150年左右, 希臘天文學家希帕爾科斯在確定12宮時, 12宮中的白羊宮與「白羊座」處於同一位置. 不過, 由於春分點在慢慢移動, 所以在經過了2,000多年後的今天, 春分點已向西偏移了約30度, 而處於「雙魚座」的位置. 因此春分那天出生者的12宮是白羊宮, 但太陽所在的位置是「雙魚座」.

12宮與星座並不一致, 但現在一般多將二者混淆, 用星座名稱來稱呼.

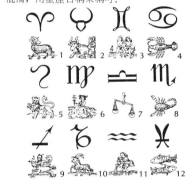

趣味.

複數 **zests**

Zeus [zus] *n.* 宙斯《希臘神話中主宰天上、人間的全能之神, 相當於羅馬神話中的 Jupiter》. ➡ 充電小站 (p. 835)

zigzag [ˋzɪgzæg] *n.* ① 鋸齒狀, Z 字形, 閃電形.
—— *v.* ② 呈 Z 字形前進, 蜿蜒前進.
範例 ① Our car took a **zigzag** route up to the pass. 我們的車經由一條 Z 字形的道路開上隘口.
② The coastline **zigzags** to the north. 海岸線向北蜿蜒伸展.
複數 **zigzags**
活用 *v.* **zigzags**, **zigzagged**, **zigzagged**, **zigzagging**

zilch [zɪltʃ] *n.* 《口語》無, 零.

zillion [ˋzɪljən] *n.* 無數, 天文數字.
複數 **zillions**

zinc [zɪŋk] *n.* 鋅《金屬元素, 符號 Zn; 用以電鍍, 以防金屬氧化》.

zinnia [ˋzɪnɪə] *n.* 百日草《一種菊科植物》.
複數 **zinnias**

Zionism [ˋzaɪən͵ɪzəm] *n.* 錫安主義《猶太民族試圖重建猶太大國家的思想和運動》, 猶太復國運動.
參考 源自古代以色列國王大衛將位於耶路撒冷

的一處山中要塞稱作 Zion 一事.

zip [zɪp] *n.* ① 迅速的動作; 充沛的精力; (子彈的) 咻咻聲, 撕布聲. ②《英》拉鍊《亦作 zip fastener;《美》zipper》. ③《口語》零分, 零. ④《美》郵遞區號《亦作 zip code》.
—— *v.* ⑤ 猛衝, 迅速移動. ⑥ 拉上〔拉開〕拉鍊.
範例 ① He's always full of **zip**. 他經常精神十足.
② The **zip** on my skirt is stuck. 我裙子的拉鍊卡住了.
⑤ The bullets **zipped** past the head of the policeman. 幾發子彈從那個警察的頭上呼嘯而過.
⑥ **Zip** up my dress, will you? 請幫我拉上拉鍊, 好嗎?
She **zipped** the bag open. 她拉開了皮包的拉鍊.
◆ **zíp còde** 《美》郵遞區號《zip 原為 zone improvement plan (分區改良計畫) 的縮略; 亦作 Zip Code, ZIP Code;《英》postcode》.
活用 *v.* **zips**, **zipped**, **zipped**, **zipping**

zipper [ˋzɪpɚ] *n.* 拉鍊《《英》zip》.
複數 **zippers**

zither [ˋzɪθɚ] *n.* 齊特琴《平放著彈奏的弦樂器, 常見於奧地利及德國南部》.

[複數] **zithers**

zodiac [`zodɪˏæk] *n.* [the ~] 黃道12宮；黃道帶；12宮圖(➡ 充電小站 (p. 1523))．

[複數] **zodiacs**

zombie [`zɑmbɪ] *n.* ① 殭屍《藉巫術復活的屍體》；使屍體起死回生的魔力．② 行動僵直不靈的人，遲鈍的人．

[複數] **zombies**

***zone** [zon] *n.* ① 區域，地區，地帶．
  ──*v.* ② 劃為特定區域；劃分區域，區劃．
  [範例] ① a canal **zone** 運河地區．
  a neutral **zone** 中立區域．
  a demilitarized **zone** 非武裝區域．
  Slow down; we're in a school **zone**. 開慢點！這裡是校區．
  the torrid **zone** 熱帶．
  the frigid **zone** 寒帶．
  ② The area has been **zoned** as industrial. 這個地區已被劃作工業區．
  They passed my application for a **zoning** variance. 我申請建築區劃的特別變更，已經獲得許可．《在住宅區 (residential zone) 行商或在商業區 (commercial zone) 修建住宅均需申請特別的許可》

[複數] **zones**

[活用] *v.* **zones**, **zoned**, **zoned**, **zoning**

***zoo** [zu] *n.* 動物園：Dad took me to the **zoo** yesterday. 爸爸昨天帶我去動物園．

[複數] **zoos**

zoological [ˏzoə`lɑdʒɪkl] *adj.* 動物學的；有關動物的．

♦ **zòological gárden** 動物園《略作 zoo》．

zoologist [zo`ɑlədʒɪst] *n.* 動物學家．

[複數] **zoologists**

zoology [zo`ɑlədʒɪ] *n.* 動物學．
  [字源] 希臘語的 zoion (動物)＋logy (學科)．

zoom [zum] *v.* ① (價值、費用、比率等) 急遽上升，(飛機) 陡直地上升；急遽增加．② 高速飛奔，呼嘯而過．③ (以變焦鏡頭) 拉近〔拉遠〕與被攝影者之間的距離．
  ──*n.* ④ 急遽上升；(飛機等急遽上升的) 隆隆聲．⑤ 變焦鏡頭《亦作 zoom lens》．
  [範例] ① Unemployment is **zooming** among graduates. 失業率在畢業生之中急遽上升．
  ② His racing car **zoomed** past the grandstand. 他的賽車從觀眾席前呼嘯而過．
  ③ The camera **zoomed** in on the suspect's face. 攝影機鏡頭拉近以拍攝那名嫌犯的臉部特寫．

♦ **zóom lèns** 可變焦距鏡頭《亦作 zoom》．

[片語] ***zoom in*** 攝影機把鏡頭快速地從遠景拉到近景拍攝特寫．(⇨ [範例] ③)

[活用] *v.* **zooms**, **zoomed**, **zoomed**, **zooming**

[複數] **zooms**

zucchini [zu`kinɪ] *n.* 《美》綠皮南瓜《一種外形細長，呈暗綠色的南瓜；《英》courgette》．

[複數] **zucchini/zucchinis**

zzz [zzz] *n.* 呼呼聲《漫畫中用以表示睡覺或打鼾聲》．

Z

有些國名下附字源由來及解說
◆世界各國及各地區名稱《詞條後為國名的中文正式名稱，後接（ ）為英文的正式名稱》
◎[ ] 內標示發音. 未條列於本辭典內頁的國名皆收錄於此.

Afghanistan [æfˋgænəˌstæn] 阿富汗 (the Islamic State of Afghanistan)《西與伊朗接壤，南與巴基斯坦比鄰. 首都喀布爾 (Kabul)》.
字源 意指「阿富汗人的國家」. -stan 為波斯文，表示「國家，地方」之意，與英文的 stand（站立）同字源. 中間的 -i- 為連接的母音.

Africa [ˋæfrɪkə] 非洲《大陸名》.

Albania [ælˋbenɪə] 阿爾巴尼亞共和國 (the Republic of Albania)《位於歐洲東部，瀕臨亞得里亞海. 首都地拉那 (Tirana)》.

Algeria [ælˋdʒɪrɪə] 阿爾及利亞人民民主共和國 (the Democratic People's Republic of Algeria)《位於非洲西北部，瀕臨地中海，有著名的撒哈拉沙漠. 首都阿爾及耳 (Algiers)》.
字源 阿拉伯文意指「諸多島嶼之地」. 首都名源自「在地中海的四座島上建設港口」，其阿拉伯文為 al-jazair. 現今此都市已是非洲北部的大都市，法文為 Alger，英文為 Algiers. 第二次世界大戰後脫離法國獨立，並以阿爾及耳為首都. 國名是由都市名 Alger 後接表示拉丁文「國家，地方」之意的 -ia 而成，命名為 Algeria; 阿拉伯文為 al-jazairia.

America [əˋmɛrɪkə] 美國 (the United States of America)《北美洲國家. 首都華盛頓 (Washington, D.C.)》.
字源 參見詞條 America (p. 44).

Andorra [ænˋdɔrə] 安道爾公國 (the Principality of Andorra)《介於西南歐法國和西班牙交界處的內陸國. 首都安道爾城 (Andorra-la-Vella)》.

Angola [ænˋgolə] 安哥拉共和國 (the Republic of Angola)《位於非洲西南部瀕臨大西洋的國家. 首都魯安達 (Luanda)》.

Antigua and Barbuda [ænˋtigəəndbɑrˋbudə] 安地卡及巴布達《位於加勒比海西印度群島的島國. 首都聖約翰 (Saint John's)》.

Argentina [ˌɑrdʒənˋtinə] 阿根廷共和國 (the Argentine Republic)《位於南美洲南部，瀕臨大西洋. 首都布宜諾斯艾利斯 (Buenos Aires)》.
字源 拉丁文表示「銀」之意. 1526年有位義大利探險家 Sebastiano Caboto 在探勘此地河川時，因發現當地人皆佩帶銀飾，而以為此地盛產銀，故將河川命名為 "Rio de la Plata"「銀之川」. 後來當地由西班牙占領，稱作拉布拉他 (la Plata) 殖民地. 1816年獨立之際，將 la Plata 改用拉丁文 argentina 稱之，立國名為 La República Argentina（銀的共和國）. 英文譯名為 Argentine Republic，中文簡單譯作「阿根廷」.（補充：銀的元素符號為 Ag，源自西班牙文的 argentum，表示「銀」之意.）首都 Buenos Aires，在西班牙文中意指 good air「空氣好」，源自長途航海的人們登陸時所說的語詞.

Armenia [ɑrˋminɪə] 亞美尼亞共和國 (the Republic of Armenia)《位於俄羅斯南方，西接土耳其，南與伊朗接壤. 首都葉里溫 (Yerevan)》.

Asia [ˋeʒə] 亞洲《歐洲與太平洋之間的陸塊》.

Australia [ɔˋstreljə] 澳大利亞《澳洲大陸及其附近諸島組成的國家. 首都坎培拉 (Canberra)》.
字源 拉丁文為 Terra Australis「南方之地」.

Austria [ˋɔstrɪə] 奧地利共和國 (the Republic of Austria)《中歐國家. 首都維也納 (Vienna)》.
字源 德文為 Österreich, Öster- 意指「東邊的」，-reich 為「國家」，表示「東方之國」之意. 源自對於當時的法蘭克王國（現今的法國一帶）而言，此地正位於東邊邊境地帶. 譯成拉丁文為 Austr- (east)＋-ia (land) → Austria，與 aurora「極光，曙光」的字源相同.

Azerbaijan [ˌɑzəbaɪˋdʒɑn] 亞塞拜然共和國 (the Azerbaijan Republic)《位於俄羅斯南方，瀕臨裏海. 首都巴庫 (Baku)》.

Bahamas [bəˋheməz] 巴哈馬 (the Commonwealth of the Bahamas)《位於北美佛羅里達半島東方的島國. 首都拿索 (Nassau)》.

Bahrain [bɑˋren] 巴林 (the State of Bahrain)《波斯灣內的島國. 首都麥納瑪 (Manama)》.

Bangladesh [ˋbæŋgləˌdɛʃ] 孟加拉人民共和國 (the People's Republic of Bangladesh)《位於南亞與印度接壤的國家. 首都達卡 (Dhaka)》.

Barbados [bɑrˋbedoz] 巴貝多《加勒比海西印度群島的島國. 首都橋鎮 (Bridgetown)》.

Belarus [belɑˋrus] 白俄羅斯共和國 (the Republic of Belarus)《位於歐洲東北部，東與俄羅斯接壤. 首都明斯克 (Minsk)》.

Belgium [ˋbɛldʒɪəm] 比利時王國 (the Kingdom of Belgium)《西歐王國. 首都布魯塞爾 (Brussels)》.
字源 源自塞爾特分支的原住民貝爾格人 (Belgae) 之名. 羅馬帝國曾依其種族名將此地稱為 Belgica 州. 英文譯名為 Belgium，荷蘭語為 Belgiё. 首都 Brussels 為「沼澤之家」之意，由法文的 broek「沼澤」和 sali「建築物」合併所造的字，英文發音為 [ˋbrʌsls].

Belize [bəˋliz] 貝里斯《位於中美洲瀕臨加勒比海的國家. 首都貝爾墨邦 (Belmopan)》.

Belorussia [bjɛloˋrʌʃə] 白俄羅斯《Belarus 的舊稱》.

Benin [bɛˋnɪn] 貝南共和國 (the Republic of Benin)《位於非洲中西部，瀕臨幾內亞灣，東與奈及利亞接壤. 首都新港 (Porto Novo)》.

Bhutan [buˋtɑn] 不丹王國 (the Kingdom of Bhutan)《亞洲中南部喜馬拉雅山上的國家. 首都辛布 (Thimphu)》.

Bolivia [bəˋlɪvɪə] 玻利維亞共和國 (the Republic of Bolivia)《位於南美洲中部，東鄰巴西. 首都拉巴斯 (La Paz)》.

字源 源自此地尋求獨立解放的革命領袖西蒙
玻利瓦 (Simón Bolívar) 之名.

Bosnia-Herzegovina

[ˋbɑznɪəhɝzəgoˋvinə] 波士尼亞赫塞哥維那
《東歐國家, 西與克羅埃西亞、東與南斯拉夫接
壤. 首都塞拉耶佛 (Sarajevo)》.

Botswana [botˋswɑnə] 波札那共和國 (the
Republic of Botswana)《位於非洲南部, 南與南
非, 西與那米比亞接壤. 首都嘉伯隆里
(Gaborone)》.

Brazil [brəˋzɪl] 巴西聯邦共和國 (the Federative
Republic of Brazil)《南美最大國. 首都巴西利亞
(Brazilia)》.

字源 葡萄牙文為 Brasil, 表示「紅木」之意. 源
自當地盛產的巴西蘇木 (Brazil Wood) 為紅色
染料的原料來源. 首都 Brasilia, 由 Brasil 再
接 -ia「地方」所組成. 以嘉年華會著名的里
約熱內盧 (Rio de Janeiro) 為「1月之河」之
意. 源自葡萄牙人於1502年1月1日發現這
個峽灣之地時, 由於其細長, 以為是一條河
流, 故名.「里約 (Rio)」即「河流」之意.

Britain [ˋbrɪtn] 英國 (☞ **United Kingdom**).
充電小站 (p. 959).

Brunei [bruˋnaɪ] 汶萊 (Brunei Darussalam)《位
於東南亞婆羅洲島北部, 北瀕南海. 首都斯里
巴卡旺 (Bandar Seri Begawan)》.

Bulgaria [bʊlˋgɛrɪə] 保加利亞共和國 (the
Republic of Bulgaria)《位於歐洲東南部巴爾幹
半島上的國家. 首都索菲亞 (Sofia)》.

字源 源自7世紀侵襲此地的游牧民族保加爾人
(Bulgar) 之名. 由於此民族在6世紀左右以前
曾居住於窩瓦河 (the Volga) 流域, 故亦有
「從窩瓦河來的人」之意.

Burkina Faso [burˋkinəˋfɑso] 布吉納法索
《非洲西部內陸國, 南鄰迦納, 北與馬利接壤.
首都瓦加杜古 (Ouagadougou)》.

Burma [ˋbɝmə] 緬甸 (Myanmar 的舊稱).

Burundi [buˋrundɪ] 蒲隆地共和國 (the
Republic of Burundi)《位於非洲中部, 瀕臨坦干
伊喀湖, 東與坦尚尼亞交界. 首都布松布拉
(Bujumbura)》.

Cambodia [kæmˋbodɪə] 柬埔寨王國 (the
Kingdom of Cambodia)《位於中南半島, 東鄰越
南, 西接泰國. 首都金邊 (Phnom Penh)》.

Cameroon [ˌkæməˋrun] 喀麥隆共和國 (the
Republic of Cameroon)《位於非洲中西部, 瀕臨
幾內亞灣, 西接奈及利亞. 首都雅恩德
(Yaoundé)》.

字源 葡萄牙文表示「蝦」之意. 源自15世紀航
行至此地的葡萄牙人看到河口有大量的蝦
群, 在驚嘆之餘而命名為 "Rio dos
Camarões"「蝦之河」. 不久稱此地為
Camarões「蝦」, 後來因德、法、英等歐洲
列強殖民, 而被廣泛稱之為 Cameroon.

Canada [ˋkænədə] 加拿大《北美洲北部的國
家. 首都渥太華 (Ottawa)》.
充電小站 (p. 963).

Cape Verde [ˌkepˋvɝd] 維德角共和國 (the
Republic of Cape Verde)《位於非洲塞內加爾的

西邊, 大西洋上的島國. 首都培亞 (Praia)》.

Central Africa [ˋsɛntrəlˋæfrɪkə] 中非共和國
(the Central Africa Republic)《非洲中部的國家.
首都班基 (Bangui)》.

Chad [tʃæd] 查德共和國 (the Republic of Chad)
《位於非洲中北部, 東與蘇丹, 西與尼日為界.
首都恩加美納 (Ndjamena)》.

Chile [ˋtʃɪlɪ] 智利共和國 (the Republic of Chile)
《位於南美洲西南部, 國土細長, 瀕臨太平洋的
國家. 首都聖地牙哥 (Santiago)》.

China [ˋtʃaɪnə] 中華人民共和國 (the People's
Republic of China)《東亞大國. 首都北京
(Beijing)》.

字源 中華一詞có有「居世界中央, 文明昌隆」之
意. 源自西元前226年建立的秦朝稱號, 亦
稱「支那」. 秦之名在傳入印度及歐洲等地
後, 法文譯名為 Chine, 後轉變為英文
China. 以後此字再傳回中國, 音譯為「支
那」、「震旦」等.

CIS 獨立國協 (the Commonwealth of
Independent States)《蘇聯聯邦瓦解後, 由11個
獨立國家組成的共同體》.

Colombia [kəˋlʌmbɪə] 哥倫比亞共和國 (the
Republic of Colombia)《南美洲西北部連接巴拿
馬的國家. 首都波哥大 (Santa Fé de Bogotá)》.

字源 源自航海發現美洲大陸的哥倫布人名.

Comoro [ˋkɑmə͵ro] 葛摩伊斯蘭聯邦共和國
(the Federal Islamic Republic of the Comoros)
《非洲大陸與馬達加斯加島之間的島國. 首都
莫洛尼 (Moroni)》.

Congo [ˋkɑŋgo] ① 剛果共和國 (the Republic
of Congo)《非洲中西部瀕臨大西洋的國家, 東
鄰剛果民主共和國, 西與加彭交界. 首都布拉
薩市 (Brazzaville)》.

Congo ② 剛果民主共和國 (the Democratic
Republic of Congo)《位於非洲中部, 1997年5
月更改國名, 原國名為薩伊 (Zaire). 首都金夏
沙 (Kinshasa)》.

Costa Rica [ˋkɑstəˋrikə] 哥斯大黎加共和國
(the Republic of Costa Rica)《位於中美洲, 瀕臨
巴拿馬. 首都聖荷西 (San José)》.

字源 西班牙文表示「富裕的海岸」之意. costa
為英文的 coast, rica 相當於 rich.

Côte d'Ivoire [ˌkotdɪvˋwɑr] 象牙海岸共和
國 (the Republic of Côte d'Ivoire)《位於非洲西
部, 瀕臨大西洋, 東與迦納接壤. 首都雅穆索
戈 (Yamoussoukro)》.

字源 法文表示「象牙海岸」之意. 源於15世紀
左右航海至此地採購象牙的國家人所命名.

Croatia [kroˋeʃə] 克羅埃西亞共和國 (the
Republic of Croatia)《東歐國家, 東北與匈牙利,
南與波士尼亞赫塞哥維那鄰. 首都札格雷布
(Zagreb)》.

Cuba [ˋkjubə] 古巴共和國 (the Republic of
Cuba)《位於加勒比海西印度群島的島國. 首都
哈瓦那 (Havana)》.

Cyprus [ˋsaɪprəs] 賽普勒斯共和國 (the
Republic of Cyprus)《位於西亞賽普勒斯島上的
島國. 首都尼古西亞 (Nicosia)》.

Czech [tʃɛk] 捷克共和國 (the Czech Republic)《中歐國家，與德國及波蘭毗鄰．首都布拉格 (Prague)》.

Denmark [ˋdɛnmɑrk] 丹麥王國 (the Kingdom of Denmark)《國土主要位於北歐日德蘭半島上．首都哥本哈根 (Copenhagen)》.
> 字源 Den 意指此地的居住者「丹麥人 (Dane)」，-mark 為「邊境」，字源即意指「丹麥人居住的邊境之地」．首都 Copenhagen 為意指「商人之港」的丹麥語 Köbenhavn 之英文譯名.

Djibouti [dʒɪˋbutɪ] 吉 布 地 共 和 國 (the Republic of Djibouti)《位於非洲中東部，瀕臨亞丁灣．首都吉布地 (Djibouti)》.

Dominica [dɑˋmɪnɪkə] 多 米 尼 克 (the Commonwealth of Dominica)《加勒比海西印度群島多米尼克島上的國家．首都羅梭 (Roseau)》.
> 字源 西班牙文 Domingo（禮拜日，主日）的拉丁文拼字．源自1493年11月哥倫布到達此島的日期正是星期日而來.

Dominican Republic [dəˋmɪnɪkənrɪˋpʌblɪk] 多明尼加共和國《位於加勒比海西印度群島的伊斯帕尼奧拉島東部的國家．首都聖多明哥 (Santo Domingo)》.
> 字源 由西班牙文「安息日，禮拜日」衍生而來．1496年西班牙人到達此島的日期，按當時天主教的教曆來看正是星期日，故命名為 "Santo Domingo"「神聖的禮拜日」．1795年改由法國接管，地名也法文化，改稱 Domingue，以後再改回西班牙名，但稱之為 Dominica，而 Santo Domingo 成為多明尼加的首都名.

Ecuador [ˋɛkwəˏdɔr] 厄 瓜 多 共 和 國 (the Republic of Ecuador)《位於南美洲西北部．首都基多 (Quito)》.
> 字源 西班牙文表示「赤道」之意．源於此國正位於赤道上.

Egypt [ˋidʒəpt] 埃及阿拉伯共和國 (the Arab Republic of Egypt)《北 非 國 家．首 都 開 羅 (Cairo)》.

El Salvador [ɛlˋsælvəˏdɔr] 薩爾瓦多共和國 (the Republic of El Salvador)《位於中美洲，瀕臨太平洋的國家．首都聖薩爾瓦多 (San Salvador)》.
> 字源 西班牙文表示「救世主基督」之意.

Equatorial Guinea [ikwəˋtorɪəlˋgɪnɪ] 赤道幾 內 亞 共 和 國 (the Republic of Equatorial Guinea)《位於非洲中西部，由大西洋上的比奧科島及大陸一部分組成的國家．首都馬拉博 (Malabo)》.

Eritrea [ˏɛrɪˋtriə] 厄利垂亞 (the State of Eritrea)《位於非洲中東部，瀕臨紅海的國家．首都阿斯馬拉 (Asmara)》.

Estonia [ɛsˋtonɪə] 愛 沙 尼 亞 共 和 國 (the Republic of Estonia)《位於東北歐，瀕臨波羅的海．首都塔林 (Tallinn)》.

Ethiopia [ˏiθɪˋopɪə] 衣索比亞聯邦民主共和國 (the Federal Democratic Republic of Ethiopia)《位於非洲中東部．首都阿迪斯阿貝巴 (Addis Ababa)》.
> 字源 由希臘文 aitos-「被烈日曬黑」加 -ops-「臉」再接拉丁文表示「國家，土地」之意的 -ia 所組成的字，為「臉曬黑者的國家」之意.

Eurasia [juˋreʒə] 歐亞大陸《大陸名》.
> 字源 Europe（歐洲）和 Asia（亞洲）的合併.

Europe [ˋjurəp] 歐洲《為亞洲、非洲及大西洋包圍的區域》.

Fiji [ˋfidʒi] 斐濟共和國 (the Republic of Fiji)《澳洲東方南太平洋上的島國．首都蘇瓦 (Suva)》.

Finland [ˋfɪnlənd] 芬蘭共和國 (the Republic of Finland)《位於北歐，瀕臨波羅的海．首都赫爾辛基 (Helsinki)》.

Formosa [fɔrˋmosə] 臺灣 (**Taiwan** 的舊稱).

France [fræns] 法 蘭 西 共 和 國 (the French Republic)《西歐國家．首都巴黎 (Paris)》.

Gabon [gæˋbon] 加彭共和國 (the Gabonese Republic)《位於非洲中西部，瀕臨大西洋．首都自由市 (Libreville)》.

Gambia [ˋgæmbɪə] 甘 比 亞 共 和 國 (the Republic of the Gambia)《西非國家，瀕臨大西洋．首都斑竹 (Banjul)》.

Georgia [ˋdʒɔrdʒə] 喬 治 亞 共 和 國 (the Republic of Georgia)《俄羅斯以南，瀕臨黑海的國家．首都第比利希 (Tbilisi)》.

Germany [ˋdʒɜmənɪ] 德意志聯邦共和國 (the Federal Republic of Germany)《第二次世界大戰後由聯合國決議分成東西兩國，後於1990年統一．首都柏林 (Berlin)》.
> 字源 英文的 Germany 由 German-「日耳曼人的」接上表示「土地」的 -y 而成．德文為 Deutschland, Deutsch- 有「德國人的」之意，其原意為「民眾」，而 -land 為「土地」，整個字意指「人民之地」．「德意志」即為 Deutsch-「民眾的」的音譯.

Ghana [ˋgɑnə] 迦納共和國 (the Republic of Ghana)《西非國家，瀕臨大西洋．首都阿克拉 (Accra)》.

Greece [gris] 希 臘 共 和 國 (the Hellenic Republic)《位於歐洲東南部巴爾幹半島的南端，古代歐洲文明的發源地．首都雅典 (Athens)》.
> 字源 希臘人自稱為 Hellas．國名的由來源自羅馬人以拉丁文稱希臘人為 Graeci-，再後接表示「國家，地方」之意的 -ia 變成 "Graecia" 而來．Graeci 亦有「高地人，名譽者」之意．英文為 Greece，希臘文為 Ellás.

Grenada [grɪˋnɑdə] 格瑞那達《加勒比海西印度群島的島國．首都聖喬治市 (St. George's)》.

Guatemala [ˏgwɑtəˋmɑlə] 瓜地馬拉共和國 (the Republic of Guatemala)《中美洲國家．首都瓜地馬拉市 (Guatemala City)》.

Guinea [ˋgɪnɪ] 幾內亞共和國 (the Republic of Guinea)《西非國家．首都柯那克里 (Conakry)》.

Guinea-Bissau [ˋgɪnɪbɪˋsau] 幾內亞比索共和國 (the Republic of Guinea-Bissau)《西非國家，瀕臨大西洋．首都比索 (Bissau)》.

Guyana [gaɪˋænə] 蓋 亞 納 合 作 共 和 國 (the Co-operative Republic of Guyana)《位於南美洲東北部．首都喬治城 (Georgetown)》.

Haiti [ˋhetɪ] 海地共和國 (the Republic of Haiti)《位於加勒比海伊斯帕尼奧拉島西部. 首都太子港 (Port-au-Prince)》.
字源 源自已絕跡的原住民加勒比人的語言,表示「多山的土地」之意.

Holland [ˋhɑlənd] 荷蘭 (☞ **Netherlands**).

Honduras [hɑnˋdʊrəs] 宏都拉斯共和國 (the Republic of Honduras)《位於中美洲, 瀕臨加勒比海的國家. 首都德古西加巴 (Tegucigalpa)》.

Hong Kong [ˋhɑŋˋkɑŋ] 香港《位於中國東南部的都市, 1997年7月1日英國正式歸還給中國大陸》.

Hungary [ˋhʌŋgərɪ] 匈牙利共和國 (the Republic of Hungary)《位於歐洲中南部. 首都布達佩斯 (Budapest)》.
字源 源自5世紀左右於此地建設大帝國的亞洲游牧民族匈奴人 (Huns) 之名.

Iceland [ˋaɪslənd] 冰島共和國 (the Republic of Iceland)《大西洋以北, 鄰近北極圈的島國. 首都雷克雅維克 (Reykjavik)》.
字源 由10世紀左右挪威人稱作「Island」而來. 源於當時此地夏天仍留有冰跡之故. Is 是由古挪威語意指ˉ冰」的 iss- 所衍生, -land 為「土地」, 表示「冰之地」. 首都 Reykjavik 為冰島語 reykjar-「冒出蒸氣」的 -vik「峽灣」之造字.

India [ˋɪndɪə] 印度共和國 (the Republic of India)《亞洲南部的國家. 首都新德里 (New Delhi)》.
字源 Ind- 意指流經此國的印度河 (the Indus), -ia 表示「國家, 土地」之意, 字源即意指「印度地方」. "Indus" 是由梵文中意指「河川」的 sindhu 在經希臘文脫落字首 s 後衍生而成, 故 India 亦有「河川之地」之意. 另外, sindhu 在波斯文中則由 h 取代字首 s, 變成 "Hindu", Hinduism「印度教」即意指「河川之教」.

Indonesia [͵ɪndəˋniʒə] 印度尼西亞共和國 (the Republic of Indonesia)《東南亞國家, 由蘇門答臘島、爪哇島等大小島嶼所組成. 首都雅加達 (Jakarta)》.

Iran [aɪˋræn] 伊朗伊斯蘭共和國 (the Islamic Republic of Iran)《位於西亞, 瀕臨波斯灣. 首都德黑蘭 (Tehran)》.
字源 由古希臘文意指「亞利安人 (Aryan) 的國家」的 Aryana 而來. 另 Aryan 在梵文中有「高貴的」之意, 故亦指「尊貴者的國家」. 後來, Ariana 的 a 及 i 漸漸演變成 Iraana → Iran 一字.

Iraq [ɪˋrɑk] 伊拉克共和國 (the Republic of Iraq)《西亞國家. 首都巴格達 (Baghdad)》.
字源 阿拉伯文表示「低地, 沿岸之地」的意思. 源於古阿拉伯人將底格里斯及幼發拉底河的下游區域稱作 "Iraq Arabi"「阿拉伯低地」而來.

Ireland [ˋaɪrlənd] 愛爾蘭《歐洲大陸西北方的島國, 但北愛爾蘭為英國領土. 首都都柏林 (Dublin)》.
字源 ☞ 充電小站 (p. 959).

Israel [ˋɪzrɪəl] 以色列 (the State of Israel)《西亞瀕臨地中海的國家. 首都耶路撒冷 (Jerusalem)》.
字源 希伯來文表示「與天神搏鬥者」之意. 源自下面《舊約聖經》之一場景.
▷雅各 (Jacob) 在旅途中與一不知名的人搏鬥. 事後那個人對雅各說:「你的名字不再是雅各, 而叫以色列. 因為你與神搏鬥, 得到勝利.」(「創世紀」第32章)
Isra- 在希伯來文為「搏鬥」, -el 為「神」之意. 改名為「以色列」的雅各子孫即為以色列人, 他們的國家被稱之為「以色列」.

Italy [ˋɪtlɪ] 義大利共和國 (the Republic of Italy)《位於南歐, 突出地中海的半島國家. 首都羅馬 (Rome)》.
字源 由居住於南義大利的部落 Ital- 之名, 再接表示「國家, 地方」的 -ia 變成 Italia 而來, 表示「義大利人的國家」之意. 英文用 -y 取代 -ia, 變成 Italy. 另外, Ital 含有「公牛」之意, 源自於此民族崇拜公牛.

Ivory Coast [ˋaɪvərɪˋkost] 象牙海岸《Côte d'Ivoire 的英譯》.

Jamaica [dʒəˋmekə] 牙買加《加勒比海西印度群島的島國. 首都京斯敦 (Kingston)》.
字源 在原住民阿勞卡尼亞人 (Araucanian) 的語言中, 意指「泉之國」. 源於島上有許多地下洞穴能湧出豐富的泉水.

Japan [dʒəˋpæn] 日本《東北亞的島國. 首都東京 (Tokyo)》.
字源 義大利人馬可波羅 (Marco Polo) 在其遊記中, 曾稱呼日本 "Zipangu", 是由當時的中國音所拼寫下來的譯名. 此後融入歐洲各國的語言中, 義大利文為 Giappone, 德文為 Japan, 法文為 Japon, 西班牙文為 Japón.

Jordan [ˋdʒɔrdn] 約旦哈希米王國 (the Hashemite Kingdom of Jordan)《西亞國家, 與以色列、敘利亞及沙烏地阿拉伯等國為鄰. 首都安曼 (Amman)》.

Kazakhstan [͵kɑzɑkˋstɑn] 哈薩克共和國 (the Republic of Kazakhstan)《位於中亞, 東接中國, 西至裏海. 首都阿斯塔納 (Astana)》.

Kenya [ˋkɛnjə] 肯亞共和國 (the Republic of Kenya)《跨越赤道的東非國家. 首都奈洛比 (Nairobi)》.

Kiribati [ˋkɪrə͵bæs] 吉里巴斯共和國 (the Republic of Kiribati)《太平洋上, 諾魯以東鄰近赤道的島國. 首都塔拉瓦 (Tarawa)》.

Korea [koˋriə] 韓國《第二次世界大戰後分裂為朝鮮民主主義人民共和國 (the Democratic People's Republic of Korea) 及大韓民國 (the Republic of Korea)》.
字源 源自「高麗」王朝之名, 意指「高山麗水的國家」.

Kuwait [kuˋwet] 科威特 (the State of Kuwait)《北鄰伊拉克, 波斯灣沿岸的國家. 首都科威特市 (Kuwait City)》.

Kyrgyzstan [͵kɪrɪˋstɑn] 吉爾吉斯共和國 (the Kyrgyz Republic)《位於中亞, 東與中國接壤. 首都比斯凱克 (Bishkek)》.

Laos [laʊz] 寮國人民民主共和國 (the Lao People's Democratic Republic)《位於中南半島. 首都永珍 (Vientiane)》.

Latvia [ˋlætvɪə] 拉脫維亞共和國 (the Republic of Latvia)《瀕臨波羅的海. 首都里加 (Riga)》.

Lebanon [ˋlɛbənən] 黎巴嫩共和國 (the Republic of Lebanon)《西亞瀕臨地中海的國家. 首都貝魯特 (Beirut)》.

Lesotho [ləˋsoto] 賴索托王國 (the Kingdom of Lesotho)《南非共和國境內的國家. 首都馬賽魯 (Maseru)》.

Liberia [laɪˋbɪrɪə] 賴比瑞亞共和國 (the Republic of Liberia)《位於西非, 瀕臨大西洋的國家. 首都蒙羅維亞 (Monrovia)》.
> 字源 由拉丁文 liber-「自由」與 -ia「國家」所造的字, 表示「自由的國度」之意. 1820年左右由美國殖民地協會率領被解放的美國黑奴前往西非興建的國家, 於1847年獨立.

Libya [ˋlɪbɪə] 大利比亞阿拉伯人民社會主義群眾國 (the Great Socialist People's Libyan Arab Jamahiriya)《埃及以西瀕臨地中海的國家. 首都的黎波里 (Tripoli)》.

Liechtenstein [ˋlɪktən͵staɪn] 列支敦斯登公國 (the Principality of Liechtenstein)《位於中歐, 介於瑞士與奧地利之間的國家. 首都瓦都茲 (Vaduz)》.

Lithuania [͵lɪθjʊˋenɪə] 立陶宛共和國 (the Republic of Lithuania)《瀕臨波羅的海的國家. 首都維爾紐斯 (Vilnius)》.
> 字源 立陶宛語為 Lietuvà, 表示「沿岸地方」之意.

Luxembourg/Luxemburg [ˋlʌsəm͵bɝg] 盧森堡大公國 (the Grand Duchy of Luxembourg)《與比利時、德、法等國接壤. 首都盧森堡 (Luxembourg)》.
> 字源 Luxemburg 為德文, Luxembourg 為法文. 英文則同時採用兩者, 發音相同. Luxem- 在低地德語中為「小的」, -burg 為「有城堡的城鎮」之意.

Macao [məˋkau] 澳門《位於中國東南部香港 (Hong Kong) 西邊的都市, 1999年12月葡萄牙將主權歸還中國大陸》.

Macedonia [͵mæsəˋdonɪə] 馬其頓共和國 (the Republic of Macedonia)《位於巴爾幹半島中部. 首都史高比耶 (Skopje)》.

Madagascar [͵mædəˋgæskɚ] 馬達加斯加共和國 (the Republic of Madagascar)《印度洋馬達加斯加島上的國家. 首都安塔那那利佛 (Antananarivo)》.

Malawi [məˋlɑwɪ] 馬拉威共和國 (the Republic of Malawi)《位於中非東部, 分別與尚比亞、坦尚尼亞及莫三比克接壤. 首都里朗威 (Lilongwe)》.

Malaysia [məˋleʒə] 馬來西亞《位於東南亞馬來半島及婆羅洲島北部的國家. 首都吉隆坡 (Kuala Lumpur)》.
> 字源 由半島名馬來 (Malay-) 接上表示「國家, 地方」的 -ia 所造的字, 意指「馬來半島的國家」. Malay- 的字源, 由南印度德拉威語

(Dravidian) 的「山」malai- 融入梵文而廣為人知.

Maldives [ˋmɔldɪvz] 馬爾地夫共和國 (the Republic of Maldives)《位於印度西南方印度洋上的島國. 首都瑪律 (Malé)》.

Mali [ˋmɑlɪ] 馬利共和國 (the Republic of Mali)《位於西非撒哈拉沙漠的西部. 首都巴馬科 (Bamako)》.

Malta [ˋmɔltə] 馬爾他共和國 (the Republic of Malta)《地中海西西里島南方的島國. 首都瓦勒他 (Valletta)》.

Marshall Islands [ˋmɑrʃəlˋaɪləndz] 馬紹爾群島共和國 (the Republic of the Marshall Islands)《北太平洋馬紹爾群島組成的國家. 首都馬久羅 (Majuro)》.

Mauritania [͵mɔrɪˋtenɪə] 茅利塔尼亞伊斯蘭共和國 (the Islamic Republic of Mauritania)《位於西非, 瀕臨大西洋. 首都諾克少 (Nouakchott)》.

Mauritius [mɔˋrɪʃəs] 模里西斯共和國 (the Republic of Mauritius)《以印度洋模里西斯島為主的國家. 首都路易士港 (Port Louis)》.

Melanesia [͵mɛləˋniʃə] 美拉尼西亞《大洋洲三大地區之一部, 散布在澳洲東北方, 包括伸斯麥、索羅門、斐濟各島及延伸至新喀里多尼亞島的區域》.
> 字源 由希臘文 melas-「黑的」與 -nesia「島嶼群」所合併的字. 源自當地原住民的膚色而命名.

Mexico [ˋmɛksɪ͵ko] 墨西哥合眾國 (the United Mexican States)《位於北美洲南部, 北與美國交界. 首都墨西哥城 (Mexico City)》.
> 字源 源自阿茲特克帝國所信仰的戰神 Mexictli 之名.

Micronesia [͵maɪkrəˋniʒə] 密克羅尼西亞聯邦 (the Federated States of Micronesia)《位於太平洋上, 由帛琉東方的群島所組成的國家. 首都帕里喀 (Parikir)》.
> 字源 原為地區名, 包括北太平洋馬里亞納、加羅林、馬紹爾、吉爾伯特群島及其周邊地帶. 由希臘文 micros-「小的」和 -nesia「島嶼群」所組成的字.

Moldova [malˋdovə] 摩爾多瓦共和國 (the Republic of Moldova)《北與烏克蘭、西與羅馬尼亞交界. 首都基西紐 (Chisinau)》.

Monaco [ˋmɑnə͵ko] 摩納哥公國 (the Principality of Monaco)《瀕臨地中海, 被法國包圍的國家. 首都摩納哥 (Monaco)》.

Mongolia [maŋˋgolɪə] 蒙古《位於東亞中部. 首都烏蘭巴托 (Ulan Bator)》.

Montenegro [͵mantəˋnigro] 門地內哥羅《與塞爾維亞組成「新南斯拉夫」; ☞ **Serbia, Yugoslavia**》.
> 字源 由義大利文 monte-「山」和 -negro「黑的」組成, 表示「黑色的山」之意.

Morocco [məˋrako] 摩洛哥王國 (the Kingdom of Morocco)《位於西北非, 瀕臨大西洋及地中海. 首都拉巴特 (Rabat)》.

Mozambique [͵mozəmˋbik] 莫三比克共和

國 (the Republic of Mozambique)《位於非洲東南部，隔莫三比克海峽與馬達加斯加島相望．首都馬布托 (Maputo)》．

Myanmar [ˌmjɑnˋmɑr] 緬甸聯邦 (the Union of Myanmar)《東南亞國家，瀕臨孟加拉灣，分別與泰國、孟加拉、印度等國接壤．首都仰光 (Yangon)》．

Namibia [nəˋmɪbɪə] 納米比亞共和國 (the Republic of Namibia)《位於非洲西南部，瀕臨大西洋．首都溫荷克 (Windhoek)》．

Nauru [nɑˋuru] 諾魯共和國 (the Republic of Nauru)《太平洋鄰近赤道的島國．無官方首都，政府辦公室位於雅連 (Yaren)》．

Nepal [nɪˋpɔl] 尼泊爾王國 (the Kingdom of Nepal)《位於亞洲中南部，與印度及中國交界．首都加德滿都 (Katmandu)》．

Netherlands [ˋnɛðələnd] 荷蘭王國 (the Kingdom of the Netherlands)《位於歐洲西北部，瀕臨北海．首都阿姆斯特丹 (Amsterdam)》．
字源 nether-「低的」接上 -land「土地」，即意指「低窪之地」．另外，Holland 原指荷蘭的某一州名，中文的「荷蘭」一詞，即由此音譯而成．另外，「荷蘭人」、「荷蘭語」的英文為 Dutch，與德文的 "Deutsch" 的字源相同．

New Zealand [njuˋzilənd] 紐西蘭《南太平洋澳洲東南方的島國．首都威靈頓 (Wellington)》．
字源 ☞ 充電小站 (p. 963).

Nicaragua [ˌnɪkəˋrɑgwɑ] 尼加拉瓜共和國 (the Republic of Nicaragua)《位於中美洲，同時瀕臨加勒比海及太平洋的國家．首都馬納瓜 (Managua)》．

Niger [ˋnaɪdʒə] 尼日共和國 (the Republic of Niger)《位於西非，東鄰查德．首都尼阿美 (Niamey)》．
字源 源自尼日河之名．由游牧民族圖阿雷格人稱此河川為 n'egiren「河川中的河川」而來，表示「河川之國」之意．亦可解釋成源自拉丁文 niger「黑的」，即意指「黑色的河流，黑人之河」．

Nigeria [naɪˋdʒɪrɪə] 奈及利亞聯邦共和國 (the Federal Republic of Nigeria)《位於西非，東鄰喀麥隆，南瀕大西洋．首都阿布加 (Abuja)》．
字源 由 Niger-「尼日河」接上表示「國家，地方」的 -ia 而來，意指「尼日河的國家」；另外，由於 Niger 亦指「河川」，故亦有「河川之國」之意．即 Niger 與 Nigeria 為同一字源．

North Korea [ˋnɔrθkoˋriə] 北韓《即朝鮮民主主義人民共和國．☞ Korea》．

Norway [ˋnɔrwe] 挪威王國 (the Kingdom of Norway)《位於斯堪的那維亞半島北部，瀕臨北極海．首都奧斯陸 (Oslo)》．
字源 挪威語為 Norge．古挪威語裡，nor- 為「北」，-ge 為「道路」，合起來即為「北方道路」之意．Norway 的 -way 為英文用來取代原 -ge 的字．首都 Oslo 由 Os-（神）＋-lo（森林）組成，意指「神之森林」．

Oceania [ˌoʃɪˋænɪə] 大洋洲《包含美拉尼西亞、密克羅尼西亞及波里尼西亞的地區名》．

Oman [oˋmæn] 阿曼蘇丹國 (the Sultanate of Oman)《位於阿拉伯半島的東端，瀕臨阿拉伯海．首都馬斯開特 (Muscat)》．

Pakistan [ˋpækɪˌstæn] 巴基斯坦伊斯蘭共和國 (the Islamic Republic of Pakistan)《瀕臨阿拉伯海，東鄰印度．首都伊斯蘭瑪巴德 (Islamabad)》．
字源 由最初組成的4個地區名：旁遮普、阿富汗、喀什米爾及信德 (Punjab-Afghan-Kashmir-Sind) 的首字母再加上表示「國家，地方」的 stan 而來．Paki- 的 i 為連接的元音，另外，pak- 在烏爾都語表示「神聖的」之意．

Palau [pəˋlau] 帛琉共和國 (the Republic of Palau)《菲律賓群島以東，北太平洋上的島國．首都科羅 (Koror)》．

Palestine [ˋpæləsˌtaɪn] 巴勒斯坦《與以色列、約旦交界的地區》．

Panama [ˋpænəˌmɑ] 巴拿馬共和國 (the Republic of Panama)《擁有巴拿馬運河的主權．首都巴拿馬市 (Panama City)》．

Papua New Guinea [ˋpæpjuəˌnjuˋgɪnɪ] 巴布亞紐幾內亞《紐幾內亞島的東部及其周邊島嶼所組成的國家．首都莫士比港 (Port Moresby)》．

Paraguay [ˋpærəˌgwe] 巴拉圭共和國 (the Republic of Paraguay)《位於南美洲中部，東與巴西為鄰．首都亞松森 (Asunción)》．

Peru [pəˋru] 秘魯共和國 (the Republic of Peru)《位於南美洲西部，瀕臨太平洋．首都利馬 (Lima)》．

Philippines [ˋfɪləˌpinz] 菲律賓共和國 (the Republic of the Philippines)《菲律賓群島組成的國家．首都馬尼拉 (Manila)》．

Poland [ˋpolənd] 波蘭共和國 (the Republic of Poland)《中歐國家，西鄰德國，北濱波羅的海．首都華沙 (Warsaw)》．
字源 波蘭語為 Polska，經由日耳曼語而演變成 Poland，表示「平坦的國家」之意．

Polynesia [ˌpɑləˋniʃə] 波里尼西亞《太平洋國際換日線以東的地區，有夏威夷、薩摩亞、東加等島》．
字源 由希臘文的 poly-「眾多的」加上 -nesia「島嶼群」所組成的字．

Portugal [ˋportʃəgl] 葡萄牙共和國 (the Portuguese Republic)《位於伊比利半島的西部，瀕臨大西洋．首都里斯本 (Lisbon)》．
字源 以前拉丁文為 Portuscalle，為 portus-「港口」加上 -calle「溫暖的」所組成的字，表示「溫暖的港口」之意．

Puerto Rico [ˌpwɛrtoˋriko] 波多黎各《加勒比海西印度群島的中央島嶼，為美國聯邦的自治管轄領地．首府聖胡安 (San Juan)》．
字源 西班牙文表示「富裕的港口」之意．puerto 為英文的 port，rico 相當於 rich．

Qatar [ˋkɑtɑr] 卡達《the State of Qatar)《位於波斯灣西南岸突出阿拉伯半島的卡達半島上．首都杜哈 (Doha)》．

Romania [roˋmenɪə] 羅馬尼亞《位於歐洲東南部，瀕臨黑海．首都布加勒斯特

(Bucharest)》.

字源 由拉丁文 Roman-「羅馬的」加上表示「國家,地方」的 -ia 而來, 源於1至2世紀有很多羅馬人移往此地居住.

Russia [ˋrʌʃə] 俄 羅 斯 聯 邦 (the Russian Federation)《國土綿延歐亞兩大陸. 首都莫斯科 (Moscow)》.

字源 源自9世紀統治此地的北歐維京海盜首領 Rus 之名.

Rwanda [ruˋɑndə] 盧 安 達 共 和 國 (the Republic of Rwanda)《位於非洲中東部, 分別與剛果民主共和國、烏干達、坦尚尼亞及蒲隆地接壤. 首都吉佳利 (Kigali)》.

Saint Christopher and Nevis [͵sent`krɪstəfə͵ænd`nivɪs] 聖克里斯多福及尼維斯《加勒比海西印度群島的島國, 也稱作 Saint Christopher and Nevis. 首都巴士地 (Basseterre)》.

Saint Lucia [͵sent`luʃə] 聖露西亞《加勒比海西印度群島的島國. 首都卡斯翠 (Castries)》.

Saint Vincent and the Grenadines [͵sent`vɪnsntəndðəˋgrenə͵dinz] 聖文森及格瑞那丁《加勒比海西印度群島的島國. 首都京師敦 (Kingstown)》.

Samoa [səˋmoə] 薩摩亞《南太平洋斐濟東北方的島國, 於1997年7月更改國名, 國名原為西 薩 摩 亞 (Western Samoa). 首 都 阿 庇 亞 (Apia)》.

San Marino [͵sænməˋrino] 聖馬利諾共和國 (the Republic of San Marino)《義大利境內的小國. 首都聖馬利諾 (San Marino)》.

São Tomé and Principe [͵saʊntəˋmeəndˋprɪnsəpə] 聖多美普林西比民主共和國 (the Democratic Republic of São Tomé and Principe)《位於非洲中西部, 幾內亞灣內的島國. 首都聖多美 (São Tomé)》.

Saudi Arabia [ˋsaʊdɪəˋrebɪə] 沙烏地阿拉伯王國 (the Kingdom of Saudi Arabia)《位於阿拉伯半島. 首都利雅德 (Riyadh)》.

Senegal [͵senɪˋgɔl] 塞 內 加 爾 共 和 國 (the Republic of Senegal)《位於非洲西部, 瀕臨大西洋. 首都達卡 (Dakar)》.

Serbia [ˋsɝbɪə] 塞爾維亞《與蒙地內哥羅組成「新 南 斯 拉 夫」; ☞ **Yugoslavia, Montenegro**》.

Seychelles [se`ʃɛlz] 塞 席 爾 共 和 國 (the Republic of Seychelles)《肯亞東方印度洋上的島國. 首都維多利亞 (Victoria)》.

Sierra Leone [sɪˋerəlɪˋoni] 獅子山共和國 (the Republic of Sierra Leone)《位於非洲西部, 瀕臨大西洋. 首都自由城 (Freetown)》.

Singapore [ˋsɪŋgə͵por] 新加坡共和國 (the Republic of Singapore)《位於馬來半島最南端的都市國家. 首都新加坡 (Singapore)》.

字源 梵文中, 表示 singa-「獅子」的 -pore「都市」之意, 字源即意指「獅子的都市, 獅子城」.

Slovakia [sloˋvɑkɪə] 斯洛伐克共和國 (the Slovak Republic)《位於歐洲東部, 西與捷克接壤. 首都布拉提斯拉瓦 (Bratislava)》.

Slovenia [sloˋvinɪə] 斯洛維尼亞共和國 (the Republic of Slovenia)《位於東歐, 與義大利、奧地利毗連的國家. 首都盧布雅納 (Ljubljana)》.

Solomon Islands [ˋsɑləmən`aɪlənd] 索羅門群島《西南太平洋索羅門群島組成的國家. 首都荷尼阿拉 (Honiara)》.

Somalia [soˋmɑlɪə] 索馬利亞民主共和國 (the Somali Democratic Republic)《位於非洲東部「非洲之角」地區內的國家, 瀕臨印度洋. 首都摩加迪休 (Mogadishu)》.

South Africa [ˋsaʊθ`æfrɪkə] 南非共和國 (the Republic of South Africa)《位於非洲南端. 首都普里托利亞 (Pretoria)》.

South Korea [ˋsaʊθkoˋriə] 南韓《即韓國; ☞ **Korea**》.

Soviet [ˋsovɪɪt] 蘇聯社會主義共和國聯邦 (the Union of Soviet Socialist Republics)《1991年解體, 各共和國分別獨立》.

Spain [spen] 西 班 牙 王 國 (the Kingdom of Spain)《歐洲西南部伊比利半島上的國家. 首都馬德里 (Madrid)》.

字源 西班牙文為 España. 字源為腓尼基語 sephan, 表示「兔子」之意. 源於西元前7世紀左右, 腓尼基人在此地殖民時發現有大量的兔子, 且西元前後流通的貨幣上也以兔子的圖案居多.

Sri Lanka [͵sri`laŋkə] 斯里蘭卡民主社會主義共和國 (the Democratic Socialist Republic of Sri Lanka)《印度南方的島國, 錫蘭島為其主要大島. 首都可倫坡 (Colombo)》.

字源 僧伽羅語 (Sinhalese) 中, 表示 sri「閃閃發亮」的 lanka「島」之意.

Sudan [suˋdæn] 蘇丹共和國 (the Republic of Sudan)《位於非洲東北部, 北與埃及交界. 首都喀土穆 (Khartoum)》.

字源 阿拉伯文為 bilad as-sudan「黑人之國」, Sudan 表示「黑色的」之意.

Suriname [͵surɪ`nɑm] 蘇 利 南 共 和 國 (the Republic of Surname)《位於南美洲東北部, 瀕臨大西洋. 首都巴拉馬利波 (Paramaribo)》.

Swaziland [ˋswɑzɪ͵lænd] 史瓦濟蘭王國 (the Kingdom of Swaziland)《位於非洲南部, 西與南非共和國交界. 首都墨巴本 (Mbabane)》.

Sweden [ˋswidn] 瑞典王國 (the Kingdom of Sweden)《位於斯堪的那維亞半島的東部, 瀕臨波羅的海. 首都斯德哥爾摩 (Stockholm)》.

字源 瑞典語稱作 Sverige 王國, 為「瑞典人的國家」之意, 後轉變成英文 Sweden. 首都 Stockholm 為 stock-「木材」的 -holm「小島」之意.

Switzerland [ˋswɪtsɚlənd] 瑞 士 聯 邦 (the Swiss Confederation)《位於中歐, 分別與法、義、德、奧等國接壤. 首都伯恩 (Bern)》.

字源 源自中高地德語稱此地為 Schwyz 而來, 意指「酪農場」. 法文譯名為 Suisse, 表示「瑞士的, 瑞士人」的英文則為 Swiss.

Syria [ˋsɪrɪə] 敘利亞阿拉伯共和國 (the Arab Republic of Syria)《瀕臨地中海的西亞國家. 首

都大馬士革 (Damascus)》.

Tajikistan [tɑˌdʒɪkɪˋstæn] 塔吉克共和國 (the Republic of Tajikistan)《南接阿富汗，東鄰中國. 首都杜桑貝 (Dushanbe)》.

Taiwan [taɪˋwɑn] 臺灣《位於中國大陸東南部東海上的島. 雖為中國一省，但實際上以「中華民國」之名處於獨立狀態. 首都臺北 (Taipei)》.
字源 源於15世紀，當His馬來裔的原住民將自中國大陸渡海開墾的漢人稱之為 Tayan 而來.

Tanzania [ˌtænzəˋnɪə] 坦尚尼亞聯合共和國 (the United Republic of Tanzania)《位於非洲東部，瀕臨印度洋. 首都杜篤瑪 (Dodoma)》.

Thailand [ˋtaɪlənd] 泰王國 (the Kingdom of Thailand)《東南亞國家. 首都曼谷 (Bangkok)》.

Tibet [tɪˋbɛt] 西藏《中國西南部的行政區域. 首府拉薩 (Lhasa)》.

Togo [ˋtogo] 多哥共和國 (the Republic of Togo)《位於非洲西部，瀕臨大西洋，西與迦納交界. 首都洛梅 (Lomé)》.

Tonga [ˋtɑŋə] 東加王國 (the Kingdom of Tonga)《位於西南太平洋上的島國. 首都努瓜婁發 (Nukualofa)》.

Trinidad and Tobago [ˋtrɪnəˌdædəndtəˋbego] 千里達及托巴哥共和國 (the Republic of Trinidad and Tobago)《位於南美洲北部，加勒比海西印度群島最南端的島國. 首都西班牙港 (Port of Spain)》.
字源 Trinidad 為西班牙文「三位一體」之意. 1498年哥倫布到達時所命名. 源於從遠處望，像是3座島，但近看才發現是1座島. 另一說法為發現之日恰好是聖靈降臨節後的第一個星期日之故. 另外，Tobago 的字源為此島產物 tobacco (菸草).

Tunisia [tjuˋnɪʃɪə] 突尼西亞共和國 (the Republic of Tunisia)《位於非洲北部，瀕臨地中海. 首都突尼斯 (Tunis)》.

Turkey [ˋtɝkɪ] 土耳其共和國 (the Republic of Turkey)《瀕臨地中海及黑海的國家. 首都安卡拉 (Ankara)》.
字源 源自土耳其人 (Turk) 的祖先突厥人 (Turkic) 之名，有「強人」之意. 英文於 Turk- 後接上表示「國家，民族」的 -y 變成 Turkey，意指「強者之國」.

Turkmenistan [ˌtɝkmɛnɪˋstæn] 土庫曼共和國 (the Republic of Turkmenistan)《西瀕裏海，北鄰烏茲別克，南接伊朗. 首都阿什哈巴德 (Ashkhabad)》.

Tuvalu [tuˋvɑlu] 吐瓦魯《位於南太平洋索羅門群島東方的島國. 首都富那提 (Funafuti)》.

UAE 阿拉伯聯合大公國 (☞ **United Arab Emirates**).

Uganda [juˋgændə] 烏干達共和國 (the Republic of Uganda)《位於非洲中部，西接剛果民主共和國，東鄰肯亞. 首都坎帕拉 (Kampala)》.

UK 英國 (☞ **United Kingdom**).

Ukraine [ˋjukren] 烏克蘭《瀕臨黑海，東鄰俄羅斯，西與波蘭、匈牙利等國交界. 首都基輔 (Kiev)》.
字源 俄羅斯語表示「邊境，國境地帶」之意. 由 u- (at)＋-krai- (border) 再接上表示「地方」的 -na 而成. 原本接在其他地方名稱之後，如 Moscow Ukraine, Kiev Ukraine, 但後來只用來表示與波蘭、匈牙利等交界的國境區域名.

United Arab Emirates
[juˋnaɪtɪdˋærəbˋmɪrɪts] 阿拉伯聯合大公國《Emirates 為酋長 (emir) 的國度之意. 瀕臨波斯灣，東與阿曼，西與沙烏地阿拉伯、卡達為鄰. 首都阿布達比 (Abu Dhabi)》.

United Kingdom [juˋnaɪtɪdˋkɪŋdəm] 大不列顛與北愛爾蘭聯合王國 (the United Kingdom of Great Britain and Northern Ireland)《歐洲大陸北方的島國. 首都倫敦 (London)》.

United States [juˋnaɪtɪdˋstets] 美國《亦作 the States, 但不適合外國人使用；☞ **America**》.

Uruguay [ˋjurəˌgwe] 烏拉圭共和國 (the Oriental Republic of Uruguay)《位於南美洲東南部，瀕臨大西洋，西與阿根廷接壤. 首都蒙特維多 (Montevideo)》.

US/USA 美國 (☞ **America**).

USSR 蘇聯《1991年解體；☞ **Soviet**》.

Uzbekistan [uzˋbɛkɪˌstæn] 烏茲別克共和國 (the Republic of Uzbekistan)《位於亞洲中部裏海以東，北與哈薩克、南與土庫曼接壤. 首都塔什干 (Tashkent)》.

Vanuatu [ˌvɑnuˋɑtu] 萬那杜共和國 (the Republic of Vanuatu)《位於南太平洋，澳洲東方的島國. 首都維拉港 (Port Vila)》.

Vatican City [ˋvætɪkənˋsɪtɪ] 梵蒂岡城 (the State of the City of Vatican)《義大利羅馬市內的都市國家. 首都梵蒂岡 (Vatican)》.

Venezuela [ˌvɛnəˋzwilə] 委內瑞拉共和國 (the Republic of Venezuela)《位於南美洲北部，瀕臨加勒比海. 首都卡拉卡斯 (Caracas)》.
字源 西班牙文表示「小威尼斯」之意，由義大利人亞美利哥・維斯普奇 (Amerigo Vespucci) 所命名. 由這位探險家在馬拉開波湖看到當地居民於水上打樁建屋生活的情景時，不禁想起義大利的威尼斯 (義大利文為 Venezia), 而在 Venez- 之後接上表示「小的」之意的 -(u)ela, 即以 Venezuela 來命名.

Viet Nam/Vietnam [ˌvjetˋnɑm] 越南社會主義共和國 (the Socialist Republic of Viet Nam)《位於中南半島東部，瀕臨南海. 首都河內 (Hanoi)》.

Western Samoa [ˋwɛstɚnsəˋmoə] 西薩摩亞《薩摩亞的舊稱；☞ **Samoa**》.

Yemen [ˋjemən] 葉門共和國 (the Republic of Yemen)《位於阿拉伯半島南部，瀕臨紅海與阿拉伯海. 首都沙那 (Sanaa)》.
字源 由阿拉伯文表示「右，南」之意的 al-Yaman 衍生而來. 源於面對麥加聖地的卡巴 (Kaaba) 神殿時，朝聖者的臉是朝東，而葉門是在右側且位於南方之故.

Yugoslavia [ˋjugoˌslɑvɪə] 南斯拉夫聯邦共

和國 (the Federal Republic of Yugoslavia)《位於東歐巴爾幹半島中部，由塞爾維亞 (Serbia) 及門地內哥羅 (Montenegro) 組成「新南斯拉夫」．首都貝爾格勒 (Belgrade)；☞ **Serbia, Montenegro**》．

Zaire [zɑˋir] 薩伊《剛果民主共和國的舊稱；☞ **Congo** ②》．

Zambia [ˋzæmbɪə] 尚比亞共和國 (the Republic of Zambia)《位於非洲南部，西與安哥拉交界．首都路沙卡 (Lusaka)》．

Zimbabwe [zɪmˋbɑbwe] 辛巴威共和國 (the Republic of Zimbabwe)《位於非洲南部，西與波札那、東與莫三比克接壤．首都哈拉雷 (Harare)》．

美國州名及其暱稱

Alabama
（縮略：AL/ala.，首府：Montgomery，聯邦加盟：1819.12.14，加盟順位：22）
the Heart of Dixie
「南部的中心」之意．南北戰爭時加入南部邦聯的各州稱作 Dixie，這起源自當時南軍的進行曲 Dixie．
the Cotton State
因為該州為棉花 (cotton) 的產地．
the Yellowhammer State
金翼啄木鳥 (yellowhammer) 為該州的州鳥．

Alaska
（縮略：AK/Alas.，首府：Juneau，聯邦加盟：1959.1.3，加盟順位：49）
the Last Frontier
1912年才成為美國的領土，為最後的 (last) 邊境 (frontier)．
the Land of the Midnight Sun
夏天時太陽一整天都不下山，可以看到半夜的太陽 (the midnight sun)．

Arizona
（縮略：AZ/Ariz.，首府：Phoenix，聯邦加盟：1912.2.14，加盟順位：48）
the Grand Canyon State
大峽谷 (Grand Canyon) 位於該州．

Arkansas
（縮略：AR/Ark.，首府：Little Rock，聯邦加盟：1836.6.15，加盟順位：25）
the Land of Opportunity
該州保守的傾向即使是在全美國裡也相當知名，極不喜歡變動．很早之前就有人提議過應使用the Land of Opportunity的名稱，不久之後，該州州議會基於這樣將會導致發展遲滯之故，於1963年正式採用了此一「充滿希望的土地」的暱稱．

California
（縮略：CA/Calif.，首府：Sacramento，聯邦加盟：1850.9.9，加盟順位：31）
the Golden State
1848年1月24日在加州首府Sacramento東北方的一條河川中發現了沙金，這個傳聞立刻在美國散布開來，許多淘金客蜂擁而至，原本僅有15,000的人口，也一下子就暴增到250,000人．這在史上被稱作「淘金潮」(the Gold Rush)，該州之後就被稱為出產黃金的 (golden) 州 (state)．

Colorado
（縮略：CO/Colo.，首府：Denver，聯邦加盟：1876.8.1，加盟順位：38）
the Centennial State
剛好在建國100週年時 (centennial) 加入美利堅合眾國．

Connecticut
（縮略：CT/Conn.，首府：Hartford，聯邦加盟：1788.1.9，加盟順位：5）
the Constitution State
該州在1787年的美國憲法 (constitution) 制定議會中扮演了重要的角色．

Delaware
（縮略：DE/Del.，首府：Dover，聯邦加盟：1787.12.7，加盟順位：1）
the First State
通過美國憲法的第一個 (first) 州．
the Diamond State
為僅次於 Rhode Island 的小州，且以面積雖小但像鑽石般閃耀而自負．

Florida
（縮略：FL/Fla.，首府：Tallahassee，聯邦加盟：1845.3.3，加盟順位：27）
the Sunshine State
遍布陽光 (sunshine) 的南方之州．

Georgia
（縮略：GA/Ga.，首府：Atlanta，聯邦加盟：1788.1.2，加盟順位：4）
the Peach State
桃子 (peach) 為該州知名的特產之一．
the Empire State of the South
該州為南北戰爭時的激戰之地，如果北方的 New York州為the Empire State 的話，那麼 Georgia 州當然就是南部的 the Empire State．

Hawaii
（縮略：HI/Haw.，首府：Honolulu，聯邦加盟：1959.8.21，加盟順位：50）
the Aloha State
Aloha 是世人最熟知的夏威夷語，為「愛」之意．

Idaho
（縮略：ID/Ida.，首府：Boise，聯邦加盟：1890.7.3，加盟順位：43）
the Gem State/the Gem of the Mountains
盛產銀 (silver)，號稱美國第一，為寶石 (gem) 般的州．其他尚產有鉛 (lead)、金 (gold)、鋅 (zinc) 等．

Illinois
（縮略：IL/Ill.，首府：Springfield，聯邦加盟：1818.12.3，加盟順位：21）
the Prairie State
該州的面積有60%是草原 (prairie)，30%是草原般的丘陵，10%是丘陵．

Indiana
（縮略：IN/Ind.，首府：Indianapolis，聯邦加盟：1816.12.11，加盟順位：19）
the Hoosier State
因為該州對於外地來的人會問 "Who's yer?"（你是誰?）．

Iowa
（縮略：IA/Ia.，首府：Des Moines，聯邦加盟：1846.12.28，加盟順位：29）
the Hawkeye State
為了紀念印第安酋長 Black Hawk 而取的名稱．
the Corn State

該州是美國玉米 (Corn) 的主要產地.

Kansas
(縮略: KS/Kans., 首府: Topeka, 聯邦加盟:
1861.1.29, 加盟順位: 34)
the Sunflower State
向日葵 (sunflower) 為該州州花.
the Jayhawk State
jayhawk 為虛構的鳥, 被視為該州的象徵.

Kentucky
(縮略: KY/Ky., 首府: Frankfort, 聯邦加盟:
1792.6.1, 加盟順位: 15)
the Bluegrass State
作為牧草的六月禾 (bluegrass) 種植面積占了
該州的1/5.

Louisiana
(縮略: LA/La., 首府: Baton Rouge, 聯邦加
盟: 1812.4.30, 加盟順位: 18)
the Pelican State
鵜鶘 (pelican) 為該州的州鳥.

Maine
(縮略: ME/Me., 首府: Augusta, 聯邦加盟:
1820.3.15, 加盟順位: 23)
the Pine Tree State
白松 (white pine) 為該州的州樹.

Maryland
(縮略: MD/Md., 首府: Annapolis, 聯邦加
盟: 1788.4.28, 加盟順位: 7)
the Old-Line State
1692年到1715年這個地方為英國王室直轄
的殖民地. old-line 為「深具傳統, 大有來歷」
之意.

Massachusetts
(縮略: MA/Mass., 首府: Boston, 聯邦加盟:
1788.2.6, 加盟順位: 6)
the Bay State
源自該州從前被稱作「麻薩諸塞灣
(Massachusetts Bay) 殖民地」.

Michigan
(縮略: MI/Mich., 首府: Lansing, 聯邦加盟:
1837.1.26, 加盟順位: 26)
the Wolverine State
狼獾 (wolverine) 為該州的代表性動物.

Minnesota
(縮略: MN/Minn., 首府: St. Paul, 聯邦加
盟: 1858.5.11, 加盟順位: 32)
the North Star State
該州的標語為法文的 L'Etoile du Nord, 譯成
英文的話就是 the North Star. 意為希望該州
成為北方 (north) 之星 (star).
the Land of 10,000 Lakes
該州湖泊的數量超過15,000個.

Mississippi
(縮略: MS/Miss., 首府: Jackson, 聯邦加
盟: 1817.12.10, 加盟順位: 20)
the Magnolia State
木蘭樹 (magnolia) 為該州的州樹.

Missouri
(縮略: MO/Mo., 首府: Jefferson City, 聯

邦加盟: 1821.8.10, 加盟順位: 24)
the Show-Me State
據說是因為曾有該州選出的議員在議會中說
"I'm from Missouri; you'll have to show me."
這句話的意思是說:「我來自密蘇里州, 因此,
若你不把證據拿給我看的話, 我是絕不會相
信的.」因為有這樣的典故, 也產生了 "He is
from Missouri." (他疑心病重.) 的說法. 此外,
show-me 也因而帶有「堅持一定要看證據,
疑心病重」之意.

Montana
(縮略: MT/Mont., 首府: Helena, 聯邦加盟:
1889.11.8, 加盟順位: 41)
the Treasure State
該州富含豐富的礦藏, 有金 (gold)、銅
(copper)、鉛 (lead)、銀 (silver)、鋅 (zinc)、錳
(manganese), 還出產煤 (coal)、石油
(petroleum)、天然氣 (natural gas)、火山灰風
化的膠狀黏土 (bentonite) 等, 宛如一山的寶
藏 (treasure). Montana 在墨西哥的西班牙語
中為「山」的意思.

Nebraska
(縮略: NE/Nebr., 首府: Lincoln, 聯邦加盟:
1867.3.1, 加盟順位: 37)
the Cornhusker State
「剝玉米穗殼的人 (cornhusker)」為內布拉斯
加州州立大學足球隊的隊名. 這是對擁有該
隊感到自豪的暱稱.

Nevada
(縮略: NV/Nev., 首府: Carson City, 聯邦
加盟: 1864.10.31, 加盟順位: 36)
the Sagebrush State
山艾樹 (sagebrush) 為該州的州樹.
the Silver State
源自南北戰爭中, 該州以其盛產的銀 (silver)、
金 (gold) 資助北軍.
the Battle Born State
在南北戰爭持續進行之時成立的州, 取其在
戰爭 (battle) 之中生成 (born) 之意.

New Hampshire
(縮略: NH/N.H., 首府: Concord, 聯邦加
盟: 1788.6.21, 加盟順位: 9)
the Granite State
因其生產的主要礦物為花崗岩 (granite).

New Jersey
(縮略: NJ/N.J., 首府: Trenton, 聯邦加盟:
1787.12.18, 加盟順位: 3)
the Garden State
因總面積的30%為肥沃的耕地 (garden).

New Mexico
(縮略: NM/N.Mex., 首府: Santa Fe, 聯邦
加盟: 1912.1.6, 加盟順位: 47)
the Land of Enchantment
因美麗的景觀與獨特的文化而深具魅力
(enchantment).

New York
(縮略: NY/N.Y., 首府: Albany, 聯邦加盟:
1788.7.26, 加盟順位: 11)

the Empire State
據說為開國元勳華盛頓總統 (George Washington) 所命名. empire為「帝國」之意, 也有「擁有巨大力量的組織」之意. 該州的人口已成長為全國最多的一州, 為全國的政治、經濟、資訊中心.

North Carolina
(縮略: NC/N.C., 首府: Raleigh, 聯邦加盟: 1789.11.21, 加盟順位: 12)
the Tarheel State
因該州的主要物產為焦油 (tar), 故此暱稱為焦油老是沾到腳後跟 (heel) 之意.
the Old North State
因在南北戰爭之時祖護北軍之故.

North Dakota
(縮略: ND/N.Dak., 首府: Bismark, 聯邦加盟: 1889.11.2, 加盟順位: 39)
the Sioux State
因該州原為印第安人蘇族 (Sioux) 居住的土地.

Ohio
(縮略: OH/O., 首府: Columbus, 聯邦加盟: 1803.3.1, 加盟順位: 17)
the Buckeye State
七葉樹 (buckeye) 為該州的州樹.

Oklahoma
(縮略: OK/Okla., 首府: Oklahoma City, 聯邦加盟: 1907.11.16, 加盟順位: 46)
the Sooner State
因墾荒的新移民比法定的時間更早 (sooner) 進入該州之故.

Oregon
(縮略: OR/Oreg., 首府: Salem, 聯邦加盟: 1859.2.14, 加盟順位: 33)
the Beaver State
因海貍 (beaver) 為在該州生息繁衍的小動物之一.

Pennsylvania
(縮略: PA/Pa., 首府: Harrisburg, 聯邦加盟: 1787.12.12, 加盟順位: 2)
the Keystone State
因美國成立之初的13州若以南北分布的情形來看, 實夕法尼亞州剛好位於正中, 宛如拱門的拱心石 (keystone) 一般, 故名.

Rhode Island
(縮略: RI/R.I., 首府: Providence, 聯邦加盟: 1790.5.29, 加盟順位: 13)
Little Rhody
美國面積最小的州. 在 Rhode 加上帶有「可愛」之意的 -y, 再加上 little 就更「可愛」了.

South Carolina
(縮略: SC/S.C., 首府: Columbia, 聯邦加盟: 1788.5.23, 加盟順位: 8)
the Palmetto State
美洲蒲葵 (palmetto) 為該州的州樹.

South Dakota
(縮略: SD/S.Dak., 首府: Pierre, 聯邦加盟: 1889.11.2, 加盟順位: 40)

the Coyote State
土狼 (coyote) 為該州的代表性動物.

Tennessee
(縮略: TN/Tenn., 首府: Nashville, 聯邦加盟: 1796.6.1, 加盟順位: 16)
the Volunteer State
不論是獨立戰爭、美英戰爭、美墨戰爭, 或是南北戰爭, 都有許多義勇軍 (volunteer) 來自該州.

Texas
(縮略: TX/Tex., 首府: Austin, 聯邦加盟: 1845.12.29, 加盟順位: 28)
the Lone Star State
該州的州旗上僅有一顆白色的星 (lone star).

Utah
(縮略: UT/Ut., 首府: Salt Lake City, 聯邦加盟: 1896.1.4, 加盟順位: 45)
the Beehive State
該州的標誌為蜂巢 (beehive), 該州的標語為「勤勉 (industry)」.

Vermont
(縮略: VT/Vt., 首府: Montpelier, 聯邦加盟: 1791.3.4, 加盟順位: 14)
the Green Mountain State
Vermont 源自法語的 mont vert, 譯為英文的話就是 green mountain.

Virginia
(縮略: VA/Va., 首府: Richmond, 聯邦加盟: 1788.6.25, 加盟順位: 10)
the Old Dominion
英王查爾斯二世決定將此地定為繼英格蘭、蘇格蘭、愛爾蘭之後的第4塊領土 (dominion).

Washington
(縮略: WA/Wash., 首府: Olympia, 聯邦加盟: 1889.11.11, 加盟順位: 42)
the Evergreen State
該州的森林面積非常廣大, 林業興盛. evergreen 為「常綠的」之意.

West Virginia
(縮略: WV/W.Va., 首府: Charleston, 聯邦加盟: 1863.6.20, 加盟順位: 35)
the Mountain State
位於阿帕拉契山脈, 整個州青山 (mountain) 綿亙.

Wisconsin
(縮略: WI/Wisc., 首府: Madison, 聯邦加盟: 1848.5.29, 加盟順位: 30)
the Badger State
源自1830年代的人們暱稱為了獲取鉛礦而拼命挖掘大小山脈的人為獾 (badger).

Wyoming
(縮略: WY/Wyo., 首府: Cheyenne, 聯邦加盟: 1890.7.10, 加盟順位: 44)
the Equality State
源自1869年該州的女性取得了美國最早的女性參政權. equality 即為「平等」之意.

英國王室王統圖

英國 (現在的正式名稱為「大不列顛及北愛爾蘭聯合王國 (the United Kingdom of Great Britain and Northern Ireland)」, 簡稱 United Kingdom) 的歷史悠久, 西元6世紀時即統治了現今部分的英格蘭 (England) 地方, 其歷史可遠溯到塞狄克 (Cerdic) 王室.

但是在這裡我們將從1066年征服了英格蘭的威廉一世 (William I) 開始介紹英國的王室. 這是因為在這之前的英格蘭是被各個零星的部族所統治, 從未整合成國家的形態.

威廉一世是諾曼第公爵 (Duke of Normandy) 惡魔王羅伯特 (Robert the Devil) 的兒子. 諾曼第公爵為位於法國西北諾曼第地方的統治者, 此外 Normandy 也有諾曼第人 (Normans) 居住的地方之意. Norman 這個字原本的意思是 Northman, 也就是「北方人」之意, 原為斯堪的那維亞 (Scandinavia) 地方的民族, 西元10世紀時, 從該地跨越大西洋南下, 定居於現今的諾曼第地方.

威廉一世與塞狄克王室的國王雖為表兄弟關係, 但他宣稱自己才是命中注定該成為英格蘭王的人, 1066年10月他登陸英格蘭, 擊敗塞狄克王室的軍隊, 入主倫敦, 於12月奪取了王位, 因此威廉一世被稱為「征服者威廉 (William the Conqueror)」.

此外, 以下介紹的王統圖只列出英格蘭、蘇格蘭 (Scotland) 和愛爾蘭 (Ireland), 並未列出威爾斯 (Wales) 的名稱. 這是因為英格蘭與威爾斯長期的爭亂, 在愛德華一世 (Edward I) 時成功地將王子 (就是後來的愛德華二世) 送到威爾斯變成「威爾斯親王 (the Prince of Wales)」, 之後威爾斯就一直以附屬於英格蘭的形態存在至今, 這是西元1301年的事了. 話雖如此, 現今的威爾斯仍然致力於脫離英格蘭, 企圖保有自己獨自的文化.

〔諾曼第 (Normandy) 王朝〕 英格蘭王

William I		1066-1087	辭世時, 將諾曼第傳給長子 Robert, 將英格蘭傳給次子 William, 小兒子 Henry 則給與大量的金子.
William II	William I 的次子.	1087-1100	
Henry I	William I 的小兒子.	1100-1135	William II 在一次狩獵中因中箭而突然逝世, 長兄 Robert 則因「十字軍 (the Crusade)」而遠征, 故 Henry I 抓住機會登上王位.
Stephen	William I 的女兒 Adela 的三子.	1135-1154	

〔金雀花 (Plantagenet) 王朝〕 英格蘭王

Henry II	Henry I 的女兒 Matilda 的長子.	1154-1189	1171年 Henry II 前進 Ireland, 而開始了愛爾蘭王 (Lord of Ireland) 的稱號.
Richard I	Henry II 的長子.	1189-1199	被稱為「獅心者理查 (Richard the Lion-Hearted)」, 在與法國的戰爭中陣亡.

〔金雀花 (Plantagenet) 王朝〕 英格蘭王兼愛爾蘭領主

John	Henry II 的小兒子.	1199-1216	1206年在與法國的戰爭中幾乎失去了所有法國境內的土地, 故被冠上「失地者約翰 (John Lackland)」的稱號. 1215年又被迫簽署「大憲章 (Magna Charta)」, 藉以保障主張限制王權的貴族們之權利.
Henry III	John 的長子.	1216-1272	即位之時僅有9歲.
Edward I	Henry III 的長子.	1272-1307	1301年 Edward I 冊封出生於 Wales 的長子為威爾斯親王 (the Prince of Wales).
Edward II	Edward I 的長子.	1307-1327	1311年左右, 出現了類似現今議會

			(Parliament) 的組織.
Edward III	Edward II 的長子.	1327-1377	1337年與法國之間為了領土之爭,爆發了「英法百年戰爭 (the Hundred Years' War)」, 直到1453年為止.
Richard II	Edward III 的長子 Black Prince 的長子.	1377-1399	1384年左右, 完成了最早的英譯《聖經》. 1388年, Richard II 打破了與議會之間的權力鬥爭.

〔蘭開斯特 (Lancaster) 王朝〕

Henry IV	Edward III 的四子蘭開斯特公爵的長子.	1399-1413	打敗 Richard II 而取得王位, Richard II 於1400年逝世, 據說是被暗殺.
Henry V	Henry IV 的長子.	1413-1422	
Henry VI	Henry V 唯一的兒子.	1422-1461	1455年薔薇戰爭 (the Wars of the Roses) 開始, 是蘭開斯特王室 (家徽為紅薔薇) 與約克 (York) 王室 (家徽為白薔薇) 之間為了王位繼承而引起的戰爭, 戰爭持續了30年, 直到1485年才結束.

〔約克 (York) 王朝〕

Edward IV	Richard II 的堂姊妹的孫輩創建了王室, Edward IV 為第3代之後約克公爵 Richard 的長子.	1461-1483	1470年10月 Henry VI 曾一度復位, 但很快地, Edward IV 又捲土重來, 取回王位.
Edward V	Edward IV 的長子.	1483	在位時間為4月到6月, 據說後來被幽禁於倫敦塔 (the Tower of London) 並遭到殺害.
Richard III	約克公爵 Richard 的小兒子, 也就是 Edward IV 之弟.	1483-1485	當年僅14歲的 Edward V 即位時, Richard III 即主張自己才是真正的王位繼承者, 並捉拿姪子 Edward V 和他弟弟.

〔都鐸 (Tudor) 王朝〕

Henry VII	Edward III 的四子蘭開斯特公爵與第3任妻子 Katherine 所生的長男的孫女與 Richard 伯爵 Edmund Tudor 結婚所生的長子.	1485-1509	1492年哥倫布 (Cristoforo Colombo) 發現西印度群島 (West Indies).
Henry VIII	Henry VII 之子.	1509-1542	1527年 Henry VIII 想與第1任妻子 Katherine 離婚, 但羅馬教宗拒絕批准, 1533年在未取得羅馬教宗的許可便私自與 Ann Boleyn 結婚, 因而被逐出羅馬教廷. Henry VIII 藉此機會於1534年與羅馬教廷斷絕關係, 創立了「英國國教會 (the Church of England)」並自立為宗教領袖, 該傳統便延續至今.

〔都鐸 (Tudor) 王朝〕　　　　　　　　英格蘭與愛爾蘭的國王、女王

Henry VIII		1542-1547	1542年 Henry VIII 完全統治了愛爾蘭, 亦稱為愛爾蘭王.

Edward VI	Henry VIII 與 Jane 皇后之子.	1547-1553	即位時9歲，由索美塞德 (Somerset) 公爵攝政 (Lord Protector)，15歲時去世.
Mary I	Henry VIII 與 Katherine 皇后之女.	1553-1558	因為 Mary I 是天主教徒，英國便回歸為天主教國家，許多新教徒遭到處刑.
Elizabeth I	Henry VIII 與 Ann 皇后之女.	1558-1603	1588年擊敗西班牙的「無敵艦隊 (the Spanish Armada)」，設立了「東印度公司 (the East India Company)」. 宗教上，Elizabeth I 採取天主教與新教的中間路線.

〔斯圖亞特 (Stuart) 王朝〕　　　　　英格蘭、蘇格蘭與愛爾蘭的國王、女王

| James I | Henry VIII 的曾孫. | 1603-1625 | 1603年蘇格蘭王 James VI 被迎為英格蘭王，變成 James I. 1611年完成了《聖經》的英譯本，稱作「欽定本聖經 (the Authorized Version)」. |
| Charles I | James I 的次子. | 1625-1649 | 奧立佛·克倫威爾 (Oliver Cromwell) 打敗保王黨 (Tory) 軍隊. Charles I 遭到處死，英國宣布成為共和政體. |

　　1649年因奧立佛·克倫威爾而成立了「共和政體」，其子Richard繼承其業，但於1660年「共和政體」便因「王政復辟」而瓦解了.

〔斯圖亞特 (Stuart) 王朝〕

| Charles II | Charles I 的長子. | 1660-1685 | 1660 年 5 月「王政復辟 (Restoration)」. |
| James II | Charles I 的次子（兼任蘇格蘭王 James VII）. | 1685-1688 | 想要強行推行信仰自由化而導致失敗，James II 的長女 Mary 之夫 Orange 公爵 William 應議會之邀而率軍進入 England，James II 只好逃亡法國. |

　　在這之後，從1688年12月11日到1689年2月13日這一段期間無王者在位，史上稱這段期間為「空位期間 (interregnum)」.

〔斯圖亞特 (Stuart) 王朝〕

William III & Mary II	William III 為 Charles I 之孫. Mary II 為 James II 的長女.	1689-1694	議會接受 William III 與 Mary II 兩人並立為「共同元首」，該革命稱作「光榮革命 (the Glorious Revolution)」. 同時，英國通過了限制王權的「權利法案 (the Bill of Rights)」.
William III	1694年 Mary II 逝世.	1694-1702	1701年訂定了天主教徒不得成為國王及女王的「王位繼承法 (the Act of Settlement)」.
Anne	James II 的次女.	1702-1707	

〔斯圖亞特 (Stuart) 王朝〕　　　　　大不列顛 **(Great Britain)** 與愛爾蘭的國王、女王

| Anne | | 1707-1714 | Anne，成為大不列顛與愛爾蘭的領袖. |

〔漢諾威 (Hanover) 王朝〕

George I	James I 的曾孫.	1714-1727	George I 為德國人，並不會說英文，容易與政治脫節，因而王權日衰，內閣 (the Cabinet) 的獨立性日強.
George II	George I 唯一的兒子.	1727-1760	英法之間於1756年爆發了「七年戰爭 (the Seven Year's War)」，直到1763年才結束.
George III	George II 的孫子 (George II 的兒子於1751年去世).	1760-1801	1776年美國獨立. 1789年「法國革命 (the French Revolution)」開戰. 1760 年開始了「工業革命 (the Industrial Revolution)」.

〔漢諾威 (Hanover) 王朝〕 　　　　　大不列顛與愛爾蘭聯合王國的國王、女王

George III		1801-1820	1801年大不列顛與愛爾蘭合併.
George IV	George III 的長子 (1811年起即擔任攝政 (Regent) 工作).	1820-1830	
William IV	George III 的三子.	1830-1837	1832 年第一次選舉修正法案 (the Reform Bill) 在議會中通過.
Victoria	George III 的四子的女兒 (George III 的四子於1820年去世).	1837-1901	鴉片戰爭 (the Opium War, 1840-1842). 1863年，世界上第一條地下鐵在倫敦開通. 1869年完成了蘇伊士運河 (the Suez Canal).

〔薩克森‧科堡‧哥達 (Saxe-Coburg-Gotha) 王朝〕

Edward VII	Victoria 的長子.	1901-1910	英日同盟 (1902-1921).

〔溫莎 (Windsor) 王朝〕

George V	Edward VII 的次子 (Edward VII 的長子於1892年去世).	1910-1927	第一次世界大戰 (World War I, 1914-1918).

〔溫莎 (Windsor) 王朝〕　　　大不列顛與北愛爾蘭 (Northern Ireland) 聯合王國的國王、女王

George V		1927-1936	北愛爾蘭之外的愛爾蘭獨立.
Edward VIII	George V 的長子.	1936	在位11個月，1936年1月20日 George V 逝世，Edward VIII 便繼承王位，但是他已經決定與美國人 Mrs. Wallis Simpson 結婚，故於12月11日退位.
George VI	George V 的次子.	1936-1952	第二次世界大戰 (World War II, 1939-1945).
Elizabeth II	George VI 的長女.	1952-現在	

不規則動詞表

原形動詞	過去式	過去分詞
abide	abided/abode	abided/abode
arise	arose	arisen
awake	awoke/awaked	awoken/awaked
babysit	babysat	babysat
be (is/am; are)	was; were	been
bear	bore	born/borne
beat	beat	beaten/beat
become	became	become
befall	befell	befallen
begin	began	begun
behold	beheld	beheld
bend	bent	bent
bereave	bereaved/bereft	bereaved/bereft
beseech	beseeched/besought	beseeched/besought
beset	beset	beset
bet	bet/betted	bet/betted
bid	bid/bade	bid/bidden
bide	bided/bode	bided
bind	bound	bound
bite	bit	bitten/bit
bleed	bled	bled
bless	blessed/blest	blessed/blest
blow	blew	blown
break	broke	broken
breast-feed	breast-fed	breast-fed
breed	bred	bred
bring	brought	brought
broadcast	broadcast/broadcasted	broadcast/broadcasted
browbeat	browbeat	browbeaten
build	built	built
burn	burned/burnt	burned/burnt
burst	burst	burst
buy	bought	bought
can	could	—
cast	cast	cast
catch	caught	caught
chide	chided/chid	chided/chid/chidden
choose	chose	chosen
cleave	cleaved/cleft/clove	cleaved/cleft/cloven
cling	clung	clung
come	came	come
cost	cost/costed	cost/costed
creep	crept	crept
cut	cut	cut
deal	dealt	dealt
dig	dug	dug
dive	dived/dove	dived
do (does)	did	done
draw	drew	drawn
dream	dreamed/dreamt	dreamed/dreamt
drink	drank	drunk
drive	drove	driven
dwell	dwelt/dwelled	dwelt/dwelled
eat	ate	eaten
fall	fell	fallen

原形動詞	過去式	過去分詞
feed	fed	fed
feel	felt	felt
fight	fought	fought
find	found	found
flee	fled	fled
fling	flung	flung
floodlight	floodlit/floodlighted	floodlit/floodlighted
fly	flew	flown
forbear	forbore	forborne
forbid	forbade/forbad	forbidden
forecast	forecast/forecasted	forecast/forecasted
foresee	foresaw	foreseen
foretell	foretold	foretold
forget	forgot	forgot/forgotten
forgive	forgave	forgiven
forgo	forwent	forgone
forsake	forsook	forsaken
freeze	froze	frozen
get	got	got/gotten
gild	gilded/gilt	gilded/gilt
give	gave	given
gnaw	gnawed	gnawed/gnawn
go	went	gone
grind	ground	ground
grow	grew	grown
hang	hung/hanged	hung/hanged
have (has)	had	had
hear	heard	heard
heave	heaved/hove	heaved/hove
hew	hewed	hewed/hewn
hide	hid	hidden
hit	hit	hit
hold	held	held
hurt	hurt	hurt
input	input	input
keep	kept	kept
kneel	knelt/kneeled	knelt/kneeled
knit	knitted/knit	knitted/knit
know	knew	known
lay	laid	laid
lead	led	led
lean	leaned/leant	leaned/leant
leap	leaped/leapt	leaped/leapt
learn	learned/learnt	learned/learnt
leave	left	left
lend	lent	lent
let	let	let
lie	lay; lied	lain; lied
light	lighted/lit	lighted/lit
lip-read	lip-read	lip-read
lose	lost	lost
make	made	made
may	might	—
mean	meant	meant
meet	met	met
mislay	mislaid	mislaid
mislead	misled	misled

原形動詞	過去式	過去分詞
misspell	misspelled/misspelt	misspelled/misspelt
misspend	misspent	misspent
mistake	**mistook**	**mistaken**
misunderstand	**misunderstood**	**misunderstood**
mow	mowed	mown/mowed
offset	offset	offset
outdo (outdoes)	**outdid**	**outdone**
outgrow	outgrew	outgrown
outlay	outlaid	outlaid
outrun	outran	outrun
overcome	**overcame**	**overcome**
overdo (overdoes)	overdid	overdone
overdraw	overdrew	overdrawn
overeat	**overate**	**overeaten**
overhang	overhung	overhung
overhear	**overheard**	**overheard**
override	overrode	overridden
overrun	**overran**	**overrun**
oversee	**oversaw**	**overseen**
overshoot	overshot	overshot
oversleep	**overslept**	**overslept**
overtake	**overtook**	**overtaken**
overthrow	**overthrew**	**overthrown**
partake	**partook**	**partaken**
pay	**paid**	**paid**
plead	**pleaded/pled**	**pleaded/pled**
proofread	proofread	proofread
prove	**proved**	**proved/proven**
put	**put**	**put**
quit	**quit/quitted**	**quit/quitted**
read	**read**	**read**
rebuild	rebuilt	rebuilt
remake	remade	remade
rend	**rent**	**rent**
repay	**repaid**	**repaid**
rerun	reran	rerun
reset	reset	reset
rewind	rewound	rewound
rewrite	**rewrote**	**rewritten**
rid	rid/ridded	rid/ridded
ride	**rode**	**ridden**
ring	**rang**	**rung**
rise	**rose**	**risen**
run	**ran**	**run**
saw	**sawed**	**sawed/sawn**
say	**said**	**said**
see	**saw**	**seen**
seek	**sought**	**sought**
sell	**sold**	**sold**
send	**sent**	**sent**
set	**set**	**set**
sew	**sewed**	**sewn/sewed**
shake	**shook**	**shaken**
shall	**should**	—
shave	**shaved**	**shaved/shaven**
shear	sheared	shorn/sheared
shed	**shed**	**shed**

原形動詞	過去式	過去分詞
shine	shone/shined	shone/shined
shit	shat	shat
shoe	shod/shoed	shod/shoed
shoot	shot	shot
show	showed	shown/showed
shred	shredded/shred	shredded/shred
shrink	shrank/shrunk	shrunk/shrunken
shut	shut	shut
sing	sang	sung
sink	sank	sunk
sit	sat	sat
slay	slew	slain
sleep	slept	slept
slide	slid	slid
sling	slung	slung
slink	slunk	slunk
slit	slit	slit
smell	smelled/smelt	smelled/smelt
smite	smote	smitten/smote
sow	sowed	sown/sowed
speak	spoke	spoken
speed	speeded/sped	speeded/sped
spell	spelled/spelt	spelled/spelt
spend	spent	spent
spill	spilled/spilt	spilled/spilt
spin	spun	spun
spit	spit/spat	spit/spat
split	split	split
spoil	spoiled/spoilt	spoiled/spoilt
spoon-feed	spoon-fed	spoon-fed
spread	spread	spread
spring	sprang	sprung
stand	stood	stood
stave	staved/stove	staved/stove
steal	stole	stolen
stick	stuck	stuck
sting	stung	stung
stink	stank/stunk	stunk
strew	strewed	strewed/strewn
stride	strode	stridden/strode
strike	struck	struck/stricken
string	strung	strung
strive	strove/strived	striven/strived
swear	swore	sworn
sweat	sweated	sweated
sweep	swept	swept
swell	swelled	swelled/swollen
swim	swam	swum
swing	swung	swung
take	took	taken
teach	taught	taught
tear	tore	torn
telecast	telecast/telecasted	telecast/telecasted
tell	told	told
think	thought	thought
thrive	thrived/throve	thrived/thriven
throw	threw	thrown

原形動詞	過去式	過去分詞
thrust	thrust	thrust
tread	trod	trodden/trod
typecast	typecast	typecast
unbind	unbound	unbound
undercut	undercut	undercut
undergo	underwent	undergone
underlie	underlay	underlain
understand	understood	understood
undertake	undertook	undertaken
undo	undid	undone
unwind	unwound	unwound
uphold	upheld	upheld
upset	upset	upset
wake	woke/waked	woke/waked
waylay	waylaid	waylaid
wear	wore	worn
weave	wove/weaved	woven/wove/weaved
wed	wedded/wed	wedded/wed
weep	wept	wept
wet	wet/wetted	wet/wetted
will	would	—
win	won	won
wind	wound	wound
withdraw	withdrew	withdrawn
withhold	withheld	withheld
withstand	withstood	withstood
work	worked/wrought	worked/wrought
wreak	wreaked/wrought	wreaked/wrought
wring	wrung	wrung
write	wrote	written

21 世紀風雲詞彙

abdominoplasty 腹部整形手術《減少腹部脂肪，使腹壁肌肉緊實》

action figure （依電影等角色塑造的）人偶，公仔

ad impression view 廣告曝光程度

adrenaline television 戲劇性事件的現場實況轉播，現場直擊

afterparty 演唱會、首映會等結束後的派對 [酒會]

air rage 機上憤怒《在飛機上情緒失控、鬧事等》

alert box 警告視窗

angry fruit salad 色彩過於鮮豔、設計不盡理想的電腦介面

AR 擴增實境 (< augmented reality)

arm candy 陪伴異性出席社交場合的俊男美女

autoresponder 自動回信系統

backstory （人物、情節等的）背景介紹

bacn 收件者自行訂閱的電子新聞 [商品情報等]

ballot rigging 作票

bandwagon effect 從眾效應《盲目跟隨潮流》

banner ad （網頁上的）橫幅廣告

b-boy 嘻哈文化愛好者

belly shirt 露肚裝

betel nut beauty 檳榔西施

BFF 永遠的好朋友 (< best friend forever)

big-box store 大賣場

big government 大政府《過度掌控人民事務》

bikini line 比基尼線

binge-watch 追劇

bird flu 禽流感《亦作 avian flu》

bling-bling 貴氣的，珠光寶氣的

blog book 部落格文集《將部落格文章集結成書》

blond(e) moment 腦袋一片空白《源自大眾認為金髮女郎美麗但無頭腦的刻版印象》

blood diamond 血鑽石《特指在非洲戰區挖掘並走私出原產地的鑽石》

blook 集結部落格內容所出版的書籍

Blu-ray Disc 藍光光碟

body lift （身體局部的）曲線雕塑手術

BOF 同好 (< birds of a feather)

Bollywood 寶萊塢《指印度電影產業》

bookcrossing 書籍傳閱活動《將自己讀過的好書置於公共場合，任人傳閱、分享》

booth bunny 展場女郎

botnet 殭屍網路《駭客藉由發放病毒入侵並遠端操控他人電腦所形成的電腦網路》

Botox 保妥適，肉毒桿菌素

bounce message （電子郵件的）退信通知

boutique hotel 精品酒店

boy band （流行音樂等的）男孩團體，少男團體

brain exchange （跨國的）人才交流

branding 品牌行銷

breadcrumb （網站等的）路徑導航提示《如：首頁＞分類＞文章標題》

breast augmentation 隆乳（手術）

breast reduction 縮胸（手術）

Brexit 英國脫離歐盟

bricks and mortar 實體商店

BRICS 金磚五國《指巴西、俄羅斯、印度、中國及南非五大經濟快速成長的開發中國家》

Brokeback 斷背山（的）《意指男同性戀》

bromance 男性之間稱兄道弟的情誼

bull dyke 男性化的女同性戀者

butt implant 隆臀

bystander effect 旁觀者效應《若有人需要幫助，在有群眾圍觀時，伸出援手的機率較低》

call screening 來電過濾

Calexit 加州脫離美國聯邦獨立《川普當選後出現，仿 Brexit 創的字》

camgirl 視訊女郎《用網路攝影機自拍並連線上實況轉播；亦作 Webcam girl》

captcha 自動人機辨識機制，圖形驗證（碼）

carbon footprint 碳足跡

carbon-neutral 碳中和的《排放多少二氧化碳就做多少抵銷措施，例如植樹等》

CD-I 互動式光碟

cellulitis 蜂窩性組織炎

chav 愛穿特定名牌而教育程度不高且行為偏差的年輕人

checkbox 核取方塊《螢幕畫面上供使用者勾選項目的框格》

chemical peel(ing) 換膚（手術）

chick lit 都會女性文學《如《BJ 單身日記》、《穿著 Prada 的惡魔》等》

chip and PIN 刷卡加密《以晶片卡取代磁條式卡片、並以輸入密碼取代簽名的付款機制》

cigarette pants 煙管褲

citizen journalism 公民新聞《利用照相手機、部落格等工具，以個人身分發布新聞、文章等》

civil union 公民聯姻，民事結合《指法律上承認的同性戀婚姻》

click fraud 點閱詐欺《假冒網路訪客大量點閱網頁上的付費廣告，而虛耗該廣告商的行銷經費》

clickprint 網路瀏覽的行為模式《不同使用者各有其獨特模式，可用以辨識身分》

clickstream 點選流（向）《網路瀏覽的歷程紀錄，可供市場分析等》

click-through 點選 [點閱]（率）；供點閱的廣告

climate porn 氣候煽情《以危言聳聽的文字、圖像等描述人為因素導致的極端氣候變遷》

clip art （電腦的）美工圖案

cloud computing 雲端運算

combo card 多功能卡《銀行發行的多卡合一功能的晶片卡》

comfort food 療癒系食物《簡單但能安慰人心》

content farm 為提高搜尋排名與點閱率而以一堆熱門搜尋關鍵字拼湊出內容的垃圾網站

core training 核心訓練《加強訓練身體軀幹肌肉》

cosplay 角色扮演

cot potato 長時間看電視的幼童

couch surfing 沙發衝浪《特指背包客旅行時為求省錢借宿別人家，無客房時通常就睡沙發》

crop top 中空式的上衣《露臍裝、小可愛等》

crowd surfing 人體衝浪，空中傳人《特指在演唱

會中一群人高舉某人，使其在人群頭頂上移動》

customer-driven 顧客導向的，客製化的

CXO（企業各部門的）高階主管《CEO、CFO 等》

cyberbullying 網路霸凌

cybercrime 網路犯罪

Cyber Monday 網路星期一《美國在感恩節後的第一個星期一為網路購物的尖峰時刻》

dark-sky preserve（可觀星的）無光害保護區

day trip 一日遊

dead tree edition（線上期刊等的）紙本印刷版

death care industry 殯葬業

destination wedding 渡假婚禮《辦在渡假勝地》

dictionary flame（在拼字、語法等上）刻意挑也人語病的抨擊性言詞

dirty bomb 髒彈《爆炸時釋出大量放射性物質》

docking station（筆記型電腦的）擴充座

domain name 網域名稱

dot bomb 經營失敗而倒閉的網路公司

doujinshi 同人誌

down-low 幕後祕辛，內幕

drag-and-drop（用滑鼠）拖放；拖放（式）的

drama queen 小題大作 [誇張煽情] 的人

dramedy 融合嚴肅劇情與幽默笑料的電視節目

drop-down menu（電腦的）下拉式選單

drunk mouse 醉滑鼠《滑鼠的感應滾輪髒汙，導致螢幕上的游標如酒醉般胡亂移動》

DSLR 數位單眼相機

DVD burner [writer] 數位影音光碟燒錄機

DVR 數位錄放影機

ear candy 好聽但缺乏深度的流行音樂

earned media 免費的媒體報導《本身很熱門、吸引媒體主動報導而得到免費的宣傳效果》

earset 耳機麥克風

e-book 電子書

ECMO 葉克膜（體外維生系統）

eco-tech 生態科技《旨在解決環境問題並減少對自然資源的使用》

elder orphan 孤苦無依 [遭棄養] 的老人

e-learning 線上學習

e-mail hygiene 濾過垃圾郵件並防止電腦經電子郵件感染病毒

emotional labor 情緒勞務《工作時須隱藏真實 [負面] 情緒並符合他人期待，如服務業等》

environmental refugee 環境難民《因氣候變遷、天災等因素被迫離開家園》

e-pal 網友

e-piracy 非法下載

e-stalk 在社群網站上搜尋他人資料

e-waste 電子垃圾，電子廢棄物

executable file（電腦的）可執行檔

exit strategy（商業、軍事等的）退場策略

external hard drive（電腦的）外接式硬碟

extended financial family 為節省開銷選擇三代同堂的家庭

eye candy 中看（但不中用）的人 [事物]

eyelid surgery 眼皮美容手術《如割雙眼皮、除眼袋等》

Facebook 臉書

Facebook narcissism 臉書自戀症《過度沉迷在臉書上分享自己的照片、近況等》

falling knife 股價持續 [急遽] 下跌的股票

fan base（某名人的）粉絲團

fanboy（3C 產品、動漫等的）（男性）狂熱愛好者

fanfic 影迷依據影集的原劇情背景所創作的小說

fat camp（專為肥胖兒童設計的）減重營

fat tax 肥胖稅《針對易造成肥胖的食品課徵》

figure-hugging 剪裁合身的

file sharing 檔案共享

Financial Tsunami 金融海嘯

fixed odds 固定賠率

flame war 網路論戰

flatforms 厚底平底鞋

FOMO 遺漏社群訊息焦慮（症）（＜*fear of missing out*）

food court（購物中心等的）美食街

food miles 食物里程《某種食物由產地運輸至消費者手中的距離》

forex market 外匯市場

frape 侵入他人臉書帳號並竄改其個資

freemale 選擇單身並樂在其中的女性

freemium（軟體公司等）提供新產品免費試用的基本版，客戶需付費升級才能使用進階功能

froyo 優格冰淇淋

frozen zoo 以冷凍技術保存稀有動植物的細胞組織樣本

FTP 檔案傳輸協定

fuck buddy 炮友

furkid 被飼主視為自己小孩的寵物，毛小孩

fusion cuisine [food] 無國界美食《融合各國食材或烹調法的創意料理》

FWIW 無論真偽，不論好壞（＜*for what it's worth*）

FYI 供你參考（＜*for your information*）

gamepad 電玩遊戲搖桿

gap year 大學新生入學前為了旅遊、實習等而休的一年假期；休耕（期）《工作一段時間後暫時休息，藉由旅遊、短期進修等方式自我充電》

gastropub 提供精緻美食的酒吧

gaydar 能辨認他人是否為同性戀者的直覺

gay pride 同性戀尊嚴

Generation Y Y 世代《1980s 至 1990s 出生者》

Generation XL XL 世代《指現代營養過剩、體重超重的兒童或青少年》

geoengineering 地球工程《藉由人為手段改變地球生態以對抗全球暖化》

ghost work（裁員或人力縮編後）留任員工所必須額外負擔由離職者留下來的工作

girl power 女權《指女性應主宰自我事業和生活》

glamour model（雜誌、照片上的）性感女郎

go bag（逃難等時用的）求生包

go viral 爆紅

golden hour 黃金一小時《重大傷患的搶救時間》

Google hacking Google 攻擊《駭客利用 Google 搜尋引擎找出網路安全漏洞並入侵》

green-collar 參與保護自然環境 [有環保意識] 的

green shoots 景氣回春的跡象

grey vote 可能影響選情的銀髮族選民 [選票]

gripe site 列舉店家商品或服務的缺失，以供其他消費者參考的網站

hand-me-up 晚輩轉讓給長輩接手使用的物品《如流行汰換率高的衣飾、電子產品等》

hashtag 主題標籤《使用於推特等微網誌，方便網友依該標籤關鍵字搜尋貼文；符號 #》

hater 黑特《討厭特定的人、事、物者》

helicopter parent 直升機家長《過度保護子女》

heteroflexible 不排斥同性戀的異性戀者 (的)

hot key (電腦的) 熱鍵，快速鍵

hotlist 熱門或重要之人 [事物] 的清單；(網路用戶個人的) 最常造訪網站儲列

IED 土製炸彈 (<improvised explosive device)

IELTS 雅思國際英語語言測驗 (<International English Language Testing System)

infinity pool 無邊際泳池《隱藏泳池邊界，使池水看似連接天際、無限延伸》

infomania 資訊癖《工作時常分神去留意有無新的電子郵件或簡訊》

information appliance 資訊家電《泛指具有微電腦數位功能的智慧型家電；略作 IA》

information overload 資訊超載《對網路等的大量資訊力不從心、無法有效消化》

instant messaging (網路) 即時通訊 (服務)

Internet celebrity 網紅，網路名人

Internet meme 網路爆紅現象

Internet Phone 網路電話《亦作 I-Phone》

iPad ® (蘋果電腦公司的) 平板電腦

IP Address 網路通訊協定位址

It bag 必買的名牌包款《時尚圈用語；常由女星或名媛率先搶購而帶動風潮；仿 it girl 所創》

It girl (名模、名媛、女星等帶動時尚風潮的) 風雲女郎

jeggings 牛仔緊身褲

job spill 被迫在私人時間加班做的超額工作

J-pop 日本流行音樂《在日本泛指受西洋音樂影響的各類現代音樂》

jukebox musical 點唱機音樂劇《劇中穿插過去大眾熟知的流行歌曲集錦》

keyboard plaque 累積在電腦鍵盤上的髒垢

kipper 啃老族《年逾 30 卻還賴在家中靠父母養的成年人》(<kids in parents' pockets eroding retirement savings)

kuso 以無厘頭的搞笑方式嘲諷或重新詮釋嚴肅的主題《臺灣俗稱惡搞》

labelmate 同屬某家唱片公司的藝人

lad lit 男性文學《由男性作家書寫、以年輕男性的感情及日常生活為主題》

lad mag 男性雜誌《以運動、汽車、性等年輕男性感興趣的內容為主》

laser hair removal 雷射除毛

latte factor 拿鐵因子《看似不起眼的小花費，長期累積下來會是一筆可觀的數目》

LBD 黑色小洋裝 (<little black dress)

lifehack 提升工作效率或生活便利度的工具 [技巧]

lip dub (常由多人共同演出的) 對嘴音樂影片

LMAO 笑破肚皮，很好笑 (<laughing my ass off)

locked-in syndrome 閉鎖症候群《患者全身癱瘓但仍有意識及情緒，唯無法與外界溝通》

LOHAS 樂活《重視並實行健康、環保、個人成長等概念的生活方式》

Lollywood 巴基斯坦的電影產業

lookbook 時裝型錄

lucky money 壓歲錢

LULU (垃圾場、變電所等) 不受歡迎的地方公共設施 (<locally unwanted land use)

lurker (網路論壇等的) 潛水者

makeunder 回歸樸素造型的裝扮，素顏《不化妝或上淡妝搭配簡單髮型》

malware 惡意軟體

manny 男性保姆

mass customization 大量客製化

meh 表示沒興趣或不在乎；無聊的，普通的

meet and greet (藝人等的) 見面會；接機服務

menu bar (電腦的) 功能表列

message board 網路論壇

metalhead 重金屬樂迷

me time 個人休閒時間

microblog 微網誌《類似推特等部落格，可透過簡訊或電子郵件發表簡短的即時訊息》

micro-fiction 極短篇小說

middle youth 中青年《25 歲以上至 40 歲出頭，稱不上年輕但又未達中年》

MOD 多媒體隨選視訊系統，數位電視

mother-out-law 前夫 [前妻] 的母親

motion capture (做 3D 動畫的) 動作捕捉技術

mouse pad 滑鼠墊

mouse wrist 滑鼠腕《長期使用滑鼠或姿勢不良而引發的手腕酸痛》

MP3 ® 數位音樂播放技術 [檔案]

MP3 player 數位音樂播放器

MRT 大眾捷運系統 (<Mass Rapid Transit)

muffin top (穿過緊低腰褲而擠出的) 腰部贅肉

multigym 多功能健身器材

music service provider 提供音樂下載的公司

mwah 飛吻的聲音《常用於電子郵件或簡訊》

mystery shopper 神祕購物客《受雇偽裝成顧客調查商店服務品質》

nail bar 美甲沙龍

nanny cam 監視保姆用的隱藏式攝影機

nanny state 保姆國家《政府對於民生福利過度保護，有時被視為干涉人民自由》

NAP 網路存取點 (<Network Access Point)

national security mechanism 國家安全機制

nature-deficit disorder 大自然缺乏症《特指現代兒童越來越少至戶外活動、接觸大自然》

need-to-know (機密文件) 限獲授權者開啟的

NEET 尼特族《不就業、不升學也不參加職業訓練的年輕人》(<not in employment, education, or training)

netbook 小筆電

Net Generation 網路世代《在網際網路及數位環境成長的世代》

netizen 網民，網路鄉民

netroots 網根族《用網路發起政治活動的族群》

news ticker 新聞跑馬燈

New Year countdown 跨年 (倒數) 活動

nootropic (藥) 活化心智的；益智劑

NOTE 反對任何於自家社區內開發建設的人 [態度] (<Not Over There Either)

omega male 社交場合﹝專業領域﹞中最人微言輕的男性

OMG 我的天啊！（<*Oh my God*!）

online recruitment 線上徵才

overleveraged（企業、國家等）過度舉債的

overparenting 過度親職《家長過度保護子女》

panic buying 因懼怕物資短缺而造成的瘋狂搶購

parkour 跑酷《一種極限運動》

paywall 付費牆《阻擋非付費者觀看的網路機制》

PDP 電漿顯示器（<*Plasma Display Panel*）

performance incentive 績效誘因《依員工表現給與獎勵》

phishing 網路釣魚

PIIGS 歐豬五國《面臨財政危機的歐盟國家》（<Portugal, *Italy*, *Ireland*, *Greece*, and *Spain*）

Pilates ® 皮拉提斯《一種健身運動》

planking 仆街《全身筆直僵硬地趴在令人匪夷所思的地方，並拍照分享》

plus one 陪同受邀者出席《但不在受邀名單上》的賓客

plutoed 被降級的《源自冥王星被除名於九大行星之外》

Pokemon-going 抓寶《於手機遊戲中，出外捕捉目標物》

pole dancing 鋼管舞

popping 機械舞

PPC 按點擊計費（<*pay per click*）

product placement 產品置入性行銷《廠商付費讓商品在電影或電視節目中曝光》

quantitative easing 量化寬鬆《政策》《增加貨幣發行數量、使借貸環境寬鬆；簡稱 QE》

rainbow nation 彩虹國度《種族文化多元的國家，尤指南非》

README file（電腦的）讀我檔案

reality show 真人實境秀

rescue call 解圍電話《有約會或飯局時，事先請朋友依約定時間打電話給自己，藉此脫身》

ringtone 手機鈴聲

Rohypnol ® 羅眠樂錠《強效安眠鎮靜劑；俗稱約會強暴丸》

salary freeze 薪資凍漲

same-sex marriage 同性婚姻

selfie 自拍（照）

sexting 利用手機傳送色情簡訊或圖片

SIM card 行動電話用戶識別卡

sky lantern 天燈

slow food 慢食《以天然食材仔細烹調的菜肴》

slumdog（住在貧民窟的）赤貧階級

smartphone 智慧型手機

snowflake 玻璃心的人

social jet lag 社交時差《收假返工後強迫自己改變睡眠時間而產生的倦怠感》

social media 社交媒體《用於社群交流的網站或應用程式》

speed dating 極速約會《安排一群互不認識的單身男女聯誼且輪番與多名異性進行短暫交談，藉此快速找到適合交往的對象》

spyware 間諜軟體

staycation 宅渡假，在家渡假

stored value card 儲值卡

strong dollar 強勢美元

strong hands（證券市場中的）主力大戶

strong market 強力市場，行情看漲的市場

subprime mortgage 次級房貸《提供給信用額度較低的個人或企業，利率比主要房貸高》

sudoku 數獨《一種九宮格形式的填數字遊戲》

suicide bomber 自殺炸彈客

sunset industry 夕陽產業《逐漸沒落的產業》

supercross 超級越野摩托車穿越賽

taskbar（電腦操作介面上的）工作列

text message 手機簡訊

textspeak 火星文《簡訊、網路時代為求快速而發展出的語言，大量使用略語、符號等》

textual harassment 手機簡訊騷擾

tiger mother 虎媽《教育方式嚴厲、獨裁的母親》

transfer student（大學）轉學生

troll（網路）酸民

TTYL 待會兒再聊（<*talk to you later*）

tweet 發表於推特的訊息；以推特發布訊息

Twitter ® 推特《一種微網誌型態的社群網路》

ultimate fighting 終極格鬥《結合拳擊、柔道、摔角等武術的格鬥比賽》

unfriend（在社群網站上）將（某人）從好友名單中刪除

USB flash drive 隨身碟

viral video 透過網路分享而爆紅的短片

vlog 影音部落格

VOD 隨選視訊（系統）（<*video on demand*）

VoIP 網路電話（<*Voice over Internet Protocol*）

VR 虛擬實境（<*virtual reality*）

wardrobe malfunction 走光，春光外洩

WCG 世界電玩大賽（<*World Cyber Games*）

weak dollar 弱勢美元

weak hands（證券市場中的）散戶，弱手

weak market 市場疲軟

Webby Awards 威比獎《創立於 1996 年、獎勵設計傑出的網站，號稱「網路界奧斯卡獎」》

webcam 網路攝影機

webcast 網路直播

Web Hard disk 網路硬碟

webmaster 網站管理員

weight loss clinic 減肥診所﹝門診﹞

white coat effect 白袍效應《病人見到醫生時所量血壓會較高的現象》

Wii 任天堂公司推出的電視遊樂器主機

Wikipedia ® 維基百科《免費且開放使用者編輯的網路百科全書》

wingnut（政治上的）激進分子

WLAN 無線區域網路（<*wireless local area network*）

wrap rage 因產品包裝難以拆開而產生的憤怒

youthquake 青年震盪《年輕人的行為、活動、文化等對社會產生重大變革》

YouTuber YouTube 影片創作者

yummy mummy 辣媽

ZIP（電腦的）壓縮格式

zip file 壓縮檔

zombie bank 殭屍銀行《資產淨值為負，但因政府金援而繼續營運的銀行》

新多益黃金互動16週：

基礎篇／進階篇

李海碩、張秀帆、多益900團隊／編著

依難易度分為基礎篇與進階篇，可依學生程度選用。

★ 本書由 ETS 認證多益英語測驗專業發展工作坊講師李海碩、張秀帆編寫，及多益模擬試題編寫者 Joseph E. Schier 審訂。

★ 涵蓋 2018 年 3 月最新改制多益題型。每冊各 8 單元皆附聽力光碟及一份多益全真模擬試題。